THEODOR FONTANE

SÄMTLICHE ROMANE

Th. Fontane

THEODOR FONTANE

SÄMTLICHE ROMANE

HERAUSGEGEBEN VON
BODO VON PETERSDORF

Jokers edition

Jokers edition
Printed in Germany

ISBN 3-88400-701-7

Inhalt

Vor dem Sturm

ÜBER DIESES BUCH

Nach einem wechselvollen journalistischen Leben veröffentlichte der beinahe sechzigjährige Fontane 1878 seinen ersten Roman: »Vor dem Sturm«, der großartige Auftakt seines epischen Lebenswerkes, der bereits nahezu alle stilistischen und thematischen Merkmale seiner Erzählkunst versammelt.

Mit den Ereignissen vor Ausbruch der Kriege gegen Napoleons Vorherrschaft in Europa als Hintergrund, entfaltet Fontane das Panorama der märkischen Adels-, Bürger- und Bauernwelt. Im Mittelpunkt des vielschichtigen Personen- und Handlungsgefüges steht der junge Lewin Vitzewitz, dessen romantisch-verklärte Liebe zur Tochter eines umherziehenden Schauspielers Zielpunkt der Handlung ist. Während sich Lewin in Berlin von den politischen Ereignissen eher fernhält, wird er durch einen weihnachtlichen Besuch in seinem Vaterhaus, dem Gut Hohen-Vietz, zum Handeln gedrängt. Sein robuster, draufgängerischer Vater, noch vom alten Schlag des bodenständigen Junkers, würde am liebsten auf eigene Faust den Krieg gegen die Franzosen eröffnen. Es bahnt sich ein Geschehen an, das Lewin beinahe mit dem Tod bezahlen muß.

Fontane umkreist in diesem Roman immer wieder die Frage nach der historischen und sozialen Rolle des preußischen Adels, ein Thema, das ihn bis zu seinem letzten Roman, dem zwanzig Jahre später erschienenen »Stechlin«, beschäftigte. Gleichzeitig ergibt sich so eine Fülle von kulturgeschichtlichen Bezugspunkten und mitunter liebevoll breit dargestellten Details der märkischen Geschichte.

Erster Band

HOHEN-VIETZ

1. KAPITEL

Heiligabend

Es war Weihnachten 1812, Heiliger Abend. Einzelne Schneeflocken fielen und legten sich auf die weiße Decke, die schon seit Tagen in den Straßen der Hauptstadt lag. Die Laternen, die an langausgespannten Ketten hingen, gaben nur spärliches Licht; in den Häusern aber wurde es von Minute zu Minute heller, und der »Heilige Christ«, der hier und dort schon einzuziehen begann, warf seinen Glanz auch in das draußen liegende Dunkel.

So war es auch in der Klosterstraße. Die »Singuhr« der Parochialkirche setzte eben ein, um die ersten Takte ihres Liedes zu spielen, als ein Schlitten aus dem Gasthof »Zum grünen Baum« herausfuhr und gleich darauf schräg gegenüber vor einem zweistöckigen Hause hielt, dessen hohes Dach noch eine Mansardenwohnung trug. Der Kutscher des Schlittens, in einem abgetragenen, aber mit drei Kragen ausstaffierten Mantel, beugte sich vor und sah nach den obersten Fenstern hinauf; als er jedoch wahrnahm, daß alles ruhig blieb, stieg er von seinem Sitz, strängte die Pferde ab und schritt auf das Haus zu, um durch die halb offenstehende Tür in dem dunklen Flur desselben zu verschwinden. Wer ihm dahin gefolgt wäre, hätte notwendig das stufenweise Stapfen und Stoßen hören müssen, mit dem er sich, vorsichtig und ungeschickt, die drei Treppen hinauffühlte.

Der Schlitten, eine einfache Schleife, auf der ein mit einem sogenannten »Plan« überspannter Korbwagen befestigt war, stand all die Zeit über ruhig auf dem Fahrdamm, hart an der Öffnung einer hier aufgeschütteten Schneemauer. Der Korbwagen selbst, mutmaßlich um mehr Wärme und Bequemlichkeit zu geben, war nach hinten zu, bis an die Plandecke hinauf, mit Stroh gefüllt; vorn lag ein Häckselsack, gerade breit genug, um zwei Personen Platz zu gönnen. Alles so primitiv wie möglich. Auch die Pferde waren unscheinbar genug, kleine Ponys, die gerade jetzt in ihrem winterlich rauhen Haar ungeputzt und dadurch ziemlich vernachlässigt aussahen. Aber wie immer auch, die russischen Sielen, dazu das Schellengeläut, das auf roteingefaßten, breiten Ledergurten über den Rücken der Pferde hing, ließen keinen Zweifel darüber, daß das Fuhrwerk aus einem guten Hause sei.

So waren fünf Minuten vergangen oder mehr, als es auf dem Flur hell wurde. Eine Alte in einer weißen Nachthaube, das Licht mit der Hand schützend, streckte den Kopf neugierig in die Straße hinaus; dann kam der Kutscher mit Mantelsack und Pappkarton; hinter diesem, den Schluß bildend, ein hochaufgeschossener, junger Mann von leichter, vornehmer Haltung. Er trug eine Jagdmütze, kurzen Rock und war in seiner ganzen Oberhälfte unwinterlich gekleidet. Nur seine Füße steckten in hohen Filzstiefeln. »Frohe Feiertage, Frau Hulen«, damit reichte er der Alten die Hand, stieg auf die Deichsel und nahm Platz neben dem Kutscher. »Nun vorwärts, Krist; Mitternacht sind wir in *Hohen-Vietz.* Das ist recht, daß Papa die Ponys geschickt hat.«

Die Pferde zogen an und versuchten es, ihrer Natur nach, in einen leichten Trab zu fallen; aber erst als sie die Königsstraße mit ihrem Weihnachtsgedränge und Waldteufelgebrumm im Rücken hatten, ging es in immer rascherem Tempo die Landsberger Straße entlang und endlich unter immer munterer werdendem Schellengeläut zum Frankfurter Tore hinaus.

Draußen umfing sie Nacht und Stille; der Himmel klärte sich, und die ersten Sterne traten hervor. Ein leiser, aber scharfer Ostwind fuhr über das Schneefeld, und der Held unserer Geschichte, *Lewin von Vitzewitz,* der seinem väterlichen Gute *Hohen-Vietz* zufuhr, um die Weihnachtsfeiertage daselbst zu verbringen, wandte sich jetzt, mit einem Anflug von märkischem Dialekt, an den neben ihm sitzenden Gefährten. »Nun, Krist, wie wär' es? Wir müssen wohl einheizen.« Dabei legte er Daumen und Zeigefinger ans Kinn und paffte mit den Lippen. Dies

»wir« war nur eine Vertraulichkeitswendung; Lewin selbst rauchte nicht. Krist aber, der von dem Augenblick an, wo sie die Stadt im Rücken hatten, diese Aufforderung erwartet haben mochte, legte ohne weiteres die Leinen in die Hand seines jungen Herrn und fuhr in die Manteltasche, erst um eine kurze Pfeife mit bleiernem Abguß, dann um ein neues Paket Tabak daraus hervorzuholen. Er nahm beides zwischen die Knie, öffnete das mit braunem Lack gesiegelte Paket, stopfte und begann dann mit derselben langsamen Sorglichkeit nach Stahl und Schwamm zu suchen. Endlich brannte es; er tat, indem er wieder die Leine nahm, die ersten Züge, und während jetzt kleine Funken aus dem Drahtdeckel hervorsprühten, ging es auf Friedrichsfelde zu, dessen Lichter ihnen über das weiße Feld her entgegenschienen.

Das Dorf lag bald hinter ihnen. Lewin, der sich's inzwischen bequem gemacht und durch festeren Aufbau einiger Strohbündel eine Rückenlehne hergerichtet hatte, schien jetzt in der Stimmung, eine Unterhaltung aufzunehmen. Ehe des Kutschers Pfeife brannte, wär' es ohnehin nicht rätlich gewesen.

»Nichts Neues, Krist?« begann Lewin, indem er sich fester in die Strohpolster drückte. »Was macht Willem, mein Päth?«

»Dank schön, junger Herr, he is ja nu wedder bi Weg.«

»Was war ihm denn?«

»He hett sich verfiert. Un noch dato an sinen Gebortsdag. Et is nu en Wochner drei; ja, up'n Dag hüt, drei Wochen. Oll Doktor Leist von Lebus hett'em aber wedder torecht bracht.«

»Er hat sich verfiert?«

»Ja, junger Herr, so glöwen wi all. Et wihr wol so um de fiefte Stunn, as mine Fru seggen däd: Willem geih un hol uns en paar Äppels, awers von de Renetten up'n Stroh, dicht bi de Bohnenstakens. Un uns' Lütt-Willem ging ooch, un ick hürt' em noch flüten un singen un dat Klapsen von sine Pantinen ümmer den Floor lang. Awer dunn hürt ick nix mihr, un as he nu an de olle wackel'sche Döör käm un in den groten Saal rinnwull, wo uns' Äppels liggen un wo de Lüt seggen, dat de oll' Matthias spöken deiht, da möt em wat passiert sinn. He käm nich un käm nich; un as ick nu nahjung un sehn wull, wo he bliwen däd, da läg he, glieks achter de Schwell, as dod up de Fliesen.«

»Das arme Kind! Und Eure Frau ...«

»De käm ooch, un wi drögen em nu torügg in unse Stuv' un rewen em in. Mine Fru hätt ümmer en beten Miren-Spiritus to Huus. As he nu wedder to sich käm, biwwerte em de janze lütte Liew, un he seggte man ümmer: ›Ick hebb em sehn.‹«

Lewin hatte sich zurechtgerückt. »Es geht also wieder besser«, warf er hin, und wie um loszukommen von allerhand Bildern und Gedanken, die des Kutschers Erzählung in ihm angeregt hatten, fuhr er hin und her in Erkundigungen, worauf Krist mit so viel Ausführlichkeit antwortete, wie ihm die Raschheit der Fragen gestattete. Dem Schulzen Kniehase war einer von seinen Braunen gefallen; bei Hoppenmarieken hatte der Schornstein gebrannt; bei Witwe Gräbschen hatte Nachtwächter Pachaly einen mittelgroßen Sarg, mit einem Myrtenkranz darauf, vor der Haustür stehen sehn, »un wihl et man en *mittelscher* Sarg west wihr, so hedden se all an de Jüngscht, an Hanne Gräbschen 'dacht. De is man kleen und piept all lang.«

Die Sterne traten immer zahlreicher hervor. Lewin lupfte die Kappe, um sich die Stirn von der frischen Winterluft anwehen zu lassen, und sah staunend und andächtig in den funkelnden Himmel hinauf. Es war ihm, als fielen alle dunklen Geschicke, das Erbteil seines Hauses, von ihm ab und als zöge es lichter und heller von oben her in seine Seele. Er atmete auf. Zwei, drei Schlitten flogen vorüber, grüßten und sangen, sichtlich Gäste, die im Nebendorf die Bescherung nicht versäumen wollten; dann, ehe fünf Minuten um waren, glitt das Gefährt unserer zwei Freunde unter den Giebelvorbau des Bohlsdorfer Kruges.

Bohlsdorf war drittel Weg. Niemand kam. An den Fenstern zeigte sich kein Licht; die Krügersleute mußten in den Hinterstuben sein und das Vorfahren des Schlittens, trotz seines Schellengeläutes, überhört haben. Krist nahm wenig Notiz davon. Er stieg ab, holte eine der Stehkrippen heran, die beschneit an dem Hofzaun entlang standen, und schüttete den Pferden ihren Hafer ein.

Auch Lewin war abgestiegen. Er stampfte ein paarmal in den Schnee, wie um das Blut wieder in Umlauf zu bringen, und trat dann in die Gaststube, um sich zu wärmen und einen Imbiß zu nehmen. Drinnen war alles leer und dunkel; hinter dem Schenktisch aber, wo drei Stufen zu einem höher gelegenen Alkoven führten, blitzte der Christbaum von Lichtern und goldenen

Ketten. In diesem Weihnachtsbilde, das der enge Türrahmen einfaßte, stand die Krügersfrau in Mieder und rotem Friesrock und hatte einen Blondkopf auf dem Arm, der nach den Lichtern des Baumes langte. Der Krüger selbst stand neben ihr und sah auf das Glück, das ihm das Leben und dieser Tag beschert hatten.

Lewin war ergriffen von dem Bilde, das fast wie eine Erscheinung auf ihn wirkte. Leiser als er eingetreten war, zog er sich wieder zurück und trat auf die Dorfstraße. Gegenüber dem Kruge, von einer Feldsteinmauer eingefaßt, lag die Bohlsdorfer Kirche, ein alter Zisterzienserbau aus den Tagen der ersten Kolonisation. Es klang deutlich von drüben her, als würde die Orgel gespielt, und Lewin, während er noch aufhorchte, bemerkte zugleich, daß eines der kleinen, in halber Wandhöhe hinlaufenden Rundbogenfenster matt erleuchtet war. Neugierig, ob er sich täuschte oder nicht, stieg er über die niedrige Steinmauer fort und schritt zwischen den Gräbern hin auf die Längswand der Kirche zu. Ziemlich inmitten dieser Wand bemerkte er eine Pforte, die nur eingeklinkt, aber nicht geschlossen war. Er öffnete leise und trat ein. Es war, wie er vermutet hatte. Ein alter Mann, mit Samtkäpsel und spärlichem weißen Haar, saß vor der Orgel, während ein Lichtstümpfchen neben ihm eine kümmerliche Beleuchtung gab. In sein Orgelspiel vertieft, bemerkte er nicht, daß jemand eingetreten war, und feierlich, aber gedämpften Tones klangen die Weihnachtsmelodien nach wie vor durch die Kirche hin.

Übte sich der Alte für den kommenden Tag, oder feierte er hier sein Christfest allein für sich mit Psalmen und Choral? Lewin hatte sich die Frage kaum gestellt, als er, der Orgel gegenüber, einen zweiten Lichtschimmer wahrnahm; auf der untersten Stufe des Altars stand eine kleine Hauslaterne. Als er näher trat, sah er, daß Frauenhände hier eben noch beschäftigt gewesen sein mußten. Ein Handfeger lag da, daneben eine kurze Stehleiter, die beiden Seitenhölzer oben mit Tüchern umwunden. Das Licht der Laterne fiel auf zwei Grabsteine, die vor dem Altar in die Fliesen eingelegt waren; der eine zur Linken enthielt nur Namen und Datum, der andere zur Rechten aber zeigte Bild und Spruch. Zwei Lindenbäume neigten ihre Wipfel einander zu, und darunter standen Verse, zehn oder zwölf Zeilen. Nur die Zeilen der zweiten Strophe waren noch deutlich erkennbar und lauteten:

Sie sieht nun tausend Lichter;
Der Engel Angesichter
Ihr treu zu Diensten stehn;
Sie schwingt die Siegesfahne
Auf güldnem Himmelsplane
Und kann auf Sternen gehn.

Lewin las zwei-, dreimal, bis er die Strophe auswendig wußte; die letzte Zeile namentlich hatte einen tiefen Eindruck auf ihn gemacht, von dem er sich keine Rechenschaft geben konnte. Dann sah er sich noch einmal in der seltsam erleuchteten Kirche um, deren Pfeiler und Chorstühle ihn schattenhaft umstanden, und kehrte, die Türe leise wieder anlehnend, erst auf den Kirchhof, dann, mit raschem Sprung über die Mauer, auf die Dorfstraße zurück.

Der Krug hatte indessen ein verändertes Ansehen gewonnen. In der Gaststube war Licht; Krist stand am Schenktisch im eifrigen Gespräch mit dem Krüger, während die Frau, aus der Küche kommend, ein Glas Kirschpunsch auf den Tisch stellte. Sie plauderten noch eine Weile auch über den alten Küster drüben, der, seitdem er Witmann geworden, seinen Heiligen Abend mit Orgelspiel zu feiern pflege; dann, unter Händeschütteln und Wünschen für ein frohes Fest, wurde Abschied genommen, und an den stillen Dorfhütten vorbei ging es weiter in die Nacht hinein.

Lewin sprach von den Krügersleuten; Krist war ihres Lobes voll. Weniger wollt' er vom Bohlsdorfer Amtmann wissen, am wenigsten vom Petershagener Müller, an dessen abgebrannter Bockmühle sie eben vorüberfuhren. Aus allem ging hervor, daß Krist, der allwöchentlich dieses Weges kam, den Klatsch der Bierbänke zwischen Berlin und Hohen-Vietz in treuem Gedächtnis trug. Er wußte alles und schwieg erst, als Lewin immer stiller zu werden begann. Nur kurze Ansprachen an die Ponys belebten noch den Weg. Die regelmäßige Wiederkehr dieser Anrufe, das monotone Schellenläuten, das alsbald wie von weit her zu klingen schien, legte sich mehr und mehr mit einschläfernder Gewalt um die Sinne unseres Helden. Allerhand Gestalten zogen an seinem halbgeschlossenen Auge vorüber; aber eine dieser Gestalten, die glänzendste, nahm er mit in seinen Traum. Er saß vor ihr auf einem niedrigen Tabouret; sie lachte ihn an und schlug ihn leise mit dem Fächer, als er nach ihrer Hand haschte, um sie zu küssen. Hundert Lichter, die sich in schmalen Spiegeln spiegelten, brannten um sie her, und vor ihnen lag ein großer Teppich, auf dem Göttin Venus in ihrem Taubengespann durch die Lüfte zog. Dann war es plötzlich, als löschten alle diese Lichter aus; nur zwei Stümpfchen brannten noch; es war wie eine schattendurchhuschte Kirche, und an der Stelle, wo der Teppich gelegen hatte, lag ein Grabstein, auf dem die Worte standen:

Sie schwingt die Siegesfahne
Auf güldnem Himmelsplane
Und kann auf Sternen gehn.

Süß und schmerzlich, wie kurz vorher bei wachen Sinnen ihn diese Worte berührt hatten, berührten sie ihn jetzt im Traum. Er wachte auf.

»Noch eine halbe Meile, junger Herr«, sagte Krist.

»Dann sind wir in Dolgelin?«

»Nein, in Hohen-Vietz.«

»Da hab' ich fest geschlafen.«

»Dritthalb Stunn.«

Das erste, was Lewin wahrnahm, war die Sorglichkeit, mit der sich der alte Kutscher mittlerweile um ihn bemüht hatte. Der Futtersack war ihm unter die Füße geschoben, die beiden Pferdedecken lagen ausgebreitet über seinen Knien.

Nicht lange, und der Hohen-Vietzer Kirchturm wurde sichtbar. An oberster Stelle eines Höhenzuges, der nach Osten hin die Landschaft schloß, stand die graue Masse schattenhaft im funkelnden Nachthimmel.

Dem Sohne des Hauses schlug das Herz immer höher, sooft er dieses Wahrzeichens seiner Heimat ansichtig wurde. Aber er hatte heute nicht lange Zeit, sich der Eigentümlichkeit des Bildes zu freuen. Die beschneiten Parkbäume traten zwischen ihn und die Kirche, und einige Minuten später schlugen die Hunde an, und zwischen zwei Torpfeilern hindurch beschrieb der Schlitten eine Kurve und hielt vor der portalartigen Glastüre, zu der zwei breite Sandsteinstufen hinaufführten.

Lewin, der sich schon vorher erhoben hatte, sprang hinaus und schritt auf die Stufen zu. »Guten Abend, junger Herr«, empfing ihn ein alter Diener in Gamaschen und Frackrock, an dem nur die großen blanken Knöpfe verrieten, daß es eine Livree sein sollte.

»Guten Abend, Jeetze; wie geht es?«

Aber über diesen Gruß kam Lewin nicht hinaus, denn im selben Augenblick richtete sich ein prächtiger Neufundländer vor ihm auf und überfiel ihn, die Vorderpfoten auf seine Schultern legend, mit den allerstürmischsten Liebkosungen.

»Hektor, laß gut sein, du bringst mich um.« Damit trat unser Held in die Halle seines väterlichen Hauses. Ein paar Scheite, die im Kamin verglühten, warfen ihr Licht auf die alten Bilder an der Wand gegenüber. Lewin sah sich um, nicht ohne einen Anflug freudigen Stolzes, auf der Scholle seiner Väter zu stehen.

Dann leuchtete ihm der alte Diener die schwere doppelarmige Treppe hinauf, während Hektor folgte.

2. KAPITEL

Hohen-Vietz

In der Halle schwelen noch einige Brände; schütten wir Tannäpfel auf und plaudern wir, ein paar Sessel an den Kamin rückend, von Hohen-Vietz.

Hohen-Vietz war ursprünglich ein altes, aus den Tagen der letzten Askanier stammendes Schloß mit Wall und Graben und freiem Blick ostwärts auf die Oder. Es lag auf demselben Höhenzuge wie die Kirche, deren schattenhaftes Bild uns am Schluß des vorigen Kapitels entgegentrat, und beherrschte den breiten Strom wie nicht minder die am linken Flußufer von Frankfurt nach Küstrin führende Straße. Es galt für sehr fest, und jahrhundertelang hatten sie einen Reim im Lebusischen, der lautete:

De sitt so fest up sinen Sitz,
As de Vitzewitz' up Hohen-Vietz.

Die Pommern lagen zweimal davor; die Hussiten berannten es, als sie sengend und brennend in Lebus und Barnim vordrangen, aber die Heilige Jungfrau im Kirchenbanner schützte das Schloß, und als der damalige Vitzewitz, über dessen Vornamen die Urkunden verschiedene Angaben bringen, ein griechisches Feuer in das Lager der Hussiten warf, zogen sie ab, nachdem sie alle umhergelegenen Dörfer verwüstet hatten. Die Kunst des griechischen Feuers aber hatte der Schloßherr von Rhodus mit heimgebracht, wo er unter den Rittern an zwei Feldzügen gegen die Türken teilgenommen hatte.

Das war 1432. Ruhigere Zeiten kamen. Der hohe Ruf von Hohen-Vietz lebte fort, ohne daß er Gelegenheit gehabt hätte, sich neu zu bewähren. Erst der Dreißigjährige Krieg brachte neue und schwerere Prüfungen.

Am 29. März 1631, fast genau zweihundert Jahre nach der Hussitenüberschwemmung, erschienen von Frankfurt aus sechs Kompagnien Kaiserlicher vor Hohen-Vietz, das am Tage vorher, den Protesten des Schloßherrn Rochus von Vitzewitz zum Trotz, von den von Stettin und Garz her heranziehenden Schweden besetzt worden war. Oberst Maradas, der die Kaiserlichen führte, forderte die Übergabe des Schlosses. Als diese verweigert wurde, legten die Kaiserlichen, die aus je zwei Kompagnien der Regimenter Butler, Lichtenstein und Maradas zusammengesetzt waren, die Leitern an, stürmten das Schloß, brannten es bis auf die nackten Mauern aus und ließen die schwedische Besatzung über die Klinge springen.

Einen Augenblick stand Rochus von Vitzewitz in Gefahr, das Schicksal der Besatzung zu teilen; seine beiden halberwachsenen Söhne aber, sie mochten siebzehn und sechzehn Jahre zählen, warfen sich dazwischen und retteten ihn durch ihre Geistesgegenwart. Oberst Maradas, an den jungen Leuten Gefallen findend, bot ihnen an, im Kaiserlichen Heere Dienst zu nehmen, ein Anerbieten, das von seiten des jüngeren, Matthias, ohne langes Säumen, auch ohne Widerspruch des Vaters angenommen wurde. Es waren nicht Zeiten, um über erfahrene Unbill, wie sie der Lauf des Krieges für Freund und Feind gleichmäßig mit sich brachte, lange zu grübeln. Matthias trat als Cornet in das Regiment Lichtenstein ein, Anselm aber, der ältere, erklärte, bei dem Vater ausharren und demselben bei Wiederaufbau des Schlosses zur Seite stehen zu wollen.

Dieser Wiederaufbau jedoch verzögerte sich. Als er endlich nach dem Abzug der feindlichen, nunmehr Süddeutschland zum Schauplatz ihrer Kämpfe wählenden Heere beginnen sollte, hatten sich unter den fortwährenden Opfern des Krieges die Verhältnisse derart verschlechtert, daß es an den nötigen Mitteln zu einem Schloßbau gebrach. Rochus entschied sich also, von der Hohen-Vietzer-Höhe, von der aus die Seinen dreihundert Jahre und länger ins Land geblickt hatten, herabzusteigen und zu Füßen derselben, am Nordrande des sich hier hinziehenden alten Wendendorfes, ein einfaches Herrenhaus herzurichten. Dies war 1634.

Anselm ging ihm dabei in allen Stücken zur Hand, und schon Sonntag Exaudi, elf Monate nach Beginn des Baues, konnte die neue Heimstätte der Vitzewitze bezogen werden.

Es war ein Fachwerkhaus, lang, niedrig, mit hohem Dach. In dem Balken aber, der über der Türe hinlief, war ein Spruch eingeschnitten:

Dies ist der Vitzewitzen Haus,
Aus dem alten zog es aus;
Gottes Segen komm herein,
Wird es wohl geschützet sein.

Und fast schien es, als ob der Spruch sich erfüllen und inmitten aller Kriegstrübsal, die über dem Lande lag, an dieser neugegründeten Stätte ein neues Glück erblühen solle. Von Matthias, der aus dem Regiment Lichtenstein in das Regiment Tiefenbach übergetreten, bei Nördlingen verwundet und ein halbes Jahr später, erst zwanzig Jahre alt, zum kaiserlichen Hauptmann aufgestiegen war, trafen Nachrichten ein, die des alten Rochus Herz, trotzdem es den Schweden zuneigte, mit Stolz und Freude erfüllten. Anselm, ohne darum nachgesucht zu haben, sah sich an den Hof gezogen und trat in dieselbe Leibtrabantengarde, in der schon seit hundert Jahren alle Vitzewitze ihrem Herrn, dem Kurfürsten, gedient hatten; was aber vor allem zu Dank und Hoffnung stimmte, das waren zwei gesegnete Fruchtjahre, die der Himmel der Hohen-Vietzer Feldmark schenkte, wahre Prachternten, aus deren Erträgen nunmehr die Mittel zur Aufführung eines stattlichen, rechtwinklig an das eigentliche Wohnhaus sich anlehnenden Anbaues entnommen werden konnten. Dieser Anbau, eine einzige mit Emporen, Wappen und Hirschgeweihen geschmückte Halle, richtete das Gemüt des alten Rochus, der eine hohe Vorstellung von den Repräsentationspflichten seines Hauses hatte, wieder auf und gemahnte ihn an alte gastliche Zeiten. Als er das erstemal den Nachbaradel in diesem »Bankettsaal«, wie er die Halle gern nennen hörte, bewirtete, hielt er eine Ansprache an die Versammelten, die der Überzeugung Ausdruck gab, daß das Haus Vitzewitz auch wieder »bergan« ziehen und nicht immer »geduckt unterm Winde« stehen werde. All Ding, so etwa schloß er, habe seine Zeit, auch Krieg und Kriegesnot, und der Tag werde kommen, wo seine lieben Freunde und Nachbarn wieder auf der *Höhe* bei ihm zu Gaste sein und frei ostwärts mit ihm blicken würden.

Alles stimmte ein. Aber wenn jemals unprophetische Worte gesprochen wurden, so waren es diese. Der Krieg kam wieder, mit ihm Hunger und Pest, und zerstörte entweder den Wohlstand der Dörfer oder diese selbst. Ganze Gemarkungen wandelten sich in eine Wüste, und die Hälfte der Hohen-Vietzer Hofestellen stand leer, weil ihre Insassen verflogen oder verstorben waren. Inmitten dieses Elendes, ehe noch der Schimmer besserer Zeiten heraufdämmerte, schloß Rochus die müden Augen, und sie trugen ihn bergan in die Gruft unterm Altar und stellten den kupfernen Sarg, mit Beschlägen und Wappentafeln und mit aufgelötetem silbernen Kruzifix, in die lange Reihe der ihm vorangegangenen Ahnen. Nichts fehlte; denn der Zeiten Not hatte dem Vater die Ehren des Begräbnisses nicht kürzen sollen. So wollte es der älteste Sohn; der jüngere, mit seinem Regiment an der Fränkischen Saale stehend, hatte der Bestattung nicht beiwohnen können.

Anselm war nun Herr auf Hohen-Vietz.

Es war nicht frohen Herzens, daß er das erste Korn in den nur schlecht gepflügten Boden warf; aber siehe da, die Saat ging auf, ohne daß Freund oder Feind – denn zwischen beiden war längst kein Unterschied mehr – die jungen Halme zerstampft hätte; der Krieg, so schien es, hatte sich ausgebrannt wie ein Feuer, das keine Nahrung mehr findet, und ehe das Jahrzehnt schloß, ging die Mär von Mund zu Mund, die Mär, daß Friede sei.

Und es *war* Friede. Was niemand mehr mit Augen zu sehen gehofft hatte, es war da. Und als abermals zwei Jahre ins Land gezogen waren, ohne daß Schwede oder Kaiserlicher im Lebusischen gelagert und geplündert hätte, und jeder, selbst der Ungläubigste, seiner Zweifel sich entschlagen mußte, da traf ein Brief im Hohen-Vietzer Herrenhause ein, der führte die Aufschrift: »Dem wohledlen, gestrengen und festen Anselm von Vitzewitz, erbsessen auf Hohen-Vietz im Lande Lebus.« Der Brief selbst aber lautete: »Mein insonders vielgeliebter Bruder! Von heut ab in zween Wochen, so Gott seinen Segen zu meinem Plane gibt, bin ich bei Dir in Hohen-Vietz. Ich erwarte nur noch die Permission aus Wien, die mir Kayserliche Majestät nicht refüsieren wird. Vielleicht, daß uns tempora futura wieder zusammenführen, wie uns die Tage der Kindheit und adolescentia zusammen sahen. Wir Lutherischen – trotzdem sie zu Münster und Osnabrügge den Religionsfrieden mit vollen Backen proklamieret haben – sind wenig gelitten im Kayserlichen Heere, und kein Tag vergeht ohne Andeutung, daß man uns nicht mehr braucht. Ich höre, daß Unser gnädigster Herr Kurfürst, dem ich nie säumig gewesen, als meinen Lehns- und Landesherren zu konsiderieren, eine brandenburgische Armee wirbt, derowegen er aus schwedischem und Kayserlichem Heer Offiziers und Generals im Beträchtlichen herübernimmt. Es sollte mir eine rechte Freude sein, so die Reihe auch an mich käme; denn daß ich es sage, es zieht mich wieder heimb in mein liebes Land Lebus. Unsere Vettern und Nachbarn, die Burgsdorffs, die post mortem Schwarzenbergii das A und das O bei Hofe sind, werden doch etwas thun wollen für eine alte Kriegsgurgel, die den Dienst kennt wie den Catechismum Lutheri. Interim bene vale. Der ich bin Dein Bruder Matthias von Vitzewitz, Kayserlicher Oberst.«

Und Matthias kam wirklich und hielt die angegebene Zeit. Ein Fest sollte seine Anwesenheit feiern. In dem großen Anbau waren drei Tische gedeckt; zwei standen unten und liefen, der Länge des Saales nach, nebeneinander her, der dritte Tisch aber stand quer auf einer mit Wappen und Bannern geschmückten Empore, zu der drei Stufen hinanführten. Die ganze Freundschaft aus Barnim und Lebus war geladen; die Brüder saßen einander gegenüber; neben ihnen, an der Quertafel: Adam und Beteke Pfuel von Jahnsfelde, Peter Ihlow von Ringenwalde, Balthasar Wulffen von Tempelberg, Hans und Nikolaus Barfus von Hohen- und Nieder-Predikow, dazu Tamme Strantz, Achim von Kracht, zwei Schapelows, zwei Beerfeldes und fünfe von Burgsdorff. Sie waren alle, schon um Glaubens Willen, mehr schwedisch als kaiserlich, besonders Peter Ihlow, der – ein Neffe Feldmarschall Ihlows – einen Groll gegen den Wiener Hof hatte, ihn anklagend, seinen Oheim in Schloß Eger meuchlings gemordet zu haben. Er wiederholte auch heute seine Anklage, wobei es dahingestellt bleiben mag, ob er die Gegenwart des Gastes momentan vergaß oder sie vergessen wollte.

Matthias von Vitzewitz, als er seinen Kriegsherrn, den Kaiser, in so herausfordernder Weise schmähen hörte, erhob sich und rief:

»Peter Ihlow, hütet Eure Zunge. Ich bin kaiserlicher Offizier.«

»Du bist es«, rief jetzt Anselm, aus dem der Wein, aber noch mehr das protestantische Herz sprach, über den Tisch hinüber; »du bist es; aber besser wäre es, du wärest es nie gewesen.«

»Besser oder nicht, ich bin es. Des Kaisers Ehre ist meine Ehre.«

»Ein Glück, daß du die Ehre satt hast. Die Fremden sind wenig gelitten im kaiserlichen Heere.«

Matthias, der sich bis dahin mühsam bezwungen hatte, verlor alle Herrschaft über sich, als er sich, durch Vorhaltung seiner eigenen Briefworte, in so wenig großmütiger Weise besiegt und gefangen sah. Die Augen traten ihm aus der Stirn, und sein Kinn auf den Knauf des Degens stützend, schrie er: »Wer das sagt, der lügt.«

»Wer es leugnet, der lügt.«

In diesem Augenblicke zogen beide. Die Zunächstsitzenden sprangen auf, aber ehe noch ein Dazwischenspringen möglich war, hatte des jüngeren Bruders Degen die Brust des älteren durchdrungen. Anselm war tödlich getroffen.

Matthias, außer sich über das Geschehene, wollte sich dem Kurfürsten stellen; nur widerwillig gab er den Vorstellungen derer nach, die auf Flucht drangen. In seine Garnisonstadt Böhmisch-Grätz zurückgekehrt, machte er nach Wien hin Meldung von dem Vorgefallenen; dabei hatte es sein Bewenden. Ihm zu zeigen, wie wenig die Kriegskanzelei den Vorfall beanstande, der ja in Verteidigung kaiserlicher Ehre seine erste Veranlassung hatte, ließ man ihn zum General aufsteigen und gab ihm ein Kommando in Ungarn. Aber diese Gnadenbezeugungen, dankbar, wie er sie entgegennahm, gaben ihm doch die Ruhe nicht wieder, nach der er dürstete, und von Peterwardein aus, wo er im Feldlager lag, schrieb er an den Kurfürsten und rief seine Gnade an, »um dessentwillen, der aller Menschen Heil und Gnade sei«.

Der Kurfürst schwankte; als aber durch die eidlichen Aussagen von Peter Ihlow, Beteke Pfuel und Ehrenreich von Burgsdorff erwiesen war, daß beide Brüder zu gleicher Zeit gezogen hätten, kam es zu einem Generalpardon, »gleichweis als ob die Geschichte nie geschehen wäre«, und Matthias kehrte nach Hohen-Vietz zurück, das er seit dem Tage, an dem Maradas das Schloß gestürmt hatte, nur einmal, in jener unheilvollen Festesstunde, wiedergesehen hatte.

Er kam und brachte, wie die Hohen-Vietzer noch lange erzählten, »eine Tonne Goldes mit sich«; denn Dotationen und Landerwerbungen, wie sie damals herkömmlich waren, hatten ihn reich gemacht. Der Kurfürst empfing ihn in ausgezeichneter Weise und setzte ihn unter Innehaltung herkömmlicher Formen in den Vollbesitz des verfallenen Gutes ein. Unmittelbar darauf schritt der Neubelehnte zur Aufführung eines schloßartigen, mit breiter Treppe und hohen Stuckzimmern reichausgestatteten Renaissanceneubaues, der, mit dem ärmlichen Fachwerkhaus parallel laufend, einen hufeisenförmigen Gebäudekomplex herstellte, in dem die »Bankethalle«, der mehrgenannte Saalanbau des alten Rochus, die verbindende Linie war. Diesen Saalanbau selbst aber, eingedenk dessen, was hier geschah, schuf Matthias von Vitzewitz in eine Kapelle um. Über dem Altar stiftete er ein Bild, dessen Inhalt der Erzählung vom verlorenen Sohn entnommen war; daneben hing er die Klinge auf, mit der er den Bruder erstochen hatte. Er betrat die Kapelle nie anders als in der Dämmerstunde; er liebte nicht, daß man es wußte oder gar davon sprach, aber wer auf dem anstoßenden Fliesenflur des alten Fachwerkhauses zu tun hatte oder müßig lauschte, der hörte seine lauten Gebete.

Seine Buße währte sein Leben lang, und sein Leben kam zu hohen Jahren. Noch spät hatte er sich vermählt. Im Herbste desselben Jahres, das seinen Herrn den Kurfürsten hinscheiden sah, schied auch er aus dieser Zeitlichkeit, und die Hohen-Vietzer, an ihrer Spitze der achtzehnjährige Sohn des Hauses, trugen ihn bis zur alten Hügelkirche hinauf und setzten ihn in die Gruft neben den Kupfersarg des Vaters derart, daß Anselm zur Rechten, Matthias aber zur Linken stand.

Er war in der Zuversicht gestorben, daß Gott seine Buße angenommen habe; auch die, die nach ihm kamen, waren dieses Glaubens voll. Aber dieser Glaube, wie festen Lebensgrund er ihnen gab, konnte ihnen doch den Frohsinn des Lebens nicht wiedergeben. Sie blickten ernst um sich her. Und dieser Zug begann sich fortzuerben. Der Familiencharakter, der in alten Zeiten ein joviales Aufbrausen gewesen war, wich einem Grübeln und Brüten, und ihr Hang zu Festen und Gelagen schlug in einen Hang zur Selbstpein und Askese um. Auch sahen sie sich durch manchen Vorgang, durch Spuk und Wirklichkeit in diesem Hange genährt und gefestigt. In dem zur Kapelle umgeschaffenen Saalanbau, der, verstaubend und verfallend, längst wieder den Kapellencharakter abgestreift hatte und zu einem Vorratsraum für die kleinen Leute des Hauses geworden war, ging der alte Matthias um wie zu Lebzeiten und kniete vor dem Altar, den er gestiftet. Niemand im Hause zweifelte daran. Aber wenn auch ein einzelner den Spuk verneint und, sei es aus Glauben oder Unglauben, die Erscheinung als ein abergläubisch Gebilde verworfen hätte, so hätten doch andere Zeichen zu ihm gesprochen. Seit anderthalb hundert Jahren stand das Geschlecht auf zwei Augen; es sah darin einen Finger Gottes; zwei Brüder sollten nicht wieder in Waffen gegeneinanderstehen.

Die Dorfbewohner, wie kaum versichert zu werden braucht, hegten dies alles wie einen Schatz, und in den Spinnstuben wurde nichts eifriger verhandelt als die Frage, ob der alte Matthias gesehen worden sei oder nicht. Es war eine Art Ehrensache, ihn gesehen zu haben. Man scherzte über ihn und fürchtete sich. Die Bauern selbst waren nicht anders wie ihre Mägde. Auf dem Höhenzuge, dicht neben der Kirche, stand eine alte Buche, die teilte sich halbmannshoch über der Wurzel und wuchs in zwei Stämmen nach rechts und links. Das paßte den Hohen-Vietzern, und die Sage ging, daß beide Brüder, als sie noch Kinder waren, diesen Baum gemeinschaftlich gepflanzt hätten. Als aber Anselm von der Hand des jüngern gefallen sei, da habe sich der Stamm geteilt. Und noch andere wußten, daß Matthias, wenn er unten in der Kapelle gebetet, die große Nußbaumallee bis zur Kirche hinaufsteige und den Buchenstamm da, wo er sich teilt, zu umfassen und zusammenzupressen suche. Aber umsonst. Er sitze dann zu Füßen des Baumes und klage laut.

Aber wenn sich das nach dem Spukhaften und Schauerlichen drängende romantische Bedürfnis in diesen trüben Bildern mit Vorliebe aussprach, so drängte doch auch ein anderer Zug in den Herzen der Hohen-Vietzer ebenso entschieden auf endliche Versöhnung hin, und einen Reimspruch kannte jung und alt, der dieser Hoffnung auf Versöhnung Ausdruck gab. Auch im Herrenhause kannten sie ihn sehr wohl, und der Reimspruch lautete:

Und eine Prinzessin kommt ins Haus,
Da löscht ein Feuer den Blutfleck aus,
Der auseinander getane Stamm
Wird wieder eins, wächst wieder zusamm',
Und wieder von seinem alten Sitz
Blickt in den Morgen Haus Vitzewitz.

3. KAPITEL

Weihnachtsmorgen

An Lewins Seele waren inzwischen unruhige Träume vorübergegangen. Die Fahrt im Ostwind hatte ihn fiebrig gemacht, und erst gegen Morgen verfiel er in einen festen Schlaf. Eine Stunde später begann es bereits im Hause lebendig zu werden; auf dem langen Korridor, an dessen Nordostecke Lewins Zimmer gelegen war, hallten Schritte auf und ab, schwere Holzkörbe wurden vor die Feuerstellen gesetzt und große Scheite von außen her in den Ofen geschoben. Bald darauf öffnete sich die Tür, und der alte Diener, der am Abend zuvor seinen jungen Herrn empfangen hatte, trat ein, einen Blaker in der Hand. Hektor blieb liegen, reckte sich auf dem Rehfell und wedelte nur, als ob er rapportieren wolle: Alles in Ordnung. Jeetze setzte das Licht, dessen Flamme er bis dahin mit seiner Rechten sorglich gehütet hatte, hinter einen Schirm und begann alles, was an Garderobestücken umherlag, über seinen linken Arm zu packen. Er selbst war noch im Morgenkostüm; zu den Samthosen und Gamaschen, ohne die er nicht wohl zu denken war, trug er einen Arbeitsrock von doppeltem Zwillich. Als er alles beisammen hatte, trat er, leise wie er gekommen war, seinen Rückzug an, dabei nach Art alter Leute unverständliche Worte vor sich hermurmelnd. An dem zustimmenden Nicken seines Kopfes aber ließ sich erkennen, daß er zufrieden und guter Laune war.

Die Türe blieb halb offen, und das erwachende Leben des Hauses drang in immer mahnenderen, aber auch in immer anheimelnderen Klängen in das wieder still gewordene Zimmer. Die großen Scheite Fichtenholz sprangen mit lautem Krach auseinander, von Zeit zu Zeit zischte das Wasser, das aus den naßgewordenen Stücken in kleinen Rinnen ins Feuer lief, und von der Korridornische her hörte man den sichern und regelrechten Strich, mit dem Jeetzes Bürste der Hacheln und Härchen, die nicht loslassen wollten, Herr zu werden suchte.

Alles das war hörbar genug, nur Lewin hörte es nicht. Endlich beschloß Hektor, der Ungeduld Jeetzes und seiner eigenen ein Ende zu machen, richtete sich auf, legte beide Vorderpfoten aufs Deckbett und fuhr mit seiner Zunge über die Stirn des Schlafenden hin, ohne weitere Sorge, ob seine Liebkosungen willkommen seien oder nicht. Lewin wachte auf; die erste Verwirrung wich einem heiteren Lachen. »Kusch dich, Hektor«, damit sprang er aus dem Bett. Der Morgenschlaf hatte ihn frisch gemacht; in wenig Minuten war er angekleidet, ein Vorteil halb soldatischer Erziehung. Er durchschritt ein paarmal das Zimmer, betrachtete lächelnd einen mit vier Nadeln an die Tischdecke festgesteckten Bogen Papier, auf dem in großen Buchstaben stand: »Willkommen in Hohen-Vietz«, ließ seine Augen über ein paar Silhouettenbilder gleiten, die er von Jugend auf kannte und doch immer wieder mit derselben Freudigkeit begrüßte, und trat dann an eines der zugefrorenen Eckfenster. Sein Hauch taute die Eisblumen fort, ein Fleckchen, nicht größer wie eine Glaslinse, wurde frei, und sein erster Blick fiel jetzt auf die eben aufgehende Weihnachtssonne, deren roter Ball hinter dem Turmknopf der Hohen-Vietzer Kirche stand. Zwischen ihm und dieser Kirche erhoben sich die Bäume des hügelansteigenden Parkes, phantastisch bereift, auf einzelnen ein paar Raben, die in die Sonne sahen und mit Gekreisch den Tag begrüßten.

Lewin freute sich noch des Bildes, als es an die Türe klopfte.

»Nur herein!«

Eine schlanke Mädchengestalt trat ein, und mit herzlichem Kuß schlossen sich die Geschwister in die Arme. Daß es Geschwister waren, zeigte der erste Blick: gleiche Figur und Haltung, dieselben ovalen Köpfe, vor allem dieselben Augen, aus denen Phantasie, Klugheit und Treue sprachen.

»Wie freue ich mich, dich wieder hier zu haben. Du bleibst doch über das Fest? Und wie gut du aussiehst, Lewin! Sie sagen, wir ähnelten uns, es wird mich noch eitel machen.«

Die Schwester, die bis dahin wie musternd vor dem Bruder gestanden hatte, legte jetzt ihren Arm in den seinen und fuhr dann, während beide auf der breiten Strohmatte des Zimmers auf- und abpromenierten, in ihrem Geplauder fort.

»Du glaubst nicht, Lewin, wie öde Tage wir jetzt haben. Seit einer Woche flog uns nichts wie Schneeflocken ins Haus.«

»Aber du hast doch den Papa ...«

»Ja und nein. Ich hab' ihn und hab' ihn nicht; jedenfalls ist er nicht mehr, wie er war. Seine kleinen Aufmerksamkeiten bleiben aus; er hat kein Ohr mehr für mich, und wenn er es hat, so zwingt er sich und lächelt. Und an dem allen sind die Zeitungen schuld, die ich freilich auch nicht missen möchte. Kaum daß Hoppenmarieken in den Flur tritt und das Postpaket aus ihrem Kattuntuch wickelt, so ist es mit seiner Ruhe hin. Er geht an mir vorbei, ohne mich zu sehen. Briefe werden geschrieben; die Pferde kommen kaum noch aus dem Geschirr; zu Wagen und zu Schlitten geht es hierhin und dorthin. Oft sind wir tagelang allein. Ein Glück, daß ich Tante Schorlemmer habe, ich ängstigte mich sonst zu Tode.«

»Tante Schorlemmer! So findet alles seine Zeit.«

»Oh, sie braucht nicht erst ihre Zeit zu finden, sie hat immer ihre Zeit, das weiß niemand besser als du und ich. Aber freilich, eines ist meiner guten Schorlemmer nicht gegeben, einen öden Tag minder öde zu machen. Möchtest du, eingeschneit, einen Winter lang mit ihr und ihren Sprüchen am Spinnrad sitzen?«

»Nicht um die Welt. Aber wo bleibt der Pastor? Und wo bleibt Marie? Ist denn alles zerstoben und verflogen?«

»Nein, nein, sie sind da, und sie kommen auch und sind die alten noch; lieb und gut wie immer. Aber unsere Hohen-Vietzer Tage sind so lang und am längsten, wenn im Kalender die kürzesten stehen. Marie kommt übrigens heute abend; sie hat eben anfragen lassen.«

»Und wie geht es unserm Liebling?«

»In den drei Monaten, daß du nicht hier warst, ist sie voll herangewachsen. Sie ist wie ein Märchen. Wenn morgen eine goldene Kutsche bei Kniehases vorgefahren käme, um sie aus dem Schulzenhause mit zwei schleppentragenden Pagen abzuholen, ich würde mich nicht wundern. Und doch ängstigt sie mich. Aber je mehr ich mich um sie sorge, desto mehr liebe ich sie.«

Soweit waren die Geschwister in ihren Plaudereien gekommen, als Jeetze – nunmehr in voller Livree – in der Türe erschien, um seinen jungen Herrschaften anzukündigen, daß es Zeit sei.

»Wo ist Papa?«

»Er baut auf. Krist und ich haben zutragen müssen.«

»Und Tante Schorlemmer?«

»Ist im Flur. Die Singekinder sind eben gekommen.«

Lewin und Renate nickten einander zu und traten dann heiteren Gesichts und leichten Ganges, ein jeder stolz auf den andern, in den Korridor hinaus. In demselben Augenblick, wo sie an dem Treppenkopf angelangt waren, klang es weihnachtlich von hellen Kinderstimmen zu ihnen herauf. Und doch war es kein eigentliches Weihnachtslied. Es war das alte »Nun danket alle Gott«, das den märkischen Kehlen am geläufigsten ist und am freiesten aus ihrer Seele kommt. »Wie schön«, sagte Lewin und horchte, bis die erste Strophe zu Ende war.

Als die Geschwister im Niedersteigen den untersten Treppenabsatz erreicht hatten, hielten sie abermals und überblickten nun das Bild zu ihren Füßen. Die gewölbte Flurhalle, groß und geräumig, trotz der Eichenschränke, die umherstanden, war mit Menschen, jungen und alten, gefüllt; einige Mütterchen hockten auf der Treppe, deren unterste Stufen bis weit in den Flur hinein vorsprangen. Links, nach der Park- und Gartentür zu, standen die Kinder, einige sonntäglich geputzt, die anderen notdürftig gekleidet, hinter ihnen die Armen des Dorfes, auch Sieche und Krüppel; nach rechts hin aber hatte alles, was zum Hause gehörte, seine Aufstellung genommen: der Jäger, der Inspektor, der Maier, Krist und Jeetze, dazu die Mägde, der Mehrzahl nach jung und hübsch und alle gekleidet in die malerische Tracht dieser Gegenden, den roten Friesrock, das schwarzseidene Kopftuch und den geblümten Manchester-Spenzer. In Front dieser bunten Mädchengruppe gewahrte man eine ältliche Dame über fünfzig, graugekleidet mit weißem Tuch und kleiner Tüllhaube, die Hände gefaltet, den Kopf vorgebeugt, wie um dem Gesange der Kinder mit mehr Andacht folgen zu können. Es war Tante Schorlemmer. Nur als die Geschwister auf dem Treppenabsatz erschienen, unterbrach sie ihre Haltung und erwiderte Lewins Gruß mit einem freundlichen Nicken.

Nun war auch der zweite Vers gesungen, und die Weihnachtsbescherung an die Armen und Kinder des Dorfes, wie sie in diesem Hause seit alten Zeiten Sitte war, nahm ihren Anfang. Niemand drängte vor; jeder wußte, daß ihm das Seine werden würde. Die Kranken erhielten eine Suppe, die Krüppel ein Almosen, alle einen Festkuchen, an die Kinder aber traten die Mägde heran und schütteten ihnen Äpfel und Nüsse in die mitgebrachten Säcke und Taschen.

Das Gabenspenden war kaum zu Ende, als die große, vom Flur aus in die Halle führende Flügeltüre von innen her sich öffnete und ein heller Lichtschein in den bis dahin nur halb erleuchteten Flur drang. Damit war das Zeichen gegeben, daß nun dem Hause selber beschert werden solle. Der alte Vitzewitz trat zwischen Türe und Weihnachtsbaum, und Lewins ansichtig werdend, der am Arm der Schwester dem Festzug voraufschritt, rief er ihm zu: »Willkommen, Lewin, in Hohen-Vietz.« Vater und Sohn begrüßten sich herzlich; dann setzten die Geschwister ihren Umgang um die Tafel fort, während draußen im Flur die Kinder wieder anstimmten:

Lob, Ehr' und Preis sei Gott
Dem Vater und dem Sohne,
Und auch dem Heil'gen Geist
Im hohen Himmelsthrone.

Der Zug löste sich nun auf, und jeder trat an seinen Platz und seine Geschenke. Alles gefiel und erfreute, die Schals, die Westen, die seidenen Tücher. Da lagerte kein Unmut, keine Enttäuschung auf den Stirnen; jeder wußte, daß schwere Zeiten waren, und daß der viel heimgesuchte Herr von Hohen-Vietz sich mancher Entbehrung unterziehen mußte, um die gute Sitte des Hauses auch in bösen Tagen aufrechtzuerhalten.

Zu beiden Seiten des Kamins, über dessen breiter Marmorkonsole das überlebensgroße Bild des alten Matthias aufragte, waren auf kleinen Tischen die Gaben ausgebreitet, die der Vater für Lewin und Renaten gewählt hatte. Lieblingswünsche hatten ihre Erfüllung gefunden, sonst waren sie nicht reichlich. An Lewins Platz lag eine gezogene Doppelbüchse, Suhler Arbeit, sauber, leicht, fest, eine Freude für den Kenner.

»Das ist für dich, Lewin. Wir leben in wunderbaren Tagen. Und nun komm und laß uns plaudern.«

Beide traten in das nebenan gelegene Zimmer, während in der Halle die Weihnachtslichter niederbrannten.

4. KAPITEL

Berndt von Vitzewitz

Der Vater Lewins war Berndt von Vitzewitz, ein hoher Fünfziger. Mit dreizehn Jahren bei den zu Landsberg garnisonierenden Knobelsdorff-Dragonern eingetreten, hatte er, nach beinahe dreißigjährigem Dienst, das Kommando des berühmten Regiments eben übernommen, als ihn im Frühjahr 1795 der Abschluß des Basler Friedens veranlaßte, seinen Abschied zu fordern. Voller Abscheu gegen die Pariser Schreckensmänner sah er in dem »Paktieren mit den Regiciden« ebenso eine Gefahr wie eine Erniedrigung Preußens. Er zog sich verstimmt nach Hohen-Vietz zurück. Vielleicht war es ein Ausdruck seiner Verstimmung, daß er es, wenigstens im geselligen Verkehr, vorzog, seinen militärischen Rang ignoriert und sich lediglich als Herr von Vitzewitz angesprochen zu sehen. Das Gut selbst war ihm schon sieben Jahre früher zugefallen, unmittelbar fast nach seiner Vermählung mit Madeleine von Dumoulin, älteste Tochter des Generallieutenants von Dumoulin, der bei Zorndorf, als jüngster Offizier in der Schwadron des Rittmeisters von Wakenitz, Wunder der Tapferkeit verrichtet und nach zweimaligem Durchbrechen der russischen Karrees den *Pour le mérite* auf dem Schlachtfelde empfangen hatte.

Madeleine von Dumoulin, groß, schlank, blond, eine typische deutsche Schönheit, wie so oft die Töchter des altfranzösischen Adels, war der Abgott ihres Gemahls. Und doch sah sie zu ihm hinauf; ohne Prätentionen, fast ohne Laune beugte sie sich vor der Überlegenheit seines Charakters. Die Geburt eines Sohnes, noch in der Garnisonstadt des Regiments, schuf ein gesteigertes Glück, das aus beider Augen noch lebhafter sprach, als ihnen, bald nach ihrer Übernahme von Hohen-Vietz, auch eine Tochter geboren wurde. Es war im Mai 1795, ein Frühlingsregen sprühte, und das Zeichen des Bundes zwischen Gott und den Menschen, ein Regenbogen, stand verheißungsvoll über dem alten Hause. Aber die Verheißung, wenn sie dem Kinde gelten mochte, galt nicht dem Vater. Ein Allerschmerzlichstes blieb auch ihm, wie so vielen seiner Ahnen, unerspart. Es traf ihn anders, aber nicht minder schwer.

Der Tag von Jena hatte über das Schicksal Preußens entschieden; elf Tage später hielten bereits angemeldete französische Offiziere vor dem Herrenhause in Hohen-Vietz, zu deren Bewillkommnung, um nicht Anstoß zu geben, auch die kaum von einem hitzigen Fieber wiederhergestellte, noch die Blässe der Krankheit zeigende Dame vom Hause erschienen war. In der Halle war gedeckt. Frau von Vitzewitz blieb und schien ihren Zweck, ein leidliches Einvernehmen zwischen Wirt und Gästen herzustellen, erreichen zu sollen, als sich, während schon der Nachtisch aufgetragen wurde, ein ihr gegenübersitzender Kapitän von der spanischen Grenze, olivenfarbig, mit dünnem Spitzbart, erhob und in unziemlichster Huldigung Worte lallte, die der schönen Frau das Blut in die Wangen trieben. Berndt von Vitzewitz fuhr auf den Elenden ein, andere Offiziere, dazwischen springend, trennten die miteinander Ringenden, und Partei ergreifend für den beleidigten Gemahl, steckten sie draußen im Park den Platz ab, wo der Handel auf der Stelle ausgemacht werden sollte. Berndt, ein Meister auf den Degen, verwundete seinen Gegner schwer am Kopf, und die Franzosen, in der ihnen eigenen ritterlichen Gesinnung, beglückwünschten ihn, ohne die geringste Verstimmung zu zeigen, zu seinem Triumph. Aber es war ein kurzer Sieg, zum mindesten ein teuer erkaufter. Die heftigen, von solchen Vorgängen unzertrennlichen Erregungen warfen die schöne Frau aufs Krankenbett zurück, am dritten Tag war sie aufgegeben, am neunten trugen sie sie die alte Nußbaumallee hinauf, bis an die Hohen-Vietzer Kirche, und senkten sie unter Innehaltung aller von ihr gegebenen Bestimmungen ein. Nicht in die Gruft, sondern in »Gottes märkische Erde«, wie sie so oft gebeten hatte. Die Glokken klangen den ganzen Tag ins Land, und als der Frühling kam, lag ein Stein auf der Grabesstelle, ohne Namen, ohne Datum, nur tief eingegraben: »Hier ruht mein Glück.«

Berndts Charakter hatte sich unter diesen Schlägen aus dem Ernsten völlig ins Finstere gewandelt. Die Lage des zerbröckelten, nahezu aus der Reihe der Staaten gestrichenen Vaterlandes war nicht dazu angetan, ihn aufzurichten. Sein eigner Besitz entwertet, die Ernten geraubt, das Gehöft von Räuberhänden halb niedergebrannt – so verfiel er auf Jahr und Tag in brütenden Trübsinn und lebte erst wieder auf, als Sorge und Mißgeschick, die beinahe unausgesetzt auf ihn eindrangen, einen großen Haß in ihm gezeitigt hatten. Er wurde rührig, regsam, er hatte Ziele, er lebte wieder.

Der Haß, dem er dieses dankte, richtete sich gegen alles, was von jenseits des Rheines kam, aber doch war ein Unterschied in dem, was er gegen den Machthaber und gegen die französische Nation empfand. Für diese letztere, deren Mut, Begeisterung und Opferfähigkeit er so oft gepriesen, so oft vorbildlich hingestellt hatte, hatte er, wie fast alle Märker, im tiefsten Herzen eine nicht zu ertötende Vorliebe, und aller Haß, den er dieser Liebe zum Trotz stark und ehrlich zur Schau trug, war viel mehr Absicht und Kalkül als unmittelbare Empfindung, emporgewachsen aus der unablässigen, mit Geflissentlichkeit gehegten Betrachtung, daß – um ihn selber sprechen zu lassen – »das undankbarste aller Völker einen guten König geschlachtet habe, um sich vor den Triumphwagen eines freiheitsmörderischen Tyrannen zu spannen«. Ganz anders sein Haß gegen den Bonaparte selbst. Ungemacht und ungekünstelt sprang er wie ein heißer Quell aus seinem Herzen. Schon der Name widerte ihn an. Er war kein Franzos, er war Italiener, Korse, aufgewachsen an jener einzigen Stelle in Europa, wo noch die Blutrache Sitte und Gesetz; und selbst die Größe, die er ihm zugestehen mußte, war ihm staunens-, aber nicht bewundernswert, weil sie alles himmlischen Lichtes entbehrte. Er sah in ihm einen Dämon, nichts weiter; eine Geißel, einen Würger, einen aus Westen kommenden Dschingiskhan. Als Mitte November bekannt wurde, daß der Kaiser Küstrin passieren werde, um bis an die Weichsel zu gehen, führte Berndt seine beiden halberwachsenen Kinder – Renate zählte elf, Lewin eben sechzehn Jahre – nach der alten Oderfestung und nahm Stand an dem Müncheberger Tore, um ihnen den zu zeigen, »den Gott gezeichnet habe«. Und als dieser nun unter dem gewölbten Portal hin in die stille Stadt einritt und das gelbe Wachsgesicht wie ein unheimlicher Lichtpunkt zwischen dem Bug des Pferdes und dem tief in die Stirn gerückten Hute sichtbar wurde, da schob er die Kinder in die vorderste Reihe und rief ihnen vernehmlich zu: »Seht scharf hin, das ist der *Böseste* auf Erden.«

Aber wer zu hassen versteht, so es nur der rechte Haß ist, der weiß auch zu lieben, und die leidenschaftliche Zuneigung, die Berndt so viele Jahre lang gegen die zu früh Heimgegangene als sein höchstes irdisches Glück im Herzen getragen hatte, er übertrug sie jetzt auf die Kinder, die als die Ebenbilder der Mutter heranwuchsen. Schlank aufgeschossen, blond und durchsichtig, wichen sie in jedem Zuge von der äußeren Erscheinung des Vaters ab, zu dessen gedrungener Gestalt sich dunkelster Teint und ein schwarzes, kurzgeschnittenes, mit nur wenig Grau erst untermischtes Haar gesellte. Und wie verschieden die Erscheinung, so verschieden auch waren die Charaktere. Leichtbeweglich und leichtgläubig, immer geneigt, zu bewundern und zu verzeihen, hatten die Kinder das heitere Licht der Seele, wo der Vater das düstere Feuer hatte. Demütig und trostreich, angelegt um zu beglücken und glücklich zu sein, leuchtete ihren

Wegen die alles verklärende Phantasie. Der Vater freute sich dessen. Er träumte von einer Wandlung, die mit ihnen über das Haus kommen werde.

Berndt von Vitzewitz, wie alle, die ihr Herz an etwas setzen, machte wenig davon; er hatte das Schamgefühl der Liebe. Aber ebensowenig gefiel er sich darin, eine rauhe Außenseite herauszukehren. Weil er Autorität hatte, durfte er darauf verzichten, sie jeden Augenblick geltend zu machen. Er liebte es, im Gespräch den Unterschied der Jahre zu überspringen, und bespöttelte jene Väter und Mütter, die, aus der Not eine Tugend machend, ihre Gefühls- und Gedankenwelt in zwei Rubriken, in eine für die »Intimen« und in eine andere für die Kinder bestimmte Hälfte, zu teilen pflegen. Er war offen, entgegenkommend gegen Lewin, reich an Aufmerksamkeiten gegen Renate. Nur in den letzten Wochen, wie die Schwester dem Bruder bereits geklagt hatte, war eine Änderung eingetreten; er mied jede Begegnung, sprach wenig und saß halbe Nächte lang, wenn ihn nicht Besuche in die Umgegend führten, an seinem Schreibtisch oder durchschritt im Selbstgespräch das einfensterige Kabinett, das sein Arbeitszimmer bildete.

Dies Arbeitszimmer war ebenso tief wie schmal, so daß die gelben, von Tabak- und Lampenrauch längst grau gewordenen Wände, bei dem wenigen Licht, das einfiel, noch dunkler erschienen, als sie waren. Von Luxus keine Spur. Nur für Bequemlichkeit war gesorgt, für jenes Alles-zur-Hand-Haben geistig beschäftigter Männer, denen nichts unerträglicher ist, als erst holen, suchen oder gar warten zu müssen. Die beiden Türen des Kabinetts, von denen die eine nach der Halle, die andere nach dem Damenzimmer führte, lagen dem Fenster zu, wodurch zwei breite Wandflächen zur Aufstellung eines Schreibtisches und eines Ledersofas, beide von beträchtlicher Länge, gewonnen waren. Ein dazwischenstehender gartenstuhlartiger Holzschemel würde die Kommunikation vollständig geschlossen haben, wenn nicht die Tischplatte eine entsprechende Einbuchtung gehabt hätte. Über dem Schreibtisch hing ein schönes Frauenporträt, Brustbild, nachgedunkelt, über dem Sofa ein schmaler, länglicher Spiegel, dessen völlig verblaktes Glas über seine Nutzlosigkeit an dieser Stelle keinen Zweifel ließ. Ein Schlüsselbrett, dazu zwei, drei Hirschgeweihe, mit allerhand Mützen und Hüten daran, vollendeten die Einrichtung. In den Ecken standen Stöcke umher, eine Entenflinte und ein Kavalleriedegen, während an den Paneelen der Fensternische mehrere Spezialkarten von Rußland, mit Oblaten und Nägelchen, je nachdem es sich am bequemsten gemacht hatte, befestigt waren. Zahllose rote Punkte und Linien zeigten deutlich, daß mit dem Zeitungsblatt in der Hand zwischen Smolensk und Moskau bereits viel hin- und hergereist worden war.

Dies war das Zimmer, in das, wie am Schlusse des vorigen Kapitels erzählt, Vater und Sohn eintraten. Beide nahmen auf dem Sofa Platz, gegenüber dem Frauenporträt, das jetzt auf sie niedersah. Berndt, der in seinem gewöhnlichen Hauskostüm war: weite Beinkleider von schottischem Stoff, dunkler Samtrock, dazu ein rotseidenes Tuch leicht um den Hals geschlungen, streckte den rechten Fuß auf ein hohes, tabouretartiges Doppelkissen. Lewin, aus Respekt und Gewöhnung, saß gerade aufrecht neben ihm.

»Nun, was gibt es, Lewin, was bringst du?«

»Vielleicht eine Neuigkeit. Morgen werden unsere Blätter das Bulletin bringen, das die Vernichtung des Heeres zugesteht. Ladalinskis hatten den französischen Text; Kathinka las uns die Hauptstellen vor. Es hat mich erschüttert.«

»Auch mich, aber noch mehr hat es mich erhoben.«

»So kennst du schon den Inhalt? und ich komme wieder zu spät.«

»Tante Amelie empfing den Zeitungsausschnitt schon gestern; du kennst ihre alten Beziehungen. Graf Drosselstein, der gestern bei ihr war, erbot sich, mir persönlich die Nachricht zu bringen. Wir haben wohl eine Stunde geplaudert. Und glaube mir, das Bulletin sagt nicht die Hälfte. Wir haben Briefe aus Minsk und Bialystock; sie sind total vernichtet.«

»Welch ein Gericht!«

»Ja, Lewin, du sprichst das Wort. Die große Hand, die beim Gastmahl des Belsazar war, hat wieder ihre Zeichen geschrieben und diesmal keine Rätselzeichen. Jeder kann sie lesen: ›Gezählt, gewogen und hinweggetan‹. Ein Gottesgericht hat ihn verworfen. Und doch fürchte ich, Lewin, wir haben Neunmalweise am Ruder, die dem zornigen Gott in den Arm fallen wollen. Sie dürfen es nicht. Wagen sie es, so sind sie verloren, sie und wir. – Wie ist die Stimmung?«

»Gut. Es ist mir, als wäre eine Wandlung über die Gemüter gekommen. Das ganze Fühlen ist ein höheres; wo noch Niedrigkeit der Gesinnung ist, da wagt sie sich nicht hervor. Was fehlt, ist eins: ein leitender Wille, ein entschlußkräftiges Wort.«

»Das Wort *muß* gesprochen werden, so oder so. Wenn die Menschen stumm sind, so schreien es die Steine. Gott will es, daß wir seine Zeichen verstehen. Lewin, wir alle sind hier entschlossen. Wir alle stehen hier des Wortes gewärtig; wird es *nicht* gesprochen, so folgen wir dem lauten Wort, das in uns klingt. Es begräbt sich leicht im Schnee. Nur kein feiges Mitleid. Jetzt oder nie. Nicht viele werden den Njemen überschreiten, *über die Oder darf keiner.*«

Lewin schwieg eine Weile; er mied es, dem Blick des Vaters zu begegnen. Dann sprach er halb vor sich hin: »Wir sind die Verbündeten des Kaisers. Wir wollen das Bündnis lösen, Gott gebe es, aber –«

»So mißbilligst du, was wir vorhaben?«

»Ich kann nicht anders. Das, was du vorhast, und was Tausende der Besten wollen, es ist gegen meine Natur. Ich habe kein Herz für das, was sie jetzt mit Stolz und Bewunderung die spanische Kriegsführung nennen. Alles, was von hintenher sein Opfer faßt, ist mir verhaßt. Ich bin für offenen Kampf, bei hellem Sonnenschein und schmetternden Trompeten. Wie oft habe ich in Entzücken geweint, wenn ich auf der Fußbank neben Mama saß und sie von ihrem Vater erzählte, wie er, kaum achtzehnjährig, in die russischen Vierecke einbrach und wie dann Rittmeister von Wakenitz vor der Schwadron ihn küßte und ihm zurief: ›Junker von Dumoulin, lassen Sie uns die Degen tauschen.‹ Ja, ich will Krieg führen, aber deutsch, nicht spanisch, auch nicht slawisch. Du weißt, Papa, ich bin meiner Mutter Sohn.«

»Das bist du, und ein Glück, daß du es bist. Über deiner Mutter Kindheit haben helle Sterne gestanden, und ich bitte Gott, daß der Segen ihres Hauses über dir und über Renaten sei.«

Lewin sah wieder vor sich hin. Berndt von Vitzewitz aber fuhr fort: »Ich weiß, was eine Natur zu bedeuten hat; alles An- und Eingeborene, das nicht gegen die Gebote Gottes streitet, ist mir heilig; gehe deinen Weg, Lewin, ich zwinge dich in nichts. Aber ich, in stillen Nächten habe ich mir's geschworen, ich will den meinen gehen!«

Eine kurze Pause folgte, während welcher Berndt in dem schmalen Zimmer auf- und niederschritt. Dann, ohne des Schweigens zu achten, in dem Lewin verharrte, sprach er weiter: »Ihr in den Städten – und du bist ein Stadtkind geworden, Lewin –, ihr wißt es nicht, ihr habt es nicht recht erlebt. Unter den Augen der Machthaber nahm die Unterdrückung Maß und das Ungesetzliche gesetzliche Formen an. Sie rühmen sich dessen sogar und glauben es beinahe selbst, daß sie unsere Ketten gebrochen haben. Aber wir auf dem Lande, wir wissen es besser, und ich sage dir, Lewin, die rote Hand, die Feuer an die Scheunen legte, die die Goldringe von den Fingern unserer Toten zog, sie ist unvergessen hier herum, und eine rötere Hand wird ihr die Antwort geben.«

Lewin wollte dem Vater antworten; aber dieser, die Heftigkeit seiner Rede plötzlich umstimmend, fuhr mit ersichtlicher Bewegung fort: »Du warst noch ein Knabe, als der böse Feind ins Land kam; der Glanz seiner Taten ging vor ihm her. Was er damals im Übermut seines Glückes unsere Königin zu fragen sich erdreistete: ›Wie mochten Sie's nur wagen, den Kampf gegen mich aufzunehmen?‹, diese Frage ist seitdem von tausend Schwachen und Elenden im Lande selber nachgesprochen worden, als ob sie das A und das O aller Weisheit wäre. Und in dieser Vorstellung unserer Ohnmacht bist du herangewachsen, du und Renate. Ihr habt nichts gesehen als unsere Kleinheit, und ihr habt nichts gehört als die Größe unseres Siegers. Aber, Lewin, es war einst anders, und wir Alten, die wir noch das Auge des Großen Königs gesehen haben, wir schmecken bitter den Kelch der Niedrigkeit, der jetzt täglich an unseren Lippen ist.«

»Und ich bin es sicher«, fiel jetzt Lewin ein, »er wird von uns genommen werden. Wir werden einen frohen, einen heiligen Krieg haben. Aber zunächst sind wir unseres Feindes Freund, wir haben mit und neben ihm in Waffen gestanden; er rechnet auf uns, er schleppt sich unserer Türe zu, hoffnungsvoll wie der Schwelle seines eigenen Hauses; das Licht, das er schimmern sieht, bedeutet ihm Rettung, Leben, und an der Schwelle eben dieses Hauses faßt ihn unsere Hand und würgt den Wehrlosen.«

In diesem Augenblick begannen die Glocken zu klingen, die von dem alten Hohen-Vietzer Turm her zur Kirche riefen. Sie klangen laut und voll in dem klaren Wetter. Berndt horchte auf;

dann mit der Hand nach Osten deutend, von wo die Klänge herüberhallten, fuhr er seinerseits fort: »Ich weiß, daß geschrieben steht: ›die Rache ist mein‹, und in menschlicher Gebrechlichkeit, das weiß der, der in die Herzen sieht, bin ich allezeit seinem Wort gefolgt. Ich fürchte nicht, daß ich lästere, wenn ich ausspreche: Es gibt auch eine heilige Rache. So war es, als Simson die Tempelpfosten faßte und sich und seine Feinde unter Trümmern begrub. Vielleicht, daß auch unsere Rache nichts anderes wird als ein gemeinschaftliches Grab. Sei's drum; ich habe abgeschlossen; ich setze mein Leben daran, und, Gott sei Dank, ich *darf es*. Diese Hand, wenn ich sie aufhebe, so erhebe ich sie nicht, um persönliche Unbill zu rächen, nein, ich erhebe sie gegen den bösen Feind aller Menschheit, und weil ich ihn selber nicht treffen kann, so zerbreche ich seine Waffe, wo ich sie finde. Der große Schuldige reißt viel Unschuldige mit in sein Verhängnis; wir können nicht sichten und sondern. Das Netz ist ausgespannt, und je mehr sich darin verfangen, desto besser. Wir sprechen weiter davon, Lewin. Jetzt ist Kirchzeit. Laß uns Gottes Wort nicht versäumen. Wir bedürfen seiner.«

So trennten sie sich, als die Glocken zum zweitenmal ihr Geläut begannen.

5. KAPITEL

In der Kirche

Das Summen der Glocken war noch in der Luft, als Berndt von Vitzewitz, Renaten am Arm, aus einem in den Schnee gefegten Fußsteig in die große Nußbaumallee einbog, die, leise ansteigend, von der Einfahrt des Herrenhauses her in gerader Linie zur Hügelkirche hinaufführte. Dem voraufschreitenden Paare folgten Lewin und Tante Schorlemmer. Alle waren winterlich gekleidet; die Hände der Damen steckten in schneeweißen Grönlandsmuffen; nur Lewin, alles Pelzwerk verschmähend, trug einen hellgrauen Mantel mit weitem Überfallkragen.

Die mehrgenannte Hügelkirche, der sie zuschritten, war ein alter Feldsteinbau aus der ersten christlichen Zeit, aus den Kolonisationstagen der Zisterzienser her; dafür sprachen die sauber behauenen Steine, die Chornische und vor allem die kleinen hochgelegenen Rundbogenfenster, die dieser Kirche, wie allen vorgotischen Gotteshäusern der Mark, den Charakter einer Burg gaben. Wenig hatten die Jahrhunderte daran geändert. Einige Fenster waren verbreitert, ein paar Seiteneingänge für den Geistlichen und die Gutsherrschaft hergerichtet worden; sonst, mit Ausnahme des Turmes und eines neuen Gruftanbaues der nördlichen Langwand, stand alles, wie es zu den Mönchszeiten gestanden hatte.

War nun aber das Äußere der Kirche so gut wie unverändert geblieben, so hatte das Innere derselben alle Wandlungen eines halben Jahrtausends durchgemacht. Von den Tagen an, wo die Askanier hier ihre regelmäßig wiederkehrenden Fehden mit den Pommerherzögen ausfochten, bis auf die Tage herab, wo der Große König an ebendieser Stelle, bei Zorndorf und Kunersdorf, seine blutigsten Schlachten schlug, war an der Hohen-Vietzer Kirche kein Jahrhundert vorübergegangen, das ihr nicht in ihrer inneren Erscheinung Abbruch oder Vorschub geleistet, ihr nicht das eine oder andere gegeben oder genommen hätte.

Ein gleiches, was hier eingeschaltet werden mag, gilt von der Mehrzahl aller alten märkischen Dorfkirchen, die dadurch ihren Reiz und ihre Eigentümlichkeit empfangen. Besonders im Gegensatz zu den weltlichen oder Profan-Bauten unseres Landes. Überblickt man diese, so nimmt man alsbald wahr, daß die eine Gruppe zwar die Jahre, aber keine Geschichte, die andere Gruppe zwar die Geschichte, aber keine Jahre hat. Burg Soltwedel ist uralt, aber schweigt. Schloß Sanssouci spricht, aber ist jung wie ein Parvenü. Nur unsere Dorfkirchen stellen sich uns vielfach als die Träger unserer *ganzen* Geschichte dar, und die Berührung der Jahrhunderte untereinander zur Erscheinung bringend, besitzen und äußern sie den Zauber historischer Kontinuität.

Die Hohen-Vietzer Kirche hatte drei Eingänge, der erste für die Gemeinde von Westen her. Der Turm, durch den dieser Eingang ging, war aus Feldstein roh zusammengemörtelt; es fehlte die Sauberkeit, die den älteren Bau auszeichnete. Von der Decke herab hing ein Seil, an dem die Betglocke geläutet wurde. Rechts an der Wand hin stand ein Grabscheit, eine Totenbahre; auf ihr lagen Leinentücher, um die Särge hinabzulassen. An der Wand gegenüber waren wurmstichige Holzpuppen, Überreste eines Schnitzaltars aus der katholischen Zeit her, zusammengefegt; daneben aufgeschichtetes Knubbenholz, wahrscheinlich um die Sakristei zu heizen. Das eigentliche Schaustück dieser Vorhalle war aber die »Türkenglocke«, berühmt wegen ihres Tones und ihrer Größe, die, nachdem sie lange oben im Turm gehangen und die Oder hinauf- und hinabgeklungen hatte, jetzt gesprungen aus ihrer Höhe herabgelassen war. Sie war – so wenigstens ging die Sage – aus Geschützen gegossen, die Isaschar von Vitzewitz (des alten Matthias Sohn) aus dem Türkenkriege mit heimgebracht hatte. Inschriften bedeckten den Rand; eine lautete:

Ruf' ich, öffne deinen Sinn,
Gott zu dienen ist Gewinn.

Der schwere Eisenklöppel stand in einer Ecke daneben. Aus dem Turm trat man in den Mittelgang der Kirche; dicht an der Schwelle lag ein granitner Taufstein, ohne Fuß oder Träger, mitten durchgebrochen, noch aus der Zeit der Zisterzienser her. Weiter links, in der Ecke, wo Turm und Kirchenschiff zusammenstießen, war eine Nische in die nördliche Längswand gehauen; an einem Eisenstab hing eine Maria (das Christkind war ihrem Arm entfallen), und ihr zu Häupten stand einfach die Jahreszahl 1431. Das war das Hussitenjahr. Kein Zweifel, daß die Vitzewitze diesen Votivaltar nach Abzug des Feindes gestiftet hatten. Rechts und links vom Mittelgange, bis über die Hälfte der Kirche, liefen die Kirchenstühle hin, alle sauber und verschlossen; nur die Tür des vordersten stand halb offen und hing in den Angeln. Dieser hieß der »Majorsstuhl« seit den Tagen, die der Kunersdorfer Schlacht unmittelbar gefolgt waren. Bis hierher, durch Flucht und Graus, hatten Grenadiere vom Regiment Itzenplitz ihren verwundeten Major getragen, auf diese Bank hatten sie ihn niedergelegt, hier hatte er sich aufgerichtet und die Binden abgerissen. »Kinder, ich will sterben.« Die Bank hatte einen Blutfleck seitdem, und jeder mied die Stelle.

Einen Hauptschmuck der Hohen-Vietzer Kirche bildeten ihre Grabsteine. Einst hatten sie vom Altar an bis mitten in das Kirchenschiff hinein gelegen; seitdem aber das alte Gewölbe zugeschüttet und die neue Gruft, deren wir schon erwähnten, angebaut worden war, standen sie aufrecht an der Nordwand der Kirche hin. Es waren meist einfache Steine, je nach der Sitte der Zeit mit langen oder kurzen Inschriften versehen, die von Malplaquet und Mollwitz erzählten oder auch von stilleren Tagen, in Hohen-Vietz begonnen und beendet.

An zwei dieser Steine knüpfte die Sage an. Neben der Mariennische stand einer, größer als die andern und dicht beschrieben. Wer die Inschrift las, der wußte, daß Katharina von Gollmitz, eine Freundin des Hauses, einst unter diesem Steine gelegen hatte. Grete von Vitzewitz, der Verstorbenen in besonderer Liebe zugetan, hatte ihr, als sie während eines Besuches in Hohen-Vietz erkrankte und starb, einen Ehrenplatz in der Kirche angewiesen; aber die Freundin im Grabe hatte kein Gefühl für diese Auszeichnung und sehnte sich nach Haus. Immer wenn Grete Vitzewitz über den Grabstein hinschritt, hörte sie eine Stimme: »Grete, mach auf!« Da machten sie endlich auf und brachten den Sarg nach Jargelin, wo Katharina von Gollmitz ihre Heimat hatte. Nun wurde es still. Den Grabstein aber mauerten sie in die Wand.

Ein anderer Stein, dessen Inschrift längst weggetreten war, lag noch dicht vor dem Altar. Er war der einzige, den man an alter Stelle belassen hatte, vielleicht, weil er zerbrochen war. Er weigerte sich hartnäckig, mit den neben ihm liegenden Fliesen gleiche Linie zu halten, und bildete nach und nach eine Mulde. Wie oft auch seine zwei Hälften aufgenommen und Sand und Gerölle in die Vertiefung hineingestampft wurden, der Stein sank immer wieder. Das Volk sagte: »Da liegt der alte Matthias; der geht immer tiefer.«

Dies war nun freilich ein Irrtum, der alte Matthias lag an anderer Stelle, wohl aber gehörte ihm das große Grabmonument an, das, nach der künstlerischen Seite hin, den Hauptschmuck der Hohen-Vietzer Kirche bildete. Es war ein Marmordenkmal, überladen, rokokohaft, dabei jedoch von großer Meisterschaft der Arbeit. Dem Gegenstande nach zeigte es eine gewisse Verwandtschaft mit dem Altarbilde des Saalanbaues. Matthias von Vitzewitz und seine Gemahlin kniend, dabei voll Andacht zu einer Kreuzigung Christi emporblickend. Alles Basrelief, nur die Knienden fast in losgelöster Figur. Darunter ihre Namen und die Daten ihres Lebens und Sterbens. Ein niederländischer Meister hatte das Werk gefertigt und es persönlich zu Schiff bis in die Oder hinaufgebracht.

Als die Bewohner des Herrenhauses die Kirche betraten, begann eben der Gesang der Gemeinde. Eine schmale Treppe, an einem der kleinen Seiteneingänge ausmündend, führte zu dem herrschaftlichen Stuhle hinauf. Dieser, ein auf Pfeilern ruhender, sehr einfacher Holzbau, war ursprünglich durch hohe Schiebefenster geschlossen gewesen, längst aber waren diese beseitigt, und nur noch zwei schmale Bretter, die von der Brüstung bis zur vollen Höhe der Decke aufstiegen, teilten den Raum in drei große Rahmen ab. Vorn an der Wandung war das Vitzewitzsche Wappen angebracht, ein Andreaskreuz, weiß auf rotem Grunde.

In Front dieses herrschaftlichen Stuhles, hart an der Brüstung hin, nahmen die Eintretenden geräuschlos Platz: erst Berndt von Vitzewitz, links neben ihm Renate, dann Tante Schorlemmer. Lewin stellte seinen Stuhl in die zweite Reihe. So vernachlässigt alles war, so war es doch nicht ohne einen gewissen Reiz. Gleich zur Rechten Altar und Kanzel; in Front des Altars das Taufbecken, eine silberne, mit allegorischen Figuren und unentzifferbaren Inschriften reich ausgeschmückte Schüssel, die nur mit großer Mühe vor den Händen des Feindes gerettet worden war. An der Wand gegenüber das vorerwähnte Marmordenkmal des alten Matthias und seiner Gemahlin. Das beste aber, was dieser unscheinbaren Stelle eigen war, war doch das große, fast einen Halbkreis bildende Fenster, das einen Blick auf den Kirchhof und weiter hügelabwärts auf einzelne zerstreute, wie Vorposten ausgestellte Hütten und Häuser des Dorfes gestattete. Neben diesem Fenster, hart an der Kirchwand, stand ein Eibenbaum, der von der Seite her die längsten seiner Zweige vorschob und regelmäßig an die Scheiben klopfte, wenn Pastor Seidentopf seine dreigeteilte Predigt den Hohen-Vietzern ans Herz legte. Lewin setzte sich immer so, daß er einen Blick auf das Fenster frei hatte. Er stand wohl fest auf dem Catechismo Lutheri, wie alle Vitzewitze, seitdem die gereinigte Lehre ins Land gekommen war, aber da war doch ein anderes in ihm, das ihn von Zeit zu Zeit trieb, mehr auf den Eibenbaum draußen als auf die Stimme von der Kanzel her zu achten, wäre diese Stimme auch mächtiger gewesen, als die seines alten Lehrers und Freundes, dem die sonntägliche Erbauung oblag.

Die Sonne schien hell, und ein einfallendes Streiflicht erleuchtete in plötzlichem Glanz die halbe Nordwand, vor allem das große Grabdenkmal dem herrschaftlichen Chorstuhl gegenüber. Die lebensgroßen Figuren waren wie von rosigem Leben angehaucht. Lewin hatte die Schönheit dieses Bildwerkes nie so voll empfunden; er las die langen Inschriften, wie er sich gestand, zum erstenmal.

Der Gesang schwieg; schon während des letzten Verses war Prediger Seidentopf auf die Kanzel getreten, ein Sechziger, mit spärlichem weißen Haar, von würdiger Haltung und mild im Ausdruck seiner Züge. Lewin hing an der wohltuenden Erscheinung, senkte dann den Blick und folgte in andächtiger Betrachtung dem stillen Gebet. Die Gemeinde tat ein Gleiches, neigte sich und schaute voll herzlichem Verlangen zu ihrem Geistlichen auf, als dieser sein Gebet beendet und sein Haupt wiederum erhoben hatte. Denn die Gemüter waren damals offen für Trost und Zuspruch von der Kanzel her und rechneten nicht nach, ob die Worte lutherisch oder kalvinistisch klangen, so sie nur aus einem *preußischen* Herzen kamen. Das wußte Seidentopf, der in gewöhnlichen Zeiten manche Widersacher unter den strenggläubigen Konventiklern seines Dorfes zu bekämpfen hatte, und ein heller Glanz, wie ihn ihm die innere Freude gab, umleuchtete seine Stirn, als er nach Lesung des Evangeliums die Texteswortе zu erklären begann. Er sprach von dem Engel des Herrn, der den Hirten erschien, um ihnen die Geburt eines neuen Heiles zu verkünden. Solche Engel, so fuhr er fort, sende Gott zu allen Zeiten, vor allem dann, wenn die Nacht der Trübsal auf den Völkern läge. Und eine Nacht der Trübsal sei auch über dem Vaterlande; aber ehe wir es dächten, würde inmitten unseres Bangens der Engel erscheinen und uns zurufen: »Fürchtet euch nicht, siehe, ich verkündige euch große Freude.« Denn das Gericht des Herrn habe unsere Feinde getroffen, und wie damals die Wasser zusammenschlugen und »bedeckten Wagen und Reiter und alle Macht des Pharao, daß nicht einer aus ihnen übrigblieb«, so sei es wiederum geschehen.

An dieser Stelle, auf das Weihnachtsevangelium kurz zurückgreifend, hätte Pastor Seidentopf schließen sollen; aber unter der Wucht der Vorstellung, daß eine richtige Predigt auch eine richtige Länge haben müsse, begann er jetzt, den Vergleich zwischen dem alten und dem neuen Pharao bis in die kleinsten Züge hinein durchzuführen. Und dieser Aufgabe war er nicht gewachsen. Dazu gebrach es ihm an Schwung der Phantasie, an Kraft des Ausdrucks und Charakters. Schemenhaft zogen die Ägypterscharen vorüber. Die Aufmerksamkeit der Gemeinde wich einem toten Horchen, und Lewin, der bis dahin kein Wort verloren hatte, sah von der Kanzel fort und begann seine Aufmerksamkeit dem Fenster zuzuwenden, vor dem jetzt ein Rotkehlchen auf der beschneiten Eibe saß und in leichtem Schaukeln den Zweig des Baumes bewegte.

Nur Berndt folgte in Frische und Freudigkeit der Rede seines Pastors. Seine eigene Energie half nach; wo die Konturen nicht ausreichten, zog er seine scharfen Linien in die unsicher schwankenden hinein. Was als Schatten kam, wurde zu Leben und Gestalt. Er sah die Ägypter. Bataillone mit goldenen Adlern, Reitergeschwader, über deren weiße Mäntel die schwarzen Roßschweife fielen, so stiegen sie in endlos langem Zuge vor ihm auf, und über all ihrer Herrlichkeit schlossen sich die Wellen des Meeres. Nur über *einem* schlossen sie sich nicht; er gewann das Ufer, ein nördliches Eisgestade, und siehe da, über glitzernde Felder hin flog jetzt ein Schlitten, und zwei dunkle, tiefliegende Augen starrten in den aufstäubenden Schnee. Pastor Seidentopf hatte keinen besseren Zuhörer als den Patron seiner Kirche, der – und nicht heute bloß – die freundlich schöne Kunst des Ergänzens zu üben verstand. Aus der Skizze schuf er ein Bild und glaubte doch, dies Bild von außen her, aus der Hand seines Freundes, empfangen zu haben.

Nun war der Sand durch die Uhr gelaufen, die Predigt selbst geschlossen. Da trat der Pastor noch einmal an den Rand der Kanzel, und mit eindringlicher Stimme der sofort alle Herzen wieder zufielen, hob er an: »Mit Christi Geburt, die wir heute feiern, beginnt das christliche neue Jahr. Ein neues Jahr; was wird es uns bringen? Es wissen zu wollen, wäre Torheit; aber zu hoffen ist unserem Herzen erlaubt. Gott hat ein Zeichen gegeben; mögen wir es zum Rechten deuten, wenn wir es deuten: er will uns wieder aufrichten, unsere Buße ist angenommen, unsere Gebete sind erhört. Die Geißel, die nach seinem Willen sechs lange Jahre über uns war, er hat sie zerbrochen; er hat sich unserer Knechtschaft erbarmt, und die Weihnachtssonne, die uns umscheint, sie will uns verkündigen, daß wieder hellere Tage unserer harren. Ob sie kommen werden mit Palmen, oder ob sie kommen werden mit Schwerterklang, wer sagt es? Wohl mischt sich ein Bangen in unsere Hoffnung, daß der Sieg nicht einziehen wird ohne letzte Opfer an Gut und Blut. Und so laßt uns denn beten, meine Freunde, und die Gnade des Herrn noch einmal anrufen, daß er uns die rechte Kraft leihen möge in der Stunde der Entscheidung. Das Wort des Judas Makkabäus sei unser Wort: ›Das sei ferne, daß wir fliehen sollten. Ist unsere Zeit kommen, so wollen wir ritterlich sterben um unserer Brüder willen und unsere Ehre nicht lassen zuschanden werden.‹ Gott will *kein* Weltenvolk, Gott will keinen Babelturm, der in den Himmel ragt, und wir stehen ein für seine ewigen Ordnungen, wenn wir einstehen *für uns selbst.* Unser Herd, unser Land sind Heiligtümer nach dem Willen Gottes. Und seine Treue wird uns nicht lassen, wenn wir getreu sind bis in den Tod. Handeln wir, wenn die Stunde da ist, aber bis dahin harren wir in Geduld.«

Er neigte sich jetzt, um in Stille das Vaterunser zu sprechen; die Orgel fiel mit feierlichen Klängen ein; die Gemeinde, sichtlich erbaut durch die Schlußworte, verließ langsam die Kirche. Auf den verschiedenen Schlängelwegen, die von der Kirche ins Dorf herniederführten, schritten die Bauern und Halbbauern ihren halbverschneiten Höfen zu. Die Frauen und Mädchen folgten. Wer von der Dorfstraße aus diesem Herabsteigen zusah, dem erschloß sich ein anmutiges Bild: der Schnee, die wendischen Trachten und die funkelnde Sonne darüber.

Die Gutsherrschaft nahm wieder ihren Weg durch die Nußbaumallee. Als sie, einbiegend, an die Hoftür kamen, stand Krist an der untersten Steinstufe und zog seinen Hut. Die silberne Borte daran war längst schwarz, die Kokarde verbogen. Berndt, als er seines Kutschers ansichtig wurde, trat an ihn heran und sagte kurz:

»Fünf Uhr vorfahren! Den kleinen Wagen.«

»Die Braunen, gnädiger Herr?«

»Nein, die Ponys.«

»Zu Befehl!« Mit diesen Worten traten unsere Freunde ins Haus zurück.

6. KAPITEL

Am Kamin

Punkt fünf Uhr war Krist vorgefahren; Berndt liebte nicht zu warten. Von den Kindern hatte er kurzen Abschied genommen, um seiner Schwester auf Schloß Guse oder der »Tante Amelie«, wie sie im Hohen-Vietzer Hause hieß, einen nachbarlichen Besuch zu machen. Daß er noch am selben Abend zurückkehren werde, war nicht anzunehmen; er hatte vielmehr angedeutet, daß aus der kurzen Ausfahrt eine Reise nach der Hauptstadt werden könne. Die Unruhe seiner Empfindung trieb ihn hinaus. Den Weihnachtsaufbau, wie seit Jahren, hatte er sich auch heute nicht nehmen lassen wollen, aber kaum frei, im Gefühl erfüllter Pflicht, schlugen seine Gedanken die alte Richtung ein. Es drängte ihn nach Aktion oder doch nach Einblick in die Welthändel; ein Bedürfnis, das ihm die Enge seines Hauses nicht befriedigen konnte. In der Unterhaltung, das hatte Lewin bei Tische empfunden, tat er sich Zwang an, und das Gefühl davon nahm auch dem Gespräch der Kinder jede freie Bewegung. Eine gewisse Befangenheit griff Platz. So kam es, daß man die Abwesenheit des Vaters, bei aufrichtigster Liebe zu ihm, fast wie eine Befreiung empfand; Herz und Zunge konnten ihren Weg gehen, wie sie wollten. Unsere Hohen-Vietzer Geschwister empfanden übrigens, wie kaum erst versichert zu werden braucht, nicht kleiner oder selbstsüchtiger als andere im Lande; sie wollten nur nicht *gezwungen* sein, über den »Bösesten der Menschen« immer wieder und wieder zu sprechen, als wäre nichts Sprechenswertes in der Welt als dieser eine.

Sie hatten sich samt Tante Schorlemmer im Wohnzimmer eingefunden und saßen jetzt, es mochte die siebente Stunde sein, um den hohen altmodischen Kamin. Mit ihnen war Marie, die Freundin Renatens, des reichen Kniehase dunkeläugige Tochter, deren Besuch für diesen Abend angekündigt war. Jede der drei Damen war nach ihrer Weise beschäftigt. Renate, dem Kamin zunächst sitzend, hielt einen Palmenfächer in der Rechten, mit dem sie die Flamme bald anzufachen, bald sich gegen dieselbe zu schützen suchte; Tante Schorlemmer strickte mit vier großen Holznadeln an einem Schal, der wie ein Vlies neben ihrem Lehnstuhl niederfiel; Marie blätterte neugierig in einer grönländischen Reisebeschreibung, die ihr Tante Schorlemmer zum Heiligen Christ beschert und mit einem Widmungsverse aus Zinzendorf ausgestattet hatte. Zwischen Marie und Lewin, aber keineswegs als eine Scheidewand, stand der Weihnachtsbaum, den Jeetze von der Halle her hereingetragen hatte. Das Plündern, das Sache Lewins war, nahm eben seinen Anfang. Jede goldene Nuß, die er pflückte, warf er in hohem Bogen über die Spitze des Baumes fort, an dessen entgegengesetzter Seite Marie mit glücklicher Handbewegung danach haschte. Im Werfen und Fangen jedes gleich geschickt.

Lewin freute sich dieses Spieles; zudem war er von alters her nie besserer Laune, als wenn er sich den Süßigkeiten des Weihnachtsbaumes gegenüber sah. Das Naschen war sonst nicht seine Sache, aber die Pfennigreiter, die Nonnen, die Fische machten ihn kritiklos und ließen ihn einmal über das andere versichern, »daß in dem plattgedrücktesten Pfefferkuchenbild immer noch ein Tropfen vom himmlischen Manna sei«.

Die gute Laune Lewins steigerte sich bald bis zu Neckerei, unter der niemand mehr zu leiden hatte als Tante Schorlemmer. »Du sollst den Feiertag heiligen«, rief er ihr zu und wies dabei auf die vier hölzernen Stricknadeln, die, wie sich von selbst versteht, nach dieser scherzhaften Reprimande nur um so eifriger zu klappern begannen. Endlich wurde es ihr zuviel. Sie verfärbte sich und resolvierte kurz: »Meine Grönländer können nicht warten.«

Da wir nun im langen Verlauf unserer Erzählung nirgends einen Punkt entdecken können, der Raum böte für eine biographische Skizze unter dem Titel »Tante Schorlemmer«, so halten wir hier den Augenblick für gekommen, uns unserer Pflicht gegen diese treffliche Dame zu entledigen. Denn Tante Schorlemmer ist keine Nebenfigur in diesem Buche, und da wir ihr, nach flüchtiger Bekanntschaft in Flur und Kirche, an dieser Stelle bereits zum dritten Male begegnen, so hat der Leser ein gutes Recht, Aufschluß darüber zu verlangen, wer Tante Schorlemmer denn eigentlich ist.

Tante Schorlemmer war eine Herrnhuterin. Eines Tages, das lag nun dreißig Jahre zurück, war ihr, der damaligen Schwester Brigitte, Mitteilung gemacht worden, daß Bruder Jonathan Schorlemmer, zurzeit in Grönland, eine eheliche Gefährtin wünsche, bereit, ihm in seinem schweren Werke zur Seite zu stehen. Sie hatte diesem Rufe gehorsamt, ihre Wäsche gezeichnet und war mit dem nächsten dänischen Schiff von Hamburg aus gen Norden gefahren. An einem Tage, der keine Nacht hatte, war sie in Grönland gelandet, Bruder Schorlemmer hatte sie empfangen und ihren Bund persönlich eingesegnet. Die Ehe blieb kinderlos, dessen sich jedoch beide in christlicher Ergebung getrösteten. So vergingen ihnen zehn glückliche Jahre. Zu Beginn des elften starb Jonathan Schorlemmer an einem Lungenkatarrh und wurde in einem mit Seehundsfell beschlagenen Sarge begraben. Seine Witwe aber, nachdem sie die Bevölkerung mit allem, was sie hatte, beschenkt und jedem einzelnen versichert hatte, ihn nie vergessen zu wollen, kehrte mit dem Grönlandschiff zunächst nach Kopenhagen und von dort aus in die deutsche Heimat zurück.

In die deutsche Heimat, aber nicht nach Herrnhut. Auf der weiten Rückreise Berlin berührend, wo ihr einige Anverwandte lebten, beschloß sie, im Kreise derselben zu verbleiben, und bezog in jenem Stadtteile, der fünfzig Jahre früher den einwandernden böhmischen Brüdern und Herrnhutern als Wohnplatz angewiesen worden war, ein bescheidenes Quartier. In diesen kleinen Häusern der Wilhelmsstraße würde sie ihr stilles und treues Leben sehr wahrscheinlich beschlossen haben, wenn ihr nicht eines Tages ein Blatt ins Haus geflogen wäre, auf dem sie das Folgende las: »Eine ältere Frau, am liebsten Witwe, wird zur Führung eines Haushaltes auf dem Lande gesucht. Eine Tochter von zwölf Jahren soll ihrer besonderen Obhut anvertraut werden. Bedingungen: Verträglichkeit und Christlichkeit. Anfragen sind zu richten an: B. v. V., poste restante Küstrin.« Tante Schorlemmer schrieb; alles Geschäftliche erledigte sich schnell. Um Weihnachten 1806 traf sie in Hohen-Vietz ein, in dessen Herrenhause gerade damals ein trübes Christfest gefeiert wurde. Man trat sich gegenseitig vertrauungsvoll entgegen, und nach wenig Wochen schon begann der Einfluß unserer Freundin sich geltend zu machen. Nicht das Glück, aber Ruhe und Friede waren in ihrem Geleit. Renate hing ihr an, Lewin verehrte ihre Fürsorge, Berndt von Vitzewitz hatte einen tiefen Respekt vor ihrem Herrnhutertume.

Und darin unterschied er sich freilich von seinen Kindern. Diese beugten sich wohl vor der Aufrichtigkeit, aber nicht vor der Tiefe von Tante Schorlemmers christlichem Gefühl. Ihre Leidenschaftslosigkeit, die dem Vater so wohl tat, erschien den Geschwistern einfach als Schwäche. Nach Ansicht beider gebrauchte sie ihr Christentum wie eine Hausapotheke, und darin lag etwas Wahres. Für alle mehr gewöhnlichen Fälle hatte sie das Sal sedativum einer frommen Alltagsbetrachtung, wie »Rechte Treu kennt keine Scheu« oder »So dunkel ist keine Nacht, daß Gottes Auge nicht drüber wacht;« für ernstere Fälle jedoch griff sie nach dem starken und nervenerfrischenden Sal volatile irgendeines Kraftspruches: »Was will Satan und seine List, wenn mein Herr Jesus mit mir ist.« Das unterscheidende Merkmal zwischen den schwachen und starken Mitteln bestand im wesentlichen darin, daß in den letzteren jedesmal der Böse herausgefordert und ihm die Nutzlosigkeit seiner Anstrengungen entgegengehalten wurde. Alle diese Sprüche aber, ob schwach oder stark, wurden ebenso sehr im festen Glauben an ihre innewohnende Kraft wie mit der äußersten Seelenruhe vorgetragen. Und da steckte die Schuld oder doch das, was den Geschwistern als Schuld erschien. Diese Seelenruhe, die sich neben dem Maß geforderter Teilnahme oft wie Teilnahmlosigkeit ausnahm, reizte die jungen Gemüter und stellte ihre Geduld auf manche harte Probe. Berndt verstand dies stille Christentum besser und hatte an sich selbst erfahren, daß der Trost aus dem Worte Gottes mehr war als der Wortetrost der Menschen.

So war Tante Schorlemmer. – Das Scherzen über ihre vorgeblich freie Stellung zum dritten Gebot hatte sie einen Augenblick ernstlich verdrossen; Lewin aber, ohne dessen zu achten, fuhr in seinen Neckereien fort: »Unsere Freundin scheint übrigens keine Ahnung zu haben, welch hoher Besuch inzwischen vor dem Herrnhuter Gemeindehause gehalten hat.«

»Wer?« riefen die beiden Mädchen.

»Niemand Geringeres als Napoleon selbst. In der Nacht vom elften zum zwölften. Und die Herrnhuter haben wieder versäumt, sich heroisch in die Weltgeschichte einzuführen. Sie haben den Kaiser angegafft, soweit es bei Nacht und Schneetreiben möglich war, und haben ihn weiterfahren lassen. Das macht, weil der herrnhutische Mut im Auslande lebt, in China, in Grönland, in Hohen-Vietz. Überall ist er, nur nicht daheim. Tante Schorlemmer, dessen bin ich gewiß, hätte ihn verhaften und als Weltfriedensbrecher vor Gericht stellen lassen.«

Die Angeredete drohte mit einer ihrer großen Nadeln zu Lewin hinüber, dem es übrigens nahe bevorstand, sich aus dem Angriff in die Verteidigung gedrängt zu sehen. Der »Empereur«

war nicht umsonst zitiert worden; einmal in das Gespräch hineingezogen, gleichviel ob im Ernst oder Scherz, begann er seine Macht zu üben, und Lewin, wenigstens momentan des neckischen Tones vergessend, begann ein Bild jener fluchtartigen Reise zu geben, die den zum erstenmal von seinem Glück verlassenen Kaiser in vierzehntägiger Fahrt von Smolensk bis in seine Hauptstadt zurückgeführt hatte. Er gab Altes und Neues, bei einzelnen Punkten länger verweilend, als vielleicht nötig gewesen wäre.

Tante Schorlemmer und Marie waren der Erzählung aufmerksam gefolgt; Renate aber warf hin: »Vorzüglich, und wie belehrend! Ein wahrer Generalbericht über russisch-deutsche Poststationen. Oh, ihr großstädtischen Herren, wie seid ihr doch so schlechte Erzähler, und je schlechter, je klüger ihr seid. Immer Vortrag, nie Geplauder!«

»Sei's drum, Renate; ich will nicht widersprechen. Aber wenn wir schlechte Erzähler sind, so seid ihr Frauen noch schlechtere Hörer. Ihr habt keine Geduld, und die Wahrnehmung davon verwirrt uns, läßt uns den Faden verlieren und führt uns, links und rechts tappend, in die Breite. Ihr wollt Guckkastenbilder: Brand von Moskau, Rostopschin, Kreml, Übergang über die Beresina, alles in drei Minuten. Die Erzählung, die euch und euer Interesse tragen soll, soll bequem wie eine gepolsterte Staatsbarke, aber doch auch handlich wie eine Nußschale sein. Ich weiß wohl, wo die Wurzel des Übels steckt: der Zusammenhang ist euch gleichgiltig; ihr seid Springer.«

Renate lachte. »Ja, das sind wir; aber wenn wir zu viel springen, so springt ihr zu wenig. Eure Gründlichkeit ist beleidigend. Immer glaubt ihr, daß wir in der Weltgeschichte weit zurück seien, und wir wissen doch auch, daß der Kaiser in Paris angekommen ist. Oh, ich könnte Bulletins von Hohen-Vietz aus datieren. Aber lassen wir unsere Fehde, Lewin. Was ist es mit den roten Scheiben im Schloßhof von Berlin? In der Zeitung war eine Andeutung; Kathinka schrieb ausführlicher davon.«

»Was schrieb sie?«

»Wie du nur bist. Nun kümmert dich wieder, was Kathinka schrieb. Daß ich so töricht war, den Namen zu nennen.«

Lewin suchte seine flüchtige Verlegenheit zu verbergen. »Du irrst, ich schweife nicht ab; mich hat das Phänomen lebhaft beschäftigt. Es kam dreimal; am dritten Tage habe ich es gesehen.«

»Und was war es?«

»An allen drei Tagen, etwa eine halbe Stunde nach Sonnenuntergang, erglühten plötzlich die oberen Fenster des alten Schloßhofes. Die Wachen meldeten es. Da die Sonne längst unter war, so dachte man an Feuer. Aber es fand sich nichts. Auf dem neuen Schloßhof blieben die Fenster dunkel. Die Leute sagen, es bedeute Krieg.«

»Ein leichtes Prophezeien«, bemerkte Tante Schorlemmer ruhig. »Wir hatten Krieg in diesem Jahre und werden ihn mit in das neue hinübernehmen.«

»Ich glaube«, fuhr Lewin fort, »der ganze Vorgang wäre schnell vergessen worden, wenn nicht eines unserer Blätter, das euch nicht zu Händen kommt, am zweitfolgenden Tage schon eine Geschichte gebracht hätte, die bei allem Dunklen ersichtlich darauf berechnet war, der Erscheinung im Schloß eine tiefere Bedeutung zu geben, so etwas wie Zeichen und Wunder.«

»O erzähle!«

»Ja. Aber du darfst nicht ungeduldig werden.«

»Bist du empfindlich?«

»Wohlan denn. Es ist eine Geschichte aus dem Schwedischen. Die Überschrift, die das Blatt ihr gab, war: ›Karl XI. und die Erscheinung im Reichssaale zu Stockholm‹. Ich bürge nicht dafür, daß ich alles genauso wiedergebe, wie's in dem Blatte stand, aber in den Hauptstücken bin ich meiner Sache gewiß. Was man gern hat, behält man. ›Gedächtnis ist Liebe‹, sagte Tubal noch gestern, und selbst Kathinka stimmte bei.«

Bei dem Namen Tubal kam das Erröten an Renate. Lewin aber, als ob er es nicht bemerkt habe, fuhr fort: »Karl XI. war krank. Er lag schlaflos zu später Stunde in seinem Zimmer und sah nach der anderen Seite des Schloßhofes hinüber, auf die Fenster des Reichssaales. Bei ihm war niemand als der Reichsdrost Bjelke. Da schien es dem König, daß die Fenster des Reichssaales zu glühen anfingen, und darauf hindeutend, fragte er den Reichsdrosten: ›Was ist das für ein Schein?‹ Der Reichsdrost antwortete: ›Es ist der Schein des Mondes, der gegen die Fenster glitzert.‹ In demselben Augenblick trat der Reichsrat Oxenstierna herein, um sich nach dem Befinden des Königs zu erkundigen, und der König, wieder auf die glühenden Scheiben deutend, fragte den Reichsrat. ›Was ist das für ein Schein? Ich glaube, das ist Feuer.‹ Auch der Reichsrat antwortete: ›Nein, gottlob, das ist es nicht; es ist der Schein des Mondes, der gegen die Fenster glitzert.‹ Die Unruhe des Königs wuchs aber, und er sagte zuletzt: ›Gute Herren, da geht es nicht richtig zu; ich will hingehen und erfahren, was es sein kann.‹ Sie gingen darauf einen Korridor entlang, der an den Zimmern Gustav Erichsons vorüberführte, bis daß sie vor der großen Türe des Reichssaales standen. Der König forderte den Reichsdrosten auf, die Tür zu öffnen, und als dieser bat, in dieser Nacht die Tür geschlossen zu lassen, nahm der König selbst den Schlüssel und öffnete. Als er den Fuß auf die Schwelle setzte, trat er hastig zurück und sagte: ›Gute Herren, wollt ihr mir folgen, so werden wir sehen, wie es sich hier verhält; vielleicht, daß der gnädige Gott uns etwas offenbaren will.‹ Sie antworteten: ›Ja.‹«

Hier wurde Lewin unterbrochen. Jeetze trat ein, um eine Schale mit Obst auf den Tisch zu stellen, Erdbeeräpfel und Gravensteiner, die in Hohen-Vietz vorzüglich gediehen. Tante Schorlemmer benutzte die Unterbrechung, um einige wirtschaftliche Ordres zu geben, Renate aber bemerkte: »Ich vermisse die Beziehungen; aber freilich, je geheimnisvoller, desto anregender für die Phantasie.«

Lewin nickte zustimmend. »Dieser Eindruck wird sich bei dir steigern.« Dann fuhr er fort: »Als König Karl und die beiden Räte eingetreten waren, wurden sie eines langen Tisches gewahr, an dem eine Anzahl ehrwürdiger Männer saßen, in ihrer Mitte ein junger Fürst; als solchen bezeichnete ihn der Thron, der, mit Wappenschildern und roten Teppichen behangen, unmittelbar in seinem Rücken aufgerichtet war. Es war ersichtlich, man saß zu Gericht. Am unteren Ende des Tisches stand ein Richtblock, und um den Block her, in weitem Halbkreis, standen Angeklagte, reich gekleidet, aber nicht in der Tracht, die damals in Schweden getragen wurde. Die zu Gericht sitzenden Männer zeigten auf die Bücher, die sie in Händen hielten; sie wollten dem jungen Fürsten nicht zu Willen sein, der aber schüttelte hochmütig den Kopf und wies an das untere Ende des Tisches, wo jetzt Haupt um Haupt fiel, bis das Blut längs dem Fußboden fortzuströmen begann. König Karl und seine Begleiter wandten sich voll Entsetzen von dieser Szene ab; als sie wieder hinblickten, war der Thron zusammengebrochen. Der König aber, indem er des Reichsdrosten Bjelke Hand ergriff, rief laut und bittend: ›Welche ist des Herren Stimme, die ich hören soll? Gott, wann soll das alles geschehen?‹

Und als er Gott zum dritten Male angerufen hatte, klang ihm die Antwort: ›Nicht soll dies geschehen in deiner Zeit, wohl aber in der Zeit des sechsten Herrschers nach dir. Es wird ein Blutbad sein, wie nie dergleichen im schwedischen Lande gewesen. Dann aber wird ein großer König kommen und mit ihm Frieden und eine neue Zeit.‹ Und als dies gesprochen war, schwand die Erscheinung. König Karl hielt sich mühsam. Dann, über denselben Korridor, kehrte er in sein Schlafgemach zurück. Die beiden Räte folgten.«

Lewin schwieg. Im Wohnzimmer war es still geworden; der Fächer ruhte, selbst die Stricknadeln ruhten; jeder blickte vor sich hin. Nach einer Pause fragte Renate: »Wer war der sechste Herrscher in Schweden?«

»Gustav IV.; sein Thron ist zusammengebrochen.«

»So hältst du das Ganze für echt und ehrlich, für eine wirkliche Vision?«

»Ich sage nicht ja und nicht nein. Das Schriftstück, das über diesen Hergang berichtet, liegt im Stockholmer Archiv. Es ist von des Königs Hand in selbiger Nacht geschrieben; seine beiden Begleiter haben es mit unterzeichnet. Die Handschriften sind beglaubigt. Ich habe weder das Recht noch den Mut, solchen Erscheinungen die Möglichkeit abzusprechen. Laß mich sagen, Renate, *wir* haben nicht das Recht.«

Lewin betonte das »wir«. Dann aber wandte er sich, seinen scherzhaften Ton wieder aufnehmend, an Tante Schorlemmer und Marie und drang in sie, ihren Glauben oder Unglauben solchen Erscheinungen gegenüber auszusprechen.

Marie stand auf. Jeder sah erst jetzt, welchen tiefen Eindruck die Erzählung auf sie gemacht. Sie drückte die Tannenzweige, die sie mittlerweile, ohne zu wissen warum, zerpflückt hatte, zu einem Knäuel zusammen und warf alles in die halb niedergebrannte Glut. Der rasch aufflakkernden Flamme folgte eine Rauchwolke, in der sie nun, einen Augenblick lang, selbst wie eine Erscheinung stand, nur die Umrisse sichtbar und die roten Bänder, die ihr über Haar und Nakken fielen. Es bedurfte ihrerseits keines weiteren Bekenntnisses; sie selber war die Antwort auf die Frage Lewins.

Tante Schorlemmer aber, die Stricknadeln wieder aufnehmend, schüttelte unmutig den Kopf und zitierte dann, als ob sie ein Gespenster beschwörendes Vaterunser vor sich hinbete, mit rascher und deutlicher Stimme:

»Unter Gottes Schirmen
Bin ich vor den Stürmen
Alles Bösen frei.
Laß den Satan wittern,
Laß den Feind erbittern,
Mir steht Jesus bei.«

7. KAPITEL

Im Kruge

Dorf Hohen-Vietz (es hatte auch »ausgebaute Lose«) beschränkte sich in seinem Innenteil auf eine einzige langgestreckte Straße, die, dem Fuße des Hügels folgend, nach Norden hin mit dem Vitzewitzeschen Rittergute, nach Süden hin mit einem großen Mühlengehöft abschloß.

Das Rittergut, soweit seine Baulichkeiten in Betracht kommen, bestand aus zwei hufeisenförmigen Hälften, von denen die eine sich aus den drei Flügeln des Herrenhauses, die andere aus Ställen und Scheunen des gutsherrlichen Gehöftes zusammensetzte. Die offenen Seiten beider Hufeisen waren einander zugekehrt, zwischen beiden lief ein zugleich als Auffahrt dienender Steindamm, der in seiner Verlängerung hügelansteigend in die mehrgenannte Nußbaumallee überging.

Freundlicher noch als das Rittergut lag die Mühle, die eine Öl- und Schneidemühle war. Ein Wasser, das mit starkem Gefälle am Dorf vorüberfloß, trieb beide Werke. Jetzt war der Bach gefroren. Schnee und Eis aber, die in phantastischen Formen an den großen Triebrädern hingen, steigerten, wenn nicht den idyllischen, so doch den malerischen Reiz des weitschichtigen, aus Häusern, Schuppen und Lagerräumen bunt zusammengewürfelten Gehöftes.

Rittergut und Mühle die Flügelpunkte; dazwischen die Straße, die ihre dreißig Häuser oder mehr, ziemlich unregelmäßig auf beide Seiten verteilt hatte. Die linke Seite, die östliche, war die bevorzugte. Hier lagen die Pfarre, die Schule, der Schulzenhof, während die rechte Seite, die fast ausschließlich von Büdnern und Tagelöhnern bewohnt wurde, nur ein einziges stattliches Gebäude aufwies: den *Krug*.

In diesen treten wir jetzt ein. Er hatte nicht das Ansehen wie sonst wohl Dorfkrüge, dazu fehlte ihm der auf Holzsäulen ruhende, jedem vorfahrenden Wagen als Wetterdach dienende Giebelbau, vielmehr sprang eine doppelarmige, aus Backsteinen aufgemauerte Treppe vor, die fast ein Dritteil der unteren Hausfront ausfüllte. Auch das Geländer war von Stein. Dieser äußeren Erscheinung, die mehr Städtisches als Dörfisches hatte, paßte sich auch die innere Einrichtung an. Von den zwei Gastzimmern, die durch den fliesenbedeckten Flur getrennt waren, zeigte das eine mit seinen blankgescheuerten Tischen und hochlehnigen Schemelstühlen, in die ein Herz geschnitten war, allerdings noch den Krugcharakter, das andere aber mit Mullgardinen und eingerahmten Kupferstichen, darunter Schill und der Erzherzog Karl, glich fast in allem einer Bürgerresourcenstube und hatte sogar einen Lesetisch, auf dem, neben dem »Lebuser Amtsblatt«, der »Beobachter an der Spree« und die »Berlinischen Nachrichten von Staats- und gelehrten Sachen« ausgebreitet lagen. Alles verriet Behagen und Wohlhabenheit, und durfte es auch, denn über beides verfügten die Hohen-Vietzer Bauern, die hier ihr Solo spielten, in ausgiebigster Weise. Ihre Hörigkeit, wenn sie je vorhanden gewesen war, hatte in diesen Gegenden, wo dem herrenlosen Bruch- und Sumpflande immer neue Strecken fruchtbaren Ackers abgewonnen wurden, seit lange glücklicheren Verhältnissen Platz gemacht, und Berndt von Vitzewitz, weil er selbst frei fühlte, freute sich nicht nur dieser wachsenden Selbständigkeit, sondern kam ihr überall entgegen. Ein Ereignis aus seinen jüngeren Jahren her hatte dazu beigetragen. Kurz vor dem Zweiundneunziger Feldzug, als er – noch von seiner Garnison aus – einen Besuch in der Salzwedler Gegend machte, hatte ein Schloß-Tylsener Knesebeck, ein ehemaliger Regimentskamerad, ihn vom Schloß aus ins Dorf geführt und dabei die Worte zu ihm gesprochen: »Seht, Vitzewitz, hier werdet ihr etwas kennenlernen, was Ihr Euer Lebtag noch nicht gesehen habt: *freie Bauern.*« Und diese Worte, dazu die Bauern selbst, hatten eines tiefen Eindrucks auf ihn nicht verfehlt. Das lag nun zwanzig Jahre zurück, war aber unvergessen geblieben und den Hohen-Vietzern mehr als einmal zugute gekommen.

Auch heute, am Weihnachtstage 1812, hatten sich einige bäuerliche Honoratioren, alles Männer von Mitte Fünfzig und darüber, in der Gaststube versammelt. Es waren ihrer vier: Ganzbauer Kümmeritz, Anderthalbbauer Kallies, Ganzbauer Reetzke und Ganzbauer Krull, lauter echte Hohen-Vietzer, die, seit unvordenklichen Zeiten an dieser Stelle sässig, mit den Vitzewitzen das alte Höhendorf bewohnt und verlassen, dazu auch gemeinschaftlich mit ihnen die guten und schlechten Zeiten durchgemacht hatten. Alle waren festtäglich gekleidet, trugen lange, dunkelfarbige Röcke und saßen, mit Ausnahme eines von ihnen, grade aufrecht in den breiten, gartenstuhlartigen Holzsesseln, die zu acht oder zehn um einen großen, rotbraungestrichenen Rundtisch herumstanden.

Als fünfter hatte sich ihnen der Wirt selber, der Krüger *Scharwenka,* zugesellt, der durch Erbschaft von Frauensseite her ein Doppelbauer und überhaupt der reichste Mann im Dorfe war, nichtsdestoweniger aber, trotz seiner sechshundert Morgen Bruchacker unterm Pflug, nicht für voll und ebenbürtig angesehen wurde. Das hatte zwei gute Bauerngründe. Der eine lief darauf hinaus, daß erst sein Großvater, bei Urbarmachung des Oderbruchs, mit andern böhmischen Kolonisten ins Dorf gekommen war; der andere wog schwerer und gipfelte darin, daß er, allem Abmahnen zum Trotz, von dem wenig angesehenen Geschäft des »Krügerns« nicht lassen wollte. Scharwenka, sooft dieser heikle Punkt zur Sprache kam, pflegte sich auf seinen Großvater selig zu berufen, der ihm von Kindesbeinen an beigebracht habe: Dukaten seien nie despektierlich. Der eigentliche Grund aber, warum er den Bierschank und das »Knechte-bedienen« nicht aufgeben wollte, lag keineswegs bei den Dukaten. Es war dem reichen Doppelbauer viel weniger um den hübschen Krugverdienst als um die tagtägliche Berührung mit immer neuen Menschen zu tun; das Plaudern, vor allem das Horchen, das Bescheidwissen in anderer Leute Taschen, *das* war es, was ihn bei der Gastwirtschaft festhielt. Er setzte seinen Stolz darin, die Nachricht von einer bäuerlichen, durch die Verhältnisse notwendig gewordenen Mesalliance vierundzwanzig Stunden früher zu haben als jeder andere. Subhastationen konnte er voraus berechnen wie die Kalendermacher das Wetter; seine eigentliche Spezialität aber waren die der Feuerlegung verdächtigen Windmüller. Die Liste, die er darüber führte, umfaßte so ziemlich das ganze Gewerk.

So Krüger Scharwenka.

Seinen Platz hatte er gerade der Türe gegenüber genommen, um jeden Eintretenden sehen und begrüßen zu können. Unmittelbar neben ihm saßen Reetzke und Krull, die schon seit einer Stunde rauchten und schwiegen, ganz im Gegensatz zu Kümmeritz und Kallies, die beide von den Gesprächigen waren. Auch von ihnen ein Wort.

Ganzbauer *Kümmeritz,* trotz seiner Fünfzig, hatte durchaus die Haltung und das Ansehen eines alten Soldaten. Und beides kam ihm zu. Er war erst Grenadier, dann Gefreiter im Regiment Möllendorf gewesen, hatte die Rheinkampagne mitgemacht und zweimal die Weißenburger Linien mit erstiegen. War dann bei Kaiserslautern verwundet worden und hatte den Abschied genommen. Er vertrat in diesem Kreise, neben dem Schulzen Kniehase, der heute zufällig ausgeblieben war, die Traditionen der preußischen Armee, kontrollierte den Kaiser Napoleon, malte seine Schlachten auf den Tisch und hielt die Ansicht aufrecht, daß Jena, »wo wir den Sieg ja schon in Händen hatten«, nur durch einen Schabernack verlorengegangen sei.

Das volle Gegenteil von Kümmeritz war Anderthalbbauer Kallies, ein schmalschultriger, langaufgeschossener Mann. Geistig regsam, aber schwach und widerstandslos von Charakter, mußte er es sich gefallen lassen, geneckt und gehänselt zu werden, wozu schon, alles andere unerwogen, sein Beiname herauszufordern schien. Er war nämlich, als er kaum laufen konnte, in eine große Rahmbutte oder Sahnenschüssel gefallen und hieß seitdem in sehr bezeichnender Weise »Sahnepott«. Denn es war ihm sein Lebelang etwas Milchernes geblieben.

Alle fünf dampften jetzt aus langen holländischen Pfeifen; neben jedem lag ein Zündspan. Kallies hatte das Wort. Aus allem ging hervor, daß eben ein anderer Gast, ein Reisender, ein Kaufmann, wie es schien, das Zimmer verlassen haben mußte.

»Immer, wenn ich ihn so stehen sehe«, sagte Kallies mit Wichtigkeit, »fällt mir sein Vater, der alte Tiegel-Schultze ein; der stand auch immer so da, mit beiden Händen in den Hosentaschen, und war auch so ein schnackscher Kerl und sah aus, als hätt' er den Gottseibeiuns beim Dreikart betrogen. Scharwenka, du mußt ja den alten Tiegel-Schultze auch noch gekannt haben.«

Scharwenka nickte; Kümmeritz aber, der eben eine neugestopfte Pfeife anrauchte, sprach in kurzen Pausen vor sich hin: »Tiegel-Schultze? Soll mich das Wetter, wenn ich den Namen all mein Lebtag gehört habe. Und bin doch auch ein Hohen-Vietzer Kind.«

»Das war, als du bei den Soldaten warst, Kümmeritz. So um die achtziger Jahre. Nachher war Tiegel-Schultze tot, wenn er überhaupt gestorben ist.«

Kümmeritz, der wenigstens einen Teil seines wendischen Aberglaubens bei den Soldaten gelassen hatte, schmunzelte vor sich hin und sagte dann: »Sahnepott, keine Dummheiten. Immer räsonabel. Wer tot ist, ist tot. Spuken kann er; aber sterben muß er. Warum hieß er Tiegel-Schultze?«

»Er hieß Schultze. Aber alle Welt nannt' ihn Tiegel-Schultze. Ich bin oft bei ihm gewesen, wenn ich ihm den Rübsen brachte. Immer bar Geld. Die Schwedter sagten: ›*Der* hat gut bezahlen.‹ Er stand dann hinterm Tisch, immer die Hände in den Hosen, und sah einen so verflixt an, daß man ganz irre wurde. Aber nie kein Handel. Scharwenka, das mußt du ja wissen.«

Scharwenka nickte wieder. Sahnepott fuhr fort: »Die Comptoirstube sah aus wie ein Gefängnis, hoch, weiß und Eisenstangen am Fenster. Nichts war drin als drei Wandbretter, und auf den Brettern standen viele hundert Tiegel, große und kleine, irdene und tönerne, darum hieß er Tiegel-Schultze. Ein paar sahen schwarz aus und waren aus Kohle geschnitten.«

»War er denn ein Schmelzer, ein Goldmacher?«

»Das war er, und für den Schwedter Markgrafen hat er manchen blanken Klumpen ausgeschmolzen. Als aber der Markgraf dachte, er könnt' es nun selber und hätte Schultzen alles abgesehen, da wollt' er ihn beiseite schaffen, lud ihn aufs Schloß, suchte Streit mit ihm und feuerte die beiden Läufe seines Suhler Doppelgewehrs auf ihn ab, die mit zwei goldenen Zwickeln geladen waren. Es waren solche, wie die polschen Edelleute an ihren Röcken tragen. Tiegel-Schultze aber lachte, fing die beiden Zwickel mit seiner Linken auf, denn er war eine Linkepoot, zeigte sie dem Markgrafen und sagte: ›Die trag' ich nun zum Andenken an meinen gnädigen Herrn.‹«

Es war ersichtlich, daß Kallies, der jetzt volles Fahrwasser unterm Kiel hatte, den Zeitpunkt für gekommen hielt, sich über das Geschlecht der Tiegel-Schultzen, über Raps, Goldmachen und die Undankbarkeit des Schwedter Markgrafen des weiteren verbreiten zu dürfen. Aber ehe es geschehen konnte, trat ein neuer Gast ein, der nun der Unterhaltung eine andere Wendung gab.

Der Neueintretende war der Müller *Miekley,* dem die Öl- und Schneidemühle am Südende des Dorfes zugehörte. Er war unter Mittelstatur, trug einen hellgrauen Rock und hatte in seinem Gesicht jenen eigentümlichen Ausdruck, den man bei fast allen Landleuten findet, die innerhalb der religiösen Kontroverse stehen, Sektierer sind oder es werden wollen. Wo geistige Arbeit von Jugend auf ihre Züge in das Antlitz schreibt, da ist der Sektiererzug nur ein Zug unter anderen Zügen, einer unter vielen, in deren Gesamtheit er wie verlorengehen oder doch übersehen werden kann; bei Landleuten aber tritt er ganz unverkennbar hervor, und um so mehr, je weniger er die Herrschaft zu teilen hat. Dieser Sektiererzug, in dem sich Sinnlichkeit und Entsagung, Hochmut und Demut mischen, lag auch in Müller Miekley ausgesprochen, der im übrigen ein gewissenhafter Mann war, auf Hausehre hielt und sich der besonderen Protektion Tante Schorlemmers zu erfreuen hatte. Es konnte dies geschehen, ohne nach irgendeiner Seite hin Anstoß zu geben, da Miekley nicht eigentlich aus der Landeskirche ausgetreten war, vielmehr regelmäßig die Predigten Seidentopfs hörte und nur alle Vierteljahr einmal aus dem »tieferen Quell« des Kandidaten Uhlenhorst schöpfte, wenn dieser, das Bruch und die Neumark bereisend, in Hohen-Sathen alle Konventikler von diesseits und jenseits der Oder um sich versammelte. Das war denn freilich ein Fest- und Ehrentag. Alles ruhte, das beste Gespann kam aus dem Stall, und wenn die Wege grundlos gewesen wären, unser altlutherischer Müller hätte sich's zur ewigen Sünde gerechnet, das Manna versäumt zu haben.

Miekley setzte sich links neben Kümmeritz. Dieser, wohl wissend, daß jetzt ein geistlicher

Diskurs unvermeidlich geworden sei, kam ihm zuvor und fragte: »Nun, Miekley, wie hat Euch heute die Predigt gefallen?«

»Gut, Kümmeritz, von Herzen gut, trotzdem er nichts davon gesagt hat, daß uns an diesem Tage zu Bethlehem im judäischen Lande das Heil geboren wurde. Noch weniger hat er von dem ›eingeborenen Sohne Gottes‹ gesprochen. Uhlenhorst würde den Kopf geschüttelt haben. Aber er hat gesprochen wie ein braver Mann. Ich kenn' ihn wohl, er hat ein preußisches Herz.«

»Und ein christliches dazu«, riefen die anderen alle wie aus einem Munde.

»Er zetert nicht«, nahm Kallies das Wort, »er verdammt nicht; er ist kein Pharisäer. Er hat die Demut, Miekley, und das ist die Hauptsache.«

»Sahnepott hat recht«, bekräftigte Kümmeritz. »Da ist kein zweiter hier herum, der sich mit unserm Seidentopf messen könnte. Er hat nur einen Fehler, er ist zu gut und zu leichtgläubig, und sieht alles, wie er es wünscht. Über der Ägypter Heer, so sagte er, seien die großen Wasser zusammengeschlagen. Aber König Pharao sitzt wieder in seiner Hauptstadt und spinnt die alten Fäden. Noch sind wir im Bündnis mit ihm, und der Himmel mag wissen, ob wir gnädig von ihm loskommen. Geb uns Gott einen ehrlichen Krieg.«

»Den wirst du haben, Kümmeritz«, warf hier Miekley ein, der sich trotz seines Luthertums einen starken Glauben an Spuk- und Gespenstergeschichten bewahrt hatte, »den wirst du haben und wir alle mit dir. Die Alt-Landsberger Mäher haben wieder gemäht, und jeder von euch weiß, was das bedeutet. Sie haben sieben Tage gemäht, ehe der alte Fritz in den Krieg zog, und die Stoppeln waren damals so rot, als ob es Blut geregnet hätte. In diesem November haben sie wieder gemäht auf kahlem Felde.«

»Und von Sonnenuntergang her«, rief Scharwenka dazwischen, »das will sagen, daß der Feind von Westen kommt. Wir werden die Franzosen wieder im Lande haben, neues, frisches Volk, mit all seinen alten Kniffen und Pfiffen, und wer eine Tochter im Hause hat, der mag sich vorsehen. Sie haben eine freche Art, und die Weiber laufen ihnen nach.«

»Das sollen sie nicht«, versicherte Miekley, »und wo sie's tun, da falle die Schande auf uns. Wo böse Lust über Nacht in die Halme schießt, da lag von Anfang an eine schlechte Saat in den Herzen; wo aber Zucht ist und Sitte und Gebet, da hat der Böse keine Macht, auch wenn er sich in einen schlechten Franzosen verkleidet.«

Alle nickten zustimmend. »Aber«, fuhr Müller Miekley fort, »sie sind doch ein Greuel, nicht, weil sie leichtfertig sind, nein, weil sie ein unheiliges Volk sind. Sie haben sich vermessen, den ewigen Gott des Himmels und der Erde von Thron und Herrschaft abzusetzen, und beinahe schlimmer noch, sie haben sich vermessen, ihn wieder einzusetzen. Nun haben sie wieder einen Gott, aber er ist auch danach; es ist kein rechter Christengott, es ist bloß ein französischer Gott, ein ab- und eingesetzter. Sie kennen nur den Götzendienst ihres Kaisers, aber keinen Gottesdienst, und sooft ich all die Jahre über einen Franzosen in unseren Kirchen gesehen habe, so war es nur, um Unheil anzurichten.«

»Sie haben die Fransen von der Altardecke getrennt; sie haben die goldenen Stickereien ausgeschnitten; sie haben die Leuchter eingeschmolzen«, riefen mehrere dazwischen.

»Oh, sie haben Schlimmeres getan, nicht hier, aber in unserer Nachbarschaft. Den Görlsdorfer Pastor, der das Kirchengut versteckt hatte, haben sie bis unter die Achselhöhlen eingegraben und sind erst in sich gegangen, als er sie bat, ihn totzuschlagen, anstatt ihn zu martern. In Hohen-Finow haben sie den Abendmahlswein getrunken und schlechte Lieder gesungen; dann haben sie den Altartisch aus der Kirche auf den Kirchhof getragen, haben ihre Teufelsknöchel in den Abendmahlskelch getan und haben gewürfelt. In die Gruft sind sie hinabgestiegen und haben der jungverstorbenen Frau die seidenen Kleider abgerissen.«

»Das haben sie getan«, fiel jetzt Sahnepott mit Wichtigkeit ein, der wie alle schwachen Naturen eine Neigung zum Übertrumpfen hatte, »aber in Haselberg haben sie es büßen müssen, wenigstens einer. Die Haselberger Gruft ist, was sie eine Mumiengruft nennen, es soll ihrer mehrere auf dem Hohen-Barnim geben. Die Franzosen nun, als sie die Särge aufbrachen, da sahen sie, daß die Toten unverwest waren. Das gab ein Lachen. Da trugen sie den einen Sarg aus der Gruft in die Kirche, nahmen den Toten heraus, und da seine Arme beweglich waren, beschlossen sie, ihn zu kreuzigen. Sie stellten ihn an die Altarwand und schlugen zwei Nägel durch seine Hände. Die eine Hand aber löste sich wieder ab und gab im Niederfallen dem einen der Missetäter einen Backenstreich. Das entsetzte ihn, daß er tot zu Boden stürzte.«

»Den hat Gott gerichtet«, rief Miekley. »Und solch Schlag wird sie alle treffen, und müßten die Toten auferstehen.«

»Ehe aber Gott seine Wunder tut«, so schloß Kümmeritz das Gespräch, »sollen wir uns seiner Wunder würdig machen. Nicht wahr, Miekley? Wir sollen die Hände nicht in den Schoß legen. Die Alt-Landsberger Mäher haben gemäht; wenn der König ruft, wer von uns noch Kraft hat zu mähen, der mähe mit. Ich bin's entschlossen. Das Letzte für Preußen und den König.«

Die Bauern standen auf und gingen nach entgegengesetzten Richtungen die Dorfgasse entlang. Nach Norden hin glühte ein roter Schein am Himmel auf.

»Ist das Feuer?« fragte Krull.

»Nein«, sagte Miekley, »es ist ein Nordlicht, der Himmel gibt seine Zeichen.«

8. KAPITEL

Hoppenmarieken

Hoppenmarieken wohnte auf dem »Forstacker«, an dessen Rande sich seit hundert Jahren und länger eine aus bloßen Lehmkaten bestehende Straße gebildet hatte. Diese Straße, von den Hohen-Vietzern immer als etwas Fremdes angesehen, stand rechtwinklig zu dem eigentlichen Dorf, nahm hundert Schritt hinter dem Mühlengehöft ihren Anfang und stieg hügelan, in Parallellinie mit der mehrerwähnten, die Auffahrt zum Herrenhause fortsetzenden Nußbaumallee. Es war das Armenviertel von Hohen-Vietz, zugleich die Unterkunftsstätte für alle Verkommenen und Ausgestoßenen, eine Art stabilgewordenes Zigeunerlager, das Abgang und Zugang erfuhr, ohne daß sich die Dorfobrigkeit im einzelnen darum gekümmert hätte. Der »Forstacker war immer so«. So ließ man es gehen und griff nur ein, wenn grober Unfug eine Bestrafung durchaus erforderte.

Wie der moralische Stand des Forstackers, so war auch seine Erscheinung. Die Hütten seiner Bewohner unterschieden sich von den in Front und Rücken derselben stehenden Kofen in nichts als in dem Herdrauch, der aus ihren Dächern aufwirbelte. Der Schnee, der jetzt alles überdeckte, stellte vollends eine Gleichheit her.

In der letzten, schon auf halber Höhe des Hügels gelegenen Lehmkate wohnte, womit wir unser Kapitel begannen, Hoppenmarieken. Die Kofen fehlten; statt dessen faßte ein Heckenzaun das Häuschen ein, welches letztere nach vornhin eine Tür und ein Fenster, sonst aber nirgends einen Eingang oder eine Lichtöffnung hatte. Ein Würfel mit bloß zwei Augen. Das Innere bestand aus wenig Räumen. Der Flur, der nach hintenzu zugleich die Kochgelegenheit hatte, war ebenso schmal wie tief, dazu völlig dunkel; in Sommerszeit aber erhielt er Licht durch die offenstehende Tür, während im Winter das auf dem Herd brennende Feuer aushelfen mußte. Neben dem Flur lag die Stube; hinter dieser der Alkoven.

So war Hoppenmariekens Haus. Wer aber war Hoppenmarieken?

Hoppenmarieken war eine Zwergin. Wo sie eigentlich herstammte, wußte niemand mit Bestimmtheit zu sagen. Die älteren Hohen-Vietzer erzählten, daß sie vor etwa dreißig Jahren ins Dorf gekommen und als eine halbe Landstreicherin, wie manche andere vor ihr und nach ihr, mit wenig günstigen Augen angesehen worden sei. Der damals lebende Gutsherr aber, Berndt von Vitzewitz' Vater, habe Mitleid mit ihr gehabt und die entgegenstehenden Bedenken mit der halb scherzhaften Bemerkung niedergeschlagen: »Dafür haben wir den Forstacker.« Schon damals, so hieß es, habe sie so ausgesehen wie jetzt, ebenso alt, ebenso häßlich, habe dieselben hohen Wasserstiefel, dasselbe Kopftuch getragen und sei, damals wie heute, schon auf weithin kennbar gewesen durch den roten Friesrock, die Kiepe auf ihrem Rücken und den mannshohen, krummstabartigen Stock in ihrer Hand.

Hoppenmarieken, soviel stand fest, hatte sich seitdem auf dem Forstacker eingebürgert und war in der ganzen Südhälfte des Oderbruchs die allergekannteste Person. Dafür sorgte neben ihrer Erscheinung auch ihr Geschäft. Sie hatte deren mehrere. Zunächst war sie Boten-Läuferin. Dreimal die Woche, wie immer auch Weg und Wetter sein mochte, brach sie, je nach dem Postengange, früh morgens oder spät abends auf, empfing Briefe, Zeitungen, Pakete und kehrte zwölf Stunden später, es sei von Frankfurt oder von Küstrin, nach Hohen-Vietz zurück. Und dieser Botendienst, wie er sie überall bekanntgemacht hatte, machte sie schließlich, trotz allem, was dann und wann gegen sie laut wurde, auch wohlgelitten. Jedes freute sich, Hoppenmarieken über den Hof kommen und durch eine eigentümliche Bewegung ihres Stockes, die etwas Tambourmajorhaftes hatte, angedeutet zu sehen: »Ich bringe Neuigkeiten.« Alle Landposten sind wohlgelitten.

Diese Botendienste bildeten aber nur die Basis ihrer Existenz; wichtiger für sie oder doch wenigstens einträglicher war das Kommissionsgeschäft, das sie nebenbei betrieb. Der Eierhandel aller Dörfer anderthalb Meilen um Hohen-Vietz herum lag eigentlich in ihrer Hand, wobei sie sich doppelter Provisionen zu versichern wußte. Dies ermöglichte sich dadurch, daß das ganze Geschäft auf Tausch beruhte. Eine Bauersfrau in Zechin oder Wuschewier, die sich ein neues Kopftuch wünschte, setzte sich, wenn Hoppenmarieken des Weges kam, mit dieser in Verbindung, packte ihr einen bereitgehaltenen Hahn samt ein paar Stiegen Eier in die Kiepe und überließ es nun ebenso ihrem Genius wie ihrer Diskretion, das Kopftuch zu beschaffen. Es kam vor, daß in diesem oder jenem Artikel Hoppenmarieken den ganzen Markt bestimmte. Man sah in diesen Vorteilen, die ihr zufielen, einen ehrlichen Verdienst und hatte recht darin. Aber nicht all ihr Verdienst war so ehrlicher Natur. Auf dem Forstacker wohnten Leute, die, selbst übel beleumdet, ihr böse Dinge nachsagten. Aber auch im Dorfe selbst wußte man davon zu erzählen. Die liederlichen Dirnen schlichen sich abends in ihr Haus; sie wahrsagte, sie legte Karten. Sonntags war sie immer in der Kirche und sang mit ihrer rauhen Stimme die Gesangbuchlieder mit, von denen sie die bekanntesten auswendig wußte; aber niemand glaubte, daß sie eine ehrliche Christin sei. Man hielt sie für einen Mischling von Zwerg und Hexe. Selbst im Herrenhause, wo man ihr als einer Dorfkuriosität, zum Teil aber auch um ihrer Brauchbarkeit willen manches nachsah, dachte man im ganzen genommen wenig günstiger über sie. Nur Lewin stand ihr mit einer gewissen poetischen Zuneigung zur Seite. Er liebte scherzhaft über sie zu phantasieren. Ihr Alter sei unbestimmbar, sie sei ein geheimnisvolles Überbleibsel der alten wendischen Welt, ein Bodenprodukt dieser Gegenden, wie die Krüppelkiefern, deren einige noch auf dem Höhenrücken ständen. Bei anderen Gelegenheiten wieder, wenn ihm vorgehalten wurde, daß die Wenden sehr wahrscheinlich schöne Leute gewesen seien, begnügte er sich, sie als ein Götzenbild auszugeben, das, als der letzte Czernebogtempel fiel, plötzlich lebendig geworden sei und nun die früher beherrschten Gebiete durchschreite. Er fügte auch wohl hinzu: Hoppenmarieken werde nie sterben, denn sie lebe nicht. Sie sei nur ein Spuk. Darin versah er es nun aber ganz und gar; sie lebte nicht nur, sie lebte auch gern und gut und dabei ganz mit jener sinnlichen Lust, wie sie den Zwergen immer und den Geizigen in der Regel eigen ist. Und sie war beides, zwergig und geizig.

Die Bauern hatten sich nach ihrem Diskurs im Scharwenkaschen Kruge kaum getrennt, als Hoppenmarieken in dem schweren Schritt ihrer Wasserstiefel die Dorfgasse heraufkam. Sie ging rasch wie immer, nüsterte und sprach unverständliche Worte vor sich hin. Ihr langer Hakenstock bewegte sich dabei taktmäßig auf und ab, und ihr roter Friesrock leuchtete.

Als sie das Mühlengehöft passiert hatte, schwenkte sie links und schritt nun die verschneite Lehmkaten- und Kofenstraße hinauf auf ihr Häuschen zu. Die Tür desselben war nur eingeklinkt und mit Recht, denn alles, was sich drinnen befand, stand im Schutze seiner eigenen Unheimlichkeit. Völliges Dunkel empfing sie; sie tappte, sich mit dem Stocke fühlend, bis in die Mitte des Flurs, stellte hier Stock und Kiepe beiseite und fuhr dann mit ihrer Hand, die eine Hornhaut hatte, in der Herdasche umher, bis ein paar glühende Kohlen zum Vorschein kamen. Sie blies nun, nahm einen Schwefelfaden und zündete mit Hilfe desselben eine Blechlampe an, ohne übrigens von dem bescheidenen Lichte, das dieselbe gab, zunächst Gebrauch zu machen. Sie kroch vielmehr in ein großes, unmittelbar neben dem Herd befindliches Ofenloch hinein, rührte auch hier mit einem langen, halb verkohlten Scheit in der tief nach hinten liegenden Glut, warf Reisig, Tannenäpfel und ein paar Stücke steinharten Torfes auf und trat nun erst in die Stube.

Diese war geräumig. Hoppenmarieken leuchtete darin umher, sah in alle Winkel, tat einen Blick in den nach hinten zu gelegenen Alkoven und drückte zuletzt, beständig vor sich hinsprechend, ihre Zufriedenheit mit dem Sachbefunde aus. Die Lampe gab gerade Licht genug, um alles in der Stube Befindliche erkennen zu können. Neben dem Fenster, dicht an die Ecke geschoben, stand ein Wandschapp mit Tassen und Tellern; der eichene Tisch war blank gescheuert; an der Alkoventür hing ein großer, mitten durchgeborstener Rundspiegel, von dem es zweifelhaft bleiben mochte, ob er um Eitelkeits oder Geschäfts willen an dieser Stelle hing. Denn er sah aus, als ob er beim Wahrsagen und Kartenschlagen notwendig eine Rolle spielen müsse. Im übrigen war eine gewisse weihnachtsfestliche Herrichtung, für die Hoppenmarieken selber am Tage vorher gesorgt zu haben schien, unverkennbar. Das Himmelbett hatte frische Vorhänge, die Dielen waren mit Tannenzweigen bestreut und an dem Deckenhaken hing ein Ebereschenzweig, dessen Beeren, trotz vorgeschrittener Winterzeit, noch ihre schöne rote Farbe zeigten. Alles dies hätte fast einen gemütlichen Eindruck machen müssen, wenn nicht dreierlei gewesen wäre: erstens Hoppenmarieken in Person, dann ihre Vogelkäfige und drittens und letztens der Alkoven. Hoppenmarieken selbst kennen wir; aber von den beiden anderen noch ein Wort.

An allen vier Wänden hin, dicht unter der Decke, lief eine Reihe von Vogelgebauern. Wohl zwanzig an der Zahl. Nur wo Bett und Ofen standen, war die Reihe unterbrochen. Was eigentlich in den Bauern drinsteckte, war nicht klar zu erkennen gewesen, als Hoppenmarieken mit der Lampe daran hingeleuchtet hatte. Nur allerhand dunkle Vogelaugen hatten groß und schläfrig in das Licht gestarrt. Es mußte sich einem aufdrängen, das seien wohl die Augen, die bei Abwesenheit der Herrin hier Wache hielten.

Dieser seltsame Fries von Vogelbauern, in denen bloß schweigsames Volk zu Hause zu sein schien, war unheimlich genug, aber unheimlicher war der Alkoven. Schon der Rundspiegel, der an der Türe hing, bedeutete nichts Gutes. Drinnen war alles leer. Nur Kräuterbüschel zogen sich hier in ähnlicher Weise um die Wände herum, wie nebenan die Vogelkäfige. Es waren gute und schlechte Kräuter: Melisse, Schafgarbe, Wohlverleih, aber auch Allermannsharnisch, Sumpfporst und Klosterwacholder. Dazwischen Bündel von Roggenhalmen, deren gesunde Körner längst ausgefallen waren, während das giftige blaue Mutterkorn noch an den Ähren haftete; der Geruch im ganzen war betäubend. Was einem schärferen Beobachter vielleicht mehr als alles andere aufgefallen wäre, war, daß sämtliches Kräuterwerk, statt an einfachen Nägeln, an dicken Holzpflöcken hing, deren mehrere Zoll betragender Durchmesser in gar keinem Verhältnis zu der winzigen, von ihnen zu tragenden Last stand.

Hoppenmarieken, die es sich mittlerweile bequem gemacht und die hohen Wasserstiefel mit ein Paar aus Filztuch genähten Schuhen vertauscht hatte, holte jetzt die Kiepe vom Flur herein und schien, ihrem ganzen Hantieren nach, gewillt, einen Schmaus für sich selber vorzubereiten. Sie wühlte behaglich in ihrer Kiepe, bis sie die Gegenstände, die sie suchte, gefunden hatte. Was zuerst aus der Tiefe heraufstieg, war eine blaue Spitztüte, dann kamen zwei Eier, die sie prüfend gegen das Licht hielt, zuletzt ein altes bedrucktes Sacktuch, in das aber etwas Wichtigeres eingeschlagen war. Wenigstens hielt sie das Paket mit beiden Händen ans Ohr und schüttelte. Der Ton, den es gab, beruhigte sie. Sie legte nun alles auf den Tisch, eines neben das andere, und holte vom Schapp her einen alten Fayencetopf mit abgebrochenem Henkel, dazu einen Quirl und einen Blechlöffel. Jetzt war alles beisammen. Sie tat aus der blauen Tüte einen Löffel Zucker in den Topf, schlug die beiden Eier hinein, wickelte aus dem Sacktuch eine Rumflasche heraus, liebäugelte mit ihr, goß ein und quirlte. Nur etwas fehlte noch – das siedende Wasser. Aber auch dafür war gesorgt. Sie trat in den Flur, kroch abermals in das Ofenloch und kam mit einem rußigen Teekessel zurück, dessen Inhalt zischend und sprudelnd in dem großen Fayencetopf verschwand.

Hiermit waren die Vorbereitungen als geschlossen anzusehen. Das eigentliche Fest konnte beginnen. Sie machte den Tisch wieder klar, baute sich einen großen, braunen Napfkuchen auf und sah, während sie den Kopf in beide Arme stützte, mit sinnlicher Zufriedenheit auf das hergerichtete Mahl. Auch jetzt noch war sie beflissen, nichts zu übereilen. War es nun, daß sie in der Hinausschiebung des Genusses eine Steigerung sah, oder hatte sie so ihre eigenen Hoppenmariekeschen Vorstellungen davon, wie nun einmal ein erster Weihnachtstag gefeiert werden müsse, gleichviel, sie begnügte sich vorläufig damit, den aufsteigenden Dampf von der Seite her einzusaugen, und zog dabei den Tischkasten weit auf, in dem, durch eine Scheidewand getrennt, links das Gesangbuch, rechts die Karten lagen. Sie nahm das Gesangbuch, schlug das Christlied auf: »Vom Himmel hoch da komm' ich her«, las in rezitativischer Weise, die sie selber für Gesang halten mochte, die drei ersten, dann die letzte Strophe, klappte wieder zu und tat einen ersten tüchtigen Zug. Gleich darauf ging sie zu einem allerenergischsten Angriff auf den

Napfkuchen über, der nun innerhalb zehn Minuten von der Tischfläche verschwunden war. Sie strich die Krümel in ihre linke Handfläche zusammen und schüttete alles sorgfältig in den Mund.

Jetzt, wo der Fayencetopf keinen Nebenbuhler mehr hatte, war sie erst in der Lage, ihm zu zeigen, was er ihr war. Sie legte streichelnd und patschelnd ihre Hände um ihn herum, untersuchte mit den Knöcheln alle Stellen, die einen kleinen Sprung hatten, bog sich über ihn und nippte, schlürfte und tat dann wieder volle Züge. Nachdem sie so den ganzen Kursus des Behagens durchschmarutzt hatte, zog sie den Schubkasten zum zweiten Male auf, nahm jetzt aber, statt des Gesangbuches, das Kartenspiel heraus. Es waren deutsche Karten: Schippen, Herzen, Eichel; sie lagen in Form einer Mulde fest aufeinander, was jedoch für Hoppenmariekens Hände keine Schwierigkeiten bot. Als sie wohl eine halbe Stunde lang aufgelegt, gemischt und wieder aufgelegt hatte, ohne daß die Karten kommen wollten, wie sie sollten, stieg ihr das Blut zu Kopf.

Der Schippenbube wich ihr nicht von der Seite. Das mißfiel ihr; sie wußte ganz genau, wer der Schippenbube war. Was? Da lag er wieder neben ihr. Sie stand unruhig auf, nahm die Lampe, leuchtete hinter den Ofen, sah zwei-, dreimal in den Alkoven hinein und setzte sich dann wieder. Aber die Beklemmung wollte nicht weichen. Sie schnürte deshalb das großgeblumte Kattunmieder auf, das sie trug, nestelte, zerrte, zupfte und fühlte nach einem Täschchen, das sie an einem Lederstreifen auf der Brust trug. Es war da. Sie nahm es ab, zählte seinen Inhalt und fand alles, wie es sein mußte.

Dies gab ihr ihre Ruhe wieder. Sie wollte es noch einmal versuchen und begann abermals die Karten zu legen. Diesmal traf es; der Schippenbube lag weit ab. Ein häßliches Lachen zog über ihr Gesicht; dann tat sie den letzten Zug, schob einen großen Holzriegel vor die Türe und löschte das Licht.

Als eine Stunde später der Mond ins Fenster schien, schien er auch auf das verwitterte Antlitz der Zwergin, das jetzt, wo sich das schwarze Kopftuch verschoben und die weißen Haarsträhnen bloßgelegt hatte, noch häßlicher war als zuvor. Der Mond zog vorüber; das Bild gefiel ihm nicht. Hoppenmarieken selbst aber träumte, daß Schippenbube sie am Halse gepackt habe und an dem Lederriemen zerre, um ihr die Tasche abzureißen. Sie rang mit ihm; der Angstschweiß trat ihr auf die Stirn; dabei aber rief sie: »Wart, ich sag's; Diebe, Diebe!«

Durch das öde Haus hin klangen diese Rufe. Die Vögel stiegen langsam von ihren Sprossen und starrten durch ihre Gitter auf das Bett, von wo die Rufe kamen.

9. KAPITEL

Schulze Kniehase

Dem Kruge gegenüber lag der Schulzenhof. Er bestand aus einem Ziegeldachhaus, an das sich nach rückwärts zwei lange, schmale Stallgebäude anlehnten, die durch eine Scheune miteinander verbunden waren. Ein hinter dieser Scheune gelegenes, mit Obstbäumen und Himbeersträuchern besetztes Ackerstück streckte wieder zwei schmale Blumenstreifen bis dicht an die Dorfstraße vor, so daß in Sommerszeit, wenn man vom Kirchhügel aus auf das Schulzengehöft herniedersah, alles einem großen Garten glich, der Haus und Hof wie zwischen zwei ausgebreiteten Armen hielt. Selbst Miekleys Mühle war dann nicht freundlicher. Bis unter das Dach blühten die Malven, die Bienen summten um den Stock, die Trauben hingen am Spalier, während sich von dem alten, rechts an der Hoftür wachestehenden Birnbaum von Zeit zu Zeit die schweren Früchte lösten und mit Geklatsch auf die Schwellsteine niederfielen. Von den Insassen des Hauses achtete niemand dieses Tones; nur ein Mädchen, das auf der vorgebauten Steintreppe des Hauses unter einem Gerank von Flieder und Geißblatt saß, sah einen Augenblick horchend auf, ehe es fortfuhr, das Garn zu wickeln oder die Naht zu säumen.

So war es im Spätsommer. Aber auch im Winter bot der Schulzenhof ein freundliches Bild, auch heute am zweiten Weihnachtsfeiertage. Auf dem Hofe war der Schnee zusammengeschippt, so daß er eine Mauer bildete; die Stalltüren standen auf, aus denen die warme Luft wie ein Nebel ins Freie zog. An der Schwelle saßen Sperlinge und pickten einzelne Körner auf. Sonst alles still; auch der Hofhund feierte. In einer der Ecken zwischen Stall und Scheune stand seine

Hütte; etwas von seinem Lagerstroh hatte er vor die Öffnung geschoben, und auf diesem Kissen lag nun sein spitzer Wolfskopf und sah behaglich in den Morgen hinein.

Und still und festtäglich wie draußen auf dem Hofe, so war auch das Haus. Schon seine Treppe war mit Sand bestreut; in den Ecken der Vordiele standen junge Kiefern und füllten die Luft mit ihrem Harzgeruch; an einem Haken in der Mitte des Flurs aber hing ein Mistelbusch. Die Wohnstuben waren schon geheizt und die Kamintüren geschlossen; nur zur Rechten, wo das große Besuchszimmer lag, knisterte noch ein Feuer und warf seinen Schein. Eine Katze strich ihre Flanken an den warmen Ecken, schnurrend mit gekrümmtem Rücken, zum Zeichen ihres besonderen Behagens.

In dem vordersten Wohnzimmer, um einen schweren Eichentisch herum, befanden sich drei Personen. Dem Fenster zunächst, und diesem den Rücken zukehrend, saß ein breitschultriger Mann, ein Fünfziger. Sein Gesicht drückte Kraft, Festigkeit und Wohlwollen aus. Spärliches, blondes Haar legte sich an seine Scheitel, er war sonntäglich gekleidet und trug einen langen, schwarzbraunen Rock. Die Frau zu seiner Linken, trotz ihrer Vierzig, war noch hübsch, von dunklem Teint und wendisch gekleidet. Ein breiter Kragen fiel über ihr Mieder von schwarzem Tuch, und der kurze Friesrock war in hundert Falten gelegt. Unter der engen Tüllmütze versteckte sich nur halb das glänzend schwarze Haar. Aller Schmuck war silbern. Um den Hals schlang sich eine starke, vorn auf der Brust durch einen Schieber zusammengehaltene Kette; die Ohrgehänge glichen großen, silbernen Tropfen.

Dies war das Schulze Kniehasesche Paar. Dem Alten gegenüber, im vollen Fensterlicht, saß die Tochter des Hauses, Maria, ebenso aufrecht wie Tages zuvor am Kamin des Herrenhauses. Sie trug dasselbe Taftkleid, dasselbe rote Band im Haar; und mit derselben Aufmerksamkeit, mit der sie gestern den Erzählungen Lewins gefolgt war, folgte sie heute der Vorlesung ihres Vaters, der zuerst das Weihnachtsevangelium, dann das 8. Kapitel aus dem Propheten Daniel las. Der alte Kniehase hatte dies Kapitel mit gutem Vorbedachte gewählt. Mariens Hände lagen still in ihrem Schoß. Und als die Stelle kam: »Und nach diesem wird aufkommen ein frecher und tückischer König, der wird mächtig sein, doch nicht durch seine Kraft, und nur durch seine List wird ihm der Betrug geraten, und er wird sich auflehnen wider den Fürsten aller Fürsten; *aber er wird ohne Hand zerbrochen werden*« – da wurden ihre Augen größer, wie sie es bei der Erzählung von dem Feuerschein im Schlosse zu Stockholm geworden waren, denn, erregbaren Sinnes, nahm jegliches, wovon sie hörte, lebendige Gestalt an. Sonst blieb alles in gleichem Schlag. Das Rotkehlchen, mit leisem Gezirp, hüpfte aus dem Ring auf die Sprossen und wieder von den Sprossen in den Ring; in gleichmäßigem Takt ging der Pendel der Gehäuseuhr. Und so ging auch des Schulzen Kniehase Herz.

Kniehase war ein »Pfälzer«. Wie kam er in dieses Wendendorf? Und wie war er Schulze dieses Dorfes geworden?

Um dieselbe Zeit, als die Scharwenkas mit anderen tschechischen Familien von Böhmen her übersiedelten, wanderten die Kniehases mit rheinischen Familien ein. Das war um 1750, als Friedrich der Große zur Trockenlegung der Sumpfstrecken des Oderbruches und zu ihrer Kolonisierung schritt. Die tschechischen Familien, weil ihrer nur wenig waren, fanden in den altwendischen Dörfern ein Unterkommen, und so kamen die Scharwenkas nach Hohen-Vietz. Die rheinischen Kolonistenfamilien aber, die, ohne Rücksicht darauf, ob sie aus dem Cleveschen oder Siegenschen, aus Nassau oder der Pfalz stammten, sämtlich »Pfälzer« genannt wurden (etwa wie in Irland alle Herübergekommenen »Sachsen« heißen), gründeten eigene Dörfer, unter denen Neu-Barnim das größte war. In diesem Dorfe wurde unser Kniehase geboren, und zwar am Tage des Hubertusburger Friedens. Der Vater schloß daraus, daß der Sohn ein Prediger werden müsse, und ließ ihn nach den bescheidenen Mitteln, die sich darboten, etwas Tüchtiges lernen. Aber der junge Kniehase war weitab davon, ein Mann des Friedens werden zu wollen; nur das Soldatische hatte Reiz für ihn und mit zwanzig Jahren schon, nachdem er den Widerstand des Vaters unschwer besiegt, trat er in die Grenadierkompanie des Regiments Möllendorf ein, das damals zu Berlin in Garnison stand. Der Dienst, trotz aller Strenge, gefiel ihm wohl, und schon 1792, bei Ausbruch der Rheinkampagne, war er unter den Fahnenunteroffizieren des Regiments. Bei Valmy erhielt er ein Ehrenzeichen, bei Kaiserslautern ein zweites. Das kam so. Die Kompanie von Thadden sah sich gezwungen, eine Hügelstellung zu räumen, auf der sie sich seit Beginn des Kampfes behauptet hatte; feindliche Artillerie fuhr auf und beherrschte jetzt das abgeschrägte, wohl 1500 Schritt breite Terrain, auf dem die zurückgehende Kompanie, zum Teil in bloße Trupps aufgelöst, ihren Rückzug bewerkstelligte. In Mittelhöhe des Abhanges lag ein durch einen Schenkelschuß verwundeter Gefreiter und beschwor seine Kameraden, ihn nicht liegen zu lassen. Einige hielten inne; aber das Kartätschenfeuer brach wieder den guten Willen; auch den Tapfersten versagte der Mut. Da sprang Unteroffizier Kniehase vor, lief eine Strecke zurück, lud den Verwundeten auf die Schulter und trug ihn aus dem Feuer. Stabskapitän von Thadden, als die Kompanie sich wieder sammelte, trat an Kniehase heran und schüttelte ihm die Hand; die Grenadiere aber brachen in Jubel aus und nahmen eine halbe Stunde später die verlorengegangene Höhenstellung wieder.

Dieser Tag führte unseren Kniehase, wenn nicht gleich, so doch im regelrechten Lauf der Ereignisse, nach dem alten Wendendorfe, dessen Obrigkeit er jetzt bildete. Denn der Gefreite, den er so mutig aus dem feindlichen Feuer getragen hatte, war niemand anderes als unser Freund aus dem Hohen-Vietzer Kruge her: Peter Kümmeritz. Invalide geworden, erhielt er seinen Abschied; zwei Jahre später aber kam der Frieden, und die ganze Rheinarmee kehrte in ihre Garnisonen zurück. Mit ihr das Regiment Möllendorf.

Es war nach der Ernte, anno 95; die Sommerfäden flogen schon durch die Luft, als an einem jener klaren Tage, wie sie der September bringt, an Miekleys Mühle vorbei ein breitschultriger Mann in seines Königs Rock in die Hohen-Vietzer Dorfstraße einbog. Auf seiner Brust blitzten ein paar Medaillen, und wer sich auf Litzen und Rabatten verstand, der sah, daß es ein Chargierter vom Regiment Möllendorf war. Es war aber kein anderer als unser Unteroffizier Kniehase. Als er, gefolgt von der halben Dorfjugend, die scheubeflissen auf seine Fragen Antwort gab, in das Gehöft seines ehemaligen Gefreiten eintreten wollte, trat ihm an der Schwelle des Hauses nicht Peter Kümmeritz in Person, wohl aber Trude Kümmeritz, seine Schwester, entgegen. Nach allem, was folgte, muß angenommen werden, daß diese Stellvertretung den Wünschen unseres Kniehase nicht zuwiderlief, denn ehe er nach Wochenfrist den gastlichen Kümmeritzschen Hof verließ, um zu seinem Regiment zu retournieren, hatte er nicht nur mit Peter die Kriegskameradschaft erneuert, sondern auch mit Trude sich zu ehelicher Kameradschaft versprochen. Er ging überhaupt nur in seine Garnison zurück, um aus dem Urlaub einen Abschied zu machen, demnächst aber einen Neu-Barnimschen Hof zu kaufen und seine Trude aus dem Wendendorf in das Pfälzerdorf hinüberzuziehen. Es kam aber umgekehrt. Eine Hohen-Vietzer Stelle wurde unerwartet frei, die Truhen der Häuser Kümmeritz und Kniehase steuerten zusammen, und als im Sommer 96 der Raps blühte und sein Duft auf allen Feldern lag, da stieg ein Hochzeitszug den Kirchenhügel hinan, die Glocken läuteten, und die Musikanten bliesen, bis das Brautpaar über die Schwelle war. Kniehase trug seine Uniform, Trude die reiche wendische Tracht, und alt und jung waren einig, daß Hohen-Vietz ein solches Brautpaar seit Menschengedenken nicht gesehen habe. Seit Menschengedenken kein stattlicheres, aber auch kein glücklicheres Paar. Vor allen Dingen kein besseres. Neid und üble Nachrede schwiegen, und wenn anfangs dieser und jener klagte, »daß nun ein Pfälzer ins Dorf gekommen sei«, so verstummte diese Klage doch bald, als sie den Pfälzer kennenlernten. Wo es einen Rat galt, da war er da, und wo es eine Tat galt, da war er zweimal da. Er verstand sich aufs Schreiben und Eingabenmachen, aufs Rechnen und Registrieren, und als anno 1800 der alte Schulze Wendelin Pyterke starb, der seit dem Siebenjährigen Krieg volle vierundzwanzig Jahre im Amte und nach der Kunersdorfer Schlacht, als die Russen kamen, die Rettung des Dorfes gewesen war, da wählten sie den Kniehase zu ihrem Schulzen, ohne sich ums Herkommen zu kümmern, das nur zwei oder drei unter ihnen gewahrt wissen wollten. Berndt von Vitzewitz aber sagte: »Meine Bauern waren immer gescheit, doch für so gescheit hab' ich sie all mein Lebtag nicht gehalten.«

Kniehase hatte keinen Feind; selbst die Forstackers Leute sprachen gut von ihm. Im Herrenhause hieß es: »Er ist ein tüchtiger Mann«, in der Mühle hieß es: »Er ist ein frommer Mann«, Peter Kümmeritz aber mit immer wachsendem Respekt sah zu seinem Schwager auf, als ob er den Tag von Kaiserslautern durch eigenes Eingreifen entschieden habe. Er schloß dann wohl ab: »Ich schulde ihm mein Leben, und meine Schwester schuldet ihm ihr Glück.«

Die Kniehases waren ein glückliches Paar; aber kein Glück ist vollkommen: sie blieben kinderlos. Da traf es sich, daß auch eine Tochter ins Haus kam, kein eigenes Kind und doch geliebt wie ein solches.

Es war um Weihnachten 1804, zwei Jahre früher, als die Frau von Vitzewitz starb, da kam ein »starker Mann« ins Dorf, einer von jenen fahrenden Künstlern, die zunächst in rotem Trikot mit fünf großen Kugeln spielen und hinterher ein Taubenpaar aus einem Schubfach auffliegen lassen, in das sie vorher eine Uhr oder ein Taschentuch gelegt haben. Der starke Mann schien bessere Tage gesehen zu haben; seine ganze Haltung deutete darauf hin, daß er nicht immer in einem Planwagen von Dorf zu Dorf gefahren war. Er hielt jetzt vor dem Scharwenkaschen Kruge, führte das magere Pferd in den Stall, und am Abend war Vorstellung. Ein kleines Mädchen, das zehn Jahre sein mochte, wechselte mit ihm ab, sang Lieder und deklamierte; zuletzt erschien sie in einem kurzen Gazekleid, das mit Sternchen von Goldpapier besetzt war, und führte den Schaltanz auf. Die Hohen-Vietzer Bauern, ganz besonders die alten, waren wie benommen und streichelten das Kind mit ihren großen Händen. Es sollte ihnen bald Gelegenheit werden, ihr gutes Herz noch weiter zu zeigen.

Der »starke Mann« war längst kein starker Mann mehr; er war siech und krank. Er legte sich, und es ging rasch bergab. Pastor Seidentopf saß an seinem Bett und sprach ihm Trost zu; der Sterbende aber, der wohl wußte, wie es mit ihm stand, schüttelte den Kopf, zog den Pastor näher an sich heran und sagte fest: »Ich bin froh, daß es zu Ende geht.« Dann wies er mit einer leisen Seitwärtsbewegung des Kopfes auf die Kleine, die am Fenster saß, preßte beide Hände aufs Herz und setzte mit halberstickter Stimme hinzu: »Wenn nur das Kind nicht wäre.« Dabei brach er, alle Kraft über sich verlierend, in ein krampfhaftes Schluchzen aus. Die Kleine, als sie das Weinen hörte, kam herzugesprungen und küßte in leidenschaftlicher Liebe die Hand des Sterbenden. Dieser streichelte ihr das Haar, sah sie an und lächelte. Es war, als ob er in eine lichte Zukunft geblickt hätte. So starb er. Auf dem Tische neben ihm stand die kleine Zauberkommode, aus der immer die Tauben aufflogen, Pastor Seidentopf war tief erschüttert.

An die Hohen-Vietzer aber traten jetzt zwei Fragen heran, von denen es schwer zu sagen, welche die Gemüter mehr beschäftigte. Die *erste* Frage war: »Was machen wir mit dem Toten?«

Die alten Wendenbauern waren gutmütig, aber sie dachten doch ernst in solchen Sachen. Den starken Mann bloß einzuscharren, erschien ihnen als untunliche Härte, ihn aber auf ihrem christlichen Kirchhofe zu begraben, als noch untunlichere Entweihung. War er überhaupt ein Christ? Die Mehrzahl zweifelte. Da fand Pastor Seidentopf unter dem Kopfkissen des Toten eine Tasche mit allerhand Papieren, auch Tauf- und Trauschein. Die Briefe gaben weiteren Aufschluß. Es zeigte sich, daß er Schauspieler gewesen war, daß er eine Tochter aus gutem Hause wider den Willen der Eltern geheiratet hatte, und daß die Frau schließlich hingestorben war in Gram und Elend, aber ohne Vorwurf und ohne Reue. Die letzten Briefe, viel durchlesene, waren aus einem schlesischen Klosterspitale datiert. Ein gescheitertes Leben sprach aus allen, aber kein unglückliches, denn was sie zusammengeführt, hatte Not und Tod überdauert.

Pastor Seidentopf, als er die Briefe gelesen, trat wieder unter seine Bauern, die unten im Krug seiner harrten, und am dritten Tage hatte der starke Mann ein christliches Begräbnis, als ob er ein Kümmeritz oder ein Miekley gewesen wäre. Die Schulkinder sangen ihn hügelan, trotzdem ein großes Schneetreiben war, Frau von Vitzewitz, gütig wie immer, stand mit am Grabe und warf dem Toten die erste Handvoll Erde nach, Berndt von Vitzewitz aber ließ ihm ein Kreuz errichten, darauf folgender, vom alten Küster Jeserich Kubalke gedichteter Spruch zu lesen war:

Ein Stärkrer zwang den starken Mann,
Nimm ihn Gott in Gnaden an.

So erledigte sich die erste Frage. – Die zweite Frage war: »Was machen wir mit dem *Kinde?*« Pastor Seidentopf erwog die Frage hin und her; hundert Pläne gingen ihm durch den Kopf, aber keiner wollte passen. Die Bauern waren scheu und schwierig. Da trat Schulze Kniehase dazwischen, und das weinende Kind vom Krug aus in sein Haus hinüberführend, sagte er: »Mutter, die schickt uns Gott.«

Und am anderen Tage, weil es dicht vor dem Christfest war, begann er ihr einen Baum zu putzen und nannte sie seine Weihnachtspuppe und sein Zauberkind.

Die Bauern sahen anfangs ängstlich zu; »sie wird ihm wegfliegen«, meinten die einen, »und das wäre noch das beste«, versicherten die anderen. Aber sie flog *nicht* fort, und Pastor Seidentopf sagte: »Sie wird ihm Segen bringen, wie die Schwalben am Sims.«

10. KAPITEL

Marie

»Sie wird dem Hause Segen bringen, wie die Schwalben am Sims«, so hatte Prediger Seidentopf gesprochen, und seine Worte sollten in Erfüllung gehen. Das Kopfschütteln der Bauern nahm bald ein Ende. Es geschah das, was unter ähnlichen Verhältnissen immer geschieht: dunkle Geburt, seltsame Lebenswege, wie sie den Argwohn wecken, wecken auch das Mitgefühl, und ein schöner Trieb kommt über die Menschen, ein unverschuldetes Schicksal auszugleichen. Der Zauber des Geheimnisvollen unterstützt die wachgewordene Teilnahme.

Das erfuhr auch Marie. Ehe noch der erste Winter um war, war sie der Liebling des Dorfes; keiner spöttelte mehr über das Gazekleid mit den Goldpapiersternchen, in dem sie zuerst vor ihnen aufgetreten war. Vielmehr erschien ihnen jetzt dieser bloße Hauch einer Kleidung als ihr natürliches Kostüm, und wenn Schulze Kniehase, der das Kind von Anfang an über die Maßen liebte, drüben im Kruge saß und halb ernsthaft, halb scherzhaft versicherte, »sie sei ein Feenkind«, so widerredete niemand, weil er nur aussprach, was alle längst schon an sich selbst erfahren hatten. Daß sie fortfliegen würde, daran glaubte freilich niemand mehr, mit alleiniger Ausnahme der Mädchen in den Spinnstuben, die voll Spuk- und Gespensterbedürfnis immer Neues und Wunderbares von ihr zu erzählen wußten. Und nicht alles war Erfindung. So hatte sie wirklich eine unbezwingbare Vorliebe für den Schnee. Wenn die Flocken still vom Himmel fielen oder tanzten und stöberten, als würden Betten ausgeschüttet, dann entfernte sie sich aus dem Vorderhause, kletterte die lange Schrägleiter hinauf, die bis auf den First des Scheunendaches führte, und stand dort oben schneeumwirbelt. Die Mädchen versicherten auch, sie hätten sie singen hören. Es bedarf keiner Ausführung, welche phantastisch weitgehenden Schlüsse daraus gezogen wurden.

So war es im Winter. Als der Sommer kam, der eine freiere Bewegung gönnte, gewann sie vollends alle Herzen. Sie besuchte nicht nur die einzelnen Bauerhöfe, sondern auch die ausgebauten Lose, die weiter ins Bruch hineinlagen, spielte mit den Kindern und erzählte Geschichten. Das Fremde und Geheimnisvolle, das sie von Anfang an gehabt hatte, blieb ihr, aber niemand wunderte sich mehr darüber. Auch die Dorfmädchen nicht. Einmal verirrte sie sich; im Kniehaseschen Hause war große Aufregung; alles lief und suchte bis an die Oder hin. Endlich fand man sie, keine tausend Schritt vom Dorfe. Sie lag schlafend im Korn, ein paar Mohnblumen in der Hand; ein kleiner Vogel saß ihr zu Füßen. Niemand kannte den Vogel, als er aufflog und aller Augen ihn verfolgten. »Der hat sie beschützt!« sagten die Hohen-Vietzer.

In der Regel spielte sie auf dem Abhange zwischen der Kirche und dem Dorfe, am liebsten auf dem Kirchhofe selbst. Sie las die Inschriften, umarmte den Rasen von ihres Vaters Grabe, kletterte auf die hohe Feldsteinmauer und sah auf die Segel der Oderkähne nieder, die, angeglüht von der sich neigenden Sonne, unten auf dem Strome vorüberzogen. Kam dann des alten Küsters Kubalke Magd, um zu Abend zu läuten, so folgte sie dieser, zog ein paarmal mit an dem Glockenstrang und huschte dann in die schon halbdunkle Kirche hinein. Hier setzte sie sich mit halbem Körper auf das äußerste Ende der Frontbank, auf der am Tage nach der Kunersdorfer Schlacht der Major vom Regiment Itzenplitz verblutet war, blickte seitwärts scheu nach dem dunkeln Fleck, den alles Putzen nicht hatte wegschaffen können, und sah dann, um das selbstgewollte Grauen wieder von sich zu bannen, nach dem großen Vitzewitzschen Marmorbilde hinüber, das die Inschrift trug: »So Du bei mir bist, wer will wider mich sein«. So blieb sie, bis der Glockenton verklang. Dann trat sie wieder auf den Kirchhof hinaus, sah der Magd nach, die den Schlängelpfad ins Dorf herniederstieg, und umkreiste bang, aber immer enger und enger die alte Buche, deren zweigeteilter Stamm, der Sage nach, an den Bruderzwist der Vitzewitze gemahnte. Fiel dann ein Blatt oder flog ein Vogel auf, so fuhr sie zusammen.

Es waren schöne Tage, dieser erste Sommer in Hohen-Vietz; aber diese schönen Tage konnten nicht dauern. Die Schulzenleute, Mann wie Frau, hatten längst ihre Sorge darüber. All dies Umherstreifen währte schon zu lange; Arbeit, Ordnung, Schule mußten an seine Stelle treten. Aber wie? Beide Kniehases waren weitab davon, ein Prinzeßchen aus ihrem Pflegekind machen zu wollen, aber ebenso bestimmt fühlten sie auch, daß die Dorfschule kein Platz für sie sei. Sie paßte nicht unter die Holzpantoffelkinder, ganz abgesehen davon, daß sie, ohne je eine Schulstunde gehabt zu haben, um ein Beträchtliches besser lesen konnte als der alte Jeserich Kubalke, zumal wenn er seine Hornbrille vergessen hatte.

In dieser Not half die gute Frau von Vitzewitz. Sie hatte längst daran gedacht, das sonderbare Kind, von dessen phantastischem Wesen sie so manches gehört hatte, als Spiel- und Schulgenossin Renatens in ihr Haus zu ziehen, allerhand Erwägungen aber, die dagegen sprachen, hatten es damals nicht dazu kommen lassen. Der Kniehasesche Pflegling, so gewinnend er sein mochte, war doch immer eines Taschenspielers, im günstigsten Falle eines verarmten Schauspielers Kind, und so wenig sie persönlich einen Anstoß daran nahm, so glaubte sie dennoch in Erziehungsfragen weniger ihr eigenes, durchaus freies und vornehmes Empfinden als vielmehr allgemeine, aus Pflicht und Erfahrung hergeleitete Anschauungen zu Rate ziehen zu müssen. So zerschlug es sich denn wieder. Pastor Seidentopf hätte es freilich wohl schon damals in der Hand gehabt, einen andern Ausgang herbeizuführen; er wollte jedoch, in einer so verantwortungsvollen Angelegenheit, nicht ungefragt eingreifen und zog es vor, sich die Dinge selber machen zu lassen.

Und sie machten sich auch, und zwar in sehr eigentümlicher Weise. Am Rande des Vitzewitzschen Parks, schon in einiger Erhöhung, stand eine Florastatue und sah einen breiten Kiesweg hinunter auf die Gartenfront des Herrenhauses. Zu Füßen der Statue waren fünf dreieckige Blumenbeete angelegt, die in ihrer Gesamtheit einen einfassenden Halbkreis bildeten. An dieser Stelle hatte Marie bei ihren täglichen Streifereien häufig ein paar Blumen gepflückt, Balsaminen oder Reseda, und war dabei niemals einem Verbot begegnet. Im Gegenteil. Der Gärtner, des zierlichen und fremdartigen Kindes sich freuend, hatte ihr zugenickt und einmal sogar ihr ein paar Fuchsiaknospen über das linke Ohr gehängt. Nun war es September geworden; die roten Verbenen blühten, und dazwischen, aus eingegrabenen Töpfen, wuchsen ein paar unscheinbare Blumen auf, die dem spielenden Kinde als dunkle Vergißmeinnicht erschienen. Sie pflückte sie ab. Es war aber Heliotrop, damals noch etwas Seltenes, und Frau von Vitzewitz wollte wissen, wer ihr das angetan und sie um den Anblick ihrer Lieblingsblume gebracht habe. Als Marie davon hörte, faßte sie rasch einen Entschluß. Sie setzte sich auf eine Bank, in unmittelbarer Nähe der Statue, und als Frau von Vitzewitz auf ihrem Spaziergang den breiten Kiesweg hinaufschritt, sprang sie auf, eilte der Herankommenden entgegen, küßte ihr die Hand und sagte: »Ich habe es getan.« Sie war dabei hochrot und zitterte, aber sie weinte nicht. Von diesem Augenblick an war die Freundschaft geschlossen. Frau von Vitzewitz streichelte ihr das Haar und sah sie fest und freundlich an; dann führte sie sie zu der Bank zurück, von der sie aufgestanden war, stellte Fragen und ließ sich erzählen. Alles bestätigte ihr den ersten Eindruck. So trennten sie sich. Noch am selben Nachmittage aber sagte Frau von Vitzewitz zu Seidentopf: »Das ist ein seltenes Kind«, und ehe acht Tage um waren, war sie die Spiel- und Schulgenossin Renatens.

Sie war anfangs zurück; alles, was sie konnte, war eben Lesen und Deklamieren. Aber ihre schnelle Fassungsgabe, durch Gedächtnis und glühenden Eifer unterstützt, gestattete ihr, das Versäumte wie im Fluge nachzuholen, und ehe noch ein halbes Jahr um war, war sie in den meisten Disziplinen Renaten gleich. Und wie sie den von Frau von Vitzewitz an ihre Fähigkeiten geknüpften Erwartungen entsprach, so auch denen, die sich auf ihren Charakter bezogen. Sie war ohne Laune und Eigensinn; etwas Heftiges, das sie hatte, wich jedem freundlichen Wort. Die beiden Mädchen liebten sich wie Schwestern.

Nichts war mißglückt, über Erwarten hinaus hatten sich die Wünsche der Frau von Vitzewitz erfüllt, dennoch stellten sich immer wieder Bedenken bei ihr ein, die freilich jetzt nicht mehr das Glück Renatens, sondern umgekehrt das Glück Mariens betrafen. Es galt nicht nur den Augenblick, sondern auch die Zukunft befragen. Wie sollte sich diese gestalten? War es recht, dem Schulzenkinde die Erziehung eines adeligen Hauses zu geben? Wurde Marie nicht in einen Widerspruch gestellt, an dem ihr Leben scheitern konnte? Sie teilte diese Bedenken ihrem Gatten mit, der, von Anfang an dieselben Skrupel hegend, sofort entschlossen war, mit Schulze Kniehase, zu dessen Verständigkeit er ein hohes Vertrauen hatte, die Sache durchzusprechen.

Berndt ging in den Schulzenhof, traf Kniehase mitten in Rechnungsabschlüssen, die das nach Küstrin hin gelieferte Stroh- und Haferquantum betrafen, rückte mit ihm in die Fensternische und stellte ihm alles vor, wie er es mit der Frau von Vitzewitz besprochen hatte.

Schulze Kniehase hörte aufmerksam zu, dann sagte er, als sein Gutsherr schwieg: er habe sich's, als von der Sache zuerst gesprochen wurde, auch überlegt, ob er dem Kinde nicht die

Ruhe nehme, die doch mehr sei als alles Lernen und Wissen. All sein Überlegen aber habe doch immer wieder dahin geführt, daß es das beste sein würde, die gnädige Frau, die es so gut meine, ruhig gewähren zu lassen. So sei es ein halbes Jahr gegangen. Es jetzt nun nach der entgegengesetzten Seite hin zu ändern, sei nur ratsam, wenn es der ausgesprochene Wille der gnädigen Frau sei. Sein eigener Wunsch und Wille sei es schon seit Monaten nicht mehr; die Bedenken, die er anfangs gehabt, seien mehr und mehr von ihm abgefallen. Er wisse auch wohl warum. Das Kind, das ihm die Hand Gottes fast auf die Schwelle seines Hauses gelegt habe, sei kein bäuerlich Kind; es sei nicht bäuerlich von Geburt und nicht bäuerlich von Erscheinung. Er säße so mitunter in der Dämmerstunde und mache sich Bilder, wie auch wohl andere Leute täten, aber wie vielerlei auch an ihm vorüberzöge, nie sähe er seine Marie mit geschütztem Rock und zwei Milcheimern unter dem Zurufe lachender Knechte über den Hof gehen. Er liebe das Kind, als ob es sein eigen wäre; aber er betrachte es doch als ein fremdes, das eines Tages ihm wieder abgefordert werden würde. Nicht von den Menschen, wohl aber von der Natur. Es wird so sein, wie mit den Enten im Hühnerhof, die eines Tages fortschwimmen, während die Henne am Ufer steht.

Als Kniehase so gesprochen, hatte ihm Berndt von Vitzewitz die Hand gereicht, und im Herrenhause schwiegen von jenem Tage an alle Bedenken.

Auch der Tod der Frau von Vitzewitz, schmerzlich wie er von Marie empfunden wurde, änderte nichts in ihrem Verhältnis zu den Zurückgebliebenen. Tante Schorlemmer kam ins Haus, und frei von jener Liebedienerei, die sich in Bevorzugung Renatens hätte gefallen können, betrachtete sie vielmehr beide Mädchen wie Geschwister und umfaßte sie mit gleicher Herzlichkeit.

Nach der Einsegnung hörten die Unterrichtsstunden auf, aber die beiden Mädchen waren zu innig aneinander gekettet, als daß der Wegfall dieses äußerlichen Bandes das geringste an ihrer Verkehrs- und Lebensweise hätte ändern können. Der Geburts- und Standesunterschied wurde von Renate nicht geltend gemacht, von Marie nicht empfunden. Sie sah in die Welt wie in einen Traum und schritt selber traumhaft darin umher. Ohne sich Rechenschaft davon zu geben, stellten sich ihr die hohen und niederen Gesellschaftsgrade als bloße Rollen dar, die wohl dem Namen nach verschieden, ihrem Wesen nach aber gleichwertig waren. Es war im Zusammenhange damit, daß unter allen Bildern, die sich im Vitzewitzeschen Hause befanden, eine Nachbildung des »Lübecker Totentanzes«, bei allem Erschütternden, doch zugleich den erhebendsten Eindruck auf sie gemacht hatte. Die Predigt von einer letzten Gleichheit aller irdischen Dinge sprach das aus, was dunkel in ihr selber lebte. Dabei war sie ohne Anspruch und ohne Begehr. Alles Schöne zog sie an; aber es drängte sie nur, daran teilzunehmen, nicht es zu besitzen. Es war ihr wie der Sternenhimmel; sie freute sich seines Glanzes, aber sie streckte nicht die Hände danach aus.

Diese Unbegehrlichkeit hatte sich auch an ihrem sechzehnten Geburtstage gezeigt. Bei dieser Gelegenheit erhielt sie als großes Geschenk des Tages ihr eigenes Zimmer. Beide Kniehases führten sie, mit einer gewissen Feierlichkeit, in die nördliche Giebelstube, die geradeaus den Blick auf den Park, nach rechts hin auf die Kirche hatte, und sagten: »Marie, das ist nun dein; schalte und walte hier; erfülle dir jeden kleinen Wunsch; uns soll es eine Freude sein.«

Marie, im ersten Sturm des Glückes, hatte ein Hin- und Herschieben mit Schrank und Nähtisch, mit Bücherbord und Kleidertruhe begonnen, aber dabei war es geblieben. Es kam ihr nicht in den Sinn, ihrem alten, ihr liebgewordenen Besitz etwas Neues hinzuzufügen. Was sie hatte, freute sie, was sie nicht hatte, entbehrte sie nicht.

»Sie hat Mut, und sie ist demütig«, hatte nach jener ersten Begegnung im Park Frau von Vitzewitz zu Pastor Seidentopf gesagt. Sie hätte hinzusetzen dürfen: »Vor allem ist sie wahr.« Jenes Wunder, das Gott oft in seiner Gnade tut, es hatte sich auch hier vollzogen: innerhalb einer Welt des Scheins war ein Menschenherz erblüht, über das die Lüge nie Macht gewonnen hatte. Noch weniger das Unlautere. Tante Schorlemmer sagte: »Unsere Marie sieht nur, was ihr frommt, für das, was schädigt, ist sie blind.« Und so war es. Phantasie und Leidenschaft, weil sie sie ganz erfüllten, schützten sie auch. Weil sie stark fühlte, fühlte sie rein.

Im Hohen-Vietzer Herrenhause – es war im Winter vor Beginn unserer Erzählung – sang Renate ein Lied, dessen Refrain lautete:

Sie ist am Wege geboren,
Am Weg, wo die Rosen blüh'n …

Sie begleitete den Text am Klavier.

»Weißt du, an wen ich denken muß, sooft ich diese Strophen singe«, fragte Renate den hinter ihrem Stuhl stehenden Lewin.

»Ja«, antwortete dieser, »du gibst keine schweren Rätsel auf.«

»Nun?«

»An Marie.«

Renate nickte und schloß das Klavier.

11. KAPITEL

Prediger Seidentopf

In der Mitte des Dorfes, neben dem Schulzenhof, lag die Pfarre, ein über hundert Jahre altes, etwas zurückgebautes Giebelhaus, das an Stattlichkeit weit hinter den meisten Bauerhöfen zurückblieb. Es war das einzige größere Haus im Dorfe, das noch ein Strohdach hatte. Zu verschiedenen Malen war davon die Rede gewesen, dieses der Dorfgemeinde sowohl um ihres Pastors wie um ihrer selbst willen despektierlich erscheinende Strohdach durch ein Ziegeldach zu ersetzen; unser Freund Seidentopf aber, der in diesem Punkte wenigstens ein gewisses Stilgefühl hatte, hatte beständig gegen solche Modernisierung protestiert. »Es sei gut so, wie es sei.« Und darin hatte er vollkommen recht. Es war eben ein Dorfidyll, das durch jede Änderung nur verlieren konnte. Der Giebel des Hauses stand nach vorn; dicht unter dem Strohdach hin lief eine Reihe kleiner, überaus freundlich blickender Fenster, während die Fachwerkwände bis hoch hinauf mit Brettern bekleidet und den ganzen Sommer über mit Wein, Pfeifenkraut und Spalierobst überdeckt waren. Neben der Haustüre stand ein Rosenbaum, der, bis an den First hinaufwachsend, im ganzen Oderbruche berühmt war wegen seines Alters und seiner Schönheit. Auch das winterliche Bild, das die Pfarre bot, war nicht ohne Reiz. Eine mächtige Schneehaube saß auf seinem Dache, während die niedergelegten, mit Stroh umwundenen Weinranken, dazu die Matten, die sich schützend über dem Spalierobst ausbreiteten, dem Ganzen ein sorgliches und in seiner Sorglichkeit wohnlich anheimelndes Ansehen gaben.

Dem entsprach auch das Innere. Die Haustür, wie oft in den märkischen Pfarrhäusern, hatte eine Klingel, keine von den großen, lärmenden, die den Bewohnern zurufen: »Rettet euch, es kommt wer«, sondern eine von den kleinen, stillgestimmten, die dem Eintretenden zu sagen scheinen: »Bitte schön, ich habe Sie schon gemeldet.« Der Tür gegenüber, an der entgegengesetzten Seite des langen, fast durch das ganze Haus hinlaufenden Flurs, befand sich die Küche, deren aufstehende Türe immer einen Blick auf blanke Kessel und flackerndes Herdfeuer gönnte. Die Zimmer lagen nach rechts hin. An der linken Flurwand, die zugleich die Wetterwand des Hauses war, standen allerhand Schränke, breite und schmale, alte und neue, deren Simse mit zerbrochenen Urnen garniert waren; dazwischen in den zahlreichen Ecken hatten ausgegrabene Pfähle von versteinertem Holz, Walfischrippen und halbverwitterte Grabsteine ihren Platz gefunden, während an den Querbalken des Flurs verschiedene ausgestopfte Tiere hingen, darunter ein junger Alligator mit bemerkenswertem Gebiß, der, sooft der Wind auf die Haustür stand, immer unheimlich zu schaukeln begann, als flöge er durch die Luft. Alles in allem eine Ausstaffierung, die keinen Zweifel darüber lassen konnte, daß das Hohen-Vietzer Predigerhaus zugleich auch das Haus eines leidenschaftlichen Sammlers sei.

Machte schon der Flur diesen Eindruck, so steigerte sich derselbe beim Eintritt in das nächstgelegene Zimmer, das einem Antikenkabinett ungleich ähnlicher sah als einer christlichen Predigerstube. Zwar war der Bewohner desselben ersichtlich bemüht gewesen, Amt und Neigung in ein gewisses Gleichgewicht zu bringen, war aber damit gescheitert. Es sei gestattet, einen Augenblick bei diesem Punkte zu verweilen.

Die Studierstube besaß zwei nach dem Garten hinaussehende Fenster, zwischen denen unser Freund eine bis in die Mitte des Zimmers gehende Scheidewand gezogen hatte. So waren zwei große, fast kabinettartige Fensternischen gewonnen, von denen die eine dem *Prediger* Seidentopf, die andere dem *Sammler* und Altertumsforscher gleichen Namens angehörte. Innerhalb dieser Nischen war das Balanciersystem, das sich schon in ihrer äußeren Anlage zu erkennen gab, ebenfalls festgehalten, indem auf dem Arbeitstische in der Camera archaeologica »Bekmanns historische Beschreibung der Kurmark Brandenburg, Berlin 1751 bis 53«, auf dem Arbeitstisch in der Camera theologica »Dr. Martin Luthers Bibelübersetzung, Augsburg 1613«, aufgeschlagen lag. Beides Prachtbücher, wie sie nur ein Sammler hat, groß, dick, in festem Leder, mit hundert Bildern. Über eine Äußerung des Kandidaten Uhlenhorst, der auf einer Versammlung in Hohen-Sathen gesagt haben sollte: »Prediger Seidentopf greife mitunter fehl und schlage in Bekmann statt in der Bibel nach«, gehen wir wie billig an dieser Stelle hin.

Es war dies ein rechter Uhlenhorstscher Sarkasmus, wie ihn die Konventikler wohl zu haben pflegen; aber darin hatten sie recht, daß nicht nur der in der archäologischen Abteilung stehende Lehnstuhl viel tiefer eingesessen, sondern daß auch der ganze, diesseits der Fensternischen verbliebene Rest des Zimmers ein heidnisches Museum, eine bloße Fortsetzung alles dessen war, was schon der Flur geboten hatte. Nur die Walfischrippe und der Alligator fehlten. Zwei mächtige, rechts und links neben der Tür stehende, über den Sims hin durch einen Mittelbau verbundene Glasschränke bildeten eine Art Arcus triumphalis, durch den man in die Studierstube eintrat; und alles, von dem Steinmesser und dem Aschenkrug an, was die märkische Erde nur je an Altertumsfunden herausgegeben hat, das fand sich hier zusammen. Daneben konnte freilich die theologische Bibliothek des Zimmers nicht bestehen, die, ihrer äußersten Verstaubung ganz zu geschweigen, auf einem schmalen, zweibrettrigen Regal zwischen Wandvorsprung und Ofen ihre Unterkunft gefunden hatte.

Unser Seidentopf war ein archäologischer Enthusiast trotz einem, und ausgerüstet mit all den Schwächen, die von diesem Enthusiasmus so unzertrennlich sind wie die Eifersucht von der Liebe. Er phantasierte, er ließ sich hinters Licht führen; aber in einem unterschied er sich von der großen Armee seiner Genossen: er sammelte nicht, um zu sammeln, sondern um einer Idee willen. Er war Tendenzsammler.

Innerhalb der Kirche, wie Uhlenhorst sagte, ein Halber, ein Lauwarmer, hatte er, sobald es sich um Urnen und Totentöpfe handelte, die Dogmenstrenge eines Großinquisitors. Er duldete keine Kompromisse, und als erstes und letztes Resultat aller seiner Forschungen stand für ihn unwandelbar fest, daß die Mark Brandenburg nicht nur von Uranfang ein deutsches Land gewesen, sondern auch durch alle Jahrhunderte hin *geblieben* sei. Die wendische Invasion habe nur den Charakter einer Sturzwelle gehabt, durch die oberflächlich das eine oder andere geändert, dieser oder jener Name slawisiert worden sei. Aber nichts weiter. In der Bevölkerung, wie durch die Sagen von Fricke und Wotan bewiesen werde, habe deutsche Sitte und Sage fortgelebt; am wenigsten seien die Wenden, wie so oft behauptet werde, in die Tiefen der Erde eingedrungen. Ihre sogenannten »Wendenkirchhöfe«, ihre Totentöpfe niedrigeren Grades wolle er ihnen zugestehen, alles andere aber, was sich mit instinktiver Vermeidung des Oberflächlichen eingebohrt und eingegraben habe, alles, was zugleich Kultur und Kultus ausdrücke, sei so gewiß germanisch, wie Teut selber ein Deutscher gewesen sei. Um diese Sätze drehte sich für ihn jede Debatte von Bedeutung. Er war sich bewußt, in seinem archäologischen Museum durchaus unanfechtbare Belege für sein System in Händen zu haben, unterschied aber doch zwischen einem kleinen und einem großen Beweis. Der kleine war ihm persönlich der liebere, weil er der feinere war; er kannte jedoch die Welt genugsam, um dem blöden Sinn der Masse gegenüber je nach einem andern als nach dem großen Beweis zu greifen. Die Stücke, die diesen bildeten, befanden sich sämtlich in den zwei großen Glasschränken des Arcus triumphalis, waren jedoch selbst wieder in unwiderlegliche und ganz unwiderlegliche geteilt, von denen nur die letzteren die Inschrift führten: »Ultima ratio Semnonum«. Es waren zehn oder zwölf Sachen, alle numeriert, zugleich mit Zetteln beklebt, die Zitate aus Tacitus enthielten. Gleich Nr. 1 war ein Hauptstück, ein bronzenes Wildschweinsbild, auf dessen Zettel die Worte standen: »Insigne superstitionis formas aprorum gestant«, »Ihren Götzenbildern gaben sie (die alten Germanen) die Gestalt wilder Schweine.« Die anderen Nummern wiesen Spangen, Ringe, Brustnadeln, Schwerter auf, woran sich als die Sanspareils und eigentlichen Prachtbeweisstücke der Sammlung drei Münzen aus der Kaiserzeit schlossen, mit den Bildnissen von Nero, Titus und Trajan. Die Trajansmünze trug um das lorbeergekrönte Haupt die Umschrift: »Imp. Caes. Trajano Optimo«, auf dem danebenliegenden Zettel aber hieß es: »Gefunden zu Reitwein, Land Lebus, in einem Totentopf.« Das »in einem Totentopf« war dick unterstrichen. Und vom Standpunkte unseres Freundes aus mit vollkommenem Recht. Denn es führte den Beweis, oder sollte ihn wenigstens führen, daß nicht alle Totentöpfe wendisch, vielmehr die »Totentöpfe höherer Ordnung« ebenfalls deutsch-semnonischen Ursprungs seien.

Auflehnung gegen so beredte Zeugen erschien unserem Seidentopf unmöglich, und dennoch hatte er sie zu befahren, wobei es sich so glücklich oder so unglücklich traf, daß sein heftigster Angreifer und sein ältester Freund ein und dieselbe Person waren. Es sprach für beide, daß ihre Freundschaft unter diesen Kämpfen nicht nur nicht litt, sondern immer wurzelfester wurde; allerdings weniger ein Verdienst unseres Pastors als seines gutgelaunten Antagonisten, der, weltmännisch über der Sache stehend, nicht gewillt war, die Semnonen- und Lutizenfrage unter Drangebung vieljähriger herzlicher Beziehungen durchzufechten. In Wahrheit interessierte ihn die »Urne« erst dann, wenn sie anfing, die moderne Gestalt einer Bowle anzunehmen.

Dieser alte Freund und Gegner war der Justizrat Turgany aus Frankfurt a. O., der, ein Feind aller Prozeßverhandlungen bei trockenem Munde, speziell in dem Prozeß »Lutizii contra Semnones«, manche liebe Flasche ausgestochen hatte, gelegentlich im Pfarrhause zu Hohen-Vietz, am liebsten aber im eigenen Hause, nach dem Grundsatze, daß er über seinen eigenen Weinkeller am unterrichtetsten sei. Schon die Studentenzeit hatte beide Freunde, Mitte der siebziger Jahre, in Göttingen zusammengeführt, wo sie unter der »deutschen Eiche« Schwüre getauscht und, Klopstocksche Bardengesänge rezitierend, sich dem Vaterlande Hermanns und Thusneldas auf ewig geweiht hatten. Seidentopf war seinem Schwure treu geblieben. Wie damals in den Tagen jugendlicher Begeisterung erschien ihm auch heute noch der Rest der Welt als bloßer Rohstoff für die Durchführung germanisch-sittlicher Mission; Turgany aber hatte seine bei Punsch und Klopstock geleisteten Schwüre längst vergessen, schob alles auf den ersteren und gefiel sich darin, wenigstens scheinbar, den Apostel des Panslawismus zu machen. Die Möglichkeit europäischer Regeneration lag ihm zwischen Don und Dnjepr und noch weiter ostwärts. »Immer«, so hatte er bei seiner letzten Anwesenheit in Hohen-Vietz versichert, »kam die Verjüngung von den Ufern der Wolga, und wieder stehen wir vor solchem Auffrischungsprozeß«; halb scherz-, halb ernsthaft vorgetragene Paradoxien, die von Seidentopf einfach als politische Ketzereien seines Freundes bezeichnet wurden.

Aber dieser Freund war nicht halb so schwarz, wie er sich selber malte. Er debattierte nur nach dem Prinzip von Stahl und Stein; hart gegen hart; das gab dann die Funken, die ihm wichtiger waren als die Sache selbst. Zudem wußte der panslawistische Justizrat, daß Streit und immer wieder in Frage gestellter Sieg längst ein Lebensbedürfnis Seidentopfs geworden waren, und gefiel sich deshalb in seiner Oppositionsrolle mehr noch aus Rücksicht gegen diesen als aus Rücksicht gegen sich selbst.

12. KAPITEL

Besuch in der Pfarre

Und es war der Justizrat Turgany, der heute, am zweiten Weihnachtsfeiertage 1812, in der Hohen-Vietzer Pfarre erwartet wurde; auch Lewin und Renate hatten zugesagt, mit ihnen Tante Schorlemmer und Marie.

Vier Uhr war vorüber; es dunkelte schon, der Besuch konnte jeden Augenblick kommen. In den Zimmern war alles festlich vorbereitet. Wo noch ein Stäubchen lag, fuhr unser Freund mit einem Federwedel darüber hin; dann wieder zog er das Taschentuch und polierte an den Scheiben seiner geliebten Schränke. Wer auf Waffen hält, der sorgt auch, daß sie blank sind. Nur an das theologische Bücherbrett, wo der Staub zu dicht lag, vermied er es, heranzutreten. Ein Zwischenfall ließ ihn einen Augenblick aufsehen von seiner Arbeit. An ihm vorbei, als wäre eine Welt versäumt, drang in ziemlich herrischer Weise eine Frau mit rotem Gesicht und weißer Haube in das Studierzimmer ein, goß auf ein vorgehaltenes Schippenblech eine Räucheressenz, wie sie damals Mode war, fuhr ein paarmal durch die Luft und schoß dann in das Nebenzimmer weiter, um ihre Bewegungen, die zwischen Stoßfechten und Weihrauchfaßschwenken eine gute Mitte hielten, in den dahintergelegenen Räumen fortzusetzen. Pastor Seidentopf lächelte, als er ihr nachsah, ein scherzhaftes Wort schien ihm eben auf die Lippe zu treten, aber ehe es laut werden konnte, klingelte die Haustür, und das Aufstampfen auf Dielen und Strohdecke, um den Schnee und die Kälte abzuschütteln, verriet deutlich, daß der Besuch gekommen sei.

Aber nicht der Frankfurter Justizrat. Es waren zunächst die Freunde aus dem Herrenhause. Lewin führte Tante Schorlemmer, Renate und Marie folgten. Man begrüßte sich herzlich. Renate, die es warm fand, nahm ihr Schaltuch ab und stand einen Augenblick, mit der Broschnadel in der Hand, wie in Verlegenheit, wo sie dieselbe hintun solle. Dann öffnete sie den Glasschrank und legte die Nadel in eine der zerbrochenen Urnen. Sie war wie Kind im Hause. Alles lachte; Seidentopf stimmte mit ein.

»Sehen Sie, teuerster Prediger«, hob Renate an, »wenn das nun ein Aschenregen wäre, was jetzt in Flocken vom Himmel fällt, welche Hypothesen gäbe das bei den Seidentopfs der Zukunft, diese Gemmenbrosche in einem wendischen Totentopf!«

»Nicht wendisch, ganz und gar nicht. Aber meine schöne Renate lockt mich nicht heraus«, erwiderte Seidentopf gut gelaunt. »Ich erwarte Turgany noch und darf meine Kräfte nicht an Plänkeleien setzen, auch nicht an die verlockendsten. Aber wo nehmen wir unseren Kaffee?«

»Hier, hier, im Studier- und Rauchzimmer«, riefen die Stimmen durcheinander, mit besonderer Betonung des letzten Worts. Seidentopf lehnte ab. Renate aber bestand darauf. »Wir wollen keine Opfer.«

»Und wenn es ein solches wäre, je mehr Opfer, je mehr Glück.«

»O wie verbindlich! Ganz die gute alte Zeit. Und da bilden sich unsere Residenzler ein« (ein schelmischer Blick Renatens streifte dabei Lewin), »uns feine Sitte lehren zu wollen; hier ist ihr Lehrstuhl, hier im Pfarrhause zu Hohen-Vietz.«

Stühle wurden gestellt; man nahm Platz an einem Rundtisch, der in die Camera archaeologica gerückt worden war, und die schon erwähnte Frau erschien, um den Kaffeetisch zu servieren. Sie wurde sofort und in einer Weise von allen Anwesenden begrüßt, die über ihre Wichtigkeit innerhalb der Hohen-Vietzer Pfarre keinen Zweifel ließ. Ihrer Geburt und Haltung nach hätte sie freilich noch den Friesrock und das schwarzseidene Kopftuch tragen müssen; alle Haushälterinnen aber wachsen schließlich über sich hinaus, und die Hohen-Vietzer machte keine Ausnahme.

Sie nahm allerhand kleine Huldigungen in Anspruch und erwartete beispielsweise von seiten der Gäste ein auszeichnendes Entgegenkommen, später von seiten ihres Pastors die Aufforderung, an der festlichen Tafel teilzunehmen. Aber hiermit war ihrem Selbstgefühl Genüge getan. Sie lehnte regelmäßig ab und war befriedigt, daß die Aufforderung überhaupt stattgefunden hatte.

Sie legte jetzt die Kaffeeserviette, stellte zwei doppelarmige Leuchter, zugleich auch eine Zuckerdose mit kleinen Löwenfüßen in die Mitte des Tisches und flankierte diese stattliche Zentrumsposition mit zwei silbernen Körben, von denen der eine allerhand Krausgebackenes, der andere eine Pyramide von Kaffeekuchen enthielt; zuletzt kam die Meißner Kanne selbst, auf deren Deckel Gott Amor sich schelmisch auf seinen Bogen lehnte. Der Pastor hatte nie Anstoß daran genommen, vielleicht es nie bemerkt.

Renate machte die Wirtin, verteilte den Zucker sogleich in die Tassen (die großen Blockstükke waren noch nicht Mode) und handhabte dabei die Zuckerzange mit jener Grazie, die allein aussöhnen kann mit diesem Werkzeuge der Unbequemlichkeit. Die Unterhaltung nach den ersten kecken Plänkeleien lenkte sehr bald wieder ins Regelrechte ein und begann mit dem Wetter. Das hatte im Jahre 1812 noch eine ganz besondere Bedeutung. Man könnte sagen, vom Wetter sprechen war damals patriotisch. Schnee und Kälte waren die großen russischen Bundesgenossen.

Der Schnee, der anfangs in kleinen Federchen umhergestäubt war, wirbelte allmählich dichter an den Fenstern vorbei, und aus der Geborgenheit von Pastor Seidentopfs Studierstube – doppelt geborgen, nachdem sie auch zum Kaffeezimmer geworden war – sahen jetzt Wirt und Gäste in den Wirbeltanz hinaus.

Es entstand eine Pause. »Immer mehr Schnee«, begann Lewin, der den Platz zunächst dem Fenster hatte, »es ist doch, als ob Gott selber sie alle begraben wolle. Die Vernichtung kommt über sie; sie fällt in leisen Flocken vom Himmel. Und dazwischen höre ich eine Stimme, die uns zuruft: ›Drängt euch nicht ein, wollt nicht mehr tun, als ich selber tue; ich vollbringe es allein.‹

Ich weiß es wohl, teuerster Pastor, die Stimme, die ich höre, ist nur die Stimme meines Mitleids. Muß ich mich ihr verschließen? Ist dieses Mitleid Schwäche? Muß ich es abtun?«

»Nein, Lewin, dein Herz hat den rechten Zug wie immer. Wenn es etwas gibt, dem zu folgen uns nicht reuen darf, so ist es das Mitleid. Zudem, unsere Feinde sind unsere Verbündeten. Und so lehren uns denn diese Tage treu sein, treu auch gegen den Feind, wie diese Jahre uns gelehrt haben, demütig zu sein. Harren wir. Es werden Zeiten kommen, wo uns sein wird, als lege Gott selber sein Schwert in unsere Hände. Aber dieser Tag, der vielleicht nahe ist, ist noch nicht da. Eins aber gilt heute und immerdar: Offen sei unser Tun. Das ist *deutsch.*«

Lewin wollte antworten, aber Peitschenknall und Schellengeläut, das eben die Dorfgasse heraufkam, unterbrach die Unterhaltung, und Seidentopf rief: »Da sind sie.«

Es waren drei Herren, von denen zwei, in grauen Mänteln und schwarzen Tuchmützen, den Polsterstuhl des Schlittens innehatten, während der dritte, in Pelzrock und Filzkappe, auf der Pritsche saß. Dieser sprang zuerst von seinem Holzbock herunter, reichte dem herbeigekommenen Pfarrknecht die Leinen und war dann den beiden anderen, viel jüngeren, aber schwerfälligeren Herren behilflich, aus ihren Fußsäcken heraus und glücklich ans Land zu kommen.

Alles das verfolgten unsere Freunde, soweit die fallenden Schneeflocken es zuließen, vom Fenster aus mit jenem ungeheuchelten Interesse, das nur der kennt, der die Winterstille der Dörfer an sich selber erfahren hat.

»Wer sind nur die beiden Fremden, die Turgany sich aufgeladen hat?« fragte Lewin; »in seinem eleganten Nerzpelz paßt unser justizrätlicher Freund schlecht zum Kämmerer dieser Graumäntel.«

»Es sind Amtsbrüder von mir«, erwiderte Seidentopf, dem errötenden Lewin die kleine Verlegenheit gönnend, »ein halber und ein ganzer. Der ganze, den du kennen solltest, ist unser Nachbar, der Dolgelinsche Pastor; der halbe konrektort vorläufig noch, rückt aber nächstens in die Heilige-Geist-Pfarre ein. Konrektor Othegraven, ein besonderer Freund Turganys.«

Die neuen Gäste hatten inzwischen aus Pelz und Mänteln sich ausgewickelt, und auf dem Flur erklang die Stimme des Justizrats mit jener Deutlichkeit, die immer auf ein halbes Zuhausesein deutet. Dann öffnete sich die Tür, und alle drei traten ein. Nach vorgängiger Begrüßung rückte man dichter zusammen, schob rechtwinkelig einen zweiten Tisch heran und war sofort im Fahrwasser einer lebhaften Unterhaltung. Turgany, wie er selber mit Stolz zu versichern liebte, duldete keine Pausen.

Er hatte sich mit jenem Feldherrnblick, der ihn in solchen Dingen auszeichnete, den besten Platz gewählt und saß nicht bloß unter einem Urnenreal seines Freundes, worauf er schließlich verzichtet haben würde, sondern auch zwischen Renate und Marie, was er durch geschickte Beseitigung von Tante Schorlemmer – ihr zuflüsternd, daß sein Freund Othegraven glücklich sein würde, sich mit ihr über grönländische Mission unterhalten zu können – herbeizuführen gewußt hatte. »Othegraven habe selber Missionar werden wollen.« In den durch diese Kriegslist eroberten Platz war er ohne weiteres eingerückt und unterhielt nun die beiden Damen von den eben überstandenen Abenteuern. Er verfuhr dabei nicht mit sonderlicher Diskretion, die überhaupt nicht seine starke Seite war, und nahm nicht den geringsten Anstand, den durch seine Gesamterscheinung freilich dazu herausfordernden Dolgeliner Pastor zum komischen Helden seiner Erzählung zu machen. Ein Windstoß habe seines Reisegefährten Kopfbedeckung querfeldein geführt, und eine Art Mützentreiben sei natürlich die Folge davon gewesen. Er werde dieses Anblicks nie vergessen. Der Wind, in den hochgeklappten Doppelkragen sich setzend, habe den unter Segel genommenen Pastor, als ob er in gerader Linie vom Doktor Faust abstamme, immer weiter und weiter getragen, bis endlich das phantastische Bild in den Tiefen eines Oderbruchgrabens verschwunden sei. In diesen sei nämlich der Pastor hineingefallen. Aber die Auserwählten fielen immer nur, um ihr Glück zu finden. So auch hier. In ebendiesem Graben habe die Mütze gelegen.

Der Dolgeliner Pastor war inzwischen in einer Kornpreisunterhaltung mit Lewin begriffen; Tante Schorlemmer und der Konrektor ergingen sich in Parallelen zwischen Nordpol- und Südpolmission, während Turgany eben einen improvisierten Kinderball zu schildern begann, den er am Heiligabend mitgemacht hatte. Er ließ die kleinen Mädchen in ihrer Sprache sprechen und ahmte mit einem gewissen Darstellungstalent, das er hatte, die Wichtigkeit ihrer Mienen und ihrer Haltung nach. So ging die Unterhaltung. Des Justizrats Ideal war erreicht: keine Pausen.

Turgany, um sein Bild um ein paar Striche weiter auszuführen, war ein starker Fünfziger und wußte sich etwas auf die Jugendlichkeit seiner Erscheinung. Abwehrend gegen alle Schmeichelei, duldete er doch die *eine*, die ihn nach dem Siebenjährigen Kriege geboren sein ließ. Es ergab dies für ihn einen Reingewinn von zehn Jahren. Er hielt sich gerade, trug eine goldene Brille und ein Toupet von flachsblonden Locken. Diese Locken hatten einst um andere Schläfen gespielt, und unser Freund, wenn ihn die Laune anwandelte, spöttelte selbst über diese blonde Fülle, die den echten Flachs seiner Jugend weit aus dem Felde schlug; er scherzte darüber, aber liebte es keineswegs, wenn andere seinem Beispiel folgten. Sein frisch erhaltenes Gesicht wäre regelmäßig zu nennen gewesen, wenn nicht sein linker Nasenflügel, der ihm abgehauen und von einem Paukdoktor schlecht angenäht worden war, eine Art Portal gebildet hätte, gerade groß genug, um einen gewöhnlichen Nasenflügel darunterzustellen. Das Kecke, das sein Wesen hatte, wuchs dadurch und paßte zu dem Zug übermütiger Laune, der um seine Mundwinkel spielte.

Die beiden Geistlichen waren von sehr anderem Gepräge und ebenso verschieden untereinander wie von ihrem Freunde, dem Justizrat. Sie hatten nichts gemeinsam als den schwarzen Rock und das weiße Halstuch. Der Konrektor gehörte einer Richtung an, wie sie damals in märkischen Landen nur selten betroffen wurde: Strenggläubigkeit bei Freudigkeit des Glaubens. Ein mehrjähriger Aufenthalt im Holsteinschen, wo er den Wandsbecker Boten und später auch Claus Harms auf seiner dithmarsischen Pfarre kennengelernt hatte, war nicht ohne Einfluß auf ihn geblieben. Er sprach wenig über Christentum und Glaubensfragen, aber auch dem Profanen gab er eine Weihe durch die Art, wie er es behandelte. Er sah alle Dinge in ihrer Beziehung zu Gott; das gab ihm Klarheit und Ruhe. Wenn er sprach, war etwas Helles um ihn her, das mit seinem sonst steifen und pedantischen Äußeren versöhnen konnte.

Der Dolgeliner Pfarrer entbehrte vieler Gaben, aber was er am gewissesten entbehrte, das war die Leuchtekraft des Glaubens. Er war für praktische Seelsorge, worunter er verstand, daß er den Bauern ihre Prozesse führte, und mußte sich's gefallen lassen, von Turgany abwechselnd als »Kollege«, »Dolgeliner Orakel« und »Lebuser Markt- und Kurszettel« bezeichnet zu werden. Er war weder Orthodoxer noch Rationalist, sondern bekannte sich einfach zu der alten Landpastorenrichtung von Whist à trois. Und nicht immer mit der nötigen Vorsicht. Einmal, so wenigstens erzählte Turgany, hatte er einer älteren unverheirateten Dame geklagt, daß er in Dolgelin keine »Partie« finden könne, was zu den ergötzlichsten Mißverständnissen Veranlassung gegeben hatte. Im übrigen war er ebenso brav wie beschränkt und wohlgelitten. Es fehlte nur der Respekt.

Solcher Art waren die neuen Ankömmlinge. Der Justizrat erhob sich eben, um vor Renate und Marie den kleinen verwachsenen Musikenthusiasten zu kopieren, der an jenem Frankfurter Kinderballabend drei Stunden lang das Violoncell gespielt hatte, als Tante Schorlemmer, einen der Doppelleuchter ergreifend, das Zeichen gab, die Studierstube von den Verpflichtungen gesellschaftlicher Repräsentation freizumachen. Die alte Dame selbst schritt erst dem angrenzenden, dann einem zweiten, dahintergelegenen Zimmer zu; alle jüngeren Elemente der Gesellschaft folgten, Othegraven und selbst Pastor Zabel nicht ausgeschlossen.

Nur Turgany und Seidentopf, die alten Freunde und Gegner, blieben in der Studierstube zurück.

13. KAPITEL

Der Wagen Odins

Die Stunde vor Tische – nach einem alten Herkommen, von dem übrigens Turgany heute nicht ungern abgegangen wäre – gehörte dem wissenschaftlichen Austausch, will sagen, der Kriegsführung. In dieser kurzen Spanne Zeit wurden jene Schlachten geschlagen, denen der Justizrat mit heiterer Entschlossenheit, der Pastor, bei allem Verlangen danach, doch zugleich mit immer erneutem Bangen entgegensah. Denn so laut er auch die Unerschütterlichkeit seines Systems proklamieren mochte, gerade hinter seinen bestimmtesten Versicherungen barg sich der quälendste Zweifel. Alle Systeme sind gefallen, sagte er zu sich selbst, und vor jeder neuen Debatte beschlich ihn die Vorstellung: wenn nun jetzt dein Bau zusammenstürzte!

Diese Vorstellung kam ihm auch heute, und das entsprechende Bangen wuchs einen Augenblick, als Turgany, der inzwischen eine kleine Kiste vom Flur hereingeholt hatte, diese mit einer gewissen Feierlichkeit auf den Tisch stellte und einfach die Worte sprach: »Dies ist nun für dich, Seidentopf. Nimm es, so unchristlich sein Inhalt ist, als eine Christbescherung von mir an. Ob du in dir oder außer dir einen Platz dafür finden wirst, steht freilich dahin. Wenn es in dein System paßt, so schmiede Waffen daraus gegen mich; es soll dann mein Stolz sein, dir selbst zum Siege verholfen zu haben. Entgegengesetztenfalls aber habe den Mut eines offenen Bekenntnisses. Und nun öffne.«

Seidentopf zog den Deckel und nahm aus der Kiste einen kleinen Bronzewagen heraus, der auf drei Rädern lief und eine kurze Gabeldeichsel hatte, auf der, dicht an der Achse, sechs ebenfalls bronzene Vögel saßen, alle von einer Haltung, als ob sie eben auffliegen wollten. Das Ganze, quadratisch gemessen, wenig über handgroß, verriet ebensosehr technisches Geschick wie Sinn für Formenschönheit.

Der Pastor war geblendet; auf einen Augenblick ging alles, was kritisch oder systematisch an und in ihm war, in der naiven Freude des Sammlers unter, und die Hand des Justizrats ergreifend, sagte er: »Das ist ein Unikum; das wird die Zierde meiner Sammlung.«

Dann ließ er den Wagen über den Tisch rollen mit einem Gefühl und einem Gesichtsausdruck, als ob er um fünfzig Jahre jünger gewesen wäre.

Turgany freute sich des Glückes, das er geschaffen; aber rasch wieder von seinem alten Widersachergeist erfaßt, riß er unseren Seidentopf durch ein kurzes »Und nun?« aus seiner Unbefangenheit.

Der Pastor, zunächst noch in jener weichen Stimmung, wie sie Freude und Dank hervorrufen, versuchte dem inquisitorischen »Und nun?« durch allerhand Zwischenfragen über Erwerb und Fundort auszuweichen. Aber vergeblich. Die letztere Frage griff schon in das kritische Gebiet hinüber, und Turgany bemerkte deshalb mit nachdrücklicher Betonung einzelner Worte: »Er ist von *jenseits* der Oder; Wegearbeiter fanden ihn zwischen Reppen und Drossen; er steckte im Mergel; Drossen ist *wendisch* und heißt: ›Stadt am Wege‹. Die Oder war immer *Grenzfluß*.«

»Das ist ohne Bedeutung«, bemerkte Seidentopf ruhig. »Du weißt, es gab eine Zeit, wo diesseits und jenseits des Flusses Deutsche wohnten; nur die Stämme waren verschieden. *Welche* Stämme hüben und drüben, darüber mag gestritten werden; ich betone nur das Germanische überhaupt.«

Turgany lächelte. »So glaubst du wirklich, daß deine Semnonen oder ihresgleichen, die nachweisbar unter Fichten und Eichen wohnten und sich in Tierfelle kleideten, der Schöpfung solcher Kunstwerke fähig gewesen wären?« Er wies dabei auf den Wagen. »Wie ich dir oft gesagt habe, sie sind hingegangen wie das Laub an ihren Bäumen, wie der Ur, der mit ihnen gemeinschaftlich die Wälder bewohnte. Es ist möglich, daß der Welt die Überraschung vorbehalten ist, hier oder dort, in Moor oder Mergel, einmal einem durch Erdsalze petrifizierten Semnonen zu begegnen; ich würde mich freuen, solchen Fund noch zu erleben, er würde jedoch nach der Seite hin, die hier in Frage kommt, nicht das geringste beweisen. Es gab Semnonen, gewiß, aber sie schufen nichts. Sie pflanzten sich fort, das war alles. Ein Schaffen im Sinne der Kunst, der Erfindung kannten sie nicht. Dieser Wagen ist Produkt höherer Kultur. Wer brachte die Kultur in diese Gegenden? so stellt sich die Frage. Du kennst meine Antwort.«

Seidentopf schwieg.

»Ich habe dir so oft gesagt«, fuhr Turgany fort, »und ich muß es wiederholen, es zählt bei mir zu den Unbegreiflichkeiten, daß ein Mann von deinem wissenschaftlichen Ernst, der sich in hundert anderen Stücken durch Vorurteilslosigkeit auszeichnet, die Kultur der slawischen Vorlande bestreiten kann. Dein System ist eine Anhäufung von Sophistereien. Von unserer alten Priegnitz an, in der wir geboren wurden, bis zu diesem Lande Lebus, in dem wir jetzt beide wohnen, tragen sowohl die Landesteile selbst wie ihre Städte und Dörfer, zum ewigen Zeichen dessen, daß sie aus wendischen Händen hervorgingen, gutslawische Namen; in erster Reihe dies alte Hohen-Vietz, dessen Bewohner, neben ihren vielen anderen Tugenden, auch die der Langmut in Stammes- und Rassefragen üben. Ich meinerseits kann ihnen darin nicht folgen. Es bleibt, wie es ist. Die Deutschen dieser Gegenden waren Wilde; sie hatten Menschenopfer, sie schlitzten ihren Feinden die Bäuche mit Feuersteinen auf. Sie aber, die gesitteten Wenden, die du verleugnest, sie hatten Tempel, trugen feine Gespinste und schmückten sich und ihre Götter mit goldenen Spangen. Was hat dein ganzes Semnonentum aufzuweisen, das heranreichte an die sagenhafte Pracht Vinetas, an die phantastische Tempelgröße Rethras und Oregungas?«

»*Sagenhafte* Pracht«, wiederholte Seidentopf, »mir könnte das Zugeständnis, das in diesem Beiwort liegt, genügen; indessen ich verzichte gern auf den Gebrauch von Waffen, die mir, verzeihe, eine Unachtsamkeit meines Gegners in die Hand gibt. Und so gedenke ich nicht an der Kultur von Rethra und Julin herumzudeuteln. Aber dieses spätere, unter den Anregungen unserer germanischen Welt über sich selbst hinauswachsende Wendentum ist ein Wendentum dieses Jahrtausends, während dieser bronzene Wagen augenscheinlich bis in die ersten Säkula unserer Zeitrechnung zurückdatiert. Ich setze ihn drittes Jahrhundert, vielleicht noch früher.«

»Gut. Und wofür hältst du ihn? Was ist er? Was bedeutet er?«

»Ich hätte es gewünscht, diesen Streit gerade heute, wo ich mich dir so tief verpflichtet fühle, vermieden zu sehen. Da sich dies nicht tun läßt, so nehme ich nicht Anstand, ihn, mit jedem erdenklichen Grade von Bestimmtheit, als ein Symbol des altgermanischen Kultus zu bezeichnen. Er versinnbildlicht nichts anderes als den Wagen Odins.«

»Du greifst etwas hoch«, setzte jetzt Turgany mit schärfer werdender Stimme ein. »Wie es in den Wald hineinschallt, so schallt es wieder heraus. Und so nehme ich denn nicht Anstand, auch *meinerseits* mit jedem erdenklichen Grade von Bestimmtheit zu behaupten, daß dies ein Odinswagen etwa mit demselben Rechte ist, wie ein in irgendeinem Mergellager aufgefundenes Wiegenpferd eine sinnbildliche Darstellung der wendischen Sonnenrosse sein würde. Du darfst den Bogen nicht überspannen. Dieser Wagen ist einfach das Kinderspielzeug eines Lutizischen oder Obotritischen Fürstensohnes, irgendeines jugendlichen Pribislaw oder Mistiwoi.«

Seidentopf wollte antworten, aber Turgany fuhr fort: »Ein Bild heiteren Familienlebens tut sich vor meinen Blicken auf. Holzsäulen mit reichgeschnitzten Kapitälen tragen die phantastisch gezierte Decke, und an den Tischen entlang, bei Würfel und Wein, sitzen die wendischen Schwertmänner, zuoberst der Fürst. Er trinkt auf das Wohl seines einzigen Sohnes, zu dessen Geburtstagsfeier heute die Gäste so zahlreich erschienen sind. Durch die Halle hin, nach rechts und links sich verneigend, schreitet Pribislawa, die Fürstin, und bei jeder grüßenden Bewegung blitzen die goldenen Fransen ihres weißen Gewandes. An ihrer Rechten führt sie den Knaben, dessen Locken unter seiner Otterfellmütze hervorquellen, während hinter ihm her das reiche Spielzeug rollt und rasselt, das dieser Glückstag ihm bescherte. Und dieses Spielzeug ist *hier.*« Damit hob Turgany den vorgeblichen Odinswagen auf und setzte ihn wieder auf den Tisch.

Der Pastor lächelte. Auch Turgany, dem im Anschauen seines durch ihn selbst heraufbeschworenen Bildes heiterer ums Herz geworden war, sah wieder ruhiger drein und sagte in versöhnlichem Tone:

»Seidentopf, ich habe Trumpf gegen Trumpf gesetzt. Du hast mich herausgefordert. Wenn ich, dir folgend, von jedem erdenklichen Grade von Bestimmtheit sprach, so wirst du wissen, was ich damit gemeint habe. Es fehlt uns beiden nur eine Kleinigkeit: ›der Beweis‹.«

»Ich kann ihn geben.«

»Wohlan, so gib ihn.«

»Du gibst zunächst die Bronze zu?«

Der Justizrat nickte.

»Du gibst ferner zu, daß die Bronze der germanischen Zeit mit derselben Ausschließlichkeit angehört wie das Eisen der wendischen?«

Turgany nickte wieder, aber unter Zeichen wachsender Ungeduld.

»Gut. Dies von deiner Seite zugegeben«, fuhr Seidentopf fort, »scheint mir unser Streit durch dein eigenes Entgegenkommen geschlichtet. Ich danke dir für diesen Akt der Unparteilichkeit und Selbstbeherrschung. Dieser Wagen ist bronzen; und *weil* er bronzen ist, ist er germanisch. Das ist der Punkt, auf den es ankommt. Was er *innerhalb* der germanischen Welt war, das ist erst von zweiter Bedeutung. Doch muß ich dabei bleiben, daß auch darüber nicht wohl ein Zweifel sein kann. Hier diese Vögel auf Achse und Gabeldeichsel führen den Beweis. Es sind die Raben Odins. Sie fliegen vor ihm her; wenn ich mich des Ausdrucks bedienen darf, sie ziehen das rätselvolle Gefährt.«

»Du hältst dies also für Raben?«

»Der Augenschein überhebt mich jeder weiteren Ausführung«, erwiderte der Pastor.

»Nun, so erlaube mir die Bemerkung, daß nach meiner ornithologischen Kenntnis, die wenigstens auf dem ganzen, zwischen Fasan und Bekassine liegenden Gebiete der deinigen überlegen ist, diese sogenannten Raben Odins nicht mehr und nicht weniger als *alles* sein können, was je mit Flügeln schlug, vom Storch und Schwan an bis zum Kernbeißer und Kreuzschnabel. Und so ruf' ich dir denn zu: ›Heil diesem Isis- und Osiriswagen, denn sechs Ibis sitzen auf seiner Deichsel, Heil diesem Jupiterwagen, denn sechs Adler fliegen vor ihm her.‹«

Während dieser Kontroverse hatte die Haushälterin nebenan mit Tellern und Tassen geklappert und die Beine des Ausziehtisches mit jener rücksichtslosen Lautheit eingeschraubt, die seit alter Zeit her das Vorrecht des von seiner Wichtigkeit überzeugten Küchendepartements bildet. Trotz dieses Lärmens indes waren die scharfen Töne Turganys bis in das dahintergelegene Gesellschaftszimmer gedrungen und veranlaßten hier um so rascher einen allgemeinen Aufbruch, als das immer gern gehörte »Zu Tisch« ohnehin jeden Augenblick gesprochen werden konnte. Renate und Marie, die den Zug führten, erschienen auf der Schwelle des Studierzimmers, als der Justizrat eben seine letzten spöttischen Trümpfe ausspielte.

»Willkommen!« rief Turgany. »Unsere jungen Freundinnen, die Vertreter heiterer Unbefangenheit in diesem Kreise, sollen einen Gerichtshof bilden und zwischen dir und mir entscheiden. Cour d'amour, Sängerstreit; Seidentopf und Turgany in den Schranken.«

Seidentopf war es zufrieden. Alles versammelte sich um den Tisch, und Renate, den Vorsitz nehmend, forderte die streitenden Parteien auf, ihre Sache zu führen. Turgany sprach zuerst; dann schloß Seidentopf: »Und so spitzt sich denn die Frage einfach dahin zu: ist dieser Wagen ein Gegenstand des Kultus, oder ist es ein bloßer Tand? Wurde andächtig zu ihm aufgeschaut oder wurde mit ihm gespielt? Und nun, ihr Raben Odins, zieht eure Kreise und kündet das rechte Wort.«

Renate warf einen Blick auf die Streitenden, dann sagte sie: »Welche Blindheit, ihr Freunde, daß ihr den Wald vor Bäumen nicht seht! War je eine Frage leichter zu entscheiden? Wozu das Suchen in dunkler Ferne? Dieser Wagen, von allerdings symbolischer Bedeutung, ist nichts anderes als ein *Streitwagen*, das zwischen Drossen und Reppen aufgefundene Bild eurer eigenen urewigen Fehde.«

Alles stimmte heiter zu, und die gemeinschaftlich Verurteilten reichten sich die Hand. Renate aber, den Winken der im Hintergrunde beschäftigten Alten endlich die gebührende Aufmerksamkeit schenkend, nahm jetzt den Arm Seidentopfs und schritt dem Nebenzimmer zu, darin auf gastlich hergerichteter Tafel das Linnen glänzte und die Lichter brannten.

14. KAPITEL

»Alles, was fliegen kann, fliege hoch«

Das Nebenzimmer war das Eßzimmer, das von dem Vorrecht aller Speiseräume, kahl und schmucklos sein zu dürfen, den ausgiebigsten Gebrauch machte. Nur zweierlei unterbrach die vorherrschende Nüchternheit: über der nach dem Korridor hinausführenden Tür hing eine große, stark nachgedunkelte, von irgendeinem Niederländer aus der Rubensschule herrührende Bärenhatz, während am Spiegelpfeiler der gegenübergelegenen Schmalwand eine hohe Nußbaumetagere stand, auf deren oberstem Brett ein durchbrochener Korb mit bemaltem Alabasterobst, Birnen, Orangen und Weintrauben paradierte. Die »Bärenhatz« hatte sich vor mehr als fünfzig Jahren, bei Renovierung des Vitzewitzeschen Speisesaales, aus dem Herrenhause nach dem Predigerhause verirrt, in dem damals ein lebelustiger Amtsvorgänger Seidentopfs, soweit ihn nicht Fuchs- und Hasenjagd in Anspruch nahmen, der Hohen-Vietzer Seelsorge oblag.

So kahl und nüchtern das Zimmer war, einen so entgegengesetzten Eindruck machte es von dem Augenblick an, wo die Seidentopfschen Gäste dasselbe zu füllen und zu beleben begannen. Die Armleuchter, die grünen und weißen Gläser, vor allem ein die Mitte der Tafel einnehmender, in der Fülle seiner langen und braunen Zacken eine Hohen-Vietzer Pfarrspezialität bildender

Baumkuchen gaben ein überaus heiteres Bild, das aus seiner wunderlich komponierten Umrahmung: kahle Wände, nachgedunkelter Rubens und Alabasterobst, eher Vorteil als Nachteil zog.

Turgany, der sich wieder des Platzes zwischen den beiden jungen Damen zu versichern gewußt hatte, flüsterte, nachdem eine Tasse Tee glücklich an ihm vorübergegangen war, der in Person aufwartenden Alten einige Worte ins Ohr, die von dieser, wie es schien, verständnisvoll aufgenommen und mit Kopfnicken erwidert wurden.

»Neue Anschläge im Werke?« fragte Renate.

»Vielleicht«, bemerkte Turgany. »Aber doch nur solche, die die Neugier meiner schönen Nachbarin nicht lange auf die Probe stellen werden. In jedem Falle Überraschungen von allgemeinerem Interesse als ›der Wagen Odins‹.«

Während dies Gespräch noch geführt wurde, erschien die Haushälterin wieder zu Häupten der Tafel, eine flache Schüssel herumreichend, deren schwarzkörniger, mit Zitronenschnitten reich garnierter Inhalt über die Art der Überraschung nicht länger einen Zweifel lassen konnte.

»Aber Turgany«, murmelte Seidentopf mit liebevollem Vorwurf.

»Keinen vorzeitigen Dank«, nahm der Justizrat das Wort. »Du ahnst nicht, Freund, die geheime Tücke, die hinter diesen schwarzen Körnern lauert. Allen Tafelparagraphen zum Trotz, die schon jede lebhafte Debatte von den Freuden des Mahles ausgeschlossen wissen wollen, trage ich den alten Turgany-Seidentopf-Streit an diesen deinen gastlichen Tisch und entnehme neue Waffen gegen dich diesem Überraschungsgericht, das ich mir, im Vertrauen auf deine Nachsicht, einzuschieben erlaubt habe. Ja, Freund, hier ist das Salz der Erde, das einzige, das noch nicht dumpf geworden. Diese schwarzen Körner, was sind sie anders als ein Vortrab aus dem Osten, als eine Avantgarde der großen slawischen Welt. Sendboten von der Wolga her; Astrachan rückt ein in dieses alte Land Lebus. Ein tiefsinniges Symbol dieses alles! Schon folgen die Steppenreiter, die dieselbe Heimat haben; erwarten wir sie, bereiten wir unsere Herzen. Es lebe das Salz der neuen Zeit; es lebe die große Slawa, die Urmutter unserer wendischen Welt, es lebe Rußland!«

Seidentopf, viel zu liebenswürdig, um nicht für Neckereien wie diese ein bereitwilliges Verständnis zu haben, erhob sich sofort. »Ich bitte, die Gläser zu füllen«, begann er, »versteht sich, die grünen. Unser Freund hat das Salz unserer Zeit, hat Rußland, hat die astrachanische Prärie leben lassen. Ich könnte hervorheben, daß optische Täuschungen, riesenmäßige Vergrößerungen zu den charakteristischen Zügen jener Steppengegenden gehören, von denen uns beispielsweise Reisende berichten, daß einfache Heidekrautbüschel das Ansehen stattlicher Bäume gewönnen; aber ich verzichte auf Bemerkungen, die unseren Streit nur schüren könnten. Ich dürste nicht nach Fehde, sondern nach Versöhnung. Gut denn, es lebe das Wolgasalz, das erfrischt, aber zugleich durchglühe uns dieser deutsche Wein, der erheitert und erhebt. Zu dem Herben geselle sich das Feuer, zu der Kraft die Begeisterung. So vermähle sich die slawische und germanische Welt. Es ist ein alter Wein noch, der in unseren Gläsern perlt, und die Gelände waren unser, die ihn trugen und reiften. Sie sollen es wieder sein. Möge der Most des nächsten Jahres in deutschen Keltern stehen.«

Die Gläser klangen zusammen, auch die Turganys und Seidentopfs. Beide Gegner umarmten sich, alles schüttelte sich die Hände, und das Gefühl patriotischer Erhebung wuchs, als, unter Zugrundlegung des 29. Bulletins, die Tischunterhaltung in das Gebiet der Konjekturalpolitik hinüberglitt.

Erst der Schluß der Tafel machte dem Gespräch ein Ende, an dem sich auch die Damen um so lieber beteiligt hatten, als die Abwesenheit eigentlich zuverlässigen Materials es sowohl jedem reichlich eingestreuten »On dit«, wie nicht minder dem Fluge der Einbildungskraft erlaubte, alles Fehlende aus eigenen Mitteln zu ersetzen. Und auf derartig schwachen Fundamenten aufgeführte Unterhaltungen pflegen meist mehr zu befriedigen als solche, die durch oft unbequeme Tatsachen in ihrem Gange bestimmt werden.

Die Gesellschaft begab sich jetzt aus dem Eßzimmer in die die Zimmerreihe abschließende Putzstube, die im wesentlichen noch die Einrichtung zeigte, die ihr die vor zehn Jahren, beinahe unmittelbar nach der Feier ihrer silbernen Hochzeit, aus der Zeitlichkeit geschiedene Frau Pastorin Seidentopf gegeben hatte. An der einen Längswand standen ein Sofa und ein Birkenmaserklavier, jenes hochlehnig, mit fünf harten, großblümig überzogenen Seegraskissen, dieses auf schmalen, ellenartigen Beinen, deren Dünne nur noch von der seines Tones übertroffen wurde. Dem Sofa gegenüber befand sich der »Jubiläumsschrank«, in dem alles ein Unterkommen gesucht und gefunden hatte, was bei Gelegenheit der mit seiner silbernen Hochzeit zusammenfallenden fünfundzwanzigjährigen Amtsführung unserem Seidentopf an Geschenken und Huldigungen dargebracht worden war. Außer dem Kranz und dem Ehrenpokal standen hier zwei Blumenvasen mit Zittergras, ein Fidibusbecher, ein Album, eine Briefmappe, mit zwei großen Perlenarbeiten geschmückt, von denen die eine die Hohen-Vietzer Kirche, die andere das Landsberger Korrektionshaus darstellte, an dem unser Seidentopf einige Jahre lang amtiert hatte. Aus ebendieser Zeit her stammte auch ein kleines, aus Brotkrume geformtes Kruzifix, das, unscheinbar an sich selbst, in ebenso unscheinbarer Umrahmung hart über der Sofalehne hing. Es war die Arbeit eines in Ketten geschlossenen, auf Lebenszeit verurteilten Sträflings, der, einfach um Beschäftigung willen beginnend, unter dem Tun seiner Hände sich zum gläubigen Christen herangebildet hatte. Turgany pflegte die Bemerkung daran zu knüpfen, daß es ein neuer Beweis sei, wie sich jeder seinen Gott und seinen Glauben schaffe; Seidentopf aber, weil hier sein Innerstes mitspielte, ließ sich in seinen entgegenstehenden Anschauungen nicht beirren, war vielmehr fest überzeugt, daß auch *diesem* Schächer das Wort erklungen sei: »Noch heute wirst du mit mir im Paradiese sein«, und pries sich glücklich, dies Brotkrumen-Kruzifix aus den Händen eines gläubig Sterbenden empfangen zu haben. Er sah es für nichts Geringeres als einen Talisman oder, um christlicher zu sprechen, als einen segenspendenden Hort seines Hauses an.

So war das Zimmer. Tante Schorlemmer nahm Platz auf dem Sofa, die beiden jungen Damen neben ihr, während die Herren um den Tisch herum den Kreis schlossen.

»Was spielen wir?« fragte Renate, »Wir haben die Wahl zwischen Tellerdrehn, Talerwandern und Tuchzuwerfen.«

»Also doch jedenfalls ein Pfänderspiel«, fragte Pastor Zabel, dem etwas bange werden mochte.

»Gewiß«, antwortete Turgany.

»Dann bin ich«, entschied Renate, »alles in allem erwogen, für Lewins Lieblingsunterhaltung: Alles, was fliegen kann, fliege hoch! Er hält dies nämlich für das Spiel aller Spiele.«

»Da wäre ich doch neugierig«, bemerkte Turgany.

»Ich bekenne mich«, nahm Lewin jetzt das Wort, »allerdings zu dem Geschmack, den mir Renate zugeschrieben. Es ist, wie sie sagt. Alle Spiele sind gut, wenn man sie richtig ansieht, aber mein Lieblingsspiel ist doch der besten eines. Es hat zunächst eine natürliche Komik, die sich freilich dem nur auftut, der ein bescheidenes Maß von Phantasie und plastischem Sinne mitbringt. Wem die Tiere, groß und klein, die genannt werden, nur Worte, nur naturhistorische Rubrik sind, wem sozusagen erst nachträglich als Resultat seiner Kenntnis und Überlegung beifällt, daß die Leoparden *nicht* fliegen, dem bleibt der Zauber dieses Spiels verschlossen. Wer aber in demselben Augenblick, in dem der Finger zur Unzeit gehoben wurde, inmitten von Kolibris und Kanarienvögeln einen Siamelefanten wirklich fliegen sieht, dem wird dieses Spiel, um seiner grotesken Bilder willen, zu einer andauernden Quelle der Erheiterung.«

»Sehr gut, sehr gut«, sagte Turgany, sichtlich angeregt durch diese Betrachtung.

»Und doch ist diese Seite des Spiels«, fuhr Lewin fort, »nur eine nebensächliche. Viel wichtiger ist eine andere. Es diszipliniert nämlich unseren Geist und lehrt uns eine rasche und straffe Zügelführung. In körperlichen wie in geistigen Dingen herrscht dasselbe Gesetz der Trägheit. Aus Trägheit rollt die Kugel weiter. So genau auch hier. Siebenmal, in wachsender Geschwindigkeit, haben wir den Finger gehoben, er ist in eine rotierende Bewegung geraten, er fliegt beinahe selbst; da drängt sich das schwerfällig Kompakteste in die Gesellschaft uns leicht und zierlich umschwirrender Vögel ein, und siehe da, unser Finger tut das, was er nicht sollte, und fliegt weiter. Da liegt es! Diese dem Gesetz der Trägheit entstammende Bewegung, unter dem Eindruck eines rasch entstehenden Bildes, mit gleich rascher Willenskraft zu hemmen, das ist die geistige Schulung, die wir aus diesem Spiel gewinnen. Ich kann mir denken, daß wir durch Übungen wie diese unserer Charakterbildung zu Hilfe kommen.«

Der Konrektor lächelte. Er schien die pädagogische Seite des Spiels doch etwas geringer zu veranschlagen. Nur Turgany wiederholte seine Zustimmung. Das Spiel begann und nahm seinen Gang, dabei seine alte Anziehungskraft bewährend. Der alte Streit, ob Drachen fliegen können oder nicht, wurde den Mitspielenden nicht geschenkt. Als man abbrach, lag eine ganze Zahl von Pfändern in einem flachen Arbeitskorb, den Marie herbeigeholt hatte.

»Unser Freund Lewin«, nahm jetzt Turgany das Wort, »hat von dem Spiel der Spiele gesprochen, dabei seinen Gegenstand vom künstlerischen, vom pädagogischen und moralischen Standpunkte, also von *drei* Seiten her beleuchtend, wie es sich in einem Predigerhause geziemt. Ich kann der Versuchung nicht widerstehen, mich über ein verwandtes Thema in ähnlich eindringlicher Weise zu verbreiten. Wollen Sie es glauben, meine Damen, daß sich die tiefsten Geheimnisse der Natur in der Abgabe der Pfänder offenbaren.«

»Das wäre!« bemerkte der Dolgeliner Pastor, der nach dieser Seite hin kein ganz reines Gewissen haben mochte.

»Etwas dezent Indifferentes wählen«, fuhr Turgany fort, »ohne dabei der Trivialität zu verfallen, *das* ist die Kunst. Ein Battisttuch, ein Notizbuch, ein Flakon, eine Brosche dürfen als wahre Musterstücke gelten. Sie sind nur selten zu übertreffen. Ich kannte freilich eine fremdländische, aus dem Süden her an unser Oderufer verschlagene Dame, die lächelnd eine große Perlennadel aus ihrem schwarzen Haare nahm und diese Nadel dann überreichte. Ich hätte die Hand küssen mögen. Das war ein Ausnahmefall nach der glänzenden Seite hin. Desto leichter ist es, hinter der goldenen Mitte des Flakons und der Brosche *zurück*zubleiben. Ich entsinne mich einer im Embonpointalter stehenden Professorenfrau, die Mal auf Mal ihren Trauring als Pfand vom Finger zog. Erlassen Sie mir, ihnen das eheliche Glück des Hauses zu schildern. In derselben Gesellschaft befand sich ein Herr, der nicht müde wurde, sein englisches Taschenmesser, zehn Klingen mit Korkzieher und Feuerstahl, in den Schoß der Damen zu deponieren, bis das Klingenmonstrum, nach Zerreißung mehrerer Seidenkleider, endlich vor dem allgemeinen Entrüstungsschrei verschwand.«

Der Justizrat hatte diesen Vortrag halten dürfen, ohne Furcht, dadurch anzustoßen. Er war nämlich der Abgabe der Pfänder mit besonderer Aufmerksamkeit gefolgt und kannte genau die Resultate. Selbst Pastor Zabel hatte nichts Schlimmeres eingeliefert als einen großen Karneoluhrschlüssel, den er nicht an der Uhr, sondern selbständig, wie eine Art Sackpistole, in einer seiner großen Taschen trug.

Man schritt nun zur Einlösung.

Lewin, der am meisten verschuldet war, hatte »Steine zu karren«, mußte »Brücke baun« und »Kette machen«, während es dem Dolgelinischen Pfarrer zufiel, als »polnischer Bettelmann« sein Glück zu versuchen.

Endlich hieß es: »Was soll der tun, dem dies Pfand gehört?«

»Schinken schneiden!«

Es war ein Knüpftuch Maries. Diese erhob sich, trat in die Mitte des Zimmers und begann: »Schneide, schneide Schinken, wen ich lieb hab', werd' ich winken.«

Dabei winkte sie dem Frankfurter Konrektor und bot ihm in voller Unbefangenheit ihren Mund. Othegraven, der sonst Gewalt über sich hatte, fühlte sein Blut bis in die Schläfe steigen. Er küßte ihr die Stirn; dann kehrten beide auf ihre Plätze zurück.

Außer Renaten hatte nur Turgany die flüchtige Verlegenheit Othegravens bemerkt.

15. KAPITEL

Schmidt von Werneuchen

Das letzte einzulösende Pfand, ein Notizbuch, gehörte Renaten, die nunmehr aufgefordert wurde, ein Lied zu singen. Sie war dazu bereit, aber wie immer entstand die Frage: was? Zum Glück lagen auf dem kleinen Birkenmaserklavier allerhand Noten aufgeschichtet, unter denen Renate zu suchen begann. Es waren Liederkompositionen, die, soweit der Text in Betracht kam, mit einer Art von gesellschaftlicher Diplomatie *beiden* Dichterschulen entnommen waren, die damals in beinahe unmittelbarer Nähe von Hohen-Vietz ihre Geburts-, jedenfalls ihre Pflegestätte hatten. Die eine Schule, vom Lokalstandpunkt aus angesehen, war die Nieder-Barnimsche, die andere die Lebusische, jene, die derb-realistische, durch Pastor Schmidt von Werneuchen, diese, die aristokratisch-romantische, durch Ludwig Tieck und den in Ziebingen ansässigen Mäzenatenkreis der Burgsdorffs und ihrer Freunde vertreten. Zwischen beiden Schulen suchte der Hohen-Vietzer Pfarrherr, der es überhaupt mit Ausnahme der Semnonen zu keiner entschiedenen Parteinahme bringen konnte, nach Möglichkeit zu vermitteln, hatte abwechselnd Worte der Anerkennung für Werneuchen, Worte der Bewunderung für Ziebingen und gab dieser seiner Halbheit, die, sobald es sich um kirchliche Fragen handelte, den Spott Miekleys und Uhlenhorsts herausforderte, auch auf literarischem Gebiete durch Anschaffung heute des Schmidtschen »Kalenders der Musen und Grazien«, morgen des Tieckschen »Zerbino« oder »Phantasus« Ausdruck. Übrigens stammten die Klaviernoten meist noch aus der Zeit der verstorbenen Frau her, die, selbst auf dem Barnim gebürtig, zugleich auch minder abwägend als ihr Eheherr, den Werneuchener Poeten um ein weniges bevorzugt hatte.

Renate, nachdem sie hin und her geblättert, wählte schließlich, um dem Suchen ein Ende zu machen, einige Pastor Schmidtsche Strophen, die sich an den Freund aller unglücklich Liebenden richteten, »an den Mond«. Der Überschrift war die Klammerbemerkung hinzugefügt: »Abends elf Uhr am Fenster«.

So manchen Abend traur' ich hier
In stummer Liebe Leid;
In meiner Schwermut blickst du dann
Mich freundlich durch die Weiden an,
Daß mich's im Herzen freut.

Wenn doch wie du, mein Mädchen mild,
Wie du so freundlich wär'!
O such sie, lieber Mondenschein,
Und schau ihr ernst ins Aug' hinein
Und mach das Herz ihr schwer.

Renate, die das Lied in Text und Komposition zu kennen schien, sang es mit großer Sicherheit, aber zugleich auch mit jenem übertriebenen Aufwand von Stimme und Gefühl, wodurch der Vortragende auszudrücken wünscht, daß er über der Sache stehe.

Dies war den Zuhörern nicht entgangen, von denen die Mehrzahl dieser ironischen Behandlung des Liedes zuzustimmen schien. Nur Seidentopf trat an das Klavier und sagte: »Unser Barnimer Freund scheint vor unserem Lebusischen Fräulein keine Gnade zu finden.«

»Wie kann er auch«, nahm Renate das Wort; »wie bescheiden er sich stellen mag, er hat die Prätention, ein Poet zu sein, und er ist keiner. Es ist sinnig, sich den Dichter auf einem geflügelten Pferde zu denken, weil es die erste Aufgabe aller Poesie ist, das platt Alltägliche hinter sich zu lassen; und nun frag' ich Sie, teuerster Pastor, auf welchem Pferde, geflügelt oder nicht, sind Sie imstande, sich unsern Schmidt von Werneuchen vorzustellen? Ist es vielleicht

der weiße königliche Zelter,
Mit Federbüschen bunt im Winde flatternd,
Die Brust, wie Schnee, mit blauem Schleier schmückend?«

»Nein, liebe Renate«, antwortete Seidentopf, »dieser weiße königliche Zelter ist es sicherlich *nicht*. Die Kreuzzugsjahrhunderte, die drüben bei den Ziebinger Freunden fast nur noch Geltung haben, sind nicht das Zeitalter unseres einfachen und, wie nicht bestritten werden soll, an Haus und Hof gebundenen Schmidt; er ist ganz Gegenwart, ganz Genre, ganz Mark. Er ist so unromantisch wie möglich, aber er ist *doch* ein Dichter.«

»Das ist er«, fiel jetzt der Dolgeliner Pastor ein, zu dessen kleinen Eitelkeiten es gehörte, seine Bekanntschaft mit dem Werneuchener Amtsbruder ins rechte Licht zu stellen. Außerdem hatte er den Wunsch, doch endlich auch seinerseits in den Gang der Unterhaltung einzugreifen, und der rechte Augenblick dafür schien ihm gekommen. »Unser viel angefochtener Freund«, fuhr er fort, »ist ein Poet trotz einem; aber ich sehe wohl, unser Fräulein Renate hat zuviel da drüben nach Frankfurt hin verkehrt und ist aus der Barnimer Schule, die so recht eigentlich eine brandenburgische Schule ist, in die neue Lebuser übergegangen, wo sie nur noch spanische Stücke lesen und mit dem Herrn Tieck einen Götzendienst treiben, als hätt' es vor seiner ›mondbeglänzten Zaubernacht‹ noch gar keine Dichtung und noch gar keinen rechten Mond gegeben. Und dieser Hochmut reizt mich, und wiewohlen Dolgelin ein alt-lebusisches Dorf ist, so steh ich doch in dieser Dichterfehde ganz auf Seiten von Nieder-Barnim, und wenn sie mir sagen wollen, daß noch nie so Schönes gedichtet worden ist wie:

Ihr kleinen goldnen Sterne,
Ihr bleibt mir ewig ferne,

was sie jetzt auf allen Leiern spielen, so sag' ich: nein, ihr Herren, euer Geschmack ist nicht mein Geschmack, und es fällt mir ganz anders auf die Sinne, wenn unser Werneuchner Freund in seiner drallen Dichterweise anhebt:

Auf seinem Waldhorn bläst des Dorfes Hägereiter,
Die Paare treten an, die Augen werden heiter,
Des Amtmanns Schreiber kommt, die Bauern rufen: Tusch,
Fort mit den Tischen, itzt beginnt der Kiekebusch!

Das nenn' ich Sprache. Ich sehe den Bräutigam mit der rotkalmankenen Weste und höre, wie sie mit den Hacken zusammenschlagen. Da ist echtes Gold drin, gegen das sich die ›kleinen goldnen Sterne‹ verstecken können.«

Turgany lachte herzlich. Im übrigen trat eine kleine Verlegenheitspause ein, die Seidentopf endlich – mit geflissentlicher Umgehung des ganzen Intermezzos, als welches die Dolgeliner Verteidigungsrede anzusehen war – unterbrach, indem er sich an seine schöne Widersacherin wendete: »Sie unterschätzen ihn, liebe Renate, wie so viele mit Ihnen tun. Vielleicht, daß ich meinerseits in den entgegengesetzten Fehler verfalle, weil ich die Vorzüge seines Herzens auch in seinen Dichtungen wiederfinde. Man muß ihn eben kennen.«

»Nun, so lassen Sie uns an Ihrer Kenntnis teilnehmen, erzählen Sie von ihm.«

»Das muß Turgany tun«, fuhr der Pastor fort, »er hat die Gabe eindringlicher Schilderung, er kennt ihn, er schätzt ihn auch, wenn ich mich früherer Gespräche recht entsinne.«

Turgany machte zunächst eine ablehnende Handbewegung und setzte dann erklärend hinzu: »Lieber Seidentopf, es muß eine Verwechselung vorliegen, vielleicht mit deinem Amtsbruder Pastor Zabel, den wir soeben in dankbarer Erinnerung an die rotkalmankene Weste sich enthusiasmieren sahen. An *ihn* wäre dein Appell in der Ordnung gewesen.«

Aber diese Ablehnung, wie vorauszusehen, war umsonst; alles drang in Turgany, der endlich, wohl oder übel, dem allgemeinen Wunsche nachgeben mußte. Vielleicht nicht ungern. Denn er tat nichts lieber als medisieren. »Nun denn«, so hob er an, »Sie wissen alle, daß unser Werneuchener Freund ein Prediger und Dichter ist, aber was Sie vielleicht *nicht* wissen und was so recht eigentlich den Schlüssel zum Verständnis seiner Dichtungen bildet, das ist das, daß er auch Gatte und Vater ist. Die Kanzel steht ihm nahe, aber die Wiege steht ihm näher. Sein Haus ist eine Kinderstube, oder wie es hierlandes heißt: mehr Quarre als Pfarre. Versteht sich, ist er kreuzbrav. Er züchtet Bienen und Blumen und lädt seine Gäste statt in Prosa in Versen, meist in Sonetten, ein. Er ist bescheiden und selbstbewußt, nachgiebig und eigensinnig, harmlos und schlau, in Summa ein Märker. Nicht zufrieden damit, für sein eigen Teil der Pastor Schmidt von Werneuchen zu sein, ist sein bester Freund auch noch der Pastor Schultze von Döbritz. Nomen et omen. Er raucht aus langer Pfeife und trägt Käpsel und Schlafrock, und wenn er den letztern ausnahmsweise nicht trägt, so macht er den Eindruck, als trüge er zwei. Unter seinen Dichtungen hat mir die kleine Gruppe, die die Überschrift aufweist: ›Lieder für Land-Mädchen, abends beim Melken zu singen‹, immer den größten Eindruck gemacht. In einer angefügten Notiz findet sich nämlich die Bemerkung, daß er sie gedichtet habe, um verschlafene Milchmädchen beim Melken wach zu erhalten. Ich bezweifle, daß er seinen Zweck erreicht hat.«

Seidentopf mühte sich, einen kleinen Unwillen zu zeigen. »Das führt uns nicht weiter, Turgany; du selbst wirst nicht behaupten wollen, in deiner Schilderung auch nur einigermaßen Gerechtigkeit geübt zu haben.«

»Ich weiß doch nicht«, fiel Lewin hier ein. »Wir kennen alle den lebhaften Farbenauftrag unsers justizrätlichen Freundes, aber, einer gewissen drastischen Ausdrucksweise entkleidet, hat er nichts gesagt, was ich nicht von ganzem Herzen unterschreiben möchte. Diese Werneuchener Poesie hat in der Tat kein anderes Ideal als den bekäpselten Familienvater, und die Abfertigung, die ihr von Weimar her zuteil wurde, war wohlverdient. Es ist wahr, manches glückt ihm. Wie hübsch klingt es:

Was lieb sich hat mit Treuen,
Das sucht ein einsam Örtchen gern,
Wo's heimlich sich kann freuen,
Von Lärm und Lauschern fern.

Da hat sich's lieb im stillen,
So inniglich, so minniglich,
Da hat es seinen Willen,
Sein Wesen ganz für sich.

Das ist sinnig; aber daneben liegen Abgründe. Er hat eine gefällige Gabe für den Reim und ein Auge für die Natur. Das ist alles. Seine Schilderungen mögen gelegentlich als Oasen gelten, seine Gedanken sind die Wüste. Sand und wieder Sand. Aber wie denkt nur Marie über ihn? Ich glaube mich zu entsinnen, daß sie seine Lieder mehr als einmal gelesen, auch zu Renate darüber gesprochen hat.«

Die Angeredete wurde rot bis an die Schläfe. Es konnte nicht wohl anders sein. Lewin, der von manchem Plauderabend her die Schärfe ihres Urteils kannte, übersah, daß es ein größerer Kreis war, vor dem zu sprechen er sie so plötzlich aufgefordert hatte. Sie sammelte sich aber schnell und sagte dann fest und schüchtern zugleich: »Ich gehe ganz mit Renaten; er ist kein Dichter, weil er nichts als die Wirklichkeit kennt.«

»Und seine Gabe der Schilderung?« unterbrach Seidentopf.

»Auch sie erquickt mich nicht. Sie ist das Beste an ihm, gewiß, aber les' ich dann: ›bis auf am Himmelsbogen die goldnen Sterne zogen‹, so fühle ich plötzlich den unendlichen Unterschied zwischen *diesen* Sternen und den Alltagssternen unseres Schmidt. Freilich, ich zweifle, ob ich diesen Unterschied werde aussprechen können.«

»Du wirst es können; beginne nur«, riefen ihr Lewin und Renate zu.

»Ich will es versuchen. Der Dichter soll ein Spiegel aller Dinge sein. Schmidt aber spiegelt nichts; er gibt nur die Natur selber.«

»Gut, gut«, fiel Turgany ein, »ich habe mehr als eine Untersuchung gelesen, die zurückbleibt hinter diesem kritischen Debut. Der Schmidtsche Spiegel, wenn ich recht verstanden, ist gar kein Spiegel, sondern nur ein Spiegelrahmen, und die Bilder, die er gibt, sind nichts anderes als eingefaßte Stücke leibhaftiger Natur. Natur, wie wir sie vor uns haben, wenn wir, zurücktretend, auf drei Schritt Entfernung durch ein offenstehendes Fenster sehen. Sehr gut.«

Seidentopf, immer unruhiger werdend, wollte antworten; Turgany aber, als merke er nichts von der Verstimmung seines Freundes, fuhr jetzt in der ihm eigenen Weise fort: »Wir haben nun unser Verdikt abgegeben, und Inkulpat, trotz der günstigen, aber als durchaus parteiisch anzusehenden Aussagen seiner Amtsbrüder von Hohen-Vietz und Dolgelin, ist als schuldig befunden worden. Othegravens zustimmendes Kopfnicken, als die ›goldenen Sterne‹ der Bürgerschen Lenore heraufzogen, hab' ich, hoffentlich nicht mit Unrecht, im Sinne der Anti-Schmidt-Partei gedeutet. Ausständig ist nur noch eine gewichtige Stimme. Ich erhebe hiermit die bestimmte Frage: ›wie stellt sich Herrnhut zu Werneuchen?‹«

Tante Schorlemmer schüttelte den Kopf hin und her und klapperte lebhafter denn zuvor mit ihrem Strickzeug, das sie, nach Auslösung der Pfänder, wieder zur Hand genommen hatte. Sie schien auch jetzt noch jede Antwort verweigern zu wollen.

Turgany aber, uneingeschüchtert, fuhr in Nachahmung richterlicher Würde fort: »So müssen wir denn zu den stärksten Mitteln greifen. Im Namen Zinzendorfs …«

Die so feierlich Beschworene, eine der eben abgestrickten Nadeln erhebend, drohte bei dieser Formel scherzhaft zu dem Justizrat hinüber und sagte dann: »Renate und Marie haben recht; er ist garstig.«

»Er ist garstig«, wiederholte Turgany. »Mit Hülfe dieser verspäteten Zeugenaussage, in der ich beiläufig einen Saxonismus zu erkennen glaube, tritt unsere Verhandlung in eine neue Phase ein. Es scheint sich der ästhetischen Anklage, wenn auch nur leise, ein moralisches Element beigesellen zu sollen.«

»Das nicht«, fuhr jetzt Tante Schorlemmer mit Entschiedenheit fort, »aber er mißfällt mir ganz und gar. Er mißfällt mir, weil er sein geistlich Kleid ohne geistliche Würde trägt. Der Justizrat hat es getroffen: die Wiege steht ihm näher als die Kanzel. Selbst das heilige Weihnachtsfest ist ihm kein Fest des Kindes Gottes, es ist ihm nur ein Fest seiner eigenen Kinder. Er scheut selbst vor Anstößigkeiten nicht zurück, und ich schäme mich dann in seine Pastorsseele hinein. Nein, nein, das ist nichts für ein herrnhutisch Herz, dem noch die Weihnachtslieder der eigenen Kindheit im Ohre klingen.«

Turgany schwieg. Renate trat an Tante Schorlemmer heran und sagte: »Gib uns das Lied, das du den ersten Weihnachten sangst, als du zu uns gekommen warst. Ich lieb' es so. Bitte, ich sing' auch mit.«

Tante Schorlemmer strickte eifrig weiter. Dann sagte sie: »Gut, ich will es; sind wir doch hier in einem christlichen Predigerhause.« Damit stand sie auf und setzte sich an das Klavier. Mit zitternder Stimme hob sie an, bis die schöne Altstimme Renates wie eine Glocke einfiel. Leise begleitend klang das Klavier. So sangen sie beide:

Holder Knabe
Mit dem Stabe,
Der die Löwen weiden kann,
Denk der kleinen
Armen deinen,
Der du Jüngling warst und Mann.
Laß sie weiden
In den Freuden
Deiner Kindheit, Jesu Christ!
Lehr sie stündlich
Treu und kindlich
Sein, wie du gewesen bist.

Und damit schloß der zweite Weihnachtstag im Pfarrhause zu Hohen-Vietz.

16. KAPITEL

Ein Zwiegespräch

Es mochte halb elf sein, als halblauter Peitschenknall und ein jedesmal plötzliches Erklingen des Schellengeläutes, wenn die beiden Braunen ungeduldig ihre Hälse zur Seite warfen, die Frankfurter Gäste des Pfarrhauses daran gemahnte, daß der Schlitten vorgefahren sei.

Nicht lange, so ward es auf dem Flur lebendig, und das Lachen Turganys – der, aus dem zweiten Zimmer tretend, eben an den Alligator gestoßen und das Ungetüm in eine unheimlich schwankende Bewegung gesetzt hatte – klang bis auf die Straße hinaus, wo der Pfarrknecht, auf und ab stampfend, die Fahrleine hielt und durch Hauchen und Blasen seine halbverklammten Finger vor dem völligen Starrwerden zu schützen suchte. Gleich darauf öffnete sich die Tür, sofort den dünnen Ton ihrer Klingel mit dem Schellengeläute des draußen harrenden Schlittens mischend, auf dessen niedriger Polsterbank Turgany und der Konrektor sich nunmehr rasch zurechtrückten. Ein Gruß noch nach dem Flur hin, ein Schlag mit der Leine auf den Rücken der Pferde, und fort ging es auf verschneiter Straße dem Ausgange des Dorfes zu. Der Dolgeliner Pastor, der noch Geschäftliches mit Seidentopf zu erledigen hatte, war bei seinem Amtsbruder zurückgeblieben.

Hohen-Vietz schlief schon. Alle Gehöfte lagen im Dunkel; nur bei Müller Mieckley war noch Licht, und ein heller Schimmer fiel auf einen würfelförmigen, wohl seit hundert Jahren an dieser Stelle liegenden Stein, von dem aus der Fußweg nach dem Forstacker hin abzweigte.

»Der Müller hat noch Licht«, sagte Turgany, »wahrscheinlich ein Konventikel, Uhlenhorst in Person.«

In demselben Augenblick aber scheuten die Pferde und bogen prustend nach rechts hin aus, so daß es einiger Anstrengung bedurfte, die Stelle zu passieren. Als sie glücklich vorüber waren, sah sich der Justizrat neugierig um und erkannte nun erst Hoppenmarieken, die auf dem Stein gesessen und beim Ansichtigwerden des Schlittens, sehr zur Unzeit, mit ihrem Hakenstock salutiert hatte.

»Wer ist der Kobold?« fragte Othegraven.

»Hoppenmarieken«, antwortete Turgany, »ihres Zeichens Hohen-Vietzer Botenfrau, auch wohl sonst noch allerlei. Man munkelt dies und das, aber die Beweise fehlen. Sie geht oft nachts und ist am andern Morgen wieder da.«

»Ein unheimliches Wesen.«

»Das ist sie. Aber auch ein Original, und das kommt ihr zustatten. Der alte Vitzewitz sieht ihr manches durch die Finger. Ihr eigentlicher Anwalt aber ist Lewin.«

Turganys Schlitten flog rasch dahin, bei jeder Seitwärtsbewegung den Schnee fußhoch zusammenschaufelnd. Gekröpfte Weiden, abwechselnd mit hohen Pappeln, faßten von rechts und links her den Weg ein und bezeichneten die Richtung, in der sich die Fahrt, im übrigen auf gut Glück hin, vorzubewegen hatte. Dann und wann flog eine Krähe auf, stumm, verschlafen, um sich auf dem nächsten Baumwipfel wieder niederzulassen. Darüber stand der Sternenhimmel, funkelnd in aller winterlichen Pracht. Ein träumerischer Zustand überkam die beiden Reisenden. Es war ihnen, als erstürbe das Schellengeläut ihres Schlittens, während der leise Widerhall von weit, weit her immer lauter, immer brausender zu werden schien. Die Nähe verlor ihre Macht über das Ohr; nur das Ferne, das kaum Hörbare läutete wie Glocken.

Turgany gewann es zuerst über sich, diesen lähmenden Halbtraum abzuschütteln.

»Eine herrliche Nacht!« hob er an.

»Der schöne Abschluß eines schönen Tages«, antwortete Othegraven, der nun auch, als ob das Befreiungswort gesprochen sei, aus dem Banne heraus war. »Welch eine liebenswürdige Natur, Ihr Freund Seidentopf! Welche Frische, welche Teilnahme an jedem Kleinen und Allerkleinsten, und wenn es ein Pfänderspiel wäre.«

Dem Justizrat konnte nichts lieber kommen, als diese Wendung des Gesprächs. »Seidentopf«, so nahm er jetzt das Wort, »ist ein Mann wie ein Kind. Ich habe ihn nun ein Leben lang bewährt gefunden. Vierzig Jahre immer derselbe. Dieselbe Treue. Aber warum zählen Sie Pfänderspiele zum ›Allerkleinsten‹? Da haben Sie unrecht; Pfänderspiele sind eine große Sache.«

Othegraven sah, soweit seine Mantelverpackung es zuließ, den Justizrat fragend an.

Dieser legte seinen linken Pelzarm auf des Konrektors Schulter und fuhr dann mit einer Herzlichkeit, die sonst nicht zu seinen Eigenheiten gehörte, fort: »Ich hätte die Frage nicht tun sollen, oder doch nicht in dieser Form. Die Sache verbietet's und Ihre Person. So denn rund heraus, Othegraven: Sie lieben Marie.«

Othegraven schwieg einen Augenblick und sagte dann mit fester Stimme, in der auch kein leisester Ton von Verlegenheit mitklang: »Ja, von Herzen.«

So weit waren Frage und Antwort gediehen, als die Fortsetzung des Gesprächs beider Freunde durch ihre Einfahrt in das nächstgelegene Dorf unterbrochen wurde. Schon bei den ersten Häusern hörten sie Baß und Klarinette vom Kruge her, unter dessen Erkervorbau, ja bis auf den Fahrdamm hinaus, einzelne Paare trotz bitterer Kälte standen. Die Mädchen kurzärmelig. Ein verzeihlicher Leichtsinn, denn aus der Tanzstube, deren Fenster ausgehoben waren, quoll eine dicke Wolke von Qualm und Rauch. »Da drinnen sind sie beim ›Kiekebusch‹«, sagte Turgany, »schade, daß wir unsern Dolgeliner Pastor nicht mit uns haben.«

Derweilen war der Schlitten an dem Kruge vorbei; der Lärm verhallte, und das weite Schneefeld lag wieder vor ihnen. Turgany, auch bei Othegraven voraussetzend, daß er mit seinen Gedanken an alter Stelle haften geblieben sei, fuhr, als ob überhaupt keine Unterbrechung stattgefunden hätte, ohne weiteres fort: »Und wie gut sie sprach. Jedes Wort ein Treffer.«

»Sie wird immer das Richtige treffen.«

»Ei, Konrektor, schon so tief in Bewunderung! Aber kennen Sie denn die Vorgeschichte dieses Kindes? Sie wissen doch, sie ist eine Waise.«

»Ich weiß alles«, erwiderte der Konrektor. »Ich war vor drei Wochen auf dem Schulzenhofe, und das Kniehasesche Paar hat mir ohne Rückhalt von seinem Pflegling erzählt. Ich weiß, daß sie getanzt und deklamiert hat, und daß sie mit einem Tellerchen herumgegangen ist, um die Münzen einzusammeln. Ich bekenne, daß ich keinen Anstoß daran nehme. Es steigert nur meine Teilnahme.«

»Auch die meinige«, sagte Turgany. »Aber, lieber Othegraven, wir sind sehr verschiedene Leute. Ich bin ein Lebe-Mann, nicht viel besser als ein Heide. Sie sind ein Geistlicher, vorläufig noch in der Konrektorverpuppung, aber der Schmetterling kann jeden Augenblick ausfliegen.«

Othegraven schwieg einen Augenblick. Dann nahm er das Wort: »Lassen Sie mich offen sein, lieber Freund: es drängt mich dazu, und ich finde, es spricht sich gut unter diesen Sternen. Sie nennen sich einen Heiden; ich habe meine Zweifel daran. Aber wie immer auch, Sie irren, wenn Sie das Christentum, zumal nach dieser Seite hin, als eng und befangen ansehen. Im Gegenteil, es ist frei. Und daß es diese Freiheit üben kann, ist im Zusammenhang mit dem tiefsten Punkte unseres Glaubens.«

Der Justizrat schien antworten zu wollen. Othegraven aber fuhr fort: »Wir sind alle in Sünde geboren, und was uns hält, ist nicht die eigene Kraft, sondern eine Kraft außer uns, rund heraus die Barmherzigkeit Gottes. Sie kennen unsere schöne Schildhornsage? Nun, wie mit dem Wendenfürsten Jaczko, so ist es mit uns allen: wir sinken unter in der schweren Rüstung unseres eiteln Ichs, unseres selbstischen Trotzes, wenn uns der Finger Gottes nicht nach oben zieht.«

Turgany nickte. »Sie werden mich nicht in Verdacht haben, Othegraven, für die Selbstgerechtigkeit der Menschen und für das Unkraut von Vorurteilen, das aus ihr sprießt, eine Lanze brechen zu wollen. Ich weiß seit lange, wie wenig es mit dem Stolz unserer Tugend auf sich hat, und wenn ich irgendeines Bibelwortes gedenke, so ist es das: ›der hebe den ersten Stein auf sie‹. Es würde gerade mir schlecht anstehen, die Lebensläufe meiner Mitmenschen durch ein Examen rigorosum gehen zu lassen. Und nun gar die Vergangenheit dieses liebenswürdigen Kindes! Alles, was ich mit meiner Frage sagen wollte, ist etwa das: ›Es ist ein Glück, aus einem guten Hause zu sein.‹ Und an der einfachen Wahrheit dieses Satzes ist nicht wohl zu rütteln. Kniehases Haus ist ein gutes Haus. Das Haus des ›starken Mannes‹ aber, der oben auf dem Hohen-Vietzer Kirchhof unter dem Holzkreuz liegt, ist schwerlich ein solches Haus gewesen.«

»Es fragt sich«, bemerkte Othegraven. »Ich möchte fast das Gegenteil glauben. Es war ein Haus schwerer Prüfungen, wachsender Demütigung; aber wo so viel Liebe, so viel schöner Eifer waltete, von einem jungen Leben den drohenden Makel der Geburt, jeden Verdacht des Ungesetzlichen fernzuhalten, das kann kein Haus der Unsitte gewesen sein. Ich habe die Geschichte von dem ›starken Mann‹ nicht ohne Rührung gehört. Unglück, nicht Unsegen; Heimsuchung, nicht Fluch.«

»Sie überraschen mich«, nahm der Justizrat wieder das Wort. »Ich bin Ihnen dogmatisch nicht gewachsen; aber würden Sie, auch ohne Neigung zu Marie, zwischen Unglück und Unsegen immer so scharf unterscheiden wie in diesem Augenblick? Würden Sie nicht geneigt sein, die Heimsuchung als eine Folge der Verschuldung, als Strafe, als Verwerfung anzusehen? Irr' ich darin, wenn ich annehme, daß gerade Männer Ihrer Richtung Gewicht legen auf Patriarchalität?«

»Nein, darin irren Sie nicht«, erwiderte Othegraven. »Gewiß ist ein Unterschied zwischen dem Hause des Lot und dem Hause von Sodom, und diesen Unterschied, ohne ein klarsprechendes Zeichen, mißachten zu wollen, wäre Auflehnung gegen Sitte und Gebot. Aber was entscheidet, ist doch immer die Gnade Gottes. Und diese Gnade Gottes, sie geht ihre eigenen Wege. Es bindet sie keine Regel, sie ist sich selber Gesetz. Sie baut wie die Schwalben an allerlei Häusern, an guten und schlechten, und wenn sie an den schlechten Häusern baut, so sind es keine schlechten Häuser mehr. Ein neues Leben hat Einzug gehalten. Die Patriarchalität ist viel, aber die Erwähltheit ist alles.«

»Und diese finden Sie in Marie?«

»Ich brauche diese Frage gerade Ihnen, teuerster Freund, nicht erst zu beantworten, denn wir empfinden gleich, jeder von uns auf seine Weise. Und wenn die Vergangenheit dieses Kindes dunkler und verworrener wäre, als sie ist, ich würde diese Verworrenheit nicht achten. Es gibt eben Naturen, über die das Unlautere keine Gewalt hat; das macht die reine Flamme, die innen brennt. Ich habe Marie nie gesehen, ohne mit einer Art von freudiger Gewißheit die Empfindung zu haben: sie wird beglücken und wird glücklich sein.«

Turgany drückte dem Freunde die Hand. »Othegraven, ich habe immer große Stücke von Ihnen gehalten, von heute ab lasse ich Sie nicht wieder los.«

So ging die Unterhaltung; das Schlittengeläute klang über die Schneefelder hin; in den Dörfern war alles still; kein Licht als die glitzernden Sterne.

Dieselben Sterne schienen auch in ein Giebelfenster von Schulze Kniehases Haus. Marie schlief; die Bilder des letzten Abends, wie sie Leben und Dichtung geboten hatten, zogen in einem phantastischen Zuge an ihr vorüber: voranf der Dolgeliner Pastor mit dem Schmidt-von-Werneuchenschen Hägereiter, der jetzt sein Waldhorn, statt es zu blasen, über der Schulter trug; dann der »Wagen Odins«, riesig vergrößert, auf dessen Achse Prediger Seidentopf stand. Den Schluß aber machte »der Knabe mit dem Stabe«, und das Weihnachtslied, das Tante Schorlemmer und Renate gesungen hatten, klang im Traume nach.

17. KAPITEL

Tubal an Lewin

Der dritte Feiertag fiel auf einen Sonntag. Es war ein klarer Morgen. Die Scheiben, nach der Parkseite hinaus, standen im goldenen Schein der eben über den Kirchhügel steigenden Sonne, überall aber, selbst wo sonst Schatten lag, leuchtete der am Abend vorher frisch gefallene Schnee.

Es mochte neun Uhr sein. In dem großen Wohnzimmer, in das wir unsere Leser schon in einem früheren Kapitel führten, saßen Lewin und Renate, aber nicht um den Kamin herum, wie am Abend des ersten Weihnachtstages, sondern in der Nähe des eine tiefe Nische bildenden Eckfensters. Sie hatten hier nicht nur das beste Licht, sondern vermochten auch mit Hilfe der mehrgenannten breiten Auffahrt auf die Dorfstraße zu blicken, deren Treiben in der Einsamkeit des ländlichen Lebens immer eine Zerstreuung und oft den einzigen Stoff der Unterhaltung bietet.

Das Frühstück schien beendet; die Tassen waren zurückgeschoben, und Lewin legte eben ein elegant gebundenes Buch aus der Hand. »Ich fürchte, Renate, wir haben ihm doch unrecht getan. Aber diese unglückliche Begeisterung des Dolgeliner Pastors! Da reißt einem die Geduld. Und doch ist viel Sinniges darin. Nun hinke ich mit meiner Ehrenerklärung nach; amende honorable retardée oder ›moutarde après le diner‹, wie Tante Amelie mit Vorliebe sagen würde.«

Renate nickte.

»Apropos die Tante«, fuhr Lewin fort, »ich habe den kleinen Schlitten bestellt, zwei Uhr; in einer Stunde sind wir drüben, ich fahre selbst. – Und Marie war noch immer nicht in Guse?« fügte er nach einer kurzen Pause hinzu.

»Nein«, erwiderte Renate.

»Du schriebst aber doch, sie habe einen guten Eindruck auf die Tante gemacht. Wenn die ›Gräfin Pudagla‹ nicht Anstand nahm, unserem Liebling in diesem Zimmer zu begegnen, so sollte ich meinen, das Eis müßte gebrochen sein.«

»Die Begegnung war unabsichtlich; Marie, die mir ein Buch unseres Seidentopf brachte, trat unerwartet ein. Im übrigen solltest du nicht immer wieder vergessen, daß die Tante alt ist und einer anderen Zeit als der unserigen angehört. Warum willst du Standesvorurteile nicht gelten lassen?«

»Die lasse ich gelten, vielleicht mehr als recht ist. Aber, was ich nicht gelten lasse, das sind die Halbheiten. Tante Amelie – die Vitzewitze mögen mir diese Bemerkung verzeihen – ist durch ihr Hineinheiraten in die Pudaglafamilie in gewissem Sinne über uns selbst hinausgewachsen, sie ist eine vornehme Dame, und wenn es ihre gräfliche Gewohnheit wäre, fächernd und ein Bologneserhündchen im Arm, über das Zweimenschensystem geheimnisvolle Unterhaltungen zu führen, so würde ich ihr respektvollst die Hand küssen und am allerwenigsten eine Widerlegung versuchen. Ich wiederhole dir, ich kann all das würdigen, wenn meine eigenen Empfindungen auch andere Wege gehen. Aber Tante Amelie gehört nicht zu diesen Gräfinnen aus der alten Schule. Sie hält sich für aufgeklärt, für freisinnig. Da vergeht kein Tag, keine

Stunde, wo nicht aus Montesquieu, aus Rousseau zitiert, wo nicht freiheitlich-erhaben von der ›vaine fumée‹ gesprochen wird, ›que le vulgaire appelle gloire et grandeur, mais dont le sage connaît le néant‹, und wenn nun nach all dieser Philosophenherrlichkeit die Probe auf das Exempel gemacht werden soll, so erweist sich alles als leere, pomphafte Redewendung, als bloße Maske, hinter der sich der alte Dünkel birgt.«

Die Schwester wollte antworten, Lewin aber fuhr fort: »Nein, nein, Renate, suche davon nichts abzudingen; ich kenne sie, so sind sie samt und sonders, diese Rheinsberger Komtessen, denen die französischen Bücher und Prince Henri die Köpfe verdreht haben. Humanitätstiraden und dahinter die alte, eingeborene Natur. Es ist mit ihnen, wenn du das prätentiöse Bild verzeihen willst, wie mit den Palimpsesten in unseren Bibliotheken, alte Pergamente, darauf ursprünglich heidnische Verse standen, bis die frommen Mönche ihre Sprüche darüber schrieben. Aber die Liebesseufzer an Chloe und Lalage kommen immer wieder zum Vorschein. Rund heraus: das Vorurteilsvolle lasse ich gelten; nur das Unwahre verdrießt mich.«

»Daß ich dir's nur bekenne«, nahm jetzt Renate das Wort, »ich hatte ein Gespräch mit der Tante über ebendiesen Gegenstand. Sie hat sich zu dem Widerspruchsvollen, das in ihrer Haltung liegt, bekannt, und dies Bekenntnis, das sie sehr liebenswürdig gab, wird dich schließlich auch entwaffnen müssen. Ich müßte dich nicht kennen.«

Lewin lächelte. »Wo war es, hier oder in Guse drüben?«

»Hier. Es war bei Gelegenheit derselben Begegnung, von der du aus meinem Briefe weißt; nur über das Gespräch, das folgte, ging ich kurz hinweg. Wir waren zu dreien, Papa, die Tante und ich. Unsere gute Schorlemmer fehlte wie gewöhnlich; die ›beiden Tanten‹, wie du weißt, stimmen nicht gut zusammen. Marie trat ein und stutzte einen Augenblick. Sie ist zu klug, als daß sie nicht lange schon empfunden hätte, wie die Tante zu ihr steht. Rasch faßte sie sich aber, verneigte sich, richtete des Pastors Auftrag an mich aus und entfernte sich wieder unter einer freimütigen Entschuldigung, unser Beisammensein gestört zu haben.«

»Und die Tante?«

»Sie schwieg, wiewohl ihre scharfen Augen jede Bewegung gemustert hatten. Erst als Papa fort war, sagte sie, ohne daß ich es gewagt hätte, eine Frage an sie zu richten: ›Die Kleine ist charmante, eine beauté aus dem Märchen, welche Wimpern!‹ – ›Wir lieben sie sehr‹, wagte ich schüchtern zu bemerken, worauf die Tante nicht ohne Herzlichkeit, zugleich in ihrem allerfranzösischsten Stil, den ich dir erspare, fortfuhr: ›Ich weiß, ich weiß, und jetzt, wo ich sie gesehen habe, begreife ich, was ich bisher für eine Laune hielt. Bei Lewin hielt ich es für mehr. Kann sein, daß ich mich irre‹, setzte sie hinzu, als sie bemerkte, daß ich den Kopf schüttelte. Eine kurze Pause folgte, in der die Tabatière ein paarmal auf- und zugemacht wurde; dann sagte sie lebhaft: ›Ich habe mir's diese Minuten überlegt, ob ich euch auffordern sollte, die Kleine mit nach Guse hinüberzubringen; es fehlt uns dergleichen, und sosehr ich alte Damen hasse, so sehr liebe ich junges Volk. Aber Renate, ma chère, es geht nicht. Ich nehme wahr, daß gewisse Vorstellungen und Geschmacksrichtungen in mir stärker sind als meine Grundsätze. Es bestätigt sich: On renonce plus aisément à ses principes qu'à son goût. Wohl entsinne ich mich des Tages, wo uns Prince Henri durch ein ähnliches Geständnis überraschte. Der Prinz und der Philosoph lagen immer in Fehde. Nun sieh, dieses Kind hat einen Zauber; aber ich fühle doch, daß, wenn sie selbst im längsten Kleide käme, ich mich des Gedankens nicht erwehren könnte, jetzt verkürzt sich die Robe, und sie beginnt den Schaltanz zu tanzen. Ich will dem Kinde durch solche Gedanken nicht wehe tun, ich denke also, wir lassen's beim alten.‹«

Lewin, der aufmerksam gefolgt war, war eben im Begriff, im allerversöhnlichsten Sinne zu antworten, als das Erscheinen Hoppenmariekens, die von der Dorfstraße her in den Hof einbog, die Unterredung unterbrach. In ihrer herkömmlichen Ausrüstung: kurzen Friesrock und hohe Stiefeln, Kiepe und Hakenstock, kam sie geradenweges auf das Herrenhaus zu, salutierte die jungen Herrschaften, die sie gleich hinter dem Eckfenster erkannte, und in der nächsten Minute lagen Briefe und Zeitungen ausgebreitet auf dem Tisch.

Die Zeitungen, so wichtig ihr Inhalt war, enthielten nichts, was Lewin nicht schon gewußt hätte; von den Briefen war einer vom Papa, der in aller Kürze anzeigte, daß er am Abend in Schloß Guse zu sein hoffe, der andere vom Vetter Ladalinski, dem Studiengenossen und Herzensfreunde Lewins. Dieser strahlte, als sein Auge auf die engbeschriebenen zwei Bogen fiel; Renate errötete leise und sagte: »Nun lies.«

Und Lewin las.

»*Lieber Lewin!* Vielverwöhnter, der Du bist, werden diese Zeilen, die in sich selber schon eine Huldigung bedeuten, Deiner Eitelkeit keinen unerheblichen Vorschub leisten. Aber ich habe eine rechte Plauderlust und empfinde stündlich, daß Du mir fehlst. Bist Du doch der wenigen einer, die das Talent des Zuhörens haben, doppelt selten bei denen, die selber zu sprechen verstehen.

Wir haben einen prächtigen Weihnachtsheiligabend gehabt, und um dieses Abends willen schreibe ich. Du wirst nun zunächst denken, daß der Christbaum, wie es ja auch sein sollte, uns so recht hell ins Herz hineingeschienen hätte; aber so war es nicht. In einem Hause, in dem die Kinder fehlen, wird das Christkind immer einen schweren Stand haben, so nicht etwa der Kindersinn den Erwachsenen verblieben ist. Und Kathinka, die so vieles hat (vielleicht *weil* sie so vieles hat), hat diesen Sinn nicht. Was mich angeht, so bin ich von der Segenshand, die diese Gabe leiht, wenigstens leise berührt worden. Gerade genug, um eine Sehnsucht darnach zu fühlen.

Wir waren allerengster Kreis: Papa, Kathinka, eine neue Freundin von ihr, die Du noch nicht kennst, und ich. Als die Türen eben geöffnet wurden, kam Graf Bninski. Er hatte Aufmerksamkeiten für uns alle, zuweitgehende für mein Gefühl; aber Kathinka schien es nicht zu empfinden. Der erleuchtete Saal, der flimmernde Baum lachten mir ins Auge, aber wie ich Dir wiederholen muß, es drang nicht weiter. Es hatte alles den Charakter einer reichen Dekoration. Selbst der Spitzenüberwurf à la Reine Hortense (Notiz für Renate), den Papa von Paris her bezogen hatte, konnte an diesem Eindruck nichts ändern. Die Unterhaltung, nach den ersten Auswechslungen gegenseitigen Dankes, war nicht frei. Der Graf kannte den Inhalt des Bulletins; wir vermieden ein Gespräch darüber, um ihn nicht zu verletzen.

Unter diesen Umständen war es fast wie Erlösung, als ein lose zusammengeschürzter Zettel an mich abgegeben wurde, der in der lapidaren Schreibweise unseres Jürgaß lautete:

›Heute, Donnerstag, den 24., *Weihnachtsbowle.* Mundts Weinkeller, Königsbrücke 3. Neun Uhr; besser spät als gar nicht. Gäste willkommen. v. J.‹ Ich reichte dem Grafen, der erst tags vorher den Wunsch geäußert hatte, unseren Klub kennenzulernen, den Zettel hin, wies auf die beiden Schlußworte und fragte ihn, ob es ihm genehm sein würde, mich zu begleiten. Er sagte zu, fast zu meiner Überraschung, da seine Stimmung wenig gesellig schien. Übrigens hatte ich später keine Ursache, seine Zusage zu bedauern.

Bald nach neun Uhr waren wir am Rendezvous, das nicht glücklicher gewählt sein konnte. In solchen Sachen kann man sich auf Jürgaß verlassen. Du entsinnst Dich, daß die Flußufer der Königsbrücke zu beiden Seiten einen hohen Quai bilden, auf dem die Giebel und Seitenflügel einzelner alter Gebäude stehen. So auch das Mundtsche Haus. Wir stiegen, von der Straße her, in den Weinkeller hinunter, tappten uns in einem dunklen Gange vorwärts und traten endlich in einen großen, aber niedrigen und holzgetäfelten Salon, der, alte Bilder in mir weckend, mich lebhaft an die Kajüten englischer Kriegsschiffe erinnerte. Einige Freunde waren schon versammelt: v. Schach, Bummcke, Dr. Saßnitz und Buchhändler Rabatzki. Jürgaß fehlte noch. Ich stellte Bninski vor; dann nahmen wir Platz. Ich hatte nun erst den vollen Eindruck von dem Anheimelnden des Lokales, eine gute Beleuchtung, ein Feuer im Ofen, ein langer, weißgedeckter Tisch, dessen Plätze so gelegt waren, daß sie den Gästen einen freien Blick auf die Spree gönnten.

An den Fenstern vorbei, die fast die ganze Höhe des Zimmers hatten und bis auf den Fußboden niedergingen, bewegte sich ein bunter Weihnachtsverkehr, eine Art Newa-Messe. Schlittschuhläufer mit Stocklaternen, Waldteufeljungen, kleine Mädchen mit Wachsengeln, alles zog wie eine Erscheinung, mal hell, mal dunkel, an unseren Fenstern vorüber, und von der Königsbrücke her klang das Schellengeläute der Schlitten und der gedämpfte Lärm der Stadt.

Endlich kam Jürgaß; in der Hand hielt er eine große blaue Tüte. ›Hier bring' ich Weihnachten; die Hauptsache aber, die ich meinen Gästen bringe – denn ich bitte, Sie heut' als solche betrachten zu dürfen –, ist selber ein Gast. Versteht sich, ein Poet.‹ Damit wies er auf einen Herrn, der mit ihm zugleich eingetreten war. Ehe ich noch Zeit hatte, Bninski und Jürgaß miteinander bekanntzumachen, fuhr dieser fort: ›Ich habe die Ehre, Ihnen hier Herrn Grell oder mit seinem vollen Rang und Namen den Theologiekandidaten Herrn Detleff Hansen-Grell vorzustellen, eine Art Hintersassen von mir, einen Hörigen derer von Jürgaß auf Gantzer. Genealogisches über die Grells, beziehungsweise über die Hansen-Grells behalte ich mir vor.‹ Alles sah lachend, wenn auch einigermaßen überrascht, auf Jürgaß, der, ohne eine Antwort abzuwarten, in demselben Tone fortfuhr: ›Unsere ‚*Kastalia*‘ vertrocknet; es fehlt ihr frisches Blut. Man könnte die Herren Poeten unseres Kreises in Verdacht haben, sie scheuten die Rivalität neuauftretender Kräfte. Wenn *ich* nicht wäre und Bummcke und hier unser Freund Rabatzki, der, um die letzte Spalte seines ‚Sonntagsblatts‘ zu füllen, dann und wann einen jungen Lyriker einfängt, so wär' es mit dem Sprudeln unseres Musenquells, trotz seines hochtönenden Namens, bald vorbei. Ist es nicht unerhört, daß ich, um die drohendste Gefahr abzuwenden, von meines Vaters Gütern einen lyrischen Sukkurs verschreiben muß?‹

Das Eintreten eines Küfers, in vorschriftsmäßiger Lederschürze, unterbrach die Rede. Er trug eine Bowle auf, und die große Weihnachtstüte begann zu kursieren, die, neben rheinischen Walnüssen, einige Pakete französischer Pfefferkuchen enthielt. Jürgaß hatte den Vorsitz. ›Ich heiße Sie willkommen‹, nahm er abermals das Wort. ›Hinsichtlich der Tüte empfehl' ich weise Sparsamkeit; ihr Inhalt ist momentan unersetzlich. Aber die Bowle hat einen Zuschuß zu gewärtigen, eventuell mehrere.‹

Die Gläser klangen zur Begrüßung zusammen. Ich hatte gleich bei unserem Eintritt an einer der Schmalseiten des Tisches Platz genommen; Bninski mir gegenüber. Dieser Platz gestattete mir, den ›lyrischen Sukkurs‹, der unserer ›Kastalia‹ wieder aufhelfen sollte, ohne Auffälligkeit zu beobachten.

Er war, trotz eines guten Profils, eher häßlich als hübsch. Das Haar strohern, die blassen Augen vorstehend und wenig Wimpern. Dabei die Lider leicht gerötet und etwas Stoppelbart. Sein Schlimmstes war der Teint. Gesamteindruck: alltäglich.

Mein Auge glitt zu Bninski hinüber, der ihn auch gemustert haben mochte. Ich erriet seine Gedanken.

Wir hatten leichte Konversation. Bummcke beklagte lebhaft, daß Du fehltest; außerdem wurde Kandidat Himmerlich am meisten vermißt; aus welchem Grunde, konnt' ich nicht erraten. Vielleicht glaubte man, daß einem Kandidaten der Theologie wie Grell nichts Besseres vorgesetzt werden könne als seinesgleichen. Ich bezweifle aber, daß dieser Satz richtig ist.

Es war wohl elf Uhr, und das Schellengeläute von Brücke und Straße her schwieg bereits ganz, als Jürgaß anhob: ›Ich denke, wir improvisieren eine Kastalia-Sitzung. Herr Hansen-Grell wird die Güte haben, uns einiges vorzulesen.‹

Diese Mitteilung wurde mit bemerkenswerter, aber freilich auch verzeihlicher Kühle aufgenommen. Der Gast sah so unpoetisch wie möglich aus, und die Empfehlung unsers Jürgaß, wie Du nachempfinden wirst, war nicht eben dazu angetan, ihm Vorschub zu leisten. Er zog nun ein Manuskript von bedenklichem Umfang aus der Tasche; ich glaube, daß ein Bangen durch alle Herzen ging.

Aber wir sollten bald anderen Sinnes werden. Er bat unbefangen um die Erlaubnis, uns eine Ballade, die einen norwegischen Sagen- oder Märchenstoff behandle, vorlesen zu dürfen: ›Hakon Borkenbart‹. Du mußt nämlich wissen, er hat eine Zeitlang in Kopenhagen gelebt. Wie das so gekommen, das erfährst Du, neben manchem anderen, zu anderer Zeit. Er hob nun an und las ausdrucksvoll, fest, mit wohltönender Stimme und wachsendem Feuer. Es waren wohl an zwanzig Strophen. Gleich die erste, die bei der Debatte wiederholt wurde, ist mir im Gedächtnis geblieben:

Der König Hakon Borkenbart,
Hat Roß und Ruhm, hat Waff' und Wehr,
Und hat allzeit zu Krieg und Fahrt
Viel hohe Schiff' auf hohem Meer,
Es prangt sein Feld in Garben,
Er aber prangt in Narben,
In Narben von den Dänen her.

In der zweiten Strophe zieht Hakon aus, um, trotz seiner fünfzig Jahre, um Schön-Ingeborg zu freien. Ich mühe mich vergeblich, die Reime zusammenzufinden, aber mit der dritten Strophe, die mir besonders zusagte, wird es mir wieder gelingen. Wenigstens ungefähr.

Schon grüßt ihn fern so Turm wie Schloß,
Und stolz und lächelnd blickt er drein;
Er spricht herab von seinem Roß:
›Und bin ich alt, so mag ich's sein!
Und wär' ich alt zum Sterben,
Auch Ruhm und Narben werben
Und werben gut wie Jugendschein.‹

An dieser Stelle, wie Du Dir denken kannst, brach unser alter Bummcke in lautes Entzücken aus. Ich bin ganz sicher, daß er sich in dem Augenblicke als Hakon Borkenbart fühlte. Das Gedicht verläuft nun so, daß die schöne Ingeborg ihn abweist, wofür er Rache gelobt. Er verkleidet sich als Bettler und setzt sich mit einer goldenen Spindel vor Ingeborgs Schloß. Sie begehrt die Spindel; er verweigert sie ihr. Ihre Begierde entbrennt so heftig, daß sie sich dem Bettler hingibt, um die Spindel zu besitzen. Nun kommen die bekannten Konflikte: der Vater in Zorn; Verstoßung. Zuletzt entpuppt sich der Bettler als Hakon Borkenbart, und alles gelangt zu einem glücklichen Schluß.

Es war mir ein Genuß gewesen, dem Gedicht zu folgen, und ich darf sagen: uns allen. Neben dem Dichter selbst interessierte mich Bninski am meisten. Er wurde immer ernster. ›Seltsam‹, so las ich auf seiner Stirn, ›welche Prosa der Erscheinung und dahinter welch heiliges Feuer!‹

Dies Feuer war nun in der Tat der Zauber des Gedichts und des Vortrags. Sonst bot es angreifbare Punkte die Menge. Dr. Saßnitz, auch an diesem Abend der Avantgardenführer unserer Kritik, nahm zuerst das Wort. Er hob mit Recht hervor, daß unser verehrter Gast sein großes Darstellungsvermögen an einen Gegenstand gesetzt habe, dem mit einem geringeren Kraftaufwand mehr gedient gewesen wäre. Das Ganze sei, wie er selber bemerkt habe, ein Märchenstoff. Ein solcher aber müsse in der Schlichtheit, die seinen Reiz bilde, nicht durch Pracht des Ausdrucks gestört werden. Das Gedicht, bei unbestreitbaren Vorzügen, sei zu lang und namentlich zu schwer.

Hätte unser Gast in unser aller Augen noch gewinnen können, so wär' es durch die Art gewesen, wie er den Tadel aufnahm. Er nickte zustimmend und sagte dann zu Saßnitz: ›Ich danke Ihnen sehr; Ihre Ausstellungen haben es getroffen. Ich wußte nicht, woran es lag, daß mich die eigene Arbeit nicht befriedigte; nun weiß ich es.‹

Das Gespräch setzte sich fort. Bald danach war die Bowle geleert, und Jürgaß, der wenigstens des Ausharrens von Bummcke sicher war, befahl eine zweite. Bninski und ich aber warteten ihr Erscheinen nicht ab; Mitternacht war ohnehin bald heran. Als wir auf den stillen Platz hinaustraten, lag der Sternenschein fast wie Tageslicht auf den Straßen. Ich sah hinauf; mir war zu Sinn, als stiege das Christkind aus diesem Sternenglanz in mein armes Herz hernieder. Bninski begleitete mich; wir sprachen kein Wort. Beim Abschied sagte er mit einem Ton, den ich bis dahin nicht an ihm gekannt hatte: ›Ich danke Ihnen, Tubal, für diesen Abend; es würde mich freuen, Ihre Freunde öfter zu sehen.‹

Da hast Du die jüngste Sitzung der Kastalia, noch dazu eine improvisierte.

Und nun lebe wohl. Renate sei mit Dir. Die Form dieses Glückwunsches wiegt hoffentlich tausend Grüße an meine schöne Cousine auf. Dein *Tubal.*

Nachschrift. Eben ist Dein Papa bei dem meinigen. Sie politisieren viel, vielleicht zu viel. Er grüßt und hofft, wie er Dir schon geschrieben habe, morgen abend auf Schloß Guse zu sein. Einen Platz in seinem Wagen, den er mir angeboten, habe ich abgelehnt. Es ist mir zuviel ›Freundschaft‹ um Tante Amelie versammelt. Aber ich sehne mich nach Hohen-Vietz und seiner Stille. Kann ich Kathinka bestimmen, mich zu begleiten, so dürft Ihr uns *ehestens* erwarten.

Dein T.«

Zweiter Band

SCHLOSS GUSE

1. KAPITEL

Schloß Guse

Der Lauf unserer Erzählung führt uns während der nächsten Kapitel von Hohen-Vietz und dem östlichen Teile des Oderbruchs an den *westlichen Höhenzug* desselben, zu dessen Füßen, heute wie damals, die historischen Dörfer dieser Gegenden gelegen sind, altadelige Güter, deren meist wendische Namen sich schon in unseren ältesten Urkunden finden. Hier saßen, um Wrietzen und Freienwalde herum, die Sparrs und Uchtenhagens, von denen noch jetzt die Lieder und Sagen erzählen, hier hatten zur Reformations- und Schwedenzeit die Barfus, die Pfuels, die Ihlows ihre Sitze, und hier, in den Tagen, die dem Siebenjährigen Kriege unmittelbar folgten, lebten die Lestwitz und Prittwitz freundnachbarlich beieinander; Prittwitz, der bei Kunersdorf den König, Lestwitz, der bei Torgau das Vaterland gerettet hatte. Oder wie es damals in einem Kurrentausdruck des wenigstens sprachlich französierten Hofes hieß: »Prittwitz a sauvé le roi, Lestwitz a sauvé l'état.«

Alle diese Güter begannen bald nach der Trockenlegung des Oderbruchs, also etwa dreißig Jahre vor Beginn unserer Erzählung, zu ihren sonstigen Vorzügen auch noch *den* landschaftlicher Schönheit zu gesellen. Wer hier um die Pfingstzeit seines Weges kam, wenn die Rapsfelder in Blüte standen und ihr Gold und ihren Duft über das Bruchland ausstreuten, der mußte sich, weit aus der Mark fort, in ferne, beglücktere Reichtumländer versetzt fühlen. Die Triebkraft des jungfräulichen Bodens berührte hier das Herz mit einer dankgestimmten Freude, wie sie die Patriarchen empfinden mochten, wenn sie, inmitten menschenleerer Gegenden, den gottgeschenkten Segen ihres Hauses und ihrer Herden zählten. Denn nur da, wo die Hand des Menschen in harter, nie rastender Arbeit der ärmlichen Scholle ein paar ärmliche Halme abgewinnt, kann die Vorstellung Platz greifen, daß *er* es sei, der diesen armen Segen geschaffen habe; wo aber die Erde hundertfältige Frucht treibt und aus jedem eingestreuten Korn einen Reichtum schafft, da fühlt sich das Menschenherz der Gnade Gottes unmittelbar gegenüber und begibt sich aller Selbstgenügsamkeit. Es war an diesem westlichen Höhenrande des Bruches, daß der Große König, über die goldenen Felder hinblickend, die Worte sprach: »Hier habe ich in Frieden eine Provinz gewonnen.«

Ein Bild, das diesen Ausruf gerechtfertigt hätte, bot die Niederung am dritten Weihnachtstage 1812 freilich nicht. Alles lag begraben im Schnee. Aber auch heute noch war ein Blick von der das Bruch beherrschenden »Seelower Höhe« aus nicht ohne Reiz; über den zahlreichen ausgebauten Höfen und Weilern zog ein Rauch, die Stelle menschlicher Wohnstätten verkündend, während auf Meilen hin die nur halbverschneiten Kirchtürme der größeren Dörfer im hellen Sonnenschein blitzten.

Einer dieser Kirchtürme, der nächste, zeigte sich in kaum Büchsenschußentfernung von der ebengenannten Höhe, und eine Allee alter Eichen, deren braunes Laub, wo der Wind den Schnee abgeschüttelt hatte, klar zu erkennen war, lief in gerader Richtung auf die Kirche zu. Neben dieser, weit über den Wetterhahn der Turmspitze hinaus, erhoben sich mächtige, zum Teil fremdartig aussehende Bäume, allem Anscheine nach einem großen Parke zugehörend, der von links her das Dorf umfaßte.

Dieses Dorf war *Guse.*

Wie sein Name bekundet, wendischen Ursprungs, führten es doch erst begleitende Vorgänge des Dreißigjährigen Krieges, um welche Zeit die Schaplows hier ansässig waren, in unsere Landesgeschichte ein. Zwei Jahre vor Abschluß des Osnabrücker Friedens vermählte sich Georg von *Derfflinger,* damals noch General in schwedischen Diensten, mit Margarethe Tugendreich von Schaplow und übernahm das Gut. Nicht als Frauenerbe, sondern gegen Kauf; die verschuldeten Minorennen konnten es nicht halten.

Zunächst war die Erstehung des Gutes wenig mehr als eine Kapitalsanlage, vielleicht auch ein Versuch, sich im Brandenburgischen territorial und politisch festzusetzen; aber schon in den sechziger Jahren, lange bevor der Tag von Fehrbellin, der pommersche und der ostpreußische Feldzug den Ruhm Derfflingers auf seine Höhe gehoben hatten, sehen wir den Alten beflissen, hier nicht nur die Schäden vieljähriger Verwahrlosung auszugleichen, sondern auch durch Bauten und Anlagen – in allem dem Beispiele seines kurfürstlichen Herren folgend – eine Musterwirtschaft herzustellen. Abzugsgräben wurden gezogen, Dämme und Wege durch den Sumpf gelegt, das Schloß entstand; die Kirche, zunächst erweitert, erhielt eine Gruft, und ein Kasernenbau, bis diesen Tag erkennbar, nahm die Dragonerabteilung auf, die zu täglichem Dienst bei ihrem Chef und General aus dem benachbarten Garnisonsort nach Guse hinbeordert war. Das eigentlichste Augenmerk des Alten war aber der *Park*, der ihn bald glücklicher machte als der Ruhm seiner Taten. Ein guter Wirt und Haushalter, wie fast alle diejenigen, die das Schwert mit der Pflugschar vertauschen, war er doch freigebig, wenn es die Beschaffung schöner Bäume galt. Zypressen und Magnolien wurden unter großen Kosten herbeigeschafft, und noch jetzt führt ein Zedernhain des Parkes den Namen »Neulibanon«.

In Zurückgezogenheit zu leben und sich seiner Anlagen zu freuen, wurde mehr und mehr das einzige Verlangen des nun achtzigjährigen Feldmarschalls, der, wie er sich selber ausdrückte, bei Hofe »viel Saures und Süßes« gekostet hatte, »aber des Sauren mehr«. Die Zeiten, wo er seinem Freunde, dem Grafen Baudissin, ins Stammbuch schreiben konnte:

Wind und Regen
Sind mir oft entgegen;
Ich ducke mich, lass' es vorübergahn,
Das Wetter will seinen Willen han,

diese Tage beinahe heiterer Resignation lagen für ihn weit zurück, und er war versteift, eckig und reizbar geworden. Endlich gab der Kurfürst, der ihn trotz seiner hohen Jahre im Dienste festhalten wollte, nach, und der Alte hatte nun seinen Willen und seine Freiheit; er gab die Stadt auf und ging nach Guse. Hier, eine kleine Weile noch, sah er auf alles, was er geschaffen, und freute sich des Segens in Feld und Haus. Aber er war müde, müde auch seines Glückes. Noch vor Ablauf des Jahrhunderts schloß sich sein reiches Leben. Er wurde, wie er es angeordnet, ohne Gepränge beigesetzt, in der Gruft, die er selbst gebaut hatte. Auch der Geistliche mußte sich auf den Nachruf beschränken: »Gott habe den Entschlafenen innerhalb des Kriegsdienstes von der niedersten bis zur höchsten Stufe gelangen lassen.« Der Alte hatte Ruhmes genug im Leben erfahren, um den Klang desselben im Tode entbehren zu können.

Sein einziger überlebender Sohn, Friedrich von Derfflinger, trat die reiche Erbschaft an, die außer Dorf und Schloß Guse noch fünf andere Oderbruchgüter umfaßte. Er war Reiterführer und Chef eines Dragonerregiments wie sein Vater; aber nur in Rang und äußerer Stellung ihm verwandt, besaß er wenig von dem kriegerischen Sinn und der feldherrlichen Einsicht, die den Vater zu so hohen Ehren gebracht hatten.

Der Wechsel der Zeiten konnte nicht wohl die Ursache davon sein, denn das neue Jahrhundert, nach einer kurzen Epoche des Friedens, begann mit einem der schlachtenreichsten Kriege, und bei Turin und Malplaquet lagen die Brandenburger gehäuft unter den Toten. Aber wenn die Kriegsannalen nicht von ihm sprechen, so doch Guse, wo er nicht nur die Schöpfungen seines Vaters fortzusetzen, sondern auch diesen Vater selbst zu ehren vom ersten Augenblick an beflissen war. Er erweiterte den Park, er verschönte das Schloß, vor allem aber ließ er dem Toten ein Monument errichten. Die besten Kräfte, wie sie das Berlin der Schlüterzeit aufwies, waren bei Ausführung dieses Denkmals tätig. Über einem offenen Steinsarkophag, in den die Hand des Sohnes den Feldmarschallstab legte, wurde die Büste des Vaters aufgestellt, eine Fama blies in die Posaune, und zwei Derfflingerstandarten mit blauseidenen Fahnentüchern und der Inschrift »agere aut pati fortiora« kreuzten sich zu einer Waffentrophäe. Bis diesen Tag ist der Guser Kirche dieses Denkmal erhalten geblieben.

Drei Jahrzehnte nach dem Tode des Vaters starb auch Friedrich von Derfflinger, und mit ihm erlosch der berühmte Name, der kaum länger als ein halbes Jahrhundert geglänzt hatte, aber während dieser kurzen Dauer hell genug, um auch den Namen Dorf Guses für immer der Dunkelheit zu entreißen. Das alte Derfflingererbe ging durch verschiedene Hände, bis es in Besitz des Grafen von Pudagla kam. Der Graf ließ es zunächst verwalten, und um diese Zeit, wo sich zuerst wieder das Nationale zu regen begann, war es auch, daß die Wallfahrten nach der Derfflingergruft ihren Anfang nahmen. Nicht zum Vorteil dessen, der in ihr ruhte. Jeder, nach einem Andenken lüstern und seine Pietätslosigkeit mit der Vorgabe historischen Interesses deckend, vergriff sich an der Kleidung des Toten, so daß dieser, vor Ablauf eines Jahrzehntes, wie ein nackt Ausgeplünderter in seinem Sarge lag, nur noch mit dem angeschnallten Brustharnisch und seinen hohen Reiterstiefeln bekleidet.

So kam das Jahr 1790. Graf Pudagla starb, und seine Witwe, das Gut übernehmend, machte dem Unfug ein Ende.

Diese Witwe war Tante *Amelie.*

2. KAPITEL

Tante Amelie

Tante Amelie war die ältere Schwester Berndts von Vitzewitz. Um die Mitte des Jahrhunderts, also zu einer Zeit geboren, wo der Einfluß des friderizianischen Hofes sich bereits in den Adelskreisen geltend zu machen begann, empfing sie eine französische Erziehung und konnte lange Passagen der »Henriade« auswendig, ehe sie wußte, daß eine Messiade überhaupt existiere. Übrigens würde schon der Name ihres Verfassers sie an der Kenntnisnahme des Inhalts gehindert haben.

Sie war ein sehr schönes Kind, früh reif, der Schrecken aller nachbarlichen, in Wichtigkeit und Unbildung aufgebauschten Damen und erfüllte mit zwanzig Jahren die auf eine glänzende Partie gerichteten Hoffnungen beider Eltern: im Herbst 1770 wurde sie Gräfin Pudagla.

Graf Pudagla, ein Vierziger, hatte die Feldzüge mitgemacht, am Tage von Leuthen sich ausgezeichnet und stand bei Schluß des Krieges als Rittmeister im Dragonerregiment Anspach und Bayreuth. Eine glänzende militärische Laufbahn schien ihm gesichert. Bei der zweitfolgenden Revue aber sah er sich vom König, der einen groben Fehler wahrgenommen zu haben glaubte, mit harten Worten überhäuft, infolgedessen der Graf den Abschied nahm. Er zog sich auf seine reichen, die halbe Insel Usedom einnehmenden Besitzungen zurück, besuchte während mehrerer Jahre die westeuropäischen Hauptstädte und gab bei seiner Rückkehr durch Annahme eines Prinz Heinrichschen Kammerherrntitels seiner Unzufriedenheit einen offenen Ausdruck. Er *wollte* zu den »Frondeurs« gezählt sein, die der Prinz bekanntermaßen um sich versammelte. Einige Wochen später vermählte er sich mit der schönen Amelie von Vitzewitz, woran sich nach einem kurzen Aufenthalt auf den pommerschen Gütern die Übersiedelung nach Rheinsberg schloß.

Die Vorteile, die der kleine Hof aus der Anwesenheit des Grafen zog, waren, soweit seine eigene Person in Betracht kam, gering. Er hatte, wie seine Gemahlin ihm gelegentlich vorwarf, »au fond du coeur« eine Abneigung gegen den Prinzen, nahm Anstoß an den Sitten, an dem Schmeichelkultus und der hochmütigen Kritik, die hier ihre Stätte hatten, und war jedesmal froh, wenn er nach Wochen kurzen Dienstes wieder auf seine heimatliche Insel zurückkehren, der paterna rura sich erfreuen und in die englischen Parlamentskämpfe sich vertiefen konnte. Denn er liebte England und sah in seinem Volk, seiner Freiheit, seiner Gesetzlichkeit das einzige Staatenvorbild, dem nachzueifern sei.

Aber so viel an Anregung und Huldigung der Graf versäumen mochte, die Gräfin glich diese Versäumnisse mehr als aus. Sie war in kürzester Frist die Seele der Gesellschaft und beherrschte wie den Hof, so auch die Spitze desselben, den Prinzen, eine Erscheinung, die nur diejenigen überraschen konnte, die den gefeierten Bruder des großen Königs einseitiger und äußerlicher nahmen, als er zu nehmen war. Denn während er die Frauen haßte, fühlte er sich doch ebenso zu ihnen hingezogen. Voll Abneigung gegen das Geschlecht als solches, sobald es allerhand ihm unbequeme Forderungen stellte, war er doch ästhetisch geschult und feinsinnig genug, um die eigentümlichen Vorzüge des weiblichen Geistes: Unmittelbarkeit, Witz und gute Laune, Schärfe und Treffendheit des Ausdruckes herauszufühlen. So vollzog sich das Widerspruchsvolle, daß an einem Hofe, der die Frauen als Frauen negierte, ebendiese Frauen doch herrschten, und zwar herrschten, ohne auch nur einen Augenblick auf ihre allerweiblichsten Eigenarten und Unarten verzichten zu müssen. Der Prinz hatte nur das Bedürfnis *persönlichen* Verschontbleibens; im übrigen tolerierte er alle den Sittenpunkt nicht ängstlich wägenden Lebens- und Umgangsformen, die ihm, weil einen unerschöpflichen Stoff für seine sarkastische Laune, ebendeshalb einen bevorzugten Gegenstand der Unterhaltung boten. Die Liebesintrige stand in Blüte; an unsere junge Gräfin aber knüpfte ihn neben manchem anderen auch die Wahrnehmung, daß sie, an Kühnheit der Anschauungen mit ihm wetteifernd, auf die Betätigung dieser Anschauungen verzichtete und keinen Augenblick dem Verdachte Nahrung gab, ihre Grundsätze nach ihrer Lebensbequemlichkeit gemodelt zu haben. Denn wie alle außerhalb des sittlichen Herkommens Stehende, barg auch der Prinz hinter dem Unglauben an einen reinen Wandel doch schließlich nur den im tiefsten ruhenden Respekt vor demselben. Unerschüttert in seinen Allgemeinanschauungen, sah er in der Gräfin »den Ausnahmefall, der ihm die Regel bestätigte«, und beglückwünschte sich, weit über landläufig-kleine Verhältnisse hinaus intimste Beziehungen zu einer Frau unterhalten zu dürfen, die, mit allen Vorzügen der weiblichen Natur ausgestattet, zugleich frei von allen Schwächen derselben war. Eine Spezialfreude gewährte ihm die Gräfin noch dadurch, daß sie für ihren Gemahl dieselbe heitere Kühle hatte wie für alle andern Mitglieder des Rheinsberger Hofes und die Frage nach der Fortdauer des Hauses Pudagla mit niegestörter Gleichgiltigkeit behandelte.

Einer ihrer hervorstechendsten Züge war die Offenheit. Sie wußte, daß sie mehr sagen durfte als andere, und sie bediente sich dieses Vorrechts. Eine Mischung von Pikanterie und Grazie, über die sie Verfügung hatte, gestattete ihr Gewagtheiten, die vielleicht keinem anderen Mitgliede des Hofes mit gleicher Bereitwilligkeit verziehen worden wären; das eigentliche Geheimnis ihrer andauernden Gunst aber war, daß sie die verschiedenen Gebiete der Unterhaltung auch verschieden zu behandeln und genau zu unterscheiden wußte, wo Gewagtheiten allenfalls noch am Platze waren und wo nicht. Wenn ihre Offenheit groß war, so war ihre Klugheit doch noch größer. Das philosophische Gebiet, die Kirche, die Moral bildeten einen weiten, nirgends durch Schnurleinen eingeengten Tummelplatz, während die Politik bereits einzelne, das militärische Gebiet aber, weil mit den Eitelkeiten des Prinzen zusammenhängend, eine ganze Anzahl von mit »Défendu« bezeichnete Partien hatte. Dieser Unterschiede war sich die Gräfin jederzeit bewußt, und während sie vielleicht eben noch in Beurteilung einer voltairisch aufgefaßten Jeanne d'Arc bis an die Grenze des Möglichen gegangen war, unterließ sie doch nicht, bei diskursiver Behandlung irgendeiner prinzlichen Schlachtengroßtat sofort den Ton zu wechseln und an die Stelle unerschrockenster Behauptungen die allerloyalsten Huldigungen treten zu lassen. Im Darbringen solcher Huldigungen – sei es von ungefähr im Gespräch oder sei es vorbereitet in großen Festlichkeiten – war sie unerschöpflich, und wenn sich der Prinz selbst nach ebendieser Seite hin eines wohlverdienten Rufes erfreute, so zeigte sie sich mindestens als seine gelehrige Schülerin. Ihre vollkommene Gleichgiltigkeit gegen militärische Schaustellungen und kriegerische Aktionen besaß sie Kraft genug, hinter einem erheuchelten und deshalb um so lebhafter sich gebärdenden Interesse zu verbergen. Sie wußte, daß wer den Zweck wollte, auch die Mittel wollen mußte, und so waren denn die Prinzenschlachten ihrem Gedächtnisse bald sicherer eingeprägt als die Feste des christlichen Kalenders. Nie verging der sechste Mai, der Jahrestag der Prager Affaire, ohne irgendeine solenne Bezugnahme darauf. Da gab es immer neue Überraschungen: gestickte Teppiche mit dem Hradschin und der Moldaubrücke, samt vier Grenadiermützen in den Ecken; Tableaux vivants, in denen Mars und Minerva, sich überholt fühlend, vor der höheren Rheinsberger Gottheit ihr Knie beugten; Dialoge, ganze Stücke, mit Griechen- und Römerhelden, mit Myrmidonen und Legionen, die sich dann schließlich immer als Prinz Heinrich und das die Prager Höhen erstürmende Regiment Itzenplitz entpuppten.

Sprach sich in diesem allen eine Kunst der Erfindung aus, so war die Kunst des Schweigens, des Unterdrückens und Verleugnens, die beständig geübt werden mußte, kaum geringer. »Schwerins mit der Fahne« durfte nie gedacht werden; ein Hinweis auf diesen großen Prager

Rivalen würde nur zu den ernstesten Verstimmungen geführt haben, und der Prinz, von dem Wunsche erfüllt, einen solchen störenden Zwischenfall von vornherein ausgeschlossen zu sehen, hatte nicht Anstand genommen, »den auf allen Jahrmärkten besungenen Heldentod« einfach als eine »Bêtise« zu bezeichnen.

All diesen Eigenarten, auch wo sie sich bis zur Laune und Ungerechtigkeit steigerten, wußte sich die Gräfin zu bequemen, und ihrer Mühen Lohn war eine sechzehnjährige Herrschaft. Erst das Jahr 1786, ohne diese Herrschaft zu beseitigen, schuf doch einen Wandel der Verhältnisse überhaupt. Der Große König starb, und sein Hinscheiden ermangelte nicht, auch das Rheinsberger Leben empfindlich zu berühren. Der kleine Hof wurde wie auseinandergesprengt; alle freieren Elemente desselben, die großenteils mehr aus Opposition gegen den König als aus Liebe zum Prinzen sich um diesen geschart hatten, schlossen wieder ihren Frieden mit der Staatsautorität und waren froh, aus einem engen und aussichtslosen Kreis in den öffentlichen Dienst zurücktreten zu können. Unter diesen war auch Graf Pudagla. Er ging in demselben Herbst noch nach England, wozu ihn, neben seiner Vertrautheit mit Politik und Sprache, seine freundschaftlichen Beziehungen zu mehreren einflußreichen Familien befähigten. Als ihm diese auszeichnende Mission angetragen wurde, stellte er, besserer Repräsentation halber, an die Gräfin das Ansinnen, ihn zu begleiten. Sie lehnte jedoch ab, zum Teil aus wirklicher Anhänglichkeit an den Prinzen, mehr noch aus einer ihr angeborenen Abneigung gegen England.

Sie blieb also, blieb und huldigte, ohne ihres Bleibens und ihrer Huldigungen noch recht froh zu werden. Die glücklichen Tage lagen eben zurück. Alles war verändert, nicht nur der Hof, auch der Prinz. Seine Mißstimmungen wuchsen. Die staatlichen Interessen, so viele Jahre zurückgedrängt, traten wieder in den Vordergrund und beunruhigten ihn. Namentlich von dem Augenblick an, wo sich in Paris erkennbar die Gewitter zusammenzogen. Vor seinem großen, nun heimgegangenen Bruder, so wenig er ihn geliebt, so viel er ihn bekrittelt hatte, hatte er doch schließlich allem Besserwissen zum Trotz einen tiefgehenden, ganz ungeheuchelten Respekt empfunden; nichts davon flößten ihm die neuen Verhältnisse ein, noch weniger die Personen. Die Weiberherrschaft, weil alles Feinen und Geistigen entkleidet, war ihm ein Greuel, und unserer Gräfin huldvoll die Hand küssend, sagte er, als der Name der Madame Rietz in seiner Gegenwart genannt wurde: »Je la déteste de tout mon coeur; mes attentions, comme vous savez bien, appartiennent aux dames, mais jamais aux femmes.«

Dies waren Äußerungen besonderen Vertrauens; nichtsdestoweniger überkam die Gräfin das Gefühl, daß ihre Rheinsberger Tage gezählt seien. Sie sehnte sich nicht fort, aber sie bereitete sich in ihrem Herzen darauf vor. Und der Augenblick kam eher, als sie erwartet. Anno 1789 war der Graf auf kurzen Urlaub zurück. Er erkrankte, von einem Schlaganfall getroffen, im Vorzimmer des Königs; am anderen Tage war er tot. Die Nachricht davon erschütterte die Witwe mehr, als diejenigen, die ihre Ehe kannten, erwartet hatten; sie wurde sich jetzt bewußt, in Hochmut und Caprice nicht seine Liebe, aber den Wert seiner edelmännischen Gesinnung unterschätzt zu haben. Sein Testament, das aufs neue ein vollkommener Ausdruck dieser Gesinnung war, konnte die Vorstellung ihres Unrechts, so frei sie ihrer ganzen Natur nach von sentimentaler Reue blieb, nur steigern. Schloß Guse, das, aus freier Hand erstanden, nicht zu den Familiengütern zählte, war der Gräfin samt einem bedeutenden Barvermögen zugeschrieben worden. Sie beschloß, ihr Erbe anzutreten und die Verwaltung des Gutes selbst in die Hand zu nehmen. Nur noch den Winter über wollte sie am Rheinsberger Hofe verweilen; bei Ablauf desselben schied sie nicht ohne Bewegung von dem Prinzen, der ihr neben andern Souvenirs ein eigens gedichtetes Akrostichon überreicht hatte.

Am Osterheiligabend 1790 traf sie in Schloß Guse ein.

Das Schloß konnte zunächst nur den allerunwohnlichsten Eindruck machen. Die Administrationsjahre hatten es, einige wenige Räume abgerechnet, in eine Art Korn- und Futtermagazin umgewandelt; Raps und Weizen lagen aufgeschüttet in den Zimmern, während Heu- und Strohmassen die Korridore füllten. Am störendsten wirkte der ganze linke Flügel, aus dessen zerbröckelten Dielen überall die Pilze hervorwuchsen. Alte Bilder aus der Derfflingerzeit, stockfleckig und eingerissen, die meisten ohne Rahmen, hingen schief und vereinzelt an den Wänden und mehrten nur den Eindruck des Verfalls.

Die Gräfin indessen ließ sich durch den Anblick dieser Unbilden und Schädigungen, die das Schloß erfahren hatte, nicht beirren; im Gegenteil, die Aussicht auf Tätigkeit, die sich für sie eröffnete, hatte für ihre energische Natur einen Reiz. Sie bezog zwei kleine Zimmer im ersten Stock, die von der allgemeinen Zerstörung am wenigsten gelitten, zugleich auch eine gute Luft und einen freien Blick auf den schönen Park hatten. Von hier aus mit allen Handwerkern der nächsten Ortschaften, bald auch mit ihr bekannten hauptstädtischen Künstlern in Verbindung tretend, leitete sie den inneren Um- und Ausbau, der, soweit überhaupt beabsichtigt, in verhältnismäßig kurzer Zeit beendigt war. Am 31. Dezember 1790 zog sie, abergläubisch und tagewählerisch, wie sie war, in die neuen Räume ein, den Silvestertag jedes Jahres, aus allerhand heidnisch-philosophischen Gründen, in denen sich Tiefsinn und Unsinn paarte, zu den ausgesprochenen Glückstagen zählend.

Die neuen Räume lagen sämtlich auf der rechten Seite und bestanden aus einem Billard-, einem Spiegel- oder Blumen- und einem Empfangszimmer, woran sich dann, in den entsprechenden Seitenflügel übergehend, der Speisesaal und das Theater schlossen. Denn ohne Vorhang und Kulissen konnten sich Personen, die aus der Schule des Rheinsberger Prinzen kamen, eine behagliche Lebensmöglichkeit nicht wohl vorstellen. Die ganze linke Hälfte des Schlosses, von Lüftung der Räume und Beiseiteschaffung alles Ungehörigen abgesehen, hatte baulich keine Veränderungen erfahren, während die große zwischen beiden Hälften gelegene Flurhalle zum Stapelplatz für alle Derfflingerreminiszenzen gemacht worden war. Hier befanden sich zwei Falkonetts, zwei ausgestopfte Dragoner mit Glasaugen und die besterhaltenen jener Porträts und Schlachtenbilder, die bis dahin in den Räumen des Schlosses zerstreut gewesen waren. In Front der beiden Dragoner, ziemlich die Mitte der Flurhalle einnehmend, stand ein der Antike nachgebildeter Faun, dessen spöttisches Lachen die beste Kritik alles dessen war, was ihn umstand.

Am folgenden Tage, dem Neujahrstage 1791, gab die Gräfin zur Einweihung der neubezogenen Räume ihre erste Soiree. Der benachbarte Adel war geladen, und Tante Amelie machte die Honneurs ganz auf dem vornehmen Fuße, den ihr ihre Mittel, ihr Geist und die höfische Gewohnheit gestatteten. Alles war entzückt, Wirtin wie Gäste versprachen sich ein anregendes, vielleicht selbst ein freundschaftliches Beieinanderleben; Pläne wurden entworfen; die Zukunft erschien als eine lange Reihe von musikalisch-deklamatorischen Matineen, von L'hombre-Partien und Aufführungen französischer Komödien.

Aber es kam anders.

Schon vor Ablauf des Jahres mußten sich beide Parteien überzeugen, daß man nicht füreinander passe; die Gräfin war zu klug, der Nachbaradel nicht klug genug. Besonders die Frauen. Ihr Französisch (nur noch übertroffen durch ihr Deutsch), die geheuchelten literarischen Interessen, das beständige Sprechen über Dinge, die ihnen ebenso unbekannt wie gleichgiltig waren, mußten den feinen Sinn einer Dame verletzen, die zwischen dem persönlichen Umgang mit einem Prinzen und dem geistigen Verkehr mit hervorragenden Geistern ihr Leben geteilt hatte. Nur die Flüchtigkeit erster Begegnungen hatte über diese Verhältnisse täuschen können. Die Gräfin, als sie den Tatbestand überschaute, brach allen Umgang ab und beschränkte sich, ihre Lesepassion wieder aufnehmend, mehrere Jahre lang auf einen allerengsten Kreis, der sich aus ihrem Bruder Berndt auf Hohen-Vietz, aus dem auf Hohen-Ziesar lebenden Grafen Drosselstein und dem dreiundachtzigjährigen Seelower Superintendenten, der schon die Schlacht bei Mollwitz als Feldprediger mitgemacht hatte, zusammensetzte. Ihrem tiefen Bedürfnisse nach Moquerie und Klatsch, dem in diesem frauenlosen Kreise (Berndts Gemahlin schloß sich aus) nur sehr unvollkommen entsprochen wurde, suchte sie durch ein briefliches Geplauder mit dem Prinzen zu Hilfe zu kommen, der, ein Feinschmecker auf dem Gebiete der Chronique scandaleuse, nicht müde wurde, sie zur Fortsetzung einer beiden Teilen gleich gewinnbringenden Korrespondenz zu ermutigen.

Das ging bis 1802, wo der Prinz starb. Erst nach dieser Zeit empfand sie wieder den Hang, aus ihrer Einsamkeit, die ganz und gar gegen ihre Natur und ihr durch die Verhältnisse nur aufgezwungen war, herauszutreten. Und so geschah es. Die Frauen, gegen die sie, mit den Jahren sich steigernd, eine fast zur Manie gewordene Abneigung hegte, blieben nach wie vor ausgeschlossen; aber den kleinen Männerkreis, der bis dahin ihren Umgang gebildet hatte, suchte sie zu erweitern. Der Wechsel im Besitz auf mehreren der ihr benachbarten Güter bot dazu eine bequeme Gelegenheit, und jener Gesellschaftszirkel begann sich zu bilden, der schon ein Jahrzehnt vor Beginn unserer Erzählung zu allerhand kritischen Bemerkungen von seiten ihres Bruders Berndt, zugleich aber auch zu dem Verteidigungskonklusum der Gräfin: »Tous les genres sont bons, hors l'ennuyeux« geführt hatte.

»Gut«, hatte Berndt geantwortet, »aber dann erfülle auch die Bedingung. Du wirst doch nicht den Kammerherrn von Medewitz als ›hors l'ennuyeux‹ bezeichnen wollen?«

»Doch«, hatte die Schwester repliziert und eine Unterredung abgebrochen, in der beide Geschwister, jeder von seinem Standpunkte aus, im Rechte waren. Die Gräfin, selbstisch in all ihrem Tun, verfuhr nicht nach allgemeinen Gesichtspunkten, sondern nach allerpersönlichstem Geschmack. Ihr Umgangskreis, den Berndt ziemlich spitz als »allerlei Freunde« bezeichnete, war nicht darnach gewählt worden, ob er anderen, sondern lediglich darnach, ob er *ihr* gefiele. Was sie am meisten verachtete, waren herkömmliche Anschauungen; ihre Laune war souverän. Wer ihr ein Lächeln abnötigte, ihr Gelegenheit zu einem Sarkasmus bot, war ihr ebenso unterhaltlich als derjenige, der ihr eine Fülle von Esprit, einen Schatz von Anekdoten entgegenbrachte. Nur die unausgesprochenen Menschen waren ihr interesselos, während alles Aparte, gleichviel, ob es nach der Beschränktheits- oder der Klugheitsseite hin lag, einen prickelnden Reiz für sie hatte.

Sehen wir im folgenden Kapitel des näheren, welcher Art diese »allerlei Freunde« von Schloß Guse waren.

3. KAPITEL

Allerlei Freunde

Die »allerlei Freunde« bildeten einen weiteren und einen engeren Kreis. Der engere Kreis war eine Siebenzahl und bestand aus folgenden Personen: Graf Drosselstein auf Hohen-Ziesar, Präsident von Krach auf Bingenwalde, Generalmajor von Bamme auf Quirlsdorf, Baron von Pehlemann auf Wuschewier, Domherr von Medewitz auf Alt-Medewitz, Hauptmann von Rutze auf Protzhagen, Dr. Faulstich in Kirch-Göritz.

Es wird unsere nächste Aufgabe sein, der bloßen Vorstellung dieser Herren, die mit Ausnahme Dr. Faulstichs alle das sechzigste Jahr erreicht oder überschritten hatten, eine kurze Charakterisierung folgen zu lassen. Wenn dies ein Verstoß gegen die Gesetze guter Erzählung ist, so möge der Leser Nachsicht üben und um so mehr, als der zu begehende Fehler vielleicht mehr scheinbar als wirklich ist. Denn mit wie großem Recht auch die Vorführung abgeschlossener, ihr Tun und Denken zettelartig am Mantel tragender Gestalten verworfen und statt dessen jene Erzählungskunst gepriesen werden mag, die die Phantasie des Lesers in den Stand setzt, das nur eben Angedeutete schöpferisch auszubilden und zu vollenden, so mögen doch Ausnahmen überall da gestattet sein, wo, wie hier, das Nebeneinanderstellen fertiger Figuren nicht viel mehr bedeuten will als eine weniger um der Bildnisse selbst als um des *Ortes* willen, wo sie sich finden, dem Leser vorgeführte *Porträtgalerie.*

Die vornehmste Erscheinung in Schloß Guse, zugleich dem Zirkel am längsten angehörig, war *Graf Drosselstein.* In Königsberg geboren, in dessen Nähe auch die Familiengüter lagen, war er, trotzdem er die Provinz gewechselt hatte, ein vollkommener Repräsentant des ostpreußischen Adels. Dieser Adel, dem Hofe und dem »Dienste« fernerstehend, hatte freilich – wenigstens damals noch – darauf verzichten müssen, seinen Namen gleich ruhmreich wie die märkisch-pommerschen Familien in unsere bis dahin wenig mehr als eine Reihe von Schlachten darstellende Geschichte einzutragen, aber was ihm dadurch an Volkstümlichkeit und historischem Klang verlorengegangen war, war wieder aufgewogen worden durch das Bewußtsein gewahrter Unabhängigkeit. Weniger ein- und untergeordnet in das Räderwerk des militärisch-bürokratischen Staates, hatte sich ganz Ostpreußen und besonders sein Adel – im einzelnen zu seinem Nachteil, im ganzen zu seinem Vorzug – eine ausgesprochene provinzielle Eigentümlichkeit zu bewahren gewußt.

In dieser provinziellen Eigentümlichkeit, die sich vielleicht am besten als ein mitunter herber Ausdruck des Freiheitlichen bezeichnen läßt, stand auch Graf Drosselstein, und wenn er an der Tafel seiner Freundin, der Guser Gräfin, dem säbelbeinigen Generalmajor von Bamme gegenübersaß, der zweideutige Anekdoten erzählte und von Pferden, Prinzen und Tänzerinnen, weniger aus Renommisterei als aus Übermut und schlechter Erziehung, in krähstimmigem Jargon perorierte, so mochte er sich, nicht ohne Anwandlung ostpreußischen Stolzes, des Unterschiedes zwischen seiner heimatlichen Provinz und dem märkischen Stammlande bewußt werden. Aber solche Anwandlungen schwanden so rasch, wie sie kamen. Von seltener Unparteilichkeit, allem Engen und Selbstischen fern, in welcher Form es auch auftreten mochte, stand es für seine Erkenntnis längst fest, daß die Mark trotz aller ihrer Unleidlichkeiten als das Kern- und Herzstück der Monarchie anzusehen sei, mit oder ohne Bammes, ja zum Teil *wegen* derselben.

Der Graf hatte nur kurze Zeit dem Staate gedient. Mit zwanzig Jahren in das erste Bataillon Garde tretend, aber schon nach Ablauf eines Jahres gesundheitshalber den Abschied nehmend, war er froh gewesen, den Anblick des Potsdamer Exerzierplatzes mit dem der Marine von Nizza vertauschen zu können. Wiederhergestellt, durchzog er Italien, lebte, ganz dem Studium der Kunst hingegeben, erst in Rom, dann in Paris und beschloß seine »große Tour« durch einen Ausflug nach Holland und England.

Er war ausgangs der Dreißig, als ihn um 1788 Familienangelegenheiten an den Petersburger Hof führten. Hier machte er die Bekanntschaft einer Komtesse Lieven, die ihn durch ihre durchsichtige Alabasterschönheit in demselben Augenblicke gefangennahm, in dem er sie sah. Seine Werbung wurde nicht zurückgewiesen; die Kaiserin selbst beglückwünschte das schöne Paar, das sich, unmittelbar nach der mit großer Pracht und unter Teilnahme des Petersburger Hofadels gefeierten Vermählung, auf die ostpreußischen Güter des Grafen zurückzog.

Aber das stille Glück der Flitterwochen erschien der jungen Gräfin bald *zu* still. Sie sehnte sich nach dem zerstreuenden Leben der »Gesellschaft«, und da weder die politischen Verhältnisse noch die Gesinnungen des Grafen ein erneutes Auftreten am russischen Hofe – das die junge Gräfin allerdings am liebsten gesehen haben würde – ausführbar erscheinen ließen, so wurde die Übersiedelung nach Hohen-Ziesar, einem ursprünglich den *märkischen* Drosselsteins zugehörigen Gute, das erst vor zwei oder drei Jahren an die ostpreußische Linie gekommen war, beschlossen.

Von Hohen-Ziesar aus ermöglichte sich ein verhältnismäßig leichter Verkehr mit der Hauptstadt, wo das Hofleben, das während der friderizianischen Zeit beinahe völlig geruht hatte, eben damals einen neuen Aufschwung zu nehmen begann. Es war nicht Petersburg, aber es war doch Berlin. Die junge Gräfin, wiewohl zeitweise von einem halb ermüdeten, halb zerstreuten Ausdruck, als ob ihre Seele nach etwas Fernem und Verlorenem suche, gab sich nichtsdestoweniger den Zerstreuungen ohne Rückhalt hin. Sie galt für glücklich; sie schien es auch. Aber der durchsichtige Alabasterteint hatte nichts Gutes bedeutet; ein Blutsturz überraschte sie kurz vor einer Opernhausvorstellung; eine Abzehrung folgte, sie starb vor Ausgang des Winters.

Der Graf war wie niedergeworfen. Er mied auf lange Zeit hin jeden Umgang; selbst in Schloß Guse, wo er damals schon verkehrte, blieb er aus. Als er wieder in der Gesellschaft erschien, war seine Selbstbeherrschung vollkommen; aber er hatte jenen lebemännischen Frohsinn und die gesprächige Heiterkeit eingebüßt, die ihn früher ausgezeichnet hatten. Er lachte nicht mehr. Er hatte nur noch das Lächeln derer, die mit dem Leben abgeschlossen haben. Hier und dort hieß es, daß es nicht der Tod der jungen Gräfin allein sei, der diesen Wandel in seinem Wesen geschaffen habe. Er wandte sich großen Bauten zu; besonders waren es Parkanlagen, die ihn zu zerstreuen begannen. Hohen-Ziesar bot ein gutes Material, und so entstand im Geschmack jener Zeit eine kostspielige Schöpfung, die sich, vom Flachdach des Schlosses oder noch besser vom Kirchturm aus angesehen, als eine große in Stein und Erde ausgeführte Alpenreliefkarte darstellte. Granitblöcke wurden zu irgendeinem Rigi aufgetürmt, über den Grat des Gebirges liefen zwei Pässe, die nach Altorf oder Küßnacht führten, während ein aus unsichtbaren Quellen gespeister See einen kataraktreichen Bergstrom in die Tiefe schickte. Sennhütten und Matten lösten sich untereinander ab; zu Füßen dieser Künsteleien aber, in das wirkliche Oderbruch übergehend, dehnte sich eine reizende Flachlandszenerie mit Feld und Wiesen, mit Fluß, Bach und Brücken und einem stillen, weidenumstandenen Teich, dessen japanisches Inselhäuschen die Schwäne umzogen.

An der Herstellung dieses Parkes nahm unsere Guser Gräfin, die sich zu allem Rokokohaften hingezogen fühlte, den regsten Anteil, der Verkehr wuchs, Briefe wurden gewechselt, Konferenzen abgehalten, deren endliches Resultat nicht nur der Aufbau der Hohen-Ziesarschen

»Schweiz«, sondern auch die Etablierung einer Freundschaft war, die sich seitdem namentlich von seiten der Gräfin zu einer wirklichen, über Laune und Zerstreuungsbedürfnis weit hinausgehenden Intimität gesteigert hatte.

Dies konnte kaum ausbleiben. Denn so gewiß die Gräfin am Aparten hing, sowenig sie der Originalfiguren ihres Zirkels entraten mochte, so sehr empfand sie doch auch, was der Mehrzahl derselben fehlte: Schliff, Bildung, Ton, vor allem jegliches Verständnis für Kunst und Schönheit. All dies besaß der Graf. Er hatte nicht nur die Höhe der Rheinsberger Gesellschaft, er übertraf dieselbe sogar durch jenes nachhaltig wirkende Ansehen, das allein aus Selbstsuchtlosigkeit und reinem Wandel sprießt.

Ein bestimmtes Ereignis gab der schon gefestigten Freundschaft ein neues Band. Der Graf nahm Veranlassung, die Gräfin ins Geheimnis zu ziehen; er erzählte ihr die Geschichte vom Hinscheiden seiner Frau, auch von dem, was diesem Hinscheiden unmittelbar vorausgegangen war. Es war das Folgende.

Die junge Gräfin, nach einem heftigen Hustenanfall, schien in einen Zustand tiefen Schlummers zu verfallen, auch der Graf, ermüdet von tagelangem Wachen, schlief in seinem Lehnstuhl ein. Es war spät, nur eine Schirmlampe brannte. Als er erwachte, bemerkte er, daß die Kranke aufgestanden war und sich der Tapetentüre eines Wandschrankes näherte. Eine lethargische Schwere, zugleich ein dunkles Gefühl, daß er die Kranke in ihrem Tun nicht stören dürfe, hielten ihn in seinem Lehnstuhl fest. Er sah nun, daß sie zunächst ein Kästchen aus dem Schranke, dann aus einem verborgenen Fach des Kästchens eine Anzahl Briefe nahm, die mit einer roten Schnur zusammengebunden waren. Sie schritt wieder zurück, an ihm vorbei, glaubte sich zu überzeugen, daß er schlafe, und trat dann an den Kamin. Sie berührte die Briefe mit den Lippen, löste die Schnur und warf dann jeden einzelnen Brief vorsichtig, damit die Flamme nicht zu hell aufschlüge, in das halberloschene Feuer. Als alles verglimmt war, kehrte sie an ihr Lager zurück, hüllte sich in die Decken und atmete hoch auf, wie befreit von einer bangen Last. Es war ihr letztes Tun. Ehe der Morgen kam, war sie nicht mehr. Welch ein Tag für den Überlebenden! Er hatte sich geliebt geglaubt; nun war alles Wahn und Traum! Wessen Hand hatte die Briefe geschrieben, die die Empfängerin bis zuletzt wie ein Allerteuerstes gehegt hatte? Er frug es immer wieder; aber keine Antwort. Das Geheimnis war bei der Toten und der Asche im Kamin.

So hatte der Graf erzählt. Die Erzählung selbst aber, wie schon angedeutet, besiegelte die Freundschaft, die von jenem Tage an unauflöslich zwischen dem Witwer-Grafen auf Hohen-Ziesar und der Gräfin-Witwe auf Schloß Guse bestand.

Schloß Guse hatte jedoch nur einen Drosselstein; alles andere, was sich von »allerlei Freunden« daselbst versammelte, konnte so ziemlich als Revers des Grafen gelten.

Ihm im Range am nächsten stand Präsident von *Krach*, ein Mann von Gaben und Charakter. Er galt als ein bedeutender Jurist, hatte durch hartnäckige Opposition den Zorn des großen Königs herausgefordert und seinerseits, in tiefer Verstimmung über die bei dieser Gelegenheit erfahrene Unbill, sich nach Bingenwalde zurückgezogen. Er war hager, groß, scharf, wenig leidlich. Sein hervorstechender Zug war der Geiz. Er beanstandete jede Rechnung und bezahlte sie, nach dem Grundsatze: »Zeit gewonnen, Zins gewonnen«, immer erst nach eingeleitetem prozessualischem Verfahren. Die Betroffenen spotteten, daß es aus alter Anhänglichkeit an die Gerichte geschähe, zu denen sich sein juristisches Paragraphenherz doch immer wieder hingezogen fühle. Eines besonderen Rufes genossen auch seine Diners, die, wiewohl alljährlich nur einmal wiederkehrend, ein wahres Schrecknis der gesamten Oderbrucharistokratie bildeten. Einzig und allein der alte Bamme – den seine Trinkgelder und Kordialequivoken zum Liebling aller als Livreediener eingekleideten Kutscher und Gärtner machten – hatte sich bisher unter Anwendung von Flascheneskamotage diesem Schrecknis zu entziehen gewußt, so daß beispielsweise Baron Pehlemann auf das ernsthafteste versicherte: »Nie, während sämtlicher Krachschen Diners, sei seitens des ›Generals‹ ein Tropfen anderen Weines als aus seinem eignen, Bammeschen Keller getrunken worden.« Bamme selbst, ohnehin von einer beinahe krankhaften Neigung erfüllt, sein Husarentum coûte que coûte zur Geltung zu bringen, ließ sich solche Huldigungen gern gefallen, ermangelte aber andererseits nie, natürlich nur zugunsten neuer Malicen gegen Krach, seinen Schlauheitstriumph über diesen entschieden in Abrede zu stellen.

Krach, so schwur er, sei viel zu scharf, um getäuscht werden zu können; er habe den Kriminal- und Inquisitorialblick einer dreißigjährigen Praxis, er sehe alles, er wisse alles; aber freilich, er schweige auch, weil er bei kleinem Ärger die großen Vorteile der Situation sofort überblicke und in Wahrheit nur von einer Frage bestürmt werde: »Warum sind sie nicht alle Bammes?«

Die Gräfin, persönlich von großer Freigebigkeit, nahm wenig Anstoß an diesem Geiz. Sie hatte lange genug gelebt, um zu wissen, daß das gegen sich selbst und andere gleich erbarmungslose Sparen den Körper fest und zäh, den Geist scharf und schneidig mache, vor allem auch der Ausbildung von Originalen günstig sei, freilich keiner angenehmen. Aber darauf kam es ihr nicht an. Was schließlich den Ausschlag zugunsten Krachs gab, war, daß auch der Prinz einen starken Hang zum Ökonomisieren gehabt hatte.

Die dritte Figur des Kreises war der schon mehrgenannte Generalmajor von *Bamme* oder der »General«, wie er kurzweg in Schloß Guse genannt wurde, ein kleiner, sehr häßlicher Mann mit vorstehenden Backenknochen und Beinen wie ein Rokokotisch; die ganze Erscheinung husarenhaft, aber doch noch mehr Kalmück als Husar.

Er gehörte einem alten havelländischen Geschlechte an, Haus Bamme bei Rathenow, das mit ihm erlosch. Die Wahrheit zu gestehen, erlosch nicht viel damit. Seine eigene Jugend war hingewüstet worden; wunderbare Geschichten gingen davon um. Ein adliges Fräulein, das sich von ihm geliebt glaubte, Tochter eines Nachbars, hatte er in Unehre gebracht; den Bruder, der auf Eheschließung drang, jagte er vom Hofe. Das Mädchen selbst, übrigens im Hause der Eltern bleibend, wurde irrsinnig.

Ein Jahr später starb der alte Bamme; Vater und Sohn waren einander wert gewesen. Sie setzten des Alten Sarg auf eine Gruftversenkung, und neben den Sarg, eine Fackel in der Hand, stellte sich der Sohn. Er trug die rote Uniform des Husarenregiments Zieten; die kleine Kirche war schwarz ausgeschlagen. In dem Augenblicke, in dem der Sarg niederstieg, rief die Irrsinnige, die sich auf dem Orgelchor versteckt hatte: »Seht, nun fährt er in die Hölle.« Alles entsetzte sich; nur der, an den sie die Worte gerichtet hatte, lächelte. Er war übrigens ein ausgezeichneter Soldat, das hielt ihn.

Als er nach dem Baseler Frieden, der ihn wurmte, seinen Abschied nahm, zog er aus dem Havellande ins Oderbruch und kaufte sich in der Nähe von Schloß Guse an. Die Groß-Quirlsdorfer hatten sich wenig über ihn zu beklagen. Er setzte zwar das alte Leben fort; aber die Oderbrücher, selber nicht diffizil, legten ihm durch Mißbilligung keinen Zwang auf. Sein Geschmack wurde immer wunderlicher. Starb wer Junges im Dorf, Bursch oder Mädchen, so ließ er ein großes Begräbnis anrichten, vorausgesetzt, daß die Leidtragenden ihre Zustimmung gaben, die Leiche zu schminken und in einem mit vielen Lichtern geschmückten Flur aufzubahren. Dann stellte er sich zu Füßen, rauchte aus einem Meerschaumkopf und sah, halb zugekniffenen Auges, die Leiche eine halbe Stunde lang an. Was dabei durch seine Seele ging, wußte niemand. Er galt für einen Tückebold, auch noch für Schlimmeres; indessen, er war General, märkisch und soldatisch vom Wirbel bis zur Zeh' und von einem humoristisch verwegenen Mut. Erst vor drei Jahren hatte sein letztes Rencontre stattgefunden. Die Veranlassung war ganz in seiner Art. Eine Scheune auf einem Nachbargute brannte nieder; Bamme, der den Besitzer nicht leiden konnte, sagte bei offener Tafel: »Hochversicherte Scheunen brennen immer ab.« Er sollte zurücknehmen. Statt dessen maß er seinen Gegner und krähte nur: »Jede Feuerassekuranz sagt dasselbe.«

Nun kam es zum Duell; Hauptmann von Rutze sekundierte. Der Beleidigte schoß Bammen den rechten Ohrzipfel samt dem kleinen goldenen Ohrring weg, den er »Rheumatismus halber« trug. Er ließ sich nun einen neuen Ring durch die stehengebliebene Ohrhälfte ziehen und sah seitdem skurriler aus denn je.

Eine gewisse Schelmerei, wie zugestanden werden muß, söhnte manchen seiner Gegner mit ihm aus; dazu kam, daß er sich gab, wie er war, und sein eigenes Leben rückhaltlos in den pikantesten Anekdoten aufdeckte. Seine geistigen Bedürfnisse bestanden in Necken, Spotten und Mystifizieren, weshalb er, wie kein zweiter, von allen Sammlern und Altertumsforschern in Barnim und Lebus gefürchtet war. Um seine Tücke besser üben zu können, war er Mitglied der Gesellschaft für Altertumskunde geworden. Feuersteinwaffen, bronzene Götzenbilder und verräucherte Topfscherben ließ er aussetzen und verstecken, wie man Ostereier versteckt, und war über die Maßen froh, wenn nun die »großen Kinder« zu suchen und die Perioden zu bestimmen anfingen. Turgany, wie sich denken läßt, zog den möglichsten Nutzen aus diesen Mystifikationen, und jedesmal, wenn Seidentopf etwas Urgermanisches aufgefunden haben und zum letzten Streiche gegen den zurückgedrängten Justizrat ausholen wollte, pflegte dieser wie von ungefähr hinzuwerfen: »Wenn nur nicht etwa Bamme ...«, ein Satz, der nie beendet wurde, weil schon die Einleitung desselben zur vollständigen Verwirrung des Gegners ausreichte.

Alles in allem war der »General« eine Lieblingsfigur auf Schloß Guse, auch der Hecht im Karpfenteich. Die Gefahren und Unbequemlichkeiten, die sich daraus ergaben, wurden durch das frische Leben, das er brachte, wieder aufgewogen. Es kam nicht in Betracht, daß er über Sittlichkeit seine eigenen Ansichten hatte. Man ließ dies gehen. Die Gräfin schlug jede Kritik darüber mit der Bemerkung nieder: »L'immoralité ouverte, c'est la seule garantie contre l'hypocrisie.«

Nur den Vitzewitzes, alt und jung, war mit solcher Bemerkung nicht beizukommen; sie verharrten, bei äußerlich leidlicher Stellung zu dem alten Schabernack, in ihrer Abneigung gegen ihn, und Berndt pflegte zu sagen: »Bamme und Hoppenmarieken, das hätt' ein Paar gegeben!«

Neben Bamme, zugleich als sein natürlicher Gegensatz, stand Baron *Pehlemann*, die vierte Figur des Guser Kreises. Was Bamme an Mut zu viel hatte, hatte Pehlemann zu wenig. Daß er der Gräfin dadurch ein kaum geringeres Interesse einflößte als sein encouragiertes Widerspiel, braucht nicht erst versichert zu werden, aber auch der Kreis selbst war weit entfernt davon, dies Manko an Herzhaftigkeit ernstlich zu beanstanden. Am wenigsten die Militärs. Es läßt sich ähnliches auch heute noch beobachten. Alle Stubenhocker dringen beständig auf »Opfertod«; alte geschulte Soldaten aber, die aus fünfzig Schlachten her wissen, einerseits, welch ein eigen und unsicher Ding der Mut ist, andererseits, welche niedrige Organisation, welch bloßer, wer weiß woher genommener Taumelzustand ausreicht, um ein Heldenstück gewöhnlichen Schlages zu verrichten, alle diese denken sehr ruhig über Bravourangelegenheiten und haben in der Regel längst aufgehört, alles, was dahin gehört, in einem besonderen Glorienschein zu sehen. So kam es, daß Bamme und Pehlemann die besten Freunde waren. Natürlich fehlte es nicht an Hänseleien. Erst einige Wochen vor Beginn unserer Erzählung hatte Pehlemann, der mitunter ein ihn plötzlich überkommendes Zutrauen zu sich selbst faßte, die Versicherung abgegeben: »seine Abneigung gegen Schußwaffen beruhe lediglich auf einer allzu feinen Organisation seines Ohres«, worauf von seiten Bammes mit so viel Ernst wie möglich erwidert worden war: »Gewiß, dergleichen kommt vor; so lassen Sie uns, wie alte Korpsburschen, einen Gang auf krumme Säbel machen; das ist ein stilles Geschäft; Ihr Ohr bleibt unbelästigt. Höchstens hau' ich es ihnen ab.« Solches Schrauben und Aufziehen war an der Tagesordnung, störte aber keinen Augenblick das gute Einvernehmen, da der »Wuschewierer Baron«, wie er in der ganzen Umgegend hieß, bei aller sonstigen Grundverschiedenheit von Bamme, wenigstens *eine* gute Seite mit ihm gemein hatte: er war nicht empfindlich. Auch nicht als Dichter, wozu ihn, seinem eigenen Geständnisse nach, das Podagra gemacht hatte. Er wollte nämlich beobachtet haben, daß das Podagra seiner Muse jedesmal weiche, eine vertrauliche Mitteilung, die seitens des Guser Kreises zu folgendem Verse benutzt worden war:

Cedo majori

Als des Barones Podagra
Nun seine Muse kommen sah,
Erschrak es sehr und sagte: »Ach,
Daneben bin ich doch zu schwach«,
Und packte schnell das Zwickzeug ein
Und ließ die beiden ganz allein.

Es hieß angeblich, Bamme habe diesen Vers gemacht; in Wahrheit wußte jeder, daß er von Dr. Faulstich herrühre, der immer bereit war, seine kleinen Piratenboote unter fremder Flagge segeln zu lassen.

Der fünfte des Kreises war der Kammerherr von *Medewitz* auf Alt-Medewitz, ein langweiliger, pedantischer Herr, sehr durchdrungen von der Bedeutung der Medewitze, trotzdem die Blätter der vaterländischen Geschichte den Namen derselben nirgends aufzeichneten. Seine Spezialität waren Erfindungen, in betreff deren er, nach Art der Philosophen, nichts Großes und Kleines kannte. Er hatte für alles die gleiche Liebe. Sparheizung, luftdichter Fensterverschluß, Zerstörung des Mauersalpeters in Schaf- und Pferdeställen, künstliche Morchelzucht, das waren einige der Fragen, die seinen beständig auf Lösungen und Verbesserungen gerichteten Geist beschäftigten. Den Militärbehörden war er wohlbekannt durch seine mehrfach eingereichten Abhandlungen über erleichtertes Gepäcktragen und praktische Mantelrollung. Immer mit beigefügter Zeichnung. Sein eigentliches Steckenpferd aber waren die Dosen. Er war ein Sammler, und man durfte füglich sagen, was Seidentopf für die Urnen war, das war von Medewitz für die Tabatièren und alles ihnen Anverwandte. In bezug auf die friderizianische Zeit war seine Sammlung so gut wie komplett. Von der Mollwitzdose an, auf der der junge König am Gattertor von Ohlau mit Flintenschüssen empfangen wurde, bis zur Hubertsburgdose, auf der ein Kurier mit einem wehenden Tuche und dem Worte »Friede« darauf durch die Welt flog, hatte er sie alle, einzelne sogar doppelt.

Soweit war alles gut. Er begnügte sich aber nicht mit der »stillen Dose«, er war vor allem auch ein leidenschaftlicher Verehrer jener damals auf der Höhe ihres Ruhmes stehenden, in Gold und Schildpatt ausgeführten Miniaturleierkästen, die unter dem Namen der Spieldosen ihre Reise um die Welt gemacht haben. Solche mit Musik geladene Überfallwerkzeuge führte von Medewitz beständig bei sich, und mit ihnen war es, daß er seine gesellschaftlichen Attentate verübte. Wie es Menschen gibt, vor deren Anekdoten man, und wenn man in einer Begräbniskutsche mit ihnen säße, nie ganz sicher ist, so war man nie sicher vor einer Medewitzschen Spieldose. Er war sich dieser Macht bewußt und übte sie, mitunter glücklich und taktvoll, durch Ausfüllung ängstlicher Pausen; aber viel häufiger noch folgte er den Eingebungen bloßer Laune oder verletzter Eitelkeit. Unfähig, aus eigenen Mitteln zur Gesellschaft beizusteuern, wachte er eifersüchtig über allem, was durch Wissen oder Darstellungsgabe sich auszeichnete, und wenn vielleicht der glänzend aufgebaute Satz eines guten Sprechers eben seinen Abschluß erhalten sollte, durfte man sicher sein, aus bloßer Neidteufelei eine Papagenoarie oder die »Schlacht bei Marengo« dazwischentreten zu sehen. Was das Niederdrückendste war, war, daß das Mittel, wenn nur ein einziger Fremder bei Tische saß, trotz seiner Verbrauchtheit immer wieder wirkte. Der Gräfin wäre es ein leichtes gewesen, dieser Mißgunstsmusik ein Ende zu machen; aber so abgeschmackt sie das Gebaren fand, so freute sie sich doch jedesmal, den verlegenen Ärger der um ihren Redetriumph Betrogenen beobachten zu können.

Der Unbedeutendste des Guser Zirkels war *von Rutze,* leidenschaftlicher Jäger, ein langer, sehniger, ziemlich schweigsamer Mann, ehemals Hauptmann im pommerschen Regiment von Pirch. Er hatte Protzhagen, das übrigens uralter Rutzescher Besitz war, erst vor etwa zwanzig Jahren gekauft. Die Veranlassung dazu wurde, wie folgt, erzählt:

Nach Stargard hin, wo das Regiment von Pirch in Garnison lag, verirrte sich eine Topographie des Oderbruchs. In dem Kapitel »Buckow und seine Umgebung« hieß es auf Seite 114: »Bei Protzhagen, einem Gute, das drei Jahrhunderte lang den Rutzes angehörte, zieht sich eine tiefe Schlucht, die ›Junker Hansens Schlucht‹. Sie führt diesen Namen, weil Junker Hans von Rutze hier stürzte und verunglückte; dies war 1693. Es war der *letzte Rutze.*« Kaum war von einem der Kameraden diese Notiz entdeckt worden, so hieß es in nicht endenden Scherzreden: »Rutze sei untergeschoben; es gäbe keine Rutzes mehr; der letzte läge längst in der Protzhagener Kirche begraben.« Unser Hauptmann, kein Meister im Reparti, wurde mißmutig; er nahm den Abschied und kaufte Protzhagen, um nunmehr an Ort und Stelle die Beweisführung anzutreten, daß es mit dem »letzten Rutze« noch gute Wege habe. Aber er verbesserte sich dadurch nur wenig. Die Stargarder Neckereien waren bekannt geworden und hatten nun auf Schloß Guse ihren Fortgang. Bamme verschwor sich hoch und teuer, daß es mit einem der beiden »letzten Rutzes«, dem jetzigen und dem früheren, notwendig eine sonderbare Bewandtnis haben müsse. Entweder sei der selige Hans von Rutze nichts als eine gespenstische Vorerscheinung, eine Spiegelung von etwas erst Kommendem gewesen, oder aber der unter ihnen wandelnde Freund, ohnehin beinahe fleischlos, sei ein Revenant. Was ihn (Bamme) persönlich angehe, so gäbe er der ersteren Annahme den Vorzug, weil ihm darnach die Wirklichkeit der Dinge noch eine Hirschjagd, einen Schluchtensturz und einen den Hals brechenden Rutze schuldig sei.

Der alte Hauptmann folgte diesen Auseinandersetzungen jedesmal mit süßsaurem Gesicht, hatte sich aber längst aller Proteste dagegen begeben. Dann und wann schritt er seinerseits zum Angriff, ohne jedoch mit Hilfe dieses Kunstgriffs dem gewandten Bamme beikommen zu können.

Unter seinen sonstigen kleinen Schwächen war die bemerkenswerteste die, daß er sich, in Anbetracht seines aus Schluchten und Abhängen bestehenden Protzhagener Territoriums, für eine Art Gebirgsbewohner hielt. »Wir auf der Höhe« zählte zu seinen Lieblingsredewendungen.

Der Gräfin war er wert durch einen besonderen Respekt, den er ihr entgegenbrachte. Denn wie sehr sie vorgeben mochte, über Huldigungen und Schmeicheleien hinweg zu sein, so war sie schließlich doch nicht unempfindlich dagegen.

Der siebente und letzte des »engeren Zirkels« war Doktor *Faulstich.* Ein späteres Kapitel wird von ihm ausführlicher erzählen.

4. KAPITEL

Vor Tisch

Der ganze Freundeskreis, mit Ausnahme Dr. Faulstichs, welcher nach altem Herkommen den dritten Feiertag in Ziebingen zuzubringen pflegte, war nach Schloß Guse geladen. Auch Lewin und Renate, wie wir wissen.

Diese waren die ersten, die eintrafen. Die Einladung hatte auf vier Uhr gelautet, aber eine volle Stunde früher schon bog der Schlitten Lewins in eine der großen Avenuen ein. Es war nicht mehr die Planschleife mit Strohbündeln und Häckselsack, in der wir zuerst die Bekanntschaft unseres Helden machten; Tante Amelie, für sich selbst gelegentlich salopp, hielt auf Eleganz der Erscheinung bei anderen. Dem bequemten sich die Hohen-Vietzer nach Möglichkeit. Der Schlittenstuhl, mit einem Bärenfell überdeckt, zeigte die bekannte Muschelform, blaugesäumte Schneedecken blähten sich wie seitwärts gespannte Segel, und statt des rostigen Schellengeläutes, das am Heiligabend unseren Lewin in Schlummer geläutet hatte, stand heute ein Glockenspiel auf dem Rücken der Pferde, und zwei kleine Haarbüsche wehten rot und weiß darüber hin. Die körnerpickenden Sperlinge flogen zu Hunderten in der Dorfgasse auf; so ging es auf das Schloß zu. Jetzt war auch die Sphinxenbrücke passiert, und der Schlitten hielt. Lewin, rasch die Decke zurückschlagend, reichte Renaten die Hand, die nun mit der Raschheit der Jugend aus dem Schlitten auf eine über den harten Schnee hin ausgebreitete Binsenmatte sprang. So schritt sie dem Eingange zu. Sie erschien größer als sonst, vielleicht infolge des langen Seidenmantels, grau mit roten Paspeln, aus dessen aufgeschlagener Kapuze ihr klares Gesicht heute mit doppelter Frische hervorleuchtete. Denn die Fahrt war lang, und es ging eine scharfe Luft.

Der Flur umfing sie mit wohltuender Wärme; in dem altmodisch hohen Kamin, den die beiden Derfflingerschen Dragoner flankierten, brannte seit Stunden schon ein gutunterhaltenes Feuer.

Ein Diener in Jägerlivree, der seinen Hirschfänger zu tragen wußte, nahm ihnen die Mäntel ab und meldete, daß sich die Gräfin auf einige Minuten entschuldigen lasse. Dies war die regelmäßig wiederkehrende Form des Empfanges. Lewin und Renate sahen verständnisvoll einander an und schritten durch das Billard- und Spiegelzimmer in den »Salon«. Sich selbst überlassen, traten sie hier an das in einer breiten und tiefen Nische befindliche Eckfenster, dessen untere Hälfte aus einer einzigen Scheibe bestand. Damals etwas Seltenes und sehr bewundert. Die Eisblumen waren halb weggeschmolzen und gestatteten einen Blick ins Freie. Über das Schwanenhäuschen hin, das nur noch mit seinem Spitzdach aus dem verschneiten Schloßgraben emporragte, sahen sie gradaus in eine kahle Kirschallee hinein, die sich bis an die Grenze des Parkes zog. An den vordersten Stämmen waren einige Dohnensprengsel mit ihren roten Ebereschenbüschelchen sichtbar, während am Ausgange der Allee der dunkele Carzower Kirchturm stand, dessen vergoldete Kugel eben in der untergehenden Sonne leuchtete. Um die Geschwister her war alles still; sie hörten nur, wie das mehr und mehr abtauende Eis in einzelnen Tropfen in die Blechbehälter fiel.

Dieser Platz am Fenster war anheimelnd genug; jeder andere Besucher aber würde es doch vorgezogen haben, das letzte Tageslicht noch zu einem Umblick in dem »Salon« selbst zu benutzen. Es war ein quadratischer Raum, der in seiner Einrichtung für ebenso geschmackvoll wie wohnlich gelten konnte. Die den Fenstern gegenübergelegene Seite wurde von einem halbkreisförmigen Diwan eingenommen, der, in der Mitte geteilt, einen Durchgang zu den Flügeltüren des Eßsaales offen ließ. In den ebenfalls freibleibenden Ecken standen Lorbeer- und Oleanderbüsche, nach links und rechts hin verteilt. Neben der Oleanderecke stieg eine Wendeltreppe auf, das zierlich durchbrochene Geländer von Nußbaumholz. Ein dicker Teppich, in dem das türkische Rot vorherrschte, deckte den Fußboden; sonst war alles blau: die Wände, die Gardinen, die Möbelstoffe. Rings umher, auf Säulen und Konsolen, erhoben sich Büsten und Statuetten, deren leuchtendes Weiß beim Eintreten den ersten Eindruck gab. Erst später traten auch die Bilder hervor, die, stark angedunkelt, in kaum geringerer Zahl als jene Marmor- und Alabasterarbeiten das Zimmer schmückten. Es waren sämtlich Erinnerungsstücke aus den Rheinsberger Tagen her. Da war zunächst das Porträt des Prinzen selbst, etwas barock in Auffassung und Behandlung, die Aufschläge von Tigerfell, die Hand auf ein Felsstück und einen Schlachtplan gestützt. Gegenüber Schloß Rheinsberg, seine Front im Wasser spiegelnd, und über den See hin glitt ein Kahn, darin eine schöne Frau mit aufgelöstem Haar, blond wie eine Nixe, am Steuer saß. Es hieß, es sei die Gräfin. An den Fensterpfeilern, im Schatten und wenig bemerkbar, hingen die Pastellporträts der prinzlichen Tafelrunde: Tauentzien, die Wreechs, Knyphausen, Knesebeck; meistens Geschenke der Freunde selbst.

Lewin und Renate sahen noch der untergehenden Sonne nach, als sie aus der Tiefe des Zimmers her den Zuruf hörten: »Soyez les bien-venus.« Sie wandten sich und sahen die Tante, die von der Wendeltreppe her auf sie zuschritt.

Die Geschwister eilten ihr entgegen, ihr die Hand zu küssen.

Die Gräfin trug sich schwarz, selbst die Stirnschnebbe fehlte nicht. Es war dies, dem Beispiele regierender Häuser folgend, die Witwentracht, die sie seit dem Hinscheiden des Grafen nicht wieder abgelegt hatte. Im übrigen hätten Haube und Krause frischer sein können, ohne den Eindruck zu schädigen.

In der Nähe des Eckfensters stand eine »Causeuse«, die denselben Bleu-de-France-Überzug hatte wie alle übrigen Möbel. Dies war der Lieblingsplatz der Gräfin; Renate schob ein hohes Kissen heran, während Lewin sich der Tante gegenübersetzte. Das Gespräch war bald in vollem Gange, mit französischen Wörtern und Wendungen reichlich untermischt, die wir in unserer Erzählung nur sparsam wiedergeben. Die Tante schien gut gelaunt und tat Frage über Frage. Der Hohen-Vietzer Weihnachtsmorgen, sogar der Wagen Odins mußten ausführlich besprochen werden. Dies letztere war das überraschendste, denn in Sachen der Altertümlerei blieb die Guser Gräfin wenig hinter Bamme zurück. Auch Maries wurde gedacht, aber nur kurz, dann lenkte das Gespräch zu den Ladalinskis hinüber, an die das Haus Vitzewitz durch eine Doppelheirat zu ketten der sehnlichste Wunsch der Tante war. Ihr in diesem Wunsche nach Möglichkeit entgegenzukommen, würde sich, da sie die Erbtante war, unter allen Umständen empfohlen haben; es traf sich aber so glücklich, daß der Guser Familienplan und die Herzenswünsche der Hohen-Vietzer Geschwister zusammenfielen.

»Wie verließest du Tubal?« fragte die Tante.

»In bestem Wohlsein«, erwiderte Lewin, »und ein Brief, der heute früh von ihm eintraf, läßt mich annehmen, daß die Feiertage nichts verschlimmert haben.«

»Was schreibt er?«

»Ein langes und breites über literarische Freunde. Aber eine kurze Schilderung des Christabends, und wie die Weihnachtslichter bei den Ladalinskis ziemlich trübe brannten, schickt er voraus. Er sagt auch einiges über Kathinka. Darf ich es dir mitteilen?«

»Je vous en prie.«

Lewin entfaltete den Brief. Es dunkelte schon im Zimmer. Er rückte deshalb näher an das Fenster, dessen Scheiben in dem letzten Rot erglühten. Dann las er, über die Eingangszeilen hinweggehend: »›In einem Hause, in dem die Kinder fehlen, wird das Christkind immer einen schweren Stand haben, so nicht etwa der Kindersinn den Erwachsenen verblieben ist. Und Kathinka, die so vieles hat (vielleicht *weil* sie so vieles hat), hat diesen Sinn nicht.‹«

Lewin schwieg einen Augenblick, weil es ihm schien, daß die Tante sprechen wolle. Dann sagte diese: »Es ist eine richtige Bemerkung, aber es überrascht mich, sie von Tubal zu hören. Es ist, als ob Seidentopf spräche. Kathinka ist eine Polin, ça dit tout, und gerade das macht sie mir wert. Kindersinn! Bêtise allemande. Wie mag nur ein Ladalinski so tief ins Sentimentale geraten. C'est étonnant! Ich würde die deutsche Mutter darin zu erkennen glauben, wenn nicht durch ein Spiel des Zufalls, par un caprice du sort, in ebendieser Mutter mehr polnisch Blut lebendig gewesen wäre als in einem halben Dutzend ›itzkis‹ oder ›inskis‹. Kindersinn! Dieu m'en garde! Ich bitte euch, meine Teuren, verschließt euch der eitlen Vorstellung, als ob diese deutschen Gefühlsspezialitäten die unerläßlichen Requisiten in Gottes ewiger Weltordnung wären.«

Renate faßte sich zuerst und sagte: »Ich glaube, daß mir diese Vorstellung fremd geblieben ist, aber schon die Bibel preist den Kindersinn als etwas Köstliches.«

Die Tante lächelte. Dann nahm sie, wie sie zu tun pflegte, die Hand der Nichte, streichelte sie und sagte: »Du hast diesen Sinn, und Gott erhalte ihn dir. Aber muß ich euch, die ihr mich kennt, noch erst Erklärungen geben? A quoi bon? Gewiß ist es etwas Schönes um ein kindlich Herz, wie um alles, was den Vorzug des Natürlichen und Reinen hat. Aber das stete Sprechen davon oder das Geltendmachen, das immer nur da sich einfindet, wo der Schein an Stelle der Sache getreten ist, das ist kleinbürgerlich deutsch, et voilà ce qui me fâche. Und das war es auch, was den Prinzen verdroß. In seinem Unmut unterschied er dann nicht, ob er die Frommen oder die Heuchler traf; sonst so vorsichtig, wog er nicht länger ab, und auch ich, je n'aime pas à marchander les mots. Ihr müßt Abzüge machen, wo es not tut. Inzwischen laß uns weiter hören, Lewin.«

Lewin fuhr im Lesen fort: »›Als die Türen eben geöffnet wurden, kam Graf Bninski. Er hatte Aufmerksamkeiten für uns alle, zu weitgehende für mein Gefühl, aber Kathinka schien es nicht zu empfinden.‹«

»Aber Kathinka schien es nicht zu empfinden«, wiederholte die Gräfin langsam, den Kopf schüttelnd. Dann fuhr sie fort: »Oh cet air bourgeois, ne se perdra-t-il jamais? Mit neuen Karten das alte Spiel. Je ne le comprends pas. Solange die Welt steht, haben sich Jugend und Schönheit an Geschenken erfreut, an Pracht der Blumen, am Glanz der Steine. Sie passen zusammen. Aber Tubal erschrickt davor und wird nachdenklich, als ob er eine durch Brosche und Nadel in ihrer Tugend bedrohte Epiciertochter zu hüten hätte. Und das heißt Sitte! Sitte, Kindersinn, je les respecte, mais j'en déteste la caricature. Und davon haben wir hierlandes ein gerüttelt und geschüttelt Maß.«

»Ich glaube«, nahm jetzt Lewin das Wort, »Tubal empfindet wie du, wie wir alle. Sein Bedenken, wenn ich ihn recht verstehe, wurde nicht der Gabe, sondern des Gebers halber ausgesprochen. Graf Bninski nähert sich Kathinka, er bewirbt sich um ihre Hand. Vielleicht, daß ich mich irre, aber ich glaube nicht.«

Die Tante war sichtlich überrascht. Dann fragte sie hastig: »Und der Vater?«

»Er steht dagegen, auch Tubal. Sie schätzen den Grafen persönlich, er ist reich und angesehen. Aber du kennst die Gesinnungen beider Ladalinskis oder doch des Vaters. Und Bninski ist Pole vom Wirbel bis zur Zeh'.«

»Und Kathinka selbst?«

Es blieb bei dieser Frage, denn ehe Lewin antworten konnte, wurden im Spiegelzimmer Stimmen laut, und dem zwei Doppelleuchter vorantragenden Jäger paarweis folgend, traten jetzt Krach und Bamme, dann Medewitz und Rutze bei der Gräfin ein.

Nach kurzer Begrüßung wurde auf dem großen Sofa Platz genommen, und die Gräfin, abwechselnd an den einen oder andern ihrer Gäste sich wendend, teilte denselben mit, daß Baron Pehlemann wegen eines neuen heftigen Podagraanfalles abgeschrieben, Drosselstein aber – durch Geschäfte zurückgehalten – erst für 4½ Uhr sein Erscheinen zugesagt habe. »Ich denke«, so schloß sie, »wir warten auf ihn. Der ersten Viertelstunde, die das Recht jeden Gastes ist, legen wir die zweite zu.« Alles verneigte sich, wenn auch unter geheimem Protest.

Eine solche Wartehalbestunde pflegt der Unterhaltung nicht günstig zu sein. Die Schweigsamen schweigen mehr denn je, aber auch die Beredten halten ängstlich zurück, unlustig, ihre vielleicht nur noch des Abschlusses harrende glänzende Anekdote durch die Meldung des eintretenden Dieners unterbrochen und zu ewiger Pointelosigkeit verurteilt zu sehen. Bamme gehörte dieser letzteren Gruppe an, bezwang sich aber und war der einzige, der den ersichtlichen Bemühungen der Gräfin hilfreich entgegenkam. Freilich nur mit teilweisem Erfolg. Über eine sprungweise Konversation kam man nicht hinaus, und die Fragen drängten sich, ohne daß eine rechte Antwort abgewartet wurde. Das Baron Pehlemannsche Podagra gab den dankbarsten

Stoff. »Warum mußte er beim letzten Dachsgraben wieder zugegen sein? Ein Podagrist und zwei Stunden im Schnee! Warum riß er wieder den Rauenthaler an sich? Aber das ist so Pehlemannsche Bravour: ein freudiger Opfertod auf dem Altar der Gourmandise! Im übrigen, wo blieb ›Cedo majori‹? Warum hat er nicht seine Muse zitiert?«

»Er hat«, entgegnete die Gräfin und nahm aus einer vor ihr stehenden Alabasterschale ein zierlich zusammengefaltetes Billet. Aber die beiden Stutzuhren, auf deren gleichen Pendelgang Tante Amelie mit peinlicher Gewissenhaftigkeit hielt, schlugen eben halb, die gewährte Frist war um, und die Flügeltüren des hellerleuchteten Eßsaals öffneten sich pünktlich und lautlos nach innen zu.

Die Gräfin und Krach führten sich. In demselben Augenblick trat auch Drosselstein ein. Mit der Linken hinübergrüßend, wie, um anzudeuten, daß er die Tischprozession nicht zu stören wünsche, bot er Renaten seinen Arm. Bamme und Lewin folgten, dann Medewitz. Rutze machte den Schluß.

Dieser, ein leidenschaftlicher Schnupfer, benutzte die Gelegenheit, um aus der stehengebliebenen Tabatière der Gräfin zu naschen. Nicht ungestraft. Ehe er noch die Schwelle des Saales überschritten hatte, war schon das Gewitter herauf. Alles lachte, und Bamme rief: »Ertappt!« Nur Krach bewahrte wie gewöhnlich seine Haltung.

5. KAPITEL

Le Diner

In dem Speisesaale herrschte, trotz Kaminfeuers, die im Eßzimmer sich ziemende niedrige Temperatur. An einem ovalen Tische war gedeckt. Die Gräfin saß, wie herkömmlich, zwischen Krach und Drosselstein, ihr gegenüber Renate. Jäger und galonierte Diener waren geschäftig; ein Kronleuchter brannte.

Der Graf überblickte, während er das Serviettentuch einknotete, den Saal, dessen architektonische Verhältnisse, durch einfache Ausschmückung unterstützt, auch heute wieder den angenehmsten Eindruck auf ihn machten. Es waren vier Stuckwände, gelblich getönt, von Goldleisten eingefaßt, am Plafond ein Deckenbild, das »Gastmahl der Götter« darstellend, eine Kopie nach dem bekannten Fresko der Farnesina. Krach und Rutze, wie sich klarmachend zum Gefecht, schoben die Gläser hin und her, Drosselstein aber wandte sich jetzt der Gräfin zu, um nach einigen der Erbauerin des Saales und ihrem Geschmacke geltenden Verbindlichkeiten nach dem Grafen Narbonne, dem ersten Adjutanten des Kaisers, zu fragen, der, wie die Zeitungen gemeldet, am Weihnachtsheiligabend auf seiner Rückkehr von Rußland beim Könige gespeist habe.

»Ich hörte davon«, erwiderte die Gräfin; »auch General Desaix war zugegen. Graf Narbonne, oh je me le rapelle très bien. Er gehörte dem alten Hofe an, war ein Liebling Marie Antoinettens und lancierte sich geschickt in das Empire hinüber. Wissen Sie, was ihm das Herz des Kaisers eroberte?«

Drosselstein verneinte.

»Eine Sache der Etikette. Also eine Bagatelle, ein Nichts, wie die Leute von heute sagen würden. Aber die Parvenus sind auf keinem Gebiete so bereitwillig, zu lernen und zu belohnen, als auf diesem. Ich habe die Anekdote aus Graf Haugwitz' eigenem Munde. Es war unmittelbar nach der Kaiserkrönung, als Narbonne, damals Oberst, dem Kaiser eine Depesche überbrachte. Er ließ sich auf ein Knie nieder und präsentierte den Brief auf seinem Hute. ›Eh bien‹, rief der Kaiser, ›qu'est ce que cela veut dire?‹ Der Oberst antwortete: ›Sire, cest ainsi qu'on présentait les dépêches à Louis XVI.‹ ›Ah, c'est très bien‹, antwortete der Kaiser, und Narbonne war als Günstling installiert. Übrigens sind auch die Desaix vom ancien régime, alter Adel aus der Auvergne.«

Rutze hatte gleich anfangs aufgehorcht, als General Desaix genannt worden war. Jetzt, wo die Gräfin den Namen wiederholte, wandte er sich mit der bestimmten und doch zugleich von einer Unglücksahnung durchzitterten Bemerkung zu ihr hinüber: daß seines Wissens General

Desaix im Kriege gegen die Österreicher gefallen sei. Er entsinne sich eines Musikstückes: »Die Schlacht bei Marengo«, in dem es am Schluß in einer Parenthese geheißen habe: »Desaix fällt.«

Selbst über Krachs unerschütterliches Antlitz flog ein Lächeln; Drosselstein wollte aufklären, Bamme jedoch kam ihm zuvor und begann mit jener erkünstelten Feierlichkeit, in der er Meister war: »Ja, Rutze, es ist eine tolle Welt. Da fällt einer anno 1800 bei Marengo in voller Junihitze, und am Heiligen Abend 1812 sitzt er bei Seiner Majestät von Preußen zu Tisch. Es sind unglaubliche Kerls, diese Franzosen. Nicht mal ihre Toten ist man los. Sie drängen sich in Diners ein; wer weiß, was wir heute noch zu erwarten haben. Im übrigen wird es wohl ein älterer oder jüngerer Bruder gewesen sein.«

Der Protzhagener Hauptmann verfärbte sich und antwortete pikiert: er danke dem General von Bamme für die schließliche Lösung des Rätsels, müsse sich aber die Bemerkung erlauben, daß es hierzu keiner besonderen Husarenschlauheit bedurft hätte. Aufschlüsse wie diese lägen auch noch innerhalb des Infanteriebereichs.

Bamme lachte; jede Form der Entgegnung war ihm recht. Er nahm nichts übel und befand sich in der glücklichen Lage, um eines Mutes willen, den niemand bezweifelte, seine Pistolen nicht erst laden zu müssen.

Der Zwischenfall währte nicht lange; die Gräfin beschwichtigte, und ein vorzüglicher Chablis, der gereicht wurde, kam ihr zu Hilfe, während von Medewitz, ohne Furcht, dem Streite dadurch neue Nahrung zu geben, die Namen Narbonne und Desaix noch einmal in die Debatte zog. »Es sind doch Männer von Familie, der eine wie der andere«, so hob er an, »aber mit wie sonderbaren Leuten hat Seine Majestät vom ersten Tage seiner Regierung an zu Tische sitzen müssen! Mit einem war ich im Weißen Saale selbst zusammen, mit dem Abbé Sieyès. Ich erschrak, als ich seinen Namen hörte. 1793 sprach er einem Könige von Frankreich das Leben ab, und 1798 saß er einem Könige von Preußen als Ambassadeur gegenüber. Er trug eine trikolore Schärpe; ich sah nur das Rot darin, und sooft er sagte: ›Votre Majesté‹, war es mir immer, als hörte ich: ›La mort sans phrase‹.«

»Ich habe ihn auch gesehen«, bemerkte Krach, mit Wichtigkeit an seinem Halstuch zupfend. »Medewitz will ihn nicht gelten lassen, aber er war doch wenigstens ein Abbé. Auch gehört etwas dazu, einem Könige von Frankreich das Leben abzusprechen. Doch diese Marschälle! Gastwirts- und Böttchersöhne.«

»Je nun«, fiel Drosselstein ein, »Böttchersöhne oder nicht, sie haben von halb Europa so viele Reifen abgeschlagen, daß die Dauben nach rechts und links hin auseinandergefallen sind. Ich liebe diese Marschälle nicht, an denen die Korporalslitzen immer wieder zum Vorschein kommen, aber eines sind sie: Soldaten.«

»Das sind sie!« rief jetzt Bamme, sein Ragout en Coquille schärfer in Angriff nehmend, »und wer nur je einen Halbzug ins Feuer geführt hat, der hat Respekt vor ihnen, Schelme und Beutelschneider wie sie sind.«

»Wie sie sind«, wiederholte der Domherr, eingedenk jener schweren Tage, in denen er seine Dosensammlung nur mit Mühe vor den Händen Soults gerettet hatte.

»Nur einem trag' ich einen Groll im Herzen«, fuhr Bamme fort.

»Davoust?« fragte Lewin.

»Nein, Seiner neapolitanischen Majestät dem König Murat. Der will im großen und kleinen etwas Besonderes sein, unter anderen auch ein gewaltiger Reitergeneral, weil er das Mamelukengesindel in den Sand geritten hat. Aber ein Zietenscher hat ihm einen Streich gespielt, noch dazu ein Invalide. Ich meine den alten Kastellan Kettlitz in Charlottenburg.«

Alles zeigte Neugier und drang in ihn, zu erzählen.

Es hätte dessen nicht bedurft. »Die Geschichte ist seinerzeit wenig bekannt geworden«, hob er an; »ich habe sie von Kettlitz selber. Am 14. Oktober hatten wir die Affaire von Jena, und zehn Tage später war die französische Avantgarde in Berlin, Murat aber, damals noch Herzog von Berg, in Charlottenburg. Er hatte sich in den Zimmern eingerichtet, die nach der Parkseite hin liegen, dieselben, in denen Kaiser Alexander ein Jahr vorher gewohnt hatte. Der alte Kettlitz war außer sich und machte sich einen Plan. Um fünf Uhr war Diner im großen Saale, und das Bild König Friedrich Wilhelms I. sah ernst und unwirsch auf den neugebackenen Herzog, der neben Berg auch die altpreußisch-kleveschen Lande regierte. Es waren noch nicht viel französische Truppen in der Stadt. Da mit einem Male – die Trüffelpastete war eben aufgetragen –

beginnt ein Geschmetter, und zwanzig Trompeten, mit Paukenschlag dazwischen, blasen den Hohenfriedberger Marsch. Ist es unter den Fenstern? Sind preußische Schwadronen in den Schloßhof eingeritten? Murat springt auf, um sich durch die Flucht zu retten. Aber keine Schwadronen sind da; endlich schweigt der Lärm, und alles klärt sich auf. Im Nebenzimmer, ein ganzes Trompeterkorps in seinem Innern bergend, stand ein musikalischer Schrank, an dessen verborgener Feder der alte Kettlitz gedrückt hatte. Ich würde mich freuen, zur Vervollständigung seiner Sammlung diese Monstrespieluhr in die Hände unseres von Medewitz auf Alt-Medewitz übergehen zu sehen, freilich unter der einen Bedingung, in unserer Gegenwart nie die geheime Feder springen zu lassen. Ich liebe Trompeten, aber nur im Feld und Sonnenschein.«

Der Domherr, unfähig, auf die Neckereien Bammes einzugehen, begleitete sie nur mit einem verlegenen Lächeln und fragte dann nach dem Schicksale des Kastellans.

»Nun, der hätte kein Zietenscher sein müssen. Er log sich heraus, so gut er konnte. Unter allen Umständen hatte er das Gaudium gehabt, den großen Reiterführer, den Mamelukenvernichter, vor dem Hohenfriedberger Marsch auf der Flucht zu sehen. Das war im Oktober 1806. Damals hatte es noch was auf sich mit einem Marschall. Ich hoffe, sie sind seitdem billiger geworden. Aber billiger oder nicht, an dem Tage, wo mir meine Quirlsdorfer den ersten Marschall tot oder lebendig einbringen, leg' ich dem Pfarracker zehn Morgen zu, obschon ich Seine Hochwürden nicht leiden kann.«

»Aber Bamme, was haben Sie beständig mit Ihrem Geistlichen?« bemerkte Krach, der mit seinem eigenen Prediger auf einem guten Fuße stand, seitdem ihm dieser einen Streifen Gartenland ohne Entschädigung abgetreten hatte.

»Er ist mir noch nicht gefällig gewesen«, antwortete Bamme scharf. »Diese Päffchenträger sind maliziöse Kerle, und je glauer sie aussehen, desto mehr. Der meinige ist ein Anspielungspastor.«

»Das klingt, als ob Sie die Kirche besuchten, Bamme«, schaltete die Gräfin ein. »Ich wette, Sie haben seit zehn Jahren keine Predigt gehört.«

»Nein, gnädigste Gräfin. Aber ich habe ein Tendre für Begräbnisse. Jeder hat so seine Andacht, ich habe die meinige; und es ärgert mich, durch allerhand plumpes Zeug darin gestört zu werden. Mit dem Jüngling zu Nain oder dem bekannten weiblichen Pendant desselben fängt er an, aber ehe fünf Minuten um sind, ist er bei Babel, bei Sodom und ähnlichen schlechtrenommierten Plätzen, starrt mich an, läßt etwas Schwefel vom Himmel fallen und sagt dann mit erhobener Stimme: ›Selig sind, die reines Herzens sind, denn sie werden Gott schauen.‹ Und das alles an meine Adresse. So hat er es fünf Jahre getrieben. Aber seit letzte Ostern habe ich Ruhe.«

»Nun?« fragte die Gräfin.

»Wir hatten wieder ein Begräbnis, eine hübsche junge Dirne; es war also Jairi Töchterlein an der Reihe. Aber ihre Herrschaft währte nicht lange; schon auf halbem Wege war Pastor loci wieder bei Lot und seinen Töchtern und sah mich an, als wäre ich mit in der Höhle gewesen. Ich dachte, nun muß Rat werden. Und so lud ich ihn aufs Schloß, nicht zu einer Auseinandersetzung, sondern einfach zu Tisch. Als wir bei der zweiten Flasche waren – trinken kann er –, sagte ich: ›Und nun, Pastorchen, einen Toast von Herzen; stoßen wir an: Es lebe Lot! Ein guter Kerl. Schade mit den beiden Töchtern. Und die Mutter kaum in Salz. Apropos, wie hieß doch der Sohn der ältesten Tochter?‹ Nun denken Sie sich meinen Triumph, er wußt' es nicht. Vielleicht war er bloß verwirrt. Ich aber, mich an seiner Verlegenheit weidend, schrie ihm ins Ohr: ›Bamme‹. Wir haben seitdem schon drei Leichen gehabt, aber er verhält sich ruhig.«

Lewin und Renate, die den Bammeschen Ton mehr von Hörensagen als aus eigener Erfahrung kannten, wechselten Blicke miteinander; sie sollten indessen bald gewahr werden, daß der Übermut des alten Husaren auch vor keckeren Sprüngen nicht zurückschreckte.

Die Gräfin wandte sich an den Domherrn, der, bis dahin wenig ins Gespräch gezogen, eine leise Mißstimmung zu verraten schien, und erbat sich seinen Rat zugunsten baulicher Veränderungen, die vorerst einen dem Einsturze nahen Derfflingerschen Bankettsaal im gegenübergelegenen Flügel, dann aber ganz allgemein die Frage »Kamin oder Ofen«, ein entschiedenes Lieblingsthema des Domherrn, betrafen. Er hatte sogar darüber geschrieben. Medewitz war für Kamine, wobei er jedoch behufs Herstellung eines verbesserten Luftzuges auf Wiedereinführung der mit Unrecht verbannten portalartigen Flügeltüren dringen zu müssen glaubte. Er setzte nunmehr weitschweifig auseinander, wie nach den Ergebnissen neuerer Forschung alles Brennen auf einem starken Zustrom sauerstoffreicher Luft beruhe und wie Kamine überall nur da gediehen, wo Türen und Fenster solchen Luftstrom gestatteten. Er schloß dann mit folgendem zugespitzten Satz: »Das dichte Moosfenster ist der Tod, aber die zugige alte Portaltür ist das Leben des Kamins.«

Bamme, der, wie wir wissen, selber gern sprach und vor allem einen Haß gegen wissenschaftliche Begründungen hatte, glaubte jetzt den Zeitpunkt gekommen, die Unterhaltung wieder an sich reißen zu dürfen. »Gnädigste Gräfin«, hob er an, »scheinen geneigt, auf die Herstellung solcher Portaltüren einzugehen. Darf ich Sie warnen. Ich lege kein Gewicht darauf, daß die große, zweiflügelige Rundtür doch eigentlich nichts anderes ist als das uralte, aus dem Wirtschaftshof in den Salon transponierte Scheunentor, aber worauf ich glaube hinweisen zu müssen, das sind die sozialen, um nicht zu sagen, die sittlichen Gefahren, die von dieser Türform mehr oder minder unzertrennlich sind. Im höchsten Grade solide von Erscheinung, ehrbar, würdig und gesetzt, führen sie zu Konsequenzen, die das gerade Gegenteil von dem allen bedeuten. Ich bitte, nach dem Vorgange des Domherrn auch mir eine wissenschaftliche Auseinandersetzung gestatten zu wollen.«

Da sich kein Widerspruch erhob, fuhr er fort: »Jedes Ding hat in einem bestimmten Etwas die Wurzeln seiner Existenz. Bei dem Kamine, wie wir soeben vernommen haben, ist es der Luftzug, bei der Klapptüre meines Erachtens der Bolzen. Nun müssen Sie mir die Versicherung gestatten, daß der Bolzen ein höchst diffiziler Gegenstand ist; ein Gegenstand, der seine besondere Abwartung fordert, eine Pflichttreue ohnegleichen. Man könnte sagen: mit ihm steht und fällt die Klapptüre.«

Er machte eine Pause. Medewitz schüttelte den Kopf.

»Es ist, wie ich sage«, perorierte Bamme weiter. »Sie mögen schließen, riegeln, klinken, soviel Sie wollen, Sie mögen sich noch so sehr in der Sicherheit wiegen, ›alles fest‹, Sie werden diese Sicherheit als trügerisch erkennen, wenn die einzigen wirklichen Garanten derselben, die großen Haltebolzen, unbeachtet bleiben, wenn sträflicher Leichtsinn es versäumte, diese rettenden Anker zu guter Stunde auszuwerfen. Und dieses Versäumnis ist die Regel. In neunundneunzig Fällen von hundert hat der Diener, dessen Armlänge nicht ausreichte, darauf verzichtet, den Oberbolzen in seine Öffnung zu schieben, und in neunzehn Fällen von zwanzig ist er zu bequem gewesen, sich des Unterbolzens halber zu bücken. Er hat sich mit dem leichteren begnügt, hat sich darauf beschränkt, den Schlüssel im Schloß zu drehen, und so eine bloß scheinbare Sicherheit geschaffen, hinter der alle Mächte des Verderbens lauern. Ich habe selbst dergleichen erlebt. Darf ich davon erzählen?«

Nicht ohne Zögern antwortete ihm ein zustimmendes Kopfnicken der Gräfin.

Bamme wartete dieses Kopfnicken aber nicht ab und fuhr, immer lebhafter werdend, fort: »Nun, die Leibkarabiniers zu Rathenow gaben uns einen Ball. Der große Gasthaussaal lief durch die halbe Etage, sieben Fenster Front, an der unteren Schmalseite aber befanden sich in Gestalt einer Portaltüre zwei jener Scheuntorflügel, auf deren Wiedereinführung unser Domherr dringen zu müssen glaubt. Ein Reisender, todmüde, fährt vor, und da alle Räume besetzt sind, ist er schließlich froh, unmittelbar neben dem Saal ein Zimmer zu finden. Das Bett steht an der Tür entlang. Schlaf! so seufzt er einmal über das andere, und so gering seine Chancen sind, er will es wenigstens versuchen. Mitunter kommt der Gott, wenn man ihn ruft. Nur nicht, wenn die Leibkarabiniers tanzen. Der Unglückliche schüttelt endlich alle Müdigkeit von sich; Tanzmusik und rauschende Kleider verwirren ihm die Sinne; die Neugier, die Wurzel alles Übels, kommt über ihn, und siehe da, er richtet sich auf, um durch die nie fehlende Türritze hindurch ein stiller Zeuge des Balles zu sein. Leichtsinnig Ahnungsloser! Hingegeben süßer Betrachtung, dringt er kräftiger mit Stirn und Schultern vor; er sieht, er lauscht; die Schelmereien kichernder Paare finden in ihm einen unbemerkten Vertrauten; da, o Unheil, gebiert sich plötzlich jene Tücke, deren unter allen Türen der Welt nur die große Portaltüre fähig ist, und langsam nachgebend, aber mit einer Feierlichkeit, als handele es sich um den Einzug eines Triumphators, öffnen sich jetzt die beiden großen Flügel nach rechts und links hin, und huldigend liegt der Reisende zu unseren Füßen. Erlassen Sie mir die Einzelnheiten. Ich werde den Aufschrei hören bis an den letzten meiner Tage. Und solche Klapptüren, bloß um verbesserten Luftzuges willen, will unser Medewitz …«

Er kam nicht weiter. Die Gräfin, persönlich nicht abgeneigt, den alten General auf seinen gewagtesten Exkursionen zu begleiten, war sich doch andererseits ihrer gesellschaftlichen Pflichten, insonderheit gegen ihre Nichte, zu voll bewußt, als daß sie noch hätte zögern mögen, den Rückzug einzuleiten. Sie erhob sich, und dem Grafen ihren Arm reichend, bat sie die sich miterhebenden Gäste, ihre Plätze behalten und sich die bevorzugte Stunde des Desserts um keine Minute verkürzen zu wollen. Renate folgte mit Krach. Am Eingange des Salons verneigten sich beide Damen gegen ihre Kavaliere, die, der dadurch angedeuteten Weisung folgend, an die Tafelrunde zurückkehrten.

6. KAPITEL

Nullum vinum nisi hungaricum

Hier waren inzwischen, neben anderem Dessert, Schalen mit Obst sowie Ungar-, Port- und alter Rheinwein aufgestellt worden. Vor Bamme stand eine langhalsige Flasche Ruster-Ausbruch in Originalverpackung. Er schenkte zunächst ein Spitzglas bis zur Hälfte voll, befragte das Bouquet, zog einen Schluck langsam ein, und allen Kennzeichen der Echtheit begegnend, setzte er das Glas mit einem Ausdruck der Zustimmung wieder vor sich nieder. Lewin, Rutze, Medewitz rückten näher, alle zu derselben Ungarfahne schwörend. »Das ist recht«, sagte Bamme und füllte die Gläser bis an den Rand, »so was wächst nur in einem Husarenlande.«

An der anderen Tischhälfte saßen jetzt Drosselstein und Krach, jener einen Gravensteiner Apfel schälend, dieser auf eigene Hand mit einer Flasche Liebfrauenmilch beschäftigt. Er gehörte zu denen, die nüchtern bleiben und sich begnügen, erst zänkisch, dann zynisch und schließlich apathisch zu werden. Übrigens stand er heute von Innehaltung seines Turnus ab.

»Daß diesen Rheinhessen so was in die Fässer läuft!« hob er an und ließ den Inhalt seines Glases im Lichte spielen. »Die schlechtesten Kerle den schönsten Wein! Von allen Blutsaugern, die anno 1806 und nun wieder in diesem Jahre durch Bingenwalde gekommen sind, sind keine so verschrien wie diese. Man kann die Kinder mit ihnen zu Bette jagen.«

»Sie haben toller gehaust als die Schweden«, erhob Medewitz von der andern Seite des Tisches her seine Stimme, »sie haben meinen Amtsverwalter über Stroh gesengt; sie taugen nichts, aber sie sind zäh und tapfer.«

»Tapfer wie alles, was auf Bergen wohnt«, schaltete Rutze bekräftigend ein. »Auch bloße Höhenzüge schon geben Charakter.«

»Hauptmann!« rief jetzt Bamme und schob den vor ihm stehenden Dessertteller zurück, »wir sind noch nicht tief genug in Wein, um Sie in Ihrem Protzhagener Schweizerbewußtsein ruhig hinnehmen zu können. Ist der Potsdamer Exerzierplatz eine Gebirgsgegend?«

Rutze machte Augen und schien antworten zu wollen; seine Geisteskräfte ließen ihn aber im Stich, so daß der Handschuh von anderer Seite her aufgenommen werden mußte.

»Über die Berechtigung des Protzhagener Schweizergefühls«, bemerkte Drosselstein, während er dem immer noch nach Worten suchenden Hauptmann freundlich zunickte, »wird sich streiten lassen; aber was mir unbestreitbar scheint, ist die besondere Tapferkeit der Gebirgsvölker. Nur die hart an der See wohnenden Stämme sind ihnen ebenbürtig. Auch vollzieht sich darin nur ein Natürliches. Der stete Kampf mit den Elementen erzeugt Kraft und Mut, und aus Kraft und Mut wird die Kriegstüchtigkeit geboren. Bedarf es der Beispiele? Die Normänner umfuhren Europa, gründeten Staaten und eroberten Byzanz, und wenn die Kuhhörner der alten Urkantone von den Bergen zu Tale klangen, so kam ein Schrecken über ganz Burgund. Vor dem Stoße der Gebirgsclane zitterte London. So war es immer, und so ist es bis diesen Tag. Als alles demütig zu Füßen des Eroberers lag, stieg der erste Widerstand von den Bergen nieder: Spanien und Tirol wagten den Kampf. Die ganze Geschichte dieses Jahrhunderts plädiert für Berg und See.«

»Ich weiß doch nicht, Herr Graf«, nahm jetzt Lewin unter verbindlicher Handbewegung gegen Drosselstein das Wort, »ob ich Ihnen zustimmen darf. Der Mensch ist und bleibt ein Sohn der Erde. Und wo er seine Mutter Erde am reinsten und unmittelbarsten hat, da gedeiht er auch am besten, weil ihm hier die Bedingungen seines Daseins am vollkommensten erfüllt werden.

Und so möchte ich denn vermuten, daß der scheinbare Triumph von Berg und See auf Ausnahmefällen oder zum Teil auch auf bloßen Täuschungen beruht. Berge sind natürliche Festungen, und alle Festungen wollen belagert sein. Wer sie glaubt voreilig stürmen zu können, der scheitert, aber er scheitert mehr noch an Wall und Graben als an der Tapferkeit ihrer Verteidiger. Das Gebirge repräsentiert die Defensive, das Element der Eroberung ist in der Ebene zu Hause. Unseres Freundes Seidentopf Semnonen, die Besieger einer Welt, wo stammten sie her, wo saßen sie? *Hier,* zu beiden Seiten der Oder, vielleicht in Guse, wo wir jetzt selber sitzen.«

Bamme nickte; Lewin fuhr fort: »Kein Land wird von den Bergen aus regiert. Rom, als es Rom zu werden gedachte, stieg von der Höhe freiwillig an das Tiberufer nieder. Keine Hauptstadt liegt im Gebirge; aus großen Flachlandsterritorien wachsen die regierenden Zentren auf. Und in und mit ihnen die Feldherrn und die Helden, von Hannibal und Cäsar bis auf Gustav Adolf und Friedrich.«

»Bravo!« rief Bamme. »Vom Standpunkte meines Metiers aus könnte ich mich sogar bis zu dem Satze versteigen, daß Weltgeschichte großen Stils, wie sie sich in Hunnen- und Mongolenzügen darstellt, immer und ewig vom Sattel herab, also, rund herausgesagt, durch eine Art von urzuständlichem Husarentum gemacht worden sei, aber ich entschlage mich aller persönlich eitlen Gedanken und proklamiere lieber den Frieden! Entfalten wir unser Preußenbanner: Suum cuique! Bei Lichte besehen, gilt von Völkern und Stämmen dasselbe, was von den Menschen gilt: sie sind alle zu brauchen. Aber freilich jeder an seiner Stelle. Da liegt's. Wer in der Takelage des ›Victory‹ bei wütender See und feuernden Breitseiten die Trafalgaraffaire ausfechten will, der muß auf anderen Wassern geschwommen haben als auf dem Schwilow- oder Schermützelsee; wer aber umgekehrt bei Zorndorf durch die russischen Vierecke hindurch will, leicht und gewandt wie ein Kunstreiter durch den Papierreifen, dem hilft es nichts, und wenn er auf sämtlichen indischen Ozeanen den Haifischen die Bäuche aufgeschnitten hat. Es ist immer wieder die alte Fuchs- und Storchengeschichte; dem einen paßt der Teller, dem andern die Flasche. Ich persönlich bin vielleicht der einzige Fuchs, zu dem auch die Flasche paßt. Vor allem *solche.* Stoßen wir an. Es ist etwas Schönes um ein ausgiebiges Latein: Nullum vinum nisi hungaricum.«

7. KAPITEL

Nach Tisch

Der Kaffee wurde im Spiegelzimmer genommen. Als auch die Herren hier erschienen, um die nächste halbe Stunde wieder in Gesellschaft der Damen zu verplaudern, fanden sie die Szene anders, als sie erwarten durften. Renate, von einem leichten Unwohlsein befallen, hatte sich zurückgezogen; statt ihrer kam ihnen Berndt von Vitzewitz entgegen, der, eben von Berlin her eingetroffen, die Aufforderung seiner Schwester, der Gräfin, an dem Schlußakte des Diners teilzunehmen, lächelnd abgelehnt hatte. Er war alt genug, um das Mißliche solchen verspäteten Eintretens aus Erfahrung zu kennen.

Lewin begrüßte den Vater. Auch die anderen Gäste gaben ihrer Freude Ausdruck, am lebhaftesten Bamme, der, ohne jede Spur von Kleinlichkeit, seine Schätzung anderer nicht davon abhängig machte, wie hoch oder niedrig er seinerseits taxiert wurde. Nur auf das, was er seine »gesellschaftlichen Gaben« nannte, war er eitel. Und nach dieser Seite hin, wenn auch mit Einschränkungen, ließ ihn Berndt von Vitzewitz gelten.

Das Spiegelzimmer in seinem zurückgelegenen Teile wurde von drei rechtwinkelig zueinanderstehenden Estraden eingenommen, die, mit Blumen und Topfgewächsen dicht besetzt, einen hufeisenförmigen Separatraum bildeten, der sich in den Trumeaux der gegenübergelegenen Fensterpfeiler spiegelte. Innerhalb dieses Raumes, um einen länglichen, auf vier Säulen ruhenden Marmortisch, der fast die Form eines Altars hatte, nahmen die Gäste Platz und waren, während die kleinen Tassen präsentiert wurden, alsbald in einem Gespräch, das an Lebhaftigkeit die kaum beendigte Tischunterhaltung noch übertreffen zu wollen schien. Berndt hatte das Wort, alles war begierig, von ihm zu hören, er hatte den Minister gesprochen.

»Schlagen wir los?« fragte Bamme.

»*Wir?* Vielleicht. Oder wenn ich zu entscheiden habe: gewiß! Aber die Herren im hohen Rate? Nein. Am wenigsten der Minister. Er treibt Diplomatie, nicht Politik. Unfähig, feste Entschlüsse zu fassen, sucht er das Heil in Halbheiten. Er spricht von ›Negociationen‹, ein Lieblingswort, das ihm noch aus alten Zeiten her auf den Lippen sitzt. Wir haben nichts von ihm zu erwarten. Er läßt uns im Stich.«

»Ich glaubte dich anders verstanden zu haben«, bemerkte die Gräfin. »Er sei dir entgegengekommen.«

»Entgegengekommen! Ja, persönlich, und solange es sich um Worte handelte. Unter vier Augen schlägt er jede Schlacht. In der Idee sind wir einig: der Kaiser muß gestürzt, Preußen wiederhergestellt werden. Aber *wie?* Da werden die Herzen offenbar. Er will es auf dem Papier ausfechten, nicht mit der Waffe in der Hand, am grünen Tisch, nicht auf grüner Heide. Er hat keine Ahnung davon, daß nur ein rücksichtsloser Kampf uns retten kann. Rücksichtslos und ohne Besinnen. Noch haben *wir* das Spiel in der Hand; aber wie lange noch! Es fehlt ihm das Erkennen der Wichtigkeit dieser Tage. Jede Stunde, die unbenutzt vorübergeht, schreit gen Himmel und klagt ihn an als einen Schädiger und Verräter. Nicht aus bösem Willen, aber aus Schwäche.«

»Und schilderten Sie ihm die Stimmung des Landes?« fragte Drosselstein.

»Gewiß und mit einer Dringlichkeit, die jeden anderen fortgerissen hätte. Aber er! Als ich ihm unsere Gedanken eines Volksaufstandes entwickelte, als ich ihn beschwor, das Wort zu sprechen, erschrak er und suchte sein Erschrecken hinter einem Lächeln zu verbergen. ›Rüsten wir!‹ rief ich ihm zu. Das gefiel ihm. Ich hatte jetzt selber das Wort gesprochen, durch das er mich in geschickter Ausnutzung, worin er Meister ist, zu beschwichtigen hoffte. Er trat mir näher und sagte mit geheimnisvoller Miene, meine Worte wiederholend: ›Vitzewitz, wir rüsten.‹ Aber auch dieses Nichts war ihm schon wieder zuviel. ›Wir rüsten‹, fuhr er fort, ›ohne höchstwahrscheinlich dieser Rüstungen zu *bedürfen,* Napoleon ist herunter, er *muß* Frieden machen, und wir werden ohne Blutvergießen zu unserem Zwecke kommen. Englands und Rußlands sind wir sicher.‹ Ich war starr. Wir trennten uns in gutem Vernehmen, scheinbar selbst in Einverständnis, während doch jeder die Kluft empfand, die sich zwischen unseren Anschauungen aufgetan hatte. Als ich die Treppe hinabstieg, sagte ich mir: ›Also *noch* nicht belehrt! Die Zeit *noch* nicht begriffen! Napoleon *noch* nicht kennengelernt!‹«

Drosselstein, Bamme, Krach, den Unmut Berndts teilend, schüttelten den Kopf; Medewitz aber, der seiner Unbedeutendheit gern ein Loyalitätsmäntelchen umhing, glaubte jetzt den Moment zur Geltendmachung seiner ministeriellen Rechtgläubigkeit gekommen.

»Ich kann Ihre Entrüstung nicht teilen, Vitzewitz, ihre Hitze reißt Sie fort. Die Kuriere und Stafetten, die beinahe stündlich aus allen Hauptstädten Europas eintreffen, – wissen wir, was sie bringen? Nein. Sie, wie wir alle, sehen die Dinge von einem Standpunkt mittlerer Erkenntnis aus. Der Minister aber hat jenen Überblick über die Gesamtverhältnisse, der uns fehlt. Er ist gut unterrichtet, ein Netz unserer Agenten umspannt Paris, der Kaiser ist auf Schritt und Tritt beobachtet. Wenn Seine Exzellenz ausspricht: ›Er ist herunter, er *muß* Frieden machen‹, so finde ich keine Veranlassung, dem zu widersprechen. Er ist Minister. Er *muß* es wissen, und verzeihen Sie, Vitzewitz, er weiß es auch.«

Berndt lachte. »Es ist mit dem Wissen wie mit dem Sehen. Ein jeder sieht, was er zu sehen wünscht, darin sind wir alle gleich, Minister oder nicht. Seine Exzellenz wünscht den Frieden, und so erfindet er sich einen friedensbedürftigen Kaiser. Das ›Netz seiner Agenten‹ ist ihm dabei mit entsprechenden Berichten gefällig; Kreaturen widersprechen nicht. Ein heruntergekommener Napoleon! O heilige Einfalt! Er ist rühriger denn je und keck und herausfordernd wie immer. An den österreichischen Gesandten trat er während des letzten Empfanges heran. ›Es war ein Fehler von mir, dies Preußen fortbestehen zu lassen‹, so warf er hin, und als der Angeredete, den diese Worte verwirren mochten, vor sich hinstotterte: ›Sire, ein Thron ...‹, unterbrach er ihn mit einem ›Ah bah‹, und setzte übermütig hinzu: ›Was ist ein Thron? Ein Holzgerüst, mit Sammet beschlagen‹.«

Bamme lächelte; die Gräfin aber bemerkte ruhig: »Darin hat er nun eigentlich recht, il faut en convenir. Wir machen zuviel von solchen äußerlichen Dingen und sehen Erhabenheiten, wo sie nicht sind. Wer so viele Throne zusammengeschlagen hat, kann nicht hoch von ihnen denken; ça se désapprend. Ich liebe ihn nicht, aber in einem hat er meine Sympathien, il affronte nos préjugés. Er fährt durch unsere Vorurteile wie durch Spinneweb hindurch.«

»Das tut er«, erwiderte Berndt, »und es ist nicht seine schlimmste Seite. Aber von dir, Schwester, eine Zustimmung dazu zu hören, überrascht mich. Denn wem verdanken wir diesen Fetischdienst, in dem auch wir drinstecken, diese tägliche Versündigung gegen das erste Gebot: ›Du sollst nicht andere Götter haben neben mir‹, wem anders als deinen gefeierten Franzosen, vor allem jenem aufgesteiften Halbgott, dem auch du die Schleppe trägst: Louis quatorze.«

»Ce n'est pas ça, Berndt«, sagte die Gräfin mit einem Anfluge von Heiterkeit, dem sich abfühlen ließ, wie erfreut sie war, einen Irrtum berichtigen zu können. »Es ist das Gegenteil von dem allen. Ich hasse diese Doktrinen, et ce Louis même, ce n'est pas mon idole. Sachez bien, ich liebe die französische Nation, aber ihren grand monarque liebe ich nicht, weil er seine Nation in seinem pomphaften Gebaren verleugnet. Denn das Wesen des Französischen ist Scherz, Laune, Leichtigkeit. In diesem Ludwig aber spukt von mütterlicher Seite her etwas Schwerfällig-Habsburgisches beständig mit. Und so waren alle Bourbons. Nur *einer* unter ihnen, der keinen Tropfen deutschen Blutes in seinen Adern hatte, und dieser ist mein Liebling.«

»Le bon roi Henri«, ergänzte Berndt.

»Ja *er*«, fuhr die Gräfin fort, »der liebenswürdigste und zugleich der französischeste aller Könige, ein gallischer Kampfhahn, kein radschlagender Pfau, naiv, ritterlich, frei von Grandezza und gespreizten Manieren.«

»Freier vielleicht, als einem Könige geziemt«, scherzte Berndt weiter. »Er spielte Pferd mit dem Dauphin, als der spanische Gesandte bei ihm eintrat, und Frau von Simier, nach dem Eindruck befragt, den der König auf sie gemacht habe, konnte nur erwidern: ›J'ai vu le *roi,* mais je n'ai pas vu Sa *Majesté.*‹«

»Was du als einen Tadel nimmst oder wenigstens comme un demi-reproche, war eher als ein Lob gemeint. Jedenfalls hielt es sich die Waage. Und wie konnt' es auch anders sein? Er ruhte sicher in sich selbst und gab sich offen in seinen Schwächen, weil er den Überschuß von Kraft fühlte, den ihm die Götter mit in die Wiege gegeben hatten, in seine Wiege, die beiläufig eine Schildkrötenschale war. Er verschwieg nichts und persiflierte sich selbst in dem heiteren Darüberstehen eines Grandseigneurs. Jeder kleinste Zug, den ich von ihm kenne, entzückt mich. Er hatte die Angewohnheit, überall Sachen mitzunehmen, und versicherte mit gascognischer Schelmerei: ›Que s'il n'avait pas été roi, il eût été pendu.‹«

Dies wurde von Krach, der sich nach Art aller Geizigen in Mein- und Deinfragen zu den rigorosesten Grundsätzen bekannte, mit so viel Indignation aufgenommen, wie die Rücksicht gegen die Erzählerin irgendwie gestattete. Er begann mit »unköniglich« und »frivol« und würde sich noch höher hinaufgeschraubt haben, wenn nicht Bamme gereizten Tones dazwischengefahren wäre: »Wer im großen gibt, mag im kleinen nehmen. Freilich erst *geben;* da liegt die Schwierigkeit.«

Krach biß sich auf die Lippen, die Gräfin aber sprach verbindlich zu ihm hinüber: »Sie verkennen mich, Präsident, ich gebe Ihnen meinen Liebling in Moralfragen preis. Es sind ganz andere Dinge, die mich an ihm entzücken. Hören Sie, was Tallemant des Réaux in seinen Memoiren von ihm erzählt. Einer der Hofleute, Graf Beauffremont, wußte von der Untreue der schönen Gabriele. Er sagte es dem Könige. Dieser aber bestritt es und wollt' es nicht glauben; er liebte sie zu sehr. Der Graf erbot sich schließlich, den Beweis zu geben, und führte den König bis an das Schlafzimmer Gabrielens. In dem Augenblick, wo sie eintreten wollten, drehte sich le roi Henri um und sagte: ›Non, je ne veux pas entrer; cela la fâcherait trop.‹«

Medewitz, der selbst Trauriges erlebt hatte, bemerkte, daß er den König nicht begreife; die Gräfin aber fuhr fort: »In dieser Anekdote haben Sie den König tout à fait. Er hielt zu dem Wahlspruch, den Franz I. in ein Fenster zu Schloß Chenonceaux einschnitt:

Souvent femme varie
Et fol est qui s'y fie.

Überhaupt erinnert er an diesen König; nur übertrifft er ihn. Unser Geschlecht, in seinen Schwächen und seinen Vorzügen, ist nie besser verstanden, nie ritterlicher behandelt worden, und die

Frauen aller Länder sollten ihm Bildsäulen errichten. Freilich würde es an Neidern nicht fehlen, wie sein eigenes Frankreich einen solchen erstehen sah.«

»Einen Neider?« fragte der in der französischen Memoirenliteratur glänzend bewanderte Graf und schien durch diese Frage einen Zweifel ausdrücken zu wollen.

»C'est ça«, fuhr die Gräfin fort, »und zwar in Gestalt seines eigenen Enkels, des ›grand monarque‹. Als die Stadt Pau ihrem geliebten Henri eine Statue errichten wollte, suchte sie bei Hofe darum nach. Ludwig XIV. sagte nicht ja und nicht nein, sondern schickte statt aller Antwort sein eigenes Bildnis. Aber er hatte den Witz der guten Bürger von Pau nicht gebührend mit in Rechnung gezogen. Diese richteten das Denkmal auf und gaben ihm die Inschrift: ›Celui-ci est le petit-fils de notre bon Henri.‹«

»Und wie lief es ab?« fragte Rutze, der, nach Kinderart zwischen Anekdote und Erzählung keinen Unterschied machend an dem Hergange selbst ein größeres Interesse nahm als an der Pointe. Die Gräfin lächelte.

»Es ist eine Erzählung ohne Schluß, lieber Rutze. Der König wird schwerlich von dieser Inschrift gehört, noch weniger sie gelesen haben. Es ist immer mißlich, solche Scherze zu hinterbringen. Übrigens sorgte gerade damals der Feldzug am Rhein für Aufregungen, die das Auge des Königs nach anderer Seite hin abzogen. Es war die Erntezeit seines Ruhmes, auch seines kriegerischen. Und doch war keine Spur von einem Feldherrn in ihm. Le bon roi Henri schlug die Schlachten, le grand roi Louis ließ sie schlagen; aber Dichter und Maler sind nicht müde geworden, Olymp und Heroenwelt nach Vergleichen für ihn zu durchsuchen.«

»Ich glaube gehört zu haben«, bemerkte Berndt, »daß er eines gewissen militärischen Talentes, wie es hohe Lebensstellungen sehr oft ausbilden, nicht entbehrte.«

»Graf Tauentzien war der entgegengesetzten Meinung. Und ich darf annehmen, daß seine Meinung übereinstimmend mit dem Urteil des Prinzen war.«

»Das Urteil des Königs würde mir kompetenter sein.«

Die Gräfin schwieg pikiert, aber nach kurzer Weile fuhr sie fort: »Du weißt, Berndt, daß der König selber aussprach: ›Le prince est le seul qui n'ait jamais fait de fautes.‹ Es scheint mir darin zugestanden, daß er in der Theorie des Krieges, in allem, was Wissen und Urteil angeht, der Bedeutendere war.«

Berndt zuckte. »Wer die Praxis hat, hat auch die Theorie. Was entscheidet, sind die Blitze des Genies.«

»Aber das Genie hat mannigfache Formen der Erscheinung. Der Prinz würde bei Hochkirch nicht überrascht worden sein.«

»Und bei Leuthen nicht gesiegt haben. Du überschätzest den Prinzen.«

»Du unterschätzest ihn.«

»Nein, Schwester, ich weise ihm nur die Stelle an, die ihm zukommt: die zweite. Zu allen Zeiten ist die Neigung dagewesen, in solchen Personalfragen die Weltgeschichte zu korrigieren. Aber Gott sei Dank, es ist nie geglückt. Das Volk, allem Besserwissen der Eingeweihten, allem Spintisieren der Gelehrten zum Trotz, hält an seinen Größen fest.«

»Aber es sollte de temps à temps diese Größen richtiger erkennen.«

»Gerade hierin erweist es sich als untrüglich, wenigstens das unsere, das in seiner Nüchternheit vor Überrumpelungen gesichert ist. Es zweifelt lange und sträubt sich noch länger. Aber zuletzt weiß es, wo seine Liebe und seine Bewunderung hingehört. Ich habe dies in den letzten Jahren des Großen Königs, wenn Dienst oder Festlichkeiten mich nach Berlin riefen, mehr als einmal beobachten können.«

»Ich meinerseits habe von entgegengesetzten Stimmungen gehört, und mir sind Drohreden des ›untrüglichen Volkes‹ hinterbracht worden, die sich hier nicht wiederholen lassen.«

»Es wird auch an solchen nicht gefehlt haben. Ein gerechter König, während er sich Tausende zu Dank verpflichtet, wird von Hunderten verklagt. Aber was er den Tausenden war, das ließ sich erkennen, wenn er, von der großen Revue kommend, seiner Schwester, der alten Prinzeß Amelie, die er oft das ganze Jahr über nicht sah, seinen regelmäßigen Herbstbesuch machte.«

Rutze, der sich solcher Besuche erinnern mochte, nickte zustimmend mit dem Kopf – Berndt aber fuhr fort: »Ich seh' ihn vor mir wie heut', er trug einen dreieckigen Montierungshut, die weiße Generalsfeder war zerrissen und schmutzig, der Rock alt und bestaubt, die Weste voll Tabak, die schwarzen Sammethosen abgetragen und rot verschossen. Hinter ihm Generale und

Adjutanten. So ritt er auf seinem Schimmel, dem Condé, durch das Hallesche Tor, über das Rondell, in die Wilhelmsstraße ein, die gedrückt voller Menschen stand, alle Häupter entblößt, überall das tiefste Schweigen. Er grüßte fortwährend, vom Tor bis zur Kochstraße wohl zweihundertmal. Dann bog er in den Hof des Palais ein und wurde von der alten Prinzessin an den Stufen der Vortreppe empfangen. Er begrüßte sie, bot ihr den Arm, und die großen Flügeltüren schlossen sich wieder. Alles wie eine Erscheinung. Nur die Menge stand noch entblößten Hauptes da, die Augen auf das Portal gerichtet. Und doch war nichts geschehen: keine Pracht, keine Kanonenschüsse, kein Trommeln und Pfeifen; nur ein dreiundsiebzigjähriger Mann, schlecht gekleidet, staubbedeckt, kehrte von seinem mühsamen Tagewerk zurück. Aber jeder wußte, daß dieses Tagewerk seit fünfundvierzig Jahren keinen Tag versäumt worden war, und Ehrfurcht, Bewunderung, Stolz, Vertrauen regte sich in jedes einzelnen Brust, sobald sie dieses Mannes der Pflicht und der Arbeit ansichtig wurden. Chère Amélie, auch dein Rheinsberger Prinz ist eingezogen. Hast du je Bilder wie diese vor Augen gehabt oder auch nur von ihnen gehört?«

Die Gräfin wollte antworten, aber der eintretende Jäger meldete, daß die Schlitten vorgefahren seien. So wurde das Gespräch unterbrochen. Es erfolgte nur noch eine Einladung auf Silvester, bis zu welchem Tage Baron Pehlemann hoffentlich von seinem Anfall wiederhergestellt, Dr. Faulstich aber seiner Ziebinger Umgarnung entzogen sein werde. Eine Viertelstunde später flogen die Schlitten auf verschiedenen Wegen ins Oderbruch hinein. Berndt, behufs Erledigung von Kreis- und anderen Amtsgeschäften, begleitete Drosselstein nach Hohen-Ziesar. Den weitesten Weg hatten Lewin und Renate, quer durch das Bruch hindurch. Als sie vor dem Hohen-Vietzer Herrenhause hielten, berichtete Jeetze mit einem Anflug von Vertraulichkeit, daß die »jungen Berliner Herrschaften« vor einer Stunde angekommen, aber, ermüdet von der Reise, schon zur Ruhe gegangen seien.

»Also auf morgen!« Damit trennten sich die Geschwister.

8. KAPITEL

Chez soi

Über dem Salon, aus dem die Wendeltreppe mit dem Nußbaumspalier ins obere Stock führte, befand sich das Schlafzimmer der Gräfin. Ein stiller Raum, hoch und geräumig, die Fenster nach Norden zu. Unter gewöhnlichen Verhältnissen hätte man diese Lage tadeln dürfen; hier aber, wo die Neigung vorherrschte, sich erst durch die Mittagssonne wecken zu lassen, gestaltete sich, was anderen Orts ein Fehler gewesen wäre, zu einem Vorzug. In der Mitte des Zimmers, nur mit der einen Schmalseite die Wand berührend, stand das Bett, ein großer, mit schweren Vorhängen ausgestatteter Behaglichkeitsbau und nicht eine jener sargartigen Kisten, die das Schlafen als eine Nebensache oder gar als eine Strafe erscheinen lassen. Ein zuverlässiger Mensch wacht aber nicht nur ordentlich, sondern schläft auch ordentlich, und es war eine Feinheit unserer Sprache, das richtig drapierte Großbett ohne weiteres zum Himmelbett zu erheben.

Die Gräfin, noch unter dem Einfluß des Streits, den sie mit dem Bruder gehabt hatte, und verstimmt, an einer, wie sie nicht zweifelte, siegreichen Entgegnung verhindert worden zu sein, stieg die Wendeltreppe langsam hinauf, während ihr ihre Jungfer, ein hübsches, blutjunges Ding von entschieden wendischem Typus, mit einem Ausdruck von Schelmerei und Schlauheit folgte. Es war Eva Kubalke, des alten Hohen-Vietzer Küsters jüngste Tochter und Schwester von Maline Kubalke.

Beide nahmen dieselbe bevorzugte Stellung ein. Eva war Liebling und Vertraute bei Tante Amelie, Maline bei Renaten.

Es verging eine geraume Zeit, während welcher die Gräfin nicht sprach. Endlich schien sie ihrer Verstimmung Herr geworden zu sein; sie setzte sich vor einen Spiegel und begann ihre Nachttoilette zu machen. Die Kleine sah ihr beständig nach den Augen. Endlich sagte die Gräfin unter freundlichem Zunicken: »Nun, Eva?«

»Gnädigste Gräfin sind so still.«

»Ja. Aber nun sprich. Nimm den Kamm. Was gibt es?«

»O vielerlei, gnädigste Gräfin. Fräulein Renate war wieder so gut. Sie hat mir alles erzählt. Ich freue mich immer, wenn sie Kopfweh hat und aus dem Salon nach oben kommt. Da höre ich doch von Hohen-Vietz und meiner Schwester Maline.«

»Wie steht es mit dem Bräutigam? War es nicht der junge Scharwenka?«

»Ja, aber sie hat ihm abgeschrieben.«

»Ihm abgeschrieben? Dem reichen Krügerssohn?«

»Das war es eben. Es sind harte Leute, die Scharwenkas, hart und bauernstolz. Er hat ihr vorgeworfen, daß sie arm sei. Aber da war es vorbei. Sie machte sich auch nicht viel aus ihm. Sie will nun in die Stadt.«

»Wenn es nur gut tut.«

»Aber wissen denn gnädigste Gräfin, daß der Hathnower Pastor Hochzeit gehabt hat?«

»Der Hathnower?«

»Ja, gestern, am zweiten Feiertage. Es sollte was Apartes sein.«

»Und mit wem denn?«

»Mit einer Berlinerin. Und wie er dazu gekommen ist! Es ist eine ganze Geschichte.«

»Nun, so erzähle doch.«

»Er war letzten Sommer in Berlin auf Besuch bei einem Freunde, auch Prediger. Den Namen habe ich vergessen, aber ich besinne mich noch.«

»Laß ihn.«

»Nun, der Freund wohnte in einem großen Hause, zwei Treppen hoch. Ein Gewitter zog herauf, und es goß wie mit Kannen. Als es vorüber war und der Regen nur noch leise fiel, legten sich beide Freunde ins offene Fenster und sahen auf die Straße, die unter Wasser stand, so daß die Brückenbohlen umherschwammen. Aber soll ich weiter erzählen?«

»Gewiß.«

»Sie sahen also auf die Straße und die Brückenbohlen, aber auch auf ein paar große Rosenstöcke, die Regens halber umgelegt waren und gerade unter ihnen aus dem Fenster herausguckten. Die Freunde sprachen noch, und der Hathnower wollte sich eben nach den eine Treppe tiefer wohnenden Wirtsleuten erkundigen, als ein Arm herausgestreckt wurde, der dicht über den Rosenstöcken hin einen kleinen irdenen Blumentopf, in dem nur zwei, drei Blätter wuchsen, in den Regen hinaushielt. Ein paar Tropfen fielen auf die Blätter und auch auf den Arm; und dann verschwand er wieder. ›Es war wie eine Erscheinung‹, soll der Hathnower gesagt haben. Den zweiten Tag hielt er an. Es ist eine Steuerratstochter.«

»Das hätte ich dem Kleinen nicht zugetraut. Er ist sonst so schüchtern.«

»Die Leute wissen auch nicht recht, was sie daraus machen sollen. Die einen meinen, es habe ihn so gerührt, die Liebe zu den drei kleinen Blättern, und er habe gleich gesagt, ›die muß jeden glücklich machen‹; die andern aber meinen, Frau Gräfin verzeihen, der Arm habe es ihm angetan.«

»Es wird wohl der Arm gewesen sein«, bemerkte die Gräfin mit ruhiger Überzeugung.

Eva, die ein Schelm war, erwiderte, »daß es ja doch ein Prediger sei«, und fuhr dann in ihrem Abendrapporte fort: »Auf der Manschnower Mühle ist eingebrochen.«

»Beim alten Kriele?«

»Ja, gnädigste Gräfin. Sie haben ihm all sein Gespartes genommen und das Pferd aus dem Stall dazu. Sie müssen die Gelegenheit gut gekannt haben, denn das Geld lag unter dem Fußboden; aber sie brachen die Dielen auf.«

»Hat man auf wen Verdacht?«

»Die Diebe hatten alte Soldatenröcke an, halb zerrissen, so daß man nichts Bestimmtes erkennen konnte. Die Manschnower meinen, es wären Marodeurs gewesen, Franzosen, die das Mitnehmen noch immer nicht lassen könnten. Ihre Gesichter hatten sie schwarz gemacht.«

»Dann waren es keine Franzosen. Wer sein Gesicht schwärzt, der fürchtet, erkannt zu werden. Und du sagtest selbst, sie wußten Bescheid in der Mühle.«

»Aber die Soldatenröcke.«

»Das wird sich aufklären.«

Damit brach das Gespräch ab. Die Toilette war beendet, das Haar leicht zusammengesteckt, und die Gräfin bot Eva gute Nacht. Diese, bevor sie das Zimmer verließ, trat noch an einen großen Stehspiegel heran und ließ, wie man ein Fensterrouleau herunterläßt, einen grünseidenen Vorhang über den Trumeau herabrollen.

Dies geschah jeden Abend, und es ist nötig, ein Wort darüber zu sagen. Wie alle alten Schlösser, so hatte auch Schloß Guse sein Hausgespenst, und zwar eine »schwarze Frau«. Diese weißen und schwarzen Frauen gelten bei Kennern als die allerechtesten Spuke, gerade weil ihnen das fehlt, was dem Laien die Hauptsache dünkt: eine Geschichte. Sie haben nichts als ihre Existenz; sie erscheinen bloß. *Warum* sie erscheinen, darüber fehlen entweder alle Mitteilungen, oder die Mitteilungen sind widerspruchsvoll. So war es auch in Guse. Die Erzählungen gingen weit auseinander, nur das stand fest, daß das Erscheinen der schwarzen Frau jedesmal Tod oder Unglück bedeute. Die Gräfin, sonst eine beherzte Natur, lebte in einem steten Bangen vor dieser Erscheinung; was ihr aber das peinlichste war, war der Gedanke, daß sie möglicherweise einmal einem bloßen Irrtum, ihrem eignen Spiegelbilde zum Opfer fallen könne. Da sie sich immer schwarz kleidete, so hatte diese Besorgnis eine gewisse Berechtigung, und sie traf ihre Vorkehrungen darnach. Die Anlage der mehrerwähnten Wendeltreppe stand im Zusammenhange damit; sie wollte das Spiegelzimmer nicht passieren, wenn sie sich spät abends aus dem Salon in ihr Schlafzimmer zurückzog. In diesem letzteren war nun natürlich der große Trumeau ein Gegenstand ihrer besonderen Aufmerksamkeit und Besorgnis, und ein durch Eva auch nur einmal versäumtes Herablassen des Vorhanges würde schwerlich ihre Verzeihung gefunden haben.

Es war heute noch früh, kaum elf Uhr, und die Gräfin, die ohnehin die Nacht am liebsten zum Tage gemacht hätte, hatte keinen Grund, die Ruhe vorzeitig aufzusuchen. Es waren noch Briefe zu schreiben.

Sie setzte sich an einen mit Schildpatt und Boulearbeit ausgelegten Tisch, der zwischen Bett und Fenster stand, überflog einen kurzen Brief, der ihr zur Linken lag, und schrieb dann selbst:

»Mon cher Faulstich. Tout va bien! Demoiselle Alceste, wie sie mir heute in einem unorthographischen Billet (le style c'est l'homme) anzeigt, hat akzeptiert. Sie wird am 30. in Guse sein et comme j'espère den Dr. Faulstich bereits hier antreffen. Sie dürfen mich nicht im Stiche lassen.

Meinen Dank für die Vorschläge, die Sie gemacht. Ihre Begeisterung für de la Harpe, den Sie zu favorisieren scheinen, kann ich nicht teilen, weder für die ›Barmecides‹ noch für den ›Comte de Warwick‹. Die rotangestrichenen Stellen (Tome VII erfolgt zurück) lasse ich gelten.

Ich habe mich, après quelque hésitation, für Lemierre entschieden, nicht für den ›Barnevelt‹, der so viel Aufsehen gemacht hat und der reifer ist, sondern für den ›Guillaume Tell‹, justement parcequ'il n'a pas cette maturité. Er hat dafür Schwung, Feuer, Leidenschaft. Demoiselle Alceste, ohne daß ich ihr Urteil kaptiviert hätte, ist mir beigetreten. Ich leugne übrigens nicht, daß auch Rücksichten auf den Effekt meine Wahl bestimmt haben. Cléofés Paraphrasen an die Freiheit sind genau das, was man jetzt hören will, et comme Intendant en Chef du Théâtre du château de Guse, habe ich die Verpflichtung, Neues, Zeitgemäßes zu bringen und mich dem Geschmacke meines Publikums anzubequemen. S'accomoder au goût de tout le monde, c'est la demande de notre temps. Das Beste wird Demoiselle Alceste tun müssen et encore plus la surprise. Also Verschwiegenheit, auch gegen Drosselstein.

Aber eines fehlt noch, cher Docteur, et c'est pour cela que je recours à bonté. Es fehlt ein Prolog, ein Epilog, ein Chorus, ein Irgendetwas, das vorwärts oder rückwärts oder seitwärts weist, denn so könnte man den Chorus vielleicht definieren. Sie werden schon das Richtige finden. J'en suis sûre. Vielleicht täte es auch ein Lied. Aber es müßte etwas Leichtes sein, das Renate vom Blatte singen könnte.

N'oubliez pas que je vous attends le 30. Je suis avec une parfaite estime votre affectionnée

A. P.«

Ein zweiter Brief war an Demoiselle Alceste gerichtet. Er enthielt nur den Ausdruck der Freude, sie mit nächstem zu sehen. Die Gräfin siegelte beide Briefe, löschte die auf dem Schreibtische stehenden Kerzen und legte sich nieder. Nur noch die italienische Lampe brannte. Sie band, wie sie seit vielen Jahren tat, ein safranfarbenes Tuch um ihre Stirn und versuchte zu lesen, aber das Buch entfiel ihrer Hand. Die Eindrücke des Tages zogen an ihr vorüber; sie hörte die heftigen Reden Berndts, dann klangen sie ruhiger, und die großen Portaltüren, die Bamme mit so viel Eindringlichkeit geschildert hatte, öffneten sich langsam und leise. Aber in den Saal, in dem die Leibkarabiniers tanzten, trat niemand anderes als Mademoiselle Alceste, die Worte Lemierres auf den Lippen, den Sieg auf der Stirn. Alles applaudierte.

Der Traum spann sich weiter; die Gräfin schlief.

9. KAPITEL

Untreuer Liebling

Der andere Morgen sah die beiden Geschwisterpaare, Lewin und Renate und Tubal und Kathinka, beim Frühstück versammelt. Nach herzlicher Begrüßung und sich überstürzenden Fragen, die teils der Christbescherung im Ladalinskischen Hause, teils der gestrigen Réunion in Schloß Guse galten, wurden die Dispositionen für den Tag getroffen. Kathinka und Renate wollten auf der Pfarre vorsprechen, dann Marie zu einer Plauderstunde abholen, während die beiden jungen Männer einen Besuch in dem benachbarten Städtchen Kirch-Göritz verabredeten. Die Anregung dazu ging von Tubal aus, der in der »Jenaer Literaturzeitung« einen mit dem vollen Namen Dr. Faulstichs unterzeichneten Aufsatz »Arten und Unarten der Romantik« gelesen und sofort den Entschluß gefaßt hatte, bei seiner nächsten Anwesenheit in Hohen-Vietz den Doktor aufzusuchen.

Erst nach Regelung aller dieser Dinge kam das bis dahin hastig und sprungweise geführte Gespräch in einen ruhigeren Gang, und die Hohen-Vietzer Geschwister drangen jetzt in Tubal, ihnen von der durch Jürgaß improvisierten Weihnachtssitzung, besonders aber von Hansen-Grell, dieser jüngsten Akquisition der »Kastalia« zu erzählen. Auch Kathinka wollte von ihm hören.

»Ich werde schlecht vor eurer Neugier bestehen«, begann Tubal. »Es geht mein Wissen, trotzdem ich Jürgaß am ersten Feiertage gesprochen, nicht wesentlich über das hinaus, was ich in meinem langen Weihnachtsbriefe bereits geschrieben habe. Er ist unschön, von schlechtem Teint und hat wenig Grazie. Aber dieser Eindruck verliert sich, wenn er spricht. Manches an ihm erklärt sich aus seinem Namen, der als ein Abriß seiner Lebensgeschichte gelten kann. Sein Vater, ein einfacher Grell, in Gantzer gebürtig und ursprünglich Soldat, wurde, wer weiß wie, nach Dänemark verschlagen. Er heiratete daselbst, und zwar im Schleswigschen, eines wohlhabenden Handwerkers Tochter. In jenen Gegenden heißt alles Hansen; zugleich ist dort die Sitte verbreitet, den Kindern einen aus dem Familiennamen des Vaters und der Mutter gebildeten Doppelnamen mit auf den Lebensweg zu geben. So entstanden die Hansen-Grells. Einige Jahre später zog es den Vater, der inzwischen geschulmeistert, sich als Turmuhrmacher und Orgelspieler versucht hatte, wieder in sein märkisches Dorf zurück, und er schrieb an die Gutsherrschaft in Gantzer, in einem langen Briefe schildernd, wie groß sein Heimweh sei. Der alte Jürgaß, als er das las, war an seiner schwachen Stelle getroffen, und vier Wochen später trafen Grell und Frau nebst einer ganzen Kolonie von Hansen-Grells in Gantzer ein.«

»Und der alte Jürgaß schaffte Rat; dessen bin ich sicher«, warf Lewin dazwischen. »Es ist eine Familie, wie wir keine bessere haben. Ohne Lug und Trug. Sie sind mit den Zietens verschwägert und mit den Rohrs; von den einen haben sie die Hand, von den anderen das Herz.«

»Es ist, wie du sagst«, fuhr Tubal fort. »Es fand sich ein Haus, ein Amt, ein Streifen Land, und unser Hansen-Grell kam auf die Havelberger Schule. Als er aber halbwachsen war, wurde seiner Mutter Blut und Namen in ihm lebendig, und er erschien eines Tages bei den Großeltern in Schleswig. Er hatte die ganzen fünfzig Meilen zu Fuß gemacht. Es war ein gewagtes Ding, aber es schlug ihm zum Guten aus, selbst in Gantzer, wo der alte Jürgaß dem alten Grell auseinandersetzte, daß jeder Mensch, aus dem etwas geworden sei, der eine früher, der andere später, eine Desertion begangen habe. Selbst Kronprinz Friedrich. In der Großeltern Haus wuchs inzwischen unser Hansen-Grell heran und ging nach Kopenhagen; es war dasselbe Jahr, in dem die Engländer die Stadt bombardierten. Einzelne Vorgänge, die seiner Umsicht wie seinem Mut ein gleich glänzendes Zeugnis ausstellten, führten ihn als Erzieher in das Haus eines Grafen Moltke, in dem er glückliche Jahre verlebte. Seine skandinavischen Studien fallen in diese Zeit.

Als aber Schill, dessen Auftreten er mit glühendem Patriotismus verfolgt hatte, von dänischen Truppen umstellt und dann in den Straßen Stralsunds zusammengehauen wurde, kam der Grell in ihm so nachdrücklich heraus, daß er, übrigens unter Fortdauer guter Beziehungen zu dem Moltkeschen Hause, seine Kopenhagener Stellung aufgab und ins Brandenburgische zurückkehrte.«

»Es überrascht mich«, bemerkte Lewin, »nie früher von ihm gehört zu haben. Wo war er all die Zeit über? Unser Jürgaß zählt sonst nicht zu den Schweigsamen.«

»Ich möchte vermuten, daß er seine Zeit zwischen literarischen Beschäftigungen in Berlin und Aushilfestellungen auf dem Lande teilte. Dann und wann war er in Gantzer. In Stechow, wenn ich recht verstanden habe, hat er gepredigt. Im übrigen wird er vor Ablauf einer Woche meine Mitteilungen vervollständigen können. Und wenn nicht er, so doch jedenfalls Jürgaß, der, während er ihn ironisch zu behandeln scheint, eine fast respektvolle Vorliebe für ihn hat. Er rühmt vor allem sein Erzählertalent, wenn es sich um skandinavische Naturbilder oder um die Schilderung persönlicher Erlebnisse handelt. Schon in dem ›Hakon Borkenbart‹, den er uns vorlas, trat dies hervor. Es war mir interessant, mit welcher Aufmerksamkeit Bninski folgte, erst dem Gedichte, dann dem Dichter, vielleicht noch mehr dem Menschen. Aber ich entsinne mich, ich schrieb schon davon.«

»Es will mir scheinen, Tubal«, nahm hier Kathinka das Wort, »daß du dem Grafen deine persönlichen Empfindungen unterschiebst. Er verlangt Schönheit, Form, Esprit, alles das, was dieser nordische Wundervogel, in dem ich schließlich eine Eidergans vermute, nicht zu haben scheint. Bninski ist durchaus für südliches Gefieder. Er hat gar kein Verständnis für preußische Kandidaten- und Konrektoralnaturen, die nie prosaischer sind, als wo sie poetisch oder gar enthusiastisch werden.«

»Da verkennst du den Grafen doch«, erwiderte Tubal, und Lewin setzte mit einer Verbeugung gegen die schöne Cousine hinzu: »Ich muß auch widersprechen, Kathinka; Bninskis Neigungen gehen den Weg, den du beschrieben hast, aber er ist zugleich eine tiefer angelegte Natur, und es dämmert in ihm die Vorstellung, daß es gerade die Hansen-Grells sind, die wir vor den slawischen Gesellschaftsvirtuosen, vor den Männern des Salonfirlefanzes und der endlosen Liebesintrige voraushaben. Übrigens ist es Zeit, unser Thema abzubrechen. Kirch-Göritz ist eine Stunde, und die Tage sind kurz. Wir nehmen doch die Jagdflinten? Möglich, daß uns ein Hase über den Weg läuft.«

Tubal stimmte zu. Ihr Adieu für den Moment ihres Aufbruchs sich vorbehaltend, verließen beide Freunde das Zimmer, um sich für ihre Jagd- und Gesellschaftsexpedition zu rüsten.

Auch die jungen Damen standen auf, und Renate begann die Brotreste zu verkrumeln, mit denen sie jeden Morgen ihre Tauben zu füttern pflegte.

Kathinka, in einem enganschließenden polnischen Überrock von dunkelgrüner Farbe, der erst jetzt, wo sie sich erhoben hatte, die volle Schönheit ihrer Figur zeigte, war ihr dabei behilflich. Alles, was Lewin für sie empfand, war nur zu begreiflich. Ein Anflug von Koketterie, gepaart mit jener leichten Sicherheit der Bewegung, wie sie das Bewußtsein der Überlegenheit gibt, machte sie für jeden gefährlich, doppelt für den, der noch in Jugend und Unerfahrenheit stand. Sie war um einen halben Kopf größer als Renate; ihre besondere Schönheit aber, ein Erbteil von der Mutter her, bildete das kastanienbraune Haar, das sie, der jeweiligen Mode Trotz bietend, in der Regel leicht aufgenommen in einem Goldnetz trug. Ihrem Haar entsprach der Teint und beiden das Auge, das, hellblau wie es war, doch zugleich wie Feuer leuchtete.

»Sieh«, sagte Renate, während sie mit einer Schale voll Krumen auf das Fenster zuschritt, »sie melden sich schon.« Und in der Tat hatte sich draußen auf das verschneite Fensterbrett eine atlasgraue Taube niedergelassen und pickte an die Scheiben. »Das ist mein Verzug«, setzte sie hinzu und drehte die Riegel, um die Krumen hinauszustreuen. Kathinka war ihr gefolgt. In dem Augenblick, wo das Fenster sich öffnete, huschte die schöne Taube herein, setzte sich aber nicht auf Renatens, sondern auf Kathinkas Schulter und begann unter Gurren und zierlichem Sichdrehen ihren Kopf an Kathinkas Wange zu legen.

»Untreuer Liebling!« rief Renate, und in ihren Worten klang etwas wie wirkliche Verstimmung.

»Laß«, sagte Kathinka. »Das ist die Welt. Untreue überall; auch bei den Tauben.«

In diesem Momente traten die beiden Freunde wieder ein, um sich, wie angekündigt, bei den jungen Damen bis auf Spätnachmittag zu empfehlen. Sie trugen Jagdröcke, Pelzkappen, hohe Stiefel, dazu die Flinten über die Schulter gehängt. »Nehmen wir einen Hund mit?« fragte Tubal.

»Nein. Tiras lahmt, und Hektor scheucht alles auf und bringt nichts zu Schuß. Das beste Tier und der schlechteste Hund.« So brachen sie auf.

10. KAPITEL

Kirch-Göritz

Kirch-Göritz liegt an der andern Seite der Oder, südöstlich von Hohen-Vietz. Es standen zwei Wege zur Wahl, und die beiden Freunde beschlossen, auf dem Hinmarsche den einen, auf dem Rückmarsche den andern einzuschlagen. Sie passierten zuerst das Dorf, dann den Forstacker. Als sie bei Hoppenmariekens Häuschen vorüberkamen, das stumm und verschlossen dalag, standen sie neugierig still und lugten hinein. Sie sahen aber nichts. Dann schlugen sie einen Fußsteig ein, der diesseitig in halber Höhe des Oderhügels hinlief. Dann und wann flog eine Schackelster auf; nichts, was einen Schuß verlohnt hätte.

Sie sprachen von Faulstich, und Tubal skizzierte den Artikel aus der »Jenaer Literaturzeitung«, den Lewin nicht gelesen hatte. »Ich fürchte fast«, sagte dieser, »daß der Verfasser hinter dem Eindruck, den seine Arbeit auf dich machte, zurückbleiben wird. Er ist ein kluger und interessanter Mann, aber doch schließlich von ziemlich zweifelhaftem Gepräge.«

»Desto besser. Ich bin, wie du übrigens wissen könntest, unserer Tante Amelie gerade verwandt genug, um alles, was einen ›Stich‹ hat, zum Teil um dieses Stiches willen zu bevorzugen. Und Faulstich wird keine Ausnahme machen. Er ist mir schon interessant dadurch, daß er in Kirch-Göritz lebt, ein Mann, der sich an die sublimsten Fragen wagt! Welche Schicksalswelle hat ihn an diesen Strand geworfen?«

»Wir wissen wenig von ihm, und das wenige bedarf wahrscheinlich auch noch der Korrektur. Er ist ein Altmärker, wenn ich nicht irre, aus der Gardelegener Gegend, wo sein Vater Prediger war, ein strenggläubiger, was dem Sohne von Jugend auf widerstand. Nichtsdestoweniger ging er, dem Willen des Vaters nachgebend, nach Halle und begann theologische Studien. Er kam aber, durch literarische Liebhabereien abgezogen, nicht recht vorwärts. Eine Art ästhetische Feinschmeckerei war schon damals seine Sache. Er lernte den um mehrere Jahre jüngeren Ludwig Tieck kennen, spielte den Beschützer, zugleich das oberste kritische Tribunal, und diese Bekanntschaft, so kurz und oberflächlich sie war, war es doch, was ihn schließlich nach allerhand Zwischenfällen nach Kirch-Göritz führte.«

»Und diese Zwischenfälle laß mich hören.«

»Gewiß; denn sie sind charakteristisch für den Mann. Es kam endlich zum völligen Bruch zwischen Vater und Sohn, und schon erwog dieser, ob er sich nicht einer herumziehenden Schauspielergesellschaft anschließen sollte, als er sich durch in Berlin angeknüpfte Verbindungen in den Kreis der Rietz-Lichtenau gezogen sah. Dieser Kreis, wie du von deinem Papa oft gehört haben wirst, war besser als sein Ruf. Die Rietz, zu manchem anderen, das sie besaß, hatte gute Laune, scharfen Verstand und ein natürliches Gefühl für die Künste. Sie paßte für ihre Rolle. Es war eben allerlei Verwandtes zwischen ihr und Faulstich, der sich bald unentbehrlich zu machen wußte. Er stellte Bilder, erfand Bonmots fürstlicher Personen, sorgte für Klatsch und Anekdoten und machte die Festgedichte. All dies hatte natürlich ein Ende, als die Seifenblase der Lichtenauschen Größe zerplatzte, und Faulstich, wie vier Jahre früher in Halle, sah sich zum zweiten Male den bittersten Verlegenheiten gegenüber.«

»... aus denen ihn nun Tieck, wie der besternte Fürst in der Komödie, befreite.«

»Du sagst es. Die gelockerten Beziehungen knüpften sich wieder an; Faulstich tat den ersten Schritt. Tieck seinerseits, der eben damals den ›Gestiefelten Kater‹ gebracht hatte und mit dem ›Zerbino‹ und der ›Genoveva‹ in Vorbereitung war, begriff leicht, was ihm Faulstich in den zu führenden Fehden wert sein mußte. Denn er war kein gewöhnlicher Kritiker. Voller Phantasie verstand er es, den Intentionen, selbst den Capricen der jungen Schule zu folgen. So halb aus

Interesse, halb aus Gutmütigkeit empfahl ihn Tieck an die Burgsdorffs nach Ziebingen hin. Den Rest errätst du leicht.«

»Doch nicht, gib wenigstens eine Andeutung.«

»Gut. Er kam also nach Ziebingen, was im weiteren zur Bekanntschaft mit Graf Drosselstein und bald auch zur Übersiedelung nach Hohen-Ziesar führte. Ich kann mich dessen noch entsinnen. Es fiel ihm zu, in der etwas wüstgewordenen Bibliothek wieder Ordnung zu schaffen, und der Graf, soweit ihm die Parkanlagen Zeit ließen, ging ihm dabei zur Hand. Sie entdeckten alte, mit Initialen reichausgestattete Drucke, Ritterbücher aus dem Ende des 15. Jahrhunderts, die nun, im Triumphe nach Ziebingen geschafft, einen erwünschten Stoff zu neuen Dichtungen und noch mehr zu kritischen Untersuchungen boten. Etwa um 1804 wurde die zweite Lehrerstelle in Kirch-Göritz frei. Dem Familieneinfluß erwies es sich nicht schwer, das Einrücken Faulstichs in diese Stelle durchzusetzen. Auch Tante Amelie wirkte mit. Es ist eine halbe Sinekure, und die paar pflichtmäßigen Lektionen fallen gelegentlich noch aus. Die Kirch-Göritzer müssen sich eben damit trösten, daß jede Stunde, die ihrer Stadtschule verloren geht, der romantischen Schule zugute kommt.«

»Ob es ihnen leicht wird?«

»Ich zweifle. Von dem Brombeerstrauche kleinstädtischer Magistrate sind eben keine Trauben zu pflücken. Auch läßt sich nicht behaupten, daß Dr. Faulstich es ihnen leicht macht.«

»Ist er hochmütig?«

»Im Gegenteil, er hat das Verbindliche, das allen Leuten innewohnt, die ihren ethischen Bedarf aus dem ästhetischen Fonds bestreiten. Er ist entgegenkommend, immer scherzhaft, zum mindesten kein Spielverderber. Dem allerkrausesten Zeuge hört er nicht nur geduldig zu, sondern antwortet auch mit einem verbindlichen ›Ihrem Gedankengange folgend‹, unter welchem Höflichkeitsdeckmantel er dann entweder erst Klarheit in das Chaos bringt oder auch gerade das Gegenteil von dem Gesagten festzustellen weiß. Seine Klugheit und seine affablen Manieren sind es, die ihn halten, aber er gibt Anstoß durch sein Leben, seinen Wandel.«

»So war sein Sich-heimisch-Fühlen im Hause der Rietz mehr als ein Zufall?«

»Ich fürchte, daß es so ist. Er lebt mit einer kinderlosen Witwe, einer Frau von beinahe Vierzig; du wirst sie sehen. Sie beherrscht ihn natürlich, und seine gelegentlichen Bestrebungen, ihr den bescheidenen Platz anzuweisen, der ihr zukommt, scheitern jedesmal.«

»Aber warum schüttelt er sie nicht ab?«

»Dazu gebricht es ihm an Kraft. Er ist eine schwache Natur. Und in dieser schwachen Natur steckt auch das, was mehr Anstoß gibt als alles andere: sein Mangel an Gesinnung.«

»Ist denn Kirch-Göritz der Ort, solche Schäden aufzudecken?«

»Ein jeder Ort, möcht' ich meinen, ist dazu geschickt. Und Faulstich hält nicht hinterm Berge. Er bekennt sich offen zu seinem Sybaritismus, zu einer allerweichlichsten Bequemlichkeit, die von nichts so weit ab ist als von Pflichterfüllung und dem kategorischen Imperativ. Er kennt nur sich selbst. Alle Großtat interessiert ihn nur als dichterischer Stoff, am liebsten in dichterischem Kleide. Eine Arnold von Winkelried-Ballade kann ihn zu Tränen rühren, aber eine Bajonettattacke mitzumachen, würde seiner Natur ebenso unbequem wie lächerlich erscheinen.«

»Das teilt er mit vielen. Es ließe sich darüber streiten, ob das ein Makel sei.«

»Ich würde dir unter Umständen zustimmen können. Aber wenn wir im allgemeinen in der Aufstellung unserer Grundsätze strenger sind als in ihrer Betätigung, so gibt es doch auch Ausnahmen, wo wir dem Leben und seiner Praxis das nicht gestatten mögen, was uns der Theorie nach noch als statthaft erscheint. Ich weiß es nicht, aber ich gehe jede Wette ein, daß das, was in diesen Weihnachtstagen alle preußischen Herzen bewegt hat, von unserem Kirch-Göritzer Doktor entweder einfach als eine Störung empfunden oder aber gar nicht beachtet worden ist. Meine Shakespeareausgabe gegen ein Uhlenhorstsches Traktätchen, daß er vom 29. Bulletin auch nicht eine Zeile gelesen hat. Eine Einladung nach Guse oder Ziebingen erscheint ihm wichtiger als eine Monarchenzusammenkunft oder ein Friedensschluß. Er ist in nichts zu Hause als in seinen Büchern; Volk, Vaterland, Sitte, Glauben – er umfaßt sie mit seinem Verstande, aber sie sind ihm Begriffs-, nicht Herzenssache. Heute als Kustos an die Pariser Bibliothek berufen, würde er morgen bereit sein, den Kaiser zu apotheosieren. Und das empfinden die kleinen Leute, unter denen er lebt. Es wird jetzt ein Landsturm geplant; über kurz oder lang werden auch die Kirch-Göritzer ausrücken. Dr. Faulstich aber? Er wird ihnen nachsehen, lachen und zu Hause bleiben.«

Während dieses Gespräches hatten die beiden Freunde den Punkt erreicht, wo der am diesseitigen Abhang sich hinziehende Weg scharf ansteigend nach links hin abzweigte. Sie folgten dieser Abzweigung und standen nach wenigen Minuten auf dem Rücken des Hügels, den Fluß zu Füßen, jenseits desselben das neumärkische Flachland. Alles in Schnee begraben, die vereinzelten Terrainwellen in der weißen Fläche verschwindend. Auch das Oderbett hätte sich kaum erkennen lassen, wenn nicht inmitten desselben eine durch den Schnee hin abgesteckte Kiefernallee die Fahrstraße von Frankfurt bis Küstrin und dadurch zugleich den Lauf des Flusses bezeichnet hätte. Rechtwinklig auf diese Fahrstraße stießen Queralleen, welche die Kommunikation zwischen den Ufern unterhielten und in ihrer Verlängerung, hüben wie drüben, auf spärlich verstreute Ortschaften zuführten.

Die Freunde freuten sich des Bildes, das trotz seiner Monotonie nicht ohne Reiz und einen gewissen Anflug von Feierlichem war.

»Wozu gehört der Kirchturm dort drüben, mit den großen Schallöchern und der goldenen Kugel?« fragte Tubal.

»Zu Dorf Ötscher.«

»Ötscher! Ich habe nie den Namen gehört.«

»Und doch spielt er in unserer Geschichte mit. Zwei Meilen weiter südlich liegt Kunersdorf, wo Kleist fiel und der König in die historischen, besser als alles andere den Moment schildernden Worte ausbrach: ›Will denn keine verdammte Kugel mich treffen?‹ Hierher, auf Ötscher zu, zogen sich an jenem furchtbaren Augusttage die zu Kompanien zusammengeschmolzenen Regimenter, Schiffbrücken wurden geschlagen, und angesichts der Stelle, wo wir jetzt stehen, gingen die Trümmer über den Strom. Das hier zur Rechten ist Reitwein. Ein Finkensteinsches Gut. Dort übernachtete der König.«

»Es ist ein Glück, dich hier als Führer zu haben. Ich hätte dieser Öde jeden historischen Moment abgesprochen.«

»Sehr mit Unrecht. Es liegen hier Schätze auf Schritt und Tritt. Da ist Kriegsrat Wohlbrück drüben in Frankfurt, der seit Jahren die Materialien zu einer Historie des Landes Lebus sammelt und auch in Hohen-Vietz war, um unser Gutsarchiv zu durchforschen. Den hab' ich mehr als einmal sagen hören: ›Es fehlt uns nicht an Geschehenem, kaum an Geschichte, aber es fehlt uns der Sinn für beides.‹ Sieh hier drüben den verschneiten Häuserkomplex hinter den zwei schiefstehenden Weiden, das ist unser Ziel: Kirch-Göritz dans toute sa gloire. Es wirkt in diesem Augenblick wie eine Biberkolonie, und doch war es ein Bischofssommersitz, der im 14. Jahrhundert eine berühmte Wallfahrtskirche und im 16. Jahrhundert ein noch berühmteres Marienbild hatte. Aber laß uns jetzt hinabsteigen; der Habicht, der dort fliegt, ist außer unserm Bereich. Ich erzähle dir, so du noch hören willst, von dem Neste vor uns. Ohnehin spielen deine Landsleute vom Bug und der Weichsel her eine Rolle in der Geschichte der Stadt.«

»Da bin ich neugierig«, erwiderte Tubal, »Obschon ich fürchten muß, wenig Schmeichelhaftes zu hören.«

»Die Geschichte schmeichelt selten«, fuhr Lewin fort, während sie den Weitermarsch antraten.

»Eines Tages, ich gehe gleich in medias res, waren also die Polen im Lande, sengten, plünderten, mordeten und brachen auch in ein Frauenkloster ein, das hierherum in unmittelbarer Nähe von Kirch-Göritz stand. Eine der Nonnen, hart bedrängt, suchte sich des Anführers zu erwehren und beschwor ihn, von ihr abzulassen; sie wollte ihn zum Dank dafür einen festmachenden Spruch lehren, dessen Kraft er gleich an ihr selbst erproben möge. Dabei kniete sie nieder. Er war auch bereit und hieb zu, während sie die Worte sprach: ›In manus tuas, Domine, commendo spiritum meum.‹ Er aber entsetzte sich, als der Kopf vom Rumpfe flog.«

Eine kurze Pause folgte; dann sagte Tubal: »Aber du sprachst von noch anderen Vorkommnissen; laß mich hoffen, daß sie polnischer Zutat entbehren.«

»Es ist so. Was noch übrigbleibt, mag als ein neumärkisches Lokalereignis gelten; doch ebendeshalb ist es um so niederdrückender. Die Kirch-Göritzer hatten ein wundertätiges Marienbild, und dieses Bild schien allen Wechsel der Zeiten überdauern zu sollen. Auf allen Nachbarkanzeln wurde bereits die neue Lehre gepredigt, aber die Pilgerfahrten zur Heiligen Jungfrau, deren Mirakel in der eigenen Bedrängnis mit jedem Tage stiegen, hatten ihren Fortgang. Das reizte den Küstriner Markgrafen, einen scharfen Protestanten, und er gab dem Landeshauptmann im Lande Sternberg, Hansen von Minkwitz, Befehl, dem Unfug ein Ende zu machen. Minkwitz nahm zehn oder zwölf bewaffnete Bürger aus der Stadt Drossen, die zu seinem Amtsbezirke gehörte, und rückte mit ihnen auf Kirch-Göritz zu. Er gedachte das wundertätige Bildnis einfach wegzuführen. Aber es kam anders, als er wollte und sollte. Unterwegs schlossen sich nämlich in allen Dörfern, die er zu passieren hatte, Bauern und loses Gesindel seinem Zuge an, Leute, die noch vor wenig Wochen zu der allerheiligsten Jungfrau gebetet und ihre Pfennige zu den Füßen derselben niedergelegt hatten. Und so brachen denn infolge dieses Zuwachses die Minkwitzschen nicht mehr als ein geordneter Trupp, sondern als ein wilder, regelloser Haufen in Kirch-Göritz ein. Das Muttergottesbild sah sich von seinem Standort gestürzt und in unzählige Stücke zerschlagen; alles andere: Chorstühle, Schnitzereien, Trauerfahnen, wurden zerrissen oder verbrannt. In die goldgestickten Meßgewänder aber, die diesem Schicksal entgingen, kleidete sich schließlich das Gesindel und zog in wüstem Mummenschanz in seine Dörfer heim. Der ganze Hergang ein zum Himmel schreiendes Beispiel, wie wenig in den sogenannten Glaubenszeiten der Glaube und wieviel die Roheit bedeutet. Nur daß sich jener in diese kleidet, gilt als ein Beweis seiner Kraft.«

»Ich möchte dir widersprechen«, warf Tubal ein.

»Es sei darum, aber nicht jetzt. Dies hier vor uns sind die ersten Häuser von Kirch-Göritz. Und wir können nicht mit Pro und Contras auf den Lippen bei Dr. Faulstich eintreten.«

11. KAPITEL

Doktor Faulstich

Kirch-Göritz bestand aus wenig mehr als einer einzigen Straße, die sich in ihrer Mitte zu einem schmalen, ein unregelmäßiges Dreieck bildenden Platz mit nur zwei Eckhäusern erweiterte.

In einem dieser Eckhäuser wohnte Dr. Faulstich. Es war zweistöckig, mit hohem Dach, und gehörte der verwitweten Seilermeister Griepe, die den oberen Stock an den städtischen Rentamtmann, das nach dem Platze zu gelegene Frontzimmer des Erdgeschosses aber an unsern Doktor vermietet hatte. Eine dahintergelegene große Stube mit Kochgelegenheit bewohnte sie selbst. Was sonst noch an Raum da war, wurde durch einen tiefen, gewölbten Torweg eingenommen, in dem die harkenartigen Ständer aus der ehemaligen Reeperbahn des seligen Meisters umherstanden.

Tubal und Lewin traten in den Torweg ein und klopften an der ersten Türe links. Eine etwas hohe, aber im übrigen wohlklingende Stimme rief »Herein«, und im nächsten Augenblicke sahen sich unsre Freunde durch Dr. Faulstich begrüßt. Dieser entsprach auch in seiner äußern Erscheinung dem Charakterbilde, das Lewin von ihm entworfen hatte. Trotz allem auf den ersten Blick Gewinnenden fehlte doch mancherlei, und wenn das leichtgekräuselte Haar und mehr noch die weiten Beinkleider aus großkariertem Stoff ihn momentan als einen Mann erscheinen ließen, der sich daran gewöhnt hatte, mit seinen Ansprüchen nicht allzu weit hinter denen seines Umgangs zurückzubleiben, so kennzeichneten ihn daneben Chemise und Halstuch und ein hervorguckender Rockhängsel als einen Gelehrten von herkömmlicher Parure, der gegen Sauberkeit au fond gleichgiltig und für seine Scheineleganz zu größerem Teile dem Drosselsteinschen Schneider verpflichtet war.

Er schien aufrichtig erfreut, die beiden jungen Männer zu sehen, und über die Lobsprüche leicht hinweggehend, die Tubal seiner kritischen Arbeit spendete, schob er mit einem scherzhaften: »Sie sehen, meine Herren, die Ehrenplätze des Sofas sind okkupiert«, zwei Binsenstühle an den Tisch. Tubal und Lewin nahmen Platz, während der Doktor, über den eine gewisse Wirtlichkeitsunruhe gekommen war, an die Hinterwand des Zimmers eilte und, mit dem Zeigefingerknöchel dreimal anklopfend, zugleich aufmerksam hinhorchte, ob drinnen auch geantwortet würde. Diese Antwort schien nicht auszubleiben, denn er kehrte, befriedigten Gesichts, zu seinen Gästen zurück, ihnen mit einem Anfluge von Ironie mitteilend, daß er vor kaum einer Stunde einen Brief »aus dem Kabinett der Frau Gräfin Tante« erhalten habe. Inhalt: Silvestergeheimnis.

Es würde nun dies Geheimnis das Schicksal aller ähnlichen gehabt haben, nämlich das, sofort ausgeplaudert zu werden, wenn nicht das Erscheinen der Witwe Griepe das eben anhebende Gespräch unterbrochen hätte.

Sie blieb in der Türe stehen, und mit einem Ausdruck äußerster Respektlosigkeit, der ihr im übrigen immer noch hübsches Gesicht geradezu verzerrte, auf den ängstlich dasitzenden Doktor blickend, faßte sie alles, was sie zu sagen hatte, in ein halb wie Frage und halb wie Drohung klingendes »Na?« zusammen.

»Ich möchte Sie bitten, Frau Griepe, uns etwas Obst zu bringen, Hasenköpfe, Reinetten. Auch Brot und Butter.«

»Gleich?«

»Ich bitte darum. Die Herren kommen von Hohen-Vietz.«

Diese halbe Vorstellung blieb nicht ohne Wirkung, um so weniger, als Tubal, der es in solchen Dingen nicht genau nahm, sich leise gegen Frau Griepe verbeugte. Eine solche Huldigung gefiel ihr, noch mehr der, von dem sie ausging. Sie musterte Tubal mit jenem Blicke suchenden Einverständnisses, in dem, je nachdem, der Reiz und die Widerwärtigkeit Frau Griepes lag, und verschwand dann wieder, ohne die Bitte Faulstichs mit einem »Ja« oder »Nein« beantwortet zu haben.

Lewin hatte sich inzwischen in dem Zimmer des Doktors umgesehen, das, trotzdem es geräumig war, nirgends Platz und Bequemlichkeit bot. Eine durchweg vorherrschende Unordnung sorgte noch mehr dafür als Anhäufung von Sachen. Auf dem runden Tische nicht bloß, auch auf den umherstehenden Stühlen lagen Schulhefte, Bücher, samt ganzen Haufen durcheinandergeschobener belletristischer Blätter; am buntesten aber sah es auf dem mit einem häßlichen blaugelben Wollenstoff überzogenen Schlafsofa aus, in betreff dessen Faulstich selbst mit nur allzu großem Rechte bemerkt hatte, »daß die Ehrenplätze bereits okkupiert seien«. Nur von der einen Ecke zu sprechen, die sich unmittelbar neben dem Arbeitsschemel des Doktors befand, so stand hier ein rasch beiseitegesetztes Kaffeegeschirr, auf dessen porzellanener Zuckerdose ein eleganter Einband lag. Ein Teelöffel als Lesezeichen. Erfreulicher als dieser Anblick wirkte die kleine Porträtgalerie, die sich in zwei Reihen über der Sofalehne hinzog. Es waren Silhouetten, Kalenderbilder, auch in Gips- oder Wachsmasse ausgeführte Medaillons, die Lewin in ihrer Gesamtheit leicht als einen Parnaß unsrer romantischen Dichter erkannte; die Köpfe der beiden Schlegel, auch Tiecks und Wackenroders traten ihm in ihren charakteristischen Profilen entgegen.

Er begann eben Fragen an einzelne dieser Bildnisse zu knüpfen und hörte mit Interesse, wie schwer es dem Doktor geworden sei, diese Sammlung in einiger Vollständigkeit herzustellen, als ein Klappern draußen an der Tür die Rückkehr der Frau Griepe verkündete. Sie trat ein, setzte den erbetenen Imbiß, indem sie einen Haufen Blätter mit wenig verhehlter Geringschätzung beiseiteschob, auf den Tisch, ließ dem »Na!« und »Gleich?« ihrer ersten Unterhaltung jetzt ein ebenso kurzes »So« folgen und entfernte sich dann wieder mit jenem überheblichen Gesichtsausdruck, den gewöhnliche Frauen ihrem Opfer nie schenken, wenn sie aus diesem oder jenem Grunde ihre Herrscherrolle momentan mit der Rolle einer Dienerin vertauschen müssen.

Faulstich atmete auf, er begann ungezwungener zu werden und bat, das durch Frau Griepe Gebotene nunmehr seinerseits auf eine höhere Stufe heben zu dürfen. »Ich bin nicht immer so gut assortiert wie heute«, damit trat er an einen Wandschrank heran, der, einem scheuen Blicke nach, womit Lewin darüber hinstreifte, ein Chaos zu enthalten schien, und kam mit einem ganzen Arm voll Sachen, die sich unschwer als Ziebinger Weihnachtsreste erkennen ließen, an den Tisch zurück. Es waren Gewürzkuchen, Marzipan und eine langhalsige Flasche Maraschino in Originalverpackung. Auch ein paar Spitzgläser brachte er herbei. Aber die Flasche Maraschino war noch nicht geöffnet. Er nahm also ein kleines Karlsbader Messer, an dem sich ein Duodezkorkenzieher befand, und begann zu ziehen. Was sich voraussehen ließ, geschah; der Korkzieher brach ab. Was tun? Er warf das Messerchen beiseite, besann sich einen Augenblick und sagte in ziemlich bedrückt klingendem Scherz: »Ich habe nicht den Mut, die Sanftmut Frau Griepens auf eine letzte Probe zu stellen; wir müssen es anderweitig versuchen.« Und damit setzte er zwei Gabeln ein und zog den Kork.

Er nahm nun selber Platz, füllte die Spitzgläschen und stieß an auf das Haus Hohen-Vietz. Lewin dankte, Tubal aber ließ »die Arten und Unarten der romantischen Schule« leben. Faulstich war nicht unempfindlich gegen solche Huldigungen und lächelte, während Tubal fortfuhr: »Ich möchte Sie, geehrtester Herr Doktor, nicht gern in ein Gespräch über Dinge verwickeln, die

Sie abgetan haben; Roma locuta est; aber eine Bemerkung müssen Sie meiner Neugier zugute halten: Haben Sie nicht Novalis auf Kosten Tiecks überschätzt?«

»Ich glaube kaum«, erwiderte Faulstich, der klug genug war, in solchen Fragen eher ein Lob als einen Tadel zu erblicken; »ich zweifle, daß er überhaupt überschätzt werden kann. Die ganze Schule vereinigt sich in dieser Anschauung.«

»Auch Tieck? Empfindet er nicht solche Neudekretierung als eine Thronentsetzung?«

»Keineswegs, denn diese Neudekretierung geht von ihm selber aus. Er ist Kritiker genug, um in Novalis die Spitze, die Vollendung der Schule zu erkennen, und er ist ehrlich genug, das, was er erkannt hat, auch auszusprechen. Selbst auf die Gefahr hin einer Einbuße eigenen Ruhms.«

»Es überrascht mich doch, einer so besonderen Wertschätzung des zu früh Verstorbenen zu begegnen.«

»Es bedarf einer besonderen Organisation und kaum minder einer allereingehendsten Beschäftigung mit ihm, um diesem Lieblinge der Schule, wie ich ihn nennen darf, folgen zu können. Es gilt dies gleichmäßig von seiner Prosa wie von seinen Versen. Aus dem Eindruck, den ich von Ihnen gewonnen habe, möchte ich schließen, daß Sie von Natur darauf angelegt sind, in die kleine Novalisgemeinde einzutreten. Und das ist die Hauptsache. Ob andererseits Ihre Beschäftigung mit dem Dichter Ihrer natürlichen Beanlagung für ihn entspricht, ist mir nach mehr als einmal gemachter Erfahrung zweifelhaft. Ich weiß, wie selbst die zurückschrecken, die sich zu ihm bekennen.«

»Ich kann keinen Grund haben«, erwiderte Tubal in guter Laune, »mit dem Bekenntnis einer Oberflächlichkeit zurückzuhalten, die hier wie überall eine meiner Tugenden ist. Ich kenne seinen Roman und zwei, drei Lieder: ›Kreuzgesang‹, ›Bergmannslied‹ und ähnliches.«

»Das alles zählt zu seinen besten Sachen, aber das Beste ist nicht immer das Eigentlichste. Als ich Sie die Straße heraufkommen sah, las ich eben in seinen ›Hymnen der Nacht‹. In diesen Hymnen haben Sie den eigentlichen Novalis.«

Bei diesen Worten nahm der Doktor das elegant gebundene Buch, legte das sonderbare Lesezeichen ohne jeglichen Anflug von Verlegenheit beiseite und sagte dann, in dem Buche blätternd: »Ich widerstehe nicht der Versuchung, Sie mit einigem, was ich eben las, bekanntzumachen.«

Die beiden Freunde stimmten zu.

»Wir gelten ohnehin als Fanatiker«, fuhr Dr. Faulstich fort, »und wo Fanatismus ist, da ist auch Proselytenmacherei. Übrigens werde ich Ihre Geduld nicht ungebührlich in Anspruch nehmen. Es sind nur wenige Zeilen, eine Verherrlichung des Griechentums.« Faulstich las nun die betreffende Stelle und sagte dann, als er das Buch wieder aus der Hand legte: »Ist die griechische Welt je tiefer und treffender geschildert worden? Und doch ist diese Schilderung nur der Übergang zu der des Christentums. Hören Sie selbst. Jede Zeile berührt mich wie Musik.«

Und er las weiter: »Im Volke, das vor allem verachtet und der seligen Unschuld der Jugend trotzig fremd geworden war, erschien mit nie gesehenem Angesicht die neue Welt: in der Armut dichterischer Hütte der Sohn der Ersten Jungfrau und Mutter. Einsam entfaltete sich das himmlische Herz zu einem Blütenkelch allmächtiger Liebe, und mit vergötternder Inbrunst schaute das weissagende Auge des blühenden Kindes auf die Tage der Zukunft, unbekümmert über seiner Tage irdisches Schicksal.«

Der Doktor schwieg. Die beiden Freunde waren aufmerksam gefolgt. »Sonderbar«, bemerkte Lewin, »es berührt mich fast, als ob diese Schilderung, innig, wie sie ist, hinter der Verherrlichung des Griechentums zurückbliebe. Sollte die Sehnsucht nach der Schönheit doch mächtiger in ihm gewesen sein als die christliche Legende samt dem Glauben an sie?«

Tubal schüttelte den Kopf. »Ich empfand Ähnliches wie du, ohne dieselben Schlüsse daraus zu ziehen. Die Kraft des poetischen Ausdrucks ist kein Gradmesser für unsere Überzeugungen, kaum für unsere Neigungen. Ich liebe den Frieden de tout mon coeur, aber ich würde den Krieg um vieles leichter und besser verherrlichen können. Alles Farbige hat den Vorzug, und selbst schwarz ist besser als weiß. Nimm unsere frömmsten Dichter; wo Gott und der Teufel geschildert werden, kommt jener zu kurz.«

Dr. Faulstich, der, während Tubal sprach, in dem Novalisbande, als ob er eine bestimmte Stelle suche, weitergeblättert hatte, nickte zustimmend und bemerkte dann zu Lewin: »An einer allerintimsten Stellung unseres Dichters zum Christentum ist gar nicht zu zweifeln; käme dieser Zweifel aber auf, so wär' es mit seiner Suprematie vorbei. Denn es ist nicht das Maß seines Talents, sondern das Maß seines Glaubens, was ihn über die Mitstrebenden erhebt. Es gibt auch eine Romantik des Klassischen, aber die wirkliche Wiege und Wurzel alles Romantischen ist eben die Krippe und das Kreuz. In allem Schönsten, was die Schule geschaffen hat, klingt laut oder leise dieser Ton, und die Sehnsucht nach dem Kreuz ist ihr Kriterium. In keinem ist diese Sehnsucht lebendiger als in Novalis; er hat sich in ihr verzehrt. Sie nannten schon den ›Kreuzgesang‹; aber schöner, tiefer sind die Strophen, mit denen er die Reihe seiner ›Geistlichen Lieder‹ einleitet. Ich lese Ihnen wenige Zeilen, weil ich der Wirkung derselben sicher bin:

›Wenn alle untreu werden,
So bleib' ich dir doch treu,
Daß Dankbarkeit auf Erden
Nicht ausgestorben sei.
Für mich umfing dich Leiden,
Vergingst für mich in Schmerz,
Drum geb' ich dir mit Freuden
Auf ewig dieses Herz.

Oft muß ich bitter weinen,
Daß du gestorben bist
Und mancher von den Deinen
Dich lebenslang vergißt.
Von Liebe nur durchdrungen,
Hast du so viel getan,
Und doch bist du verklungen,
Und keiner denkt daran.‹«

Der Doktor, der mit von Zeile zu Zeile bewegter werdender Stimme gelesen hatte, legte das Buch aus der Hand; dann fuhr er fort: »Seit dem Paul Gerhardtschen ›O Haupt voll Blut und Wunden‹ ist nichts Ähnliches in deutscher Sprache gedichtet worden. Und das in diesen Zeiten des Abfalls!«

Tubal war bewegter als Lewin; er stand, wie alle sinnlichen Naturen, unter dem Einfluß schwärmerischen, sich anschmiegenden Wohllauts. So schritt er, während Lewin das Novalisgespräch mit dem Doktor fortsetzte, auf das Fenster zu und sah hinaus. Schulknaben und Mädchen in Pelzmützen und roten Kopftüchern kamen die Straßen herauf und jagten und schneeballten sich, während Hunderte von körnerpickenden Sperlingen hin und her hüpften, aber nicht aufflogen. Alles atmete Frieden, und Tubal, der im Anblick dieses Bildes das in einer stillen Sehnsucht wurzelnde Glück, wie es die Vorlesung der Strophen in ihm angeregt hatte, wachsen fühlte, trat jetzt vom Fenster her wieder an den Tisch und sagte, dem Doktor die Hand reichend: »Wie beneide ich Ihnen diese Kirch-Göritzer Tage! Statt des Geschwätzes der Menschen Schönheit und Tiefe, und dabei die Muße, sich beider zu freuen.« Lewin schwieg. Er kannte zuviel von der Wirklichkeit der Dinge, um zuzustimmen; der Doktor aber antwortete: »Sie haben aus dem Becher nur gekostet; wer ihn leeren muß, der schmeckt auch die Hefen. Und immer höher steigt dieser Bodensatz. Die Bücher sind nicht das Leben, und Dichtung und Muße, wieviel glückliche Stunden sie schaffen mögen, sie schaffen nicht das Glück. Das Glück ist der Frieden, und der Frieden ist nur da, wo Gleichklang ist. In dieser meiner Einsamkeit aber, deren friedlicher Schein Sie bestrickt, ist alles Widerspruch und Gegensatz. Was Ihnen Freiheit dünkt, ist Abhängigkeit; wohin ich blicke, Disharmonie: gesucht und nur geduldet, ein Klippschullehrer und ein Champion der Romantik, Frau Griepe und Novalis.«

Er war aufgesprungen und durchschritt das Zimmer. »Beneiden Sie mich nicht«, fuhr er fort, »und vor allem hüten Sie sich vor jener Lüge des Daseins, die überall da, wo unser Leben mit unserem Glauben in Widerspruch steht, stumm und laut zum Himmel schreit. Denn auch unsere Überzeugungen, was sind sie anders als unser Glauben! Die Wahrheit ist das Höchste, und am wahrsten ist es: ›Selig sind, die reinen Herzens sind‹.«

In diesem Augenblick erschien Frau Griepe, die sich mittlerweile geputzt hatte, wieder in der Tür, vorgeblich, um anzufragen, ob sie abräumen solle, in Wahrheit aus Neugier und um sich zu zeigen. Ein Blick innerlichsten Grolls schoß aus dem Auge des Doktors, aber sofort seine

Kette fühlend, verzog er den Mund zu einem freundlichen Lächeln. »Wir wollen es lassen, Frau Griepe, später.« Damit zog sich die Frau wieder zurück.

Die Freunde hatten sich erhoben; der Nachmittag, der längst angebrochen war, mahnte zum Aufbruch. Tubal reichte dem Doktor die Hand. »Ich habe nichts überhört; Ihre Worte haben mich mehr getroffen, als Sie wissen können.« Der Doktor lächelte: »Novalis ist tief, aber das Evangelienwort, das ich eben gesprochen, ist tiefer. Ihnen, lieber Lewin, hat es die Mutter Natur ins Herz geschrieben. Und das ist die Gewähr Ihres Glücks.«

»Berufen wir es nicht.«

Damit trennte man sich. Frau Griepe stand in der Haustür, um noch einen Gruß zu erhaschen, und sah beiden Freunden nach und lachte.

12. KAPITEL

Helpt mi!

Es schlug vier Uhr, als Lewin und Tubal den Ausgang des Städtchens erreicht hatten. Wenige Minuten später standen sie am Fluß, und Tubal, der um einige Schritte voraus war, schickte sich bereits an, das steile Ufer hinabzusteigen, als ihm Lewin zurief:

»Laß uns diesseits bleiben; wir haben hier die große Straße; erst zwischen Neu-Manschnow und dem Entenfang bei der Hohen-Vietzer Kirche gehen wir über.«

Tubal war es zufrieden. Sie schritten also eine kleine Strecke zurück, bis sie wieder inmitten einer breiten Pappelallee standen, die sie schon fünf Minuten vorher passiert hatten, und nahmen nun ihre Richtung erst auf die Rathstocker Fähre, dann auf das Neu-Manschnower Vorwerk zu. Dieses Vorwerk war halber Weg. Die Straße stieg ein wenig an. Als sie den höchsten Punkt erreicht hatten, wurden sie des Hohen-Vietzer Kirchturms ansichtig, der auf dem jenseitigen Höhenzuge wie ein Schattenriß im Abendrote stand.

»In einer Viertelstunde ist es dunkel«, sagte Lewin, »aber wir können nicht fehlen; jetzt haben wir die Straße, nachher den Turm.«

Tubal nickte zustimmend; aber ihn gesprächig zu machen, wollte nicht gelingen. Die Worte des Doktors von dem »Widerspruch des Daseins« klangen ihm noch im Ohr. Er war dadurch in seinem eigenen Tun getroffen worden, mehr noch in dem seines Hauses, und es lag ihm jetzt daran, die kaum angeknüpfte Bekanntschaft fortzusetzen. Denn so verhaßt ihm alles Predigerhafte war, so tief ergriffen ihn Sätze, die reicher Erfahrung und einer lebhaften Empfindung entstammten.

In Schweigen schritten die beiden Freunde nebeneinander her. Als sie die Rathstocker Fähre zur Linken hatten, war es Abend geworden. Einzelne Sterne blinkten matt; in nördlicher Richtung begann ein Flimmern.

»Ich glaube, der Mond geht auf«, bemerkte Lewin und wies auf eine helle Stelle am Horizont.

»So früh?« fragte Tubal gleichgültig und sah sich weiterer Antwort überhoben, als ein Fuhrwerk herankam, dessen eiserne Kummetkette an der Deichsel klapperte. Lewin kannte das Gespann. Es war der Manschnower Müller.

»Guten Abend, Kriele. Noch so spät bei Weg?«

»Man möt wull, Jungeherr. Se weten doch, wat mi passiert is?«

»Ja, Kriele. Aber wie konnten Sie nur das Geld unter die Diele legen?«

»Ja, wo sull man mit hen, Jungeherr? De een' Stell is so schlecht as de anner. Ick will nu nach Frankfurt. Morgen is Verhür.«

»Haben sie denn die Diebe schon?«

»Se hebben Paschken und Pappritzen, de immer mit dabi sinn. Awers Justizrat Turgany hett mi seggen laten: Pappritz is et nich. Un mit Paschken wihr et ooch man soso.«

»Nun, der Justizrat versteht es. Grüßen Sie ihn von mir.«

»Dat will ick utrichten, Jungeherr.«

Dabei zogen die Pferde wieder an; eine Weile noch hörte man das »Hii!« des Müllers und dazwischen das Klappern der Kette. Dann war alles still.

Die Begegnung, unbedeutend, wie sie war, hatte wenigstens die Zungen gelöst. Tubal fragte, Lewin antwortete, und ehe noch die Familiengeschichte des Manschnower Müllers auserzählt war, hielten die beiden Freunde dem Hohen-Vietzer Kirchturm gegenüber. Sie bogen aus der Pappelallee links ein, folgten dem Laufe eines kleinen Grabens, der sich quer durch den Acker hinzog, und standen alsbald an einem verschneiten, wohl zwanzig Fuß hohen Abhang, von dem aus nicht Weg, nicht Steg zum Fluß hinunterführte. Zum Gehen war es zu steil, zum Springen zu hoch, so legten sich beide, Gewehr im Arm, auf den Rücken, drückten die Schultern fest in den Schnee und glitten glücklich hinab; freilich nur, um sofort vor einem neuen, ernsteren Hindernisse zu stehen. Inmitten des Flusses ließen sich einige Tannen erkennen, die den Längsweg bezeichneten, aber kein Querweg, der sie bequem und sicher hinübergeführt hätte, war abgesteckt. Tubal schritt nichtsdestoweniger vorwärts und wollte den Übergang forcieren, Lewin indessen litt es nicht.

»Du weißt nicht, was du tust. Es ist das diffizilste Terrain. Überall hier herum hauen die Dorfleute große Löcher in das Eis; es ist der Fische halber, die sonst ersticken. Das überfriert dann, und der Schnee verweht die Stelle.«

»Aber wir müssen doch hinüber?«

»Gewiß, aber nicht hier. Es wird sich schon ein Übergang finden. Tausend Schritte weiter aufwärts zweigt der Weg nach Gorgast ab. Das ist ein großes Dorf. Ich bin sicher, daß sich die Gorgaster eine Kuschelallee abgesteckt haben.«

»Nun gut, du mußt es wissen.« Damit schritten beide Freunde am Flußrande hin, der oft so schmal war, daß sie mit ihrer rechten Schulter den verschneiten Abhang streiften. Es war ein beschwerlicher Marsch, namentlich da, wo große Büsche von rotem Werft überklettert werden mußten. Endlich sahen sie die Stelle, von wo rechts her eine Art von Hohlweg einmündete und sich quer über das Eis hin fortsetzte.

»Unsere Irrfahrt geht zu Ende«, sagte Lewin und wies auf die schwarzen, zugespitzten Bäumchen, die sich bald deutlich als die Kiefern einer Querallee erkennen ließen. »Mehr Abenteuer, als ich zwischen Kirch-Göritz und Hohen-Vietz für möglich gehalten hätte.«

»Und wir sind noch nicht im Hafen«, antwortete Tubal. »Ein russischer Feldzug im kleinen. Schnee, Schnee. Et voilà la Béresine.«

»Aber keine Brücke wird unter uns zusammenbrechen«, scherzte Lewin und bog voranschreitend in den abgesteckten Weg ein, der die beiden Freunde nach wenigen Minuten schon sicher ans andere Ufer führte.

Hier überstiegen sie zunächst den Höhenzug, auf dem sie nach links hin den Hohen-Vietzer Kirchturm noch eben erkennen konnten, und sahen sich nun gezwungen, dieselben tausend Schritte wieder zurückzumarschieren, die sie jenseits über das Ziel hinausgeschossen waren. Der Weg, den sie noch zu machen hatten, lief zunächst am Fuße des Hügels, dann aber an einer dichten Schonung hin, von deren vorderstem Eck aus höchstens ein Büchsenschuß bis zum Dorf und kaum halb so weit bis zur großen, von Küstrin auf Hohen-Vietz zu führenden Straße war.

Als sie dies Eck erreicht hatten, hörte der Fußpfad auf oder war in der Dunkelheit nicht mehr bestimmt zu erkennen. Sie schwankten noch, ob sie wieder umkehren und den eben aufgegebenen Hügelweg (der sie in den Hohen-Vietzer Park geführt haben würde) fortsetzen oder quer über den verschneiten Sturzacker hin auf die große Straße zuschreiten sollten, als sie zwischen den Bäumen eben dieser Straße verschiedener Gestalten ansichtig wurden. Gleich darauf war es auch, als ob gesprochen, und im nächsten Augenblicke schon, als ob ein heftiger Streit geführt würde. Plattdeutsche Schmäh- und Scheltworte ließen sich unterscheiden, bis es plötzlich über das Feld hin zu ihnen herüberklang:

»He wörgt mi; helpt mi, Lüd!«

Lewin, um sich rascher zurechtzufinden, war auf einen großen Feldstein gesprungen, der hier am Waldeck als Grenzzeichen lag, aber schwerlich würd' er seinen Zweck erreicht haben, wenn nicht in demselben Augenblick der Mond aus dem Gewölk, das ihn seit einer Stunde verdeckt hatte, hervorgetreten wäre. Er sah jetzt alles deutlich.

»Das ist Hoppenmarieken!« rief er. Zugleich sprang er von dem Steine herunter, riß das Gewehr von der Schulter und schoß den einen Lauf ab, um zu zeigen, daß Hilfe da sei. »Das wird wenigstens eingeschüchtert haben; vorwärts, Tubal!« Und damit setzten sich beide Freunde quer über das Feld hin in Trab. Lewin stürzte, raffte sich aber schnell auf und war im nächsten Augenblick wieder an Tubals Seite.

Als sie den halben Weg bis zur Straße hinter sich hatten, konnten sie die Szene deutlich erkennen. Einer von den Strolchen war nach dem Dorf zu als Posten ausgestellt, während der andere mit Hoppenmarieken rang und an ihrem Halse riß und zerrte.

»Halt aus!« rief Lewin, der jetzt einen Vorsprung hatte; aber es bedurfte des Zurufes nicht mehr. Der Straßenräuber ließ von ihr ab und lief, einen weiten Bogen beschreibend, auf dasselbe Wäldchen zu, von dessen entgegengesetztem Eck aus Tubal und Lewin ihren Lauf über den Sturzacker hin begonnen hatten. Der andere, als Posten aufgestellte, verschwand nach der Dorfseite hin.

Als Lewin und dann Tubal den Fahrdamm erreicht hatten, war auch Hoppenmarieken verschwunden. Aber gleich darauf fanden sie dieselbe. Sie lag hinter einem aufgeschichteten Steinhaufen, zwischen diesem und einer Pappelweide, deren oberes Geäst voller Krähennester war. Die Kiepe war noch auf ihrem Rücken, der Stock in ihren Händen.

»Ist sie tot?« fragte Tubal.

Lewin, ohne sich vom Gegenteil überzeugt zu haben, schüttelte den Kopf, bückte sich zu ihr nieder und zog ihre beiden Arme aus den leinenen Tragebändern heraus. Als er sie so von der Kiepe freigemacht und sich vergewissert hatte, daß es nichts als eine Ohnmacht war, hob er sie vom Boden auf und setzte sie mit dem Rücken an den Baum.

»Gib etwas Schnee«, rief er Tubal zu, während er selber ihr das enge Tuchmieder öffnete, dessen oberste Haken ohnehin bei dem Ringen und Zerren abgerissen waren. Er sah jetzt deutlich an dem rot und blutrünstig gewordenen Hals und Nacken, daß alle Anstrengungen des Strolchs keinen anderen Zweck gehabt hatten, als ihr die Geldtasche zu entreißen, die sie herkömmlich an einem harten und engen Lederriemen um den Hals trug. Der Riemen hatte aber weder reißen noch auch sich über den Kopf fortziehen lassen wollen.

In diesem Momente schlug Hoppenmarieken die Augen auf. Ihr erstes war, daß sie nach der Tasche faßte; dann erst musterte sie die Personen, die um sie beschäftigt waren. Ein ihr sonst nicht eigenes, gutmütiges Lächeln, das mit ihrer Häßlichkeit aussöhnen konnte, flog über ihr Gesicht, als sie Lewin, ihren Liebling, erkannte, den einzigen Menschen, an dem sie wirklich hing. Sie streichelte und patschelte ihn; als aber Tubal auch jetzt noch fortfuhr, ihr in einer ihr lästigen Weise die Stirn mit Schnee zu reiben, wurde sie ungeduldig, stieß ihn zurück und wies mit dem Zeigefinger immer heftiger auf die neben ihr stehende Kiepe. Lewin verstand ihr Gebaren einigermaßen und begann in der Kiepe umherzukramen. Als er, gleich in der obersten Lage, eine mit einem Sacktuche umwickelte Flasche fand, wußte er, was Hoppenmarieken gemeint hatte. Er machte Miene, während er sich über sie bog, etwas von dem Branntwein in seine Hand zu gießen; aber jetzt richtete sich ihr Unmut selbst gegen diesen, und ihm ärgerlich die Flasche aus der Hand reißend, tat sie einen tüchtigen Zug. Sofort hatte sie all ihre Lebenskräfte wieder, drückte den Kork in die Flasche und rief Lewin zu: »Nu helpt mi up, Jungeherr.« Dann setzte sie die Kiepe auf den Steinhaufen, legte den langen Krummstock daneben und fuhr mit ihren kurzen Armen durch die leinenen Kiepenbänder. So stand sie wieder marschfertig da.

»Willst du nicht mit uns zurück?« fragte Lewin. »Wir begleiten dich.«

Sie schüttelte den Kopf und setzte sich nach der entgegengesetzten Seite hin in Marsch, im Selbstgespräch allerhand Unverständliches vor sich hinmurmelnd.

Die Freunde sahen ihr nach. Von Zeit zu Zeit blieb sie stehen und drohte mit ihrem Stock nach dem Wäldchen hinüber, in dem der eine der Strolche verschwunden war.

13. KAPITEL

In der Amts- und Gerichtsstube

Berndt von Vitzewitz war, während Tubal und Lewin ihren Besuch in Kirch-Göritz machten, nach Hohen-Vietz zurückgekehrt. Es lagen anstrengende Tage hinter ihm, zugleich Tage voller Enttäuschungen. Der Minister, wie wir wissen, hatte sich mit glatten Worten jeder bindenden

Zusage zu entziehen gewußt, und auch in anderen einflußreichen Kreisen der Hauptstadt, soweit ihm dieselben zugänglich waren, war er der ihm verhaßten Wendung begegnet: »Wir müssen abwarten.« Nirgends ein Verstehen des Moments. Nur in Guse hatte sich Hauptmann von Rutze, mit dem er unmittelbar vor dem Aufbruch noch ein Gespräch herbeizuführen wußte, seinen auf rücksichtsloses Vorgehen gerichteten Plänen geneigt gezeigt. Drosselstein schwankte; aber auf der Fahrt von Guse nach Hohen-Ziesar war er unter dem Einflusse, den Berndts Beredsamkeit ausübte, anderen Sinnes geworden und hatte schließlich nicht nur einer allgemeinen Volksbewaffnung, sondern auch, wenn kein regelrechter Krieg erklärt werden sollte, dem Plane eines auf eigene Hand zu führenden Volkskrieges zugestimmt.

Bei seinem Eintreffen in Hohen-Vietz war Berndt angenehm überrascht, Besuch vorzufinden. Er hatte das Bedürfnis, von Zeit zu Zeit seinen ihn mit der Macht einer fixen Idee beherrschenden Plänen entrissen zu werden, und niemand war dazu geschickter als Kathinka, die, während sie die politischen Gespräche vermied, zugleich geistvoll genug war, den entstehenden Ausfall durch glückliche Impromptus oder durch Pikanterien aus den Hof- und Gesellschaftskreisen zu decken. Ihre Erscheinung wirkte mit. Er überließ sich auch diesmal ihrem Geplauder, vergaß über der Schilderung eines Ballabends bei Exzellenz Schuckmann, wo der bayrische Gesandte dies und das gesagt oder getan hatte, momentan alle Pläne und Sorgen und sah sich der heiteren Zerstreuung dieses Geplauders erst wieder entzogen, als das Erscheinen Tubals und Lewins und ihre Erzählung des eben gehabten Abenteuers seine Gedanken in das alte Geleise zurückdrängten. Er klingelte.

»Jeetze«, rief er dem eintretenden Diener zu, »schicke Krists Willem zum Schulzen. Oder gehe lieber selbst. Ich müßt' ihn sprechen. Morgen früh halb elf.«

Er wollte nach diesem Zwischenfall, schon um Kathinkas willen, das Gespräch in den Ton leichter Unterhaltung zurückführen, aber es mißglückte, da auch Tubal und Lewin eine rechte Heiterkeit nicht finden konnten.

Das war abends.

Am anderen Morgen finden wir Berndt in seiner im ersten Stock gelegenen Amts- und Gerichtsstube, einem großen Eckzimmer, von dem aus, nachdem eine Seitentür vermauert worden war, nur ein einziger Ausgang auf den Korridor führte. An ebendiesem Korridor lagen auch die Fremdenzimmer.

Die Amts- und Gerichtsstube zeigte nur weniges, was der Feierlichkeit ihres Namens entsprochen hätte. Sie war eine Schreib- und Arbeitsstube wie andere mehr, in die sich Berndt namentlich um die Sommerzeit, wenn die beiden großen Fenster von Spalierwein überwachsen waren, gern zurückzog. Es war dann hier luftig und schattig, und in dem dichten Weinlaub zwitscherten die Vögel und sahen in das geräumige Zimmer hinein. Denn geräumig war es geblieben, trotzdem es an Urväterhausrat, an Realen mit Büchern und Akten, an eisenbeschlagenen Truhen und einem altmodischen, bis fast in die Decke reichenden Kachelofen nicht fehlte. Eine der Truhen stand rechts neben der Tür und hatte ein Vorlegeschloß, während auf den Simsen der Reale, in chaotischem Durcheinander, wendische Totenurnen und italienische Alabastervasen, zwei Dragonerkasketts und eine in rötlichem Ton ausgeführte Porträtbüste Friedrich des Großen standen. Man sah deutlich, es fehlte der Schönheits- und Ordnungssinn. Es hatte sich zusammengefunden; weiter nichts.

An dem mit allerhand Schriftstücken überhäuften Schreibtische, dessen eine Schmalseite den Fensterpfeiler berührte, saß Berndt, einen großen Bogen Kartenpapier vor sich, den er, mit Hilfe von Lineal und Reißfeder, in Rubriken teilte. Er begann eben die nötigen Überschriften zu machen, als er draußen auf der Besendecke ein sorgliches Putzen und gleich darauf ein Klopfen an der Türe hörte, leise genug, um artig, und laut genug, um nicht ängstlich zu sein.

»Herein!« Es war der Erwartete.

»Guten Tag, Kniehase. Auf die Minute. Das sitzt uns Alten nun einmal im Blut. Die Jungen sind nicht mehr dazuzubringen. Nehmen Sie Platz, da, den Stuhl am Ofen, und nun rücken Sie heran.«

Der so Begrüßte legte Hut und Handschuh auf die große Truhe mit dem Vorlegeschloß und tat im übrigen, wie ihm geheißen.

»Ich habe Sie rufen lassen, Kniehase«, nahm Berndt wiederum das Wort, »weil etwas geschehen muß. Und Sie sind der Mann, den ich brauche. Aber ich will nicht vorgreifen. Erst das

Nächstliegende. Sie haben von dem Überfall gehört, der unserer alten Hexe fast das Leben oder doch die Geldtasche gekostet hätte.«

Kniehase nickte.

»Fünfhundert Schritt vom Dorf, auf offener Straße, der Abend kaum angebrochen. Und wenn dies alleinstände! Aber in einer Woche der dritte Fall. Am Heiligen Abend dem Golzower Schmidt die Kuh aus dem Stall getrieben, am zweiten Feiertage dem Manschnower Müller die Dielen aufgebrochen, gestern Hoppenmarieken fast gewürgt. Wohin sind wir gekommen?«

»Es ist Quappendorfer Gesindel, gnädiger Herr. Miekley war am dritten Feiertag in Frankfurt, er sah noch, wie sie Paschken und Pappritzen einbrachten.«

»Nicht doch, Kniehase. Das ist es eben, was mich reizt und ärgert, dieses törichte Zugreifen ohne Sinn und Verstand. Immer dieselben armen Teufel, in fünf von sechs Fällen müssen sie wegen fehlenden Beweises wieder entlassen werden, und das heißt Justiz! Es ist zum Erbarmen. Und das alles aus Bequemlichkeit; die Gerichtsherren wollen nicht denken, und die Schulzen wollen nichts tun. Von den Bauern sprech' ich gar nicht; sie löschen immer erst, wenn das eigene Dach brennt. Das muß aber anders werden, und wir müssen anfangen. Unsere Hohen-Vietzer sind die besten. Kein Kolonistenpack, das über Nacht reich geworden. Nichts für ungut, Kniehase, Sie sind selbst ein Pfälzer.«

Kniehase lächelte. »Gnädiger Herr haben ganz recht, die alten Wendischen sind besser; störrig, aber zäh und zuverlässig.«

»Und gescheit dazu, sonst hätten sie den Neu-Barnimer Pfälzer nicht zum Hohen-Vietzer Schulzen gemacht. Das ist mein alter Satz. Aber nun horchen Sie auf, Kniehase: was Sie Quappendorfer Gesindel nennen, ist fremdes Volk, Franzosen.«

»Nicht doch, gnädiger Herr. Ich war eben mit bei Pastor Seidentopf heran. Die Franzosen, so meint er, stehn oben an der Grenze, und wenn es hoch kommt, an der Weichsel.«

»Es ist so. Und doch hab' ich recht. Ich spreche nicht von der kleingewordenen ›Großen Armee‹, nicht von den aus Moskau herausgeräucherten Korps, die jetzt wie Novemberfliegen über die weiße Wand kriechen, ich spreche von dem kleinen verzettelten Zeug, das hier an fünfzig Plätzen zurückgelassen wurde: ein paar Tausend in Küstrin, fünftausend in Stettin, die meisten aber stecken in den kleinen polnischen Nestern. Wie weit ist es bis an die Grenze?«

»Zehn Meilen, wie die Krähe fliegt.«

»Da haben Sie es, Kniehase. Dieses verzettelte Zeug, das nicht in Festungen untergebracht werden konnte, das läuft jetzt weg wie Wasser, wenn die Reifen von der Tonne fallen. Neapolitaner, Würzburger, Nassauer, das hält ohnehin nicht zusammen. Und wenn erst mal das eiserne Band fehlt, so ist nur ein Schritt noch vom Soldaten- bis zum Räuberleben. Was hier herumspukt, sind Deserteure aus dem Polnischen, vielleicht auch Marodeurs von den Zuzugsregimentern, die der Kaiser jetzt als vorläufige kleine Münze in allen Taschen Deutschlands zusammenkratzt. Und mit diesem Gesindel, ob aus Polen oder sonstwoher, müssen wir ein Ende machen; zum wenigsten darf es uns nicht über den Kopf wachsen. Und kommen dann die Reste von der Großen Armee heran, heute hundert und morgen tausend, so haben wir's bei den Einern und Zehnern gelernt. ›Wer das Kleine nicht achtet, ist des Großen nicht wert‹, so sagt das Sprichwort. Also vorwärts! Und je eher, je lieber.«

Der Hohen-Vietzer Schulze reckte sich in die Höhe und schien antworten zu wollen, aber der Gutsherr hatte sein letztes Wort noch nicht gesprochen.

»Was ich meine, Kniehase, ist das: wir müssen uns fertigmachen; Landsturm, Dorf bei Dorf.«

»Und wenn dann der König ruft …«

»So sind wir da«, ergänzte Berndt, zugleich mit scharfer Betonung hinzufügend: »Und wenn er uns nicht ruft, so sind wir auch da. Und das ist es, Kniehase, weshalb ich Sie habe rufen lassen.«

»Es geht nicht ohne den König.«

Der alte Vitzewitz lächelte. »Es geht; die Zeiten wechseln. Es gibt Zeiten des Gehorchens und Abwartens, und es gibt andere, wo zu tun und zu handeln erste Pflicht ist. Ich liebe den König; er war mir ein gnädiger Herr, und ich habe ihm Treue geschworen, aber ich will um der beschworenen Treue willen die natürliche Treue nicht brechen. Und diese gehört der Scholle, auf der ich geboren bin. Der König ist um des Landes willen da. Trennt er sich von ihm, oder läßt er sich von ihm trennen durch Schwachheit oder falschen Rat, so löst er sich von *seinem* Schwur und entbindet mich des meinen. Es ist ein schnödes Unterfangen, das Wohl und Wehe von Millionen an die Laune, vielleicht an den Wahnsinn eines einzelnen knüpfen zu wollen; und es ist Gotteslästerung, den Namen des Allmächtigen mit in dieses Puppenspiel hineinzuziehen. Wir haben drüben gesehen, wohin es führt; zu Blut und Beil. Weg mit dieser Irrlehre, von höfischen Pfaffen großgezogen; es ist Menschensatzung, die kommt und geht. Aber unsere Liebe zu Land und Heimat, die dauert wie das Land selber.«

Kniehase schüttelte den Kopf. »Es geht nicht ohne den König«, wiederholte er. »Der gnädige Herr sind hier geboren und kennen das Bruch und seine Bauern. Aber, mit Permission, ich kenne die Bauern besser. Der König ist ihnen alles. Der König hat ihnen das Bruch eingedeicht, der König hat ihnen die Kirchen gebaut, der König hat ihnen die Gräben gezogen. So wissen sie es von Vater und Großvater her, und so wissen sie es von sich selber. Wenn ich mit Kallies und Kümmritz und den anderen Ganzbauern drüben bei Scharwenka sitze, so ist ›der Alte Fritz‹ das dritte Wort. Er ist ihr Herrgott, und sie sprechen von ihm, als wenn er noch lebte. Nur eins ist dem Bauer noch mehr ans Herz gewachsen: sein Haus und Hof.«

»Und um Haus und Hof willen soll er jetzt die Waffe in die Hand nehmen. Es ist nicht das erstemal in diesem Lande. Als der Schwede jenseits der Elbe in der Altmark hauste, haben sich die Bauern aufgemacht, ohne viel zu fragen. Und das ist es, was sie wieder sollen.«

»Ich weiß davon«, antwortete Kniehase, »es waren Drömlinger Bauern. Aber sie hatten Fahnen, darauf geschrieben stand:

Wir sind Bauern von geringem Gut
Und dienen unserm Kurfürsten und Herrn mit unserm Blut.«

Der alte Vitzewitz, der sich seines Schulzen und der Zähigkeit freute, mit der er seine Sache zu führen wußte, gab ihm die Hand und sagte: »Eine solche Fahne, Kniehase, wollen wir *auch* haben, und wir wollen sie hoch in Ehren halten. Aber wenn uns der König diese Fahne verbietet, so müssen wir sie tragen auch ohne seinen Namen, um des *Landes* willen, und dieser Rechtstitel ist nicht der schlechteste. Denn unser Land ist unsere Erde, die Erde, aus der wir selber wurden.«

Kniehase schüttelte wieder den Kopf. »Die Erde tut es nicht, gnädiger Herr.«

»Doch, Kniehase«, fuhr Berndt fort, »die Erde tut es, *muß* es tun, weil sie unser Erstes und Letztes ist. Und, irdisch gesprochen, auch unser Bestes. Wir sind Erde, und wir sollen wieder Erde werden, und das ist es, was uns die Erde so teuer macht. Ein jeder ahnt es von Anfang an, aber das rechte Wissen davon, das kommt uns erst, das will erfahren sein. Ich *hab'* es erfahren. Sie waren dabei, Kniehase, wie wir den Sarg hinauftrugen; Sie wissen schon, welchen. Es war Winterzeit, und der Schnee fiel. Als aber der Schnee schmolz und im März der erste Krokus kam, da hab' ich die Erde da oben, die mein Glück barg, mit meinen Lippen berührt und immer wieder berührt. Und seit dem Tage weiß ich, was eine teure und geliebte Erde ist.«

Berndt fuhr bei dieser Erinnerung mit der Hand über Augen und Stirn.

Kniehase wußte wohl, warum, aber er wollt' es nicht wissen, denn er war eine schamhafte Natur und sah stumm vor sich hin.

»Das war im Frühjahr anno sieben«, nahm der alte Vitzewitz nach kurzer Pause wieder das Wort, »ich sollt' es aber noch besser erfahren. Ich hatte noch nicht ausgelernt, was Erde sei. Es war um dieselbe Zeit, Sie entsinnen sich, Kniehase, daß sie den Kyritzer Kämmerer, der so unschuldig war wie Sie und ich, vor eins ihrer feigen und feilen Kriegsgerichte stellten und ihn aburteilten und niederschossen. Was sage ich: ›niederschossen‹? Hinwürgen war es. Denn so schlecht wie das Urteil, so schlecht war seine Vollstreckung. Er lag am Boden, der unglückliche, tapfere Mann, und konnte nicht sterben. Da sprang ein mitleidiger Westfale vor und schoß ihm ins Herz: ›Aus Liebe zu dir, du unschuldig Blut, will ich dir zum Tode helfen.‹«

Kniehase nickte. Er entsann sich des Hergangs, der damals alles mit Entsetzen erfüllt hatte.

»Sehen Sie, Kniehase, von dem Tage an hörte ich immer die fünf Schüsse, und mir war, als fühlte ich sie an meinem eignen Herzen. Ich hatte keinen Schlaf mehr, aber ich wußte, was mich ruhig machen würde, und endlich macht' ich mich auf in die Priegnitz. Als ich in der kleinen Stadt ankam, fragt' ich nach und ließ mich hinausführen. Es war vor einem der Tore, eine Pappelallee und ein wüstes Feld daneben. Da schickt' ich das Kind wieder fort, das mich hinausbegleitet hatte, und als ich nun allein war, da warf ich mich nieder an den Hügel und riß eine Handvoll Erde heraus und hob sie gen Himmel. Und mein Herz war voller Haß und voller Liebe. Da hab' ich zum *anderen*mal erfahren, was Erde ist, Heimaterde. Es muß Blut drin sein. Und überall hier herum ist mit Blut gedüngt worden; bei Kunersdorf ist eine Stelle, die sie das ›Rote Feld‹ nennen. Und das alles soll preisgegeben werden, weil ein König nicht stark genug ist, sich schwacher Ratgeber zu erwehren? Nein, Kniehase, *mit* dem König, solange es geht, ohne ihn, wenn es sein muß.«

Berndt schwieg. In diesem Augenblicke klopfte es, und der eintretende Jeetze übergab einen Brief, großes Format mit großem Siegel. Berndt erkannte Turganys Handschrift. Er überflog den Inhalt und las dann laut: »Ich bitte Sie, hochverehrter Herr und Freund, in Ihrer Umgegend, vielleicht auch auf dem Forstacker, recherchieren zu lassen. Alles deutet darauf hin, daß die Sippschaft, die wir suchen, irgendwo zwischen Hohen-Vietz und Manschnow steckt. Wir haben heute ein zweites Verhör, der Manschnower Müller ist vorgeladen. Aber es wird nur das Resultat des ersten bestätigen, und unsere zwei herkömmlichen Sündenböcke werden, wie gewöhnlich, wieder entlassen werden müssen. Ich behalte mir weitere Mitteilung für die nächsten Tage vor. Ihr Turgany.«

Berndt lachte. »Sie sehen, Kniehase, Transport und Gefangenenkost sind abermals vergeudet. Aber Turgany ist auf falscher Fährte. Hier herum sitzen sie nicht. Es wird sich zeigen, wo. Wer brachte den Brief, Jeetze?«

»Konrektor Othegraven.«

»Ist er noch da?«

»Ja, Fräulein Renate hat ihn hereingebeten. Sie sind mit dem anderen gnädigen Fräulein im Wohnzimmer.«

»Ich lasse den Herrn Konrektor bitten.«

Jeetze ging, der Schulze wollte folgen.

»Nein, Kniehase, Sie bleiben, ich will mir den Sukkurs, den mir ein glücklicher Zufall schickt, nicht entgehen lassen.«

Gleich darauf trat der Konrektor ein, von Berndt mit besonderer Freundlichkeit empfangen. Einige kurze Begrüßungsworte wurden gewechselt. Dann fuhr der Hohen-Vietzer Gutsherr fort: »Ich will Sie, lieber Othegraven, nicht mit Aufträgen an Turgany belästigen, wir haben morgen ohnehin Frankfurter Botentag. Aber gegen meinen alten Kniehase hier möcht' ich mich Ihrer versichern. Er will mich im Stich lassen, er kennt in diesem königlichen Lande Preußen kein anderes Losschlagen, als was von obenher gebilligt worden ist. Seidentopf stimmt ihm zu. Auch Sie?«

»Nein und dreimal nein«, antwortete Othegraven, »und ich schätze mich glücklich, endlich einmal statt vor tauben Ohren vor einem gleichgestimmten Herzen Zeugnis ablegen zu können.«

Kniehase, der die strengkirchliche Richtung des Konrektors kannte, horchte auf; Othegraven selbst aber fuhr fort: »Es ist ein königliches Land, dieses Preußen, und königlich, so Gott will, soll es bleiben. Es haben es große Fürsten aufgebaut, und der Treue der Fürsten hat die Treue des Volkes entsprochen. Ein Volk folgt immer, wo zu folgen ist; es hat dem unseren an freudigem Gehorsam nie gefehlt. Aber es ist fluchwürdig, den toten Gehorsam zu eines Volkes höchster Tugend stempeln zu wollen. Unser Höchstes ist Freiheit und Liebe.«

Berndt war im Zimmer auf und ab geschritten. Er stellte sich vor Othegraven: »Ich wußt' es. So sind wir einig, und ich darf auf Sie rechnen. Dieser Moment, der nicht wiederkommt, darf nicht versäumt werden. Ist man an oberster Stelle verblendet genug, sich der Waffe, die wir schmieden, nicht bedienen zu wollen, nun, so führen wir sie selbst.«

»So führen wir sie selbst«, wiederholte Othegraven. »Aber der Bruch, den wir fürchten, er wird sich *nicht* vollziehen. Es kommen andere, bessere Tage. Die Schwäche wird der Entschlossenheit weichen, und das sicherste Mittel, dahin zu wirken, ist, daß wir selber Entschlossenheit zeigen. Es ist, wie ich wohl weiß, ein Mißtrauen da in unsere Kraft, selbst in unseren guten Willen. Zeigen wir dem König, daß wir für ihn einstehen, auch wenn wir ihm widersprechen. Auch die Schillschen setzten sich in Widerstreit mit seinem Willen und starben doch unter dem Rufe: ›Es lebe der König‹. Es gibt eine Treue, die, während sie nicht gehorcht, erst ganz sie selber ist.«

Kniehase sah vor sich hin. Er fühlte den Boden, auf dem er stand, erschüttert, aber noch war er nicht besiegt.

»Ich habe meinen Eid geschworen«, sagte er, »um ihn zu halten, nicht, um ihn zu brechen oder auszulegen. Die Obrigkeit ist von Gott. Aus der Hand Gottes kommen die Könige, die starken und die schwachen, die guten und die schlechten, und ich muß sie nehmen, wie sie fallen.«

»Aus der Hand Gottes«, rief jetzt Berndt, »kommen die Könige, aber auch viel anderes noch. Und gibt es dann einen Widerstreit, das letzte bleibt immer das eigene Herz, eine ehrliche Meinung und – der Mut, dafür zu sterben.«

»Es ist so, Schulze Kniehase«, nahm Othegraven wieder das Wort, *»und sich entscheiden ist schwerer als gehorchen.* Schwerer und oft auch treuer. Ihr Gutsherr hat recht. Sehen Sie sich um, das Ganze versagt den Dienst; überall fast ist es der einzelne, der es wagt. Ein Mann wie Sie, Kniehase, war auch der Hofer, treu wie Gold. Aber als sein Kaiser Frieden machte, da sagte der Sandwirt: ›Der Franz'l hat's gemußt, ich muß es *nicht;* ich halt' ihm dies alte Land Tirol.‹ Und als er so sprach und handelte, da brach er seinem Kaiser den Frieden und war schuldig bei Freund und Feind. Er hat es mit dem Tode bezahlt. Aber glauben Sie, Kniehase, daß der Kaiser, wenn er den Namen Hofer hört, an Eidbruch und Untreue denkt? Nein, das Herz schlägt ihm höher, und gesegnet Land und Fürst, wo die Liebe lebendig ist und auf sich selber mehr hört als auf Amtsblatt und Kommandowort.«

Kniehase war jetzt aufgestanden. Er streckte Berndt seine Hand entgegen. »Gnädiger Herr, ich glaube, der Konrektor hat es getroffen. Sich entscheiden ist schwerer als gehorchen. Ich *habe* mich entschieden. Wir machen uns fertig hier herum, und wir schlagen los, ohne nach ›ja‹ oder ›nein‹ zu fragen. Denn fragen macht Verlegenheit. Es darf keiner über die Oder. Und kommt es anders, und soll uns dies fremde Volk auf ewig unter die Füße treten, nun, so geb uns Gott Kraft, zu sterben, wie Hofer und die Schillschen gestorben sind.«

»Das dank' ich *Ihnen,* Othegraven«, sagte Berndt, »ich allein hätte meinen Schulzen nicht bezwungen. Ich hoffe, wir sehen uns jetzt öfter. Der Plan ist mit Graf Drosselstein durchgesprochen. Ein Netz über das Land. Lebus beginnt; wir sind die Vorhut. Hier zwischen Frankfurt und Küstrin treffen die großen Straßen zusammen. Ich zähle die Stunden, bis es sich entscheidet.«

Sie blieben noch eine Weile; dann verabschiedeten sich der Konrektor und Kniehase und schritten die Treppe hinunter, über den Flur. Hektor, unter Zeichen besonderer Freude, als er den Schulzen sah, begleitete beide Männer über den Hof.

Sie nahmen ihren Weg auf den Scharwenkaschen Krug zu, immer noch in lebhaftem Gespräch. Doch schien es andere Fragen als Krieg und Landsturm zu betreffen. Sie trennten sich erst, nachdem sie die Front des Krügergehöftes wohl ein dutzendmal ausgemessen hatten.

Als des Konrektors kleines Fuhrwerk wieder auf der Frankfurter Straße südlich trabte, saß Schulze Kniehase bei seiner Frau. Sie plauderten lange, und wiewohl Frau Kniehase Verschwiegenheit gelobte, war doch vor Ablauf des Tages alles Geplauderte in Hohen-Vietz herum.

Nur eine wußte nichts davon: *sie,* die der Gegenstand dieses Plauderns gewesen war.

14. KAPITEL

Es geschieht etwas

Sankt Jonathan, der 29. Dezember, war von alter Zeit her der Tag der Umzüge in Hohen-Vietz, allerhand Mummenschanz wurde getrieben, und bei Beginn des Nachmittags zogen außer Knecht Ruprecht und dem Christkinde auch Joseph und Maria und die Heiligen Drei Könige von Haus zu Haus. Zu diesem alten Bestande traten aber auch neue Figuren hinzu, so heute der »Sommer« und der »Winter«, von denen jener zu seinem leichten Strohhut Harke und Sense, dieser zu Pelz und Holzpantinen einen Dreschflegel trug. Sie führten ein Zwiegespräch:

Ich bin der *Winter* stolz,
Ich baue Brücken ohne Holz –

und rühmten sich ihrer gegenseitigen Vorzüge, bis zuletzt Versöhnung und Segenswünsche für das jedesmalige Haus, in dem sie sich befanden, ihren langausgesponnenen Streit beendeten.

Ein besonderes Glück machten heut auch die Schulkinder, deren mehrere als »Schneewittchen und ihre Zwerge« ihren Umzug hielten; Schneewittchen mit langem blonden Haar, die Zwerge mit Flachsbärten und braunen Kapuzen. Als sie zuletzt auf den Gutshof kamen, fanden sie die jungen Herrschaften samt Tante Schorlemmer in derselben großen Halle, in der auch der Weihnachtsaufbau stattgefunden hatte, versammelt, und nach kurzer Ansprache, worin Schneewittchen für ihre Begleiter um die Erlaubnis zum Rätselaufgeben gebeten hatte, traten die Zwerge vor und taten ihre Fragen:

»Was kann kein Mensch erzählen?«

Daß er gestorben ist.

»Wer kann alle Sprachen reden?«

Der Widerhall.

»Wer ist stärker, der Reiche oder der Arme?«

Der Arme; denn er hat Not, und Not bricht Eisen.

So gingen die Fragen, aber die hier gegebenen Antworten blieben aus, und Maline Kubalke, die mit in der Halle war, mußte manchen Teller voller Äpfel und Nüsse herbeischaffen, um die Quersäcke der Zwerge zu füllen.

So verging der Nachmittag. Als es dunkelte, wurd' es still in Hohen-Vietz, weil alt und jung zu Tanz und festlichem Beisammensein im Scharwenkaschen Krug sich putzte, und erst um die sechste Stunde, als von den ausgebauten Losen her, die zum Teil weit ins Bruch hineinlagen, Wagen und Schlitten unter Peitschenknall und Schellengeläut herangefahren kamen, war es mit dieser Stille wieder vorbei.

Auch auf dem Herrenhofe rüstete sich alles zum Aufbruch, Herrschaft und Dienerschaft, und wer eine halbe Stunde nach Beginn des Tanzes von der Dorfstraße her auf die lange Front des Vitzewitzschen Wohnhauses geblickt hätte, hätte nur an zwei Fenstern Licht gesehen. Diese zwei Fenster lagen neben der Amts- und Gerichtsstube und zogen die Aufmerksamkeit nicht bloß dadurch auf sich, daß sie die einzig erleuchteten waren, sondern mehr noch durch das dunkele Weingeäst, das sich von dem starken Spalier aus in zwei, drei phantastischen Linien quer über die Lichtöffnung ausspannte. Hinter diesen Fenstern, an einem mit einem roten Stück Fries überdeckten Sofatisch, saßen Renate und Kathinka, zu denen sich seit einer Viertelstunde, um den Abend mit ihnen zu verplaudern, auch Marie gesellt hatte. Allen dreien, selbst Kathinka nicht ausgeschlossen, war es eine herzliche Freude, sich einmal allein und ganz unter sich zu wissen, und um diese Freude noch zu steigern, hatten sie sich aus dem großen Gesellschaftszimmer des Erdgeschosses in diese viel kleinere Stube des ersten Stockes zurückgezogen.

Tante Schorlemmer fehlte. Sie war gegen ihre Gewohnheit ausgeflogen und saß plaudernd in der Pfarre, während der alte Vitzewitz, abwechselnd vom Schulzen Kniehase und dann wieder von Lewin und Tubal unterstützt, im Kruge seinen politischen Diskurs hatte. Die Bauern zeigten sich in allem willig; es war so recht ein Abend, um das Eisen zu schmieden.

Sehr anders, wie sich denken läßt, verliefen mittlerweile die Plaudereien unserer drei jungen Mädchen, von denen Renate durch besondere Lebhaftigkeit, Marie durch besondere Zurückhaltung sich auszeichnete. Sie hatte – aller Herzlichkeit unerachtet, mit der sich ihr Kathinka, wie schon bei früheren Gelegenheiten, so auch diesmal wieder genähert hatte – doch ein bestimmtes Gefühl, daß es sich für sie zieme, ihre schwesterlich-intime Stellung zu Renaten so wenig wie möglich geltend zu machen und nur bei gegebener Veranlassung, am liebsten, wenn aufgefordert, sich an dem Gespräche der beiden Cousinen zu beteiligen. Dieses Gespräch selbst war ihr Freude genug und wurd' es mit jedem Augenblicke mehr, seit Kathinka, die halb sitzend, halb liegend, den rechten Fuß auf die Sofapolster gezogen hatte, von Berliner Gesellschaftszuständen und zuletzt von einer großen Soiree bei dem alten Prinzen Ferdinand zu sprechen begann.

»Das ist der Vater von dem Prinzen Louis, der bei Saalfeld fiel?« fragte Renate. »Was gäb' ich drum«, fuhr sie fort, nachdem ihre Frage bejaht worden war, »wenn ich einer solchen Soiree beiwohnen könnte! Papa hat es mir für diesen Winter versprochen; aber die Zeiten sehen nicht darnach aus.«

»Du verlierst weniger dabei, als du meinst. Es sind Gesellschaften wie andere mehr. Du siehst Generale, Grafen, Präsidenten, als wärest du in Ziebingen oder in Guse; die Schleppen sind etwas länger, und ein paar hundert Lichter brennen mehr. Das ist alles.«

»Aber der Prinz wird doch keine Krachs und Bammes um sich versammeln?«

»Nicht ausschließlich; aber ebensowenig kann er sie vermeiden. Er hat keine Wahl; Stellung und Geburt entscheiden, nicht der Mann. Du siehst auf die Auserwählten von Schloß Guse mit so wenig Respekt, weil du sie kennst; aber laß deine Neugier und Eitelkeit erst einen einzigen Winter lang befriedigt sein, und es ist mit dem Zauber dieser Hofgesellschaften für immer vorbei.«

»Ich zweifle daran, wenn ich auch glaube, daß du persönlich nicht anders sprechen kannst. Du erhebst eben Ansprüche, die mir fremd sind. Ich für mein Teil würde zufrieden sein, einen Blick in diese Welt tun zu dürfen, in der jeder etwas bedeutet. Nimm den alten Prinzen selbst; er ist der Bruder Friedrich des Großen; das allein genügt, ihn mir wert zu machen; ich könnte nicht ohne Ehrfurcht auf ihn blicken. Er würde mich vielleicht ignorieren oder ein an und für sich gleichgiltiges Wort an mich richten, aber es würde mir nicht gleichgiltig sein, ihn gesehen oder gesprochen zu haben.«

Kathinka lächelte.

»Du lachst mich aus«, fuhr Renate fort, »aber denke, daß ich das Leben eines armen Landfräuleins führe, öde und einsam, und statt der Mutter nur die gute Schorlemmer im Haus. Gib mir die Hand, Marie; du bist mir Trost und Freude, aber du kannst mir keinen Hofball ersetzen. Wie das alles blitzen und rauschen muß! Und dann der König selbst. Nenne mir ein paar Namen, Kathinka, daß ich mir eine Vorstellung machen kann.«

»O da ist der alte Graf Reale, der Gemahl der Oberhofmeisterin, der vor zwei Jahren auf Besuch in Guse war, und der Hofmarschall von Massow auf Steinhöfel, und der Herr von Eckardtstein auf Prützel, und Herr von Burgsdorff auf Ziebingen, und Graf Drosselstein auf Hohen-Ziesar.«

»Aber die kenn' ich ja alle.«

»Eben darum hab' ich sie dir genannt.«

»Und die fremden Gesandten!« sagte Renate, der kurzen Unterbrechung nicht achtend. »Wie gern säh' ich den Grafen von St. Marsan und den Minister Hardenberg, an dem Papa beständig zu mäkeln und zu tadeln hat. Ich denke mir ihn liebenswürdig. Apropos! Ist auch dein Graf Bninski, verzeihe, daß ich ihn so nenne, bei Hofe vorgestellt worden?«

»Nein. Er lehnte es ab.«

»Ach, nun weiß ich, warum die Hofgesellschaften so wenig Gnade vor dir finden. Lewin hat mir den Grafen beschrieben; aber ich möcht' ihn gern von dir geschildert hören.«

»Denk ihn dir als das Gegenteil von dem Konrektor, dem ich heute vormittag das Glück hatte vorgestellt zu werden. Wie hieß er doch?«

»Othegraven!«

»Richtig, Othegraven. Ein hübscher Name, ursprünglich adlig. Aber diese bürgerliche Abart, welche pedantische Figur! Er hält sich gerade, aber es ist die Geradheit eines Lineals.«

»Du mußt ihn auf das hin ansehen, was er ist.«

»Dann kann er als vollkommen gelten; denn er ist der Schulmeister, wie er im Buche steht.«

»Ich sehe doch, wie recht Tante Amelie hatte, als sie neulich von dir sagte: Kathinka ist eine Polin. Nur die Deutschen, wie mir erst gestern wieder unser Seidentopf versicherte, verstehen es, von äußerlichen Dingen abzusehen. Meinst du nicht auch?«

»Nein, Närrchen, ich meine es nicht; es ist nur deutsch, sich in diesen und ähnlichen Eitelkeiten zu gefallen. Und ich will auch nicht daran rütteln, ebensowenig wie an den Verketzerungen, die über uns Polen von langer Zeit her im Schwunge sind. Nur zweierlei wird man uns lassen müssen: Leidenschaft und Phantasie. Und nun laß dir sagen, Schatz, wenn es etwas in der Welt gibt, das imstande ist, über Äußerlichkeiten hinwegzusehen, so sind es *diese* beiden. Der Graf ist ein schöner Mann, aber ich versichere dich, er wäre mir derselbe, wenn er auch diesem Othegraven wie sein leiblicher Zwillingsbruder gliche. Denn bei der vollkommensten äußeren Ähnlichkeit würde diese Ähnlichkeit doch aufhören, weil er eben innerlich von Grund aus ein anderer ist.«

»Ein anderer. Aber ob ein besserer?«

»Es genügt ein anderer. Es gibt prosaische und poetische Tugenden. Laß uns über den Wert beider nicht rechten. Ich möchte dich nur dahin bekehren, daß es nicht Form und Erscheinung ist, wiewohl ich beide zu schätzen weiß, was mir den Grafen wert und angenehm macht.«

»Und so wär' es denn was?«

»Beispielsweise seine Treue. Denn, unglaublich zu sagen, die Polen können auch treu sein.«

»Es gilt wenigstens nicht als ihre hervorragendste Eigenschaft.«

»Um so mehr ziert sie den, der sie hat. Und ich möchte Bninski dahin zählen. Als Kosciusko im letzten Treffen, das über Polen entschied, am Saume eines Tannenwäldchens lag, das er drei Stunden lang gegen Übermacht verteidigt hatte, stand ein Fahnenjunker, ein halbes Kind noch, neben ihm und deckte den von Blutverlust ohnmächtig Gewordenen mit seinem jungen Leben. Er hätte sich retten können, aber er verschmähte es. Endlich überwältigt, bat er um eines nur: seinen gefangenen General pflegen und dieselbe Zelle mit ihm teilen zu dürfen. Dieser Fahnenjunker war der Graf.«

Marie, die bis dahin von ihrer Handarbeit nicht aufgeblickt hatte, sah Kathinka mit ihren großen Augen an.

Kathinka aber, den Blick freundlich erwidernd, fuhr fort: »Siehe, Renate, das war Treue; nicht solche, wie ihr sie liebt, die jeden heimlichen Kuß zu einer Kette für Zeit und Ewigkeit machen möchte, aber doch auch eine Treue und nicht der schlechtesten eine. Und wie der Fahnenjunker war, so blieb er. Er war mit in Spanien. Das polnische Lancierregiment, das er führte, Tubal hat mir davon erzählt, nahm einen Engpaß; den Namen hab' ich vergessen; aber sie sagen, der Fall stehe einzig da in der Kriegsgeschichte. Unter den wenigen, die den Tag überlebten, war der Graf. Nach Paris schwerverwundet zurückgeschafft, empfing er aus des Kaisers Hand das rote Band der Ehrenlegion. Und ich darf sagen, es kleidet ihn ... Nein, Renate, du verkennst mich und dich nicht minder. Wir empfinden gleich. Alles Poetische reißt uns hin, und Steifheit und Pedanterie, auch wenn sie Othegraven heißen, lassen uns kalt. Das ist nicht polnisch, das ist weiblich. Frage Marie.«

»Ich werde die Frage nicht tun«, scherzte Renate, »denn du mußt wissen –«

»So will ich antworten, ohne gefragt zu sein«, unterbrach Marie mit Unbefangenheit. »Alle Welt schätzt den Konrektor, unser Pastor liebt ihn –«

»Aber *du*, könntest *du* ihn lieben?«

»Nein. Nie und nimmer, und wenn er Kosciusko verteidigte oder einen Engpaß stürmte. Er ist vielleicht mutig, aber ich kann ihn mir nicht als Helden vorstellen. Ich bedauere, wenn ich ihm unrecht tue. Wen ich lieben soll, der muß mich in meiner Phantasie beschäftigen. Er beschäftigt mich aber überhaupt nicht.«

»Aber *du* ihn desto mehr. Othegraven hat Heimlichkeiten, flüsterte mir noch gestern unser alter Seidentopf zu. – Doch es schlägt neun, und wir vergessen über dem Plaudern unser Abendbrot.«

Damit erhob sich Renate und schritt auf eine Rokokokommode zu, auf deren überall ausgesprungener Perlmutterplatte Maline, ehe sie das Haus verließ, ein großes Cabaret mit kaltem Aufschnitt samt Tischzeug und Teller gestellt hatte.

Das Sofa und die Kommode standen an derselben Wand, und zwischen ihnen war nur der Raum frei, wo sich die früher aus diesem Fremdenzimmer in die Amts- und Gerichtsstube führende Tür befunden hatte. Diese Türstelle, weil nur mit einem halben Stein zugemauert, bildete eine flache Nische und war deutlich erkennbar.

Renate, in ihrer Plauderei fortfahrend, war eben – während Kathinka die Lampe aufhob – im Begriff, das Cabaret, das nach damaliger Sitte in einer Holzeinfassung stand, auf den Tisch zu setzen, als sie etwas klirren hörte.

Sie sah die beiden anderen Mädchen an. »Hörtet ihr nichts?«

»Nein.«

»Es klirrte etwas.«

»Du wirst mit dem Cabaret an die Teller gestoßen haben.«

»Nein, es war nicht hier, es war nebenan.«

Damit legte sie das Ohr an die Wand, da, wo die vermauerte Tür war.

»Wie du uns nur so erschrecken konntest«, sagte Kathinka. Aber ehe sie noch ausgesprochen hatte, hörten alle drei deutlich, daß in dem großen Nebenzimmer ein Fensterflügel aufgestoßen wurde. Gleich darauf ein Sprung, und dann vorsichtig tappende Schritte, vielleicht nur vorsichtig, weil es dunkel war. Es schienen zwei Personen. Und in dem weiten Hause niemand außer ihnen, keine Möglichkeit des Beistandes; sie ganz allein. Marie flog an die Tür und riegelte ab;

Kathinka, ohne sich Rechenschaft zu geben, warum, schraubte die Lampe niedriger. Nur noch ein kleiner Lichtschimmer blieb in dem Zimmer.

Renate legte wieder das Ohr an die Wand. Nach einer Weile hörte sie deutlich den scharfen, pinkenden Ton, wie wenn mit Stahl und Stein Feuer angeschlagen wird; sie horchte weiter, und als der Ton endlich schwieg, war ihre Phantasie so erregt, daß sie wie hellsehend alle Vorgänge im Nebenzimmer zu verfolgen glaubte. Sie sah, wie der Schwamm angeblasen wurde, wie der Schwefelfaden brannte und wie die beiden Einbrecher, nachdem sie auf dem Schreibtisch umhergeleuchtet, das Wachslicht anzündeten, mit dem der Vater die Briefe zu siegeln pflegte. Alles war Einbildung, aber einen Lichtschein, während sie den Kopf einen Augenblick zur Seite wandte, sah sie jetzt wirklich, einen hellen Schimmer, der von der Amtsstube her auf das Schneedach des alten gegenübergelegenen Wohnhauses fiel und von dort über den dunkelen Hof hin zurückgeworfen wurde.

Die Mädchen sprachen kein Wort; alle unter der unklaren Vorstellung, daß Schweigen die Gefahr, in der sie sich befanden, verringere. Sie reichten sich die Hand und lugten nach der Auffahrt und, soweit es ging, nach der Dorfgasse hinüber, von der allein die Hilfe kommen konnte.

Nebenan war es mittlerweile wieder lebendig geworden. Es ließ sich erkennen, daß sich die Strolche sicher fühlten. Sie warfen ein Bündel Nachschlüssel wie mit absichtlichem Lärmen auf die Erde und fingen an, sich an der großen, neben der Tür stehenden Truhe, darin das Geld und die Dokumente lagen, zu schaffen zu machen. Sie probierten alle Schlüssel durch, aber das alte Vorlegeschloß widerstand ihren Bemühungen.

Ein Fluch war jetzt das erste Wort, das laut wurde; dann sprangen sie, die bis dahin größerer Bequemlichkeit halber vor der Truhe gekniet haben mochten, wieder auf und begannen, wenn der Ton nicht täuschte, an der inneren, die beiden Stuben voneinander trennenden Wand hin auf den Realen umherzusuchen. Sie rissen die Bücher in ganzen Reihen heraus und fegten, als sie auch hier nichts ihnen Passendes entdeckten, mit einer einzigen Armbewegung den Sims ab, so daß alles, was auf demselben stand: chinesische Vase, Büste, Dragonerkasketts, mit lautem Geprassel an die Erde fiel. Ihre Wut schien mit der schlechten Ausbeute zu wachsen, und sie rüttelten jetzt an der alten Tür, die nach dem Korridor hinausführte. Wenn sie nachgab!

Die Mädchen zitterten wie Espenlaub. Aber das schwere Türschloß widerstand, wie vorher das Truhenschloß widerstanden hatte.

Die Gefahr schien vorüber; noch ein Tappen, wie wenn in Dunkelheit der Rückzug angetreten würde; dann alles still.

Renate atmete auf und schritt auf den Tisch zu, um die Lampe wieder höherzuschrauben; aber im selben Augenblicke fuhr sie zurück; sie hatte deutlich einen Kopf gesehen, der von der Seite her sich vorbeugte und in das Zimmer hineinstarrte.

Keines Wortes mächtig und nur mühsam an der Sofalehne sich haltend, wies sie auf das Fenster, vor dem jetzt wie ein Schattenriß eine Gestalt stand, die mit der Linken an dem Weingeäst sich klammerte, während die mit einem Fausthandschuh überzogene Rechte die Scheibe eindrückte und nach dem Fensterriegel suchte, um von innen her zu öffnen.

Alle drei Mädchen schrien laut auf und stoben auseinander; Kathinka, aller sonstigen Entschlossenheit bar, faltete die Hände und versuchte zu beten, Renate riß an der Klingelschnur, gleichgiltig gegen die Vorstellung, daß niemand da sei, die Klingel zu hören, während Marie, von äußerster Angst erfaßt, in die Gefahr hineinsprang und, ohne zu wissen, was sie tat, zu einem Stoß gegen die Brust des Draußenstehenden ausholte. Aber ehe der Stoß traf, knackte und krachte die Spalierlatte, und die dunkele Gestalt draußen stürzte auf den Schnee des Hofes nieder.

Keines der Mädchen wagte es, einen Blick hinaus zu tun, aber sie hörten jetzt deutlich den Ton der Flurglocke, die Renate fortfuhr zu läuten, und gleich darauf das Anschlagen eines Hundes. Es war ersichtlich, daß Hektor seine neben der Herdwand liegende warme Binsenmatte dem Tanzvergnügen im Krug vorgezogen und, ohne daß jemand davon wußte, das Haus gehütet hatte. Er stand jetzt unten auf der Flurhalle, unsicher, was das Läuten meine, und sein Bellen und Winseln schien zu fragen: wohin? Aber er sollte nicht lange auf Antwort warten. Renate, die Tür öffnend, rief mit lauter Stimme den Korridor hinunter: »Hektor!« und ehe noch der Ton in dem langen Gange verklungen war, hörte sie das treue Tier, das in mächtigen Sätzen treppan sprang und im nächsten Augenblicke schon der jungen Herrin seine Pfoten auf die Schulter legte. Jegliche Angst war jetzt von ihr abgefallen; sie faßte mit der Linken das Halsband des Hundes, um Halt und Stütze zu haben, und flog dann mit ihm treppab über den Hof hin. Als sie eben von der Auffahrt her in die Dorfgasse einbiegen wollte, stand der alte Vitzewitz vor ihr.

»Gott sei Dank, Papa – Diebe – komm!«

Im nächsten Augenblick war der Alte in dem Zimmer oben, wo sich Kathinka weinend an seinen Hals warf, während Marie ihm mit noch zitternden Lippen die Hände küßte.

15. KAPITEL

Die Suche

Der andere Morgen sah die Familie samt ihren Gästen wie gewöhnlich im Eckzimmer des Erdgeschosses versammelt. Nur Renate fehlte; sie hatte Fieber, und ein Bote war bereits unterwegs, um den alten Doktor Leist von Lebus herbeizuholen. Das Gespräch drehte sich natürlich um den vorhergehenden Abend, und Kathinka, die sich in übertriebener Schilderung ihrer ausgestandenen Angst gefiel, suchte hinter Selbstpersiflierung ein Gefühl gekränkter Eitelkeit, das sie nicht loswerden konnte, zu verstecken. Sie geriet dabei in einen halb scherzhaften Ton, der aber dem alten Vitzewitz durchaus nicht zuzusagen schien. Er schüttelte den Kopf und wurde seinerseits immer ernster.

Aus den Einzelheiten der Unterhaltung war so viel zu ersehen, daß Berndt, um den Tanz im Kruge nicht zu stören, alles Alarmschlagen verboten, selbst ein Revidieren der Amts- und Gerichtsstube hinausgeschoben und sich damit begnügt hatte, Hof und Park durch einen aus Kutscher Krist und Nachtwächter Pachaly gebildeten Wachtposten abpatrouillieren zu lassen. Jeetze, der sich auch dazu gemeldet, war wegen Alter und Hinfälligkeit und unter Anerkennung seines guten Willens zu Bette geschickt worden.

Es schlug neun, als unser Freund Kniehase, der erwartet war, von der Auffahrt her über den Hof kam. Tubal und Lewin, die am Fenster standen, sahen und grüßten ihn. Gleich darauf meldete Jeetze: »Schulze Kniehase.«

»Soll eintreten.«

Berndt ging ihm entgegen, gab ihm die Hand und schob einen Stuhl an den Tisch.

»Setzen Sie sich, Kniehase. Was wir zu sprechen haben, ist kurz und kein Geheimnis. Kathinka, bleib! Es kommt alles schneller, als ich erwartete, aber vorbereitet oder nicht, wir dürfen nichts hinausschieben. Es ist keine Stunde zu verlieren, wir müssen wissen, wen wir vor uns haben. Unser eigenes Gesindel hätte sich nicht an Hoppenmarieken gemacht. Ich bleibe dabei, es ist fremdes Volk; Marodeurs von der Grenze.«

Kniehase schüttelte den Kopf.

»Gut, ich weiß, daß Sie anders denken. Es wird sich zeigen, wer recht hat, Sie oder ich. Auf wieviel Leute können wir rechnen? Haben wir zehn oder zwölf, so rücken wir aus. Heute noch, gleich.«

»Bis auf zehn werden wir kommen, wenn der gnädige Herr sich selber mitrechnen und die jungen Herren. Ich habe Nachtwächter Pachaly auf die Lose geschickt, zu Schwartz und Metzke und auch zu Dames, das sind die jüngsten. Aber er kann vor Mittag nicht wieder da sein. Wir müssen also nehmen, was wir hier im Dorfe finden.«

»Und das sind?«

»Nicht viele.«

»Kümmritz?«

»Kann nicht, hat wieder das Reißen.«

»Müller Miekley?«

»Der will nicht. Er hat etwas von Aufstand gehört und von Krieg führen ohne den König, das hat ihn stutzig gemacht: ›Wer das Schwert nimmt, der soll durch das Schwert umkommen.‹ Wir müssen uns hinter Uhlenhorst stecken, der hat die Altlutherischen in der Tasche.«

»Und Kallies?«

»Der will, aber ich kenne ›Sahnepott‹, er hat das Zittern und kann kein Blut sehen.«

»Nun, denn Krull und Reetzke?«

»Ja, die kommen, und Dobbert und Roloff auch, das sind vier Gute. Und dann die beiden Scharwenkas, der Alte und der Jungsche, und auch Hanne Bogun, der Scharwenkasche Hütejunge.«

»Der Hütejunge?« fragte Lewin, »er hat ja nur einen Arm.«

»Aber vier Augen, junger Herr, den müssen wir haben. Er sieht wie ein Habicht und klettert.«

»Gut, Kniehase, so wären wir unser zehn. Es muß ausreichen für eine erste Suche, und nun wollen wir, ehe die Bauern kommen, die Amtsstube revidieren; vielleicht, daß wir etwas finden, das uns einen Fingerzeig gibt.«

Sie stiegen in das erste Stockwerk, auch Kathinka folgte, dem alten Schulzen, neben dem sie ging, auf Flur und Treppe vorplaudernd, daß seine Pflegetochter die mutigste von ihnen und zugleich die erste Ursach ihrer Rettung gewesen sei.

So waren sie, der alte Vitzewitz immer um ein paar Schritte vorauf, bis an die Türe der Amtsstube gekommen, die sie jetzt nicht ohne ein gewisses und, wie sich im nächsten Augenblicke zeigen sollte, nur allzu gerechtfertigtes Grauen öffneten. Eine grenzenlose Verwüstung starrte ihnen entgegen; Bücher und Scherben, alles durcheinander, über das ganze Zimmer hin Flecke von abgetropftem Wachs, und auf der Platte des großen Schreibtisches ein Brandfleck, von dem Schwamm oder Schwefelfaden herrührend, den die Strolche hier sorglos aus der Hand geworfen hatten. Neben der Truhe lag noch ein Stemmeisen und auf dem Fensterbrett ein dicker, halb zerrissener Fausthandschuh.

Es waren nicht Gegenstände, die, wie sie auch von Hand zu Hand gingen, auf eine bestimmte Spur hätten hindeuten können, und so in gewissem Sinne enttäuscht, schritten alle wieder in das Erdgeschoß zurück, wo sie jetzt die Bauern samt dem jungen Scharwenka und Hanne Bogun, dem Hütejungen, bereits versammelt fanden. Es wurde beschlossen, zunächst auch noch den Hof abzusuchen oder wenigstens die Stelle, von wo aus der Einbruch ausgeführt worden war. Hier stand noch die vom Wirtschaftshof herbeigeschleppte Leiter, deren sich die Diebe bedient hatten. Lewin stieg die Sprossen hinauf und revidierte das äußere Fenstersims, während Tubal und der junge Scharwenka unten im Schnee nachforschten; aber selbst von den zahlreichen Fußstapfen, die, um den Giebel des Hauses herum, nach der Parkallee und dem Parke selber führten, konnte schließlich nicht festgestellt werden, ob sie von den Dieben oder von Krist und Pachaly herrührten.

»So geben wir es auf«, sagte Berndt, »und sehen, ob wir auf Gorgast und Manschnow zu etwas finden.«

Jeetze brachte die Flinten, und der abmarschierende Männertrupp war eben im Begriff, vom Hofe her auf die Dorfgasse zu treten, als sie hinter sich einen Schäferpfiff hörten und, sich wendend, des Scharwenkaschen Hütejungen ansichtig wurden, der, vorläufig noch zurückgeblieben, mittlerweile die Leiter von dem Amtsstubenfenster an das Fenster der Nebenstube gestellt und auf eigene Hand weitergesucht hatte.

Er winkte jetzt lebhaft mit dem losen Ärmel seines Stummelarmes und gab Zeichen, aus denen sich schließen ließ, daß er einen Fund gemacht habe.

Die Männer kehrten um. Als sie dicht heran waren, hielt ihnen Hanne Bogun einen Messingknopf entgegen.

»Wo lag er?« fragte der alte Vitzewitz in lebhafter Erregung.

Der Hütejunge, ohne Antwort zu geben, sprang wieder die Leiter hinauf und legte den Knopf auf dieselbe Stelle, von wo er ihn weggenommen hatte. Es war das Querholz, das dicht unter dem Fenster hinlief, und so konnte nicht wohl ein Zweifel sein, daß bei dem Zusammenbrechen des unteren Spaliers die scharfe Kante der oberen Latte den Knopf abgestreift hatte. Er war von einer französischen Uniform. In der Mitte ein N, während der Rand der Innenseite die Umschrift zeigte: 14e Rég. de ligne.

Berndt triumphierte, seine Vermutungen schienen sich bestätigen zu sollen, die Bauern stimmten ihm bei. Nur Kniehase schüttelte nach wie vor den Kopf. Es kam aber zu weiter keinen Auseinandersetzungen, und nachdem der Knopf reihumgegangen war, brachen alle wieder auf. Der Hütejunge, der zwei Jagdtaschen trug, folgte.

Sie hielten zunächst die große Straße in der Richtung auf Küstrin zu. Als sie bis zu der Stelle gekommen waren, wo vor zwei Tagen Hoppenmarieken angefallen und fast erwürgt worden war, bogen sie rechts ab auf dasselbe Wäldchen zu, von dem aus Tubal und Lewin ihren Wettlauf über den verschneiten Sturzacker hin gemacht hatten. Die Bauern kannten aber ihr Terrain besser und wählten einen festgetretenen Fußweg, der auf die Mitte des Gehölzes zulief.

Hier angekommen, wurde beratschlagt, ob man dasselbe absuchen solle. Der alte Scharwenka, der seit fünfundzwanzig Jahren immer nur in einem hohen Federbett geschlafen hatte, hielt es für unmöglich, daß man bei zwölf Grad Kälte unter freiem Himmel nächtigen und sich mit einer Zudecke von Schneeflocken behelfen könne; Kniehase war aber anderer Meinung und setzte, sich auf seine Feldzugserfahrungen berufend, auseinander, daß es nichts Wärmeres gebe als eine mit Stroh ausgelegte Schneehütte. Daraufhin wurde denn das Absuchen beschlossen; aber sie kamen bis an den jenseitigen Rand, ohne das geringste gefunden zu haben. Nirgends weggeschaufelter Schnee, kein Reisig, keine Feuerstelle.

Man mußte sich nun schlüssig machen, ob man sich auf das diesseitige, zwischen Gorgast, Manschnow und Rathstock gelegene Terrain beschränken oder aber zugleich auch auf das andere Flußufer übergehen und die ganze Strecke von den Küstriner Pulvermühlen an bis zum Entenfang und vom Entenfang bis Kirch-Göritz hin abpirschen wolle. Man entschied sich für das letztere, so daß im wesentlichen dieselben Punkte berührt werden mußten, an denen Tubal und Lewin, als sie den Dr. Faulstich besuchten, auf ihrem Hin- und Rückwege vorübergekommen waren. Dies festgestellt, einigte man sich dahin, daß, um größerer Bequemlichkeit willen, die Mannschaften in zwei, nach rechts und links hin abmarschierende Trupps geteilt werden sollten, was – wenn nichts vorfiel und an vorausbestimmter Stelle richtig eingeschwenkt wurde – zu einem Mittagsrendezvous in Nähe des Neu-Manschnower Vorwerks führen mußte. Den einen Trupp führte Kniehase, den anderen Berndt. Bei diesem letzteren waren, außer Tubal und Lewin, der junge Scharwenka und Hanne Bogun, der Hütejunge.

Der Berndtsche Trupp hielt sich rechts. Um einen freien Überblick zu haben, gaben sie den am diesseitigen Abhang sich hinschlängelnden Fußpfad auf und erstiegen die Höhe. Das Wetter war klar, aber nicht sonnig, so daß kein Flimmern die Aussicht störte. Berndt und Tubal hatten einen Vorsprung von fünfzig Schritt und waren alsbald in einem Gespräch, das selbst die Aufmerksamkeit des ersteren mehr als einmal von den Außendingen abzog. Tubal erzählte von seinen Kinderjahren, seiner in Paris lebenden Mutter, von Kathinka und schüttete sein Herz aus über das unruhige und widerspruchsvolle Leben, das er von Jugend auf geführt habe.

»Ich habe kein Recht, die Motive zu kritisieren, die meinen Papa bestimmt haben mögen, sich zu expatriieren, aber er hat uns durch diesen Schritt, den er tat, keinen Segen ins Haus gebracht. Unser Name ist polnisch und unsere Vergangenheit und zu bestem Teil auch unser Besitz, soweit wir ihn vor der Konfiskation gerettet haben. Und nun sind wir Preußen! Der Vater mit einer Art von Fanatismus, Kathinka mit abgewandtem, ich mit zugewandtem Sinn, aber doch immer nur mit einer Liebe, die mehr aus der Betrachtung als aus dem Blute stammt. Und wie wir nicht recht ein Vaterland haben, so haben wir auch nicht recht ein Haus, eine Familie. Und das ist das Schlimmste. Es fehlt uns der Mittelpunkt. Kathinka und ich, wir sind aufgewachsen, aber nicht auferzogen. Was wir an Erziehung genossen haben, war eine Erziehung für die Gesellschaft. Und so leben wir bunte Tage, aber nicht glückliche, wir zerstreuen uns, wir haben halbe Freuden, aber nicht ganze, und sicherlich keinen Frieden.«

Dem alten Vitzewitz war kein Wort verlorengegangen. Er kannte das Leben der Ladalinskis bis dahin nur in den großen Zügen, und das Ansehen, das der Vater in einzelnen prinzlichen Kreisen genoß, sein auch jetzt noch bedeutendes Vermögen, vor allem aber das jeder Engherzigkeit Entkleidete, das alle Mitglieder dieses Hauses gleichmäßig auszeichnete, hatte ihn eine Verbindung mit demselben stets als etwas in hohem Maße Wünschenswertes erscheinen lassen. Heute zum ersten Male, während er doch zugleich den Bekenntnissen Tubals mit gesteigerter Teilnahme folgte, beschlich ihn ein Zweifel, ob es geraten sein würde, das Schicksal seiner beiden Kinder an das dieser Familie zu ketten.

Auch Lewin und der junge Scharwenka plauderten lebhaft. Sie waren gleichalterig, weshalb denn auch Lewin, dem Wunsche des alten Spielkameraden nachgebend, das ehemalige »Du« beibehalten hatte. Hanne Bogun schritt pfeifend hinter ihnen und unterhielt sich damit, Vogelstimmen nachzuahmen.

»Wie steht es mit Maline?« fragte Lewin.

»Schlecht oder gar nicht, sie hat mir abgeschrieben.«

»Ich habe davon gehört. Aber du sollst sie ja gekränkt haben; du hättest ihr ihre Armut vorgeworfen.«

»Das erzählt Fräulein Renate, die alles glaubt, was ihr Maline sagt. Sehen Sie, junger Herr, das ist nun das Allerhäßlichste an ihr, daß sie nicht die Wahrheit sagt und mich verschwatzt. Und ich litt' es auch nicht, bloß daß ich denke, man kann doch nicht wissen, wie es kommt. Und dann will ich die, die vielleicht doch noch meine Frau wird, nicht schon vorher in aller Leute Mäuler gebracht haben.«

»Aber du mußt ihr doch etwas zuleide getan oder ihr irgendwas gesagt haben, das sie dir übelnehmen konnte.«

»Ja, weil sie alles übelnimmt. In dem Briefe, worin sie mir abschrieb, stand: ›Wir Scharwenkas hätten einen Bauernstolz‹; aber, junger Herr, wenn wir den Bauernstolz haben, dann haben die Kubalkes den Küsterstolz. Ihr Vater, der alte Kubalke, hat ja den Kirchenschlüssel, und dann und wann sonntags, wenn der Pastor Abhaltung hat, liest er uns auch das Evangelium vor. Und er kann auch Grabschriften machen und Verse zu Hochzeiten und Kindelbier. Daneben müssen sich denn freilich die Bauern verstecken; wenigstens glauben das alle Kubalkes, als ob es selber ein Evangelium wäre. Und die kleine Eve drüben in Guse, das ist die schlimmste, denn die gnädige Gräfin verwöhnt sie jeden Tag mehr.«

»Aber Maline?«

»Ja, Maline! Sie ist nicht so schlimm wie die Eve, aber eitel und hochmütig ist sie auch. Und seit Martini, wo der alte Justizrat hier war und zu ihr sagte: ›Maline sei ein wendisches Wort und heiße Himbeere, und sie heiße nicht bloß so, sie sei auch eine‹, seit diesem Tage ist mit ihr kein Auskommen mehr. Und wie kam es denn? Und was hat sie mir denn übelgenommen? Ich sollte ihr das große karierte Tuch holen, und als ich es ihr nun wirklich geholt hatte, da wollte sie, daß ich es ihr auch umhängen sollte. Da sagte ich zu ihr: ›Du bist keine Prinzeß, Maline, du bist eines armen Schulmeisters Tochter.‹ Und da verschwatzt sie mich nun und klagt den Leuten vor, ich hätte ihr ihre Armut vorgeworfen! Und was war es? Ihren Hochmut hab' ich ihr vorgeworfen. Aber Worte verdrehen und Lügen aufputzen, als ob es die Wahrheit wäre, darauf versteht sie sich. Und wenn ich ihr nicht so gut wäre – denn der alte Justizrat hat eigentlich recht –, so wär' es schon lange mit uns aus gewesen. Nun ist es auch wirklich vorbei; aber ich denke doch immer noch, es soll wieder einklingen.«

Unter solchem Geplauder, das den mitteilsamen Krügerssohn ganz und gar und den ihm zuhörenden, meist nur Fragen stellenden Lewin wenigstens halb in Anspruch genommen hatte, hatten beide junge Männer nicht darauf geachtet, daß das Pfeifen hinter ihnen still geworden war. Als sie sich von ungefähr umwandten, sahen sie den eine gute Strecke zurückgebliebenen Hanne Bogun, wie er, die beiden Jagdtaschen von der Schulter streifend, eben im Begriff stand, eine Kiefer zu erklettern, die sich nach oben hin in zwei weit voneinanderstehende Äste teilte. Es war dies der höchste Punkt der ganzen Gegend, und die Absicht des Hütejungen, von hier aus Umschau zu halten, lag klar zutage. Aber jede Betrachtung über das, was er wolle oder nicht wolle, ging in dem Schauspiel unter, das ihnen jetzt die Klettergeschicklichkeit des Einarmigen gewährte. Er klemmte den Stumpf fest, als ob er den Arm selbst gar nicht vermisse, und geschickt die am schlanken Stamm hin kurz abgebrochenen Aststellen benutzend, auf denen er sich wie auf Leitersprossen ausruhte, war er noch eher oben, als die beiden jungen Männer den Weg bis zu der Kiefer hin zurückgelegt hatten.

»Was gibt es, Hanne?«

Er machte von der Gabel aus, in der er jetzt stand, eine Handbewegung, als ob er nicht gestört sein wolle, und sah dann erst die Flußufer auf- und abwärts, zuletzt auch ins Neumärkische hinüber. Er schien aber nichts zu finden und glitt, nachdem er sein Auge den ganzen Kreis nochmals hatte beschreiben lassen, mit derselben Leichtigkeit wieder hinab, mit der er fünf Minuten vorher hinaufgestiegen war.

Er blieb nun, während die beiden jungen Männer rasch weiterschritten, in gleicher Linie mit ihnen und gab auf die kurzen Fragen, die Lewin von Zeit zu Zeit an ihn richtete, noch kürzere Antworten.

»Nun, Hanne, was meinst du, werden wir sie finden?«

Der Hütejunge schüttelte den Kopf in einer Weise, die ebensogut Zustimmung wie Zweifel ausdrücken konnte.

»Ich begreife nicht, daß die Gorgaster und Manschnower ihnen nicht besser aufpassen. Es gibt doch hier keine Schlupfwinkel, kaum ein Stückchen Wald; dabei liegt Schnee. Ich glaube, sie haben ihre Helfershelfer; sonst müßte man doch endlich Bescheid wissen.«

»Manch een mack et wol weeten?« sagte der Hütejunge.

»Ja, aber wer ist ›manch een‹?«

Der Hütejunge lächelte pfiffig vor sich hin und fing wieder an, eine Vogelstimme nachzuahmen, vielleicht aus Zufall, vielleicht auch, um eine Andeutung zu geben.

»Du machst ja ein Gesicht, Hanne, als ob du etwas wüßtest. An wen denkst du?«

Hanne schwieg.

»Es soll dein Schaden nicht sein. Nicht wahr, Scharwenka, wir kaufen ihm eine Pelzmütze und hängen ihm einen blanken Groschen an die Troddel! Nun, Hanne, wer ist ›manch een‹?«

Hanne schritt ruhig weiter, sah nicht links und nicht rechts und sagte vor sich hin: »Hoppenmarieken.«

Lewin lachte. »Natürlich, Hoppenmarieken muß alles wissen. Was ihr die Karten nicht verraten, das verraten ihr die Vögel, und was die Vögel nicht wissen, das weiß der Zauberspiegel. Dieselben Kerle, die sie gewürgt haben, werden ihr doch nicht ihren Zufluchtsort verraten haben.«

Der Hütejunge ließ sich aber nicht stören und wiederholte nur mit einem Ausdruck von Bestimmtheit: »Se weet et.«

Während dieses Gespräches hatten alle drei den Punkt erreicht, wo sie, nach der am Wäldchen getroffenen Verabredung, den auf der Höhe laufenden Fußweg aufgeben, nach links hin niedersteigen und über den Fluß gehen mußten. Ihnen gegenüber schimmerte schon der Kirch-Göritzer Turm, aber doch noch gute fünfhundert Schritt nach rechts hin, woran Lewin deutlich erkannte, daß der ihnen zu Füßen liegende, mit jungen Kiefern abgesteckte Weg nicht derselbe war, den er vorgestern mit Tubal passiert hatte, sondern ein Parallelweg, der wahrscheinlich auf die Rathstocker Fähre zuführte.

Der alte Vitzewitz und Tubal waren schon halb hinüber, als Lewin erst in den Kuschelweg einbog. Er sprach nicht, aber desto mehr beschäftigte ihn Hoppenmarieken. Es erschien ihm jetzt hinfällig, was er seinerseits gegen ihre Mitwissenschaft gesagt hatte; Streitigkeiten zwischen Diebsgenossen waren am Ende nichts Ungewöhnliches, und wenn ein Rest von Unwahrscheinlichkeit blieb, so schwand er doch vor der Bestimmtheit, mit der Hanne Bogun sein »Se weet et« ausgesprochen hatte. War doch der Hütejunge, so sagte sich Lewin, zu dieser Bestimmtheit mutmaßlich nur allzu berechtigt. Denn wenn es jemanden auf der Hohen-Vietzer Feldmark gab, der Hoppenmarieken in ihren Schlichen und Wegen nachgehen oder doch ihr Treiben auf der Landstraße, ihre Begegnungen und Tuscheleien beobachten konnte, so war es eben Hanne, der sommerlang das Scharwenkasche Vieh hütete und entweder in einem ausgetrockneten Graben oder versteckt im hohen Korne lag.

Unter solchen Betrachtungen hatte Lewin die Mitte des Flusses erreicht, der alte Vitzewitz und Tubal waren schon am jenseitigen Ufer und kletterten eben den steilen Rand hinauf. Zur Linken Lewins ging der junge Scharwenka, beide nach wie vor im Schweigen und des Hütejungen nicht achtend, der wieder ein paar Schritte hinter ihnen zurückgeblieben war.

Aber in diesem Augenblick drängte sich Hanne, rasch über das Eis hinschlitternd, an die Seite seines jungen Herrn, zupfte ihn am Rock und sagte, mit seinem losen Ärmel nach links hinzeigend: »Jungschen Scharwenka, kiek eens.«

Des Krügers Sohn blieb stehen, Lewin auch, und beide lugten nun scharf nach der Richtung hin, die ihnen Hanne bezeichnet hatte.

»Ich sehe nichts«, rief Scharwenka und wollte weiter.

Aber Hanne hielt ihn fest und sagte: »Tööf en beten, grad ut, mang de Pappeln; jitzt.«

Hanne hatte recht gesehen. Zwischen zwei Pappeln, die mitten auf dem Eis zu stehen schienen, wirbelte ein dünner Rauch auf. Dann und wann schwand er, aber im nächsten Augenblikke war er wieder da.

»Jetzt haben wir sie! Wo Rauch ist, ist auch Feuer. Vorwärts!«

Damit bogen beide junge Männer aus dem querlaufenden Kuschelweg in die große, die Mitte des Stromes haltende und für Schlitten und Wagen bequem fahrbare Längsallee ein, während Hanne, zur Meldung des Tatbestandes und mit der Aufforderung, umzukehren, an den alten Vitzewitz und Tubal abgeschickt wurde.

Lewin und der junge Scharwenka setzten inzwischen ihren Weg fort, machten aber lange Pausen, bis sie wahrnahmen, daß Hanne die beiden bereits am anderen Ufer Befindlichen eingeholt und ihnen seine Meldung ausgerichtet hatte. Nun schritten auch sie wieder schneller vorwärts. Bald entdeckten sie, daß das, was sie kurz vorher noch für eine mit zwei hohen Pappelweiden besetzte Landzunge gehalten hatten, eine jener kleinen Rohrinseln war, denen man in der Oder so häufig begegnet. Das einfassende Rohr, wenn auch hier und dort durch die Schneemassen niedergelegt, ließ sich deutlich erkennen; alles aber, was dahinterlag, war durch ebendiesen Einfassungsgürtel verborgen.

Sie gaben nun auch die große Längsallee auf, hielten sich halb links und tappten sich durch den außerhalb der Fahrstraße fußhoch liegenden Schnee auf die Insel zu. Als sie dicht heran waren, verschwanden ihnen zuerst die Rauchwölkchen, bald auch die beiden Pappeln, und im nächsten Augenblicke standen sie vor dem Schilfgürtel selbst. Lewin wollte den Durchgang forcieren, überzeugte sich aber, daß dies unmöglich sei. Auch war es überflüssig. Während seiner Anstrengungen hatte der junge Scharwenka einen mannsbreiten Gang entdeckt, der mit der Sichel durch das Rohr geschnitten war; er winkte Lewin heran, und beide drangen nun vor, nicht ohne Schwierigkeiten, da der Wind zahllose Halme in den Gang hineingeweht und diesen an manchen Stellen wieder verstopft hatte. Endlich waren sie durch den Rohrgürtel, der eine Tiefe von fünfzehn Schritt haben mochte, hindurch, und das wenige, was noch verblieb, als eine Art Schirm benutzend, sahen sie jetzt, von gesicherter Stelle aus, auf das Innere der Insel.

Das Bild, das sich ihnen bot, war überraschend genug und berührte sie, als ob sie auf einen leidlich instand gehaltenen Wirtschaftshof blickten. Alles war von einer gewissen Ordnung und Sauberkeit. Der Schnee lag zusammengefegt zu beiden Seiten; eine Kuh, die mit dem linken Vorderfuß an eine der beiden Pappeln gebunden war, nagte von einem durch Strohbänder zusammengehaltenen Heubündel, während in der Nähe der anderen Pappel ein hochbepackter Schlitten stand, der unter seiner mit Stricken umwundenen Segelleinwand den Ertrag des letzten Fanges bergen mochte.

So der Hof, dessen friedliches Bild nur noch von dem Anblick des als Wohnhaus dienenden Holzschuppens übertroffen wurde. Dieser Holzschuppen, von beiden Seiten her mit Schnee umkleidet, nicht viel anders, als ob er in einen Schneeberg hineingebaut worden wäre, schien aus drei Räumen von verschiedener Größe zu bestehen. Die beiden kleinen, die als Stall und Küche dienten, waren offen, während der dritte, größere Raum mit zwei alten Brettern und einer funkelnagelneuen Tür zugestellt war, deren Klinke, Haspenbeschlag und roter Ölfarbenanstrich über ihren Gorgaster oder Manschnower Ursprung keinen Zweifel gestattete. Vor dem aufgemauerten Herd, auf dem ein mäßiges Reisigfeuer brannte, stand, mit Abschäumen und Töpferücken beschäftigt, eine noch junge Frau, dann und wann zu einem Blondkopf sprechend, der auf einem Futtersack dicht an der Schwelle saß. Als Rauchfang, wie Lewin deutlich erkennen konnte, diente ein Ofenrohr, das zwei Handbreit über das Schneedach hinausragte. In dem offenen Stalle stand ein Pferd und klapperte mit der Eisenkette.

»Das ist Müller Krieles Brauner«, sagte Scharwenka.

Beide junge Männer zogen sich nach dieser ihrer Rekognoszierung wieder an den äußeren Rand des Schilfgürtels zurück, um hier auf die Ankunft ihres Sukkurses zu passen. Sie hatten nicht lange zu warten. Berndt und Tubal, von dem Hütejungen gefolgt, waren bereits dicht heran, und gleich darauf drängten alle fünf, durch den schmalen Gang hin, wieder auf den Punkt zu, von wo aus Lewin und der junge Scharwenka ihre Beobachtungen angestellt hatten. Im Flüstertone wurde Kriegsrat gehalten und das Abkommen getroffen, daß Tubal und Hanne Bogun auf die Frau losspringen, die beiden Vitzewitze samt ihrem Krügerssohn aber in den mit den zwei Brettern und der roten Tür zugestellten Raum eindringen sollten.

Es war sehr wahrscheinlich, daß sich die Strolche, um den auf ihren nächtigen Streifzügen versäumten Schlaf wieder einzubringen, hier zur Ruhe niedergelegt hatten; erwies sich diese Voraussetzung aber auch als Irrtum, so hatte man wenigstens die Frau, mit deren Hilfe es nicht schwer halten konnte, die etwa ausgeflogenen Vögel einzufangen.

»Eins, zwei, drei!« ein Sprung über den Hof hin, und im nächsten Moment schrie die Frau auf, während Berndt und Scharwenka, gefolgt von Lewin (der Bretter und Tür mit leichter Mühe niedergerissen hatte), in den mit Blak- und Branntweindunst angefüllten Raum hineindrängten. Das hell einfallende Tageslicht ließ alles rasch erkennen. An den Wänden, links und rechts hin, standen zwei kienene Bettstellen, die, wie draußen die rotangestrichene Tür, einst bessere Tage gesehen haben mochten. Jetzt waren sie mit Strohsäcken bepackt, auf und unter denen in voller Kleidung zwei Kerle mit übrigens noch mehr gedunsenem als verwildertem Gesicht in festem Schlafe lagen.

»Ausgeschlafen?« donnerte Berndt und setzte dem an der rechten Wand Liegenden den Kolben auf die Brust.

Der so Angeschriene fuhr sich schlaftrunken über die Augen und starrte dann mit einem Ausdruck, in dem sich Schreck und Pfiffigkeit zu einer Grimasse verzogen, auf den alten Vitzewitz, der, als er den guten Effekt sah, den die Überraschung ausgeübt hatte, das Gewehr wieder ruhig über die Schulter hing und beiden Strolchen zurief: »Macht euch fertig!«

Im Nu waren sie auf den Beinen; beide mittelgroß und Männer von Vierzig. Der eine war nach Landessitte in eine dickwollene Tagelöhnerjacke, der andere in einen französischen Soldatenrock gekleidet, beide mit Holzschuhen an den Füßen, aus denen lange Strohhalme heraussahen. Ihren Anzug aufzubessern, dazu war nicht Zeit noch Gelegenheit. Auf einer als Tisch dienenden Kiste stand ein Blaker mit niedergeschweltem Licht; daneben zwei bauchige Flaschen von grünem Glase, drin ein Korbmuster eingedrückt war, auch ein Tschako und eine Filzmütze. Sie bedeckten sich damit, ließen die Flaschen, in denen noch ein Rest sein mochte, in ihre Tasche gleiten und stellten sich dann in eine Art von militärischer Positur, wie um ihre Marschbereitschaft auszudrücken. Berndt machte eine Handbewegung: »Vorwärts!«

Draußen drängte sich der im Soldatenrock an die Seite des jungen Scharwenka und fragte mit einer halben Vertraulichkeit: »Wohenn geiht et?«

»An den Galgen!«

Der Strolch grinste: »Na, Jungschen Scharwenka, so dull sall et ja woll nich wihren!«

»Ihr kennt mich?«

»Wat wihr ick Se nich kennen? Ick bin ja Muschwitz von Großen-Klessin.«

»So, so; und der andere?«

»Rosentreter von Podelzig.«

Der junge Scharwenka warf den Kopf in die Höhe, als ob er sagen wollte: »So sieht er auch aus.« Damit schritten sie über den Hof auf den schmalen Gang zu, der durch das Schilf führte.

Eine halbe Stunde später hatte die kleine Kolonne den vorausbestimmten Rendezvousplatz, das Neu-Manschnower Vorwerk, erreicht. Sie fanden den Kniehaseschen Trupp, der keinen Aufenthalt gehabt hatte, schon vor. Krull und Reetzke, nachdem alles erzählt worden, was zu erzählen war, erboten sich, den Gefangenentransport, der auf Frankfurt ging, zu übernehmen; eine Verstärkung dieser Eskorte war nicht nötig, da sowohl Muschwitz wie Rosentreter froh schienen, ihre Winterhütte mit unfreieren, aber bequemeren Verhältnissen vertauschen zu können. Die Frau, in betreff deren Zweifel herrschten, wem von den beiden sie zugehörte, folgte stumm, einen kleinen Schlittenkasten ziehend, in den sie das Kind hineingesetzt hatte.

Die Hohen-Vietzer traten gleichzeitig mit dem Abmarsch der Gefangenen ihren Rückweg an. Und zwar über das am diesseitigen Ufer liegende Manschnow. An der Mühle vorüberkommend, teilten sie dem alten Kriele mit, in welchem Stalle er seinen Braunen wiederfinden würde; auf dem Schulzenamte aber wurde Befehl zurückgelassen, daß die Manschnower, zu deren Revier die Insel gehörte, den Schuppen durchsuchen und durchgraben und alles geraubte Gut, das sich etwa finden würde, nach Frankfurt hin abliefern sollten.

16. KAPITEL

Von Kajarnak, dem Grönländer

Um zwei Uhr waren unsere Hohen-Vietzer wieder in ihrem Dorf, und eine halbe Stunde später wußte jeder bis auf die letzten Lose hinaus, daß die Strolche gefunden und auf dem Wege nach Frankfurt seien. Im Kruge, wo sich bald einige Bauern, auch Kallies und Kümmeritz, versammelten, entsann man sich Muschwitzens sehr wohl, der immer ein Tagedieb und Taugenichts gewesen sei, und erging sich in Vermutungen, woher er den französischen Soldatenrock genommen haben könne, Vermutungen, die mit Totschlag begannen und über qualifizierten Diebstahl hin einfach bei Tausch oder Kauf endigten. Dies letztere war denn auch das wahrscheinlichste. In Küstrin, wo der Typhus jeden Tag die Reihen der französischen, zum Teil aus Hessen und Westfalen bestehenden Garnison lichtete, war zu solchen »Geschäften unter der Hand« die reichlichste Gelegenheit gegeben. Von Rosentreter wußte niemand. Das Lob des Hütejungen war auf aller Lippen.

Auch im Herrenhause riß das Erzählen gar nicht ab. Kathinka und Tante Schorlemmer wollten alles bis auf die kleinsten Züge wissen, und als es unten im Wohnzimmer nichts mehr zu berichten gab, wurde oben in Renatens Krankenzimmer das Berichterstatten fortgesetzt. Lewin saß eine Stunde lang an ihrem Bett und ließ der Reihenfolge nach erst das Absuchen des Wäldchens, dann den Überfall und den Transport der Gefangenen an ihrem Auge vorüberziehen. Nichts wurde vergessen; namentlich hob er aus seinem Gespräche mit dem jungen Scharwenka hervor, daß Maline unrecht habe, pries Hanne Boguns Umsicht und schilderte schließlich den Eindruck, den die auf dem Rohrwerder mitgefangene Frau auf ihn gemacht habe.

So kam die Tischstunde heran. Der alte Vitzewitz war in bester Laune, und so unbequem es ihm sein mochte, mit seiner Hypothese von den »Marodeurs« und »Deserteurs« eine arge Niederlage erlitten zu haben, so gewann er es doch über sich, was sonst nicht seine Art war, über sich selbst und seinen Rechnungsfehler zu scherzen. Wußte er doch, daß er schließlich recht behalten würde. Alles war nur Frage der Zeit.

Gleich nach Tisch sollte zu Graf Drosselstein nach Hohen-Ziesar hinübergefahren werden; Tubal und Kathinka schuldeten ihm ohnehin noch ihren Besuch, der, wenn er überhaupt noch gemacht werden sollte, nicht hinausgeschoben werden konnte. Denn am andern Tage schon sollte von Schloß Guse aus die Rückkehr beider Geschwister nach Berlin angetreten werden. Krist mit den Ponys hielt schon vor der Treppe, als die Tafel aufgehoben wurde; wenige Minuten später bog der Wagen von der Auffahrt her in die Dorfstraße ein. Kathinka, einer ihrer Passionen folgend, hatte die Leinen genommen und fuhr. Als sie an Mickleys Mühle vorüberkamen, begegnete ihnen Doktor Leist von Lebus, der sich getreulich einstellte, um nach seiner Kranken zu sehen. Nur kurze Grüße wurden gewechselt.

Alte-Doktor Leist, der seit zwanzig Jahren im Hohen-Vietzer Herrenhause so gut Bescheid wußte wie in seinem eigenen, stieg, nachdem er ein paar Worte mit Jeetze gewechselt und von dem großen Ereignis des Tages gehört hatte, treppan und trat bei Renaten ein.

Nur Maline war bei ihr. Das Schlafzimmer, jetzt auch Krankenzimmer, lag auf der der Gerichtsstube entgegengesetzten Seite des Hauses und war nur durch eine Giebelwand von dem mehrgenannten alten Querbau getrennt, der ehedem als Bankettsaal, dann als Kapelle gedient und nun längst schon seine früheren Bestimmungen mit der bescheidenen einer großen Obst- und Rumpelkammer vertauscht hatte. Am Ende des Korridors befand sich eine schmale Tür, die mit Hilfe einer hochstufigen Treppe die Verbindung mit diesem alten Querbau unterhielt. Doktor Leist trat an das Bett der Kranken, fühlte den Puls und sagte dann, während er eine fieberstillende Arznei auswickelte:

»Hier bring' ich etwas. Der alte Doktor Leist ist wie der Weihnachtsmann – er bringt immer etwas mit.«

»Nur der Weichnachtsmann bringt Süßes, und Doktor Leist bringt Bitteres.«

»Nicht doch, nicht doch, Renatchen. Da sollten Sie den alten Leist doch besser kennen. Der weiß, was sich schickt, und kennt seine deutschen Sprichwörter. Gleich und gleich gesellt sich gern. Und für so liebe kleine Fräuleins ist das Bittere gar nicht da.«

»Also sauer?«

»Sauer und süß; eine Doppellimonade.«

»Das ist recht. Ich fürchte mich vor jedem Löffel Medizin. Aber eine Doppellimonade, das mag gehen. Und wie ist es mit der Diät, Doktorchen?«

»Nicht zu streng. Sagen wir: ein Biskuit und etwas gestowtes Obst.«

»Nicht auch frisches?«

»Allenfalls auch frisches. Aber mit Auswahl. Etwa einen mürben Gravensteiner oder eine Kalville.«

»Danke, danke. Die lieb' ich gerade sehr. Und darf ich mir auch etwas vorplaudern lassen? Von Maline?«

»Gut, gut.«

»Oder von Tante Schorlemmer?«

»Noch besser. Sie wird, denk' ich, mehr kalmieren als irritieren. Und das ist genau, was wir brauchen.«

Damit empfahl sich Doktor Leist und versprach, am andern Tage wiederzukommen.

Der Alte war kaum fort, als Renate Malinen heranwinkte.

»Nun nimm eine Fußbank und setze dich zu mir; hier dicht an mein Bett. Wir haben ja des Doktors Erlaubnis. Und nun gib mir deine Hand. Ach, wie schön kühl du bist. Wenn ich nur eine ruhige Nacht hätte! Aber ich habe immer Bilder vor den Augen.«

»Das ist das Fieber.«

»Ja, das Fieber. Und das quält mich, daß ich den Anblick der armen Frau nicht loswerden kann.«

»Welcher Frau?«

»Die sie heute mittag auf dem Rohrwerder mit aufgespürt haben. Lewin sagte mir, daß kein rohes Wort, nicht einmal eine Klage über ihre Lippen gekommen sei.«

»Aber, Fräulein, es ist ja eine Diebin. Und keiner weiß, wem sie zugehört. Krist sagte mir: ›Sie hat zwei Männer oder keinen.‹ Und das ist doch schlimm, das eine wie das andere.«

»Ich habe doch Mitleid mit ihr, und so recht eigentlich schlecht kann sie nicht sein; denn sieh, sie hat nicht an sich gedacht, sondern erst an ihr Kind und hat es in einen kleinen Schlittenkasten gepackt und es mit sich genommen. Und nun seh' ich immer die lange Frankfurter Pappelallee vor mir, die kein Ende nimmt und weit, weit am Horizonte zu einem Punkte zusammenläuft. Und zwischen den Pappeln geht die Frau und zieht den Schlittenkasten, in dem das Kind sitzt, und wenn sie aufwärts, abwärts an den Punkt kommt, wo die Pappeln ein Ende zu nehmen schienen, dann tut sich eine neue Allee auf, die noch länger ist und wieder in einem Punkte zusammenläuft. Und die Frau wird immer matter und müder. Es peinigt mich. Ich wollte, daß ich das Bild loswerden könnte.«

»Krull und Reetzke sind ja gute Leute und werden ihr nicht mehr auflegen, als sie tragen kann.«

»Es sind Bauern, und Bauern sind hart und taub. Ich wollte, der junge Scharwenka hätte den Transport übernommen. Der ist schon anders und läßt mit sich reden.«

»Der?« fragte Maline.

»Ja, *der*. Und du mußt dich nicht gleich verfärben, wenn ich bloß seinen Namen nenne. Er hat mit Lewin gesprochen und ihm seine Not geklagt.«

»Er verklagt mich überall.«

»Das sagt er auch von dir. Und nun höre mich an, Maline, und wirf nicht den Kopf. Wir waren immer gute Freunde; so laß dir raten und sei nicht eigensinnig.«

Aber ehe Renate weitersprechen konnte, barg Maline den Kopf in ihrer Herrin Bettkissen und fing heftig an zu schluchzen.

»Und nun wirst du gar noch weinen! Aber weine nur. Es ist das erste Zugeständnis, daß du unrecht hast und daß der kleine Trotzkopf es nur noch nicht eingestehen will.«

»Er hat mir meine Armut vorgeworfen.«

»Nein, das hat er nicht. Er hat dir deinen Hochmut vorgeworfen. Und da hat er recht. Und er hat auch recht in allem, was er von euch Kubalkeschen Mädchen sagt. Das ist ein ewiges Naserümpfen und Vornehmtun von dir und der kleinen Eve drüben, und das lassen sich die Bauern nicht gefallen. Ihr wollt beide wie Stadtmädchen sein.«

Maline nickte.

»Und was hättest du denn in der großen Stadt? Ein bißchen Putz und ein paar Anbeter mehr. Aber was käme für dich dabei heraus? Ein städtisches Elend und eine Stabstrompeter- oder Kassenbotenfrau. Nein, Maline, bleib in Hohen-Vietz; es ist ein Glück, das du machst; sind doch die Scharwenkas die reichsten Leute im Dorf, und nicht die schlechtesten. Und er liebt dich und kann nicht von dir los, trotzdem er eigentlich möchte. Und siehe, das ist so recht die Liebe, wie ich sie mir auch immer gewünscht habe, daß man einen vor Ärger umbringen und zugleich vor Sehnsucht totküssen möchte.«

»Wie gut Fräulein Renate das alles beschreiben können. Aber er muß kommen.«

»Nein, du mußt kommen.«

Maline seufzte. Dann aber plötzlich bedeckte sie Renatens Hand mit Küssen, und aufatmend, als ob eine große Last von ihr genommen wäre, sagte sie: »Wie leicht mir wieder ums Herz ist! Ach, Fräulein, Fräulein, er ist ja doch der beste Mensch von der Welt. Und es ist auch hübsch von ihm, daß er sich nicht alles gefallen läßt. Ein Mann muß doch ein Mann sein. Und eigentlich kann ich ihn ja doch um den Finger wickeln.«

Es schlug sieben, und Maline erhob sich, um der Kranken ihre Medizin zu geben.

»Doktor Leist hat recht; es schmeckt wie eine Doppellimonade. Und nun hole mir noch ein paar Kalvillen. Hier schräg unter uns aus dem alten Saal. Aber nimm den Wachsstock und sieh dich vor auf der Treppe; die Stufen sind so ausgelaufen. Und verfitze dich auch nicht in dem Bohnenstroh.«

Maline sah vor sich hin. Dann sagte sie verlegen: »Ich möchte die Äpfel doch lieber aus der Speisekammer holen, nicht aus dem alten Saale.«

»Aber wozu den weiten Weg? Wir sind ja hier Wand an Wand. Ein paar Stufen und du bist unten. Die Kalvillen liegen links neben dem Altar.«

»Ich kann nicht gehen, Fräulein Renate.«

»Was ist dir?«

»Ich fürchte mich.«

»Weshalb?«

»Er betet wieder.«

»Wer?«

»Der alte Matthias.«

Renate schloß einen Augenblick die Augen und sagte dann mit erkünstelter Ruhe: »Ich bin ihm nie begegnet. Glaubst du daran?«

»Ich weiß es nicht. Ich weiß nur, was mir die Ruschen, die alte Jätefrau, immer gesagt hat: ›Wer den Spuk verschwört, dem erscheint er.‹«

»Und wer hat ihn gesehen?«

»Nachtwächter Pachaly.«

»Wann?«

»Letzte Nacht.«

»Erzähle, was du gehört hast.«

»Ich mag nicht. Fräulein Renate werden sich erschrecken und kränker werden.«

»Nein, nein, ich will es wissen.«

»Nun gut denn. Also Krist und Pachaly hatten die Wache. Jeetze kam auch; ich sah ihn, als ich um die zehnte Stunde nach Hause kam, denn es gefiel mir nicht im Krug, und ich wollte nicht tanzen. Das gnädige Fräulein werden schon wissen, warum ich nicht tanzen wollte. Aber das muß ich sagen, er tanzte auch nicht.«

Renate nickte, während Maline die Hand ihrer jungen Herrin küßte und dann fortfuhr:

»Jeetze hatte sich Krists grauen Mantel angezogen und einen alten Säbel darübergeschnallt. Es war zum Lachen. Als der gnädige Herr ihn sah, wurd' er ärgerlich und sagte: ›Das ist nichts für dich, Jeetze. Du hast deine Zeit gehabt. Und dann trat er zu Krist und Pachaly und befahl ihnen, daß sie sich immer in Nähe des Hauses halten sollten. ›Krist, du nimmst die Parkseite, und Pachaly, ihr nehmt die Dorfseite, und bei dem großen Mittelfenster des alten Saales trefft ihr zusammen. Und haltet euch immer so, daß ihr euch anrufen könnt.‹ Das alles hört' ich noch mit meinen eigenen Ohren. Aber das andere hab' ich von Pachaly.«

»Nun?«

»So gingen sie denn wohl zwei Stunden. Es war ganz still. Nur vom Krug her, wo man noch nichts wußte, hörten sie Musik. Krist, den jetzt zu frieren anfing, trat in die Hoftür und schlug Feuer an, um sich eine warme Pfeife zu stopfen. Dadurch kam es, daß sie sich für dies eine Mal bei dem großen Mittelfenster nicht trafen und daß Pachaly den langen Querbau allein passieren mußte. Als er an das letzte Fenster kam, sah er Licht; er trat näher heran und hob sich auf die Fußspitzen. Da sah er, daß das alte Bild erleuchtet war, und vor dem Altar kniete einer und betete. Er hatte aber keine Stimme zum Rufen. Indem kam Krist heran, und er winkte ihm. Dieser sah auch noch den Schein; als er aber an die Stelle treten wollte, wo Pachaly eben gestanden hatte, losch alles aus, und es war wieder dunkel. Sie hörten nur noch Schritte und ein Knistern im Stroh, das vor den Stufen lag.«

Renate hatte sich höher aufgerichtet. Die Wand, an der sie lag, war die Giebelwand, an deren anderer Seite – nur um eine Treppe tiefer – der alte Altar sich befand. Eine Herzensangst befiel sie. Sie hatte das Bedürfnis eines Zuspruchs, den ihr Maline nicht geben konnte; so sagte sie: »Du solltest mir Tante Schorlemmer rufen.«

Maline ging. Als sie aber eben die Tür öffnen wollte, rief ihr Renate nach:

»Nein, bleib!« Und dann wieder ihrer Furcht sich schämend, setzte sie hinzu: »Nein, geh; ich will mich bezwingen.«

Es vergingen Minuten. In dem nur matt erleuchteten Zimmer bewegten sich die Schatten hin und her; ihr fiebriges Auge folgte diesem Tanz und haftete zuletzt auf der Bilderreihe, die an der anderen Wand des Zimmers hing. Es waren englische Buntdruckbilder, eines ein gotisches Portal darstellend, in dem eine Ampel hing und durch das hindurch man auf einen Altar blickte. Alles in vorzüglicher Perspektive und der Altar nur ein Punkt. Sie sah ihn nicht, sie wußte nur, daß er da war. Und vor ihrem Auge wuchs jetzt das Portal, und der Altar wuchs, und vor den Stufen des Altars kniete wer. Es schlug ihr das Herz, und sie konnte doch von dem Bilde nicht lassen.

Da hörte sie Schritte draußen, und gleich darauf trat Tante Schorlemmer ein, noch die Wirtschaftsschürze vor, ein sicheres Zeichen, daß sie von Herd oder Küche abgerufen worden war. Maline, die wegen ihrer Spukgeschichte ein schlechtes Gewissen haben mochte, war zurückgeblieben.

»Wie gut, daß du kommst, liebe Schorlemmer. Ich habe eine rechte Sehnsucht nach dir gehabt. Du mußt ein bißchen mit mir plaudern. Aber erst gib mir deine Hand; so – und nun gib mir zu trinken.«

»Gott, wie du fieberst, Kind. Man darf euch auch keine halbe Stunde allein lassen. Und ich mußte doch die Hasen spicken. Auf Stinen ist kein Verlaß; das nennt sich Köchin und weiß kaum, daß der Hase sieben Häute hat. Nun trink, mein Renatchen. Ich werde noch einen Löffel Himbeeressig hineintun; das kühlt. Hast du denn auch eingenommen?«

Renate leerte das Glas, das ihr Tante Schorlemmer gereicht hatte, und sank dann erschöpft in ihre Kissen. Aber die Angst, die sie bis dahin beherrscht hatte, war doch von ihr gewichen, und als ob sie plötzlich im Schutze guter Geister sei, sagte sie ruhig: »Glaubst du an Gespenster?«

»Dacht' ich's doch. Hat die Maline wieder nicht reinen Mund halten können. In der Küche plappert das auch den ganzen Tag schon. Und da ist einer wie der andere. Nur den Pachaly hätt' ich für gescheiter gehalten. Denn er hält sich zu Uhlenhorst; und das muß man den Altlutherischen lassen, daß sie von solcher Schwachheit und Narrheit nichts wissen wollen. Sie haben eben den Glauben, und der läßt den Aberglauben nicht aufkommen.«

»Liebe Schorlemmer«, sagte Renate, »du bist so gut, aber einen kleinen Fehler hast du doch. Alles, was dir nicht paßt, das ist für dich nicht da, und wenn es doch da ist, so glaubst du es mit einem guten Spruch aus der Welt schaffen zu können.«

»Ja, mein Renatchen, das kann ich auch. Mit einem guten Spruch ist viel auszurichten. Und wer an Gott und Jesum Christum glaubt, der fürchtet keine Gespenster.«

»Du mußt mir nicht ausweichen wollen. Ich will nicht wissen, wer sich vor Gespenstern fürchtet und wer nicht; ich will nur wissen: Gibt es Gespenster?«

»Nein.«

»Und doch lebst du hier unter uns, die wir seit hundert Jahren, wie so viele alte Häuser, ein Hausgespenst haben. Wenigstens erzählen es die Leute. Lewin ist überzeugt, daß sie recht haben; du lächelst; nun gut, das soll nicht viel bedeuten. Aber auch der Papa glaubt daran, und du weißt besser als ich, daß er fest im Glauben steht. Es ist keine sechs Wochen, daß wir den Fall mit Krists Wilhelm hatten. Und nun Pachaly! Er ist doch ein verständiger Mann. Ich sage nicht ›ja‹, wo du ›nein‹ sagst, aber ich mag wenigstens die Möglichkeit nicht bestreiten.«

»Ich tue es. Wo es nicht Lug und Trug ist, ist es Sinnentäuschung. Die Toten sind tot.«

»Laß dir etwas erzählen. Ich fand einmal ein Buch, in dem las ich, daß nichts unterginge und daß an einem bestimmten Tage alles wiederkäme, die große und die kleine Welt, Mensch und Tier, auch die sogenannten leblosen Dinge. Ich würde also nicht nur dich wiedersehen und Malinen, auch Hektor und den englischen Buntdruck mit dem gotischen Portal und dem Altar, der dort drüben an der Wand hängt. Und diese durch ein Reinigungsfeuer gegangene Welt, diese verklärte Spiegelung von allem, was je dagewesen ist, würde die Seligkeit sein. Es war ein frommes Buch, in dem ich das alles fand, und ich habe nichts gelesen, das einen tieferen Eindruck auf mich gemacht hätte. Und nun frag' ich dich, was ist ein Gespenst anders als ein vorausgesandter Bote dieser verklärten Welt?«

»Es ist doch, wie ich sage: die Toten sind tot. Und die verklärte Welt, die kommen wird, ist eben keine Welt von dieser Welt. Sie harret unserer, aber nicht hier, nicht in der Zeitlichkeit. Nur einer ist, der wieder unter den Menschen erschienen, das war auf dem Wege nach Emmaus. Aber dieser eine war Christus der Herr, der Sohn des allmächtigen Gottes. Sieh, Renatchen, es muß doch einen Grund haben, daß sich die Gespenster nur an bestimmten Orten finden. In Hohen-Vietz gibt es ihrer, in Herrnhut nicht. Und auch da nicht, wo Herrnhut am Nord- oder Südpol seine Hütten und Häuser baut. Wenigstens in diesen Hütten und Häusern nicht. So hab' ich es selbst erfahren. In Grönland, rings um uns herum, sahen die Grönländer, die wohl hundert Spuke haben, ihre Gespenster ruhig weiter, aber in unserem Missionshause hat sich keins blicken lassen. Ein Herrnhuter und ein Spuk, das verträgt sich nicht. Und das, mein Renatchen, machen doch die Sprüche, von denen du meinst, daß ich mir einbildete, alles Böse damit aus der Welt schaffen zu können.«

»Sei wieder gut, Schorlemmerchen. Und zum Zeichen, daß du es bist, erzähle mir etwas von den Grönländern. Du bist nun sechs Jahre in Hohen-Vietz, und ich weiß kaum, wie der Ort hieß, an dem du so lange gelebt und geschafft und Liebes begraben hast. Erzähle mir davon, aber nichts von den grönländischen Gespenstern; ich habe an unseren Hohen-Vietzern über und über genug. Plaudere mir etwas Stilles und Heiteres vor, etwas Frommes, das mich erhebt und mich anweht wie mit himmlischer Kühlung, Denn mich verlangt nach Kühle. Aber gib mir erst von der Medizin. Es muß acht Uhr vorüber sein.«

Tante Schorlemmer tat, wie ihr geheißen; dann nach Renatens Strickzeug suchend, um Beschäftigung für ihre Hände zu haben, setzte sie sich, als alles gefunden und vorbereitet war, in den hohen Lehnstuhl und sagte: »Nun, womit beginnen wir?«

»Natürlich mit dem Anfang; also mit dem Lande selbst. Ich habe mal ein Bild gesehen: Felsen und Wasser und Eisberge und Schnee; am Ufer lag eine Robbe; daneben um den Vorsprung saß ein weißer Fuchs, während auf der Felsenkante dicke, kurzbeinige Vögel hockten. Ich glaube, sie hießen Pinguine.«

»Es ist nicht ganz so, aber es mag passieren, und ich verzichte darauf, an deinem Bilde zu verbessern.«

»Doch, doch, ich will nicht bloß unterhalten sein, ich will auch lernen.«

»Nun gut denn. So denke dir einen endlosen Küstenstrich, viele hundert Meilen lang, aber nur wenige hundert Schritt breit. Vor diesem Streifen liegt das Meer, mit tausend Inselchen betüpfelt, und hinter diesem Streifen liegt das Gebirge, das der Quere nach geborsten und zerklüftet ist, und aus diesen Klüften stürzen die Wasser dem Meere zu.«

»Ich möcht' es sehen.«

»In einer solchen Kluft lag auch unsere Kolonie. Ich sage: lag; sie liegt aber noch da und wird, so Gott will, noch manchen Tag überdauern. Und diese Kolonie hieß Neu-Herrnhut. Zu meiner Zeit hatte sie zwanzig Häuser.«

»Das ist wenig,«

»Wenig und viel. Aber wie würdest du erst staunen, wenn du diese Häuser gesehen hättest. Als Lewin heute mittag den in den Schnee hineingebauten Holzschuppen auf dem Rohrwerder beschrieb, stand auf einmal das Haus vor mir, das ich mit meinem lieben Seligen zehn Jahre lang bewohnt habe. Es war auch in drei Teile geteilt, Stall und Stube, und eine Küche dazwischen. Und was nannten wir unser? Ein Bett und eine Truhe, und darüber ein paar Pflöcke und Riegel, an denen unsere Habseligkeiten hingen. Auf dem Tische stand eine Lampe, und daneben lag Gottes Wort. Das fehlte nun freilich auf dem Rohrwerder und war doch unser Bestes, unser einziger Trost in Not und Gefahr.«

»Und waret ihr denn in Gefahr?«

»Nicht vor den Menschen, oder doch nur selten. Denn die Grönländer sind ein sanftes, stilles und sittsames Volk und verstehen es, ihre Leidenschaften zu verbergen.«

»Ich dachte mir, sie wären verzwergt und abergläubisch und sähen aus wie Hoppenmarieken.«

»Da hast du es wieder halb getroffen. Aber zur andern Hälfte nicht. Denn Hoppenmarieken ist roh, und die Grönländer sind fein. Man hört keinen Zank und keinen Streit, ja ihrer Sprache fehlen die Schimpf- und Schelteworte. Beleidigungen rächen sie durch Witz und Spöttereien, zu denen der Kläger den Beklagten wie zu einem Zweikampf herausfordert, und wer die meisten Lacher auf seiner Seite hat, der hat gesiegt. Es ist ihnen überhaupt die Gabe verliehen, sich leicht und zierlich auszudrücken. Sie sind gastfrei und gesellig, und zur Zeit der Wintersonnenwende gibt es Tänze und Ballspiel und Gesänge unter Begleitung einer Trommel. Sie sind sich übrigens ihrer guten Manieren wohl bewußt, und wenn sie einen Fremden loben wollen, so sagen sie: ›Er ist so sittsam wie wir.‹«

»Da müßt ihr ihrem Selbstgefühl gegenüber oft einen schweren Stand gehabt haben. Denn ich entsinne mich, daß Pastor Seidentopf, als wir noch zum Unterrichte gingen, zu Marie und mir sagte: ›Ein schlichter und ein großer Sinn passen gleich gut zu den Offenbarungen des Christentums, aber ein eitler Sinn widerstrebt ihnen hartnäckig.‹«

»Dafür muß ich ihm eigens noch danken, denn die Wahrheit dieses Satzes haben wir manchen lieben Tag in unserer Kolonie erfahren müssen. Es ging nicht vorwärts. Wenn wir heut einen Zoll breit gewonnen zu haben glaubten, so verloren wir ihn morgen wieder an die Angekoks.«

»An die Angekoks?«

»Ja. Das sind nämlich die Wahrsager und Zauberer, meist listige Betrüger, unter denen aber auch Schwärmer vorkommen, die Visionen haben oder sich dessen wenigstens rühmen. Sie vermitteln den Verkehr mit den beiden großen Geistern; indem sie den guten Geist anrufen und den bösen Geist bannen, von denen übrigens der gute Geist männlich und der böse weiblich ist.«

»Ei, ei, das ist aber doch ein Mangel an Galanterie, der an so feinen Leuten wie die Grönländer, die nicht einmal Schimpf- und Scheltworte haben, mich überrascht.«

»Und doch, mein Renatchen, geduldig von uns hingenommen werden muß, denn überall ist es Eva, die verführt und aus dem Paradiese treibt. Aber ich sprach von den Angekoks. Ihr natürlicher Scharfsinn kam ihnen in ihrem Widerstande gegen uns zustatten, und an Verspottungen, wie sie schon unser Herr und Heiland zu tragen hatte, fehlte es auch uns nicht, die wir uns in Demut zu ihm bekannten. Aber da erbarmte sich Gott unserer Not, und das ist denn nun die Geschichte von Kajarnak, die ich dir, wenn du noch Geduld hast, wohl erzählen möchte.«

»Was ist Kajarnak?«

»Ein Name. Der Name eines Grönländers aus dem Süden. Denn es gibt südliche und nördliche Grönländer, die nach Art aller Halbnomaden ihre Zelte bald hier, bald dort im Lande aufschlagen, um nach einer bestimmten Zeit an ihre alten Wohnplätze zurückzukehren. Und so kam denn, auf einem solchen Jagd- und Wanderzuge, ein südländischer Trupp in unsere Kolonie, um einen Tag oder eine Woche unter uns zu rasten. Es waren hundert oder mehr. Wir hießen sie willkommen, und Matthäus Stach, der damals an der Spitze unserer Kolonie stand und dem noch Friedrich Böhnisch und mein guter Schorlemmer als Gehilfen beigegeben waren, ließ bei ihnen anfragen, ob sie an einer unserer Missionsstunden teilnehmen wollten. Dies wird dich vielleicht wundern; aber du mußt wissen, daß sie es über die Maßen lieben, einen Wortstreit zu führen und sich mit Hilfe des Witzes, den sie haben, ihrer Überlegenheit bewußt zu werden. Es kamen denn auch viele. Wir hatten eben unsere Plätze eingenommen, und Matthäus Stach las ihnen ein Kapitel aus dem Evangelium Johannis vor, das er kurz vorher ins Grönländische übersetzt hatte. Sie hörten aufmerksam zu; die meisten lächelten; aber einige zeigten doch eine Teilnahme. An diese wandte sich jetzt unser Bruder und fragte sie, ob sie an eine unsterbliche Seele glaubten.«

»Aber du wolltest ja von Kajarnak erzählen.«

»Ich bin schon mitten in seiner Geschichte. Also Matthäus Stach fragte sie, ob sie an eine unsterbliche Seele glaubten? Sie antworteten: ›Ja!‹ Und nun begann er zu ihnen vom Sündenfall und von der Erlösung zu sprechen. Ich höre noch seine Stimme, denn er war ein Mann von besonderen Gaben. Da tat der Herr einem unter ihnen das Herz auf, und von so vielen Erwekkungen ich auch gehört und gelesen habe, keine hat mich je tiefer bewegt. Das macht, weil sich alles so schlicht und einfach gab. Matthäus Stach, der wohl sah, daß sein Wort auf guten Boden fiel, sprach immer eindringlicher, und als er eben Christi Leiden am Ölberg geschildert hatte, da trat ein Grönländer an den Tisch und sagte mit lauter und bewegter Stimme, in der schon das Heil zitterte: ›Wie war das? Ich will das noch einmal hören.‹ Diese Worte gingen uns, die wir sie mithörten, durch Mark und Bein, und sie sind in Neu-Herrnhut unvergessen geblieben. Von der Stunde an war der Segen Gottes über unserem Tun.«

»Es konnte nicht wohl anders sein. Solche Worte verklingen nicht. Empfind' ich doch in diesem Augenblick noch ihre Wirkung.«

Tante Schorlemmer küßte Renatens Stirn und fuhr dann fort: »Eine Woche verging, und der Grönländertrupp war immer noch in unserer Kolonie. Dann aber brachen sie auf, um weiter nördlich ihren Jagden nachzugehen, und nur Kajarnak blieb zurück; mit ihm seine beiden Schwäger samt ihren Frauen und Kindern, alles in allem vierzehn Personen. Wir lobten ihr Bleiben und hatten Betstunde mit ihnen. Die Kinder empfingen Unterricht, was sehr schwer war, da die Grönländer das, was wir Erziehung nennen, gar nicht kennen. Sie lieben nämlich ihre Kinder mit äffischer Zärtlichkeit und lassen sie aufwachsen, ohne Gehorsam zu fordern oder Ungehorsam zu strafen. Als ein halbes Jahr um war, stellte Matthäus Stach die Frage, ob es Zeit sei, die nun Vorbereiteten zu taufen; aber mein guter Schorlemmer, der den Unterricht geleitet hatte, meinte doch, daß es ihm geboten scheine, noch zu warten. Und so geschah es. Erst am zweiten Ostertage wurden vier Angehörige dieser grönländischen Erstlingsfamilie von der Macht der Finsternis losgerissen; Kajarnak erhielt den Namen Samuel, seine Frau wurde Anna, sein Sohn Matthäus, seine Tochter Auna genannt. Darüber war große Freude in der Kolonie. Aber die Freude sollte nicht lange währen. Vier Wochen später kam Nachricht, daß der ältere Schwager, der sich auf kurze Zeit von uns entfernt und einem Jagdzuge nach dem Norden angeschlossen hatte, auf eine hinterlistige und grausame Weise ermordet worden sei, weil er den Sohn eines heidnisch gebliebenen Grönländers mit Christensprüchen totgehext habe. Zugleich wurde hinzugesetzt, daß die Angekoks in einer großen Verschwörung seien, um auch dem jüngeren Schwager Kajarnaks dasselbe Los zu bereiten. Da bemächtigte sich unserer kleinen grönländischen Gemeinde, sowohl der Getauften wie derer, die noch in Vorbereitung waren, ein Zittern und Zagen, und sie beschlossen, in den Süden zurückzukehren, wo sie unter ihren Verwandten sicherer zu sein hofften. Ach, wir mußten sie ziehen lassen, so schwer es uns auch wurde, und ich sehe noch Kajarnak, wie er bitterlich weinte und immer wieder uns Festigkeit gelobte und sich dann losriß; und wie dann die Schlitten in langer Linie an uns vorüberfuhren, über Fiskenäs und Frederikshaab auf den Süden zu.«

»Und hielt er Wort?«

»Wir hatten wenig Hoffnung, denn es war ein neuer Abfall über die Gemüter gekommen, und selbst solche, die sich in unserer Nähe hielten, gehorchten wieder den Angekoks. Wir waren betrübten Gemütes, auch ich, die ich nach meiner schwachen Kraft all die Zeit über meinem guten Schorlemmer getreulich zur Seite gestanden hatte. Ein Jahr verging, ohne daß Kunde von Kajarnak gekommen wäre, am wenigsten er selbst. Da feierten wir, es war am Johannistag, die Hochzeit von Anna Stach und Friedrich Böhnisch, und als wir bei unserem Mahl waren und erbauliche Lieder sangen, die, was dich vielleicht verwundern wird, von drei Violinen und einer Flöte begleitet wurden, da trat Kajarnak in den Brüdersaal und begrüßte uns. Die Freude war so groß, daß wie von selber aus dem Hochzeitsfest ein Fest des Wiedersehens wurde. Wir hatten ja unsern verlornen Sohn wieder oder doch den, den wir schon als einen solchen betrachtet hatten. Und nun mußte Kajarnak erzählen, alles Große und Kleine, und wie die Seinen ihn aufgenommen hätten. Er verschwieg uns nichts. Sie hätten ihn anfangs oft und mit sichtlichem Vergnügen angehört; als sie dann aber seines Wortes überdrüssig geworden wären, habe er sich in die Stille begeben und seine Erbauung allein gehabt. Zuletzt habe es ihn sehr verlangt, wieder bei uns, seinen Brüdern, zu sein, immer mehr und mehr, bis ihm die Sehnsucht nicht Ruhe und Rast gelassen habe; und da sei er nun. Mein guter Schorlemmer, der ihn so recht eigentlich in das Heil eingeführt hatte, weinte vor Freuden, und Friedrich Böhnisch sagte, das sei ihm eine unvergeßliche Stunde und sein Ehrentag habe nun eine doppelte Weihe.«

»Das durft' er sagen. Es war ein Hochzeitstag, wie ihn sich jeder wünschen mag! Mir würde dieses Wiedersehen ein Zeichen froher Vorbedeutung gewesen sein.«

»Und das war es auch. Das junge Paar wurde glücklich. Auch Kajarnak. Aber seine Tage waren gezählt. Ich glaube fast, daß er sich in seiner Treue nicht genug tun konnte und daß er sich (er war nur von schwachem Körper) in seinem Eifer übernahm. So wurd' er denn von einem heftigen Lungen- und Seitenstechen befallen, das seinem Leben rasch ein Ende machte. In den größten Schmerzen bewies er ein gesetztes Wesen, und wenn die Seinigen anfingen, um ihn zu weinen, sagte er: ›Betrübet euch nicht. Ihr wisset, daß ich von euch der erste gewesen bin, der sich zu dem Sohne Gottes bekehrt hat, und nun ist es sein Wille, daß ich der erste sein soll, der zu ihm kommt. Wenn ihr ihm treu seid, so werden wir uns wiedersehen und uns über die Gnade, die er an uns getan hat, ewiglich freuen.‹ Danach schlief er ein, während unsere Gebete seine scheidende Seele dem Erbarmer empfahlen. Seine Frau bestand darauf, daß er nicht nach Landessitte, sondern nach christlicher Weise begraben würde. Und so geschah es. Nicht nur die Brüder und ihre Angehörigen, auch die Kaufleute von der Kolonie fanden sich zu seinem Begräbnis ein, mit dem unser neuer Gottesacker eingeweiht wurde. Die Grönländer wunderten sich über alles, was sie sahen; unseren Brüdern aber ging dieser Tod sehr nahe. Denn sie verloren viel in ihm: einen erweckten, begabten und gesegneten Zeugen des Evangeliums.

Und da hast du nun meine Geschichte von Kajarnak, dem ersten Getauften.«

Renate ergriff die Hand ihrer alten Freundin und sagte: »Ach wie ich dir danke, liebe Schorlemmer. Es ist nun alle Furcht wie verflogen, und ich fühle mich, als hätt' ich nie von Spuk und Gespenstern gehört. Und nun will ich schlafen. Aber sage mir noch erst den Spruch von den vierzehn Engeln. Wir wollen ihn zusammen sprechen:

Abends bei Zubettegehn
Vierzehn Engel bei mir stehn;
Zwei zu Häupten,
Zwei zu Füßen,
Zwei zu meiner rechten Seit',
Zwei zu meiner linken Seit',
Zwei, die mich decken,
Zwei, die mich strecken,
Zwei, die führen mich sogleich
In das liebe Himmelreich.«

Sie schwiegen eine Weile. Dann sagte Renate: »Und nun geh. Ich habe ja nun Schutz. Laß nur die Seitentür auf, daß mich Maline hört.«

»Gute Nacht, Renatchen!«

»Gute Nacht, liebe Schorlemmer!«

17. KAPITEL

Ein Rabennest

Der nächste Tag war Silvester.

In aller Frühe schon brach Hoppenmarieken auf, um womöglich bis Mittag wieder zurück zu sein und alles putzen und scheuern, auch ihre Vorbereitungen zu einem Silvesterpunsch treffen zu können. Sie machte heute die kurze Tour und schritt auf Küstrin zu. Es war erst sieben Uhr, als sie an dem Herrenhause vorbeikam und über den Hof hin sich mit Jeetze begrüßte, der eben die nach beiden Seiten hin einklappenden Laden des großen Eckfensters öffnete. Aus der Unbefangenheit ihres Grußes ließ sich erkennen, daß ihr die Gefangennehmung der beiden Strolche, von der sie aller Wahrscheinlichkeit nach nur zu sehr mitbetroffen wurde, nicht bekannt geworden war. Erst nach Mitternacht von einer Wanderung quer durch das Bruch in ihre Wohnung zurückgekommen, hatte sie, selbst bei den Forstackersleuten, die doch sonst wohl die Nacht zum Tage zu machen liebten, niemand mehr wach getroffen und war, als sie aufstand, wahrscheinlich die einzige Person in ganz Hohen-Vietz, die von dem Ereignis des vorigen Tages nichts wußte.

Erst zwei Stunden später versammelten sich Wirt und Gäste des Herrenhauses am Frühstückstisch. Auch Berndt, wenn ihn nicht Geschäfte riefen, war kein Frühauf, und die nicht vor vier Uhr nachmittags angesetzte Fahrt nach Guse konnte keinen Grund bieten, die bequeme, längst zu einer Art Hausordnung gewordene Gewohnheit zu unterbrechen. Tante Schorlemmer, bei Renate festgehalten, erschien noch etwas später und beantwortete die Fragen, die über das Befinden der Kranken an sie gerichtet wurden.

Das Gespräch, nachdem auch noch Dr. Leists beruhigende Worte mitgeteilt worden waren, wandte sich dann dem am Abend vorher in Hohen-Ziesar gemachten Besuche zu, dessen einzelne Momente in dem Hin und Her einer immer muntrer werdenden Plauderei noch einmal durchlebt wurden. Aus allem ging hervor, daß Drosselstein sich als der liebenswürdigste der Wirte, voll Entgegenkommen gegen Berndt, voller Aufmerksamkeiten gegen Kathinka gezeigt hatte. Als diese, die sich zum ersten Mal in Hohen-Ziesar befand, ihre Verwunderung über die sonst nirgends in der Mark vorkommende Großartigkeit der Schloßanlage geäußert hatte, hatte der Graf ohne Rücksicht auf die späte Stunde noch Veranlassung genommen, sie samt den anderen Gästen durch die lange Zimmerflucht des ersten Stockes: den Ahnensaal, die Rüstkammer und die Bildergalerie, zu führen, während zwei Diener mit Armleuchtern voranschritten. Unter dieser halb düsteren Beleuchtung war alles, an dem man bei hellem Tageslicht gleichgiltig vorüberzugehen pflegte, zu einer Art Bedeutung gekommen, und die seitabstehenden Ritter mit halbgeschlossenem Visier, die über Kreuz gelegten Lanzen, dazu die Ahnenbilder selbst, die zu fragen schienen: »Was stört ihr unser stilles Beisammensein?«, hatten eines tiefen Eindrucks auf Kathinka nicht verfehlt. Vor allem ein jugendliches Frauenporträt, das ihr seitens des Grafen als das Bildnis Wangeline von Burgsdorffs, einer nahen Anverwandten seines Hauses, bezeichnet worden war, war ihr in der Erinnerung geblieben.

An dies von einem Niederländer aus der Vandyckschule herrührende Bildnis, dessen unheimlich hellblaue Augen schon manchen früheren Besucher von Hohen-Ziesar bis in seine Träume hinein verfolgt hatten, knüpften die am Abend vorher nur flüchtig beantworteten Fragen Kathinkas wieder an, und Berndt, ein wahres Nachschlagebuch für alle Schloß- und Familiengeschichten der ganzen Umgegend, war eben im Begriff, die Neugier der schönen Fragstellerin durch eingehende Mitteilungen über »Wangeline«, die von vielen märkischen Forschern als der historisch beglaubigte Ursprung der »weißen Frau« angesehen werde, zu befriedigen, als ein Klopfen an der Tür das kaum begonnene Gespräch unterbrach. Ein ältlicher Mann mit spärlichem, nach hinten gekämmtem Haar, den sein spanisches Rohr und mehr noch der lange blaue Rock mit einem Wappenblech auf der Brust als Gerichtsdiener kennzeichneten, trat ein, übergab einen Brief an den alten Vitzewitz und machte dann wieder einige Schritte zurück bis in die Nähe der Tür. Alles verriet den alten Soldaten. Berndt erbrach das Schreiben und las: »Hochgeehrter Herr und Freund! Ich säume nicht, Ihnen von dem Resultat eines ersten Verhörs, das ich gestern nachmittag noch mit der durch Ihre Umsicht entdeckten und eingelieferten Diebessippschaft angestellt habe, Kenntnis zu geben. Aus den beiden Strolchen, hinsichtlich deren sich Hohen-Clessin und Podelzig in den Ruhm der Geburtsstätte teilen, war, aller Kreuz- und Querfragen unerachtet, nichts zu extrahieren; die Frau aber, die jenen beiden erst seit kurzem zugehört und mehr noch durch anderer als durch eigene Schuld unter die Rohrwerder Sippschaft geraten ist, hat umfassende Geständnisse abgelegt, die sich einmal auf die zumeist in den Küstriner Vorstädten ausgeführten Diebstähle, sodann aber auch auf die Hehlereien beziehen, die dieses Treiben unterstützt haben. Am schwersten belastet ist unsere Freundin Hoppenmarieken. Ich bitte Sie, eine Haussuchung bei ihr veranlassen oder selbst leiten zu wollen, wobei ich mit Rücksicht auf die besondere Schlauheit der vorläufig unter Verdacht Stehenden Ihre Aufmerksamkeit auf Dielen und Wände des Hauses hingelenkt haben möchte. Der Einlieferung des geraubten Gutes, an dessen Auffindung ich nicht zweifle, sehe ich ehemöglichst entgegen. Ob es geboten oder in Erwägung ihrer Geisteszustände auch nur zulässig sein wird, der Bezichtigten gegenüber die volle Strenge des Gesetzes walten zu lassen, darüber sehe ich seinerzeit Ihrer gefälligen Rückäußerung entgegen.

Turgany«

Berndt legte den Brief, den er mit halblauter Stimme gelesen hatte, vor sich nieder und sagte dann, zu dem alten Gerichtsdiener sich wendend: »Lieber Rysselmann, mein Kompliment an den Herrn Justizrat, und ich würde nach seinen Angaben verfahren.« Dann zog er die Klingel. »Jeetze, sorge für einen Imbiß. Frankfurt ist weit, und unser Alter da wird wohl die Mitte halten zwischen dir und mir. Nicht wahr, Rysselmann, sechzig?« Der Alte nickte. »Und dann schicke Krist zu Kniehase; er soll Nachtwächter Pachaly rufen lassen und mich auf dem Forstacker erwarten.«

»Da klagt nun Renate«, fuhr der alte Vitzewitz fort, als Jeetze und Rysselmann das Zimmer verlassen hatten, »über öde Tage in Hohen-Vietz! Sage selbst, Kathinka, leben wir nicht, seit du hier bist, wie im Lande der Abenteuer? Erst ein Raubanfall auf offener Straße, dann ein Einbruch in unser eignes Haus, dann ein regelrechtes Diebstreiben unter Innehaltung taktisch-strategischer Formen und nun eine Haussuchung im Revier einer Zwergin – nenne mir einen friedlichen Ort in der Welt, wo in drei Tagen mehr zu gewärtigen wäre! Im übrigen bin ich neugierig, ob sich die Aussagen, die die Rohrwerder-Frau gemacht hat, auch bewahrheiten werden.«

»Ich zweifle nicht daran«, bemerkte Lewin. »Nach allem, was mir Hanne Bogun gestern sagte, und noch mehr nach dem, was er mir verschwieg, konnt' ich kaum etwas anderes erwarten, als was Turgany jetzt schreibt. Wann willst du nach dem Forstacker hinaus?«

»Gleich oder doch bald. Es darf nicht über den Vormittag hinaus dauern.«

»Dürfen wir dich begleiten?«

»Gewiß. Je mehr Augen, desto besser; wir werden sie der Schlauheit der alten Hexe gegenüber ohnehin nötig haben.«

So trennte man sich. Berndt empfahl sich mit einigen Worten bei Kathinka, die sich nunmehr ihrerseits treppauf begab, um mit Renaten über die wunderlich widersprechendsten Themata, über Graf Drosselstein und den alten Rysselmann, über Wangeline von Burgsdorff und Hoppenmarieken zu plaudern.

Eine Viertelstunde später brach der alte Vitzewitz auf, in seiner Begleitung Tubal und Lewin. Sie gingen rasch. Noch ehe sie Miekleys Gehöft erreicht hatten, überholten sie Kniehase und Pachaly, die schon auf dem Wege waren, und bogen nun gemeinschaftlich mit ihnen in den Forstacker ein. Gleich darauf standen sie vor Hoppenmariekens Haus. Man war schon vorher übereingekommen, ganz regelrecht vorzugehen, das heißt, mit dem Küchenflur zu beginnen und mit der Kammer abzuschließen, jedenfalls aber nichts übereilen zu wollen.

Die Tür war nur eingeklinkt. Sie wurde geöffnet und der Holzkloben vorgelegt, um mit Hilfe des nun einfallenden Tageslichts bis in alle Winkel hineinsehen zu können. In der steinharten Lehmdiele des Fußbodens konnte nichts vergraben sein; so blieb nur noch der Herd und gegenüber dem Herde der Kamin, von dem aus der Stubenofen geheizt wurde. Aber die Nähe des Feuers ließ ein Versteck an dieser Stelle nicht als wahrscheinlich annehmen. Ebenso war der nach innenzu liegende Schwellstein, der durch diese seine verwunderliche Lage Verdacht erwecken konnte, viel zu groß und schwer; Lewin und Kniehase mühten sich umsonst, ihn von der Stelle zu rücken. In der Küche war also nichts; so trat man denn in die Stube.

Die großen Vögel in den Bauern saßen schon an den Vorderstäben und blickten auf die fremden Besucher. Diese fingen jetzt an, ihre Aufgabe zu teilen. Pachaly, das rot- und weißkarierte Deckbett zurückschlagend, fühlte mit der Hand in den Kissen, dann in den Strohsäcken umher, während Berndt ringsum die Wände, Tubal die Fliesen des verhältnismäßig hohen Ofenfundaments beklopfte. Überall nichts. In das offenstehende Tellerschapp, in Schrank- und Tischkästen hineinzusehen, verlohnte sich kaum; die frischgescheuerten Dielen waren aus einem Stück und liefen vom Fenster bis an die Wand gegenüber; nirgends ein Einschnitt oder sonst Verdächtiges. Es mußte also in der Kammer sein.

Die Kammer, ein dunkler Alkoven, hatte nur wenig über sieben Fuß im Quadrat. Es war darum für fünf Personen fast unmöglich, sich darin zu drehen und zu bewegen, weshalb Berndt und Kniehase, beide ohnehin belästigt durch die stickige Luft des überheizten Zimmers, vor die Tür traten, wohin ihnen Lewin, nachdem er vergebliche Versuche gemacht hatte, sich mit einem schwarzen, auf der Brust rotbetüpfelten Vogel anzufreunden, einige Minuten später folgte.

Nur Tubal und Pachaly waren noch in der Kammer. Sie zündeten ein Licht an und begannen auch hier mit Klopfen an den Lehmwänden hin. An der einen Seite, wo die großen Kräuterbüschel an vier oder fünf dicken Pflöcken hingen, hatte dies seine Schwierigkeiten. Es gelang aber; freilich ohne besseres Resultat als in Flur und Stube.

»Wir werden den Scharwenkaschen Hütejungen holen müssen«, sagte Tubal, »der hat die besten Augen.«

»Nicht doch«, sagte Pachaly, »dem ist sein Ruhm und die versprochene Pelzmütze schon zu

Kopf gestiegen. Ich kenne den Jungen. Er sieht nicht besser als andere, er weiß nur besser Bescheid, denn er ist selber vom Forstacker und kennt alle Schliche und Wege, die das Gesindel geht.«

»Mag sein. Aber wo sollen wir noch suchen? An den Wänden keine hohle Stelle; die Dielen aufgenagelt, und in dem ganzen Alkoven nichts drin als diese rotgestrichene Kommode mit zwei leeren Schubkästen. Es kann doch nichts hier über uns in der Decke stecken? Hoppenmarieken ist ein Zwerg und reicht mit ihrer Hand keine fünf Fuß hoch.«

»Nicht in der Decke, junger Herr; aber hier um die Kommode herum muß es sein. Solche Kreaturen wie Hoppenmarieken sind eitel, putzen sich und zeigen allen Leuten gern, was sie haben. Warum hat sie die Kommode in die dunkle Kammer gestellt, wo sie niemand sieht? Das bedeutet was!«

»So sehen wir nach«, sagte Tubal, schob den Gegenstand von Pachalys Verdacht rechts weg gegen den großen Gundermannsbüschel, der bei dieser Gelegenheit raschelnd vom Pflock fiel, und trat nun, dicht an der Wand, auf die breite Mitteldiele, deren linkes Ende gerade hier durch die darüberstehende Kommode verdeckt gewesen war. Im selben Augenblicke senkte sich das Brett, dem an dieser Stelle die Balkenunterlage fehlte, um mehrere Zoll und hob sich, nach Art eines in der Mitte aufliegenden Wippbrettes, an der entgegengesetzten Seite in die Höhe.

»Dacht' ich's doch«, sagte Pachaly, sprang herzu und stellte die Diele, die sich unschwer entfernen ließ, beiseite. Was sich jetzt zeigte, war immer noch überraschend genug. Der ganzen Länge des Brettes entsprechend, war das Erdreich herausgenommen und bildete eine ziemlich flache Rinne, die sich nur nach links hin, wo das Brett aufwippte, zu einer mehr als zwei Fuß tiefen Grube vertiefte. Zwischen beiden war alles derartig geschickt verteilt, daß sich die flache Rinne als das Schnitt- und Kurzwarengeschäft, die vertiefte Grube aber als das Kolonialwarenlager Hoppenmariekens ansehen ließ.

Pachaly begann jetzt auszupacken und reichte, was sich an Gegenständen vorfand, Tubal zu, der es in Ermangelung eines besseren Platzes auf Hoppenmariekens Bett legte. Es waren Schürzenzeuge, ein Stück roter Fries, ein Rest von geblümtem Sammetmanchester, bunte Haubenbänder und schwarzseidene Tücher, wie sie die Oderbrücherinnen als Kopfputz tragen. In der Grube fanden sich Beutel mit Zucker, Kaffee, Reis, darüber in Stangen geschnittene Seife und Talglichte, die oben an den Dochten wie zu einer großen Puschel zusammengebunden waren. Aus allem ergab sich, daß Hoppenmarieken mit Hilfe dieses Warenlagers einen Handel trieb und Gegenstände, die sie von Küstrin oder Frankfurt aus mitbringen sollte, so weit wie möglich aus ihrem eignen Hehlervorrat zu nehmen pflegte. Das Brett wurde nun wieder aufgelegt, es paßte wie ein Deckel. Auch die Nägel, die einer rechtmäßigen Diele zukommen, fehlten nicht; sie waren aber vor dem Einschlagen mit der Zange kurz abgekniffen und hatten keinen anderen Zweck, als nach oben hin die Köpfe zu zeigen.

Die draußen Auf- und Abschreitenden hatten inzwischen ihre Promenade unterbrochen und waren wieder eingetreten. Berndt musterte alles und sagte dann: »Ich kenne Hoppenmarieken, hiermit zwingen wir's nicht. Sie wird all dies für ihr Eigentum ausgeben, und es wird schwer halten, ihr das Gegenteil zu beweisen. Denn sie steckt mit allerhand schlechtem Handelsvolk zusammen, das jeden Augenblick bereit ist, ihr den rechtmäßigen Erwerb zu bestätigen. Ich bin aber sicher, daß es gestohlenes Gut ist; es fehlt nur noch das Eigentliche, so etwas ausgesprochen Privates, das ihr alle Ausflucht abschneidet. Suchen wir weiter. Muschwitz und Rosentreter, von unserem eigenen Gesindel, das wir hier auf dem Forstacker haben, gar nicht zu reden, werden sich auf Schürzenzeug und Seifenstangen nicht beschränkt haben.«

Indem war Pachaly, der, während Berndt sprach, in seinen Nachforschungen nicht nachgelassen hatte, auf die Schwelle der kleinen Tür getreten und winkte Lewin, der ihm zunächst stand, in die Kammer hinein. Er trat, als dieser ihm gefolgt war, ohne weiteres an den dicken Holzpflock, von dem der Gundermannsbüschel herabgefallen war, hob das Licht in die Höhe und sagte: »Passens Achtung, junger Herr, der Pflock sitzt nicht fest; der Lehm ist rundum abgesprungen; dahinter steckt was.«

»Das wäre!« rief Lewin lebhaft, faßte den Pflock und riß ihn ohne die geringste Mühe heraus.

Es zeigte sich ein tiefes Loch in der Lehmwand, viel tiefer, als das verhältnismäßig nur kurze Holzstück erheischte. Das mußte einen Grund haben. Lewin suchte deshalb in der Höhlung umher und fand ein Päckchen, nicht viel größer als eine halbe Faust, das erst in ein Stück blaues Zuckerpapier, dann, wie sich ergab, in einen Lappen grober Leinwand eingewickelt war. Als er beides entfernt hatte, lag der Inhalt vor ihm wie der Raub eines Rabennestes: ein silbernes Nadelbüchschen, eine Taschenuhr in einem Schildpattgehäuse, eine Kinderklapper, eine mit kleinen Rauchtopasen eingefaßte Amethystbrosche, von der die Nadel abgebrochen war, ein Petschaft mit nicht entzifferbarem Namenszug und ein kleiner ovaler Goldrahmen, in dem sich wahrscheinlich ein Miniaturbild befunden hatte. Alles ohne sonderlichen Wert, aber gerade das, dessen die Beweisführung bedurfte.

»Nun haben wir sie«, sagte Berndt ruhig, wickelte die Gegenstände wieder ein und steckte sie zu sich.

Auch noch die anderen Pflöcke wurden untersucht, saßen aber fest im Lehm. Es ließ sich annehmen, daß nichts unentdeckt geblieben war, und so beschloß man, von weiterer Nachsuchung abzustehen. In der Küche fand sich eine alte Kiepe vor, und Pachaly erhielt Ordre, alles, was aufgefunden war, in diese hineinzupacken und nach dem Herrenhause zu schaffen. Er gehorchte nicht gern, da es ihm gegen die Ehre war, an hellem lichten Tage mit einer Kiepe über die Dorfstraße zu gehen; der Dienst aber ließ ihm keine Wahl, und seinem Ärger in kurzen Selbstgesprächen Luft machend, tat er schließlich, wie ihm geheißen.

Berndt und Kniehase, von den beiden jungen Männern unmittelbar gefolgt, hatten inzwischen die Auffahrt zum Herrenhause erreicht und waren eben im Begriff, von der Dorfgasse her auf den Vorhof einzubiegen, als sie, keine dreihundert Schritt' mehr entfernt, Hoppenmarieken auf der großen Küstriner Straße herankommen sahen. Die kleine Figur, der rasche Schritt und die lebhaften Bewegungen ließen sie leicht erkennen.

»Da kommt sie«, sagte Berndt, und sich an Pachaly wendend, der schon vor dem Pfarrhause die Voranschreitenden eingeholt hatte, fügte er hinzu: »Nun eile dich; schiebe zwei, drei Stühle vor meinen Schreibtisch oben und baue auf, was du hast.«

Hoppenmarieken grüßte schon von weitem. Sie schien in sehr guter Stimmung und überreichte, als sie heran war, ihrem Gutsherrn einen Brief, den sie schon, als sie der Gruppe ansichtig geworden war, aus ihrem Mieder hervorgezogen hatte.

»Is hüt' dis een man«, sagte sie und setzte wie zur Erklärung hinzu: »De berlinsche Post is nich to rechte Tid inkamen.«

Sie wollte weiter und hatte schon einige Schritte gemacht, als ihr Berndt nachrief: »Hoppenmarieken, ich habe noch was für dich. Aber oben in meiner Stube, komm.«

Es mußte wider Willen des Sprechenden etwas Fremdklingendes in seiner Stimme gelegen haben; jedenfalls war der Ausdruck der Sicherheit aus dem Gesichte der Zwergin fort, als sie über den Hof hin und dann treppauf ihrem Gutsherrn nachschritt. Kniehase und die beiden Freunde folgten.

Pachaly hatte mittlerweile in der notdürftig wieder in Ordnung gebrachten Gerichtsstube seinen Aufbau beendet. Von den Bändern und Tüchern war nicht viel zu sehen. So recht ins Auge fiel nur das große, noch regelrecht auf ein Brett gewickelte rote Friesstück, ebenso die aus Seifenstangen und dem Lichterbündel aufgebaute Pyramide.

»Nun, Hoppenmarieken«, sagte Berndt, »wie gefällt dir der rote Fries?«

»Jut, Jnädjeherr. War süll he mi nich jefallen? Et is ja von den ingelschen; de Ell seben Groschen.«

»Hast du dies Stück Fries vielleicht schon gesehen.«

»Ick weet nich.«

»Besinne dich.«

»Ick seh so veel, Jnädjeherr; ick mag et wol all sehn hebben.«

»Wo?«

»Bi Jud' Ephraim.«

»Oder bei dir!«

»Bi mi? Jo, Wettstang, bi mi; hohoho. Nu seh ick ihrst. Se sinn bi mi west und hebben min kleen Tuusch- und Kramgeschäft utfunnen. Unner de Deel; en beeten beschwierlich; awers ick bin nich sicher sünnst.«

»Gut, Hoppenmarieken, du mußt vorsichtig sein. Es gibt jetzt so viel Gesindel ...«

»Oh, so veel!«

»Nun gut. Aber du nimmst ja den Kaufleuten das Brot. Hast du denn einen Gewerbeschein?«

»Ne, Jnädjeherr, den hebb ick nich.«

»Ja, da werden wir dich am Ende in Strafe nehmen müssen.« Bei diesen mit einem heiteren Anfluge gesprochenen Worten kehrte ihr ihre frühere Sicherheit zurück. Sie hatte plötzlich das Gefühl, daß alles einen guten Verlauf nehmen werde, und sagte halb grinsend, halb bittend vor sich hin: »Dat wihrn de Jnädjeherr jo nich dohn.«

»Ja wer weiß, Hoppenmarieken. Sieh mal hier, da ist noch was zum Auswickeln für dich!« und dabei nahm er das Päckchen, das er bei der Haussuchung zu sich gesteckt hatte, aus seiner großen Überrockstasche und legte es dicht vor ihr auf den Tisch.

Sie fiel sofort auf die Knie und schrie: »Ick weet von nischt.«

»Aber wir wissen genug.«

»Ick weet von nischt. De kämen beed' in bi mi ...«

»Wer?«

»Muschwitz und Rosentreter ... un seggten, ick süll et man verwohren. Awers ick wull jo nich, un ick schreeg. Do nähm Muschwitz sin Taschenknif und seggt to mi: ›Wif, ick schnid di de Kehl ab, wenn du schreegst!‹ Un da nohm ick et.«

»Du lügst, Hoppenmarieken; du bist Hehlerin, was du immer warst. Du hast ihnen Geld gegeben; ich vermute, nicht genug; darum haben sie sich neulich auf der Landstraße noch etwas nachholen wollen. Sie waren sicher, daß du sie nicht verraten würdest. Aber sie haben *dich* doch verraten.«

»Jo, dat hebben se. Se wullen rut ut de Schling, un ick sall rin. Awers ick will nich, un ick bruk nich. Schwören will ick; ick *kann* schwören. Rufens Seidentoppen in; ja Seidentopp sall koamen ... Oh, du lewe Herrjott, wat et för Minschen jewen deiht! Dat is, weem eens sülwsten to good is. O Jott, o Jott.« Und dabei rutschte sie auf den Knien näher zu Berndt heran und küßte ihm die Rockschöße.

»Steh auf!«

Der zwergige Unhold aber, immer noch auf den Knien, fuhr fort: »Et is allens nich so. Oh, dis Muschwitz, un de anner von Podelzig! Se hebben beed logen as de Düwels. Schwören will ick; ick *kann* schwören. Pachaly, holens ne Bebel in. Un hier sinn mine Finger; un schwören will ick, *in* de Kirch un ut de Kirch un wo Se sünnst wullen.«

»Du sollst nicht schwören, denn du schwörst falsch. Was machen wir mit ihr, Kniehase?«

Hoppenmarieken, die nicht anders dachte, als daß man ihr ans Leben wollte, schrie jetzt jämmerlich auf und rang die kurzen, stummelhaften Hände. Zuletzt sah sie Lewin, der an der Tür stehengeblieben war. Sie wollte rutschend auf ihn los, mutmaßlich, um die Szene zu wiederholen, die sie eben vor dem alten Vitzewitz gespielt hatte. Aber Pachaly hielt sie zurück.

»Laß es hingehen, Papa«, rief jetzt Lewin, als ob Hoppenmarieken, deren Unzurechnungsfähigkeit für ihn feststand, gar nicht zugegen wäre. »Sieh sie dir an; es ist der Mensch auf seiner niedrigsten Stufe. Droh ihr; das ist das einzige, was sie versteht. Ihr ganzer Rechtsbegriff ist ihre Furcht. Und Turgany weiß das so gut wie wir; er wird nichts an die große Glocke hängen. Wenn es aber sein muß, so wird er sie schildern, wie sie ist. Und das ist ihre beste Verteidigung. Ich bitte dich, laß sie laufen.«

»Hast du gehört?« fragte jetzt Berndt zu der Zwergin hinüber, die, während Lewin sprach, endlich aufgestanden war.

Sie zwinkerte mit den Augen und sagte: »Ick hebb allens hürt; ick weet, ick weet. Jo, de junge Herr, he kennt mi, un ick kenn' *em*. Un ick hebb'n all kennt, as he noch so lütt wihr, *so* lütt. Jo, de junge Herr ...!«

»Er bittet für dich«, fuhr Berndt fort, »und will, daß ich dich laufen lasse. Warum? Weil du Hoppenmarieken bist. Ich aber kenn' dich besser und weiß, du hörst das Gras wachsen. Schlau bist du und taugst nichts; das ist das Ganze von der Sache. Nimm deine Kiepe; wir wollen diesmal noch ein Auge zudrücken. Aber paß Achtung, wenn wir dich wieder ertappen, ist es aus mit dir. Und nun geh und bessere dich fürs neue Jahr.«

Sie sah sich nach Stock und Kiepe um, die sie beide beim Eintritt ins Zimmer neben der eisenbeschlagenen Truhe niedergesetzt hatte. Als sie wieder marschfertig war, glitt ihr Auge noch einmal über die auf den Stühlen ausgebreiteten Sachen hin. Es war ersichtlich, daß sie Lust hatte, Besitzrechte daran geltend zu machen. Berndt sah den Blick und empfand jetzt, daß Lewin doch recht habe.

»Geh!«, wiederholte er, »alles bleibt hier und wird nach Frankfurt abgeliefert. Vielleicht du auch noch!«

Sie nahm das letzte Wort als einen Scherz und grinste wieder.

Eine Minute später schritt sie, mit ihrem Stock salutierend, über den Hof hin, in einem Tempo, als ob nichts vorgefallen sei oder eine ganz alltägliche Streitszene hinter ihr läge.

18. KAPITEL

Othegraven

Der alte Rysselmann, in Jeetzes kleiner Bedientenstube durch einen Imbiß gestärkt und wieder aufgewärmt, passierte eben das an der großen Straße nach Frankfurt gelegene Dorf Podelzig, als ihm ein leichter Kaleschwagen begegnete, auf dessen Lederbank er den Freund seines Justizrats, den Konrektor Othegraven, erkannte. Othegraven ließ halten.

»Guten Tag, Rysselmann, gut bei Weg? Was in aller Welt bringt Sie nach Podelzig?«

»Ich komme schon von Hohen-Vietz. Dienstsachen; ein Brief vom Herrn Justizrat an den Herrn von Vitzewitz. Ein guter Herr; und so ist das ganze Dorf.«

»Ich will auch hin«, sagte Othegraven. »Treffe ich den Schulzen Kniehase?«

»Im Dorf ist er; aber ob der Herr Konrektor ihn treffen werden, ist unsicher. Denn ich hörte, wie der gnädige Herr nach ihm schickte, weil sie bei der alten Botenfrau, die Hoppenmarieken heißt, eine Haussuchung abhalten wollen. Es soll eine Hehlerin sein.«

»Danke schön, Rysselmann; meinen Gruß an den Justizrat. Gott befohlen!«

Damit fuhr der Konrektor in raschem Trabe weiter auf Hohen-Vietz zu. Was ihm Rysselmann gesagt hatte, kam ihm ungelegen, und wenn er zu den Leuten gehört hätte, die auf Zeichen achten, so hätte er umkehren müssen. Er war aber ohne jede Spur von Aberglauben und sah in allem, was geschah, ein unwandelbar Beschlossenes. Seinem Bekenntnis, noch mehr seiner Parteistellung nach streng lutherisch, ruhte doch – ihm angeboren und deshalb unveräußerlich – auf dem Grunde seines Herzens ein gut Stück prädestinationsgläubiger Calvinismus.

Von Podelzig war nur noch eine Stunde. Es läutete Mittag, als Othegraven vor dem Pfarrhause hielt. Seidentopf, den er bei seiner vorgestrigen Anwesenheit in Hohen-Vietz nicht aufgesucht hatte, begrüßte ihn herzlich an der Schwelle seiner Studierstube, die jetzt, wo die Wintersonne schien, ein besonders freundliches Ansehen hatte. Alles war verändert, und die Haushälterin, die sich am zweiten Feiertage durch ihr aufgeregtes Hin- und Herfahren mit Schippe und Räucheressenz so bemerklich gemacht hatte, zeigte heute die vollkommenste Ruhe, als sie, nach dem Brauch des Hauses und ohne daß eine Aufforderung dazu ergangen wäre, ein Frühstück vor Othegraven auf den Tisch stellte.

Beide Männer hatten auf einem kleinen Sofa in der Nähe des Ofens, unter dem verstaubten Real der Bibliotheca theologica, Platz genommen und sahen in den verschneiten Garten hinaus. Eine Esche stand vor dem Fenster, in Sommerzeit ein wunderschöner Baum; jetzt, wo seine Zweige wie geknotete Hanfstrippen niederhingen, ein trauriger Anblick. Aber keiner von beiden hatte ein Auge dafür, und während der Konrektor, dessen Vorhaben einem guten Appetit nicht günstig war, sich mehr an ein Glas Wein als an das Frühstück hielt, erzählte der Pastor von dem, was sich seit vorgestern in Hohen-Vietz ereignet hatte, von dem Einbruch und von dem Auffinden der Strolche auf dem Rohrwerder.

»Abenteuer und Kriegszüge, als hätten wir schon den Feind im Lande«, so schloß er.

Othegraven, augenscheinlich in sehr unkriegerischer Stimmung, brachte der Erzählung dieser Dinge nur ein geringes Interesse entgegen, das erst wuchs, als der Gesprächsgegenstand wechselte und Seidentopf von dem zweiten Feiertage, ihrem heiteren Beisammensein an jenem Abende, von Pastor Zabels Verlegenheit beim Pfänderspiel und vor allem von Marie zu plaudern begann, wie sie so reizend gewesen sei und so Hübsches über seinen Werneuchner Amtsbruder gesprochen habe, trotzdem er ihr nicht habe beistimmen können.

»Sie könnten mir nichts sagen«, unterbrach ihn Othegraven, »das mich mehr erfreute. Denn wissen Sie, lieber Pastor, ich habe eine herzliche Neigung zu diesem schönen Kinde.«

Seidentopf erschrak; um so mehr, je höher er Othegraven schätzte. Nie war an einen solchen Fall von ihm gedacht worden; jetzt, wo er eintrat, empfand er ihn als eine Unmöglichkeit. Er faßte sich endlich und fragte: »Weiß Marie davon?«

»Nein, ich habe vorgestern mit dem Schulzen gesprochen. Er hat mir geantwortet, Marie sei ein Stadtkind und gehöre in die Stadt; wenn er sie sich an der Seite eines braven Mannes, der sie liebe, denke, so lache ihm das Herz. Und eines Studierten, bald vielleicht eines Pastors Frau, das sei so recht das, was er sich immer gewünscht habe. Das Kind sei sein Augapfel, und mein Antrag sei ihm eine Ehre; aber sie müsse selber entscheiden. Ich konnte ihm nur zustimmen; und da bin ich nun, um mir diese Entscheidung zu holen.«

»Ich wünsche Ihnen Glück, Othegraven. Aber alles erwogen, paßt Marie zu Ihnen?«

Othegraven wollte antworten; Seidentopf indessen, als er aus den ersten entgegnenden Worten heraushörte, daß sich die Antwort nur auf das »Gazekleid mit den Goldsternchen« und alles das, was damit in Zusammenhang war, beziehen werde, unterbrach den Konrektor und sagte ruhig: »Ich meine nicht das, ich meine, haben Sie bedacht, ob zwei Naturen zueinander passen, von denen die eine ganz Phantasie, die andere ganz Charakter ist?«

»Ich habe es bedacht; aber daß ich es Ihnen bekenne, mehr in Hoffnung als in Zweifel und Befürchtung. Eine Frau von Phantasie, ein Mann von Charakter, wenn ich diese auszeichnende Eigenschaft, die Sie mir zuerkennen, ohne weiteres annehmen darf, ist gerade das, was mir als ein Ideal erscheint. Was ist die Ehe anders als Ergänzung?«

»So heißt es in Büchern und Abhandlungen, und ich kann mir Fälle denken, oder sage ich lieber, ich kenne Fälle, wo dies zutrifft. Aber wenn ich in dem Buche meiner Erfahrungen nachschlage, so ist es im großen und ganzen doch umgekehrt. Die Ehe, zum mindesten das Glück derselben, beruht nicht auf der Ergänzung, sondern auf dem gegenseitigen Verständnis. Mann und Frau müssen nicht Gegensätze, sondern Abstufungen, ihre Temperamente müssen verwandt, ihre Ideale dieselben sein. Vor allem aber, lieber Othegraven, wir sind noch nicht bei der Ehe. Es handelt sich zunächst um den Zug des Herzens, der fast immer nach dem Gleichgearteten geht; wenigstens bei Naturen wie Mariens.«

Othegraven lächelte. »So würde denn, teuerster Pastor, die Frage, die Sie vorhin an mich richteten, nicht haben lauten müssen, ob Marie zu mir, sondern ob ich zu ihr passe? Des ersteren bin ich sicher; um mir auch über den zweiten Punkt Gewißheit zu verschaffen, dazu bin ich hier. Ich bitte, mein Fuhrwerk auf Ihrem Hofe halten lassen zu dürfen; in einer halben Stunde sehe ich Sie wieder. Sie sollen der erste sein, der erfährt, wie die Würfel über mich gefallen sind. Ein unchristlich Wort das; aber ich halt' es aufrecht, weil es genau ausdrückt, was ich in diesem Augenblick empfinde, aller Überzeugung zum Trotz, daß es schließlich kein Würfelspiel ist, was über uns entscheidet. Wir sollten vielleicht vor solchen Widersprüchen, in die auch ein gläubig Herz geraten kann, weniger erschrecken, als wir gewöhnlich tun; wir gewönnen dadurch für uns selbst und für andere mehr, als wir verlieren. Was starr ist, ist tot.«

Sie trennten sich, und Othegraven schritt auf den Schulzenhof zu.

Er fand in dem Zimmer links, in dem am zweiten Weihnachtsfeiertage der alte Kniehase das Kapitel aus dem Propheten Daniel gelesen hatte, nur die Frau des Schulzen vor. Sie schritt ihm unter herzlichem Gruß, aber doch in einer gewissen Befangenheit entgegen und sprach ihr Bedauern aus, daß ihr Mann abwesend sei, einer Dienstsache halber, mit der sie den Herrn Konrektor nicht behelligen wolle. Am wenigsten heute, da sie wisse, weshalb er komme. Sie werde Marie rufen. Dann rückte sie ihm einen Stuhl und stieg hinauf in die Giebelstube, wo die Tochter mit allerhand kleiner Handarbeit, mit Stopfen und Nähen beschäftigt war, um nichts Unfertiges oder Unordentliches mit in das neue Jahr hinüberzunehmen. In der resoluten Weise einer Frau, die von Vorbereiten und Überraschungenersparen nicht viel hält, sagte sie hier kurz und ohne Umschweife: »Komm, Marie, Konrektor Othegraven ist unten; er hat bei dem Vater um dich angehalten. Sage nun ›ja‹ oder ›nein‹, uns Alten ist beides recht. Wir haben keinen anderen Wunsch als dein Glück, und du mußt selber wissen, was dich glücklich macht.«

Marie war heftig erschrocken, faßte sich aber und folgte der Mutter treppab. Othegraven hatte den Stuhl, der ihm angeboten war, nicht angenommen; er stand am Fenster, mit den Fingern der rechten Hand auf den Knöcheln der linken spielend wie jemand, der voll innerer Unruhe ist.

»Hier ist sie«, sagte Frau Kniehase und schritt wieder auf die Tür zu.

»Bleibe, Mutter«, bat Marie.

Frau Kniehase gab ihre Absicht auf und setzte sich an das Spinnrad. »Marie, Sie wissen, weshalb ich hier bin«, begann Othegraven nach einer kurzen Pause.

»Ja, die Mutter hat es mir eben gesagt.«

»Hat es Sie überrascht?«

»Wir kennen uns erst kurze Zeit.«

»Das Herz, wenn es überhaupt sprechen will, spricht schnell. Es ist jetzt ein halbes Jahr, Marie, daß ich Sie zum ersten Male sah, es war im Park, an der Stelle, wo das Rondell ist. Ich entsinne mich jedes kleinsten Umstandes.«

Marie nickte, zum Zeichen, daß auch ihr der Tag in Erinnerung geblieben sei.

»Es war Besuch da«, fuhr Othegraven fort, »der Steinhöfelsche Herr von Massow, der junge Herr von Burgsdorff und Dr. Faulstich aus Kirch-Göritz; Sie spielten Reifen, und ich hörte schon von fern Ihr Lachen, als ich mit dem alten Herrn von Vitzewitz die große Rüsternhecke heraufkam. Fräulein Renate, in einem hellblauen Sommerkleid, stand Ihnen gegenüber. Als ich dann an dem Spiele teilnahm und Ihnen mit ungeübter Hand die Reifen zuwarf, fingen Sie jeden auf, ob er zu kurz oder zu weit flog. Ihre Geschicklichkeit glich aus, was der meinigen fehlte. Ich habe nichts davon vergessen, und als ich an jenem Abend nach Frankfurt zurückfuhr, wußte ich, daß ich Sie liebte.«

Marie schwieg; das Spinnrad surrte, man hätte eine Nadel fallen hören.

»Haben Sie mir nichts zu sagen, Marie?«

Sie schritt jetzt rasch auf ihn zu, reichte ihm die Hand und sagte mit einer Entschlossenheit, in der das voraufgegangene Bangen nur noch leise nachklang: »Es kann nicht sein; Sie selbst haben mir die Antwort auf die Lippen gelegt, als Sie sagten, das Herz spräche schnell, wenn es überhaupt sprechen wolle.« Dann barg sie das Gesicht in ihre Hände und rief: »Ach, bin ich undankbar?«

»Ich habe keinen Anspruch auf Ihren Dank, Marie.«

»Und doch bin ich undankbar vielleicht, nicht gegen Sie, aber gegen mein Geschick. Ich war nicht so jung, als ich in dieses Haus kam, daß ich hätte vergessen können, was ich vorher war. Und wenn ich es je vergessen hätte, so würde mich das Kreuz, das oben auf meines Vaters Grabe steht, jeden Tag daran erinnert haben. Die Art, wie mich Gott geführt, legt mir besondere Dankespflichten auf, und ich weiß nicht, ob ich diese Pflichten erfülle, wenn ich jetzt einfach sage: mein Herz spricht nicht. Es *sollte* vielleicht sprechen; aber es schweigt. Und so muß es denn bleiben, wie es ist. Es trennt uns etwas, ein Unterschied der Naturen, den ich nicht zu nennen weiß, der aber da ist, weil ich ihn empfinde.«

Marie schwieg.

»So hab' ich denn wenigstens Gewißheit empfangen«, nahm Othegraven das Wort, »und das Traurigste, was es gibt, hoffnungslos zu hoffen, ist mir erspart geblieben. Sie haben es verschmäht, sich hinter Halbheiten zu flüchten; ich danke Ihnen dafür. Auch dies zeigt mir, wie richtig meine Neigung wählte, richtig, aber nicht glücklich. Und es ist ohne Bitterkeit, Marie, daß ich von Ihnen scheide; denn das Herz läßt sich nicht zwingen. Und ob ich es gleich wünschte, daß sich das Ihrige anders entschieden hätte, so weiß ich doch, daß es sich entschieden hat, wie es sich entscheiden *mußte.*«

Er reichte erst Marie, dann der Mutter die Hand und verließ das Haus, in dem ein kurzes Gespräch über sein Glück den Stab gebrochen hatte.

Eine Stunde später fuhr er wieder auf Frankfurt zu.

»Lieber Freund«, so waren des Pastors letzte Worte gewesen, »ich beobachte das Leben nun vierzig Jahre, und immer wieder habe ich wahrgenommen, daß sich Männer Ihrer Art zu Naturen wie Mariens unwiderstehlich hingezogen fühlen, ohne daß diese Naturen die Liebe, die ihnen entgegengetragen wird, jemals erwidern können. Den Charakter zieht es zur Phantasie, aber nicht umgekehrt.«

Othegraven, indem er die Seidentopfschen Worte hin und her wog, lächelte schmerzlich.

»Es ist so; der Alte hat recht. Und so werd' ich denn liebelos durch dieses Leben gehen; denn nur *die* Seite des Daseins, die mir fehlt, hat Reiz für mich und zieht mich an. Und so ist mein Los beschlossen. Trag' ich es; nicht nur weil ich muß, auch weil ich *will.* Tue, was dir geziemt. Aber ich hatte es mir schöner geträumt; auch heute noch.«

Während dieses Selbstgespräches war der Konrektor in Podelzig eingefahren und passierte die Stelle, wo er dem alten Rysselmann begegnet war. Er entsann sich der gehobenen Stimmung, in der er noch zu ihm gesprochen hatte, und wiederholte vor sich hin: »Ja, schöner geträumt; auch *heute* noch!«

19. KAPITEL

Silvester in Guse

Der Brief, den Hoppenmarieken mit dem Bemerken »is hüt dis een man«, an Berndt überreicht hatte, war während der unmittelbar folgenden Szene vergessen worden. Erst als unsere Zwergin vom Forstacker, als sei nichts vorgefallen, in alter Munterkeit vom Hof her in die Dorfstraße einbog, entsann sich Berndt des Schreibens wieder, das aus Kirch-Göritz war und die Aufschrift trug: »An Fräulein Renate von Vitzewitz. Hohen-Vietz bei Küstrin.« Er gab den Brief an Lewin, der nun den langen Korridor hinunterschritt, um ihn Renaten persönlich zu überbringen.

In dem Krankenzimmer war es hell, Renate selbst ohne Fieber, nur noch matt. Kathinka saß an ihrem Bett, während Maline seitab am Fenster stand und eine der Kalvillen schälte, die sie sich am Abend vorher geweigert hatte, aus dem alten Spukesaal heraufzuholen.

»Ist es erlaubt?« fragte Lewin und nahm einen Stuhl. »Ich komme nicht mit leeren Händen; hier ein Brief für dich, Renate.«

»Ach, das ist hübsch! Ich wollte, daß alle Tage Briefe kämen. Kathinka, nimm dir das zu Herzen, und du auch, Lewin. Ihr verwöhnten Leute habt keine Ahnung davon, was uns in unserer Einsamkeit ein Brief bedeutet.«

Während dieser Worte hatte sie das Siegel erbrochen und sah nach der Unterschrift: »Doktor Faulstich.« Es konnte nicht anders sein; wer außer ihm in Kirch-Göritz hätte Veranlassung haben können, an Fräulein Renate von Vitzewitz zu schreiben! Der Brief war übrigens vom 29., also um einen Tag verspätet.

»Lies ihn uns vor«, sagte Kathinka, »so du keine Geheimnisse mit dem Doktor hast.«

»Wer weiß; ich will es aber doch wagen.« Und sie las: »Mein gnädigstes Fräulein! Ein Richterspruch, der keinen Appell gestattet, hat Sie auserkoren, bei der am Silvester in Schloß Guse stattfindenden Vorstellung mitzuwirken. Mehr noch, Sie werden die Festlichkeit zu eröffnen und beifolgenden Prolog zu rezitieren haben, den ich, trotz des bis hierher angeschlagenen Direktorialtones, in meiner geängstigten Dichtereitelkeit Ihrer freundlichen Beurteilung, speziell auch der Nachsicht der beiden Kastaliamitglieder, die mich gestern durch ihren Besuch erfreuten, empfehle. Voll berechtigten Mißtrauens in unsere Kirch-Göritzer Postverhältnisse, habe ich geschwankt, ob es nicht vielleicht geraten sei, diesen Brief durch einen Expressen an Sie gelangen zu lassen; vierundzwanzig Stunden aber für eine Entfernung, die selbst mit dem Umweg über Küstrin nur anderthalb Meilen beträgt, sind reichlich bemessen, und so hege ich denn die Hoffnung, diese Zeilen samt ihrer Einlage rechtzeitig bei Ihnen eintreffen zu sehen. Que Dieu vous prenne, vous et ma lettre, dans sa garde! Mit diesem Wunsche, der sich in Form und Sprache fast mehr schon gegen Guse als gegen Hohen-Vietz verneigt, Ihr treuergebenster Doktor Faulstich.«

»Allerliebst«, sagte Kathinka.

»Ich gebe euch auch noch die Nachschrift.« Und Renate las weiter: »Die Toilette, mein gnädigstes Fräulein, darf Sie nicht beunruhigen, trotzdem es niemand Geringeres als Melpomene selbst ist, der ich meine Prologstrophen in den Mund gelegt habe. In wie vielen Beziehungen auch die neun Schwestern von Klio bis auf Polyhymnia sich beschwerlich erweisen mögen, in einem Punkte sind sie bequem: in der Kostümfrage. Der Faltenwurf ist alles. Ich vertraue übrigens, wenn wir eines Rats benötigt sein sollten, auf Demoiselle Alceste, die mit Hilfe Racines und seiner Schule seit vierzig Jahren unter den Atriden gelebt hat und die Staffeln zwischen Klytämnestra und Elektra beständig auf- und niedergestiegen ist.«

»Ach, wie schade!« rief Maline vom Fenster her, ganz nach Art verwöhnter Dienerinnen, die sich gern ins Gespräch mischen.

»Ja, da hast du recht«, sagte Renate, halb in wirklichem, halb in scherzhaftem Unmut, während sie den Brief wieder zusammenlegte. »Da blitzt es nun mal einen Augenblick herauf, aber nur um mir das Dunkel meiner Hohen-Vietzer Tage wieder um so fühlbarer zu machen. Verzeihe, Kathinka, daß ich undankbar deines Besuches und der Stunden vergesse, die du mir an meinem Bett und auch vorher schon weggeplaudert hast, aber daß ich um diese Fahrt nach Guse komme und um Demoiselle Alceste und um meinen Prolog, das verwinde ich mein Lebtag nicht. Sage selbst: als Muse, als Melpomene; wie das schon klingt! Und von einer französischen Schauspielerin eigenhändig drapiert! Ich kann siebzig Jahre alt werden, ohne zu so was Herrlichem je wieder aufgefordert zu werden.«

»Aber ist es denn unmöglich?« fragte Kathinka. »Du fühlst dich wohler, das Fieber ist fort. Komm mit, wir stecken dich in einen Fußsack und von oben her in einen Pelz.«

Renate schüttelte den Kopf. »Das darf ich dem alten Leist nicht antun. Wenn ich ihm stürbe – das verzieh' er mir all mein Lebtag nicht. Nein, ich bleibe; und du, Kathinka, mußt die Rolle sprechen.«

»Ich?«

»Ja, du hast keine Wahl. In dem Salon unserer Tante ist, wie du weißt, außer dir und mir nichts von Damenflor zu Hause, und wenn Demoiselle Alceste – ich habe die Strophen eben überflogen – nicht als ihr eigener Herold auftreten, sich ankündigen und vielleicht auch verherrlichen soll, so bleibt dir nichts übrig, als den Prolog zu sprechen. Du hast ohnehin die Melpomenefigur. Aber ich glaube fast, du tust es ungern.«

»Nicht doch, ich mißtraue nur meinem Gedächtnis.«

»Oh! da schaffen wir Rat«, sagte Lewin. »Es sind noch zwei Stunden, bis wir aufbrechen; vor allem aber haben wir noch die Fahrt selbst; ich werde dir unterwegs die Strophen rezitieren, einmal, zweimal, und im Nachsprechen wirst du sie lernen. Die frische Luft erleichtert ohnehin das Memorieren.«

Kathinka war es zufrieden. So trennte man sich, da nicht nur die Tischglocke jeden Augenblick geläutet werden konnte, sondern auch das wenige, was außerdem noch an Zeit verblieb, zu Vorbereitungen nötig war, die sich für die Ladalinskischen Geschwister mehr noch auf ihre Abreise überhaupt als auf die Fahrt nach Guse bezogen. Sie hatten nämlich vor, wenn die Tante sie nicht festhielt, in derselben Nacht noch nach Berlin zurückzukehren.

Um vier Uhr hielt das Schlittengespann mit den Schneedecken und den roten Federbüschen, dasselbe, das am dritten Weihnachtsfeiertage Lewin und Renaten nach Guse hinübergeführt hatte, vor der Rampe des Hauses, und nach herzlichem Abschiede von Tante Schorlemmer, auch von Jeetze und Maline, die sich mit ihrem Schürzenzipfel eine Träne trocknete und immer wiederholte: »wie schön es gewesen sei« und: »solch liebes Fräulein«, rückten sich endlich die Ladalinskis auf ihrer Polsterbank zurecht, während Lewin den Platz auf der Pritsche nahm. Der alte Vitzewitz, der noch an Turgany zu schreiben und seinen Bericht über die Resultate der Haussuchung beizufügen hatte, hatte zugesagt, in einer Viertelstunde mit den Ponies zu folgen.

»Ich überhole euch doch! Was gilt die Wette, Kathinka?«

»Du verlierst.«

»Nein, ich gewinne.«

Gleich darauf zogen die Pferde an, und der leichte Schlitten flog mit einer Schnelligkeit dahin, die zunächst wenigstens für die Chancen Berndts besorgt machen konnte.

Kathinka, wie am Abend vorher auf der kurzen Fahrt nach Hohen-Ziesar, hatte auch heute wieder die Leinen genommen, das Glockenspiel klang, und die roten Büsche nickten. Ihr Weg ging erst tausend Schritt auf der Küstriner Straße zwischen den Pappeln hin, ehe sie nach links in die weite Schneefläche des Bruchs einbogen. Als sie die Stelle passierten, wo der Überfall stattgefunden hatte, zeigte Tubal scherzend nach der Waldecke hinüber und beschrieb der Schwester seinen Wettlauf über den Sturzacker hin.

»Und das alles im Ritterdienste Hoppenmariekens. Wer hielt je treuer zu seiner Devise: Mon coeur aux dames!«

»Es müssen eben Zwerginnen kommen, um euch zu ritterlichen Taten anzuspornen. Sonst laßt ihr andere eintreten in Taten und Gesang, und wenn es Doktor Faulstich wäre. Im übrigen ist es Zeit, Lewin, daß wir unsere Lektion beginnen. Ich weiß vorläufig nur, daß die erste Strophe mit einem Reim auf Guse abschließt; Muse, Guse. Ich glaube, die ganze Melpomene-Idee wäre nie geboren worden, wenn dieser Reim nicht existiert hätte.«

Nun begann unter Lachen das Rezitieren, und immer, wenn eine neue Strophe bezwungen war, salutierte Lewin, und der Knall seiner Schlittenpeitsche, dann und wann das Echo wekkend, hallte über die weite Schneefläche hin. So hatten sie Golzow, bald auch Langsow passiert, und der Guser Kirchturm wurde schon zwischen den Parkbäumen sichtbar, als plötzlich die Ponies, deren schwarze Mähnen von Renneifer wie Kämme standen, ihnen zur Seite waren und der alte Vitzewitz, in seinem Kaleschwagen sich aufrichtend, zu Kathinka hinüberrief: »Gewonnen!«

»Nein, nein!« Und nun begann ein Wettfahren, in dem als nächstes Objekt die Ottaverime des Doktors und gleich darauf alle Gedanken an Prolog und Melpomene über Bord gingen. Auch über die Braunen, die vor den Schlitten gespannt waren, kam es wie eine ehrgeizige Regung alter Tage, aber der Vorteil ihrer größeren Schritte ging bald unter in dem Nachteil ihrer längeren Dienstjahre, über die nur einen Augenblick lang die jugendlich machenden Schneedecken hatten täuschen können, und um ein paar Pferdelängen voraus donnerte der Kaleschwagen über die Sphinxenbrücke und hielt als erster vor dem Schloß. Berndt hatte das Spritzleder schon zurückgeschlagen, sprang herab und stand rechtzeitig genug zur Seite, um Kathinka die Hand reichen und ihr beim Aussteigen aus dem Schlitten behilflich sein zu können.

»Da hast du die gewonnene Wette«, sagte sie, dem Alten einen herzhaften Kuß gebend, während sie zugleich, zu Lewin gewandt, hinzusetzte: »Voilà notre ancien régime.«

Dann traten sie in die geheizte Flurhalle, wo Diener ihnen die Mäntel und Pelze abnahmen.

In dem blauen Salon der Gräfin war heute der »weitere Zirkel«, dem außer einigen unmittelbaren Nachbarn von Tempelberg, Quilitz und Friedland her auch der Landrat und der neue Selowsche Oberpfarrer angehörten, schon seit einer halben Stunde versammelt und teilte seine Aufmerksamkeiten zwischen der Wirtin und ihrem bevorzugten Gaste, Demoiselle Alceste. Diese, wie sie zugesagt, war bereits einen Tag früher eingetroffen, und in Plaudereien, die sich bis über Mitternacht hinaus ausgedehnt hatten, war der Rheinsberger Tage, der Wreechs, Knesebecks und Tauentziens, vor allem auch der prinzlichen Schauspieler, des genialen Blainville und der schönen Aurora Bursay mit herzlicher Vorliebe gedacht worden. Über Erwarten hinaus hatte das Wiedersehen, das nach länger als zweiundzwanzig Jahren immerhin ein Wagnis war, beide Damen befriedigt, von denen jede das Verdienst, sofort den rechten Ton getroffen zu haben, für sich in Anspruch nehmen durfte. Am meisten freilich Demoiselle Alceste; sie vereinigte in sich die Liebenswürdigkeiten ihres Standes und ihrer Nation. Sehr groß, sehr stark und sehr asthmatisch, von fast kupferfarbenem Teint und in eine schwarze Seidenrobe gekleidet, die bis in die Rheinsberger Tage zurückzureichen schien, machte sie doch dies alles vergessen durch den die größte Herzensgüte verratenden Ausdruck ihrer kleinen schwarzen Augen und vor allem durch ihre Geneigtheit, auf alles Heitere und Schelmische und, wenn mit Esprit vorgetragen, auch auf alles Zweideutige einzugehen. Was ihr anziehendes Wesen noch erhöhte, waren die Anfälle von Künstlerwürde, denen sie ausgesetzt war, Anfälle, die – wenn sie nicht an und für sich schon einen Anflug von Komik hatten – jedenfalls in dem als Rückschlag eintretenden Moment der Selbstpersiflierung zu herzlichster Erheiterung führten. Ihre geistige Regsamkeit, auch ihr Embonpoint, das keine Falten gestattete, ließen sie jünger erscheinen als sie war, so daß sie sich, obgleich sie beim Regierungsantritt Ludwigs XVI. die Phädra gespielt hatte, in weniger als einer halben Stunde der Eroberung erst Drosselsteins und dann Bammes rühmen durfte.

Von diesen Eroberungen mußte ihr, ihrem ganzen Naturell nach, die zweite die wichtigere sein. Drosselsteins hatte sie viele gesehen, Bammes keinen, und den Tagen der Liebesabenteuer auf immer entrückt, hatte sie sich längst daran gewöhnt, den Wert ihrer Eroberungen nur noch nach dem Unterhaltungsreiz, den ihr dieselben gewährten, zu bemessen. Sie war darin der Gräfin verwandt, nur mit dem Unterschiede, daß diese das Aparte überhaupt liebte, während alles, was ihr gefallen sollte, durchaus den Stempel des Heitern tragen mußte. Dabei war ihr überraschenderweise auf der Bühne das Komische nie geglückt, und nur in Rollen, die sich auf Inzest oder Gattenmord aufbauten, hatte sie wirkliche Triumphe gefeiert.

Es wurde schon der Kaffee gereicht, als die Hohen-Vietzer eintraten und auf Tante Amelie zuschritten. Diese, nach herzlicher Begrüßung, erhob sich von ihrem Sofaplatz, um ihren Liebling Kathinka – die kaum Zeit gefunden hatte, von Renatens Unwohlsein und der momentan in

Gefahr geratenen Melpomenerolle zu sprechen – mit ihrem französischen Gaste bekanntzumachen.

Demoiselle Alceste brach ihr Gespräch mit Bamme ab und trat den beiden Damen entgegen.

»Je suis charmée de vous voir«, begann sie mit Lebhaftigkeit, »Madame la Comtesse, votre chère tante, m'a beaucoup parlé de vous. Vous êtes polonaise. Ah, j'aime beaucoup les Polonais. Ils sont tout-à-fait les Français du Nord. Vous savez sans doute que le Prince Henri était sur le point d'accepter la couronne de Pologne.«

Kathinka hatte nie davon gehört, hielt aber mit diesem Geständnis klüglich zurück, während Demoiselle Alceste das immer politischer werdende Gespräch in Ausdrücken fortsetzte, die, was Bewunderung für den Prinzen und Abneigung gegen den königlichen Bruder anging, selbst Tante Amelie kaum gewagt haben würde. Das Thema von der polnischen Krone bot die beste Gelegenheit dazu.

»Dem ›grand Frédéric‹«, fuhr sie mit spöttischer Betonung seines Namens fort, »sei der Gedanke, seinen Bruder als König eines mächtigen Reiches zur Seite zu haben, einfach unerträglich gewesen. Es habe freilich, wie das immer geschehe, nicht an Versuchen gefehlt, die eigentlichen Motive mit Gründen ›hoher Politik‹ zu verdecken; sie aber wisse das besser, und der Neid allein habe den Ausschlag gegeben.«

Kathinka, die von dem Prinzen nichts wußte als seinen Weiberhaß, nahm aus diesem krankhaften Zuge, der ihn ihr unmöglich empfehlen konnte, eine momentane Veranlassung zu Loyalität und Verteidigung des großen Königs her, bis sie sich endlich lächelnd mit den Worten unterbrach: »Mais quelle bêtise; je suis polonaise de tout mon coeur et me voilà prête à travailler pour le roi de Prusse.«

Damit brach der politische Teil ihrer Unterhaltung ab und glitt zu dem friedlichen Thema der nahe bevorstehenden Theatervorstellung über. Aber auch hier kam es zu keinen vollen Einigungen. Immer wieder vergeblich wurde von seiten Kathinkas geltend gemacht, daß sie als Prolog sprechende Melpomene ein natürliches Anrecht habe, in die Geheimnisse Dr. Faulstichs und seiner künstlerischen Hauptkraft: Demoiselle Alceste, eingeweiht zu werden. Diese blieb dabei, daß es zu dem Anmutigsten des Theaterlebens gehöre, die Akteurs und Aktricen sich wieder untereinander überraschen zu sehen. Und solch heiteres Spiel dürfe nicht mutwillig gestört werden.

Während dieses Gespräch in der großen Fensternische geführt wurde, die den Blick in den Park und die untergehende Sonne hatte – nur ein Streifen Abendrot lag noch am Himmel –, hatten sich Tubal und Lewin zur Seite der Tante niedergelassen, um über die jüngsten Hohen-Vietzer Ereignisse zu berichten. Der Kreis wurde bald größer. Erst Krach und Medewitz, dann der Lebuser Landrat samt dem Seelowschen Oberprediger, zuletzt auch Baron Pehlemann, der, einen Rest von Podagra mißachtend, in oft erprobter Gesellschaftstreue sich eingefunden hatte, alle rückten näher, um sich von dem Einbruch der Diebe, von dem Auffinden der beiden Landstreicher auf dem Rohrwerder und endlich von der Haussuchung bei Hoppenmarieken erzählen zu lassen. Niemand folgte gespannter als Tante Amelie selbst, die, neben einer natürlichen Vorliebe für Einbruchsgeschichten, eine herzliche Genugtuung empfand, die von ihrem Bruder vermuteten französischen Marodeurs sich einfach in Muschwitz und Rosentreter verwandeln zu sehen. Der überlegene Charakter Berndts war ihr zu oft unbequem, als daß ihr der Anflug von Komischem, der dadurch auf seine Pläne fiel, nicht hätte willkommen sein sollen.

Und doch waren es gerade wieder diese Pläne, die, während die Schwester im stillen triumphierte, den Bruder auf das lebhafteste beschäftigten. In demselben Augenblicke beinah, wo die Vorstellung Kathinkas das zwischen Demoiselle Alceste und Bamme geführte Gespräch unterbrochen hatte, hatte sich Berndt des alten Generals zu bemächtigen gewußt, und ihn beiseite nehmend, war er nicht säumig gewesen, ihm seine bis dahin nur flüchtig angedeuteten Gedanken über Insurrektion des Landes zwischen Oder und Elbe zu entwickeln. Der Hauptpunkt blieb immer die Volksbewaffnung à tout prix, also *mit* dem Könige, wenn möglich, *ohne* den König, wenn nötig. In betreff dieses Punktes aber war Berndt gerade dem alten General gegenüber nicht ohne Sorge. Bamme gehörte nämlich jener unter dem Absolutismus großgezogenen militärischen Adelsgruppe an, die auf eine Kabinettsordre hin all und jedes getan hätte und unter einem Lettre-de-Cachet-König so recht eigentlich erst an ihrem Platze gewesen sein würde. So kannte Berndt den General. Er übersah aber doch zweierlei: einmal seine stark ausgeprägte Heimatsliebe, die, wenn verletzt, sich jeden Augenblick bis zu dem unserem Adel ohnehin geläufigen Satze: »*Wir* waren *vor* den Hohenzollern da« hinaufschrauben konnte, dann seinen Hang zu Wagnis und Abenteuer überhaupt, der so groß war, daß ihm jede Konspiration angenehm und einschmeichelnd und ein *nach* oben hin gerichteter Absetzungsversuch, weil seltener und aparter, vielleicht noch anlockender als ein *von* oben her angeordneter Unterdrükkungsversuch erschien. Ohne Grundsätze und Ideale, war sein hervorstechendster Zug das Spielerbedürfnis; er lebte von Aufregungen.

Berndt, als er ihm alles entwickelt hatte, setzte ruhig hinzu: »Da haben Sie meinen Plan, Bamme. Seine Loyalität kann bestritten werden. Wir stehen ein für das Land; Gott ist mein Zeuge, auch für den König. Aber wenn wir die Waffen wider seinen Willen nehmen, so kann es uns auf Hochverrat gedeutet werden. Ich bin mir dessen bewußt, und ich spreche es aus.«

Bamme hatte während dieser letzten Worte lächelnd an seinem weißen Schnurrbart gedreht: »Es ist, wie Sie sagen, Vitzewitz. Aber was tut's! Wir müssen eben unsere Haut zu Markte tragen, das ist hier Landes so der Brauch. Ich weiß genau, wie sie es da oben machen, oder sagen wir lieber, wie sie es machen *müssen;* denn ich glaube, sie haben keine Wahl. Es wird damit beginnen, daß man uns verleugnet, immer wieder und wieder, immer ernsthafter, immer bedrohlicher. Aber mittlerweile wird man abwarten und unser Spiel mit Aufmerksamkeit und frommen Wünschen verfolgen. Glückt es, so wird man den Gewinn: ein Land und eine Krone, ohne weiteres akzeptieren und uns dadurch danken, daß man uns – verzeiht; mißglückt es, so wird man uns über die Klinge springen lassen, um sich selber zu retten. Es kann uns den Kopf kosten; aber ich für mein Teil finde den Einsatz nicht zu hoch. Ich bin der ihre, Vitzewitz.«

Während so an verschiedenen Punkten des Salons über die verschiedensten Themata, über die polnische Krone, Hoppenmarieken und den Volksaufstand zwischen Oder und Elbe gesprochen wurde, lag die ganze Schwere des Dienstes, zugleich die ganze Verantwortlichkeit für Gelingen oder Mißlingen dieses Abends auf den Schultern Dr. Faulstichs. Die Gräfin, nur eine alleroberste Leitung, ein letztes Ja oder Nein sich vorbehaltend, hatte alles andere mit einem leicht hingeworfenen: »Vous ferez tout cela« auf den Kirch-Göritzer Doktor abgewälzt. »Was dem Ziebinger Grafen recht ist, ist der Guser Gräfin billig.« Er hatte gehorchen müssen und auch gern gehorcht, aber doch in Bangen. Und dieses Bangen war nur allzu gerechtfertigt. Übersah er die Situation, so war er eigentlich nur seiner selbst sicher, und auch das kaum. Hundert Fragen drängten auf ihn ein. Wie würde, um nur eine der nächstliegenden und wichtigsten zu nennen, das Streichinstrument und Flötenquintett bestehen, das, die musikalischen Kräfte von Selow und Kirch-Göritz zusammenfassend, der Leitung des jungen Guser Kantors, eines nach Tante Amelies Meinung verkannten musikalischen Genies, anvertraut worden war? Würde Kathinka, wirklicher Deklamation zu geschweigen, die Prolog-Ottaverime auch nur fehlerfrei und ohne Anstoß sprechen können? Würde Alceste die ganze Vorstellung nicht zu sehr als Bagatelle behandeln? War Verlaß auf die Dienerschaften, Männlein wie Weiblein, die mit Dekorationswechsel, Bereithaltung einiger Requisiten, endlich auch mit dem Zurückziehen und Wiederfallenlassen der Gardine betraut worden waren? Denn das Guser Theater hatte noch statt eines rouleauartigen Vorhanges den von links und rechts her zusammenfallenden Teppich. Mehr als einmal schoß dem Doktor das Blut zu Kopf und weckte die Lust in ihm, in dieser zwölften Stunde noch mit einem Demissionsgesuch vor die Gräfin zu treten; aber im selben Augenblicke die Unmöglichkeit solchen Schrittes einsehend, richtete er sich an dem Satze auf, der in ähnlichen Lagen schon so oft geholfen hat: »Nur erst anfangen.« Übrigens erwuchs ihm, als die Not am größten war, eine wesentliche Hilfe aus dem plötzlichen Erscheinen der kleinen Eve. Diese hatte sich ihm kaum zur Verfügung gestellt, als auch schon ein besserer Geist in die Dienerschaften fuhr, die guten Grund hatten, es mit dem erklärten Liebling der Gräfin nicht zu verderben.

So kam neun Uhr; schon eine Stunde vorher waren Mademoiselle Alceste und Kathinka aus dem Salon abgerufen worden. Jetzt trat Eve an ihre Herrin heran, um ihr zuzuflüstern, daß alles bereit sei. Die Gräfin erhob sich sofort, reichte Drosselstein den Arm und schritt durch das Eßzimmer in den dahintergelegenen Theatersaal, der sich, ziemlich genau halbiert, in eine Bühne und einen Zuschauerraum teilte. In letzterem herrschte eine nur mäßige Helle, um die Gestalten auf der Bühne in desto schärferer Beleuchtung erscheinen zu lassen. Etwa zwanzig Sessel waren in zwei Reihen gestellt, in Front derselben fünf hochlehnige Stühle für die Musik, in deren Mitte, den Blick auf den Vorhang gerichtet und eine Notenrolle in der Hand, der als Kapellmeister funktionierende Guser Kantor stand, Herr Nippler mit Namen. Auf den Polstersesseln lagen Theaterzettel, die auf Veranlassung Faulstichs bei dem Buchbinder und Fibelverleger P. Nottebohm in Kirch-Göritz gedruckt worden waren und jetzt, nachdem alles Platz genommen hatte, sofort einem eifrigen Studium unterzogen wurden. Der Zettel lautete:

Théâtre du Château de Guse.

Jeudi le 31 Décembre 1812.
La représentation commencera à 9 heures.

1. Ouverture exécutée sous la direction de M. Nippler, chantre de Guse, par 3 violons, 1 flûte et 1 basse.
2. Prologue. (Melpomène.)
3. Début de Mademoiselle *Alceste Bonnivant.*
   Scènes diverses, prises de Guillaume Tell. Tragédie en cinq actes par Lemierre.
   a. Cléofé, épouse de Tell, s'adressant à son mari:
      Pourquoi donc affecter avec moi ce mystère,
      Et te cacher de moi comme d'une étrangère?
   b. Cléofé, s'adressant à la Garde de Gesler:
      Je veux voir mon époux, vous m'arrêtez en vain etc.
   c. Cléofé, s'adressant à Gesler:
      Quoi, Gesler! quand j'amène un fils en ta présence etc.
   d. Cléofé, s'adressant à Walther Fürst:
      C'était-là le moment de soulever la Suisse. Tu l'as perdu!
4. Finale composé pour 2 violons et 1 flûte par M. Nippler.

Le Sous-Directeur Dr. Faulstich.

Imprimé par P. Nottebohm,
relieur, libraire et éditeur à Kirch-Goeritz.

Die Mehrzahl der Anwesenden war mit dem Studium des Zettels noch nicht bis zur Hälfte gediehen, als das Zeichen mit der Klingel gegeben wurde. Nippler klopfte mit der steifen Papierrolle auf das Podium, und sofort begannen die Violinen ihr Werk; jetzt fiel die Flöte ein, während von Zeit zu Zeit des »Basses Grundgewalt« dazwischen brummte. Nun war es zu Ende, Nippler trocknete sich die Stirn, und die Gardine öffnete sich. Melpomene stand da.

Ein »Ah!« ging durch die ganze Versammlung, so von Herzen, daß auch einer zaghafteren Natur als der Kathinkas der Mut des Sprechens hätte kommen müssen.

Ehe sie begann, fragte Rutze leise den neben ihm sitzenden Baron Pehlemann: »Was stellt sie vor?«

»Melpomene.«

»Aber hier steht ja Prolog.«

»Das ist ein und dasselbe.«

»Ah, ich verstehe«, flüsterte Rutze mit einem Gesichtsausdruck, der über die Wahrheit seiner Versicherung die gegründetsten Zweifel erlaubte.

Kathinka trat einen Schritt vor. Sie trug ein weißes Gewand, an dem sich die Drapierungskunst Demoiselle Alcestens glänzend bewährt hatte, und stemmte ein hohes, grüneingebundenes Notenbuch – auf dessen beide Deckel eine Abschrift der zu sprechenden Strophen aufgeklebt worden war – mit ihrer Linken gegen die Hüfte. Die Rechte führte den Griffel. So sah sie einer Klio ähnlicher als einer Melpomene. Ruhig, als ob die Bretter ihre Heimat wären, das Auge abwechselnd auf die Versammlung und dann wieder auf das aushelfende Notenbuch gerichtet, sprach sie:

»Ihr kennt mich! Einst ein Götterkind der Griechen,
Irr' ich vertrieben jetzt von Land zu Land,
Und Unkraut nur und Moos und Efeu kriechen
Hin über Trümmer, wo mein Tempel stand;

Ach oft in Sehnsucht droh' ich hinzusiechen
Nach einem dauernd-heimatlichen Strand –
Raststätten nur noch hat die flücht'ge Muse,
Der liebsten eine *hier,* hier in Schloß Guse.

Und fragt ihr nach dem Lose meiner Schwestern?
Die meisten bangen um ihr täglich Brot,
Thalia spielt in Schenken und in Nestern
Und gar Terpsichore, sie tanzt sich tot;
So schritt ich einsam, als sich mir seit gestern
In meinem Liebling der Gefährte bot,
Ihr kennt ihn, und herzu zu diesem Feste
Bring' ich das beste, was ich hab': *Alceste.*«

Hier unterbrach sie sich einen Augenblick, wandte mit vieler Unbefangenheit das Notenbuch um, so daß der Rückdeckel, auf dem die Schlußstrophe stand, nach oben kam, und fuhr dann fort:

»Sie wünscht euch zu gefallen. Ob's gelinget,
Entscheidet *ihr;* die Huld macht stark und schwach;
Und wenn ihr Wort euch fremd im Ohre klinget,
Dem Fremden eben gönnt ein gastlich Dach.
Empfanget sie, als ob ihr *mich* empfinget,
ihr Vitzewitze, Drosselstein und Krach,
Mein Sendling ist sie, wollt ihm Beifall spenden,
›Ich habe keinen zweiten zu versenden.‹«

Die Gardine fiel. Lebhafter Beifall wurde laut, am lautesten von seiten Rutzes, der einmal über das andere versicherte, daß er nun völlig klar sehe und Faulstich bewundere, der dies wieder so fein eingefädelt habe. Der einzige, der bei dem kleinen Triumphe Kathinkas in Schweigen verharrte, war Lewin. Die Sicherheit, mit der sie die nur flüchtig gelernten Strophen vorgetragen hatte, hatte ihn inmitten seiner Bewunderung auch wieder bedrückt. »Sie kann alles, was sie will«, sagte er zu sich selbst; »wird sie immer wollen, was sie soll?«

In dem Reichbeanlagten ihrer Natur, in dem Übermut, der ihr daraus erwuchs, empfand er in schmerzlicher Vorausahnung, was sie früher oder später voneinander scheiden würde.

Die Pause war um, die Violinen intonierten leise, nur um anzudeuten, daß die nächste Nummer im Anzuge sei. Aller Blicke richteten sich auf den Zettel: »Scènes prises de Guillaume Tell. Erste Szene: Cléofé, épouse de Tell, s'adressant à son mari.« Im selben Augenblicke öffnete sich die Gardine. Eine Hintergrundsdekoration, die Berg und See darstellte, hatte sich jetzt vor den griechischen Tempel geschoben, das Kuhhorn erklang, und dazwischen läuteten die Glocken einer Herde. So verändert war die Szene; aber veränderter war das Bild, das innerhalb derselben erschien. An die Stelle der jugendlichen Gestalt in Weiß trat eine alte Dame in Schwarz: Mademoiselle *Alceste,* die die Kostümfrage mit äußerster Geringschätzung behandelt und, das schwarze Seidenkleid (ihr eines und alles) beibehaltend, sich damit begnügt hatte, durch einen langen Hirtenstab und einen den Guseschen Gewächshäusern entnommenen Rhododendronstrauß das Schweizerisch-Nationale, durch ein Barett mit blinkender Agraffe aber den Stil der großen Tragödie herzustellen. Das »Ah!« der Bewunderung, das Kathinka empfangen hatte, blieb ihr gegenüber aus, aber sie achtete dessen nicht, aus langer Erfahrung wissend, daß der Ausgang entscheide, und dieses Ausgangs war sie sicher.

Sie sprach nun, jedes falsche Echauffement vermeidend, erst die den Gatten um Mitteilung seines Geheimnisses beschwörenden Worte: »Pourquoi donc affecter avec moi ce mystère?« dann in rascher Reihenfolge die nur kurzen Sentenzen, die sich abwechselnd an die Geßlerschen Knechte und zuletzt an Geßler selbst richteten. In jedem Worte verriet sich die gute Schule, und bei Schluß dieser dritten Szene durfte sie sich ohne Eitelkeit gestehen, daß sie »ihr Publikum in der Hand habe«.

Aber die vierte Szene: »Cléofé s'adressant à Walther Fürst« stand noch aus. Tante Amelie, die das Stück in allen seinen Einzelheiten kannte, versprach sich gerade von diesen Zornesalexandrinern einen allerhöchsten Effekt und äußerte sich eben in diesem Sinne gegen Drosselstein, als die Regisseurklingel hinter dem Vorhang den Fortgang des Spieles anzeigte.

Aber wer beschreibt das Staunen aller, zumeist der Gräfin selbst, als jetzt, bei dem sich Wiederöffnen der Gardine, statt Cléofés ein verwandtes und doch wiederum wesentlich verändertes Bild auf sie niederblickte. Was bedeutete diese neue Gestalt? Nur einen Augenblick schwebte die Frage. Der Hirtenstab, der Rhododendronstrauß, das Barett mit der Agraffe waren abgetan, und ein kurzer Rock mit grünem Kragen, der wenigstens die obere Hälfte des schwarzen Seidenkleides verdeckte, ließ keinen Zweifel darüber, daß die trotzig auf dem Felsen stehende Jägergestalt niemand Geringeres sein sollte als Wilhelm Tell selbst. Mit der Spitze seiner Armbrust wies er auf den eben getroffenen Geßler. Und in *deutscher* Sprache, verwunderlich, aber nicht störend akzentuiert, sprach Alceste, die dieser von Faulstich geplanten Überraschung mit großer Bereitwilligkeit zugestimmt hatte, die Schlußworte des Dramas, die, hier und dort über das Schweizerische hinausgehend, als ein allgemeiner Hymnus auf die Befreiung der Völker gedeutet werden konnten:

»Tot der Tyrann! Er schändet uns nicht mehr,
Bedrückte Brüder, Freunde, tretet her,
Von seinem Schlosse, das in Flammen steht,
Der Feuerschein wie eine Fahne weht,
Verkündigend: es fiel die Tyrannei,
Geßler ist tot, und unser Land ist frei.«

Bei diesen Worten stieg Demoiselle Alceste die Felsenstufen hinunter, und dicht an den Rand des Podiums tretend, fuhr sie mit gehobener Stimme fort:

»Und denkt der Feind an einen Rachezug,
Ihn zu vernichten sind wir stark genug;
Er komme nur, Soldaten sind wir all',
Es schirmt uns unsrer Berge hoher Wall,
Und dringt er doch in unsre tiefste Schlucht,
Die keinen Ausgang kennt und keine Flucht,
Dann über ihn mit Fels und Block und Stein,
In der Verwirrung *wir* dann hinterdrein,
Mit Sens' und Sichel und mit Schwert und Speer:
›Ergib dich, Feind, du rettest dich nicht mehr!‹
So fällt sein Helmbusch, seines Stolzes Zier,
Denn stärker war die Freiheit, waren *wir*.«

Ein Beifallssturm, der alle Triumphe Kathinkas verschwinden machte, brach jetzt los, und: »Demoiselle Alceste« klang es, erst gemurmelt, dann immer lauter. Nach Innehaltung der den Applaus steigernden Pause erschien die Gerufene, sich würdevoll verneigend, und da weder für Kränze noch Bouquets gesorgt worden war, trat Tante Amelie selbst an das Podium und reichte ihr zum Zeichen ihres Dankes auf die Bühne hinauf ihre Hand. Gleich darauf intonierte Nippler ein kurzes, von ihm selbst gesetztes Finale, unter dessen Klängen die Gäste sich erhoben, um in den Fronträumen das Souper zu nehmen.

Hier war inzwischen an kleinen Tischen gedeckt worden, an denen nun, nach dem baldigen Erscheinen derer, die die Mühen des Tages recht eigentlich bestritten hatten, wie Wahl oder Zufall es fügten, Platz genommen wurde. Auch Nippler war geladen worden. Bamme, der eine Vorliebe für Ausnahmegestalten hatte, nahm ihn in besondere Affektion, ihm einmal über das andere versichernd: »Das sei doch einmal eine Musik gewesen. Besonders die Flöte.«

Der Haupttisch, auf dem sechs Kuverts gelegt waren, stand in dem Spiegelzimmer. Hier saßen unmittelbar neben der Gräfin Mademoiselle Alceste und Kathinka, den Damen gegenüber aber Drosselstein, Berndt und Baron Pehlemann, der auf dem Gebiete französischer Literatur nicht ganz ohne Ansprüche war und die »Henriade« in Übersetzung, den »Charles Douze« sogar im Original gelesen hatte. Tubal und Lewin, als Anverwandte des Hauses, machten die Honneurs in dem blauen Salon; einige der Herren hatten sich in das Billardzimmer zurückgezogen, unter ihnen Medewitz, dessen etwas fistulierende Stimme von Zeit zu Zeit an dem Tische der Gräfin hörbar wurde.

Es war dies derselbe auf vier runden Säulen ruhende Marmortisch, an dem bei Gelegenheit des Weihnachtsdiners der Kaffee genommen und schließlich in Veranlassung der alten Streitfrage »Roi Frédéric oder Prince Henri« eine ziemlich pikierte Debatte zwischen dem alten Vitzewitz und seiner Schwester, der Gräfin, geführt worden war. Auch heute sollte diesem Tisch eine geschwisterliche Fehde nicht fehlen.

Aber diese Fehde stand noch in weiter Ferne und war nur der Abschluß einer sich lang ausspinnenden Konversation, die zunächst nur das »vollendete Spiel« Mademoiselle Alcestes und erst nach Erschöpfung aller erdenkbaren Verbindlichkeiten auch das Stück selbst zum Gegenstand hatte.

Die Gräfin, die mit vieler Geschicklichkeit diesen Übergang machte, wußte dabei wohl, was sie tat. Sie war die einzige, die die Tragödie gelesen, zugleich auch mit Hilfe einer vorgedruckten Biographie sich über die Lebensumstände Lemierres unterrichtet hatte, so daß sie sich in der angenehmen Lage sah, den in Sachen französischer Literatur mit ihr rivalisierenden Drosselstein in die zweite Stelle herabdrücken und überhaupt nach allen Seiten hin brillieren zu können. Am meisten vor Demoiselle Alceste selbst, die, als echtes Bühnenkind, sich mit dem Auswendiglernen ihrer Rolle begnügt und nicht die geringste Veranlassung gefühlt hatte, sich in Vor- und Nachwort oder gar in Anmerkungen und literarhistorische Notizen zu vertiefen.

Es war ein anmutiges Lebensbild, das die Gräfin, indem sie Fragen von links und rechts her hervorzulocken wußte, nach und nach vor ihren Zuhörern entrollte, unter denen selbst Berndt, weil es menschlich schöne Züge waren, die zu ihm sprachen, ein ungeheucheltes Interesse zeigte. Lemierre, nach Poetenart, war immer ein halbes Kind geblieben. Anspruchslos, hatte sein Leben nur drei Dingen angehört: der Dichtung, der Entbehrung und der Pietät. Er war schon sechzig, als er zu Ruhm kam, aber auch dieser Ruhm ließ ihn ohne Mittel und Vermögen. Es waren kleine Summen, die die Aufführungen seiner Stücke ihm eintrugen; empfing er sie, so machte er sich auf den Weg nach Villiers le Bel, wo seine beinahe achtzigjährige Mutter lebte. Er teilte mit ihr, plauderte ihr seine Hoffnungen vor und kehrte dann, wie er den Hinweg zu Fuß gemacht hatte, so auch zu Fuß in die Hauptstadt und an seine Arbeit zurück.

Wie so viele Tragödienschreiber war er heiteren Gemütes, und seine Scherze, seine Anekdoten, seine Gelegenheitsverse belebten die Gesellschaft. So arm er war, so gütig war er; selbst neidlos, weckte er keinen Neid. Ein Nervenleiden, das ihn schon monatelang vor seinem Tode befallen hatte, schloß ihm die Sinne. So starb er im Juli 1793, inmitten der Tage der Schreckensherrschaft, die er noch erlebt, aber nicht mehr mit Augen gesehen hatte.

So etwa waren im Zusammenhange die Notizen, die die Gräfin vereinzelt gab. Sie wiegte sich in dem Bewußtsein ihrer Überlegenheit und wurde deshalb wenig angenehm überrascht, als Drosselstein, den Namen Lemierres einige Male wiederholend, wie wenn er sich auf etwas Halbvergessenes besinne, mit einem leisen Anfluge von Sarkasmus sagte: »Ja, es kann nur Lemierre gewesen sein; gnädigste Gräfin entsinnen sich gewiß des Bonmots, das bei Gelegenheit der zweiten Aufführung des ›Guillaume Tell‹ gemacht wurde? Ich fand es in den ›Anecdotes dramatiques‹.«

Die Miene, mit der Tante Amelie die Frage begleitete, ließ keinen Zweifel über die Antwort, so daß Drosselstein, um ihr die Verlegenheit eines »Nein« zu ersparen, ohne jede Pause fortfuhr: »Schon bei dieser zweiten Aufführung, trotzdem das Stück enthusiastisch aufgenommen worden war, war das Theater leer, und nur etwa hundert Schweizer hatten sich aus Patriotismus eingefunden. Einer von den anwesenden Franzosen bemerkte diese seltsame Zusammensetzung des Publikums und flüsterte seinem Nachbar zu: ›Sonst heißt es: kein Geld, keine Schweizer; hier würd' es heißen müssen: keine Schweizer, kein Geld.‹«

Die Gräfin war selbst witzig genug, um unter dem Einfluß einer gutpointierten Wendung ihrer Verstimmung Herr zu werden, und bald wieder auf dem Vollklang Lemierrescher Tragödientitel, auf »Idomeneus« und »Artaxerxes« sich wiegend, steigerte sie sich in ihrem Enthusiasmus bis zu der Behauptung, daß sich die Überlegenheit des französischen Geistes in nichts so sehr ausspräche als in der Tatsache, daß selbst Erscheinungen zweiten Ranges *dem* überlegen seien, was innerhalb der deutschen Literatur als ersten Ranges angesehen würde.

Berndt, der ahnen mochte, auf was die Gräfin hinauswollte, horchte auf und bemerkte ruhig: »Könntest du Beispiele geben?«

»Gewiß; und ich nehme das, das uns am bequemsten liegt, eben diesen ›Guillaume Tell‹, dem wir mit Hilfe unseres verehrten Gastes«, und hierbei machte sie eine verbindliche Handbewegung gegen Mademoiselle Alceste, »eine so schöne Stunde verdanken. Lemierre n'est qu'un auteur de second rang. Aber wie überlegen ist sein ›Guillaume Tell‹ dem ›Wilhelm Tell‹ des Herrn Schiller, ein Stück, in dem mehr Personen auftreten, als die vier Waldstätte Einwohner haben. Und dazu ein beständiger Szenenwechsel; ein Lied wird gesungen, und ein Mondregenbogen spannt sich aus; alles opernhaft. Zuletzt erscheint Geßler zu Pferde ...«

»... Und der Souffleur gerät in Gefahr, wie Max Piccolomini unterm Hufschlag zugrunde zu gehen. Nicht wahr, Schwester?«

»Ich akzeptiere deine Worte und überhöre den Spott, der sich nach deiner Art mehr gegen mich als gegen den Dichter richtet. Er kann übrigens meiner Zustimmung entbehren; der Weimaraner Herzog hat ihn nobilitiert.«

»Das hat er. Hast du denn aber je den Schillerschen Tell mit Aufmerksamkeit gelesen?«

»Ich hab' es wenigstens versucht.«

»Da bist du mir in unserem Streit um einen Pas voraus, denn ich darf mich meinerseits nicht rühmen, auch nur einen Versuch zur Lektüre Lemierres gemacht zu haben. Aber eines ist sicher, er kam und ging. Sie mögen ihm, was ich nicht weiß, einen Sitz in der Akademie gegeben, ihm Kränze geflochten, ihm in irgendeinem Ehrensaal ein Bild oder eine Büste errichtet haben, es bleibt doch bestehen, was ich sagte: er kam und ging. Er hat keine Spur hinterlassen.«

»Und doch folgten wir vor einer Stunde erst eben diesen Spuren und waren hingerissen durch die Schönheit seiner Worte.«

»Seiner Worte, ja; aber nicht durch mehr. Er mag das Herz seiner Nation berührt haben, aber er hat es nicht *getroffen*. Nach solchen Balsam- und Trostesworten, wie sie der Schillersche Tell hat:

> Wenn der Gedrückte nirgends Recht kann finden,
> Greift er getrosten Mutes in den Himmel
> Und holt herunter seine ew'gen Rechte,

wirst du den Tell deines Lemierre, dessen bin ich sicher, vergeblich durchsuchen. Ich wüßte sonst davon. Dieser ›Herr Schiller‹, wie du ihn nennst, ist eben kein Tabulaturdichter, er ist der Dichter seines *Volkes*, doppelt jetzt, wo dies arme, niedergetretene Volk nach Erlösung ringt. Aber verzeih, Schwester, du weißt nichts von Volk und Vaterland, du kennst nur Hof und Gesellschaft, und dein Herz, wenn du dich recht befragst, ist bei dem Feinde.«

»Nicht bei dem Feinde, aber bei dem, was er vor uns voraus hat.«

»Und das ist in deinen Augen nicht mehr und nicht weniger als alles. Ich sehe seine Vorzüge, wie du sie siehst, aber das ist der Unterschied zwischen dir und mir, daß du von keiner Ausnahme wissen willst und der im ganzen zugestandenen Überlegenheit auch in jedem Einzelfalle zu begegnen glaubst. Erinnere dich, es gibt Fruchtbäume, die nur spärlich tragen; vielleicht ist Deutschland ein solcher. Und wenn denn durchaus gescholten werden soll, so schilt den Baum, aber nicht die einzelne Frucht. Diese pflegt um so schöner zu sein, je seltener sie ist. Und eine solche seltene Frucht ist *unser* Tell.«

Während dieses Streites hatte sich aus dem Salon und dem Billardzimmer her ein rasch wachsender Kreis von Zuhörern um Vitzewitz gebildet, welcher erst, als er schwieg, das Peinliche der Situation empfand; nicht seiner ihn stets herausfordernden Schwester, wohl aber Mademoiselle Alceste gegenüber. Er trat deshalb auf diese zu, küßte ihr die Hand und sagte: »Pardon, Madame, wenn ich durch eines meiner Worte Sie verletzt haben sollte. Ich fühle, was wir einem fremden Gaste, aber zugleich auch, was wir unserem Vaterlande schuldig sind. Sie sind Französin; ich frage Sie, was Sie an irgendeiner Stelle Frankreichs bei Unterordnung Ihres Corneille unter einen fremden Poeten zweiten Ranges empfunden haben würden! Ich täusche mich nicht in Ihnen, Sie hätten gesprochen nach Ihrem Herzen, nicht nach der Forderung gesellschaftlicher Konvention. Madame, ich rechne auf Ihre Verzeihung.«

Mademoiselle Alceste erhob sich mit einer Würde, als ob ihr mindestens eine Corneilleszene zu spielen auferlegt worden sei, und sagte: »Monsieur le baron, vous avez raison, et je suis heureuse de faire la connaissance d'un vrai gentilhomme. J'aime beaucoup la France, mais j'aime plus les hommes de bon coeur partout où je les trouve.« Dann, sich respektvoll vor der Gräfin verneigend, fuhr sie, gegen diese gewandt, fort: »Mille pardons, Madame la Comtesse, mais, sans doute, vous vous rappelez la maxime favorite de notre cher prince: la vérité c'est la meilleure politique.«

Die Gräfin reichte der alten Französin die Hand und lächelte gezwungen. Den Blick des Bruders vermied sie. Sie konnte Szenen wie diese vergessen, aber nicht sogleich. Der Augenblick behauptete sein Recht über sie. –

Es war elf Uhr vorüber. Das Gespräch, das schon zu lange literarisch geführt worden war, wandte sich jetzt den alleräußerlichsten Erörterungen zu und drehte sich um die Frage: wann der Wagen oder Schlitten vorfahren, wer aufbrechen oder bleiben solle. Gegen Tubals und Kathinkas Abreise wurde seitens der Gräfin ein entschiedenes Veto eingelegt, dem sich die Geschwister unschwer fügten. Sie willigten ein, zu bleiben, mit ihnen Dr. Faulstich und Mademoiselle Alceste. Kathinka verließ gleich darauf das Zimmer, angeblich, um ihren Koffer- und Etuischlüssel an Eva zu geben, in Wahrheit, um mit dieser zu plaudern. Denn sie war auch darin ganz Dame von Welt, daß ihr Kammermädchengeschwätz sehr viel und Professorenuntersuchung sehr wenig bedeutete.

In immer flüchtiger werdenden Fragen und Antworten setzte sich mittlerweile die Konversation fort, in die selbst einige Bammesche Drastika kein rechtes Leben mehr bringen konnten. Endlich schlug es zwölf; Berndt öffnete eines der Flügelfenster, um das alte Jahr hinaus-, das neue hereinzulassen und rief, während die frische Luft einströmte:

»Ich grüße dich, neues Jahr; oft hab' ich dich kommen sehen, aber nie wie zu dieser Stunde. Es überrieselt mich süß und schmerzlich, und ich weiß nicht, ob es Hoffen ist oder Bangen. Wir haben nicht Wünsche, wir haben nur einen Wunsch: Seien wir frei, wenn du wieder scheidest!«

Die Gläser klangen zusammen, auch das Mademoiselle Alcestes. Sie teilte ihre patriotischen Empfindungen zwischen Ancien Régime und Republik; gegen den Kaiser, der ihr ein Fremder, ein Korse war, unterhielt sie einen ehrlichen Haß. So war denn nichts in ihrem Herzen, das dem unglücklichen Lande, in dem sie so viele glückliche Jahr gelebt hatte, die Rückkehr zu Freiheit und Machtstellung hätte mißgönnen können.

Die Aufregung, die der kurze Toast geweckt hatte, dauerte noch fort, als Kathinka wieder in den Saal trat.

»Wir haben Blei gegossen«, sagte sie lachend und legte einen blanken Klumpen, auf dem eine Moosgirlande sichtbar war, vor die Tante nieder. »Eva meint, daß es ein Brautkranz sei.«

Alle waren einig, daß Eva richtig gesehen und sehr wahrscheinlich noch richtiger prophezeit habe. So ging das gegossene Blei von Hand zu Hand. Es kam zuletzt auch an Lewin, auf den es bei seiner Befangenheit in abergläubischen Anschauungen einen Eindruck machte, daß der Kranz nicht geschlossen war.

Die Diener traten ein, um zu melden, daß die Wagen und Schlitten warteten. Berndt empfahl sich zuerst; dann folgten die anderen Gäste, meist paarweise oder mehr. Mit Drosselstein war der lebusische Landrat; sie hatten denselben Weg.

Nur Lewin fuhr allein. Aus den ersten Dörfern scholl ihm noch Musik entgegen; dazwischen Schüsse, die das neue Jahr begrüßten. Dann wurd' es still, und nur das Bellen eines Hundes klang von Zeit zu Zeit aus der Ferne her. Sein Schlitten schaufelte, wo die Fahrstraße schlecht war, nach rechts und links hin den Schnee zusammen; er selber aber hing träumerisch den Bildern dieses Tages nach.

Auf dem Polstersitze saß wieder Kathinka; »nun ist es Zeit, Lewin, an unsere Lektion zu denken«, und er beugte sich vor, daß ihre Wangen einander berührten, und begann ihr die Verse vorzusprechen. Dann sah er sie auf der Bühne stehen, ruhig, ihres Erfolges sicher, und es war ihm, als vernähme er den Wohllaut ihrer Stimme. »Wie schön sie war!« Ein leidenschaftliches Verlangen ergriff ihn, ihr zu Füßen zu stürzen und ihr seine Liebe, die sie verspottete, weil er nicht den Mut eines Geständnisses hatte, unter tausend Schwüren und Küssen zu bekennen; aber er schüttelte den Kopf, denn er fühlte wohl, daß es umsonst sei und daß er sie nie besitzen werde.

Die Sterne flimmerten immer heller; er sah hinauf, und in seiner Seele klangen plötzlich wieder die Worte jener Bohlsdorfer Grabsteininschrift: »Und kann auf Sternen gehen.«

Da fiel alles Verlangen von ihm ab. Er sah noch das Bild Kathinkas, aber es verdämmerte mehr und mehr, und der Friede des Gemütes kam über ihn, als er jetzt einsam über die breite Schneefläche des Bruches hinflog.

Dritter Band

ALT-BERLIN

1. KAPITEL

Im Johanniterpalais

Der alte Vitzewitz war bald nach sechs Uhr früh in Berlin eingetroffen und in der Burgstraße, nur hundert Schritt von der Langenbrücke, in dem dazumal angesehenen Gasthofe »Zum König von Portugal« abgestiegen. Er gab einige Weisungen an Krist, die sich auf den »Grünen Baum«, wo, wie herkömmlich, das Gespann untergebracht werden sollte, bezogen, und beschloß dann, in zwei Stunden Morgenschlaf alles, was er in der Nacht versäumt haben mochte, nachzuholen. Viel war es nicht, denn er gehörte zu den Glücklichen, denen, wenn die Müdigkeit kommt, Bett oder Brett dasselbe gilt.

Um neun Uhr, er hatte die zwei Stunden pünktlich gehalten, saß er frisch bei seinem Frühstück. Die Stutzuhr tickte, das Feuer im Ofen prasselte, die Eisblumen schmolzen, alles atmete Behagen; Berndt trat an das Fenster und sah geradeaus über den Fluß hin, auf die gotischen, im hellen Morgenschein erglänzenden Giebel des hier noch mittelalterlich gebliebenen Schlosses.

»Das kann nicht über Nacht verschwinden«, sprach er vor sich hin und begann dann, aus der Fensternische zurücktretend, sich mit militärischer Raschheit anzukleiden. Er wählte statt seiner neumärkischen Dragoneruniform, die sich für die Mehrzahl der Visiten, die er vorhatte, wohl am besten geeignet hätte, den roten Frackrock der kurbrandenburgischen Ritterschaft und war eben mit seiner Toilette fertig, als ein eintretender Diener meldete, daß Geheimrat von Ladalinski vorgefahren sei. Berndt nahm Hut und Handschuh, drehte den Schlüssel im Schloß und saß eine Minute später an der Seite des Geheimrats, mit dem er sich brieflich zu gemeinschaftlicher Abmachung einiger Neujahrsgratulationen verabredet hatte.

Der Geheimrat war in Gala. Sie begrüßten sich herzlich, verzichteten aber auf ein eigentliches Gespräch, da der ihnen zunächstliegende Zweck ihre Aufmerksamkeit in Anspruch nahm.

Nur die Namen einzelner Minister und Gesandten wurden genannt, bei denen Karten abzugeben waren, bis endlich der Wagen auf die Rampe des an der Ecke des Wilhelmsplatzes gelegenen Johanniterordens-Palais rollte.

In diesem Palais wohnte der Herrenmeister des Ordens, der alte Prinz Ferdinand, zu dem Geheimrat von Ladalinski seit einer Reihe von Jahren beinahe freundschaftliche Beziehungen unterhielt, während Berndt von Vitzewitz, der ihn nur oberflächlich kannte, lediglich den Bruder Friedrichs des Großen in ihm verehrte. Hierin begegneten sich damals viele Herzen, und dem zweiundachtzigjährigen Prinzen wurden Huldigungen zuteil, die bis dahin seinem langen und immerhin ereignisreichen Leben versagt geblieben waren. Er hatte die »große Zeit« mit gesehen und mit durchgekämpft; das gab ihm in diesen Tagen der Erniedrigung ein Ansehen über seine sonstige Bedeutung hinaus, und manche Hoffnung richtete sich an ihm auf. Auch konnt es nicht ausbleiben, daß ihm der Heldentod seines ältesten Sohnes zu Dank und Mitruhm angerechnet wurde. Dieser älteste Sohn war der in Liedern vielgefeierte Prinz Louis, der, die hereinbrechende Katastrophe voraussehend, am Tage vor der Jenaer Schlacht bei Saalfeld gefallen war.

Der alte Prinz, als ihm die beiden Herren gemeldet wurden, war bereit, dieselben zu empfangen, und ließ sie bitten, ihn in seinem Arbeitszimmer erwarten zu wollen. Als sie dasselbe betraten, wurden die Rollen zwischen ihnen dahin verteilt, daß Berndt so weit wie möglich die Konversation führen, der Geheimrat aber nur gelegentlich sekundieren solle.

Das prinzliche Arbeitszimmer schloß die Front des Hauses nach links hin ab und sah mit zweien seiner Fenster bereits auf die Wilhelmsstraße. Es war von größerer Behaglichkeit, als sonst prinzliche Zimmer zu sein pflegen. Dicke türkische Teppiche, halb zugezogene Damastgardinen, Portieren und Lambrequins verliehen dem nicht großen Raume das, was er bei vier Fenstern und zwei Türen eigentlich nicht haben konnte: Ruhe und Geschlossenheit, und das Feuer im Kamin, indem es zugleich Licht und Wärme ausströmte, steigerte den wohligen und anheimelnden Eindruck. An den Fensterpfeilern befanden sich niedrige Bücherschränke und Etageren, so daß Raum blieb für Büsten und Bilder, darunter als bestes ein Landschaftsbild mit Architektur, Schloß Friedrichsfelde, den Sommeraufenthalt des Prinzen darstellend. Sein eigenes lebensgroßes Porträt, von der Hand Graffs, hing über dem Kamin. Daneben zog sich ein breites Sofa ohne Lehne bis an die nächste Türeinfassung, während ein runder, mit einer alabasternen Blumenschale geschmückter Tisch in den durch das Sofa gebildeten rechten Winkel hineingeschoben war.

Berndt, der sich zum ersten Male an dieser Stelle sah, hatte seine Musterung kaum geschlossen, als der Prinz, die Portiere der zu seinem Schlafzimmer führenden Türe zurückschlagend, früher eintrat, als erwartet war, und, die Verbeugung beider Herren mit freundlichem Gruß erwidernd, durch eine Handbewegung sie aufforderte, auf dem Sofa Platz zu nehmen. Er selber stellte sich mit dem Rücken gegen den Kamin, die Hände nach hinten zu gefaltet und ersichtlich bemüht, so viel Wärme wie möglich mit ihnen einzufangen. In diesem Bedürfnis verriet sich sein hohes Alter; sonst ließ weder seine Haltung noch der Ausdruck seines Kopfes einen Zweiundachtziger vermuten. Berndt erkannte gleich das Eigentümliche dieses Kopfes, das ihm in einer seltsamen Mischung von Anspruchslosigkeit und Selbstbewußtsein zu liegen schien. Und so war es in der Tat. Von Natur unbedeutend, auch sein lebelang, zumal an seinen Brüdern gemessen, sich dieser Unbedeutendheit bewußt, durchdrang ihn doch das Gefühl von der hohen Mission seines Hauses und gab ihm eine Majestät, die, wenn er (was er zu tun liebte) die Stirn runzelte, sich bis zu dem Ausdruck eines donnernden Jupiters steigern konnte. Eine mächtige römische Nase kam ihm dabei zustatten. Wer aber schärfer zusah, dem konnte nicht entgehen, daß er, im stillen lächelnd, den Donnerer bloß tragierte und allen ablehnenden Stolz, den er gelegentlich zeigen zu müssen glaubte, nur nach Art einer Familienpflicht erfüllte.

»Sie kommen, mir Ihre Glückwünsche zum Neuen Jahre auszusprechen«, hob er an. »Ich danke Ihnen für Ihre Aufmerksamkeit um so mehr, je gewisser es das Los des Alters ist, vergessen zu werden. Die Zeitläufte weisen freilich auf mich hin.« Er schwieg einen Augenblick und setzte dann, einen Gedankengang abschließend, dessen erste Glieder er nicht aussprach, mit Würde hinzu: »Ich wollte, daß ich dem Lande mehr sein könnte als eine bloße Erinnerung.«

»Eure königliche Hoheit sind dem Lande ein Vorbild«, antwortete Ladalinski.

»Ich bezweifle es fast, mein lieber Geheimrat. Wenn ich meinem Lande je etwas war, so war es durch Gehorsam. Nie hab' ich, im Krieg oder Frieden, die Pläne meines Bruders, des Königs, durchkreuzt; ich habe nicht einmal den Wunsch darnach empfunden. Das ist jetzt anders. Der Gehorsam ist aus der Welt gegangen, und das Besserwissen ist an die Stelle getreten, selbst in der Armee. Ich frage Sie, wäre bei Lebzeiten meines erhabenen Bruders der Austritt von dreihundert Offizieren möglich oder auch nur denkbar gewesen, ein offener Protest gegen die Politik ihres Kriegs- und Landesherrn? Ein Geist der Unbotmäßigkeit spukt in den Köpfen, zu dem ich alles, nur kein Vorbild bin.« Der alte Vitzewitz, wiewohl er sicher war, daß der Prinz von seinen Plänen nichts wußte, nichts wissen *konnte,* hatte sich bei diesen Sätzen, deren jeder einzelne ihn traf, nichtsdestoweniger verfärbt.

»Eure königliche Hoheit«, nahm er das Wort, »wollen zu Gnaden halten, wenn ich die Erscheinungen dieser Zeit anders auffasse und nach einer anderen Ursache für dieselben suche. Auch der Große König hat Widerspruch erfahren und hingenommen. Wenn solcher Widerspruch selten war, so war es, weil sich Fürst und Volk einig wußten. Und in der bittersten Not am einigsten. Jetzt aber ist ein Bruch da; es fehlt der gleiche Schlag der Herzen, ohne den selbst der Große König den opferreichsten aller Kriege nicht geführt haben würde, und die Maßregeln unserer gegenwärtigen Regierung, indem sie das Urteil des Volkes mißachten, impfen ihm den Ungehorsam ein. Das Volk widerstreitet nicht, weil es will, sondern weil es muß.«

»Ich anerkenne den Widerstreit der Meinungen. Aber ich stelle mich persönlich auf die Seite der größeren Erfahrung und des besseren Wissens. Und wo dieses bessere Wissen zu suchen und zu finden ist, darüber kann kein Zweifel sein. Sie müssen der Weisheit meines Großneffen, meines allergnädigsten Königs und Herrn vertrauen.«

»Wir vertrauen Seiner Majestät ...«

»Aber nicht dem Grafen, seinem ersten Minister.«

»Eure königliche Hoheit sprechen es aus.«

»Ohne Ihnen zuzustimmen; denn, mein lieber Major von Vitzewitz, dieser Unterschied zwischen dem König und seinem ersten Diener ist unstatthaft und gegen die preußische Tradition. Ich liebe den Grafen von Hardenberg nicht; er hat den Orden, dem ich fünfzig Jahre als Herrenmeister vorgestanden, mit einem Federstrich aus der Welt geschafft, er hat unser Vermögen eingezogen, unsere Komtureien genommen; aber ich habe seinen Maßregeln nicht widersprochen. Ich kenne nur Gehorsam. Wir leben in einem königlichen Lande, und was geschieht, geschieht nach dem Willen Seiner Majestät.«

»Dem Worte nach«, antwortete Berndt mit einem Anfluge von Bitterkeit. »Der Wille des Königs – wer will jetzt sagen, wie und wo und was er ist. Unter dem Großen König, Eurer königlichen Hoheit erhabenem Bruder, lag es den Ministern ob, den Willen Sr. Majestät auszuführen, jetzt liegt es Sr. Majestät ob, die Vorschläge, das heißt den Willen seiner Minister zu sanktionieren. Was sonst beim Könige lag, liegt jetzt bei seinen Räten; noch entscheidet der König, aber er entscheidet nicht mehr nach dem Wirklichen und Tatsächlichen, das er nicht kennt, sondern nur noch nach dem Bilde, das ihm davon entworfen wird. Er sieht Freund und Feind, die Welt, die Zustände, sein eigenes Volk durch die Brille seiner Minister. Der Wille des Königs, wie er aus Erlassen und Verordnungen zu uns spricht, ist längst zu einer bloßen Fiktion geworden.«

Der Prinz verriet kein Zeichen des Unmuts. Er schritt einige Male über den Teppich hin; dann wieder seinen Platz am Kamin einnehmend, antwortete er mit einem Ausdrucke gewinnender Vertraulichkeit: »Sie verkennen den König, meinen Großneffen, Sie und viele mit Ihnen. Ich darf mich nicht rühmen, in die Pläne Seiner Majestät eingeweiht zu sein; es ist nicht Sitte der preußischen Könige, die Mitglieder des Hauses, alt oder jung, zu Rate zu ziehen oder auch nur in den Geschäftsgang einzuweihen; aber das glaube ich Ihnen auf das bestimmteste versichern zu dürfen: das persönliche Regiment, von dem Sie glauben, daß es zu Grabe gegangen sei, ist um vieles größer, als Sie mutmaßen.«

»Eure königliche Hoheit überraschen mich.«

»Ich glaube es wohl; auch mag ich mich in diesem und jenem irren; aber in einem irre ich mich nicht, und dies eine ist die Hauptsache. Wie sollen wir uns zu dem Kaiser, unserem hohen Verbündeten, stellen? Das ist die Frage, die jetzt alle Gemüter beschäftigt. Sie glauben, daß es der Minister sei, der zu zögern und hinauszuschieben und durch Versprechungen Zeit zu gewinnen trachtet; ich sage Ihnen, es ist der König selbst.«

»Weil ihm die Dinge derartig vorgelegt werden, daß er zu keinem anderen Entschlusse kommen kann.«

»Nein, weil er in einer Politik des Abwartens allein das Richtige sieht. Die Zeit allein wird die Lösung dieser Wirren bringen. Er ist durchdrungen von der Unhaltbarkeit der gegenwärtigen Zustände, und mehr als einmal habe ich ihn sagen hören: ›Der Kaiser ist ohne Mäßigung, und wer nicht Maß halten kann, verliert das Gleichgewicht und fällt.‹ Er hält das Kaisertum für eine Seifenblase, nichts weiter.«

»Aber eine Seifenblase von solcher Festigkeit, daß Staaten und Throne bei der Berührung mit ihr zusammenstürzen.«

»Ich bin nicht impressioniert, das Wort meines Großneffen, trotzdem es meine eigene Meinung ausdrückt, aufrechtzuerhalten. Aber er sprach auch wohl von einem Gewitter, das sich austoben müsse. Und glauben Sie einem alten Manne, der durch fast drei Menschenalter hin den Wechsel der Dinge beobachtet hat: es *wird* sich austoben.«

»Gewiß, königliche Hoheit, aber nachdem es vorher die höchsten Spitzen getroffen hat.«

»Wenn sich diese Spitzen nicht so zu schützen wissen, daß der Strahl an ihnen niedergleitet.«

»Durch Bündnis?« Der Prinz nickte.

Berndt aber fuhr fort: »Es mag auch das seine Zeit gehabt haben, aber diese Zeit ist um. Ein jeder Tag hat seine Pflicht und seine Forderung. Der eine fordert Unterwerfung, der andere Bündnis, ein dritter Auflehnung. Ich möchte glauben, königliche Hoheit, der Tag der Auflehnung sei angebrochen.«

»Womit? Wir haben keine Armee.«

»Aber wir haben das Volk.«

»Der König mißtraut ihm.«

»Seiner Kraft?«

»Vielleicht auch *der;* aber vor allem dem neuen Geiste, der jetzt in den Köpfen der Menge lebendig ist.«

»Und gerade in diesem Geiste liegt das Heil, wenn man ihn zu nutzen und ihm in Klugheit zu vertrauen versteht.«

»Ich widerspreche nicht; aber dieser Aufgabe fühlt sich der König nicht gewachsen, sie widersteht seiner Natur. Ihm bedeuten viele Köpfe viele Sinne. Erwarten Sie nach dieser Seite hin nichts von ihm.«

»Ich hoffe, daß ihm Zuversicht kommt und in dieser Zuversicht der Glaube an ein gutes und treues Volk, das nichts anderes begehrt als die Gewährung, für seinen König sterben zu dürfen.«

Der Prinz, seinen Platz abermals wechselnd, schob einen Fauteuil neben das Sofa, nahm, sich niederlassend, Berndts Hand in die seine und sah ihn dabei fest und freundlich mit seinen großen Augen an.

»Ich kenne das Volk; ich habe mit ihm gelebt. In meinen hohen Jahren, wo sich der Sinn für vieles schließt, öffnet er sich für anderes, und so sage ich, weil ich es weiß, es ist ein gutes Volk. Ich sehe es so klar, als ob es vor meinem leiblichen Auge stünde. Aber der König ist eingeschüchtert; er hat viel Schmerzliches erlebt und nicht das Große, das meine jungen Tage gesehen haben. Ich kenne ihn genau. Er schließt lieber ein Bündnis mit seinem Feinde, vorausgesetzt, daß ihm dieser Feind in Gestalt eines Machthabers oder einer geordneten Regierung entgegentritt, als mit seinem eignen, in hundert Willen geteilten, aus dem Geleise des Gehorsams herausgekommenen Volke. Denn er ist ganz auf die Ordnung gestellt. Mit einem einheitlichen Feinde weiß er, woran er ist, mit einer vielköpfigen Volksmasse nie. Heute ist sie mit ihm, morgen gegen ihn, und während das ihm zu Häupten stehende napoleonische Gewitter ihn treffen, aber auch ihn schonen kann, sieht er in der entfesselten Volksgewalt nur ein anstürmendes Meer, das, wenn erst einmal die Dämme durchbrochen sind, unterschiedlos alle gesellschaftliche Ordnung in seinen Fluten begräbt. Und die gesellschaftliche Ordnung gilt ihm mehr als die politische. Und darin hat er recht.«

Eine kurze Pause entstand; der Prinz erhob sich wieder, ein Zeichen, daß er die Audienz zu schließen wünsche. Er reichte beiden Herren die Hand und dankte dem Geheimrat, daß er ihm Gelegenheit gegeben habe, die nähere Bekanntschaft eines dem Vaterlande treuergebenen Mannes zu machen.

»Es ist hocherfreulich, selbständigen und bestimmten Ansichten zu begegnen; aber erschweren Sie dem leitenden Minister nicht seine Stellung. Wir werden das Bündnis aufrechterhalten, bis es sich von selber löst, und dieser Zeitpunkt, so nicht alle Zeichen trügen, ist nahe. Der versinkende Dämon nimmt dann auch die Kette mit, die uns an ihn fesselte.«

»Aber nur um uns *doch* und vielleicht für immer in Unfreiheit zurückzulassen; wir werden nichts als die Herrschaft gewechselt haben. Denn unser Tun und Lassen bestimmt unser Los, und andere werden kommen, die dem, der so willfährig die Schleppe trug, eine neue Kette schmieden.«

»Hoffen wir das Gegenteil.«

Damit schieden sie. Beide Herren verneigten sich, der Wagen fuhr wieder auf die Rampe, und der französische Doppelposten, der vor dem Palais stand, machte die Honneurs. »Wie hat Ihnen mein Prinz gefallen?« fragte der Geheimrat.

»Gut; ich fürchte, daß er recht hat und daß ich den Widerstand, den ich in dem Minister suchte, in dem Könige selbst zu suchen habe. Aber auch das erschüttert mich nicht. Ich habe das Bangen vor dem Volke nicht, und ich wage es *mit* ihm. Es ist eine Torheit, auf die Fehler oder Nachsicht eines Gegners rechnen zu wollen, wenn man die Macht in der Hand hat, ihm die Gesetze vorzuschreiben. Die Hände in den Schoß legen, heißt ebensooft Gott versuchen, als Gott vertrauen. Aide-toi même et le ciel t'aidera.«

Damit bog der Wagen rechts um die Lindenecke und hielt gleich darauf vor dem Gasthofe »Zur Sonne«, wo man beschlossen hatte, das Dejeuner zu nehmen.

2. KAPITEL

Auf dem Windmühlenberge

In dem »Wieseckeschen Saal auf dem Windmühlenberge«, in dem erst am Abend vorher der große Silvesterball stattgefunden hatte, waren am Neujahrstage wohl an hundert Stammgäste mit ihren Frauen und Kindern versammelt. Alles war wieder an seinem alten Platz, und auf derselben Stelle, wo sich vor kaum vierundzwanzig Stunden die Paare gedreht hatten, standen jetzt, als ob der Ball nie stattgefunden hätte, die grüngestrichenen, etwas wackeligen Tische mit den vier Stühlen drum herum, und zwischen den Stühlen und Tischen, hin und her und auf und ab, preßte sich eine Schar von Verkäufern, die hier seit vielen Jahren heimisch und fast ein zugehöriger Teil des Lokals geworden waren: alte Mütterchen mit Schaumkringeln und Zimmetbrezeln, primitive Tabulettkrämer, in deren vorgebundenen Kästchen Stahl und Schwamm, Schwefelfäden und blaue Glasperlen zum Verkaufe lagen, endlich Stelzfüße, die neben den beiden Berliner Zeitungen auch allerhand Flugblätter feilboten. Über dem Ganzen lag eine angesäuerte Weißbierluft, die, durch Lichterblak und Tabaksqualm ziemlich beschwerlich werdend, nur dann und wann sich auffrischte, wenn ein Glas dampfenden Punsches vorübergetragen wurde.

An einem dieser Tische, der halb schon unter der Musikempore stand, saßen vier Berliner Bürger, zwei von ihnen in eifrigem Gespräch, die beiden andern ebenso eifrige Zuhörer. Es waren Nachbarn aus der Prenzlauer Straße: der Schornsteinfegermeister Rabe, der Bürstenmacher Stappenbeck, der Posamentier Niedlich und der Mehl- und Vorkosthändler Schnökel. Alle vier Männer von vierzig Jahren und drüber, Niedlich und Schnökel in demselben Hause wohnend, nur durch den Flur getrennt.

Rabe war der Angesehenste unter ihnen und hatte nicht nur das, was die meisten Schornsteinfegermeister zu haben pflegen: gute Haltung, frischen Teint und weiße Zähne, sondern auch einen wundervollen Charakterkopf, der jedem Chefpräsidenten Ehre gemacht haben würde. Er wußte das auch und verfuhr darnach, ließ sich lieber erzählen, als daß er selber erzählte, und vermied, obschon er aus einer alten Berliner Familie stammte, alle großen Worte. Er war der Drosselstein dieses Kreises, das aristokratische Element, wie denn die Schornsteinfegermeister, bei denen das Geschäft von Vater auf Sohn geht, wirklich eine Art Bürgeradel bilden.

Wenn Rabe der Drosselstein dieses Kreises war, so war Stappenbeck der Bamme. Niedlich warf ihm vor, daß er den Bürstenmacher nicht verleugnen könne, und das traf in allen Stücken zu; denn wie sein Haar, so war auch seine Manier und Sprechweise: die Borsten immer nach oben. Ein echter Berliner. Er stand an Ansehen hinter Rabe zurück, war ihm aber an Wissen und Witz und selbst an Erfahrung weit überlegen. Er hatte Reisen gemacht, war um seines Geschäftes willen, das er mit Eifer und Umsicht betrieb, in Polen und Rußland gewesen und galt seit Beginn des Zuges gegen Moskau in allen russischen Lokalfragen als unanfechtbare Autorität. Selbst Rabe, ohnehin zu vornehm, um lange zu streiten, unterwarf sich seinen Weisheitssprüchen, die von dem festen Boden der Landeskenntnis aus allerdings mit Vorliebe in das Politisch-Militärische hinüberspielten.

Sein Gegensatz war Posamentier Niedlich, ein kleiner artiger Mann, dessen Redseligkeit nur durch seine Ängstlichkeit gezügelt wurde. Er trug einen hellgrünen Rock und, weil er an Kopfreißen litt, ein Käpsel von geblümtem Sammetmanchester mit einer Puschel daran, »dem Zeichen seines Standes«, wie Stappenbeck versicherte. Er konnte, von Geschäfts wegen an ein beständiges Hin- und Herhüpfen gewöhnt, nie länger als fünf Minuten sitzenbleiben, ganz einem Zeisig ähnlich, der es nicht lassen kann, die Sprossen seines Bauers auf- und abzuspringen. Auf seinen mageren Backen brannten zwei scharfabgezirkelte rote Flecke, als ob er hektisch oder echauffiert sei; er war aber weder das eine noch das andere.

Den Schluß machte Schnökel. Er war der Baß dieses kleinen Männerkonzertes, in Stimme wie Figur. Ein großer, starker Mann mit kurzem Hals; das Bild des Apoplektikus, ein gründlicher Kenner in Sachen Berliner und Cottbuser Weißbieres. Er schmeckte nicht nur die Sorten, sondern auch die Lagerungstage heraus, trank, rauchte und schwieg. Nur dann und wann, wenn das wiederholte Klopfen mit dem Deckel nicht geholfen hatte, rief er über alle zwischenstehenden Tische hinweg mit Stentorstimme nach einer neuen »Weißen«.

Stappenbeck hatte die »Berlinische Zeitung« unter seinem linken Ellbogen. Es war die Nummer vom 26. Dezember, aus der er seinen drei Genossen eben die Hauptstellen des darin abgedruckten neunundzwanzigsten Bulletins vorgelesen hatte. Mit der Rechten fuhr er, sich aufzufrischen, in die große Schnupftabaksdose, die zwischen ihnen mitten auf dem Tische stand; Rabe rauchte still, Schnökel in großen Wolken, während Niedlich, ein ausgesprochener Nichtraucher – der, solange die Vorlesung datierte, zu Stappenbecks äußerstem Mißbehagen ein ganzes Dutzend Zuckeroblaten geräuschvoll zerbrochen und aufgegessen hatte –, jetzt eine alte Frau heranwinkte, um sich den Schaumkringeln zuzuwenden.

Die Schilderung des Überganges über die Beresina, womit der in der Zeitung gegebene bloße Auszug des Bulletins abschloß, hatte, namentlich bei Rabe, neben der patriotischen Freude doch auch menschliche Teilnahme geweckt, und es war nicht ohne Bewegung, daß er vor sich hinsprach:

»Gerichte Gottes! Was wird aus ihm, Stappenbeck? Kann er sich von diesem Schnee- und Eisfeldzuge wieder erholen?«

»Wie sich ein Karpfen erholt, wenn das Eis bis auf den Grund gefroren ist; er muß sticken. Ich sage dir, Rabe, es is alle mit ihm. Du mußt nicht vergessen: erstens die Gegend und dann den Schnee und dann das Volk. Ich kenn' es. Das is ja nich so wie hier bei uns. Nehmen wir an, du willst nach Potsdam; ja, da is erst der ›Schwarze Adler‹, dann Stimmings, dann Kohlhasenbrück, un überall was Warmes. Aber nu nimm Rußland. Da marschierst du den ganzen Tag immer gradaus, un wenn du am Abend einen begegnest und fragst ihn: ›Wie weit is es noch?‹, so sagt er: ›Fünf Meilen.‹ Aber du kannst nicht fragen, denn du begegnest keinem.«

Rabe nickte. Trotzdem er das Übertriebene wohl heraushörte, sah er doch ebenso deutlich, daß diese Übertreibung nur das scherzhafte Kleid für eine ernsthaft gemeinte Sache war. Niedlich aber sagte:

»Du vergißt bloß eins, lieber Stappenbeck; sie sind ja schon in Wilna, und von Wilna bis an die Grenze is bloß noch neunzig Meilen.«

»Bloß noch neunzig Meilen«, wiederholte Stappenbeck in gedehntem Tone, in dem sich Ärger und gute Laune die Waage hielten. »Wie weit is es doch bis Alt-Landsberg?«

»Drei Meilen.«

»Gut also, drei Meilen. Nu sage mir, Gevatter, denkst du noch an den Grünen Donnerstag – es geht jetzt ins dritte Jahr –, wo wir die Tour zusammen machten? Du hattest einen warmen Rock an und weite Stiefel; von dem Proviant, den wir mit hatten, will ich gar nich reden. Und nu besinne dich, wie der Posamentier Niedlich in den Alt-Landsberger »Blauen Löwen« einrückte! Leugnen is nich, denn ich habe dir selber den Wollfaden durch die Quesen gezogen. Und du redst von ›bloß neunzig Meilen‹.«

Schnökel lachte. »Ja, neunzig Meilen is eine hübsche Ecke. Aber mit dem Kaiser, Stappenbeck, is es drum noch lange nich alle. Warum soll es auch alle mit ihm sein? Is er nich heil heraus? Un sitzt er nich wieder ausgewärmt und ausgefuttert in Paris? Un seine Franzosen, die nich mitgefroren haben, die kenn' ich; die werden ihm bald wieder eine neue Armee machen.«

»Nein, Schnökel, das werden sie nicht«, antwortete Stappenbeck, der sich inzwischen auch eine Pfeife angezündet und den brennenden Fidibus am Tischrand ausgeklopft hatte. Nur ein paar Funken glimmten noch. »Blas an diesem Fidibus, so viel du willst, er brennt nich wieder. ich glaube nich, daß ihm die Franzosen eine neue Armee machen, und wenn sie's tun, wer soll sie kommandieren? Da liegt der Has' im Pfeffer. Er ist ein Deibelskerl, aber er kann doch am Ende nich allens allein besorgen.«

»Das braucht er auch nicht; dazu hat er seine Generale«, bemerkte Rabe.

»Die hat er eben *nich.* Vorläufig stecken sie noch mit erfrorenen Zehen in Rußland, und ich sage dir, Rabe, das müßte schnurrig zugehen, wenn auch nur einer wieder nach Paris käme und seinem Empereur vermelden könnte: ›Hier bin ich.‹«

»Sollen wir sie denn alle totmachen?« fragte Niedlich mit einem gemischten Ausdruck von Schauder und Schelmerei.

»Nein, du nicht. Deine reinen Posamentierhände sollen sich nicht mit Marschallsblut besudeln. Du kannst ihnen – denn das hast du um deine Puschelmütze verdient – meinetwegen die Quasten und Raupen liefern, wenn sie erst wieder hier sind. Aber, Niedlich, ›wenn‹. Es sind freilich, wie du sagst, bloß neunzig Meilen von Wilna bis Memel, aber ich müßte die Russen schlecht kennen, wenn sie diesen Spaziergang nicht ausnutzen sollten. Und zwischen Memel und unsrem Prenzlauer Tor liegt auch noch gerade Erde genug, um ein Dutzend Marschälle und alles, was drum und dran hängt, zu begraben.«

»Wer soll das tun?« fragte Rabe mit ablehnender Würde. »So was is nich Mode bei uns.«

»Kann aber werden«, fuhr Stappenbeck fort. »Die Not lehrt nich bloß beten, und die Welt besteht nich aus lauter Posamentiers. Ich sage dir, Rabe, in Litauen und Masuren werden sie schon zufassen. Aber wenn sie auch nicht zufassen, wenn sich keine Hand rührt, der liebe Gott tut es für uns. Sie fallen um wie die Fliegen. Und die paar, die bis hierher kriechen, die müssen wir irgendwo unterbringen.«

»Wo denn?«

»'ne neue französische Kolonie; aber hinter Wall und Graben.«

»Und wenn sie der Kaiser wieder haben will?«

»Dann mag er sie sich holen. Aber er wird nich; denn um *die* Zeit sind die Russen hier.«

»Vielleicht.«

»Nein, gewiß. Nimm mir's nicht übel, Rabe, das verstehe ich besser. Wer in Wut is, der steht nicht still. Das is überall so. Wenn meine Frau was mit mir hat – und sie hat mitunter was mit mir – und ich geh' in die andere Stube, weil ich genug habe, was tut sie? Sie kommt mir nach. Und da geht es weiter. Das ist, was man die menschliche Natur nennt. Und der Russe is auch ein Mensch. Erst recht. Ich sage dir, Rabe, der Russe kommt, und der Kaiser wird *nicht* kommen. Denn die Franzosen haben ihn satt; und das kannst du mir glauben, so sehr viel is auch nie mit ihm los gewesen. Ich hab' es schon anno sechs gesagt, als er auf seiner brandroten Fuchsstute hier einritt, mit seinem gelben Gesicht und den stechenden Augen. ›Kinder‹, sagt' ich, ›es is doch man ein ganz kleiner Kerl; der Alte Fritz war auch kleine, aber so kleine war er doch noch lange nich.‹ Ich bin nu mal für die Großen. So wie Saldern war oder Möllendorf.«

Es schien, daß Stappenbeck noch fortfahren wollte, aber ein Krüppel, der mit zurückgebundenen Fußstummeln von Tisch zu Tisch rutschte, hielt ihm eben ein Blatt entgegen und sagte: »Das is was für Sie, Herr Stappenbeck; ein Groschen, aber ich nehm' auch zwei.«

Es war ein löschpapierner Bogen: »Neue Lieder, gedruckt in diesem Jahr«, mit zwei Holzschnitten, von denen der eine die drei Grazien in einem ovalen Rosenkranze, der andere auf der Rückseite einen kleinen Amor darstellte.

Stappenbeck gab dem Krüppel die gewünschte doppelte Löhnung und schlug den Bogen auseinander, in dem er irgendeinen franzosenfeindlichen Reim, wie sie damals mit Hilfe solcher fliegenden Blätter verbreitet wurden, zu finden hoffte. Er überflog die Überschriften: »Ännchen von Tharau«, »Frisch auf, Kameraden, aufs Pferd, aufs Pferd«, »Herr Schmidt, Herr Schmidt«, »Das Gespenst in Tegel«. Er wurde ungeduldig und drehte den Bogen um: »Die Schlacht bei Groß-Aspern«, »Oh, Schill, dein Säbel tut weh«; sollte der Krüppel diese beiden gemeint haben? Aber das waren ja bekannte Sachen. Halt hier, *das* mußt' es sein; es hatte keine Überschrift, aber die beiden ersten Zeilen konnten als solche gelten.

»Lies«, sagte Rabe, der dem Gesichte Stappenbecks ansah, daß er endlich gefunden hatte, was er suchte. Und Stappenbeck las:

»Warte
Bonaparte;
Warte nur, warte, Napoleon,
Warte, warte, wir kriegen dich schon.

Ja der Russ'
Hat uns gezeigt, wie man's machen muß:
Im ganzen Kremmel
Nicht eine Semmel,
Und auf den Hacken
Immer nur Hunger und Kosacken,
Ja der Russ'
Hat uns gezeigt, wie man's machen muß.

Hin ist der Blitz
Deiner Sonne von Austerlitz,
Unterm Schnee
Liegen all deine Corps d'Armée.
Warte
Bonaparte;
Warte nur, warte, Napoleon,
Warte, warte, wir kriegen dich schon.«

Die nächste Folge war, daß der Krüppel wieder herangewinkt wurde; jeder wollte jetzt seiner Frau den Spottvers mit nach Hause nehmen. Von dem Mitleid, das die Vorlesung des Bulletins begleitet hatte, war nichts mehr übrig, und besonders Schnökel wiederholte mit wachsendem, von Hustenanfällen begleiteten Behagen: »Im ganzen Kremmel nicht eine Semmel.« Ihr Lesen und Lachen war an den umstehenden Tischen bemerkt worden, und ein alter Herr, der freilich nichts weniger als geneigt aussah, an ihrer Heiterkeit teilzunehmen, und von Rabe als »Herr Klemm«, von Stappenbeck aber mit besonderer, etwas spöttischer Betonung als »Herr Feldwebel Klemm« begrüßt wurde, trat an sie heran. Die Charge, bei der ihn Stappenbeck nannte, erklärte zum Teil das Aparte seiner Erscheinung. Er hielt sich kerzengerade, hatte das spärliche weiße Haar mit einem großen Kamme nach hintenzu zusammengesteckt und trug zu seinem langen blauen Rock und schwefelgelber Weste ein Paar Reiterstiefel, die bis zum Knie hinauf blitzblank geputzt waren. Der hagere Hals steckte in einer steifen Binde.

»Wollen Sie nich Platz nehmen, Herr Klemm?« fragte Rabe.

»Haben Sie schon gelesen, Herr Feldwebel Klemm?« fügte Stappenbeck hinzu und überreichte ihm den Bogen, den er mittlerweile derart zusammengefaltet hatte, daß das Lied, auf das es ihm ankam, obenauf lag.

Klemm dankte und las den Spottvers, während er aus seiner holländischen Pfeife kleine Wölkchen blies. Er verzog keine Miene, legte, als er geendet, das Blatt wieder auf den Tisch und sagte: »Die Polizei, die sich um vieles kümmert, das sie nichts angeht, macht die Augen zu, wo sie sie aufmachen sollte. Wohin führt das? Zu Krawall und Auflehnung. Und was ist das Ende vom Liede? Wir werden statt an der linken Hand an beiden Händen gebunden werden, und an den Füßen dazu.«

Er schlug mit den Knöcheln seiner rechten Hand auf das vor ihm liegende Blatt und fuhr fort: »Und sind wir nicht im Bündnis mit dem Kaiser? Leider zu spät; wären wir es immer gewesen, es stände besser mit uns. Aber der alte Fehler ist noch wieder zu reparieren, gerade jetzt. Geschieht es, gut; geschieht es *nicht,* ertappt er uns wieder auf dem faulen Pferde, so sind wir verloren. Von Treue will ich nicht sprechen, die Politik braucht nicht treu zu sein; aber klug, klug, meine Herren.«

»Was jetzt klug ist, ist klar«, sagte Stappenbeck. »Er hat nur noch Trümmer; der Russe drängt nach, wir von vorn; so klatscht es zusammen, und wir haben ihn unter der Fliegenklatsche.«

»Fliegenklatsche! Sie machen die Rechnung ohne den Wirt, Herr Bürstenmacher Stappenbeck. Der Russe wird nicht nachdrängen, glauben Sie mir. Aber *wenn* er nachdrängt, wenn er über den Njemen geht und über die Weichsel, dann werden Sie freilich so was Ähnliches haben, aber nicht Fliegenklatsche, sondern Mausefalle. Und wer steckt drin? Der Russe.«

»Das wäre. Da bin ich doch neugierig«, sagte Rabe.

»Bitte, Herr Niedlich, wollen Sie mir ein Stück Kreide geben.«

Niedlich sprang auf.

»Nein, ich danke Ihnen, ich finde hier noch ein Stück in meiner Tasche.«

Damit schob der strategische Feldwebel die Gläser in eine Ecke zusammen und zog von oben nach unten einen Strich über den grünen Tisch hin. »Dieser dicke Strich also«, hob er an, »ist die Grenze, rechts Rußland, links Preußen und Polen. Achten Sie darauf, meine Herren, auch Polen. Dieser Punkt hier links ist Berlin, und hier zwischen Berlin und dem dicken russischen Grenzstrich diese zwei kleinen Schlängellinien, das sind die Oder und die Weichsel. Nun müssen Sie wissen, an der Oder und Weichsel hin, in sechs großen und kleinen Festungen, stecken dreißigtausend Mann Franzosen, und ebenso viele stecken hier unten in Polen in einer sogenannten Flankenstellung, halb schon im Rücken. Ich wiederhole Ihnen, achten Sie darauf, denn in dieser Flankenstellung liegt die Entscheidung. Jetzt drängt der Russe nach; schwach ist er, denn wenn eine Armee friert, friert die andere auch, und schlottrig geht er über die Weichsel. Und nun geschieht was? Von den Oderfestungen her treten ihm dreißigtausend Mann ausgeruhte Truppen entgegen, von der Flankenstellung her andere dreißigtausend Mann, legen sich ihm vor und schneiden ihm die Rückzugslinie ab. Und klapp, da sitzt er drin. Das ist, was man eine Mausefalle nennt. Ich mache mich anheischig, Ihnen die Stelle zu zeigen, wo die Falle zuklappt. Hier dieser Punkt. Es muß Köslin sein oder vielleicht Filehne. Ich gehe jede Wette ein, zwischen Köslin und Filehne kapituliert die russische Armee. Wie Mack bei Ulm. Was nicht kapituliert, ist tot.«

»Und ich glaub' es alles nicht«, sagte Stappenbeck und wischte mit dem Ärmel seines Flauschrocks die ganze Mausefalle vom Tisch weg.

»Ich kann Ihren Glauben nicht zwingen«, sagte Klemm mit einer Miene ruhiger Überlegenheit. »Es ist ein eigen Ding mit der Kriegswissenschaft; Bürstenmacher können sie haben –«

»Und Feldwebel –«

»Aber auch nicht«, schloß Klemm seinen Satz.

»Aber auch nicht«, wiederholte Stappenbeck.

Schnökel war diesen Schraubereien mit einem schweren asthmatischen Lachen gefolgt; Rabe aber, dem alles, was zu Zank und Streit führen konnte, zuwider war, erhob sich und sagte: »Es ist Zeit, ihr Herren, ich gehe; wer kommt mit?« Alle folgten der Aufforderung, steckten die Blätter, die sie gekauft hatten, zu sich und schritten mit einem kurzen »Guten Abend, Herr Klemm!« an diesem vorüber auf die Tür zu. Als sie diese fast schon erreicht hatten, kam ihnen ein gelblicher, mittelgroßer Hund nachgesetzt und schoß ängstlich, weil er sich vergessen glaubte, dem kleinen Niedlich durch die Beine hindurch, so daß dieser nur mit Mühe seine Balance hielt. Es war Kratzer, Stappenbecks Spitz, der sich die ganze Zeit über an allen Tischen, wo Kinder saßen, mit Kringelfangen beschäftigt hatte, ein häßliches Tier, ebenso storr und widerhaarig wie sein Herr. Jetzt sprang er an diesem in die Höhe, winselte, bellte und jagte, als er draußen im Freien war, kreuz und quer über das Plateau des Windmühlenberges hin, ersichtlich froh, nach dem Gesellschaftszwang der letzten Stunden sich wieder austoben zu können.

Die vier Bürger hielten sich auf dem ziemlich breiten Fußwege, den die zahlreichen Gäste des Wieseckeschen Lokals nach dem Prenzlauer Tore hin in dem dichtliegenden Schnee gestapft hatten. Rabe, trotzdem es kalt war, bewahrte seine distinguierte Haltung; die drei anderen aber, die sich wenig um ihr Aussehen kümmerten, hatten die Mützen ins Gesicht gezogen und sich bis an die Ohren hinauf in ihre dicken gestrickten Schals gewickelt. Schnökel, der bei Ostwind nicht sprechen konnte, blieb etwas zurück; Niedlich hielt Linie mit den beiden andern, aber nur mühsam, da er ein Trippler war.

Das Gespräch wollte nicht gleich in Gang kommen; endlich begann Rabe, der mehr ausdauernd als schnell von Gedanken war:

»Ich glaube doch, Stappenbeck, du hast ihn zu despektierlich behandelt. Ich hab's mir nämlich überlegt. Erstens ist er ein alter Mann, zweitens ist er ein Soldat, und drittens hat er die Schlacht bei Torgau gewonnen.«

»Das hat er«, fiel Niedlich ein, der bestimmt ausgesprochenen Sätzen eines andern, besonders aber, wenn sie von Rabe kamen, gern zustimmte.

Stappenbeck blieb stehen und pfiff seinem Hund. Kratzer kam in großen Sätzen heran, blaffte ein paarmal und jagte dann wieder, als wäre der böse Feind hinter ihm her, in wildem Zickzack über den in Schnee liegenden Windmühlenberg hin. »Seht«, sagte Stappenbeck, »so hat Klemm die Schlacht bei Torgau gewonnen. Immer die Beine in die Hand. Er ist gelaufen, daß es eine Freude war.«

»Aber er soll ja doch gesammelt haben«, nahm Rabe wieder das Wort. »Ich entsinne mich der Sache ganz genau. ›Wie heißt Er?‹ frug ihn der König, als er ihn die zerstreuten Grenadiere wieder in Reih' und Glied bringen sah. ›Klemm, Euer Majestät.‹ – ›Na, das ist brav, mein lieber Klemm; ich werd' es Ihm nicht vergessen.‹ Und dann ritt der König weiter. Ich hab' es ihn selber erzählen hören.«

»Wen? Den König?«

»Nein, Klemm.«

Stappenbeck lachte. »Rabe, du hast bloß einen Fehler. Du glaubst alles. Ich kenn' diesen

Patron besser. Er ist nicht einer von den Grenadiers, die bei Torgau gesammelt *haben*, sondern einer von denen, die gesammelt worden *sind*. Und das mit des Alten Fritzen eigenhändigem Krückstock. ›Rackers, wollt ihr denn ewig leben?‹ An diesem allergnädigsten Zuruf hat unser Klemm seinen ehrlichen Anteil.«

»Du kannst ihn nicht leiden, Stappenbeck, und auf wen du mal eine Pike hast –«

»Den pik' ich, aber diesen Feldwebel Klemm noch lange nicht genug. Er ist ein schlechter Kerl durch un durch. Eine Memme, ein Großmaul und ein Schnurrer.«

»Ein Schnurrer?« fragte Rabe.

»Ja, ein Schnurrer ist er«, fiel hier Niedlich ein, der rasch erkannt hatte, daß sich die Partie schließlich doch wieder zu Stappenbecks Gunsten entscheiden werde. »Ein Schnurrer ist er. Im Sommer sitzt er auf den Gütern fest, bei den Bredows und den Rohrs, die sind gutmütig; das ist denn so seine Weidezeit; un wenn so Anfang Dezember geschlachtet wird, da kommt er schon mit langen Neujahrswünschen, bloß damit er sich wieder in Erinnerung bringt. Er kriegt auch Almosen. Un was für welche! Ich hab' ihn selber die Dukaten putzen sehen.«

»Na, na«, sagte Rabe, »wenn er ein hilfsbedürftiger Mann ist –«

»Ein Geizhals ist er un ein Schuft dazu«, nahm Stappenbeck, immer mehr sich ereifernd, wieder das Wort und zog den dicken Schal, der ihn am Sprechen hinderte, etwas tiefer unter das Kinn. »Ich weiß, was ich sage; er wohnt bei meiner Frau Bruder im Hause; die kennen ihn; er ist ein Mantelträger, ein Spion.«

»Na, na«, wiederholte Rabe.

»Und wenn er kein Spion ist, was ich ihm nicht beweisen kann, wenn ich es auch fest und sicher glaube, so ist er doch eine undankbare Kreatur. Was Niedlich erzählt hat, wie er sich bei den havelländischen Adligen, die ich alle kenne von wegen der Borsten, immer wieder herausfuttert, das war vordem un das war seine gute Zeit. Ich meine seine ehrliche Zeit. Denn ich bin auch nich so und gönne jedem seine Satte saure Milch un auch noch was dazu. Aber seit anno sechs kennt unser Klemm die Havelländischen nich mehr. Un auch die andern nicht, wo er sonst sein feldwebliges Einlager hielt. Er hat die Herrschaft gewechselt. Das tut kein Hund nich. ›Kratzer!‹ Seht, da kommt er schon wieder. ›Kusch dich, Kratzer.‹ Es ist ein treues Tier. Aber dieser Klemm, keine acht Tage, daß die Löffelgarde durchs Hallesche Tor gezogen war, so war er schon liebes Kind mit all und jedem, drängte sich an die Generals und machte den Kompläsanten. Da gab es denn Louisdors statt der Dukaten. Ein Schweifwedler ist er und ein Gelegenheitsmacher. Und wie er vor Jena die Franzosen samt ihrem Kaiser aufgefressen hat, so frißt er jetzt die Russen auf und zeichnet uns mit Kreide die ›Mausefalle‹ auf den Tisch, drin er sie fangen will. Aber ich hab' es ihm angestrichen.«

In diesem Augenblicke klangen zwei französische Signalhörner, bald auch der dumpfe Ton einer Trommel herüber und unterbrachen den Redestrom Stappenbecks, der sein letztes Wort noch nicht gesprochen zu haben schien. Alle vier blieben stehen und horchten auf, denn auch Schnökel war mittlerweile herangekommen. Der letzte, der sich einfand, war Kratzer; er legte seinen Hals an das Knie seines Herrn, schnoberte in der Luft umher, winselte und gab sich das Ansehen, als ob er auch so seine Betrachtungen habe.

»Sie blasen Retraite«, sagte Stappenbeck mit einem Tone, der den Doppelsinn seiner Rede ausdrücken sollte.

»Gebe es Gott!« antwortete Rabe.

Dann, während die Hörner verklangen, setzten die Männer ihren Heimweg fort. Vor ihnen lag die Stadt mit ihren tausend Lichtern, bis endlich ein Hohlweg, der vom Plateau aus nach dem Tore hinunterführte, ihnen den Anblick der Lichter entzog.

Aber die Sterne des Winterhimmels standen über ihnen und funkelten hell in das neue Jahr hinein.

3. KAPITEL

Geheimrat von Ladalinski

Das Haus, das der Geheimrat von Ladalinski bewohnte, lag in der Königsstraße, der alten Berliner Gerichtslaube schräg gegenüber. Es war ein aus dem Anfange des vorigen Jahrhunderts stammender, damals auf Geheiß König Friedrichs I. aufgeführter Spätrenaissancebau, der an seiner Fassade durch mannigfache geschmacklose Restaurationen gelitten, im Innern aber seine frühere Stattlichkeit vollkommen beibehalten hatte. Namentlich galt dies, neben Hof und Treppe, von dem ganzen ersten Stock, in dem die Empfangs- und Gesellschaftsräume lagen. Hier zeigten sich noch jene Stuckornamente, die den Barockbauten Schlüters so viel Reiz und Leben liehen, und vom Plafond herab grüßten, wenn auch stark nachgedunkelt, die großen, nach Giulio Romanoschen Originalen im Corte reale zu Mantua ausgeführten Deckenbilder, mit denen der prachtliebende König den ganzen ersten Stock hatte dekorieren lassen. An diese Gesellschaftsräume schlossen sich nach rechts und links hin zwei kleinere Zimmer, einfenstrig mit breiten Wandflächen, die, weil mehr benutzt, auch mehr eingebüßt und von ihrer ehemaligen reichen Ausschmückung nur die Deckenbilder, darunter ein »Nacht und Morgen« und einen »Sturz des Phaethon« gerettet hatten.

Das eine dieser beiden kleineren Zimmer war das geheimrätliche Arbeitskabinett, dessen der Tür gegenüber befindliche Längswand von zwei hohen, eine ganze Registratur bildenden Aktenrealen eingenommen wurde. Zwischen diesen Realen auf einem freigebliebenen Wandstreifen hing das Bildnis einer schönen jungen Frau, deren Ähnlichkeit mit Kathinka unverkennbar war. Dasselbe ins Rötliche spielende kastanienbraune Haar, vor allem derselbe Augenausdruck, so daß das einzige, was abwich, das minder scharfgeschnittene Profil, als etwas Gleichgiltiges erscheinen konnte. Durch die halbe Länge des Zimmers hin zog sich ein großer Arbeitstisch; er stand so, daß das Auge des Geheimrats, wenn er aufsah, das schöne Frauenporträt treffen mußte. Im übrigen hatte das Kabinett manches, was an die Einrichtung eines Junggesellenzimmers erinnerte. Neben dem altmodischen, mit Bildern aus der biblischen Geschichte geschmückten Ofen machte sich ein ziemlich großer, aber flacher und mit roten Tuchflicken angefüllter Korb bemerkbar, der einem englischen Windspiel als Lagerstätte diente, während in einem in der Fensternische stehenden Glasbassin mehrere Goldfischchen ihr munteres Spiel trieben. Die halbherabgelassenen Rouleaux dämpften das ohnehin nur mäßig einfallende Licht; alles war Wärme und Behagen.

Die kleine Pendule schlug eben zehn, als der Geheimrat eintrat, ein Sechziger, groß und schlank, das kurzgeschnittene graue Haar voll und dicht nach oben gerichtet. Er trug einen veilchenfarbenen Samtschlafrock, unter dem er sich in bereits sorglichster Toilette zeigte. Seine Haltung, vor allem die Adlernase, gaben ihm etwas entschieden Distinguiertes. Das Windspiel drängte sich an ihn, um ihn respektvoll, aber verdrießlich zu begrüßen, und zog sich dann zitternd, während das Glöckchen an seinem Halse hin und her tingelte, wieder in seinen warmen Korb zurück. Der Geheimrat seinerseits schritt auf das Bassin zu, um die Fischchen mit einigen Krumen und Insekteneiern zu füttern; er verweilte minutenlang dabei und nahm dann Platz an seinem Arbeitstisch, auf dem amtliche Schreiben, auch mehrere Zeitungen, darunter englische und französische, ausgebreitet lagen. Er pflegte zunächst alles Geschriebene zu erledigen; heute hielt er sich zu den Zeitungen und nahm den »Moniteur«.

Überlassen wir ihn auf eine Viertelstunde ungestört seiner Lektüre und erzählen wir, während er sich in Empfangsfeierlichkeiten und Loyalitätsadressen vertieft, einiges aus seinem Leben.

Alexander von Ladalinski war um die Mitte des vorigen Jahrhunderts auf dem den Mittelpunkt der gleichnamigen Herrschaft bildenden Schlosse Bjalanowo geboren. Die nächste größere Stadt, aber doch mehrere Meilen entfernt, war Czenstochau. Einige der zur Herrschaft gehörigen Güter zogen sich westlich und griffen mit ihrem Hauptbestande ins Herzogtum Schlesien hinüber, das eben damals preußisch geworden war.

Der junge Ladalinski empfing eine sorgfältige Erziehung, ging, um diese zu vollenden, erst nach Paris, dann nach Wien und hatte, dreiundzwanzig Jahre alt, eben die Verwaltung seiner Güter übernommen, als die Verhältnisse des Landes ihn in die politischen Kämpfe hineinzogen.

So wenig er diese Kämpfe liebte, so gewissenhaft führte er sie durch, nachdem er erst in dieselben eingetreten war. Er saß im Reichstag und zählte zu den Hervorragendsten unter den Führern der antirussischen Partei. Schon damals sprach sich in seiner Haltung eine bei mehr als einer Gelegenheit hervortretende Hinneigung zu Preußen aus. Diese Hinneigung, vielleicht auch der schon erwähnte Umstand, daß ein Teil seiner Besitzungen dem preußischen Staatsverbande zugehörte, war es wohl, was bei Veranlassung der Thronbesteigung König Friedrich Wilhelms II. seine Mission an den Berliner Hof veranlaßte. Er fand an demselben ein ihn auszeichnendes Entgegenkommen, besonders von seiten des Ministers von Bischofswerder, in dessen Hause er sehr bald ein täglicher Gast wurde. Hier war es auch, wo er die junge Comtesse Sidonie von Pudagla kennenlernte. Was ihn vom ersten Augenblicke an mehr noch als ihre Schönheit bezauberte, war der heitere Übermut ihrer Laune, die mit graziöser Rücksichtslosigkeit geübte Kunst, den Schaum des Lebens wegzuschlürfen. Etwas Pedantisches, das ihm eigen und dessen er sich, in seinen jungen Jahren wenigstens, zu seiner eignen Unzufriedenheit bewußt war, ließ ihm diese Kunst ausschließlich im Lichte eines Vorzugs erscheinen. Ehe er Berlin verließ, wurde die Verlobung gefeiert; in der Weihnachtswoche folgte dann die Hochzeit, die, unter Teilnahme des ganzen Prinz Heinrichschen Hofes, von dem Bruder und der Schwägerin der Braut: dem Grafen und der Gräfin von Pudagla, in Rheinsberg ausgerichtet wurde.

Hatte schon die Hochzeitsfeier einen glänzenden Charakter gehabt, so noch mehr die Hochzeitsreise. Es war wie die Einholung einer Prinzessin. An jedem Rastplatze immer neue Überraschungen, die sich steigerten, je näher man dem Ziele kam. Endlich lag Bjalanowo vor ihnen, hoch, im Abenddunkel eben noch erkennbar, und als nun der vorderste Schlitten in die breite, winterlich kahle Avenue einbog, da wurden auf den vier dicken Rundtürmen vier große Feuer angezündet, in deren Schein jetzt der alte, halbverfallene Backsteinbau dalag wie ein Schloß aus dem Märchen. Unter dem jubelnden Zuruf aller Hintersassen fuhr das junge Paar in den Schloßhof ein.

Die Freude, die der Gemahl über die glückliche Durchführung des von ihm selber angeordneten Schauspiels empfand, ließ ihn die Mienen seiner jungen Frau nicht aufmerksam beobachten. Er hätte sonst wahrnehmen müssen, daß sie für den eigentlichen Wert dieser Aufmerksamkeiten kein Verständnis hatte; was sich an Liebe darin aussprach, entging ihr oder berührte sie nicht. Sie war ohne Dank.

Und in dieser Stimmung verharrte sie. Ihr Gatte, der sie heiter sah, glaubte sie glücklich; aber sie war es nur obenhin und keine andere Verpflichtung kennend als Genuß und Zerstreuung, erschien ihr das in Aufmerksamkeiten sich überbietende Entgegenkommen ihres Gemahls gleichförmig und ermüdend, und nur noch die von außenher herantretenden Huldigungen hatten Wert.

Es war ein Jahr nach der Hochzeit, als dem Hause ein Sohn geboren wurde. Er erhielt den Namen Pertubal, der von ältesten Zeiten her in der Familie heimisch und in jedem Jahrhundert wenigstens einmal glänzend vertreten war. Ein Pertubal von Ladalinski hatte den Zug gegen Zar Iwan mitgemacht, ein anderer dieses Namens war in der Schlacht bei Tannenberg, ein dritter unter Sobieski vor Wien gefallen. Es hieß, der Name sei syrisch und stamme noch aus den Kreuzzügen her. Alle aber, wie sich aus den Urkunden ergab, hatten die Abkürzung »Tubal« dem vollen Namen vorgezogen.

Die Geburt eines Sohnes, während alle Welt Glückwünsche aussprechen zu müssen glaubte, wurde von seiten der Mutter wenig anders als störend empfunden, die denn auch, als man ihr den Säugling reichte, von ihrem Lager aus erklärte, daß sie kleine Kinder immer häßlich gefunden habe und ihrem eigenen zuliebe keine Ausnahme machen könne. Das Kind erhielt eine polnische Amme mit einem roten Kopftuch und einem noch röteren Brustlatz und wurde samt dieser, seiner Pflegerin, in den oberen Stock verwiesen; kaum aber, daß die Mutter ihren ersten Kirchgang gemacht hatte, so begann der ausgelassene Gesellschaftsverkehr aufs neue, den das »freudige Ereignis« nur auf Wochen unterbrochen hatte.

Unter denen, die auf Schloß Bjalanowo verkehrten, war auch Graf Miekusch, ein Gutsnachbar, klein, zierlich, mit langem, rotblondem Schnurrbart, eine typische polnische Reiterfigur. Die Verwandtschaft seiner Natur mit der der jungen Frau stellte von Anfang an eine Intimität zwischen beiden her, die, mit voller Unbefangenheit sich gebend, von Ladalinski wohl bemerkt, aber nicht beargwöhnt wurde. Er vertraute vollkommen; einzelnes, das ihm hinterbracht wurde, wies er als Klatsch und Neid zurück, und wenn nichtsdestoweniger von Zeit zu Zeit eine leichte Wolke seinen Himmel trübte, so wußte der Übermut der jungen Frau, die solchen Regungen der Eifersucht nur mit heiterem Spott begegnete, sein Vertrauen schnell wiederherzustellen. Er war glücklich, als Kathinka geboren wurde, doppelt glücklich, als er wahrnahm, daß seine Freude von seiner Frau geteilt wurde. In der Tat sah die junge Mutter anders auf dieses zweitgeborne Kind, als sie auf Tubal geblickt hatte; es wurde nicht in das obere Stockwerk verwiesen, blieb vielmehr in ihrer unmittelbaren Nähe, ja, sie liebte es, an seine Wiege zu treten und sich, ohne daß ein Wort über ihre Lippen gekommen wäre, seines Anblicks zu freuen. Sah sie sich selbst in ihm?

Das war im Frühjahr 1792. Ein ungetrübter Sommer folgte, aber als der Herbst kam, brach ein Glück zusammen, das von Anfang an nur ein Schein gewesen war. Es geschah das, was in gleichen Fällen immer geschieht: das Verbotene, des letzten Zwanges müde, fand eine Befriedigung darin, sich vor aller Welt zu entdecken.

Die Art der Ausführung entsprach dem Charakter der jungen Frau. Es war eine Fuchsjagd bei Graf Miekusch angesagt, dessen weites, eine einzige große Fläche bildendes Gutsareal ein vorzügliches Terrain bot. Auch die Damen der Nachbargüter waren geladen, niemand fehlte; der Graf, zu seinen anderen gesellschaftlichen Vorzügen, hatte auch den Ruf eines glänzenden Wirts. Es war ein wundervoller Septembertag, der Himmel blank wie eine Glocke, hier und dort eine Kiefernschonung und am Horizont der spitze Kirchturm des nächsten Städtchens. Dabei windstill, und die Sommerfäden zogen. Der Fuchs war bald aufgetrieben, und in glänzendem Zuge schossen Reiter und Reiterinnen über Wiesen und Stoppelfelder hin, jeder begierig, den andern zu überholen. Nur die junge Frau von Ladalinski hielt sich zurück, Graf Miekusch an ihrer Seite; beide schienen auf die Ehren des Tages verzichten zu wollen. Aber bald änderte sich das Bild; immer mehr Paare schieden aus der vordersten Reihe aus, und ehe eine Stunde um war, waren der Graf und seine Begleiterin noch die einzigen, die der Fährte folgten oder doch zu folgen schienen. Die Zurückbleibenden, ihnen nachschauend, waren entzückt von der Ausdauer der beiden Reiter, deren Gestalten, je mehr sie sich dem in blauem Dämmer daliegenden Städtchen näherten, immer kleiner und schattenhafter wurden. Endlich schwanden sie ganz, und da Mittag heran war, beschloß man, auf das Schloß des Grafen zurückzukehren. Es verging eine Stunde, eine zweite und dritte; es kam der Abend, und man wartete noch. Die Gäste brachen endlich auf, um auf ihre eigenen Güter heimzureiten. Unter ihnen auch Ladalinski. »Also doch«, klang es in hundertfältiger Wiederholung in seinem Herzen. Erst am dritten Tage wurde durch einen Boten ein versiegelter Zettel an ihn abgegeben: »Erwarte mich nicht zurück; Du siehst mich nicht wieder. Es war ein Irrtum, der uns zusammenführte. Vergiß mich. Einen Kuß für das Kind. Sidonie von P.«

Das Blatt entfiel ihm. Jedes Wort eine Demütigung, selbst ihre Namensunterschrift: Sidonie von P. Sie hatte also den Namen ihrer eigenen Familie wieder angenommen und strich die sechs Jahre, die sie an seiner Seite verlebt hatte, wie ein unbequemes Intermezzo aus. Er war niedergeschmettert, und doch konnte er die kurze Forderung, die sie stellte: »Vergiß mich«, nicht erfüllen. Zu eigner bitterster Beschämung gestand er sich, daß er sie, wenn sie zurückkehrte, ohne ein Wort des Vorwurfs oder der Erklärung, freudigen Herzens wieder aufnehmen würde. Der rätselhafte Zug der Natur war mächtiger in ihm als alle Vorstellung.

Er verfiel in Trübsinn, bis die Schicksale seines Landes ihn herausrissen. Es bereiteten sich jene Ereignisse vor, die schließlich Polen aus der Reihe der Staaten strichen. Rußland machte seine Pläne, und diese zu vereiteln, darauf waren jetzt, wie die Anstrengungen aller Patrioten, so auch die seinigen gerichtet. Er schloß sich der Kosciuszkoschen Partei an und entwarf eine liberale Verfassung, die den Beifall der Whigführer im englischen Parlamente fand; endlich, als die Waffen entscheiden mußten, trat er in die Armee. Was ihm an militärischer Erfahrung abging, wußte er durch Mut und Eifer zu ersetzen. Es war keiner, dem Kosciuszko mehr vertraut hätte als ihm. Bei Szekoszin hielt er bis zuletzt aus. Als nach dem unglücklichen Treffen bei Maciejowice der Rückzug auf Praga ging, wurde ihm das Kommando der nur aus vier schwachen Bataillonen bestehenden Arrièregarde anvertraut. Mit diesen deckte er den Übergang über die Pilica zwei Stunden lang und benutzte die Zeit, während er noch jenseits der Brücke mit dem Feinde bataillierte, geteerte Strohkränze um die Holzpfeiler legen und diese Kränze anzünden zu lassen. Die Brücke stand schon in Rauch und Flammen, als er die Trümmer seiner Bataillone glücklich hinüberführte. Die Russen drängten nach; eine schwache Abteilung derselben, die gleich darauf gefangen wurde, gewann gleichzeitig mit ihm das Ufer. Als aber das Gros in geschlossener Kolonne folgte, brachen die halbweggebrannten Mittelpfeiler zusammen, und alles, was auf der Brücke war, stürzte nach. Suwarow selbst hielt keine hundert Schritt' von der Unglücksstätte. Es war die letzte glänzende Aktion im freien Felde; drei Tage später fiel Praga.

Ladalinski legte sein Kommando nieder. Das »Finis Poloniae« seines Kampfgenossen, wenn er es nicht sprach, so empfand er es doch. Es war ihm klar, daß das Land russisch werden würde, vielleicht mit einem Scheine von Selbständigkeit. Dieser Gedanke war ihm unerträglich. Es gab kein Polen mehr; so beschloß er, sich zu expatriieren. Er ging zunächst auf seine jenseits der Grenze gelegenen schlesischen Güter und stellte von hier aus dem preußischen Hofe seine Dienste zur Verfügung. Ein umgehend eintreffendes Schreiben Bischofswerders sprach ihm seine Freude über den rasch und mutig gefaßten Entschluß aus und berief ihn, vorbehaltlich königlicher Genehmigung, in das Auswärtige Amt. Diese Genehmigung erfolgte wenige Tage später. Die großen Flächen polnischen Landes, die gerade damals Preußen einverleibt wurden, wiesen die Staatsverwaltung darauf hin, solche Anerbietungen nicht abzulehnen.

In kürzester Frist hatte Ladalinski sich in den neuen Verhältnissen zurechtgefunden. Seine mehr preußisch als polnisch angelegte Natur unterstützte ihn dabei; dem Unordentlichen und Willkürlichen abhold, fand er in dem Regierungsmechanismus, in den er jetzt eintrat, sein Ideal verkörpert. Was darin Schädliches war, das übersah er oder erachtete es als gering, nachdem er die Nachteile eines entgegengesetzten Verfahrens so viele Jahre lang beobachtet hatte. Er war bald preußischer als die Preußen selbst. Die Auszeichnungen, die ihm zuteil wurden, seine Missionen, erst an den Kopenhagener, dann an den englischen Hof, auf denen ihn Tubal, damals ein Kind noch, begleitete, trugen das ihrige dazu bei. Von London nach dem Tode des Königs und der Amtsniederlegung Bischofswerders zurückberufen, trat er, in dem richtigen Gefühl, erst dadurch seine Staatszugehörigkeit zu beweisen, zum Protestantismus über. Er wählte die reformierte Kirche, weil es die Kirche des Hofes war. Gewissensbedenken waren der Zeit der Aufklärung fremd. In dem Ansehen seiner Stellung änderte der Regierungswechsel nichts, wenn schon die Stellung selbst eine andere wurde; er schied aus dem Auswärtigen Amt, um dem Generaloberfinanzdirektorium, Abteilung für die Domänen, zugewiesen zu werden. Seine landwirtschaftlichen Kenntnisse, die bedeutend waren, konnten hier eine vorzügliche Verwendung finden. Mit Übernahme dieses Amtes war auch sein Wohnungnehmen in dem alten Palais in der Königsstraße verknüpft gewesen. Er bewohnte es jetzt seit fünfzehn Jahren; Kathinka war in demselben herangewachsen.

Ob ihn von Zeit zu Zeit eine Sehnsucht nach Bjalanowo und dem alten Schloß mit den vier Backsteintürmen, an das sich die schönsten und die schwersten Stunden seines Lebens knüpften, beschlich, wer wollt' es sagen! Kein Wort, das darauf hingedeutet hätte, kam je über seine Lippen. Er schien glücklich in seinem Adoptivvaterlande, vielleicht war er es auch, und fest entschlossen, in seine alte Heimat, auch wenn derselben ihre staatliche Selbständigkeit, wie es einen Augenblick schien, wiedergegeben werden sollte, nicht zurückzukehren, hielt er sich zu den prinzlichen Höfen, um von diesem festen, gegebenen Punkte aus in allmählich immer intimer werdende Beziehungen zu dem Adel des Landes hineinzuwachsen. Er lebte, mehr, als er es sich gestand, nur noch der Durchführung dieser Pläne, in denen er sich übrigens durch seine Schwägerin »Tante Amelie« unterstützt wußte, und sah deshalb nichts lieber als die Anwesenheit seiner Kinder in Hohen-Vietz. Eine Doppelheirat mit einer alten märkischen Familie stellte den Schritt erst sicher, den er getan hatte, und beruhigte ihn über die polnischen Sympathien Kathinkas, die, was immer der Grund derselben sein mochte, ihm kein Geheimnis waren.

Der Geheimrat hatte mittlerweile seine Lektüre beendet; er schob die Blätter beiseite und klingelte. Ein eintretender Diener brachte die Schokolade, und ehe er noch das Zimmer wieder verlassen konnte, kam schon das Windspiel aus seinem Korbe herbei, diesmal nicht verdrießlich, und drängte sich an die Seite seines Herrn. Der Geheimrat lächelte und warf ihm die Biskuits zu, denen diese Zärtlichkeit gegolten hatte. Erst jetzt nahm er einen Brief wahr, der auf demselben Tablett lag und die charakteristischen Schriftzüge Tante Ameliens zeigte. Er war einigermaßen überrascht. Erst am Abend vorher, zu später Stunde, waren Tubal und Kathinka von Schloß Guse zurückgekehrt; die Zeit, sie zu begrüßen, hatte sich noch nicht gefunden, und schon war ein Brief da, der also die Reise nach Berlin ziemlich gleichzeitig mit ihnen gemacht haben mußte. Der Geheimrat erbrach das Siegel und las:

»Mon cher Ladalinski! Tubal und Kathinka haben mich erst vor einer Stunde verlassen, mit ihnen, zu meinem Bedauern, Demoiselle Alceste, deren Sie sich, mein Teurer, aus alten Rheinsberger Tagen entsinnen werden. Ich empfinde, ganz gegen meine Gewohnheit, eine Lücke und fülle sie am besten aus, indem ich über die Kinder spreche, deren Anwesenheit mir die letzten Tage so angenehm gemacht hat. Je mehr ich mich ihrer freute (et en effet ils m'ont enchantée), desto lebendiger wurde mir wieder der Wunsch jener liaison double, die wir so oft besprochen haben. Ich habe mich ganz in die Vorstellung hineingelebt, Tubal in Guse schalten und walten und den alten Derfflingersitz, der unter meinen Händen nur eben sein Dasein fristet, auf seine alte Höhe gehoben zu sehen. Des Beistandes, dessen er dazu bedarf, darf er von Hohen-Vietz aus sicher sein. Die schönen Frauen verschiedener Nationalität waren dort immer heimisch; meine Großmutter, avec un teint de lys et de rose, war eine Brahe, Berndts Frau eine Dumoulin, und es würde mich glücklich machen, diesen Kreis durch unsern Liebling erweitert zu sehen. Vous savez tout cela depuis longtemps. Mais les choses ne se font pas d'après nos volontés. Des jungen Hohen-Vietzer Volkes bin ich sicher, aber nicht des Hauses Ladalinski. Kathinka nimmt Lewins Huldigungen hin, im übrigen spielt sie mit ihm; Tubal hat ein Gefühl für Renate, qui ne l'aurait pas? Aber dieses Gefühl bedeutet nichts weiter als jenes Wohlgefallen, das Jugend und Schönheit allerorten einzuflößen wissen. So seh' ich Schwierigkeiten, die mir bei Kathinka in der Gleichgiltigkeit, bei Tubal in der Oberflächlichkeit der Empfindung zu liegen scheinen. Et l'un est aussi mauvais que l'autre. Es ist offenbar, daß Kathinka eine andere Neigung unterhält; die Gegenwart des Grafen in Ihrem Hause stört unsere Pläne, und doch ist sie nicht zu ändern; alles, was sich ziemt, ist Achtsamkeit und Vermeidung dessen, was das Feuer schüren könnte. Ihre Klugheit, mon cher beau-frère, wird das Richtige treffen. Ich verspräche mir am meisten von Trennungen. Lewin muß aus seinem engen Kreise heraus; er muß vor allem die literarischen Allüren abstreifen. Er nimmt diese Dinge gründlicher und ernsthafter, als sich mit dem Edelmännischen verträgt, das wohl ein Interesse haben, aber nicht fachmäßig sich engagieren soll. Bleiben wir in guten Beziehungen zu Frankreich, comme je souhaite sincèrement, so würde ich einen einjährigen Aufenthalt in Paris als ein Glück für ihn ansehen. Er würde das Weltmännische gewinnen, das ihm jetzt fehlt und auf das Kathinka einzig und allein Gewicht legt. Et je suis du même avis.

Je faisais mention de la France. Mein Bruder würde mich auf Hochverrat verklagen, wenn er wüßte, daß ich von einer ›Fortdauer guter Beziehungen‹ gesprochen habe. Und doch ist es gerade sein Gebaren, was mich diese Wünsche noch mehr betonen läßt, als es ohnehin meinen Sympathien entspricht. Il organise tout le monde. Das ganze Oderbruch auf und ab schreitet er zu einer Volksbewaffnung, für die er hundert Namen hat: Landwehr, Landsturm und ›Letztes Aufgebot‹. In seinem Eifer übersieht er, wie diese letzte Bezeichnung, anstatt Furcht einzuflößen, nur tragikomisch wirken kann. Drosselsteins hat er sich bemächtigt; von Bamme spreche ich gar nicht, der immer mit dabei sein muß, wenn es etwas gilt, in dem sich Torheit und Waghalsigkeit den Rang streitig machen. C'est son métier. Es erheitert mich, wenn ich mir seine Groß- und Klein-Quirlsdorfer als mittelmärkische Guerillas denke. Diese Dorfschaften, in denen im Durchschnitt keine sechs Jagdflinten aufzutreiben sind, wollen sich dem Marschall Ney entgegenstellen, à Ney, le héros de la Moskwa. Quant à moi, ich habe nur den Eindruck des Wahnsinns von diesem extravaganten Tun und hoffe, daß die Weisheit des Staatskanzlers, der ich unbedingt vertraue, uns vor einer Politik bewahrt, die uns vernichten und nicht einmal das Mitleid der anderen Staaten sichern würde. Car le ridicule ne trouve jamais de pitié.

Ich sehe stilleren Zeiten und stabileren Zuständen vertrauungsvoll entgegen; Rußland ist keine aggressive Macht; Frankreich wird seine Welteroberungspläne begraben und nach einer Epoche zwanzigjähriger Unruhe eine Epoche des Friedens folgen lassen. J'en suis convaincu. Paris wird wieder werden, was es immer war und was es nie hätte aufhören sollen zu sein: le centre de la civilisation européenne. Je le désire dans l'intérêt universel et dans le nôtre. Dieu veuille vous prendre dans sa sainte garde, mon cher Ladalinski. Tout à vous votre cousine Amélie P.«

Der Geheimrat legte den Brief aus der Hand, dessen politische Meinungen einen geringen, die voraufgehenden Bemerkungen über Kathinka und Bninski aber einen desto größeren Eindruck auf ihn gemacht hatten. Er las die Stelle noch einmal: »Die Gegenwart des Grafen in Ihrem Hause stört unsere Pläne, und doch ist sie nicht zu ändern; alles, was sich ziemt, ist Achtsamkeit und Vermeidung dessen, was das Feuer schüren könnte.« Als er aufsah, fiel sein Blick auf das schöne Frauenbild ihm gegenüber, und allerhand Erinnerungen, in die sich zum ersten Male auch Befürchtungen für die Zukunft mischten, drängten sich ihm auf. Er kannte die Geschichte so vieler Familien. »Es erben ...«, aber ehe er den Gedanken ausdenken konnte, grüßte ihn der Zuruf: »Guten Morgen, Papa«, und auf seinem Sitze sich wendend, sah er Kathinka, die, den Kopf durch die Portiere steckend, ihm freundlich zunickte. Im selben Augenblicke war sie an seiner Seite, und unter ihren Liebkosungen schwanden die trüben Bilder, die noch eben vor seiner Seele gestanden hatten.

4. KAPITEL

Bei Frau Hulen

An demselben Abend war Gesellschaft bei Frau Hulen. Sie konnte damit, wenn sie standesgemäß auftreten und die ganze Flucht ihrer Zimmer öffnen wollte, nicht länger zögern, da Lewin für den nächsten Tag schon seine Rückkehr von Hohen-Vietz angezeigt hatte. Gleich nach Eintreffen dieses Briefes waren denn auch unter Beihilfe eines kleinen lahmen Jungen, der in dem Keller nebenan die Bierflaschen spülte und wegen seines körperlichen Gebrechens sonderbarerweise als Laufbursche benutzt wurde, die Einladungen ergangen und ohne Ausnahme angenommen worden.

Um sieben Uhr brannten die Lichter in der ganzen Hulenschen Wohnung, die neben einer kleinen, schon im Seitenflügel befindlichen Küche aus zwei Frontzimmern und zwei dunklen Alkoven bestand. Die Hälfte davon war an Lewin vermietet, der indessen in seiner Abwesenheit und bei den freundschaftlichen Beziehungen, die zwischen ihm und seiner Wirtin obwalteten, nicht das geringste dagegen hatte, seinen Wohnungsanteil in die Festräume hineingezogen zu sehen.

Und Festräume waren es heute, ganz abgesehen von den Lichtern und Lichterchen, die bis in den Flur hinaus nicht gespart waren. In beiden Öfen war geheizt, und auf den Simsen schwelten Räucherkerzchen, schwarze und rote, während alle Kunst- und Erinnerungsgegenstände, auf die Frau Hulen die besondere Aufmerksamkeit ihrer Gäste hinzulenken wünschte, noch eine besondere, ihnen angemessene Beleuchtung erfahren hatten. Unter diesen Gegenständen standen die Papparbeiten ihres verstorbenen Mannes, der Werk- und Küpenmeister in einer kleinen Färberei, in seinen Mußestunden aber ein plastischer Künstler gewesen war, obenan. Das meiste lag nach der architektonischen Seite hin. Außer einem offenen und figurenreichen Theater, das die Lagerszene aus den »Räubern« darstellte, hatte er seiner Witwe einen dorischen Tempel und einen viertehalb Fuß hohen, in allen seinen Öffnungen mit Rosapapier ausgeklebten Straßburger Münster hinterlassen, der nun heute mit Hilfe kleiner Öllämpchen bis in seine Turmspitze hinauf erglühte. Dieser Münster, wie noch bemerkt werden mag, stand auf einer hochbeinigen Pfeilerkommode und verdeckte gewöhnlich einen dahinter befindlichen kleinen Spiegel; nicht aber heute, wo derselbe, um nicht den Verdacht aufkommen zu lassen, als ob es der Zimmereinrichtung an irgend etwas Standesgemäßem gebräche, um drei Handbreit höher hinaufgerückt worden war. Nur die Turmspitze sah gerade noch in das etwas bleifarbene Glas hinein.

Und wie zeigte sich Frau Hulen selber? Sie trug außer der hohen weißen Haube, ohne welche sich niemand entsann sie je gesehen zu haben, ein braunes, noch von ihrem Seligen eigenhändig gefärbtes Merinokleid, dazu ein schwarzes, eng um den Hals gepaßtes Sammetband, in das abwechselnd blaue und gelbe Sterne eingestickt waren.

»Wie wird es ablaufen?« fragte sie sich und ging noch einmal alle wichtigen Punkte durch, putzte die Lichter, nur um ihre Unruhe loszuwerden, und strich in Lewins Alkoven, der heute als Garderobezimmer dienen mußte, die Bettdecke glatt. Dann sah sie wieder nach dem Straßburger Münster und seiner Beleuchtung, und ihr war, als ob sie hätte eintreten sollen. »Wie wird es werden?« wiederholte sie beklommen, und zugleich einen Blick in den Spiegel werfend, zupfte sie an dem Halsband, das sich etwas verschoben hatte.

In diesem Augenblicke klingelte es. Frau Hulen beeilte sich aufzumachen und war einigermaßen verstimmt, als sie wahrnahm, daß es nur die Zunzen war, eine alte taube Frau, die mit ihr auf demselben Flur wohnte und ihre Einladung zu der heutigen Reunion bloß aus Furcht vor ihren Klatschereien erhalten hatte. Denn sie hatte Gott in der Welt nichts zu tun und stand, sooft sie jemanden ins Haus treten und die letzte Treppe heraufkommen sah, immer hinter dem Kuckloch ihrer Doppeltür, um auszukundschaften, wer und was es eigentlich sei.

»Ich bin wohl die erste, liebe Hulen. Na, einer muß der erste sein.«

»Gewiß, liebe Zunz, und Sie werden doch Ihre nächste Nachbarin nicht warten lassen. Wollen Sie nicht Ihr Tuch ablegen?«

Die Alte, die die Worte der Hulen nicht recht verstanden, aber doch aus ihren Handbewegungen entnommen hatte, um was es sich handelte, schüttelte verdrießlich den Kopf, zog ihr rotes Crèpe de Chine-Tuch, ein Wahrzeichen aus alten, besseren Zeiten her, fester um sich und schritt gravitätisch, als fühle sie sich sicher in dem Furchtgefühl, das sie einflößte, in das nächstgelegene Zimmer. Es war das Lewins. Hier sah sie sich neugierig um, nickte ein paarmal, wie um ihre Überraschung über die Mitverwendung der doch vermieteten Räume auszudrücken, und fragte dann: »Der junge Herr ist wohl verreist?«

»Freilich, liebe Zunz, Sie wissen es ja.«

»So, so«, brummte die Alte und fuhr mit dem Zeigefinger über das kleine Klavier hin, um zu sehen, ob auch der Staub gewischt sei. Dann passierte sie, ein paarmal hüstelnd, wie wenn ihr der Räucherkerzchenqualm beschwerlich falle, die Schwelle zur »guten Stube« und nahm auf dem Sofa Platz.

Dies widersprach nun aber ganz und gar den gesellschaftlichen Arrangements der Hulen, so daß diese, ärgerlich über die Anmaßung der Alten, sich von der Furcht vor ihr freizumachen begann.

»Bitte hier, liebe Zunz«, damit wies sie auf einen steiflehnigen Großvaterstuhl, der zwischen dem Ofen und einer Etagere stand. »Ich hole Ihnen auch das Bilderbuch.«

Die Alte murmelte etwas, das fast wie Protest und jedenfalls wie Verwunderung klang, gehorchte aber doch und setzte sich in den Stuhl, auf den die Hulen hingewiesen hatte. Gleich darauf kam diese wieder, in beiden Händen ein großes und ziemlich schweres Buch haltend, auf dessen Titelblatt (der oberste Deckel war abgerissen) in dicken Buchstaben zu lesen stand: »Die Singvögel Norddeutschlands; neunzig kolorierte Kupfertafeln.«

Die Zunzen schlug auf, aber sie war noch nicht beim dritten Blatt, als es abermals klingelte.

Die jetzt Erscheinende war Demoiselle Laacke, Musik- und Gesanglehrerin und die besondere Freundin der Hulen, die sich durch diesen Umgang geschmeichelt fühlte, ein Mädchen von vierzig, groß, hager, mit langem Hals und dünnem rotblonden Haar. Ihre wasserblauen Augen, beinahe wimperlos, hatten keine selbständige Bewegung, folgten vielmehr immer nur den Bewegungen ihres Kopfes und lächelten dabei horizontal in die Welt hinein, als ob sie sagen wollten: »Ich bin die Laacke; ihr wißt schon, die Laacke, mit reinem Ruf und unbescholtener Stimme.« Von der Königin Luise hatte sie, bei Gelegenheit eines Wohltätigkeitskonzerts, eine Amethystbrosche erhalten. Diese trug sie seitdem beständig. Im übrigen waren Armut, Demut und Hochmut die drei Grazien, die an ihrer Wiege gestanden und sie durch das Leben begleitet hatten. Sie verneigte sich artig, wenn auch etwas steif und herablassend, gegen die alte Zunzen und nahm dann wie selbstverständlich auf dem Sofa Platz.

Frau Hulen setzte sich zu der Neuangekommenen, patschelte ihr die Linke und sagte: »Wie froh ich bin, Sie zu sehen, liebe Laacke. Sie sind immer so gut und machen keinen Unterschied.«

»Ach, liebe Hulen, wie können Sie nur davon sprechen; das wäre ja ungebildet. Sind wir denn nicht alle Menschen?«

Hier trat eine kleine Pause ein, während welcher die Klavierlehrerin ihren Schal von der schmalen und abschüssigen Schulter herabgleiten ließ. Dann fragte sie: »Wen darf man denn noch erwarten?«

Die Hulen rückte unruhig hin und her und sagte etwas verlegen: »Die Ziebolds.«

»Oh, die Ziebolds! Das ist ja hübsch. Ich entsinne mich; er hat eine Stimme, Tenor oder Bariton.«

»Ja, er hat eine Stimme«, fuhr die Hulen fort, »und ist immer spaßhaft und manierlich, aber es mag doch keiner neben ihm sitzen. Und neben der Frau erst recht nicht. Das macht die Pfandleihe. Sehen Sie, die alten Ziebolds, was also die Eltern von diesen Ziebolds waren, das waren sehr gute Leute, ja man kann sagen, es waren feine Leute. Sie hatten das Leinewand- und Strumpfwarengeschäft, Ecke der Jüden und Stralauer, und wir wohnten auf demselben Hof. Das war das Jahr vorher, als der Alte Fritz starb. Und da wurde ja meine alte Mutter krank, und weil sie wieder zu Kräften kommen sollte und ich nicht kochen konnte, weil ich ja immer aus mußte wegen der Näherei, ja, liebe Laacken, ich habe mich auch quälen müssen, da kamen ja nun die Ziebolds, und einen Tag gab es eine Suppe und den andern Tag Braten oder Huhn, immer Flügel und Brust, und sonntags schickte der alte Mann, der eigentlich geizig war, aber ich kann es ihm nicht nachsagen, eine halbe Flasche Wein. Und so ging es bis an ihren Tod, ich meine meiner Mutter Tod.«

Bei dieser Erinnerung fuhr die Sprecherin mit ihrem Zeigefingerknöchel über das rechte Auge.

»Das waren also die *alten* Ziebolds?« bemerkte Mamsell Laacke, die durch Betonung des Wortes andeuten wollte, daß sie eigentlich von den jungen Ziebolds zu hören gehofft hatte. Die Hulen verstand es auch und fuhr fort:

»Ja, das waren die alten, das heißt, sie waren noch gar nicht alt, so um Mitte Funfzig, aber sie machten es auch nicht lange mehr und starben denselben Winter noch, wo meine Mutter gestorben war. Erst sie, den dritten Weihnachtsfeiertag, wenn es nicht schon der zweite gewesen ist, er aber schleppte sich noch so bis in den März. Sie wissen ja, liebe Laacke: ›Märzensonne und Märzenluft graben manchem seine Gruft.‹ Er war immer schwach auf der Brust.«

»Und da kam denn wohl das Geschäft an die *jungen* Ziebolds?« fragte jetzt Mamsell Laacke mit allen Zeichen der Teilnahme an den sich rasch häufenden Todesfällen.

»Ja, an die jungen Ziebolds«, bestätigte die Hulen, »das heißt an *ihn*, denn er hatte damals noch keine Frau. Er war nämlich ein sehr hübscher Mann, und weil er gut reden konnte und eine goldene Brille trug, so sagten sie immer, er sähe aus wie ein Justizkommissarius, und sie nannten ihn auch ›Herr Justizkommissarius Ziebold‹. Das schmeichelte ihm, und er war immer mit Schauspielern und ihren Mamsells zusammen, und eines Tages hatte er eine an dem Hals.«

»Seine jetzige Frau? Ah, ich verstehe.«

»Ja, seine Frau. Da hing denn nun der Himmel voller Geigen. Aber der Krug geht so lange zu Wasser, bis er bricht, und es war noch kein Jahr um, da war alles verkauft, und sie kamen in Not, wie mir die Zunzen erzählt hat. Denn ich wohnte damals noch in der Roßstraße.«

Die Zunzen, die trotz ihrer Taubheit das meiste verstanden hatte, nickte mit dem Kopfe.

»Die junge Ziebolden aber«, fuhr die Hulen fort, »das war immer eine sehr resolute Person, und sie wußte bald Rat, und als ich meinen Mann heiratete und wieder hierher in die Klosterstraße zog, da wohnten sie schon auf dem Hohensteinweg und hatten die Pfandleihe. Nun sehen Sie, liebe Laacke, die Pfandleihe, das war ja noch nichts Schlimmes, und ich sagte damals zu meinem Seligen, daß ich die alten Ziebolds gekannt hätte und daß es sehr gute Leute gewesen wären. Und so kamen wir auch wieder zusammen und besuchten uns. Aber das dauerte ja gar nicht lange, da hieß es: das mit der Pfandleihe, das sei bloß so nebenbei und die Ziebolds liehen Geld auf hohe Zinsen, und sie seien nicht besser als Wucherer und bei zehn Talern müßten die Leute zwanzig Taler schreiben. Und das ist es, warum keiner neben den Ziebolds sitzen will.«

»Bitte, setzen Sie mich neben Herrn Ziebold«, bemerkte Mamsell Laacke mit der ruhigen Haltung einer Äbtissin, die sich hinter dem Schild ihres Rufes und ihrer Stellung gesichert weiß. »Und wen erwarten Sie noch?«

»Herrn Feldwebel Klemm.«

»Ach, der steife, alte Herr mit den Stulpstiefeln, der die Schlacht bei Torgau gewonnen hat. Er streitet immer und trägt eine schwefelgelbe Weste. – Und wen sonst noch?«

»Herrn Nuntius Schimmelpenning.«

»Schimmelpenning!« wiederholte die Laacke, »der Bote vom Kammergericht. Ich entsinne mich. Er soll der Sohn des alten Präsidenten Schimmelpenning sein, nur daß ihm das ›von‹ unter die Bank gefallen ist. Wie kommen Sie nur zu *dem*, liebe Hulen? Ein wenig angenehmer Mann und so wichtig.«

In diesem Augenblicke zog es wieder an dem Draht, und da die Frau Hulenschen Gesellschaften wie andere Gesellschaften waren, so trat denn auch gerade derjenige ein, von dem eben gesprochen worden war: Herr Nuntius Schimmelpenning. Er war ein starker Fünfziger, mit aufgeworfenen Lippen, die er zusammenpreßte und dann wieder schmatzend mit einem kleinen Paff öffnete, wobei er weiße, wundervolle Zähne zeigte. Der alte Präsident hatte es ebenso gemacht. Übrigens hatte die Laacke recht; er konnte an Aufgeblasenheit und Wichtigtuerei mit jedem Truthahn streiten und sah in die Welt hinein, als ob er wenigstens sein Vater oder gar das Kammergericht selbst gewesen wäre. Er glaubte auch so was.

Frau Hulen stellte nun vor; Schimmelpenning aber, von der Verbeugung der ihm unbequemen Mamsell Laacke nicht die geringste Notiz nehmend, schritt auf die alte Zunzen zu, deren Namen ihm auch genannt worden war, und sagte mit lauter Stimme: »Zunz; bei Graf Voß, Wilhelmsstraße? Entsinne mich; habe Ihren Mann noch gekannt.«

»Ich auch«, sagte die Alte, die aus Respekt vor der stattlichen Erscheinung des Nuntius aufgestanden war, im übrigen aber, gerade weil er so laut sprach, alles falsch verstanden hatte. Schimmelpenning, der nicht wußte, was er aus dem »Ich auch« der Alten machen sollte, und bei seiner immer regen Empfindlichkeit nur allzu geneigt war, es für eine Verhöhnung zu nehmen, zog ein verdrießliches Gesicht und schien überhaupt durch seine ganze Haltung ausdrükken zu wollen: »Sonderbare Gesellschaft; wie komm' ich nur dazu?« Dann trat er an die hochbeinige Kommode, trommelte auf dem Dach des Straßburger Münsters und sah in den Spiegel hinein, bei welcher Gelegenheit ihn wieder seine Ähnlichkeit mit dem alten Präsidenten überraschte.

Von dem Garderobezimmer her – in dem, wenn nicht alles täuschte, zwei rasch hintereinander eingetroffene Paare mit dem Ablegen ihrer Sachen beschäftigt waren – hörte man jetzt ein lebhaftes Sprechen, wie es Personen eigen ist, die mit einer Art Nachdruck entweder ihre Unbefangenheit oder ihre besondere Berechtigung ausdrücken wollen, und gleich darauf trat das erste dieser Paare in Frau Hulens Zimmer ein. Es waren Herr Ziebold und Frau, er an seinen Löckchen und seiner goldenen Brille, sie an ihrer theaterhaften Haltung und einem ebenso eng anliegenden wie tief ausgeschnittenen Seidenkleid erkennbar.

Schimmelpenning drückte statt eines Grußes nur leise das Kinn nach unten und würde durch seine reservierte Haltung, die so weit ging, daß er beide Hände auf den Rücken legte, noch mehr aufgefallen sein, wenn nicht das zweite Paar, das beinahe unmittelbar folgte, die Aufmerksamkeit von ihm abgezogen hätte. Es waren Herr Deckenflechter Grüneberg und Tochter, ein hagerer, wachsfarbener Mann, der, weil er auf einem kleinen Stubenwebstuhl allerhand filzartige Tuchstreifen zu breiten und schmalen Fußdecken zusammenwebte, gelegentlich auch Herr Teppichfabrikant Grüneberg genannt wurde. Er selbst bedeutete wenig, trotz seiner Eulenphysiognomie, in welcher Stirn, Kinn und Nasenspitze an derselben senkrechten Linie, Mund und Augen aber weit zurück und sozusagen wie im Schatten lagen; desto mehr aber bedeutete seine Tochter, die groß und stark und ohne alle Ähnlichkeit mit ihm, überhaupt gar nicht seine Tochter, sondern ein angeheiratetes Kind aus seiner verstorbenen Frau erster Ehe war. Sie hieß Ulrike. Beinahe häßlich, mit großen, nichtssagenden und zum Überfluß auch noch weit vorstehenden Augen, hatte sie doch die feste Überzeugung: schön und durch ihre Schönheit zu etwas Höherem berufen zu sein. Ihr Umgang mit Frau Hulen erschien ihr unter ihrem Stande, mehr noch unter ihren persönlichen Ansprüchen, wurde aber doch von ihr gepflegt, weil sie wußte, daß ein adeliger, junger Herr bei der Alten zu Miete wohnte. Ihre Gedanken gingen immer nach dieser Richtung hin.

Herr Ziebold hatte sich neben Mamsell Laacke auf das Sofa gesetzt; Ulrike trat an das Theater und nahm einzelne Figuren, Karl Moor, Roller und den hübschen Kosinski, aus der offenen Szene heraus; von der Zunzen war keine Rede mehr. Schimmelpenning, den Rücken gegen eins der Fenster gelehnt, starrte gleichgültig auf die Decke, und nur Ziebold und Grüneberg unterhielten ein Tagesgespräch, zu dem beide sehr ungleich beisteuerten, Grüneberg in einem Schwall von Worten, Ziebold in einzelnen kurzen und mitunter spöttischen Bemerkungen. Die Hulen kam immer mehr in Aufregung; sie fühlte, daß es nicht so ging, wie es gehen sollte, und immer neue Versuche zur Annäherung ihrer Gäste machend, sagte sie schon zum dritten oder vierten Mal: »Sie kennen sich ja schon von früher.«

Die so Angeredeten schienen sich aber jedesmal nur sehr langsam und widerstrebend darauf zu besinnen. Die Widerstrebendste war Frau Ziebold. Sie spielte mit ihrer goldenen Erbskette, über deren Ursprung allerhand dunkele Gerüchte gingen, und warf ihrem Manne Blicke zu, sich mit dem dummen Menschen, dem Grüneberg, nicht zu weit einzulassen. Sonst verzog sie keine Miene. Nur wenn sie Ulrikens Wichtigkeit sah, lächelte sie. Denn sie kannte die Grünebergs »vom Geschäft her« und hatte der Tochter, die hinter dem Rücken des Vaters alles tat, was ihr bequem war, mehr als einmal aus der Verlegenheit geholfen.

Von Gästen fehlte nur noch Feldwebel Klemm; endlich kam auch er, und Frau Hulen, die Wunderdinge von ihm erwartete, atmete auf. Er war in demselben Aufzuge, Stulpenstiefel und hochzugeknöpfte, schwefelgelbe Weste, in dem er sich überall präsentierte, und machte sich, nachdem er Mamsell Laacke zum Ärger Ulrikens mit besonderer Auszeichnung begrüßt hatte, namentlich mit den Ziebolds zu schaffen, sei es, weil er in seiner Eigenschaft als Zwischenträger und Gelegenheitsmacher allerhand unaufgeklärte Beziehungen zu ihnen hatte, oder weil er einfach zeigen wollte, daß er das Recht habe, sich über das Gerede der Leute wegzusetzen und seine Sonne über Gerechte und Ungerechte scheinen zu lassen. An Schimmelpenning, der mittlerweile seine Stellung mit halbrechts gewechselt und sich an einen altmodischen Eckschrank gelehnt hatte, ging er ohne Gruß vorüber; beide maßen sich mit einem Ausdruck von Geringschätzung.

»Wir sind nun alle beisammen«, nahm Frau Hulen das Wort, »und ich denke, wir wollen recht fröhlich und ausgelassen sein. Nicht wahr, liebe Laacke? Sie singen uns doch nachher etwas? ›Schweizerfamilie‹ oder ›Bei Männern, welche Liebe fühlen‹.«

»Aber liebe Hulen.«

»Warum nicht, Laackechen? Es ist ja bloß ein Lied. Und Mamsell Ulrike hört es gewiß gern und wir andern auch. Und nicht wahr, Herr Ziebold, Sie begleiten doch? Aber nun wollen wir uns zu Tische setzen. Bitte, liebe Zunzen, helfen Sie mir den Tisch hereinbringen.«

Unsere gute Hulen hatte die letzten Worte sehr laut gesprochen; nichtsdestoweniger antwortete die Alte, die vielleicht wirklich nicht gehört hatte, vielleicht auch nur ärgerlich war, zu dieser Dienstleistung wie selbstverständlich herangezogen zu werden: »Na, ich denke doch bis zehn«, worauf sich Mamsell Laacke, um allen weiteren Erörterungen vorzubeugen, mit fast jugendlicher Raschheit erhob und den Eßtisch aus der Küche hereintragen half. Stühle wurden gerückt, und in kürzester Zeit saß alles: Klemm obenan, Frau Hulen unten, die Zunzen dicht neben ihr; dann kamen die Pfandleihersleute, an beiden Ecken einander gegenüber; neben Ziebold, wie sie es sich ausbedungen hatte, die Laacke.

Alle Speisen standen schon in der Mitte, als erster Gang eine große Schüssel mit Mohnpilen, daneben links ein Heringssalat und rechts eine Sülze. Alles reich gewürzt; auf dem Mohn eine dichte Lage von gestoßenem Zimt, auf dem Salat kleine Zwiebeln, die mit Pfeffergurken und sauren Kirschen abwechselten. Ein echtes Berliner Essen.

»Bitte, so vorliebzunehmen; Mamsell Ulrike, wollen Sie nicht so gut sein und die Pilen herumgehen lassen? Gott, wie ich mich freue!«

»Ganz auf unserer Seite«, antwortete Herr Ziebold und putzte erst seine Brille, dann heimlich auch die Gabel am Tischtuchzipfel ab.

Was das Gespräch anging, so konnte sich's aller Wahrscheinlichkeit nach nur darum handeln, ob es durch Klemm oder Schimmelpenning geführt werden sollte; Grüneberg war zu einfältig, und Ziebold, der in seinen jungen Jahren ein echter Berliner Vielsprecher gewesen war, hatte sich inzwischen aus diesem Geschäft zurückgezogen und begnügte sich damit, die Reden anderer mit einigen Schlagwörtern zu begleiten.

»Sagen Sie, liebe Hulen«, nahm Schimmelpenning das Wort, »wie heißt denn eigentlich der junge Herr, der bei Ihnen wohnt?«

»Vitzewitz, Herr Nuntius.«

»Vitzewitz«, wiederholte dieser, »ein sonderbarer Name.«

»Es kann nicht jeder Schimmelpenning heißen«, sagte Klemm und wechselte Blicke mit seinem Gegner. »Übrigens, wenn ich recht unterrichtet bin, heißt er *von* Vitzewitz.«

Schimmelpenning war gerade gescheit genug, um die Malice herauszufühlen, ignorierte die Zwischenrede aber völlig und fuhr, zu Frau Hulen gewandt, fort: »Was studiert er denn eigentlich?«

»Er studiert … es ist so was Fremdes und Lateinisches, und wenn er noch ein paar Jahre dabei bleibt, dann kommt er ans Kammergericht.«

»Nu, nu«, sagte Schimmelpenning und reckte sich etwas höher.

»Aber er wird nicht dabei bleiben, er hat immer anderes vor und liest den ganzen Tag Komödienstücke von einem Mohr, der seine Frau würgte, und von einem alten König, der wahnsinnig wurde, weil ihn seine Kinder, noch dazu Töchter, im Stiche ließen. Ich höre das immer, denn er spricht so laut, daß es die Zunzen durch die Wand hören könnte, nicht wahr, liebe Zunz, und wenn ich dann anklopfe und ihm einen Brief bringe oder eine Flasche frisches Wasser, dann seh' ich mitunter, daß er geweint hat. Ja, Sie lachen, Herr Schimmelpenning, aber er hat ein weiches Herz, und ein weiches Herz ist keine Schande. Ich könnte davon erzählen, wie gut er ist.«

»Nun, so erzählen Sie doch«, rief Ulrike, während Frau Ziebold und ihr Mann sich wieder verständnisvoll ansahen.

Die Hulen aber fuhr fort: »Nun gut, Ulrikchen, ich will es Ihnen erzählen. Unsere Betten stehen nämlich Wand an Wand, und die Wand hat nur einen Stein. Und nun hab' ich ja meinen Magenkrampf, und da hilft nichts, kein Doktor und kein Apotheker. Und richtig, es war so um Martini herum, und vielleicht war ich auch selber schuld, weil ich von dem Gänsebraten gegessen hatte, der immer Gift für mich ist, und siehe da, da hatt' ich ihn wieder. Und ich wußte mir nicht anders zu helfen, denn die Wehtage wurden immer größer, und ich klopfte. Erst ganz leise; und als ich das zweitemal geklopft hatte, da rief er: ›Gleich, Frau Hulen, ich komme schon.‹ Und als ich noch so denke, was wohl das beste sein wird, da steht er auch schon da, gestiefelt und gespornt, und sagt bloß: ›Magenkrampf? Ich dacht' es mir; na, da weiß ich Bescheid, Frau Hulen.‹ Und keine halbe Minute, da hör' ich ihn in der Küche, wie er Holz spaltet und in der Asche herumklopft und an meinem Küchenschapp die Kasten aufzieht, einen nach dem andern. Un nu merk' ich ja, was er vorhat, und rufe aus meinem Bett heraus: ›Zweites Fach rechts!‹ ›Schon gut, Frau Hulen‹, sagt' er, ›ich habe schon‹, und nu dauert es auch gar nicht lange mehr, da ist er da. Und was bringt er? Einen richtigen Kamillentee, bloß ein bißchen zu stark und noch zu heiß. Aber da goß er ihn ja aus der Obertasse in die Untertasse, zweimal, dreimal, bis er mundrecht war. Und nu trank ich. Und wollen Sie glauben, mir wurde gleich besser. Ich will nich sagen, daß es der Kamillentee war, aber die Guttat war es, die ging mir zu Herzen, und der Magenkrampf war weg.«

»Aber liebe Hulen!« sagte jetzt langsam und jede Silbe betonend die Laacke, die während der ganzen Erzählung verlegen auf ihren Teller geblickt hatte.

Die Hulen aber ließ sich nicht einschüchtern und erwiderte ziemlich scharf: »Liebe Laacke, ich sehe bloß, daß Sie noch keinen Magenkrampf gehabt haben.«

»Sehr richtig«, bemerkte Ziebold, indem er der neben ihm sitzenden Alten gutmütig und vertraulich auf ihrer welken Hand herumtrillerte, »ich habe die Bekanntschaft dieses Peinigers nur einmal gemacht, aber gerade gründlich genug, um zeitlebens zu wissen, was es mit ihm auf sich hat. Das war anno sechs, an dem Tage, als die Löffelgarde einzog. Es regnete leise und war schon kalt. Wann war es doch, Herr Feldwebel Klemm?«

»Ende Oktober.«

»Ganz richtig; ich erkältete mich bis auf den Tod und hatte Schmerzen, daß ich schrie; aber es tut mir doch nicht leid, bei diesem Löffelgardeneinzug mit dabei gewesen zu sein.«

»Warum hieß es denn eigentlich die Löffelgarde?« fragte Ulrike.

»Weil sie statt des Federstutzes einen blechernen Löffel trugen. Die anderen Herrschaften werden es damals alle gesehen haben, aber wenn Mamsell Grüneberg davon hören will ...«

»Bitte«, sagte Ulrike verbindlich, und Ziebold, der sich von der ihm unbequem werdenden Kontrolle seiner Frau freizumachen begann, fuhr ohne weiteres fort: »Diese Löffelgarde, wie mir Herr Feldwebel Klemm bestätigen wird, hatte allerhand Absonderlichkeiten und schickte, wenn sie einzog, einen aus ihrer Mitte voraus, der zwanzig oder dreißig Schritt' vor der nachrückenden Kolonne ging und durch sonderbare Manieren und ein absichtlich abgerissenes Kostüm ankündigen mußte: jetzt kommt die Löffelgarde! Denn sie waren stolz auf ihren Namen und ihr Abzeichen.«

Ziebold, der als guter Erzähler den Wert einer Pause zu schätzen wußte, bat hier um ein Glas Wasser und nahm erst, als Frau Hulen das Gewünschte gebracht hatte, seinen Faden wieder auf.

»Ich sehe noch den ersten, der durch das Hallesche Tor kam. Er gehörte zu dem schlimmen Davoustschen Korps, und alles, was dieses Korps bedeutete, das lag in diesem einen vorausmarschierenden Mann. Er war lang und hager, mit blassem Gesicht und pechschwarzem Haar, das ihm tief in die Stirn hing. Seine Beinkleider, von einer Art Leinenzeug, waren schmutzig und zerrissen, und die halbnackten Füße steckten in Schuhen, eigentlich nur noch Sohlen, die wie Sandalen festgebunden waren. Ein Pudel, den er an einem Strick führte, ging auf zwei Beinen nebenher und fing die Brotstücke auf, die ihm von ihm zugeworfen wurden. An seinem Pallasch aber, den er statt des gewöhnlichen Infanteriesäbels trug, hing eine Gans, und auf dem kleinen, fuchsig gewordenen Hut, den er schief und pfiffig aufgesetzt hatte, steckte der blecherne Löffel, das Feldzeichen der ganzen Bande.«

»Ach, wie nett«, sagte Ulrike, der zu Ehren die ganze Geschichte erzählt worden war, »ein blecherner Löffel, es ist doch zu komisch.«

Feldwebel Klemm aber, der keine Gelegenheit vorübergehen ließ, seine Franzosenfreundlichkeit zu betonen, und durch den wohlberechneten Appell an sein endgültiges Urteil nicht ganz gewonnen worden war, rief über den Tisch hin: »Ich möchte Herrn Ziebold nur bemerken, daß es doch am Ende keine ›Bande‹ war, die damals unter dem Befehl des Marschall Davoust, Herzogs von Auerstädt und späteren Prinzen von Eckmühl, Durchlaucht, durch das Hallesche Tor einzog. *Wenn* es aber eine Bande war, so war es jedenfalls eine ganz aparte, denn sie kam recte von Jena her, wo wir, um es milde zu sagen, vor dieser Bande nicht zum besten bestanden hatten.«

»Nein, nicht zum besten«, antwortete Frau Hulen. »Aber nichts für ungut, Herr Feldwebel Klemm, davon dürfen wir nicht sprechen, denn das ist ein schlechter Vogel, der sein eigen Nest beschmutzt, und das Unglück von damals oder die Schande von damals, ich weiß nicht, was richtig ist, das muß nun begraben und vergessen sein. Ich habe freilich auch gedacht, es wäre mit uns vorbei, weil es alle Leute sagten, und man ist doch nur eine arme Frau, die nicht ›nein‹ sagen darf, wenn die andern ›ja‹ sagen. Aber das kann ich Ihnen sagen, Herr Klemm, schon das nächste Jahr, als ich die zwei grünen Särge sah, da wußte ich, daß wir wieder aufkommen würden.«

»Zwei grüne Särge?« fragte Ulrike und versuchte zu lachen.

»Ja, zwei grüne Särge, drin die beiden alten Sängebuschens begraben wurden. Er und sie. Haben Sie denn nicht davon gehört, Ulrikchen? Sie müssen doch damals, mit Permission, schon ein halbwachsenes junges Ding gewesen sein.«

»Nein«, versicherte Ulrike.

»Nun«, fuhr Frau Hulen fort, »die beiden alten Sängebuschens, die hier gleich um die Ecke wohnten, zwei Häuser von der Waisenkirche, die waren es also. Er war Registrator, aber früher war er Soldat gewesen und hatte unter vier Königen gedient, und als das Rheinsberger Denkmal fertig war und Prinz Heinrich alle alten Soldaten einlud, da lud er auch den alten Sängebusch ein, daß er mit dabei sein sollte. Ich habe den Brief selbst gesehen, alles deutsch geschrieben, aber Henri war französisch. Und als er nun starb, ich meine den alten Sängebusch, da fanden sie einen Zettel, darauf geschrieben stand, daß er in einem grünen Sarge begraben werden wolle, bloß um seinen Glauben und seine Zuversicht zu zeigen, daß sein liebes Vaterland Preußen wieder aufkommen würde … Und nun starb ja die Frau, die auch alt und krank war, denselben Tag, und so kam es, daß *zwei* grüne Särge bestellt wurden. Der alte Prediger Buntebart aber, als sie begraben werden sollten, ließ eine schwarze Bahrdecke darüber decken, weil er ängstlich war und keinen Lärm und keinen Aufstand haben wollte. Aber da kannt' er die Berliner schlecht, und als der Zug sich in Bewegung setzte, rissen sie die Bahrdecke herunter, daß die grünen Särge wieder sichtbar wurden, und so trugen sie sie zwischen vielen tausend Menschen hin, und alles nahm den Hut ab und dachte bei sich: ›Ob wohl der alte Sängebusch recht behalten wird?‹ Und er *hat* recht behalten. Bäcker Lehweß, als ich heute das Frühstück holte, sagte zu mir: ›Hören Sie, Hulen, Preußen kommt wieder auf.‹ Und der alte Bäcker Lehweß sagt nicht leicht was, was er nicht verantworten kann.«

Herr Ziebold nickte der alten Hulen freundlich zu, Feldwebel Klemm aber, mit dem linken Zeigefinger zwischen Hals und Krawatte hin- und herfahrend, sagte halb ungeduldig, halb herablassend: »Das ist eine rührende Geschichte, Frau Hulen; aber den alten Sängebusch und seinen grünen Sarg in Ehren, er könnte sich doch geirrt haben.«

»Wer nicht?« antwortete Schimmelpenning, der nicht leicht eine Gelegenheit vorübergehen ließ, einer von Klemm geäußerten Ansicht zu widersprechen. »Wer nicht? sage ich noch einmal; Sie, ich, jeder. Irren ist menschlich, aber dieser alte Sängebusch hat sich *nicht* geirrt. Ich bitte, mich nicht mißzuverstehen; grüne Särge hin, grüne Särge her, ich bin Protestant und verachte jeden Aberglauben. Diese grünen Särge sind eine Kinderei. Aber wir müssen doch wieder aufkommen, und warum? Weil wir die Gerechtigkeit haben. Da liegt es. Justitia fundamentum imperii. Zeigen Sie mir in der ganzen alten und neuen Geschichte so etwas wie die Mühle von Sanssouci oder wie den Müller Arnoldschen Prozeß. Das Kammergericht, meine Herrschaften. Und ›es gibt noch Richter in Berlin‹, haben selbst unsere Feinde zugestanden. Ich will nichts gegen die Franzosen sagen, aber eins *muß* ich sagen: sie haben keine Gerechtigkeit. Und wo keine Gerechtigkeit ist, da ist kein Maß, und wo kein Maß ist, da ist kein Sieg. Und *wenn* ein Sieg da war, so hat er keine Dauer und verwandelt sich in Niederlage. Und der Anfang dieser Niederlage ist da. Der Russe drängt nach, wir legen uns vor, und so zerreiben wir diese französische Herrlichkeit wie zwischen zwei Mühlsteinen.«

»Sie sprechen von zwei Mühlsteinen«, lächelte Klemm, »gut, ich lasse die zwei Steine gelten, aber was dazwischen zerrieben werden wird, das werden nicht die Franzosen sein, sondern die Russen.«

»Nicht doch, nicht doch«, riefen Ziebold und Grüneberg gleichzeitig und setzten dann hinzu: »Oder zeigen Sie uns wenigstens, *wie.*«

Dieser Aufforderung hatte Klemm entgegengesehen.

»Es wäre gut, wir hätten eine Karte«, sagte er; »aber ein paar Striche tun es auch. Frau Hulen, ich bitte um einen Bogen Papier.«

Frau Hulen beeilte sich, den gewünschten Bogen herbeizuschaffen, auf dem Klemm nun, mit jener Sicherheit, wie sie nur die tägliche Wiederholung gibt, dieselben Linien zu zeichnen begann, die er schon am Neujahrsabend mit Kreide auf den Tisch gezeichnet hatte.

Dann hob er an: »Dieser dicke Strich also, wie ich zu bemerken bitte, ist die Grenze, rechts Rußland, links Preußen und Polen. Achten Sie darauf, meine Herrschaften, auch Polen. Hier links ist Berlin, und hier, zwischen Berlin und dem dicken russischen Grenzstrich, diese zwei kleinen Schlängelinien, das sind die Oder und die Weichsel. Nun müssen Sie wissen, an der Oder und Weichsel hin, in sechs großen und kleinen Festungen, stecken dreißigtausend Mann Franzosen, und ebenso viele stecken hier unten in Polen, in einer sogenannten Flankenstellung, halb schon im Rücken. Ich wiederhole Ihnen, achten Sie darauf; denn in dieser Flankenstellung liegt die Entscheidung. Jetzt drängt der Russe nach; schwach ist er, denn wenn eine Armee friert, friert die andere auch, und schlottrig geht er über die Weichsel. Und nun geschieht was? Von den Oderfestungen her treten ihm dreißigtausend Mann ausgeruhter Truppen entgegen, während von der polnischen Flankenstellung her andere dreißigtausend Mann heraufziehen, sich vorlegen und ihm die Rückzugslinie abschneiden. Und klapp, da sitzt er drin. Das ist, was man eine Mausefalle nennt. Ich mache mich anheischig, Ihnen die Stelle zu zeigen, wo die Falle zuklappt. Hier, dieser Punkt; es muß Köslin sein oder vielleicht Filehne. Ich gehe jede Wette ein, zwischen Köslin und Filehne kapituliert die russische Armee. Wie Mack bei Ulm. Was nicht kapituliert, ist tot.«

Alles war erstaunt; nur Schimmelpenning, der in den Weißbierlokalen der Stadt nicht viel weniger gut zu Hause war als sein Gegner, sagte mit einschneidender Ruhe: »Es ist bekannt, Herr Klemm, daß Sie diese Sätze jetzt täglich wiederholen, buchstäblich wiederholen, wobei es nichts tut, ob Sie die Weichsel mit Bleistift auf Papier oder mit Kreide auf den Tisch zeichnen. Sie werden über kurz oder lang Ungelegenheiten davon haben; doch das ist Ihre Sache. Eins aber ist meine Sache, Ihnen zu sagen, daß ich alles, was Sie tun und sprechen, unpatriotisch finde.«

»Muß ich bei Ihnen Patriotismus lernen?« brauste Klemm auf und schlug mit der flachen Hand auf den Tisch. »Ehe Ihnen Ihre Mutter, ich bitte um Entschuldigung, meine Damen, die ersten Hosen anpaßte, war ich schon bei Torgau. Ich habe die Grenadiers gesammelt …«

»Ich weiß davon«, unterbrach ihn Schimmelpenning, »aber das waren nicht *Sie,* das war der Major von Lestwitz.«

»Ich weiß nicht, was der Major von Lestwitz getan hat«, schrie der immer aufgeregter werdende Klemm, »aber was *ich* getan habe, das weiß ich.«

»Und behalten es in gutem Gedächtnis«, höhnte Schimmelpenning weiter. »Auch ist es noch keinem eingefallen, Herr Klemm, daß Sie jemals eine von Ihren Großtaten vergessen hätten.«

Bei dem Worte »Groß« machte der Nuntius eine lange, maliziöse Pause; Frau Hulen aber, die den Streit aus der Welt zu schaffen wünschte, wandte sich an Herrn Schimmelpenning und bat ihn mit eindringlicher Stimme, die auf dem linken Flügel noch unberührt stehende Sülze herumgehen zu lassen. Es wurde nicht überhört, so hoch die Wogen auch gingen. Als das neue Gericht bei der Zunzen vorbeikam, die von Zeit zu Zeit an Hustenanfällen litt und deshalb vorsichtig mit reizbaren Sachen sein mußte, beugte sie sich zur Hulen und fragte leise: »Viel Pfeffer?«, worauf diese antwortete: »Nein, liebe Zunz, englisch Gewürz.« Diese beruhigende Erklärung schien von der Alten richtig verstanden zu werden, denn sie nahm ausgiebig von der Schüssel, die sie noch in Händen hielt. Dem ausbrechenden Streit der Gegner aber war glücklich gesteuert. Bald darauf wurde aufgestanden, und nachdem sich, mit Ausnahme von Klemm und Schimmelpenning, alles die Hände gedrückt und eine gesegnete Mahlzeit gewünscht hatte, begab man sich paarweise in Lewins Zimmer, wo nun Punsch und Krausgebackenes herumgereicht wurde.

»Und nun, liebe Laacke, singen Sie uns was; aber nichts Trauriges, nicht wahr, Ulrikchen, nichts Trauriges?« Ulrike stimmte bei, worauf Mamsell Laacke bemerkte, daß sie nichts Trauriges singen wolle, aber auch nichts Heiteres. Das Heitere widerstände ihr, weil es flach und unbedeutend sei; sie liebe das Gefühlvolle, und man solle immer nur das singen, was der eigenen Natur entspräche. Denn »in unserer Stimme ruht unser Herz«.

Es wurden nun Lewins Noten einer wiederholten Durchsuchung unterworfen, bis endlich ein paar Opernarien gefunden waren, in denen der vielgerühmte Tenor des Herrn Ziebold mitwirken konnte. Mamsell Laacke überreichte ihm ein himmelblau broschiertes Heft, auf dessen Titelblatt zu lesen stand: »Fanchon, das Leiermädchen, von Friedrich Heinrich Himmel, Klavierauszug, Akt II«; darunter ein Bildnis Fanchons, kurzärmlig, mit Kopftuch und einer Art Mandoline in der Hand.

Nichts konnte, alles in allem erwogen, willkommener sein als das. Ein Duett hat immer etwas von dem Reize einer dramatischen Szene. Die Laacke intonierte und begann, während Herr Ziebold seine Linke auf die niedrige Stuhllehne legte:

In heitrer Abendsonne Strahlen,
Dort, wo die Alpenrose keimt,
Laß ich die liebe Hütte malen,
Wo meine Kindheit ich verträumt.

Daß eine Grille nie dich lenke,
Die nur gemeine Seelen kränkt;
Entehren jemals die Geschenke
Von dem, der uns sein Herz geschenkt?

Nachdem diese letzte Zeile nicht nur dreimal wiederholt, sondern seitens der gefühlvollen Laacke auch mit besonderem Nachdruck vorgetragen worden war, fiel der Tenor Ziebolds ein, und beide sangen nun die Schlußstrophe:

Die Liebe teilet unbefangen,
Was einem nur das Glück beschied,
Und zwischen Geben und Empfangen
Macht Liebe keinen Unterschied.

Ziebold hatte von alter Zeit her eine Force im Tremulando und erzielte damit auch heute eine solche Wirkung, daß die bis dahin kühle Stimmung umschlug und die Gefühle allgemeiner Menschenliebe wenigstens momentan zum Durchbruch kamen. Der Abend war jetzt entschieden auf seiner Höhe. Frau Hulen empfand dies und schlug deshalb unverzüglich eine Wanderpolonaise vor, die denn auch, durch alle Zimmer hin, unter geschickter Umkreisung des stehengebliebenen Eßtisches ausgeführt wurde. Zum Schluß aber spielte die Laacke zu hastig und ließ absichtlich einige Takte aus. »Bin ich eingeladen, um auf diesem Klimperkasten dieser froschäugigen Mamsell Ulrike zum Tanze aufzuspielen?« So drängten sich die Fragen, und der letzte Moment des Festes war wieder ein Mißakkord.

Eine Viertelstunde später gingen die Paare nach verschiedenen Seiten hin die Klosterstraße hinunter, die Ziebolds links, auf den Hohen Steinweg zu.

»Das ist nun das letztemal gewesen«, sagte Frau Ziebold; »du bringst mich nicht mehr hin. Ich habe nicht Lust, mit Mamsell Laacke auf demselben Sofa zu sitzen. Und dies alberne Ding, die Ulrike! Sah mich an, als hätte sie mich noch nie gesehen; ich glaube gar, sie dachte, daß ich sie zuerst grüßen sollte. Und wie steht es denn? Sie hilft uns nicht, aber wir helfen ihr. Das gelbe Mohrkleid und die Zuckerzange lagern nun schon in die zehnte Woche.« Hier hielt die Sprecherin, denn die Luft ging scharf, einen Augenblick inne, um Atem zu schöpfen. Dann aber fuhr sie fort: »Und nun gar diese Mannsbilder! Ich weiß wirklich nicht, wer unausstehlicher ist, dieser Klemm, der nur drei Stücke auf seiner Leier hat, oder dieser Schimmelpenning, der aussieht, als habe er die Gerechtigkeit erfunden.«

Ziebold lachte und sagte: »Du vergißt Grünebergen; war er nicht dein Tischnachbar?«

»Freilich war er das; aber glaubst du, daß er ein Wort mit mir gesprochen hätte? Und warum nicht? Weil er ein alter Narr ist und immer das liebe Töchterchen angafft und auf den Prinzen wartet, der sie mit einer goldenen Kutsche abholen soll. Und dann nimm es mir nicht übel, Ziebold, die Hulen ist eine gute Frau, aber was waren das für Pilen? Semmelstücke, und das bißchen Mohn kratzig und multrig.«

Die *Grünebergs* hielten sich derweilen rechts. Als sie um die Ecke der Stralauer Straße bogen, sagte Ulrike: »Ich weiß eigentlich nicht recht, was der Hulen beikommt? Immer so, als ob sie keine arme Frau wäre; drei Gerichte und Krausgebackenes und Punsch. Mir gefällt es nicht, und ich finde es unrecht. Und dann immer in zwei Stuben, als ob ihr alle beide gehörten! Wenn ich eine Stube vermiete, so habe ich sie vermietet; der junge Herr von Vitzewitz, der mir das letztemal aufmachte, als ich klingelte, weil die Hulen nicht zu Hause war, würde sich doch sehr wundern, wenn er diese Mamsell Laacke mit ihren langen knöchernen Fingern auf seinem Klavier hätte herumhantieren sehen. Und diese Singerei! Da hör' ich doch lieber die Kurrende. Aber es soll immer so was sein. Ein bißchen Blindekuh oder ein paar Kartenkunststücke, das ist ihr nicht genug ... Und was für Menschen! Er, Ziebold, das muß wahr sein, ist ein kulanter Mann, und man merkt es ihm an, daß es ihm nicht an der Wiege gesungen worden ist. Aber diese Person, seine Frau! Immer in Seide und mit Korallenohrbommeln; ich mag nicht wissen, wem sie gehören. Sie muß doch Mitte Vierzig sein, und dabei ausgeschnitten wie die jüngste. Aber das weiß ich, ich gehe nicht wieder hin. Ich will mir nicht meinen Ruf verderben.«

So dachten auch die andern. Befriedigt war nur Frau Hulen selbst.

5. KAPITEL

Soiree und Ball

Um die vierte Stunde des andern Tages, die Sonne war eben unter, hielten die seit einer Woche kaum noch aus dem Geschirr gekommenen Hohen-Vietzer Ponies vor dem uns aus dem Beginn unserer Erzählung bekannten Hause in der Klosterstraße. Lewin hatte die Leinen genommen und wartete geduldig auf die Rückkehr des Kutschers, der abgestiegen war, um den altmodischen, mit vielen Riemen zugeschnallten Mantelsack in die Frau Hulensche Wohnung hinaufzutragen. Das Gefährt war nicht mehr der nur für eine Nachtfahrt geeignete Sack- und Planschlitten, sondern der leichte, zweisitzige Kaleschwagen, mit dem Berndt seine hier- und dorthingehenden Ausflüge zu machen pflegte. Es wurd' unserm Freunde nicht schwer zu warten, denn der ganze nordwestliche Himmel glühte noch, und die kleine, fast unmittelbar zu seiner Linken gelegene, ringsumher von Efeu umwachsene Klosterkirche stand wie ein Schattenbild in dieser abendlichen Glut und nahm seine Aufmerksamkeit gefangen. Von allen Seiten kamen Krähen heran, setzten sich auf die Zacken des Giebelfeldes und berieten sich, wie sie zu tun pflegen, für die Nacht. In der Straße war nur wenig Leben; die Laternen wurden an ihren langen Drahtketten herabgelassen, langsam angezündet und langsam und knarrend wieder in die Höhe gezogen. Endlich kam Krist zurück, und während dieser, ohne wieder aufzusteigen, das Fuhrwerk nach dem »Grünen Baum« hinüberdirigierte, öffnete Lewin die schwere, mittelst eines innen angebrachten Steingewichts sich von selbst schließende Haustür und stieg die Treppen hinan.

Auf der dritten und letzten schimmerte schon das Licht, mit dem Frau Hulen auf den Flur getreten war, teils um ihrem jungen Herrn Lewin ihren Respekt zu bezeigen, aber noch mehr, um die dicke Efeugirlande über der Tür sichtbar zu machen, die sie zu seinem Empfange geflochten.

»Guten Abend, Frau Hulen.« Damit trat er erst in den Alkoven und von diesem aus in das große Vorderzimmer, das die Liebe und Sorgfalt der Alten in ähnlicher Weise festlich hergerichtet hatte. Auf dem runden Sofatische standen zwei kleine brennende Lichter, Kaffeegeschirr und ein Napfkuchen, während eine zweite Girlande, auch von Efeu, aber schmal und zierlich und aus einzelnen Blättern zusammengenäht, die damastne Kaffeeserviette einfaßte.

»Aber das ist ja, als ob ein Bräutigam einzöge, Frau Hulen; wo kommt nur all der Efeu her?«

»Kirchenefeu, junger Herr.«

»Also von drüben?«

»Ja, drüben von der Klosterkirche; ich hab' ihn an dem linken Chorpfeiler gepflückt, wo Küster Susemihls Johanna mit dem kleinen Würmchen begraben liegt. All in eins, Mutter und Kind. Es sind nun drei Jahr. Können sich der junge Herr nicht mehr entsinnen?«

»Nein. Was war es denn damit?«

»Es soll ein Marschall gewesen sein; aber Herr Kaufmann Ziebold hat mich ausgelacht; es sei freilich ein Marschall gewesen, aber bloß ein französischer Logiermarschall, was sie bei uns einen Wachtmeister nennen. Na, lieber Gott, ich kann es nicht wissen, ich bin eine alte Frau, aber das weiß ich, Marschall oder nicht, daß er einen schweren Stand haben wird, denn es war ein gutes Kind, die Johanna, und sie hielt auf sich, und selbst die alte Zunzen, die von jedem was weiß, wußte ihr nichts nachzusagen. Es war noch ein Glück, daß das Kind gleich tot war. Einige sagen freilich, es wäre nicht tot gewesen, aber ich glaub' es nicht, und man soll nicht sagen, was man nicht beweisen kann. Und nun langen Sie zu, junger Herr, und schenken sich ein, ehe der Kaffee kalt wird.«

»Ja, Frau Hulen, das ist leichter gesagt als getan. Wo denken Sie hin? So bei Gräberefeu ...«

»Ach, junger Herr, da kenn' ich Sie besser. Wenn die Dienstagsherren hier sind, der dicke Herr Hauptmann, der immer so spaßig ist, und der Herr von Jürgaß und der Herr Himmerlich, der solche dünne Stimme hat, und ich höre dann von nebenan zu, da weiß ich schon, je lauter sie lesen und je rührender es ist, desto mehr Tassen und Gläser muß ich bringen. Und wer dann am meisten dabei ist, das ist mein junger Herr.«

»Nun, Frau Hulen, wenn die Sachen so liegen, da muß ich es schon versuchen«, und dabei schenkte er sich ein und machte sich's bequem, während die Alte, um ihn nicht länger zu stören, aus dem Zimmer ging.

Auf dem Tische, zu einem kleinen Fächer geordnet, lagen auch die vier, fünf Briefe, die während seiner Abwesenheit eingegangen waren. Einer von Jürgaß enthielt eine kurze Anfrage, wann und wo die nächste Kastaliasitzung stattfinden solle, ein anderer, erst vor wenig Stunden geschrieben, war von Tubal. Nur wenige Zeilen. Lewin las:

»4. Januar. Seit vorgestern abend sind wir wieder hier. Papa, der uns schon früher von Guse zurückerwartet hatte, hat auf heute (Montag) eine Soiree angesetzt. So du rechtzeitig eintriffst, laß uns nicht im Stich. Wir haben Überfluß an Herren, aber nicht an Tänzern. Die Mazurka, die vor dem Feste bei Wylichs aufgeführt wurde und in der Kathinka, wie Du gehört haben wirst, einen ihrer Triumphe feierte, soll wiederholt werden. Du fehltest damals; sei heute da. Dein T.«

Lewin legte das Blatt aus der Hand, das ihn verstimmt hatte. Während der Fahrt war er geschäftig gewesen, sich diesen ersten Abend als ein häusliches Idyll auszumalen, alles hell und licht, in dem Frau Hulens weiße Haube, die weiße Teekanne und viele quadratisch gefaltete weiße Blätter (von denen er jedes zu beschreiben hoffte) die seinem Auge sich einschmeichelndsten Punkte waren, und nun zerrann dieser Traum in demselben Augenblicke, in dem er ihn zu verwirklichen dachte. Er hatte weder Lust zu tanzen noch tanzen zu sehen, am wenigsten Kathinka, deren Mazurkapartner, wie er sich aus begeisterten Schilderungen der Freunde sehr wohl entsann, Graf Bninski gewesen war. Und doch war die Einladung nicht zu umgehen. Er hatte noch zwei Stunden, und müde von der Fahrt, überwand er mit Hilfe seiner Ermattung seine Mißstimmung, drückte sich in das seegrasharte Sofakissen und schlief ein.

Als er erwachte, war alles dunkel im Zimmer, die kurzen Lichter niedergebrannt. Er wickelte sich aus einer Decke heraus, mit der ihn Frau Hulen, während er schlief, zugedeckt hatte; aber es kostete ihm Mühe, sich zurechtzufinden. Wo war er? Er tappte sich auf das Fenster zu und sah auf die Straße hinunter. Da waren die Laternen, die in trübem Lichte brannten; drüben der Schatten mit den zwei kleinen Türmen, das war die Klosterkirche. Was war es doch damit? Wer hatte doch davon erzählt? Richtig, die Hulen. Da war ja die Girlande; und Johanna Susemihl und das Würmchen; und er fühlte nun, daß eine stickige Luft in dem Zimmer war und daß der betäubende Geruch des Efeus und der Lichterblak ihm einen dumpfen Kopfschmerz zugezogen hatten. Was tun? Er öffnete den Fensterflügel, an dessen einem Riegel er sich mechanisch gehalten hatte, und atmete erst wieder freier, als die kalte Nachtluft in sein Zimmer zog. Dann klopfte er, und Frau Hulen kam.

»Wie spät ist es?«

»Acht Uhr.«

»Ei, da hab' ich mich verschlafen. Und dies Kopfweh. Ein Glas Wasser, Frau Hulen, und Licht. Ich muß mich eilen.«

Die Alte lief hin und her; die Kommodenkästen flogen auf und zu, und eine Stunde später stieg Lewin die breite Steintreppe hinauf, die an Nischen mit drei, vier Perückenkurfürsten vorüber in das erste Stock des Ladalinskischen Hauses führte. Er warf den Mantel ab, hörte, während er in dem Garderobezimmer seine Toilette ordnete, den gedämpften Strich der Geigen und schritt dann über den mit Orangerie besetzten Vorflur in das offenstehende Entree, das, zwischen den beiden großen Gesellschaftssälen gelegen, gerade die Mitte der ganzen Zimmerflucht bildete. Es war im übrigen ein Entree wie andere mehr, schmucklos, mit einem einzigen hohen, zugleich als Balkontür dienenden Fenster, und zeichnete sich durch nichts aus als durch sein Deckenbild: Venus bei dem Untergange Trojas ohnmächtig in die Arme des Zeus sinkend. Es war das beste der alten Plafondgemälde und zugleich das wohlerhaltenste.

Unser Freund, wenig heimisch in der Welt der bildenden Künste, würde zu keiner Zeit ein begeistertes Auge für die Linien dieser Komposition gehabt haben, am wenigsten hatte er es heute, wo Kopfweh, Mißstimmung und ein gerade an dieser Stelle stattfindendes Gedränge ohnehin an einer eingehenden Beobachtung hinderten. Nach links hin lag der Tanzsaal. Lewin sah hinein und bemerkte, daß zwölf oder vierzehn Paare zu einer Anglaise angetreten waren; aber Kathinka fehlte. Wo war sie? Und bei dieser Frage stürmten Bilder und Gedanken auf ihn ein, die dem Versuche, sie als töricht zu verbannen, nur zögernd und widerstrebend nachgaben. Er ließ nun sein Auge die Sitzreihe niedergleiten, auf der an der Längswand des Saales hin die älteren Damen Platz genommen hatten; aber auch hier vergebens.

In der Mitte dieser Reihe saß die alte Gräfin Reale, Oberhofmeisterin der Prinzessin Ferdinand, eine Dame von Siebzig oder darüber, mit einer gebogenen und doch spitz auslaufenden Nase. Alles an ihr war grau: die Robe, der Schal, das hochaufgetürmte Haar, und sie glich einem bösen Kakadu, besonders, als sie jetzt ein schwarzes Lorgnon mit zwei großen Kristallgläsern aufsetzte und Lewin, dessen hastiges Suchen ihr aufgefallen sein mochte, verwundert und beinahe strafend ansah. Dieser schlug die Augen nieder und richtete sie ziemlich verwirrt auf die Nachbarin der alten Gräfin. Dies war ein Fräulein von Bischofswerder, Tochter des ehemaligen Ministers und Dame d'atour der Königinwitwe. Sie trug das wenige blonde Haar, das sie hatte, in zwei Locken gelegt, die jetzt aber von der Hitze des Saales ihre ohnehin spärliche Federkraft verloren hatten und in dünner, ungebührlicher Länge bis an den Gürtel hinunterhingen. Überhaupt war alles lang an ihr, der Hals und die dänischen Handschuhe, die bis zum Ellbogen hinauf reichten, und inmitten all seiner Mißstimmung überkam ihn ein Lächeln. »Mamsell Laacke!« sagte er vor sich hin.

Er gab endlich alles weitere Suchen und Forschen auf und schritt in den nach rechts hin gelegenen Saal hinüber, in dem Erfrischungen gereicht und in dicht umherstehenden Gruppen die Neuigkeiten des Tages ausgetauscht wurden. Es waren meist ältere Herren: Adjutanten und Kammerherren der verschiedenen prinzlichen, damals sehr zahlreichen Hofstaaten, Gesandte kleinerer Höfe, Exzellenzen aus dem auswärtigen Departement und Abteilungschefs des Oberfinanzdirektoriums wie der Kriegs- und Domänenkammer. Einige davon spezielle Freunde des Hauses, so der Intendant der königlichen Schlösser und Gärten, Herr Valentin von Massow, Schloßhauptmann von Wartensleben, Generaldirektor der königlichen Schauspiele, Freiherr von der Reck und Staatsrat und Polizeipräsident Le Coq. Auch Universitätsprofessoren, Ärzte, Geistliche und Berliner Stadtzelebritäten waren erschienen; in der ersten Fensternische standen Hofprediger Eylert und der Oberkonsistorialrat Sack in eifrigem Gespräch, während in unmittelbarer Nähe von Lewin Professor Dr. Mursinna, der damalige berühmteste Chirurg der Stadt, und der Schauspieler Fleck ein lebhaftes Gespräch führten. Lewin verstand jedes Wort und hörte deutlich, daß Mursinna das Hinken Richards III. nicht korrekt finden wollte. Es hätte ihn unter andern Umständen auf das lebhafteste interessiert, dem Gange dieser Unterhaltung folgen zu können, aber in der Unruhe seines Gemüts fühlte er sich nur bedrückt, auch in diesem Saale keinem näher befreundeten Gesicht zu begegnen. Von jüngeren Männern war niemand da, den er kannte. Auch Bninski nicht, und bei dieser Wahrnehmung stieg ihm plötzlich wieder das Blut in die Stirn, und er wechselte die Farbe, freilich nur, um sich schon im nächsten Augenblicke wieder der Vorstellungen zu schämen, womit ihn seine Eifersucht in immer neuen Anfällen verfolgte.

Endlich wurd' er eines holsteinischen Baron Geertz, Hofkavaliers bei der Königinwitwe, ansichtig, der, mit Jürgaß intim und im Ladalinskischen Hause aus- und eingehend, im Laufe des Winters einigen Kastaliasitzungen beigewohnt hatte. Unser Freund näherte sich ihm und fragte nach Jürgaß und Tubal. »Ich bin eben auf dem Wege zu ihnen«, damit schritt der Baron auf eine an der entgegengesetzten Schmalseite des Saales befindliche Tür zu, schlug die Portiere zurück und ließ Lewin eintreten, während er selber folgte.

Es war das uns wohlbekannte Arbeitszimmer des Geheimrats, das aber heute, um es als Gesellschaftsraum mitverwenden zu können, eine vollständige Umgestaltung erfahren hatte. Wo sonst das Windspiel und die Goldfischchen ihre bevorzugten Plätze hatten, standen Blumenkübel mit eben damals in die Mode gekommenen Hortensien, während vor den hohen, jeder Wegschaffung spottenden Aktenrealen, dunkelrote, mit einer schwarzen, griechischen Borte besetzte Gardinen ausgespannt worden waren. Nur das Bild der Frau von Ladalinski war geblieben. Der große Schreibtisch hatte einem vielfarbigen Diwan und einer Anzahl zierlich vergoldeter Ebenholzstühle Platz gemacht, die sich um einen chinesisch übermalten Tisch gruppierten. Hier saßen die Freunde vor einer unverhältnismäßig großen Zahl leerer Gläser der verschiedensten Form und Farbe und empfingen Lewin mit einem so freudelauten Zuruf, wie die gesellschaftliche gute Sitte nur irgendwie gestattete. Hauptmann Bummcke und Rittmeister von Jürgaß, die sich's auf dem Diwan selbst bequem gemacht hatten, nahmen ihn in die Mitte; Tubal, auf einem der Ebenholzstühle, saß gegenüber; Baron Geertz und ein Kammerherr Graf Brühl rückten ein und schlossen den Kreis. Bummcke, der vor einer Viertelstunde schon, ehe die Anglaise begann, mit Kathinka gewalzt und, dem beständigen Fächeln mit seinem Batisttuch nach zu schließen, die gehabten Anstrengungen noch immer nicht überwunden hatte, hatte das Wort.

»Es will nicht mehr gehen, Tubal, und doch tanzt es sich mit Ihrer Schwester wie mit einer Fee.«

»Wo sie nur sein mag«, warf Graf Brühl ein, »ich suche sie seit zehn Minuten. Aber umsonst.«

»Sie kleidet sich um für die Mazurka«, erwiderte Tubal.

»Und wie sie mich abgeführt hat«, fuhr Bummcke fort, einen Diener heranwinkend, der mit einem Sherrytablett eben in der Türe erschien. »Ich wollte ihr etwas Verbindliches sagen – deliziöser Sherry, Baron Geertz, lassen Sie die Gelegenheit nicht vorübergehen –, und so sagt' ich ihr, mein gnädigstes Fräulein, sagt' ich, wenn ich so Ihren vollen Namen höre: Kathinka von Ladalinska, da ist es mir immer wie Janitscharenmusik, ja auf Ehre, es tingelt und klingelt wie das Glockenspiel vom Regiment Alt-Larisch.«

»Und was antwortete sie?« fragte Jürgaß, während Lewin und Tubal Blicke wechselten.

»Nun, sie antwortete kurz: ›Da passen wir ja zusammen‹, und als ich, nichts Gutes ahnend, etwas verlegen anklopfte: ›Darf ich fragen: *wie,* mein gnädigstes Fräulein?‹ Da sagte sie: ›Aber, Hauptmann Bummcke, es überrascht mich einigermaßen, Ihr feines Ohr auf die musikalische Bedeutung von *anderer* Leute Namen beschränkt zu sehen. Muß ich Ihnen wirklich das Instrument erst nennen, das sozusagen von Ihrer ersten Namenssilbe lebt?‹ Und dabei nahm sie meinen Arm, und ich mußte ihr schließlich noch dankbar sein, in dem eben wieder beginnenden Tanze meine Verlegenheit verbergen zu können.«

Die ganze Tafelrunde stimmte lachend in die Heiterkeit des sich selbst persiflierenden Erzählers ein, und nur Jürgaß, während er sorgfältig ein Korkbröckelchen aus seinem Sherryglase herausfischte, gefiel sich in einer Haltung erkünstelten Ernstes.

»Ihnen ist nicht zu helfen, Bummcke. Warum tanzen Sie noch? Wer sich in Gefahr begibt, kommt drin um. Aber ich kenne euch, ihr Herren von der Infanterie! Das ist die Eitelkeit aller dicken Kapitäns, durch einen raschen Walzer ihre Schlankheit beweisen oder gar wiederherstellen zu wollen. Nein, Bummcke, Sie tanzen entweder zu viel oder zu wenig. Zu viel für das Vergnügen, zu wenig für die Kur. Tanzen ist Lieutenantssache. Mit neununddreißig ist man ein Mann der Dejeuners, der kurzen und der langen Sitzungen, und wenn es eine Kastaliasitzung wäre. Apropos, Lewin, wann haben wir die nächste?«

»Wenn wir den Dienstag festhalten, morgen.«

»Mir recht, und ich werd' es Hansen-Grell und die andern wissen lassen. Himmerlichs und Rabatzkis sind wir sicher. Aber wie steht es mit Ihnen, Tubal? Unseres Freundes Bummcke, der, wie ich wahrzunehmen glaube, wegen indiskreter Enthüllung seines Lebensalters mit mir zürnt, werd' ich mich persönlich zu bemächtigen wissen. Es darf niemand fehlen; denn nach wie vor beflissen, dem ermattenden Springquell der Kastalia einen neuen Sprudel zu geben, hab' ich abermals für frische Kräfte Sorge getragen. Ich sage Kräfte; beachten Sie den Plural. Es sind eben ihrer zwei, mit denen ich komme, zwei verwundete Kameraden. Weiteres morgen, wenn ich die Ehre haben werde, Ihnen die beiden Herren vorzustellen. Heute nur noch das. Es waren ihrerzeit Poeten, wie wir deren wohl oder übel jetzt so viele unter unseren jungen Leutnants haben; aber die Kampagnen, die spanische und die russische – denn in der Tat, beide Herren treffen hier von Nord und Süd her in unserer guten Stadt Berlin zusammen – haben ihnen nach der Seite der Dichtung hin nichts abgeworfen. Smolensk und Borodino lagen nicht günstig für die Lyrik. Was sie mitgebracht haben, sind Wunden und Tagebuchblätter. Aber auch das muß willkommen sein.«

»Und ist es«, bestätigte Lewin, der sich jetzt erhob, um in den Tanzsaal zurückzukehren. Dies gab das Zeichen für alle; selbst Bummcke, der eben gehörten Ermahnungen uneingedenk, schob das erst halbgeleerte Glas beiseite und folgte.

Sie hätten den Moment nicht glücklicher wählen können; die vier Mazurkapaare, Bninski und Kathinka, dazu die schlesischen Grafen Matuschka, Seherr-Thoß und Zierotin mit ihren jungen und schönen Frauen waren eben zum Tanze angetreten, Herren und Damen in einem Kostüm, das, ohne streng national zu sein, das polnische Element wenigstens in quadratischen Mützen und kurzen Pelzröcken andeutete. Es waren jene vier Paare, deren Tubal in seinem Billett erwähnt und die schon auf der Wylichschen Soiree geglänzt hatten. Und nun begann der Tanz, der, damals in den Gesellschaften unserer Hauptstadt Mode werdend, dennoch, wenn Polen oder Schlesier von jenseit der Oder zugegen waren, in begründeter Furcht vor ihrer Überlegenheit immer nur von diesen getanzt zu werden pflegte.

Alles hatte sich des graziösen Schauspiels halber herzugedrängt, so daß es schwer hielt, in Nähe der Tür noch einen Platz zu gewinnen. Bummcke, dessen Embonpoint die Schwierigkeiten verdoppelte, gab es auf, sich neben dem riesengroßen Major von Haacke und der Doppelkonsistorialratsfigur des Oberhofpredigers Sack siegreich zu behaupten, und kehrte in das Sanktuarium zurück, wo er zu seiner nicht geringen Überraschung Jürgaß und Baron Geertz in den zwei Diwanecken bereits wieder vorfand.

»Tres faciunt collegium. Ich verzeichne diesen Tag als den Tag Ihrer Bekehrung«, empfing ihn Jürgaß. »Besser spät als nie. Neben dem Tanzen ist das Tanzensehen das Schlimmste, schon um der Verführung willen, die notorisch in allem conspectus liegt.«

Ein Livreediener, augenscheinlich für diesen Abend nur eingekleidet, ging vorüber.

»Alle Teufel, Grützmacher, wo kommen Sie hierher? Aber das trifft sich gut; ein Cliquot, gute Seele.« Dann zu Baron Geertz sich wendend, den die Vertraulichkeit überrascht haben mochte, sagte er: »Unser ehemaliger Regimentsfriseur von Goecking-Husaren.«

Der Diener kam zurück und setzte zwinkernd eine Flasche mit blankem Kork auf den Tisch.

Lewin hatte sich mittlerweile bis in die vorderste Reihe der Zuschauer geschoben und überblickte wieder den Saal wie eine halbe Stunde vorher. Von den vier Paaren, die sich in zierlicher Bewegung drehten, sah er nur eins, und während er hingerissen war von der Schönheit der Erscheinung, beschlich ihn doch zugleich das schmerzlichste der Gefühle, das Gefühl des Zurückstehenmüssens und des Besiegtseins, nicht durch Laune oder Zufall, sondern durch die wirkliche Überlegenheit seines Nebenbuhlers. Er empfand es selbst. Alles, was er sah, war Kraft, Grazie, Leidenschaft; was bedeutete daneben sein gutes Herz? Ein Lächeln zuckte um seine Lippen, er kam sich matt, nüchtern, langweilig vor. Die alte Gräfin Reale, seiner ansichtig werdend, setzte wieder die großen Kristallgläser auf und ließ nach kurzer Musterung das Lorgnon fallen mit einer Miene, die das Urteil, das er sich selber eben ausgestellt hatte, untersiegeln zu wollen schien. Die beiden Locken des Fräuleins von Bischofswerder hingen noch länger und trübseliger herab. Es schien ihm alles ein Zeichen.

Der Tanz war vorüber; alles drängte in den Saal, um den vier reizenden Damen Dank und Bewunderung auszusprechen; auch Bummcke und Jürgaß zeigten sich und schienen durch ihr plötzliches Wiedererscheinen ihre halbstündige Abwesenheit verleugnen zu wollen.

Unter den Beglückwünschenden war auch der alte Ladalinski selbst; er plauderte eben mit der schönen Gräfin Matuschka, die, soweit Teint und Taille mitsprachen, sich siegreich selbst neben Kathinka behauptet hatte, als einer der Lakaien an ihn herantrat und ihm etwas ins Ohr flüsterte.

Der Geheimrat setzte noch einen Augenblick die Unterhaltung fort, verbeugte sich dann gegen die junge Gräfin und folgte dem Diener. Auf dem Vorflur fand er einen Boten aus dem Auswärtigen Departement, der ihm ein kuvertiertes Schreiben überreichte. Der Geheimrat, in Verlegenheit, wo er von dem Inhalt desselben Kenntnis nehmen sollte, trat in das Garderobezimmer und erbrach das Schreiben. Es waren nur wenige Worte.

»*York hat kapituliert.* Ein Adjutant Macdonalds brachte dem französischen Gesandten die Nachricht. Der Staatskanzler fährt eben zum König.«

»Wer gab Ihnen den Brief?« fragte Ladalinski.

Der Bote nannte den Namen einer dem Ladalinskischen Hause befreundeten Exzellenz, die zugleich die rechte Hand Hardenbergs war.

»Ich lasse Seiner Exzellenz meinen Dank und meinen Respekt vermelden.« Damit steckte der Geheimrat das Schreiben zu sich und kehrte in die Gesellschaft zurück.

Er war entschlossen, zu schweigen; als er aber an dem Mittelfenster des Saals Kathinka und Bninski und gleich darauf auch Tubal in eifrigem Gespräche sah, ließ es ihm keine Ruhe, und er schritt auf die Plaudernden zu.

»Ich hab euch eine Mitteilung zu machen, auch Ihnen, Graf; aber nicht hier.«

Ohne eine Antwort abzuwarten, wandte er sich nach dem zunächstgelegenen Seitenzimmer, das, für gewöhnlich von Kathinka bewohnt, heute, wie sein eigenes Arbeitskabinett, mit in die Reihe der Empfangsräume hineingezogen worden war. Einige Paare, deren Herzensbeziehungen vielleicht nicht älter waren als dieser Abend, hatten in der Stille dieses ohnehin nur durch wenige Lichter und eine rubinrote Ampel erleuchteten Boudoirs eine Zuflucht gesucht; jetzt aufgescheucht, verließen sie, je nach ihrem Temperamente, heiter oder mit einem Anfluge von Verstimmung ihre Plätze.

Kathinka wies auf die Stühle, die frei geworden waren; aber Ladalinski sagte: »Nehmen wir nicht Platz, wir können uns ohnehin der Gesellschaft nicht entziehen. Was ich zu sagen habe, ist kurz: York hat kapituliert.«

»Eh bien!« bemerkte Kathinka, offenbar enttäuscht, nach all dem Ernst, den ihr Vater zur Schau getragen hatte, nichts weiter zu hören als *das.* Sie war durchaus unpolitisch und kannte nur Persönliches und Persönlichkeiten.

»Kathinka!« rief der Graf, in der Erregung des Moments sich einen Augenblick vergessend, verbesserte sich aber schnell und setzte mit Förmlichkeit hinzu: »Mein gnädigstes Fräulein!« In seiner Stimme klang ein leiser Vorwurf. Dann, zu dem Geheimrat sich wendend, dem der Wechsel in der Anrede, erst vertraulich, dann förmlich, nicht entgangen war, sagte er: »Kapitulation! Das heißt, er ist zu den Russen übergegangen.«

»Ich vermute es.«

Bninski stampfte mit dem Fuße: »Und das nennen sie Treue hierlandes!«

Dann und wann erschien ein Kopf an der Portiere, um ebenso schnell wieder zu verschwinden; der Graf aber, in seiner Erregung weder das eine noch das andere wahrnehmend, fuhr mit Bitterkeit fort:

»O dies ewige Lied von der deutschen Treue! Jeder lernt es, jeder singt es, und sie singen es so lange, bis sie es selber glauben. Die Stare müssen es hierzulande pfeifen. Ich bin ganz sicher, daß dieser General York alles verachtet, was nicht einen preußischen Rock trägt, und das Ende davon heißt ›Kapitulation‹!«

Eine peinliche Pause folgte; keiner vermochte das rechte Wort zu finden, und während in dem alten Ladalinski sich polnisches Blut und preußische Doktrin wie Feuer und Wasser befehdeten, fühlte Kathinka, daß sie durch ihr unbedachtes »Eh bien« diesen Sturm zur Hälfte heraufbeschworen hatte.

Tubal faßte sich zuerst. »Ich glaube, Graf, Ihr Eifer verwirrt Ihr Urteil. Sie wissen, wie ich stehe; überdies sichert mich meine Geburt gegen den Verdacht eines engherzigen Preußentums.«

Der Geheimrat wurde befangen; Tubal aber, der es nicht sah oder nicht sehen wollte, sprach in ruhigem Tone weiter:

»Nehmen wir den Fall, wie er liegt. Was geschehen ist, ist ein politischer Akt. Solang es eine Geschichte gibt, haben sich Umwälzungen, auch die segensreichsten, durch einen Wort- oder Treubruch eingeleitet. Ich erspare Ihnen und mir die Aufzählung. Wenn es Ausnahmen gibt, so sind es ihrer nicht viele, oder kluge Vorsorglichkeiten haben das Odium zu eskamotieren gewußt.«

Der alte Ladalinski atmete auf, während Tubal fortfuhr: »Wer vor große, jenseits des Alltäglichen liegende Aufgaben gestellt wird, der soll sich ihnen nicht entziehen, am wenigsten sich zum Knecht landläufiger Begriffe von Ruf und gutem Namen machen. Er soll nicht kleinmütig vor Verantwortung zurückschrecken, denn darauf läuft diese ganze Ehrensorge hinaus. Mit Gott und sich selber hat er sich zu vernehmen. Er soll sich zum Opfer bringen können, sich, Leben, Ehre. Geschieht es in rechtem Geiste, so wird er die Ehre, die er einsetzt, doppelt wiedergewinnen. Das ist der ewige Widerstreit der Pflichten, zwischen deren Wert es abzuwägen gilt. Eine Treue kann die andere ausschließen. Wo die Bewährung der einen durch die Verletzung der anderen erkauft werden muß, da wird freilich immer ein bitterer Beigeschmack bleiben; aber gerade der, der diesen Beigeschmack am bittersten empfindet, wird aus den reinsten Beweggründen heraus gehandelt haben.«

»Und es ist General York, an den Sie dabei denken?« fragte Bninski mit einem Anfluge von Spott.

»Gerade an ihn dacht' ich. Kurz, Graf, Sie dürfen ihn verurteilen, nicht verdächtigen. Was seine Tat gilt, wird sich zeigen; seine Ehre aber, wie sie meines Schutzes nicht bedarf, sollte gegen jeden Zweifel oder Angriff gesichert sein.«

Es schien, daß Bninski antworten wollte, aber die Musik begann wieder, und die jetzt halb zurückgeschlagene Portiere ließ erkennen, daß die Paare zu einem Contre zusammentraten. Kathinka, mit dem jungen Grafen Brühl engagiert, mahnte zum Abbruch des Gesprächs, das ohnehin andere Wege gegangen und von längerer Dauer gewesen war, als der Geheimrat bei Beginn desselben vorausgesehen hatte. Manches war ihm peinlich gewesen; nur Tubals gute Haltung hatte ihn mit diesem Peinlichen wieder versöhnt.

Ehe der Contre zu Ende war, wußte die ganze Gesellschaft von dem großen Ereignis. Die Wirkung war um vieles geringer, als erwartet werden durfte. Die Herren versicherten, »daß sie nicht überrascht seien, daß sich vielmehr nur ein Unausbleibliches vollzogen habe«. Die Damen dachten der Mehrzahl nach wie Kathinka und waren nur klug genug, mit einem gleichmütigen »Eh bien« zurückzuhalten. Aber wie gering die Wirkung sein mochte, sie war doch groß genug, eine gewisse Zerstreutheit hervorzurufen und dadurch die Gesellschaft zu stören. Schon um zwölf fuhren die ersten Wagen vor, und ehe eine halbe Stunde um war, hatten sich die Säle geleert.

Bummcke, Jürgaß, Lewin, zu denen sich auch Baron Geertz und der alle andern beinahe um Haupteslänge überragende Major von Haacke gesellt hatten, gingen zusammen die Treppe hinunter. Unten trennte sich Lewin von ihnen; die vier andern Herren aber hatten denselben Weg und schritten auf die Lange Brücke zu. Als sie die Mitte derselben erreicht hatten, sahen sie zu dem Reiterstandbild des Großen Kurfürsten auf, das in seiner oberen Hälfte vom Marstall und alten Postgebäude her, in deren Fenstern noch Licht war, beleuchtet wurde. Der prächtige Kopf schien zu lächeln.

»Seht«, sagte Jürgaß, »er sieht nicht aus, als ob es mit uns zu Ende ginge.«

6. KAPITEL

Im Kolleg

Lewin schritt die Königsstraße nach links hinunter, um seine Wohnung auf nächstem Wege zu erreichen. Ein leiser, aber eiskalter Wind wehte vom Alexanderplatze her und schnitt ihm ins Gesicht; er zog den Mantelkragen in die Höh' und grüßte den Wächter, der sich Schutzes halber unter das Portal des Rathauses gestellt hatte.

»Scharfer Wind, Ehrecke.«

»Ja, junger Herr; 's is Bernauscher, der geht immer bis auf die Knochen.«

Damit wünschten sie sich eine gute Nacht, und Lewin hörte nur noch das Knarren der Laternen, die sich in ihren über die Straße gespannten Ketten langsam im Winde hin- und herbewegten. Er passierte den Hohen Steinweg, bog in die Klosterstraße ein und sah hier, immer sich rechts auf dem Bürgersteige haltend, mit halbem Auge nach der andern Seite hinüber, wo er seit lange jedes Haus kannte. Bei Bäcker Lehweß war Licht, und der Geruch von frischgebackenem Brot zog aus dem offenstehenden Fenster der im Souterrain befindlichen Backstube quer über den Fahrdamm hin bis zu ihm herüber. Dicht daneben, vor dem als Magazin dienenden alten »Lagerhause« (dem ehemaligen kurfürstlichen Schloß), stampfte ein französischer Wachtposten, der sein Gewehr an das Schilderhaus gelehnt hatte, mit beiden Füßen in den Schnee und schlug sich mit den Armen überkreuz, wie die Matrosen tun, wenn sie die Finger wieder geschmeidig haben wollen. Dann kam das »Graue Kloster« und dann die Klosterkirche, deren beide Spitztürme eine hohe Schneehaube trugen; sie saß um so fester, je zerbröckelter die Steine waren.

Lewin, als er der Kirche ansichtig wurde, fühlte plötzlich ein Verlangen, dem Grabe Johanna Susemihls einen Besuch zu machen. Er ging von der rechten auf die linke Seite der Straße hinüber und trat durch einen zerfallenen Bogengang auf den Kirchhof. Alles war dicht verschneit. Er sah aber bald, daß ein Pfad in den Schnee getreten war, der an den Gräbern vorbei und, wo diese schon eingesunken waren, auch über sie hinweg um die Kirche herumführte. Diesen Weg schlug er ein, bis er an den linken Chorpfeiler kam. Da war es, das Grab. Von dem Efeu, der es überwuchs, war unter der weißen Grabdecke nicht viel zu sehen, aber an dem Pfeiler stieg er, von Schnee nur wenig überstreut, bis dicht unter das Dach empor. An ebendiesem Pfeiler lehnte auch das Holzkreuz, das, trotzdem es kaum drei Jahre stand, schon wieder halb umgefallen war und mit seiner Aufschrift – soviel sich erkennen ließ, nur ein Name ohne Spruch und Datum – klagend oder bittend gen Himmel sah. Lewin fühlte sich erschüttert von dem Anblick und faltete unwillkürlich die Hände; dann verfolgte er im Schnee hin den schmalen Weg weiter, bis er wieder an die Stelle kam, von der er ausgegangen war, und schritt nun über den Damm hin auf seine Wohnung zu.

Frau Hulen war noch auf; sie ging nicht gern eher zu Bett, als bis sie ihren jungen Herrn unter Hut und Obdach wußte.

»Raten Sie, Frau Hulen, wo ich herkomme?«

»Von dem Geheimrat, wo das schöne Fräulein ist.«

»Da war ich auch. Vorher. Aber jetzt.«

»Ich kann es nicht raten.«

»Von Johanna Susemihl.«

»Und um Mitternacht!«

»Das ist die beste Zeit. Wissen Sie, Frau Hulen, mir tut die Johanna leid. Wer kann immer tugendhaft sein?«

»Gott, Gott, junger Herr, was is das nur mit Ihnen!«

Lewin antwortete nicht und pfiff leise vor sich hin. Er schien zerstreut und die Gegenwart der Alten kaum zu bemerken. Endlich begann er wieder: »Ich bin noch nicht müde, Frau Hulen; das macht, ich habe heute nachmittag meinen Schlaf vorweggenommen. Bringen Sie mir noch die grüne Schirmlampe, die kleine mit dem runden Fuß; ich will noch lesen.«

Frau Hulen tat, wie ihr geheißen, empfahl ihm noch, seinen Mantel über das Fußende zu legen und dreimal, ohne sich zu rühren, bis hundert zu zählen, und ließ ihn dann allein.

Er war in der Tat in einer Aufregung, die die guten, ihm von der Alten gegebenen Regeln nur allzusehr rechtfertigte. In fieberhafter Schnelle lösten sich die auf ihn einstürmenden Bilder untereinander ab, und wechselnde Gestalten umschwirrten und umdrängten ihn: Kathinka trat zur Mazurka an, aber ihr Tänzer war nicht Bninski, sondern Bummcke; dann sah er den Grafen mit Johanna Susemihl neben dem Chorpfeiler stehn, und dann wieder kam General York über ein weites Schneefeld geritten, das immer enger wurde, bis es der Klosterhof war, und drohte den beiden, die sich hinter dem Chorpfeiler zu verstecken suchten, mit dem Finger. Endlich wichen die Gestalten; das Fieber fiel von ihm ab, und ein Zustand süßer Mattigkeit überkam ihn, in dem dann und wann sogar ein Hoffnungsflämmchen aufzuckte. Zugleich regte sich der Wunsch in ihm, dieser Stimmung, in der sich Trauer und Hoffnung die Waage hielten, Ausdruck zu geben. Er schritt auf seinen altmodischen Sekretär zu, stellte vom Tisch her die kleine Schirmlampe auf die längst schräggedrückte, bei jeder Berührung knarrende Platte, nahm aus einem der Fächer eine Anzahl immer bereitliegender weißer Blätter und schrieb:

Tröste dich, die Stunden eilen,
Und was all dich drücken mag,
Auch das Schlimmste kann nicht weilen,
Und es kommt ein andrer Tag.

In dem ew'gen Kommen, Schwinden,
Wie der Schmerz liegt auch das Glück,
Und auch heitre Bilder finden
Ihren Weg zu dir zurück.

Harre, hoffe, nicht vergebens
Zählest du der Stunden Schlag;
Wechsel ist das Los des Lebens,
Und – es kommt ein andrer Tag!

Es war ihm von Zeile zu Zeile freier ums Herz geworden. Er schob das Blatt unter die anderen Blätter, legte sich nieder und schlief ein.

Es war schon acht Uhr vorüber, als Frau Hulen, die die ganze Wochen- und Tageseinteilung genau kannte und wohl wußte, daß der Dienstag »Kollegientag« war, nach mehreren gescheiterten Versuchen, ihren jungen Herrn durch Tassenklappern und Öffnen der Alkoventür zu wecken, endlich eine Blechschippe mit großem Lärm, als würden zwei Becken zusammengeschlagen, umfallen ließ. Das half denn auch; Lewin fuhr auf, suchte noch halb schlaftrunken auf dem Nachttisch umher und ließ die Uhr repetieren. Acht und ein Viertel! Er erschrak über die späte Stunde, ließ es sich aber angelegen sein, durch Eile das Versäumnis wieder einzubringen, und stand zwanzig Minuten später marschfertig in seinen Stiefeln.

Der feste Schlaf hatte ihm wohlgetan, alle trüben Gedanken waren wie verflogen, und erst der Anblick seiner eignen Strophen, die nur halbversteckt auf der Sekretärplatte lagen, rief ihm die Stimmung des vorigen Abends zurück. Aber nur in seinem Gedächtnis, nicht in seinem Gemüt. Er überflog die Zeilen und schloß mit halblauter Stimme: »Und es kommt ein andrer Tag!« Dabei war ihm so frisch zu Sinn, als ob dieser »andere Tag« schon angebrochen sei. In gehobener Stimmung nahm er seinen Weg erst über die Lange Brücke, dann an der Stechbahn und Schloßfreiheit vorbei und schritt auf die Universität, das ehemalige Prinz Heinrichsche Palais, zu.

Er machte diesen Weg nur zweimal in der Woche. Bereits hoch in den Semestern, ja seit dem Herbste mit seinem Triennium fertig, fand er es ausreichend, nur noch das zu hören, was ihm besonders zusagte oder so glücklich lag, daß es ihm die Tage, die er frei haben wollte, nicht unterbrach. So hörte er bei Savigny, bei Thaer und Fichte, die alle drei am Dienstag und Freitag, und zwar in drei hintereinanderfolgenden Stunden lasen. An den übrigen Tagen hielt er sich zu Haus, Studien hingegeben, die ganz und gar seiner Neigung entsprachen. Er las viel, stand ganz in den Anschauungen der romantischen Schule, verfolgte mit besonderem Eifer die Fehden, die dieselbe führte, und nahm auch wohl gelegentlich selbst an diesen Fehden teil. Seine Lieblingsbücher, die nicht von seinem Tisch kamen, waren Shakespeare und die Percysche Balladensammlung; beiden zuliebe hatte er Englisch gelernt, das er nicht sprach, aber gut verstand. Dann und wann versuchte er sich selbst in einigen Strophen, nach Ansicht der Kastalia mit Erfolg, nach seiner eigenen Meinung aber ohne wirklich dichterischen Beruf. Indessen muß gesagt werden, daß er hierin zu weit ging und wenigstens in einem Punkte, vielleicht gerade in dem entscheidenden, in einer irrtümlichen Strenge gegen sich selbst befangen war. Das nämlich, was er sich als Schwäche auslegte, war in Wahrheit seine Stärke. Er machte keine Gedichte, sie kamen ihm, und er genoß des Glückes und Lohnes (des einzigen, dessen der Dichter sicher sein darf), sich alles, was ihn quälte, vom Herzen heruntersingen zu können.

Die erste Vorlesung war heute bei Savigny. Er sprach über »Römisches Recht im Mittelalter« und schien, der völligen Ruhe nach zu schließen, mit der er begann und endigte, von dem großen Tagesereignis, das in der Tat erst im Laufe der Vormittagsstunden allgemeiner bekannt wurde, nichts gehört zu haben. Auch in dem unmittelbar folgenden Thaerschen Kolleg geschah der Kapitulation mit keiner Silbe Erwähnung, entweder weil der Professor ebenfalls noch ohne Kenntnis war oder voll feinen Taktes empfand, daß das Thema seiner Vorlesung: »Der Fruchtwechsel und die landwirtschaftliche Bedeutung des Kartoffelbaues«, keine recht passende Anknüpfung gestattete.

Von elf bis zwölf las Fichte über den »Begriff des wahrhaften Krieges«. Es war ein Collegium Publicum, für das, ebenso mit Rücksicht aus das Thema wie auf die Popularität des Vortragenden, von Anfang an der größte der Hörsäle gewählt worden war; nichtsdestoweniger war alles längst besetzt, als Lewin eintrat, und nur mit Mühe gelang es ihm, sich auf der letzten Bank einen halben Eckplatz zu erobern. Aller Erwartungen waren gespannt, und diese sollten nicht getäuscht werden. Das akademische Viertel war noch nicht um, als der kleine Mann mit dem scharfgeschnittenen Profil und den blauen, aber scharftreffenden Augen auf dem Katheder erschien. Er hatte sich mühevoll den Aufgang erkämpfen müssen. »Meine Herren«, begann er, nachdem er nicht ohne ein Lächeln der Befriedigung seinen Blick über das Auditorium hatte hingleiten lassen, »meine Herren, wir sind alle unter dem Eindruck einer großen Nachricht, die *nicht* kennen zu wollen mir in diesem Augenblick als eine Affektation oder eine Feigheit, das eine so schlimm wie das andere, erscheinen würde. Sie wissen, worauf ich hinziele: General York hat kapituliert. Das Wort hat sonst einen schlimmen Klang, aber da ist nichts, das gut oder böse wäre an sich; wir kennen den General und wissen deshalb, in welchem Geiste wir sein Tun zu deuten haben. Ich meinesteils bin sicher, daß dies der erste Schritt ist, der, während er uns zu erniedrigen scheint, uns aus der Erniedrigung in die Erhöhung führt. Es werden auch andere Worte und Auslegungen an Ihr Ohr klingen. Die Feigheit, weil sie sich ihrer selber schämt, sucht sich hinter Autoritätsaussprüchen oder einem Kodex falscher Ehre zu decken; ja, sie flüchtet sich hinter den besten Wappenschild dieses Landes. Aber das Nest des Aares ist kein Krähennest. Es kann nicht sein, daß die große Tat kleinmütig gemißbilligt worden sei, und wär' es *doch*, nun so kräftige sich in uns der Glaube: es ist nicht, auch wenn es ist. Seien wir voll der Hoffnung, die Mut, und voll des Mutes, der Hoffnung gibt. Vor allem tun wir, was der tapfere General tat, d. h. *entscheiden* wir uns.«

Enthusiastisch antwortete das Auditorium, dann schwieg alles, und keine weiteren Demonstrationen wurden laut, auch nicht, als mit dem Glockenschlage zwölf der Vortragende abbrach und rasch das Katheder verließ. Nur wie zum Zeichen persönlicher Verehrung folgten ihm viele durch die langen Korridore hin, bis er aus dem westlichen Flügel des Gebäudes ins Freie trat.

Lewin war im Auditorium zurückgeblieben, um Jürgaß zu begrüßen, den er während der Vorlesung auf einer der vordersten Reihen bemerkt hatte. Er fand ihn in eifrigem Gespräch mit einem jungen Manne, der nach der Beschreibung, die Tubal in seinem Weihnachtsbriefe gemacht hatte, niemand anders sein konnte als Hansen-Grell. Und in der Tat, er war es.

Nach kurzer Vorstellung, in der Jürgaß seiner Liebhaberei für kleine Neckereien wie üblich die Zügel hatte schießen lassen, schritten alle drei erst auf das Portal, dann auf das zwischen den steinernen Schilderhäusern gelegene Gittertor zu und bogen schließlich, um einen gemeinschaftlichen Spaziergang zu machen, nach rechts hin in die Linden ein.

Diese waren, trotzdem es ein prächtiger, wenn auch kalter Tag war, wenig besucht, und nur an dem Hin- und Herfahren vieler Equipagen ließ sich erkennen, daß in den diplomatischen Kreisen eine Aufregung herrschen müsse.

An der Ecke des Redernschen Palais, das damals seine Schinkelrenovierung noch nicht erfahren hatte, begegneten unsere drei Freunde dem Major von Haacke, der eben von seinem Prinzen kam.

»Guten Tag, Haacke. Wie steht es?«

»Nicht gut.«

»Also doch.«

»Der König ist indigniert; Natzmer mit Ordres, die an Schärfe nichts zu wünschen übrig lassen, geht noch heute ins Hauptquartier ab. Kleist übernimmt das Kommando. Den Alten werden sie vor ein Kriegsgericht stellen; hat er Glück, so kann es ihm den Kopf kosten.«

»Alles Komödie! Es kann nicht sein. Ich kenne York; so brav er ist, so schlau ist er auch. Er hat Instruktionen gehabt.«

»Ich glaub' es nicht. Dies sind nicht Zeiten für Instruktionen; sie binden nicht bloß den, der sie empfängt, sondern auch den, der sie gibt. Und das Schlimmste ist, sie kompromittieren am dritten Ort. Es lebt sich jetzt am besten von der Hand in den Mund, und die einzige Instruktion, die jeder stillschweigend empfängt, heißt: Tue, was dir gut dünkt, und nimm die Folgen auf dich.«

Damit trennte man sich wieder, und unsere Spaziergänger schritten am Rande des Tiergartens hin, einem Lokale zu, das der Mewessche Blumengarten hieß. Sie nahmen an einem kleinen Tische Platz, setzten die Bedienung durch mehrere Forderungen, die sämtlich nicht ausgeführt werden konnten, in Verlegenheit und begnügten sich endlich damit, einen Kaffee zu bestellen, von dem, in Erwägung, daß es ein Uhr war, keiner recht wußte, ob er ihn sich als einen zweiten Morgen- oder einen ersten Nachmittagskaffee anrechnen solle.

Lewin war all die Zeit über weniger mit der Kapitulation als mit der Kastaliasitzung beschäftigt gewesen. Diese reihum gehenden Reunions in ihrem literarischen Gehalte jedesmal so glänzend wie möglich zu gestalten, bildete den Ehrgeiz jedes einzelnen; heute versammelte man sich bei ihm, und noch war seinerseits nichts geschehen, um den Erfolg des Abends sicherzustellen.

Er klagte darüber scherzhaft zu Jürgaß, der ihn in gleichem Ton erst auf die beiden angekündigten Gäste – wie sich bei dieser Gelegenheit ergab, die Herren von Hirschfeldt und von Meerheimb – und, als auch das nicht völlig ausreichen wollte, auf Hansen-Grell verwies, der, soweit seine Wissenschaft reiche, immer etwas Frisches und leidlich Lesbares in der Tasche habe. »Sans doute, aujourd'hui comme toujours.«

Hansen-Grell behauptete das Gegenteil, aber doch mit einer Miene, die gegründete Zweifel in seine Versicherung gestattete. Jürgaß schüttelte den Kopf, und selbst Lewin entschloß sich zu direkterem Vorgehen.

»Haben Sie etwas?«

»Nein.«

»Ich kenne das«, warf Jürgaß ein. »Suchet, so werdet ihr finden.«

Es entstand eine kleine Pause; dann endlich sagte Hansen-Grell, indem er ein dickes Notizbuch aus der Tasche zog: »Gut, ich habe etwas. Aber es ist nicht eigentlich fertig und wird auch nie fertig werden.«

»Nun«, erwiderte Lewin, »dann ist es so gut wie fertig oder besser als das. Es gibt ohnehin eine Literatur von Bruchstücken. ›Fragmente‹ sind das Beste, was man bringen kann. Geben Sie her.«

Grell riß das Blatt ohne weiteres aus dem Notizbuch heraus und gab es an Lewin, der, während Jürgaß herzlich lachte, »einen Dichter«, wie er sich ausdrückte, »einmal wieder auf seinen Winkelzügen ertappt zu haben«, die Strophen rasch überflog und durch mehrmaliges Nicken seine Freude und Zustimmung zu erkennen gab.

Der Kaffee war inzwischen gekommen; sie nippten nur, und da die etagenförmig aufgestellten Rhododendron- und Magnolientöpfe, zu denen sich als äußerste Seltenheit auch noch einige Kamelien gesellten, weder für Jürgaß noch für seine Begleiter ein besonderes Interesse boten, so brachen sie rasch wieder auf und gingen auf die Stadt zu.

An der Ecke der Leipziger und Friedrichsstraße trennten sich ihre Wege.

7. KAPITEL

Kastalia

Lewin ging zu Tisch. In dem sackgassenartig verbauten Teil der Taubenstraße, von dem aus damals, wie heute noch, ein schmaler Durchgang auf den Hausvogteiplatz führte, war eine altmodische Weinhandlung, in deren hochpaneeliertem, an Wand und Decke verräuchertem Gast- und Speisezimmer Lewin seine ziemlich einfache Mittagsmahlzeit einzunehmen pflegte. Rascher als gewöhnlich hatte er sie heute beendet, und vier Uhr war noch nicht heran, als er schon wieder in seiner Wohnung eintraf. Zwei Briefe waren in seiner Abwesenheit abgegeben worden, einer von Dr. Saßnitz, der sein lebhaftes Bedauern aussprach, am Erscheinen in der Kastalia verhindert zu sein, der andere vom Kandidaten Himmerlich, zugleich unter Beifügung eines lyrischen Beitrags. Es waren vier sehr lange Strophen unter der gemeinschaftlichen Überschrift: »Sabbat«. Lewin lächelte und schob das Blatt, nachdem er auf demselben mit Rotstift eine I vermerkt hatte, in einen bereitliegenden, als Kastaliamappe dienenden Pappbogen, in den er gleich darauf auch die von Hansen-Grell empfangenen Verse sowie seine eigenen Reime vom Abend vorher hineinlegte. Auch diese beiden Beiträge hatten zuvor ihre Rotstiftnummer erhalten.

Hiermit waren die ersten Vorbereitungen getroffen, aber freilich nicht die letzten. Noch sehr vieles blieb zu tun, trotzdem zugestanden werden muß, daß einzelne Fragen durch eine weise Gesetzgebung aufs glücklichste geregelt und dadurch wie vorweg gelöst waren. So beispielsweise die Bewirtungsfrage. Es hieß in Paragraph sieben des von Jürgaß entworfenen Statutes wörtlich wie folgt: »Die Kastalia hat sich in Sachen der Bewirtung ihres Namens und Ursprungs würdig zu zeigen. Den Grundpfeiler ihrer Gastlichkeit bildet unverrückbar das reine Wasser und, was diesem am nächsten kommt, der Tee. Nur exzeptionell darf ein Rhein- oder Moselwein geboten werden. Der große Vereinsbecher bleibt den Priesterhänden unseres Mitgliedes Lewin von Vitzewitz, als Gründer des Vereins, anvertraut. Substantia, selbst in Ausnahmefällen, nicht zulässig.«

Dies war Paragraph sieben. Aber seine Voraussicht hatte nicht jede Schwierigkeit aus der Welt schaffen, am wenigsten die für Lewin immer brennender werdende Platzfrage lösen können, die sich teils aus der vergleichsweisen Enge seines Zimmers, teils aus den unausreichenden Möbelbeständen Frau Hulens ergab. Ein zarter Punkt, den sich Lewin der alten Frau gegenüber nicht zu berühren getraute. Und so mußten denn auch heute wieder, unter den Mühen immer erneuten Ausprobierens, zwei runde Tische nicht bloß nebeneinandergerückt, sondern auch in der Diagonale aufgestellt werden, da bei Parallelstellung mit der Wand die Türe nicht auf- und zugegangen wäre und zu einer Störung dieser immerhin wichtigen, weil einzigen Kommunikationslinie mit Frau Hulen geführt haben würde.

Endlich war alles geschehen, und Lewin mochte sich seines Werkes freuen, Lampe und Lichter brannten. Auf dem einen der beiden Tische präsentierte sich das Symbol der Kastalia, die große Wasserkaraffe, während in der Mitte des andern der mit Perlen gestickte Tabakskasten aufragte, dessen Haupt- und Deckelbild den Tod der Königin Dido darstellte. Zwischen Sofa und Tür, an einer Wandstelle, die wenigstens von den meisten Tischplätzen aus mit Leichtigkeit abgereicht werden konnte, stand nach damaliger Sitte ein ständerartiger Pfeifentisch, die Weichselholzrohre, oder woraus sonst sie bestehen mochten, mit Puscheln und Quasten reich geschmückt, während einige Rheinweinflaschen und neben ihnen der in dünnstem Silberblech getriebene Kastaliabecher in einer Ecke des Fensterbrettes ihrer Zeit warteten.

Frau Hulens Schwarzwälder Uhr, deren Ticktack man auch in Lewins Zimmer hörte, hatte kaum sieben ausgeschlagen, als es klingelte. Es waren Rabatzki und Himmerlich, die sich auf der dritten Treppe getroffen und trotz der herrschenden Dunkelheit erkannt oder doch auf gut Glück hin begrüßt hatten. Waren sie doch, nach einer Art von stillschweigendem Übereinkommen, immer die ersten und benutzten die Minuten, die ihnen bis zum Eintreffen der anderen Mitglieder blieben, zur Erledigung von redaktionellen Fragen. Rabatzki gab nämlich ein kleines Sonntagsblatt heraus, und ohne Übertreibung durfte gesagt werden, daß der lyrisch-novellistische Teil desselben jedesmal vor Beginn der letzten Kastaliasitzung endgültig festgestellt wurde.

Nur heute nicht. Rabatzki hatte kaum Zeit gefunden, an »seine rechte Hand«, wie er Himmerlich gerne nannte, eine erste Frage zu richten, als das Erscheinen des Rittmeisters alle weiteren Unterhandlungen unmöglich machte. Mit Jürgaß waren die beiden angekündigten Gäste, von Hirschfeldt und von Meerheimb, erschienen, von denen der letztere den linken Arm noch in der Binde trug. Lewin sprach ihnen aus, wie sehr erfreut er sei, sie zu sehen, doppelt, wenn, wie Herr von Jürgaß in Aussicht gestellt habe, sie sich bereit zeigen sollten, durch Mitteilungen aus ihren Tagebuch- und Erinnerungsblättern zu dem gelegentlich etwas mattsprudelnden Quell der Kastalia beizusteuern. Beide Herren verneigten sich, während Jürgaß zwei Manuskripte, deren er sich schon vorher zu versichern gewußt hatte, an Lewin überreichte.

Dieser hoffte, noch vor Beginn der Sitzung zu einem einigermaßen eingehenden Gespräche mit den ihm bis dahin persönlich unbekannt gebliebenen Gästen Gelegenheit zu finden; er war aber kaum über die erste Begrüßung hinaus, als ein abermaliges Klingeln die eben begonnene Unterhaltung unterbrach. Es waren Tubal und Bninski, die eintraten. Lewin erwartete, zwischen dem Grafen und Hirschfeldt, die beide in Spanien, aber auf verschiedenen Seiten gefochten hatten, von Anfang an ein gespanntes Verhältnis eintreten zu sehen; aber gerade das Unerwartete geschah. Bninski, durch Tubal vorbereitet, wandte sich mit einer Politesse, in der fast mehr noch ein Ton der Herzlichkeit als der bloßer Artigkeit klang, sofort an Hirschfeldt, und wenn auch allerhand Fragen und Unterbrechungen, wie sie namentlich Jürgaß liebte, ein andauerndes Gespräch nicht aufkommen ließen, so verfehlte der Graf doch nicht, durch kleine Aufmerksamkeiten die besonderen Sympathien auszudrücken, die er für seinen Gegner empfand.

Infanteriekapitän von Bummcke war der letzte. Jürgaß konnte ihm das nicht schenken und hielt ihm die Uhr entgegen.

»Militärs, lieber Bummcke, kennen keine akademischen Viertel. In Sommerzeiten möcht' es, in Anbetracht Ihrer besonderen Verhältnisse, hingegangen sein; aber bei zwölf Grad Kälte kann ich keinem Embonpoint der Welt eine Unpünktlichkeit von beinahe zwanzig Minuten zugute halten.«

»Anfangen, anfangen!« riefen mehrere Stimmen, unter denen die von Rabatzki und Himmerlich deutlich erkennbar waren. Lewin, während Mitglieder und Gäste sich, so gut es ging, um die zwei Tische her gruppierten, klopfte mit einem Zuckerhammer auf und nahm dann selber auf seinem durch ein aufgelegtes Sofakissen zu einer Art Präsidentenstuhl umgewandelten Lehnsessel Platz. Er war kein Meister in der Rede, aber Amt und Situation ließen ihm keine Wahl.

»Meine Herren«, hob er an, »ich heiße Sie willkommen. Wir sind leider nicht vollzählig. Unsere beste kritische Kraft ist ausgeblieben: Doktor Saßnitz hat sich brieflich entschuldigt. Dagegen freue ich mich, Ihre Aufmerksamkeit auf eine stattliche Reihe von Vorlagen, darunter auch Drucksachen, hinlenken zu können. Unter diesen Drucksachen stehen diejenigen Publikationen obenan, die von früheren Mitgliedern der Kastalia herrühren. Es sind dies ›*Die Ahnen von Brandenburg*‹, ein epischer Hymnus von Friedrich Graf Kalkreuth, und die vor wenig Tagen erst bei J. E. Hitzig hierselbst erschienenen ›Dramatischen Dichtungen‹ von Friedrich Baron de la Motte Fouqué, unter denen sich, neben altnordischen Sachen, auch ›Die Familie Hallersee‹ und ›Die Heimkehr des Großen Kurfürsten‹ befinden, die während des vorigen Winters in unserem Kreise zuerst gelesen und mit so viel Jubel aufgenommen wurden.«

Hier unterbrach sich Lewin, um die beiden genannten Bücher kursieren zu lassen. Dann fuhr er fort: »An neuen Beiträgen für die heutige Sitzung sind fünf Arbeiten eingegangen, sehr verschieden an Umfang: lyrische oder lyrisch-epische Dichtungen, ferner Tagebuch- und Erinnerungsblätter aus Spanien und Rußland. Es ist Regel, mit den lyrischen Sachen zu beginnen und alles, was dem Gebiete der Erzählung angehört, folgen zu lassen. Ich ersuche Herrn Kandidaten Himmerlich, uns seine, wenn ich recht gesehen habe, aus dem Englischen übersetzten Strophen vorlesen zu wollen. Sie führen den Titel: ›Der Sabbat‹.«

Mit diesen Worten überreichte Lewin das Blatt.

Jürgaß war bei Nennung der Überschrift in ziemlich demonstrativer Weise mit der linken Handfläche über das Kinn gefahren.

Himmerlich, in unverkennbarer nervöser Unruhe und eifrig bemüht, das mehrmals eingekniffte Blatt wieder glatt zu streichen, wiederholte zunächst: »Der Sabbat, Gedicht von William Wilberforce.«

»Ist das derselbe Wilberforce«, fragte Jürgaß, »der den Sklavenhandel abgeschafft hat?«

»Nein, im Gegenteil.«

»Nun, er wird ihn doch nicht wieder eingeführt haben?«

»Auch das nicht. Der einen so berühmten Namen führende junge Dichter, mit dem ich Sie heute bekanntmachen möchte, ist Fabrikarbeiter. Wenn ich sagte ›im Gegenteil‹, so wollte ich damit ausdrücken, daß er selber noch in einer Art von Sklaverei steckt. Ich fühle das Unlogische meiner Wendung und bitte um Entschuldigung.«

»Gut, gut, Himmerlich. Nicht immer gleich empfindlich.«

»Jede Art von Empfindlichkeit ist mir durchaus fremd. Ich bitte aber, da ich einmal das Wort habe, einige Bemerkungen vorausschicken zu dürfen. Es ist Ihnen allen bekannt, daß die englische Sprache mit kurzen Wörtern überreich gesegnet ist und daß dieselbe, nicht immer, aber oft, in einer einzigen Silbe das zu sagen versteht, wozu wir deren drei gebrauchen. Weibliche Reime, um auch das noch zu bemerken, haben die Engländer so gut wie gar nicht.«

»Wie verwerflich!«

»Aus diesen sprachlichen Unterschieden erwachsen Schwierigkeiten, auf die wenigstens kursorisch einzugehen Sie mir gütigst gestatten wollen.«

»Nein, lieber Himmerlich, vorbehaltlich präsidieller Entscheidung ›gütigst *nicht* gestatten wollen‹. Ich habe bis hierher geschwiegen, sehr wohl wissend, jedes Huhn kakelt, ehe es sein Ei legt. Aber diesem bis zu einem gewissen Grade nachzugebenden Naturrecht steht, wenn es auszuschreiten droht, das geschriebene Recht der Kastalia gegenüber. Paragraph neun unserer Statuten regelt die Frage der Vorreden ein für allemal und gibt diesen selber ihr zuständiges Maß. Auch von dem Redefeuer gilt des Dichters Wort: ›Wohltätig ist des Feuers Macht, wenn sie der Mensch bezähmt, bewacht.‹ Ich habe den Eindruck, daß das statutenmäßig vorgesehene Maß bereits überschritten wurde, und bitte deshalb unseren Herrn Vorsitzenden, auf Vortrag der Dichtung selbst dringen zu wollen.«

Lewin nickte zustimmend, und Himmerlich, indem er sich leicht verfärbte, begann mit vibrierender Stimme:

»'s ist Sabbatfrüh', und noch im Sinken spendet
Ein zaubrisch Licht des Vollmonds Silberpracht.
Es ist noch früh, die Mitte kaum beendet
Der stillen, sternenblassen Sommernacht;
Schon hab' ich froh mich auf den Weg gemacht
Am Rain entlang, entlang an Wald und Auen
Und harre nun, auf daß der Tag erwacht,
Um andachtsvoll dem Schauspiel zuzuschauen,
Vor dessen Majestät die Herzen übertauen.

Die Lerche wacht; mit flatterndem Gefieder
Erhebt sie sich, verschmähend unsre Welt,
Und wie sie steigt, so werden ihre Lieder
Von Lust und Wohlklang mehr und mehr geschwellt;
Das Wasserhuhn, als würd' ihm nachgestellt,
Entflieht vor mir mit hast'gem Flügelschlagen,
Sogar das Lamm erschrocken innehält,
Und statt am Grase ruhig fortzunagen,
Reißt es vom Pflock sich los, um übers Moor zu jagen.«

An dieser Stelle erfuhr die Vorlesung durch das Erscheinen der Frau Hulen, die mit dem Teebrett eintrat, eine Unterbrechung. Lewin, immer voll Mitgefühl mit Poeteneitelkeiten, schon weil er sie selber durchgemacht hatte, winkte mehrmals, daß sich die Alte zurückziehen möchte; aber es war schon zu spät, und Himmerlich hatte durch ein minutenlanges Martyrium zu gehen. Er dankte kurz, als das herumgehende Tablett auch an ihn kam, schickte der endlich wieder verschwindenden Alten einen Blick voll tragikomischen Hasses nach und fuhr dann mit gehobener Stimme fort:

»Nun wird es hell, und sieh, der Berge Gipfel
Erglühen purpurn, und der Feuerball
Der Sonne selbst vergoldet schon die Wipfel
Und scheucht ins Tal der Nebel feuchten Schwall;
Und höher in die Kuppel von Kristall
Will sich der ew'ge Strahlenquell erheben,
In Höh' und Tiefe *Licht* wird's überall,
Bis schlucht-entlang die letzten Schatten schweben –
Ein neuer Tag ist da und atmet neues Leben.

Jetzt laß mich, Gott, Gemeinschaft mit dir halten!
Quell aller Weisheit, Herr und Vater mein,
Du siehst mein Herz, Dir spricht mein Händefalten,
O laß Dein Licht auf meinen Wegen sein;
Gib mir die Kraft – *Du* gibst sie nur allein
Aus Sünd' und Schwachheit mich herauszuschälen,
Und lehre mich an *Deines* Auges Schein
Des eignen Auges matten Sinn zu stählen,
Auf daß die Lust ihm wird, den rechten Pfad zu wählen.«

Kaum daß die letzte Zeile verklungen war, so erhob sich Buchhändler Rabatzki von seinem Platz und sagte in einem Ton, in dem Wichtigkeit und Bescheidenheit beständig miteinander rangen: »Meine Herren! Ohne Ihrem kompetenteren Urteil« (»Sehr gut, Rabatzki!«) »irgendwie vorgreifen zu wollen, bitt' ich nur einfach von meinem vorwiegend geschäftsmännischen Standpunkt aus bemerken zu dürfen, daß ich mich glücklich schätzen würde, diese Strophen in der nächsten Nummer meines Sonntagsblattes, und zwar ausnahmsweise an der Spitze desselben, bringen zu können. Ich bitte Herrn Himmerlich, mich dazu autorisieren, zugleich aber auch in einer Anmerkung einige kurze biographische Notizen über den englischen Dichter, der mir seines berühmten Namensvetters durchaus würdig zu sein scheint, geben zu wollen.«

Über Himmerlichs Gesicht, der diese schmeichelhaften Worte Rabatzkis als ein gutes Omen für alles Kommende ansah, flog es wie Verklärung. Er sollte seines Triumphes aber nicht lange froh bleiben. Jürgaß klopfte den Fidibus aus, mit dem er eben eine frische Pfeife angeraucht hatte, und sagte: »Unseres Freundes Rabatzki sonntagsblattliche Begeisterung in Ehren, eines möcht ich wissen: ist es ein Bruchstück?«

»Nein.«

»Dann gestatten Sie mir die Behauptung, daß Ihr Sabbat zwar ein Ende, aber keinen Schluß hat.«

»Es wird sich darüber streiten lassen. Ich glaube nicht, daß es nötig war, meinen Morgenspaziergänger bis an seinen Frühstückstisch zurückzubegleiten.«

»Und ich meinerseits möchte bezweifeln, daß Sie dem Gedichte durch eine solche gemütlich-idyllische Zutat geschadet hätten. Indessen, lassen wir das. Aber die Form, die Form, Himmerlich! Sagen Sie, was sind das für sonderbare Strophen?«

»Es sind sogenannte Spencerstrophen.«

»Spencerstrophen?« fuhr Jürgaß fort, »ich finde diesen Namen fast noch sonderbarer als die Verse selbst.«

»Ich nehme an, Herr von Jürgaß«, antwortete Himmerlich in einem immer erregter werdenden Tone, »daß Sie mit dem Bau der Ottaverime vertraut sind, jener achtzeiligen schönen Strophen, in denen Tasso und Ariost ihre unsterblichen Werke, den Orlando furioso und das Gerusalemme liberata, dichteten.«

Jürgaß, der sich auf diesem Gebiete nichts weniger als zu Hause fühlte, rauchte stärker und suchte seine wachsende Unsicherheit hinter einem mit der Miene der Superiorität gesprochenen »Und nun?« zu verbergen.

»Und nun?« griff Himmerlich das letzte Wort auf, »die Spencerstrophe mag als ein Geschwisterkind dieser Tasso- und Ariostestrophe angesehen werden. Ihre Reimstellung ist freilich anders, sie hat auch nicht acht Zeilen, sondern neun und geht in eben dieser neunten Zeile aus dem fünffüßigen Jambus in den Alexandriner über ...«

»Ist aber nichtsdestoweniger eigentlich ein- und dasselbe. Ich beneide Sie, Himmerlich, um diese Schlußfolgerung.«

Eine gereizte Debatte schien unausbleiblich; Lewin indessen schnitt sie geschickt ab, indem er bemerkte, daß es nicht Aufgabe dieses Kreises sein könne, die größeren oder geringeren Verwandtschaftsgrade zwischen Spencerstrophe und Ottaverime festzustellen. Er müsse bitten, auf die Dichtung selber einzugehen, wenn es nicht vorgezogen würde, trotz einiger kleiner Ausstellungen des Herrn von Jürgaß, die warmen Worte, in denen sich ihr immer treu befundenes Mitglied Buchhändler Rabatzki bereits geäußert habe, einfach als Urteil und Dankesausdruck der Kastalia selbst zu akzeptieren.

Hierauf wurde nicht nur überhaupt eingegangen, sondern auch mit einer Bereitwilligkeit, deren ironischer Beigeschmack von dem unglücklichen Himmerlich sehr wohl herausgefühlt wurde.

»Wir wenden uns nunmehr dem zweiten der eingegangenen Beiträge zu«, fuhr Lewin fort. »Es sind Strophen unseres sehr verehrten Gastes, des Herrn Hansen-Grell, den in kürzester Frist als Mitglied dieses Kreises begrüßen zu dürfen ich als meinen persönlichen, übrigens von allen Mitgliedern der Kastalia geteilten Wunsch ausgesprochen haben möchte. Ich bitte Herrn Hansen-Grell, seine Strophen lesen zu wollen.«

Dieser zog, um des Tabakrauches willen, der bereits seine Schleier auszuspannen anfing, das Licht etwas näher an sich heran und begann dann ohne Zögern mit ruhiger, aber sehr eindringlicher Stimme: »*Seydlitz;* geboren zu Calcar am 3. Februar 1721.«

»Ist das die Überschrift?« unterbrach Jürgaß.

»Ja«, war die kurze Antwort.

»Nun, da bitt' ich doch bemerken zu dürfen, daß mich dieser Titel noch mehr überrascht als Bau und Reimstellung der Himmerlichschen Spencerstrophe. ›Geboren zu Calcar am 3. Februar 1721‹, das ist die Überschrift eines Nekrologs, aber nicht eines Gedichtes!«

»Und vor allem eine Überschrift«, erwiderte Hansen-Grell in heiterer Laune, »die niemand anders verschuldet hat als Herr von Jürgaß selbst. Ohne seine Abneigung gegen alles, was einer Captatio benevolentiae ähnlich sieht, würde der Titel meines Gedichtes einfach ›General Seydlitz‹ gelautet haben; aber jeder Möglichkeit beraubt, das mir unerläßliche ›geboren zu Calcar‹ auf dem herkömmlichen Vorredewege zu Ihrer freundlichen Kenntnis zu bringen, ist mir nichts andres übriggeblieben, als jene biographische Notiz gleich mit in die Überschrift hineinzunehmen.«

»Und so haben wir doch wieder eine Vorrede gehabt ...«

»Weil wir keine haben sollten. – Aber ich bin zu Ende.« Und Hansen-Grell las nun ohne weitere Störung:

»General Seydlitz

In Büchern und auf Bänken
Da war er nicht zu Haus,
Ein Pferd im Stall zu tränken,
Das sah schon besser aus;
Er trug blanksilberne Sporen
Und einen blaustählernen Dorn, –
Zu *Calcar* war er geboren,
Und Calcar, das ist Sporn.

Es sausen die Windmühlflügel,
Es klappert Leiter und Steg,
Da, mit verhängtem Zügel
Geht's unter dem Flügel weg;
Und bückend sich vom Pferde,
Einen vollen Büschel Korn

Ausreißt er aus der Erde –
Hei, Calcar, das ist Sporn.

Sie reiten über die Brücken,
Der König scherzt: ›Je nun,
Hie Feind in Front und Rücken,
Seydlitz, was würd' Er tun?‹
Der, über die Brückenwandung
Setzt weg, halb links nach vorn,
Der Strom schäumt auf wie Brandung –
Ja, Calcar, das ist Sporn.

Und andre Zeiten wieder;
O kurzes Heldentum!
Er liegt todkrank danieder
Und lächelt: ›Was ist Ruhm?
Ich höre nun allerwegen
Eines besseren Reiters Horn, –
Aber auch *ihm* entgegen,
Denn Calcar, das ist Sporn.‹«

Ein Jubel, wie ihn die Kastalia seit lange nicht gehört hatte, brach von allen Seiten los und legte, wie Hansen-Grell, um sich dadurch weiteren Ovationen zu entziehen, scherzhaft bemerkte, ein vollgültiges Zeugnis von der kavalleristischen Zusammensetzung der Dienstagsgesellschaft ab. Er traf es hiermit richtig: Bninski, Hirschfeldt, Meerheimb waren Kavalleristen von Fach, Tubal und Lewin gute Reiter. Aber auch die Minorität ließ es an lebhaften Beifallsbezeugungen nicht fehlen; Bummcke, wenn nicht Reiter, war doch wenigstens Soldat, Rabatzki tadelte nie, und Himmerlich fühlte sich erleichtert, seine Verstimmung hinter enthusiastischen, wenn auch kurzen und etwas krampfhaften Ausrufungen verbergen zu können. Gewann er doch für sich selbst und nebenher noch das Wohlgefühl neidloser Charaktergröße.

Endlich hatte sich die Aufregung gelegt, und Tubal bat ums Wort, was ihm zu verschaffen, bei einer zwischen Bummcke und Jürgaß über die Zulässigkeit der Wendung »halb links nach vorn« eben wieder ausgebrochenen Privatfehde, einigermaßen schwer hielt. Zuletzt aber gelang es, und Tubal bemerkte nun: »Ich bitte zunächst an einen Satz erinnern zu dürfen, den Dr. Saßnitz vor einiger Zeit an dieser Stelle aussprach: ›Unsere Strenge ist unser Stolz‹. Sie fühlen, daß dies die Brücke ist, auf der ich zu einem Angriff vorgehen möchte. Der Reiz des Gedichtes, das wir eben gehört, liegt ausschließlich in seinem Ton und seiner Behandlung; es ist keck gegriffen und keck durchgeführt, aber es hat von dieser Keckheit offenbar zu viel.«

»Kann nicht vorkommen«, warf Jürgaß ein.

»Doch«, fuhr Tubal fort. »Unser verehrter Gast hat dies auch selbst empfunden.«

Hansen-Grell nickte.

»Jedes Kunstwerk, so wenigstens stehe ich zu diesen Dingen, muß aus sich selber heraus verstanden werden können, ohne historische oder biographische Notizen. Diesen Anspruch aber seh' ich in diesem Gedichte nicht erfüllt. Es ist eminent gelegenheitlich und auf einen engen oder engsten Kreis berechnet, wie ein Verlobungs- oder Hochzeitstoast. Es hat die Bekanntschaft mit einem halben Dutzend Seydlitzanekdoten zur Voraussetzung, und ich glaube kaum zuviel zu sagen, wenn ich behaupte, daß es nur von einem preußischen Zuhörer verstanden werden kann. Lesen Sie das Gedicht, auch in bester Übersetzung, einem Engländer oder Franzosen vor, und er wird außerstande sein, sich darin zurechtzufinden.«

Bninski schüttelte den Kopf.

»Unser verehrter Gast, Graf Bninski«, fuhr Tubal fort, »scheint mir nicht zuzustimmen. Es freut mich dies um des Dichters willen, dem ich, von unerwarteter Seite her, einen Verteidiger erstehen sehe. Der Graf hat vielleicht die Freundlichkeit, sich eingehender über diesen Gegenstand zu äußern.«

Lewin wiederholte dieselbe Bitte.

»Ich kann mich auf wenige Bemerkungen beschränken«, nahm der Graf in gutem, wenn auch polnisch akzentuiertem Deutsch das Wort. »Ich kenne von General Seydlitz nichts als seinen Namen und seinen Ruhm, glaube aber das Gedicht des Herrn Hansen-Grell vollkommen verstanden zu haben. Ich ersehe aus seinen Strophen, daß Seydlitz zu Calcar geboren wurde, daß er das Lernen nicht liebte, aber desto mehr das Reiten. Dann folgen Anekdoten, die deutlich für sich selber sprechen, zugleich auch seine Reiterschaft glorifizieren, bis er in der letzten Strophe jenem besseren Reiter erliegt, dem wir alle früh oder spät erliegen. Dies wenige ist genug, weil es ein Ausreichendes ist. Hier steckt das Geheimnis. Ich habe mich in Jahren, die länger zurückliegen, als mir lieb ist, um die Volkslieder meiner Heimat gekümmert, auch vieles davon gesammelt, überall aber hab' ich wahrgenommen, daß das sprungweise Vorgehen zu den Kennzeichen und Schönheiten dieser Dichtungsgattung gehört. Die Phantasie muß nur den richtigen Anstoß empfangen; ist dies geglückt, so darf man kühn behaupten: ›Je weniger gesagt wird, desto besser.‹«

»Ich bescheide mich«, erwiderte Tubal, »um den Fortgang unserer Sitzung nicht länger als wünschenswert unterbrochen zu sehen. Wenn ein unbefugter Blick in den Pappbogen unseres Herrn Vorsitzenden mich nicht falsch orientiert hat, so haben wir zunächst noch einige von ihm selber herrührende Strophen zu erwarten.«

»Der Scharfblick unseres Freundes Ladalinski hat sich auch diesmal wieder bewährt. Es war meine Absicht, die lyrische Reihe heute persönlich abzuschließen, bitte aber, meinen Beitrag, der noch der Feile bedarf, zurückziehen zu dürfen.«

Lewin sprach diese Worte nicht ohne Verlegenheit, da es in Wahrheit ein sehr anderer Grund war, der ihn von seiner ursprünglichen Absicht abzustehen veranlaßte. Wußt' er doch am besten, aus welcher zaghaften Stimmung heraus die drei kleinen Strophen geschrieben worden waren, um die es sich handelte; und wie sehr sich diese Zaghaftigkeit schließlich auch in das Gewand der Hoffnung gekleidet haben mochte, doch war es ihm zu Sinn, als ob Bninski mit feinem Ohr den elegischen Grundton des Liedes heraushören und die Veranlassung dazu erraten müßte. Dieser Gedanke war ihm in hohem Maße peinlich, so daß er denn auch wirklich die Strophen zurückschob und das nunmehr obenaufliegende Prosamanuskript an Rittmeister von Hirschfeldt überreichend, diesen bat, mit seinem Vortrage zu beginnen.

Der Angeredete, mit jener Frankheit, die der Reiz und Vorzug des Soldaten ist, rückte sich zurecht und begann, ohne jedes Vorwort, mit klangvoller Stimme:

Erinnerungen aus dem Kriege in Spanien

Das Gefecht bei Plaa

Mein älterer Bruder Eugen, nachdem er erst unter Schill, dann unter dem Herzog von Braunschweig gefochten, auch der Einschiffung nach England sich angeschlossen hatte, hatte von dort aus spanische Dienste genommen und war im Sommer 1810 in Andalusien eingetroffen. Als ich davon hörte, folgte ich ihm und traf ihn, eben gelandet, auf dem großen Marktplatze von Cadix. Über die Freude des Wiedersehens gehe ich hinweg. Er hatte an demselben Tage das Majorspatent empfangen, und seinem Einfluß gelang es leicht, mir eine Offiziersstelle zu erwirken.

Das Treiben in Cadix mißfiel uns, so daß wir froh waren, als Meldung eintraf, daß wir der in Katalonien stehenden, täglich in Gefechten mit dem Feinde verwickelten Armeeabteilung zugeteilt seien. Wir gingen dahin ab und landeten, nach einer höchst beschwerlichen, uns den ganzen Unterschied zwischen einem spanischen und einem englischen Kriegsschiff fühlbar machenden Seereise, im Hafen von Tarragona. Dies war Ende November, genau zwei Monate nach meiner Ankunft in Spanien. In Katalonien sah es besser aus als in Andalusien. Wir kamen zum Dragonerregiment Alcantara, mein Bruder als Oberstleutnant, ich als Premier. Der Empfang, den wir fanden, war kameradschaftlich; man hatte ein besonderes Vertrauen zu allen preußischen Offizieren.

Die Alcantaradragoner waren ihrerzeit ein sehr bevorzugtes und sehr prächtiges Regiment gewesen; sie trugen unter dem alten Regime dreieckige Hüte mit weißen Bandtressen, gelbe lange Röcke mit rotem Futter und rotem Kragen, dazu grüne Rabatten und blaue, kurze Hosen.

Eine Vertretung also sämtlicher Farben. Von dieser Pracht und Herrlichkeit war indessen nach der Neuformierung, die die ganze Armee seitdem erfahren hatte, wenig übriggeblieben, und die Alcantaradragoner, die wir vorfanden, mußten sich an einem niedrigen, ledernen Tschako und einem langen, blauen Rock mit Regimentsnummer und Messingknöpfen genügen lassen. Die Bewaffnung war ein sehr langer Degen mit schmaler Klinge und schwerem eisernen Korb, so daß das Gewicht in der Hand lag, dazu Karabiner und Pistole.

Unser Regiment gehörte zur Armee des Generals O'Donnell, spezieller, zu der vorgeschobenen Division des Generals Sarsfield. Dieser, erst sechsundzwanzig Jahr' alt, brillanter Soldat, voll eiserner Ruhe im Gefecht, faßte ein besonderes Vertrauen zu meinem Bruder, in dem er alle Eigenschaften, die ihn selber auszeichneten, sofort wiedererkannte. Jede Auskunft, die uns erwünscht sein konnte, wurde uns zuteil. Die Division war numerisch nur schwach und bestand aus zwei Infanterie- und vier Kavallerieregimentern, zusammen höchstens fünftausend Mann. Es waren das Infanterieregiment Almeria und das Schweizerregiment Baron Wimpfen, dazu Alcantara- und Numanciadragoner, Kürassierregiment Katalonien und Husarenregiment Granada.

Gleich in den ersten Tagen nach unserer Ankunft wurde eine vierhundert Pferde starke Avantgarde gebildet und dem Befehle meines Bruders unterstellt. Uns gegenüber stand General Macdonald, der das nördlich von uns gelegene Barcelona mit starken Kräften festhielt und durch Ausführung eines Umgehungsmarsches uns auch das südlich von uns gelegene Tortosa zu entreißen trachtete. Glückte das, so waren wir eingeschlossen und mußten froh sein, uns auf Tarragona zurückziehen und hier wieder einschiffen zu können. Katalonien war dann verloren. Und es kam so. Aber ehe es dahin kam, hatten wir eine Reihe blutiger Gefechte.

Aus der Reihe dieser Gefechte greife ich nur das bei Plaa heraus, weil es für mich persönlich entscheidend wurde.

Es war am 7. Januar, als wir erfuhren, daß Tortosa über sei. Wir standen damals, die ganze Division Sarsfield, am Nordabhange eines hohen Bergzuges, der in einiger Entfernung von der Küste mit dieser parallel läuft, und hielten, unter täglichen Plänkeleien mit den Vortruppen des Macdonaldschen Korps, die von Lerida nach Tarragona quer über das Gebirge führende Straße besetzt. Solange diese Straße, samt dem Defilee, dem sogenannten Passe von Plaa, in unseren Händen war, hatte der Verlust von Tortosa, so wichtig er war, wenigstens für unsere unmittelbare Sicherheit nichts zu bedeuten; der Besitz jenes Passes sicherte uns die Rückzugslinie bis ans Meer. Brachten wir die, im ganzen genommen, nicht große Energie mit in Anschlag, die seitens des Gegners entwickelt wurde, so lag kein Grund vor, unsere Stellung zu wechseln. Da, wo wir standen, wirkten wir offensiv; gaben wir aber unsere Stellung am Nordabhange auf und zogen uns auf die andere Seite des Gebirges, so zeigten wir jene Besorgnis, die schon einer halben Niederlage gleichkommt.

Wir hatten aber den Eifer des Gegners unterschätzt, wenigstens den des Generals Suchet, der, gemeinschaftlich mit Macdonald operierend, diesen an Rührigkeit übertraf. Am 14. Januar kam Meldung, daß eine starke feindliche Avantgarde von der Küste her, also in unserem Rükken, heranmarschiere und unverkennbar die Absicht habe, den Paß bei Plaa zu schließen. Dorf Plaa lag an der uns entgegengesetzten Seite des Gebirges, hart am Fuße desselben. General Sarsfield, als er diese Meldung empfing, war schnell entschlossen; er verstärkte die bis dahin nur aus vierhundert Pferden der Regimenter Alcantara und Granada bestehende Avantgarde durch zwei Bataillone vom Schweizerregiment Wimpfen und gab meinem Bruder Befehl, in einem Nachtmarsch über das Gebirge zu gehen und noch vor Tagesanbruch das jenseitsgelegene Dorf Plaa zu besetzen. Der Aufbruch erfolgte sofort; ein entsetzliches Wetter aber, Regen und Sturm, bei dem der schmale Fußpfad nur derart passiert werden konnte, daß ein Mann dem andern folgte, verzögerte das Eintreffen in Plaa bis um zehn Uhr morgens. Es war die höchste Zeit; schon ging die französische Avantgardendivision unter General Eugenio (so daß sich hier zwei Namensvettern gegenüberstanden) gegen Dorf Plaa vor, und nur mit äußerster Anstrengung gelang es meinem Bruder, das Dorf bis Mittag zu halten.

Um diese Stunde erschien General Sarsfield mit dem Gros und stellte das schon rückwärtsgehende Gefecht wieder her. Aber Terrain war unsererseits nicht zu gewinnen, und als eine Stunde später allerhand Verstärkungen auch beim Feinde eintrafen, ging dieser mit einem vollzähligen Dragonerregiment abermals zum Angriff über. Diesseits war momentan nichts zur Hand als ein in Ablösung unserer Avantgarde in die Front gezogenes Kürassierregiment, die Kürassiere von Katalonien, unter ihrem Kommandeur Don Pedro Gallon. Unmittelbar hinter den Kürassieren hielten wir: Alcantaradragoner und Granadahusaren. Unsere Kürassiere, kaum zweihundert Pferde stark, waren zu schwach und kamen ins Schwanken; aber im selben Augenblicke, wo mein Bruder das Schwanken wahrnahm, gab er uns das Zeichen zum Angriff, und in langer Linie stürzten wir in die linke Flanke der feindlichen Dragoner. Sie wichen sofort und verwikkelten ein hinter ihnen haltendes Chasseurregiment mit in die eigene Flucht. Die Verfolgung ging eine Meile weit, es gab viele Gefangene; General Eugenio, der persönlich die Flucht aufzuhalten gesucht, wurde niedergehauen und starb am Tage darauf.

Es war ein vollständiger Sieg, und seitens der Unserigen nicht allzu teuer erkauft; nur *ich* verlor viel an diesem Tage: mein Bruder Eugen, wie der General Eugenio, dem er gegenübergestanden hatte, erlag seinen Wunden. Was ich noch zu sagen habe, betrifft nur ihn und mich.

Um fünf Uhr war das Gefecht beendet, und ich führte, was ich vom Regiment Alcantara noch zur Hand hatte, wieder auf Plaa zurück. Ich war im ganzen gut davongekommen, hatte aber während des Demelées von einem französischen Dragoner, den ich packen wollte, einen Stoß mit dem Degengefäß in das Gesicht erhalten, so daß ich, schwarz und angeschwollen, einen schlimmeren Anblick gewährte als mancher Schwerblessierte. So trat ich vor meinen Bruder, von dessen Verwundung ich schon unterwegs gehört hatte. Ich fand ihn in einem Bauernhause von Plaa in Pflege guter Leute. Als er mich sah, drang er darauf, daß ich mich zunächst verbinden lassen sollte, was denn auch geschah. Als ich wieder zu ihm kam, setzte ich mich, und wir begannen zu plaudern. Zunächst von der Affaire, die nun glücklich hinter uns lag. Ich mußte ihm alle Kleinigkeiten erzählen, denen er mit größtem Interesse folgte; meinem Pferde beispielsweise, einem schönen schwarzen Hengst, war ein Ohr dicht vom Kopfe weggehauen worden, was er sehr bedauerte. Besondere Aufmerksamkeit aber schenkte er einem Tagebuche, das sich in einem Mantelsacke, der mir bei der Beuteverteilung zugefallen war, vorgefunden hatte. Es war von dem ersten Einrücken der Franzosen in Katalonien bis zum 14. Januar 1811 mit großer Genauigkeit geführt und enthielt, von kleinen Krokis begleitet, eine Schilderung fast aller Gefechte, in denen auch wir engagiert gewesen waren. Eugen blätterte halbe Stunden lang in dem Buche und lobte die Unparteilichkeit der Darstellung. Ich glaubte nach allem an nichts weniger als Gefahr und mußte dem Doktor recht geben, der trotz heftiger Schmerzen, über die der Verwundete von Zeit zu Zeit klagte, immer nur von zwei leichten Blessuren sprach. Es waren Degenstiche in die linke Seite. Auffallend erschien mir nur seine Weichheit; er war in einer gefühlvollen Stimmung, sprach viel von Hause, von unserem alten Vater und trug mir Grüße auf, da er auf einige Wochen noch am Schreiben gehindert sein werde.

So verging der Abend. Ich hatte vor, trotz aller Ermüdung bei ihm zu wachen. Es kam aber anders. Bald nach Mitternacht wurde Alarm geblasen, und ich begab mich zu meinem in Front des Dorfes biwakierenden Regiment, das gleich darauf Befehl erhielt, gegen ein der Küste zu gelegenes Städtchen, das den Namen Valls führte, zu rekognoszieren. Meinen Verwundeten ließ ich übrigens in guter Obhut zurück; ich hatte beim Schweizerregiment Wimpfen um einige Mannschaften zu seinem Schutz gebeten, und es traf sich, daß der Unteroffizier, der diese Mannschaften kommandierte, früher, als mein Bruder noch in Halberstadt garnisonierte, mit ihm in ein und derselben Kompanie des Regiments Herzog von Braunschweig gestanden hatte. Beide freuten sich sehr, sich wiederzusehen.

Unser Ritt gegen Valls verlief ohne Bedeutung, kostete aber Zeit und Mühe, und erst in den Nachmittagsstunden des andern Tages kehrten die Truppen, die die Rekognoszierung ausgeführt hatten, nach Plaa zurück. Mehrere Offiziere, denen ich begegnete, sagten mir: es ginge besser mit Eugen. Ich fand ihn auch wirklich ruhiger, ohne Schmerzen, aber sehr matt. Nichtsdestoweniger ließ er sich die kleinen Vorgänge des Tages von mir erzählen, hörte aufmerksam zu und verlangte mehr zu wissen, wenn ich aus Rücksicht auf seinen Zustand schwieg. Plötzlich aber unterbrach er mich und sagte: »Entsinnst du dich noch des Abends auf der Seereise von Cadix nach Tarragona, wo wir mit unsern deutschen Kameraden der Heimat gedachten und wo dann die Frage laut wurde: ›Wer wird die Heimat wiedersehen?‹ Ich weiß jetzt einen, der sie nicht wiedersehen wird.« Ich bog mich über ihn und bat ihn, sich nicht durch solche trübe Gedanken aufzuregen; er hörte mich aber nicht und fuhr dann fort: »Es wird sich heute noch manches ereignen: ich sehe schwarz in die Zukunft. Nimm dich, wenn es zum Gefechte kommt, in acht. Unsere Pferde sind matt zum Umfallen. Vergiß auch nicht, daß man nicht bei jeder Gelegenheit sich rückhaltlos drangeben soll. Man opfert sich sonst leicht ohne Zweck.« Dies waren seine letzten Worte. Ich hatte ihn eben aufgerichtet, um ihm einen Löffel Arzenei zu geben; als ich ihn wieder auf das Kopfkissen zurücklegen wollte, schien es mir, als ob er sehr blaß würde. Ich faßte seine Hand, sie war kalt; er drückte die meinige krampfhaft, rang nach Luft und war tot.

Dies war am 16. nachmittags. General Sarsfield, als er von dem Hinscheiden hörte, ließ mir sein Beileid ausdrücken und fügte die Bemerkung hinzu: es würde gut sein, den Toten sobald wie möglich in die hochgelegene Klosterkirche von Plaa hinaufzuschaffen; jede Stunde könne ein neues Gefecht bringen, dessen Ausgang unsicher sei.

Ich ließ mir dies gesagt sein. Aus alten Dielen, ›vier Bretter und zwei Brettchen‹, wurde schleunigst ein Sarg hergestellt und Eugen in der Uniform seines Regiments in die Totentruhe hineingelegt. So schafften ihn einige meiner Dragoner in die Klosterkirche hinauf und stellten ihn dicht an die Altarstufen.

Völlig erschöpft von den Anstrengungen und Aufregungen der vergangenen Tage hatte ich mich, als die Nacht anbrach, auf eine Schütte Stroh niedergelegt. Ich war so recht von Herzen traurig; die Bilder meiner Kindheit und ersten Jugend zogen an mir vorüber; nun war ich allein, ganz allein, und der Bruder, den ich so sehr geliebt hatte, tot.

Im Begriff, einzuschlafen, wurde ich durch einen Ordonnanzoffizier geweckt. Er kam vom General und war abgeschickt, um ein Papier zu holen, das Sarsfield beinahe unmittelbar vor Beginn des Treffens bei Plaa an Eugen gegeben hatte. Es sei von Wichtigkeit, er müsse es haben.

Ich erinnerte mich des Hergangs sofort, war Augenzeuge gewesen, wie mein Bruder das Papier in sein Reiterkoller gesteckt hatte, und bat deshalb den Offizier, mich bis zur Klosterkirche hinauf begleiten zu wollen, da der Tote noch denselben Rock anhabe, den er vor Beginn des Gefechts getragen habe. Er lehnte aber, Geschäfte vorschützend, ab; auch mein Diener Francesco, als ich mich nach ihm umsah, war verschwunden. So blieb mir nichts übrig, als allein zu gehen.

Ich nahm eine kleine Laterne, die nur ein Glas hatte, und schritt auf das ziemlich weitschichtige Klostergebäude zu. Ein dienender Bruder öffnete mir, erschrak aber, als ich ihn bat, mir nun auch die Kirchentür öffnen zu wollen. »Jetzt in der Nacht bringt mich kein Mensch hinein.« Vergebens sucht' ich ihn zu überreden. »Es ist nicht geheuer«, dabei blieb er. Endlich gab er mir wenigstens den Schlüssel zur Kirche, zugleich mit der Weisung: wenn ich zweimal im Schloß gedreht, müßt' ich mit aller Kraft gegen die Tür stoßen, weil sie verquollen sei und schwer aufginge.

Um bis an die Kirche zu kommen, waren noch zwei lange Kreuzgänge zu passieren. Gerade hier hatte tags zuvor ein erbitterter Infanteriekampf (der unsererseits durch das Schweizerregiment geführt worden war) stattgefunden, und alles trug noch die Spuren dieses Kampfes: die Leichen waren zwar weggeschafft, aber die Blutlachen geblieben; die Standbilder, von den Wänden herabgerissen, lagen zertrümmert am Boden; selbst die Luft war dumpf und modrig. An diesen Bildern der Zerstörung vorbei ging ich auf die Kirche zu, steckte den Schlüssel hinein, drehte zweimal, stieß die Türe auf, die sich langsam und dröhnend öffnete. Ich legte meinen Mantel ab, der mir jetzt nur hinderlich sein konnte, nahm den Degen in die eine, die Laterne in die andere Hand und schickte mich an, das hochüberwölbte Mittelschiff hinaufzuschreiten. Eine unheimliche Stille herrschte, und der Widerhall meiner Schritte erschreckte mich.

So kam ich bis an den Altar. Da stand der Sarg, vorläufig mit einem Brett nur überdeckt. Ich hob es auf, und meines Bruders gläserne Augen starrten mich an. Ich stellte, da kein anderer Platz war, die Laterne zu seinen Füßen und begann langsam Knopf um Knopf den Uniformrock zu öffnen, der sich fest und beinahe eng um seine Brust legte. Ich tat es mit abgewandtem Gesicht; aber wie ich auch vermeiden mochte, nach ihm hinzusehen, ich hatte doch sein Todesantlitz vor mir. Endlich fand ich das Papier und steckte es zu mir. Dann kam das Schwerste: ich mußte die Knöpfe wieder einknöpfen, da ich es nicht über mich gewinnen konnte, ihn in offener Uniform wie einen Beraubten liegenzulassen. Und als auch das geschehen, trat ich den Rückweg an.

Am andern Nachmittage – der Feind griff uns nicht an – wurde mein Bruder mit allen militärischen Ehren durch das Schweizerregiment Wimpfen in derselben Klosterkirche zu Plaa, in der er vierundzwanzig Stunden vor dem Altar gestanden hatte, begraben. An ebenderselben Stelle wurden sein Säbel, seine Handschuhe und Sporen aufgehängt und erst einige Monate später, auf Befehl des Generals O'Donnell, der den Toten dadurch ehren wollte, in die Kathedrale von Tarragona gebracht. Dort befinden sie sich noch.

Der Vortragende, als er bis hierher gelesen, rollte das Manuskript zusammen und legte es auf eines der Fensterbretter; die Zuhörer, gesenkten Blickes, schwiegen. Der erste, der sich erhob, war Bninski.

»Ich bin selbst Gast in diesem Kreise und fürchte beinahe, mich eines Übergriffes schuldig zu machen, wenn ich vor Berufeneren das Wort ergreife. Aber meine Stellung, was mich entschuldigen mag, ist eine ausnahmsweise. Ich habe zwei Jahre vor Ihnen, Herr von Hirschfeldt, auf denselben Feldern, wenn auch auf der Ihnen feindlichen Seite, gekämpft; ich kenne die Plätze, von denen Sie uns gelesen; kaum verschwundene Bilder sind mir wieder lebendig geworden. Was Freund, was Feind! An gleicher Stelle die gleiche Gefahr. Ich bitte, Sie daraufhin als einen mir teuer gewordenen Kameraden begrüßen zu dürfen.«

Während dieser Worte hatte Jürgaß die ihm zunächststehende Rheinweinflasche entkorkt und mit einer der Situation angepaßten Raschheit den großen silbernen Kastaliabecher bis an den Rand gefüllt. »Meine Herren, einer jener Ausnahmefälle, wie sie Paragraph sieben unseres Statuts, ich nehme nicht Anstand zu sagen: in seiner Weisheit voraussieht, ist eingetreten. Und so trink' ich denn auf das Wohl unseres verehrten Gastes Rittmeisters von Hirschfeldt. Er lebe! Viele Ehren haben sich auf seinem Scheitel gehäuft, so viele Ehren wie Wunden; aber eines blieb ihm bis diesen Tag versagt: er hatte noch nicht aus dem Silberbecher der Kastalia getrunken. Auch diese Stunde ist da. Ich trink' ihm zu, und er tue mir Bescheid.«

Und bei wiederholten Hochs kreiste der Becher.

Nach Huldigungen wie diese konnte es Lewin nur noch obliegen, ein Schlußwort zu finden. »Die vorgeschrittene Stunde«, so begann er, »mehr noch das gehobene Gefühl, das uns dieselbe gebracht hat, dringen auf Abbruch und Vertagung. Ich erwarte Ihre Zustimmung.« (»Ja, ja!«) »Unsere nächste Sitzung soll, so sich kein Widerspruch erhebt« (»Nein, nein!«) »unter Zurückstellung aller bis dahin etwa eingehenden Lyrika, durch die Tagebuchblätter unseres verehrten Gastes, des Herrn von Meerheimb, die heute zu unserm Bedauern nicht mehr zum Vortrag gelangen konnten, eröffnet werden. Ich schließe die Sitzung.«

Damit brach man auf in kleineren und größeren Gruppen. Die Mehrzahl hielt sich links; nur Jürgaß, Bummcke und Hansen-Grell gingen, als sie die Königsstraßenecke erreicht hatten, nach rechts hin auf den Alexanderplatz zu, um in den Tiefen des Mundtschen Weinkellers, natürlich die Kastaliasitzung als Text nehmend, unter Plauderei und Kritik den Abend zu beschließen.

8. KAPITEL

Leichtes Gewölk

Der andere Morgen war klar und sonnig und gab auch dem Arbeitszimmer des Geheimrats ein helleres Licht, als gewöhnlich in Wintertagen darin anzutreffen war. Ein Strahl fiel bis an den Korb in der Ofenecke, wo das Windspiel in seinem Zwischenzustande von Schlafen und Zittern lag. Die Pendule schlug zehn, und der Geheimrat, mit der Pünktlichkeit, die ihm eigen war, trat in das Zimmer und nahm seinen Platz vor dem Arbeitstische, auf dem auch heute wieder Zeitungen und einzelne an ihn persönlich gerichtete Schreiben unter einem Briefbeschwerer von schwarzem Marmor lagen. Daneben ein elfenbeinernes Papiermesser mit geschnitztem Schlangengriffe.

Es war ein klarer Tag, aber er hatte doch sein »leichtes Gewölk«, wenigstens in dem Gemüte des Geheimrats, der denn auch, die gewohnte Ordnung der Dinge verkehrend, heute seinen Frühbesuch bei den Goldfischchen hinausgeschoben und statt dessen sofort nach dem Zeitungsblatt gegriffen hatte. Er flog über die Spalten hin, aber sein Auge ließ unschwer erkennen, daß er nicht las, sondern nur bemüht war, die Unruhe, die ihn erfüllte, vor sich selber zu verbergen.

»Guten Morgen, Papa«, klang es wieder wie bei einem früher geschilderten Besuche in seinem Rücken, und ehe er noch sich wenden und den Gruß erwidern konnte, war Kathinka an seiner Seite. Auch sie schien befangen, und ihm scharf nach den Augen sehend, sagte sie: »Du hast mich rufen lassen, Papa?«

»Ja, Kathinka, ich bitte dich, Platz zu nehmen.«

»Nicht so. Erst mußt du mich freundlicher ansehen und nicht so feierlich, als ob sich eine Staatsaktion vorbereite.«

Der Geheimrat klopfte mit der elastischen Spitze des Elfenbeinmessers auf seinen Schreibtisch und wandte sich dann, indem er seinem Sessel eine kurze Drehung gab, der Fensternische zu, in der Kathinka, den Rücken dem Lichte zu, Platz genommen hatte. Sie saß infolge davon in einem sehr wirkungsvollen Halbschatten, und der freudige Stolz über die schöne Tochter ließ den Vater auf Augenblicke das Peinliche des Momentes vergessen. Kathinka selbst war sich des Eindrucks, den sie machte, vollkommen bewußt. Sie trug ihr Haar wie gewöhnlich in den Vormittagsstunden in einem goldenen Netze, aber dies Netz hatte sich halb geöffnet, und ein Teil der kastanienbraunen Locken fiel auf den Kragen eines weiten, dominoartigen Morgenkleides. Ihre Füße, leicht übereinandergeschlagen, steckten in kleinen Saffianschuhen, und schnell die Vorteile berechnend, die der Vater aus seinem Spielen mit dem Elfenbeinmesser zog, nahm sie ihrerseits die kleine, neben den Goldfischchen liegende Netzkelle zur Hand, um damit zu spielen.

»Ich habe dich bitten lassen, Kathinka, um ein paar Fragen an dich zu richten, Fragen, die mich seit Wochen beschäftigen. Der Brief Tante Amelies hat mir dieselben aufs neue nahegelegt, und ich würde gleich nach deiner Rückkehr mit dir gesprochen haben, wenn nicht die Unruhe der letzten Tage mich daran gehindert hätte.«

»Die gute Tante«, sagte Kathinka. »Sie denkt mehr an mein Glück als ich selbst. Ich sollte ihr dankbarer dafür sein, als ich es bin.«

»Ich wollte, du könntest es. Die Wünsche, die sie hegt, sind auch die meinen. Und ihre Erfüllung schien mir so nahe. Aber du selbst hast alles wieder in Frage gestellt. Daß ich es bekenne, zu meiner Betrübnis. Wie stehst du zu Lewin?«

»Gut.«

»Dies ›Gut‹, das eine ganze Antwort zu sein scheint, ist doch nur eine halbe.«

»Nun, so will ich dir unumwunden die ganze geben. Ich habe Lewin lieb, aber ich liebe ihn nicht. Alles an ihm ist Phantasie; er träumt mehr, als er handelt. Dies mag als ein Grund gelten. Aber bedarf es denn der Gründe? Die Tante, die sonst so klug ist, oder vielleicht weil sie es ist, vergißt ganz und gar, wie wenig das ›Warum‹ in unseren Neigungen bedeutet. Sie will mein Glück, aber sie will es auf *ihre* Art, und was mir Sache des Herzens ist, ist ihr nur Sache des Hauses. Ich fühle mich aber nicht getrieben, einer Guseschen Hof- und Hauspolitik zuliebe ein Verlöbnis einzugehen oder gar ein Bündnis zu schließen. Das sind Rheinsberger Reminiszenzen, die für Tante Amelie sehr viel, für mich sehr wenig bedeuten. Sie behandelt alles wie die Verbindung zweier regierender Häuser; das mag schmeichelhaft sein; aber Lewin ist kein Prinz, und ich bin keine Prinzessin.«

»Du vergißt nur eins: Lewin liebt dich.«

Kathinka klopfte, während sie den linken Fuß hin- und herschaukelte, mit der Netzkelle leicht auf den Rand des Bassins; der Geheimrat aber fuhr fort:

»Lewin liebt dich, und es ist nicht lange, daß du diese Liebe erwidertest oder doch zu erwidern schienst. Erst die letzten Monate haben alles geändert, und du sprichst nun spöttisch von der Verbindung ›zweier regierender Häuser‹. Ich schätze den Grafen, aber ich fürchte, es war keine glückliche Stunde, die ihn in unser Haus führte. Hat sich der Graf dir gegenüber erklärt?«

»Nein.«

»Glaubst du, daß er dich liebt?«

»Ja.«

»Und du?«

Es kam Kathinka gelegen, daß das Windspiel, das sehr bald nach ihrem Eintreten seinen Korb verlassen und zur Empfangnahme von Liebkosungen und Zuckerbröckelchen sich bei ihr eingestellt hatte, inzwischen immer verdrießlicher geworden war. Es lief jetzt, weil die Bröckelchen nach wie vor ausblieben, zwischen ihr und der Etagère, in der sich die Zuckerdose befand, hin und her und begleitete die Unterhaltung durch beständiges Klingeln und Bellen. Der Geheimrat empfand dies ersichtlich als eine Störung, und Kathinka, jede seiner Mienen verfolgend, benutzte die Gelegenheit, um eine Pause zu gewinnen. Sie erhob sich deshalb von ihrem Stuhl, holte die Dose herbei, und eines der Zuckerstücke zerbeißend und zerbrechend, warf sie dem Windspiel, das sich sofort beruhigte, die Krümel zu. Dann tauchte sie den Zipfel ihres Taschentuchs in das Bassin, benetzte ihre Fingerspitzen und sagte:

»Deine Frage zu beantworten, Papa, ja, ich habe den Grafen gern.«

Der Geheimrat lächelte. »Das wird dem Grafen nicht genügen, Kathinka. Wenn du glaubst, daß er dich liebt, so wirst du dir Rechenschaft geben müssen, ob du seine Neigung erwidern kannst.«

»Ich kann es.«

»Und du wirst es?«

Sie schwieg; man hörte den Pendelschlag der Uhr. Endlich sagte der Geheimrat:

»Du hast mir genug gesagt, Kathinka, auch durch dein Schweigen. Ich ersehe eins daraus, eins, auf das ich Gewicht lege, daß du, statt einfach dem Zuge deines Herzens zu folgen, Rücksicht nimmst auf das, was mein Wunsch ist.«

Kathinka wollte antworten, der Geheimrat aber wiederholte: »Auf das, was mein Wunsch ist«, und fuhr dann fort:

»Aber auch dieser Wunsch ist unbeugsam und unabänderlich, und ich kann ihn *deinen* Wünschen nicht unterordnen. Es verbietet sich. Höre mich. Die Tante wünscht die Partie mit Lewin; ich wünsche sie auch; aber ich bestehe nicht darauf. Worauf ich bestehe, das ist allein die Nichtheirat mit Bninski. Sie darf nicht sein, so sehr der Graf persönlich meine Sympathien hat. Die Ladalinskis sind aus Polen heraus, und sie können nicht wieder hinein. Ich habe die Brücken abgebrochen. Ob das Geschehene das allein Richtige war, ist nicht mehr zu befragen; es genügt, daß es geschehen ist.«

»Es war ein Scherz, Papa«, nahm jetzt Kathinka das Wort, daß ich von ›Prinz und Prinzessin‹ und von einer Verbindung zweier regierender Häuser sprach. Es hat dich verdrossen, und ich bedaure es. Aber hatt' ich nicht eigentlich recht? Der Graf, wie du dich ausdrückst, hat persönlich deine Sympathien; er ist reich, angesehen, ehrenhaft, und unsere Herzen und Charaktere stimmen zueinander. Und doch ist alles umsonst, weil es, vergib mir den Ausdruck, in deine Diplomatie nicht paßt. Der gütigste der Väter, immer bereit, mir jeden kleinsten Wunsch zu erfüllen, versagt mir den größten, weil es ihm seine politischen Pläne stört, weil es ihn kompromittiert.«

»Ich lasse das Wort gelten, aber in meinem Sinne. Die Furcht vor Kompromittierung ist nicht immer kleinlich und untergeordnet, sie kann auch berechtigt und Existenzfrage sein. Sie ist es für mich. Es handelt sich nicht um Einbildungen oder einen launenhaften Einfall; all dies berührt meine Ehre mehr, als du glaubst. Ein Mißtrauen gegen mich hat nie geschwiegen, auch nicht nach meinem Übertritt. Von dem Augenblicke an, wo du nach Polen zurückkehrst, mit *meiner* Zustimmung und an der Seite eines Mannes, dessen preußenfeindliche Gesinnungen kein Geheimnis sind, gebe ich dem Verdachte Nahrung, in meiner jetzigen Stellung, die mich Einblick in so manches gewinnen ließ, nur ein Aufhorcher gewesen zu sein. Ich wiederhole dir, was du selber weißt, nur widerstrebend ist die Gesellschaft dem Vertrauen gefolgt, das mir der Hof entgegenbrachte, und büße ich dieses Vertrauen ein, sehe ich es auch nur erschüttert, so schwindet mir der Balken unter den Händen fort, der nach dem Schiffbruch meines Lebens mich noch trägt. Lächle, wer mag. Ich bedarf der Gunst des Königs, der Prinzen; wird mir diese Gunst genommen, so bin ich zum zweiten Male heimatlos. Und davor erschrickt mein Herz. Nenne das politisch oder nenn es Furcht vor Kompromittierung. Was es auch sein mag, es ist Sache meines Lebens, nicht meiner Eitelkeit.«

Kathinka schritt auf den Vater zu, ihm die Stirn küssend, während sie ihren Arm um seine Schulter legte. Dann sagte sie: »Laß mich dir wiederholen, es ist noch kein Wort zwischen mir und dem Grafen gefallen. Ich glaube, daß er absichtlich eine Erklärung vermeidet, denn – um ihn auch vor dir zu verklagen – er hat wie du die Untugend, politisch zu sein. Soviel ich weiß, trägt er sich mit dem Gedanken, wieder in die polnische Armee des Kaisers einzutreten. Gerade der gegenwärtige Augenblick scheint einen solchen Schritt zu fordern. Was aber auch kommen möge, *eines* verspreche ich: dich für meine Person weder mit Wünschen noch Bitten zu beunruhigen. Ich werde schweigen, und nichts soll durch mich geschehen, das deine Stellung nach oben hin gefährden oder deine Zugehörigkeit zu diesem Lande neuen Verdächtigungen aussetzen könnte.«

Dem Geheimrat entging nicht, daß die Worte Kathinkas, trotz eines scheinbaren Eingehens auf seine Wünsche, mit besonderer Vorsicht gewählt waren. Aber er empfand gleichzeitig, daß es zu nichts führen würde, sich minder zweideutiger Zusagen versichern zu wollen. So ließ er es sich an dem halben Erfolge genügen und brach die Unterredung ab. »Es wäre mir lieb«, so schloß er, »du schriebest einige Worte an die Tante. Störe ihr ihre Pläne nicht. Auch um deinetwillen nicht. Die Tage wechseln, und wir mit ihnen. Das Wandelbarste aber sind Frauenherzen. Was dir heute nichts ist, kann dir morgen etwas sein. Brich nicht ab; ich brauche dir keine Namen zu nennen. Es gibt ja Halbheiten des Ausdrucks, eine Sprache, die du, wenn mich nicht alles täuscht, wohl zu sprechen verstehst.«

»Ich werde schreiben. Und du magst die Zeilen lesen, Papa.«

»Ich vertraue deinem Wort und deiner Klugheit. Und nun halte dich bereit. Ich habe den Wagen um zwölf bestellt. Der alte Wylich ist immer ein Pünktlichkeitspedant, doppelt bei seinen Matineen. Wir werden übrigens eine neue Zeltersche Komposition hören; Rungenhagen begleitet.«

Damit trennten sie sich.

9. KAPITEL

Renate an Lewin

Eine Woche verging, ohne daß in dem Bekannten- und Freundeskreise Lewins und der Ladalinskis etwas Berichtenswertes vorgekommen wäre. Und was von diesem Kreise galt, galt von der ganzen Stadt. Auch in dieser hatte sich die durch die Nachricht von General Yorks Kapitulation hervorgerufene Aufregung längst wieder gelegt und war einer unbestimmten, aber die Gemüter erhebenden Vorstellung von dem Anbrechen einer neuen Zeit gewichen. Wie gewaltige Kämpfe es noch bedürfen würde, um diese heraufzuführen, das ahnten die wenigsten; die Mehrzahl lebte der Überzeugung, daß ihnen der Sieg als ein Resultat der Napoleonischen Niederlagen wie von selber zufallen würde, und selbst die vielen, immer neu wiederholten Versicherungen, daß der König in seinem Bündnis mit Frankreich auszuharren, den General York aber, der dies Bündnis gefährdet habe, vor ein Kriegsgericht zu stellen gedenke, konnten an dieser Zuversicht nichts ändern. Man sah in diesem allen ein aufgezwungenes Spiel und ganz im Einklang mit den Worten, die Professor Fichte seinen Zuhörern ans Herz gelegt hatte, eine bloße Maske, die jeden Augenblick abgenommen werden könne. Die Empfindung des Volks, wie so oft, war den Entschlüssen seiner Machthaber weit vorausgeeilt. Und in diesem Gefühl verliefen die Tage.

Die Stille der zweiten Januarwoche war nicht einmal durch eine Kastaliasitzung unterbrochen worden. Jürgaß, bei dem sie stattfinden sollte, hatte sich in den Frühstunden des dazu festgesetzten Tages der Mühe unterzogen, bei den Freunden vorzusprechen und den Ausfall der Sitzung anzukündigen, zugleich bittend, eine auf den andern Tag lautende Einladung zu einer »extraordinären Session« akzeptieren zu wollen. Diese war auf einen engeren Zirkel berechnet und sollte die Form eines Dejeuners annehmen.

Der andere Tag war nun da, aber noch nicht die festgesetzte Stunde. Lewin hatte sich's auf seinem Sofa so bequem gemacht, wie es der Bau desselben zuließ, und blätterte in Herders »Völkerstimmen«, einem Buche, das ihm besonders teuer war. Es war ein Geschenk Kathinkas und hatte selbst dadurch nichts an seinem Werte verloren, daß es ihm von seiten der Geberin, die nur Sinn für das Pathetische und Komische, aber nicht für das Naive hatte, mit einem Anfluge von Spott überreicht worden war. Er las eben die Stelle:

So geht's, wenn ein Maidel zwei Knaben lieb hat,
Tut wunderselten gut,
Das haben wir beid' erfahren,
Was falsche Liebe tut –

als Frau Hulen mit einem Briefe eintrat, der von der Post her abgegeben worden war. Es waren Zeilen von Renatens Hand, trugen aber nicht den Küstriner, sondern den Selower Stempel, woraus er ersah, daß ihn ein expresser Bote behufs rascherer Beförderung quer durch das Bruch getragen haben mußte. Dies fiel ihm auf, ebenso die Länge des Briefes, als er nicht ohne eine gewisse Unruhe das Siegel erbrochen hatte. Denn unter den zwei extremen Parteien, denen alle briefschreibenden Damen zugehören, zählte Renate für gewöhnlich zur Partei der äußersten Kurzschreiber. Was bedeutete diese Ausnahme?

Lewin las:

»*Hohen-Vietz,* Dienstag, den 12. Januar 1813.

Lieber Lewin! Papa, der Dir schreiben wollte, wird eben abgerufen; Graf Drosselstein ist da, um Geschäftliches mit ihm zu erledigen. So fällt mir es zu, Dir über unsere letzten Erlebnisse zu berichten. Schwere Stunden liegen hinter uns. Wir hatten diese Nacht ein großes Feuer: der alte Saalanbau ist niedergebrannt.

Du wirst Näheres wissen wollen; so laß mich denn erzählen.

Es war kaum zwölf, als ein Lärm mich weckte. Ich richtete mich auf und sah, daß die Scheiben glühten, als fiele das Abendrot hinein. Ich sprang aus dem Bett und lief an das Fenster; der Hof war noch leer, aber aus der Mitte des Saalanbaus schlug eine Flamme auf, und unter der Einfahrt, den Rücken mir zugekehrt, stand unser alter Pachaly und blies auf seinem Kuhhorn in die Dorfgasse hinein, in Tönen, die mir noch jetzt im Ohre klingen.

Mich wandelte eine Ohnmacht an und von den nächsten Minuten weiß ich nichts. Als ich mich wieder erholt hatte, saß ich aufgerichtet in meinem Bett, und Tante Schorlemmer und Maline waren um mich her, beide zitternd vor Angst und Aufregung. Sie packten immer neue Kissen in meinen Rücken, Maline hatte Riechsalz gebracht, und Tante Schorlemmer betete, während ihr die Lippen flogen: ›Herr Gott Zebaoth, steh uns bei in unserer Not!‹

Ich weiß nicht, wie es kam, aber alle Angst war plötzlich von mir abgefallen, wie wenn die hinschwindende Ohnmacht den Schrecken mit fortgenommen hätte. Ich verlangte aufzustehen, kleidete mich rasch an, und da gerade nichts anderes zur Hand war, setzte ich die polnische Mütze auf, die Kathinka hier zurückgelassen hatte. So ging ich hinunter.

Das Feuer hatte mittlerweile rasche Fortschritte gemacht, und noch immer war nichts da zum Löschen. Aber kaum, daß ich auf den Hof getreten war, als auch schon von der Dorfgasse her ein Rasseln hörbar wurde, und im nächsten Augenblick kam unsere Hohen-Vietzer Spritze durch das Tor; Krist und der junge Scharwenka hatten sich an die Deichsel gespannt, und Hanne Bogun, mit seinem Stumpfarm gegen den Wasserkasten gelehnt, half durch Schieben nach. Hart an dem Steindamm, aber jenseits nach dem Wirtschaftshofe hin, fuhren sie auf. Papa hatte schon vorher Mannschaften an den Ziehbrunnen und an die kleine Hofpumpe gestellt, und nun in doppelter Reihe wurden die Eimer zugereicht. Alles war Eifer und Leben, und ehe fünf Minuten um waren, fiel der erste Strahl in die Flamme. Schulze Kniehase leitete alles. Sonderbar, inmitten dieses Grauses schlug mir das Herz wie vor Freude höher. Aber welch ein Anblick auch! Ich werde dieser Minuten nie vergessen. Die Nacht hell wie der Tag, alle Gesichter vom Glanz beschienen, Kommandoworte und dazwischen jetzt, vom Turme her, in langen, abgemessenen Pausen das Stürmen der Glocke. Der alte Kubalke, trotz seiner Achtzig, war selbst hinaufgegangen, um in das ganze Bruch hineinzurufen: ›Feuer, Feuer!‹ Und nicht lange, so hörten wir, von den nächsten Dörfern her, die Antwort ihrer Glocken darauf.

›Das ist die Hohen-Ziesarsche‹, sagte Jeetze, der, klappernd vor Frost, neben mir stand, und gleich darauf fiel auch die Manschnower ein. Ich erkannte sie selbst an ihrem tiefen Ton. Immer rascher gingen nun die Eimer, da jeder wußte, daß die Hilfe von den Nachbarorten her jetzt jeden Augenblick kommen müsse. Und sie kam auch wirklich. Die Hohen-Ziesarsche war wieder die erste; im Carrière mit zwei von des Grafen Pferden kam sie den Forstackerweg herunter, und wir hörten sie schon, als sie bei Miekleys um die Ecke bog. Es schütterte wie ein Donner. Mit lautem Freudengeschrei wurden sie begrüßt, und Kümmeritz, der seine Gicht eben erst losgeworden war, übernahm das Kommando.

Auf dem Wirtschaftshofe, aber doch so, daß die in Front stehenden Spritzen unbehelligt blieben, hatte sich inzwischen das halbe Dorf versammelt. In vorderster Reihe standen Seidentopf und Marie; er, in seiner alten schwarzen Tuchmütze mit dem weit vorstehenden Schirm, daß es aussah, als ob er sich gegen den Feuerschein schützen wolle; sie, an seinen Arm gelehnt, und wie ich durch das aufregende Schauspiel ganz hingenommen. Wieder überraschte sie mich durch ihre besondere Schönheit. Ihr Gesicht war schmaler und länger als gewöhnlich, und aus dem rot- und schwarzkarierten schottischen Tuch heraus, das sie nach Art einer Kapuze übergeworfen hatte, leuchteten ihre großen, dunklen Augen selber wie Feuer.

Die Eimerkette ging, der Strahl fiel in die Flamme, aber bald mußten wir uns überzeugen, daß es unmöglich sei, den Saalanbau auch nur teilweise zu retten, und so gab Papa Ordre, den Wasserstrahl nur noch auf Dach und Giebel des Wohnhauses zu richten, um wenigstens das Übergreifen des Feuers zu hindern. Aber auch das schien nicht gelingen zu sollen; das Weinspalier fing bereits an, an mehreren Stellen zu brennen, und das am Hause niederführende Gossenrohr, als oben das Zink geschmolzen, löste sich aus der Dachrinne und stürzte auf den Hof.

In diesem Augenblick erschien Hoppenmarieken unter der Einfahrt, blieb stehen und sah auf das Feuer. Sie kam nicht von Hause, sondern war erst wieder auf dem Wege dahin. Wer weiß, wo sie bis dahin gesteckt hatte. Als Hanne Bogun der Alten ansichtig wurde, schüttelte er seinen linken Jackenärmel wie im Triumph und rief: ›Da is Hoppenmarieken, und gleich darauf: ›De möt et bespreken.‹ Papa wußte wohl, daß die Leute, die so vieles von ihr wissen, ihr auch nachsagen, daß sie Feuer besprechen könne; es widerstand ihm aber, sich an ihre Teufelskünste, an die er nicht glaubt oder die ihm zuwider sind, wie hilfebittend zu wenden. Seidentopf, der wohl sehen mochte, was in ihm vorging, trat an ihn heran und sagte: ›Wer Gott im Herzen hat, dem muß alles dienen, Gutes und Böses.‹ Da winkte Papa die Alte heran und sagte: ›Nun zeige, Marieken, was du kannst.‹

Diese hatte nur darauf gewartet; sie marschierte zwischen den beiden Spritzen hindurch rasch auf die Stelle zu, wo der alte Saalanbau mit unserem Wohnhaus einen rechten Winkel bildete, und stellte, nachdem sie zwei, drei Zeichen gemacht und ein paar unverständliche Worte gesprochen hatte, ihren Hakenstock scharf in die Ecke hinein. Dann, während sie quer über den Hof hin wieder auf die Einfahrt zurückmarschierte, sagte sie zu den Spritzenleuten: ›De Hohen-Ziesarschen künnen nu wedder to Huus foohren‹, und schritt, ohne sich umzusehen, die Dorfstraße hinunter in der Richtung auf den Forstacker zu. Ihren großen Hakenstock aber hatte sie statt ihrer selbst an der Brandstätte zurückgelassen.

Das Feuer ließ augenblicklich nach; Sparren und Balken stürzten zusammen, aber es war, als verzehre sich alles in sich selbst und habe keine Kraft mehr, nach außen hinauszugreifen. Zugleich ließ der leise Wind nach, der bis dahin gegangen war, und es begann zu schneien. Ein entzückender Anblick, der dunkelrote Schein, in dem die Flocken tanzten.

Die Hohen-Ziesarsche Spritze fuhr wirklich ab, und der Hof wurde wieder leer; nur Papa und der alte Kniehase blieben noch und trafen ihre Anordnungen für die Nacht. Ich war mit unter den ersten, die sich zurückzogen, und trotzdem mein Zimmer unmittelbar an die Brandstätte stieß, so war meine Zuversicht, daß die Gefahr beseitigt sei, doch so groß, daß ich gleich einschlief. In meinem Traume mischte sich das eben Erlebte mit jener wundersamen Feuererscheinung im alten Schloß zu Stockholm, wovon Du Marie und mir am ersten Weihnachtstage erzähltest, als wir am Kamin saßen und den Christbaum plünderten. Ich sah im Traum die Scheiben meines Fensters glühen; als ich aber aufstand, um nach dem Schein zu sehen, war ich nicht mehr allein und gewahrte nur eine lange Reihe Verurteilter, die mit entblößtem Hals an einen Block geführt wurden. Ein entsetzliches Bild, und alles rot, wohin ich sah. Aber in diesem Augenblicke trat Hoppenmarieken in die Tür des Reichssaales, und alles rief: ›De möt et stillen.‹

Da hob sie den Stock, und es war kein Blut mehr; und das Bild versank und sie selber mit.

Heute früh war ich zu guter Stunde beim Frühstück; Papa und die Schorlemmer erwarteten mich schon. Ich hatte mich vor dieser Begegnung gefürchtet; die Scheune, die vor zwei Jahren niederbrannte, liegt noch als ein Schutthaufen da, und nun ein zweites Brandunglück, das wieder auszugleichen es vollends an den Mitteln fehlen wird. Ich fand aber eine ganz andere Stimmung vor, als ich gefürchtet hatte. Papa war gesprächig und von einer Weichheit, die mehr von Hoffnung als von Trauer zeugte. Er nahm meine Hand, und als er sah, daß ich nach einem Trostworte suchte, lächelte er und sagte:

›Und eine Prinzessin kommt ins Haus,
Ein Feuer löscht den Flecken aus –

Ich fange an, mich mit dem alten Hohen-Vietzer Volksreim auszusöhnen. Die Prinzessin läßt noch auf sich warten, aber der Flecken ist fort, das Feuer hat ihn ausgelöscht. Ja, meine liebe Renate, Rätsel umgeben uns, und vielleicht ist es Torheit, uns in dem Doppelhochmut unseres Wissens und Glaubens alles dessen, was Aberglauben heißt und vielleicht nicht ist, entschlagen zu wollen. Auch in ihm, von weither herangeweht, liegen Keime der Offenbarung. ‚Ein Feuer löscht den Flecken aus', inmitten all dieser Prüfungen ist es mir, als müßten andere, bessere Zeiten kommen. Für uns, für alle.‹ Ich wollte antworten; aber Jeetze trat ein und meldete, daß Graf Drosselstein vorgefahren sei.

Da hast du den längsten Brief, den ich je geschrieben. Einen Gruß an Kathinka, auch an Frau Hulen.

Herzlichst Deine *Renate von V.*«

Lewin legte den Brief aus der Hand. Er war bewegt, aber dasselbe Gefühl, das in Vater und Schwester vorgeherrscht hatte, gewann auch in ihm die Oberhand: die Freude darüber, daß etwas Unheimliches aus ihrem Leben genommen sei.

Er setzte sich schnell an sein Pult und schrieb eine vorläufige kurze Antwort, in der er diesem Gefühle Ausdruck gab. Am Schlusse hieß es: »Der Altar ist nicht mehr, und der alte Matthias, wenn er weiter ›spöken‹ will, muß sich eine andere Betestelle suchen.« Aber er erschrak vor seinen eigenen Worten, als er sie wieder überlas. »Das klingt ja«, sprach er vor sich hin, »als lüd' ich ihn aus dem Saalanbau in unser Wohnhaus hinüber. Das sei ferne von mir. Ich mag den ›Komtur‹ nicht zu Gast bitten.« Und mit dicker Feder strich er die Stelle wieder durch.

Dann kleidete er sich rasch an, um Jürgaß, der nach dieser einen Seite hin empfindlich war, nicht warten zu lassen.

10. KAPITEL

Dejeuner bei Jürgaß

Nicht bloß die alte Exzellenz Wylich, wie Geheimrat von Ladalinski sich ausgedrückt hatte, war ein Pünktlichkeitspedant, sondern auch Jürgaß. Dies wußte der ganze Kreis. So kam es, daß sich eine Minute vor zwölf alle Geladenen auf Flur und Treppe trafen, selbst Bummcke, der die scherzhaft eingekleidete, aber ernst gemeinte Reprimande von der letzten Kastaliasitzung her noch nicht vergessen hatte.

Die Jürgaßsche Wohnung befand sich in einem mit einigen Reliefschnörkeln ausgestatteten Eckhause des Gendarmenmarktes und nahm die halbe nach dem Platze zu gelegene Beletage ein. Sie bestand, soweit sie zu repräsentieren hatte, aus einem schmalen Entree, einem dreifenstrigen Wohn- und Gesellschaftszimmer und einem Speisesalon. Schon die Größe der Wohnung, noch mehr ihre Ausschmückung, konnte bei einem märkischen, auf Halbsold gestellten Husarenoffizier, dessen väterliches Gut mit drei seiner besten Ernten nicht ausgereicht haben würde, auch nur ein Dritteil dieser Zimmereinrichtungen zu bestreiten, einigermaßen überraschen; unser Rittmeister war aber nicht bloß der Sohn seines Vaters, sondern auch der Neffe seiner Tante, eines alten Fräuleins von Zieten, die als Konventualin von Kloster Heiligengrabe ihrem Liebling, eben unserem Jürgaß, ihr ganzes, ziemlich bedeutendes Vermögen testamentarisch hinterlassen hatte. In diesem Testament hieß es wörtlich: »In Anbetracht, daß mein Neffe Dagobert von Jürgaß, einziger Sohn meiner geliebten Schwester Adelgunde von Zieten, verehelichten von Jürgaß, durch seiner Mutter Blut, insonderheit auch durch Bildung des Geistes und Körpers ein echter Zieten ist, vermache ich besagtem Neffen, Rittmeister im Göckingkschen (ehemals Zietenschen) Husarenregiment, in der Voraussetzung, daß er das Zietensche, so Gott will, immer ausbilden und in Ehren halten will, mein gesamtes Barvermögen, samt einem Bildnis meines Bruders, des Generallieutenants Hans Joachim von Zieten, und bitte Gott, meinen lieben Neffen in seinem lutherischen Glauben und in der Treue zu seinem Königshause erhalten zu wollen.«

Dieses Testament war zufälligerweise gerade am 14. Oktober 1806, also am Tage der Doppelschlacht bei Jena und Auerstädt, seitens der alten Konventualin, die noch denselben Winter das Zeitliche segnete, niedergeschrieben worden, weshalb denn auch Jürgaß, bei der Wiederkehr jedes 14. Oktober, in seiner Weise zu sagen pflegte: »Sonderbarer Tag, an dem ich nie recht weiß, ob ich ein Fest- oder ein Trauerkleid anlegen soll; Preußen fiel, aber Dagobert von Jürgaß stieg.«

Im übrigen hatte ihn die Tante richtig abgeschätzt; es steckte ihm von der Mutter Seite her, neben einem Hange zu gelegentlich glänzendem Auftreten, auch das gute Haushalten der Zieten im Blute, so daß sich sein Vermögen, aller Zeiten Ungunst zum Trotz, in den seit der Erbschaft verflossenen sechs Jahren eher gemehrt als gemindert hatte.

In besonders reicher Weise war das schon erwähnte Wohnzimmer von ihm ausgestattet worden, was denn auch zur Folge hatte, daß alle diejenigen Herren, die heute zum erstenmal in diesen Räumen waren, ihre Aufmerksamkeit auf Pfeiler und Wände desselben richteten. Herr von Meerheimb entdeckte sofort eine in verkleinertem Maßstab gehaltene Kopie eines großen, eine Zierde der Dresdener Galerie bildenden Tintoretto, während von Hirschfeldt sich freute, einer langen Reihe von Buntdruckbildern zu begegnen, deren Originale er in London bei Gelegenheit einer Ausstellung Josua Reynoldsscher Werke gesehen hatte. Die Fülle aller dieser Ausschmückungsgegenstände, unter denen namentlich auch bemerkenswerte Skulpturen waren, gab dem Geplauder, das ohnehin im Auf- und Abschreiten geführt wurde, etwas Unruhiges und Zerstreutes, das dem Aufkommen eines gemütlichen Tones ziemlich ungünstig war, von Jürgaß aber, so sehr ihm unter gewöhnlichen Verhältnissen die Pflege des Gemütlichen am Herzen lag, nicht unangenehm empfunden wurde, da ihm nicht entgehen konnte, daß der Grund dieser beständig hin- und herspringenden Unterhaltung ausschließlich eine seiner Eitelkeit schmeichelnde Bewunderung für seine Kunstwerke oder aber Neugier in betreff der sonst noch vorhandenen Sehenswürdigkeiten war.

Zu diesen Sehenswürdigkeiten gehörte vor allem der »große Stiefel«, der, sechs Fuß hoch, mit einer anderthalb Zoll dicken Sohle und einem neun Zoll langen Sporn daran, seinerzeit entweder selbst eine cause célèbre gewesen war oder doch zu einer solchen die Anregung gegeben hatte. Es hatte damit folgende Bewandtnis.

Es war am Ende der neunziger Jahre, als Jürgaß, damals noch ein blutjunger Lieutenant bei den Göckingkhusaren, mit Wolf Quast vom Regiment Gensdarmes die Friedrichsstraße nach dem Oranienburger Tore zu hinaufschlenderte. Dicht vor der Weidendammer Brücke, gegenüber der Pépinière, fiel ihnen ein riesiger Sporn auf, der im Schaufenster eines Eisenladens hing. Sie blieben stehen, lachten, schwatzten und setzten fest, daß der erste, der in Arrest käme, den Sporn kaufen solle. Der erste war Jürgaß. Aber der Sporn war kaum erstanden, als ein neues Abkommen getroffen wurde: »Der nächste läßt einen Stiefel dazu machen.« Dieser nächste nun war Quast, und nach Ablauf von wenig mehr als einer Woche wurde der mittlerweile gebaute Riesenstiefel unter allen erdenklichen Formalitäten prozessionsartig erst in die Kaserne und dann in Quasts Zimmer getragen. Von den jüngeren Kameraden beider Regimenter fehlte keiner. Da stand nun der Koloß, und der Riesensporn wurde angeschnallt. Aber der einmal wachgewordene Übermut war noch nicht befriedigt, und eine Steigerung suchend, wurde beschlossen, dem großen Stiefel und großen Sporn zu Ehren auch ein entsprechend großes Fest zu geben. Der Stiefel natürlich als Bowle. Gesagt, getan. Das Fest verlief zu vollkommensten Genugtuung aller Beteiligten, aber keineswegs zur Zufriedenheit des Kriegsministers, der vielmehr dem Unfug ein Ende zu machen und den großen Stiefel tot oder lebendig einzuliefern befahl.

Die betreffende Ordre war kaum ausgefertigt, als alle jungen Lieutenants einig waren, daß es Ehrensache sei, den Stiefel coûte que coûte zu retten, der nunmehr auch wirklich bei der bald darauf stattfindenden Kasernenrevision aus einem Zimmer in das andere und schließlich in Rückzugsetappen erst auf die havelländischen, dann auf die Ruppinschen und Priegnitzschen Güter der respektiven Väter und Oheime wanderte, die sich nolens volens in das von ihren Söhnen und Neffen eingeleitete Spiel mitverwickelt sahen. So kam er schließlich nach Gantzer und war auf ein ganzes Dutzend Jahre hin vergessen, als unser Jürgaß, bei Gelegenheit eines kurzen Besuchs im väterlichen Hause, des ehemaligen corpus delicti wieder ansichtig wurde und sofort beschloß, es als originelle Zimmerdekoration in seiner eben in Einrichtung begriffenen Wohnung zu verwenden. Er machte übrigens nicht mehr und nicht weniger von der Sache, als sie wert war, und wenn er, die Geschichte vom »großen Stiefel« erzählend, einerseits viel zu viel Urteil hatte, um einen Fähnrichsstreich als Heldentat zu behandeln, so war er doch auch keck und unbefangen genug, sich des Übermutes seiner jungen Jahre nicht weiter zu schämen.

Der eintretende Diener, die Flügeltüren des Speisesalons öffnend, meldete durch diese stumme Sprache, daß das Frühstück serviert sei, und Jürgaß, vorausschreitend, bat seine Gäste, ihm folgen zu wollen. An einem runden Tische war gedeckt. Hirschfeldt und Meerheimb nahmen zu beiden Seiten des Wirtes Platz, Hansen-Grell ihm gegenüber; Tubal, Lewin und Bummcke, auf die sich aus der Reihe der Kastaliamitglieder die Einladungen beschränkt hatten, schoben sich von rechts und links her ein.

Die Jürgaßschen Frühstücke waren berühmt, nicht nur durch ihre Auserlesenheit, sondern beinahe mehr noch durch die Aufmerksamkeiten und Überraschungen, womit er das Mahl zu begleiten pflegte. Auch heute war er nicht hinter seinem Ruf zurückgeblieben. Unter dem Kuverte von Hirschfeldt lag, aus einem französischen Reisebuche herausgeschnitten, die »Kathedrale von Tarragona«, ein kleines Bildchen, auf dessen Rückseite die Worte zu lesen waren: »in dankbarer Erinnerung an den 5. Januar 1813«, während Hansen-Grell beim Auseinanderschlagen seiner Serviette eines zierlichen, silbernen Sporns ansichtig wurde, der auf dem Kartenblatt, auf dem er befestigt war, nach Art einer Devise die Umschrift führte:

Er trug blanksilberne Sporen
Und einen blaustählernen Dorn,
Zu Calcar war er geboren,
Und Calcar, das ist Sporn.

Auch für Bummcke war gesorgt und eine Überraschung da, die freilich mehr den Charakter einer Neckerei als einer Aufmerksamkeit hatte. Es war eine große, neben seinem Teller liegende Papierrolle, die sich nach Entfernung des roten Fadens, der sie zusammenhielt, als ein vielfach lädierter, in grober Schabemanier ausgeführter Kupferstich erwies. Darunter stand: »Einzug des Hauptmanns von Bummcke in Kopenhagen«. Und in der Tat, so wenig glaubhaft ein hauptmännischer Einzug in die dänische Hauptstadt sein mochte, es sah mehr oder weniger nach etwas Derartigem aus, schon weil die Straßenarchitektur getreulich wiedergegeben und für jeden, der Kopenhagen kannte, der aus drei Drachenschwänzen aufgeführte Spitzturm des alten Börsengebäudes ganz deutlich erkennbar war. Nichtsdestoweniger bedeutete der eigentliche Gegenstand des Bildes, auf dem man einen offenen, mit vier Pferden bespannten und von Militär eskortierten Wagen sah, etwas sehr anderes und stellte weder die Entrée joyeuse Bummckes noch überhaupt einen Einzug, wohl aber die »Abführung der Grafen Brandt und Struensee zu ihrem ersten Verhöre« dar. Bummcke, der den Kupferstich aus einem alten Antiquitätenladen her seit lange kannte, fand sich in dem Scherze schnell zurecht oder gab sich wenigstens das Ansehen davon, was das Beste war, das er tun konnte. Er hatte nämlich, was hier eingeschaltet werden mag, die Schwäche, mit einer etwas weitgehenden Vorliebe von seiner »nordischen Reise«, der einzigen, die er überhaupt je gemacht hatte, zu sprechen und war infolge dieser Schwäche – von der er übrigens selber ein starkes Gefühl hatte – bei mehr als einer Gelegenheit nicht bloß das Opfer Jürgaßscher Neckereien gewesen, sondern hatte auch die Erfahrung gemacht, daß Stillhalten das einzige Mittel sei, denselben zu entgehen oder doch sie abzukürzen.

Das Tablett mit Port und Sherry wurde eben herumgereicht, als Bummcke, das Blatt noch einmal auseinanderrollend, mit jener Ruhe, die einem das Gefühl, seinen Gegenstand zu beherrschen, gibt, anhob: »Der arme Struensee! Ich habe die Stelle gesehen, draußen vor der Westerngade, wo sie ihm den Kopf herunterschlugen. Was war es? Neid, Rankune und nationales Vorurteil. Ein Justizmord ohnegleichen. Er war so unschuldig wie die liebe Sonne.«

»Seine Intimitäten schienen aber doch erwiesen«, bemerkte Jürgaß wichtig, dem nur daran lag, seinen Infanteriekapitän in das geliebte dänische Fahrwasser hineinzubringen.

»Intimitäten!« entgegnete dieser, der dem Köder, trotzdem er den Haken sah, nicht widerstehen konnte. »Intimitäten! Ich versichere Ihnen, Jürgaß, alles Torheit und Verleumdung. Ich habe während meines Aufenthaltes in Kopenhagen Gelegenheit gehabt, zu Personen in Beziehung zu treten, die, passiv oder aktiv, in dem Drama mitgewirkt haben. Ein Spiel war es mit Ehre und Leben, eine blutige Farce von Anfang bis zu Ende. Das Kanonisieren ist außer Mode;

hätten wir noch einen Rest davon, diese Königin Karoline Mathilde müßte heiliggesprochen werden.«

»Wenn es nicht indiskret ist, nach Namen zu fragen, woher stammen Ihre Informationen?«

»Vom Leibarzt der Königin«, sagte Bummcke.

»Nun, der muß es wissen«, erwiderte Jürgaß übermütig, »aber er schafft mit seiner Autorität die Aussagen derer, die sich selber schuldig bekannten, nicht aus der Welt. Ich appelliere vorläufig an unseren Freund Hansen-Grell. Er muß doch in seinem gräflichen Hause das eine oder das andere über den Hergang gehört haben.«

»Nein«, antwortete dieser, »das gräfliche Haus, soviel ich weiß, hatte Ursache, über den Fall zu schweigen, und ihn aus Büchern kennenzulernen habe ich versäumt. Ich muß mich überhaupt anklagen, der dänischen Geschichte, von einzelnen, weitzurückliegenden Jahrhunderten abgesehen, nicht *das* Maß von Aufmerksamkeit geschenkt zu haben, das ihr gebührt.«

»Und wir hatten gerade«, bemerkte Tubal verbindlich, »nach Ihrer Hakon Borkenbart-Ballade, womit Sie uns am Weihnachtsabend erfreuten, den entgegengesetzten Eindruck.«

»Weil Sie aus meiner Kenntnis der halb sagenhaften Vorgeschichte des Landes allerhand schmeichelhafte Rückschlüsse auf meine gesamte dänische Geschichtskenntnis zogen. Aber leider mit Unrecht. Ich habe mehr um Dichtungs als um Historie willen im Saxo Grammaticus und in den älteren Mönchschroniken gelesen, so viel, daß ich schließlich die moderne Königin Karoline Mathilde über die alte Königin Thyra Danebod vergessen habe.«

»Thyra Danebod«, rief Jürgaß in aufrichtigem Enthusiasmus, »das ist ja ein wundervoller Name. Er tingelt etwas weniger als Kathinka von Ladalinska; aber trotzdem! Was meinen Sie, Bummcke?«

Bummcke, der sich so unerwartet an den Ladalinskischen Ballabend erinnert sah, drohte gutmütig mit dem Finger; Hansen-Grell aber fuhr fort: »Ich teile ganz den Enthusiasmus unseres verehrten Wirtes, und wenn ich auf das Gewissen gefragt würde, würd' ich bekennen müssen, aus dem Zauber dieses Namens und vieler ähnlicher so recht eigentlich die Anregung zu meinem Studium altdänischer Geschichten empfangen zu haben. Sigurd Ring und König Helge, Ragnar Lodbrok und Harald Hyldetand entzückten mich durch ihren bloßen Klang, und sooft ich dieselben höre, ist es mir, als teilten sich die Nebel und als sähe ich in eine wundervolle Nordlandswelt, mit klippenumstellten Buchten, und vor ihnen ausgebreitet das blaue Meer und hundert weißgebauschte Segel am Horizont.«

»Es ist der fremde Klang, der unser Ohr gefangennimmt«, bemerkte Hirschfeldt, der sich von Spanien her ähnlich bestechender Namenseindrücke entsinnen mochte, und Lewin und Tubal stimmten ihm bei.

»Gewiß«, fuhr Hansen-Grell fort, »dieser Fremdklang ist von Bedeutung. Aber es ist, über denselben hinaus, doch schließlich ein anderes noch, was diesen altdänischen Namen ihren eigentümlichen Zauber leiht. Es spricht sich nämlich in ihnen jene der Sprichwörterweisheit der Völker verwandte Begabung aus, Menschen, Erscheinungen, ja ganze Epochen in einem einzigen Beiwort zu charakterisieren. Die Kraft in der Knappheit, das Viel im Wenigen, *da* haben wir den Schlüssel zum Geheimnis.«

Bummcke geriet in Aufregung, so sehr, daß er – was sonst nicht seine Sache war – den Château d'Yquem mit ablehnender Handbewegung an sich vorübergehen ließ und zu Hansen-Grell, wie zu einem Herzensvertrauten, hinüberrief: »Ich weiß, worauf Sie hinaus wollen. Sprichwörterweisheit sagten Sie, ganz richtig. An den König Erichs, wenigstens an den ersten sechs oder sieben, läßt es sich am besten zeigen: Erik Barn, Erik Ejegod, Erik Lam, Erik Plopenning, Erik Glipping. Ich verbinde mit jedem ein Bild, eine Vorstellung, besonders mit dem Plopenning und dem Glipping. Glipping, das heißt soviel wie ›Augenplink‹ oder der ›Wimperer‹. Und wirklich, es ist zum Lachen, aber ich sehe ihn vor mir, wie er mit dem rechten Augenlide immer hin und her zwinkert.«

Jürgaß warf sich in den Stuhl zurück und sagte während eines Hustenanfalls, der sich vor lauter Heiterkeit nicht legen wollte: »Das ist denn doch das kapitalste Stück von Fremdlandsenthusiasmus, das mir all mein Lebtag vorgekommen ist. König Wimperer, ich grüße dich.«

»Wenn Sie mehr von ihm wüßten, Jürgaß, so würden Sie dieser bedeutenden Figur mit mehr Respekt begegnen. Er war ein guter König und wurde zu Viborg mit sechsundfünfzig Stichen ermordet.«

»Nicht mehr wie billig. Warum hat er gewimpert? Ich greife mit dem Champagner um zwei Gänge vor. Es lebe Erik Glipping!«

»Er lebe, er lebe!« und die Gläser klangen zu Ehren des alten Dänenkönigs zusammen. Hansen-Grell aber, ehe noch der Übermut sich völlig gelegt hatte, sagte: »Halten Sie es der Pedanterie eines Kandidaten und Schulmeisters zugute, wenn er von seinem Thema nicht los kann, ich verspreche aber, kurz zu sein.«

»Kurz oder lang, Grell, Sie sind immer willkommen.«

»Gut, ich akzeptiere. Unseres verehrten Hauptmanns Vorliebe für König Glipping und, wenn ich mich so ausdrücken darf, die plastische Gegenständlichkeit, mit der er uns denselben vorzuführen verstand, hat uns auf einen Schlag die goldenen Tore der Heiterkeit aufgeschlossen, ich muß aber doch noch einmal ins Ernste zurück. In unserer neueren Geschichte, soweit sie uns von Kaisern und Königen erzählt, ist jetzt die *Zahl* in Mode gekommen; der Erste, Zweite, Dritte, auch der Vierzehnte und Fünfzehnte; die Zahl gilt, und mit ihr das Nüchternste, das Unpoetischste, das Charakterloseste, das es gibt. Demgegenüber stehen meine alten skandinavischen Königsnamen, nach Klang und Inhalt, ich betone, auch nach Inhalt, auf dem Boden der Poesie, und das ist es, was sie mir so wert macht. Epigrammatischer als ein Epigramm, ist mancher dieser Namen doch zugleich wie ein Gedicht, rührend oder ergreifend, je nachdem. Urteilen Sie selbst. Ich will nur zwei nennen: Olaf Hunger und Waldemar Atterdag! Ist es möglich, Personen und Epochen in einem einzigen Worte schärfer und eindringlicher zu zeichnen? Es vergißt sich nie wieder. Olaf war ein guter König, aber das Land siechte hin an Mißernten und böser Krankheit, und weder seine Gebete noch sein ausgesprochener Wille, sich für das Volk zum Opfer zu bringen, konnten den Unsegen tilgen oder gar in Segen verwandeln. Und so bedeutet dieser König, auf den Blättern der dänischen Geschichte, eine Zeit des Fluchs, von Not und Tod, und sein gespenstisches Bild trägt unverschuldet die furchtbare Unterschrift: Olaf Hunger.«

»Und hält *uns* eine Fastenpredigt bei unserem Frühstück! Lassen Sie ihn fallen, Grell. Was ist es mit dem andern?«

»Er steht da wie sein Gegenstück.«

»Gott sei Dank!«

»Er war schön und siegreich und liebte die Frauen.«

»A la bonne heure.«

»Aber mehr als das, er war auch heiter und gütig. In jungen Jahren hatten ihn eigene Leidenschaft und anderer Rat zu hitzigen Taten fortgerissen; als er aber ein Mann geworden war, da reute ihn die Raschheit seiner Jugend, und er schwur es sich, nichts Hartes und Strenges mehr aus dem Moment heraus tun zu wollen. Umdrängten ihn seine Hofleute und forderten einen schnellen Spruch von ihm, wohl gar Tod, so machte er eine leichte Bewegung mit Kopf und Hand und sagte nur: ›Atterdag‹. Das heißt: Andertag. Und ein Füllhorn reicher Gnade quoll aus dem einen Wort, und ›Atterdag‹ hat einen guten Klang in Dänemark bis diese Stunde.«

»Das ist mein Mann, Grell. Atterdag! Und Sie haben recht, da haben wir Klang und Inhalt. Sie decken einander. Ich seh' ihn vor mir, so deutlich wie Bummcke den Glipping sah. Aber mein Atterdag zwinkert nicht. Er hat ein wundervolles blaues Auge, und hinter ihm her ziehen endlose Hochzeitszüge, und die Fahnenschwenker werfen ihre Stöcke bis hoch in den Himmel hinein. Lassen Sie den Fasan noch einmal herumgehen, Tubal, das sind wir dem Atterdag schuldig und dem Olaf Hunger erst recht.«

Das Gespräch ließ nun die Dänenkönige fallen, bald Skandinavien überhaupt, und nur Bummcke machte noch einen herkömmlichen Versuch, von Kopenhagen aus in Aalborg zu landen, um dann, quer durch Jütland hin, den großen Limfjord zu befahren. Dies war seine Lieblingstour, weil er in elf Gesellschaften von zwölf darauf rechnen durfte, sie allein gemacht und somit unangefochten das Wort zu haben. Aber dieses Vorzuges ging er heute verlustig, und kaum daß er in ziemlich sentimentalen Ausdrücken von dem »Klageton« und dem »Wehmutsschleier« der nordjütischen Landschaft gesprochen hatte, als ihm auch schon der Widerspruch Grells hart auf der Ferse war, der, der hunderttausend wie weiße Nymphäen auf dem Limfjord schwimmenden Möwen ganz zu geschweigen, nie ein smaragdgrüneres Wasser und nie einen azurblaueren Himmel gesehen haben wollte.

»Nichts Gewöhnlicheres als ein solcher Gegensatz empfangener Eindrücke«, nahm von Meerheimb das Wort, »und es bedarf nicht einmal zweier Personen, um Widersprüchen wie diesen zu begegnen; wir finden sie in uns selbst. Was wir die Stimmung der Landschaft nennen, ist in der Regel unsere eigene. Lust und Leid färben verschieden. Als wir auf der Smolensker Straße zogen und in die Nähe der alten russischen Hauptstadt kamen, war es uns, als marschierten wir unter einem Regenbogen, und überall, wohin wir blickten, stiegen, wie durch Spiegelung, die goldenen Kuppeln Moskaus vor uns auf. Unsere Sehnsucht sah sie, lange bevor sie sich wirklich in dem Nebelduft des Horizontes abzeichneten. Das war um die Mitte September. Und vier Wochen später zogen wir wieder dieselbe Straße. Der Rückzug hatte begonnen. Es war noch nicht kalt, und die Oktobersonne schien nicht weniger hell, als die Septembersonne geschienen hatte, aber rings umher lag Öde und Einsamkeit, und die Flüsse, statt mit uns zu plaudern, schienen hinzuschleichen wie die Wasser der Unterwelt. Das Land war nicht verändert, aber *wir*.«

Jeder stimmte bei, selbst Jürgaß, der nur den Strich zwischen Neustadt und Gantzer ausnahm, von dem er versicherte, immer denselben Eindruck empfangen zu haben. Welchen? darüber schwieg er, entweder aus Vorsicht oder weil er die sich gerade jetzt bequem darbietende Gelegenheit zu einer noch ausstehenden Ansprache nicht unbenutzt vorübergehen lassen wollte.

»Herr von Meerheimb«, so hob er an, während er mit dem Messerrücken an das Glas klopfte, »hat uns soeben über die Felder von Moshaisk oder ihnen nahegelegener Territorien geführt, nicht in breiter Schilderung, sondern diskursive, wenn ich mich so ausdrücken darf, in landschaftlichen Aperçus, in gegensätzlichen Stimmungsskizzen. Ich erinnere Sie daran, daß uns die vorgerückte Stunde der letzten Kastaliasitzung um einen Vortrag brachte, der, wenn ich recht unterrichtet bin, sich auf denselben Feldern von Moshaisk bewegt, freilich nur um auf ebendiesen Feldern sehr andere Bilder als die Kuppeln von Moskau, die wirklichen oder die visionären, vor unseren Blicken aufsteigen zu lassen. Und so erlaube ich mir, an unseren verehrten Gast die Frage zu richten, ob es ihm genehm sein würde, das in erwähnter Sitzung Versäumte nachzuholen und vor diesem engeren Kreise den uns zugedachten Abschnitt aus seinem Tagebuche zu lesen?«

Von Meerheimb verneigte sich und sagte dann: »Ich gehorche gern ihrer freundlichen Aufforderung, sosehr ich auch, ganz in Übereinstimmung mit Herrn von Hirschfeldt, der mir darüber nach der letzten Kastaliasitzung seine Konfessions gemacht hat, das Mißliche solcher Vorlesungen fühle. Dies Mißliche wird dadurch nicht vermieden, daß man auf die Mitteilung aller persönlichen Heldentaten – ein Wort, das ich zu nehmen bitte, wie es gemeint ist – Verzicht leistet. Man bleibt eben ein Teil des Ganzen, und indem man dieses feiert, feiert man wohl oder übel sich selber mit. Keine Darstellung großer Vorgänge, bei denen man zugegen war, wird dies vermeiden können, auch die dezenteste nicht, und jeder, der es dennoch wagt, ist auf die besondere Nachsicht seiner Hörer angewiesen. Dieser Nachsicht bin ich bei *Ihnen* sicher. Im übrigen bitte ich, trotz des Bannes, unter dem in diesem Kreise die Vorreden stehen, noch vorweg bemerken zu dürfen, daß ich nur Erlebtes, also im Hinblick auf den großen Vorgang nichts Vollständiges gebe. Einzelnes, was jenseits des persönlich Erlebten liegt, ebenso wie die Namen von Ortschaften und Personen verdanke ich den Mitteilungen und Aufschlüssen gefangener russischer Offiziere, mit denen ich später im Smolensker Lazarette lag. Und nun habe ich geschlossen und ersuche unseren verehrten Wirt in jedem Momente, der ihm passend scheint, über mich zu verfügen.«

»Nehmen wir den Kaffee«, damit hob Jürgaß die Tafel auf und schritt, Herrn von Meerheimb den Arm bietend, in das Wohnzimmer voran.

Hier waren inzwischen alle Vorbereitungen getroffen und, trotzdem es noch früh war – nach vorgängiger Schließung der schweren Fenstergardinen –, die kleinen mit Kristallglas gezierten Wandleuchter angezündet worden. In dem blanken englischen Kamin, der als Schmuckstück der Wohnung in den großen Ofen hineingebaut worden war, brannte ein helles Feuer, und um den Sofatisch herum, den ein golddurchwirktes türkisches Tuch bedeckte, standen an den freigebliebenen Seiten hohe Lehnstühle und gepolsterte Sessel. Der Kaffee wurde serviert, und während Wirt und Gäste um den Tisch her Platz nahmen, rückte sich von Meerheimb einen Doppelleuchter zurecht und las »Borodino«.

11. KAPITEL

Borodino

... Wir glaubten nicht mehr, daß die Russen standhalten würden. Sie zogen sich auf der großen Smolensker Straße zurück, vermieden jedes Rencontre mit unsern Vortruppen und schienen Moskau ohne Schwertstreich preisgeben zu wollen. Es war aber anders beschlossen; auf russischer Seite wechselte der Oberbefehl, Kutusow kam an Barclay de Tollys Stelle, und unserm Einzuge in Moskau ging ein Zusammenstoß voraus, von dem der Kaiser selbst bei hereinbrechender Nacht sagte: »Ich habe heute meine schönste Schlacht geschlagen, aber auch meine schrecklichste.«

Das war bei Borodino am 7. September.

Schon der 5. gab uns einen Vorgeschmack. Als wir am Abend dieses Tages ins Biwak rückten, hörten wir, daß in unserer Front ein heftiges Gefecht stattgefunden und die Division Compans, zu der auch das 61. Linienregiment gehörte, eine russische Schanze gestürmt habe. Unmittelbar darauf sei der Kaiser erschienen und habe, die Lücken in dem genannten Regimente wahrnehmend, unruhig gefragt: »Wo ist das dritte Bataillon vom Einundsechzigsten?«, worauf der alte Compans geantwortet habe: »Sire, es liegt in der Schanze.«

Am 6. hatten wir Gewißheit, daß uns die Russen eine Schlacht bieten würden, und tags darauf standen wir ihnen in aller Frühe schon auf Kanonenschußweite gegenüber.

Es war ein klarer Tag. Die Sonne, eben aufgegangen, hing wie eine rote Kugel über einem Waldstrich am Horizont und sah auf das kahle Plateau hinunter, das sich, halb Brache, halb Stoppelfeld, in bedeutender Tiefe, aber nur etwa in Breite einer halben Meile vor uns ausdehnte. Die Höhenstellung, auf der wir hielten, erleichterte es mir, mich in dem Terrain zurechtzufinden, und ich erkannte bald, daß das vor uns liegende Plateau keineswegs eine glatte Tenne sei, sondern mehrere kleine Senkungen und Steigungen habe. Namentlich eine dieser Senkungen, allem Anscheine nach ein ausgetrocknetes Flußbett, markierte sich scharf und zog sich, das voraussichtliche Schlachtfeld in zwei Hälften teilend, wie ein Wallgraben zwischen unserer und der feindlichen Stellung hin. Hüben wir, drüben die Russen. Dies ausgetrocknete Flußbett hieß der Semenowskagrund. Wer angriff, mußte diesen Grund passieren, und in der Tat drehte sich die neunstündige Schlacht um den Besitz desselben und dreier teils am diesseitigen, teils am jenseitigen Rand gelegenen Positionen. Diese drei Positionen waren die folgenden: 1. die Bagrationfleschen; 2. das Dorf Semenowskoi und 3. die große Rajewskischanze. Position zwei und drei lagen jenseits des Grundes, auf der von den Russen besetzten Hälfte des Schlachtfeldes, Position eins aber, die Bagrationfleschen, waren brückenkopfartige, bis an den diesseitigen Rand des Semenowskagrundes vorgeschobene Werke. Alle drei Positionen bildeten das feindliche Zentrum, an das sich ein rechter und linker Flügel anlehnte. Der rechte bei Borodino, der linke bei Utiza. In tiefen Kolonnen stand der Feind, scheinbar endlos. Wir sahen weithin das Blitzen der Bajonette und in Front seiner Stellung, am Rande des Grundes hin, die dunkeln Öffnungen seiner Geschütze.

Soweit der Feind. Aber das helle Licht des Morgens, dazu die Höhen, die wir innehatten, gönnten uns auch einen Überblick über unsere eigene Aufstellung. Unmittelbar vor uns, in sechs Divisionsmassen, standen die Korps von Davoust und Ney, hinter uns Junot und die Garden, während wir selber, zehntausend Reiter unter König Murat, sowohl in Länge wie Tiefe die Mitte des diesseitigen Schlachtenkörpers einnahmen.

Der Plan Napoleons ging dahin, erst die Flügelpunkte: Borodino und Utiza, jenes durch die italienischen Garden des Vizekönigs, dieses durch die Polen unter Poniatowski, nehmen zu lassen, dann aber, und zwar unter Mitwirkung der ebengenannten von rechts und links her einschwenkenden Flügelkorps (deren rasches Vordringen er nicht bezweifelte), die furchtbare Zentrumsposition des Feindes zu durchbrechen. Erst die Fleschen, dann Semenowskoi, dann die Rajewskischanze.

Schon vor Tagesanbruch war der erste Kanonenschuß gefallen, um sieben begann die Schlacht. Der Vizekönig nahm Borodino; aber Poniatowski, auf einen stärkeren Feind stoßend, als er erwartet hatte, konnte nicht Terrain gewinnen. So blieb, als namentlich auch bei Borodino der Angriff wieder ins Stocken kam, die Mitwirkung von den Flügeln her aus und zwang die zu unseren Füßen haltenden Korps von Davoust und Ney, die Durchbrechung des feindlichen Zentrums in weder von links noch rechts her unterstützten Frontalangriffen zu versuchen. Die Division Compans, dieselbe, die am 5. das erbitterte Gefecht gehabt hatte, hatte wieder die Tête. Sie warf sich auf das nächste Angriffsobjekt, die Bagrationfleschen, nahm sie, verlor sie und nahm sie zum zweitenmal, aber nur, um sie zum zweitenmal zu verlieren. Der tapfere Compans fiel, Rapp und Davoust, mehr oder minder schwer verwundet, mußten das Schlachtfeld verlassen, und immer neue Divisionen wurden vorgezogen, um uns den Besitz dieses vorgeschobenen Werkes zu sichern. Erst nach dem vierten diesseitigen Sturm gaben die russischen Grenadiere, die hier unter Fürst Woronzoff gestanden und geblutet hatten, jeden Wiedereroberungsversuch auf und zogen sich, soviel ihrer noch waren, auf den jenseitigen Rand des Semenowskagrundes zurück. Zu schwach, noch selbst feste Körper zu bilden, reihten sie sich in andere Truppenkörper ein, die sie hier vorfanden. Es waren ihrer noch vierhundert Mann, der Rest von sechstausend. Fürst Woronzoff, als er am Abend des Tages seinen Bericht an den Kaiser abfaßte, schloß mit den Worten: »Meine Grenadierbataillone sind nicht mehr; aber sie verschwanden nicht *von* dem Schlachtfelde, sondern *auf* ihm.«

Um elf Uhr hatten wir die Fleschen, und der Grund mußte nun überschritten werden, um zunächst das schon an vielen Stellen brennende Dorf Semenowskoi, dann die links danebengelegene große Rajewskischanze zu nehmen. Aber schon begann es an den Kräften dazu zu fehlen, wenigstens in der Front. Die Divisionen des Davoustschen Korps waren nur noch Schlacke, die des Neyschen kaum minder, und nur die Division Friant war noch intakt. Sie erhielt Befehl zum Vorgehen und nahm jetzt die Tête, während die schon im Feuer gewesenen Divisionen aufschlossen. Die Bravour des Angriffs schien einen Augenblick einen großen Erfolg versprechen zu sollen; aber in demselben Moment, wo die vordersten Bataillone den jenseitigen Rand des Semenowskagrundes erstiegen, wurden sie von einem auf nächste Distanz hin abgegebenen Massenfeuer in langen Reihen niedergemäht; die nachrückenden Bataillone stutzten, wandten sich und suchten diesseitig der Schlucht in Ravins und Einschnitten eine Zuflucht zu gewinnen. Der Sturmversuch war als gescheitert anzusehen, und in unserer ganzen Front, sowohl unmittelbar vor uns wie auch nach beiden Flügelpunkten hin, standen keine frischen Infanteriekörper mehr, denen eine Wiederholung des Sturmes zuzumuten gewesen wäre.

In diesem Augenblicke kam Befehl an König Murat, es mit seinen Reitermassen zu versuchen. Zu diesen Reitermassen gehörten auch wir. Murat, nach Empfangnahme der Ordre, zog sofort vom linken Flügel her seine vier Kavalleriekorps staffelweise vor, erst Grouchy, dann Nansouty, dann Montbrun, dann Latour-Maubourg, und ließ sie, das letztgenannte Korps vorläufig noch zurückhaltend, mit nur kurzen Pausen gegen die Positionen des feindlichen Zentrums vorbrechen. Grouchy führte, Nansouty und Montbrun folgten. Das Schlachtfeld donnerte unter dem Hufschlag von mehr als 6000 Pferden; selbst der Donner der Geschütze wurde momentan übertönt. Aber der ungeheure Reitersturm vermochte nicht mehr, als die wiederholten Angriffe der Infanteriedivisionen vermocht hatten; am diesseitigen Rande des Semenowskagrundes stürzten die vordersten Reihen, und was übrigblieb, riß die nachfolgenden Regimenter mit in die Flucht der in Front gestandenen hinein.

Ein neuer Mißerfolg; tausend reiterlose Pferde stoben über das Feld hin. Grouchy, Nansouty, Montbrun hatten versagt; nur unser 4. Kavalleriekorps, Latour-Maubourg, hielt noch unberührt am rechten Flügel, in seiner Front unsere Kürassierdivision unter General de Lorges. Wir nannten ihn scherzhaft, aber zugleich auch in Anerkennung seiner chevaleresken Tugenden unseren »Ritter de Lorges«, und in der Tat, der Moment war nahe, wo die Division, die seinen stolzen Namen führte, den »Handschuh aus dem Löwengarten« holen sollte. Eine Staubwolke wurde von links her sichtbar, und König Murat selbst, der bis dahin am anderen Flügel gehalten hatte, sprengte bis in unsere Front. Er war prächtiger und phantastischer gekleidet denn je, und wahrnehmend, daß wir trotz der von Zeit zu Zeit einschlagenden Kugeln in vollkommener Ruhe Linie hielten, warf er uns im Vorüberreiten Kußhändchen zu und salutierte mit seiner Reitgerte, die er statt des Säbels führte. Zugleich gab er Befehl zum Angriff, und in zwei großen Reitermassen jagten wir über das Feld hin, die eine dieser Massen, die sechs Regimenter starke polnische Ulanendivision unter General Rozniecki (wir verloren sie bald darauf aus dem Gesicht), die andere, von der ich ausschließlich zu erzählen habe, unsere Kürassierdivision de Lorges. Aber auch diese teilte sich wieder, und wie sich eben erst aus unserer gesamten Latour-Maubourgschen Korpsmasse die polnische Ulanendivision herausgelöst hatte, so löste sich jetzt, nur wenige Minuten später, aus unserer Kürassierdivision de Lorges die westfälische Brigade von Lepel heraus. General von Lepel galt als der schönste Offizier der westfälischen Armee; er war der Liebling Friederike Katharinens, der Gemahlin König Jérômes. Wir sahen ihn eben noch mit erhobenem Pallasch vor der Front seiner Brigade, als eine Paßkugel ihn vom Pferde warf. Auf den Tod verwundet, nannte er den Namen seiner Königin und starb. Seine Brigade aber stutzte, wandte sich seitwärts und griff erst später wieder in den Gang des Gefechtes ein.

So waren wir denn allein: sächsische Brigade *Thielmann,* achthundert Reiter der Regimenter Garde du Corps und von Zastrow. War unsere Stellung ohnehin am äußersten rechten Flügel gewesen, so gebot es jetzt unsere Lage, wie General von Thielmann in Beobachtung der voraufgegangenen Gefechtsmomente klar erkannt hatte, uns immer weiter nach rechts zu ziehen. Woran waren alle bisherigen Angriffe gescheitert? An der immer sich gleichbleibenden Schwierigkeit, den steil abfallenden Semenowskagrund angesichts der feindlichen Geschützreihe zu passieren. Eine Möglichkeit des Gelingens war also nur gegeben, wenn sich am Flußbett hin Übergangsstellen finden ließen, wo die Böschung minder abschüssig und das feindliche Feuer minder heftig war. Solche Stellen lagen flußaufwärts nach Utiza zu, und durch immer weiteres Ausbiegen uns mehr und mehr aus dem Kanonenbereich herausziehend, entdeckten wir endlich, keine tausend Schritt mehr von dem genannten Flügelpunkt entfernt, eine flach abfallende, vom russischen Geschütz kaum noch erreichte Stelle, die uns ein bequemes Hinabreiten in den Semenowskagrund zu ermöglichen schien. Das war, was wir suchten. Eine Minute später hielten wir in dem ausgetrockneten Flußbett, dessen Ränder, je mehr wir uns, links einschwenkend, dem feindlichen Zentrum wieder näherten, immer höher und steiler wurden. Aber diese höher und steilerwerdenden Ränder waren zunächst unser Schutz, und das Feuer der um Dorf Semenowskoi her in Batterie stehenden hundert russischen Geschütze ging über unsere Köpfe hinweg. Wir waren schon bis dicht an das Dorf heran, ohne nennenswerten Verlusten ausgesetzt gewesen zu sein; General Thielmanns geschickte Führung hatte uns davor bewahrt. Aber nun kam der entscheidende Moment, und dieselben steilen Böschungen, die bis dahin unsere Rettung gewesen waren, waren nun unsere Gefahr. Und doch mußten wir sie hinauf. Unser Regiment Garde du Corps führte; ›In Zügen rechts schwenkt, Trab!‹ und im nächsten Augenblick suchten wir den Abhang und gleich darauf die Höhe zu gewinnen. Einzelne überschlugen sich und stürzten zurück; die meisten aber erreichten die Crête, rangierten sich und gingen zur Attacke vor.

Erst im Anreiten sahen wir, wo wir waren. Keine dreihundert Schritt' vor uns brannte Dorf Semenowskoi; zwischen uns und dem Dorfe aber und dann wieder über dasselbe hinaus standen schachbrettartig sechs russische Karrees, Gardegrenadierbataillone, die berühmten Regimenter Ismailoff, Litauen und Finnland. Ihr Feuer empfing uns aus nächster Nähe, aber ehe eine zweite Salve folgen konnte, waren die diesseits des Dorfes stehenden Vierecke niedergeritten, und durch das brennende Semenowskoi hindurch ging die Attacke, ohne Signal oder Kommandowort, aus sich selber heraus im Fluge weiter. Innerhalb des Dorfes freilich stürzten viele der vordersten Reiter in die den ehemaligen Wohnungen als Korn- und Vorratsräume dienenden, jetzt mit glühendem Schutt gefüllten Kellerlöcher, aber die nachfolgenden Rotten passierten glücklich die gefährlichen Stellen, und alles, was jenseits stand, teilte das Schicksal derer, die diesseits gestanden hatten. Das Regiment Litauen verlor in zehn Minuten die Hälfte seiner Mannschaften.

Aber nicht die ganze Brigade Thielmann war durch das brennende Dorf geritten; ein kleines Häuflein derselben, nicht hundert Mann stark und aus Bruchteilen beider Regimenter gemischt, hatte sich vielmehr, gleich nach dem Niederreiten der ersten Karrees, nach rechts hin tiefer in die russische Schlachtordnung hineingewagt, um hier dem Angriff einer eben hervorbrechenden feindlichen Kavallerieabteilung zu begegnen. Es glückte; die feindlichen Kürassiere wurden geworfen, und in Ausbeutung des auch an dieser Stelle beinahe unerwartet errungenen Erfolges jagten wir – ich selber gehörte dieser Abteilung zu – zwischen den massiert dahinterstehenden Bataillonskolonnen hindurch und erwachten erst wieder zu voller Besinnung, als wir uns plötzlich im Rücken der gesamten russischen Aufstellung sahen.

Wir hätten von dieser Stelle aus leichter bis Moskau reiten können als bis an den Semenowskagrund zurück. Und doch mußten wir diesen Grund, die Scheidelinie zwischen Freund und Feind, wiederzugewinnen suchen.

Also kehrt! Jeder hing an dem Wort unseres Führers, willig, ihm zu folgen, aber ehe wir noch wenden konnten, brachen aus zwei links und rechts befindlichen Waldparzellen dichte Baschkiren- und Kalmückenschwärme hervor, irreguläre Truppen, denen man, weil man ihnen in der Front nicht traute, diese Reserveposition angewiesen hatte. Im Nu saßen sie uns mit ihren Piken in Seite und Nacken, und eine Niederlage, der wir in zweimaligem Kampfe mit den Elitetruppen des Feindes glücklich entgangen waren, sie harrte jetzt unserer im Angesichte dieses Gesindels. Oberst von Leyser wurde vom Pferde gestochen, gleich nach ihm Major von Hoyer, und ehe fünf Minuten um waren, waren von unserem ganzen Häuflein nur noch zwei übrig: Brigadeadjutant von Minckwitz und ich. Wir hieben uns aus der immer dichter werdenden Gesindelmasse heraus und jagten dann auf unseren müden Pferden durch dieselben Intervallen, durch die wir gekommen waren, wieder zurück. Was uns rettete, waren sehr wahrscheinlich die schwarzen Kürasse, die das Regiment von Zastrow trug, so daß wir beim Passieren der langen Infanterieflanken für russische Kürassiere gehalten wurden. Unsere Pferde, wunders genug, dauerten aus, und ehe eine halbe Stunde um war, hielten wir wieder in der Reihe unserer Kameraden, so viele deren überhaupt noch waren. Von unserem Todesritt zu erzählen, dazu war keine Zeit. Denn eben jetzt bereiteten die Russen zur Rückeroberung der *Position* von Semenowskoi (von einem *Dorfe* gleichen Namens war nicht mehr zu sprechen) einen großen Angriff vor, und alles, was noch jenseits des Grundes hielt, mußte wieder nach diesseits zurück. Auch wir.

Es mochte jetzt Mittag sein oder doch nur wenig später. Unsere Anstrengungen, dies konnten wir uns nicht verhehlen, waren im wesentlichen ebenso resultatlos verlaufen wie die voraufgegangenen Kavallerieangriffe Grouchys, Montbruns, Nansoutys; wir hatten die feindliche Seite des Semenowskagrundes erstiegen, sechs Gardebataillone niedergeritten, russische Reiterregimenter geworfen und die feindliche Schlachtaufstellung vom Rücken her gesehen, aber der endliche Abschluß war doch der, daß wir, wenn auch tausend Schritt' vorgeschoben, abermals am *diesseitigen* Rande des Grundes standen und die Aufgabe, die Russen auch vom *jenseitigen* Rande zu vertreiben, aufs neue aufnehmen mußten. Daß dies geschehen würde, war unzweifelhaft; ein Verzicht darauf würde so viel wie Verlust der Schlacht bedeutet haben. Es war also nur die Frage: *wann?*

Zwei Stunden blieben wir in Erwartung; es schien, daß man an oberster Stelle schwankte; endlich kam Befehl, alle in Front stehenden Kräfte zusammenzufassen und auf der ganzen Linie noch einmal vorzugehen. Unserer Brigade Thielmann, bis auf die Hälfte zusammengeschmolzen, war dabei der Löwenanteil zugedacht; sie erhielt Ordre, die gefürchtete Rajewskischanze, den festesten Punkt der feindlichen Zentrumsstellung, zu stürmen. Ein Schanzensturm mit Kavallerie!

Es war Ney selbst, der diesen Befehl überbrachte. General Thielmann zeigte statt aller Antwort auf die zertrümmerte Brigade: vierhundert Reiter auf müden Pferden. Aber Ney, in der furchtbaren Erregung des Moments, zog das Pistol aus dem Halfter und hielt es im Anschlag, zum Zeichen, daß er bereit sei, jeden Versuch eines Widerspruchs zum Schweigen zu bringen. Thielmann setzte sich vor die Front, die Trompeter bliesen, und abermals ging es gegen den Grund. Diesmal mit halblinks, weil die Rajewskischanze um fünfhundert Schritte weiter flußabwärts lag. Was und wen wir im Anreiten verloren, weiß ich nicht mehr, weil sich alles, was nun kam, in wenige Minuten zusammendrängte. Nur soviel, daß die Verluste bedeutend waren. Jetzt waren wir heran, und im nächsten Augenblick unten in der Schlucht; aber das war nicht mehr das leere Flußbett, in dem wir drei Stunden vorher, als wir in weitem Bogen von Utiza her einschwenkten, einen beinahe vollkommenen Schutz vor dem feindlichen Kreuzfeuer gefunden hatten, sondern in ebendieser schutzgebenden Vertiefung hatten sich jetzt frische, aus der Reserve her vorgezogene Bataillone eingenistet und empfingen uns, in dichten Knäueln Stellung nehmend, erst mit Flintenfeuer, dann, wenn wir die Knäuel sprengten, mit Kolben und Bajonett. Doch umsonst; wie die Windsbraut gingen wir hindurch oder dran vorüber, denn unsere Aufgabe war nicht, uns hier unten in Gruppen- und Knäuelkämpfen zu vertun, sondern drüben die hochaufragende Rajewskischanze im ersten Anlauf zu nehmen. Und jetzt waren wir den steilen Flußbettabhang wieder hinauf und hielten vor der noch steileren Böschung der Schanze selbst. Unsere vordersten Züge bogen unwillkürlich nach rechts hin aus und suchten durch eine im Halbkreis gehende Bewegung die Kehle der Schanze zu gewinnen, die nachfolgenden Rotten aber, als wäre die Schanzenböschung nur die Fortsetzung des eben im Fluge genommenen Flußbettabhanges, jagten die Redoute hinauf und sprengten von oben her mitten in die Schanze hinein. Ein Kampf Mann gegen Mann entspann sich; die Kanoniere, die nach Wischer und Hebebäumen griffen, wurden niedergehauen; was übrigblieb, warf die Waffen fort und gab sich zu Gefangenen. Nur General Lichatschew, der hier kommandierte, wollte keinen Pardon. Er hatte eine Stunde vorher die Schanze verlassen, um bei General Kutusow über den damals gutstehenden Gang des Gefechtes zu rapportieren. »Wo liegt die Schanze?« hatte Kutusow gefragt, und Lichatschew hatte die rechte Hand erhoben, um die Richtung anzugeben. Eine Sechspfünderkugel riß ihm die Hand fort; er hob die Linke zeigte scharf gegen Süden und sagte: »Dort.« Dann war er, nur leicht verbunden, in die ihm anvertraute Schanze zurückgekehrt. Nun lag er tot unter den Toten.

Das Zentrum war durchbrochen, die Rajewskischanze in unseren Händen. Als, um uns abzulösen, die Division Morand heranrückte und General Thielmann den Befehl zum Sammeln der Brigade gab, war kein Trompeter mehr da, um zu blasen. Ein Schwerverwundeter endlich ließ sich aufs Pferd heben und blies die Signale. So gingen wir auf die andere Seite des Grundes zurück.

Es war erst drei Uhr, aber die Kraft beider Heere war wie ausgebrannt. Wir hatten ein Drittel, die Russen die Hälfte ihres Bestandes an diesen Tag gesetzt. Kutusow, in einem Kriegsrat, der abgehalten wurde, beschloß, bis hinter Moskau zurückzugehen. Er wußte, daß man's ihm nicht zum Guten anrechnen werde, und sagte: »Je payerai les pots cassés, mais je me sacrifie pour le bien de ma patrie.«

Am andern Morgen trat er den Rückzug an; Napoleon folgte den Tag darauf. Auch wir. Wir waren nur noch ein Trümmerhaufen; was wir gewesen, das lag bei Semenowskoi und in der Rajewskischanze; aber in unsere Standarten durften wir den Namen schreiben: *Borodino!*

12. KAPITEL

Durch zwei Tore

An »Borodino« knüpften sich hundert Fragen, und von Meerheimb, während er diese Fragen beantwortete, blieb der Mittelpunkt des Kreises. Er erzählte von dem Marsche über das unaufgeräumte, die entsetzlichsten Szenen bietende Schlachtfeld, von dem Einzug in Moskau, von ihren Hoffnungen und Enttäuschungen, endlich von dem Aufgeben der verödeten und mittlerweile zu einer Brandstätte gewordenen Hauptstadt. Mit dem Bilde, das er von diesem Elend entwarf – eine Woche später war er verwundet worden –, brachen seine Schilderungen ab. Es konnte dabei nicht fehlen, daß einzelner französischer Heerführer, Neys oder Nansoutys, noch häufiger Murats und des Vizekönigs, mit wenig verhehlter Vorliebe gedacht wurde; aber die Verhältnisse lagen damals in Preußen und ganz besonders in seiner Hauptstadt so eigentümlich, daß solcher Vorliebe ohne die geringste Besorgnis vor einem Anstoß Ausdruck gegeben werden konnte. Niemand wußte, wohin er sich politisch, kaum, wohin er sich mit seinem Herzen zu stellen hatte, denn während unmittelbar vor Ausbruch des Krieges dreihundert unserer besten Offiziere in russische Dienste getreten waren, um nicht für den »Erbfeind« kämpfen zu müssen, standen ihnen in dem Hilfskorps, das wir eben diesem »Erbfeinde« hatten stellen müssen, ihre Brüder und Anverwandten in gleicher oder doppelter Zahl gegenüber. Wir betrachteten uns im wesentlichen als Zuschauer, erkannten deutlich alle Vorteile, die uns aus einem Siege Rußlands erwachsen mußten, und wünschten deshalb diesen Sieg, waren aber weitab davon, uns mit Kutusow oder Woronzow derartig zu identifizieren, daß uns eine Schilderung französischer Kriegsüberlegenheit, an der wir, gewollt oder nicht gewollt, einen hervorragenden Anteil hatten, irgendwie hätte verletzlich sein können.

Es schlug eben sechs, als von Meerheimb sich erhob, um den Beginn einer Opernvorstellung – die »Vestalin« wurde gegeben – nicht zu versäumen. Als sich herausstellte, daß er keine Verabredung mit anderen Kameraden getroffen habe, wurde beschlossen, ihn in die Vorstellung zu begleiten; nur Hansen-Grell und Lewin lehnten ab und schritten auf verschiedenen Wegen ihrer Wohnung zu.

Lewin hatte noch die Vorlesung im Sinn, die nicht als Schlachtbeschreibung, wohl aber als Schilderung überhaupt einen großen Eindruck auf ihn gemacht hatte. Er sah das brennende Semenowskoi und wie die Pferde, im flüchtigen Passieren der Brand- und Schwelstätte, in die verräterisch mit Aschenschutt überdeckten Kellerlöcher stürzten; er sah die tiefen russischen Kolonnen, zwischen denen, als gält' es eine Spießrutengasse zu passieren, Oberst von Leyser und seine Todesschar hindurchjagten, und er sah endlich, wie sich ein Wiesenstreifen plötzlich mit gelben Schafpelzreitern füllte, Baschkiren und Kalmücken, die nun nach Art eines Wespenschwarms ihre Opfer niederstachen. All das sah er, und dazwischen, wie eine Melodie, die er nicht loswerden konnte, hörte er die Worte des alten Compans: »Sire, es liegt in der Schanze.«

Es klang ihm noch im Ohr, als er die Treppe zu seiner Wohnung hinaufstieg. Hier fand er alles hell und licht. Frau Hulen mußte sich die Stunde seiner Rückkehr genau berechnet oder seinen Schritt auf dem Hausflur richtig erkannt haben, jedenfalls brannte schon die kleine grüne Studierlampe auf seinem Schreibtisch und schien ihn zu sich einzuladen. Er ließ auch nicht lange auf sich warten, nahm Platz und warf einen Blick auf die Bücher, Blätter und Briefe, die noch ebenso lagen, wie er sie vormittags, als er sich für das Jürgaßsche Frühstück rüstete, zurückgelassen hatte. Renatens Brief überflog er noch einmal, ohne daß sich der Eindruck sonderlich gesteigert hätte; es blieb, wie es war; der äußere Schaden durfte neben dem inneren Gewinn nicht in Betracht kommen. Andererseits trieb es ihn auch wieder, seinen Gedanken, die das Sorgenvolle eines zweiten stattgehabten Brandunglücks innerhalb wenig mehr als Jahresfrist nicht verkennen konnten, womöglich eine freundlichere Richtung zu geben, und die zur Hand liegenden Bücher sollten ihm dabei behülflich sein. Zuoberst lag immer noch der Band Herder. Als er ihn wieder aufschlug, fiel sein Auge auf dasselbe Lied, dessen Schlußzeilen ihn am Vormittage so weh ums Herz gemacht hatten, und abergläubisch, wie er war, sah er darin ein Zeichen von wenig guter Vorbedeutung. Er schloß verdrießlich das Buch, das ihm die gewünschte Freudigkeit nicht geben wollte, und weiter suchend, entdeckte er endlich ein broschürtes Heft, auf dessen zitronengelbem Umschlag, neben seinem eigentlichen Titel: »Chants et Chansons populaires«, noch von Tante Amelies charakteristischer Hand die Worte geschrieben standen: »Dedié à son cher neveu L. v. V. par Amélie, Comtesse de P.; Château de Guse, Noël 1812.« Lewin, voller Mißtrauen in den literarischen Geschmack der Guser Tante, hatte sich noch nicht entschließen können, in das Büchelchen hineinzusehen; lächelnd griff er jetzt nach demselben und blätterte darin. Eine der kleineren Abschnittsüberschriften, die er sich, vielleicht nicht ganz richtig, mit »Kinderreime« übersetzte, reizte flüchtig seine Neugier, und er begann zu lesen:

Ma petite fillette, c'est demain sa fête.
Je sais pour elle ce qui s'apprête:
Le boulanger fait un gâteau,
La couturière un petit manteau ...

»Das ist ja allerliebst«, sagte er, »und ganz, wonach ich mich gesehnt habe. Wie mir diese Reime wohltun!« Und er las unter steigendem Interesse bis zu Ende. Die Zeilen hafteten sofort in seinem Gedächtnis; aber das genügte ihm nicht, er wollte sie deutsch haben, wobei dahingestellt bleiben mag, ob nicht vielleicht schon die nächste Kastaliasitzung mit aufmunterndem Winken vor seiner Seele stand. Jedenfalls war es unter dem Einfluß einer freudigerregten Stimmung, die auch dem Übersetzer rascher die Feder führt, daß er wie im Fluge die Reimpaare der zierlichen kleinen Strophe niederschrieb. Nur der »petit manteau« der couturière hatte ihm eine kleine Schwierigkeit gemacht.

Die letzte Zeile stand noch kaum auf dem Papier, als es klopfte und Frau Hulen eintrat. Sie brachte den Tee.

»Setzen Sie sich, Frau Hulen, ich will Ihnen etwas vorlesen.«

Die Alte blieb an der Tür stehen und sah verlegen auf ihren jungen Herrn. Jetzt erst merkte dieser, daß er, in dem Übermut plötzlicher guter Laune, einen gewagten Schritt getan habe, und die Reihe des Verlegenwerdens kam an ihn. Er getröstete sich jedoch, wie so viele vor und nach ihm, mit der alten Anekdote, daß auch Molière das Urteil seiner Haushälterin zu Rate gezogen habe, und sagte deshalb, während Frau Hulen das Teebrett niedersetzte, mit ziemlich wiedergewonnener Unbefangenheit: »Hören Sie nur zu; es ist nicht schlimm.

Zu meiner Enk'lin Namenstag
Ihr jeder etwas bringen mag:
Der Bäcker bringt ein Kuchenbrot,
Der Schneider einen Mantel rot,
Der Kaufmann schickt ihr, weiß und nett,
Ein Puppenkleid, ein Puppenbett,
Und schickt auch eine Schachtel rund,
Mit Schäfer und mit Schäferhund,
Mit Hürd' und Bäumchen, paarweis' je,
Und mit sechs Schafen, weiß wie Schnee;
Und eine Lerche, tirili,
Seit Sonnenaufgang hör' ich sie,
Die singt und schmettert, was sie mag,
Zu meines Lieblings Namenstag.

Nun, Frau Hulen«, schloß Lewin seine Vorlesung, »was meinen Sie dazu?«

Die Alte zupfte an ihrem Haubenband und sagte dann: »Sehr hübsch.«

»Das ist mir zu wenig.«

»Ja, junger Herr, ich kann es doch nicht wunderschön finden!«

»Warum nicht?«

»Es geht alles so klipp und klapp wie ein Fibelvers.«

»Das ist es ja eben; das soll es ja. Ganz richtig. Sie sind doch eine kluge Frau, Frau Hulen, und wenn ich wieder einen Fibelvers schreibe, so sollen Sie auch wieder die erste sein, die ihn zu hören kriegt.«

Es schien nicht, daß die Mitteilung einer derartig bevorstehenden Auszeichnung von derjenigen, an die sie sich richtete, in ihrem ganzen Werte gewürdigt wurde; Frau Hulen suchte vielmehr, während sie sonst das Plaudern über die Maßen liebte, die Rückzugslinie zu gewinnen, und erst als sie die Türklinke schon in der Hand hatte, wandte sie sich noch einmal und sagte: »Ach, da war auch der junge Schnatermann hier ...«

»Von Lichtenberg?«

»Ja, von Lichtenberg. Er brachte eine Empfehlung von seinem Vater, und sie hätten morgen ein Dachsgraben in der Dalwitzer Forst. Es kämen noch andere Berliner Herren. Ob der junge Herr auch vielleicht Lust hätte? Elf Uhr am Lichtenberger Weg.«

Lewin nickte.

»Das trifft sich gut; Donnerstag ist ein freier Tag. Wecken Sie mich früh, Frau Hulen.«

Und damit wünschten sie sich eine gute Nacht.

Lewin war zu guter Stunde auf, und da nur mäßige Kälte herrschte, so bedurfte es für ihn, der ohnehin gegen Wind und Wetter abgehärtet war, keiner sonderlichen Vorbereitungen, um sich für die Partie zu rüsten.

Der Weg bis zum Rendezvousplatz war nicht allzu weit und hielt sich vom Frankfurter Tore aus auf derselben Pappelallee, die Lewin auf seinen Besuchs- und Ferienreisen nach Hohen-Vietz ungezählte Male passiert hatte. Er kannte bis nach Lichtenberg und Friedrichsfelde hin jedes einzelne Etablissement und versäumte selten, wenn er an der »Neuen Welt«, einem vielbesuchten Vergnügungslokal, vorüberkam, ein Glas Bernausches zu trinken und mit dem alten, blauschürzigen Wirt, der immer selbst bediente, einen langen Diskurs zu halten. Heute gebot es sich aber doch, auf solche Diskurse, die leichter anzufangen als abzubrechen waren, Verzicht zu leisten, und so schritt er denn an dem Etablissement vorüber, vor dem eben ein mit zwei großen Hunden angeschirrter Brotwagen abgeladen wurde.

Er war noch kaum dreihundert Schritt' drüber hinaus, als er auf dem breiten Fahrdamm, auf dem er bequemlichkeitshalber selber ging, einen ungeordneten Trupp Menschen auf sich zukommen sah, vierzig oder fünfzig, soweit es sich in der Entfernung abschätzen ließ. Es schien, daß auch er bemerkt worden war, denn der Trupp, sei es auf ein Kommandowort oder aus

Antrieb jedes einzelnen, begann sich plötzlich militärisch zu ordnen, und Lewin, der nicht wußte, was er aus dieser Erscheinung machen sollte, trat auf die Seite, um die Näherkommenden an sich vorbei zu lassen. Er hatte jedoch noch eine Weile zu warten, denn es waren keine raschen Fußgänger mehr, die da heranmarschierten. Endlich ließen sich die vordersten deutlich erkennen. Sie trugen graue Mäntel samt einem Tschako und konnten auf den ersten Blick noch als eine uniformierte Truppe gelten, aber bei genauerer Musterung zeigte sich der ganze Jammer ihres Zustandes. Die Stiefel, soweit sie deren hatten, waren aufgeschnitten, um die verschwollenen Füße minder schmerzvoll hineinzuzwängen, und wenn der Wind den Mantel auseinanderschlug, sah man, wie die Gamaschen herabhingen oder völlig fehlten. Alles desolat. Ihre teils froststarren, teils längst erfrorenen Hände waren in Tuch- und Zeuglappen gewickelt, und von Waffen hatten sie nichts mehr als das Seitengewehr. Sie sahen nach Lewin hin und grüßten ihn artig, aber scheu.

Nach dieser Infanterieabteilung kam Kavallerie, Kürassiere, zehn Mann oder zwölf, die Reste ganzer Regimenter. Sie waren in besserem Aufzug, hatten noch ihre weißen Mäntel, zum Teil auch noch die hohen Reiterstiefel und trugen zum Zeichen, daß sie durch Mißgeschick und nicht durch Schuld ihre Pferde verloren hätten, die Sättel derselben über die eigenen Schultern gelegt. Einige hatten noch ihre Helme mit den langen Roßschweifen, und diese wider Willen herausfordernden Überbleibsel aus den Tagen ihres Glanzes gaben ihrer Erscheinung etwas besonders Grausiges.

Den Schluß machte wieder Infanterie, die von einem am linken Flügel marschierenden Korporal in zerschlissener, aber noch vollständiger Equipierung geführt wurde. Es war ein großer, hagerer Mann mit schwarzem Kinnbart und tiefliegenden Augen, unverkennbar ein Südfranzose. Lewin faßte sich ein Herz, trat an ihn heran und sagte: »Vous venez ...«, aber die Stimme versagte ihm, und: »de la Russie«, ergänzte der Korporal, während er die Hand an den Tschako legte.

Im nächsten Augenblick war der Trupp vorüber, ein Leichenzug, der sich selber zu Grabe trug. Lewin sah ihm minutenlang nach, und Empfindungen, wie sie seine Seele nie gekannt, durchwühlten ihn.

»Das sind sie, denen wir aufpassen und Fallen legen und die wir dann hinterrücks erschlagen sollen. Nein, Papa, das wäre schlimmer als den Schlaf morden, schlimmer als das Schlimmste.«

Er hing seinen Gedanken noch eine Weile nach, dann wandte er sich wieder vorwärts, um das Rendezvous am Lichtenbergerweg zu erreichen.

Aber er hielt bald wieder inne. Ein tiefes Mitleid überkam ihn, zugleich ein unendliches Verlangen, diesen Unglücklichen ein Rat, eine Hülfe zu sein, und Rendezvous und Schnatermann, Dalwitzer Forst und Dachsgraben leichten Herzens aufgebend, beschloß er, wieder in die Stadt zurückzukehren.

Der Vorsprung, den der kleine Trupp gewonnen hatte, war nicht groß, und schon am Ausgang der Frankfurter Linden holte er die letzte Sektion desselben wieder ein. Er sah hier, daß viel Volks um die einzelnen her war, beruhigte sich aber, als er wahrnahm, daß es meist Neugier und Teilnahme war, was sie begleitete. Nur einzelne Hassesworte wurden laut; Hohn und Spott schwiegen. Er hielt sich deshalb zurück und folgte nur in einiger Entfernung dem Zuge, der erst über den Alexanderplatz in die Königsstraße, dann über den Schloßplatz in die Behrenstraße ging. Hier befand sich die französische Kommandantur, in deren großen Hof, nachdem man zuvor leise gepocht, diese Rückzugsavantgarde der ehemaligen »Großen Armee« eingelassen wurde. Die Menge draußen, die bald ermüdete, verlief sich in die Nachbarstraßen.

Nur Lewin blieb. Er mochte eine Viertelstunde vor dem Hause auf- und abgeschritten sein, als die große Portaltür sich von innen her öffnete und fünf von den weißmäntligen Kürassieren wieder auf die Straße traten. Die Sättel hatten sie in der Kommandantur zurückgelassen. Mit dem scharfen Auge, das die Not gibt, erkannten sie Lewin sofort wieder, traten an ihn heran und hielten ihm fragend und bittend die Quartierbilletts entgegen, mit deren Inhalt sie nichts anzufangen wußten. Lewin las die Zettel, die sämtlich auf ein und dasselbe kasernenartige Haus am »Rondell«, wie damals noch der jetzige Belle-Alliance-Platz hieß, ausgestellt waren.

»Suivez-moi«, sagte er und trat rechts neben den Vordersten. Sie folgten ruhig, ohne daß ein Wort gesprochen wurde.

Als sie den Wilhelmsplatz fast schon passiert und den Eckpunkt erreicht hatten, wo die Statue Winterfeldts steht, hörten sie kriegerische Musik, die, wenn das Ohr nicht täuschte, vom Potsdamer Tor oder aus der Nähe desselben herkommen mußte. Lewin, solchen Klängen nicht gut widerstehend, setzte sich in ein schnelleres Marschtempo, hielt aber wieder inne, als er wahrnahm, daß es den ermüdeten Kürassieren schwer wurde, ihm zu folgen. Er wandte sich, wie um durch Freundlichkeit seinen Fehler wieder gutzumachen, an den unmittelbar neben ihm gehenden und sagte, mit dem Finger nach der Richtung hinzeigend, von wo die Musik kam: »Entendez-vous?«

Und über die matten Züge des Angeredeten flog ein Lächeln, als er antwortete: »Ce sont des clairons français!«

Mittlerweile waren sie bis an die Ecke der Wilhelms- und Leipzigerstraße gekommen und sahen vom Tore her, denn der Zug schien endlos, eine ganze französische Division im Anmarsch. Die Musik schwieg eben, wahrscheinlich um Atem zu schöpfen; auf dem Bürgersteige aber, zu beiden Seiten der heranmarschierenden Kolonne, drängten sich dichte Volksmassen, ja waren teilweis' weit voraus, um rascher nach dem Lustgarten zu kommen, wo, wie man wußte, Truppeneinzüge und andere militärische Schauspiele abzuschließen pflegten. Lewin samt seinen Schutzbefohlenen war unter einen Torweg getreten und konnte den lauten Äußerungen der dicht an ihm vorüberflutenden Menge mit Leichtigkeit entnehmen, daß es die von Italien her frisch eingetroffene Division Grenier sei, was da jetzt in allem militärischen Pomp die Leipzigerstraße heraufkomme. Er hörte auch, daß General Augereau, der Gouverneur von Berlin, der Division bis Schöneberg entgegengeritten sei, um sie feierlich einzuholen und den Berlinern in beherzigenswerter Weise zu zeigen, daß der Kaiser nach wie vor unerschöpfte Hilfsquellen und trotz Moskau noch immer Armeen habe.

Es waren immer dieselben Namen und Bemerkungen, die laut wurden; jetzt aber schwieg alles, denn die Spitze der Kolonne, General Augereau selbst, war heran, ein großer, starker Mann mit Adlernase und durchdringendem Blick. Er trug die Uniform eines Marschalls von Frankreich. Die demontierten Kürassiere, als sie seiner ansichtig wurden, rückten sich zurecht, und einer, der ihn schon vom italienischen Feldzug her kannte, flüsterte den andern zu: »Voilà le Duc de Castiglione!«

Eine Suite von Ordonnanzoffizieren folgte unmittelbar, und erst, als auch diese vorüber war, ließ sich die Front des an der Tête marschierenden Bataillons mit Deutlichkeit erkennen. Es war italienische junge Garde. Vorauf ein Tambourmajor, klein und mager, aber mit einem fuchsfarbenen Schnurrbart, der bis an die roten Epauletten reichte. Fünf Schritt hinter ihm ein riesiger Mohr, nur mit Kopf und Hals über die hochaufgeschnallte Regimentspauke hinwegragend, und neben demselben ein vierzehnjähriger Hornist, ein bildschöner und, wie sich leicht erkennen ließ, von allen Weibern verhätschelter Junge, der lachend und kokett seine weißen Zähne zeigte. Er trug ein kleines, silbernes Clairon in der Rechten und sah nach den Fenstern hinauf, um wahrzunehmen, ob er auch beobachtet werde.

Die Musik schwieg noch immer. Aber jetzt, keine dreißig Schritt mehr von der Wilhelmsstraßenecke entfernt, hob der Tambourmajor seinen Stock, warf ihn in die Luft und fing ihn wieder. Im selben Moment gab der Mohr einen Paukenschlag, und der kleine Hornist neben ihm setzte das silberne Horn an den Mund und schmetterte die Signale. Dann wieder ein Paukenschlag; das Clairon schwieg, und die aus vierzig Mann oder mehr bestehende Regimentsmusik fiel ein. Im Geschwindschritt ging es vorüber; Sappeurs folgten, dann Grenadiere, und unablässig liefen Kommandoworte die lange Reihe der Bataillone hinunter.

Als Lewin sich nach seinen Gefährten umsah, standen sie abgewandt. Von ihrem alten Stolze war nichts übriggeblieben als die Scham über ihr Elend. Er wollte nicht sehen, was er nicht sehen sollte, und richtete deshalb sein Auge wieder auf die Kolonne, die jetzt mit dem letzten ihrer Bataillone defilierte. Erst als auch dieses vorüber war, legte er seine Hand leise auf die Schulter des ihm Zunächststehenden und sagte: »Eh bien, hâtons-nous!«

So schritten sie, ohne daß weiter ein Wort gesprochen worden wäre, die Wilhelmsstraße bis nach dem Rondell hinunter.

Als sie eine Viertelstunde später hier schieden, stellten sich die fünf Weißmäntel wie in Reih und Glied nebeneinander und legten salutierend die Hand an den Korb ihres Pallasch. In ihrem Auge aber lag, was ein edles Herz am meisten erschüttert: der Dank des Unglücks.

13. KAPITEL

Ein Billett und ein Brief

Und solche Gegensätze, wie sie Lewin an jenem Vormittage, der für ihn wenigstens die Schnatermannsche Jagdpartie scheitern sah, beobachtet hatte, brachte von da ab jeder Tag: durch die nordöstlichen Tore der Stadt zog das Elend, durch die westlichen der Glanz des Krieges herein. In den Straßen aber begegneten beide einander und sahen sich verwundert, oft beinahe feindselig an. »So waren wir«, sagten die finstern Blicke der einen, aber das entsprechende: »So werden wir sein« erlosch in dem Leichtsinn und der Eitelkeit der anderen.

Unter den Berlinern, die nach ihrer Gewohnheit nicht leicht einen Truppeneinzug der einen oder anderen Art versäumten, nahm sich jeder aus diesem Gegensatz der Erscheinung das heraus, was ihm paßte, und auch in dem Kreise unserer Freunde, das Ladalinskische Haus mit eingeschlossen, gingen die Ansichten darüber weit auseinander, ob der in seinem schmutzigen, am Wachtfeuer halb verbrannten Mantel heranmarschierende Veteran oder der riesige, goldbetreßte und paukenschlagende Mohr des Grenierschen Korps als das richtigere Bild des Kaiserreiches anzusehen sei. Bninski, der mit Hilfe einer nach Polen hin lebhaft geführten Korrespondenz von den bedeutenden Truppenmassen unterrichtet war, die sich eben damals, unter dem Befehl des Vizekönigs, in den Weichselfestungen, im Warschauschen und Posenschen zusammenzogen, sah durch das Eintreffen frischer Divisionen aus dem Süden, von deren Existenz er selbst keine Ahnung gehabt hatte, nicht nur jede momentane Gefahr des Kaiserreichs beseitigt, sondern knüpfte auch an diese scheinbare Unerschöpflichkeit aller Hilfsquellen die weitgehendsten Hoffnungen, während andererseits Jürgaß, Hirschfeldt und von Meerheimb – besonders dieser letztere, der die totale Deroute vor Augen gehabt hatte – an ein Wiederaufgehen des napoleonischen Sternes nicht glauben wollten.

»Er mag neue Armeen aus der Erde stampfen«, sagte Meerheimb, »aber nicht solche, wie zwischen Smolensk und Moskau begraben liegen.«

Lewin, unpolitisch und seiner ganzen Natur nach abhängig vom Moment, kam zu keiner bestimmten Überzeugung und sah das Kaiserreich sinken und sich wieder heben, je nach den heitern oder tristen Szenen, deren zufälliger Augenzeuge er sein durfte.

Eine Woche war vergangen, wieder ohne Kastaliasitzung, was in der peinlichen Akkuratesse seinen Grund hatte, mit der seitens aller Mitglieder an ihrem »Dienstage« festgehalten wurde. Dieser letzte Dienstag aber hatte, mit Einrechnung der Gäste, so ziemlich den halben Kastaliabestand: Jürgaß, Bummcke, Tubal, dazu Hirschfeldt und Meerheimb nach Potsdam entführt, wo am darauffolgenden Tage die Konfirmation des Kronprinzen in der Schloßkapelle und daran anschließend ein Gottesdienst in der Garnisonkirche stattfinden sollte. Tubal machte den Ausflug in Begleitung seines Vaters, der eine direkte Einladung, der Feierlichkeit beizuwohnen, erhalten hatte. Auch die Gegenwart Kathinkas wäre dem Geheimrat erwünscht gewesen, war aber, zu sichtlichem Verdruß desselben, von der an selbständiges Handeln gewöhnten Tochter abgelehnt worden. Sie kannte nichts Ermüdenderes als Zeremonien, namentlich kirchliche, und zog es vor, »zu festlicher Begehung des Tages« sich für Mittwoch abend – an dem, zu später Stunde erst, die nach Potsdam hin Geladenen zurückerwartet wurden – bei der schönen Gräfin Matuschka anmelden zu lassen. Für den dann folgenden Donnerstag war seit Anfang der Woche schon eine kleine, nur den engsten Freundeskreis umfassende Reunion bei Ladalinskis festgesetzt, zu der selbstverständlich auch Lewin eine Einladung empfangen und angenommen hatte. Er durfte deshalb einigermaßen überrascht sein, am Morgen dieses Tages ein zierliches, in ein Dreieck zusammengefaltetes und mit blauem Lack gesiegeltes Billet nachstehenden Inhalts zu erhalten:

»Lieber Lewin! Ich glaubte Dich vorgestern oder gestern, wo Papa und Tubal in Potsdam waren, erwarten zu dürfen; aber Du verwöhnst mich nicht durch Aufmerksamkeiten. Siehst Du Gespenster? Sei nicht töricht, Lewin. Ich schreibe Dir, weil ich den Wunsch habe, Dir einen Morgengruß ins Haus zu schicken, und im übrigen nicht sicher bin, ob Du Deine Zusage für heute abend noch im Gedächtnis hast. Poeten sind vergeßlich; Verse an mich hast Du schon längst vergessen. Kathinka v. L.«

Lewin las zwei-, dreimal, sich die Worte wiederholend: »Siehst Du Gespenster?« und »Sei nicht töricht, Lewin.« Es war ihm einen Augenblick, als schlösse sich ein tropischer, in berauschendem Dufte schwimmender Garten vor ihm auf und Kathinka, von einem Boskett her, hinter dem sie sich versteckt gehalten, spränge ihm mit ausgebreiteten Armen entgegen und riefe ihm übermütig zu: »Schlechter Sucher, der du bist! Warum konntest du mich nicht finden?« Aber dann las er wieder: »Poeten sind vergeßlich; Verse an mich hast Du längst vergessen«; und er lachte bitter.

»Dies ist der echte Ton, weil es der spöttische ist! Was sind ihr Verse? Oh, ich verstehe sie ganz. Ein glücklicher Liebhaber ist ihr nicht des Glückes genug, sie bedarf noch eines unglücklichen, um den Vollgeschmack des Glückes zu haben. Deshalb hält sie mich fest. Das ist die Rolle, die sie mir zudiktiert! Folie für einen glänzenderen Stein.

Er wollte das Billett zerknittern, und fühlte doch, daß ihm die Hand versagte. Eine weichere Stimmung überkam ihn, und er berührte die Stelle, die auf Augenblicke wenigstens neue Hoffnungen in ihm angefacht hatte, mit seinen Lippen. Dann faltete er das Blatt zusammen und steckte es zu sich.

Es war ihm klar, daß die nächsten Stunden, wenn er sie an seinem Schreibtische zubrächte, doch für ihn verloren sein würden; so brach er auf, um in der Stadt Zerstreuung zu suchen. Er fand sie rascher, als er erwarten durfte. An der Ecke des Rathauses standen Hunderte von Personen, um einen in französischer und deutscher Sprache abgefaßten, auf große gelbe Zettel gedruckten Straßenanschlag zu studieren. Er trat hinzu und las über die Köpfe der vor ihm Stehenden hinweg: »Seine Exzellenz der Herr Marschall, Commandant en Chef des elften Armeecorps, ist benachrichtigt, daß zu Berlin viele Subalternoffiziere, auch Employés der Großen Armee angekommen sind, die ihre Korps, ohne dazu ermächtigt zu sein, verlassen haben. Seine Exzellenz befiehlt allen vorgenannten Personen, die Stadt zu verlassen, widrigenfalls alle diejenigen, die diesem Befehl nicht genügt haben, durch die Gendarmerie verhaftet, ihre Namen aber dem Herrn Kriegsminister notifiziert werden sollen. Alle Gastwirte sind angewiesen, keine der in nachstehender Ordre bezeichneten Offiziers bei sich aufzunehmen, und werden im Betretungsfalle in eine näher zu bestimmende Geldstrafe genommen werden. Gez. Augereau, Herzog von Castiglione.«

Dieser Straßenanschlag, mehr noch als das neunundzwanzigste Bulletin, das in den Weihnachtstagen erschienen war, enthielt das Zugeständnis einer vollkommenen Auflösung der Großen Armee; die Disziplin war hin, und mit ihr das zusammenhaltende Band. Jeder, der die Bekanntmachung las, empfing diesen Eindruck und ließ es nach Berliner Art nicht an spitzen Bemerkungen fehlen. »Employés und Subalternoffiziere! Von den Generälen ist keine Rede«, sagte der eine; »und von den Marschällen erst recht nicht«, fügte ein anderer hinzu. »Gewiß nicht; eine Krähe kratzt der andern die Augen nicht aus.« So ging es hin und her, und dazwischen die mehr als einmal wiederholte Versicherung, daß die Berliner Gastwirte keine französischen Polizeibeamten wären.

Lewin löste sich bald aus dem Menschenknäuel heraus und traf in der Nähe der Stechbahn ein paar Kommilitonen, die sich leicht bereden ließen, ein Kolleg zu opfern und an einem Spaziergange nach Charlottenburg teilzunehmen. Es war ein Marwitz und ein Löschebrand, Landsleute und alte Bekannte schon von den Schulbänken des Grauen Klosters her. Sie schritten erst die Linden, dann die große Chaussee hinunter auf das »Türkische Zelt« zu, wo sie, da zwölf Uhr mittlerweile herangekommen war, ein Dejeuner bestellten.

Unter lebhaftem Geplauder, das sich abwechselnd um York und das Augereausche Plakat, um Spontinis »Vestalin« und die Konfirmation des Kronprinzen drehte, wurde Lewin der Verstimmungen Herr, die der Vormittag mit sich gebracht hatte, und sah sich nur flüchtig wieder daran erinnert, als er beim Herausnehmen seiner Brieftasche das seiner Form und Farbe nach einigermaßen auffällige Billett Kathinkas zur Erde fallen ließ.

»Ei, Vitzewitz«, sagte Löschebrand, »ein Billet-doux! Immer neue Seiten, die wir an ihm kennenlernen; nicht wahr, Marwitz?« Dieser bestätigte, und im nächsten Augenblicke war der Zwischenfall vergessen.

Es mochte vier Uhr sein oder nur wenig später, als Lewin wieder in den Flur seines Hauses trat und sich an dem alten, längst spiegelglatt gewordenen Treppengeländer die halbweggelaufenen Stufen hinauffühlte.

Er fand oben einen Brief vor, in dessen Aufschrift er, trotz des schon herrschenden Halbdunkels, leicht die Hand seines Vaters erkennen konnte. Die Scheiben glühten noch im Abendrot. Er trat deshalb an das Fenster und las:

»*Hohen-Vietz,* den 20. Januar

Lieber Lewin!

Das Hohen-Vietzer Ereignis der vorigen Woche hat Dir Renate mitgeteilt, und Deiner umgehenden Antwort hab' ich entnehmen können, daß Du das Unglück, denn ein solches bleibt es, mit derselben geteilten Empfindung ansiehst wie wir alle. Eine niedergebrannte Scheune des Wirtschaftshofes und nun ein in Asche gelegter Flügel des Herrenhauses gewähren freilich keinen erfreulichen Anblick, am wenigsten den der Ordnung; aber sind es denn Zeiten der Ordnung überhaupt, in denen wir leben? Und so stimmen die Brandstätten zu allem übrigen. Nichts mehr davon. Es steht mehr auf dem Spiel als das.

Unsere Organisation ist beendet. Ich sehe Drosselstein, der mehr Eifer entfaltet, als ich bei seiner reservierten Natur erwarten konnte, beinahe täglich, ebenso Bamme, mit dem ich mich auszusöhnen beginne. Er ist Feuer und Flamme, und seinen beleidigenden Zynismus, von dem er auch jetzt nicht läßt, paart er mit einer Selbstsuchtslosigkeit, ja ich muß es sagen, mit einer gelegentlichen Höhe der Gesinnung, die mich in Erstaunen setzt. Nächst ihm ist Othegraven der tätigste. Er hat einen großen Einfluß unter den Bürgern, und die Schüler der beiden oberen Klassen hängen an jedem seiner Worte. Das Pedantische, das ihm sonst eigen ist, hat er entweder abgestreift, oder weil es in einem starken Glauben an sich selber wurzelt, unterstützt es wohl gar die Wirkung seines Auftretens.

Wenn ich sagte, unsere Organisation sei beendet, so hatte ich dabei nur unser Barnim und Lebus im Auge; an anderen Orten fehlt noch manches, so namentlich in den durch ihre Lage so wichtigen Dörfern *jenseits* der Oder. Wir *diesseits* haben eine Landsturmbrigade gebildet, vier Bataillone, die sich nach ebenso vielen Städten unserer beiden Kreise benennen: Bernau, Freienwalde, Müncheberg und Lebus. Die Ordre de bataille des letzteren wird Dich am meisten interessieren, weshalb ich sie hier folgen lasse:

Landsturmbataillon Lebus

1. Kompanie Hohen-Ziesar: Graf *Drosselstein.*
2. Kompanie Alt-Medewitz-Protzhagen: Hauptmann von *Rutze.*
3. Kompanie Hohen-Vietz: Major von *Vitzewitz.*
4. Kompanie Neu-Lietzen-Dolgelin: (Vakat).

Nach dem Prinzip, das Du hierin erkennen wirst – Bamme hat das Kommando der Brigade übernommen –, verfahren wir überall. An Offizieren ist noch Mangel, weil die Zahl derer, die nur mit Wind von oben segeln können, auch bei uns überwiegt. In zehn oder zwölf Tagen muß trotz alledem alles schlagfertig sein, auch da, wo man am meisten zurück ist.

Dies ist in gewissem Sinne zu spät, um so mehr, als es für das, was ich in den Weihnachtstagen vorhatte, auch *heute* schon zu spät sein würde. Die gesamte französische Generalität, wie mir Othegraven aus Frankfurt und Krach, der in Küstrin war, von dorther schreibt, ist glücklich über die Oder. In Zobelpelzen und mit immer erneutem Vorspann, an dem es unsere Dienstbeflissenen nicht haben fehlen lassen, sind sie dem Kaiser, der ihnen das Beispiel gab, gefolgt. Der Nachteil, der uns daraus erwächst, ist unberechenbar; die Beseitigung der Generäle, *so oder so* (von diesem Satze geh' ich nicht ab) war eben wichtiger, als es die Beseitigung der Armeereste je werden kann. Vieles ist versäumt, unwiederbringlich verloren. Unsere Politik des Abwartens ist daran schuld.

Aber eben dieses Abwarten, das uns so vieles versäumen ließ, hat uns vor ebenso vielem bewahrt, und wenn nun schließlich zwischen guten und schlimmen Folgen abgewogen werden soll, so ist es möglich oder – ich zögere nicht, dies Zugeständnis zu machen – selbst sehr wahrscheinlich, daß sich die Waage nach der guten Seite hin neigt. Vor drei Wochen glaubte ich, daß es *ohne* den König geschehen müsse, jetzt weiß ich – und gesegnet sei dieser Wandel der Dinge –, daß es *mit* ihm geschehen wird. Wir werden einen Krieg haben nach alten preußischen Traditionen. Ich wäre vor einem Volkskriege nicht erschrocken, denn erst das Land und dann der Thron, aber wie unser märkisches Sprichwort sagt: Besser ist besser.

Ja, Lewin, ein Wandel der Dinge, an den ich nicht mehr zu glauben wagte, er ist da, und die nächsten Tage schon werden ihn der Welt verkünden. Leicht möglich, daß, wenn Du diese Zeilen erhältst, der erste der beabsichtigten Schritte bereits geschehen ist.

Und nun höre. Der Hof verläßt Potsdam und geht nach Breslau. Dieser Schritt ist wichtiger, als Du ermessen kannst. Was ihn veranlaßt hat, darüber gehen nur Gerüchte. Es heißt, daß Napoleon beabsichtigt habe, sich des Königs zu bemächtigen und ihn als Geisel, als Gewähr für die friedliche Haltung des Landes, auf eine französische Festung abführen zu lassen. Ich untersuche nicht, wieviel Wahres oder Falsches an diesem Gerüchte ist, es genügt, daß ihm der König Glauben geschenkt hat. Unmittelbar nach der Konfirmation des Kronprinzen, die heute stattfindet, wird der Aufbruch erfolgen. Es geht in fünf Etappen; das Regiment Garde wird diese Übersiedelung begleiten oder decken. Breslau, Schlesien sind gut gewählt; die Provinz ist die einzige, die keine französische Besatzung hat, und Österreich, auf das wir rechnen, ist nahe.

Und nun höre weiter!

Auf den 26. ist das Eintreffen des Königs in Breslau festgesetzt; eine Woche später wird er sein Volk zu den Waffen rufen. Der Entwurf zu diesem Aufruf ist in meinen Händen gewesen; er spricht die Sprache, die jetzt gesprochen werden muß, und es ist nur eins, was ihm fehlt: der Feind wird nicht genannt. Aber, Gott sei Dank, es bedarf dessen nicht mehr. Yorks zum Schein verworfene, aber wie ich jetzt mit Bestimmtheit weiß, in allen Stücken gebilligte Kapitulation, dazu der wahrscheinlich morgen schon stattfindende Aufbruch des Hofes, um sich den Launen eines unberechenbaren Bundesgenossen zu entziehen, alles das läßt keinen Zweifel darüber, *wem* es gilt.

Und in die leere Luft verhallen wird dieser Aufruf nicht. Ich kenne unser Volk. Es ist wert, daß es besteht, und es wird sich für sein Bestehen einsetzen. Das ist alles, was es kann. Keiner hat mehr als sich selbst. Wir haben viele Fehler, aber auch viele Vorzüge; es trifft sich, daß wir den Gegensatz von schwarz und weiß nicht bloß in unseren Farben haben. Der Sinn fürs Ganze ist seit des Großen Königs Tagen in uns lebendig geworden, und sehen wir das Ganze hinschwinden, so schwindet uns auch die Lust an der eigenen Existenz. Denk' an den alten Major, der am Tage nach Kunersdorf in unserer Hohen-Vietzer Kirche verblutete. Sein Blutfleck erzählt von ihm bis diesen Tag. Er dachte, daß Preußens letzte Stunde gekommen sei; »ich will sterben, Kinder«, rief er, als sie ihn niederlegten, und riß sich den Verband von seiner Wunde.

Und solcher leben noch viele bei uns!

Im übrigen, wir werden einen *ordentlichen* Krieg haben, Lewin, und ordentliche Fahnen. Hörst Du: ordentliche, preußische, königliche Fahnen. Du sollst mit mir zufrieden sein. Bin ich doch mehr in Dein Lager übergegangen als Du in das meine. Schreibe bald; noch besser, komm! Alles grüßt: die Schorlemmer, Renate, Marie. Selbst Hektor, der mich groß ansieht und zärtlich winselt, scheint sich melden zu wollen.

Wie immer Dein alter Papa B. v. V.«

14. KAPITEL

Kleiner Zirkel

Die Einladung zu Ladalinskis hatte auf sechs Uhr gelautet; der alte Geheimrat, wenn er es vermeiden konnte, liebte nicht die späten Zusammenkünfte. So war es denn hohe Zeit für Lewin, sich zu rüsten. Und er tat es; aber nicht in bester Laune. Immer wieder bestürmte ihn die seit Stunden vergebens zurückgedrängte Frage, was Kathinka mit ihrer zweiten, so rätselvoll zugespitzten Einladung eigentlich bezweckt habe, und immer wieder lautete die Antwort: »Kokettes Spiel! Sie bedarf meiner; ich bin ihr wertlos und wertvoll zugleich; sie hält mich wie den Vogel am Faden und gefällt sich darin, den Faden nicht aus der Hand zu lassen.« Das war der Grundton in seiner Betrachtung, in der nur leise Hoffnungsstimmen mitklangen.

Es schlug eben sieben vom Marien- und gleich darauf auch vom Nikolaiturm, als unser Freund in das Ladalinskische Haus eintrat.

Die Gesellschaft war schon versammelt, und zwar in dem uns bekannten kleinen Damenzimmer, das heute, wo statt der rotdämmerigen Ampel eine große und helle Astrallampe brannte, um vieles heiterer wirkte als an jenem Ballabend, der nur zwei große Momente gehabt hatte: die Mazurka und die Nachricht von der Kapitulation.

Kathinka, trotzdem sie beim Eintreten Lewins in einer intimen Flüsterunterhaltung mit der schönen Matuschka war, begrüßte den wie gewöhnlich um eine Stunde zu spät Kommenden mit ebensoviel Unbefangenheit wie Freundlichkeit, und während dieser einen Stuhl nahm, um in den aus Tubal, Bninski, Jürgaß und dem alten Ladalinski gebildeten Halbkreis einzurücken, unterließ sie nicht, über das »Zuspätkommen« der Poeten zu spötteln, das übrigens nicht wundernehmen könne, da die Unpünktlichkeit die Schwester der »Vergeßlichkeit« sei. Dem letzteren Wort gab sie nicht nur einen verstärkten Ton, sondern auch einen besondern Vertraulichkeitsausdruck, als ob sie sich dadurch noch einmal zu dem ganzen Inhalt ihres Vormittagsbilletts, das mit einem leisen Vorwurf über seine »Vergeßlichkeiten« geschlossen hatte, habe bekennen wollen. Er seinerseits unterließ jede Antwort darauf, entweder weil ihn das Spiel verdroß, oder weil er in ebendiesem Augenblicke, vom Sofa her, die beiden großen Kristallgläser der alten, auch heute wieder neben dem Fräulein von Bischofswerder sitzenden Oberhofmeisterin-Exzellenz scharf auf sich gerichtet fühlte, doppelt scharf und böse, weil er sie durch sein verspätetes Eintreffen in einem begonnenen Vortrag unterbrochen hatte. Voll Verlangen, sie, wenn irgend möglich, wieder zu versöhnen, erhob er sich von seinem Stuhl, auf dem er kaum erst Platz genommen hatte, um in etwas wirren Worten eine Entschuldigung zu versuchen; die alte Exzellenz schlug aber mit unverkennbar absichtlichem Geräusch ihre Lorgnette zusammen und lächelte hochmütig, wie um auszudrücken, daß Schweigen und Dulden um vieles schicklicher gewesen sein würde, und fuhr dann, an der Bischofswerder rücksichtslos vorbeisprechend, in ihren Mitteilungen mit schnarrender Stimme fort: »Ich wiederhole Ihnen, lieber Ladalinski, daß Seine Majestät morgen mit dem frühesten Potsdam verlassen werden. Das nächste Nachtquartier wird in Beeskow genommen, einer kleinen Stadt, die besser ist als ihr Ruf; sie hat ein ehemalig bischöfliches Schloß. Die Garden begleiten den König. Tippelskirch hat an Kessels Stelle das Kommando übernommen. Kessel bleibt in Potsdam. Seine Majestät gedenken am 26. in Breslau einzutreffen.«

»Ich empfing eben eine gleichlautende Nachricht von meinem Vater aus Hohen-Vietz«, bemerkte der in seiner Verlegenheit abermals fehlgreifende Lewin und mußte sich – da Blicke wirkungslos bleiben zu sollen schienen – nunmehr eine direkte Reprimande von seiten der alten Gräfin-Exzellenz gefallen lassen.

»Es ist nicht Art der preußischen Oberhofmeisterinnen«, erwiderte dieselbe spitz, »Nachrichten über Seine Majestät den König in Umlauf zu setzen, die noch der Bestätigung bedürfen. Es freut mich indessen, Ihren Herrn Vater so gut unterrichtet zu sehen. Ich bitte, mich ihm bei nächster Gelegenheit in Erinnerung bringen zu wollen. Seine Schwiegermutter, die Generalin von Dumoulin, war eine Jugendfreundin von mir.«

Lewin, der nicht wußte, was er aus diesen Worten machen sollte, in denen sich neben aller Überhebung doch auch wieder ein leiser Anflug von Teilnahme aussprach, hielt es für das geratenste, alles Unliebsame darin zu überhören, und verbeugte sich artig gegen die alte Gräfin, während diese mit Wichtigkeit fortfuhr:

»Augereau hat strikten Befehl, sich in bestimmt vorgezeichneten Fällen, namentlich im Fall eines Aufstandes, der Person des Königs zu bemächtigen, und Seine Majestät, die seit länger als drei Wochen von diesem strikten Befehle weiß, würde sich der drohenden Gefahr schon früher entzogen haben, wenn nicht der Wunsch vorgeherrscht hätte, die bevorstehende Konfirmation des Kronprinzen, die nun gestern, wie wir alle wissen, wirklich stattgefunden hat, abzuwarten. Übrigens haben Seine Königliche Hoheit, was Ihnen, lieber Geheimrat, trotz Ihrer Anwesenheit bei der Feier entgangen sein dürfte, zur Erinnerung an diesen hochwichtigen Tag, aus den Händen Seiner Majestät einen kostbaren Ring erhalten.«

»Sans doute«, bemerkte Bninski.

»Sans doute?« wiederholte fragend und gedehnt die alte Oberhofmeisterin, der der spöttische Ton in der hingeworfenen Bemerkung des Grafen nicht entgangen war. »Warum sans doute, Graf Bninski?«

»Weil der Ring«, erwiderte dieser, »das Zeichen ewiger und unverbrüchlicher Treue ist und eine Feier in diesem Lande, am wenigsten eine kirchliche, ohne dieses Zeichen nicht wohl gedacht werden kann.«

Der Geheimrat rückte verlegen hin und her. Es war ihm im höchsten Maße peinlich, in seinem Hause, noch dazu in Gegenwart zweier Damen vom Hofe, Worte fallen zu hören, deren ironische Bedeutung trotz des Ernstes, mit dem sie vorgetragen wurden, niemandem entgehen konnte. Er sah deshalb zu dem Grafen hinüber, ersichtlich bemüht, diesen, wenn nicht zu einem Wechsel des Gesprächs, so doch wenigstens zu einem Wechsel des Tones zu veranlassen. Bninski aber ignorierte diese Bemühungen und fuhr in demselben Tone fort: »Es zählt dies zu den Eigentümlichkeiten deutscher Nation. Immer ein feierliches In-Eid-und-Pflicht-Nehmen, dazu dann ein entsprechendes Symbol, und ich darf sagen, ich würde überrascht sein, wenn dem kostbaren Ringe, den Seine Königliche Hoheit aus den Händen des Königs, seines Vaters, empfangen hat, nicht noch eine direkte Aufforderung zum Treuehalten, entweder in Form einer eingravierten Devise oder eines Bibelspruchs, beigegeben sein sollte. Etwa: ›Sei getreu bis in den Tod‹, oder dem ähnliches.«

Die alte Gräfin preßte die Lippen zusammen. Es war ersichtlich, daß sie schwankte, in welcher Art sie replizieren solle; aber sich rasch für eine versöhnliche Haltung entscheidend, sagte sie mit erzwungener guter Laune: »Ich sehe, Graf, daß Sie von dem Ringe wissen. Wenn durch Inspiration, so beglückwünsche ich Sie und uns. Der innere Rand trägt allerdings die Umschrift: ›Offenbarung Johannis 2. V. 10‹. In diesem Punkte haben Sie recht behalten; aber nicht darin, daß dieser Konfirmationsring eine Hof- oder Landessitte sei. Im Gegenteil; es ist der erste Fall der Art.«

»So wird es Sitte werden. Gute Beispiele pflegen einen fruchtbaren Boden in dem loyalen Sinn des Volkes zu finden.«

Sehr wahrscheinlich, daß die fortgesetzten Sarkasmen Bninskis doch schließlich alle friedlichen Entschlüsse der Oberhofmeisterin, die fast ebenso heftig wie hochfahrend war, in ihr Gegenteil verkehrt hätten, wenn nicht in diesem Augenblicke Kathinka ihr bis dahin mit der schönen Matuschka geführtes Gespräch abgebrochen und zwei Taburetts, für sich und ihren Plauderpartner, in den Halbkreis, zwischen Lewin und Bninski, hineingeschoben hätte.

»Welche Blasphemien, Graf!« wandte sich Kathinka an diesen. »Sollte man doch meinen, wenn man den Ton Ihrer Worte vor Gericht stellen könnte, daß Sie geneigt seien, den Ring für ein überflüssiges Ding in der Weltgeschichte zu halten. Aber darin irren Sie. Nichts ohne Ring. Nicht wahr, Herr von Jürgaß?«

»Sans doute«, sagte dieser, der, ohne Furcht dadurch anzustoßen, das fast zum Zankapfel gewordene Wort wiederholen durfte. »Ich stimme Fräulein Kathinka bei: nichts ohne Ring! Um ihn dreht sich alles in Leben, Sage, Geschichte; der liebste war mir immer der des Polykrates, denn ich schätze Leute, die Glück haben. Nun haben wir auch noch die Ballade dazu. Mit Hilfe eines Ringes vermählte sich der Bischof seiner Kirche, der Doge dem Meere und selbst Heinrich VIII. seinen sechs Frauen, dieser geniale Hasardeur mit dem six-le-va. Beiläufig, eine Kollektivausstellung seiner sechs Trauringe müßte zu sonderbaren Betrachtungen führen.«

»O nichts von diesem König Oger, der es vergessen zu haben schien, daß unschuldige Frauen auch eines natürlichen Todes sterben können.«

»Aber Anne Bulen, meine Gnädigste, war überführt.«

»Ach, ich bitte Sie, Jürgaß, haben Sie je von einer überführten Frau gehört? Ich glaube gar, Sie wollen ernsthaft seinen Verteidiger machen; da hätt' ich Sie doch für galanter gehalten. Erzählen Sie mir lieber von besseren Ringen als von den sechs Trauringen König Heinrichs.«

»Dann kann ich nur noch von den drei Ringen der Puttkamers erzählen.«

»Sie scherzen. Von den Tudors auf die Puttkamers! Das ist denn doch ein Sprung. Im übrigen bin ich neugierig genug. Was ist es damit? Aber es muß etwas Heiteres sein.«

»Ich weiß nicht. Es beginnt gleich damit, daß diese drei Ringe nur noch zwei sind. Und diese zwei sind wieder unsichtbar.«

»Oh, das ist ein guter Anfang; etwas gespenstisch. Aber wir haben ja noch früh. Also nur weiter.«

»Nun gut. Es waren also drei Ringe, die die Wichtelmännchen oder die ›kleinen Leute‹ oder die Unterirdischen den Puttkamers zum Geschenke machten, vor langen, langen Jahren, als Pommern eben fertig geworden war.«

»Wann war das?«

»Sagen wir hundert Jahre nach Fertigwerdung der Mark; diese Differenz müssen Sie meinem Lokalpatriotismus zugute halten. Also die Puttkamers hatten ihre drei Ringe, die sie, so hatten die Wichtelmännchen gesprochen, wahren und in Ehren halten sollten, das würde dem Hause Glück und Segen bringen. Und es kam auch Segen ins Haus, namentlich an Kindern, bis plötzlich, niemand weiß wie, der eine Ring verlorenging und der Segen sich minderte.«

»Ah!« sagte Tubal.

»Sie sagen ›Ah‹ und atmen auf«, fuhr Jürgaß fort. »Die Puttkamers aber mochten auf den Segen nicht verzichten. Und weil sie sicher gehen wollten, so baute der reichste von ihnen ein schönes Schloß, und in den Schloßturm hinein, da wo die Wände am dicksten sind, vermauerte er die beiden verbliebenen Ringe. Und da sind sie noch und bergen wie sich selbst, so auch das Glück des Hauses.«

Das Fräulein von Bischofswerder, das bis dahin steif und unbeweglich auf dem Sofaplatz gesessen hatte, hatte, während Jürgaß sprach, immer lebhafter und zustimmender ihr Kinn an den Hals gedrückt. Jetzt nahm sie das Wort: »Auch wir hatten einen solchen Ring«, sagte sie, »der der Sage nach das Glück der Familie begründen sollte.«

»Und es wohl auch begründet *hat*«, unterbrach die alte Exzellenz. »Es war, denk' ich, der Geisterring Ihres Herrn Vaters, der die Lebendigen einschläferte und die Toten zitierte.«

»Gewiß«, erwiderte die Bischofswerder, die bei diesem Hohn ihre sonstige Devotion hinschwinden fühlte, »gewiß, Exzellenz. Und unter diesen Toten befanden sich ganze Familien, die ohne den Ring meines Vaters immer tot geblieben wären. Ist nicht die Dankbarkeit auch eine deutsche Tugend, Graf Bninski?«

Dieser, einigermaßen überrascht, von so unerwarteter Seite her seine Ketzereien unterstützt zu sehen, verbeugte sich gegen die Bischofswerder, während der Geheimrat von dem Gedanken geängstigt, die kaum erst überstandene Gefahr in neuer Gestalt heraufziehen zu sehen, sich mit der Frage an Lewin wandte: »Was war es doch, Lewin, mit dem Bredowschen Erbringe, von dem du mir vor Weihnachten erzähltest? Nur der Eindruck ist mir geblieben. Ich hört' es gerne noch einmal. Exzellenz Reale wird es gestatten, und Kathinka, die so lebhaft für Ringe plädiert, muß dir dankbar sein, etwas zur Verherrlichung ihres Themas zu hören.«

»Gewiß«, bemerkte diese, »ich würde schon dankbar sein, unseren schweigsamen Freund sich überhaupt an unserem Gespräche beteiligen zu sehen, doppelt, wenn es in Verteidigung des Ringes und seiner welthistorischen Mission geschieht. Denn jedes Ding braucht seinen Mann, und ich wüßte nicht, was besser zusammenpaßte als ein Ring und Vetter Lewin. Vor allem, wenn es ein Trauring ist. Es ist ein stiller, natürlicher Bund zwischen beiden, und es ließe sich ein Märchen darüber schreiben; ja, ich glaube, ich könnte es, unpoetisch wie ich bin. Ich würde den Trauring als einen kleinen runden, in seiner Mitte ausgehöhlten König auffassen, der alle guten Leute beherrscht, die Ehrbaren und die Tugendsamen. Und an den Stufen seines Thrones stände sein erster Minister, als ehrbarster und tugendsamster, und er hieße Lewin.«

Lewin wurde blaß und rot, faßte sich aber rasch und sagte ruhig: »Nach einer Charakterschilderung wie dieser werd' ich mich freilich der an mich ergangenen Aufforderung nicht entziehen können, um so weniger, als es von König Pharaos Tagen her zu den Aufgaben und Vorrechten eines Tugendministers gehört, Träume zu deuten und Geschichten zu erzählen. Und so beginn' ich denn:

Es war also wirklich ein Erbring, breit und mit allerhand Zeichen, und eine junge Frau von Bredow, deren Eheherr, Josua von Bredow, Rittmeister und Amtshauptmann von Lehnin war, trug ihn am Ringfinger der linken Hand. Den Winter über lebte das junge Paar in der kleinen Perleberger Garnison, wenn aber der Mai kam, gingen sie, wie sich's gebührte, nach Lehnin, um in dem geräumigen Abthause, dem einzigen, das aus alten Klostertagen her noch geblieben war, ihre amtshauptmannschaftliche Wohnung und zugleich auch eine Sommerfrische zu nehmen. Das waren dann glückliche Wochen, und sie fuhren nach Plessow, Göttin, Reckahne, um die verschiedenen Rochows, und ebenso nach Groß-Kreuz, um den alten Herrn von Arnstedt zu besuchen, ihr liebstes aber blieb doch immer, an dem schönen Klostersee spazieren zu gehn, besonders wo zwischen Brombeer- und Haselsträuchern hin der Weg über die dicht in Blumen stehende Wiese läuft.«

»Wie hübsch«, sagte Kathinka. »Ich hätte mit von der Partie sein mögen.«

»Und eines Abends«, fuhr Lewin fort, »machten sie wieder ihren Spaziergang, und weil gerade die Hagerosen blühten, wandelte die junge Frau die Lust an, eine derselben zu pflücken. Sie drückte deshalb, um die Rose leichter abreißen zu können, einen dicht umherstehenden Haselstrauch beiseite, aber im selben Augenblicke, wo sie die Linke nach der Rose hin ausstreckte, schlug die stärkste der Haselruten wieder zurück und streifte ihr den Ring vom Finger. Sie sah den goldenen Bogen, den er in der Luft beschrieb, und wie er dann auf den Wiesenstreifen dicht hinter der Hecke niederfiel. Ein leiser Schrei kam über ihre Lippen; dann teilten beide sorglich die Hecke, bückten sich und begannen zu suchen. Sie suchten noch, als schon die Mondsichel am stillen Abendhimmel stand; sie suchten in der Frühe des Morgens und als es Mittag war. Aber umsonst, der Ring war fort. Du wolltest mit von der Partie sein, Kathinka; vielleicht daß deine glückliche Hand ihn gefunden hätte.«

»Keine Diversionen«, lachte diese. »Die Geschichte, die Geschichte.«

»Und mit dem Ringe war das Glück des jungen Paares dahin; nicht langsam und allmählich, sondern unmittelbar. ›Du hättest vorsichtiger sein sollen‹, sagte der Eheherr im Tone des Vorwurfs, und mit diesem Worte war es geschehen. Aus dem ersten Vorwurf wurde der erste Streit, und alles, was den Frieden eines Hauses stören kann, brach in Jahresfrist herein: Krankheit und Kränkung, Mißernten und Eifersucht.«

»Auch Eifersucht? Nicht doch. Du darfst deine Helden nicht mutwillig um die Gunst deiner Hörer bringen.«

»Nur um sie neu zu gewinnen. Allerdings erst für spätere Zeiten.«

»Dann überschlage, was zwischen liegt.«

»So wollt' ich auch. Die silberne Hochzeit war endlich nahe, und Josua von Bredow, der längst den Dienst quittiert und sich auf seine Amtshauptmannschaft in die Lehniner Einsamkeit zurückgezogen hatte, dachte trotz manchen Unfriedens, der nach wie vor in seinem Hause herrschte, den Tag zu feiern. Es waren doch immer fünfundzwanzig Jahre! Er hatte deshalb einen großen Bogen Papier vor sich und schrieb eben die Namen derer auf, die zu dem Tage geladen werden sollten, als ihm Frau von Bredow, die trotz ihrer fünfundvierzig immer noch eine hübsche und stattliche Frau war, über die Schulter sah und auf das bestimmteste forderte, daß der alte Arnstedt, der sich auf dem letzten Potsdamer Ball ungebührlich benommen habe, gestrichen werden sollte.

Eine Szene schien unvermeidlich. Da trat in großer Aufregung die Wirtschafterin ins Zimmer und sagte: ›Gnädiger Herr, da is er; die alte Holtzendorffen hat ihn eben gefunden.‹ Und dabei legte sie eine große Frühkartoffel vor ihn hin, die, beim Ansetzen, mit ihrer Spitze in den goldenen Erbring hineingewachsen war. Da war er also wieder. Die gnädige Mutter Natur gab ihn heraus, und Josua von Bredow und seine geborene von Ribbeck wußten nun, daß wieder bessere Tage kommen würden. Er gab ihr einen Kuß und strich den alten Arnstedt ohne Widerrede aus. Und als in der Woche darauf die silberne Hochzeit wirklich gefeiert wurde, da traten sie zum zweitenmal vor den Altar, und der alte Lehniner Pastor Krokisius, der aber damals noch bei mittlern Jahren war, hielt eine wunderschöne Rede über den Spruch: ›Wen Gott lieb hat, dem müssen alle Dinge zum Besten dienen.‹ Und als seine Rede, denn er konnte sich nicht kurz fassen, endlich zu Ende war, da nahm er die Hand der Silberbraut und steckte den Ring an denselben vierten Finger, von dem ihn die böse Haselrute abgestreift und dadurch eine lange Zwischenzeit des Unfriedens geschaffen hatte. Am Tage nach dieser Feier aber, denn sie mochten sich von ihrem Schatz nicht wieder trennen, ließen sie von Berlin her einen Graveur kommen, der mußte den Tag des Verlustes und des Wiederfindens in den Ring eingraben und die schöne Bibelstelle, über die Pastor Krokisius gepredigt hatte. Und wenn sie nicht gestorben sind, so leben sie heutigen Tages noch.«

Die Gräfin-Exzellenz hatte während der Erzählung mehr und mehr ihre hautaine Haltung abgelegt und tippte jetzt Lewin, wie zur Besiegelung ihrer jungen Freundschaft, mit der Lorgnettenspitze auf die Hand.

Kathinka versprach, sobald sie Königin geworden sein würde, ihn als Traumdeuter und ersten Erzähler an ihren Hof zu ziehen, und nur die Bischofswerder konnte sich nicht darüber beruhigen, daß dieser entzückende Ring gerade in eine Kartoffel hineingewachsen sei, »die Poesie leide darunter«, eine Bemerkung, der Lewin ohne weiteres zustimmte, weil er die Unmöglichkeit einsah, in diesen ästhetischen Anschauungen Licht zu schaffen.

Der alte Geheimrat, seiner Natur entsprechend, verweilte bei Nebensächlichkeiten und wollte namentlich wissen, welcher Bredowschen Linie der Erbring angehört habe. Dann kam er auf *Lehnin,* verbreitete sich über die Weissagung, deren erste und letzte Zeilen er im lateinischen Original auswendig wußte, und schloß mit einem Seufzer darüber, daß ihm während voller siebzehn Jahre ein Besuch dieser alten Kulturstätte, zugleich des Begräbnisplatzes so vieler Markgrafen und Kurfürsten, versagt geblieben sei.

»Aber warum versagt?« unterbrach ihn Tubal, und ehe der alte Ladalinski antworten konnte, fiel Kathinka mit aller Bestimmtheit ein:

»Machen wir die Partie. Wer ist unser Reisemarschall? Tubal, nein; Lewin, zweimal nein. Aber Sie, Herr von Jürgaß! Ich will nicht so viel Menschenkenntnis haben, um einen Attaché von einem Professor zu unterscheiden, wenn Sie nicht der geborene Reisemarschall sind.«

»Ich würde sofort meine Unfähigkeit beweisen, wenn ich widerspräche.«

»Also angenommen?«

»Ja.«

»Und wann?«

»Nicht vor Dienstag. Wir haben in Potsdam Relais; so ist es Zeit, wenn wir um Mittag aufbrechen. Rendezvous: Schöneberg, am ›Schwarzen Adler‹. Zwölf Uhr pünktlich. Au revoir.«

15. KAPITEL
Lehnin

Und der verabredete Dienstag kam. Aber er kam nicht, ohne daß *das* eingetreten wäre, was bei ähnlichen Verabredungen immer einzutreten pflegt: die Hälfte hatte sich inzwischen eines andern besonnen. Nicht nur die Gräfin-Exzellenz samt der Dame d'atour vom Hofe der hochseligen Königin, auch der alte Geheimrat, dessen pedantisch-romantisches Verlangen, die lateinischen Zeilen der Lehninschen Weissagung an Ort und Stelle zitieren zu können, den eigentlichen Anstoß zu der Partie gegeben hatte, hatte schließlich auf die Teilnahme daran verzichtet. Aber an Stelle dieser ausscheidenden Elemente waren andere herangezogen worden, und ein frischer, in der Nacht von Montag auf Dienstag gefallener Schnee versprach eine rasche und prächtige Fahrt. Denn man war übereingekommen, die Partie zu Schlitten zu machen. Ein leiser Ostwind ging, die Sonne schien, und der Himmel stand blau und wolkenlos wie eine Glocke.

Es schlug eben zwölf vom Schöneberger Turm, als vier Schlitten vor dem »Schwarzen Adler«, dem durch Jürgaß bestimmten Rendezvous, vorfuhren. Ihre Insassen waren Bekannte vom Ladalinskischen Balle her, Graf Matuschka, Graf Seherr-Thoß, Graf Zierotin, alle drei mit ihren jungen Frauen. Nur Bninski fehlte. Statt seiner war Tubal als Schlittenpartner eingetreten und hatte an Kathinkas Seite Platz genommen. Eine Minute später erschien ein fünftes Gespann, etwas größer und nach Art aller gemieteten Schlitten ziemlich unelegant, in dem Lewin, von Hirschfeldt und Bummcke saßen. Jürgaß, der zu beschaffenden Relais halber, war schon seit drei Stunden nach Potsdam voraus.

Die Begrüßungen gingen eilig, denn es gebot sich, des kurzen Tages halber, mit den Minuten zu geizen. Tubal nahm die Tête, dann folgten die drei jungen Paare, während der »Célibataire-Schlitten«, wie die gräflichen Damen das zuletzt eingetroffene Gefährt in guter Laune getauft hatten, den Schluß machte. An dieser guten Laune nahm alsbald alles teil; die Pferde warfen den Schaum nach hinten, die Schellen und Glöckchen läuteten, und wenn ein niedrighängender Zweig gestreift wurde, stäubte der Schnee in die Luft oder fiel in glitzernden Kristallen auf die Muffen und Bärendecken nieder. Und dabei Geplauder überall, auch in dem abschließenden Schlitten der Célibataires.

»Wo nur Bninski sein mag?« fragte Lewin. »Er schien so geneigt, uns zu begleiten.«

»So haben Sie nicht davon gehört?« antwortete Bummcke. »Jürgaß hat ihn gebeten, auf eine Teilnahme an der Partie zu verzichten.«

»Aber wie konnt' er nur? Ich wenigstens hätte mich eines solchen Auftrags nicht entledigen mögen.«

Bummcke lachte. »Sie kennen ja Jürgaß. Ich wette, daß es ihm leichter geworden ist als der müden Krähe, die da eben vor uns auffliegt, das Flügelschlagen. Er verfährt nach dem alten Grundsatz: ›Ehrlichkeit die beste Politik‹ und hat dem Grafen offen gesagt, daß sein Erscheinen eine Verlegenheit schaffen würde. Ich glaube nämlich, er hat eine Überraschung, irgend etwas Preußisch-Patriotisches vor. Sie wissen, er liebt dergleichen. Was ihm Bninski geantwortet, weiß ich nicht, nur so viel ist gewiß, daß ihr gutes Einvernehmen keine Störung erfahren hat. Es überrascht mich nicht. Jürgaß ist harmlos und der Graf eine vornehme Natur. Selbst seine Vorurteile beleidigen nicht. Er haßt uns, aber er haßt das Ganze, nicht die einzelnen. Denken Sie daran, Hirschfeldt, wie liebenswürdig er alles aufnahm, was Sie über Spanien lasen. Es ist nichts Kleinliches an ihm.«

Hirschfeldt nickte zustimmend, und während dieses Gespräch fortgesponnen und im Anschluß daran des letzten Abends bei Ladalinskis, der alten hochmütigen Exzellenz, der steifen und zeremoniellen Bischofswerder und zuletzt auch der zwischen beiden geführten Fehde gedacht wurde, passierten unsere Freunde den Steglitzer Park, über den die leichter und eleganter gebauten Schlitten der vier Mazurkapaare schon seit einer kleinen Weile hinaus waren. Lewin drang auf prompteren Anschluß, aber der Abstand blieb, und immer, wenn der Weg eine Biegung machte, sah der nachfolgende fünfte Schlitten die Flankenlinie der vier vorausfliegenden Gespanne, die blauen Schleier der Damen und die weißen Schneedecken, die sich im Winde bauschten und blähten.

An den ausgebauten Häusern von Zehlendorf vorbei ging es im Fluge auf das Stimmingsche Gasthaus am Wannsee zu, und Lewin, mit der Hand nach links deutend, wies jetzt auf eine umfriedete, nur an vier Pappeln erkennbare Stelle hin, wo sich seit Jahresfrist der Grabhügel Heinrichs von Kleist erhob. Hirschfeldt, damals schon in Spanien, wußte nichts von dem beklagenswerten Ereignis, und so fiel es seinen Gefährten zu, ihm von den letzten Schicksalen, dem Leben und Sterben eines Kameraden zu erzählen, mit dem er, als beide noch in derselben Garnison standen, wenigstens oberflächlich bekannt gewesen war. Von dieser Erzählung sprang das Gespräch bald zu seinen Dichtungen über, und der Charakter des Käthchens von Heilbronn, vor allem die dramatische Berechtigung oder Nichtberechtigung des Somnambulen war noch keineswegs festgestellt, als schon ihr Schlitten durch die defileeartige Schmalung hindurchglitt, die bei Kohlhasenbrück durch den dicht an die Straße herantretenden Fichtenwald und von der anderen Seite her durch das Röhricht des Griebnitzsees gebildet wird. Eine Minute später, und die verschneiten Weberhäuser von Nowawes, nicht viel größer wie winterliche Grabhügel, lagen zu beiden Seiten, und jetzt am Brauhausberg, dann an der Schloßkolonnade vorbei, ging es in das stille Potsdam hinein. Heute stiller denn je, denn der Hof und die Garden, wie es die alte Exzellenz an dem letzten Ladalinskiabend vorhergesagt hatte, waren seit einer halben Woche fort. Am Jägertore hielt Jürgaß, zehn Schritte weiter abwärts die Relais, und nachdem alle Herren und Damen ihren Reisemarschall begrüßt, ein paar Postknechte aber die Pferde gewechselt und die Sielen und Schellengeläute wieder aufgelegt hatten, ging es ohne weiteren Aufenthalt in immer rascherem Tempo in die Havellandschaft hinein. Denn das Ziel mußte noch vor Sonnenuntergang erreicht werden.

Es war jetzt zwei Uhr. Die Kuppeldächer der Communs und des Neuen Palais blinkten in der Nachmittagssonne, und unmittelbar dahinter dehnte sich das Golmer Bruch; Dorf Eiche mitsamt seinem Kirchturm schien darin zu versinken. Nun lag auch das zurück, und aus der Eis- und Schneewüste, zu der die sonst in seeartigen Flächen dahinfliegende Havel geworden war, ragten nur noch die Mastspitzen von ein paar Dutzend Kähnen auf, die der Frost auf ihrer Fahrt überrascht und zur Überwinterung im Eise gezwungen hatte. Dann kam Stadt-Werder, nur kenntlich an einer Rauchsäule, die über der großen Brauerei der Insel stand, und nun an niedrigen, aber steilen Hügeln vorbei, auf deren Abhängen nichts sichtbar war als Krähen und Schnee, jagten die Schlitten den nächsten Dörfern zu.

Die Gespräche stockten oder wurden einsilbiger; alles hatte nur noch einen Gedanken: das Ziel. Jürgaß übernahm die Führung, denn Groß-Kreuz war eben passiert, und der Weg, der jetzt nach links hin in den großen Lehniner Tannen- und Eichenforst einzubiegen begann, erheischte beides: ein scharfes Auge und eine sichere Hand.

Zuerst Tannen. Ah, wie die Stille des Waldes alles labte! Der Wind schwieg, und jedes Wort, auch wenn leise gesprochen, klang laut im Widerhall. Ein warmer Harzduft war in der Luft und steigerte das Gefühl des Behagens. Über den Weg hin, hier und dort, liefen die Spuren, die das Wildschwein in den Schnee gewühlt hatte; von den schwanken Zweigen flog das Rotkehlchen auf, und aus der Tiefe des Waldes hörte man den Specht. Nun kam eine große Lichtung, an deren entgegengesetzter Seite das Laubholz anfing, aber zunächst noch mit Tannen untermischt. Die Sonne glühte hinter den Bäumen, und je nachdem die Lichter fielen, schimmerte das braune Laub der Eichen golden oder kupferfarben, während die schwarzen Tannenwipfel wie scharfgezeichnete Schatten in der schwimmenden Glut des Abends standen. Alles war hingerissen von der Schönheit des Anblicks, und Lewin sah deutlich, wie eine kleine Hand nach der anderen sich aus dem wärmenden Muff zog und auf die Waldstellen hindeutete, wo sich die Schatten und Lichter so zauberisch mischten.

Bummcke entsann sich, selbstverständlich von Kopenhagen her, eines dieselben Abendtöne wiedergebenden Claude-Lorrain und wollte eben zu kunstwissenschaftlichen Betrachtungen übergehen, als der Wald, der kurz zuvor noch endlos geschienen, sich plötzlich öffnete und eine Anzahl zerstreuter Baulichkeiten ziemlich deutlich erkennen ließ. Und ehe noch unsere Reisenden sich zurechtgefunden und ihrer Überraschung Ausdruck gegeben hatten, hielten sie schon vor ihrem Ziel: der Klosterkirche von *Lehnin.*

War es Zufall oder hatte Jürgaß die Zeit ihrer Ankunft im voraus angegeben, gleichviel, aus der neben dem großen Rundbogenportale befindlichen Seitentür trat ihnen, ohne daß sie hätten klopfen oder warten müssen, ein kleiner hagerer Mann mit langem, weißem Haar entgegen, der alte Lehninsche Küster, nur um zwei Jahre jünger als sein Hohen-Vietzer Kollege Jeserich Kubalke. Er begrüßte die zunächststehenden Damen durch Abnehmen seines Käpsels, sprach ein paar Worte mit Jürgaß und öffnete dann, entweder weil dieser darum gebeten oder auch, weil er selber den Wunsch einer möglichst feierlichen Einführung hatte, die schwere mit Eisen beschlagene Mitteltür. In dieser, trotz des Zugwindes, der wehte, blieb er stehen, bis alle Besucher eingetreten waren.

Die Glut des Abends stand noch in den westlichen Scheiben, und ein roter Schimmer, der allem wieder einen Anflug von Leben lieh, fiel auch auf die Brautkränze, die vertrocknet und mit langen, ausgeblaßten Bändern an der gegenüber befindlichen Kirchenwand hingen. Es war die denkbar beste Stunde. Nichtsdestoweniger konnte keinem Beobachter entgehen, daß alles enttäuscht war, besonders die Damen. Sie hatten eben mehr erwartet.

»Wo sind die Grabsteine?« fragte die Matuschka mit der vollen Ruhe derer, die sich noch weitab davon fühlen.

»Sie dürfen keine Mehrheit von mir verlangen, gnädigste Gräfin«, antwortete Jürgaß, der sich mit dieser und Kathinka von dem Reste der Gesellschaft abgesondert und, weil er das Kloster genau kannte, der speziellen Führung der beiden jungen Damen unterzogen hatte. »Die Lehninschen Grabsteine, dank amtlicher und nichtamtlicher Verwüstungen, beschränken sich auf *einen.* Ich werde gleich die Ehre haben, Ihnen denselben vorzustellen.« Damit schritt er die Stufen zum hohen Chore hinauf, wo ein Mönch, in Stein geschnitten, auf seinem Grabe lag. Kathinka und die Matuschka folgten.

»Ich erwartete«, sagte die Gräfin, »einen Soldaten zu sehen«, setzte dann aber, sich schnell verbessernd, hinzu, »ich meine einen Krieger. Sie dürfen nicht lachen, Jürgaß. Es ist doch anzunehmen, daß die Markgrafen Krieger waren, mit Schild und Panzerhemd und einer Krone. Oder trugen sie keine? Sie schweigen wieder; das ist nicht recht; ein Führer muß immer sprechen. Jedenfalls müssen diese Markgrafen doch irgend etwas auf dem Kopfe gehabt haben. Es waren Askanier, wenn ich den alten Ladalinski recht verstanden habe.«

»Ja, Askanier oder Anhaltiner.«

»Nicht doch. Sie wollen mich verwirren. Wenn es Askanier waren, so können es keine Anhaltiner gewesen sein. Der alte Dessauer, der auf dem Lustgarten steht und von dem sie bei großen Militärkonzerten den Marsch mit dem langen Trompetensolo spielen, *der* war ein Anhaltiner … Aber was ist denn das?« Und dabei stieß die schöne Gräfin mit ihrer Fußspitze an einen Baumstumpf, der, selber hart wie Stein, etwa zwei, drei Handbreiten hoch sich aus dem Steinboden erhob.

»Das ist das Überbleibsel von jenem Eichenstamm, aus dem vor so und so vielen Jahrhunderten, mit deren näherer Angabe ich Sie nicht belästigen will, das gesamte Kloster Lehnin emporgewachsen ist. Unter diesem Baume, als er noch ein Baum und nicht ein Stumpf war, hatte Markgraf Otto, der erste seines Namens, einen Traum, der ihm Gefahr in diesen Wäldern prophezeite. Markgraf Otto aber war ein Sohn Albrechts des Bären, von dem gnädigste Gräfin vielleicht gehört haben werden.«

»Gewiß, gewiß; Heinrich der Löwe, Albrecht der Bär.«

»Sehr gut. Nun, also Markgraf Otto hatte einen bösen, unheilverkündenden Traum, und seine Mannen, die auch christliche Askanier waren, drangen, als sie von dem Traume hörten, in ihn, eine schutzgebende Burg gegen die Wenden zu bauen.«

»Gegen die Wenden? Was sind Wenden?«

»Wenden hießen die heidnischen Völkerschaften, die damals hier zu Hause waren.«

»Nun gut. Und was tat nun der Markgraf?«

»Er erwiderte: ›Eine Burg gegen die Wenden will ich gründen, aber eine Burg, von der aus unsere teuflischen Widersacher‹, darunter verstand er die Wenden, ›nicht durch Waffenlärm, sondern durch heiligen Gesang verscheucht werden sollen.‹ Und so baute er ein Kloster. Und dies Kloster hieß Lehnin.«

Während dieser Auseinandersetzung waren sie weitergeschritten bis an das Querschiff der Kirche, in dem alle möglichen Bilder in wurmstichigen, halbzerstörten Holzrahmen hingen, so daß oft ganze Stücke herausgefallen waren. Vor dem größten dieser Bilder blieb Kathinka, die den Arm der Matuschka genommen hatte, stehen und sagte zu Lewin, der mittlerweile von der andern Gruppe her sich ihnen angeschlossen hatte: »Wie häßlich. Es sieht aus wie ein Jahrmarktsbild.«

»Es ist auch etwas derart. Selbst die Einteilung in Felder, wie die Damen bemerken werden, ist uns nicht erspart geblieben. Allerdings hat es der Künstler bei einer bloßen Zweiteilung, bei einem einfachen Oben und Unten bewenden lassen. Oben das greuliche Durcheinander ist die Ermordung des ersten Lehniner Abtes, den die Wenden erschlugen, weil sie ihn in Verdacht eines Liebesabenteuers hatten.«

»Ich nehme an, ohne Grund«, sagte Kathinka.

»In meiner Eigenschaft als erster Tugendrat von König Ring würd' es mir schlecht anstehen, einen Zweifel dagegen auszusprechen. Ich wünschte nur, daß auch der Maler nachsichtiger mit ihm verfahren wäre.«

»Es ist vielleicht schon aus der protestantischen Zeit.«

Lewin wollte die gereinigte Lehre rein von der Schuld dieses Bildes halten und begann eben eine Auseinandersetzung, als Jürgaß ihn darin unterbrach und zur Eile mahnte, da, nach dem durchaus einzuhaltenden Programm, innerhalb der nächsten zehn Minuten nicht nur die draußenliegende Trümmerhälfte der Kirche, sondern auch noch die Reste des Klosterkreuzganges und der denselben einschließenden alten Baulichkeiten besichtigt werden müßten.

Diese mit lauter Stimme gesprochene Jürgaßsche Mahnung war nicht bloß von Lewin gehört worden, und alles eilte, um ihr zu gehorchen, dem Ausgange zu. Nur die Gräfinnen Seherr-Thoß und Zierotin, die sich bei dem Bilde des ermordeten Abts in Vermutungen und heiteren Spottreden erschöpft hatten, waren zurückgeblieben und erschraken jetzt, als sie sich plötzlich mit den Braut- und Totenkronen allein sahen, in denen es unter dem hereinwehenden Zugwind zu rascheln begann. Das Abendrot in den Scheiben war immer grauer geworden; unheimlich sahen sie sich um und suchten nach dem Ausgang, den sie, bang und verwirrt, trotzdem sie ganz in seiner Nähe standen, nicht finden konnten. Endlich kam der Küster und geleitete sie hinaus. Sie machten ihm kein Hehl aus ihrer Furcht und nickten ihm freundlich zu, als er den Schlüssel wieder im Schloß drehte.

Unter den Trümmern draußen – die spätere gotische Hälfte der Kirche war eingestürzt – fanden sich alle wieder zusammen; aber ihres Bleibens war an dieser Stelle nicht. Sie lugten nur eben in einen stehengebliebenen Wendeltreppenturm hinein, zeigten einander die Ebereschensträucher, die auf den Schrägungen der Strebepfeiler mehr durch Schnee als Erdreich festgehalten schienen, und schritten dann über einen quadratischen Hof hin, der, von alten und neuen Klostergebäuden, von Klafterholz und Heckenzäunen eingefaßt, einen wunderlich gemischten Anblick von Glanz und Dürftigkeit gewährte. An einer stehengebliebenen Feldsteinmauer entlang, der man nach innenzu eine Art Sommerdach gegeben hatte, lief eine Kegelbahn, auf deren Lattenrinne die Kugeln wie in Schnee eingemauert lagen. In einer der Ecken dieses Schuppens waren Bohnenstangen kreuz und quer zusammengeworfen, während rechts daneben, wo das Klafterholz aufgeschichtet lag, auf einem überragenden Pfeilerstück ein paar Berberitzensträucher standen, die mit ihren tiefroten Beeren über die nachbarlichen, schon gelblich werdenden Ebereschenbüschel spotten zu wollen schienen. Alles das wurde nur im Fluge mitgenommen, und müde des Schauens, aber voller Verlangen nach einem Mittagsmahle, dem übrigens alle, die Jürgaß kannten, mit unbedingtem Vertrauen entgegensahen, stiegen jetzt die Paare einige neben dem Kegelschuppen befindliche hohe Stufen hinauf, die in ein langes, halb aus Feldstein, halb aus Backstein aufgemauertes Gebäude führten: das alte Refektorium.

Es war eine hohe, halbzerstörte Halle, die nur an ihrem unteren Ende noch ein schützendes Dach hatte. Unter dieser geschützten Stelle war eine lange Tafel gedeckt, an deren einer Schmalseite – und zwar da, wo dieselbe die jenseitige Giebelwand zu berühren schien – ein mächtiges Kaminfeuer brannte, während an den zwei Langseiten hin sechs in Helm und Brustharnisch gekleidete Klosterknechte standen, alle mit Fackeln in der Hand. An jeder Seite drei. Das »Ah!«, das laut wurde, war der eigentlichste Reisemarschallstriumph dieses Tages.

Die Plätze waren gelegt. Lewin, der sich während des Besuches in der Kirche rascher, als es sonst wohl seine Art war, mit der schönen Matuschka befreundet hatte, saß zwischen dieser und Kathinka. Jürgaß präsidierte. Die hohe Kaminflamme in seinem Rücken, erhob er sich, um ein Wort der Begrüßung zu sprechen.

»Ich heiße Sie, meine Freunde, willkommen in diesen Räumen, in denen ich selber ein Gast bin. *Wie* sie sich mir erschlossen haben, ist mein Geheimnis. Ob es der Frater Hermannus war, der, seine Weissagungen rezitierend, mich persönlich in Küche und Keller umherführte, oder ob aus näherliegender Zeit der Erbring meiner Vettern, der Bredows, hier seine Wunder wirkte, das eine wie das andere hüllt sich in Dunkel. Genug, wir sind da, und die Tafel ist gedeckt. Und nun, dienende Brüder, an euer Werk!«

Diese letzten Worte waren an vier zu beiden Seiten seines Sessels stehende Mönche gerichtet, die trotz der besten Absicht, als Lehninsche Zisterzienser angesehen zu werden, doch durchaus in dem Kostüm eines Maskenballkapuziners steckengeblieben waren. Sie trugen braune, mit einem Strick umgürtete Kutten, und während einer von ihnen die Humpen mit Werderschem Bier zu füllen, ein zweiter den Wildschweinskopf und dann den Hirschrücken umherzureichen begann, schritten die beiden andern langsam die Halle hinunter bis an die Stelle, wo das Dach fehlte und ein letzter Rest von Tageslicht auf den Fußboden fiel. Hier war eine Falltür aus alter oder neuer Zeit, in die jetzt einer der Fratres, der einen brennenden Kienspan in Händen hielt, hinabstieg, während der andere auf der aufgeklappten Tür stehenblieb und von Zeit zu Zeit neugierig in das Kellerloch hinunterblickte. Bald wurden Flaschen, die, weil sie weder Staub noch Spinnwebe zeigten, nicht lange an dieser Stelle gelagert haben konnten, hinaufgereicht und von dem obenstehenden Bruder in Empfang genommen, der dann mit einer Gewandtheit, an der sich die Jürgaßsche Schule leicht erkennen lieg, die Korke zu ziehen und den goldenschimmernden Rheinwein in die grünen Römer einzuschenken begann. Sein Konfrater (der mit dem brennenden Kienspan) war in dem Keller zurückgeblieben. Niemand dachte seiner mehr.

An der Tafel belebte sich inzwischen die Unterhaltung; die Damen waren ausgelassen, am ausgelassensten aber Lewin, der – nicht unempfindlich gegen das Entgegenkommen der augenscheinlich ein Gefallen an ihm findenden schönen Gräfin – vor allem in dem Bewußtsein glücklich war, sich endlich einmal Kathinka gegenüber in einer anderen Rolle als in der des von ihr verspotteten Träumers zeigen zu können. Ihre Neckereien, in denen sich mehr und mehr ein Anflug von Eifersucht oder verletzter Eitelkeit aussprach, steigerten nur sein Wohlgefühl und seine gute Laune.

»Haben Sie denn, gnädigste Gräfin«, wandte er sich an diese letztere, »das weiße Fräulein bemerkt, als wir in den Wendeltreppenturm hineinsahen? Ich schrak zusammen; es war ein vollkommenes Bild unglücklicher Liebe.«

Die Gräfin lachte; Kathinka aber sprach an Lewin vorbei: »Glaub' ihm nicht, Wanda; er weiß nichts von unglücklicher Liebe. Ihm ist nie zu trauen, am wenigsten aber seinen Geschichten. Er erfindet sich, was ihnen fehlt.«

»Desto besser«, sagte die Matuschka. »Ich mache mir nichts aus wahren Geschichten. Die wahren Geschichten sind immer langweilig oder häßlich. Bitte, Herr von Vitzewitz, erzählen

Sie mir von dem ›weißen Fräulein‹. Ganz auf Diskretion. Aber etwas recht Hübsches: Mönch, Liebe, Sehnsucht.«

»Ja, gnädigste Gräfin, da haben Sie die Geschichte schon vorweg erzählt. Mönch, Liebe, Sehnsucht – das ist alles.«

»Oh, tun Sie noch ein wenig hinzu.«

»Ich darf es nicht, so gern ich Ihnen zu Diensten wäre. Solche Geschichten sind sehr empfindlich und nehmen es übel, wenn man an ihnen rührt oder sie gar verbessern will. Das weiße Fräulein geht treppauf, treppab und sucht den Mönch, den sie liebt. Aber er verbirgt sich ihr. Um Sonnenuntergang tritt sie dann auf den Söller und breitet die Arme sehnsüchtig nach ihm aus, als habe sie ihn gesehen. Aber es war nur ein Schein. Dann setzt sie sich in den Pfeilerschatten und weint.«

»Das ist hübsch«, sagte die Matuschka, auf deren immer lachendem Gesicht es einen Augenblick wie Teilnahme oder Trauer zitterte. Denn sie war weniger glücklich, als sie schien. Kathinka aber warf den Kopf in den Nacken und sagte: »Ich höre nicht gern von unglücklicher Liebe.«

»Und doch ist die Welt voll davon«, antwortete Lewin.

»Vielleicht gerade deshalb, daß ich sie nicht mag. Es ist so alltäglich, so tödlich, immer wieder dasselbe. Ich begreife keine unglückliche Liebe.«

»Die Reichen begreifen nie, daß es auch Arme gibt.«

Aber Kathinka hörte nicht, und in ihrer Vorliebe für Paradoxien auch vor dem Gewagtesten nicht zurückschreckend, gefiel sie sich jetzt darin, ihren einmal ausgesprochenen Satz in heiterem Spiele weiter auszuführen:

»Wenn Liebe nicht glücklich sein kann, sollte sie gar nicht sein. Ich entsinne mich nicht, in der Bibel (ich meine im Alten Testament, wo die Menschen noch menschlicher waren) von einer unglücklichen Liebe gelesen zu haben. David liebte glücklich, Salomo noch mehr. Wenn man etwas sagen kann, so ist es vielleicht das, daß sie *zu* glücklich liebten. Unglückliche Liebe ist eine neue Erfindung, wie die Buchdruckerkunst oder das Spinnrad. Ja, wie das Spinnrad. Das surrt und summt, und endlos wird der tränennasse Faden weitergesponnen.«

Die Matuschka horchte verwundert auf; Kathinka aber, durch diese Wahrnehmung eher angespornt als eingeschüchtert, fuhr in sich steigerndem Übermute fort: »Und nun gar ein ›weißes Fräulein‹, das einen Mönch liebt. Man liebt überhaupt keinen Mönch. Wenn man ihn aber liebt – und ich ertappe mich plötzlich auf der Laune, nur noch Mönche lieben zu wollen –, so muß man ihn so lieben, daß kein Kloster der Welt ihn halten und verbergen kann. Aber Pardon, Wanda! Du mußt lachen; deshalb sprech' ich ja. Lewin bitt' ich nicht um Entschuldigung, weil ich ihm wieder ansehe, daß er alles glaubt, was ich eben gesagt habe.«

Es war inzwischen immer dunkler geworden, und an der dem Kamin gegenübergelegenen Giebelwand lag nur noch ein grauer Dämmer, den dann und wann ein helleres Aufleuchten der weiter oben in der Halle stehenden Fackeln durchblitzte. Man sah auch in diesem ungewissen Scheine, daß es draußen leise zu schneien begonnen haben mußte, denn durch das offene Dach fielen einzelne große Flocken. Jeder fröstelte, und die Damen zupften ihre Pelzröcke höher an den Hals hinauf. Das war die Stimmung, die Jürgaß brauchte; er erhob sich jetzt, um nach seinen ersten, bei Beginn des Mahles gesprochenen Begrüßungsworten die eigentliche Rede des Tages zu halten.

»Es hat Ihnen gefallen«, so begann er, »in Lehnin meine Gäste zu sein, in demselben Lehnin, an dessen vor vierhundert Jahren durch Frater Hermannus aufgezeichnete Weissagungen die Feinde Preußens so oft und so frohlockend erinnert haben, vor allem in diesen Tagen der Erniedrigung, in denen gehässiger Scharfsinn herausgerechnet hat, daß jetzt die Stunde da sei, von der uns die Prophezeiung berichtet: ›Und dem Letzten seines Stammes wird das Zepter aus der Hand geschlagen werden.‹ Aber diese Feinde Preußens haben nicht zu Ende gelesen, und wir, die wir andern Sinnes sind, lesen uns eine andere, schönere Stelle heraus, in der es anschließend an jene Worte der Trauer heißt: ›Und die Mark vergißt all ihrer Leiden, und kein Fremdling darf fürder über sie frohlocken.‹ ja, meine Freunde, *diese* Stunde ist da, und weil sie da ist, ruf' ich in ebendieser Halle, die nun bald wieder – auch *das* verkündet uns die Weissagung – im Glanze eines neuen goldenen Daches in alle Lande hineinleuchten wird: Vivat Borussia! Was aber aus Nacht geboren wurde, versink auch in Nacht. Pereat Bonaparte!«

Das Pereat verklang, ohne daß es, zunächst wenigstens, beantwortet worden wäre, denn während Jürgaß noch seine letzten Worte sprach, war unten in der Halle, genau da, wo die Falltür sein mußte, ein dunkelqualmiges, aus der Tiefe kommendes Licht sichtbar geworden, und aus ebendiesem qualmigen Lichte hatte sich zittrig und wackelnd erst ein Hut von wohlbekannter Form und dann ein kurzer französischer Uniformrock erhoben, mit schlaff herabhängenden Ärmeln und allerhand wunderlichem Fingerwerk, von dem sich nicht hatte erkennen lassen, ob es menschliche Hände oder abgestutzte Wurzelzweige waren. Einen Augenblick stand die Erscheinung und sah kopf- und augenlos die Halle hinunter; dann versank sie wieder in dieselbe Tiefe, aus der sie aufgestiegen war. Und mit schwerem Schlage, der durch die Halle dröhnte, schlug die Falltür zu.

Nun erst löste sich der Bann, und die Grafen Seherr-Thoß und Zierotin, die Jürgaß zunächst saßen, wiederholten jetzt das Pereat, in das alle übrigen Gäste in rasch wiedergewonnener Tafelheiterkeit einstimmten. Nur Hirschfeldt schwieg; er hatte sich draußen in der Welt im Kampfe gegen den »großen Feind der Menschheit« einen Respekt vor eben diesem Feinde erworben, der ihn an Szenen, in denen der renommistische Ton des Regiments Gensdarmes nachklang, wenig Gefallen finden ließ.

Eine kurze Weile noch ging das Geplauder und wechselten die Reden, unter denen auch ein kurzer, in pointierter Weise gesprochener Toast Kathinkas auf den »Reisemarschall« war; dann erhob sich dieser und sagte, auf das beinahe niedergebrannte Kaminfeuer deutend: »Es erlischt, und mit ihm unser Fest.«

Und damit war das Zeichen zum Aufbruch gegeben. Als sie gleich darauf, von den Fackelträgern begleitet, paarweise die Halle hinunterschritten und an der Falltür vorüberkamen, lag diese, weil der Luftzug hier die Flocken gegen die Giebelwand getrieben haben mochte, höher unter Schnee als die andern Teile der offenen Halle. Jürgaß, der den Zug führte, wies darauf hin und sagte: »Begraben in Schnee.« Und mit diesen Worten hatten alle den Ausgang erreicht, stiegen die hohen Steinstufen hernieder und nahmen ihre Plätze in den Schlitten, die bereits vorgefahren waren.

Eine Viertelstunde später lag alles, Lehnin und seine Kirche, das Refektorium und die »Erscheinung im kleinen Hut« wie ein Traum hinter ihnen, und durch den stillen Wald hin hörte man das Gespräch und das Lachen der einzelnen Paare.

Man war übereingekommen, frischerer Unterhaltung halber an den einzelnen Stationspunkten die Plätze zu wechseln. Die Fahrt auf der ersten Station machte Lewin mit Jürgaß, bei welcher Gelegenheit ihm auch Auskunft wurde, mittelst welcher alten Beziehungen sich das In-Szene-Gehen dieses Lehniner Festes überhaupt ermöglicht hatte; in Groß-Kreuz indessen bei dem eintretenden Plätzewechsel kam Jürgaß an die Seite der Matuschka, während sich Kathinka Lewin als ihren Partner erbat.

»Du scheinst dich vor mir zu fürchten; aber das Törichtste, Freund, ist immer die Furcht. Da du mich zu wählen versäumtest, wähl' ich dich. Und so ist es immer; das Unglück, das wir fliehen wollen, läuft uns nach.«

Und ehe noch die letzten Worte gesprochen waren, flog der Schlitten, auf dessen schmaler Holzpritsche Lewin Platz genommen hatte, die Groß-Kreuzer Eichenallee hinauf und bog dann in den schmalen Uferweg ein, der sich zwischen der scheinbar endlosen, in Eis und Schnee daliegenden Havelfläche und den verschneiten Plateauabhängen hinzog.

Sie waren schon eine gute Strecke gefahren, ohne daß ein Gespräch versucht oder auch nur ein einziges Wort gewechselt worden wäre; endlich sagte Lewin, indem er sich vorbeugte:

»Gib mir deine Hand, Kathinka.«

Sie tat es, und er bedeckte sie mit Küssen. »Ich kann nicht ohne dich leben«, sprach er an ihrem Ohr. »Habe Mitleid mit mir; sage mir, daß du mich liebst. Ich solle nicht töricht sein, schriebst du, und ich solle keine Gespenster sehen. Ach, es ist an dir, Kathinka, sie zu bannen.«

Sie schwieg. Und nur das Schnauben der Pferde und das Läuten der Glocken klang durch die Öde hin. Lewin aber fühlte nichts als ihren Atem und hörte nichts als das Hämmern seines eigenen Herzens.

»Denkst du noch an Silvestertag, wo wir nach Guse fuhren und die Strophen memorierten? Es war eine entzückende Fahrt, und ich war so glücklich.«

Kathinka nickte.

»Aber Tubal war damals mit uns, und ich sagte mir hundertmal in meinem Herzen: ›Oh, daß wir doch allein wären!‹ Und nun sind wir allein, Kathinka ... Du meintest, ich fürchtete mich. Ja, man fürchtet sich vor seinem Glück.«

Sie entzog ihm ihre Hand; er aber, wohl empfindend, daß es nicht im Unmut war, fuhr in wachsender Erregung fort: »Ja, allein mit dir; darin liegt all mein Glück. Ach, daß doch diese Stunde wüchse und mein Leben würde und daß ich so hinführe mit dir über die Welt, in Schnee und Wind, und nichts fühlte als dein wehendes Haar an meiner Stirn.«

Es schien ihm, daß seine Worte nicht ungehört verklangen, denn in einem andern als ihrem gewöhnlichen Tone sprach sie halbleise vor sich hin: »Gib mir die Zügel, Lewin.«

»Du hast sie, heut' und immer.«

»Aber ich brauch' einen freieren Arm, um sie zu führen; hilf mir dazu.«

Und er nahm ihr den leichten Seidenmantel von Arm und Schulter und legte die Zügel in ihre Hand.

Die Pferde, als empfänden sie die straffere Führung, griffen im Augenblicke rascher aus, und der im Winde rückwärts wehende Mantel umflatterte Lewins erglühendes Gesicht. Unendliche Sehnsucht erfüllte sein Herz und zuckte und fieberte in jedem Tropfen seines Bluts, als Kathinka jetzt in der Wonne des Fahrens und Dahinfliegens sich weiter in den Sitz zurückwarf und ihre Schulter leicht an seine Brust lehnte. Aber die Scheu, die sein angeboren Erbteil war, überkam ihn wieder, und es war ein einziger Kuß nur, den er zitternd auf ihren Nacken drückte.

So vergingen Minuten; dann sagte Kathinka: »Der Wind geht zu scharf, Lewin; hilf mir wieder in meinen Mantel.« Es klang fast wie Spott. Er empfand es, aber gehorchte.

Nun schwiegen beide, und über die Havelbrücken hin flog ihr Schlitten. Die Sterne standen winterklar am Himmel, die Schneefelder blinkten und blitzten, und bald auch, in silbergrauem Dämmer, stiegen wieder die Kuppeln der Communs und die breiten Massen des Neuen Palais vor ihren Blicken auf. Da war das Jägertor, und an der alten Stelle warteten die Relais. Lewin und Kathinka waren die ersten; er half ihr von ihrem Sitz und küßte ihr die Hand. Sie sah ihn groß an, aber freundlich, und sagte nur, jedes Wort betonend: »Du bist ein Kind.«

Nicht lange, so waren auch die anderen Schlitten heran; die Pferde wurden gewechselt, die Plätze auch; Tubal nahm wieder den Sitz neben der Schwester.

Und so ging es in neuem Jagen auf Berlin zu.

16. KAPITEL

Kathinka

Die Wintersterne, die während der Lehniner Rückfahrt so funkelnd am Himmel gestanden hatten, hatten einen hellen Tag versprochen, und dieser helle Tag war nun da. Die Sonne, wo sie scharf hinfiel, schmolz den Schnee von den Dächern, und als sie gegen Mittag ihren höchsten Stand beinahe erreicht hatte, sah sie scharf an dem Nikolaikirchturm vorbei in Kathinkas Zimmer hinein. Es war ein so blendendes, in steiler Schrägung einfallendes Licht, daß das grüne Rouleau bis zur Hälfte des hohen Fensters hatte herabgelassen werden müssen, aber auch jetzt noch hatte jeder Gegenstand eine volle Beleuchtung, und diese war es, die samt den mit frischen Hyazinthen besetzten Blumentischen den anheimelnden Eindruck unterstützte, den das sorglich gehaltene Zimmer zu jeder Zeit zu machen pflegte. Einiges in seiner Einrichtung war während der letzten zwei, drei Tage geändert worden. Vor dem Sofa, auf dem an jenem Abende, wo die Lehniner Partie verabredet worden war, die alte Exzellenz gethront und nach anfänglicher Kriegführung mit beinahe jedem Mitgliede der Gesellschaft schließlich ihren Frieden mit allen geschlossen hatte, fehlte heute der runde Tisch, über den hin damals der Streit der Meinungen gegangen war, und nur ein großer Teppich lag statt dessen an ebendieser Stelle ausgebreitet, ein Musterstück Brüsseler Weberei, auf dem Frau Venus mit ihrem Taubengespann durch die Lüfte zog. Es war derselbe Teppich, dessen durch Farbenpracht ausgezeichnetes Bild unsren Freund Lewin auf seiner Weihnachtsfahrt nach Hohen-Vietz, wo wir zuerst seine Bekanntschaft machten, bis in seine Träume hinein begleitet hatte. Denn sein letzter Besuch an jenem Tage hatte dem Ladalinskischen Hause gegolten.

Das lag nun einen Monat zurück, und heute war es das Auge Kathinkas, das sich vom Sofa her auf dieses Teppichbild richtete. Aber sie sah es, ohne es zu sehen, denn vor ihrer Seele standen andere Bilder, bunt und lachend, und doch ein tiefer Schatten darüber hin. Was war es, das diesen Schatten warf?

Es schien, daß jemand von ihr erwartet wurde, wenigstens horchte sie von Zeit zu Zeit nach der Türe hinüber. Aber es blieb still, und in wachsender Unruhe erhob sie sich endlich und schritt auf die Blumentische, dann auf den Stehspiegel zu, um das eine oder andere an ihrem Anzuge zu ändern. Es war eine Morgentoilette, ähnlich jener, die sie am Tage ihrer Rückkehr aus Guse während ihres Gesprächs mit dem Vater getragen hatte: ein weißbordierter, dunkler Morgenrock mit Pelerine und großen, birnenförmigen Schnurösen, die in weiße Perlmutterknöpfe einhakten. Niemand würde das Geringste an ihrer Erscheinung vermißt haben, nur sie selber schien nicht zufrieden, ordnete ihr Haar immer wieder und wechselte mit dem Musselintuch, das sie leicht geknüpft um den Hals trug. Dann ging sie wieder auf das Sofa zu, warf sich in die eine Ecke desselben und legte den Fuß auf ein Taburett, das sie schon vorher auf den Teppich gestellt hatte. In der Ecke lag ein Buch. Sie schlug es auf und versuchte zu lesen; aber umsonst, sie konnte ihre Aufmerksamkeit nicht zwingen.

In diesem Augenblicke trat der Graf unangemeldet ein, und sie zog den Fuß von dem Kissen, ohne sonst ihre Haltung zu ändern. Es schien, daß sie sich an demselben Morgen schon gesprochen hatten; kein Wort der Begrüßung wurde laut. Er trat an sie heran und küßte ihr die Hand.

»Und was bringst du?« fragte sie mit wiedergewonnener Ruhe.

»Die Entscheidung.«

»So sprich, erzähle«, fuhr sie fort, während sie mit dem Zeigefinger auf die Fingerspitzen ihrer linken Hand tupfte. »Ich weiß alles und will es doch von dir hören. Wie verlief es? Ich hoffe, daß dich nichts verletzt hat, kein Wort, keine Miene.«

»Nein«, antwortete der Graf, indem er sich auf das Taburett setzte und Kathinkas Hand in seine Linke nahm. »Er hörte mich ruhig an. Als ich geendet, legte er das Elfenbeinmesser, mit dem er nach seiner Gewohnheit spielte, beiseite und sagte, ich glaube wörtlich: ›Ich bin nicht überrascht, Graf; ich habe diesen Antrag erwartet, offengestanden gefürchtet. Sie wissen ohne Versicherung, daß sich diese Bemerkung nicht gegen Ihre Person richtet. Ihnen den vollkommensten Beweis davon zu geben, wäre leicht, wenn ich nicht Punkte dabei berühren und Bedingungen stellen müßte, die Sie nach einer andern Seite hin verletzen und Ihre Zustimmung nie finden würden.‹«

Kathinka lächelte.

»Das alte Lied«, sagte sie.

»Ja«, fuhr Bninski fort, »er will mit Polen, mit unserem Lande, ein für allemal gebrochen haben, und daß ich es kurz mache, er schloß damit, daß eine Verbindung zwischen uns aus zwei Gründen untunlich und, wie er glaube, unmöglich sei: des Hofes halber und seiner Erinnerungen halber. Das letztere begreif' ich, das erstere nicht.«

»Und doch ist beides in einem Zusammenhang«, antwortete Kathinka, »dies Zugeständnis sind wir ihm schuldig. Er bedarf des Hofes. Weil er die Brücken abgebrochen und sich und uns, sei es mit Recht oder Unrecht, aus dem heimischen Boden in einen fremden verpflanzt hat, kann er besonderer günstiger Bedingungen nicht entbehren, um in dem fremden Boden aufs neue Wurzel zu schlagen. Unter diesen günstigen Bedingungen aber, wie ich dir nicht erst zu sagen brauche, steht der Sonnenschein des Hofes obenan.«

»Vielleicht«, sagte Bninski, »oder meinetwegen auch gewiß. Es bleibt schließlich doch, wie es ist, und ich fass' es nicht, warum er gerade *diesen* Boden wählte. Und *daß* er ihn wählte, das entscheidet nun über uns. Denn was er anzudeuten schien, einen Friedensschluß auch meinerseits mit diesem Lande zu machen, nie, nie, Kathinka. Auch nicht um dich.«

Er blieb stehen und schlug heftig die Finger ineinander. Dann, als ob er sich die Verkehrtheit des alten Ladalinski in einer Art Selbstgespräch klarzumachen suche, sprach er vor sich hin: »Was zog ihn nur hierher? Gerade *ihn*? Es bleibt ein Rätsel und ein Widerspruch. Denn er hat einen Überschuß von jenem Edelsinn, dessen gänzliches Fehlen in diesem Lande mir dieses Land so widerwärtig macht. Er ist großer Opfer und großer Entschlüsse fähig, und selbst der unheilvolle Schritt, der ihn in die Selbstverbannung trieb, trägt immer noch den Stempel der Entsagung an der Stirn. Und was herrscht nun hier? Der Vorteil, der Dünkel, die großen Worte!«

»Auch *du* singst dein altes Lied«, sagte Kathinka.

Aber Bninski hörte nicht, und ohne die Stellung zu wechseln, fuhr er in wachsender Erregung fort: »Er ist ein Pedant. Da war er freilich hier am Ort. Denn alles, was hier in Blüte steht, ist Rubrik und Formelwesen, ist Zahl und Schablone, und dazu jene häßliche Armut, die nicht Einfachheit, sondern nur Verschlagenheit und Kümmerlichkeit gebiert. Karg und knapp, das ist die Devise dieses Landes. Ich war noch ein Kind, da las ich auf der Krakauer Schule von den Alten-Fritzischen Grenadieren, daß sie Westen getragen hätten, die gar keine Westen waren, sondern nur rote dreieckige Tuchstücke, die gleich an den Uniformrock angenäht waren. Und wahr oder nicht, diese dreieckigen Tuchlappen, ich sehe sie hier in allem, in Kleinem und Großem. Angenähtes Wesen, Schein und List, und dabei die tiefeingewurzelte Vorstellung, etwas Besonderes zu sein. Und woraufhin? Weil sie jene Rauf- und Raublust haben, die immer bei der Armut ist. Nie ist es satt, dieses Volk; ohne Schliff, ohne Form, ohne alles, was wohltut oder gefällt, hat es nur *ein* Verlangen: immer mehr! Und wenn es sich endlich übernommen hat, so stellt es das Übriggebliebene beiseite, und wehe dem, der daran rührt. Seeräubervolk, das seine Züge zu Lande macht! Aber immer mit Tedeum, um Gott oder Glaubens oder höchster Güter willen. Denn an Fahneninschriften hat es diesem Lande nie gefehlt.«

»Ich erkenne dich nicht mehr«, unterbrach ihn Kathinka. »Du sprichst dich aus dem Recht in das Unrecht hinein. Du fühlst selbst die Übertreibung, zu der dich Vorurteil und Bitterkeit fortreißen.«

»Nein, ich übertreibe nicht. Ich lese nur die Rückseite der Medaille, weil ich sie lesen *will*. Mag ein anderer sie wieder umkehren und sich an der obenaufliegenden Herrlichkeit erfreuen, Bild oder Schrift, ich bin es zufrieden. Es mag etwas Großes damit sein, nur nicht für mich und auch nicht für *ihn*«, und dabei wies er mit der Linken nach dem an der entgegengesetzten Seite des Hauses gelegenen Zimmer des Geheimrates hinüber. »Auch nicht für *ihn*, sag' ich, denn er ist Pole vom Wirbel bis zur Zeh'. Er täuscht mich nicht mit seiner loyalen Preußenmiene. Preußen! Warum gerade Preußen, das uns zuerst um dreißig Silberlinge verschacherte. Jetzt ist es freilich selber an die Kette gelegt; aber auf wielange? ... Preußen! Preußen! Warum nicht Frankreich? Warum nicht Rußland, grundschlecht, wie es ist! In seiner Sündenblüte hat es doch wenigstens den Mut, sich zu seinen Taten zu bekennen. Aber nein, es mußte Preußen sein. Und dieses Preußen, in dem der Ladalinskistamm, einer Einbildung, einer Marotte zuliebe, neu blühen und Wurzel schlagen soll, *das* tritt nun zwischen dich und mich, und um des vielleicht ausbleibenden Lächelns dreier Prinzlichkeiten willen geht in dieser Zeit, in der Gott sei Dank mehr Prinzen auf den Schlachtfeldern als in fürstlichen Wochenstuben geboren werden, unser Glück wie eine Feder in die Luft. Soll es das, Kathinka?! Bist du entschlossen?«

Sie schwieg.

»Lieben wir uns?«

»Du sagst es.«

»So seh' ich nur *einen* Weg. Und du wirst den Entschluß dazu fassen können. So denk' ich, so hoff' ich.«

Kathinka legte die Hand an ihre Stirn; dann, als entsänne sie sich auf etwas Zurückliegendes, sagte sie: »Ich versprach ihm, nichts zu tun, das seine Stellung untergraben oder seine Zugehörigkeit zu diesem Lande neuen Verdächtigungen aussetzen könnte.«

»Und dies Versprechen wirst du halten. Die Flucht wirft alle Schuld auf *uns*.«

»Und doch ist ein Schwanken in mir«, fuhr Kathinka fort. »Nicht, daß ich vor meinem Anteil an dieser Schuld erschräke. Du weißt, wie ich bin, und was an Furcht in mir ist, geht unter in der Lust am Wagnis. Also nicht um mich. Aber um *deinetwillen;* aus Liebe zu dir. Du sollst nicht in einem falschen Lichte dastehen. Und du wirst es. Wie bittere Worte werden fallen ... von Tubal ...«

»... Von Lewin ...«

»Nenne nicht seinen Namen. Es schmerzt mich; denn es ist keiner, den ich mehr gequält und dem ich tiefer verschuldet wäre. Und nun tu' ich ihm das Schwerste! Er liebte mich, und ich war ihm gut von Jugend auf. Das ist nun vorbei. Aber du irrst, wenn du glaubst, daß bittere

Worte von *seinen* Lippen kommen werden. Nicht von ihm; aber die andern! Erinnere dich des Ballabends, als du von General Yorks Kapitulation hörtest, und denke deines spöttischen ›Sans doute‹, womit du der alten Exzellenz ihre feierliche Geschichte von dem kronprinzlichen Einsegnungsringe verdarbst. Was war die Meinung von alledem? Eine tiefe Verachtung gegen das, was sich hierlandes als ›deutsche Treue‹ gibt. Und nun frag' ich dich, üben wir die Treue, übst *du* sie?«

»Auch nicht ihr Gegenteil«, antwortete Bninski.

Kathinka schüttelte den Kopf.

Der Graf aber fuhr fort: »Und wenn es wäre, wie du meinst, Kathinka, so sprich ein Wort und laß es mich einsehen, *daß* es so ist, und ich will dem, was ich tue, kein Mäntelchen umhängen. Ich bin kein Ritter von La Mancha, der die Untreue aus der Welt herausfechten will; ich will sie nicht abschaffen, am wenigsten will ich die Vorstellung großziehen, daß ich ihr persönlich entwachsen sei oder über ihr stünde. Untreue! sie war das Erste und wird das Letzte sein; ich erschrecke nicht vor dem Wort und nicht einmal vor der Tat. Aber das Tugendgesicht, das sie hierzulande annimmt, *das* hass' ich. Was mir zuwider ist, das ist die Lüge. Und das eine weiß ich: es ist *nicht* Lüge, wenn ich das, was geschehen soll, weder Vertrauensbruch noch Untreue, wohl aber Zwang und Konsequenz und Notwehr nenne. Zug um Zug. Gegen das gekünstelte und mißbräuchlich geübte Recht deines Vaters, das uns zum Opfer mir unbegreiflicher Rücksichten machen will, setzen wir unser natürliches Recht, das Recht unserer Neigung.«

Eine kurze Pause folgte, und nur, um das peinliche Schweigen zu unterbrechen, fügte der Graf hinzu: »Sieh auf die Zukunft, Kathinka. Es kommen bessere Tage. Er wird sich hineinfinden; das unabänderlich Geschehene bekehrt besser als tausend bittende Worte.«

»Du verkennst ihn«, sagte sie, »er hat den ganzen Eigensinn der Gütigen und Schwachen. Ich darf es aussprechen, denn er war schwach gegen mich von Jugend auf. Er wird uns nicht hassen, seine Liebe zu mir wird unerschüttert bleiben, aber er wird sich mit dem Geschehenen *nicht* versöhnen und wird *nicht* Frieden mit uns schließen. Ich weiß, was ich tue. Es ist ein Scheiden auf Nichtwiedersehen!«

Der Graf schritt auf und ab. Als er wieder an das Sofa trat, nahm sie seine Hand und sagte, mit einem Ausdruck zu ihm aufblickend, der ihr sonst fremd war: »Und so sei es denn, Jarosch! Ich fühle, es ist beschlossen, und nicht bloß durch uns. Wir erben alles: erst das Blut und dann die Schuld. Ich war immer meiner Mutter Kind. Nun bin ich es ganz. Sei gut mit mir. Ich habe nur noch dich.«

Und sie warf sich an seine Brust.

17. KAPITEL

Bei Hansen-Grell

Zwei Tage nach diesem Gespräch zwischen Kathinka und Bninski saß Lewin in Briefen, die der Erledigung harrten. Einige, darunter Zeilen von Doktor Faulstich und Tante Amelie, lagen schon so lange unter dem Stein, daß er ihre Beantwortung nicht wohl weiter hinausschieben und den Nichtbesuch seiner drei Vorlesungen – denn es war wieder Freitag – sich eher zum Verdienst als zur Versäumnis anrechnen konnte. Die Hulen, die von Zeit zu Zeit auf ihren, altberlinischen, aus allerlei Tuchecken zusammengenähten Filzschuhen durch das Zimmer ging, sah mit Kopfschütteln, wie die Zahl der auf dem Sofatisch ausgelegten Briefe von Viertelstunde zu Viertelstunde wuchs, einige noch nicht fertig und nur erst auf der ersten Seite beschrieben. Denn Lewin haßte das Aufstreuen, ein Punkt, in dem er ausnahmsweise mit Kathinka übereinstimmte.

»Ein Liebesbrief mit aufgestreutem Sand«, pflegte diese zu sagen, »da wird die Liebe gleich mitverschüttet und begraben.«

Er schrieb schon zwei Stunden, aber der Hauptbrief war noch ungeschrieben, der an Renate. Er hatte ihn sich bis zuletzt aufgespart; das Plaudern mit der Schwester sollte ihn schadlos halten für die Mühen oder gar den Zwang alles dessen, was voraufgegangen war. Der Brief an Faulstich war eine literarische Abhandlung, der an Tante Amelie wie gewöhnlich ein Eiertanz gewesen; das lag nun endlich hinter ihm, und er konnte sich erholen und die Feder frei laufen lassen.

»Liebe Renate!« so schrieb er, »wir haben heute den 29., und es ist nicht ohne Beschämung, daß ich auf das Datum Deines Briefes aus der Mitte des Monats sehe. Meine flüchtige Antwort darauf war keine Antwort. Laß mich versuchen, Versäumtes nachzuholen.

Diese und die letzte Woche, wie Du aus den Zeitungen ersehen haben wirst, haben allerlei Dinge von Wichtigkeit gebracht; was Papa mir schrieb, hat sich bestätigt. Der Einsegnung des Kronprinzen folgte die Abreise des Königs nach Breslau; der ganze Hof begleitete ihn, auch die Garden. Potsdam ist seitdem wie ausgestorben, wovon wir uns bei Gelegenheit einer nach Lehnin hin unternommenen Partie durch den Augenschein überzeugen konnten. Von dieser Partie, die letzten Dienstag stattfand, möchte ich Dir nun wohl erzählen. Du weißt oder vielleicht auch nicht, daß Lehnin ein altes Zisterzienser Kloster ist; die meisten der Askanier wurden dort begraben, auch einige von den Hohenzollern; Johann Cicero, wenn ich nicht irre, und Joachim Nestor. Aber diese beiden standen kaum in ihrer Gruft, so kam die Säkularisation, und ihre großen Metallsärge wanderten aus der Klosterkrypta in die Krypta des Berliner Doms. Es gibt auch eine Lehninsche Weissagung, ›Vaticinium Lehninense‹, hundert lateinische Verse, die den Untergang der Hohenzollern und die Wiederaufrichtung des katholischen Glaubens in Mark Brandenburg prophezeien; aber alles sehr dunkel und unbestimmt, so daß man, wie so oft, bei einigem guten Willen auch gerade das Gegenteil herauslesen kann. Auf dieses Lehnin nun war in voriger Woche das Gespräch gekommen, und der Geheimrat, der einige Verse aus der ihm durch unseren alten Direktor Bellermann vor Jahr und Tag schon bekannt gewordenen Weissagung rezitierte, verriet plötzlich einen lebhaften, an ihm ganz ungewohnten Enthusiasmus, das Kloster kennenzulernen. Bei aller Hochachtung gegen ihn möcht' ich im Vorübergehen doch die Vermutung aussprechen, daß er sich in dem Gedanken gefiel, an Ort und Stelle seine Vorträge fortsetzen und uns durch eine Art mittelalterlicher Klassizität imponieren zu können. Aber sein Enthusiasmus hielt nicht vor, und als der Dienstag herankam, stand er von der Teilnahme ab. Jürgaß war schon vorher zum Reisemarschall ernannt worden. Natürlich durch Kathinka. Außer ihr und dem engeren Ladalinskischen Kreise waren die Grafen Mituschka, Seherr-Thoß und Zierotin samt ihren jungen Frauen mit von der Partie. Es gab eine Überraschung nach der andern; Jürgaß bewährte seinen alten Ruf als Festordner; die Matuschka war reizend, und ich hatte den Triumph, Kathinka eifersüchtig zu sehen. Auf der Rückfahrt fuhren wir eine hübsche Strecke zusammen. Ich sagte ihr herzliche Worte, vielleicht mehr als das, und sie nahm sie freundlich auf. Bninski verläßt uns bald; er geht auf seine Güter und von da nach Warschau, um sich dem Vizekönig, mit dem er befreundet ist, zur Verfügung zu stellen. Zu Poniatowski steht er nicht gut. Es wäre Torheit, wenn ich wegleugnen wollte, daß ich den Tag seiner Abreise herbeiwünsche. Kathinka zeichnet ihn aus; aber es ist nicht ihre Art, sich mit Abwesenden zu beschäftigen oder Erinnerungen zu leben. Sie gehört der Stunde, und die Stunde, so scheint es, ist mir günstig. Ich glaube wieder an die Möglichkeit meines Glücks. Sie schrieb mir neulich: ›Sieh nicht Gespenster, Lewin.‹

Und nun laß mich fragen: Wie steht es in Hohen-Vietz? Was machen die Freunde: Seidentopf, die Schorlemmer, Marie? Denke Dir, ich träumte diese Nacht von ihr, und als was sah ich sie? Als Braut. In einem langen, langen Schleier stand sie vor dem Altar; aber es war nicht der Altar der Hohen-Vietzer Kirche. Ihr Kleid war weiß und leicht wie der Schleier und mit Sternchen übersät. Sie sah sehr schön aus, und wer meinst Du, daß ihr Bräutigam war? Drosselstein. Nicht unser alter, sondern ein junger; groß und schlank und in eine Uniform gekleidet, in der ich unseren Hohen-Ziesarschen Freund nie gesehen habe. Als ich mich heute früh des Traumes entsann, mußt' ich an das denken, was Du so oft über Marie gesagt hast: Du würdest dich nicht wundern, eine goldene Kutsche bei Kniehases vorfahren und die kleine Prinzessin mit verweinten und zugleich freudestrahlenden Augen neben ihrem Prinzen Platz nehmen zu sehen. Du hast ihr Wesen darin getroffen. Es war doch nur in der Ordnung, daß sie Othegravens Antrag ablehnte. Damals mißbilligte ich es; es schien mir eine Unklugheit, wenn nicht Schlimmeres. Aber ich hab' ihr unrecht getan. Er ist aus Münsterland, und sie ist aus Feenland, und alles Westfälische ist der letzte Fleck der Erde, mit dem sich die Feen befreunden können.

An Faulstich und Tante Amelie habe ich heute früh geschrieben. Wenig zu meiner Zufriedenheit. Die Briefe an die Gräfintante passen mir nie; ich weiß nicht, woran es liegt. Ich sollte mir einen Sammelkasten für Anekdoten und Bonmots anlegen und diesen Kasten einfach ausschütten, wenn ich einen Brief an die Tante zu schreiben habe. Aber dergleichen kann ich nicht. Ich leide mitunter unter meiner Schwerfälligkeit, und um so mehr, als es derselbe Zug ist, den mir Kathinka nicht verzeiht.

Ich werde sie heute abend sehen, auch Tubal. Dieser ist viel mit Bninski und dem Rittmeister von Hirschfeldt zusammen, einem ausgezeichneten Offizier, der in Spanien war (auf englischer Seite), was aber nicht hindert, daß er sich mit dem Grafen befreundet hat. Das letztemal, daß ich Tubal sah – es war in Lehnin, während wir die Kirche besuchten –, fragte er mich: ›Wann reisen wir nach Hohen-Vietz?‹ Ich lasse dahingestellt sein, ob ihm dabei die Enrollierung in das Landsturmbataillon Lebus oder seine Kusine Renate mehr am Herzen lag.

Und nun lebe wohl. Ich sehe heiterer in die Zukunft als seit lange. Alles läßt sich gut an, das Große und das Kleine. Und das Kleine ist die Hauptsache, denn es ist das Ich. Gruß an Papa und die Freunde.

Dein *Lewin.*«

Es war inzwischen ein Uhr geworden, und da sein Mittagsweg ihn ohnehin an dem großen Postgebäude vorüberführte, so unterzog sich Lewin der Mühe, die fünf Briefe, die das Ergebnis dieses Vormittags waren, selbst am Schalter abzugeben. Neben der Post war das Ladalinskische Haus; er sah hinauf, aber in allen Zimmern der ersten Etage, auch in dem des Geheimrats, waren die Rouleaus herabgelassen. Er sann einen Augenblick nach, was die Ursache davon sein könne, vergaß aber den gehabten Eindruck wieder, als er an der Ecke der Stechbahn Jürgaß begegnete, mit dem er nun ein kurzes Gespräch über die nächste Kastaliasitzung führte.

»Auf Dienstag!« damit trennten sie sich, und Lewin, nachdem er in der Taubenstraße an alter Stelle sein einfaches Mittagsmahl eingenommen hatte, ging auf die lange, der ehemaligen Berliner Stadtmauer entsprechende Wallstraße zu, von der aus er – in nur geringer Entfernung vom Spittelmarkt – in die aus alten und stattlichen, aber freilich auch heruntergekommenen Häusern bestehende Kreuzgasse einbog.

In einem dieser alten und stattlichen Häuser wohnte *Hansen-Grell,* zu dem sich Lewin um seiner Schlichtheit und kaum minder um seines romantischen, ebendieser Schlichtheit fast widersprechenden Zuges willen von Anfang an in hohem Maße hingezogen gefühlt hatte. Eine Aufforderung zu einem Besuche war nie ausgesprochen worden, aber als sie vor zwei Tagen, wo ein Zufall sie zusammengeführt, sich nach längerem und sehr eingehendem Geplauder wieder getrennt hatten, hatte Lewin den Entschluß gefaßt, diesen Besuch in Grells Wohnung auch ohne Aufforderung zu machen. Es war ein Hochparterre. Acht oder zehn Steinstufen, ausgelaufen und von einem verbogenen Eisengeländer eingefaßt, führten hinauf. An der Tür, mit dicker Feder auf ein halbes Kartenblatt geschrieben, stand *Hansen-Grell.*

Lewin klopfte.

»Herein!«

Es war eine in drei Felder geteilte, nur mit dem vordersten Drittel sich öffnende Tür, gerade breit genug, einen Menschen mit seiner Schmalseite hindurchzulassen. Lewin passierte das Defilee und befand sich in einem großen, wohl vierzehn Fuß hohen Raum, in dem er auf den ersten Blick nichts weiter als vier kahle, gelbgetünchte Wände und einen ungeheuren, schwarzen Kachelofen erkennen konnte. Zugleich hatten sich vier lange, schmale Gardinenstreifen, bei dem durch das Öffnen der Tür entstandenen Luftzug, in eine langsam schwerfällige Bewegung gesetzt. Aber dieser Eindruck des Kahlen und Öden blieb nicht lange, und die gemütlicheren Elemente kamen zu ihrem Recht. In dem von innenher geheizten Ofen war der Torf so weit niedergebrannt, daß der Anblick der in blauen Flämmchen zuckenden Glut mit diesem unschönsten aller Heizungsmateriale wieder aussöhnen konnte, und von dem danebenstehenden, mit Büchern überdeckten Klapptisch stiegen kleine, sich kräuselnde Wölkchen auf und zogen dem Eintretenden wie ein freundlicher Gruß entgegen. Hansen-Grell war bei der Präparation seines Nachmittagkaffees.

»Einen Augenblick noch«, rief er, und den Topf mit kochendem Wasser, den er nur halb geleert hatte, wieder in die Glut des Ofens schiebend, trat er jetzt Lewin entgegen und reichte ihm die noch halb rußige Hand, nachdem er sie durch einen energischen Strich über den Ärmel seines Flausrocks hin wenigstens aus dem Gröbsten herausgebracht hatte.

»Ich freue mich herzlich, Sie zu sehen«, sagte er, »besonders zu dieser Stunde, wo die Ofenglut und der dampfende Kaffee die Honneurs des Hauses machen. Sie trinken mit. Ich bin, wie Sie sehen, etwas beschränkt im Wirtschaftlichen, aber was Tassen angeht, kann ich mit jeder Klatschbase konkurrieren.«

Lewin wollte erwidern, aber Hansen-Grell fuhr fort: »O nicht doch; fürchten Sie nicht, mich zu benachteiligen; hier ist der Kaffee und dort das Wasser. Ich könnte die ganze Kastalia bewirten, ohne jede Gefahr persönlicher Einbuße. Ich bitte Sie, nehmen Sie Platz, während ich nach meiner besten Meißner suche. Sie sollen die vergoldete haben, mit einem Amor und einer Schäferin, die lacht und weint, weil sie schon getroffen ist. Können Sie sich denken, daß ich eine Passion für solche Spielereien habe? Es ist noch ein Nachklang aus meinen Kopenhagener Tagen her. Der alte Graf war ein leidenschaftlicher Sammler.«

Bei diesen Worten hatte sich Hansen-Grell an einen auf den ersten Blick nicht wahrnehmbaren Schrank gemacht, der in einer der dicken Wände mitten drin steckte, und suchte hier nicht bloß nach der versprochenen Meißner Tasse, sondern behufs besserer Repräsentation auch nach einer Zuckerschale, die er auf einem der Bretter oben oder unten gesehen zu haben sich deutlich entsann. Er persönlich hatte das Tütenprinzip.

Lewin war inzwischen der Aufforderung seines in halber Verlegenheit immer weitersprechenden Wirtes gefolgt und hatte, die Gardinen zurückschlagend, in einer der tiefen Fensternischen Platz genommen. Hier standen zwei Binsenstühle, auf deren einem ein paar aufgeschlagene Bücher lagen, und während Hansen-Grell – der die Zuckerschale noch immer nicht entdeckt hatte – sein mehr und mehr in bloße Verwunderungsausrufe sich auflösendes Gespräch fortsetzte, nahm Lewin eines der kleinen Bändchen zur Hand und sah hinein. Es waren Hölderlins Gedichte. Auf einer der aufgeschlagenen Seiten standen vier Zeilen.

In jüngeren Tagen war ich des Morgens froh,
Des Abends weint' ich; jetzt, da ich älter bin,
Beginn' ich zweifelnd meinen Tag, doch
Heilig und heiter ist mir sein Ende.

Lewin empfing einen bedeutenden Eindruck von diesen Zeilen, aber es war dafür gesorgt, daß er sich ihm nicht lange hingeben konnte. Hansen-Grell hatte mittlerweile alles gefunden, was ihm wünschenswert erschien, und präsentierte jetzt, nachdem er, ängstlich die Diele haltend, den weiten Weg zwischen Ofen und Fenster zurückgelegt hatte, seinem Gaste eine bis an den Rand hin gefüllte Tasse Kaffee.

Dieser nahm, schlürfte und lobte und sagte dann: »Ich bin überrascht, Sie bei Hölderlin zu finden. Nach dem Bilde, das ich mir von Ihnen gemacht habe, mußten Sie mit der ›ums Morgenrot fahrenden Lenore‹ für dieses und jenes Leben verbunden sein. Ich kann Ihnen auch allenfalls den ›wilden Jäger‹ oder die ›Chevyjagd‹ gestatten, aber Hölderlin? Nein.«

Hansen-Grell hatte sich auf den gegenüberstehenden Binsenstuhl gesetzt und sagte, während er seine beiden Hände auf das bequem übergeschlagene Knie legte: »Sie berühren da einen feinen Punkt, wenn Sie wollen, einen Widerspruch in meiner Natur. Vielleicht auch in mancher andern. Es ist ganz richtig, daß ich meiner Empfindung und, wenn ich von so Unbedeutendem sprechen darf, auch meiner Dichtung nach ganz in die neue Schule hineingehöre; ich halte es wohl oder übel mit den Romantikern und werde nie von etwas anderem träumen als von nordischen Prinzessinnen und siegreichen Schlangentötern. Und wird es mir gelegentlich des romantischen Apparates zu viel, so pfleg' ich mich, nach der Lehre vom Gegensatz, mit einer Art Passion auf Rokokodinge zu werfen und vor Puder und Reifrock nicht zu erschrecken. Aber etwas Klassisches nie, weder nach Form noch Inhalt.«

Lewin lächelte und wies auf das zwischen ihnen liegende Buch.

»Ich komme darauf«, fuhr Hansen-Grell fort, »das ist es ja eben, was mich von einem Widerspruche sprechen ließ. Ich werde nie klassisch empfinden, nie auch nur den Versuch machen, einen Hexameter oder gar eine alkäische Strophe aufzubauen, und doch, wo immer ich mit dieser Welt des Klassischen in Berührung komme, fühl' ich mich in ihrem Banne und sehe, solange dieser Zauber anhält, auf alles Volksliedhafte wie auf bloße Bänkelsängereien herab. Ich habe dann plötzlich aller naiven Dichtung gegenüber ein Gefühl, als ob ich hübsche Dorfmädchen auf einem Hofball erscheinen sähe; sie bleiben hübsch, aber die Buntheit und die Willkürlichkeit ihres Aufputzes läßt selbst ihren wirklichen Reiz als untergeordnet erscheinen.«

»Ich kann Ihnen darin nicht zustimmen«, erwiderte Lewin. »Sie sprachen schon selbst das Wort aus, auf das es mir anzukommen scheint, ›solange der Zauber anhält‹. Da liegt es. Auch in der Kunst gilt das ›Toujours perdrix‹, und jedes Zuviel weckt das Verlangen nach einem Gegenteil.«

»Möglich, daß Sie es mit dem ›Toujours perdrix‹ getroffen haben«, sagte Hansen-Grell, »aber nach meiner eigenen persönlichen Erfahrung muß ich es doch in etwas anderem suchen. Vielleicht haben Sie Ähnliches beobachtet. Unsere dichterische Produktion, und das ist der Punkt, auf den ich Gewicht lege, entspricht unserer *Natur*, aber nicht notwendig unserem *Geschmack*. Dieser kann sich über jene erheben. Wollen wir einen Einklang herstellen, soll unser Geschmack, der unsere *Lektüre* bestimmt, auch unsere *Produktion* bestimmen, so läßt uns die Natur, die andere Wege ging, im Stich, und wir scheitern. Wir haben dann unseren Willen gehabt, aber das Geborene ist tot.«

Lewin wollte antworten, Hansen-Grell indes fuhr in Entwickelung seines Gedankens mit Lebhaftigkeit fort: »Im übrigen, was unseren schwäbischen Hyperion angeht«, und dabei schlug er mit dem Finger auf das vor ihm liegende Bändchen, »so löst sich der Widerspruch, den ich Ihnen anfänglich zugestand, auf eine vielleicht viel einfachere Weise. Hölderlin, aller Klassizität seiner Form unerachtet, ist Romantiker von Grund aus. Darf ich Ihnen meine Lieblingsstrophen vorlesen?«

»Ich bitte darum.«

Es dunkelte schon. Da Hansen-Grell aber die Strophen so gut wie auswendig wußte, so genügte jede Beleuchtung, und er las:

Nur einen Sommer gönnt, ihr Gewaltigen,
Und *einen* Herbst zu reifem Gesange mir,
Daß williger mein Herz, vom süßen
Spiele gesättiget, dann mir sterbe!

Die Seele, der im Leben ihr göttlich Recht
Nicht ward, sie ruht auch drunten im Orkus nicht;
Doch ist mir einst das Heil'ge, das am
Herzen mir liegt, das Gedicht, gelungen:

Willkommen dann, o Stille der Schattenwelt!
Zufrieden bin ich, wenn auch mein Saitenspiel
Mich nicht hinabgeleitet; einmal
Lebt' ich wie Götter, und mehr bedarfs nicht.

Er legte das Buch aus der Hand und fuhr ohne Pause fort: »Das sind alkäische Strophen, klassisch in Bau und Form, und doch klingt es in ihnen romantisch trotz Orkus und aller Schatten- und Götterwelt der Klassizität.« Nun erst sah er auf Lewin.

Dieser schwieg noch immer. Aber sein Schweigen sagte mehr als es die enthusiastischsten Worte gekonnt hätten. Endlich sprach er vor sich hin: »Wie schön, und wie ist die Stimmung getroffen!«

»Ja, das ist's«, nahm Grell noch einmal das Wort. »Die Stimmung ist *getroffen;* und darauf kommt es an, das entscheidet. Es ist jetzt Mode, von Stimmung zu sprechen und von In-Stimmung-Kommen. Aber das In-Stimmung-*Kommen* bedeutet noch nicht viel. Erst der, der die ihm gekommene Stimmung: das rätselvoll Unbestimmte, das wie Wolken Ziehende scharf und genau festzuhalten und diesem Festgehaltenen doch zugleich auch wieder seinen zauberischen, im Helldunkel sich bewegenden Schwankezustand zu lassen weiß, erst *der* ist der Meister.«

Lewin nickte, aber zerstreut. Er hatte offenbar nur mit halbem Ohre hingehört und wiederholte statt aller andern Antwort nur die Schlußworte des Liedes: »Einmal lebt' ich wie Götter, und mehr bedarf's nicht.«

Hansen-Grell war aufgestanden, und sein unschönes Gesicht mit dem kurzen Strohhaar und den geröteten Lidern verklärte sich von innen heraus zu wirklicher Schönheit. »Ob Lied oder Liebe, ob Freiheit oder Vaterland, *einmal* leben wie Götter und dann – sterben. Sterben bald, ehe das große Gefühl der Erinnerung verblaßt.«

Sie sprachen noch eine Weile, beide sich in dieselben Vorstellungen vertiefend; dann sagte Lewin: »Lassen Sie uns gehen, Grell, draußen hängt noch das Abendrot; es plaudert sich besser im Freien.«

Und damit verließen sie das Haus und gingen über den Opernplatz auf den Lustgarten und die Schloßfreiheit zu.

Hinter der Sophienkirche ging eben die Mondsichel auf.

18. KAPITEL

Fort!

Um die sechste Stunde war Lewin wieder in seiner Wohnung, das Gespräch, das er mit Hansen-Grell geführt, klang noch in seiner Seele nach. Die schöne Macht des Idealen, durch einfache Verhältnisse mehr unterstützt als beeinträchtigt, war ihm nie reiner entgegengetreten. Er hatte während seines Besuches mehr als einmal an Faulstich denken müssen; und doch, bei manchem Verwandten, welcher Unterschied! In der Beschäftigung mit den Künsten, auch in der Freude daran, waren sich beide gleich; aber während der eine das Schöne nur feinsinnig kostete, strebte ihm der andere mit ganzer Seele nach. Was den einen verweichlichte, stählte den andern, und so war Grell ein Vorbild, während Faulstich eine Warnung war.

Es fehlte heute das Abendrot, das sonst wohl um diese Stunde drüben über den Dächern hing, und so kam es, daß in Lewins Zimmer bereits ein völliges Dunkel herrschte. Er klopfte bei Frau Hulen; sie war nicht zu Hause. Ebenso fehlte die grüne Schirmlampe und war auch in dem Nebenzimmer nicht zu finden.

»Was nur der Alten ist?« sagte Lewin und war einen Augenblick verdrießlich über die »Unordnung«, lachte aber bald wieder und setzte hinzu: »Freilich die erste in anderthalb Jahren.«

Er tappte bis in die Küche, schürte in der Herdasche, bis die Glut zutage kam, und zündete seinen Wachsstock an. Und nun vorsichtig, um die Mühe des Anzündens nicht noch einmal zu haben, ging er in sein Zimmer zurück.

Jetzt erst sah er, daß ein Brief auf dem Tisch lag, die Aufschrift sehr flüchtig, allem Anscheine nach von Tubals Hand. Was ihm am meisten auffiel, war das unverhältnismäßig große Siegel. Es war ersichtlich, daß der Inhalt gegen unbefugte Neugier hatte sichergestellt werden sollen. Wenn Frau Hulen einen schwachen Punkt hatte, so lag er nach dieser Seite hin.

Lewin wußte davon. Er lächelte deshalb, als er das Siegel erbrach und den auseinandergefalteten Bogen bequemeren Lesens halber neben die kleine Wachsstockflamme hielt. Aber sein Lächeln währte nur einen Augenblick. Es waren nicht mehr als drei Zeilen.

»Komm heute abend nicht; Kathinka ist fort. In einem Zettel, den wir auf ihrem Schreibtische fanden, hat sie Abschied von uns genommen. Alles andere errätst Du.

Dein *Tubal.*«

Das Blatt entfiel seiner Hand, während er selber auf das Sofa zurücksank. Er war eine Minute lang wie betäubt. Dann richtete er sich auf und legte seinen Kopf erst in seine zusammengefalteten Hände, dann auf Tisch und Sofalehne; aber alles war ihm zu heiß. Er sprang auf und trat an das Fenster. Die fahle Mondessichel, eben aus dem Gewölk heraus, sah ihm ins Gesicht; ein paar Krähen drüben flogen auf; unten knarrten die Laternen. Die Kühle der Scheiben tat ihm wohl, aber die Angst blieb und stieg ihm höher ans Herz. Ihn verlangte nach Luft; so nahm er eine Filzkappe vom Riegel und schritt auf Flur und Treppe zu. Er war schon auf den ersten Stufen, als er, plötzlich durch kleine Sorglichkeiten bestimmt, wieder umkehrte, um die Zeilen zu zerreißen, die auf dem Tische liegengeblieben waren, und den noch brennenden Wachsstock auszulöschen. Nun erst verließ er das Haus.

Unten bog er in die Königsstraße ein; aber die Steinmassen bedrückten ihn, wie ihn das Zimmer bedrückt hatte, und er empfand deutlich, daß er aus der Stadt heraus müsse. So hielt er sich rechts und nahm dann über den Alexanderplatz hin seine Richtung auf das Frankfurter Tor zu.

Es war derselbe Weg, den er am Tage, wo das Dachsgraben in der Dalwitzer Forst sein sollte, gemacht hatte. Als er wieder in die Nähe des Gasthauses zur »Neuen Welt« kam, das damals in rechter Vormittagsstille dagelegen hatte, sah er, daß alle Fenster erleuchtet waren; Klarinetten spielten auf, und junge Paare, denen es drinnen zu heiß geworden war, standen draußen unter den beschneiten Lindenbäumen. Was kümmerte sie der Wind, der ging, oder der Schnee, der lag? Der nächste Tanz brachte die Verkühlung wieder heraus.

Lewin hatte sich an einen der zwei Pfosten gelehnt, die mittelst eines darübergelegten Querbalkens den ziemlich primitiven Eingang zur »Neuen Welt« bildeten. Die Musik drinnen ging immer frischer. Er schlug den Takt mit dem rechten Fuße mit und fand den Tanz allerliebst. »Wer doch auch mit dabei wäre! Wer tanzen will, dem ist leicht gespielt, sagt das Sprichwort. Warum heißt es nicht: Wem gespielt wird, der tanze!« In diesem Augenblick legte sich von hinten her ein Arm um seine Hüfte, und ein junges Ding, das sich am Heckenzaune hin, ohne daß er es merkte, herangeschlichen haben mußte, sagte vertraulich:

»Komm, sie stimmen schon. Es gibt noch einen Schottschen. Du kannst mich und Malchen auch nach Hause bringen.«

Es klang mehr schelmisch als zudringlich, und Lewin, der dies fühlte, wandte sich um und ergriff ihre Hand. Das Mädchen aber, das ihn verwechselt haben mochte und jetzt erst in sein verstörtes Gesicht sah, erschrak und lief quer über den Vorgarten in den Saal zurück. Drinnen mußte sie von der Begegnung erzählt haben, denn zwei, drei Köpfe erschienen gleich darauf am Fenster und blickten neugierig nach dem Fremden hinaus.

Freilich nicht auf lange, denn der Schottische begann nun wirklich, und Lewin, während er weiterging, versuchte sich die Takte für seinen Marsch zurechtzulegen. Es gelang auch eine Weile; aber der Tanzrhythmus war doch stärker als alles andere, und aus seinem gezwungenen Marschtempo immer wieder herausfallend, marschierte er in einem wunderlichen Wechsel von Tanz und Schritt die gradlinige Pappelchaussee hinunter. Er kam an der Stelle vorbei, wo ihm an dem Schnatermanntage das Elend des Rückzuges zuerst entgegengetreten war; indessen er gedachte der erschütternden Begegnung nicht mehr und zählte nur noch die Takte der Musik, trotzdem er diese selbst schon längst nicht mehr hörte.

»So hintanzen«, sagte er, »das heißt Leben. Nur nichts schwer nehmen. Ich habe das Beste versäumt. Und am Ende auch heute wieder. Sie war hübsch und nicht zimperlich. ›Du kannst mich und Malchen nach Hause bringen … Sei nicht töricht, Lewin.‹ Nein, nein, das sagte sie nicht; das war schon früher.«

Er schwieg eine Weile, seine Gedanken im stillen weiterspinnend. »Und mit der Johanna Susemihl, was war es denn am Ende? Und was liegt daran, ob ihr die alte Zunzen das Kleine gegönnt hat oder nicht! Nun sind sie tot, und nur der Maréchal de logis, so denk' ich mir, lebt noch. Er hatte Tressen an dem Hut und einen Klunker dran. Und *fremde* Tressen; ja, das macht es; das Neue, das Fremde. Etwas anderes muß es sein. Neugier wie zu Mutter Evas Tagen.«

Er war jetzt über Friedrichsfelde hinaus; nur wenn er sich wandte, sah er noch die Lichter des Dorfes. Am Himmel kein Stern; über die Mondessichel hin zogen die Wolken, immer dichter, immer rascher. Aber rascher noch gingen die Bilder über seine Seele.

»Wie die Hulen sich wundern wird! Ich sehe sie, wie sie mit der kleinen Lampe nach mir sucht, als ob ich ein versteckter Liebhaber wäre. Und der bin ich eigentlich auch; nur zu sehr versteckt; ich werde nie gefunden. Die Hulen wird so verdutzt aussehen wie damals, als ich ihr das französische Kinderlied vorlas. ›Klippklapp‹, sagte sie; es war gar nicht so dumm. Wie ging es doch?

An meiner Enk'lin Namenstag
Ihr jeder etwas schenken mag:
Der Bäcker schickt ein Zuckerbrot,
Der Schneider einen Mantel rot …

Ja, so ging es. ›Le boulanger fait un gâteau, la couturière un p'tit manteau‹, das schien die leichteste Stelle und war dann hinterher die schwerste. Ich entsinne mich noch … Was es doch für wunderliche Sachen gibt; ein französischer Kinderreim zwischen Friedrichsfelde und Dalwitz. Aber warum nicht? Es gibt noch viel Wunderlicheres.«

Er passierte jetzt das Dorf, dessen Namen er eben genannt hatte. Der mit alten Rüstern besetzte Fahrweg lag im Dunkeln, und die Fensterläden der meist einzeln stehenden Häuser waren geschlossen; aber aus den herzförmigen Öffnungen fiel ein Lichtschein auf die Straße.

»Brennende Herzen«, sagte er, »morgen früh sind sie wieder an die Wand geklappt und so schwarz wie vorher. Es ist auch lange genug, vier Stunden zu brennen. Hier wohnt der Pastor; der brennt sechs.«

Hundert Schritte hinter dem Pastorhause schloß das Dorf, und Lewin trat ins Freie. Ihn fröstelte. War es die Nachtluft, oder war es das Fieber? Er schlug den Rockkragen in die Höhe und die Mützenklappen nach unten; aber das Frösteln blieb.

»Wohin geh' ich nur? Ich weiß es nicht. Oder ob ich umkehre? Nein. Ich kann nicht wieder in die Häusermasse hinein, sie nimmt mir den Atem, sie bringt mich um. Also weiter. Ich werde wohl irgendwo hinkommen.«

So schritt er abermals vorwärts; eine Viertelmeile, eine halbe. Nach rechts hin, an einer Biegung der Chaussee, stand der Schattenriß eines Kirchturms.

»Ich bin müde, und ich glaube fast, ich habe Hunger.«

Er setzte sich auf einen neben der Straße zusammengefahrenen Steinhaufen und sah dem dürren Laube zu, das über den glattgefahrenen Schnee hin an ihm vorübertanzte. Denn der Wind, der seit Stunden schon dichte Wolkenmassen voraufgeschickt hatte, kam jetzt selber und fegte zwischen den Pappeln hin. Es war ein Südwest, feucht und voll kleiner Regentropfen, aber einzelne dieser Tropfen gefroren wieder und schlugen ihm wie Nadeln ins Gesicht. »Tauwind«, sagte Lewin, »wie heißt es doch? Der Tauwind kam vom Mittagsmeer … ja, ich glaube, so fängt es an; aber das andere hab' ich vergessen. Ich finde nur noch die Figuren heraus, den Grafen und den Zöllner und den braven Mann. Wer ich wohl sein mag? Der Graf? Nein. Aber der brave Mann; ja, der bin ich, das ist mein Fach.«

Er blickte die Chaussee hinauf, hinunter und sagte dann: »Es sieht aus wie die Pappelallee, die durch das Bruch führt, und der Schatten, der dort unten steht, könnte die Guser Kirche sein … Das sind nun vier Wochen, und mir ist, als wär' es ein Jahr.« Er stützte die Stirn in seine Hand und träumte, und in seinem Traume klang es immer vernehmlicher wie leises, fernes Glockenläuten. Er horchte danach, voll wachsender Sehnsucht, und endlich war es ihm, als fühle er das Labsal einer Träne und als käm' es wie Befreiung über sein schwerbedrücktes Herz.

Aber es sollte nicht sein; es war anders beschlossen. Das Läuten, das er nur traumhaft gehört zu haben glaubte, kam wirklich näher, und ehe er sich noch zurechtgefunden hatte, sah er von der Dalwitzer Seite her ein Fuhrwerk zwischen den Pappeln herankommen. Sonderbar, es war kein Schlitten, wie das Geläute hatte vermuten lassen, sondern ein leichter, offner Wagen, dessen zwei kleinen Pferden, sei es aus Laune oder übertriebener Vorsicht, ein Schellengurt aufgelegt worden war. Und jetzt war der Wagen heran; die Pferde scheuten und bogen nach rechts hin aus. Auf dem Vordersitze saß ein junges Paar, er mit verschränkten Armen in einen Mantel gewickelt, sie groß und schlank, in einem enganschließenden Rock und einer mit Pelz besetzten Mütze. Die Form ließ sich nicht erkennen, aber sie führte die Zügel und erschrak heftig, als sie des am Wege Sitzenden ansichtig wurde. Erst an der nächsten Pappel wandte sie sich noch einmal um und sprach dann, allem Anscheine nach, lebhaft zu ihrem Begleiter.

Lewin sah das alles, und ohne zu wissen, was er tat, sprang er auf und suchte dem ihm rasch entschwindenden Fuhrwerk zu folgen. Er wollte rufen, schreien, aber er brachte keinen Ton hervor. Und so lief er, bis ihm die letzten Kräfte versagten und er lautlos inmitten des Weges niederstürzte.

Eine Stunde später hielt ein Schlitten vor dem Bohlsdorfer Krug; es schlug eben vom Turm. Der Knecht, der von seinem Häckselsack gestiegen war, um die Pferde abzusträngen, zählte die Schläge und brummte verdrießlich vor sich hin: »All elwen; för Mitternacht bin ick nich to Huus; awers ick kunn em doch nich liggen laten.« Damit ging er auf den Heckenzaun zu, neben dem ein paar verschneite Krippen standen, während von der Hof- und Gartenseite her die Glut eines hochaufgemauerten Backofens, in dem das Reisigholz eben niedergebrannt war, über den Zaun weg auf die Straße sah. Der Knecht starrte hinein, freute sich des warmen Hauchs und schleppte dann eine der Krippen, aus der er den Schnee durch bloßes Umstülpen entfernt hatte, bis vor sein Gespann und öffnete den Häckselsack. Die Pferde, denen es zu lange dauern mochte, fuhren mit ihren Mäulern suchend und schnopernd durch den leeren Trog. Er gab ihnen einen Schlag: »Künn jih nicht töwen«, und stappste dann, als er ihnen endlich ihr Futter eingeschüttet hatte, unter dem Vorbau weg in die Krugstube, wo auf zwei großen Brettern die zum Einschieben in den Ofen eben fertig gewordenen Brote lagen.

»'n Abend, Krügersch.«

»'n Abend, Damerow. Noch so spät bi Weeg?«

»Ja, man möt ja wull. Dat oll Schlackerwetter geiht ei'm bis up de Knaken.«

»Dat deit et. Wat wullen S', Kirsch o'er Kümmel?«

»Geben S' en Kirsch. Awer töwen S' noch en beten. Ick hebb do een'n upp'n Schlitten. He läg as för dood bi de Chausseesteen. Upp'n Hoar, un ick hedd em överfoahren.«

»Kennen S' em nich?«

»Nee. He süht ut as en Stadtminsch, as en Berlinscher. Koamen S' man mit rut.«

Die Krügersfrau, die noch beim Abtrocknen war, nahm eine kleine Laterne vom Brett, steckte den Lichtstumpf an, hakte wieder ein und folgte dem Knecht auf die Straße. So traten sie an die Rückseite des Schlittens, der nur zwei Korbwände hatte, nach hinten zu aber offen war. Der Knecht schob ein Strohbündel, das als Decke gedient haben mochte, zurück, und die Krügersfrau leuchtete nun in den Schlitten hinein. Aber die Laterne fiel ihr aus der Hand, und sie tat einen Schrei. Dann lief sie wieder in das Haus, rüttelte den Mann, der in dem Alkoven nebenan eingeschlafen war, und rief: »Steih up, Drews. Kumm, mach flink. Ick gloob, he is all dood.«

»Wihr, wihr?« fragte der Krüger, aus dem Schlaf auffahrend.

Aber die Frau war schon wieder an der Tür. »Jott, Jott, wihr sall et sinn? ... De jungsche Herr von Hohen-Vietz.«

Vierter Band

Wieder in Hohen-Vietz

1. Kapitel

In Bohlsdorf

Es war drei Tage später. In dem hinter der Gaststube gelegenen Alkoven saß die Bohlsdorfer Krügersfrau und beugte sich über ihr Kind. Sie sang es in Schlaf, aber mit leiser Stimme, und in noch leiserer Schaukelbewegung ging die Wiege. Es hätte dieser Vorsicht nicht bedurft, denn der Kranke, dem sie galt, und der über dem Alkoven gebettet war, lag nun schon den dritten Tag in einem schweren Schlaf und war taub und tot gegen alles, was um ihn her vorging. Ein Arzt war noch nicht zu beschaffen gewesen, aber an Pflege gebrach es nicht, wenn man einem bloßen Aufmerken und Abwarten, dem sich seit dem gestrigen Tage zwei Frauen unausgesetzt unterzogen, diesen Namen geben konnte.

Mittag war vorüber. Es mochte die zweite Stunde sein, die schon wieder sinkende Sonne schien durch das Fenster einer kleinen Giebelstube, und ein freundlicher Glanz, als ging er von dem Kranken selber aus, war um diesen her.

»Seine Stirn ist feucht«, sagte die Schorlemmer. »Geh, Renate, und ruhe dich aus. Eine Viertelstunde nur.«

»Ich bin nicht müde.«

»Du mußt es sein. Geh.«

Und sie ging. Aber nicht, um zu ruhen, sondern um einen Brief, den sie versprochen hatte, nach Hohen-Vietz hin zu schreiben.

Das Stübchen, das gleich nach ihrer Ankunft als Wohn- und Schlafzimmer eingeräumt worden war, lag an der andern Giebelseite des Hauses und zeigte noch jenes Durcheinander, das der erste Moment der Ankunft immer zu geben pflegt. Zum Ordnen und Aufräumen war eben noch nicht Zeit gewesen. Auf zwei Stühlen stand der geöffnete Reisekoffer, während auf eins der beiden Betten hin Muffen und Mäntel samt allerlei Schals und Tüchern geworfen waren.

Renate schien auch jetzt noch kein Auge für diese Dinge zu haben, ließ alles liegen, wie es lag, und rückte nur den Tisch, um besseres Licht zu haben, an den Fensterpfeiler. Dann schob sie die rote Leinwanddecke, in die ein radschlagender Pfau weiß eingemustert war, ziemlich unsorglich beiseite und nahm ein Karlsbader Schreibnecessaire aus dem Koffer, das, wenn man es aufklappte, ein schräges Pult bildete. Aber die Tinte war fest eingetrocknet, so fest, daß selbst ein paar Tropfen Wasser nicht helfen wollten. So mußte denn anderweitig Rat geschafft werden. Sie nahm aus ihrem Notizbuch ein dünnes Bleistiftchen, das natürlich abgebrochen war, gab ihm eine Spitze, so gut es ging, und schrieb nun in Schriftzügen, deren schwer entzifferbare Form nur noch von ihrer Blässe übertroffen wurde, das Folgende:

»*Bohlsdorf,* den 1. Februar.

Liebe Marie!

Wir sind gestern um die vierte Stunde hier angekommen und fanden unseren Kranken in einem tiefen Schlafe, der auch jetzt noch anhält. Wie tief dieser Schlaf ist, zeigte sich heute früh. Ich stieß ein neben dem Ofen stehendes Schüreisen um und erschrak, denn es gab einen großen Lärm; aber Lewin öffnete die Augen nur, um sie sofort wieder zu schließen. Übrigens schien er mich erkannt zu haben; ich sah ihn lächeln, freilich nur wie im Traum, denn der Schlaf hatte gleich wieder Gewalt über ihn. Wir erwarten jeden Augenblick Doktor Leist, und diese Zeilen sollen nicht eher fort, als bis wir ihn gehört haben.

Wie dies alles so gekommen? Ich habe nur wenig mehr erfahren, als wir schon wußten. Und

Du mit uns. Ein Knecht fand ihn besinnungslos am Wege, lud ihn auf seinen Schlitten und gab ihn hier in Bohlsdorf ab. Die Krügersleute haben sich seiner angenommen und ihn gehegt und gepflegt. Er liegt in einer Giebelstube; Tante Schorlemmer und ich bewohnen die andere; nur der Bodenflur ist zwischen uns.

Warum er Berlin verlassen hat, um in Wind und Wetter bis hierher zu kommen, darüber hab' ich nur Vermutungen. Und auch diese kaum. Es muß etwas Plötzliches gewesen sein, denn er war leicht gekleidet und trug nur Rock und Filzkappe, trotzdem es eine naßkalte Nacht war. Eine Stunde früher, als der Knecht ihn fand, hat ihn der Bohlsdorfer Amtmann, der mit seiner jungen Frau von einem der Nachbardörfer kam, auf den Chausseesteinen sitzen sehen. Die junge Frau (sehr hübsch) war heute Vormittag bei mir und hat mir von der Begegnung erzählt. Sie habe sich vor ihm wie vor einer Erscheinung erschrocken. Dann sei er aufgesprungen und ihrem Wagen zwischen den Pappeln hin eine lange Strecke gefolgt. So wenigstens habe sie zu sehen geglaubt; sicher sei sie nicht. Du siehst, alles ist dunkel und rätselvoll. Die junge Frau, die wohl eine halbe Stunde hier war, überraschte mich durch eine Ähnlichkeit mit Kathinka, selbst in ihrer Art, sich zu kleiden. So trug sie, um nur eines zu nennen, eine polnische mit weißem Pelz besetzte Mütze.

Ach, Marie, wie hat sich alles um uns her geändert! Ich sehne mich jetzt nach den stillen Hohen-Vietzer Tagen zurück, die ich so oft verklagt habe. Von allen Seiten drängt es heran, und ich erkenne, wie mein Herz zu schwach und zu klein ist, allein, was geschieht, sein zuständig Teil zu geben. In ruhigen Zeiten hätte mich der plötzliche Tod der Tante betrübt oder doch beschäftigt, jetzt vergehen Stunden, ohne daß ich daran denke. Nur an Dich denke ich viel, immer.

Ich erwarte noch heut' ein paar Zeilen aus Guse; Papa hat sie mir zugesagt. Das Begräbnis der Tante vermute ich morgen; ihm beizuwohnen, daran ist nicht zu denken; ich kann hier nicht eher fort, als bis wir Lewin außer Gefahr wissen. Und ehe nicht der alte Leist … Aber da hör' ich seine Stimme laut und eindringlich auf der Treppe. Alles wispert im Hause, selbst die Knechte, die kommen, werden zur Ruhe bedeutet und fügen sich dem Zwang; nur alte Doktoren haben in ihrem Sprechen und Auftreten das Vorrecht der Zwanglosigkeit, und der alte Leist macht keine Ausnahme. Ich schließe vorläufig und will nur hören, was er sagt.«

Renate schob das Blatt unter das Schreibnecessaire und traf den Doktor bereits am Bette drüben. Er sah mit seinen zwei Pelzhandschuhen, die an einer dicken Schnur rechts und links über den Mantelkragen hingen, abenteuerlich genug aus und grüßte mit der einen freien Hand, während er mit der andern den Puls des Kranken zählte. Er schien zufrieden, befühlte noch Stirn und Schläfe und sagte dann: »Lassen wir ihn allein; er braucht uns nicht.« Damit verließen alle drei den ruhig Weiterschlafenden und gingen in die Frauenstube hinüber, wo nun der Alte seinen Mantel ablegte, während Renate über alles Kleine und Große, was die Auffindung Lewins begleitet hatte, in ähnlicher Weise wie in ihrem Briefe an Marie zu berichten begann.

»Sehr gut, sehr gut«, unterbrach sie der offenbar ziemlich unaufmerksame Doktor und fuhr dann, nachdem er auf einem Binsenstuhle Platz genommen und sich die breiten braunfleckigen Hände behaglich gerieben hatte, in vertraulichem Tone fort:

»Und nun, mein Renatchen, ehe wir weiterplaudern, bitt' ich um einen Kaffee, das heißt, mit Permission: um einen Cognakkaffee. Den Milchkaffee habe ich abgeschworen. Das ist nichts für einen alten Doktor mit Landpraxis.«

Tante Schorlemmer ging, um das Gewünschte herbeizuschaffen; der alte Leist aber, der, wie alle Doktoren, auch wenn sie nicht beim Feldscher begonnen haben, gerne sprach und Anekdoten erzählte, um das ewige Einerlei der Krankengeschichten loszuwerden, wiederholte, als die Schorlemmer hinaus war, seine letzten Worte und setzte dann erklärend hinzu: »Sehen Sie, mein Renatchen, mit dem milchernen ist es nichts. Ich meine den Kaffee. Sonst laß ich auf das Milcherne nichts kommen, denn es ist die höhere Stufe. Aber was ich sagen wollte. Sehen Sie, dies Franzosenvolk ist sonst nicht mein Gustus, und ihre Guillotinenwirtschaft, was sie damals ›La Terreur‹ oder, wie wir sagen, den Schrecken oder den Terrorismus genannt haben, das kann ich ihnen nicht vergessen; aber, der Wahrheit die Ehre, mit dem Cognakkaffee, da haben sie's getroffen. Es gibt so Sachen, worin sie uns überlegen sind.«

Renate rückte ungeduldig hin und her; der alte Leist indessen schien es nicht zu bemerken und fuhr fort:

»Und es ist eigentlich nicht mehr und nicht weniger als meine Pflicht und Schuldigkeit, daß ich mich ehrlich dazu bekenne. Denn ohne diesen Cognakkaffee wär' ich nicht mehr am Leben und säße nicht in diesem hübschen Bohlsdorfer Krug. Sie haben von Anno 93 gehört, oder quatre-vingt-treize, wie die Franzosen sagen. Sie lieben alles, was einen Schnepper hat und so ins Ohr klingt, als ob es was Apartes wäre. Und sehen Sie, damals hatten wir ja den Champagnefeldzug, und ich war auch mit, mitsamt meiner Grenadierkompagnie von Alt-Larisch. Nun ja, ›Champagne‹, das klingt ganz gut, und wer es nicht besser weiß, der denkt sich lauter bauchige Weinflaschen und einen blanken Pfropfen, der mit einem Knall an die Decke springt. Aber du himmlische Güte, wir haben die Champagne ganz anders kennengelernt. Es regnete Tag und Nacht, immer Biwak und im Freien kampiert auf Kalk- und Lehmboden, der das Wasser nicht durchläßt, und ehe vier Wochen um waren, lag die halbe preußische Armee nicht mehr im Biwak, sondern im Lazarett. Und der alte Leist, trotzdem er ein Doktor war, hätte auch darin gelegen, wenn er sich nicht gehütet hätte. Denn der kannte die Lazarette, und weil er sie kannte, kroch er lieber beiseite und schleppte sich bis an ein alleinstehendes Bauernhaus, in dessen Tür er, mit Permission, eine dicke, alte Französin stehen sah. Und die hatte Mitleid mit ihm und nahm ihn auf. Und um es kurz zu machen, sie packte mich in ein turmhohes Bett, und als ich nun einen Schüttelfrost kriegte und meine Zähne, so viel ihrer noch waren, vor Kälte zusammenschlugen, da brachte sie mir einen Cognakkaffee, eine Tasse, zwei Tassen, ich weiß nicht, wieviel ich getrunken habe. Aber das weiß ich, daß ich den dritten Tag wieder auf den Beinen war. Und seitdem trink' ich ihn in allen schweren Lebenslagen, wohin ich auch sieben Meilen bei zehn Grad Kälte rechne, erstens aus Dankbarkeit, zweitens aus Vorsicht und drittens, weil er mir schmeckt.«

In diesem Augenblick trat die Schorlemmer wieder ein, und die Krügersfrau mit dem geforderten Kaffee folgte. Neben der Tasse stand ein Glas. Der Doktor liebäugelte damit, schwankte zwischen Anstand und Begehrlichkeit, unterlag aber wie gewöhnlich der letzteren und leerte das Glas auf einen Zug. Der Mischungsprozeß war unterblieben.

Renate, deren anfängliche Ungeduld bei dem Geplauder des Alten eher geschwunden als gestiegen war, sah ihm lächelnd zu und sagte dann, ihre Hand auf seinen Arm legend:

»Aber nun, lieber Doktor Leist, wie steht es mit unserem Kranken? Ist Gefahr?«

»Gefahr, Gefahr«, antwortete der Alte im Tone scherzhaften Vorwurfs, »werde doch nicht von Anno 93 sprechen, wenn Gefahr wäre! Nein, mein Renatchen, wenn dem alten Leist so was Bitteres auf der Zunge liegt, da schmeckt ihm nichts, und wenn es ein Cognakkaffee wäre. Wie es mit ihm steht? Gut steht es. Er schläft sich gesund. Nichts von Gefahr. Überreizung der Nerven. Das ist alles.«

Renate schwieg. Sie wollte nicht weiter forschen, da sie den Zusammenhang der Dinge zu ahnen begann. Die Schorlemmer aber, die nichts von solchen Zuständen wußte, fragte halb ärgerlich:

»Nervenüberreizung; was soll das? Woher?«

»Ja, mein liebes Tantchen«, antwortete Leist, »das ist mehr, als ein armer Doktor wissen kann. Der muß schon froh sein, wenn er erkennt, was er vor sich hat. Woher es kommt, darauf kann er sich nicht einlassen. Das weiß eben nur der Kranke selbst. Und unser Lewin wird es schon wissen und sich eines Tages unser aller Neugier erbarmen, denn eine rechte Neugiersgeschichte ist es, dessen bin ich sicher.«

Und dabei schmunzelte der Alte so listig vor sich hin, als ob er den ganzen Liebesroman von Anfang bis Ende gelesen hätte.

»Aber nun Verhaltungsbefehle!« sagte Renate, »was tun wir?«

»Wir warten. Das ist überhaupt das Beste, was der Mensch tun kann. Zeit, Zeit. Die Zeit bringt alles. Dem Kranken bringt sie Gesundheit. Wir warten also.«

»Und wie lange noch?«

»Ja, das ist nun wieder so eine Frage. Aber rechnen wir nach. Heute ist der dritte Tag. Ich denke den fünften Tag, also übermorgen. Übermorgen wird er ausgeschlafen haben und wird irgend etwas wollen, vielleicht einen gerösteten Speck oder ein Zwiebelfleisch. Was es aber auch sein mag, er muß es haben, denn was dann spricht, das ist die Stimme der Natur, die durchaus gehört werden will.«

»Ach, wie freue ich mich«, sagte Renate, »meinen Brief mit so guten Nachrichten schließen zu können! Ich schrieb, als Sie vorfuhren, eben an Marie Kniehase. Wissen Sie, Doktor, Sie könnten mir die letzten Zeilen diktieren.«

»Das will ich«, sagte der Alte, »und will auch den Briefträger machen, denn ich fahre über Hohen-Vietz. Haben Sie alles?«

»Alles.«

»Nun denn schreiben wir: ›... Eben ist Doktor Leist hier und versichert uns, es sei keine Gefahr. In zwei Tagen wird unser Kranker außer Bett und in einer halben Woche so gut wie genesen sein. Dies alles schreib' ich nach dem Diktat des Alten, der diesen Brief selbst mitnehmen will. Punktum, Gedankenstrich. Deine Renate.‹«

Renate sprang auf, schob in heiterer Laune dem Doktor das Blatt zu und sagte: »So, nun haben wir es schwarz auf weiß, und Sie müssen nur noch darunter schreiben: ›Beglaubigt‹ und Ihren Namen. Aber keinen Doktorkrikelkrakel, sondern deutlich und leserlich für jedermann.«

Der Alte tat, wie ihm geheißen. Dann erhob er sich, und während ihm Renate wieder in seinen schweren und vielkragigen Mantel hineinhalf, schloß er seinen Besuch mit den Worten: »Und nun noch eines, Ihr Damen. Ich muß die Gesunden bitten, sich über den Kranken nicht zu vergessen. Sonst vertauschen wir bloß die Rollen. Also keine Allotria wie Nachtwachen und andere Überflüssigkeiten. Tantchen, ich mache Sie verantwortlich. Und übermorgen sehe ich wieder nach. Und nun Gott befohlen.«

Sie begleiteten ihn treppab bis an den Wagen, der unter dem Vorbau hielt. Bald zogen die Pferde an, und Renate und die Schorlemmer grüßten dem Alten nach. Eine rechte Sorge war von ihnen genommen; er hatte so zuversichtlich gesprochen. Gegen Abend kam eine alte Wartefrau, um sie am Bette des Kranken abzulösen, und beide gingen nun in ihre Giebelstube hinüber, um nach zwei schlaflosen Nächten eine ruhige Nacht zu haben.

Renate war müde, Tante Schorlemmer aber rüstig und beweglich wie immer. Sie setzte sich zu ihrem Liebling und zeigte sich geneigt, noch eine Viertelstunde zu plaudern.

»Wie mag es in Guse aussehen?« fragte Renate. »Ach, liebe Schorlemmer, ich sorge mich, von der Tante zu träumen.«

»Du wirst es nicht.«

»Und wie sie nur gestorben sein mag«, fuhr Renate fort. »Ich glaube nicht, daß sie einen christlichen Tod gehabt hat. Und nun sehe ich sie im Sarge liegen, blaß, mit ihrer schwarzen Witwenhaube, und die Schnebbe daran noch tiefer in die Stirn gerückt als gewöhnlich. Und vor diesem Bilde fürchte ich mich. Es mag nicht recht sein. Aber dir darf ich es sagen, liebe Schorlemmer, daß ich lieber hier in Bohlsdorf als in Guse bin. Ist es ein Unrecht?«

Die Schorlemmer streichelte ihr die Hand und sagte: »Wenn es ein Unrecht ist, mein Renatchen, so ist es ein kleines. Ich weiß wirklich nicht, ob es unsere Christenpflicht ist, einem Toten ins Gesicht zu sehen. Und sie hatte etwas Unheimliches. Alle, die Jesum verachten, haben nichts von seinem Gnadenschein.«

»Und was nun aus Guse wird? Es war Allod, und als Kaufgut fällt es nicht an die Pudaglas zurück.«

»Ich wüßte schon einen Erben.«

»Welchen?«

»Renate von Vitzewitz. Aber du hättest dann einen andern Namen.«

»Geh doch. Was du nur sprichst. Ich armes Fräulein und das schöne Gut.«

»Ja, mein Renatchen, die Menschen sind nicht immer, was sie scheinen, und während du glaubst, daß ich nur an Grönland und Neu-Herrnhut denke, denk' ich an ganz andere Dinge. Ich habe auch so meine kleinen Passionen und verheirate die Menschen gern, und wenn ich so in die Zukunft sehe, da seh' ich nichts als ...«

»Nun?«

»Nichts als Hochzeitszüge, kleine und große: du, Marie, Maline. Selbst für die Eve hab' ich schon gesorgt, trotzdem sie hochfahrend ist und es eigentlich nicht verdient.«

»Und Kathinka?«

»Nein, Kathinka nicht. Die tut alles selbst und braucht meine Vorsorge nicht.«

»Ach, wie beneid' ich dich, daß du so Hübsches denken kannst. Ich sehe keinen Hochzeitszug. Und jetzt, wo ich mir einen solchen vorstellen will, seh' ich ihn schwarz.«

»Das ist, weil du mit deinen Gedanken in Guse bist.«

»Ich glaube, daß du recht hast, wenigstens wünsche ich es. Ach wie lieb ist es, daß du bei mir bist. Ich muß an den Abend vor Silvester denken, wo du mir die Gespensterfurcht wegerzähltest. Es war die Geschichte von Kajarnak, dem ersten Getauften; du siehst, ich habe den Namen gut behalten. Aber nun will ich schlafen. Sage mir noch eines von euren Liedern, ein recht hübsches, keins von den süßen mit Lämmlein und Englein. Die kann ich nicht ertragen.«

»Nun, dann wollen wir ein recht festes und kerniges nehmen«, sagte die Schorlemmer:

»Schau von deinem Thron,
Vater, Geist und Sohn.«

Renate nickte zustimmend, und die Alte fuhr mit immer leiser werdender Stimme bis an die dritte Strophe fort:

»Reinige mein Herz
Auch mit meinem Schmerz;
Gib, daß sich mein Eigenwille
Ruhig in dem deinen stille;
Alles, was noch mein,
Eigne dir allein.«

Sie sprach nicht weiter. Renate hatte die Hände gefaltet, lächelte und schlief.

2. KAPITEL

Eine Begegnung

Die Sonne des nächsten Vormittags schien hell auf die Bohlsdorfer Dächer. Renate war bei der Amtmannsfrau gewesen, um ihr einen Gegenbesuch zu machen, und kam eben von dem Gutshofe zurück, als sie ein herrschaftliches Fuhrwerk vor dem Kruge halten sah. Der Herr, dem es gehörte, ging inmitten der Dorfgasse auf und ab. Er war von hoher Gestalt, trug Pelzrock und Pelzstiefel und sah von Zeit zu Zeit nach dem Kirchturm hinauf, dessen groteskgeformte Schneehaube seine Aufmerksamkeit auf sich zu ziehen schien. Im Näherkommen erkannte Renate den alten Geheimrat.

»Onkel Ladalinski!« rief sie und eilte ihm entgegen.

Der Geheimrat war ersichtlich befangen, und eine kurze Pause folgte den ersten Begrüßungsworten, bis Renate fragte: »Du bist auf dem Wege nach Guse?«

»Ja, liebe Renate; zum Begräbnis der Tante, Aber was führt *dich* in dieses Dorf? Ich erwartete, dich in Guse zu sehen, dich und Lewin und den Papa.«

»Du wirst nur den Papa in Guse treffen; Lewin ist hier.«

»Lewin ist hier?«

»Ja, krank und bewußtlos; nun schon den vierten Tag. Die Leute schickten uns einen Boten. Es war denselben Morgen, wo die Nachricht von dem Tode der Tante kam. Papa fuhr nach Guse, ich nach hier. Die Schorlemmer begleitete mich, und wir fanden Lewin, wie wir nach allem, was uns der Bote gesagt hatte, erwarten mußten. Er lag in tiefem Schlaf. Alles ist in Dunkel, und wir raten hin und her, was ihn in naßkalter Nacht von Berlin fort und hierher geführt haben mag. Ein Knecht fand ihn wie tot neben den Chausseesteinen.«

Der Geheimrat schwieg eine Weile; dann nahm er Renatens Arm und sagte: »So weißt du von nichts? Ach, Kind, welche Tage haben wir durchlebt! Kathinka ist fort, und wir werden sie nicht wiedersehen.«

Das also war es. Renate sah nun klar, schien aber weniger überrascht, als der Geheimrat bei seinen letzten Worten erwartet haben mochte.

»Kann ich Lewin sehen?« fragte dieser.

»Ja; er liegt oben.«

Sie stiegen nun die schmale Treppe hinauf und fanden die Schorlemmer am Bette des Kranken. Sie wollte das Zimmer verlassen, aber der Geheimrat bat sie, zu bleiben. Lewin schlief mit einem Ausdruck, als ob er sich dieses Schlafes freue, und der alte Ladalinski war durch den Anblick erschüttert. Über ihn, seit jenem Tage, war kein erquicklicher Schlaf gekommen. Er nahm des Kranken Hand und sagte: »*Er* wird genesen«, und in dem schmerzlichen Ton, in dem er diese Worte sprach, klang es begleitend mit: »*ich* nicht.«

So verließen sie wieder das Haus und kehrten auf die Dorfgasse zurück, wo sich inzwischen alt und jung um den Chaisewagen und das verdrießlich über die Ledertrommel (als ob es eine Logenbrüstung wäre) hinwegblickende Windspiel versammelt hatte.

»Ich spräche gern noch ein paar Worte mit dir«, sagte der Geheimrat und wies mit leiser Kopfbewegung auf die Dorfleute, die jetzt ihre neugierigen Blicke mehr auf das herzutretende Paar als auf den Wagen zu richten begannen.

»Laß uns in die Kirche gehen«, erwiderte Renate, »die Tür ist offen.«

Er war es zufrieden. Sie stiegen über die halbverfallene Feldsteinmauer und schritten, an ein paar Gräbern vorbei, auf dieselbe Seitentür zu, durch die Lewin am Weihnachtsheiligabend eingetreten war.

In der Kirche war alles öde; nur auf den schwarzen Tafeln standen noch die Nummern der Gesangbuchverse, die man am letzten Sonntag gesungen hatte. Ein scharfes Seitenlicht fiel auf das Altarbild: eine Kreuzigung. Maria und Johannes fehlten, und nur eine Magdalena lag auf den Knien und hielt das Kreuz umfaßt. Es war ein häßliches Bild aus der Mitte des vorigen Jahrhunderts, am häßlichsten die Magdalena. Sie trug ein hohes Toupet von rotblondem Haar, in das große Perlen eingeflochten waren. Der Ausdruck sinnlich und roh. Den Geheimrat verdroß es; er wandte sich ab und suchte nach einem Platz in der Kirche, der ihm Sicherheit vor diesem Anblick gewähren mochte. Er fand ihn auch. Zur Seite des Altars, in eine Ecke geschoben, standen vier alte Chorstühle, die, nach ihrem Schnitzwerk zu schließen, noch aus der katholischen Zeit stammten und bei einer Renovierung der Kirche hier seitab ein Unterkommen gefunden hatten. Der alte Ladalinski zeigte darauf hin, und sie nahmen die beiden vordersten ein.

Jeder scheute sich, von Kathinka zu sprechen. So stockte das Gespräch, noch ehe es recht begonnen. Endlich faßte sich Renate und sagte: »Ich vermisse Tubal; er war der Liebling der Tante, und nun fehlt er an ihrem Grabe.«

»Und doch war es ein richtiges Gefühl, was ihn zurückhielt«, erwiderte der Geheimrat.

Renate sah ihn fragend in.

»Ein richtiges Gefühl«, wiederholte dieser nach einer Pause, »das Gefühl einer Mitschuld. Ach, meine teure Renate, die Schuld, die wir auf uns laden, tragen wir nicht allein. Andere sind gezwungen, sie mitzutragen. Und Tubal empfindet das. Er wollte niemand von euch sehen, nicht Lewin und nicht dich.«

»Und doch hätt' er sich überwinden sollen«, sagte Renate. »Und daß er es *nicht* tat, Onkel Ladalinski, das kann ich ihm nicht zum Guten rechnen, wenigstens nicht zum Guten allein. Er gab einem feinen Gefühle nach und mißtraute dem unsrigen. Das war nicht recht, sonst hätt' er wissen müssen, daß wir solche Mitschuld nicht gelten lassen und ihr Bekenntnis nicht annehmen würden.«

Sie schwieg einen Augenblick; dann fragte sie, wie um dem Gespräch eine andere Wendung zu geben: »Weißt du, wie die Tante starb?«

»Nein, ich hörte nichts. Alles, was ich erfuhr, erfuhr ich aus einer kurzen Anzeige deines Vaters. Ich war erschüttert, denn sie hatte meinem Herzen nahe gestanden, und ich mußte mich aufrichten an der Vorstellung dessen, was ihr durch diesen raschen und unerwarteten Tod erspart geblieben ist. Denn sie liebte nicht, ihre Pläne durchkreuzt zu sehen. *So* durchkreuzt!« Er schwieg eine Weile und setzte dann hinzu: »Und ihre Pläne, Renate, waren meine Wünsche. Alles, was davon noch übrig ist, leg' ich in deine Hand.«

Renate blickte vor sich hin und errötete. Dann aber sagte sie rasch und in beinahe heiterem Tone: »Oheim Ladalinski, laß mich offen sein. Ich darf es. Du pochst nicht an die rechte Tür, und du weißt es auch; was du freundlich in meine Hand legen möchtest, das liegt in einer anderen.«

»Nein, Renate, es liegt bei dir. *Ein* Herz zwingt das andere. Und ich weiß …«

Sie schüttelte den Kopf und wollte antworten; aber beide hörten jetzt draußen ein Kratzen an der Tür, und im nächsten Augenblicke kam das Windspiel den Mittelgang der Kirche herauf, stellte sich, mit unruhiger Kopfbewegung, bellend und klingelnd vor den Geheimrat und lief dann wieder auf den Seiteneingang zurück, immer sich umblickend, ob sein Herr auch folge.

»Kutscher und Diener werden ungeduldig«, sagte der alte Geheimrat; »wir müssen abbrechen.«

Damit verließen beide die Kirche und schritten wieder über den Kirchhof auf den Wagen zu, in den das Windspiel eben hineingehoben wurde. Der Geheimrat nahm seinen Platz neben demselben und streichelte es, während er die Rechte Renaten zum Abschied reichte.

»Ich danke dir für unser Gespräch; behalt es in gutem Gedächtnis. Ich bitte dich darum.«

Damit trennten sie sich. Renate trat unter den Vorbau des Kruges und sah dem Wagen nach. Ihre Gedanken waren bei Tubal, und sie suchte sich das Bild desselben vorzustellen; aber es waren immer die Züge Kathinkas, die sie sah.

»Sind sie einander so ähnlich?« fragte sie sich und stieg die Treppe hinauf.

Eine Stunde später brachte die Krügersfrau das Essen, legte das Tischtuch und entschuldigte sich einmal über das andere, daß es so spät geworden sei, aber »der kräpsche Junge« habe nicht schlafen wollen. Sie wisse nicht, von wem er es habe, von seinem Vater sicherlich nicht, denn der schlafe zuviel. Ihre Sprechweise, während sie so plauderte, war über ihren Stand, dabei ziemlich zwanglos, und nur mitunter, wenn sie lebhafter wurde, entschlüpfte ihr ein plattdeutsches Wort.

Tante Schorlemmer und Renate hatten Platz genommen und rückten einen dritten Stuhl an den Tisch.

»Sie müssen bleiben«, sagte Renate, »und sehen, wie gut es uns schmeckt. Denn Sie führen eine gute Küche, das hab' ich gleich gestern herausgefunden. Der Kleine schläft, da haben Sie Zeit und können uns etwas erzählen. Wir sind nun schon fast zwei Tage hier und haben noch nicht einmal Ihren Namen erfahren.«

»Ich heiße Kemnitz … das heißt mein Mann.«

Sie sagte dies in einem Tone, der andeuten sollte, daß ihr väterlicher Name um einen Grad höher gewesen sei.

Renate verstand es auch so und fuhr deshalb fort: »Sie sind gewiß aus der Stadt? Aus Alt-Landsberg oder Müncheberg?«

»Nein, das nicht; ich bin von hier. Mein Vater hatte die Schule, und als ich bei Pastor Lämmerhirt eingesegnet war, da kam ich aufs Amt. Denn wir waren drei Mädchen, und ich bin die mittelste; Christiane hatte den Marzahnschen Müller geheiratet, und Mariechen, was unsere Jüngste ist, ist noch zu Hause, denn unsere Mutter lebt noch.«

»Und da sind Sie wohl immer auf dem Amt gewesen?« fragte Renate.

»Ja, bis vor anderthalb Jahren. Ich hatt' es gut. Die junge Frau war das einzige Kind, und wir waren immer zusammen, und da sah und hört' ich alles. Der jetzige Amtmann hielt es mit der Mutter und hat sich hineingeheiratet; er war erst bloß Verwalter. Und man merkt es auch noch; auf dem Hof hat er das große Wort, aber in der Stube ist er mäuschenstill, denn die Mutter hat das Regiment, und die Tochter lernt es jeden Tag besser.«

»Und Ihr Mann, liebe Frau Kemnitz, der war wohl auch auf dem Amt?«

»Ja, er war der Meier. Er diente schon das siebente Jahr und sah mir immer nach den Augen, daß ich lachen mußte. Und erst wollt' ich ja nicht, aber da sagte mir der Pastor Lämmerhirt, ›ich sollte mich nicht um mein Glück bringen‹. Da nahm ich ihn denn, und es tut mir auch nicht leid, denn er ist gut gegen mich, und nun gar der Junge, Sie glauben nicht, wie er das Kind liebt. Da muß man denn schon ein Auge zudrücken.«

»Das muß eine gute Frau immer«, sagte die Schorlemmer und hob in freundlicher Ermahnung ihren Zeigefinger. »Eine gute Frau muß die Augen immer aufhaben, aber sie muß sie auch zuzumachen verstehen, je nachdem. Sie muß alles sehen, aber sie muß nicht alles sehen *wollen*.«

Die Krügersfrau, die nach Art der Dorfleute bei Sehen und Nichtsehen immer nur an Liebesgeschichten dachte, mißverstand die sehr anders gemeinten Worte Tante Schorlemmers und antwortete lachend: »Ach, so was ist es ja nicht; da käm' er mir auch recht.«

»Nun, was ist es denn?« fragte Renate neugierig.

»Ja, was ist es, Fräuleinchen? Ich schäme mich fast, davon zu sprechen. Er schläft immer, und das soll nicht sein. Des Abends, wenn die Gaststube leer ist, les' ich ihm eine Gesangbuchepistel vor, so bin ich großgezogen, so war es bei meinem Vater selig, und so war es auch auf dem Amt. Und wenn auf dem Amt auch keiner recht hinhörte, so taten sie doch so. Aber mein Kemnitz schläft. Eine Zeitlang hab' ich ihn lesen lassen, bis ich sah, daß es auch nicht ging. Er hat immer den Sandmann in den Augen.«

»Das ist aber doch nichts Schlimmes, meine liebe Frau Kemnitz«, sagte Renate.

»Doch, gnädiges Fräulein«, erwiderte die Krügersfrau. »Und wenn er bloß schliefe, wenn er schläft; aber er schläft auch, wenn er wach ist. Und das ist das Allerschlimmste. Er vergißt alles, er hat gar keinen Merk. Sehen Sie, letztes Vogelschießen, da hatten wir das Haus voll, alle Stuben, und ich war oben und unten, in Küche und in Keller, und wir verschenkten einen halben Anker Wacholder. Ja, verschenkt haben wir ihn, denn mein Kemnitz vergaß die Kreidestriche, und als er sie zuletzt machte, so nach Gutdünken, weil er sich vor mir fürchtete, da waren sie falsch, und wir hätten noch Streit und böse Nachrede gehabt, wenn ich nicht, als der Lärm eben anfing, dazugekommen wäre. Da fuhr ich denn mit meinem Ärmel über die ganze Rechnung hin und sagte: ›Es ist alles frei gewesen‹, und brachte jedem ein Extraglas und tat, als ob es mich freute, denn die Bauern sind sehr schwierige Leute. Aber in der Nacht hab' ich meine blutigen Tränen geweint.«

Die Krügersfrau hatte sich so hineingesprochen, daß ihr noch in der Rückerinnerung wieder die Tränen in die Augen kamen, aber sie fühlte auch zugleich, daß Reden und Aussprechen der beste Trost sei, und so fuhr sie fort: »Und wenn es noch so wäre wie den vorvorigen Sommer. Aber da haben wir ja jetzt den ›Roten Krug‹, keine hundert Schritt vom Dorf, nach Taßdorf zu. Ostern fing er an zu bauen, Pfingsten war alles unter Dach, und Johanni zog er ein. Er heißt Bindemeier und ist ein verdorbener Stellmacher; ein schlechter Mensch, der immer abbrennt und immer in Scheidung lebt. Er hat nun schon die dritte Frau; aber die Kinder sind von der ersten, auch die Line, die morgen Hochzeit macht.«

»Hochzeit, wen heiratet sie denn?« fragte Renate.

»Einen Dahlwitzer Bauerssohn. Erst sollt' es ja nicht sein. Der Alte drüben wollte nicht, denn er ist geizig und hat den Bauernstolz. Aber da ging ja die Line nach Dahlwitz und hat den Alten so mitbehext, daß er jetzt Stein und Bein schwört, wenn der Junge sie nicht nähme, so wollt' er sie selber nehmen, denn er ist Witwer.«

»Ist sie denn so hübsch?«

»Nein, hübsch ist sie nicht; aber sie hat so ein Wesen. Und von wem hat sie's? Vom Vater hat sie's. Und das ist es ja eben. Denn sehen Sie, Fräuleinchen, er hat bloß die Schankgerechtigkeit und ist gar kein richtiger Krüger, wiewohlen er den ›Roten Krug‹ hat; aber das muß wahr sein, das Krügern versteht er. Und mein Kemnitz versteht es nicht. Der kreidet gar nicht an und der andere doppelt. Und keiner, der in den ›Roten Krug‹ kommt, merkt es, weil er jedem zum Munde redet und immer eine Geschichte hat.«

»Und möchten Sie tauschen?« fragte jetzt Renate, »und einen Mann haben wie den im ›Roten Krug‹?«

»Um Gottes Willen nicht«, erschrak die Krügersfrau, »da hätt' ich ja keine ruhige Stunde mehr.«

»Sehen Sie, da haben wir das Geständnis Ihres Glücks. Sie haben den Frieden des Gemüts, der das Beste ist. Lassen Sie Ihren Mann nur ruhig schlafen; er ist ein guter Mann, und das ist gerade genug. Schläft er viel, so müssen Sie viel wachen; das hebt sich dann. Etwas fehlt immer, und irgendwo drückt der Schuh einen jeden; den einen hier, den andern da.«

Die Krügersfrau seufzte. »Das hat mir Pastor Lämmerhirt auch gesagt«, und dabei erhob sie sich und schob die Teller zusammen. Aber auf ihr erstes Wort zurückkommend, setzte sie hinzu: »Ein schläfriger Mann ist doch nicht gut, das laß ich mir nicht nehmen.«

Und damit verließ sie das Zimmer. –

»Weißt du, an wen ich habe denken müssen?« fragte Renate.

»Gewiß; an Maline.«

»Nur daß der junge Scharwenka nicht schläfrig ist. Vielleicht zu wenig.«

»Da drückt der Schuh am andern Ende«, schloß die Schorlemmer.

Renate nickte, und müde von den Anstrengungen dieser Tage warf sie sich auf ihr Bett, um eine Stunde zu schlafen. Die Schorlemmer deckte sie mit einem Mantel zu und ging in das andere Zimmer hinüber. Hier setzte sie sich zu Häupten Lewins und begann an einem Strickzeug zu stricken, das sie sich von der Krügersfrau geborgt hatte, denn ihre Hände konnten nicht ruhen.

Als die Sonne schon im Sinken war, brachen Renate und die Schorlemmer auf, um einen Spaziergang zu machen, wozu die Luft und die Beleuchtung aufforderten. Sie gingen die nach Taßdorf führende Pappelallee hinunter, an dem ›Roten Kruge‹ vorbei, wo schon alles in hochzeitlicher Vorbereitung war. Keines sprach; endlich sagte die Schorlemmer, als ob sie wisse, daß Renatens Gedanken denselben Weg machten: »Und nun so weggenommen, ohne Vorbereitung und ohne Abendmahl und nichts in Händen als ein französisches Buch. Daraufhin wird einem nicht aufgetan.«

Sie waren stehengeblieben und sahen jetzt über einem dunkeln Waldstreifen den Mond aufgehen, blaß und silbern.

»Dorthin liegt Guse«, sagte Renate.

Die Schorlemmer bejahte.

»Ich glaube, sie begraben sie jetzt. Mir ist, als hörte ich das Singen.«

»Möge Gott ihrer Seele gnädig sein!«

Und beide falteten die Hände und gingen in das Dorf zurück.

3. KAPITEL

»So spricht die Natur«

Die Nacht über hatten abwechselnd die Krügersfrau und eine alte Frau aus dem Dorfe bei Lewin gewacht; nun war es neun Uhr früh, und Renate und die Schorlemmer saßen wieder an seinem Bette. Er schlief unruhiger als die Tage vorher, und einzelne, freilich nur halb verständliche Worte kamen von seinen Lippen. In dem Zimmer lag ein heller Morgenschein, und das Eis schmolz von den Scheiben. Sonst war nichts hörbar als das Zwitschern eines Zeisigs und das Klappern von Tante Schorlemmers Nadeln. So verging eine halbe Stunde, während welcher die Frauen vor sich hin oder auf den Kranken sahen. Jetzt traf die Sonne sein Gesicht, und Renate flüsterte: »Sieh, er träumt. Und etwas Freundliches muß es sein.« Und ehe die Schorlemmer antworten konnte, gingen draußen die Glocken, und Lewin erwachte. Sein erster Blick fiel auf die Schwester. Er erkannte sie und sagte: »Renate.«

Diese war aufgesprungen, nahm ihn in ihre Arme und rief einmal über das andere: »Mein lieber, lieber Lewin.« Tante Schorlemmer strickte weiter, aber ihre Lippen zuckten. Als Lewin sie bemerkte, nickte er ihr zu und gab ihr die Hand.

Es war ersichtlich, daß er noch sehr matt war. Sie legten ihm ein Kissen in den Rücken, so daß er mehr saß als lag, und sein Auge lief nun im Zimmer umher, um sich zurechtzufinden.

»Wo bin ich?«

Sie nannten ihm den Namen des Dorfes. Er schüttelte den Kopf, schien sich aber zu besinnen und fragte dann: »Wo ist Papa?«

»In Guse.«

»In Guse? Warum in Guse?«

Renate und die Schorlemmer sahen einander an und wußten nicht, was antworten. Aber Renate faßte sich bald und sagte ruhig:

»Tante Amelie ist tot.«

»So, so … wie alt war sie?«

Es blieb bei der Frage, denn sein Bewußtsein begann wieder zu schwinden, und einen Augenblick später lag er abermals in tiefem Schlaf. Und doch war er dem Leben wiedergegeben, er hatte gesprochen, und beide Frauen reichten sich in freudiger Bewegung und wie zum Ausdruck ihres Dankes die Hand.

So war eine halbe Stunde vergangen, als die Krügersfrau in sichtlicher Erregung eintrat. »Eben kommt der Zug«, rief sie und vergaß, was sie doch sonst immer tat, ihre Stimme zu dämpfen. »Die Orgel spielt schon. Und die Jungschen vom Amt sind auch mit dabei. Schlimm genug. Nur die Alte nicht, die hält zu uns. Jott, Jott, ich zittre.«

»Aber so machen Sie doch, liebe Frau Kemnitz, daß Sie den Zug nicht versäumen oder wenigstens mit in die Kirche kommen«, sagte die Schorlemmer und drängte die Krügersfrau gutmütig auf die Türe zu.

»Ich kann ja nicht«, lamentierte diese. »Wir sind ja Feindschaft. Und die Leute würden mit Fingern auf uns zeigen und sagen, daß wir ihnen das Glück wegwünschten. Nein, das geht nicht.«

»Ich möchte die Braut schon sehen«, sagte Renate.

»Ach, Fräuleinchen, deshalb komm' ich ja eben. Hübsch ist sie nicht, aber, wie ich Ihnen schon sagte, sie hat so was. Und dann erzählen Sie mir nachher, wie sie aussah. Jott, ich weiß nicht, was ich drum gäbe. Ja, Fräuleinchen, Sie müssen die Braut sehen und die liebe Tante Schorlemmer, wenn ich Sie so nennen darf, auch. Vier Augen sehen mehr als zwei. Ach, da kommen sie schon; das ist die Musik, und ich darf nicht einmal ans Fenster. Und wenn ich auch dürfte, der Zug kommt ja nicht vorbei. Und warum nicht? Bloß weil sie denken, wir haben ihnen Häcksel über den Weg gestreut.«

Renate sah der Schorlemmer nach den Augen, ob sie es auch recht fände. »Geh nur, Kind«, sagte diese, »ich komme mit. In der Kirche sein bringt nie Schaden. Du siehst dir die Braut an, und ich weiß schon, was ich zu tun habe.«

Die Krügersfrau war hocherfreut, lief hin und her und bedankte sich abwechselnd bei der Schorlemmer und bei Renaten. Dann brachte sie zwei dicke Porstsche Gesangbücher, die in Sammet gebunden und mit Metallzwingen zugehalten waren, und versprach einmal über das andere, bei dem Kranken bleiben zu wollen. »Hier hab' ich was zu tun«, schloß sie, »und dabei vergeht mir die Zeit und ist mir am wohlsten. Es soll ihn keine Fliege stören.« Renate und die Schorlemmer aber nahmen ihre Mäntel um, sahen noch einmal auf Lewin, der ruhig weiterschlief, und verließen das Zimmer, während sich die Krügersfrau an das Fußende des Bettes setzte.

Sie konnten noch nicht über die Straße sein, als die Glocken zum drittenmal zu läuten begannen. Endlich aber wurd' es still. »Nun singen sie«, sagte die Frau vor sich hin. »Jott, Jott, ich hätte sie so gern gesehen; er soll ihr eine silberne Kette geschenkt haben mit Schloß und Schieber. Er kann es; hat sie doch den Alten mit in der Tasche. Ein freches Ding, und dabei rotes Haar und Sommersprossen. Aber ich will nichts gesagt haben; sie steht jetzt vorm Altar. Und vielleicht ist sie nicht so schlimm. Jott, gib ihr deinen Segen und uns auch. Denn auf Kemnitz ist kein Verlaß. Und ich kann ja doch nicht alles alleine machen.«

Während sie noch diesen Stoßseufzer betete, schlug Lewin, ohne vorher einen unruhigen Schlaf gezeigt zu haben, beide Augen auf und sah die Krügersfrau freundlich an. Er war durch die letzte Stunde Schlaf ganz ersichtlich gestärkt worden. »Wo ist Renate?« fragte er. »Ich meine das Fräulein.«

»In der Kirche, junger Herr. Und die liebe Tante Schorlemmer auch. Ich bin eigentlich schuld, ich habe sie fortgeschickt; das heißt, ich habe sie darum gebeten. Denn wir haben heute eine Trauung; die Line vom ›Roten Krug‹. Sie hat einen Bauerssohn weggeschnappt, einen aus Dahlwitz. Na, ich gönn' es ihnen.«

So schwatzte sie weiter.

Lewin hatte sich inzwischen aufgerichtet und schien Anteil an allem zu nehmen. Wer ihn aber schärfer beobachtet hätte, hätte sehen müssen, daß er mehr auf das Gezwitscher des Zeisigs als auf das Geplauder der Krügersfrau hörte. Endlich wandte er sich an diese und sagte: »Ich habe Hunger.«

»Weiß schon«, antwortete die Kemnitzen, und als sie noch ein paar Fragen getan hatte, wußte sie ganz genau, was der Kranke wolle, und lief in die Küche. Hier brannte, wie herkömmlich, das Feuer auf dem Herd; sonst aber hatte sie jegliches selbst zu beschaffen, da das Gesinde drüben in der Kirche war. Sie nahm eine Kasserolle vom Rauchfang, dann einen Mörser und begann mit viel mehr Lärm, als nötig gewesen wäre, zu klappern und zu stoßen. Sie schien sich in diesem Lärmen zu gefallen. Als sie nun aber durch die Küchentür wahrnahm, daß Kemnitz schläfrig hinter einem Fensterpfeiler hockte und auf die Dorfstraße sah, wo doch nichts zu sehen war, rüttelte und schüttelte sie ihn, zwang ihm ohne weiteres den Mörser in die Hand und rief ihm ärgerlich und auf plattdeutsch zu: »Stött en beten.«

»Wat denn, Lene?«

»Rük et; sunnst brukst du't nich to weeten.« Und hiermit war sie schon wieder bis an die Küchenschwelle. Kemnitz aber, in den verschiedenen Pausen, die er sich gönnte, konnte deutlich hören, daß sie sich draußen an dem Tellerschapp zu schaffen machte.

So war eine gute Zeit vergangen, als das wiederbeginnende Orgelspiel anzeigte, daß die Zeremonie drüben zu Ende sei. Die Kirchentüren wurden geöffnet, und unter Vorantritt der Musik setzte sich der Hochzeitszug wieder in Bewegung. Mit unter den letzten, die die Kirche verließen, waren Renate und Tante Schorlemmer, die neben dem Orgelchor einen guten Platz gefunden hatten. Sie besprachen Pastor Lämmerhirts Rede, die der Schorlemmer nur wenig gefallen hatte. Renate dachte milder darüber. Als sie den Krug erreichten, fuhr auch Doktor Leist wieder vor.

Dieser war dem Zuge begegnet und in bester Laune. »Das bedeutet Glück!« rief er den beiden Damen zu und trat mit ihnen zugleich in den Flur. Das erste, was ihnen hier begegnete, war die Krügersfrau in Person. Sie kam die Treppe herunter und hielt ein Brett in Händen, auf dem Teller und Löffel lagen.

»Wie geht es?« fragte Renate.

»Gut, Fräuleinchen.«

»Ist er wach?«

»Ja.«

»Nun erzählt, liebe Frau«, sagte Doktor Leist. »Was hat es gegeben?«

»Nun, das gnädige Fräulein waren noch nicht lange fort, und der Prediger drüben konnte noch kaum angefangen haben, da schlug er die Augen auf. Ich meine, der junge Herr.«

»Und was sagte er?«

»Er fragte nach dem gnädigen Fräulein, und als ich ihm alles erzählt hatte, auch von der Line und ihrer Hochzeit, da sah er mich groß an und sagte: ›Ich habe Hunger‹. Und da dacht' ich ja nu gleich an alles, was uns Doktor Leist gesagt hatte, und fragte bloß, was er haben wollte, und nannte ihm wohl zehnerlei. Es war aber immer nicht das Rechte, und er schüttelte den Kopf einmal über das andere und wurde verdrießlich. Zuletzt aber sagte er: ›Jetzt hab' ich's.‹ Und was war es? Können Sie sich's denken, Fräuleinchen, eine Suppe war es. Und noch dazu eine Biersuppe. Und da fragt' ich ihn bloß: ›Wie denn, junger Herr, mit Karwe oder mit Ingwer?‹ Und da lachte er still vor sich und sagte: ›Mit Ingwer.‹«

»Mit Ingwer«, wiederholte der alte Leist. »Da haben wir die Genesung. Es war ihm nicht gleichgiltig, so oder so. Nein, mit Ingwer. Ja, meine Damen, so spricht die Natur. Ich gratuliere Ihnen und uns allen, und nun lassen Sie uns den Kranken sehen.«

Sie stiegen nun wieder treppauf und fanden Lewin aufrecht im Bette sitzend. Er erkannte den Doktor; als er aber die Linke heben wollte, um sie ihm zu reichen, sank sie matt auf das Bett zurück.

»Wie geht es, Lewin?«

»Ich denke, gut.«

»Ich denke, gut! Das ist mir nicht gut genug. Wie schmeckte die Suppe?«

»Gut.«

»Das ist recht. So muß es heißen. Nichts von Kopfweh?«

»Nein.«

Der Doktor nahm jetzt selber die Hand und zählte den Puls. Als er damit geendet hatte, sah er, daß der Kranke vor Erschöpfung wieder eingeschlafen war. »Stören wir ihn nicht.«

So verließen sie das Zimmer und nahmen erst draußen auf der Treppe das Gespräch wieder auf. »Es geht alles, wie es soll. Krisis überstanden; alle Zeichen der Genesung da. Kein Fieber; nur matt, matt. Aber jede Stunde Schlaf bringt ihn um eine Woche weiter. Morgen wird er aufstehen wollen, und übermorgen kann er reisen.«

»Und wir?«

»Wir reisen morgen schon und bestellen ihm Quartier«, antwortete der Doktor.

»Und schicken ihm Krist und den Planschlitten.«

»Getroffen. Den wollt' ich eben empfehlen. Und einen tüchtigen Häckselsack in den Rücken. Denn im Kreuz wird es wohl noch fehlen.«

Damit hatten sie den Unterflur erreicht und standen vor der Gaststube, in der dem Doktor noch ein Warmbier vorgesetzt werden sollte. Aber er dankte, »denn er müsse noch bis Reitwein.« Und als die Krügersfrau nichtsdestoweniger fortfuhr, in ihn zu dringen, schnitt er endlich jede weitere Verhandlung durch das eine Wort »Wöchnerin« kategorisch ab. Das half. Tante Schorlemmer wurde noch verlegener als Renate.

Unter dem Vorbau hielt bereits der Wagen des Alten. Er schickte sich eben an, hinaufzusteigen, als er seinen Fuß von dem Tritteisen wieder zurückzog. »Der alte Leist wird alt; hätte die Hauptsache beinahe vergessen«, und dabei begann er in den Tiefen seiner Manteltasche herumzusuchen. Endlich fand er ein dickes, rotledernes Notizbuch, das zugleich als chirurgisches Besteck diente, und nahm einen Brief heraus: »An Renate von Vitzewitz.«

Nun erst stieg er auf. »Auf Wiedersehen in Hohen-Vietz.« Renate und die Schorlemmer erwiderten seinen Gruß.

Der Brief aber war von Marie.

4. KAPITEL

Genesen

Und es kam alles, wie Doktor Leist gesagt hatte. Am andern Morgen verlangte Lewin aufzustehen und fühlte sich trotz aller Mattigkeit doch kräftig genug, das Zimmer zu verlassen und unten unter dem Vorbau von Renate und Tante Schorlemmer Abschied zu nehmen, Es war des Krügers Gespann; Kemnitz selber fuhr. Er zeigte sich quicker, als seine Gewohnheit war, und als Renate auf ihn hinwies und der Krügersfrau ein gutgemeintes Wort über seine Raschheit ins Ohr flüsterte, sagte diese nicht ohne einen gewissen Stolz: »Oh, er kann schon. Aber er läßt es an sich kommen. Und das ist es eben.« In der nächsten Minute nahmen beide Damen ihre Plätze; Kemnitz hakte das Schutzleder ein und stieg nun auch seinerseits über das Rad weg auf den Kutschersitz ohne Lehne. Noch ein Händedruck, und der Wagen verschwand an der andern Seite der Kirche.

Lewin ging in sein Zimmer zurück. Er hatte sich mehr angestrengt, als seine Kräfte zuließen, und warf sich jetzt angekleidet aufs Bett, nicht um zu schlafen, wohl aber um zu ruhen. Allerhand Bilder zogen an ihm vorüber, wechselnd und phantastisch, aber immer eines aus dem andern sich gestaltend. Er sah Frau Hulens dunkle Küche und den kleinen Wachsstock, den er in der Herdasche mit so viel Mühe angezündet hatte, und aus dem Wachsstock ward eine Kerze, und aus der Kerze wurden zwölf Kerzen, und alle zwölf brannten zu beiden Seiten eines Sarges, darin lag die Tante, die schwarze Witwenhaube tief in die Stirn gerückt. Und neben dem Sarge standen kleine Zypressenbäume, die wuchsen und wuchsen hoch wie Pappeln, und nun war es eine Pappelallee, und zwischen den Pappeln kam ein Wagen rasch herangefahren, dem lief er nach und wollte rufen, aber die Stimme versagte.

Alles dies kam und ging und kam wieder, ohne daß es ihn ernstlich beunruhigt hätte. Ein Druck lag auf ihm, bleiern, aber schmerzlos, und unter dem Einfluß einer beinahe süßen Betäubung wurde das Nächstliegende wie in weite Ferne gerückt und das Wirkliche zum Traum. Erregungen der Phantasie, nichts weiter, und von Empfindungen nur eine: die Sehnsucht nach Hohen-Vietz.

Und nun war wieder ein Tag und eine Nacht vergangen; der helle Morgen schien in die Fenster, und es mochte die zehnte Stunde sein. Krist, der bald nach Mitternacht mit dem Planschlitten und einer ganzen Winterausstattung von Pelzröcken, Schals und Filzstiefeln eingetroffen war, war bereits im Stalle beschäftigt, den beiden Braunen die Sielen und die Geläute aufzulegen, und die Krügersfrau stand in der Stalltür, ebensosehr, um selbst noch zu erzählen, wie, um Hohen-Vietzer Neuigkeiten gegen ihre Bohlsdorfer einzutauschen.

Lewin saß reisefertig in seinem Zimmer, während diese Gespräche geführt wurden. Er hatte schon einen Morgenspaziergang gemacht, nicht ins Freie hinaus, nur in die Kirche hinüber, um noch einmal den Grabsteinspruch zu lesen, den er längst auswendig wußte. Seit einer halben Stunde war er von da zurück und hielt ein zusammengefaltetes Blatt in Händen, dessen Inhalt ihn zu beschäftigen schien. Es war Marie Kniehases Brief, den er sich am Tage vorher, im Momente von Renatens Abreise, von dieser erbeten hatte. »Ich will ihn doch noch einmal überfliegen«, sagte er, beugte sich gegen das Fenster vor und las mit halblauter Stimme:

»Liebe Renate!

Deinen Brief habe ich gestern abend, wo Doktor Leist bei uns vorfuhr, erhalten. Um mit ihm noch persönlich zu sprechen, dazu war keine Zeit; er wollte bei der späten Stunde gleich weiter. Ich las und lief dann in meiner Herzensfreude zum Pastor, der kaum weniger freudig bewegt war als ich. Und doch ist es etwas Trauriges. Du schreibst: ›Warum er Berlin verlassen hat?‹ und fügst dann hinzu: ›Darüber habe ich nur Vermutungen, und auch diese kaum.‹ Ach, meine liebe Renate, ich weiß es, und in Traum und Wachen habe ich diese Stunde kommen sehen.

Hier ist alles still, viele Bauern und ihre Frauen sind zum Begräbnis Deiner Tante hinüber. Denn sie war doch auf ihre Art beliebt, und jeder sprach von ihr. Auch Seidentopf ist seit einer Stunde fort. Er will erst nach Guse, dann nach Küstrin und Hohen-Ziesar, und wir erwarten ihn erst am Schluß der Woche zurück. Welche seltsame Trauerversammlung wird um den Sarg der Tante stehen! Bamme, Rutze, Doktor Faulstich. Und denke Dir, auch Jeetze trauert. Es rührte mich fast, als ich ihn heute sah. Er hat ein paar schwarze Gamaschen hervorgesucht – ›noch von der gnädigen Frau her‹, sagte er, und einen Flor.

Meine Gedanken sind beständig bei Euch; sie wandern von einem Giebelzimmer in das andere, und mir ist immer, als kennte ich das Dorf. Es ist dasselbe, von dem uns Lewin am ersten Feiertage erzählte, und ich sehe noch alles vor mir: den Christbaum mit der jungen, hübschen Krügersfrau und den Blondkopf und dann die dunkle Kirche mit der Stehleiter am Altar und der kleinen Handlaterne. Und vor dem Altar liegt der Grabstein mit dem schönen Spruch, den ich mir seitdem wohl hundertmal vorgesprochen habe. Mir ist dann immer, als wüchse ich und könnte fliegen.«

Hier hielt Lewin einen Augenblick inne und wiederholte sich die Worte: als wüchse ich und könnte fliegen. »Wie gut sie es trifft«, setzte er hinzu. Dann nahm er das Blatt, das er aus der Hand gelegt hatte, wieder auf und las bis zu Ende.

»Gebe Gott, daß sich des alten Leist Prophezeiungen erfüllen; er hat versprochen, diese Zeilen wieder mit zurückzunehmen, und ich schicke sie durch Hoppenmarieken nach Lebus. Sie wartet draußen und stößt mit ihrem Stock auf die Flurfliesen, ein Zeichen, daß sie ungeduldig wird. Ich fürchte mich viel zu sehr vor ihr, um ihre schlechte Laune noch wachsen zu lassen. Und so lebe denn wohl, meine einzig geliebte Renate, mein Glück, mein Stolz und meine Zuversicht. Grüße die Schorlemmer, und wenn Lewin die Augen aufschlägt, so denke recht innig auch an mich. Dann fühl' ich es in meinem Herzen.

Deine *Marie.*«

Lewin, als er zu Ende gelesen, erhob sich und trat an den Zeisigbauer, um dem Vögelchen, das ihm die langen Stunden des voraufgegangenen Tages so freundlich weggezwitschert hatte, zu Dank und Abschied ein Zuckerstückchen zwischen die Stäbe zu stecken.

Er wollte sich eben wieder setzen, als Krist eintrat, um zu melden, daß alles fertig und der Schlitten vorgefahren sei. Zugleich bepackte er sich mit der ganzen Winterausstattung, die unangerührt auf der Bettdecke liegengeblieben war, und stapfte wieder treppab, während Lewin ihm folgte. Auf der Türschwelle blieb dieser noch einmal stehen und sah in das Zimmer zurück. Er war nicht erschüttert, auch nicht eigentlich bewegt (die Nachwehen der Krankheit hielten ihn noch in ihren Banden), aber aller Apathie zum Trotz empfand er doch deutlich, was ihm die hier verbrachten Tage gewesen waren und daß ein Leben hinter ihm versank und ein anderes begann.

Unten stand die Krügersfrau. Kemnitz war noch nicht zurück, aber ihr Prachtstück, den Blondkopf, hielt sie auf ihrem Arme. Sie konnte sich zum Abschiede nicht besser präsentieren, wußt' es auch und lachte herzlich und gefallsüchtig, bis ihr Lewin die Hand reichte und Dankesworte sprach, wobei sie sofort ebenso leidenschaftlich wie krampfhaft zu schluchzen begann. Denn trotzdem sie auf dem Amte hochdeutsch erzogen und im Konfirmandenunterricht bei Pastor Lämmerhirt viel spruchfester gewesen war als ihre kleine Freundin, so hatte sie sich doch die naturkindliche Kraft bewahrt, in jedem passend erscheinenden Moment einen Strom von Tränen vergießen zu können. Lewin, der diese Naturkraft von den Hohen-Vietzer Bauerfrauen her kannte, machte nicht mehr davon, als es wert war, streichelte das Kind, das mit der Hand freundlich nach ihm haschte, und stieg dann hinter den Pferden fort auf die Deichsel des Schlittens. »Und nun vorwärts, Krist.« Dabei drückte er sich bequem in die zu einer Rückenlehne fest zusammengepackten Strohbündel, und in raschem Trabe ging es um die Kirche herum, an den nächsten Gehöften vorbei, in die sonnenbeschienene Landschaft hinein.

Es war ein wundervoller Tag, frisch und doch nicht kalt; am Horizont standen dunkle Streifen von Tannenwald, und dazwischen zeigten sich die Spitztürme verschiedener Ortschaften und Dörfer. Einige davon wurden passiert, und Krist, der hier allerlei Freundschaft hatte, sprach ein Wort oder hielt auch wohl an, um seine Pfeife wieder in Brand zu bringen. Lewin aber genoß der wundervollen Luft und fühlte sich mit jedem Atemzuge mehr und mehr genesen; seine Nerven belebten sich wieder, und der Druck schwand, der bis dahin auf ihm gelegen hatte. Immer freundlicher wurden die Bilder, er gedachte Seidentopfs, und es war ihm, als zöge er dem Frieden entgegen.

So vergingen die Stunden; schellenläutend trabten die Pferde dahin, und schon neigte sich die Sonne zum Untergang.

Vier Uhr war vorüber, als sie vor dem Dolgeliner Kruge hielten. Gerade gegenüber war die Pfarre. Lewin stieg ab, um drinnen in der Krugstube einen Imbiß zu nehmen; Krist aber, nachdem er dem einen Braunen eine wollene Decke, dem andern einen alten Militärmantel aufgelegt hatte, ging über den Fahrdamm auf die andere Seite des Dorfes hinüber, wo gerade Pastor Zabels kleiner Schlitten dicht vor dem Staketenzaune hielt. Der Pfarrknecht nahm die Leinen abwechselnd in die linke und rechte Hand und stampfte ungeduldig den Schnee.

»'n Abend, Karges«, sagte Krist. »Wo wiste henn?«

»Na'h Gus'.«

»Woto denn? Se is joa all unner de Ihrd'. Siet vörvörgestern.«

»Joa. Awers de Schoolkinner hebben hüt ihrst ehren Dag. De süllen um Klocker söss spiest wahren: Hirs' und Swiensbroaten. Un jeed' een noch en Kringel für to Huus.«

»Richtig, richtig, de Schoolkinner. Awers wat hätt denn dien Pastor dabi to dohn?«

»Joa, wat hätt hi dabi to dohn? Ick weet et nich. He möt man ümmer mit dabi sinn.«

In diesem Augenblicke trat Lewin wieder aus dem Krug auf die Straße. Krist, als er seinen jungen Herrn sah, brach das Gespräch rasch ab und kehrte zu den Pferden zurück. Hier nahm er den alten Kavalleriemantel vom Rücken des einen Braunen und hielt ihn ausgebreitet vor Lewin hin, zum Zeichen, daß dieser, ehe er wieder einsteige, ihn anziehen müsse. Lewin wollte aber nicht.

»Laß, Krist«, sagte er, »es ist nicht kalt.«

»Doch, junge Herr. De Sünn is all unner. Un ick süll acht upp Se hebben, dat hebben se mi beed' seggt, ihrst de een, un denn de anner. Un dat helpt nu nich.«

»Laß nur. Ich werde schon sagen, daß ich nicht gewollt habe.«

»Ne, junge Herr, dat geiht nu nich anners. Mit uns' Frölen, da mücht' et ja wull noch sinn, awers bi de Oll'Schorlemmern, doa hedd ick verspeelt.«

»Na, denn gib her«, sagte Lewin und wickelte sich in den bereitgehaltenen Mantel ein.

Es war ihm bald lieb, dem Andringen Krists nicht eigensinnig widerstanden zu haben; es wurde frischer von Minute zu Minute, und die Wärme, die der dicke Mantel gab, tat ihm wohl. Die Sterne zogen herauf; ein Gefühl süßen, unnennbaren Wehs überkam ihn, und ein Tränenstrom brach aus seinen Augen, nicht reichlicher, als ihn die gute Frau Kemnitz vor wenig Stunden erst vergossen hatte, aber viel, viel heißer. Und doch bedeuteten ihm diese Tränen Glück und Genesung. Er gedachte Mariens, und wie sie beide so gleich empfänden. »Mir ist dann, als wüchse ich und könnte fliegen«, wiederholte er aus ihrem Briefe und sah dabei zu den Sternen hinauf, die immer heller funkelten.

So ging die Fahrt. Die Braunen, die seit gestern abend zwölf Meilen gemacht hatten, fielen allmählich in Schritt, und erst von Manschnow aus, wo sie den Stall zu wittern begannen, setzten sie sich wieder in Trab. Es schlug sieben vom Hohen-Vietzer Turm, als sie der vordersten Parkspitze ansichtig wurden, und ehe der letzte Schlag ausgeklungen, hielt der Schlitten vor der Rampe des Wohnhauses. Das erste, was Lewin sah, war der in Trümmern daliegende Saalanbau, und so wenig ihn damals die Nachricht von dem Feuer erschüttert hatte, so groß war jetzt der Eindruck, den die Brandstätte auf ihn machte. Und dieser Eindruck wurde noch dadurch gesteigert, daß im Wohnhause selbst alles in Schweigen und Dunkel lag.

Niemand ließ sich sehen. Krist knipste mit der Peitsche, und die Braunen schüttelten ungeduldig ihr Schellengeläut. Endlich kam Licht, und Jeetzes hagere Gestalt zeigte sich hinter der Glastüre. Er stellte den Leuchter etwas seitwärts, um die Flamme gegen den Zugwind zu schützen, und trat dann ins Freie, um seinem jungen Herrn bei dem Aussteigen behilflich zu sein.

»Guten Abend, Jeetze. Alles ausgeflogen?«

»Ja, junger Herr. Wir hatten Sie nicht so früh erwartet.«

»Und wo ist Papa?«

»Immer noch in Guse.«

»Und Renate?«

»Bei Müller Miekley. Uhlenhorst ist da, und da sind ja nun die Lutherschen wieder zusammen. Auch die von drüben; der Zehdensche Amtmann und der alte Oberförster von Lietze-Göricke. Unser Fräulein wollte erst nicht mit; aber Tante Schorlemmer hat ihr keine Ruhe gelassen.«

»So, so«, sagte Lewin in leiser Verstimmung.

»Soll ich sie holen?«

»Nein, laß. Ich bin müde.«

Damit traten sie von der Halle her, in der dies Gespräch geführt worden war, auf den Hinterflur des Hauses, wo Hektor schon seinen jungen Herrn erwartete. Aber als ob er wisse, daß dieser krank gewesen sei, enthielt er sich aller stürmischen Liebkosungen. Still wedelnd ging er neben ihm her und leckte ihm nur immer wieder die Hand, während sie die Treppe hinaufstiegen.

In Lewins Zimmer war alles zu seinem Empfange bereit. Das leichte Federbett war halb zurückgeschlagen, und die bunte Steppdecke lag zusammengefaltet auf dem Stuhl daneben. Auf dem Sofatisch standen Maiblumen, das einzige, was das seit dem Tode der Frau von Vitzewitz vernachlässigte Gewächshaus hergegeben hatte. Aber was ihnen Wert lieh, war das, daß es Lewins Lieblingsblumen waren. Er sog ihren Duft ein und sagte mit bewegter Stimme: »Renate!« während sich ihm ein beglückendes Gefühl des Geborgenseins in Heimat und treuer Liebe um das schwergeprüfte Herz legte.

Eine Stunde später öffnete Jeetze leise wieder die Tür. Das Licht brannte noch, und der Alte nahm es vom Tisch, um es zu löschen. Hektor, der auf seinem Rehfell lag, blinzelte mit dem einen Auge, aber rührte sich nicht.

Und im nächsten Augenblicke war alles wieder still.

5. KAPITEL

Letztwillige Bestimmungen

Der nächste Abend sah unsere Freunde wieder im Halbkreis um den Hohen-Vietzer Kamin her. Es war so ziemlich dasselbe Bild wie am ersten Weihnachtsfeiertage, nur der Christbaum fehlte und mehr noch die Heiterkeit, die damals das Spiel mit den goldenen Nüssen begleitet hatte. Die Schorlemmer strickte wieder an ihrem Vlies, Renate, einen Kreppstreifen vor sich, nähte an einer Trauerrüsche, und Lewin – immer noch unter der Nachwirkung seiner Krankheit oder doch der Anstrengungen des gestrigen Tages – sah abgespannt vor sich hin und spielte gleichgültig mit einem Tannapfel, den er aus dem neben ihm stehenden Holzkorb genommen hatte. Nur Marie war bemüht, durch allerlei Fragen ein Gespräch einzuleiten, aber es blieb bei kurzen Antworten.

Die kleine Uhr auf dem Kaminsims schlug acht. In diesem Augenblick meldete Jeetze den Pastor, der gleich darauf eintrat. Jeder bezeigte herzliche Freude, die sich bei Renaten in allerhand kleinen Neckereien äußerte. Es sei nicht gut, wenn der Hirt seine Herde verlasse; schon vier Stunden seien zu viel, und nun gar vier Tage! Nun sei der Wolf eingebrochen: Uhlenhorst in Person.

»Ich weiß«, sagte Seidentopf. »Und wer begab sich freiwillig in die Gefahr? Wer war wieder mit dabei?«

»Natürlich wir. Aber wir sind diesmal ungeschädigt davongekommen. Und nicht bloß wir, auch der Zehdensche Amtmann ließ ihn im Stich, als er beständig wiederholte: ›Wer das Schwert nimmt, soll durch das Schwert umkommen.‹ Er konnte schon in den Weihnachtstagen von diesem Spruche nicht los, und nun wurd' es jedem zuviel. Er vergißt immer, daß er zu alten Soldaten spricht. Er ist ein Lauenburger oder aus dem Eutinschen, und wenn ich ihn so höre, so bedünkt es mich immer, als ob jede andere Provinz auch ein anderes Christentum hätte. Aber das führt uns in Streit; ich sehe Tante Schorlemmer schon ungeduldig werden. Also nichts mehr davon. Und nun nehmen Sie Platz, teuerster Pastor, hier ist ihr Stuhl, zwischen Marie und mir. Und nun erzählen Sie.«

»Wovon?«

»Von all und jedem, aber zuerst von Guse, denn wir wissen so gut wie nichts. Papa war nur einmal hier, und das war, als wir noch in Bohlsdorf waren. Also bitte, alles ist neu für uns. War es feierlich? War der Sarg offen oder geschlossen? Ach, ich hätte mich totgeängstigt, so stundenlang neben dem offenen Sarge zu stehen. Wer hielt die Rede? Wer war da?«

»Alle, der ganze Freundeskreis: Bamme, Drosselstein, Krach, der Protzhagener Hauptmann in seiner alten Uniform vom Regiment Pirch – keiner fehlte. Auch Faulstich war da, mit einer Art Kantate, die, wenn Nippler seine Komposition beendet haben wird, am zweiten oder dritten Sonntag in der Guser Kirche gesungen werden soll. Unser Kirch-Göritzer Doktor hatte vorläufig die Textesstrophen drucken lassen und überreichte jedem von uns ein Blatt.«

»Eine Kantate«, sagte die Schorlemmer. »Und von Faulstich! Das wird ein rechter Heidenspuk gewesen sein, von Anfang bis zu Ende. Nichts von Grab und Tod und noch weniger von Auferstehung. Bloß Unterwelt und Schatten und ein Dutzend griechischer Götternamen!«

»Doch nicht, liebe Schorlemmer«, erwiderte Seidentopf. »Sie tun ihm unrecht. Es ist nichts Christliches, was er geschrieben hat, aber auch nichts Anstößiges. Dazu hat er zuviel Takt. Übrigens hab' ich das Blatt mitgebracht, und unsere Damen mögen entscheiden.« Damit nahm er ein schwarzgerändertes Papier aus der Brusttasche und gab es Lewin, der es apathisch auseinanderfaltete und nach kurzem Besinnen, ohne den Inhalt auch nur überflogen zu haben, weiterreichte.

»Lies du, Renate.« Und Renate las:

Am Grabe
der Gräfin *Amelie* von *Pudagla*,
geb. von *Vitzewitz*

Die du Niedres gemieden
In hohem Sinn,
Du bist nun geschieden;
Wohin, wohin?

Wohin? So klingen
Der Fragen viel;
Warum sie lösen, bezwingen?
Du bist am Ziel.

Das Beste hienieden,
Du hast es erreicht:
Du hast den *Frieden*.
Sei dir die Erde leicht.

Eine kurze Pause folgte. Dann sagte die Schorlemmer: »Es ist nicht anstößig, weil es nicht spöttisch ist. Aber, teuerster Pastor, einem christlichen Herzen gibt es doch Anstoß genug. Er fragt: ›Wohin?‹ und weiß die Antwort nicht. Gott sei Dank, ich weiß sie.«

Seidentopf, der einer von den Allerweltsadvokaten war und immer etwas zu verteidigen fand, wollte auch diesmal zugunsten Faulstichs eintreten, Renate aber, die mittlerweile wahrgenommen hatte, daß auch die Rückseite der an Ausdehnung und Gläubigkeit gleich kurzgehaltenen Kantate mit Bleistiftzeilen überkritzelt war, ließ es zu keiner pastoralen Entgegnung kommen und bemerkte nur, indem sie mit ihrem Zeigefinger über das Gekritzel hinfuhr: »Ich wette, teuerster Prediger, daß wir hier, auf der Rückseite des Blattes, bereits Ihren kritischen Kommentar haben. Hab' ich recht?«

»Nein, liebe Renate«, antwortete Seidentopf. »Ich bin überhaupt unkritisch, wie Turgany versichert. Auf manchem Gebiete vielleicht weniger, als er annimmt, aber doch gewiß unkritisch auf dem Gebiete der Kantate. Ich käme in Verlegenheit, wenn ich überhaupt nur feststellen sollte, was eine Kantate sei.«

»Nun, wenn keinen Kommentar, was enthalten diese Zeilen *dann*?«

»Letztwillige Bestimmungen der Guser Tante. Nicht ihr eigentliches Testament – ein solches hat sich überhaupt nicht vorgefunden –, aber eine Art Begräbnisprogramm. Es fand sich unter anderen Papieren auf ihrem Schreibtisch, und ich habe mir, mit des Papas Erlaubnis und natürlich unter Weglassung einiger französischer Einschiebsel, in aller Eile eine Abschrift davon genommen.«

»Oh, das müssen wir hören«, rief Renate mit Lebhaftigkeit. »Aber es ist Augenpulver und gar nicht zu entziffern. Da müssen Sie selber aushelfen.«

»Gern«, erwiderte Seidentopf, »und um so lieber, als genau nach dem Inhalte dieses Programms verfahren wurde. Ebendiese Bestimmungen sind die beste Beschreibung, die ich Ihnen von dem Begräbnis selber geben kann.«

»Nun, so lesen Sie«, bat Renate.

Lewin und Marie stimmten mit ein, und nur die Schorlemmer sagte: »Was werden wir da wieder hören müssen!«

Dann nahm Seidentopf das Blatt zurück und begann ohne weitere Säumnis oder Vorrede:

»Bei meinem Ableben einzuhaltende Bestimmungen.

Ich fürchte den Tod. Aber diese Furcht hält mich nicht ab, ihm ins Gesicht zu sehen. Er ist das Unvermeidliche. Und so bestimme ich, Amelie von Pudagla, geb. von Vitzewitz, in nachstehendem wie folgt:

Erstens. Ich will in meiner Witwentracht in einen Sarg von Zedernholz gelegt und sodann aufgebahrt in die große Halle gestellt werden, da, wo der Faun steht. Dieser muß sich, solang es dauert, an einem andern Orte behelfen.«

»Da wo der Faun steht«, wiederholte die Schorlemmer und klapperte mit ihren Nadeln.

Seidentopf fuhr fort:

»*Zweitens.* Den vierten Tag, bei Sonnenuntergang, will ich begraben werden, aber nicht in der Kirche, auch nicht in der angebauten Derfflingergruft, sondern im Guser Schloßpark, und zwar in dem kleinen Zedernhain, den sie Neulibanon nennen.

Drittens. Es soll auf dem Wege vom Schlosse bis in den Park, unter Vorantritt Nipplers, von allen Dorfkindern das Lied: ›Was Gott tut, das ist wohlgetan‹, gesungen werden. Aber nicht: ›O Haupt voll Blut und Wunden‹. Dies verbiete ich ausdrücklich.«

Alle schienen von dieser Bestimmung überrascht und sahen sich untereinander an, schwiegen aber. Nur die Schorlemmer sagte: »Mein Gott, was ihr das schöne Lied nur getan hat! Ich hätte keine Ruh' im Grabe, wenn ich so was in meinem Letzten Willen niedergeschrieben hätte. Renate, Kind, daß du mir dafür sorgst, daß das Lied gesungen wird. Ich meine bei mir.«

»Ich werd' es, liebe Schorlemmer. Aber hören wir weiter.«

»*Viertens.* Am Grabe soll der Prediger eine kurze Ansprache halten, und dabei soll er mich nicht loben wegen dessen, was ich auf Erden gewesen bin oder getan habe, vielmehr soll er nur sagen, daß mir alles Versteckte, Unklare und Erheuchelte all mein Lebtag zuwider gewesen ist. Dies soll er sagen nicht mir zum Ruhme, sondern weil es die Wahrheit ist.

Fünftens. Es soll ein Granitblock auf mein Grab gelegt und seinerzeit eine Metalltafel mit folgender Grabinschrift eingelegt werden:

L'éloge ou le blâme ne touchent plus celui
Qui repose dans l'éternité.

L'espérance embellit ma vie et m'accompagne en mourant.

Sechstens. Faulstich, dem ich mein Miniaturbild mit der Rubineneinfassung hinterlasse, soll eine Kantate dichten, und Nippler (der ein Douceur von zehn Dukaten empfängt) soll diese Kantate komponieren. Sie mag, je nach Befinden, am Grabe oder aber in der Guser Kirche am dritten Sonntage nach meinem Begräbnis gesungen werden.

Siebentens. Am dritten Tage nach meiner Beisetzung und dann alljährlich an meinem Todestage sollen die Schulkinder gespeist und zwölf Dorfarme neu gekleidet werden.

Achtens. Mit Ausführung dieser Bestimmungen betraue ich meinen Bruder Berndt von Vitzewitz, ehemals Major im Dragonerregiment von Knobelsdorff, Erbherr auf Hohen-Vietz.«

Seidentopf, als er gelesen, faltete das Blatt wieder zusammen, und die Schorlemmer, ohne von ihrer Arbeit aufzusehen, murmelte vor sich hin: »Da kommt selbst Faulstich wieder zu Ehren.«

Lewin lächelte. Er hatte sich schon vorher von Paragraph zu Paragraph immer mehr erheitert und sagte jetzt ruhig: »Du hattest immer deinen kleinen Krieg mit der Tante drüben. Solange sie lebte, war das gut; nun aber ist sie tot, das ändert viel, und ich glaube, wir müssen sie schließlich gelten lassen.«

Die Schorlemmer schüttelte den Kopf.

»Du schüttelst den Kopf«, fuhr Lewin fort, »aber das überzeugt mich nicht. In allem, worin sie uns mißfiel, hat sie sich jetzt an anderer Stelle zu verantworten; sie weiß jetzt mehr als wir und ist unserem Urteil in allem, was jenseits liegt, entrückt. Unsere Meinung über sie hat sich nur noch auf *das* zu beschränken was sie diesseits war und bedeutete. Und das hatte sein Gewicht. Gewiß, ihre Schwäche war der Glaube, aber ihre Stärke war der Mut. ›Ich marchandiere nicht‹, pflegte sie zu sagen. Und alles, was wir eben gehört haben, führt uns den Beweis, daß sie sich bis zuletzt nicht handeln ließ und sich und ihrem Unglauben treu zu bleiben verstand.«

Lewins blasses Gesicht hatte sich, während er sprach, gerötet. Als er jetzt schwieg, erklärte Seidentopf seine volle Zustimmung. Ein solches tapferes Bekenntnis des Unglaubens, alles Ausharren bis ins Angesicht des Todes hinein, habe seinen Beifall und sei ihm viel, viel lieber als das Angstchristentum beispielsweise Baron Pehlemanns, der bei jedem Gichtanfall begierig nach der Bibel greife und sie wieder zuklappe, wenn der Anfall vorüber sei.

Niemand war überrascht, solchen Äußerungen aus dem Munde Seidentopfs zu begegnen. Auch die Schorlemmer nicht. Aber wenn sie nicht überrascht war, so war sie doch noch weniger einverstanden damit.

»Ausharren!« wiederholte sie lebhaft, »wenn es ein solches gewesen wäre! Aber, teuerster Pastor, es war kein Ausharren und am wenigsten ein Ausharren bis in den Tod. Ich habe die Tante gekannt und las in ihrem Herzen. Das war ihr lästig. Ein tapferes Bekenntnis des Unglaubens! Ach, wie Sie sie verkennen. Sie schrieb das nieder nicht in der Tapferkeit, sondern in der Eitelkeit ihres Herzens und freute sich der Vorstellung, mit welch erstaunten Augen das alles einst nach ihrem Tode gelesen werden würde. Von Bamme, von Krach und vielleicht auch von dem langen Hauptmann. Aber der Tod war noch nicht da. Wär' er dagewesen, von Angesicht zu Angesicht, sie hätte diese Zeilen *nicht* geschrieben, dessen bin ich gewiß. Sie hatte Mut, aber bloß den Lebens-, nicht den Todesmut.«

Jeetzes Eintreten unterbrach das Gespräch. Er erschien mit einem Tablett, auf dem kleine bemalte Tellerchen und ein altmodischer, silberner Obstkorb standen. Da niemand gewillt schien, den Platz am Kamin aufzugeben, so wurde das Tablett auf ein rundes, mit Tulaer Arbeit ausgelegtes Tischchen gestellt und dieses Tischchen in den Halbkreis hineingeschoben. Marie, deren Hände frei waren, machte die Wirtin und schälte das Obst.

Allmählich, während der Teller von Hand zu Hand ging, begann das Gespräch wieder, wandte sich aber, da Friedensschlüsse, wie jeder wußte, nicht wohl möglich waren, anderen Gegenständen zu.

Natürlich behielt Seidentopf das Wort; war er doch, seines Aufenthaltes bei Graf Drosselstein ganz zu geschweigen, unmittelbar nach dem Guser Begräbnis einen Tag lang in Küstrin gewesen und hatte während dieses Tages vieles gesehen und noch mehr gehört. Ein besonderes Interesse weckten seine Mitteilungen über die von Tag zu Tag sich mehrenden Desertionen, die freilich, wie Seidentopf hinzusetzte, nicht überraschen dürften, da die Hälfte der Garnison aus Westfalen unter dem Kommando des Generals von Füllgraf bestünde, eines alten Haudegens, der selber, wie man in der Bürgerschaft wohl wisse, aus dem Konflikt zwischen seinem deutschen Herzen und seinem französischen Eide nicht herauskäme. Auch seine Leute wüßten es und gingen deshalb in ganzen Trupps auf und davon. Andere, die vorläufig noch aushielten, hätten ihm einen Vers an die Türe geklebt, der habe gelautet:

*Füll*graf bist du? Sage nein,
Fülle nicht des Feindes Reih'n.
Führ' uns! *Voll*graf sollst du sein!

Der alte Füllgraf selber, schon um nicht persönlich in Verdacht zu kommen, als sympathisiere er mit den Unzufriedenen, habe bei General Fournier, seinem Oberkommandanten, Anzeige von diesem Vorfalle gemacht und auf Untersuchung angetragen, aber die Untersuchung habe nichts ergeben, und die Desertionen hätten sich nur gemehrt. Der letzte Trupp sei siebzehn Mann stark gewesen und habe sich auf Kirch-Göritz zu davongemacht. Das sei nun drei Tage. Auf dem »Hohen Kavalier« hätten sie dann freilich die Alarmkanone abgefeuert, aber wozu? Die Bürger hätten gelacht und die Franzosen auch. Denn diese hörten von nichts anderem mehr als von »Volksbewaffnung« und wären natürlich klug genug, einzusehen, daß dieselben Bauern, die jetzt einen Aufstand vorhätten, nicht Lust haben könnten, die Schergen zu spielen und Deserteure zu fangen und abzuliefern.

Hier unterbrach Lewin den Pastor, um sich nach dem Stande der Landsturmorganisation zu erkundigen, und erfuhr nun mit vielen Details, welche Fortschritte die Volksbewaffnung im Laufe der letzten drei Wochen gemacht habe. Anfangs sei Hohen-Vietz an der Spitze gewesen; die fast achttägige Abwesenheit Berndts aber habe zu kleinen Hemmnissen geführt, so daß jetzt Drosselstein voraus sei und vor allem Rutze. Er wisse das von Bamme selbst, mit dem er am Begräbnistage einen Spaziergang durch den Guser Park gemacht habe. Dieser Spaziergang sei überhaupt sehr angenehm gewesen, denn es plaudere sich gut mit dem Alten. Daß er nicht in die Groß-Quirlsdorfer Kirche zu bringen sei, oder doch nur ausnahmsweise, das sei seines Amtsbruders Sache. Der habe ihn mit seinem Schablonenchristentum herausgepredigt. Und das Schablonenchristentum sei nicht besser als das Pehlemannsche Angstchristentum. Aber gleichviel, sie seien in lebhaftem Gespräch die große Rüsternallee hinaufgegangen und durch den Dohnenstrich zurück, bis sie wieder vor dem Schwanenhäuschen gestanden hätten. Hier hätte Bamme nach dem Eckfenster hinaufgesehen und endlich vor sich hingesprochen:

»Sehen Sie, Seidentopf, es war doch eine merkwürdige Frau. Sie traf es immer, und auch mit diesem Rutze. Ja, da reichen keine hundert Mal, daß ich ihr zugeschworen, den ganzen Rutzeschen Verstand in eine Haselnuß einpacken zu wollen, aber sie gab nicht nach und sagte nur immer wieder: ›Lieber Bamme, der Charakter entscheidet.‹ Und sie hat recht gehabt. Gestern war ich bei ihm in Protzhagen. A la bonne heure. Was er da zusammengebracht und einexerziert hat, ist unsere beste Kompanie. Ein Triumph der Disziplin. Kerle, um den Teufel aus der Hölle zu jagen!«

Über dieses Bammesche Zitat kam Seidentopf nicht hinaus, denn es schlug eben neun, um welche Zeit er regelmäßig in seine Wohnung zurückzukehren liebte; außerdem gefiel ihm heute Lewins Aussehen nicht. So brach er auf, von Marie begleitet, die denselben Heimweg mit ihm hatte.

Als sie den Hof passiert und auch das niedrige Vorderhaus, in dem Krist und der Gärtner wohnten, schon im Rücken hatten, sagte Seidentopf: »Wie fandest du Lewin? Mir gefiel er nicht. Keine dreimal, daß er das Wort nahm. Und wie spitz und abgespannt er aussah.«

»Er sprach wenig«, sagte Marie. »Aber das darf uns nicht wundernehmen. Es war heute zuviel für ihn. Und die gestrige Fahrt. Und nach allem, was er durchgemacht hat an Leib und Seele.«

»So weißt du, was es war?«

Marie nickte. »Es war, was ich vermutete. Kathinka ist fort. Doch was sprech' ich Ihnen davon; Sie werden in Guse davon gehört haben!«

»Ja, Vitzewitz nahm mich beiseite und erzählte mir's; aber auch wenn er geschwiegen hätte, ich hätt' es dem alten Ladalinski von der Stirn gelesen. Er machte den Eindruck eines gebrochenen Mannes.«

»Sie war sein Liebling, aller Menschen Liebling. Und ich glaube fast, ich beneidete sie.«

»Beneide sie nicht, Marie«, sagte Seidentopf, indem er ihr die Hand reichte. »Du hast das bessere Teil erwählt: Demut und den Frieden des Gemütes. In ihm allein ist Glück. Und nun: gute Nacht!«

Und damit trennten sie sich, und der Pastor trat in den Flur seines Hauses und gleich darauf in sein Studierzimmer ein. Hier war alles dunkel, aber die Läden waren noch nicht geschlossen, und der Schnee und die Sterne draußen gaben gerade so viel Licht, als ihm lieb war. Er setzte sich auf das kleine Ledersofa und sah in den winterlich daliegenden Garten hinaus.

»Es kommt doch, wie es kommen soll«, sagte er. »Ich bin dessen gewiß. Und jetzt mehr denn je. Kathinka fort. Das ging über alle Berechnung. Sie war die große Gefahr in meinem Exempel.«

Er wollte dem noch weiter nachhängen, aber die großhaubige Haushälterin erschien geräuschvoll, stellte die kleine Studierlampe neben Beckmanns »Geschichte der Kurmark Brandenburg« und schloß die Läden.

6. KAPITEL

Ein Deserteur

Um dieselbe Stunde, wo Seidentopf und die Frauen im Herrenhause plauderten, plauderten auch die Bauern im Hohen-Vietzer Krug. Es waren unsere alten Freunde vom ersten Weihnachtsfeiertage her: Kümmritz und »Sahnepott«, und Krull und Reetzke; aber auch Miekley, der damals den Diskurs über Tiegel-Schultze und den Schwedter Markgrafen durch sein spätes Erscheinen unterbrochen hatte, hatte heute schon seinen Platz am Tische. Der alte Scharwenka ging wie gewöhnlich auf und ab und machte den Wirt, während Schulze Kniehase dem Fenster zu saß, wo der Küstriner Anzeiger und die beiden berlinschen Zeitungen lagen.

Es traf sich, daß heute Bauer Reetzke, der sonst mit Krull um die Wette schwieg, das Wort führte. Denn er war den Tag vorher in Küstrin gewesen, wohin er, der Verproviantierung der Festung halber, ein Fuder Oderbruchheu abzuliefern gehabt hatte. Sein Bericht reichte zwei Tage weiter als der des Pastors.

»Sie verproviantieren sich also«, sagte Sahnepott. »Laß hören, Reetzke, wie steht es damit?«

»Je nachdem«, sagte dieser. »Alle Speicher sind voll, aber mit dem Schlachtvieh steht es schlecht. Das liebe Vieh hält nicht mehr bei ihnen aus und läuft ihnen weg. Vorletzte Nacht hundertundsiebzig Stück, alle von Tamsel und Quartschen.«

»Hundertundsiebzig Stück?« fragte Kümmritz.

»Ja, Kümmritz, wie ich dir sage. Vorgestern hatten sie das Tamseler Vieh zusammengetrieben und vorvorgestern das von Quartschen, und das stand ja nun auf dem ›Gorin‹, keine tausend Schritt vor der Stadt, und war paarweis zusammengekoppelt. Sie hatten es auch eingehürdet, und da, wo der Eingang war, stand eine Schildwacht. Aber nach eins ging der Mond unter, und als es wieder dämmerte und die Ablösung kam, da sahen sie, daß alles Vieh fort war.«

»Wie denn?«

»Es war ein Loch in der Hürde, und das hatte sich das liebe Vieh zunutze gemacht. Erst dachten die Franzosen, die Bauern hätten es heimlich weggetrieben, aber es waren keine Fußstapfen im Schnee, nur Klauenspuren, die bis halben Wegs nach Tamsel gingen. Weiter wagten sich die Franzosen nicht, denn die Russen sind schon bis dicht heran; bei Blumberg haben sie gestern eine Patrouille weggefangen.«

»Das liebe Vieh«, sagte Kümmritz, »das hat so seinen Instinkt und läuft den Franzosen weg, aber die Westfalen bleiben und der alte Füllgraf auch. Und wenn es noch Westfalen wären! Aber es sind Altmärkische, aus der Salzwedeler Gegend und von Stendal. Ich habe selber mit ein paar von ihnen gesprochen. Warum laufen sie nicht weg? Warum desertieren sie nicht?«

»Sie desertieren«, sagte Reetzke. »Vorige Woche vierzehn und diese Woche siebzehn Mann. Aber einen haben sie wieder, einen blutjungen Menschen; sie brachten ihn ein, als ich mit meinem Fuder Heu vor dem großen Magazin hielt.«

»Wer bracht' ihn ein?« fragte Scharwenka und setzte sich mit an den Tisch. »Unsere Neumärker drüben werden doch keinen Deserteur einfangen?«

»Nein«, fuhr Reetzke fort, »die Franzosen brachten ihn ein; sie hatten ihn in der Krampe gefangengenommen. Gestern früh. Wißt ihr denn nichts davon?«

»Nein, wir wissen von nichts. Laß hören, Reetzke«, riefen mehrere durcheinander, und auch Kniehase legte das Blatt aus der Hand.

»Nun«, sagte Reetzke, »es war ja ein Überfall, und die Franzosen mußten Fersengeld geben. Sie haben vier Tote gehabt.«

»Und in der Krampe?« fragte Kniehase, der immer aufmerksamer geworden war. »Und mit den Russen war es?«

»Nein. Mit den Kirch-Göritzern. Handschuhmacher Pfeiffer, der immer den linken Fuß nachzieht und schon anno sechs den einen General in der Drewitzer Heide weggeputzt haben soll – sie konnten es ihm aber nicht beweisen –, der war der Oberste. Es ist ein kräpscher Kerl und schießt gut und war schon dreimal Schützenkönig.«

»Die Kirch-Göritzer!« unterbrach Kümmritz. »Wer das gedacht hätte! Nun aber laß den Handschuhmacher und seinen linken Fuß, und erzähle, was du weißt. Laß dir's nicht so brockenweise herausholen.«

»Nun, die siebzehn gingen also nach Kirch-Göritz und kamen ins Schützenhaus. Und da war ja nun Pfeiffer, der nie was zu tun hat, und steckte sich auch gleich in seine Schützenuniform mit der Medaillenkette und begrüßte sie und lobte sie, denn er kann reden wie ein Daus. Und als sie nun erzählt hatten, von wo sie desertiert wären und daß jeden Morgen zwanzig Mann in die Krampe müßten, um den Werft für die Faschinen zu schneiden, da sagte Pfeiffer: ›Kinder, das gibt einen Coup. Ich war mit bei den Schillschen, und ich versteh' es. Morgen früh also. Wer will mit?‹ Da meldeten sich all die siebzehn Westfalen, denn das mußten sie, wenn sie nicht als schlechte Kerle dastehen wollten, und von den Kirch-Göritzer Schützen traten auch noch elfe vor. Und Pfeiffer war der neunundzwanzigste. So sah er auch gerade aus.«

Die Bauern lachten, denn sie kannten ihn alle.

»Und nu kam ja der andere Morgen, das war gestern früh, und sie schlichen sich dicht an der Oder hin, erst an dem Entenfang und dann an den Pulvermühlen vorbei. Und so kamen sie bis an die Stelle, wo die Franzosen den Werft schnitten, und der Werft stand so hoch und so dicht, daß sie sich einander nicht sehen konnten. Aber an einer Stelle war ein Gang, da drängten sie sich durch, einer hinter dem andern, und nun brachen sie mit Hurra vor, und Pfeiffer schoß ein altes Pistol ab, und die elf Göritzer Schützen gaben eine Salve in den Haufen hinein, daß gleich vier fielen und die andern auf die Festung davonliefen. Jetzt nun die Westfalen hinterher; aber es war Glatteis, und der vorderste Westfälinger, der zwei von den Ausreißern dicht auf der Ferse war, glitt aus und fiel so, daß er nicht gleich wieder aufkonnte. Da drehten sich die zwei nach ihm um und packten ihn und schleppten ihn mit sich fort. Das war der blutjunge Mensch, den ich um die zehnte Stunde einbringen sah. Und da sagt' ich so bei mir, denn ich war neugierig geworden: ›Reetzke‹, sagt' ich, ›du wirst nicht über Manschnow fahren, du fährst über Kirch-Göritz.‹ Und so fuhr ich über Kirch-Göritz. Aber, du mein himmlischer Vater, da war ja nu alles wie besessen, und den Pfeiffer hatten sie mit Punsch und Redensarten ganz toll gemacht. Und der hält sich jetzt für Schill und Blücher all in eins.«

»Das sieht ihm ähnlich«, sagte Kümmritz, »ein Großmaul, das immer genau vorher weiß, wo was zu riskieren ist und wo nich. Schade, daß das junge Blut die Zeche bezahlen muß. Aber so geht es immer: dieser lahme Pfeiffer kriegt den Ruhm, und der arme Westfälinger wird die Kugel vor den Kopf kriegen.«

Sie sprachen noch hin und her, und Sahnepott erschöpfte sich eben in Möglichkeiten, wie der Deserteur in dem Momente, wo er ausglitt, doch vielleicht noch zu retten gewesen wäre, als der junge Scharwenka eintrat, der heute ebenfalls Heu- und Strohlieferungen nach Küstrin hin gehabt hatte. Er trug noch hohe Stiefel, Flausrock und Pelzmütze und begrüßte jeden einzelnen, war aber ersichtlich in großer Erregung.

»Setz dich, Wenzlaff«, sagte der Alte. »Was bringst du? Du siehst nicht aus wie gute Zeitung.«

Der junge Scharwenka fuhr mit der Hand über die Stirn und sagte dann: »Sie haben ihn erschossen; ich stand keine dreißig Schritt davon; sie wollten, daß es jeder sehen sollte.«

»Den Deserteur?« fragten alle.

»So wißt ihr schon davon?«

»Nein. Wir wußten nur, daß sie gestern einen Deserteur eingebracht haben, Reetzke hat uns eben davon erzählt. Aber nun sprich, wie war es?«

Der junge Scharwenka rückte zwischen Krull und Reetzke ein und sagte dann: »Ich hatt' eben abgeliefert, aber den Schein hatt' ich noch nicht, denn der alte Füllgraf war nicht bei Weg', und als ich auf dem Magazin fragte, wie lang es wohl noch dauern könnte, da sagte der Inspektor: die vierte Stunde würde wohl herankommen oder auch noch mehr. Und dabei schlug die Schloßuhr eben erst zwölf. Aber was war zu machen, und so sagt' ich zu Mathissen: ›Na' Mathis, denn helpt et nich; wie möten utspann'n. Du weetst ja, bi Kerkow'n upp'n Kietz. Föhr man ümmer vörut. Ick kumm glieks na'h.‹ Denn ich mußte noch zu Menken mit heran wegen dem Kirschfaß. Und dann ging ich über die Brücke. Und ich war noch keine zehn Minuten in der Ausspannung und stand mit dem alten Kerkow vor seinem Torweg, und die Hühner pickten um uns her, da hörten wir trommeln, Gott, trommeln, wie ich's all mein Lebtag noch nicht gehört habe.«

»Das macht, Wenzlaff«, sagte Kümmritz, »weil du nicht bei den Soldaten gewesen bist. Ich kenn' es. Ein Wirbel und dann alles still und dann wieder ein Wirbel. Es bedeutet nicht viel Gutes.«

Der junge Scharwenka nickte und fuhr fort: »Und nun dauerte es auch gar nicht lange, da kamen sie die Straße herauf. Erst fünf Tambours und ebenso viele Pfeifer; aber die Pfeifer spielten nicht. Und dann kam der junge Mensch. Jott, wie der aussah. Nicht bang und nicht traurig, aber das war es eben, was mir einen Stich ins Herz gab, und als er mich stehen sah und wohl sehen mochte, wie mir das Mitleid in den Augen saß, da nahm er seine kleine Mütze ab und grüßte mich.«

Die Bauern rückten alle näher; man hätt' ein Blatt in der Krugstube fallen hören.

»Und dann kam ja der alte Füllgraf, ein paar Adjutanten neben sich, und den Schluß machte das ganze Bataillon, dasselbige Bataillon, von dem der junge Westfälinger desertiert war. Aber es war nur noch schwach, keine vierhundert Mann. Da sagte der alte Kerkow: ›Kumm, Jungschen-Scharwenka, da möten wi mit dabi sinn.‹ Und ich ging mit.«

»Und doch heißt es: ›Du sollst nicht voll Neugier in deinem Herzen sein und nicht zu den Gaffern stehen‹«, sagte Miekley.

»Doch, Miekley«, warf Kümmritz ein. »Doch, so was muß man sehen; das macht einen Eindruck. Und man hütet sich davor, oder man kriegt auch einen Haß gegen den Feind. Und beides ist gut.«

»Und so ging es denn«, fuhr der junge Scharwenka fort, »immer mit Trommelwirbel bis an die letzten Häuser, und bei Raschmacher Günzel bogen sie links ein aufs freie Feld, da, wo die Reperbahn ist. ›Halt!‹ kommandierte der alte Füllgraf, und dann formierten sie Karree, aber die vierte Seite war offen, und hier war das Grab. Ich stand mit Kerkow zwischen den Pappeln, und wir sahen den Sand, der frisch aufgeworfen auf dem Schnee lag. Und mir zitterte das Herz, denn fünf Mann und ein Sergeant waren jetzt aus dem Karree vorgetreten, und sie verbanden ihm die Augen mit seinem Taschentuch. Ein altes blaues Tuch mit weißen Punkten. Und nun sollt' er niederknien. Aber da mit eins riß er das Tuch wieder ab und trat auf den General zu, der keine zehn Schritt von ihm hielt, und sagte was, was ich nicht hören konnte. Aber ich sah, daß der alte Füllgraf nickte und mit der Hand über seine Augen fuhr. Und da war es, als ob dem jungen Menschen leicht ums Herz geworden wäre, und er stellte sich gerad aufwärts hin und sah lange gen Himmel, wohl eine Minute lang. Und nun war er fertig, und mit der linken Hand, in der er noch das blaue Tuch hielt, schlug er an seine Brust und rief: ›Hierher, Kameraden, hier sitzt das preußische Herz. Feuer!‹ Und die Salve krachte, und im nächsten Augenblicke war alles vorbei. Der alte Füllgraf aber ritt heran und sagte zu dem Kommando: ›Gebt mir das Tuch.‹ Aber der Tote hielt es so fest, daß es Mühe machte. Dann schlossen sie wieder auf und rückten in Sektionen an uns vorbei. Jetzt spielten auch die Pfeifer, und ich merkte wohl, daß es etwas Lustiges sein sollte. Aber mir war nicht lustig ums Herz, als ich so hinterherging. Es war erst ein Uhr, und erst um sechs hab' ich meinen Schein gekriegt. Waren *das* fünf Stunden!«

Damit legte er den vom alten Füllgraf unterzeichneten Quittungsschein auf den Tisch. Jeder von den Bauern nahm das Blatt und sah nach der Unterschrift. Dann sagte Sahnepott: »Und warum es gerade sein eigenes Bataillon sein mußte! Sie haben ja Franzosen genug. Aber das ist solch französischer Kniff. Immer was Apartes. Und grausam dazu.«

»Sei doch still, Sahnepott«, sagte Kümmritz verdrießlich. »Es kann nicht jeder in die Milchschüssel fallen. Du redst, wie du's verstehst. Apartes! Dummes Zeug. Ein Deserteur wird totgeschossen, das is in der ganzen Welt so. Bei Pirmasens faßten wir auch einen, war auch ein hübscher Junge. Aber was half's ihm? Krieg ist Krieg.«

Miekley wollte Sahnepott zustimmen, Kümmritz aber, der in Erregung war, ließ ihn nicht zu Worte kommen und sagte nur: »Ich will nichts hören, Miekley. Du bist in die Traktätchen gefallen, und das ist das Allerschlimmste. Uhlenhorst will den Krieg abschaffen, aber der Krieg wird Uhlenhorsten abschaffen. Denn wenn wir erst den Krieg haben, dann spricht er vor leeren Bänken. Und das kann jeden Tag kommen. Ich sag' euch, es geht los, und dann wollen wir uns wieder sprechen. Der alte Groß-Quirlsdorfsche hat was vor, und den kenn' ich, mit dem ist schlecht Kirschen pflücken, und Uhlenhorst wird ihn nicht anders machen. Landsturm oder nicht, er liest euch die Kriegsartikel vor, und was nicht standhält bei der Fahne, das kommt vors Kriegsgericht. Und was das bedeutet, das wißt ihr.«

Sahnepott und Miekley schüttelten den Kopf.

»Schüttelt nur; ich sag' euch, es wird ernsthaft; wir erleben was, und hier herum wird es am schlimmsten. Das hab' ich aus der alten Prophezeiung. Wißt ihr, was die sagt? Es werden rote Reiter am Himmel ziehen, und die Menschen werden so rar werden, wie die Störche anno 57 rar waren, wo der große Sturm sie verschlagen hatte, daß man alle fünf Meilen nur einen sah. Und so wie Gott damals seinen Gottesvogel geschlagen hat, so wird er jetzt die Menschen schlagen. Der Frieden aber soll bei Chorinchen geschlossen werden.«

»Ja«, sagte Krull, »ich hab' es auch gelesen letzten Sonntag im Küstrinschen Anzeiger; 's war auf der letzten Seite, wo die kleinen Geschichten stehen und die Rätsel.«

»Und da steht auch heute die Antwort«, sagte Kniehase und trat vom Fenster her an den Mitteltisch heran. »Wollt ihr's hören?«

»Ja«, riefen alle.

»Nun denn: *Antwort auf den Klagepropheten in Nummer fünf des Anzeigers.*«

»Und was schreibt er?«

»1812 wird viel Schnee fallen, und in Moskau wird ein großes Feuer sein.«

»Der macht sich's bequem«, brummte der alte Scharwenka, »der prophezeit ins Vergangene hinein.«

»1813 aber«, fuhr Kniehase zu lesen fort, »da wird eine Zeit kommen, wie noch keine war auf Erden. Da werden die alten Leute nicht zänkisch und die jungen Mädchen nicht neugierig sein. Die Doktors werden keine Geschichten mehr erzählen, und die Richter nur bei Nacht schlafen. Und man wird nur im Herbst Wein machen. Die Reichen werden menschlich und die Bettler werden fleißig sein. Und alle Leute desselben Standes werden sich untereinander lieben.«

Die Bauern lachten, und Kümmritz sagte: »*Auch* ein Prophet. Einer, der klagt, und ein anderer, der Spaß macht. Aber welcher ist der rechte?«

»Immer der, der ernst sieht«, meinte Miekley.

»Nein, Miekley«, sagte Kniehase, »immer der, der heiter sieht. Die Welt geht nicht unter und wir auch nicht.«

Alle waren einig, daß Kniehase recht habe, sonst sei es gar kein Leben mehr.

Ein paar von den Bauern schrieben sich noch für ihre Frauen und Töchter die »neue Prophezeiung« ab, Sahnepott aber nahm den jungen Scharwenka beiseite und ließ sich noch von dem Deserteur erzählen. Denn er war derjenige im Kreise, der, weil er der Schwachnervigste war, auch am meisten das romantische Bedürfnis hatte.

Und dann trennten sie sich.

7. KAPITEL

Frau Hulen schreibt

Am andern Morgen saßen die Geschwister allein am Frühstückstisch; Berndt war noch immer nicht zurück, die Schorlemmer in der Wirtschaft tätig. Lewin hatte sich sichtlich erholt, sprach aber wenig, so daß Renate froh war, Hoppenmarieken unter der Auffahrt erscheinen und wie gewöhnlich durch Erhebung ihres Hakenstockes andeuten zu sehen, daß sie Briefe bringe. Gleich darauf trat sie denn auch ein, von der Schorlemmer begleitet, und legte Briefe und Zeitungen auf den Tisch. »De een is von Faulstichen«, sagte sie, was sie, da sie nicht lesen konnte, dem Siegel oder irgendeinem andern äußerlichen Zeichen entnommen haben mußte. Und sie hatte recht. Faulstich schickte seine mehrerwähnte Kantate und benutzte die Gelegenheit, da sich nach Guse hin keine medisanten Briefe mehr richten ließen, den unter Handschuhmacher Pfeiffer erfochtenen Sieg der Kirch-Göritzer in einem ironisch pomphaften Bulletin zu verherrlichen. Einzelne Verse unter der Überschrift »Die Schlacht an der Krampe« waren eingestreut. In diesen hieß es:

»Und als sie sich den Mut geschärft
An dem Lebenswasser von Danzig,
Durchbrachen sie den roten Werft,
Alle neunundzwanzig.

Und Göritz und sein Vogel Greif
Kamen in Zorn und Eifer,
Da wurde König der Than von Feif',
Unser Handschuhmacher Pfeiffer.«

Hoppenmarieken hatte diese Reime noch mit angehört und dabei die Hände gefaltet, als ob es Gesangbuchverse wären. Zuletzt aber, als sie den Namen Pfeiffers hörte, fand sie sich zurecht und sagte: »Joa, diss' Pfeiffer, diss' lütt' Humpelbeen. In Schullen säät he ümmer; nu wahrens em wull övern Kopp tosammensloan.«

Und damit griff sie nach ihrer Kiepe und stapste wieder aus dem Zimmer hinaus.

Lewin schob den Brief zurück, der ihn wenig angenehm berührt hatte. »Ganz Faulstich; immer ein Auge für das Lächerliche und weiter nichts. Kein Einsetzen seiner selbst. Da bin ich doch schließlich mehr noch für Handschuhmacher Pfeiffer. Aber laß sehen, was der andere Brief bringt.«

Dieser »andere« war ein kleines, auf der Rückseite mit einem Glaube-Liebe-Hoffnung-Petschaft gesiegeltes Viereck, obenauf aber mit einer ziemlich langen hintereinander fortlaufenden Adresse versehen, die sich durch Rechtschreibung gerade nicht auszeichnete. »Seiner Edelgeboren Herrn Lewin von Vitzewitz, zur Zeit in Hohen-Vietz bei Küstrin; frei.« Lewin glaubte die Schriftzüge oft gesehen zu haben und wußte doch nicht wo. Neugierig erbrach er das Siegel, um nach der Unterschrift zu sehen. »Von meiner alten Hulen!«

»O lies«, sagte Renate, und die Schorlemmer setzte hinzu: »Das wird uns besser gefallen.«

»Wer weiß«, meinte Lewin. Aber man hörte seiner Stimme an, daß er desselben Glaubens und seiner Sache ziemlich sicher war. Und so las er:

»Lieber junger gnädiger Herr!

Es sind jetzt recht schwere Zeiten, wie mir Fräulein Renate von Bohlsdorf her geschrieben hat, damit ich doch wüßte, wo Sie wären. Und das war eine rechte Güte von dem lieben Fräulein.

Ja, schwere Zeiten sind es, und ich mag gar nicht davon sprechen. Aber das muß ich Ihnen als eine alte Frau doch sagen, es war nichts für Sie. Ich hab' es gleich gesehen; sie war wohl schlank wie eine Wespe, aber *die* stechen auch, und dann muß man Erde auflegen, daß der Schmerz vergeht. Und ist es das Herz, dann ist es schlimm. Ja, lieber junger Herr, so war es auch mit Ihnen, daß Ihnen Erde aufgelegt werden sollte. Aber der liebe Gott wollt' es nicht und hat anders geholfen, ohne Tod und Sterben, und hat Sie zu einem rechten Glücke aufgehoben.« Bis hierher hatte Lewin gelesen, aber jetzt flimmerte es ihm vor den Augen, und er ließ die Hand sinken, in der er das Blatt hielt.

Renate nahm es, um statt seiner zu lesen, und wiederholte leise: »Zu einem rechten Glücke aufgehoben.« Dann fuhr sie fort: »Das weiß ich ganz bestimmt. Das hab' ich Ihnen angesehen, denselben Tag, als Sie bei mir mieteten und gleich sagten: ›Das finde ich zu wenig, Frau Hulen‹, und mir aus freien Stücken zulegten. Ach, wer so ein Herz für die armen Leute hat, für den hat der liebe Gott auch ein Herz und läßt ihn nicht umkommen, und Sie haben es auch wohl erfahren, was wir letzten Sonntag wieder gesungen haben:

›Oft hast du mich gelabet,
Mit Himmels Brot gespeist,
Mit Trost mich reich begabet –‹

Ja, lieber junger Herr, das sind rechte Trostesworte, so recht für arme Leute geschrieben. Und am Ende sind wir alle arm, auch wenn wir reich sind. Sie wissen schon warum.

Und dieses alles hatt' ich Ihnen schreiben wollen, lieber Herr Lewin, wie ich Sie als alte Frau doch wohl nennen darf. Und wenn Sie wieder bei Wege sind, da werden Sie doch wohl wieder bei der alten Hulen wohnen wollen. Das meinte das gnädige Fräulein auch. Und Sie kriegen solche Wohnung auch gar nicht wieder, denn es paßt alles. Der ›Grüne Baum‹, und die Singuhr, und die Klosterkirche. Aber von der will ich weiter nicht reden, weil sie so katholisch aussieht.

Bitte, grüßen Sie das gnädige Fräulein, die so gut ist und an eine alte Frau gedacht hat, als welche ich hochgeneigtest bin und verbleibe Ihre Wilhelmine Hulen, geb. Petermann.«

Lewin wollte das Blatt zurücknehmen, aber Renate sagte: »Nein, noch nicht. Es gibt noch eine lange Nachschrift.« Und sie las weiter: »Ich muß Ihnen, junger Herr, doch auch noch vermelden, daß der Herr Rittmeister von Jürgaß fort ist. Er war hier und fragte nach Ihnen. Und der spaßige kleine Hauptmann auch. Sie gehen beide nach Breslau, wohin jetzt alles geht. Denn der alte Lehweß hat doch recht gehabt, und Preußen kommt wieder auf. Und morgen soll es in der Zeitung stehen. Aber die Menschen wollen ja nicht warten, und das ist ein Laufen und Trommeln, als hätten wir schon den Krieg. Und wer zu alt ist oder zu schwach, der gibt, was er hat, oder er sammelt. Die Potsdamer Kadetten haben vierzig Taler gesammelt.«

Renate lachte; denn dieser ersten Nachschrift, dicht an den Rand gekritzelt, folgte noch eine zweite: »Denken Sie sich, junger Herr, der lahme Kellerjunge von nebenan will auch mit. Er sagt, der König kann alles brauchen. Und vorgestern hab' ich mir im Bölkschen Saal den ›Brand von Moskau‹ angesehen. Gott, wie das so aufschlug! Ich dachte, wir müßten alle mitverbrennen. Ihre Obige.«

Die Schorlemmer hatte mit einer Art Andacht dem Geplauder dieses Briefes zugehört. »Das ist eine gute Frau«, sagte sie jetzt, und setzte dann hinzu: »Wir wollen ihr eine Kiste schicken! – Nicht wahr, Renatchen?« Und damit verließ sie das Zimmer, um die Geschwister allein zu lassen.

Sie traf damit den Wunsch beider, zumal Renatens, die nach einer Weile des Bruders Hand ergriff und leise fragte: »Darf ich mit dir sprechen, Lewin?« Dieser nickte.

»Die Hulen hat recht«, begann Renate, »sie hat es in ihrer Herzenseinfalt getroffen. Und nun höre mich an. Du bist jetzt zwei Tage hier, und wir können nicht so nebeneinander hergehen, immer nur in ängstlicher Vermeidung dessen, was uns das Herz bedrückt. Du bist verwundert, weil ich sage ›uns‹. Aber es ist so, denn ich bin bedrückt wie du.«

Sie schwieg und hatte vor, von Kathinka zu sprechen, aber der Name wollte ihr nicht über die Lippen, und so fuhr sie fort: »Ach, ich habe sie so geliebt, mehr als eine Schwester. Sie hatte das vornehme Wesen, das so gefällt, und sie hatte mir es angetan, mir und dir und jedem. Ich muß noch an den Morgen denken, als ihr nach Kirch-Göritz ginget, du und Tubal, und die Tauben an das Fenster kamen und sich liebkosend an sie drängten, als ich kaum erst den Riegel geöffnet hatte. Das verdroß mich damals. Aber ich hatte unrecht. Es flog ihr eben alles zu. Auch die Tauben. Und auch Marie ging in ihr auf und verzehrte sich in Bewunderung, ja, sie verzehrte sich, denn ihr blutete das Herz.«

Lewin, dem kein Wort entgangen war, lächelte und sagte: »Wir hören gern das Lob von dem, was uns verloren ging. Sonderbar, indem es uns das Gefühl des Verlustes steigert, tröstet es uns, Aber du darfst auch tadeln, Renate, tadeln, ohne Furcht, mir wehe zu tun. Denn ich wurde frei im Herzen, nicht durch eigene Kraft und kaum durch eigenen Willen, aber als ich vorgestern, in den hellen Wintertag hinein, hierherfuhr, da fühlt' ich, daß ein altes Leben von mir abfalle und ein neues Leben beginne. Es klingt alles noch in mir nach, leise-schmerzlich, aber ich bin doch ein Genesender.«

»Ach, daß ich sprechen könnte wie du«, sagte Renate. »Dir liegen die trüben Tage zurück, meiner aber harren sie noch. Und wenn sie mir erspart bleiben, so wird es doch immer ein Schweres sein, was mich vor einem noch Schwereren bewahrt. Ich weiß es, daß es so kommen wird; ich fühl' es vorahnend in meinem Gemüte.«

Lewin wollte antworten, aber Renate fuhr in wachsender Erregung fort: »Es ist ein dunkles Haus, und was sie selbst nicht haben, das können sie niemand geben: Licht und Glück. Es war immer ihr Schicksal, Liebe zu wecken, aber nicht Vertrauen. Vertrauen, ›die Mutter aller Liebe und ihr Kind‹. So las ich einmal, und es ergriff mich damals tief. Aber ich hab' es seitdem anders gefunden. Es gibt auch eine Liebe ohne Vertrauen, und ich heg' eine solche; du weißt zu wem, und ich kann sie nicht aus meinem Herzen reißen. Und deshalb werd' ich *nicht* glücklich sein.«

»Doch, Renate, du wirst es. Glücklicher als ich.«

Sie schüttelte den Kopf.

»Tubal ...«

»... ist seiner Schwester Bruder«, unterbrach ihn Renate in schmerzlicher Bewegung, »ist *Kathinkas* Bruder.«

8. KAPITEL

Hauptquartier Hohen-Vietz

Ihr Gespräch wurde durch das Vorfahren eines Wagens unterbrochen, und Renate, die den Blick auf das Fenster frei hatte, rief: »Der Papa!« Er war es und trat den Geschwistern, die sich rasch erhoben hatten, schon im Vorzimmer entgegen. Die Begegnung war herzlich; er küßte Renaten die Stirn und nahm dann Lewin bei beiden Händen, während er ihn zugleich bis an die Fensternische zog.

»Laß sehen«, sagte er und musterte ihn von Kopf zu Fuß mit scharfem Auge. »Nun, ich lese gute Zeitung; es war dein erster Schmerz, er tut am wehesten, aber er heilt auch am schnellsten. Junge Tage, kurzes Leid. Du wirst auch noch die Kehrseite davon kennenlernen. Und nun nichts mehr davon. Laßt uns Platz nehmen.«

Jeetze war eingetreten, um den Frühstückstisch zum zweitenmal zu decken, und die Schorlemmer erschien, um ihren Teil an der Freude des Wiedersehens zu haben. Denn so herrnhutisch kühl ihr Herz auch schlug, so vergaß sie doch dieser Kühle, wenn, nach Tagen oder Wochen der Trennung, die Stimme des alten Vitzewitz zum ersten Male wieder hörbar wurde. Auch Hektor hatte sich eingefunden, und so war alles beisammen.

»Wie wir dich erwartet haben, Papa!« sagte Renate. »Nicht aus Liebe, denn davon liebst du nicht zu hören, aber aus Neugier. Wir wissen nichts oder so gut wie nichts. Erzähle! Wie starb sie?«

»Hat denn Seidentopf nicht davon gesprochen?«

»Ja und nein. Er sprach von ihrem Begräbnis, aber nicht von ihrem Tod. Ich werde den Gedanken nicht los, daß es ein Schreck war, der sie tötete.«

»Und du triffst es. Der Tod muß sie plötzlich überrascht haben. Ich sah sie noch in der Stellung, in der sie Eve denselben Morgen gefunden hatte. Sie saß in dem großblümigen Lehnstuhl zu Füßen ihres Bettes, ihre noch offenen Augen auf den Stehspiegel gerichtet. Das Buch, in dem sie gelesen, ein Band Diderot, war ihr entfallen und lag neben dem Stuhl.«

»Und wie war sie gekleidet?«

»Schwarz. Eva war den Abend vorher von ihr fortgeschickt worden; sie wollte selbst ihre

Nachttoilette machen. Das war um elf. Um diese Stunde muß es geschehen sein oder nicht viel später.«

»Und …« Renate stockte.

»Ich weiß, was du fragen willst«, fuhr Berndt fort. »Der Spiegel, als ich in das Schlafzimmer trat, hatte seinen grünen Vorhang. Aber Eve wurde rot, als ich darnach fragte, und widersprach sich einmal über das andere. Das arme Ding; ich wollte nicht weiter in sie dringen. Um so weniger, als ich sicher bin, daß sie's am Abend vorher vergessen hatte.«

»Wer ein Gespenst großzieht, den bringt es um«, sagte die Schorlemmer.

»Wir sollen es nicht großziehen, aber wenn es da ist …«

»So sollen wir seiner nicht achten. Dann schwindet es. Es kann Mißachtung nicht ertragen, denn es ist eitel wie alle höllische Kreatur.«

Berndt lächelte, gab der Schorlemmer die Hand und sagte: »Unser alter Streit! Vielleicht, daß wir noch mal Frieden darüber schließen. Aber lassen wir das. Was ich euch noch zu sagen habe, Kinder, hat einen bessern Klang. Wir sind reich! Und wenn du dich im Spiegel siehst, Renate, so siehst du das Bild einer Erbtochter.«

»Ich wußt' es«, triumphierte die Schorlemmer. »Ich hab' es dir prophezeit, den Abend in Bohlsdorf, als Doktor Leist seinen ersten Besuch machte.«

Renate wurde rot, denn sie gedachte auch manches anderen noch, das die Schorlemmer damals gesagt hatte; Berndt aber, ohne des Zwischenfalls zu achten, fuhr fort: »Ein Testament ist nicht da. Von einem gesetzlichen Anspruch der Pudaglas an Guse kann keine Rede sein. Es ist Allod. So fällt es an mich, als an den nächsten Erben. Ich habe mit Ladalinski, den ich vorläufig das Interesse der Pudaglas zu vertreten bat, die Dinge durchgesprochen; er weiß, in welchem Sinn ich mich glücklich schätzen würde, Wünschen oder Ansprüchen des ihm so nahe verwandten Hauses, vor allem aber seinen eigenen Wünschen entgegenzukommen. Es berührt das alte Pläne der Tante. Ihr kennt sie. Von dem Augenblicke an, meine teure Renate, wo du gewählt haben wirst, gehört Guse dir, ich bin nur Nutznießer und Verwalter. Im übrigen sollen dich diese Worte zu nichts bestimmen, deine Wahl ist frei.«

Die Geschwister schwiegen, und selbst die Schorlemmer fand keinen Spruch, der ausgedrückt hätte, was in ihr vorging. Berndt schien es zufrieden, und während er nach seiner Gewohnheit dem neben ihm liegenden Hektor von den mit Fleisch belegten Brotschnitten zuwarf, die für ihn selbst bestimmt waren, fuhr er fort: »Und so wären wir denn reich, reich in diesen allerärmsten Tagen. Und so gewiß Gott weiß, daß es mich nie nach irdischem Besitz gedrängt hat, so gewiß ist es auch, daß mich dieser Besitz jetzt freut. Ich fühle mich freier. Denn daß ich es euch gestehe, die Not und Drangsale dieser Zeit lagen schwer auf mir, schwerer, als ich es vor euch wahrhaben mochte. Die niedergebrannte Scheune …«

»… Die bauen wir nun wieder auf, Papa.«

»Und den Saalanbau …«

»… Den nicht«, lachte Renate. »Dazu versag' ich, als Erbtochter, die nötigen Mittel. Nein, da machen wir klares Spiel und ziehen den Garten bis vor das Haus, ganz wie drüben in Hohen-Ziesar, und der Graf selber muß uns dabei behilflich sein. Das ist ja seine Passion. Ich bin für Reseda und Levkojen, aber nur als Rabatteneinfassung, und aus der Mitte der Beete wachsen Malven auf. Zimmetfarbene und wie von Atlas, die lieb' ich am meisten. Und die beiden Derfflingerkanonen schaffen wir von Guse herüber, nur den Faun lassen wir da, und auf den Damm stellen wir eine Sonnenuhr oder noch lieber eine große schwarze Glaskugel, drin sich die Dorfstraße spiegelt und Hoppenmarieken, wenn sie vorübergeht.«

»Das läßt sich hören, Renate, und ich sehe, daß du dich schnell in die besseren Tage hineinlebst. Nur deinem eigenen Schloß, als das ich Guse vorläufig ansehe, darfst du, dem alten Hohen-Vietz zuliebe, nichts entführen wollen, und wenn es auch nur die zwei Derfflingerkanonen wären. Wer weiß übrigens, was davon übrigbleibt? Vorläufig sind die Franzosen drüben und nehmen mit, was ihnen gefällt. Wenigstens wenn wir ihnen nicht auf die Finger sehen. Komm, Lewin, daß wir darüber sprechen.«

Berndt erhob sich, Lewin folgte. Sie gingen in das einfenstrige Zimmer, darin Vater und Sohn zu Beginn unserer Erzählung ihr erstes Gespräch über Volksaufstand und endliche Vernichtung der Fremdherrschaft gehabt hatten. Es hatte sich nichts geändert: hier das Sofa und dort das

Bild und an dem breiten Fensterladen die Karte von Rußland mit ihren verschiedenfarbigen Nadeln. Alles wie damals am ersten Weihnachtsfeiertage.

Der alte Vitzewitz nahm Platz, streckte seinen Fuß, wie er zu tun pflegte, auf den vor seinem Arbeitstische stehenden Schemel und sagte: »Setz dich, Lewin. Ehe wir von anderem sprechen, noch ein Wort über dich. Ich wollt' es vor den Frauen nicht ausspinnen. Sie dürfen nicht zuviel davon hören; gleich schwillt ihnen der Kamm. Denn alle wollen herrschen, und es freut sie, daß sie so viel Macht über uns haben. Darin sind sie sich alle gleich und in einer ewigen stillen Verschwörung gegen uns.«

Lewin sah vor sich hin; Berndt nahm seine Hand und fuhr fort:

»Es läßt sich leicht sprechen über Schweres, das uns selber nicht mehr drückt oder vielleicht nie gedrückt hat. Ja, es ist so; was dich drückt, Lewin, ist mir erspart geblieben. Aber anderes, anderes! Ich weiß davon und weiß auch: leben heißt überwinden lernen. Den beweglichen Naturen, Naturen wie der deinigen, hat Gott es in solchen Kämpfen am leichtesten gemacht. Und so wußt' ich, daß du's überwinden würdest. Was noch fehlt, bringt die Zeit und unsere Zeit rascher als jede andere. Denn alles drängt nach Aktion, und Handeln ist so gewiß das Beste, wie Brüten das Schlimmste ist. Diese Tage werden dich freimachen.«

»Ich bin es, Papa. Als du vorfuhrst, hatt' ich mit Renaten ein Gespräch darüber. Es liegt hinter mir. Was noch fehlt, ist bloß ein Körperliches. Es waren schwere Krankheitstage, und sie wirken noch nach. Weiter nichts. Aber was ist es mit Guse? Du wolltest davon erzählen.«

»Ja. Und so höre denn. Gestern nachmittag, ich war eben erst aus der Kirche zurück, wo mir Nippler seine Komposition zu der Kantate vorläufig auf der Orgel vorgespielt hatte, als es im ganzen Dorfe hieß: Die Franzosen kommen. Und richtig, es war so. Eine Viertelstunde später rückten hundert Mann ein und hielten vor dem Schloß. Sie waren von verschiedenen Regimentern des Oudinotschen Korps und führten eine Kriegskasse mit sich. Als ich an sie herantrat, begrüßte mich ihr Führer, ein schwarzer Italiener, der sich Conte di Rombello nannte. Seiner Charge nach ein Kapitän. Er sprach, um mich einzuschüchtern, von dem ›Hauptkorps‹, das morgen nachrücken werde, und forderte Quartier. Ich zeigte mich sofort bereit (mir hätte nichts Lieberes passieren können) und lud ihn auf das Schloß, wo ich ihm unter den Zimmern desselben die Wahl freistellte. Er wählte das Spiegelzimmer, ein etwas sonderbarer Geschmack. Aber das ist seine Sache. Hübsch ist er, und so wird er sich sehen wollen. Die Kriegskasse steht in der Halle, die vorläufig zum Schutze der Gelder in eine Art Wachlokal umgeschaffen worden ist. In den Räumen daneben liegen dreißig Mann, ebenso viele hab' ich in der alten Derfflingerkaserne, den Rest bei den Bauern untergebracht.«

»Und nun dein Plan?«

»Der Trupp will morgen früh weiter. Was also geschehen soll, muß rasch geschehen. Bamme weiß davon; aber ich hab' es bei einer bloßen Meldung bewenden lassen. Wir machen es mit dem, was wir hier zur Hand haben. Rechnen wir die Manschnower und Gorgaster mit hinzu, so haben wir hundert Mann. Damit zwingen wir's, denn sie sind matt wie die Fliegen, und der moralische Halt ist längst heraus. Dazu Nacht und Überraschung. Es kann nicht fehlen. Was vereinzelt bei den Bauern liegt, ist froh, mit dem Leben davonzukommen. So handelt sich's nur um das Schloß. Vorn an der Sphinxenbrücke steht ein Doppelposten, den lassen wir stehen. Wir passieren statt dessen den Graben, da, wo das Schwanenhäuschen steht, und dringen von hinten her ein. Kniehase muß das leiten. Ich für meine Person nehme den ›Conte‹ gefangen, und du und Wenzlaff sind mit mir. Sind wir geschickt, so darf es uns nicht einen Mann kosten. Die Kriegskasse bleibt unser; das heißt bis auf weiteres. An dem Tage, wo sich der König erklärt hat, schaffen wir sie nach Berlin. Dort wird man sie brauchen können, denn Geld ist immer das Knappste im Lande Preußen.«

»Und die Gefangenen?«

»Es soll ihnen kein Haar gekrümmt werden. Ich bin aus der Weißglühhitze heraus. Entsinne dich dessen, was ich dir schrieb: ›Wir wollen einen regelrechten Krieg haben.‹ Und so schicken wir denn die Gefangenen zu den Russen. Übrigens will ich nicht behaupten, daß sie dort gut gebettet wären. Und nun laß uns zu Kniehase gehen, daß wir alles Nähere mit ihm besprechen. Um neun müssen wir marschfertig und um Mitternacht in Guse sein.«

Damit nahmen sie Hut und Stock und schritten über den Hof hin auf die Dorfgasse zu.

Eine Stunde später kehrten Berndt und Lewin aus dem Schulzenhofe zurück, wo sie mit Kniehase den »Coup« noch einmal durchgesprochen und alle zur Ausführung nötigen Schritte verabredet hatten. Sie fanden Jeetzen in großer Aufregung, was Berndt zu der Frage veranlaßte: »Du trippelst wieder, Jeetze, was ist passiert?«

»Der Herr General ist da.«

»Bamme?«

»Ja; General von Bamme. Der gnädige Herr waren noch keine Viertelstunde fort, als er vorritt auf seinem kleinen Shetländer. Der gnädige Herr wissen schon, auf dem isabellfarbenen mit der schwarzen Mähne. Krist und ich haben ihn bei den Ponies untergebracht.«

»Den Shetländer. Aber wo ist der General?«

»Oben. Ich habe gleich einheizen müssen, weil es klamm und kalt war. Er sitzt in der Amtsstube und hat seinen grauen Mantel anbehalten und die Pelzmütze auf.«

Die beiden Vitzewitze stiegen nunmehr treppauf und fanden den General genau so, wie Jeetze ihn beschrieben hatte. Vor ihm, auf dem ziemlich in der Mitte stehenden Arbeitstische, lag eine große, mit Tintenfaß und Papierschere festgehaltene Spezialkarte von Barnim und Lebus, auf der sich der kleine, mit seinem Oberkörper weit vorgebeugte Mann mühsam zu orientieren suchte. Ein Versuch, der ihm durch die dichte Tabakswolke, in der er steckte, nicht eben erleichtert wurde.

»Guten Tag, General.«

»Guten Tag, Vitzewitz. Sie sehen, ich habe mich hier eingerichtet ohne Meldung oder Anfrage. Sonst nicht meine Gewohnheit. Aber sie müssen jetzt dem alten Bamme den ›General‹ in Rechnung stellen, und zwar zu seinen Gunsten. Mein altes Groß-Quirlsdorf liegt zu sehr aus der Welt, und rundheraus, ich gedenke Hohen-Vietz zu meinem Hauptquartier zu machen. Anfangs war ich unschlüssig, ob ich nicht unser gräfliches Hohen-Ziesar vorziehen sollte; aber Hohen-Vietz ist besser. Hier läuft die große Straße, und was von Küstrin aus nach Westen will, muß an Ihren Fenstern vorbei.«

»Ich freue mich, General, daß Sie die Wahl so und nicht anders getroffen haben.«

»Und um die Wahrheit zu gestehen«, fuhr Bamme fort, »es ist nicht bloß wegen der Lage, es ist auch Ihretwegen, Vitzewitz, daß ich mich *hier* und nicht in Hohen-Ziesar einquartiert habe. Sie sind nun einmal die Seele von der Sache, haben alles geplant, sind vom Metier und kennen das Lokal. Und das ist die Hauptsache. Sehen Sie, da sitz' ich hier über der Karte und spiele meinen eigenen Generalquartiermeister. Aber wie! Mehr als dreißigmal bin ich in dieser halben Stunde zwischen Küstrin und Berlin hin und her gefahren, ohne auch nur drei richtige Wolfsgruben ausfindig gemacht zu haben.«

»Wolfsgruben?« fragte Berndt und sah dem Alten verwundert ins Gesicht, während Lewin einen Stuhl an die Rückseite des Tisches schob, um wenigstens von obenher auf die vor Bamme ausgebreitete Karte sehen zu können.

»Ja, Wolfsgruben oder auch Fuchsfallen, wie Sie wollen. Und nun hören Sie mich an. Darin, daß etwas geschehen muß, in *dem* Punkte sind wir einig. Und auch darin, daß es die höchste Zeit ist. Die Marschälle und Korpskommandanten sind fort, alle die großen Namen, aber von den Kleinen stecken noch Hunderte zwischen Weichsel und Oder, und die müssen wir haben. Also ›wegfangen‹ oder, wenn Sie wollen Wegelagerung, Stellmeiserei. Vor Worten darf man nicht erschrecken, am wenigsten *wir;* etwas von unserer Ahnen Blut und Metier wird uns doch wohl verblieben sein. Ob man uns, was wir vorhaben, danken wird, ob wir gut damit fahren werden? Das ist freilich die Frage. Ich zweifle fast. Sie kennen meine Ansicht darüber. Das ›Auf-eigene-Hand-Tun‹ ist hierlandes immer ›suspect‹ gewesen, wie Gräfin Schwester gesagt haben würde. Man mag uns oben nicht. Und sie haben auch ganz recht, die Nürnberger Herren; denn man sieht wohl, wo es anfängt, aber nicht, wo es endet.«

Bamme, der, wenn es die Frage »Hohenzollern contra Quitzow und Genossen« galt, jedesmal zu labyrinthischen Exkursen weggerissen wurde, hatte auch heute wieder den Faden verloren, weshalb Vitzewitz ohne weiteres auf die schwebende Frage zurückgriff. »Also Wolfsgruben.«

Bamme lachte, zündete den kleinen Meerschaum, der ihm während des Sprechens ausgegangen war, wieder an und sagte: »Ja, Wolfsgruben, Vitzewitz, oder, da das große Wort schon gesprochen wurde: Wegelagerungsetappen, Generalsfallen. Es ist nicht nötig, daß es immer Generale sind. Wir nehmen auch Kompaniechefs. Alles, was hineinfällt, ist gut. Nur nicht wählerisch. Da haben Sie die Sache. Aber wollen Sie glauben, Vitzewitz, daß ich auf diesen zehn Meilen auch nur drei solche Generalsfallen hätte herausspintisieren können! Auf Ehre, nicht eine. Und warum nicht? Weil ich ein Havelländischer bin und, zu meiner Schande sei es gesagt, mich in vollen siebzehn Jahren in Barnim und Lebus nicht zurechtgefunden habe. Rathenow, Havelberg, da weiß ich Bescheid, da kenn' ich Weg und Steg. Aber was kenn' ich hier? Hohen-Vietz und Hohen-Ziesar.«

»Und Guse.«

»Ja, Guse. Das wäre nun solche Falle gewesen. Aber weg sind sie.«

»Wer? was?« rief Berndt.

»Alles! Die hundert Mann, der Conte und die Kriegskasse. Und das letzte ist das Schlimmste. Vor zwei Stunden, keine dreihundert Schritt vorm Dorf, passierte ich den ganzen Trupp, ihren Geldkasten mitten in der Kolonne. Gescheite Leute. Sie müssen Wind gekriegt haben. Übrigens ein entzückender schwarzer Kerl, dieser Conte. Und wie das schwatzte und parlierte! Ich hätt' ihn der Tante noch gegönnt; nichts für ungut, Vitzewitz.« Berndt stampfte mit dem Fuße, nicht um der Tante, sondern um des gescheiterten Coups willen.

»Ist es doch, als ob es nicht sein sollte«, rief er. »Immer wieder verfehlt, immer wieder hinausgeschoben. Sagen Sie selbst, Bamme, in demselben Augenblicke, in dem wir den Hirsch beschleichen wollen, raschelt es, und er geht wieder ins Weite.«

»Lassen Sie ihn, Vitzewitz; die Tage wechseln. Eine Karte verliert und die nächste gewinnt. Übrigens wett' ich sechs Flaschen Chateau d'Yquem gegen eine Chateau Krach, daß der Conte, trotz seiner wundervollen Augen, nicht drei Meilen weit kommt. Die Generalsfallen sind zwar noch nicht fertig, aber mitunter machen sie sich von selbst. Und was die Gelder angeht, so hab' ich den Trost, wenn ein Armeekorps herunter ist, so ist es seine Kriegskasse auch. Und dieser arme Oudinot hat so recht eigentlich die Zeche bezahlen müssen. Also begraben wir's.«

»Wir werden es müssen«, sagte Berndt. »Geh, Lewin, und sage Kniehase, daß er die Mannschaften läßt, wo sie sind, vor allem die Manschnower und Gorgaster. Wir dürfen sie nicht durch unnützes Hin- und Herziehen widerhaarig machen, sonst fehlen sie, wenn wir sie brauchen.«

Und als diese Punkte reguliert und im Eifer über Neuzuverfolgendes der Guser Fehlschlag halb schon wieder vergessen war, trat Jeetze ein, um zu melden, daß das Diner angerichtet sei.

9. KAPITEL

Ein Aide de camp

Bamme zu Ehren war in der Halle gedeckt worden. Ein großes Kaminfeuer brannte, draußen fielen Flocken, und die alten Vitzewitze sahen aus ihren Rahmen verwundert auf den kleinen, krähstimmigen Mann hernieder, der einmal über das andere »Herr General« genannt wurde. Zu ihren Zeiten hatten die Generale anders ausgesehen. Vielleicht galt übrigens ihre Verwunderung mehr noch der reichen und ganz besonderen Tafelausstattung, als irgend etwas anderem; denn nicht nur brannten heute die schweren, vierarmigen Silberleuchter, sondern zwischen diesen Leuchtern paradierte auch noch ein unverhältnismäßig großer, die Donau mit all ihren Zuflüssen darstellender Rokokoaufsatz, auf dessen oberster Spitze die Kaiserin Maria Theresia thronte. Das hatten die alten Perücken-Vitzewitze seit vollen dreißig Jahren nicht gesehen, und selbst unser Berndt war bei seinem Eintritt in die Halle einen Augenblick wie betroffen gewesen. Renate aber, als sie diesem Blicke begegnet war, hatte mit dem Zeigefinger erst auf sich selbst gewiesen und dann dem Vater in schelmischer Laune zugeflüstert: »*Ich*, Papa, als Erbtochter von Guse!«

Gleich darauf hatte man Platz genommen. Bamme zwischen Berndt und Renate, Lewin und die Schorlemmer ihnen gegenüber. Einer der gestellten Stühle war leer geblieben, da der ebenfalls geladene Seidentopf noch in der letzten halben Stunde hatte absagen lassen. Der alte Kossäte Maltusch nämlich lag seit letzter Nacht im Sterben und hatte nach dem Abendmahle verlangt. Von seiten Bammes war unmittelbar nach Bekanntwerden dieses Behinderungsgrundes allerhand wirres Zeug über Abendmahl und Mittagsmahl gemurmelt worden, aber so undeutlich und mit so schlechtem Gewissen, daß er selbst von der Schorlemmer, die dergleichen nie durchgehen ließ, nicht hatte zur Verantwortung gezogen werden können.

Der alte Kossäte Maltusch, nicht viel jünger als unser Freund Jeserich Kubalke, wohnte drei Viertelstunden vom Dorf hart an der Hohen-Ziesarschen Grenze und war eigentlich schon auf einer Art Landzunge in die Drosselsteinsche Feldmark hineingebaut. Das führte denn, nachdem auf dem Gebiete Maltusch-Seidentopf-Kubalke mehrere Minuten lang geplänkelt worden war, alsbald ins Gräfliche hinüber und vom Gräflichen auf den Grafen selbst. Alle waren einig in seinem Lobe; Renate sprach mit besonderer Wärme, und selbst die Schorlemmer pries seinen »vor ihm selbst verborgenen« christlichen Sinn. »Hätt' er einen andern Verkehr gehabt«, sagte sie, »und statt in Zeiten des Abfalls in Zeiten der Erweckung gelebt, er wär' ein Mann geworden wie ›unser Graf‹.«

»Danken wir Gott«, erwiderte Bamme, »daß er geblieben ist, wie Natur und Verhältnisse ihn schufen. Ich habe nichts gegen den lausitzischen Grafen, den Sie, meine Verehrteste, als ›Ihren Grafen‹ zu bezeichnen lieben; aber ich erschrecke, wenn ich mir unseren Drosselstein, der, seine Tugenden in Ehren, ohnehin schon nicht zu den Alleroriginellsten gehört, als Zinzendorf den Zweiten vorstelle. Es tut jeder gut, sich auf seine eigenen Beine zu stellen, diese Beine mögen sein, wie sie wollen. Wir haben die unsrigen, Zinzendorf hatte die seinigen. Wenn ich sage die ›unsrigen‹, so muß ich um Entschuldigung bitten, weil ich mir wohlbewußt bin, meine berechtigten Eitelkeiten nicht gerade nach dieser Seite hin suchen zu dürfen. Im übrigen bleibt es dabei: ›Das Traurigste sind die Dubletten.‹ Woran ist Prinz Heinrich gescheitert? Die Gräfin drüben ist tot, und so läßt sich ohne Furcht vor einzubüßender Freundschaft allenfalls eine Antwort auf diese Frage geben. Er ist gescheitert einfach an der Tatsache, daß er doch schließlich nichts anderes als ›beinah sein Bruder‹ war. Da lob' ich mir den alten Ferdinand, den Sie neulich, Vitzewitz, in seinem Johanniterpalais besucht haben. Der war nie etwas, Gott weiß es, aber er war doch wenigstens er selbst. Nein, meine Werteste, lassen wir unseren Hohen-Ziesarschen Grafen, wie er ist. Das wird das Beste sein für ihn und für uns. Er hat eben nur einen Fehler!«

»Und der wäre?« fragte Berndt.

»Er wird das Pregelwasser nicht los, oder, was dasselbe sagen will, er steckt zu tief in seinen ostpreußischen Vorurteilen. Achten Sie darauf, wenn er über politische Dinge spricht, speziell in diesen unseren Tagen, wo sie, nach seiner ehrlichsten Überzeugung, dort oben wieder beflissen sind, die Weltgeschichte zu machen und Freiheit und Ordnung in Balance zu bringen. Ich kenn' ihn. In Ostpreußen ist die Mannhaftigkeit und in Königsberg ist die Weisheit zu Hause. Daran ist nicht zu rütteln, das ist Paragraph eins. Alles, was sich in den anderen Provinzen findet, wird an dieser Elle gemessen. Auch wir Märker passieren nur so obenhin. Er läßt uns gelten, aber bloß als Rohmaterial. Wir werden abgerichtet für den Dienst, für Armee und Verwaltung, aber aus uns selber sind wir nichts und bedeuten wir nichts. Wir sind unfrei, Werkzeuge, Hofsklaven, Hohenzollernsche Leibtrabanten.«

Berndt lächelte.

»Ja, General«, sagte er, während er mit den Fingern der linken Hand leise auf dem Tischtuch trommelte, »bei Lichte besehen, *ist* es nicht so?«

»Nein, Vitzewitz, nein. Natürlich, es gibt Ausnahmen, ein paar oder meinetwegen auch viele. Aber das reizt mich eben, daß man über die Pehlemanns, die Medewitz' und Rutzes, die nichts haben als Spieluhren, Gicht und Dummheit, daß man über diese die Vitzewitze und die Bammes vergißt. Hofadel! Bah! Der Jagdjunker von Otterstädt, der den abgeleierten Spruch von ›Jochimken, Jochimken, höde di'‹ an seines gnädigen Herrn Kammertüre schrieb, war auch bei Hofe. Leibtrabanten! Unsinn! Frondeurs sind wir, alle oder doch die Besten von uns, und Ab- und Einsetzen, das wäre so unsere Passion, wenigstens die meine. Wann waren die Bammes bei Hofe? Nie. Und die Vitzewitze nicht oft. Wir haben anno 95 nicht gefragt, und jetzt fragen wir wieder nicht. Man geht zusammen, solang es paßt. Manus manum lavat. Wenn mir wohl wird, wird mir immer lateinisch. Legitimität, Loyalität! Bah! Alles ist Akkord und Pakt und gegenseitiger Vorteil.«

»Und *Eid*«, sagte die Schorlemmer.

Bamme zuckte die Achseln.

»Meine Gute«, fuhr er geringschätzig fort (denn er wußte, daß ihn die Schorlemmer nicht leiden konnte), »wenn es mit den Eiden ginge, so würden die Zinzendorfe die Welt regieren. Ich bezweifle, daß wir dabei gewönnen. Denken Sie sich eine tugendhafte Weltgeschichte. Wenigstens ich für mein Teil möchte sie nicht lesen. Es ist mit den Eiden wie mit den Gesetzen, sie sind nur dazu da, um gebrochen zu werden. Wenigstens die politischen; die Liebeseide nehm' ich natürlich aus.«

Und dabei wandte er sich zu der neben ihm sitzenden Renate und küßte ihr die Hand.

»Ich weiß, daß Sie scherzen«, sagte diese.

»Ach, meine Gnädigste«, fuhr Bamme fort, der auf seine Art eine Schwärmerei für Renaten hatte, »ich scherze nicht, ich verfalle nur in meinen alten Fehler, mir die Ohren nicht genau zu berechnen, vor denen ich spreche. Das alles waren Sätze für die Gräfin-Tante, nicht für die schöne Nichte. Ich war in diesem Augenblicke in Guse, nicht in Hohen-Vietz. Pardon!«

Schon während diese letzten Worte gesprochen wurden, war von der Dorfgasse her ein rasch sich steigerndes Schellengeläute hörbar geworden, und gleich darauf hielt ein Schlitten vor den Flachstufen des Hauses.

»Nach der Regel müßte das Drosselstein sein«, sagte Bamme und erhob sich halb von seinem Stuhl, um schärfer nach dem Vorplatz hinaussehen zu können. Es war aber nicht Drosselstein, vielmehr traten, zu nicht geringem Staunen Lewins, Hirschfeldt, Grell und Tubal ein und wikkelten sich, während letzterer erst zu Vorstellung seiner beiden Reisegefährten, dann zu Entschuldigungen über ihr allseitig unangemeldetes Erscheinen schritt, aus ihren Schals und Mänteln heraus.

Berndt, gastlich und zerstreuungsbedürftig, gab seiner Freude über den unerwarteten Besuch – eine Freude, die, wie sich leicht denken läßt, von dem »immer frisches Blut« verlangenden Bamme geteilt wurde – den lebhaftesten Ausdruck; nichtsdestoweniger blieb eine kleine Verlegenheit, die sich bei Lewin und Renaten und mehr noch bei Tubal hinter einem beständigen Hin- und Herfragen, ohne daß die Antwort abgewartet worden wäre, zu verstecken suchte. Ja selbst die Schorlemmer ließ ihre sonstige Ruhe vermissen.

Inzwischen waren Stühle gerückt worden, und da bei dem ersten Besetzen der Tafel außer dem Seidentopfschen Platz auch noch die Schmalseiten oben und unten freigeblieben waren, so wurde das Tischarrangement keinen Augenblick ernstlich gestört. Es war die Rede davon, einige der Gänge rasch noch einmal wieder erscheinen zu lassen, alle Neuangekommenen aber lehnten auf das bestimmteste ab und erklärten nicht nur, unterwegs eine sehr substantielle Mahlzeit eingenommen, sondern auch, wie der Augenschein zeige, für ihre Ankunft in Hohen-Vietz den denkbar glücklichsten Moment, den des Desserts, getroffen zu haben. Dem stimmte Bamme, der gerade Schwarzbrot und Biskuitschnitten mit frischer Butter zusammenmörtelte, emphatisch bei und verschwor sich einmal über das andere, daß die Feinschmecker aller Zeiten, von Lukull bis auf Friedrich den Großen, das eigentliche Diner immer nur als den Sockel der drei großen Dessertgottheiten Bacchus, Momus und Pomona angesehen hätten.

So phantasierte der Alte weiter, dessen guter Laune es denn auch vorzugsweise zuzuschreiben war, daß das befangene Hin- und Herfragen der ersten Minuten einer ungezwungeneren Unterhaltung Platz zu machen begann. Jeder beteiligte sich schließlich daran, insbesondere Tubal, aus dessen Mitteilungen unter anderem auch ihr eigentliches Reiseziel erkennbar wurde. Sie befänden sich, so versicherte er, auf dem Wege nach Breslau, wo sie dem durch Jürgaß und Bummcke gegebenen Beispiele zu folgen und in die daselbst sich bildende Freiwilligenarmee einzutreten gedächten. Der Aufruf, von dem alle Welt spräche, sei zwar noch nicht da, niemand bezweifele aber, daß er kommen werde (»Jede Stunde«, warf Berndt dazwischen), und ein gestern von Jürgaß eingetroffener Brief gäbe bereits ein Bild des neuerwachten Lebens. So sei neben anderem auch ein schlesischer Landsturm in Bildung begriffen. Alle Männer von achtzehn bis sechzig Jahren, soweit sie noch nicht Waffen trügen, sollten herangezogen werden. Zweck dieses Landsturms sei, den Feind, wo er sich in schwachen Detachements zeige, zu überfallen, Generale wegzufangen (Bamme schlug mit der flachen Hand auf den Tisch) und mit Fourageurs und Marodeurs kurzen Prozeß zu machen. Scharnhorst leite das Ganze; Blücher sei angekommen. Was aber am schwersten wiege, der König selbst, der bis dahin an einem kräftig-patriotischen Aufschwung gezweifelt habe, sei jetzt selber von Zuversicht getragen. Und in diesem neuen Glauben werd' er sich befestigen, denn der Geist sei überall derselbe. Von allen Seiten strömten Gaben herbei: Geld, Waffen, Equipierung; jeder gäbe, was er habe, und wer nichts habe, der gäbe sich eben selbst. Alles dies sei dem Jürgaßschen Schreiben entnommen. Er seinerseits aber glaube noch hinzufügen zu sollen, daß in den nächsten Tagen schon neuntausend Freiwillige von Berlin nach Breslau abgehen würden.

Diese Mitteilungen, mit Jubel aufgenommen, schlugen den letzten Rest von Verlegenheit, wenn ein solcher überhaupt noch da war, in die Flucht, namentlich bei Berndt, der ohnehin von Anfang an den Vorfall im Ladalinskischen Hause nicht gerade von der allertragischsten Seite genommen hatte. Was war es denn schließlich? Mehr dem Eigensinn als der Ehre des alten Geheimrats war eine Niederlage bereitet worden. Bninski war Graf und reich, und Lewin – war jung. Der Ungar, dem nicht nur Bamme, sondern die ganze Tafelrunde mehr und mehr zuzusprechen begann, begann auch in gleichem Maße die gute Stimmung zu steigern, und Berndt, erfüllt von Plänen, deren Ausführung aus der Anwesenheit und dem Verbleib seiner Gäste nur Vorteil ziehen konnte, richtete schließlich die Frage an Tubal: »Bis wie lange?«

»Bis morgen.«

Das war nun freilich nicht das, was er zu hören gewünscht hatte.

»Ihr müßt bleiben«, rief er, »und uns zur Hand gehen. Mit dem Guser Coup sind wir sitzen geblieben; dieser Conte war klüger, als ich ihn nahm, und hat seinen Kopf rechtzeitig aus der Schlinge gezogen. Aber die nächsten Tage müssen etwas bringen, und wenn wir recta gegen ›Bastion Brandenburg‹ oder den ›Hohen Kavalier‹ anstürmen sollten. Bamme und ich waren die ersten hier herum und exerzierten schon, als sich jenseits der Oder noch keine Hand rührte, und nun haben sie drüben den kleinen Krieg comme il faut, während wir immer noch dasitzen wie die Spittelweiber in der Nachmittagspredigt.«

Ein strafender Blick der Schorlemmer traf ihn, und Berndt, nachsichtig bis zur Schwäche gegen die rigorösen Launen der alten Herrnhuterin, korrigierte sich sofort und sagte, seinen letzten Satz in anderer Form wiederholend: »Während wir immer noch stillsitzen und unsere Hände in den Schoß legen. Aber das muß anders werden. Überall ist man uns voraus, in Soldin, in Driesen, in Landsberg. Und nicht genug daran, keine Stunde Wegs von hier schlagen diese Kirch-Göritzer ihre Krampenschlacht, und ehe wir's uns versehen, hat Faulstich den Pour le mérite. Sind wir dazu da, um vor Handschuhmacher Pfeiffer die Segel zu streichen? Wir, die wir zuerst gekräht haben, zuerst und am lautesten. Sollen wir uns sagen lassen, daß wir bloß gespielt und mit Exerzitium und Trommelschlagen dem lieben Herrgott die Zeit gestohlen hätten. Nein, ich hasse nichts mehr als diese Soldatenspielerei. Und warum? Weil ich Soldat war und das Ding ernsthaft ansehe. Ein Bürger, ein Bauer ist nicht gebunden, die Waffe zu nehmen, aber *wenn* er sie nimmt, muß er sie brauchen, sonst ist er ein Narr oder ein Prahler.«

»Es ist doch ein eigen Ding um den Ungar«, schmunzelte Bamme und drehte seinen Schnurrbart. »So läßt er uns beispielsweise die Rollen tauschen. Sie, Vitzewitz, sprechen wie Bamme, so muß ich denn wie Vitzewitz sprechen. Das heißt ruhig und besonnen. Nein, Freunde, Sie gehen zu weit, vor allem zu weit gegen sich selbst. Zum Streiten gehören zwei, sagt das Sprichwort. Und zum Bataillieren auch. Erst müssen wir sie haben, *haben.*«

»Nicht doch«, unterbrach ihn Berndt, »verstecken wir uns nicht hinter *diesem* Satz. Der Feind ist überall. Es braucht nur guten Willen, und wir begegnen ihm. ›Suchet, so werdet ihr finden.‹ Ein Sprichwort ist des anderen wert, und meines ist sogar ein Spruch. Solche Trupps, wie die hundert Mann in Guse, sind jetzt auf jeder Straße. Wir erklären sie gefangen, mehr ist nicht nötig. Es sind Expeditionen (du warst ja dabei, Tubal), als ob wir Muschwitz und Rosentreter aufsuchten, meine ›französischen Marodeurs‹ von damals. Von Gefahr keine Rede, viel weniger, als um unserer Reputation willen zu wünschen wäre. Aber das Blatt kann sich wenden, neue Regimenter des Vizekönigs mischen sich schon mit den alten, und unter allen Umständen, so oder so, du bleibst, du und deine Freunde!«

Tubal wechselte zustimmende Blicke mit Hirschfeldt.

»So bleiben wir denn«, riefen beide, und Hirschfeldt, indem er sich gegen Berndt verneigte, setzte hinzu: »Der Aufruf ist noch nicht da, und die Bildung der Freiwilligenkorps hat kaum erst begonnen. So versäumen wir nicht viel. Ist doch Hohen-Vietz ohnehin eine Etappe nach Schlesien; in drei Tagen sind wir in Breslau, spätestens in vier. Ich für mein Teil stelle mich zu Diensten, und unser Freund Grell, bei allem Kriegseifer, der ihn beseelt, wird ein Gespräch über Hölderlin, zu dem sich ihm hier die beste Gelegenheit darbietet, auch nicht zu den verlorenen Stunden zählen. Ich bitte den Herrn General, über mich verfügen zu wollen.«

»Topp, Hirschfeldt«, sagte dieser. »Das nenn' ich eingefangen! Sie sind mir willkommener, als Sie wissen können. Es ist nichts Kleines für einen alten Zietenschen, der bloß reiten und die Augen aufmachen kann, einen Aide-de-camp um sich zu haben, der sich auf Karten und Listen und aufs Schreiberhandwerk versteht. Denn ganz ohne Federfuchserei geht es nicht mehr in der Welt. Auf gute Kameradschaft also!«

Und dabei klangen die Gläser zusammen.

Eine Viertelstunde später erhoben sich alle von der Tafel, und die beiden Damen, während der Rest der Gesellschaft das Eckzimmer aufsuchte, stiegen in das obere Stockwerk hinauf, um hier für die Plazierung ihrer Gäste Sorge zu tragen. Sie kamen überein, den hölderlin-schwärmenden Grell bei Lewin, Tubal und Hirschfeldt aber in dem nebenangelegenen Zimmer unterzubringen. Alles dies war rasch geordnet, nur Bammes Unterbringung machte Schwierigkeiten. »Wo schaffen wir ihn hin?« sagte die Schorlemmer. »Ich mag ihn nicht auf unserem Korridor haben. Er ist anstößig und ein Greuel.«

»Ich fürchte mich auch vor ihm«, entgegnete Renate. »Das heißt ein wenig.«

»Und das ist gut, daß du dich fürchtest. Ich tue es auch, wenn Abneigung Furcht ist. Er darf nicht nach oben, zehn Schritt von deinem und meinem Zimmer. Vielleicht klingelt er, oder gewiß klingelt er, und Maline muß ihm ein Glas Wasser bringen.«

»Nun?«

»Nun?« wiederholte die Schorlemmer. »Wie du nur fragst, Renate! Ich habe dich doch zu fromm erzogen. Ein Mensch wie Bamme trinkt nie Wasser und klingelt immer und rechnet dabei auf dies und das.«

»Aber, liebe Schorlemmer ...«

»Ich habe mit den Angekoks gelebt«, fuhr diese fort, »und die Grönländer, die auch klein sind, geradeso klein wie dieser Bamme, die waren auch alle in der Fleischeslust. Meine liebe Renate, gewiß, man soll den Teufel nicht an die Wand malen; aber ebenso gewiß ist es, man soll den Brunnen nicht erst zudecken, wenn das Kind hineingefallen ist. Und die Maline ist ein Kind, ja, das ist sie mit all ihrer Klugheit. Denn was die Klugheit hilft, das verdirbt die Eitelkeit. Und mit den Eitlen hat er immer das leichteste Spiel. Du weißt schon wer. Mir ist, als hätten wir den Bösen im Hause.«

»Du nimmst es schlimmer, als es ist«, sagte Renate. »Er hat keinen guten Ruf. Aber die Menschen übertreiben, und alles in allem, er ist ein alter Mann; er muß siebzig sein oder darüber. Ich entsinne mich, daß die Tante von ihm sagte: ›Wenn wir die Sünde nicht fliehen, so flieht die Sünde doch schließlich uns.‹ Sie sagte es französisch, aber das hörst du nicht gern.«

So ging oben auf dem Korridor das Gespräch, und während es geführt wurde, plätscherte der Gegenstand all dieser moralischen Ängste nicht nur persönlich in einem Meer von Behagen, sondern wußte sein eigenes Wohlgefühl auch seiner Umgebung mitzuteilen. Er war affabel und pikant wie gewöhnlich, durch Hirschfeldts Bleiben aufrichtig erfreut, und verzichtete darauf, wichtigtuerisch den General zu spielen. Wußt' er doch, daß er sich gehen lassen konnte, ohne an Autorität etwas Erhebliches einzubüßen. Und wenn doch, so war er der Mann, sich das Verlorengegangene jeden Augenblick zurückzuerobern. Mit Hansen-Grell, der ihm unter seinem etwas fremdklingenden Doppelnamen vorgestellt worden war, wußt' er anfänglich, teils um dieses Namens, teils um seiner sonderbar vorstehenden Augen willen, nichts Rechtes anzufangen, söhnte sich aber bald mit ihm aus und versprach ihm beim Tarock – das unser Gantzerscher Kantorssohn als Spielpartner im Graf Moltkeschen Hause bis zur Perfektion gelernt hatte – einmal über das andere die Groß-Quirlsdorfer Pfarre, »wenn er erst seinen ›jetzigen‹ zu Tode geärgert oder nach Berlin hin weggelobt haben würde«. Denn dahin passe er, und dahin müss' er. Patronat und Pfarre könnten eben nur bei Gleichartigkeit der Interessen mit- und nebeneinander bestehen, und das beste Bindemittel sei und bleibe Tarock oder doch überhaupt die Karte.

Rasch verging der Abend. Bald nach neun Uhr wurde das Spiel abgebrochen, und alles zog sich zurück, die jüngeren Männer in die Fremdenstuben treppauf, der General in sein Parterrezimmer, in das auch bei heftigem Klingeln *nicht* einzutreten allen weiblichen Dienstboten des Hauses aufs schärfste anbefohlen worden war.

Eine halbe Stunde später war alles still; nur in einer der oberen Korridorstuben war noch

Licht, und Renate und Marie plauderten von den Erlebnissen des Tages: von Bamme und den ridikülen Befürchtungen der Schorlemmer, von Grell und seiner imponierenden Häßlichkeit, von Hirschfeldt und seinem zerhauenen Gesicht.

»Narben ist doch das Schönste«, versicherte Marie.

Und dann glitt das Gespräch zu Tubal hinüber, dessen Name sehr bezeichnenderweise bis dahin noch nicht genannt worden war.

»Erzähle«, sagte Marie, »wie war er?«

»Er war befangen und vermied es, meinem Auge zu begegnen. Dabei sprach er viel und hastig, aber ich bemerkte wohl, daß ihm nur daran lag, sich und uns über das Peinliche dieses Wiedersehens hinwegzuhelfen. Eine Zartheit, die mich rührte. Aber das ist so Ladalinskische Art. Sie haben alle jene Vornehmheit, die lieber sich als andere verklagt. Und das mindeste zu sagen, es ist, als teilten sie die Verantwortung für das, was geschehen. Deshalb war auch Tubal nicht mit in Guse. Der alte Geheimrat bekannt' es mir schon, als wir uns in Bohlsdorf trafen.«

Marie schüttelte den Kopf.

»Ich seh' es anders«, sagte sie. »Was du Zartheit nennst, ist ihr Gewissen, und die Mitschuld, deren sie sich leise zeihen, ist keine eingebildete. Sie sind sich alle gleich und kennen nichts als den Augenblick. Er liebt dich und ist doch seiner eigenen Liebe nicht sicher. Voller Mißtrauen gegen sich selbst, begegnet er dir mit Scheu. Vielleicht, daß er es dir offen bekennen wird, um wenigstens vor sich selbst einen Halt und etwas, das einer Rechtfertigung ähnlich sieht, gewonnen zu haben.«

»Ihr hattet immer eure Fehde«, sagte Renate. »Wüßt' ich es nicht besser, ich könnte glauben, du liebtest ihn.«

Und damit schieden die Freundinnen, und Maline kam, um Marie nach Hause zu begleiten.

Die letzten Worte dieser Unterhaltung waren unter Lachen gesprochen worden, aber Renate, als sie wieder allein war, lachte nicht mehr. Waren das nicht dieselben Befürchtungen, die sie selbst erst diesen Morgen aufrichtig und doch in der Hoffnung auf Widerlegung gegen Lewin geäußert hatte? Und nun hörte sie nichts als die Bestätigung alles dessen, was ihr ahnungsvoll das eigene Herz bedrückte. Hatte Marie recht? Und, schlimmer als das, hatte *sie selber* recht?

Sie hätte wohl noch weitergefragt und gegrübelt, wenn nicht die Schorlemmer eingetreten wäre. Diese kam, um ihrem Lieblinge »Gute Nacht« zu sagen. »Die Erbtochter ist da«, so schloß sie, »nun werden auch bald die Hochzeitszüge kommen.«

»Ach, liebe Schorlemmer«, entgegnete Renate, »es ist mit euch Herrnhutern ein eigen Ding. Ihr seid fromm, aber prophetisch seid ihr nicht.«

»Das darfst du nicht sagen, Renate. Wer den rechten Glauben hat, der sieht auch das Rechte.«

»Das Rechte, aber nicht immer das Richtige. Die Wirklichkeit der Dinge läßt euch im Stich.«

Die Schorlemmer lachte gutmütig vor sich hin.

»Das sind so Sätze aus dem neuen Lewinschen Katechismus«, sagte sie. »Aber nichts mehr davon, mein Renatchen, für heute schlafe. Das wird wohl das Rechte und auch das Richtige sein.«

10. KAPITEL

Am Wermelin

Lewin und Grell waren am frühesten auf, beschlossen aber, das Erscheinen der übrigen abzuwarten. Dies währte nicht lange. Schon nach Ablauf weniger Minuten hatte sich alles in der Halle versammelt, in der heute der Gäste halber auch das Frühstück genommen werden sollte. Nur die Damen fehlten noch; Renate ließ sich vorläufig entschuldigen, während die Schorlemmer, voll instinktiver Abneigung gegen den alten General, einfach fortgeblieben war, sich damit getröstend, daß ihre Abwesenheit doch von niemandem, vielleicht mit Ausnahme Berndts, bemerkt werden würde. Und dieser kannte den Grund. Jeetze trippelte geschäftig hin und her, jede neue Bammesche Zweideutigkeit mit leisem Gekicher begleitend und still in sich hinein bekennend, daß er, als er letzte Woche die schwarzen Gamaschen anlegte, an so heitere Hohen-Vietzer Tage gar nicht mehr geglaubt habe.

»War Hoppenmarieken schon hier?« fragte Berndt.

Jeetze verneinte, der alte General aber, der, trotzdem er im geheimen beständig mit ihr verglichen wurde, bis dahin nie von der Zwergin gehört hatte, fragte neugierig: »Hoppenmarieken? Wer ist das?«

»Sie mag Ihnen selber antworten«, sagte Berndt. »Eben seh' ich sie über den Hof kommen.«

Und so war es. Ehe noch weitere Fragen gestellt werden konnten – denn auch Grell und Hirschfeldt waren aufmerksam geworden –, erschien der Gegenstand allgemeiner Neugier innerhalb der Glastür und war nicht wenig überrascht, an eben der Stelle, wo sonst nur die toten Vitzewitze von der Wand herniedersprachen, einer heiteren Gesellschaft Lebendiger zu begegnen.

»Hier, General, haben Sie Hoppenmarieken«, sagte Berndt.

Und Lewin setzte hinzu: »Meine Freundin, nicht wahr, Marieken?«

»Hohoho«, lachte die Zwergin und stellte die Kiepe vor sich hin, in der sie nun zu kramen begann, trotzdem alles, was sie brauchte, obenauf lag.

»Briefe?« fragte Berndt.

»Nei, jnäd'ge Herr, man bloß de Berlinsche. Awers hüt steit et inn.«

Und damit reichte sie Berndt die Zeitung herüber.

»Ah, der *Aufruf!*«

»Joa, dat süll et ja woll sinn. So seggte de Postminsch ook. Un een von de Küstrinsche Börgers röpp mi na'h: ›Nu geiht et los, Hoppenmarieken ...‹ Na, man too, mi sall et recht sinn. Un vorbi is et nu mit de lütten Franzosen, dat 's man kloar; se röwern joa all, un de oll' General ...«

»Füllgraf?«

»Ne, de anner, de öwerste.«

»Ah, General Fournier. Nun, was ist es mit dem?«

»He wihr gistern bi Markgraf Hans' unnen. He sülwst, un fiev or söß von sine Genrals un Uffziers. All unnen in de Gruft.«

»Und da haben sie nach den vierundzwanzig Wispeln Dütchens gesucht, die der Markgraf mit ins Grab genommen haben soll?«

Hoppenmarieken nickte.

»Und wer hat es dir erzählt?«

»Oll Bäcker Mewes.«

»Und was noch?«

»Nich veel, un ihrst verstünn ick em nich. Awers dunn lachte joa Mewes und knipste mi und seggte: ›Bis' doch sünsten nicht so dumm, Hoppenmarieken. Un nu paß upp. De Ruß' is doa mitsamt sine Kosaken, un de hebben all ehre groten Ballerbüssen bi Quartschen und Tamsel. Un dat weten jo nu de lütten Franzosen ook un wullen sich nich ihrst rutrükern loaten. Se trekken aff. Un wenn een afftrecken deiht, denn nümmt he mit, wa he kreegen kann. Un dissentwegen wihren se gistern bi Markgraf Hansen unnen in sine Gruft. Awers se hebben nix fun'n.‹«

»Das glaub' ich wohl«, sagte Bamme und setzte dann, an Vitzewitz sich wendend, hinzu: »Markgraf Hans war ein Hohenzoller, und die verstehen's; die vergraben kein Pfund, am wenigsten vierundzwanzig Wispel Dütchen; die Hohenzollern wollen Zinsen haben. Das hätt' ich dem Küstrinschen General sagen können. Aber freilich, er würd' es mir nicht geglaubt haben.«

Hoppenmarieken, die kein Wort von dem allen verstanden hatte, lachte nichtsdestoweniger, nickte dem alten General vertraulich zu und verließ dann, salutierend und ihr übliches Kauderwelsch vor sich hinsprechend, die Halle.

»Ein Prachtexemplar«, sagte Bamme. »Hätt' ich einen kleinen fürstlichen Hof, *die* ließ ich auf Hokuspokus abrichten, auf Tränkchen und Wahrsagerei.«

»Da wäre Geld und Mühe weggeworfen«, antwortete Berndt. »Sie versteht es ohnehin schon.«

»Desto besser; aber nun den ›*Aufruf*‹. Lassen Sie hören, Vitzewitz.« Und dieser begann zu lesen.

Während der ersten zehn Zeilen blieb aller Aufmerksamkeit gefesselt, bald aber ließ diese nach und *mußte* nachlassen, da man allerhand Halbheiten entdeckte und guten Grund hatte, sich im ganzen arg enttäuscht zu fühlen. Dieses Gefühl war so stark, daß das Erscheinen Schulze Kniehases, der noch vor Schluß der Vorlesung eintrat, kaum als eine Störung empfunden wurde.

»Setzen Sie sich, Kniehase«, sagte Berndt. »Was bringen Sie?«

»Gute Zeitung, gnädiger Herr; wir haben ihn.«

»Wen, den Vizekönig?«

»Nein, nicht so hoch hinaus, aber doch den italienischen Grafen. Eben war der Trebnitzer Verwalter bei mir; in seiner Kirche liegen die ganzen hundert Mann gefangen. Den Grafen haben sie nach Selow gebracht, weil er einen Hieb über den Kopf hat.«

»Erzählen Sie.«

»Nun also: es muß so gestern um die Mittagsstunde gewesen sein, als sie durch Alt-Rosenthal kamen. Gleich dahinter fängt die Trebnitzer Heide an, rechts hohe Stämme, aber nach links hin eine Kusselschonung, und der Kusselschonung, so meinte der Verwalter, der trauten sie nicht recht. Aber was half es, sie mußten durch, weil sie vor Dunkelwerden noch nach Jahnsfelde wollten. Und so marschierten sie denn dicht aufgeschlossen und die Kriegskasse immer in ihrer Mitte bis an den kleinen See, der schon zwischen den Kusseln liegt und eigentlich bloß ein Tümpel ist, und den die Rosenthalschen und die Trebnitzer den ›Wermelin‹ nennen. Und da war es ja nun vorbei mit ihnen, denn dahinter steckten sie ja gerade, und nun vorwärts, immer mit Hurra, was die Franzosen von Moskau her gar nicht mehr hören können. Und da warfen sie die Gewehre weg und gaben sich gefangen.«

»Alle?«

»Bis auf den Grafen. Der riß eins der Gewehre wieder auf und schoß einen aus dem Sattel. Aber Tettenborn kam ihm von der Seite und hieb ihn über den Kopf, daß er niederstürzte.«

»Tettenborn?« fragten alle.

»Ja, Oberst Tettenborn mit zwanzig Kosaken. Er war denselben Morgen bei Zellin über die Oder gegangen. Jetzt ist er in Selow, wohin er den Grafen abgeliefert hat. Und hat ihm auch seinen Degen wiedergegeben, weil er sich als ein tapferer Offizier und Mann von Ehre gezeigt habe.«

Bamme faßte sich zuerst. Er hatte, wie Berndt und alle anderen, bei Beginn der Erzählung von einer Barnim-Lebuser Waffentat zu hören geglaubt und war, als der Name Tettenborn fiel, einen Augenblick ernstlich verstimmt gewesen, die ganze geträumte Landsturmherrlichkeit auf ein neues Kosakenstückchen hinauslaufen zu sehen. Aber der alte General war nicht der Mann, irgendeinem Ärger länger als zwei Minuten nachzuhängen, hatte vielmehr umgekehrt ein ausgesprochenes Talent, auch das Ärgerlichste sofort wieder von der guten Seite zu nehmen.

»Ziehen wir die Summe, Vitzewitz, so haben wir uns aus drei Gründen zu gratulieren: erstens hab' ich recht behalten (was in meinen Augen immer eine Hauptsache bleibt), zweitens haben wir den Conte samt seinen hundert Mann und drittens haben wir die Kosaken oder doch ihre Vorhut *diesseits* der Oder. Ärgerlich genug, denken Sie. Aber wie die Dinge liegen, bleibt uns nichts übrig, als mit jedem Winde zu segeln, auch mit diesem Windbeutel von Tettenborn. Also keine Kopfhängerei, Vitzewitz. Etwas wird auch für uns noch übrig bleiben, und wenn es bloß der Vizekönig wäre, nach dem Sie sich bei Schulze Kniehase so teilnehmend erkundigt haben.«

Das half, Berndt gewann seine gute Laune wieder, und eine Fahrt nach Hohen-Ziesar, welches letztere Bamme, trotz seiner vieljährigen Beziehungen zu Drosselstein, noch immer nicht kennengelernt hatte, wurde verabredet. Der alte Vitzewitz entschied sich für eine vorgängige schriftliche Anmeldung und ging in sein Arbeitskabinett hinüber, die nötigen Zeilen zu schreiben.

Auch alle anderen erhoben sich: Grell und Hirschfeldt, um unter Lewins Führung das Dorf und die Kirche kennenzulernen, der alte General, um bei Seidentopf einen Besuch zu machen. »Ich muß mir seine Scherben mal wieder auf alte Bekannte hin ansehen und vielleicht auch seine Münzen, Trajan, Hadrian, Antoninus Pius. Weiter komm' ich nie. Sonderbar, daß ich immer gerade bei *dem* stecken bleibe.«

Nur Tubal hatte sich ausgeschlossen und ging in das Eckzimmer hinüber, wo er hoffen durfte, die Damen zu treffen. Oder doch wenigstens seine Kusine. Und er hatte sich nicht getäuscht. Renate, mit einer Perlenstickerei beschäftigt, saß in der Nähe des Fensters und zählte auf einem vor ihr liegenden Muster die Stiche.

»Störe ich?«

»Nein, aber ich glaubte, die Herren seien ins Dorf gegangen und in die Kirche. Oder hast du, wie der alte General, eine Abneigung gegen Kirchen?«

»Ich zog es vor, zu bleiben. Darf ich einen Stuhl nehmen, Renate?«

Sie nickte zustimmend.

»Unsere Stunden hier sind gezählt«, fuhr er fort. »Hirschfeldt wird ungeduldig, ihm brennt der Boden unter den Füßen, und was ich dir zu sagen habe, duldet keinen Aufschub.«

Renate gedachte des Gesprächs, das sie mit dem alten Ladalinski in der Bohlsdorfer Kirche geführt hatte. Es lag ihr daran, es zu keiner Erklärung kommen zu lassen, wenigstens in diesem Augenblicke nicht; so ging sie, um Fragen zu verhüten, vor denen sie bangte, selbst zu Fragen über.

»Hast du Briefe?« sagte sie. »Ich meine Briefe von Kathinka.«

»Nicht Briefe, aber flüchtige Zeilen. Ich empfing sie vorgestern, den Tag vor unserer Abreise.«

»Und von wo?«

»Von Myslowitz, einem Städtchen an der Grenze. Die Güter des Grafen sind in der Nähe.«

»Darf ich wissen, was sie schreibt?«

»Ich habe keine Geheimnisse, Renate. Und hätt' ich sie, so würd' es mich glücklich machen, sie mit dir teilen zu können.«

»Ich dürste nie nach Geheimnissen, aber ich bin voller Verlangen, von Kathinka zu hören. Bitte, lies.«

Und Tubal las:

»Myslowitz, 4. Februar.

Mein lieber Tubal!

Wir gehen morgen über Miechowitz und Nowa-Gora auf Bninskis Güter. Ein katholischer Geistlicher wird uns begleiten. Ich gedenke (Bninski wünscht es) in unsere alte Kirche zurückzutreten. Es ist nichts in mir, was mich daran hindern könnte; alles in allem gefällt mir das Römische besser als das Wittenbergische. Schreibe mir bald. Ich bin begierig, von Euch zu hören, von *allen*. Ich denke stündlich an Papa und jetzt oft auch an unsere Mutter. Du begreifst. Bninski will nach Paris; er ist, wie ich ihn mir gedacht, und ich bin glücklich, *ganz* glücklich. Freilich ein Rest bleibt. Ist es *unser* Los oder Menschenlos überhaupt?

Deine *Kathinka.*«

Eine Pause trat ein.

Dann sagte Renate: »Und diese Zeilen sollen dich nun begleiten. Es ist schön, ein liebes Wort mit hinauszunehmen. Aber nicht ein solches. Es klingt so trüb und traurig.«

»Ach, Renate, daß ich ein tröstlicheres Wort mit mir nehmen könnte. Sprich es. Du weißt, was mich zu hören verlangt.«

Sie schwieg.

Tubal aber fuhr fort: »Ich weiß, warum du schweigst. Es fehlt uns etwas in den Herzen der Menschen, das ist unser Verhängnis. Meinen Vater hat es getroffen und ihm am Leben gezehrt, und nun trifft es mich. Es ist, als ob wir etwas verscherzt hätten. Einen Augenblick schien es, daß es anders werden sollte; da fällt nun *dies* in unser Leben hinein. Und wieder ist es hin. Altes und Neues zeugt gegen uns, und das ›Ja‹, das ich zu hören verlange, will nicht über deine Lippen.«

Da war nun das »Selbstbekenntnis«, das Marie am Abend vorher erst prophezeit hatte, und der leise Spott ihrer Worte klang schmerzlich in Renaten nach. Aber einen Augenblick nur, dann war es überwunden, und alles, was sich jemals zu Tubals Gunsten in ihrer Seele geregt, es war wieder da, doppelt da unter dem Einfluß eines tiefen Mitgefühls, das seine Worte geweckt hatten, und mit jener Offenheit und Heiterkeit, die den Zauber ihres Wesens ausmachte, sagte sie: »Höre mich, Tubal, ich will dir nichts verschweigen. Lewin und ich, wir haben es oft miteinander durchgesprochen, auch gestern erst. Euer Los ist nicht das schlimmste. Eines ward euch versagt, ein anderes ward euch gegeben. Und dies andere ...«

Sie schwieg.

Er aber ergriff ihre Hand und rief, indem er sie mit Küssen bedeckte: »O diese deine Hand, daß ich sie halten dürfte mein Lebelang, immer, immer.«

»Ich werde sie keinem andern reichen. Aber verlange von dieser Stunde nicht mehr, und am wenigsten binde dich. *Ich*, ich bin gebunden.«

»O sage, daß du mich liebst, Renate. Sprich es, es hängt so viel an diesem Wort.«

»Nein, nicht jetzt. Es sind nicht Zeiten für Bund und Verlöbnis oder doch nicht für uns. Aber andere Zeiten kommen. Und hast du dann das eigene Herz geprüft und das meine vertrauen gelehrt, dann, ja dann!«

11. KAPITEL

Hohen-Ziesar

Der Ausflug zu Drosselstein war auf zwei Uhr festgesetzt worden. Schon vorher hatten sich Berndt und Bamme verabredet, den Weg ihrerseits zu Pferde zurücklegen zu wollen. Der alte General auf seinem Shetländer. Ihnen gesellte sich Tubal, der, nach dem Vormittagsgespräche, von einer ihm selber unerklärlichen Scheu befallen war, die Fahrt an Renatens Seite zu machen. Er schien unsicher, welchen Ton er anzuschlagen habe. Oder war es ein anderes noch?

Die Reiter nahmen einen Vorsprung. Sie konnten indes den Stein vor Miekleys Mühle kaum passiert haben, als auch schon das Schlittengespann vorfuhr, das die Geschwister samt Grell und Hirschfeldt nach Hohen-Ziesar hinüberbringen sollte. Jeetze stand mit Decken und Kissen bereit, Lewin nahm die Leinen, und einen Augenblick später zogen die Braunen an und trabten die stille Dorfgasse hinauf. Das Klingen der Glöckchen mischte sich mit der Heiterkeit unserer Reisenden, von denen Lewin auf der Pritsche ritt, während der auf einem bloßen Brettstück untergebrachte Grell die beständige Versicherung von der Bequemlichkeit seines Rücksitzes durch ein ebenso beständiges Hin- und Herrutschen widerlegte. Am plauderhaftesten war Renate. Sie fühlte sich glücklicher denn seit lange. Dasselbe Zwiegespräch, das in Tubal verlegen nachwirkte, war ihr über Erwarten hinaus eine Quelle des Trostes geworden. Was sie dem alten Geheimrat in der Bohlsdorfer Kirche gesagt hatte: »Du pochst nicht an die rechte Tür«, das war damals wie zu jeder Zeit der Ausdruck ihres Herzens gewesen. Solange sie Tubal liebte, hatte sie auch der Zweifel begleitet, ob ihre Liebe von ihm erwidert werde, und dieser Zweifel, quälender als alles andere, war nun von ihr genommen. Er liebte sie. Was bedeutete daneben die Frage nach der Dauer oder nach der Treue seines Gefühls? Was war, verglichen damit, die bloße Zukunftsfrage: »Werd' ich glücklich oder unglücklich sein?« Jetzt *war* sie glücklich, und ein verbleibender Rest von Furcht, der sie leise durchschauerte, steigerte nur das Hochgefühl des Augenblicks. Ihr war, als schreite sie durch einen Wald, aus dessen Tiefen es dunkel und banggeheimnisvoll erklinge; aber was ihr die Nähe bot, das war Licht und Sonnenschein und Jubilieren der Vögel. Lewin hatte recht, der von helleren Tagen, und die Schorlemmer hatte recht, die von lauter Hochzeitszügen gesprochen hatte. Marie war eine Schwarzseherin, und sie selber war es mit ihr. Aber das lag nun zurück; sie war es *gewesen*.

Diese glückliche Stimmung zeigte sich auch in der Unbefangenheit des Gesprächs, das sich bald um den Grafen zu drehen begann.

»Ist er mit den ostpreußischen Drosselsteins verwandt?« fragte Hirschfeldt.

»Gewiß; er gehört ihnen zu«, antwortete Renate, »und es ist ein glücklicher Zufall, daß wir ihn trotzdem in unserer Provinz haben. Er erbte Hohen-Ziesar in den ersten Jahren seiner Ehe und bezog es, um in der Nähe des Hofes zu leben. Es war aus Rücksicht gegen seine junge Frau.«

»So ist er verheiratet?« fragte Hirschfeldt weiter.

»Er war es. Die Gräfin starb; erst Abzehrung, zuletzt ein Blutsturz, der sie tötete. Sie war sehr schön, eine Gräfin Lieven. Als sie starb, verbarg sich der Graf vor der Welt; er war nur dann und wann in Dresden, und es hieß, daß er zum Katholizismus übertreten werde.«

»Die Drosselsteins zählen sonst zu den festesten Protestanten.«

»Auch wohl der Graf. Aber es gibt Lagen – so wenigstens sagte die Tante, der ich auch die

Verantwortung dafür zuschiebe –, wo der Protestantismus versagt und der Katholizismus das Herz weicher bettet.«

»Und in einer solchen Lage war der Graf?«

»Man behauptet es. Lewin mag Ihnen davon erzählen; es ist eine romantische Geschichte, und romantische Geschichten sind sein Steckenpferd. Übrigens alles in allem, ich glaube, was man sich erzählt. Sie werden das Bild der Gräfin sehen und mögen dann selber urteilen. Es hängt in dem Empfangszimmer: eine blaßblaue Robe, mit weißen Rosen besetzt. Nur eine, dicht über dem Gürtel, ist dunkelrot. Und das Bild wurde doch zwei Jahre vor ihrem Tode gemalt.«

»Sonderbar«, sagte Grell, der sich inzwischen auf seinem Rücksitz eingerichtet hatte.

»Ja, das ist es. Aber es überrascht in Hohen-Ziesar weniger als anderswo. Das Schloß ist reich an Sonderbarkeiten, darunter Ausgegrabenes aus Herkulanum und Pompeji: Pinzetten und Broschen und, denken Sie sich, eine Nagelschere. Der Graf war lange dort und hat alle diese Dinge mitgebracht.«

»Und ich werde mich freuen, sie kennenzulernen«, entgegnete Grell, »möchte jedoch der prophetisch gemalten roten Rose den Vorzug vor allem anderen geben.«

»Und darin haben Sie recht«, erwiderte Renate. »Und auch darin, daß Sie mich an mein verlorenes Thema mahnen. Die pompejanische Schere schnitt mir den Faden entzwei. Aber wovon wollt' ich sprechen? Ja, von sonderbaren Bildern in Hohen-Ziesar. Nun, auch davon ist die Hülle und Fülle da. So zum Beispiel ein Bildnis der ›weißen Frau‹.«

»Der weißen Frau!« riefen Grell und Hirschfeldt a tempo und mit einer Lebhaftigkeit, als ob ihnen dieselbe bereits erschienen wäre. Dann setzte Hirschfeldt hinzu: »Aber seit wann lassen sich die Gespenster porträtieren?«

»Nein«, lachte Renate. »*So* Pikantes darf ich Ihnen freilich nicht in Aussicht stellen. Es ist das Porträt eines schönen Hoffräuleins aus den letzten Regierungsjahren des Großen Kurfürsten, Wangeline von Burgsdorff. Sie starb jung und muß als ›weiße Frau‹ umgehen, um ihre Schuld im Tode zu büßen. Natürlich eine Liebesschuld.«

Hirschfeldt lächelte. Grell aber, der alles etwas pedantisch nahm, wiederholte den Namen »Wangeline von Burgsdorff« und setzte dann hinzu:

»Ich war der Ansicht, daß es eine Gräfin von Orlamünde sei, auf der Plassenburg heimisch und, wenn ich mich nicht irre, auch auf dem Bayreuther Schloß. Es ist mir noch in Erinnerung, daß ich als Kind immer mit Gruseln von den ›vier Augen‹ las, die ›zwischen stünden‹ und aus der Welt geschafft werden müßten. Ich verstand es nur halb, aber um so mehr erregte es meine Phantasie. Und nun hör' ich einen anderen Namen: Wangeline von Burgsdorff.«

»Sie dürfen mich nicht examinieren«, erwiderte Renate. »Wollen Sie mehr wissen, so muß das Haupt der Kastalia nachhelfen. Sage, Lewin, wie war es?«

Aber dieser, statt Auskunft zu geben, zeigte nur, während er die Leinen in seine Linke nahm, mit der Rechten auf das hinter Parkbäumen eben sichtbar werdende Schloß und sagte: »Der Graf selber mag uns antworten.«

Wenige Minuten später hielt der Schlitten auf der nach dem Garten zu gelegenen Rampe, wo Drosselstein seine junge Freundin bereits erwartete und ihr beim Aussteigen die Hand reichte. So traten sie durch eine Doppeltür in das Empfangszimmer ein. Hirschfeldt und Grell folgten.

Das Empfangszimmer war ein großer quadratischer, fast durch die ganze Tiefe des Hauses gehender Saal, hinter dem nur noch ein schmaler Korridor lief. Der Korridor sah auf den Innenhof, wie der Empfangssaal auf Garten und Park. In diesem Saale ließ sich auf den ersten Blick erkennen, daß der Besitzer von Hohen-Ziesar reich und vielgereist und von gutem Geschmack in den bildenden Künsten sein müsse. An der einen Wand hing ein großes Tableau, halb Architektur, halb Landschaft, das alte ostpreußische Schloß der Drosselsteins darstellend. Diesem Tableau gegenüber befand sich das Bild der verstorbenen jungen Gräfin. Grell suchte die rote Rose und fand sie. Er hatte sich die Rose noch röter und die Gräfin selbst noch schöner gedacht, also eine doppelte Enttäuschung, von der die zweite wahrscheinlich nur eine Folge der ersten war. In allen Fensternischen befanden sich Orangeriekübel und Blumentische, während an den drei anderen Seiten des Saales Konsolen von schwarzem Marmor liefen. Auf diesen standen römische Kaiser mit roteingeschriebenen Namen. Bamme, der schon eine Viertelstunde lang da war, hatte zwei, drei davon gelesen: Geta, Caracalla, Alexander Severus, und war dann mit einem hingemurmelten »nicht zuviel auf einmal« von der Konsolenreihe zurückgetreten; eine ziemlich dunkele Bemerkung, die sich wahrscheinlich auf seine verwandten numismatischen Vormittagsstudien bei Seidentopf bezogen hatte.

Das Gespräch war über Oberflächlichkeitsfragen noch kaum hinaus, als Drosselstein Renaten seinen Arm bot, um diese zu Tische zu führen. Eine zurückgeschlagene Doppelportiere zeigte den Weg in das nebenangelegene Eßzimmer. Hier brannten schon – die Gardinen waren geschlossen – zwei achteckige zierliche Kandelaber und gaben Licht genug, das Zimmer in allen seinen Teilen erkennen zu lassen. In die Stuckwände waren antike Mosaiken eingelassen, Darstellungen von Wild, Geflügel, Fischen, während an der Decke die »Hochzeit der Psyche« nach Giulio Romanos gleichnamigem Fresko im Palazzo del Té zu Mantua eine für unsere damaligen Kunstverhältnisse bemerkenswert gute Nachbildung gefunden hatte. Bamme sah nichts von all diesen Dingen, desto mehr Grell, dessen natürlicher Sinn dafür im Moltkeschen Palais ausgebildet worden war.

Renate hatte den Platz zwischen Drosselstein und Bamme. Dieser, vielleicht von Jugend auf, jedenfalls aber seit den Tagen der Guser Tafelrunde fest an dem Satze haltend, daß Medisieren das beste Mittel zu Durchbrechung aller bloßen Unterhaltungspräliminarien sei, warf sich heute mit Ungestüm auf Seidentopf, den er schon mehrere Stunden früher, in der Hohen-Vietzer Pfarre, bei Vorführung des »Odinswagens« zum Opfer für die bevorstehende Dinerkonversation ausersehen hatte. Freilich mit schließlich ausbleibendem Erfolg; ausbleibend, weil er sich, wie der Augenschein lehrte, wieder einmal geirrt oder, um ihn selber zu zitieren: »wieder einmal vor nicht ganz richtigen Ohren« gesprochen hatte. Drosselstein nämlich war zu vornehm, um überhaupt viel zu lachen, Lewin und Renate hatten den Justizrat über eben dasselbe Thema besser und mit noch größerem Behagen perorieren und phantasieren hören, und Berndt – sonst nach Art aller ernster angelegten Naturen ein allerdankbarstes Publikum für Scherz und Heiterkeiten – steckte doch gerade heute zu tief in seinen Plänen, um sich an Bammes Exkursen über die sechs vorgeblichen Odinsvögel ergötzen zu können. Er nahm vielmehr eine flüchtige Pause wahr, um mit einem kurzen »ad vocem Seidentopf« dem ihm gegenübersitzenden Drosselstein die Mitteilung zu machen, daß er, in seiner Eigenschaft als Patron, die Verlesung des »Aufrufes« von der Kanzel für nächsten Sonntag angeordnet habe.

Und nun rollte statt des »Odinswagens« das Thema »Aufruf« eine Viertelstunde lang friedlich über den Tisch hin, bis von seiten Drosselsteins die mehr oder weniger provozierende Bemerkung gemacht wurde, daß er in dem Aufrufe das *Ostpreußische* vermisse. Er fühle wohl, daß er durch ein solches Wort den Vorwurf einer gewissen Parteilichkeit auf sich lade; der Geist der Provinzen sei nun aber mal ein verschiedener, und die Haltung des märkischen Adels, dem er dadurch nicht zu nahe zu treten gedenke, werde jedenfalls zu sehr durch persönliche Beziehungen bestimmt. Davon wisse man sich in seiner heimatlichen Provinz frei. »*Ihr* Stolz«, so schloß er, indem er sich gegen Vitzewitz und Bamme leise verneigte, »ist die Loyalität, die Diskretion, die Reserve; *unser* Stolz ist die Freiheit. Unter den Händen Dohnas oder Schöns oder Auerswalds hätte dieser Aufruf eine andere Gestalt gewonnen. Seine Tugend ist die Vorsicht, er hat den Hofstempel; was ihm fehlt, ist die Sprache der Gradheit und Männlichkeit.«

Bamme wollte scharf antworten, bezwang sich aber, um keine Störung aufkommen zu lassen, und sagte nur: »Sonderbar, je nordöstlicher, desto verpflichteter werden wir jetzt. Wir verdanken den Ostpreußen viel, aber noch mehr, so scheint es, sollen wir den Kosaken verdanken. Wir haben sie seit gestern diesseits der Oder. Haben Sie schon von dem Überfall zwischen Alt-Rosenthal und Trebnitz gehört? Hundert Mann gefangen. Es wird Aufsehen machen.«

Der Graf war noch ohne Nachricht. Er ließ sich erzählen, folgte mit sichtlichem Interesse den etwas starkgefärbten Bammeschen Schilderungen und war nur schließlich überrascht, sich ohne weiteres »zu Herbeiführung nunmehriger gemeinschaftlicher Operationen« aufgefordert zu sehen. Nicht mit Tettenborn, sondern mit Tschernitscheff in Person.

»Sie müssen ins Hauptquartier, Drosselstein«, resolvierte Bamme, »und zwar morgen schon. Unser eigener Kopfbestand ist in diesem Augenblick besser, als er nach acht Tagen sein wird. Jetzt hab' ich noch einen Aide-de-Camp; aber wie lange bin ich seiner sicher? Jede Stunde kann er auf und davon fliegen. Also rasch. Es muß ein größerer Coup unternommen werden, und ich habe so meine Pläne. Aber dazu bedürfen wir der Russen. Sie kennen ja Tschernitscheff und alles, was um ihn her ist, von Ihren Petersburger Tagen her.«

Bamme, trotzdem er von den seinerzeit umgehenden Gerüchten gehört haben mußte, sprach doch von diesen »Petersburger Tagen« wie von einer lieben Erinnerung des Grafen und würde noch tiefer in den etwas diffizilen Gegenstand eingedrungen sein, wenn nicht Drosselstein durch rasches Akzeptieren der Mission alles erledigt und zu seiner weiteren Sicherheit an Renaten die Frage gerichtet hätte: »Wo nehmen wir den Kaffee?«

»Natürlich in der Galerie.«

»Dort, fürcht' ich, ist es zu kalt.«

»Gleichviel. Die Herren haben die Pflicht, abgehärtet zu sein, und ich stecke mich in Muff und Mantel.«

Drosselstein war es zufrieden, flüsterte gleich darauf dem hinter seinem Stuhle stehenden Diener einige Worte zu und lenkte dann das Gespräch auf Faulstich und Nippler hinüber, deren gemeinschaftliches Kantatenwerk als ein neutraler Boden für die Konversation angesehen werden konnte. Bamme – nachdem zuvor Nipplers Ansprüche auf den Titel eines »verkannten Genies« untersucht und mit Stimmengleichheit verneint und bejaht worden waren – sprach bei dieser Gelegenheit die Hoffnung aus, daß die Kürze des Textes durch die Komposition nicht wieder in Frage gestellt werden möge.

Dieser zugespitzte Satz bot einen guten Tafelschluß. Drosselstein erhob sich, und nachdem er seine Gäste noch einige Minuten in dem Empfangszimmer festzuhalten gewußt hatte, bat er sie, wie es Fräulein Renate befohlen habe, den Kaffee in der *Galerie* nehmen zu wollen.

12. KAPITEL

Die weiße Frau

Diese »Galerie«, nach Norden hin gelegen, zog sich durch den ganzen linken Flügel des Schlosses. Sie bestand aus drei Sälen, von denen der vorderste die Familienbilder enthielt, einige davon mit großer historischer Staffage. Die Gardinen waren auch hier geschlossen, ein Kaminfeuer brannte, und der Kaffeetisch war inmitten des Saales serviert. Was aber mehr als alles dies das Auge der Eintretenden gefangennahm, waren zwei auf hohen Tripoden stehende Silberschalen, die, zu beiden Seiten des Kamins plaziert, ihre blaßblauen Spritflammen in zwei leise zitternden Säulen aufsteigen ließen. Der Graf hatte dies angeordnet, um den kalten Raum rascher zu erheizen, aber vielleicht mehr noch um des malerisch-phantastischen Effektes willen. Und dieser Effekt war erreicht. Es fehlte nicht an Beglückwünschungen.

In weitem Halbkreise wurde Platz genommen, und während der Kaffee herumgereicht wurde, zeigte Renate, die jetzt zwischen Grell und Hirschfeldt saß, auf ein unmittelbar vor ihnen hängendes Bildnis in ganzer Figur, das im Schein der beiden blauen Flammen an gespenstigem Leben zu gewinnen schien.

»Das ist sie.«

Grell rückte seinen Stuhl zurück, um besser sehen zu können, und sagte dann: »Ein schöner Kopf, aber unheimlich.«

»Ich vermute«, setzte Hirschfeldt hinzu, »daß aus dem unheimlichen Ausdruck dieser Augen die Sage selbst entstanden ist; sie fordern zu der Annahme heraus, daß sie nicht dazu bestimmt waren, sich wie zwei gewöhnliche Augen im Tode zu schließen. Sie haben etwas, als müßten sie wachen und endlos sehen.«

»In jeder alten Galerie finden sich solche Bilder«, sagte Berndt. »Sonderbarerweise sind es immer Frauen, und zwar junge und schöne Frauen.«

»Ein sehr lehrreicher Wink«, bemerkte Bamme, »der aber unbeachtet bleiben wird, wie so viele andere. Übrigens würd' ich dankbar sein, über kurz oder lang zu hören, um was es sich eigentlich handelt. Diejenigen unter uns, die das Glück hatten, an Fräulein Renatens Seite die Fahrt hierher zu machen, scheinen inzwischen in einen Geheimbund eingetreten zu sein. Ich vermute, wenn Vermutungen gestattet sind: Wangeline von Burgsdorff.«

Drosselstein nickte.

»Dacht' es«, fuhr Bamme fort. »Faulstich hat mir vor Jahr und Tag davon erzählt, aber er kam über Andeutungen nicht hinaus. Ich möchte mehr davon wissen. Hören Sie, wie draußen die Rouleauringe an den Scheiben klappern? Es muß windig geworden sein. Das ist so recht ein Ton für Gespenstergeschichten. Da wir zwölf Uhr nicht haben können, so müssen wir mit sechs Uhr zufrieden sein. Also Thema: Wangeline. Sie muß eine Großtante von Ihnen gewesen sein, Drosselstein. Was war es mit ihr?«

»Eine kurze Geschichte«, sagte dieser. »Wangeline von Burgsdorff war Hoffräulein und stand im Dienst einer Herrin, die rücksichtslos und ehrgeizig dem aus erster Ehe stammenden Erbprinzen die bekannte ›vergiftete Orange‹ zubestimmt, aber vorläufig nur ans Krankenlager gestellt hatte. Da, von plötzlicher Reue befallen, beschwor sie das Fräulein, in das Zimmer des Kranken zurückzueilen, um diesen zu retten, wenn überhaupt noch zu retten sei. Und über die Korridore hin flog jetzt die leichtverhüllte Gestalt Wangelinens, bis ein ihr plötzlich entgegentretender Kavalier, an dem sie leidenschaftlich hing, ihren flüchtigen Gang auf Augenblicke hemmte. Auf Augenblicke nur, aber lange genug, um den Tod des Prinzen zu verschulden. Sie kam zu spät, und der Fluch traf sie, das im Leben versäumte Wort im Tode sprechen zu müssen. So geht sie um und warnt.«

Diese kurzen Notizen, trotz ihrer Lücken und Dunkelheiten oder vielleicht auch um derselben willen, hatten eines Eindrucks auf die Mehrzahl der Anwesenden nicht verfehlt. Nur Bamme schüttelte historisch-kritisch den Kopf und sagte, während er die Tasse aus der Hand setzte: »Pardon, Drosselstein, daß ich Ihnen widerspreche. Aber es geschieht wenigstens nicht leichtsinnig. Sie wissen, ich habe ein paar Liebhabereien, früher waren es die jungen Frauen, jetzt sind es die weißen, und alles, was von Peter Goldschmidts ›Höllischem Morpheus‹ an bis auf Rentsch' ›Brandenburgischen Zedernhain‹ hinunter über die weißen Frauen geschrieben worden ist, das hab' ich gelesen. Und siehe da, es ist und bleibt die Orlamünderin. Ich kann den Verdacht nicht unterdrücken, daß sich Ihre Verwandten, die Burgsdorffs, eine neue weiße Frau kreiert haben, bloß aus Rankünе, weil einer von ihnen, und zwar niemand Geringeres als Ihr berühmter Konrad von Burgsdorff, weiland Günstling des Großen Kurfürsten, von der *wirklichen* weißen Frau (meiner Orlamünderin) die Berliner Schloßtreppe hinuntergeworfen wurde. Dergleichen vergessen unsere märkischen Familien (die wegen mangelnder ›Gradheit und Männlichkeit‹ natürlich alle tückisch und rachsüchtig sind) so gut wie nie, und so haben sich denn die Burgsdorffs durch Aufstellung einer Prätendentin zu revanchieren und dem altetablierten Spuk ein Paroli zu bieten gesucht.«

Drosselstein preßte die Lippen zusammen und sagte pikierter, als sich mit seiner sonstigen Sprechweise vertrug: »Eh bien, General, wenn Sie den ›Höllischen Morpheus‹ gelesen haben, woran ich nicht im geringsten zweifle, so verzicht' ich darauf, Ihre Meinungen zu widerlegen.«

Bamme hörte die Gereiztheit sehr wohl heraus, verneigte sich aber, als ob nichts vorgefallen sei, und fuhr in demselben Tone fort: »Es ist, wie ich sage: Prätendentenschaft aus Familienrankünе. Nichtsdestoweniger, Drosselstein, wenn ich etwas für Ihre Wangeline tun kann, so rechnen Sie auf mich. Erstens bin ich überhaupt für alles Stürzen und Absetzen, das einzige, was mir die Weltgeschichte lesbar macht, und zweitens und hauptsächlichst muß ich Ihnen einräumen, daß es meine alte Freundin, die Orlamünderin, ihrerseits übertrieben hat. Sie verdient eine Dethronisierung. Und warum? Weil sie die Gesetze nicht hält. Und daran geht jede Dynastie zugrunde; auch im Reiche der Gespenster.«

Renate lachte und sagte dann: »Aber, General, da geraten Sie doch in einen argen Widerspruch mit sich selbst. Sie proklamieren erst Ihre Vorliebe für alles Stürzen und Absetzen, will sagen, für alles Auflehnen gegen das gegebene Gesetz, und im selben Augenblicke rechnen Sie es Ihrer armen Orlamünderin zum Schaden und Nachteil an, die Gesetze im Reiche der Gespenster nicht gehalten zu haben. Wie wollen Sie da heraus?«

»Eine heikle Situation«, replizierte Bamme. »Soviel muß ich zugeben, meine Gnädigste. Aber ich will es wenigstens versuchen, aus dem Dilemma herauszukommen. Sehen Sie, da hab' ich diesen letzten Winter ein englisches Trauerspiel, den ›König Richard III.‹, aufführen sehen. Eine sehr interessante Figur, tapfer, rücksichtslos und, was die Hauptsache ist, diabolisch vergnügt. Nun, ich darf wohl sagen, ich habe mich gefreut, ihn unter seinen Brüdern und Lords aufräumen und sich die Krone aufsetzen zu sehen; aber ich kann nicht behaupten, mich am Schlusse des Stücks über die fatale Lage, in die er sich durch ein halbes Dutzend allerliebster Morde gebracht sieht, im geringsten gewundert zu haben. Mit anderen Worten, ich lese gern von Stürzen und Absetzen und gedenke bei diesem Geschmack zu bleiben, aber ich find' es andererseits nur in der Ordnung – außerdem auch eine Steigerung meines Vergnügens –, den Stürzer und Absetzer schließlich selbst an die Reihe kommen zu sehen. Illegitimitäten sind interessant und von einem gewissen Standpunkte aus sogar angenehm und begehrenswert, aber sie bleiben doch zuletzt sie selbst, das heißt Dinge, für die früher oder später gezahlt werden muß. Menschen oder Gespenster, macht keinen Unterschied.«

»Und was sind denn nun die ›Illegitimitäten‹ oder die Ungehörigkeiten Ihrer armen Orlamünderin, zu deren Sturze Sie selber mitarbeiten wollen?«

»Zweierlei, meine Gnädigste. Erstens: sie hält nicht das Haus, ist vielmehr ein Wandergespenst, eine ganz unstatthafte Spezies. Sie spukt reihum und bereist alle alten und neuen Hohenzollernschlösser: Plassenburg, Bayreuth, Berlin. Das scheint eine Kleinigkeit, ist aber ein Kardinalverbrechen. Es gibt Reiseprediger, aber keine Reisegespenster. Das ist gegen die Konvention.«

»Es mag gegen die Konvention sein«, antwortete Renate, »aber es ist hübsch und gefällt mir um ebensoviel besser, wie mir der Hund besser gefällt als die Katze. Ich stelle die Herrentreue höher als die Treue gegen das Haus.«

»Eine feine Doktorfrage«, sagte Bamme, »in der ich mich nicht gleich zurechtzufinden weiß.«

»Gut; aber Sie sprachen von zweierlei. Was haben Sie weiter? Was war Ihr zweiter Anklagepunkt gegen die weiße Frau?«

»Etwas, wobei ich leider noch weniger auf Ihre Zustimmung rechnen darf, denn es ist eine Bekleidungsfrage.«

»Doch erzählbar?«

»Durchaus; Seidentopf würde darüber predigen können.«

»Nun denn.«

»Nun denn. Dasselbe Ausdauern, das ich von meinen Gespenstern in Lokalfragen verlange, verlang' ich auch von ihnen in Toilettenfragen. Aber was zeigt sich tatsächlich? Dieselbe Libertinage. Dreihundert Jahre lang haben wir eine schlichte ›weiße Frau‹ gehabt, nonnenhaft mit Schleier und Skapulier. Das war in der Ordnung. Da geschieht nun was? Hören Sie: Eines Tages, völlig unmotiviert, vervornehmt sie sich und beginnt eine Krause zu tragen. Schlimm genug; mais enfin immer noch une dame blanche. Da plötzlich vollzieht sich das Unerhörte, und als wolle sie sich über sich selbst und uns mokieren, erscheint sie tout-à-fait in einer schwarzen Parüre, mit Astrachanmuff und dito Pelzbesatz. Und so haben wir denn jetzt eine ›schwarze weiße Frau‹. Das ist das vorläufig letzte Stadium, wenigstens in Bayreuth. Wie es in Berlin steht, muß erst das nächste Auftreten entscheiden.«

»Und wie deuten Sie sich das alles, ist es ein wirklicher Spuk oder Täuschung und Betrug?«

»Tausendkünstler und Gespenstergeschichtenerzähler, meine Gnädigste, haben Erlaubnis, jede Aufklärung zu verweigern. Aber ich gebe sie dennoch. Den Mondschein und das wehende Handtuch außer Spiel gelassen, mögen Sie sicher sein, daß es von vier Fällen dreimal ein verdrießlicher Kastellan und das viertemal ein hübsches kleines Hoffräulein ist, ein junges Blut …«

In diesem Augenblicke wurde Justizrat Turgany gemeldet.

»Sehr willkommen!« sagte Drosselstein, und der Angemeldete trat ein.

13. KAPITEL

Der Plan auf Frankfurt

»Wie stehen Sie zu der weißen Frau?« rief Renate dem eintretenden Justizrat entgegen, der seinerseits, ohne sich verwirren zu lassen, unter leichtem Gruß gegen die Fragestellerin antwortete: »Gut, meine schöne Freundin. Ich stehe zu allen Frauen gut.«

»Auch zu den weißen?«

»Auch zu den weißen«, wiederholte Turgany. »Ganz besonders aber zu der Bayreutherin, die letzten Sommer wieder viel von sich reden machte. Natürlich in den Zeitungen. Ich halte sie für die patriotischste Frau des Landes, seit sie den großen Empereur zweimal aus ihrem Schlosse hinausgespukt hat. ›Ce maudit château‹ waren seine höchsteigenen Worte. Aber vertagen wir das. Ich möchte zunächst bitten, mich mit den beiden Herren ad latus Fräulein Renates bekanntzumachen.«

Drosselstein stellte Grell und Hirschfeldt vor, die alsbald nach einer kurzen, in Sprüngen geführten Unterhaltung überrascht waren, den Justizrat in alle Geheimnisse der letzten Kastaliasitzung eingeweiht zu finden. Als sie dieser Überraschung Ausdruck gaben, sagte Turgany: »Sie vergessen, meine Herren, daß ein Jurist verpflichtet ist, Aug' und Ohr überall zu haben, zumal in Zeiten wie die jetzigen. Ich habe mich eben zu Ihrer Verwunderung über Calcar und die Seydlitzsporen verbreitet, aber was würden Sie sagen, wenn ich Ihnen auch von den andern, historisch beglaubigteren Sporen erzählen wollte, die seitens des Generals O'Donnell in der Kathedrale zu Tarragona aufgehängt wurden.«

In solchen Andeutungen ging es weiter. Alle waren neugierig geworden, bis sich zuletzt das Rätsel löste. Himmerlich, ein jüngerer Studiengenosse Othegravens, stand in Korrespondenz mit diesem und ermangelte nie, über die literarischen Wochenvorgänge zu berichten. Von Othegraven kam es dann an Turgany.

Dieser hatte Platz genommen, und während er noch, unter fortgesetzten Aperçus, in denen er exzellierte, seine Tasse ausnippte, sagte Drosselstein: »Und nun, Turgany, was verschafft uns die Freude, Sie hier zu sehen? Ich bin Erfahrungsmann genug, um Ihnen irgend etwas wie Geschäfte von der Stirn zu lesen. Auch ist mir Ihr Sprühfeuer verdächtig. Ich fürchte, die Dusche kommt nach. Was ist es? Etwas Juristisches?«

»Nicht doch«, entgegnete Turgany. »Höher hinaus. Politisch-militärisch.«

»Das wäre«, sagte Drosselstein, und Berndt und Bamme horchten auf, ohne zunächst an einen rechten Ernst zu glauben.

Der Justizrat aber wiederholte: »Politisch-militärisch. Lassen Sie mich gleich in medias res gehen. Ich darf es doch? Wir sind unter uns?«

Drosselstein nickte.

»Nun denn«, begann Turgany, »was mir zu sagen obliegt, ist kurz das: Wir haben seit drei Tagen den französischen General Girard in unserer Stadt, von der Armee des Vizekönigs, mit ihm zwei schwache Regimenter, keine zweitausend Mann.«

»Kriegskasse?« fragte Bamme.

»Nein, aber fünfzig Kanonen, bronzene Acht- und Zwölfpfünder. Und auch das ist nicht zu verachten. Die Tage sind vor der Tür, wo wir sie werden brauchen können, brauchen in der richtigen Direktion, das heißt mit Front gegen Westen. Der ›Aufruf‹ verschweigt es, aber man muß zwischen den Zeilen lesen.«

Berndt und Bamme wechselten Blicke des Einverständnisses; Turgany fuhr fort:

»Also zweitausend Mann und fünfzig Kanonen. Es fragt sich, ob die Mittel da sind, einen Überfall gegen diese feindlichen Streitkräfte zu wagen. Auf die Frankfurter Bürgerschaft, oder doch auf einen starken Bruchteil derselben, ist mit Sicherheit zu rechnen. Und im Namen dieser Bürgerschaft bin ich hier. Othegraven, der an der Spitze steht, ist entschlossen, mit zwölf Mann alten Soldaten, die sich freiwillig gemeldet haben, den General Girard gefangenzunehmen. Zugleich Stab und Adjutantur des Generals. Was die Besatzung angeht, so befindet sie sich in der Dammvorstadt, an der andern Seite der Oder. Alles liegt also daran, die Verbindung zwischen hüben und drüben zu stören. Das Aufeisen des Flusses hat zu beiden Seiten der Brücke bereits begonnen; diese selbst wird geopfert werden, wenn es die Umstände fordern. Hier haben Sie, was unsererseits geboten werden kann.« Der Justizrat schwieg einen Augenblick. Dann fuhr er fort: »Lassen Sie mich noch ein paar Worte hinzusetzen. Ihre Landsturmkräfte, soweit *ich* eingeweiht bin, reichen mutmaßlich für das Unternehmen aus, sie werden aber *sicher* ausreichen, wenn die Russen, die nur drei Meilen von Frankfurt stehen, ihre Mitwirkung zusagen. Diese Mitwirkung würde sich auf einen bloßen Scheinangriff gegen die Dammvorstadt zu beschränken haben und nur den Zweck verfolgen, die jenseits liegenden zweitausend Mann von einem Übergangsversuche auf das diesseitige Flußufer abzuhalten. Ich war angewiesen, alles dies, behufs weiterer Veranlassung, zur Kenntnis unseres nächsten Nachbars, des Herrn Grafen Drosselstein, zu bringen; ein glücklicher Zufall aber hat es gefügt, daß ich dem Herrn General selbst« (und hierbei verneigte sich Turgany gegen Bamme) »ein Bild der Sachlage geben konnte.«

Alles war sehr ernst geworden, und weder die klappernden Rouleauringe noch Wangeline selbst konnten länger als Ursache des Fröstelns gelten, das plötzlich über alle hinlief. Es war vielmehr das Bewußtsein, sich auf einen Schlag vor eine Entscheidung gestellt zu sehen; jeder erschrak, und selbst in Berndt und Bamme befehdete sich das Gefühl einer schweren und gefahrvollen Verantwortung mit ihrer Freude darüber, daß nun endlich die Stunde gekommen sei. Nach einer Weile sagte Bamme:

»Hirschfeldt, Sie haben mehr Krieg gesehen als ich, was antworten wir?«

Hirschfeldt zuckte leise die Achseln und begleitete dies Achselzucken mit einer Handbewegung, die so gut Zustimmung wie Ablehnung ausdrücken konnte. Der alte General gewann dabei seine gute Laune wieder und sagte: »Soweit bin ich gerade auch: halber Weg zwischen Ja und Nein. Ihre spanische Kriegsführung, soviel ich davon weiß (leider wenig genug), ist eine lange Kette von Beschleichungen und Überrumpelungen gewesen. Ich wette, daß Sie dergleichen zu Dutzenden hinter sich haben. Sie müssen also davon wissen. Was halten Sie von Überfallen einer feindlichen Stadt? Denn als solche, verzeihen Sie, Justizrat, müssen wir ihr loyales Frankfurt um seiner feindlichen Besatzung willen vorläufig ansehen.«

»Was ich zu sagen habe«, nahm jetzt Hirschfeldt das Wort, »ist kurz das. Alles hängt, die russische Mitwirkung als sicher angenommen, von der Beschaffenheit ebendieser feindlichen Besatzung ab; ist es eine gute Truppe, so geht es schlecht, ist es eine schlechte Truppe, so geht es gut.«

»Dann wird es gut gehen«, warf jetzt Vitzewitz dazwischen. »Und unter allen Umständen, wir dürfen diesen Vogel nicht wieder aus den Händen lassen, auch nicht auf die Gefahr hin, daß er uns kratzt und beißt. Aber er wird es nicht. Diese Regimenter sind Rudera, wie die hundert Mann, die wir in Guse hatten. Ein Hurra, und sie werfen die Gewehre weg. Also mit gutem Mute vorwärts. Oder sollen wir uns niedriger veranschlagen als die zwanzig Kosaken samt ihrem Tettenborn! Ich für meine Person akzeptiere den Plan und antworte mit einem bedingungslosen: ›Ja.‹«

Alles stimmte bei; selbst Renate wurde für einen Augenblick von dem kriegerischen Geiste ihres Hauses erfaßt. »Ja, ja«, klangen die Stimmen durcheinander. Endlich legte sich die Aufregung, und nachdem Drosselstein sein Versprechen wiederholt und seinen Besuch im russischen Hauptquartier auf den andern Vormittag festgesetzt hatte, erklärten sich Berndt und Bamme bereit, unmittelbar nach Rückkehr des Grafen eine Frankfurter Rekognoszierungsfahrt antreten zu wollen. Bei Gelegenheit dieser Fahrt sollten dann mit Othegraven alle weiteren Verabredungen zu prompter, gemeinschaftlicher Aktion, an der übrigens Turgany *persönlich* nicht teilnehmen zu wollen erklärte, getroffen werden.

Die Stimmung zu scherzhaftem Geplauder ließ sich nicht wiederfinden, und so wurde denn zu verhältnismäßig früher Stunde aufgebrochen. Erst fuhr der Schlitten vor; zehn Minuten später hoben sich auch die Reiter in ihre Sättel. Der Tauwind, der während der Nachmittagsstunden geweht, hatte nachgelassen, und es zog eine scharfe Luft von Osten her; der Himmel klärte sich wieder, und die Sterne traten immer blitzender hervor.

Bamme ritt zwischen Berndt und Tubal. Es ging im Schritt, und der Shetländer hatte Mühe, sich mit den beiden andern Reitern en ligne zu halten. Ein jeder hing seinen Betrachtungen nach; endlich sagte Bamme: »Wer ist dieser Othegraven?«

»Ein Konrektor«, antwortete Berndt. »Etwas steif und pedantisch, aber energisch und mutig von Natur. Und hätt' er diesen Mut *nicht,* so würd' er ihn aus seiner Begeisterung schöpfen. Ein Mann von Ehre.«

»Sonderbar«, sagte Bamme. »Zu meiner Zeit waren die Konrektors anders. Wir hingen ihnen einen Papierzopf an oder bemalten ihnen den Rücken, und ich entsinne mich nicht, daß es von irgendeinem geheißen hätte: er sei ein Mann von Ehre.«

Der Alte schwieg, schien aber seinen Gedanken weitergesponnen zu haben, als er nach einer Weile fortfuhr: »Ihre Schwester, die Gräfin, liebte von solchen Dingen zu sprechen und sah dann immer verdrießlich aus, weil sie nicht recht wußte, ob sie weinen oder lachen sollte. ›Das ist der Wind, der von Westen her weht.‹ Es war französisch, das war das Gute daran, aber das Aufkommen der Rotüre störte sie wieder. Ich für meinen Teil habe nichts gegen die Rotüre. Kann mir nicht helfen, mir bedeutet der Mensch die Hauptsache, und ist dieser ganz allgemeine homo, von dem ich als guter Lateiner wohl sprechen darf, wirklich um einen Kopf gewachsen, seitdem sie drüben den armen König um ebensoviel kürzer gemacht haben, so scheint mir die Sache nicht zu teuer bezahlt. Le jeu vaut la chandelle. Auch eine Guser Reminiszenz. Ach, Vitzewitz, das Dümmste sind doch die Vorurteile. Wie gefiel Ihnen Drosselstein, als er heute wieder das ostpreußische Register zog?«

»Und noch dazu an falscher Stelle«, lachte Berndt. »Ich habe zufällig in Erfahrung gebracht, von wem der Aufruf geschrieben wurde. Staatsrat Hippel. Ostpreußisches pur sang. Aber ich wollte Drosselstein die Beschämung ersparen. In unseren Schwächen sind wir am empfindlichsten, Sie, ich, jeder. Seien wir froh, daß wir ihn haben; er ist doch der Sanspareil unseres Kreises und von Kopf zu Fuß ein Edelmann. Die meisten heißen bloß so; er aber hat den Vorzug, einer zu *sein.*«

Bamme stimmte bei; damit brachen sie das Gespräch ab und setzten ihre Pferde in Trab.

In Hohen-Vietz angekommen, hatten alle das Bedürfnis nach Ruhe und zogen sich zurück, unter den ersten Hirschfeldt und Tubal, die dasselbe Zimmer innehatten. Sie plauderten noch eine kleine Weile, dann wurde Hirschfeldt still. Er schlief. Nur Tubal wachte noch.

Allerlei Gedanken gingen ihm durch den Kopf, deren er nicht Herr werden konnte.

»Bin ich verlobt?« fragte er sich, als er endlich das Licht gelöscht hatte. »Ich glaube ja ... Da müßt' ich ja glücklich sein! Und bin ich es? O gewiß, ich bin es, ich *bin* glücklich ... Aber nicht glücklich genug; ich würde sonst jubeln und nichts hören und sehen als *sie.* Und seh' ich sie? Sonderbar, ich habe kein deutliches Bild von ihr. Kaum ein Bild überhaupt ... Und doch lieb' ich sie. ›Wer liebte sie nicht!‹ sagte die Tante ... Ach, Glück, Glück. Hab' ich dich? Und ich frage noch ... Undankbarer, der ich bin!«

So sann er weiter. Immer schattenhafter zogen die Bilder an ihm vorüber, bis auch er entschlief.

14. KAPITEL

Eingeschlossen

Der nächste Tag, ein Sonnabend, war ein Tag der Vorbereitungen. Bamme saß über Plänen und Karten, während Berndt in aller Frühe aufgebrochen war, um die fernerstehenden Truppenteile heranzubeordern. Gleich nach drei Uhr war er von diesem Ausfluge zurück. Als er wenige Minuten später in das Parterrezimmer des alten Generals eintrat, fand er diesen in eifrigem Gespräche mit Drosselstein, der eben über seine Sendung ins russische Hauptquartier rapportierte. Tschernitscheff war ihm nicht nur mit ausgesuchter Artigkeit entgegengekommen, sondern hatte sich auch dahin geäußert, daß er auf Vorschläge wie diese, mit andern Worten auf Kooperation, recht eigentlich gerechnet habe. Nur diese verspreche bei dem kleinen Kriege, der voraussichtlich in den nächsten Wochen bevorstände, die gewünschten Erfolge. Der Überfall Frankfurts, wenn nur von allen Seiten rechtzeitig eingegriffen würde, böte geringere Schwierigkeiten, als es auf den ersten Blick erscheinen möchte. Die französischen Truppen seien decouragiert, unter allen Umständen aber erheische die Parkierung eines so bedeutenden Geschützmaterials einen raschen Versuch. Er proponiere deshalb die Nacht von Montag auf Dienstag und werde seinerseits im Laufe des voraufgehenden Tages bis in die Kunersdorfer Gegend rükken, um von dort aus zu näher festzusetzender Stunde die Dammvorstadt angreifen zu lassen, und zwar mit zweitausend Mann Elitetruppen. Seines Eifers dürfe man sich versichert halten; er werde persönlich zugegen sein und den Angriff leiten.

So Drosselsteins Bericht, dem Berndt und Bamme mit wachsendem Interesse gefolgt waren. Beide glaubten in dem guten Ausgange dieser Mission das Unterpfand weiteren Gelingens erblicken zu dürfen und setzten die schon vorher geplante »Rekognoszierung gegen Frankfurt« auf den nächsten Vormittag fest. Zugleich dankten sie dem Grafen für den diplomatischen Takt, mit dem er die Verhandlungen geführt habe, woran sich dann die Bitte reihte, wenigstens bis zu Tische bleiben zu wollen. Drosselstein indessen lehnte, Geschäfte vorschützend, ab und empfahl sich, nachdem er noch einmal gebeten hatte, die Nacht von Montag auf Dienstag, »schon um den guten Willen Tschernitscheffs nicht zu verwirren«, zu Ausführung des Unternehmens im Auge behalten zu wollen.

Gegen Abend kam Seidentopf, und Jeetze wartete, daß der Kartentisch befohlen werden würde. Die Tarockpartie fiel aber aus, ein Zeichen, daß die Generalspflichten schwer auf Bamme zu lasten begannen. Er selber scherzte darüber und suchte sich durch Selbstpersiflierung, die dann wieder mit Übermütigkeit wechselte, die Last etwas leichter zu machen; aber er kam nicht weit damit, und nur als Berndt von der Heiligkeit des Sonntags zu sprechen und, zu Seidentopf gewandt, ein Mal über das andere ein Bedauern auszudrücken begann, daß er, um der Frankfurter Rekognoszierungsfahrt willen, die Kirche, die Predigt und die Verlesung des Aufrufs versäumen müsse, regte sich der alte Widerspruchsgeist in ihm, und er fuhr mit einem in höchster Stimmlage gesprochenen »Ich für mein Teil versäume nicht viel« scharf und trocken dazwischen. Einige Minuten später zogen sich alle zurück, nachdem man noch übereingekommen war, sich am andern Morgen eine halbe Stunde früher als gewöhnlich am Frühstückstische zu treffen.

Und nun war dieser andere Morgen da, und die Glocken des Hohen-Vietzer Turmes klangen durch die winterklare Luft. In dem Herrenhause war alles Leben und Bewegung; die einen rüsteten sich zum Gange in die Kirche, die andern zu der Frankfurter Fahrt. Es fehlten nur noch zehn Minuten an zehn; Krist fuhr vor (wieder die Ponies), und erst Berndt und Bamme, dann Hirschfeldt und Grell bestiegen das offene Gefährt. Nur Lewin und Tubal blieben zurück, vielleicht weil die Sitzplätze des Wagens nicht recht ausreichten, vielleicht auch, um an einem so wichtigen Tage wie der heutige den herrschaftlichen Chorstuhl nicht unbesetzt erscheinen zu lassen. Und jetzt begannen die Glocken zum drittenmal zu läuten, und während mit den Abfahrenden noch Grüße gewechselt wurden, boten die beiden zurückbleibenden Freunde den schon zum Kirchgange bereitstehenden Damen ihren Arm und schritten mit ihnen erst durch die verödeten Gänge des Parkes, dann durch die Lindenallee bis zur Kirche hinauf. Die kleine Seitenpforte war verschlossen, so daß sie heute den Haupteingang benutzen und durch den Turm, wo die Bahre und die gesprungene Türkenglocke stand, in die Kirche eintreten mußten. Diese war schon gefüllt, da jeder in Erfahrung gebracht hatte, daß ein Wort über Krieg und Frieden von der Kanzel gesprochen werden sollte. Nur der Majorsstuhl dicht vor dem Altar war leer wie immer.

Renate und die Schorlemmer gingen das Mittelschiff hinauf, Lewin und Tubal folgten. Als sie bis in die Mitte waren, bogen sie nach rechts hin in einen Quergang ein, der erst zu einem schmalen Treppchen und mit Hilfe desselben zu dem herrschaftlichen Chore hinaufführte. Hier nahmen sie Platz auf alten, hochlehnigen Lederstühlen und stimmten in das Lied ein, das eben gesungen wurde. Lewin saß am meisten zurück, Tubal unmittelbar hinter Renate und der Schorlemmer, so daß er zwischen ihnen hindurch den Blick auf das große Denkmal und ein paar der vordersten Bankreihen frei hatte. Auf der zweitvordersten Bank saß Schulze Kniehase samt Frau und Tochter. Marie hatte sich mit Renaten leise begrüßt, aber seitdem von ihrem Gesangbuche nicht mehr aufgeblickt.

Es war ein schöner Tag; alles sah hell aus, und dieser Eindruck wuchs noch, als die lichte Gestalt unseres Seidentopf auf der Kanzel erschien. Der Gesang schwieg, und nur die Orgeltöne klangen noch leise nach, während alles sich neigte, um, dem Vorgange des Geistlichen folgend, ein stilles Gebet zu sprechen. Nun aber ging es wieder wie Leben durch die Versammlung, aller Köpfe richteten sich auf, und Seidentopf, mit der Rechten sein langes, weißes Haar zurückstreichend, begann: »Andächtige Gemeinde! Der Tag, den wir ersehnt haben, ist gekommen. Vor Wochen und Monaten schon, als Gott auf den russischen Schlachtfeldern sein Zeichen gab, als edle und tapfere Heerführer, den Schein des Ungehorsams nicht fürchtend, im wahrhaften Sinn und Geist unseres Königs zu handeln und den ersten entscheidenden Schritt zur Abwerfung eines uns unerträglich gewordenen Joches zu tun wagten, schon damals wußten wir, daß dieser ersehnte Tag kommen werde. Aber er war noch nicht da. Nun ist er angebrochen. Der Übergang von der Knechtschaft in die Freiheit bereitet sich vor. Der König hat geredet, das ungeduldig erwartete Wort, es ist gesprochen worden. Jeder unter euch kennt es, aber von dieser Stelle aus sei es noch einmal verkündet.«

Und nun entfaltete unser Freund das den Aufruf abschriftlich enthaltende Blatt und las mit lauter und eindringlicher Stimme. Die Wärme seines Vortrags lieh auch den einfachsten Sätzen Bedeutung und Leben, und eine Wirkung gab sich zu erkennen, wie sie bei dem Einzellesen daheim niemand an sich erfahren hatte. Besonders waren es die Worte, die von der Vaterlandsliebe und der in Zeiten der Gefahr immer am lebhaftesten bewährten Anhänglichkeit an den König sprachen, denen die Versammlung mit sichtlicher Bewegung folgte.

Und nun fuhr Seidentopf fort: »So, meine Freunde, hat der König gesprochen. Gesprochen wie noch nie zuvor, weil er noch nie zuvor in gleich hohem Maße das für einen König erhebendste und beglückendste Gefühl haben durfte, das Gefühl einer reinen und vollkommenen Übereinstimmung mit seines Volkes Wunsch. Ein heiliger Krieg ist es, der beginnt, ein Krieg voll Hoffnung *auf innerliche Befreiung,* und so will ich denn sprechen über die Worte des Propheten Jeremias im achtzehnten Kapitel: ›Und plötzlich rede ich gegen ein Volk und Königreich, daß ich es ausrotte, zerbreche und verderbe; wo sich es aber bekehret von seiner Bosheit, dawider ich rede, so soll mich auch reuen das Unglück, das ich ihm gedachte zu tun.‹ Ja, meine Freunde, Gott war auch wider uns, daß er uns ausrotte, zerbreche und verderbe um unserer Schuld und Sünde willen, denn diese Schuld war groß.«

Und nun begann er, rückwärts blickend, seiner Gemeinde das Bild unserer Schuld zu malen. Unter eines großen Königs Regiment hätten wir rasch den Gipfel des Ruhmes erklommen, eines Ruhmes, der uns hochfahrend, sorglos und bequem gemacht habe. Unredlicher Gewinn habe zum Überfluß unser Gebiet vergrößert, bis die Hälfte unseres Landes aus fremdem Volk bestanden habe, derart, daß wir kaum noch gewußt hätten, ob wir Deutsche seien oder nicht. Und während von andern Völkern um hohe Güter des Lebens gekämpft worden sei, hätten wir selbstgerecht und selbstsüchtig seitab gestanden und des Glaubens gelebt, daß wir durch bloße Ruhe mächtiger und furchtbarer werden würden, So sei der trotzig-übermütigen Klugheit unserer staatlichen Jugend eine verzagte Klugheit auf dem Fuße gefolgt, und mit dem Hinschwinden unseres Ruhmes sei zuletzt auch unsere Ehre mehr und mehr ein Schattenbild geworden. Eine Flut von Eitelkeit und Verschwendung habe die mühsamen Werke besserer Jahre zerstört, bis es endlich über uns hereingebrochen sei und der Herr, um mit den Worten des Propheten zu sprechen, »wider uns geredet habe«, als gegen ein Volk, das er ausrotten, zerbrechen und verderben wolle. Ein zermalmendes Kriegsunglück, das noch in unser aller Gedächtnis sei, habe uns schließlich von unserer falschen Höhe in den Abgrund geworfen.

Hier machte Seidentopf eine Pause. Dann aber, sich vorbeugend, fuhr er mit gehobener Stimme fort: »Ein zermalmendes Kriegsunglück, sagte ich. Aber schlimmer als dieser Krieg war der Frieden, der folgte. Ich rede nicht von der äußerlichen Not, die er mit sich führte, ich rede von der traurigen Gewöhnung, die er schuf, *das Unwürdige zu dulden.* Eine Gewöhnung, die so weit ging, daß in vielen Gemütern (nicht in den euern, meine Freunde) der Wunsch und die Hoffnung auf einen bessern und würdigeren Zustand verloren ging. In vielen war nur noch der Gedanke lebendig, wie man sich dem fremden Joch am bequemsten fügen könne. Andere aber, die noch die Hoffnung auf eine bessere Zeit nicht aufgeben wollten, worin gefielen sie sich, in was suchten sie die Rettung? In *Lug* und *Trug.* Ihr Tun wurde Heuchelei, und um die drohendste Gefahr zu vermeiden, zeigten sie Freundschaft und baten um solche, wo sie doch nur verachten und verabscheuen konnten. Jene Schamlosigkeit war da, die um des Lebens willen jeden edleren *Zweck* des Lebens hintenansetzt oder vergißt. So war unser Zustand, meine Geliebten, und wir selber waren nach den Worten der Schrift ›wie die Heiden in der Wüste‹. Das waren die zurückliegenden Tage unserer Gefangenschaft; aber danken wir dem Herrn: ein *neuer Tag* ist da.«

Und nun begann er seiner Gemeinde zu zeigen, was dieser »neue Tag« erheische und bedeute: Rückkehr zur Wahrheit, Rückkehr zu dem Mute, den die Wahrheit gibt. Er führte dies aus und nannte »die Wehrhaftigkeit des Volkes«, wie sie durch den heute verlesenen Aufruf proklamiert worden sei, eine Morgengabe, eine Gewähr besserer Zeiten. Im Gegensatz zu Jahrzehnten, wo der Übermut des Soldaten den Mut für etwas ihm ausschließlich Zuständiges gehalten habe, sei der Mut jetzt eine Pflicht jedes einzelnen geworden. Und diesen Mut würden auch sie zu betätigen haben, jede Stunde könne sie rufen, und käme sie, so sollten sie sich derselben würdig zeigen.

Andächtig war die Gemeinde gefolgt. Auch Lewin hatte diesmal nicht Zeit gefunden, nach dem Rotkehlchen auszuschauen, und nur Tubals Aufmerksamkeit war bald abgeirrt und hatte zwischen dem großen Grabdenkmal und dem silbernen Altarkruzifix einen mechanischen Pendelgang gemacht, den die wunderlichsten Fragen begleitet hatten. »Wieviel hat das Grabdenkmal gekostet?« »Wovon sind die Messingleuchter so blank?« »Welcher Vitzewitz hat das Kruzifix gestiftet?« und dann waren neue Fragen gekommen, um schließlich den ersten wieder Platz zu machen. Und woher das alles? Hatten die Seidentopfschen Worte doch eines tieferen Tones entbehrt? O nein. Aber auf ihrem unausgesetzten Gange zwischen dem Grabdenkmal und dem Kruzifix waren seine Blicke Marie begegnet. *Das* war es. Ihr Mund zuckte von Zeit zu Zeit, und ihre großen dunkeln Augen erschienen wie geschlossen, so tief lagen sie unter dem Schatten ihrer Wimpern. Er sah das blasse, feingeschnittene Profil, und sah es, bis er *nur* noch sah und nichts mehr hörte als die vorwurfsvolle Stimme in seinem Innern, die leise seine Blicke begleitete.

Die Predigt hatte mittlerweile geschlossen, nur das Gebet war noch zu sprechen, und alles sah erwartungsvoll zu der Kanzel auf, auch Marie. Sie fühlte wohl, daß Blicke von dem Chorstuhl her sie trafen, aber sie hatte die Kraft, dieser Blicke nicht zu achten oder doch in ihrer Seele sich ihrer zu erwehren, denn sie war reinen Gemüts und ohne Schein und Falsch.

Seidentopf aber betete: »Barmherziger Gott und Herr. Du hast Großes an uns getan, daß du uns berufst, um ein freies und würdiges Dasein zu kämpfen. Steh uns bei. Der Sieg kommt von dir, und mit Vertrauen ist es, daß wir Heil und Segen für unser Tun von dir erflehen. Schütze den König, verleihe Weisheit und Kraft den Heerführern, Mut denen, die die Waffen tragen, treue Ausdauer aber *allen*, auch uns. Und wie das Glück des Krieges auch wechseln möge, *eines* gib uns als seine letzte Segnung, gib uns *Freiheit* und *Frieden*.«

Nun fiel wieder die Orgel ein, der letzte Vers wurde gesungen, und langsam erhoben sich die Hohen-Vietzer und verließen die Kirche. Marie blieb zurück, um Renaten und die Schorlemmer zu begrüßen; dann schritten sie gemeinschaftlich den Mittelgang hinunter. Tubal und Lewin folgten.

Als alle den spitzbogigen Mauereinschnitt erreicht hatten, der von der Seite her in den Turm führte, bemerkte Marie, daß sie das Gesangbuch sehr wahrscheinlich auf ihrem Sitzplatze habe liegen lassen. Sie wollte umkehren, aber Tubal litt es nicht und schritt den Mittelgang wieder hinauf, um das vermißte Buch zu holen. Marie sah ihm nach und wartete, während die andern durch das Außenportal ins Freie traten.

Das Buch war nicht da. Tubal, nachdem er erst auf der Bank und dann am Fußboden hin- und hergesucht hatte, richtete sich endlich wieder auf und machte mit beiden Armen ein Zeichen, das die Vergeblichkeit seiner Bemühungen ausdrücken sollte.

Marie rief ihm zu: »Da muß ich selber kommen«, und ging nun ebenfalls das Kirchenschiff hinauf. Aber in diesem Augenblicke hatte sich das Buch auch schon auf einem schmalen Brett unter der pultartigen Schrägung gefunden, und Tubal hielt es triumphierend in die Höhe und ihr entgegen. Sie nahm es dankend aus seiner Hand, wandte sich dann und schritt eilig wieder dem Ausgange zu; ehe sie diesen jedoch erreicht hatte, hörte sie, daß von außen her zugeschlossen wurde. Der alte Kubalke, von seinem Orgelchor herabkommend, hatte nicht bemerkt, daß noch wer in der Kirche war.

Marie fuhr zusammen, faßte sich indessen rasch und sagte: »Wir sind eingeschlossen, bitte, pochen Sie schnell an die Tür.«

Auch Tubal war erschrocken, aber anders als seine Gefährtin. Er fühlte sich wie von einem elektrischen Schlage getroffen.

»Wozu pochen, Marie«, sagte er, »der Alte würde uns doch nicht hören. Und so wären wir denn Gefangene.«

»Ja, aber in einer *Kirche* gefangen. Und auf alle Fälle, die Fenster sind nicht hoch … und Renate wird unsere Abwesenheit bemerken.«

»Gewiß; aber hoffen wir, nicht zu früh.«

Marie hörte, wie seine Stimme zitterte.

»Gut«, sagte sie, »so sind wir denn Gefangene. Machen wir das Beste davon und nutzen wir die Zeit. Es verlohnt sich immer, zu lernen, und ich wette, Sie kennen unsere Kirche noch nicht. Niemand kennt sie; jeder glaubt genug getan zu haben, wenn er das große holländische Monument bewundert und den Namen des alten Matthias von Vitzewitz oder wohl gar den seiner tugendreichen Veronika von Beerfelde mühsam entziffert hat. Das heißt dann die Hohen-Vietzer Kirche kennen. Wir haben aber hier vielerlei.«

Sie sprach dies alles in beinahe heiterem Tone, ganz ersichtlich, um ihre Befangenheit zu verbergen, und als Tubal, statt aller andern Antwort, ihr nur immer forschender ins Auge sah, setzte sie rascher und hastiger hinzu: »Ich muß Ihnen das alles zeigen. So verlieren wir diese Minuten nicht. Von dem zerbrochenen Taufstein, von dem die Leute sagen, er sei tausend Jahre alt, will ich Ihnen nicht erst erzählen, Sie glauben es doch nicht; aber hier rechts das Muttergottesbild, das müssen Sie sehen. Sehen Sie, die Maria hat ihr Christkind aus den Händen fallen lassen.«

»Vielleicht, weil sie wieder freie Hand haben wollte.«

»O nicht doch, das ist Spott und gottlos. Und ich sehe schon, es paßt so wenig für Sie wie der tausendjährige Taufstein. Aber hier, das ist etwas, das paßt für uns beide«, und dabei zeigte sie mit ihrer Hand auf einen alten, aufrechtstehenden Grabstein, der in die Wandstelle dicht neben dem Muttergottesbilde eingemauert war.

Tubal trat an den Stein heran und las: »Katharina von Gollmitz.«

»Ja, das war ihr Name.«

»Lassen wir den Namen«, sagte Tubal, »was soll er uns? Was sollen uns die Toten?«

»Doch, doch, Sie müssen von ihr hören. Sie war die Freundin eines *damaligen Fräulein von Vitzewitz,* den Vornamen hab' ich vergessen, aber nehmen wir an, daß sie Renate hieß.«

»Nicht Renate.«

»Ja, nehmen wir an, daß sie Renate hieß. Und ihre Freundin, eben diese Katharina von Gollmitz, deren Grabstein Sie hier vor uns sehen, die starb hier und wurde hier begraben. Aber das tote Fräulein von Gollmitz hatte Sehnsucht in ihre Heimat und wollte fort von hier und aus dem fremden Grabe wieder heraus.«

»Ich glaub' es nicht.«

»Oh, Sie müssen es glauben, denn es ist wahr, und es weiß es jedes Kind hier. Und immer, wenn das Fräulein von Vitzewitz über diesen Grabstein hinschritt, der damals noch mit den andern Steinen im Mittelgange lag, dann hörte sie, wie die Freundin rief: ›Renate, mach auf!‹«

Tubal lächelte.

»Und so rufen auch *wir* jetzt; nicht wahr?«

»Nicht ich.«

»Doch, doch, Sie müssen es auch rufen, denn so gemahnt uns der Grabstein. Und alles, an das uns die Grabsteine mahnen, auch wenn sie stumm sind, das müssen wir tun.«

»Ja; nur nicht heute, nur nicht in dieser Minute. Wir *leben,* Marie.«

»Aber wielange noch?« antwortete diese.

Tubal stutzte. Es war etwas in ihrem Wort, das ihn getroffen hatte. Er entschlug sich indessen des Eindrucks wieder und sagte nur: »Lassen wir die Grabsteine.«

Und damit schritten sie wieder in den Mittelgang der Kirche zurück.

Als sie die vordersten Bänke beinah erreicht hatten, unterbrach Tubal das lange Schweigen und sagte mit weicherer Stimme: »Nicht wahr, Marie, wir wollen gute Kameraden sein? Das Schicksal hat uns hier zusammengeführt. Ist es nicht, als ob wir einander gehören sollten?«

»Nein, nicht wir … Aber horch, ich höre Stimmen.«

»Welche?«

»Ich weiß es nicht.«

»Nicht *unsere* Stimmen, Marie, nicht *Ihre,* nicht die *meine?*«

»Nein, nein, Renatens.«

Sie betonte den Namen, und er fühlte wohl, weshalb. Aber außer sich ergriff er jetzt ihre Hand und sagte mit rasch sich steigernder Heftigkeit: »Renate und immer wieder Renate. Wozu, was soll es? Ich bitte Sie, nur jetzt nicht diesen Namen; ich mag ihn nicht hören. Er will sich zwischen uns stellen, aber er soll es nicht. Nein, nein, Marie!« Und er warf sich nieder und umklammerte sie, während er sein glühendes Gesicht an ihrem Kleide barg. Einen Augenblick war es ihr, als ob sie nach Hilfe rufen oder in der pochenden Angst ihres Herzens das Altartuch erfassen sollte, aber plötzlich von einem andern Gedanken durchblitzt, riß sie die halboffene Türe auf, die zu dem Majorsstuhl führte, und zeigte mit ihrer Rechten auf die Blutstelle, die das Grauen aller derer war, die davon wußten.

Umsonst.

»Und ob Leben und Sterben zwischen uns stünde«, rief er, »ich lasse dich nicht, Marie … ich will es …«

Da wurd' es wirklich von außen her laut, der Schlüssel drehte sich im Schloß, und gleich darauf erschien der alte Jeserich Kubalke und kam zwischen den Chorstühlen langsam die Fliesen herauf.

»Nichts für ungut, junger Herr. Aber mit einundachtzig da hat man keine Augen mehr, und da hab' ich Sie denn eingeschlossen und gefangengesetzt. Und zwei schmucke Gefangene, das muß ich sagen. Ja, ja, Marie.«

Beide hatten unter dieser Begrüßung ihre Ruhe wiedergewonnen und erzählten nun dem Alten, daß sie die Zeit ausgenutzt und die großen Grabsteine gelesen hätten, auch den von der Gollmitz.

»Auch den von der Gollmitz. Weiß schon, das war das Fräulein, das nicht hier bleiben wollte. Ja, das muß man lesen. Aber die jungen Leute tun's nicht, und wenn sie's tun, so denken sie nichts dabei. Ja, die Grabsteine …«

So plaudernd, waren sie wieder bei dem Ausgange der Kirche angekommen.

»Vater Kubalke«, sagte Marie, »wir haben denselben Weg.«

Tubal trat an sie heran und bot ihr die Hand, wie zum Zeichen, daß Friede zwischen ihnen sein solle. »Es war ein Traum, Marie. Nicht wahr?«

Sie schüttelte den Kopf.

Da nahm sie den Arm des Alten, der die letzten Worte kaum gehört, am wenigsten beachtet hatte, und stieg mit ihm einen der schmalen Pfade hinab, die von dem Kirchhügel aus auf die Mitte des Dorfes zuführten.

15. KAPITEL

Die Rekognoszierungsfahrt

Um eben diese Zeit trabten die Ponies über Hohen-Ziesar auf Frankfurt zu.

Hohen-Ziesar lag ein Beträchtliches abseits der Straße; Berndt aber hatte den halbstündigen Umweg nicht gescheut, um – was am Tage vorher versäumt worden war – Drosselstein zur Teilnahme an ihrer Frankfurter Rekognoszierungsfahrt aufzufordern. Freilich eine vergebliche Mühe, da der Graf, wie man erfuhr, Hohen-Ziesar schon in früher Stunde verlassen hatte. Und zwar sehr wahrscheinlich, um jenseits der Oder einen zweiten Besuch im russischen Hauptquartier zu machen. Sicheres verlautete nicht; nur die Tatsache seiner Nichtanwesenheit blieb und wurde von Berndt und Bamme mit ziemlich gleicher Befriedigung aufgenommen, da beide au fond du coeur wenig Lust hatten, sich in Sachen, die sie besser verstanden, von bloß »höheren Gesichtspunkten« aus dreinreden zu lassen.

Und so ging es, unter Empfehlungen an den Grafen, weiter in die klare Winterlandschaft hinein. Die Ponies schienen das Versäumnis einholen zu wollen und ließen in ihrem Eifer erst nach, als sie dicht vor Podelzig wieder an die große Straße kamen. Im Dorfe selbst erfuhren unsere Freunde, daß vor kaum einer halben Stunde die vordersten Staffeln der am Tage vorher heranbeorderten Bataillone eingetroffen seien, und gleich darauf wurden sie verschiedener Gruppen von Landsturmmännern gewahr, die, von alt und jung umstanden, allerhand Fragen stellten und beantworteten. Einen Augenblick erwog Berndt, ob er absteigen und zu den Leuten sprechen solle; er unterließ es aber, um nicht abermals die wenigen noch bleibenden Tagesstunden gekürzt zu sehen.

Das nächste Dorf war Clessin. Auch hier ließen sich Unruhe und Erregung – der Aufruf war eben verlesen worden – deutlich erkennen, und nur in Cliestow, in dem eben zu Mittag geläutet wurde, war alles still. Hier saßen die Sperlinge zu Hunderten auf dem Fahrdamm, unschlüssig, ob sie auffliegen sollten oder nicht, und nichts als der sonnenbeschienene Rauch, der hell und gradlinig aus den Essen stieg, deutete auf Leben.

Und nun lag auch Cliestow zurück. Der Weg stieg in leiser Schrägung an, und eine reizende Szenerie begann sich mehr und mehr dem Auge darzustellen.

Über das weit nach rechts hin gebreitete Plateau waren zahlreiche Gehöfte ausgestreut, während nach links hin das ganz in der Tiefe liegende, nur von Kropfweiden eingefaßte Odertal sich schlängelte. Und in eben dieser Tiefe, keine halbe Stunde mehr von unseren Reisenden entfernt, stieg jetzt auch das Ziel ihrer Fahrt, die Stadt selber herauf, deutlich erkennbar an dem gekupferten Hut der Oberkirche und den vielen goldenen Kugeln, die wie Butterblumenknospen das grüne Spitzdach umstanden.

»Ich zähle sieben Kirchen«, sagte Bamme, der aus einer Art Eigensinn nie zuvor in Frankfurt gewesen war. »Es scheint eine große Stadt, größer, als ich dachte.«

»Der eigentliche Kern ist klein«, antwortete Berndt. »Aber die Vorstädte strecken sich weit hinaus. Sehen Sie drüben die Dammvorstadt, fast eine Stadt für sich. Und dahinter Kunersdorf, blutigen Schlachtenangedenkens. Hier auf unserer Seite des Flusses sind wir friedlicher. Die lange Häuserlinie dort unten ist die *Lebuser* Vorstadt; aber ich will Sie nicht vor der Zeit mit solchen Einzelheiten behelligen. Vom Spitzkrug aus haben wir das alles viel deutlicher und sehen den Sottmeiers in die Schornsteine hinein.«

»Den Sottmeiers?« fragte Bamme.

»Ja, hier dürfen wir sie noch so nennen.«

»Was ist es damit?«

»Eine von den Neckereien und Fehden, wie sie zwischen ›Altstadt‹ und ›Neustadt‹ überall zu Hause sind. Ob es paßt, ist gleichgültig, wenn es nur reizt und böses Blut macht. Und das tut es. Ein altes Weib, nicht viel besser als eine Hexe, steckte vor hundert Jahren die ganze Vorstadt hier unten in Brand. Sie hieß Witwe Sottmeier und wurde mit sechs oder sieben ihrer Komplizen auf den Scheiterhaufen gestellt. Feuer für Feuer; das war damals noch die Regel. Seitdem werden alle Kietzer nach dem übelberufenen alten Weibe genannt und heißen ›Sottmeiers‹. Eine sonderbare Logik, erst den Schaden und dann den Schimpf. Aber ob logisch oder nicht, es gefällt den Altstädtern, und so bleibt's beim alten.«

Unter diesen Gesprächen waren sie bis an ein weißgetünchtes Wirtshaus mit hohem Strohdach gekommen, das, an der Spitze dreier hier zusammentreffender Straßen gelegen, den Namen »Spitzkrug« führte. Es war dies der vorerwähnte Aussichtspunkt, weshalb denn auch Vitzewitz halten ließ. Ein dreieckiger, durch die drei Straßen gebildeter Garten lag vor dem Hause; hier stellten sich unsere Freunde auf und sahen, über einen Heckzaun hinweg, auf das reliefartig vor ihnen liegende Bild. Bamme hatte den Blick überall und erkannte gleich, daß dies der Punkt sei, der für alle Fälle gehalten werden müsse.

»Hier stellen wir unsere Soutiens«, sagte er. »Über den *Spitzkrug* geht unser Rückzug. Die drei Wege hier lassen uns die Wahl und verwirren den Feind.«

»Warum Rückzug?«

Bamme lachte. »Ein gesicherter Rückzug ist der halbe Sieg. Wer vorwärts will, muß mit dem Gedanken an ein mögliches Rückwärts beginnen. Weiß ich, daß ich wieder heraus kann, so geh' ich dem Beelzebub in seinem Allerheiligsten zu Leibe. Fragen Sie Hirschfeldt, der kennt den Krieg.«

Während dieser Worte hatte Bamme sein Notizbuch genommen und begann die verschiedenen Straßen einzuzeichnen. Als er damit fertig war und nach dem Namen einer zu Füßen gelegenen kleinen Vorstadtkirche gefragt hatte, sagte er zu Vitzewitz: »Und diese Bergnase hier, die nach der Stadt zu vorspringt?«

»Das ist der Galgenberg.«

»So, so. Und die Straße, die von hier aus daran vorüberläuft?«

»Die Richtstraße. Mutmaßlich, weil sie von der Stadt her zur Richtstätte führte. Ein Rest von den drei Pfeilern ist noch zwischen den Kirschbäumen sichtbar.«

»Lassen wir die Pfeiler, Vitzewitz«, sagte Bamme. »Ich bin für eine gesicherte Rückzugslinie, aber wenn es sein kann, an anderen Örtlichkeiten vorüber. Erst die Sottmeiers und nun der Galgenberg und die Richtstraße, das hat freilich alles seinen Zusammenhang; aber ich bekenn' Ihnen offen, weniger Folgerichtigkeit und mehr Heiterkeit wäre mir lieber. Nomen et omen. Ich bin abhängig von solchen Sachen und geh' ihnen gern aus dem Wege. Brechen wir ab; ich habe mich orientiert.«

Sie stiegen nun wieder auf und fuhren bergab in die Vorstadt hinein, erst an der kleinen Sankt Georgskirche und dann an dem gleichnamigen Spitale vorüber. Eine einzige, lange Straße. So kamen sie nach zehn Minuten bis an den Brückendamm, der, wo die Alt- oder Innenstadt beginnt, wenigstens damals noch, über einen breiten, wenn auch ausgetrockneten Wallgraben hin auf das alte Lebuser Tor zuführte. Unmittelbar vor diesem Tore buchtete sich der Brückendamm zu einem kleinen winkligen Platze aus, auf dem, in die Ecke geschoben, ein paar zweirädrige, aber starkgebaute Karren standen. Daneben lagen eiserne Kanonenrohre, alle rostig, ein paar zerbrochen, als ob sie, von der Kunersdorfer Schlacht her, hier liegengeblieben wären. Bamme merkte sich alles. Dann passierten sie das gewölbte, noch aus den Zeiten der Stadtbefestigung herstammende Tor, hinter dem sich die große Torwache befand. Der Posten vorm Gewehr schritt auf und ab, sah die Vorüberfahrenden neugierig freundlich an und grüßte mit leichter Handbewegung.

»Ein Glück für ihn«, sagte Bamme, »daß er morgen abend abgelöst ist und nicht mehr an dieser Stelle schildert. Ein hübscher Junge und grüßt uns so freundlich. Es wäre mir leid um ihn.«

Hundert Schritte hinter der Torwache zweigt nach links hin eine schmale Straße ab. Sie führt auf den Fluß zu, aber ehe sie denselben erreicht, erweitert sie sich zu einem Kirchplatze, auf dem sich grau und turmlos die älteste Stadtkirche erhebt. Ist man an dieser vorbei, so gewahrt man sogleich, wie der Platz sich wieder verengt und abermals Straße wird. Aber nur zwei, drei Häuser zu jeder Seite. Und dann ist man am Kai. In einem dieser Häuser wohnte Turgany. Berndt hatte die Zügel genommen und fuhr vor. Es war ein großes, altes Eckhaus, mit vorspringendem Erker und einem prächtigen Blick auf Platz und Bollwerk. Ein rechtes Aussichtshaus. Berndt, als er angeordnet, daß Krist ausspannen und entweder bis an den Spitzkrug oder doch wenigstens bis an einen alten, schon vorher am Ausgange der Lebuser Vorstadt gelegenen Gasthofe zurückfahren solle, stieg mit Bamme die breite Steintreppe hinauf, während Grell und Hirschfeldt folgten.

Der Justizrat empfing sie herzlich und stellte Othegraven vor, der unruhiger noch als Turgany der Ankunft der Hohen-Vietzer Gäste entgegengesehen hatte. In der Nähe des Fensters war ein Frühstückstisch serviert, an dem man Platz nahm und artigkeitshalber einstimmte, als seitens des Wirts das Ausbleiben Drosselsteins bedauert wurde. Grell, seiner Gewohnheit nach, musterte das Zimmer, das aus der Zeit stammte, wo Gotik und Renaissance sich um die Herrschaft gestritten hatten. Der Erker war noch gotisch, während die großen Wandflächen und insonderheit die Stuckornamente schon auf Etablierung der Renaissance deuteten. Ebenso der Ofen, der auf seinen grünglasierten Kacheln die Geschichte des Tobias darstellte.

»Ein delikater Rauenthaler«, sagte Bamme, »werde mir seinerzeit die Adresse der Handlung ausbitten. Hoffentlich kein Geheimnis. Aber nun zu den Geschäften, meine Herren. Carpe diem. Staunen Sie nicht, Vitzewitz, mich schon wieder auf den Schleichwegen der Klassizität zu betreffen. Umgang bildet, und man ist seiner Gesellschaft etwas schuldig. Aber nun Ihren Plan, Othegraven.«

Othegraven verbeugte sich etwas steif und sagte dann: »Es wird sich, nachdem unser Freund Turgany bereits die Ehre gehabt hat, Ihnen unseren Überfallsplan vorlegen zu dürfen, im wesentlichen nur noch um Kenntnisnahme der Lokalität wie um Festsetzungen hinsichtlich der Zeit handeln, immer vorausgesetzt, daß nicht Ihrerseits, Herr General, Änderungen oder neue Vorschläge beliebt werden. Unterbleiben diese« – Bamme nickte – »so werd' ich Altes mehr zu rekapitulieren als dem Ihnen schon Bekannten erheblich Neues hinzuzufügen haben.«

»Desto besser. Viele Strähnen verwirren nur. Also repetieren wir unser Exerzitium.«

»So bitte ich Sie denn, Herr General, an dies Erkerfenster herantreten zu wollen. Auch die anderen Herren. Wir haben dann unser Aktionsfeld vor uns, und das wenige, was überhaupt noch zu sagen bleibt, läßt sich wie auf einer aufgeschlagenen Karte demonstrieren.«

Alle hatten sich erhoben und waren in den Erker eingetreten. Othegraven zeigte nach links hin. »Herr General wollen das dritte Haus am Platz bemerken, das größte, scharf an der Kirche vorbei.«

»Ich sehe; das mit den verschnittenen Linden, und das Schilderhaus davor. Es sieht aus wie ein Gasthof.«

»Sehr richtig. In diesem Gasthofe wohnen General Girard und sein Stab. Auch drei oder vier Ordonnanzen. In demselben Augenblick, in dem der erste Schuß fällt, brechen wir, von der Kirche her, vor. Es sind keine zwanzig Schritt. Ehe der General noch den Schlaf abgeschüttelt hat, ist er gefangen. Stab und Ordonnanzen mit ihm.«

»Und dann?«

»Fünf Minuten später müssen auch die Mannschaften in unseren Händen sein, die hier in der

Altstadt herum einzeln oder zu zweien und dreien in Bürgerquartier liegen. Wir kennen die Häuser und werden sie vorher umstellen. Für die prompte Durchführung dieser Dinge hoff' ich mich verbürgen und Ihnen unmittelbar nach ihrem Eintreffen auf diesem Platze Meldung von dem Vollzogenen machen zu können. Das ist der *erste* Akt.«

»Und dann?« wiederholte Bamme seine Frage.

»Und dann«, antwortete der Konrektor etwas spitz, »beginnt eben der zweite, *Ihr* Akt, Herr General. Denn unsere Bürgerschaften sind gewillt, sich Ihrem Kommando, von dem Augenblick ihres Eintreffens an, in allen Punkten zu unterstellen. Der Ruf eines entschlossenen Mannes geht Ihnen voraus, und Entschlossenheit ist alles.«

Bamme verbeugte sich. Er war nicht unempfindlich gegen solche Huldigungen, am wenigsten, wenn sie von Gesellschaftskreisen ausgingen, denen gegenüber er das Gefühl hatte, sich aus diesem oder jenem Grunde wiederherstellen zu müssen. Denn er wußte sehr wohl, was ihm fehlte.

Othegraven fuhr fort: »Es wird sich in diesem zweiten Akte darum handeln, ob *wir*, will sagen, Ihre Landsturmmänner und unsere Bürgerschaften, in gemeinschaftlicher Aktion imstande sind, uns der zweitausend Mann Voltigeurs und Grenadiers zu erwehren, die samt ihren Regiments- und Bataillonschefs drüben in der Dammvorstadt liegen und unzweifelhaft von Beginn des Kampfes an eifrig bemüht sein werden, den Übergang in die Altstadt zu forcieren. Ein leichtes soll es ihnen nicht werden. Die Brücke opfern wir, und für Aufeisung des Stromes ist gesorgt. Unsere Kietzer Fischer haben es an gutem Willen nicht fehlen lassen; Tag und Nacht in den Kleidern; Seine Majestät der König soll davon erfahren. Nichtsdestoweniger, ohne besserem Urteil vorgreifen zu wollen, scheint mir der Ausgang dessen, was wir vorhaben, von dem Eintreffen oder Nichteintreffen der Russen abzuhängen. Halten sie Wort, so haben wir übermorgen früh eine französische Brigade gefangengenommen, fünfzig Kanonen erbeutet und, was die Hauptsache ist, der ganzen Provinz ein Zeichen, ein Beispiel gegeben. Lassen uns umgekehrt die Russen im Stich, so können wir uns gegen zweitausend Mann nicht auf die Dauer halten. Denn es sind ausgeruhte Soldaten, Reserven, die nicht mit in Rußland waren. Ich bedaure noch einmal das Nichtzugegensein des Herrn Grafen, getröste mich indessen, daß er uns nur fehlt, um sich durch einen zweiten Besuch im Hauptquartiere Tschernitscheffs der russischen Mitwirkung abermals zu versichern.«

»Sehr gut, Othegraven«, sagte Bamme. »Das nenn' ich den geborenen Generalquartiermeister, Schule Prinz Eugen oder doch wenigstens Montecuculi. Nicht wahr, Hirschfeldt? Und alles knapp und kurz. Also bestens akzeptiert. Es fehlt nur noch eine Kleinigkeit: die Ausführung. Aber Tschernitscheff oder nicht, es *muß* glücken; zum mindesten dürfen wir keinen andern Gedanken mehr aufkommen lassen. Wir haben A gesagt und müssen B sagen. Alles Kriegsspiel ist Würfelspiel. Und wir knöcheln für eine gute Sache. Alea jacta est. Ich habe mein Latein wieder und meine gute Laune.«

Dabei waren sie vom Fenster an den Tisch zurückgetreten und nahmen wieder Platz. Aber keiner war in der Stimmung, das Frühstück fortzusetzen. Turgany traf es deshalb, als er sagte: »Brechen wir auf, werte Herren und Freunde. Mein Programm lautet: erst Inspizierung des diesseitigen Oderkai, dann Brückenpassage, Dammvorstadt, Herzog-Leopold-Denkmal und französischer Geschützpark. Soweit gediehen, betracht' ich unsere fußgängerischen Aufgaben als gelöst und stelle meinen Wagen für alles weitere zur Verfügung. Er wird uns am Geschützpark oder doch in der Nähe desselben erwarten. Dann Repassierung der Brücke, Kleist-Denkmal und Rückkehr in meine Wohnung oder aber in die Lebuser Vorstadt, wohin Sie, wenn ich recht gehört, Ihren eigenen Wagen dirigiert haben.«

Und damit brachen alle auf, um ihre Rekognoszierung zu Fuß zu beginnen.

Von Turganys Wohnung bis an den Fluß waren kaum hundert Schritt. Eine sonntägliche Stille herrschte den Kai entlang, der in großen Abständen mit uralten Pappelweiden besetzt war. Eingefroren im Eise lagen Oderkähne und größere Kielboote, die nach Stettin hin gehörten und hier vor der Zeit vom Winter überrascht worden waren. Nach rechts hin lief die Brücke über den Fluß, zwanzig Joche oder mehr, zwischen denen unsere Freunde des großen, zum Brükkenschutz errichteten Eisbrechers ansichtig wurden. Alle Arbeit ruhte; die Glocken der Oberkirche gingen, und einzelne geputzte Frauen, die zur Nachmittagspredigt wollten, eilten an ihnen vorüber.

Bamme musterte den Kai und die Pappelweiden bis rechts an die Brückenjoche hinauf und sagte dann zu Berndt: »Voilà, Vitzewitz, unser mutmaßliches champ de bataille.« Dieser nickte zustimmend in guter, beinahe heiterer Laune. Denn er war viel ruhiger als der Alte, weil er das, was sie vorhatten, nicht als Abenteuer, sondern als Pflicht und Aufgabe nahm.

So kamen sie bis an die Brücke und gingen in die Dammvorstadt hinüber. Die Welt hier schien nur noch aus Franzosen zu bestehen; einige, als ob draußen die Junisonne schiene, balancierten auf den Querhölzern der offenstehenden Fenster, während sich andere mit Bockspringen vergnügten oder sich auf Flur und Diele mit Kindern und jungen Mädchen unterhielten. So namentlich auch vor dem großen Gasthofe »Zum goldenen Löwen«, hart an der Brücke, der in eine Kaserne umgewandelt war. An der Ecke dieses Gasthofes vorbei bogen jetzt unsere Freunde nach links hin ein und wandten sich dem großen Herzog-Leopold-Denkmale zu, das sie schon vorher, als sie von Turganys Wohnung aus auf den Fluß zugeschritten waren, in aller Deutlichkeit gesehen hatten. Es lag jener Stelle gerade gegenüber; nur der breite Fluß dazwischen.

Nun standen sie vor diesem Denkmal, zu dessen beiden Seiten – und zwar zwischen dem hochaufgestapelten Klafter- und Bretterholz eines hier befindlichen Holzhofes – vierzig bronzene Geschütze zusammengefahren waren. Der Anblick, der sich ihnen bot, weckte sehr verschiedene Gedanken. Othegraven sah mißtrauisch auf die Bretter und Bohlen und sann nach, wie sie wegzuschaffen wären, während Berndt und Bamme mit Befriedigung wahrnahmen, daß die Munitionskarren fehlten. So war man wenigstens vor einem Mitspielen der Artillerie gesichert.

Grell hatte sich inzwischen mit seinem Interesse dem Denkmale selber zugewandt. Drei Frauengestalten trugen eine sternenbekränzte Urne; am Sockel des Ganzen aber standen folgende Worte: »Menschenliebe, Standhaftigkeit, Bescheidenheit – drei himmlische Geschwister – tragen Deinen Aschenkrug, verewigter Leopold, und klagen mit der Göttin der Stadt, deren Bürger Du zu retten eiltest, und klagen mit dem Odergott, in dessen Wellen Du untergingst, daß die Erde ihr Kleinod verloren hat.«

Bamme war ebenfalls herzugetreten und sagte jetzt, während er auf die Urne zeigte: »Aschenkrug. Wer's glaubt! Sieht es nicht aus wie eine Riesenbowle? Und das soll es am Ende auch sein. Ich wette, der Bildhauer – Ehre seinem Andenken – war ein Schalk und schrieb auf seine Art Geschichte. Sie wissen doch, Vitzewitz?«

»Ich weiß«, sagte dieser. »Aber es ist widerlegt.«

»Schade«, fuhr Bamme fort. »Die hübschesten Sachen in der Weltgeschichte werden immer widerrufen oder widerlegt. Pitt starb an einer Flasche Burgunder; aber das war nicht groß genug für einen Rednerhelden oder meinetwegen auch Heldenredner, und so heißt es jetzt, er sei an der Schlacht von Trafalgar gestorben. Hätt' ich die Notiz von Rutze, so würd' ich an eine Verwechslung mit Nelson glauben. Aber es steht in allen Büchern und Blättern. Apropos Rutze. Seine Kompanie ist brillant, vielleicht die beste. Nichts für ungut, Vitzewitz.«

Während diese Worte gewechselt wurden, war der französische Posten mit einem »Pas permis, monsieur« an den emsig zeichnenden Grell herangetreten, hatte sich jedoch jedes weiteren Einspruchs begeben, als ihm unser Hölderlinfreund seine mit komischem Ungeschick abkonterfeiten drei Gottheiten gezeigt und dadurch die Lachlust des kleinen Südfranzosen erregt hatte.

Von der Brücke her kam ihnen jetzt das Turganysche Fuhrwerk entgegen. Sie stiegen ein, behalfen sich, so gut es ging, und erledigten ihr Programm – auch bei dem Ewald von Kleist-Denkmal einige Minuten verweilend – in der vorher festgesetzten Reihenfolge. Darnach trennte man sich, um Krist und die Ponies in der Lebuser Vorstadt aufzusuchen. Ihre letzte Abmachung war dahin gegangen, daß die Landsturmbrigade nicht später als ein Uhr nachts von Montag auf Dienstag am Spitzkrug eintreffen solle. Ein Vertrauensmann Othegravens werde sie daselbst erwarten.

Die kleine Sankt-Georgskirche schlug eben fünf, als unsere Freunde am Ausgange der Lebuser Vorstadt eintrafen und vor einem hier befindlichen alten Wirtshause den Hohen-Vietzer Kaleschwagen erkannten. Aber noch nicht angespannt.

Beinahe die Hälfte der »Wirtschaft« wurde von einem ungewöhnlich großen Torweg eingenommen, der durch die ganze Tiefe des Hauses lief. Es dunkelte schon, und so hätte sich von der gewölbten Einfahrt sehr wahrscheinlich nichts weiter als ein schwarzes Loch erkennen lassen, wenn nicht in Höhe des Gewölbes eine Stallaterne geschaukelt hätte. Mit Hilfe dieser gewahrte man drei Stufen, die nach links hin aus dem Torweg in eine, so schien es, den ganzen Rest des Gebäudes einnehmende Gaststube führten. Alles andere lag im Quergebäude. In Front der Ausspannung aber war anscheinend noch ein zweiter Torweg sichtbar, ebenfalls mit einer Laterne. Sah man indessen schärfer zu, so gewahrte man, daß dieser Torweg gar kein Torweg sei, sondern eine große Kapellennische, in deren Hintergrund ein bemaltes Kruzifix hing. Neben diesem Kruzifix zwei weißgetünchte Heilige, die auf ihren bittend vorgestreckten Armen wohl ein halbes Dutzend vertrockneter Kränze trugen. Vitzewitz war in den Hof gegangen, um nach Krist und den Ponies zu sehen; Bamme, von Grell und Hirschfeldt begleitet, patrouillierte draußen auf und ab und wollte durchaus Näheres über die zwei »Torwege« hören. Er sah sich deshalb um und gewahrte schließlich einen Menschen, der, auf einem der niedrigen Fenstersimse hockend, wie ein Schatten in der matterleuchteten Öffnung saß.

»He, Sottmeier!«

Der Angerufene erhob sich und kam auf Bamme zu. Es ließ sich jetzt erkennen, daß er Hausknecht, Küfer und Marqueur, alles in einer Person war. Er trug eine grüne Friesschürze. Sein eines Auge, das viel größer aussah als das andere, hatte einen weißen Fleck, und dieser weiße Fleck bohrte sich immer auf den, mit dem er sprach. Dazu storres schwarzes Haar; alles häßlich und unheimlich.

»He, Freund«, sagte Bamme, dem die Lust vergangen war, das Wort »Sottmeier« zu wiederholen, »he, Freund, wie heißt eure Ausspannung?«

»Der letzte Heller.«

»Das ist gut. Gefällt mir. Man hört ordentlich, wie er springt. Und hier nebenan der Torweg mit dem Kruzifix und den zwei Nonnen, wie heißt *der*?«

»Auch der letzte Heller.«

»Wetter, das gefällt mir nicht; dieser ewige ›letzte Heller‹, als ob es sonst nichts in der Welt gäbe. Das schmeckt ja wie Miserere. Grell, wo will das hinaus? Mit dem Galgenberg haben wir angefangen, und mit dem letzten Heller hören wir auf. Zweimal der letzte Heller, auf Ehre, das ist zuviel.«

Grell lachte. »Wir müssen es uns auf das Beste hin ansehen, Herr General. Es ist eigentlich eine Feinheit, diese zwei ›letzten Heller‹ so dicht nebeneinander wie Himmel und Hölle. War es doch immer so. Der eine ließ sein Letztes bei der Kirche, der andere bei der Kneipe. Es stammt alles noch aus den katholischen Zeiten her. Aber ich glaube nicht, daß es viel besser geworden ist.«

»Ich auch nicht«, sagte Bamme, und damit schritt er auf die drei Stufen zu, die vom Torweg aus nach der Gaststube hinaufführten. Grell und Hirschfeldt folgten. Einen Augenblick später trat auch Berndt ein, der, nach längerem Umhertappen in dem dunklen Stall, Krist auf einer Futterkiste total verschlafen vorgefunden und nicht ohne Mühe zum Anspannen seiner Ponies veranlaßt hatte.

In der Gaststube saßen einige Sottmeiers beim Dreikart. Bamme war nicht in der Laune, sich populär zu machen; er suchte deshalb ein anderes, dahintergelegenes Zimmer auf, in welchem er ein großes Billard vorfand, halb zerrissen, aber die Fetzen mit einer Stopfnadel notdürftig wieder zusammengenäht. Darüber hing eine blakende Lampe. »Sieht sie nicht aus, als wäre sie draußen den Nonnen fortgenommen«, sagte er zu Grell und setzte dann, zu dem Hausknecht sich wendend, hinzu: »Noch ein Licht.«

Dieser brachte zwei und wollte, da kein Tisch da war, das eine auf den Queueständer, das andere auf das Brettchen eines neben dem Ofen stehenden hochbeinigen Kinderstuhles setzen, Bamme befahl aber: »Nicht da; hierher, rechts und links neben die Karoline!« und ließ die Lichter mitten auf das Billard stellen.

Als dies geschehen und die »grüne Friesschürze« wieder verschwunden war, sagte der Alte: »Ich wette, er hat nicht eingeklinkt; riegeln wir zu; besser ist besser. Wer die Menschen kennt, mißtraut ihnen. Es riecht hier überhaupt nach Spelunke, und wo es nach Spelunke riecht, da riecht es auch nach Verrat.«

Grell schob den Riegel vor und stellte sich dann wieder neben Bamme, der mit immer komischer werdender Feierlichkeit fortfuhr:

»Eh wir in den Wagen steigen, meine Herren, will ich die Dispositionen für morgen auf den

Tisch zeichnen. Ein Stück Kreide, Hirschfeldt. Alle großen Schlachten sind mit drei Linien gewonnen worden. Und diese drei Linien hab' ich auch für morgen in petto.«

Hirschfeldt hatte mittlerweile den alten Queueständer durchsucht und ein Stück Kreide gefunden. Er gab es an Bamme, der sofort einen Kreis auf das Billardtuch malte und diesen Kreis durch einen dicken Flußstrich in links und rechts halbierte.

»Hier rechts«, hob er an, »die Dammvorstadt ist Tschernitscheffs Sache; hol' ihn der Teufel, wenn er uns im Stiche läßt. Was *wir* zu tun haben, liegt links, *hier* an den drei Toren.«

Und nun begann er jedes der drei Tore durch einen kurzen Doppelstrich zu bezeichnen, den er quer durch die Peripherie des Kreises zog.

Dann fuhr er mit steigendem Eifer fort: »Um ein Uhr halten wir am Spitzkrug und marschieren auf drei Straßen gegen die drei Tore. Das ist das Vorspiel. Und nun das Stück selber. Wir *nehmen* die drei Tore, gleichviel, mit List oder Gewalt, und dringen in drei Strahlen auf den Kirchplatz vor. Da haben wir die drei strategischen Linien. Kirchplatz ist Rendezvous. Dort entscheiden sich die Dinge, so oder so. Hoffen wir alles, und fürchten wir nichts. Und damit basta. Parole ›Zieten‹. Und wolle der alte Husarenvater in Gnaden mit uns sein.«

Ein Lächeln ging über aller Züge, als sie so den alten »Husarenvater« wie Gott und seine Heiligen angerufen sahen. Aber Bamme bemerkte nichts. Er öffnete nur das Fenster, nahm eine Handvoll Schnee und wusch damit seinen dreilinigen Angriffsplan wieder weg.

Draußen hielten jetzt die Ponies. Krist knipste mit der Peitsche, und der storrige Hausknecht, der mittlerweile seine Friesschürze zu einem Dreieck zusammengesteckt hatte, drängte sich an Bamme, um ihm beim Aufsteigen behilflich zu sein.

»Verkehren Franzosen hier?« fragte dieser.

»Nicht viel.«

»Nette Leute?«

»Na, soso. Wer sie gerade leiden kann. Nicht schlimmer als unsere.«

Während dieses Gespräches hatte sich alles zurechtgerückt, und der Wagen fuhr langsam hügelan und auf den Spitzkrug zu.

»Galgengesicht, dieser Kerl«, sagte Bamme. »Vergessener Rest von der Familie Sottmeier; irgendein Wende, der nach hinten und vorne zugleich sieht. Ein Schielkönig comme il faut. Hol ihn der Teufel. Ich wette, daß er gehorcht hat.«

»Nicht doch«, sagte Vitzewitz und lachte. »Es ist ein Dolgeliner. Sein Vater ist Schmied. Es flog ihm ein Funken ins Auge.«

Und damit ging es in raschem Trab ins Bruch hinein und auf Hohen-Vietz zu, das sie bei guter Zeit erreichten.

16. KAPITEL

Wen trifft es?

Um die achte Stunde – Berndt und seine Hohen-Vietzer Gäste waren noch nicht zurück – saßen Renate, Tubal und Lewin in dem uns wohlbekannten Eckzimmer. Seidentopf, der zugesagt hatte, zu kommen, war ausgeblieben; Lewin schien zerstreut; Tubal, befangener noch als am Tage seiner Ankunft, vermied es, dem Auge Renatens zu begegnen. So scheiterten alle Bemühungen dieser letzteren, das sich hinschleppende Gespräch in einen etwas lebhafteren Gang zu bringen, und jeder, wenn ein Wagen vorüberfuhr, atmete auf, in der Hoffnung, daß es die Ponies sein möchten.

»Wo sie nur bleiben?« sagte jetzt Renate. »Den ganzen Tag über bin ich ein Gefühl der Sorge nicht losgeworden; ich hatt' es in der Kirche schon und dann, als ich bemerkte, daß ihr eingeschlossen waret, du und Marie. Ich sagt' es auch der Schorlemmer. Willst du glauben, Tubal, daß ich mich an Mariens Stelle geängstigt hätte. Die Mittagsstunde hat ihren Spuk so gut wie Mitternacht.«

Tubal, den jedes Wort traf, bückte sich, um ein paar Tannäpfel in den Kamin zu werfen, und sagte verlegen vor sich hin: »Die Zeit verging uns rasch. Wir haben die Grabsteine gelesen.«

»Die Grabsteine«, wiederholte Renate. »Das hätte mir den Mut auch nicht gehoben. Aber Marie, glaub' ich, setzte sich in den Majorsstuhl und vergäße seine Schrecken, vorausgesetzt, daß es sein müßte. Denn im Grunde hat sie das Grauen so gut wie ich, sie hat nur mehr Kraft, ihre Furcht zu bezwingen.«

Die Pendüle schlug jetzt acht, und Renatens Besorgnisse wurden immer größer. »Haltet ihr es für möglich«, sagte sie, während sie sich erhob und voll Unruhe auf das Fenster zuschritt, »daß die Franzosen von unserem Vorhaben erfahren haben können? Unser Landsturm ist seit drei Tagen auf allen Straßen, und es gibt immer feile Kreaturen, die für Lohn oder Vorteil den Spion machen.«

»Gewiß«, sagte Lewin. »Aber diese Spione können nicht mehr verraten, als sie selber wissen. Und was sie wissen, das wissen die Franzosen auch. Es ist einfach das, daß sich ein Wetter gegen sie zusammenzieht. Nicht bloß hier, überall.«

»Und nun dieser Drosselsteinsche Brief«, fuhr Renate fort, die nur mit halbem Ohre zugehört hatte, »ich glaube nicht, daß er viel Gutes bringt. Es ist mir, als läs' ich ihn Zeile für Zeile. Absage, Zweifel, irgend etwas ...«

In diesem Augenblicke fuhr der mit so viel Spannung erwartete Wagen über das Pflaster des Hofes und hielt. »Da sind sie!« riefen alle, und ehe Renate Zeit gefunden hatte, die bis dahin im Hintergrunde des Zimmers stehende Astrallampe vor das Sofa zu stellen, traten unsere Frankfurter Reisenden bereits ein. Die Schorlemmer und Jeetze folgten. Fragen über Fragen. Abendbrot wurde refüsiert, nur Tee befohlen, und weil alle mehr oder weniger ausgefroren waren, kam man überein, statt am Sofatisch, um den Kamin her Platz zu nehmen. Der Tagesbericht sollte chronologisch gegeben werden, kam aber nicht weit, da sich, als des über Hohen-Ziesar genommenen Umweges gedacht wurde, Lewin und Renate sofort des Drosselsteinschen Briefes entsannen, der in der Freude des Wiedersehens vergessen worden war.

Berndt erbrach den Brief und las: »Nur wenige Worte, mein teurer Vitzewitz. Eben komme ich von jenseits der Oder zurück und erfahre, daß Sie mit dem General und zwei anderen Herren hier waren, um mich für Frankfurt abzuholen. Ich war, wie Sie gewiß vermutet haben werden, inzwischen ein zweitesmal bei Tschernitscheff, den ich bereits auf dem Marsche traf. Er rückt heute noch bis auf zwei Meilen gegen Frankfurt vor. Seine Gesinnungen sind unverändert die besten. Er teilte mir zum Schlusse mit, daß er an seinen unmittelbaren Chef, den Korpskommandanten Fürsten Wittgenstein, berichtet habe und spätestens bis morgen mittag der Gutheißung der von ihm getanen, beziehungsweise noch zu tuenden Schritte entgegensähe. Tout à vous. Drosselstein.«

Ein jeder empfand die Zweideutigkeit dieser Tschernitscheffschen Zusage, die nötigenfalls auch Rückzug bedeuten konnte, keiner aber gab dieser Empfindung Ausdruck, am wenigsten Bamme, der, um der schlechten Stimmung ein Ende zu machen, von allem Möglichen und Unmöglichen, von Othegraven und den Sottmeiers, von den beiden »letzten Hellern«, dem himmlischen und dem höllischen, und schließlich auch von den zwei Nonnen »mit der blakenden ewigen Lampe« zu perorieren begann. Zuletzt verschwor er sich, daß es ein gutgeplantes Unternehmen sei, vor allem klar in der Anlage; drei Linien konzentrisch auf einen Punkt gerichtet, garantierten den Erfolg. Die Russen seien gute Kameraden. Hierbei warf er einen Blick auf Vitzewitz, um zu sehen, ob dieser es ernsthaft oder ironisch auffassen würde. Ja, sie seien gute Kameraden, *müßten* es sein, und es werde glücken. Wenn es aber *nicht* glücke, so sei die Welt keinen Schuß Pulver wert, einschließlich der ganzen göttlichen Gerechtigkeit, über die er ohnehin so seine Gedanken habe.

Alles sah verlegen vor sich hin, und die Schorlemmer flüsterte Renaten zu: »Wo will das hinaus?«; Bamme selbst aber, immer neue Löffel voll Baseler Kirschwasser in die längst geleerte Teetasse gießend, begann jetzt in seinem Ärger über Tschernitscheff – gegen den er klugheitshalber nichts sagen durfte – die Schalen seines Zornes auf den »Tout à vous-Drosselstein« auszuschütten, der sich mindestens zweierlei hätte sparen können: erstens den erneuten Besuch im russischen Hauptquartier und zweitens diesen Brief. Aber er gehöre ganz und gar zu den vornehmen Herren, die, weil sie nichts Besseres zu tun hätten, immer zwischen artigen Besuchen und artigen Briefen hin und her pendelten. Und das hieße dann Lebensart und Diplomatie.

Nach diesem Trumpfe – denn er hielt es mit »guten Abgängen« – erhob er sich plötzlich, wünschte gute Nacht und ging in sein Zimmer hinüber. Berndt folgte seinem Beispiele, bald auch die andern, und ehe zehn Uhr heran war, war alles still und dunkel im Haus.

Nur in den Hinterzimmern des Oberstocks brannte noch Licht. Hier hatten sich's die Freunde bequem gemacht und genossen des Behagens, den eben beschlossenen Tag noch einmal durchzuplaudern. Auch des kommenden wurde dabei gedacht. Tubal und Hirschfeldt, wie seinerzeit erzählt, waren Schlafkameraden. Ihr Zimmer lag mehr der Treppe zu, jener mittleren Stube gegenüber, in der die drei jungen Mädchen an dem »Einbruchsabend« in eine so tödliche Angst versetzt worden waren. Schon an einem der voraufgegangenen Tage hatte man des kleinen Abenteuers samt des Nachspiels mit Hoppenmarieken eingehender gedacht; heute kam man darauf zurück, und Tubal sagte plötzlich: »Und nun, Hirschfeldt, mit einem Sprunge, der von Hoppenmarieken aus eigentlich kein Sprung mehr ist, wie gefällt Ihnen Bamme? Sie sind heute den ganzen Tag über mit ihm zusammen gewesen. Aber auch vor einer Stunde noch, unten am Kamine; hörten Sie's wohl? er mokierte sich über Drosselstein und glaubte es zu dürfen. Und was ist es am Ende? Diogenes in der Tonne, der sich über Alexander ärgert. Ein bißchen Zynismus, ein bißchen Schabernack. Ich lasse das Preußentum gelten, aber dies säbelbeinige Märkertum, das sich am liebsten in einen Husaren verkleidet, jeden Augenblick den alten Zieten spielen möchte und nichts von ihm hat als die Häßlichkeit, das ist mir verhaßt. Ja, die Häßlichkeit. Sehen Sie sich diesen Mann an, der für einen Typus dieser Gegenden gelten kann, und dann beantworten Sie mir die Frage, ob sich in der ganzen Gotteswelt, wenn Sie Kirgisen und Kalmücken außer Spiel lassen, etwas Ähnliches findet wie dieser ›Typus Bamme‹?«

»Vielleicht nicht«, antwortete Hirschfeldt. »Aber ich kann mich darüber nicht entrüsten. Der ›Typus Bamme‹, wie vieles an ihm auszusetzen sein mag, ist wenigstens ehrlich. Und je mehr in diesem Lande geheuchelt wird, vielleicht auch um seiner Entstehung und Geschichte willen geheuchelt werden muß, desto wohltuender berühren mich Einzelfiguren, die, wenn Sie mir den Ausdruck zugute halten wollen, durch En-detail-Ehrlichkeit die nationale En-gros-Schuld zu tilgen trachten. Bewußt oder unbewußt, ist gleichgiltig.«

Tubal hatte sich in seinem Bette aufgerichtet und sah verwundert zu dem Sprecher hinüber. Es war ihm, als ob er Bninski gehört hätte. Hirschfeldt aber, während er die Lichtschnuppe mit seinem Finger wegknipste, fuhr in demselben Gleichmutstone fort: »Es wundert Sie, Ladalinski, mich so sprechen zu hören. Mich, einen Altpreußen. Aber es erklärt sich leicht. Ich war lange draußen, und draußen lernt es sich. Jeder, der zurückkommt, wird durch nichts so sehr überrascht als durch den naiven Glauben, den er hier überall vorfindet, daß im Lande Preußen alles am besten sei. Das Große und das Kleine, das Ganze und das Einzelne. Am besten, sag' ich, und vor allem auch am ehrlichsten. Und doch liegt unser schwacher und schwächster Punkt gerade nach dieser Seite hin. Welche Politik, die wir seit zwanzig Jahren gemacht! Lug und Trug, und wir mußten daran zugrunde gehen. Denn gleichviel, Staat oder Person, wer wankt und schwankt, wer unzuverlässig und unstet ist, wer Gelöbnisse bricht, mit einem Worte, wer nicht Treue hält, der ist des Todes. Und nun Gott befohlen. Löschen wir das Licht und schlafen wir. Morgen sind wir schlechter gebettet.«

Er löschte das Licht und sah Altes und Neues an sich vorüberziehen. Aber eines sah er nicht: wie seine letzten Worte das Herz seines Schlafkameraden getroffen hatten.

In dem Zimmer nebenan plauderten Lewin und Grell.

»Morgen um diese Zeit sind wir auf dem Marsch«, sagte Lewin. »Ist Ihnen leicht ums Herz?«

»Nein«, antwortete Grell. »Ich war nie im Feuer und bin deshalb in Furcht, vielleicht Furcht zu zeigen. Auch ist es ein eigen Ding mit den Vorahnungen.«

»Glauben Sie daran?«

»Ja«, bemerkte Grell. »Nicht jeder hat sie; aber wir haben es von der Mutter her. Im Schleswigschen ist es häufig.«

Eine kurze Pause folgte. Dann sagte Lewin: »Ich mag nicht in Sie dringen, Grell, über Dinge zu sprechen, von denen Sie vielleicht lieber schweigen. Aber eines möcht' ich doch sagen dürfen: ich habe den Eindruck, als ob Sie das, was wir vorhaben, um einen Grad ernsthafter nehmen, als es genommen sein will. Es ist ein Coup, der entweder glückt oder nicht glückt; das ist alles. Überraschen wir den Feind, so gibt er sich gefangen, überraschen wir ihn nicht, oder lassen uns die Russen im Stich, so ziehen wir uns zurück; aber im einen wie im anderen Falle, nennenswerte Verluste werden schwerlich zu verzeichnen sein. Der Feind ist eben eingeschüchtert und wird sich, selbst wenn er unsern Angriff siegreich abschlägt, auf bloße Defensive beschränken müssen.«

Grell lächelte. »Möglich, daß Sie recht haben, Vitzewitz. Jedenfalls wünsch' ich es. Aber Sie kennen die Frühjahrsgewitter: ein Blitz aus heiterem Himmel, und dann ist es wieder vorbei. *Ein* Schlag nur, aber er fordert jedesmal sein Opfer. Und wer will sagen, *wer* gefordert wird oder *wen* es trifft.«

Beide schwiegen und hingen ernsten Gedanken nach. Dann sagte Lewin, der dem Gespräch eine andere Wendung zu geben trachtete: »Haben Sie Kleists Grabmal besucht? Es wirkt etwas zopfig mit seinem Schmetterling und seiner Inschrift in drei Sprachen, und doch hab' ich immer einen tiefen Eindruck davon empfangen.«

»Ja«, bestätigte Grell. »Aber der Eindruck, den ich vorher von dem Herzog-Leopold-Denkmal empfing, war tiefer.«

»Und weshalb?«

»Weil es mir noch deutlicher und entschiedener meinen Lieblingssatz predigt, daß es erst der Tod ist, der uns unser eigentliches Leben gibt. Auch hienieden schon. Wer würde von dem armen Herzoge noch wissen, wenn er sein Leben einfach ausgelebt hätte bis auf den letzten Tag. Er unterbrach aber den Gang seiner Stunden und opferte sich; und nun lebt er fort, weil er zu sterben verstand.«

»Es ist unser Tun, nicht unser Tod, was uns ein schöneres Leben sichert.«

»Aber doppelt gesichert ist es uns, wenn es ein Tun im Tode ist.«

17. KAPITEL

Die Revue

Und nun kam der Tag, an dem es sich entscheiden sollte. Schon in aller Frühe war der alte General außer Bett gewesen, hatte Jeetze geklingelt und Hirschfeldt rufen lassen, der dann auch sofort erschienen und eine halbe Stunde später abgeritten war, um die ordre du jour an alle im halbmeiligen Umkreise stehenden Bataillone zu überbringen. Diese ordre du jour ging dahin, daß ebendiese Bataillone Punkt zwölf behufs abzuhaltender Revue in unmittelbarer Nähe von Hohen-Vietz eintreffen, gleich nach der Revue in ebendiesem Dorfe Alarmquartiere beziehen und neun Uhr abends zum Abmarsche gegen Frankfurt bereitstehen sollten.

Mit Abfassung dieser Ordres hatte sich Bamme während seiner schlaflosen Stunden beschäftigt. Jetzt erst, wo Hirschfeldt unterwegs war, wurde der Alte ruhiger; es gab nun kein Zurück mehr, oder, um ihn selber sprechen zu lassen, »die Zettel waren gedruckt, und das Stück mußte wohl oder übel gespielt werden.«

Er hatte seine Ruhe wieder, aber freilich nicht sein Behagen. Denn so groß sein Selbstbewußtsein war, so groß war auch, selbst unter gewöhnlichen Verhältnissen, seine Selbsterkenntnis. Und nun gar heute! Er fühlte sich der ihm zugefallenen Aufgabe nicht recht gewachsen und gestand sich unverhohlen, daß er alles, was er an Gaben besaß, nicht recht brauchen und alles, was er *nicht* besaß, in der Eile weder beschaffen noch durch Eifer und guten Willen ersetzen konnte.

Zur Abhaltung der Revue war ein großes Brachfeld ausgewählt worden, das zwischen dem Fichtenwäldchen und der Chaussee lag, dicht neben dem Pflugacker, über den hin, am dritten oder vierten Weihnachtstage, die von ihrem Kirch-Göritzer Besuche heimkehrenden Freunde ihren Wettlauf zur Rettung Hoppenmariekens gemacht hatten. Aber bis zwölf Uhr war noch eine lange Zeit, und jeder suchte sie zu kürzen. Tubal und Lewin fuhren nach Reitwein hinüber, um sich ein Grabmonument anzusehen, das daselbst aufgestellt werden sollte; der alte Vitzewitz traf »auf alle Fälle hin« einige Anordnungen, und Grell ging in die Pfarre; so schien es in der Tat, als ob Bamme, der allein blieb, die ganze Pein des Abwartens und Stundenzählens am vollsten und ausschließlichsten durchkosten solle. Aber Kniehase half ihm aus der Verlegenheit, ihm meldend, daß von den Nachbargütern her einige Reitpferde zur Auswahl für den »Herrn General und seinen Adjutanten« gestellt worden seien. Sie ständen am Spritzenhause, zwischen dem Krug und dem Schulzenhof.

Unter diesen Pferden war auch eine Fuchsstute, die Drosselstein geschickt hatte, ein schönes Tier, beinahe brandrot, das dem Alten außerordentlich gefiel. Dennoch war er in Zweifel, ob er sich dafür entscheiden sollte.

»Die Fuchsstute gefällt mir«, sagte er, »aber es hat sein Mißliches damit. Eigentlich halt' ich es mit meinem kleinen isabellfarbenen, den Sie ja kennen; wir haben dasselbe Maß und passen zusammen. Was meinen Sie, Kniehase, nehm' ich den Shetländer oder nehm' ich die Fuchsstute?«

»Mit Permission, Herr General«, sagte Kniehase, »wenn der Herr General mich fragen, der kleine Shetländer geht nicht. Ein General muß hoch sitzen, höher als alle anderen; man muß ihn sehen können wie die Fahne. *Dies* hier ist das Generalspferd!« und damit gab er der Fuchsstute einen Schlag auf die Kruppe.

»Gut, Kniehase, Sie sind ein verständiger Mann. Also die Fuchsstute für mich. Und festgesattelt und die Steigbügel hochgeschnallt, daß sie nicht bloß so nebenher läuten. Und nun noch eins, Kniehase; muß ich zu den Leuten sprechen, muß ich ihnen eine Rede halten?«

»Ja, Herr General, das müssen Sie schon, das geht nicht anders. Und immer scharf ins Gewissen, das haben sie gern, und die Alten sagen dann: ›*Der* versteht's.‹ Und wer's versteht, dem gehorchen sie, und dem folgen sie, und wenn's ihnen auch an Kopf und Kragen ginge. So kenn' ich unsere Leute, gut Beispiel ist alles, gut Beispiel und Mut.«

Bamme nickte.

»Und, Herr General«, fuhr Kniehase fort, »eines wollt' ich mit Permission noch gefragt haben: Wollen der Herr General nicht eine Uniform anlegen? Es ist immer gut, so zweierlei Tuch.«

»Nein, Kniehase, Uniform und Uniform ist ein Unterschied. Ein alter Husarenrock ist nur gut unter seinesgleichen, jeder drückt dann ein Auge zu. Aber allein ist er gefährlich und hat dann so seine Beinamen. Mantel und Pelzmütze, das muß ausreichen, und meine Karbatsche hier.« Und dabei fuchtelte er mit einem dicken Fischbein, das ihm je nach Bedürfnis als Stock und Gerte diente, in der Luft umher.

Während dieser Worte war die Fuchsstute beiseite geführt worden, mit ihr auch ein schöner Grauschimmel, den man als Reservepferd für Hirschfeldt ausgesucht hatte. So vergingen einige Minuten, dann sagte Bamme, der mit dem Schulzen auf und ab geschritten war: »Wie spät ist es, Kniehase?«

»Halb zwölf.«

»Da haben wir noch eine halbe Stunde; wo bleib' ich so lange?«

»Der Herr Pastor steht am Fenster. Wollen der Herr General nicht bei ihm eintreten?«

»Nein, Kniehase, mir ist nicht nach Seidentopf. Und die Totentöpfe hab' ich gestern erst gesehen. Es ist Schlackerwetter, und drüben ist ja der Krug; wem gehört er doch?«

»Den Scharwenkas.«

»Richtig, den Scharwenkas, böhmische Kolonisten.«

»Ja, Herr General; aber alle Stuben sind voll, von wegen der Revue, Bauern und Knechte. Wenn der Herr General mit in den Schulzenhof kommen wollten?«

»Gewiß, Kniehase, mir sehr willkommen. Habe bei den Vitzewitzes allerlei gehört. Sollen eine schöne Tochter haben, einen wahren Ausbund.«

»Pflegetochter, Herr General.«

»Macht mir keinen Unterschied. Die alte herrnhutsche Klucke drüben, die aus Furcht vor mir immer drei Sprüche auf der Zunge hat, hat uns gestern von dem Töchterchen erzählt, so was von Hühnerhof und Schwanenei. Ich gebe nicht viel auf altes Weibergeschwätz, aber ich bin doch neugierig, das Mirakel, das junge Schwänchen, kennenzulernen.«

Damit hatten sie den Schulzenhof erreicht und traten nach links hinein, wo Marie, die das Vorführen und Aussuchen der schönen Pferde mit vielem Interesse beobachtet hatte, am Fenster saß. Sie stand jetzt auf, um das Zimmer zu verlassen; der alte General aber, während er sie mit listigen Augen musterte, sagte: »Bitte, bleiben Sie, Sie sollen mit mir zufrieden sein.«

Und Marie blieb. Bamme nahm einen Stuhl und bemerkte zu dem Schulzen: »Bitte, Kniehase, sagen Sie dem Rittmeister, daß er mich draußen auf der Chaussee erwartet. Ich will von *hier* aus reiten, und lassen Sie der Stute draußen noch eine Decke auflegen; sie kommt von Drosselstein, wird also wohl verwöhnt sein. Ihr Töchterchen erzählt mir unterdessen alte Geschichten. Alte Geschichten, die Sie schon kennen.«

Kniehase ging.

Marie, die nicht das Beste von dem Alten wußte, blieb ziemlich ruhig, ruhiger als gestern in der Kirche. Sie hörte bald heraus, daß er es gut mit ihr meinte und daß Teilnahme und selbst Respekt aus seinen Worten sprachen.

»Ich bin ein alter Mann«, begann er, »und plaudere gern. Am liebsten aber hab' ich Menschen, die anders sind als andere. Und dabei bin ich neugierig wie eine Nachtigall. Da müssen Sie mir denn schon ein paar Fragen zugute halten. Nicht wahr, Sie sind kein Hohen-Vietzer Kind, nicht aus dem Bruch?«

»Nein, ich bin aus dem Sächsischen«, sagte Marie.

»Ah, aus Sachsen«, fuhr Bamme fort. »Ich dacht' es beinah, es hat was auf sich mit dem alten Reim. Und Sie verloren Ihre Eltern früh?«

»Ja, meine Mutter hab' ich kaum gekannt. Dann zog ich mit meinem Vater über Land; aber er kränkelte viel.«

»Sie zogen mit ihm, wie darf ich das verstehen?«

»Wir zogen umher und gaben Vorstellungen: Tanz und Deklamation und Zauberei. Erst in kleinen Städten, dann in Dörfern; und hier starb er. Er hat sein Grab oben auf dem Kirchhof, und der alte Jeserich Kubalke, unser Küster und der Vater von der hübschen Maline, hat ihm eine Grabschrift geschrieben.«

»Und wie kam es *dann*?«

»Ich weinte herzlich, nicht um meiner Not willen, denn ich hatte nicht das Gefühl davon, aber weil ich ihn so sehr geliebt hatte. Noch jetzt häng' ich an ihm und träume von ihm. Sie sehen mich an, Herr General, so freundlich, wie ich nicht gedacht hätte, daß Sie jemanden ansehen könnten. Und das gibt mir einen Mut, von meinem Vater zu sprechen. Ach, die verachteten Menschen, wenn sie gut sind, sind es die besten. Ich habe früh erfahren, wie wenig der Schein bedeutet. Und wie müssen erst unsere Herzen vor Gott liegen, der alles sieht und alles weiß!«

Sie hatte das mit tiefer Bewegung gesprochen; jetzt schwieg sie und sah ein nervöses Zucken um den Mund des Alten, der seinerseits die Frage wiederholte:

»Und wie kam es *dann*?«

»Es kam dann, was Sie jetzt sehen; die Kniehases nahmen mich in den Schulzenhof hinüber. Es war vor Weihnachten, und er baute mich seiner Frau auf, und ich war ihre Puppe. Ich hatt' es gut, zu gut; aber da war die verstorbene gnädige Frau, *die* sah es, und als sie gewahr wurde, daß ich wild aufwuchs und zu sehr meinen Willen hatte, da sorgte sie für das Rechte. Oder wenn's nicht das Rechte war, doch für das, was sie für das Rechte hielt. Sie nahm mich in das Herrenhaus, und da wurden wir zusammen erzogen, Renate und ich, ich meine das Fräulein und ich. Wir waren in gleichem Alter und immer miteinander.«

»Und mit Lewin?« fragte Bamme, den wieder die Lust zu necken anwandelte.

»Ja, auch mit Lewin, bis er in die Stadt kam. Aber wir sind gute Kameraden geblieben.«

»Und bleiben es auch wohl?«

»Ich hoff' es.«

Bei dieser Wendung des Gesprächs war Kniehase wieder eingetreten, um zu melden, daß es Zeit sei; drei von den Bataillonen seien schon auf dem Rendezvous am Wäldchen eingetroffen, und das vierte würde sofort antreten. Das war eine willkommene Nachricht. Der alte General empfahl sich, wickelte sich draußen auf dem Flur in seinen Husarenmantel und schwor einmal über das andere, während er mit unsicherer Hand an seinen Kragenösen herumnestelte, daß er sechs Pflegetöchter ins Haus nehmen wolle, wenn nur *eine* so geriete wie diese kleine Fee. Denn eine Fee sei sie, trotzdem die richtigen Feen blaue Augen haben müßten. Und darnach hob er sich in den Sattel, rückte sich zurecht und warf der am Fenster stehenden Marie Kußhändchen zu, aber mehr freundlich als geckenhaft. Und gleich darauf ritt er ab. Ein sonderbares Bild, der kleine Mann auf dem hohen brandroten Pferde, in Mantel und Pelzmütze und die Steigbügel hochgeschnallt.

Im übrigen war alles, wie Schulze Kniehase gesagt hatte, und als Bamme jetzt in Nähe des zur Revue bestimmten Blachfeldes eintraf, sah er, daß drei der Bataillone bereits regelrecht aufmarschiert waren. Sie standen hufeisenförmig oder in einem Karree, dessen vordere Seite geöffnet war. In diesem Augenblicke meldeten Drosselstein und Vitzewitz, daß auch Bataillon Lebus im Anmarsch sei. Dasselbe rapportierte Hirschfeldt, und der kleine Mann wuchs ordentlich auf seinem hohen Pferde, als er sich von den verschiedensten Seiten her so begrüßt und zum Mittelpunkt aller dienstlichen Meldungen gemacht sah.

Diese Meldungen waren kaum beendet, als man auch schon vom Dorfe her Trommelschlag hörte und zwischen den Pappeln hin einer lang heranziehenden Kolonne gewahr wurde. Es waren unsre Lebuser. Sie marschierten in Abständen von hundertundfünfzig Schritt. Und jetzt waren die Vordersten deutlich erkennbar geworden: Kompanie *Lietzen-Dolgelin*. Ein Alter mit einer Fahne, deren Stock in einem breiten Gurt steckte, schritt rüstig voran, trotzdem sein rechter Fuß etwas kürzer war als der linke.

»Wer ist der Alte?« fragte Bamme den neben ihm haltenden Vitzewitz.

»Rentamtmann Mollhausen von Lietzen. Hat noch unter Markgraf Karl gedient. Bei Kunersdorf Schuß durch die Hüfte.«

»So, so. Und die Fahne, die der Alte führt? Rot und weiß. Hab' ich all mein Lebtag nicht gesehen.«

»Das ist die Komtureifahne mit dem achtspitzigen Johanniterkreuz. Lietzen war Ordensgut.«

Unter diesem Gespräche war »Lietzen-Dolgelin« bis dicht herangekommen und schwenkte rechts, um an den einen Flügel des offenen Karrees zu rücken. Dadurch wurde die zunächstkommende Kompanie sichtbar. Es war die von *Hohen-Ziesar*. Sie hatte die meiste Musik: zwei Trommler und zwei Pfeifer, und die ganze vorderste Sektion bestand aus lauter berittenen Mannschaften: Verwalter und Meier von den verschiedenen Gütern und Vorwerken des Grafen. Dieser selbst, als er seine Leute herankommen sah, setzte sich an ihre Front und führte sie, die Degenspitze neigend, an dem alten Bamme vorüber.

Jetzt kam Kompanie *Hohen-Vietz*. Sie hatte das meiste Ansehen und wurde von den anderen wie eine alte vornehme Familie behandelt. Das machte, weil sie die historische war. Die Lietzner Komtureifahne mit dem achtspitzigen Kreuz wollte nicht viel besagen, denn ihr Fahnentuch war neu, keine dreißig Jahre alt; Kompanie Hohen-Vietz aber hatte noch das siegreiche Kirchenbanner aus den Hussitentagen her und vor allem die große Schwedentrommel, von der jedes Kind in den Bruchdörfern wußte und die jetzt dumpf und eintönig ihren Marsch wirbelte. Es war der Schmied, der sie trug, an einem breiten, mit Muscheln besetzten Lederbande, nicht viel schmäler als der Ledergurt eines Schlittengeläuts. Die Trommelwandung war blau, und der krause Mohrenkopf, der sich in gelbem Schilde auf ebendieser Wandung befand, war durch Seidentopf als der Kopf der Königin Christine festgestellt worden.

Und nun kam Kompanie *Protzhagen*, Hauptmann von Rutze am rechten Flügel und statt des Trommelschlägers einen Hornisten in der Front. Dieser, ein dicker, kurzhalsiger Mann und seines Zeichens Protzhagener Kuhhirt, steckte wie verloren in den Windungen eines riesigen Horns, von dem es hieß, daß es dasselbe sei, drin Junker Hans von Rutze vor hundertundfünfzig Jahren den Hals gebrochen habe. Es gab nur zwei Töne von sich, einen tiefen und einen hohen, von denen der tiefe zum Angriffs- und der hohe zum Rückzugssignal bestimmt worden war. Die Kompanie selbst aber, nach wie vor die beste, war in all ihren Gliedern mit Piken bewaffnet, eingedenk der historischen Tatsache, daß Eusebius von Rutze in der großen Schlacht bei Budapest mit einer Pikenierkompanie das türkische Zentrum durchbrochen hatte. Daraufhin hatte sein Urenkel, unser Hauptmann, allem Dreinreden einzelner zum Trotz auf Piken bestanden, und Bamme – selber ein Freund der blanken Waffe und des Mann gegen Mann – war ihm gern zu Willen gewesen. Er sah jetzt schmunzelnd auf Rutze, der, das sechs Fuß lange Sponton in beiden Händen, gravitätisch an ihm vorbeidefilierte, und wandte sich zu Berndt: »Voilà, der Anmarsch der Protzhagener Gebirgsvölker. Sehen Sie, Vitzewitz, das Monstrum in der blechernen Boa Constriktor. Das reine Horn von Uri.«

Und damit schwenkten auch die Rutzeschen nach rechts hin ein.

Ihr Einschwenken, wie das der letztgenannten Kompanien überhaupt, hätte, wenn es en ligne erfolgt wäre, das bis dahin offene Karree schließen müssen, dadurch aber, daß sie *hintereinander*, zu je zwei und zwei, am rechten und linken Flügel des Hufeisens aufmarschierten, war zwischen ihnen eine breite Gasse freigeblieben, durch die jetzt erst Bamme und dann alle Bataillonskommandeure, die mit auf der Chaussee gehalten hatten, in das Karree einritten.

Die Barnimschen Bataillone, zum Unterschiede von den Lebusischen, hatten viele kleine Kompaniefahnen mitgebracht, rote Frieslappen, in die, wie sich die Landsturmmänner ausdrückten, der »preußische Kuckuck« eingenäht worden war. Diese Fahnen senkten sie jetzt, während zugleich alle Trommeln, große und kleine, gerührt wurden. Der alte General salutierte, ritt die Fronten ab und nahm dann seine Stellung inmitten des Karrees, von seiner Suite und mehreren der Barnimschen Fahnenträger umgeben. Der Moment war nun da, wo gesprochen werden mußte.

Bamme war nicht ängstlich und wußte zu reden, wie jeder, dem es gleichgültig ist, ob seine Rede gefällt oder nicht.

»Leute!« begann er, »in Frankfurt sind fünfzig Kanonen und bloß zweitausend Franzosen. Ein paar hundert mehr oder weniger tut nichts. Wir wollen sie überrumpeln; wollt ihr?«

»Ja, Herr General!«

»Gut, ich hab' es nicht anders von euch erwartet. Denn was sagte der Alte Fritz? ›Wenn ich Soldaten sehen will‹, sagte er, ›so seh' ich das Regiment Itzenplitz.‹ Und das andere Mal sagte er: ›Wenn ich Soldaten sehen will, so seh' ich das Regiment Markgraf Karl.‹ Ja, Leute, so sagte der Alte Fritz. Habt ihr verstanden, was ich meine?«

»Ja, Herr General.«

»Regiment Itzenplitz und Regiment Markgraf Karl, wo waren sie zu Hause?«

»Hier, Herr General.«

»Richtig, hier in Barnim und Lebus. Kerls, sollen wir schlechter sein, als unsere Väter waren? Sollen wir, wenn uns der Alte Fritz ansieht, die Augen niederschlagen?«

»Nein, nein!«

»Es wird nicht viel kosten; die Bürger helfen und die Russen auch. Aber ›wo Holz gehauen wird, fallen Späne‹. Ein paar von uns werden die Zeche bezahlen müssen. Wollt ihr?«

»Ja!«

»Ich wußt' es. Aber nun die Ohren steif. Wer ein Hundsfott ist, kriegt die Kugel vor den Kopf. Ich bin ein spaßhafter Mann, aber wenn es ernst wird, versteh' ich keinen Spaß. Und nun vorwärts! Feldgeschrei ›Zieten!‹ und Losung ›Hohen-Vietz!‹ Das können sie nicht nachplappern … Und wißt ihr, wer sie holen soll, sie und ihren Kaiser?«

»Ja, wir.«

»Nein, der ›Kuckuck‹ soll sie holen«, und dabei wies er auf die kleinen Kompaniefahnen der neben ihm stehenden Barnimschen Fahnenträger.

Diese schwenkten jetzt wieder ihre roten Frieslappen, alle Spielleute fielen ein, und Bamme hatte die Genugtuung, seinen letzten Redetrumpf durch nicht endenwollende Hurras begleitet zu sehen.

Als sich der Lärm einigermaßen wieder gelegt hatte, ritt er grüßend aus dem Viereck auf die Chaussee zurück. Die Bataillone brachen rasch in Sektionen ab und folgten ihm unter Trommelschlag in das Dorf.

Auch das »Horn von Uri« klang abwechselnd mit seinem tiefen und seinem hohen Ton dazwischen.

18. KAPITEL

Der Aufbruch

Die Nachmittagsstunden vergingen rascher, als man erwartet hatte; sämtliche Kommandeure waren zu Tisch geladen, und das Gespräch mit ihnen kürzte die Zeit. Selbst Bamme, als er erst wahrnahm, daß es seinen Geschichten und Anekdoten, aller pressanten Lage zum Trotz, an einem aufmerksamen und dankbaren Publikum nicht fehlte, kam über die gefürchteten Stunden in guter Laune hinweg.

Schon lange vor neun begannen sich die Bataillone zu sammeln und standen nun das Dorf hinauf und hinunter: bei Miekleys Mühle die Vorhut, auf der Straßenerweiterung zwischen dem Krug und dem Schulzenhof die beiden Barnimschen Bataillone, vor dem Herrenhause das Bataillon Lebus. Es war ziemlich dunkel, aber bei dem Lichterschein, der von rechts und links her auf die Gasse fiel, ließen sich die aus Piken und Gewehren zusammengesetzten Pyramiden deutlich erkennen. Vor den Häusern standen die Landsturmmänner im Gespräch mit den Frauen und Mädchen, denn alles, was Waffen tragen konnte, war in Reih' und Glied.

Bamme hielt bei Miekleys Mühle neben einer Art Biwaksfeuer, das hier mitten auf dem Fahrdamme angezündet worden war. Die Pelzmütze tief ins Gesicht gerückt, den Husarensäbel über den grauen Mantel geschnallt, gewährte er jetzt, angeglüht von dem Flammenschein, auf seiner hochbeinigen, roten Fuchsstute einen noch groteskeren Anblick als bei seinem Ritte zur Revue. Neben ihm hielt Hirschfeldt.

Und nun schlug es neun, und ehe noch der letzte Schlag verklungen war, hieß es: »An die Gewehre!« Jeder, der das Kommando hörte, wußte, von wem es kam. Diese scharfe Krähstimme hatte nur einer. Die Landsturmmänner des zunächststehenden Bataillons gehorchten augenblicklich und mit der Präzision alter Soldaten, während Hirschfeldt die Dorfgasse hinaufjagte, um den Befehl von Bataillon zu Bataillon zu bringen. Dann warf Bamme die Fuchsstute links herum, nahm zwischen zwei Holzpfeilern, die den Eingang zum Mühlengehöft bildeten, Stellung und kommandierte: »Bataillon, marsch!« Die Tambours schlugen an, und unter Hurra ging es im Geschwindschritt an dem Alten vorbei, der immer, wenn ein neues Bataillon herankam, die Pelzmütze lüpfte, um wenigstens die vordersten Rotten zu begrüßen. Jetzt kam auch das Bataillon Lebus, das die Nachhut bildete; die Schwedentrommel lärmte, und der Protzhagener Kuhhirt, mit dem Junker-Hansen-Horn, blies unablässig dazwischen. Es klang wie Feuerruf.

Vitzewitz und Drosselstein ließen im Vorbeimarsch präsentieren, und erst als der letzte Mann ihres Nachhutbataillons vorüber war, gab auch Bamme seinen Platz zwischen den zwei Pfeilern auf und folgte an der Queue der Kolonne.

Eine halbe Stunde später war wieder alles still in der Dorfgasse, und nur die Lichter brannten noch bis tief in die Nacht hinein; denn da war kein Haus, dessen Insassen nicht den Zug in Furcht und Hoffnung, mit Sorgen und Gebet begleitet hätten.

So war es auch in der Pfarre. Hier saßen Renate und die Schorlemmer, die gekommen waren, sich Rat und Trost zu holen. Wenigstens galt dies von Renate. Die Schorlemmer hatte selber, was sie brauchte, und nahm ihre Zuflucht lieber zu dem eisernen Bestand ihrer Lieder und Sprüche, die sie, nicht ganz mit Unrecht, für heilskräftiger ansah als alles, was ihr Seidentopf bieten konnte.

Beide (Renate wie die Schorlemmer) waren noch nicht lange zugegen, als auch Marie vom Schulzenhofe her eintrat. Man begrüßte sich herzlich, aber es wollte kein rechtes Gespräch aufkommen, und nachdem einige gleichgültige Worte gewechselt waren, sahen alle schweigend vor sich hin. Immer wieder im Laufe des Tages war versichert worden, daß es sich aller Wahrscheinlichkeit nach nur um ein leichtes Unternehmen handle, daß die Franzosen demoralisiert seien und daß man angesichts dieser Tatsachen einen regelrechten oder gar hartnäckigen Widerstand kaum zu gewärtigen habe; nichtsdestoweniger hatte Hirschfeldts ernste Miene und mehr noch Bammes inmitten aller Heiterkeit unverkennbar hervortretende Unruhe deutlicher gesprochen als alle jene hoffnungsreichen Versicherungen. Die Gefahr sollte geleugnet werden, aber sie war da. So hing jeder allerlei trüben Gedanken nach, am meisten aber Marie. Für Lewin fürchtete sie nichts, es war ihr, als ob irgendein Flammenschild ihn schützen müsse; aber Tubals gedachte sie mit Zittern. War es eine Neigung, ihr selbst zum Trotz? Nein. Es lag nur tief in ihrer Natur, an einen Ausgleich zu glauben, das Mysterium von Schuld und Sühne war ihr ins Herz geschrieben, und ihre geschäftige Phantasie malte ihr dunkle Bilder, wechselnd in der Szenerie, aber ihr Inhalt immer derselbe.

So vergingen Minuten; das Schweigen wurde peinlich, um so peinlicher, als auch der sanguinische Seidentopf, der seiner Natur nach immer mehr hoffte als fürchtete, an diesem Schweigen teilnahm.

Endlich sagte Renate: »Welchen Weg werden sie nehmen? Ich habe den Papa zu fragen vergessen. Am Fluß hin ist es näher, aber der Höhenweg ist besser und nicht so trist und öde.«

»Soweit ich Bamme verstanden habe«, antwortete Seidentopf, »wollen sie bei Reitwein oder doch spätestens bei Podelzig die Kolonne teilen und auf *beiden* Straßen vorgehen, die Barnimschen unten an der Oder, unser Bataillon und die Münchebergschen über das Plateau hin. Beim

Spitzkrug treffen sie dann wieder zusammen. Hirschfeldt hatte den Platz an der kleinen Georgenkirche vorgeschlagen, aber Bamme bestand auf dem Spitzkrug.«

»Das glaub' ich«, sagte die Schorlemmer. »Er ist immer mehr für Krug als Kirche. Und das ist es, was mich ängstigt und meine Hoffnung so niederdrückt.«

Renate nahm die Hand der alten Freundin und sagte: »Ich sehe nicht ein, warum. Weißt du doch nichts von ihm, als was die Leute sagen.«

»Und das ist auch gerade genug. Was die Leute sagen, ist immer wahr, trotzdem die Welt voll Lüge ist. Aber die Lüge läuft sich tot, und was dann bleibt, das ist die Wahrheit. Hast du je gehört, daß sie von dem Grafen drüben etwas Böses sprechen? Nein, und warum nicht? Weil er ein reines Herz hat. Es hat ihm bloß die Erweckung gefehlt und das Licht des Glaubens. Aber was diesem garstigen Bamme fehlt, das ist nicht mehr und nicht weniger als alles, und was er dafür hat, das ist Qualm und Rauch. Und er raucht auch immer (aus einer häßlichen kurzen Pfeife), und durch die ganze Stube hin liegt Asche und Fidibus und Schwamm. Er hat uns Löcher in die Dielen gebrannt, und überall sieht es aus, als ob, ich will nicht sagen wer, fünf Tage lang bei uns im Quartier gelegen hätte. Was soll Gutes davon kommen? O nein, Renatchen, was wir brauchen, das ist die Hilfe Gottes. Der muß seine Engel schicken, daß sie für uns streiten; aber sie können nicht streiten an *dieses* Mannes Seite, denn das Reine verträgt sich nicht mit dem Unreinen.«

»Liebe Schorlemmer«, sagte Marie, »du tust ihm doch wohl unrecht, er wird schwärzer gemalt, als er ist; das hat er mit seinem Vorbilde gemein. Er kam heute vormittag in unser Haus und setzte sich zu mir und sprach mit mir, wohl eine halbe Stunde lang. Ich fürchtete mich keinen Augenblick und jedenfalls ein gut Teil weniger als vor vielen anderen, die keine Bammes sind. Er war sehr artig und sehr teilnehmend, und ich muß sagen, ich habe nichts Häßliches aus seinem Munde gehört. Vielleicht, daß er früher anders war. Er ist klug und kennt die Menschen, und ich glaube, er weiß recht gut, was er sagen darf und was nicht.«

»Marie hat recht«, sagte Seidentopf. »Und zudem, er hat noch eine große Tugend: er heuchelt nicht und macht sich nicht besser, als er ist. Im Gegenteil, er legt sich allerhand Tollheiten zu, denn das menschliche Herz ist wunderlich in seinen Eitelkeiten. Die meisten suchen ihren Vorteil im Tugendschein, er gefällt sich im Schein der Sünde. Ich will nicht alles an ihm loben, aber wenn ich die Summe seiner Fehler ziehen sollte, so würd' ich sagen, er ist eitel und gefallsüchtig und nicht fest in Grundsätzen.«

»Nicht fest in Grundsätzen«, brauste jetzt die Schorlemmer auf. »Das nenn' ich denn doch Beschönigung. Grundsätze? Er hat überhaupt keine, und das ist das Schlimmste. Denn wer keine Grundsätze hat, der ist wie ein Raubtier oder eine Katze. Und wie macht es die Katze? Jetzt schnurrt und spinnt sie noch und wärmt sich an der Ofenecke, aber im nächsten Augenblicke springt sie dem schlafenden Kind an die Kehle. ›Sie hat es für eine Maus gehalten‹, sagen dann die Leute, die für alles eine Entschuldigung haben. Aber ich mag nichts davon wissen. Maus hin, Maus her, die kleine Unschuld ist tot.«

Renate und Marie wechselten Blicke, die Schorlemmer aber, die, so gut sie war, in ihrem Eifer oft aller Liebe vergaß, fuhr immer heftiger fort: »Und mit diesem Manne ziehen sie gegen die Mauern einer festen Stadt, als ob er ein Mann Gottes und ein Auserwählter wäre. Er wird aber den dicken Mann von Protzhagen, dem sie das alte Rutzenhorn um den Nacken gelegt haben, umsonst blasen lassen, denn das alte Rutzenhorn ist keine Posaune, und Bamme, Gott weiß es, ist kein Josua. Denn der hatte das Gesetz, das Gott dem Mose gegeben, und wich nicht zur Rechten und nicht zur Linken. Und so blieb es in Israel, und wenn es arg wurde, weil sie sich mit den heidnischen Völkern mischten und den heidnischen Göttern dienten, dann weckte Gott einen Gottesmann unter ihnen, der schlug dann die Moabiter und Amalekiter und viele andere noch. Und warum schlug er sie? Weil sein Auserwählter dem rechten Gotte diente und die Baalstempel stürzte. Aber dieser Bamme, der nun auszieht, um unsere Feinde zu schlagen, der ist selber ein Heidenkind und möchte jeden Tag dem Baal Tempel und Altäre bauen. Und was ist sein Baal? Das Spiel und der Trunk und die Fleischeslust. Und deshalb sage ich, er wird nicht wiederkehren wie Gideon ...«

»Aber vielleicht wie Jephtha«, scherzte Renate, »und ich werde ihm, wenn er siegreich heimkehrt, mit Pauken und Zimbeln entgegenziehen.«

Seidentopf und Marie vergaßen angesichts dieses Bildes auf Augenblicke wenigstens den

Ernst ihrer Lage, Renate selbst aber, während sie die Hand der Alten nahm, setzte beschwichtigend hinzu: »Sieh nicht so böse darein, liebe Schorlemmer, aber es ist nicht gut, wie du sprichst. Sind wir doch hier in schwerer Stunde beisammen, und die Liebsten, die wir haben, sind ausgezogen, um dem Lande das Zeichen der Erhebung zu geben. Und was tust du? Du malst uns schwarze Bilder, als ob alles untergehen müßte um dieses *einen* Mannes willen. Das ist nicht recht, und ich kenne dich nicht wieder. Um eines Guten willen übt Gott viel Gnade, so hast du mich früher gelehrt, aber er bereitet nicht um eines Schuldigen willen hundert Unschuldigen ihr Verderben. Habe ich recht, lieber Pastor?«

»Ja und wieder ja«, sagte Seidentopf, »und es führt zu nichts, unsere Herzen immer bänger und schwerer zu machen, wo wir uns aufrichten sollen. Der Eifer hat meine alte Freundin hingerissen. Wir haben all' einen Punkt, der eine diesen, der andere jenen, wo wir, wenn wir am gerechtesten zu sein vermeinen, am ungerechtesten werden. Und bei meiner Freundin heißt er: Bamme. Lassen wir den Streit und das Trübesehen und lesen wir ein Wort von der Allmacht und der Gnade Gottes.«

Marie war aufgestanden und holte von der Camera theologica her die große Augsburgsche mit den Eisenzwingen und öffnete die Klammern. Der alte Seidentopf aber las den neunzigsten Psalm: »Herr Gott, du bist unsere Zuflucht für und für. Ehe denn die Berge worden und die Erde und die Welt geschaffen worden, bist du, Gott, von Ewigkeit zu Ewigkeit.«

Darnach erhoben sich die Schorlemmer und Renate, um in das Herrenhaus zurückzukehren. Mit ihnen auch Marie, denn sie wollten die Nacht zusammen bleiben.

19. KAPITEL

Der Überfall

Während in der Pfarre Seidentopf und die drei Frauen in dieser Weise plauderten, rückten die Kompanien auf Frankfurt zu. Einzelne Sterne, kaum hervorgekommen, hatten sich ebenso rasch wieder versteckt, und nur der Schnee, der lag, gab gerade Licht genug, um des Weges nicht zu fehlen. Schweigsam, in dunkler Kolonne ging der Marsch, und wer hundert Schritte seitwärts gestanden hätte, hätte nichts wahrgenommen als einen langen Schattenstrich und dann und wann ein paar Funken aus den kurzen Pfeifen der Landsturmmänner. Die Krähen sahen dem Zuge nach, verwundert, aber ohne sich zu rühren, und nur ein paar von ihnen flogen krächzend auf, um es am Wege hin den andern zu melden. Dabei senkte sich das Gewölk immer tiefer, und jeder empfand es wie Schwüle, trotzdem eine kalte Luft strich.

So kamen sie bis Reitwein, wo noch überall Licht war. Viele von den Dörflern, auch hier meistens Frauen, waren bis auf den Fahrweg hinausgetreten, um ihre in der Kolonne befindlichen Angehörigen zu begrüßen, andere blieben in den Türen stehen und wehten und winkten mit weißen Tüchern, was in dem Dunkel, das herrschte, einen unheimlichen Eindruck machte.

Hinter dem Dorfe teilte sich der Weg. Als die Kolonnenspitze den Gabelpunkt erreicht hatte, schwenkten die Barnimschen Bataillone, ganz wie es Seidentopf vermutet hatte, nach links hin in die Niederung ab, während die andere Hälfte des Zuges auf dem Plateau hin weitermarschierte. Bei dieser zweiten Hälfte befand sich, außer dem Kommandierenden und seinem Adjutanten, auch unser Landsturmbataillon Lebus.

An der Spitze desselben, den vordersten Rotten um fünfzig Schritte voraus, ritten Drosselstein und Vitzewitz. Sie kannten Weg und Steg und hatten auf Bammes ausdrücklichen Wunsch die Führung während des Marsches übernommen. Beiden war nicht plauderhaft zu Sinn; endlich aber, als die letzten Reitweinschen Häuser schon in Büchsenschußentfernung hinter ihnen lagen, begann Drosselstein: »Ein Glück, daß wir Hirschfeldt an der Seite des Generals haben. Er ist kaltblütig und kennt den Krieg.«

»Ja«, bestätigte Vitzewitz. »Und ein Glück um so mehr, als der Alte sich selber mißtraut. Er war eitel genug, das Kommando, das wir ihm anboten und in Anbetracht aller Umstände wohl oder übel anbieten *mußten*, auch wirklich anzunehmen; jetzt aber ist er unsicher, weil er sich seiner Aufgabe nicht gewachsen fühlt. Am liebsten würd' er es jedem einzelnen sagen, und ich rechne es ihm hoch an, daß er darauf verzichtet und sich wenigstens den Leuten gegenüber zum Schweigen zwingt. Er ist kein Mann der ruhigen Überlegung und nur waghalsig für seine Person. Die Verantwortlichkeit drückt ihn. Diese Stunden sind übrigens die schlimmsten. Ist er erst in Aktion, wird er sich selber wiederfinden.«

»Und diese Aktion, wie wird sie ablaufen?« fragte der Graf.

»Ich hoffe, gut; es wäre denn ...«

Drosselstein sah ihn fragend an.

»Es wäre denn«, wiederholte Vitzewitz, »daß uns die Russen im Stich ließen.«

»Ich habe nicht nur Tschernitscheffs Zusicherung, ich habe sie, wie Sie wissen, gestern zum *zweiten* Male empfangen. Er ist kein Mann der Eifersüchteleien.«

»Vielleicht nicht«, antwortete Vitzewitz. »Aber ich kenne die Russen, sie sind launenhaft und lassen es an sich kommen. Dabei haben sie jene glatten gesellschaftlichen Formen, die die Sache nur noch schlimmer machen. Sie versprechen alles und wissen im voraus, daß sie das Versprochene nicht halten werden, wenigstens fühlen sie sich nicht in ihrem Gewissen gebunden. Es fehlt ihnen zweierlei: Ehrgefühl und Mitgefühl. Und Tschernitscheff ist wie die anderen. Es ist möglich, daß er kommt, aber es ist andererseits nicht *un*möglich, daß er *nicht* kommt. Und das ist es, was mir Furcht und Sorge macht.«

Drosselstein suchte zu widerlegen, aber seine Worte verrieten deutlich, daß er im Grunde seines Herzens Berndts Befürchtungen teilte.

In der nachrückenden Kolonne war nach wie vor alles still. Schulze Kniehase führte den ersten Zug, Lewin den zweiten, Tubal den dritten. Zwischen dem zweiten und dritten Zuge ging Hanne Bogun. Bamme, seiner hohen Fuchsstute mißtrauend, hatte auf ein Reservepferd bestanden, und der Scharwenkasche Hütejunge war ausersehen worden, den Shetländer am Zaume nachzuführen. In der ganzen Kolonne war er der einzige, dem es wirklich wohl ums Herze war. Eitel und seit dem Tage, wo die »Suche« stattgefunden hatte, von einem immer wachsenden Dünkel gequält, war er auch jetzt wieder begierig, sich hervorzutun, und zweifelte keinen Augenblick, daß sich die Gelegenheit dazu finden würde. Schon sein Aufzug deutete darauf hin; er trug eine Friesjacke und Leinwandhose wie gewöhnlich, aber über die Jacke war ein breiter Ledergurt geschnallt, in den er einen Schlitz gemacht und ein langes, in der Mitte ausgeschliffenes Messer hineingesteckt hatte. Der ganze Junge das Bild eines frechen Tunichtgut.

Tubal, den die Stille bedrückte, trat ein paar Schritte vor und sagte zu dem Einarm: »Hanne, wie heißt das nächste Dorf?«

»Podelzig.«

»Eine halbe Meile, nicht wahr?«

»Joa; awers de de Voß' meten hett.«

»Wieso?«

»De giwt immer sien'n Swans noch to.«

»Und Podelzig ist halber Weg bis Frankfurt?«

Hanne Bogun nickte.

»Höre, Hanne«, fuhr Tubal fort, »wie war es doch damals, war nicht einer von den Rohrwerderschen aus Podelzig?«

»Joa, Rosentreter.«

»Richtig, Muschwitz und Rosentreter. Nun hab' ich sie wieder. Muschwitz, das war der mit der französischen Uniform und dem Tschako. Weißt du noch?! Was ist denn aus ihm geworden und aus dem andern?«

»De sitten beed' noch.«

»Und die hübsche Frau, die das Kind in dem Schlittenkasten nachfuhr?«

»De sitt ooch noch.«

»Arme Frau.« – Hanne grinste.

»Dat's all nich so schlimm, junge Herr. Rysselmann kachelt in, und upp'n Rohrwerder doa wihr et man küll. Bi Winterdag wüll'n se all insitten; awers wenn de Kalmus kümmt, denn is et wat anners, denn wüll'n se all wedder rut.«

Tubal fragte noch nach dem Spitzkrug und wie weit er vor der Stadt läge. Hanne Bogun wußte aber nichts davon; er war über Podelzig nicht hinausgekommen.

An der Queue der Kolonne ritten Bamme und Hirschfeldt.

»Nun, Hirschfeldt, wie ist Ihnen?«

»Gut, Herr General.«

»Freut mich. Ehrlich gestanden, mir will es nicht glücken; ich bin nicht recht in meinem esse, alles kommt mir zu hochbeinig vor, besonders meine Stute. Und solch Überfall ist doch ein eigen Ding, ein Pferd wiehert, ein Hund blafft, und alle Chancen sind hin. Spielen Sie, Hirschfeldt?«

»Ich habe gespielt.«

»Nun, dann wissen Sie, den einen Tag weiß man ganz genau, daß Treff sieben gewinnen wird, und den andern Tag weiß man es nicht.«

»Und solch ein Tag ist heute?«

»Hol' mich der Geier, ja. Sehen Sie die Krähen an, die hier oben sitzen, sie rühren sich nicht einmal. Sie wissen, daß wir ihnen vor Angst nichts tun werden. Kluge Tiere. Eben ritt ich die Kolonne herunter, Gott, wie das alles schleicht, so schwarz und still, als ob dieser Graben der Fluß in der Unterwelt wäre. Wie hieß er doch?«

»Styx.«

»Richtig, Styx. Der reine Leichenzug. Und ich wette, den Kerls ist auch so zumute. Jeder wäre lieber zu Haus.«

Hirschfeldt lächelte.

»Es ist immer so, General. Die beste Truppe macht ein schief Gesicht, eh' es losgeht. Und nun gar bei Nacht. Die Nacht ist keines Menschen Freund, sagt das Sprichwort, und der Soldat ist auch ein Mensch. Aber die Leute sind gut. Die Pikenkompanie unter dem hagern alten Herrn …«

»Rutze.«

»… Diese Pikenkompanie kann als Muster gelten, und die Kompanie Hohen-Vietz kommt ihr gleich. Sehen Sie solchen Mann wie diesen Kniehase, ein Herz wie ein Kind und ein paar Arme wie ein Athlet. Ich habe mir heute bei der Revue jeden einzelnen scharf angesehen. Es wird alles in allem gut ablaufen, immer vorausgesetzt …«

»Nun?«

»Immer vorausgesetzt, daß uns die Russen nicht im Stiche lassen.«

Bamme nickte und sagte dann zustimmend: »Ich traue dem Tettenborn nicht. Flausenmacher. Will sich in die Zeitungen bringen. Berlin, Berlin. Alles dies hier ist ihm zu wenig, macht nicht Aufsehen genug.«

Es war ganz ersichtlich, daß Bamme den ernsten und beinahe feierlichen Tschernitscheff mit dem etwas leichtfüßigen Tettenborn, der seit vollen drei Tagen auf dem Hohen-Barnim, zwischen Küstrin und Berlin, umherschwärmte, verwechselte. Hirschfeldt war auch willens, den Alten respektvollst darüber aufzuklären, dieser aber fuhr ohne Pause fort: »Sie glauben nicht, Hirschfeldt, was ich an solchen Eitelkeiten alles habe scheitern sehen! Und was noch schlimmer ist als die Eitelkeiten, das sind die Rivalitäten, doppelt und dreifach, wenn sie sich ein politisches oder nationales Mäntelchen umhängen können. Und nun gar diese Russen! Ich wette, daß uns jeder von ihnen eine Schlappe gönnt. Es liegt ihnen daran, der Welt und vielleicht auch sich selber weiszumachen, daß es ohne Kosaken nicht geht und daß überall, wo diese Hilfe fehlt, eine Niederlage sicher ist. Sie gefallen sich in ihrer Befreierrolle, und um so mehr, je neuer ihnen die Rolle ist.«

Unter solchen Gesprächen setzte sich der Marsch der Kolonne fort, und durch die Nacht hin hörte man nichts als den schweren Tritt der Landsturmmänner auf dem hartgefrorenen Schnee und von Zeit zu Zeit das Klappern ihrer Piken und Gewehre, wenn sie diese von der einen Schulter auf die andere legten. Um zehn Uhr passierten sie Podelzig, um elf die Lebuser Schäferei. Von hier aus war es noch anderthalb Stunde; immer schwankender wurde der lange schattenhafte Zug, bis man es von der Oberkirche her Mitternacht schlagen hörte; einige Minuten später hielten alle am Spitzkrug. Die beiden Barnimschen Bataillone waren schon da und standen zu beiden Seiten des Wegs. Eine kurze Rast war unerläßlich; Bamme ließ die Gewehre zusammenstellen, und gleich darauf saßen die Landsturmmänner auf Zaunplanken und Chausseesteinen und wickelten aus ihren Sacktüchern heraus, was ihnen Weib und Kind an Zehrung mit auf den Weg gegeben hatten. Kein Wort fiel; jeder fragte sich still, ob es wohl seine letzte Mahlzeit sei.

Bamme war während dieser Lagerszene in den Spitzkrug eingetreten, in dessen großem, aber niedrigem und spärlich erleuchtetem Gastzimmer er den erwarteten Vertrauensmann der Frankfurter Bürgerschaften bereits vorfand. Aus seinem Rapport ergab sich, daß alle Häuser am Nikolaikirchplatz mit Bürgerwehren besetzt, in der alten Kirche selbst aber die besten Mannschaften versteckt seien, mit denen Othegraven den General Girard gefangenzunehmen gedenke. All dies wurde mit Freude gehört; eine zweite Mitteilung indessen, dahingehend, daß unten am Eingang in die Vorstadt, keine hundert Schritt' vom »letzten Heller« entfernt, eine französische Schildwache stehe, war desto unerfreulicher und nur angetan, ernste Verlegenheiten zu bereiten. Was tun, wie sollte man an dieser Schildwache vorbei?

Der Spitzkrugwirt erbot sich, noch einmal nachzusehen. Bamme war es zufrieden und ließ inzwischen die Brigade wieder antreten. Er selbst hielt am rechten Flügel, in Front des Bataillons Lebus. Nicht lange, so war der Wirt zurück und bestätigte, daß ein französischer Wachtposten vor dem Sankt Georgshospitale schildere.

»Verdammt!« sagte Bamme, »dieser Kerl ist mir im Wege. Wir müssen ihn beschleichen und niederstoßen. Freiwillige vor!«

Aber keiner rührte sich. Nur Hanne Bogun trat aus Reih' und Glied und sah dem General entschlossen, aber frech und widerwärtig ins Gesicht. Er hatte das lange Messer, das ihm bis dahin zur Seite gehangen hatte, mehr nach vorn hin in den Ledergurt geschoben und hielt es mit seiner einen Hand umfaßt.

Bamme gab dem Jungen einen Jagdhieb und sagte: »Nichts für dich, Hanne«, worauf dieser grinsend zurücktrat, um wieder den Zaum des Shetländers zu nehmen, den er einen Augenblick abgegeben hatte.

Eine peinliche Pause folgte.

Endlich hörte man Kniehases Stimme vom rechten Flügel her: »Wenn es sein *muß*, Herr General ...«

Und es lag etwas in dem Ton und Ausdruck dieser Worte, das eines tiefen Eindrucks nicht verfehlte. Bamme, der mit unter diesem Eindruck war, preßte seine Fuchsstute dicht an die Schulter des athletischen alten Mannes und sagte dann: »Nein, Kniehase, lassen wir's. Es muß *nicht* sein.« Und damit fiel ein Stein von aller Brust. Ein Vorschlag, der schon vorher gemacht worden war, wurde wieder aufgenommen und im Einklange damit beschlossen, die lange Vorstadt ganz zu vermeiden, vielmehr dicht neben derselben hin, im Schutze des sogenannten »Donischberges«, eines mit Werft und Strauchwerk bestandenen Hügelrückens, bis an die Altstadt vorzudringen. Erst hier, am Tore selbst, sollte dann coûte que coûte der Kampf aufgenommen werden.

Und sofort jetzt, unter Belassung eines den Rückzug sicherstellenden Bataillons am Spitzkruge, wurden alle nötigen Kommandos für den Vormarsch gegeben. Die beiden Barnimschen Bataillone setzten sich über das Plateau hin in Bewegung, um die weiter südlich gelegenen Tore zu gewinnen, während das Bataillon Lebus die mehrgenannte Hügelstraße hinunterrückte. Dicht vor dem »letzen Heller« bog es nach rechts hin ab und marschierte zunächst in aufgelöster Ordnung, immer zwischen den Windungen des Donischberges hin, auf die ringförmige Esplanade zu, die den Kranz der Vorstädte von der Altstadt trennte.

Kompanie *Hohen-Vietz* hatte die Tête. Als sie den Platz am Graben erreicht und mit der Raschheit alter Soldaten sich wieder rangiert hatte, setzte sich Vitzewitz an die Spitze der Seinen, zog den Degen und ritt im Galopp gegen die Dammbrücke vor, die, über den Graben weg, auf das alte Lebuser Tor zuführte. Dieses war geschlossen, und durch das obere Gatter fielen einzelne Schüsse. Kümmritz, der schon anno vierundneunzig als »Kugelfang« gegolten hatte, erhielt einen Streifschuß, gleich darauf einen zweiten, ohne daß seine gute Laune oder die der Zunächststehenden gestört worden wäre; jetzt aber stürzte der Sohn des alten Bauers Püschel zusammen, Kugel durch die Brust, und Vitzewitz, zurückprallend, murmelte vor sich hin: »Der erste Tote.«

Alles stockte; Schreck und Ratlosigkeit. Es ging nicht weiter.

In diesem Augenblicke jagte Bamme die lange Kolonne herauf, bis in die Front des Zuges, und mit seinem dicken Fischbein auf die zweiräderigen Karren zeigend, die nach rechts hin in der von ihm Tages zuvor schon wohlbemerkten Torausbuchtung standen, rief er Kniehase zu: »Vier Mann vor! Ich kenn' unsere Stadttore; wurmstichig wie Bierpfropfen. Ran! Und weg mit dem Bettel!«

Und krach, da lag es, und unter Hurra brachen jetzt unsere Vordersten in Alt-Frankfurt ein. Alles vom Feinde floh in die Wache; nur der Posten vorm Gewehr, ein Voltigeur mit einem Spitzbart, hielt noch aus, und Vitzewitz hob eben den Arm, um ihn in Revanche für den Toten, der draußen vor dem Gattertore lag, niederzuhauen, als Hanne Bogun aalglatt an ihm vorbeischoß und den Voltigeur von der Seite her niederstach.

»Petit crevé!« rief der tödlich Getroffene und sank zu Boden.

Der Rest des Bataillons rückte nach, und als sich in den nächstfolgenden Minuten alles auf dem Brückendamm und zum Teil auch schon unter dem tiefen Torgewölbe gesammelt hatte, gab Bamme Befehl, daß Kompanie Hohen-Vietz, und zwar unter Befehl Kniehases, als zunächst verfügbare Reserve bei der von ihr erstürmten Torwache verbleiben, Vitzewitz selbst aber (dessen Rats er nicht entbehren mochte) ihn auf dem weiteren Vormarsch in die Stadt hinein begleiten solle. Ebenso Hanne Bogun mit dem Shetländer.

Kaum daß diese Befehle gegeben waren, als sich auch schon die lange Kolonne nach vorn hin in Bewegung setzte: Kompanie Hohen-Ziesar vorauf, dann Lietzen-Dolgelin, dann Rutze mit seinen Pikenieren. Als der letzte Mann vorüber war, warf Bamme seine Fuchsstute herum, gab ihr die Sporen und setzte sich en ligne mit Drosselstein, der mittlerweile schon das Gassengewirr der Innenstadt erreicht hatte.

»Links schwenkt!« Die Führer wiederholten das Kommando, und ohne daß irgendeine Stokkung oder Unordnung stattgefunden hätte, defilierten alle drei Kompanien auf den öden Kirchplatz, an dessen einer Ecke das Turganysche Haus gelegen war. Diesseits war noch alles in Halbdunkel; kaum aber daß unsere Landsturmmänner an beiden Seiten der Kirche vorbei den abwärts gelegenen Teil des Platzes erreicht hatten, als sich ihren Blicken ein völlig verändertes Bild entgegenstellte. Vor dem Gasthofe mit den verschnittenen Linden standen zahlreiche Bürgerwehren, in allen Etagen schimmerte Licht, und ehe Bamme noch Zeit zu Überblick und Orientierung gefunden hatte, meldete Othegraven, daß General Girard und sein Stab gefangengenommen und auf Ehrenwort in ihren Zimmern belassen worden seien. Nur eine schwache Abteilung unter Major Rudelius habe die Bewachung des Hauses und der Gefangenen übernommen.

Bamme nickte, lobte das Verhalten der Bürger und führte dann seine Kompanien in die breite, aber kurze Straße hinein, die, wie schon bei früherer Gelegenheit hervorgehoben, vom Kirchplatze her auf den Flußkai mündete. Und jetzt war dieser Kai erreicht, und ein Ausruf allgemeinen Erstaunens wurde laut. An der anderen Seite des Flusses standen der Holzhof und das Bohlenlager in Flammen, während nach rechts hin die Brücke brannte. Das Feuer drüben stieg hoch und hell in den Nachthimmel hinein, über der Brücke aber, die, des nassen Holzes halber, mehr schwelte als brannte, lagen Rauch und Qualm in dichten Wolken, aus denen nur dann und wann eine dunkle Glut auflohte.

Der alte General kommandierte: »Halt!« und ließ seinen rechten Flügel, die Drosselsteinschen, unmittelbar am Brückenaufgange Stellung nehmen. Hier hielt er auch in Person. Als er aber wahrnahm, daß er von dieser Position aus nicht Umblick genug habe, ritt er auf die Brücke selbst hinauf und postierte sich in Nähe des Feuers, das ihm zugleich eine Art Deckung gewährte. Und nun übersah er die langen Linien von Freund und Feind.

Nach links hin die *Seinen*, ein Bild, das ein altes Soldatenherz wohl erfreuen konnte. Erst die berittenen Mannschaften von Hohen-Ziesar, dann die Komtureifahne von Lietzen-Dolgelin (achtspitziges Kreuz im roten Feld), dann Rutze mit niedergesenktem Sponton und hinter diesem die schmucken Uniformen der Frankfurter Bürgerschützen, grün und goldbordiert – alles sichtbar im hellen Feuerschein des brennenden Holzhofes. In Front der langen Aufstellung aber Drosselstein und Vitzewitz, als Unterbefehlshaber an beiden Flügeln.

Und ebenso klar sah er drüben den *Feind*. In Trupps von zehn und zwanzig Mann standen die Voltigeurs am Ufer hin, ersichtlich ohne Führung. – Aber diese sollte nicht lange mehr auf sich warten lassen; Offiziere zu Pferde jagten am Kai hin auf und ab, aus dem Gassengewirr der Dammvorstadt lärmten Trommeln und Hörner, und ehe zehn Minuten um waren, erschienen geschlossene Grenadierkompanien, an ihren hohen Bärenmützen deutlich erkennbar, und nahmen Stellung zwischen der Brücke und dem brennenden Holzhof, während die Voltigeurs allmählich die Böschung hinabzusteigen und einen Weg über das Eis hin zu gewinnen suchten. Mit vielem Geschick avancierten sie, je nach den Signalen sich sammelnd oder wieder trennend, und stutzten erst, als sie mitten auf dem Fluß der breiten Rinne gewahr wurden, die die Kietzer Fischer in das Eis gehauen hatten. An Überspringen war nicht zu denken, dazu war die Rinne zu breit; so mußten sie wieder zurück, um entweder Bretter herbeizuschaffen oder weiter flußabwärts, wo das Aufeisen mutmaßlich ein Ende hatte, den Übergang zu versuchen.

Bamme sah diese Rückwärtsbewegung und freute sich ihrer. Aber so viel sie für den Augenblick bedeutete, so bedeutungslos war sie, wenn die Hilfe ausblieb, auf die diesseitig gerechnet war. Waren die Russen in die Dammvorstadt eingedrungen? Hatten sich die Barnimschen Bataillone der beiden andern Stadttore bemächtigt? Bammes scharfes Ohr horchte nach rechts und links, aber kein Ton wurde laut, der ihm diese Frage bejaht hätte. Immer gewisser wurd' es ihm, daß er, wenn Tschernitscheff ausblieb, in diesem ungleichen Kampfe unterliegen müsse.

Das Bild, das sich ihm mittlerweile darstellte, konnte dieser trüben Erwartung nur als Bestätigung dienen. Die bis an die Rinne vorgedrungenen Voltigeurs waren kaum wieder am Ufer zurück, als sie mit der dem französischen Soldaten eigenen Raschheit sich in ihrer Lage zurechtzufinden und allerlei Hilfen auszukundschaften wußten. Ohne Kommandos abzuwarten, griffen sie nach dem, was der Moment erheischte, und während einige zupackten, um ein paar der am Ufer liegenden Flachboote die Böschung hinab und auf das Eis zu schieben, hatten sich andere der an den Pappelweiden hin aufgestellten Bootshaken bemächtigt, mit denen sie nun auf den brennenden Holzhof zuliefen und oben in die Bohlen- und Bretterlager einhakten, um diese niederzureißen. Es glückte. Viele dieser Bretter waren erst angeglimmt, und sie rasch durch den Schnee ziehend, bis die Flämmchen erloschen waren, schleppten sie sie jetzt über das Eis hin bis wieder in die Mitte des Flusses, wo denselben Augenblick auch ein paar eben eingetroffene Flachboote rasch und geschickt in die Wasserrinne hinabgelassen wurden. In weniger als einer Viertelstunde war die Pontonbrücke fertig, und über dieselbe weg avancierten jetzt die Vordersten, während sich vom Ufer her immer größere Voltigeurtrupps und zuletzt auch geschlossene Grenadierkompanien in Bewegung setzten. En avant! Und dazwischen am Kai hin und auf dem Eise das Schmettern der Clairons.

Diesseits aller örtlichen Vorteile beraubt, mußte sich's nun zeigen, wer der Stärkere sei. Der erste Ansturm, der sich gegen die Frankfurter richtete, mißlang; aber ohne durch dieses abermalige Scheitern in die geringste Verwirrung zu geraten, schoben sich die französischen Kolonnen einfach weiter links, wo mehrere nebeneinanderliegende Holz- und Torfkähne ihnen eine vorzügliche Deckung gewährten. Um so vorzüglicher, als die Schiffsrumpfe gerade mannshoch waren, so daß die Angreifer kaum getroffen werden konnten.

Über diese Schiffsrumpfe hinweg entspann sich nun ein Feuergefecht, dessen endlicher Ausgang um so weniger zweifelhaft sein konnte, als die hier stehenden Pikeniere den Kampf nicht nur ohne Deckung führen, sondern, schlimmer als das, auch das feindliche Feuer aushalten mußten, ohne es ihrerseits erwidern zu können. Der Mut der Rutzeschen sah sich hier auf eine harte Probe gestellt. Sie kamen zuletzt ins Schwanken, und da Vitzewitz Anstand nahm, sich an die neben ihm stehenden Drosselsteinschen um Hilfe zu wenden, die bei der immer wachsenden Ausdehnung des Gefechts jeden Augenblick selbst angegriffen werden konnten, entschloß er sich, auf eigene Verantwortung bis an die Torwache zurückzureiten und seine daselbst untätig haltenden Hohen-Vietzer heranzuholen.

Auch Bamme, von seiner Brückenstellung aus, hatte die Rückwärtsbewegung der Rutzeschen Pikenmänner wahrgenommen, und in voller Wut auf sie losjagend, rief er ihnen schon von weitem zu: »Stillgestanden! Gewehr zur Attacke rechts!« Und siehe da, sie gehorchten wirklich, legten die Piken ein und gingen wieder bis halb an die Böschung vor. Aber eben jetzt von links und rechts her einschlagende Kugeln erneuerten nicht bloß das Schwanken, sondern steigerten es noch, und Bamme sah im Nu, daß es unmöglich sein werde, die Rutzeschen en ligne mit den übrigen Kompanien zu halten. Nichtsdestoweniger warf er sein Pferd herum, um wenigstens einen Versuch zu machen, die Weichenden von hinten her wieder vorzutreiben. Und hierbei traf er auf den Protzhagenschen Hornisten, der ängstlicher noch als alle anderen nach Deckung suchte.

»Ins drei Deibels Namen, Horn von Uri, blas!« rief er und hieb mit dem Fischbein auf den verwirrten Hornbläser ein. Dieser, der Macht des Kommandoworts gehorchend, schob, ohne zu wissen, was er tat, sein altes Rutzenhorn zurecht und begann zu blasen, aber, in der Angst seines Herzens, statt des Angriffs- das Rückzugssignal. In diesem Augenblicke (ein Glück für den Protzhagenschen) erhielt die rote Fuchsstute Bammes eine Kugel, so daß diese mitsamt ihrem Reiter zusammenstürzte. Aber mit merkwürdiger Raschheit war der Alte wieder auf, bestieg den Shetländer, den Hanne Bogun in Bereitschaft gehalten hatte, und saß im nächsten Augenblicke wieder fest im Sattel.

»Ah!« sagte er, während er sich behaglich zurechtrückte, und alles Zwanges los, den ihm das »Generalspferd« von Anfang an auferlegt hatte, hatte er nun endlich sich selber wieder. Er schob das Fischbein unter den Sattel und zog den Husarensäbel, den er »Anno 95« geschworen hatte nicht wieder ziehen zu wollen.

Er hatte sich selber wieder, aber auch nichts mehr, denn die gesamte Lage war inzwischen nicht besser geworden. Die Voltigeurs, immer weiter nach rechts sich dehnend, hatten flußabwärts, an Stellen, wo das Aufeisen ein Ende nahm, ihren Übergang bewerkstelligt und schickten sich an, aus allen Nebengassen vorbrechend, unsere gesamte Aufstellung von Seite und Rücken her zu nehmen. Und schlimmer als alles, auch die wenigen, diesseits in Bürgerquartieren untergebrachten Franzosen, die sich bis dahin ruhig und versteckt gehalten hatten, gewannen jetzt wieder Mut und schossen aus den Fenstern ihrer Häuser. Es waren namentlich die Drosselsteinschen, die von diesem Fensterfeuer arg betroffen wurden, und als gleich darauf, »pour combler le malheur«, wie der Graf vor sich hinmurmelte, auch die drüben am »Goldenen Löwen« stehenden Grenadierabteilungen ein Salvenfeuer mitten durch den Qualm und Rauch der brennenden Brücke hin abgaben, kam ein Schwanken in die ganze Linie.

Es stand in Wahrheit hoffnungslos; nichtsdestoweniger flackerte die Hoffnung noch einmal auf, als in eben diesem bedrohtesten Augenblicke vom Kirchplatze her der feste Tritt der heranmarschierenden Hohen-Vietzer vernehmbar wurde.

»Hurra, Kinder!« rief Bamme, »das ist die Schwedentrommel«, und unter dem Jubel der Pikeniere, die momentan wieder zum Stehen gebracht worden waren, rückten jetzt unsere Freunde in die vorderste Linie ein.

Berndt erkannte vom Sattel aus sofort, daß sich, eben jetzt, um die bis dahin siegreich verbliebenen Frankfurter Bürgerschützen eine geschickt angelegte Schleife zusammenzuziehen begann, und in höchster Erregung seinen drei vordersten Sektionen zurufend: »Vorwärts!... Nicht schießen, Bajonett!« spornte er, bevor er noch wahrnehmen konnte, ob man ihm folge oder nicht, sein Pferd mitten in den Knäuel hinein, gerade auf die Stelle zu, wo er den mit einem alten Kavalleriesäbel sich nach links und rechts hin wie wahnsinnig verteidigenden Konrektor deutlich erkannt hatte. Aber freilich, eh' er noch an diesen herankonnte, wär' er sicherlich vom Pferde gerissen und ein Opfer seines Muts und seiner Hilfebereitschaft geworden, wenn ihm nicht seine Hohen-Vietzer dicht und mit Ungestüm gefolgt wären, so dicht, daß er inmitten aller Aufregung und Verwirrung dennoch jeden einzelnen zu erkennen glaubte. Er sah, daß Kniehases Stirn blutete, und daß Grell, der in dem wirren Durcheinander seine Kappe verloren hatte, von einem französischen Offizier niedergehauen wurde. Dann aber umschleierte sich alles vor seinen Augen, Schüsse fielen, französische und deutsche Fluchwörter, und als er eine Minute später aus dem Knäuel wieder heraus war, mußte er wahrnehmen, daß all ihre Anstrengungen nichts erreicht hatten und daß es mißglückt war, Othegraven zu befreien. Wer außer Grell noch gefallen oder gefangen war, ließ sich im Momente nicht mit Bestimmtheit übersehen. Lewin wurde vermißt; aber er konnte zu den Versprengten und Abgedrängten gehören, von denen sich in jedem Augenblick verschiedene wieder einfanden.

Nach diesem allem konnt es sich nur noch darum handeln, möglichst rasch und mit möglichst wenig Verlust aus der Frankfurter Falle wieder herauszukommen. Bamme gab Befehl erst zum Abbrechen des Gefechtes, dann zum Rückzuge. Die Pikeniere rückten über den inzwischen leer und lichtlos gewordenen Platz, dann folgte Hohen-Ziesar, dann Lietzen-Dolgelin. Die Hohen-Vietzer, die noch den meisten Halt hatten, deckten den Rückzug. Dieser ging in Ordnung, bis die Spitze der Kolonne das alte Lebuser Tor erreichte. Hier, von Flintenschüssen des wieder ins Gewehr getretenen französischen Wachkommandos empfangen, gerieten die Vordersten ins Schwanken und gleich darauf in eine Verwirrung, die sich bald dem ganzen Zuge mitteilte und während des Marsches durch die Vorstadt hin eher steigerte als minderte. Die lange Straße lag im Dunkel, hier Wagen, dort umgestülpte Fischerboote hemmten die Passage, und viele der ermüdeten Landsturmmänner glitten aus oder stürzten in die Gossen und Löcher, an denen kein Mangel war.

»Licht!« schrie Bamme. »Verdammte Sottmeiers, stecken Häuser an und wollen Lichter sparen. Licht sag' ich, oder den roten Hahn auf euer Dach.«

Und dabei schlug er mit seinem Fischbein, zu dem er wieder seine Zuflucht genommen hatte, an die Haustüren und Fensterläden. Das half; einzelne Lichter erschienen, und man sah jetzt wenigstens, wo man war. So ging es in schwankender Linie die nicht endenwollende Vorstadt entlang, am Sankt Georgshospitale vorbei, bis sie zuletzt am »letzten Heller« hielten. Die Rotten wurden abgezählt; Lewin fehlte noch immer.

Das am Spitzkrug zurückgelassene Bataillon war schon vorher aus freiem Entschluß bis an den Fuß des Berges hinabgestiegen.

Ein Trost, aber auch der einzige.

Das Lämpchen brannte noch immer in der vergitterten Nische und die beiden »Nonnen« hielten nach wie vor ihre welken Kränze dem Gekreuzigten entgegen.

Bamme sah eine Weile in die Nische hinein und sagte dann zu dem neben ihm stehenden Hirschfeldt: »Hier, Hirschfeldt, hier ist unser Platz, hier am ›letzten Heller‹. Hier wurd' es geplant, und hier geht es zu Ende. Ich hatt' eine Ahnung davon. Der letzte Heller. Da *haben* wir ihn!«

20. KAPITEL

Der andere Morgen

In die Nacht und dann allmählich in den dämmernden Tag hinein war der Rückzug gegangen, die Kolonne während des Marsches immer kleiner werdend. Schon am Spitzkrug waren die Barnimschen Bataillone, bei Reitwein die Kompanien Hohen-Ziesar und Lietzen-Dolgelin abgeschwenkt, und nur der verbleibende Rest, darunter die Rutzeschen Pikeniere, rückte bis Hohen-Vietz.

Es schlug sieben, als sie bis dicht an Miekleys Mühle heran waren. Ein schwerer, graugelber Nebel senkte sich, und nur die Vordersten konnten das Gehöft erkennen. Dazu herrschte peinliche Stille; die dicke Luft dämpfte den Ton, und es war, als schlichen sie heran. Bamme fühlte das und wollte damit ein Ende machen. »Vorwärts, Hirschfeldt«, rief er, »vorwärts mit der ganzen Janitscharenmusik! Wir wollen nicht ohne Sang und Klang einrücken, als kämen wir recte von der Armensünderbank. Zeigen wir unser gutes Gewissen, oder tuen wir wenigstens so.« Und durch den Nebel hin wirbelte die Hohen-Vietzer Trommel, und einzelne Töne des Rutzeschen Hornes fielen ein. Alles dumpf und trübe, und jedem, der es hörte, ging es durch Mark und Bein. Endlich hielten sie. »Gewehr ab!« Es war der Platz zwischen dem Krug und dem Schulzenhof; in den Häusern war Licht, aber niemand zeigte sich auf der Straße. Berndt und Bamme hatten noch eine kurze Beratung wegen Unterbringung der Pikeniere; dann gab die Trommel das Signal, und alles rückte in die Quartiere ab. Ehe fünf Minuten um waren, waren nur noch unsere Freunde da, schweigsam und unschlüssig, was zu tun. Keinen drängte es, die Schwelle des Herrenhauses wieder zu betreten, wußte doch jeder: Unglücksboten kommen immer zu früh. Endlich sagte Berndt, indem er auf den Schulzenhof hinwies: »Ich habe noch ein Wort mit Kniehase zu sprechen. Bitte, General, melden Sie mich bei meiner Tochter. Oder Tubal, du.«

Bamme nahm Hirschfeldts Arm, und Tubal folgte. So schritten sie die Dorfgasse hinauf bis an das Herrenhaus. Jeetze stand in der Glastür und schien mit seinem verwunderten Blick nach dem alten und jungen Herrn zu fragen. »Noch im Dorf«, sagte Bamme und setzte dann in halblautem Tone hinzu: »Kommen Sie, Hirschfeldt, ich liebe keine Familienszenen. Am wenigsten solche.« Und damit ging er nach dem Korridor, der in sein Zimmer führte. Nur Tubal blieb zurück. Was war zu tun? Sollte er bei Renaten eintreten? Er konnt' es nicht; so warf er sich in einen alten neben dem Kamin stehenden Lehnstuhl, in dem Jeetze die Nacht zugebracht hatte.

Berndt war nicht auf den Schulzenhof zugeschritten; er hatte nur allein sein wollen und folgte jetzt den Voraufgegangenen in kurzer Entfernung. Ihm schlug das Herz, und langsam, als ob er eine zu schwere Last trüge, schwankte er erst an der Pfarre und dann an Bauer Püschels großem Gehöft vorüber. Da drinnen war auch Trauer: der einzige Sohn gefallen.

Das nächste Gehöft war das von Kallies. Zwischen beiden lief ein Ligusterzaun, und einige der dürren Zweige streiften ihm das Gesicht, als er daran vorüberging. Er blieb stehen und sann und horchte und griff dann in die Zweige hinein, um sich zu halten, denn er fühlte, daß er dem Umfallen nahe sei.

»Alles gescheitert«, sagte er. »Und ich hab' es so gewollt. Gescheitert, ganz und gar. Soll es mir ein Zeichen sein? Ja. Aber ein Zeichen, daß wir unser Liebstes an ein Höchstes setzen müssen. Nichts anderes. Dies ist keine Welt der Glattheiten. Alles hat seinen Preis, und wir müssen ihn freudig zahlen, wenn er für die rechte Sache gefordert wird.«

So sprach er zu sich selbst. Aber inmitten dieses Zuspruchs, an dem er sich aufzurichten gedachte, ergriff es ihn mit neuer und immer tieferer Herzensangst, und sich vor die Stirn schlagend, rief er jetzt: »Berndt, täusche dich nicht, belüge dich nicht selbst. Was war es? War es Vaterland und heilige Rache, oder war es Ehrgeiz und Eitelkeit? Lag bei *dir* die Entscheidung? oder wolltest du glänzen? Wolltest du der erste sein? Stehe mir Rede, ich will es wissen; ich will die Wahrheit wissen.«

Er schwieg eine Weile; dann ließ er den Zweig los, an dem er sich gehalten hatte, und sagte: »Ich weiß es nicht. Bah, es wird gewesen sein, wie es immer war und immer ist, ein bißchen gut, ein bißchen böse. Arme kleine Menschennatur! Und ich dachte mich doch größer und besser. Ja, sich besser dünken, da liegt es; Hochmut kommt vor dem Fall. Und nun welch ein Fall! Aber ich bin gestraft, und diese Stunde bereitet mir meinen Lohn.«

So war er bis auf den Hof seines Hauses gekommen. In der Halle fand er Tubal, der, erschöpft von der Anstrengung, in Jeetzes Lehnstuhl eingeschlafen war. Neben ihm lag Hektor. Als dieser seines Herrn ansichtig wurde, sprang er auf und drängte sich an ihn, aber ohne sonst ein Zeichen der Freude zu geben. Berndt streichelte das kluge Tier, warf einen Blick voll stillen Neides auf den schlafenden Tubal und schritt dann auf die Tür zu, die nach dem Eckzimmer führte. Er legte die Hand auf den Griff und zögerte noch einmal. Aber es mußte sein. Nur die beiden Mädchen waren da. Renate flog ihm entgegen. »Mein einzig lieber Papa«, rief sie und hing an seinem Halse. Dann ließ sie von ihm ab und fragte wie sein Gewissen: »Wo ist Lewin?«

Der alte Vitzewitz rang, ein Wort zu finden. Endlich in einem Tone, in dem sich der ganze Jammer seines eigenen Herzens aussprach, sagte er: »Ich weiß es nicht.«

»Also gefangen, tot?«

»Nein, nicht tot, noch nicht.«

Angst und Zittern ergriffen Renaten, aber in demselben Momente sah sie, daß Marie schwankte und wie leblos zu Boden stürzte. Berndt war von dem Anblick wie mitgetroffen. Ihm schwindelte unter dem Andrang alles dessen, was auf ihn einstürmte; endlich riß er sich aus seiner Betäubung und zog die Klingel. Jeetze kam, gleich darauf auch die Schorlemmer; alles lief und rannte; er selber aber war geschäftig, Marie wieder aufzurichten. Als ihm dies geglückt, sah er, daß sie aus einer Stirnwunde dicht neben der linken Schläfe blutete; sie war auf den scharf vorspringenden Kaminfuß gefallen. Endlich von ihrer Ohnmacht sich wieder erholend, verlangte sie nach dem Schulzenhofe gebracht zu werden, wozu sich Maline weniger aus Mitleid als Neugier sofort bereit erklärte. Durfte sie doch hoffen, unten im Dorfe mehr zu hören als im Herrenhause, wo jeder sich einschloß und schwieg. Selbst auf Bamme, trotzdem seine Klausur aufgehört hatte, war nicht viel zu rechnen.

Als Berndt und Renate wieder allein waren, sagte jener: »Was war es mit Marie? Ich hätte sie für fester gehalten.«

Renate schwieg.

»Er ist dein Bruder«, fuhr Berndt fort. »Und doch, du trugst es.«

Eine Pause folgte, während welcher Renate den Blick zu Boden senkte. Endlich antwortete sie: »Sie liebt ihn.«

Der alte Vitzewitz, nach allem, was er eben mit Augen gesehen hatte, schien eine Antwort wie diese erwartet zu haben und sagte deshalb ruhig: »Und er – weiß er davon?«

»Nein.«

»Bist du dessen gewiß?«

»Ja, ganz gewiß. Nie verriet sie sich, weder mit Wort noch Blick. Und hätte sie's, Lewin hätte kein Auge dafür gehabt; er war blind in seiner Liebe zu Kathinka.«

Berndt schritt im Zimmer auf und ab, und die widerstreitendsten Empfindungen bekämpften sich in seiner Brust. Einen Augenblick zuckte es spöttisch um seinen Mund, daß des »starken Mannes« Kind in das alte Haus der Vitzewitze kommen solle, aber dann schwand aller Spott wieder, und die nächstliegende Not gewann allein Gewalt in seinem Herzen, die Not um den einzigen Sohn. »Wie rette ich ihn?« Und es war, als ob er vor sich selber ein Gelübde täte: »Gott, ich lege jeden Stolz zu deinen Füßen; demütige mich, ich will stillhalten; alles, alles; nur erhalte mir ihn.«

Renate, während Berndt auf- und abgeschritten war, war ihm mit den Augen gefolgt. Sie wußte genau, was in seiner Seele vorging, und sagte jetzt: »Bitte, Papa, sage mir alles. Was ist es mit ihm? Verschweige mir nichts!«

Er nahm ihre Hand. »Ich habe dir nichts verschwiegen, Kind. Dunkel und Ungewißheit ist alles. Ich weiß nicht mehr als du. Aber eines weiß ich nur zu gut: wir müssen alles fürchten, alles, auch wenn in diesem Augenblicke Gottes Sonne noch über ihm scheint. Mit den Waffen in der Hand gefangen! Sie werden ihn vors Kriegsgericht bringen, und …«

»Wie kam es?« unterbrach ihn Renate. »Sprich, ich möchte von ihm hören, mich an etwas aufrichten, und wenn es an nichts anderem wäre als an dem eitlen Troste getaner Pflicht oder bewiesenen Mutes.«

»Und diesen Trost kann ich dir gewähren. Es war ein Handgemenge; sie hatten Othegraven umzingelt, und wir wollten ihn freimachen. So ging es hinein in den Knäuel. Als wir wieder heraus waren, fehlte Lewin. Anfangs hofften wir noch, denn es fehlten viele, die sich nach und nach wieder zu uns fanden; aber Lewin blieb aus. Kein Zweifel, er ist gefangen.«

»Und was tun wir?«

»Was uns allein noch bleibt: Gottes Barmherzigkeit anrufen. Mögen ihm alle guten Engel zur Seite stehen! Wir können nichts mehr.« Und damit verließ er das Zimmer und ging in sein Kabinett hinüber.

Hier war es kalt und unwirsch. Jeetze hatte zu heizen vergessen; dazu lag Staub auf Tisch und Stühlen. Aber Berndt sah es nicht oder glitt gleichgiltig mit dem Auge darüber hin, während er doch in dem Widerstreit, der in solchen Momenten unsere Seele zu füllen pflegt, seinen Sinn auf andere, fast noch gleichgiltigere Dinge richtete. Er sah, daß an dem Schlüsselbrett die Schlüssel falsch hingen, und begann nun alles nach Nummer und Reihe zu ordnen. Dann schritt er auf das Fenster zu und starrte minutenlang auf die russischen Karten und Pläne, die hier immer noch an den breiten Klappläden angeklebt waren. »Minsk, Smolensk, Bialystok.« Und er wiederholte die Namen, auf- und abschreitend, immer wieder und wieder. Endlich blieb er vor dem Bilde stehen, das über seinem Arbeitstische hing, und seine Augen füllten sich mit Tränen. »Geliebte«, sprach er vor sich hin, »wie preis' ich Gott, daß dir *diese* Stunde nach seinem gnädigen Ratschluß erspart geblieben ist. Ach, daß ich wäre, wo du bist. Frieden allein ist bei den Toten.«

Er ließ sich auf das Sofa nieder und begann ein Frösteln zu fühlen. Da lag sein Mantel, den Jeetze, statt ihn anzuhängen, einfach über die Lehne geworfen hatte. Das traf sich gut. Er zog ihn an sich und wickelte sich ein. »Minsk, Smolensk …« Aber nun schwand ihm das Bewußtsein, und er schlief.

Er schlief fest und lange. Mittag war vorüber, als ihn ein Klopfen an der Tür weckte. Es war schon das drittemal. »Herein!« Jeetze meldete, daß der alte Rysselmann gekommen sei.

»Laß ihn vor. Gleich.«

Der alte Rysselmann trat ein, steif und geradlinig wie immer, das Haar nach hinten gekämmt, seinen Rohrstock unterm Arm und das Gerichtsdienerblechschild auf dem langen, blauen Stehkragenrock. Er blieb an der Tür stehen und grüßte militärisch; neben ihm Jeetze, der das Zimmer zu verlassen zögerte. »Bleib nur«, sagte Berndt, der das Zögern des Alten wohl verstand, »du willst auch wissen, wie es steht. Du liebst ihn auch … Ach, wer nicht?« Und dabei strich er sich leis und verstohlen über Stirn und Augen. Dann erst trat er auf den alten Gerichtsdiener zu und sagte: »Nun, Rysselmann, was bringt Ihr?«

»'n Brief vom Herrn Justizrat.«

»Gutes drin?«

Der Alte schwieg. Er konnte nicht ja sagen, und das Nein wollte ihm nicht über die Lippen.

Berndt wog den Brief hin und her, den er sich zu öffnen scheute, denn jetzt mußt' es sich entscheiden. Er musterte den Alten einmal, zweimal und fand zuletzt, daß er alles in allem nicht aussah wie einer, der eine Todesnachricht bringe. »Ich will den Brief lesen – aber allein ... Und dann noch eins, Rysselmann; wißt Ihr ...«

»Ja, gnädiger Herr, eins weiß ich.«

»Und?«

»Der junge Herr lebt.«

Des alten Vitzewitz Händen entfiel der Brief, und seine Lippen flogen. Er konnte nicht sprechen. Als er sich wieder gefaßt hatte, trat er auf Jeetze zu, legte seine Hand auf des alten Dieners Schulter und sagte, während er ihn in freudiger Erregung schüttelte: »Hast du's gehört, Alter? Er lebt! Und nun sorge mir für Rysselmann. Er hat uns Gutes gebracht, bring ihm wieder Gutes. Nein, bring ihm das Beste. Hier hast du den Schlüssel; unten links, wo der spanische liegt. Hol' ihm eine Flasche, mein alter Jeetze. Und du sollst mittrinken. Hast du's gehört? Er *lebt!*«

Jeetze küßte seinem Herrn die Hand und zitterte und zimperte hin und her. Dann ging er, während Rysselmann ihm folgte. Berndt, als er allein war, öffnete den Brief und überflog ihn. Es war, wie der alte Gerichtsdiener gesagt hatte. Er verließ nun selber das Kabinett, um sich in das Eckzimmer zu den Frauen hinüber zu begeben. Er traf nur Renate, die bang und fragend auf ihn zueilte. »Noch ist Hoffnung, Kind. Und nun rufe die Schorlemmer.« Erst als diese gekommen war, setzten sie sich um den runden Tisch, und Berndt las:

»Hochgeehrter Herr und Freund!

Ich habe die traurige Pflicht, Ihnen anzuzeigen, daß der Kampf dem Feinde zwei Gefangene in die Hände fallen ließ: Ihren Sohn und den Konrektor Othegraven. Ihr Sohn wird im Laufe des Vormittags unter Eskorte nach Küstrin geschafft werden, Konrektor Othegraven wurde bei Tagesanbruch am Lohhof erschossen. Mir liegt nach dieser kurzen, vorgängigen Mitteilung nur noch ob, Ihnen über den Tod dieses Tapferen zu berichten. Ich schlief seit kaum einer Stunde, als ich durch eine französische Ordonnanz geweckt wurde, die mir anzuzeigen kam, daß einer der Gefangenen, der Konrektor Othegraven, mich zu sprechen wünsche. Ich kleidete mich rasch an, und der junge Soldat führte mich nach der alten Nikolaikirche hinüber, an deren Ausgängen französische Doppelposten standen. Innen sah es scharf aus; auf einer Schütte Stroh lagen die Toten; der erste, den ich sah, war Kandidat Grell.

In der Sakristei traf ich Othegraven. Er saß in einem hochlehnigen, alten Chorstuhl, und die Tür stand offen, so daß er den Blick auf die Kanzel frei hatte. Er wies darauf hin und sagte: ›Sehen Sie, Turgany, hier hab' ich zum ersten Male gepredigt. Mein Text war: ‚Selig sind die Friedfertigen'. Und dies ist nun das Ende. Das Kriegsgericht hat gesprochen, und binnen hier und einer Stunde ist es mit mir vorbei.‹ Ich nahm seine Hand, und da von Rettung oder Begnadigung keine Rede sein konnte, so fragte ich nach seinem Letzten Willen und ob ihm das Scheiden schwer würde. Er verneinte es und setzte hinzu, daß er einmal gelesen habe, wie das Leben einem Gastmahl gleiche. Jeder habe den Wunsch, auszudauern; aber wer in der Mitte des Mahles abgerufen würde, fühle bald nachher, daß er wenig versäumt habe. Und das sei wahr. Er für seinen Teil wünsche nur erst über die Trommelwirbel und das Augenverbinden weg zu sein; auch mißtraue er den Franzosen und ihrem Schießen. ›Sie tuen alles unordentlich, und den Hofer haben sie massakriert.‹ Er hing diesem Gedanken eine Weile nach und sagte dann, ehe ich noch eine weitere Frage an ihn gerichtet hatte: ›Ich habe niemand; meine kleine Sammlung fällt an Seidentopf, alles andere an das Hospital dieser Kirche. Und nun wollen wir Abschied nehmen, Turgany. Grüßen Sie diese tapfere Stadt, die mir so teuer geworden ist, und sagen Sie jedem, der es hören will, daß ich in der Hoffnung auf Jesum Christum, aber zugleich auch in dem festen Glauben stürbe, mein Leben an eine gute Sache gesetzt zu haben. Ich habe gepredigt: ‚Selig sind die Friedfertigen', aber es ist auch geboten, uns zu wehren und für unser Leben und Gesetz zu streiten.‹

Und danach schieden wir. Für immer.

Eine Stunde später ward ich zu General Girard befohlen. Ein echter Franzos, menschlich und von edler Gesinnung. ›Ich konnt' es nicht ändern‹, empfing er mich. ›Ein Aufstand in unserm Rücken und von ihm geleitet; er mußte sterben. So will es das Gesetz des Krieges und unsere Sicherheit. Nach seinen Mitschuldigen frag' ich nicht; Ihr Volk lehnt sich jetzt wider uns auf, und wir müssen sehen, wie wir durchkommen.‹ Und danach entließ er mich sichtlich bewegt, nachdem er hinzugefügt hatte, daß der ›Directeur adjoint‹, wie er ihn nannte, ›comme un vieux soldat‹ gestorben sei.

Wir haben ihn dicht neben der Kirche, wo noch ein eingegittertes Stück von dem alten Kirchhof übrig ist, begraben. Neben ihm Hansen-Grell.

Ich schließe mit dem herzlichen Wunsche, daß der Transport Ihres Sohnes nach Küstrin ein erster Schritt zu seiner Begnadigung oder vielleicht auch zu seiner Befreiung sein möge.

Turgany.«

Das erste Gefühl, als Berndt den Brief aus der Hand legte, war das des tiefsten Dankes.

Renate umarmte und küßte den Vater, und der Schorlemmer, die nie weinte und stolz darauf war, fielen die Tränen auf die gefalteten welken Hände. Sie hatte kein Wort, und selbst ihre Sprüche versagten ihr.

Lewin lebte noch, noch also war Hoffnung. Aber eine rechte Freude wollte trotz alledem nicht aufkommen, und wenn alle bis dahin von dem Schrecken beherrscht gewesen waren, ihn vielleicht schon verloren zu haben, so beherrschte sie jetzt die Furcht, ihn jeden Augenblick verlieren zu können.

So verging eine halbe Stunde; Renate hatte das Zimmer verlassen, um auf dem Schulzenhofe nach Marie, die Schorlemmer, um draußen nach der Wirtschaft zu sehen. Denn was auch geschehen möge, das Herdfeuer brennt und mahnt uns an den Anspruch und das Recht des alltäglichen Lebens. Berndt seinerseits war allein geblieben; er sann und plante und verwarf wieder. Als die Stutzuhr eben zwei schlug, erschien Jeetze und meldete, daß angerichtet sei.

Wie gewöhnlich, seitdem Besuch im Hause war, war in der Halle gedeckt worden. Bamme trat auf Vitzewitz zu, um ihm zu der »guten Zeitung« zu gratulieren; aber es klang frostig. Jeder konnte den Zweifel heraushören, nicht an der Sache selbst, aber an ihrem Wert. Man setzte sich; Berndt fragte nach Marie, nach Kniehase, nach Rysselmann; bald aber hob er die Tafel auf, an der, aller Anstrengungen unerachtet, nur wenig gesprochen worden war. Alles erschien ihm wie Versäumnis, ehe man nicht wenigstens einen Plan verabredet hatte. Er zog sich in sein Arbeitskabinett zurück und ließ eine Viertelstunde später die Herren bitten, ihm dahin folgen zu wollen.

In dem Zimmerchen war es inzwischen freundlicher geworden; ein Feuer brannte, und der alte Mantel, der über der Lehne gehangen hatte, hing jetzt am Riegel. Der General und Hirschfeldt erschienen zuerst, nach ihnen Tubal. Alle drei zu placieren, würde bei der Enge des Raumes nicht leicht gewesen sein, wenn nicht Bamme, der es warm liebte, dicht an den Ofen gerückt wäre. Hier saß er mit untergeschlagenen Füßen und rauchte, mehr einem Götzenbilde als einem Menschen ähnlich.

Jeetze kam und reichte Kaffee, nach dem jeder mehr oder weniger begierig war. Und wirklich, die Tassen waren kaum geleert, als eine bessere Stimmung Platz zu greifen begann. War denn die Lage wirklich so hoffnungslos? Nein. Berndt nahm das Wort und erklärte, daß er in der Furcht der Franzosen, in ihrer mutmaßlichen Scheu vor einem zweiten zu statuierenden Exempel den besten Teil seiner Hoffnung sehe. »Girard oder Fournier«, so schloß er, »macht keinen Unterschied; sie wissen, daß ihre Tage hier herum gezählt sind, und werden sich hüten, den schon straffen Bogen noch weiter zu überspannen.«

Bamme wollte von diesem Troste nichts wissen; Hirschfeldt widersprach nicht geradezu, sah aber alles wirkliche Heil nur in einem selbständigen Vorgehen. Solange der Hals in der Schlinge stecke, wiederholte er, sei von Sicherheit keine Rede; ein Ungefähr, eine Laune, und die Schlinge ziehe sich zu. »Können wir uns auf Turganys Brief verlassen (und ich glaube, daß wir es können), so treten die Küstriner Herren nicht eher als morgen mittag oder nachmittag zusammen. Selbst wenn die Würfel schwarz fallen, woran leider nicht zu zweifeln, so haben wir vor übermorgen früh nichts zu befürchten. Füsilladen sind Früh- und Morgensache. Das ist so alter

Brauch. Was also unsererseits zu geschehen hat, muß diese Nacht geschehen oder in der nächstfolgenden. Diese Nacht – unmöglich, vorausgesetzt, daß wir der Mitwirkung unserer Leute dazu bedürfen. Auch die besten halten solche Schlappe nicht aus. Also morgen; morgen nacht.«

Berndt und Bamme waren einverstanden, auch damit, daß man es mit List versuchen wolle. Hoppenmarieken sollte dabei helfen. Diese, wie Berndt sehr wohl wußte, lebte mit der Küstriner Garnison auf dem allerbesten Fuße; war sie doch jedem einmal mit Kauf oder Kuppelei zu Diensten gewesen. Westfalen oder Franzosen machte dabei keinen Unterschied, ja, die letzteren hatten eine besondere Vorliebe für sie und gestatteten ihr um ihrer grotesk-komischen Erscheinung oder vielleicht auch um ihrer gemutmaßten Geistesschwäche willen überallhin Zutritt. Daß Hoppenmarieken selbst, eitel und abenteuersüchtig, wie sie war, gegen Übernahme der ihr zugeteilten Rolle Bedenken erheben würde, daran war gar nicht zu denken; eine andere Frage blieb freilich, ob ihr auch in allen Stücken zu trauen sei. Man ließ dies indessen fallen, und Berndt schickte nach dem Forstacker, um sie herbeiholen zu lassen. Aber sie war von ihrem gewöhnlichen Tagesmarsche noch nicht zurück. So wurde beschlossen, die Besprechung mit ihr bis auf den andern Morgen zu vertagen. Bamme wollte dabei zugegen sein.

Hiernach trennten sich alle und zogen sich auf ihr Zimmer zurück. Was noch zu tun war, waren Dinge, die sich mit Kniehase besser als mit jedem anderen erledigen ließen; dieser kam denn auch, beschaffte und ordnete alles Nötige und war bei Dunkelwerden wieder auf dem Schulzenhofe.

Sein erster Gang, als er wieder daheim war, war zu Marie, bei der er, seiner eignen Wunde wenig achtend, den größten Teil des Tages zugebracht hatte.

Er setzte sich auch jetzt wieder an ihr Bett und horchte und fragte; ihr aber, als sie diese vom herzlichsten Mitgefühl eingegebenen Fragen hörte, kam der stille Vorwurf zurück, in allen voraufgegangenen Stunden immer nur an Lewin und nicht ein einziges Mal an ihn gedacht zu haben, an ihn, der jetzt so liebreich zu ihr sprach und vom ersten Tage an nur Güte und Nachsicht für sie gehabt hatte. Sie klagte sich ihrer Selbstsucht an und vergoß bittere Tränen. Er aber wollte davon nichts wissen und wiederholte nur einmal über das andere: »Laß, Kind; das ist die Jugend.« Und dann beruhigte sie sich und ließ sich wieder erzählen. Ach, wie schlug ihr das Herz höher, als sie von Turganys Brief hörte: Othegraven war tot, aber Lewin *lebte.* Und das bedeutete alles! Dieselbe Selbstsucht, deren sie sich eben noch bezichtigt hatte, war wieder da. Und sie wußte es kaum.

Ihre Stirn wurde gekühlt; der Blutverlust aus der Wunde galt für ein gutes Zeichen, und ihr Befinden war nicht schlecht. Sie lächelte vor sich hin, wenn Bammes und Rutzes und ihrer Haltung während des Straßenkampfes Erwähnung geschah. Erst gegen Abend stellte sich Fieber ein, und sie begann nun leise vor sich hin zu sprechen: »Wenn nur Othegraven da wäre ... der würde helfen ... mir zuliebe.« Und dann nannte sie des alten Füllgraf Namen und dann den des alten Küstrinschen Kastellans, der ein Vetter von den Kümmritzens war und den sie nun in ihren Phantasien inständigst bat, den »jungen Herrn« in seinem Schlosse verstecken zu wollen, »mitten im großen Saal, da würd' ihn niemand suchen«.

So vergingen die Stunden, und die Bilder drehten sich im Kreise. Aber eine Stunde nach Mitternacht ließ das Fieber nach, und sie schlief ein.

21. KAPITEL

»Dat möten wi«

Es war noch nicht sieben am andern Morgen, als Hoppenmarieken in ihrem gewöhnlichen Aufzuge die Dorfgasse heraufkam. In Front des Herrenhauses bog sie nach rechts hin ein und musterte die lange, dunkele Fensterreihe. Nur in den zwei Eckfenstern des ersten Stockes war Licht. »He is all bi Weg'«, sagte sie und schritt auf die Glastür des Hauses zu.

Und sie hatte recht gesehen. Berndt war schon seit einer Stunde auf und saß oben in seiner Amts- und Gerichtsstube. Mit ihm Bamme, der, nach einem ersten Versuche, sich wieder in

Nähe des stark überheizten und beinahe glühenden Ofens zu placieren, schließlich seinen Rückzug auf das Fenster hin hatte nehmen müssen. Von diesem aus sah er jetzt Hoppenmarieken über den Hof kommen. Er war in einem Kostüm, das, kaum minder auffällig als das der alten Forstackerhexe, selbst Berndt einen Augenblick in Erstaunen gesetzt hatte: enger schwarzer Schlafrock von Sammetmanchester, roter Wollschal und gelbe Filzschuhe. Dazu die kurze Morgenpfeife.

Und nun klopfte es.

»Herein!«

Die Alte trat ein, blieb aber – mit ihrer Kiepe sich an die Türpfosten lehnend – in respektvoller Entfernung von ihrem »gnädigen Herrn« stehen, mehr aus Gewohnheit als aus Furcht, da sie wohl gemerkt hatte, daß man ihrer bedürfe.

»Dag, gnäd'ger Herr«, sagte sie mit ihrer tiefen und rauhen Stimme und nickte, als Berndt ihren Gruß erwidert hatte, mit derselben Vertraulichkeit auch nach der Fensterecke hinüber. »Dag, Genral.«

»Kennst du mich denn?« fragte dieser und blies behaglich ein paar Wölkchen aus seinem Meerschaum.

»I, wat wihr ick denn uns'n lütten Genral nich kennen? Ick wihr jo mit bi de Revü buten un hebb' allens siehn: Rutzen un sine Piken, un den dicken Protzhagenschen mit sine Füertut'. Jott, wie segg de ut! Un denn Drosselstein'n sine rote Voßstut' mit de lange Been'. Ne, Genralken, dat wöhr nix för Se.«

»Da hast du recht, Hoppenmarieken. Ich seh', du hast einen guten Blick, und das nächste Mal werd' ich dich fragen.«

Sie lachte.

»Dat dohn Se man, Genralken. De Dummen, so as wi ick, de sinn ümmer de Klöksten.«

Berndt sah, daß er das Gespräch unterbrechen müsse, denn solche Vertraulichkeiten waren gerade das letzte, was er brauchen konnte. »Stell deine Kiepe hin, Marieken, und tritt hier an diesen Tisch. Hierher, daß ich dich besser sehen kann.«

Sie verlor einen Augenblick ihre sichere Haltung, brummte allerhand unverständliches Zeug und tat dann, wie ihr geheißen.

»Du weißt, Hoppenmarieken –«

»Ick weet.«

»Und du weißt auch, daß sie kurzen Prozeß machen. Der Konrektor ist erschossen auf dem Lohhof, da, wo die große Pappel steht. Ein Wunder, daß sie Lewin noch aufgespart haben. Aber wie lange? Sie haben ihn nach Küstrin gebracht, und wir müssen ihn freikriegen.«

»Dat möten wi, dat möten wi.«

»Und du sollst helfen.«

»Dat will ick.«

»Gut, so steck' dies Knäuel ein und spiel es ihm heimlich zu. Er sitzt auf Bastion Brandenburg; Mencke hat mir's gestern abend geschrieben. Übereile nichts, laß dir Zeit' und wenn es auch Mittag wird. Aber sei schlau, so schlau, wie du sein kannst, wenn du willst, und vergiß nicht, es hängt Leben und Sterben dran.«

»Ick weet, ick weet.«

Der alte Vitzewitz schwieg eine Weile, während welcher Zeit Hoppenmarieken das Knäuel in ihre Kiepe packte; dann fuhr er fort: »Und nun tritt noch einmal hierher und paß auf und höre, was ich dir zu sagen habe.«

Hoppenmarieken gehorchte.

»Hier, wo du jetzt stehst, hier hat Lewin für dich gebeten, und weil er für dich bat, und bloß deshalb hab' ich dich laufen lassen. Sonst säßest du jetzt bei Wasser und Brot. Und das schmeckt dir nicht, denn du hast gern was Gutes.«

»Jo, dat hebb' ick.«

»Sprich nicht. Du sollst mich hören. Und so sag' ich dir denn: sieh dich vor. Ich habe viel Nachsicht und Geduld mit dir gehabt und die Augen öfter zugemacht, als recht war, aber wenn du wieder doppeltes Spiel spielst, so sei dir Gott gnädig. Kobold, ich trete dich unter die Füße und würge dich mit diesen meinen Händen.«

Er hatte diese Drohung in innerster Erregung gesprochen; aber ihre Wirkung auf Hoppenmarieken war nur gering. Sie schüttelte bloß den Kopf, und ohne sich im übrigen im geringsten eingeschüchtert zu fühlen, wiederholte sie nur immer: »Gnäd'ge Herr, de junge Herr!« und salutierte dabei mit ihrem Hakenstocke, zum Zeichen, daß man sich auf sie verlassen könne. Es war dies auch besser und bedeutete mehr, als wenn sie bekräftigungshalber ihre Schwurfinger erhoben hätte. Dann griff sie wieder nach der Kiepe, lehnte den Rat, der ihr noch gegeben wurde, »sich womöglich an die Westfalen zu machen«, mit der Bemerkung ab: »Ne, ick geih to de lütten Franzosen – de passen nich upp«, und verließ einen Augenblick später das Zimmer.

Erst als sie zwischen den zwei Auffahrtspfeilern war, machte sie noch einmal mit militärischer Promptheit kehrt und grüßte nach dem Eckfenster hinauf. Wußte sie doch ganz bestimmt, daß der alte General ihr nachgesehen habe. Dieser lachte denn auch, nahm seinen kleinen Meerschaum in die Linke und warf ihr mit der Rechten Kußfingerchen zu.

»'s bleibt doch ein Prachtexemplar, Vitzewitz«, sagte er. »Ich wollte, ich hätte so was in Groß-Quirlsdorf.«

Berndt schwieg und stützte den Kopf. Nach einer Weile sagte er:

»Bamme, Sie sind ein Menschenkenner. War es nicht gewagt, unser Spiel auf *diese* Karte zu setzen? Können wir ihr trauen?«

»Unbedingt.«

»Und warum? Weil ihr altes Hexenherz an Lewin hängt?«

»Vielleicht auch deshalb. Etwas muß das Herz haben. Und je weniger es hat, desto fester hängt es dran. Es stirbt dafür. Gut oder böse macht keinen Unterschied.«

Berndt nickte.

»Aber«, fuhr Bamme fort, »das ist es nicht, weshalb ich ihr traue. Ich trau' ihr, weil sie klug ist. Wissen Sie, was sie jetzt denkt?«

»Nun?«

»Die Franzosen werden nicht ewig im Lande Lebus bleiben, aber die Vitzewitze noch lange.«

»Und?«

»Und Bündnisse schließt man nur mit Dauermächten. Auch wenn man Hoppenmarieken heißt.«

22. KAPITEL

Im Weißkopf

In denselben Stunden, in denen der über Lewins Gefangenschaft Auskunft gebende Brief den Weg von Frankfurt nach *Hohen-Vietz* hin machte, machte Lewin in Person den Weg von Frankfurt nach *Küstrin*. Nur die Breite des Flusses lag zwischen ihnen, und der alte Rysselmann, wenn er schärfer zugesehen hätte, hätte die französischen Eskortemannschaften erkennen müssen, die drüben am neumärkischen Ufer ihre Straße zogen. Es waren Voltigeurs, ausgesuchte Leute, die man unter den Befehl eines alten, schon in Spanien gedienten Sergeanten gestellt hatte. Und solche Vorsichtsmaßregeln waren mit gutem Grunde getroffen worden, denn hatten es die Russen auch tags zuvor an gutem Willen und jedenfalls an Worthalten fehlen lassen, so waren sie doch in der Nähe, durchschwärmten die Neumark und machten sich recht eigentlich eine Aufgabe daraus, kleine feindliche Kommandos wegzufangen. Das erheischte nur geringe Opfer und machte von sich reden. Dieser Sachlage waren sich die Begleitmannschaften auch voll bewußt und ließen es, um schlimmstenfalles nicht ohne Fürsprache zu sein, an Aufmerksamkeit gegen ihren Gefangenen nicht fehlen. Mußten sie doch fürchten, jeden Augenblick selber Gefangene zu werden.

Aber ihre Befürchtungen erfüllten sich nicht; die Kosaken, nach denen auch Lewin von Zeit zu Zeit ausgesehen hatte, kreuzten nirgends ihren Weg, und nachdem um Mittag die Kirch-Göritzer ausgebauten Häuser und bald darauf auch die Pulvermühlen von ihnen passiert worden waren, trafen sie Punkt zwei vor der Festung ein und lieferten ihren Gefangenen auf dem alten Küstriner Schloßhof ab. General Fournier d'Albe tat ein paar Fragen, die trotz aller Kühle doch Teilnahme verrieten, musterte die schlanke Gestalt Lewins und gab dann Befehl, ihn auf dem »Weißkopf« unterzubringen.

Lewin erschrak, als er diesen Namen hörte.

Der »Weißkopf« war ein auf Bastion Brandenburg stehender Rundturm, eigentlich nur das mannshohe Fundament eines solchen, von dem die Sage ging, daß es zwei, drei Tage vor der Hinrichtung Kattes als Schafott für diesen aufgemauert worden sei. Dies alles war nun freilich durch einige lebusische Spezialhistoriker, darunter auch unser Seidentopf, als nicht stichhaltig nachgewiesen worden; aber stichhaltig oder nicht, die bloßen Vorstellungen, die sich infolge dieser Sage an ebendiese Örtlichkeit knüpften, reichten gerade hin, den Gedanken eines vor einem Kriegsgericht Stehenden eine sehr trübe Richtung zu geben.

Und nach diesem »Weißkopf« hin wurde Lewin nun wirklich abgeführt. Ein Gefreiter und zwei Mann nahmen ihn in ihre Mitte, und unser Gefangener fürchtete schon, den Rest des Tages und vielleicht auch die Nacht in einem kellerartigen Gewahrsam zubringen zu müssen, als er im Näherkommen zu seinem Troste wahrnahm, daß auf dem mannshohen Unterbau des Turmes noch ein nicht unfreundlich aussehendes, aus Fachwerkwänden aufgeführtes Turmhäuschen stand, an das sich von außen her eine Holztreppe lehnte, acht oder zehn halbausgebrochene Stufen.

Und vor diesen Stufen hielt jetzt das Kommando. Der Schlüssel zu der kleinen eisenbeschlagenen Obertür fehlte, fand sich indes schließlich, als der Kastellan vom Schloß her herbeigeholt worden war, der nun öffnete und den Gefangenen eintreten ließ. Der Alte, solange der Gefreite da war, zeigte sich einsilbig und mürrisch genug; Lewin aber, aller mangelnden Menschenkenntnis unerachtet, konnte doch leicht erkennen, daß dieses einsilbig mürrische Wesen nur äußerlich angenommen war. Er durfte sich in der Folge und unter vier Augen mehr Entgegenkommen von dem Alten versprechen. Vorläufig schloß dieser wieder ab, schob zum Überfluß noch einen Riegel vor und folgte dann dem abrückenden Wachkommando.

Und nun war unser Gefangener in seinem Turmzimmer allein.

Aber war es denn ein Zimmer? Die Mansardenstuben der alten Hulen hatten ihn nicht verwöhnt, und doch waren es Palasträume, verglichen mit diesem Erstenstockzimmer im »Weißkopf«. Es hatte fünf Schritt im Quadrat, und wenn er sich aufrichtete, berührte seine Filzkappe die Decke. »Wie lebendig begraben!« sagte er und schritt auf das Fenster zu, um wenigstens frische Luft einzulassen. Der rechte Flügel, den er zuerst öffnete, hing nur in der oberen Haspe, so daß er ihn um des Windes willen, der wehte, rasch wieder schließen mußte; mit dem linken Flügel aber ging es besser, und er hakte das Ösenstäbchen ein und sah nun den Fluß und das Land hinauf, das als ein Bild winterlicher Schöne vor ihm lag. Und alles in dem Bilde kannte er, und alles war ihm wohlvertraut. Da nach links hin die weite Fläche mit den Weidenbüschen am Ufer, das war die Krampe, wo die Kirch-Göritzer ihre Schlacht geschlagen hatten, und dahinter, an den Kusseln erkennbar, lief der Hohlweg, den er, als er mit Tubal von Dr. Faulstich kam, bei halbem Dunkelwerden passiert hatte. Und nun gar nach rechts hin ins Bruch hinein! Da dehnten sich, nur durch Pappelwege verbunden, die Gorgaster und Neu-Manschnower Gehöfte, und mitunter war es ihm, als sähe er den Hohen-Vietzer Turm und das Kreuz darauf, blitzend in der Nachmittagssonne. Lange hing er dem Bilde nach, dann zog er den Fensterflügel wieder heran und durchmaß den engen Raum.

Fünf Schritt. In der Quere noch weniger, denn hier stand eine Bettlade. In dieser lagen vier, fünf Bretter, und zu Füßen lehnte ein Binsenstuhl, tief eingesessen, mit einzelnen, nach unten hängenden Halmen. Sonst nichts; nur ein paar eingekratzte Herzen in der Wand, und vier, fünf Namen darunter. Französische Namen. Also Neues, nichts Altes, nichts aus den Katte-Tagen her, und Lewin war so trostbedürftig, daß er in diesem geringfügigen Umstand einen Trost für seine bedrückte Seele fand.

Eine Stunde mochte vergangen sein, als er wieder Tritte draußen hörte und gleich darauf den Alten eintreten sah, der inzwischen den Namen seines Gefangenen erfahren hatte und nun kam, um sich nach den Wünschen des »Junkers« zu erkundigen. Der General, so verschwor er sich, habe alles erlaubt, und was er *nicht* erlaubt habe, darüber würden zwei Landsleute doch miteinander reden können. »Nicht wahr, Junkerchen? Und dann, Junkerchen, es wird nichts so heiß gegessen, wie es vom Feuer kommt. Und der letzte Trost ist immer: ›*einen* Tod kann der Mensch bloß sterben.‹«

»Ja«, sagte Lewin, »aber wann?«

»Ei, noch lange nicht. Ihr Sand, Junkerchen, ist noch nicht durchgelaufen. Bei Ihnen hat die Predigt erst angefangen. Und der Sand muß durch, eher ist es mit keinem nich vorbei.«

Lewin dankte dem Alten für seinen Zuspruch und bat ihn um ein Nachtessen, was es sei, am liebsten eine Suppe. Aber nicht vor sieben Uhr. Wenn er ein Buch habe, so solle er es ihm schikken; er wolle sich ans Fenster setzen, solang es noch Tag sei, und sich die Zeit mit Lesen vertreiben.

Der Alte versprach alles, und nicht lange – die kleine Schloßturmuhr schlug eben vier –, so wurden draußen Stimmen laut, und ein Klappen wie von Holzpantinen ließ sich auf den Treppenstufen vernehmen. Gleich darauf öffnete sich auch wieder die kleine Tür, und ein breitschulteriger, allem Anscheine nach auch riesengroßer Chasseur à pied – der, vornübergebückt, sich abmühte, ein breit zusammengeschnürtes Bündel durch die zu schmale Türöffnung hereinzuziehen – wurde von hinten her sichtbar. Ein altes Weib, mit vielem Kupfer im Gesicht, stand noch auf den Stufen draußen und schob nach. Endlich war das Bündel durch, und der Chasseur machte jetzt Front und begrüßte den Gefangenen mit einem halb gutgelaunten, halb spöttischen: »Bon jour, camarade«, in gleichem Tone hinzusetzend: »Voici votre équipage!«

Lewin erwiderte den Gruß und musterte den jetzt aufrecht vor ihm stehenden Chasseur, der in seiner ganzen Haltung und Ausstaffierung als ein vollkommener Typus südfranzösischer Nonchalance gelten konnte. Sein Kollett stand offen, während seine beiden Füße in großen, mit Stroh gefütterten Holzschuhen steckten; offenbar ein gutmütiger, renommistischer Gaskogner, der, um anderweitig dienstfrei zu werden, den Kalfakterdienst im Schloß übernommen hatte.

»Madame de Cognac«, wandte er sich jetzt an die noch immer auf der Treppe stehende Alte, »s'il vous plâit! Komme Sie herein, Madame, und knüppre Sie auf.« Lewin lächelte. »Oui, monsieur; knüppre Sie auf; c'est tout-à-fait allemand. Oh, ich gelernt habe gut Deutsch. Moi. N'estce pas, Madame?«

Diese nickte.

»Vous voyez, Monsieur, notre marquise de Chaudeau a consenti.«

Während dieses Gespräches war denn auch wirklich das Bündel aufgeknotet worden, und der Chasseur und seine Begleiterin mühten sich jetzt gemeinschaftlich ab, ein Lager für den Gefangenen herzustellen. Und nun waren sie fertig damit: ein Strohsack, ein Seegraspfühl und ein verschossener Mantel mit Otterfellkragen, den der alte Kastellan, da Betten oder Decken im ganzen Schloß nicht mehr aufzutreiben gewesen waren, aus seinem eigenen Kleiderschranke hergegeben hatte. In dem großen Bündel hatten sich übrigens auch noch drei Bücher befunden, die jetzt von seiten des Chasseurs unter affektiert respektvollen Verbeugungen und »Avec les compliments de monsieur le Châtelain« an Lewin überreicht wurden. »Et à sept heures le souper.« Darnach klappten wieder die Pantinen auf der Treppe draußen, und das Kauderwelsch mit der Alten setzte sich fort, bis es in dem Winde, der über Bastion Brandenburg hinstrich, verklungen war.

Lewin rückte den Stuhl ans Fenster, um in die drei Bücher hineinzusehen, die der Kastellan ihm geschickt hatte. Zwei, schwarzgebunden mit zitronengelbem Schnitt, waren, was sich erwarten ließ, Bibel und Gesangbuch. Aber das dritte! Es war nur ein Büchelchen, zwei Pappdekkel, mit marmoriertem Papier, an den Ecken abgestoßen. Und nun las er: »Bericht des Majors von Schack über des Leutnants von Katte Dekapitation, 6. November 1730.« Das hatte der Alte schlecht getroffen. Es überlief unseren Gefangenen eiskalt, und er legte die Bibel darauf, daß er es nicht sähe.

Lange, lange Stunden.

Er ging wieder auf und ab und zählte. »Erst tausend Schritt.« Endlich schlug es sieben. Es war ihm ein unangenehmer Gedanke, den Gaskogner noch einmal eintreten zu sehen; aber statt seiner erschien der alte Kastellan selbst und brachte das Nachtessen: eine Suppe aus Brotrinden und Hagebutten gekocht.

»Nun, Junkerchen, da haben Sie was Warmes. Das Brot, das haben die Franzosen gebacken, aber die Hagebutten, die sind aus Markgraf Hansen seinem Küchengarten, und meine Lene, was meine Jüngste ist, die hat sie selber gepflückt. Es war ein rechtes Hagebuttenjahr. Hören Sie, Junkerchen, auch für die Franzosen; aber die haben die Hacheln gekriegt.« Und dabei setzte der Alte den Suppentopf und eine Stallaterne, in der ein Lichtstümpfchen schwelte, vor Lewin nieder und sagte, während er schon halb in der Türe stand: »Und nun Gott befohlen, Junkerchen. Es kommt, wie's kommt. Und blasen Sie gleich aus; denn Licht darf nicht sein. Es geht mir sonst an Kopp und Kragen. Hören Sie, gleich ausblasen.«

Lewin hatte Hunger, und der würzige Duft tat seinen Sinnen wohl. Aber er konnte nicht essen. Es war nicht der verzinnte Löffel, der so bitter schmeckte, es war die Todesfurcht, die sich ihm auf die Zunge legte. Er stellte den Napf aus der Hand, löschte das Licht und warf sich auf das Bett. Im Liegen empfand er, daß ihn die Uhr drücke, und er nahm sie heraus, um sie neben sich auf den Binsenstuhl zu legen. Dann erst wickelte er sich in den Mantel, zog den Kragen bis unter das Kinn und sah von seinem Kissen aus auf die Sterne, die matt durch die kleinen Fensterscheiben zu ihm her flimmerten. »Und kann auf Sternen gehn«, klang es in seiner Seele immer leiser, immer ferner, und darüber schlief er ein.

Er schlief fest, viele Stunden lang; der überanstrengte Körper verlangte sein Recht. Aber gegen Morgen begann er zu träumen. Er sah eine Schlittenfahrt und hörte das Läuten der Glocken, und als die Schlitten hielten, war es vor einem alten Rundbogenportal, durch das winterlich in Mäntel und Muffen gekleidete Paare in ein hochgewölbtes Schiff eintraten. An den Pfeilern hingen vertrocknete Kränze mit langen Bändern, die sich im Zugwind bewegten, und zwischen diesen Pfeilern hin schritten alle, unter denen auch die schöne Matuschka war, auf den Altar der Kirche zu. Und als sie nun dicht heran waren, begann die Orgel zu spielen. Aber in demselben Augenblicke wandelte sich das Bild, und die grauen Steinpfeiler wurden zu weißgetünchten Holzsäulen, um die grüne Girlanden gewunden waren. Und auch die Frauen waren nicht mehr dieselben, andere waren es, sommerlich gekleidete mit Blumen im Haar, und alle folgten einem voranschreitenden Paare, das er nicht erkennen konnte, denn er schritt hinterher, und erst, als er den Altar erreicht hatte, vor dem ein Grabstein lag, sah er, daß er es selber war, der an dieser Stelle getraut werden sollte. Aber er wußte nicht mit wem, denn die Braut war über und über in einen weißen Schleier gehüllt, und auf dem weißen Schleier leuchteten goldene Sterne.

Als nun aber die Orgel schwieg und der Geistliche nach dem »Ja« fragte, da schlug die Braut den Schleier zurück, und statt des »Ja«, das ihm auf der Lippe war, sagte er: »Marie«.

Er hatte das Wort laut gesprochen und fuhr auf, als ob er eine schwindende Erscheinung festhalten wolle. Wo war er? Er sah den Sternenhimmel und fühlte den von seinem eigenen Atem feucht und eisig gewordenen Mantelkragen. Und allmählich stieg die ganze furchtbare Wirklichkeit vor ihm herauf, und er lauschte, ob er nicht schon den Tritt eines ihn abholenden Wachkommandos hören könne. Wußte er doch, daß die Morgendämmerung die Zeit für solche Szenen sei.

Aber was war die Stunde? Er griff nach der Uhr und ließ sie repetieren. Fünf. Das war noch zu früh; es konnte nicht vor sechs geschehen. Also noch eine Stunde Leben, aber auch noch eine Stunde Tod, und er wünschte sich die Minuten weg, um Gewißheit zu haben. Das Letzte, das Schreckliche konnte nicht so schrecklich sein wie diese Qual. Er sprang auf, öffnete das Fenster und sog begierig die Nachtluft ein, aber umsonst; er sah alles, wie es kommen mußte, und rief Gott an, nicht mehr um sein Leben, das war hin, sondern um Kraft in seiner letzten Stunde. »Nur nicht gemein aus diesem Leben gehen!« Und dann sah er wieder nach Hohen-Vietz hinüber, nach dem Fleckchen Erde, das ihm vor allem teuer war, und er winkte und grüßte mit der Hand. »Lebt wohl, all ihr Geliebten.«

In diesem Augenblicke schoß ein Lichtstrahl am östlichen Himmel auf und verschwand wieder. Es war der erste Bote, den der Tag sendet, lange bevor er selber mit seinem goldnen Wagen heraufzieht. »Soll es mir ein Zeichen sein?«

Und er wurde ruhiger.

Sechs Uhr. Der Tritt keines Wachkommandos wurde draußen hörbar, und so festigte sich in ihm die Überzeugung, daß er wenigstens diesen Tag noch zu leben haben werde. Und ein Tag war viel; was konnte dieser eine Tag nicht alles bringen? Und er sprach wieder die Strophe vor sich hin, die schon einmal in allertrübster Stimmung ihn aufgerichtet hatte:

»Hoffe, harre; nicht vergebens
Zählest du der Stunden Schlag,
Wechsel ist das Los des Lebens,
Und es kommt ein andrer Tag.«

Ja, ja, hoffe, harre. Ein Tag noch, ein ganzer Tag noch! Und dieser Tag lag jetzt vor ihm wie das Leben selbst, und er sah ihm entgegen, als ob er ihm eine Welt von Ereignissen bringen müsse.

Was er ihm aber zunächst brachte, war nur wieder der Chasseur, dessen ohnehin unsoldatischer Aufzug durch einen an seinem linken Arm hängenden Deckelkorb noch gesteigert wurde. »Bon jour, monsieur de Vietzewitz. Pardon, si ce n'est pas tout-à-fait correct. Mais votre nom, c'est un nom difficile.«

Lewin bestätigte.

»Voici votre café. Un bon café, sans doute. Cela veut dire: de la chicorée! Mais qu'importe! c'est un café allemand.«

Unter diesen und anderen Worten (denn er zählte zu den Schwatzhaften) hatte der Chasseur den Deckelkorb geöffnet und den braunen Bunzlauer Topf auf das Fensterbrett gesetzt, unterließ auch nicht, Schwarzbrot und ein paar frischgebackene Semmeln hinzuzulegen. Dann hing er statt des Korbes die große Laterne, die vom Abend vorher noch da war, an seinen Arm und empfahl sich mit einem halb spöttischen: »Votre serviteur.«

Lewin war froh, wieder allein zu sein, rückte den Stuhl an das Fenster und nahm sein Frühstück. Es schmeckte leidlich, und als er damit geendigt, lehnte er sich zurück und sah, aufatmend und neu belebt, in den glühenden Sonnenball, der eben die vor ihm liegende Göritzer Kirchturmspitze vergoldete.

»Nun will ich lesen.« Und damit nahm er die Bibel und schlug auf:

»Prophet Daniel!« Ein Lächeln überflog seine Züge, und er sagte vor sich hin: »Nein, nicht Daniel. Jeder in meiner Lage bildet sich ein, in der Löwengrube zu sein.« Und er blätterte weiter, bis er an die Makkabäer, und dann wieder zurück, bis er an das Buch der Richter kam. »Ja, das ist ein hübsches Buch; frisch, mutig, das soll mich aufrichten!«

Und er begann zu lesen.

Aber seine Lektüre war noch nicht weit gediehen, als er ein Stampfen und Räuspern hörte und, sich aufrichtend, Hoppenmarieken erkannte, die hart am Rande von Bastion Brandenburg entlang kam. Keine zwölf Schritt von ihm entfernt. Sie sah jetzt hinauf, hob den Stock mit ihrer Linken und warf im selben Augenblick ein Knäuel, das sie rasch aus dem Brusttuch hervorgeholt hatte, in sein Fenster hinein. Zugleich mit dem Knäuel fielen ein paar Scheibensplitter vor ihm nieder, und ehe er noch Zeit hatte, sich von seiner Überraschung zu erholen, war die Alte schon wieder fort. Er sah ihr nach und bemerkte jetzt, daß sie mit einem weiter abwärts stehenden Wachtposten ein Gespräch begonnen hatte, natürlich in Zeichensprache. Sie bot ihm aus ihrer Flasche an, und als andere, von den nächsten Schilderhäusern her, herzukamen, gab es Kapriolen und schallendes Gelächter, bis sie schließlich mit ihrem Stock salutierte und um den Schloßhügel herum wieder auf die Stadt zuschritt.

Jetzt erst nahm Lewin das Knäuel auf. Es war nicht groß, wog aber schwer und mußte mithin noch einen Inhalt haben. Er spaltete zunächst von einem der in der Bettlade liegenden Bretter einen Span ab und begann nun die nur stricknadeldicke, aber sehr feste Hanfleine vorsichtig abzuwickeln, ersichtlich zu dem Zweck, daß er, wenn er überrascht würde, beide Knäuel, das alte und das neue, mit Leichtigkeit verbergen könne. Und jetzt war er fertig und hielt sorglich einen umnähten flachen Stein in Händen, an dessen fester Lederöse das eine Hanfleinenende befestigt war. In derselben Lederöse steckte aber auch ein zusammengerollter Papierstreifen. Diesen rollte er jetzt auseinander und las: »Wirf Schlag zwölf (Ablösung ist erst um eins) dieses Knäuel über das Bastion; halte den Faden fest und sorge, daß er abläuft. Wenn er sich strafft, ziehe die Strickleine hinauf. Dann laß dich hinab. Schlimmstenfalls springe! Unten tiefer Schnee – und wir.«

Lewin verbarg das Zettelchen; es zerreißen, das konnte er nicht, denn er fühlte, daß er es wieder und immer wieder lesen werde. Dann aber sank er, wo er stand, in die Knie und dankte Gott für die Rettung seines Lebens. Denn er zweifelte nicht mehr, daß er gerettet werden würde, und war fest entschlossen, wenn alles andere scheiterte, den Sprung von dem Bastion aus zu wagen. Sprang er fehl, so starb er wenigstens in den Händen der Seinen, und der Armesündergang, samt dem Trommelwirbel und den verbundenen Augen, blieb ihm erspart. Und vor diesem Apparat erschrak er am meisten. »Der Tod ist erträglich, aber die Exekution ist unerträglich.« Das bloße Wort widerte ihn an, und alles, was roh und häßlich ist, stieg bei dem bloßen Klange desselben in einer Reihe fratzenhafter Jahrmarktsbilder vor ihm auf.

Und diesem Widerwärtigen, was auch kommen mochte, war er nun entronnen. Aber freilich, als der erste Jubel seines Herzens vorüber war, fühlte er bald, daß er nur die Tyrannen gewechselt habe und daß das Horchen auf die Rettungsstunde fast so qualvoll sei wie das Horchen auf den Tod. Er durchmaß den engen Raum immer wieder, öffnete und schloß das Fenster und überflog den Zettel, dessen Inhalt er längst auswendig wußte, zum zehnten- und dann zum hundertstenmal. Der Chasseur brachte das Mittagessen; aber er bat ihn, alles wieder mit fortzunehmen; ihn verlangte nur nach Luft und Frische, und wahrnehmend, daß vom Dache her lange Eiszapfen bis dicht an sein Fenster niederhingen, brach er ein paar davon ab und labte sich an ihrer Kühle. Dann las er wieder und prüfte das Knäuel und berechnete die Höhe des Bastions. Und das letzte war immer, daß es nichts sei und daß jeder Sprung aus einer zweiten Etage viel, viel mehr bedeute. Und unten zehn Fuß Schnee! Es mußte glücken, und er vergaß unter diesen Vorstellungen fast, daß ihm der Sprung überhaupt nur als Notbehelf und letztes Mittel dienen sollte.

Und nun war Mittag vorüber und endlich auch der Nachmittag. Die Sonne ging unter, das Abendrot erblaßte, und der Tag schwand hin. Nur noch sechs Stunden, bald nur noch fünf. Er zählte die Minuten.

Um sieben Uhr kam der alte Kastellan. »Junkerchen, sie sitzen jetzt am grünen Tisch; der alte General ist auch da, ein ›bon garçon‹, wie der Tagedieb sagt, den sie mir als Kalfakter zugelegt haben.«

»Also Kriegsgericht über mich?«

»Ja, Junkerchen. Ich habe den großen Saal heizen müssen. Das ist der mit dem Balkon, wo Markgraf Hans über dem Kamin hängt, lebensgroß mit gelbledernen Stiefeln und Sporen so lang wie meine Hand. Der wird sich wundern.«

»Ich glaub's.«

»Und wenn der junge Herr noch einen Brief schreiben wollen oder eine Bestellung an den Papa ...«

»Steht es so, Kastellan?«

»Ich sage nicht, daß es so steht; aber es kann so stehen. Ein Kriegsgericht ist ein Kriegsgericht, und es hängt allewege an einem seidenen Faden. Ach, Junkerchen, unser Bestes ist schon immer: gesattelt sein.«

»Das ist es«, sagte Lewin mechanisch, während sich seine Seele, der ihre Furcht noch einmal wiederkehrte, mit doppelter Gewalt an das Leben klammerte. Aber der Alte sah es nicht; er nahm den Deckelkorb, den der Chasseur zurückgelassen hatte, bot eine »Gute Nacht!« und ließ seinen Gefangenen allein.

»Sie sitzen also jetzt oben«, sagte dieser, »und Markgraf Hans mag dreinschauen, wie er will, er wird mich vor ihrem Todeswort nicht retten. Es ist mir, als sprächen sie es jetzt. Und ich fühle den Stich hier im Herzen. Aber ich will leben; Gott, erbarme dich meiner und sei mit deiner Gnade über mir. Laß ihr Wort zuschanden werden.« Und er faltete die Hände wieder und preßte seine heiße Stirn an die Scheiben.

Die Sterne zogen herauf, und er suchte die Bilder zusammen, soviel er deren kannte. Aber im Gewölk verschwanden sie wieder. »Die Stunde rinnt auch durch den längsten Tag.« Und nun endlich schlug es elf.

»Noch eine Stunde«, murmelte er vor sich hin, »und diese Qual hat ein Ende! So oder so.«

23. KAPITEL

Die Befreiung

Um dieselbe Zeit, wo Lewin diese Worte sprach, hielten zwei Schlitten vor dem Hohen-Vietzer Herrenhause. Der vorderste war eine bloße Schleife und sah dem Planschlitten ähnlich, in dem Lewin am Weihnachtsheiligabend seine Fahrt von Berlin nach Hohen-Vietz gemacht hatte, nur daß die Korbwände niedriger waren und der hohe Planbogen völlig fehlte. Statt dieses Planbogens war ein Stück schwarze, nach beiden Seiten hin tief herabhängende Wachsleinwand über den Wagenkorb gelegt und mittels eingeschnittener Löcher an den vier Speichen befestigt worden. In der Gabeldeichsel ging ein kleines, struppiges Bauernpferd, und Pachaly, die Leinen in der Hand, saß auf dem Vorderbrett. Das zweite Gefährt war ein gewöhnlicher, aber sehr großer Fahrschlitten, den man sich, um ebendieser Größe willen, von Schulze Kniehase geborgt hatte. In diesem Schlitten saßen sechs Personen: Berndt und Hirschfeldt im Fond, ihnen gegenüber auf dem Rücksitze Tubal und Kniehase, vorne Krist und der junge Scharwenka. Krist fuhr. Die Ponies waren eingespannt, aber ohne Geläut.

Was am meisten überraschen durfte, war, daß Bamme fehlte, und doch war ebendieses Fehlen für jeden, der ihn genauer kannte, in voller Übereinstimmung mit seinem Charakter. Die Frankfurter Affäre hatte weder innerlich seinen Mut gebrochen, noch ihn äußerlich kleinlaut gemacht; aber durch und durch von Spielervorstellungen beherrscht, erging er sich seitdem in Versicherungen, daß er keine »glückliche Hand« habe. »Ohne ihn werd' es besser gehen«, versicherte er einmal über das andere, und nur einen Augenblick lang, als der Schlitten mit der herabhängenden schwarzen Wachsleinwand vorgefahren war, war er in dieser seiner Überzeugung erschüttert worden. Und dabei hatte folgendes Zwiegespräch zwischen ihm und seinem neben ihm stehenden Aide de Camp stattgefunden.

»Was will nur der schwarze Kasten, Hirschfeldt? Schwarz und schräg und eine Zudecke darüber. Der reine Sarg. Soll mich wundern, wen sie hineinlegen werden.«

»Vielleicht mich.«

»Nein, Sie nicht, Hirschfeldt. Sie werden immer mit einem Prellschuß oder einer Kugel ins dicke Fleisch davonkommen ... Aber was ist das nur, was dieser Tölpel von Pachaly da heranschleppt und in das Schlittenstroh hineinpackt? Sehen Sie nur: ›sechs Bretter und zwei Brettchen‹. Und jetzt zwei Grabscheite und eine Strickleine. Was *die* soll, weiß ich allenfalls, aber all das andere! Grabscheite und Bretter, und gerade sechs. Es schmeckt so nach Begräbnis.«

Hirschfeldt, so kaltblütig er war, war doch schließlich durch diese Betrachtungen in eine wenig erbauliche Stimmung versetzt worden, und nur um etwas zu sagen, warf er hin: »Sie sind abergläubisch, General.«

»Ja, das bin ich, Hirschfeldt, und ich habe meine Freude daran. Nehmen Sie mir das bißchen Aberglauben, so hab' ich gar nichts und falle zusammen. Übrigens geht es den meisten Menschen so, und wem es nicht so geht, desto schlimmer. Sehen Sie die Schorlemmer. Die hat keinen Aberglauben. Aber was kommt dabei heraus? Eine Nußschale voll Weisheit und ein Scheffel Langeweile. Und eine Dormeuse darüber gestülpt.«

Bamme drehte sich seinen Schnurrbart und hatte das Gefühl, etwas apart Gutes gesagt zu haben. Aber seine ganze Oratio pro domo war von Hirschfeldt überhört worden, der mit seinen Vorstellungen immer noch bei »Sarg« und »Begräbnis« aushielt und endlich sagte: »So glauben Sie, General, daß wir von Küstrin her nicht viel anders heimkehren werden als von Frankfurt?«

»Doch, Hirschfeldt. Ich bin nicht mit dabei, das ist eins; und das zweite ist, sie passen nicht auf. Ich meine die Franzosen. Ihr werdet ihn also freikriegen; aber einen Einsatz kostet's, ein Bein oder ein paar Rippen. Billiger habt ihr's nicht. Vielleicht aber teurer. Und deshalb gefällt mir der Kasten nicht.«

So war das Gespräch zwischen Bamme und Hirschfeldt verlaufen; unmittelbar darauf hatten alle an der Expedition Teilnehmenden ihre Plätze eingenommen und fuhren in leichtem Trabe die Küstriner Chaussee hinauf. Als sie bis an die Stelle gekommen waren, wo vor zwei Tagen erst die »Revue« stattgefunden hatte, bogen sie nach rechts hin ab, passierten das Fichtenwäldchen an seinem nördlichen Rande und hielten sich nun scharf auf den Fluß zu. Die Wege waren hier schmal und meist verschneit, so daß sie Schritt fahren mußten. Und doch waren die Minuten berechnet. Berndt und Hirschfeldt wurden ungeduldig. Endlich hatten sie den Fluß vor sich, erkannten trotz der Dunkelheit die inmitten des Eises abgesteckte Fahrstraße und fuhren vorsichtig erst die Böschung hinunter und dann mit einer allmählichen Linksbiegung in die niedrige Kusselallee hinein. Und nun konnten sie wieder traben. Es war aber auch hohe Zeit.

Noch war kein Wort gesprochen worden. Berndt, den das Schweigen bedrückte, wandte sich an den ihm gegenübersitzenden Kniehase, dessen noch verbundener Kopf in einer Pelzkappe steckte, und sagte:

»Alles in Ordnung, Kniehase?«

»Ja, gnäd'ger Herr.«

»Strick, Scheite, Bretter?«

»Alles da. Hab' es Pachaly'n in die Hand gezählt. Und auch die kleine Leiter und zwei Bund Stroh.«

»Und Kümmritz?«

»Ist um neun Uhr abgerückt auf die Manschnower Mühle zu.«

»Und Krull und Reetzke?«

»Stehen drüben zwischen Entenfang und Pulvermühlen.«

»Gut. Und nun komme, was soll.«

Einen Augenblick schwieg er, und seine Lippen sprachen nur leise vor sich hin. Dann aber, alle Sorge hinter sich werfend, sagte er: »Und nun schärfer zu, Krist, oder wir verpassen's. Sieh, Tubal, alles grau; der Himmel ist mit uns, indem er sich uns verbirgt.«

Während sie so sprachen, hatten sie sich der Festung bis auf fünfhundert Schritt genähert, und in dem Dunkel, das herrschte, stieg ein noch dunklerer Schatten auf: Bastion Brandenburg. Daß ihr Herankommen von dem einen oder andern Wachtposten bemerkt worden wäre, war wenig glaubhaft, denn ihre niedrigen Fuhrwerke fuhren nicht nur im Schutze einer mannshohen, zu beiden Seiten des Weges aufgeschaufelten Schneemauer, sondern auch im Schatten der von zehn Schritt zu zehn Schritt stehenden Kusselpyramiden. Und im Schatten einer solchen hielten jetzt die Schlitten.

Die kleine Turmuhr, von der Schloßkirche her, schlug halb. Das traf zu; so war es berechnet. Berndt war der erste aus dem Schlitten heraus und schlich sich jetzt über das Eis hin bis an die Festungswerke vor, gerade bis unter den »Weißkopf«. Als er heran war, sah er, daß am Fuße des Bastions alles tiefverschneit war; der Westwind hatte hier ganze Schneeberge zusammengetrieben. Aber so hoch der Schnee lag, so war er doch zu locker und hatte nicht Tiefe genug. Es mußte also nachgeholfen werden. Dazu sollten die mitgenommenen Bretter dienen, mit deren Hilfe man eine der zehn Schritt breiten und halb festgewordenen Schneemauern bis hart an das Bastion vorzuschieben gedachte. Sie traten deshalb an den einspännigen Schlitten heran, den Bamme kurzweg, und vielleicht auch vorahnend, als »Sargschlitten« bezeichnet hatte, und wollten eben die zum Schieben bestimmten Bretter hervorziehen, als sich's in dem darübergepackten Stroh zu regen und zu schütteln begann. Und siehe da, gleich darauf stand Hektor – wohl wissend, daß er viel gewagt habe – verlegen wedelnd an der Seite seines Herrn, verlegen, aber doch auch mit einem Ausdruck von Stolz und Freude, und seine klugen Augen schienen zu sagen: »Hier bin ich; ich, Hektor, Freund meines Freundes Lewin. Ich weiß, daß es ernst wird, und weil ich es weiß, will ich mit dabei sein.«

Der sich zuerst faßte, war Berndt; er bückte sich nur, um dem Schuldigen mit dem Zeigefinger zu drohen. Als er sich dann wieder aufrichtete, richtete sich auch der Hund auf und legte seine Vorderpfoten auf seines Herrn Schulter; so standen sie und sahen einander an.

»Pst, Hektor«, flüsterte Berndt und klopfte und streichelte das treue Tier. Dieser aber, als er sich so zu Gnaden angenommen sah, fuhr in leidenschaftlicher Erregung in seines Herrn Bart und Haar umher und nickte und wedelte nur immer wieder, um zu zeigen, daß er alles wohl verstanden habe. Dann endlich ließ er ab von ihm.

Die Bretter waren inzwischen hervorgezogen worden und wurden nun von der einen Seite her eingestemmt. Aber es wollte mit dem Schieben nicht glücken. Das am Tage durchgesickerte Schneewasser war unten mit der Flußdecke zusammengefroren, und so mußten denn die Spaten herbeigeholt werden, um durch Abstechen das Eis wieder zu lösen. Und nun endlich war es geschehen, und die Masse setzte sich in Bewegung, erst langsam, dann immer rascher, bis sie zuletzt den weichen Schnee beiseitedrängte und am Fuße des Bastions feststand. Wie der Westwind höher hinauf an die Schrägwand geweht hatte, das fiel jetzt herab, ein weiches Polster über der Schneemauer bildend. Und nun kletterte der junge Scharwenka, der der Flinkste und Geschickteste war, hinauf und zog die Strickleine rasch nach sich, während sich die vier anderen zu beiden Seiten der Mauer niederkauerten. Krist hielt Hektor am Halsband; Pachaly war bei den Schlitten geblieben.

Alle sahen erwartungsvoll nach der Uhr. Noch fünf Minuten. In jedem Augenblick konnt' es oben auf dem Schloß zum Schlagen einsetzen.

Und jetzt schlug es wirklich. Lewin riß das Fenster auf, zählte bis zwölf, und im selben Augenblicke warf er das Knäuel, dessen loses Ende er um die linke Hand geschlungen hatte, mit der Rechten über den Rand des Bastions. Er hörte, wie es aufschlug; und nun wickelte sich's ab. Eine kleine Weile noch, dann sah er, daß sich die dünne Hanfleine zu straffen anfing. Die Strickleine mußte also von den Freunden unten angeknotet worden sein. Und nun begann er mit aller Kraft zu ziehen. Aber eben jetzt kam ein französischer Wachtposten in Sicht, um seinen vorgeschriebenen Weg von Eck zu Eck zu machen. Er war schon dicht heran; hielt er sich in Nähe des Fensters, so ging das Bajonett unter der Leine weg, hielt er sich aber mehr rechts am Rande des Bastions hin, so traf er die Leine. Lewin war schon darauf gefaßt, sie fallen lassen zu müssen, und dann blieb nur noch der Sprung. Aber der Posten schritt, eine Melodie summend, hart an dem Unterbau des Weißkopfs vorbei.

Das Eck, an dem er wieder kehrtmachen mußte, lag hundertundfünfzig Schritt entfernt. Lewin berechnete sich, daß er zwei Minuten habe. Also schnell. Er zog jetzt rascher und heftiger noch als zuvor, und nun hielt er die Strickleine in seinen beiden Händen. Aber wo sie befestigen? Das Fensterkreuz war viel zu morsch, so schlang er sie, da nichts Besseres da war, um den Fuß der Bettstelle und schob diese, um ihr mehr Halt zu geben, bis an den Fensterpfeiler vor. Und nun hinaus. Draußen warf er sich nieder, kroch bis an den Rand des Bastions und packte den Strick. Und nun noch ein kurzes Stoßgebet, und dann vorwärts und hinab! Als er bis über die Mitte war, brach der Bettfuß, an dem oben die Leine befestigt war, ab oder ging aus den Fugen, aber es waren keine sechs Ellen mehr, und so glitt er an der mit Schnee bedeckten Schrägung ohne Fährlichkeit hinunter. Die ganze Niederfahrt war nur um ein paar Sekunden beschleunigt worden.

Er war gerettet, und ein seliges Gefühl wiedergewonnenen Lebens durchdrang ihn, als er sich aus den lockeren Schneemassen herauswühlte. Was noch an Gefahr da war, war keine Gefahr mehr; ein Schuß in die Nacht hinein hatte nicht viel zu bedeuten.

Und jetzt fiel wirklich der erste Schuß. Ein Hurra unten antwortete; alles schwenkte die Mützen, und Hektor, der sich jetzt rühren durfte, sprang an seinem jungen Herrn in die Höhe und fuhr ihm mit der Zunge liebkosend und freudekeuchend über Hand und Gesicht. »Laß, laß!« Aber ehe er noch gehorchen konnte, krachte von oben her eine ganze Salve in das Dunkel hinein, und der Hund, dessen Liebestreue seinen Herrn gedeckt hatte, brach zusammen. Lewin stand unbeweglich und wußte nicht, was tun; endlich rissen Berndt und Hirschfeldt ihn mit sich fort. Alles stürzte den Schlitten zu, und nur Hektor, zurückgelassen, lag winselnd am Fuße des Bastions.

»Nein«, rief Tubal, »das soll nicht sein.« Und wieder umkehrend, bückte er sich und lud das treue Tier, das sich vergeblich fortzuschleppen trachtete, auf seine beiden Arme. Aber lange bevor er den nächsten Schlitten erreicht hatte, folgte der ersten Salve eine zweite, und Tubal, unterm Schulterblatt getroffen, taumelte und fiel.

»Fort, fort!« und zehn Hände griffen zu, und über den Schnee hin, ihn tragend und ziehend, erreichten sie das Pachalysche Gefährt und legten den Schwerverwundeten auf die Strohbündel nieder, Hektor ihm zu Füßen. So ging es zwischen den schwarzen Kusseln hin in die Nacht hinein. An Verfolgung war nicht zu denken. Hätte sie stattgefunden, so wäre man mit Hilfe der aufgestellten Seitenkommandos stark genug gewesen, ihr zu begegnen.

Als sie bis in Höhe von Gorgast waren, bogen sie rechts aus ihrer Kiefernallee heraus und fuhren langsam die Böschung des Ufers hinauf. Tubal hatte brennenden Durst, und man gab ihm Schnee; so ging es weiter bis an die Manschnower Mühle. Hier wurde der Weg immer holpriger, und Pachaly mußte des Verwundeten halber im Schritt fahren. Der andere Schlitten trabte vorauf.

Berndt hatte die Leinen genommen. Als er zwischen den Pfeilern der Auffahrt hindurch wollte, scheuten die Ponies, und er sah jetzt, daß Hoppenmarieken auf dem linken Prellstein saß. Sie lehnte sich wie gewöhnlich an ihre Kiepe und hielt den Hakenstock in ihrer Hand. Aber sie salutierte nicht – und rührte sich nicht.

24. KAPITEL

Salve caput

Es war zwölf Stunden später; die helle Mittagssonne stand über Hohen-Vietz, und es taute von allen Dächern. Auch das Eis, das stumpf geworden an den Rädern von Miekleys Mühle hing, blitzte wieder durchsichtig und kristallen, und die Tauben saßen auf Kniehases langem Scheunenfirst. Alles war licht und heiter, und ein erstes Frühlingswehen ging durch die Natur.

Und in hellem Sonnenscheine lag auch das Herrenhaus. Wer aber von der Auffahrt her einen Blick auf den Vorplatz und die lange Reihe der Fenster geworfen hätte, der hätte doch wahrnehmen müssen, daß es ein Trauerhaus sei oder, schlimmer als das, in jedem Augenblicke ein solches zu werden drohe. Über den Damm hin war eine dichte Strohlage gebreitet, und hinter den Scheiben wurde niemand sichtbar. Auch nicht hinter der Glastüre der Halle. Alles wie ausgestorben. Nur die Sperlinge waren guter Dinge; sie saßen in Scharen auf dem ausgestreuten Stroh und pickten die verlorenen Körner. Ihr Zwitschern war der einzige Ton, der in der tiefen Stille laut wurde.

Zwölf Stunden lagen zurück, und nur *eine* Minute vollen Glücks und höchster Freude hatten sie gebracht: *die* Minute, wo nach der ersten Begrüßung mit der Schwester das in Jubel und Tränen ausbrechende Wiedersehen zwischen Lewin und Marie auch zugleich ihr Verlöbnis bedeutet hatte. Und ein Verlöbnis, wie Menschenaugen kein schöneres gesehen. Denn es war nur gekommen, was kommen sollte; das Natürliche, das von Uranfang an Bestimmte hatte sich vollzogen, und Berndt selber, tiefbewegt in seinem Herzen, hatte sich des Glückes der Glücklichen gefreut.

Aber welch andere Minuten dann, als eine kleine Weile später der zweite Schlitten vorgefahren war und Krist und Pachaly den auf Betten und Kissen gelegten Tubal langsam und leise treppauf getragen hatten. Und auch Hektor hatte mit hinauf gewollt; aber gleich an der ersten Treppenstufe hatte seine Kraft versagt, und er war den schmalen Küchenkorridor entlang bis an seine Binsenmatte zurückgekrochen. Da lag er nun und schob sich näher an die warme Wandstelle hinter dem Herde; denn ihn fror.

Um elf Uhr war Doktor Leist von Lebus gekommen. Er stieg – so geräuschlos es seine Gewohnheit und seine Schneestiefel zuließen – in den oberen Stock hinauf und trat hier in das Krankenzimmer ein, in dem die Vorhänge, der prall auf die Fenster stehenden Morgensonne halber, dicht geschlossen waren. »Wir müssen Licht haben«, sagte er und schob eine der Gardinen beiseite.

Nun erst sah er Tubal. Dieser hatte heftige Schmerzen, ertrug aber ohne Zucken das Sondieren seiner Wunde, trotzdem eine »leichte Hand« nicht gerade das war, worüber Doktor Leist Verfügung hatte.

»Brav, junger Herr, das nenn' ich tapfer ausgehalten.«

»Was ist es?« fragte Tubal.

»Ein häßlicher Fall; Perforation der Milz. Aber was ist die Milz? Das Überflüssigste, was der Mensch hat. Es gibt welche, die sie sich ausschneiden lassen. Und Jugend überwindet alles. In vier Wochen setzen wir uns hier ans Fenster, zählen die Dohlen auf dem Kirchendach und rauchen eine Pfeife Tabak. Sie rauchen doch, junger Herr?«

Tubal verneinte.

»Nun, dann spielen wir Patience oder Mariage.«

»Patience.«

Der alte Leist streichelte dem Schwerverwundeten die Hand.

»Das ist recht; immer Kopf oben und bei Laune geblieben. Gute Laune heilt und ist das beste Pflaster.«

Und darnach stieg er wieder treppab, um unten in Berndts Arbeitskabinett über den Befund seiner Untersuchung zu berichten.

»Nun, Doktor?« fragte Vitzewitz.

Der alte Leist zuckte die Achseln. »Er muß sterben.«

»Keine Rettung?«

»Nein; es war ein Schrägschuß, und das sind immer die schlimmsten. Alles durch: Lunge, Leber. Und zum Überfluß auch noch die Milz.«

»Und wie lange dauert es noch?«

»Wenn's hoch kommt, bis diese Nacht. Es ist heute sein letzter Tag, und morgen hat er es hinter sich. Wenn Sie seinem Vater, dem Geheimrat, noch Nachricht geben wollen, so ist es höchste Zeit. Freilich... doch zu spät. Er trifft ihn nicht mehr, und wenn er Flügel der Morgenröte nähme. Und das sind die schnellsten, wenn ich meinen Psalm recht verstehe.«

»Dann wollen wir es abwarten. Besser, er erfährt das Ganze als das Halbe.«

Leist nickte.

»Ach, Doktor«, fuhr Berndt fort, »welche Tage das! Um Lewin zu retten, *dieser* Preis. Wie soll ich dem Vater unter die Augen treten! Der einzige Sohn, nein, mehr ... das einzige Kind!«

Berndt stützte seinen Kopf in die Hand und sagte dann nach einer Weile: »Was haben Sie verordnet?«

»Nichts.«

»Und was geben wir ihm, wenn er etwas will?«

»Alles.«

»Ich verstehe. Und wann kommen Sie wieder? Am Nachmittag oder gegen Abend?«

»Ich bleibe«, sagte der Alte und ging dann, da nichts mehr zu sagen war, zu Bamme hinüber, den er von Guse her kannte. Und das traf sich gut für beide. Sie setzten sich alsbald an den Ofen und rauchten sich durch ein paar Stunden durch, unerschöpflich in ihrem Diskurse, der bei Tubal begann und bei Hoppenmarieken endete. Diese war am Morgen auf demselben Prellstein, auf dem Berndt sie hatte sitzen sehen, tot vorgefunden worden. Ob erfroren oder vom Schlage getroffen, hatte sich durch Pachaly, der auch dokterte, nicht feststellen lassen, und auch Leist bezeigte keine Lust, den Ursachen ihres Ablebens wissenschaftlich nachzuforschen. Sie war tot, und das genügte. Von Zeit zu Zeit ging er treppauf, um dem Verwundeten, wenn dieser über Schmerzen klagte, von seiner »Crocata« zu verabreichen, deren Überlegenheit über die »Simplex« er bei dieser Veranlassung wieder in enthusiastischen Ausdrücken pries, bis er – als es ihm endlich geglückt war, unter Anwendung dieses Opiats einen schmerzensfreien Zustand herzustellen – auch für sich persönlich den Zeitpunkt für gekommen erachtete, wieder freier aufzutreten und sich eines Café au Cognac zu versichern. Jeetze brachte das Verlangte, Bamme nahm teil, und immer seltner ein ernstes Gesicht aufsetzend, einigten sich schließlich beide dahin, im ganzen genommen seit längerer Zeit keinen so gemütlichen Nachmittag verplaudert zu haben.

Und nun kam der Abend. In dem Eckzimmer war alles versammelt, nur Renate hatte sich zurückgezogen. Man sprach über gleichgültige Dinge, als Jeetze, der sich mit Lewin und der Schorlemmer in den Krankendienst teilte, eintrat und meldete, daß der junge Herr Tubal nach dem Herrn Rittmeister verlangt habe.

Hirschfeldt ging hinauf. Eine Lampe mit einem kleinen grünen Schirm brannte und gab ein spärliches Licht.

»Ich habe Sie bitten lassen, Hirschfeldt«, sagte Tubal. »Es ist so dunkel, aber ein Stuhl wird ja wohl zu finden sein. Bitte, hierher.«

Hirschfeldt tat, wie ihm geheißen, und setzte sich an das Bett.

»Ich sterbe, Freund. Cita mors ruit.«

Hirschfeldt wollte antworten.

»Nein, keine Versicherungen vom Gegenteil ... ich fühle es, und wenn ich es nicht fühlte, so würd' ich es aus jedem Worte des alten Leist heraushören können. Er versteht sich schlecht auf Verstellung und hat einen Gemütlichkeitston, in dem die Sterbeglocken immer mitklingen. Und am Ende, was tut es? Früher oder später!«

»Sie regen sich auf, Tubal«, sagte der Rittmeister. »Ich glaube, daß Ihnen der Alte die Wahrheit gesagt hat. Ihnen und uns.«

Der Kranke schüttelte den Kopf.

Hirschfeldt aber fuhr fort: »Sie werden leben, und Sie *wollen* auch leben, Tubal. Es ist niemand, der gern aus dieser Welt scheidet. Nur die Müden ausgenommen.«

»Ich bin müde. Aber lassen wir das. Ich habe nur noch wenig Stunden. Bitte, lassen Sie mich trinken. Wein; dort. Der Alte hat es erlaubt, er hat alles erlaubt.«

Hirschfeldt gab ihm.

»Und nun hören Sie mich. Ich habe zwei Wünsche. Sorgen Sie, daß ich in die Kirche hinaufgeschafft werde, so bald wie möglich. Ich will dort vor dem Altar stehen.«

Das Sprechen griff ihn sichtlich an. Als er aber getrunken und das Glas wieder beiseitegesetzt hatte, fuhr er in ruhigerem Tone fort: »Das ist eins. Und nun das andere. Ich möchte hier bestattet sein. Aber nicht in der Gruft, in der ich vielleicht unruhig würde wie das Fräulein von Gollmitz, die wieder heraus wollte. Nein, fest in Erde.«

Er schwieg eine Weile und setzte dann unter schmerzlichem Lächeln hinzu: »Sie sehen mich an, Hirschfeldt, als ob ich im Fieber spräche. Nein, ich fiebere nicht. Aber das von dem Fräulein, das müssen Sie sich erzählen lassen, von Renate oder von Marie. Ja, von Marie, die hat es mir erzählt. Also nicht in die Gruft. Und nun schicken Sie mir den Doktor, ich will mich noch einmal trösten lassen. Die Schmerzen kommen wieder, und sein Opium ist mein bester Trost.«

Hirschfeldt ging, um den alten Leist hinaufzuschicken. Dieser verordnete dem Kranken eine neue Dosis von seiner »Crocata«, sprach eingehend von »Anno zweiundneunzig« und der Kanonade von Valmy und schloß nicht bloß mit der Versicherung, daß in höchstens sechs Wochen alles wieder in Ordnung sein würde, sondern empfahl ihm auch aufs ernsthafteste, bei der bevorstehenden Reise nach Breslau lieber in Sagan als in Sorau übernachten zu wollen. Er machte dies so gut und so geschickt, daß Tubal einen Augenblick über seine wirkliche Lage getäuscht wurde.

Aber nicht auf lange. Denn in der Tat, es ging rasch zu Ende, rascher noch, als der alte Doktor erwartet hatte. Um acht kam Seidentopf, und die Schorlemmer ging jetzt nach oben, um den Kranken zu fragen, ob er den »alten Freund des Hauses« vielleicht noch sprechen wolle; sie wollte nicht sagen: »den Geistlichen«.

Tubal lächelte und verneinte, trotzdem er ein Trostbedürfnis und eine rechte Sehnsucht nach Erhebung fühlte; aber er empfand auch, daß Seidentopf ihm nicht geben könne, wonach er verlangte.

Eine halbe Stunde später stellten sich Phantasien ein: er sprach von der Mutter Gottes, die das Jesuskindlein habe fallen lassen; dann bat er, daß sie mit dem Trommeln und Blasen aufhören möchten, und zuletzt richtete er sich auf und sagte: »Nein, nein, das soll nicht sein; Hektor, das treue Tier.«

Aber plötzlich war es, als würd' er wieder klar; er verlangte zu trinken, und gleich darauf bat er die Schorlemmer, ihm Renate zu rufen.

»Und den Doktor?«

»Nein, den nicht. Er lügt mit jedem Wort, und seine Tropfen lügen auch. Ich will von beiden nicht mehr. Renate soll kommen.« Und Renate kam.

Als sie da war, war aus allem zu sehen, daß er mit ihr allein sein wollte, und die Schorlemmer verließ das Zimmer.

»Setze dich zu mir, Renate«, sagte der Kranke. »Ich will Abschied von dir nehmen.«

Sie brach in krampfhaftes Weinen aus, warf sich auf die Knie und barg ihr Haupt in die Kissen.

»Nicht doch; mach' es mir nicht so schwer. Ach, du weißt nicht *wie* schwer. Und du sollst es auch nicht wissen. Nie, ich hoffe nie… Ach, Renate, das Scheiden ist doch bitterer, als ich dachte, und nur eines ist, das mich tröstet: es war nichts Rechtes mit mir, und ich hätte dich nicht glücklich gemacht.«

Sie wollte antworten, aber er fuhr abwehrend fort: »Sage nichts, sage nicht nein. Ich weiß es besser. Denn was gibt Glück uns und andern? Fest sein und stetig sein, stetig sein im Guten. Und wir waren immer unstet, alle, alle. Auch mein Vater war es. Land, Glauben, Freunde gab er hin. Und warum? Einem Einfall zuliebe. Und wir haben nichts Gutes davon gehabt.«

»Verklage dich nicht, mein Geliebter. Ach, Tubal, um was stirbst du jetzt? Um Lieb' und Treue willen. Ja, ja. Erst galt es Lewin, und dann, als er gerettet war, da dauerte dich die arme Kreatur, die verlassen dalag und vor Schmerz und Jammer aufwinselte, und du stirbst nun, weil du dich des treuen Tieres erbarmtest.«

»Ja, Mitleid hatt' ich! Das hatt' ich immer, Mitleid und Erbarmen. Und vielleicht auch, daß meiner ein Erbarmen harrt, um meines Erbarmens willen. Ich kann es brauchen; jeder kann es. Und in der letzten Stunde tut es wohl, etwas von diesem Ankergrund zu haben … Ich entsinne mich eines langen Liedes, das ich in der Predigerstunde bei dem alten Oberkonsistorialrat lernen mußte; ich hatte keinen Sinn dafür, aber eine Strophe gefiel mir; die war schön.«

»Welche? Sprich sie, oder willst du, daß ich sie spreche?«

»Es war etwas von Tod und Sterben und von Christi Beistand in der Scheidestunde.«

Renate hatte seine Hand genommen und sprach jetzt, ohne weiter zu fragen, mit leiser, aber fester Stimme vor sich hin:

»Wenn ich einmal soll scheiden,
So scheide nicht von mir,
Soll ich den Tod erleiden,
Tritt *du* für mich herfür;
Wenn mir am allerbängsten
Wird um das Herze sein,
Reiß mich aus meinen Ängsten,
Kraft deiner Angst und Pein.«

Tubal hatte sich aufgerichtet.

»Ja, das ist es.«

Er schien noch weitersprechen zu wollen, sank aber, immer matter werdend, in die Kissen zurück und begann unruhig und hastig, wie die Sterbenden tun, an seiner Bettdecke herumzuzupfen. Dabei war es, als ob er in seiner Erinnerung nach etwas suche.

Endlich hatte er es und fuhr in abgerissenen Sätzen fort: »Es war noch früher, viel früher, und wir waren noch in der alten Kirche, da sagte mir der Kaplan ein lateinisches Lied vor. Und als Ostern herankam, da mußt' ich es hersagen vor meinem Vater und vor meiner Mutter und vor Graf Miekusch. Und meine Mutter lachte, weil sie das Lateinische nicht verstand. Aber mein Vater war ernst geworden und Graf Miekusch auch.«

Er schwieg eine Weile, und Renate sah bang auf ihn.

»Das ist nun zwanzig Jahre«, fuhr er fort, »oder noch länger, und ich hatt' es vergessen. Aber nun hab' ich es wieder:

Salve caput cruentatum
Totum spinis coronatum
Conquassatum, vulneratum
Facie sputis illita ...«

Er hatte sich bei jeder neuen Zeile mehr und mehr erhoben und starrte mit einem Ausdruck, als ob er etwas sähe, auf den Wandpfeiler zu Füßen seines Bettes. Und ein Lächeln, in dem Schmerz und Erlösung miteinander kämpften, verklärte jetzt sein Gesicht.

»Kathinka hatte recht ... aber nun ist es zu spät ... Salve caput cruentatum ...« Es waren seine letzten Worte.

Er sank in die Kissen zurück, und seine Augen schlossen sich für immer.

25. KAPITEL

Wie bei Plaa

In derselben Stunde noch war ein reitender Bote nach Berlin hin abgegangen, um dem Vater, in einigen Zeilen Berndts, die Nachricht von dem Tode seines Sohnes zu überbringen. Kein Versäumnis hatte stattgefunden. Nichtsdestoweniger ließ sich das Eintreffen des alten Geheimrats vor nächstem Abend nicht erwarten.

Am Morgen fanden sich wie gewöhnlich alle Hausgenossen in dem Eckzimmer zusammen, nur Renate fehlte, und Hirschfeldt nahm jetzt Veranlassung, alles, was ihm Tubal als seinen »Letzten Willen« ausgesprochen hatte, zur Kenntnis Berndts zu bringen. Dieser war einverstanden damit, das Hinaufschaffen des Toten in die Kirche so weit wie möglich zu beschleunigen; was aber das Begräbnis angehe, so werde der alte Ladalinski darüber zu bestimmen haben. Darnach trennte man sich. Hirschfeldt und Bamme ritten auf eine Stunde zu Drosselstein hinüber, und Lewin ging in die Pfarre, um all sein Freud' und Leid an dieser Stelle auszuschütten. Wußte er doch, daß er hier alles sagen durfte, weil er für alles ein Verständnis fand. Und mehr als das: ein stilles Gemüt, das den Frieden geben konnte, den es selber hatte. Und nach diesem Frieden sehnte sich sein Herz.

Um zwei Uhr mittags fuhr ein großer Leiterwagen auf das Dorf zu, einer von denen, wie man sie zur Erntezeit, mit Garben hoch beladen und einem »Baum« darüber, in die vorn und hinten geöffneten Scheunentore hineinschwanken sieht. Ein sogenannter Oostwagen. Er kam von Küstrin, und jeder Hohen-Vietzer, der ihm irgendwo begegnet wäre, hätte gewußt, daß es ein Kniehasesches Gespann war und ein Kniehasescher Knecht, der fuhr. Dieser saß auf einem etwas vorstehenden Brett und hatte beide Füße auf die Deichsel gesetzt. Auf demselben Brette, dicht hinter ihm, standen zwei Särge, der eine schwarz mit weißem Beschlag, der andere gelb und mit häßlicher blauer Verzierung. Der gelbe viel kleiner. An den schwarzen hatte sich der Knecht angelehnt und rauchte.

»Hü!« und dabei gab er den Pferden einen Schlag. Als sie bis an die Auffahrt gekommen waren, traten Krist und Pachaly, die schon warteten, vor, um den vordersten Sarg abzuladen. Der Kniehasesche Knecht war ihnen dabei behilflich.

»Wecke Stunn bringen se'n rupp?« fragte der Knecht, als er Kristen in den oberen Griff des Sarges einfassen sah.

»Hüt noch, glieks.«

»Un vörn Altar?«

»Joa, so seggen se.«

»Un woto vörn Altar? Dat's nich Mod'bi uns.«

»Ick weet nich. Et is en Polscher. Un da möt et woll so sinn.«

Damit beruhigte sich der Kniehasesche Knecht und fuhr mit dem gelben Sarge weiter die Dorfstraße hinauf, an dem Schulzenhofe vorüber. Als er bei Miekleys Mühle war, bog er in den Forstacker ein und hielt endlich vor Hoppenmariekens Haus. Hier standen alte Weiber, die den gelben, häßlichen Sarg in Empfang nahmen.

»Kuck«, sagte die eine, »geel un blu. Dat is so wat för Hoppenmarieken.«

»Un so kleen as en Kinnersark.«

»Na, vun 'ne Kinner wihr se nu groad' nich.«

»Nei, awers de Düwel is ook mal kleen west. Un wat deiht er ehr, dat se 'ne Hehlersch wihr? Se kümmt jo nu ook rupp, un se kulen ehr inn mang all de annern. Oll-Sidentopp wihr joa daför.«

»Joa, he. He denkt ook, he kann allens.«

Und damit brach das Gespräch ab.

Im Herrenhause war inzwischen ein lebhaftes Treiben gewesen, auf und ab, aber wie auf Sokken, und kein Wort wurde gesprochen. Um vier Uhr lag der Tote gebettet in seinem Sarge, und eine Stunde später trugen ihn sechs Träger über den oberen Korridor hin und langsam die Treppe hinunter. Als sie die letzten Stufen eben passiert hatten und über den Hinterflur fort, wo das Hausgesinde stand, auf die Halle zu wollten, sahen sie sich aufgehalten, denn Hektor lag mitten in ihrem Wege. Er hatte sich von seiner Binsenmatte her bis an diese Stelle vorgeschleppt und mühte sich jetzt, sich aufzurichten. Aber umsonst; er winselte nur, und den Augen Berndts, der sich bis dahin gehalten hatte, entstürzten Tränen. So durchschritten sie das Haus, den Hof und bogen zuletzt in den oft genannten Hügelweg ein, der zur Kirche hinaufführte. Als sie bis dicht heran waren, erglühte der Horizont im Widerschein der eben untergegangenen Sonne. Der alte Kubalke schloß auf, und eine kleine Weile noch, so stand der Tote vor dem Altar.

Es war eben neun Uhr, als eine Chaise vor dem Herrenhause hielt, deren Ankunft, da das Stroh noch lag, von niemandem, am wenigsten von Jeetze, der ohnehin schlecht hörte, bemerkt worden war. Endlich ward es hell an den Fenstern, und gleich darauf erschien Lewin und trat an den Wagenschlag, um dem alten Ladalinski, denn er war es, beim Aussteigen behilflich zu sein.

Das Aussehen des Geheimrats zeigte sich wenig verändert; seine Haltung war gerade und aufrecht, Anzug und Haar geordnet. Er fragte nach Renate, die nicht zugegen war, und folgte dann Berndt in das Eckzimmer, in dem ein hohes Kaminfeuer brannte und der Teetisch nach russischer Art, wie der Gast es liebte, hergerichtet war. Bamme und Hirschfeldt wollten sich zurückziehen, wurden aber aufgefordert, zu bleiben, ebenso die Schorlemmer. Alle setzten sich, Tee wurde gereicht und von der Fahrt gesprochen. Es sei nicht möglich gewesen, Berlin vor Mittag zu verlassen; allerhand Anordnungen hätten den Moment der Abreise hinausgeschoben.

Unter solchem Geplauder vergingen Minuten, ohne daß des Ereignisses, das den Geheimrat hierher geführt hatte, erwähnt worden wäre. Er bat um ein zweites Glas Tee, und erst, als er auch dieses geleert und dabei den Wunsch ausgesprochen hatte, seine Weiterreise so bald wie möglich antreten zu können, sagte Berndt:

»Hab' ich recht verstanden? Weiterreise?«

Der Geheimrat nickte.

»So werden Sie nicht unmittelbar nach Berlin zurückkehren?«

»Nein. Ich gedenke gleich von hier aus die Leiche meines Sohnes nach Bjalanowo überzuführen. Alle Ladalinskis stehen dort. Das Leben hat seine Forderungen, aber auch der Tod. Es liegt mir daran, im Sinne meines Sohnes zu handeln, der, wie mir wohl bewußt, diesen Zug nach der Heimat hatte.«

Hirschfeldt wollte berichtigen; Berndt aber, der den Eigensinn Ladalinskis kannte und von mancher früheren Erfahrung her wußte, daß unbequeme Mitteilungen wohl das Gemüt seines Gastes beunruhigen, aber an seinen Entschlüssen nichts ändern konnten, ergriff deshalb statt des Rittmeisters das Wort und beeilte sich, ohne weiteres seine Zustimmung auszusprechen. Hirschfeldt erriet die Absicht, und so wurde denn festgestellt, daß um neun Uhr früh die Weiterreise stattfinden und zur Überführung des Toten ein Schlitten, am besten ein Planschlitten, leicht und einspännig, beschafft werden solle. Alles regelte sich rasch und kurz, und nun erst sagte der Geheimrat, indem er sich erhob:

»Ich wünsche meinen Sohn zu sehen.«

»Er steht in der Kirche oben«, bemerkte Berndt. »Vor dem Altar. Es war sein letzter Wunsch.«

»So will ich hinauf. Aber allein, Vitzewitz. Ich bitte nur um die Begleitung Ihres Küsters. Ein Alter, hoff' ich.«

Dies konnte bejaht werden, und das Gespräch, das sonst ins Stocken geraten wäre, wandte sich jetzt mit Vorliebe und Ausführlichkeit dem Umstande zu, daß es im ganzen Oderbruche kein Dorf gäbe, in dem die Leute so alt würden wie in Hohen-Vietz. Immer neue Beispiele wurden gefunden, erst der alte Wendelin Pyterke und dann Seidentopfs Amtsvorgänger, der seine diamantene Hochzeit gefeiert und drei Tage später einen kleinen Ururenkel getauft habe. Schwächehalber freilich habe er die Taufformel im Sitzen sprechen müssen. Und bei diesem Amtsvorgänger und seinem Ururenkel – dessen Existenz übrigens, wie wenn es sich um eine Unschicklichkeit gehandelt hätte, von der Schorlemmer bestritten wurde – verweilte das Gespräch noch, als Jeetze meldete, daß der alte Kubalke angekommen sei und draußen warte.

Alle gingen ihm entgegen. Er stand in der Halle und hielt den Kirchenschlüssel und eine große Laterne in seiner linken Hand. Mit der rechten nahm er sein Sammetkäpsel ab und grüßte.

»'s ist schon spät, Papa«, sagte Ladalinski. »Mehr Bettzeit als Kirchenzeit. Aber Ihr wißt –«

Und damit verließen beide den Flur und traten in die mit allerhand Strauchwerk besetzten Parkgänge hinaus. Lewin und Hirschfeldt waren ihnen bis an die Hoftüre gefolgt. »Wie bei Plaa«, sagte jener und setzte nach einer kurzen Pause hinzu: »Aber dieser Gang ist schwerer.«

Hirschfeldt nickte still, und beide kehrten in das Eckzimmer zurück.

Die beiden Alten stiegen inzwischen hügelan, Kubalke zwei, drei Schritt' vorauf, um besser leuchten zu können, denn nur wenige Sterne schienen, und hier und dort waren Wurzeln über den Weg gewachsen. Als sie halb hinauf waren, hielt er, bis der Geheimrat heran war, und sagte: »Passen's Achtung, gnäd'ger Herr, hier ist Glatteis.« Und dann ins Plattdeutsche fallend, was ihm, trotzdem er Schulmeister war, aus Alter und Unachtsamkeit öfters passierte, schloß er seinen Satz: »De verdüwelten Jungens, se hebben hier 'ne Slidderboahn moakt. Un mihr as een. Se weeten nich, dat ook olle Lüd' in de Welt rummerlopen. Olle Lüd', as wie *ick*.«

»Wir werden so weit nicht auseinander sein«, sagte Ladalinski, dem die Weise, wie der Alte sprach, angenehm im Ohre klang.

»Doch, doch«, antwortete dieser und fuhr dann, ebenso unwissentlich das Hochdeutsche wieder aufnehmend, fort: »Als ich so war, wie der gnäd'ge Herr jetzt sind, Mitte Sechzig oder so, da war meine Maline noch keine zehn Monat alt, und die Eve, die ja der gnäd'ge Herr auch kennen – drüben in Guse, aber jetzt hab' ich sie wieder bei mir, denn es ist unser Nestküken – ja, das Evelchen, das war noch gar nicht geboren.«

»Da sind Sie über achtzig, Papa?«

»Dreiundachtzig. Das heißt nächsten dreizehnten August.«

»... Und müssen also spät geheiratet haben.«

»Ja, gnäd'ger Herr, das hab' ich. Das heißt, es war die zweite Frau. Als ich das erstemal auf die Freite ging, das war drei Jahr' eher, als wir die Russen hier hatten, und ich war eben erst ins Dorf gekommen ... Aber da sind wir schon.« Und dabei trat er auf die Steinstufen des tief eingeschnittenen Portals und schloß die große Kirchentür auf, die sich nach innenhin öffnete. Sie passierten erst den Turm zwischen dem Stubbenholz und den alten katholischen Altarpuppen hin, die zusammengefegt in der Ecke lagen, und schritten dann, an den Chorstühlen vorbei, den breiten Mittelgang hinauf, auf Altar und Kanzel zu.

Als sie bis an die vorderste Stuhlreihe gekommen waren, wollte der Geheimrat nach links hin eintreten und sich einen Augenblick setzen; denn er bedurfte der Sammlung. Aber der alte Kubalke zog ihn hastig wieder zurück und sagte: »Nicht da, gnäd'ger Herr; das ist der Majorsstuhl.«

Der Geheimrat sah ihn verwundert an.

»Nicht da, gnäd'ger Herr«, wiederholte der Alte, »nicht da. Das war anno 59, und ich seh' es noch wie heute. Sie brachten ihn von Kunersdorf her, Grenadiere vom Regiment Itzenplitz, und hier legten sie ihn nieder, hier auf diese Bank. Aber er hatte das Leben satt. ›Kinder, ich *will* sterben, sagte er und riß sich die Binden ab. Und da hat er sich verblutet. Es war den 12. August, den Tag vor meinem Geburtstag.«

Bei diesen Worten hatte der alte Kubalke den Geheimrat nach der andern Seite hinübergezogen. Die vorderste Chorstuhlreihe war hier freilich geschlossen, aber in ihrer Front lief eine schmale Bank, auf der, wenn Konfirmation war, die Einsegnungskinder ihre Plätze hatten. Darauf setzten sich jetzt die beiden Alten und hatten nun die Bahre dicht vor sich, keine drei Schritt' ab.

Als sie sich eine Weile geruht, sagte Ladalinski: »Nun, denk' ich, wollen wir den Deckel abnehmen.«

»Noch nicht, gnäd'ger Herr. Sie müssen den jungen Herrn Sohn doch wenigstens sehen können. Und es ist ja noch so dunkel. Ein lieber junger Herr. Erst letzten Sonntag, da hab' ich ihn hier eingeschlossen mit Marie Kniehase; denn ich habe keine Augen mehr. Und als ich nach einer Viertelstunde wiederkam, da stand er hier und hatte rote Backen. Dicht neben dem Majorsstuhl. Aber die Marie war noch röter. Ich will erst die Lichter anstecken, gnäd'ger Herr.«

Damit ging er auf den Altar zu, nahm die Wachslichter von den großen Messingleuchtern und zündete sie an. Anfangs schien es, daß sie wieder verlöschen wollten, aber zuletzt brannten sie, und der Alte, während er jetzt die Bahrdecke fortnahm und auf die Altarstufen niederlegte, sagte ruhig: »Nu, mit Gott, gnäd'ger Herr.«

Ladalinski hatte sich erhoben und stellte sich an die eine Schmalseite des Sarges.

»Steh' ich zu Häupten oder zu Füßen?« fragte er.

»Zu Häupten.«

»Ich will doch lieber zu Füßen stehen.«

Darnach wechselten sie die Plätze und hoben nun den Deckel ab, der alte Geheimrat mit krampfhaft geschlossenem Auge.

Und nun erst sah er auf den Sohn, fest und lange, und fand zu seiner eigenen Überraschung, daß sein Herz immer ruhiger schlug. Was war es am Ende? Er war tot. Und er fühlte tief in seiner Seele, daß es nichts Schreckliches sei, nein, nein, Freiheit und Erlösung. Das Leben erschien ihm so arm, der Tod so reich, und nur *ein* Gefühl beherrschte ihn: »Ach, daß ich an dieses Toten Stelle wäre.«

Er betete für ihn und für sich selbst; dann, während ihn alles traumhaft umwogte, stand er eine Minute noch und sagte dann: »Nun, Papa, wollen wir wieder schließen.«

Der war es bereit, und sie legten auch die Bahrdecke wieder über den Sarg, ein verschossenes Stück Wollenzeug, das nur eben bis an die Tragbalken der Bahre reichte. Und siehe, das alte katholische Gefühl, wie es sich erst in Kathinka und dann zuletzt auch in Tubal geregt hatte, es wurde jetzt ebenso in dem Herzen des alten Ladalinski wieder lebendig, und er sagte, während er auf den Sarg und die ärmliche Decke deutete:

»Es sieht so kahl aus. Was meint Ihr, ich möchte das Kruzifix nehmen und es obenauf legen. Oder glaubt Ihr, daß es Anstoß gibt?«

»Nicht doch, gnäd'ger Herr. Das ist so recht was für ein Kruzifix. Dafür ist es ja da, für die Toten, die brauchen's. Hier unten geht es noch so; aber drüben, da fängt es an.«

Und so nahmen sie das Kruzifix vom Altar, legten's auf die Sargdecke und setzten sich wieder, der alte Kubalke aber fuhr in zutraulichem Tone fort: »Es ist noch keine sieben Jahre her, da hab' ich es auch vom Altar weggenommen. Denn da war die Löffelgarde hier und die Marodeurs; und auch den andern war nicht viel zu trauen, wenn es was Silbernes war. Und da sagt' ich zu meiner Frau: ›Frau, wo stecken wir's hin?‹ ›Steck es in den Bettsack‹, sagte sie, aber das wollt' ich ja nicht, und so steckt' ich es in mein Kopfkissen und legte mich und wollte darauf schlafen. Aber das war auch nicht das Rechte, und ich hatte keine Ruhe, und mir war es immer, als drückt' ich auf die Wunden meines Heilands und tät' ihm weh. Da stand ich denn auf und nahm es wieder heraus und hing es an den Spiegelpfeiler. ›Mutter‹, sagt' ich, ›es ist nicht nötig, daß wir es verstecken. Und wenn das Franzosenzeug auch in unsere Kirchen einbricht, in ein armes Küsterhaus werden sie *nicht* einbrechen. Da suchen sie nichts. Und wenn sie doch kommen, da wird Er sich selber zu schützen und zu helfen wissen. Denn das haben wir hier herum erfahren, er läßt sich nicht spotten. Auch in seinem Bilde nicht.«

Der Geheimrat hatte bewegten Herzens zugehört, Ach, wie wohl ihm diese Sprache tat und dieser kindliche Glaube. Er nahm seines Begleiters Hand und sagte: »Nun wollen wir wieder gehen.«

Und beide standen auf; der Alte löschte die Lichter, und zwischen den Kirchenstühlen hin schritten sie wieder auf den Ausgang zu. Als sie den Turm eben passierten, schlug es zehn. Der Schlag der Glocke dicht über ihnen erfrischte dem alten Ladalinski das Herz, und so traten sie wieder ins Freie.

Es war noch dunkler geworden, die letzten Sterne fort, und Kubalke ging wieder vorauf, bis sie halben Weges an die Schlitterbahnstelle kamen.

»Passen's Achtung, gnäd'ger Herr, hier ist das Glatteis«, sagte der Alte wie beim Hinaufsteigen und schien auch wieder von den »verdüwelten Jungens« sprechen zu wollen. Aber Ladalinski kam ihm zuvor und sagte, anknüpfend an ihr unterbrochenes Gespräch: »Sie waren zweimal verheiratet, Papa? War es nicht so?«

»Ja, gnäd'ger Herr.«

»Und hatten auch Kinder von der ersten Frau?«

»'ne Tochter.«

»Und die lebt noch?«

»Nein, gnäd'ger Herr. Lange tot; gestorben und verdorben. 's war so der Nachlaß von der Mutter her.«

Der alte Geheimrat sah ihn fragend an.

»Ja, die Mutter. Das war so eine schmucke Person, und alles Mannsvolk lief ihr nach. Und da war auch ein Kandidat hier, und eines Sonntags, als sich der alte Pastor Ledderhose, der hundert Jahr' alt wurde, den Fuß ausgerenkt hatte, da stand unser Herr Kandidat auf der Kanzel und predigte, und Wendelin Pyterke, der damals unser Schulze war, sagte zu mir: ›Höre, Kubalke, der versteht's.‹ Und er verstand es auch. Aber was? Am Abend waren sie beide fort. Ins Pommersche, so nach Kammin oder Kolberg zu. Und da wurd' er Salzinspektor; aber es dauerte nicht lange, und es hat ein schlechtes Ende genommen.«

»Und die Tochter?«

»Die war bei mir, bis sie siebzehn war; da flog sie auch weg, und es war alles ebenso. Wie sich einer bettet, so liegt er. Aber nun ist Gras drüber gewachsen.«

Bei diesen Worten waren sie wieder bis an die Rückseite des Herrenhauses gekommen, und der alte Kubalke klinkte die Hoftür auf. Auf dem matterleuchteten Hinterflur trafen sie Jeetze.

»Gute Nacht, Papa!« sagte Ladalinski. »Haben auch manches erlebt.«

»Ja, gnäd'ger Herr. Aber Gras wächst über alles.«

26. KAPITEL

Zwei Begräbnisse

Um neun Uhr früh hatte Ladalinski seine Reise nach Bjalanowo hin fortsetzen wollen, und nachdem er sich, als diese Stunde da war, im Hause verabschiedet hatte, stieg er jetzt die winterlich kahle Nußbaumallee hinauf, um den vor dem Altar stehenden Sarg abzuholen. Mit ihm waren nur Berndt und Lewin. Neben ihnen her schwankte ein in Federn hängender Chaisewagen, während ein nur mit einem einzigen Pferde bespannter Planschlitten um zehn oder zwanzig Schritt' vorauffuhr. Es war derselbe, der schon die Fahrt nach »Bastion Brandenburg« mitgemacht und von Bamme vorahnend den Namen »Sargschlitten« empfangen hatte. Pachaly saß wieder auf dem Deichselbrett, alles wie drei Tage vorher, nur daß sich auf dem hohen Kummet des Pferdes, in einem alten Stahlbügel aufgehängt, ein einziges Schlittenglöckchen hin und her bewegte.

Nun war man oben; die Planschleife fuhr unmittelbar bis an die Stufen des Portals, während der Chaisewagen in einiger Entfernung halten blieb. Die Kirche stand auf; Pachaly trat mit ein, und einen Augenblick später erschien auch der Ladalinskische Diener. So schritten sie den Mittelgang hinauf bis an den Altar; Berndt erkannte das Kruzifix und wußte wohl, wer es dahin gelegt hatte. Sie stellten sich nun zu beiden Seiten des Sarges, ohne daß ein Wort gesprochen worden wäre; endlich sagte der Geheimrat: »Nun tragt ihn hinaus.« Und dabei nahm er das Kruzifix, um es wieder auf den Altar zu stellen, von dem er es genommen hatte. Aber der alte Vitzewitz kam ihm zuvor und sagte: »Nein, Ladalinski, nicht so, das ist nun *Ihre;* mein Großvater hat es dieser Kirche gestiftet, und ich werde ein neues stiften. Nehmen Sie es, ich bitte Sie darum. Sie haben mir, wollentlich oder nicht, Ihren Sohn gegeben, und alles, was ich Ihnen wiedergeben kann, ist dieses Kreuz. Ach, ich hab' es auch getragen.«

Ladalinskis Lippen zitterten; er konnte nicht sprechen oder wollte nicht. Dann aber riß er in freudiger Erregung einen Streifen von der Bahrdecke, legte den Streifen, als ob es eine Schärpe wäre, um die Mitte des Sarges und schob das Kruzifix, das sonst keinen Halt gehabt hätte, in den schwarzen Schärpenknoten hinein. Danach trat er beiseite, und Pachaly und der Diener faßten nun die Bügel und trugen den Toten hinaus.

Eine Viertelstunde später bog der Schlitten, der sich bis dahin auf der Höhe langsam fortbewegt hatte, nach links hin aus und fuhr, als er den Abhang glücklich hinunter war, zwischen den Uferweiden auf Frankfurt zu. Die Chaise folgte, und während ihr überdeckter Polstersitz auf dem holprigen Wege hin und her schwankte, wurden Erinnerungen in dem Herzen des alten Ladalinski wach, und er mußte jener Reise gedenken, die ihn vor langer, langer Zeit auf ebenso verschneiten Wegen nach Bjalanowo hingeführt hatte. Und doch wie anders damals! Eine Hochzeitsreise war es, und die reizendste der Frauen – eben erst die seine – schmiegte sich unter übermütigem Lachen an seine Seite; der Schnee stäubte, die Pferde flogen, und jeder neue Rasteplatz brachte neue Blumen und neue Huldigungen. Erfinderisch war er gewesen, wie die Liebe selbst. Und jetzt sah er nichts vor sich als den Schlitten, den die Uferweiden streiften und der langsam auf eine Gruft zufuhr, die nicht mehr die seine war und an deren Tür er um Gastlichkeit bitten mußte für seinen Toten. Das war mehr, als er tragen konnte. Scharf und leise klang das Glöckchen, und scharf und leise fielen seine Tränen.

Um dieselbe Stunde, wo der alte Geheimrat, begleitet von Berndt und Lewin, zu der Kirche hinaufgestiegen war, war auch Bamme, nach Anlegung seines Husarenrocks, aus dem Herrenhause getreten, hatte sich aber nach fast entgegengesetzter Seite hin begeben. Es lag ihm daran, dem Begräbnis Hoppenmariekens, das im Laufe des Vormittags stattfinden sollte, beizuwohnen, bei welcher Gelegenheit er noch einen Blick auf diesen Gegenstand seines besonderen Interesses zu tun hoffte. Als er in die Nähe des Heckenzaunes kam, der das Häuschen einfaßte, sah er, daß allerhand Gesindel zu beiden Seiten des Weges Spalier gebildet hatte, zum Teil dieselben alten Weiber, die gestern dem Kniehaseschen Knecht beim Abladen des Sarges behilflich gewesen waren. Bamme grüßte und hörte nicht ohne Befriedigung, daß hinter ihm her gezischelt wurde: »Dat is he; wie schnaaksch he utsieht.« Darnach trat er in das offenstehende Haus. Ein starker Zug wehte, trotz dieses Zuges aber war es warm, denn der Ofen pustete und auf dem Flurherd brannten große Scheite, um die seltsamerweise mehrere Kochtöpfe gestellt waren. Das hatten die Forstackersleute getan, die sich auf Hoppenmariekens Kosten einen guten Tag machen wollten. Erben waren nicht da, und Kniehase sah ihnen durch die Finger.

Bamme hatte sich was versprochen, aber er fand doch mehr noch, als er erwartet hatte. Auf zwei Stühle, nach Art eines Reisekoffers, war der offene Sarg gestellt, und auf dem Rande des Sarges saß ein schwarzer Vogel, einem Raben ähnlich, nur viel kleiner. Als der Vogel den Eintretenden gewahr wurde, hüpfte er von dem einen Rande auf den andern hinüber und von diesem auf den Sargdeckel, der mit seinen blitzblauen Beschlägen auf zwei andern Stühlen lag. Es machte dies Platzwechseln durchaus den Eindruck, als ob es aus Respekt gegen Bamme geschähe, der es denn auch so nahm und, an den Vogel herantretend, ihn belobigte. »Bist ein braver Kerl, hast Lebensart.« Gleich darauf indessen entsann er sich seines eigentlichen Zwecks, schob den am Wandpfeiler stehenden Tisch, darin das Gesangbuch und die Karten lagen, beiseite und probte sich einen Platz aus, um die Tote bequem und in guter Beleuchtung betrachten zu können. Diese lag in Staat, und nichts war vergessen, was zu Hoppenmarieken gehörte. Das weiße Haar war unter das schwarze Kopftuch gebunden, die Zipfel standen hoch nach oben, und ihre zwei dicken Wasserstiefel sahen mit halber Sohle aus dem Sarge heraus. In ihrer Rechten hielt sie den Hakenstock, weil er aber zu lang gewesen war, war er in zwei Hälften zerbrochen worden, und das untere Stück lag nun daneben. Ihr Gesichtsausdruck hatte sich wenig verändert; das Listige hatte der Tod fortgenommen, aber das Trotzige war geblieben. Bamme war entzückt; er drehte den Hakenstock ein wenig zur Seite und sagte dann vor sich hin: »Zwergenbischof«, eine Bemerkung, zu der er sich, in Ermangelung eines guten Publikums, vorläufig selber gratulierte. Dann sah er in den Alkoven hinein, in dem sich die großen Gundermannsbüschel im Zugwinde hin und her bewegten, und fand auch hier alles »superbe«.

Als er wieder in die Vorderstube trat, war der schwarze Vogel auf den Rand des Sarges zurückgeflogen, und Bamme, neugierig und verwundert, was das Tier da wolle, trat jetzt heran und sah, daß es von der Toten in aller Wirklichkeit gefüttert wurde. Die Nachbarweiber hatten ihr nämlich Ebereschenbeeren und Weizenkörner in die geöffnete linke Handfläche gelegt. Das war so Forstackerpoesie.

Bamme nickte und wollte wieder auf seinen Beobachtungsposten zurückkehren, mußte sich aber bald überzeugen, daß es mit dem Zauber dieser Stunde zu Ende gehe.

Die Neugierde der Hoppenmariekeschen Vögel, die zwischen ihren Gitterstäben hindurch auf ihn und seinen roten Husarenrock niederblickten, hätte sich vielleicht ertragen lassen, aber das Gaffen der draußenstehenden alten Weiber und Kinder fing doch an, unbequem und lästig zu werden, so lästig, daß er schließlich froh war, als ihm das Erscheinen der Träger gemeldet wurde. Diese traten denn auch bald darauf ein, schlossen den Sarg und setzten sich auf den Kirchhof zu in Bewegung. Einer der Träger war Hanne Bogun, der den linken Vorderbügel gefaßt hatte, während rechts neben ihm ein lahmer Scherenschleifer ging, dessen untere Beinstellung ein gleichschenkliges Dreieck bildete. »Das laß ich mir gefallen«, sagte Bamme, froh, seinen Meister gefunden zu haben, und schloß sich als erster Leidtragender an, während der ganze »Forstacker« in corpore folgte. Alles war heiter, die Kinder schneeballten sich, und Kniehases Tauben flogen über dem Zuge hin, als würde Schneewittchen oder irgendeine Märchenprinzeß begraben.

So kamen sie bis an das Kirchhofsportal. Die Träger, müde geworden, wechselten hier ihre Plätze, und nur Hanne Bogun, weil er bloß den rechten Arm hatte, blieb an der linken Seite des Sarges. Und nun zwischen den Gräbern hin setzte sich der Zug wieder in Bewegung, bis er am andern Ende des Kirchhofs hielt. Hier dicht an der Feldsteinmauer war ein Grab gegraben, an einer Stelle, wo zur Sommerzeit Disteln und Schafgarbe wucherten und die Ziegen zu grasen pflegten. Neben dem Grabe standen Seidentopf und Kniehase und beiden gegenüber Berndt und Lewin, die nach dem Abschiede von Ladalinski gleich auf dem Kirchhügel geblieben waren, weil sie das Herankommen des Zuges bemerkt hatten. Von den Dörflern, ein paar Kossäten und Büdner ausgenommen, war nur Miekley da, der das »ehrliche Begräbnis« zwar ebenso mißbilligte wie alle andern, aber doch durch zwei Dinge bestimmt worden war, diese seine Mißbilligung nicht zu zeigen. Und zwar erstens, um, wenn »etwas geschähe« – woran er nicht zweifelte –, seinerseits nichts versäumt zu haben, und zweitens und hauptsächlichst, um

Uhlenhorsten, der sich auf dem Mühlenhofe zu Mittag und Abend hatte ansagen lassen, mit einer neuen »Seidentopferei« unterhalten zu können.

Die Träger hatten ihre Last niedergestellt; nun ließen sie den Sarg hinab, und Seidentopf, während alle Forstackerkinder neugierig das Grab umdrängten, sagte mit seiner klaren Stimme: »Empfehlen wir ihre Seele Gott. Es war kein christliches Leben, das sie geführt; aber ihr letzter Tag, so hoffe ich, hat vieles ausgeglichen. Sie hatte keinen Menschen lieb, einen ausgenommen, und diesen einen, der jetzt mit an ihrem Grabe steht, hat sie gerettet oder doch mit zu seiner Rettung geholfen. Ihre List, die sonst ihr Böses war, war hier ihr Gutes. Und wenn dieses Gute nicht schwer genug wiegen sollte, so wird die Barmherzigkeit Gottes hinzutreten und in Gnaden geben, was noch fehlt. Beten wir für sie.« Und dabei nahm er sein Barett ab und sprach das Vaterunser, während zwei seitabstehende Forstackerweiber kicherten.

»Jott, uns' Oll-Seidentopp; ick weet nich, he beet't ook för alles. Allens sall 'inn.«

»Joa. Awers Hoppenmarieken beet't he nich rinn.«

Zwei Stunden später saßen Uhlenhorst und Mieklev zu Tisch; auch Kallies-Sahnepott war geladen worden. Es wurde schon die dritte Flasche Graves aus dem Keller geholt, denn alle hielten auf ein »gutes Glas«, und Uhlenhorst zeigte sich von Minute zu Minute besserer Laune. Begreiflich; denn der reiche Sägemüller sägte heute nicht bloß Stämme, sondern auch Seidentopfen mitten durch. Als er zuletzt auch von Bammes Besuch in Hoppenmariekens Wohnung berichtet hatte, sagte Uhlenhorst wichtig und indem er sich etwas vorbeugte: »Nichts natürlicher als das, es sind Geschwister.«

Miekley, so sehr er aus dem Munde des Kandidaten an Orakelsprüche gewöhnt war, erschrak doch einigermaßen; Uhlenhorst selbst indessen fuhr in demselben Tone fort: »Ich meine nicht von dieser Welt. Aber sie haben beide denselben Vater und wurden beide an derselben Stelle geboren. Wo? Das brauche ich Ihnen nicht erst zu sagen.«

Sahnepott hatte die Ohren gespitzt (das war etwas für den Krug), und ehe fünf Minuten um waren, waren beide Bauern der Überzeugung, daß ihr Kandidat mal wieder den Seherblick gehabt und den Nagel auf den Kopf getroffen habe. »Ich kann mich irren«, sagte Uhlenhorst, in einen Demutston übergehend, »aber ich zweifle.«

Und damit schloß das Gespräch.

Zu Beginn des Nachmittags fuhr der Kaleschewagen vor dem Herrenhause vor; die Ponies waren eingespannt; Bamme wollte mal wieder nach seinem Gut hinüber und nach dem Rechten sehen. »Es ist mir von wegen des Pastors, Vitzewitz«, waren seine letzten Worte gewesen, als Berndt ihn aufgefordert hatte, noch ein paar Tage zu bleiben. »Ich muß ihn in der Furcht des Herrn halten, sonst wird er mir übermütig und erzählt meinen Groß-Quirlsdorfern von der Kanzel her, daß sich Hoppenmarieken aus Liebe zu mir umgebracht habe. Natürlich alles sub rosa. Immer mit Bibelstellen. Im Alten Testament, so nur der gute Wille da ist, findet sich schließlich alles, was einer braucht.« Und darnach hatte der Alte die Zügel genommen und war wie die wilde Jagd vom Hofe hinuntergefahren, erst an dem Blachfeld und dann an dem Fichtenwäldchen vorbei, immer in der Richtung auf Küstrin zu.

Das war um drei Uhr gewesen. Schon vor Dunkelwerden erschien Kallies-Sahnepott im Krug, wo er sich vorläufig mit Krüger Scharwenka behelfen mußte, denn von den andern Bauern war noch keiner da.

»Nun ist ja der General auch fort«, sagte Sahnepott und sah so wichtig aus, als ob er wieder von »Tiegel-Schulzen« und dem Schwedter Markgrafen erzählen wollte. »Ich hab' ihn heute nachmittag auf der brandroten Fuchsstute nach Frankfurt reiten sehen. Er ritt über den Forstakker. Es war so Klocker vier.«

»Das kann nicht sein, Sahnepott«, erwiderte Scharwenka.

»Und warum nicht?«

»Erstens weil die Fuchsstute tot ist; ich habe sie selber fallen sehen, keine zehn Schritt von der Pappel, wo sie nachher den Konrektor erschossen haben, und dann zweitens, weil er heute nachmittag (ich meine den General) in unseres Alten Kaleschwagen an mir vorbeigefahren ist. So Klocker drei. Die Ponies waren vorgespannt, und der Shetländer ging als Handpferd.«

Kallies schüttelte den Kopf. »Du verstehst mich nich, Scharwenka. Das is es ja gerade, was ich meine. Nach Küstrin hin in der Kalesche und nach Frankfurt hin auf der Fuchsstute. Du hast sie fallen sehn. Gut. Aber tot oder nicht, macht keinen Unterschied. So was kommt vor. Du mußt doch wissen, was es mit ihm is. Uhlenhorst ...«

Hier brach das Gespräch ab, weil andere Bauern eintraten, unter ihnen auch Kniehase, vor dem Kallies eine Scheu hatte. Ganz besonders, wenn er sich mit Uhlenhorstschen Federn schmücken und allerhand schabernacksche Konventikler-Visionen in Kurs setzen wollte.

27. KAPITEL

»Und eine Prinzessin kommt ins Haus«

Eine Woche war vergangen. Die Strohschütten, die vor dem Hause lagen, waren weggeschafft worden, aber alles ging leise, als wäre noch jemand da, der nicht gestört werden dürfe. Renate hatte seit jenem Abend, wo wir sie zuletzt sahen, das obere Stock nicht mehr verlassen, und um ihretwillen war es, daß sich der Ton des Hauses dämpfte. Berndt arbeitete viel; im Erdgeschoß, auf spezielles Geheiß der Schorlemmer, standen zwei, drei Fenster auf, um das »Bammesche« wieder hinauszulassen, und statt Hoppenmariekens – von der es im Dorfe hieß, daß sie drei Nächte lang auf ihrem Grabe gesessen habe – erschienen abwechselnd Krist und Hanne Bogun, um Briefe und Zeitungen auf den Tisch zu legen. Es war eine rechte Jeetze-Zeit, alles still und grau und mit schwarzen Gamaschen; der alte Jeetze selbst aber, der kaum noch Dienst hatte, saß halbe Stunden lang neben der Binsenmatte und plauderte mit Hektor.

So vergingen die Tage. Marie kam oft vormittags schon und stieg zu Renaten hinauf, um ihr vorzulesen oder zu erzählen. Nur von Tubal sprach sie nicht. Danach begab sie sich zu Lewin in das Eckzimmer hinunter, der ihrer schon wartete, und sie saßen dann am Kamin oder in der tiefen Fensternische und gedachten vergangener stiller Tage, am liebsten des letzten Weihnachtsfestes und jenes schönen Plauderabends, wo sie, den hohen Christbaum zwischen sich, über seine hohe Spitze hinweg, die goldenen Nüsse geworfen und gefangen hatten. Von ihrem Glücke schwiegen sie, denn sie hatten eine Scheu, daß es fortfliegen könnte, wenn es genannt würde. Nur einmal kam es wie von ungefähr dazu. Das war an dem Tage, wo der Bohlsdorfsche Pastor, auf einer Dienstreise begriffen, bei seinem Hohen-Vietzer Amtsbruder vorgesprochen und zugleich auch einen Besuch auf dem Schulzenhofe gemacht hatte. Als Marie davon erzählte, sagte Lewin: »Ach, du weißt nicht, Marie, wie viel ich diesem alten Bohlsdorf und seiner Kirche verdanke. Vor allem *dich.* Dort begann ich zu genesen, noch eh' ich wußte, daß ich krank war. Wie blind ich doch war und wie selbstsüchtig! Aber nun hab' ich sehen gelernt und habe dich, dich, mein Glück und meine Goldsternprinzessin.«

Es war unmittelbar nach diesen Worten, daß Berndt in das Zimmer trat und, das Erröten Maries wahrnehmend, ihr lächelnd und mit väterlicher Zärtlichkeit die Stirn küßte. Sie sah vor sich nieder und zitterte vor Bewegung, denn sie fühlte wohl, was ihr dieser Augenblick bedeute. Gleich darauf verabschiedete sie sich, um Vater und Sohn allein zu lassen.

Als sie gegangen war, sagte Berndt: »Ich freue mich eures Glücks, Lewin, trotzdem ich noch nicht weiß, was ich all den Vitzewitzes, die draußen in der Halle hängen, zu sagen haben werde, wenn ich über kurz oder lang an anderer Stelle unter ihnen erscheine. Aber ich werde noch manch anderes vor ihnen zu verantworten haben. Ungehorsam und Auflehnung standen auch nicht in unserem Hauskatechismus, und ich denke, eines rechnet sich dann ins andere, und das Kleine wird in dem Großen mit aufgehen. Und nun nichts mehr davon. Ist es in den Sternen anders beschlossen, so wird eine französische Kugel mitsprechen. Gott verhüt' es! Haben wir dich aber wieder, so haben wir auch Hochzeit. Und eines weiß ich, sie wird uns freilich den Stammbaum, aber nicht die Profile verderben, nicht die Profile und nicht die Gesinnung. Und das beides ist das Beste, was der Adel hat.«

Und abermals lagen Tage zurück, und Renate, die sich in ihren einsamen Stunden, wenn nicht die Heiterkeit, so doch die Klarheit ihrer Seele zurückgewonnen hatte, saß wieder teilnehmend im Kreise der Ihrigen. Am andern Morgen sollten Lewin und Hirschfeldt nach Breslau hin aufbrechen. Sie waren in Vorbereitung für ihre Reise und packten eben an ihren Mantelsäcken, als sie vom Eckfenster her, zwischen den Pfeilern der Auffahrt, plötzlich eines Reiters gewahr wurden, der auf seinem Shetländer in den Hof einritt. Also Bamme. Alles lief ans Fenster, und selbst die Schorlemmer vergaß auf einen Augenblick ihre Abneigung. Denn sie war streitlustig, und neue Fehden standen jetzt in Aussicht. Am erfreutesten war Berndt, der es längst aufgegeben hatte, sich über die Schrullen und Eitelkeiten des Alten zu ereifern.

»Nun, Bamme«, hob er an, als dieser sich gesetzt und ein Tablett mit Likören rasch hintereinander absolviert hatte, »wie war der Groß-Quirlsdorfer Befund? Dorf, Pfarre, Kanzel?«

»Gut, Vitzewitz, über Erwarten gut. Er hat eben seinen Frieden mit mir gemacht. Gleich am andern Tage war Kirche. Da mußte sich's also zeigen, und neugierig, wie ich bin, wartete ich nicht einmal das dritte Läuten ab. Das strafte sich nun freilich, denn das Orgelspiel wollte kein Ende nehmen, und mir war ein paarmal, als würde das ganze Gesangbuch durchgesungen. Aber endlich kam er, und was glauben Sie, worüber er predigte? Über Saul und David predigte er. Und immer wieder hieß es: ›Saul hat tausend geschlagen, aber David hat zehntausend geschlagen.‹ Nun, Vitzewitz, wir wissen am besten, daß wir unserer Reputation diese Zehntausend eigentlich noch schuldig sind; aber enfin, der ewige kleine David, wer konnt' es am Ende sein? Anfangs sträubt' ich mich, bis ich mich schließlich drin ergab. Und so wissen Sie denn jetzt, meine Damen und, worauf ich ein besonderes Gewicht lege, auch Sie, meine liebe Schorlemmer, wer eigentlich unter Ihrem Dache weilt. Ein neuer Beweis für den alten Satz: Wer nur alt genug wird, wird alles.«

Das Geplauder ging noch weiter, und ehe Mittag heran war – das Diner sollte nicht vor vier Uhr genommen werden –, machte Bamme den Vorschlag, zu Drosselstein hinüberzureiten, um »Ostpreußen mal wieder auf Herz und Nieren zu prüfen.«

Berndt war es zufrieden, und nach einigen Minuten wurden die Pferde vorgeführt.

Als sie bei Miekleys Mühle vorüber waren, sagte Berndt: »Was ich Ihnen sagen wollte, Bamme, wir haben ein Brautpaar im Hause.«

»Das wäre! Die Schorlemmer?«

»Nein.«

»Ich dachte, sie hätte sich den Seidentopf rangebetet. Mit Speck fängt man Mäuse. Witwer und Urnensammler gehen ins Garn wie die Wachteln. Und nun gar dieser Seidentopf. Sehen Sie sich seinen Jubiläumsschrank an; er hat alles aufgehoben, was ihm seine Selige geschenkt hat. Und solch Kultus ist immer gefährlich.«

Berndt lachte.

»Sie verlieben sich in eine Ihrer Vorstellungen, Bamme, wie gewöhnlich. Aber die Tatsachen sind unerbittlich. Es liegt anders. *Nicht* Seidentopf.«

»Nun, wer denn?«

»Lewin.«

»Gratuliere! Aber das ist erst einer, ein halbes Paar. Wer noch?«

»Lewin und Marie Kniehase. Des Schulzen Kniehase Pflegetochter.«

Bamme riß den Shetländer herum, daß er im rechten Winkel zu Vitzewitz stand, und sah diesen aus seinen kleinen Augen mit allen Zeichen aufrichtigsten Erstaunens an.

»Sie verwundern sich?« sagte dieser.

»Ja.«

»Und mißbilligen es?«

»Nein, Vitzewitz. Au contraire. Ich habe seit zehn Jahren, wenn ich das Neunundzwanzigste Bulletin und den großen Diebstahl bei Krach ausnehme, nichts gehört, das mich so erfreut hätte als das. Das ist das reizendste Geschöpf, und ich verlange nach dieser Seite hin etwas, wie alle, die selber nicht viel einzusetzen haben. Also nochmals: gratulor! Wetter, Vitzewitz, das gibt eine Rasse.«

Berndt wollte antworten, aber der Alte, der sich unerwartet einem Lieblingsthema gegenübersah, hatte wenig Lust, das Wort so schnell wieder aus der Hand zu geben.

»Frisches Blut«, fuhr er fort, »frisches Blut, Vitzewitz, das ist die Hauptsache. Meine Ansichten sind nicht von heute und gestern, und Sie kennen sie. Ich perhorresziere dies ganze Vettern- und Muhmenprinzip, und am meisten, wenn es ans Heiraten und Fortpflanzen geht. Ihre

Schwester, die Gräfin, dachte ebenso, und ich habe sie sich mehr als einmal zu Grundsätzen bekennen hören, die selbst mir imponierten. Ehre ihrem Andenken! Es war eine superbe Frau. Ja, Vitzewitz, wir müssen mit dem alten Schlendrian aufräumen. Weg damit. Wie ging es bisher? Ein Zieten eine Bamme, ein Bamme eine Zieten. Und was kam schließlich dabei heraus? *Das* hier!« Und dabei schlug er mit dem Fischbeinstock an seine hohen Stiefelschäfte. »Ja, *das* hier, und ich bin nicht dumm genug, Vitzewitz, mich für ein Prachtexemplar der Menschheit zu halten.«

Berndt schwieg, weil er mehr hören wollte, und Bamme ließ auch nicht lange auf sich warten.

»Wir sind unter uns, Vitzewitz«, fuhr er fort, »und können uns ohne Gefahr unsere Geständnisse machen. Mitunter ist es mir, als wären wir in einem Narrenhause großgezogen. Es ist nichts mit den zweierlei Menschen. Eines wenigstens glaubten wir gepachtet zu haben: den Mut, und nun kommt dieser Kakerlaken-Grell und stirbt wie ein Held mit dem Säbel in der Hand. Von dem Konrektor sprech' ich gar nicht erst; ein solcher Tod kann einen alten Soldaten beschämen. Und woher das alles? Sie wissen es. Von drüben; Westwind. Ich mache mir nichts aus diesen Windbeuteln von Franzosen, aber in all ihrem dummen Zeug steckt immer eine Prise Wahrheit. Mit ihrer Brüderlichkeit wird es nicht viel werden, und mit der Freiheit auch nicht; aber mit dem, was sie dazwischengestellt haben, hat es was auf sich. Denn was heißt es am Ende anders als: Mensch ist Mensch. Ich darf so sprechen, Vitzewitz, denn die Bammes sterben mit mir aus, ein Ereignis, um das der Vorhang des Tempels nicht zerreißen wird, und nicht einmal ein Namensvetter ist da, den ich in seinem Standesbewußtsein kränken oder schädigen könnte. Denn im Vertrauen gesagt, das Kränken fängt bei uns immer erst mit der Schädigung an.«

Damit waren sie bis an die Parkmauer gekommen und hielten eine Minute später vor dem Drosselsteinschen Gartensaal.

Während dieses Gespräch auf dem Wege nach Hohen-Ziesar hin geführt wurde, plauderten auch Renate und Marie, die sich in den Hintergrund des Zimmers zurückgezogen und auf dem großblumigen Sofa Platz genommen hatten. Lewin kam herzu, war aber ersichtlich zerstreut und saß schon minutenlang zwischen ihnen, ohne daß er Maries Hand genommen oder einen Blick für sie gehabt hätte.

Marie selbst, ihrer ganzen Natur nach unbefangen und anspruchslos, schien es nicht zu bemerken; aber Renate sagte: »Sonderbares Brautpaar ihr, ihr seid ja nicht einmal zärtlich.«

»Gib uns nicht auf«, lachte Marie, und Lewin setzte hinzu: »Wir waren zu lange Geschwister. Aber es findet sich wohl noch. Was meinst du, Marie?«

Und das Rot, das über ihre Wangen flog, überhob sie jeder anderen Antwort.

Nach diesem – es war wieder ein Sonnabend – gingen Lewin und Hirschfeldt in die Pfarre, um von Seidentopf Abschied zu nehmen. Sie fanden ihn über Bekmann, und nicht bloß die Schranktüre seines Arcus triumphalis stand weit offen, sondern auch das Mittelbrett war vorgezogen, auf dem die drei Hauptstücke der Sammlung ihren Platz hatten und seit dem zweiten Weihnachtstage auch der Wagen Odins. Wer die Seidentopfsche Wocheneinteilung kannte, konnte durch diesen Anblick nicht überrascht werden. Er gehörte nämlich zu den klugen Predigern, die schon freitags mit ihrer Predigt abschließen, um dann den zwischenliegenden Tag zur Erfrischung ihrer Seele verwenden zu können. Und was hätte sich besser dazu geschickt, als die Ultima ratio Semnonum! Eine Störung bei diesem Erfrischungsprozesse galt denn auch im allgemeinen als unstatthaft, aber heute, wo Lewin und Hirschfeldt kamen, um ihm Lebewohl zu sagen, konnte von einer solchen Störung nicht wohl die Rede sein. Um neun Uhr früh, so hieß es im Laufe des Gespräches, gedächten sie nach Frankfurt hin aufzubrechen, um daselbst in der Mittagsstunde schon mit Berliner Freunden zusammenzutreffen. Es wurde dies alles nur leicht hingeworfen, Seidentopf aber verstand sehr wohl, daß mit Hilfe dieser genauen Zeitangaben nur ihr Nichterscheinen in der Kirche entschuldigt werden sollte. Es verdroß ihn ein wenig, hatte er doch die Empfindlichkeit aller Pastoren; aber sich schnell wieder fassend, gab er seinen Wünschen für Lewin einen allerherzlichsten Ausdruck. Dann wandte er sich zu dem Rittmeister, um von den »zurückliegenden, gemeinschaftlich durchlebten Tagen« zu sprechen.

»Es waren stürmische Tage«, so schloß er.

»Und doch Tage *vor dem Sturm!*« antwortete Hirschfeldt.

Und nun war es neun Uhr früh. Hektor hatte sich mühsam bis an die Sandsteinstufen geschleppt, und zum letztenmal in diesem Buche fuhren die Ponies vor. Ihre Schellen klangen hell, und an Krists altem Hut mit der alten Kokarde flatterte heut ein langes grünes Band. Seine Frau hatte rot nehmen wollen, aber er hatte auf grün bestanden.

Und nun nichts mehr von Abschied.

Über den Forstacker hin flog der Schlitten, in dem Lewin und Hirschfeldt saßen, an Hoppenmariekens Häuschen vorbei, und als sie gleich darauf wieder hügelab und am Flußufer hinfuhren, rollte plötzlich ein Ton wie dumpfer Donner herauf und verhallte in weiter Ferne.

»Das Eis birst«, sagte Hirschfeldt. »Ein gutes Zeichen, unter dem wir ausziehen.«

Und in demselben Augenblicke begannen auch die Hohen-Vietzer Glocken zu klingen, und beide Freunde wandten sich unwillkürlich noch einmal zurück.

»Was bedeutet uns ihr Klang?« fragte Lewin.

»Eine Welt von Dingen: Krieg und Frieden und zuletzt auch Hochzeit; Hochzeit, der glücklichsten eine, und ich, ich bin mit unter den Gästen.«

»Sie sprechen, Hirschfeldt, als ob Sie's wüßten«, antwortete Lewin bewegten Herzens.

»Ja, Vitzewitz, ich weiß es, ich seh' in die Zukunft.«

An demselben Sonntagnachmittag saßen auch die Frauen in dem Eckzimmer, darin wir ihnen so oft begegnet. Ihre Tränen waren getrocknet, die Schorlemmer hatte sich mit einem Kraftspruch über Abschied und Rührung hinweggeholfen, und nur an Mariens langen schwarzen Wimpern hingen noch einzelne Tropfen.

Renate küßte sie und sagte: »Laß, Marie, denn du mußt wissen, ich glaube an dreierlei.«

»Das tun alle vernünftigen Menschen«, sagte die Schorlemmer. »Das heißt alle Christen.«

»Und zwar glaub' ich«, fuhr Renate fort, »erstens an den Hundertjährigen Kalender, zweitens an Feuerbesprechen und drittens an Sprüchwörter und Volksreime. Und weißt du, an welchen ich am meisten glaube!«

»Nun?«

»Und eine Prinzessin kommt ins Haus.«

Marie lächelte.

Die Schorlemmer aber sagte: »Torheit, ich will euch einen bessern Spruch sagen.«

»Und?«

»Denen, die Gott lieben, müssen alle Dinge zum Besten dienen.«

28. KAPITEL

Aus Renatens Tagebuch

Erzählungen schließen mit Verlobung oder Hochzeit. Aber ein Tagebuch, das sich bis auf diesen Tag im Hohen-Vietzer Herrenhause vorfindet und als ein teures Vermächtnis daselbst gehütet wird, gönnt uns noch einen Blick in die weitere Zukunft. Es sind Blätter von Renatens Hand, und aus ihnen ist es, daß ich das Folgende entnehme.

»Lewin ist zurück. Ich habe nur auf diesen Tag gewartet, um, wie ich seit lange wollte, mit einem Tagebuch zu beginnen. Der Säbelhieb über die Stirn kleidet ihn gut; der weiche Zug, den er hatte, ist nun fort; Marie findet es auch. Wie war sie so glücklich! Und doch ebenso ruhig, wie sie glücklich war. Und das freute mich am meisten. Denn mir ist nichts verhaßter als Lärm; und nun gar Lärm in Gefühlen! Es traf sich sonderbar, daß wir, eine Stunde vor Lewins Ankunft, den für Grell bestimmten Grabstein ausgepackt hatten. Ein kleiner Marmor. Es war nicht ohne Bewegung, daß wir Namen und Datum und die Hölderlinschen Zeilen lasen. Jeetze wollte den Stein verstecken, aber Maline sagte: ›Nein, nein, das bedeutet Glück‹, was natürlich meine gute Schorlemmer in Feuer und Flamme über die Unausrottbarkeit wendischen Aberglaubens brachte. (Lewin übernimmt Guse; sie werden dort als ein junges Paar leben. Es ist am besten so.)«

»Gestern war Hochzeit. In *Bohlsdorf.* Lewin hatte darauf bestanden; er wollte *da* getraut werden, wo sich sein Leben entschieden habe. So fuhren wir in drei Wagen hinüber. Mit uns Drosselstein und Hirschfeldt (der den Arm verloren hat, leider den rechten). Bamme war geheimnisvoll und erklärte, ›sein Brautgeschenk vorläufig vergraben zu haben‹. Aber der Tag der Auferstehung werde kommen. Die Schorlemmer über diesen Ausdruck empört, wir anderen neugierig. Seidentopf hielt die Rede; nie hat er besser gesprochen; es ist doch wahr, daß das Herz den Redner macht. Er nahm einen Bibeltext; aber eigentlich sprach er über die Zeile: ›Und kann auf Sternen gehen‹. Nach der Trauung nahmen wir einen Imbiß auf dem Amtshofe. Die junge Frau noch hübscher geworden; wieder an Kathinka erinnert. Rückfahrt im offenen Wagen. Entzückend. Die Sommerfäden flogen und setzten sich in Mariens grünen Kranz. Es war wie ein zweiter Brautschleier. Bamme, der nur den volkstümlichen Namen dieser Fäden kannte, ereiferte sich über die ›Ungalanterie des heutigen Septembers‹, beruhigte sich aber, als ich ihm sagte, daß diese Fäden auch ›Mariengarn‹ heißen. Übrigens haben Lämmerhirt und Seidentopf Brüderschaft getrunken und wollen korrespondieren. Lämmerhirt sammelt auch Totenköpfe und ist germanisch. Also gegen Turgany.«

»Heute haben wir unseren lieben Seidentopf zur letzten Ruhe gebracht. Auch Lewin und Marie kamen von Guse herüber und die drei ältesten Kinder. Sie brachten große Kränze von Flieder mit, der in diesem Jahre so schön in Guse blüht. Pastor Zabel von Dolgelin hielt die Grabrede; gutgemeint und alltäglich. Papa will es nicht wahr haben; aber er legt immer aus seinem Eigenen zu. Auch Turgany war da; sehr bewegt. Er führte mich, als wir zurückgingen, und sagte dann in seiner Art: Nun kann ich diesen Landesteil unangefochten für wendisch erklären; aber ich tät' es lieber nicht.«

»Brief von Kathinka (aus Paris). Teilnehmend, aber sehr vornehm. Wir sind ihr kleine Leute geworden. Sie kennt nur noch zweierlei: Polen und ›die Kirche‹.«

»Wir waren gestern in Guse drüben, Papa, die Schorlemmer und ich. Als wir bei Tische saßen, wurde der Selower Gerichtsdirektor gemeldet, der ein auf dem dortigen Gerichte niedergelegtes Dokument in Person überbrachte. Aufschrift: ›An Frau *Marie von Vitzewitz.* Nach meinem Ableben zu Händen der Adressatin. *Bamme,* Generalmajor.‹ Wir öffneten und lasen. Er hat Marie sein ganzes Vermögen vermacht, alles in sehr Bammeschen Ausdrücken. Am Schlusse stand: ›Ich hab' es früh erfahren, wie wenig der Schein bedeutet.‹ Marie entsann sich, Ähnliches gegen ihn geäußert zu haben. Wir gratulierten alle; nur die Schorlemmer verlangte Zurückweisung, ›es sei kein Segen daran‹. Marie aber meinte, ›*dazu* sei sie doch nicht fromm genug‹, worüber wir alle herzlich lachten; zuletzt auch die Schorlemmer.«

»Und nun bin ich allein, *ganz* allein, und morgen wird Lewin, der nun Guse verläßt, seinen Einzug in dies alte Hohen-Vietz halten, in das mir und ihm so teure Haus, in dem er gesegnet sein möge wie bisher. Und er wird es, denn er bringt seinen guten Engel mit. Meine teure Marie. Sie hat die schwerste Probe bestanden, und das Glück hat sie gelassen, wie sie war: demütig, wahr und schlicht. Und so könnt' ich bleiben und weiter leben mit und unter ihnen, aber ich mag doch nicht die Tante Schorlemmer ihres Hauses sein. Auch fehlen mir die Lieder und Sprüche. So will ich denn nach ›Kloster Lindow‹, unserem alten Fräuleinsstift. Da gehör' ich hin. Denn ich sehne mich nach Einkehr bei mir selbst und nach den stillen Werken der Barmherzigkeit. Und nur eines ist, das ich noch mehr ersehne. Es gibt eine verklärte Welt, mir sagt es das Herz, und es zieht mich zu ihr hinauf.«

Hier schließt das Tagebuch.

Auf einer schmalen Landzunge zwischen zwei märkischen Seen liegt das adlige Stift *Lindow.* Es sind alte Klostergebäude: Kirche, Refektorium, alles in Trümmern, und um die Trümmer her ein stiller Park, der als Begräbnisplatz dient, oder ein Begräbnisplatz, der schon wieder Park geworden ist. Blumenbeete, Grabsteine, Fliederbüsche und dazu Kinder aus der Stadt, die zwischen den Grabsteinen spielen.

Und auf einem dieser Grabsteine stand ich und sah in die niedersteigende Sonne, die dicht vor mir das Kloster und die stillen Seeflächen vergoldete. Wie schön! Es war ein Blick in Licht und Frieden.

Im Scheiden erst las ich den Namen, der auf dem Steine stand:

Renate von Vitzewitz.

Schach von Wuthenow

Erzählung aus der Zeit des Regiments Gensdarmes

IM SALON DER FRAU VON CARAYON

In dem Salon der in der Behrenstraße wohnenden Frau von Carayon und ihrer Tochter Victoire waren an ihrem gewöhnlichen Empfangsabend einige Freunde versammelt, aber freilich wenige nur, da die große Hitze des Tages auch die treuesten Anhänger des Zirkels ins Freie gelockt hatte. Von den Offizieren des Regiments Gensdarmes, die selten an einem dieser Abende fehlten, war nur einer erschienen, ein Herr von Alvensleben, und hatte neben der schönen Frau vom Hause Platz genommen unter gleichzeitigem scherzhaftem Bedauern darüber, daß gerade *der* fehle, dem dieser Platz in Wahrheit gebühre.

Beiden gegenüber, an der der Mitte des Zimmers zugekehrten Tischseite, saßen zwei Herren in Zivil, die, seit wenig Wochen erst heimisch in diesem Kreise, sich nichtsdestoweniger bereits eine dominierende Stellung innerhalb desselben errungen hatten. Am entschiedensten der um einige Jahre jüngere von beiden, ein ehemaliger Stabskapitän, der, nach einem abenteuernden Leben in England und den Unionsstaaten in die Heimat zurückgekehrt, allgemein als das Haupt jener militärischen Frondeurs angesehen wurde, die damals die politische Meinung der Hauptstadt machten, beziehungsweise terrorisierten. Sein Name war von Bülow. Nonchalance gehörte mit zur Genialität, und so focht er denn, beide Füße weit vorgestreckt und die linke Hand in der Hosentasche, mit seiner rechten in der Luft umher, um durch lebhafte Gestikulationen seinem Kathedervortrage Nachdruck zu geben. Er konnte, wie seine Freunde sagten, nur sprechen, um Vortrag zu halten, und – er sprach eigentlich immer. Der starke Herr neben ihm war der Verleger seiner Schriften, Herr Daniel Sander, im übrigen aber sein vollkommener Widerpart, wenigstens in allem, was Erscheinung anging. Ein schwarzer Vollbart umrahmte sein Gesicht, das ebensoviel Behagen wie Sarkasmus ausdrückte, während ihm der in der Taille knapp anschließende Rock von niederländischem Tuche sein Embonpoint zusammenschnürte. Was den Gegensatz vollendete, war die feinste weiße Wäsche, worin Bülow keineswegs exzellierte.

Das Gespräch, das eben geführt wurde, schien sich um die kurz vorher beendete Haugwitzsche Mission zu drehen, die, nach Bülows Ansicht, nicht nur ein wünschenswertes Einvernehmen zwischen Preußen und Frankreich wieder hergestellt, sondern uns auch den Besitz von Hannover noch als »Morgengabe« mit eingetragen habe. Frau von Carayon aber bemängelte diese »Morgengabe«, weil man nicht gut geben oder verschenken könne, was man nicht habe, bei welchem Worte die bis dahin unbemerkt am Teetisch beschäftigt gewesene Tochter Victoire der Mutter einen zärtlichen Blick zuwarf, während Alvensleben der schönen Frau die Hand küßte.

»Ihrer Zustimmung, lieber Alvensleben«, nahm Frau von Carayon das Wort, »war ich sicher. Aber sehen Sie, wie minos- und rhadamantusartig unser Freund Bülow dasitzt. Er brütet mal wieder Sturm; Victoire, reiche Herrn von Bülow von den Karlsbader Oblaten! Es ist, glaub ich, das einzige, was er von Österreich gelten läßt. Inzwischen unterhält uns Herr Sander von unsern Fortschritten in der neuen Provinz. Ich fürchte nur, daß sie nicht groß sind.«

»Oder sagen wir lieber, gar nicht existieren«, erwiderte Sander. »Alles, was zum welfischen Löwen oder zum springenden Roß hält, will sich nicht preußisch regieren lassen. Und ich verdenk es keinem. Für die Polen reichten wir allenfalls aus. Aber die Hannoveraner sind feine Leute.«

»Ja, das sind sie«, bestätigte Frau von Carayon, während sie gleich danach hinzufügte: »Vielleicht auch etwas hochmütig.« »Etwas!« lachte Bülow. »Oh, meine Gnädigste, wer doch allzeit einer ähnlichen Milde begegnete. Glauben Sie mir, ich kenne die Hannoveraner seit langem, hab ihnen in meiner Altmärkereigenschaft sozusagen von Jugend auf über den Zaun geguckt, und darf Ihnen danach versichern, daß alles das, was mir England so zuwider macht, in diesem welfischen Stammlande doppelt anzutreffen ist. Ich gönn ihnen deshalb die Zuchtrute, die wir ihnen bringen. Unsere preußische Wirtschaft ist erbärmlich, und Mirabeau hatte recht, den gepriesenen Staat Friedrichs des Großen mit einer Frucht zu vergleichen, die schon faul sei, bevor sie noch reif geworden, aber faul oder nicht, *eines* haben wir wenigstens: ein Gefühl davon, daß die Welt in diesen letzten fünfzehn Jahren einen Schritt vorwärts gemacht hat und daß sich die großen Geschicke derselben nicht notwendig zwischen Nute und Notte vollziehen müssen. In Hannover aber glaubt man immer noch an eine Spezialaufgabe Kalenbergs und der Lüneburger Heide. *Nomen est omen.* Es ist der Sitz der Stagnation, eine Brutstätte der Vorurteile. Wir wissen wenigstens, daß wir nichts taugen, und in dieser Erkenntnis ist die Möglichkeit der Besserung gegeben. Im einzelnen bleiben wir hinter ihnen zurück, zugegeben, aber im ganzen sind wir ihnen voraus, und darin steckt ein Anspruch und ein Recht, die wir geltend machen müssen. Daß wir, trotz Sander, in Polen eigentlich gescheitert sind, beweist nichts; der Staat strengte sich nicht an und hielt seine Steuereinnehmer gerade für gut genug, um die Kultur nach Osten zu tragen. Insoweit mit Recht, als selbst ein Steuereinnehmer die Ordnung vertritt, wenn auch freilich von der unangenehmen Seite.«

Victoire, die von dem Augenblick an, wo Polen mit ins Gespräch gezogen worden war, ihren Platz am Teetisch aufgegeben hatte, drohte jetzt zu dem Sprecher hinüber und sagte: »Sie müssen wissen, Herr von Bülow, daß ich die Polen liebe, sogar *de tout mon cœur*.« Und dabei beugte sie sich aus dem Schatten in den Lichtschein der Lampe vor, in dessen Helle man jetzt deutlich erkennen konnte, daß ihr feines Profil, das einst dem der Mutter geglichen haben mochte, durch zahlreiche Blatternarben aber um seine frühere Schönheit gekommen war. Jeder mußt es sehen, und der einzige, der es *nicht* sah, oder, wenn er es sah, als absolut gleichgültig betrachtete, war Bülow. Er wiederholte nur: »O ja, die Polen. Es sind die besten Masurkatänzer, und darum lieben Sie sie.«

»Nicht doch. Ich liebe sie, weil sie ritterlich und unglücklich sind.«

»Auch das. Es läßt sich dergleichen sagen. Und um dies ihr Unglück könnte man sie beinah beneiden, denn es trägt ihnen die Sympathien aller Damenherzen ein. In Fraueneroberungen haben sie, von alter Zeit her, die glänzendste Kriegsgeschichte.«

»Und wer rettete …«

»Sie kennen meine ketzerischen Ansichten über Rettungen. Und nun gar Wien! Es wurde gerettet. Allerdings. Aber wozu? Meine Phantasie schwelgt ordentlich in der Vorstellung, eine Favoritsultanin in der Krypta der Kapuziner stehen zu sehen. Vielleicht da, wo jetzt Maria Theresia steht. Etwas vom Islam ist bei diesen Hahndel- und Fasandelmännern immer zu Hause gewesen, und Europa hätt ein bißchen mehr von Serail- oder Haremwirtschaft ohne großen Schaden ertragen …«

Ein eintretender Diener meldete den Rittmeister von Schach, und ein Schimmer freudiger Überraschung überflog beide Damen, als der Angemeldete gleich danach eintrat. Er küßte der Frau von Carayon die Hand, verneigte sich gegen Victoire und begrüßte dann Alvensleben mit Herzlichkeit, Bülow und Sander aber mit Zurückhaltung.

»Ich fürchte, Herrn von Bülow unterbrochen zu haben …«

»Ein allerdings unvermeidlicher Fall«, antwortete Sander und rückte seinen Stuhl zur Seite. Man lachte, Bülow selbst stimmte mit ein, und nur an Schachs mehr als gewöhnlicher Zurückhaltung ließ sich erkennen, daß er entweder unter dem Eindruck eines ihm persönlich unangenehmen Ereignisses oder aber einer politisch unerfreulichen Nachricht in den Salon eingetreten sein müsse.

»Was bringen Sie, lieber Schach? Sie sind präokkupiert. Sind neue Stürme …«

»Nicht *das*, gnädigste Frau, nicht das. Ich komme von der Gräfin Haugwitz, bei der ich um so häufiger verweile, je mehr ich mich von dem Grafen und seiner Politik zurückziehe. Die Gräfin weiß es und billigt mein Benehmen. Eben begannen wir ein Gespräch, als sich draußen vor dem Palais eine Volksmasse zu sammeln begann, erst Hunderte, dann Tausende. Dabei wuchs der Lärm, und zuletzt ward ein Stein geworfen und flog an dem Tisch vorbei, daran wir saßen. Ein Haarbreit, und die Gräfin wurde getroffen. Wovon sie aber *wirklich* getroffen wurde, das waren die Worte, die Verwünschungen, die heraufklangen. Endlich erschien der Graf selbst, vollkommen gefaßt. Es währte jedoch lang, eh die Straße gesäubert werden konnte. Sind wir bereits dahin gekommen? Emente, Krawall. Und das im Lande Preußen, unter den Augen Seiner Majestät.«

»Und speziell *uns* wird man für diese Geschehnisse verantwortlich machen«, unterbrach Alvensleben, »speziell *uns* von den Gensdarmes. Man weiß, daß wir diese Liebedienerei gegen

Frankreich mißbilligen, von der wir schließlich nichts haben als gestohlene Provinzen. Alle Welt weiß, wie wir dazu stehen, auch bei Hofe weiß man's, und man wird nicht säumen, *uns* diese Zusammenrottung in die Schuh zu schieben.«

»Ein Anblick für Götter«, sagte Sander. »Das Regiment Gensdarmes unter Anklage von Hochverrat und Krawall.«

»Und nicht mit Unrecht«, fuhr Bülow in jetzt wirklicher Erregung dazwischen. »Nicht mit Unrecht, sag ich. Und das witzeln Sie nicht fort, Sander. Warum führen die Herren, die jeden Tag klüger sein wollen als der König und seine Minister, warum führen sie diese Sprache? Warum politisieren sie? Ob eine Truppe politisieren darf, stehe dahin, aber *wenn* sie politisiert, so politisiere sie wenigstens richtig. Endlich sind wir jetzt auf dem rechten Weg, endlich stehen wir da, wo wir von Anfang an hätten stehen sollen, endlich hat Seine Majestät den Vorstellungen der Vernunft Gehör gegeben, und was geschieht? Unsere Herren Offiziere, deren drittes Wort der König und ihre Loyalität ist und denen doch immer nur wohl wird, wenn es nach Rußland und Juchten und recht wenig nach Freiheit riecht, unsere Herren Offiziere, sag ich, gefallen sich plötzlich in einer ebenso naiven wie gefährlichen Oppositionslust und fordern durch ihr keckes Tun und ihre noch keckeren Worte den Zorn des kaum besänftigten Imperators heraus. Dergleichen verpflanzt sich dann leicht auf die Gasse. Die Herren vom Regiment Gensdarmes werden freilich den Stein nicht selber heben, der schließlich bis an den Teetisch der Gräfin fliegt, aber sie sind doch die moralischen Urheber dieses Krawalles, sie haben die Stimmung dazu gemacht.«

»Nein, diese Stimmung war da.«

»Gut. Vielleicht war sie da. Aber, *wenn* sie da war, so galt es, sie zu bekämpfen, nicht aber sie zu nähren. Nähren wir sie, so beschleunigen wir unseren Untergang. Der Kaiser wartet nur auf eine Gelegenheit, wir sind mit vielen Posten in sein Schuldbuch eingetragen, und zählt er erst die Summe, so sind wir verloren.«

»Glaub's nicht«, antwortete Schach. »Ich vermag Ihnen nicht zu folgen, Herr von Bülow.«

»Was ich beklage.«

»Ich destoweniger. Es trifft sich bequem für Sie, daß Sie mich und meine Kameraden über Landes- und Königstreue belehren und aufklären dürfen, denn die Grundsätze, zu denen Sie sich bekennen, sind momentan obenauf. Wir stehen jetzt nach Ihrem Wunsch und allerhöchstem Willen am Tische Frankreichs und lesen die Brosamen auf, die von des Kaisers Tische fallen. Aber auf wie lange? Der Staat Friedrichs des Großen muß sich wieder auf sich selbst besinnen.«

»So er's nur täte«, replizierte Bülow. »Aber das versäumt er eben. Ist dies Schwanken, dies immer noch halbe Stehen zu Rußland und Österreich, das uns dem Empereur entfremdet, *ist* das fridericianische Politik? Ich frage Sie?«

»Sie mißverstehen mich.«

»So bitt ich, mich aus dem Mißverständnis zu reißen.«

»Was ich wenigstens versuchen will ... Übrigens *wollen* Sie mich mißverstehen, Herr von Bülow. Ich bekämpfe nicht das französische Bündnis, weil es ein Bündnis ist, auch nicht *deshalb*, weil es nach Art aller Bündnisse darauf aus ist, unsere Kraft zu diesem oder jenem Zweck zu doublieren. O nein, wie könnt ich? Allianzen sind Mittel, deren *jede* Politik bedarf: auch der Große König hat sich dieser Mittel bedient und innerhalb dieser Mittel beständig *gewechselt*. Aber *nicht* gewechselt hat er in seinem Endzweck. Dieser war unverrückt: ein starkes und selbständiges Preußen. Und nun frag ich Sie, Herr von Bülow, ist *das*, was uns Graf Haugwitz heimgebracht hat und was sich Ihrer Zustimmung so sehr erfreut, ist *das* ein starkes und selbständiges Preußen? Sie haben *mich* gefragt, nun frag ich *Sie*.«

»DIE WEIHE DER KRAFT«

Bülow, dessen Züge den Ausdruck einer äußersten Überheblichkeit anzunehmen begannen, wollte replizieren, aber Frau von Carayon unterbrach und sagte: »Lernen wir etwas aus der Politik unserer Tage: wo nicht Friede sein kann, da sei wenigstens Waffenstillstand. Auch hier ...

Und nun raten Sie, lieber Alvensleben, wer heute hier war, uns seinen Besuch zu machen? Eine Berühmtheit. Und von der Rahel Lewin uns zugewiesen.«

»Also der Prinz«, sagte Alvensleben.

»O nein, berühmter oder doch wenigstens tagesberühmter. Der Prinz ist eine etablierte Zelebrität, und Zelebritäten, die zehn Jahre gedauert haben, sind keine mehr ... Ich will Ihnen übrigens zu Hilfe kommen, es geht ins Literarische hinüber, und so möcht ich denn auch annehmen, daß uns Herr Sander das Rätsel lösen wird.«

»Ich will es wenigstens versuchen, gnädigste Frau, wobei mir Ihr Zutrauen vielleicht eine gewisse Weihekraft, oder sagen wir's lieber rund heraus, eine gewisse ›Weihe der Kraft‹ verleihen wird.«

»Oh, vorzüglich. Ja, Zacharias Werner war hier. Leider waren wir aus, und so sind wir denn um den uns zugedachten Besuch gekommen. Ich hab es sehr bedauert.«

»Sie sollten sich umgekehrt beglückwünschen, einer Enttäuschung entgangen zu sein«, nahm Bülow das Wort. »Es ist selten, daß die Dichter der Vorstellung entsprechen, die wir uns von ihnen machen. Wir erwarten einen Olympier, einen Nektar- und Ambrosiamann, und sehen statt dessen einen Gourmand einen Putenbraten verzehren, wir erwarten Mitteilungen aus seiner geheimsten Zwiesprach mit den Göttern und hören ihn von seinem letzten Orden erzählen oder wohl gar die allergnädigsten Worte zitieren, die Serenissimus über das jüngste Kind seiner Muse geäußert hat. Vielleicht auch Serenissima, was immer das denkbar Albernste bedeutet.«

»Aber doch schließlich nichts Alberneres als das Urteil solcher, die den Vorzug haben, in einem Stall oder einer Scheune geboren zu sein«, sagte Schach spitz.

»Ich muß Ihnen zu meinem Bedauern, mein sehr verehrter Herr von Schach, auch auf *diesem* Gebiete widersprechen. Der Unterschied, den Sie bezweifeln, ist wenigstens nach *meinen* Erfahrungen tatsächlich vorhanden, und zwar, wie Sie mir zu wiederholen gestatten wollen, zu *Nicht*gunsten von Serenissimus. In der Welt der kleinen Leute steht das Urteil an und für sich nicht höher, aber die verlegene Bescheidenheit, darin sich's kleidet, und das stotternde Schlechte-Gewissen, womit es zutage tritt, haben allemal etwas Versöhnendes. Und nun spricht der Fürst! Er ist der Gesetzgeber seines Landes in all und jedem, in großem und kleinem, also natürlich auch in Ästheticis. Wer über Leben und Tod entscheidet, sollte der nicht auch über ein Gedichtchen entscheiden können? Ah, bah! Er mag sprechen, was er will, es sind immer Tafeln direkt vom Sinai. Ich habe solche zehn Gebote mehr als einmal verkünden hören und weiß seitdem, was es heißt: *regarder dans le Néant*.«

»Und doch stimm ich der Mama bei«, bemerkte Victoire, der daran lag, das Gespräch auf einen Anfang, auf das Stück und seinen Dichter also, zurückzuführen. »Es wäre mir wirklich eine Freude gewesen, den ›tagesberühmten Herrn‹, wie Mama ihn einschränkend genannt hat, kennenzulernen. Sie vergessen, Herr von Bülow, daß wir *Frauen* sind, und daß wir als solche ein Recht haben, neugierig zu sein. An einer Berühmtheit wenig Gefallen zu finden, ist schließlich immer noch besser, als sie gar nicht gesehen zu haben.«

»Und wir werden ihn in der Tat nicht mehr sehen, in aller Bestimmtheit nicht«, fügte Frau von Carayon hinzu. »Er verläßt Berlin in den nächsten Tagen schon und war überhaupt nur hier, um den ersten Proben seines Stückes beizuwohnen.«

»Was also heißt«, warf Alvensleben ein, »daß an der Aufführung selbst nicht länger mehr zu zweifeln ist.«

»Ich glaube, nein. Man hat den Hof dafür zu gewinnen oder wenigstens alle beigebrachten Bedenken niederzuschlagen gewußt.«

»Was ich unbegreiflich finde«, fuhr Alvensleben fort. »Ich habe das Stück gelesen. Er will Luther verherrlichen, und der Pferdefuß des Jesuitismus guckt überall unter dem schwarzen Doktormantel hervor. Am rätselhaftesten aber ist es mir, daß sich Iffland dafür interessiert, Iffland, ein Freimaurer.«

»Woraus ich einfach schließen möchte, daß er die Hauptrolle hat«, erwiderte Sander. »Unsere Prinzipien dauern gerade so lange, bis sie mit unsern Leidenschaften oder Eitelkeiten in Konflikt geraten, und ziehen dann jedesmal den kürzeren. Er wird den Luther spielen wollen. Und das entscheidet.«

»Ich bekenne, daß es mir widerstrebt«, sagte Victoire, »die Gestalt Luthers auf der Bühne zu sehen. Oder geh ich darin zu weit?«

Es war Alvensleben, an den sie die Frage gerichtet hatte. »Zu weit? Oh, meine teuerste Victoire, gewiß nicht. Sie sprechen mir ganz aus dem Herzen. Es sind meine frühesten Erinnerungen, daß ich in unserer Dorfkirche saß, und mein alter Vater neben mir, der alle Gesangbuchverse mitsang. Und links neben dem Altar, da hing unser Martin Luther in ganzer Figur, die Bibel im Arm, die Rechte darauf gelegt, ein lebensvolles Bild, und sah zu mir herüber. Ich darf sagen, daß dies ernste Mannesgesicht an manchem Sonntage besser und eindringlicher zu mir gepredigt hat als unser alter Kluckhuhn, der zwar dieselben hohen Backenknochen und dieselben weißen Beffchen hatte wie der Reformator, aber auch weiter nichts. Und diesen Gottesmann, nach dem wir uns nennen und unterscheiden, und zu dem ich nie anders als in Ehrfurcht und Andacht aufgeschaut habe, den will ich nicht aus den Kulissen oder aus einer Hintertür treten sehen. Auch nicht, wenn Iffland ihn gibt, den ich übrigens schätze, nicht bloß als Künstler, sondern auch als Mann von Grundsätzen und guter preußischer Gesinnung.«

»*Pectus facit oratorem*«, versicherte Sander, und Victoire jubelte. Bülow aber, der nicht gern neue Götter neben sich duldete, warf sich in seinen Stuhl zurück und sagte, während er sein Kinn und seinen Spitzbart strich: »Es wird Sie nicht überraschen, mich im Dissens zu finden.«

»Oh, gewiß nicht«, lachte Sander.

»Nur dagegen möcht ich mich verwahren, als ob ich durch einen solchen Dissens irgendwie den Anwalt dieses pfäffischen Zacharias Werner zu machen gedächte, der mir in seinen mystisch-romantischen Tendenzen einfach zuwider ist. Ich bin niemandes Anwalt ...«

»Auch nicht Luthers?« fragte Schach ironisch.

»Auch nicht Luthers!«

»Ein Glück, daß er dessen entbehren kann ...«

»Aber auf wie lange?« fuhr Bülow sich aufrichtend fort. »Glauben Sie mir, Herr von Schach, auch *er* ist in der Decadence, wie so viel anderes mit ihm, und über ein kleines wird keine Generalanwaltschaft der Welt ihn halten können.«

»Ich habe Napoleon von einer ›Episode Preußen‹ sprechen hören«, erwiderte Schach. »Wollen uns die Herren Neuerer, und Herr von Bülow an ihrer Spitze, vielleicht auch mit einer ›Episode Luther‹ beglücken?«

»Es ist so. Sie treffen es. Übrigens sind nicht *wir* es, die dies Episodentum schaffen wollen. Dergleichen schafft nicht der einzelne, die Geschichte schafft es. Und dabei wird sich ein wunderbarer Zusammenhang zwischen der Episode Preußen und der Episode Luther herausstellen. Es heißt auch da wieder: ›Sage mir, mit wem du umgehst, und ich will dir sagen, wer du bist.‹ Ich bekenne, daß ich die Tage Preußens gezählt glaube, ›und wenn der Mantel fällt, muß der Herzog nach‹. Ich überlass' es Ihnen, die Rollen dabei zu verteilen. Die Zusammenhänge zwischen Staat und Kirche werden nicht genugsam gewürdigt; jeder Staat ist in gewissem Sinne zugleich auch ein *Kirchenstaat*; er schließt eine Ehe mit der Kirche, und soll diese Ehe glücklich sein, so müssen beide zueinander passen. In Preußen passen sie zueinander. Und warum? Weil beide gleich dürftig angelegt, gleich eng geraten sind. Es sind Kleinexistenzen, beide bestimmt, in etwas Größerem auf- oder unterzugehen. Und zwar bald. *Hannibal ante portas*.«

»Ich glaubte Sie dahin verstanden zu haben«, erwiderte Schach, »daß uns Graf Haugwitz nicht den Untergang, wohl aber die Rettung und den Frieden gebracht habe.«

»Das hat er. Aber er kann unser Geschick nicht wenden, wenigstens auf die Dauer nicht. Dies Geschick heißt Einverleibung in das Universelle. Der nationale wie der konfessionelle Standpunkt sind hinschwindende Dinge, vor allem aber ist es der preußische Standpunkt und sein *alter ego*, der lutherische. Beide sind künstliche Größen. Ich frage, was bedeuten sie? Welche Missionen erfüllen sie? Sie ziehen Wechsel aufeinander, sie sind sich gegenseitig Zweck und Aufgabe, das ist alles. Und das soll eine Weltrolle sein? Was hat Preußen der Welt geleistet? Was find ich, wenn ich nachrechne? Die großen Blauen König Friedrich Wilhelms I., den eisernen Ladestock, den Zopf, und jene wundervolle Moral, die den Satz erfunden hat, ›ich hab ihn an die Krippe gebunden, warum hat er nicht gefressen?‹«

»Gut, gut. Aber Luther ...«

»Nun wohl denn, es geht eine Sage, daß mit dem Manne von Wittenberg die Freiheit in die Welt gekommen sei, und beschränkte Historiker haben es dem norddeutschen Volke so lange versichert, bis man's geglaubt hat. Aber was hat er denn in Wahrheit in die Welt gebracht? Unduldsamkeit und Hexenprozesse, Nüchternheit und Langeweile. Das ist kein Kitt für Jahrtausende. Jener Weltmonarchie, der nur noch die letzte Spitze fehlt, wird auch eine Weltkirche folgen, denn wie die kleinen Dinge sich finden und im Zusammenhange stehen, so die großen noch viel mehr. Ich werde mir den Bühnen-Luther nicht ansehen, weil er mir in dieses Herren Zacharias Werner Verzerrung einfach ein Ding ist, das mich ärgert; aber ihn nicht ansehen, weil es Anstoß gebe, weil es *Entheiligung* sei, das ist mehr, als ich fassen kann.«

»Und *wir*, lieber Bülow«, unterbrach Frau von Carayon, »wir werden ihn uns ansehen, *trotzdem* es uns Anstoß gibt. Victoire hat recht, und wenn bei Iffland die Eitelkeit stärker sein darf als das Prinzip, so bei *uns* die Neugier. Ich hoffe, Herr von Schach und Sie, lieber Alvensleben, werden uns begleiten. Übrigens sind ein paar der eingelegten Lieder nicht übel. Victoire, du könntest uns das eine oder andere davon singen.«

»Ich habe sie kaum durchgespielt.«

»Oh, dann bitt ich um so mehr«, bemerkte Schach. »Alle Salonvirtuosität ist mir verhaßt. Aber was ich in der Kunst liebe, das ist ein solches poetisches Suchen und Tappen.«

Bülow lächelte vor sich hin und schien sagen zu wollen: »Ein jeder nach seinen Mitteln.«

Schach aber führte Victoiren an das Klavier, und diese sang, während er begleitete:

Die Blüte, sie schläft so leis und lind
Wohl in der Wiege von Schnee;
Einlullt sie der Winter: »Schlaf ein geschwind,
Du blühendes Kind.«
Und das Kind, es weint und verschläft sein Weh,
Und hernieder steigen aus duftiger Höh
Die Schwestern und lieben und blühn ...

Eine kleine Pause trat ein, und Frau von Carayon fragte: »Nun, Herr Sander, wie besteht es vor Ihrer Kritik?« »Es muß sehr schön sein«, antwortete dieser. »Ich versteh es nicht. Aber hören wir weiter. Die Blüte wird doch mal erwachen.«

Und kommt der Mai dann wieder so lind,
Dann bricht er die Wiege von Schnee,
Er schüttelt die Blüte: »Wach auf geschwind,
Du welkendes Kind.«
Und es hebt die Äuglein, es tut ihm weh,
Und steigt hinauf in die leuchtende Höh,
Wo strahlend die Brüderlein blühn.

Ein lebhafter Beifall blieb nicht aus. Aber er galt ausschließlich Victoiren und der Komposition, und als schließlich auch der Text an die Reihe kam, bekannte sich alles zu Sanders ketzerischen Ansichten.

Nur Bülow schwieg. Er hatte, wie die meisten mit Staatenuntergang beschäftigten Frondeurs, auch seine schwachen Seiten, und eine davon war durch das Lied getroffen worden. An dem halbumwölkten Himmel draußen funkelten ein paar Sterne, die Mondsichel stand dazwischen, und er wiederholte, während er durch die Scheiben der hohen Balkontür hinaufblickte: »Wo strahlend die Brüderlein blühn.«

Wider Wissen und Willen war er ein Kind seiner Zeit und romantisierte.

Noch ein zweites und drittes Lied wurde gesungen, aber das Urteil blieb dasselbe. Dann trennte man sich zu nicht allzu später Stunde.

BEI SALA TARONE

Die Turmuhren auf dem Gensdarmenmarkt schlugen elf, als die Gäste der Frau Carayon auf die Behrenstraße hinaustraten und, nach links einbiegend, auf die Linden zuschritten. Der Mond hatte sich verschleiert, und die Regenfeuchte, die bereits in der Luft lag und auf Wetterumschlag deutete, tat allen wohl. An der Ecke der Linden empfahl sich Schach, allerhand Dienstliches vorschützend, während Alvensleben, Bülow und Sander übereinkamen, noch eine Stunde zu plaudern.

»Aber wo?« fragte Bülow, der im ganzen nicht wählerisch war, aber doch einen Abscheu gegen Lokale hatte, darin ihm »Aufpasser und Kellner die Kehle zuschnürten«.

»Aber wo?« wiederholte Sander. »Sieh, das Gute liegt so nah«, und wies dabei auf einen Eckladen, über dem in mäßig großen Buchstaben zu lesen stand: Italiener Wein- und Delikatessenhandlung von Sala Tarone. Da schon geschlossen war, klopfte man an die Haustür, an deren einer Seite sich ein Einschnitt mit einer Klappe befand. Und wirklich, gleich darauf öffnete sich's von innen, ein Kopf erschien am Guckloch, und als Alvenslebens Uniform über den Charakter der etwas späten Gäste beruhigt hatte, drehte sich innen der Schlüssel im Schloß, und alle drei traten ein. Aber der Luftzug, der ging, löschte den Blaker aus, den der Küfer in Händen hielt, und nur eine ganz im Hintergrunde, dicht über der Hoftür schwelende Laterne gab gerade noch Licht genug, um das Gefährliche der Passage kenntlich zu machen.

»Ich bitte Sie, Bülow, was sagen Sie zu diesem Defilee?« brummte Sander, sich immer dünner machend, und wirklich hieß es auf der Hut sein, denn in Front der zu beiden Seiten liegenden Öl- und Weinfässer standen Zitronen- und Apfelsinenkisten, deren Deckel nach vorn hin aufgeklappt waren. »Achtung«, sagte der Küfer. »Is hier allens voll Pinnen und Nägel. Habe mir gestern erst einen eingetreten.«

»Also auch spanische Reiter ... Oh, Bülow! In solche Lage bringt einen ein militärischer Verlag.«

Dieser Sandersche Schmerzensschrei stellte die Heiterkeit wieder her, und unter Tappen und Tasten war man endlich bis in die Nähe der Hoftür gekommen, wo, nach rechts hin, einige der Fässer weniger dicht nebeneinander lagen. Hier zwängte man sich denn auch durch und gelangte mit Hilfe von vier oder fünf steilen Stufen in eine mäßig große Hinterstube, die gelb gestrichen und halb verblakt und nach Art aller »Frühstücksstuben« um Mitternacht am vollsten war. Überall, an niedrigen Paneelen hin, standen lange, längst eingesessene Ledersofas, mit kleinen und großen Tischen davor, und nur *eine* Stelle war da, wo dieses Mobiliar fehlte. Hier stand vielmehr ein mit Kästen und Regalen überbautes Pult, vor welchem einer der Repräsentanten der Firma tagaus, tagein auf einem Drehschemel ritt und seine Befehle (gewöhnlich nur ein Wort) in einen unmittelbar neben dem Pult befindlichen Keller herunterrief, dessen Falltür immer offen stand.

Unsere drei Freunde hatten in einer dem Kellerloch schräg gegenüber gelegenen Ecke Platz genommen, und Sander, der grad lange genug Verleger war, um sich auf lukullische Feinheiten zu verstehen, überflog eben die Wein- und Speisekarte. Diese war in russisch Leder gebunden, roch aber nach Hummer. Es schien nicht, daß unser Lukull gefunden hatte, was ihm gefiel; er schob also die Karte wieder fort und sagte: »Das Geringste, was ich von einem solchen hundstäglichen April erwarten kann, sind Maikräuter, *Asperula odorata Linnéi.* Denn ich hab auch Botanisches verlegt. Von dem Vorhandensein frischer Apfelsinen haben wir uns draußen mit Gefahr unseres Lebens überzeugt, und für den Mosel bürgt uns die Firma.«

Der Herr am Pult rührte sich nicht, aber man sah deutlich, daß er mit seinem Rücken zustimmte, Bülow und Alvensleben taten desgleichen, und Sander resolvierte kurz: »Also Maibowle.«

Das Wort war absichtlich laut und mit der Betonung einer Order gesprochen worden, und im selben Augenblicke scholl es auch schon vom Drehstuhl her in das Kellerloch hinunter: »Fritz!« Ein zunächst nur mit halber Figur aus der Versenkung auftauchender dicker und kurzhalsiger Junge wurde, wie wenn auf eine Feder gedrückt worden wäre, sofort sichtbar, übersprang diensteifrig, indem er die Hand aufsetzte, die letzten zwei, drei Stufen und stand im Nu vor Sander, den er, allem Anscheine nach, am besten kannte.

»Sagen Sie, Fritz, wie verhält sich die Firma Sala Tarone zur Maibowle?«

»Gut. Sehr gut.«

»Aber wir haben erst April, und so sehr ich im allgemeinen der Mann der Surrogate bin, so hass' ich doch eins: die Tonkabohne. Die Tonkabohne gehört in die Schnupftabaksdose, nicht in die Maibowle. Verstanden?«

»Zu dienen, Herr Sander.«

»Gut denn. Also Maikräuter. Und nicht lange ziehen lassen. Waldmeister ist nicht Kamillentee. Der Mosel, sagen wir ein Zeltlinger oder ein Brauneberger, wird langsam über die Büschel gegossen; das genügt. Apfelsinenschnitten als bloßes Ornament. Eine Scheibe zuviel macht Kopfweh. Und nicht zu süß, und eine Cliquot extra. Extra, sag ich. Besser ist besser.«

Damit war die Bestellung beendet, und ehe zehn Minuten um waren, erschien die Bowle, darauf nicht mehr als drei oder vier Waldmeisterblättchen schwammen, nur gerade genug, den Beweis der Echtheit zu führen.

»Sehen Sie, Fritz, das gefällt mir. Auf mancher Maibowle schwimmt es wie Entengrütze. Und das ist schrecklich. Ich denke, wir werden Freunde bleiben. Und nun grüne Gläser.« Alvensleben lachte. »Grüne?«

»Ja. Was sich dagegen sagen läßt, lieber Alvensleben, weiß ich und lass' es gelten. Es ist in der Tat eine Frage, die mich seit länger beschäftigt und die neben anderen in die Reihe jener Zwiespalte gehört, die sich, wir mögen es anfangen wie wir wollen, durch unser Leben hinziehen. Die Farbe des Weins geht verloren, aber die Farbe des Frühlings wird gewonnen, und mit ihr das festliche Gesamtkolorit. Und dies erscheint mir als der wichtigere Punkt. Unser Essen und Trinken, soweit es nicht der gemeinen Lebensnotdurft dient, muß mehr und mehr zur symbolischen Handlung werden, und ich begreife Zeiten des späteren Mittelalters, in denen der Tafelaufsatz und die Fruchtschalen mehr bedeuteten, als das Mahl selbst.«

»Wie gut Ihnen das kleidet, Sander«, lachte Bülow. »Und doch dank ich Gott, Ihre Kapaunenrechnung nicht bezahlen zu müssen.«

»Die Sie schließlich *doch* bezahlen.«

»Ah, das *erste*mal, daß ich einen dankbaren Verleger in Ihnen entdecke. Stoßen wir an ... Aber alle Welt, da steigt ja der lange Nostitz aus der Versenkung. Sehen Sie, Sander, er nimmt gar kein Ende ...«

Wirklich, es war Nostitz, der, unter Benutzung eines geheimen Eingangs, eben die Kellertreppe hinaufstolperte, Nostitz von den Gensdarmes, der längste Leutnant der Armee, der, trotzdem er aus dem Sächsischen stammte, seiner sechs Fuß drei Zoll halber so ziemlich ohne Widerrede beim Eliteregiment Gensdarmes eingestellt und mit einem verbliebenen kleinen Reste von Antagonismus mittlerweile längst fertig geworden war. Ein tollkühner Reiter und ein noch tollkühnerer Cour- und Schuldenmacher, war er seit lang ein Allerbeliebtester im Regiment, so beliebt, daß ihn sich der »Prinz«, der kein anderer war als Prinz Louis, bei Gelegenheit der vorjährigen Mobilisierung, zum Adjutanten erbeten hatte.

Neugierig, woher er komme, stürmte man mit Fragen auf ihn ein, aber erst als er sich in dem Ledersofa zurechtgerückt hatte, gab er Antwort auf all das, was man ihn fragte. »Woher ich komme? Warum ich bei den Carayons geschwänzt habe? Nun, weil ich in Französisch-Buchholz nachsehen wollte, ob die Störche schon wieder da sind, ob der Kuckuck schon wieder schreit und ob die Schulmeisterstochter noch so lange flachsblonde Flechten hat wie voriges Jahr. Ein reizendes Kind. Ich lasse mir immer die Kirche von ihr zeigen, und wir steigen dann in den Turm hinauf, weil ich eine Passion für alte Glockeninschriften habe. Sie glauben gar nicht, was sich in solchem Turme alles entziffern läßt. Ich zähle das zu meinen glücklichsten und lehrreichsten Stunden.«

»Und eine Blondine, sagten Sie. Dann freilich erklärt sich alles. Denn neben einer Prinzessin Flachshaar kann unser Fräulein Victoire nicht bestehen. Und nicht einmal die schöne Mama, die schön ist, aber doch am Ende brünett. Und Blond geht immer vor Schwarz.«

»Ich möchte das nicht geradezu zum Axiom erheben«, fuhr Nostitz fort. »Es hängt doch alles noch von Nebenumständen ab, die hier freilich ebenfalls zugunsten meiner Freundin sprechen. Die schöne Mama, wie Sie sie nennen, wird siebenunddreißig, bei welcher Addition ich wahrscheinlich galant genug bin, ihr ihre vier Ehejahre *halb* statt doppelt zu rechnen. Aber das ist Schachs Sache, der über kurz oder lang in der Lage sein wird, ihren Taufschein zu befragen.«

»Wie das?« fragte Bülow.

»Wie das?« wiederholte Nostitz. »Was doch die Gelehrten, und wenn es gelehrte Militärs wären, für schlechte Beobachter sind. Ist Ihnen denn das Verhältnis zwischen beiden entgangen? Ein ziemlich vorgeschrittenes, glaub ich. *C'est le premier pas, qui coûte ...*«

»Sie drücken sich etwas dunkel aus, Nostitz.«

»Sonst nicht gerade mein Fehler.«

»Ich meinerseits glaube Sie zu verstehen«, unterbrach Alvensleben. »Aber Sie täuschen sich, Nostitz, wenn Sie daraus auf eine Partie schließen. Schach ist eine sehr eigenartige Natur, die, was man auch an ihr aussetzen mag, wenigstens manche psychologische Probleme stellt. Ich habe beispielsweise keinen Menschen kennengelernt, bei dem alles so ganz und gar auf das Ästhetische zurückzuführen wäre, womit es vielleicht in einem gewissen Zusammenhange steht, daß er überspannte Vorstellungen von Intaktheit und Ehe hat. Wenigstens von einer Ehe, wie er sie zu schließen wünscht. Und so bin ich denn wie von meinem Leben überzeugt, er wird niemals eine Witwe heiraten, auch die schönste nicht. Könnt aber hierüber noch irgendein Zweifel sein, so würd ihn *ein* Umstand beseitigen, und dieser Umstand heißt: ›*Victoire*‹.«

»Wie das?«

»Wie schon so mancher Heiratsplan an einer unrepräsentablen Mutter gescheitert ist, so würd er hier an einer unrepräsentablen Tochter scheitern. Er fühlt sich durch ihre mangelnde Schönheit geradezu geniert und erschrickt vor dem Gedanken, seine Normalität, wenn ich mich so ausdrücken darf, mit ihrer Unnormalität in irgendwelche Verbindung gebracht zu sehen. Er ist krankhaft abhängig, abhängig bis zur Schwäche, von dem Urteile der Menschen, und würde sich jederzeit außerstand fühlen, irgendeiner Prinzessin oder auch nur einer hochgestellten Dame Victoiren als seine Tochter vorzustellen.«

»Möglich. Aber dergleichen läßt sich vermeiden.«

»Doch schwer. Sie zurückzusetzen oder sie ganz einfach als Aschenbrödel zu behandeln, das widerstreitet seinem feinen Sinn, dazu hat er das Herz zu sehr auf dem rechten Fleck. Auch würde Frau Carayon das einfach nicht dulden. Denn so gewiß sie Schach liebt, so gewiß liebt sie Victoire, ja, sie liebt diese noch um ein gut Teil *mehr*. Es ist ein absolut ideales Verhältnis zwischen Mutter und Tochter, und gerade dies Verhältnis ist es, was mir das Haus so wert gemacht hat und noch macht.«

»Also begraben wir die Partie«, sagte Bülow. »Mir persönlich zu besondrer Genugtuung und Freude, denn ich schwärme für diese Frau. Sie hat den ganzen Zauber des Wahren und Natürlichen, und selbst ihre Schwächen sind reizend und liebenswürdig. Und daneben dieser *Schach*! Er mag seine Meriten haben, meinetwegen, aber mir ist er nichts als ein Pedant und Wichtigtuer, und zugleich die Verkörperung jener preußischen Beschränktheit, die nur drei Glaubensartikel hat: erstes Hauptstück ›die Welt ruht nicht sichrer auf den Schultern des Atlas, als der preußische Staat auf den Schultern der preußischen Armee‹, zweites Hauptstück ›der preußische Infanterieangriff ist unwiderstehlich‹, und drittens und letztens, ›eine Schlacht ist nie verloren, solange das Regiment Garde du Corps nicht angegriffen hat‹. Oder natürlich auch das Regiment Gensdarmes. Denn sie sind Geschwister, Zwillingsbrüder. Ich verabscheue solche Redensarten, und der Tag ist nahe, wo die Welt die Hohlheit solcher Rodomontaden erkennen wird.«

»Und doch unterschätzen Sie Schach. Er ist immerhin einer unserer Besten.«

»Um so schlimmer.«

»Einer unsrer Besten, sag ich, und *wirklich* ein Guter. Er spielt nicht bloß den Ritterlichen, er *ist* es auch. Natürlich auf seine Weise. Jedenfalls trägt er ein ehrliches Gesicht und keine Maske.«

»Alvensleben hat recht«, bestätigte Nostitz. »Ich habe nicht viel für ihn übrig, aber das ist wahr, alles an ihm ist echt, auch seine steife Vornehmheit, so langweilig und so beleidigend ich sie finde. Und *darin* unterscheidet er sich von uns. Er ist immer er selbst, gleichviel, ob er in den Salon tritt, oder vorm Spiegel steht, oder beim Zubettegehen sich seine safranfarbenen Nachthandschuh anzieht. Sander, der ihn nicht liebt, soll entscheiden und das letzte Wort über ihn haben.«

»Es ist keine drei Tage«, hob dieser an, »daß ich in der Haude und Spenerschen gelesen, der Kaiser von Brasilien habe den heiligen Antonius zum Oberstleutnant befördert und seinen Kriegsminister angewiesen, besagtem Heiligen die Löhnung bis auf weiteres gutzuschreiben. Welche Gutschreibung mir einen noch größeren Eindruck gemacht hat als die Beförderung. Aber gleichviel. In Tagen derartiger Ernennungen und Beförderungen wird es nicht auffallen, wenn ich die Gefühle dieser Stunde, zugleich aber den von mir geforderten Entscheid und Richterspruch, in die Worte zusammenfasse: Seine Majestät der Rittmeister von Schach, er lebe hoch.«

»O, vorzüglich, Sander«, sagte Bülow, »damit haben Sie's getroffen. Die ganze Lächerlichkeit auf einen Schlag. Der kleine Mann in den großen Stiefeln! Aber meinetwegen, er lebe!«

»Da haben wir denn zum Überfluß auch noch die Sprache von ›Sr. Majestät getreuster Opposition‹,« antwortete Sander, und erhob sich. »Und nun, Fritz, die Rechnung. Erlauben die Herren, daß ich das Geschäftliche arrangiere.«

»In besten Händen«, sagte Nostitz.

Und fünf Minuten später traten alle wieder ins Freie. Der Staub wirbelte vom Tor her die Linden herauf, augenscheinlich war ein starkes Gewitter im Anzug, und die ersten großen Tropfen fielen bereits.

»*Hâtez-vous.*«

Und jeder folgte der Weisung und mühte sich, so rasch wie möglich und auf nächstem Wege seine Wohnung zu erreichen.

IN TEMPELHOF

Der nächste Morgen sah Frau von Carayon und Tochter in demselben Eckzimmer, in dem sie den Abend vorher ihre Freunde bei sich empfangen hatten. Beide liebten das Zimmer und gaben ihm auf Kosten aller andern den Vorzug. Es hatte drei hohe Fenster, von denen die beiden untereinander im rechten Winkel stehenden auf die Behren- und Charlottenstraße sahen, während das dritte, türartige, das ganze, breit abgestumpfte Eck einnahm und auf einen mit einem vergoldeten Rokokogitter eingefaßten Balkon hinausführte. Sobald es die Jahreszeit erlaubte, stand diese Balkontür offen und gestattete, von beinah jeder Stelle des Zimmers aus, einen Blick auf das benachbarte Straßentreiben, das, der aristokratischen Gegend unerachtet, zu mancher Zeit ein besonders belebtes war, am meisten um die Zeit der Frühjahrsparaden, wo nicht bloß die berühmten alten Infanterieregimenter der Berliner Garnison, sondern, was für die Carayons wichtiger war, auch die Regimenter der Garde du Corps und Gensdarmes unter dem Klang ihrer silbernen Trompeten an dem Hause vorüberzogen. Bei solcher Gelegenheit (wo sich dann selbstverständlich die Augen der Herrn Offiziers zu dem Balkon hinaufrichteten) hatte das Eckzimmer erst seinen eigentlichen Wert und hätte gegen kein anderes vertauscht werden können.

Aber es war auch an stillen Tagen ein reizendes Zimmer, vornehm und gemütlich zugleich. Hier lag der türkische Teppich, der noch die glänzenden, fast ein halbes Menschenalter zurückliegenden Petersburger Tage des Hauses Carayon gesehen hatte, hier stand die malachitne Stutzuhr, ein Geschenk der Kaiserin Katharina, und hier paradierte vor allem auch der große, reich vergoldete Trumeau, der der schönen Frau täglich aufs neue versichern mußte, daß sie noch eine schöne Frau sei. Victoire ließ zwar keine Gelegenheit vorübergehn, die Mutter über diesen wichtigen Punkt zu beruhigen, aber Frau von Carayon war doch klug genug, es sich jeden Morgen durch ihr von ihr selbst zu kontrollierendes Spiegelbild neu bestätigen zu lassen. Ob ihr Blick in solchem Momente zu dem Bilde des mit einem roten Ordensband in ganzer Figur über dem Sofa hängenden Herrn von Carayon hinüberglitt oder ob sich ihr ein stattlicheres Bild vor die Seele stellte, war für niemanden zweifelhaft, der die häuslichen Verhältnisse nur einigermaßen kannte. Denn Herr von Carayon war ein kleiner, schwarzer Koloniefranzose gewesen, der außer einigen in der Nähe von Bordeaux lebenden vornehmen Carayons und einer ihn mit Stolz erfüllenden Zugehörigkeit zur Legation nichts Erhebliches in die Ehe mitgebracht hatte. Am wenigsten aber männliche Schönheit.

Es schlug elf, erst draußen, dann in dem Eckzimmer, in welchem beide Damen an einem Tapisserierahmen beschäftigt waren. Die Balkontür war weit auf, denn trotz des Regens, der bis an den Morgen gedauert hatte, stand die Sonne schon wieder hell am Himmel und erzeugte so ziemlich dieselbe Schwüle, die schon den Tag vorher geherrscht hatte. Victoire blickte von ihrer Arbeit auf und erkannte den Schachschen kleinen Groom, der mit Stulpenstiefeln und zwei Farben am Hut, von denen sie zu sagen liebte, daß es die Schachschen »Landesfarben« seien, die Charlottenstraße heraufkam.

»O sieh nur«, sagte Victoire, »da kommt Schachs kleiner Ned. Und wie wichtig er wieder tut! Aber er wird auch zu sehr verwöhnt, und immer mehr eine Puppe. Was er nur bringen mag?«

Ihre Neugier sollte nicht lange unbefriedigt bleiben. Schon einen Augenblick später hörten beide die Klingel gehn, und ein alter Diener in Gamaschen, der noch die vornehmen Petersburger Tage miterlebt hatte, trat ein, um auf einem silbernen Tellerchen ein Billett zu überreichen. Victoire nahm es. Es war an Frau von Carayon adressiert.

»An *dich*, Mama.«

»Lies nur«, sagte diese.

»Nein, du selbst; ich hab eine Scheu vor Geheimnissen.«

»Närrin«, lachte die Mutter und erbrach das Billett und las: »Meine gnädigste Frau. Der Regen der vorigen Nacht hat nicht nur die Wege gebessert, sondern auch die Luft. Alles in allem ein so schöner Tag, wie sie der April uns Hyperboreern nur selten gewährt. Ich werde vier Uhr mit einem Wagen vor Ihrer Wohnung halten, um Sie und Fräulein Victoire zu einer Spazierfahrt abzuholen. Über das Ziel erwarte ich Ihre Befehle. Wissen Sie doch, wie glücklich ich bin, Ihnen gehorchen zu können. Bitte Bescheid durch den Überbringer. Er ist gerade firm genug im Deutschen, um ein ›Ja‹ oder ›Nein‹ nicht zu verwechseln. Unter Gruß und Empfehlung an meine liebe Freundin Victoire (die zu größerer Sicherheit vielleicht eine Zeile schreibt) Ihr Schach.«

»Nun, Victoire, was lassen wir sagen ...?«

»Aber du kannst doch nicht ernsthaft fragen, Mama?«

»Nun, denn also ›ja‹.«

Victoire hatte sich mittlerweile bereits an den Schreibtisch gesetzt, und ihre Feder kritzelte: »Herzlichst akzeptiert, trotzdem die Ziele vorläufig im dunkeln bleiben. Aber ist der Entscheidungsmoment erst da, so wird er uns auch das Richtige wählen lassen.«

Frau von Carayon las über Victoires Schulter fort. »Es klingt so vieldeutig«, sagte sie.

»So will ich ein bloßes Ja schreiben, und du kontrasignierst.«

»Nein, laß es nur.«

Und Victoire schloß das Blatt und gab es dem draußen wartenden Groom.

Als sie vom Flur her in das Zimmer zurückkehrte, fand sie die Mama nachdenklich. »Ich liebe solche Pikanterien nicht, und am wenigsten solche Rätselsätze.«

»Du dürftest sie auch nicht schreiben. Aber ich? Ich darf alles. Und nun höre mich. Es muß etwas geschehen, Mama. Die Leute reden so viel, auch schon zu mir, und da Schach immer noch schweigt und du nicht sprechen *darfst*, so muß *ich* es tun statt eurer und euch verheiraten. Alles in der Welt kehrt sich einmal um. Sonst verheiraten Mütter ihre Töchter, hier liegt es anders, und ich verheirate dich. Er liebt dich, und du liebst ihn. In den Jahren seid ihr gleich, und ihr werdet das schönste Paar sein, das seit Menschengedenken im französischen Dom oder in der Dreifaltigkeitskirche getraut wurde. Du siehst, ich lasse dir wenigstens hinsichtlich der Prediger und der Kirche die Wahl; mehr kann ich nicht tun in dieser Sache. Daß du mich mit in die Ehe bringst, ist nicht gut, aber auch nicht schlimm. Wo viel Licht ist, ist viel Schatten.«

Frau von Carayons Auge wurde feucht. »Ach, meine süße Victoire, du siehst es anders, als es liegt. Ich will dich nicht mit Bekenntnissen überraschen, und in bloßen Andeutungen zu sprechen, wie du gelegentlich liebst, widerstreitet mir. Ich mag auch nicht philosophieren. Aber *das* laß dir sagen, es liegt alles vorgezeichnet in uns, und was Ursache scheint, ist meist schon wieder Wirkung und Folge. Glaube mir, deine kleine Hand wird das Band *nicht* knüpfen, das du knüpfen möchtest. Es geht nicht, es kann nicht sein. Ich weiß es besser. Und warum auch? Zuletzt lieb ich doch eigentlich nur *dich*.«

Ihr Gespräch wurde durch das Erscheinen einer alten Dame, Schwester des verstorbenen Herrn von Carayon, unterbrochen, die jeden Dienstag ein für allemal zu Mittag geladen war und unter »zu Mittag« pünktlicherweise zwölf Uhr verstand, trotzdem sie wußte, daß bei den Carayons erst um drei Uhr gegessen wurde. Tante *Marguerite*, das war ihr Name, war noch eine echte Koloniefranzösin, d. h. eine alte Dame, die das damalige, sich fast ausschließlich im Dativ bewegende Berlinisch mit geprüntem Munde sprach, das ü dem i vorzog, entweder »Kürschen« aß oder in die »Kürche« ging und ihre Rede selbstverständlich mit französischen Einschiebseln und Anredefloskeln garnierte. Sauber und altmodisch gekleidet, trug sie Sommer und Winter denselben kleinen Seidenmantel und hatte eine halbe Verwachsenheit, die damals bei den alten Koloniedamen so allgemein war, daß Victoire einmal als Kind gefragt hatte: »Wie kommt es nur, liebe Mama, daß fast alle Tanten so ›ich weiß nicht wie‹ sind?« Und dabei hatte sie eine hohe Schulter gemacht. Zu dem Seidenmantel Tante Margueritens gehörte auch noch ein Paar seidene Handschuhe, die sie ganz besonders in Ehren hielt und immer erst auf dem obersten Treppenabsatz anzog. Ihre Mitteilungen, an denen sie's nie fehlen ließ, entbehrten all und jedes Interesses, am meisten aber dann, wenn sie, was sie sehr liebte, von hohen und höchsten Personen sprach. Ihre Spezialität waren die kleinen Prinzessinnen der königlichen Familie: *la petite Charlotte, et la petite princesse Alexandrine*, die sie gelegentlich in den Zimmern einer ihr befreundeten französischen Erzieherin sah und mit denen sie sich derart liiert fühlte, daß, als eines Tages die Brandenburger Torwache beim Vorüberfahren von *la princesse Alexandrine* versäumt hatte, rechtzeitig ins Gewehr zu treten und die Trommel zu rühren, sie nicht nur das allgemeine Gefühl der Empörung teilte, sondern das Ereignis überhaupt ansah, als ob Berlin ein Erdbeben gehabt habe.

Das war das Tantchen, das eben eintrat.

Frau von Carayon ging ihr entgegen und hieß sie herzlich willkommen, herzlicher als sonst wohl, und das einfach deshalb, weil durch ihr Erscheinen ein Gespräch unterbrochen worden war, das selbst fallen zu lassen sie nicht mehr die Kraft gehabt hatte. Tante Marguerite fühlte sofort heraus, wie günstig heute die Dinge für sie lagen, und begann denn auch in demselben Augenblicke, wo sie sich gesetzt und die Seidenhandschuh in ihren Pompadour gesteckt hatte, sich dem hohen Adel königlicher Residenzien zuzuwenden, diesmal mit Umgehung der »Allerhöchsten Herrschaften«. Ihre Mitteilungen aus der Adelssphäre waren ihren Hofanekdoten in der Regel weit vorzuziehen und hätten ein für allemal passieren können, wenn sie nicht die Schwäche gehabt hätte, die doch immerhin wichtige Personalfrage mit einer äußersten Geringschätzung zu behandeln. Mit andern Worten, sie verwechselte beständig die Namen, und wenn sie von einer Eskapade der Baronin Stieglitz erzählte, so durfte man sicher sein, daß sie die Gräfin Taube gemeint hatte. Solche Neuigkeiten eröffneten denn auch das heutige Gespräch, Neuigkeiten, unter denen *die*, »daß der Rittmeister von Schenk vom Regiment Garde du Corps der Prinzessin von Croy eine Serenade gebracht habe«, die weitaus wichtigste war, ganz besonders, als sich nach einigem Hin- und Herfragen herausstellte, daß der Rittmeister von Schenk in den Rittmeister von Schach, das Regiment Garde du Corps in das Regiment Gensdarmes und die Prinzessin von Croy in die Prinzessin von Carolath zu transponieren seien. Solche Richtigstellungen wurden von seiten der Tante jedesmal ohne jede Spur von Verlegenheit entgegengenommen, und solche Verlegenheit kam ihr denn auch *heute* nicht, als ihr, zum Schluß ihrer Geschichte, mitgeteilt wurde, daß der Rittmeister von Schenk alias Schach noch im Laufe dieses Nachmittags erwartet werde, da man eine Fahrt über Land mit ihm verabredet habe. Vollkommener Kavalier, wie er sei, werde er sich sicherlich freuen, eine liebe Verwandte des Hauses an dieser Ausfahrt mit teilnehmen zu sehen. Eine Bemerkung, die von Tante Marguerite sehr wohlwollend aufgenommen und von einem unwillkürlichen Zupfen an ihrem Taftkleide begleitet wurde.

Um Punkt drei war man zu Tisch gegangen, und um Punkt vier – l'exactitude est la politesse des rois, würde Bülow gesagt haben – erschien eine zurückgeschlagene Halbchaise vor der Tür in der Behrenstraße. Schach, der selbst fuhr, wollte die Zügel dem Groom geben, beide Carayons aber grüßten schon reisefertig vom Balkon her und waren im nächsten Moment mit einer ganzen Ausstattung von Tüchern, Sonnen- und Regenschirmen unten am Wagenschlag. Mit ihnen auch Tante Marguerite, die nunmehr vorgestellt und von Schach mit einer Mischung von Artigkeit und Grandezza begrüßt wurde.

»Und nun das dunkle Ziel, Fräulein Victoire.«

»Nehmen wir Tempelhof«, sagte diese.

»Gut gewählt. Nur Pardon, es ist das undunkelste Ziel von der Welt. Namentlich heute. Sonne und wieder Sonne.«

In raschem Trabe ging es die Friedrichstraße hinunter, erst auf das Rondell und das Hallesche Tor zu, bis der tiefe Sandweg, der zum Kreuzberg hinaufführte, zu langsamerem Fahren nötigte. Schach glaubte sich entschuldigen zu müssen, aber Victoire, die rückwärts saß und in halber Wendung bequem mit ihm sprechen konnte, war, als echtes Stadtkind, aufrichtig entzückt über all und jedes, was sie zu beiden Seiten des Weges sah, und wurde nicht müde, Fragen zu stellen und ihn durch das Interesse, das sie zeigte, zu beruhigen. Am meisten amüsierten sie die seltsam ausgestopften Altweibergestalten, die zwischen den Sträuchern und Gartenbeeten umherstanden und entweder eine Strohhutkiepe trugen oder mit ihren hundert Papilloten im Winde flatterten und klapperten.

Endlich war man den Anhang hinauf, und über den festen Lehmweg hin, der zwischen den

Pappeln lief, trabte man jetzt wieder rascher auf Tempelhof zu. Neben der Straße stiegen Drachen auf, Schwalben schossen hin und her, und am Horizonte blitzten die Kirchtürme der nächstgelegenen Dörfer.

Tante Marguerite, die bei dem Winde, der ging, beständig bemüht war, ihren kleinen Mantelkragen in Ordnung zu halten, übernahm es nichtsdestoweniger, den Führer zu machen, und setzte dabei beide Carayonsche Damen ebensosehr durch ihre Namensverwechslungen wie durch Entdeckung gar nicht vorhandener Ähnlichkeiten in Erstaunen.

»Sieh, liebe Victoire, dieser Wülmersdörfer Kürchtürm! Ähnelt er nicht unserer Dorotheenstädtschen Kürche?«

Victoire schwieg.

»Ich meine nicht um seiner Spitze, liebe Victoire, nein, um seinem Corps de Logis.«

Beide Damen erschraken. Es geschah aber, was gewöhnlich geschieht, *das* nämlich, daß alles das, was die Näherstehenden in Verlegenheit bringt, von den Fernerstehenden entweder überhört oder aber mit Gleichgültigkeit aufgenommen wird. Und nun gar Schach! Er hatte viel zu lang in der Welt alter Prinzessinnen und Hofdamen gelebt, um noch durch irgendein Dummheits- oder Nichtbildungszeichen in ein besonderes Erstaunen gesetzt werden zu können. Er lächelte nur und benutzte das Wort »Dorotheenstädtsche Kirche«, das gefallen war, um Frau von Carayon zu fragen, »ob sie schon von dem Denkmal Kenntnis genommen habe, das in ebengenannter Kirche seitens des hochseligen Königs seinem Sohne, dem Grafen von der Mark, errichtet worden sei?«.

Mutter und Tochter verneinten. Tante Marguerite jedoch, die nicht gerne zugestand, etwas *nicht* zu wissen, bemerkte ganz ins allgemeine hin: »Ach, der liebe, kleine Prinz. Daß er so früh sterben mußte. Wie jämmerlich. Und ähnelte doch seiner hochseligen Frau Mutter um beiden Augen.«

Einen Augenblick war es, als ob der in seinem Legitimitätsgefühle stark verletzte Schach antworten und den »von seiner hochseligen Mutter« geborenen »lieben kleinen Prinzen« aufs schmählichste dethronisieren wollte; rasch aber übersah er die Lächerlichkeit solcher Idee, wies also lieber, um doch wenigstens etwas zu tun, auf das eben sichtbar werdende grüne Kuppeldach des Charlottenburger Schlosses hin und bog im nächsten Augenblick in die große, mit alten Linden bepflanzte Dorfgasse von Tempelhof ein.

Gleich das zweite Haus war ein Gasthaus. Er gab dem Groom die Zügel und sprang ab, um den Damen beim Aussteigen behilflich zu sein. Aber nur Frau von Carayon und Victoire nahmen die Hilfe dankbar an, während Tante Marguerite verbindlich ablehnte, »weil sie gefunden habe, daß man sich auf seinen eigenen Händen immer am besten verlassen könne«.

Der schöne Tag hatte viel Gäste hinausgelockt, und der von einem Staketenzaun eingefaßte Vorplatz war denn auch an allen seinen Tischen besetzt. Das gab eine kleine Verlegenheit. Als man aber eben schlüssig geworden war, in dem Hintergarten, unter einem halboffenen Kegelbahnhäuschen den Kaffee zu nehmen, ward einer der Ecktische frei, so daß man in Front des Hauses, mit dem Blick auf die Dorfstraße, verbleiben konnte. Das geschah denn auch, und es traf sich, daß es der hübscheste Tisch war. Aus seiner Mitte wuchs ein Ahorn auf, und wenn es auch, ein paar Spitzen abgerechnet, ihm vorläufig noch an allem Laubschmuck fehlte, so saßen doch schon die Vögel in seinen Zweigen und zwitscherten. Und nicht *das* bloß sah man; Equipagen hielten in der Mitte der Dorfstraße, die Stadtkutscher plauderten, und Bauern und Knechte, die mit Pflug und Egge vom Felde hereinkamen, zogen an der Wagenreihe vorüber. Zuletzt kam eine Herde, die der Schäferspitz von rechts und links her zusammenhielt, und dazwischen hörte man die Betglocke, die läutete. Denn es war eben die sechste Stunde.

Die Carayons, so verwöhnte Stadtkinder sie waren, oder vielleicht auch *weil* sie's waren, enthusiasmierten sich über all und jedes und jubelten, als Schach einen Abendspaziergang in die Tempelhofer Kirche zur Sprache brachte. Sonnenuntergang sei die schönste Stunde. Tante Marguerite freilich, die sich »vor dem unvernünftigen Viehe« fürchtete, wäre lieber am Kaffeetische zurückgeblieben; als ihr aber der zu weiterer Beruhigung herbeigerufene Wirt aufs eindringlichste versichert hatte, »daß sie sich um den Bullen nicht zu fürchten brauche«, nahm sie dann doch Victoirens Arm und trat mit dieser auf die Dorfstraße hinaus, während Schach und Frau von Carayon ihnen folgten. Alles, was noch an dem Staketenzaune saß, sah ihnen nach.

»Es ist nichts so fein gesponnen«, sagte Frau von Carayon und lachte.

Schach sah sie fragend an.

»Ja, lieber Freund, ich weiß alles. Und niemand Geringeres als Tante Marguerite hat uns heute mittag davon erzählt.«

»Wovon?«

»Von der Serenade. Die Carolath ist eine Dame von Welt und vor allem eine Fürstin. Und Sie wissen doch, was Ihnen nachgesagt wird, ›daß Sie der garstigsten *princesse* vor der schönsten *bourgeoise* den Vorzug geben würden‹. Jeder garstigen Prinzeß, sag ich. Aber zum Überfluß ist die Carolath auch noch schön. *Un teint de lys et de rose.* Sie werden mich eifersüchtig machen.«

Schach küßte der schönen Frau die Hand. »Tante Marguerite hat Ihnen richtig berichtet, und Sie sollen nun alles hören. Auch das Kleinste. Denn, wenn es mir, wie zugestanden, eine Freude gewährt, einen solchen Abend unter meinen Erlebnissen zu haben, so gewährt es mir doch eine noch größere Freude, mit meiner schönen Freundin darüber plaudern zu können. Ihre Pläsanterien, die so kritisch und doch zugleich so voll guten Herzens sind, machen mir erst alles lieb und wert. Lächeln Sie nicht. Ach, daß ich Ihnen alles sagen könnte. Teure Josephine, Sie sind mir das Ideal einer Frau: klug und doch ohne Gelehrsamkeit und Dünkel, espritvoll und doch ohne Mokanterie. Die Huldigungen, die mein *Herz* darbringt, gelten nach wie vor nur Ihnen, Ihnen, der Liebenswürdigsten und Besten. Und das ist Ihr höchster Reiz, meine teure Freundin, daß Sie nicht einmal wissen, wie gut Sie sind und welch stille Macht Sie über mich üben.«

Er hatte fast mit Bewegung gesprochen, und das Auge der Frau leuchtete, während ihre Hand in der seinen zitterte. Rasch aber nahm sie den scherzhaften Ton wieder auf und sagte: »Wie gut Sie zu sprechen verstehen. Wissen Sie wohl, so gut spricht man nur aus der Verschuldung heraus.«

»Oder aus dem Herzen. Aber lassen wir's bei der Verschuldung, die nach Sühne verlangt. Und zunächst nach Beichte. Deshalb kam ich gestern. Ich hatte vergessen, daß Ihr Empfangsabend war, und erschrak fast, als ich Bülow sah und diesen aufgedunsenen Rotürier, den Sander. Wie kommt er nur in Ihre Gesellschaft?«

»Er ist der Schatten Bülows.«

»Ein sonderbarer Schatten, der dreimal schwerer wiegt als der Gegenstand, der ihn wirft. Ein wahres Mammut. Nur seine Frau soll ihn noch übertreffen, weshalb ich neulich spöttisch erzählen hörte, ›Sander, wenn er seine Brunnenpromenade vorhabe, gehe nur dreimal um seine Frau herum‹. Und *dieser* Mann Bülows Schatten! Wenn Sie lieber sagten, sein Sancho Pansa …«

»So nehmen Sie Bülow selbst als Don Quixote?«

»Ja, meine Gnädigste … Sie wissen, daß es mir im allgemeinen widersteht, zu medisieren, aber dies ist *au fond* nicht medisieren, ist eher Schmeichelei. Der gute Ritter von La Mancha war ein ehrlicher Enthusiast, und nun frag ich Sie, teuerste Freundin, läßt sich von Bülow dasselbe sagen? Enthusiast! Er ist exzentrisch, nichts weiter, und das Feuer, das in ihm brennt, ist einfach das einer infernalen Eigenliebe.«

»Sie verkennen ihn, lieber Schach. Er ist verbittert, gewiß; aber ich fürchte, daß er ein Recht hat, es zu sein.«

»Wer an krankhafter Überschätzung leidet, wird immer tausend Gründe haben, verbittert zu sein. Er zieht von Gesellschaft zu Gesellschaft und predigt die billigste der Weisheiten, die Weisheit *post festum*. Lächerlich. An allem, was uns das letzte Jahr an Demütigungen gebracht hat, ist, wenn man ihn hört, nicht der Übermut oder die Kraft unserer Feinde schuld, o nein, dieser Kraft würde man mit einer größeren Kraft unschwer haben begegnen können, wenn man sich unserer Talente, will also sagen der Talente Bülows, rechtzeitig versichert hätte. Das unterließ die Welt, und daran geht sie zugrunde. So geht es endlos weiter. Darum Ulm und darum Austerlitz. Alles hätt ein anderes Aussehen gewonnen, sich anders zugetragen, wenn diesem korsischen Thron- und Kronenräuber, diesem Engel der Finsternis, der sich Bonaparte nennt, die Lichtgestalt Bülows auf dem Schlachtfeld entgegengetreten wäre. Mir widerwärtig. Ich hasse solche Fanfaronaden. Er spricht von Braunschweig und Hohenlohe wie von lächerlichen Größen, *ich* aber halte zu dem fridericianischen Satze, daß die Welt nicht sicherer auf den Schultern des Atlas ruht, als Preußen auf den Schultern seiner Armee.«

Während dieses Gespräch zwischen Schach und Frau von Carayon geführt wurde, war das ihnen voranschreitende Paar bis an eine Wegstelle gekommen, von der aus ein Fußpfad über ein frischgepflügtes Ackerfeld hin sich abzweigte.

»Das ist die Kürche«, sagte das Tantchen und zeigte mit ihrem Parasol auf ein neugedecktes Turmdach, dessen Rot aus allerlei Gestrüpp und Gezweig hervorschimmerte. Victoire bestätigte, was sich ohnehin nicht bestreiten ließ, und wandte sich zugleich nach rückwärts, um die Mama durch eine Kopf- und Handbewegung zu fragen, ob man den hier abzweigenden Fußpfad einschlagen wolle? Frau von Carayon nickte zustimmend, und Tante und Nichte schritten in der angedeuteten Richtung weiter. Überall aus dem braunen Acker stiegen Lerchen auf, die hier, noch ehe die Saat heraus war, schon ihr Furchennest gebaut hatten; ganz zuletzt aber kam ein Stück brachliegendes Feld, das bis an die Kirchhofsmauer lief und, außer einer spärlichen Grasnarbe, nichts aufwies als einen trichterförmigen Tümpel, in dem ein Unkenpaar musizierte.

»Sieh, Victoire, das sind Binsen.«

»Ja, liebe Tante.«

»Kannst *du* dir denken, *ma chère*, daß, als ich jung war, die Binsen als kleine Nachtlichter gebraucht wurden und auch wirklich ganz ruhig auf einem Glase schwammen, wenn man krank war oder auch bloß nicht schlafen konnte ...?«

»Gewiß«, sagte Victoire. »Jetzt nimmt man Wachsfädchen, die man zerschneidet und in ein Kartenstückchen steckt.«

»Ganz recht, mein Engelchen. Aber früher waren es Binsen, *des joncs*. Und sie brannten auch. Und deshalb erzähl ich es dir. Denn sie müssen doch ein natürliches Fett gehabt haben, ich möchte sagen etwas Kienenes.«

»Es ist wohl möglich«, antwortete Victoire, die der Tante nie widersprach, und horchte, während sie dies sagte, nach dem Tümpel hin, in dem das Musizieren der Unken immer lauter wurde. Gleich danach aber sah sie, daß ein halberwachsenes Mädchen von der Kirche her im vollen Lauf auf sie zukam und mit einem zottigen weißen Spitz sich neckte, der bellend und beißend an der Kleinen emporsprang. Dabei warf die Kleine, mitten im Lauf, einen an einem Strick und einem Klöppel hängenden Kirchenschlüssel in die Luft und fing ihn so geschickt wieder auf, daß weder der Schlüssel noch der Klöppel ihr weh tun konnten. Zuletzt aber blieb sie stehn und hielt die linke Hand vor die Augen, weil die niedergehende Sonne sie blendete.

»Bist du die Küsterstochter?« fragte Victoire.

»Ja«, sagte das Kind.

»Dann bitte, gib uns den Schlüssel, oder komm mit uns und schließ uns die Kirche wieder auf. Wir möchten sie gerne sehen, wir und die Herrschaften da.«

»Gerne«, sagte das Kind und lief wieder vorauf, überkletterte die Kirchhofsmauer und verschwand alsbald hinter den Haselnuß- und Hagebuttensträuchern, die hier so reichlich standen, daß sie, trotzdem sie noch kahl waren, eine dichte Hecke bildeten.

Das Tantchen und Victoire folgten ihr und stiegen langsam über verfallene Gräber weg, die der Frühling noch nirgends mit seiner Hand berührt hatte; nirgends zeigte sich ein Blatt, und nur unmittelbar neben der Kirche war eine schattig feuchte Stelle wie mit Veilchen überdeckt. Victoire bückte sich, um hastig davon zu pflücken, und als Schach und Frau von Carayon im nächsten Augenblick den eigentlichen Hauptweg des Kirchhofes heraufkamen, ging ihnen Victoire entgegen und gab der Mutter die Veilchen.

Die Kleine hatte mittlerweile schon aufgeschlossen und saß wartend auf dem Schwellstein; als aber beide Paare heran waren, erhob sie sich rasch und trat, allen vorauf, in die Kirche, deren Chorstühle fast so schräg standen wie die Grabkreuze draußen. Alles wirkte kümmerlich und zerfallen; der eben sinkende Sonnenball aber, der hinter den nach Abend zu gelegenen Fenstern stand, übergoß die Wände mit einem rötlichen Schimmer und erneuerte, für Augenblicke wenigstens, die längst blind gewordene Vergoldung der alten Altarheiligen, die hier noch, aus der katholischen Zeit her, ihr Dasein fristeten. Es konnte nicht ausbleiben, daß das genferisch reformierte Tantchen aufrichtig erschrak, als sie dieser »Götzen« ansichtig wurde. Schach aber, der unter seine Liebhabereien auch die Genealogie zählte, fragte bei der Kleinen an, ob nicht vielleicht alte Grabsteine da wären?

»Einer ist da«, sagte die Kleine. »Dieser hier«, und wies auf ein abgetretenes, aber doch noch deutlich erkennbares Steinbild, das aufrecht in einen Pfeiler, dicht neben dem Altar, eingemauert war. Es war ersichtlich ein Reiteroberst.

»Und wer ist es?« fragte Schach.

»Ein Tempelritter«, erwiderte das Kind, »und hieß der Ritter von Tempelhof. Und diesen

Grabstein ließ er schon bei Lebzeiten machen, weil er wollte, daß es ihm ähnlich werden sollte.«

Hier nickte das Tantchen zustimmend, weil das Ähnlichkeitsbedürfnis des angeblichen Ritters von Tempelhof eine verwandte Saite in ihrem Herzen traf.

»Und er baute diese Kirche«, fuhr die Kleine fort, »und baute zuletzt auch das Dorf, und nannte es Tempelhof, weil er selber Tempelhof hieß. Und die Berliner sagen ›Templow‹. Aber es ist falsch.«

All das nahmen die Damen in Andacht hin, und nur Schach, der neugierig geworden war, fragte weiter, »ob sie nicht das eine oder andere noch aus den Lebzeiten des Ritters wisse?«.

»Nein, aus seinen Lebzeiten nicht. Aber nachher.«

Alle horchten auf, am meisten das sofort einen leisen Grusel verspürende Tantchen; die Kleine hingegen fuhr in ruhigem Tone fort: »Ob es alles so wahr ist, wie die Leute sagen, das weiß ich nicht. Aber der alte Kossäte Maltusch hat es noch miterlebt.«

»Aber was denn, Kind?«

»Er lag hier vor dem Altar über hundert Jahre, bis es ihn ärgerte, daß die Bauern und Einsegnungskinder immer auf ihm herumstanden und ihm das Gesicht abschurrten, wenn sie zum Abendmahl gingen. Und der alte Maltusch, der jetzt ins neunzigste geht, hat mir und meinem Vater erzählt, er habe es noch mit seinen eigenen Ohren gehört, daß es noch mitunter so gepoltert und gerollt hätte, wie wenn es drüben über Schmargendorf donnert.«

»Wohl möglich.«

»Aber sie verstanden nicht, was das Poltern und Rollen bedeutete«, fuhr die Kleine fort. »Und so ging es, bis das Jahr, wo der russische General, dessen Namen ich immer vergesse, hier auf dem Tempelhofer Felde lag. Da kam einen Sonnabend der vorige Küster und wollte die Singezahlen wegwischen und neue für den Sonntag anschreiben. Und nahm auch schon das Kreidestück. Aber da sah er mit einem Male, daß die Zahlen schon weggewischt und neue Gesangbuchzahlen und auch die Zahlen von einem Bibelspruch, Kapitel und Vers, mit angeschrieben waren. Alles altmodisch und undeutlich, und nur so grade noch zu lesen. Und als sie nachschlugen, da fanden sie: ›Du sollst deinen Toten in Ehren halten und ihn nicht schädigen an seinem Antlitz.‹ Und nun wußten sie, wer die Zahlen geschrieben, und nahmen den Stein auf und mauerten ihn in diesen Pfeiler.«

»Ich finde doch«, sagte Tante Marguerite, die, je schrecklicher sie sich vor Gespenstern fürchtete, desto lebhafter ihr Vorhandensein bestritt, »ich finde doch, die Regierung sollte mehr gegen den Aberglauben tun.« Und dabei wandte sie sich ängstlich von dem unheimlichen Steinbild ab und ging mit Frau von Carayon, die, was Gespensterfurcht anging, mit dem Tantchen wetteifern konnte, wieder dem Ausgange zu.

Schach folgte mit Victoire, der er den Arm gereicht hatte.

»War es wirklich ein Tempelritter?« fragte diese. »Meine Tempelritterkenntnis beschränkt sich freilich nur auf den *einen* im ›Nathan‹, aber wenn unsere Bühne die Kostümfrage nicht zu willkürlich behandelt hat, so müssen die Tempelritter durchaus anders ausgesehen haben. Hab ich recht?«

»*Immer* recht, meine liebe Victoire.« Und der Ton dieser Worte traf ihr Herz und zitterte darin nach, ohne daß sich Schach dessen bewußt gewesen wäre.

»Wohl. Aber wenn kein Templer, was *dann*?« fragte sie weiter und sah ihn zutraulich und doch verlegen an.

»Ein Reiteroberst aus der Zeit des Dreißigjährigen Krieges. Oder vielleicht auch erst aus den Tagen von Fehrbellin. Ich las sogar seinen Namen: Achim von Haake.«

»So halten Sie die ganze Geschichte für ein Märchen?«

»Nicht eigentlich das, oder wenigstens nicht in allem. Es ist erwiesen, daß wir Templer in diesem Lande hatten, und die Kirche hier mit ihren vorgotischen Formen mag sehr wohl bis in jene Templertage zurückreichen. Soviel ist glaubhaft.«

»Ich höre so gern von diesem Orden.«

»Auch ich. Er ist von der strafenden Hand Gottes am schwersten heimgesucht worden und eben deshalb auch der poetischste und interessanteste. Sie wissen, was ihm vorgeworfen wird: Götzendienst, Verleugnung Christi, Laster aller Art. Und ich fürchte, mit Recht. Aber groß wie seine Schuld, so groß war auch seine Sühne, ganz dessen zu geschweigen, daß auch hier wieder der unschuldig Überlebende die Schuld voraufgegangener Geschlechter zu büßen hatte. Das Los und das Schicksal aller Erscheinungen, die sich, auch da noch, wo sie fehlen und irren, dem Alltäglichen entziehen. Und so sehen wir denn den schuldbeladenen Orden, all seiner Unrühmlichkeiten unerachtet, schließlich in einem wiedergewonnenen Glorienschein zugrunde gehen. Es war der Neid, der ihn tötete, der Neid und der Eigennutz, und schuldig oder nicht, mich überwältigt seine Größe.«

Victoire lächelte.

»Wer Sie so hörte, lieber Schach, könnte meinen, einen nachgeborenen Templer in Ihnen zu sehen. Und doch war es ein mönchischer Orden, und mönchisch war auch sein Gelübde. Hätten Sie's vermocht, als Templer zu leben und zu sterben?«

»Ja.«

»Vielleicht verlockt durch das Kleid, das noch kleidsamer war als die Supraweste der Gensdarmes.«

»Nicht durch das Kleid, Victoire. Sie verkennen mich. Glauben Sie mir, es lebt etwas in mir, das mich vor keinem Gelübde zurückschrecken läßt.«

»Um es zu halten?«

Aber eh er noch antworten konnte, fuhr sie rasch in wieder scherzhafter werdendem Ton fort: »Ich glaube, Philipp le Bel hat den Orden auf dem Gewissen. Sonderbar, daß alle historischen Personen, die den Beinamen des ›*Schönen*‹ führen, mir unsympathisch sind. Und ich hoffe, nicht aus Neid. Aber die Schönheit, das muß wahr sein, macht selbstisch, und wer selbstisch ist, ist undankbar und treulos.«

Schach suchte zu widerlegen. Er wußte, daß sich Victoirens Worte, so sehr sie Pikanterien und Andeutungen liebte, ganz unmöglich gegen *ihn* gerichtet haben konnten. Und darin traf er's auch. Es war alles nur *jeu d'esprit*, eine Nachgiebigkeit gegen ihren Hang, zu philosophieren. Und doch, alles, was sie gesagt hatte, so gewiß es absichtslos gesagt worden war, so gewiß war es doch auch aus einer dunklen Ahnung heraus gesprochen worden.

Als ihr Streit schwieg, hatte man den Dorfeingang erreicht, und Schach hielt, um auf Frau von Carayon und Tante Marguerite, die sich beide versäumt hatten, zu warten.

Als sie heran waren, bot er der Frau von Carayon den Arm und führte *diese* bis an das Gasthaus zurück.

Victoire sah ihnen betroffen nach und sann nach über den Tausch, den Schach mit keinem Worte der Entschuldigung begleitet hatte. »Was war das?« Und sie verfärbte sich, als sie sich aus einem plötzlichen Argwohn heraus, die selbstgestellte Frage beantwortet hatte.

Von einem Wiederplatznehmen vor dem Gasthause war keine Rede mehr, und man gab es um so leichter und lieber auf, als es inzwischen kühl geworden und der Wind, der den ganzen Tag über geweht hatte, nach Nordwesten hin umgesprungen war.

Tante Marguerite bat sich den Rücksitz aus, »um nicht gegen den Wind zu fahren«.

Niemand widersprach. So nahm sie denn den erbetenen Platz, und während jeder in Schweigen überdachte, was ihm der Nachmittag gebracht hatte, ging es in immer rascherer Fahrt wieder auf die Stadt zurück.

Diese lag schon im Dämmer, als man bis an den Abhang der Kreuzberghöhe gekommen war, und nur die beiden Gensdarmentürme ragten noch mit ihren Kuppeln aus dem graublauen Nebel empor.

VICTOIRE VON CARAYON AN LISETTE VON PERBANDT

Berlin, den 3. Mai. *Ma chère Lisette.*

Wie froh war ich, endlich von Dir zu hören, und so Gutes. Nicht als ob ich es anders erwartet hätte; wenige Männer hab ich kennengelernt, die mir so ganz eine Garantie des Glückes zu bieten scheinen wie der Deinige. Gesund, wohlwollend, anspruchslos, und von jenem schönen Wissens- und Bildungsmaß, das ein gleich gefährliches Zuviel und Zuwenig vermeidet. Wobei ein »Zuviel« das vielleicht noch Gefährlichere ist. Denn junge Frauen sind nur zu geneigt, die Forderung zu stellen: »Du sollst keine andren Götter haben neben mir.« Ich sehe das beinah täglich bei Rombergs, und Marie weiß es ihrem klugen und liebenswürdigen Gatten wenig Dank, daß er über Politik und französische Zeitungen die Visiten und Toiletten vergißt.

Was mir allein eine Sorge machte, war Deine neue masurische Heimat, ein Stück Land, das ich mir immer als einen einzigen großen Wald mit hundert Seen und Sümpfen vorgestellt habe. Da dacht ich denn, diese neue Heimat könne Dich leicht in ein melancholisches Träumen versetzen, das dann immer der Anfang zu Heimweh oder wohl gar zu Trauer und Tränen ist. Und davor, so hab ich mir sagen lassen, erschrecken die Männer. Aber ich sehe zu meiner herzlichen Freude, daß Du auch *dieser* Gefahr entgangen bist, und die Birken, die Dein Schloß umstehn, grüne Pfingstmaien und keine Trauerbirken sind. Apropos, über das Birkenwasser mußt Du mir gelegentlich schreiben. Es gehört zu den Dingen, die mich immer neugierig gemacht haben und die kennenzulernen mir bis diesen Augenblick versagt geblieben ist.

Und nun soll ich Dir über *uns* berichten. Du frägst teilnehmend nach all und jedem, und verlangst sogar von Tante Margueritens neuester Prinzessin und neuester Namensverwechslung zu hören. Ich könnte Dir gerade *davon* erzählen, denn es sind keine drei Tage her, daß wir (wenigstens von diesen Verwechslungen) ein gerüttelt und geschüttelt Maß gehabt haben.

Es war auf einer Spazierfahrt, die Herr von *Schach* mit uns machte, nach Tempelhof, und zu der auch das Tantchen aufgefordert werden mußte, weil es ihr Tag war. Du weißt, daß wir sie jeden Dienstag als Gast in unsrem Hause sehn. Sie war denn auch mit uns in der »Kürche«, wo sie, beim Anblick einiger Heiligenbilder aus der katholischen Zeit her, nicht nur beständig auf Ausrottung des Aberglaubens drang, sondern sich mit eben diesem Anliegen auch regelmäßig an Schach wandte, wie wenn dieser im Konsistorium säße. Und da leg ich denn (weil ich nun mal die Tugend oder Untugend habe, mir alles gleich leibhaftig vorzustellen) während des Schreibens die Feder hin, um mich erst herzlich auszulachen. *Au fond* freilich ist es viel weniger lächerlich, als es im ersten Augenblick erscheint. Er hat etwas konsistorialrätlich Feierliches, und wenn mich nicht alles täuscht, so ist es gerade dies Feierliche, was Bülow so sehr gegen ihn einnimmt. Viel, viel mehr als der Unterschied der Meinungen.

Und beinah klingt es, als ob ich mich in meiner Schilderung Bülow anschlösse. Wirklich, wüßtest Du's nicht besser, Du würdest dieser Charakteristik unseres Freundes nicht entnehmen können, wie sehr ich ihn schätze. Ja, mehr denn je, trotzdem es an manchem Schmerzlichen nicht fehlt. Aber in meiner Lage lernt man milde sein, sich trösten, verzeihn. Hätt ich es *nicht* gelernt, wie könnte ich leben, *ich*, die ich so gerne lebe! Eine Schwäche, die (wie ich einmal gelesen) alle diejenigen haben sollen, von denen man es am wenigsten begreift.

Aber ich sprach von manchem Schmerzlichen, und es drängt mich, Dir davon zu erzählen.

Es war erst gestern auf unserer Spazierfahrt. Als wir den Gang aus dem Dorf in die Kirche machten, führte Schach Mama. Nicht zufällig, es war arrangiert, und zwar durch *mich*. Ich ließ beide zurück, weil ich eine Aussprache (Du weißt, *welche*) zwischen beiden herbeiführen wollte. Solche stillen Abende, wo man über Feld schreitet und nichts hört als das Anschlagen der Abendglocke, heben uns über kleine Rücksichten fort und machen uns freier. Und sind wir erst *das*, so findet sich auch das rechte Wort. Was zwischen ihnen gesprochen wurde, weiß ich nicht, jedenfalls nicht *das*, was gesprochen werden sollte. Zuletzt traten wir in die Kirche, die vom Abendrot wie durchglüht war, alles gewann Leben, und es war unvergeßlich schön. Auf dem Heimwege tauschte Schach und führte *mich*. Er sprach sehr anziehend und in einem Tone, der mir ebenso wohltat, als er mich überraschte. Jedes Wort ist mir noch in der Erinnerung geblieben und gibt mir zu denken. Aber was geschah? Als wir wieder am Eingange des Dorfes waren, wurde er schweigsamer und wartete auf die Mama. Dann bot er *ihr* den Arm, und so gingen sie durch das Dorf nach dem Gasthause zurück, wo die Wagen hielten und viele Leute versammelt waren. Es gab mir einen Stich durchs Herz, denn ich konnte mich des Gedankens nicht erwehren, daß es ihm peinlich gewesen sei, mit *mir* und an meinem Arm unter den Gästen zu erscheinen. In seiner Eitelkeit, von der ich ihn nicht freisprechen kann, ist es ihm unmöglich, sich über das Gerede der Leute hinwegzusetzen, und ein spöttisches Lächeln verstimmt ihn auf eine Woche. So selbstbewußt er ist, so schwach und abhängig ist er in diesem *einen* Punkte. Vor niemandem in der Welt, auch vor der Mama nicht, würd ich ein solches Bekenntnis ablegen, aber *Dir* gegenüber mußt ich es. Hab ich unrecht, so sage mir, daß mein Unglück mich mißtrauisch gemacht habe, so halte mir eine Strafpredigt in allerstrengsten Worten, und sei versichert, daß ich sie mit dankbarem Auge lesen werde. Denn all seiner Eitelkeit unerachtet, schätz ich ihn wie keinen andern. Es ist ein Satz, daß Männer nicht eitel sein dürfen, weil Eitelkeit lächerlich mache. Mir scheint dies übertrieben. Ist aber der Satz dennoch richtig, so bedeutet Schach eine Ausnahme. Ich hasse das Wort »ritterlich« und habe doch kein anderes für ihn. *Eines* ist er vielleicht noch mehr, diskret, imponierend, oder doch voll natürlichen Ansehns, und sollte sich mir *das* erfüllen, was ich um der Mama und auch um meinetwillen wünsche, so würd es mir nicht schwer werden, mich in eine Respektsstellung zu ihm hineinzufinden.

Und dazu noch eins. Du hast ihn nie für sehr gescheit gehalten, und ich meinerseits habe nur schüchtern widersprochen. Er hat aber doch die beste Gescheitheit, die mittlere, dazu die des redlichen Mannes. Ich empfinde dies jedesmal, wenn er seine Fehde mit Bülow führt. So sehr ihm dieser überlegen ist, so sehr steht er doch hinter ihm zurück. Dabei fällt mir mitunter auf, wie der Groll, der sich in unserem Freunde regt, ihm eine gewisse Schlagfertigkeit, ja selbst Esprit verleiht. Gestern hat er Sander, dessen Persönlichkeit Du kennst, den Bülowschen Sancho Pansa genannt. Die weiteren Schlußfolgerungen ergeben sich von selbst, und ich find es nicht übel.

Sanders Publikationen machen mehr von sich reden denn je; die Zeit unterstützt das Interesse für eine lediglich polemische Literatur. Außer von Bülow sind auch Aufsätze von Massenbach und Phull erschienen, die von den Eingeweihten als etwas Besonderes und nie Dagewesenes ausgepriesen werden. Alles richtet sich gegen Österreich und beweist aufs neue, daß, wer den Schaden hat, für den Spott nicht sorgen darf. Schach ist empört über dies anmaßliche Besserwissen, wie er's nennt, und wendet sich wieder seinen alten Liebhabereien zu, Kupferstichen und Rennpferden. Sein kleiner Groom wird immer kleiner. Was bei den Chinesinnen die kleinen Füße sind, sind bei den Grooms die kleinen Proportionen überhaupt. Ich meinerseits verhalte mich ablehnend gegen beide, ganz besonders aber gegen die chinesisch eingeschnürten Füßchen, und bin umgekehrt froh, in einem bequemen Pantoffel zu stecken. Führen, schwingen werd ich ihn nie; das überlasse ich meiner teuren Lisette. Tu es mit der Milde, die Dir eigen ist. Empfiehl mich Deinem teuren Manne, der nur den einen Fehler hat, Dich mir entführt zu haben. Mama grüßt und küßt ihren Liebling, ich aber lege Dir den Wunsch ans Herz, vergiß in der Fülle des Glücks, die Dir zuteil wurde, nicht *ganz* Deine, wie Du weißt, auf ein bloßes Pflichtteil des Glückes gesetzte *Victoire.*

BEI PRINZ LOUIS

An demselben Abend, an dem Victoire von Carayon ihren Brief an Lisette von Perbandt schrieb, empfing Schach in seiner in der Wilhelmstraße gelegenen Wohnung ein Einladungsbillett von der Hand des Prinzen Louis. Es lautete:

»Lieber Schach. Ich bin erst drei Tage hier im Moabiter Land und dürste bereits nach Besuch und Gespräch. Eine Viertelmeile von der Hauptstadt hat man schon die Hauptstadt nicht mehr und verlangt nach ihr. Darf ich für morgen auf Sie rechnen? Bülow und sein verlegerischer Anhang haben zugesagt, auch Massenbach und Phull. Also lauter Opposition, die mich erquickt, auch wenn ich sie bekämpfe. Von Ihrem Regiment werden Sie noch Nostitz und Alvensleben treffen. Im Interimsrock und um fünf Uhr. Ihr *Louis*, Prinz von Pr.«

Um die festgesetzte Stunde fuhr Schach, nachdem er Alvensleben und Nostitz abgeholt hatte, vor der prinzlichen Villa vor. Diese lag am rechten Flußufer, umgeben von Wiesen und Werftweiden, und hatte die Front, über die Spree fort, auf die Westlisiere des Tiergartens. Anfahrt und Aufgang waren von der Rückseite her. Eine breite, mit Teppich belegte Treppe führt bis auf ein Podium und von diesem auf einen Vorflur, auf dem die Gäste vom Prinzen empfangen wurden. Bülow und Sander waren bereits da, Massenbach und Phull dagegen hatten sich entschuldigen lassen. Schach war es zufrieden, fand schon Bülow mehr als genug und trug kein Verlangen, die Zahl der Genialitätsleute verstärkt zu sehen. Es war heller Tag noch, aber in dem Speisesaal, in den sie von dem Vestibül aus eintraten, brannten bereits die Lichter und waren (übrigens bei offenstehenden Fenstern) die Jalousien geschlossen. Zu diesem künstlich hergestellten Licht, in das sich von außen her ein Tagesschimmer mischte, stimmte das Feuer in dem in der Mitte des Saales befindlichen Kamine. Vor eben diesem, ihm den Rücken zukehrend, saß der Prinz und sah, zwischen den offenstehenden Jalousiebrettchen hindurch, auf die Bäume des Tiergartens.

»Ich bitte fürlieb zu nehmen«, begann er, als die Tafelrunde sich arrangiert hatte. »Wir sind hier auf dem Lande; das muß als Entschuldigung dienen für alles, was fehlt. ›*A la guerre, comme à la guerre.*‹ Massenbach, unser Gourmet, muß übrigens etwas derart geahnt, respektive gefürchtet haben. Was mich auch nicht überraschen würde. Heißt es doch, lieber Sander, Ihr guter Tisch habe mehr noch als Ihr guter Verlag die Freundschaft zwischen Ihnen besiegelt.«

»Ein Satz, dem ich kaum zu widersprechen wage, Königliche Hoheit.«

»Und doch *müßten* Sie's eigentlich. Ihr ganzer Verlag hat keine von jenem ›laisser passer‹, das das Vorrecht, ja die Pflicht aller gesättigten Leute ist. Ihre Genies (Pardon, Bülow) schreiben alle wie Hungrige. Meinetwegen. Unsere Paradeleute geb ich Ihnen preis, aber daß Sie mir auch die Österreicher so schlecht behandeln, das mißfällt mir.«

»Bin *ich* es, Königliche Hoheit? Ich, für meine Person, habe nicht die Prätention höherer Strategie. Nebenher freilich möcht ich, sozusagen aus meinem Verlage heraus, die Frage stellen dürfen: ›War Ulm etwas Kluges?‹«

»Ach, mein lieber Sander, was ist klug? Wir Preußen bilden uns beständig ein, es zu sein; und wissen Sie, was Napoleon über unsere vorjährige thüringische Aufstellung gesagt hat? Nostitz, wiederholen Sie's! … Er will nicht. Nun, so muß ich es selber tun. ›*Ah, ces Prussiens*‹, hieß es, ›*ils sont encore plus stupides que les Autrichiens.*‹ Da haben Sie Kritik über unsere vielgepriesene Klugheit, noch dazu Kritik von einer allerberufensten Seite her. Und hätt er's damit getroffen, so müßten wir uns schließlich zu dem Frieden noch beglückwünschen, den uns Haugwitz erschachert hat. Ja, erschachert, indem er für ein Mitbringsel unsere Ehre preisgab. Was sollen wir mit Hannover? Es ist der Brocken, an dem der preußische Adler ersticken wird.«

»Ich habe zu der Schluck- und Verdauungskraft unseres preußischen Adlers ein besseres Vertrauen«, erwiderte Bülow. »Gerade *das* kann er und versteht er von alten Zeiten her. Indessen, *darüber* mag sich streiten lassen; worüber sich aber *nicht* streiten läßt, das ist der Friede, den uns Haugwitz gebracht hat. Wir brauchen ihn wie das tägliche Brot, und mußten ihn haben, so lieb uns unser Leben ist. Königliche Hoheit haben freilich einen Haß gegen den armen Haugwitz, der mich insoweit überrascht, als dieser Lombard, der doch die Seele des Ganzen ist, von jeher Gnade vor Eurer Königlichen Hoheit Augen gefunden hat!«

»Ah, Lombard! Den Lombard nehm ich nicht ernsthaft und stell ihm außerdem noch in Rechnung, daß er ein halber Franzose ist. Dazu hat er eine Form des Witzes, die mich entwaffnet. Sie wissen doch, sein Vater war *Friseur* und seiner Frau Vater ein *Barbier.* Und nun kommt eben diese Frau, die nicht nur eitel ist bis zum Närrischwerden, sondern auch noch schlechte französische Verse macht, und fragt ihn, was schöner sei: ›*L'hirondelle frise la surface des eaux*‹ oder ›*l'hirondelle rase la surface des eaux*?‹ Und was antwortet er? ›Ich sehe keinen Unterschied, meine Teure; *l'hirondelle frise* huldigt *meinem* Vater und *l'hirondelle rase* dem *deinigen.*‹ In diesem Bonmot haben Sie den ganzen Lombard. Was mich aber persönlich angeht, so bekenn ich Ihnen offen, daß ich einer so witzigen Selbstpersiflage nicht widerstehen kann. Er ist ein Polisson, kein Charakter.«

»Vielleicht, daß sich ein Gleiches auch von Haugwitz sagen ließe, zum Guten wie zum Schlimmen. Und wirklich, ich geb Eurer Königlichen Hoheit den *Mann* preis. Aber *nicht* seine Politik. Seine Politik ist gut, denn sie rechnet mit gegebenen Größen. Und Eure Königliche Hoheit wissen das besser als ich. Wie steht es denn in Wahrheit mit unseren Kräften? Wir leben von der Hand in den Mund, und warum? Weil der Staat Friedrichs des Großen nicht ein Land mit einer Armee, sondern eine Armee mit einem Lande ist. Unser Land ist nur Standquartier und Verpflegungsmagazin. In sich selber entbehrt es aller großen Ressourcen. Siegen wir, so geht es; aber Kriege führen dürfen nur solche Länder, die Niederlagen ertragen können. Das können wir *nicht.* Ist die Armee hin, so ist alles hin. Und wie schnell eine Armee hin sein kann, das hat uns Austerlitz gezeigt. Ein Hauch kann uns töten, gerad auch *uns.* ›Er blies, und die Armada zerstob in alle vier Winde.‹ *Afflavit Deus et dissipati sunt.*«

»Herr von Bülow«, unterbrach hier Schach, »möge mir eine Bemerkung verzeihn. Er wird doch, denk ich, in dem Höllenbrodem, der jetzt über die Welt weht, nicht den Odem Gottes erkennen wollen, nicht *den*, der die Armada zerblies.«

»*Doch*, Herr von Schach. Oder glauben Sie wirklich, daß der Odem Gottes im Spezialdienste des Protestantismus oder gar Preußens und seiner Armee steht?«

»Ich hoffe, ja.«

»Und ich fürchte, *nein*. Wir haben die ›propreste Armee‹, das ist alles. Aber mit der ›Propretät‹ gewinnt man keine Schlachten. Erinnern Sich Königliche Hoheit der Worte des großen Königs, als General Lehwald ihm seine dreimal geschlagenen Regimenter in Parade vorführte? ›Propre Leute‹, hieß es. ›Da seh er meine. Sehen aus wie die Grasdeibel, *aber beißen*.‹ Ich fürchte, wir haben jetzt zu viel Lehwaldsche Regimenter und zu wenig altenfritzige. Der Geist ist heraus, alles ist Dressur und Spielerei geworden. Gibt es doch Offiziere, die, der großen Prallheit und Drallheit halber, ihren Uniformrock direkt auf dem Leibe tragen. Alles Unnatur. Selbst das Marschierenkönnen, diese ganz gewöhnliche Fähigkeit des Menschen, die Beine zu setzen, ist uns in dem ewigen Paradeschritt verlorengegangen. Und Marschierenkönnen ist jetzt die erste Bedingung des Erfolges. Alle modernen Schlachten sind mit den Beinen gewonnen worden.«

»Und mit *Gold*«, unterbrach hier der Prinz. »Ihr großer Empereur, lieber Bülow, hat eine Vorliebe für kleine Mittel. Ja, für allerkleinste. Daß er lügt, ist sicher. Aber er ist auch ein Meister in der Kunst der Bestechung. Und wer hat uns die Augen darüber geöffnet? Er selber. Lesen Sie, was er unmittelbar vor der Austerlitzer Bataille sagte. ›Soldaten‹, hieß es, ›der Feind wird marschieren und unsere Flanke zu gewinnen suchen; bei dieser Marschbewegung aber wird er die seinige preisgeben. Wir werden uns auf diese seine Flanke werfen und ihn schlagen und vernichten.‹ Und genau so verlief die Schlacht. Es ist unmöglich, daß er aus der bloßen Aufstellung der Österreicher auch schon ihren Schlachtplan erraten haben könnte.«

Man schwieg.

Da dieses Schweigen aber dem lebhaften Prinzen um vieles peinlicher war als Widerspruch, so wandte er sich direkt an Bülow und sagte: »Widerlegen Sie mich.«

»Königliche Hoheit befehlen, und so gehorch ich denn. Der Kaiser wußte genau, was geschehen werde, *konnte* es wissen, weil er sich die Frage, ›was tut hier die *Mittelmäßigkeit*?‹ in vorausberechnender Weise nicht bloß gestellt, sondern auch beantwortet hatte. Die höchste Dummheit, wie zuzugestehen ist, entzieht sich ebenso der Berechnung wie die höchste Klugheit – das ist eine von den großen Seiten der echten und unverfälschten Stupidität. Aber jene ›Mittelklugen‹, die gerade klug genug sind, um von der Lust, ›es auch einmal mit etwas Geistreichem zu probieren‹ , angewandelt zu werden, diese Mittelklugen sind allemal am leichtesten zu berechnen. Und warum? Weil sie jederzeit nur die Mode mitmachen und heute kopieren, was sie gestern sahen. Und das alles wußte der Kaiser. *Hic haeret*. Er hat sich nie glänzender bewährt als in dieser Austerlitzer Aktion, auch im Nebensächlichen nicht, auch nicht in jenen Impromptus und witzigen Einfällen auf dem Gebiete des Grausigen, die so recht eigentlich das Kennzeichen des Genies sind.«

»Ein Beispiel.«

»Eins für hundert. Als das Zentrum schon durchbrochen war, hatte sich ein Teil der russischen Garde, vier Bataillone, nach ebensoviel gefrorenen Teichen hin zurückgezogen, und eine französische Batterie fuhr auf, um mit Kartätschen in die Bataillone hineinzufeuern. In diesem Augenblick erschien der Empereur. Er überblickte sofort das Besondere der Lage. ›Wozu hier ein Sichabmühen *en detail*?‹ Und er befahl, mit Vollkugeln auf das *Eis* zu schießen. Eine Minute später, und das Eis barst und brach, und alle vier Bataillone gingen *en carré* in die morastige Tiefe. Solche vom Moment eingegebenen Blitze hat nur immer das Genie. Die Russen werden sich jetzt vornehmen, es bei nächster Gelegenheit ebenso zu machen, aber wenn Kutusow auf Eis wartet, wird er plötzlich in Wasser oder Feuer stecken. Österreichisch-russische Tapferkeit in Ehren, nur nicht ihr Ingenium. Irgendwo heißt es: ›In meinem Wolfstornister regt sich des Teufels Küster, ein *Kobold*, heißt Genie‹ – nun, in dem russisch-österreichischen Tornister ist dieser Kobold und Teufelsküster‹ nie und nimmer zu Hause gewesen. Und um dies Manko zu kassieren, bedient man sich der alten, elenden Trostgründe: Bestechung und Verräterei. Jedem Besiegten wird es schwer, den Grund seiner Niederlagen an der einzig richtigen Stelle, nämlich *in sich selbst* zu suchen, und auch Kaiser Alexander, mein ich, verzichtet auf ein solches Nachforschen am recht eigentlichsten Platz.«

»Und wer wollt ihm darüber zürnen?« antwortete Schach. »Er tat das Seine, ja mehr. Als die Höhe schon verloren und doch andrerseits die Möglichkeit einer Wiederherstellung der Schlacht noch nicht geschwunden war, ging er klingenden Spiels an der Spitze neuer Regimenter vor; sein Pferd ward ihm unter dem Leibe erschossen, er bestieg ein zweites, und eine halbe Stunde lang schwankte die Schlacht. Wahre Wunder der Tapferkeit wurden verrichtet, und die Franzosen selbst haben es in enthusiastischen Ausdrücken anerkannt.«

Der Prinz, der bei der vorjährigen Berliner Anwesenheit des unausgesetzt als *deliciae generis humani* gepriesenen Kaisers keinen allzu günstigen Eindruck von ihm empfangen hatte, fand es einigermaßen unbequem, den ›liebenswürdigsten der Menschen‹ auch noch zum ›heldischsten‹ erhoben zu sehen. Er lächelte deshalb und sagte: »Seine kaiserliche Majestät in Ehren, so scheint es mir doch, lieber Schach, als ob Sie französischen Zeitungsberichten mehr Gewicht beilegten, als ihnen beizulegen *ist*. Die Franzosen sind kluge Leute. Je mehr Rühmens sie von ihrem Gegner machen, desto größer wird ihr eigener Ruhm, und dabei schweig ich noch von allen möglichen politischen Gründen, die jetzt sicherlich mitsprechen. ›Man soll seinem Feinde goldene Brücken bauen‹, sagt das Sprichwort, und sagt es mit Recht, denn wer heute mein Feind war, kann morgen mein Verbündeter sein. Und in der Tat, es spukt schon dergleichen, ja, wenn ich recht unterrichtet bin, so verhandelt man bereits über eine neue Teilung der Welt, will sagen über die Wiederherstellung eines morgenländischen und abendländischen Kaisertums. Aber lassen wir Dinge, die noch in der Luft schweben, und erklären wir uns das dem Heldenkaiser gespendete Lob lieber einfach aus dem Rechnungssatze: ›Wenn der unterlegene russische Mut einen vollen Zentner wog, so wog der siegreich französische natürlich *zwei*.‹«

Schach, der seit Kaiser Alexanders Besuch in Berlin das Andreaskreuz trug, biß sich fest auf die Lippen und wollte replizieren.

Aber Bülow kam ihm zuvor und bemerkte: »Gegen ›unter dem Leibe erschossene Kaiserpferde‹ bin ich überhaupt immer mißtrauisch. Und nun gar hier. All diese Lobeserhebungen müssen Seine Majestät sehr in Verlegenheit gebracht haben, denn es gibt ihrer zu viele, die das Gegenteil bezeugen können. Er ist der ›gute Kaiser‹ und damit basta.«

»Sie sprechen das so spöttisch, Herr von Bülow«, antwortete Schach. »Und doch frag ich Sie, gibt es einen schöneren Titel?« »O gewiß gibt es den. Ein *wirklich* großer Mann wird nicht um seiner Güte willen gefeiert und noch weniger danach benannt. Er wird umgekehrt ein Gegenstand beständiger Verleumdungen sein. Denn das Gemeine, das überall vorherrscht, liebt nur das, was ihm gleicht. Brenkenhof, der trotz seiner Paradoxien mehr gelesen werden sollte, als er gelesen wird, behauptet geradezu, ›daß in unserem Zeitalter die besten Menschen die schlechteste Reputation haben müßten‹. Der gute Kaiser! Ich bitte Sie. Welche Augen wohl König Friedrich gemacht haben würde, wenn man ihn den ›guten Friedrich‹ genannt hätte.«

»Bravo, Bülow«, sagte der Prinz und grüßte mit dem Glase hinüber. »Das ist mir aus der Seele gesprochen.«

Aber es hätte dieses Zuspruchs nicht bedurft. »Alle Könige«, fuhr Bülow in wachsendem Eifer fort, »die den Beinamen des ›Guten‹ führen, sind solche, die das ihnen anvertraute Reich zu Grabe getragen oder doch bis an den Rand der Revolution gebracht haben. Der letzte König von Polen war auch ein sogenannter ›guter‹. In der Regel haben solche Fürstlichkeiten einen großen Harem und einen kleinen Verstand. Und geht es in den Krieg, so muß irgendeine Kleopatra mit ihnen, gleichviel mit oder ohne Schlange.«

»Sie meinen doch nicht, Herr von Bülow«, entgegnete Schach, »durch Auslassungen wie *diese* den Kaiser Alexander charakterisiert zu haben.«

»Wenigstens annähernd.«

»Da wär ich doch neugierig.«

»Es ist zu diesem Behufe nur nötig, sich den letzten Besuch des Kaisers in Berlin und Potsdam zurückzurufen. Um was handelte sich's? Nun, anerkanntermaßen um nichts Kleines und Alltägliches, um Abschluß eines Bündnisses auf Leben und Tod, und wirklich, bei Fackellicht trat man in die Gruft Friedrichs des Großen, um sich, über dem Sarge desselben, eine halb mystische Blutsfreundschaft zuzuschwören. Und was geschah unmittelbar danach? Ehe drei Tage vorüber waren, wußte man, daß der aus der Gruft Friedrichs des Großen glücklich wieder ans Tageslicht gestiegene Kaiser die fünf anerkanntesten Beautés des Hofes in ebensoviele Schönheitskategorien gebracht habe: *beauté coquette* und *beauté triviale, beauté céleste* und *beauté du diable*, und endlich fünftens, ›*beauté, qui inspire seul du vrai sentiment*‹. Wobei jeden die Neugier angewandelt haben mag, das Allerhöchste ›*vrai sentiment*‹ kennenzulernen.«

EIN NEUER GAST

All diese Sprünge Bülows hatten die Heiterkeit des Prinzen erregt, der denn auch eben mit einem ihm bequem liegenden Capriccio über *beauté céleste* und *beauté du diable* beginnen wollte, als er vom Korridor her, unter dem halb zurückgeschlagenen Portierenteppich, einen ihm wohlbekannten kleinen Herrn von unverkennbaren Künstlerallüren erscheinen und gleich danach eintreten sah.

»Ah, Dussek, das ist brav«, begrüßte ihn der Prinz. »*Mieux vaut tard que jamais.* Rücken Sie ein. Hier. Und nun bitt ich, alles, was an Süßigkeiten noch da ist, in den Bereich unsres Künstlerfreundes bringen zu wollen. Sie finden noch *tutti quanti*, lieber Dussek. Keine Einwendungen. Aber was trinken Sie? Sie haben die Wahl. Asti, Montefiascone, Tokaier.«

»Irgendeinen Ungar.«

»Herben?«

Dussek lächelte.

»Törichte Frage«, korrigierte sich der Prinz und fuhr in gesteigerter guter Laune fort: »Aber nun, Dussek, erzählen Sie. Theaterleute haben, die Tugend selber ausgenommen, allerlei Tugenden, und unter diesen auch *die* der Mitteilsamkeit. Sie bleiben einem auf die Frage ›was Neues?‹ selten eine Antwort schuldig.«

»Und auch heute nicht, Königliche Hoheit«, antwortete Dussek, der, nachdem er genippt hatte, sein Bärtchen putzte.

»Nun, so lassen Sie hören. Was schwimmt obenauf?«

»Die ganze Stadt ist in Aufregung. Versteht sich, wenn ich sage, ›die ganze Stadt‹, so mein' ich das Theater.«

»Das Theater *ist* die Stadt. Sie sind also gerechtfertigt. Und nun weiter.«

»Königliche Hoheit befehlen. Nun denn, wir sind in unserem Haupt und Führer empfindlich gekränkt worden und haben denn auch aus eben diesem Grunde nicht viel weniger als eine kleine Theateremeute gehabt. *Das* also, hieß es, seien die neuen Zeiten, *das* sei das bürgerliche Regiment, *das* sei der Respekt vor den preußischen ›*belles lettres et beaux arts*‹. Eine ›Huldigung der Künste‹ lasse man sich gefallen, aber eine Huldigung *gegen* die Künste, die sei so fern wie je.«

»Lieber Dussek«, unterbrach der Prinz, »Ihre Reflexionen in Ehren. Aber, da Sie gerade von Kunst sprechen, so muß ich Sie bitten, die Kunst der Retardierung nicht übertreiben zu wollen. Wenn es also möglich ist, Tatsachen. Um was handelt es sich?«

»Iffland ist gescheitert. Er wird den Orden, von dem die Rede war, *nicht* erhalten.«

Alles lachte, Sander am herzlichsten, und Nostitz skandierte: »*Parturiunt montes, nascetur ridiculus mus.*«

Aber Dussek war in wirklicher Erregung, und diese wuchs noch unter der Heiterkeit seiner Zuhörer. Am meisten verdroß ihn Sander. »Sie lachen, Sander. Und doch trifft es in diesem Kreise nur Sie und mich. Denn gegen wen anders ist die Spitze gerichtet, als gegen das Bürgertum überhaupt.«

Der Prinz reichte dem Sprecher über den Tisch hin die Hand. »Recht, lieber Dussek. Ich liebe solch Eintreten. Erzählen Sie. Wie kam es?«

»Vor allem ganz unerwartet. Wie ein Blitz aus heitrem Himmel. Königliche Hoheit wissen, daß seit lange von einer Dekorierung die Rede war, und wir freuten uns, alles Künstlerneides vergessend, als ob wir den Orden mitempfangen und mittragen sollten. In der Tat, alles ließ sich gut an, und die ›Weihe der Kraft‹, für deren Aufführung der Hof sich interessiert, sollte den Anstoß und zugleich die spezielle Gelegenheit geben. Iffland ist Maçon (auch das ließ uns hoffen), die Loge nahm es energisch in die Hand, und die Königin war gewonnen. Und nun *doch* gescheitert. Eine kleine Sache, werden Sie sagen; aber nein, meine Herren, es ist eine große Sache. Dergleichen ist immer der Strohhalm, an dem man sieht, woher der Wind weht. Und er weht bei uns nach wie vor von der alten Seite her. *Chi va piano va sano,* sagt das Sprichwort. Aber im Lande Preußen heißt es ›*pianissimo*‹.«

»Gescheitert, sagten Sie, Dussek. Aber gescheitert woran?«

»An dem Einfluß der Hofgeneralität. Ich habe Rüchels Namen nennen hören. Er hat den Gelehrten gespielt und darauf hingewiesen, wie niedrig das Histrionentum immer und ewig in der Welt gestanden habe, mit alleiniger Ausnahme der Neronischen Zeiten. Und *die* könnten doch kein Vorbild sein. Das half. Denn welcher allerchristlichste König will Nero sein oder auch nur seinen Namen hören. Und so wissen wir denn, daß die Sache vorläufig *ad acta* verwiesen ist. Die Königin ist chagriniert, und an diesem Allerhöchsten Chagrin müssen wir uns vorläufig genügen lassen. Neue Zeit und alte Vorurteile.«

»Lieber Kapellmeister‹, sagte Bülow, »ich sehe zu meinem Bedauern, daß Ihre Reflexionen Ihren Empfindungen weit vorauf sind. Übrigens ist das das Allgemeine. Sie sprechen von Vorurteilen, in denen wir stecken, und stecken selber drin. Sie, samt Ihrem ganzen Bürgertum, das keinen neuen freien Gesellschaftszustand schaffen, sondern sich nur eitel und eifersüchtig in die bevorzugten alten Klassen einreihen will. Aber damit schaffen Sie's nicht. An die Stelle der Eifersüchtelei, die jetzt das Herz unsres dritten Standes verzehrt, muß eine Gleichgültigkeit gegen alle diese Kindereien treten, die sich einfach überlebt haben. Wer Gespenster wirklich ignoriert, für den gibt es keine mehr, und wer Orden ignoriert, der arbeitet an ihrer Ausrottung. Und dadurch an Ausrottung einer wahren Epidemie ...«

»Wie Herr von Bülow umgekehrt an Errichtung eines neuen Königreichs Utopien arbeitet«, unterbrach Sander. »Ich meinerseits nehme vorläufig an, daß die Krankheit, von der er spricht, in der Richtung von Osten nach Westen immer weiter wachsen, aber nicht umgekehrt in der Richtung von Westen nach Osten hin absterben wird. Im Geiste seh ich vielmehr immer neue Multiplikationen und das Erblühen einer Ordensflora mit 24 Klassen wie das Linnésche System.«

Alle traten auf die Seite Sanders, am entschiedensten der Prinz. Es müsse durchaus etwas in der menschlichen Natur stecken, das, wie beispielsweise der Hang zu Schmuck und Putz, sich auch zu dieser Form der Quincaillerie hingezogen fühle. »Ja«, so fuhr er fort, »es gibt kaum einen Grad der Klugheit, der davor schützt. Sie werden doch alle Kalkreuth für einen klugen Menschen halten, ja mehr, für einen Mann, der, wie wenige, von dem ›Alles ist eitel‹ unseres Tuns und Trachtens durchdrungen sein muß. Und doch, als er den Roten Adler erhielt, während er den Schwarzen erwartet hatte, warf er ihn wütend ins Schubfach und schrie: ›Da liege, bis du *schwarz* wirst.‹ Eine Farbenänderung, die sich denn auch mittlerweile vollzogen hat.«

»Es ist mit Kalkreuth ein eigen Ding«, erwiderte Bülow, »und offen gestanden, ein anderer unserer Generäle, der gesagt haben soll: ›Ich gäbe den Schwarzen drum, wenn ich den Roten wieder los wäre‹, gefällt mir noch besser. Übrigens bin ich minder streng, als es den Anschein hat. Es gibt auch Auszeichnungen, die *nicht* als Auszeichnung ansehen zu wollen einfach Beschränktheit oder niedrige Gesinnung wäre. Admiral Sidney Smith, berühmter Verteidiger von St. Jean d'Acre und Verächter aller Orden, legte *doch* Wert auf ein Schaustück, das ihm der Bischof von Acre mit den Worten überreicht hatte: ›Wir empfingen dieses Schaustück aus den Händen König Richards Cœur de Lion und geben es nach sechshundert Jahren einem seiner Landsleute zurück, der, heldenmütig wie er, unsere Stadt verteidigt hat.‹ Und ein Elender und Narr, setz ich hinzu, der sich einer *solchen* Auszeichnung *nicht* zu freuen versteht.«

»Schätze mich glücklich, ein solches Wort aus Ihrem Munde zu hören«, erwiderte der Prinz, »Es bestärkt mich in meinen Gefühlen für Sie, lieber Bülow, und ist mir, Pardon, ein neuer Beweis, daß der Teufel nicht halb so schwarz ist, als er gemalt wird.«

Der Prinz wollte weiter sprechen. Als aber in eben diesem Augenblick einer der Diener an ihn herantrat und ihm zuflüsterte, daß der Rauchtisch arrangiert und der Kaffee serviert sei, hob er die Tafel auf und führte seine Gäste, während er Bülows Arm nahm, auf den an den Eßsaal angebauten Balkon. Eine große, blau und weiß gestreifte Markise, deren Ringe lustig im Winde klapperten, war schon vorher herabgelassen worden, und unter ihren weit niederhängenden Fransen hinweg sah man flußaufwärts auf die halb im Nebel liegenden Türme der Stadt, flußabwärts aber auf die Charlottenburger Parkbäume, hinter deren eben ergrünendem Gezweige die Sonne niederging. Jeder blickte schweigend in das anmutige Landschaftsbild hinaus, und erst als die Dämmerung angebrochen und eine hohe Sinumbralampe gebracht worden war, nahm man Platz und setzte die holländischen Pfeifen in Brand, unter denen jeder nach Gefallen wählte. Dussek allein, weil er die Musikpassion des Prinzen kannte, war phantasierend an dem im Eßsaale stehenden Flügel zurückgeblieben und sah nur, wenn er den Kopf zur Seite wandte, die jetzt wieder lebhafter plaudernden Tischgenossen und ebenso die Lichtfunken, die von Zeit zu Zeit aus ihren Tonpfeifen aufflogen.

Das Gespräch hatte das Ordensthema nicht wieder aufgenommen, wohl aber sich der ersten

Veranlassung desselben, also Iffland und dem in Sicht stehenden neuen Schauspiele, zugewandt, bei welcher Gelegenheit Alvensleben bemerkte, ›daß er einige der in den Text eingestreuten Gesangsstücke während dieser letzten Tage kennengelernt habe. Gemeinschaftlich mit Schach. Und zwar im Salon der liebenswürdigen Frau von Carayon und ihrer Tochter Victoire. Diese habe gesungen und Schach begleitet‹.

»Die Carayons«, nahm der Prinz das Wort. »Ich höre keinen Namen jetzt öfter als *den*. Meine teure Freundin Pauline hat mir schon früher von beiden Damen erzählt, und neuerdings auch die Rahel. Alles vereinigt sich, mich neugierig zu machen und Anknüpfungen zu suchen, die sich, mein' ich, unschwer werden finden lassen. Entsinn ich mich doch des schönen Fräuleins vom Massowschen Kinderballe her, der, nach Art aller Kinderbälle, des Vorzugs genoß, eine ganz besondere Schaustellung erwachsener und voll erblühter Schönheiten zu sein. Und wenn ich sage: ›voll erblühter‹, so sag ich wenig. In der Tat, an keinem Ort und zu keiner Zeit hab ich je so schöne Dreißigerinnen auftreten sehen als auf Kinderbällen. Es ist, als ob die Nähe der bewußt oder unbewußt auf Umsturz sinnenden Jugend alles, was heute noch herrscht, doppelt und dreifach anspornte, sein Übergewicht geltend zu machen, ein Übergewicht, das vielleicht morgen schon nicht mehr vorhanden ist. Aber gleichviel, meine Herren, es wird sich ein für allemal sagen lassen, daß Kinderbälle nur für Erwachsene da sind, und dieser interessanten Erscheinung in ihren Ursachen nachzugehen, wäre so recht eigentlich ein Thema für unsren Gentz. Ihr philosophischer Freund Buchholtz, lieber Sander, ist mir zu solchem Spiele nicht graziös genug. Übrigens nichts für ungut; er ist Ihr Freund.«

»Aber doch nicht so«, lachte Sander, »daß ich nicht jeden Augenblick bereit wäre, ihn Eurer Königlichen Hoheit zu opfern. Und wie mir bei dieser Gelegenheit gestattet sein mag, hinzuzusetzen, nicht bloß aus einem allerspeziellsten, sondern auch noch aus einem ganz allgemeinen Grunde. Denn wenn die Kinderbälle, nach Ansicht und Erfahrung Eurer Königlichen Hoheit, eigentlich am besten ohne Kinder bestehen, so die Freundschaften am besten ohne Freunde. Die Surrogate bedeuten überhaupt alles im Leben und sind recht eigentlich die letzte Weisheitsessenz.«

»Es muß sehr gut mit Ihnen stehen, lieber Sander«, entgegnete der Prinz, »daß Sie sich zu solchen Ungeheuerlichkeiten offen bekennen können. *Mais revenons à notre belle Victoire.* Sie war unter den jungen Damen, die durch lebende Bilder das Fest damals einleiteten, und stellte, wenn mich mein Gedächtnis nicht trügt, eine Hebe dar, die dem Zeus eine Schale reichte. Ja, so war es, und indem ich davon spreche, tritt mir das Bild wieder deutlich vor die Seele. Sie war kaum fünfzehn, und von jener Taille, die jeden Augenblick zu zerbrechen scheint. Aber sie zerbrechen nie. ›*Comme un ange*‹, sagte der alte Graf Neale, der neben mir stand und mich durch eine Begeisterung langweilte, die mir einfach als eine Karikatur der meinigen erschien. Es wäre mir eine Freude, die Bekanntschaft der Damen erneuern zu können.«

»Eure Königliche Hoheit würden das Fräulein Victoire nicht wiedererkennen«, sagte Schach, dem der Ton, in dem der Prinz sprach, wenig angenehm war. »Gleich nach dem Massowschen Balle wurde sie von den Blattern befallen und nur wie durch ein Wunder gerettet. Ein gewisser Reiz der Erscheinung ist ihr freilich geblieben, aber es sind immer nur Momente, wo die seltene Liebenswürdigkeit ihrer Natur einen Schönheitsschleier über sie wirft und den Zauber ihrer früheren Tage wiederherzustellen scheint.«

»Also *estitutio in integrum*«, sagte Sander.

Alles lachte.

»Wenn Sie so wollen, ja«, antwortete Schach in einem spitzen Tone, während er sich ironisch gegen Sander verbeugte.

Der Prinz bemerkte die Verstimmung und wollte sie coupieren. »Es hilft Ihnen nichts, lieber Schach. Sie sprechen, als ob Sie mich abschrecken wollten. Aber weit gefehlt. Ich bitte Sie, was ist Schönheit? Einer der allervagesten Begriffe. Muß ich Sie an die fünf Kategorien erinnern, die wir in erster Reihe Sr. Majestät dem Kaiser Alexander und in zweiter unsrem Freunde Bülow verdanken? *Alles ist schön* und *nichts*. Ich persönlich würde der *beauté du diable* jederzeit den Vorzug geben, will also sagen einer Erscheinungsform, die sich mit der des *cidevant* schönen Fräuleins von Carayon einigermaßen decken würde.«

»Königliche Hoheit halten zu Gnaden«, entgegnete Nostitz, »aber es bleibt mir doch zweifelhaft, ob Königliche Hoheit die Kennzeichen der *beauté du diable* an Fräulein Victoire wahrnehmen würden. Das Fräulein hat einen witzig-elegischen Ton, was auf den ersten Blick als ein Widerspruch erscheint und doch keiner ist, unter allen Umständen aber als ihr charakteristischer Zug gelten kann. Meinen Sie nicht auch, Alvensleben?«

Alvensleben bestätigte.

Der Prinz indessen, der ein Sicheinbohren in Fragen über die Maßen liebte, fuhr, indem er sich dieser Neigung auch heute hingab, immer lebhafter werdend, fort: »›Elegisch‹ sagen Sie, ›witzig-elegisch‹; ich wüßte nicht, was einer *beauté du diable* besser anstehen könnte. Sie fassen den Begriff offenbar zu eng, meine Herren. Alles, was Ihnen dabei vorschwebt, ist nur eine Spielart der alleralltäglichsten Schönheitsform, der *beauté coquette*: das Näschen ein wenig mehr gestupst, der Teint ein wenig dunkler, das Temperament ein wenig rascher, die Manieren ein wenig kühner und rücksichtsloser. Aber damit erschöpfen Sie die höhere Form der *beauté du diable* keineswegs. Diese hat etwas Weltumfassendes, das über eine bloße Teint- und Rassenfrage weit hinausgeht. Ganz wie die katholische Kirche. Diese wie jene sind auf ein Innerliches gestellt, und das Innerliche, das in *unserer* Frage den Ausschlag gibt, heißt Energie, Feuer, Leidenschaft.«

Nostitz und Sander lächelten und nickten.

»Ja, meine Herren, ich gehe weiter und wiederhole: ›Was ist Schönheit?‹ Schönheit, bah! Es kann nicht nur auf die gewöhnlichen Schönheitsformen verzichtet werden, ihr Fehlen kann sogar einen allerdirektesten Vorzug bedeuten. In der Tat, lieber Schach, ich habe wunderbare Niederlagen und noch wunderbarere Siege gesehen. Es ist auch in der Liebe wie bei Morgarten und Sempach, die schönen Ritter werden geschlagen, und die häßlichen Bauern triumphieren. Glauben Sie mir, das Herz entscheidet, *nur* das Herz. Wer liebt, wer die Kraft der Liebe hat, ist auch liebenswürdig, und es wäre grausam, wenn es anders wäre. Gehen Sie die Reihe der eigenen Erfahrungen durch. Was ist alltäglicher, als eine schöne Frau durch eine nicht schöne Geliebte verdrängt zu sehen! Und nicht etwa nach dem Satze *toujours perdrix*. O nein, es hat dies viel tiefere Zusammenhänge. Das Langweiligste von der Welt ist die lymphatisch-phlegmatische *beauté*, die *beauté par excellence*. Sie kränkelt hier, sie kränkelt da, ich will nicht sagen immer und notwendig, aber doch in der Mehrzahl der Fälle, während meine *beauté du diable* die Trägerin einer allervollkommensten Gesundheit ist, jener Gesundheit, die zuletzt alles bedeutet und gleichwertig ist mit höchstem Reiz. Und nun frag ich Sie, meine Herren, wer hätte mehr davon als *die* Natur, die durch die größten und gewaltigsten Läuterungsprozesse wie durch ein Fegefeuer gegangen ist? Ein paar Grübchen in der Wange sind das Reizendste von der Welt, das hat schon bei den Römern und Griechen gegolten, und ich bin nicht ungalant und unlogisch genug, um einer Grübchen-Vielheit einen Respekt und eine Huldigung zu versagen, die der Einheit oder dem Pärchen von alters her gebührt. Das paradoxe, ›*le laid c'est le beau*‹ hat seine vollkommene Berechtigung, und es heißt nichts anderes, als daß sich hinter dem anscheinend Häßlichen eine höhere Form der Schönheit verbirgt. Wäre meine Pauline hier, wie sie's leider *nicht* ist, sie würde mir zustimmen, offen und nachdrücklich, ohne durch persönliche Schicksale kaptiviert zu sein.«

Der Prinz schwieg. Es war ersichtlich, daß er auf einen allseitigen Ausdruck des Bedauerns wartete, Frau Pauline, die gelegentlich die Honneurs des Hauses machte, heute *nicht* anwesend zu sehen. Als aber niemand das Schweigen brach, fuhr er fort: »Es fehlen uns die Frauen, und damit dem Wein und unsrem Leben der Schaum. Ich nehme meinen Wunsch wieder auf und wiederhole, daß es mich glücklich machen würde, die Carayonschen Damen in dem Salon meiner Freundin empfangen zu dürfen. Ich zähle darauf, daß diejenigen Herren, die dem Kreise der Frau von Carayon angehören, sich zum Interpreten meiner Wünsche machen. Sie, Schach, oder auch Sie, lieber Alvensleben.«

Beide verneigten sich.

»Alles in allem wird es das beste sein, meine Freundin Pauline nimmt es persönlich in die Hand. Ich denke, sie wird den Carayonschen Damen einen ersten Besuch machen, und ich sehe Stunden eines angeregtesten geistigen Austausches entgegen.«

Die peinliche Stille, womit auch diese Schlußworte hingenommen wurden, würde noch fühlbarer gewesen sein, wenn nicht Dussek in ebendiesem Moment auf den Balkon hinausgetreten wäre. »Wie schön«, rief er und wies mit der Hand auf den westlichen, bis hoch hinauf in einem glühgelben Lichte stehenden Horizont.

Alle waren mit ihm an die Brüstung des Balkons getreten und sahen flußabwärts in den Abendhimmel hinein. Vor dem gelben Lichtstreifen standen schwarz und schweigend die hohen Pappeln, und selbst die Schloßkuppel wirkte nur noch als Schattenriß.

Einen jeden der Gäste berührte diese Schönheit. Am schönsten aber war der Anblick zahlloser Schwäne, die, während man in den Abendhimmel sah, vom Charlottenburger Park her in langer Reihe herankamen. Andere lagen schon in Front. Es war ersichtlich, daß die ganze Flottille durch irgendwas bis in die Nähe der Villa gelockt sein mußte, denn sobald sie die Höhe derselben erreicht hatten, schwenkten sie wie militärisch ein und verlängerten die Front derer, die hier schon, still und regungslos und die Schnäbel unter dem Gefieder verborgen, wie vor Anker lagen. Nur das Rohr bewegte sich leise in ihrem Rücken. So verging eine geraume Zeit. Endlich aber erschien einer in unmittelbarer Nähe des Balkons und reckte den Hals.

»Wem gilt es?« fragte Sander. »Dem Prinzen oder Dussek oder der Sinumbralampe?«

»Natürlich dem Prinzen«, antwortete Dussek.

»Und warum?«

»Weil er nicht bloß Prinz ist, sondern auch Dussek und ›*sine umbra*‹.«

Alles lachte (der Prinz mit), während Sander allerförmlichst »zum Hofkapellmeister« gratulierte. »Und wenn unser Freund«, so schloß er, »in Zukunft wieder Strohhalme sammelt, um an ihnen zu sehen, ›woher der Wind weht‹, so wird der Wind ihm allemal aus dem Lande geheiligter Traditionen und nicht mehr aus dem Lande der Vorurteile zu kommen scheinen.«

Als Sander noch so sprach, setzte sich die Schwanenflottille, die wohl durch die Dusseksche Musik herbeigelockt sein mußte, wieder in Bewegung und segelte flußabwärts, wie sie bis dahin flußaufwärts gekommen war. Nur der Schwan, der den Obmann gemacht, erschien noch einmal, als ob er seinen Dank wiederholen und sich in zeremoniellster Weise verabschieden wolle. Dann aber nahm auch *er* die Mitte des Flusses und folgte den übrigen, deren Tête schon unter dem Schatten der Parkbäume verschwunden war.

SCHACH UND VICTOIRE

Es war kurz nach diesem Diner beim Prinzen, daß in Berlin bekannt wurde, der König werde noch vor Schluß der Woche von Potsdam herüberkommen, um auf dem Tempelhofer Felde eine große Revue zu halten. Die Nachricht davon weckte diesmal ein mehr als gewöhnliches Interesse, weil die gesamte Bevölkerung nicht nur dem Frieden mißtraute, den Haugwitz mit heimgebracht hatte, sondern auch mehr und mehr der Überzeugung lebte, daß im letzten immer nur unsere eigene Kraft auch unsere Sicherheit, beziehungsweise unsere Rettung sein werde. Welch andere Kraft aber hatten wir als die Armee, die Armee, die, was Erscheinung und Schulung anging, immer noch die fridericianische war!

In solcher Stimmung sah man dem Revuetage, der ein Sonnabend war, entgegen.

Das Bild, das die Stadt vom frühen Morgen an darbot, entsprach der Aufregung, die herrschte. Tausende strömten hinaus und bedeckten vom Halleschen Tore an die bergan steigende Straße, zu deren beiden Seiten sich die »Knapphänse«, diese bekannten Zivilmarketender, mit ihren Körben und Flaschen etabliert hatten. Bald danach erschienen auch die Equipagen der vornehmen Welt, unter diesen *die* Schachs, die für den heutigen Tag den Carayonschen Damen zur Disposition gestellt worden war. Im selben Wagen mit ihnen befand sich ein alter Herr von der Recke, früher Offizier, der, als naher Anverwandter Schachs, die Honneurs und zugleich den militärischen Interpreten machte. Frau von Carayon trug ein stahlgraues Seidenkleid und eine Mantille von gleicher Farbe, während von Victoirens breitrandigem Italienerhut ein blauer Schleier im Winde flatterte. Neben dem Kutscher saß der Groom und erfreute sich der Huld beider Damen, ganz besonders auch der ziemlich willkürlich akzentuierten englischen Worte, die Victoire von Zeit zu Zeit an ihn richtete.

Für elf Uhr war das Eintreffen des Königs angemeldet worden, aber lange vorher schon erschienen die zur Reserve befohlenen altberühmten Infanterieregimenter Alt-Larisch, von Arnim und Möllendorff, ihre Janitscharenmusik vorauf. Ihnen folgte die Kavallerie: Garde du Corps, Gensdarmes und Leibhusaren, bis ganz zuletzt in einer immer dicker werdenden Staubwolke die Sechs- und Zwölfpfünder heranrasselten und klapperten, die zum Teil schon bei Prag und Leuthen und neuerdings wieder bei Valmy und Pirmasens gedonnert hatten. Enthusiastischer Jubel begleitete den Anmarsch, und wahrlich, wer sie so heranziehen sah, dem mußte das Herz in patriotisch stolzer Erregung höher schlagen. Auch die Carayons teilten das allgemeine Gefühl und nahmen es als bloße Verstimmung oder Altersängstlichkeit, als der alte Herr von der Recke sich vorbog und mit bewegter Stimme sagte: »Prägen wir uns den Anblick ein, meine Damen. Denn, glauben Sie der Vorahnung eines alten Mannes, wir werden diese Pracht nicht wiedersehen. Es ist die Abschiedsrevue der fridericianischen Armee.«

Victoire hatte sich auf dem Tempelhofer Felde leicht erkältet und blieb in ihrer Wohnung zurück, als die Mama gegen Abend ins Schauspiel fuhr, ein Vergnügen, das sie jederzeit geliebt hatte, zu keiner Zeit aber mehr als damals, wo sich zu der künstlerischen Anregung auch noch etwas von wohltuender politischer Emotion gesellte. Wallenstein, die Jungfrau, Tell erschienen gelegentlich, am häufigsten aber Holbergs »Politischer Zinngießer«, der, wie Publikum und Direktion gemeinschaftlich fühlen mochten, um ein Erhebliches besser als die Schillersche Muse zu lärmenden Demonstrationen geeignet war.

Victoire war allein. Ihr tat die Ruhe wohl, und in einen türkischen Schal gehüllt, lag sie träumend auf dem Sofa, vor ihr ein Brief, den sie kurz vor ihrer Vormittagsausfahrt empfangen und in jenem Augenblicke nur flüchtig gelesen hatte. Desto langsamer und aufmerksamer freilich, als sie von der Revue wieder zurückgekommen war.

Es war ein Brief von Lisette.

Sie nahm ihn auch jetzt wieder zur Hand und las eine Stelle, die sie schon vorher mit einem Bleistiftstrich bezeichnet hatte: »... Du mußt wissen, meine liebe Victoire, daß ich, Pardon für dies offene Geständnis, mancher Äußerung in Deinem letzten Brief keinen vollen Glauben schenke. Du suchst Dich und mich zu täuschen, wenn Du schreibst, daß Du Dich in ein Respektverhältnis zu S. hineindenkst. Er würde selber lächeln, wenn er davon hörte. Daß Du Dich plötzlich so verletzt fühlen, ja, verzeihe, so pikiert werden konntest, als er den Arm Deiner Mama nahm, verrät Dich und gibt mir allerlei zu denken, wie denn auch andres noch, was Du speziell in dieser Veranlassung schreibst. Ich lerne Dich plötzlich von einer Seite kennen, von der ich Dich noch nicht kannte, von der argwöhnischen nämlich. Und nun, meine teure Victoire, habe ein freundliches Ohr für das, was ich Dir in bezug auf diesen wichtigen Punkt zu sagen habe. Bin ich doch die Ältere. Du darfst Dich ein für allemal nicht in ein Mißtrauen gegen Personen hineinleben, die durchaus den entgegengesetzten Anspruch erheben dürfen. Und zu diesen Personen, mein ich, gehört Schach. Ich finde, je mehr ich den Fall überlege, daß Du ganz einfach vor einer Alternative stehst und entweder Deine gute Meinung über S. oder aber Dein Mißtrauen *gegen* ihn fallen lassen mußt. Er sei Kavalier, schreibst Du mir, ›ja, das Ritterliche‹, fügst Du hinzu, ›sei so recht eigentlich seine Natur‹, und im selben Augenblicke, wo Du dies schreibst, bezichtigt ihn Dein Argwohn einer Handelsweise, die, träfe sie zu, das Unritterlichste von der Welt sein würde. Solche Widersprüche gibt es nicht. Man ist entweder ein Mann von Ehre, oder man ist es nicht. Im übrigen, meine teure Victoire, sei guten Mutes und halte Dich ein für allemal versichert, *Dir lügt der Spiegel.* Es ist nur *eines,* um dessentwillen wir Frauen leben, wir leben, um uns ein Herz zu gewinnen, aber *wodurch* wir es gewinnen, ist gleichgültig.«

Victoire faltete das Blatt wieder zusammen. »Es rät und tröstet sich leicht aus einem vollen Besitz heraus; sie hat alles, und nun ist sie großmütig. Arme Worte, die von des Reichen Tische fallen.«

Und sie bedeckte beide Augen mit ihren Händen.

In diesem Augenblick hörte sie die Klingel gehen, und gleich danach ein zweites Mal, ohne daß jemand von der Dienerschaft gekommen wäre. Hatten es Beate und der alte Jannasch überhört? Oder waren sie fort? Eine Neugier überkam sie. Sie ging also leise bis an die Tür und sah auf den Vorflur. Es war Schach. Einen Augenblick schwankte sie, was zu tun sei, dann aber öffnete sie die Glastür und bat ihn, einzutreten.

»Sie klingelten so leise. Beate wird es überhört haben.«

»Ich komme nur, um nach dem Befinden der Damen zu fragen. Es war ein prächtiges Paradewetter, kühl und sonnig, aber der Wind ging doch ziemlich scharf ...«

»Und Sie sehen mich unter seinen Opfern. Ich fiebre, nicht gerade heftig, aber wenigstens *so,* daß ich das Theater aufgeben mußte. Der Schal (in den ich bitte mich wieder einwickeln zu dürfen) und diese Tisane, von der Beate wahre Wunder erwartet, werden mir wahrscheinlich zuträglicher sein als ›Wallensteins Tod‹. Mama wollte mir anfänglich Gesellschaft leisten. Aber Sie kennen ihre Passion für alles, was Schauspiel heißt, und so hab ich sie fortgeschickt. Freilich auch aus Selbstsucht; denn daß ich es gestehe, mich verlangte nach Ruhe.«

»Die nun mein Erscheinen *doch* wiederum stört. Aber nicht auf lange, nur gerade lange genug, um mich eines Auftrags zu entledigen, einer Anfrage, mit der ich übrigens leicht möglicherweise zu spät komme, wenn Alvensleben schon gesprochen haben sollte.«

»Was ich nicht glaube, vorausgesetzt, daß es nicht Dinge sind, die Mama für gut befunden hat, selbst vor mir als Geheimnis zu behandeln.«

»Ein sehr unwahrscheinlicher Fall. Denn es ist ein Auftrag, der sich an Mutter *und* Tochter gleichzeitig richtet. Wir hatten ein Diner beim Prinzen, *cercle intime*, zuletzt natürlich auch Dussek. Er sprach vom Theater (von was anderem sollt er?) und brachte sogar Bülow zum Schweigen, was vielleicht eine Tat war.«

»Aber Sie medisieren ja, lieber Schach.«

»Ich verkehre lange genug im Salon der Frau von Carayon, um wenigstens in den Elementen dieser Kunst unterrichtet zu sein.«

»Immer schlimmer, immer größere Ketzereien. Ich werde Sie vor das Großinquisitoriat der Mama bringen. Und wenigstens der Tortur einer Sittenpredigt sollen Sie nicht entgehen.«

»Ich wüßte keine liebere Strafe.«

»Sie nehmen es zu leicht ... Aber nun der Prinz ...«

»Er will Sie sehen, *beide*, Mutter und Tochter. Frau Pauline, die, wie Sie wissen, den Zirkel des Prinzen macht, soll Ihnen eine Einladung überbringen.«

»Der zu gehorchen Mutter und Tochter sich zu besonderer Ehre rechnen werden.«

»Was mich nicht wenig überrascht. Und Sie können, meine teure Victoire, dies kaum im Ernst gesprochen haben. Der Prinz ist mir ein gnädiger Herr, und ich lieb ihn *de tout mon cœur*. Es bedarf keiner Worte darüber. Aber er ist ein Licht mit einem reichlichen Schatten, oder, wenn Sie mir den Vergleich gestatten wollen, ein Licht, das mit einem Räuber brennt. Alles in allem, er hat den zweifelhaften Vorzug so vieler Fürstlichkeiten, in Kriegs- und in Liebesabenteuern gleich hervorragend zu sein, oder, es noch runder herauszusagen, er ist abwechselnd ein Helden- und ein Debauchenprinz. Dabei grundsatzlos und rücksichtslos, sogar ohne Rücksicht auf den Schein. Was vielleicht das Allerschlimmste ist. Sie kennen seine Beziehungen zu Frau Pauline?«

»Ja.«

»Und ...«

»Ich billige sie nicht. Aber sie nicht billigen ist etwas anderes, als sie verurteilen. Mama hat mich gelehrt, mich über derlei Dinge nicht zu kümmern und zu grämen. Und hat sie nicht recht? Ich frage Sie, lieber Schach, was würd aus uns, ganz speziell aus uns zwei Frauen, wenn wir uns innerhalb unserer Umgangs- und Gesellschaftssphäre zu Sittenrichtern aufwerfen und Männlein und Weiblein auf die Korrektheit ihres Wandelns hin prüfen wollten? Etwa durch eine Wasser- und Feuerprobe. Die Gesellschaft ist souverän. Was sie gelten läßt, gilt, was sie verwirft, ist verwerflich. Außerdem liegt hier alles exzeptionell. Der Prinz ist ein Prinz, Frau von Carayon ist eine Witwe, und ich ... bin ich.«

»Und bei diesem Entscheide soll es bleiben, Victoire?«

»Ja, die Götter balancieren. Und wie mir Lisette Perbandt eben schreibt: ›Wem genommen wird, dem wird auch gegeben.‹ In meinem Falle liegt der Tausch etwas schmerzlich, und ich wünschte wohl, ihn nicht gemacht zu haben. Aber andererseits geh ich nicht blind an dem eingetauschten Guten vorüber und freue mich meiner Freiheit. Wovor andre meines Alters und Geschlechts erschrecken, das darf ich. An dem Abende bei Massows, wo man mir zuerst huldigte, war ich, ohne mir dessen bewußt zu sein, eine Sklavin. Oder doch abhängig von hundert Dingen. Jetzt bin ich frei.«

Schach sah verwundert auf die Sprecherin. Manches, was der Prinz über sie gesagt hatte, ging ihm durch den Kopf. Waren das Überzeugungen oder Einfälle? War es Fieber? Ihre Wangen hatten sich gerötet, und ein aufblitzendes Feuer in ihrem Auge traf ihn mit dem Ausdruck einer trotzigen Entschlossenheit. Er versuchte jedoch, sich in den leichten Ton, in dem ihr Gespräch begonnen hatte, zurückzufinden, und sagte: »Meine teure Victoire scherzt. Ich möchte wetten, es ist ein Band Rousseau, was da vor ihr liegt, und ihre Phantasie geht mit dem Dichter.«

»Nein, es ist nicht Rousseau. Es ist ein anderer, der mich *mehr* interessiert.«

»Und *wer,* wenn ich neugierig sein darf?«

»Mirabeau.«

»Und warum *mehr*?«

»Weil er mir näher steht. Und das Allerpersönlichste bestimmt immer unser Urteil. Oder doch fast immer. Er ist mein Gefährte, mein spezieller Leidensgenoß. Unter Schmeicheleien wuchs er auf. ›Ah, das schöne Kind‹, hieß es tagein, tagaus. Und dann eines Tages war alles hin, hin wie ... wie ...«

»Nein, Victoire, Sie sollen das Wort nicht aussprechen.«

»Ich *will* es aber, und würde den Namen meines Gefährten und Leidensgenossen zu meinem *eigenen* machen, wenn ich es könnte. Victoire *Mirabeau* de Carayon, oder sagen wir Mirabelle de Carayon, das klingt schön und ungezwungen, und wenn ich's recht übersetze, so heißt es Wunderhold.«

Und dabei lachte sie voll Übermut und Bitterkeit. Aber die Bitterkeit klang vor.

»Sie dürfen so nicht lachen, Victoire, nicht so. Das kleidet Ihnen nicht, das verhäßlicht Sie. Ja, werfen Sie nur die Lippen – *verhäßlicht* Sie. Der Prinz hatte doch recht, als er enthusiastisch von Ihnen sprach. Armes Gesetz der Form und der Farbe. Was allein gilt, ist das ewig Eine, daß sich die Seele den Körper schafft oder ihn durchleuchtet und verklärt.«

Victoirens Lippen flogen, ihre Sicherheit verließ sie, und ein Frost schüttelte sie. Sie zog den Schal höher hinauf, und Schach nahm ihre Hand, die eiskalt war, denn alles Blut drängte nach ihrem Herzen.

»Victoire, Sie tun sich unrecht; Sie wüten nutzlos gegen sich selbst und sind um nichts besser als der Schwarzseher, der nach allem Trüben sucht und an Gottes hellem Sonnenlicht vorübersieht. Ich beschwöre Sie, fassen Sie sich, und glauben Sie wieder an Ihr Anrecht auf Leben und Liebe. War ich denn blind? In dem bitteren Wort, in dem Sie sich demütigen wollten, in eben diesem Worte haben Sie's getroffen, ein für allemal. Alles ist Märchen und Wunder an Ihnen; ja Mirabelle, ja Wunderhold!«

Ach, das waren die Worte, nach denen ihr Herz gebangt hatte, während es sich in Trotz zu wappnen suchte.

Und nun hörte sie sie willenlos und schwieg in einer süßen Betäubung.

Die Zimmeruhr schlug neun, und die Turmuhr draußen antwortete. Victoire, die den Schlägen gefolgt war, strich das Haar zurück und trat ans Fenster und sah auf die Straße.

»Was erregt dich?«

»Ich meinte, daß ich den Wagen gehört hätte.«

»Du hörst zu fein.«

Aber sie schüttelte den Kopf, und im selben Augenblicke fuhr der Wagen der Frau von Carayon vor.

»Verlassen Sie mich ... Bitte.«

»Bis auf morgen.«

Und ohne zu wissen, ob es ihm glücken werde, der Begegnung mit Frau von Carayon auszuweichen, empfahl er sich rasch und huschte durch das Vorzimmer und Korridor.

Alles war still und dunkel unten, und nur von der Mitte des Hausflurs her fiel ein Lichtschimmer bis in die Nähe der obersten Stufen. Aber das Glück war ihm hold. Ein breiter Pfeiler, der bis dicht an die Treppenbrüstung vorsprang, teilte den schmalen Vorflur in zwei Hälften, und hinter diesen Pfeiler trat er und wartete.

Victoire stand in der Glastür und empfing die Mama.

»Du kommst so früh. Ach, und wie hab ich dich erwartet!«

Schach hörte jedes Wort. »Erst die Schuld und dann die Lüge«, klang es in ihm. »Das alte Lied.«

Aber die Spitze seiner Worte richtete sich gegen ihn und nicht gegen Victoire.

Dann trat er aus seinem Versteck hervor und schritt rasch und geräuschlos die Treppe hinunter.

SCHACH ZIEHT SICH ZURÜCK

»Bis auf morgen«, war Schachs Abschiedswort gewesen, aber er kam nicht. Auch am zweiten und dritten Tage nicht. Victoire suchte sich's zurechtzulegen, und wenn es nicht glücken wollte, nahm sie Lisettens Brief und las immer wieder die Stelle, die sie längst auswendig wußte. »Du darfst Dich, ein für allemal, nicht in ein Mißtrauen gegen Personen hineinleben, die durchaus den entgegengesetzten Anspruch erheben dürfen. Und zu diesen Personen, mein' ich, gehört Schach. Ich finde, je mehr ich den Fall überlege, daß Du ganz einfach vor einer Alternative stehst und entweder Deine gute Meinung über S. oder aber Dein Mißtrauen gegen ihn fallen lassen mußt.« Ja, Lisette hatte recht, und doch blieb ihr eine Furcht im Gemüte. »Wenn doch alles nur ...« Und es übergoß sie mit Blut.

Endlich am vierten Tage kam er. Aber es traf sich, daß sie kurz vorher in die Stadt gegangen war. Als sie zurückkehrte, hörte sie von seinem Besuch; er sei sehr liebenswürdig gewesen, habe zwei-, dreimal nach ihr gefragt und ein Bukett für sie zurückgelassen. Es waren Veilchen und Rosen, die das Zimmer mit ihrem Dufte füllten. Victoire, während ihr die Mama von dem Besuche vorplauderte, bemühte sich, einen leichten und übermütigen Ton anzuschlagen, aber ihr Herz war zu voll von widerstreitenden Gefühlen, und sie zog sich zurück, um sich in zugleich glücklichen und bangen Tränen auszuweinen.

Inzwischen war der Tag herangekommen, wo die »Weihe der Kraft« gegeben werden sollte. Schach schickte seinen Diener und ließ anfragen, ob die Damen der Vorstellung beizuwohnen gedächten? Es war eine bloße Form, denn er wußte, daß es so sein werde.

Im Theater waren alle Plätze besetzt. Schach saß den Carayons gegenüber und grüßte mit großer Artigkeit. Aber bei diesem Gruße blieb es, und er kam nicht in ihre Loge hinüber, eine Zurückhaltung, über die Frau von Carayon kaum weniger betroffen war als Victoire. Der Streit indessen, den das hinsichtlich des Stücks in zwei Lager geteilte Publikum führte, war so heftig und aufregend, daß beide Damen ebenfalls mit hingerissen wurden und momentan wenigstens alles Persönliche vergaßen. Erst auf dem Heimweg kehrte die Verwunderung über Schachs Benehmen zurück.

Am andern Vormittage ließ er sich melden. Frau von Carayon war erfreut, Victoire jedoch, die schärfer sah, empfand ein tiefes Unbehagen. Er hatte ganz ersichtlich diesen Tag abgewartet, um einen bequemen Plauderstoff zu haben und mit Hilfe desselben über die Peinlichkeit eines ersten Wiedersehens mit ihr leichter hinwegzukommen. Er küßte der Frau von Carayon die Hand und wandte sich dann gegen Victoiren, um dieser sein Bedauern auszusprechen, sie bei seinem letzten Besuche verfehlt zu haben. Man entfremde sich fast, anstatt sich fester anzugehören. Er sprach dies so, daß ihr ein Zweifel blieb, ob er es mit tieferer Bedeutung oder aus bloßer Verlegenheit gesagt habe. Sie sann darüber nach, aber ehe sie zum Abschluß kommen konnte, wandte sich das Gespräch dem Stücke zu.

»Wie finden Sie's?« fragte Frau von Carayon.

»Ich liebe nicht Komödien«, antwortete Schach, »die fünf Stunden spielen. Ich wünsche Vergnügen oder Erholung im Theater, aber keine Strapaze.«

»Zugestanden. Aber dies ist etwas Äußerliches und beiläufig ein Mißstand, dem ehestens abgeholfen sein wird. Iffland selbst ist mit erheblichen Kürzungen einverstanden. Ich will Ihr Urteil über das Stück.«

»Es hat mich *nicht* befriedigt.«

»Und warum nicht?«

»Weil es alles auf den Kopf stellt. *Solchen* Luther hat es Gott sei Dank nie gegeben, und wenn ein solcher je käme, so würd er uns einfach dahin zurückführen, von wo der echte Luther uns seinerzeit wegführte. Jede Zeile widerstreitet dem Geist und Jahrhundert der Reformation; alles ist Jesuitismus oder Mystizismus und treibt ein unerlaubtes und beinah kindisches Spiel mit Wahrheit und Geschichte. Nichts paßt. Ich wurde beständig an das Bild Albrecht Dürers erinnert, wo Pilatus mit Pistolenhalftern reitet, oder an ein ebenso bekanntes Altarblatt in Soest, wo statt des Osterlamms ein westfälischer Schinken in der Schüssel liegt. In diesem seinwollenden Lutherstück aber liegt ein allerpfäffischster Pfaff in der Schüssel. Es ist ein Anachronismus von Anfang bis Ende.«

»Gut. Das ist Luther. Aber, ich wiederhole, das *Stück*?«

»Luther ist das Stück. Das andre bedeutet nichts. Oder soll ich mich für Katharina von Bora begeistern, für eine Nonne, die schließlich keine war?«

Victoire senkte den Blick, und ihre Hand zitterte. Schach sah es, und über seinen Fauxpas erschreckend, sprach er jetzt hastig und in sich überstürzender Weise von einer Parodie, die vorbereitet werde, von einem angekündigten Proteste der lutherischen Geistlichkeit, vom Hofe, von Iffland, vom Dichter selbst, und schloß endlich mit einer übertriebenen Lobpreisung der eingelegten Lieder und Kompositionen. Er hoffe, daß Fräulein Victoire noch den Abend in Erinnerung habe, wo er diese Lieder am Klavier begleiten durfte.

All dies wurde sehr freundlich gesprochen, aber so freundlich es klang, so fremd klang es auch, und Victoire hörte mit feinem Ohr heraus, daß es nicht *die* Sprache war, die sie fordern durfte.

Sie war bemüht, ihm unbefangen zu antworten, aber es blieb ein äußerliches Gespräch, bis er ging.

Den Tag nach diesem Besuche kam Tante Marguerite. Sie hatte bei Hofe von dem schönen Stücke gehört, »das so schön sei, wie noch gar keins«, und so wollte sie's gerne sehen. Frau von Carayon war ihr zu Willen, nahm sie mit in die zweite Vorstellung, und da wirklich sehr gekürzt worden war, blieb auch noch Zeit, daheim eine halbe Stunde zu plaudern.

»Nun, Tante Marguerite«, fragte Victoire, »wie hat es dir gefallen?«

»Gut, liebe Victoire. Denn es berührt doch den Hauptpunkt in unserer gereinigten Kürche.«

»Welchen meinst du, liebe Tante.«

»Nun *den* von der chrüstlichen Ehe.«

Victoire zwang sich, ernsthaft zu bleiben, und sagte dann: »Ich dachte, dieser Hauptpunkt in unserer Kirche läge doch noch in etwas anderem, also z. B. in der Lehre vom Abendmahl.«

»O nein, meine liebe Victoire, *das* weiß ich ganz genau. Mit oder ohne Wein, das macht keinen so großen Unterschied; aber ob unsere *prédicateurs* in einer sittlich getrauten Ehe leben oder nicht, *das*, mein Engelchen, ist von einer würklichen *importance*.«

»Und ich finde, Tante Marguerite hat ganz recht«, sagte Frau von Carayon.

»Und das ist es auch«, fuhr die gegen alles Erwarten Belobigte fort, »was das Stück *will* und was man um so deutlicher sieht, als die Bethmann würklich eine sehr hübsche Frau ist. Oder doch zum wenigsten viel hübscher, als sie würklich war. Ich meine die Nonne. Was aber nichts schadet, denn er war ja auch kein hübscher Mann, und lange nicht so hübsch als er. Ja, werde nur rot, meine liebe Victoire, so viel weiß ich auch.«

Frau von Carayon lachte herzlich.

»Und das muß wahr sein, unser Herr Rittmeister von Schach ist würklich ein *sehr* angenehmer Mann, und ich denke noch ümmer an Tempelhof und den aufrechtstehenden Ritter … Und wißt ihr denn, in Wülmersdorf soll auch einer sein, und auch ebenso weggeschubbert. Und von wem ich es habe? Nun? Von *la petite princesse Charlotte*.«

»ES MUSS ETWAS GESCHEHN«

Die »Weihe der Kraft« wurde nach wie vor gegeben, und Berlin hörte nicht auf, in zwei Lager geteilt zu sein. Alles, was mystisch-romantisch war, war *für,* alles, was freisinnig war, *gegen* das Stück. Selbst im Hause Carayon setzte sich diese Fehde fort, und während die Mama teils um des Hofes, teils um ihrer eigenen »Gefühle« willen überschwenglich mitschwärmte, fühlte sich Victoire von diesen Sentimentalitäten abgestoßen. Sie fand alles unwahr und unecht und versicherte, daß Schach in jedem seiner Worte recht gehabt habe.

Dieser kam jetzt von Zeit zu Zeit, aber doch immer nur, wenn er sicher sein durfte, Victoiren in Gesellschaft der Mutter zu treffen. Er bewegte sich wieder viel in den »großen Häusern« und legte, wie Nostitz spottete, den Radziwills und Carolaths zu, was er den Carayons entzog. Auch Alvensleben scherzte darüber, und selbst Victoire versuchte, den gleichen Ton zu treffen. Aber ohne daß es ihr glücken wollte. Sie träumte so hin, und nur eigentlich traurig war sie nicht. Noch weniger unglücklich.

Unter denen, die sich mit dem Stück, also mit der Tagesfrage, beschäftigten, waren auch die

Offiziere vom Regiment Gensdarmes, obschon ihnen nicht einfiel, sich ernsthaft auf ein *Für* und *Wider* einzulassen. Sie sahen alles ausschließlich auf seine komische Seite hin an und fanden in der Auflösung eines Nonnenklosters, in Katharina von Boras »neunjähriger Pflegetochter«, und endlich in dem beständig flötespielenden Luther einen unerschöpflichen Stoff für ihren Spott und Übermut.

Ihr Lieblingsversammlungsort in jenen Tagen war die Wachtstube des Regiments, wo die jüngeren Kameraden den diensttuenden Offizier zu besuchen und sich bis in die Nacht hinein zu divertieren pflegten. Unter den Gesprächen, die man in Veranlassung der neuen Komödie hier führte, kamen Spöttereien, wie die vorgenannten, kaum noch von der Tagesordnung, und als einer der Kameraden daran erinnerte, daß das neuerdings von seiner früheren Höhe herabgestiegene Regiment eine Art patriotische Pflicht habe, sich mal wieder »als es selbst« zu zeigen, brach ein ungeheurer Jubel aus, an dessen Schluß alle einig waren, »daß etwas geschehen müsse«. Daß es sich dabei lediglich um eine Travestie der »Weihe der Kraft«, etwa durch eine Maskerade, handeln könne, stand von vornherein fest, und nur über das »Wie« gingen die Meinungen noch auseinander. Infolge davon beschloß man, ein paar Tage später eine *neue* Zusammenkunft abzuhalten, in der nach Anhörung einiger Vorschläge der eigentliche Plan fixiert werden sollte.

Rasch hatte sich's herumgesprochen, und als Tag und Stunde da waren, waren einige zwanzig Kameraden in dem vorerwähnten Lokal erschienen: Itzenplitz, Jürgaß und Britzke, Billerbeck und Diricke, Graf Haeseler, Graf Herzberg, von Rochow, von Putlitz, ein Kracht, ein Klitzing, und nicht zum letzten ein schon älterer Leutnant von Zieten, ein kleines, häßliches und säbelbeiniges Kerlchen, das durch entfernte Vetterschaft mit dem berühmten General und beinahe mehr noch durch eine keck in die Welt hineinkrähende Stimme zu balancieren wußte, was ihm an sonstigen Tugenden abging. Auch Nostitz und Alvensleben waren erschienen. Schach fehlte.

»Wer präsidiert?« fragte Klitzing.

»Nur zwei Möglichkeiten«, antwortete Diricke. »Der Längste oder der Kürzeste. Will also sagen, Nostitz oder Zieten.«

»Nostitz, Nostitz«, riefen alle durcheinander, und der so durch Akklamation Gewählte nahm auf einem ausgebuchteten Gartenstuhle Platz. Flaschen und Gläser standen die lange Tafel entlang.

»Rede halten: *Assemblée nationale* ...«

Nostitz ließ den Lärm eine Weile dauern und klopfte dann erst mit dem ihm als Zeichen seiner Würde zur Seite liegenden Pallasch auf den Tisch.

»Silentium, Silentium.«

»Kameraden vom Regiment Gensdarmes, Erben eines alten Ruhmes auf dem Felde militärischer und gesellschaftlicher Ehre (denn wir haben nicht nur der Schlacht die Richtung, wir haben auch der Gesellschaft den *Ton* gegeben), Kameraden, sag ich, wir sind schlüssig geworden: *es muß etwas geschehn!*

Und neu geweiht durch die ›Weihe der Kraft‹, haben wir, dem alten Luther und uns selber zulieb, beschlossen, einen Aufzug zu bewerkstelligen, von dem die spätesten Geschlechter noch melden sollen. Es muß etwas Großes werden! Erinnern wir uns, wer nicht vorschreitet, der schreitet zurück. Ein Aufzug also. Soviel steht fest. Aber Wesen und Charakter dieses Aufzuges bleibt noch zu fixieren, und zu diesem Behufe haben wir uns hier versammelt. Ich bin bereit, Ihre Vorschläge der Reihe nach entgegenzunehmen. Wer Vorschläge zu machen hat, melde sich.«

Unter denen, die sich meldeten, war auch Leutnant von Zieten.

»Ich gebe dem Leutnant von Zieten das Wort.«

Dieser erhob sich und sagte: »Was ich vorzuschlagen habe, heißt *Schlittenfahrt.*«

Alle sahen einander an, einige lachten.

»Im Juli?«

»Im Juli«, wiederholte Zieten. »Unter den Linden wird Salz gestreut, und über diesen Schnee hin geht die Fahrt. Erst ein paar aufgelöste Nonnen; in dem großen Hauptschlitten aber, der die Mitte des Zuges bildet, paradieren Luther und sein Famulus, jeder mit einer Flöte, während Katharinchen auf der Pritsche reitet. *Ad libitum* mit Fackel oder Schlittenpeitsche. Vorreiter eröffnen den Zug. Kostüme werden dem Theater entnommen oder angefertigt. Ich habe gesprochen.«

Ein ungeheurer Lärm antwortete, bis der Ruhe gebietende Nostitz endlich durchdrang.

»Ich nehme diesen Lärm einfach als Zustimmung und beglückwünsche Kamerad Zieten, mit einem einzigen und ersten Meisterschuß gleich ins Schwarze getroffen zu haben. Also Schlittenfahrt. Angenommen?«

»Ja, ja.«

»So bleibt nur noch Rollenverteilung. Wer gibt den Luther?«

»Schach.«

»Er wird ablehnen.«

»Nicht doch«, krähte Zieten, der gegen den schönen, ihm bei mehr als einer Gelegenheit vorgezogenen Schach eine Spezialmalice hegte: »Wie kann man Schach so verkennen! Ich kenn ihn besser. Er wird es freilich eine halbe Stunde lang beklagen, sich hohe Backenknochen auflegen und sein Normal-Oval in eine bäurische *tête carée* verwandeln zu müssen. Aber schließlich wird er Eitelkeit gegen Eitelkeit setzen und seinen Lohn darin finden, auf vierundzwanzig Stunden der Held des Tages zu sein.«

Ehe Zieten noch ausgesprochen hatte, war von der Wache her ein Gefreiter eingetreten, um ein an Nostitz adressiertes Schreiben abzugeben.

»Ah, *lupus in fabula*.«

»Von Schach?«

»Ja!«

»Lesen, lesen!«

Und Nostitz erbrach den Brief und las. »Ich bitte Sie, lieber Nostitz, bei der mutmaßlich in ebendiesem Augenblicke stattfindenden Versammlung unserer jungen Offiziere meinen Vermittler und, wenn nötig, auch meinen Anwalt machen zu wollen. Ich habe das Zirkular erhalten und war anfänglich gewillt, zu kommen. Inzwischen aber ist mir mitgeteilt worden, um was es sich aller Wahrscheinlichkeit nach handeln wird, und diese Mitteilung hat meinen Entschluß geändert. Es ist Ihnen kein Geheimnis, daß all das, was man vorhat, meinem Gefühl widerstreitet, und so werden Sie sich mit Leichtigkeit herausrechnen können, wie viel oder wie wenig ich (dem schon ein *Bühnen*-Luther *contre cœur* war) für einen Mummenschanz-Luther übrig habe. Daß wir diesen Mummenschanz in eine Zeit verlegen, die nicht einmal eine Fastnachtsfreiheit in Anspruch nehmen darf, bessert sicherlich nichts. Jüngeren Kameraden soll aber durch diese meine Stellung zur Sache kein Zwang auferlegt werden, und jedenfalls darf man sich meiner Diskretion versichert halten. Ich bin nicht das Gewissen des Regiments, noch weniger sein Aufpasser. Ihr Schach.«

»Ich wußt es«, sagte Nostitz in aller Ruhe, während er das Schachsche Billett an dem ihm zunächst stehenden Lichte verbrannte. »Kamerad Zieten ist größer in Vorschlägen und Phantastik als in Menschenkenntnis. Er will mir antworten, seh ich, aber ich kann ihm nicht nachgeben, denn in diesem Augenblicke heißt es ausschließlich: wer spielt den Luther? Ich bringe den Reformator unter den Hammer. Der Meistbietende hat ihn. Zum ersten, zum zweiten und zum … dritten. Niemand? So bleibt mir nichts übrig als Ernennung. Alvensleben, Sie.«

Dieser schüttelte den Kopf.

»Ich stehe dazu wie Schach; machen Sie das Spiel, ich bin kein Spielverderber, aber ich spiele persönlich nicht mit. Es steckt mir dazu zu viel Katechismus *Lutherí* im Leibe.«

Nostitz wollte nicht gleich nachgeben. »Alles zu seiner Zeit«, nahm er das Wort, »und wenn der Ernst seinen Tag hat, so hat der Scherz wenigstens seine Stunde. Sie nehmen alles zu gewissenhaft, zu feierlich, zu pedantisch. Auch darin wie Schach. Keinerlei Ding ist an sich gut oder bös. Erinnern Sie sich, daß wir den alten Luther nicht verhöhnen wollen, im Gegenteil, wir wollen ihn rächen. Was verhöhnt werden soll, ist das *Stück*, ist die Lutherkarikatur, ist der Reformator in falschem Licht und an falscher Stelle. Wir sind Strafgericht, Instanz allerobersster Sittlichkeit. Tun Sie's. Sie dürfen uns nicht im Stiche lassen, oder es fällt alles in den Brunnen.«

Andere sprachen in gleichem Sinne. Aber Alvensleben blieb fest, und eine kleine Verstimmung schwand erst, als sich unerwartet (und eben deshalb von allgemeinstem Jubel begrüßt) der junge Graf Herzberg erhob, um sich für die Lutherrolle zu melden.

Alles, was danach noch zu ordnen war, ordnete sich rasch, und ehe zehn Minuten um waren, waren bereits die Hauptrollen verteilt: Graf Herzberg den Luther, Diricke den Famulus, Nostitz, wegen seiner kolossalen Größe, die Katharina von Bora. Der Rest wurde einfach als Nonnenmaterial eingeschrieben, und nur Zieten, dem man sich besonders verpflichtet fühlte, rückte zur Äbtissin auf. Er erklärte denn auch sofort, auf seinem Schlitten ein ›Jeu entrieren‹ oder mit dem Klostervogt eine Partie Mariage spielen zu wollen. Ein neuer Jubel brach aus, und nachdem noch in aller Kürze der nächste Montag für die Maskerade festgesetzt, alles Ausplaudern aber aufs strengste verboten war, schloß Nostitz die Sitzung. In der Tür drehte sich Diricke noch einmal um und fragte: »Aber wenn's regnet?«

»Es darf nicht regnen.«

»Und was wird aus dem Salz?«

»*C'est pour les domestiques.*«

»*Et pour la canaille*«, schloß der jüngste Kornett.

DIE SCHLITTENFAHRT

Schweigen war gelobt worden, und es blieb auch wirklich verschwiegen. Ein vielleicht einzig dastehender Fall. Wohl erzählte man sich in der Stadt, daß die Gensdarmes »etwas vorhätten« und mal wieder über einem jener tollen Streiche brüteten, um derentwillen sie vor andern Regimentern einen Ruf hatten, aber man erfuhr weder, worauf die Tollheit hinauslaufen werde, noch auch für welchen Tag sie geplant sei. Selbst die Carayonschen Damen, an deren letztem Empfangsabende weder Schach noch Alvensleben erschienen waren, waren ohne Mitteilung geblieben, und so brach denn die berühmte »Sommerschlittenfahrt« über Näher- und Fernerstehende gleichmäßig überraschend herein.

In einem der in der Nähe der Mittel- und Dorotheenstraße gelegenen Stallgebäude hatte man sich bei Dunkelwerden versammelt, und ein Dutzend prachtvoll gekleideter und von Fackelträgern begleiteter Vorreiter vorauf, ganz also wie Zieten es proponiert hatte, schoß man mit dem Glockenschlage neun an dem Akademiegebäude vorüber auf die Linden zu, jagte weiter abwärts erst in die Wilhelm-, dann aber umkehrend in die Behren- und Charlottenstraße hinein und wiederholte diese Fahrt um das eben bezeichnete Lindenkarree herum in einer immer gesteigerten Eile.

Als der Zug das *erste* Mal an dem Carayonschen Hause vorüberkam und das Licht der voraufreitenden Fackeln grell in alle Scheiben der Beletage fiel, eilte Frau von Carayon, die sich zufällig allein befand, erschreckt ans Fenster und sah auf die Straße hinaus. Aber statt des Rufes »Feuer«, den sie zu hören erwartete, hörte sie nur, wie mitten im Winter, ein Knallen großer Hetz- und Schlittenpeitschen und Schellengeläut dazwischen, und ehe sie sich zurechtzufinden imstande war, war alles schon wieder vorüber und ließ sie verwirrt und fragend und in einer halben Betäubung zurück. In solchem Zustande war es, daß Victoire sie fand.

»Um Gottes willen, Mama, was ist?«

Aber ehe Frau von Carayon antworten konnte, war die Spitze der Maskerade zum *zweiten* Male heran, und Mutter und Tochter, die jetzt rasch und zu beßrer Orientierung von ihrem Eckzimmer aus auf den Balkon hinausgetreten waren, waren von diesem Augenblick an nicht länger mehr im Zweifel, was das Ganze bedeute. Verhöhnung, gleichviel auf wen und was. Erst unzüchtige Nonnen, mit einer Hexe von Äbtissin an der Spitze, johlend, trinkend und Karten spielend, und in der Mitte des Zuges ein auf Rollen laufender und in der Fülle seiner Vergoldung augenscheinlich als Triumphwagen gedachter Hauptschlitten, in dem Luther samt Famulus und auf der Pritsche Katharina von Bora saßen. An der riesigen Gestalt erkannten sie Nostitz. Aber wer war der auf dem Vordersitz? fragte sich Victoire. Wer verbarg sich hinter dieser Luther-Maske? War *er* es? Nein, es war unmöglich. Und doch, auch wenn er es *nicht* war, er war doch immer ein Mitschuldiger in diesem widerlichen Spiele, das er gutgeheißen oder wenigstens nicht gehindert hatte. Welche verkommene Welt, wie pietätlos, wie bar aller Schicklichkeit! Wie schal und ekel. Ein Gefühl unendlichen Wehs ergriff sie, das Schöne verzerrt und das Reine durch den Schlamm gezogen zu sehen. Und warum? Um einen Tag lang von sich reden zu machen, um einer kleinlichen Eitelkeit willen. Und *das* war die Sphäre, darin sie gedacht und gelacht, und gelebt und gewebt, und darin sie nach Liebe verlangt, und ach, das Schlimmste von allem, an Liebe geglaubt hatte!

»Laß uns gehen«, sagte sie, während sie den Arm der Mutter nahm, und wandte sich, um in das Zimmer zurückzukehren. Aber ehe sie's erreichen konnte, wurde sie wie von einer Ohnmacht überrascht und sank auf der Schwelle des Balkons nieder.

Die Mama zog die Klingel, Beate kam, und beide trugen sie bis an das Sofa, wo sie gleich danach von einem heftigen Brustkrampfe befallen wurde. Sie schluchzte, richtete sich auf, sank wieder in die Kissen, und als die Mutter ihr Stirn und Schläfe mit kölnischem Wasser waschen wollte, stieß sie sie heftig zurück. Aber im nächsten Augenblick riß sie der Mama das Flakon aus der Hand und goß es sich über Hals und Nacken. »Ich bin mir zuwider, zuwider wie die Welt. In meiner Krankheit damals hab ich Gott um mein Leben gebeten ... Aber wir *sollen* nicht um unser Leben bitten ... Gott weiß am besten, was uns frommt. Und wenn er uns zu sich hinaufziehen will, so sollen wir nicht bitten: laß uns noch ... Oh, wie schmerzlich ich das fühle! Nun leb ich ... Aber wie, wie!«

Frau von Carayon kniete neben dem Sofa nieder und sprach zu ihr. Denselben Augenblick aber schoß der Schlittenzug zum *dritten* Male an dem Hause vorüber, und wieder war es, als ob sich schwarze, phantastische Gestalten in dem glühroten Scheine jagten und haschten. »Ist es nicht wie die Hölle?« sagte Victoire, während sie nach dem Schattenspiel an der Decke zeigte.

Frau von Carayon schickte Beaten, um den Arzt rufen zu lassen. In Wahrheit aber lag ihr weniger an dem Arzt, als an einem Alleinsein und einer Aussprache mit dem Kinde.

»Was ist dir? Und wie du nur fliegst und zitterst. Und siehst so starr. Ich erkenne meine heitere Victoire nicht mehr. Überlege, Kind, was ist geschehen? Ein toller Streich mehr, einer unter vielen, und ich weiß Zeiten, wo du diesen Übermut mehr belacht als beklagt hättest. Es ist etwas andres, was dich quält und drückt; ich seh es seit Tagen schon. Aber du verschweigst mir's, du hast ein Geheimnis. Ich beschwöre dich, Victoire, sprich. Du darfst es. Es sei, was es sei.«

Victoire schlang ihren Arm um Frau von Carayons Hals, und ein Strom von Tränen entquoll ihrem Auge.

»Beste Mutter!«

Und sie zog sie fester an sich und küßte sie und beichtete ihr alles.

SCHACH BEI FRAU VON CARAYON

Am andern Vormittage saß Frau von Carayon am Bette der Tochter und sagte, während diese zärtlich und mit einem wiedergewonnenen ruhig-glücklichen Ausdruck zu der Mutter aufblickte: »Habe Vertrauen, Kind. Ich kenn ihn so lange Zeit. Er ist schwach und eitel nach Art aller schönen Männer, aber von einem nicht gewöhnlichen Rechtsgefühl und einer untadligen Gesinnung.«

In diesem Augenblicke wurde Rittmeister von Schach gemeldet, und der alte Jannasch setzte hinzu, »daß er ihn in den Salon geführt habe«.

Frau von Carayon nickte zustimmend.

»Ich wußte, daß er kommen würde«, sagte Victoire.

»Weil du's geträumt?«

»Nein, nicht geträumt; ich beobachte nur und rechne. Seit einiger Zeit weiß ich im voraus, an welchem Tag und bei welcher Gelegenheit er erscheinen wird. Er kommt immer, wenn etwas geschehen ist oder eine Neuigkeit vorliegt, über die sich bequem sprechen läßt. Er geht einer intimen Unterhaltung mit mir aus dem Wege. So kam er nach der Aufführung des Stücks, und heute kommt er nach der Aufführung der Schlittenfahrt. Ich bin doch begierig, ob er mit dabei war. War er's, so sag ihm, wie sehr es mich verletzt hat. Oder sag es lieber nicht.«

Frau von Carayon war bewegt. »Ach, meine süße Victoire, du bist zu gut, viel zu gut. Er verdient es nicht; keiner.« Und sie streichelte die Tochter und ging über den Korridor fort in den Salon, wo Schach ihrer wartete.

Dieser schien weniger befangen als sonst und verbeugte sich. Ihr die Hand zu küssen, was sie freundlich geschehen ließ. Und doch war ihr Benehmen verändert. Sie wies mit einem Zeremoniell, das ihr sonst fremd war, auf einen der zur Seite stehenden japanischen Stühle, schob sich ein Fußkissen heran und nahm ihrerseits auf dem Sofa Platz.

»Ich komme, nach dem Befinden der Damen zu fragen und zugleich in Erfahrung zu bringen, ob die gestrige Maskerade Gnade vor ihren Augen gefunden hat oder nicht.«

»Offen gestanden, nein. Ich, für meine Person, fand es wenig passend, und Victoire fühlte sich beinahe widerwärtig davon berührt.«

»Ein Gefühl, das ich teile.«

»So waren Sie nicht mit von der Partie?«

»Sicherlich nicht. Und es überrascht mich, es noch erst versichern zu müssen. Sie kennen ja meine Stellung zu dieser Frage, meine teure Josephine, kennen sie seit jenem Abend, wo wir zuerst über das Stück und seinen Verfasser sprachen. Was ich damals äußerte, gilt ebenso noch heut. Ernste Dinge fordern auch eine ernste Behandlung, und es freut mich aufrichtig, Victoiren auf meiner Seite zu sehen. Ist sie zu Haus?«

»Zu Bett.«

»Ich hoffe nichts Ernstliches.«

»Ja und nein. Die Nachwirkungen eines Brust- und Weinkrampfes, von dem sie gestern abend befallen wurde.«

»Mutmaßlich infolge dieser Maskeradentollheit. Ich beklag es von ganzem Herzen.«

»Und doch bin ich eben dieser Tollheit zu Danke verpflichtet. In dem Degout über die Mummerei, deren Zeuge sie sein mußte, löste sich ihr die Zunge; sie brach ihr langes Schweigen und vertraute mir ein Geheimnis an, ein Geheimnis, das Sie kennen.«

Schach, der sich doppelt schuldig fühlte, war wie mit Blut übergossen.

»Lieber Schach«, fuhr Frau von Carayon fort, während sie jetzt seine Hand nahm und ihn aus ihren klugen Augen freundlich, aber fest ansah. »Lieber Schach, ich bin nicht albern genug, Ihnen eine Szene zu machen oder gar eine Sittenpredigt zu halten; zu den Dingen, die mir am meisten verhaßt sind, gehört auch Tugendschwätzerei. Ich habe von Jugend auf in der Welt gelebt, kenne die Welt und habe manches an meinem eigenen Herzen erfahren. Und wär ich heuchlerisch genug, es vor mir und andern verbergen zu wollen, wie könnt ich es vor *Ihnen*?«

Sie schwieg einen Augenblick, während sie mit ihrem Batisttuch ihre Stirn berührte. Dann nahm sie das Wort wieder auf und setzte hinzu: »Freilich, es gibt ihrer, und nun gar unter uns Frauen, die den Spruch von der Linken, die nicht wissen soll, was die Rechte tut, dahin deuten, daß das Heute nicht wissen soll, was das Gestern tat. Oder wohl gar das Vorgestern! Ich aber gehöre nicht zu diesen Virtuosinnen des Vergessens. Ich leugne nichts, will es nicht, mag es nicht. Und nun verurteilen Sie mich, wenn Sie können.«

Er war ersichtlich getroffen, als sie so sprach, und seine ganze Haltung zeigte, welche Gewalt sie noch immer über ihn ausübte.

»Lieber Schach«, fuhr sie fort, »Sie sehen, ich gebe mich Ihrem Urteil preis. Aber wenn ich mich auch bedingungslos einer jeden Verteidigung oder Anwaltschaft für Josephine von Carayon enthalte, für *Josephine* (Verzeihung, Sie haben eben selbst den alten Namen wieder heraufbeschworen), so darf ich doch nicht darauf verzichten, der Anwalt der *Frau* von Carayon zu sein, ihres Hauses und ihres Namens.«

Es schien, daß Schach unterbrechen wollte. Sie ließ es aber nicht zu. »Noch einen Augenblick. Ich werde gleich gesagt haben, was ich zu sagen habe. Victoire hat mich gebeten, über *alles* zu schweigen, nichts zu verraten, auch *Ihnen* nicht, und nichts zu verlangen. Zur Sühne für eine halbe Schuld (und ich rechne hoch, wenn ich von einer *halben* Schuld spreche) will sie die *ganze* tragen, auch vor der Welt, und will sich in jenem romantischen Zuge, der ihr eigen ist, aus ihrem Unglück ein Glück erziehen. Sie gefällt sich in dem Hochgefühl des Opfers, in einem süßen Hinsterben für *den*, den sie liebt, und für *das*, was sie lieben *wird*. Aber so schwach ich in meiner Liebe zu Victoire bin, so bin ich doch nicht schwach genug, ihr in dieser Großmutskomödie zu Willen zu sein. Ich gehöre der Gesellschaft an, deren Bedingungen ich erfülle, deren Gesetzen ich mich unterwerfe; darauf bin ich erzogen, und ich habe nicht Lust, einer Opfermarotte meiner einzig geliebten Tochter zuliebe meine gesellschaftliche Stellung mit zum Opfer zu bringen. Mit anderen Worten, ich habe nicht Lust, ins Kloster zu gehen oder die dem Irdischen entrückte Säulenheilige zu spielen, auch nicht um Victoirens willen. Und so muß ich denn auf Legitimisierung des Geschehenen dringen. Dies, mein Herr Rittmeister, war es, was ich Ihnen zu sagen hatte.«

Schach, der inzwischen Gelegenheit gefunden hatte, sich wieder zu sammeln, erwiderte, »daß er wohl wisse, wie jegliches Ding im Leben seine natürliche Konsequenz habe. Und solcher Konsequenz gedenk er sich nicht zu entziehen. Wenn ihm *das*, was er jetzt wisse, bereits früher bekannt geworden sei, würd' er um eben die Schritte, die Frau von Carayon jetzt fordere, seinerseits aus freien Stücken gebeten haben. Er habe den Wunsch gehabt, unverheiratet zu bleiben, und von einer solchen langgehegten Vorstellung Abschied zu nehmen, schaffe momentan eine gewisse Verwirrung. Aber er fühle mit nicht mindrer Gewißheit, daß er sich zu dem Tage zu beglückwünschen habe, der binnen kurzem diesen Wechsel in sein Leben bringen werde. Victoire sei der Mutter Tochter, das sei die beste Gewähr seiner Zukunft, die Verheißung eines wirklichen Glücks.«

All dies wurde sehr artig und verbindlich gesprochen, aber doch zugleich auch mit einer bemerkenswerten Kühle.

Dies empfand Frau von Carayon in einer ihr nicht nur schmerzlich, sondern sie geradezu verletzenden Weise; das, was sie gehört hatte, war weder die Sprache der Liebe noch der Schuld, und als Schach schwieg, erwiderte sie spitz: »Ich bin Ihnen sehr dankbar für Ihre Worte, Herr von Schach, ganz besonders auch für *das*, was sich darin an meine Person richtete. Daß Ihr ›Ja‹ rückhaltloser und ungesuchter hätte klingen können, empfinden Sie wohl am eigenen Herzen. Aber gleichviel, mir genügt das ›Ja‹. Denn wonach dürst' ich denn am Ende? Nach einer Trauung im Dom und einer Galahochzeit. Ich will mich einmal wieder in gelbem Atlas sehen, der mich kleidet, und haben wir dann erst unsren Fackeltanz getanzt und Victoirens Strumpfband zerschnitten – denn ein wenig prinzeßlich werden wir's doch wohl halten müssen, schon um Tante Margueritens willen –, nun, so geb' ich Ihnen *Carte blanche*, Sie sind dann wieder frei, frei wie der Vogel in der Luft, in Tun und Lassen, in Haß und Liebe, denn es ist dann einfach geschehen, was geschehen *mußte*.«

Schach schwieg.

»Ich nehme vorläufig ein stilles Verlöbnis an. Über alles andre werden wir uns leicht verständigen. Wenn es sein muß, schriftlich. Aber die Kranke wartet jetzt auf mich, und so verzeihen Sie.«

Frau von Carayon erhob sich, und gleich danach verabschiedete sich Schach in aller Förmlichkeit, ohne daß weiter ein Wort zwischen ihnen gesprochen worden wäre.

»LE CHOIX DU SCHACH«

In beinahe offener Gegnerschaft hatte man sich getrennt. Aber es ging alles besser, als nach dieser gereizten Unterhaltung erwartet werden konnte, wozu sehr wesentlich ein Brief beitrug, den Schach andern Tags an Frau von Carayon schrieb. Er bekannte sich darin in allem Freimut schuldig, schützte, wie schon während des Gespräches selbst, Überraschung und Verwirrung vor, und traf in all diesen Erklärungen einen wärmeren Ton, eine herzlichere Sprache. Ja, sein Rechtsgefühl, dem er ein Genüge tun wollte, ließ ihn vielleicht mehr sagen, als zu sagen gut und klug war. Er sprach von seiner Liebe zu Victoiren und vermied absichtlich oder zufällig all jene Versicherungen von Respekt und Wertschätzung, die so bitter wehe tun, wo das einfache Geständnis einer herzlichen Neigung gefordert wird. Victoire sog jedes Wort ein, und als die Mama schließlich den Brief aus der Hand legte, sah diese letztere nicht ohne Bewegung, wie zwei Minuten Glück ausgereicht hatten, ihrem armen Kinde die Hoffnung und *mit* dieser Hoffnung auch die verlorene Frische zurückzugeben. Die Kranke strahlte, fühlte sich wie genesen, und Frau von Carayon sagte: »Wie hübsch du bist, Victoire.«

Schach empfing am selben Tage noch ein Antwortsbillett, das ihm unumwunden die herzliche Freude seiner alten Freundin ausdrückte. Manches Bittre, was sie gesagt habe, mög er vergessen; sie habe sich, lebhaft wie sie sei, hinreißen lassen. Im übrigen sei noch nichts Ernstliches und Erhebliches versäumt, und wenn, dem Sprichworte nach, aus Freude Leid erblühe, so kehre sich's auch wohl um. Sie sehe wieder hell in die Zukunft und hoffe wieder. Was sie persönlich zum Opfer bringe, bringe sie gern, wenn dies Opfer die Bedingung für das Glück ihrer Tochter sei.

Schach, als er das Billett gelesen, wog es hin und her und war ersichtlich von einer gemischten Empfindung. Er hatte sich, als er in seinem Briefe von Victoire sprach, einem ihr nicht leicht von irgendwem zu versagenden, freundlich-herzlichen Gefühl überlassen, und diesem Gefühle (dessen entsann er sich) einen besonders lebhaften Ausdruck gegeben. Aber das, woran ihn das Billett seiner Freundin jetzt aufs neue gemahnte, das war *mehr*, das hieß einfach Hochzeit, Ehe, Worte, deren bloßer Klang ihn von alter Zeit her erschreckte. Hochzeit! Und Hochzeit mit *wem*? Mit einer Schönheit, die, wie der Prinz sich auszudrücken beliebt hatte, »durch ein Fegefeuer gegangen war«. »Aber«, so fuhr er in seinem Selbstgespräche fort, »ich stehe nicht auf dem Standpunkte des Prinzen, ich schwärme nicht für ›Läuterungsprozesse‹, hinsichtlich deren nicht feststeht, ob der Verlust nicht größer ist als der Gewinn, und wenn ich mich auch persönlich *zu* diesem Standpunkte bekehren könnte, so bekehr ich doch nicht die Welt ... Ich bin rettungslos dem Spott und Witz der Kameraden verfallen, und das Ridikül einer allerglücklichsten ›Landehe‹, die wie das Veilchen im Verborgenen blüht, liegt in einem wahren Musterexemplare vor mir. Ich sehe genau, wie's kommt: ich quittiere den Dienst, übernehme wieder Wuthenow, ackre, melioriere, ziehe Raps oder Rübsen, und befleißige mich einer allerehelichsten Treue. Welch Leben, welche Zukunft! An *einem* Sonntage Predigt, am *andern* Evangelium oder Epistel, und dazwischen Whist *en trois*, immer mit demselben Pastor. Und dann kommt einmal ein Prinz in die nächste Stadt, vielleicht Prinz Louis in Person, und wechselt die Pferde, während ich erschienen bin, um am Tor oder am Gasthof ihm aufzuwarten. Und er mustert mich und meinen altmodischen Rock und frägt mich: ›Wie mir's gehe?‹ Und dabei drückt jede seiner Mienen aus: ›O Gott, was doch drei Jahre aus einem Menschen machen können‹. Drei Jahr ... Und vielleicht werden es dreißig.«

Er war in seinem Zimmer auf und ab gegangen und blieb vor einer Spiegelkonsole stehen, auf der der Brief lag, den er während des Sprechens beiseite gelegt hatte. Zwei-, dreimal hob er ihn auf und ließ ihn wieder fallen. »Mein Schicksal. Ja, ›der Moment entscheidet‹. Ich entsinne mich noch, so schrieb sie damals. Wußte sie, was kommen würde? *Wollte* sie's? O pfui, Schach, verunglimpfe nicht das süße Geschöpf. Alle Schuld liegt bei *dir*. Deine *Schuld* ist dein Schicksal. Und ich will sie tragen.«

Er klingelte, gab dem Diener einige Weisungen und ging zu den Carayons.

Es war, als ob er sich durch das Selbstgespräch, das er geführt, von dem Drucke, der auf ihm lastete, freigemacht habe. Seine Sprache der alten Freundin gegenüber war jetzt natürlich, beinah herzlich, und ohne daß auch nur eine kleinste Wolke das wiederhergestellte Vertrauen der Frau von Carayon getrübt hätte, besprachen beide, was zu tun sei. Schach zeigte sich einverstanden mit allem: in einer Woche Verlobung und nach drei Wochen die Hochzeit. Unmittelbar nach der Hochzeit aber sollte das junge Paar eine Reise nach Italien antreten und nicht vor Ablauf eines Jahres in die Heimat zurückkehren, Schach nach der Hauptstadt, Victoire nach Wuthenow, dem alten Familiengute, das ihr, von einem früheren Besuche her (als Schachs Mutter noch lebte), in dankbarer und freundlicher Erinnerung war. Und war auch das Gut inzwischen in Pacht gegeben, so war doch noch das *Schloß* da, stand frei zur Verfügung und konnte jeden Augenblick bezogen werden.

Nach Festsetzungen wie diese trennte man sich. Ein Sonnenschein lag über dem Hause Carayon, und Victoire vergaß aller Betrübnis, die vorausgegangen war.

Auch Schach legte sich's zurecht. Italien wiederzusehen war ihm seit seinem ersten, erst um wenige Jahre zurückliegenden Aufenthalte daselbst ein brennender Wunsch geblieben; *der* erfüllte sich nun; und kehrten sie dann zurück, so ließ sich ohne Schwierigkeit auch aus der geplanten doppelten Wirtschaftsführung allerlei Nutzen und Vorteil ziehen. Victoire hing an Landleben und Stille. Von Zeit zu Zeit nahm er dann Urlaub und fuhr oder ritt hinüber. Und dann gingen sie durch die Felder und plauderten. Oh, sie plauderte ja so gut und war einfach und espritvoll zugleich. Und nach abermals einem Jahr oder einem zweiten und dritten, je nun, da hatte sich's verblutet, da war es tot und vergessen. Die Welt vergißt so leicht und die Gesellschaft noch leichter. Und dann hielt man seinen Einzug in das Eckhaus am Wilhelmsplatz und freute sich beiderseits der Rückkehr in Verhältnisse, die doch schließlich nicht bloß seine, sondern auch *ihre* Heimat bedeuteten. Alles war überstanden und das Lebensschiff an der Klippe des Lächerlichen *nicht* gescheitert.

Armer Schach! Es war anders in den Sternen geschrieben.

Die Woche, die bis zur Verlobungsanzeige vergehen sollte, war noch nicht um, als ihm ein Brief mit voller Titelaufschrift und einem großen roten Siegel ins Haus geschickt wurde. Den ersten Augenblick hielt er's für ein amtliches Schreiben (vielleicht eine Bestallung) und zögerte mit dem Öffnen, um die Vorfreude der Erwartung nicht abzukürzen. Aber woher kam es? Von wem? Er prüfte neugierig das Siegel und erkannte nun leicht, daß es überhaupt kein Siegel, sondern ein Gemmenabdruck sei. Sonderbar. Und nun erbrach er's, und ein Bild fiel ihm entgegen, eine radierte Skizze mit der Unterschrift: *Le choix du Schach.* Er wiederholte sich das Wort, ohne sich in ihm oder dem Bilde selbst zurechtfinden zu können, und empfand nur ganz allgemein und aufs Unbestimmte hin etwas von Angriff und Gefahr. Und wirklich, als er sich orientiert hatte, sah er, daß sein erstes Gefühl ein richtiges gewesen war. Unter einem Thronhimmel saß der persische Schach, erkennbar an seiner hohen Lammfellmütze, während an der untersten Thronstufe zwei weibliche Gestalten standen und des Augenblicks harrten, wo der von seiner Höhe her kalt und vornehm Dreinschauende seine Wahl zwischen ihnen getroffen haben würde. Der persische Schach aber war einfach *unser* Schach, und zwar in allerfrappantester Porträtähnlichkeit, während die beiden ihn fragend anblickenden und um vieles flüchtiger skizzierten Frauenköpfe wenigstens ähnlich genug waren, um Frau von Carayon und Victoire mit aller Leichtigkeit erkennen zu lassen. Also nicht mehr und nicht weniger als eine Karikatur. Sein Verhältnis zu den Carayons hatte sich in der Stadt herumgesprochen, und einer seiner Neider und Gegner, deren er nur zu viel hatte, hatte die Gelegenheit ergriffen, seinem boshaften Gelüst ein Genüge zu tun.

Schach zitterte vor Scham und Zorn, alles Blut stieg ihm zu Kopf, und es war ihm, als würd' er vom Schlage getroffen. Einem natürlichen Verlangen nach Luft und Bewegung folgend oder vielleicht auch von der Ahnung erfüllt, daß der letzte Pfeil noch nicht abgeschossen sei, nahm er Hut und Degen, um einen Spaziergang zu machen. Begegnungen und Geplauder sollten ihn zerstreuen, ihm seine Ruhe wiedergeben. Was war es denn schließlich? Ein kleinlicher Akt der Rache.

Die Frische draußen tat ihm wohl; er atmete freier und hatte seine gute Laune fast schon wiedergewonnen, als er, vom Wilhelmsplatz her in die Linden einbiegend, auf die schattigere Seite der Straße hinüberging, um hier ein paar Bekannte, die des Weges kamen, anzusprechen. Sie vermieden aber ein Gespräch und wurden sichtlich verlegen. Auch Zieten kam, grüßte nonchalant und, wenn nicht alles täuschte, sogar mit hämischer Miene. Schach sah ihm nach und sann und überlegte noch, was die Süffisance des einen und die verlegenen Gesichter der andern bedeutet haben mochten, als er, einige hundert Schritte weiter aufwärts, einer ungewöhnlich großen Menschenmenge gewahr wurde, die vor einem kleinen Bilderladen stand. Einige lachten, andere schwatzten, alle jedoch schienen zu fragen, ›was es eigentlich sei?‹. Schach ging im Bogen um die Zuschauermenge herum, warf einen Blick über die Köpfe weg und wußte genug. An dem Mittelfenster hing dieselbe Karikatur und der absichtlich niedrig normierte Preis war mit Rotstift groß darunter geschrieben.

Also eine Verschwörung.

Schach hatte nicht die Kraft mehr, seinen Spaziergang fortzusetzen, und kehrte in seine Wohnung zurück.

Um Mittag empfing Sander ein Billett von Bülow: »Lieber Sander. Eben erhalt ich eine Karikatur, die man auf Schach und die Carayonschen Damen gemacht hat. In Zweifel darüber, ob Sie dieselbe schon kennen, schließ ich sie diesen Zeilen bei. Bitte, suchen Sie dem Ursprunge nachzugehen. Sie wissen ja alles und hören das Berliner Gras wachsen. Ich meinerseits bin empört. *Nicht* Schachs halber, der diesen ›Schach von Persien‹ einigermaßen verdient (denn er ist wirklich so was), aber der Carayons halber. Die liebenswürdige Victoire! So bloßgestellt zu werden. Alles Schlechte nehmen wir uns von den Franzosen an, und an ihrem Guten, wohin auch die Gentilezza gehört, gehen wir vorüber. Ihr B.«

Sander warf nur einen flüchtigen Blick auf das Bild, das er kannte, setzte sich an sein Pult und antwortete: »*Mon General!* Ich brauche dem Ursprunge nicht nachzugehen, er ist *mir* nachgegangen. Vor etwa vier, fünf Tagen erschien ein Herr in meinem Kontor und befragte mich, ob ich mich dazu verstehen würde, den Vertrieb einiger Zeichnungen in die Hand zu nehmen. Als ich sah, um was es sich handelte, lehnte ich ab. Es waren drei Blätter, darunter auch *le choix du Schach.* Der bei mir erschienene Herr gerierte sich als ein Fremder, aber er sprach, alles gekünstelten Radebrechens unerachtet, das Deutsche so gut, daß ich seine Fremdheit für bloße Maske halten mußte. Personen aus dem Prinz R.schen Kreise nehmen Anstoß an seinem Gelieble mit der Prinzessin und stecken vermutlich dahinter. Irr ich aber in dieser Annahme, so wird mit einer Art von Sicherheit auf Kameraden seines Regiments zu schließen sein. Er ist nichts weniger als beliebt; wer den Aparten spielt, ist es nie. Die Sache möchte hingehen, wenn nicht, wie Sie sehr richtig hervorheben, die Carayons mit hineingezogen wären. Um *ihret*willen beklag ich den Streich, dessen Gehässigkeit sich in diesem *einen* Bilde schwerlich erschöpft haben wird. Auch die beiden andern, deren ich eingangs erwähnte, werden mutmaßlich folgen. Alles in diesem anonymen Angriff ist klug berechnet, und klug berechnet ist auch der Einfall, das Gift nicht gleich auf einmal zu geben. Es wird seine Wirkung nicht verfehlen, und nur auf das ›Wie‹ haben wir zu warten. *Tout à vous. S.*«

In der Tat, die Besorgnis, die Sander in diesen Zeilen an Bülow ausgesprochen hatte, sollte sich nur als zu gerechtfertigt erweisen. Intermittierend wie das Fieber, erschienen in zweitägigen Pausen auch die beiden anderen Blätter und wurden, wie das erste, von jedem Vorübergehenden gekauft oder wenigstens begafft und besprochen. Die Frage Schach-Carayon war über Nacht zu einer *cause célèbre* geworden, trotzdem das neubegierige Publikum nur die Hälfte wußte. Schach, so hieß es, habe sich von der schönen Mutter ab- und der unschönen Tochter zugewandt. Über das Motiv erging man sich in allerlei Mutmaßungen, ohne dabei das Richtige zu treffen.

Schach empfing auch die beiden andern Blätter unter Kuvert. Das Siegel blieb dasselbe. Blatt 2 hieß »*la gazza ladra*« oder die »*diebische Schach*-Elster«, und stellte eine Elster dar, die, zwei Ringe von ungleichem Werte musternd, den unscheinbareren aus der Schmuckschale nimmt.

Am weitaus verletzendsten aber berührte das den Salon der Frau von Carayon als Szenerie nehmende dritte Blatt. Auf dem Tische stand ein Schachbrett, dessen Figuren, wie nach einem verloren gegangenen Spiel und wie um die Niederlage zu besiegeln, umgeworfen waren. Daneben saß Victoire, gut getroffen, und ihr zu Füßen kniete Schach, wieder in der persischen Mütze des ersten Bildes. Aber diesmal bezipfelt und eingedrückt. Und darunter stand: »Schach – matt.«

Der Zweck dieser wiederholten Angriffe wurde nur zu gut erreicht. Schach ließ sich krank melden, sah niemand und bat um Urlaub, der ihm auch umgehend von seinem Chef, dem Obersten von Schwerin, gewährt wurde.

So kam es, daß er am selben Tag, an dem, nach gegenseitigem Abkommen, seine Verlobung mit Victoire veröffentlicht werden sollte, Berlin verließ. Er ging auf sein Gut, ohne sich von den Carayons (deren Haus er all die Zeit über nicht betreten hatte) verabschiedet zu haben.

IN WUTHENOW AM SEE

Es schlug Mitternacht, als Schach in Wuthenow eintraf, an dessen entgegengesetzter Seite das auf einem Hügel erbaute, den Ruppiner See nach rechts und links hin überblickende *Schloß* Wuthenow lag. In den Häusern und Hütten war alles längst in tiefem Schlaf, und nur aus den Ställen her hörte man noch das Stampfen eines Pferdes oder das halblaute Brüllen einer Kuh.

Schach passierte das Dorf und bog am Ausgang in einen schmalen Feldweg ein, der, allmählich ansteigend, auf den Schloßhügel hinaufführte. Rechts lagen die Bäume des Außenparks, links eine gemähte Wiese, deren Heugeruch die Luft erfüllte. Das Schloß selbst aber war nichts als ein alter, weißgetünchter und von einer schwarzgeteerten Balkenlage durchzogener Fachwerkbau, dem erst Schachs Mutter, die ›verstorbene Gnädige‹, durch ein Doppeldach, einen Blitzableiter und eine prächtige, nach dem Muster von Sanssouci hergerichtete Terrasse das Ansehen allernüchternster Tagtäglichkeit genommen hatte. Jetzt freilich, unter dem Sternenschein, lag alles da wie das Schloß im Märchen, und Schach hielt öfters an und sah hinauf, augenscheinlich betroffen von der Schönheit des Bildes.

Endlich war er oben und ritt auf das Einfahrtstor zu, das sich in einem flachen Bogen zwischen dem Giebel des Schlosses und einem danebenstehenden Gesindehause wölbte. Vom Hof her vernahm er im selben Augenblick ein Bellen und Knurren und hörte, wie der Hund wütend aus seiner Hütte fuhr und mit seiner Kette nach rechts und links hin an der Holzwandung umherschrammte.

»Kusch dich, Hektor.« Und das Tier, die Stimme seines Herrn erkennend, begann jetzt vor Freude zu heulen und zu winseln und abwechselnd auf die Hütte hinauf- und wieder hinunterzuspringen.

Vor dem Gesindehause stand ein Walnußbaum mit weitem Gezweige. Schach stieg ab, schlang den Zügel um den Ast und klopfte halblaut an einen der Fensterladen. Aber erst als er das zweitemal gepocht hatte, wurde es lebendig drinnen, und er hörte von dem Alkoven her eine halb verschlafene Stimme:

»Wat is?«

»Ich, Krist.«

»Jott, Mutter, dat's joa de junge Herr.«

»Joa, dat is hei. Steih man upp un mach flink.«

Schach hörte jedes Wort und rief gutmütig in die Stube hinein, während er den nur angelegten Laden halb öffnete:

»Laß dir Zeit, Alter.«

Aber der Alte war schon aus dem Bette heraus und sagte nur immer, während er hin und her suchte: »Glieks, junger Herr, glieks. Man noch en beten.«

Und wirklich nicht lange, so sah Schach einen Schwefelfaden brennen und hörte, daß eine Laternentür auf- und wieder zugeknipst wurde. Richtig, ein erster Lichtschein blitzte jetzt durch die Scheiben, und ein paar Holzpantinen klappten über den Lehmflur hin. Und nun wurde der Riegel zurückgeschoben, und Krist, der in aller Eile nichts als ein leinenes Beinkleid übergezogen hatte, stand vor seinem jungen Herrn. Er hatte vor manchem Jahr und Tag, als der alte ›Gnädige Herr‹ gestorben war, den durch diesen Todesfall erledigten Ehren- und Respektstitel auf seinen jungen Herrn übertragen wollen, aber dieser, der mit Krist das erste Wasserhuhn geschossen und die erste Bootfahrt über den See gemacht hatte, hatte von dem neuen Titel nichts wissen wollen.

»Jott, junge Herr, sunst schrewens doch ümmer ihrst, o'r schicken uns Baarschen o'r den kleenen inglischen Kierl. Un nu keen Wort nich. Awers ick wußt et joa, as de Poggen hüt Oabend mit ehr Gequoak nich to Enn' koam' künn'n. ›Jei, jei, Mutter‹, seggt ick, ›dat bedüt' wat.‹ Awers as de Fruenslüd' sinn! Wat seggt se? ›Wat sall et bedüden?‹ seggt se, ›Regen bedüt et. Und dat's man gaud. Denn uns' Tüffeln brukent't.‹« »Ja, ja«, sagte Schach, der nur mit halbem Ohr hingehört hatte, während der Alte die kleine Tür aufschloß, die von der Giebelseite her ins Schloß führte. »Ja, ja. Regen ist gut. Aber geh nur vorauf.«

Krist tat, wie sein junger Herr ihm geheißen, und beide gingen nun einen mit Fliesen gedeckten, schmalen Korridor entlang. Erst in der Mitte verbreiterte sich dieser und bildete nach links hin eine geräumige Treppenhalle, während nach rechts hin eine mit Goldleisten und Rokokoverzierungen reich ausgelegte Doppeltür in einen Gartensalon führte, der als Wohn- und Empfangszimmer der verstorbenen Frau Generalin von Schach, einer sehr vornehmen und sehr stolzen alten Dame, gedient hatte. Hierher richteten sich denn auch die Schritte beider, und als Krist die halb verquollene Tür nicht ohne Müh und Anstrengung geöffnet hatte, trat man ein.

Unter dem vielen, was an Kunst- und Erinnerungsgegenständen in diesem Gartensalon umherstand, war auch ein bronzener Doppelleuchter, den Schach selber, vor drei Jahren erst, von seiner italienischen Reise mit nach Hause gebracht und seiner Mutter verehrt hatte. Diesen Leuchter nahm jetzt Krist vom Kamin und zündete die beiden Wachslichter an, die seit langem schon in den Leuchtertellern steckten und ihrerzeit der verstorbenen Gnädigen zum Siegeln ihrer Briefe gedient hatten. Die Gnädige selbst aber war erst seit einem Jahre tot, und da Schach von jener Zeit an nicht wieder hier gewesen war, so hatte noch alles den alten Platz. Ein paar kleine Sofas standen wie früher an den Schmalseiten einander gegenüber, während zwei größere die Mitte der Längswand einnahmen und nichts als die vergoldete Rokokodoppeltür zwischen sich hatten. Auch der runde Rosenholztisch (ein Stück der Generalin) und die große Marmorschale, darin alabasterne Weintrauben und Orangen und ein Pinienapfel lagen, standen unverändert an ihrem Platz. In dem ganzen Zimmer aber, das seit langem nicht gelüftet war, war eine stickige Schwüle.

»Mach ein Fenster auf«, sagte Schach. »Und dann gib mir eine Decke. Die da.«

»Wullen's sich denn *hier* hen leggen, junge Herr?«

»Ja, Krist. Ich habe schon schlechter gelegen.«

»Ick weet. Jott, wenn de oll jnädge Herr uns *doa* vunn vertellen deih! Ümmer so platsch in'n Kalkmodder rin. Nei, nei, dat wihr nix för mi. ›Jott, jnädge Herr‹, seggt ick denn ümmer, ›ick gloob, de Huut geit em runner.‹ Awers denn lachte joa de oll jnädge Herr ümmer un seggte: ›Nei, Krist, *uns'* Huut sitt fast.‹«

Während der Alte noch so sprach und vergangener Zeiten gedachte, griff er zugleich doch nach einem breiten, aus Rohr geflochtenen Ausklopfer, der in einer Kaminecke stand, und versuchte damit das eine Sofa, das sich Schach als Lagerstätte ausgewählt hatte, wenigstens aus dem Gröbsten herauszubringen. Aber der dichte Staub, der aufstieg, zeigte nur das Vergebliche solcher Bemühungen, und Schach sagte mit einem Anfluge von guter Laune: »Störe den Staub nicht in seinem Frieden.« Und erst als er's gesprochen hatte, fiel ihm der Doppelsinn darin auf, und er gedachte der Eltern, die drunten in der Dorfkirche in großen Kupfersärgen und mit einem aufgelöteten Kruzifix darauf in der alten Gruft der Familie standen.

Aber er hing dem Bilde nicht weiter nach und warf sich aufs Sofa. »Meinem Schimmel gib ein Stück Brot und einen Eimer Wasser; dann hält er aus bis morgen. Und nun stelle das Licht ans Fenster, und laß es brennen ... Nein, nicht da, nicht ans offene; an das daneben. Und nun gute Nacht, Krist. Und schließ von außen zu, daß sie mich nicht wegtragen.«

»Ih, se wihren doch nich ...«

Und Schach hörte bald danach die Pantinen, wie sie den Korridor hinunterklapperten. Ehe Krist aber die Giebeltür noch erreicht und von außen her zugeschlossen haben konnte, legte sich's schwer und bleiern auf seines Herrn überreiztes Gehirn.

Freilich nicht auf lang. Aller auf ihm lastenden Schwere zum Trotz, empfand er deutlich, daß etwas über ihn hinsumme, ihn streife und kitzle, und als ein Sichdrehen und Wenden und selbst ein unwillkürliches und halbverschlafenes Umherschlagen mit der Hand nichts helfen wollte, riß er sich endlich auf und zwang sich ins Wachen zurück. Und nun sah er, was es war. Die beiden eben verschwelenden Lichter, die mit ihrem Qualme die schon stickige Luft noch stickiger gemacht hatten, hatten allerlei Getier vom Garten her in das Zimmer gelockt, und nur über Art und Beschaffenheit desselben war noch ein Zweifel. Einen Augenblick dachte er an Fledermäuse; sehr bald aber mußte er sich überzeugen, daß es einfach riesige Motten und Nachtschmetterlinge waren, die zu ganzen Dutzenden in dem Saale hin und her flogen, an die Scheiben stießen und vergeblich das offene Fenster wiederzufinden suchten.

Er raffte nun die Decke zusammen und schlug mehrmals durch die Luft, um die Störenfriede wieder hinauszujagen. Aber das unter diesem Jagen und Schlagen immer nur ängstlicher werdende Geziefer schien sich zu verdoppeln und summte nur dichter und lauter als vorher um ihn herum. An Schlaf war nicht mehr zu denken, und so trat er denn ans offene Fenster und sprang hinaus, um, draußen umhergehend, den Morgen abzuwarten.

Er sah nach der Uhr. Halb zwei. Die dicht vor dem Salon gelegene Gartenanlage bestand aus einem Rundell mit Sonnenuhr, um das herum, in meist dreieckigen und von Buchsbaum eingefaßten Beeten, allerlei Sommerblumen blühten: Reseda und Rittersporn und Lilien und Levkojen. Man sah leicht, daß eine ordnende Hand hier neuerdings gefehlt hatte, trotzdem Krist zu seinen vielfachen Ämtern auch das eines Gärtners zählte; die Zeit indes, die seit dem Tode der Gnädigen vergangen war, war andrerseits eine viel zu kurze noch, um schon zu vollständiger Verwilderung geführt zu haben. Alles hatte nur erst den Charakter eines wuchernden Blühens angenommen, und ein schwerer Levkojenduft lag über den Beeten, den Schach in immer volleren Zügen einsog.

Er umschritt das Rundell, einmal, zehnmal, und balancierte, während er einen Fuß vor den andern setzte, zwischen den handbreiten Stegen hin. Er wollte dabei seine Geschicklichkeit proben und die Zeit mit guter Manier hinter sich bringen. Aber diese Zeit wollte nicht schwinden, und als er wieder nach der Uhr sah, war erst eine Viertelstunde vergangen.

Er gab nun die Blumen auf und schritt auf einen der beiden Laubengänge zu, die den großen Parkgarten flankierten und von der Höhe bis fast an den Fuß des Schloßhügels herniederstiegen. An mancher Stelle waren die Gänge noch obenhin überwachsen, an andern aber offen, und es unterhielt ihn eine Weile, den abwechselnd zwischen Dunkel und Licht liegenden Raum in Schritten auszumessen. Ein paarmal erweiterte sich der Gang zu Nischen und Tempelrundungen, in denen allerhand Sandsteinfiguren standen: Götter und Göttinnen, an denen er früher viele hundert Male vorübergegangen war, ohne sich auch nur im geringsten um sie zu kümmern oder ihrer Bedeutung nachzuforschen; heut aber blieb er stehen und freute sich besonders aller derer, denen die Köpfe fehlten, weil sie die dunkelsten und unverständlichsten waren und sich am schwersten erraten ließen. Endlich war er den Laubengang hinunter, stieg ihn wieder hinauf und wieder hinunter und stand nun am Dorfausgang und hörte, daß es zwei schlug. Oder bedeuteten die beiden Schläge halb, war es halb drei? Nein, es war erst zwei.

Er gab es auf, das Auf und Nieder seiner Promenade noch weiter fortzusetzen und beschrieb lieber einen Halbkreis um den Fuß des Schloßhügels herum, bis er in Front des Schlosses selber war. Und nun sah er hinauf und sah die große Terrasse, die, von Orangeriekübeln und Zypressenpyramiden eingefaßt, bis dicht an den See hinunterführte. Nur ein schmal Stück Wiese lag noch dazwischen, und auf eben dieser Wiese stand eine uralte Eiche, deren Schatten Schach jetzt umschritt, einmal, vielemal, als würd er in ihrem Bann gehalten. Es war ersichtlich, daß ihn der Kreis, in dem er ging, an einen andern Kreis gemahnte, denn er murmelte vor sich hin: könnt ich heraus! Das Wasser, das hier so verhältnismäßig nah an die Schloßterrasse herantrat, war ein bloßer toter Arm des Sees, nicht der See selbst. Auf diesen See hinauszufahren aber war in seinen Knabenjahren immer seine höchste Wonne gewesen.

›Ist ein Boot da, so fahr ich.‹ Und er schritt auf den Schilfgürtel zu, der die tief einmündende Bucht von drei Seiten her einfaßte. Nirgends schien ein Zugang. Schließlich indes fand er einen überwachsenen Steg, an dessen Ende das große Sommerboot lag, das seine Mama viele Jahre lang benutzt hatte, wenn sie nach Karwe hinüberfuhr, um den Knesebecks einen Besuch zu machen. Auch Ruder und Stangen fanden sich, während der flache Boden des Boots, um einen trockenen Fuß zu haben, mit hochaufgeschüttetem Binsenstroh überdeckt war. Schach sprang hinein, löste die Kette vom Pflock und stieß ab. Irgendwelche Ruderkünste zu zeigen war ihm vorderhand noch unmöglich, denn das Wasser war so seicht und schmal, daß er bei jedem Schlage das Schilf getroffen haben würde. Bald aber verbreiterte sich's, und er konnte nun die Ruder einlegen. Eine tiefe Stille herrschte; der Tag war noch nicht wach, und Schach hörte nichts als ein leises Wehen und Rauschen und den Ton des Wassers. Endlich aber war er in dem großen und eigentlichen See, durch den der Rhin fließt, und die Stelle, wo der Strom ging, ließ sich an einem Gekräusel der sonst spiegelglatten Fläche deutlich erkennen. In diese Strömung bog er jetzt ein, gab dem Boote die rechte Richtung, legte sich und die Ruder ins Binsenstroh und fühlte sofort, wie das Treiben und ein leises Schaukeln begann.

Immer blasser wurden die Sterne, der Himmel rötete sich im Osten, und er schlief ein.

Als er erwachte, war das mit dem Strom gehende Boot schon weit über die Stelle hinaus, wo der tote Arm des Sees nach Wuthenow hin abbog. Er nahm also die Ruder wieder in die Hand und legte sich mit aller Kraft ein, um aus der Strömung heraus und an die verpaßte Stelle zurückzukommen, und freute sich der Anstrengung, die 's ihn kostete.

Der Tag war inzwischen angebrochen. Über dem First des Wuthenower Herrenhauses hing die Sonne, während drüben am andern Ufer die Wolken im Widerschein glühten und die Waldstreifen ihren Schatten in den See warfen. Auf dem See selbst aber begann es sich zu regen, und ein die Morgenbrise benutzender Torfkahn glitt mit ausgespanntem Segel an Schach vorüber. Ein Frösteln überlief diesen. Aber dies Frösteln tat ihm wohl, denn er fühlte deutlich, wie der Druck, der auf ihm lastete, sich dabei minderte. Nahm er es nicht zu schwer? Was war es denn am Ende? Bosheit und Übelwollen. Und wer kann sich *dem* entziehen! Es kommt und geht. Eine Woche noch, und die Bosheit hat sich ausgelebt.‹ Aber während er so sich tröstete, zogen auch wieder andere Bilder herauf, und er sah sich in einem Kutschwagen bei den prinzlichen Herrschaften vorfahren, um ihnen Victoire von Carayon als seine Braut vorzustellen. Und er hörte deutlich, wie die alte Prinzeß Ferdinand ihrer Tochter, der schönen Radziwill, zuflüsterte: ›*Est elle riche?*‹ ›*Sans doute.*‹ ›*Ah, je comprends.*‹

Unter so wechselnden Bildern und Betrachtungen bog er wieder in die kurz vorher so stille Bucht ein, in deren Schilf jetzt ein buntes und bewegtes Leben herrschte. Die darin nistenden Vögel kreischten oder gurrten, ein paar Kiebitze flogen auf, und eine Wildente, die sich neugierig umsah, tauchte nieder, als das Boot plötzlich in Sicht kam. Eine Minute später und Schach hielt wieder am Steg, schlang die Kette fest um den Pflock und stieg unter Vermeidung jedes

Umwegs die Terrasse hinauf, auf deren oberstem Absatz er Krists Frau, der alten Mutter Kreepschen, begegnete, die schon auf war, um ihrer Ziege das erste Grünfutter zu bringen.

»Tag, Mutter Kreepschen.«

Die Alte schrak zusammen, ihren drinnen im Gartensalon vermuteten jungen Herrn (um dessentwillen sie die Hühner nicht aus dem Stall gelassen hatte) jetzt von der Frontseite des Schlosses her auf sie zukommen zu sehen.

»Jott, junge Herr. Wo kümmen's denn her?«

»Ich konnte nicht schlafen, Mutter Kreepschen.«

»Wat wihr denn los? Hätt et wedder spökt?«

»Beinah. Mücken und Motten waren's. Ich hatte das Licht brennen lassen. Und der eine Fensterflügel war auf.«

»Awers worümm hebbens denn dat Licht nich utpuust? Dat weet doch jed-een, wo Licht is, doa sinn ook ümmer Gnitzen un Motten. Ick weet nich! Un mien oll Kreepsch, he woahrd ook ümmer dümmscher. Jei, jei. Un nich en Oog to.«

»Doch, Mutter Kreepschen. Ich habe geschlafen, im Boot, und ganz gut und ganz fest. Aber jetzt frier ich. Und wenn's Feuer brennt, dann bringt Ihr mir wohl was Warmes. Nicht wahr? Ne Suppe oder nen Kaffee?«

»Jott, et brennt joa all lang, junge Herr; Füer is ümmer dat ihrst. Versteiht sich, versteiht sich, wat Warm's. Un ick bring et ook glieks; man blot de oll Zick, de geiht för. Se jloben joar nich, junge Herr, wie schabernacksch so'n oll Zick is. De weet, as ob se ne Uhr in'n Kopp hätt, ob et feif is o' söss'. Un wenn't söss is, denn wohrd se falsch. Und kumm ick denn un will ehr melken, joa, wat jloben se woll, wat se denn deiht? Denn stött se mi. Un ümmer hier in't Krüz, dicht bi de Hüft. Un worümm? Wiel se weet, dat ick doa miene Wehdag hebben deih. Awers nu kummen's man ihrst in uns' Stuw, un setten sich en beten dahl. Mien oll Kreepsch is joa nu groad bie't Pierd und schütt't em wat in. Awers keen Viertelstunn mihr, junge Herr, denn hebben's Ehren Koffe. Un ook wat dato. De oll Semmelfru von Herzberg wihr joa all hier.«

Unter diesen Worten war Schach in Kreepschens gute Stube getreten, Alles darin war sauber und rein, nur die Luft nicht. Ein eigentümlicher Geruch herrschte vor, der von einem Pfeffer- und Koriandermixtum herrührte, das die Kreepschen als Mottenvertreibungsmittel in die Sofaecke gesteckt hatte. Schach öffnete deshalb das Fenster, kettelte den Haken ein und war nun erst imstande, sich all der Kleinigkeiten zu freuen, die die ›gute Stube‹ schmückten. Über dem Sofa hingen zwei kleine Kalenderbildchen, Anekdoten aus dem Leben des Großen Königs darstellend. ›Du, du‹, stand unter dem einen, und ›*Bon soir, Messieurs*‹ unter dem andern. Um die Bilderchen und ihre Goldborte herum hingen zwei dicke Immortellenkränze mit schwarzen und weißen Schleifen daran, während auf dem kleinen, niedrigen Ofen eine Vase mit Zittergras stand. Das Hauptschmuckstück aber war ein Schilderhäuschen mit rotem Dach, in dem früher, aller Wahrscheinlichkeit nach, ein Eichkätzchen gehaust und seinen Futterwagen an der Kette herangezogen hatte. Jetzt war es leer, und der Wagen hatte stille Tage.

Schach war eben mit seiner Musterung fertig, als ihm auch schon gemeldet wurde: ›daß drüben alles klar sei.‹

Und wirklich, als er in den Gartensalon eintrat, der ihm ein Nachtlager so beharrlich verweigert hatte, war er überrascht, was Ordnungssinn und ein paar freundliche Hände mittlerweile daraus gemacht hatten. Tür und Fenster standen auf, die Morgensonne füllte den Raum mit Licht, und aller Staub war von Tisch und Sofa verschwunden. Einen Augenblick später erschien auch schon Krists Frau mit dem Kaffee, die Semmeln in einen Korb gelegt, und als Schach eben den Deckel von der kleinen Meißner Kanne heben wollte, klangen vom Dorfe her die Kirchenglocken herauf.

»Was ist denn *das*?« fragte Schach. »Es kann ja kaum sieben sein.«

»Justement sieben, junge Herr.«

»Aber sonst war es doch erst um elf. Und um zwölfe dann Predigt.«

»Joa, so wihr et. Awers nu nich mihr. Un ümmer den dritt'n Sünndag ist et anners. Twee Sünndag', wenn de Radenslebensche kümmt, denn is't um twölwen, wiel he joa ihrst in Radensleben preestern deiht, awers den dritten Sünndag, wenn de oll Ruppinsche röwer kümmt, denn is et all um achten. Un ümmer, wenn uns' oll Kriwitz von sine Turmluk' ut unsen Ollschen von dröwen abstötten seiht, denn treckt he joa sien Klock. Und dat's ümmer um seb'n.«

»Wie heißt denn jetzt der Ruppinsche?«

»Na, wie sall he heten? He heet ümmer noch so. Is joa ümmer noch de oll Bienengräber.«

»Bei dem bin ich ja eingesegnet. War ein sehr guter Mann.«

»Joa, dat is he. Man blot, he hett keene Teihn mihr, ook nich een', un nu brummelt un mummelt he ümmerto, un keen Minsch versteiht em.«

»Das ist gewiß nicht so schlimm, Mutter Kreepschen. Aber die Leute haben immer was auszusetzen. Und nun gar erst die Bauern! Ich will hingehen und mal wieder nachsehen, was mir der alte Bienengräber zu sagen hat, mir und den andern. Hat er denn noch in seiner Stube das große Hufeisen, dran ein Zehnpfundgewicht hing? Das hab ich mir immer angesehen, wenn ich nicht aufpaßte.«

»Dat woahrd he woll noch hebben. De Jungens passen joa all' nich upp.«

Und nun ging sie, um ihren jungen Herrn nicht länger zu stören, und versprach, ihm ein Gesangbuch zu bringen.

Schach hatte guten Appetit und ließ sich die Herzberger Semmeln schmecken. Denn seit er Berlin verlassen, war noch kein Bissen über seine Lippen gekommen. Endlich aber stand er auf, um in die Gartentür zu treten, und sah von hier aus über das Rundell und die Buchsbaumrabatten und weiter dahinter über die Baumwipfel des Parkes fort, bis sein Auge schließlich auf einem sonnenbeschienenen Storchenpaar ausruhte, das unten, am Fuße des Hügels, über eine mit Ampfer und Ranunkeln rot und gelb gemusterte Wiese hinschritt.

Er verfiel im Anblicke dieses Bildes in allerlei Betrachtungen; aber es läutete gerade zum dritten Male, und so ging er denn ins Dorf hinunter, um von dem herrschaftlichen Chorstuhl aus zu hören, ›was ihm der alte Bienengräber zu sagen habe‹.

Bienengräber sprach gut genug, so recht aus dem Herzen und der Erfahrung heraus, und als der letzte Vers gesungen und die Kirche wieder leer war, wollte Schach auch wirklich in die Sakristei gehen, dem Alten danken für manches gute Wort aus längst vergangener Zeit her und ihn in seinem Boot über den See hin zurückbegleiten. Unterwegs aber wollt er ihm alles sagen, ihm beichten und seinen Rat erbitten. Er würde schon Antwort wissen. Das Alter sei allemal weise, und wenn nicht von Weisheit, so doch bloß schon von Alters wegen »Aber«, unterbrach er sich mitten in diesem Vorsatze, »was soll mir schließlich seine Antwort? Hab ich diese Antwort nicht schon vorweg? Hab ich sie nicht in mir selbst? Kenn ich nicht die Gebote? Was mir fehlt, ist bloß die Lust, ihnen zu gehorchen.«

Und während er so vor sich hinredete, ließ er den Plan eines Zwiegesprächs fallen und stieg den Schloßberg wieder hinauf. Er hatte von dem Gottesdienst in der Kirche nichts abgehandelt, und *doch* schlug es erst zehn, als er wieder oben anlangte.

Hier ging er jetzt durch alle Zimmer, einmal, zweimal, und sah sich die Bilder aller der Schachs an, die zerstreut und in Gruppen an den Wänden umherhingen. Alle waren in hohen Stellungen in der Armee gewesen, alle trugen sie den Schwarzen Adler oder den *pour le mérite*. Das hier war der General, der bei Malplaquet die große Redoute nahm, und *das* hier war das Bild seines eigenen Großvaters, des Obersten im Regiment Itzenplitz, der den Hochkirchner Kirchhof mit vierhundert Mann eine Stunde lang gehalten hatte. Schließlich fiel er, zerhauen und zerschossen, wie alle die, die mit ihm waren. Und dazwischen hingen die Frauen, einige schön, am schönsten aber seine Mutter.

Als er wieder in dem Gartensalon war, schlug es zwölf. Er warf sich in die Sofaecke, legte die Hand über Aug und Stirn und zählte die Schläge. »Zwölf. Jetzt bin ich zwölf Stunden hier, und mir ist, als wären es zwölf Jahre ... Wie wird es sein? Alltags die Kreepschen und Sonntags Bienengräber oder der Radenslebensche, was keinen Unterschied macht. Einer wie der andere. Gute Leute, versteht sich, alle gut ... Und dann gehe ich mit Victoire durch den Garten, und aus dem Park auf die Wiese, dieselbe Wiese, die wir vom Schloß aus immer und ewig und ewig und immer sehen und auf der Ampfer und die Ranunkeln blühen. Und dazwischen spazieren die Störche. Vielleicht sind wir allein; aber vielleicht läuft auch ein kleiner Dreijähriger neben uns her und singt in einem fort: ›Adebar, du Bester, bring mir eine Schwester‹. Und meine Schloßherrin errötet und wünscht sich das Schwesterchen *auch*. Und endlich sind elf Jahre herum, und wir halten an der ›ersten Station‹, an der ersten Station, die die ›stroherne Hochzeit‹ heißt. Ein sonderbares Wort. Und dann ist auch allmählich die Zeit da, sich malen zu lassen, malen zu lassen für die Galerie. Denn wir dürfen doch am Ende nicht fehlen! Und zwischen die Generäle rück ich dann als Rittmeister ein, und zwischen die schönen Frauen kommt Victoire. Vorher aber hab ich eine Konferenz mit dem Maler und sag ihm: ›Ich rechne darauf, daß Sie den *Ausdruck* zu treffen wissen. Die Seele macht ähnlich.‹ Oder soll ich ihm geradezu sagen: ›Machen Sie's gnädig‹ ... Nein, nein!«

DIE SCHACHS UND DIE CARAYONS

Was immer geschieht, geschah auch diesmal: die Carayons erfuhren nichts von dem, was die halbe Stadt wußte. Dienstag, wie gewöhnlich, erschien Tante Marguerite, fand Victoiren ›um dem Kinn etwas spitz‹ und warf im Laufe der Tischunterhaltung hin: »Wißt ihr denn schon, es sollen ja Karikatüren erschienen sein?«

Aber dabei blieb es, da Tante Marguerite jenen alten Gesellschaftsdamen zuzählte, die nur immer von allem ›gehört haben‹, und als Victoire fragte: »*Was* denn, liebe Tante?« wiederholte sie nur: »Karikatüren, liebes Kind. Ich weiß es ganz genau.« Und damit ließ man den Gesprächsgegenstand fallen. Es war gewiß ein Glück für Mutter und Tochter, daß sie von den Spott- und Zerrbildern, deren Gegenstand sie waren, nichts in Erfahrung brachten; aber für den *Dritt*beteiligten, für Schach, war es ebenso gewiß ein Unglück und eine Quelle neuer Zerwürfnisse. Hätte Frau von Carayon, als deren schönster Herzenszug ein tiefes Mitgefühl gelten konnte, nur die kleinste Vorstellung von all dem Leid gehabt, das, die ganze Zeit über, über ihren Freund ausgeschüttet worden war, so würde sie von der ihm gestellten Forderung zwar nicht Abstand genommen, aber ihm doch Aufschub gewährt und Trost und Teilnahme gespendet haben; ohne jede Kenntnis jedoch von dem, was inzwischen vorgefallen war, aigrierte sie sich gegen Schach immer mehr und erging sich von dem Augenblick an, wo sie von seinem Rückzug nach Wuthenow erfuhr, über seinen ›Wort- und Treuebruch‹, als den sie's ansah, in den heftigsten und unschmeichelhaftesten Ausdrücken.

Es war sehr bald, daß sie von diesem Rückzuge hörte. Denselben Abend noch, an dem Schach seinen Urlaub angetreten hatte, ließ sich Alvensleben bei den Carayons melden. Victoire, der jede Gesellschaft peinlich war, zog sich zurück, Frau von Carayon aber ließ bitten und empfing ihn mit besonderer Herzlichkeit.

»Daß ich Ihnen sagen könnte, lieber Alvensleben, wie sehr ich mich freue, Sie nach so vielen Wochen einmal wiederzusehen. Eine Welt von Dingen hat sich seitdem zugetragen. Und ein Glück, daß Sie standhaft blieben, als man Ihnen den Luther aufzwingen wollte. Das hätte mir Ihr Bild verdorben.«

»Und doch, meine Gnädigste, schwankt' ich einen Augenblick, ob ich ablehnen sollte.«

»Und weshalb?«

»Weil unser beiderseitiger Freund unmittelbar *vor*her abgelehnt hatte. Nachgerade widersteht es mir, immer wieder und wieder in seine Fußstapfen zu treten. Gibt es ihrer doch ohnehin schon genug, die mich einfach als seinen Abklatsch bezeichnen, an der Spitze Zieten, der mir erst neulich wieder zurief: ›Hüten Sie sich, Alvensleben, daß Sie nicht als Schach II. in die Rang- und Quartierliste kommen.‹«

»Was nicht zu befürchten steht. Sie sind eben doch anders.«

»Aber nicht besser.«

»Wer weiß.«

»Ein Zweifel, der mich aus dem Munde meiner schönen Frau von Carayon einigermaßen überrascht und unserem verwöhnten Freunde, wenn er davon hörte, seine Wuthenower Tage vielleicht verleiden würde.«

»Seine Wuthenower Tage?«

»Ja, meine Gnädigste. Mit unbestimmten Urlaub. Und Sie wissen nicht davon? Er wird sich doch nicht ohne vorgängigen Abschied von Ihnen in sein altes Seeschloß zurückgezogen haben, von dem Nostitz neulich behauptete, daß es halb Wurmfraß und halb Romantik sei.«

»Und doch ist es geschehen. Er ist launenhaft, wie Sie wissen.« Sie wollte mehr sagen, aber es gelang ihr, sich zu bezwingen und das Gespräch über allerhand Tagesneuigkeiten fortzusetzen, bei welcher Gelegenheit Alvensleben zu seiner Beruhigung wahrnahm, daß sie von der

Haupttagesneuigkeit, von dem Erscheinen der Bilder, nicht das geringste wußte. Wirklich, es war der Frau von Carayon auch in der zwischenliegenden halben Woche nicht einen Augenblick in den Sinn gekommen, etwas Näheres über das von dem Tantchen Angedeutete hören zu wollen.

Endlich empfahl sich Alvensleben, und Frau von Carayon eilte, während Tränen ihren Augen entstürzten, in Victoirens Zimmer, um ihr die Mitteilung von Schachs Flucht zu machen. Denn eine Flucht war es.

Victoire folgte jedem Wort. Aber, ob es nun ihre Hoffnung und Zuversicht oder umgekehrt ihre Resignation war, gleichviel, sie blieb ruhig.

»Ich bitte dich, urteile nicht zu früh. Ein Brief von ihm wird eintreffen und über alles Aufklärung geben. Laß es uns abwarten, du wirst sehn, daß du deinem Verdacht und deiner Verstimmung gegen ihn mehr nachgegeben hast, als recht und billig war.«

Aber Frau von Carayon wollte sich nicht umstimmen lassen.

»Ich kannt ihn schon, als du noch ein Kind warst. Nur zu gut. Er ist eitel und hochfahrend, und die prinzlichen Höfe haben ihn vollends überschraubt. Er verfällt mehr und mehr ins Ridiküle. Glaube mir, er will Einfluß haben und zieht sich im stillen irgendeinen politischen oder gar staatsmännischen Ehrgeiz groß. Was mich am meisten verdrießt, ist das, er hat sich plötzlich auf seinen Obotritenadel besonnen und fängt an, sein Schach- oder Schachentum für etwas ganz Besonderes in der Weltgeschichte zu halten.«

»Und tut damit nicht mehr, als was *alle* tun ... Und die Schachs sind doch *wirklich* eine alte Familie.«

»Daran mag er denken und das Pfauenrad schlagen, wenn er über seinen Wuthenower Hühnerhof hingeht. Und solche Hühnerhöfe gibt es hier überall. Aber, was soll *uns* das? Oder zum wenigsten, was soll es *dir*? An mir hätt' er vorbeistolzieren und der bürgerlichen Generalpächterstochter, der kleinen Roturière, den Rücken kehren können. Aber du, Victoire, du; du bist nicht bloß meine Tochter, du bist auch deines Vaters Tochter, du bist eine *Carayon*!«

Victoire sah die Mama mit einem Anfluge schelmischer Verwunderung an.

»Ja, lache nur, Kind, lache laut, ich verüble dir's nicht. Hast du mich doch selber oft genug über diese Dinge lachen sehen. Aber, meine süße Victoire, die Stunden sind nicht gleich, und heute bitt' ich deinem Vater ab und dank ihm von Herzen, weil er mir in seinem Adelsstolze, mit dem er mich zur Verzweiflung gebracht und aus seiner Nähe hinweg gelangweilt hat, eine willkommene Waffe gegen diesen mir unerträglichen Dünkel in die Hand gibt. Schach, Schach! Was ist Schach! Ich kenn' ihre Geschichte nicht und *will* sie nicht kennen, aber ich wette diese meine Brosche gegen eine Stecknadel, daß du, wenn du das ganze Geschlecht auf die Tenne wirfst, da, wo der Wind am schärfsten geht, daß nichts übrigbleibt, sag ich, als ein halbes Dutzend Obersten und Rittmeister, alle devotest erstorben und alle mit einer Pontaknase. Lehre mich *diese* Leute kennen!«

»Aber, Mama ...«

»Und nun die Carayons! Es ist wahr, ihre Wiege hat nicht an der Havel und nicht einmal an der Spree gestanden, und weder im Brandenburger noch im Havelberger Dom ist je geläutet worden, wenn einer von ihnen kam oder ging. Oh, *ces pauvres gens, ces malheureux Carayons*! Sie hatten ihre Schlösser, beiläufig *wirkliche* Schlösser, so bloß armselig an der Gironde hin, waren bloß Girondins, und deines Vaters leibliche Vettern fielen unter der Guillotine, weil sie treu und frei zugleich waren und uneingeschüchtert durch das Geschrei des Berges für das Leben ihres Königs gestimmt hatten.«

Immer verwunderter folgte Victoire.

»Aber«, fuhr Frau von Carayon fort, »ich will nicht von Jüngstgeschehenem sprechen, will nicht sprechen von *heute*. Denn ich weiß wohl, das Vonheutesein ist immer ein Verbrechen in den Augen derer, die schon gestern da waren, gleichviel *wie*. Nein, ich will von alten Zeiten sprechen, von Zeiten, als der erste Schach ins Land und an den Ruppiner See kam, und einen Wall und Graben zog, und eine lateinische Messe hörte, von der er nichts verstand. Eben damals zogen die Carayons, *ces pauvres et malheureux Carayons*, mit vor Jerusalem und eroberten es und befreiten es. Und als sie heimkamen, da kamen Sänger an ihren Hof, und sie sangen selbst, und als Victoire de Carayon (ja, sie hieß auch Victoire) sich dem großen Grafen von Lusignan vermählte, dessen erlauchter Bruder Großprior des hohen Ordens vom Spital und endlich König von Zypern war, da waren wir mit einem Königshause versippt und verschwägert, mit den Lusignans, aus deren großem Hause die schöne Melusine kam, unglücklichen, aber Gott sei Dank unprosaischen Angedenkens. Und von uns Carayons, die wir ganz andere Dinge gesehen haben, will sich dieser Schach abwenden und sich hochmütig zurückziehen? *Unserer* will er sich schämen? Er, Schach. Will er es als Schach, oder will er es als Grundherr von Wuthenow? Ah, bah! Was ist es denn mit beiden? Schach ist ein blauer Rock mit einem roten Kragen, und Wuthenow ist eine Lehmkate.«

»Mama, glaube mir, du tust ihm unrecht. Ich such es nach einer andern Seite hin. Und da *find* ich es auch.«

Frau von Carayon beugte sich zu Victoire nieder und küßte sie leidenschaftlich.

»Ach, Wie gut du bist, viel, viel besser als deine Mama. Und nur *eines* ist gut an ihr, daß sie dich liebt. Er aber sollte dich *auch* lieben! Schon um deiner Demut willen.«

Victoire lächelte.

»Nein, nicht so. Der Glaube, daß du verarmt und ausgeschieden seiest, beherrscht dich mit der Macht einer fixen Idee. Du *bist* nicht so verarmt. Und auch er ...«

Sie stockte.

»Sieh, du warst ein schönes Kind, und Alvensleben hat mir erzählt, in welch enthusiastischen Worten der Prinz erst neulich wieder von deiner Schönheit auf dem Massowschen Balle gesprochen habe. Das ist nicht hin, davon blieb dir, und jeder muß es finden, der ihm liebevoll in deinen Zügen nachzugehen den Sinn und das Herz hat. Und wenn wer dazu verpflichtet ist, so ist er's! Aber er sträubt sich, denn so hautain er ist, so konventionell ist er. Ein kleiner ängstlicher Aufmerker. Er hört auf das, was die Leute sagen, und wenn das ein Mann tut (wir müssen's), so heiß ich das Feigheit und *lâchete.* Aber er soll mir Rede stehen. Ich habe meinen Plan jetzt fertig und will ihn demütigen, so gewiß er *uns* demütigen wollte.«

Frau von Carayon kehrte nach diesem Zwiegespräch in das Eckzimmer zurück, setzte sich an Victoirens kleinen Schreibtisch und schrieb:

»Einer Mitteilung Herrn von Alvensleben entnahm ich, daß Sie, mein Herr von Schach, heute, Sonnabend abend, Berlin verlassen und sich für einen Landaufenthalt in Wuthenow entschieden haben. Ich habe keine Veranlassung, Ihnen diesen Landaufenthalt zu mißgönnen oder Ihre Berechtigung dazu zu bestreiten, muß aber Ihrem Rechte *das* meiner Tochter gegenüberstellen. Und so gestatten Sie mir denn, Ihnen in Erinnerung zu bringen, daß die Veröffentlichung des Verlöbnisses für morgen, Sonntag, zwischen uns verabredet worden ist. Auf dieser Veröffentlichung besteh ich auch heute noch. Ist sie bis Mittwoch früh nicht erfolgt, erfolgen meinerseits andre, durchaus selbständige Schritte. So sehr dies meiner Natur widerspricht (Victoirens ganz zu schweigen, die von diesem meinem Schreiben nichts weiß und nur bemüht sein würde, mich daran zu hindern), so lassen mir doch die Verhältnisse, die Sie, das mindeste zu sagen, nur zu gut kennen, keine Wahl. Also bis auf Mittwoch! Josephine von Carayon.«

Sie siegelte den Brief und übergab ihn persönlich einem Boten mit der Weisung, sich bei Tagesanbruch nach Wuthenow hin auf den Weg zu machen.

Auf Antwort zu warten war ihm eigens untersagt worden.

FRAU VON CARAYON UND DER ALTE KÖCKRITZ

Der Mittwoch kam und ging, ohne daß ein Brief Schachs oder gar die geforderte Verlobungsankündigung erschienen wäre. Frau von Carayon hatte dies nicht anders erwartet und ihre Vorbereitungen daraufhin getroffen.

Am Donnerstag früh hielt ein Wagen vor ihrem Hause, der sie nach Potsdam hinüber führen sollte, wo sich der König seit einigen Wochen aufhielt. Sie hatte vor, einen Fußfall zu tun, ihm den ihr widerfahrenen Affront vorzustellen und seinen Beistand anzurufen. Daß es in des Königs Macht stehen werde, diesen Beistand zu gewähren und einen Ausgleich herbeizuführen, war ihr außer Zweifel. Auch über die Mittel und Wege, sich Sr. Majestät zu nähern, hatte sie nachgedacht und mit gutem Erfolge. Sie kannte den Generaladjutanten von Köckritz, der vor dreißig Jahren und länger als ein junger Leutnant oder Stabskapitän in ihrem elterlichen Hause verkehrt und der ›kleinen Josephine‹, dem allgemeinen Verzuge, manche Bonbonniere geschenkt hatte. Der war jetzt Liebling des Königs, einflußreichste Person seiner nächsten Umgebung, und durch *ihn*, zu dem sie wenigstens in oberflächlichen Beziehungen geblieben war, hoffte sie sich einer Audienz versichert halten zu dürfen.

Um die Mittagsstunde war Frau von Carayon drüben, stieg im ›Einsiedler‹ ab, ordnete ihre Toilette und begab sich sofort ins Schloß. Aber hier erfuhr sie, daß Seine Majestät Potsdam bereits wieder verlassen und sich zur Begrüßung Ihrer Majestät der Königin, die tags darauf aus Bad Pyrmont zurückzukehren gedenke, nach *Paretz* begeben habe, wo man, frei vom Zwange des Hofes, eine Woche lang in glücklicher Zurückgezogenheit zu verleben gedenke.

Das war nun freilich eine böse Nachricht. Wer sich zu einem peinlichen Gange (und wenn es der ›hochnotpeinlichste‹ wäre) anschickt und mit Sehnsucht auf das Schreckensende wartet, für den ist nichts härter als Vertagung. Nur rasch, rasch! Eine kurze Strecke geht es, aber dann versagen die Nerven.

Schweren Herzens und geängstigt durch die Vorstellung, daß ihr dieser Fehlschlag vielleicht einen Fehlschlag überhaupt bedeute, kehrte Frau von Carayon in das Gasthaus zurück. An eine Fahrt nach Paretz hinaus war für heute nicht mehr zu denken, um so weniger, als zu so später Nachmittagszeit unmöglich noch eine Audienz erbeten werden konnte. So denn also warten bis morgen! Sie nahm ein kleines Diner, setzte sich wenigstens zu Tisch und schien entschlossen, die langen, langen Stunden in Einsamkeit auf ihrem Zimmer zu verbringen. Aber die Gedanken und Bilder, die vor ihr aufstiegen, und vor allem die feierlichen Ansprachen, die sie sich zum hundertsten Male wiederholte, so lange wiederholte, bis sie zuletzt fühlte, sie werde, wenn der Augenblick da sei, kein einziges Wort hervorbringen können –, alles das gab ihr zuletzt den gesunden Entschluß ein, sich gewaltsam aus ihren Grübeleien herauszureißen und in den Straßen und Umgebungen der Stadt umherzufahren. Ein Lohndiener erschien denn auch, um ihr seine Dienste zur Verfügung zu stellen, und um die sechste Stunde hielt eine mittelelegante Mietschaise vor dem Gasthause, da sich das von Berlin her benutzte Gefährt, nach seiner halbtägigen Anstrengung im Sommersand, als durchaus ruhebedürftig herausgestellt hatte.

»Wohin befehlen gnädige Frau?«

»Ich überlass' es Ihnen. Nur keine Schlösser oder doch so wenig wie möglich; aber Park und Garten und Wasser und Wiese.«

»*Ah, je comprends*«, radebrechte der Lohndiener, der sich daran gewöhnt hatte, seine Fremden ein für allemal als Halbfranzosen zu nehmen oder vielleicht auch dem französischen Namen der Frau von Carayon einige Berücksichtigung schuldig zu sein glaubte. ›*Je comprends.*‹ Und er gab dem in einem alten Tressenhut auf dem Bock sitzenden Kutscher Order, zunächst in den ›Neuen Garten‹ zu fahren.

In dem ›Neuen Garten‹ war es wie tot, und eine dunkle, melancholische Zypressenallee schien gar kein Ende nehmen zu wollen. Endlich lenkte man nach rechts hin in einen neben einem See hinlaufenden Weg ein, dessen einreihig gepflanzte Bäume mit ihrem weit ausgestreckten und niederhängenden Gezweige den Wasserspiegel berührten. In dem Gitterwerke der Blätter aber glomm und glitzerte die niedergehende Sonne. Frau von Carayon vergaß über diese Schönheit all ihr Leid und fühlte sich dem Zauber derselben erst wieder entrissen, als der Wagen aus dem Uferweg abermals in den großen Mittelgang einbog und gleich danach vor einem aus Backstein aufgeführten, im übrigen aber mit Gold und Marmor reich geschmückten Hause hielt.

»Wem gehört es?«

»Dem König.«

»Und wie heißt es?«

»Das Marmorpalais.«

»Ah, das Marmorpalais. Das ist also das Palais ...«

»Zu dienen, gnädige Frau. Das ist das Palais, in dem weiland Seine Majestät König Friedrich Wilhelm der Zweite seiner langen und schmerzlichen Wassersucht allerhöchst erlag. Und steht auch noch alles ebenso, wie's damals gestanden hat. Ich kenne das Zimmer ganz genau, wo der gute, gnädige Herr immer ›den Lebensgas‹ trank, den ihm der Geheimrat Hufeland in einem kleinen Ballon ans Bett bringen ließ oder vielleicht auch bloß in einer Kalbsblase. Wollen die gnädige Frau das Zimmer sehen? Es ist freilich schon spät. Aber ich kenne den Kammerdiener, und er tut es, denk ich, auf meinen Empfehl ... versteht sich ... Und ist auch dasselbe kleine Zimmer, worin sich die Figur von der Frau Rietz oder, wie manche sagen, von der Mamsell Encken oder der Gräfin Lichtenau befindet, das heißt, nur eine kleine Figur, so bloß bis an die Hüften oder noch weniger.«

Frau von Carayon dankte. Sie war bei dem Gange, der ihr für morgen bevorstand, nicht in der Laune, das Allerheiligste der Rietz oder auch nur ihre Porträtbüste kennenlernen zu wollen. Sie sprach also den Wunsch aus, immer weiter in den Park hineinzufahren, und ließ erst umkehren, als schon die Sonne nieder war. Wirklich, es schlug neun, als man auf der Rückfahrt an der Garnisonskirche vorüberkam, und ehe noch das Glockenspiel seinen Choral ausgespielt hatte, hielt der Wagen wieder vor dem ›Einsiedler‹.

Die Fahrt hatte sie gekräftigt und ihr ihren Mut zurückgegeben. Dazu kam eine wohltuende Müdigkeit, und sie schlief besser als seit lange. Selbst was sie träumte, war hell und licht.

Am anderen Morgen erschien, wie verabredet, ihre nun wieder ausgeruhte Berliner Equipage vor dem Hotel; da sie jedoch allen Grund hatte, der Kenntnis und Umsicht ihres eigenen Kutschers zu mißtrauen, engagierte sie, wie zur Aushilfe, denselben Lohndiener wieder, der sich gestern, aller kleinen Eigenheiten seines Standes unerachtet, so vorzüglich bewährt hatte. Das gelang ihm denn auch heute wieder. Er wußte von jedem Dorf und Lustschloß, an dem man vorüberkam, zu berichten, am meisten von Marquardt, aus dessen Parke, zu wenigstens vorübergehendem Interesse der Frau von Carayon, jenes Gartenhäuschen hervorschimmerte, darin unter Zutun und Anleitung des Generals von Bischofswerder dem ›dicken Könige‹ (wie sich der immer konfidentieller werdende Cicerone jetzt ohne weiteres ausdrückte) die Geister erschienen waren.

Eine Viertelmeile hinter Marquardt hatte man die ›Wublitz‹, einen von Mummeln überblühten Havelarm, zu passieren, dann folgten Äcker und Wiesengründe, die hoch in Gras und Blumen standen, und ehe noch die Mittagsstunde heran war, war ein Brückensteg und alsbald auch ein offenstehendes Gittertor erreicht, das den Paretzer Parkeingang bildete.

Frau von Carayon, die sich ganz als Bittstellerin empfand, ließ in dem ihr eigenen, feinen Gefühl an dieser Stelle halten und stieg aus, um den Rest des Weges zu Fuß zu machen. Es war nur eine kleine, sonnenbeschienene Strecke noch, aber gerade das Sonnenlicht war ihr peinlich, und so hielt sie sich denn seitwärts unter den Bäumen hin, um nicht vor der Zeit gesehen zu werden.

Endlich indes war sie bis an die Sandsteinstufen des Schlosses heran und schritt tapfer hinauf. Die Nähe der Gefahr hatte ihr einen Teil ihrer natürlichen Entschlossenheit zurückgegeben.

»Ich wünsche den General von Köckritz zu sprechen«, wandte sie sich an einen im Vestibül anwesenden Lakaien, der sich gleich beim Eintritt der schönen Dame von seinem Sitz erhoben hatte.

»Wen hab ich dem Herrn General zu melden?«

»Frau von Carayon.«

Der Lakai verneigte sich und kam mit der Antwort zurück: Der Herr General lasse bitten, in das Vorzimmer einzutreten.

Frau von Carayon hatte nicht lange zu warten. General von Köckritz, von dem die Sage ging, daß er außer seiner leidenschaftlichen Liebe zu seinem König keine weitere Passion als eine Pfeife Tabak und einen Rubber Whist habe, trat ihr von seinem Arbeitszimmer her entgegen, entsann sich sofort der alten Zeit und bat sie mit verbindlichster Handbewegung, Platz zu nehmen. Sein ganzes Wesen hatte so sehr den Ausdruck des Gütigen und Vertrauenerweckenden, daß die Frage nach seiner Klugheit nur sehr wenig daneben bedeutete. Namentlich für solche, die, wie Frau von Carayon, mit einem Anliegen kamen. Und das sind bei Hofe die meisten. Er bestätigte durchaus die Lehre, daß eine *wohlwollende* Fürstenumgebung einer geistreichen immer weit vorzuziehen ist. Nur freilich sollen diese fürstlichen Privatdiener nicht auch Staatsdiener sein und ebenfalls mitbestimmen und mitregieren wollen.

General von Köckritz hatte sich so gesetzt, daß ihn Frau von Carayon im Profil hatte. Sein Kopf steckte halb in einem überaus hohen und steifen Uniformkragen, aus dem nach vorn hin ein Jabot quoll, während nach hinten ein kleiner, sauber behandelter Zopf fiel. Dieser schien ein eigenes Leben Zu führen und bewegte sich leicht und mit einer gewissen Koketterie hin und her, auch wenn an dem Manne selbst nicht die geringste Bewegung wahrzunehmen war.

Frau von Carayon, ohne den Ernst ihrer Lage zu vergessen, erheiterte sich doch offenbar an diesem eigentümlich neckischen Spiel, und erst einmal ins Heitere gekommen, erschien ihr das, was ihr oblag, um vieles leichter und bezwingbarer und befähigte sie, mit Freimut über all und jedes zu sprechen, auch über *das*, was man als den ›delikaten Punkt‹ in ihrer und ihrer Tochter Angelegenheit bezeichnen konnte.

Der General hatte nicht nur aufmerksam, sondern auch teilnahmevoll zugehört und sagte, als Frau von Carayon schwieg: »Ja, meine gnädigste Frau, das sind sehr fatale Sachen, Sachen, von denen Seine Majestät nicht zu hören liebt, weshalb ich im allgemeinen darüber zu schweigen pflege, wohlverstanden, solange nicht Abhilfe zu schaffen und überhaupt nichts zu bessern ist. Hier aber *ist* zu bessern, und ich würde meine Pflicht versäumen und Seiner Majestät einen schlechten Dienst erweisen, wenn ich ihm einen Fall wie den Ihrigen vorenthalten oder, da Sie selber gekommen sind, Ihre Sache vorzutragen, Sie, meine gnädigste Frau, durch künstlich erfundene Schwierigkeiten an solchem Vortrage behindern wollte. Denn solche Schwierigkeiten sind allemalen erfundene Schwierigkeiten in einem Lande wie das unsere, wo von alter Zeit her die Fürsten und Könige das Recht ihres Volkes wollen und nicht gesonnen sind, der Forderung eines solchen Rechtes bequem aus dem Wege zu gehen. Am allerwenigsten aber mein Allergnädigster König und Herr, der ein starkes Gefühl für das *Ebenmäßige* des Rechts und eben deshalb einen wahren Widerwillen und rechten Herzensabscheu gegen alle diejenigen hat, die sich, wie manche Herren Offiziers, insonderheit aber die sonst so braven und tapferen Offiziers von Dero Regiment Gensdarmes, aus einem schlechten Dünkel allerlei Narretei zu permittieren geneigt sind, und es für angemessen und löblich oder doch zum mindesten für nicht unstatthaft halten, das Glück und den Ruf anderer ihrem Übermut und ihrer schlechten moralité zu opfern.«

Frau von Carayons Augen füllten sich mit Tränen.

»*Que vous êtes bon, mon cher Général.*«

»Nicht ich, meine teure Frau. Aber mein Allergnädigster König und Herr, *der* ist gut. Und ich denke, Sie sollen den Beweis dieser seiner Herzensgüte bald in Händen halten, trotzdem wir heut einen schlimmen oder sagen wir lieber einen schwierigen Tag haben. Denn, wie Sie vielleicht schon in Erfahrung gebracht haben, der König erwartet in wenigen Stunden die Königin zurück, um nicht gestört zu werden in der Freude des Wiedersehens, *des*halb befindet er sich hier, *des*halb ist er hierher gegangen, nach Paretz. Und nun läuft ihm in dies Idyll ein Rechtsfall und eine Streitsache nach. Und eine Streitsache von so delikater Natur. Ja, wirklich ein Schabernack ist es und ein rechtes Schnippchen, das ihm die Laune der Frau Fortuna schlägt. Er will sich seines Liebesglückes freuen (Sie wissen, wie sehr er die Königin liebt), und in demselben Augenblicke fast, der ihm sein Liebesglück bringen soll, hört er eine Geschichte von unglücklicher Liebe. Das verstimmt ihn. Aber er ist zu gütig, um dieser Verstimmung nicht Herr zu werden, und treffen wir's nur einigermaßen leidlich, so müssen wir uns aus eben diesem Zusammentreffen auch noch einen besonderen Vorteil zu ziehen wissen. Denn das eigene Glück, das er erwartet, wird ihn nur noch geneigter machen als sonst, das getrübte Glück andrer wiederherzustellen. Ich kenn ihn ganz in seinem Rechtsgefühl und in der Güte seines Herzens. Und so geh ich denn, meine teure Frau, Sie bei dem Könige zu melden.«

Er hielt aber plötzlich wie nachdenkend inne, wandte sich noch einmal wieder und setzte hinzu: »Irr ich nicht, so hat er sich eben in den Park begeben. Ich kenne seinen Lieblingsplatz. Lassen Sie mich also sehen. In wenig Minuten bring ich Ihnen Antwort, ob er Sie hören will oder nicht. Und nun noch einmal, seien Sie guten Mutes! Sie dürfen es.«

Und damit nahm er Hut und Stock und trat durch eine kleine Seitentür unmittelbar in den Park hinaus.

In dem Empfangszimmer, in dem Frau von Carayon zurückgeblieben war, hingen allerlei Buntdruckbilder, wie sie damals von England her in der Mode waren: Engelsköpfe von Josua Reynolds, Landschaften von Gainsborough, auch ein paar Nachbildungen italienischer Meisterwerke, darunter eine büßende Magdalena. War es die von Correggio? Das wundervoll tiefblau getönte Tuch, das die Büßende halb verhüllte, fesselte Frau von Carayons Aufmerksamkeit, und sie trat heran, um sich über den Maler zu vergewissern. Aber ehe sie noch seinen Namen entziffern konnte, kehrte der alte General zurück und bat seinen Schützling, ihm zu folgen.

Und so traten sie denn in den Park, drin eine tiefe Stille herrschte. Zwischen Birken und Edeltannen hin schlängelte sich der Weg und führte bis an eine künstliche, von Efeu überwachsene Felswand, in deren Front (der alte Köckritz war jetzt zurückgeblieben) der König auf einer Steinbank saß.

Er erhob sich, als er die schöne Frau sich nähern sah, und trat ihr ernst und freundlich entgegen. Frau von Carayon wollte sich auf ein Knie niederlassen, der König aber litt es nicht, nahm sie vielmehr aufrichtend bei der Hand und sagte: »Frau von Carayon? Mir sehr wohl bekannt ... Erinnere Kinderball ... schöne Tochter ... Damals ...«

Er schwieg einen Augenblick, entweder in Verlegenheit über das ihm entschlüpfte letzte Wort oder aber aus Mitgefühl mit der tiefen Bewegung der unglücklichen und beinah zitternd vor ihm stehenden Mutter, und fuhr dann fort: »Köckritz mir eben Andeutungen gemacht ... *Sehr* fatal ... Aber bitte ... sich setzen, meine Gnädigste ... Mut... Und nun sprechen Sie.«

SCHACH IN CHARLOTTENBURG

Eine Woche später hatten König und Königin Paretz wieder verlassen, und schon am Tage danach ritt Rittmeister von Schach in Veranlassung eines ihm in Schloß Wuthenow übergebenen Kabinettsschreibens nach Charlottenburg hinaus, wohin inzwischen der Hof übersiedelt war. Er nahm seinen Weg durchs Brandenburger Tor und die große Tiergartenallee, links hinter ihm Ordonnanz Baarsch, ein mit einem ganzen Linsengericht von Sommersprossen überdeckter Rotkopf mit übrigens noch röterem Backenbart, auf welchen roten und etwas abstehenden Bart hin Zieten zu versichern pflegte, ›daß man auch *diesen* Baarsch an seinen Flossen erkennen könne‹. Wuthenower Kind und seines Gutsherrn und Rittmeisters ehemaliger Spielgefährte, war er diesem und allem, was Schach hieß, selbstverständlich in unbedingten Treuen ergeben.

Es war vier Uhr nachmittags und der Verkehr nicht groß, trotzdem die Sonne schien und ein erquickender Wind wehte. Nur wenige Reiter begegneten ihnen, unter diesen auch ein paar Offiziere von Schachs Regiment. Schach erwiderte ihren Gruß, passierte den Landwehrgraben und ritt bald danach in die breite Charlottenburger Hauptstraße mit ihren Sommerhäusern und Vorgärten ein.

Am türkischen Zelt, das sonst wohl sein Ziel zu sein pflegte, wollte sein Pferd einbiegen; er zwang es aber und hielt erst bei dem Morellischen Kaffeehause, das ihm heute für den Gang, den er vorhatte, bequemer gelegen war. Er schwang sich aus dem Sattel, gab der Ordonnanz den Zügel und ging ohne Versäumnis auf das Schloß zu. Hier trat er nach Passierung eines öden und von der Julisonne längst verbrannten Grasvierecks erst in ein geräumiges Treppenhaus und bald danach in einen schmalen Korridor ein, an dessen Wänden in anscheinend überlebensgroßen Porträts die glotzäugigen blauen Riesen Friedrich Wilhelms I. paradierten. Am Ende dieses Ganges aber traf er einen Kammerdiener, der ihn, nach vorgängiger Meldung, in das Arbeitskabinett des Königs führte.

Dieser stand an einem Pult, auf dem Karten ausgebreitet lagen, ein paar Pläne der Austerlitzer Schlacht. Er wandte sich sofort, trat auf Schach zu und sagte: »Habe Sie rufen lassen, lieber Schach ... Die Carayon; fatale Sache. Spiele nicht gern den Moralisten und Splitterrichter; mir verhaßt; auch meine Verirrungen. Aber in Verirrungen nicht stecken bleiben; wieder gut machen. Übrigens nicht recht begreife. Schöne Frau, die Mutter; mir *sehr* gefallen; kluge Frau.«

Schach verneigte sich.

»Und die Tochter! Weiß wohl, weiß, armes Kind ... Aber *enfin*, müssen sie doch scharmant gefunden haben. Und was man einmal scharmant gefunden, findet man, wenn man nur will, auch wieder. Aber das ist *Ihre* Sache, geht mich nichts an. Was mich angeht, das ist die *honnêteté. Die* verlang ich, und um dieser *honnêteté* willen verlang ich Ihre Heirat mit dem Fräulein von Carayon. Oder Sie müßten denn Ihren Abschied nehmen und den Dienst quittieren wollen.«

Schach schwieg, verriet aber durch Haltung und Miene, daß ihm dies das Schmerzlichste sein würde.

»Nun, denn bleiben also; schöner Mann; liebe das. Aber Remedur muß geschafft werden, und bald, und gleich. Übrigens alte Familie, die Carayons, und wird Ihren Fräulein Töchtern (Pardon, lieber Schach) die Stiftsanwartschaft auf Marienfließ oder Heiligengrabe nicht verderben. Abgemacht also. Rechne darauf, dringe darauf. Und werden mir Meldung machen.«

»Zu Befehl, Ew. Majestät.«

»Und noch eines, habe mit der Königin darüber gesprochen; will Sie sehn; Frauenlaune. Werden sie drüben in der Orangerie treffen ... Dank Ihnen.«

Schach war gnädig entlassen, verbeugte sich und ging den Korridor hinunter auf das am entgegengesetzten Flügel des Schlosses gelegene große Glas- und Gewächshaus zu, von dem der König gesprochen hatte.

Die Königin aber war noch nicht da, vielleicht noch im Park. So trat er denn in diesen hinaus und schritt auf einem Fliesengange zwischen einer Menge hier aufgestellter römischer Kaiser auf und ab, von denen ihn einige faunartig anzulächeln schienen. Endlich sah er die Königin von der Fährbrücke her auf sich zukommen, eine Hofdame mit ihr, allem Anscheine nach das jüngere Fräulein von Viereck. Er ging beiden Damen entgegen und trat in gemessener Entfernung beiseite, um die militärischen Honneurs zu machen. Das Hoffräulein aber blieb um einige Schritte zurück.

»Ich freue mich, Sie zu sehen, Herr von Schach. Sie kommen vom Könige.«

»Zu Befehl, Ew. Majestät.«

»Es ist etwas gewagt«, fuhr die Königin fort, »daß ich Sie habe bitten lassen. Aber der König, der anfänglich dagegen war und mich darüber verspottete, hat es schließlich gestattet. Ich bin eben eine Frau, und es wäre hart, wenn ich mich meiner Frauenart entschlagen müßte, nur weil ich eine *Königin* bin. Als Frau interessiert mich alles, was unser Geschlecht angeht, und was ging uns näher an als eine solche *question d'amour*!«

»Majestät sind so gnädig.«

»Nicht gegen Sie, lieber Schach. Es ist um des Fräuleins willen ... Der König hat mir alles erzählt, und Köckritz hat von dem Seinen hinzugetan. Es war denselben Tag, als ich von Pyrmont wieder in Paretz eintraf, und ich kann Ihnen kaum aussprechen, wie groß meine Teilnahme mit dem Fräulein war. Und nun wollen Sie, gerade *Sie*, dem lieben Kinde diese Teilnahme versagen und mit dieser Teilnahme zugleich sein Recht. Das ist unmöglich. Ich kenne Sie so lange Zeit und habe Sie jederzeit als einen Kavalier und Mann von Ehre befunden. Und dabei, denk ich, belassen wir's. Ich habe von den Spottbildern gehört, die publiziert worden sind, und diese Bilder, so nehm ich an, haben Sie verwirrt und Ihnen Ihr ruhiges Urteil genommen. Ich begreife das, weiß ich doch aus allereigenster Erfahrung, wie weh dergleichen tut und wie der giftige Pfeil uns nicht bloß in unserem Gemüte verwundet, sondern auch verwandelt, und *nicht* verwandelt zum Besseren. Aber wie dem auch sei, Sie mußten sich auf sich selbst besinnen und damit zugleich auf *das*, was Pflicht und Ehre von Ihnen fordern.«

Schach schwieg.

»Und Sie *werden* es«, fuhr die Königin, immer lebhafter werdend, fort, »und werden sich als einen Reuigen und Bußfertigen zeigen. Es kann Ihnen nicht schwer werden, denn selbst aus der Anklage gegen Sie, so versicherte mir der König, habe noch immer ein Ton der Zuneigung gesprochen. Seien Sie dessen gedenk, wenn Ihr Entschluß je wieder ins Schwanken kommen sollte, was ich nicht fürchte. Wüßt ich doch kaum etwas, was mir in diesem Augenblicke so lieb wäre wie die Schlichtung dieses Streites und der Bund zweier Herzen, die mir füreinander bestimmt erscheinen. Auch durch eine recht eigentliche Liebe. Denn Sie werden doch, hoff ich, nicht in Abrede stellen wollen, daß es ein geheimnisvoller Zug war, was Sie zu diesem lieben und einst so schönen Kinde hinführte. Das Gegenteil anzunehmen widerstreitet mir. Und nun eilen Sie heim, und machen Sie glücklich, und werden Sie glücklich! Meine Wünsche begleiten Sie, Sie *beide*. Sie werden sich zurückziehen, so lang es die Verhältnisse gebieten; unter allen Umständen aber erwart ich, daß Sie mir Ihre Familienereignisse melden und den Namen Ihrer Königin als erste Taufpatin in Ihr Wuthenower Kirchenbuch eintragen lassen. Und nun Gott befohlen.«

Ein Gruß und eine freundliche Handbewegung begleiteten diese Worte; Schach aber, als er sich kurz vor der Gartenfront noch einmal umsah, sah, wie beide Damen in einen Seitenweg einbogen und auf eine schattigere, mehr der Spree zugelegene Partie des Parks zuschritten.

Er selbst saß eine Viertelstunde später wieder im Sattel; Ordonnanz Baarsch folgte.

Die gnädigen Worte beider Majestäten hatten eines Eindrucks auf ihn nicht verfehlt, trotzdem war er nur getroffen, in nichts aber umgestimmt worden. Er wußte, was er dem König schuldig sei: *Gehorsam*! Aber sein Herz widerstritt, und so galt es denn für ihn, etwas ausfindig zu machen, was Gehorsam und Ungehorsam in sich vereinigte, was dem Befehle seines Königs und dem Befehle seiner eigenen Natur gleichmäßig entsprach. Und dafür gab es nur *einen* Weg. Ein Gedanke, den er schon in Wuthenow gefaßt hatte, kam ihm jetzt wieder und reifte rasch zum Entschluß, und je fester er ihn werden fühlte, desto mehr fand er sich in seine früher gute Haltung und Ruhe zurück. »Leben«, sprach er vor sich hin. »Was ist leben? Eine Frage von Minuten, eine Differenz von heut auf morgen.« Und er fühlte sich, nach Tagen schweren Druckes, zum ersten Male wieder leicht und frei.

Als er, heimreitend, bis an die Wegstelle gekommen war, wo eine alte Kastanienallee nach dem Kurfürstendamm hin abzweigte, bog er in diese Allee ein, winkte Baarsch an sich heran und sagte, während er den Zügel fallen ließ: »Sage Baarsch, was hältst du eigentlich vom Heiraten?«

»Jott, Herr Rittmeister, wat soll ich davon halten? Mein Vater selig sagte man ümmer: heiraten is gut, aber nich heiraten is noch besser.«

»Ja, das mag er wohl gesagt haben. Aber wenn *ich* nun heirate, Baarsch?«

»Ach, Herr Rittmeister werden doch nich!«

»Ja, wer weiß ... Ist es denn ein solches Malheur?«

»Jott, Herr Rittmeister, vor *Ihnen* grade nich, aber vor mir ...«

»Wie das?«

»Weil ich mit Unteroffizier Czepanski gewett' hab, es würd' *doch* nichts. Un wer verliert, muß die ganze Korporalschaft freihalten.«

»Aber woher wußtet ihr denn davon?«

»I Jott, des munkelt ja nun all lang. Un wie nu vorige Woch' ooch noch die Bilders kamen ...«

»Ah, so ... Nu sage, Baarsch, wie steht es denn eigentlich mit der Wette? Hoch?«

»I nu 's jetzt, Herr Rittmeister. 'ne Cottbusser un'n Kümmel. Aber vor jed' een.«

»Nu, Baarsch, du sollst dabei nicht zu Schaden kommen. Ich werde die Wette bezahlen.«

Und danach schwieg er und murmelte nur noch vor sich hin: »*Et payer les pots cassés.*«

FATA MORGANA

Schach war zu guter Stunde wieder daheim, und noch denselben Abend schrieb er ein Billett an Frau von Carayon, in dem er in anscheinend aufrichtigen Worten um seines Benehmens willen um Entschuldigung bat. Ein Kabinettsschreiben, das er vorgestern in Wuthenow empfangen habe, hab' ihn heute nachmittag nach Charlottenburg hinausgeführt, wo König und Königin ihn an *das*, was seine Pflicht sei, gemahnt hätten. Er bedaure, solche Mahnung verschuldet zu haben, finde den Schritt, den Frau von Carayon getan, gerechtfertigt und bäte, morgen im Laufe des Vormittags sich beiden Damen vorstellen zu dürfen, um ihnen sein Bedauern persönlich zu wiederholen. In einer Nachschrift war hinzugefügt, ›daß er durch eine Krisis gegangen sei; diese Krisis aber liege jetzt hinter ihm, und er hoffe sagen zu dürfen, ein Grund, an ihm oder seinem Rechtsgefühl zu zweifeln, werde *nicht* wiederkehren. Er lebe nur noch dem einen Wunsch und Gedanken, alles, was geschehen sei, durch Gesetzlichkeit auszugleichen. Über ein Mehr leg er sich vorläufig Schweigen auf.‹

Dies Billett, das der kleine Groom überbrachte, wurde, trotz der schon vorgerückten Stunde, von Frau von Carayon auf der Stelle beantwortet. Sie freue sich, in seinen Zeilen einer so versöhnlichen Sprache zu begegnen. Über alles, was seinem Briefe nach als ein nunmehr Zurückliegendes anzusehen sei, werd' es am besten sein, zu schweigen; auch *sie* fühle, daß sie ruhiger und rücksichtsvoller hätte handeln sollen, sie habe sich hinreißen lassen, und nur das *eine* werd' ihr vielleicht zur Entschuldigung dienen dürfen, daß sie von jenen hämischen Angriffen in Wort und Bild, die sein Benehmen im Laufe der letzten Woche bestimmt zu haben schienen, erst seit zwei Tagen Kenntnis habe. Hätte sie diese Kenntnis früher gehabt, so würde sie vieles milder beurteilt, jedenfalls aber eine abwartende Haltung ihm und seinem Schweigen gegenüber eingenommen haben. Sie hoffe jetzt, daß alles wieder einklingen werde. Victoirens große Liebe (nur zu groß) und seine eigene Gesinnung, die, wie sie sich überzeugt halte, wohl schwanken, aber nie dauernd erschüttert werden könne, gäben ihr die Gewähr einer friedlichen und, wenn ihre Bitten Erhörung fänden, auch einer glücklichen Zukunft.

Am andern Vormittage wurde Schach bei Frau von Carayon gemeldet. Sie ging ihm entgegen, und das sich sofort entspinnende Gespräch verriet auf beiden Seiten weniger Verlegenheit, als nach dem Vorgefallenen hätte vorausgesetzt werden sollen. Und doch erklärte sich's auch wieder. Alles, was geschehen war, so schmerzlich es hüben und drüben berührt hatte, war doch schließlich von jeder der beiden Parteien verstanden worden, und wo Verständnis ist, ist auch Verzeihung oder wenigstens die Möglichkeit einer solchen. Alles hatte sich in natürlicher Konsequenz aus den Verhältnissen heraus entwickelt, und weder die Flucht, die Schach bewerkstelligt, noch die Klage, die Frau von Carayon an oberster Stelle geführt hatte, hatten Übelwollen oder Gehässigkeit ausdrücken sollen.

Als das Gespräch einen Augenblick zu stocken begann, erschien Victoire. Sie sah sehr gut aus, nicht abgehärmt, vielmehr frischer als sonst. Er trat ihr entgegen, nicht kalt und zeremoniös, sondern herzlich, und der Ausdruck einer innigen und aufrichtigen Teilnahme, womit er auf sie sah und ihr die Hand reichte, besiegelte den Frieden. Es war kein Zweifel, er war ergriffen, und während Victoire vor Freude strahlte, füllten Tränen das Auge der Mutter.

Es war der beste Moment, das Eisen zu schmieden. Sie bat also Schach, der sich schon erhoben hatte, seinen Platz noch einmal auf einen kurzen Augenblick einnehmen zu wollen, um gemeinschaftlich mit ihm die nötigsten Festsetzungen zu treffen. Was sie zu sagen habe, seien nur wenige Worte. So viel sei gewiß, Zeit sei versäumt worden, und diese Versäumnis wieder einzubringen, empfehle sich wohl zunächst. Ihre langjährige freundschaftliche Beziehung zum alten Konsistorialrat Bocquet, der sie selber getraut und Victoiren eingesegnet habe, böte dazu die beste Gelegenheit. Es werde leicht sein, an die Stelle des herkömmlichen dreimaligen Aufgebots ein einmaliges zu setzen; das müsse nächsten Sonntag geschehen, und am Freitage der nächsten Woche – denn die Freitage, die gemeinhin für Unglückstage gelten, hätte sie persönlich von der durchaus entgegengesetzten Seite kennengelernt – werde dann die Hochzeit zu folgen haben. Und zwar in ihrer eigenen Wohnung, da sie Hochzeiten in einem Hotel oder Gasthause von ganzer Seele hasse. Was dann weiter zu geschehen habe, das stehe bei dem jungen Paare; sie sei neugierig, ob Venedig über Wuthenow oder Wuthenow über Venedig den Sieg davontragen werde. Die Lagunen hätten sie gemeinsam und die Gondel auch, und nur um eines müsse sie bitten, daß der kleine Brückensteg unterm Schilf, an dem die Gondel liege, nie zur Seufzerbrücke erhoben werde.

So ging das Geplauder, und so verging der Besuch.

Am Sonntage, wie verabredet, erfolgte das Aufgebot, und der Freitag, an dem die Hochzeit stattfinden sollte, rückte heran. Alles im Carayonschen Hause war in Aufregung, am aufgeregtesten Tante Marguerite, die jetzt täglich erschien und durch ihre naive Glückseligkeit alles Unbequeme balancierte, das sonst unzertrennlich von ihrem Erscheinen war.

Abends kam Schach. Er war heitrer und in seinem Urteile milder als sonst und vermied nur in ebenso bemerkenswerter wie zum Glück unbemerkt bleibender Weise, von der Hochzeit und den Vorbereitungen dazu zu sprechen. Wurd' er gefragt, ob er dies oder jenes wünsche, so bat er mit einer Art von Empressement, ›ganz nach eigenem Dafürhalten verfahren zu wollen; er kenne den Takt und guten Geschmack der Damen und wisse, daß ohne sein Raten und Zutun alles am besten entschieden werden würde; wenn ihm dabei manches dunkel und geheimnisvoll bleibe, so sei dies ein Vorteil mehr für ihn, hab' er doch von Jugend auf eine Neigung gehabt, sich überraschen zu lassen‹.

Unter solchen Ausflüchten entzog er sich jedem Geplauder, das, wie Tante Marguerite sich ausdrückte, ›den Ehrentag *en vue* hatte‹, war aber um so plauderhafter, wenn das Gespräch auf die Reisetage *nach* der Hochzeit hinüberlenkte. Denn Venedig, aller halben Widerrede der Frau von Carayon zum Trotz, hatte doch schließlich über Wuthenow gesiegt, und Schach, wenn die Rede darauf kam, hing mit einer ihm sonst völlig fremden Phantastik allen erdenklichen Reiseplänen und Reisebildern nach. Er wollte nach Sizilien hinüber und die Sireneninseln passieren, ›ob frei oder an den Mast gebunden, überlass' er Victoiren oder ihrem Vertrauen‹.

Und dann wollten sie nach Malta. Nicht um Maltas willen, o nein. Aber auf dem Wege dahin sei die Stelle, wo der geheimnisvolle schwarze Weltteil in Luftbildern und Spiegelungen ein allererstes Mal zu dem in Nebel und Schnee geborenen Hyperboreer spräche. Das sei die Stelle, wo die bilderreiche Fee wohne, die *stumme* Sirene, die mit dem Zauber ihrer Farbe fast noch verführerischer locke als die singende. Beständig wechselnd seien die Szenen und Gestalten ihrer Laterna magica, und während eben noch ein ermüdeter Zug über den gelben Sand ziehe, dehne sich's plötzlich wie grüne Triften, und unter der schattengebenden Palme säße die Schar der Männer, die Köpfe gebeugt und alle Pfeifen in Brand, und schwarze und braune Mädchen, ihre Flechten gelöst und wie zum Tanze geschützt, erhüben die Becken und schlügen das Tamburin. Und mitunter sei's, als lach' es. Und dann schwieg es und schwänd es wieder. Und diese Spiegelung aus der geheimnisvollen Ferne, *das* sei das Ziel!

Und Victoire jubelte, hingerissen von der Lebhaftigkeit seiner Schilderung.

Aber im selben Augenblick überkam es sie bang und düster, und in ihrer Seele rief eine Stimme: *Fata Morgana.*

DIE HOCHZEIT

Die Trauung hatte stattgefunden, und um die vierte Stunde versammelten sich die zur Hochzeit Geladenen in dem nach dem Hofe hinaus gelegenen großen Eßsaale, der für gewöhnlich als ein bloßes unbequemes Anhängsel der Carayonschen Wohnung angesehen und seit einer ganzen Reihe von Jahren heute zum ersten Male wieder in Gebrauch genommen wurde. Dies erschien tunlich, trotzdem die Zahl der Gäste keine große war. Der alte Konsistorialrat Bocquet hatte sich bewegen lassen, dem Mahle mit beizuwohnen, und saß, dem Brautpaare gegenüber, neben der Frau von Carayon; unter den anderweit Geladenen aber waren, außer dem Tantchen und einigen alten Freunden aus der Generalfinanzpächterzeit her, in erster Reihe Nostitz, Alvensleben und Sander zu nennen. Auf letzteren hatte Schach, aller sonstigen, auch bei Feststellung der Einladungsliste beobachteten Indifferenz unerachtet, mit besonderem Nachdruck bestanden, weil ihm inzwischen das rücksichtsvolle Benehmen desselben bei Gelegenheit des Verlagsantrages der drei Bilder bekanntgeworden war, ein Benehmen, das er um so höher anschlug, als er es von *dieser* Seite her nicht erwartet hatte. Bülow, Schachs alter Gegner, war nicht mehr in Berlin und hätte wohl auch gefehlt, wenn er noch dagewesen wäre.

Die Tafelstimmung verharrte bis zum ersten Trinkspruch in der herkömmlichen Feierlichkeit; als indessen der alte Konsistorialrat gesprochen und in einem dreigeteilten und als ›historischer Rückblick‹ zu bezeichnenden Toast erst des großväterlichen Generalfinanzpächterhauses, dann der Trauung der Frau von Carayon und drittens (und zwar unter Zitierung des ihr mit auf den Lebensweg gegebenen Bibelspruches) der Konfirmation Victoirens gedacht, endlich aber mit einem halb ehrbaren, halb scherzhaften Hinweis auf den ›ägyptischen Wundervogel, in dessen verheißungsvolle Nähe man sich begeben wolle‹, geschlossen hatte, war das Zeichen zu einer Wandlung der Stimmung gegeben. Alles gab sich einer ungezwungenen Heiterkeit hin, an der sogar Victoire teilnahm, und nicht zum wenigsten, als sich schließlich auch das zu Ehren des Tages in einem grasgrünen Seidenkleid und einem hohen Schildpattkamme erschienene Tantchen erhob, um einen *zweiten* Toast auf das Brautpaar auszubringen. Ihr verschämtes Klopfen mit dem Dessertmesser an die Wasserkaraffe war eine Zeitlang unbemerkt geblieben und kam erst zur Geltung, als Frau von Carayon erklärte: Tante Marguerite wünsche zu sprechen.

Diese verneigte sich denn auch zum Zeichen der Zustimmung und begann ihre Rede mit viel mehr Selbstbewußtsein, als man nach ihrer anfänglichen Schüchternheit erwarten durfte. »Der Herr Konsistorialrat hat so schön und so lange gesprochen, und ich ähnle nur dem Weibe Ruth, das über dem Felde geht und Ähren sammelt, was auch der Text war, worüber am letzten Sonntag in der kleinen Melonenkürche gepredigt wurde, die wieder sehr leer war, ich glaube nicht mehr als ölf oder zwölf. Aber als Tante der lieben Braut, in welcher Beziehung ich wohl die älteste bin, erheb ich dieses Glas, um noch einmal auf dem Wohle des jungen Paares zu trinken.«

Und danach setzte sie sich wieder, um die Huldigungen der Gesellschaft entgegenzunehmen. Schach versuchte der alten Dame die Hand zu küssen, was sie jedoch wehrte, wogegen sie Victoirens Umarmung mit allerlei kleinen Liebkosungen und zugleich mit der Versicherung erwiderte: »Sie hab' es alles vorher gewußt, von dem Nachmittag an, wo sie die Fahrt nach Tempelhof und den Gang nach der Kürche gemacht hätten. Denn sie hab' es wohl gesehen, daß Victoire neben dem großen, für die Mama bestimmten Veilchenstrauß auch noch einen kleinen Strauß in der Hand gehalten hätte, den habe sie dem lieben Bräutigam, dem Herrn von Schach, in der Kürchentüre präsentieren wollen. Aber als er dann gekommen sei, habe sie das kleine Bukett wieder weggeworfen, und es sei dicht neben der Tür auf ein Kindergrab gefallen, was immer etwas bedeute, und auch *dies*mal etwas bedeutet habe. Denn so sehr sie gegen dem Aberglauben sei, so glaube sie doch an Sympathie, natürlich bei abnehmendem Mond. Und der ganze Nachmittag stehe noch so deutlich vor ihr, als wär es gestern gewesen, und wenn manche so täten, als wisse man nichts, so hätte man doch auch seine zwei gesunden Augen und wisse recht gut, wo die besten Kürschen hingen.« In diesen Satz vertiefte sie sich immer mehr, ohne daß die Bedeutung desselben dadurch klarer geworden wäre.

Nach Tante Margueritens Toast löste sich die Tafelreihe; jeder verließ seinen Platz, um abwechselnd hier oder dort eine Gastrolle geben zu können, und als bald danach auch die großen Jostyschen Devisenbonbons umhergereicht und allerlei Sprüche, wie beispielsweise ›Liebe, wunderbare Fee, selbst dein Wehe tut nicht weh‹, aller kleinen und undeutlichen Schrift unerachtet, entziffert und verlesen worden waren, erhob man sich von der Tafel. Alvensleben führte Frau von Carayon, Sander Tante Marguerite, bei welcher Gelegenheit, und zwar über das Ruth-Thema, von seiten Sanders allerlei kleine Neckereien verübt wurden, Neckereien, die der Tante so sehr gefielen, daß sie Victoiren, als der Kaffee serviert wurde, zuflüsterte: »Scharmanter Herr. Und so galant.«

Schach sprach viel mit Sander, erkundigte sich nach Bülow, ›der ihm zwar nie sympathisch, aber trotz all seiner Schrullen immer ein Gegenstand des Interesses gewesen sei‹, und bat Sander, ihm, bei sich darbietender Gelegenheit, dies ausdrücken zu wollen. In allem, was er sagte, sprach sich Freundlichkeit und ein Hang nach Versöhnung aus.

In diesem Hange nach Versöhnung stand er aber nicht allein da, sondern begegnete sich darin mit Frau von Carayon. Als ihm diese persönlich eine zweite Tasse präsentierte, sagte sie, während er den Zucker aus der Schale nahm: »Auf ein Wort, lieber Schach, aber im Nebenzimmer.«

Und sie ging ihm dahin vorauf.

»Lieber Schach«, begann sie, hier auf einem großgeblümten Kanapee Platz nehmend, von dem aus beide mit Hilfe der offenstehenden Flügeltür einen Blick auf das Eckzimmer hin frei hatten, »es sind dies unsere letzten Minuten, und ich möchte mir, ehe wir Abschied voneinander nehmen, noch manches von der Seele heruntersprechen. Ich will nicht mit meinem Alter kokettieren, aber ein Jahr ist eine lange Zeit, und wer weiß, ob wir uns wiedersehen. Über Victoire kein Wort. Sie wird Ihnen keine trübe Stunde machen: sie liebt Sie zu sehr, um es zu können oder zu wollen. Und Sie, lieber Schach, werden sich dieser Liebe würdig zeigen. Sie werden ihr nicht wehe tun, diesem süßen Geschöpf, das nur Demut und Hingebung ist. Es ist unmöglich. Und so verlang ich denn kein Versprechen von Ihnen. Ich weiß im voraus, ich hab es.«

Schach sah vor sich hin, als Frau von Carayon diese Worte sprach, und tröpfelte, während er die Tasse mit der Linken hielt, den Kaffee langsam aus dem zierlichen kleinen Löffel.

»Ich habe seit unserer Versöhnung«, fuhr sie fort, »mein Vertrauen wieder. Aber dies Vertrauen, wie mein Brief Ihnen schon aussprach, war in Tagen, die nun glücklicherweise hinter uns liegen, um vieles mehr, als ich es für möglich gehalten hätte, von mir gewichen, und in diesen Tagen hab' ich harte Worte gegen Sie gebraucht, harte Worte, wenn ich mit Victoiren sprach, und noch härtere, wenn ich mit mir allein war. Ich habe Sie kleinlich und hochmütig, eitel und bestimmbar gescholten, und habe Sie, was das Schlimmste war, der Undankbarkeit und der *lâcheté* geziehen. Und das beklag' ich jetzt und schäme mich einer Stimmung, die mich unsere Vergangenheit so vergessen lassen konnte.«

Sie schwieg einen Augenblick. Aber als Schach antworten wollte, litt sie's nicht und sagte: »Nur ein Wort noch. Alles, was ich in jenen Tagen gesagt und gedacht habe, bedrückte mich und verlangte nach dieser Beichte. Nun erst ist alles wieder klar zwischen uns, und ich kann Ihnen wieder frei ins Auge sehen. Aber nun genug. Kommen Sie. Man wird uns ohnehin schon vermißt haben.«

Und sie nahm seinen Arm und scherzte: »Nicht wahr? *On revient toujours à ses premiers amours*. Und ein Glück, daß ich es Ihnen lachend aussprechen kann, und in einem Momente reiner und ganzer Freude.«

Victoire trat Schach und ihrer Mama von dem Eckzimmer her entgegen und sagte: »Nun, was war es?«

»Eine Liebeserklärung.«

»Ich dacht es. Und ein Glück, daß wir morgen reisen. Nicht wahr? Ich möchte der Welt um keinen Preis das Bild einer eifersüchtigen Tochter geben.«

Und Mutter und Tochter nahmen auf dem Sofa Platz, wo sich Alvensleben und Nostitz ihnen gesellten.

In diesem Augenblick wurde Schach der Wagen gemeldet, und es war, als ob er sich bei dieser Meldung verfärbe. Frau von Carayon sah es auch. Er sammelte sich aber rasch wieder, empfahl sich und trat in den Korridor hinaus, wo der kleine Groom mit Mantel und Hut auf ihn wartete. Victoire war ihm bis an die Treppe hinaus gefolgt, auf der noch vom Hof her ein halber Tagesschein flimmerte.

»Bis auf morgen«, sagte Schach, trennte sich rasch und ging.

Aber Victoire beugte sich weit über das Geländer vor und wiederholte leise: »Bis auf morgen. Hörst du? ... Wo sind wir morgen?«

Und siehe, der süße Klang ihrer Stimme verfehlte seines Eindrucks *nicht*, auch in *diesem* Augenblicke nicht. Er sprang die Stufen wieder hinauf, umarmte sie, wie wenn er Abschied nehmen wolle für immer, und küßte sie.

»Auf Wiedersehen, Mirabelle.«

Und nachhorchend hörte sie noch seinen Schritt auf dem Flur. Dann fiel die Haustür ins Schloß, und der Wagen rollte die Straße hinunter.

Auf dem Bocke saßen Ordonnanz Baarsch und der Groom, von denen jener sich's eigens ausbedungen hatte, seinen Rittmeister und Gutsherrn an diesem seinem Ehrentage fahren zu dürfen. Was denn auch ohne weiteres bewilligt worden war. Als der Wagen aus der Behren- in die Wilhelmstraße einbog, gab es einen Ruck oder Schlag, ohne daß ein Stoß von unten her verspürt worden wäre.

»*Damn*«, sagte der Groom. »*What's that*?«

»Wat et is? Wat soll et sind, Kleener? En Steen is et; en doter Feldwebel.«

»*Oh no*, Baarsch. Nich *stone. 't was something ... dear me ... like shooting*.«

»Schuting? Na nu.«

»*Yes, pistol-shooting* ...«

Aber der Satz kam nicht mehr zu Ende, denn der Wagen hielt vor Schachs Wohnung, und der Groom sprang in Angst und Eile vom Bock, um seinem Herrn beim Aussteigen behilflich zu sein. Er öffnete den Wagenschlag, ein dichter Qualm schlug ihm entgegen, und Schach saß aufrecht in der Ecke, nur wenig zurückgelehnt. Auf dem Teppich zu seinen Füßen lag das Pistol. Entsetzt warf der Kleine den Schlag wieder ins Schloß und jammerte: »*Heavens, he is dead*.«

Die Wirtsleute wurden alarmiert, und so trugen sie den Toten in seine Wohnung hinauf.

Baarsch fluchte und flennte und schob alles auf die ›Menschheit‹, weil er's aufs Heiraten zu schieben nicht den Mut hatte. Denn er war eine diplomatische Natur wie alle Bauern.

BÜLOW AN SANDER

Königsberg, 14. Sept. 1806. »... Sie schreiben mir, lieber Sander, auch von Schach. Das rein Tatsächliche wußt ich schon, die Königsberger Zeitung hatte der Sache kurz erwähnt, aber erst Ihrem Briefe verdank ich die Aufklärung, soweit sie gegeben werden kann. *Sie* werden es begreiflich finden, daß mich dieser Schach-Fall, der nur ein Symptom ist, um eben seiner symptomatischen Bedeutung willen aufs ernsteste beschäftigt. Er ist durchaus Zeiterscheinung, aber, wohlverstanden, mit lokaler Begrenzung, ein in seinen Ursachen ganz abnormer Fall, der sich in dieser Art und Weise nur in Seiner Königlichen Majestät von Preußen Haupt- und Residenzstadt, oder, wenn über diese hinaus, immer nur in den Reihen unserer nachgeborenen friderícianischen Armee zutragen konnte, einer Armee, die statt der Ehre nur noch den Dünkel, und statt der Seele nur noch ein Uhrwerk hat.

Ich habe lange genug dieser Armee angehört, um zu wissen, daß ›Ehre‹ das dritte Wort in ihr ist; eine Tänzerin ist charmant ›auf Ehre‹, eine Schimmelstute magnifique ›auf Ehre‹, ja, mir sind Wucherer empfohlen und vorgestellt worden, die superb ›auf Ehre‹ waren. Und dies beständige Sprechen von Ehre, von einer falschen Ehre, hat die Begriffe verwirrt und die richtige Ehre totgemacht.

All das spiegelt sich auch in diesem Schach-Fall, in Schach selbst, der, all seiner Fehler unerachtet, immer noch einer der Besten war.

Wie lag es denn? Ein Offizier verkehrt in einem adligen Hause; die Mutter gefällt ihm, und an einem schönen Maitage gefällt ihm auch die Tochter, vielleicht, oder sagen wir lieber sehr wahrscheinlich, weil ihm Prinz Louis eine halbe Woche vorher einen Vortrag über ›*beauté du diable*‹ gehalten hat. Aber gleichviel, sie gefällt ihm, und die Natur zieht ihre Konsequenzen. Was, unter so gegebenen Verhältnissen, wäre nun wohl einfacher und natürlicher gewesen, als Ausgleich durch einen Eheschluß, durch eine Verbindung, die weder gegen den äußeren Vorteil noch gegen irgendein Vorurteil verstoßen hätte. Was aber geschieht? Er flieht nach Wuthenow, einfach weil das holde Geschöpf, um das sich's handelt, ein paar Grübchen mehr in der Wange hat, als gerade modisch oder herkömmlich ist, und weil diese ›paar Grübchen zuviel‹ unseren glatten und wie mit Schachtelhalm polierten Schach auf vier Wochen in eine von seinen Feinden bewitzelte Stellung hätten bringen können. Er flieht also, sag' ich, löst sich feige von Pflicht und Wort, und als ihn schließlich, um ihn selber sprechen zu lassen, sein ›Allergnädigster König und Herr‹ an Pflicht und Wort erinnert und strikten Gehorsam fordert, da gehorcht er, aber nur, um im Momente des Gehorchens den Gehorsam in einer allerbrüskesten Weise zu brechen. Er kann nun mal Zietens spöttischen Blick nicht ertragen, noch viel weniger einen neuen Ansturm von Karikaturen, und in Angst gesetzt durch einen Schatten, eine Erbsenblase, greift er zu dem alten Auskunftsmittel der Verzweifelten: *un peu de poudre*.

Da haben Sie das Wesen der falschen Ehre. Sie macht uns abhängig von dem Schwankendsten und Willkürlichsten, was es gibt, von dem auf Triebsand aufgebauten Urteile der Gesellschaft, und veranlaßt uns, die heiligsten Gebote, die schönsten und natürlichsten Regungen eben diesem Gesellschaftsgötzen zum Opfer zu bringen. Als es mit der Mingdynastie zur Neige ging und die siegreichen Mandschuheere schon in die Palastgärten von Peking eingedrungen waren, erschienen immer noch Boten und Abgesandte, die dem Kaiser von Siegen und wieder Siegen meldeten, weil es gegen ›den Ton‹ der guten Gesellschaft und des Hofes war, von Niederlagen zu sprechen. O, dieser gute Ton! Eine Stunde später war ein Reich zertrümmert und ein Thron gestürzt. Und warum? Weil alles Geschraubte zur Lüge führt und alle Lüge zum Tod.

Entsinnen Sie sich des Abends in Frau von Carayons Salon, wo bei dem Thema ›*Hannibal ante portas*‹ Ähnliches über meine Lippen kam? Schach tadelte mich damals als unpatriotisch. Unpatriotisch! Die Warner sind noch immer bei diesem Namen genannt worden. Und nun! Was ich damals als etwas bloß Wahrscheinliches vor Augen hatte, jetzt ist es *tatsächlich* da. Der Krieg ist erklärt. Und was das bedeutet, steht in aller Deutlichkeit vor meiner Seele. Wir werden an derselben Welt des Scheins zugrunde gehen, an der Schach zugrunde gegangen ist. Ihr *Bülow*.

Nachschrift. Dohna (früher bei der Garde du Corps), mit dem ich eben über die Schachsche Sache gesprochen habe, hat eine Lesart, die mich an frühere Nostitzsche Mitteilungen erinnerte. Schach habe die Mutter geliebt, was ihn, in einer Ehe mit der Tochter, in seltsam peinliche Herzenskonflikte geführt haben würde. Schachs Eitelkeit hat ihn zeitlebens bei voller Herzenskühle erhalten, und seine Vorstellungen von Ehre (hier ausnahmsweise die richtige) würden ihn außerdem, wenn er die Ehe mit der Tochter wirklich geschlossen hätte, vor jedem Fauxpas gesichert haben. B.«

VICTOIRE VON SCHACH AN LISETTE VON PERBANDT

Rom, 8. August 1807. »*Ma chère Lisette*.

Daß ich Dir sagen könnte, wie gerührt ich war über so liebe Zeilen! Aus dem Elend des Krieges, aus Kränkungen und Verlusten heraus hast Du mich mit Zeichen alter, unveränderter Freundschaft überschüttet und mir meine Versäumnisse nicht zum Üblen gedeutet.

Mama wollte mehr als einmal schreiben, aber ich selber bat sie, damit zu warten.

Ach, meine teure Lisette, Du nimmst teil an meinem Schicksal und glaubst, der Zeitpunkt sei nun da, mich gegen Dich auszusprechen. Ich will es tun, so gut ich's kann.

›Wie sich das alles erklärt?‹ fragst Du und setzest hinzu: ›Du stündest vor einem Rätsel, das sich Dir nicht lösen wolle.‹ Meine liebe Lisette, wie lösen sich die Rätsel? Nie. Ein Rest von Dunklem und Unaufgeklärtem bleibt, und in die letzten und geheimsten Triebfedern andrer oder auch nur unsrer eignen Handlungsweise hineinzublicken ist uns versagt. Er sei, so versichern die Leute, der schöne Schach gewesen, und ich, das mindeste zu sagen, die nicht-schöne Victoire – das habe den Spott herausgefordert, und diesem Spotte Trotz zu bieten, dazu hab' er nicht die Kraft gehabt. Und so sei er denn aus Furcht vor dem Leben in den Tod gegangen.

So sagt die Welt, und in vielem wird es zutreffen. Schrieb er mir doch Ähnliches und verklagte sich darüber. Aber wie die Welt strenger gewesen ist als nötig, so vielleicht auch er selbst. Ich seh es in einem andern Licht. Er wußte sehr wohl, daß aller Spott der Welt schließlich erlahmt und erlischt, und war im übrigen auch Manns genug, diesen Spott zu bekämpfen, im Fall er *nicht* erlahmen und *nicht* erlöschen wollte. Nein, er fürchtete sich nicht vor diesem Kampf, oder wenigstens nicht so, wie vermutet wird, aber eine kluge Stimme, die die Stimme seiner eigensten und innersten Natur war, rief ihm beständig zu, daß er diesen Kampf *umsonst* kämpfen, und daß er, wenn auch siegreich gegen die Welt, *nicht* siegreich gegen sich selber sein würde. *Das* war es. Er gehörte durchaus, und mehr als irgendwer, den ich kennengelernt habe, zu *den* Männern, die *nicht* für die Ehe geschaffen sind. Ich erzählte Dir schon bei früherer Gelegenheit von einem Ausfluge nach Tempelhof, der überhaupt in mehr als einer Beziehung einen Wendepunkt für uns bedeutete. Heimkehrend aus der Kirche, sprachen wir über Ordensritter und Ordensregeln, und der ungesucht ernste Ton, mit dem er, trotz meiner Neckereien, den Gegenstand behandelte, zeigte mir deutlich, welchen Idealen er nachhing. Und unter diesen Idealen – all seiner Liaisons unerachtet, oder vielleicht auch um dieser Liaisons willen – war sicherlich *nicht* die Ehe. Noch jetzt darf ich Dir versichern, und die Sehnsucht meines Herzens ändert nichts an dieser Erkenntnis, daß es mir schwer, ja fast unmöglich ist, ihn mir *au sein de sa famille* vorzustellen. Ein Kardinal (ich seh ihrer hier täglich) läßt sich eben nicht als Ehemann denken. Und Schach auch nicht.

Da hast Du mein Bekenntnis, und Ähnliches muß er selber gedacht und empfunden haben, wenn er auch freilich in seinem Abschiedsbriefe darüber schwieg. Er war seiner ganzen Natur nach auf Repräsentation und Geltendmachung einer gewissen Grandezza gestellt, auf mehr *äußerliche* Dinge, woraus Du sehen magst, daß ich ihn nicht überschätze. Wirklich, wenn ich ihn in seinen Fehden mit Bülow immer wieder und wieder unterliegen sah, so fühlt ich nur zu deutlich, daß er weder ein Mann von hervorragender geistiger Bedeutung noch von superiorem Charakter sei; zugegeben das alles; und doch war er andererseits durchaus befähigt, innerhalb enggezogener Kreise zu glänzen und zu herrschen. Er war wie dazu bestimmt, der Halbgott eines prinzlichen Hofes zu sein, und würde diese Bestimmung, Du darfst darüber nicht lachen, nicht bloß zu seiner persönlichen Freude, sondern auch zum Glück und Segen anderer, ja vieler anderer, erfüllt haben. Denn er war ein guter Mensch, und auch klug genug, um immer das Gute zu wollen. An dieser Laufbahn als ein prinzlicher Liebling und Plenipotentiaire hätt' ich ihn verhindert, ja, hätt' ihn, bei meinen anspruchslosen Gewohnheiten, aus all und jeder Karriere herausgerissen und ihn nach Wuthenow hingezwungen, um mit mir ein Spargelbeet anzulegen oder der Kluckhenne die Küchelchen wegzunehmen. Davor erschrak er. Er sah ein kleines und beschränktes Leben vor sich und war, ich will nicht sagen auf ein großes gestellt, aber doch auf ein solches, das *ihm* als groß erschien.

Über meine Nichtschönheit wär er hinweggekommen. Ich hab' ihm, ich zögre fast es niederzuschreiben, nicht eigentlich mißfallen, und vielleicht hat er mich wirklich geliebt. Befrag' ich seine letzten an mich gerichteten Zeilen, so wär es in Wahrheit so. Doch ich mißtraue diesem süßen Wort. Denn er war voll Weisheit und Mitgefühl, und alles Weh, was er mir bereitet hat durch sein Leben und sein Sterben, er wollt es ausgleichen, so weit es auszugleichen war.

Alles Weh! Ach wie so fremd und strafend mich dieses Wort ansieht! Nein, meine liebe Lisette, nichts von Weh. Ich hatte früh resigniert, und vermeinte kein Anrecht an jenes Schönste zu haben, was das Leben hat. Und nun hab' ich es gehabt. Liebe. Wie mich das erhebt und durchzittert und alles Weh in Wonne verkehrt. Da liegt das Kind und schlägt eben die blauen Augen auf. *Seine* Augen. Nein, Lisette, viel Schweres ist mir auferlegt worden, aber es federt leicht in die Luft, gewogen neben meinem Glück. –

Das Kleine, Dein Patchen, war krank bis auf den Tod, und nur durch ein Wunder ist es mir erhalten geblieben.

Und davon muß ich Dir erzählen.

Als der Arzt nicht mehr Hilfe wußte, ging ich mit unserer Wirtin (einer echten, alten Römerin in ihrem Stolz und ihrer Herzensgüte) nach der Kirche Araceli hinauf, einem neben dem Kapitol gelegenen alten Rundbogenbau, wo sie den ›Bambino‹, das Christkind, aufbewahren, eine hölzerne Wickelpuppe mit großen Glasaugen und einem ganzen Diadem von Ringen, wie sie dem Christkind, um seiner gespendeten Hilfe willen, von unzähligen Müttern verehrt worden sind. Ich bracht ihm einen Ring mit, noch *eh* ich seiner Fürsprache sicher war, und dieses Zutrauen muß den Bambino gerührt haben. Denn sieh, er half. Eine Krisis kam unmittelbar, und der Dottore verkündigte sein ›*va bene*‹; die Wirtin aber lächelte, wie wenn sie selber das Wunder verrichtet hätte.

Und dabei kommt mir die Frage, was wohl Tante Marguerite, wenn sie davon hörte, zu all dem ›Aberglauben‹ sagen würde? Sie würde mich vor der ›alten Kürche‹ warnen, und mit *mehr* Grund, als sie weiß.

Denn nicht nur *alt* ist Araceli, sondern auch trostreich und labevoll, und kühl und schön.

Sein schönstes aber ist sein Name, der *Altar des Himmels* bedeutet. Und auf diesem Altar steigt tagtäglich das Opfer meines Dankes auf.«

Cécile

1. KAPITEL

»Thale. Zweiter ...«

»Letzter Wagen, mein Herr.« – Der ältere Herr, ein starker Fünfziger, an den sich dieser Bescheid gerichtet hatte, reichte seiner Dame den Arm und ging in langsamem Tempo, wie man eine Rekonvaleszentin führt, bis an das Ende des Zuges. Richtig, »Nach Thale« stand hier auf einer ausgehängten Tafel.

Es war einer von den neuen Waggons mit Treppenaufgang, und der mit besonderer Adrettheit gekleidete Herr: blauer Überrock, helles Beinkleid und Korallentuchnadel, wandte sich, als er das Waggontreppchen hinauf war, wieder um, um seiner Dame beim Einsteigen behilflich zu sein. Die Kompartiments waren noch leer, und so hatte man denn die Wahl, aber freilich auch die Qual, und mehr als eine Minute verging, ehe die schlanke, schwarzgekleidete Dame sich schlüssig gemacht und einen ihr zusagenden Platz gefunden hatte. Von ähnlicher Unruhe war der sie begleitende Herr, dessen Aufundabschreiten jedoch allem Anscheine nach mit der Platzfrage nichts zu schaffen hatte, wenigstens sah er, das Fenster mehrfach öffnend und schließend, immer wieder den Perron hinunter, wie wenn er jemand erwarte. Das war denn auch der Fall, und er beruhigte sich erst, als ein in eine Halblivree gekleideter Diener ihm die Fahrbilletts samt Gepäckschein eingehändigt und sich bei dem »Herrn Obersten« (ein Wort, das er beständig wiederholte) wegen seines langen Ausbleibens entschuldigt hatte. »Schon gut«, sagte der so beharrlich als »Herr Oberst« Angeredete. »Schon gut. Unsere Adresse weißt du. Halte mir die Pferde instand; jeden Tag eine Stunde; nicht mehr. Aber nimm dich auf dem Asphalt in acht.« Dann kam der Schaffner, um unter respektvoller Verbeugung gegen den Fahrgast, den er sofort als einen alten Militär erkannte, die Billetts zu kupieren.

Und nun setzte sich der Zug in Bewegung.

»Gott sei Dank, Cécile«, sagte der Oberst, dessen scharfer und beinah stechender Blick durch einen kleinen Fehler am linken Auge noch gesteigert wurde. »Gott sei Dank, wir sind allein.«

»Um es hoffentlich zu bleiben.«

Damit brach das Gespräch wieder ab.

Es hatte die Nacht vorher geregnet, und der am Fluß hin gelegene Stadtteil, den der Zug eben passierte, lag in einem dünnen Morgennebel, gerade dünn genug, um unseren Reisenden einen Einblick in die Rückseiten der Häuser und ihre meist offenstehenden Schlafstubenfenster zu gönnen. Merkwürdige Dinge wurden da sichtbar, am merkwürdigsten aber waren die hier und da zu Füßen der hohen Bahnbögen gelegenen Sommergärten und Vergnügungslokale. Zwischen rauchgeschwärzten Seitenflügeln erhoben sich etliche Kugelakazien, sechs oder acht, um die herum ebensoviel grüngestrichene Tische samt angelehnten Gartenstühlen standen. Ein Handwagen mit eingeschirrtem Hund hielt vor einem Kellerhals, und man sah deutlich, wie Körbe mit Flaschen hinein- und mit ebensoviel leeren Flaschen wieder herausgetragen wurden. In einer Ecke stand ein Kellner und gähnte.

Bald aber war man aus dieser Straßenenge heraus, und statt ihrer erschienen weite Bassins und Plätze, hinter denen die Siegessäule halb gespenstisch aufragte. Die Dame wies kopfschüttelnd mit der Schirmspitze darauf hin und ließ dann an dem offenen Fenster, wenn auch freilich nur zur Hälfte, das Gardinchen herunter.

Ihr Begleiter begann inzwischen eine mit dicken Strichen gezeichnete Karte zu studieren, die die Bahnlinien in der unmittelbaren Umgebung Berlins angab.

Er kam aber nicht weit mit seiner Orientierung, und erst als man die Lisiere des Zoologischen Gartens streifte, schien er sich zurechtzufinden und sagte: »Sieh, Cécile, das sind die Elefantenhäuser.«

»Ah«, sagte diese mit einem Versuch, Interesse zu zeigen, blieb aber zurückgelehnt in ihrem Eckplatz und richtete sich erst auf, als der Zug in Potsdam einfuhr. Viele Militärs schritten hier den Perron auf und ab, unter ihnen auch ein alter General, der, als er Céciles ansichtig wurde, mit besonderer Artigkeit in das Coupé hineingrüßte, dann aber sofort vermied, abermals in die Nähe desselben zu kommen. Es entging ihr nicht, ebensowenig dem Obersten.

Und nun wurde das Signal gegeben, und die Fahrt ging weiter über die Havelbrücken hin, erst über die Potsdamer, dann über die Werdersche.

Niemand sprach, und nur die Gardine mit dem eingemusterten M. H. E. flatterte lustig im Winde. Cécile starrte darauf hin, als ob sie den Tiefsinn dieser Zeichen erraten wolle, gewann aber nichts, als daß sich der Mattigkeitsausdruck ihrer Züge nur noch steigerte.

»Du solltest dir's bequem machen«, sagte der Oberst, »und dich ausstrecken, statt aufrecht in der Ecke zu sitzen.« Und als sie zustimmend nickte, nahm er Plaids und Decken und mühte sich um sie.

»Danke Pierre. Danke. Nur noch das Kissen.«

Und nun zog sie die Reisedecke höher hinauf und schloß die Augen, während der Oberst in einem Reisehandbuch zu lesen begann und kleine Strichelchen an den Rand machte. Nur von Zeit zu Zeit sah er über das Buch fort und beobachtete die nur scheinbar Schlafende mit einem Ausdrucke von Aufmerksamkeit und Teilnahme, der unbedingt für ihn eingenommen haben würde, wenn sich nicht ein Zug von Herbheit, Trotz und Eigenwillen mit eingemischt und die freundliche Wirkung wieder gemindert hätte. Täuschte nicht alles, so lag eine »Geschichte« zurück, und die schöne Frau (worauf auch der Unterschied der Jahre hindeutete) war unter allerlei Kämpfen und Opfern errungen.

Es verging eine Weile, dann öffnete sie die Augen wieder und sah in die Landschaft hinaus, die beständig wechselte: Saaten und Obstgärten und dann wieder weite Heidestriche. Kein Wort wurde laut, und es schien fast, als ob dies apathische Träumen ihr, der eben erst in der Genesung Begriffenen, am meisten zusage.

»Du sprichst nicht, Cécile.«

»Nein.«

»Aber *ich* darf sprechen?«

»Gewiß. Sprich nur. Ich höre zu.«

»Sahst du Saldern?«

»Er grüßte mich mit besonderer Artigkeit.«

»Ja, mit besonderer. Und dann vermied er dich und mich. Wie wenig selbständig doch diese Herren sind.«

»Ich fürchte, daß du recht hast. Aber nichts davon; warum uns quälen und peinigen? Erzähle mir etwas Hübsches, etwas von Glück und Freude. Gibt es nicht eine Geschichte: Die Reise nach dem Glück. Oder ist es bloß ein Märchen?«

»Es wird wohl ein Märchen sein.«

Sie nickte schmerzlich bei diesem Wort, und als er nicht ohne aufrichtige, wenn auch freilich nur flüchtige Bewegung sah, daß ihr Auge sich trübte, nahm er ihre Hand und sagte: »Laß, Cécile. Vielleicht ist das Glück näher, als du denkst, und hängt im Harz an irgendeiner Klippe. Da hol ich es dir herunter, oder wir pflücken es gemeinschaftlich. Denke nur, das Hotel, in dem wir wohnen werden, heißt Hotel Zehnpfund. Klingt das nicht wie die gute Zeit? Ich sehe schon die Waage, drauf du gewogen wirst und dich mit jedem Tage mehr in die Gesundheit hineinwächst. Denn Zunehmen heißt Gesundwerden. Und dann kutschieren wir umher und zählen die Hirsche, die der Wernigeroder Graf in seinem Parke hat. Er wird doch hoffentlich nichts dagegen haben. Und überall, wo ein Echo ist, lass' ich einen Böllerschuß dir zu Ehren abfeuern.«

Es schien, daß ihr die Worte wohltaten, im übrigen aber doch wenig bedeuteten, und so sagte sie: »Ich hoffe, daß wir viel allein sind.«

»Warum immer allein? Und gerade du. Du brauchst Menschen.«

»Vielleicht. Nur keine *Table d'hote.* Versprich mir's.«

»Gern. Aber ich denke, du wirst bald andren Sinnes werden.«

Und nun stockte das Gespräch wieder, und in immer rascherem Fluge ging es erst an Brandenburg und seiner Sankt-Godehards-Kirche, dann an Magdeburg und seinem Dome vorüber. In Oschersleben schloß sich der Leipziger Zug an, und mit etwas geringerer Geschwindigkeit, weil sich die Steigung fühlbar zu machen begann, fuhr man jetzt auf Quedlinburg zu, hinter dessen Abteikirche der Brocken bereits aufragte. Das Land, das man passierte, wurde mehr und mehr ein Gartenland, und wie sonst Kornstreifen sich über den Ackergrund ziehen, zogen sich hier Blumenbeete durch die weite Gemarkung.

»Sieh, Cécile«, sagte der Oberst. »Ein Teppich legt sich dir zu Füßen, und der Harz empfängt dich *à la Princesse.* Was willst du mehr?«

Und sie richtete sich auf und lächelte.

Wenige Minuten später hielt der Zug in Thale, wo sofort ein Schwarm von Kutschern und Hausdienern aller Art die Coupés umdrängte: »Hubertusbad!« »Waldkater!« »Zehnpfund!«

»Zehnpfund«, wiederholte der Oberst, und einem dienstfertig zuspringenden Kommissionär den Gepäckschein einhändigend, bot er Cécile den Arm und schritt auf das unmittelbar am Bahnhof gelegene Hotel zu.

2. KAPITEL

Der große Balkon von Hotel Zehnpfund war am andern Morgen kaum zur Hälfte besetzt, und nur ein Dutzend Personen etwa sah auf das vor ihnen ausgebreitete Landschaftsbild, das durch die Feueressen und Rauchsäulen einer benachbarten Fabrik nicht allzuviel an seinem Reize verlor. Denn die Brise, die ging, kam von der Ebene her und trieb den dicken Qualm am Gebirge hin. In die Stille, die herrschte, mischte sich, außer dem Rauschen der Bode, nur noch ein fernes Stampfen und Klappern und ganz in der Nähe das Zwitschern einiger Schwalben, die, im Zickzack vorüberschießend, auf eine vor dem Balkon gelegene Parkwiese zuflogen. Diese war das Schönste der Szenerie, schöner fast als die Bergwand samt ihren phantastischen Zakken, und wenn schon das saftige Grün der Wiese das Auge labte, so mehr noch die Menge der Bäume, die gruppenweis von ersichtlich geschickter Hand in dies Grün hineingestellt waren. Ahorn und Platanen wechselten ab, und dazwischen drängten sich allerlei Ziersträucher zusammen, aus denen hervor es buntfarbig blühte: Tulpenbaum und Goldregen und Schneeball und Akazie.

Der Anblick mußte jeden entzücken, und so hing denn auch das Auge der schönen Frau, die wir am Tage vorher auf ihrer Reise begleiteten, an dem ihr zu Füßen liegenden Bilde, freilich, im Gegensatze zu dem Obersten, ihrem Gemahl, mit nur geteiltem Interesse.

Der Tisch, an dem beide das Frühstück nahmen, stand im Schutz einer den Balkon nach dem Gebirge hin abschließenden Glaswand und fiel nicht nur durch ein besonders elegantes Service, sondern mehr noch durch ein großes und prächtiges Fliederbukett auf, das man, vielleicht in Huldigung gegen die durch Rang und Erscheinung gleich distinguierte Dame, gerad auf diesen Tisch gestellt hatte. Cécile selbst brach einige von den Blütenzweigen ab und sah dann abwechselnd auf Berg und Wiese, ganz einer träumerischen Stimmung hingegeben, in der sie sich augenscheinlich ungern gestört fühlte, wenn der Oberst, in wohlmeinendem Erklärungseifer, den Cicerone machte.

»Vieles«, hob er an, »hat sich speziell an dieser Stelle geändert, seit ich in meinen Fähnrichstagen hier war. Aber ich finde mich doch noch zurecht. Das Plateau dort oben, mit dem großen, würfelförmigen Gasthause, muß der Hexentanzplatz sein. Ich höre, man kann jetzt bequem hinauffahren.«

»O gewiß kann man«, sagte sie, während sie, sichtlich gleichgültig gegen diese Mitteilung, mit ihrem Auge den Balkon überflog, auf dem die Jalousieringe klapperten und die rot und weiß gemusterten Tischdecken im Winde wehten. Zugleich zupfte sie an einer ihrer Schleifen und wandte den Kopf so, daß man, von der anderen Seite des Balkons her, ihr schönes Profil sehen mußte.

»Hexentanzplatz«, nahm sie nach einer Weile das Gespräch wieder auf. »Wahrscheinlich ein Felsen mit einer Sage, nicht wahr? Wir hatten auch in Schlesien so viele; sie sind alle so kindisch. Immer Prinzessinnen und Riesenspielzeug. Ich dachte, der Felsen, den man hier sähe, hieße die Roßtrappe.«

»Gewiß, Cécile. Das ist der andre; gleich hier der nächste.«

»Müssen wir hinauf?«

»Nein, wir müssen nicht. Aber ich dachte, du würdest es wünschen. Der Blick ist schön, und man sieht meilenweit in die Ferne.«

»Bis Berlin? Aber nein, darin irr ich, das ist nicht möglich. Berlin muß weiter sein; fünfzehn Meilen oder noch mehr. Ah, sahst du die zwei Schwalben? Es war, als haschten sie sich und spielten miteinander. Vielleicht sind es Geschwister oder vielleicht ein Pärchen.«

»Oder beides. Die Schwalben nehmen es nicht so genau. Sie sind nicht so diffizil in diesen Dingen.«

Es lag etwas Bittres in dem Ton. Aber diese Bitterkeit schien sich nicht gegen die Dame zu richten, denn ihr Auge blieb ruhig, und keine Röte stieg in ihr auf. Sie zog nur ein Chenilletuch, das sie bis zur Hüfte hatte fallen lassen, wieder in die Höhe und sagte: »Mich fröstelt, Pierre.«

»Weil du nicht Bewegung genug hast.«

»Und weil ich schlecht geschlafen habe. Komm, ich will mich niederlegen und eine halbe Stunde ruhn.«

Und bei diesen Worten erhob sie sich und ging unter leichtem Gruß, den die Zunächstsitzenden ebenso leicht erwiderten, auf das Nebenzimmer und den Korridor zu. Der Oberst folgte. Nur einer der Gäste, der, über seine Zeitung fort, von der andern Seite des Balkons her das distinguierte Paar schon seit langem beobachtet hatte, stand auf, legte die Zeitung aus der Hand und grüßte mit besondrer Devotion, was seines Eindrucks auf die schöne Frau nicht verfehlte. Wie belebt und erheitert, nahm diese plötzlich ihres Begleiters Arm und sagte: »Du hast recht, Pierre. Mich fröstelt nur, weil ich keine Bewegung habe. Laß uns in den Park gehn. Wir wollen sehn, ob wir die Stelle finden, wo die Schwalben nisten. Ich habe mir den Baum gemerkt.«

Der junge Mann, der sich von seinem Platz erhoben und mit so besonderer Artigkeit gegrüßt hatte, rief jetzt den Kellner heran und sagte: »Kennen Sie die Herrschaften?«

»Ja, Herr von Gordon.«

»Nun?«

»Oberst a. D. von St. Arnaud und Frau. Sie kamen gestern mit dem Mittagszug und nahmen ein Diner *à part*. Die Dame scheint krank.«

»Und werden einige Tage bleiben?«

»Ich vermute.«

Der Kellner trat wieder zurück, und der als Herr von Gordon Angeredete wiederholte jetzt zwei-, dreimal den Namen, den er eben gehört hatte. »St. Arnaud … St. Arnaud!«

Endlich schien er es gefunden zu haben.

»Ja, jetzt entsinne ich mich. In St. Denis war Anno 70 viel von ihm die Rede. Kugel durch den Hals, zwischen Karotis und Luftröhre. Wahrer Wunderschuß. Und wunderbar auch die Heilung: in sechs Wochen wiederhergestellt. Witzleben hat mir ausführlich davon erzählt. Kein Zweifel, das ist er. Er war damals ältester Hauptmann in einem der Garderegimenter, bei Franz oder den ›Maikäfern‹, und wurde noch in Frankreich Major. Ich muß ihn im ›Cerf‹ gesehen haben. Aber warum außer Dienst?«

Der dies Selbstgespräch Führende nahm, als er sich mit Hilfe seines Gedächtnisses auf diese Weise leidlich orientiert hatte, die Zeitung wieder zur Hand und überflog den Leitartikel, der die letzten Fortschritte der Russen in Turkmenien behandelte, zugleich aber unter allerhand Namensverwechslungen auch über Indien und Persien orakelte. »Der Herr Verfasser weiß da so gut Bescheid wie ich auf dem Mond.« Und das Blatt verdrießlich wieder beiseite schiebend, sah er lieber auf das Gebirge hin, das er seit länger als einer Woche an jedem neuen Morgen mit immer neuer Freude betrachtete. Zuletzt ruhte sein Blick auf dem Vordergrund und verfolgte hier die Kieswege, die sich in abwechselnd breiten und schmalen Schlängellinien durch die Parkwiese hinzogen. Eins der Bosketts, das dem Sonnenbrand am meisten ausgesetzt war, zeigte viel Gelb, und er sah scharf hin, um sich zu vergewissern, ob es gelbe Blüten oder nur von der Sonne verbrannte Blätter seien, als er aus ebendiesem Boskett die Gestalten des St. Arnaudschen Paares hervortreten sah. Sie bogen in den Weg ein, der jenseits der Parkwiese parallel mit dem Hotel lief, so daß man vom Balkon her beide genau beobachten konnte. Die schöne Frau schien sich unter dem Einflusse der Luft rasch gekräftigt zu haben und ging aufrecht und elastisch, trotzdem sich unschwer erkennen ließ, daß ihr das Gehen immer noch Müh und Anstrengung verursachte.

»Das ist Baden-Baden«, sagte der vom Balkon aus sie Beobachtende. »Baden-Baden oder Brighton oder Biarritz, aber nicht Harz und Hotel Zehnpfund.« Und so vor sich hinsprechend, folgte sein Auge dem sich bald nähernden, bald entfernenden Paare mit immer gesteigertem Interesse, während er zugleich in seinen Erinnerungen weiterforschte. »St. Arnaud. Anno 70 war er noch unverheiratet; sie wäre damals auch kaum achtzehn gewesen.« Und unter solchem Rechnen und Erwägen erging er sich in immer neuen Mutmaßungen darüber, welche Bewandtnis es mit dieser sonderbaren und überraschenden Ehe haben möge. »Dahinter steckt ein Roman. Er ist über zwanzig Jahre älter als sie. Nun, das ginge schließlich, das bedeutet unter Umständen nicht viel. Aber den Abschied genommen, ein so brillanter und bewährter Offizier! Man sieht ihm noch jetzt den Schneid an; Garde-Oberst *comme il faut*, jeder Zoll. Und doch außer Dienst. Sollte vielleicht ... Aber nein, sie kokettiert nicht, und auch sein Benehmen gegen sie hält das richtige Maß. Er ist artig und verbindlich, aber nicht zu gesucht artig, als ob was zu kaschieren sei. Nun, ich will es schon erfahren. Übrigens wirkt sie katholisch, und wenn sie nicht aus Brüssel ist, ist sie wenigstens aus Aachen. Nein, auch das nicht. Jetzt hab ich es: Polin oder wenigstens polnisches Halbblut. Und in einem festen Kloster erzogen: ›*Sacré cœur*‹ oder ›Zum Guten Hirten‹.«

3. KAPITEL

Herr von Gordon war auf bestem Wege, seine Mutmaßungen noch weiter auszuspinnen, als er sich durch ein von rückwärts her laut werdendes sehr ungeniertes Lachen unterbrochen und zwei neue Besucher auf den Balkon heraustreten sah, stattliche Herren von etwa dreißig, über deren spezielle Heimat, sowohl ihrem Auftreten als auch besonders ihrer Sprechweise nach, kein Zweifel sein konnte. Sie trugen graubraune Sommeranzüge, deren Farbe sich nach oben hin bis in die kleinen Filzhüte fortsetzte, dazu Plaids und Reisetaschen. Alles paßte vorzüglich zusammen, mit Ausnahme zweier Ausrüstungsgegenstände, von denen der eine, mit Rücksicht auf eine Harzreise, des Guten zuwenig, der andere aber entschieden zuviel tat. Diese zwei *nicht* passenden Dinge waren: ein eleganter Promenadenstock mit Elfenbeingriff und andrerseits ein hypersolides Schuhzeug, das sich mit seinen Schnürösen und dicken Sohlen ausnahm, als ob es sich um eine Besteigung des Matterhorn, nicht aber der Roßtrappe gehandelt hätte.

»Wo kampieren wir?« fragte der Ältere, von der Türschwelle her Umschau haltend. Im selben Augenblick aber des geschützt stehenden Tisches mit dem großen Fliederstrauß ansichtig werdend, an dem die St. Arnauds eben noch gesessen hatten, schritt er rasch auf diese bevorzugte, weil windgeschützte, Stelle zu und sagte: »Wo *das* blüht, da laß dich ruhig nieder, böse Menschen haben keinen Flieder.«

Und im selben Augenblicke sowohl Reisetasche wie Plaid über die Stuhllehne hängend, rief er mit charakteristischer Betonung der letzten Silbe: »Kellneer!«

»Befehlen?«

»Zuvörderst einen Mokka samt Zubehör oder, sagen wir kurz: ein Schweizer Frühstück. Jedem Mann ein Ei, dem tapfren Schweppermann aber zwei.«

Der Kellner lächelte schalkhaft vor sich hin und suchte, zu sichtlicher Freude der beiden neuen Ankömmlinge, durch eine humoristische Handbewegung auszudrücken, daß er nicht recht wisse, wer der zu Bevorzugende sein werde.

»Berliner?«

»Zu dienen.«

»Nun denn, Freund und Landsmann, Sie werden uns nicht verraten, wenn Sie hören, daß wir eigentlich beide Schweppermänner sind. Macht vier Eier. Und nun flink. Aber erst hier das alte Schlachtfeld abräumen. Und wie steht es mit Honig?«

»Sehr gut.«

»Nun denn auch Honig. Aber Wabenhonig. Alles frisch vom Faß. Echt, echt!«

Unter diesem Gespräche hatte der Kellner den Tisch klar gemacht und ging nun, um das Frühstück herbeizuschaffen. Es folgte eine Pause, die das Berliner Paar, weil ihm nichts anderes übrigblieb, mit Naturbetrachtungen ausfüllte.

»Das also ist der Harz oder das Harzgebirge«, nahm der Ältere zum zweiten Male das Wort, derselbe, der das kurze Gespräch mit dem Kellner gehabt hatte. »Merkwürdig ähnlich. Ein bißchen wie Tivoli, wenn die Kuhnheimsche Fabrik in Gang ist. Sieh nur, Hugo, wie das Ozon da drüben am Gebirge hinstreicht. In den Zeitungen heißt es in einer allwöchentlich wiederkehrenden Annonce: ›Thale, klimatischer Kurort.‹ Und nun diese Schornsteine! Na meinetwegen; Rauch konserviert, und wenn wir hier vierzehn Tage lang im Schmok hängen, so kommen wir als Dauerschinken wieder heraus. Ach, Berlin! Wenn ich nur wenigstens die Roßtrappe sehen könnte!«

»Du hast sie ja vor dir«, sagte der andre, während eben auf einem großen Tablett das Frühstück gebracht wurde. »Nicht wahr, Kellner, das rötliche Haus da oben, das ist die Roßtrappe?«

»Nicht ganz, mein Herr. Die Roßtrappe liegt etwas weiter zurück. Das Haus, das Sie sehen, ist das Hotel Zur Roßtrappe.«

»Na, das ist die Roßtrappe. Das Hotel entscheidet. Übrigens, Pilsener oder Kulmbacher?«

»Beides, meine Herren. Aber wir brauen auch selbst.«

»Wohl am Ende da drüben, wo der Rauch zieht?«

»Nein, hier mehr links. Die Schornsteine nach rechts hin sind die Blechhütte.«

»Was?«

»Die Blechhütte. Blech mit Emaille.«

»Wundervoll! Mit Emaille! Fehlt bloß noch das Zifferblatt. Und darf man das alles sehn?«

»O gewiß, gewiß. Wenn die Herren nur ihre Karten abgeben wollen ...«

Und damit brach das Gespräch ab, und die beiden Touristen *par excellence* machten sich an ihr Frühstück mit Ei und Wabenhonig.

Eine halbe Stunde später erhoben sie sich und verließen den Balkon, wobei der jüngere den Stock mit der Elfenbeinkrücke quer vor den Mund nahm, zugleich den Ton einer zum Marsch blasenden Pickelflöte nachahmend. Alles, was noch auf dem Balkon verblieben war, sah ihnen neugierig nach, auch Gordon, der ihren Weitermarsch bis ins Bodetal hinein verfolgt haben würde, wenn nicht der eben mit neuen Ankömmlingen eingetroffene Frühzug sein Interesse nach der entgegengesetzten Seite hin abgezogen hätte. Sängervereine rückten vom Bahnhof heran und marschierten auf Treseburg zu, wo sie den Tag zu verbringen und ihre Sängerwettkämpfe zu führen gedachten. Im Vorüberziehen an dem Hotel schwenkten sie die Hüte, zahllose Hochs ausbringend, von denen niemand recht wußte, wem sie galten.

An ihre letzte Sektion aber schlossen sich alle diejenigen an, die der Zug außerdem noch gebracht hatte, lauter Durchschnittsfiguren, unter denen nur die direkt abschließenden einiger Aufmerksamkeit wert waren.

Es waren ihrer zwei, beide lebhaft plaudernd, aber doch nur wie Personen, die sich eben erst kennengelernt haben. Der zur Linken Gehende, schwarz gekleidet in Stehkragenrock, dabei von freundlichen Zügen, war ein alter Emeritus, den Gordon schon von verschiedenen Ausflügen und namentlich von der *Table d'hote* her kannte, während der andere durch eine große Häßlichkeit und beinah mehr noch durch die Sonderbarkeit seiner Kleidung auffiel. Er trug nämlich ziemlich defekte Gamaschen und eine Manchesterweste, deren Schöße länger waren als seine Joppe, dazu Strippenhaar, Klapphut und Hornbrille.

Worauf aber deutete das alles hin? Seinem unteren Menschen nach hätte man ihn ohne weiteres für einen Trapper, seinem oberen nach ebenso zweifellos für einen Rabulisten und Winkeladvokaten halten müssen, wenn nicht sein letztes und vorzüglichstes Ausrüstungsstück: eine Botanisiertrommel, gewesen wäre, ja sogar eine Botanisiertrommel am gestickten Bande. Diese beständig hin und her schiebend, schritt er an der Seite des geistlichen Herrn, der übrigens bereits Miene zum Abschwenken machte, mit großen Schritten und unter beständigen Gestikulationen auf die Parkwiese zu.

»Botaniker«, sagte Gordon zu dem Wirt von Hotel Zehnpfund, der sich ihm mittlerweile gesellt hatte. »Sieht er nicht aus wie der Knecht Ruprecht, der den Frühling in seinen Sack stecken will?«

Der joviale Hotelier jedoch, der, wie die meisten seines Standes, ein Menschenkenner war, wollte von der Gordonschen Diagnose nichts wissen und sagte: »Nein, Herr von Gordon, die grüne Trommel, die kenn ich; in neun Fällen von zehn ist sie Vorratskammer, am gestickten Bande aber ist sie's immer. Nichts von Botanik. Ich halte den Herrn für einen Urnenbuddler.«

»Archäologe?«

»So drum herum.«

Und als beide so sprachen, verschwand der Gegenstand ihrer Unterhaltung jenseits der Parkwiese, nachdem er sich schon vorher von dem im Hotel wohnenden Emeritus verabschiedet hatte.

4. KAPITEL

Zehn Minuten vor eins läutete die Tischglocke durch alle Korridore hin, und wiewohl die Hautesaison noch nicht begonnen hatte, versammelte sich doch eine stattliche Zahl von Gästen im großen Speisesaal. Auch die beiden Berliner in Graubraun fehlten nicht und hatten sofort am unteren Ende der Tafel eine Korona teils bewundernder, teils lächelnder Zuhörer um sich her, zu welchen letztren auch der alte Herr im geistlichen Rock und der Langhaarige mit der Hornbrille zählten. Das im Gegensatze zu dem unterwegs von Cécile geäußerten Wunsche heut ebenfalls erschienene St. Arnaudsche Paar war vom Oberkellner gebeten worden, die Mittelplätze der Tafel einzunehmen, gegenüber von Herrn von Gordon, der im selben Augenblicke, wo die Herrschaften Platz genommen hatten, auch schon die mit allerhand rotem Blattwerk zwischen ihm und Cécile stehende Vase zu verwünschen begann. Selbstverständlich ließ er sich durch dies Hindernis nicht abhalten, sich vorzustellen, worauf der Oberst, vielleicht weil er einen adeligen Namen gehört hatte, mit bemerkenswerter Artigkeit erwiderte: »v. St. Arnaud – meine Frau.« Es schien aber bei diesem Namensaustausch bleiben zu sollen, denn Minuten vergingen, ohne daß ein weiterer Annäherungsversuch von hüben oder drüben gemacht worden wäre. Gordon, trotzdem ihm die Tage preußischer Disziplin um mehrere Jahre zurücklagen, glaubte doch mit Rücksicht auf den Rang des Obersten diesem das erste Wort überlassen zu müssen. Auch Cécile schwieg und richtete nur dann und wann ein Wort an ihren Gemahl, während sie mechanisch an einem Türkisringe drehte.

Seit dem *Ragoût fin en coquille*, von dem sie zwei Bröckchen gekostet und zwei andere auf der Gabelspitze gelassen hatte, hatte sie bei jedem neu präsentierten Gange gedankt und lehnte sich jetzt mit verschränkten Armen in den Stuhl zurück, nur dann und wann nach der Saaluhr blickend, auf deren Zifferblatt der Zeiger langsam vorrückte. Gordon, auf bloße Beobachtung angewiesen, begann allmählich die Vase zu segnen, die, so hinderlich sie war, ihm wenigstens gestattete, seine Studien einigermaßen unauffällig, wenn auch freilich nicht unbemerkt, fortsetzen zu können. Er gestand sich, selten eine schönere Frau gesehen zu haben, kaum in England, kaum in den ›*States*‹. Ihr Profil war von seltener Reinheit, und das Fehlen jeder Spur von Farbe gab ihrem Kopfe, darin Apathie der vorherrschende Zug war, etwas Marmornes. Aber dieser Ausdruck von Apathie war nicht Folge besonderer Niedergeschlagenheit, noch weniger von schlechter Laune, denn ihre Züge, wie Gordon nicht entging, begannen sich sofort zu beleben, als plötzlich von der unteren Tafel her dem Kellner in gutem Berlinisch zugerufen wurde: »Kalt stellen also. Aber nicht zu lange. Denn der Knall bleibt immer die Hauptsache« – bei welcher These der, der sie aufstellte, mit seinem Zeigefinger rasch und geschickt unter den Mundwinkel und mit solcher Energie wieder herausfuhr, daß es einen lauten Puff gab.

Alles lachte. Selbst der Oberst schien froh, aus der Tafel-Langeweile heraus zu sein, und sagte jetzt, während er sich über den Tisch hin vorbeugte: »Nicht wahr, Herr von Gordon, Sie sind ein Sohn des Generals?«

»Nein, mein Herr Oberst, auch kaum verwandt, denn ich bin eigentlich ein Leslie. Der Name Gordon ist erst durch Adoption in unsere Familie gekommen.«

»Und stehen in welchem Regiment?«

»In keinem, Herr Oberst. Ich habe den Dienst quittiert.«

»Ah«, sagte der Oberst, und eine Pause folgte, die zum zweiten Male verhängnisvoll werden zu wollen schien. Aber die Gefahr ging vorüber, und St. Arnaud, der sonst wenig sprach, fuhr mit einem für seinen Charakter überraschend artigen Entgegenkommen fort: »Und Sie sind schon längere Zeit hier, Herr von Gordon? Und vielleicht zur Kur?«

»Seit einer Woche, mein Herr Oberst. Aber nicht eigentlich zur Kur. Ich will ausruhen und eine gute Luft atmen und nebenher auch Plätze wiedersehen, die mir aus meiner Kindheit her teuer sind. Ich war, eh ich in die Armee trat, oft im Harz und darf sagen, daß ich ihn kenne.«

»Da bitt ich, daß wir uns vorkommendenfalls an Ihren guten Rat und Ihre Hilfe wenden dürfen. Wir gedenken nämlich, sobald es das Befinden meiner Frau zuläßt, immer höher in die Berge hinaufzusteigen und etwa mit Andreasberg abzuschließen. Es soll dort die beste Luft für Nervenkranke sein.«

In diesem Augenblicke präsentierte der Kellner ein *Panaché*, von dessen Vanilleseite Frau von St. Arnaud nahm und kostete. »Lieber Pierre«, sagte sie dann mit sich rasch belebender Stimme, »du bittest Herrn von Gordon um seinen Beistand und verscheuchst ihn im selben Augenblick aus unserer Nähe. Denn was ist lästiger, als Rücksicht auf eine kranke Frau nehmen? Aber erschrecken Sie nicht, Herr von Gordon, wir werden Ihre Güte nicht mißbrauchen, wenigstens nicht ich. Sie sind zweifellos ein Bergsteiger, also enragiert für große Partien, während ich vorhabe, mir auf Wochen hin an unserem Balkon und der Parkwiese genügen zu lassen.«

Das Gespräch setzte sich fort und ward erst unterbrochen, als der an der unteren Tafel inzwischen erschienene Champagner mit allem Zeremoniell geöffnet wurde. Der Pfropfen flog in die Höh, und während der Jüngere die Gläser füllte, musterte der Ältere die Marke, selbstverständlich nur, um Gelegenheit zum Vortrage einiger Champagner-Anekdoten zu finden, die sämtlich, um seinen eigenen Ausdruck zu gebrauchen, auf ›Wirt- und Hotelentlarvung auf dem Pfropfenwege‹ hinausliefen – alles übrigens in bester Laune, die sich nicht bloß seiner nächsten Umgebung, sondern so ziemlich der ganzen Tafel mitteilte.

Zehn Minuten danach erhob man sich und verließ in Gruppen den Eßsaal. Auch die Berliner gingen den Korridor hinunter, machten aber an einem Fenstertischchen halt, auf dem das Fremdenbuch aufgeschlagen lag, und begannen darin zu blättern.

»Ah, hier. Das is er: Gordon-Leslie, Zivilingenieur.«

»Gordon-Leslie!« wiederholte der andere. »Das ist ja der reine Wallensteins Tod.«

»Wahrhaftig, fehlt bloß noch Oberst Buttler.«

»Na, höre, der alte ...«

»Meinst du?«

»Freilich, mein ich. Sieh dir 'n mal an. Wenn *der* erst anfängt ...«

»Höre, das wär famos; da könnte man am Ende noch was erleben.«

Und damit gingen sie weiter und auf ihr Zimmer zu, ›um sich hier‹, wie sich der Ältere ausdrückte, ›inwendig ein bißchen zu besehn‹.

5. KAPITEL

Gleich nach Aufhebung der Tafel war zwischen den St. Arnauds und ihrem neuen Bekannten und Tischvisavis ein Nachmittagsspaziergang auf die Roßtrappe hinauf verabredet worden, und um vier Uhr traf man sich unter der großen Parkplatane, wo Gordon dann sofort auch, aber doch erst nachdem er seine Dispositionen gehorsamst unterbreitet hatte, die Führung übernahm. Die gnädige Frau, so waren seine Worte gewesen, möge nicht erschrecken, wenn er statt des sehr steilen nächsten Weges einen Umweg vorschlage, der sich nicht bloß durch das, was er habe (darunter die schönsten Durchblicke), sondern viel, viel mehr noch durch das, was er *nicht* habe, höchst vorteilhaft auszeichne. Die sonst üblichen Begleitstücke harzischer Promenadenwege: Hütten, Kinder und aufgehängte Wäsche, kämen nämlich in Wegfall.

Cécile gab in guter Laune die Versicherung, lange genug verheiratet zu sein, um auch in kleinen Dingen Gehorsam und Unterordnung zu kennen, am wenigsten aber werde sie sich gegen Herrn von Gordon auflehnen, der den Eindruck mache, wie zum Führer und Pfadfinder geboren zu sein.

»Bedanken Sie sich«, lachte der Oberst. »Reminiszenz aus Lederstrumpf.«

Gordon war nicht angenehm von einem Scherze berührt, dessen Spott sich ebenso gegen ihn wie gegen Cécile richten konnte, verwand den Eindruck aber schnell und nahm das Schaltuch, das die schöne Frau bis dahin über dem Arm getragen hatte. Dann wies er auf einen einigermaßen schattigen, am Parkende gelegenen Steinweg hin und führte, diesen einschlagend, das St.

Arnaudsche Paar an Buden und Sommerhäusern vorüber auf das benachbarte Hubertusbad zu, von dem aus er den Aufstieg auf die Roßtrappe bewerkstelligen wollte. Von beiden Seiten trat das Laubholz dicht heran, aber auch freiere Plätze kamen, auf deren einem eine von einem vergoldeten Drahtgitter eingefaßte, mit wildem Wein und Efeu dicht überwachsene Villa lag. Nichts regte sich in dem Hause, nur die Gardinen bauschten überall, wo die Fenster aufstanden, im Zugwind hin und her, und man hätte den Eindruck einer absolut unbewohnten Stätte gehabt, wenn nicht ein prächtiger Pfau gewesen wäre, der von seiner hohen Stange herab, über den meist mit Rittersporn und brennender Liebe bepflanzten Vorgarten hin, in übermütigem und herausforderndem Tone kreischte.

Cécile blieb betroffen stehen und wandte sich dann zu Gordon, der den ganzen Umweg vielleicht nur um dieser Stelle willen gemacht hatte.

»Wie zauberhaft«, sagte sie. »Das ist ja das ›verwunschene Schloß‹ im Märchen. Und so still und lauschig, Wirkt es nicht, als wohne der Friede darin oder, was dasselbe sagt: das Glück?«

»Und doch haben beide keine Stätte hier gefunden, und ich gehe täglich an diesem Hause vorüber und hole mir eine Predigt.«

»Und welche?«

»Die, daß man darauf verzichten soll, ein Idyll oder gar ein Glück von außen her aufbauen zu wollen. Der, der dies schuf, hatte dergleichen im Sinn. Aber er ist über die bloße Kulisse nicht hinausgekommen, und was dahinter für ihn lauerte, war weder Friede noch Glück. Es geht ein finsterer Geist durch dieses Haus, und sein letzter Bewohner erschoß sich hier, an dem Fenster da (das vorletzte links), und wenn ich so hinseh, ist mir immer, als säh er noch heraus und suche nach dem Glücke, das er nicht finden konnte. Plätze, daran Blut klebt, erfüllen mich mit Grauen.«

Es war, als ob Gordon auf ein Wort der Zustimmung gewartet hätte. Dies Wort blieb aber aus, und Cécile zählte nur die Maschen des vor ihr ausgespannten Drahtgitters, während der Oberst sein Lorgnon nahm und die Fenster mit einer Art ruhiger Neugier musterte.

Dann, ohne daß weiter ein Wort gesprochen worden wäre, schritt man dem Schlängelwege zu, der auf die Roßtrappe hinaufführte.

6. KAPITEL

Die Bahnhofsuhr unten in Thale schlug eben fünf, als das St. Arnaudsche Paar und Gordon bis auf wenige Schritte an den Felsenvorsprung mit dem Hotel Zur Roßtrappe heran waren und im selben Augenblicke wahrnahmen, daß viele der Gäste, mit denen sie die *Table d'hote* geteilt hatten, ebenfalls hier oben erschienen waren, um an diesem bevorzugten Aussichtspunkte ihren Kaffee zu nehmen. Einige, darunter auch die beiden Herren in Graubraun (und an einem Nachbartische der Emeritus und der Langhaarige), saßen paar- und gruppenweise unter einem von Pfeifenkraut überwachsenen Zeltschuppen und sahen in die reiche Landschaft hinein, aus der in nächster Nähe die pittoresken Gebilde der Teufelsmauer und weiter zurück die Quedlinburger und Halberstädter Turmspitzen aufragten. Alles, was unter dem Zeltschuppen und zum Teil auch in Front desselben saß, war heiter und guter Dinge, voran die beiden Berliner, deren Dinerstimmung sich, unter dem Einfluß einiger Kaffeekognaks, eher gesteigert als gemindert hatte.

»Da sind sie wieder«, sagte der Ältere, während er auf das St. Arnaudsche Paar und den unmittelbar folgenden Gordon zeigte. »Sieh nur, schon den Schal überm Arm. Der fackelt nicht lange. Was du tun willst, tue bald. Ich wundre mich nur, daß der Alte …«

Seine Neigung, in diesem Gesprächstone fortzufahren, war unverkennbar; er brach aber ab, weil die, denen diese Bemerkungen galten, mittlerweile ganz in ihrer Nähe Platz genommen hatten, und zwar an einem unmittelbar am Abhange stehenden Tische, neben dem auch ein Teleskop für das schaulustige Publikum aufgestellt war. Eine junge, freilich nicht allzu junge, mit Skizzierung der Landschaft beschäftigte Dame saß schon vorher an dieser Stelle, was den Obersten, als er seinen Stuhl heranschob, zu den Worten veranlaßte: »Pardon, wenn wir lästig fallen. Aber alle Tische sind besetzt, mein gnädiges Fräulein, und der Ihrige genießt außerdem den Vorzug, der landschaftlich anziehendste zu sein.«

»Das ist er«, sagte die Dame rasch und mit ungewöhnlicher Unbefangenheit, während sie das Blatt, an dem sie bis dahin gezeichnet, in die Mappe schob. »Ich ziehe diese Stelle jeder anderen vor, auch der eigentlichen Roßtrappe. Dort ist alles Kessel, Eingeschlossenheit und Enge, hier ist alles Weitblick. Und Weitblicke machen einem die Seele weit und sind recht eigentlich meine Passion in Natur und Kunst.«

Der Oberst, den das frank und freie Wesen der jungen Dame sichtlich anmutete, beeilte sich, sich und seine Begleitung vorzustellen, und fuhr dann fort: »Ich hoffe, meine Gnädigste, daß wir nicht zu sehr als eine Störung empfunden werden. Sie schoben das Blatt in die Mappe ...«

»Nur weil es beendet war, nicht um es Ihren Augen zu entziehen. Ich mißbillige diese Kunstprüderie, die doch meistens nur Hochmut ist. Die Kunst soll die Menschen erfreuen, immer da sein, wo sie gerufen wird, aber sich nicht wie die Schnecke furchtsam oder gar vornehm in ihr Haus zurückziehen. Am schrecklichsten sind die Klaviervirtuosen, die zwölf Stunden lang spielen, wenn man sie nicht hören will, und nie spielen, wenn man sie hören will. Das Verlangen nach einem Walzer ist ihnen die tödlichste der Beleidigungen, und doch ist ein Walzer etwas Hübsches und wohl des Entgegenkommens wert. Denn er macht ein Dutzend Menschen auf eine Stunde glücklich.«

Ein herantretender und nach den Befehlen der neuen Gäste fragender Kellner unterbrach hier auf Augenblicke das Gespräch, aber es wurde rasch wieder aufgenommen und führte nach einer kleinen Weile schon zur Durchsicht der bereits die verschiedensten Blätter enthaltenden Mappe. Cécile war entzückt, verklagte sich ihrer argen Talentlosigkeit halber, unter der sie zeitlebens gelitten, und tat freundliche, wohlgemeinte Fragen, die reizend gewesen wären, wenn sich nicht, bei mancher überraschenden Kenntnis im einzelnen, im ganzen genommen eine noch verwunderlichere Summe von Nichtwissen darin ausgesprochen hätte. Sie selber schien aber kein Gewicht darauf zu legen und übersah ein nervöses Zucken, das bei der einen oder anderen dieser Fragen um den Mund ihres Gatten spielte.

Gordon, selber ein guter Zeichner und speziell von einem für landschaftliche Dinge geübten Auge, hatte hier und da Bedenken und gab ihnen, wenn auch unter den artigsten Entschuldigungen, Ausdruck.

»O, nur das nicht«, sagte die junge Dame. »Nur keine Entschuldigungen. Nichts schrecklicher als totes Lob; ein verständiger und liebevoller Tadel ist das Beste, was ein Künstlerohr vernehmen kann. Aber sehen Sie *das* hier; das ist besser.« Und sie zog unter den Blättern eines hervor, das eine Wiese mit Brunnentrog und an dem Trog ein paar Kühe zeigte.

»Das ist schön«, sagte Gordon, während die beständig auf Ähnlichkeiten ausgehende Cécile durchaus eine Wiese, die man vorher passiert hatte, darin wiedererkennen wollte.

Die junge Malerin überhörte diese Bemerkungen aber und fuhr, während sie Gordon ein zweites Blatt zuschob, in immer lebhafterem Tone fort: »Und hier sehen Sie, was ich kann und nicht kann. Ich bin nämlich, um es rund heraus zu sagen, eine Tiermalerin.«

»Ah, das ist ja reizend«, sagte Cécile.

»Doch nicht, meine gnädigste Frau, wenigstens nicht so bedingungslos, wie Sie gütigst anzunehmen scheinen. Eine Dame soll Blumenmalerin sein, aber nicht Tiermalerin. So fordert es die Welt, der Anstand, die Sitte. Tiermalerin ist an der Grenze des Unerlaubten. Es gibt da so viele intrikate Dinge. Glauben Sie mir, Tiere malen aus Beruf oder Neigung ist ein Schicksal. Und wer den Schaden hat, darf für den Spott nicht sorgen. Denn zum Überfluß heiße ich auch noch Rosa, was in meinem speziellen Falle nicht mehr und nicht weniger als eine Kalamität ist.«

»Und warum das?« fragte Cécile.

»Weil mich, auf diesen Namen hin, die Neidteufelei der Kollegen in Gegensatz bringt zu meiner berühmten Namensschwester. Und so nennen sie mich denn Rosa Malheur.«

Cécile verstand nicht. Gordon aber erheiterte sich und sagte: »Das ist allerliebst, und ich müßte mich ganz in Ihnen irren, wenn Sie diese Namensgebung auch nur einen Augenblick ernstlich verdrösse.«

»Tut es auch nicht«, lachte jetzt das Fräulein, das eigentlich stolz auf den Spitznamen war, den man ihr gegeben hatte. »Man kommt darüber hin. Und Spielverderberei gehört ohnehin nicht zu meinen Tugenden.«

In diesem Augenblick erschien der Kellner mit einem tassenklirrenden Tablett, und während er die Serviette zu legen und den Tisch zu arrangieren begann, hörte man, bei der eingetretenen

Gesprächspause, beinah jedes Wort, das unter dem Zeltschuppen, und zwar an dem zunächst stehenden Tische, gesprochen wurde.

»Darin«, sagte der Langhaarige, dessen Botanisiertrommel trophäenartig an einem Balkenhaken hing, »darin, mein sehr verehrter Herr Emeritus, muß ich Ihnen durchaus widersprechen. Es ist ein Irrtum, alles in unserer Geschichte von den Hohenzollern herleiten zu wollen. Die Hohenzollern haben das Werk nur weitergeführt, die Begründer aber sind die halb vergessenen und eines dankbaren Gedächtnisses doch so würdigen Askanier. Ein oberflächlicher Geschichtsunterricht, der beiläufig die Hauptschuld an dem pietäts- und vaterlandslosen Nihilismus unserer Tage trägt, begnügt sich, wenn von den Askaniern die Rede ist, in der Regel mit zwei Namen, mit Albrecht dem Bären und Waldemar dem Großen, und wenn der Herr Lehrer ein wenig ästhetisiert (ich hasse das Ästhetisieren in der Wissenschaft), so spricht er auch wohl von Otto mit dem Pfeil und der schönen Heilwig und dem Schatz in Angermünde. Nun ja, das mag gehen; aber das alles sind, wenn nicht Allotria, so doch bloße Kosthäppchen. In Wahrheit liegt es so, daß sie, die Askanier, trotz einiger sonderbarer Beinamen und Bezeichnungen, die, wie gern zugestanden werden mag, den Scherz oder einen billigen Witz herausfordern, samt und sonders bedeutend waren. Ich sage: gern zugestanden. Aber andererseits muß ich doch sagen dürfen, wohin kommen wir, mein Herr Emeritus, wenn wir die Bedeutung der Menschen nach ihren Namen abschätzen wollen? Ist Klopstock ein Dichtername? Vermutet man in Griepenkerl einen Dramatiker oder in Bengel einen berühmten Theologen? Oder gar in Ledderhose? Wir müssen uns freimachen von solchen Albernheiten.«

An einer lebhaften Bewegung seiner Lippen ließ sich erkennen, daß der Emeritus emsig dabei war, dem Manne des historischen Essais mit gleicher Münze heimzuzahlen; da seine Pensionierung aber, auf Antrag seiner ihn sonst verehrenden Gemeinde, vor zehn Jahren schon, und zwar ›um Mümmelns willen‹, erfolgt war, so war an ein Verstehen dessen, was er sagte, gar nicht zu denken, während das, was in ebendiesem Augenblick an dem berlinischen Nachbartisch gesprochen wurde, desto deutlicher herüberschallte.

»Sieh nur«, sagte der Ältere. »Die beiden Türme da. Der nächste, das muß der Quedlinburger sein, das ist klar, das kann 'ne alte Frau mit 'm Stock fühlen. Aber der dahinter, der sich so *retiré* hält! Ob es der Halberstädter ist? Es muß der Halberstädter sein. Was meinst du, wollen wir'n mal ein bißchen ranholen?«

»Gewiß. Aber womit?«

»Na, mit's Perspektiv. Sieh doch den Opernkucker da.«

»Wahrhaftig. Und auf 'ner Lafette. Komm.«

Und so weitersprechend, erhoben sie sich und gingen auf das Teleskop zu.

»Berliner«, flüsterte Rosa leise zu Gordon hinüber, und rückte mehr seitwärts.

Aber sie gewann wenig durch die Retraite, denn die Stimmen der jetzt abwechselnd in das Glas hineinschauenden beiden Freunde waren von solcher Berliner Schärfe, daß kein Wort von ihrer Unterhaltung verloren ging.

»Nu? Hast du 'n?«

»Ja. Haben hab ich ihn. Und er kommt auch immer näher. Aber er wackelt so.«

»Denkt nicht dran. Weißt du, wer wackelt? Du.«

»Noch nich.«

»Aber bald.«

Und damit traten sie von dem Teleskop wieder unter die Halle zurück, wo sie sich nunmehr rasch zum Weitermarsch auf die eigentliche Roßtrappe hin fertig machten.

Als sie fort waren, sagte Rosa: »Gott sei Dank. Ich ängstige mich immer so.«

»Warum?«

»Weil meine lieben Landsleute so sonderbar sind.«

»Ja, sonderbar sind sie«, lachte Gordon. »Aber nie schlimm. Oder sie müßten sich in den letzten zehn Jahren sehr verändert haben.«

So plaudernd, wurde das Durchblättern der Mappe fortgesetzt, freilich unter sehr verschiedener Anteilnahme. Der Oberst, ohne recht hinzublicken, beschränkte sich auf einige wenige bei solcher Gelegenheit immer wiederkehrende Bewunderungslaute, während Cécile zwar hinsah, aber doch vorwiegend mit einem schönen Neufundländer spielte, der vom Hotel Zehnpfund her der schönen Frau gefolgt war und, seinen Kopf in ihren Schoß legend, mit unerschüttertem und beinah zärtlichem Vertrauensausdruck auf die Zuckerstücke wartete, die sie ihm zuwarf. Nur Gordon war bei der Sache, machte Bemerkungen, die zwischen Ernst und Scherz die Mitte hielten, und sagte, als ein Blatt kam, das ein aus vielen Feldsteinen aufgebautes Grabmal darstellte: »Pardon, ist das Absicht oder Zufall? Einige der Steine haben eine Totenkopfphysiognomie. Wahrhaftig, man weiß nicht, ist es ein Steinkegel oder eine Schädelstätte.«

Rosa lachte.

»Sie haben die Bilder von Wereschtschagin gesehen?«

»Freilich. Aber nur die Skizzen.«

»In Paris?«

»Nein, in Samarkand. Und dann später eine größere Zahl in Plewna.«

»Sie scherzen. Plewna, das möchte gehn, das glaub ich Ihnen. Aber Samarkand! Ich bitte Sie, Samarkand ist doch eigentlich bloß Märchen.«

»Oder schreckliche Wirklichkeit«, erwiderte Gordon. »Entsinnen Sie sich der samarkandischen Tempeltüren?«

»O gewiß. Eine Perle.«

»Zugestanden. Aber haben Sie nachher auch die Tempelwächter mit Pfeil und Bogen in Erinnerung, die, der seltsam kriegerischsten Beschäftigung hingegeben (da, wo sich Krieg und Jagd berühren), in Front dieser berühmten Tempeltüren hockten? Ach, meine Gnädigste, glauben Sie mir, die Vorzüge jener Gegenden sind überaus zweifelhafter Natur, und ich bin alles in allem entschieden für Berlin mit einer Lohengrin-Aufführung und einem Souper bei Hiller. Lohengrin ist phantastischer und Hiller appetitlicher. Und auch das letztere bedeutet viel, sehr viel. Namentlich auf die Dauer.«

Der Oberst nickte zustimmend, die Malerin aber wollte sich nicht gleich und jedenfalls nicht in allen Stücken gefangengeben und fuhr deshalb fort: »Es mag sein. Aber eines bleibt, die großartige Tierwelt: der Steppenwolf, der Steppengeier.«

»Im ganzen werden Sie die Bekanntschaft dieser liebenswürdigen Geschöpfe Gottes im Berliner Zoologischen sichrer und kopierbarer machen als an Ort und Stelle. Die Wahrheit zu gestehen, ich habe während meines Trienniums in der Steppe keinen einzigen Steppengeier gesehen und sicherlich keinen, der sich so gut ausgenommen hätte wie *der* da. Freilich kein Geier. Sehen Sie, meine Gnädigste, da zwischen den Klippen.«

Und er wies auf einen Habicht, der sich am Eingange der Schlucht hoch in den Lüften wiegte.

Rosa sah dem Fluge nach und bemerkte dann: »Er fliegt offenbar nach dem Hexentanzplatz hin.«

»Gewiß«, sagte Cécile, von Herzen froh, daß endlich ein Wort gefallen war, das sie der unheilvollen Mappe samt daran anknüpfenden kunstästhetischen oder gar erdbeschreiblichen Betrachtungen entzog.

»Nach dem Hexentanzplatz! Ich höre das Wort immer wieder und wieder; heute schon zum dritten Male.«

»Was einer Mahnung, ihn zu besuchen, gleichkommt, meine gnädigste Frau. Wirklich, wir werden ihn über kurz oder lang sehen müssen, das schulden wir einem Harzaufenthalte. Denn allerorten, wo man sich aufhält, hat man eine Art Pflicht, das Charakteristische der Gegend kennenzulernen: in Samarkand (und er verbeugte sich gegen Rosa) die Tempeltüren und ihre Wächter, in der Wüste den Wüstenkönig und im Harze die Hexen. Die Hexen sind hier nämlich Landesprodukt und wachsen wie der rote Fingerhut überall auf den Bergen umher. Auf Schritt und Tritt begegnet man ihnen, und wenn man fertig zu sein glaubt, fängt es erst recht eigentlich an. Zuletzt kommt nämlich der Brocken, der in seinem Namen zwar alle hexlichen Beziehungen verschweigt, aber doch immer der eigentlichste Hexentanzplatz bleibt. Da sind sie zu Haus, das ist ihr Ur- und Quellgebiet. Allen Ernstes, die Landschaft ist hier so gesättigt mit derlei Stoff, daß die Sache schließlich eine reelle Gewalt über uns gewinnt, und was mich persönlich angeht, nun so darf ich nicht verschweigen: als ich neulich, die Mondsichel am Himmel, das im Schatten liegende Bodetal passierte, war mir's, als ob hinter jedem Erlenstamm eine Hexe hervorsähe.«

»Hübsch oder häßlich?« fragte Rosa. »Nehmen Sie sich in acht, Herr von Gordon. In Ihrem Hexenspuk spukt etwas vor. Das sind die inneren Stimmen.«

»O, Sie wollen mir bange machen. Aber Sie vergessen, meine Gnädigste, wo das Übel liegt,

liegt in der Regel auch die Heilung, und ich kenne, Gott sei Dank, kein Stück Land, wo bei drohendsten Gefahren zugleich so viel Rettungen vorkämen wie gerade hier. Und immer siegt die Tugend, und der Böse hat das Nachsehen. Sie werden vielleicht vom Mägdesprung gehört haben? Aber wozu so weit in die Ferne schweifen! Eben hier, in unserer nächsten Nähe, haben wir ein solches Rettungsterrain, eine solche beglaubigte Zufluchtsstätte. Sehen Sie dort (und er wandte sich nach rückwärts) den Roßtrapp-Felsen? Die Geschichte seines Namens wird Ihnen kein Geheimnis sein. Eine tugendhafte Prinzessin zu Pferde, von einem dito berittenen, aber untugendhaften Ritter verfolgt, setzte voll Todesangst über das Bodetal fort, und siehe da, wo sie glücklich landete, wo der Pferdehuf aufschlug, haben wir die Roßtrappe. Sie sehen an diesem einen Beispiele, wie recht ich mit meinem Satze hatte: wo die Gefahr liegt, liegt auch die Rettung.«

»Ich kann Ihr Beispiel nicht gelten lassen«, lachte Rosa. »Zum mindesten beweist es ein gut Teil weniger, als Sie glauben. Es macht eben einen Unterschied, ob ein gefährlicher Ritter eine schöne Prinzessin, oder ob umgekehrt eine gefährlich-schöne Prinzessin ...«

»Was dem einen recht ist, ist dem andern billig.«

»O, nicht doch, Herr von Gordon, nicht doch. Einem armen Mädchen, Prinzessin oder nicht, wird immer geholfen, da tut der Himmel seine Wunder, interveniert in Gnaden und trägt das Roß, als ob es ein Flügelroß wäre, glücklich über das Bodetal hin. Aber wenn ein Ritter und Kavalier von einer gefährlich-schönen Prinzessin oder auch nur von einer gefährlich-schönen Hexe, was mitunter zusammenfällt, verfolgt wird, da tut der Himmel gar nichts und ruft nur sein *aide toi même* herunter. Und hat auch recht. Denn die Kavaliere gehören zum starken Geschlecht und haben die Pflicht, sich selber zu helfen.« St. Arnaud applaudierte der Malerin, und selbst Cécile, die bei Beginn des Wortgefechts ein leises Unbehagen nicht unterdrücken konnte, hatte sich, als ihr das harmlos Unbeabsichtigte dieser kleinen Pikanterien zur Gewißheit geworden war, ihrer allerbesten Laune rückhaltlos hingegeben. Selbst der säuerlich schlechte Kaffee, mit der allerorten im Harz als Sahne geltenden häßlichen Milchhaut, erwies sich außerstande, diese gute Laune zu verscheuchen, und bestimmte sie nur, behufs leidlicher Balancierung des Übels, um Sodawasser zu bitten, was freilich, weil es multrig war, seines Zweckes ebenfalls verfehlte.

»Die Roßtrappen-Prinzessin«, sagte der Oberst, »wenn sie sich nach dem Sprung hat restaurieren wollen, hat es hoffentlich besser getroffen als wir. Aber (und er verneigte sich bei diesen Worten gegen Rosa) wir haben dafür etwas anderes vor ihr voraus, eine liebenswürdige Bekanntschaft, die wir anknüpfen durften.«

»Und die sich hoffentlich fortsetzt«, fügte Cécile mit großer Freundlichkeit hinzu. »Dürfen wir hoffen, Sie morgen an der *Table d'hote* zu treffen?«

»Ich habe vor, meine gnädigste Frau, mich morgen in Quedlinburg umzutun und möchte mein Reiseprogramm gern innehalten. Aber es würde mich glücklich machen, mich Ihnen für diesen Nachmittag anschließen zu dürfen und dann später vielleicht auf dem Heimwege.«

Dieser Heimweg wurde denn auch bald danach beschlossen, und zwar über die sogenannte Schurre hin, bei welcher Gelegenheit man den eigentlichen Roßtrappe-Felsen, also die Hauptsehenswürdigkeit der Gegend, in Augenschein nehmen wollte.

»Werden auch deine Nerven ausreichen?« fragte der Oberst. »Oder nehmen wir lieber einen Tragstuhl? Der Weg bis zur Roßtrappe mag gehen. Aber hinterher die Schurre? Der Abstieg ist etwas steil und fährt in Kreuz und Rücken oder, um mich wissenschaftlicher auszudrücken, in die Vertebrallinie.«

Der schönen Frau blasses Gesicht wurde rot, und Gordon sah deutlich, daß es sie peinlich berührte, den Schwächezustand ihres Körpers mit solchem Lokaldetail behandelt zu sehen. Sie begriff St. Arnaud nicht: er war sonst so diskret. Aber sich bezwingend, sagte sie: »Nur nicht getragen werden, Pierre; das ist für Sterbende. Gott sei Dank, ich habe mich erholt und empfinde mit jeder Stunde mehr den wohltätigen Einfluß dieser Luft ... Ich glaube Sie beruhigen zu können«, setzte sie lächelnd, gegen Gordon gewandt, hinzu.

So brach man denn auf und erreichte zunächst die Roßtrappe, die berühmte Felsenpartie, wo ganze Gruppen von Personen, aber auch einzelne, vor einer Erfrischungsbude standen und unter Lachen und Plaudern das Echo weckten – die meisten ein Seidel, andere, die dem Selbstbräu mißtrauten, einen Kognak in der Hand. Unter diesen waren auch unsere Berliner, die sich, als sich ihnen St. Arnaud mit der Malerin und dann Gordon mit der gnädigen Frau von der Seite her genähert hatten, anscheinend respektvoll zurückzogen, aber nur um gleich danach ihrem Herzen in desto ungenierterer Weise Luft zu machen.

»Sieh die Große«, sagte der Ältere. »Pompöse Figur.«

»Ja; bißchen zu sehr Karoline Plättbrett.«

»Tut mir nichts.«

»Mir aber. Übrigens darum keine Feindschaft nicht. *Chacun à son goût.* Und nun sage mir, wen lassen wir leben, den Stöpsel oder die Stricknadel?«

»Ich denke Berlin.«

»Das ist recht.«

Und erfreut über das Aufsehen, das sie durch ihre vorgeschrittene Heiterkeit machten, stießen sie mit den Kognakgläschen zusammen.

7. KAPITEL

Gordon bot Cécile den Arm und führte sie so geschickt bergab, daß die gefürchtete Schurre nicht nur ohne Beschwerde, sondern sogar unter Scherz und Lachen passiert wurde, wobei die schöne Frau mehr als einmal durch einen Anflug kleinen Übermuts überraschte.

»St. Arnaud, müssen Sie wissen, macht sich gelegentlich interessant mit meinen Nerven, was er besser mir selber überließe. Das ist Frauensache. Gleichviel indes, ich werd ihn in Erstaunen setzen.«

Und wirklich, ehe noch das Hotel erreicht war, war auch schon eine von St. Arnaud gutgeheißene Verabredung getroffen, die Malerin am folgenden Tage nach Quedlinburg begleiten zu wollen. Cécile selbst hatte den Vorschlag dazu gemacht. Ja, die nervenkranke Frau, die von ihrer Krankheit und vor allem von einer Spezialisierung derselben, deren St. Arnaud sich schuldig gemacht hatte, nichts hören wollte, hatte sich tapfer gehalten; nichtsdestoweniger rächte sich, als sie wieder auf ihrem Zimmer war, das Maß von Überanstrengung, und ihren Hut beiseite werfend, streckte sie sich auf eine Chaiselongue, nicht schlaf-, aber ruhebedürftig.

Als sie sich wieder erhob, fragte St. Arnaud, ob man das Souper auf dem großen Balkon nehmen wolle? Cécile war aber dagegen und sprach den Wunsch aus, daß man daheim bleibe. Der Kellner brachte denn auch eine Viertelstunde später das Teezeug und schob den Tisch an das offene Fenster, vor dem, weit drüben und zu Häupten der Berge, die Mondsichel leuchtete.

Hier saßen sie schweigend eine Weile. Dann sagte Cécile: »Was war das mit dem Spottnamen, dessen das Fräulein heute nachmittag erwähnte.«

»Du hast nie von Rosa Bonheur gehört?«

»Nein.«

St. Arnaud lächelte vor sich hin.

»Ist es etwas, was man wissen muß?«

»Je nachdem. Meinem persönlichen Geschmacke nach brauchen Damen überhaupt nichts zu wissen. Und jedenfalls lieber zuwenig als zuviel. Aber die Welt ist nun mal, wie sie ist, auch in *diesem* Stück, und verlangt, daß man dies und wenigstens dem Namen nach kenne.«

»Du weißt ...«

»Ich weiß alles. Und wenn ich dich so vor mir sehe, so gehörst du zu denen, die sich's schenken können ... Bitte, noch eine halbe Tasse ... Dich zu sehen ist eine Freude. Ja, lache nur, ich hab es gern, wenn du lachst ... Aber lassen wir das dumme Wissen. Und doch wär es gut, du könntest dich etwas mehr kümmern um diese Dinge, vor allem mehr sehen, mehr lesen.«

»Ich lese viel.«

»Aber nicht das Rechte. Da hab ich neulich einen Blick auf deinen Bücherschrank geworfen und war halb erschrocken über das, was ich da vorfand. Erst ein gelber französischer Roman. Nun, das möchte gehen. Aber daneben lag: ›Ehrenström, ein Lebensbild, oder die separatistische Bewegung in der Uckermark‹. Was soll das? Es ist zum Lachen und bare Traktätchenliteratur. Die bringt dich nicht weiter. Ob deine Seele Fortschritte dabei macht, weiß ich nicht; nehmen wir an: ›ja‹, so fraglich es mir ist. Aber was hast du gesellschaftlich von Ehrenström? Ehrenström mag ein ausgezeichneter Mann gewesen sein, ich glaub es sogar aufrichtig und gönn ihm seinen Platz in Abrahams Schoß, aber für die Kreise, darin wir leben oder doch wenigstens leben sollten, für *die* Kreise bedeutet Ehrenström nichts, Rosa Bonheur aber sehr viel.«

Sie nickte zustimmend und abgespannt, wie fast immer, wenn irgend etwas, das nicht direkt mit ihrer Person oder ihren Neigungen zusammenhing, eingehender besprochen wurde. Sie wechselte deshalb rasch den Gesprächsgegenstand und sagte: »Gewiß, gewiß, es wird so sein. Fräulein Rosa scheint übrigens ein gutes Kind zu sein und dabei heiter. Vielleicht ein wenig mit Absicht. Denn die Männer lieben Heiterkeit, und Herr von Gordon wird alles, nur keine Ausnahme sein. Es schien mir vielmehr, als ob er sich für das plauderhafte Fräulein interessiere.«

»Nein, es schien mir umgekehrt, als ob er sich für *die* Dame interessiere, die wenig sprach und viel schwieg, wenigstens solange wir oben auf der Roßtrappe waren. Und ich kenne wen, dem es auch so schien und der es noch besser weiß als ich.«

»Glaubst du?« sagte Cécile, deren Züge sich plötzlich belebten, denn sie hatte nun gehört, was sie hören wollte. »Wie spät mag es sein? Ich bin angegriffen. Aber bringe noch ein Kissen, eine Rolle, daß wir noch einen Augenblick auf das Gebirge sehen und auf das Rauschen der Bode hören. Ist es nicht die Bode?«

»Freilich. Wir kamen ja durch das Bodetal. Alles Wasser hier herum ist die Bode.«

»Wohl, ich entsinne mich. Und wie klar die Sichel da vor uns steht. Das bedeutet schönes Wetter für unsere Partie. Herr von Gordon ist ein vorzüglicher Reisemarschall. Er spricht nur zuviel über Dinge, die nicht jeden interessieren, über Steppenwolf und Steppengeier und, was noch schlimmer ist, über Bilder von unbekannten Meistern. Ich kann Bildergespräche nicht leiden.«

»Ah, Cécile«, lachte St. Arnaud, »wie du dich verrätst! Ich glaube gar, du verlangst, er soll, als ob er noch in Indien wäre, den Säulenheiligen spielen und zehn Jahre lang nichts als deinen Namen sprechen. Es erheitert mich. Eifersüchtig. Und eifersüchtig auf wen?«

Und nun kam der andre Tag.

Es war eine Früh- oder doch Vormittagspartie, darauf hatte Gordon bestanden, und ehe noch der nach Quedlinburg abdampfende Zug über die letzten Dorfvillen und die schöne Blutbuche des am anderen Flußufer gelegenen Baron Bucheschen Parkes hinaus war, sagte Cécile, während sie die kleinen Füße gegen den Rücksitz stemmte: »Jetzt aber das Programm, Herr von Gordon. Versteht sich, nicht zu lang, nicht zuviel! Nicht wahr, Fräulein Rosa?«

Diese stimmte zu, freilich mehr aus Artigkeit als aus Überzeugung, weil sie, nach Art aller Berlinerinnen, am Lerntrieb litt und nie genug hören oder sehen konnte. Gordon gab übrigens die Versicherung, es gnädig machen zu wollen. Es seien vier Dinge da, darum sich's lediglich handeln könne: das Rathaus, die Kirche, dann das Schloß und endlich der Brühl.

»Der Brühl?« sagte Rosa. »Was soll uns der? Das ist ja die Straße, worin die Pelzhändler wohnen. Wenigstens in Leipzig.«

»Aber nicht in Quedlinburg, meine Gnädigste. Der Quedlinburger Brühl gibt sich ästhetischer und ist ein Tiergarten oder ein Bois de Boulogne mit schönen Bäumen und allerlei Bild- und Bauwerken. Karl Ritter, der berühmte Geograph, hat ein gußeisernes Denkmal darin und Klopstock ein Tempelchen mit Büste. Beide waren nämlich geborene Quedlinburger.«

»Also nach dem Brühl«, seufzte Cécile, die nicht den geringsten Sinn für Tempelchen und gußeiserne Monumente hatte. »Nach dem Brühl. Ist es weit von der Stadt?«

»Nein, meine gnädigste Frau, nicht weit. Aber weit oder nicht, wir können ihn fallen lassen, ich meine den Brühl und auch das Rathaus, trotz seines steinernen Rolands und seines aus Brettern zusammengeschlagenen großen Kastens mit Vorlegeschloß, darin der Regensteiner, natürlich ein Buschklepper oder dergleichen, eine hübsche Weile gefangensaß.«

»Mit Vorlegeschloß«, wiederholte Cécile neugierig, die sich für den Regensteiner augenscheinlich mehr als für Klopstock interessierte. »Mit Vorlegeschloß. War es ein großer Kasten, darin man ihn einsperrte?«

»Nicht viel größer als eine Apfelkiste, weshalb mir auch bei seinem Anblick diese bevorzugten Versteckplätze meiner Jugend wieder in Erinnerung kamen, mit ihrem Glück und ihrem Grusel. Besonders mit ihrem Grusel. Denn wenn die Krampe zufiel und eingriff, so saß ich allemal voll Todesangst in dem stickigen Kasten, um kein Haar breit besser als der Regensteiner. Aber der wirkliche Regensteiner (der übrigens kein Asthmatikus gewesen sein kann) ließ sich's, trotz Stickigkeit und Enge, nicht anfechten und steckte zwanzig Monate lang in dem Loch, ohne mehr Luft als die, die durch die spärlichen Ritzen eindrang. Und nur dann und wann kamen die Quedlinburger und wohl auch die Quedlinburgerinnen und sahen hinein und grinsten ihn an.«

»Und piekten ihn mit ihren Sonnenschirmen.«

»Ganz unzweifelhaft, meine gnädigste Frau. Zum mindesten sehr wahrscheinlich. Die Bourgeoisie, die nie tief aus dem Becher der Humanität trank, war gerade damals von einer besonderen Abstinenz, und die liberale Geschichtsschreibung – verzeihen Sie diesen Exkurs, meine Gnädigste – greift in nichts so fehl als darin, daß sie den Bürger immer als Lamm und den Edelmann immer als Wolf schildert. ›Die Nürnberger henken keinen nich, sie hätten ihn denn zuvor‹, und *dieser* Milde huldigten auch die Quedlinburger. Aber wenn sie den zu Henkenden hatten, henkten sie ihn auch gewiß, und zwar mit allen Schikanen.«

St. Arnaud, dem jedes Wort aus der Seele gesprochen war, nickte beifällig und wollte den ihm sympathischen Gegenstand eben mit einigen Bemerkungen seinerseits begleiten, als der Zug hielt und ein paar Coupétüren geöffnet wurden.

»Ist dies Quedlinburg?« fragte Cécile.

»Nein, meine gnädigste Frau, dies ist *Neinstedt*, eine kleine Zwischenstation. Hier ist der Lindenhof, und, was dasselbe sagen will, hier wohnen die Nathusiusse.«

»Die Nathusiusse? Wer sind die?« fragten *a tempo* beide Damen.

»Eine Frage«, lachte Gordon, »die die betreffende Familie sehr übel vermerken würde. Die gnädige Frau, deren Protestantismus mir, pardon, einigen kleinen Anzeichen nach einigermaßen zweifelhaft erscheint, hat Absolution. Aber Fräulein Rosa, Berlinerin, ah, ah ...«

»Keine Reprimande, keine Spöttereien. Einfach Antwort: Wer sind die Nathusiusse?«

»Nun denn, die Nathusiusse sind viel und vielerlei; sie sind, ohne die Frage damit erschöpfen zu wollen, fromme Leute, literarische Leute, landwirtschaftliche Leute, politische Leute. Bücher, Kreuz-Zeitung, Rambouillet-Zucht, alles kommt in der Familie vor, und selbst die Geschichte von der aufgenommenen Stecknadel, die dann schließlich den Aufnehmer zum Millionär umschuf, ist dem Ahnherrn der Nathusiusse nicht erspart geblieben. Aber das bedeutet nichts, das ist eine alte Geschichte, denn in wenigstens sechs großen Städten, in denen ich gelebt habe, kam der Reichtum der Reichsten immer von einer Stecknadel her. Überhaupt sind die besten Geschichten uralt und überall zu Haus, also Welteigentum, und ich habe manche, von denen wir glaubten, daß sie zwischen Havel und Spree das Licht der Welt erblickten oder ohne die Gebrüder Grimm gar nicht existieren würden, in Tibet und am Himalaja wiedergefunden.«

Rosa wollte davon nichts wissen und stritt hartnäckig hin und her, bis das abermalige Halten des Zuges allem Streiten ein Ende machte.

»Quedlinburg, Quedlinburg!«

Und unsere Reisenden entstiegen ihrem Waggon und sahen dem Zuge nach, der sich eine Minute später rasch wieder in Bewegung setzte.

8. KAPITEL

Die Sonne brannte heiß auf den Perron nieder, und Cécile, die nach Art aller Nervösen sehr empfindlich gegen extreme Temperaturverhältnisse war, suchte nach einer schattigen Stelle, bis Gordon endlich vorschlug, in die große Flurhalle des Bahnhofgebäudes eintreten und hier in aller Ruhe den in der Schwebe gebliebenen Schlachtplan feststellen zu wollen. Das geschah denn auch, und nachdem man ebenso wie den Brühl auch noch das Rathaus ohne lange Bedenken gestrichen hatte, kam man überein, sich an Schloß und Kirche genügen zu lassen. Beide, so versicherte Gordon, lägen dicht nebeneinander, und der Weg dahin, wenn man am Außenrande der Stadt bleibe, werde der gnädigen Frau nicht allzu beschwerlich fallen.

All das war rasch akzeptiert worden, die Damen nahmen noch ein Himbeerwasser, und eine Minute später schritt man bereits, nach Passierung eines von einer wahren Tropensonne beschienenen Vorplatzes, an der die Stadt in einem Halbbogen umfließenden und an beiden Ufern von prächtig alten Bäumen überschatteten Bode hin. Das Wasser plätscherte neben ihnen, die Lichter hüpften und tanzten um sie her, und mit Hilfe kleiner Brückenstege machte man sich das Vergnügen, die Flußseite zu wechseln, je nachdem hüben oder drüben der kühlere Schatten lag. Es war sehr entzückend, am entzückendsten aber da, wo die bis dicht an die Bode herantretenden Gärten einen Blick auf endlos scheinende Blumenbeete gestatteten, ähnlich jenen draußen vor der Stadt, die schon während der Eisenbahnfahrt von Berlin bis Thale Cécile bezaubert hatten. Auch heute wieder konnte sie sich nicht satt sehen an der oft ganze Muster bildenden Blumen- und Farbenpracht und fand es gegen ihre Gewohnheit sogar interessant, als Gordon, in allerhand Einzelheiten eingehend, von den zwei großen Gartenfirmen der Stadt sprach, die mit ihren um die ganze Welt gehenden Quedlinburger Blumensamenpaketen ein Vermögen erworben und sich den Zuckermillionären in der Umgegend mindestens gleichgestellt hätten.

»Ei, das freut mich. Zuckermillionäre! Wie hübsch das klingt.« Und dabei blieb sie stehen und sah durch ein goldbronziertes Gitter einen der breiten Gartenstege hinauf. »Das lila Beet da, das sind Levkojen, nicht wahr?«

»Und das rote«, fragte Rosa, »was ist das?«

»Das ist Brennende Liebe.«

»Mein Gott, so viel.«

»Und doch immer noch unter der Nachfrage. Muß ich Ihnen sagen, meine Gnädigste, wie stark der Konsum ist?«

»Ah«, sagte Cécile mit etwas plötzlich Aufleuchtendem in ihrem Auge, das dem sie scharf beobachtenden Gordon nicht entging und ihn mehr als alle seine bisherigen Wahrnehmungen über ihre ganz auf Huldigung und Pikanterie gestellte Natur aufklärte. Der Eindruck, den er von diesem fein-sinnlichen Wesen hatte, war aber ein angenehmer, ihm überaus sympathischer, und eine lebhafte Teilnahme, darin sich etwas von Wehmut mischte, regte sich plötzlich in seinem Herzen.

Von der Stelle, wo man stand, bis zu dem hochgelegenen Stadtteile, der mit Schloß und Kirche das ihm zu Füßen liegende Quedlinburg beherrscht, war nur noch ein kurzer Weg, und ehe man hundert Schritte gemacht hatte, begann bereits die Steigung. Diese selbst war beschwerlich, die malerisch-mittelalterlichen Häuser aber, die nesterartig zu beiden Seiten der zur Höhe hinaufführenden Straße klebten, erhielten Cécile bei Mut, und als sie bald danach auf einen von stattlichen Häusern gebildeten und zu weitrer Verschönerung auch noch von alten Nußbäumen überschatteten Platz hinaustrat, kam ihr zu dem Mut auch alle Kraft und gute Laune wieder, die sie gleich zu Beginn des Spazierganges an der Bode hin gehabt hatte.

»Das ist das Klopstock-Haus«, sagte Gordon und zeigte, seine Führerrolle wieder aufnehmend, auf ein etwas zur Seite gelegenes und beinah grasgrün getünchtes Haus mit Säulenvorbau.

»Das Klopstock-Haus?« wiederholte Cécile. »Sagten Sie nicht, es stände ... Wie hieß es doch?«

»Im Brühl. Ja, meine gnädigste Frau. Aber da läuft eine kleine Verwechslung mit unter. Was im Brühl steht, das ist das Klopstock-Tempelchen mit der Klopstock-Büste. Dies hier ist das eigentliche Klopstock-Haus, das Haus, darin er geboren wurde. Wie gefällt es Ihnen?«

»Es ist so grün.«

Rosa lachte lauter und herzlicher, als die Schicklichkeit gestattete, sofort aber wahrnehmend, daß Cécile sich verfärbte, lenkte sie wieder ein und sagte: »Pardon, aber Sie haben mir so ganz aus der Seele gesprochen, meine gnädigste Frau. Wirklich, es ist zu grün. Und nun excelsior! Immer höher hinauf. Sind es noch viele Stufen?«

Unter solchem Gespräch erstiegen alle das noch verbleibende Stück Weges, eine gepflasterte Treppe, deren Seitenwände dicht genug standen, um gegen die Sonne Schutz zu geben.

Und nun war man oben und freute sich, aufatmend, der Brise, die ging. Der Platz, den man erreicht hatte, war ein mäßig breiter, Schloß und Abteikirche voneinander scheidender Hof, der, außer den auf ihm lagernden Schatten und Lichtern, nichts als zwei Männer zeigte, die wie Besuch erwartende Gastwirte vor ihren zwei Lokalen standen. Wirklich, es waren Kastellan und Küster, die zwar nicht mit haßentstellten, aber doch immerhin mit unruhigen Gesichtern abwarteten, nach welcher Seite hin die Schale sich neigen würde, worüber in der Tat selbst bei denen, die die Entscheidung hatten, immer noch ein Zweifel waltete.

Besichtigung von Schloß und Kirche, so lautete das Programm, das stand fest und daran war nicht zu rütteln. Aber was noch schwebte, war die Prioritätsfrage. Gordon und St. Arnaud sahen sich also fragend an. Endlich entschied der Oberst mit einem Anfluge von Ironie dahin, daß Herrendienst vor Gottesdienst gehe, welchem Entscheide Gordon in gleichem Tone hinzusetzte: »Preußen-Moral! Aber wir *sind* ja Preußen.«

Und so wandte man sich rasch entschlossen dem Kastellan zu, freilich nicht ohne sein Visavis, den nach links hin stehenden Küster, mit einem hoffnunggebenden Gruße gestreift zu haben. Er verneigte sich denn auch, in Erwiderung darauf verbindlich, und schien alles in allem nicht unzufrieden über diesen Gang der Dinge. Denn unten in der Stadtkirche läuteten eben die Mittagsglocken, und etwas Bratwurstartiges, das von der Küche her durch die Luft zog, ließ das In-die-zweite-Linie-gestellt-werden fast als einen Vorzug erscheinen.

Unter diesen Vorgängen, die nur von Rosa scharf beobachtet und mit Künstlerauge gewürdigt worden war, waren alle vier in den Schloßflur eingetreten, an dem respektvoll die Honneurs machenden Kastellan vorüber. Dieser, ein freundlicher und angenehmer Mann, nahm durch seine Freundlichkeit sofort für sich ein, fiel aber andererseits durch ein unsicheres und fast ein schlechtes Gewissen verratendes Auftreten einigermaßen auf, ganz wie jemand, der Lotterielose feilbietet, von denen er weiß, daß es Nieten sind. Und wirklich, sein Schloß konnte, durch alle Räume hin, als eine wahre Musterniete gelten. Was es vordem an Kostbarkeiten besessen hatte, war längst fort, und so lag ihm, dem Hüter ehemaliger Herrlichkeit, nur ob, über Dinge zu sprechen, die nicht mehr da waren. Eine nicht leichte Pflicht. Er unterzog sich derselben aber mit vielem Geschick, indem er den herkömmlichen, an *vorhandene* Sehenswürdigkeiten anknüpfenden Kastellanvortrag in einem umgekehrt sich mit dem *Verschwundenen* beschäftigenden Geschichtsvortrag umwandelte. Voll richtigen Instinkts ersah er hierbei den Wert der historischen Anekdote, die denn auch beständig aus der Verlegenheit helfen mußte.

Rosa, deren Wißbegier auf ganze Säle voll Rubens und Snyders, voll Wouvermans und Pottes rechnete, hielt sich selbstverständlich unausgesetzt in der Nähe des Kastellans und mühte sich, durch allerlei klug gestellte Fragen seine besondere Teilnahme zu wecken.

»Und in diesen Räumen also haben die Quedlinburger Äbtissinnen residiert?« begann sie mit erheucheltem Interesse; denn es lag ihr ungleich mehr an Bärenhatz und Sechzehnendern als an Porträts mit Pompadourfrisuren. »In diesen Räumen also ...«

»Ja, meine gnädigste Frau«, antwortete der Kastellan, der unsere Freundin um ihres munteren Wesens und vielleicht auch um ihres Embonpoints willen für eine glücklich verheiratete Dame nahm. Ja, meine gnädigste Frau, *wirklich* residiert, das heißt mit Hofstaat und Krone. Denn die Quedlinburger Äbtissinnen waren nicht gewöhnliche Klosteräbtissinnen, sondern Fürstabbatissinnen und saßen von Mechthildis, Schwester Ottos des Großen, an bei den Reichsversammlungen auf der Fürstenbank. Und hier im Schlosse war auch der Thronsaal. Es ist der Saal nebenan, in welchem ich die gnädige Frau vorweg bitten möchte, die roten Damasttapeten beachten zu wollen. Es ist Damast von Arras.«

Und damit traten alle von einem kleinen, bis dahin besichtigten Vorzimmer her in den großen Thronsaal ein, in welchem neben der so ruhmvoll erwähnten Damasttapete nur noch der getäfelte Fußboden an die frühere Herrlichkeit erinnerte.

Rosa sah sich verlegen um, was dem Führer nicht entging, weshalb er seinen Vortrag rasch wieder aufnahm, um durch Erzählungskunst den absoluten Mangel an Sehenswürdigkeiten auszugleichen. »Also, der Thronsaal, gnädige Frau«, hob er an. »Und hier, wo die Tapete fehlt, genau hier, stand der Thron selbst, der Thron der Fürstäbbatissinnen, ebenfalls rot, aber von rotem Samt und mit Hermelin verbrämt. Und mit dem zuständigen Wappen: zwei Kelche mit einem Pokal.«

»Ah«, sagte Rosa, »mit zwei Kelchen und einem Pokal ... Sehr interessant.«

»Und hier«, fuhr der Kastellan, während er auf einen großen, aber leeren Goldrahmen zeigte, mit einer immer volltönender und beinah feierlich werdenden Stimme fort, »hier in diesem Goldrahmen befand sich die Hauptsehenswürdigkeit des Schlosses: der Spiegel aus Bergkristall. Der Spiegel aus Bergkristall, sag ich, der sich zur Zeit in den skandinavischen Reichen, und zwar in dem Königreiche Schweden, befindet.«

»In Schweden?« wiederholte St. Arnaud. »Aber wie kam er dahin?«

»Auf Umwegen und durch allerlei seltsame Schicksale«, nahm der Kastellan seinen historischen Vortrag wieder auf. »Unsere letzte Fürstabbatissin war nämlich eine Prinzessin von

Schweden, Josephine Albertine, Tochter der Königin Ulrike. Schwester Friedrich des Großen. Über zwanzig Jahre hatte Josephine Albertine hier glänzend und segensreich residiert und sich an dem Kristallspiegel, der ihr Stolz und ihr Lieblingsstück war, erfreut, als diese Gegenden eines Tages westfälisch wurden und unter König Jerome kamen. Da mußte sie sich trennen von ihrem Schloß, samt allem, was darinnen war, und natürlich auch von ihrem Spiegel. Denn es ward ihr kaum Zeit gelassen zum Notwendigsten, geschweige zum Einpacken und Mitnehmen dessen, was das Nebensächliche, wenn auch freilich für sie das Liebste war.«

»Und was wurde?«

»Nun, König Jerome, der, wegen dem ewigen ›Morgen wieder lustik sein‹ sehr viel Geld brauchte, stand alsbald vor der Notwendigkeit, das ganze Schloßinventar unter den Hammer zu bringen, und eines Tages hieß es in allen Zeitungen, deutschen und fremden, daß, neben den anderen Schätzen des Schlosses, auch der berühmte Kristallspiegel versteigert werden solle. Das war der Moment, auf den Prinzessin Josephine Albertine, die mittlerweile nach Schweden zurückgekehrt war – denn die Bernadottesche Zeit war noch nicht da –, gewartet hatte, weshalb sie nunmehr strikten Befehl gab, auf den Spiegel zu fahnden und jeden Preis zu zahlen, zu dem er angesetzt oder am Auktionstage selbst hinaufgetrieben werden würde. Wie hoch er kam, weiß ich nicht; nur das eine weiß ich, daß es ein Vermögen gewesen sein soll. Ich habe von einer Tonne Goldes sprechen hören. Unter allen Umständen aber kam der Spiegel nach Schweden, nach Stockholm, woselbst er sich bis diesen Tag befindet und im Ridderholm-Museum gezeigt wird.«

»Allerliebst«, sagte St. Arnaud. »Im ganzen genommen ist mir die Geschichte lieber als der Spiegel«, eine Meinung, die von Gordon und Rosa vollkommen, keineswegs aber von Cécile geteilt wurde. Diese hätte sich gern in dem Kristallspiegel gesehen und war während der zweiten Hälfte der ihr viel zu weit ausgesponnenen Erzählung an ein offenstehendes Balkonfenster getreten, das nicht nur einen Blick auf das Gebirge, sondern auch auf die weiten Gartenanlagen hatte, die sich im Halbkreis um die Schloßfundamente herumzogen. In diesen Gartenanlagen wechselten Strauchwerk und Blumenterrassen; was aber das Auge Céciles bald ausschließlich in Anspruch nahm, war ein Sandsteinobelisk von mäßiger Höhe, der, halb in dem Schloßunterbau drin steckend, hautreliefartig aus einer alten Mauerwand vorsprang. Der Sockel war mit Girlanden ornamentiert und schien auch eine Inschrift zu haben.

»Was ist das?« fragte Cécile.

»Ein Grabstein.«

»Von einer Äbtissin?«

»Nein, von einem Schoßhündchen, das Anna Sophie, Pfalzgräfin von bei Rhein und vorletzte Fürstabbatissin, an dieser Stelle beisetzen ließ.«

»Sonderbar. Und mit einer Inschrift?«

»Zu dienen«, antwortete der Kastellan.

Und den Damen ein Opernglas überreichend, das er zu diesem Behufe stets mit sich führte, las Cécile: ›Jedes Geschöpf hat eine Bestimmung. Auch der Hund. Dieser Hund erfüllte die *seine*, denn er war treu bis in den Tod.‹

Gordon lachte herzlich.

»Denkmal für Hundetreue! Brillant. Wie sähe die Welt aus, wenn jedem treuen Hunde ein Obelisk errichtet würde. Ganz im Stil einer Barockprinzessin.«

Rosa stimmte zu, während Cécile verwirrt vom Fenster zurücktrat und mechanisch, und ohne zu wissen, was sie tat, an die Wandstelle klopfte, wo der Kristallspiegel seinen Platz gehabt hatte.

»Was haben wir noch zu gewärtigen?« fragte Gordon.

»Die Zimmer Friedrich Wilhelms des Vierten.«

»Friedrich Wilhelms des Vierten? Wie kam der hierher?«

»In den ersten Jahren seiner Regierung erschien er jeden Herbst, um von hier aus die großen Harzjagden abzuhalten. Als aber Anno 48 die Jagdfreiheit aufkam und Stadt und Bürgerschaft ihm die Jagd verweigerten, wurde er so verstimmt, daß er nicht wiederkam.«

»Was ich nur in der Ordnung finde. Bourgeoismanieren. Aber nun die Zimmer.«

Und damit traten sie vom Thronsaal her in ein paar niedrige, mit kleinen Mahagonimöbeln ausgestattete Räume, deren Spießbürgerlichkeit nur noch von ihrer Langweile übertroffen wurde.

Rosa sah ihre Hoffnung auf große Tierstücke mehr und mehr hinschwinden, hielt aber eine darauf gerichtete Frage immer noch für zulässig.

Freilich erfolglos.

»Tierstücke«, antwortete der Kastellan in einem Tone, darin unsere Künstlerin eine kleine Spitze zu hören glaubte, »Tierstücke haben wir in diesem Schlosse *nicht*. Wir haben nur Fürstabbatissinnen. Aber diese haben wir auch vollständig. Und außerdem die Quedlinburger Geistlichen lutherischer Konfession (ebenfalls beinah vollständig), deren einer altem Herkommen gemäß allsonntäglich hier oben predigte, so daß er neben seinem Stadtdienst auch noch Hofdienst hatte. Nach der Predigt blieb er dann zu Tisch und mitunter auch bis zur Dunkelstunde. So beispielsweise dieser hier, ein schöner Mann, etwas blaß, der in seinen besten Jahren an der Auszehrung starb. Er war Prediger zur Zeit der schwedischen Prinzessin Josephine Albertine, derselben, die den Kristallspiegel wieder erstand. Und hier ist die Prinzessin in Person.«

Dabei wies er auf das Bild einer mittelalterlichen Dame mit großer Kurfürstennase, Stirnlöckchen und Agraffenturban, aus deren ganz ungewöhnlicher Stattlichkeit sich die vom Kastellan nur leis angedeuteten Anfechtungen ihres Seelsorgers unschwer erklären ließen.

Einige der Bilder kehrten mehrfach wieder, was die Zahl der Äbtissinnen größer erscheinen ließ, als sie tatsächlich war. Rosa drang darauf, die Namen zu hören, aber es waren tote Namen, *einen* ausgenommen, den der Gräfin Aurora von Königsmark.

Und vor das Porträt *dieser* traten jetzt alle mit ganz ersichtlicher Neugier, ja Cécile – die vor kaum Jahresfrist einen historischen Roman, dessen Heldin die Gräfin war, mit besonderer Teilnahme gelesen hatte – war so hingenommen von dem Bilde, daß sie von der Unechtheit desselben nichts hören und alle dafür beigebrachten Beweisführungen nicht gelten lassen wollte.

Gordon, als er sah, daß er nicht durchdränge, wandte sich um Sukkurs an Rosa. »Helfen Sie mir. Die gnädige Frau will sich nicht überzeugen lassen.«

Rosa lachte.

»Kennen Sie die Frauen so wenig? Welche ...«

»Wohl, Sie haben recht. Und am Ende, wer will an Bildern Echtheit oder Unechtheit beweisen? Aber zweierlei gilt auch ohne Beweis.«

»Und das wäre?«

»Nun zunächst das, daß es nichts Toteres gibt als solche Galerie beturbanter alter Prinzessinnen.«

»Und dann zweitens?«

»Daß der Unterschied von ›hübsch‹ und ›häßlich‹ in solcher Galerie zurechtgemachter Damenköpfe gar keine Rolle spielt, ja, daß einer Häßlichkeitsgalerie wie dieser hier von einer sogenannten Schönheitsgalerie mit ihrer herkömmlichen Ödheit und Langerweile der Vorzug gebührt. Ach, wie viele solcher ›*Galeries of beauties*‹ hab ich gesehen und eigentlich keine darunter, die mich nicht zur Verzweiflung gebracht hätte. Schon in ihrer Entstehungsgeschichte sind sie meistens beleidigend und ein Verstoß gegen den Geschmack und gute Sitte. Denn wer sind denn die jedesmaligen Mäzene, Stifter und Donatoren? Immer ältliche Herren, immer mehr oder weniger mythologische Fürsten, die, pardon, meine Damen, nicht zufrieden mit der wirklichsten Wirklichkeit, ihre Schönheiten auch noch *in effigie* genießen wollen. Einer von ihnen – derselbe, von dem das Bonmot existiert, er habe nie was Dummes gesagt und nie was Kluges getan – ist mit seiner Galerie von Magdalenen (selbstverständlich von Magdalenen *vor* dem Bußestadium) allen anderen vorauf. Er war ein Stuart, wie kaum gesagt zu werden braucht. Aber unsere deutschen Kleinkönige sind ihm gefolgt und haben nun auch dergleichen. Ich entsinne mich noch des Eindrucks, den der Kopf der Lola Montez oder, wenn Sie wollen, der Gräfin Landsfeld, auf mich machte. Denn Gräfinnen werden sie schließlich alle, wenn sie nicht vorziehen, heiliggesprochen zu werden.«

»Ei, wie tugendhaft Sie sind«, lachte Rosa. »Doch Sie täuschen mich nicht, Herr von Gordon. Es ist ein alter Satz: Je mehr Don Juan, je mehr Torquemada.«

Cécile schwieg und ließ sich, wie gelähmt, in einen in einer tiefen Fensternische stehenden Sessel nieder. St. Arnaud, der wohl wußte, was in ihr vorging, öffnete den einen der beiden Flügel und sagte, während die frische Luft einströmte: »Du bist angegriffen, Cécile. Ruh dich.«

Und sie nahm seine Hand und drückte sie wie dankbar, während es vor Erregung um ihre Lippen zuckte.

9. KAPITEL

Cécile erholte sich rascher als erwartet von dieser Anwandlung, und die weitere Besichtigung des Schlosses und bald danach auch der Abteikirche verlief zu allseitiger Zufriedenheit, ganz besonders auch zur Freude Céciles. Ja, sie war durch den Besuch der prächtig kühlen Kirche so gekräftigt und erfrischt worden, daß man auf *ihren* Vorschlag das Programm überschritt und guten Mutes die schon aufgegebene Partie nach dem Rathause machte, wo man erst den Roland und gleich danach das Gefängnis des Regensteiners bewunderte. Daran schloß sich dann unmittelbar ein ziemlich mittägliches Frühstück an Ort und Stelle. Kulmbacher Bier, wofür das Rathaus ein Renommee hatte, wurde bestellt, und Cécile war entzückt, als der Wirt die schäumenden und frisch beschlagenen Seidel brachte. »Wieviel schöner doch als eine *Table d'hote*«, sagte sie. »Pierre, *votre santé* ... Fräulein Rosa, wohl bekomm's ... Herr von Gordon, Ihr Wohl.« Und während sie so plauderte, stieß sie mit ihrem Seidel an, sprach von dem Regensteiner, der es achtzehn Monate lang wohl nicht so gut gehabt habe, und war überhaupt wie ein Kind.

Nur als die Malerin danach auf die Bilder der Äbtissinnen zurückkam und bei dieser Gelegenheit bemerkte, daß auch noch im Rathaussaale (wie der Herr Wirt ihr eben verraten) ein Bild der schönen Aurora sei, »besser und jedenfalls echter als das im Schloß«, brach Cécile rasch ab und sagte verstimmt und in beinahe heftigem Tone: »Bilder und immer wieder Bilder. Wozu? Wir hatten mehr als genug davon.«

Gegen fünf Uhr war man in Thale zurück, und Cécile, die sich nach Ruhe sehnte, verabschiedete sich für den Rest des Tages. »Bis auf morgen, Fräulein Rosa; bis auf morgen, Herr von Gordon.« Und dieser Morgen war nun da.

Gordon, der am Abend vorher noch einem Konzert auf dem Hubertusbade beigewohnt und bei dieser Gelegenheit eine halbe Stunde lang mit der Malerin über Samarkand und Wereschtschagin, dann aber mit dem ebenfalls erschienenen St. Arnaud über den Quedlinburger Roland, den Regensteiner und vieles andere noch geplaudert hatte, hatte sich's, um den Morgen zu genießen, auf einem Fauteuil am Fenster bequem gemacht und blies eben den Dampf seiner Havanna in die frische Luft hinaus. Er ließ dabei die Vorgänge des letzten Tages, darunter auch die Bilder der Fürstabbatissinnen, noch einmal an sich vorüberziehen und begleitete den Zug ihrer meist grotesken Gestalten mit allerhand spöttisch erbaulichen Betrachtungen. ›Ja, diese kleinen *Grandes Dames* aus dem vorigen Jahrhundert! Wie wird eine freiere Zeit darüber lachen, wenn sie nicht *jetzt* schon darüber lacht! Es gibt nichts, an dem sich das Wesen der Karikatur so gut demonstrieren ließe. Meist waren sie häßlich oder doch mindestens von einem unschönen Embonpoint, und alle hielten sie sich einen Kammerherrn und einen Mops, wuschen sich nicht oder doch nur mit Mandelkleie und waren ungebildet und hochmütig zugleich. Ja, auch hochmütig. Nur nicht gegen ihren Leibdiener.‹ Er malte sich das alles noch weiter aus, bis sich ihm plötzlich vor eben diese groteske Gestaltenreihe die graziöse Gestalt Céciles stellte, wechselnd in Stimmung und Erscheinung, genauso, wie sie der vorhergehende Tag ihm gezeigt hatte. Jetzt sah er sie, wie sie, sich vorbeugend, die Inschrift auf dem Grabobelisk des Bologneser Hündchens las, und dann wieder, wie sie bei dem Gespräch über die Schönheitsgalerien und die Gräfin Aurora nahezu von einer Ohnmacht angewandelt wurde. War das alles Zufall? Nein. Es verbarg sich etwas dahinter. Aber dann vernahm er wieder das heitere Lachen und sah, wie sie glückstrahlend den Krug nahm und anstieß. ›Ihr Wohl, Fräulein Rosa; Herr von Gordon, Ihr Wohl.‹ Und er empfand dabei deutlich, daß, was immer auch auf ihrer Seele laste, die Seele, die diese Last trage, trotz alledem eine Kinderseele sei.

»Klothilde muß von ihr wissen«, sprach er vor sich hin. »Und wenn sie nichts weiß, so doch von ihr hören können. Liegnitz ist just der Ort dazu, nicht zu groß und nicht zu klein, und was das Regiment nicht weiß, das weiß die Ritterakademie. Die Schlesier sind ohnehin miteinander verwandt und haben einen schwatzhaften Zug. Schwatzhaftigkeit, Eigensinn und ›so gerne‹ hat

Rübezahl jedem der Seinen in die Wiege gelegt. Ja, Klothilde muß es wissen; an sie zu schreiben hab ich ohnehin, und so denn *two birds with one stone*. Fräulein Schwester wird freilich sommerlich ausgeflogen und irgendwo im Gebirge sein, in Landeck oder in Reinerz oder gar in Böhmen. Aber was tut's? Die Post wird sie schon zu finden wissen. Wozu haben wir Stephan? Er kommt ja gleich nach Bismarck.«

Und bei diesem Selbstgespräche die Havanna aus der Hand legend, nahm er ein Kuvert und adressierte mit großer Handschrift: »Dem Fräulein Klothilde von Gordon-Leslie, Liegnitz, Am Haag 3a.« Dann schob er das Kuvert wieder zurück, legte sich zwei kleine Bogen mit ›Hexentanzplatz‹ und ›Roßtrappe‹ zurecht und schrieb: »Meine liebe Klotho. Genau vier Wochen heute, daß ich mich von Dir und Elsy verabschiedete. Vier Wochen fort aus Eurem traulichen Heim, aber erst seit einer Woche hier, weil ich, als ich von Liegnitz nach Berlin zurückkehrte, Briefe vorfand, die mich in geschäftlichen Angelegenheiten erst nach Hamburg und dann nach Bremen führten. Um Euch wenigstens eine Andeutung zu machen: es handelt sich abermals um Legung eines Kabels. Von Bremen dann hierher, nach Thale, Thale am Harz und nicht zu verwechseln mit einem gleichnamigen Kurort in Thüringen.

Es gereut mich nicht, diesen entzückenden Platz mit seiner erfrischenden und stärkenden Luft gewählt zu haben, denn Luft ist kein leerer Wahn, was *der* am besten weiß, der ihre mannigfachen Arten an sich selber erprobt hat. Wir gehen einer totalen Reform der Medizin, zum mindesten der Heilmittellehre entgegen, und die Rezepte der Zukunft werden lauten: drei Wochen Lofoten, sechs Wochen Engadin, drei Monate Wüste Sahara. Ja, selbst Malariagegenden werden in kleinen Dosen verordnet werden, etwa wie man jetzt Arsenik gibt. Die große Wirkung der Luftheilmethode liegt in ihrer Perpetuierlichkeit – man kommt Tag und Nacht aus dem Heilmittel nicht heraus.

Einen guten Teil dieser Heilmethode hab ich auch hier, und so fühl ich denn mehr und mehr die Verstimmung von mir abfallen, die mich ohne rechten Grund seit lange quälte. Nur bei Euch war ich frei davon. Die Partien und Ausflüge liegen hier wie vor der Tür, und so sieht man sich in der angenehmen Lage, Naturschönheit ohne jede Müh und Anstrengungen genießen zu können. Daß es eine Schönheit kleineren Stils ist, schadet wenig. Ich bin oft genug bis zwanzigtausend Fuß hoch umhergeklettert, um jetzt mit zweitausend vollkommen zufrieden, ja sogar eigens dankbar zu sein. Ich liebe Weltreisen und möchte sie, wiewohl ich fühle, daß die Passion nachläßt, auch für die Zukunft nicht missen, aber ich bin andererseits kein Freund von Strapazen als solchen, und je bequemer ich den Kongo hinauf- oder hinunterkomme, desto besser. Ökonomie der Kräfte.

Doch was Kongo! Vorläufig heißt meine Welt noch Thale, Hotel Zehnpfund, ein wundervoller Hotelname, bei dem man sich, wie auf dem Bilde ›Wo speisen Sie?‹, förmlich arrondieren fühlt und der sofort die Vorstellung weckt: hier ist es gut sein.

Und diese Vorstellung täuscht nicht. Es ist hier in der Tat gut sein, appetitlich und unterhaltlich, letzteres besonders seit drei Tagen, wo sich durch Eintreffen neuer Gäste die *Table d'hote* belebt hat. Unter diesen Gästen ist ein alter Emeritus, mit dem ich mich gleich anfänglich anfreundete; seit Dienstag aber hat er vor einer neuen Bekanntschaft einigermaßen zurücktreten müssen: Oberst St. Arnaud und Frau. Er, trotzdem er ›a.D.‹ ist (nicht bloß ›zur Disposition‹), Gardeoffizier *from top to toe*, sie, trotz eines languissanten Zuges, oder vielleicht auch um desselben willen, eine Schönheit ersten Ranges. Wundervoll geschnittenes Profil, Gemmenkopf. Ihre Augen stehen scharf nach innen, wie wenn sie sich suchten und lieber sich selbst als die Außenwelt sähen – eine Besonderheit, die von Splitterrichtern sehr wahrscheinlich ihrer Schönheit zum Nachteil angerechnet und mit einem ziemlich prosaischen Namen bezeichnet werden wird. Es gibt ihr aber entschieden etwas Apartes, und wenn ihre *beauté* wirklich Einbuße dadurch erfahren sollte, was ich nicht zugeben kann, so doch sicherlich nicht ihr Reiz. Sie verzieht mich ein wenig, und zwar in einer ganz eigentümlichen Weise, der ich Koketterie nicht zuschreiben und auch nicht ganz absprechen kann. Ich stehe vor einem Rätsel oder doch mindestens vor etwas Unbestimmtem und Unklarem, das ich aufgeklärt sehen möchte. Und dazu, meine liebe Klothilde, mußt Du mir behilflich sein. Du weißt ja den Genealogischen halb und die Rangliste ganz auswendig, hast das Offizierskorps Eurer berühmten Garnison eingetanzt und kennst die nachbarlichen Wahlstätter Kadettenleutnants, die sich so ziemlich aus allen Provinzen rekrutieren. Du mußt also was erfahren können. Daß er mehrere Jahre lang ein Gardebataillon kommandierte, weiß ich; er hat sich gestern abend, als ich von einem Konzert mit ihm heimkehrte, selbst darüber ausgesprochen. Warum aber nahm er den Abschied? Warum zieht er sich augenscheinlich aus dem, was man Gesellschaft nennt, zurück?

Vor allem jedoch: Wer ist Cécile? Dies ist nämlich ihr Name. Woher stammt sie? Brüssel, Aachen, Sacré Coeur, so schoß es mir durch den Kopf, als ich sie zum ersten Male sah, aber dies alles war ein Irrtum. Ich finde, sie schlesiert ein wenig, und so wird es Dir, wenn ich darin recht habe, nur um so leichter sein, meine Neugier zu befriedigen. Meine Neugier? Ich würde Dir von einem tieferen Interesse sprechen, wenn ich nicht fürchten müßte, diesen Ausdruck mißverstanden zu sehen. Sie hat offenbar viel erfahren, Leid und Freud, und ist nicht glücklich in ihrer Ehe, trotzdem sie dem Obersten, ihrem Gemahl, in einzelnen Momenten etwas wie Dank oder selbst wie Hingebung und Herzlichkeit zeigt. Aber es sind immer nur Momente, wo sie nach einem Halt sucht und diesen Halt in ihm zu finden glaubt. Also, wenn Du willst, eine Neigung mehr aus Schutzbedürfnis als aus Liebe. Mitunter auch aus bloßer Kaprice.

Ja, sie hat Kapricen, was an einer schönen Frau nicht sonderlich überraschen darf; aber was durchaus frappieren muß, ist das naive Minimalmaß ihrer Bildung. Sie spricht gut Französisch (recht gut) und versteht ein weniges von Musik; im übrigen fehlt ihr nicht bloß alles Positive, sondern auch jener Esprit, der adorierten Frauen fast immer zu Gebote steht. Wir waren gestern in Quedlinburg und kamen unter anderem an dem Klopstock-Hause vorüber. Ich sprach von dem Dichter und konnte deutlich wahrnehmen, daß sie den Namen desselben zum ersten Male hörte. Was nicht in französischen Romanen und italienischen Opern vorkommt, das weiß sie nicht. Ob sie Zeitungen liest, ist mir fraglich. Und so gibt sie sich Blößen über Blößen. Aber sie besitzt dafür ein anderes, was alle diese Mängel wieder aufwiegt: eine vornehme Haltung und ein feines Gefühl, will sagen: ein Herz. Denn ein feines Gefühl läßt sich so wenig lernen wie ein echtes. Man hat es – oder hat es nicht. Dazu gesellt sich jener freiere Blick oder doch mindestens jenes unbefangene, allem Schwerfälligen abgewandte Wesen, das allen Personen eigen ist, die jahrelang in der Obersphäre der Gesellschaft gelebt und sich einfach dadurch jenes *je ne sais quoi* erworben haben, das sie Gebildeteren und selbst Klügeren überlegen macht. Sie weiß, daß sie nichts weiß, und behandelt dies Manko mit einer entwaffnenden Offenheit. Trotz einer hautänen Miene, die sie, wenn sie will, sehr wohl aufzusetzen versteht, ist sie bescheiden bis zur Demut. Daß sie nervenkrank ist, ist augenscheinlich, aber der Oberst (vielleicht, weil es ihm paßt) macht unter Umständen mehr davon als nötig. Er mag übrigens, was diesen Punkt angeht, in einer ziemlich heiklen Lage sein, denn nimmt er's leicht, wo sie's vorzieht, krank zu sein, so verdrießt es sie, und nimmt er's schwer, wo sie's vorzieht, gesund zu sein, so verdrießt es sie kaum minder. Ich war auf der Roßtrappe Zeuge solcher Szene. Mir persönlich will es scheinen, daß sie, nach Art aller Nervenkranken, im höchsten Grade von zufälligen Eindrücken abhängig ist, die sie, je nachdem sie sind, entweder matt und hinfällig oder aber umgekehrt zu jeder Anstrengung fähig machen. Überhaupt voller Gegensätze: Dame von Welt und dann wieder voll Kindersinn. Sie lacht wenig, aber wenn sie lacht, ist es entzükkend, weil man herausfühlt, wie dieses Lachen sie selber beglückt. Sie war wohl eigentlich ihrer ganzen Natur nach auf Reifenwerfen und Federballspiel gestellt und dazu angetan, so leicht und graziös in die Luft zu steigen wie selber ein Federball. Aber es wird ihr von Jugend an nicht daran gefehlt haben, was sie wieder herabzog. Vielleicht weil sie so schön war. Übrigens glaube nicht, daß ich an eine St. Arnaudsche Mesalliance denke. Nichts in und an ihr, das an eine Tochter Thaliens oder gar Terpsichorens erinnerte. Noch weniger hat sie den kecken Ton unserer Offiziersdamen oder den unmotiviert selbstbewußten unseres Kleinadels auf seinen Herrensitzen. Ihr Ton ist vornehmer, ihre Sphäre liegt höher hinauf. Ob von Natur oder durch zufällige Lebensgänge, lass' ich dahingestellt sein. Sie hascht nach keinem Witzwort, am wenigsten müht sie sich um ein zugespitztes Reparti; sie läßt *andre* sich mühen und zeigt auch darin, daß sie ganz daran gewöhnt ist, Huldigungen entgegenzunehmen. Alles erinnert an ›kleinen Hof‹.

Und nun tue das Deine. Deiner Antwort sehe ich noch *hier* entgegen, und zwar binnen einer Woche. Wird es später, so nach Berlin: *poste restante.* Zu ›postlagernd‹ hab ich mich noch nicht bekehren können. Und nun Dir und meiner teuren Elsy Gruß und Kuß. Wie immer, Dein Dich herzlich liebender

Robert v. G. L.«

10. KAPITEL

Gordon überflog den Brief noch einmal und war mit seiner Charakteristik Céciles zufrieden, aber nicht so mit dem, was er über St. Arnaud geschrieben hatte. Der war offenbar zu kurz gekommen, was ihn bestimmte, noch ein paar Worte hinzuzufügen.

»Eben, meine liebe Klotho« (so kritzelte er an den Rand), »hab ich mein langes Skriptum noch einmal durchgelesen und finde, daß St. Arnauds Bild der Retusche bedarf. Es wird dadurch freilich mehr an Richtigkeit als an Liebenswürdigkeit gewinnen. Wenn ich ihn Dir als Gardeoberst *comme il faut* vorstellte, was zutrifft, so gibt dies doch immer nur eine Seite; mindestens mit gleichem Rechte darf ich ihn als den Typus eines alten Garçons aus der Oberschicht der Gesellschaft bezeichnen. Es ist unmöglich, sich etwas Unverheirateteres vorzustellen als ihn, trotzdem er voll Courtoisie gegen die junge Frau, ja gelegentlich selbst voll anscheinend großer Aufmerksamkeiten ist. Aber sie wirken äußerlich, und wenn sie nicht *bloß* in chevaleresker Gewohnheit ihren Grund haben, so doch jedenfalls zur größeren Hälfte. Zu dem allem hat er (in *diesem* Punkte mit Cécile verwandt) einen ›genierten Blick‹; aber was ihr kleidet, ja, rund heraus, ihren Reiz noch steigert, ist an ihm einfach unheimlich. In manchen Momenten, ich zögere fast, es auszusprechen, wirkt er nicht viel anders, als ob er ein Jeu-Oberst wäre, der hier in Thale den Gemütlichen spielt und seine Kräfte für eine neue Kampagne sammelt. Jedenfalls wirst Du nach dem allem meine Neugier begreifen. Und nun noch einmal Gott befohlen. Dein Roby.«

Und nun schob er den Brief ins Kuvert und ging in das Lesezimmer, um sich in die *Times* zu vertiefen, die zu lesen ihm seit seinen indisch-persischen Tagen ein Bedürfnis war.

Um dieselbe Stunde, wo Gordon den Brief schrieb, machte das St. Arnaudsche Paar, wie täglich nach dem Frühstück, seinen Morgenspaziergang. Als sie die große Parkwiese zweimal umschritten hatten, war Cécile müde geworden und nahm auf einer von Flieder und Goldregen überwachsenen Bank Platz, die zum großen Teil im Schatten lag. Es war eine lauschige Stelle, vormittags die schönste der ganzen Anlage, von der aus man nicht bloß die vorgelegene bewaldete Gebirgswand, sondern auch den Hexentanzplatz und die Roßtrappe mit ihren in der Sonne blitzenden Hotels übersehen konnte. Die Luft stand, und nur dann und wann fuhr ein Windstoß durch die Stille.

Cécile, die den schattigsten Platz hatte, zog den Sonnenschirm ein und sagte: »Gewiß, ich finde das Fräulein sehr unterhaltlich, aber doch etwas emanzipiert oder, wenn dies nicht das richtige Wort ist, etwas zu sicher und selbstbewußt. Künstlerin, sagst du. Gut. Aber was heißt Künstlerin? Sie schlägt gelegentlich einen Weisheits- und Überlegenheitston an, als ob sie Gordons Großtante wäre.«

»Wohl ihr.«

»Ja«, beharrte Cécile. »Wohl ihr. Wenn nur nicht das Gerede der Leute wäre.«

»Das Gerede der Leute«, wiederholte St. Arnaud spöttisch das ihn allemal nervös machende Wort. Aber Cécile, die sonst ein scharfes Ohr für diesen Ton hatte, hörte heute darüber hin, und mit ihrem Sonnenschirm auf einen Hausgiebel zeigend, der in geringer Entfernung aus einer Baumgruppe hervorragte, sagte sie: »Das ist das Hubertusbad, nicht wahr? Wie verlief eigentlich das gestrige Konzert? Ich hatte das Fenster auf und hörte noch die Schlußpiece: ›Komm in mein Schloß mit mir.‹ Wenn ich mir Rosa als Zerline denke.«

»Und Cécile als Donna Elvira.«

Sie lachte herzlich, denn der Ton, in dem St. Arnaud dies sagte, klang durchaus liebenswürdig und jedenfalls ebenso frei von Gereiztheit wie Tadel. »Donna Elvira«, wiederholte sie, »die Rolle der Verschmähten! Wirklich, es wäre die letzte meiner Passionen, und wenn ich mich da hineindenke, so muß ich offen gestehen, es gibt doch allerlei Dinge ...«

»Die noch schwerer zu tragen sind als die, die wir tragen müssen. Ja, Cécile, sprich es nur aus. Und du solltest dich jeden Tag daran erinnern. Freilich ist es leichter, die Wahrheit zu predigen, als danach zu handeln. Aber wir sollten es wenigstens versuchen.«

Jedes dieser Worte tat ihr wohl, und in einem flüchtigen Zärtlichkeitsanfluge sich an ihn lehnend, sagte sie: »Wie du nur sprichst. Als ob ich eine Neigung hätte, den Kopf hängen zu lassen. Und du weißt doch das Gegenteil. Ach, Pierre, wir hätten uns statt der großen Stadt einen stillen Platz suchen sollen, da wär uns manch Bitteres erspart geblieben. Einen stillen Platz, oder lieber gleich ein paar, um mit ihnen wechseln zu können. Wie leicht und gefällig macht sich hier das Leben! Und warum? Weil sich beständig neue Beziehungen und Anknüpfungen bieten. Das ist noch der Vorzug des Reiselebens, daß man den Augenblick walten und überhaupt alles gelten läßt, was einem gefällt.«

»Und doch hat das ›Leben aus dem Koffer‹ auch seine schweren Bedenken. Man findet nicht jeden Tag einen perfekten Kavalier, der die Tugenden unserer militärischen Erziehung mit weltmännischem Blick vereinigt. Du weißt, wen ich meine. Welche Fülle von Wissen und dabei absolut unrenommistisch. Er hat einen entzückenden Ton; es klingt immer, als ob er sich geniere, viel erlebt zu haben.«

Sie nickte zustimmend und fuhr dann ihrerseits fort: »Du hast gestern, als ihr gemeinschaftlich das Fräulein vom Konzert her bis an das Hotel zurückführtet, noch ein Gespräch mit Herrn von Gordon gehabt. Ich stand am Fenster und sah euch den Kiesweg auf und ab promenieren. Erzähle. Du weißt, ich bin eigentlich nicht neugierig, aber wenn ich es bin ...«

»Dann?«

»Dann *de tout mon cœur.* Also was ist es mit ihm? Warum ging er in die weite Welt? Ein Mann von so guter Erscheinung und Familie, denn die Schotten sind alle von guter Familie. Wir hatten unter den Kavalieren am Hofe ... Daher meine Kenntnis. Mir liegt sonst die Prätention fern, über schottische Familien unterrichtet zu sein. Also warum trat er aus der Armee?«

St. Arnaud lachte. »Meine liebe Cécile, du gehst einer grausamen Enttäuschung entgegen. Er schied aus der Armee ...«

»Nun?«

»Einfach Schulden halber. In diesem Punkte beginnt seine Laufbahn als *chevalier errant* so trivial wie möglich. Er stand erst bei den Pionieren in Magdeburg, dann bei dem Eisenbahnbataillon unter Golz, einer Truppe, die sonst viel zu klug und zu gescheit ist, um sich durch Schuldenmachen auszuzeichnen. Aber jede Regel hat ihre Ausnahme. Kurzum, er konnte sich nicht halten und übersiedelte, wenn sich in solcher Lage von Übersiedelung sprechen läßt, nach England, woselbst er seine wissenschaftlichen Kenntnisse praktisch zu verwerten hoffte. Dies gelang ihm denn auch, und er ging Mitte der siebziger Jahre nach Suez, um hier im Auftrag einer großen englischen Gesellschaft einen Draht durch das Rote Meer und den Persischen Golf zu legen. Du wirst nicht orientiert sein, aber ich zeige dir's auf der Karte.«

»Nur weiter.«

»Etwas später trat er in persischen und, nach Beendigung einer unter seiner Oberleitung hergestellten Telegraphenverbindung zwischen den zwei Hauptstädten des Landes, in russischen Dienst. Es war gerade die Zeit, als Skobeleff, dessen du dich von Warschau her erinnern wirst, vor Samarkand seine Triumphe feierte. Später, als der Kriegsschauplatz wechselte, war er mit demselben General vor Plewna. Der wachsende Haß der Russen aber gegen alles Deutsche hat ihm schließlich den Dienst verleidet: er nahm den Abschied und hat das Glück gehabt, alte Beziehungen wieder anknüpfen zu können. Er ist in diesem Augenblicke Bevollmächtigter derselben englischen Firma, in deren Dienst er seine Laufbahn begann, und gerade jetzt mit einer geplanten neuen Kabellegung in der Nordsee beschäftigt. Hat aber den lebhaften Wunsch, in preußischen Dienst zurückzutreten, was ihm, bei Protektion an hoher Stelle, deren er sich erfreut, ganz zweifellos gelingen wird.«

»Und das ist alles?«

»Aber, Cécile ...«

»Du hast recht«, lachte sie. »Buntes Leben genug. Und doch find ich wirklich, daß einen Draht oder ein Kabel an einer mir unbekannten Küste zu legen (und welche Küste wäre mir nicht unbekannt), schließlich ebenso trivial ist wie Schuldenmachen.«

»Da bin ich doch neugierig, zu hören, was du geneigt sein möchtest, *nicht* trivial zu finden.«

»Nun, beispielsweise den Regensteiner. Der ist doch um vieles romantischer. Und wenn es der Regensteiner nicht sein kann, nun denn: Abenteuer, Tigerjagd, Wüste, Verirrungen ...«

»Geographische oder moralische?«

»Beide.«

»Nun, wer weiß, was er davon noch in petto hat. Er konnte mich doch nicht gleich in seine letzten Intimitäten einweihen. Aber sieh nur ...«

Und ein Windstoß, der eben in das große, mit Zentifolien dicht besetzte Rundell gefahren war, trieb eine Wolke von Rosenblättern auf Cécile zu.

»Sieh nur«, wiederholte der Oberst, und im selben Augenblicke sanken die herangewehten Blätter, denen das Fliedergebüsch den Durchgang wehrte, zu Füßen der schönen Frau nieder.

»Ah, wie schön«, sagte Cécile. »Das ist mir eine gute Vorbedeutung.«

Und sie bückte sich nach einem der Blätter, um es auf ihre Lippen zu legen. Dann aber erhob sie sich und schritt, in guter Laune St. Arnauds Arm nehmend, auf das Hotel zu.

11. KAPITEL

Es war noch eine gute Weile bis Mittag. St. Arnaud, der die Kartenpassion hatte, beabsichtigte, sich in eine Harzkarte zu vertiefen; Cécile dagegen wollte ruhen und zog, als sie sich auf die Chaiselongue gestreckt hatte, den über ihre Füße gebreiteten Schal höher hinauf und sagte: »Wecke mich, Pierre. Nicht länger als zehn Minuten.« Und gleich danach schlief sie, die linke Hand unter dem schönen Kopf, während ihre Rechte noch das Tuch hielt. –

Zwei Stunden später erschien man an der *Table d'hote,* wo der die Neigungen und Wünsche seiner Gäste beständig scharf im Auge habende Wirt eine Neuplacierung hatte stattfinden lassen. Die St. Arnauds saßen an alter Stelle, Gordon aber, statt gegenüber von Cécile, war links neben diese gesetzt worden, während der Emeritus den erledigten Visavisplatz und der in seiner Erscheinung etwas aufgebesserte Privatgelehrte (denn das war er) den Platz neben dem Geistlichen erhalten hatte. Rosa fehlte. Gordon erschien erst, als man die Suppe schon herumgab, und als Soldat ein wenig verlegen über die Verspätung, noch verlegener aber über das Neuarrangement, das er vorfand, wandte er sich mit der Bemerkung an Cécile, »daß er nicht recht wisse, wodurch er sich, der er doch viel mehr ein Sodawasser- als Champagnergast sei, diese wirtliche Bevorzugung verdient habe« – eine Bemerkung, bei der der alte Emeritus jovial und lebemännisch lächelte, während der Privatgelehrte mit einem schon den Ernst der Historie streifenden Interesse seine Hornbrille höher schob und mehr forscherhaft-wissenschaftlich als landesüblich-artig zu Gordon hinüberstarrte. Dieser selbst indes war durch die schöne Frau viel zu sehr in Anspruch genommen, um für das Lächeln des Emeritus oder gar für den Forscherblick des Askanischen Spezialisten irgendwie Sinn und Auge zu haben, und gab der Erregung, in der er sich nach wie vor befand, durch allerlei rasche Fragen Ausdruck, die sich auf die kleinen Vorkommnisse der Quedlinburger Partie bezogen, auf die Krypta, den Roland und das Klopstock-Haus, ›das (und Cécile lachte jetzt mit) nur leider zu grün gewesen sei‹. Noch andere Fragen drängten sich, und nur der Äbtissinnen und speziell des Bildes der schönen Gräfin Aurora wurde von seiten Gordons mit keinem Wort gedacht.

»Aber ich schwatze so viel«, unterbrach er sich plötzlich selbst, »und versäume darüber die Hauptsache, die, mich nach dem Befinden der gnädigen Frau zu erkundigen, das mir auf der Rückfahrt in der Tat ernstlich gefährdet erschien, denn ich entsinne mich nicht, etwas Ähnliches von Zug erlebt zu haben, nicht einmal auf amerikanischen Bahnen, die bekanntlich in ›frischer Luft‹ ein Äußerstes tun. O, wie hass' ich diese großen Salonwagen, wo jede Vorsicht, auch die sorglichste, scheitert, weil einem das *eine* geschlossene Fenster, auf das man einen reglementsmäßigen Anspruch hat, zu rein gar nichts hilft – man bleibt eben immer noch im Kreuzfeuer von sechs anderen, die sich der Kontrolle durch allerhand Zwischenbauten entziehen: eine wahre Perfidie der Wagenbaukonstrukteure. Sahen Sie gestern wohl den dicken kleinen Herrn in dem Nachbarkompartiment? *Der* war schuld. Mit einem wahren Krach ließ er alle noch geschlossenen Fenster in die Versenkung niederfahren und sah sich dabei so stolz und herausfordernd um, daß mir der Mut entsank, ihn in seinem mörderischen Tun zu hindern. O diese Ventilationsenthusiasten!«

»Und doch weiß ich nicht«, sagte St. Arnaud, »ob sein Antagonist, der Ventilationshasser, nicht vielleicht noch schlimmer ist als der Ventilationsenthusiast.«

»Aufs letzte hin angesehen, also Extrem gegen Extrem, ganz unbedingt. Zuviel Luft ist immer besser als zuwenig. Aber sehen wir von solch äußersten Fällen ab, so geb ich dem Ventilationsfeinde den Vorzug. Er mag ebenso lästig sein wie sein Gegner, ebenso gesundheitsgefährlich oder meinetwegen auch noch mehr, aber er ist nicht so beleidigend. Der Ventilationsenthusiast brüstet sich nämlich beständig mit einem Gefühl unbedingter Superiorität, weil er seiner Meinung nach nicht bloß das Gesundheitliche, sondern auch das Sittliche vertritt. Das Sittliche, das Reine. Der, der sämtliche Fenster aufreißt, ist allemal frei, tapfer, heldisch – der, der sie schließt, allemal ein Schwächling, ein Feigling, *un lâche.* Und das weiß der unglückliche Fensterschließer auch, und weil er es weiß, geht er ängstlich und heimlich vor, so heimlich, daß er mit Vorliebe den Moment abwartet, wo sein Widerpart zu schlafen scheint. Aber dieser Widerpart schläft nicht, und mit jenem nie versagenden Mut, den eben nur die höhere Sittlichkeit gibt, springt er auf, läßt seine Zornader anschwellen und schleudert das Fenster wieder nieder, genauso wie der dicke kleine Herr gestern. Sie können zehn gegen eins wetten, der Antagonist von Zug und Wind ist immer voll Timidität, der Enthusiast aber (und das ist schlimmer) voll Effronterie.«

»Sehr gut«, stimmte der Emeritus ein.

»Aber«, fuhr Gordon fort, »da kommen Forellen, meine gnädigste Frau. Das ist denn doch wichtig genug, um unsere Streitfrage wenigstens momentan ruhen zu lassen. Darf ich Ihnen dieses Prachtexemplar vorlegen? Und zugleich etwas Butter von diesem merkwürdigen Buttervogel hier, hier auf der zweiten Schüssel, gelber als gelb und mit zwei Pfefferkornaugen! O, sehen Sie, grotesk bis zum Gruseligen. Zu den schlimmsten Ausschreitungen erregter Künstlerphantasie gehören auch immer *die* der Konditoren und Köche.«

»Was ich mich zuzugestehen gedrungen fühle«, sagte der Langhaarige mit stark wissenschaftlicher Betonung. »Aber, so Sie gestatten, zugleich unter Konstatierung gelegentlicher Ausnahmen. Das deutsche Märchen, über dessen Abstammung zu sprechen uns hier zu weit führen würde ... Darf ich mich Ihnen vorstellen? Eginhard Aus dem Grunde ... das deutsche Märchen kennt von ältester Zeit her ein ideales Pfefferkuchenhaus, ein Pfefferkuchenhaus nur in der Idee. Dies steht fest. Ist es nun eine konditorliche Geschmackssünde, so wird sich die Sache vielleicht präzisieren lassen, *das* leibhaftig vor uns hinzustellen, was bis dahin nur in unserer Vorstellung lebte? Die Beantwortung dieser Frage will mir keineswegs leicht erscheinen, am wenigsten aber unanfechtbar, ob sie nun auf ›nein‹ oder ›ja‹ lauten möge. Was mich persönlich angeht, so bekenn ich offen, daß ich mich in der Weihnachtszeit jedesmal herzlich freue, bei Degebrodt in der Leipziger Straße (dessen Spezialität diese Dinge zu sein scheinen) dem bis vor wenigen Jahren nur in der Idee bestehenden Pfefferkuchenhause greifbar zu begegnen. Es unterstützt dergleichen die Phantasie, statt sie zu lähmen. Der unsere Zeit und unsere Kunst entstellende Realismus hat seine Gefahren, aber, wie mir scheinen will, auch sein Recht und seine Vorzüge.«

»Gewiß, gewiß«, sagte Gordon. »Ich revoziere. Wenn man Fisch ißt, darf man ohnehin nicht streiten. Ich habe einen Professor gekannt, der an einer Fischgräte gestorben ist.«

»Die Forelle hat keine Gräten.«

»Aber die Flossen. Und doch jedenfalls die Mittelgräte. Nehmen Sie sich in acht, Herr Professor.«

»Sie legen mir einen Titel zu ...«

»Pardon. Ich war der Meinung ... Übrigens find ich diese Harzforelle überaus delikat und von einem ganz eigentümlichen Aroma.«

»Forellen sind Forellen.«

»Doch nur etwa so, wie Menschen Menschen sind. Weiße, Schwarze, Privatgelehrte haben einen verschiedenen Geschmack, auch vom anthropophagischen Standpunkt aus, und die Forellen desgleichen. Sie schmecken wirklich verschieden. Ich darf es sagen. Denn wenn ich die Rechnung mache, so hab ich wohl ein Dutzend Arten durchgekostet.«

»Und die schönsten waren?«

»In Deutschland, meine gnädigste Frau, die Felchen im Bodensee (man muß Markgräfler dazu trinken), und in Italien die Maränen aus dem Lago di Bolsena ... Die bedingungslos schönsten aber hab ich erst ganz vor kurzem in meiner Heimat, will sagen in der schottischen Heimat meiner Familie kennengelernt.«

»Und das waren?«

»Lachsforellen aus dem Kinroßsee. Maria Stuart saß da gefangen, in einem alten Douglas-Schlosse mitten im See, und wenn sie während dieser Gefangenschaftstage, neben der Liebe von Willy Douglas, eines beiläufigen illegitimen, also doppelt verführerischen Sohnes des Hauses, irgend etwas getröstet haben kann, so müssen es die Lachsforellen gewesen sein.«

»Und doch«, unterbrach hier der Emeritus, »wag ich die Behauptung, daß das, was unser Harz und speziell unsre Bode bietet, Ihre Lachsforellen im …«

»Kinroßsee.«

»Im Kinroßsee also, um ein beträchtliches überbietet. Nicht auf dem Gebiete der Lachsforelle, nicht Forelle gegen Forelle, wohl aber …«

»Nun?«

»Wohl aber Schmerle gegen Forelle.«

»Schmerle?« wiederholte Cécile. »Was ist das? Kennen Sie Schmerlen, Herr von Gordon?«

»O gewiß. Ich entsinne mich ihrer aus meinen Kindertagen her und bei mancher Anlage zur Gourmandise könnt ich mich allenfalls entschließen, eine Kunst- und Entdeckungsreise zu machen, um das gelobte Land der Schmerlen kennenzulernen. Ist es weit?«

»Nur wenige Stunden.«

»Und nennt sich?«

»Altenbrak; ein großes Dorf an der Bode. Wenn Sie die Partie machen wollen, so haben Sie die Wahl zwischen einem Talweg unten und einem Hochweg oben. Am meisten aber empfiehlt sich's, wie gewöhnlich, das eine zu tun und das andre nicht zu lassen, oder, mit andren Worten, über die Berge hin den Hinweg und an der Bode hin den Rückweg zu machen. Der eine Weg würde Sie bei Jagdschloß Todtenrode, der andere bei Tresenburg vorüberführen. Eine sehr empfehlenswerte Partie.«

»Der Sie sich vielleicht anschließen, mein Herr Emeritus, um uns Führer und Berater zu sein.«

»Mit vielem Vergnügen«, fuhr dieser fort. »Und um so lieber, als mir dadurch Gelegenheit wird, einen Mann wiederzusehen, der aufs glücklichste Humor mit Charakter und Naivität mit Lebensklugheit verbindet.«

»Und wer ist dieser Glückliche?«

»Der Altenbraker Präzeptor.«

»Und das bedeutet?«

»Zunächst nichts weiter, als was es besagt, einen Lehrer also. Doch ist nicht jeder Lehrer ein Präzeptor. Die Nomination des meinigen (er ist bereits ein hoher Siebziger) stammt noch aus einer Zeit her, wo man den Dorfschulmeistern, wenn im Dorfe der Pfarrer fehlte, den Extratitel eines Präzeptors beilegte. Wenigstens in unsrer Braunschweiger Gegend. Damit war dann angedeutet, daß der Betreffende von einer gewissen höheren Ordnung und sowohl berechtigt wie verpflichtet sei, Sonntag für Sonntag der Gemeinde das Evangelium oder auch eine Predigt aus einem Predigtbuche vorzulesen.«

Cécile, die bis dahin mit der Redseligkeit des über Schmerlen und Schulmeisteroriginale sich verbreitenden alten Emeritus nur wenig einverstanden gewesen war, wurde jetzt plötzlich aufmerksam, denn ein in ihrer Natur liegender mystisch-religiöser Zug, den die Lektüre von Erbauungs- und namentlich von Erweckungsgeschichten noch erheblich gesteigert hatte, ließ sie jedesmal aufhorchen, wenn gewisse Stichworte fielen, die Konventikliges oder Sektiererisches in Aussicht stellten. In vorderster Reihe standen natürlich die Mormonen, und wenn sich auch im gegenwärtigen Augenblicke so Gutes und Interessantes kaum erhoffen ließ, so sagte sie doch über den Tisch hin: »Und ein solcher Präzeptor befindet sich in dem Schmerlendorfe?«

»Ja, meine gnädigste Frau. Nur ist zu bedauern, daß der ehemalige Präzeptor nicht mehr Präzeptor ist, vielmehr sein Amt niedergelegt hat. Noch dazu gegen den Wunsch seiner kirchlichen Behörde.«

»So waren es seine hohen Jahre, was den Ausschlag gab?«

»Auch das nicht, meine gnädigste Frau. Das, was den Ausschlag gab, war sein Gewissen.«

»Aber aus einem Manne, wie Sie den Alten geschildert, kann doch kein böses Gewissen gesprochen haben?«

»In gewissem Sinne doch.«

»O da bin ich neugierig. Ist es eine Sache, die sich erzählen läßt?«

»Unbedingt. Und ich erzähle sie doppelt gern, weil sie meinen Altenbraker Freund in einem schönen Lichte zeigt. Ich sprach von seinem bösen Gewissen und mit Recht. Denn das, was wir ein böses Gewissen nennen, ist ja immer ein gutes Gewissen. Es ist das Gute, was sich in uns erhebt und uns bei uns selber verklagt.«

Cécile sah ihn groß an. Aber sie gewahrte bald, daß es absichtslos gesprochen war, und so nickte sie nur freundlich und sagte: »Nun denn.«

»Nun denn, in meinem alten Präzeptor regte sich also plötzlich sein gutes Böses-Gewissen. Und das machte sich so. Predigten- und Evangeliumlesen war ihm vorgeschrieben. Als er aber an die Siebzig kam und die Buchstaben in seinem Predigtbuche trotz angeschaffter starker Brille vor seinem Auge zu tanzen und zu verschwimmen anfingen, ließ er sich in dem, was er später seinen Dünkel nannte, hinreißen, alle Bücher zu Hause zu lassen und von der Kanzel herab aus dem Stegreife zu sprechen. Mit andern Worten, er predigte, tat den Präzeptor ab und zog den Pastor an. Das ging so mehrere Jahre. Mit einemmal aber kam ihm die Vorstellung seines Unrechts, und daß er in Eitelkeit und Vermessenheit tue, was nicht seines Amtes sei. Alles erschien ihm plötzlich, und nicht ganz mit Unrecht, als Übergriff und Ungesetzlichkeit, und nachdem er das Gefühl davon eine Zeitlang mit sich herumgetragen, entschied er sich endlich kurz und energisch und ging nach Braunschweig, um sich selber vor einem Hohen Konsistorium zur Anzeige zu bringen.«

»Und was geschah nun?« unterbrach hier St. Arnaud. »Ich fürchte, das Hohe Konsistorium, man kennt dergleichen, wird gerade so klein gewesen sein, wie der Alte groß war.«

»Nein, mein Herr Oberst, es kam doch erfreulicher, und wenn eine Geschichte zwei Helden haben darf, so hat sie die meinige, denn neben meinen Präzeptor stellt sich ebenbürtig mein Konsistorialrat. Der wußte lange schon von dem Übergriff. Aber er wußte zugleich auch, daß die Altenbraker nie so kirchgängerische Leute gewesen waren als von dem Tag an, wo der Präzeptor zum ersten Male den Übergriff gewagt und mit dem unerlaubten Predigen begonnen hatte. Und so stand er denn von seinem Lehnstuhl auf und sagte: ›Mein lieber Rodenstein‹ (das ist nämlich der Name meines Präzeptors), ›mein lieber Rodenstein, Ihre Klage wird gar nicht angenommen. Gehen Sie ruhig wieder nach Altenbrak, und machen Sie's gerad so, wie Sie's bisher gemacht haben. Und damit Gott befohlen.‹ Und wirklich, der Präzeptor ging auch. Aber wiewohl er sich für so viel Nachsicht und Güte respektvollst bedankt hatte, blieb er im stillen doch fest und bei seiner Meinung und gab, als er wieder daheim war, seinen Abschied schriftlich ein, der ihm denn auch schließlich in Gnaden erteilt wurde. Seitdem sitzt er, wenn nicht Gäste kommen, einsam auf seiner Burg Rodenstein.«

»Auf seiner Burg Rodenstein?«

»Ja, man darf es so nennen. Jedenfalls nennt er es selber so. Seine Burg Rodenstein aber ist nichts weiter als ein wundervoll auf einem Felsen gelegenes Gasthaus, darin er als ›Rodensteiner‹ haust und wie sein berühmter Namensvetter unter allen Umständen einen guten Trunk und, wenn gewünscht, auch die besten Schmerlen auf den Tisch bringt. Und das ist das Schmerlenland, von dem ich Ihnen sprach: Altenbrak und sein Präzeptor, Burg Rodenstein und der Rodensteiner.«

»Und da müssen wir hin«, sagte Gordon, und Cécile klatschte zustimmend in die Hände. »Da müssen wir hin, um die Streitfrage zwischen Forellen und Schmerlen ein für allemal entscheiden zu können.«

»Und der Herr Emeritus übernimmt die Führung. Er hat bereits zugestimmt. Und auch Herr Eginhard … O, pardon …«

»Aus dem Grunde.«

»Und auch Herr Eginhard Aus dem Grunde«, wiederholte Gordon, während er sich gegen den Privatgelehrten verneigte, »wird uns begleiten. Nicht wahr?«

12. KAPITEL

Die Partie nach Altenbrak war für den anderen Morgen verabredet, aber bis dahin war noch eine lange Zeit, und als man aus dem Saal in den Korridor trat, wurde mehrfach die Frage laut, was bei der schwebenden Hitze mit dem ›angebrochenen‹ Nachmittage zu machen sei? Der Privatgelehrte schlug eine Promenade durch das Bodetal vor, drang aber nicht durch.

»Nur nicht Bodetal«, sagte Gordon. »Oder gar dieser ewige Waldkater! Das reine Landhaus an der Heerstraße mit einer Mischluft von Küchenabguß und Pferdeställen. Überall Menschen und Butterpapiere, Krüppel und Ziehharmonika. Nein, nein, ich proponiere Lindenberg.«

»Lindenberg«, entschied St. Arnaud, und Cécile zeigte sich bereit, die Promenade sofort zu beginnen.

»Du solltest dich erst ruhen«, sagte der Oberst. »Es ist heiß, und der Weg wird dich ermüden.«

Aber die schöne Frau, die regelmäßig andern Sinnes war, wenn St. Arnaud auf ihr Ruhebedürfnis oder gar auf ihre Schwächezustände hinwies, widersprach auch diesmal und versicherte, während sie sich gegen den Privatgelehrten, um dessen Begleitung sie schon vorher gebeten hatte, verneigte, »bei gutem Gespräche noch niemals müde geworden zu sein«.

Ein Verklärungsschimmer ging über Eginhard, der bei seinem Hange, zu generalisieren, sofort auch Betrachtungen über die Superiorität aristokratischer Lebens- und Bildungsformen anstellte. Zugleich war er fest entschlossen, sich eines so schmeichelhaft in ihn gesetzten Vertrauens würdig zu zeigen, war aber nicht glücklich damit, wie sich gleich bei seinem ersten Versuche herausstellen sollte.

»Miquelscher Privatbesitz, meine Gnädigste«, hob er an, während er auf eine noch innerhalb der Dorfstraße gelegene, von einem herrschaftlichen Garten umgebene Villa zeigte.

»Wessen?« fragte Cécile.

»Doktor Miquels. Ehedem Bürgermeister von Osnabrück, jetzt Oberbürgermeister zu Frankfurt.«

»An der Oder?«

»Nein; am Main.«

»Aber was konnte diesen Herrn veranlassen, von so landschaftlich bevorzugter Stelle her gerade *hier* sich anzukaufen und in diesem einfachen Harzdorf seine Sommerfrische zu nehmen?«

»Eine wohl aufzuwerfende Frage, deren einzig mögliche Beantwortung mir in der Deutschkaiserlichkeit des Doktor Miquel zu liegen scheint, ein Wort, das trotz seiner sprachlichen Anfechtbarkeit den Gedanken genau wiedergibt, den ich Ihnen, meine gnädigste Frau, des ausführlicheren unterbreiten möchte. Darf ich es?«

»Ich bitte recht sehr darum.«

»Nun denn, es darf als historische Tatsache gelten, daß wir Männer besaßen und noch besitzen, in denen das Kaisertum bereits mächtig lebte, bevor es noch da war. Es waren das die Propheten, die jeder großen Erscheinung vorauszugehen pflegen, die Propheten und Täufer.«

»Und zu diesen zählen Sie …«

»Vor allem auch Doktor Miquel von Frankfurt. In der Tat, er war unter denen, in deren Brust der Kaisergedanke von Jugend auf nach Verwirklichung rang. Aber wo war diesem Gedanken am besten eine Verwirklichung zu geben? Wo durfte er am ehesten Nahrung finden und Förderung erwarten? Und auf diese Fragen, meine gnädigste Frau, gibt es nur *eine* Antwort: *Hier.* Denn hier, an dieser gesegneten Harzstelle, predigt alles Kaisertum und Kaiserherrlichkeit. Ich spreche nicht von dem ewigen Kyffhäuser, der ohnehin halb thüringisch ist, aber speziell hier, am harzischen Nordrande, gibt jeder Fußbreit Erde wenigstens einen Kaiser heraus. In der Quedlinburger Abteikirche, die Sie, wie mir zu meiner Freude bekannt geworden, durch Ihren Besuch beehrt haben, ruht der erste große Sachsenkaiser, im Magdeburger Dome der noch größere zweite. Sie mit Namen zu behelligen, meine gnädigste Frau, kann mir nicht einfallen. Aber ich bitte, Tatsachen geben zu dürfen. In Harzburg, auf der Burgberg-Höhe – deren Besteigung ich Ihnen empfehlen möchte; Sie finden Esel am Fuße des Berges – stand die Lieblingsburg des zu Kanossa gedemütigten Heinrich, und zu Goslar, in verhältnismäßiger Nähe jener Burgberg-Höhe, haben wir bis diese Stunde die große Kaiserpfalz, die die mächtigsten Herrschergeschlechter, die Träger des ghibellinischen Gedankens in schon vorghibellinischer Zeit, in ihrer Mitte sah. Also Kaisererinnerungen auf Schritt und Tritt. Und hierin, meine gnädigste Frau, seh ich den Grund, der Doktor Miquel, den Mann des Kaisergedankens, in speziell *diese* Gegenden zog.«

»Unzweifelhaft. Und Sie sprechen das alles mit solcher Wärme …«

Der Privatgelehrte verneigte sich.

»Mit solcher Wärme, daß ich annehmen möchte, Sie selber seien mit unter den Propheten und Täufern gewesen, und Ihre Studien fänden ihren Gipfelpunkt in einer begeisterten Hingebung an die deutsche Kaisergeschichte.«

»Gewiß, meine gnädigste Frau, wennschon ich Ihnen offen bekenne, daß der Gang unserer Geschichte nicht *der* war, der er hätte sein sollen.«

»Und was ist es, woran Sie Anstoß nehmen?«

»Das, daß sich der Schwerpunkt verschob. Ein Fehler, der erst in unseren Tagen seine Korrektur erfahren hat. Als die Sachsenkaiser, die wir mit mindestens gleichem Recht auch die Harzkaiser nennen dürften, seitens der deutschen Stämme gekürt wurden, waren wir auf der rechten Spur und hätten, bei dem endlichen, aber nur allzu frühen Erlöschen des Geschlechts, den Schwerpunkt deutscher Nation nach Nordosten hin verlegen müssen.«

»Bis an die russische Grenze?«

»Nein, meine Gnädigste, nicht so weit; nach dem Lande zwischen Oder und Elbe.«

»Mit den Hohenzollern an der Spitze?«

»Doch nicht. Nicht damals. Wohl aber, statt ihrer, ein anderes großes Fürstengeschlecht an der Spitze, das in bereits vorhohenzollerscher Zeit das Land zwischen Oder und Elbe beherrschte, seitdem aber in unbegreiflich undankbarer Weise vergessen oder doch beiseite gestellt wurde: das Geschlecht der Askanier. Haben wir doch als einziges Denkmal und Erinnerungszeichen an diese ruhmreiche Familie nichts als den Askanischen Platz, eine mittelmäßige Lokalität, die täglich viele Tausende passieren, ohne mit dem Namen derselben auch nur die geringste historische Vorstellung zu verknüpfen.«

Cécile war selbst unter diesen. Aber in Kreisen großgezogen, in denen aller historischer Notizenkram einen höchst geringen Rang behauptete, bekannte sie sich lachend zu dieser ihrer Unkenntnis und sagte: »Sie müssen es leicht nehmen, mein teurer Herr Professor – pardon, daß ich bei diesem Titel verbleibe –, Sie müssen es leicht nehmen. Es ist nicht jedermanns Sache, gründlich zu sein. Und nun gar erst wir Frauen. Sie wissen, daß wir jedem ernsten Studium feind sind. Aber wir haben eine Neigung zu glücklicher Benutzung des Moments, auch ich, und so dürfen Sie jederzeit sicher sein, einer dankbaren Schülerin in mir zu begegnen.«

Wieviel daran Ernst war, war ungewiß, aber als desto gewisser konnte das eine gelten, daß Cécile nicht in der Laune war, den ersten erweiterten Unterricht über Askaniertum auf der Stelle nehmen zu wollen. Sie sah sich vielmehr, als ob sich's um eine Hilfstruppe gehandelt hätte, ziemlich ängstlich nach St. Arnaud und Gordon um, die denn auch, den Emeritus in der Mitte, in einiger Entfernung folgten.

»Ich bin«, empfing sie die Herankommenden, »ein gut Teil schneller gegangen als gewöhnlich, und lehrreiche Gespräche haben mir den Weg gekürzt.«

Aber während sie diese Worte sprach, hielt sie sich an einer Banklehne, und St. Arnaud sah deutlich, daß sie todmüde war, gleichviel ob vom Weg oder von der Unterhaltung. Er kam ihr deshalb zu Hilfe und sagte, während er den Privatgelehrten lächelnd musterte: »Dein alter Fehler, Cécile! Wenn dich etwas lebhaft interessiert, Gespräch oder Person, überspannst du deine Kräfte ... Die Herren werden verzeihen, wenn wir uns, während Sie den Berg ersteigen, diese Bank hier zunutze machen und auf Ihre Rückkehr warten.«

Gordon und der Emeritus, beide wahrnehmend, wie's stand, beeilten sich, ihre Zustimmung auszudrücken, und nur Eginhard, der auf eine Zuhörerin von so viel ›feinem Verständnis‹ nicht gern verzichten wollte, sprach noch allerlei von dem Belebenden des Doppel-Oxygens, das erfahrungsgemäß in dem Zusammenwirken von Nadel- und Laubholz läge, von denen das Nadelholz auf der Lindenberg-Höhe sowohl durch *Larix tenuifolia* wie *sibirica*, das Laubholz aber durch *Quercus robur* in wahren Prachtexemplaren vertreten sei. Noch weitere Namen sollten folgen. Gordon indes coupierte die Rede ziemlich brüsk und schritt, des Emeritus Arm nehmend, unter einem griechisch-lateinischen Kauderwelsch, in dem Ausdrücke wie Douglasia, Therapeutik, Autopsie wild durcheinander wiederkehrten, an Eginhard vorüber, den sanft ansteigenden Schlängelpfad hinauf.

Der Privatgelehrte seinerseits machte gute Miene zum bösen Spiel und folgte.

St. Arnaud und Cécile hatten sich's mittlerweile bequem gemacht. Die Bank war ziemlich primitiv und bestand aus zwei Steinpfeilern und zwei Brettern, von denen eins als Sitz, das andere als Lehne diente. Heidekraut und Epilobium wuchsen umher, und weit vorhängende Tannenzweige bildeten ein Schutzdach gegen die Sonne. Boncœur, der schöne Neufundländer, der sich vom Hotel her auch wieder angeschlossen hatte, hatte sich ins Heidekraut gelegt.

»Wie schön«, sagte Cécile, während ihr Auge die vor ihr ausgebreitete Landschaft überflog.

Und wirklich, es war ein Bild voll eigenen Reizes.

Der Abhang, an dem sie saßen, lief in allmählicher Schrägung bis an die durch Wärterbuden und Schlagbäume markierte Bahn, an deren anderer Seite die roten Dächer des Dorfes auftauchten, nur hier und da von hohen Pappeln überragt. Aber noch anmutiger war das, was diesseits lag: eine Doppelreihe blühender Hagerosenbüsche, die zwischen einem unmittelbar vor ihnen sich ausdehnenden Kleefeld und zwei nach links und rechts hin gelegenen Kornbreiten die Grenze zogen. Von dem Treiben in der Dorfgasse sah man nichts, aber die Brise trug jeden Ton herüber, und so hörte man denn abwechselnd die Wagen, die die Bodebrücke passierten, und dann wieder das Stampfen einer benachbarten Schneidemühle. Boncœur hatte den Kopf zwischen die Vorderfüße gelegt, und nur dann und wann sah er zu seiner selbstgewählten Herrin auf, als ob er sich wegen seiner Saumseligkeit entschuldigen wolle.

Plötzlich aber sprang er nicht nur auf, sondern mit ein paar großen Sätzen bis in das Kleefeld hinein, freilich nur, um sich hier sofort wieder auf die Hinterfüße zu setzen und ein paar Töne, die halb Geblaff und halb Gewinsel waren, laut werden zu lassen.

»Was ist es?« fragte Cécile, während St. Arnaud nach rechts hin auf einen in Büchsenschußentfernung über den Weg kommend und im selben Augenblick auch wieder im Unterholz am Berghange verschwindenden Hasen zeigte. Boncœur aber, mit seinem Behange hin und her schlagend, sah dem flüchtigen Lampe noch eine Weile nach und nahm dann seinen Platz neben der Bank wieder ein.

»Schlechter Hund«, sagte Cécile, mit ihrer Schuhspitze seinen Kopf kraulend.

»Guter Hund«, erwiderte St. Arnaud. »Er zieht einfach deine Liebkosungen einer fruchtlosen Hasenjagd vor. Er ist ritterlich und verständig zugleich, was nicht immer zusammenfällt.«

Cécile lächelte. Solche Huldigungsworte taten ihr wohl, auch wenn sie von St. Arnaud kamen. Dann schwiegen beide wieder und hingen ihren Gedanken nach. Helles, sonnendurchleuchtetes Gewölk zog drüben im Blauen an ihnen vorüber, und ein Volk weißer Tauben schwebte daran hin oder stieg abwechselnd auf und nieder. Unmittelbar am Abhang aber standen Libellen in der Luft, und kleine graue Heuschrecken, die sich in der Morgenkühle von Feld und Wiese her bis an den Waldrand gewagt haben mochten, sprangen jetzt, bei sich steigernder Tagesglut, in die kühlere Kleewiese zurück.

Der Oberst nahm Céciles Hand, und die schöne Frau lehnte sich müd und auf Augenblicke wie glücklich an seine Schulter.

In solchem Träumen blieb sie, bis plötzlich an der Bahn entlang die Signale gezogen wurden und von Thale her das scharfe Läuten der Abfahrtsglocke herüberklang. Und siehe da, keine Minute mehr, so vernahm man auch schon den Pfiff der Lokomotive, gleich danach ein Keuchen und Prusten, und nun dampfte der Zug auf wenige hundert Schritt an dem Lindenberge vorüber.

»Er geht nach Berlin«, sagte St. Arnaud. »Willst du mit?«

»Nein, nein.«

Und nun sahen beide wieder der Wagenreihe nach und horchten auf das Echo, das das Gerassel und Geklapper in den Bergen wachrief und fast so klang, als ob immer neue Züge vom Hexentanzplatz her herunterkämen.

Endlich schwieg es, und die frühere Stille lag wieder über der Landschaft. Nur die Brise von Dorf und Fluß her wuchs, und die Kornfelder neigten sich und mit ihnen der rote Mohn, der in ganzen Büscheln zwischen den Halmen stand.

Unwillkürlich machte Cécile die schwankende Bewegung mit, bis sie plötzlich auf ein Bild wies, das der Aufmerksamkeit beider wohl wert war. Von jenseits der Bahn her kamen gelbe Schmetterlinge massenhaft, zu Hunderten und Tausenden, herangeschwebt und ließen sich auf dem Kleefeld nieder oder umflogen es von allen Seiten. Einige schwärmten am Waldrand hin und kamen der Bank so nahe, daß sie fast mit der Hand zu fassen waren.

»Ah, Pierre«, sagte Cécile. »Sieh nur, das bedeutet etwas.«

»O gewiß«, lachte St. Arnaud. »Es bedeutet, daß dir alles huldigen möchte, gestern die Rosenblätter und heute die Schmetterlinge, Boncœurs und Gordons ganz zu schweigen. Oder glaubst du, daß sie meinetwegen kommen?«

13. KAPITEL

Alles freute sich auf Altenbrak, und selbst Cécile war schon um acht auf dem großen Balkon, trotzdem der Aufbruch erst um zehn und zehneinhalb erfolgen sollte.

Dieser Aufbruch zu verschiedenen Zeitpunkten hatte darin seinen Grund, daß Cécile, so sehr sie sich erholt hatte, für eine Fußpartie doch nicht ausreichend gekräftigt war, während St. Arnaud, ein leidenschaftlicher Steiger, auf eine Wanderung über die Berge hin nicht verzichten wollte. So war man denn übereingekommen, den Marsch in zwei Kolonnen zu machen, von denen die Fußkolonne: St. Arnaud, der Emeritus und der Privatgelehrte, um zehn Uhr vorausmarschieren, die Reiterkolonne: Gordon und Cécile, um zehneinhalb Uhr nachfolgen sollte. Danach wurde denn auch verfahren, und als der Fußtrupp um eine halbe Stunde voraus war, erhoben sich die bis dahin Zurückgebliebenen, um sich unmittelbar vor dem Hotel, an dem Halteplatz der Wagen und Pferde, beritten zu machen. Gordon, wenig zufrieden mit dem Bestande, den er hier vorfand, unterhandelte gerade mit einem der Vermieter, als Cécile zwischen den Pferden hin ein Paar Esel gewahr wurde, die ganz zuletzt im Schatten einer Platane standen. Sie freute sich sichtlich dieser Wahrnehmung; und mit einer ihr sonst nicht eigenen Lebhaftigkeit die Verhandlungen unterbrechend, sagte sie, während sie nach der Platane hinzeigte: »Da sind Esel, Herr von Gordon. Das ist nun einmal meine Passion: Eselreiten und Ponyfahren. Und wenn Sie nicht Anstand nehmen ...«

»Im Gegenteil, meine gnädigste Frau, man sitzt besser und gemütlicher, und das gefürchtete ›Vom Pferd auf den Esel kommen‹, was bildlich sein Mißliches haben mag, ist mir *in natura* nie schrecklich gewesen.«

Ein Blick, von dem schwer zu sagen war, ob mehr schmeichelhafte Huld oder naive Kinderfreude darin vorherrschte, belohnte Gordon für seine Bereitwilligkeit, und wenige Minuten später saßen beide bereits plaudernd im Sattel und trotteten über einen Brückensteg hin auf eine mit vorjährigem Eichenlaub gefüllte Schlucht zu, die jenseits der Bode zu der auf dem Bergrükken entlang laufenden Blankenburger Chaussee hinaufführte. Neben ihnen her ging der Eseljunge, den Esel, auf dem Cécile saß, dann und wann zu beschleunigterer Gangart antreibend. Er war ein bildhübscher, zugleich hartgewöhnter Junge, der dem Gespräche, das Gordon und Cécile führten, mit klugem Auge folgte.

Das Laub raschelte, die Sonne spielte durch das Gezweig, und aus dem Walde her vernahm man den Specht und dann und wann auch den Kuckuck. Aber nur langsam und spärlich, und als Gordon zu zählen anfing, rief er nur ein einzig Mal noch.

»Ist euer Harzkuckuck immer so faul?«

»O nein; mal so, mal so. Soll ich ihn fragen?«

»Versteht sich.«

»Wieviel Jahre noch?«

Und nun antwortete der Kuckuck, und sein Rufen wollte kein Ende nehmen.

Das schuf eine kleine Verstimmung, denn jeder ist abergläubisch, und um die Verstimmung wieder loszuwerden, sagte jetzt Gordon, das Thema wechselnd: »Eselreiten und Ponyfahren! Sie sprachen so glückstrahlend davon, meine gnädigste Frau. Sind es Kindererinnerungen? Das Ponyfahren läßt es fast vermuten. Aber, pardon, wenn ich in meiner Neugier vielleicht indiskrete Fragen tue.«

»Nicht indiskret. Überhaupt, was ist Diskretion? Wer ihr *à tout prix* leben will, muß in den Kartäuserorden treten.«

»Der, Gott sei Dank, für die Frauen nicht gestiftet wurde.«

»Mutmaßlich, weil seine Begründer klug und weise genug waren, das Unmögliche nicht anzustreben. Aber Sie fragten mich, ob Kindererinnerungen. Nein, leider nein. Meine Kindertage vergingen ohne das. Aber dann kamen andre Tage, freilich auch halbe Kindertage noch, in denen ich aus der kleinen oberschlesischen Stadt, darin ich geboren und großgezogen war, zum erstenmal in die Welt sah. Und in welche Welt! Jeden Morgen, wenn ich ans Fenster trat, sah ich die Jungfrau vor mir und daneben den Mönch und den Eiger. Und am Abend dann das Alpenglühen. Ich vergesse sonst Namen, aber *diese* nicht; diese sind mir in der Seele geblieben wie die Tage selbst. Schöne, himmlische, glückliche Tage, Tage voll ungetrübter Erinnerungen. Und unter diesen ungetrübten Erinnerungen auch Eselritt und Ponyfahren. Ach, es sind so kleine Dinge, aber die kleinen Dinge gehen über die großen … Und von woher stammt *Ihre* Passion für derlei Kavalkaden?«

»Aus dem Himalaja.«

Bei diesen Worten waren sie aus der Schlucht heraus, und Gordon wollte just abbrechen, um, oben angelangt, des freien Umblicks vom Plateau her voll zu genießen; im selben Moment aber wahrnehmend, daß der Eseljunge, ganz wie benommen, ihn anstarrte, überkam ihn ein Lachen, und er fragte: Junge, kennst du den Himalaja?«

»Mount-Everest … 27 000 Fuß.«

»Wo hast du das her?«

»Nu, das lernen wir.«

»*A la bonne heure*«, lachte Gordon. »Ja, der preußische Schulmeister … Zu welch erstaunlichen Siegen wird uns *der* noch verhelfen! Und was sagen *Sie* dazu, meine Gnädigste?«

»Nun zunächst nur das eine, daß der Junge mehr weiß als ich.«

»Lassen Sie's ihm. Preußischer Drill und Gedächtnisballast. Je weniger man davon schleppt, desto besser.«

»Das sagt St. Arnaud auch, wenn er gut gelaunt ist. Aber *au fond* glaubt er's nicht und empfindet ein beständiges *crévecœur* über all das, was die Herren Präzeptoren, zu deren einem wir jetzt wallfahrten, an mir versäumt haben. St. Arnaud, sag ich, glaubt es nicht, und Sie glauben es auch nicht, Herr von Gordon. Ich hab es wohl bemerkt. Alle Preußen sind so konventionell in Bildungssachen, alle sind ein klein wenig wie der Herr Privatgelehrte …«

»Ja«, stimmte Gordon zu, »das sind sie. Sie heißen nicht sämtlich Eginhard, aber alle sind mehr oder weniger ›Aus dem Grunde‹.«

Danach brach das Gespräch ab, und erst nach einer Weile nahm es Cécile wieder auf. »Ob wir die Herren noch einholen?« fragte sie. »Die Chaussee läuft hier wie mit dem Lineal gezogen, und doch seh ich niemand.«

In der Tat, Cécile sah niemanden und konnte niemanden sehen, aber es lag nicht an einer allzu großen Entfernung zwischen ihr und der Avantgarde, sondern einfach daran, daß die drei Herren, denen der Aufstieg doch saurer geworden war, als sie vermutet hatten, Schattens halber in einen wundervollen Waldpfad eingebogen waren, der erst später wieder auf den Hauptweg mündete. St. Arnaud hatte die Mitte zwischen seinen beiden Begleitern genommen und rechnete darauf, die Fehde zwischen dem ›braunschweigischen Roß‹ des Emeritus und dem ›askanischen Bären‹ des Privatgelehrten in kürzester Frist ausbrechen zu sehen, schob aber seinerseits alles, was den Streit unmittelbar hätte heraufbeschwören können, klug und vorsichtig hinaus und begnügte sich damit, den Privatgelehrten über seinen Namen auszuholen.

»Irr ich, wenn ich annehme, mein hochverehrter Herr Aus dem Grunde, daß Sie rheinischen oder schweizerischen Ursprungs sind und ähnlich wie die Vom Rat, Aus dem Winkel und Auf der Mauer entweder der Kölner Gegend oder aber den Urkantonen entstammen?«

»Doch nicht, mein Herr Oberst. Mein Urgroßvater kam glaubenshalber aus Polen und hieß ursprünglich Genserowsky; noch bis vor kurzem befanden sich in der Berliner Hasenheide Träger dieses alten Namens. Einer der Söhne, mein Großvater, war *homo literatus*, zugleich Verfasser einer griechischen Grammatik, und um ganz mit den polnischen Erinnerungen zu brechen, oder vielleicht auch wegen eines dem deutschen Ohre nicht unbedenklichen Namensklanges, ließ er den Genserowsky fallen und nannte sich Aus dem Grunde. Das einigermaßen Anspruchsvolle darin verkenn ich nicht, aber der Name ist mir überkommen, und so kann es mir persönlich nur obliegen, ihm Ehre zu machen.«

»Ein Streben, zu dem ich Sie beglückwünsche.«

»Der Herr Oberst beschämen mich durch so viel Güte. Das aber darf ich heute aussprechen, daß ich mich jederzeit vor Zersplitterung und einer damit zusammenhängenden Oberflächlichkeit gehütet habe. Zersplitterung ist der Fluch unserer modernen Bildung. Ich befleißige mich der Konzentration und halte zu dem guten alten Satze ›*multum non multa*‹. Mein Stolz ist *der*, ein Spezialissismus zu sein, ein Spott- und zugleich Ehrenname, den mir beizulegen dem Chor meiner Gegner beliebte. Der Herr Oberst wissen, welchem Gegenstande meine Studien gelten, und es sind denn auch eben diese, die mich neuerdings wieder hierher in den Harz und in der letzten Woche nach dem reizenden Gernrode (dessen Besuch ich dem Herrn Oberst empfohlen haben möchte) geführt haben, nach Gernrode, das seinen Namen bekanntlich von einem voraskanischen Markgrafen herleitet, dem Markgrafen Gero.«

»Demselben mutmaßlich, der dreißig Wendenfürsten zu Tische lud, um sie dann zwischen Braten und Dessert abschlachten zu lassen?«

»Von ebendemselben, mein Herr Oberst. Aus welchem Zwischenfall ich übrigens bitten möchte, nicht allzu nachteilige Schlüsse ziehen zu wollen. Markgraf Gero war ein Kind seiner Zeit, genauso wie Karl der Große, dem die summarisch enthaupteten zehntausend Sachsen nie zum Nachteil angerechnet worden sind. Es sind das eben die Männer, die Geschichte machen, die Männer großen Stils, und wer Historie schreiben oder auch nur verstehen will, hat sich in erster Reihe zweier Dinge zu befleißigen: er muß Personen und Taten aus ihrer Zeit heraus zu begreifen und sich vor Sentimentalitäten zu hüten wissen.«

»Gewiß, gewiß«, lachte der Oberst. »Einverstanden mit allem, wobei mir nur ewig merkwürdig bleibt, daß die durch Natur und Beruf friedliebendsten Leute von der Welt allemal für ›Kopf ab‹ sind, während alle Leute von Fach an dreißig abgeschlachteten Wendenfürsten doch einigermaßen Anstoß nehmen. Es muß übrigens ein Gesetz in dieser Erscheinung walten, vielleicht dasselbe nach dem ganz unmittelbare Personen immer erst geneigt sind, ein Dreißig-Millionen-Vermögen als ein Vermögen überhaupt gelten zu lassen.«

Unter diesem Gespräche, das sich weiterspann, hatten unsre drei Freunde den Punkt erreicht, wo der Waldweg wieder in den Hauptweg einbog, auf dem, im selben Augenblicke fast, wo sie denselben betraten, ein Hauderer oder Personenwagen, mit dem Anhaltiner Wappen am Wappenschlage, vorüberrollte.

»War das nicht der askanische Bär?« fragte St. Arnaud.

»Zu dienen. Und zwar der askanische Bär an einem emeritierten Postwagen aus guter alter Zeit, wo das Herzogtum Anhalt noch eine selbständige Postverwaltung hatte. Die nunmehr längst meistbietend versteigerten Wagen laufen nur noch als Hauderer durchs Land und predigen einen Wechsel der Dinge, der mich in meiner Eigenschaft als Deutscher beglückt, in meiner Spezialeigenschaft als zu Haus Anhalt haltender Berliner aber ebenso betrübt wie verletzt. Denn worin hat speziell Berlin den Ursprung und die Wurzel seiner Kraft? Einfach in dem jetzt hinsterbenden Askaniertum, dem es nicht bloß seinen Wappen-Bären, sondern in gleichem Grade sein Gedeihen und seinen Ruhm verdankt. Und wie lohnt es diesem Askaniertum? Ich hatte schon gestern die Ehre, mich gegen die gnädige Frau darüber aussprechen zu können. Wenn ich sage ›durch Mißachtung‹, so mach ich mich insoweit noch einer erheblichen Beschönigung schuldig, als Haus Anhalt einfach einer gewissen Komik verfallen ist, die sich tagtäglich in den traurigsten Berlinismus Luft macht. Urteilen Sie selbst. Erst vorgestern war es, daß ich in einem diese Frage berührenden ernsten Gespräch der ganz unqualifizierbaren Antwort begegnete: ›Versteht sich, Anhalt-Dessau. Denn wenn wir Dessau nicht hätten, so hätten wir auch nicht den Alten Dessauer, und wenn wir den Alten Dessauer nicht hätten, so hätten wir auch nicht: So leben wir!‹«

»Ah«, sagte der Oberst, »das waren die zwei Berliner an der *Table d'hote.* Dergleichen darf man nicht übelnehmen. Die Berliner sind Spaßmacher und gefallen sich in ironischen Bemerkungen und Zitaten.«

»Und treffen dabei meistens den Nagel auf den Kopf‹, setzte der Emeritus hinzu. »Denn sie werden, mein hochverehrter Herr Eginhard, doch nicht allen Ernstes verlangen, daß wir uns im Zeitalter Otto von Bismarcks auch noch für Otto den Faulen oder gar für Otto den Finner interessieren sollen?«

»Doch, mein Herr Emeritus. Zu den schönsten Zierden deutscher Nation zähl ich Loyalität gegen das noch lebende Fürstengeschlecht und unwandelbare Pietät gegen die, die bereits vom Schauplatz abgetreten sind.«

»Eine Forderung, mein hochverehrter Herr Aus dem Grunde, die sich leichter stellen als erfüllen läßt. Andauernde Treue gegen das Alte macht die Treue gegen das Neue nahezu zur Unmöglichkeit; aber unmöglich oder nicht, es ist jedenfalls ein gefährliches Evangelium, das Sie da predigen. Denn was Albrecht dem Bären recht ist, ist Heinrich dem Löwen billig, und doch möcht ich Ihnen nicht anempfehlen, Ihrem unentwegten Enthusiasmus für emeritierte Postkutschen – Sie selbst geruhten diesen Ausdruck zu gebrauchen – von Haus Anhalt auf das Haus Welf übertragen zu wollen. Es gibt eben leichte und schwere Pietäten, und die letztern sind nicht jedermanns Sache, was auch kaum anders sein kann. Und um schließlich auf diesem nur allzu heiklen Gebiet auch noch ein Wort von mir selber zu sagen, so bin ich fester Braunschweiger trotz einem. Aber wenn heute mein Herzog stirbt und morgen der Preuß' uns annektiert, so bin ich übermorgen loyaler Preuße. Nur keine Prinzipienreiterei, mein hochverehrter Herr Aus dem Grunde. ›Das *Wort* sie sollen lassen stahn‹, das ist Recht und Ordnung, *dafür* bin ich da, *das* ist Gewissenssache. Für alles andere aber haben wir die Vernunft. Treue! Man muß die Welt nehmen, wie sie liegt, und danach treu sein.«

»Oder untreu.«

»Meinetwegen.«

Und dabei lächelte der Emeritus mit überlegener Miene.

Der so voraufschreitenden Kolonne folgten Gordon und Cécile.

Nach rechts hin, auf Blankenburg zu, lagen weite Wiesen und Ackerflächen, während unmittelbar zur Linken ein Waldschirm von geringer Tiefe stand, der unsere Reisenden von der steil abfallenden Talschlucht und der unten schäumenden Bode trennte. Dann und wann kam eine Lichtung, und mit Hilfe dieser glitt dann der Blick nach der anderen Felsenseite hinüber, auf der ein Gewirr von Spitzen und Zacken und alsbald auch der Hexentanzplatz mit seinem hellgelben, von der Sonne beschienenen Gasthause sichtbar wurde. Jauchzer und Zurufe hallten durch den Wald, und dazwischen klang das Echo der Böller- und Büchsenschüsse von der Roßtrappe her.

»Es ist doch ein eigen Ding um die Heimat«, sagte Gordon, »sie sei, wie sie sei. Lass' ich mich aufs Vergleichen ein, so ist dies alles nur Spielzeug der Natur, das neben dem Großen verschwindet, was sie draußen in ihren ernsteren Stunden schuf. Und doch geb ich für dieses bescheidene Plateau sechs Himalajapässe hin. Es ist mit all dem Großen draußen, wie wenn man einen Kaiser in Hermelin oder den Papst in *pontificalibus* sieht; man bewundert und ist benommen, aber wohl wird einem erst wieder, wenn man seiner Mutter Hand nimmt und sie küßt.«

»Sie sprechen das mit so vieler Wärme. Lebt Ihre Mutter noch? Haben Sie sie wiedergefunden?«

»Nein, sie starb in den Jahren, daß ich draußen war. Ich habe nichts weiter mehr als zwei Schwestern. Eine war noch ein halbes Kind, als ich Deutschland verließ; aber mit der anderen wuchs ich auf; wir harmonisierten in allen Stücken, und wenn sich mir meine Wünsche nur einigermaßen erfüllen, so trennen wir uns nicht wieder, wenigstens nicht wieder auf Jahre. Ja, diese Bande sind doch die festesten und überdauern alles andre. Wie manche Nacht, wenn ich in den gestirnten Himmel aufsah, hab ich an Mutter und Schwester gedacht und mir ein Wiedersehen ausgemalt. Nur halb ist es mir in Erfüllung gegangen.«

Cécile schwieg. Sie war klug genug, um die Herzlichkeit solcher Sprache zu verstehen und zu würdigen, aber doch andererseits verwöhnte Frau genug, um sich durch ein so betontes Hervorkehren verwandtschaftlicher Empfindungen, und zwar in *diesem* Augenblick und an *ihrer* Seite, wenig geschmeichelt zu fühlen.

»Und wie heißt Ihre Schwester?«

»Klothilde.«

»Klothilde«, wiederholte sie langsam und gedehnt, und Gordon, der heraushören mochte, daß ihr der Name nicht sonderlich gefiel, fuhr deshalb fort: ja, Klothilde, meine gnädigste Frau. Sie wägen den Namen und finden ihn etwas schwer. Und sie haben recht. Ich glaube auch nicht, daß ich fähig sein würde, mich jemals in eine Klothilde zu verlieben. Aber je weniger der Name für eine Braut oder Geliebte paßt, desto mehr für eine Schwester. Er hat etwas Festes, Solides, Zuverlässiges und geht nach dieser Seite hin fast noch über Emilie hinaus. Vielleicht gibt es überhaupt nur einen Namen von ebenbürtiger Solidität.«

»Und der wäre?«

»Mathilde.«

»Ja«, lachte Cécile. »Mathilde! Wirklich. Man hört das Schlüsselbund.«

»Und sieht die Speisekammer. Jedesmal, wenn ich den Namen Mathilde rufen höre, seh ich den Quersack, darin in meiner Mutter Hause die Backpflaumen hingen. Ja, dergleichen ist mehr als Spielerei, die Namen haben eine Bedeutung.«

»Ich wollte, daß Sie recht hätten, es würde mich glücklich machen. Aber was hab ich beispielsweise von meiner musikalischen und sogar heiliggesprochenen Namensschwester? Die Heiligkeit gewiß nicht und auch kaum die Musik.«

So plaudernd, erreichten sie die Stelle, wo der nach Altenbrak abzweigende Weg auf ein weites Elsbruch einbog, hinter dem die bis jetzt von ihnen passierte Waldpartie von neuem aufragte, freilich nicht als Wald mehr, sondern nur noch als Schonung, über deren Kiefern und Kusseln hinweg eine mutmaßlich einen Weg einfassende Doppelreihe weißstämmiger Birken sichtbar wurde. Hart in Front dieser Schonung lagerte, deutlich erkennbar, eine Gruppe hemdärmliger oder doch in Leinwandjacken gekleideter Personen, aller Wahrscheinlichkeit nach also Holzschläger oder Arbeiter auf Tagelohn. Etwas Leichtes in den Bewegungen jedoch, zumal wenn sich einzelne von ihnen erhoben, zeigte bald, daß es keine Tagelöhner sein konnten.

»Was sind das für Leute da?« fragte Gordon den Jungen. Ehe dieser aber antworten konnte, wurde drüben ein Signalhorn laut, und im selben Augenblicke begann ein Hin- und Herlaufen und gleich danach ein Ordnen und Richten. Und nun setzten sich auch unsere zwei Reisenden in Trab und erkannten im Näherkommen, daß es blutjunge Leute waren, Turner in Drillichanzügen, die sich mit bemerkenswerter Raschheit und Gewandtheit in Gliedern formierten. Ganz in Front standen die Spielleute: drei Tambours und ein Hornist, und als die der Aufstellungsseite zunächst reitende Cécile bis auf wenige Schritte heran war, kommandierte der den Trupp führende Vorturner: »Augen links!« und dann »Präsentiert das Gewehr!« Er selbst aber salutierte mit dem Schläger, die Spitze zur Erde senkend, während die drei Tambours den Präsentiermarsch schlugen. Cécile verneigte sich dankend und verlegen, und einen Augenblick später ritten beide (Gordon unter militärischem Gruß) in den Birkenweg ein, der sich, wie man vermutet hatte, durch die Schonung hinzog und an manchen Stellen eine vollkommene Laube bildete.

»War das reizend«, sagte Cécile. Jugend, Jugend! Und so frisch und glücklich. Und so ritterlich und artig.«

Gordon nickte. »Ja, meine gnädigste Frau, das ist Deutschland, Jung-Deutschland. Und mit Stolz und Freude sehe ich es wieder. Draußen hat man auch dergleichen, aber es ist doch anders. Hier gibt sich alles natürlicher und weniger zurechtgemacht; weniger *mise en scéne*. Gott erhalt' uns unsere Jugend.«

Und während er noch so sprach, streiften die Birkenzweige Céciles Gesicht, was ihn zu dem Vorschlag veranlaßte, doch die Plätze zu wechseln.

Aber sie wollte davon nichts hören. »Es ist doch immer ein Streicheln, auch wenn es weh tut. Und dazu diese himmlische Luft! Ach, ich könnte den ganzen Tag so reiten, und von Müdigkeit wäre keine Spur.«

Endlich hatten sie die Schonung im Rücken und hielten vor einer von einem Plankenzaun eingefaßten und hoch in Gras stehenden Wiese, darauf nichts sichtbar war als in einer Entfernung drei ziemlich gleich aussehende Häuschen, die todstill und wie verwunschen in der grellen Mittagssonne dalagen. Keine Grille zirpte, kein Rauch stieg auf; um den Zaun herum aber ging in weitem Bogen der Weg, anstatt die Wiese kurz und knapp zu durchschneiden.

»Wie heißt das?« fragte Gordon.

»Todtenrode«, sagte der Junge.

»Nur in Ordnung. Wenn es nicht schon so hieße, so müßt es so getauft werden. Todtenrode! Wohnen Menschen hier? Mutmaßlich ein Totengräber?«

»Nein, ein Förster.«

Unter solchem Gespräche waren sie bis an die Stelle gekommen, wo die vorerwähnten drei Häuschen standen. Eines derselben, das größte, das etwas von Architektur und Ornament zeigte, war ganz von wildem Wein überwachsen, und Gordon ritt heran, um, so gut es die Lichtblendung gestattete, von außen her in die Fenster hineinzusehen. Keine Gardine war da, kein Vorhang, überhaupt nichts, was auf Bewohnerschaft hätte deuten können, und doch war unverkennbar, daß dies Haus in der Öde sehr bewegte Tage gesehen haben mußte. Polsterbänke zogen sich um panelierte Wände, dazu Schenktisch und schwere Stühle, während sich in dem Zimmer daneben, das sich bei nur halber Tiefe leichter übersehen ließ, allerlei Möbel aus der Zeit des Empire befanden, darunter ein hellblaues Atlassofa mit drei schmalen Spiegeln über der Lehne.

Cécile sah gleichzeitig mit Gordon in die verblaßte Herrlichkeit hinein, und auch der Junge stellte sich neugierig auf die Zehspitzen.

»Eine Försterei, sagtest du. Das ist aber ein Jagdschloß.«

»Ja, ein Jagdschloß.«

»Und von wem?«

»Von unsrem Herzog.«

»Kommt er oft?«

»Nein. Aber der vorige …«

»Ja«, lachte Gordon, »der vorige, *der* kam oft.« Und zu Cécile gewandt, fuhr er fort: »Ich hab ihn noch in Paris gesehen, den guten Herzog, alt geworden, geschnürt und geschminkt und mit Ringellöckchen, eine lächerliche Figur, ebenso der Liebling wie der Spott der Halbweltdamen. Wahrhaftig, wer die Geschichte dieser Duodezfürsten schreiben will, muß bei den fürstlichen Jagdschlössern anfangen. Und nun gar *dies* hier, dies Todtenrode! Der bloße Name hätte mich in einen Tugendpriester verwandeln können. Aber diese Durchläuchtings empfinden anders und sagen umgekehrt: ›Je mehr Tod, je mehr Leben‹. Erst die Strecke mit dem erlegten Wild, und dann Bacchus, und dann Eros, der göttliche Knabe. Zehn gegen eins, daß dies Todtenrode mit zu den bevorzugtesten Tempeln des kleinen Gottes gezählt hat. Ihr Himmlischen, was mag sich alles in diesem Allerheiligsten abgespielt haben an Freud und Leid! Ja, auch an Leid. Denn der Krug geht so lange zu Wasser, bis er bricht, wobei mir übrigens die Serenissimi selbst die weitaus kleinste Sorge machen. Aber was so von Jugend und Unschuld mit in die Brüche geht, was so gemütlich mit hingeopfert wird in dem ewigen Molochdienste …«

Cécile musterte den Sprecher, der einen Augenblick in der Laune schien, in seiner Philippika fortzufahren; bald aber wahrnehmend, daß er, wie damals vor den Porträts der Fürstabbatissinnen, in seinen Auslassungen um ein gut Teil zu weit gegangen sei, begann er sofort das Thema zu wechseln, was ihm die sich rasch verändernde Szenerie ziemlich leicht machte. Der Weg nämlich, der bis dahin über ein Plateau geführt hatte, senkte sich hinter Todtenrode wieder und mündete bald danach auf eine mittelhoch am Abhange sich hinziehende Chaussee, neben der in der Tiefe die diesseits von einem sonnigen Wiesengrunde, jenseits aber von Wald und Schatten eingefaßte Bode hinfloß. Erquickende Kühle drang von unten her bis zur Höhe hinauf, und einzelne Häuser, die zerstreut und lauschig am Flusse hin lagen, berechtigten zu der Annahme, daß man in nicht allzulanger Frist am Ziele sein werde.

Gordon wurde nunmehr sehr bald auch der drei voraufmarschierenden Herren ansichtig, die ganz zuletzt einen Richtsteig eingeschlagen haben mußten, und auf sie hinweisend, rief er seiner Begleiterin in beinahe freudiger Aufregung zu: »Da sind sie. Wenn wir uns in Trab setzen, haben wir sie noch vor dem ersten Hause.«

Cécile sah ihn bei diesen Worten verwundert an, aber mit einer Verwunderung, in die sich etwas von Empfindlichkeit mischte. Das war doch naiver als naiv. Er genoß des Vorzugs ihrer Gesellschaft und schien nichtsdestoweniger hocherfreut über die Möglichkeit, im nächsten Augenblicke wieder in Nähe des Emeritus oder gar an der Seite des Privatgelehrten sein zu können. Alle Verwunderung und Empfindlichkeit aber verlor sich rasch in dem Komischen der Situation, und sich aufrichtend im Sattel, sagte sie mit beinah übermütiger Betonung: »*Eh bien*, eilen wir uns, Herr von Gordon. *Vite, vite.* Man soll die Gelegenheit beim Schopfe fassen.«

Und im Trabe, während der Junge sich in den Steigbügel hing, ging es bergab.

Eine Minute noch, und man mußte die Voraufmarschierenden eingeholt und das Dorf selbst erreicht haben.

14. KAPITEL

Aber es war doch anders bestimmt, denn unmittelbar vor dem Dorfeingange wurde Cécile, die dem Flusse zunächst ritt, einer im Grase sitzenden Dame, der Malerin, gewahr.

Wirklich, es war Fräulein Rosa, mitten in der Arbeit vor einer Staffelei, die sie sich aus drei Bohnenstangen mit eingeschlagenen Holznägeln zurechtgezimmert hatte. Die Freude der Künstlerin gab sich, wie die der beiden Ankömmlinge, ganz ungesucht, und den Pinsel ins Gras werfend, aber die Palette immer noch auf dem linken Daumen, sprang sie von ihrem Malerstuhl auf und reichte Cécile die freigewordene Rechte.

»Willkommen in Altenbrak ... Ach, nun entsinn ich mich ... Die drei Herren ... vor einer Minute erst ... Richtig, das war ja der Herr Oberst und der freundliche alte Emeritus. Und der dritte ... Ja, wer war der dritte?«

»Der Herr Privatgelehrte.«

»Nun, der hätte seine Langweil und sich selbst im Hotel Zehnpfund belassen können. Aber welche Freude, *Sie* wiederzusehen, meine gnädigste Frau. Und Sie, Herr von Gordon. Ach, es war mir zuviel Staub in Thale, zuviel Staub und zuviel Sonntagsgäste. Hexentanzplatz und Roßtrappe sind nur wie Tempelhof und Tivoli, Bier und wieder Bier. Aber hier ist Natur, und die weiß- und braungefleckte Kuh da ... Sehen Sie doch nur, meine gnädigste Frau, wie das liebe Vieh dasteht und sich nicht rührt. Ein wahres Mustermodell. Ich möchte schwören, es habe Gemüt und freue sich mit mir, daß Sie da sind.«

Cécile, als die Malerin endlich schwieg, tat auch ihrerseits ein paar Fragen und versuchte bei der Gelegenheit einen Blick auf die Skizze zu werfen, aber Rosa wollte davon nichts wissen und fuhr fort: »Nein, meine gnädigste Frau, nur nicht gleich wieder Kunst und Kunstgespräche. Was Sie hergeführt hat, hat einen andern Zweck und Namen. Und ich brauche kaum danach zu fragen. Natürlich, der Präzeptor, der alte Murrkopf, der Mann mit der sonoren Baßstimme, Selbstherrscher aller Altenbraker und dabei Landesautorität in Sachen der Schmerle. Täglich bin ich an seinem Tisch (er hält nämlich eine Pension), und dann setzt er sich zu mir und sagt mir Liebenswürdigkeiten und will mich sogar adoptieren. Aber ich hab ihm gesagt, er müsse mich heiraten, anders tät ich's nicht, ich wolle Schloßfrau werden auf Burg Rodenstein oder kurzweg die Rodensteinerin und den ganzen Tag über mit dem Schlüsselbund rasseln.«

»Und Sie wohnen in seiner Pension?«

»Nein, ich ziehe diese Seite des Dorfes vor. Ich wohne hier ... das dritte Haus da, gleich hinter dem Staket.«

Und sie wies auf ein reizendes, am Dorfeingange gelegenes Häuschen, in dessen Vorgarten ein paar Stachelbeersträucher standen und Mohn und Porree bunt durcheinander blühten. An dem Staket aber trockneten Netze, während eine Sichel an der alten Linde hing.

»Beneidenswert«, sagte Gordon. »Manchem glückt es, überall ein Idyll zu finden: und wenn er's nicht findet, so schafft er's sich. Ich glaube, Sie gehören zu diesen Glücklichen.«

»Ich glaube es beinah selbst, muß aber jedes persönliche Verdienst in der Sache von mir abweisen. Der Himmel legt einem nicht mehr auf, als man tragen kann. Und ich habe durchaus keine Schultern für das Tragische.«

Cécile schien von diesem scherzhaft hingeworfenen Worte mehr berührt, als sich erwarten ließ. Jedenfalls brach sie rasch ab und sagte: »Das ist ein großes Thema. Und wenn Herr von Gordon und Fräulein Rosa erst ins Philosophieren kommen ...«

»Dann gibt es kein Ende.«

Cécile nickte zustimmend, und unter einem herzlichen »*Au revoir*« warf sie das Tier herum und lenkte, von Gordon gefolgt, auf den breiten Fahrweg ein, in dessen Schatten der Junge zurückgeblieben war.

»Haben wir noch weit bis zum Präzeptor?«

»Noch eine Viertelstunde.«

»Gut denn.«

Und man setzte sich wieder in Trab.

Wirklich, es war noch eine Viertelstunde, denn das Haus, das der Alte bewohnte, lag an der entgegengesetzten Seite von Altenbrak. Aber so lang der Weg war und so ruhebedürftig Cécile sich fühlte, dennoch sprach sie kein Wort von Ermüdung, weil das Bild, das die Dorfstraße gewährte, sie beständig interessierte. Links hin lagen die Häuser und Hütten in der malerischen Einfassung ihrer Gärten, während nach rechts hin, am jenseitigen Ufer der Bode, der Hochwald anstieg, auf dessen Lichtungen das Vieh weidete. Das Geläut der Glocken tönte herüber, und dazwischen klang das Rauschen des über Kieselgeröll hinschäumenden Flusses.

So ging es das Dorf entlang, an Stegen und Brücken vorbei, bis endlich da, wo die Schlucht sich wieder weitete, der Eseljunge nach einem in Mittelhöhe des Felsens eingebauten Häuserkomplex hinaufwies, daran in Riesenbuchstaben auf weißem Schilde stand: ›Gasthaus Zum Rodenstein‹.

»Hier wohnt der Präzeptor.«

Und so hielt man denn.

Und während der Junge die Esel in einem unteren Stallraum unterbrachte, stiegen Gordon und Cécile die Stufen hinan, die zu dem ›Rodensteiner‹ hinaufführten.

Auf der obersten Stufe stand bereits St. Arnaud und empfing die Spätlinge mit vieler Freundlichkeit, aber doch zugleich mit einem Anfluge von Spott. »Die Herrschaften«, hob er an, »scheinen auf einen Wettlauf mit dem braunschweigischen Roß beziehungsweise dem askanischen Bären verzichtet zu haben. Zu meinem lebhaften Bedauern. Im übrigen hab ich aus der mir auferlegten Entbehrung das Beste zu machen gesucht und kenne in diesem Augenblicke nicht nur Albrecht den Bären, sondern auch den Markgrafen Waldemar so genau, daß ich keinem Müllergesellen, und wenn es Jakob Rehbock in Person wäre, raten möchte, mich hinters Licht führen zu wollen. Freilich, ob Herrn von Gordon an einer derartigen Wissenszufuhr in gleicher Weise gelegen gewesen wäre, muß dahingestellt bleiben – hinsichtlich meiner teuren Cécile verbürg ich mich für das Gegenteil. Und nun an die Gewehre! Zehn Minuten haben ausgereicht, mich mit dem Rodensteiner bekannt zu machen, und ich dürste danach, Sie beide dem trefflichen Alten vorzustellen. Unser Freund Eginhard, des Emeritus zu geschweigen, ist zwar eben über ihn her und hat, wenn ich recht gehört habe, vor fünf Minuten den ganzen Markgrafen Otto mit dem Pfeil auf die Sehne seiner Beredsamkeit gelegt. Aber ich hoffe, der Pfeil fliegt schon. Und so denn schnell, eh er zum zweiten Male spannt.«

Unter diesem Geplauder überschritten alle drei die Schwelle des Gasthauses und traten nach Passierung einiger winkliger und ziemlich verräucherter Stuben auf einen halb veranda-, halb balkonartigen Vorbau hinaus, dessen weit vorspringendes Schutzdach in Front auf drei Holzpfeilern ruhte. Nach der Rückseite hin aber lag dasselbe Schutzdach auf einer indigoblauen Wand, an der entlang ein großer, immer mit Essig und Öl und leider auch mit Mostrichbüchsen besetzter Eßtisch stand. In der Mitte desselben erblickte man Eginhard und den Emeritus in lebhaftem Gespräch mit einem Dritten, welcher niemand anders als der Schloßherr aller dieser Dominien sein konnte: Der Präzeptor Rodenstein. Und so war es denn auch.

»Erlauben Sie mir, mein hochverehrter Herr Präzeptor, Ihnen meine Frau vorzustellen. Und hier Herrn von Gordon. Die Tagesaufgabe beider war augenscheinlich, das Unausreichende kavalleristischer Leistungsfähigkeit aufs neue zu beweisen und daneben die Superiorität der alten Garde zu Fuß.«

Der Präzeptor hatte sich von seinem Stuhl erhoben und hieß Cécile willkommen; eine zweite Verbeugung galt Gordon. Er stützte sich all die Zeit über auf ein Weichselrohr mit Elfenbeingriff und gab, als er sich gleich danach wieder an den Eßtisch lehnte (das Stehen wurd ihm schwer), eine bequeme Gelegenheit, ihn in seiner ganzen Erscheinung zu mustern. Er konnte füglich als der Typus eines knorrigen Niedersachsen, eines in Eichenholz geschnitzten Westfalen gelten und vernahm denn auch nichts lieber, als ›daß er einen Waldeck-Kopf habe‹. Wirklich ließ sich von einer solchen Ähnlichkeit sprechen. Ein Fall, den er vor Jahr und Tag getan, machte, daß er seitdem eines Stockes bedurfte, sonst aber war er verhältnismäßig jung geblieben und glich in der Fülle seines krausen Haares, darin sich nur wenig Grau mischte, mehr einem Fünfziger als einem hohen Siebziger, der er doch war. Sein Bestes aber war sein Organ, und man begriff völlig, daß er mit seiner Stimme vierzig Jahre lang die Altenbraker zusammengehalten und ihnen durch Epistel- und Bibelvorlesungen von der Kanzel her den Prediger ersetzt hatte.

Cécile fühlte sich sofort angezogen durch seine Persönlichkeit und sprach ihm unbefangen und liebenswürdig aus, wie sehr sie sich freue, seine Bekanntschaft zu machen. Der Herr Emeritus, in dem er einen warmen Verehrer habe, habe sehr viel Schönes von ihm erzählt, von ihm, von Altenbrak und von den Schmerlen, und sie sehe wohl, daß er nicht zuviel gesagt habe. Denn Altenbrak sei reizend, und was die Schmerlen angehe … So würden diese (unterbrach hier der Präzeptor) hinter ihrer Reputation nicht zurückbleiben und die gnädige Frau gewiß zufriedenstellen. Die gnädige Frau möge nur bestimmen, um welche Stunde sie das Diner zu nehmen wünsche. Das Küchendepartement sei natürlich Sache seiner Frau, wenn er sich aber trotz alledem mit einem Vorschlag einmischen dürfe, so möcht er empfehlen: erst die Schmerlen und dann einen Rehrücken aus dem Altenbraker Forst. Denn die Schmerlen allein täten es nicht und gehörten zu den Gerichten, an denen man sich hungrig äße.

Cécile war einverstanden, und nachdem man noch die Frau Präzeptorin und deren Tochter, eine junge Förstersfrau, zu Rate gezogen, wurde festgestellt, daß um fünf Uhr gegessen werden solle. Natürlich auf der Veranda. Die noch dazwischenliegenden zwei Stunden aber solle jeder zu freier Verfügung haben, entweder zu Promenaden an der Bode hin oder aber zu Ruhe und Schlaf.

Ja, Ruhe, danach verlangte Cécile, die sich denn auch unverweilt in eine nach einem Gärtchen hinaus gelegene Hinterstube zurückzog, wo die Fenster aufstanden und die kleinen gelben Gardinen im Luftzuge wehten. In Nähe des einen Fensters stand ein bequemes Ledersofa, darauf die total Erschöpfte sich streckte, während die junge, nur zu Besuch und Aushilfe bei den Eltern anwesende Förstersfrau sie mit einem leichten Sommermantel zudeckte.

»Soll ich die Fenster schließen, gnädige Frau?«

»Nein. Es ist gut, wie's ist. Eine so schöne Luft und doch kein Zug. Aber wenn Sie mir eine Freude machen wollen, so nehmen Sie sich einen Stuhl und setzen sich zu mir. Ich kann doch nicht schlafen und habe nur das Bedürfnis, mich zu ruhen.«

»Ach, das kenn ich.«

»Sie? Wie das? Sie sind noch so jung und sehen so blühend aus, und Ihre Augen lachen so frisch und glücklich. Sie haben gewiß einen guten Mann. Nicht wahr?«

»Ja, den hab ich.«

»Und Kinder?«

»Auch die. Und die sind mein besondres Glück. Aber in drei Jahren drei, das ist doch viel, und wenn das zweite geboren wird, eh das erste noch laufen kann, und wenn dann Krankheit kommt und man den Tag über am Herd und in der Nacht an der Wiege steht und alle Lieder durchsingt und das Kleine doch nicht schlafen will und einem dann die Augen zufallen und man sie mit aller Gewalt wieder aufreißen muß – ach, meine gnädigste Frau, wenn *solche* Tage kommen, da lernt man doch erkennen, was Ruhe heißt und das Bedürfnis danach. Und da hilft keine Jugend und keine Gesundheit. Und bei all meinem Glück hab ich oft bitterlich geweint.«

In diesem Augenblick hörte man eine Kinderstimme.

»Da ruft eines?«

»Nein, meine gnädigste Frau, meine Kinder sind nicht hier. Die sind im Walde draußen beim Vater, und die Älteste, die jetzt sieben ist, das heißt, sie wird acht zu Michaeli, die muß schon die kleine Mutter sein und die beiden andern in Ordnung halten. Denn die Magd hat in der Küche zu tun und mit Vieh im Stalle. Da muß denn eben alles mit anfassen. Und die gnädige Frau sollten die Kleine sehen, wie sie sich in Respekt zu setzen weiß; ja, sie gehorchen ihr besser als mir, denn die Kinder untereinander besinnen sich nicht lang, ob ein Klaps paßt oder nicht. Und mein Mann sagt oft: ›Sieh, Frau, die Trude versteht es besser als du; so mußt du's machen. Du bist zu gut.‹«

»Und das trifft auch wohl zu?«

»Nun, bös bin ich grade nicht. Aber wer will sagen, daß er gut sei? Wenn man so gut ist, wie man nur irgend sein kann, ist man noch immer nicht gut genug. Am wenigsten gegen die Armen. Ach, meine gnädigste Frau, das lernt man im Wald. Wenn man die Not der Menschen sehen will, dann muß man im Walde leben und das arme Volk sehen, das sich ein bißchen Reisig zusammensucht und immer noch in Angst ist, daß sie was mitnehmen, was sie nicht mitnehmen dürfen. Aber ich habe meinem Mann auch gesagt: Tu, was du mußt, aber wenn's sein kann, drück ein Aug zu, denn die Not ist groß. Und wer den Armen ein Leid tut oder strenger ist als nötig, der ist wie der Reiche, der nicht ins Himmelreich kommt.«

Cécile nahm die Hände der jungen Frau, »Ihr lieber Mann wird wohl so sein, wie Sie selber sind. Mir ist nicht bang um ihn. Aber wenn er auch anders wäre, Sie werden ihn schon bekehren und für seine Seele sorgen, und er wird das Himmelreich haben wie Sie selbst, dessen bin ich sicher. In einer guten Ehe muß sich alles ausgleichen und balancieren, und der eine hilft dem andern heraus.«

»Oder reißt ihn auch mit hinein«, lachte die junge Frau.

»Vielleicht, vielleicht ... Aber ich denke, die Gnade rechnet mehr unsere Guttat an als unsere Schuld.«

Cécile wollte nur ruhn, aber zuletzt war sie doch eingeplaudert worden, ein paar Pfauentauben flogen aufs Fenstersims, und die junge Frau Försterin verließ leise das Zimmer, um auf die Veranda, wo nur noch St. Arnaud und der Präzeptor verblieben waren, zurückzukehren und hier Mitteilung zu machen, daß die gnädige Frau schlafe.

»Das ist gut«, sagte St. Arnaud, »ich sah, daß sie der Ruhe bedurfte. Nun aber, mein Herr Präzeptor, müssen Sie mich mit Ihrem ganzen Gewese bekannt machen. Ich find es nur in der Ordnung, daß man im Publikum überall von Ihrem ›Schloß Rodenstein‹ spricht, denn wirklich, Ihr Gasthaus hängt wie eine Burg am Felsen. Ist es Granit?«

»Porphyr, Herr Oberst.«

»Desto besser, oder wenigstens um eine Stufe vornehmer. Aber vornehmer oder nicht, ich muß das alles sehen, immer vorausgesetzt, daß Ihnen Ihr Fuß ein Umhersteigen gestattet.«

»O gewiß, mein Herr Oberst, wenn Sie nur Geduld mit einem alten Invaliden haben wollen, der ein etwas langsames Tempo hat und immer nur *einen* Schritt macht, wenn andere drei machen.«

»Ganz nach Ihrer Bequemlichkeit. Ich werde Sie doch nicht um etwas bitten und Ihnen zum Dank für die Gewähr auch noch das Tempo vorschreiben wollen. Das wäre doch ein gut Teil zuviel. Aber nun sagen Sie mir zuvörderst, was bedeutet das Tempelchen, das ich da sehe? Hier, gleich links, auf der obersten Spitze!«

»Das ist mein Schmuckstück, mein Belvédère, wohin ich Sie gerade führen möchte. Da tritt der Porphyr am reinsten heraus, und Altenbrak liegt uns zu Füßen. Erlauben der Herr Oberst, daß ich die Tête nehme.«

Bei diesen Worten erhob er sich und schritt, sich auf sein Weichselrohr stützend, auf einen in den Fels gehauenen Zickzackweg zu, der nach dem Aussichtstempelchen hinaufführte. St. Arnaud folgte, schwieg indes, weil er wahrzunehmen glaubte, daß dem alten Herrn nicht bloß das Steigen, sondern auch das Atmen schwer wurde.

Nun aber war man oben und sah in die Landschaft hinaus. Was in der Ferne dämmerte, war mehr oder weniger interesselos; desto freundlicher aber wirkte das ihnen unmittelbar zu Füßen liegende Bild: erst das Gasthaus, das mit seinem Dächergewirr wirklich an eine mittelalterliche ›Burg Rodenstein‹ erinnerte, dann weiter unten der Fluß, über den links abwärts ein schlanker Brückensteg, rechts aufwärts aber eine alte Steinbrücke führte.

»Beneidenswerter, Sie«, sagte der Oberst. »König Polykrates auf seines Daches Zinnen. Und hoffentlich sagen Sie mit ihm: ›Gestehe, daß ich glücklich bin.‹ Ist es nicht so?«

Der Präzeptor wiegte den Kopf hin und her und schwieg, bis er nach einer kleinen Weile sagte: »Nun ja, mein Herr Oberst.«

»Nun ja! Was heißt das? Warum nicht bloß ja? Was fehlt? Ein Mann wie Sie, Liebling fünf Meilen in der Runde, gehalten von der Gemeinde, geschätzt von der Behörde – wie wenige dürfen sich dessen rühmen! Und wenn dann das Jubiläum kommt ...«

»Das kommt nicht.«

»Warum nicht?«

»Weil ich den Dienst quittiert habe.«

»Wie das? Aber freilich ... Pardon ... ich entsinne mich; Ihr Freund und Verehrer, der Herr Emeritus, hat uns schon in Thale davon erzählt und auch den Grund genannt, der Sie bestimmte. Gewissensbedenken, um nicht zu sagen: Gewissensbisse.«

Der Alte lächelte. »Nun ja, Gewissensbisse, das auch, aber das alles, offen gestanden, blieb doch bloß die kleinere Hälfte. Die Hauptsache war, ich wollte dem Ehrentag entgehen, demselben Ehrentag, dessen der Herr Oberst eben erwähnte.«

»Dem Jubiläum? Aber weshalb?«

»Weil ich der sogenannten ›Auszeichnung‹ entgehen wollte.«

»Aus Bescheidenheit?«

»Nein, aus Dünkel.«

»Aus Dünkel? Ich bitte Sie, wer geht einer Auszeichnung aus dem Wege?«

»Die wenigsten. Und ich auch nicht. Aber Auszeichnung und Auszeichnung ist ein Unterschied. Ein jeder freut sich seines Lohnes. Gewiß, gewiß. Aber wenn der Lohn kleiner ausfällt, als man ihn verdient hat oder wenigstens verdient zu haben glaubt, dann freut er nicht mehr, dann kränkt er. Und das war meine Lage. Man wollte mir ein Bändchen geben an meinem Jubiläumstage. Nun gut, auch ein Bändchen kann etwas sein; aber *das*, das meiner harrte, war mir doch zu wenig, und so machte ich kurzen Prozeß und bin ohne Jubiläum, aber, Gott sei Dank, auch ohne Kränkung und Ärger aus dem Dienste geschieden. Ich weiß wohl, daß man nie recht weiß, was man wert ist, aber ich weiß auch, daß es Menschen in der Regel noch weniger wissen. Und handelt es sich gar um ein armes Dorfschulmeisterlein, nun, so geht alles nach Rubrik und Schablone, wonach ich mich nicht behandeln lassen wollte. Von niemandem, auch nicht von wohlwollenden Vorgesetzten. Und da hab ich demissioniert und dem Affen meiner Eitelkeit sein Zuckerbrot gegeben.«

»Bravo«, sagte der Oberst und reichte dem Alten beide Hände. »Sich ein Genüge tun ist die beste Dekoration. Im letzten ist man immer nur auf sich und sein eigen Bewußtsein angewiesen, und was andre versäumen, müssen wir für uns selber tun. Das heißt nicht, sich überheben, das heißt bloß die Rechnung in Richtigkeit bringen, und nun erzählen Sie mir von dem Porphyr hier. Ich dachte, der Harz wäre Granit. Aber es ist auch in der Natur so: mitten aus dem allgemeinen Granit wächst mal ein Stück Porphyr heraus. Da heißt es dann, woher kommt er? Aber es ist eine nutzlose Frage. Er ist eben da.«

So plauderten sie weiter, und als sie bei fortgesetztem Gespräch über Altenbrak und die Altenbraker endlich den Zickzackweg wieder abwärts stiegen, bemerkten sie Gordon und die beiden älteren Herren, die, von einem Dorfspaziergang heimkehrend, eben aus der Talschlucht nach Burg Rodenstein hinaufkletterten. In ihrer Mitte Rosa. Diese begrüßte jetzt der ihr bis in Front des Hauses entgegengehende St. Arnaud unter gleichzeitigen scherzhaften Vorwürfen über ihre Fahnenflucht aus Hotel Zehnpfund, und als man abermals eine Minute später gemeinschaftlich auf die Veranda trat, sah man, wie schon die Vorbereitungen zum Mittagsmahl getroffen und Tisch und Stühle der bessern Aussicht halber bis hart an die Holzpfeiler vorgerückt waren. Weißes Linnen kam und Blumen, zuletzt auch Cécile, noch gerötet vom Schlaf, und ehe weitere zehn Minuten um waren, hatte jeder seinen Platz beim Mahl, an dem teilzunehmen der Präzeptor nach einigem Zögern eingewilligt hatte. Er saß zwischen den beiden Damen und zeigte durch Artigkeit und guten Humor, daß er in seiner Jugend eine gute Schule durchgemacht haben mußte. Cécile war entzückt und flüsterte Rosa zu: »*Tout à fait comme il faut!*«

Und so war auch das Mahl, das sich gleich mit einer kleinen Überraschung einleitete. Die Frau Präzeptor hatte nämlich über die vereinbarten Gänge hinaus auch noch für ein Extra Sorge getragen, für eine Kerbelsuppe, hinsichtlich derer ihr Haushalt ein Renommee hatte.

»Ach, Kerbel«, sagte der Oberst, als der Deckel abgenommen wurde. »Wenn Sie wüßten, meine liebe Frau Präzeptorin, wie Sie's damit getroffen haben! Wenigstens für mich. Meine ganze Jugend steigt dabei wieder vor mir auf. Alle Mittwoch, solang es Kerbel gab, gab es auch Kerbelsuppe, das war wie das Amen in der Kirche, Kerbel und dann Reis und Saucischen. Ich denke, daß es mir heute so schmecken soll wie damals ... Aber was trinken wir? Cécile, Fräulein Rosa, was soll es sein? Ich gehe bis an die Grenze des Möglichen ...«

»Also so weit mein Weinkeller reicht«, lachte der Präzeptor. »Aber, mein Herr Oberst, der reicht nicht weit. Ein Trarbacher, ein Zeltinger. Mosel, dir leb ich, Mosel dir sterb ich. Übrigens das Beste wäre, was ich habe ...«

»Nein, nein«, unterbrach Cécile. »Nicht Wein, nichts Fremdes. Braunschweiger Landesgebräu. Nicht wahr, Herr von Gordon?«

»Unbedingt«, sagte dieser. »Bei solchen Gelegenheiten muß alles eine Lokalfarbe haben. Also sagen wir: Braunschweiger Mumme.«

So scherzte man weiter, bis man schließlich auf des Präzeptors Vorschlag sich für ein einfaches Blankenburger Bier entschied, das denn auch in Deckelkrügen aufgetragen wurde, jeder Krug mit einer blauen Glasurinschrift. Der Oberst las die seine. »Der Meister hat ein Doppelkinn, hoch lebe die junge Frau Meisterin ... Ei, ei, mein fein's Junggesell, wo will das hinaus? Das herkömmliche Balladentöchterlein bleibt uns diesmal überraschlicherweise vorenthalten, und die Frau Meister muß dafür aushelfen. Ein Glück, daß sie jung ist.«

In diesem Augenblicke kamen die Schmerlen auf einer mit Zitronenscheiben bunt garnierten Schüssel, und da niemand, mit Ausnahme des Emeritus und selbstverständlich auch des Präzeptors, mit dem diffizilen Gerichte Bescheid wußte, so ließ man die beiden anfangen und erging sich, als man ziemlich vorsichtig zu folgen begann, in teils schmeichelhaften, teils despektierlichen Vergleichen. Gordon sprach von ›*white bait*‹, woran ihn die Schmerlen erinnern sollten, während ihnen der Oberst einfach eine Mittelstellung zwischen Ukelei und Spreestint anwies, allerdings im Tone der Entschuldigung hinzusetzend: »*Honni soit qui mal y pense*.« Rosa aber drang auf vollkommene Revozierung, da sie sich die Poesie der Schmerle nicht rauben lassen wolle, dieses herrlichsten aller Fische, den zu besingen sie keinen Augenblick Anstand nehmen würde, wenn ihr die schöne Tiermalerei zur Kultivierung der sanglichen Schwesterkunst Zeit gelassen hätte. Aber der Herr Emeritus werde gewiß für sie eintreten. Alle Geistlichen wären bekanntermaßen heimliche Dichter, was auch kaum anders sein könne. Denn wer allsonntäglich unter einem Kanzeldeckel; mit der Heiligengeisttaube stehe, für den müsse auch dichterisch notwendig etwas abfallen.

»Ja, der Emeritus«, riefen alle. »Lied oder Toast. Er mag wählen, aber Verse.«

»Gut. Ich bin es zufrieden«, sagte der Alte. »Doch jeder nach seinen Kräften. Über den Leberreim bin ich nie herausgekommen. Und weil alle Welt einen Leberreim machen kann, auch Fräulein Rosa, trotz der von ihr abgegebenen Erklärung, so muß es einfach reihum gehen. Das ist Bedingung.«

»Einverstanden«, sagte Rosa. »Nur muß es streng angefaßt werden, das ist *meine* Bedingung, und wer einen falschen Reim macht oder ein Wort gebraucht, das gar nicht existiert, der muß Strafe zahlen, oder, mit andern Worten, ein Pfand geben.«

»Und mit Auslösung«, setzte der Privatgelehrte blinzelnd hinzu, der wie die meisten Pedanten, etwas von einem Faun hatte.

»Mit Auslösung also«, wiederholte St. Arnaud. »Aber vorher lassen wir die Schüssel noch einmal herumgehen. Das gibt uns dann die höhere Weihe. Nun, Herr Emeritus, *commençons*.«

Und der Emeritus, während er von der Schüssel nahm, rezitierte langsam und bedächtig vor sich hin:

»Am Bache stehn Vergißmeinnicht, und drüben steht die Erle,
Dazwischen blitzt, wie Silberschein, des Baches Kind, die Schmerle.«

»Gut, gut«, sagte Rosa. »Nun aber der Herr Oberst.«

Und dieser, ohne jedes Besinnen, begann sofort:

»Was soll'n mir Aland, Blei und Hecht und andre große Kerle,
Forelle, ja, das ist mir recht, und doppelt recht die Schmerle.«

»Vorzüglich, vorzüglich. Mein Kompliment, Herr Oberst. Der Emeritus ist geschlagen. Ach, das ewig siegreiche Militär, siegreich auf jedem Gebiete. In neuester Zeit auch (leider) auf dem der Malerei. Doch das sind trübe Betrachtungen, zu trübe für diese heitere Stunde. Fahren wir also fort. Herr von Gordon, lassen Sie sehen, was Sie draußen in Persien gelernt haben. Die Poesie soll ja da zu Hause sein. Ist es nicht so? Wie hieß er doch? Ah, ja, Firdusi. Nun also.«

Gordon, der eine scherzhafte Fehde zu provozieren wünschte, nahm ohne weiteres ›Querlen‹ als Reimwort und ließ sich, als dies selbstverständlich beanstandet wurde, zu Behauptungen hinreißen, deren äußerste Fragwürdigkeit noch über die seines Reimes hinausging.

»Es gibt keine Querlen«, entschied Rosa. »Was Inkulpat meint, wenn er überhaupt etwas gemeint hat, sind Quirle. Die gibt es. Herr von Gordon, ein Pfand. Und nun Sie, Herr Eginhard. Ich bitte Sie, Sie bei diesem Vornamen, ich möchte fast sagen, im Namen der Poesie, nennen zu dürfen.«

Eginhard begann, während er vor sich hinstarrte, seine Brillengläser zu putzen. Aber mit einem Male lag etwas Leuchtendes um seine Stirn, und er sagte mit einem Anfluge von historischer Würde:

»Der kleinste Fürst im deutschen Reich, das war der Fürst von Werle,
Der kleinste Fisch in Bach und Teich ist immer noch die Schmerle.«

Rosa bestritt sofort wieder, daß es einen Fürsten von Werle gegeben habe, wobei Cécile sekundierte. St. Arnaud aber trat nicht nur für den Privatgelehrten ein, sondern setzte sogar mit vieler Feierlichkeit hinzu, daß er sich einer Mesalliance zwischen einem werleschen Fürsten und einer anhaltischen Prinzessin entsinne. Darauf brach er ab und wandte sich an Rosa: »Nun aber *Sie*, meine Gnädigste.«

Diese verneigte sich lächelnd und sagte dann: »Ich finde, die Herren haben sich's schwer gemacht, um mir es leicht zu machen. An dem Zunächstliegenden sind wir vorübergegangen. Entscheiden Sie selbst, ob ich recht habe:

»Genug, genug der Reimerein auf Schmerlen oder Schmerle.
Hoch, dreimal, unsre schöne Frau, der Perlen schönste Perle.«

Dabei erhob sie sich und ging auf Cécile zu, um ihr die Hand zu küssen. Die litt es aber nicht, sondern umarmte sie mit einem Anflug von Verlegenheit, zugleich sichtlich bewegt durch diese Huldigung einer heiteren und liebenswürdigen Natur.

Etwas wie Sentimentalität schien aufkommen zu wollen, der Präzeptor aber, der kein Freund davon war, stellte den früheren Ton wieder her, und unter Vortrag aller möglichen Anekdoten aus seinem eigentümlichen, halb als Kantor und halb als Pastor verbrachten Leben verging das Mahl, das niemand Miene machte, gewaltsam abzukürzen.

Endlich aber erhob man sich, und als man in das Tempelchen hinaufstieg, um bei frischer Luft und freier Aussicht den Kaffee zu nehmen, war die Sonne schon im Niedergehen und hing über den Tannen der Berghöhe. Nun sank sie tiefer und durchglühte die Spitzen der Bäume, die momentan im Feuer zu stehen schienen.

Alles war schweigend in das herrliche Schauspiel vertieft, und man sah erst wieder auf, als zu fröhlichem Sprechen und Lachen, von dem man nicht recht wußte, woher es kam, allerlei Stimmen laut wurden, die das Echo wecken wollten. Aber es antwortete nicht.

Inzwischen waren die vom Dorf her ungesehen und ungekannt Heranziehenden immer näher gekommen, und als sie plötzlich um einen Vorsprung bogen, der sie bis dahin verborgen hatte, bemerkten unsere Freunde, daß es alte Bekannte waren.

»Die Turner«, rief Cécile. »Sie werden uns noch einmal begrüßen wollen.«

Und wirklich schlossen sie sich, als sich der Weg wieder zu verbreitern begann, zu Sektionen zusammen und marschierten in festem Tritt und während die Tambours schlugen, auf die Stelle zu, wo die schmale, fast zu Füßen von Burg Rodenstein liegende Holzbrücke nach dem anderen Ufer hinüberführte. Drüben aber nahmen sie nicht Aufstellung *en ligne*, sondern im Halbkreis und stimmten hier, umleuchtet von dem Lichte des hinscheidenden Tages, den Scheffelschen ›Rodensteiner‹ an:

»Das war der Herr von Rodenstein,
Der sprach: ›Daß Gott mir helf,
Gibt's nirgends mehr 'nen Tropfen Wein
Des Nachts um halber zwölf?
Raus da, raus da,
Raus aus dem Haus da,
Herr Wirt, daß Gott mir helf‹.«

Unsere hoch oben stehenden Freunde horchten weiter, aber es blieb bei dieser Strophe. Die Turner brachen mitten im Singen ab, lachten und lärmten und konnten sich an ihrem endlos wiederholten ›Raus da, aus dem Haus da‹ kein Genüge tun.

Von dem Tempelchen her aber klatschte man jetzt Beifall, und der alte, ganz aus dem Häuschen geratene Präzeptor verschwor sich einmal über das andere, ein Faß ›Echtes‹ auflegen und die jungen Leute zu Gaste laden zu wollen.

Aber diese, die den Gesang nur im Anblick der Gasthausinschrift ›Zum Rodenstein‹ improvisiert hatten, begnügten sich, zum Gegengruß ihre Mützen zu schwenken und marschierten gleich danach in den Wald hinein und auf Treseburg zu.

15. KAPITEL

Eginhard und der Emeritus hatten vor, auf Schloß Rodenstein zu bleiben, um anderntags einen ›überaus lohnenden‹ Ausflug erst nach Rübeland und dann in weitem Bogen nach Kloster Michelstein hin zu machen, die St. Arnauds ihrerseits aber, und mit ihnen selbstverständlich auch Gordon, waren entschlossen, noch am selben Abende nach Thale zurückzukehren. Ein Blick auf die Bettbestände hatte nämlich der gnädigen Frau schon im Laufe des Nachmittags die nur zu gewisse Gewißheit gegeben, daß von einem Nachtquartier an dieser sonst so reizenden Stelle nicht wohl die Rede sein könne, was denn auch, als man bei Sonnenuntergang von dem Aussichtstempelchen wieder hinunterstieg, St. Arnaud veranlaßte, dem Eseljungen die nötigen Befehle zu Sattlung und raschem Aufbruch zukommen zu lassen, während er für sich persönlich ein Pferd aus den Altenbraker Beständen erbat. »Denn er teile nicht die Passion für Eselreiterei.«

»Dann bitt ich den Herrn Präzeptor«, setzte Cécile mit einer ihr sonst nicht eigenen Bestimmtheit hinzu, »den Eseljungen überhaupt ablohnen und statt des einen Pferdes drei beschaffen zu wollen.«

»Ei, ei«, lachte St. Arnaud, einigermaßen überrascht über diese Bestimmtheit, während der kaum minder verwunderte Gordon in Cécile drang, das Bequemere doch nicht ohne Not aufgeben zu wollen.

Aber Cécile blieb fest und sagte: »Darin finden Sie sich nicht zurecht, Herr von Gordon; dazu muß man verheiratet sein. Die Männer sitzen ohnehin auf dem hohen Pferd; schlimm genug; reitet man aber gar noch aus freien Stücken zu Esel neben ihnen her, so sieht es aus wie Gutheißung ihres *de haut en bas*. Und das darf nicht sein.«

In dieser Weise stritt man noch eine Weile, bis Gordon in einem ihn treffenden Streifblicke zu lesen glaubte: »Tor. Um *deinet*wegen.«

Eine Viertelstunde später erschienen die Pferde; man nahm Abschied und wandte sich auf die Holzbrücke zu, die die Turner vor ihnen passiert hatten. Im Herankommen aber wahrnehmend, daß die Balken- und Bretterlage viel zu schwach sei, durchritt man den Fluß, von dessen andrem Ufer aus alle drei noch einmal nach Burg Rodenstein hinübergrüßten.

Der Weg drüben schlängelte sich zunächst eine Waldhöhe hinauf, bald aber stieg er wieder zur Bode nieder und folgte deren Windungen. Unter den überhängenden Zweigen lag bereits Dämmerung, und minutenlang war nichts Lebendes um sie her sichtbar, bis plötzlich nur in geringer Entfernung von ihnen ein schwarzer Vogel aus dem Waldesschatten hervorhüpfte, wenig scheu, ja beinahe dreist, als woll' er ihnen den Weg sperren. Endlich flog er auf, aber freilich nur, um sich dreißig Schritte weiter abwärts abermals zu setzen und daselbst dasselbe Spiel zu beginnen.

»Eine Schwarzdrossel«, sagte Gordon. »Ein schönes Tier.«

»Aber unheimlich.«

St. Arnaud lachte.

»Meine teure Cécile, du greifst vor. Das sind Gefühle, wenn man sich im Walde verirrt hat. Aber dies Stück Romantik wird uns erspart bleiben, ja nicht einmal eine regelrechte Gruselnacht, in der man die Hand nicht vor Augen sieht, steht uns bevor. Sieh nur, da drüben hängt noch das Abendrot, und schon kommt der Mond herauf, als ob er auf Ablösung zöge. Laß die Schwarzdrossel. Sie begleitet uns, weil sie froh ist, Gesellschaft zu finden. Frage nur Herrn von Gordon.«

»Ich möchte doch mehr der gnädigen Frau zustimmen«, sagte dieser. »Alle Vögel, mit alleiniger Ausnahme der Spatzen, exzellieren in etwas eigentümlich Geheimnisvollem und beschäftigen unsere Phantasie mehr als andere Tiere. Wir leben in einer beständigen Scheu vor ihnen, und es gibt eigentlich weniges auf der Welt, was mir so viel Respekt einflößte wie zum Beispiel ein grauer Kakadu; Professoren der Philosophie folgen erst in weiterem Abstand. Und nun gar Storch und Schwalbe! Wer hätte den Mut, einer Schwalbe was zuleide zu tun oder einen Storch aus dem Neste zu schießen?«

»Uh, die Menschen sind Heuchler«, sagte der Oberst. »Heuchler und Pfiffici zugleich. Sie stellen allemal das in ihren Schutz, was sie nicht brauchen können. Ich habe noch nie von Storchbraten gehört, und die gastrosophischen Versuche mit dem ebenfalls gefeiten Schwan sind bis dato regelmäßig gescheitert. Aber Bekassinen und Krammetsvögel! Sie schmecken viel zu gut, als daß man Veranlassung gehabt hätte, sie heilig zu sprechen.«

Unter solchem Gespräche war man bis an die Treseburger Brücke gekommen und sah auf das am andern Ufer, unmittelbar neben dem Fluß hin, reizend gelegene Gasthaus ›Zum Weißen Hirsch‹. Einige der hier aufgestellten Tische hatten Windlichter, die meisten aber begnügten sich mit dem hellen Scheine, den der Mond gab.

»Wollen wir hinüber?« fragte der Oberst.

Aber Cécile war dagegen. Der Weg drüben sei doch mutmaßlich derselbe, den sie schon am Vormittage gemacht hätten, und sie habe keine Sehnsucht, noch einmal an Todtenrode vorüberzukommen.

Und damit lenkte St. Arnaud in einen schluchtartigen Weg ein, der in ziemlicher Steile zu dem zwischen Treseburg und Thale sich ausdehnenden Plateau hinaufstieg.

Oben war nichts als Gras und Acker, zwischen denen ein schmaler Weg lief, nur gerade breit genug, um in gleicher Linie nebeneinander bleiben zu können. Die Schatten aller drei fielen vorwärts auf den wie Silber blitzenden Weg, und diesem ihrem Schatten ritten sie nach. Meist im Schritt. Die Luft ging kalt, und Cécile begann zu frösteln, weshalb ihr Gordon ein Plaid reichte, das er bis dahin über die Kruppe seines Pferdes geschnallt hatte.

»Nimm's nur«, sagte St. Arnaud. »Herr von Gordon wird dich kunstgerecht damit drapieren; das ist er seinem Clan Gordon schuldig. Und dann haben wir dich als Hochlandserscheinung zwischen uns. Lady Macbeth oder dergleichen. Nur der Reithut fällt aus dem Stil.«

Aber Cécile beschränkte sich darauf, zur Eile anzutreiben, und nicht lange, so war eine Wegkreuzung erreicht, von der aus man in Entfernung von wenig mehr als fünfzig Schritt eines Denkmals ansichtig wurde.

»Was ist das?« fragte der Oberst und ritt auf das Denkmal zu, während Gordon und Cécile ihren Weg fortsetzten.

»Lockt Sie's nicht auch?« fragte Cécile mit einem Anfluge von Spott und bitterer Laune. »St. Arnaud sieht mich frösteln und weiß, daß ich die Minuten zähle. Doch was bedeutet es ihm?«

»Und ist doch sonst voll Aufmerksamkeit und Rücksichtnahme.« »Ja«, sagte sie langsam und gedehnt. Und eine Welt von Verneinung lag in diesem Ja. Gordon aber nahm ihre lässig herabhängende Hand und hielt und küßte sie, was sie geschehen ließ. Dann ritten beide schweigend nebeneinander her, bis sich St. Arnaud ihnen wieder gesellte.

»Was war es?« fragte Cécile.

»Das Denkmal eines alten Oberforstmeisters.«

»Den hier ein Wilddieb erschossen?«

»Nein, weniger sensationell: er starb ruhig in seinem Bett.«

»Und hieß?«

»Pfeil.«

»Ah, Pfeil, Graf Pfeil?«

»Nein«, lachte St. Arnaud, »bloß Pfeil. Die Natur hat mitunter ihre demokratischen Launen. Übrigens war er, aller Bürgerlichkeit ungeachtet, eine große Forstautorität, und einer unserer berühmtesten landwirtschaftlichen Sätze rührt von ihm her.«

»Und welcher, wenn ich fragen darf?«

»Daß die Vermählung von Sumpf und Sand unter Umständen eine besonders feine Kultur schaffe. Sumpf an und für sich sei nicht zu gebrauchen und Sand an und für sich auch nicht, aber daß der Gott in seinem notorischen Lieblingslande Mark Brandenburg beide dicht nebeneinander gelegt habe, das sei für eben diese Mark und natürlich auch für die Menschheit eine besondere Gnade gewesen, und die ganze Preußische Geschichte sei sozusagen aus diesem hervorgegangen. Da hast du den berühmten Pfeilschen Agrikultursatz, der vielleicht ein bißchen zu geistreich ist. Denn unvermischter Pyritzer Weizacker bleibt schließlich immer das Beste, jedenfalls besser als die Vermählung von Sumpf und Sand. Aber nun Trab, daß wir warm werden und vorwärts kommen.«

Und im Fluge ging es weiter über das Plateau hin, abwechselnd an Bäumen und Felszacken und dann wieder an Kreuzwegen und Wegweisern vorüber. An einem stand: ›Nach dem Hexentanzplatz‹, und St. Arnaud sagte: »Wollen wir einen Contre mitmachen? Oder bist du für Extratouren?«

Es klang übermütig und spöttisch, und sie bog sich bei seiner Annäherung unwillkürlich zur Seite.

Der Oberst aber war in der Laune, sich gehen zu lassen, und fuhr in dem einmal angeschlagenen Tone fort: »Siehe nur, wie das Mondlicht drüben auf die Felsen fällt. Alles spukhaft; lauter groteske Leiber und Physiognomien, und ich möchte wetten, alles, was dick ist, heißt Mönch, und alles, was dünn ist, heißt Nonne. Wahrhaftig, Herr von Gordon hatte recht, als er den ganzen Harz eine Hexengegend nannte.«

Gleich danach waren sie bis an den Vorsprung gekommen, von dem aus sich der Plateauweg wieder senkte. Die Pferde wollten in gleicher Pace vorwärts, aber ihre Reiter, überrascht von dem Bilde, das sich vor ihnen auftat, strafften unwillkürlich die Zügel. Unten im Tal, von Quedlinburg und der Teufelsmauer her, kam im selben Augenblicke klappernd und rasselnd der letzte Zug heran, und das Mondlicht durchleuchtete die weiße Rauchwolke, während vorn zwei Feueraugen blitzten und die Funken der Maschine weithin ins Feld flogen.

»Die wilde Jagd«, sagte St. Arnaud und nahm die Tête, während Gordon und Cécile folgten.

16. KAPITEL

Als sich unsere Reiter eine Viertelstunde später dem Hotel näherten, sahen sie deutlich, daß der letzte Zug viele Gäste gebracht haben mußte, denn der große, nach der Parkwiese hinaus gelegene Balkon zeigte noch das bunteste Leben. Alles stand in Licht, und in dem Lichte hin und her bewegten sich die Kellner. Einer trug eine große, hoch aufgebaute Teemaschine, was zweifellos bedeutete, daß Engländer oder Holländer angekommen sein mußten.

»Sieh, Pierre«, sagte Cécile, die sich angesichts dieses lachenden Bildes rasch wieder erheiterte, »das ist hübsch, daß wir noch Leben vorfinden.«

Und gleich danach hielten alle drei vor dem Vorbau, hoben sich aus den Sätteln und traten in das Vestibül. Eine Welt von Koffern und Reisetaschen lag hier bunt durcheinander, und als Cécile die Treppe hinaufstieg, tat ihr die Wärme wohl, die die Gasflammen ausstrahlten.

»Ich denke, wir nehmen den Tee noch gemeinschaftlich auf dem Balkon. Nicht wahr, Herr von Gordon?«

Und wirklich, binnen kürzester Frist saßen unsere Freunde mit unter den Gästen, und zwar an demselben Tisch, an dem sich ihre Bekanntschaft, vor wenigen Tagen erst, eingeleitet hatte. Cécile, die sich inzwischen umgekleidet, trug, halb vorsichts-, halb eitelkeitshalber, ein mit Pelz besetztes Jackett, das ihr vortrefflich stand und mit dazu beitrug, sie zum Gegenstand allgemeiner Aufmerksamkeit zu machen. Nichts davon entging ihr, und ihre wohlige Stimmung wuchs bis zu dem Moment hin, wo sie, nach eingenommenem Tee, den nur noch von wenigen Gästen besetzten Balkon am Arme St. Arnauds verließ.

Es schlug elf vom Dorfe her, als Gordon in sein einfaches, im linken Flügel gelegenes Zimmer trat, um sich's hier, wie seine Gewohnheit war, schon vor dem Schlafengehen in einer Sofaecke bequem zu machen. Er war aber noch viel zu sehr bestürmt und aufgeregt, um sich dieser Bequemlichkeit länger als eine Minute hingeben zu können, und so stand er wieder auf, um zu dem schon offen stehenden Fensterflügel auch noch den zweiten zu öffnen. Unter ihm lag ein mit Levkojen und Reseda besetztes Rundell, und er sog den in einem starken Strom heraufziehenden Duft begierig ein. Alles war still; die Bosketts, die den Gartenstreifen einfaßten, standen in tiefem Schatten, und nur an einer einzigen, dem Zimmer der St. Arnauds gegenüber gelegenen Stelle zeigte sich der Schatten durch einen Lichtstreifen unterbrochen. Gordon sah darauf hin, als ob er die Geheimnisse der kleinen Welt, die Cécile hieß, aus diesem Lichtstreifen herauslesen wolle. Dann aber überkam ihn ein Lächeln, und er sagte zu sich selbst: »Ich glaube gar, ich werde der Narr meiner eigenen Wissenschaft und verfalle hier in Spektralanalyse. *Poor Gordon!* Die Sonne mag ihre Geheimnisse herausgeben, aber nicht das Herz. Am wenigsten ein Frauenherz.«

Unter solchem Selbstgespräche trat er vom Fenster zurück und ließ alles, was der Tag gebracht, noch einmal an seiner Seele vorüberziehen. Wieder vernahm er das heitere Lachen, mit dem sie bei Tisch die Schmerlenreime begleitet hatte, wieder sah er das mondbeschienene Plateau, darauf sie heimritten, hörte wieder das langgedehnte »Ja«, das doch ein kurzes »Nein« war, und fühlte noch einmal den erwidernden Druck ihrer Hand. Und dabei kehrten ihm alle Betrachtungen und Fragen zurück, denen er schon in seinen Zeilen an die Schwester Ausdruck gegeben hatte. ›Was ist es mit dieser Frau? So gesellschaftlich geschult und so naiv! Sie will mir gefallen und ist doch ohne rechte Gefallsucht. Alles gibt sich mehr aus Gewohnheit als Koketterie. Sie hat augenscheinlich in der vornehmen Welt gelebt – vielleicht in einer allervornehmsten – und hat Auszeichnungen und Huldigungen erfahren, aber wenig echte Neigung und noch weniger Liebe. Ja, sie hat ein Verlangen, eine Sehnsucht. Aber welche? Mitunter ist es, als sehne sie sich, von einem Drucke befreit zu werden oder von einer Furcht und innerlichen Qual. Ist ihr St. Arnaud diese Furcht? Ist er ihr eine Qual? Nein; er hat nichts von einem Quälgeist, trotzdem sie heute seine Courtoisie zu bestreiten schien. Aber das sind Stimmungen, und ich habe sie wie heute voll Ablehnung, so auch ebenso voll Dank und Hingebung gegen ihn gesehen. Und *doch* eine Wolke! Sie hat eine Geschichte, oder er, oder beide, und die Vergangenheit wirft nun ihre Schatten.‹

In diesem Augenblick schwand drüben der Lichtstreifen auf dem Boskett.

›Es soll dunkel bleiben.‹

Und er schloß das Fenster und suchte die Ruhe.

Die kam ihm nicht gleich, aber als sie kam, schlief er fest, und die Sonne war schon an seinem Fenster vorüber, als er aufwachte. Nach der Uhr sehend, sah er, daß der Zeiger bereits auf acht wies, und er sprang nun rasch aus dem Bett. – Seine Toilette war erst halb beendet, als es klopfte.

»Herein.«

Der Portier übergab ihm ein Telegramm, zugleich Entschuldigungen vorbringend. Es sei schon gestern nachmittag gekommen, als die Herrschaften noch auf der Altenbraker Partie gewesen seien. Und nachher sei's vergessen worden. Herr von Gordon möge verzeihen.

Gordon lächelte. Telegramme hatten längst aufgehört, eine besondere Wichtigkeit für ihn zu haben, und so kam es, daß er auch jetzt noch eine Minute vergehen ließ, ehe er den Zettel überhaupt öffnete. Sein Inhalt lautete: ›Bremen, 15. Juli. Wegen des neuen Kabels abgeschlossen. Wir erwarten Sie morgen.‹ Eine Welt widerstreitender Empfindungen drang auf ihn ein, als er auf diese Weise den ihm während der letzten Tage so lieb gewordenen Aufenthalt in Thale so plötzlich abgebrochen sah. Aber das Angenehme, Beruhigende, Zufriedenstellende wog in diesem Widerstreit der Gefühle doch schließlich vor. ›Gott sei Dank, ich bin nun aus der Unruhe heraus und vielleicht aus noch Schlimmerem. Wer sich in Gefahr begibt, kommt drin um, und mit unserer Festigkeit und unseren guten Vorsätzen ist nicht viel getan. Eine gnädige Hand muß uns bewahren, von Tag zu Tag, von Stunde zu Stunde. Führe uns nicht in Versuchung. Wie wahr, wie wahr. Mein gutes Glück interveniert mal wieder und meint es besser mit mir als ich selbst.‹

Und er klingelte.

»Mein Frühstück und meine Rechnung ... Sind Oberst St. Arnaud und Frau schon auf dem Balkon?«

»Ja, Herr Baron.«

Er ließ sich die Rangerhöhung gefallen und fuhr fort: »Und der nächste Zug nach Hannover?«

»Neun Uhr zwanzig.«

»Ah, da hab ich noch Zeit vollauf.«

Und er hob, als er wieder allein war, den Koffer auf den Ständer und begann zu packen. Die Raschheit, mit der er dabei verfuhr, zeigte den Vielgereisten, und der vom Zimmerkellner mittlerweile gebrachte Kaffee hatte noch eine mittlere Temperatur, als auch alles schon fertig und der ins Schloß gedrückte Koffer samt Schirm und Plaid beiseite geschoben war.

Gordon sah nach der Uhr.

›Neun. Also noch zwanzig Minuten; fünfzehn für mein Frühstück und fünf für den Abschied. Etwas wenig. Aber je weniger, desto besser. Was soll man sich sagen? Abschiedsworte müssen kurz sein, wie Liebeserklärungen. Das Beste hält nicht lange vor und sträubt sich gegen Dauer: der erste Moment ist poetisch, der zweite kaum noch und der dritte gewiß nicht mehr. Und weil man das fühlt und ein schlechtes Gewissen hat, so wird man lügnerisch und heuchelt und übertreibt. Und das mag ich nicht. Ich will mich nicht selbst um die schönen Eindrücke dieser Tage bringen und will gehobenen Herzens und ohne alles Redensartliche von ihr gehen. Ich will mich ihrer erinnern, wie, wie … Nun wie … Nun, nur ums Himmels willen nichts von kindischen Vergleichen. Und doch, woran erinnert sie mich? An wen? Oder an welches Bild?‹

Und er wiegte den Kopf nachsinnend hin und her. Endlich schien er es gefunden zu haben: Ja, das ist es. Ich habe mal ein Bild von Queen Mary gesehen – ich weiß nicht mehr genau wo: war es in Oxford oder in Hampton Court oder in Edinburg Castle. Gleichviel, es war die schottische Königin, meine arme Landsmännin. Etwas Katholisches, etwas Glut und Frömmigkeit und etwas Schuldbewußtsein. Und zugleich ein Etwas im Blick, wie wenn die Schuld noch nicht zu Ende wäre. Ja, daran erinnert sie mich. Und der alte Oberst! Nun! Der könnte den Bothwell aus dem Stegreif spielen. Wahr und wahrhaftig. Ob er irgendeinen Darnley hat in die Luft fliegen lassen? Es wäre leichtsinnig, sich für das Gegenteil verbürgen zu wollen. Aber weg mit solchen Pulverfaßreminiszenzen. Ich will hier mit etwas Heiterem abschließen.‹

Und unter solchem Selbstgespräche trat er noch einmal ans offene Fenster und sah über die zunächst gelegene kleine Gartenanlage fort in das Flachland hinaus, an dessen äußerstem Rande die Türme von Quedlinburg aufragten. Er blieb eine Minute lang im Anblick derselben und nahm dann Hut und Stock, um sich bei den St. Arnauds zu verabschieden. Aber diese waren nicht mehr auf dem Balkon, sondern promenierten bereits im Park unten und schritten eben auf ihre Lieblingsbank zu, die den Blick auf den Bahnhof frei hatte.

»Bitte«, so wandte er sich an den Oberkellner, »lassen Sie meine Sachen hinüberschaffen.«

Und nun ging er auf die Bank zu, wo St. Arnaud und Cécile mittlerweile Platz genommen hatten. Boncœur war mit da, lag aber diesmal nicht zur Seite, sondern in Front, in vollem Sonnenschein. Als er Gordon kommen sah, hob er einen Augenblick den Kopf, ohne sich im übrigen zu rühren.

»Ah, Herr von Gordon«, sagte der Oberst. »So spät. Ich dachte, Sie wären ein Frühauf. Meine Frau hat Ihnen in den letzten zehn Minuten mindestens ebenso viele Krankheiten angedichtet. Ich wette, sie schwärmte schon in der Vorstellung einer allerchristlichsten Krankenpflege.«

»Der ich mich nun rasch und undankbar entziehe.«

»Wie das?«

»Ein eben erhaltenes Telegramm ruft mich fort, und ich komme, mich zu verabschieden.«

Gordon sah, wie Cécile sich verfärbte. Sie bezwang sich aber, warf mit dem Schirm ein paar Steinchen in die Luft und sagte: »Sie lieben Überraschungen, Herr von Gordon.«

»Nein, meine gnädigste Frau, nicht Überraschungen. Erst seit einer Stunde weiß ich davon, und es lag mir daran, über das, was nun einmal sein muß, so schnell wie möglich hinwegzukommen. Was sag ich Ihnen noch? Ich werde diese Tage nie vergessen und würde mich glücklich schätzen, sie früher oder später, sei's hier oder in Berlin oder irgend sonstwo in der Welt, wiederkehren zu sehen.«

Cécile sah vor sich hin, und eine peinliche Stille folgte, bis St. Arnaud artig, aber nüchtern erwiderte: »Worin sich unsere Wünsche begegnen.«

In diesem Augenblicke läutete die Glocke drüben zum zweiten Male.

»Das gilt mir. Adieu, meine gnädigste Frau. *Au revoir*, Herr Oberst.«

Und Gordon, den Hut lüftend, ging auf den Bahnhof zu, der nur durch eine hohe Hecke von der Parkwiese getrennt war. Vor einem der hier eingeschnittenen Durchgänge blieb er noch einmal stehen, verneigte sich und grüßte militärisch hinüber. Der Oberst erwiderte den Gruß in gleicher Weise, während Cécile dreimal mit dem Taschentuch winkte.

Keine Minute mehr, und der Pfiff der Lokomotive schrillte durch die Luft. Boncœur aber sprang auf und legte seinen Kopf in den Schoß der schönen Frau. Dabei schien er sagen zu wollen: ›Laß ihn ziehen; ich bleibe dir und – bin treuer als er.‹

17. KAPITEL

Gordon war allein im Kupee und nahm einen Rückwärtsplatz, um so lange wie möglich einen Blick auf die Berge zu haben, zu deren Füßen er so glückliche Tage verbracht hatte. Hundert Bilder, während er so hinstarrte, zogen an ihm vorüber, und inmitten jedes einzelnen stand die schöne Frau. Gedanken, Betrachtungen kamen und gingen, und auch der Abschiedsmoment stellte sich ihm wieder vor die Seele.

»Dieser Abschied«, sprach er vor sich hin, »ich wollt ihn abkürzen, um nicht in armselige Redensarten zu verfallen, und doch war mein letztes Wort nichts anderes. ›Auf Wiedersehen!‹ alles Phrase, Lüge. Denn wie steht es damit in Wahrheit?

Ich will sie *nicht* wiedersehen, ich *darf* sie nicht wiedersehen; ich will nicht Verwirrungen in ihr und mein Leben tragen.«

Er wechselte den Platz, weil die just eine starke Biegung machende Bahn ihm den Blick auf die Berge hin entzog. Dann aber fuhr er in seiner Betrachtung fort: »Ich will sie nicht wiedersehen, so sag ich mir. Aber schließlich, warum nicht? Sind Verwirrungen denn unausbleiblich? Lady Windham in Delhi war nicht älter als Cécile, und ich selbst war um fünf Jahre jünger als heut, und doch waren wir Freunde. Niemals in den nun zurückliegenden Tagen hab ich mir im Umgange mit der liebenswürdigen Lady mißtraut und ihr selbst noch weniger. Also warum kein Wiedersehen mit Cécile? Warum nicht Freundschaft? Was in einer indischen Garnisonstadt möglich war, muß noch viel möglicher sein innerhalb der Zerstreuungen einer großen Residenz. Sind doch Einsamkeit und Langeweile so recht eigentlich die Gevatterinnen, die die Liebestorheit aus der Taufe heben.«

Er warf die Zigarette fort, lehnte sich zurück und wiederholte: »Warum nicht wiedersehen?« Aber er konnte weder Ruhe noch Trost aus dieser Frage schöpfen. »Ach, daß ich von der Frage nicht loskomme, das ist eben das Mißliche, das gibt die Vorwegentscheidung. Ich entsinne mich eines Rechtsanwalts, der mir einmal beim Schoppen erzählte: ›Wenn wer zu mir kommt und im Eintreten schon anhebt: Ich habe da was geschrieben und wollte nur noch von ungefähr anfragen, ob vielleicht *eine* Stelle ... so ruf ich ihm schon von weitem zu: ›Streichen Sie die Stelle! Sie würden mich nicht fragen, wenn Sie nicht ein schlechtes Gewissen hätten.‹ Und daß ich immer wieder frage: Warum nicht Freundschaft?‹ das ist *mein* schlechtes Gewissen, das beweist mir, daß es nicht geht und daß ich den Gedanken daran fallenlassen muß. Cécile lebt nicht für Kränzchen und ›Flora‹-Konzerte, soviel steht fest; ob die Natur sie so schuf oder ob das Leben sie so bildete, gilt gleich. Möglich, ja wahrscheinlich, daß sie sich zeitweilig nach Idyll und Herzensgüte sehnt, aber sie schätzt instinktiv einen jeden nach seinen Mitteln und Gaben, und ich wäre der Lächerlichkeit verfallen, wenn ich meinen Ton ihr gegenüber plötzlich auf Kunstausstellung und Tagesneuigkeiten oder gar auf den vorlesenden Freund stellen wollte. Was sie von mir erwartet, sind Umwerbungen, Dienste, Huldigungen. Und Huldigungen sind wie Phosphorhölzer: eine zufällige Friktion, und der Brand ist da.«

Solche Betrachtungen begleiteten ihn und kamen ihm während seines Bremer Aufenthalts allabendlich wieder, wenn er nach den Geschäften und Mühen des Tages seinen Spaziergang am Bollwerk hin machte. Seine Vorsätze blieben dieselben, aber freilich seine Neigungen auch, und als er eines Tages, wo diese Neigungen mal wieder stärker als die Vorsätze gewesen waren, in seine Wohnung heimkehrte, schob er ein Tischchen an die Balkontür seines nach dem Flusse hin gelegenen Zimmers und setzte sich, um an Cécile zu schreiben.

Es war eine kostbare Nacht, kein Lüftchen ging, und auf den vorüberflutenden Strom fielen von beiden Ufern her die Kai- und Straßenlichter; die Mondsichel stand über dem Rathaus; immer stiller wurde die Stadt, und nur vom Hafen her hörte man noch singen und den Pfiff eines Dampfers, der sich unter Benutzung der Flut zur Abfahrt rüstete.

Rasch flog Gordons Feder über die Seiten hin, und die weiche Stimmung, die draußen herrschte, bemächtigte sich auch seiner und fand in dem, was er schrieb, einen Ausdruck.

Die Verhandlungen in Bremen währten länger, als er erwartet, und kamen erst zum Abschluß, als eine nach den Friesischen Inseln hin unternommene Reise die bis dahin bezweifelte Durchführbarkeit des Unternehmens bewiesen hatte. Gordon lernte bei der Gelegenheit Sylt und Föhr kennen, auch Norderney, woselbst er emsig nach den St. Arnauds forschte, die – dessen entsann er sich – den Plan gehabt hatten, ihre Sommertour auf Norderney zu beschließen. Er ging aber vergeblich die Fremdenliste durch und war endlich froh, die Insel, der er seine Mißstimmung entgelten ließ, nach zweitägigem Aufenthalt wieder verlassen zu können.

Anfang August war er in Berlin, wo neben amtlichen und finanziellen Vorbereitungen auch allerlei das Technische betreffende Bestellungen und Kontrakte zu machen waren. Er bezog eine schon Ende Mai, kurz vor seiner Reise nach Thale, gemietete Wohnung in der Lennéstraße, wohin er auch alle Briefe zu richten angeordnet hatte. Leider fand er nichts vor, weder in der Wohnung noch auf der Post, oder doch nicht das, woran ihm am meisten gelegen war. Eine schlechte Laune stellte sich ein, aber glücklicherweise nicht auf lange.

»Tor, der ich bin und immer nur mit meinen Wünschen rechne. Man braucht kein Menschenkenner zu sein, um zu wissen, daß Cécile keine passionierte Briefschreiberin ist. Wäre sie das, so wäre sie nicht sie selbst. Briefeschreiben ist wie Wetterleuchten; da verblitzt sich alles, und das Gewitter zieht nicht herauf. Aber Frauen wie Cécile vergegenständlichen sich nichts und haben gar nicht den Drang, sich innerlich von irgend was zu befreien, auch nicht von dem, was sie quält. Im Gegenteil, sie brüten darüber und überladen sich mit dem Gefühl, bis dann mit einem Male der Funken überspringt. Aber sie schreiben nicht, sie schreiben nicht.«

Er schob, während er so sprach, den Sofatisch beiseite und begann auszupacken. Unter den ersten Sachen war auch eine Schreibmappe, deren Deckel eine Photographie zeigte, das Bild seiner Schwester. In der Stimmung, in der er war, sah er sich's an und sagte: »Klothilde. Wie gut sie aussieht. Aber sie taugt auch nichts. Es muß über drei Wochen her sein, daß ich sie angeschrieben. Und bis heute keine Antwort, trotzdem das Thema nichts zu wünschen übrigließ. Denn über was schrieben Frauen lieber als über eine andre Frau, und noch dazu, wenn sie merken, daß man sich für diese andre interessiert. Und doch kein Wort. Ist ein Brief verlorengegangen? Unsinn, Briefe gehen nicht verloren. Nun, es wird sich aufklären. Vielleicht liegt mein langes Skriptum irgendwo in Liegnitz, während Fräulein Schwester noch in der Welt herumfährt.«

In diesem Augenblicke klopfte es.

»Herein.«

Der Eintretende war ein Großindustrieller, Vorstand einer Fabrik für Maschinenwesen und Kabeldrähte, dem Gordons Ankunft von Bremen her telegraphiert worden war und der nicht säumen wollte, sich ihm vorzustellen. Gordon entschuldigte sich wegen der überall im Zimmer herrschenden Unordnung und bat den Fremden, einen eleganten Herrn von augenscheinlich weltmännischen Allüren, in einem der Fauteuils Platz zu nehmen. Der Fremde lehnte jedoch mit vieler Verbindlichkeit ab und lud seinerseits Gordon ein, ihn nach seiner Charlottenburger Villa hinaus begleiten und daselbst sein Gast sein zu wollen; sein Wagen halte bereits vor der Tür, und was Geschäftliches zu sprechen sei, lasse sich unterwegs verhandeln. »Wir haben dann den Abend für ein Gespräch mit den Damen.« Seine Frau, so schloß er, die passioniert für Nilquellen und Kongobecken sei, freue sich ungemein, einen so weitgereisten Herrn kennenzulernen, und wenn es Afrika nicht sein könne, so werde sie sich auch mit Persien und Indien zufrieden geben.

Gordon fühlte sich durch die ganze Sprechweise sehr angeheimelt und nahm an.

Der Abend in Charlottenburg war entzückend gewesen, und Gordon hatte sich wieder überzeugt, ›wie klein die Welt sei‹. Gemeinschaftliche Freunde waren entdeckt worden in Bremen, England, New York und zuletzt auch in Berlin selbst. Auch den Obersten von St. Arnaud kannte man; er habe eine schöne Frau, die schon einmal verheiratet gewesen sei (sehr hoch hinauf), und habe eines Duells halber den Abschied nehmen müssen. Unter solchem Geplauder war der Abend vergangen, und erst lange nach Mitternacht hatte Gordon in einem Mischzustande von Müdigkeit und Angeheitertsein seinen Heimweg angetreten.

Nun war es morgen, und er erschrak fast, als er in sein Wohnzimmer trat und sich umsah. Alles lag noch gerade so da, wie's gestern, als der Besuch kam, gelegen hatte: Wäsche, zerstreut über die Stühle hin, Überzieher und Fracks an Schrankecken und Fensterriegel gehängt und der Koffer selbst halb aufgeklappt zwischen Tür und Ofen. Am buntesten aber sah es auf dem Sofatisch aus, wo Nagelscheren und Haarbürsten, Eau-de-Cologne-Flaschen und Krawatten ein Chaos bildeten, aus dessen Zentrum ein roter Fes und als Überraschung ein Markt-Asternbukett aufragte, das die Wirtin, vielleicht um sich ihres Mieters fester zu versichern, mit beinah komischer Sorgfalt in eine blaue Glasvase mit Silberrand hineingestellt hatte. Nirgends ein Zollbreit Platz. Zu dem allen kam in eben diesem Augenblick auch noch der Kaffee; Gordon nahm schnell eine Schale voll und setzte dann das Tablett auf den Bücherschrank.

»Und nun sollt ich wohl«, hob er an, »in diesem Chaos Ordnung stiften. Aber ich war so lange nicht in Berlin, wenigstens nicht mit Muße, daß ich ein Recht habe, mich als einen Fremden anzusehen. Und für einen Fremden ist es immer das erste, daß er sich ein Kissen aufs Fensterbrett legt und die Häuser und Menschen ansieht.«

Und damit trat er wirklich ans Fenster und sah hinaus.

»Aber Häuser und Menschen in der Lennéstraße! Da hätt ich mir freilich einen anderen Stadtteil und vor allem ein anderes Visavis suchen müssen. Alles ist so still und verkehrslos hier, als ob es eine Privatstraße wäre mit einem Schlagbaum rechts und links. Sei's drum; man muß die Feste nehmen, wie sie fallen, und die Straßen auch. Im übrigen wird sich schon was finden, das der Betrachtung aus der Vogelperspektive wert wäre. Das an der Ecke da, das muß der Schnekkenberg sein (Erinnerung aus meinen Kollegtagen her), und wenn ich Glück habe, so seh ich auch noch ein Stück von dem Schaperschen Goethe. Wahrhaftig, da blitzt so was zwischen den Bäumen; – *au fond* sind Bäume besser als Häuser, und ein bißchen Publikum wird sich auch noch einstellen. Wo Bänke stehen, stehen auch Menschen in Sicht. Als ich Berlin Ende Mai passierte, schien der Tiergarten, speziell hier herum, aus lauter roten Kopftüchern und blauweißen Kinderwagen zu bestehen, und wenn erst die Mittagssonne wieder brennt, werden auch die roten Kopftücher wieder da sein. Und vielleicht auch die zugehörige Soldateska. Bis dahin muß ich mich mit dem Schlangenungetüm begnügen, das da, zehn Ellen lang, im Grase liegt. Ah, jetzt blitzt der Strahl über den Rasen hin.«

Er sah noch eine Weile dem Spritzen zu, freute sich, wie sich das Sonnenlicht in den Tropfen brach, und gab dann seinen Fensterplatz wieder auf, um endlich Ordnung zu schaffen. Rüstig ging er ans Werk und mußte lachen, als der Kleiderschrank bei jeder Berührung seiner Holzriegel quietschte. »Noch ganz die alte Zeit. So quietschten sie früher auch. Aber Berlin wird Weltstadt.«

Und während er so sprach, flogen die Kästen auf und zu, bis nach Ablauf einer Stunde nicht bloß die Stiefel aller Arten und Grade blank aufmarschiert in einer Ecke standen, sondern auch die Bürsten und sonstigen Reinigungsapparate des zivilisierten Menschen ihren richtigen Platz gefunden hatten.

Er ruhte sich einen Augenblick und machte dann Toilette.

»Wohin? Alte Freunde besuchen, die vielleicht keine mehr sind? Immer mißlich. Also neue, das heißt mit anderen Worten die St. Arnauds. Denn andre hab ich nicht. Aber sind sie da? Daß ich sie vor acht Tagen auf der langweiligen Insel nicht finden konnte, beweist nicht, daß sie zurück sein müssen. Sie können sich statt für Norderney mindestens ebensogut für Helgoland oder Scheveningen entschieden haben. Eins ist wie das andre. Aber mit oder ohne Chance, jedenfalls kann ich einen Versuch machen.«

Und er nahm Hut und Stock, um in der St. Arnaudschen Wohnung vorzusprechen.

Diese war auf dem Hafenplatze, so daß der einzuschlagende Weg erst durch ein Stück Königgrätzer Straße, demnächst aber über den Potsdamer Platz führte, der auch heute wieder wegen Kanalisation und Herstellung eines Inselperrons unpassierbar war. Wenigstens in seiner Mitte. So mußte Gordon denn an der Peripherie hin sein Heil versuchen, was ihn freilich nur in neue Wirrnisse brachte. Denn es war gerade Markt heute, der, wie gewöhnlich, an dieser Stelle zwischen Straßendamm und Häuserfront abgehalten wurde. Hier saßen die Marktfrauen, in einer Art Defilee ›gekeilt in drangvoll fürchterlicher Enge‹, durch welche Gordon nun hindurch mußte. Wirklich, das war nichts Leichtes, aber so schwer es war, so vergnüglich war es auch, und auf die Gefahr hin, überrannt zu werden, blieb er stehen und musterte die Szenerie. Weithin standen die Himbeertienen am Trottoir entlang, nur unterbrochen durch hohe, kiepenartige Körbe, daraus die Besinge blauschwarz und zum Zeichen ihrer Frische noch mit einem Anfluge von Flaum hervorlugten. In Front aber, und zwar als besondere Prachtstücke, prangten unförmige verspätete Riesenerdbeeren auf Schachtel- und Kistendeckeln, und dazwischen lagen Kornblumen und Mohn in ganzen Bündeln, auch Goldlack und Vergißmeinnicht, samt langen Bastfäden, um, wenn es gewünscht werden sollte, die Blumen in einen Strauß zusammenzubinden. Alles primitiv, aber entzückend in seiner Heiterkeit und Farbe. Gordon war ganz hingenommen davon, und erst als er sich satt gesehen und ein paar kräftige Atemzüge getan hatte, ging er weiter, um, an der Köthener Straßenecke rechts einbiegend, auf den Hafenplatz zuzuschreiten.

»Sie werden in dem Diebitschen Hause wohnen. Etwas Alhambra, das paßt ganz zu meiner schönen Cécile. Wahrhaftig, sie hat die Mandelaugen und den tief melancholischen Niederschlag irgendeiner Zoe oder Zuleika. Nur der Oberst, bei allem Respekt vor ihm, stammt nicht von den Abenceragen ab; am wenigsten ist er der poetische Letzte von ihnen. Wenn ich ihn *à tout prix* in jenen maurischen Gegenden unterbringen soll, so ist er entweder Abdel-Kader in Person oder ein Riffpirat von der marokkanischen Küste.«

Während er noch so vor sich hinplauderte, stand er vor dem St. Arnaudschen Hause, das aber, wie die Nummer jetzt auswies, nicht das Haus mit der Alhambrakuppel, sondern ein benachbartes von kaum minderer Eleganz war, wie gleich sein Eintritt zeigen sollte. Die Stufen waren mit Teppich, das Geländer mit Plüsch belegt, während die bunt bemalten Flurfenster ein mattes Licht gaben. Eine Treppe hoch angekommen, las er: ›Oberst von St. Arnaud‹.

Er klingelte. Niemand aber kam.

»Also noch verreist. Ich will's aber doch noch einmal versuchen. Solange die Herrschaften nicht da sind, sitzen die Dienerschaften auf den Ohren.«

Und er klingelte wieder.

Wirklich, ein hübsches Mädchen kam, eine Jungfer, etwas verlegen. Sie schien in einer intimen Unterhaltung gestört worden zu sein oder doch mindestens in ihrer Toilette.

»Die gnädige Frau schon zurück?«

»Erst heut über acht Tage.«

»Von Norderney?«

»Nein. Von dem Gut.«

»Ah, von dem Gut«, sagte Gordon, als ob er genau wisse, daß ein solches existiere. Dann ging er wieder, nachdem er sein Bedauern ausgesprochen hatte, die Herrschaften verfehlt zu haben.

›Also noch auf dem Gut. Das will sagen: auf dem Gute der *Frau*. Denn Obersten haben keine Güter. Es gibt zwar Dotationen, aber die kommen erst später, wenn sie überhaupt kommen.‹

Und damit trat er wieder auf den Platz hinaus.

18. KAPITEL

Erst in einer Woche sollte Cécile von dem Gute zurückkommen. Das erschien Gordon eine lange Zeit, und die Tage wollten kein Ende nehmen, noch weniger die Abende, was ihm Veranlassung gab, es mit dem Theater zu versuchen. Aber er empfand wieder ganz die Wahrheit dessen, was ihm einst ein Freund über Theater und Theaterbesuch gesagt hatte: ›Man muß *oft* hingehen, um Vergnügen daran zu finden; wer selten hinkommt, leidet unter der Unwahrheit dessen, was er sieht.‹ Er gab also den Theaterbesuch wieder auf, vielleicht rascher, als recht und billig war, und mußt es schließlich noch als ein besonderes Glück ansehen, in dem ihm nahe gelegenen Hotel du Parc einen ihm zusagenden Platz für Unterbringung seiner Abende zu finden. Er saß hier oft halbe Stunden lang und länger in dem schmalen Glaspavillon und las entweder die Zeitungen oder plauderte mit dem Wirt.

Eines Abends traf er in ebendiesem Glaspavillon auch die beiden Berliner wieder, die vom Hotel Zehnpfund her ihm noch gut in der Erinnerung waren, und er würde sicherlich nicht versäumt haben, sie zu begrüßen, wenn sie nicht in Begleitung ihrer Damen gewesen wären, die, nachdem ihnen ganz ersichtlich Gordons Name zugetuschelt worden war, sofort Anstandsgesichter aufsetzten und jeden Versuch ihrer Ehemänner zu Fortführung einer unbefangenen oder gar heiter ungenierten Unterhaltung energisch ablehnten. In dieser erkünstelten Würde verharrten sie denn auch bis zuletzt und brachen, nachdem sie sich gegen den sie begleitenden und ihnen bekannten Wirt nur im letzten Momente noch mit verstecktem Lächeln verbeugt hatten, unter entsprechender Pomphaftigkeit auf.

»Kannten Sie die Herrschaften?« fragte Gordon. »Ich war im Juni mit ihnen in Thale zusammen; das heißt: mit den beiden Herren. Da waren sie ganz anders: etwas laut, etwas sonderbar, so berlinisch.«

»Ja«, lachte der Wirt. »Das ist immer so. Richtige Berliner gibt es eigentlich nur noch draußen und auf Reisen. Zu Hause sind sie ganz vernünftig.«

»Besonders, wenn die Frauen dabei sind.«

»Ja, dann besonders.«

Zwei Tage später war die Zeit um, wo die St. Arnauds zurück sein wollten, und Gordon zählte jetzt die Stunden, um am Hafenplatz wieder vorzusprechen. Er bezwang sich aber und ließ abermals drei, vier Tage vergehen, eh er sich anschickte, seinen Antrittsbesuch zu machen.

Diesmal nahm er seinen Weg am Wrangelbrunnen und der Matthäikirche vorbei, welchen Umweg er nur der längeren Vorfreude halber wählte.

»Nun aber ist es Zeit.« Und damit bog er vom Schöneberger Ufer her links ein und passierte gleich danach die kleine, hier noch aus älterer Zeit her den Verkehr nach dem Hafenplatz hin vermittelnde Dreh- und Gitterbrücke. Schon von fern her sah er nach der Beletage hinauf und nahm nicht ohne Sorge wahr, daß die zusammengesteckten Gardinen nach wie vor die ganze Fensterbreite verdeckten. Als er aber die Treppe hinaufstieg und den letzten Absatz derselben glücklich erreicht hatte, ließ ihm die den Türrahmen einfassende Laubgirlande keinen Zweifel mehr, daß die Herrschaften zurückgekehrt sein müßten. Oben angekommen, fuhr er mit leiser Hand über das schon halb trockene Laub hin und sagte, wie wenn er an dem Raschelton die Zeit gemessen habe: »Drei Tage.«

Nun erst zog er die Glocke. Dasselbe nach Wesen und Sprechart oberschlesische Mädchen erschien wieder, das ihm schon bei seinem ersten Besuche geöffnet hatte, diesmal mit bemerkenswerter Raschheit. Er nannte seinen Namen, und einen Augenblick später kam Antwort: »Die gnädige Frau lasse bitten.«

Gordon folgte den Korridor entlang bis an den sogenannten Berliner Saal, an dessen Schwelle Cécile bereits stand und ihn begrüßte. Sie sah frischer und jugendlicher aus als in Thale, welchen Eindruck ein helles Sommerkostüm noch steigerte. Gordon war wie betroffen, und einer fast ans Sentimentale streifenden Empfindung hingegeben, nahm er ihre Hand und küßte sie mit Devotion.

»Herzlich willkommen«, sagte sie. »Und vor allem schönen Dank für Ihren Brief; er hat mir so wohlgetan. Und wie liebenswürdig, daß Sie Wort halten und unser gedenken.«

Gordon erwiderte, daß er vor zehn Tagen schon nachgefragt habe.

»Susanne hat uns davon erzählt. Und die Beschreibung, die sie machte, war so gut, daß St. Arnaud und ich gleich auf Sie rieten. Aber nun vor allem Pardon, daß ich Sie nicht in unseren Glanzräumen empfange. Wir sind noch wie zu Gast bei uns selbst und beschränken uns auf ein paar Hinterzimmer. Ein Glück, daß wir wenigstens einen leidlich repräsentablen Gartenbalkon haben. Übrigens finden Sie Besuch. Erlauben Sie, daß ich voraufgehe.«

Gordon verneigte sich, und einen Augenblick später traten beide nach Passierung eines schon im Seitenflügel gelegenen und mit Philodendrons und anderen Blattpflanzen fast überfüllten Raumes auf einen Vorbau hinaus, der, aus Stein aufgeführt, mehr einem nach vorn hin offenen Zimmer als einem Balkon glich. Eiserne Stühle samt Tisch und Etagere standen umher, während auf einer mit Kissen belegten Gartenbank ein alter Herr mit schneeweißem Haar saß, der sich, als er Gordons gewahr wurde, von seinem Platz erhob.

»Erlauben mir die Herren, Sie miteinander bekannt zu machen: Herr von Leslie-Gordon, Herr Hofprediger Doktor Dörffel. Aber nun, wenn ich bitten darf, placieren wir uns. Der Stuhl in der Ecke da ... wahrscheinlich verstaubt ... aber gleichviel, helfen Sie sich, so gut es geht. Und nun, Herr von Gordon, bitt ich, Ihnen ein Glas von diesem Montefiascone einschenken zu dürfen. Oder der Herr Hofprediger übernimmt es vielleicht; er hat ruhige Nerven und eine sichere Hand, während ich immer noch das Fingerzittern habe; Meer- und Gebirgsluft haben mir gleichmäßig die Hilfe versagt. Aber nichts von solch unerfreulichen Dingen. Ihr Wohl, Herr von Gordon.«

»Und das Ihre, meine gnädige Frau.«

Cécile dankte. »Erinnern Sie sich noch des Tages, wo wir das letztemal so zusammensaßen?«

»O, wie könnt ich des Tages je vergessen.«

Und er begann nun den Reim zu zitieren, worin Rosa von ›der Perlen schönster Perle‹ gesprochen hatte.

Cécile ließ ihn aber nicht aussprechen und sagte: »Nein, Herr von Gordon, Sie dürfen mich nicht in Verlegenheit bringen und am wenigsten hier vor meinem väterlichen Freunde. Ja, die Schmerlen und der Rodensteiner. Und als dann die Turner aufmarschierten! Es war so reizend. Aber das Reizendste von allem ist doch, daß wir in diesem Augenblicke darüber sprechen und den Herrn Hofprediger nicht nur in unsre gemeinschaftlichen glücklichen Erinnerungen einweihen, sondern auch auf Verständnis rechnen können. Denn er hat selber ein gut harzisch Herz und ist ein Quedlinburger, wenn ich nicht irre.«

»Nein, meine gnädigste Frau, nur ein Halberstädter.«

»Nur, nur«, lachte Gordon, »jedenfalls beneid ich den Herrn Hofprediger um seine Geburtsstätte.«

»Zuletzt ist jeder Platz gerade gut genug, um darauf geboren zu werden.«

»Gewiß. Aber doch der eine vor dem andern. Und wenn ich meinerseits mir einen Platz hätte wählen können, so hätt ich mir Lübeck gewählt oder Wismar oder Stralsund, weil ich die Hansa-Passion habe. Gleich nach der Hansa aber kommt der Strich von Halberstadt bis Goslar. Und als drittes erst kommt Thüringen.«

Der Hofprediger reichte Gordon die Hand und sagte: »Darauf müssen wir noch eigens anstoßen: erst Hansa, dann Harz und dann Thüringen. Mir aus der Seele gesprochen, trotzdem es fast sakrilegisch ist. Denn ein richtiger lutherischer Geistlicher muß eigentlich auch zur Luthergegend halten.«

»Gewiß, zur Luthergegend, die die Dioskuren von Weimar uns gleich noch als Zugabe bringt. Aber der Harz hat nun mal meine ganz besonderen Sympathien, und ich liebe jedes harzische Lied und jede harzische Sage, von Buko von Halberstadt an bis zu des Pfarrers Tochter ...«

»... von Taubenhayn«, ergänzte der Hofprediger. Aber im selben Augenblick wahrnehmend, daß Cécile, wie bei jedem unpersönlich bleibenden Gespräch, voll wachsender Abspannung dreinsah, brach er rasch ab oder mühte sich wenigstens, auf etwas Näherliegendes einzulenken. »Ja, der Harz!« fuhr er fort. »Wir sind ganz d'accord, Herr von Gordon. Und nun gar mein liebes altes Halberstadt, von dem ich mit dem König von Thule singen möchte, ›es ging ihm nichts darüber‹ – so sehr häng ich daran. Und doch, wenn ich mich umtun und einen Fleck Erde nennen sollte, der vielleicht angetan wäre, ihm in meinem Herzen den Rang streitig zu machen, so wäre es unser gutes Berlin. Und worin den Rang streitig macht? Just in dem, was ihm am meisten abgesprochen wird, in landschaftlicher Schönheit. Bitte, treten Sie heran, Herr von Gordon, hier an diese Brüstung, und dann urteilen Sie selbst. Wenn Sie den ganzen Harz auf den Kopf stellen, so fällt, so schön er ist, kein Stück Erde heraus wie *das* hier.«

Und wirklich, er durfte so sprechen, denn was sich da, vom ersten Herbste kaum angeflogen, zu Füßen des Balkons ausbreitete, war eine Art Föderativstaat von Gärten, zwanzig oder mehr, die, durch niedrige, kaum sichtbare Heckenzäune voneinander getrennt, ein einziges großes Blumenkarree bildeten: Astern in allen Farben, aus denen Rundelle von *Cana indica* emporblühten. Die Mittagssonne blitzte dazwischen, und auf einer ihnen gegenübergelegenen Veranda standen Damen im Gespräch und fütterten Tauben, die von einem Nachbarhofe her auf die jenseitige Balkonbrüstung geflogen waren.

»Insel der Seligen«, sagte Gordon vor sich hin und bedauerte doch schon im selben Augenblicke, das Wort gesprochen zu haben, weil er wahrnahm, wie peinlich Cécile davon berührt wurde. Doch es ging vorüber, und sich rasch wieder in ihre gute Laune zurückfindend, sagte sie: »Wissen Sie, daß ich all die Zeit über an den alten Emeritus und den Professor mit dem sonderbaren Namen gedacht habe? Braunschweig oder Anhalt war das ewige Thema. War es nicht so? Und nun ist Harz oder Thüringen das erste Gespräch, das ich Sie führen höre. Nein, mein Herr Professor ›Aus dem Grunde‹, zu dem Behufe wollen wir uns nicht wiedergesehen haben.«

Gordon versprach feierlichst Besserung, fragte nach dem Obersten und zuletzt auch nach Rosa, und ob Nachrichten von ihr eingetroffen seien, was bejaht wurde. Dann erhob er sich, verneigte sich mit vieler Artigkeit gegen den Hofprediger und empfahl sich, während Cécile nach dem Diener klingelte.

»Nun«, fragte Cécile, »welchen Eindruck haben Sie von ihm empfangen?«

»Einen guten.«

»Ohne Einschränkung?«

»Fast. Er ist klug und gewandt und, wie ich glaube, von untadeliger Gesinnung.«

»Aber?«

»Er hat, so lebhaft und sanguinisch er ist, einen eigensinnigen Zug um den Mund und ist mutmaßlich fixer Ideen fähig. Ich fürchte, wenn er sich etwas in den Kopf gesetzt hat, so will er auch mit dem Kopf durch die Wand. Das Schottische spukt noch in ihm nach. Alle Schotten sind hartköpfig.«

»Ich habe ihn umgekehrt immer nachgiebig gefunden und überaus leicht zu behandeln.«

»Ja, alltags und in kleinen Dingen.«

Cécile schwieg sichtlich verstimmt, weshalb der Hofprediger einlenkend fortfuhr: »Im übrigen, meine gnädigste Frau, dürfen Sie Bemerkungen wie diese nicht ernsthafter nehmen, als sie gemacht werden. Alles, was ich gesagt habe, sind Sentiments und Mutmaßungen. Ich bin Hofprediger, aber nicht Prophet, auch nicht einmal von den kleinen. Und wenn ich recht hätte? Was bedeutet Eigensinn? Unser Leben ist voller Fallgruben, und wer in die des Eigensinns fällt, fällt noch immer nicht sonderlich tief. Da gibt es ganz andere. Herr von Gordon, wenn mich nicht alles täuscht, ist ein Mann von Grundsätzen und doch zugleich frei von Langeweile und Pedanterie. Man erkennt unschwer den Mann, der die Welt gesehen und die kleinen Vorurteile hinter sich geworfen hat. So recht eine Bekanntschaft, wie Sie sie brauchen. Denn es bleibt bei meinem alten Satze: Sie verbringen Ihr Leben einsamer, als Sie sollten.«

»Im Gegenteil, nicht einsam genug. Was sich Gesellschaft nennt, ist mir alles Erdenkliche, nur kein Trost und keine Freude.«

»Weil die Gesellschaft, die sich Ihnen bietet, hinter Ihren Ansprüchen zurückbleibt. Sie lächeln, aber es ist so, meine gnädigste Frau. Was Sie brauchen, sind unbefangene Menschen: Menschen, die die Sprache zum Ausplaudern, nicht aber zum Kaschieren der Dinge haben. Und zu diesen Unbefangenen zählt Herr von Gordon. So wenigstens ist der Eindruck, den ich von ihm empfangen habe. Pflegen Sie seine Bekanntschaft, und er wird Ihnen das Licht und die Freude geben, die Sie so schmerzlich vermissen.«

Sie schüttelte den Kopf.

Er aber nahm teilnehmend ihre Hand und sagte: »Was ist es wieder, meine liebe gnädige Frau? Sie müssen diese Melancholie von sich abtun. Es gehört zu den Machtmitteln unserer Kirche, den Himmel aufzuschließen und seligzusprechen. Aber so wir nur den rechten Glauben haben, so trägt unser Heiland unsere Schuld. Diese freudige Gewißheit haben wir, und Sie dürfen sich nicht mit Vorstellungen quälen, die darauf aus sind, diese Gewißheit immer wieder in Frage zu stellen. Ich weiß wohl, was diesen Ihren beständigen Zweifeln zugrunde liegt, es ist das, daß Sie, vor Tausenden, in Ihrem Herzen demütig sind. Und diese Demut soll Ihnen bleiben. Aber es ist doch zweierlei: die Demut vor Gott und die Demut vor den Menschen. In unserer Demut vor Gott können wir nie zu weit gehen, aber in unserer Demut vor den Menschen können wir mehr tun als nötig. Und Sie tun es. Es ist freilich ein schöner Zug und ein sicheres Kennzeichen edlerer Naturen, andere besser zu glauben als sich selbst, aber wenn wir diesem Zuge zu sehr nachhängen, so verfallen wir in Irrtümer und schaffen weit über uns selbst hinaus allerlei Schädigungen und Nachteile. Damit sprech ich dem Hochmute nicht das Wort. Wie könnt ich auch? Ist doch Hochmut das recht eigentlich Böse, die Wurzel allen Übels, fast noch mehr als der Geiz, und hat denn auch die Engel zu Fall gebracht. Aber zwischen Hochmut und Demut steht ein drittes, dem das Leben gehört, und das ist einfach der Mut.«

Er hatte sich erhoben, und beide waren an die Balkonbrüstung getreten, von der aus sie jetzt die stille, vor ihnen ausgebreitete Blumenwelt überblickten. Eine Weile schwiegen sie. Dann sagte Cécile: »Mut! Vielleicht hätt ich ihn, wenn ich nicht in trüben Ahnungen steckte. Die mir jetzt zurückliegenden glücklichen Tage, welchem Umstande verdank ich sie? Doch nur dem, daß *er*, den Ihre Güte mir zum Freunde geben möchte, sieben Jahre lang draußen in der Welt war und ein Fremder in seiner eigenen Heimat geworden ist. Er weiß nichts von der Tragödie, die den Namen St. Arnauds trägt, und weiß noch weniger von dem, was zu dieser Tragödie geführt hat. Aber auf wie lange noch? Er wird sich rasch hier wieder einleben, alte Beziehungen anknüpfen, und eines Tages wird er alles wissen. Und an demselben Tage ...«

Sie brach hier ab und schien einen Augenblick zu schwanken, ob sie weiter sprechen solle. Dann aber fuhr sie voll wachsender Erregung fort: »Ja, mein Freund, er wird eines Tages alles wissen, und an demselben Tage wird auch der heitere Traum, den ich träumen soll, zerronnen sein. Und, daß ich es sagen muß, ein Glück, *wenn* er zerrinnt. Denn wenn er jemals Gestalt gewönne ...«

»Dann? Was dann, meine gnädigste Frau?«

»Dann wäre jeder Tag ein Bangen und eine Gefahr. Denn es verfolgt mich ein Bild, das ich nicht wegschaffen kann aus meiner Seele. Hören Sie. Wir gingen, als wir noch in Thale waren, St. Arnaud und ich und Herr von Gordon, eines Spätnachmittags an der Bode hin und plauderten und bückten uns und pflückten Blumen, bis mich plötzlich ein glühroter Schein blendete. Und als ich aufsah, sah ich, daß es die niedergehende Sonne war, deren Glut durch eine drüben am andern Ufer stehende Blutbuche fiel. Und in *der* Glut stand Gordon und war wie davon übergossen. Und sehen Sie, das ist das Bild, von dem ich fühle, daß es mir eine Vorbedeutung war, und wenn nicht eine Vorbedeutung, so doch zum mindesten eine Warnung. Ach, mein Freund, suchen wir ihn nicht zu halten: wir halten ihn nicht zu seinem und meinem Glück. Sie sind der einzige, der es wohl mit mir meint, der einzige, der reinen Herzens ist, und ich beschwöre Sie, helfen Sie mir, alles in die rechten Wege bringen, und, vor allem, beten Sie mir das Grauen fort, das auf meiner Seele liegt. Sie sind ein Diener Gottes, und Ihr Gebet muß Erhörung finden.«

Sie war unter diesen Worten in ein nervöses Fliegen und Zittern verfallen, und der Hofprediger, der wohl wußte, daß ihr, wenn diese hysterischen Paroxysmen kamen, einzig und allein durch ein Ab- und Überleiten auf andere Dinge hin und, wenn auch *das* nicht half, lediglich durch eine fast rücksichtslose Herbheit zu helfen war, sagte, während er sie bis an ihren Platz zurückführte: »Dieser Überschwang der Gefühle, meine gnädigste Frau, das ist recht eigentlich der böse Feind in Ihrer Seele, vor dem Sie sich hüten müssen. Das ist nicht Ihr guter Engel, das ist Ihr Dämon. Überschwenglichkeiten, die sich ins Religiöse kleiden, ohne religiös zu sein, haben keine Geltung vor Gott, ja, nicht einmal vor dem Papste. Wovon ich mich selbst einmal überzeugen durfte.«

Der nüchterne Ton, in dem er dies sagte, machte sie stutzen, aber eine gute Wirkung, an der die Neugier einigen Anteil haben mochte, war doch für den sie scharf beobachtenden Hofprediger unverkennbar, und so nahm er denn aufs neue herzlich und zutunlich ihre Hand und wiederholte: »Ja, meine gnädigste Frau, nicht einmal vor dem Papste, wovon ich mich selbst einmal überzeugen konnte. Vielleicht erinnern Sie sich, daß ich Hauslehrer und dann Reisebegleiter bei dem jungen Grafen Medem war und mit ihm nach Rom ging. Als wir daselbst eines Tages zu Schiff nach Terracina wollten, traf es sich, daß auch der Papst, der alte Gregor XVI., dieselbe Reise machte, damals schon ein hoher Siebziger. Ich seh ihn noch, wie er über die Schiffbrücke kam und, umgeben von seinen Dienerschaften, auf ein Zeltdach zuschritt, das man eben in der Nähe des Steuers für ihn aufstellte. Kaum aber, daß er sich hier placiert hatte, so drängte sich auch schon eine die Fahrt mitmachende Frau durch alle Dienerschaften hindurch, warf sich vor ihm nieder und umfaßte seine Knie. Sie war augenscheinlich aus der Campagna nach der Stadt gekommen und rief jetzt unter fortwährenden heftigen Selbstanklagen die Vergebung des Heiligen Vaters an. Der ließ sie denn auch eine Weile gewähren, als es aber andauerte, trat er zuletzt an den Schiffsrand und sagte kalt und abwehrend: ›*Una entusiasta*‹.«

Cécile starrte verwirrt und verstimmt vor sich hin, war aber doch sichtlich aus dem Bann ihrer Ängste heraus, und so durfte denn der Hofprediger in einem mit jedem Augenblicke freundlicher werdenden Tone fortfahren: »Und nun zürnen Sie mir nicht, meine gnädigste Frau, wegen eines Mangels an Rücksichtnahme. Kenn ich doch Ihren beweglichen und im letzten auch gesunden Sinn und weiß deshalb, Sie werden sich endgültig aufrichten an dieser Geschichte. Die Heilslehren existieren und sollen uns Brot und Wein des Lebens sein. Aber sie sind nicht ein Schlagwasser oder Riechsalz, um uns in jedem beliebigen Momente plötzlich aus unserer Ohnmacht aufzuwecken. Es gibt auf diesem Gebiete nichts Plötzliches, sondern nur ein Allmähliches; auch die geistige Genesung ist ein stilles Wachsen, und je tiefer Sie sich mit dem Glauben an den Erlösertod Jesu Christi durchdringen, desto sicherer und fester wird in Ihnen der Friede der Seele sein.«

19. KAPITEL

Während der Hofprediger mit Cécile dies Gespräch führte, schlenderte Gordon am andern Kanalufer auf seine Wohnung zu, bog aber, als er auf diesem Rückwege die Pfeiler der die Straße kreuzenden Eisenbahnbrücke passiert hatte, zunächst nach links hin in einen wenig belebten

Weg ein, um hier, am Potsdamer Bahndamm entlang, ungehinderter seinen Gedanken nachhängen zu können. Ahnungslos hinsichtlich des Stimmungsumschlages, der sich, nachdem er den Balkon verlassen, im Gemüte seiner Freundin vollzogen hatte, war das ihn beherrschende Gefühl lediglich ein freudiges Staunen über die vorgefundene Wandlung zum Guten und Gesunden hin. Ja, die Cécile seiner Thalenser Tage war eine schöne, trotz aller Melancholie beständig nach Huldigungen ausschauende Dame gewesen, während die Cécile von heut eine heitre, lichtvolle Frau war, vor der der Roman seiner Phantasie ziemlich schnell zu verblassen begann.

»Was bleibt übrig? Ich glaube jetzt klar zu sehen. Sie war sehr schön und sehr verwöhnt, und als der Prinz, auf den mit Sicherheit gerechnet wurde, nicht kommen wollte, nahm sie den Obersten. Und ein Jahr später war sie nervös, und zwei Jahre später war sie melancholisch. Natürlich, ein alter Oberst ist immer zum Melancholischwerden. Aber das ist auch alles. Und schließlich haben wir nichts als eine Frau, die, wie tausend andere, nicht glücklich und auch nicht unglücklich ist.«

Unter solchem Selbstgespräch war er bis an die Bülowstraße gekommen und wollte sich eben unter Benutzung derselben in weitem Bogen wieder zurück nach dem Tiergarten schlängeln, als er in einiger Entfernung eines Begräbniszuges gewahr wurde, der nach dem Matthäikirchhofe hinaus wollte. Der gelbe, mit Kränzen überdeckte Sarg stand auf einem offenen Wagen, in dessen Front ein schmales, silbernes Kreuz beständig hin und her schwankte. Hinter dem Wagen kamen Kutschen und hinter den Kutschen ein ansehnliches Trauergefolge. Gordon wäre gern ausgewichen, aber der gehabten Anwandlung sich schämend, blieb er und ließ den Zug an sich vorbeipassieren. ›Es ist nicht gut, die Augen gegen derlei Dinge zu schließen, am wenigsten, wenn man eben Luftschlösser baut. Der Mensch lebt, um seine Pflicht zu tun und zu sterben. Und das zweite beständig gegenwärtig zu haben, erleichtert einem das erste.‹

Gordon wuchs sich rasch wieder in Berlin ein und war nur verwundert, nach wie vor keinen Brief aus Liegnitz eintreffen zu sehen, auch nicht, als er die saumselige Schwester gemahnt hatte. Seine Verwunderung war aber nicht gleichbedeutend mit Verstimmung; vielmehr gestand er sich, alles in allem nie glücklichere Tage verlebt zu haben. Auch nicht in Thale. Wenn es sein konnte, sprach er täglich bei seiner Freundin vor und erneuerte dabei die freundlichen, gleich bei seinem ersten Besuche gehabten Eindrücke. Was ihn einzig und allein störte, war das, daß er sie nie allein fand. Mitte September traf Céciles jüngere Schwester auf Besuch ein und wurde ihm als ›meine Schwester Kathinka‹ vorgestellt. Bei diesem Vornamen blieb es. Sie war um mehrere Jahre jünger und ebenfalls sehr schön, aber ganz oberflächlich und augenscheinlich mehr nach Verhältnissen als nach Huldigungen ausblickend. Cécile wußte davon und schien erleichtert, als die Schwester wieder abreiste. Der Besuch hatte nur wenig über eine Woche gedauert und war niemandem zu rechter Befriedigung gewesen. Auch Gordon nicht. Desto größere Freude hatte dieser, als er eines Tages Rosa traf und von ihr erfuhr, daß sie verhältnismäßig häufig im St. Arnaudschen Hause vorspreche, weshalb es eigentlich verwunderlich sei, sich bis dahin noch nicht getroffen zu haben. Das müsse sich aber ändern, womit niemand einverstandener war als Gordon selbst. Und zu dieser Änderung kam es denn auch; man sah sich öfters, und erschien bei diesen Begegnungen auch noch der in der benachbarten Linkstraße wohnende Hofprediger, so steigerte sich der von Rosas Anwesenheit beinah unzertrennliche Frohsinn, und vom Harz und seinen Umgebungen schwärmend, erging man sich in Erinnerungen an Roßtrappe, Hotel Zehnpfund und Altenbrak. Der Oberst war selten da, so selten, daß Gordon sich entwöhnte, nach ihm zu fragen. ›Er ist im Klub‹, hieß es einmal über das andere. Der Klub aber, um den sich's handelte, war kein militärischer, sondern ein Hautefinance-Klub, in dem Billard, Skat und Lomber mit beinah wissenschaftlichem Ernst gespielt wurde. Nur die Points hatten eine ganz unwissenschaftliche Höhe.

Neben Rosa war es der alte Hofprediger, der, wenn man gemeinschaftlich heimging, über diese kleineren oder größeren Inkorrektheiten Aufklärung gab, meistens vorsichtig und zurückhaltend, aber doch immer noch deutlich genug, um Gordon einsehen zu lassen, daß er es mit seinem in seinem langen Skriptum an die Schwester im halben Übermute gebrauchten ›Jeu-Oberst‹ richtiger, als er damals annehmen konnte, getroffen habe. Teilnahme mit Cécile war, wenn er derlei Dinge hörte, jedesmal sein erstes und ganz aufrichtiges Gefühl, aber eine nur zu begreifliche Selbstsucht sorgte gleichzeitig dafür, daß dies Gefühl nicht andauerte. St. Arnaud war nicht da, das war doch schließlich die Hauptsache, das gab den Ausschlag, und weder seine Blicke noch seine spöttischen Bemerkungen konnten das Glück ihres Beisammenseins stören.

Ja, diese Septembertage waren voll der heitersten Anregungen, und Briefchen in Vers und Prosa, die von seiten Gordons beinah jeden Morgen an Cécile gerichtet wurden, sei's, um sie zu begrüßen oder ihr etwas Schmeichelhaftes zu sagen, steigerten begreiflicherweise das Glück dieser Tage. St. Arnaud seinerseits gewöhnte sich daran, diese Billetdoux auf dem Frühstückstische liegen zu sehn, und leistete sehr bald darauf Verzicht, von solcher ›Mondscheinpoesie‹ weitere Notiz zu nehmen. Er lachte nur und bewunderte, ›wozu der Mensch alles Zeit habe‹; Cécile selbst, voll Mißtrauen in ihre Rechtschreibung, antwortete nur selten, wobei sie sich zurückhaltender und ängstlicher als nötig zeigte, da Gordon bereits weit genug gediehen war, um in einer mangelhaften Orthographie, wenn solche sich wirklich offenbart haben sollte, nur den Beweis immer neuer Tugenden und Vorzüge zu finden.

20. KAPITEL

So waren vier Wochen vergangen, als Gordon an einem der letzten Septembertage eine Karte folgenden Inhalts erhielt: ›Oberst von St. Arnaud und Frau geben sich die Ehre, Herrn von Leslie-Gordon zum 4. Oktober zu einem Mittagessen einzuladen. Fünf Uhr. Im Überrock. U.A.w.g.‹ Gordon nahm an und war nicht ohne Neugier, bei dieser Gelegenheit den St. Arnaudschen Kreis näher kennenzulernen. Was er, außer dem Hofprediger, bis dahin gesehen hatte, war nichts Hervorragendes gewesen, ziemlich sonderbare Leute, die sich allenfalls durch Namen und gesellschaftlich sichere Haltung, aber wenig durch Klugheit und fast noch weniger durch Liebenswürdigkeit ausgezeichnet hatten. Beinahe alle waren Frondeurs, Träger einer Opposition *quand même*, die sich gegen Armee und Ministerium und gelegentlich auch gegen das Hohenzollerntum selbst richtete. St. Arnaud duldete diesen Ton, ohne persönlich mit einzustimmen, aber daß er ihn überhaupt zuließ, war für Gordon ein Beweis mehr, daß es keine Durchschnitts-Duellaffäre gewesen sein konnte, was den Obersten veranlaßt oder vielleicht auch gezwungen hatte, den Dienst zu quittieren. Etwas Besonderes mußte hinzugekommen sein.

Und nun war der 4. Oktober da.

Gordon, so pünktlich er erschien, fand alle Geladenen, unter denen der Hofprediger leider fehlte, schon vor und wurde, nachdem er Cécile begrüßt und ein paar Worte an diese gerichtet hatte, dem ihm noch unbekannten größeren Bruchteile der Gesellschaft vorgestellt. Der erste, dem Range nach, war General von Rossow, ein hochschultriger Herr mit dünnem Schnurrbart und noch dünnerem Knebelbart, dazu braunem Teint und roten vorstehenden Backenknochen; nach Rossow folgte: von Kraczinski, Kriegsministerialoberst und polnisch-katholisch, Geheimrat Hedemeyer, hager, spitznasig und süffisant, Sanitätsrat Wandelstern, fanatischer Anti-Schweninger, und Frau Baronin von Snatterlöw. Gordon verneigte sich nach allen Seiten hin, bis er Rosas gewahr wurde, der er sich nunmehr rasch näherte. »Wir sind hoffentlich Nachbarn ...« »Geb es Gott.« Und nun trat er wieder an Cécile heran, um sich wegen einiger ihm vorgeworfener Unklarheiten in seinem gestrigen Morgenbillett, so gut es ging, zu verantworten.

»Ich habe die schlechte Gewohnheit«, schloß er, »in Andeutungen zu sprechen und auf Dinge hinzuweisen, die von zehn kaum einer kennt, also auch nicht versteht.«

Sie lachte. »Wie gütig Sie sind, über den eigentlichen Grund so leicht hinwegzugehen und gegen sich selbst den Ankläger zu machen. Sie wissen am besten, daß ich nichts weiß. Und nun bin ich zu alt zum Lernen. Nicht wahr, viel zu alt?«

In diesem Augenblick wurden die Flügeltüren geöffnet, und Gordon brach ab, weil er sah, daß General von Rossow auf Cécile zukam, um ihr den Arm zu bieten. Kraczinski, Hedemeyer, Wandelstern und einige andere folgten mit und ohne Dame.

Die Plätze waren so gelegt, daß Gordon seinen Platz zwischen der Baronin und Rosa hatte.

»Gerettet«, flüsterte diese.

»Gerichtet«, antwortete er mit einem Seitenblick auf die Baronin, eine hochbusige Dame von neunundvierzig, mit Ringellöckchen und Adlernase, die sich, ärgerlich über das Geflüster zwischen Gordon und Rosa, mit Ostentation von Gordon ab- und ihrem andern Tischnachbar zuwandte. Sie nannte das ›ihre Revanche nehmen‹.

Die Revanche war aber nicht von Dauer, und ehe noch das Tablett mit dem Tokaier herumgereicht wurde, setzte sie, wie das ihre Gewohnheit war, bereits höchst energisch ein und sagte mit einer ans Männliche grenzenden Altstimme: »Sie waren in Persien, Herr von Gordon. Man spricht jetzt so viel von persischer Zivilisation, namentlich seit den umfangreichen Übersetzungen Baron Schacks (jetzt Graf Schack), eines Vetters meines verstorbenen Mannes. Ich kann mir aber nicht denken, daß diese Zivilisation viel bedeute, da persische Minister hier im Königlichen Schlosse, wenn auch freilich durch kulturelle Gebräuche dazu veranlaßt, eine ganze Reihe von Hämmeln eigenhändig geschlachtet und die Schlachtmesser an den Gardinen abgewischt haben.«

»Ich halte dies für Übertreibung, Frau Baronin.«

»Sehr mit Unrecht, mein Herr von Gordon. Ich hasse Übertreibungen, und was ich sage, ist offiziell. Übrigens, mißverstehen Sie mich nicht. Ich gehöre nicht zu der Gruppe devotest ersterbender Leute, die königliche Schloßgardinen ein für allemal als ein Heiligtum ansehen. Im Gegenteil, ich hasse mißverstandene Loyalitäten. Ein freier Sinn ist das allein Dienliche wie das allein Ziemliche. Servilismus und niedrige Gesinnung sind in meinen Augen unwürdig und hassenswert. Ein für allemal. Aber Anstand und Sitte stehen mir hoch, und blutige Messer an hellblauen Atlasgardinen abwischen, gleichviel ob dieses Horreur in königlichen Schlössern stattfindet oder nicht, ist ein Roheitsakt, den ich beinah unsittlich nennen möchte, jedenfalls unsittlicher als manches, was dafür angesehen wird. Denn auf keinem Gebiete gehen die Meinungen so weit auseinander als gerad auf diesem. Ich werde mich durch Sätze wie diese keinen Verkennungen Ihrerseits aussetzten, denn ich spreche zu einem Manne, der die Wandelbarkeit moralischer Anschauungen, wie sie Rasse, Bodenbeschaffenheit und Klima mit sich führen, in hundertfältiger Abstufung persönlich erfahren hat. Irr ich hierin, oder bin ich umgekehrt Ihrer Zustimmung sicher?«

»Vollkommen«, sagte Gordon, nahm aber doch die Pause, die der eben bei der Baronin erscheinende Turbot ihm gönnte, wahr, um Rosa zuzuflüstern: »Emanzipiertes Vollblut. Furchtbar.«

An der anderen Seite des Tisches wurden statt der Steinbutte Forellen präsentiert, und Cécile, die sich auf einen Augenblick von ihrem zweiten Nachbar, dem beständig ironisierenden Geheimrat, freizumachen wußte, sagte zu Gordon über den Tisch hin: »Aber von den Forellen müssen Sie nehmen, Herr von Gordon. Es sind ja halbe Reminiszenzen an Altenbrak. ›Denn von der Forelle bis zur Schmerle‹, so wenigstens versicherte uns der alte Emeritus, ›ist nur ein Schritt‹.«

Rosa, der dieser Zuspruch mitgegolten hatte, nickte. General von Rossow aber griff das Wort auf und bemerkte mit krähender Kommandostimme: »Nur *ein* Schritt, sagen Sie, meine gnädigste Frau. Nun gut. Aber, pardon, es gibt große und kleine Schritte, und dieser Schritt ist einfach ein Riesenschritt. Ich war letztes Jahr in Harzburg: unerhörte Preise, Staub und Wind und natürlich auch Schmerlen. Ein erbärmlicher Genuß, der nur noch von seiner Unbequemlichkeit und Mühsal übertroffen wird. Es kommt gleich nach den Artischocken, ebenso langweilig und ebenso fruchtlos. Und um diesen fragwürdigen Genuß zu haben, war ich bei vierundzwanzig Grad Reaumur auf den Burgberg hinaufgestiegen.«

»Und ließen sich die Schmerlen im Freien servieren«, lachte St. Arnaud. »Im Freien und vielleicht sogar an der großen Säule mit der berühmt gewordenen Inschrift: ›Nach Kanossa gehen wir *nicht*‹. Aber wir gehen *doch.*«

»Und gehen auch noch weiter«, fiel der Geheimrat ein, der (schon unter Mühler ›kaltgestellt‹) den bald darauf ausbrechenden Kulturkampf als Pamphletist begleitet, seine Wiederanstellung jedoch trotz andauernder Falk-Umschmeichelung nicht durchgesetzt hatte. »Ja, noch weiter.« Und dabei hob er seine goldene Brille, mit der Absicht, sie zu putzen, wie das seine Gewohnheit war, wenn er einen heftigen Ausfall plante. Die Götter aber widerstritten diesem Versuche, denn der linke Brillenhaken hatte sich in einem Löckchen seiner blonden Perücke verfitzt und wollte nicht nachgeben. Unter glücklicheren und namentlich gesicherten Toupet-Verhältnissen würd er nun freilich aller Widerhaarigkeit zum Trotz mit jener ›Energie‹ vorgegangen sein, die sieben Jahre lang sein Programm und den Inhalt seiner Pamphlete gebildet hatte; dieser Sicherheit aber entbehrend, sah er sich auch *hier* gezwungen, den Verhältnissen Rechnung zu tragen und auf ein rücksichtsloses Vorgehen zu verzichten, das ihn an seiner empfindlichsten Stelle bloßgestellt haben würde. Schließlich indes war das Häkchen aus dem Toupet heraus, und mit einer Ruhe, die den Mann von Welt zeigte, nahm er seinen Satz wieder auf und sagte: »Ja, meine Herrschaften, und gehen auch noch weiter. Das heißt also bis nach Rom. Es sind dies die natürlichen Folgen der Prinzipienlosigkeit oder, was dasselbe sagen will, einer Politik von heut auf morgen, des Gesetzmachens *ad hoc.* Ich hasse das.«

Die Baronin, die sich in dieser Wendung zitiert glaubte, klatschte mit ihren zwei Zeigefingern Beifall.

»Ich hasse das«, wiederholte der Geheimrat, während er sich gegen die Snatterlöw verbeugte; »mehr noch, ich verachte das. Wir sind kein Volk, das seiner Natur und Geschichte nach einen Dalai-Lama ertragen kann, und doch haben wir ihn. Wir haben einen Dalai-Lama, dessen Schöpfungen – um nicht zu sagen: Hervorbringungen – wir mit einer Art Inbrunst anbeten. Rund heraus, wir schwelgen in einem unausgesetzten Götzen- und Opferdienst. Und was wir am willfährigsten opfern, das ist die freie Meinung, trotzdem keiner unter uns Älteren ist, der nicht mit Herwegh für den ›Flügelschlag der freien Seele‹ geschwärmt hätte. Wie gut das klingt! Aber haben wir diesen Flügelschlag? Haben wir diese freie Seele? Nein, und wieder nein. Wir sind weiter davon ab denn je. Was wir haben, heißt Omnipotenz. Nicht die des Staates, die nicht nur hinzunehmen, die sogar zu rühmen, ja, die das einzig Richtige wäre – nein, wir haben die Omnipotenz eines einzelnen. Ich nenne keinen Namen. Aber soviel bleibt: Übergriffe sind zu verzeichnen, Übergriffe nach allen Seiten hin, und so viel Übergriffe, so viel Fehlgriffe. Freilich, wer diesen Dingen, direkt oder indirekt, durch Jahrzehnte hin nahe gestanden hat, der sah es kommen, dem blutete seit langem das Herz über ein System des Feilschens und kleiner Behandlungen großer Fragen. Und wo die Wurzel? Womit begann es? Es begann, als man, Arnims kluge Worte mißachtend, einen Hochverräter aus ihm stempeln wollte, bloß weil ein Brief und ein Rohrstuhl fehlte. Was aber fehlte, war kein Brief und kein Rohrstuhl, sondern einfach Unterwerfung. Daran gebricht es. Arnim hatte den Mut seiner Meinung, das war alles, das war sein Verbrechen, das allein. Aber wenn es erst dahin gekommen ist, meine Herren, daß jede freie Meinung im Lande Preußen Hochverrat bedeutet, so sind wir alle Hochverräter, alle samt und sonders. Ein Wunder, daß Falk mit einem blauen Auge davongekommen ist, der einzige, der den Blick für die Notlage des Landes hatte, der einzige, der retten konnte. Nach Kanossa gehen wir *nicht*! O nein, wir gehen nicht, aber wir laufen, wir rennen und jagen dem Ziele zu und überliefern einer beliebigen und beständig wechselnden Tagesfrage zuliebe die große Lebensfrage des Staats an unseren Todfeind. Die große Lebensfrage des Staats aber ist unsere protestantische Freiheit, die Freiheit der Geister!«

Die Baronin war hingerissen und steigerte sich bis zu Kußhändchen. »Ihr Wohl, Herr Geheimrat! Ihr Wohl, und die Freiheit der Geister!«

Einige der zunächst Sitzenden schlossen sich an, und sehr wahrscheinlich, daß sich ein allgemeiner Toast daraus entwickelt hätte, wenn nicht der alte General ziemlich unvermittelt dazwischengefahren wäre. Der Beginn seiner Rede verfiel zwar dem Schicksal, überhört zu werden, aber mehr ärgerlich als verlegen darüber, nahm er schließlich seine ganze Stimmkraft zusammen und ruhte nicht eher, als bis er sich mit Gewalt Gehör verschafft hatte: »Sie sprechen da von der Freiheit der Geister, mein lieber Hedemeyer. Nun ja, meinetwegen. Aber machen wir nicht mehr davon, als es wert ist. Wir sind unter uns (ein Blick streifte Gordon), ich *hoffe* sagen zu können, wir sind unter uns, und so dürfen wir uns auch gestehen, die protestantische Freiheit der Geister ist eine Redensart.«

»Erlauben Sie …« warf Hedemeyer dazwischen.

»Ich bitte Sie, mich nicht unterbrechen zu wollen«, fuhr der alte General mit überlegener Miene fort. »Sie haben gesprochen, jetzt spreche *ich*. Ihr verflossener Falk, ich nenn ihn mit Vorbedacht *Ihren* Falk, hat es gut gemeint, darüber kann kein Zweifel sein. Aber *pourquoi tant de bruit pour une omelette*.«

Alles lachte, denn es traf sich, daß eine dicht mit Omelettschnitten garnierte Gemüseschüssel in eben diesem Augenblick dem General präsentiert wurde.

Dieser, sonst überaus empfindlich gegen derartige Zwischenfälle, nahm diesmal die ziemlich lang andauernde Heiterkeit mit gutem Humor auf und wiederholte, während er eine der Schnitten triumphierend in die Höhe hielt: »*Pour une omelette* …

Ja, wie viele Menschen, mein lieber Hedemeyer, glauben Sie denn bei dieser sogenannten Kanossa-Frage wirklich interessiert? Sehr viele sind es nicht. Dafür bürge ich Ihnen auf Ehre. Manches sieht man denn doch auch, ohne gerade zum Kultus zu gehören oder, pardon, gehört zu haben. Berlin hat dreißig protestantische Kirchen, und in jeder finden sich allsonntäglich ein paar hundert Menschen zusammen; ein paar mehr oder weniger, darauf kommt es nicht an. In der Melonenkirche habe ich einmal fünfe gezählt, und wenn es sehr kalt ist, sind es noch weniger. Und das, mein lieber Hedemeyer, ist genau das, was *ich* die protestantische Freiheit der Geister nenne. Wir können in die Kirche gehen und *nicht* in die Kirche gehen und jeder auf seine Fasson selig werden. Ja, meine Freunde, so war es immer im Lande Preußen, und so wird es auch bleiben, trotz allem Kanossa-Gerede. Das Interesse hält immer gleichen Schritt mit der Angst, und Angst ist noch nicht da. Jedenfalls ist es keine Frage, daran die Welt hängt oder auch nur der Staat. Der hängt an was ganz anderem. ›Die Welt ruht nicht sicherer auf den Schultern des Atlas als der preußische Staat auf den Schultern seiner Armee ...‹, so lautete das fridericianische Wort, und das ist die Frage, worauf es ankommt. Da, meine Herrschaften, liegt Tod und Leben. Der Unteroffizier, der Gefreite, *die* haben eine Bedeutung, nicht der Küster und der Schulmeister; der Stabsoffizier hat eine Bedeutung, nicht der Konsistorialrat. Und nun sehen Sie sich um, wie man anitzo verfährt, und unter welchen Mißgriffen und Schädigungen man zur Besetzung maßgebender Stellen schreitet. Ich meine: vom Generalmajor aufwärts. Alles, was sich dabei ›höherer Gesichtspunkt‹ nennt, ist Dummheit oder Verranntheit oder Willkür. Und in manchen Fällen auch einfach Klüngel und Clique.«

»Sie meinen ...«

»Einfach das Kabinett. Ich habe keine Veranlassung, damit zurückzuhalten und aus meinem Herzen eine Mördergrube zu machen. Ich meine das Kabinett, das sich's zur Aufgabe zu stellen scheint, mit den Traditionen der Armee zu brechen. Wenn ich von Armee spreche, sprech ich selbstverständlich von der fridericianischen Armee. Was uns heutzutage fehlt und was wir brauchen wie das liebe Brot, das sind alte Familien und alte Namen aus den Stammprovinzen. Aber nicht Fremde ...«

Kraczinski, der zwei Brüder in der russischen und einen dritten in der österreichischen Armee hatte, lächelte mit kriegsministerieller Überlegenheit vor sich hin, von Rossow aber fuhr fort: »Der Chef, trotz altem livländischen Adel, der hingehen mag, ist, von meinem Standpunkt aus, ein *homo novus*, der der unglückseligen Anschauung von der geistigen Bedeutung der Offiziere huldigt. Alles Unsinn. Wissen und Talent ruinieren nur, weil sie bloß den Dünkel großziehen. Derlei Allotria sind gut für Professoren, Advokaten und Zungendrescher, überhaupt für alle die, die sich jetzt Parlamentarier nennen. Aber was soll das dem Staat? Der verlangt anderes. Auf die Gesinnung kommt es an, auf das Gefühl der Zusammengehörigkeit mit dem Stammlande, das nur die haben, die schon mit am Cremmer Damm und bei Ketzer-Angermünde waren. Aber das wird jetzt übersehen, übersehen in einer mir ganz unbegreiflichen Weise. Denn die höhere Disziplin ist lediglich eine Frage der Loyalität. Und das wissen auch die Hohenzollern. Aber weil sie nicht gerne dreinreden und allzu bescheiden sind und immer glauben, die Herren vom grünen Tisch (und die Armee hat *auch* ihren grünen Tisch) müßten es besser wissen, so lassen sie sich bereden und betimpeln. Ein erbärmlicher Zustand. Und daß es nicht zu ändern ist, das ist das Schlimmste. Napoleon konnte nicht alle Schlachten selber schlagen, und die Hohenzollern können nicht allerpersönlichst in alle Winkel der Verwaltung hineingucken. Da liegt es, mein lieber Geheimrat. Da, nur da. Kanossa hin, Kanossa her. Preßfreiheit, Redefreiheit, Gewissensfreiheit, alles Unsinn, Ballast, von dem wir eher zuviel als zuwenig haben.«

Cécile sah verlegen vor sich nieder. Sie kannte längst diese vom Ärger diktierte Beredsamkeit, die sie bei früheren Gelegenheiten immer nur als überflüssig, aber nicht als sonderlich störend empfunden hatte. Heute peinigte sie's, weil sie sah, was in Gordons Seele beim Anhören dieser Renommistereien vorging. Auch St. Arnaud empfand so, weshalb er es für ratsam hielt, sich der Situation zu bemächtigen und in geschickter Anknüpfung an die Rossowschen Worte ›von der Bedeutung alter Familien‹ auf die Gordons überzugehen, die seit dem Dreißigjährigen Kriege, jedenfalls aber seit dem Schillerschen ›Wallenstein‹ uns als unser eigenstes Eigentum angehören. Oberst Gordon, Kommandant von Eger, zähle zu den besten Figuren im ganzen Stück, und er glaube sagen zu können, die Tugenden desselben fänden sich in dem neuen Freunde seines Hauses vereinigt. Er trinke auf das Wohl seines lieben Gastes, des Herrn von Gordon.

Gordon, der wohl wußte, daß rasches Erwidern die beste, jedenfalls aber die leichteste Form des Dankes sei, nahm unmittelbar nach diesem Toaste das Wort und bat, nachdem er in einer scherzhaft durchgeführten Antithese den ›Obersten St. Arnaud des 4. Oktober‹ dem ›General St. Arnaud des 2. Dezember‹ gegenübergestellt und in Cécile die Lichtgestalt, die den Unterschied zwischen beiden besiegte, gefeiert hatte, das Wohl der liebenswürdigen Wirte proponieren zu dürfen.

Sein Trinkspruch war vorzüglich aufgenommen worden, am enthusiastischsten von der Baronin, die bei dieser Gelegenheit selbstverständlich nicht ermangelte, von ihrer im vorigen Sommer in Ragaz stattgehabten Promenadenbegegnung mit der Kaiserin Eugenie zu sprechen, »einer Frau, die, wenn sie statt ihres Polisson von Gatten das Heft in Händen gehabt hätte, Frankreich ganz anders regiert, jedenfalls aber männlicher verteidigt und höchstwahrscheinlich gerettet haben würde.«

Bald darauf wurde die Tafel aufgehoben, und als sich nach abermals einer Minute die gesamte Herrenwelt, mit Ausnahme des bei den Damen verbliebenen St. Arnaud, in das Rauchzimmer zurückgezogen hatte, nahm von Rossow – der vor gerade dreißig Jahren als Hauptmann im Alexander-Regiment einen schwach besuchten Kasino-Vortrag über den ›2. Dezember‹ gehalten hatte – noch einmal in der St.-Arnaud-Frage das Wort und sagte, während er den dritten ihm präsentierten Chartreuse mit einer an Grazie grenzenden Raschheit niederstürzte: »Was übrigens, mein werter Herr von Gordon, Ihre Gegenüberstellung oder meinetwegen auch Ihre Parallele betrifft, nun ja, der damalige St. Arnaud und der gegenwärtige, sie lassen sich, wenn's sein muß, vergleichen, und so viel konzedier ich Ihnen ohne weiteres, daß mit dem unseren *auch* schlecht Kirschenpflücken ist. Auch der unsere, wenn ich ihn recht beurteile, hat ein tiefes Überzeugtsein von der Gleichgültigkeit des Einzelindividuums, und daß er das Jeu liebt, wie sein berühmter Namensvetter, werden Sie mutmaßlich ebenfalls wissen. Aber der napoleonische, der Anno 51 die ganze Geschichte gemacht hat, war ihm denn doch um einiges über. Ein Deubelskerl, sag ich Ihnen. Und dabei *filou comme il faut*. Unsere schöne Cécile, was Sie freilich nicht wissen konnten, läßt sich denn auch in Anbetracht all dieser Umstände nicht gern an die Namensvetterschaft erinnern; St. Arnaud selbst aber ist stolz darauf. Und kann auch. Wenn wir unruhige Zeiten kriegen – und man kann nie wissen –, so wächst er sich vielleicht noch in was hinein. Talent hat er. Sehen Sie nur das Faunengesicht, mit dem er zu dem arrondierten kleinen Fräulein spricht. Malerin, nicht wahr? Wie heißt sie doch?«

»Fräulein Rosa Hexel.«

»Mit einem x?«

»Ja, Herr General.«

»Na, das paßt ja. Nur keine Spielverderberei. Da kommt das Tablett noch mal. Chartreuse. Den kann ich Ihnen empfehlen.«

Um neun Uhr brach man auf. Alles drängte sich im Korridor, und Cécile fragte die Malerin, ob der Diener eine Droschke holen solle? Rosa dankte jedoch: Herr von Gordon werde sie bis an den Platz begleiten, und dort finde sie die Pferdebahn.

Unten bot ihr Gordon denn auch den Arm und sagte: »Wirklich nur bis an den Platz? Und nur bis an die Pferdebahn?«

»O nicht doch«, lachte Rosa. »Was Sie nur denken? So leicht kommen Sie nicht davon. Sie müssen mich bis nach Hause bringen, Engel-Ufer, und ich schenke Ihnen keinen Schritt. Aber sahen Sie nicht die Gesichter, als ich bloß Ihren Namen nannte? Der Geheimrat hob den Kopf, wie wenn er eine Fährte suche. Man muß es den Schandmäulern nicht zu leicht machen. Und das sind sie samt und sonders, die ganze Gesellschaft.«

»Ich fürchte, daß Sie recht haben. Aber doch alles in allem nicht übel, nicht dumm. Und auch nicht uninteressant.«

»Nein, auch nicht uninteressant. Und *au fond* doch wieder. Es sieht alles nach was aus und klingt leidlich. Aber was ist es am Ende? *Chronique scandaleuse*, Malicen, Absetzen einiger Bitterkeiten. Und dann hat jeder sein elendes Steckenpferd. Der Klügste bleibt immer St. Arnaud selbst: er steht drüber und lacht. Aber dieser alte General! Ich verstehe nichts von Politik und noch weniger von Armee, wer mir aber ernsthaft versichern will, daß ein kluger General Müller allemal eine Landeskalamität und neben einem Hampel von Hampelshausen nie zu nennen sei, wer mir *das* ernsthaft versichern will, mit dem bin ich fertig, und wenn ich ihn trotz alledem interessant finden soll, so bin ich zwar dazu bereit, aber frag mich nur nicht, wie.«

»Schau, schau, Fräulein Rosa, das spricht ja wie ein *pot à feu.*«

»Der ich auch bin. Und wenn ich nun gar erst von diesem Geheimrate rede, da sprüh ich nicht bloß, da zisch ich wie eine Schlange, versteht sich: Feuerwerksschlange.«

»Und doch war vieles richtig, was er sagte.«

»Vielleicht; vielleicht auch nicht. Ich verstehe nichts davon. Aber unehrlich war er jedenfalls. Er ist ein schlechter Kerl, frivol, zynisch; und kein Frauenzimmer, und wenn es die keusche Susanne wäre, kann eine Minute lang mit ihm zusammen sein, ohne sich einer Unpassendheit ausgesetzt zu sehen. Er versteht unter ›protestantische Freiheit‹ die Freiheit, die er sich nimmt, und deren sind viele, jedenfalls genug. Sein ganzer Liberalismus ist Libertinage, weiter nichts. Ein wahres Glück, daß man ihn beiseite geschoben hat. Er schreibt jetzt, natürlich Pseudonym, an einer neuen Broschüre. Daß er unterhaltlich ist, will ich nicht bestreiten, aber St. Arnaud könnte was Besseres tun, als ihn auszuzeichnen und ihn neben unsere schöne Cécile zu setzen. Ich hoffe, sie duldet ihn nur. Aber auch das ist schon zu viel. Er sollte zum Islam übertreten und Afrikareisender werden. Da gehört er hin. Und irgend so was passiert ihm auch noch.«

Gordon lachte. »Bravo, Fräulein Rosa. Fehlt von den Gästen eigentlich nur noch die Snatterlöw.«

»Über die zu sprechen ich mich hüten werde. Haben Sie doch, mein werter Herr von Gordon, in aller Intimität zwei Stunden lang neben ihr gesessen, und ich sah wohl, wie sie jedesmal Ihren Arm nahm und ihn zustimmend drückte. Sie hat überhaupt etwas von einer Massagedoktorin.«

»Und Cécile?«

»Ach, die arme Frau! Es wird wohl auch nicht alles sein, wie's sein sollte. Schönheit ist eine Gefahr von Jugend auf; nicht als ob ich aus Erfahrung spräche, dafür ist gesorgt. Aber sie ist lieb und gut und viel zu schade. Gebe Gott, daß es ein gutes Ende nimmt.«

21. KAPITEL

Es war spät geworden, und der Wächter patrouillierte schon durch die Lennéstraße hin, als Gordon wieder vor seiner Wohnung anlangte. Rosa hatte den ganzen Weg über fast unausgesetzt gesprochen, am meisten über St. Arnaud, auf den sie wiederholt und mit einer gewissen Teilnahme zurückgekommen war.

»Er läßt vieles zu wünschen übrig, und ich möchte ihn nicht zum Feind und fast ebensowenig zum Freunde haben; aber trotz alledem ist er immer noch der Beste, weil der Ehrlichste. Natürlich seine arme Frau ausgenommen. Erst gestern wurde bei Grolmans von ihm gesprochen, und wenn auch nicht gerade mit Respekt, so doch mindestens mit Bedauern. Es war ein Unglück, daß er den Dienst quittieren mußte. Blieb er in der Armee, so war alles gut oder konnt es wieder werden. Jetzt ist er verbittert: befehdet, was er früher vergöttert hat, und sitzt auf der Bank, wo die Spötter sitzen. Und das ist eine schlimme Bank. Er war ganz Soldat und ging darin auf. Nun hat er nichts zu tun und steht im Tattersall umher oder besucht den Klub, ja, fast läßt sich sagen, er lebe da. Vor Tisch liest er Zeitungen, nach Tisch spielt er Whist oder Billard; das klingt sehr harmlos, aber, wie Sie vielleicht wissen werden, es geht um Summen, die für unsereins ein Vermögen bedeuten.«

Gordon folgte jedem Wort und fragte nach *dem*, was ihn selbstverständlich am meisten interessieren mußte: nach dem Verhältnis und der Lebensweise des Ehepaares untereinander. Aber was er als Antwort darauf hörte, war im wesentlichen nur eine Bestätigung dessen, was er schon während der Harzer Sommertage beobachtet hatte. »Ja«, schloß Rosa, »sein Verhältnis zu Cécile, da hab ich kein gutes Wort für ihn. Mitunter freilich hat er seinen Tag der Rücksichten und Aufmerksamkeiten, und man könnte dann beinahe glauben, er liebe sie. Aber was heißt

Liebe bei Naturen wie St. Arnaud? Und *wenn* es Liebe wäre, wenn wir's so nennen wollen, nun so liebt er sie, weil sie sein ist, aus Rechthaberei, Dünkel und Eigensinn, und weil er den Stolz hat, eine schöne Frau zu besitzen. In Wahrheit ist er ein alter Garçon geblieben, voll Egoismus und Launen, viel launenhafter als Cécile selbst. Die Ärmste hat ihr Herz erst neulich darüber zu mir ausgeschüttet. ›Er hält‹, sagte sie, ›viertelstundenlang meine Hand und erschöpft sich in Schönheiten gegen mich, und gleich danach geht er ohne Gruß und Abschied von mir und hat auf drei Tage vergessen, daß er eine Frau hat.‹«

Das und viel anderes noch ging Gordon im Kopfe herum, als er wieder in seiner Wohnung war.

Vor allem aber klang ihm *das* im Ohr, was Rosa gleich zu Beginn ihrer Unterhaltung gesagt hatte: ›Gebe Gott, daß es ein gutes Ende nimmt‹.

Zu guter Zeit war er auf und bei seinem Kaffee, schob aber die Zeitungen, die die Wirtin gebracht hatte, zurück. Allen Behagens unerachtet, war er in keiner Lesestimmung und beschäftigte sich nach wie vor mit dem, was ihm der gestrige Tag gebracht hatte. Die Fenster standen auf, und er sah hinaus auf den Tiergarten. Ein feiner, von der Morgensonne durchleuchteter Nebel zog über die Baumspitzen hin, die trotz der schon vorgerückten Jahreszeit kaum ein welkes Blatt zeigten; denn am Tage vorher war es windig gewesen, und das wenige, was sich bis dahin von gelbem und rotem Laube mit eingemischt hatte, lag jetzt unter den Bäumen und bildete Muster auf dem Rasenteppich.

Dann und wann fuhr ein Wasserkarren langsam durch die Straße; sonst alles still, so still, daß Gordon es hörte, wenn die Kastanien aufschlugen und aus der Schale platzten.

Ein immer wachsendes Wohlgefühl überkam ihn. ›Ich glaube, ich bin so glücklich, weil ich wieder in der Heimat bin. Wo war ich nicht alles? Aber solche Momente hat man nur daheim.‹

Als er sich wieder zurückwandte, vernahm er deutlich, daß draußen auf dem Korridor gesprochen wurde. »Der Herr muß unterschreiben.« Und gleich danach trat der Briefträger ein. Er brachte Karten und Geschäftsanzeigen; der eingeschriebene Brief aber, über dessen Empfang quittiert werden mußte, war der langerwartete von Schwester Klothilde.

›Nun endlich.‹

Gordon setzte sich in den Schaukelstuhl am Fenster, um hier *con amore* zu lesen »Mein lieber Roby. Deinen zweiten Brief, in dem Du Dich über mein Schweigen beklagst, erhielt ich gleichzeitig mit dem ersten.

Ich fand beide hier vor, als ich vorgestern abend von meinen Weltfahrten nach meinem lieben Liegnitz zurückkehrte. Dein Brief aus Thale war mir selbstverständlich nach Johannesbad und, weil er mich dort nicht mehr traf, nach Partenkirchen hin nachgeschickt worden. An letzterem Orte kam er früher an als wir (*wir* heißt Kramstas und ich), was die Partenkirchner Post veranlaßte, Deinen Brief nach Liegnitz zurückzuschicken. Da hat er zwei Monate lang gelagert. Du siehst, ich bin außer Schuld.

Eine Welt von Dingen habe ich, seitdem Du hier warst, erlebt: Die junge Kramsta hat sich mit einem Offizier verlobt, Helene Rothkirch ist Hofdame bei der Prinzessin Alexandrine geworden, und der alte Zedlitz hat sich wieder verheiratet. Und nun erst die jetzt zurückliegende Reise mit ihren hundert Bekanntschaften und Eindrücken! Aber ich werde mich hüten, Dir von Berchtesgaden und dem Watzmann eine lange Beschreibung zu machen, einmal, weil Dir achttausend Fuß nicht viel bedeuten können, und zweitens, weil ich annehme, daß junge Kavaliere, die sich nach einer schönen Angebeteten erkundigen, lieber von dieser Angebeteten als vom Watzmann hören wollen.«

Gordon lachte. ›Ganz Klothilde. Und wie recht sie hat.‹

»... Also die St. Arnauds. Nun, wir kennen sie hier recht gut, oder doch wenigstens die Vorgänge, die seinerzeit viel von sich reden machten. Es war nicht gerade das Beste, wobei Dich das eine trösten mag, daß es alles in allem auch nicht das Schlimmste war.

St. Arnaud war Oberstleutnant in der Garde, brillanter Soldat und unverheiratet, was immer empfiehlt. Man versprach sich etwas von ihm. Es sind jetzt gerade vier Jahre, daß er in Oberschlesien Oberst und Regimentskommandeur wurde. Den Namen der Garnison hab ich vergessen; übrigens auch ohne jede Bedeutung für das, was kommt. Er nahm Wohnung in dem Hause der verwitweten Frau von Zacha, richtiger: Woronesch von Zacha, in deren bloßem Namen schon, wie Dir nicht entgehen wird, eine ganze slawische Welt harmonisch zusammenklingt. Frau von Zacha war eine berühmte Schönheit gewesen; ihre Tochter Cécile war es *noch*. Jedenfalls fand es der Oberst und verlobte sich mit ihr. Vielleicht auch, daß er sich in dem Nest, das ihm die Residenz ersetzen sollte, bloß langweilte. Gleichviel. Drei Tage nach der Verlobung empfing er einen Brief, worin ihm Oberstleutnant von Dzialinski, der älteste Stabsoffizier, seitens des Offizierskorps und als Vertreter desselben die Mitteilung machte, daß diese Verlobung nicht wohl angänglich sei. Daraus entstand eine Szene, die mit einem Duell endete. Dzialinski wurde durch die Brust geschossen und starb vor Ablauf von vierundzwanzig Stunden. Das Kriegsgericht verurteilte St. Arnaud zu neun Monaten Festung, wobei neben seiner früheren Beliebtheit auch die Tatsache mit in Rechnung gestellt wurde, daß er provoziert worden war. Provoziert, so gerechtfertigt die Haltung Dzialinskis und des gesamten Offizierskorps gewesen sein mochte.«

Gordon legte den Brief aus der Hand und wiederholte: »So gerechtfertigt diese Handlung gewesen sein mochte. Warum? Wodurch? Aber was frag ich? Klothilde wird mir die Antwort nicht schuldig bleiben.«

Und er las weiter.

»Und hier ist nun die Stelle, mein lieber Robert, wo Herr von St. Arnaud zurück- und Frau von St. Arnaud in den Vordergrund tritt. Was lag vor, daß das Offizierskorps gegen seinen eigenen Obersten Front machen mußte? Cécile war eine Dame von zweifelhaftem oder, um milder und rücksichtsvoller zu sprechen, von eigenartigem Ruf. Als sie kaum siebzehn war, sah sie der alte Fürst von Welfen-Echingen und ernannte sie bald danach, und zwar nach wenig schwierigen Verhandlungen mit Frau von Zacha, zur Vorleserin seiner Gemahlin, der Fürstin. Die Fürstin war an derartige ›Ernennungen‹ gewöhnt, erhob also keinen Widerspruch. So kam Cécile nach Schloß Cyrillenort, lebte sich ein, begleitete das fürstliche Paar auf seinen Reisen, war mit demselben in der Schweiz und Italien, las am Teetisch vor (aber selten) und blieb im Schloß, als die alte Fürstin gestorben war. Nicht sehr viel später schied auch der Fürst selbst aus dieser Zeitlichkeit und hinterließ dem schönen Teefräulein ein oberschlesisches Gut, zugleich mit der Bestimmung, daß es ihr freistehen solle, Schloß Cyrillenort noch ein Jahr lang zu bewohnen. Es lag dem schönen Fräulein aber fern, aus diesem ihr bewilligten ›Witwenjahr‹ irgendwelchen Nutzen ziehen oder sich überhaupt unbequem machen zu wollen, und erst als Prinz Bernhard, der Neffe, zugleich Erbe des verstorbenen Fürsten, auch seinerseits den Wunsch äußerte, ›daß sie Schloß Cyrillenort *nicht* verlassen möge‹, gab sie diesem Wunsch nach und blieb. Prinz Bernhard kam von Zeit zu Zeit zu Besuch, dann öfter und öfter, und als das ›Trauerjahr‹ um war, zog er von Schloß Beauregard, das er bis dahin bewohnt hatte, nach dem Hauptsitz und Stammschloß der Familie hinüber. Sonst blieb alles beim alten; nichts änderte sich, auch nicht in den Ausflügen und Reisen, die nur weitergingen und bis Algier und Madeira hin ausgedehnt wurden. Denn wenn der alte Fürst alt gewesen war, so war der junge krank. Er starb schon das Jahr darauf, und man erwartete nunmehr allgemein, daß die schöne Cécile dem von ihr protegierten Kammerherrn von Schluckmann (der nach Ableben des alten Fürsten als Hofmarschall in die Dienste des jungen eingetreten war) die Hand zum Bunde, zum Ehebund reichen würde. Dieser Schritt unterblieb aber – aus Gründen, die nur gemutmaßt werden –, und die schöne Frau kehrte jetzt, wie sie's schon unmittelbar nach dem Tode des alten Fürsten beabsichtigt hatte, zu Mutter und Geschwistern zurück, von denen sie sich mit Jubel empfangen sah. Eine verhältnismäßig glänzende Wohnung wurde genommen, und in dieser Wohnung war es, daß St. Arnaud zwei Jahre später die still und zurückgezogen lebende Cécile (damals noch katholisch) kennenlernte. Sie soll inzwischen übergetreten sein; einer Euerer beliebtesten Hofprediger wird dabei genannt.

Da hast Du die St.-Arnaud-Geschichte, hinsichtlich derer ich Dich nur noch herzlich und inständig bitten möchte, von Deiner durchgängerischen Gewohnheit ausnahmsweise mal ablassen und das Kind nicht gleich mit dem Bade verschütten zu wollen. Als Leslie-Gordon kennst Du natürlich Deinen Schiller und wälzst hoffentlich mit ihm, als ob es sich um Wallenstein in Person handle, die größere Schuldhälfte ›den unglückseligen Gestirnen‹ zu. Wirklich, mein Lieber, an solchen unglückseligen Gestirnen hat es im Leben dieser schönen Frau nicht gefehlt. Ihre frühesten Jugendjahre haben alles an ihr versäumt, und wenn es auch nicht unglückliche Jahre waren (vielleicht im Gegenteil), so waren es doch nicht Jahre, die feste Fundamente legen und Grundsätze befestigen konnten. Eva Lewinski, die, wie Du Dich vielleicht entsinnst, lange bei den Hohenlohes in Oberschlesien war und ihre Kinderjahre mit Cécile verlebt hat, hat mir versprochen, alles aufzuschreiben, was sie von jener Zeit her weiß. Ich schließe diesen Brief erst, wenn ich Evas Zeilen habe … Diesen Augenblick kommen sie. Nun lebe wohl! Elsy ist in Görlitz bei der Großtante, daher keinen Gruß von ihr.

In herzlicher Liebe Deine Klothilde.«

22. KAPITEL

Gordon war in der höchsten Erregung. Einzelnes, was er in der Charlottenburger Villa, gleich nach seinem Eintreffen in Berlin, und dann gestern wieder aus dem Munde des alten Generals gehört hatte, hatte freilich nicht viel Gutes in Sicht gestellt, aber dieser Schlag ging doch über das Erwartete hinaus. Fürstengeliebte, Favoritin *in duplo*, Erbschaftsstück von Onkel auf Neffe! Und dazwischen der Kammerherr – ein Schatten, der sich schließlich gesträubt hatte, sich zum Ehemann zu verdichten.

Er warf den Brief fort und erhob sich, um in hastigen Schritten im Zimmer auf und ab zu gehen. Dann aber trat er an das zweite, bis dahin geschlossene Fenster und riß auch hier beide Flügel auf, denn es war ihm, als ob er ersticken solle.

Der eingelegte Zettel von Eva Lewinski (nur ein halber, eng bekritzelter Briefbogen) war auf den Teppich gefallen. Er nahm ihn jetzt wieder auf und sagte: »Besser alles in einem. Lieber die ganze Dosis auf einmal als tropfenweis. Und wer weiß, vielleicht ist auch etwas von Trost und Linderung darin.«

Und er setzte sich wieder und las.

»An alles andere, meine liebe Klothilde, hätt ich eher gedacht, als daran, daß ich noch einmal in die Lage kommen könnte, von der Familie Zacha zu plaudern. Und zu Dir! Nun, wir waren Nachbarn, und solange der alte Zacha lebte, der übrigens nicht alt war, ein mittlerer Vierziger, ging es hoch her. Er war ein Betriebsdirektor bei den Hohenlohes, verstand nichts und tat nichts (was noch ein Glück war), gab aber die besten Frühstücke. Kavalier, schöner Mann und Anekdotenerzähler, war er allgemein beliebt, freilich noch mehr verschuldet, trotzdem er ein hohes Gehalt hatte. Plötzlich starb er, was man so sterben nennt; die Verlegenheiten waren zu groß geworden. Das ›Wie‹ seines Todes wurde vertuscht.

Ich sehe noch die Frau von Zacha, wie sie dem Sarge folgte, tief in Trauer und angestaunt von der gesamten Männerwelt. Denn Frau von Zacha, damals erst dreißig, war noch schöner als Cécile. Diese mochte zwölf sein, als der Vater starb, aber sie wirkte schon wie eine Dame; darauf hielt die Mutter. Verwöhntes Kind, aber träumerisch und märchenhaft, so daß jeder, der sie sah, sie für eine Fee in Trauer halten mußte.

Kurz nach dem Tode des Vaters ging es. Die junge Herzogin auf Schloß Rauden, die sich für die schöne Witwe mit ihren drei Kindern interessierte, gab und half. Aber die Wirtschaft war zu toll, und so zog sie zuletzt ihre Hand von den Zachas ab. Alles, was diesen blieb, beschränkte sich auf eine kleine Pension. An Erziehung war nicht zu denken. Frau von Zacha lachte, wenn sie hörte, daß ihre Töchter doch etwas lernen müßten. Sie selbst hatte sich dessen entschlagen und sich trotzdem sehr wohl gefühlt, bis zum Hinscheiden ihres Mannes gewiß und nachher kaum minder. Es stand fest für sie, daß eine junge schöne Dame nur dazu da sei, zu gefallen, und zu diesem Zwecke sei wenig wissen besser als viel. Und so lernten sie nichts.

Oft mußten wir lachen über den Grad von Nichtbildung, worin Mutter und Töchter wetteiferten. Alle Quartale kam ihre Pension. Dann gaben sie Festlichkeiten und schafften neue Rüschen und Bänder an, auch wohl Kleider, aber immer noch Trauerkleider, weil die Mutter wußte, daß ihr Schwarz am besten stände. Vielleicht auch, weil sie gehört hatte, daß Königinwitwen die Trauer nie ablegen.

Sie hatte ganz verschrobene Ideen und war abwechselnd unendlich hoch und unendlich niedrig. Sie sprach mit der Herzogin auf einem Gleichheitsfuß; am liebsten aber unterhielt sie sich mit einer alten Waschfrau, die in unserem Hause wohnte. War dann das Geld vertan, was keine Woche dauerte, so hatten sie zwölf Wochen lang nichts. Es wurde dann geborgt oder von Obst aus dem Garten gelebt, und wenn auch das nicht da war, so gab es ›Pilzchen‹. Aber glaube nur nicht, daß ›Pilzchen‹ wirklich Pilze gewesen wären. Pilzchen waren große Rosinen, in welche von unten her halbe Mandelstücke gesteckt wurden. Das war mühevoll genug, und mit Anfertigung davon verbrachte Frau von Zacha den ganzen Vormittag, um die Götterspeise dann mittags auf den Tisch zu bringen. Inmitten des Schüsselchens aber lag, um auch das nicht zu verschweigen, eine besonders große Rosine, die nicht nur den ihr zuständigen Mandelfuß hatte, sondern auch noch von zwei horizontalliegenden und ebenfalls aus Mandelkern geschnittenen Speilerchen kreuzartig durchstochen war. An den vier Spitzen dieser Speilerchen saßen dann ebenso viele kleine Korinthen und stellten das *morceau de résistance* her, das in der Sprache der Zachas *le Roi Champignon* hieß. Eine Bezeichnung, von der die Leute sagten, daß sich sowohl der Witz wie das damalige Französisch der Familie darin erschöpft hatte.

Dies, meine liebe Klothilde, sind meine persönlichen Erlebnisse: Kindererlebnisse. Was dann weiter kam, weißt Du besser als ich. Wie immer

Deine Eva L.«

Gordon hielt den Zettel in der Hand und zitterte. Dann aber war es mit eins, als ob er seine Ruhe wiedergefunden habe. »Ja, das entwaffnet! Groß gezogen ohne Vorbild und ohne Schule und nichts gelernt, als sich im Spiegel zu sehen und eine Schleife zu stecken. Und nie zu Haus, wenn eine Rechnung erschien. Und doch tagaus und tagein am Fenster und in beständiger Erwartung des Prinzen, der vorfahren würde, um Kathinka zu holen oder vielleicht auch Lysinka, trotzdem beide noch Kinder waren. Aber was tut das? Prinzen sind fürs Extreme. Vielleicht nimmt er auch die Mutter. Alles gleich, wenn er nur überhaupt kommt und überhaupt wen nimmt. Sie gönnen sich's untereinander. Er ist ja generös, und dann können sie weiterspielen. Ja, spielen, spielen; das ist die Hauptsache. Nur kein Ernst, nicht einmal im Essen. Ach, wer schön ist und immer in Trauer geht und ›Pilzchen‹ ißt, der ist für die Fürstengeliebte wie geschaffen. Arme Cécile! Sie hat sich dies Leben nicht ausgesucht, sie war darin geboren, sie kannt es nicht anders, und als der Langerwartete kam, nach dem man vielleicht schon bei Lebzeiten des Vaters ausgeschaut hatte, da hat sie nicht nein gesagt. Woher sollte sie dies ›Nein‹ auch nehmen? Ich wette, sie hat nicht einmal an die Möglichkeit gedacht, daß man auch ›nein‹ sagen könne; die Mutter hätte sie närrisch gehalten und sie sich selber auch.«

Er drehte den Zettel noch immer zwischen den Fingern, zupfte daran und knipste gegen Rand und Ecken, alles, ohne zu wissen, was er tat. Endlich erhob er sich und sah auf die Baumwipfel hinüber, die jetzt in vollem Morgenlichte lagen.

»Die Nebel drüben sind fort, aber ich stecke darin, tiefer, als ob ich auf dem Watzmann wär. Und ist man erst im Nebel, so ist man auch schon halb in der Irre. *Que faire?* Soll ich den Entrüsteten spielen oder ihr sagen: ›Bitte, meine Gnädigste, schicken Sie den Hofprediger fort, *ich* bin gekommen, um Ihre Beichte zu hören.‹ Und dann zum Schluß: ›Ei, ei, meine Tochter.‹ Oder soll ich ihr von Bußübungen sprechen? Oder von den Zehn Geboten? Oder vom höheren sittlichen Standpunkt? Oder gar von der verletzten Weiblichkeit? Ich habe nicht die Lust, mich unsterblich zu blamieren und Zeuge zu sein, daß sie lächelt und klingelt und ihrer Zofe zuruft: ›Bitte, leuchten Sie dem Herrn!‹«

Er trat, als er so sprach, vom Fenster an die Spiegelkonsole, wo neben Uhr und Notizbuch auch sein Zigarrenetui lag.

»Ich werde mir eine Gleichmuts-Havanna anzünden und die eine Wolke mit der anderen vertreiben. *Similia similibus.* Colonel Taylor pflegte zu sagen: ›Alle Weisheit stecke im Tabak.‹ Und ich glaube fast, er hatte recht. Ich werde meine Besuche bei den St. Arnauds ruhig fortsetzen und mir gar keinen Plan machen, sondern alles dem Augenblicke überlassen. Ich glaube wirklich, das ist besser: sie freundlich ansehen und mit ihr plaudern wie zuvor, als wüßt ich nichts und wäre nichts vorgefallen ... Und am Ende, was ist denn auch vorgefallen? Was kümmert mich Serenissimus und sein Teefräulein? Oder Serenissimus II.? Oder gar der Kammerherr und Hofmarschall? Ach, wenn ich jetzt an Jagdschloß Todtenrode zurückdenke ... Deshalb schrak sie zusammen und wandte sich ab, als wir in die gespenstischen Fenster guckten. Und schon vorher, in Quedlinburg, als ich über die Schönheitsgalerien und die Gräfin Aurora so tapfer perorierte, schon *damals* war es dasselbe. Nun klärt sich alles ... Arme schöne Frau!«

23. KAPITEL

Er wollte nichts tun, in seinem Benehmen nichts ändern, und doch ließ er drei Tage vergehen, ohne bei den St. Arnauds vorzusprechen.

Endlich, den vierten Tag, nahm er sich ein Herz.

Es war inzwischen herbstlich und windig geworden, und die Blätter tanzten vor ihm her, als er über den Hafenplatz ging. Er warf einen Blick hinauf und sah, daß überall, ganz wie damals, bei seinem ersten vergeblichen Besuche, die Holzjalousien herabgelassen waren. Nur in St. Arnauds Zimmer standen die Fensterflügel weit auf, und die Gardinen wehten im Winde.

»Wieder im Tattersall oder im Klub. Nie zu Haus. Es scheint wirklich, daß er sie manchen Tag keine Stunde sieht, und Rosa mag recht mit ihrer Mutmaßung haben, daß seine Liebe, wenn überhaupt vorhanden, von ganz eigner Art sei. Jedenfalls wird sie dieser Art nicht froh, soviel steht fest, soviel seh ich. Und beinahe, wenn ich zurückdenke, hab ich ihr eigen Geständnis davon. Und kann es anders sein? Die Liebe lebt nicht von totgeschossenen Dzialinskis – vielleicht gerade davon am wenigsten –, sie lebt von liebenswürdigen Kleinigkeiten, und wer sich eines Frauenherzens dauernd versichern will, der muß immer neu darum werben, der muß die Reihe der Aufmerksamkeiten allstündlich wie einen Rosenkranz abbeten. Und ist er fertig damit, so muß er von neuem anfangen. Immer da sein, immer sich betätigen, darauf kommt es an. Alles andere bedeutet nichts. Ein Armband zum Geburtstag – und wenn es ein Kohinur wäre – oder ein Nerz- oder Zobelpelz zu Weihnachten, das ist zu wenig für dreihundertfünfundsechzig Tage. Wozu läßt der Himmel so viel Blumen blühen? Wozu gibt es Radbuketts von Veilchen und Rosen? Wozu lebt Felix und Sarotti? So denkt jede junge Frau, wobei mir zu meinem Schrecken einfällt, daß ich *auch* ohne Bukett und ohne Bonbonniere bin. Also nicht besser als St. Arnaud. Und *er* ist doch bloß ein Ehemann.«

Unter solchem Selbstgespräche war er bis an das Haus gekommen, dessen Tür sich im selben Augenblick öffnete, wie wenn sein Erscheinen von der Portierloge her bereits bemerkt worden wäre. Wirklich: ein kleines Mädchen sah neugierig durch das Guckfenster und schien auf seinen Gruß zu warten. Er nickte denn auch und stieg die Treppe hinauf.

Gleich auf dem ersten Absatz traf er den von Cécile kommenden Geheimrat: »Ah, Herr von Gordon«, grüßte dieser.

»*Les beaux esprits se rencontrent.* Die Gnädigste fühlt sich unwohl: leider, oder auch nicht leider; je nachdem, wie man's nehmen will. Sie wissen, es ist ihr ewig Weh und Ach …«

Und er lachte, während er unter nochmaliger legerer Hutlüftung an Gordon vorüberging.

Dieser war von der Begegnung aufs unangenehmste berührt, und um so unangenehmer, als ihm an dem Dinertage nicht entgangen war, daß Cécile viel Entgegenkommen für ihren geheimrätlichen Tischnachbar gehabt hatte. Sein frivoler Witz machte sie lachen, und was seine kaum die nötigsten Schranken innehaltende Dreistigkeit anging, von der Rosa gesprochen hatte, so hatte Gordon gerade lange genug gelebt, um zu wissen, daß die Dreisten die Vorhand haben.

Und nun war er die Treppe hinauf und zog die Klingel.

»Die gnädige Frau wird sehr erfreut sein«, empfing ihn die Jungfer und meldete: »Herr von Gordon.«

»Ah, sehr willkommen.«

Cécile war wirklich leidend, hatte den Lieblingsplatz auf dem Balkon aber nicht abgegeben. Die kleine Bank mit den zwei Kissen war fortgeräumt, und statt ihrer stand eine Chaiselongue da, darauf die Kranke ruhte, den Oberkörper mit einem Schal, die Füße mit einer Reisedecke zugedeckt, in die das Wappen der St. Arnauds oder vielleicht auch das der Woronesch von Zacha eingestickt war. Auf einem Tischchen daneben stand ein phiolenartiges Fläschchen samt Wasser und Zuckerschale.

Gordon, als er sie so sah, war tief bewegt, vergaß alles und wollte Worte der Teilnahme sprechen. Sie ließ es aber nicht zu, nahm vielmehr ihrerseits das Wort und sagte, während sie sich mit Anstrengung an dem Rückenkissen höher hinaufrückte: »So spät erst. Ich habe Sie früher erwartet, Herr von Gordon … Hat unser kleines Diner so wenig Gnade vor Ihren Augen gefunden? Aber setzen Sie sich. Dort unten steht noch ein Stuhl. Werfen Sie das Tuch beiseit; oder nein, geben Sie's her, ich will es noch über den Schal decken. Denn, offen gestanden, mich friert.«

»Und doch haben Sie sich hier ins Freie gebettet, als ob wir Juli statt Oktober hätten.«

»Ja, der Geheimrat, der eben hier war, war derselben Meinung und tadelte mich, ja drang in dem ihm eigenen Ton darauf, mich persönlich umbetten zu wollen.«

»Ein Ton, den ich höre. *C'est le ton, qui fait la musique.*«

»Freilich. Und bei niemandem mehr als bei dem Geheimrat. Und doch amüsiert er mich; ich gestehe es, wenn auch vielleicht wenig zu meinem Ruhme. Man hört so viel Langweiliges, und er ist immer so pikant. Aber warum ich hier in dieser Oktoberfrische liege, das macht, daß ich einfach keine Wahl habe. Denn lass' ich mich in die Vorderzimmer bringen, so hab ich, so hoch sie sind, keine Luft, und so kommt es denn, daß ich das Frösteln und schlimmstenfalls selbst ein Erkältungsfieber vorziehe. Von zwei Übeln wähle das Kleinere. Nun aber fort mit dem ganzen Thema. Nichts ist langweiliger als Krankheitsgeschichten, wenn nicht zwei zusammenkommen, die sich untereinander überbieten. Und zu diesem Rettungsmittel werden Sie nicht greifen wollen. Erzählen Sie mir also lieber von Rosa. Wissen Sie, daß ich schon eifersüchtig war. Immer sprachen Sie leise miteinander, wie wenn Sie Geheimnisse hätten, und als der alte General seinen letzten Trumpf ausspielte, gab es ein verständnisvolles Händedrücken. O, mir ist nichts entgangen. Und dann zuletzt noch das Chaperonnieren bis an die Pferdebahn. Nun, das klingt ebenso harmlos wie nah, ist aber doch ein ziemlich weiter Begriff und reicht, wenn es sein muß, bis an das Engel-Ufer. Beiläufig, wie kann man am Engel-Ufer wohnen, eine Künstlerin und eine Dame!«

»Ach, Sie haben leicht spotten, meine gnädigste Frau. Wissen Sie doch am besten, wie's liegt. Rosa! Mit Rosa könnte man um den Äquator fahren, und man landete genau so, wie man eingestiegen. Ich habe sie bis an ihre Wohnung geführt, und wir haben eine Welt besprochen und bewitzelt. Und doch, wenn ich statt ihrer selbst eines ihrer Bilder unterm Arm gehabt hätte, so wär es dasselbe gewesen. Um es kurz zu sagen: ihr Charmantsein ist ohne Charme, und ich kenne Frauen, deren zustimmendes Schweigen mir mehr bedeutet als Rosas witzigstes Wort.«

Cécile lächelte und verschmähte es, sich das Ansehen zu geben, als ob sie Sinn und Ziel seiner Worte nicht verstanden habe. Zugleich aber schüttelte sie den Kopf und sagte: »Sie werden besser tun, mir von meinen Tropfen zu geben. Da, das Fläschchen. Es ist ohnehin schon über die Zeit. Aber zählen Sie richtig, und bedenken Sie, welch ein kostbares Leben auf dem Spiele steht. Es ist Digitalis, Fingerhut. Entsinnen Sie sich noch der Stunden, als wir von Thale nach Altenbrak hinüberritten? Da stand es in roten Büscheln um uns her, kurz vor dem Birkenweg, so sich die Turner gelagert hatten und dann aufsprangen und vor uns präsentierten.«

»Vor *Ihnen*, Cécile ...«

»Ja«, fuhr diese fort, ohne der Unterbrechung zu achten, »damals glaubte ich nicht, daß der Fingerhut für mich blüht. Seit gestern aber ist mir auch noch eine Herzkrankheit in aller Form und Feierlichkeit zudiktiert worden, als ob ich des Elends nicht schon genug hätte. Fünf Tropfen, bitte; nicht mehr. Und nun etwas Wasser.«

Gordon gab ihr das Glas.

»Es schmeckt nicht viel besser als der Tod ... Nun aber setzen Sie sich wieder und erzählen Sie mir von Ihrer eigentlichen Tischnachbarin. Interessante Frau, die Baronin. Nicht wahr? Und so distinguiert!«

»Jedenfalls mehr dezidiert als distinguiert. Den Zweifel, diesen Ursprung oder Sprößling aller Bescheidenheit, haben die Götter beispielsweise nicht in ihre Brust gelegt; dafür aber den Haß, wenigstens den redensartlichen. Gott, was haßte diese Frau nicht alles! Und dazu welch ein Appetit! Und jedes dritte Gericht ihr ›Leibgericht‹; pardon, sie brauchte wirklich diesen Ausdruck. Ach, Cécile, wie kommen Sie zu diesem Mannweib, zu solcher Amazone, *Sie*, die Sie ganz Weiblichkeit sind und ...?«

»Und Schwäche. Sprechen Sie's nur aus. Und nun elend und krank dazu!«

»Nein, nein«, fuhr Gordon in immer wärmer und leidenschaftlicher werdendem Tone fort. »Nein, nein; nicht krank. Sie dürfen nicht krank sein. Und diese dummen Tropfen; weg damit samt der ganzen Doktorsippe. Das brüstet sich mit Ergründung von Leib und Seele, schafft immer neue Wissenschaften, in denen man sich vor ›Psyche‹ nicht retten kann, und kennt nicht mal das Abc der Seele. Verkennung und Irrtum, wohin ich sehe. Ach, meine teure Cécile, Sie haben sich hier in bittere Kälte gebettet, um freier atmen zu können. Aber was Ihnen fehlt, das ist nicht Luft, das ist Licht, Freiheit, Freude. Sie sind eingeschnürt und eingezwängt, *des*halb wird Ihnen das Atmen schwer, deshalb tut Ihnen das Herz weh, und dies eingezwängte Herz, das heilen Sie nicht mit totem Fingerhutkraut. Sie müßten es wieder blühen sehen, wie damals, als wir über die Felsen ritten und der helle Sonnenschein um uns her lag. Und dann abends das Mondlicht, das auf das einsame Denkmal am Wege fiel. Unvergeßliche Stunde.«

Sie sog jedes Wort begierig ein, aber in ihrem Auge, darin es von Glück und Freude leuchtete, lag doch zugleich auch ein Ausdruck ängstlicher Sorge. Denn ihr Herz und ihr Wille befehdeten einander, und je gewissenhafter und ehrlicher das war, was sie wollte, desto mehr erschrak sie vor allem, was diesen ihren Willen ins Schwanken bringen konnte. Sie hatte sich gegen sich selbst zu verteidigen, und so sagte sie denn: »O, nicht so, lieber Freund. Sehen Sie die roten Flecke hier? Ich fühle wenigstens, wie sie brennen. Glauben Sie mir, ich bin wirklich krank. Aber, wenn ich auch gesund wäre, Sie dürfen diese Sprache nicht führen. Um meinetwegen nicht und auch um *Ihretwegen* nicht.«

Es war ersichtlich, daß er diese Worte nicht recht zu deuten verstand, und so wiederholte sie denn: »Ja, auch um Ihretwegen nicht. Denn diese Sprache, soviel sie bedeuten will, ist doch nur Alltagssprache, Sprache, darin ich jeden Ton und jede kleinste Nuance kenne. *Das* wenigstens hab ich gelernt, *darin* wenigstens hab ich eine Schule gehabt. So spricht herkömmlich ein Mann von Welt zu einer Frau von Welt, und es fehlen nur noch die Herabsetzungen und Verkleinerungen – ich sage nicht, wessen – und die versteckten Anklagen – ich sage nicht, gegen wen –, um das Herkömmliche dieser Sprache vollkommen zu machen. Ein Glück für mich, daß Ihr Taktgefühl mich vor diesem Äußersten wenigstens zu bewahren wußte.«

Sie schob, als sie so sprach, sich abermals aufrichtend, den Schal zurück und setzte dann in wieder freundlicher werdendem Tone hinzu: »Nein, Herr von Gordon, nicht so. Bleiben Sie mir, was Sie waren. Ich finde Sie so verändert und frage vergebens nach der Ursache. Aber was es auch sein möge, machen Sie mir mein Leben leicht, anstatt es mir schwer zu machen, stehen Sie mir bei, helfen Sie mir in allem, was ich soll und muß, und täuschen Sie nicht das Vertrauen oder – wozu soll ich es verschweigen? – das herzliche Gefühl, das ich Ihnen von Anfang an entgegenbrachte.«

Gordon schien antworten zu wollen, aber sie wies nur auf die Karaffe, zum Zeichen, daß sie zu trinken wünsche, trank auch wirklich und fuhr dann aufatmend fort: »Es drückt mich mancherlei. Sie haben gesehen, wie wir leben; es ist so viel Spott um mich her: Spott, den ich nicht mag und den ich oft nicht einmal verstehe. Denn die großen Fragen interessieren mich nicht, und ich nehme das Leben, auch jetzt noch, am liebsten als ein Bilderbuch, um darin zu blättern. Über Land fahren und an einer Waldecke sitzen, zusehen, wie das Korn geschnitten wird und die Kinder die Mohnblumen pflücken, oder auch wohl selber hingehen und einen Kranz flechten und dabei mit kleinen Leuten von kleinen Dingen reden: einer Geiß, die verloren ging, oder von einem Sohn, der wiederkam, das ist meine Welt, und ich bin glücklich gewesen, solang ich drin leben konnte. Dann, ich war noch ein halbes Kind, wurd ich aus dieser Welt herausgerissen, um in die große Welt gestellt zu werden, und ich habe mich, solang es galt, auch *ihrer* Freuden gefreut und an ihren Torheiten und Verirrungen teilgenommen. Aber jetzt, jetzt sehne ich mich wieder zurück; ich will nicht sagen, in kleine ›Verhältnisse‹ – die würd ich nicht ertragen können –, aber doch zurück nach Stille, nach Idyll und Frieden und, gönnen Sie mir, es auszusprechen, auch nach Unschuld. Ich habe Schuld genug gesehen. Und wenn ich auch durch all mein Leben hin in Eitelkeit befangen geblieben bin und der Huldigungen nicht entbehren kann, die meiner Eitelkeit Nahrung geben, so will ich doch, ja, Freund, ich *will* es, daß diesen Huldigungen eine bestimmte Grenze gegeben werde. Das habe ich geschworen – fragen Sie nicht, wann und bei welcher Gelegenheit –, und ich will diesen Schwur halten, und wenn ich darüber sterben sollte. Forschen Sie nicht weiter. Es ist hier mehr Tragödie zu Haus, als Sie wissen. Und nun verlassen Sie mich, ich bitte Sie. Der Arzt kann jeden Augenblick kommen, und ich möchte nicht, daß mein Puls ihm verriete, wie sehr ich seine Vorschriften mißachtet habe.«

24. KAPITEL

In großer Bewegung hatte Gordon Cécile verlassen, und erst auf dem Heimwege kam er wieder zur Besinnung und überdachte sein Benehmen. Er hatte sich wirklich dem Augenblick überlassen und war, als er sie krank und schmerzlich-resigniert sah, nur voll herzlicher Teilnahme gewesen. Aber dies Gefühl seiner Teilnahme hatte nicht angedauert. Aller Krankheit und Resignation unerachtet, oder vielleicht auch gesteigert dadurch, war etwas Bestrickendes um sie her gewesen, und diesem Zauber aufs neue hingegeben, war er schließlich doch in eine Sprache verfallen, die zu mäßigen oder gar schweigen zu heißen er nach dem Inhalt von Klothildens Briefe nicht mehr für geboten gehalten hatte. Worte waren gesprochen, Andeutungen gemacht worden, die vor einer Woche noch unmöglich gewesen wären. »Ja«, schloß er seine rückblikkende Betrachtung, »so war es, so verlief es. Und dann antwortete sie so dringend wie nie zuvor und zugleich so demütig wie immer.«

Unter solchem Selbstgespräche war er bis an das Tiergarten-Hotel und gleich danach bis in die unmittelbare Nähe der Lennéstraße gekommen. Aber zu Hause, zwischen Alltagsmöbeln und bei nichts Besserem als zwei Schweizerlandschaften in Öldruck, die schon unter gewöhnlichen Verhältnissen eine Qual für ihn waren, sich einzupferchen, widerstand ihm heute doppelt, und so ging er an seiner Wohnung vorüber und auf eine Bank zu, die, trotzdem die Oktobersonne einladend darauf schien, unbesetzt war.

Er lehnte sich, den Arm aufstützend, in eine der Ecken und sann und rechnete, bis allmählich eine Bilderreihe, darin es auch an grotesken Gestalten nicht fehlte, die Reihe seiner Gedanken ablöste. Vorauf erschien die schöne Frau von Zacha, ganz in Krepp mit großen schwarzen Jettperlen dreimal um Brust und Hals und an den Perlen ein Kruzifix bis auf den Gürtel. Und dann sah er Cécile, wie sie die Straße hinaufsah. Und dann kamen die, auf die sie wartete: erst ein Alter in Jagdjoppe, rüstig und jovial und mit grauem Backenbart, englisch gestutzt und geschnitten, und dann ein Junger in Reisekostüm, fein und durchsichtig und hüstelnd, und dann ein dritter in Uniform, mit hohen Schultern und Gold am Kragen. Und er mußte lachen und sagte: ›Marinelli. Ja, kleiner Fürsten Hofmarschall ... Und in *der* Welt hat sie gelebt. Traurig genug. Aber was beweist es? Soll ich daraus herleiten, daß sie mir eine Komödie vorgespielt und daß alles nichts gewesen sei wie der Jargon einer schönen Frau, die sich unbefriedigt fühlt und die langen öden Stunden ihres Daseins mit einer Liebesintrige kürzen möchte. Nein. Wenn dies Lug und Trug ist, dann ist alles Lüge, dann bin ich entweder unfähig, wahr von unwahr zu unterscheiden, oder die Kunst der Verstellung hat in den sieben Jahren meiner Abwesenheit wahre Riesenschritte gemacht, solche, daß ich mit meiner schwachen Erkenntnis nicht mehr folgen kann.‹

Er wollte sich losmachen von diesen und ähnlichen Betrachtungen, aber es brodelte weiter in seiner Seele. ›Die Welt ist eine Welt der Gegensätze, draußen und drinnen, und wohin das Auge fällt, überall Licht und Schatten. Die dankbarsten Menschen überschlagen sich plötzlich in Undank, und die Frommen, mit dem seligen Hiob an der Spitze, murren wider Gott und seine Gebote. Was hat nicht alles Platz in einem Menschenherzen? Alles verträgt sich; man rückt mit Gut und Bös ein bißchen zusammen, und wer heute sittlich ist und morgen frivol, kann heute gerade so ehrlich sein wie morgen. Klothilde hatte recht, als sie mich ermahnte, das Kind nicht mit dem Bade zu verschütten. Und was sagte Rosa: Die arme Frau! Sie muß also doch Züge herausgefunden haben, die Teilnahme verdienen. Und das sagt viel. Denn die Weiber sind untereinander am strengsten, und wo sie pardonieren, da muß Grund für Gnade sein.‹

In diesem Augenblicke kam eine Spreewaldamme mit einem Kinderwagen und nahm neben ihm Platz. Er sah nach ihr hin, aber die gewulsteten Hüften samt dem Ausdruck von Stupidität und Sinnlichkeit waren ihm in der Stimmung, in der er sich befand, geradezu widerwärtig, und so stand er – übrigens zu sichtlicher Verwunderung seiner Bankgenossin – rasch auf, um weiter in die Parkanlagen hineinzugehen.

Als er nach einer Stunde müd und abgespannt nach Hause kam, übergab ihm der Portier einen Brief und ein Telegramm. Der Brief war von Cécile, soviel sah er an der Aufschrift, und die Frage, woher die Depesche komme, war ihm deshalb, momentan wenigstens, gleichgültig. Er stieg hastig in seine Wohnung hinauf, um zu lesen; oben aber überkam ihn eine Furcht. Endlich erbrach er den Brief. Er lautete: »Lieber Freund. Es geht nicht so weiter. Seit dem Tage, wo wir das kleine Diner hatten, sind Sie verändert: verändert in Ihrem Tone gegen mich. Ich sprach es Ihnen schon aus und wiederhole, daß ich darauf verzichte, nach dem Grunde zu forschen. Aber was der Grund auch sei, fragen Sie sich, ob Sie den Willen und die Kraft haben, sich zu dem Tone zurückzufinden, den Sie früher anschlugen und der mich so glücklich machte. Prüfen Sie sich, und wenn Sie antworten müssen ›nein‹, dann lassen Sie das Gespräch, das wir eben geführt haben, das letzte gewesen sein. Es gilt Ihr und mein Glück. Die zitternde Handschrift wird Ihnen sagen, wie mir ums Herz ist, das in allen Stücken nicht will, wie's soll. Aber ich beschwöre Sie: Trennung, oder das Schlimmere, bricht herein. Über kurz oder lang würde Sie der Beruf, den Sie gewählt, doch wieder in die Welt hinausgeführt haben – greifen Sie dem vor. Ich vergesse Sie nicht. Wie könnte ich auch!

Immer die Ihrige Cécile.«

Er war bewegt, am bewegtesten durch das rückhaltlose Geständnis ihrer Neigung. Aber er ersah eben daraus auch den ganzen Ernst dessen, was sie nebenher noch schrieb; sie hätte sich sonst zu solchem Geständnisse nicht hinreißen lassen.

»Ob ich den Willen und die Kraft habe, fragt sie. Nun, den Willen: ja. Aber nicht die Kraft. Vielleicht, weil auch der Wille nicht *der* ist, der er sein sollte. Woher sollt ich ihn auch nehmen? Ich kann hier nicht leben und an ihrem Hause Tag um Tag gleichgültig vorübergehen, als wüßt ich nicht, wer hinter den herabgelassenen Rouleaus seine Tage vertrauert. Und so hab ich denn *beides* nicht, nicht die Kraft und nicht den Willen.« Als er so sprach, überflog er noch einmal die letzten Zeilen und griff dann erst nach dem Telegramm. Es kam aus Bremen und enthielt die kurze Weisung, herüberzukommen, weil sich dem Unternehmen seitens der dänischen Regierung neue Schwierigkeiten in den Weg gestellt hätten.

»Ohne den Brief wäre mir das Telegramm ein Greuel gewesen, jetzt ist es mir ein Fingerzeig, wie damals der Befehl, der mich aus Thale wegrief. Nur daß die Situation von heute pressanter und das Glück im Unglück ersichtlicher ist. Es bleibt ewig wahr, man soll nicht mit dem Feuer spielen. Trivialer Satz. Aber die trivialsten Sätze sind immer die wahrsten. Und so denn also Rückzug! Er wird mir leichter, als ich's vor einer Stunde noch gedacht hätte, denn alles, was gut und verständig in mir ist, stimmt mit ein und kommt mir zu Hilfe. Sich düpieren lassen oder Spielzeug einer Weiberlaune zu sein widersteht mir. Aber hier ist nichts von dem allem, nicht Düpierung, nicht Weiberlaune, nicht Spiel. Arme Cécile. Dir ist die höhere Moral nicht an der Wiege gesungen worden, und Oberschlesien mit Adelsanspruch und Adelsarmut war keine Schule dafür. Nur zu wahr. Aber es war ein guter Fond in ihr, ein ästhetisches Element, etwas angeboren Feinfühliges, das sie gelehrt hat, echt von unecht und Recht von Unrecht zu unterscheiden. Etwas aus der Zeit, wo die ›Pilzchen‹ mit dem *Roi Champignon* auf dem Tisch standen, ist ihr freilich geblieben und wird ihr bleiben, aber sie will aus dem alten Menschen heraus, aufrichtig und ehrlich, und sie daran hindern zu wollen wäre niedrig und geradezu schlecht. Also weg, fort! Leben heißt Hoffnungen begraben.«

Er sprach es in gutem Glauben vor sich hin. Aber plötzlich besann er sich und lächelte: »Hoffnungen – ideales Wort, das für meine Wünsche, wie sie nun mal sind oder doch waren, nicht recht passen will. Aber müssen denn Hoffnungen immer ideal sein, immer weiß wie die Lilien auf dem Felde? Nein, sie können auch Farbe haben, rot wie der Fingerhut, der oben auf den Bergen stand. Aber weiß oder rot: weg, weg!«

Und er klingelte nach der Wirtin und gab Orders für seine Abreise.

25. KAPITEL

Den andern Morgen war er in Bremen und nahm Wohnung in Hillmanns Hotel, einem entzükkenden Gasthause, das er schon aus früheren Aufenthalten kannte. Die Fenster in seinem Zimmer standen auf, und er sah abwechselnd über die die Vorstadt von der Altstadt trennende Esplanade hin in die buntbelebte Sögestraße hinein und dann wieder unmittelbar auf eine neben der ganzen Hotelfront hinlaufende, mit Kies bestreute Rampe, darauf die Gäste saßen und eben ihren Frühkaffee nahmen. Denn es war noch milde Luft, und die mächtigen Bäume des benachbarten Wallgangs bildeten einen Schirm, der die ganze Rampe zu einer windgeschützten Stelle machte. Hier wollt er auch sitzen, und als er sich umgekleidet hatte, stieg er treppab und nahm an einem Tische Platz. Das Treiben, das vorüberwogte: Rollwagen, die nach dem Hafen fuhren, Mägde, die zu Markt, und Kinder, die zur Schule gingen, alles tat ihm wohl und gab ihm ein stilles Behagen wieder, das er seit dem Tage, wo Klothildens Brief eintraf, nicht mehr gekannt hatte. Dabei sah er Cécile beständig vor sich, die, wie ein hinschwindendes Nebelbild, ihn aus weiter Ferne her zu grüßen und doch zugleich auch abzuwehren schien. Das war die rechte Stimmung, und er ließ sich Papier und Schreibzeug bringen und schrieb:

»Hochverehrte gnädigste Frau, liebe, teure Freundin. Als ich gestern nachmittag Ihre Zeilen empfing, empfing ich auch ein Telegramm, das mich hierher berief. Es hätte mich noch vierundzwanzig Stunden vorher unglücklich gemacht, jetzt war es mir willkommen und half mir, wie schon einmal, über Schwanken und Kämpfe fort.

Ich soll mich zurückfinden in den Ton unserer glücklichen Tage, so schrieben Sie mir gestern. Mit Ihnen am selben Orte, dieselbe Luft atmend, würd ich es nie gekonnt haben; aber in dieser Trennung werd ich es können oder es lernen, weil ich es lernen muß. Es ist noch früh am Tag, und ich habe noch niemand aus dem Kreise meiner Auftraggeber gesprochen, aber wenn sich mir erfüllt, was ich von Herzen wünsche, so brechen alle Verhandlungen ab, die mich an diese Küste fesseln, und an ihre Stelle treten wieder Missionen, die mich aufs neue weit in die Welt und in die Fremde hinausführen. Denn in der Fremde nehmen wir, zurückblickend, das Bild für die Wirklichkeit, und die Sehnsucht, die sonst uns quälen würde, wird unser Glück. Über lang oder kurz hoff ich wieder über die Schneepässe des Himalaja zu gehen; überall aber, und je höher hinauf, desto mehr werd ich der zurückliegenden schönen Tage gedenken, an Quedlinburg und Altenbrak und das Denkmal auf der Klippe ... Träume nur und Visionen, aber man nimmt seinen Trost, wie und wo man ihn findet. Liebe, teure Freundin, Ihr innigst ergebener Leslie-Gordon.«

Gordon sah einer Antwort entgegen; aber sie kam nicht, was ihn anfangs halb beunruhigte, halb verstimmte. Die geschäftlichen Verhandlungen indes, die den Oktober über andauerten und ihn zu Vermessungen und sonstigen Feststellungen erst nach Schleswig und dann hoch hinauf bis an den Limfjord führten, ließen eine Kopfhängerei nicht aufkommen. Erinnerungen erfüllten sein Herz, aber jedes leidenschaftliche Gefühl schien begraben, und er freute sich der Wendung, die diese Lebensbegegnung, deren Gefahren er wohl einsah, schließlich genommen hatte.

So war seine Stimmung, als er ganz unerwartet die Weisung erhielt, abermals nach Berlin zurückzukehren. Er erschrak fast, aber die Verhältnisse gestatteten ihm keine Wahl, und an einem grauen Novembernachmittage, dessen Nebel sich in dem Augenblicke, wo der Zug hielt, zu einem Landregen verdichtete, traf er in Berlin ein und stieg in dem Hotel du Parc ab, in demselben Hotel also, darin er während seines Septemberaufenthaltes täglich verkehrte und seinen Mittagstisch genommen hatte.

Das Zimmer, das ihm angewiesen wurde, lag eine Treppe hoch, nach der Bellevuestraße hinaus und hatte den Blick auf das von Bäumen umstellte Podium, auf dem er ehedem, wenn er vom Hafenplatze kam, manch glückliche Stunde verplaudert hatte. Das lag nun zurück, und auch die Szenerie war nicht mehr dieselbe. Die Kastanienbäume, die damals, wenn auch schon angegelbt, noch in vollem Laube gestanden hatten, zeigten jetzt ein kahles Gezweig, und vom Dach her, just an der Stelle, wo man den ganzen sommerlichen Tisch- und Stühlevorrat übereinandergetürmt hatte, fiel der Regen in ganzen Kaskaden auf das Podium nieder.

Gordon überkam ein Frösteln.

›Hoffentlich ist das nicht die Signatur meiner Berliner Tage. Das würde wenig versprechen. Aber am Ende, was kann man von einem Novembernachmittag erwarten! *Some days must be dark and dreary*, – ich weiß nicht, sagt es Tennyson oder Longfellow, jedenfalls einer von beiden, und wenn etliche Tage dunkel und traurig sein *müssen*, nun denn, warum nicht dieser? Ein Feuer im Ofen und eine Tasse Kaffee werden übrigens die Situation um ein erhebliches verbessern.‹

Er zog die Klingel, gab seine Orders und tat einige Fragen an den Kellner.

»Was gibt es im Theater?«

»Störenfried.«

»Etwas antik. Und im Opernhause?«
»Tannhäuser.«
»Haben Sie Billetts?«
»Ja, Parkett und ersten Rang. Niemann singt und die Voggenhuber.«
»Gut. Erster Rang. Deponieren Sie's beim Portier.«

Kurz vor sieben hielt eine Droschke vor dem Opernhause, und der allzeit bereitstehende Wagenschlagöffner sagte mit der ihm eigenen und bei Glatteis und trockenem Wetter immer gleichklingenden Fürsorge: »Nehmen Sie sich in acht.«

Gordon freute sich des voll und glänzend besetzten Hauses und ließ von seinem Umschauhalten erst ab, als der Taktstock sich erhob und die Ouvertüre begann. Er kannte jeden Ton und folgte mit Verständnis und Freudigkeit, bis er plötzlich in einer ihm gegenüberliegenden Loge Céciles gewahr wurde. Sie saß vorn an der Brüstung, neben ihr der Geheimrat, der ihr, während der Fächer sie halb verdeckte, kleine Bemerkungen zuflüsterte, wobei beider Köpfe sich berührten. So wenigstens schien es Gordon. Und nun ging der Vorhang auf. Aber er sah und hörte nichts mehr und starrte nur, während er Kinn und Mund in seine linke Hand vergrub, nach der Loge hinüber, ganz und gar seiner Eifersucht hingegeben und von einem prickelnden Verlangen erfüllt, lieber zuviel als zuwenig zu sehen. Es schien aber, daß beide dem Spiele nicht nur oberflächlich, sondern aufmerksam und mit einem gewissen Ernste folgten, und nur dann immer, wenn eine leere Stelle kam, beugte sich der eine zum andern und sprach abwechselnd ein kurzes Wort, das von seiten Céciles meistens mit einem Lächeln, von seiten des Geheimrates aber Mal auf Mal mit einem komisch gravitätischen Kopfnicken beantwortet wurde.

Gordon litt Höllenqualen, und über seiner Rache brütend, war er nur darüber in Zweifel, ob er sich im gegebenen Moment (und der Moment *mußte* sich geben) lieber als ›böses Gewissen‹ oder als ›Mephisto‹ gerieren solle. Natürlich entschied er sich für das letztere. Spott und superiore Witzelei waren der allein richtige Ton, und als ihm dies feststand, fiel zum erstenmal der Vorhang.

Drüben aber leerte sich die Loge, darin nur Cécile mit ihrem Hausfreunde zurückblieb. Und nun stürmte Gordon hinüber, um sich der gnädigen Frau vorzustellen.

Der Geheimrat hatte sein Glas genommen und musterte den Vorhang. Als er sich eben wieder wandte, vielleicht um seiner Freundin und Nachbarin eine kunstkritische Bemerkung über Arion und noch wahrscheinlicher über die badelustige Nereidengruppe zuzuflüstern, sah er den inzwischen eingetretenen Nebenbuhler, der, mit halbem Gruß ihn streifend, sich eben gegen Cécile verneigte.

»Welches Glück für mich, meine gnädigste Frau«, begann Gordon in seinem spitzesten Tone, »Sie schon heut und an dieser Stelle begrüßen zu dürfen. Ich hatte vor, mich Ihnen morgen zu präsentieren. Aber es trifft sich günstiger für mich. Darf ich mich nach Ihrem Befinden erkundigen?«

Cécile zitterte vor Erregung und fand in dem Krampf, der ihr die Sprache zu rauben drohte, nichts als die mit höchster Anstrengung gesprochenen Worte: »Die Herren kennen einander? Geheimrat Hedemeyer ... Herr von Gordon.«

»Hatte bereits die Ehre«, sagte Gordon, während er sich auf einem der freigewordenen Plätze niederließ. Gleich danach aber, sich leger auf eine Seitenlehne stützend, fuhr er im Tone forcierter guter Laune fort: »Ein volles Haus, meine Gnädigste, jedenfalls voller, als man bei einer Oper glauben sollte, die nun schon dreißig Jahre spielt und jeder auswendig kennt. Es muß der Stoff sein oder die glänzende Besetzung. Ich vermute, Niemann. Er ist doch der geborene Tannhäuser, und kein anderer reicht da heran. Wenigstens nicht auf der Bühne. Für mich sind es Auffrischungen aus Tagen her, in denen ich noch des Vorzugs genoß, mit der silbernen Gardelitze, deren sich, einigermaßen überraschlich, auch das Regiment ›Eisenbahn‹ erfreut, hier sitzen zu dürfen, halb als Kunstenthusiast, halb als militärisches Hausornament. Übrigens empfange ich den Eindruck, als ob Kamerad Hülsen immer noch seine Gnadensonne über Gerechte und Ungerechte scheinen lasse. Sehen Sie da drüben, meine Gnädigste! Die reine *levée en masse,* wie gewöhnlich mit Regiment Alexander an der Tête.«

Cécile hörte den spöttischen Ton nur halb heraus, desto deutlicher der Geheimrat, der denn auch, ersichtlich um den draußen in der Welt von ›Europens übertünchter Höflichkeit‹ frei gewordenen ›Kanadier‹ zu markieren – mit der ihm eigenen Ironie replizierte: »Sie waren nur sieben Jahre fort, Herr von Gordon? Ich dachte länger.«

Gordon, der den Wert einer gelungenen maliziösen Bemerkung auch dann noch zu schätzen wußte, wenn sich die Spitze derselben gegen ihn selber richtete, fand sich momentan in eine leichte, gute Stimmung zurück und antwortete: »Zu dienen, mein Herr Geheimrat; leider nur sieben Jahre, weshalb ich vorhabe, die Zahl baldmöglichst zu verdoppeln, und zwar um meiner weiteren Ausbildung willen. Natürlich Charakterausbildung. Glückt es, hoff ich einen richtigen Naturmenschen zu erzielen, an dem nichts Falsches ist, auch nicht einmal äußerlich. Aber ich sehe, die Loge fängt an, ihre früheren Insassen wieder aufzunehmen und mich an den Rückzug zu mahnen. Ich darf mich doch der gnädigen Frau recht bald in Ihrer Wohnung vorstellen?«

»Zu jeder Zeit, Herr von Gordon«, sagte Cécile. »Lassen Sie mich nicht länger warten, als Ihre geschäftlichen Obliegenheiten es fordern. Ich bin so begierig, von Ihnen zu hören.«

All das wurde in Hast und Verlegenheit gesprochen, und sie wußte kaum, was sie sagte. Gordon aber empfahl sich und ging in seine Loge zurück.

In dieser angekommen, gab er sich das Ansehen, als ob er dem zweiten Akt mit ganz besonderem Interesse folge, und wirklich nahm ihn der Wartburgsaal und das Erscheinen der Sänger eine Weile gefangen. Aber nicht auf lang, und als er wieder hinübersah, sah er, daß Cécile die Loge verließ und der Geheimrat ihr folgte.

Das war mehr, als er ertragen konnte; tollste Bilder schossen in ihm auf und jagten sich, und ein Schwindel ergriff ihn. Als er es mühsam überwunden, sah er nach der Uhr: ›Halb neun. Spät, aber nicht zu spät. Und sie sagte ja: zu jeder Zeit willkommen.‹

Und damit erhob er sich, um dem flüchtigen Paare zu folgen. Fand er sie, schlimm genug, fand er sie *nicht* … Er mocht es nicht ausdenken.

26. KAPITEL

»Ah, Herr von Gordon«, sagte die Jungfer, als der zu so später Stunde noch Vorsprechende mit aller Kraft – vielleicht um sein schlechtes Gewissen zu betäuben – die Klingel gezogen hatte.

»Treff ich die gnädige Frau?«

»Ja. Sie war im Theater, ist aber eben zurück. Die Herrschaften werden sehr erfreut sein.«

»Auch der Herr Oberst zugegen?«

»Nein, der Herr Geheimrat.«

Gordon wurde gemeldet, und ehe noch die Antwort da war, daß er willkommen sei, trat er bereits ein.

Cécile und der Geheimrat waren gleichmäßig frappiert, und das spöttische Lächeln des letzteren schien ›etwas stark‹.

Gordon sah es sehr wohl, ging aber darüber hin und sagte, während er Cécile die Hand küßte: »Verzeihung, meine gnädige Frau, daß ich von Ihrer Erlaubnis einen so schnellen Gebrauch mache. Aber, offen gestanden, im selben Augenblicke, wo Sie die Loge verließen, war mein Interesse hin und nur der Wunsch lebendig, den Abend an Ihrer Seite verplaudern zu dürfen. Als Antrittsvisite keine ganz passende Zeit. Indessen Ihr freundliches Wort … Und so verzeihen Sie denn die späte Stunde.«

Cécile hatte sich inzwischen gesammelt und sagte mit einer Ruhe, die deutlich zeigte, daß ihr unter diesem unerhörten Benehmen ihr Selbstbewußtsein zurückzukehren beginne: »Lassen Sie mich Ihnen wiederholen, Herr von Gordon, daß Sie zu jeder Zeit willkommen sind. Und die späte Stunde, von der Sie sprechen … Nun, ich entsinne mich eines Plauderabends mit dem Hofprediger, wo Sie später kamen. Auch aus dem Theater. Es war ein ›Don-Juan‹-Abend, und Sie hatten den Schluß abgewartet.«

»Ganz recht, meine gnädigste Frau. Man will immer gern wissen, was aus dem Don Juan wird.«

»Und aus dem Masetto«, setzte Hedemeyer hinzu, während er sich von dem Fauteuil, auf dem er eben erst Platz genommen hatte, wieder erhob.

»Aber Sie wollen doch nicht schon aufbrechen, mein lieber Geheimrat«, unterbrach ihn Cécile, der in diesem Augenblick ihre ganze Verlegenheit zurückkehrte. »Schon jetzt, schon vor dem Tee. Nein, das dürfen Sie mir nicht antun und Herrn von Gordon nicht, der ein gutes Gespräch liebt. Und was hat er an dem, was ich ihm sage? Nein, nein, Sie müssen bleiben.« Und sie zog die Glocke ... »Den Tee, Marie ... Hören Sie doch, lieber Freund, wie draußen der Regen fällt. Ich erwarte noch den Hofprediger; er hat es mir zugesagt. Noch einmal also, Sie bleiben.«

Aber der Geheimrat war unerbittlich und sagte: »Meine gnädigste Frau, der Klub und die Lomberpartie warten auf mich. Und wenn es auch anders läge, man soll nie vergessen, daß man nicht allein auf der Welt ist. Es wäre ein Unrecht, Herrn von Gordon so benachteiligen zu wollen. Er hat viele Wochen hindurch Ihre Unterhaltung entbehren müssen und Sie der seinigen; nun bringt er Ihnen eine Welt von Neuigkeiten, und ich bin nicht indiskret genug, bei diesen Mitteilungen stören zu wollen. Wenn Sie gestatten, sprech ich morgen wieder vor. Vorläufig darf ich vielleicht dem Herrn Obersten einen herzlichen Empfehl bringen. Auch von Ihnen, Herr von Gordon?«

Gordon begnügte sich damit, sich kalt und förmlich gegen den Geheimrat zu verneigen, der, inzwischen an Cécile herangetreten, ihre Hand an seine Lippen führte. »Wie gerne wär ich geblieben. Aber es ist gegen meine Grundsätze. Nennen Sie mir nicht den Hofprediger: Hofprediger stören nie. Wer berufsmäßig Beichte hört, steht über der Indiskretion. Übrigens ist er noch nicht da. Bis morgen also.« Und er ging. Im selben Augenblicke brachte Marie den Tee. Sie wollte den Tisch arrangieren, aber Cécile, die das, was in ihr vorging, nicht länger zurückdämmen konnte, sagte: »Lassen Sie, Marie«, und wandte sich dann rasch und mit vor Erregung zitternder Stimme gegen Gordon. »Ich bin indigniert über Sie, Herr von Gordon. Was bezwecken Sie? Was haben Sie vor?«

»Und Sie fragen?«

»Ja, noch einmal: was haben Sie vor? Was bezwecken Sie? Sprechen Sie mir nicht von Ihrer Neigung. Eine Neigung äußert sich nicht in solchem Affront. Und in welchem Lichte müssen Sie dem Geheimrat erschienen sein?«

»Jedenfalls in keinem zweifelhafteren als er mir. Lassen Sie das meine Sorge sein.«

»Aber in welchem Lichte lassen Sie mich vor ihm erscheinen. Und Sie begreifen, mein Herr von Gordon, daß *das* meine Sorge ist. Ich habe Sie für einen Kavalier genommen oder, da Sie das Englische so lieben, für einen Gentleman und sehe nun, daß ich mich schwer und bitter in Ihnen getäuscht habe. Schon Ihr Besuch in der Loge war eine Beleidigung; nicht Ihr Erscheinen an sich, aber der Ton, der Ihnen beliebte, die Blicke, die Sie für gut fanden. Ich habe Sie verwöhnt und mein Herz vor Ihnen ausgeschüttet, ich habe mich angeklagt und erniedrigt, aber anstatt mich hochherzig aufzurichten, scheinen Sie zu fordern, daß ich immer kleiner vor Ihrer Größe werde. Meiner Tugenden sind nicht viele, Gott sei's geklagt, aber eine darf ich mir unter Ihrer eigenen Zustimmung vielleicht zuschreiben, und nun zwingen Sie mich, dies einzige, was ich habe, mein bißchen Demut, in Hochmut und Prahlerei zu verkehren. Aber Sie lassen mir keine Wahl. Und so hören Sie denn, ich bin nicht schutzlos. Ich beschwöre Sie, zwingen Sie mich nicht, diesen Schutz anzurufen: es wäre Ihr und mein Verderben. Und nun sagen Sie, was soll werden? Wo steckt Ihr Titel für all dies? Was hab ich gefehlt, um dieses Äußerste zu verdienen? Erklären Sie sich.«

»Erklären, Cécile! Das Rätsel ist leicht gelöst: ich bin eifersüchtig.«

»Eifersüchtig. Und das sprechen Sie so hin, wie wenn Eifersucht Ihr gutes und verbrieftes Recht wäre, wie wenn es Ihnen zustünde, mein Tun zu bestimmen und meine Schritte zu kontrollieren. Haben Sie dies Recht? Sie haben es *nicht.* Aber *wenn* Sie's hätten: eine vornehme Gesinnung verleugnet sich auch in der Eifersucht nicht; ich weiß das, ich habe davon erfahren. Sie konnten Schlimmeres tun, als Sie getan haben, aber nicht Kleineres und nichts Unwürdigeres.«

»Nichts Unwürdigeres! Und was ist es denn, was ich getan habe? Was sich erklärt, ist auch verzeihlich. Cécile, Sie sind strenger gegen mich, als Sie sollten; haben Sie Mitleid mit mir. Sie wissen, wie's mit mir steht, wie's mit mir stand vom ersten Augenblick an. Aber ich bezwang mich. Dann kam der Tag, an dem ich Ihnen alles bekannte. Sie wiesen mich zurück, beschworen mich, Ihren Frieden nicht zu stören. Ich gehorchte, mied Sie, ging. Und der erste Tag, der mich nach langen Wochen und – Gott ist mein Zeuge! – durch einen baren Zufall wieder in Ihre Nähe führt, was zeigt er mir? Sie wissen es. Sie wissen es, daß dieser spitze, hämische Herr von

Anfang an mein Widerpart war, mein Gegner, der ein Recht zu haben glaubt, sich über mich und meine Neigung zu mokieren. Und eben er, er mir *vis-à-vis* in der Loge, sichrer und süffisanter denn je zuvor, und neben ihm meine vergötterte Cécile, lachend und heiter hinter ihrem Fächer und sich ihm zubeugend, als könnte sie's nicht abwarten, immer mehr von seinen Frivolitäten einzusaugen, von all dem süßen Gift, darin er Meister ist. Ach, Cécile, meine Resignation war aufrichtig und ehrlich, ich schwör es Ihnen; ich kam nicht wieder, um Ihre Ruhe zu stören, aber einen andern bevorzugt sehen und so, so, *das* war mehr, als ich ertragen konnte. Das war zu viel.«

All das wurde gesprochen, während beide heftig erregt über den Teppich hinschritten; das Flämmchen unter dem Wasserkessel brannte weiter, und der Dampf stieg in kleinen Säulen zwischen den beiden Bronzelampen in die Höh. Alles war Frieden um sie her, und Cécile nahm jetzt seine Hand und sagte: »Setzen wir uns, vielleicht daß wir dann ruhigere Worte finden ... Sie suchen es alles an der falschen Stelle. Nicht meine Haltung im Theater ist schuld und nicht mein Lachen oder mein Fächer, und am wenigsten der arme Geheimrat, der mich amüsiert, aber mir ungefährlich ist, ach, daß Sie wüßten, wie sehr. Nein, mein Freund, was schuld ist an Ihrer Eifersucht oder doch zum mindesten an der allem Herkömmlichen hohnsprechenden Form, in die Sie Ihre Eifersucht kleiden, das ist ein anderes. *Sie* sind nicht eifersüchtig aus Eifersucht; Eifersucht ist etwas Verbindliches, Eifersucht schmeichelt uns; *Sie* aber sind eifersüchtig aus Überheblichkeit und Sittenrichterei. Da liegt es. Sie haben eines schönen Tages die Lebensgeschichte des armen Fräuleins von Zacha gehört, und diese Lebensgeschichte können Sie nicht mehr vergessen. Sie schweigen, und ich sehe daraus, daß ich's getroffen habe. Nun, diese Lebensgeschichte, so wenigstens glauben Sie, gibt Ihnen ein Anrecht auf einen freieren Ton, ein Anrecht auf Forderungen und Rücksichtslosigkeiten und hat Sie veranlaßt, an diesem Abend einen doppelten Einbruch zu versuchen: *jetzt* in meinen Salon und schon vorher in meine Loge ... Nein, unterbrechen Sie mich nicht ... ich will alles sagen, auch das Schlimmste. Nun denn, die Gesellschaft hat mich in den Bann getan, ich seh es und fühl es, und so leb ich denn von der Gnade derer, die meinem Hause die Ehre antun. Und jeden Tag kann diese Gnade zurückgezogen werden, selbst von Leuten wie Rossow und der Baronin. Ich habe nicht den Anspruch, den andre haben. Ich will ihn aber *wieder* haben, und als ich – *auch* ein unvergeßlicher Tag – heimlich und voll Entsetzen in das Haus schlich, wo der erschossene Dzialinski lag und mich mit seinen Totenaugen ansah, als ob er sagen wollte: ›Du bist schuld‹, da hab ich's mir in meine Seele hineingeschworen, nun, Sie wissen, *was*. Und ob ich in der Welt Eitelkeiten stecke, heut und immerdar, *eines* dank ich der neuen Lehre: das Gefühl der Pflicht. Und wo dies Gefühl ist, ist auch die Kraft. Und nun sprechen Sie; jetzt will ich hören. Aber sagen Sie mir Freundliches, das mich tröstet und versöhnt und mich wieder an Ihr gutes Herz und Ihre gute Gesinnung glauben macht. Sprechen Sie ...«

Gordon sah vor sich hin, und um seinen Mund war ein Zucken und Zittern, als ob die Worte, die sie so warm und wahr gesprochen, doch eines Eindrucks auf ihn nicht verfehlt hätten. Aber im selben Augenblicke trat das Bild wieder vor seine Seele, davon er, vor wenigen Stunden erst, Zeuge gewesen war, und verletzt von seiner Eitelkeit, gequält von dem Gedanken, ein bloßes Spielzeug in Weiberhänden, ein Opfer alleralltäglichster List und Laune zu sein, fiel er in sein kaum beschwichtigtes Mißtrauen und, schlimmer, in den Ton bittren Spottes zurück.

»Sie sind so beredt, Cécile«, sprach er vor sich hin. »Ich wußte nicht, daß Sie so gut zu sprechen verstehen.«

»Und doch ist es nicht lange, seit ich Ihnen Ähnliches und mit gleicher Eindringlichkeit sagen mußte. Schlimm genug, daß mir Ihr Wiedererscheinen eine Wiederholung nicht ersparte. Was Sie Beredsamkeit nennen, nenn ich einfach ein Herz.«

»Und ich habe diesem Herzen geglaubt!«

»Sie *haben* ihm geglaubt. Also in diesem Augenblicke *nicht* mehr! Und was glauben Sie *jetzt*? Was glauben Sie *noch*?«

»Daß wir uns beide getäuscht haben ... Wir bleiben unsrer Natur treu, das ist unsre einzige Treue ... *Sie* gehören dem Augenblick an und wechseln mit ihm. Und wer den Augenblick hat ...«

Er brach ab, verbeugte sich und verließ das Zimmer, ohne weiter ein Wort des Abschieds oder der Versöhnung gesprochen zu haben. Im Vorzimmer schoß er, mit allen Zeichen äußerster Erregung, an Dörffel vorüber, der einen Augenblick später in den Salon trat.

Als Cécile seiner ansichtig wurde, stürzte sie dem väterlichen Freund entgegen und beschwor ihn unter Tränen um seinen Beistand und seine Hilfe.

27. KAPITEL

Cécile kam zu spät zum Frühstück, und St. Arnaud, das Zeitungsblatt aus der Hand legend, sah auf den ersten Blick, daß sie wenig geschlafen und viel geweint hatte. Sie begrüßten sich und wechselten dann einige gleichgültige Worte. Gleich danach nahm St. Arnaud die Zeitung wieder auf und schien lesen zu wollen. Aber er kam nicht weit, warf das Blatt fort und sagte, während er die Tasse beiseite schob: »Was ist das mit Gordon?«

»Nichts.«

»Nichts! Wenn es nichts wäre, so früg ich nicht, und du wärst nicht verwacht und verweint. Also heraus mit der Sprache. Was hat er gesagt? Oder was hat er geschrieben? Er schrieb in einem fort. Ewige Briefe.«

»Willst du sie lesen?«

»Unsinn. Ich kenne Liebesbriefe; die besten kriegt man nie zu sehen, und was dann bleibt, ist gut für nichts. Übrigens sind mir seine Beteuerungen und vielleicht auch Bedauerungen absolut gleichgültig, aber nicht sein Auftreten vor Zeugen, nicht sein Benehmen in Gegenwart anderer. Er hat dich beleidigt. Der Hauptsache nach weiß ich, was geschehen ist; Hedemeyer hat mir gestern im Klub davon erzählt, und ich will nur die Bestätigung aus deinem Munde. Das in der Loge mochte gehen, aber dich bis hierher verfolgen: unerhört! Als ob er den Rächer seiner Ehre zu spielen hätte.«

»Sprich dich nicht in den Zorn hinein, Pierre. Du willst von mir hören, was geschehen ist, und ich sehe, du weißt alles. Ich habe nichts mehr hinzuzusetzen.«

»Doch, doch. Die Hauptsache fehlt noch. All dergleichen hat eine Vorgeschichte und fällt nicht vom Himmel. Am wenigsten vom Himmel. Gordon ist ein Mann von Familie, von Welt und Urteil, und ein solcher Mann handelt nicht ins Unbestimmte hinein. Er befragt die Situation. Und diese Situation will ich wissen, will ich kennenlernen. Schildre sie mir; ich denke, daß du sie mir schildern *kannst*, und zwar ohne sonderliche Verlegenheiten und Verschweigungen. Ein paar Ungenauigkeiten mögen mit drunterlaufen, meinetwegen; ich ereifre mich nicht um Bagatellen. Im übrigen – ich gestatte mir, das vorläufig anzunehmen – kann nichts vorgekommen sein, was das Licht des Tages oder meine Mitwissenschaft zu scheuen hätte. Denn man fordert mich nicht heraus, niemand, am wenigsten meine Frau, die, soviel ich weiß, eine Vorstellung davon hat, daß ich nicht der Mann der Unentschiedenheit und Ängstlichkeit bin. Aber du kannst das uralte Frau-Eva-Spiel, das Spiel der Hinhaltungen und In-Sicht-Stellungen über das rechte Maß hinaus gespielt haben, gerad unklug und unvorsichtig genug, um mißverstanden zu werden. Liegt es so, so werd ich meine schöne Cécile bitten, in Zukunft etwas vorsichtiger zu sein. Liegt es aber anders, bist du dir keines Entgegenkommens bewußt, keines Entgegenkommens, das ihm zu *solchem* Eklat und Hausfriedensbruch auch nur einen Schimmer von Recht gegeben hätte, so liegt eine Beleidigung vor, die nicht nur dich betrifft, sondern vor allem auch *mich*. Und ich habe nicht gelernt, Effronterien geduldig hinzunehmen. Über diesen Punkt verlang ich Auskunft, offen und unumwunden.«

Cécile schwieg. Aber wahrnehmend, daß es vergeblich sein würde, ihn durch halbe Worte von seinem Vorhaben abbringen zu wollen, sagte sie: »Was ich zu sagen habe, ist kurz. In Thale waren wir unter deinen Augen, und kein Wort ist gesprochen worden, das sich nicht gleichzeitig an alle Welt, an dich, an den Emeritus, an Rosa gerichtet hätte.«

St. Arnaud wiegte den Kopf und lächelte, während Cécile, die des Heimrittes von Altenbrak gedenken mochte, nicht ohne Verlegenheit vor sich hinblickte.

»*Dann*«, fuhr sie fort, »sahen wir uns hier. Es blieb, wie's gewesen. Er war voll Rücksicht und Aufmerksamkeiten, und nichts geschah, was den Respekt gegen mich auch nur einen Augenblick verleugnet hätte. Seine Konversation war leicht und gefällig, mitunter übermütig, aber trotz dieses Anfluges von Übermut hört ich aus jedem Wort eine große Zuneigung heraus: ein Gefühl, das mir wohltat und mich beglückte. So waren seine Worte; so waren auch seine Briefe.«

»Laß die Briefe.«

»Du darfst mich nicht unterbrechen. Ich sage, so waren auch seine Briefe. Dann kam das kleine Diner, wo wir Rossow und die Baronin zu Tisch hatten, und von dem Augenblick an war er ein andrer. Die Hergänge jenes Tages können ihn nicht umgestimmt haben, aber unmittelbar danach müssen Dinge zu seiner Kenntnis gekommen sein – ich brauche dir nicht zu sagen, welche –, die sein Auftreten und seinen Ton veränderten.«

»Erbärmlich. Eine Infamie.«

»Nein, Pierre.«

»Gut. Weiter.«

»Ich empfand auf der Stelle diese Veränderung und wies in einem Gespräche darauf hin, daß er diesen veränderten Ton nicht anschlagen dürfe. Er verabschiedete sich in ein paar Zeilen und verließ Berlin. Erst gestern ist er zurückgekehrt. Das andere weißt du. Du mußt es als einen Anfall nehmen.«

»Ich versteh, als einen Anfall von Eifersucht. In der Tat, er geriert sich, als ob er legitimste Rechte geltend zu machen hätte; Prätention über Prätention. Aber, mein Herr von Gordon, Sie sind in der falschen Rolle.«

Dabei schoß sein Auge heftige Blicke, denn er war an seiner empfindlichsten, wenn nicht an seiner *einzig* empfindlichen Stelle getroffen, in seinem Stolz. Nicht das Liebesabenteuer als solches weckte seinen Groll gegen Gordon, sondern der Gedanke, daß die Furcht vor *ihm*, dem Manne der Determiniertheiten, nicht abschreckender gewirkt hatte.

Cécile las in seiner Seele, und Angst und Sorge vor dem, was jetzt mutmaßlich kommen mußte, befiel sie. Sie nahm deshalb seine Hand, mit der er auf dem Tischtuch in nervöser Unruhe hin und her fuhr, und sagte: »Pierre, versprich mir eins.«

»Was?«

»... Dich nicht zu Gewaltsamkeiten fortreißen zu lassen. Alles, was geschehen ist, ist natürlich und, weil natürlich, auch verzeihlich. Es ist keine Beleidigung darin, wenigstens keine gewollte Beleidigung.«

»Ich werde nicht mehr tun, als nötig, aber auch nicht weniger. An dieser Zusage mußt du dir genügen lassen.«

Bei diesen Worten erhob er sich von seinem Platze, ging in sein Arbeitszimmer und nahm hier, wie wenn er vorhabe, sich's bequem zu machen, zunächst eine Zigarre. Dann schritt er ein paarmal auf dem türkischen Teppich auf und ab, setzte sich an seinen Schreibtisch und malte langsam und mit sorglicher Handschrift die Adresse: ›Sr. Hochwohlgeboren, Herrn von Leslie-Gordon ...‹

›Aber wo?‹ unterbrach er sich, während er auf einen Augenblick die Feder wieder aus der Hand legte. ›Nun, er wird sich ja finden lassen ... Wozu haben wir Zeitungen und die Rubrik ›Angekommene Fremde‹. Unterschlagen wird er sich doch nicht haben.‹

Und nun schob er das Kuvert zurück, nahm einen Briefbogen mit Wappen und Initiale und schrieb:

»Über den Doppelbesuch, den Sie, mein Herr von Gordon, gestern abend der Frau von St. Arnaud erst in der Loge, dann in der Wohnung derselben abgestattet haben, bin ich unterrichtet worden, übrigens *nicht* durch Frau von St. Arnaud selbst, die vielmehr – wie mir gestattet sein mag, in pflichtschuldiger Berücksichtigung Ihrer Gefühle hinzuzusetzen – in einem eben mit mir gehabten Gespräche nicht Ihre Anklägerin, sondern Ihre Verteidigerin gemacht hat. Aber gerade diese Verteidigung richtet Sie. Daß Sie, mein Herr von Gordon, unmittelbar vor Ihrer Abreise von Berlin einen Ton angeschlagen und ein Spiel gespielt haben, das Sie besser nicht gespielt hätten, verzeih ich Ihnen. Ich finde mich darin zurecht, denn ich kenne die Welt. Daß Sie dies Spiel aber trotz Abmahnung und Bitte wiederholten und vor allem, *wie* Sie's wiederholten, *das*, mein Herr von Gordon, ist unverzeihlich. Frau von St. Arnaud, als sie rückhaltlos ihr Herz vor Ihnen offenbarte, begab sich dadurch in Ihren Schutz, und einer Frau diesen Schutz zu versagen, ist unritterlich und *ehrlos*. Dies habe ich Ihnen aussprechen wollen und gewärtige durch General von Rossow das Weitere. v. St. Arnaud.«

28. KAPITEL

Gordon saß in dem Glaspavillon des Hotels, als St. Arnauds Brief eintraf. Er las und verzog keine Miene. Daß sich etwas derart vorbereiten würde, war ihm von dem Augenblick an wahrscheinlich, wo der Geheimrat, um in den Klub zu gehen, den Salon Céciles verlassen hatte. Das Wahrscheinliche war nun da. Nichts von Furcht überkam ihn, und wenn etwas davon ihn angewandelt hätte, so würd ihn der unendlich hochmütige Ton des Briefes dieser Anwandlung rasch wieder entrissen haben. War er doch selber ein Trotzkopf und von einem Selbstgefühle, das dem seines Gegners unter Umständen die Spitze bieten konnte. ›Gemach, mein Herr Oberst; Sie halten nicht vor Ihrer Front, und ich bin nicht Ihr jüngster Leutnant. Oder glauben Sie, daß ich devotest um Entschuldigung bitten und mich vor Ihnen klein machen soll, bloß weil Sie das Totschießen als Geschäft betreiben. Sie täuschen sich. Ich hab auch eine feste Hand und den ersten Schuß dazu, wenn die Gesetze der Ehre noch dieselben sind. Der Ehre. Was sich nicht alles so nennt! Nun, sei's drum ... Aber wen schick ich an Rossow? Ich werde nach der Villa hinausfahren ... Der Bruder der jungen Frau ...‹

Die Dinge regelten sich in der Tat innerhalb weniger Stunden, und weil beiden Parteien daran lag, allerlei Weiterungen und Hemmnisse vermieden zu sehen, wie sie nicht wohl ausbleiben konnten, wenn Cécile davon erfuhr, so kam man überein, an demselben Abende noch den Dresdner Schnellzug benutzen und am anderen Morgen in einem in der Nähe des Großen Gartens gelegenen Wäldchen den Handel ausfechten zu wollen.

Cécile, so gut sie St. Arnauds ungestümen Charakter kannte, gewärtigte keinen unmittelbaren Zusammenstoß und war deshalb nur verstimmt, aber nicht eigentlich geängstigt, als sie den andern Morgen hörte, der Oberst, dessen Unregelmäßigkeiten sie kannte, sei tags vorher nicht nach Hause gekommen.

›Er ist ein Mann der Exzentrizitäten. Was wird vorgekommen sein? Ein Sport, eine Klublaune, vielleicht ein Wettritt neben dem Eisenbahnzuge her. Und dann Nachtquartier in einer Dorfschenke mit der Devise: Je schlechter, je besser.‹

Sie nahm ein Buch zur Hand und versuchte zu lesen. Aber es ging nicht, und als auch ein Gespräch mit dem Papagei versagte, zog sie sich in ihr Schlafzimmer zurück, um hier früher als sonst Toilette zu machen.

›Ich will zu Rosa. Freilich am Ende der Welt. Aber seit Wochen hab ich ihr einen Besuch versprochen, und ich sehne mich nach einem guten Menschen.‹

In ihrem Schlafzimmer war ein eleganter Kamin, vor dem die Jungfer sich eben beschäftigte. Diese warf Kohlen und Tannäpfel auf und suchte mit einem kleinen Blasebalg das halb ausgegangene Feuer wieder anzufachen.

»Ah, das ist gut, Marie. Mach es uns warm; ich friere. Du könntest mir noch den Schal bringen.«

Während dieser Worte ging draußen die Klingel, und Cécile hörte, wie des Obersten Diener ein längeres Gespräch hatte.

»Sieh, was es ist!«

Marie ging und kam mit einem Briefe zurück, der eben abgegeben war. Er trug nur die Aufschrift: »Frau von St. Arnaud, Hafenplatz 7a.« Und Cécile sah, daß es Gordons Handschrift war.

»Geh, Marie ... nein, bleib.«

Und mit zitternder Hand riß sie das Kuvert auf und las.

»Verzeihung, gnädigste Frau, Verzeihung, liebe Freundin! Ich hatte wohl unrecht, nein, ich hatte *gewiß* unrecht. Aber der Sinn war mir gestört, und so kam es, wie es kam. Ein berühmter Weiser – ich weiß nicht, alter oder neuer Zeit – soll einmal gesagt haben: ›Wir glaubten und vertrauten nicht genug, und das sei der Quell all unsres Unglücks und Elends.‹ Und ich fühle jetzt, daß er recht hat. Ich hätte, statt Zweifel zu hegen und Eifersucht großzuziehen, Ihnen vertrauen und der Stimme meines Herzens rückhaltlos gehorchen sollen. Daß ich es unterließ, ist meine Schuld. Ich werde Sie nicht wiedersehen, *nie*, was auch kommen mag. Sehen Sie mich allezeit so, wie ich war, ehe die Trübung kam. Immer der Ihre. Wieder *ganz* der Ihre v. G.«

Das Blatt entglitt ihrer Hand, und ein heftiges Schluchzen folgte.

Marie sprang herzu, ließ die halb Ohnmächtige in den Fauteuil nieder und griff nach dem Kölnischen Wasser, das auf dem Kaminsims stand. Aber Cécile richtete sich mit Anstrengung wieder auf und sagte: »Laß. Es geht vorüber. Weißt du, Marie ... Herr von Gordon ...«

»Jesus, Maria, gnädige Frau ...«

»Da. Lies. Das sind seine letzten Worte.«

Und die Jungfer bückte sich nach dem auf den Kaminteppich gefallenen Brief, um ihn Cécile zurückzugeben. Aber diese schüttelte nur den Kopf und sagte, während sie nach der Konsoluhr zeigte: »Merk die Minute ... Er ist erschossen ... *jetzt*.«

29. KAPITEL

Am anderen Morgen brachten alle Zeitungen folgende gleichlautende Notiz:

›Wie wir aus Dresden erfahren, hat gestern um neun Uhr früh in der Nähe des Großen Gartens ein Duell zwischen dem Obersten a.D. von St. Arnaud und dem früher ebenfalls der preußischen Armee zugehörigen Zivilingenieur von Leslie-Gordon stattgefunden. Herr von Leslie-Gordon fiel, während von St. Arnaud nur leicht an der linken Seite verwundet wurde. Herr von Gordon wird, einer letztwilligen Verfügung entsprechend, nach Liegnitz, wo zwei seiner Schwestern leben, übergeführt werden. Herr von St. Arnaud hat Sachsen unmittelbar nach dem Renkontre verlassen. Über die Veranlassung zu dem Duell verlautet nichts Bestimmtes, da die Sekundanten jede Auskunft verweigern.‹

Vier Tage danach traf unter der Adresse der Frau von St. Arnaud nachstehender Brief in Berlin ein:

»*Mentone*, den 4. Dezember. Meine liebe Cécile! Was geschehen ist, wirst Du mittlerweile durch Rossow erfahren haben, und über meinen persönlichen Verbleib gibt Dir der Poststempel Auskunft. Ich habe hier im Hotel Bauer (es findet sich überall dieser Name) Wohnung genommen und genieße der Ruhe nach all den Vorkommnissen und unruhigen Bewegungen der nun zurückliegenden Woche. Selbst von einer gewissen Herzensbewegung darf ich sprechen, zu der ich mich, *Dir* gegenüber, gern bekenne. Der Ausgang der Sache machte doch einen Eindruck auf mich, und so bot ich ihm die Hand zur Versöhnung. Aber er wies sie zurück. Eine Minute später war er nicht mehr.

Ich hoffe, daß Du das Geschehene nimmst, wie's genommen werden muß. ›*Tu l'as voulu, George Dandin*.‹ Sein Benehmen war ein Affront gegen Dich und mich, und er hätte mich besser kennen müssen. Übrigens bin ich seinem Mute Gerechtigkeit schuldig und mehr noch seiner unsentimentalen Entschlossenheit, die mir beinah imponiert hat. Denn er *wollte* mich treffen, und seine Kugel, die mir die Rippen streifte, ging nur zwei Finger breit zu weit rechts. Sonst wär ich da, wo er jetzt ist. Daß Du mit ein paar Herzensfasern an ihm hingst, weiß ich und war mir recht – eine junge Frau braucht dergleichen. Aber nimm das Ganze nicht tragischer als nötig: die Welt ist kein Treibhaus für überzarte Gefühle.

Daß ich mich den Langweiligkeiten einer abermaligen Prozessierung entzogen habe, wirst Du natürlich finden. Ich werde mit nächstem sechzig und fühle keinen Beruf in mir, abermals ein Jahr lang (oder vielleicht noch länger) um den Juliusturm spazieren zu gehen. So zog ich denn die Riviera vor.

Empfiehl mich Rossow. Er hat sich in dieser ganzen Affäre brillant benommen, er teilte nach seinen Verhandlungen mit Gordon ganz meine Meinung über diesen. Gordon täuschte durch glatte Formen; anfangs auch mich. Im Grunde seines Herzens war er hochmütig und eingebildet, wie die meisten dieser Herren. Er überschätzte sich, weil ihm das Weltfahren zu Kopfe gestiegen war, und mißachtete die gesellschaftlichen Scheidungen, die wir diesseits des großen Wassers vorläufig wenigstens noch haben.

Wenn Deine Gesundheit es zuläßt, erwart ich Dich spätestens in nächster Woche. Die Luft hier ist entzückend, keine Spur von Winter, alles noch in Blüte oder schon wieder in Blüte. Komm also. Der Pflicht der Abschiedsbesuche sind wir ja, Gott sei Dank, überhoben; jede Situation hat ihre Meriten. Im übrigen wird es gut sein, wenn Dich Marie begleitet, die hier, was ihr den Abschied von Fritz vielleicht erleichtert, das Katholische näher und bequemer hat als in Berlin. *Au revoir*!

Dein St. Arnaud.«

Drei Tage nach Eintreffen dieses Briefes richtete der Hofprediger Dörffel das folgende Schreiben an den Obersten von St. Arnaud:

»Mein Herr Oberst. Es liegt mir die Pflicht ob, Sie von dem am 4. dieses Monats erfolgten Ableben Ihrer Gemahlin in Kenntnis zu setzen und mich dabei der mir seitens derselben gewordenen schriftlichen Aufträge zu entledigen.

Ich bitte, zunächst chronologisch berichten zu dürfen.

Ihre Frau Gemahlin war schwer leidend seit dem Tage, wo die Zeitungsnachricht eintraf; sie wollte niemand sehen, folgte widerwillig den Anordnungen des Arztes und sah von den Bekannten nur Fräulein Rosa und mich. Ich sprach täglich vor, in der Regel in den Mittagsstunden. Vorgestern, bei meinem Erscheinen, fand ich die Jungfer in Tränen und erfuhr, die gnädige Frau sei tot.

Als ich in das Zimmer trat, sah ich, was geschehen.

Frau von St. Arnaud lag auf dem Sofa, ein Batisttuch über Kinn und Mund. Es war mir nicht zweifelhaft, auf welche Weise sie sich den Tod gegeben; ihre Linke hielt das kleine Kreuz mit dem Christuskopf, das sie beständig trug. Der Ausdruck ihrer Züge war der Ausdruck derer, die dieser Zeitlichkeit müde sind. Auf dem Tisch neben ihr lag ihr Gebetbuch, in das sie, nach Art eines Lesezeichens, einen an mich adressierten Brief gelegt hatte. Dieser Brief, das Beichtgeheimnis eines demütigen Herzens, ist mir unendlich wertvoll, weshalb ich bitte, den Inhalt desselben Ihnen, mein Herr Oberst, nur abschriftlich und nur in seinem sachlichen Teile mitteilen zu dürfen. Es heißt in diesem letzten Willen:

›Ich wünsche nach Cyrillenort übergeführt und auf dem dortigen Gemeindekirchhof, zur Linken der fürstlichen Grabkapelle, beigesetzt zu werden. Ich will der Stelle wenigstens nahe sein, wo *die* ruhen, die in reichem Maße mir *das* gaben, was mir die Welt verweigerte: Liebe und Freundschaft und um der Liebe willen auch Achtung … Vornehmheit und Herzensgüte sind nicht alles, aber sie sind *viel.*

Mein Vermögen erhält meine Mutter, mein Gut St. Arnaud. Nach seinem Tode fällt es an die fürstliche Familie zurück.

Über die Dinge, die mich täglich umgaben, bitte ich St. Arnaud Verfügung treffen zu wollen, und bestimme meinerseits nur noch, daß die Konsoluhr und der türkische Schal an Marie, das Gebetbuch mit den Aquarellinitialen an Rosa, das Opalkreuz aber, das mir beistehen soll bis zuletzt, an *Sie*, mein väterlicher Freund, fallen soll. Ihre hundertfach erprobte Milde wird nicht Anstoß daran nehmen, daß es ein katholisches Kreuz ist, und auch daran nicht, daß ich, eine Konvertitin, meine letzten Gebete an ebendies Kreuz und aus einem katholischen Herzen heraus gerichtet habe. Jede Kirche hat reiche Gaben, und auch der Ihrigen verdank ich viel; die aber, darin ich geboren und großgezogen wurde, macht uns das Sterben leichter und bettet uns sanfter.‹

So, mein Herr Oberst, die Bestimmungen der gnädigen Frau, denen ich meinerseits nur noch hinzuzufügen habe, daß in Gemäßheit derselben verfahren werden und heute nacht noch, und zwar von mir persönlich begleitet, der Kondukt nach Cyrillenort stattfinden wird. Dort werden wir die Tote morgen um die zehnte Stunde zur Ruhe bestatten. Die Vorbereitungen dazu sind bereits getroffen.

Der Friede Gottes aber, der über alle Vernunft ist, sei mit uns allen.«

Grete Minde

NACH EINER
ALTMÄRKISCHEN CHRONIK

DAS HÄNFLINGNEST

»Weißt du, Grete, wir haben ein Nest in unserm Garten, und ganz niedrig, und zwei Junge drin.«

»Das wäre! Wo denn? Ist es ein Fink oder eine Nachtigall?«

»Ich sag es nicht. Du mußt es raten.«

Diese Worte waren an einem überwachsenen Zaun, der zwei Nachbargärten voneinander trennte, gesprochen worden. Die Sprechenden, ein Mädchen und ein Knabe, ließen sich nur halb erkennen, denn so hoch sie standen, so waren die Himbeerbüsche hüben und drüben doch noch höher und wuchsen ihnen bis über die Brust.

»Bitte, Valtin«, fuhr das Mädchen fort, »sag es mir.«

»Rate.«

»Ich kann nicht. Und ich *will* auch nicht.«

»Du *könntest* schon, wenn du wolltest. Sieh nur«, und dabei wies er mit dem Zeigefinger auf einen kleinen Vogel, der eben über ihre Köpfe hinflog und sich auf eine hohe Hanfstaude niedersetzte.

»Sieh«, wiederholte Valtin.

»Ein Hänfling?«

»Geraten.«

Der Vogel wiegte sich eine Weile, zwitscherte und flog dann wieder in den Garten zurück, in dem er sein Nest hatte. Die beiden Kinder folgten ihm neugierig mit ihren Augen.

»Denke dir«, sagte Grete, »ich habe noch kein Vogelnest gesehen, bloß die zwei Schwalbennester auf unsrem Flur. Und ein Schwalbennest ist eigentlich gar kein Nest.«

»Höre, Grete, ich glaube, da hast du recht.«

»Ein richtiges Nest, ich meine von einem Vogel, nicht ein Krähen- oder Storchennest, das muß so weich sein wie der Flachs von Reginens Wocken.«

»Und so ist es auch. Komm nur. Ich zeig es dir.« Und dabei sprang er vom Zaun in den Garten seines elterlichen Hauses zurück.

»Ich darf nicht«, sagte Grete.

»Du darfst nicht?«

»Nein, ich soll nicht. Trud ist dawider.«

»Ach, Trud, Trud. Trud ist deine Schwieger, und eine Schwieger ist nicht mehr als eine Schwester. Wenn ich eine Schwester hätte, die könnte den ganzen Tag verbieten, ich tät es doch. Schwester ist Schwester. Spring. Ich fange dich.«

»Hole die Leiter.«

»Nein, spring.«

Und sie sprang, und er fing sie geschickt in seinen Armen auf.

Jetzt erst sah man ihre Gestalt. Es war ein halberwachsenes Mädchen, sehr zart gebaut, und ihre feinen Linien, noch mehr das Oval und die Farbe ihres Gesichts, deuteten auf eine Fremde.

»Wie du springen kannst«, sagte Valtin, der seinerseits einen echt märkischen Breitkopf und vorspringende Backenknochen hatte. »Du fliegst ja nur so. Und nun komm, nun will ich dir das Nest zeigen.«

Er nahm sie bei der Hand, und zwischen Gartenbeeten hin, auf denen Dill und Pastinak in hohen Dolden standen, führte er sie bis in den Mittelgang, der weiter abwärts vor einer Geißblattlaube endigte.

»Ist es hier?«

»Nein, in dem Holunder.«

Und er bog ein paar Zweige zurück und wies ihr das Nest.

Grete sah neugierig hinein und wollte sich damit zu schaffen machen, aber jetzt umkreiste sie der Vogel, und Valtin sagte: »Laß; er ängstigt sich. Es ist wegen der Jungen; unsere Mütter sind nicht so bang um uns.«

»Ich habe keine Mutter«, erwiderte Grete scharf.

»Ich weiß«, sagte Valtin, »aber ich vergess' es immer wieder. Sieht sie doch aus, als ob sie deine Mutter wäre, versteht sich, deine Stiefmutter. Höre, Grete, sieh dich vor. Hübsch ist sie, aber hübsch und bös. Und du kennst doch das Märchen vom Machandelboom?«

»Gewiß kenn ich das. Das ist ja mein Lieblingsmärchen. Und Regine muß es mir immer wieder erzählen. Aber nun will ich zurück in unseren Garten.«

»Nein, du mußt noch bleiben. Ich freue mich immer, wenn ich dich habe. Du bist so hübsch. Und ich bin dir so gut.«

»Ach, Narretei. Was soll ich noch bei dir?«

»Ich will dich noch ansehen. Mir ist immer so wohl und so weh, wenn ich dich ansehe. Und weißt du, Grete, wenn du groß bist, da mußt du meine Braut werden.«

»Deine Braut?«

»Ja, meine Braut. Und dann heirat ich dich.«

»Und was machst du dann mit mir?«

»Dann stell ich dich immer auf diesen Himbeerzaun und sage spring'; und dann springst du, und ich fange dich auf, und ...«

»Und?«

»Und dann küss' ich dich.«

Sie sah ihn schelmisch an und sagte: »Wenn das wer hörte! Emrentz oder Trud ...«

»Ach, Trud und immer Trud. Ich kann sie nicht leiden. Und nun komm und setz dich.«

Er hatte diese Worte vor dem Laubeneingang gesprochen, an dessen rechter Seite eine Art Gartenbank war, ein kleiner niedriger Sitzplatz, den er sich aus vier Pflöcken und einem darübergelegten Brett selbst zurechtgezimmert hatte. Er liebte den Platz, weil er sein eigen war und nach dem Nachbargarten hinübersah. »Setz dich«, wiederholte er, und sie tat's, und er rückte neben sie. So verging eine Weile. Dann zog er einen Malvenstock aus der Erde und malte Buchstaben in den Sand.

»Lies«, sagte er. »Kannst du's?«

»Nein.«

»Dann muß ich dir sagen, Grete, daß du deinen eigenen Namen nicht lesen kannst. Es heißt Grete.«

»Ach, Griechisch«, lachte diese. »Nun merk ich erst; ich soll dich bewundern. Hatt' es ganz vergessen. Du gehörst ja zu den sieben, die seit Ostern zum alten Gigas gehen. Ist er denn so streng?«

»Ja und nein.«

»Er sieht einen so durch und durch. Und seine roten Augen, die keine Wimpern haben ...«

»Laß nur«, beruhigte Valtin. »Gigas ist gut. Es muß nur kein Calvin'scher sein oder kein Kathol'scher. Da wird er gleich bös und Feuer und Flamme.«

»Ja, sieh, das ist es ja eben ...«

Valtin malte mit dem Stocke weiter. Endlich sagte er: »Ist es denn wahr, daß deine Mutter eine Kathol'sche war?«

»Gewiß war sie's.«

»Und wie kam sie denn ins Land und in euer Haus?«

»Das war, als mein Vater in Brügge war, da sind viele Span'sche. Kennst du Brügge?«

»Freilich kenn ich's. Das ist ja die Stadt, wo sie die beiden Grafen enthauptet haben.«

»Nein, nein. Das verwechselst du wieder. Du verwechselst auch immer. Weißt du noch ... Ananias und Äneas? Aber das war damals, als du noch nicht bei Gigas warst ... Ach, bei Gigas! Und nun soll ich auch hin, denn ich werde ja vierzehn, und Trud ist bei ihm gewesen, wegen Unterricht und Firmung, und hat es alles besprochen ... Aber sieh, ihr habt ja noch Kirschen an eurem Baum. Und wie dunkel sie sind! Nur zwei. Die möcht ich haben.«

»Es ist zu hoch oben; da können bloß die Vögel hin. Aber laß sehen, Gret, ich will sie dir doch holen ... wenn ...«

»Wenn?«

»Wenn du mir einen Kuß geben willst. Eigentlich müßtest du's. Du bist mir noch einen schuldig.«

»Schuldig?«

»Ja. Von Silvester.«

»Ach, das ist lange her. Da war ich noch ein Kind.«

»Lang oder kurz. Schuld ist Schuld.«

»Und bedenke, daß ich morgen zu Gigas komme ...«

»Das ist erst morgen.«

Und ehe sie weiter antworten konnte, schwang er sich in den Baum und kletterte rasch und geschickt bis in die Spitze, die sofort heftig zu schwanken begann.

»Um Gott, du fällst«, rief sie hinauf; er aber riß den Zweig ab, an dem die zwei Kirschen hingen, und stand im Nu wieder auf dem untersten Hauptast, an dem er sich jetzt, mit beiden Knien einhakend, waagerecht entlangstreckte.

»Nun pflücke«, rief er und hielt ihr den Zweig entgegen. »Nein, nein, nicht so. Mit dem Mund ...«

Und sie hob sich auf die Fußspitzen, um nach seinem Willen zu tun. Aber im selben Augenblicke ließ er die Kirschen fallen, bückte sich mit dem Kopf und gab ihr einen herzhaften Kuß.

Das war zuviel. Erschrocken schlug sie nach ihm und lief auf die Gartenleiter zu, die dicht an der Stelle stand, wo sie das Gespräch zwischen den Himbeerbüschen gehabt hatten. Erst als sie die Sprossen hinauf war, hatte sich ihr Zorn wieder gelegt, und sie wandte sich und nickte dem noch immer verdutzt Dastehenden freundlich zu. Dann bog sie die Zweige voneinander und sprang leicht und gefällig in den Garten ihres eigenen Hauses zurück.

TRUD UND EMRENTZ

In den Gärten war alles still, und doch waren sie belauscht worden. Eine schöne, junge Frau, Frau Trud Minde, modisch gekleidet, aber mit strengen Zügen, war, während die beiden noch plauderten, über den Hof gekommen und hatte sich hinter einem Weinspalier versteckt, das den geräumigen, mit Gebäuden umstandenen Mindeschen Hof von dem etwas niedriger gelegenen Garten trennte. Sechs Stufen führten hinunter. Nichts war ihr hier entgangen, und die widerstreitendsten Gefühle, nur keine freundlichen, hatten sich in ihrer Brust gekreuzt. Grete war noch ein Kind, so sagte sie sich, und alles, was sie von ihrem Versteck aus gesehen hatte, war nichts als ein kindisches Spiel. Es war nichts, und es bedeutete nichts. Und doch, es war Liebe, *die* Liebe, nach der sie sich selber sehnte und an der ihr Leben arm war bis diesen Tag. Sie war nun eines reichen Mannes ehelich Weib; aber nie, soweit sie zurückdenken mochte, hatte sie lachend und plaudernd auf einer Gartenbank gesessen, nie war ein frisches, junges Blut um ihretwillen in einen Baumwipfel gestiegen und hatte sie dann kindlich unschuldig umarmt und geküßt. Das Blut stieg ihr zu Kopf, und Neid und Mißgunst zehrten an ihrem Herzen.

Sie wartete, bis Grete wieder diesseits war, und ging dann raschen Schrittes über den Hof auf Flur und Straße zu, um nebenan ihre Muhme Zernitz, des alten Ratsherrn Zernitz zweite Frau und Valtins Stiefmutter, aufzusuchen. In der Tür des Nachbarhauses traf sie Valtin, der beiseite trat, um ihr Platz zu machen. Denn sie war in Staat, in hoher Stehkrause und goldener Kette.

»Guten Tag, Valtin. Ist Emrentz zu Haus? Ich meine deine Mutter.«

»Ich denke, ja. Oben.«

»Dann geh hinauf und sag ihr, daß ich da bin.«

»Geh nur selbst. Sie hat es nicht gern, wenn ich in ihre Stube komme.«

Es klang etwas spöttisch. Aber Trud, erregt, wie sie war, hatte dessen nicht acht und ging, an Valtin vorüber, in den ersten Stock hinauf, dessen große Hinterstube der gewöhnliche Aufenthalt der Frau Zernitz war. Das nach vorn zu gelegene Zimmer von gleicher Größe, das keine Sonne, dafür aber viele hohe Lehnstühle und grün verhangene Familienbilder hatte, war ihr zu trist und öde. Zudem war es das Wohn- und Lieblingszimmer der ersten Frau Zernitz gewesen, einer steifen und langweiligen Frau, von der sie lachend als von ihrer »Vorgängerin im Amt« zu sprechen pflegte.

Trud, ohne zu klopfen, trat ein und war überrascht von dem freundlichen Bilde, das sich ihr darbot. Alte drei Flügel des breiten Mittelfensters standen auf, die Sonne schien, und an dem offenen Fenster vorbei schossen die Schwalben. Über die Kissen des Himmelbetts waren Spitzentücher gebreitet, und vom Hofe herauf hörte man das Gackern der Hühner und das helle Krähen des Hahns.

»Ei, Trud«, erhob sich Emrentz und schritt von ihrem Fensterplatz auf die Muhme zu, um diese zu begrüßen. »Zu so früher Stunde. Und schon in Staat! Laß doch sehen. Ei, das ist ja das Kleid, das du den Tag nach deiner Hochzeit trugst. Wie lange ist es? Ach, als ich dir damals gegenübersaß und Zernitz neben mir und die grauen Augen der guten, alten Frau Zernitz immer größer und immer böser wurden, weil er mir seine Geschichten erzählte, die kein Ende hatten, und immer so herzlich lachte, daß ich zuletzt auch lachen mußte, aber über *ihn*, da dacht ich nicht, daß ich zwei Jahre später an diesem Fenster sitzen und *auch* eine Frau Zernitz sein würde.«

»Aber eine andere.«

»Gott sei Dank, eine andere … Komm, setz dich … Und ich glaube, Zernitz denkt es auch. Denn Männer in zweiter Ehe, mußt du wissen, das sind die besten. Das erst' ist, daß sie die erste Frau vergessen, und das zweit' ist, daß sie alles tun, was wir wollen. Und das ist die Hauptsache. Ach, Trud, es ist zum Lachen; sie schämen sich ordentlich und entschuldigen sich vor uns, schon eine erste gehabt zu haben. Andre mögen anders sein, aber für meinen alten Zernitz bürg ich, und wäre nicht der Valtin …«

»Um *den* eben komm ich«, unterbrach Trud, die der Muhme nur mit halbem Ohre gefolgt war, »um eben deinen Valtin. Höre, das hat sich ja mit der Gret, als ob es Braut und Bräutigam wäre. Er muß aus dem Haus. Und ich denke, du wirst ihn missen können.«

»Laß doch. Es sind ja Kinder.«

»Nein; es sind nicht Kinder mehr. Valtin ist sechzehn oder wird's, und Gret ist über ihre Jahre und hat's von der Mutter.«

»Nicht doch. Ich war ebenso.«

»Das ist dein' Sach, Emrentz.«

»Und dich verdrießt es«, lachte diese.

»Ja, mich verdrießt es; denn es gibt einen Anstoß im Haus und in der Stadt. Und ich mag's und ich will's nicht. Du hast einen leichten Sinn, Emrentz, und siehst es nicht, weil du zuviel in den Spiegel siehst. Lache nur; ich weiß es wohl, er will es; alle Alten wollen's, und du sollst dich putzen und seine Puppe sein. Aber ich, ich seh um mich, und was ich eben gesehen hab … Emrentz, mir schlägt noch das Herz. Ich komme von Gigas und suche Greten und will ihr sagen, daß sie sich vorbereitet und ernst wird in ihrem Gemüt, da find ich sie … nun rate, wo? Im Garten zwischen den Himbeerbüschen. Und wen mit ihr? Deinen Valtin …«

»Und er gibt ihr einen Kuß. Ach, Trud, ich hab's ja mit angesehen, alles, hier von meinem Fenster, und mußt an alte Zeiten denken und an den Sommer, wo ich auch dreizehn war und mit Hans Hensen Verstecken spielte und eine geschlagene Glockenstunde hinter dem Rauchfang saß, Hand in Hand, und immer nur in Sorge, daß wir zu früh gefunden, zu früh in unserem Glücke gestört werden könnten. Laß doch, Trud, und gönn's ihnen. 's ist nichts mit alter Leute Zärtlichkeiten, und ich wollt, ich stünde wieder, wie heute die Grete stand. Es war so hübsch, und ich hatt' eine Freude dran. Nun bin ich dreißig, und er ist doppelt so alt. Hätt ich noch vier Jahre gewartet, höre, Trud, ich glaube fast, ich hätte besser zu dem Jungen als zu dem Alten gepaßt. Sieh nicht so bös drein, und bedenk, es trifft's nicht jeder so gut wie du. Gleich zu gleich und jung zu jung.«

»Jung zu jung!« sagte diese bitter. »Es geht ins dritte Jahr, und unser Haus ist öd und einsam.«

»Alt oder jung, wir müssen uns eben schicken, Trud«, und dabei nahm Emrentz ihrer Muhme Arm und schritt mit ihr in dem geräumigen Zimmer auf und ab. »Mein Alter ist zu jung, und dein Junger ist zu alt; und so haben wir's gleich, trotzdem uns der Schuh an ganz verschiedenen Stellen drückt. Nimm's leicht, und wenn du das Wort nicht leiden kannst, so sei wenigstens billig und gerecht. Wie liegt's denn? Höre, Trud, ich denke, wir haben nicht viel eingesetzt und dürfen nicht viel fordern. Hineingeheiratet haben wir uns. Und war's denn besser, als wir mit fünfundzwanzig, oder war's noch ein Jahr mehr, auf dem Gardelegener Marktplatz saßen und gähnten und strickten und von unserem Fenster aus den Bauersfrauen die Eier in die

Kiepe zählten? Jetzt kaufen wir sie wenigstens und leben einen guten Tag. Und das Sprichwort sagt, man kann nicht alles haben. Was fehlt, fehlt. Aber dir zehrt's am Herzen, daß dir nichts Kleines in der Wiege schreit, und du versuchst es nun mit Gigas und mit Predigt und Litanei. Aber das hilft zu nichts und hat noch keinem geholfen. Halte dich ans Leben; *ich* tu's und getröste mich mit der Zukunft. Und wenn der alte Zernitz eine zweite Frau nahm, warum sollt ich nicht einen zweiten Mann nehmen? Da hast du meine Weisheit und warum es mir gedeiht. Lache mehr und bete weniger.«

Es schien, daß Trud antworten wollte, aber in diesem Augenblick hörte man deutlich von der Straße her das Schmettern einer Trompete und dazwischen Paukenschläge. Es kam immer näher, und Emrentz sagte: »Komm, es müssen die Puppenspieler sein. Ich sah sie schon gestern auf dem Anger, als ich mit meinem Alten aus dem Lorenzwäldchen kam.« Und danach gingen beide junge Frauen in das Frau Zernitzsche Vorderzimmer mit den hohen Lehnstühlen und den verhangenen Familienbildern und stellten sich an eins der Fenster, das sie rasch öffneten.

Und richtig, es waren die Puppenspieler, zwei Männer und eine Frau, die, bunt und phantastisch angeputzt, ihren Umritt hielten. Hunderte von Neugierigen drängten ihnen nach. Es war ersichtlich, daß sie nicht hier, sondern erst weiter abwärts, an einem unmittelbar am Markte gelegnen Eckhause, zu halten gedachten; als aber der zur Rechten Reitende, der lange, gelb und schwarz gestreifte Trikots und ein schwarzes, eng anliegendes Samt- und Atlaskollett trug, der beiden jungen Frauen gewahr wurde, hielt er sein Pferd plötzlich an und gab ein Zeichen, daß der die Pauke rührende hagere Hanswurst, dessen weißes Hemd und spitze Filzmütze bereits der Jubel aller Kinder waren, einen Augenblick schweigen solle. Zugleich nahm er sein Barett ab und grüßte mit ritterlichem Anstand zu dem Fenster des Zernitzschen Hauses hinauf. Und nun erst begann er: »Heute abend, sieben Uhr, mit hoher, obrigkeitlicher Bewilligung, auf dem Rathause hiesiger kurfürstlicher Stadt Tangermünde: *Das Jüngste Gericht*.«

Dies Wort wurde, während der Schwarz-und-Gelb-Gestreifte die Trompete hob, von einem ungeheuern Paukenschlag begleitet.

»Das Jüngste Gericht! Großes Spiel in drei Abteilungen, so von uns gespielet worden vor Ihren christlichen Majestäten, dem römischen Kaiser und König und dem Könige von Ungarn und Polen. Desgleichen vor allen Kurfürsten und Fürsten deutscher Nation. Worüber wir Zeugnisse haben allerdurchlauchtigster Satisfaktion. Das Jüngste Gericht! Großes Spiel in drei Abteilungen, mit Christus und Maria, samt dem Lohn aller Guten und der Verdammnis aller Bösen. Dazu beides, Engel und Teufel, und großes Feuerwerk, aber ohne Knall und Schießen und sonstige Fährlichkeit, um nicht ›den schönen Frauen‹, so wir zu sehen hoffen, irgendwie störend oder mißfällig zu sein.«

Und nun wieder ein Paukenschlag und Trompetenstoß, und auf den Marktplatz zu nahm der Umritt seinen Fortgang, während der Puppenspieler im Trikot noch einmal zu dem Zernitzschen Hause hinauf grüßte. Auch die dunkelfarbige Frau, die zwischen den beiden anderen zu Pferde saß, verneigte sich. Sie schien groß und stattlich und trug ein Diadem mit langem, schwarzem Schleier, in dem zahllose Goldsternchen eingenäht waren.

»Gehst du heute?« fragte Emrentz.

»Nein. Nicht heut und nicht morgen. Es widersteht mir, Gott und Teufel als bloße Puppen zu sehen. Das Jüngste Gericht ist kein Spiel, und ich begreif unsre Ratsmannen nicht, und am wenigsten unsern alten Peter Guntz, der doch sonst ein christlicher Mann ist. Heiden und Türken sind's. Sahst du die Frau? Und wie der lange, schwarze Schleier ihr vom Kopfe hing?«

»Ich gehe doch«, lachte Emrentz.

Damit trennten sich die Frauen, und Trud, unzufrieden über das Gespräch und das Scheitern ihrer Pläne, kehrte noch übellauniger, als sie gekommen, in das Mindesche Haus zurück.

DAS »JÜNGSTE GERICHT« UND WAS WEITER GESCHAH

In jener Stille, wie sie dem Mindeschen Hause eigen war, verging der Tag; nur der Pfauhahn kreischte von seiner Stange, und aus dem Stallgebäude her hörte man das Stampfen eines Pferdes, eines schönen flandrischen Tieres, das der alte Minde, bei Gelegenheit seiner zweiten Heirat, aus den Niederlanden mit heimgebracht hatte. Das war nun fünfzehn Jahre; es war alt geworden wie sein Herr, aber hatte bessere Tage als dieser.

Grete hatte gebeten, das Puppenspiel im Rathaus besuchen zu dürfen, und es war ihr, allem Abmahnen Truds unerachtet, von ihrem Vater, dem alten Minde, gestattet worden, nachdem dieser in Erfahrung gebracht hatte, daß auch Emrentz und Valtin und der alte Zernitz selbst dem Spiele beiwohnen würden. Lange vor sieben Uhr hatte man Gretchen abgeholt, und in breiter Reihe, als ob sie zusammengehörten, schritten jetzt alle gemeinschaftlich auf das Rathaus zu. Die Freitreppe, die hinaufführte, war mit Neugierigen besetzt, auch mit solchen, die drinnen ihre Plätze hatten und nur wieder ins Freie getreten waren, um so lange wie möglich noch der frischen Luft zu genießen. Denn in dem niedrig gewölbten Saal war es stickig, und kein anderes Licht fiel ein als ein gedämpftes von Flur und Treppe her. In der zweiten Reihe waren ihnen unter Beistand eines alten Stadt- und Ratsdieners einige Mittelplätze freigehalten worden, auf denen sie bequemlich Platz nahmen, erst Zernitz selbst und Emrentz, dann Valtin und Grete. Das war auch die Reihenfolge, in der sie saßen. Grete war von Anfang an nur Aug' und Ohr, und als Emrentz ihr aus einem Sandelkästchen allerhand Süßigkeiten bot, wie sie damals Sitte waren, überzuckerte Frucht und kleine Theriak-Kügelchen, dankte sie und weigerte sich, etwas zu nehmen. Valtin sah es und flüsterte ihr zu: »Fürchtest du dich?«

»Ja, Valtin. Bedenke, das Jüngste Gericht.«

»Wie kannst du nur? Es sind ja Puppen.«

»Aber sie bedeuten was, und ich weiß doch nicht, ob es recht ist.«

»Das hat dir Trud ins Gewissen gered't«, lachte Emrentz, und Grete nickte.

»Glaub ihr nicht; es ist 'ne fromme Sach. Und in Stendal haben sie's in der Kirchen gespielt.« Und dabei nahm Emrentz eine von den kandierten Früchten und drückte den Stengel in ihres Alten große Sommersprossenhand. Der aber nickte ihr zärtlich zu, denn er nahm es für Liebe.

Während dieses Gesprächs hatte sich der Saal auf allen Plätzen gefüllt. Viele standen bis nach dem Ausgange zu, vor den Zernitzens aber saß der alte Peter Guntz, der schon zum vierten Male Bürgemeister war, und den sie um seiner Klugheit und Treue willen immer wieder wählten, trotzdem er schon an die Achtzig zählte. »Das ist ja Grete Minde«, sagte er, als er des Kindes ansichtig wurde. »Sei brav, Gret.« Und dabei sah er sie mit seinen kleinen und tiefliegenden Augen freundlich an.

Und nun wurd es still, denn auf dem Rathausturme schlug es sieben, und die Gardine, die bis dahin den Bühnenraum verdeckt hatte, wurde langsam zurückgezogen. Alles erschien anfänglich in grauer Dämmerung, als sich aber das Auge an das Halbdunkel gewöhnt hatte, ließ sich die Herrichtung der Bühne deutlich erkennen. Sie war, der Breite nach, dreigeteilt, wobei sich der treppenförmige Mittelraum etwas größer erwies als die beiden Seitenräume, von denen der eine, mit der schmalen Tür, den Himmel, und der andere, mit der breiten Tür, die Hölle darstellte. Engel und Teufel standen oder hockten umher, jeder auf der ihm zuständigen Seite, während eine hagere Puppe, mit weißem Rock und trichterförmiger Filzmütze, die dem lebendigen Hanswurst des Vormittagsrittes genau nachgebildet schien, zu Füßen der großen Mitteltreppe saß, deren Stufen zu Christus und Maria hinaufführten. Was nur der Hagere hier sollte? Grete fragte sich's und wußte keine Antwort; allen anderen aber war kein Zweifel, zu welchem Zweck er da war, und daß ihm oblag, Schergendienste zu tun und die Sonderung in Gut' und Böse, nach einer ihm werdenden Order oder vielleicht auch nach eigenem souveränem Ermessen, durchzuführen. Und jetzt erhob sich Christus von seinem Thronsessel und gab mit der Rechten das Zeichen, daß das Gericht zu beginnen habe. Ein Donnerschlag begleitete die Bewegung der Hand, und die Erde tat sich auf, aus der nun, erst langsam und ängstlich, dann aber rasch und ungeduldig, allerhand Gestalten ans Licht drängten, die sich, irgendeinem berühmten Totentanz entnommen, unschwer als Papst und Kaiser, als Mönch und Ritter und viel andere noch erkennen ließen. Ihr Hasten und Drängen entsprach aber nicht dem Willen des Weltenrichters, und auf seinen Wink eilte jetzt der sonderbare Scherge herbei, drückte die Toten wieder zurück und schloß den Grabdeckel, auf den er sich nun selber gravitätisch setzte.

Nur zwei waren außerhalb geblieben, ein wohlbeleibter Abt mit einem roten Kreuz auf der Brust und ein junges Mädchen, ein halbes Kind noch, in langem, weißem Kleid und mit Blumen im Haar, von denen einzelne Blätter bei jeder Bewegung niederfielen. Grete starrte hin; ihr war, als würde sie selbst vor Gottes Thron gerufen, und ihr Herz schlug, und ihre zarte Gestalt zitterte. Was wurd aus dem Kind? Aber ihre bange Frage mußte sich noch gedulden, denn der Abt hatte den Vortritt, und Christus, in einem Ton, in dem unverkennbar etwas von Scherz und Laune mitschwang, sagte:

Mönchlein, schau hin, du hast keine Wahl,
Die schmale Pforte, dir ist sie zu schmal.

Und im selben Augenblick ergriff ihn der Scherge und stieß ihn durch das breite Tor nach links hin, wo kleine Flammen von Zeit zu Zeit aus dem Boden aufschlugen.

Und nun stand das Kind vor Christi Thron. Maria aber wandte sich bittend an ihren Sohn und Heiland und sprach an seiner Statt:

Dein Tag war kurz, dein Herze rein,
Dafür ist der Himmel dein.
Geh ein!
Unter Engeln sollst du ein Engel sein.

Und Engel umfingen sie, und es war ein Klingen wie von Harfen und leisem Gesang. Und Grete drückte Valtins Hand. Unter allen Anwesenden aber herrschte die gleiche Befriedigung, und der alte Zernitz flüsterte: »Hör, Emrentz, *der* versteht's. Ich glaube jetzt, daß er vor Kaiser und Reich gespielt hat.«

Und das Spiel nahm seinen Fortgang.

Inzwischen, es hatte zu dunkeln begonnen, waren die Mindes in dem rechts neben der Flurtür gelegenen Unterzimmer versammelt und nahmen an einem Tisch, der nur zur Hälfte gedeckt war, ihre Abendmahlzeit ein. Der alte Jakob Minde hatte den Platz an der einen Schmalseite des Tisches, während Trud und Gerdt, seine Schwieger und sein Sohn, an den Längsseiten einander gegenübersaßen, Trud steif und aufrecht, Gerdt bequem und nachlässig in Kleidung und Haltung. In allem der Gegenpart seines Weibes; auch seines Vaters, der trotz eines Zehrfiebers, an dem er litt, aus einem starken Gefühle dessen, was sich für ihn zieme, die Schwäche seines Körpers und seiner Jahre bezwang.

Es schien, daß Trud ihre schon vormittags gegen Emrentz gemachten Bemerkungen über das Puppenspiel eben wiederholt hatte, denn Jakob Minde, während er einzelne von den großen Himbeeren nahm, die, wie er es liebte, mit den Stielchen abgepflückt worden waren, sagte: »Du bist zu streng, Trud, und du bist es, weil du nur unser Tangermündisch Tun und Lassen kennst. Und in Alt-Gardelegen ist es nicht anders. Aber draußen in der Welt, in den großen Ländern und Städten, da wagt sich die Kunst an alles Höchste und Heiligste, und sie haben fromme und berühmte Meister, die nie anderes gedacht und gedichtet und gemalt und gemeißelt haben als die Glorie des Himmels und die Schrecknisse der Hölle.«

»Ich weiß davon, Vater«, sagte Trud ablehnend. »Ich habe solche Bilder in unsrer Gardelegener Kirche gesehen, aber ein Bild ist etwas anderes als eine Puppe.«

»Bild oder Puppe«, lächelte der Alte. »Sie wollen dasselbe, und das macht sie gleich.«

»Und doch, Vater, mein ich, ist ein Unterschied, ob ein frommer und berühmter Meister, wie du sagst, eine Schilderei malt zur Ehre Gottes oder ob ein unchristlicher Mann, mit einem Türkenweib und einem Pickelhering, Gewinnes halber über Land zieht und mit seinem Spiel die Schenken füllt und die Kirchen leert.«

»Ach, kommt es daher?« lachte Gerdt und streckte sich noch bequemer in seinen Stuhl. »*Daher* also. Warst heut in der Pfarr', und da haben wir nun den Pfarrwind. Ja, das ist Gigas; er bangt um sich und seine Kanzel. Und nun gar das Jüngste Gericht! Das ist ja sein eigener Acker, den er am besten selber pflügt. So wenigstens glaubt er. Weiß es Gott, ich hab ihn nie sprechen hören, auch nicht bei Hochzeit und Kindelbier, ohne daß ein höllisch Feuer aus irgendeinem Ritz oder Ritzchen aufgeschlagen wär. Und nun kommt dieser Puppenspieler und tut's ihm zuvor und brennt uns ein wirklich Feuerwerk ...«

Er konnte seinen Satz nicht enden, denn in ebendiesem Augenblicke hörten sie vom Marktplatze her einen dumpfen Knall, der so heftig war, daß alles Gerät im Zimmer in ein Klirren und

Zittern kam; und eh sie noch einander fragen konnten, was es sei, wiederholten sich die Schläge, dreimal, viermal, aber schwächer. Trud erhob sich, um auf die Straße zu sehen, und ein dicker Qualm, der sich in Höhe der gegenübergelegenen Häuser hinzog, ließ keinen Zweifel, daß bei den Puppenspielern ein Unglück geschehn sein müsse. Flüchtig Vorübereilende bestätigten es, und Trud, indem sie sich ins Zimmer zurückwandte, sagte triumphierend: »Ich wußte es: Gott läßt sich nicht spotten.« Auf Gerdts blassem und gedunsenem Gesicht aber wechselten Furcht und Verlegenheit, wodurch es nicht gewann, während der alte Minde sein Käpsel abnahm und mit halblauter Stimme die Barmherzigkeit Gottes und den Beistand aller Heiligen anrief. Denn er war noch aus den katholischen Zeiten her. In einem Anfluge von Teilnahme war Trud, die sonst gern ihre herbe Seite herauskehrte, an den Alten herangetreten und hatte ihre Hand auf die Rückenlehne seines Stuhles gelegt, als sie aber den Namen Gretens zum dritten Mal aus seinem Munde hörte, wandte sie sich wieder ab und schritt unruhig und übellaunig im Zimmer auf und nieder. Man sah, daß sie fremd in diesem Hause war und keine Gemeinschaft mit den Mindes hatte.

Sie war eben wieder ans Fenster getreten und sah nach dem Marktplatze hin, als sie plötzlich, inmitten einer Gruppe, Greten selbst erkannte, die, mit einem Stück Zeug unter dem Kopf, auf einer Bahre herangetragen wurde. War sie tot? Es war oft ihr Wunsch gewesen; aber dieser Anblick erschütterte sie doch. »Gott, Grete!« rief sie und sank in einen Stuhl.

Die Träger hatten mittlerweile die Bahre niedergesetzt und trugen das schöne Kind, dessen Arme schlaff herabhingen, von der Straße her ins Zimmer. »Hier«, sagte Gerdt, als er die Leute verlegen und unschlüssig dastehen sah, und wies auf eine mit Kissen überdeckte Truhe. Und auf ebendiese legten sie jetzt die scheinbar Leblose nieder. Mit ihnen war auch die alte Regine, die Pflegerin Gretens, jammernd und weinend eingetreten und beruhigte sich erst, als nach Besprengen mit frischem Wasser ihr Liebling die Augen wieder aufschlug.

»Wo bin ich?« fragte Grete. »Ach … nicht in der Hölle.«

»Gott, mein süß Gretel«, zitterte Regine hin und her. »Was sprichst du nur? Du bist ja ein gutes und liebes Kind. Und ein gutes und liebes Kind, das kommt in den Himmel. Aber das ist auch noch nicht, noch lange nicht. Du kommst auch noch nicht in den Himmel. Du bist noch bei uns. Gott sei Dank. Gott sei Dank. So sieh doch, sieh doch, ich bin ja deine alte Regine.«

Die Träger standen noch immer verlegen da, bis der alte Minde sie bat, ihm zu erzählen, was vorgefallen sei. Aber sie wußten nicht viel, da sie wegen des großen Andrangs nur draußen auf der Treppe gewesen waren. Sie hatten nur gehört, daß, gegen Schluß hin, ein brennender Papierpfropfen in das mit Schwärmern und Feuerrädern angefüllte Vorratsfaß des Puppenspielers gefallen sei und daß es im selben Augenblick einen Schlag und gleich darauf ein furchtbar Menschengedränge gegeben habe. In dem Gedräng' aber seien zwei Frauen und ein sechsjährig Kind elendiglich ums Leben gekommen.

Grete richtete sich auf, ersichtlich, um zu sprechen und den Bericht nach ihrem eigenen Erlebnis zu vervollständigen; als sie aber ihrer Schwieger ansichtig wurde, wandte sie sich ab und sagte: »Nein, ich mag nicht.«

Trud wußte wohl, was es war. Sie nahm deshalb ihres Mannes Hand und sagte: »Komm. Es ist besser, Grete bleibt allein. Wir wollen in die Stadt gehen und sehen, wo Hilfe not tut.« Und damit gingen beide.

Als sie fort waren, wandte sich Grete wieder und sagte, ohne daß es einer neuen Aufforderung bedurft hätte: »Ja, so war es. Der Hagre mit den Schlackerbeinen und der häßlichen, spitzen Filzmütze bat Ihn eben, daß Er ihm als einen Bringerlohn eine von den Seelen wieder freigeben solle – da gab es einen Knall, und als ich mich umsah, sah ich, daß alles nach der Tür hindrängte. Denn da, wo das Spiel gewesen war, war alles Rauch und Qualm und Feuer. Und ich dachte, der letzte Tag sei da. Und Emrentz hatte mich bei der Hand genommen und zog mich mit sich fort. Aber mit einem Male war ich von ihr los, und da stand ich nun und schrie, denn es war, als ob sie mich erdrückten, und zuletzt hatt' ich nicht Luft noch Atem mehr. Da packte mich Valtin von hinten her und riß mich aus dem Gedränge heraus und in den Saal zurück. Und ich meinte, daß er irre geworden, und so wollt ich wieder in den Knäuel hinein. Er aber zwang mich auf eine Bank nieder und hielt mich mit beiden Händen fest. ›Willst du mich morden?‹ rief ich. ›Nein, retten will ich dich.‹ Und so hielt er mich, bis er sehen mochte, daß das Gedränge nachließ. Und nun erst nahm er mich auf seinen Arm und trug mich über den Vorplatz und die Treppe hinunter, bis wir unten auf dem Marktplatz waren. Da schwanden mir die Sinne. Und was weiter geschehen, weiß ich nicht. Aber das weiß ich, daß ich ohne Valtin erdrückt oder verbrannt oder vor Angst gestorben wäre.«

Der alte Minde war an einen Schrank getreten, um von seinem Melissengeist, den er noch bei den Brügger Karmeliterinnen erstanden hatte, ein paar Tropfen in ein Spitzglas mit Wein und Wasser zu tun. Grete nahm es; und als eine halbe Stunde später Trud und Gerdt von ihrem Ausgange zurückkehrten, versicherte sie, kräftig genug zu sein, um ohne Beistand in ihre hohe Giebelstube hinaufsteigen zu können.

REGINE

Diese Giebelstube teilte sie mit der alten Regine, die von lange her das Mindesche Hauswesen führte. Freilich, seit Trud da war, war es anders geworden, aber zu niemandes rechter Zufriedenheit. Am wenigsten zur Zufriedenheit der alten Regine. Diese setzte sich jetzt an das Bett ihres Lieblings, und Grete sagte: »Weißt du, Regine, Trud ist böse mit mir.«

Regine nickte.

»Und darum konnt ich's nicht sagen«, fuhr Grete fort, »ich meine das von dem Valtin, und daß er mich aus dem Feuer herausgetragen; und sie merkte wohl, was es war und warum ich schwieg und mich abwandte. Denke nur, ich soll nicht mehr sprechen mit ihm. Ja, so will sie's; ich weiß es von ihm selbst; er hat mir's heute gesagt. Und er hat es von der Emrentz. Aber die hat gelacht. Höre, Regine, der Emrentz könnt ich gut sein. Wenn ich doch eine Mutter hätt wie die! Ach, meine Mutter! Glaubst du nicht, daß sie mich lieb hätte?«

»Das hätte sie«, sagte Regine und fuhr mit der Hand sich über das Auge; »das hätte sie. Jede Mutter hat ihr Kind lieb, und *deine* Mutter ... ach, ich mag es gar nicht denken. Ja, mein Gretelchen, da hätten wir andere Tage, du und ich. Und der Vater auch. Er ist jetzt krank, und Trud ist hart mit ihm und glaubt es nicht. Aber ich weiß es und weiß schon, was ihm fehlt; ein Herz fehlt ihm, und das ist es, was an ihm nagt und zehrt. Ja, deine Mutter fehlt ihm, Gret. Er war nicht mehr jung, als er sie von Brügg her ins Haus bracht, aber er liebte sie so, und das mußt er auch, denn sie war ein Engel. Ja, so war sie.«

»Und wie sah sie aus? Sage mir's.«

»Ach, du weißt es ja. Wie du. Nur hübscher, so hübsch du bist. Denn es ist, als ob du das blasse Bild von ihr wärst. Und so war es gleich den ersten Tag, als dein Vater dich auf den Arm nahm und sagte: ›Sieh, Gerdt, das ist deine Schwester.‹ Aber er wollte dich nicht sehn. Und als ich ihm zuredete und sagte: ›Sieh doch nur ihre schwarzen Augen; die hat sie von der Mutter‹, da lief er fort und sagte: Von *ihrer* Mutter. Aber das ist nicht meine.«

»Und wie war denn *seine* Mutter? Hast du sie noch gekannt?«

»O gewiß.«

»Und war sie schöner?«

»Ach, was du nur frägst, Gretel. Schöner als deine Mutter? Schöner war keine. 's war eine Stendalsche, weiter nichts, und der alte Zernitz, der sie nicht leiden konnt und immer über sie lachte, wiewohlen sie mit seiner eignen Frau zum Verwechseln war, der sagte: ›Höre, Regine, sieht sie nicht aus wie der Stendalsche Roland?‹ Und wahrhaftig, so sah sie auch aus, so steif und so lang und so feierlich. Und auch so schlohweiß, denn sie trug immer selbstgebleichtes Linnen! Und warum trug sie's? Weil sie geizig war; und es sollt immer mehr und mehr werden. Denn sie war eines reichen Brauherrn Tochter, und alles Geld, das wir haben, das kommt von ihr.«

»Und hatte sie der Vater auch lieb?«

»Ich hab ihm nicht ins Herz gesehen. Aber ich glaub's nicht recht. Denn sieh, sie hatte keine Liebe, und wer keine Liebe hat, der find't auch keine. Das ist so Lauf der Welt, und es war just so, wie's mit der Trud ist. Aber ein Unterschied ist doch. Denn unsre Trud, obwohlen sie mir das gebrannte Herzeleid antut, ist doch hübsch und klug und weiß, was sie will, und paßt ins Haus, und hat eine vornehme Art. Das haben so die Gardelegenschen. Aber die Stendalsche, die hatt' es nicht und hat keinem was gegönnt und paßte *nicht* ins Haus, und wäre nicht der

Grabstein mit der langen Inschrift, es wüßte keiner mehr von ihr. Auch Gigas nicht. Und zu dem hielt sie sich doch und ging in die Beichte.«

»Und zu *dem* soll ich nun auch gehen, Regine; morgen schon. Trud ist bei ihm gewesen, und das Spielen und Klettern soll nun ein End' haben, und ich soll vernünftig werden, so sagen sie. Aber ich fürchte mich vor Gigas. Er sieht einen so durch und durch, und mir ist immer, als mein' er, ich verstecke was in meinem Herzen und sei noch katholisch von der Mutter her.«

»Oh, nicht doch, Gret. Er hat dich ja selbst getauft. Und jeden Sonntag bist du zur Kirch und singst Doktor Lutheri Lieder und singst sie, wie sie Gigas nicht singen kann. Ich hör immer deine feine kleine Stimme. Nein, nein, laß nur und ängst'ge dich nicht. Er meint es gut. Und nun schlaf, und wenn du von dem Puppenspiele träumst, so gib acht, mein Gretel, und träume von der Seite, wo die Engel stehn.«

Und damit wollte sie nebenan in ihre Kammer gehen. Aber sie kehrte noch einmal um und sagte: »Und weißt du, Grete, der Valtin ist doch ein guter Jung'. Alle Zernitzens sind gut ... Und von dem Valtin darfst du *auch* träumen. Ich erlaub es dir; *ich*, deine alte Regine.«

GRETE BEI GIGAS

Es war den andern Vormittag, und von Sankt Stephan schlug es eben zehn, als Trud und Grete die Lange Straße hinaufgingen. Trotz früher Stunde brannte die Sonne schon, und beide standen unwillkürlich still und atmeten auf, als sie den schattigen Lindengang erreicht hatten, der, an der niedrigen Kirchhofsmauer entlang, auf das Predigerhaus zu lief. Auch dieses Haus selber lag noch unter alten Linden versteckt, in denen jetzt viele Hunderte von Sperlingen zwitscherten. Eine alte Magd, als die Glocke das Zeichen gegeben, kam ihnen von Hof oder Küche her entgegen und wies, ohne gegrüßt oder gefragt zu haben, nach links hin auf die Studierstube. Wußte sie doch, daß Frau Trud immer willkommen war.

Es war ein sehr geräumiges Zimmer, mit drei großen und hohen Fenstern, ohne Vorhänge, wahrscheinlich um das wenige Licht, das die Bäume zuließen, nicht noch mehr zu verkümmern. An den Wänden hin liefen hohe Regale mit hundert Bänden in braun und weißem Leder, während an einem vorspringenden Pfeiler, gerade der Tür gegenüber, ein halblebensgroßes Kruzifix hing, das auf einen langen eichenen Arbeitstisch herniedersah. Auf diesem Tische, zwischen aufgeschlagenen Büchern und zahlreichen Aktenstößen, aber bis an die Kruzifixwand zurückgeschoben, erhob sich ein zierliches, fünfstufiges Ebenholztreppchen, das oben einen Totenkopf und unten um seinen Sockel her einen Kranz von roten und weißen Rosen trug. Eigene Zucht. Zehn oder zwölf, die das Zimmer mit ihrem Dufte füllten.

Gigas, als er die Tür gehen hörte, wandte sich auf seinem Drehschemel und erhob sich, sobald er Trud erkannte. »Ich bitt Euch, Platz zu nehmen, Frau Minde.« Dabei schob er ihr einen Stuhl zu und fuhr in seiner Rede fort: »Das ist also Grete, von der Ihr mir erzählt habt, Eure Schwieger und Euer Kind. Denn Ihr tragt es auf dem Herzen, und sein Wohl und Weh ist auch das Eure. Und das schätz ich an Euch, Frau Minde. Denn der Teufel mit seinen Listen geht immer um, am meisten aber bei der Jugend, und von ihr gilt es doppelt: ›Wachet und betet, daß ihr nicht in Anfechtung fallet.‹ Betest du, Grete?«

»Ja, Herr.«

»Oft?«

»Jeden Abend.«

Er sah, daß Grete zitterte und immer auf Trud blickte, aber nicht um Rat und Trostes willen, sondern aus Scham und Scheu. Und Gigas, der nicht nur das menschliche Herz kannte, sondern sich aus erbitterten Glaubenskämpfen her auch einen Schatz echter Liebe gerettet hatte, wandte sich jetzt an Trud und sagte: »Ich spräche gern allein mit dem Kind. So's Euch gefällt, Frau Minde, wartet auf mich in Hof oder Garten. Ihr wißt den Weg.«

Und damit erhob sich Trud und verließ das Zimmer. Grete folgte mit dem Ohr und wurd erst ruhiger, als sie die schwere Hoftür in den Rollen gehn und wieder zuschlagen hörte.

Auch Gigas hatte gewartet. Nun aber fuhr er fort: »Also jeden Abend betest du, Grete. Das hör' ich gern. Aber was betest du?«

»Ich bete die sieben Bitten.«

»Das ist gut. Aber was betest du noch?«

»Ich bet auch einen Spruch, den mich unsre alte Regine gelehrt hat.«

»Das ist die Magd, die dich großgezogen, eh deine Schwieger ins Haus kam?«

»Ja, Herr.«

»Und wie lautet der Spruch? Ich möcht ihn wohl hören. Denn sieh, Grete, das mußt du wissen, ein für allemal, so, wie wir beten, so sind wir. Es ist schon ein Zeichen, wie der Mensch zum Menschen spricht, aber wie der Mensch zu Gott spricht, das entscheidet über ihn. Da liegt es, gut oder böse. Willst du mir den Spruch sagen? Du mußt dich nicht fürchten vor mir. Sammle dich und besinne dich. Sieh, ich will dir auch eine Rose schenken. Da. Und wie gut sie dich kleidet. Du gleichst deiner Mutter, aber nicht in *allem,* denk ich. Denn du weißt doch, daß sie sich zu dem alten Glauben hielt. Und sie mied mich, wenn ich in euer Haus kam. Aber ich habe für sie gebetet. Und nun sage mir deinen Spruch.«

»Ich glaube, Herr, es ist ein Lied.«

»Auch das ist gut. Spruch oder Lied. Aber beginne.«

Und nun faltete Grete die Hände und sagte, während sie zu dem Alten aufsah:

Himmelwärts
Richte Gott mein sündig Herz,
Laß der Kranken und der Armen
Mich in ihrer Not erbarmen;
Was ich irdisch gebe hin,
Ist mir himmlischer Gewinn.

Gigas lächelte. Die Lieblichkeit des Kindes ließ das Feuer, das sonst wohl auf seiner Stirn hoch aufgeschlagen hätte, nicht übermächtig werden, und er sagte nur: »Nein, Grete, das macht es nicht; darin erkenn ich noch die Torheit von den guten Werken. Lernen wir lieber einen andern Spruch. Denn sieh, unsre guten Werke sind nichts und bedeuten nichts, weil all unser Tun sündig ist von Anfang an. Wir haben nichts als den Glauben, und nur eines ist, das sühnet und Wert hat: der Gekreuzigte.«

»Ja, Herr ... Ich weiß ... Und ich hab einen Splitter von seinem Kreuz.« Und sie zog in freudiger Erregung eine Goldkapsel aus ihrem Mieder.

Gigas war einen Augenblick zurückgetreten, und seine roten Augen schienen roter geworden. Aber er sammelte sich auch diesmal rasch wieder und nahm die Kapsel und betrachtete sie. Sie hing an einem Kettchen. In das obere Kapselstück war eine Mutter Gottes in feinen Linien eingegraben, innerhalb aber lag ein rotes Seidenläppchen und in diesem der Splitter. Der Alte knipste das Deckelchen wieder zu und sagte dann ruhig: »Es ist Götzendienst, Grete.«

»Ein Andenken, Herr! Ein Andenken von meiner Mutter. Und es ist alles, was ich von ihr hab. Ich habe sie nicht mehr gekannt, Ihr wißt es. Aber Regine hat mir das Kettchen umgehängt, als ich meinen zehnten Geburtstag hatte. So hat sie's der Mutter versprechen müssen, und seitdem trag ich es Tag und Nacht.«

»Und ich will es dir nicht nehmen, Grete, *jetzt* nicht. Aber ich denke, der Tag soll kommen, wo du mir es *geben* wirst. Denn verstehe wohl: Wir sollen ein Kreuz tragen, aber keinen Splitter von seinem Kreuz, und nicht auf unserm Herzen soll es ruhen, sondern in ihm. Und nun laß uns gute Freunde sein. Ich sehe, du hast einen offenen Sinn und bist anders, als ich dachte. Aber es geht noch um in dir, und die Regine, mit der ich sprechen will, hat nicht gebührlich gesorgt, den alten Spuk mit seinen Ränken und Listen auszutreiben. Ich denke, Grete, wir wollen die Tenne rein fegen und die Spreu von dem Weizen sondern. Du hast das rechte Herz, aber noch nicht den rechten Glauben, und irrt der Glaube, so irrt auch das Herz. Und nun geh, Grete. Und die Gnade Gottes sei mit dir.«

Sie wollte seine Hand küssen, aber er litt es nicht und begleitete sie bis an die Stufen, die von der Diele her zu der Haustür hinaufführten. Hier erst wandt er sich wieder und ging über Flur und Hof auf den Garten zu, wo Trud, inmitten eines Buchsbaumganges, in stattlicher Haltung auf und nieder schritt. Beide begrüßten einander, und die Magd, die von ihrem Küchenfenster aus sehen konnte, wie der Alte sich aufrichtete und grader ging als gewöhnlich, verzog ihr Gesicht und murmelte vor sich hin: »Nicht zu glauben! … Und ist so alt und so fromm!« Und dabei kicherte sie und ließ an ihrem Lachen erkennen, daß sie den Gedanken in ihrer Seele weiterspann.

Trud und Gigas waren inzwischen den Garten hinaufgegangen und hielten vor einem runden Beet, das mit Rittersporn und gelben Studentenblumen dicht besetzt war. »Ich kann Euch nicht folgen, Frau Trud, in dem, was Ihr mir über das Kind gesagt habt«, sagte Gigas. »Ihr verkennt es. Es ist ein verzagtes Herz und kein trotzig Herz. Ich sah, wie sie zitterte, und der Spruch, den sie sagen sollte, wollt ihr nicht über die Lippen. Nein, es ist ein gutes Kind und ein schönes Kind. Wie die Mutter.«

In Truds Augen zuckte wieder ein gelber Strahl auf, denn sie hörte nicht gern eines andern Lob, und in herbem Tone wiederholte sie: »Wie die Mutter … Ich muß es glauben, daß sie schön war. *Ihr* sagt es, und alle Welt sagt es. Aber ich wollte, sie wär es weniger gewesen. Denn damit zwang sie's und hat unser Haus behext und in den alten Aberglauben zurückfallen lassen. So fürcht ich. Und daß ich's offen gesteh, ich traue dem alten Jakob Minde nicht, und ich traue der Regine nicht. Und widerstünd es mir nicht, den Horcher und Späher im eigenen Haus zu machen, ich glaube, daß ich noch manches fänd wie Bild und Splitter.«

»Saget das nicht, Frau Trud. Euren Vater, den alten Ratsherrn, kenn ich von Beicht' und Abendmahl und hab ihn allemal treu befunden. So das Unwesen aber im Mindeschen Hause umginge, was Gott in seiner Gnade verhüten wolle, so müßt ich Euch verklagen, Frau Trud, Euch, zu der ich mich alles Besten versehen habe. Denn Ihr beherrschet das Haus. Euer Vater ist alt, und Euer Eheherr ist ein Wachs in Eurer Hand, und Ihr wißt es wohl, aller Samen, der vom Unkraut fällt und wuchert, ist ein Unheil und schädigt uns das Korn für unsere himmlischen Scheuern.«

Sie hatten ihren Gang um das Rondell herum wieder aufgenommen, aus dessen kleinen dreieckigen Beeten die junge Frau jetzt einzelne Blumen pflückte. Beide schwiegen. Endlich sagte Trud: »Ich beherrsche das Haus, sagt Ihr. Ja, ich beherrsch es, und man gehorcht mir; aber es ist ein toter Gehorsam, von dem das Herz nicht weiß. *Das* trotzt mir und geht seinen eigenen Weg.«

»Aber Grete ist ein Kind.«

»Ja und nein. Ihr werdet sie nun kennenlernen. Achtet auf ihr Auge. Jetzt schläft es, und dann springt es auf. Es ist etwas Böses in ihr.«

»In uns allen, Frau Trud. Und nur zwei Dinge sind, es zu bändigen: der Glaube, den wir uns erbitten, und die Liebe, die wir uns erziehn. Liebt Ihr das Kind?« Und sie senkte den Blick.

DAS MAIENFEST

Ein Jahr beinah war vergangen, und die Tangermünder feierten, wie herkömmlich, ihr Maienfest. Das geschah abwechselnd in dem einen oder andern jener Waldstücke, die die Stadt in einem weiten Halbkreis umgaben. In diesem Jahr aber war es im *Lorenzwald*, den die Bürger besonders liebten, weil sich eine Sage daran knüpfte, die Sage von der Jungfrau Lorenz. Mit dieser Sage aber verhielt es sich so: Jungfrau Lorenz, ein Tangermünder Kind, hatte sich in dem großen, flußabwärts gelegenen Waldstück, das damals noch die Elbheide hieß, verirrt, und als der Abend hereinbrach und noch immer kein Ausweg sichtbar wurde, betete sie zur Mutter Gottes, ihr beizustehen und sich ihrer Not zu erbarmen. Und als sie so betete, da nahte sich ihr ein Hirsch, ein hoher Elfender, der legte sich ihr zu Füßen und sah sie an, als spräch er: »Ich *bin* es, besteige mich nur.« Und sie bestieg mutig seinen Rücken, weil sie fühlte, daß ihr die Mutter Gottes das schöne Tier in Erhörung ihres Gebetes geschickt habe, und klammerte sich an sein Geweih. Der Hirsch aber trug sie, zwischen den hohen Stämmen hin, aus der Tiefe des Waldes heraus, bis an das Tor und in die Mitte der Stadt. Da blieb er und ließ sich fangen. Und die Stadt gab ihm ein eingehürdet Stück Weideland und hielt ihn in Schutz und Ansehen bis an seinen Tod. Und auch da noch ehrten sie das fromme Tier, das der Mutter Gottes gedient hatte, und brachten sein Geweih nach Sankt Nikolai und hingen es neben dem Altarpfeiler auf. Den Wald aber, aus dem die Jungfrau hinausgetreten, nannten sie den Lorenzwald.

Und dahin ging es heut. Die Gewerke zogen aus mit Musik und Fahnenschwenken, und die Schulkinder folgten, Mädchen und Knaben, und begrüßten den Mai. Und dabei sangen sie:

Habt ihr es nicht vernommen?
Der Lenz ist angekommen!
Es sagen's euch die Vögelein,
Es sagen's euch die Blümelein,
Der Lenz ist angekommen.

Ihr seht es an den Feldern,
Ihr seht es an den Wäldern;
Der Kuckuck ruft, der Finke schlägt,
Es jubelt, was sich froh bewegt,
Der Lenz ist angekommen.

Und auch Trud und Gerdt, als der Nachmittag da war, hatten in gutem Mute die Stadt verlassen. Grete mit Regine folgten. Draußen aber trafen sie die Zernitzens, alt und jung, die sich's auf mitgebrachten und umgestülpten Körben bequem gemacht und nun gar noch die Freud' und Genugtuung hatten, die jungen Mindes, mit denen sie lieber als mit den andern Bürgersleuten verkehrten, an ihrer Seite Platz nehmen zu sehen. Auch Valtin und Grete begrüßten sich, und in kurzem war alles Frohsinn und guter Laune, voran der alte Zernitz, der sich, nach Abtretung seines Platzes an Trud, auf den Rain hingelagert und sein sichtliches und immer wachsendes Gefallen daran hatte, der stattlichen, in vollem Staat erschienenen jungen Frau über ihre Schönheit allerlei Schönes zu sagen. Und diese, hart und herbe, wie sie war, war doch Frau genug, sich der Schmeichelrede zu freuen. Emrentz drohte mit Eifersucht und lachte dazwischen, Gerdt summte vor sich hin oder steckte Butterblumenstielchen ineinander, und inmitten von Scherz und Geplauder sah ein jeglicher auf die sonnige Wiese hinaus, wo sich bunte Gruppen um Buden und Karussell drängten, Bürger nach der Taube schossen und Kinder ihren Ringelreihen tanzten. Ihr Singen klang von der großen Linde her herüber, an deren untersten Zweigen rote und gelbe Tücher hingen.

So mocht eine halbe Stunde vergangen sein, als sie, von der Stadt her, gebückt auf seinem flandrischen Pferde, des alten Minde gewahr wurden. Inmitten seiner Einsamkeit war er plötzlich von einer tiefen Sehnsucht erfaßt worden, den Mai noch einmal mitzufeiern; und nun kam er den breiten Waldweg herauf, auf die Stelle zu, wo die Zernitzens und Mindes gemeinschaftlich lagerten. Ein Diener schritt neben dem Pferde her und führte den Zügel. Was wollte der Alte? Wozu kam er? Und Trud und Gerdt empfingen ihn mit kurzen, rasch herausgestoßenen Fragen, die mehr nach Mißstimmung als nach Teilnahme klangen, und nur Grete freute sich von Herzen und sprang ihm entgegen. Und als nun Decken für ihn ausgebreitet lagen, stieg er ab und setzte sich an einen guten Platz, der den Waldschatten über sich und die sonnenbeschienene Lichtung vor sich hatte. Grete pflückte Blumen und sagte: »Soll ich dir einen Kranz flechten?«

Aber der Alte lächelte: »Noch nicht, Grete. Ich warte noch ein Weilchen.« Und sie sah ihn mit ihren großen Augen an und küßte stürmisch seine welke Hand. Denn sie wußte wohl, was er meinte.

Eine Störung war sein Kommen gewesen, das empfanden alle, vielleicht er selbst. Der alte Zernitz zeigte sich immer schweigsamer, Emrentz auch, und Trud, um wenigstens zu sprechen und vielleicht auch um der beobachtenden Blicke Gretens überhoben zu sein, sagte zu dieser: »Du solltest unter die Linde gehen, Grete.«

»Und Valtin begleitet dich«, setzte Emrentz hinzu.

Beide wurden rot, denn sie waren keine Kinder mehr. Aber sie schwiegen und gingen auf die Wiese hinaus. »Sie wollen allein sein«, sagte Grete. »Seien wir's auch.« Und an den Schau- und Spielbuden vorbei nahmen sie, kreuz und quer, ihren Weg auf die kleinen und großen Gruppen zu, die sich bei Ringelstechen und Taubenschießen erlustigten. Aber zu der Linde, wo die Kinder spielten, gingen sie nicht.

Es war sehr heiß, so daß sie bald wieder den Schatten aufsuchten, und jenseits der Lichtung angekommen, verfolgten sie jetzt einen halb überwachsenen Weg, der sich immer tiefer in den Wald hineinzog. Es glühte schon in den Wipfeln, da flog eine Libelle vor ihnen her, und Grete sagte: »Sieh, eine Seejungfer. Wo die sind, da muß auch Wasser sein. Ein Sumpf oder ein Teich. Ob schon die Teichrosen blühn? Ich liebe sie so. Laß uns danach suchen.«

Und so gingen sie weiter. Aber der Teich wollte nicht kommen, und plötzlich überfiel es Greten: »Wo sind wir, Valtin? Ich glaube, wir haben uns verirrt.«

»Nicht doch. Ich höre ja noch Musik.«

Und sie blieben stehen und horchten.

Aber ob es eine Täuschung gewesen war, oder ob die Musik eben jetzt zu schweigen begann, gleichviel, beide strengten sich vergeblich an, einen neuen Klang aufzufangen. Und es half auch zu nichts, als sie das Ohr an die Erde legten.

»Weißt du, Grete«, sagte Valtin, »ich werd hier hinaufsteigen. Das ist ein hoher Baum, da hab ich Übersicht, und es kann keine tausend Schritt sein.« Und er schwang sich hinauf und kletterte von Ast zu Ast, und Grete stand unten, und ein Gefühl des Alleinseins durchzitterte sie. Nun war er oben.

»Siehst du was?« rief sie hinauf.

»Nein. Es sind hohe Bäume rundum. Aber laß nur, die Sonne muß uns den Weg zeigen; wo sie niedergeht, ist Abend, und die Stadt liegt nach Mittag zu. Soviel weiß ich gewiß. Also *da* hinaus müssen wir.« Und gleich darauf war er wieder unten bei der ihn bang Erwartenden.

Sie schlugen nun die Wegrichtung ein, die Valtin von oben her mit der Hand bezeichnet hatte. Aber so sehr sie spähten und suchten, die Waldwiese kam nicht, und Grete setzte sich müd und matt auf einen Baumstumpf und begann leise vor sich hin zu weinen.

»Meine süße Grete«, sagte Valtin, »sei doch nicht so bang.« Und er umarmte sie und küßte sie herzlich. Und sie litt es und schlug nicht mehr nach ihm, wie damals unter dem Kirschbaum; nein, ein Gefühl unendlichen Glückes überkam sie mitten in ihrer Angst, und sie sagte nur: »Ich will nicht mehr weinen, Valtin. Du bist so gut. Und wer gut ist, dem zuliebe geschehen Zeichen und Wunder. Und siehe, dessen bin ich gewiß, wenn wir zu Gott um seine Hilfe bitten, dann hilft er auch und führt uns aus dem Walde wieder ins Freie und wieder nach Haus. Gerade wie damals die Jungfer Lorenz. Denn wir sind ja hier im Lorenzwald.«

»Ja, Grete, da sind wir. Aber wenn der Hirsch käm und es wirklich gut mit uns meinte, dann trüg er uns an eine andre Stelle, denk ich, und *nicht* nach Haus. Denn wir haben eigentlich kein Haus, Grete. Du nicht, und ich auch nicht. Emrentz ist ein gute Frau, viel besser als Trud, und ich danke Gott alle Tage dafür; aber so sie mir nichts zuleide tut, so tut sie mir auch nichts zuliebe. Sie putzt sich, und das ist alles. Nein, Grete, *nicht* in die Stadt und *nicht* nach Haus, lieber weit, weit fort, in ein schönes Tal, von Bergen eingeschlossen, und oben weiß von Schnee und unten bunt von Blumen …«

»Wo ist das?«

»Ich weiß es nicht. Aber ich hab einmal in einem alten Buche davon gelesen, und da wurde mir das Herz so weit. Zwischen hohen Felswänden liegt es, und der Sturm geht drüber hin und trifft es nie; und die Sonne scheint, und die Wolken ziehen; und ist kein Krieg und keine Krankheit; und die Menschen, die dort leben, lieben einander und werden alt und sterben ohne Schmerz.«

»Das ist schön«, sagte Grete. »Und nun komm und laß uns sehen, ob wir's finden.«

Und dabei lachten sie beide und schritten wieder rüstig vorwärts, denn die Schilderung von dem Tale hatte Gretchen erfrischt und ihr ihren Mut und ihre Kraft zurückgegeben. Und eine kleine Strecke noch, da lichtete sich's, und wie Dämmerung lag es vor ihnen. Aber statt der Waldwiese war es ein Uferstreifen, auf den sie jetzt hinaustraten, und dicht vor ihnen blitzte der breite Strom. »Ich will sehen, wohin er fließt«, sagte Valtin und warf einen Zweig hinein. »Nun weiß ich's. *Dorthin* müssen wir.« Und sie schritten flußabwärts nebeneinander her. Die Sterne kamen und spiegelten sich, und nicht lange mehr, so hörten sie das Schlagen der Glokken, und die Turmspitze von Sankt Stephan stieg in dunklen Umrissen vor ihnen auf.

Es war neun Uhr oder schon vorüber, als sie das Mindesche Haus erreichten. Valtin trat mit in das untere Zimmer, in dem sich um diese Stunde nur noch Trud und Gerdt befanden, und sagte: »Hier ist Grete. Wir hatten uns verirrt. Aber ich bin schuld.« Und damit ging er wieder, während Grete verlegen in der Nähe der Tür stehenblieb.

»Verirrt«, sagte jetzt Trud, und ihre Stimme zitterte. »Ja, verirrt. Ich denke, weil ihr's wolltet. Und wenn ihr's *nicht* wolltet, weil ihr ungehorsam wart und nicht Zucht und Sitte kennt. Ihr solltet zu den Kindern gehen. Aber das war euch zuwider. Und so ging es in den Wald. Ich werde mit Gigas sprechen und mit deinem Vater. Der soll mich hören. Denn ich will nicht üble Nachred' im Haus, ob er's gleich selber so gewollt hat. Gott sei's geklagt ...! Was bracht er uns das fremde Blut ins Haus! Das fremde Blut und den fremden Glauben. Und arm wie das Heimchen unterm Herd.«

In diesem Augenblick stand Grete vor Trud, und ihre bis dahin niedergeschlagenen Augen blitzten in einem unheimlichen Feuer auf: »Was sagst du da von fremd und arm? Arm! Ich habe mir's von Reginen erzählen lassen. Sie kam aus einem Land, wo sie glücklich war, und hier hat sie geweint und sich zurückgesehnt, und vor Sehnsucht ist sie gestorben. Arm! Wer war arm? Wer? Ich weiß es. *Du* warst arm. Du!«

»Schweig«, sagte Gerdt.

»Ich schweige nicht. Was wollt ihr? Ich bin nicht euer Kind. Gott sei Dank, daß ich's nicht bin. Ich bin eure Schwester. Und ich wollt, ich wär auch *das* nicht. Auch das nicht. Verklagt mich. Geht hin, und erzählt ihm, was ich gesagt hab. Ich werd ihm erzählen, was ich gehört hab, heute draußen im Wald und hundertmal hier in diesem, seinem Haus. Oh, ich hab euch zischeln hören. Und ich weiß alles, alles. Ihr wartet auf seinen Tod. Streitet nicht. Aber noch lebt er, und solange er lebt, wird er mich schützen. Und ist er tot, so schütz ich mich *selbst*. Ja, ich schütze mich selbst. Hörst du, Trud.« Und sie ballte ihre kleinen Hände.

Trud, in ihrem Gewissen getroffen, erkannte, daß sie zu weit gegangen, während Grete plötzlich aller Scheu los und ledig war, die sie bis dahin vor ihrer Schwieger gehabt hatte. Sie hatte das Gefühl eines vollkommenen Sieges und stieg, in der Freude darüber, in den zweiten Stock hinauf. Oben fand sie Reginen und erzählte ihr alles, was unten geschehen. »Kind, Kind, das tut nicht gut, das kann sie dir nicht vergessen.« Aber Grete war übermütig geworden und sagte: »Sie fürchtet sich vor mir. Laß sehn; ich habe nun bessere Tage.«

JAKOB MINDES TOD

Und wirklich, es war, als ob Grete recht behalten sollte. Weder des Umherirrens im Walde noch des heftigen Streites, der den Tag beschlossen, wurde von Trud irgend noch erwähnt; allem Anscheine nach auch gegen Gigas nicht, der sonst kaum ermangelt haben würde, von dem graden Pfade des Rechts und von dem »Irrpfad in der Wildnis« zu sprechen. Aber solche Predigt unterblieb, und die Sommermonate vergingen ruhiger als irgendeine Zeit vorher. Aller Groll schien vergessen, und Grete, die, nach Art leidenschaftlicher Naturen, ebenso rasch zu gewinnen als zu reizen war, gewöhnte sich daran, in den Stunden, wo Gerdt außerhalb des Hauses seinen Geschäften nachging, in Truds Schlafzimmer zu sitzen und ihr vorzuplaudern oder vorzulesen, was sie besonders liebte. Und wenn Regine den Kopf schüttelte, sagte sie nur: »Du bist eifersüchtig und kannst sie nicht leiden. Aber sie meint es gut, und es war auch nicht recht, daß wir in den Wald gingen.«

So kam der Einsegnungstag, Ende September, und den Sonntag darauf war Abendmahl, an dem alle Mitglieder des Hauses teilnahmen. Alle zeigten sich in gehobener Stimmung, der alte Jakob Minde aber, trotzdem er nur mit Mühe den Kirchgang gemacht hatte, war mitteilsamer denn seit lange, plauderte viel von seiner Jugend und seinem Alter, und sprach auch abwechselnd und ohne Scheu von Gerdts und von Gretens Mutter, als ob kein Unterschied wäre. Trud und Gerdt sahen dabei einander an, und was in ihren Blicken sich ausgesprochen hatte, das sollte sich andern Tages bestätigen. Denn in aller Frühe schon lief es durch die Stadt, daß der alte Ratsherr auf den Tod liege, und als um die sechste Stunde der Schein der niedergehenden Sonne drüben an den Häuserfronten glühte, bat er Regine, daß sie die Vorhänge zurückschieben und die Kinder rufen solle. Und diese kamen, und Grete nahm seine Hand und küßte sie. Gleich danach aber winkte der Alte seine Schwieger zu sich heran und sagte: »Ich lege sie dir ans Herz, Trud. Erinnere dich allezeit an die Mahnung des Propheten: ›Laß die Waisen Gnade bei dir finden.‹ Erinnere dich daran, und handle danach. Versprich es mir, und vergiß nicht diese Stunde.« Trud antwortete nicht, Grete aber warf sich auf die Knie und schluchzte und betete, und ehe sie ihren Kopf wieder aufrichtete, war es still geworden in dem kleinen Raum.

Am dritten Tage danach stand der alte Minde hoch aufgebahrt in Sankt Stephan, der Tangermündischen Hauptkirche, die, nach Art mittelalterlicher Gotteshäuser, hart am Rande der Stadt gelegen war. Auf dem Altar brannten die großen Kerzen, und rings umher saßen die Ratsmannen der Stadt, obenan der alte Peter Guntz, der nicht geglaubt hatte, seinen so viel jüngeren Freund überleben zu müssen. Keiner fehlte; denn die Mindes waren das älteste Geschlecht und das vornehmste, wirkliche Kaufherren, und seit Anbeginn im Rate der Stadt. In nächster Nähe des Sarges aber standen die Leidtragenden. Gerdt sah vor sich hin, stumpf wie gewöhnlich, während Trud und Grete, schwarz und in wollene Stoffe gekleidet, zum Zeichen ihrer tiefsten Trauer bis über Kinn und Mund hinauf hohe weiße Tücher trugen, die nur den Oberkopf frei ließen. Grete, kaum fünfzehn Jahr, sah um vieles älter aus, als sie war, und alles Kindliche, das ihre Erscheinung bis dahin gehabt hatte, schien mit diesem Tage von ihr gewichen.

Die Orgel spielte, die Gemeinde sang, und als beide schwiegen, trat Gigas aus der Sakristei und schritt auf die Altarstufen zu. Er schien noch ernster als gewöhnlich, und sein Kopf mit dem spärlichen weißen Haar sah unbeweglich über die hohe Radkrause hinweg. Und nun begann er. Erst hart und herbe, wie fast immer die Strenggläubigen, wenn sie von Tod und Sterben sprechen; als er aber das Allgemeine ließ und vom Tod überhaupt auf *diesen* Toten kam, wurd er warm und vergaß aller Herbigkeit. Er, dessen stummes Antlitz hier spräche, so hob er mit immer eindringlicher werdender Stimme an, sei ein Mann gewesen wie wenige, denn er habe beides gehabt, den Glauben und die Liebe. Da sei keiner unter ihnen, an dem er seine Liebe nicht betätigt habe; der Arme habe seine Mildtätigkeit, der Freund seine Hilfe, die Bürgerschaft seinen Rat erfahren, und seine klugen und feinen Sitten seien es gewesen, die bis nach Lübeck und bis in die Niederlande hin das Ansehen der Stadt auf die jetzige Höhe gehoben hätten. Dies wüßten alle. Aber von seinem Glauben und seiner Glaubensfestigkeit wisse nur er. Und wenn schon jeder in Gefahr stehe, Unkraut unter seinem Weizen aufschießen zu sehen, so habe doch diese Gefahr keinem so nahe gestanden wie diesem Toten. Denn nicht nur, daß er eine Reihe von Jahren unter den Bekennern der alten Irrlehre gelebt, die bedrohlichste Stunde für das Heil seiner Lehre sei die Stunde seiner zweiten Eheschließung gewesen. Denn die Liebe zum Weibe, das sei die größte Versuchung in unsrer Liebe zu Gott. Aber er hab ihr widerstanden und habe nicht um irdischen Friedens willen den ewigen Frieden versäumt. In seinem Wandel ein Vorbild, werde sich die selige Verheißung, die Christus der Herr auf dem Berg am Galiläischen Meer gegeben, dreifach an ihm erfüllen. Sei er doch friedfertig und sanftmütig gewesen und reinen Herzens.

Und nun sangen sie wieder, während die Träger den Toten aufhoben und ihn das Mittelschiff entlang aus der Kirche hinaus auf den Kirchhof trugen. Denn ein Grab im Freien war sein letzter Wille gewesen. Draußen aber, unter alten Kastanienbäumen, deren Laub sich herbstlich zu färben anfing, setzten sie den Sarg nieder, und als er hinabgelassen und das letzte Wort gesprochen war, kehrten alle heim, und Trud und Gerdt schritten langsam die Straße hinunter, bis an das Mindesche Haus, das nun das ihre war. Nur Grete war geblieben und huschte heimlich in die Kirche zurück und setzte sich auf die Bahre, die noch an alter Stelle stand. Sie wollte beten, aber sie konnte nicht und sah immer nur Trud, so herb und streng, wie sie sie *früher* gesehen hatte, und fühlte deutlich, wie sich ihr Herz dabei zusammenschnürte. Und eine Vorahnung überkam sie wie Gewißheit, daß Regine doch wohl recht gehabt haben könne. So saß sie und starrte vor sich hin und fröstelte. Und nun sah sie plötzlich auf und gewahrte, daß das Abendrot in den hohen Chorfenstern stand, und daß alles um sie her wie in lichtem Feuer glühte: die Pfeiler, die Bilder und die hochaufgemauerten Grabsteine. Da war es ihr, als stünde die Kirche rings in Flammen, und von rasender Angst erfaßt, verließ sie den Platz und floh über den Kirchhof hin.

In den engen Gassen war es schon dunkel geworden; der rote Schein, der sie geängstigt, schwand vor ihren Augen, und ihr Herz begann wieder ruhiger zu klopfen.

Als sie aber den Flur ihres Hauses erreicht hatte, stieg sie zu Reginen hinauf und umarmte sie und küßte sie und sagte: »Regine, nun bin ich ganz allein. Eine Waise!«

EINE RITTERKETTE

Eine Waise war sie, und sie sollt es nur allzubald empfinden. Anfangs ging es, auch noch um die Christzeit, als aber Ostern herankam, wurd es anders im Haus, denn es geschah, was nicht mehr erwartet war: Trud genas eines Knäbleins. Da war nun die Freude groß, und auch Grete freute sich. Doch nicht lange. Bald mußte sie wahrnehmen, daß das Neugeborene alles war und sie nichts; Regine kochte den Brei, und sie gab ihn. Daß sie selber ein Herz habe und ein Glück verlange, daran dachte niemand; sie war nur da um andrer Glückes willen. Und das verbitterte sie.

Ein Trost war, daß sie Valtin häufiger sah. Denn Trud hatte für nichts Sinn mehr als für das Kind, und nur selten, wenn sie sich aus Laune oder Zufall auf ihr Hüteramt besann, fiel sie vorübergehend in ihre frühere Strenge zurück.

So vergingen die Tage, meist ohne Streit, aber noch mehr ohne Lust und Freud', und als es jährig war, daß sie den alten Minde von seinem Platz vor dem Altar auf den Kirchhof hinausgetragen hatten, ging Grete gen Sankt Stephan, um seiner an seinem Grabe zu gedenken.

Es war ein schöner Oktobertag, und die Kastanien lagen ausgestreut umher. Grete setzte sich auf den Hügel, und das Bild des geliebten Toten stand wieder vor ihrer Seele, blaß und freundlich, und sie hing ihm noch in süßer Trauer nach, als sie sich plötzlich bei Namen gerufen hörte. Sie sah auf und erkannte Valtin. Er hatte sie das Haus verlassen sehen und war ihr nachgegangen.

»Wie geht es?« fragte Grete.

Valtin antwortete nicht gleich. Endlich sagte er: »Ich mag nicht klagen, Grete, denn dein eigen Herz ist voll. Aber das muß wahr sein, Emrentz ist wie vertauscht und hat was gegen mich. Und erst seit kurzem. Denn, wie du weißt, ich hatt' es nicht gut und hatt' es nicht schlecht. So hab ich dir oft gesagt, und so war es. Aber seit ihr das Kleine habt, ist es anders. Und jeden Tag wird es schlimmer. Es ist ordentlich, als ob sie's der Trud nicht gönnte. Was meinst du?«

Grete schüttelte den Kopf. »Nein, das ist es nicht. Ich weiß aber, was es ist, und Trud ist wieder schuld. Sie verredet dich bei der Emrentz. Das ist es.«

»Verredet mich? Ei, da laß doch hören«, sagte Valtin.

»Ja, verredet dich. Ich weiß es von der Regine. Die war in der Hinterstub' oben und wiegte das Kind, als sie beid' am Fenster saßen. Und da hörte sie dein Lob aus der Emrentz Mund, und wie sie sagte: Du seist ein guter Jung' und machtest ihr das Leben nicht schwer, was du doch könntest, denn sie sei ja noch jung und deine Stief. Aber das mißfiel unsrer Trud, und sie nahm ihren spöttischen Ton an und fragte nur, ob sie denn blind sei. Und ob sie nicht säh, wie dir der Schalk im Nacken säße. Du lachtest ja über sie.«

Valtins Augen waren immer größer geworden, aber Grete sah es nicht und fuhr unverändert fort: »Und das glaube nur, Regine hört alles und sieht alles. Und sie sah auch, wie sich Emrentz verfärbte, erst rot und dann erdfahl im ganzen Gesicht. Und so bitterbös. Und dann hörte sie, wie sie der Trud zuflüsterte: ›Ich danke dir, Trud, und ich will nun ein Auge darauf haben.‹«

»Also daher!« sagte Valtin. »Aber gut, daß ich es weiß. Ich will sie zur Rede stellen, eure Trud, wenn ich ihr auf Flur oder Treppe begegne. Mich verreden. Das ist schlecht.«

»Und unwahr dazu.«

Valtin schwieg eine Weile. Dann nahm er Gretens Hand und sagte beinahe kleinlaut: »Nein, unwahr eigentlich nicht. Es ist wahr, ich habe mich abgewandt und hab auch gelacht. Aber ich tat's nicht in Bösem und wollt ihr nicht wehe tun. Und das weiß die Trud auch. Und sie weiß auch, daß ich der Emrentz nicht gram bin, nein, ganz und gar nicht, und daß ich mich eigentlich freue, daß er sie gern hat, wenn ich auch so manchmal meine Gedanken darüber habe. Denn er ist ein andrer Mann worden, und unser Haus ist ein ander Haus worden als vordem; und das alles dank ich ihr. Eine Stief ist freilich eine Stief, gewiß, das bleibt, und wenn ich da bin, ist es gut, und wenn ich nicht da bin, ist es noch besser; ich weiß es wohl, und es geht ihr nichts zu Herzen, wenn's nicht eine neue Mod' oder ein Putz oder eine Gasterei ist; aber eigentlich hab ich sie doch gern, und weißt du, Gret, ich werde mit *ihr* sprechen und nicht mit der Trud. Ich bin jetzt achtzehn, und mit achtzehn, da darf man's. Und ich wette, sie nimmt's gut auf und gibt mir einen Kuß und ruft den Vater und erzählt ihm alles und sagt ihm alles und sagt ihm auch, daß er schuld sei, ja, er, und daß sie *mich* heiraten wolle, nächstens schon, wenn er nicht anders würde, ganz anders. Und dann lacht er immer, weil er es gern hört. Aber sie sagt es noch lieber.«

Grete, die, während er sprach, eine Menge der umherliegenden Kastanien gesammelt und aufgezogen hatte, hing sie jetzt als Schnur um den Hals und sagte: »Wie kleidet es mir?«

»Ach, dir kleidet alles. Du weißt es ja, und alle Leute wissen's. Und sie sagen auch, es sei hart, daß du dein Leben so vertrauern mußt. Immer so mit dem Kind ...«

Grete seufzte. »Freilich, es ist nichts Fein's; aber bei Tag ist es ein Spielzeug, und dann sieh, dann gibt mir's auch zu lachen, wenn ich so seh, wie sie das Würmchen aufputzen und einen kleinen Prinzen aus ihm machen möchten. Denn du mußt wissen, es ist ein häßlich Kind, und alles an ihm hat eine falsche Stell' und paßt nicht recht zusamm', und ich seh es in Gedanken schon groß, wie's dann auch so hin- und herschlenkert, grad wie der Gerdt, und sitzt immer krumm und eingesunken und streckt die Beine weit, weit von sich. Ach, es hat schon jetzt so lange dünne Beinchen. Wie die Spinn' an der Wand.«

»Und Trud?« fragte Valtin.

»Die sieht nur, daß es ein hübsches Kind ist, oder sie tut doch so. Und dann fragt sie mich: ›Nicht wahr, Gret, es sieht gut?‹ Und wenn ich dann schweig oder verlegen seh, dann redet sie auf mich ein, und dann heißt es: ›Sieh doch nur den Mund, ist er nicht klein? Und hat auch nicht solchen Wulst. Und seine Augen stehen nicht so vor.‹ Aber es hilft ihr nichts, es ist und bleibt der Gerdt und ist ihm wie aus dem Gesicht geschnitten.«

Valtin schüttelte den Kopf und sagte: »Und das ist alles, was du hast?«

»Ja und nein. Und du mußt mich nicht bedauern. Denn ich habe ja noch die Regine, die mir von alten Zeiten erzählt, und ich habe Gigas, der mir seine Blumen zeigt. Und dann hab ich den Kirchhof. Und mitunter, wenn ich ein rechtes Glück hab, dann hab ich *dich.*«

Er sah sie zärtlich an und sagte: »Du bist so gut und trägst alles und willst *nichts.*«

Sie schüttelte den Kopf. »Ich will eigentlich viel, Valtin.«

»Ich glaub's nicht.«

»Doch, doch. Denn sieh, Liebe will ich, und das ist viel. Und ich kann kein Unrecht sehn. Und wenn ich's seh, da gibt es mir einen Stich, hier gerad ins Herz, und ich möchte dann weinen und schrein.«

»Das ist es ja, Grete. Darum bist du ja so gut.«

Und er nahm ihre Hand und drückte sie und sagte ihr, wie lieb er sie habe. Und dann sprach er leiser und fragte sie, ob sie sich nicht öfter sehen könnten, so wie heut, und so ganz wie von ungefähr. Und dann nannt er ihr die Plätze, wo's am ehesten ginge. Hier der Kirchhof sei gut, aber eigentlich die Kirche drin, die sei noch besser. Am besten aber sei die *Burg*, da sei niemand und sei alles so schön und so still und der Blick so weit.

Grete war es zufrieden, und so sagten sie einander zu, daß sie, solange die schönen Herbsttage dauerten, sich allwöchentlich einmal oben auf der Burg treffen und miteinander plaudern wollten. Und als sie das beschlossen, hing ihm Grete die Kastanienkette um, die sie bis dahin getragen, und sagte ihm, er sei nun ihr Ritter, der zu ihr halten und für sie fechten und sterben müsse. Und dabei lachten sie. Gleich danach aber trennten sie sich und gingen auf verschiedenen Wegen, auf daß niemand sie zusammen sähe, wieder in ihre Wohnung zurück.

AUF DER BURG

Sie hielten Wort, und eine Woche später, während welcher Grete mehr als seit lang unter Truds Launen und einem Rückfall in ihre frühere Strenge gelitten hatte, trafen sie sich nachmittags auf dem Kirchhof und gingen durch Tor und Vorstadt erst bis an die »Freiheit« und dann auf einem ansteigenden Schlängelwege bis zur Burg selbst hinauf. Hier, auf dem großen Außenhof, der zugleich als Wirtschaftshof diente, war ein buntes und bewegtes Leben: im Taktschlag klang es von der Tenne her, die Scheunentore standen offen, und die Mädchen, die beim Flachsbrechen waren, sangen über den Hof hin:

Es waren zwei Königskinder,
Die hatten einander so lieb,
Sie konnten zusammen nicht kommen,

Das Wasser war viel zu tief.
Ach Liebster, könntest du schwimmen,
So schwimme doch her zu mir …

Es klang so traurig. Aber die Gesichter der Mädchen lachten dabei.

»Hörst du«, sagte Valtin, »das gilt uns. Sieh nur die Hübsche mit dem Flachskopf. Sieht sie nicht aus, als könnte sie sich ihr Brauthemd von ihrem eigenen Wocken spinnen?«

Grete schwieg.

Ihr war so weh. Endlich sagte sie: »Laß uns gehen, Valtin. Ich weiß nicht, was es ist. Aber das fühl ich, daß ich hier auch stehen und die Hände fleißig rühren und singen möcht. Sieh nur, wie die Spreu von der Tenne fliegt. Es ist alles so frei und lustig hier, und wenn ich hier mitstünd, ich glaube, da verwehte manches, was mich quält und drückt.«

Valtin suchte nach einem Trosteswort, und sie schritten, als er sie wieder beruhigt, über einen wüsten Grasplatz, auf einen aufgemauerten und halb ausgetrockneten Graben zu, der den großen äußeren Burghof von dem kleinen inneren trennte. Eine schmale Zugbrücke führte hinüber, und sie passierten sie. Drinnen war alles still. Der Efeu wuchs hoch am Gemäuer auf, und in der Mitte stand ein alter Nußbaum, dessen weites Geäst den halben Hofraum überdachte. Und um den ausgehöhlten Stamm her war eine Bank. Grete wollte sich setzen; Valtin aber nahm ihre Hand und sagte: »Nicht hier, Grete; es ist zu stickig hier.« Und damit gingen sie weiter bis an den Fuß eines steilen, in die Rasenbettung eingeschnittenen Treppchens, das oben auf einen breiten, von zwei Türmen flankierten Wallgang mündete. Zwischen diesen Türmen aber lief eine dicke, niedrige Felssteinmauer, die nur um ein paar Fuß höher war als der Wallgang selbst. Und auf diese Mauer setzten sie sich und sahen in die Landschaft hinaus. Zu Füßen hatten sie den breiten Strom und die schmale Tanger, die spitzwinklig in den Strom einmündete; drüben aber, am andern Ufer, dehnten sich die Wiesen, und dahinter lag ein Schattenstrich, aus dessen Lichtungen hier und dort eine vom Abendrot übergoldete Kirchturmspitze hervorblickte. Der Himmel blau, die Luft frisch; Sommerfäden zogen, und in das Geläut der ersten heimwärts ziehenden Herden mischte sich von weit her das Anschlagen der Abendglocke.

»Ach, wie schön«, sagte Grete. »Jahr und Tag, daß ich nicht hier oben war. Und mir ist fast, als hätt ich es nie gesehen.«

»Das macht, daß wir einen so schönen Tag haben«, sagte Valtin.

»Nein, das macht, daß es hier so frisch und so weit ist, und zu Haus ist es so dumpf und so eng. Da bin ich wie gefangen und eingemauert wie die Stendalsche Nonne, von der mir Regine so oft erzählt hat.«

»Und du möchtest fort.«

»Lieber heut als morgen. Entsinnst du dich noch, Maifest vorm Jahr, als wir uns verirrt hatten und auf den Hirsch warteten, der uns aus dem Walde hinaustragen sollte!«

Valtin nickte.

»Sieh, da sprachst du von einem Tal, das tief in Bergen läg, und der Sturm ginge drüber hin, und wäre kein Krieg, und die Menschen liebten einander. Und ich weiß, daß ich das Tal in Wachen und in Träumen sah. Viele Wochen lang. Und ich sehnte mich danach und wollte hin. Aber heute will ich nur noch fort, nur noch weg aus unserm Haus. Wohin, ist gleich. Es schnürt mir die Brust zusammen, und ich habe keinen Atem mehr.«

»Aber du hast doch die Regine, Gret. Und Gigas ist gut mit dir. Und dann sieh, Emrentz kann dich leiden. Ich weiß es, sie hat mir's selber gesagt, keine drei Tag' erst, als ich mein' Aussprach' mit ihr hatt'. Und dann, Grete, du weißt ja, dann hast du mich.«

Sie blickte sich scheu-verlegen um. Und als sie sah, daß sie von niemand belauscht wurden, trat sie rasch auf ihn zu, strich ihm das Haar aus der Stirn und sagte: »Ja, dich hab ich. Und ohne dich wär ich schon tot.«

Valtin zitterte vor Bewegung. Er erkannte wohl, wie tief unglücklich sie sei, und sagte nur: »Was ist es, Grete? Sag es. Vielleicht, daß ich es mit dir tragen kann. Was drückt dich?«

»Das Leben.«

»Das Leben?« Und er sah sie vorwurfsvoll an.

»Nein, nein. Vergiß es. Nicht das Leben. Aber der Tag drückt mich; jeder; heute, morgen und der folgende wieder. Endlos, endlos. Und ist kein Trost und keine Hilfe.«

»Der Tag«, wiederholte Valtin vor sich hin, und es war, als überleg er's und mustre die Reihen seiner eigenen Tage.

»Ja, der Tag«, fuhr Grete fort. »Und jede Stund' ist lang wie das Jahr. Kaum, daß ich den Morgenschlaf aus den Augen hab, so heißt es: ›Das Kind, das Kind.‹ Und nun spring ich auf und mache das Bad und mache den Brei. Und nun ist das Bad viel zu heiß und der Brei viel zu kalt. Und dann wieder: ›Das Kind und das Kind.‹ Und an mir sehen sie vorbei, als wär ich der Schatten an der Wand. Ach, ich weiß, es ist eine Sünd', aber ich muß mir's heruntersprechen von der Seel', und wahr ist es und bleibt es, ich hass' es. Und so kommt Mittag, und wir sitzen an dem runden Tisch, und ich spreche das Gebet. Sprech es, und niemand hört darauf. Und wenn ich das letzte Wort gesprochen, so heißt es: ›Grete, sieh, ich glaub, es schreit.‹ Und dann bring ich es, und dann soll ich essen mit dem Kind im Arm. Und wenn es hübsch wär. Aber es ist so häßlich und sieht mich an, als erriet es all meine Gedanken. Und so leb ich. In meines Vaters Haus ohne Heimat! Unter Bruder und Schwester, und ohne Liebe! Es tötet mich, daß mich niemand liebt. Ach, wie's mich danach verlangt! Nur ein Wort, nur ein einzig Wort.« Und sie warf sich auf die Knie und legte den Kopf auf den Stein und weinte bitterlich.

»Es kommen andere Tage«, sagte Valtin. »Und wir wollen aushalten. Und wenn sie *nicht* kommen, eins mußt du wissen, Gret, ich tu alles, was du willst. Sage, daß ich hier hinunterspringe, so spring ich, und sage, daß du fort willst, so will ich auch fort. Und wenn es in den Tod ging! Ich kann nicht leben ohne dich. Und ich will auch nicht.«

Grete war aufgesprungen und sagte: »*Das* hab ich hören wollen. Das, das! Und nun kann ich wieder leben, weil ich dies Elend nicht mehr endlos seh. Ich weiß nun, daß ich's ändern kann, jeden Tag und jede Stunde. Sieh mich nicht so an. Erschrick nicht. Ich bin nicht so wild und unbändig, wie du denkst. Nein, ich will still und ruhig sein. Und wir wollen aushalten, wie du sagst, und wollen hoffen und harren, bis wir groß sind und unser Erbe haben. Denn wir haben doch eins, nicht wahr? Und haben wir *das*, Valtin, so haben wir uns, und dann haben wir die ganze Welt. Und dann sind wir glücklich. Ach, wie mir so leicht ums Herz geworden! Und nun komm und laß uns gehn. Die Sonn' ist unter, und die letzten Herden sind eben herein.«

Er war es zufrieden, und sie wandten sich und gingen heimwärts, erst unter dem Nußbaum hin und dann über die kleine Zugbrücke fort, die von dem inneren Burghof in den Außenhof führte. In dem Sumpfwasser unter ihnen stand das Rohr und wuchs hoch hinauf bis an das Brückengebälk. Ein paar blaue Dolden, blattlos und auf langen Stielen, blühten einsam dazwischen. Und nun waren sie wieder jenseits und sahen, daß alle Arbeit in Hof und Tenne schwieg. Die Mädchen, die beim Flachsbrechen gewesen waren, hatten sich mit den Knechten auf Bretter und Balken gesetzt, die, hoch aufgeschichtet, an einem Holunderzaune lagen, und sangen allerlei Lieder, Lustiges und Schelmisches, und neckten sich untereinander. Als sie aber des jungen Paares ansichtig wurden, brachen sie plötzlich ab und nahmen wie von selber die Weise wieder auf, die sie, eine Stunde vorher, bei beider Kommen gesungen hatten:

Ach, Tochter, herzliebste Tochter,
Allein sollst du nicht gehn,
Weck auf deine jüngste Schwester
Und laß sie mit dir gehn.

Ach, Mutter, herzliebste Mutter,
Meine Schwester ist noch ein Kind,
Sie pflückt ja all die Blumen,
Die auf grüner Heide sind.

Valtin und Grete waren rascher zugeschritten, und die letzten Worte des Liedes verklangen ihnen unklar und halb gehört. Aber die Weise traf noch ihr Ohr, als sie das Burgtor schon lang im Rücken hatten.

ZU WEIHNACHTEN

»Ich kann nun wieder leben«, hatte Grete gesagt, und wirklich, das Leben wurd ihr leichter seitdem. Ein beinah freudiger Trotz, dem sie sich, auch wenn sie gehorchte, hingeben konnte, half ihr über alle Kränkungen hinweg. Sie gehorchte ja nur noch, weil sie gehorchen wollte. Wollte sie *nicht* mehr, so konnte sie, wie sie zu Valtin gesagt hatte, jeden Tag »dem Spiel ein Ende machen«. Und wirklich, ein Spiel war es nur noch, oder sie wußt es doch in diesem Lichte zu sehen. Das gab ihr eine wunderbare Kraft, und wenn sie dann spät abends in ihre Giebelstube hinaufstieg, die sie, seit das Kind unten aus der ersten Pflege war, wieder mit Reginen bewohnte, so gelang es ihr, mit dieser zu lachen und zu scherzen. Und wenn es dann hieß: »Aber nun schlafe, Gret«, dann wickelte sie sich freilich in ihre Decken und schwieg, aber nur, um sich in wachen Träumen eine Welt der Freiheit und des Glückes aufzubauen. Dabei sah sie sich am liebsten am Bug oder Steuer eines Schiffes stehen, und der Seewind ging, und es war Nachtzeit, und die Sterne funkelten. Und sie sah dann hinauf, und alles war groß und weit und frei. Und zuletzt überkam es sie wie Frieden inmitten aller Sehnsucht, ihr Trotz wurde Demut, und an Stelle des bösen Engels, der ihren Tag beherrscht hatte, saß nun ihr guter Engel an ihrem Bett. Und wenn sie dann andren Tags erwachte und hinuntersah auf den Garten und den Pfau auf seiner Stange kreischen hörte, dann fragte sie sich: »Bist du noch du selbst? Bist du noch unglücklich?« Und mitunter wußte sie's kaum. Aber freilich, auch andere Tage kamen, wo sie's wußte, nur allzu gut, und wo weder ihr guter noch ihr böser Engel, weder ihre Demut noch ihr Trotz sie vor einem immer bitterer und leidenschaftlicher aufgärenden Groll zu schützen wußte.

Ein solcher Tag, und der bittersten einer, war der Weihnachtstag, an dem auch diesmal ein Christbaum angezündet wurde. Aber nicht für Grete. Grete war ja groß, nein, nur für das Kleine, das denn auch nach den Lichtern haschte und vor allem nach dem Goldschaum, der reichlich in den Zweigen glitzerte. »'s ist Gerdts Kind«, sagte Grete, der ihres Bruders Geiz und Habsucht immer ein Abscheu war; und sie wandte sich ihren eigenen Geschenken zu. Es waren ihrer nicht allzu viele: Lebkuchen und Äpfel und Nüsse, samt einem dicken Spangengesangbuch (trotzdem sie schon zwei dergleichen hatte), auf dessen Titelblatt in großen Buchstaben und von Truds eigener Handschrift geschrieben war: Sprüche Salomonis, Kap. 16, Vers 18.

Sie kannte den Vers nicht, wußte aber, daß er ihr nichts Gutes bedeuten könne, und sobald sich's gab, war sie treppauf, um in der großen Bibel nachzuschlagen. Und nun las sie: »Wer zugrunde gehen soll, der wird stolz, und stolzer Mut kommt vor dem Fall.«

Es schien nicht, daß sie verwirrt oder irgendwie betroffen war, sie strich nur, schnell entschlossen, die von Trud eingeschriebene Zeile mit einer dicken Feder durch, blätterte hastig in dem Alten Testamente weiter, als ob sie nach einer bekannten, aber ihrem Gedächtnis wieder halb entfallenen Stelle suche, und schrieb dann ihrerseits die Prophetenstelle darunter, die des alten Jakob Minde letzte Mahnung an Trud enthalten hatte: »Lasse die Waisen Gnade bei dir finden.« Und nun flog sie wieder treppab und legte das Buch an seinen alten Platz. Trud aber hatte wohl bemerkt, was um sie her vorgegangen, und als sie mit Gerdt allein im Zimmer war, sah sie nach und sagte, während sie sich verfärbte: »Sieh und lies!« Und er nahm nun selber das Buch und las und lachte vor sich hin, wie wenn er sich ihrer Niederlage freute. Denn seine hämische Natur kannte nichts Liebres als den Ärger anderer Leute, seine Frau nicht ausgenommen. Zwischen dieser aber und Greten unterblieb jedes Wort, und als der Fasching kam, den die Stadt diesmal ausnahmsweise prächtig mit Aufzügen und allerlei Mummenschanz feierte, schien der Zwischenfall vergessen. Und auch um Ostern, als sich alles zu dem herkömmlichen großen Kirchgang rüstete, hütete sich Trud wohl, nach dem Buche zu fragen. Wußte sie doch, daß es Gret unter dem Weißzeug ihrer Truhe versteckt hatte. Denn sie mocht es nicht sehen.

DER HERR KURFÜRST KOMMT

Und nun war Hochsommerzeit (der längste Tag schon um vier Wochen vorüber), und die Bürger, wenn sie spät abends aus dem Rathauskeller heimgingen, versicherten einander, was übrigens niemand bestritt, »daß die Tage schon wieder kürzer würden«. Da kam an einem Mittwoch plötzlich die Nachricht in die Stadt, daß der allergnädigste Herr Kurfürst einzutreffen und einen Tag und eine Nacht auf seiner Burg Tangermünde zuzubringen gedenke. Das gab ein großes Aufsehen und noch mehr der Unruhe, weilen der Herr Kurfürst in eben jenen Tagen nicht bloß von seinem lutherischen Glauben zum reformierten übergetreten, sondern auch infolge dieses Übertritts die Veranlassung zu großer Mißstimmung und der Gegenstand allerheftigster Angriffe von seiten der Tangermündischen Hitzköpfe geworden war. Und nun kam er selbst, und während viele der nur zu begründeten Sorge lebten, um ihrer ungebührlichen und lästerlichen Rede willen zur Rechenschaft gezogen zu werden, waren andere, ihres Glaubens und Gewissens halber, in tiefer und ernster Bedrängnis. Unter ihnen Gigas. Und diese Bedrängnis wuchs noch, als ihm am Nachmittage vorerwähnten Mittewochens durch einen Herrn vom Hofe vermeldet wurde, daß Seine Kurfürstliche Durchlaucht um die siebente Morgenstunde zu Sankt Stephan vorzusprechen und eine Frühpredigt zu hören gedächten.

Wie dem hohen Herrn begegnen? Dem Abtrünnigen, der vielleicht alles in Stadt und Land zu Abfall und Untreue heranzwingen wollte!

Und so mutig Gigas war, es kam ihm doch ein Bangen und eine Schwachheit an. Aber er betete sich durch, und als der andre Morgen da war, stieg er, ohne Menschenfurcht, die kleine Kanzeltreppe hinauf und predigte über das Wort des Heilands: »Gebet dem Kaiser, was des Kaisers, und Gott, was Gottes ist.« Und siehe da, die holzgeschnitzte Taube des Heiligen Geistes hatte nicht vergeblich über ihm geschwebt, und der Herr Kurfürst, nachdem er entblößten Hauptes und »mit absonderer Aufmerksamkeit« der Predigt gefolgt war, hatte nach Schluß derselben ihm danken und ihn zu weiterer Besprechung auf seine Burg entbieten lassen. Und hier nun, wie die Chronisten melden, war Seine Kurfürstliche Durchlaucht dem festen und glaubenstreuen Mann nicht nur um einen Schritt oder zwei zu freundlicher Begrüßung entgegengegangen, sondern hatte demselben auch unter freiem Himmel und in Gegenwart vieler Herren vom Adel an Eidesstatt zugesichert: »daß er seine von Gott ihm anbefohlenen Untertanen bei dem Worte Lutheri Augsburgischer Konfession belassen, eines jeden Person auch in der Freiheit seines Glaubens und Gewissens schützen wolle, in eben jener Freiheit, um derentwillen er für Seine Person das Bekenntnis der beständig hadernden Lutherischen abgetan und den reformierten Glauben angenommen habe.«

Und als diese zum größeren Teile trostreiche Rede, über deren schmerzlichen Ausklang Gigas klug hinwegzuhören verstand, an Bürgermeister und Rat überbracht worden war, waren Peter Guntz und die Ratmannen, dazu die Geistlichen und Rektores aller fünf Kirchen, auf der Burg erschienen, um nach abgestattetem Dank und wiederholter Versicherung unverbrüchlicher Treue den Herrn Kurfürsten um die Gunst anzugehen, ihm ein festlich Mahl herrichten zu dürfen. Aber in der Halle seiner eigenen Burg, dieweilen ihre Rathaushalle zu klein sei, um die reiche Zahl der Gäste zu fassen. Und alles war angenommen worden und hatte die Stadt um so mehr erfreut und beglückt, als bei gnädiger Entlassung der Sprecher, unter denen sich auch Gerdt in vorderster Reihe befunden, seitens Seiner Kurfürstlichen Durchlaucht der Hoffnung Ausdruck gegeben worden war, die sittigen und ehrbaren Frauen der Stadt auf seiner Burg mit erscheinen und an dem Festmahle teilnehmen zu sehen.

Und nun war dieses Mahl, unter freundlichem Beistand aller Dienerschaften des hohen Herrn, in kürzester Frist hergerichtet worden, und um die vierte Stunde bewegte sich der Zug der Geladenen, Männer und Frauen, die Lange Straße hinab, zur Burg hinauf. Die kleineren Bürgerfrauen aber, die von der Festlichkeit ausgeschlossen waren, sahen ihnen neidisch und spöttisch nach, und nicht zum wenigsten, als Trud und Emrentz an ihnen vorüberzogen. Denn beide waren absonderlich reich und prächtig gekleidet, in Ketten und hohen Krausen, und Emrentz, aller Julihitze zum Trotz, hatte sich ihr mit Hermelinpelz besetztes Mäntelchen nicht versagen können. Truds Kleid aber stand steif und feierlich um sie her und bewegte sich kaum, als sie zur Rechten ihrer Muhme die Straße hinunterschritt.

Und nun war alles oben, das Mahl begann, und die gotischen Fenster mit ihren kleinen, buntglasigen und vielhundertfältig in Blei gefaßten Scheibchen standen nach Fluß und Hof hin weit offen, und die Gäste, solang es drin ein Schweigen gab, hörten von den Zweigen des draußen stehenden Nußbaumes her das Jubilieren der Vögel. Aber nicht immer schwieg es drinnen, Trinkspruch reihte sich an Trinkspruch, und wenn dann von der großen Empore herab, die zu Häupten des Kurfürsten aufragte, die Stadtpfeifer einfielen und die Paukenwirbel über den Fluß hin und bis weit hinaus in die Landschaft rollten, dann hielt der Fährmann sein Boot an, und die Koppelpferde horchten auf und sahen verwundert nach der sonst so stillen Burg hinüber.

AM WENDENSTEIN

Um ebendiese Zeit saß Grete daheim in der Hinterstube des ersten Stocks. Trud letztes Wort an sie war gewesen: »Hüte das Kind.« Und nun hütete sie's. Es lag in einer Wiege von Rosenholz, ein Schleiertuch über dem Köpfchen, und durch Tür und Fenster, die beide geöffnet waren, zog die Luft. Herabgelassene Vorhänge gaben Schatten, und nur ein paar Fliegen tanzten um den Thymianbusch, der an der Decke des Zimmers hing. Es regte sich nichts in dem weiten Hause.

Und doch war jemand eingetreten: Valtin. Er hatte die Haustür vorsichtig geöffnet, so daß die Glocke keinen Ton gegeben, und sah sich nun auf dem halb im Dämmer liegenden Flur neugierig um. Es war alles wie sonst: an dem vordersten Querbalken saßen die zwei Schwalbennester, und in den Nischen standen die Schränke, erst die von Nußbaum, dann die von Kienenholz, bis dicht an die Hoftür hin. Die Hoftür selbst aber stand auf; ein breiter Lichtstreifen fiel ein, und auf dem sonnenbeschienenen Hofe saßen die Tauben und spielten im Sand oder schritten gurrend, und dabei stolz und zierlich ihre Köpfe drehend, an dem noch stolzeren Pfau vorüber. Und dahinten war das von Wein überwachsene Gitter, von dem aus die sechs Treppenstufen niederführten, und durch die offenen Stellen des Laubes hindurch sah man die Malvenkronen und die Strauchspitzen des tiefer gelegenen Gartens. Alles märchenhaft und wie verwunschen, und leiser noch, als er in das Haus eingetreten war, stieg er jetzt die Stiege hinauf, bis er an der Schwelle der Hinterstube hielt. Es schien, daß Grete schlief, und einen Augenblick war er in Zweifel, ob er bleiben oder wieder gehen solle. Aber zuletzt rief er ihren Namen, und sie sah lächelnd auf. »Komm nur«, sagte sie. »Ich schlafe nicht. Ich hüte ja das Kind. Willst du's sehen?«

»Nein«, sagte er, »laß es. Sehen wir's an, so wecken wir's, und ist es wach, so schreit es. Und es soll nicht wach sein, und noch weniger soll es schreien, denn ich will dich abholen. Alle Welt ist draußen auf der Burg, und du bist hier allein, als wärst du die Magd im Haus oder die Kindermuhme. Komm, es sieht uns niemand. Wir gehen an den Gärten hin, und die Stadtmauer gibt uns Schatten. Und sind wir erst oben, da tun wir, als fänden wir uns. Sieh, ich bin so neugierig. Und du bist es auch, nicht wahr? Er ist ja doch eigentlich unser Landesherr. Und am End' ist es ein Unrecht, ihn nicht gesehen zu haben, wenn man ihn sehen kann. Ich glaube, wir müssen ihn sehen, Grete. Was meinst du?«

Grete lachte. »Wie gut du die Worte stellen kannst. Sonst heißt es immer, Eva sei schuld; aber heute nicht. Du beredst mich, und ich soll tun, was sie mir verboten.«

»Ach, wer?«

»Nun, du weißt es ja: Trud. Und da sitz ich nun hier und gehorche. Und dann ist das Kleine ...«

»Laß nur. Es schläft ja. Und Regine hütet es so gut wie du. Komm, und eh das Fest aus ist, sind wir wieder da. Und du setzest dich an deinen alten Platz, und niemand weiß es. Und die schlafenden Kinder haben ihren Engel.«

»Nun gut, ich komm.« Und dabei rief sie nach der Regine, die neben dem Küchenherde saß, und ehe noch der Pfau draußen auf dem Hofe gekreischt und sein Rad geschlagen hatte, was er, wenn er Greten sah, immer zu tun pflegte, waren sie schon an ihm vorbei und zur Gartenpforte hinaus und gingen im Schatten der Stadtmauer, ganz wie Valtin es gewollt hatte, bis an das Wassertor, und dann über die Tangerwiesen auf die Vorstadt zu. Niemand begegnete ihnen hier; alles war wie ausgestorben; und erst als sie die »Freiheit« passiert und den äußeren Burghof erreicht hatten, sahen sie, daß hier die kleinen Leute samt ihrem Gesinde zu vielen Hunderten standen und den Raum bis an die Zugbrücke hin so völlig füllten, daß an ein Hineinkommen in den inneren Burghof gar nicht zu denken war.

Und so schlug denn Valtin vor, wieder hügelabwärts zu steigen und drüben auf den Elbwiesen einen Spaziergang zu machen. Grete war es zufrieden, und erst als sie den Fährmann angerufen und den Fluß gekreuzt hatten, wandten sie sich wieder, um nun ungehindert auf die golden im Scheine der Spätnachmittagssonne daliegende Burg zurückzusehen und in die von drüben her herüberklingenden Lebehochs mit einzustimmen.

Aber bald waren sie's müd, und sie gingen tiefer in die hoch in Gras stehenden, mit Ranunkeln und rotem Ampfer übersäte Wiese hinein, bis sie zuletzt an einen niedrigen, mit Werft und Weiden besetzten Erdwall kamen, der sich quer durch die weite Wiesenlandschaft zog. Auf der Höhe dieses Walles lag ein Feldstein von absonderlicher Form und so dicht mit Flechten überwachsen, daß sich ein paar halbverwitterte Schriftzeichen daran nur mühsam erkennen ließen. Und auf diesen Feldstein setzten sie sich.

»Was bedeutet der Stein?« fragte Grete.

»Ich weiß es nicht. Vielleicht ein Wendengrab.«

»Wie denn?«

»Weißt du denn nicht? Dies ist ja das Feld, wo die große Tangerschlacht war. Heiden und Christen. Und die Heiden siegten. Und zu beiden Seiten des Erdwalls, auf dem wir hier sitzen, vor uns bis dicht an den Wald und hinter uns bis dicht an den Fluß, liegen sie zu vielen Tausenden.«

»Ich glaub es nicht. Und wenn auch, ich mag nicht davon hören. Auch nicht, wenn die Christen gesiegt hätten ... Aber sieh, wie schön.« Und dabei zeigte sie mit der Hand auf die vor ihnen ausgebreitete Landschaft, die sie jetzt erst, von dem hochgelegenen Stein aus, mit ihrem Blick umfassen konnten. Es war dasselbe Bild, das sie letzten Herbst schon von der Burg und dem Gemäuer aus vor Augen gehabt hatten; nur die Dörfer, die damals mit nichts andrem als ihren Kirchturmspitzen aus dem Schattenstriche des Waldes hervorgeblickt, lagen heute klar und deutlich vor ihnen, und die Strohdächer mit ihren Storchennestern ließen sich überall erkennen.

»Weißt du, wie die Dörfer heißen?« fragte Grete.

»Gewiß weiß ich's. Das hier rechts ist *Buch*, wo der Herr von Buch lebte, der einen Schatz in unsrer Tangermünde Kirche viele Jahr, lang verborgen hielt, um ihn zuletzt als Lösegeld für seinen Herrn Markgrafen zu zahlen. Denn die Magdeburger hatten ihn gefangengenommen. Und er hieß Markgraf Otto. Otto mit dem Pfeil. Ein schöner Herr und sehr ritterlich, und war ein Dichter und liebte die Frauen. Weißt du davon?«

»Nein ... Aber hier das Dorf mit dem blanken Wetterhahn?«

»Das ist *Fischbeck*.«

»Ach, das kenn ich. Da wohnt ja der alte Pfarr ... aber nun hab ich seinen Namen vergessen. Oh, von *dem* weiß ich. Der war eines Fischbecker Bauern Sohn und sollte seines Vaters Pferde hüten. Aber er wollt es nicht und lief ihm fort, denn er wußt es bestimmt in seinem Herzen, daß er ein Geistlicher und ein frommer Mann werden müsse. Und er wurd es auch, und nun hütet er am selben Ort sein Amt und seine Gemeinde. Und sein Vater hat es noch erlebt.«

»Aber Grete, woher weißt du nur das alles? Die Geschichte von der großen Tangerschlacht und von dem Tangermünder Schatze, die weißt du *nicht*, und die von dem Fischbecker Pastor weißt du so genau!«

Grete lachte: »Und weißt du, wie lang ich sie weiß? Seit gestern. Und weißt du, von wem? Von Gigas.«

»Das mußt du mir erzählen.«

»Freilich. Das will ich auch. Aber da muß ich weit ausholen.«

»Tu's nur. Wir haben ja Zeit.«

»Nun sieh, Valtin, du weißt, ich bin immer weit fort, weit fort in meinen Gedanken. Und du weißt auch, um deshalb halt ich's aus. Und immer abends, wenn ich mit der Regine bin, les' ich von Kindern der schönen Prinzessinnen, die vor einem bösen König oder einer bösen Königin geflohen sind, und es gibt viele solche Geschichten, und nicht bloß in Märchenbüchern, viel, viel mehr, als du dir denken kannst, und mitunter ist es mir, als wären alle Menschen irgendeinmal ihrem Elend entlaufen.«

Valtin schüttelte den Kopf.

»Du schüttelst den Kopf. Und sieh, das tu ich auch. Oder doch von Zeit zu Zeit. Und so war es auch gestern, denn ich hatte wieder einen Traum gehabt, wieder von Flucht, und es war, als flög ich, und mir war im Fliegen so wohl und so leicht. Aber als ich aufwachte, war ich bedrückt und unruhig in meinem Gemüt. Und da dacht ich, das soll ein Ende haben: du wirst

Gigas fragen, der soll dir sagen, ob es etwas Böses ist, zu fliehen. Und so ging ich zu ihm, gestern um die Mittagsstunde, trotzdem ich wohl gehört hatte, daß er selber in Sorg' und Unruh' sei.«

»Und wie fandest du ihn?«

»Ich fand ihn in seinem Garten zwischen den Beeten, und wir gingen auf und ab, wie er's gern tut, und sprachen vielerlei, und zuletzt auch von unserm Herrn Kurfürsten, der, wie wir ja schon wußten, eine Nacht und einen Tag auf seiner Tangermünder Burg zu verbleiben gedenke. Und als ich sah, daß er sich in seinem Gewissen sorgte, gerade so, wie sich's Trud und Gerdt, als sie von ihm sprachen, in unsrem Hause schon zugeflüstert hatten, da faßt ich mir ein Herz und fragt ihn, was er wohl mein', ob Flucht allemalen ein bös und unrecht Ding sei. Oder ob es nicht auch ein rechtmäßig und zuständig Beginnen sein könne?«

»Und was antwortete er dir?«

»Er schwieg eine ganze Weile. Als wir aber an die Bank kamen, die zu Ende des Mittelganges steht, sagte er: ›Setz dich, Gret. Und nun sage mir, wie kommst du zu solcher Frag'?‹ Aber ich gab ihm keine Antwort und wiederholte nur alles und sah ihn fest dabei an. Und all das konnt ich, ohne mich ihm zu verraten, denn ich hatte wohl bemerkt, daß er an nichts als an den gnädigen und gestrengen Herrn Kurfürsten dachte, der genferisch geworden, und daß er immer nur alles Fährliche vor Augen sah, was ihm selber noch bevorstehen könne. Und endlich nahm er meine Hand und sagte: ›Ja, Grete, das ist eine schwere Frag', und ich denke, wir müssen zum ersten allemal beten, daß wir nicht in Versuchung fallen, und zum zweiten, daß uns die Gnade Gottes überall, wo wir zweifelhaft und unsicher in unsrem Gemüte sind, den rechten Weg finden lasse. Denn die richtigen Wege sind oft wechselvolle Wege, und wenn es heut unsre Pflicht ist, zu gehorchen und auszuharren, so kann es morgen unsre Pflicht sein, nicht zu gehorchen und uns durch Flucht einem schlimmen Ansinnen zu entziehen. Aber eins gilt heut und immerdar, wir müssen in unserem Tun, ob wir nun fliehen oder ausharren, einem höheren Rufe Folge leisten.‹ Und nun erzählte er mir von dem Fischbeckschen Pastor und seiner Flucht.«

»Aber er muß dir doch noch mehr erzählt haben?«

»Nein. Vielleicht, daß er's getan, aber der alte Peter Guntz kam und unterbrach uns. Und ich wußte ja nun auch, was ich wissen wollt, und daß auch eine Flucht das Rechte sein könne. Und als ich heimging, zählt ich mir her, wer alles geflohen sei. Joseph und Maria flohen. Und auch Petrus floh aus seinem Gefängnis.«

»Aber ein Engel des Herrn führte sie«, sagte Valtin. »Und sie flohen um Gott und Glaubens willen.«

Es schien, daß diese Worte Grete ins Gewissen trafen, denn sie schwieg. Endlich aber sagte sie: »Ja, um Gott und Glaubens willen. Aber auch um Lebens und Rechtes willen. Ich mag kein *Unrecht* sehen und auch keines leiden.«

»Du weißt aber, daß wir Geduld üben und unsere Feinde lieben sollen.«

»Ja, ich weiß es, aber ich kann es nicht.«

»Weil du nicht willst.«

»Nein, ich will es nicht.«

Und als sie so weit gesprochen, wandten sie sich wieder und sahen, daß der Sonnenball unter war und die Burgtürme bereits im Abendrote glühten. »Es ist Zeit, daß wir heimgehen«, sagte Valtin, »oder wir verpassen's, und Trud ist eher zu Haus als wir.«

»Laß sie«, sagte Grete leicht. »Ich mag nicht mehr nach Haus. Mir ist, als wäre dies mein letzter Tag und als müßt ich fort. Heute noch. Gleich. Willst du?«

Valtin sah sie bang und fragend an.

»Du willst nicht? Sag's nur. Du fürchtest dich.«

»Ich will, Grete. Ganz gewiß, ich will. Aber ich muß es einsehen, daß es nicht anders geht. Und hab ich dir's anders versprochen damals auf der Burg, als die Mädchen sangen und die Sommerfäden zogen, so darfst du mich nicht beim Worte nehmen. Es war ein Unrecht.«

Sie warf den Kopf, aber sie sagte nichts und nahm seinen Arm. Und so schritten sie wieder auf die Fähre zu. Die Sterne waren bald herauf und spiegelten sich in dem stillen Strom, während Mückenschwärme wie Rauchsäulen über ihnen standen. Oben auf der Burg schimmerten noch die Lichter, sonst aber war alles still, und nur aus weiter Ferne her hörte man noch ein Singen, das mehr und mehr verklang. Es waren die kleinen Leute, die wieder in die Stadt zogen.

Und dazu klatschten eintönig die Ruderschläge des Fährboots, und nun lief es auf, und Valtin und Grete sprangen ans Ufer.

Die Stadt gedachten sie soweit wie möglich zu meiden und nahmen ihren Weg an die Tangerwiesen hin, über die jetzt, mit ihnen zugleich, feuchte, weiße Nebel zogen. Die hohen Nachtkerzen ragten mit ihren Spitzen über die Nebelstreifen fort und mischten ihren Duft mit dem Dufte des Heues, das frisch gemäht zu beiden Seiten des Weges lag. Sie sprachen nicht, und Valtin suchte nur den Fledermäusen zu wehren, die, von dem alten Kirchengemäuer her, neben und über ihnen flatterten. So kamen sie bis an das Wassertor und bogen in denselben Zirkelgang ein, auf dem sie gekommen waren, immer zwischen den Gärten und der Stadtmauer hin. Und nun hielten sie vor der Mindeschen Gartenpforte.

»Gute Nacht, Valtin«, sagte Grete ruhig und beinah gleichgültig. Als dieser aber ging, ohne sich umzudrehen, rief sie noch einmal seinen Namen. Und er wandte sich wieder und lief auf sie zu. Und sie umarmten sich und küßten sich.

»Vergiß, Valtin, was ich gesagt hab. Ich weiß, daß du dich nicht fürchtest. Denn du liebst mich. Und die sich lieben, die fürchten sich nicht. Und nun noch eines. Komm in einer halben Stund' in den Garten, in euren, und wart auf mich. Mir ist so wunderlich, und ich muß dich noch sehen. Denn sieh, ich weiß es, es geschieht etwas; ich fühl es ganz deutlich hier.« Und dabei legte sie die Hand aufs Herz und zitterte.

Und er versprach es, und sie trennten sich.

FLUCHT

Die Pforte war nur angelehnt, und schon vom Garten aus ließ sich's erkennen, daß Trud inzwischen ins Haus zurückgekehrt sein müsse. Die Fenstervorhänge hingen noch herab, und das rasch wechselnde Schattenspiel zeigte deutlich, daß ein Licht dahinter hin und her getragen wurde. Grete stieg nun die Stufen hinauf, die von dem Garten in den Hof führten, drückte das Gitter ins Schloß und fühlte sich, über Flur und Treppe hin, bis an das Hinterzimmer des oberen Stocks. Die Tür stand noch offen, wohl der Schwüle halber, und Grete sah hinein. Was sie sah, war nur das Erwartete. Die Wiegendecke lag zurückgeschlagen, und Trud, in allem Putz und Staat, den sie bei der Festlichkeit getragen, mühte sich in gebückter Stellung um das Kind, das still dalag und nur dann und wann in Krämpfen zusammenzuckte. Ihre hohe Krause war zerdrückt, ihr Haar halb herabgefallen; ihren silbernen Hakengürtel aber, der ihr beim Aufnehmen und Niederlegen des Kindes hinderlich gewesen sein mochte, hatte sie von sich getan und über das Fußbrettchen der Wiege gehängt. Und jetzt richtete sie sich auf und sah Greten vor sich stehen.

»Ei, Grete. Schon da!« sagte sie bitter, aber ersichtlich noch mit ihrer inneren Erregung kämpfend. »Wo warst du?«

»Fort.«

»Fort? Und ich hatt' es dir verboten.«

»Verboten?«

»Ja! Und nun sieh das Kind. Ein Wunder Gottes, wenn es uns am Leben bleibt. Und wenn es stirbt, so bist *du* schuld.«

»Das darfst du nicht sagen, Trud«, antwortete Grete ruhig, während es um ihren Mund zuckte. »Schilt mich. Schilt mich, daß ich ging, das darfst du, das magst du tun. Aber du darfst mich nicht schelten um des Kindes willen. An dem Kind ist nichts versäumt. Ich ließ es bei Reginen, und Regine, was sag ich, ist dreißig Jahr' im Haus. Und war Kindermuhme bei Gerdt, und dann war sie's bei mir und hat mich großgezogen.«

»Ja, das hat sie. Aber wozu? Du weißt es, und ich weiß es auch. Und die Stadt wird es bald genug erfahren … Armes Ding du! Aber's ist Erbschaft.«

»Sage nicht das, Trud. Nichts von ihr. Ich will davon nichts hören.«

»Aber du sollst es. Undankbare Kreatur!«

Grete lachte.

»Lache nur, Bettelkind! Denn das bist du. Nichts weiter. Eine fahrende Frau war sie, und keiner weiß, woher sie kam. Aber jetzt kennen wir sie, denn wir kennen dich. Eine fremde Brut seid ihr, und der Teufel sieht euch aus euren schwarzen Augen.«

»Das lügst du.«

Trud aber, ihrer Sinne nicht mehr mächtig, erhob die Hand und schlug nach ihr.

Grete war einen Schritt zurückgetreten, und es flimmerte ihr vor den Augen. Dann, ohne zu wissen, was sie tat, griff sie nach dem über der Wiege hängenden Gürtel und schleuderte ihn der verhaßten Schwieger ins Gesicht. Diese, vor Schmerz aufschreiend, wankte und hielt sich mühsam an einem hinter ihr stehenden Tischchen, und Grete sah nun, daß die scharfen Ecken des langen silbernen Gehänges Truds Stirn oder Schläfe schwer verletzt haben mußten, denn ein Blutstreifen rann über ihre linke Wange. Aber sie schrak vor diesem Anblick nicht zurück und hatte nichts als das doppelt selige Gefühl ihres befriedigten Hasses und ihrer errungenen Freiheit. Ja, Freiheit! Sie war dieses Haus nun los. Denn das stand fest in ihrer Seele, daß sie nicht länger bleiben könne. Fort. Gleich. Und sie flog die Treppe hinab und über Flur und Hof in den Garten.

Da wuchsen wieder die Himbeerbüsche wie damals, wo sie hier mit Valtin zwischen dem hohen Gezweig gestanden und über den Hänfling und sein Nest geplaudert hatte; aber ihre verwilderte Seele dachte jener Stunden stillen Glückes nicht mehr. Sie kletterte nur rasch hinauf und horchte gespannt, ob Valtin schon da sei. Er war es noch nicht. Und so sprang sie vom Zaun in den Zernitzschen Garten hinunter und versteckte sich in der Laube.

Denn daß er kommen würde, das wußte sie.

Eine Viertelstunde war vergangen, als Grete Schritte vom Hofe her hörte. Er war es, und sie lief ihm entgegen. »Valtin, mein einziger Valtin. Ach, daß du nun da bist! Es ist gekommen, wie's kommen mußte.« Und nun erzählte sie, was geschehen. »Ich wußt es. Alles, alles. Und ich muß nun fort. Diese Nacht noch. Willst du, Valtin?«

Sie waren, während Grete diese Worte sprach, vorsichtshalber, um nicht gesehen zu werden, von dem Mittelsteige her auf die Schattenseite des Gartens getreten, und Valtin sagte nur: Ja, Gret, ich will. Was es wird, ich weiß es nicht. Aber ich sehe nun, du mußt fort. Und das hab ich mir geschworen, so ich's nur einseh, daß du fort mußt, so will ich's auch und will mit dir. Und dann sieh, ich bin ja doch eigentlich schuld. Denn du wolltest nicht weg von dem Kind, und ich hab dich überredet und dich trotzig gemacht und dich gefragt, wer dir's denn verbieten wolle?

Sage nicht nein«, fuhr er fort, als er sah, daß sie den Kopf schüttelte. »Es ist so. Und am Ende, was tut's? Du oder ich, es ist all eins, wer die Schuld hat. Es mußte zuletzt doch so kommen, für dich und für mich. Auch für mich. Glaub es nur. Emrentz ist nicht wie Trud, und wir leben jetzt eigentlich gut miteinander. Aber auf wie lang? Es ist ein halber Frieden, und der Krieg steht immer vor der Tür. Eine Stief ist eine Stief, dabei bleibt's. Und soviel sie lacht, sie hat doch kein Herz für mich, und wo das Herz fehlt, da fehlt das Beste.«

»So willst du?«

»Ja, Grete.«

»So laß uns gehen. In einer Stunde schon. Um elf wart ich draußen … Und nun eile dich; denn mir brennt der Boden unter den Füßen.«

Und damit trennten sie sich.

Als Grete gleich darauf wieder drüben in ihrem eigenen Garten war, huschte sie den Zaun entlang und an dem Weinspalier vorbei bis auf den Hof. Hier aber befiel es sie plötzlich, daß sie, beim Eintreten in das Haus, vielleicht ihrem Bruder Gerdt begegnen könne, der, wenn gereizt, nach Art schwacher und abgespannter Naturen, alle Müdigkeit abtun und in Wutausbrüche geraten konnte. Wenn er ihr jetzt in den Weg trat? Wenn er sie mißhandelte? Sie zitterte bei dem Gedanken und schlich so geräuschlos wie möglich die Treppe hinauf. Als sie bei der nur angelehnten Tür des Hinterzimmers vorüberkam, hörte sie, daß Trud und Gerdt miteinander sprachen. »Sie muß aus dem Haus«, sagte Trud, »ich mag die Hexe nicht länger um mich haben.« – »Aber wohin mit ihr?« fragte Gerdt. »Das findet sich; wo ein Will' ist, ist auch ein Weg – sagt das Sprichwort. Ich hab an die Nonnen von Arendsee gedacht, das ist nicht zu nah und nicht zu weit. Und da gehört sie hin. Denn sie hat ein katholisch Herz, trotz Gigas, und immer, wenn sie mit mir spricht, so sucht sie nach dem Kapselchen mit dem Splitter und hält es mit ihren beiden Händen fest. Und schweigt sie dann, so bewegen sich ihre Lippen, und ich wollte schwören, daß sie zur heiligen Jungfrau betet.« Mehr konnte sie nicht erlauschen, denn das Kind, das bis dahin ruhig gelegen, begann wieder zu greinen, und Grete benutzte den Moment und fühlte sich vorsichtig weiter bis an das zweite Treppengeländer und in ihre Giebelstube hinauf.

Der Mond schien auf die Dächer gegenüber, und sein zurückfallender Schein gab gerade Licht genug, um alles deutlich erkennen zu lassen. Die Tür zu der Kammer nebenan stand offen, und Regine saß eingeschlafen am Fußende des Bettes. »'s ist gut so«, sagte Grete und öffnete Schrank und Truhe, nahm heraus, was ihr gut dünkte, band ein schwarzes Seidentuch um ihren Kopf und verbarg unter ihrem Mieder ein kleines Perlenhalsband, das ihr, an ihrem Einsegnungstage, vom alten Jakob Minde geschenkt worden war. Anderes hatte sie nicht. Und nun war sie fertig und hielt ihr Bündel in Händen. Aber sie konnte noch nicht fort. Nicht so. Und an der Schwelle der Kammertür kniete sie nieder und rief Gott um seinen Beistand an, auch um seine Verzeihung, wenn es ein Unrecht sei, was sie vorhabe. Und heiße Tränen begleiteten ihr Gebet. Dann erhob sie sich und küßte Reginen, die schlaftrunken auffuhr und den Namen ihres Lieblings nannte; aber ehe sie den Schlaf völlig abschütteln und sich wieder zurechtfinden konnte, war Grete fort und glitt, mit ihrer Rechten sich aufstützend, die steilen Stufen der Oberstiege hinunter. Und nun horchte sie wieder. Das Kind wimmerte noch leis, und die Wiege ging in heftiger Schaukelbewegung, während Trud, über das Kind gebeugt, rasch und ungeduldig ihre Wiegenlieder summte; Gerdt schwieg. Vielleicht, daß er schon schlief.

Und im nächsten Augenblick war sie treppab, über Hof und Garten, und hielt draußen an der Pforte.

Valtin wartete schon. Er hatte sich zu dem Joppenrock, den er gewöhnlich trug, auch noch in eine dicke Friesjacke gekleidet, und in dem wuchernden Grase vor ihm lag eine schmale, hohe Leiter, wie man sie um die Kirschenzeit von außen her an die Bäume zu legen pflegt. Grete trat auf ihn zu und gab ihm die Hand. Der breite Schatten, der auf das Gras fiel, hinderte sie, die Leiter zu sehen, desto deutlicher aber sah sie seine winterliche Einkleidung. Und sie lachte. Denn der Sinn für das Komische war ihr geblieben. Und Valtin lachte gutmütig mit und sagte: »'s ist für *dich*, Grete, wenn du frierst. Die Nacht ist kalt, auch eine Sommernacht.« Und derweilen schlug es elf, und die Glockenschläge mahnten sie wieder an das, was sie vorhatten. Valtin legte die Leiter an die Mauer, und Grete stieg hinauf. Und im nächsten Augenblicke war er selber oben und zog die Leiter nach und stellte sie nach außen. Und nun waren sie frei. Sie sahen sich an und atmeten auf, und der Zauber des um sie her liegenden Bildes ließ sie minutenlang ihres Leids und ihrer Gefahr vergessen. Die Nebel waren fortgezogen, silbergrüne Wiesen dehnten sich hüben und drüben, und dazwischen flimmerte der Strom, über den der Mond eben seine Lichtbrücke baute. Nichts hörbar als das Gemurmel des Wassers und die Glocken, die von einigen Stadtkirchen verspätet nachschlugen.

Beide hatten sich angefaßt und eilten raschen Schrittes auf den Fluß zu.

»Willst du hinüber?« fragte Grete.

»Nein, ich will nur einen Kahn losmachen. Sie glauben dann, wir seien drüben.«

Und als sie bald danach den losgebundenen Kahn inmitten des Stromes treiben sahen, hielten sie sich wieder seitwärts, über die tauglitzernden Tangerwiesen hin, bogen in weitem Zirkel um den Burghügel herum und mündeten endlich auf einen Feldweg ein, der, hart neben der großen Straße hin, auf den Lorenzwald zuführte.

Als sie seinen Rand beinah erreicht hatten, sagte Grete: »Ich fürchte mich.«

»Vor dem Wald?«

»Nein. Vor dir.«

Valtin lachte. »Ja, das ist nun zu spät, Grete. Du mußt es nun nehmen, wie's fällt. Und wenn ich dir deinen kleinen Finger abschneide oder dich totdrücke vor Haß oder Liebe, du mußt es nun leiden.«

Er wollt ihr zärtlich das Haar streicheln, soweit es aus dem schwarzen Kopftuche hervorsah, aber sie machte sich los von ihm und sagte: »Laß. Ich weiß nicht, was es ist, aber solange wir in dem Wald sind, Valtin, darfst du mich nicht zärtlich ansehen und mich nicht küssen. Unter den Sternen hier, da sieht uns Gott, aber in dem Walde drin ist alles Nacht und Finsternis. Und die Finsternis ist das Böse. Ich weiß es wohl, daß es kindisch ist, denn wir gehören ja nun zusammen in Leben und in Sterben, aber ich fühl es so, wie ich dir's sag, und du mußt mir zu Willen sein. Versprich es.«

»Ich versprech es. Alles, was du willst.«

»Und hältst es auch?«

»Und halt es auch.«

Und nun nahm sie wieder seine Hand, und sie schlugen den Weg ein, der sie bis an die große Waldwiese führte. Hier war es taghell fast, und sie zeigten einander die Stelle, wo der Maibaum damals gestanden und wo sie selber, am Schattenrande der Lichtung hin, auf den umgestülpten Körben gesessen und dem Taubenschießen und dem Tanz um die Linde her zugesehen hatten. Und dann gingen sie weiter waldeinwärts, immer einen breiten Fußpfad haltend, der sich nur mitunter im Gestrüpp zu verlieren schien.

Sie sprachen wenig. Endlich sagte Grete: »Wohin gehen wir?«

»Ins Lüneburg'sche, denk ich. Und dann weiter auf Lübeck zu. Da hab'ich Anhang.«

»Und weißt du den Weg?«

»Nein, Grete, den Weg nicht, aber die Richtung. Immer stromabwärts. Es kann nicht weiter sein als fünf Stunden; dann haben wir die Grenze, die bei Neumühlen läuft. Und die Tangermünd'schen Stadtreiter, auch wenn sie hinter uns her sind, haben das Nachsehen.«

»Glaubst du, daß sie sich eilen werden, uns wieder zurückzuholen?«

»Vielleicht.«

»Ja. Aber auch nichts weiter. Sie werden uns ziehen lassen und froh sein, daß wir fort sind. Und wenn dein Vater es anders will, so wird's ihm Emrentz ausreden. Und wenn nicht Emrentz, so doch Trud.« Und nun erzählte sie das Gespräch zwischen Trud und Gerdt, das sie von der nur angelehnten Tür des Hinterzimmers aus belauscht hatte.

So mochten sie zwei Stunden gegangen sein, und der Mond war eben unter, als Grete leise vor sich hin sagte: »Laß uns niedersitzen, Valtin. Meine Füße tragen mich nicht mehr.« Und es war alles wie damals, wo sie sich als Kinder im Walde verirrt hatten. Er aber bat sie, brav auszuhalten, bis sie wieder an eine hellere Stelle kämen. Und siehe, jetzt war es wirklich, als ob sich der Wald zu lichten beginne, die Stämme standen in größeren Zwischenräumen, und Valtin sagte: »Hier, Grete, hier wollen wir ruhn.« Und todmüde, wie sie war, warf sie sich nieder und streckte sich ins Moos. Und schon im nächsten Augenblick schlossen sich ihre Wimpern. Er schob ihr ihr Reisebündel als Kissen unter und deckte sie leise mit seiner Winterjacke zu, von der er sich selber nur ein Zipfelchen gönnte.

Und dann schlief er an ihrer Seite ein.

AUF DEM FLOSS

Als sie wieder erwachten, lag alles um sie her in hellem Sonnenschein. Sie hatten dicht am Rande des großen Lorenzwaldes geschlafen, der hier mit einer vorspringenden Ecke bis hart an den Strom trat, und der rote Fingerhut stand in hohen Stauden um sie her. Ein paar seiner Blüten hatte der Morgenwind auf Greten herabgeschüttelt, und diese nahm eine derselben und sagte: »Was bedeutet es mir? Es ist eine Märchenblume.«

»Ja, das ist es. Und es bedeutet dir, daß du eine verwunschene Prinzessin oder eine Hexe bist.«

»Das darfst du nicht sagen.«

»Und warum nicht?«

»Weil es Trud immer gesagt hat ... Aber weißt du, Valtin, daß ich Hunger habe?«

Und damit erhoben sie sich von ihrer Lagerstatt und gingen plaudernd immer am Wasser hin, bis sie weiter flußabwärts, wo der Waldvorsprung wieder einbog, an ein Fähr- oder Forsthaus kamen. Oder vielleicht auch war es beides. Anfangs wollten sie gemeinschaftlich eintreten, aber Valtin besann sich eines andern und sagte: »Nein, bleib; es ist besser, ich geh allein.« Und eine kleine Weile, so kam er mit Brot und Milch zurück und hielt, als er Gretens ansichtig wurde, die Hände schon von weitem in die Höh', um zu zeigen, was er bringe, und sie setzten sich ins hohe Gras, den Fluß zu Füßen und den Morgenhimmel über sich. »Wenn es uns immer so schmeckt ...«, sagte Valtin. Und Grete sah ihn freundlich an und nickte.

Als sie so saßen und mehr träumten als sprachen, bemerkten sie, daß mitten auf dem Strom ein großes Floß geschwommen kam, lange, zusammengebolzte Stämme, auf denen sich vier Personen deutlich erkennen ließen: drei Männer und eine Frau. Zwei von den Männern standen vorn an der Spitze des Floßes, während der dritte, der seinen raschen und kräftigen Bewegungen nach der jüngste zu sein schien, das ungefüge Steuer führte. »Was meinst du«, sagte Valtin, »wenn wir mitführen? Du bist müde vom Gehen. Und mitten auf dem Strom, da sucht uns niemand.«

Grete schien zu schwanken; Valtin aber setzte hinzu: »Laß es uns versuchen; ich ruf hinüber, und halten sie still und machen ein Boot los, nun so nehmen wir's als ein Zeichen, daß es sein soll.« Und er sprang auf und rief: »Hoiho«, einmal über das andere.

Die Flößer verrieten anfänglich wenig Lust, auf diese Zurufe zu achten; als Valtin aber nicht abließ, machte der am Steuer Stehende den Kahn los, der hinter dem Floße herschwamm, und war im nächsten Augenblicke mit ein paar Ruderschlägen am diesseitigen Ufer.

»Hoiho! Was, Hoiho?«

Valtin hörte nun wohl, daß es Wenden oder Böhmen waren, die bis Hamburg wollten, und trug sein Anliegen vor, so gut es ging. Der Böhmake verstand endlich und bedung sich einen Lohn aus, der so gering war, daß ihn Valtin gleich als Angeld zahlte.

Und nun fuhren sie nach dem Floß hinüber.

Als sie neben demselben anlegten, fanden sich auch die beiden andern Männer ein, zu denen nun der jüngere sprach und ihnen das Geldstück überreichte. Sie schienen's zufrieden, und der älteste, schon ein Mann über fünfzig und allem Anscheine nach der Führer, lüpfte seine viereckige, mit Pelz besetzte Mütze und bot Greten und gleich darauf auch Valtin seine Hand, um ihnen beim Hinaufsteigen auf das Floß behilflich zu sein. Es war ziemlich an der Hinterseite, nicht weit von dem großen Drehbalken, der als Steuer diente, und unsere beiden Flüchtlinge nahmen in Nähe desselben Platz. Alles gefiel ihnen, und Grete freute sich, daß Valtin den Mut gehabt und die Flößer angerufen hatte; am besten aber gefiel ihnen der Mann am Steuer, der lebhaft und lustig war und sich beflissen zeigte, sie zu zerstreuen und ihnen den Aufenthalt angenehm zu machen. Er plauderte mit ihnen, so gut es ein paar Wörter zuließen, und war erfinderisch in immer neuen Aufmerksamkeiten.

Als die Sonne schon ziemlich hoch stand, sah er, daß die vom Wasser zurückgeworfenen Strahlen die jungen Leute blendeten, und kaum daß er es wahrgenommen, als er auch schon das Steuer in Valtins Hand legte und sich daran machte, mit Benutzung umherliegender Bretter, aus einem großen Stück Segelleinwand ein Zeit für seine Schutzbefohlenen aufzurichten. Sie setzten sich unter das Dach und genossen nun erst der eigentümlichen Schönheit ihrer Fahrt. Am Ufer hin stand das hohe Schilf, und wenn dann das Floß den grünen Schilfgürtel streifte, flogen die Wasservögel in ganzen Völkern auf und fielen plätschernd und schreiend an weiter flußabwärts gelegenen Stellen wieder ein. Der Himmel wölbte sich immer blauer, und ein Mittagswind, der sich aufgemacht hatte, strich frisch an ihnen vorüber und kühlte die Tageshitze. Vorne, durch die ganze Länge des Floßes von ihnen getrennt, standen nach wie vor die beiden älteren Männer und angelten, ihre Haltung aber zeigte nur zu deutlich, daß sie mit dem Ertrag ihres Fanges wenig zufrieden waren. Waren es doch immer nur kleine Fische, die, sooft sie die Schnur zogen, in der Sonne hell aufblitzten. Jetzt aber gab es einen Freudenschrei, und ein Breitfisch, so groß und schwer, daß die Schnur am Reißen war, flog mit einem Ruck an Bord. Das war es, worauf sie gewartet hatten, und sie schüttelten nun die neben ihnen stehenden Kufe mitsamt ihrem Inhalt wieder aus, füllten sie frisch mit Wasser und trugen ihren großen Fang wie im Triumph auf die Mitte des Floßes, wo schon seit einiger Zeit ein hell aufwirbelnder Küchenrauch die Vorbereitungen zu einer Mahlzeit anzudeuten schien. Und in der Tat hantierte hier emsig und lärmend ein junges Frauenzimmer umher, das mit seinen stechenden kohlschwarzen Augen wohl dann und wann zu den neuen Ankömmlingen flüchtig hinübergesehen, im übrigen aber durch seine ganze Haltung weder Freude noch Teilnahme bezeigt hatte.

Und immer weiter ging die Fahrt, und immer stiller wurde der Tag. Auch der Mann am Steuer schwieg jetzt, und Valtin und Grete hörten nichts mehr als das Gurgeln des Wassers und das Gezirp im Rohr und dazwischen den Küchenlärm, in dem sich das junge Frauenzimmer, je näher die Mahlzeit rückte, desto mehr zu gefallen schien. Und jetzt nahm sie einen blanken Teller, hielt ihn hoch und schlug mit einem Quirl an die Außenseite. Das war das Zeichen, und alle versammelten sich um die Feuerstelle her. Nur Valtin und Grete waren zurückgeblieben; aber der Alte kam alsbald auf sie zu, und nach kurzer Ansprache, von der sie nichts verstehen konnten, nahm er Greten an der Hand und führte sie, während er die gangbarsten und trockensten Stellen aussuchte, bis auf die Mitte des Floßes.

Und jetzt erst erkannten unsre Flüchtlinge, wie sonderbar, aber auch wie zweckentsprechend die hier befindliche Kochgelegenheit aufgebaut und eingerichtet war. Das ganze Floß, auf mehr als zehn Schritt im Quadrat, war wie mit einem dicken Rasen überdeckt, auf dem sich wiederum, ebenfalls aus Rasenstücken aufgeschichtet, ein wohl drei Fuß hoher und verhältnismäßig breiter und geräumiger Herd erhob. In diesen waren Löcher eingeschnitten, und in den Löchern standen Töpfe, um die mehrere kleine Feuer lustig flackerten. Und nun setzten sich die Männer in Front des Herdes, so daß sie den Fluß hinuntersehen konnten, und nahmen ihr Mahl ein, das zunächst aus einer Brühe mit Huhn und Hirse, dann aber aus dem Breitfisch, dem letzten Ertrag ihres Fanges, bestand. Alle ließen sich's schmecken; und als Valtin, gegen den Schluß des Mahles hin, sich über ihr Wohlleben verwunderte, lachte der Alte und beschrieb einen Kreis mit seiner Rechten, als ob er andeuten wolle, daß ihm Ufer und Landschaft mit allem, was darauf fleucht und kreucht, tributpflichtig seien.

Und nun war das Mahl beendet, und Valtin und Grete, nachdem sie gedankt, erhoben sich und suchten wieder ihr Zelt in Nähe des Steuers auf.

Sie mußten, an Neumühlen vorüber, schon meilenweit gefahren sein und hätten sich zu jeglichem um sie her beglückwünschen können, wenn nicht das junge Frauenzimmer mit den blanken Flechten und den schwarzen Stechaugen gewesen wäre. Valtin hatte nichts bemerkt, aber der schärfer sehenden Grete war es nicht entgangen, daß sie seit Mittag kein Auge von ihnen ließ und ersichtlich etwas gegen sie vorhatte. Ob aus Eifersucht oder Habsucht, ließ sich nicht erkennen, aber etwas Gutes konnt es nicht sein, und als der Tag sich neigte, rückte Grete näher und teilte Valtin ihre Besorgnis mit. Dieser schüttelte den Kopf und wollte davon nichts wissen, und siehe da, auch Grete vergaß es wieder, als sich gleich nach Sonnenuntergang ein neues Leben auf dem Floße zu regen begann. Der Alte nahm eine Fiedel, und die Frauensperson, die sich mittlerweile geputzt und eine rote Schürze angelegt hatte, führte mit dem jungen Burschen einen böhmischen Tanz auf. Danach setzten sie sich an den Herd und sangen Lieder, die der Alte mit ein paar Strichen auf der Fiedel begleitete.

Und nun kam die Dämmerung, und die Sterne begannen matt zu flimmern. Das Floß selbst hatte sich hart ans Ufer gelegt, das hier, anfänglich flach, dreißig Schritte weiter landeinwärts eine hohe, steile Wandung zeigte. Es war noch hell genug, um die rotgelben Töne des fetten Lehmbodens erkennen zu können.

Alles schwieg, und nur Grete, der ihr Verdacht wiedergekommen war, sagte leise: »Valtin, ich habe doch recht. Ich fürchte mich.«

»Glaubst du wirklich, daß es böse Leute sind?«

»Nicht eigentlich böse Leute, aber sie werden der Versuchung nicht widerstehen können. Du hast ihnen Geld gezeigt, und die Frau hat gesehen, daß ich Schmuck trage. Sie werden uns berauben wollen. Und setzest du dich zur Wehr, so ist es unser letzter Tag.«

Valtin überlegte hin und her und sagte dann: »Ich fürcht, es ist, wie du sagst. Und so müssen wie wieder fliehen. Ach, immer fliehen! Auch noch auf der Flucht eine Flucht.« Und er seufzte leise.

Grete hörte die Klage wohl heraus, aber sie hörte zugleich auch, daß es kein Vorwurf war, und so nahm sie seine Hand und sah in bittend an. Kannte sie doch ihre Macht über ihn. Und diese Macht blieb ihr auch diesmal treu, und alles war wieder gut.

Es traf sich glücklich, daß das Floß mit eben dem Hintereck, auf dem ihr Zelt stand, auf den Ufersand gefahren war. Sie teilten sich's mit und kamen überein, auf das Segeltuch, das sie den Tag über zu Häupten gehabt hatten, eine Silbermünze zu legen und, sobald alles schliefe, mit einem einzigen Satz ans Ufer zu springen. Wären sie dann erst die steile Lehmwand hinauf, so würde sie niemand mehr verfolgen. Und wenn es geschäh, so wär es ohne Not und Gefahr, denn Schiffsleute hätten einen schweren Gang und wären langsam zu Fuß.

Und während sie so sprachen, war der Mond aufgegangen. Das erschreckte sie vorübergehend. Aber es standen auch Wolken am Himmel, und so warteten sie, daß diese heraufziehen und den Mond überdecken möchten.

Und nun war es geschehen. »Jetzt«, sagte Valtin, und den Beistand des Himmels anrufend, sprangen sie vom Floß ans Ufer.

Das seichte Wasser, welches hier um ein paar Binsen her stand, klatschte hoch auf; aber sie hatten dessen nicht acht, und im nächsten Augenblicke die steile Lehmwand erkletternd, schritten sie rasch über das Feld hin in die Nacht hinein. Niemand folgte.

DREI JAHRE SPÄTER

Drei Jahre waren seitdem vergangen, und wieder färbte der Herbst die Blätter rot, allüberall in der Altmark, und nicht zum wenigsten in dem Städtchen Arendsee, dessen endlos lange Straße, zugleich seine einzige, nach links hin aus Häusern und Gärten, nach rechts hin aus Klostergebäuden und zwischenliegenden Heckenzäunen bestand. Hinter einem dieser Heckenzäune, der abwechselnd von Dorn und Liguster gebildet wurde, ließ sich ein auf Säulen ruhender Kreuzgang erkennen, in dessen quadratischer Mitte der Klosterkirchhof lag, wild und verwahrlost, aber in seiner Verwahrlosung nur um so schöner. Einige hochaufgemauerte Grabsteine schimmerten aus allerlei Herbstesblumen und dichtem Grase hervor, die meisten aber versteckten sich im Schatten alter Birnbäume, deren ungestützte Zweige mit ihrer Last bis tief zu Boden hingen. Vorüberziehende Fremde würden sich des Bildes gefreut haben, das eben jetzt, bei niedergehender Sonne, von absonderer Schönheit war; ein paar Arendseesche Bürger aber, Handwerker und Ackersleute zugleich, die mit ihrem Gespann vom Felde hereinkamen, achteten des wohlbekannten Anblicks nicht und hielten erst, als sie schon dreißig Schritt über den Heckenzaun hinaus waren und an der andern Seite der Straße dreier hochbepackter Wagen ansichtig wurden, die hier, vor einer alten Ausspannung mit tiefer Einfahrt, den ohnehin schmalen Weg beinah versperrten.

»Süh, Kersten, doa sinn se all. Awers hüt wahrd et nix mihr.«

»Nei, hüt nich. Und weet'st all, Hanne, se speelen joa nicht blot mihr mit Zocken un Puppen. Se kümmen joa nu sülwer rut.«

»Joa; so hebb ick't ook hürt. Richt'ge Minschen … Jott, wat man nicht allens erlewen deiht!«

Und damit gingen sie vorüber, weiter in die Stadt hinein.

Und es war so, wie die beiden Ackerbürger gesagt hatten. Puppenspieler, die, wie's dazumalen aufkam, ihre Puppen zeitweilig im Kasten ließen und an Stelle derselben in eigner Person auftraten, waren an eben jenem Nachmittag in das Städtchen gekommen und hatten sich's in der Ausspannung, vor der ihre Wagen hielten, bequem gemacht. Da saßen sie jetzt zu viert um den Tisch der großen Schenkstube herum, ihrem Aufputz und ihrer Redeweise nach oberdeutsches Volk, und vertaten das Geld, das ihnen der Salzwedelsche Michaelismarkt eingebracht hatte. Denn von daher kamen sie. Zwei derselben alte Bekannte von uns. Der Schwarzhaarige, mit einer Narbe quer über der Stirn, war derselbe, den wir an jenem hellen Julivormittag, an dem unsere Geschichte begann, an der Emrentz' Fenster vorüber seinen Umritt hatten machen sehen, und der neben ihm, ja, das mußte, wenn nicht alles täuschte, der Hagre, Schlackerbeinige mit dem weißen Hemd und der hohen Filzmütze sein, der bei Tage die Pauke gerührt und am Abend, in seinem hölzernen Abbild wenigstens, den Polizeischergen des »Jüngsten Gerichtes« gemacht hatte. Ja, sie waren es wirklich, dieselben fahrenden Leute, denn eben erschien auch die große, stattliche Frau, die damals, in halb spanisch, halb türkischem Aufzug, als dritte zwischen ihnen zu Pferde gesessen, Auch heute war sie verwunderlich genug gekleidet, trug aber, statt des langen schwarzen Schleiers mit den Goldsternchen, ein scharlachrotes Manteltuch, das sie, voll Majestät und nach Art eines Krönungsmantels, um ihre Schultern gelegt hatte. »Ach, Zenobia«, riefen alle und rückten zusammen, um ihr am Tische Platz zu machen.

Mit ihr zugleich aber war der Wirt eingetreten, ein paar Kannen im Arm, und überbot sich alsbald in Raschheit und Dienstbeflissenheit gegen seine Gäste. Wußt er doch, daß sie mit vollem Beutel kamen und außerdem Freibrief und gutes Zeugnis von aller Welt Obrigkeit aufzuweisen hatten. Und was wollt er mehr?

»Wirt«, rief der Schwarzhaarige, der auch heute wieder die Herrenrolle spielte, »die Salzwedelschen haben mir gefallen. Die drehen den Schilling nicht erst ängstlich um. Zweimal gespielt jeden Tag, erst die Puppen und dann wir selber. Und immer voll und kein Apfel zur Erde. Ein lustig Volk; nicht wahr, Wirt? Und wie heißt noch der Spruch von den Salzwedelschen? Ihr kennt ihn?«

»Ei, freilich; welcher Altmärkische wird *den* nicht kennen! Ein guter Spruch, und er geht so:

De Stendalschen drinken gerne Wien,
De Gardeleger wüll'n Junker sien,
De Tangermünd'schen hebben Mot,
De Soltwedler awers, de hebben dat Got.«

»Ja, das haben sie, das haben sie«, schrien alle durcheinander, und der Wirt wiederholte seinerseits: »Ein guter Spruch, ihr Herren. Bloß daß die Arendseeschen drin vergessen sind.«

»Ei, warum vergessen! Solch Sprüchel ist ja nicht wie's Vaterunser, wo nichts zukann und nichts weg. Was ihm fehlt, das machen wir dazu. Könnt Ihr nicht einen Reim machen, Wirt? Ein Wirt muß alles können, reimen und rechnen.«

»Ja, rechnen!« fiel der Chorus ein.

»Ärgert ihn nicht, sonst bringt er's nicht zustand'. Und ich seh's ihm an, daß er dran haspelt. Habt Ihr's?«

»Ja ... De Stendalschen drinken gerne Wien ...«

»Nein, nein, das nicht. Das ist ja die alte Leier. Wir wollen den neuen Reim hören, den Arendseeschen.«

So ging es unter Lärmen und Schreien weiter, bis der Wirt eine Pause wahrnahm und in schelmischem Ernst über den Tisch hin deklamierte:

Un di Arendseeschen, die hebben dat Stroh,
Awers hebben fifteig'n Nonnen dato.

»Fünfzehn Nonnen! Habt ihr gehört? Aber woher denn Nonnen? Es gibt ja keine Nonnen mehr. Ich meine hierzuland. Unten im Reich, da hat's ihrer noch genug. Nicht wahr, Zenobia? Aber hier! Alles aufgehoben, was sie ›säkularisieren‹ nennen. Habe mir's wohl gemerkt. Und das hat Euer vorvoriger Herr Kurfürst getan, der Herr Joachim, den ich noch habe begraben sehn. War das erstemal, daß mein Vater selig bis hier herauf ins Wittenbergsche kam. Anno 71, und ich war noch ein Kind.«

»Ja, sie sind aufgehoben. Aber 's gibt ihrer doch noch, hier und überall im Land. Und obwohlen unser alter Roggenstroh alle Sonntage gegen sie predigt, es hilft ihm nichts, sie bleiben doch. Und warum bleiben sie? Weil sie den adligen Anhang haben. Und oben in Cölln an der Spree, na, das weiß man, da sitzen auch die Junkerschen zu Rat und drücken ein Auge zu.«

»Gut, gut. Meinetwegen. Lassen wir die Junker und die Nonnen. Es muß auch Nonnen geben. Nicht wahr, Zenobia?«

Diese zog ihre rote Drapierung nur noch fester um ihre Schultern und schwieg in königlicher Würde weiter.

»Un hebben fifteig'n Nonnen dato! Wahrhaftig, Wirt, das habt Ihr gut gemacht, sehr gut! Ihr könnt't uns die Stücke schreiben. Was meinst, Nazerl, wir haben schon schlechtre gehabt! Aber singen wir; du singst vor Matthes.«

Und der Angeredete, der seinem starr und aufrecht stehenden roten Haare, vor allem aber seinen linsengroßen Sommersprossen nach der einzige Plattdeutsche von der Gesellschaft zu sein schien, intonierte mit heiserer Stimme: »Kaiser Carolus sien bestet Peerd.«

»Nicht doch, nicht doch«, fuhr der mit der Narbe dazwischen, »das kann Zenobia nicht hören; das singen ja die Knechte. Sing du, Hinterlacher. Aber was Fein's und Zierlich's.« Und Hinterlacher sang:

Zu Bacharach am Rheine,
Da hat mir's wohlgetan,
Die Wirtin war so feine,
So feine,
Und als wir ganz alleine ...

»Ach, dummes Zeug. Immer Weiber und Weiber. Aber sie denken nicht dran; und am wenigsten, was eine richtige Wirtin ist. Sie lachen dich aus. Nazerl, mach du dein' Sach'. Aber nichts von Weibern, hörst du? Halt dich an *das*!« Und dabei schob er ihm eine frische Kanne zu, die der Wirt eben hereingebracht hatte. Und Nazerl hob an:

»Der liebste Buhle, den ich hab',
Der liegt beim Wirt im Keller,
Er hat ein hölze'ns Röcklein an
Und heißet Muskateller:
Hab' manche Nacht mit ihm verbracht,
Er hat mich immer glücklich 'macht, glücklich 'macht
Und lehrt mich lustig singen.«

»Das ist recht. Der liebste Buhle, den ich hab' … das gefällt mir. Der Natzi hat's getroffen. Was meinst, Zenobia?« Und alle wiederholten den Vers und stießen mit ihren Kannen und Bechern zusammen.

»Ihr müßt nicht so lärmen«, sagte jetzt der, der mit ›Bacharach am Rheine‹ so wenig durchgedrungen war. »Er liegt grad' über uns, und ich glaub, er macht es nicht lange mehr.« Zenobia nickte.

So ging's unten her. Über ihnen aber, auf einer Schütte Stroh, drüber ein Laken gebreitet war, lag ein Kranker, ein Kissen unterm Kopf und mit ein paar Kleidungsstücken zugedeckt. Neben ihm, auf einem Fußschemel, saß eine junge Frau, blaß und fremd, und hielt mit ihrer Rechten den Henkel eines als Wiege dienenden Korbes, mit ihrer Linken die Hand des Kranken. Dieser schien einen Augenblick geschlafen zu haben, und als er jetzt die Augen wieder öffnete, beugte sie sich zu ihm nieder und fragte leise: »Wie ist dir?«

»Gut.«

»Ach, sage nicht gut. Deine Stirn brennt, und ich seh, wie deine Brust fliegt. Mein einzig lieber Valtin, vergib mir, sage mir, daß du mir vergibst.«

»Was, Grete? Was soll ich dir vergeben?«

»Was, was? Alles, alles! Ich bin schuld an deinem Elend, und nun bin ich schuld an deinem Tod. Aber ich wußt es nicht anders, und ich wollt es nicht. Ich war ein Kind noch, und sieh, ich liebte dich so sehr. Aber nicht genug, nicht genug, und es war nicht die rechte Liebe. Sonst wär es anders gekommen, alles anders.«

»Laß es, Grete.«

»Nein, ich lass' es nicht. Ich will mein Herz ausschütten vor dir. Ach, sonst beichten die Sterbenden, ich aber will *dir* beichten, dir.«

Er lächelte. »Du hast mir nichts zu beichten.«

»Doch, doch. Viel, viel mehr, als du glaubst. Denn sieh, ich habe nur an mich gedacht; das war es; da liegt meine Schuld. Es kommt alles von Gott, auch das Unrecht, das man uns antut, und wir müssen es tragen lernen. Das hat mir Gigas oft gesagt, so oft; aber ich wollt es nicht tragen und hab aufgebäumt in Haß und in Ungeduld. Und in meinem Haß und meiner Ungeduld hab ich dich mit fortgezwungen und habe dich um Glück und Leben gebracht.«

Er schüttelte den Kopf und wiederholte nur leise: »Laß es, Grete. Du hast mich nicht um das Glück gebracht. Es war nur anders als andrer Leute Glück. Weißt du noch, als wir auf dem Floß fuhren und das Schilf streiften und die Wasservögel aufflogen, ach, wie stand da der Himmel so blau und golden über uns, und wie hell schien uns die Sonne! Ja, da waren wir glücklich. Und als wir dann auf Lübeck zogen und das Holstentor vor uns hatten, das uns mit seinen grünen und rote Ziegeln ansah, und dann Musik und Fahnenschwenker auf uns zukamen, als ob man uns einen Einzug machen wolle, da lachten wir und waren froh in unserem Herzen, denn wir nahmen es als gutes Zeichen und wußten nun, daß wir gute Tage haben würden. Und wir hatten sie auch und hätten sie noch, denn fleißige Tage sind gute Tage, wenn nicht der Streit gekommen wär, der Streit um viel und nichts … Er dacht eben, er dürf es dir ansinnen, weil wir arm waren und er reich und eines Ratsherrn Sohn. Und da war es denn freilich aus … Aber laß, Grete. Was wir gehabt haben, das haben wir gehabt. Und nun gib mir das Kind, daß ich mich seiner freue.«

Grete war aufgestanden, um ihm das Kind zu geben; eh sie's jedoch aufnehmen konnte, befiel ihn ein Stickhusten, wohl von der Anstrengung des Sprechens, und als der Anfall endlich vorüber war, lag er schweißgebadet da, matt und halb geschlossenen Auges, wie ein Sterbender.

So vergingen Minuten, bis er sich wieder erholt hatte und trinken zu wollen schien. Wenigstens sah er sich um, als such er etwas. Und wirklich, neben seinem Lager stand ein Hafenglas, drin ihm aus Brotrinden und dünnem Essig ein Getränk gemacht worden war. Aber der Geschmack widerstand ihm, und er wies es zurück und sagte: »Wasser.« Und Grete holte den Wasserkrug herbei, der groß und unhandlich und viel zu schwer war, um draus zu trinken, und als sie noch unschlüssig dastand und überlegte, wie sie den Trunk ihm reichen solle, hob er sich mühsam auf und sagte lächelnd: »Aus deiner Hand, Gret; ein paar Tropfen bloß. Ich brauche nicht viel.« Und sie tat's und gab ihm. Als er aber getrunken, hielt sie sich nicht länger mehr und rief, während sie halb im Gebet und halb in Verzweiflung ihre Hände gen Himmel streckte: »Ach, daß ich leben muß! Valtin, mein einzig Geliebter, nimm mich mit dir, mich und unser Kind. Was hier noch war, warst du. Nun gehst du, und wir sind unnütz auf dieser Welt.«

»Nein, Grete, nicht unnütz. Und du mußt leben, leben um des Kindes willen. Auch wenn es dir schwer wird. Und du wirst es, denn du hattest immer einen tapfern und guten Mut. Ich weiß davon. Und nun hör mich und tu, wie ich dir sage. Aber bücke dich, bitt', denn es wird mir schwer.«

Und sie rückte näher an sein Kissen.

»Es muß etwas geschehen«, fuhr er fort, »und du kannst nicht mehr bleiben mit den fahrenden Leuten unten. Ich mag sie nicht schelten, denn sie waren gut mit uns, aber sie sind doch anders als wir. Und du mußt wieder eine Heimstätt' haben. Und so versprich mir denn, mache dich los hier, in Frieden und guten Worten, und zieh wieder heim und sage ... und sage ... daß ich schuld gewesen.«

Grete schüttelte heftig den Kopf. Ihm die Schuld zuzuschieben, das erschien ihr schwerer als alles. Er aber legte still seine Hand auf ihren Mund und wiederholte nur: »... Daß ich schuld gewesen. Und wenn du das gesagt hast, Grete, dann sag auch, du kämest, um wieder gutzumachen, was du getan, und sie sollten dich halten als ihre Magd. Und du wolltest kein Glück mehr, nein, nur Ruh und Rast. Und dann mußt du niederknien, nicht vor ihr, aber vor deinem Bruder Gerdt. Und er wird dich aufrichten ...«

»Ach, daß es käme, wie du sagst! Aber ich kenn ihn besser. Er wird mir drohn und von seiner Schwelle weisen, mich und das Kind, und wird uns böse Namen geben.«

»Ich fürcht es nicht. Aber wenn er härter ist, als ich ihn schätze, dann geh ihn an um dein Erbe, das wird er dir nicht weigern können. Und dann suche dir einen stillen Platz und gründe dir ein neues Heim und einen eigenen Herd. Tu's, Gret. Ich weiß, du hast ein trotzig Gemüt; aber bezwinge dich um des Kindes willen. Versprich mir's. Willst du?«

»Ich will.«

Es schien, daß sie noch weitersprechen wollt, aber in diesem Augenblicke trat Zenobia ein und sagte: »Denk Gret, 's gibt noch a Spiel heut. Den ›Sündfall‹ wollen's. Das Leutvolk laßt uns ka Ruh' nit. Aber a ›Sündfall‹ ohn' a Engel? Das geht halt nit. Und drum komm i. Was meinst, Gret?«

Diese starrte vor sich hin.

»Geh«, sagte Valtin. »Rücke den Korb dicht her zu mir und spiele den Engel. Und wenn die Stelle kommt, wo du die Palme hebst, dann denk an mich.«

Und sie rückte den Korb näher an sein Lager und beugte sich über ihn. Er nahm noch einmal ihre Hand und sagte: »Und nun leb wohl, Gret, und vergiß es nicht. Ich höre jedes Wort. Geh. Ich wart auf dich.«

Und Grete ging und barg ihr Gesicht in beide Hände.

DIE NONNEN VON ARENDSEE

Am andern Morgen ging es in Arendsee von Mund zu Mund, daß einer von den Puppenspielern über Nacht gestorben sei. An allen Ecken sprach man davon, und alles war in Aufregung. Was mit ihm tun? Ein Sarg war beschafft worden, das war in der Ordnung; aber wo ihn begraben, das blieb die Frage. War ihr Kirchhof ein Begräbnisplatz für fahrende Leute, von denen keiner wußte, wes Glaubens sie seien, Christen oder Heiden? Oder vielleicht gar Türken? Und dabei dachte jeder an die Frau, die gestern, vor Beginn des Spiels, ein langes rotes Tuch um die Schulter, am Eingange gesessen hatte.

Es war klar, daß nur der alte Prediger Roggenstroh den Fall entscheiden konnte; und ehe Mittag heran war, wußte jeder, *daß* er ihn entschieden habe und *wie*. Grete selber hatte, neben einer eindringlichen Ermahnung, das Nein aus seinem Munde hören müssen.

Da war nun große Not und Trübsal, und es wurd erst wieder lichter um Gretens Herz, als sich die Wirtin ihrer erbarmte und ihr anriet, drüben ins Kloster zu den Nonnen zu gehen, die würden schon Rat schaffen und ihr zu helfen wissen, wär es auch nur, weil sie den alten Roggenstroh nicht leiden könnten. Sie solle nur Mut haben und nach der Domina fragen oder, wenn die Domina krank sei (denn sie sei sehr alt), nach der Ilse Schulenburg. Die habe das Herz auf dem rechten Fleck und sei der Domina rechte Hand. Und wenn diese stürbe, dann würde *sie's*.

Das waren rechte Trostesworte, und als Grete der Wirtin dafür gedankt, machte sie sich auf, um drüben im Kloster das ihr bezeichnete Haus aufzusuchen. Ein paar halbwachsene Kinder, die vor dem Tor der Ausspannung spielten, wollten ihr den Weg zeigen, aber sie zog es vor, allein zu sein, und ging auf die Stelle zu, wo der Heckenzaun und der Kreuzgang war. Als sie hier, trotz allem Suchen, keinen Eingang finden konnte, preßte sie sich durch die Hecke hindurch und stand nun unmittelbar vor einer langen, offenen Rundbogenreihe, zu der ein paar flache Sandsteinstufen von der Seite her hinaufführten. Drinnen an den Gewölbeklappen befanden sich halb verblaßte Bilder, von denen eines sie fesselte: Engelsgestalten, die schwebend einen Toten trugen. Und sie sah lange hinauf, und ihre Lippen bewegten sich. Dann aber stieg sie, nach der andern Seite hin, die gleiche Zahl von Stufen wieder hinab und sah sich alsbald inmitten des Klosterkirchhofes, der fast noch wirrer um sie her lag, als sie beim ersten Anblick erwartet. Wo nicht die Birnbäume mit ihren tief herabhängenden Zweigen alles überdeckten, standen Dill- und Fencheldolden, hoch in Samen geschossen; dazwischen aber allerhand verspätete Kräuter, Thymian und Rosmarin, und füllten die Luft mit ihrem würzigen Duft. Und sie blieb stehen, duckte sich und hob sich wieder, und es war ihr, als ob diese wuchernde Gräberwildnis, diese Pfadlosigkeit unter Blumen, sie mit einem geheimnisvollen Zauber umspinne. Endlich hatte sie das Ende des Kirchhofes erreicht, und sie sah zwischen den Bogen hindurch, die das Viereck auch nach dieser Seite hin abschlossen, auf den in der Tiefe liegenden Klostersee, den nach links hin, ein paar hundert Schritt weiter abwärts, einige Häuser umstanden. Eines davon, das vorderste, steckte ganz in Efeu und war bis in Mittelhöhe des Daches von fleischblättrigem und rotblühendem Hauslaub überdeckt. All das ließ sich deutlich erkennen, und als Grete bis dicht heran war, sah sie, daß eine Magd auf dem Schwellsteine stand und den großen Messingklopfer putzte.

»Wer wohnt hier?« fragte Grete.

»Das Fräulein von Jagow.«

»Ist es eine von den Nonnen?«

Das Mädchen lachte. »Von den Nonnen? Wir haben keine Nonnen mehr. Es ist die Domina.«

»Das ist gut. Die such ich.«

Und das Mädchen, ohne weiter eine Frage zu tun, trat in den Flur zurück, um ihr den Weg freizumachen, und wies auf eine Tür zur Linken. »Da.«

Und Grete öffnete.

Es war ein hohes, gotisches, auf einem einzigen Mittelpfeiler ruhendes Zimmer, drin es schwer hielt, sich auf den ersten Blick zurechtzufinden, denn nur wenig Sonne fiel ein, und alles Licht, das herrschte, schien von dem Feuer herzukommen, das in dem tiefen und völlig schmucklosen Kamine brannte. Neben diesem, einander gegenüber, saßen zwei Frauen, sehr verschieden an Jahren und Erscheinung; zwischen ihnen aber lag ein großer, gelb und schwarz gefleckter Wolfshund, mit spitzem Kopf und langer Rute, der der jüngeren nach den Augen sah. Er ließ sich auch durch Gretens Eintreten nicht stören und gab seine Herrin erst frei, als diese sich nach der Tür hinwandte und in halblautem Tone fragte: »Wen suchst du, Kind?«

»Ich suche die Domina.«

»Das ist sie.« Und dabei zeigte sie nach dem Stuhl gegenüber. Die Gestalt, die hier bis dahin zusammengekauert gesessen hatte, richtete sich jetzt auf, und Grete sah nun, daß es eine sehr alte Dame war, aber mit scharfen Augen, aus denen noch Geist und Leben blitzte. Zugleich erhob sich auch der Hund und legte seinen Kopf zutraulich an Gretens Hand, was ein gutes Vorurteil für diese weckte. Denn »er kennt die Menschen«, sagte die Domina.

Diese hatte mittlerweile Greten an ihren Stuhl herangewinkt. »Wie heißt du, Kind, und was führt dich her? Aber stelle dich hier ins Licht, denn mein Ohr ist mir nicht mehr zu Willen, und ich muß dir's von den Lippen lesen.«

Und nun erzählte Grete, daß sie zu den fahrenden Leuten gehöre, die gestern in die Stadt gekommen seien, und daß einer von ihnen, der ihr nahegestanden, in dieser Nacht gestorben sei. Und nun wüßte sie nicht, wohin ihn begraben. Einen Sarg hätten sie machen lassen, aber sie hätten kein Grab für ihn, kein Fleckchen Erde. Wohl sei sie bei dem alten Prediger gewesen und hab ihn gebeten, aber der habe sie hart angelassen und ihr den Kirchhof versagt. Den Kirchhof und ein christlich Begräbnis.

»Bist du christlich?«

»Ja.«

»Aber du siehst so fremd.«

»Das macht, weil meine Mutter eine Span'sche war.«

»Eine Span'sche? ... Und im alten Glauben?«

»Ja, Domina.«

Die beiden Damen sahen einander an, und die Domina sagte: »Sieh, Ilse, das hat ihr der Roggenstroh von der Stirn gelesen. Er sieht doch schärfer, als wir denken. Aber es hilft ihm nichts, und wir wollen ihm einen Strich durch die Rechnung machen. Er hat *seinen* Kirchhof, und wir haben den *unsren*. Und auf unsrem, denk ich, schläft sich's besser.«

»Ja, Domina.«

»Sieh, Kind, das sag ich auch. Und ich warte nun schon manches Jahr und manchen Tag darauf. Aber der Tag will nicht kommen. Denn du mußt wissen, ich werde fünfundneunzig und war schon geboren und getauft, als der Wittenbergsche Doktor gen Worms ging und vor Kaiser Carolus Quintus stand. Ja, Kind, ich habe viele Zeiten gesehen, und sie waren nicht schlechter als unsre Zeiten sind. Und morgen um die neunte Stunde, da komm nur herauf mit deinem Toten, und da soll er sein Grab haben. Ein Grab bei *uns*. Und nicht an schlechter Stell' und unter Unkraut; nein, wir wollen ihn unter einem Birnbaum begraben oder, so du's lieber hast, unter einem Fliederbusch. Hörst du! Verlaß dich auf mich und auf *diese* hier. Denn die hier und ich, wir verstehen einander, nicht wahr, Ilse? Und wir wollen die Klosterglocken läuten lassen, daß es der Roggenstroh bis in seine Stube hört und nächsten Sonntag wieder gegen uns predigt, gegen uns und gegen den Antichrist. Das tut er am liebsten, und wir hören es am liebsten. Und nun geh, Kind. Ich hasse den Hochmut und weiß nur das eine, daß unser Allerbarmer für unsre Sünden gestorben ist und nicht für unsre Gerechtigkeit.«

Und danach ging Grete, und der Hund begleitete sie bis an die Tür.

Als die beiden Frauen wieder allein waren, sagte die Domina:

»Unglückliches Kind. Sie hat das Zeichen.«

»Nicht doch; sie hat schwarze Augen. Und die hab ich auch.«

»Ja, Ilse. Aber deine lachen und ihre brennen.«

»Du siehst zu viel, Domina.«

»Und du zu wenig. Alte Augen sehen am besten im Dunkeln. Und das Dunkelste ist die Zukunft.«

Und so kam der andre Morgen.

Die neunte Stunde war noch nicht heran, als ganz Arendsee die Klosterglocke läuten hörte. Und auch Roggenstroh hörte sie; das verdroß ihn. Aber, ob es ihn verdroß oder nicht, von der tiefen Einfahrt des Gasthofes her setzte sich ein seltsamer Zug in Bewegung, ein Begräbnis, wie die Stadt noch keines gesehen; denn die vier Puppenspieler trugen den Sarg, der auf eine Leiter gestellt worden war, und hinter ihnen her ging Grete, nur auf Zenobia gestützt, die sich heute von allem Rot entkleidet und statt dessen an ihrem Spitzhut wieder ihren langen schwarzen Schleier mit den Goldsternchen befestigt hatte. Und dann kamen Kinder aus der Stadt, die vordersten ernst und traurig, die letzten spielend und lachend, und so ging es die Straße hinunter, in weitem Bogen um den Kirchhof herum, bis an die Seeseite, wo, von alter Zeit her, der Eingang war.

In der Nähe dieses Einganges, unter einem hohen Fliederbusch, der mit seinen Zweigen bis in den Kreuzgang hineinwuchs, hatte der Klostergärtner das Grab gegraben. Und um das Grab her standen die Nonnen von Arendsee: Barbara von Rundstedt, Adelheid von Rademin, Mette von Bülow und viele andere noch, alle mit Spitzhauben und langen Chormänteln, und in ihrer Mitte die Domina, klein und gebückt, und neben ihr Ilse von Schulenburg, groß und stattlich. Und als nun der Zug heran war, öffnete sich der Kreis, und mit Hilfe von Seilen und Bändern, die zur Hand waren, wurde der Sarg hinabgelassen. Und nun schwieg die Glocke, und die Domina sagte: »Sprich den Spruch, Ilse.« Und Ilse trat bis dicht an das Grab und betete: »Unsre Schuld ist groß, unser Recht ist klein, die Gnade Gottes tut es allein.« Und alle Nonnen wiederholten leise vor sich hin: »Und die Gnade Gottes tut es allein.« Danach warfen die Zunächststehenden eine Handvoll Erde dem Toten nach, und als ihr Kreis sich gelichtet, drängten sich die Kinder von außen her bis an den Rand des Grabes und streuten Blumen über den untenstehenden Sarg: Astern aller Farben und Arten, die sie während der kurzen Zeremonie von verwilderten Beeten gepflückt hatten.

Bald danach war nur noch Grete da und sah auf den Fliederbusch, der bestimmt schien, das Grab zu schützen. Ein Vogel flog auf und über sie hin und setzte sich dann auf eine Hanfstaude und wiegte sich. »Ein Hänfling!« sagte sie. Und die Bilder vergangener Tage stiegen vor ihr auf; ihr Schmerz löste sich, und sie warf sich nieder und weinte bitterlich.

Als sie sich erhob, sah sie, daß Ilse, die mit den andern gegangen war, zwischen den Rundbögen wieder herauf und auf sie zu kam, allem Anschein nach, um ihr eine Botschaft zu bringen. Und so war es. »Komm, Grete«, sagte sie, »die Domina will dich sprechen.« Und beide gingen nun, außerhalb des Kreuzganges, zwischen diesem und dem Seeufer hin und auf das efeuumsponnene Haus mit dem hohen Dach zu.

Es war schwül, trotzdem schon Oktobertage waren, und die Domina, die nach Art alter Leute die Sonnenwärme liebte, hatte Tisch und Stühle in Front ihres Hauses bringen lassen. Hier saß sie vor dem dichten, dunklen Gerank, durch das von innen her der Widerschein des Kaminfeuers blitzte, und auf das Tischchen neben ihr waren Obst und Lebkuchen gestellt, Ulmer und Basler, und eine zierliche Deckelphiole mit Syrakuser Wein.

Grete verneigte sich.

»Ich habe dich rufen lassen«, sagte die Domina, »weil ich dir helfen möchte, so gut ich kann. Es soll keiner ungetröstet von unsrer Schwelle gehen. So haben es die Arendseeschen von Anfang an gehalten, und so halten sie's noch. Und auch Ilse wird es so halten. Nicht wahr, Ilse? Und nun sage mir, Kind, woher du kommst und wohin du gehst? Ich frag' es um *deinetwillen.* Sage mir, was du mir sagen kannst und sagen willst.«

Und Grete sagte nun alles und sagte zuletzt auch, daß sie zurück zu den Ihren wolle, zu Bruder und Schwester, um an ihrer Schwelle Verzeihung und Versöhnung zu finden.

»Das ist ein schwerer Gang.«

Grete schwieg und sah vor sich hin. Endlich sagte sie: »Das ist es. Aber ich hab es ihm versprochen. Und ich will es halten.«

»Und wann wirst du gehen?«

»Gleich.«

»Das ist gut. Ein guter Wille kann schwach werden, und wir müssen das Gute tun, solange wir noch Kraft haben und die Lust dazu lebendig in uns ist. Sonst zwingen wir's nicht. Und nun gib ihr einen Imbiß, Ilse, und eine Zehrung für den Weg. Und noch eines, Grete: halt an dich, auch wenn es fehlschlägt, und wisse, daß du hier eine Freistatt hast. Und eine Freistatt ist fast so gut wie eine Heimstatt. Und nun knie nieder und höre mein Letztes und mein Bestes: ›Der Herr segne dich und behüte dich und gebe dir seinen Frieden.‹ Ja, seinen Frieden; den brauchen wir alle, aber du Arme, du brauchst ihn doppelt. Und nun geh und eile dich und laß von dir hören.«

Grete küßte der Alten die Hand und ging. Ilse mit ihr. Als diese zurückkam und ihren vorigen Platz an der Efeuwand eingenommen hatte, sagte die Domina: »Wir sehen sie nicht wieder.«

»Und hast ihr doch eine Freistatt geboten.«

»Weil wir das Unsre tun sollen ... Und die Wege Gottes sind wunderbar ... Aber ich sah den Tod auf ihrer Stirn. Und hab acht, Ilse, sie lebt keinen dritten Tag mehr!«

WIEDER GEN TANGERMÜNDE

Grete war in weitem Umkreis bis an das Gasthaus zurückgegangen, um hier von den Leuten, die's gut mit ihr und ihrem Toten gemeint hatten, Abschied zu nehmen. Vor allem von Zenobia. Dann wickelte sie das Kind, das diese bis dahin gewartet hatte, in den Kragen ihres Mantels und schritt aus der Stadt hinaus auf die große Straße zu, die von Arendsee nach Tangermünde führte. Hielt sie sich zu, das waren der Wirtin letzte Worte gewesen, so mußte sie gegen die vierte Stunde an Ort und Stelle sein.

Der Weg ging anfänglich über Wiesen. Es war schon alles herbstlich; der rote Ampfer stand längst in Samen, und die Vögel sangen nicht mehr, aber der Himmel wölbte sich blau, und die Sommerfäden zogen, und mitunter war es ihr, als vergäße sie alles Leids, das sie drückte. Ein tiefer Frieden lag über der Natur. »Ach, stille Tage!« sagte sie leise vor sich hin.

Nach den Wiesen kam Wald. Junge Tannen wechselten mit alten Eichen, und überall da, wo diese standen, war eine kräftigere Luft, die Grete begierig einsog. Denn es war immer schwüler geworden, und die Sonne brannte.

Mittag mochte heran sein, als sie Rast machte, weniger um ihret- als um des Kindes willen. Und sie gab ihm zu trinken. Das war dicht am Rande des Waldes, wo zwischen anderem Laubholz auch ein paar alte Kastanien ihre Zweige weit vorstreckten. Die Straße verbreiterte sich hier auf eine kurze Strecke hin und schuf einen sichelförmigen Platz, an dessen zurückgebogenster Stelle halb geschälte Birkenstämme lagen, hinter denen wieder ein Quell aus Moos und Stein hervorplätscherte. Hier saß sie jetzt, und um sie her lagen abgefallene Kastanien, einzelne noch in ihren Stachelschalen, die meisten aber aus ihrer Hülle heraus und braun und glänzend. Und sie bückte sich, um einige von ihnen aufzuheben. Und als sie so tat und ihrer immer mehr in den Schoß sammelte, da sah sie sich wieder auf ihres Vaters Grab und Valtin neben sich, und sie hing ihm die Kette um den Hals und nannt ihn ihren Ritter. War es doch, als ob jede Stunde dieses Tages Erinnerungen in ihr wecken sollte, süß und schmerzlich zugleich. »Alles dahin«, sagte sie. Und sie stand auf und schüttelte die Kastanien wieder ins Gras zu ihren Füßen.

Sie hing ihren Erinnerungen noch nach, als sie das Klirren einer Kumtkette hörte und gleich darauf eines Gefährtes ansichtig wurde, das, von derselben Seite her, von der auch sie gekommen, um die Waldecke bog. Es war eine Schleife mit zwei kleinen Pferden davor und ein Bauer vorn auf dem Häckselsack. Auch hinter ihm lagen Säcke, mutmaßlich Korn, das er zu Markt oder in die Mühle fuhr. Grete trat an ihn heran und frug, ob er sie mitnehmen wolle. »Eine kleine Strecke nur!«

»Dat will ick jiern. Steig man upp, Deern.«

Und Grete tat's und setzte sich neben ihn, und sie fuhren still in den Wald hinein. Endlich sagte der Bauer: »Kümmst von Arendsee?«

»Ja«, sagte Grete.

»Denn wihrst ook in't Kloster? Jott, de oll Domina. Fiefunneijentig. Na, lang kann't joa nich mihr woahren. Un denn kümmt uns' Ils' ran. De wahrd et.«

»Kennt Ihr sie?«

»I, wat wihr ick se nich kenn'? Ick bin joa vun Arnsdörb, wo se bührtig is. Un wat mien Voaders Schwester is, de wihr joa ehr Amm. Un achters hett se se uppäppelt. Un de seggt ümmer: ›Ils' is de best! Und so groot se is, so good is se. Un doafört wahrd se ook Domina.‹«

Und danach schwiegen sie wieder, und nichts als ein paar blaue Fliegen summten um sie her, und die Schleife mahlte weiter durch den Sand. Nur wenn dann und wann eine festere Stelle kam, wo Moos über den Weg gewachsen war oder wo viel Kiefernadeln lagen, über die die Fuhre glatter hingleiten konnte, gab der Bauer einen Schlag mit seiner Leine und ließ die mageren Braunen etwas schneller gehn. Und man hörte dann sein Hüh und Hott und das Klappern der Kette.

»Wo wisten hen?« nahm er endlich das Gespräch wieder auf.

»Nach Tangermünd.«

»Na'h Tangermünd. Oh, doa wihr ick ook. Awers dat geiht nu all in't dritt o'r vörte Joahr, as uns' Herr Kurförst doa wihr und dat grote Foahnenschwenken wihr, mit Äten und Jublieren. Un allens boaben up de Burg. Joa, doa wihr ick ook, un ümmer mit damang. Awers man buten.«

Grete nickte, denn wie hätte sie des Tages vergessen können! Und so plauderten sie weiter und schwiegen noch öfter, bis eine Stelle kam, wo der Weg gabelte. »Hier möt ick rechts aff«, sagte der Bauer.

Und Grete stieg ab und wollt ihm eine kleine Münze geben.

»Nei, nei, Deern, dat geiht nich. O'r bist 'ne Fru?«

Sie wurde rot, aber er hatt' es nicht acht und bog nach rechts hin in den Feldweg ein.

Es war noch zwei Stunden Wegs, und Grete, die sich von der Anstrengung des Marsches erholt hatte, schritt wieder rüstiger vorwärts. Auch die Schwüle ließ nach; ein Wind ging und kühlte die Luft und ihr die Stirn. Und sie hatte wieder guten Mut und gefiel sich darin, sich ihr künftiges Leben auszumalen. Aber sonderbar, sie begann es immer vom andern Ende her, und je weiter es ab und in allerfernste Zukunft hineinlag, desto heller und lichter erschien es ihr. Als aber zuletzt ihre Gedanken und Vorstellungen auch auf das Nah- und Nächstliegende kamen und sie sich in Gerdts Haus eintreten und die Knie vor ihm beugen sah, da wurd ihr wieder so bang ums Herz, und sie hatte Mühe, sich zu halten. Und sie nahm das Kind und küßte es. »Es muß sein«, sagte sie, »und es soll sein. Ich hab es ihm versprochen, und ich will es halten und will Demut lernen. Ja, ich will um einen Platz an seinem Herde bitten und will seine Magd sein und will mich vor ihm niederwerfen. Aber« – und ihre Stimme zitterte – »*wenn* ich mich niedergeworfen habe, so soll er mich auch wieder aufrichten. Weh ihm und mir, wenn er mich am Boden liegen läßt.« Und bei der Vorstellung war es ihr, als schwänden ihr die Sinne.

Endlich hatte sie sich wiedergefunden und ging rascheren Schrittes weiter, abwechselnd in Furcht und Hoffnung, bis sie plötzlich, aus dem Walde heraustretend, der Dächer und Türme Tangermündens ansichtig wurde. Da ging alles in ihr in alter Lieb' und Sehnsucht unter, und sie grüßte mit der Hand hinüber. Das war Sankt Stephan, und die hohen Linden daneben, das waren die Kirchhofslinden. Lebte Gigas noch? Blühten noch die Rosen in seinem Garten? Und sie legte die Hand auf ihre Brust und schluchzte und ward erst wieder ruhiger, als sie die Goldkapsel fühlte, das einzige, was ihr aus alten Tagen her geblieben war. Und sie öffnete sie und schloß sie wieder und preßte sie voll Inbrunst an ihre Lippen.

GRETE BEI GERDT

Unwillkürlich beschleunigte sich ihr Schritt, und binnen kurzem hatte sie die nur aus wenig Häusern bestehende Vorstadt erreicht. Eins dieser Häuser, das sich nach seinem bemalten und vergoldeten Schilde leicht als ein Herbergshaus erkennen ließ, lag in Nähe des Tores, und sie trat hier ein, um eine Weile zu ruhen und ein paar Fragen zu stellen. Die Leute zeigten sich ihr in allem zu Willen, und eh eine Stunde vergangen war, war sie fertig und stand gerüstet da: die Kleider ausgestäubt und geglättet und das während des langen Marsches wirr gewordene Haar wieder geordnet.

Es schlug eben fünf, als sie, das Kind unterm Mantel, aus der Herbergstüre trat. Draußen im Sande scharrten die Hühner ruhig weiter, und nur der Hahn trat respektvoll beiseit und krähte dreimal, als sie vorüberging. Ihr Schritt war leicht, leichter als ihr Herz, und wer ihr ins Auge gesehen hätte, hätte sehen müssen, wie der Ausdruck darin beständig wechselte. So passierte sie das Tor, auch den Vorplatz dahinter, und als sie jenseits desselben den inneren Bann der Stadt erreicht hatte, war es ihr, als wäre sie gefangen und könne nicht mehr heraus. Aber sie war nicht im Bann der Stadt, sondern nur im Bann ihrer selbst. Und nun ging sie die große Mittelstraße hinauf, an dem Rathause vorüber, hinter dessen durchbrochenen Giebelrosetten der Himmel wieder glühte, so rot und prächtig wie jenen Abend, wo Valtin sie die Treppe hinunter ins Freie getragen und von jähem Tod errettet hatte. Errettet? Ach, daß sie damals zerdrückt und zertreten worden wäre. Nun zertrat sie diese Stunde! Aber sie redete sich zu und schritt weiter in die Stadt hinein, bis sie dem Mindeschen Hause gegenüber hielt. Es war nichts da, was sie hätte stören oder überraschen können. In allem derselbe Anblick wie früher. Da waren noch die Nischen, auf deren Steinplatten sie, lang, lang eh Trud ins Haus kam, mit Valtin gesessen und geplaudert hatte, und dort oben die Giebelfenster, die jetzt aufstanden, um die Frische des Abends einzulassen, das waren *ihre* Fenster. Dahinter hatte sie geträumt, geträumt so vieles, so Wunderbares. Aber doch nicht das!

In diesem Augenblick ging drüben die Tür, und ein Knabe, drei- oder vierjährig, lief auf die Stelle zu, wo Grete stand. Sie sah wohl, wer es war, und wollte ihn bei der Hand nehmen; aber er riß sich los und huschte bang und ängstlich in eines der Nachbarhäuser hinein. »So beginnt es«, sagte sie und schritt quer über den Damm und auf das Haus zu, dessen Tür offengeblieben war. In dem Flure, trotzdem es schon dämmerte, ließ sich alles deutlich erkennen: an den Wänden hin standen die braunen Schränke, dahinter die weißen, und nur die Schwalbennester waren abgestoßen. Man sah nur noch die Rundung, wo sie vordem gesessen. Das erschreckte sie mehr als alles andere. »Die Schwalben sind nicht mehr heimisch hier«, sagte sie, »das Haus ist ungastlich geworden.« Und nun klopfte sie und trat ein.

Ihr Auge glitt unwillkürlich über die Wände hin, an denen ein paar von den Familienbildern fehlten, die früher dagewesen waren, auch das ihrer Mutter; aber der große Nußbaumtisch stand noch am alten Platz, und an der einen Schmalseite des Tisches, den Kopf zurück, die Füße weit vor, saß Gerdt und las. Es schien ein Aktenstück, dessen Durchsicht ihm in seiner Ratsherreneigenschaft obliegen mochte. Denn einer von den Mindes saß immer im Rate der Stadt. Das war so seit hundert Jahren oder mehr.

Grete war an der Schwelle stehengeblieben, und erst als sie wahrnahm, daß Gerdt aufsah und die wenigen Bogen, die das Aktenstück bildeten, zur Seite legte, sagte sie: »Grüß dich Gott, Gerdt. Ich bin deine Schwester Grete.«

»Ei, Grete«, sagte der Angeredete, »bist du da! Wir haben uns lange nicht gesehen. Was machst du? Was führt dich her?«

»Valtin ist tot …«

»Ist er? So?«

»Valtin ist tot, und ich bin allein. Ich hab ihm auf seinem Sterbebett versprechen müssen, euch um Verzeihung zu bitten. Und da bin ich nun und tu's und bitte dich um eine Heimstatt und um einen Platz an deinem Herd. Ich bin müde des Umherfahrens und will still und ruhig werden. Ganz still. Und ich will euch dienen; das soll meine Buße sein.« Und sie warf sich, als sie so gesprochen, mit einem heftigen Entschlusse vor ihm nieder, mehr rasch als reuig, und sah ihn fragend und mit sonderbarem Ausdruck an. Das Kind aber hielt sie mit der Linken unter ihrem Mantel.

Gerdt war in seiner bequemen Lage geblieben und sah an die Zimmerdecke hinauf. Endlich sagte er: »Buße! Nein, Grete, du bist *nicht* bußfertig geworden. Ich kenne dich besser, dich und deinen stolzen Sinn. Und in deiner Stimme klingt nichts von Demut. Aber auch wenn du Demut gelernt hättest, unsere Schwester kann nicht unsere Magd sein. Das verbietet uns das Herkommen und das Gerede der Leute.«

Grete war in ihrer knienden Stellung verblieben und sagte: »Ich dacht es wohl. Aber wenn ich es nicht sein kann, so sei es das Kind. Ich lieb es, und *weil* ich es so liebe, mehr als mein Leben, will ich mich von ihm trennen und will's in andere Hände geben. In eure Hände. Es wird nicht gut' und glückliche Tage haben, ich weiß ja, welche, aber wenn es nicht in Glück aufwächst, so wird es doch in Sitt' und Ehren aufwachsen. Und das soll es. Und so ihr euch seiner schämt, so tut es zu guten Leuten in Pfleg' und Zucht, daß es *ihr* Kind wird und mich vergißt und nichts an ihm bleibt von Sünd' und Makel und von dem Flecken seiner Geburt. Erhöre mich, Gerdt; sage ja, und ihr sollt mich nicht wiedersehen. Ich will fort, weit fort, und mir eine Stelle suchen, zum Leben und zum Sterben. Tu's! Ach, Lieb' und Haß haben mir die Sinne verwirrt, und vieles ist geschehen, das besser nicht geschehen wäre. Aber es ist nichts Böses an dieser meiner Hand. Hier lieg ich; ich habe mich vor dir niedergeworfen, nimm mich wieder auf! Hilf mir, und wenn nicht mir, so hilf dem Kind.«

Gerdt sah auf die kniende Frau, gleichgültig und mitleidlos, und sagte, während er den Kopf hin- und herwiegte:

»Ich mag ihm nicht Vater sein und nicht Vormund und Berater. Du hast es so gewollt, nun hab es. Es schickt sich gut, daß du's unterm Mantel trägst, denn ein Mantelkind ist es. Bei seinem *vollen* Namen will ich's nennen.«

Und er ließ sie liegen und griff nach dem Aktenbündel, als ob er der Störung müde sei und wieder lesen wolle.

Grete war jetzt aufgesprungen, und ein Blick unendlichen Hasses schoß aus ihren Augen. Aber sie bezwang sich noch und sagte mit einer Stimme, die plötzlich tonlos und heiser geworden war: »Es ist gut so, Gerdt. Aber noch ein Wort. Du hast mich nicht erhören wollen in meiner Not, so höre mich denn in meinem Recht. Ich bin als Bittende gekommen, nicht als eine Bettlerin. Denn ich bin keine Bettlerin. Ich bin des reichen Jakob Minde Tochter. Und so will ich denn mein *Erbe.* Hörst du, Gerdt, mein Erbe.«

Gerdt faltete die Bogen des Aktenstücks zusammen, schlug damit in seine linke Hand und lachte: »Erbe! Woher Erbe, Grete? Was brachte deine Mutter ein? Kennst du das Lied vom Sperling und der Haselnuß? Erbe! Du hast keins. Du hast dein Kind, das ist alles. Versuch es bei den Zernitzens, sprich bei dem Alten vor. Der *Valtin* hat ein Erbe. Und Emrentz, denk ich, wird sich freuen, dich zu sehn.«

»Ist das dein letztes Wort?«

»Ja, Grete.«

»So gehab dich wohl, und dein Lohn sei wie dein Erbarmen.« Und damit wandte sie sich und schritt auf die Tür und den Flur zu. Als sie draußen an dem Fenster vorüberkam, sah sie noch einmal hinein, aber Gerdt, der abgewandt und in Gedanken dasaß, bemerkte nichts.

Er sah auch noch starr vor sich hin, als Trud eintrat und einen Doppelleuchter vor ihn auf den Tisch stellte. Denn es dunkelte schon. Sie waren kein plaudrig Ehepaar, und die stummen Abende waren in ihrem Hause zu Hause; heut aber stellte Trud allerlei Fragen, und Gerdt, dem es unbehaglich war, erzählte schließlich von dem, was die letzte Stunde gebracht hatte. Über alles ging er rasch hinweg; nur als er an das Wort »Erbe« kam, konnte er davon nicht los und wiederholte sich's zweimal, dreimal und zwang sich zu lachen.

Trud aber, als er so sprach, war an das Fenster getreten und klopfte mit ihren Nägeln an die Scheiben, wie sie zu tun pflegte, wenn sie zornig war. Endlich wandte sie sich wieder und sagte: »Und was glaubst du, was nun geschieht?«

»Was geschieht? Ich weiß es nicht.«

»Aber ich weiß es. Meinst du, daß diese Hexe sich an die Landstraße setzen und dir zuliebe sterben und verderben wird?! Oh, Gerdt, Gerdt, es kann nicht guttun. Ich hätt's gedurft, *vielleicht* gedurft, denn wir waren uns fremd und feind von Anfang an. Aber du! Du durftest es *nicht.* Ein Unheil gibt's! Und du selber hast es heraufbeschworen. Um guten Namens willen, sagst du? Geh; ich kenn dich besser. Aus Geiz und Habsucht und um Besitz und Goldes willen! Nichts weiter.«

Er sprang auf und wollte heftig antworten, denn so stumpf und gefügig er war, so zornmütig war er, wenn an seinem Besitz gerüttelt wurde. Trud aber, uneingeschüchtert, schnitt ihm das Wort ab und sagte: »Sprich nicht, Gerdt; ich lese dir das schlechte Gewissen von der Stirn herunter. Deine Mutter hat's eingebracht, ich weiß es. Aber als die Span'sche, Gott sei's geklagt, in unser Haus kam, da hatte sich's verdoppelt, und aus eins war zwei geworden. Und so du's anders sagst, so lügst du. Sie *hat* ein Erbe. Sieh nicht so täppisch drein. Ich weiß es, und so sie's nicht empfängt, so wollen wir sehen, was von deinem und ihrem übrigbleibt. Lehre mich sie kennen. Ich hab ihr in die schwarzen Augen gesehen, öfter als du. Gezähmt, sagst du? Nie, nie.« Und sie zog ihren Knaben an sich, der, während sie sprach, ins Zimmer getreten war.

»Ihr sprecht von der Frau«, sagte das Kind. »Ich weiß. Sie hat mich bei der Hand nehmen wollen. Drüben. Aber ich habe mich vor ihr gefürchtet und von ihr losgerissen.«

GRETE VOR PETER GUNTZ

Grete war allem Anscheine nach ruhig aus dem Hause getreten; aber in ihrem Herzen jagte sich's wie Sturm, und hundert Pläne schossen in ihr auf und schwanden wieder, alle von dem *einen* Verlangen eingegeben, ihrem Haß und ihrer Rache genug zu tun. Und immer war es Gerdt, den sie vor Augen hatte, nicht Trud; und auf seinen Schultern stand ein rotes Männlein mit einem roten Hut und einer roten vielgezackten Fahne, das wollt er abschütteln; aber er konnt es nicht. Und sie lachte vor sich hin, ganz laut, und nur in ihrem Innern klang es leise: »Bin ich irr?«

Unter solchen Bildern und Umständen war sie grad über den Rathausplatz hinaus, als sie plötzlich, wie von einem Lichtscheine geblendet, sich wieder umsah und der halben Mondscheibe gewahr wurde, die still und friedlich, als regiere sie diese Stunde, über dem Giebelfelde des Rathauses stand. Und sie sah hinauf, und ihr war, als lege sich ihr eine Hand beruhigend auf das Herz. »Es soll mir ein Zeichen sein«, sagte sie. »Vor den *Rat* will ich es bringen; der soll mich aufrichten … Nein, nicht aufrichten. Richten soll er. Ich will nicht Trost und Gnade von Menschenmund und Menschenhand, aber mein *Recht* will ich, mein Recht gegen ihn, der sich und seiner Seelen Seligkeit dem Teufel verschrieben hat. Denn der Geiz ist der Teufel!« Und sie wiederholte sich's und grüßte mit ihrer Hand zu der Mondscheibe hinauf.

Dann aber wandte sie sich wieder und ging auf das Tor und die Vorstadt zu.

Draußen angekommen, setzte sie sich zu den Gästen und sprach mit ihnen und bat um etwas Milch. Als ihr diese gebracht worden, verabschiedete sie sich rasch und stieg in die Bodenkammer hinauf, darin ihr die Wirtin ein Bett und eine Wiege gestellt hatte. Und todmüde von den Anstrengungen des Tags, warf sie sich nieder und schlief ein. Bis um Mitternacht, wo das Kind unruhig zu werden anfing. Sie hörte sein Wimmern und nahm es auf, und als sie's gestillt und wieder eingewiegt, öffnete sie das Fenster, das den Blick auf die Vorstadtsgärten und dahinter auf weite, weite Stoppelfelder hatte. Der Mond war unter, aber die Sterne glitzerten in beinah winterlicher Pracht, und sie sah hinauf in den goldenen Reigen und streckte beide Hände danach aus. »Gott, erbarme dich mein!« Und sie kniete nieder und küßte das Kind. Und ihren Kopf auf dem Kissen und ihre rechte Hand über die Wiege gelegt, so fand sie die Wirtin, als sie bei Tagesanbruch eintrat, um sie zu wecken.

Der Schlaf hatte sie gestärkt, und noch einmal fiel es wie Licht und Hoffnung in ihr umdunkeltes Gemüt, ja, ein frischer Mut kam ihr, an dem sie selber nicht mehr geglaubt hatte. Jeder im Rate kannte sie ja, und der alte Peter Guntz war ihres Vaters Freund gewesen. Und Gerdt? Der hatte keinen Anhang und keine Liebe. Das wußte sie von alten und neuen Zeiten her.

Und sie nahm einen Imbiß und spielte mit dem Kind und plauderte mit der Wirtin, und auf Augenblicke war es, als vergäße sie, was sie hergeführt.

Aber nun schlug es elf von Sankt Stephan. Das war die Stunde, wo die Ratmannen zusammentraten, und sie brach auf und schritt rasch auf das Tor zu und wie gestern die Lange Straße hinauf.

Um das Rathaus her war ein Gedränge. Marktfrauen boten feil, und sie sah dem Treiben zu. Ach, wie lange war es, daß sie solchen Anblick nicht gehabt und sich seiner gefreut hatte! Und sie ging von Stand zu Stand und von Kram zu Kram, um das halbe Rathaus herum, bis sie zuletzt an die Rückwand kam, wo nur noch ein paar einzelne Scharren standen. In Höhe dieser war eine Steintafel in die Wand eingelassen, die sie früher an dieser Stelle nie bemerkt hatte. Und doch mußte sie schon alt sein, das ließ sich an den altmodischen Buchstaben erkennen. Aber sie waren noch deutlich zu lesen.

Und sie las:

Hastu Gewalt, so richte recht,
Gott ist dein Herr und du sein Knecht;
Verlaß dich nicht auf dein Gewalt,
Dein Leben ist hier bald gezahlt.
Wie du zuvor hast 'richtet mich,
Also wird Gott auch richten dich;
Hier hastu gerichtet nur kleine Zeit,
Dort wirstu gerichtet in Ewigkeit.

»Wie schön!« Und sie las es immer wieder, bis sie jedes Wort auswendig wußte. Dann aber ging sie rasch um die zweite Hälfte des Rathauses herum und stieg die Freitreppe hinauf, die, mit einer kleinen Biegung nach links, unmittelbar in den Sitzungssaal führte.

Es war derselbe Saal, in dem zu Beginn unsrer Erzählung die Puppenspieler gespielt und das verhängnisvolle Feuerwerk abgebrannt hatten. Aber statt der vielen Bänke stand jetzt nur ein einziger langer Tisch inmitten desselben, und um den Tisch her, über den eine herunterhängende grüne Decke gebreitet war, saßen Burgemeister und Rat. Zuoberst Peter Guntz, und zu beiden Seiten neben ihm: Caspar Helmreich, Joachim Lemm, Christoph Thone, Jürgen Lindstedt und drei, vier andere noch. Nur Ratsherr Zernitz hatte sich mit Krankheit entschuldigen lassen. An der andern Schmalseite des Tisches aber wiegte sich Gerdt auf seinem Stuhl, dasselbe Aktenbündel in Händen, in dem er gestern gelesen hatte.

Er verfärbte sich jetzt und senkte den Blick, als er seine Schwester eintreten sah, und aus allem war ersichtlich, daß er eine Begegnung an dieser Stelle nicht erwartet hatte. Grete sah es und trat an den Tisch und sagte: »Grüß Euch Gott, Peter Guntz. Ihr kennt mich nicht mehr; aber ich kenn Euch. Ich bin Grete Minde, Jakob Mindes einzige Tochter.«

Alle sahen betroffen auf, erst auf Grete, dann auf Gerdt, und nur der alte Peter Guntz selbst, der so viel gesehen und erlebt hatte, daß ihm nichts mehr wundersam bedünkte, zeigte keine Betroffenheit und sagte freundlich: »Ich kenn dich wohl. Armes Kind. Was bringst du, Grete? Was führt dich her?«

»Ich komm, um zu klagen wider meinen Bruder Gerdt, der mir mein Erbe weigert. Und dessen, denk ich, hat er kein Recht. Ich kam in diese Stadt, um wieder gutzumachen, was ich gefehlt, und wollte dienen und arbeiten und bitten und beten. Und das alles um dieses meines Kindes willen. Aber Gerdt Minde hat mich von seiner Schwelle gewiesen; er mißtraut mir; und vielleicht, daß er's darf. Denn ich weiß wohl, was ich war und was ich bin. Aber wenn ich kein Recht hab an sein brüderlich Herz, so hab ich doch ein Recht an mein väterlich Gut. Und dazu, Peter Guntz und Ihr andern Herrn vom Rat, sollt ihr mir willfährig und behilflich sein.«

Peter Guntz, als Grete geendet, wandte sich an Gerdt und sagte: »Ihr habt die Klage gehört, Ratsherr Minde. Ist es, wie sie sagt? Oder was habt Ihr dagegen vorzubringen?«

»Es ist *nicht*, wie sie sagt«, erhob sich Gerdt von seinem Stuhl. »Ihre Mutter war einer armen Frau Kind. Ihr wisset all, wes Landes und Glaubens, und kam ohne Mitgift in unser Haus.«

»Ich weiß.«

»Ihr wißt es. Und doch soll ich sprechen, wo mir zu schweigen ziemlicher wär. Aber Euer Ansinnen lässet mir keine Wahl. Und so höret denn. Jakob Minde, mein Vater, so klug er war, so wenig umsichtig war er. Und so zeigte sich's von Jugend auf. Er hatte keine glückliche Hand in Geschäften und ging doch gern ins Große, wie die Lübischen tun und die Flandrischen. Aber das trug unser Haus nicht. Und als ihm zwei Schiffe scheiterten, da war er selbst am Scheitern. Und um diese Zeit war es, daß er meine Mutter heimführte, von Stendal her, Baldewin Rickharts einzige Tochter. Und mit ihr kam ein Vermögen in unser Haus ...«

»Mit dem Euer Vater wirtschaftete.«

»Aber nicht zum Segen und Vorteil. Und ich habe mich mühen müssen und muß es noch, um alte Mißwirtschaft in neue Gutewirtschaft zu verkehren, und alles, was ich mein nenne, bis diese Stunde, reicht nicht heran an das Eingebrachte von den Stendalschen Rickharts her.«

»Und dies sagt Ihr an Eides Statt, Ratsherr Minde?«

»Ja, Peter Guntz.«

»Dann, so sich nicht Widerspruch erhebt, weis ich dich ab mit deiner Klage. Das ist Tangermündisch Recht. Aber eh ich dich, *Grete* Minde, die du zu Spruch und Beistand uns aufgerufen hast, aus diesem unserem Gericht entlasse, frage ich dich, *Gerdt* Minde, ob du dein Recht brauchen und behaupten oder nicht aus christlicher Barmherzigkeit von ihm ablassen willst. Denn *sie*, die hier vor dir steht, ist deines Vaters Kind und deine Schwester.«

»Meines Vaters Kind, Peter Guntz, aber *nicht* meine Schwester. Damit ist es nun vorbei. Sie fuhr hoch, als sie noch mit uns war; nun fährt sie niedrig und steht vor Euch und mir und birgt ihr Kind unterm Mantel. Fragt sie, wo sie's her hat. Am Wege hat sie's geboren. Und ich habe nichts gemein mit Weibern, die zwischen Heck und Graben ihr Feuer zünden und ihre Lagerstatt beziehn. Unglück? Wer's glaubt. Sie hat's *gewollt*. Kein falsch Erbarmen, liebe Herren. Wie wir uns betten, so liegen wir.«

Grete, während ihr Bruder sprach, hatte das Kind aus ihrem Mantel genommen und es fest an sich gepreßt. Jetzt hob sie's in die Höh', wie zum Zeichen, daß sie's nicht verheimlichen wolle. Und nun erst schritt sie dem Ausgang zu. Hier wandte sie sich noch einmal und sagte ruhig und mit tonloser Stimme:

Verlaß dich nicht auf dein Gewalt,
Dein Leben ist hier bald gezahlt.
Wie du zuvor hast 'richtet mich,
Also wird Gott auch richten dich –

und verneigte sich und ging.

Die Ratsherren, deren anfängliche Neugier und Teilnahme rasch hingeschwunden war, sahen ihr nach, einige hart und spöttisch, andere gleichgültig.

Nur Peter Guntz war in Sorg' und Unruh' über das Urteil, das er hatte sprechen müssen. »Ein unbillig Recht, ein totes Recht.« Und er hob die Sitzung auf und ging ohne Gruß und Verneigung an Gerdt Minde vorüber.

HIER HASTU GERICHTET NUR KLEINE ZEIT, DORT WIRSTU GERICHTET IN EWIGKEIT

Grete war die Treppe langsam hinabgestiegen. Das Markttreiben unten dauerte noch fort, aber sie sah es nicht mehr; und als sie den Platz hinter sich hatte, richtete sie sich auf, wie von einem wirr-phantastischen Hoheitsgefühl ergriffen. Sie war keine Bettlerin mehr, auch keine Bittende; nein, ihr gehörte diese Stadt, *ihr.* Und so schritt sie die Straße hinunter auf das Tor zu.

Aber angesichts des Tores bog sie nach links hin in eine Scheunengasse und gleich dahinter in einen schmalen, grasüberwachsenen Weg ein, der, zwischen der Mauer und den Gärten hin, im Zirkel um die Stadt lief. Hier durfte sie sicher sein, niemandem zu begegnen, und als sie bei der Mindeschen Gartenpforte war, blieb sie stehen. Erinnerungen kamen ihr, Erinnerungen an *ihn*, der jetzt auf dem Klosterkirchhof schlief, und ihr schönes Menschenantlitz verklärte sich noch einmal unter flüchtiger Einkehr in alte Zeit und altes Glück. Aber dann schwand es wieder, und jener starr-unheimliche Zug war wieder da, der über die Trübungen ihrer Seele keinen Zweifel ließ. Es war ihr mehr auferlegt worden, als sie tragen konnte, und das Zeichen, von dem die Domina gesprochen, heut hätt' es jeder gesehen. Und nun legte sie die Hand auf die rostige Klinke, drückte die Tür auf und zu und sah, ihren Vorstellungen nachhängend, auf die hohen Dächer und Giebel, die von drei Seiten her das gesamte Hof- und Gartenviereck dieses Stadtteils umstanden. Einer dieser Giebel war der Rathausgiebel, jetzt schwarz und glasig, und hinter dem Giebel stand ein dickes Gewölk. Zugleich fühlte sie, daß eine schwere, feuchte Luft zog; Windstöße fuhren dazwischen, und sie hörte, wie das Obst von den Bäumen fiel. Über die Stadt hin aber, von Sankt Stephan her, flogen die Dohlen, unruhig, als ob sie nach einem andren Platz suchten und ihn nicht finden könnten. Grete sah es alles. Und sie sog die feuchte Luft ein und ging weiter. Ihr war so frei.

Als sie das zweite Mal ihren Zirkelgang gemacht und wieder das Tor und seinen inneren Vorplatz erreicht hatte, verlangte sie's nach einer kurzen Rast. Eine von den Scheunen, die mit dem Vorplatz grenzte, dünkte ihr am bequemsten dazu. Das Dach war schadhaft und die Lehmfüllung an vielen Stellen aus dem Fachwerk herausgeschlagen. Und sie bückte sich und schlüpfte durch eines dieser Löcher in die Scheune hinein. Diese war nur halb angefüllt, zumeist mit Stroh und Werg, und wo der First eingedrückt war, hing die Dachung in langen Wiepen herunter. Sie setzte sich in den Werg, als wollte sie schlafen. Aber sie schlief nicht, von Zeit zu Zeit vielmehr erhob sie sich, um unter das offene Dach zu treten, wo der Himmel finsterwolkig und dann wieder in heller Tagesbläue hereinsah. Endlich aber blieb die Helle fort, und sie wußte nun, daß es wirklich Abend geworden. Und darauf hatte sie gewartet. Sie bückte sich und tappte nach ihrem Bündel, und als sie's gefunden und sich wieder aufgerichtet hatte, gab es in dem Dunkel einen blassen, bläulichen Schein, wie wenn sie einen langen Feuerfaden in ihrer Hand halte. Und nun ließ sie den Faden fallen und kroch, ohne sich umzusehen, aus der Fachwerköffnung wieder ins Freie hinaus.

Wohin? In die Stadt? Dazu war es noch zu früh, und so suchte sie nach einem schon vorher von ihr bemerkten, aus Ziegel und Feldstein aufgemauerten Treppenstück, das von der Innenseite der Stadtmauer her in einen alten, längst abgetragenen Festungsturm hinaufführte. Und jetzt hatte sie das Treppenstück gefunden. Es war schmal und bröcklig, und einige Stufen fehlten ganz; aber Grete, wie nachtwandelnd, stieg die sonderbare Leiter mit Leichtigkeit hinauf, setzte sich auf die losen Steine und lehnte sich an einen Berberitzenstrauch, der hier oben auf der Mauer aufgewachsen war. So saß sie und wartete; lange; aber es kam keine Ungeduld über sie. Endlich drängte sich ein schwarzer Qualm aus der Dachöffnung, und im nächsten Augenblick lief es in roten Funken über den First hin, und alles Holz- und Sparrenwerk knisterte auf, als ob Reisig von den Flammen gefaßt worden wäre. Dazu wuchs der Wind, und wie aus einem zugigen Schlot heraus fuhren jetzt die brennenden Wergflocken in die Luft. Einige fielen seitwärts auf die Nachbarscheunen nieder, andere aber trieb der Nordwester vorwärts auf die Stadt, und eh eine Viertelstunde um war, schlug an zwanzig Stellen das Feuer auf, und von allen Kirchen her begann das Stürmen der Glocken. »Das ist Sankt Stephan«, jubelte Grete, und dazwischen, in wirrem Wechsel, summte sie Kinderlieder vor sich hin und rief im schrillen Ton und mit erhobener Hand in die Stadt hinein: »Verlaß dich nicht auf dein Gewalt.« Und dann folgte sie wieder den Glocken, nah und fern, und mühte sich, den Ton jeder einzelnen herauszuhören. Und wenn ihr Zweifel kamen, so stritt sie mit sich selbst und sprach zugunsten dieser und jener und wurde heftig in ihrem Streit. Endlich aber schwiegen alle, auch Sankt Stephan schwieg, und Grete, das Kind aufnehmend, das sie neben sich in das Mauergras gelegt hatte, sagte: »Nun ist es Zeit.« Und sicher, wie sie die Treppe hinaufgestiegen, stieg sie dieselbe wieder hinab und nahm ihren Weg, an den brennenden Scheunen entlang, auf die Hauptstraße zu.

Hunderte, von Furcht um Gut und Leben gequält, rannten an ihr vorüber, aber niemand achtete der Frau, und so kam sie bis an das Mindesche Haus und stellte sich demselben gegenüber, an eben die Stelle, wo sie gestern gestanden hatte.

Gerdt konnte nicht zu Hause sein, alles war dunkel; aber an einem der Fenster erkannte sie Trud und neben ihr den Knaben, der, auf einen Stuhl gestiegen, in gleicher Höhe mit seiner Mutter stand. Beide wie Schattenbilder und allein. Das war es, was sie wollte. Sie passierte ruhig den Damm, danach die Tür und den langen Flur und trat zuletzt in die Küche, darin sie jedes Winkelchen kannte. Hier nahm sie von dem Brett, auf dem wie früher die Zinn- und Messingleuchter standen, einen Blaker und fuhr damit in der Glutasche des Herdes umher. Und nun tropfte das Licht und brannte hell und groß, viel zu groß, als daß der Zugwind es wieder hätte löschen können. Und so ging sie den Flur zurück, bis vorn an die Tür, und öffnete rasch und wandte sich auf das Fenster zu, von dem aus Trud und ihr Kind nach wie vor auf die Straße hinausstarrten. Und jetzt stand sie zwischen beiden. »Um Gottes Barmherzigkeit willen«, schrie Trud und sank bei dem Anblick der in vollem Irrsinn vor ihr Stehenden ohnmächtig in den Stuhl. Und dabei ließ sie den Knaben los, den sie bis dahin angst- und ahnungsvoll an ihrer Hand gehalten hatte. »Komm«, sagte Grete, während sie das Licht auf die Fensterbrüstung stellte, und riß den Knaben mit sich fort, über Flur und Hof hin und bis in den Garten hinein. Er schrie nicht mehr, er zitterte nur noch. Und nun warf sie die Gartentür wieder ins Schloß und eilte, den Knaben an ihrer Hand, ihr eigenes Kind unterm Mantel, an der Stadtmauer entlang auf Sankt Stephan zu. Hier, wie sie's erwartet, hatte das Stürmen längst aufgehört, Glöckner und Mesner waren fort, und unbehelligt und unaufgehalten stieg sie vom Unterbau des Turmes her in den Turm selbst hinauf; erst eine Wendeltreppe, danach ein Geflecht von Leitern, das hoch oben in den Glockenstuhl einmündete. Als die vordersten Sprossen kamen, wollte das Kind nicht weiter, aber sie zwang es und schob es vor sich her. Und nun war sie selber oben und zog die letzte Leiter nach. Um sie her hingen die großen Glocken und summten leise, wenn sie den Rand derselben berührte. Und nun trat sie rasch an die Schallöcher, die nach der Stadtseite hin lagen, und stieß die hölzernen Läden auf, die sofort vom Winde gefaßt und an die Wand gepreßt wurden. Ein Feuermeer unten die ganze Stadt; Vernichtung an allen Ecken und Enden, und dazwischen ein Rennen und Schreien, und dann wieder die Stille des Todes. Und jetzt fielen einige der vom Winde heraufgewirbelten Feuerflocken auf das Schindeldach ihr zu Häupten nieder, und sie sah, wie sich vom Platz aus aller Blicke nach der Höhe des Turmes und nach ihr selber richteten. Unter denen aber, die hinaufwiesen, war auch Gerdt. *Den* hatte sie mit ihrer ganzen Seele gesucht, und jetzt packte sie seinen Knaben und hob ihn auf das Lukengebälk, daß er frei dastand und im Widerschein des Feuers von unter her in aller Deutlichkeit gesehen werden konnte. Und Gerdt sah ihn wirklich und brach in die Knie und schrie um Hilfe, und alles um ihn her vergaß der eignen Not und drängte dem Portal der Kirche zu. Aber ehe die vordersten es erreichten oder gar die Stufen der Wendeltreppe gewinnen konnten, stürzte die Schindeldecke prasselnd zusammen, und das Gebälk zerbrach, an dem die Glocken hingen, und alles ging niederwärts in die Tiefe.

Den Tag danach saßen Ilse Schulenburg und die Domina wieder an der Efeuwand ihres Hauses, und alles war wie sonst. Die Fenster standen auf, und das Feuer brannte drinnen im Kamin, und der Spitzkopf des großen Wolfshundes sah wieder wartend zu seiner Herrin auf. Von jenseits des Sees aber klang die Glocke, die zu Mittag läutete.

Um diese Stunde war es, daß ein Bote vom altmärkischen Landeshauptmann, Achaz von der Schulenburg, gemeldet wurde, der, ein Großoheim Ilsens, das Kloster zu schneller Hilfeleistung und zu Betätigung seiner frommen und freundnachbarlichen Gesinnungen auffordern ließ. Ilse ging dem Boten entgegen und gab ihm Antwort und Zusage. Dann kehrte sie zu der Domina zurück.

»Was war es?« fragte diese.

»Ein Bote vom Landeshauptmann.«

»Gute Nachricht?«

»Nein, böse. Tangermünde liegt in Asche.«

»Und Grete?«

»Mit unter den Trümmern.«

»Armes Kind ... Ist heute der dritte Tag ... Ich wußte es ...«

So ging ihr Gespräch.

Am Abend aber gaben die Puppenspieler den »Sündenfall«. Der Saal war gefüllt und der Beifall groß. Niemand achtete des Wechsels, der in Besetzung der Rollen stattgefunden hatte.

Zenobia spielte den Engel.

L'Adultera

KOMMERZIENRAT VAN DER STRAATEN

Der Kommerzienrat van der Straaten, Große Petristraße 4, war einer der vollgültigsten Financiers der Hauptstadt, eine Tatsache, die dadurch wenig alteriert wurde, daß er mehr eines geschäftlichen als eines persönlichen Ansehens genoß. An der Börse galt er bedingungslos, in der Gesellschaft nur bedingungsweise. Es hatte dies, wenn man herumhorchte, seinen Grund zu sehr wesentlichem Teile darin, daß er zu wenig ›draußen‹ gewesen war und die Gelegenheit versäumt hatte, sich einen allgemein gültigen Weltschliff oder auch nur die seiner Lebensstellung entsprechenden Allüren anzueignen. Einige neuerdings erst unternommene Reisen nach Paris und Italien, die übrigens niemals über ein paar Wochen hinaus ausgedehnt worden waren, hatten an diesem Tatbestand nichts Erhebliches ändern können und ihm jedenfalls ebenso seinen spezifisch lokalen Stempel wie seine Vorliebe für drastische Sprichwörter und heimische ›geflügelte Worte‹ von der derberen Observanz gelassen. Er pflegte, um ihn selber mit einer seiner Lieblingswendungen einzuführen, ›aus seinem Herzen keine Mördergrube zu machen‹, und hatte sich, als reicher Leute Kind, von Jugend auf daran gewöhnt, alles zu tun und zu sagen, was zu tun und zu sagen er lustig war. Er haßte zweierlei: sich zu genieren und sich zu ändern. Nicht als ob er sich in der Theorie für besserungsunbedürftig gehalten hätte; keineswegs; er bestritt nur in der Praxis eine besondere Benötigung dazu. Die meisten Menschen, so hieß es dann wohl in seinen jederzeit gern gegebenen Auseinandersetzungen, seien einfach erbärmlich und so grundschlecht, daß er, verglichen mit ihnen, an einer wahren Engelgrenze stehe. Er sähe mithin nicht ein, warum er an sich arbeiten und sich Unbequemlichkeiten machen solle. Zudem könne man jeden Tag an jedem beliebigen Konventikler oder Predigtamtskandidaten erkennen, daß es *doch* zu nichts führe. Es sei eben immer die alte Geschichte, und um den Teufel auszutreiben, werde Beelzebub zitiert. Er zöge es deshalb vor, alles beim alten zu belassen. Und wenn er so gesprochen, sah er sich selbstzufrieden um und schloß behaglich und gebildet: »O rühret, rühret nicht daran«, denn er liebte das Einstreuen lyrischer Stellen, ganz besonders solcher, die seinem echt berlinischen Hange zum bequem Gefühlvollen einen Ausdruck gaben. Daß er eben diesen Hang auch wieder ironisierte, versteht sich von selbst.

Van der Straaten, wie hiernach zu bemessen, war eine sentimental-humoristische Natur, deren Berolinismen und Zynismen nichts weiter waren als etwas wilde Schößlinge seines Unabhängigkeitsgefühls und einer immer ungetrübten Laune. Und in der Tat, es gab nichts in der Welt, zu dem er allezeit so beständig aufgelegt gewesen wäre, wie zu Bonmots und scherzhaften Repartis, ein Zug seines Wesens, der sich schon bei Vorstellungen in der Gesellschaft zu zeigen pflegte. Denn die bei diesen und ähnlichen Gelegenheiten nie ausbleibende Frage nach seinen näheren oder ferneren Beziehungen zu dem Gutzkowschen Vanderstraaten, ward er nicht müde, prompt und beinahe paragraphenweise dahin zu beantworten, daß er jede Verwandtschaft mit dem von der Bühne her so bekannt gewordenen Manasse Vanderstraaten ablehnen müsse, 1. weil er seinen Namen nicht einwortig, sondern dreiwortig schreibe, 2. weil er trotz seines Vornamens Ezechiel nicht bloß überhaupt getauft worden sei, sondern auch das nicht jedem Preußen zuteil werdende Glück gehabt habe, durch einen evangelischen Bischof, und zwar durch den alten Bischof Roß, in die christliche Gemeinschaft aufgenommen zu sein, und 3. und letztens, weil er seit längerer Zeit des Vorzugs genieße, die Honneurs seines Hauses nicht durch eine Judith, sondern durch eine Melanie machen lassen zu können, durch eine Melanie, die, zu weiterem Unterschiede, nicht seine Tochter, sondern seine ›Gemahlin‹ sei. Und dies Wort sprach er dann mit einer gewissen Feierlichkeit.

Aber der Ernst überwog, wenigstens in seinem Herzen. Und es konnte nicht anders sein, denn die junge Frau war fast noch mehr sein Stolz als sein Glück. Älteste Tochter Jean de Caparoux', eines Adligen aus der französischen Schweiz, der als Generalkonsul eine lange Reihe von Jahren in der norddeutschen Hauptstadt gelebt hatte, war sie ganz und gar als das verwöhnte

Kind eines reichen und vornehmen Hauses großgezogen und in all ihren Anlagen aufs glücklichste herangebildet worden. Ihre heitere Grazie war fast noch größer als ihr Esprit, und ihre Liebenswürdigkeit noch größer als beides. Alle Vorzüge französischen Wesens erschienen in ihr vereinigt. Ob auch die Schwächen? Es verlautete nichts darüber.

Ihr Vater starb früh, und statt eines gemutmaßten großen Vermögens fanden sich nur Debets über Debets. Und um diese Zeit war es denn auch, daß der zweiundvierzigjährige van der Straaten um die siebzehnjährige Melanie warb und ihre Hand erhielt. Einige Freunde beider Häuser ermangelten selbstverständlich nicht, allerhand Trübes zu prophezeien. Aber sie schienen im Unrecht bleiben zu sollen. Zehn glückliche Jahre, glücklich für beide Teile, waren seitdem vergangen, Melanie lebte wie die Prinzeß im Märchen, und van der Straaten seinerseits trug mit freudiger Ergebung seinen Necknamen ›Ezel‹, in den die junge Frau den langatmigen und etwas suspekten ›Ezechiel‹ umgewandelt hatte. Nichts fehlte. Auch Kinder waren da: zwei Töchter, die jüngere des Vaters, die ältere der Mutter Ebenbild, groß und schlank und mit herabfallendem, dunklem Haar. Aber während die Augen der Mutter immer lachten, waren die der Tochter ernst und schwermütig, als sähen sie in die Zukunft.

L'ADULTERA

Die Wintermonate pflegten die van der Straatens in ihrer Stadtwohnung zuzubringen, die, trotzdem sie altmodisch war, doch an Komfort nichts vermissen ließ. Jedenfalls aber bot sie für das gesellschaftliche Treiben der Saison eine größere Bequemlichkeit als die spreeabwärts am Nordwestrande des Tiergartens gelegene Villa.

Der erste Subskriptionsball war gewesen, vor zwei Tagen, und van der Straaten und Frau nahmen wie gewöhnlich in dem hochpaneelierten Wohn- und Arbeitszimmer des ersteren ihr gemeinschaftliches Frühstück ein. Von dem beinah unmittelbar vor ihrem Fenster aufragenden Petrikirchturm herab schlug es eben neun, und die kleine französische Stutzuhr sekundierte pünktlich, lief aber in ihrer Hast und Eile den dumpfen und langsamen Schlägen, die von draußen her laut wurden, weit voraus. Alles atmete Behagen, am meisten der Hausherr selbst, der, in einen Schaukelstuhl gelehnt und die Morgenzeitung in der Hand, abwechselnd seinen Kaffee und den Subskriptionsballbericht einschlürfte. Nur dann und wann ließ er seine Hand mit der Zeitung sinken und lachte.

»Was lachst du wieder, Ezel?« sagte Melanie. »Was lachst du wieder? Ich wette die Robe, die du mir noch heute kaufen wirst, gegen dein häßliches, rotes und mir zum Trotz wieder schief umgeknotetes Halstuch, daß du nichts gefunden hast als ein paar Zweideutigkeiten.«

»Er schreibt *zu* gut«, antwortete van der Straaten, ohne den hingeworfenen Fehdehandschuh aufzunehmen. »Und was mich am meisten freut, sie nimmt es alles für Ernst.«

»Wer denn?«

»Nun, wer! Die Maywald, deine Rivalin. Und nun höre. Oder lies es selbst.«

»Nein, ich mag nicht. Ich liebe nicht diese Berichte mit ausgeschnittenen Kleidern und Anfangsbuchstaben.«

»Und warum nicht? Weil du noch nicht an der Reihe warst. Ja, Lanni, er geht stolz an dir vorüber.«

»Ich würd' es mir auch verbitten.«

»Verbitten! Was heißt verbitten? Ich verstehe dich nicht. Oder glaubst du vielleicht, daß gewesene Generalkonsulstöchter in vestalisch-priesterlicher Unnahbarkeit durchs Leben schreiten oder sakrosankt sind wie Botschafter und Ambassaden! Ich will dir ein Sprichwort sagen, das ihr in Genf nicht haben werdet ...«

»Und das wäre?«

»Sieht doch die Katz den Kaiser an. Und ich sage dir, Lanni, was man ansehen darf, das darf man auch beschreiben. Oder verlangst du, daß ich ihn fordern sollte? Pistolen und zehn Schritte Barriere?«

Melanie lachte. »Nein, Ezel, ich stürbe, wenn du mir totgeschossen würdest.«

»Höre, dies solltest du dir doch überlegen. Das Beste, was einer jungen Frau wie dir passieren kann, ist doch immer die Witwenschaft, oder ›*le veuvage*‹, wie meine Pariser Wirtin mir einmal über das andere zu versichern pflegte. Beiläufig, meine beste Reisereminiszenz. Und dabei hättest du sie sehen sollen, die kleine, schwarze Madame …«

»Ich sehne mich nicht danach. Ich will lieber wissen, wie alt sie war.«

»Fünfzig. Die Liebe fällt nicht immer auf ein Rosenblatt …«

»Nun, da mag es dir und ihr verziehen sein.«

Und dabei stand Melanie von ihrem hochlehnigen Stuhl auf, legte den Kanevas beiseite, an dem sie gestickt hatte, und trat an das große Mittelfenster.

Unten bewegte sich das bunte Treiben eines Markttages, dem die junge Frau gern zuzusehen pflegte. Was sie daran am meisten fesselte, waren die Gegensätze. Dicht an der Kirchentür, an einem kleinen, niedrigen Tische, saß ein Mütterchen, das ausgelassenen Honig in großen und kleinen Gläsern verkaufte, die mit ausgezacktem Papier und einem roten Wollfaden zugebunden waren. Ihr zunächst erhob sich eine Wildhändlerbude, deren sechs aufgehängte Hasen mit traurigen Gesichtern zu Melanie hinübersahen, während in Front der Bude (das erfrorene Gesicht in einer Kapuze) ein kleines Mädchen auf und ab lief und seine Schäfchen, wie zur Weihnachtszeit, an die Vorübergehenden feilbot. Über dem Ganzen aber lag ein grauer Himmel, und ein paar Flocken federten und tanzten, und wenn sie niederfielen, wurden sie vom Luftzug neu gefaßt und wieder in die Höhe gewirbelt.

Etwas wie Sehnsucht überkam Melanie beim Anblick dieses Flockentanzes, als müsse es schön sein, so zu steigen und zu fallen und dann wieder zu steigen, und eben wollte sie sich vom Fenster her ins Zimmer zurückwenden, um in leichtem Scherz, ganz wie sie's liebte, sich und ihre Sehnsuchtsanwandlung zu persiflieren, als sie, von der Brüderstraße her, eines jener langen und auf niedrigen Rädern gehenden Gefährte vorfahren sah, die die hauptstädtischen Bewohner Rollwagen nennen. Es konnte das Exemplar, das eben hielt, als ein Musterstück seiner Gattung gelten, denn nichts fehlte. Nach hinten zu war der zum Abladen dienende Doppelbaum in vorschriftsmäßigem rechten Winkel aufgerichtet, vorn stand der Kutscher mit Vollbart und Lederschurz, und in der Mitte lief ein kleiner Bastard von Spitz und Rattenfänger hin und her und bellt jeden an, der nur irgendwie Miene machte, sich auf fünf Schritte dem Wagen zu nähern. Er hatte kaum noch ein Recht zu diesen Äußerungen übertriebener Wachsamkeit, denn auf dem ganzen langen Wagenbrett lag nur noch ein einziges Kolli, das der Rollkutscher jetzt zwischen seine zwei Riesenhände nahm und in den Hausflur hineintrug, als ob es eine Pappschachtel wäre.

Van der Straaten hatte mittlerweile seine Lektüre beendet und war an ein unmittelbar neben dem Eckfenster stehendes Pult getreten, an dem er zu schreiben pflegte.

»Wie schön diese Leute sind«, sagte Melanie. »Und so stark. Und dieser wundervolle Bart. So denk ich mir Simson.«

»Ich nicht«, entgegnete van der Straaten trocken.

»Oder Wieland den Schmied.«

»Schon eher. Und über kurz oder lang, denk ich, wird diese Sache spruchreif sein. Denn ich wette zehn gegen eins, daß ihn der ›Meister‹ in irgend etwas Zukünftigem bereits unterm Hammer hat. Oder sagen wir auf dem Amboß. Es klingt etwas vornehmer.«

»Ich muß dich bitten, Ezel … Du weißt …«

Aber ehe sie schließen konnte, wurde geklopft, und einer der jungen Kontoristen erschien in der Tür, um seinem Chef, unter gleichzeitiger Verbeugung gegen Melanie, einen Frachtbrief einzuhändigen, auf dem in großen Buchstaben und in italienischer Sprache vermerkt war: ›Zu eigenen Händen des Empfängers.‹

Van der Straaten las und war sofort wie elektrisiert. »Ah, von Salviati! … Das ist hübsch, das ist schön … Gleich die Kiste heraufschaffen! … Und du bleibst, Melanie … Hat er doch Wort gehalten … Freut mich, freut mich wirklich … Und dich wird es auch freuen. Etwas Venezianisches, Lanni … Du warst so gern in Venedig.«

Und während er in derartig kurzen Sätzen immer weiter perorierte, hatte er aus einem Kasten seines Arbeitstisches ein Stemmeisen herausgenommen und hantierte damit, als die Kiste hereingebracht worden war, so vertraut und so geschickt, als ob es ein Korkzieher oder irgendein anderes Werkzeug alltäglicher Benutzung gewesen wäre. Mit Leichtigkeit hob er den Deckel ab und setzte das daran angeschraubte Bild auf ein großes, staffelartiges Gestell, das er schon vorher aus einer der Zimmerecken ans Fenster geschoben hatte. Der junge Kommis hatte sich inzwischen wieder entfernt; van der Straaten aber, während er Melanie mit einer gewissen Feierlichkeit vor das Bild führte, sagte: »Nun, Lanni, wie findest du's? … Ich will dir übrigens zu Hilfe kommen … Ein Tintoretto.«

»Kopie?«

»Freilich«, stotterte van der Straaten etwas verlegen. »Originale werden nicht hergegeben. Und würden auch meine Mittel übersteigen. Dennoch dächt ich …«

Melanie hatte mittlerweile die Hauptfiguren des Bildes mit ihrem Lorgnon gemustert und sagte jetzt: »Ah, l'Adultera! … Jetzt erkenn ich's. Aber daß du gerade das wählen mußtest! Es ist eigentlich ein gefährliches Bild, fast so gefährlich wie der Spruch … Wie heißt er doch?«

»Wer unter euch ohne Sünde ist …«

»Richtig. Und ich kann mir nicht helfen, es liegt so was Ermutigendes darin. Und dieser Schelm von Tintoretto hat es auch ganz in diesem Sinne genommen. Sieh nur! … Geweint hat sie … Gewiß … Aber warum? Weil man ihr immer wieder und wieder gesagt hat, wie schlecht sie sei. Und nun glaubt sie's auch, oder *will* es wenigstens glauben. Aber ihr Herz wehrt sich dagegen und kann es nicht finden … Und daß ich dir's gestehe, sie wirkt eigentlich rührend auf mich. Es ist so viel Unschuld in ihrer Schuld … Und alles wie vorherbestimmt.«

Melanie, während sie so sprach, war ernster geworden und von dem Bilde zurückgetreten. Nun aber fragte sie: »Hast du schon einen Platz dafür?«

»Ja, hier.« Und er wies auf eine Wandstelle neben seinem Schreibpult.

»Ich dachte«, fuhr Melanie fort, »du würdest es in die Galerie schicken. Und offen gestanden, es wird sich an diesem Pfeiler etwas sonderbar ausnehmen. Es wird …«

»Unterbrich dich nicht.«

»Es wird den Witz herausfordern und die Bosheit, und ich höre schon Reiff und Duquede medisieren, vielleicht auf deine Kosten und gewiß auf meine.«

Van der Straaten hatte seinen Arm auf das Pult gelehnt und lächelte.

»Du lächelst, und sonst lachst du doch mehr als gut ist und namentlich lauter als gut ist. Es steckt etwas dahinter. Sage, was hast du gegen mich? Ich weiß recht gut, du bist nicht so harmlos, wie du dich stellst. Und ich weiß auch, daß es wunderliche Gemütlichkeiten gibt. Ich habe mal von einem russischen Fürsten gelesen, ich glaube Subow war sein Name. Eigentlich waren es zwei, zwei Brüder. Die spielten Karten, und dann ermordeten sie den Kaiser Paul, und dann spielten sie wieder Karten. Ich glaube beinah, du könntest auch so was!«

»Also *darum* König Ezel!« lachte van der Straaten.

»O nein. Nicht darum. Als ich dich so hieß, war ich noch ein halbes Kind. Und ich kannte dich damals noch nicht. Jetzt aber kenn ich dich und weiß nur nicht, ob es etwas sehr Gutes oder etwas sehr Schlimmes ist, was in dir steckt … Aber nun komm. Unser Kaffee ist kalt geworden.«

Und sie gab ihren Platz am Fenster auf, setzte sich wieder auf ihren hochlehnigen Stuhl und nahm Nadel und Kanevas und tat ein paar rasche Stiche. Zugleich aber ließ sie kein Auge von ihm, denn sie wollte wissen, was in seiner Seele vorging.

Und er wollt es auch nicht länger verbergen. War er doch ohnehin, aller Freundschaft unerachtet, ohne Freund und Vertrauten, und so trieb es ihn denn, angesichts dieses Bildes einmal aus sich herauszugehen.

»Ich habe dich nie mit Eifersucht gequält, Lanni.«

»Und ich habe dir nie Veranlassung dazu gegeben.«

»Nein. Aber heute rot und morgen tot. Das heißt, alles wechselt im Leben. Und sieh, als wir letzten Sommer in Venedig waren und ich dies Bild sah, da stand es auf einmal alles deutlich vor mir. Und da war es denn auch, daß ich Salviati bat, mir das Bild kopieren zu lassen. Ich will es vor Augen haben, so als Memento mori, wie die Kapuziner, die sonst nicht mein Geschmack sind. Denn sieh, Lanni, auch in ihrer Furcht unterscheiden sich die Menschen. Da sind welche, die halten es mit dem Vogel Strauß und stecken den Kopf in den Sand und wollen nichts wissen. Aber andere haben eine Neigung, ihr Geschick immer vor sich zu sehen und sich mit ihm einzuleben. Sie wissen genau, den und den Tag sterb ich, und sie lassen sich einen Sarg machen und betrachten ihn fleißig. Und die beständige Vorstellung des Todes nimmt auch dem Tode schließlich seine Schrecken. Und sieh, Lanni, so will ich es auch machen, und das Bild soll mir dazu helfen … Denn es ist erblich in unserm Haus … und so gewiß dieser Zeiger …«

»Aber, Ezel«, unterbrach ihn Melanie, »was hast du nur? Ich bitte dich, wo soll das hinaus? Wenn du die Dinge so siehst, so weiß ich nicht, warum du mich nicht heut oder morgen einmauern läßt.«

»An dergleichen hab ich auch schon gedacht. Und ich bekenne, ›Melanie die Nonne‹ klänge nicht übel, und es ließe sich eine Ballade darauf machen. Aber es hilft zu nichts. Denn du glaubst gar nicht, was Liebende bei gutem Willen alles durchsetzen. Und sie haben immer guten Willen.«

»O, ich glaub es schon.«

»Nun siehst du«, lachte van der Straaten, den diese scherzhafte Wendung plötzlich wieder zu heiterer Laune stimmte. »So hör ich dich gern. Und zur Belohnung: das Bild soll nicht an den Eckpfeiler, sondern wirklich in die Galerie. Verlaß dich darauf. Und um dir nichts zu verschweigen, ich hab auch über all das so meine wechselnden und widerstreitenden Gedanken, und mitunter denk ich: ich sterbe vielleicht darüber hin. Und das wäre das beste. Zeit gewonnen, alles gewonnen. Es ist nichts Neues. Aber die trivialsten Sätze sind immer die richtigsten.«

»Dann vergiß auch nicht *den*, daß man den Teufel nicht an die Wand malen soll!«

Er nickte. »Da hast du recht. Und wir *wollen's* auch nicht, und wollen diese Stunde vergessen. Ganz und gar. Und wenn ich dich je wieder daran erinnere, so sei's im Geiste des Friedens und zum Zeichen der Versöhnung. Lache nicht. Es kommt, was kommen soll. Und wie sagtest du noch? Es sei so viel Unschuld in ihrer Schuld ...«

»... Und vorherbestimmt, sagt ich. Prädestiniert! ... Aber vorherbestimmt ist *heute*, daß wir ausfahren, und das ist die Hauptsache. Denn ich brauche die Robe viel, viel nötiger als du den Tintoretto brauchst. Und ich war eigentlich eine Törin und ein Kindskopf, daß ich alles so bitter ernsthaft genommen und dir jedes Wort geglaubt habe! Du hast das Bild haben wollen, *c'est tout*. Und nun gehab dich wohl, mein Dänenprinz, mein Träumer. Sein oder Nichtsein ... Variationen von Ezechiel van der Straaten!«

Und sie stand auf und lachte und stieg die kleine durchbrochene Treppe hinauf, die, von van der Straatens Zimmer aus, in die Schlafzimmer des zweiten Stockes führte.

LOGIERBESUCH

Van der Straaten, um es zu wiederholen, bewegte sich gern in dem Gegensatz von derb und gefühlvoll, überhaupt in Gegensätzen, und so war es wenig verwunderlich, daß das vor dem Tintoretto geführte Gespräch in seinem Herzen nicht allzu lange nachtönte. Freilich auch nicht in dem seiner Frau. Nur solang es geführt worden war, war Melanie wirklich überrascht gewesen, nicht um des sentimentalen Tones willen, den sie kannte, sondern weil alles eine viel persönlichere Richtung nahm als bei früheren Gelegenheiten. Aber nun war es vorüber. Das Bild erhielt seinen Platz in der Galerie, man sah es nicht mehr, und van der Straaten, wenn er ihm zufällig begegnete, lächelte nur in beinah heiterer Resignation. Er besaß eben ganz den fatalistischen Zug der Humoristen, der sich verdoppelt, wenn sie nebenher auch noch Lebemänner sind.

Es war eine belebte Saison gewesen; aber Ostern, trotzdem es spät fiel, lag schon wieder zurück, und die Wochen waren wieder da, wo herkömmlich die Frage verhandelt zu werden pflegte: »Wann ziehen wir hinaus?«

»Bald«, sagte Melanie, die bereits die Tage zählte.

»Aber, die ›gestrengen Herren‹ waren noch nicht da.«

»Die regieren nicht lange.«

»Zugestanden«, lachte van der Straaten. »Und um so lieber, als ich nur *so* meine Hausherrenschaft garantiert finde. Wenigstens mittelbar. Und immer noch besser schwach regieren als gar nicht.«

Diese Worte waren an einem der letzten Apriltage beim Frühstück gewechselt worden, und es mochte Mittag sein, als der Kommerzienrat von seinem Kontor aus die Frau Kommerzienrätin bitten ließ, mit ihrer Ausfahrt eine Viertelstunde warten zu wollen, weil er ihr zuvor eine Mitteilung zu machen habe. Melanie ließ zurücksagen, ›daß sie sich freuen würde, ihn zu sehen, und sie rechne danach auf seine Begleitung‹.

In Courtoisien dieser Art, denen übrigens auch ein gelegentlicher Revers nicht fehlte, hatten sich die van der Straatens seit Jahren eingelebt, namentlich *er*, der nach seiner eigenen Versicherung ›dem adligen Hause de Caparoux einiges Ritterdienstliche schuldig zu sein glaubte‹ und zu diesem Ritterdienstlichen in erster Reihe Pünktlichkeit zählte.

So erschien er denn auch heute, bald nach erfolgter Anmeldung, im Zimmer seiner Frau.

Dieses Zimmer entsprach in seinen räumlichen Verhältnissen ganz dem ihres Gatten, war aber um vieles heller und heiterer, einmal weil die hohe Paneelierung, aber mehr noch, weil die vielen nachgedunkelten Bilder fehlten. Statt dieser vielen war nur ein einziges da: das Porträt Melanies in ganzer Figur, ein wogendes Kornfeld im Hintergrunde und sie selber eben beschäftigt, ein paar Mohnblumen an ihren Hut zu stecken. Die Wände, wo sie frei waren, zeigten eine weiße Seidentapete, tief in den Fensternischen erhoben sich Hyazinthenestraden, und vor einer derselben, auf einem zierlichen Marmortische, stand ein blitzblanker Bauer, drin ein grauer Kakadu, der eigentliche Tyrann des Hauses, sein von der Dienerschaft gleichmäßig gehaßtes und beneidetes Dasein führte. Melanie sprach eben mit ihm, als Ezechiel in einer gewissen humoristischen Aufgeregtheit eintrat und seine Frau, nach vorgängiger respektvoller Verneigung gegen den Kakadu, bis an ihren Sofaplatz zurückführte. Dann schob er einen Fauteuil heran und setzte sich neben sie.

Die Feierlichkeit, mit der all dies geschah, machte Melanie lachen.

»Ist es doch, als ob du dich auf eine ganz besondere Beichte vorzubereiten hättest. Ich will es dir aber nicht leicht machen. Ist es etwas Altes? Etwas aus deiner dunklen Vergangenheit ...?«

»Nein, Lanni, es ist etwas Gegenwärtiges.«

»Nun, da will ich doch abwarten und mich zu keinem Generalpardon hinreißen lassen. Und nun sage, was ist es?«

»Eine Bagatelle.«

»Was deine Verlegenheit bestreitet.«

»Und doch eine Bagatelle. Wir werden einen Besuch empfangen, oder vielmehr einen Gast, oder, wenn ich mich des Ausdrucks bedienen darf, einen Dauergast. Also kurz und gut, denn was hilft es, es muß heraus: einen neuen Hausgenossen.« Melanie, die bis dahin ein Schokoladenbiskuit, das noch auf dem Teller lag, zerkrümelt hatte, legte jetzt ihren Zeigefinger auf van der Straatens Hand und sagte: »Und das nennst du eine Bagatelle? Du weißt recht gut, daß es etwas sehr Ernsthaftes ist. Ich habe nicht den Vorzug, ein Kind dieser eurer Stadt zu sein, bin aber doch lange genug in eurer exquisiten Mitte gewesen, um zu wissen, was es mit einem ›Logierbesuch‹ auf sich hat. Schon das Wort, das sich sonst nirgends findet, kann einen ängstlich machen. Und was ist ein Logierbesuch gegen eine neue Hausgenossenschaft ... Ist es eine Dame?«

»Nein, ein Herr.«

»Ein Herr. Ich bitte dich, Ezel ...«

»Ein Volontär, ältester Sohn eines mir befreundeten Frankfurter Hauses. War in Paris und London, selbstverständlich, und kommt eben jetzt von New York, um hier am Ort eine Filiale zu gründen. Vorher aber will er in unserem Hause die Sitte dieses Landes kennenlernen, oder sag ich lieber *wieder* kennenlernen, weil er sie draußen halb vergessen hat. Es ist ein besonderer Vertrauensakt. Ich bin überdies dem Vater verpflichtet und bitte dich herzlich, mir eine Verlegenheit ersparen zu wollen. Ich denke, wir geben ihm die zwei leerstehenden Zimmer auf dem linken Korridor.«

»Und zwingen ihn also, einen Sommer lang auf die Fliesen unseres Hofes und auf Christels Geraniumtöpfe hinunterzusehen.«

»Es kann nicht die Rede davon sein, mehr zu geben, als man hat. Und er selbst wird es am wenigsten erwarten. Alle Personen, die viel in der Welt umher waren, pflegen am gleichgültigsten gegen derlei Dinge zu sein. Unser Hof bietet freilich nicht viel; aber was hätt er Besseres in der Front? Ein Stück Kirchengitter mit Fliederbusch, und an den Markttagen die Hasenbude.«

»*Eh bien*, Ezel. *Faisons le jeu.* Ich hoffe, daß nichts Schlimmes dahinter lauert, keine Konspirationen, keine Pläne, die du mir verschweigst. Denn du bist eine versteckte Natur. Und wenn es deine Geheimnisse nicht stört, so möcht ich wenigstens den Namen unseres neuen Hausgenossen hören.«

»Ebenezer Rubehn ...«

»Ebenezer Rubehn«, wiederholte Melanie langsam und jede Silbe betonend. »Ich bekenne dir offen, daß mir etwas Christlich-Germanisches lieber gewesen wäre. Viel lieber. Als ob wir an deinem Ezechiel nicht schon gerade genug hätten! Und nun Ebenezer. Ebenezer Rubehn! Ich bitte dich, was soll dieser *Accent grave*, dieser Ton auf der letzten Silbe? Suspekt, im höchsten Grade suspekt!«

»Du mußt wissen, er schreibt sich mit einem h.«

»Mit einem h! Du wirst doch nicht verlangen, daß ich dies h für echt und ursprünglich nehmen soll? Einschiebsel, versuchte Leugnung des Tatsächlichen, absichtliche Verschleierung, hinter der ich nichtsdestoweniger alle zwölf Söhne Jakobs stehen sehe. Und er selber als Flügelmann.«

»Und doch irrst du, Lanni. Wie stand es denn mit Rubens? Ich meine mit dem großen Peter Paul? Nun, der hatte freilich ein s. Aber was dem s recht ist, ist dem h billig. Und kurz und gut, er ist getauft. Ob durch einen Bischof, stehe dahin; ich weiß es nicht und wünsch' es nicht, denn ich möcht etwas vor ihm voraus haben. Aber allen Ernstes, du tust ihm unrecht. Er ist nicht bloß christlich, er ist auch protestantisch, so gut wie du und ich. Und wenn du noch zweifelst, so lasse dich durch den Augenschein überzeugen.«

Und hierbei versuchte van der Straaten aus einem kleinen gelben Kuvert, das er schon bereit hielt, eine Visitenkartenphotographie herauszunehmen. Aber Melanie litt es nicht und sagte nur in immer wachsender Heiterkeit: »Sagtest du nicht New York? Sagtest du nicht London? Ich war auf einen Gentleman gefaßt, auf einen Mann von Welt, und nun schickt er sein Bildnis, als ob es sich um ein Rendezvous handelte. Krugs Garten mit einer Verlobung im Hintergrund.«

»Und doch ist er unschuldig. Glaube mir. Ich wollte sicher gehen, um deinetwillen sicher gehen, und deshalb schrieb ich an den alten Goeschen, Firma Goeschen, Goldschmidt und Kompanie; diskreter alter Herr. Und daher stammt es. Ich bin schuld, nicht er, wahr und wahrhaftig, und wenn du mir das Wort gestattest, sogar ›auf Ehre‹.«

Melanie nahm das Kuvert und warf einen flüchtigen Blick auf das eingeschlossene Bild. Ihre Züge veränderten sich plötzlich, und sie sagte: »Ah, der gefällt mir. Er hat etwas Distinguiertes: Offizier in Zivil oder Gesandtschaftsattaché. Das lieb ich. Und nun gar ein Bändchen. Ist es die Ehrenlegion?«

»Nein, du kannst es näher suchen. Er stand bei den fünften Dragonern und hat für Chartes und Poupry das Kreuz empfangen.«

»Ist das eine Schlacht von deiner Erfindung?«

»Nein. Dergleichen kommt vor, und als freie Schweizerin solltest du wissen, daß fremde Sprachen nicht immer gebührende Rücksicht auf die verpönten Klangformen einer anderen nehmen. Ja, Lanni, ich bin mitunter besser als mein Ruf.«

»Und wann dürfen wir unseren neuen Hausfreund erwarten?«

»Hausgenossen«, verbesserte van der Straaten. »Es ist nicht nötig, ihn, mit Rücksicht auf seine militärische Charge, so Hals über Kopf avancieren zu lassen. Übrigens ist er verlobt, oder so gut wie verlobt.«

»Schade.«

»Schade? Warum?«

»Weil Verlobte meistens langweilig sind. Sind sie beisammen, so sind sie zärtlich, bedrükkend zärtlich für ihre Umgebung, und sind sie getrennt, so schreiben sie sich Briefe oder bereiten sich in ihrem Gemüt darauf vor. Und der Bräutigam ist immer der schlimmere von beiden. Und will man sich gar in ihn verlieben, so heißt das nicht mehr und nicht weniger, als zwei Lebenskreise stören.«

»Zwei?«

»Ja, Bräutigam und Braut.«

»Ich hätte drei gezählt«, lachte van der Straaten. »Aber so seid ihr. Ich wette, du hast den dritten in Gnaden vergessen. Ehemänner zählen überhaupt nicht mit. Und wenn sie sich darüber wundern, so machen sie sich ridikül. Ich werde mich übrigens davor hüten, den Mohren der Weltgeschichte, das seid ihr, weiß waschen zu wollen. Apropos, kennst du das Bild ›Die Mohrenwäsche‹?«

»Ach, Ezel, du weißt ja, ich kenne keine Bilder. Und am wenigsten alte.«

»Süße Simplicitas aus dem Hause de Caparoux«, jubelte van der Straaten, der nie glücklicher war, als wenn Melanie sich eine Blöße gab oder auch klugerweise nur so tat. »Altes Bild! Es ist nicht älter als ich.«

»Nun, dann ist es gerade alt genug.«

»Bravissimo. Sieh, so hab ich dich gern. Übermütig und boshaft. Und nun sage, was beginnen wir, wohin gondeln wir?«

»Ich bitte dich, Ezel, nur keine Berolinismen. Du hast mir doch gestern erst …«

»Und ich halt es auch. Aber wenn mir wohl ums Herze wird, da bricht es wieder durch. Und jetzt komm, wir wollen zu Haas und uns einen Teppich ansehen … ›Gerade alt genug‹ …Vorzüglich, vorzüglich …«

»Und nun sag, Papachen, wie heißt die schönste Frau im Land?«

»Melanie.«

»Und die liebste, die klügste, die beste Frau?«

»Melanie, Melanie.«

»Gut, gut … Und nun gehab dich wohl, du Menschenkenner!«

DER ENGERE ZIRKEL

Die ›drei gestrengen Herren‹ waren ganz ausnahmsweise streng gewesen, aber nicht zu Verdruß beider van der Straatens, die vielmehr nun erst wußten, daß der Winter all seine Pfeile verschossen und unweigerlich und ohne weitere Widerstandsmöglichkeit seinen Rückzug angetreten habe. Nun erst konnte man freien Herzens wieder hinaus, hinaus ohne Sorge vor frostigen Vormittagen oder gar vor einem Eingeschneitwerden über Nacht.

Alles freute sich auf den Umzug, auch die Kinder, am meisten aber van der Straaten, der, um ihn selber sprechen zu lassen, ›unter allen vorkommenden Geburtsszenen einzig und allein der des Frühlings beizuwohnen liebte‹. Vorher aber sollte noch ein kleines Abschiedsdiner stattfinden, und zwar unter ausschließlicher Heranziehung des dem Hause zunächst stehenden Kreises.

Es war das, übrigens von mehr verwandtschaftlicher als befreundeter Seite her, in erster Reihe der in der Alsenstraße wohnende Major von Gryczinski, ein noch junger Offizier mit abstehendem, englisch gekräuseltem Backenbart und klugen blauen Augen, der vor etwa drei Jahren die reizende Jacobine de Caparoux heimgeführt hatte, eine jüngere Schwester Melanies und wohl nicht so schön wie diese, aber rotblond, was in den Augen einiger das Gleichgewicht zwischen beiden wiederherstellte. Gryczinski war Generalstäbler und hielt, wie jeder dieses Standes, an dem Glauben fest, daß es in der ganzen Welt nicht zwei so grundverschiedene Farben gäbe, wie das allgemeine preußische Militär-Rot und das Generalstabs-Rot. Daß er den Strebern zugehörte, war eine selbstverständliche Sache; wohl aber verdient es, in Rücksicht gegen den Ernst der Historie, schon an dieser Stelle hervorgehoben zu werden, daß er, alles Strebertums unerachtet, in allen nicht zu verlockenden Fällen ein bescheidenes Maß von Rücksichtnahme gelten ließ und den Kampf ums Dasein nicht absolut als einen Übergang über die Beresina betrachtete. Wie sein großer Chef war er ein Schweiger, unterschied sich aber von ihm durch ein beständiges, jeden Sprecher ermutigendes Lächeln, das er, alle nutzlose Parteinahme klug vermeidend, über Gerechte und Ungerechte gleichmäßig scheinen ließ.

Gryczinski, wie schon angedeutet, war mehr Verwandter als Freund des Hauses. Unter diesen letzteren konnte der Baron Duquede, Legationsrat a. D., als der angesehenste gelten. Er war über Sechzig, hatte bereits unter van der Straatens Vater dem damals ausgedehnteren Kreise des Hauses angehört und durfte sich, wie um anderer Qualitäten so auch schon um seiner Jahre willen, seinem hervorstechendsten Charakterzuge, dem des Absprechens, Verkleinerns und Verneinens, ungehindert hingeben. Daß er, infolge davon, den Beinamen ›Herr Negationsrat‹ erhalten hatte, hatte selbstverständlich seine milzsüchtige Krakeelerei nicht zu bessern vermocht. Er empörte sich eigentlich über alles, am meisten über Bismarck, von dem er seit 1866, dem Jahre seiner eigenen Dienstentlassung, unaufhörlich versicherte, ›daß er überschätzt werde'. Von einer beinah gleichen Empörung war er gegen das zum Französieren geneigte Berlinertum erfüllt, das ihn, um seines ›qu‹ willen, als einen Koloniefranzosen ansah und seinen altmärkischen Adelsnamen nach der Analogie von Admiral Duquesne auszusprechen pflegte.

»Was er sich gefallen lassen könne«, hatte Melanie hingeworfen, von welchem Tag an eine stille Gegnerschaft zwischen beiden herrschte.

Dem Legationsrat an Jahren und Ansehn am nächsten stand Polizeirat Reiff, ein kleiner behäbiger Herr mit roten und glänzenden Backenknochen, auch Feinschmecker und Geschichtenerzähler, der, solange die Damen bei Tische waren, kein Wasser trüben zu können schien, im Moment ihres Verschwindens aber in Anekdoten exzellierte, wie sie, nach Zahl und Inhalt, immer nur einem Polizeirat zu Gebote stehen. Selbst van der Straaten, dessen Talente doch nach derselben Seite hin lagen, erging sich dann in lautem und mitunter selbst stürmischem Beifall oder zwinkerte seinen Tischnachbarn seine neidlose Bewunderung zu.

Diese Tischnachbarn waren in der Regel zwei Maler: der Landschaftler Arnold Gabler, ebenfalls wie Reiff und der Legationsrat ein Erbstück aus des Vaters Tagen her, und Elimar Schulze, Porträt- und Genremaler, der sich erst in den letzten Jahren angefunden hatte. Seine Zugehörigkeit zu der vorgeschilderten Tafelrunde basierte zumeist auf dem Umstande, daß er nur ein halber Maler, zur andern Hälfte aber Musiker und enthusiastischer Wagnerianer war, auf welchen ›Titul‹ hin, wie van der Straaten sich ausdrückte, Melanie seine Aufnahme betrieben und durchgesetzt hatte. Die bei dieser Gelegenheit abgegebene Bemerkung ihres Eheherrn, »daß er gegen den Aufzunehmenden nichts einzuwenden habe, wenn er einfach übertreten und seine Zugehörigkeit zu der alleinseligmachenden Musik offen und ehrlich aussprechen wolle«, war von dem immer gutgelaunten Elimar mit der Bitte beantwortet worden, »ihm diesen Schritt erlassen zu wollen, und zwar einfach deshalb, weil doch schließlich nur das Gegenteil von dem Gewünschten dabei herauskommen würde. Denn während er jetzt als Maler allgemein für einen Musiker gehalten werde, werd er als Musiker sicherlich für einen Maler gehalten und dadurch vom Standpunkte des Herrn Kommerzienrats aus in die relativ höhere Rangstufe wieder hinaufgehoben werden.«

Diesem Verwandten- und Freundeskreise waren die zu heute sieben Uhr Geladenen entnommen. Denn van der Straaten liebte die Spät-Diners und erging sich mitunter in nicht üblen Bemerkungen über den gewaltigen Unterschied zwischen einer um vier Uhr künstlich hergestellten und einer um sieben Uhr natürlich erwachsenen Dunkelheit. Eine künstliche Vier-Uhr-Dunkelheit sei nicht besser als ein junger Wein, den man in einen Rauchfang gehängt und mit Spinnweb umwickelt habe, um ihn alt und ehrwürdig erscheinen zu lassen. Aber eine feine Zunge schmekke den jungen Wein, und ein feines Nervensystem schmecke die junge Dunkelheit heraus. Bemerkungen, die, namentlich in ihrer ›das feine Nervensystem‹ betonenden Schlußwendung, von Melanie regelmäßig mit einem allerherzlichsten Lachen begleitet wurden.

Das van der Straatensche Stadthaus – wodurch es sich neben anderem von der mit allem Komfort ausgestatteten Tiergartenvilla unterschied – hatte keinen eigentlichen Speisesaal, und die zwei großen und vier kleinen Diners, die sich über den Winter hin verteilten, mußten in dem ersten, als Entree dienenden Zimmer der großen Gemäldegalerie gegeben werden. Es griff dieser Teil der Galerie noch aus dem rechten Seitenflügel in das Vorderhaus über und lag unmittelbar hinter Melanies Zimmer, aus dem denn auch, sobald die breiten Flügeltüren sich öffneten, der Eintritt stattfand.

Und wie gewöhnlich, so auch heute. Van der Straaten nahm den Arm seiner blonden Schwägerin, Duquede den Melanies, während die vier anderen Herren paarweise folgten, eine herkömmliche Form des Aufmarsches, bei der der Major ebenso geschickt zwischen den beiden Malern zu wechseln, als den Polizeirat zu vermeiden wußte. Denn so bereit und ergeben er war, die Geschichten Reiffs bei Tag oder Nacht über sich ergehen zu lassen, so konnt er sich doch nicht entschließen, ihm ebenbürtig den Arm zu bieten. Er stand vielmehr ganz in den Anschauungen seines Standes und bekannte sich, mit einem durch persönliches Fühlen unterstützten Nachdruck, zu dem alten Gegensatze von Militär und Polizei.

Jeder der Eintretenden war an dieser Stelle zu Haus und hatte keine Veranlassung mehr zum Staunen und Bewundern. Wer aber zum ersten Male hier eintrat, der wurde sicherlich durch eine Schönheit überrascht, die gerade darin ihren Grund hatte, daß der als Speisesaal dienende Raum kein eigentlicher Speisesaal war. Ein reichgegliederter Kronleuchter von französischer Bronze warf seine Lichter auf eine von guter italienischer Hand herrührende prächtig eingerahmte Kopie der Veronesischen ›Hochzeit zu Cana‹, die von Uneingeweihten auch wohl ohne weiteres für das Original genommen wurde, während daneben zwei Stilleben in fast noch größeren und reicheren Barockrahmen hingen. Es waren, von einiger vegetabilischer Zutat abgesehen, Hummer, Lachs und blaue Makrelen, über deren absolute Naturwahrheit sich van der Straaten in der ein für allemal gemünzten Bewunderungsformel ausließ, ›es werd ihm, als ob er taschentuchlos über den Cöllnischen Fischmarkt gehe‹. Nach hinten zu stand das Büfett, und daneben war die Tür, die mit der im Erdgeschoß gelegenen Küche bequeme Verbindung hielt.

BEI TISCH

»Nehmen wir Platz«, sagte van der Straaten. »Meine Frau hat mich aller Placierungsmühen überhoben und Karten gelegt.«

Und dabei nahm er eine derselben in die Hand und ließ sein von Natur gutes und durch vieles Sehen kunstgeübtes Auge darüber hingleiten. »Ah, ah, sehr gut. Das ist Tells Geschoß. Gratuliere, Elimar. Allerliebst, allerliebst. Natürlich Amor, der schießt. Daß ihr Maler doch über diesen ewigen Schützen nicht wegkommen könnt.«

»Gegen dessen Abschaffung oder Dienstentlassung wir auch feierlich protestieren würden«, sagte die rotblonde Schwester.

Alle hatten sich inzwischen placiert, und es ergab sich, daß Melanie bei der von ihr getroffenen Anordnung vom Herkömmlichen abgewichen war. Van der Straaten saß zwischen Schwägerin und Frau, ihm gegenüber der Major, von Gabler und Elimar flankiert, an den Schmalseiten aber Polizeirat Reiff und Legationsrat Duquede. – Die Suppe war eben genommen und der im kommerzienrätlichen Hause von alter Zeit her berühmte Montefiascone gerade herumgereicht, als van der Straaten sich über den Tisch hin zu seinem Schwager wandte.

»Gryczinski, Major und Schwager«, hob er leicht und mit überlegener Vertraulichkeit an, »binnen heut und drei Monaten haben wir Krieg. Ich bitte dich, sage nicht nein, wolle mir nicht widersprechen. Ihr, die ihr's schließlich machen müßt, erfahrt es erfahrungsmäßig immer am spätesten. Im Juni haben wir die Sache wieder fertig oder wenigstens eingerührt. Es zählt jetzt zu den sogenannten berechtigten Eigentümlichkeiten preußischer Politik, allen Geheimräten, wozu, in allem, was Karlsbad und Teplitz angeht, auch die Kommerzienräte gehören, ihre Brunnen- und Badekur zu verderben. Helgoland mit eingeschlossen. Ich wiederhole dir, in zwei Monaten haben wir die Sache fertig, und in drei haben wir den Krieg. Irgendwas Benedettihaftes wird sich doch am Ende finden lassen, und Ems liegt unter Umständen überall in der Welt.«

Gryczinski zwirbelte mit der Linken an der breitesten Stelle seines Backenbartes und sagte: »Schwager, du stehst zu sehr unter Börsengerüchten, um nicht zu sagen unter dem Einfluß der Börsenspekulation. Ich versichere dich, es ist kein Wölkchen am Horizont, und wenn wir zur Zeit wirklich einen Kriegsplan ausarbeiten, so betrifft er höchstens die hypothetische Bestimmung der Stelle, wo Rußland und England zusammenstoßen und ihre große Schlacht schlagen werden.«

Beide Damen, die von der entschiedensten Friedenspartei waren, die brünette, weil sie nicht gern das Vermögen, die blonde, weil sie nicht gern den Mann einbüßen wollte, jubelten dem Sprecher zu, während der Polizeirat, immer kleiner werdend, bemerkte: »Bitte dem Herrn Major meine gehorsamste Zustimmung aussprechen zu dürfen, und zwar von ganzem Herzen und von ganzem Gemüte.« Wobei gesagt werden muß, daß er mit Vorliebe von seinem Gemüte sprach. »Überhaupt«, fuhr er fort, »nichts falscher und irriger, als sich Seine Durchlaucht den Fürsten, einen in Wahrheit friedliebenden Mann, als einen Kanonier mit ewig brennender Lunte vorzustellen, jeden Augenblick bereit, das Kruppsche Monstergeschütz eines europäischen Krieges auf gut Glück hin abzufeuern. Ich sage, nichts falscher und irriger als das. Hasardieren ist die Lust derer, die nichts besitzen, weder Vermögen noch Ruhm. Und der Fürst besitzt beides. Ich wette, daß er nicht Lust hat, seinen hochaufgespeicherten Doppelschatz immer wieder auf die Kriegskarte zu setzen. Er gewann 1864 (nur eine Kleinigkeit), doublierte 1866 und triplierte 1870, aber er wird sich hüten, sich auf ein *six-le-va* einzulassen. Er ist ein belesener Mann und kennt ohne Zweifel das Märchen vom ›Fischer un sine Fru‹ ...«

»... Dessen pikante Schlußwendung uns unser polizeirätlicher Freund hoffentlich nicht vorenthalten will«, bemerkte van der Straaten, in dem sich der Übermut der Tafelstimmung bereits zu regen begann.

Aber der Polizeirat, während er sich wie zur Gewährleistung jeder Sicherheit gegen die Damen hin verneigte, ließ das Märchen und seine notorische Schlußzeile fallen und sagte nur: ›Wer alles gewinnen will, verliert alles. Und das Glück ist noch launenhafter als die Damen. Ja, meine Damen, als die Damen. Denn die Launenhaftigkeit, ich lebe selbst in einer glücklichen Ehe, ist das Vorrecht und der Zauber ihres Geschlechts. Der Fürst hat Glück gehabt, aber gerade weil er das gehabt hat …«

»… Wird er sich hüten, es zu versuchen«, schloß mit ironischer Emphase der Legationsrat. »Aber, wenn er es *dennoch* täte? He? Der Fürst hat Glück gehabt, versichert uns unser Freund Reiff mit polizeirätlich unschuldiger Miene. Glück gehabt! Allerdings. Und zwar kein einfaches und gewöhnliches, sondern ein stupendes, ein nie dagewesenes Glück. Eines, das in seiner kolossalen Größe den Mann selber wegfrißt und verschlingt. Und so wenig ich geneigt bin, ihm dies Glück zu mißgönnen, ich kenne keine Mißgunst, so reizt es mich doch, einen Heroenkultus an dieses Glück geknüpft zu sehen. Er wird überschätzt, sag ich. Glauben Sie mir, er hat etwas Plagiatorisches. Es mögen sich Erklärungen finden lassen, meinetwegen auch Entschuldigungen, eines aber bleibt: er wird überschätzt. Ja, meine Freunde, den Heroenkultus haben wir, und den Götterkultus *werden* wir haben. Bildsäulen und Denkmäler sind bereits da, und die Tempel werden kommen. Und in einem dieser Tempel wird sein Bildnis sein, und Göttin Fortuna ihm zu Füßen. Aber man wird es nicht den Fortunatempel nennen, sondern den Glückstempel. Ja, den Glückstempel, denn es wird darin gespielt, und unser vorsichtiger Freund Reiff hat es mit seinem *six-le-va*, das über kurz oder lang kommen wird, besser getroffen, als er weiß. Mangel an Erleuchtung, an Gedanken und vor allem an großen schöpferischen Ideen.«

»Aber, lieber Legationsrat«, unterbrach hier van der Straaten, »es liegen doch einige Kleinigkeiten vor: Exmittierung Österreichs, Aufbau des Deutschen Reiches …«

»… Ekrasierung Frankreichs und Dethronisierung des Papstes! Pah, van der Straaten, ich kenn die ganze Litanei. Wem aber haben wir dafür zu danken, wenn überhaupt dafür zu danken ist? Wem? Einer ihm feindlichen Partei, feindlich ihm und mir, einer Partei, der er ihren Schlachtruf genommen hat. Er hat etwas Plagiatorisches, sag ich, er hat sich die Gedanken anderer einfach angeeignet, gute und schlechte, und sie mit Hilfe reichlich vorhandener Mittel in Taten umgesetzt. Das konnte schließlich jeder, jeder von uns: Gabler, Elimar, du, ich, Reiff …«

»Ich möchte doch bitten …«

»In Taten umgesetzt«, wiederholte Duquede. »Ein Umsatz- und Wechselgeschäft, das ich hasse, solange nicht der selbsteigene Gedanke dahinter steht. Aber Taten mit gar keiner oder Taten mit erheuchelter oder mit erborgter Idee haben etwas Rohes und Brutales, etwas Dschingiskhanartiges. Und ich wiederhole, ich hasse solche Taten. Am meisten aber hass' ich sie, wenn sie die Begriffe verwirren und die Gegensätze mengen, und wenn wir es erleben müssen, daß sich hinter den altehrwürdigen Formen unseres staatserhaltenden Prinzips, hinter der Maske des Konservatismus, ein revolutionärer Radikalismus birgt. Ich sage dir, van der Straaten, er segelt unter falscher Flagge. Und eines seiner einschlägigsten Mittel ist der beständige Flaggenwechsel. Aber ich hab ihn erkannt und weiß, was seine eigentliche Flagge ist …«

»Nennen …«

»Die schwarze.«

»Die Piratenflagge?«

»Ja. Und Sie werden dessen über kurz oder lang alle gewahr werden. Ich sage dir, van der Straaten, und Ihnen, Elimar, und Ihnen, Reiff, der Sie's morgen in Ihr schwarzes Buch eintragen können, meinetwegen, denn ich bin ein altmärkischer Edelmann und habe den Dienst dieses mir widerstrebenden Eigennützlings längst quittiert, ich sag es jedem, alt oder jung: sehen Sie sich vor. Ich warne Sie vor Täuschung, vor allem aber vor Überschätzung dieses falschen Ritters, dieses Glücks-Tempelherrn, an den die blöde Menge glaubt, weil er die Jesuiten aus dem Lande geschafft hat. Aber wie steht es damit? Die Bösen sind wir los, der Böse ist geblieben.«

Gryczinski hatte mit vornehmem Lächeln zugehört; van der Straaten indes, der, trotzdem er eigentlich ein Bismarckschwärmer war, in seiner Eigenschaft als kritiksüchtiger Berliner nichts

Reizenderes kannte als Größenniedermetzelung und Generalnivellierung, immer vorausgesetzt, daß er selber als einsam überragender Bergkegel übrigblieb, grüßte zu Duquede hinüber und rief einem der Diener zu, dem Legationsrat, der sich geopfert habe, noch einmal von der letzten Schüssel zu präsentieren.

»Eine spanische Zwiebel, Duquede. Nimm. Das ist etwas für dich. Scharf, scharf. Ich mache mir nicht viel aus Spanien, aber um zweierlei beneid ich es: um seine Zwiebeln und um seinen Murillo.«

»Überrascht mich«, sagte Gabler. »Und am meisten überrascht mich die dir entschlüpfte Murillo-, will also sagen Madonnenbewunderung.«

»Nicht entschlüpft, Arnold, nicht entschlüpft. Ich unterscheide nämlich, wie du wissen solltest, kalte und warme Madonnen. Die kalten sind mir allerdings verhaßt, aber die warmen hab ich desto lieber. *A la bonne heure*, die berauschen mich, und ich fühl es in allen Fingerspitzen, als ob es elfer Rheinwein wäre. Und zu diesen glühenden und sprühenden zähl ich all diese spanischen Immaculatas und Concepciones, wo die Mutter Gottes auf einer Mondsichel steht, und um ihr dunkles Gewand her leuchten goldene Wolken und Engelsköpfe. Ja, Reiff, dergleichen gibt es. Und so blickt sie brünstig oder sagen wir lieber inbrünstig gen Himmel, als wolle die Seele flügge werden in einem Brütofen von Heiligkeit.«

»In einem Brütofen von Heiligkeit«, wiederholte der Polizeirat, in dessen Augen es heimlich und verstohlen zu zwinkern begann. »In einem Brütofen! Oh, das ist magnifique, das ist herrlich, und eine Andeutung, die jeder von uns nach dem Maße seiner Erkenntnis interpretieren und weiterspinnen kann.«

Beide junge Frauen, einigermaßen überrascht, ihren sonst so zurückhaltenden Freund auf dieser Messerschneide balancieren zu sehen, trafen sich mit ihren Blicken, und Melanie, rasch erkennend, daß es sich jeden Moment um eine jener Katastrophen handeln könne, wie sie bei den kommerzienrätlichen Diners eben nicht allzu selten waren, suchte vor allem von dem heiklen Murillothema loszukommen, was bei van der Straatens Eigensinn allerdings nur durch eine geschickte Diversion geschehen konnte. Und solche gelang denn auch momentan, indem Melanie mit anscheinender Unbefangenheit bemerkte: »Van der Straaten wird mich auslachen, in Bild- und Malerfragen eine Meinung haben zu wollen. Aber ich muß ihm offen bekennen, daß ich mich, wenn seine gewagte Madonneneinteilung überhaupt akzeptiert werden soll, ohne weiteres für eine von ihm ignorierte Mittelgruppe, nämlich für die temperierten, entscheiden würde. Die Tizianischen scheinen mir diese wohltuend gemäßigte Temperatur zu haben. Ich lieb ihn überhaupt.«

»Ich auch, Melanie. Brav, brav. Ich hab es immer gesagt, daß ich noch einen Kunstprofessor in dir großziehe. Nicht wahr, Arnold, ich hab es gesagt? Beschwör es. Eine Schwurbibel ist nicht da, aber wir haben Reiff, und ein Polizeirat ist immer noch ebensogut wie ein Evangelium. Du lachst, Schwager; natürlich; ihr merkt es nicht, aber wir. Übrigens hat Reiff ein leeres Glas. Und Elimar auch. Friedrich, alter Pomuchelskopf, steh nicht in Liebesgedanken. *Allons enfants.* Wo bleibt der Mouet? Flink, sag ich. Bei den Gebeinen des unsterblichen Roller, ich lieb es nicht, meinen Champagner in den letzten fünf Minuten in kümmerlicher Renommage schäumen zu sehen. Und noch dazu in diesen vermaledeiten Spitzgläsern, mit denen ich nächstens kurzen Prozeß machen werde. Das sind Rechnungsrats-, aber nicht Kommerzienratsgläser. Übrigens mit dem Tizian hast du doch unrecht. Das heißt halb. Er versteht sich auf alles mögliche, nur nicht auf Madonnen. Auf Frau Venus versteht er sich. Das ist seine Sache. Fleisch, Fleisch. Und immer lauert irgendwo der kleine, liebe Bogenschütze. Pardon, Elimar, ich bin nicht für Massen-Amors auf Tischkarten, aber für den Einzel-Amor bin ich, und ganz besonders für den des Tizianischen roten Ruhebetts mit zurückgezogener grüner Damastgardine. Ja, meine Herrschaften, da gehört er hin, und immer ist er wieder reizend, ob er ihr zu Häupten oder zu Füßen sitzt, ob er hinter dem Bett oder der Gardine hervorguckt, ob er seinen Bogen eben gespannt oder eben abgeschossen hat. Und was ist vorzuziehen? Eine feine Frage, Reiff. Ich denke mir, wenn er ihn spannt … Und diese ruhende linke Hand mit dem ewigen Spitzentaschentuch. Oh, superbe. Ja, Melanie, *den* Tag will ich deine Bekehrung feiern, wo du mir zugestehst: *Suum cuique*, dem Tizian die Venus und dem Murillo die Madonna.«

»Ich fürchte, van der Straaten, da wirst du lange zu warte haben, und am längsten auf meine Murillo-Bekehrung. Den diese gelben Dunstwolken, aus denen etwas inbrünstig Gläubiges in seelisch-sinnlicher Verzückung aufsteigt, sind mir unheimlich. Es hat die Grenze des Bezaubernden überschritten und statt des Bezaubernden find ich etwas Behexendes darin.«

Gryczinski nickte leise der Schwägerin zu, während jetzt Elimar das Glas erhob und um Erlaubnis bat, nach dem eben gehörten Wort einer echt deutschen Frau (»Französin«, schrie van der Straaten dazwischen), auf das Wohl der schönen und liebenswürdigen Dame des Hauses anstoßen zu dürfen. Und die Gläser klangen zusammen. Aber in ihren Zusammenklang mischte sich für die schärfer Hörenden schon etwas wie Zittern und Mißakkord, und ehe noch das allgemeine Lächeln verflogen war (das des Polizeirats hielt sich am längsten), brach van der Straaten durch alle bis dahin mühsam eingehaltenen Gehege durch und debütierte mal wieder ganz als er selbst. Er sei, so hob er an, leider nicht in der Lage, der für die ›Frau Kommerzienrätin‹ gewiß höchst wertvollen Zustimmung seines Freundes Elimar Schulze (wobei er Vor- und Zuname gleich ironisch betonte) *seinerseits* zustimmen zu können. Es gebe freilich einen Gegensatz von Bezauberung und Behexung, aber manches in der Welt gelte für Behexung, was Bezauberung, und noch mehr gelte für Bezauberung, was Behexung sei. Und er bitte sagen zu dürfen, daß er es seinerseits mit der Konsequenz halte und mit Farbe bekennen, und nicht mit heute so und morgen so. Am verdrießlichsten aber sei ihm zweierlei Maß.

Er hielt hier einen Augenblick inne und war vielleicht überhaupt gewillt, es bei diesen Allgemeinsätzen bewenden zu lassen. Aber die junge Gryczinska, die sich, nach Art aller Schwägerinnen, etwas herausnehmen durfte, sah ihn jetzt, in plötzlich wiedererwachtem Mute, keck und zuversichtlich an, und bat ihn, aus seinen Orakelsprüchen heraus und zu bestimmteren Erklärungen übergehen zu wollen.

»O gewiß, meine Gnädigste«, sagte der jetzt immer hitziger werdende van der Straaten. »O gewiß, mein geliebtes Rotblond. Ich stehe zu Befehl und will aus allem Orakulosen und Mirakulosen heraus und will in die Trompete blasen, daß ihr aus eurer Dämmerung und meinetwegen auch aus eurer Götterdämmerung erwachen sollt, als ob die Feuerwehr vorüberführe.«

»Ah«, sagte Melanie, die jetzt ihrerseits alle Ruhe zu verlieren begann. »Also da hinaus soll es.«

»Ja, süßer Engel, da hinaus. Da. Ihr stellt euch stolz und gemütlich auf die Höhen aller Kunst und zieht als reine *Casta diva* am Himmel entlang, als ob ihr von Ozon und Keuschheit leben wolltet. Und *wer* ist euer Abgott? Der Ritter von Bayreuth, ein Behexer, wie es nur je einen gegeben hat. Und an diesen Tannhäuser und Venusberg-Mann setzt ihr, als ob ihr wenigstens die Voggenhuber wäret, eurer Seelen Seligkeit und singt und spielt ihn morgens, mittags und abends. Oder dreimal täglich, wie auf euren Pillenschachteln steht. Und euer Elimar immer mit. Und sein ewiger Samtrock wird ihn auch nicht retten. Nicht ihn und nicht euch. Oder wollt ihr mir das alles als himmlischen Zauber kredenzen? Ich sag euch, fauler Zauber. Und das ist es, was ich zweierlei Maß genannt habe. Den Murillo-Zauber möchtet ihr zur Hexerei stempeln, und die Wagner-Hexerei möchtet ihr in Zauber verwandeln. Ich aber sag euch, es liegt umgekehrt, und wenn es *nicht* umgekehrt liegt, so sollt ihr mir wenigstens keinen Unterschied machen. Denn es ist schließlich alles ganz egal und mit Permission zu sagen alles Jacke ...«

Der aus der vergleichendsten Kleidersprache genommene Berolinismus, mit dem er seinen Satz abzuschließen gedachte, wurde auch wirklich gesprochen, aber er verklang in einem Getöse, das der Major durch einen geschickt kombinierten Angriff von Gläserklopfen und Stuhlrükken in Szene zu setzen gewußt hatte. Zugleich begann er: »Meine verehrten Freunde, das Wort Hexenmeister ist gefallen. Ein vorzügliches Wort! So lassen wir sie denn leben, alle diese Tannhäuser, wobei sich jeder das Seine denken mag. Ich trinke auf das Wohl der Hexenmeister. Denn alle Kunst ist Hexerei. Rechten wir nicht mit dem Wort. Was sind Worte? Schall und Rauch. Stoßen wir an. Hoch, hoch!«

Und mit einer wohlgemeinten Kraftanstrengung, in der jetzt jeder zitternde Ton fehlte, wurde zugestimmt, namentlich auch von seiten der beiden Maler, und kaum einer war da, der nicht an eine glücklich beseitigte Gefahr geglaubt hätte. Aber mit Unrecht. Van der Straaten, absolut unerzogen, konnte, vielleicht weil er dies Manko fühlte, nichts so wenig ertragen, als auf Unerzogenheiten aufmerksam gemacht zu werden: er vergaß sich dann ganz und gar, und der Dünkel des reichen Mannes, der gewohnt war zu helfen, nach allen Seiten hin zu helfen, stieg ihm dann zu Kopf und schlug in Wellen über ihn zusammen. Und so auch jetzt. Er erhob sich und sagte: »Coupierungen sind etwas Wundervolles. Keine Frage. Ich beispielsweise coupiere Coupons. Ein inferiores Geschäft, das unter Umständen nichtsdestoweniger einen Anspruch darauf gibt, gegen Wort- und Redecoupierungen gesichert zu sein, namentlich gegen solche, die reprimandieren und erziehen wollen. Ich bin erzogen.«

Er hatte mit vor Erregung zitternder Stimme gesprochen, aber mit zugekniffenem Auge fest zu dem Major hinübergesehen. Dieser, ein vollkommener Weltmann, lächelte vor sich hin und blinkte nur leise den beiden Damen zu, daß sie sich beruhigen möchten. Dann ergriff er sein Glas ein zweites Mal, gab seinen Zügen, ohne sich sonderlich anzustrengen, einen freundlichen Ausdruck und sagte zu van der Straaten: »Es ist so viel von Coupieren gesprochen worden; coupieren wir auch das. Ich lebe der festen Überzeugung ...«

In eben diesem Augenblick sprang der Pfropfen von einer der im Weinkühler stehenden Flaschen, und Gryczinski, rasch den Vorteil erspähend, den er aus diesem Zwischenfall ziehen konnte, brach inmitten des Satzes ab und sagte nur, während er unter leiser Verbeugung seines Schwagers Glas füllte: »Friede sei ihr erst Geläute!«

Solchem Appell zu widerstehen war van der Straaten der letzte.

»Mein lieber Gryczinski«, hob er in plötzlich erwachter Sentimentalität an, »wir verstehen uns, wir haben uns immer verstanden. Gib mir deine Hand, Lacrimae Christi, Friedrich. Rasch. Das Beste daran ist freilich der Name. Aber er hat ihn nun mal. Jeder hat nun mal das Seine, der eine dies, der andere das.«

»Allerdings«, lachte Gabler.

»Ach, Arnold, du überschätzt das. Glaube mir, der Selige hatte recht. Gold ist nur Chimäre. Und Elimar würd es mir bestätigen, wenn es nicht ein Satz aus einer überwundenen Oper wäre. Ich muß sagen, leider überwunden. Denn ich liebe Nonnen, die tanzen. Aber da kommt die Flasche. Laß nur Staub und Spinnweb. Sie muß in ihrer ganzen unabgeputzten Heiligkeit verbleiben. Lacrimae Christi. Wie das klingt!«

Und die frühere Heiterkeit kehrte wieder oder schien wenigstens wiederzukehren, und als van der Straaten fortfuhr, in wahren Ungeheuerlichkeiten über Christustränen, Erlöserblut und Versöhnungswein zu sprechen, durfte Melanie schließlich die Bemerkung wagen: »Du vergißt, Ezel, daß der Polizeirat katholisch ist.«

»Ich bitte recht sehr«, sagte Reiff, als ob er auf etwas Unerlaubtem ertappt worden wäre.

Van der Straaten aber verschwor sich hoch und teuer, daß ein vierzig Jahre lang treu geleisteter Sicherheitsdienst über alles konfessionelle Plus oder Minus hinaus entscheidend sein und vor dem Richterstuhle der Ewigkeit angerechnet werden müsse. Und als bald darauf die Gläser abermals gefüllt und geleert worden waren, rückte Melanie den Stuhl, und man erhob sich, um im Nebenzimmer den Kaffee zu nehmen.

AUF DEM HEIMWEG

Die Kaffeestunde verlief ohne Zwischenfall, und es war bereits gegen zehn, als der Diener meldete, daß der Wagen vorgefahren sei. Diese Meldung galt dem Gryczinskischen Paare, das an den Dinertagen seine Heimfahrt in der ihm bei dieser Gelegenheit ein für allemal zur Verfügung gestellten kommerzienrätlichen Equipage zu machen pflegte. Mäntel und Hüte wurden gebracht, und die schöne Jacobine, Hals und Kopf in ein weißes Filettuch gehüllt, stand alsbald in der Mitte des Kreises und wartete lachend und geduldig auf die beiden Maler, denen Gryczinski noch im letzten Augenblick die Mitfahrt angeboten hatte. Das Parlamentieren darüber wollte kein Ende nehmen, und erst als man unten am Wagenschlag stand, entschied sich's, und Gabler placierte sich nunmehr ohne weiteres auf den Rücksitz, während Elimar mit einem kräftigen Turnerschwung seinen Platz auf dem Bock nahm, angeblich aus Rücksicht gegen die Wageninsassen, in Wahrheit aus eigener Bequemlichkeit und Neugier. Er sehnte sich nämlich nach einem Gespräch mit dem Kutscher.

Dieser, auch noch ein Erbstück aus des alten van der Straaten Zeiten her, führte den unkutscherlichen Namen Emil, der jedoch seit langem seinen Verhältnissen angepaßt und in ein plattdeutsches ›Ehm‹ abgekürzt worden war. Mit um so größerem Recht, als er wirklich in Fritz Reuterschen Gegenden das Licht der Welt erblickt und sich bis diesen Tag neben seinem Berliner Jargon einen Rest heimatlicher Sprache konserviert hatte. Elimar, einer seiner Bevorzugten, nahm gleich im ersten Moment des Zurechtrückens ein mehrklappiges Lederfutteral heraus, steckte dem Alten eine der obenaufliegenden Zigarren zu und sagte vertraulich: »Für'n Rückweg, Ehm.« Dieser fuhr mit der Rechten dankend an seinen Kutscherhut, und damit waren die Präliminarien geschlossen.

Als sie bald darauf bei der Normaluhr auf dem Spittelmarkte vorüberkamen und in eine der schlechtgepflasterten Seitenstraßen einbogen, hielt Elimar den ersehnten Zeitpunkt für gekommen und sagte:

»Ist denn der neue Herr schon da?«

»Der Frankfurtsche? Ne, noch nich, Herr Schulze.«

»Na, dann muß er aber doch bald …«

»I, woll. Bald muß er. Ich denke, so nächste Woche. Un de Stuben sind ooch all tapziert. Jott, se duhn ja, wie wenn't en Prinz wär, erst der Herr und nun ooch de Jnädge. Un Christel meent, he sall man en Jüdscher sinn.«

»Aber reich. Und Offizier. Das heißt bei der Landwehr oder so.«

»Is et möglich?«

»Und er soll auch singen.«

»Ja, singen wird er woll.«

Elimar war eitel genug, an dieser letzteren Äußerung Anstoß zu nehmen, und da sich's gerade traf, daß in eben diesem Augenblick der Wagen aus dem Wallstraßenportal auf den abendlich-stillen Opernplatz einbog, so gab er das Gespräch um so lieber auf, als er nicht wollte, daß dasselbe von den Insassen des Wagens verstanden würde.

Von seiten dieser war bis dahin kein Wort gewechselt worden, nicht aus Verstimmung, sondern nur aus Rücksicht gegen die junge Frau, die, herzlich froh über den zur Hälfte frei gebliebenen Rücksitz, ihre kleinen Füße gegen das Polsterkissen gestemmt und sich bequem in den Fond des Wagens zurückgelehnt hatte. Sie war gleich beim Einsteigen ersichtlich müde gewesen, hatte wie zur Entschuldigung etwas von Champagner und Kopfweh gesprochen, das Filettuch dabei höher gezogen und ihre Augen geschlossen. Erst als sie zwischen dem Palais und dem Friedrichsmonument hinfuhren, richtete sie sich wieder auf, weil sie jenen Allerloyalsten zugehörte, die sich schon beglückt fühlen, einen bloßen Schattenriß an dem herabgelassenen Vorhang des Eckfensters gesehen zu haben. Und wirklich, sie sah ihn und gab in ihrer reizenden, halb kindlich, halb koketten Weise der Freude darüber Ausdruck.

Ihr Geplauder hatte noch nicht geendet, als der Wagen am Brandenburger Tor hielt. Im Nu waren beide Maler, deren Weg hier abzweigte, von ihren Plätzen herunter und empfahlen sich dankend dem liebenswürdigen Paare, das nun seinerseits durch die breite Schrägallee auf das Siegesdenkmal und die dahintergelegene Alsenstraße zufuhr.

Als sie mitten auf dem von bunten Lichtern überstrahlten Platze waren, schmiegte sich die schöne junge Frau zärtlich an ihren Gatten und sagte: »War das ein Tag, Otto. Ich habe dich bewundert.«

»Es wurde mir leichter, als du denkst. Ich spiele mit ihm. Er ist ein altes Kind.«

»Und Melanie! … Glaube mir, sie fühlt es. Und sie tut mir leid. Du lächelst so. Dir nicht?«

»Ja und nein, *ma chère*. Man hat eben nichts umsonst in der Welt. Sie hat eine Villa und eine Bildergalerie …«

»Aus der sie sich nichts macht. Du weißt ja, wie wenig sie daran hängt …«

»Und hat zwei reizende Kinder …«

»Um die ich sie fast beneide.«

»Nun, siehst du«, lachte der Major. »Ein jeder hat die Kunst zu lernen, sich zu bescheiden und einzuschränken. Wär ich mein Schwager, so würd ich sagen …«

Aber sie schloß ihm den Mund mit einem Kuß, und im nächsten Augenblick hielt der Wagen.

Die beiden Räte, der Legations- und der Polizeirat, waren an der Ecke des Petriplatzes in eine Droschke gestiegen, um bis an das Potsdamer Tor zu fahren. Von hier aus wollten sie den Rest des Weges um der frischen Abendluft willen zu Fuß machen. In Wahrheit aber hielten sie bloß zu dem Satze, ›daß man im kleinen sparen müsse, um sich im großen legitimieren zu können‹, wobei leider nur zu bedauern blieb, daß ihnen die ›großen Gelegenheiten‹ entweder nie gekommen oder regelmäßig von ihnen versäumt worden waren.

Unterwegs, so lange die Fahrt dauerte, war kein Wort gewechselt worden, und erst beim Aussteigen hatte, bei der nun nötig werdenden Division von zwei in sechs, ein Gespräch begonnen, das alle Parteien zufriedengestellt zu haben schien. Nur nicht den Kutscher. Beide Räte hüteten sich deshalb auch, sich nach dem letzteren umzusehen, vor allem Duquede, der, außerdem noch ein abgeschworener Feind aller Platzübergänge mit Eisenbahnschienen und Pferdebahngeklingel, überhaupt erst wieder in Ruhe kam, als er die schon frisch in Knospen stehende Bellevuestraße glücklich erreicht hatte.

Reiff folgte, schob sich artig und respektvoll an die linke Seite des Legationsrates und sagte plötzlich und unvermittelt:

»Es war doch wieder eine recht peinliche Geschichte heute. Finden Sie nicht? Und ehrlich gestanden, ich begreif ihn nicht. Er ist doch nun Fünfzig und darüber und sollte sich doch die Hörner abgelaufen haben. Aber er ist und bleibt ein Durchgänger.«

»Ja«, sagte Duquede, der einen Augenblick still stand, um Atem zu schöpfen, »etwas Durchgängerisches hat er. Aber, lieber Freund, warum soll er es nicht haben? Ich taxier ihn auf eine Million, seine Bilder ungerechnet, und ich sehe nicht ein, warum einer in seinem eigenen Haus und an seinem eigenen Tisch nicht sprechen soll, wie ihm der Schnabel gewachsen ist. Ich bekenn Ihnen offen, Reiff, ich freue mich immer, wenn er mal so zwischenfährt. Der Alte war auch so, nur viel schlimmer, und es hieß schon damals vor vierzig Jahren: ›Es sei doch ein sonderbares Haus, und man könne eigentlich nicht hingehen.‹ Aber uneigentlich ging alles hin. Und so war es und so ist es geblieben.«

»Es fehlt ihm aber doch wirklich an Bildung und Erziehung,«

»Ach, ich bitte Sie, Reiff, gehen Sie mir mit Bildung und Erziehung. Das sind so zwei ganz moderne Wörter, die der ›Große Mann‹ aufgebracht haben könnte, so sehr hass' ich sie. Bildung und Erziehung. Erstlich ist es in der Regel nicht viel damit, und wenn es mal was ist, dann ist es auch noch nichts. Glauben Sie mir, es wird überschätzt. Und kommt auch nur bei uns vor. Und warum? Weil wir nichts Besseres haben. Wer gar nichts hat, der ist gebildet. Wer aber so viel hat wie van der Straaten, der braucht all die Dummheiten nicht. Er hat einen guten Verstand und einen guten Witz, und was noch mehr sagen will, einen guten Kredit. Bildung, Bildung! Es ist zum Lachen.«

»Ich weiß doch nicht, ob Sie recht haben, Duquede. Ja, wenn es geblieben wäre wie früher. Junggesellenwirtschaft. Aber nun hat er die junge Frau geheiratet, jung und schön und klug ...«

»Nu, nu, Reiff. Nur nicht extravagant. Es ist damit nicht so weit her, wie Sie glauben; sie ist'ne Fremde, französische Schweiz, und an allem Fremden vergucken sich die Berliner. Das ist wie Amen in der Kirche. Sie hat so ein bißchen Genfer Chic. Aber was will das am Ende sagen! Alles, was die Genfer haben, ist doch auch bloß aus zweiter Hand. Und nun gar klug. Ich bitte Sie, was heißt klug? Er ist viel klüger! Oder glauben Sie, daß es auf'ne französische Vokabel ankommt. Oder auf den Erlkönig? Ich gebe zu, sie hat wirklich niedliche Manierchen und weiß sich unter Umständen ein Air zu geben. Aber es ist nicht viel dahinter, alles Firlefanz, und wird kolossal überschätzt.«

»Ich weiß doch nicht, ob Sie recht haben«, wiederholte der Polizeirat. »Und dann ist sie doch schließlich von Familie.«

Duquede lachte. »Nein, Reiff, *das* ist sie nun schließlich nicht. Und ich sag Ihnen, da haben wir den Punkt, auf dem ich keinen Spaß verstehe. Caparoux. Es klingt nach was. Zugestanden. Aber was heißt es denn am Ende? Rotkapp oder Rotkäppchen? Das ist ein Märchenname, aber kein Adelsname. Ich habe mich darum gekümmert und nachgeschlagen. Und im Vertrauen, Reiff, es gibt gar keine de Caparoux.«

»Aber bedenken Sie doch den Major! Er hat alle Sorten Stolz und wird sich doch schwerlich eine Mesalliance nachsagen lassen wollen.«

»Ich kenn ihn besser. Er ist ein Streber. Oder sagen wir einfach, er ist ein Generalstäbler. Ich hasse die ganze Gesellschaft, und glauben Sie mir, Reiff, ich weiß, warum. Unsere Generalstäbler werden überschätzt, kolossal überschätzt.«

»Ich weiß doch nicht, ob Sie recht haben«, ließ sich der Polizeirat ein drittes Mal vernehmen. »Bedenken Sie bloß, was Stoffel gesagt hat. Und nachher kam es auch so. Aber ich will nur von Gryczinski sprechen. Wie liebenswürdig benahm er sich heute wieder! Wie liebenswürdig und wie vornehm.«

»Ah, bah, vornehm. Ich bilde mir auch ein, zu wissen, was vornehm ist. Und ich sag Ihnen, Reiff, Vornehmheit ist anders. Vornehm! Ein Schlaukopf ist er und weiter nichts. Oder glauben Sie, daß er die kleine Rotblondine mit den ewigen Schmachtaugen geheiratet hat, weil sie Caparoux hieß, oder meinetwegen auch de Caparoux? Er hat sie geheiratet, weil sie die Schwester ihrer Schwester ist. Du himmlischer Vater, daß ich einem Polizeirat solche Lektion halten muß.«

Der Polizeirat, dessen Schwachheiten nach der erotischen Seite hin lagen, las aus diesen andeutenden Worten ein Liebesverhältnis zwischen dem Major und Melanie heraus und sah den langen hageren Duquede von der Seite her betroffen an.

Dieser aber lachte und sagte: »Nicht *so*, Reiff, nicht so; Karrieremacher sind immer nur Courmacher. Nichts weiter. Es gibt heutzutage Personen (und auch *das* verdanken wir unserem großen Reichsbaumeister, der die soliden Werkleute fallen läßt oder beiseite schiebt), es gibt, sag ich, heutzutage Personen, denen alles bloß Mittel zum Zweck ist. Auch die Liebe. Und zu diesen Personen gehört auch unser Freund, der Major. Ich hätte nicht sagen sollen, er hat die Kleine geheiratet, weil sie die Schwester ihrer Schwester ist, sondern weil sie die Schwägerin ihres Schwagers ist. Er *braucht* diesen Schwager, und ich sag Ihnen, Reiff, denn ich kenne den Ton und die Strömung oben, es gibt Weniges, was nach oben hin so empfiehlt wie das. Ein Schwager-Kommerzienrat ist nicht viel weniger wert als ein Schwiegervater-Kommerzienrat und rangiert wenigstens gleich darunter. Unter allen Umständen aber sind Kommerzienräte wie konsolidierte Fonds, auf die jeden Augenblick gezogen werden kann. Es ist immer eine Deckung da.«

»Sie wollen also sagen ...«

»Ich will gar nichts sagen, Reiff ... Ich meine nur so.«

Und damit waren sie bis an die Bendlerstraße gekommen, wo beide sich trennten. Reiff ging auf die Von-der-Heydt-Brücke zu, während Duquede seinen Weg in gerader Richtung fortsetzte.

Er wohnte dicht an der Hofjägerallee, sehr hoch, aber in einem sehr vornehmen Hause.

EBENEZER RUBEHN

Wenige Tage später hatte Melanie das Stadthaus verlassen und die Tiergartenvilla bezogen. Van der Straaten selbst machte diesen Umzug nicht mit und war, so sehr er die Villa liebte, doch immer erst vom September an andauernd draußen. Und auch das nur, weil er ein noch leidenschaftlicherer Obstzüchter als Bildersammler war. Bis dahin erschien er nur jeden dritten Tag als Gast und versicherte dabei jedem, der es hören wollte, daß dies die stundenweis ihm nachgezahlten Flitterwochen seiner Ehe seien. Melanie hütete sich wohl, zu widersprechen, war vielmehr die Liebenswürdigkeit selbst und genoß in den zwischenliegenden Tagen das Glück ihrer Freiheit. Und dieses Glück war um vieles größer, als man, ihrer Stellung nach, die so dominierend und so frei schien, hätte glauben sollen. Denn sie dominierte nur, weil sie sich zu zwingen verstand; aber dieses Zwanges los und ledig zu sein, blieb doch ihr Wunsch, ihr beständiges, stilles Verlangen. Und das erfüllten ihr die Sommertage. Da hatte sie Ruhe vor seinen Liebesbeweisen und seinen Ungeniertheiten, nicht immer, aber doch meist, und das Bewußtsein davon gab ihr ein unendliches Wohlgefühl.

Und dieses Wohlgefühl steigerte sich noch in dem entzückenden und beinah ungestörten Stilleben, dessen sie draußen genoß. Wohl liebte sie Stadt und Gesellschaft und den Ton der großen Welt; aber wenn die Schwalben wieder zwitscherten und der Flieder wieder zu knospen begann, da zog sie's doch in die Parkeinsamkeit hinaus, die wiederum kaum eine Einsamkeit war, denn neben der Natur, deren Sprache sie wohl verstand, hatte sie Bücher und Musik und – die Kinder. Die Kinder, die sie während der Saison oft tagelang nicht sah und an deren Aufwachsen und Lernen sie draußen in der Villa den regsten Anteil nahm. Ja, sie half selber nach in den Sprachen, vor allem im Französischen, und durchblätterte mit ihnen Atlas und historische Bilderbücher. Und an alles knüpfte sie Geschichten, die sie dem Gedächtnis der Kinder einzuprägen wußte. Denn sie war gescheit und hatte die Gabe, von allem, worüber sie sprach, ein klares und anschauliches Bild zu geben.

Es waren glückliche, stille Tage.

Möglich dennoch, daß es zu stille Tage gewesen wären, wenn das tiefste Bedürfnis der Frauennatur: das Plauderbedürfnis, unbefriedigt geblieben wäre. Aber dafür war gesorgt. Wie fast alle reichen Häuser, hatten auch die van der Straatens einen Anhang ganz-alter und halb-alter Damen, die zu Weihnachten beschenkt und im Laufe des Jahres zu Kaffee und Landpartien eingeladen wurden. Es waren ihrer sieben oder acht, unter denen jedoch zwei durch eine besonders intime Stellung hervorragten, und zwar das kleine verwachsene Fräulein Friederike von Sawatzki und das stattlich hochaufgeschossene Klavier- und Singefräulein Anastasia Schmidt. Ihrer apart bevorzugten Stellung entsprach es denn auch, daß sie jeden zweiten Osterfeiertag durch van der Straaten in Person befragt wurden, ob sie sich entschließen könnten, seiner Frau während der Sommermonate draußen in der Villa Gesellschaft zu leisten, eine Frage, die jedesmal mit einer Verbeugung und einem freundlichen ›Ja‹ beantwortet wurde. Aber doch nicht *zu* freundlich, denn man wollte nicht verraten, daß die Frage erwartet war.

Und beide Damen waren auch in diesem Jahre, wie herkömmlich, als *Dames d'honneur* installiert worden, hatten den Umzug mitgemacht und erschienen jeden Morgen auf der Veranda, um gegen neun Uhr mit den Kindern das erste und um zwölf mit Melanie das zweite Frühstück zu nehmen.

Auch heute wieder.

Es mochte schon gegen eins sein, und das Frühstück war beendet. Aber der Tisch noch nicht abgedeckt. Ein leiser Luftzug, der ging und sich verstärkte, weil alle Türen und Fenster offen standen, bewegte das rotgemusterte Tischtuch, und von dem am anderen Ende des Korridors gelegenen Musikzimmer her hörte man ein Stück der Cramerschen Klavierschule, dessen mangelhaften Takt in Ordnung zu bringen Fräulein Anastasia Schmidt sich anstrengte. »Eins, zwei; eins, zwei.« Aber niemand achtete dieser Anstrengungen, am wenigsten Melanie, die neben Fräulein Riekchen, wie man sie gewöhnlich hieß, in einem Gartenstuhl saß und dann und wann von ihrer Handarbeit aufsah, um das reizende Parkbild unmittelbar um sie her, trotzdem sie jeden kleinsten Zug darin kannte, auf sich wirken zu lassen.

Es war selbstverständlich die schönste Stelle der ganzen Anlage. Denn von hundert Gästen, die kamen, begnügten sich neunundneunzig damit, den Park von hier aus zu betrachten und zu beurteilen. Am Ende des Hauptganges, zwischen den eben ergrünenden Bäumen hin, sah man das Zittern und Flimmern des vorüberziehenden Stromes, aus der Mitte der überall eingestreuten Rasenflächen aber erhoben sich Aloen und Bosketts und Glaskugeln und Bassins. Eines der kleineren plätscherte, während auf der Einfassung des großen ein Pfauhahn saß und die Mittagsonne mit seinem Gefieder einzusaugen schien. Tauben und Perlhühner waren bis in unmittelbare Nähe der Veranda gekommen, von der aus Riekchen ihnen eben Krumen streute.

»Du gewöhnst sie zu sehr an diesen Platz«, sagte Melanie. »Und wir werden einen Krieg mit van der Straaten haben.«

»Ich fecht ihn schon aus«, entgegnete die Kleine.

»Ja, du darfst es dir wenigstens zutrauen. Und wirklich, Riekchen, ich könnte jaloux werden, so sehr bevorzugt er dich. Ich glaube, du bist der einzige Mensch, der ihm alles sagen darf, und soviel ich weiß, ist er noch nie heftig gegen dich geworden. Ob ihm dein alter Adel imponiert? Sage mir deinen vollen Namen und Titel. Ich hör es so gern und vergess' es immer wieder.«

»Aloysia Friederike Sawat von Sawatzki, genannt Sattler von der Hölle, Stiftsanwärterin auf Kloster Himmelpfort in der Uckermark.«

»Wunderschön«, sagte Melanie. »Wenn ich doch so heißen könnte! Und du kannst es glauben, Riekchen, das ist es, was einen Eindruck auf ihn macht.«

Alles das war in herzlicher Heiterkeit gesagt und von Riekchen auch so beantwortet worden. Jetzt aber rückte diese den Stuhl näher an Melanie heran, nahm die Hand der jungen Frau und sagte: »Eigentlich sollt ich böse sein, daß du deinen Spott mit mir hast. Aber wer könnte dir böse sein?«

»Ich spotte nicht«, entgegnete Melanie. »Du mußt doch selber finden, daß er dich artiger und rücksichtsvoller behandelt als jeden andren Menschen.«

»Ja«, sagte jetzt das arme Fräulein, und ihre Stimme zitterte vor Bewegung. »Er behandelt mich gut, weil er ein gutes Herz hat, ein viel besseres, als mancher denkt und vielleicht auch als du selber denkst. Und er ist auch gar nicht so rücksichtslos. Er kann nur nicht leiden, daß man ihn stört oder herausfordert, ich meine solche, die's eigentlich nicht sollten oder dürften. Sieh,

Kind, dann beherrscht er sich nicht länger, aber nicht weil er's nicht könnte, nein, weil er nicht *will*. Und er braucht es auch nicht zu wollen. Denn er ist reich, und alle reichen Leute lernen die Menschen von ihrer schlechtesten Seite kennen. Alles überstürzt sich, erst in Dienstfertigkeit und hinterher in Undank. Und Undank ernten ist eine schlechte Schule für Zartheit und Liebe. Und deshalb glauben die Reichen an nichts Edles und Aufrichtiges in der Welt. Aber, das sag ich dir, und muß ich dir immer wieder sagen, dein van der Straaten ist besser, als mancher denkt und als du selber denkst.«

Es entstand eine kleine Pause, nicht ganz ohne Verlegenheit; dann nickte Melanie freundlich dem alten Fräulein zu und sagte: »Sprich nur weiter. Ich höre dich gerne so.«

»Und ich will auch«, sagte diese. »Sieh, ich habe dir schon gesagt, er behandelt mich gut, weil er ein gutes Herz hat. Aber das ist es noch nicht alles. Er ist auch so freundlich gegen mich, weil er mitleidig ist. Und mitleidig sein ist noch viel mehr als bloß gütig sein und ist eigentlich das Beste, was die Menschen haben. Er lacht *auch* immer, wenn er meinen langen Namen hört, gerade so wie du, aber ich hab es gern, ihn so lachen zu hören, denn ich höre wohl heraus, was er dabei denkt und fühlt.«

»Und was fühlt er denn?«

»Er fühlt den Gegensatz zwischen dem Anspruch meines Namens und dem, was ich bin: arm und alt und einsam und ein bloßes Figürchen. Und wenn ich sage Figürchen, so beschönige ich noch und schmeichle noch mir selbst.«

Melanie hatte das Batisttuch ans Auge gedrückt und sagte: »Du hast recht. Du hast immer recht. Aber wo nur Anastasia bleibt, die Stunde nimmt ja gar kein Ende. Sie quält mir die Liddy viel zu sehr, und das Ende vom Lied ist, daß sie dem Kind einen Widerwillen beibringt. Und dann ist es vorbei. Denn ohne Lieb und ohne Lust ist nichts in der Welt. Auch nicht einmal in der Musik ... Aber da kommt ja Teichgräber und will uns einen Besuch anmelden. Ich bin außer mir. Hätte viel lieber noch mit dir weitergeplaudert.« In eben diesem Augenblick war der alte Parkhüter, der sich vergeblich nach einem von der Hausdienerschaft umgesehen hatte, bis an die Veranda herangetreten und überreichte eine Karte.

Melanie las: Ebenezer Rubehn (Firma Jakob Rubehn und Söhne), Leutnant in der Reserve des 5. Dragoner-Regiments ...

»Ah, sehr willkommen ... Ich lasse bitten ...« Und während sich der Alte wieder entfernte, fuhr Melanie gegen das kleine Fräulein in übermütiger Laune fort: »Auch wieder einer. Und noch dazu aus der Reserve! Mir widerwärtig, dieser ewige Leutnant. Es gibt gar keine Menschen mehr.«

Und sehr wahrscheinlich, daß sie diese Betrachtungen fortgesetzt hätte, wenn nicht auf dem Kiesweg ein Knirschen hörbar geworden wäre, das über das rasche Näherkommen des Besuchs keinen Zweifel ließ. Und wirklich im nächsten Augenblick stand der Angemeldete vor der Veranda und verneigte sich gegen beide Damen.

Melanie hatte sich erhoben und war ihm einen Schritt entgegengegangen.

»Ich freue mich, Sie zu sehen. Erlauben Sie mir, Sie zunächst mit meiner lieben Freundin und Hausgenossin bekannt machen zu dürfen ... Herr Ebenezer Rubehn ... Fräulein Friederike von Sawatzki!«

Ein flüchtiges Erstaunen spiegelte sich ersichtlich in Rubehns Zügen, das, wenn Melanie richtig interpretierte, mehr noch dem kleinen verwachsenen Fräulein als ihr selber galt. Ebenezer war indessen Weltmann genug, um seines Erstaunens rasch wieder Herr zu werden, und sich ein zweites Mal gegen die Freundin hin verneigend, bat er um Entschuldigung, seinen Besuch auf der Villa bis heute hinausgeschoben zu haben.

Melanie ging leicht darüber hin, ihrerseits bittend, die Gemütlichkeit dieses ländlichen Empfanges und vor allem eines unabgeräumten Frühstückstisches entschuldigen zu wollen. »*Mais à la guerre, comme à la guerre,* eine kriegerische Wendung, an die mir's im übrigen ferne liegt, ernsthafte Kriegsgespräche knüpfen zu wollen.«

»Gegen die Sie sich vielmehr unter allen Umständen gesichert haben möchten«, lachte Rubehn. »Aber fürchten Sie nichts. Ich weiß, daß sich Damen für das Kapitel Krieg nur so lange begeistern, als es Verwundete zu pflegen gibt. Von dem Augenblick an, wo der letzte Kranke das Lazarett verläßt, ist es mit dem Kriegseifer vorbei. Und wie die Frauen in allem recht haben, so auch hierin. Es ist das Traurigste von der Welt, immer wieder eine Durchschnittsheldengeschichte von zweifelhaftem Wert und noch zweifelhafterer Wahrheit hören zu müssen; aber es ist das Schönste, was es gibt, zu helfen und zu heilen.«

Melanie hatte, während er sprach, ihre Handarbeit in den Schoß gelegt und ihn fest und freundlich angesehen. »Ei, das lob ich und hör ich gern. Aber wer mit so warmer Empfindung von dem Hospitaldienst und dem Helfen und Heilen, das uns so wohl kleidet, zu sprechen versteht, der hat diese Wohltat wohl an sich selbst erfahren. Und so plaudern Sie mir denn wider Willen, nach fünf Minuten schon, Ihre Geheimnisse aus. Versuchen Sie nicht, mich zu widerlegen, Sie würden scheitern damit, und da Sie die Frauenherzen so gut zu kennen scheinen, so werden Sie natürlich auch unsere zwei stärksten Seiten kennen: unseren Eigensinn und unser Rätselraten. Wir erraten alles ...«

»Und immer richtig?«

»Nicht immer, aber meist. Und nun erzählen Sie mir, wie Sie Berlin finden, unsere gute Stadt, und unser Haus, und ob Sie das Zutrauen zu sich haben, in Ihrem Hofkerker, dem eigentlich nur noch die Gitterstäbe fehlen, nicht melancholisch zu werden. Aber wir hatten nichts Besseres. Und wo nichts ist, hat, wie das Sprichwort sagt ...«

»O, Sie beschämen mich, meine gnädigste Frau. Jetzt erst, nach meinem Eintreffen, weiß ich, wie groß das Opfer ist, das Sie mir gebracht haben. Und ich darf füglich sagen, daß ich bei besserer Kenntnis ...«

Aber er sprach nicht aus und horchte plötzlich nach dem Hause hin, aus dem eben (die Musikstunde hatte schon vorher beschlossen) ein virtuoses und in jeder feinsten Nuancierung erkennbares Spiel bis auf die Veranda herausklang. Es war ›Wotans Abschied‹, und Rubehn erschien so hingerissen, daß es ihm Anstrengung kostete, sich loszumachen und das Gespräch wieder aufzunehmen. Endlich aber fand er sich zurück und sagte, während er sich abermals gegen Riekchen verneigte: »Pardon, meine Gnädigste. Hatt' ich recht gehört? Fräulein von Sawatzki?«

Das Fräulein nickte.

»Mit einem jungen Offizier dieses Namens war ich einen Sommer über in Wildbad-Gastein zusammen. Unmittelbar nach dem Kriege. Ein liebenswürdiger, junger Kavalier. Vielleicht ein Anverwandter ...?«

»Ein Vetter«, sagte Fräulein Riekchen. »Es gibt nur wenige meines Namens, und wir sind alle verwandt. Ich freue mich, aus Ihrem Munde von ihm zu hören. Er wurde noch in dem Nachspiel des Krieges verwundet, fast am letzten Tage. Bei Pontarlier. Und sehr schwer. Ich habe lange nicht von ihm gehört. Hat er sich erholt?«

»Ich glaube sagen zu dürfen, vollkommen. Er tut wieder Dienst im Regiment, wovon ich mich, ganz neuerdings erst, durch einen glücklichen Zufall überzeugen konnte ... Aber, mein gnädigstes Fräulein, wir werden unser Thema fallen lassen müssen. Die gnädige Frau lächelt bereits und bewundert die Geschicklichkeit, mit der ich, unter Heranziehung Ihres Herrn Vetters, in das Kriegsabenteuer und all seine Konsequenzen einzumünden trachte. Darf ich also vorschlagen, lieber dem wundervollen Spiele zuzuhören, das ... O, wie schade; jetzt bricht es ab ...«

Er schwieg, und erst als es drinnen still blieb, fuhr er in einer ihm sonst fremden, aber in diesem Augenblicke völlig aufrichtigen Emphase fort: »O, meine gnädigste Frau, welch ein Zaubergarten, in dem Sie leben. Ein Pfau, der sich sonnt, und Tauben, so zahm und so zahllos, als wäre diese Veranda der Markusplatz oder die Insel Cypern in Person! Und dieser plätschernde Strahl, und nun gar dieses Lied ... In der Tat, wenn nicht auch der aufrichtigste Beifall unstatthaft und zudringlich sein könnte ...«

Er unterbrach sich, denn vom Korridor her waren eben Schritte hörbar geworden und Melanie sagte mit einer halben Wendung: »Ah, Anastasia! Du kommst gerade zu guter Zeit, um den Dank und die Bewunderung unseres lieben Gastes und neuen Hausgenossen allerpersönlichst in Empfang zu nehmen. Erlauben Sie mir, daß ich Sie miteinander bekannt mache: Herr Ebenezer Rubehn, Fräulein Anastasia Schmidt ... Und hier meine Tochter Lydia«, setzte Melanie hinzu, nach dem schönen Kind hinzeigend, das auf der Türschwelle neben dem Musikfräulein stehengeblieben war und den Fremden ernst und beinah feindselig musterte.

Rubehn bemerkte den Blick. Aber es war ein Kind, und so wandte er sich ohne weiteres gegen Anastasia, um ihr allerhand Schmeichelhaftes über ihr Spiel und die Richtung ihres Geschmackes zu sagen.

Diese verbeugte sich, während Melanie, der kein Wort entgangen war, aufs lebhafteste fortfuhr: »Ei, da dürfen wir Sie, wenn ich recht verstanden habe, wohl gar zu den Unseren zählen? Anastasia, das träfe sich gut! Sie müssen nämlich wissen, Herr Rubehn, daß wir hier in zwei Lagern stehen und daß sich das van der Straatensche Haus, das nun auch das Ihrige sein wird, in bilderschwärmende Montecchi und musikschwärmende Capuletti teilt. Ich, *tout a fait* Capulet und Julia. Doch mit untragischem Ausgang. Und ich füge zum Überfluß hinzu, daß wir, Anastasia und ich, jener kleinen Gemeinde zugehören, deren Namen und Mittelpunkt ich Ihnen nicht zu nennen brauche. Nur eines will ich auf der Stelle wissen. Und ich betrachte das als mein weibliches Neugiersrecht. Welcher seiner Arbeiten erkennen Sie den höchsten Preis zu? Worin erscheint er Ihnen am bedeutendsten oder doch am eigenartigsten?«

»In den Meistersingern.«

»Zugestanden. Und nun sind wir einig, und bei nächster Gelegenheit können wir van der Straaten und Gabler und vor allem den langen und langweiligen Legationsrat in die Luft sprengen. Den langen Duquede. O, der steigt wie ein Raketenstock. Nicht wahr, Anastasia?«

Rubehn hatte seinen Hut genommen. Aber Melanie, die durch die ganze Begegnung ungewöhnlich erfreut und angeregt war, fuhr in wachsendem Eifer fort: »Alles das sind erst Namen. Eine Woche noch oder zwei, und Sie werden unsere kleine Welt kennengelernt haben. Ich wünsche, daß Sie die Gelegenheit dazu nicht hinausschieben. Unsere Veranda hat für heute die Repräsentation des Hauses übernehmen müssen. Erinnern Sie sich, daß wir auch einen Flügel haben, und versuchen Sie bald und oft, ob er Ihnen paßt. *Au revoir!*«

Er küßte der schönen Frau die Hand, und unter gemessener Verbeugung gegen Riekchen und Anastasia verließ er die Damen. Über Lydia sah er fort.

Aber diese nicht über ihn.

»Du siehst ihm nach«, sagte Melanie. »Hat er dir gefallen?«

»Nein.«

Alle lachten. Aber Lydia ging in das Haus zurück, und in ihrem großen Auge stand eine Träne.

AUF DER STRALAUER WIESE

Nach dem ersten Besuch Rubehns waren Wochen vergangen, und der günstige Eindruck, den er auf die Damen gemacht hatte, war im Steigen geblieben wie das Wetterglas. Jeden zweiten, dritten Tag erschien er in Gesellschaft van der Straatens, der seinerseits an der allgemeinen Vorliebe für den neuen Hausgenossen teilnahm und nie vergaß, ihm einen Platz anzubieten, wenn er selber in seinem hochrädrigen Kabriolett hinausfuhr. Ein wolkenloser Himmel stand in jenen Wochen über der Villa, drin es mehr Lachen und Plaudern, mehr Medisieren und Musizieren gab als seit lange. Mit dem Musizieren vermochte sich van der Straaten freilich auch jetzt nicht auszusöhnen, und es fehlte nicht an Wünschen wie dem, ›mit von der Schiffsmannschaft des fliegenden Holländers zu sein‹; aber im Grunde genommen war er mit dem ›anspruchsvollen Lärm‹ um vieles zufriedener, als er einräumen wollte, weil der von nun an in eine neue, gesteigerte Phase tretende Wagnerkultus ihm einen unerschöpflichen Stoff für seine Lieblingsformen der Unterhaltung bot. Siegfried und Brünhilde, Tristan und Isolde, welche dankbaren Tummelfelder! Und es konnte, wenn er in Veranlassung dieser Themata seinem Renner die Zügel schießen ließ, mitunter zweifelhaft erscheinen, ob die Musizierenden am Flügel oder er und sein Übermut die Glücklicheren waren.

Und so war der Hochsommer gekommen und war fast schon vorüber, als an einem wundervollen Augustnachmittage van der Straaten den Vorschlag für eine Land- und Wasserpartie machte.

»Rubehn ist jetzt ein rundes Vierteljahr in unserer Stadt und hat nichts gesehen, als was zwischen unserem Comptoir und dieser unserer Villa liegt. Er muß aber endlich unsere Wasserflächen und Stromufer kennenlernen, erhabene Wunder der Natur, neben denen die ganze heraufgepuffte Main- und Rheinherrlichkeit verschwindet. Also Treptow und Stralow, und zwar rasch, denn in acht Tagen haben wir den Stralauer Fischzug, der an und für sich zwar ein liebliches

Fest der Maien, im übrigen aber etwas derb und nicht allzu günstig für Wiesenwachs und frischen Rasen ist. Und so proponier ich denn eine Fahrt auf morgen nachmittag. Angenommen?«

Ein wahrer Jubel begleitete den Schluß der Ansprache, Melanie sprang auf, um ihm einen Kuß zu geben, und Fräulein Riekchen erzählte, daß es nun gerade dreiunddreißig Jahre sei, seit sie zum letzten Male in Treptow gewesen, an einem großen Dobremontschen Feuerwerkstage – derselbe Dobremont, der nachher mit seinem ganzen Laboratorium in die Luft geflogen.

»Und in die Luft geflogen warum? Weil die Leute, die mit dem Feuer spielen, immer zu sicher sind und immer die Gefahr vergessen. Ja, Melanie, du lachst. Aber, es ist so, immer die Gefahr vergessen.«

Es wurde nun gleich zu den nötigen Verabredungen geschritten, und man kam überein, am anderen Tage zu Mittag in die Stadt zu fahren, daselbst ein kleines Gabelfrühstück einzunehmen und gleich danach die Partie beginnen zu lassen: die drei Damen im Wagen, van der Straaten und Rubehn entweder zu Fuß oder zu Schiff. Alles regelte sich rasch, und nur die Frage, wer noch aufzufordern sei, schien auf kleine Schwierigkeiten stoßen zu sollen.

»Gryczinskis?« fragte van der Straaten und war zufrieden, als alles schwieg. Denn so sehr er an der rotblonden Schwägerin hing, in der er, um ihres anschmiegenden Wesens willen, ein kleines Frauenideal verehrte, so wenig lag ihm an dem Major, dessen superiore Haltung ihn bedrückte.

»Nun denn, Duquede?« fuhr van der Straaten fort und hielt das Crayon an die Lippe, mit dem er eventuell den Namen des Legationsrates notieren wollte.

»Nein«, sagte Melanie. »Duquede nicht. Und so verhaßt mir der ewige Vergleich vom ›Meltau‹ ist, so gibt es doch für Duquede keinen andern. Er würde von Stralow aus beweisen, daß Treptow, und von Treptow aus beweisen, daß Stralow überschätzt werde, und zur Feststellung dieses Satzes brauchen wir weder einen Legationsrat a. D. noch einen Altmärkischen von Adel.«

»Gut, ich bin es zufrieden«, erwiderte van der Straaten. »Aber Reiff?«

»Ja, Reiff«, hieß es erfreut. Alle drei Damen klatschten in die Hände, und Melanie setzte hinzu: »Er ist artig und manierlich und kein Spielverderber und trägt einem die Sachen. Und dann, weil ihn alle kennen, ist es immer, als führe man unter Eskorte, und alles grüßt so verbindlich, und mitunter ist es mir schon gewesen, als ob die Brandenburger Torwache ›heraus‹ rufen müsse.«

»Ach, das ist ja nicht um des alten Reiff willen«, sagte Anastasia, die nicht gern eine Gelegenheit vorübergehen ließ, sich durch eine kleine Schmeichelei zu insinuieren. »Das ist um *deinetwillen.* Sie haben dich für eine Prinzessin gehalten.«

»Ich bitte nicht abzuschweifen«, unterbrach van der Straaten, »am wenigsten im Dienst weiblicher Eitelkeiten, die sich, nach dem Prinzipe von Zug um Zug, bis ins Ungeheuerliche steigern könnten. Ich habe Reiff notiert, und Arnold und Elimar verstehen sich von selbst. Eine Wasserfahrt ohne Gesang ist ein Unding. Dies wird selbst von mir zugestanden. Und nun frag ich, wer hat noch weitere Vorschläge zu machen? Niemand? Gut. So bleibt es bei Reiff und Arnold und Elimar, und ich werde sie per Rohrpost avertieren. Fünf Uhr. Und daß wir sie draußen bei Löbbekes erwarten.«

Am andern Tage war alles Erregung und Bewegung auf der Villa, viel, viel mehr, als ob es sich um eine Reise nach Teplitz oder Karlsbad gehandelt hätte. Natürlich, eine Fahrt nach Stralow war ja das Ungewöhnlichere. Die Kinder sollten mit, es sei Platz genug auf dem Wagen, aber Lydia war nicht zu bewegen und erklärte bestimmt, sie *wolle* nicht. Da mußte denn, wenn man keine Szene haben wollte, nachgegeben werden, und auch die jüngere Schwester blieb, da sie sich daran gewöhnt hatte, dem Beispiel der ältern in all und jedem zu folgen.

In der Stadt wurde, wie verabredet, ein Gabelfrühstück genommen, und zwar in van der Straatens Zimmer. Er wollt es so jagd- und reisemäßig wie möglich haben und war in bester Laune. Diese wurde auch nicht gestört, als in demselben Augenblick, wo man sich gesetzt hatte, ein Absagebrief Reiffs eintraf. Der Polizeirat schrieb: »Chef eben konfidentiell mit mir gesprochen. Reise heute noch. Elf Uhr fünfzig. Eine Sache, die sich der Mitteilung entzieht. Dein Reiff. Pstscr. Ich bitte der schönen Frau die Hand zu küssen und ihr sagen zu dürfen, daß ich untröstlich bin …«

Van der Straaten fiel in einen heftigen Krampfhusten, weil er, unter dem Lesen, unklugerweise von seinem Sherry genippt hatte. Nichtsdestoweniger sprach er unter Husten und Lachen weiter und erging sich in Vorstellungen Reiffscher Großtaten. »In politischer Mission. Wundervoll. O, lieb Vaterland, kannst ruhig sein. Aber *einen* kenn ich, der noch ruhiger sein darf: er, der Unglückliche, den er sucht. Oder sag ich gleich rundweg: der Attentäter, dem er sich an die Fersen heftet. Denn um etwas Staatsstreichlich-Hochverräterisches muß es sich doch am Ende handeln, wenn man einen Mann wie Reiff allerpersönlichst in den Sattel setzt. Nicht wahr, Sattlerchen von der Hölle? Und heut abend noch! Die reine Ballade. ›Wir satteln nur um Mitternacht.‹ O, Leonore! O Reiff, Reiff.« Und er lachte konvulsivisch weiter.

Auch Arnold und Elimar, die man nach Verabredung draußen treffen wollte, wurden nicht geschont, bis endlich die Pendule vier schlug und zur Eile mahnte. Der Wagen wartete schon, und die Damen stiegen ein und nahmen ihre Plätze: Fräulein Riekchen neben Melanie, Anastasia auf dem Rücksitz. Und mit ihren Fächern und Sonnenschirmen grüßend, ging es über Platz und Straßen fort, erst auf die Frankfurter Linden und zuletzt auf das Stralauer Tor zu.

Van der Straaten und Rubehn folgten eine Viertelstunde später in einer Droschke zweiter Klasse, die man ›Echtheit‹ halber gewählt hatte, stiegen aber unmittelbar vor der Stadt aus, um nunmehr an den Flußwiesen hin den Rest des Weges zu Fuß zu machen.

Es schlug fünf, als unsere Fußgänger das Dorf erreichten und in Mitte desselben Ehms ansichtig wurden, der mit seinem Wagen, etwas ausgebogen, zur Linken hielt und den ohnehin wohlgepflegten Trakehnern einen vollen Futtersack eben auf die Krippe gelegt hatte. Gegenüber stand ein kleines Haus, wie das Pfefferkuchenhaus im Märchen, bräunlich und appetitlich und so niedrig, daß man bequem die Hand auf die Dachrinne legen konnte. Dieser Niedrigkeit entsprach denn auch die kaum mannshohe Tür, über der auf einem wasserblauen Schilde ›Löbbekes Kaffeehaus‹ zu lesen war. In Front des Hauses aber standen drei, vier verschnittene Lindenbäume, die den Bürgersteig von dem Straßendamm trennten, auf welchem letzteren Hunderte von Sperlingen hüpften und zwitscherten und die verlorenen Körner aufpickten.

»Dies ist das Ship-Hotel von Stralow«, sagte van der Straaten im Ciceroneton und war eben willens, in das Kaffeehaus einzutreten, als Ehm über den Damm kam und ihm halb dienstlich, halb vertraulich vermeldete, »daß die Damens schon vorauf seien, nach der Wiese hin. Und die Herren Malers auch. Und hätten beide schon vorher gewartet und gleich den Tritt runter gemacht und alles. Erst Herr Gabler und dann Herr Schulze. Und an der Würfelbude hätten sie Strippenballons und Gummibälle gekauft. Und auch Reifen und eine kleine Trommel und allerhand noch. Und einen Jungen hätten sie mitgenommen, der hätte die Reifen und Stöcke tragen müssen. Und Herr Elimar immer vorauf. Das heißt mit 'ner Harmonika.«

»Um Gottes willen«, rief van der Straaten, »Ziehharmonika?«

»Nein, Herr Kommerzienrat. Wie 'ne Maultrommel.«

»Gott sei Dank! ... Und nun kommen Sie, Rubehn. Und du, Ehm, du wartest nicht auf uns und läßt dir geben ... Hörst du?«

Ehm hatte dabei seinen Hut abgenommen. In seinen Zügen aber war deutlich zu lesen: ich werde warten.

Am Ausgang des Dorfes lag ein prächtiger Wiesenplan und dehnte sich bis an die Kirchhofsmauer hin. In Nähe dieser hatten sich die drei Damen gelagert und plauderten mit Gabler, während Elimar einen seiner großen Gummibälle monsieurherkulesartig über Arm und Schulter laufen ließ.

Van der Straaten und Rubehn hörten schon von ferne her das Bravoklatschen und klatschten lebhaft mit. Und nun erst wurde man ihrer ansichtig, und Melanie sprang auf und warf ihrem Gatten, wie zur Begrüßung, einen der großen Bälle zu. Aber sie hatte nicht richtig gezielt, der Ball ging seitwärts und Rubehn fing ihn auf. Im nächsten Augenblick begrüßte man sich, und die junge Frau sagte: »Sie sind geschickt. Sie wissen den Ball im Fluge zu fassen.«

»Ich wollte, es wäre das Glück.«

»Vielleicht ist es das Glück.«

Van der Straaten, der es hörte, verbat sich alle derartig intrikaten Wortspielereien, widrigenfalls er an die Braut telegrafieren oder vielleicht auch Reiff in konfidentieller Mission abschikken werde. Worauf Rubehn ihn zum hundertsten Male beschwor, endlich von der ›ewigen Braut‹ ablassen zu wollen, die wenigstens vorläufig noch im Bereiche der Träume sei. Van der Straaten aber machte sein kluges Gesicht und versicherte, ›daß er es besser wisse‹.

Danach kehrte man an die Lagerstelle zurück, die sich nun rasch in einen Spielplatz verwandelte. Die Reifen, die Bälle flogen, und da die Damen ein rasches Wechseln im Spiele liebten, so ging man, innerhalb anderthalb Stunden, auch noch durch Blindekuh und Gänsedieb und ›Bäumchen, Bäumchen, verwechselt euch‹. Das letztere fand am meisten Gnade, besonders bei van der Straaten, dem es eine herzliche Freude war, das scharfgeschnittene Profil Riekchens mit ihren freundlichen und doch zugleich etwas stechenden Augen um die Baumstämme herumgucken zu sehen. Denn sie hatte, wie die meisten Verwachsenen, ein Eulengesicht.

Und so ging es weiter, bis die Sonne zum Rückzug mahnte. Harmonika-Schulze führte wieder, und neben ihm marschierte Gabler, der das Trommelchen ganz nach Art eines Tambourins behandelte. Er schlug es mit den Knöcheln, warf es hoch und fing es wieder. Danach folgte das van der Straatensche Paar, dann Rubehn und Fräulein Riekchen, während Anastasia, träumerisch und Blumen pflückend, den Nachtrab bildete. Sie hing süßen Fragen und Vorstellungen nach, denn Elimar hatte beim Blindekuh, als er sie haschte, Worte fallen lassen, die nicht mißdeutet werden konnten. Er hätte denn ein schändlicher und zweizüngiger Lügner sein müssen. Und das war er nicht … Wer so rein und kindlich an der Tete dieses Zuges gehen und die Harmonika blasen konnte, konnte kein Verräter sein.

Und sie bückte sich wieder, um (zum wievielten Male!) an einer Wiesenranunkel die Blätter und die Chancen ihres Glückes zu zählen.

LÖBBEKES KAFFEEHAUS

Vor Löbbekes Kaffeehaus hatte sich innerhalb der letzten zwei Stunden nichts verändert, mit alleiniger Ausnahme der Sperlinge, die jetzt, statt auf dem Straßendamm, in den verschnittenen Linden saßen und quirilierten. Aber niemand achtete dieser Musik, am wenigsten van der Straaten, der eben Melanies Arm in den Elimars gelegt und sich selbst an die Spitze des Zuges gesetzt hatte. »Attention!« rief er und bückte sich, um sich ohne Fährlichkeit durch das niedrige Türjoch hindurchzuzwängen.

Und alles folgte seinem Rat und Beispiel.

Drinnen waren ein paar absteigende Stufen, weil der Flur um ein Erhebliches niedriger lag als die Straße draußen, weshalb denn auch den Eintretenden eine dumpfe Kellerluft entgegenkam, von der es schwer zu sagen war, ob sie durch ihren biersäuerlichen Gehalt mehr gewann oder verlor. In der Mitte des Flurs sah man nach rechts hin eine Nische mit Herd und Rauchfang, einer kleinen Schiffsküche nicht unähnlich, während von links her ein Schanktisch um mehrere Fuß vorsprang. Dahinter ein sogenanntes ›Schapp‹, in dem oben Teller und Tassen und unten allerhand ausgebuchtete Likörflaschen standen. Zwischen Tisch und Schapp aber thronte die Herrin dieser Dominien, eine große, starke Blondine von Mitte Dreißig, die man ohne weiteres als eine Schönheit hätte hinnehmen müssen, wenn nicht ihre Augen gewesen wären. Und doch waren es eigentlich schöne Augen, an denen in Wahrheit nichts auszusetzen war, als daß sie sich daran gewöhnt hatten, alle Männer in zwei Klassen zu teilen, in solche, denen sie zuzwinkerten: »Wir treffen uns noch«, und in solche, denen sie spöttisch nachriefen: »Wir kennen euch besser.« Alles aber, was in diese zwei Klassen *nicht* hineinpaßte, war nur Gegenstand für Mitleid und Achselzucken. Es muß leider gesagt werden, daß auch van der Straaten von diesem Achselzucken betroffen wurde. Nicht seiner Jahre halber, im Gegenteil, sie wußte Jahre zu schätzen, nein, einzig und allein, weil er von alter Zeit her die Schwäche hatte, sich *à tout prix* populär machen zu wollen. Und das war der Blondine das Verächtlichste von allem.

Am Ausgang des Flurs zeigte sich eine noch niedrigere Hoftür, und dahinter kam ein Garten, drin, um kümmerliche Bäume herum, ein Dutzend grüngestrichene Tische mit schrägangelehnten Stühlen von derselben Farbe standen. Rechts lief eine Kegelbahn, deren vorderstes unsichtbares Stück sehr wahrscheinlich bis an die Straße reichte. Van der Straaten wies ironischen Tons auf all diese Herrlichkeiten hin, verbreitete sich über die Vorzüge anspruchslos gebliebener Nationalitäten und stieg dann eine kleine Schrägung nieder, die von dem Sommergarten aus auf einen großen, am Spreeufer sich hinziehenden und nach Art eines Treibhauses angelegten Glasbalkon führte. An einer der offenen Stellen desselben rückte die Gesellschaft zwei, drei Tische zusammen und hatte nun einen schmalen, zerbrechlichen Wassersteg und links davon ein festgeankertes, aber schon dem Nachbarhause zugehöriges Floß vor sich, an das die kleinen Spreedampfer immer anzulegen pflegten.

Rubehn erhielt ohne weiteres den besten Platz angewiesen, um als Fremder den Blick auf die Stadt frei zu haben, die flußabwärts im rot- und golddurchglühten Dunst eines heißen Sommertages dalag. Elimar und Gabler aber waren auf den Wassersteg hinausgetreten.

Alles freute sich des Bildes, und van der Straaten sagte: »Sieh, Melanie. Die Schloßkuppel. Sieht sie nicht aus wie Santa Maria Saluta?«

»Salutè«, verbesserte Melanie, mit Akzentuierung der letzten Silbe.

»Gut, gut. Also Salutè«, wiederholte van der Straaten, indem er jetzt auch seinerseits das e betonte. »Meinetwegen. Ich prätendiere nicht, der alte Sprachenkardinal zu sein, dessen Namen ich vergessen habe. *Salus, salutis*, vierte Deklination, oder dritte, das genügt mir vollkommen. Und Salutà oder Salutè macht mir keinen Unterschied. Freilich muß ich sagen, so wenig zuverlässig die lieben Italiener in allem sind, so wenig sind sie's auch in ihren Endsilben. Mal a, mal e. Aber lassen wir die Sprachstudien, und studieren wir lieber die Speisekarte, die hier natürlich von Mund zu Mund vermittelt wird, eine Tatsache, bei der ich mich jeder blonden Erinnerung entschlage. Nicht wahr, Anastasia? He?«

»Der Herr Kommerzienrat belieben zu scherzen«, antwortete Anastasia pikiert. »Ich glaube nicht, daß sich eine Speisekarte von Mund zu Mund vermitteln läßt.«

»Es käme auf einen Versuch an, und ich für meinen Teil wollte mich zur Lösung einer Aufgabe verpflichten. Aber erst wenn Luna herauf ist und ihr Antlitz wieder keusch hinter Wolkenschleiern birgt. Bis dahin muß es bleiben, und bis dahin sei Friede zwischen uns. Und nun, Arnold, ernenn ich dich, in deiner Eigenschaft als Gabler, zum Erbküchenmeister und lege vertrauensvoll unser leibliches Wohl in deine Hände.«

»Was ich dankbarst akzeptiere«, bemerkte dieser, »immer vorausgesetzt, daß du mir, um mit unserem leider abwesenden Freunde Gryczinski zu sprechen, einige Direktiven erteilen willst.«

»Gerne, gerne«, sagte van der Straaten.

»Nun denn, so beginne.«

»Gut. So proponier ich Aal und Gurkensalat ... Zugestanden?«

»Ja«, stimmte der Chorus ein.

»Und danach Hühnchen und neue Kartoffeln ... Zugestanden?«

»Ja.«

»Bliebe nur noch die Frage des Getränks. Unter Umständen wichtig genug. Ich hätte der Lösung derselben, mit Unterstützung Ehms und unsres Wagenkastens, vorgreifen können, aber ich verabscheue Landpartien mit mitgeschlepptem Weinkeller. Erstens kränkt man die Leute, bei denen man doch gewissermaßen immer noch zu Gaste geht, und zweitens bleibt man in dem Kreise des Althergebrachten, aus dem man ja gerade heraus will. Wozu macht man Partien? Wozu? frag ich. Nicht um es besser zu haben, sondern um es anders zu haben, um die Sitten und Gewohnheiten anderer Menschen, und nebenher auch die Lokalspenden ihrer Dorf- und Gauschaften, kennenzulernen. Und da wir hier nicht im Lande Kanaan weilen, wo Kaleb die große Traube trug, so stimm ich für das landesübliche Produkt dieser Gegenden, für eine kühle Blonde. Kein Geld, kein Schweizer; keine Weiße, kein Stralow. Ich wette, daß selbst Gryczinski nie bessere Richtschnuren gegeben hat. Und nun geh, Arnold. Und für Anastasia einen Anisette ... Kühle Blonde! Ob wohl unsere Blondine zwischen Tisch und Schapp in diese Kategorie fällt?«

Elimar hatte mittlerweile dem Schauspiel der untergehenden Sonne zugesehen und auf dem gebrechlichen Wassersteg, nach Art eines Turners, der zum Hocksprung ansetzt, seine Knie gebogen und wieder angestrafft. Alles mechanisch und gedankenlos. Plötzlich aber, während er noch so hin und her wippte, knackte das Brett und brach, und nur der Geistesgegenwart, mit der er nach einem der Pfähle griff, mocht er es zuschreiben, daß er nicht in das gerad an dieser Dampfschiffanlegestelle sehr tiefe Wasser niederstürzte. Die Damen schrien laut auf, und Anastasia zitterte noch, als der durch sich selbst Gerettete mit einem gewissen Siegeslächeln erschien, das unter den sich jagenden Vorwürfen von ›Tollkühnheit‹ und ›Gleichgültigkeit gegen die Gefühle seiner Mitmenschen‹ eher wuchs als schwand.

Ein Zwischenfall wie dieser konnte sich natürlich nicht ereignen, ohne von einer Fülle von Kommentaren und Hypothesen begleitet zu werden, in denen die Wörter ›wenn‹ und ›was‹ die Hauptrollen spielten und endlos wiederkehrten. *Was* würde geschehen sein, wenn Elimar den Pfahl nicht ergriffen hätte? *Was*, wenn er trotzdem hineingefallen, endlich was, wenn er nicht zufällig ein guter Schwimmer gewesen wäre?

Melanie, die längst ihr Gleichgewicht wiedergewonnen hatte, behauptete, daß van der Straaten unter allen Umständen hätte nachspringen müssen, und zwar erstens als Urheber der Partie, zweitens als resoluter Mann und drittens als Kommerzienrat, von denen, allen historischen Aufzeichnungen nach, noch keiner ertrunken wäre. Selbst bei der Sintflut nicht.

Van der Straaten liebte nichts mehr als solche Neckereien seiner Frau, verwahrte sich aber, unter Dank für das ihm zugetraute Heidentum, gegen alle daraus zu ziehenden Konsequenzen. Er halte weder zu der alten Firma Leander noch zu der neuen des Kapitäns Boyton, bekenne sich vielmehr, in allem, was Heroismus angehe, ganz zu der Schule seines Freundes Heine, der bei jeder Gelegenheit seiner äußersten Abneigung gegen tragische Manieren einen ehrlichen und unumwundenen Ausdruck gegeben habe.

»Aber«, entgegnete Melanie, »tragische Manieren sind doch nun mal gerade *das*, was wir Frauen von euch verlangen.«

»Ah, bah! Tragische Manieren!« antwortete van der Straaten. »Lustige Manieren verlangt ihr und einen jungen Fant, der euch beim Zwirnwickeln die Docke hält und auf ein Fußkissen niederkniet, darauf sonderbarerweise jedesmal ein kleines Hündchen gestickt ist. Mutmaßlich als Symbol der Treue. Und dann seufzt er, der Adorante, der betende Knabe, und macht Augen und versichert euch seiner innigsten Teilnahme. Denn ihr *müßtet* unglücklich sein. Und nun wieder Seufzen und Pause. Freilich, freilich, ihr hättet einen guten Mann (alle Männer seien gut), aber *enfin*, ein Mann müsse nicht bloß gut sein, ein Mann müsse seine Frau *verstehen*. Darauf kommt es an, sonst sei die Ehe niedrig, mehr als niedrig. Und dann seufzt er zum drittenmal. Und wenn der Zwirn endlich abgewickelt ist, was natürlich so lange wie möglich dauert, so glaubt ihr es auch. Denn jede von euch ist wenigstens für einen indischen Prinzen oder für einen Schah von Persien geboren. Allein schon wegen der Teppiche.«

Melanie hatte während dieser echt van der Straatenschen Expektoration ihren Kopf gewiegt und erwiderte schnippisch und mit einem Anflug von Hochmut: »Ich weiß nicht, Ezel, warum du beständig von Zwirn sprichst. Ich wickle Seide.«

Sehr wahrscheinlich, daß es dieser Bemerkung an einer spitzen Replik nicht gefehlt hätte, wenn nicht eben jetzt eine dralle, kurzärmelige Magd erschienen und auf Augenblicke hin der Gegenstand allgemeiner Aufmerksamkeit geworden wäre. Schon um des virtuosen Puffs und Knalls willen, womit sie, wie zum Debüt, ihr Tischtuch auseinanderschlug. Und sehr bald nach ihr erschienen denn auch die dampfenden Schüssel und die hohen Weißbierstangen, und selbst der Anisette für Anastasia war nicht vergessen. Aber es waren ihrer mehrere, da sich der lebens- und gesellschaftskluge Gabler der allgemeinen Damenstellung zur Anisettefrage rechtzeitig erinnert hatte. Und in der Tat, er mußte lächeln (und van der Straaten mit ihm), als er gleich nach dem Erscheinen des Tabletts auch Riekchen nippen und ihre Eulenaugen immer größer und freundlicher werden sah.

Inzwischen war es dämmrig geworden, und mit der Dämmerung kam die Kühle. Gabler und Elimar erhoben sich, um aus dem Wagen eine Welt von Decken und Tüchern heranzuschleppen, und Melanie, nachdem sie den schwarz- und weißgestreiften Burnus umgenommen und die Kapuze kokett in die Höhe geschlagen hatte, sah reizender aus als zuvor. Eine der Seidenpuscheln hing ihr in die Stirn und bewegte sich hin und her, wenn sie sprach oder dem Gespräch der anderen lebhaft folgte. Und dieses Gespräch, das sich bis dahin medisierend um die Gryczinskis und vor allem auch um den Polizeirat und die neue katilinarische Verschwörung gedreht hatte, fing endlich an, sich näherliegenden und zugleich auch harmloseren Thematas zuzuwenden, beispielsweise, wie hell der ›Wagen‹ am Himmel stünde.

»Fast so hell wie der große Bär«, schaltete Riekchen ein, die nicht fest in der Himmelskunde war. Und nun entsann man sich, daß dies gerade die Sternschnuppennächte wären, auf welche Mitteilung hin van der Straaten nicht nur die fallenden Sterne zu zählen anfing, sondern sich schließlich auch bis zu dem Satze steigerte, »daß alles in der Welt eigentlich nur des Fallens wegen da sei: die Sterne, die Engel, nur die Frauen nicht«.

Melanie zuckte zusammen, aber niemand sah es, am wenigsten van der Straaten, und nachdem noch eine ganze Weile gezählt und gestritten und der Abend inzwischen immer kälter geworden war, einigte man sich dahin, daß es zur Bekämpfung dieser Polarzustände nur ein einzig erdenkliches Mittel gäbe: eine Glühweinbowle. Van der Straaten selbst machte den Vorschlag und definierte: »Glühwein ist diejenige Form des Weines, in der Wein nichts und das Gewürznägelchen alles bedeutet«, auf welche Definition hin es gewagt und die Bestellung gemacht wurde.

Und siehe da, nach verhältnismäßig kurzer Zeit schon erschien auch die blonde Wirtin in Person, um die Bowle vorsorglich inmitten des Tisches niederzusetzen.

Und nun nahm sie den Deckel ab und freute sich unter Lachen all der aufrichtig dankbaren ›Achs‹, womit ihre Gäste den warmen und erquicklichen Dampf einsogen. Ein reizender blonder Junge war mit ihr gekommen und hielt sich an der Schürze der Mutter fest.

»Ihrer?« fragte van der Straaten mit verbindlicher Handbewegung.

»Na, wen sonst«, antwortete die Blondine nüchtern und suchte mit Rubehn über den Tisch hin ein paar Blicke zu wechseln. Als es aber mißlang, ergriff sie die blonden Locken ihres Jungen, spielte damit und sagte: »Komm, Pauleken. Die Herrschaften sind lieber alleine.«

Elimar sah ihr betroffen nach und rieb sich die Stirn. Endlich rief er: »Gott sei Dank, nun hab ich's. Ich wußte doch, ich hatte sie schon gesehen. Irgendwo. Triumphzug des Germanicus; Thusnelda, wie sie leibt und lebt.«

»Ich kann es nicht finden«, erwiderte van der Straaten, der ein Piloty-Schwärmer war. »Und es stimmt auch nicht in Verhältnissen und Leibesumfängen, immer vorausgesetzt, daß man von solchen Dingen in Gegenwart unserer Damen sprechen darf. Aber Anastasia wird es verzeihen, und um den Hauptunterschied noch einmal zu betonen, bei Piloty gibt sich Thumelicus noch als ein Werdender, während wir ihn hier bereits an der Schürze seiner Mutter hatten. An der weißesten Schürze, die mir je vorgekommen ist. Aber sei weiß wie Schnee und weißer noch: Ach, die Verleumdung trifft dich doch.«

Diese zwei Reimzeilen waren in einer absichtlich spöttischen Singsangmanier von ihm gesprochen worden, und Rubehn, dem es mißfiel, wandte sich ab und blickte nach links hin auf den von Lichtern überblitzten Strom. Melanie sah es, und das Blut schoß ihr zu Kopf, wie nie zuvor. Ihres Gatten Art und Redeweise hatte sie, durch all die Jahre hin, viel Hunderte von Malen in Verlegenheit gebracht, auch wohl in bittere Verlegenheiten, aber dabei war es geblieben. Heute, zum ersten Male, schämte sie sich seiner.

Van der Straaten indes bemerkte nichts von dieser Verstimmung und klammerte sich nur immer fester an seinen Thusneldastoff, in der an und für sich ganz richtigen Erkenntnis, etwas Besseres für seine Spezialansprüche nicht finden zu können.

»Ich frage jeden, ob dies eine Thusnelda ist? Höher hinauf, meine Freunde. Göttin Aphrodite, die Venus dieser Gegenden, Venus Spreavensis, frisch aus demselben Wasser gestiegen, das uns eben erst unsern teuren Elimar zu rauben trachtete. Das Wasser rauscht', das Wasser schwoll. Aus der Spree gestiegen, sag ich. Aber so mich nicht alles täuscht, haben wir hier *mehr*, meine Freunde. Wir haben hier, wenn ich richtig beobachtet, oder sagen wir, wenn ich richtig geahnt habe, eine Vermählung von Modernem und Antikem: Venus Spreavensis und Venus Kallipygos. Ein gewagtes Wort, ich räum es ein. Aber in Griechisch und Musik darf man alles sagen. Nicht wahr, Anastasia? Nicht wahr, Elimar? Außerdem entsinn ich mich, zu meiner Rechtfertigung, eines wundervollen Kallipygosepigramms ... Nein, nicht Epigramms ... Wie heißt etwas Zweizeiliges, was sich nicht reimt ...?«

»Distichon.«

»Richtig. Also ich entsinne mich eines Distichons ... bah, da hab ich es vergessen ... Melanie, wie war es doch? Du sagtest es damals so gut und lachtest so herzlich. Und nun hast du's auch vergessen. Oder *willst* du's bloß vergessen haben? ... Ich bitte dich ... Ich hasse das ... Besinne dich. Es war etwas von Pfirsichflaum, und ich sagte noch, ›man fühlt ihn ordentlich‹. Und du fandst es auch und stimmtest mit ein ... Aber die Gläser sind ja leer ...«

»Und ich denke, wir lassen sie leer«, sagte Melanie scharf und wechselte die Farbe, während sie mechanisch ihren Sonnenschirm auf- und zumachte. »Ich denke, wir lassen sie leer. Es ist ohnehin Glühwein. Und wenn wir noch hinüber wollen, so wird es Zeit sein, *hohe* Zeit«, und sie betonte das Wort.

»Ich bin es zufrieden«, entgegnete van der Straaten, aber in einem Tone, der nur allzu deutlich erkennen ließ, daß seine gute Stimmung in ihr Gegenteil umzuschlagen begann. »Ich bin es zufrieden und bedauere nur, allem Anscheine nach, wieder einmal Anstoß gegeben und das adelige Haus de Caparoux in seinen höheren Aspirationen verschnupft zu haben. Es ist immer das alte Lied, das ich nicht gern höre. *Wenn* ich es aber hören will, so lad ich mir meinen Schwager-Major zu Tische, der ist erster Kammerherr am Throne des Anstands und der Langenweile. Heute fehlt er hier, und ich hätte gern darauf verzichtet, ihn durch seine Frau Schwägerin ersetzt zu sehen. Ich hasse Prüdereien und jene Prätentionen höherer Sittlichkeit, hinter denen nichts steckt. Im günstigsten Falle nichts steckt. Ich darf das sagen, und jedenfalls *will* ich es sagen, und was ich gesagt habe, das habe ich gesagt.«

Es antwortete niemand. Ein schwacher Versuch Gablers, wieder einzulenken, mißlang, und in ziemlich geschäftsmäßigern, wenn auch freilich wieder ruhiger gewordenem Ton wurden alle noch nötigen Verabredungen zur Überfahrt nach Treptow in zwei kleinen Booten getroffen; Ehm aber sollte, mit Benutzung der nächsten Brücke, die Herrschaften am anderen Ufer erwarten. Alles stimmte zu, mit Ausnahme von Fräulein Riekchen, die verlegen erklärte, »daß Bootschaukeln von klein auf ihr Tod gewesen sei«. Worauf sich van der Straaten in einem Anfall von Ritterlichkeit erbot, mit ihr in der Glaslaube zurückbleiben und das Anlegen des nächsten, vom ›Eierhäuschen‹ her erwarteten Dampfschiffes abpassen zu wollen.

WOHIN TREIBEN WIR?

Es währte nicht lange, so steuerten von einer dunklen, etwas flußaufwärts gelegenen Uferstelle her zwei Jollen auf das Floß zu, jede mit einer Stocklaterne vorn an Bord. In der kleineren saß derselbe Junge, der schon am Nachmittag die Reifen auf die Kirchhofswiese hinausgetragen hatte, während die größere Jolle leer und bloß angekettet im Fahrwasser der anderen nachschwamm. Es gab einen hübschen Anblick, und kaum daß die beiden Fahrzeuge lagen, so stiegen auch, vom Floß aus, die schon ungeduldig Wartenden ein: Rubehn und Melanie in das kleinere, die beiden Maler und Anastasia in das größere Boot, eine Verteilung, die sich wie von selber machte, weil Elimar und Gabler gute Kahnfahrer waren und jeder anderweitigen Führung entbehren konnten. Sie nahmen denn auch die Tete, und der Junge mit der kleineren Jolle folgte.

Van der Straaten sah ihnen eine Weile nach und sagte dann zu dem Fräulein: »Es ist mir ganz lieb, Riekchen, daß wir zurückgeblieben sind und auf das Dampfschiff warten müssen. Ich habe Sie schon immer fragen wollen, wie gefällt Ihnen unser neuer Hausgenosse? Sie sprechen nicht viel, und wer nicht viel spricht, der beobachtet gut.«

»O, er gefällt mir.«

»Und *mir* gefällt es, Riekchen, daß er Ihnen gefällt. Nur das ›o‹ beklag ich, denn es hebt ein gut Teil Lob wieder auf, und ›o, er gefällt mir‹, ist eigentlich nicht viel besser als ›o, er gefällt mir *nicht*‹. Sie sehen, ich lasse Sie nicht wieder los. Also, nur immer tapfer mit der Sprache heraus. Warum nur o? Woran liegt es? Wo fehlt es? Mißtrauen Sie seinen Dragonerreserveleutnantsallüren? Ist er Ihnen zu kavaliermäßig oder zu wenig? Ist er Ihnen zu laut oder zu still, zu bescheiden oder zu stolz, zu warm oder zu kalt?«

»Damit möchten Sie's getroffen haben.«

»Womit?«

»Mit dem ›zu kalt‹. Ja, er ist mir zu kalt. Als ich ihn das erstemal sah, hatt ich einen guten Eindruck, obgleich wohl nicht so gut wie Anastasia. Natürlich nicht. Anastasia singt und ist exzentrisch und will einen Mann haben.«

»Will jede.«

»Ich auch?« lachte die Kleine.

»Wer weiß, Riekchen.«

»... Also, das erste war: er gefiel mir. Es war in der Veranda, gleich nach dem zweiten Frühstück; wir hatten eben die blauen Milchsatten zurückgeschoben, und es ist mir, als wäre es gestern gewesen. Da kam der alte Teichgräber und brachte seine Karte. Und dann kam er selbst.

Nun, er hat etwas Distinguiertes, und man sieht auf den ersten Blick, daß er die kleine Not des Lebens nicht kennengelernt hat. Und das ist immer hübsch, und das Hübsche davon soll ihm unbenommen sein. Er hat aber auch etwas Reserviertes. Und wenn ich sage, was Reserviertes, so hab ich noch sehr wenig gesagt. Denn Reserviertsein ist gut und schicklich. Er übertreibt es aber. Anfangs glaubt ich, es sei die kleine gesellschaftliche Scheu, die jeden ziert, auch den Mann von Welt, und er werde es ablegen. Aber bald konnt ich sehen, daß es nicht Scheu war. Nein, ganz im Gegenteil. Es ist Selbstbewußtsein. Er hat etwas amerikanisch Sicheres. Und so sicher er ist, so kalt ist er auch.«

»Ja, Riekchen, er war zu lange drüben, und drüben ist nicht der Platz, um Bescheidenheit und warme Gefühle zu lernen.«

»Sie sind auch nicht zu lernen. Aber man kann sie leider *ver*lernen.«

»Verlernen?« lachte van der Straaten. »Ich bitte Sie, Riekchen, er ist ja ein Frankfurter!«

Während dieses Gespräch in dem Glassalon geführt wurde, steuerten die beiden Boote der Mitte des Stromes zu. Auf dem größeren war Scherz und Lachen, aber auf dem kleineren, das folgte, schwieg alles, und Melanie beugte sich über den Rand und ließ das Wasser durch ihre Finger plätschern.

»Ist es immer nur das Wasser, dem Sie die Hand reichen, Freundin?«

»Es kühlt. Und ich hab es so heiß.«

»So legen Sie den Burnus ab …« Und er erhob sich, um ihr behilflich zu sein.

»Nein«, sagte sie heftig und abwehrend. »Mich friert.« Und er sah nun, daß sie wirklich fröstelnd zusammenzuckte.

Und wieder fuhren sie schweigend dem andren Boot nach und horchten auf die Lieder, die von dorther herüberklangen. Erst war es *»Long, long, ago«*, und immer wenn der Refrain kam, summte Melanie die Zeile mit. Und nun lachten sie drüben, und neue Lieder wurden intoniert und ebenso rasch wieder verworfen, bis man sich endlich über eines geeinigt zu haben schien. ›O säh ich auf der Heide dort.‹ Und wirklich, sie hielten aus und sangen alle Strophen durch. Aber Melanie sang nicht leise mehr mit, um nicht durch ein Zittern ihrer Stimme ihre Bewegung zu verraten.

Und nun waren sie mitten auf dem Strom, außer Hörweite von den Vorauffahrenden, und der Junge, der sie beide fuhr, zog mit einem Ruck die Ruder ein und legte sich bequem ins Boot nieder und ließ es treiben.

»Er sieht auch zu den Sternen auf«, sagte Rubehn.

»Und zählt, wie viele fallen«, lachte Melanie bitter. »Aber Sie dürfen mich nicht so verwundert ansehen, lieber Freund, als ob ich etwas Besonderes gesagt hätte. Das ist ja, wie Sie wissen, oder wenigstens seit *heute* wissen müssen, der Ton unsres Hauses. Ein bißchen spitz, ein bißchen zweideutig und immer unpassend. Ich befleißige mich der Ausdrucksweise meines Mannes. Aber freilich, ich bleibe hinter ihm zurück. Er ist eben unerreichbar und weiß so wundervoll alles zu treffen, was kränkt und bloßstellt und beschämt.«

»Sie dürfen sich nicht verbittern.«

»Ich verbittere mich nicht. Aber ich bin verbittert. Und weil ich es bin und es los sein möchte, deshalb spreche ich so. Van der Straaten …«

»Ist anders als andere. Aber er liebt Sie, glaub ich … Und er ist gut.«

»Und er ist gut«, wiederholte Melanie heftig und in beinahe krampfhafter Heiterkeit. »Alle Männer sind gut! … Und nun fehlt nur noch der Zwirnwickel und das Fußkissen mit dem Symbol der Treue darauf, so haben wir alles wieder beisammen. O Freund, wie konnten Sie nur *das* sagen und, um ihn zu rechtfertigen, so ganz in seinen Ton verfallen!«

»Ich würde durch jeden Ton Anstoß gegeben haben.«

»Vielleicht … Oder sagen wir lieber gewiß. Denn es war zu viel, dieser ewige Hinweis auf Dinge, die nur unter vier Augen gehören, und das kaum. Aber er kennt kein Geheimnis, weil ihm nichts des Geheimnisses wert dünkt. Weil ihm nichts heilig ist. Und wer anders denkt, ist scheinheilig oder lächerlich. Und das vor Ihnen …«

Er nahm ihre Hand und fühlte, daß sie fieberte.

Die Sterne aber funkelten und spiegelten sich und tanzten um sie her, und das Boot schaukelte leis und trieb im Strom, und in Melanies Herzen erklang es immer lauter: wohin treiben wir?

Und sieh, es war, als ob der Bootsjunge von derselben Frage beunruhigt worden wäre, denn er sprang plötzlich auf und sah sich um, und wahrnehmend, daß sie weit über die rechte Stelle hinaus waren, griff er jetzt mit beiden Rudern ein und warf die Jolle nach links herum, um so schnell wie möglich aus der Strömung heraus und dem andern Ufer wieder näher zu kommen. Und sieh, es gelang ihm auch, und ehe fünf Minuten um waren, erkannte man die von zahllosen Lichtern erhellten Baumgruppen des Treptower Parks, und Rubehn und Melanie hörten Anastasias Lachen auf dem vorauffahrenden Boot. Und nun schwieg das Lachen, und das Singen begann wieder. Aber es war ein andres Lied, und über das Wasser hin klang es ›Rotraud, Schön-Rotraud‹, erst laut und jubelnd, bis es schwermütig in die Worte verklang: »Schweig stille, mein Herze.«

»Schweig stille, mein Herze«, wiederholte Rubehn und sagte leise: »Soll es?«

Melanie antwortete nicht. Das Boot aber lief ans Ufer, an dem Elimar und Arnold schon in aller Dienstbeflissenheit warteten. Und gleich darauf kam das Dampfschiff, und Riekchen und van der Straaten stiegen aus. Er heiter und gepráchig.

Und er nahm Melanies Arm und schien die Szene, die den Abend gestört hatte, vollkommen vergessen zu haben.

ZUM MINISTER

›Wohin treiben wir?‹ hatte es in Melanies Herzen gefragt, und die Frage war ihr unvergessen geblieben. Aber der fieberhaften Erregung jener Stunde hatte sie sich entschlagen, und in den Tagen, die folgten, war ihr die Herrschaft über sich selbst zurückgekehrt.

Und diese Herrschaft blieb ihr auch, und sie zuckte nur einen Augenblick zusammen, als sie, nach Ablauf einer Woche, Rubehn am Gitter draußen halten und gleich darauf auf die Veranda zukommen sah. Sie ging ihm, wie gewöhnlich, einen Schritt entgegen und sagte: »Wie ich mich freue, Sie wiederzusehen! Sonst sahen wir Sie jeden dritten Tag, und Sie haben diesmal eine Woche vergehen lassen, fast eine Woche. Aber die Strafe folgt Ihnen auf dem Fuße. Sie treffen nur Anastasia und mich. Unser Riekchen, das Sie ja zu schätzen wissen (wenn auch freilich nicht genug), hat uns auf einen ganzen Monat verlassen und erzieht sieben kleine Vettern auf dem Lande. Lauter Jungen und lauter Sawatzkis, und in ihren übermütigsten Stunden auch mutmaßlich lauter Sattler von der Hölle.«

»Sagen wir lieber gewiß. Und dazu Riekchen als Präzeptor und Regente. Muß das eine Zügelführung sein!«

»O, Sie verkennen sie; sie weiß sich in Respekt zu setzen.«

»Und doch möcht ich die Verzweiflung des Gärtners über zertretene Rabatten und die des Försters über angerichteten Wildschaden nicht mit Augen sehen. Denn ein kleiner Junker schießt alles, was kreucht und fleucht. Und nun gar sieben. Aber ich vergesse, mich meines Auftrages zu entledigen. Van der Straaten … Ihr Herr Gemahl … bittet, ihn zu Tische *nicht* erwarten zu wollen. Er ist zum Minister befohlen, und zwar in Sachen einer Enquete. Freilich erst morgen. Aber heute hat er das Vorspiel: das Diner. Sie wissen, meine gnädigste Frau, es gibt jetzt nur noch Enqueten.«

»Es gibt nur noch Enqueten, aber es gibt keine gnädigste Frauen mehr. Wenigstens nicht hier und am wenigsten zwischen uns. Eine Gnädigste bin ich überhaupt nur bei Gryczinskis. Ich bin Ihre gute Freundin und weiter nichts. Nicht wahr?« Und sie gab ihm ihre Hand, die er nahm und küßte. »Und ich will nicht«, fuhr sie fort, »daß wir diese sechs Tage nur gelebt haben, um unsere Freundschaft um ebenso viele Wochen zurückzudatieren. Also nichts mehr von einer ›gnädigen Frau‹.«

Und dabei zwang sie sich, ihn anzusehen. Aber ihr Herz schlug, und ihre Stimme zitterte bei der Erinnerung an den Abend, der nur zu deutlich vor ihrer Seele stand.

»Ja, lieber Freund«, nahm sie nach einer kurzen Pause wieder das Wort, »ich mußte das zwischen uns klarmachen. Und da wir einmal beim Klarmachen sind, so muß auch noch ein andres heraus, auch etwas Persönliches und Diffiziles. Ich muß Ihnen nämlich endlich einen Namen geben. Denn Sie haben eigentlich keinen Namen, oder wenigstens keinen, der zu brauchen wäre.«

»Ich dächte doch …«, sagte Rubehn mit einem leisen Anflug von Verlegenheit und Mißstimmung.

»Ich dächte doch«, wiederholte Melanie und lachte. »Daß doch auch die Klugen und Klügsten auf *diesen* Punkt hin immer empfindlich sind! Aber ich bitte Sie, sich aller Empfindlichkeiten entschlagen zu wollen. Sie sollen selbst entscheiden. Beantworten Sie mir auf Pflicht und Gewissen die Frage: ob Ebenezer ein Name ist? Ich meine ein Name fürs Haus, fürs Geplauder, für die Causerie, die doch nun mal unser Bestes ist! Ebenezer! O, Sie dürfen nicht so bös aussehen. Ebenezer ist ein Name für einen Hohepriester oder für einen, der's werden will, und ich seh ihn ordentlich, wie er das Opfermesser schwingt. Und sehen Sie, davor schaudert mir. Ebenezer ist *au fond* nicht besser als Aaron. Und es ist auch nichts daraus zu machen. Aus Ezechiel habe ich mir einen Ezel glücklich kondensiert. Aber Ebenezer!«

Anastasia weidete sich an Rubehns Verlegenheit und sagte dann: »Ich wüßte schon eine Hilfe.«

»O, die weiß ich auch. Und ich könnte sogar alles in einem allgemeinen und fast nach Grammatik klingenden Satz bringen. Und dieser Satz würde sein: Um- und Rückformung des abstrusen Familiennamens Rubehn in den alten, mir immer lieb gewesenen Vornamen Ruben.«

»Und das wollt ich auch sagen«, eiferte Anastasia.

»Aber ich *hab* es gesagt.«

Und in diesem Prioritätsstreit scherzte sich Melanie mehr und mehr in den Ton alter Unbefangenheit hinein und fuhr endlich, gegen Rubehn gewendet, fort: »Und wissen Sie, lieber Freund, daß mir diese Namensgebung wirklich etwas bedeutet? Ruben, um es zu wiederholen, war mir von jeher der Sympathischste von den zwölfen. Er hatte das Hochherzige, das sich immer bei dem Ältesten findet, einfach, weil er der Älteste ist. Denken Sie nach, ob ich nicht recht habe. Die natürliche Herrscherstellung des Erstgeborenen sichert ihn vor Mesquinerie und Intrige.«

»Jeder Erstgeborene wird Ihnen für diese Verherrlichung dankbar sein müssen, und jeder Ruben erst recht. Und doch gesteh ich Ihnen offen, ich hätt unter den zwölfen eine andere Wahl getroffen.«

»Aber gewiß keine bessere. Und ich hoff es Ihnen beweisen zu können. Über die sechs Halblegitimen ist weiter kein Wort zu verlieren; Sie nicken, sind also einverstanden. Und so nehmen wir denn, als erstes Betrachtungsobjekt, die Nestküken der Familie, die Muttersöhnchen. Es wird so viel von ihnen gemacht, aber Sie werden mir zustimmen, daß die spätere ägyptische Exzellenz nicht so ganz ohne Not in die Zisterne gesteckt worden ist. Er war einfach ein *enfant terrible.* Und nun gar der Jüngste! Verwöhnt und verzogen. Ich habe selbst ein Jüngstes und weiß etwas davon zu sagen … Und so bleiben uns denn wirklich nur die vier alten Grognards von der Lea her. Wohl, sie haben alle vier ihre Meriten. Aber doch ist ein Unterschied. In dem Levi spukt schon der Levit, und in dem Juda das Königtum – ein Stückchen Illoyalität, das Sie mir als freier Schweizerin zugute halten müssen. Und so sehen wir uns denn vor den Rest gestellt, vor die beiden letzten, die natürlich die beiden ersten sind. *Eh bien*, ich will nicht mäkeln und feilschen und will dem Simeon lassen, was ihm zukommt. Er war ein Charakter, und als solcher wollt er dem Jungen ans Leben. Charaktere sind nie für halbe Maßregeln. Aber da trat Ruben dazwischen, *mein* Ruben, und rettete den Jungen, weil er des alten Vaters gedachte. Denn er war gefühlvoll und mitleidig und hochherzig. Und was Schwäche war, darüber sag ich nichts. Er hatte die Fehler seiner Tugenden, wie wir alle. Das war es und weiter nichts. Und deshalb Ruben und immer wieder Ruben. Und kein Appell und kein Refüs. Anastasia, brich einen Tauf- und Krönungszweig ab, da von der Esche drüben. Wir können sie dann die Ruben-Esche nennen.«

Und dieses scherzhafte Geplauder würde sich mutmaßlich noch fortgesetzt haben, wenn nicht eben in diesem Augenblick der wohlbekannte zweirädrige Gig sichtbar geworden wäre, von dessen turmhohem Sitz herab van der Straaten über das Gitter weg mit der Peitsche salutierte. Und nun hielt das Gefährt, und der Enqueten-Kommerzienrat erschien in der Veranda, strahlend von Glück und freudiger Erregung. Er küßte Melanie die Stirn und versicherte einmal über das andere, daß er sich's nicht habe versagen wollen, die freie halbe Stunde bis zum ministeriellen Diner *au sein de sa famille* zu verbringen.

Und nun nahm er Platz und rief in das Haus hinein: »Liddi, Liddi. Rasch. Antreten. Immer flink. Und Heth auch; das Stiefkind, die Kleine, die vernachlässigt wird, weil sie mir ähnlich sieht …«

»Und von der ich eben erzählt habe, daß sie grenzenlos verwöhnt würde.«

Die Kinder waren inzwischen erschienen, und der glückliche Vater nahm ein elegantes Tütchen mit papierenem Spitzenbesatz aus der Tasche und hielt es Lydia hin. Diese nahm's und gab es an die Kleine weiter.

»Da, Heth.«

»Magst du nicht?« fragte van der Straaten. »Sieh doch erst nach. Es sind ja Pralinés. Und noch dazu von Sarotti.«

Aber Lydia sah mit einem Streifblick zu Rubehn hinüber und sagte: »Tüten sind für Kinder. Ich mag nicht.«

Alles lachte, selbst Rubehn, trotzdem er wohl fühlte, daß er der Grund dieser Ablehnung war. Van der Straaten indes nahm die kleine Heth auf den Schoß und sagte: »Du bist deines Vaters Kind. Ohne Faxen und Haberei. Lydia spielt schon die de Caparoux.«

»Laß sie«, sagte Melanie.

»Ich werde sie lassen *müssen.* Und sonderbar zu sagen, ich hasse die Vornehmheitsallüren eigentlich nur für mich selbst. In meiner Familie sind sie mir ganz recht, wenigstens gelegentlich, abgesehen davon, daß sich auch für meine Person allerhand Wandlungen vorbereiten. Denn in meiner Eigenschaft als Mitglied einer Enquetenkommission hab ich die Verpflichtung höherer gesellschaftlicher Formen übernommen, und geht das so weiter, Melanie, so hältst du zwischen heut und sechs Wochen einen halben Oberzeremonienmeister in deinen Händen. In den Sechswochenschaften hat ja von Uranfang an etwas mysteriös Bedeutungsvolles geschlummert.«

»Eine Wendung, lieber van der Straaten, die mir vorläufig nur wieder zeigt, wie weitab du noch von deiner neuen Charge bist.«

»Allerdings, allerdings«, lachte van der Straaten. »Gut Ding will Weile haben, und Rom wurde nicht an einem Tage gebaut. Und nun sage mir, denn ich habe nur noch zehn Minuten, wie du diesen Nachmittag zu verbringen und unsern Freund Rubehn zu divertieren gedenkst. Verzeih die Frage. Aber ich kenne deine mitunter ängstliche Gleichgültigkeit gegen Tisch- und Tafelfreuden und berechne mir in der Eile, daß deine Bohnen und Hammelkoteletts, auch wenn die Bohnen ziepsig und die Koteletts zähe sind, nicht gut über eine halbe Stunde hinaus ausgedehnt werden können. Auch nicht unter Heranziehung eines Desserts von Erdbeeren und Stiltonkäse. Und so sorg ich mich denn um euch, und zwar um so mehr, als ihr nicht die geringste Chance habt, mich vor neun Uhr wieder hier zu sehen.«

»Ängstige dich nicht«, entgegnete Melanie. »Es ist keine Frage, daß wir dich schmerzlich entbehren werden. Du wirst uns fehlen, du *mußt* uns fehlen. Denn wer könnt uns, um nur eines zu nennen, den Hochflug deiner bilderreichen Einbildungskraft ersetzen! Kaum, daß wir ihr zu folgen verstehen. Und doch verbürg ich mich für Unterbringung dieser armen verlorenen Stunden, die dir so viel Sorge machen. Und du sollst sogar das Programm wissen.«

»Da wär ich neugierig.«

»Erst singen wir.«

»Tristan?«

»Nein. Und Anastasia begleitet. Und dann haben wir unser Diner oder doch das, was dafür aufkommen muß. Und es wird sich schon machen. Denn immer, wenn du nicht da bist, suchen wir uns durch einen besseren Tisch und ein paar eingeschobene süße Speisen zu trösten.«

»Glaub's, glaub's. Und?«

»Dann hab ich vor, unsern lieben Freund, den ich dir übrigens, nach einem allerjüngsten Übereinkommen, als Rubehn mit dem gestrichenen h, also schlechtweg als unsern Freund Rubens vorstelle, mit den Schätzen und Schönheiten unserer Villa bekannt zu machen. Er ist eine Legion von Malen, wenn auch immer noch nicht oft genug, unser lieber Gast gewesen und kennt trotz alledem nichts von dieser ganzen Herrlichkeit als unser Eß- und Musikzimmer und hier draußen die Veranda mit dem kreischenden Pfau, der ihm natürlich ein Greuel ist. Aber er soll heute noch in seinem halb freireichsstädtischen und halb überseeischen Hochmute gedemütigt werden. Ich habe vor, mit deinem Obstgarten zu beginnen und dem Obstgarten das Palmenhaus und dem Palmenhaus das Aquarium folgen zu lassen.«

»Ein gutes Programm, das mich hinsichtlich seiner letzten Nummer etwas erschreckt oder wenigstens zur Vorsicht mahnen läßt. Sie müssen nämlich wissen, Rubehn, was wir letzten Sommer in dieser erbärmlichen Glaskastensammlung, die den stolzen Namen Aquarium führt, schaudernd selbst erlebt haben. Nicht mehr und nicht weniger als einen Ausbruch, Eruption, und ich höre noch Anastasias Aufschrei und werd ihn hören bis ans Ende meiner Tage. Denken Sie sich, eine der großen Glasscheiben platzt, Ursache unbekannt, wahrscheinlich aber, weil Gryczinski seinem Füsiliersäbel eine falsche Direktive gegeben, und siehe da, ehe wir drei zählen können, steht unser ganzer Aquariumflur nicht nur handhoch unter Wasser, sondern auch alle Schrecken der Tiefe zappeln um uns her, und ein großer Hecht umschnopert Melanies Fußtaille mit absichtlicher Vernachlässigung Tante Riekchens. Offenbar also ein Kenner. Und in einem Anfalle wahnsinniger Eifersucht hab ich ihn schlachten lassen und seine Leber höchsteigenhändig verzehrt.«

Anastasia bestätigte die Zutreffendheit der Schilderung, und selbst Melanie, die seit längerer Zeit ähnlichen Exkursen ihres Gatten mit nur zu sichtlichem Widerstreben folgte, nahm heute wieder an der allgemeinen Heiterkeit teil. Sie hatte sich schon vorher in dem mit Rubehn geführten Gespräche derartig heraufgeschraubt, daß sie wie geistig trunken und beinahe gleichgültig gegen Erwägungen und Rücksichten war, die sie noch ganz vor kurzem gequält hatten. Sie sah wieder alles von der lachenden Seite, selbst das Gewagteste, und faßte, ohne sich Rechenschaft davon zu geben, den Entschluß, mit der ganzen nervösen Feinfühligkeit dieser letzten Wochen ein für allemal brechen und wieder keck und unbefangen in die Welt hineinleben zu wollen.

Van der Straaten aber, überglücklich, mit seinem Aquariumshecht einen guten Abgang gefunden zu haben, griff nach Hut und Handschuh und versprach, auf Eile dringen zu wollen, soweit sich, einem Minister gegenüber, überhaupt auf irgend etwas dringen lasse.

Das waren seine letzten Worte. Gleich darauf hörte man das Knirschen der Räder und empfing von außen her, über das Parkgitter hin, einen absichtlich übertriebenen Feierlichkeitsgruß, in dem sich die ganze Bedeutung eines Mannes ausdrücken sollte, der zum Minister fährt. Noch dazu zum Finanzminister, der eigentlich immer ein Doppelminister ist.

UNTER PALMEN

Die Nachmittagsstunden vergingen, wie's Melanie geplant und van der Straaten gebilligt hatte. Dem anderthalbstündigen Musizieren folgte das kleine Diner, und die Sonne stand eben noch über den Bosketts, als man sich erhob, um draußen im ›Orchard‹ ein zweites Dessert von den Bäumen zu pflücken.

Dieser für allerhand Obstkulturen bestimmte Teil des Parkes lief, an sonnigster Stelle, neben dem Fluß entlang und bestand aus einem anscheinend endlosen Kiesweg, der nach der Spree hin offen, nach der Parkseite hin aber von Spalierwänden eingefaßt war. An diesen Spalieren, in kunstvollster Weise behandelt und jeder einzelne Zweig gehegt und gepflegt, reiften die feinsten Obstsorten, während kaum minder feine Sorten an nebenherlaufenden niederen Brettergestellen, etwa nach Art großer Ananaserdbeeren, gezogen wurden.

Melanie hatte Rubehns Arm genommen, Anastasia folgte langsam und in wachsenden Abständen; Heth aber auf ihrem Veloziped begleitete die Mama, bald weit vorauf, bald dicht neben ihr, und wandte sich dann wieder, ohne die geringste Ahnung davon, daß ihre rückseitige Drapierung in ein immer komischeres und ungenierteres Fliegen und Flattern kam. Melanie, wenn Heth die Wendung machte, suchte jedesmal durch ein lebhafteres Sprechen über die kleine Verlegenheit hinwegzukommen, bis Rubehn endlich ihre Hand nahm und sagte: »Lassen wir doch das Kind. Es ist ja glücklich, beneidenswert glücklich. Und Sie sehen, Freundin, ich lache nicht einmal.«

»Sie haben recht«, entgegnete Melanie. »Torheit und nichts weiter. Unsere Scham ist unsere Schuld. Und eigentlich ist es rührend und entzückend zugleich.« Und als der kleine Wildfang in eben diesem Augenblick wieder heranrollte, kommandierte sie selbst: »Rechts um. Und nicht zu nah an die Spree! Sehen Sie nur, wie sie hinfliegt. Solange die Welt steht, hat keine Reiterei mit so fliegenden Fahnen angegriffen.«

Unter solchem Gespräch waren sie bis an die Stelle gekommen, wo, von der Parkseite her, ein breiter, avenueartiger Weg in den langen und schmalen Spaliergang einmündete. Hier, im Zentrum der ganzen Anlage, erhoben sich denn auch, nach dem Vorbild der berühmten englischen Gärten in Kew, ein paar hohe, glasgekuppelte Palmenhäuser, an deren eines sich ein altmodisches Treibhaus anlehnte, das, früher der Herrschaft zugehörig, inzwischen mit all seinen Blattpflanzen und Topfgewächsen in die Hände des alten Gärtners übergegangen und die Grundlage zum Betrieb eines sehr einträglichen Privatgeschäftes geworden war. Unmittelbar neben dem Treibhaus hatte der Gärtner seine Wohnung, ein nur zweifenstriges und ganz von Efeu überwachsenes Häuschen, über das ein alter, schrägstehender Akazienbaum seine Zweige breitete. Zwei, drei Steinstufen führten bis in den Flur, und neben diesen Stufen stand eine Bank.

»Setzen wir uns«, sagte Melanie. »Immer vorausgesetzt, daß wir dürfen. Denn unser alter Freund hier ist nicht immer guter Laune. Nicht wahr, Kagelmann?«

Diese Worte hatten sich an einen kleinen und ziemlich häßlichen Mann gerichtet, der, wiewohl kahlköpfig (was übrigens die Sommermütze verdeckte), nichtsdestoweniger an beiden Schläfen ein paar lange, glatte Haarsträhnen hatte, die bis tief auf die Schulter niederhingen. Alles an ihm war außer Verhältnis, und so kam es, daß, seiner Kleinheit unerachtet, oder vielleicht auch um dieser willen, alles zu groß an ihm erschien: die Nase, die Ohren, die Hände. Und eigentlich auch die Augen. Aber diese sah man nur, wenn er, was öfters geschah, die ganz verblakte Hornbrille abnahm. Er war eine typische Gärtnerfigur: unerfreulich, grob und habsüchtig, vor allem auch seinem Wohltäter, dem Kommerzienrat gegenüber, und nur wenn er die ›Frau Rätin‹ sah, erwies er sich auffallend verbindlich und guter Laune.

So nahm er denn auch heute das scherzhaft hingeworfene ›wenn wir dürfen‹ in bester Stimmung auf und sagte, während er mit der Rechten (in der er einen kleinen Aurikeltopf hielt) seine großschirmige Mütze nach hinten schob: »Jott, Frau Rätin, ob *Sie* dürfen! Solche Frau! Solche Frau wie Sie darf allens. Und warum? Weil Ihnen allens kleid't. Un wen alles kleid't, der darf ooch alles. Uff's Kleiden kommt's an. 's gibt welche, die sagen, die Blumen machen dumm und simplig. Aber daß es uff's Kleiden ankommt, so viel lernt man bei de Blumens.«

»Immer mein galanter Kagelmann«, lachte Melanie. »Man merkt doch den Unverheirateten, den Junggesellen. Und doch ist es unrecht, Kagelmann, daß Sie so geblieben sind. Ich meine, so ledig. Ein Mann wie Sie, so frisch und gesund, und ein so gutes Geschäft. Und reich dazu. Die Leute sagen ja, Sie hätten ein Rittergut. Aber ich will es nicht wissen, Kagelmann. Ich respektiere Geheimnisse. Nun das ist wahr, Ihr Efeuhaus ist zu klein, immer vorausgesetzt, daß Sie sich noch mal anders besinnen.«

»Ja, kleen is es man. Aber for mir is es jroß genug, das heißt for mir alleine. Sonst ... Aber ich bin ja nu all sechzig.«

»Sechzig. Mein Gott, sechzig. Sechzig ist ja gar kein Alter.«

»Nee«, sagte Kagelmann. »En Alter is es eijentlich noch nich. Un es jeht ooch allens noch. Un janz jut. Un es schmeckt och noch, un die Gebrüder Benekens dragen einen ooch noch. Aber viel mehr is es ooch nich. Un wen soll man denn am Ende nehmen? Sehen Se, Frau Rätin, die so for mir passen, die gefallen mir nich, und die mir gefallen, die passen wieder nich. – Ich wäre so vor dreißig oder so drum rum. Dreißig ist jut, un dreißig zu dreißig, das stimmt ooch. Aber sechzig in dreißig jeht nich. Und da sagt denn die Frau: borg ich mir einen.«

Melanie lachte.

Kagelmann aber fuhr fort: »Ach, Frau Kommerzienrätin, Sie hören so was nich, un glauben jar nich, wie die Welt is un was allens passiert. Da war hier einer drüben bei Flatows, Cohn und Slatow, großes Ledergeschäft (un sie sollen's ja von Amerika kriegen; na, mir is es jleich), und war ooch en Gärtner, un war woll sechsundfufzig. Oder vielleicht ooch erst fünfundfufzig. Und der nahm sich ja nu so'n Madamchen, so von 'n Jahrer dreißig, un war ne Wittib, un immer janz schwarz, un ne hübsche Person, un saß immer ins mittelste Zelt, Nummer 4, wo Kaiser Wilhelm steht, un wo immer die Musik is mit Klavier un Flöte. Ja, du mein Jott, was hat er gehabt? Jarnichts hat er gehabt. Un da sitzt er nu mit seine drei Würmer, und Madamchen is weg. Un mit wen is se weg? Mit'n Gelbschnabel, un hatte noch keene zwanzig uff'n Rücken, un Teichgräber sagt, er wär erst achtzehn gewesen. Un möglich is es. Aber ein fixer kleiner Kerl war es, so was Italienisches, un war doch bloß aus Rathenow. Aber een paar Oogen! Ich sag Ihnen, Frau Kommerzienrätin, wie'n Feuerwerk, un es war ordentlich, als ob's man so prasselte.«

»Ja, das ist traurig für den Mann«, lachte Melanie. »Aber doch am traurigsten für die Frau. Denn wenn einer *solche* Augen hat ...«

»Un so was is jetzt alle Tage«, schloß der Alte, der auf die Zwischenbemerkung nicht geachtet hatte und wieder bei seinen Töpfen zu stellen und zu kramen anfing.

Aber Melanie ließ ihm keine Ruh. »Alle Tage?« sagte sie. »Natürlich, alle Tage. Natürlich, alles kommt vor. Aber das darf einen doch nicht abhalten. Sonst könnte ja keiner mehr heiraten, und es gäbe gar keine Leben und keine Menschen mehr. Denn ein kleiner fixer Gärtnerbursche, nu, mein Gott, der find't sich zuletzt überall.«

»Ja, Frau Kommerzienrätin, das is schon richtig. Aber mitunter find't er sich immer, und mitunter find't er sich bloß manchmal. Heiraten! Nu ja, hübsch muß es ja sind, sonst dhäten es nich so viele. Aber besser is besser. Und ich denke, lieber bewahrt als beklagt.«

In diesem Augenblicke wurde von der Hauptallee her ein Einspänner sichtbar und hielt, indem er eine Biegung machte, vor der Bank, auf der Rubehn und Melanie Platz genommen hatten. Es war ein Fuhrwerk, das den Geschäftsverkehr des kleinen Privathauses mit der Stadt vermittelte.

Kagelmann tat ein paar Fragen an den vorn auf dem Deichselbrette sitzenden Kutscher, und nachdem er noch einen anderen Arbeiter herbeigerufen hatte, fingen alle drei an, die Palmenkübel abzuladen, die, trotzdem sie nur von mäßiger Größe waren, den Rand des Wagenkastens weit überragten und mit ihren dunklen Kronen schon von fern her den Eindruck prächtig wehender Federbüsche gemacht hatten.

Alle drei waren ein paar Minuten lang emsig bei der Arbeit; als aber schließlich alles abgeladen war, wandte sich Kagelmann wieder an seine gnädige Frau und sagte, während er die zwei größten und schönsten Palmen mit seinen Händen patschelte: »Ja, Frau Rätin, das sind nu so meine Stammhalter, so meine zwei Säulen vons Geschäft. Un immer unterwegs, wie'n Landbriefträger. Man bloß noch unterwegser. Denn der hat doch'n Sonntag oder Kirchenzeit. Aber meine Palmen nich. Und ich freue mir immer orntlich, wenn mal'n Stillstand is und ich allens mal wieder so zu sehen kriege. So wie heute. Denn mitunter seh ich meine Palmen die janze Woche nich.«

»Aber warum nicht?«

»Jott, Frau Rätin, Palme paßt immer. Un is kein Unterschied, ob Trauung oder Begräbnis. Und manche taufen auch schon mit Palme. Und wenn ich sage Palme, na so kann ich auch sagen Lorbeer oder Lebensbaum oder was wir Thuja nennen. Aber Palme, versteht sich, is immer das Feinste. Un is bloß man ein Metier, das is jrade so, janz akkurat ebenso bei Leben und Sterben. Und is och immer dasselbe.«

»Ah, ich versteh«, sagte Melanie. »Der Tischler.«

»Nein, Frau Rätin, der Tischler nich. Er is woll auch immer mit dabei, das is schon richtig, aber's is doch nich immer dasselbe. Denn ein Sarg is keine Wiege nich und eine Wiege is kein Sarg nich. Und was een richtiges Himmelbett is, nu davon will ich jar nich erst reden ...«

»Aber Kagelmann, wenn es nicht der Tischler ist, wer denn?«

»Der Domchor, Frau Rätin. Der is auch immer mit dabei un is immer dasselbe. Jrade so wie bei mir. Un er hat auch so seine zwei Stammhalter, seine zwei Säulen vons Geschäft: ›'s ist bestimmt in Gottes Rat‹ oder ›Wie sie so sanft ruhn‹. Un es paßt immer un macht keinen Unterschied, ob einer abreist oder ob einer begraben wird. Un grün is grün, un is jrade so wie Lebensbaum und Palme.«

»Und doch, Kagelmann, wenn Sie nun mal heiraten und selber Hochzeit machen (aber nicht hier in Ihrem Efeuhause, das ist zu klein), dann sollen Sie doch beides haben: Gesang und Palme. Und was für Palmen! Das versprech ich Ihnen! Denn ohne Palmen und Gesang ist es nicht feierlich genug. Und aufs Feierliche kommt es an. Und dann gehen wir in das große Treibhaus, bis dicht an die Kuppel, und machen einen wundervollen Altar unter der allerschönsten Palme. Und da sollen Sie getraut werden. Und oben in der Kuppel wollen wir stehen und ein schönes Lied singen, einen Choral, ich und Fräulein Anastasia und Herr Rubehn hier und Herr Elimar Schulze, den Sie ja auch kennen. Und dabei soll Ihnen zumute sein, als ob Sie schon im Himmel wären und hörten die Engel singen.«

»Glaub ich, Frau Rätin, glaub ich.«

»Und zu vorläufigem Dank für alle diese kommenden Herrlichkeiten sollen Sie, liebster Kagelmann, uns jetzt in das Palmenhaus führen. Denn ich weiß nicht Bescheid und kenn die Namen nicht, und der fremde Herr hier, der ein paarmal um die Welt herumgefahren ist und die Palmen sozusagen an der Quelle studiert hat, will einmal sehen, was wir haben und nicht haben.«

Eigentlich kam alles dieses dem Alten so wenig gelegen wie möglich, weil er seine Kübel und Blumentöpfe noch vor Dunkelheit in das kleine Treibhaus hineinschaffen wollte. Er bezwang sich aber, schob seine Mütze, wie zum Zeichen der Zustimmung, wieder nach hinten und sagte: »Frau Rätin haben bloß zu befehlen.«

Und nun gingen sie zwischen langen und niedrigen Backsteinöfen hin, den bloß mannsbreiten Mittelgang hinauf, bis an die Stelle, wo dieser Mittelgang in das große Palmenhaus einmündete. Wenige Schritte noch, und sie befanden sich wie am Eingang eines Tropenwaldes, und der mächtige Glasbau wölbte sich über ihnen. Hier standen die Prachtexemplare der van der Straatenschen Sammlung: Palmen, Drakäen, Riesenfarren, und eine Wendeltreppe schlängelte sich hinauf, erst bis in die Kuppel und dann um diese selbst herum und in einer der hohen Emporen des Langschiffes weiter.

Unterwegs war nicht gesprochen worden.

Als sie jetzt unter der hohen Wölbung hielten, entsann sich Kagelmann, etwas Wichtiges vergessen zu haben. Eigentlich aber wollt er nur zurück und sagte: »Frau Rätin wissen ja nu Bescheid und kennen die Galerie. Da wo der kleine Tisch is un die kleinen Stühle, das ist der beste Platz, un is wie ne Laube, un janz dicht. Un da sitzt ooch immer der Herr Kommerzienrat. Und keiner sieht ihn. Un das hat er am liebsten.« Und danach verabschiedete sich der Alte, wandte sich aber noch einmal um, um zu fragen, ob er das Fräulein schicken solle?

»Gewiß, Kagelmann. Wir warten.«

Und als sie nun allein waren, nahm Rubehn den Vortritt und stieg hinauf und eilte sich, als er oben war, der noch auf der Wendeltreppe stehenden Melanie die Hand zu reichen. Und nun gingen sie weiter über die kleinen klirrenden Eisenbrettchen hin, die hier als Dielen lagen, bis sie zu der von Kagelmann beschriebenen Stelle kamen, besser beschrieben, als er selber wissen mochte. Wirklich, es war eine phantastisch aus Blattkronen gebildete Laube, fest geschlossen, und überall an den Garten und Ribben der Wölbung hin rankten sich Orchideen, die die ganze Kuppel mit ihrem Duft erfüllten. Es atmete sich wonnig, aber schwer in dieser dichten Laube; dabei war es, als ob hundert Geheimnisse sprächen, und Melanie fühlte, wie dieser berauschende Duft ihre Nerven hinschwinden machte. Sie zählte jenen von äußeren Eindrücken, von Luft und Licht abhängigen Naturen zu, die der Frische bedürfen, um selber frisch zu sein. Über ein Schneefeld hin, bei rascher Fahrt und scharfem Ost – da wär ihr der heitere Sinn, der tapfere Mut ihrer Seele wiedergekommen; aber diese weiche, schlaffe Luft machte sie selber weich und schlaff, und die Rüstung ihres Geistes lockerte sich und fiel.

»Anastasia wird uns nicht finden.«

»Ich vermisse sie nicht.«

»Und doch will ich nach ihr rufen.«

»Ich vermisse sie nicht«, wiederholte Rubehn, und seine Stimme zitterte. »Ich vermisse nur das Lied, das sie damals sang, als wir im Boot über den Strom fuhren. Und nun rate.«

»*Long, long ago* ...«

Er schüttelte den Kopf.

»O, säh ich auf der Heide dort ...«

»Auch *das* nicht, Melanie.«

»Rotraud«, sagte sie leis.

Und nun wollte sie sich erheben. Aber er litt es nicht und kniet' nieder und hielt sie fest, und sie flüsterten Worte, so heiß und so süß, wie die Luft, die sie atmeten.

Endlich aber war die Dämmerung gekommen, und breite Schatten fielen in die Kuppel. Und als alles immer noch still blieb, stiegen sie die Treppe hinab und tappten sich durch ein Gewirr von Palmen, erst bis in den Mittelgang und dann ins Freie zurück.

Draußen fanden sie Anastasia.

»Wo du nur bliebst?« fragte Melanie befangen. »Ich habe mich geängstigt um dich und mich. Ja, es ist so. Frage nur. Und nun hab ich Kopfweh.«

Anastasia nahm unter Lachen den Arm der Freundin und sagte nur: »Und du wunderst dich über Kopfweh! Man wandelt nicht ungestraft unter Palmen.«

Melanie wurde rot bis an die Schläfe. Aber die Dunkelheit half es ihr verbergen. Und so schritten sie der Villa zu, darin schon die Lichter brannten.

Alle Türen und Fenster standen auf, und von den frisch gemähten Wiesen her kam eine balsamische Luft. Anastasia setzte sich an den Flügel und sang und neckte sich mit Rubehn, der bemüht war, auf ihren Ton einzugehen. Aber Melanie sah vor sich hin und schwieg und war weit fort. Auf hoher See. Und in ihrem Herz klang es wieder: wohin treiben wir?!

Eine Stunde später erschien van der Straaten und rief ihnen schon vom Korridor her in Spott und guter Laune zu: »Ah, die Gemeinde der Heiligen! Ich würde fürchten, zu stören. Aber ich bringe gute Zeitung!«

Und als alles sich erhob und entweder wirklich neugierig war oder sich wenigstens das Ansehen davon gab, fuhr er in seinem Bericht fort: »Exzellenz sehr gnädig. Alles sondiert und abgemacht. Was noch aussteht, ist Form und Bagatelle. Oder Sitzung und Schreiberei. Melanie, wir haben heut einen guten Schritt vorwärts getan. Ich verrate weiter nichts. Aber das glaub ich sagen zu dürfen: von diesem Tag an datiert sich eine neue Ära des Hauses van der Straaten.«

WEIHNACHTEN

Die nächsten Tage, die viel Besuch brachten, stellten den unbefangenen Ton früherer Wochen anscheinend wieder her, und was von Befangenheit blieb, wurde, die Freundin abgerechnet, von niemandem bemerkt, am wenigsten von van der Straaten, der mehr denn je seinen kleinen und großen Eitelkeiten nachhing.

Und so näherte sich der Herbst, und der Park wurde schöner, je mehr sich seine Blätter färbten, bis gegen Ende September der Zeitpunkt wieder da war, der, nach altem Herkommen, dem Aufenthalt in der Villa draußen ein Ende machte.

Schon in den unmittelbar voraufgehenden Tagen war Rubehn nicht mehr erschienen, weil allernächst liegende Pflichten ihn an die Stadt gefesselt hatten. Ein jüngerer Bruder von ihm, von einem alten Prokuristen des Hauses begleitet, war zu rascher Etablierung des Zweiggeschäfts herübergekommen, und ihren gemeinschaftlichen Anstrengungen gelang es denn auch wirklich, in den ersten Oktobertagen eine Filiale des großen Frankfurter Bankhauses ins Leben zu rufen.

Van der Straaten nahm an all diesen Hergängen den größten Anteil und sah es als ein gutes Zeichen und eine Gewähr geschäftskundiger Leitung an, daß Rubehns Besuche seltener wurden und in den Novemberwochen beinahe ganz aufhörten. In der Tat erschien ›unser neuer Filialchef‹, wie der Kommerzienrat ihn zu nennen beliebte, nur noch an den kleinen und kleinsten Gesellschaftstagen, und hätte wohl auch an diesen am liebsten gefehlt. Denn es konnt ihm nicht entgehen und entging ihm auch wirklich nicht, daß ihm von Reiff und Duquede, ganz besonders aber von Gryczinski, mit einer vornehm ablehnenden Kühle begegnet wurde. Die schöne Jacobine suchte freilich durch halbverstohlene Freundlichkeiten alles wieder ins gleiche zu bringen und beschwor ihn, ihres Schwagers Haus doch nicht ganz zu vernachlässigen, um ihretwillen nicht und um Melanies willen nicht; aber jedesmal, wenn sie den Namen nannte, schlug sie doch verlegen die Augen nieder und brach rasch und ängstlich ab, weil ihr Gryczinski sehr bestimmte Weisungen gegeben hatte, jedwedes Gespräch mit Rubehn entweder ganz zu vermeiden, oder doch auf wenige Worte zu beschränken.

Um vieles heiterer gestalteten sich die kleinen Reunions, wenn die Gryczinskis fehlten und statt ihrer bloß die beiden Maler und Fräulein Anastasia zugegen waren. Dann wurde wieder gescherzt und gelacht, wie damals in dem Stralauer Kaffeehaus, und van der Straaten, der mittlerweile von Besuchen, sogar von häufigen Besuchen gehört hatte, die Rubehn in Anastasias Wohnung gemacht haben solle, hing in Ausnutzung dieser ihm hinterbrachten Tatsache seiner alten Neigung nach, alle dabei Beteiligten ins Komische zu ziehen und zum Gegenstande seiner Schraubereien zu machen. Er sähe nicht ein, wenigstens für seine Person nicht, warum er sich eines reinen und auf musikalischer Glaubenseinigkeit aufgebauten Verhältnisses nicht aufrichtig freuen solle, ja, die Freude darüber würd ihm einfach als Pflicht erscheinen, wenn er nicht andererseits den alten Satz wieder bewahrheitet fände, daß jedes neue Recht immer nur unter

Kränkung alter Rechte geboren werden könne. Das neue Recht (wie der Fall hier läge) sei durch seinen Freund Rubehn, das alte Recht durch seinen Freund Elimar vertreten, und wenn er diesem letzteren auch gerne zugestehe, daß er in vielen Stücken er selbst geblieben, ja bei Tische sogar als eine Potenzierung seiner selbst zu erachten sei, so läge doch gerade hierin die nicht wegzuleugnende Gefahr. Denn er wisse wohl, daß dieses Plus an Verzehrung einen furchtbaren Gleichschritt mit Elimars innerem verzehrenden Feuer halte. Wes Namens aber dieses Feuer sei, ob Liebe, Haß oder Eifersucht, das wisse nur *der*, der in den Abgrund sieht.

In dieser Weise zischten und platzten die reichlich umhergeworfenen van der Straatenschen Schwärmer, von deren Sprühfunken sonderbarerweise diejenigen am wenigsten berührt wurden, auf die sie berechnet waren. Es lag eben alles anders, als der kommerzienrätliche Feuerwerker annahm. Elimar, der sich auf der Stralauer Partie weit über Wunsch und Willen hinaus engagiert hatte, hatte durch Rubehns anscheinende Rivalität eine Freiheit wiedergewonnen, an der ihm viel, viel mehr als an Anastasias Liebe gelegen war, und diese selbst wiederum vergaß ihr eigenes, offenbar im Niedergang begriffenes Glück in dem Wonnegefühl, ein anderes hochinteressantes Verhältnis unter ihren Augen und ihrem Schutze heranwachsen zu sehen. Sie schwelgte mit jedem Tage mehr in der Rolle der Konfidenten, und weit über das gewöhnliche Maß hinaus mit dem alten Evahange nach dem Heimlichen und Verbotenen ausgerüstet, zählte sie diese Winterwochen nicht nur zu den angeregtesten ihres an Anregungen so reichen Lebens, sondern erfreute sich nebenher auch noch des unbeschreiblichen Vergnügens, den ihr *au fond* unbequemen und widerstrebenden van der Straaten gerade *dann* am herzlichsten belachen zu können, wenn dieser sich in seiner Sultanslaune gemüßigt fühlte, *sie* zum Gegenstand allgemeiner und natürlich auch seiner eigenen Lachlust zu machen.

In der Tat, unser kommerzienrätlicher Freund hätte bei mehr Aufmerksamkeit und weniger Eigenliebe stutzig werden und über das Lächeln und den Gleichmut Anastasias den eigenen Gleichmut verlieren müssen; er gab sich aber umgekehrt einer Vertrauensseligkeit hin, für die, bei seinem sonst soupçonnösen und pessimistischen Charakter, jeder Schlüssel gefehlt haben würde, wenn er nicht unter Umständen, und auch jetzt wieder, der Mann völlig entgegengesetzter Voreingenommenheiten gewesen wäre. In seiner Scharfsicht oft übersichtig und Dinge sehend, die gar nicht da waren, übersah er ebensooft andere, die klar zutage lagen. Er stand in der abergläubischen Furcht, in seinem Glück von einem vernichtenden Schlage bedroht zu sein, aber nicht heut und nicht morgen, und je bestimmter und unausbleiblicher er diesen Schlag von der Zukunft erwartete, desto sicherer und sorgloser erschien ihm die Gegenwart. Und am wenigsten sah er sich von *der* Seite her gefährdet, von der aus die Gefahr so nahe lag und von jedem andern erkannt worden wäre. Doch auch hier wiederum stand er im Bann einer vorgefaßten Meinung, und zwar eines künstlich konstruierten Rubehn, der mit dem wirklichen eine ganz oberflächliche Verwandtschaft, aber in der Tat auch nur *diese* hatte. Was sah er in ihm? Nichts als ein Frankfurter Patrizierkind, eine ganz und gar auf Anstand und Hausehre gestellte Natur, die zwar in jugendliche Torheiten verfallen, aber einen Vertrauens- und Hausfriedensbruch nie und nimmer begehen könne. Zum Überfluß war er verlobt und um so verlobter, je mehr er es bestritt. Und abends beim Tee, wenn Anastasia zugegen und das Verlobungsthema mal wieder an der Reihe war, hieß es vertraulich und gutgelaunt: »Ihr Weiber hört ja das Gras wachsen und nun gar erst *das* Gras! Ich wäre doch neugierig, zu hören, an wen er sich vertan hat. Eine Vermutung hab ich und wette zehn gegen eins, an eine Freiin vom deutschen Uradel, etwa Schreck von Schreckenstein oder Sattler von der Hölle.« Und dann widersprachen beide Damen, aber doch so klug und vorsichtig, daß ihr Widerspruch, anstatt irgend etwas zu beweisen, eben nur dazu diente, van der Straaten in seiner vorgefaßten Meinung immer fester zu machen.

Und so kam Heiligabend, und im ersten Saale der Bildergalerie waren all unsre Freunde, mit Ausnahme Rubehns, um den brennenden Baum her versammelt. Elimar und Gabler hatten es sich nicht nehmen lassen, auch ihrerseits zu der reichen Bescherung beizusteuern: ein riesiges Puppenhaus, drei Stock hoch, und im Souterrain eine Waschküche mit Herd und Kessel und Rolle. Und zwar eine altmodische Rolle mit Steinkasten und Mangelholz. Und sie rollte wirklich. Und es unterlag alsbald keinem Zweifel, daß das Puppenhaus den Triumph des Abends bildete, und beide Kinder waren selig. Sogar Lydia tat ihre Vornehmheitsallüren beiseit und ließ sich von Elimar in die Luft werfen und wieder fangen. Denn er war auch Turner und Akrobat.

Und selbst Melanie lachte mit und schien sich des Glücks der andern zu freuen oder es gar zu teilen. Wer aber schärfer zugesehen hätte, der hätte wohl wahrgenommen, daß sie sich bezwang, und mitunter war es, als habe sie geweint. Etwas unendlich Weiches und Wehmütiges lag in dem Ausdruck ihrer Augen, und der Polizeirat sagte zu Duquede: »Sehen Sie, Freund, ist sie nicht schöner denn je?«

»Blaß und angegriffen«, sagte dieser. »Es gibt Leute, die blaß und angegriffen immer schön finden. Ich nicht. Sie wird überhaupt überschätzt, in allem, und am meisten in ihrer Schönheit.«

An den Aufbau schloß sich wie gewöhnlich ein Souper, und man endete mit einem schwedischen Punsch. Alles war heiter und guter Dinge. Melanie belebte sich wieder, gewann auch wieder frischere Farben, und als sie Riekchen und Anastasia, die bis zuletzt geblieben waren, bis an die Treppe geleitete, rief sie dem kleinen Fräulein mit ihrer freundlichen und herzgewinnenden Stimme nach: »Und sieh dich vor, Riekchen. Christel sagt mir eben, es glatteist.« Und dabei bückte sie sich über das Geländer und grüßte mit der Hand.

»O, ich falle nicht«, rief die Kleine zurück. »Kleine Leute fallen überhaupt nicht. Und am wenigsten, wenn sie vorn und hinten gut balancieren.«

Aber Melanie hörte nichts mehr von dem, was Riekchen sagte. Der Blick über das Geländer hatte sie schwindlig gemacht, und sie wäre gefallen, wenn sie nicht van der Straaten aufgefangen und in ihr Zimmer zurückgetragen hätte. Er wollte klingeln und nach dem Arzt schicken. Aber sie bat ihn, es zu lassen. Es sei nichts, oder doch nichts Ernstes, oder doch nichts, wobei der Arzt ihr helfen könne.

Und dann sagte sie, was es sei.

ENTSCHLUSS

Erst den dritten Tag danach hatte sich Melanie hinreichend erholt, um in der Alsenstraße, wo sie seit Wochen nicht gewesen war, einen Besuch machen zu können. Vorher aber wollte sie bei der Madame Guichard, einer vor kurzem erst etablierten Französin, vorsprechen, deren Konfektions und künstliche Blumen ihr durch Anastasia gerühmt worden waren. Van der Straaten riet ihr, weil sie noch angegriffen sei, lieber den Wagen zu nehmen; aber Melanie bestand darauf, alles zu Fuß abmachen zu wollen. Und so kleidete sie sich in ihr diesjähriges Weihnachtsgeschenk, einen Nerzpelz und ein Kastorhütchen mit Straußenfeder, und war eben auf dem letzten Treppenabsatz, als ihr Rubehn begegnete, der inzwischen von ihrem Unwohlsein gehört hatte und nun kam, um nach ihrem Befinden zu fragen.

»Ah, wie gut, daß Sie kommen«, sagte Melanie. »Nun hab ich Begleitung auf meinem Gange. Van der Straaten wollte mir seinen Wagen aufzwingen, aber ich sehne mich nach Luft und Bewegung. Ach, unbeschreiblich … Mir ist so bang und schwer …«

Und dann unterbrach sie sich und setzte rasch hinzu: »Geben Sie mir Ihren Arm. Ich will zu meiner Schwester. Aber vorher will ich Ballblumen kaufen, und dahin sollen Sie mich begleiten. Eine halbe Stunde nur. Und dann geb ich Sie frei, ganz frei.«

»Das dürfen Sie nicht, Melanie. Das werden Sie nicht.«

»Doch.«

»Ich *will* aber nicht freigegeben sein.«

Melanie lachte. »So seid ihr. Tyrannisch und eigenmächtig auch noch in eurer Huld, auch *dann* noch, wenn ihr uns dienen wollt. Aber kommen Sie. Sie sollen mir die Blumen aussuchen helfen. Ich vertraue ganz Ihrem Geschmack. Granatblüten; nicht wahr?«

Und so gingen sie die große Petristraße hinunter und vom Platz aus durch ein Gewirr kleiner Gassen, bis sie, hart an der Jägerstraße, das Geschäft der Madame Guichard entdeckten, einen kleinen Laden, in dessen Schaufenster ein Teil ihrer französischen Blumen ausgebreitet lag.

Und nun traten sie ein. Einige Kartons wurden ihnen gezeigt, und ehe noch viele Worte gewechselt waren, war auch schon die Wahl getroffen. In der Tat, Rubehn hatte sich für eine Granatblütengarnitur entschieden, und eine Direktrice, die mit zugegen war, versprach, alles zu schicken. Melanie selbst aber gab der Französin ihre Karte. Diese versuchte den langen Titel und Namen zu bewältigen, und ein Lächeln flog erst über ihr Gesicht, als sie das ›*née de Caparoux*‹ las. Ihre nicht hübschen Züge verklärten sich plötzlich, und es war mit einem unbeschreiblichen Ausdruck von Glück und Wehmut, daß sie sagte: »*Madame est Française! … Ah, notre belle France.*«

Dieser kleine Zwischenfall war an Melanie nicht gleichgültig vorübergegangen, und als sie draußen ihres Freundes Arm nahm, sagte sie: »Hörten Sie's wohl? *Ah, notre belle France!* Wie das so sehnsüchtig klang. Ja, sie hat ein Heimweh. Und alle haben wir's. Aber wohin? Wonach? … Nach unsrem Glück … Nach unsrem Glück! Das niemand kennt und niemand sieht. Wie heißt es doch in dem Schubertschen Liede?«

»Da, wo du *nicht* bist, ist das Glück.«

»Da, wo du *nicht* bist«, wiederholte Melanie.

Rubehn war bewegt und sah ihr unwillkürlich nach den Augen. Aber er wandte sich wieder, weil er die Träne nicht sehen wollte, die darin glänzte.

Vor dem großen Platz, in den die Straße mündet, trennten sie sich. Er für sein Teil hätte sie gern weiter begleitet, aber sie wollte es nicht und sagte leise: »Nein, Rubehn, es war der Begleitung schon zuviel. Wir wollen die bösen Zungen nicht vor der Zeit herausfordern. Die bösen Zungen, von denen ich eigentlich kein Recht habe zu sprechen. Adieu.« Und sie wandte sich noch einmal und grüßte mit leichter Bewegung ihrer Hand.

Er sah ihr nach, und ein Gefühl von Schreck und ungeheurer Verantwortlichkeit über ein durch ihn gestörtes Glück überkam ihn und erfüllte plötzlich sein ganzes Herz. ›Was soll werden?‹ fragte er sich. Aber dann wurde der Ausdruck seiner Züge wieder milder und heitrer, und er sagte vor sich hin: »Ich bin nicht der Narr, der von Engeln spricht. Sie war keiner und ist keiner. Gewiß nicht. Aber ein freundlich Menschenbild ist sie, so freundlich, wie nur je eines über diese arme Erde gegangen ist … Und ich liebe sie, viel, viel mehr, als ich geglaubt habe, viel, viel mehr, als ich je geglaubt hätte, daß ich lieben könnte. Mut, Melanie, nur Mut. Es werden schwere Tage kommen, und ich sehe sie schon zu deinen Häupten stehen. Aber mir ist auch, als klär es sich dahinter. O, nur Mut, Mut!«

Eine halbe Woche danach war Silvester, und auf dem kleinen Balle, den Gryczinskis gaben, war Melanie die Schönste. Jacobine trat zurück und gönnte der älteren Schwester ihre Triumphe. »Superbes Weib. Ägyptische Königstochter«, schnarrte Rittmeister von Schnabel, der wegen seiner eminenten Ulanenfigur aus der Provinz in die Residenz versetzt worden war und von dem Gryczinski zu sagen pflegte: »Der geborene Prinzessinnentänzer. Nur schade, daß es keine Prinzessinnen mehr gibt.«

Aber Schnabel war nicht der einzige Melanie-Bewunderer. In der letzten Fensternische stand eine ganze Gruppe von jungen Offizieren: Wensky von den Ohlauer kaffeebraunen Husaren, enragierter Sportsmann und Steeplechase-Reiter (Oberschenkel dreimal an derselben Stelle gebrochen), neben ihm Ingenieurhauptmann Stiffelius, berühmter Rechner, mager und trocken wie seine Gleichungen, und zwischen beiden Leutnant Tigris, kleiner, kräpscher Füsilieroffizier vom Regiment Zauche-Belzig, der aus Gründen, die niemand kannte, mehrere Jahre lang der Pariser Gesandtschaft attachiert gewesen war und sich seitdem für einen Halbfranzosen, Libertin und Frauenmarder hielt. Junge Mädchen waren ihm ›ridikül‹. Er schob eben, trotzdem er wahre Luchsaugen hatte, sein an einem kurzen Seidenbande hängendes Pincenez zurecht und sagte: »Wensky, Sie sind ja so gut wie zu Haus hier und eigentlich Hahn im Korbe. Wer ist denn dieser Prachtkopf mit den Granatblüten? Ich könnte schwören, sie schon gesehen zu haben. Aber wo? Halb die Herzogin von Mouchy und halb die Beauffremont. *Un teint de lys et de rose, et tout à fait distinguée.*«

»Sie treffen es gut genug, *mon cher Tigris*«, lachte Wensky, »'s ist die Schwester unserer Gryczinska, eine geborene de Caparoux.«

»Drum, drum auch. Jeder Zoll eine Französin. Ich konnte mich nicht irren. Und wie sie lacht.«

Ja, Melanie lachte wirklich. Aber wer sie die folgenden Tage gesehen hätte, der hätte die Beauté jenes Ballabends in ihr nicht wiedererkannt, am wenigsten wäre er ihrem Lachen begegnet. Sie lag leidend und abgehärmt, uneins mit sich und der Welt, auf dem Sofa und las ein Buch, und wenn sie's gelesen hatte, so durchblätterte sie's wieder, um sich einigermaßen zurückzurufen, was sie gelesen. Ihre Gedanken schweiften ab. Rubehn kam, um nach ihr zu fragen, aber sie nahm ihn nicht an und grollte mit ihm, wie mit jedem. Und ihr wurde nur leichter ums Herz, wenn sie weinen konnte.

So vergingen ein paar Wochen, und als sie wieder aufstand und sprach und wieder nach den Kindern und dem Haushalt sah, schärfer und eindringlicher als sonst, war ihr der energische Mut ihrer früheren Tage zurückgekehrt, aber nicht die Stimmung. Sie war reizbar, heftig, bitter. Und was schlimmer, auch kapriziös. Van der Straaten unternahm einen Feldzug gegen diesen vielköpfigen Feind und im einzelnen nicht ohne Glück, aber in der Hauptsache griff er fehl, und während er ihrer Reizbarkeit klugerweise mit Nachgiebigkeit begegnete, war er, ihrer Kaprice gegenüber, unklugerweise darauf aus, sie durch Zärtlichkeit besiegen zu wollen. Und das entschied über ihn und sie. Jeder Tag wurde ihr qualvoller, und die sonst so stolze und siegessichere Frau, die mit dem Manne, dessen Spielzeug sie zu sein schien und zu sein vorgab, durch viele Jahre hin immer nur ihrerseits gespielt hatte, sie schrak jetzt zusammen und geriet in ein nervöses Zittern, wenn sie von fern her seinen Schritt auf dem Korridor hörte. Was wollte er? Um was kam er? Und dann war es ihr, als müsse sie fliehen und aus dem Fenster springen. Und kam er dann wirklich und nahm ihre Hand, um sie zu küssen, so sagte sie: »Geh. Ich bitte dich. Ich bin am liebsten allein.«

Und wenn sie dann allein war, so stürzte sie fort, oft ohne Ziel, öfter noch in Anastasias stille, zurückgelegene Wohnung, und wenn dann der Erwartete kam, dann brach alle Not ihres Herzens in bittere Tränen aus, und sie schluchzte und jammerte, daß sie dieses Lügenspiel nicht mehr ertragen könne. »Steh mir bei, hilf mir, Ruben, oder du siehst mich nicht lange mehr. Ich muß fort, fort, wenn ich nicht sterben soll vor Scham und Gram.«

Und er war mit erschüttert und sagte: »Sprich nicht so, Melanie. Sprich nicht, als ob ich nicht alles wollte, was du willst. Ich habe dein Glück gestört (*wenn* es ein Glück war), und ich will es wieder aufbauen. Überall in der Welt, *wie* du willst und *wo* du willst. Jede Stunde, jeden Tag.«

Und dann bauten sie Luftschlösser und träumten und hatten eine lachende Zukunft um sich her. Aber auch wirkliche Pläne wurden laut, und sie trennten sich unter glücklichen Tränen.

DIE VERNEZOBRES

Und was geplant worden war, das war Flucht. Den letzten Tag im Januar wollten sie sich an einem der Bahnhöfe treffen, in früher Morgenstunde, und dann fahren, weit, weit in die Welt hinein, nach Süden zu über die Alpen. »Ja, über die Alpen«, hatte Melanie gesagt und aufgeatmet, und es war ihr dabei gewesen, als wäre erst ein neues Leben für sie gewonnen, wenn der große Wall der Berge trennend und schützend hinter ihr läge. Und auch darüber war gesprochen worden, was zu geschehen habe, wenn van der Straaten ihr Vorhaben etwa hindern wollte. »Das wird er nicht«, hatte Melanie gesagt. »Und warum nicht? Er ist nicht immer der Mann der zarten Rücksichtnahmen und liebt es mitunter, die Welt und ihr Gerede zu brüskieren.«

»Und doch wird er sich's ersparen, sich und uns. Und wenn du wieder fragst, warum? Weil er mich liebt. Ich hab es ihm freilich schlecht gedankt. Ach Ruben, Freund, was sind wir in unserem Tun und Wollen! Undank, Untreue ... mir so verhaßt! Und doch! ... ich tät es wieder, alles, alles. Und ich will es nicht anders, als es ist.«

So vergingen die Januarwochen. Und nun war es die Nacht vor dem festgesetzten Tage. Melanie hatte sich zu früher Stunde niedergelegt und ihrer alten Dienerin befohlen, sie Punkt drei zu wecken. Auf diese konnte sie sich unbedingt verlassen, trotzdem Christel ihren Dienstjahren nach zu jenen Erbstücken des Hauses gehörte, die sich unter Duquedes Führung in stiller Opposition gegen Melanie gefielen.

Und kaum, daß es drei geschlagen, so war Christel da, fand aber ihre Herrin schon auf, und konnte derselben nur noch beim Ankleiden behilflich sein. Und auch das war nicht viel, denn es zitterten ihr die Hände, und sie hatte, wie sie sich ausdrückte, ›einen Flimmer vor den Augen‹. Endlich aber war doch alles fertig, der feste Lederstiefel saß, und Melanie sagte: »So ist's gut, Christel. Und nun gib die Handtasche her, daß wir packen können.«

Christel holte die Tasche, die dicht am Fenster auf einer Spiegelkonsole stand, und öffnete das Schloß.

»Hier das tu hinein. Ich habe alles aufgeschrieben.«

Und Melanie riß, als sie dies sagte, ein Blatt aus ihrem Notizbuch und gab es der Alten. Diese hielt den Zettel neben das Licht und las und schüttelte den Kopf.

»Ach, meine gute, liebe Frau, das ist ja gar nichts ... Ach, meine liebe, gute Frau, Sie sind ja ...«

»So verwöhnt, willst du sagen. Ja, Christel, das bin ich. Aber Verwöhnung ist kein Glück. Ihr habt hier ein Sprichwort: ›Wenig mit Liebe.‹ Und die Leute lachen darüber. Aber über das Wahrste wird immer gelacht. Und dann, wir gehen ja nicht aus der Welt. Wir reisen bloß. Und auf Reisen heißt es: Leicht Gepäck. Und sage selbst, Christel, ich kann doch nicht mit einem Riesenkoffer aus dem Hause gehen. Da fehlte bloß noch der Schmuck und die Kassette.«

Melanie hatte, während sie so sprach, ihre Hände dicht über das halb niedergebrannte Feuer gehalten. Denn es war kalt, und sie fröstelte. Jetzt setzte sie sich in einen nebenstehenden Fauteuil und sah abwechselnd in die glühenden Kohlen und dann wieder auf Christel, die das Wenige, was aufgeschrieben war, in die Tasche tat und immer leise vor sich hinsprach und weinte. Und nun war alles hinein, und sie drückte den Bügel ins Schloß und stellte die Tasche vor Melanie nieder.

So verging eine Weile. Keiner sprach. Endlich aber trat Christel von hinten her an ihre junge Herrin heran und sagte: »Jott, liebe, jnädige Frau, muß es denn ... Bleiben Sie doch. Ich bin ja bloß solche alte, dumme Person. Aber die Dummen sind oft gar nicht so dumm. Und ich sag Ihnen, meine Jnädigste, Sie jlauben jar nich, woran sich der Mensch alles jewöhnen kann. Jott, der Mensch jewöhnt sich an alles. Und wenn man reich ist und hat so viel, da kann man auch viel aushalten. Un vor mir wollt ich woll einstehn. Un wie jeht es denn? Un wie leben denn die Menschen? In jedes Haus is'n Gespenst, sagen sie jetzt, un das is so 'ne neumodsche Redensart! Aber wahr is es. Und in manches Haus sind zweie, un rumoren, daß man's bei hellen, lichten Dage hören kann. Un so war es auch bei Vernezohres. Ich bin ja nu fufzig, und dreiundzwanzig hier. Und sieben vorher bei Vernezobres. Un war auch Kommerzienrat und alles ebenso. Das heißt, beinah.«

»Und wie war es denn?« lächelte Melanie.

»Jott, wie war es? Wie's immer is. Sie war dreißig und er war fufzig. Und sie war sehr hübsch. Drall und blond, sagten die Leute. Na, un er? Ich will jar nich sagen, was die Leute von ihm alles gesagt haben. Aber viel Jutes war es nich ... Un natürlich, da war ja denn auch ein Baumeister, das heißt eigentlich kein richtiger Baumeister, bloß einer, der immer Brücken baut vor Eisenbahnen un so, un immer mit'n Gitter un schräge Löcher, wo man durchgucken kann. Un der war ja nu da un wie'n Wiesel, un immer mit ins Konzert und nach Saatwinkel oder Pichelsberg, un immer's Jackett übern Arm, un Fächer un Sonnenschirm, un immer Erdbeeren gesucht un immer verirrt un nie da, wenn die Herrschaften wieder nach Hause wollten. Un unser Herr, der ängstigte sich, und dachte immer, es wäre was passiert. Un was die andern waren, na, die tuschelten.«

»Und trennten sie sich? Oder blieben sie zusammen? Ich meine die Vernezobres«, fragte Melanie, die mit halber Aufmerksamkeit zugehört hatte.

»Natürlich blieben sie. Mal hört ich, weil ich nebenan war, daß er sagte: ›Hulda, das geht nicht.‹ Denn sie hieß wirklich Hulda. Und er wollt ihr Vorwürfe machen. Aber da kam er ihr jrade recht. Und sie drehte den Spieß um un sagte: Was er nur wolle? Sie wolle fort. Un sie liebe ihn, das heißt den andern, und ihn liebe sie *nicht*. Un sie dächte gar nicht daran, ihn zu lieben. Und es wär eijentlich bloß zum Lachen. Und so ging es weiter, und sie lachte wirklich. Und ich sag Ihnen, da wurd' er wie'n Ohrwurm und sagte bloß: ›Sie sollte sich's doch überlegen.‹ Un so kam es denn auch, un als Ende Mai war, da kam ja der Vernezobresche Doktor, so'n richtiger, der alles janz genau wußte, der sagte: ›Sie müßte nachs Bad‹, wovon ich aber den Namen immer vergesse, weil da der Wellenschlag am stärksten ist. Un das war ja nu damals, als sie jrade die große Hängebrücke bauten, un die Leute sagten, er könnt es alles am besten ausrechnen. Un was unser Kommerzienrat war, der kam immer bloß sonnabends. Un die Woche hatten sie frei. Un als Ende August war, oder so, da kam sie wieder un war ganz frisch un munter un hatte orntlich rote Backen, und kajolierte ihn. Und von *ihm* war gar keine Rede mehr.«

Melanie hatte, während Christel sprach, ein paar Holzscheite auf die Kohlen geworfen, so daß es wieder prasselte, und sagte: »Du meinst es gut. Ich bin doch anders. Und wenn ich's nicht bin, so bild ich es mir wenigstens ein.«

»Jott«, sagte Christel, »en bißchen anders is es immer. Un sie war auch bloß von Neu-Kölln ans Wasser, un die Singuhr immer jrade gegenüber. Aber die war nich schuld mit ›Üb immer Treu und Redlichkeit‹.«

»Ach, meine gute Christel, Treu und Redlichkeit! Danach drängt es jeden, der nicht ganz schlecht ist. Aber weißt du, man kann auch treu sein, wenn man untreu ist. Treuer als in der Treue.«

»Jott, liebe Jnädigste, sagen Se doch so was nich. Ich versteh es eigentlich nich. Un das muß ich Ihnen sagen, wenn einer so was sagt, un ich versteh es nicht, denn is es immer schlimm. Und Sie sagen, Sie sind anders. Ja, das is schon richtig, und wenn es auch nicht janz richtig is, so is es doch halb richtig. Un was die Hauptsache is, das is, meine liebe Jnädigste, die hat eijentlich das liebe, kleine Herz auf'n rechten Fleck, un is immer für helfen und geben, un immer für die armen Leute. Un was die Vernezobern war, na, die putzte sich bloß, un war immer vor'n Stehspiegel, der alles noch hübscher machte, und sah aus wie's Modejournal und war eijentlich dumm. Wie'n Haubenstock, sagten die Leute. Un war auch nich so was Vornehmes, wie meine liebe Jnädigste, un bloß aus 'ne Färberei, türkisch-rot. Aber, das muß ich Ihnen sagen, Ihrer is doch auch anders als der Vernezobern ihrer war, und hat sich gar nich, und red't immer frei weg, und kann keinen was abschlagen. Un zu Weihnachten immer alles doppelt.«

»Na, sehen Sie, meine liebe Jnädigste, das is hübsch, daß Sie mir zunicken, un wenn Sie mir immer wieder zunicken, dann kann es auch alles noch wieder werden, un wir packen alles wieder aus, un Sie legen sich ins Bett und schlafen bis an'n hellen lichten Tag. Un Klocker zwölfe bring ich Ihnen Ihren Kaffee un Ihre Schokolade, alles gleich auf *ein* Brett, und wenn ich Ihnen dann erzähle, daß wir hier gesessen und was wir alles gesprochen haben, dann is es Ihnen wie'n Traum. Denn dabei bleib ich, er is eijentlich auch ein juter Mann, ein sehr juter, un bloß ein bißchen sonderbar. Un sonderbar is nichts Schlimmes. Und ein reicher Mann wird es doch wohl am Ende dürfen! Und wenn ich reich wär, ich wäre noch viel sonderbarer. Un daß er immer so spricht un solche Redensarten macht, als hätt er keine Bildung nich un wäre von'n Wedding oder so, ja, du himmlische Güte, warum soll er nich? Warum soll er nich so reden, wenn es ihm Spaß macht? Er is nu mal fürs Berlinsche. Aber is er denn nich einer? Und am Ende …«

ABSCHIED

Christel unterbrach sich und zog sich erschrocken in die Nebenstube zurück, denn van der Straaten war eingetreten. Er war noch in demselben Gesellschaftsanzug, in dem er, eine Stunde nach Mitternacht, nach Hause gekommen war, und seine überwachten Züge zeigten Aufregung und Ermattung. Von welcher Seite her er Mitteilung über Melanies Vorhaben erhalten hatte, blieb unaufgeklärt. Aus allem war nur ersichtlich, daß er sich gelobt hatte, die Dinge ruhig gehen zu lassen. Und wenn er dennoch kam, so geschah es nicht, um gewaltsam zu hindern, sondern nur um Vorstellungen zu machen, um zu bitten. Es kam nicht der empörte Mann, sondern der liebende.

Er schob einen Fauteuil an das Feuer, ließ sich nieder, so daß er jetzt Melanie gegenüber saß, und sagte leicht und geschäftsmäßig: »Du willst fort, Melanie?«

»Ja, Ezel.«

»Warum?«

»Weil ich einen andern liebe.«

»Das ist kein Grund.«

»Doch.«

»Und ich sage dir, es geht vorüber, Lanni. Glaube mir; ich kenne die Frauen. Ihr könnt das Einerlei nicht ertragen, auch nicht das Einerlei des Glücks. Und am verhaßtesten ist euch das eigentliche, das höchste Glück, das Ruhe bedeutet. Ihr seid auf die Unruhe gestellt. Ein bißchen schlechtes Gewissen habt ihr lieber als ein gutes, das nicht prickelt, und unter allen Sprichwörtern ist euch das vom ›besten Ruhekissen‹ am langweiligsten und am lächerlichsten. Ihr wollt gar nicht ruhen. Es soll euch immer was kribbeln und zwicken, und ihr habt den überspannt sinnlichen oder meinetwegen auch den heroischen Zug, daß ihr dem Schmerz die süße Seite abzugewinnen wißt.«

»Es ist möglich, daß du recht hast, Ezel. Aber je mehr du recht hast, je mehr rechtfertigst du mich und mein Vorhaben. Ist es wirklich, wie du sagst, so wären wir geborene Hazardeurs, und Vabanque spielen so recht eigentlich unsere Natur. Und natürlich auch die meinige.«

Er hörte sie gern in dieser Weise sprechen, es klang ihm wie aus guter alter Zeit her, und er sagte, während er den Fauteuil vertraulich näher rückte: »Laß uns nicht spießbürgerlich sein, Lanni. Sie sagen, ich wär ein Bourgeois, und es mag sein. Aber ein Spießbürger bin ich *nicht*. Und wenn ich die Dinge des Lebens nicht sehr groß und nicht sehr ideal nehme, so nehme ich sie doch auch nicht klein und eng. Ich bitte dich, übereile nichts. Meine Kurse stehen jetzt niedrig, aber sie werden wieder steigen. Ich bin nicht Geck genug, mir einzubilden, daß du schönes und liebenswürdiges Geschöpf, verwöhnt und ausgezeichnet von den Klügsten und Besten, daß du mich aus purer Neigung oder gar aus Liebesschwärmerei genommen hättest. Du hast mich genommen, weil du noch jung warst und noch keinen liebtest und in deinem witzigen und gesunden Sinn einsehen mochtest, daß die jungen Attachés auch keine Helden und Halbgötter wären. Und weil die Firma van der Straaten einen guten Klang hatte. Also nichts von Liebe. Aber du hast auch nichts *gegen* mich gehabt und hast mich nicht ganz alltäglich gefunden, und hast mit mir geplaudert und gelacht und gescherzt. Und dann hatten wir die Kinder, die doch schließlich reizende Kinder sind, zugestanden, *dein* Verdienst, und du hast *enfin* an die zehn Jahr in der Vorstellung und Erfahrung gelebt, daß es nicht zu den schlimmsten Dingen zählt, eine junge, bequem gebettete Frau zu sein und der Augapfel ihres Mannes, eine junge, verwöhnte Frau, die tun und lassen kann, was sie will, und als Gegenleistung nichts anderes einzusetzen braucht als ein freundliches Gesicht, wenn es ihr gerade paßt. Und sieh, Melanie, weiter will ich auch jetzt nichts, oder sag ich lieber, will ich auch in Zukunft nichts. Denn in diesem Augenblick erscheint dir auch das Wenige, was ich fordere, noch als zuviel. Aber es wird wieder anders, muß wieder anders werden. Und ich wiederhole dir, ein Minimum ist mir genug. Ich will keine Leidenschaft. Ich will nicht, daß du mich ansehen sollst, als ob ich Leone Leoni wär oder irgendein anderer großer Romanheld, dem zu Liebe die Weiber Giftbecher trinken wie Mandelmilch und lächelnd sterben, bloß um *ihn* noch einmal lächeln zu sehen. Ich bin nicht Leone Leoni, bin bloß deutsch und von holländischer Abstraktion, wodurch das Deutsche nicht besser wird, und habe die mir abstammlich zukommenden hohen Backenknochen. Ich bewege mich nicht in Illusionen, am wenigsten über meinen äußeren Menschen, und ich verlange keine Liebesgroßtaten von dir. Auch nicht einmal Entsagungen. Entsagungen machen sich zuletzt von selbst, und das sind die besten. Die besten, weil es die freiwilligen und eben deshalb auch die dauerhaften und zuverlässigen sind. Übereile nichts. Es wird sich alles wieder zurechtrücken.«

Er war aufgestanden und hatte die Lehne des Fauteuils genommen, auf der er sich jetzt hin und her wiegte. »Und nun noch eins, Lanni«, fuhr er fort, »ich bin nicht der Mann der Rücksichtnahmen und hasse diese langweiligen ›Regards‹ auf nichts und wieder nichts. Aber dennoch sag ich dir, nimm Rücksicht auf dich *selbst*. Es ist nicht gut, immer nur an das zu denken, was die Leute sagen, aber es ist noch weniger gut, gar nicht daran zu denken. Ich habe es an mir selbst erfahren. Und nun überlege. Wenn du *jetzt* gehst ... Du weißt, was ich meine. Du kannst jetzt nicht gehen; nicht *jetzt*.«

»Eben deshalb geh ich, Ezel«, antwortete sie leise. »Es soll klar zwischen uns werden. Ich habe diese schnöde Lüge satt.«

Er hatte jedes Wort begierig eingesogen, wie man in entscheidenden Momenten auch das hören will, was einem den Tod gibt. Und nun war es gesprochen. Er ließ den Stuhl wieder nieder und warf sich hinein, und einen Augenblick war es ihm, als schwänden ihm die Sinne. Aber er erholte sich rasch wieder, rieb sich Stirn und Schläfe und sagte: »Gut. Auch das. Ich will es verwinden. Laß uns miteinander reden. Auch darüber reden. Du siehst, ich leide; mehr als all mein Lebtag. Aber ich weiß auch, es ist so der Lauf der Welt, und ich habe kein Recht, dir Moral zu predigen. Was liegt nicht alles hinter mir! ... Es mußte so kommen, *mußte* nach dem van der Straatenschen Hausgesetz (warum sollen wir nicht auch ein Hausgesetz haben?), und ich glaube fast, ich wußt es von Jugend auf.« Und nach einer Weile fuhr er fort: »Es gibt ein

Sprichwort ›Gottes Mühlen mahlen langsam‹, und sieh, als ich noch ein kleiner Junge war, hört ich's oft von unserer alten Kindermuhme, und mir wurd immer so bange dabei. Es war wohl eine Vorahnung. Nun bin ich zwischen den zwei Steinen, und mir ist, als würd ich zermahlen und zermalmt ...«

»Zermahlen?« Er schlug mit der rechten in die linke Hand und wiederholte noch einmal und in plötzlich verändertem Tone: »Zermahlen! Es hat eigentlich etwas Komisches. Und wahrhaftig, hol die Pest alle feigen Memmen. Ich will mich nicht länger damit quälen. Und ich ärgere mich über mich selbst und meine Haberei und Tuerei. Bah, die Nachmittagsprediger der Weltgeschichte machen zuviel davon, und wir sind dumm genug und plappern es ihnen nach. Und immer mit Vergessen allereigenster Herrlichkeit, und immer mit Vergessen, wie's war und ist und sein wird. Oder war es besser in den Tagen meines Paten Ezechiel? Oder als Adam grub und Eva spann? Ist nicht das ganze Alte Testament ein Sensationsroman? Dreidoppelte Geheimnisse von Paris! Und ich sage dir, Lanni, gemessen an *dem*, sind wir die reinen Lämmchen, weiß wie Schnee. Waisenkinder. Und so höre mich denn. Es soll niemand davon wissen, und ich will es halten, als ob es mein eigen wäre. Dein ist es ja, und das ist die Hauptsache. Denn so du's nicht übelnimmst, ich liebe dich und will dich behalten. Bleib. Es soll nichts sein. *Soll* nicht. Aber bleibe.«

Melanie war, als er zu sprechen begann, tief erschüttert gewesen, aber er selbst hatte, je weiter er kam, dieses Gefühl wieder weggesprochen. Es war eben immer dasselbe Lied. Alles, was er sagte, kam aus einem Herzen voll Gütigkeit und Nachsicht, aber die Form, in die sich diese Nachsicht kleidete, verletzte wieder. Er behandelte das, was vorgefallen, aller Erschütterung unerachtet, doch bagatellmäßig obenhin und mit einem starken Anfluge von zynischem Humor. Es war wohlgemeint, und die von ihm geliebte Frau sollte, seinem Wunsche nach, den Vorteil davon ziehen. Aber ihre vornehmere Natur sträubte sich innerlichst gegen eine solche Behandlungsweise. Das Geschehene, das wußte sie, war ihre Verurteilung vor der Welt, war ihre Demütigung, aber es war doch auch zugleich ihr Stolz, dieses Einsetzen ihrer Existenz, dies rückhaltlose Bekenntnis ihrer Neigung. Und nun plötzlich sollt es *nichts* sein, oder doch nicht viel mehr als nichts, etwas ganz Alltägliches, über das sich hinwegsehen und hinweggehen lasse. Das widerstand ihr. Und sie fühlte deutlich, daß das Geschehene verzeihlicher war als seine Stellung zu dem Geschehenen. Er hatte keinen Gott und keinen Glauben, und es blieb nur das eine zu seiner Entschuldigung übrig: daß sein Wunsch, ihr goldne Brücken zu bauen, sein Verlangen nach Ausgleich um *jeden* Preis, ihn anders hatte sprechen lassen, als er in seinem Herzen dachte. Ja, so war es. Aber wenn es so war, so konnte sie dies Gnadengeschenk nicht annehmen.

»Du meinst es gut, Ezel«, sagte sie. »Aber es kann nicht sein. Es hat eben alles seine natürliche Konsequenz, und *die*, die hier spricht, die scheidet uns. Ich weiß wohl, daß auch anderes geschieht, jeden Tag, und es ist noch keine halbe Stunde, daß mir Christel davon vorgeplaudert hat. Aber einem jeden ist das Gesetz ins Herz geschrieben, und danach fühl ich, ich muß fort. Du liebst mich, und deshalb willst du darüber hinsehen. Aber du darfst es nicht, und du *kannst* es auch nicht. Denn du bist nicht jede Stunde derselbe, keiner von uns. Und keiner kann vergessen. Erinnerungen aber sind mächtig, und Fleck ist Fleck, und Schuld ist Schuld.«

Sie schwieg einen Augenblick und bog sich rechts nach dem Kamin hin, um ein paar Kohlenstückchen in die jetzt hellbrennende Flamme zu werfen. Aber plötzlich, als ob ihr ein ganz neuer Gedanke gekommen, sagte sie mit der ganzen Lebhaftigkeit ihres früheren Wesens: »Ach, Ezel, ich spreche von Schuld und wieder Schuld, und es muß beinah klingen, als sehnt ich mich danach, eine büßende Magdalena zu sein. Ich schäme mich ordentlich der großen Worte. Aber freilich, es gibt keine Lebenslagen, in denen man aus der Selbsttäuschung und dem Komödienspiele herauskäme. Wie steht es denn eigentlich? Ich will fort, nicht aus Schuld, sondern aus Stolz, und will fort, um mich vor mir selber wieder herzustellen. Ich kann das kleine Gefühl nicht länger ertragen, das an aller Lüge haftet; ich will wieder klare Verhältnisse sehen und will die Augen aufschlagen können. Und das kann ich nur, wenn ich gehe, wenn ich mich von dir trenne und mich offen und vor aller Welt zu meinem Tun bekenne. Das wird ein groß Gerede geben, und die Tugendhaften und Selbstgerechten werden es mir nicht verzeihen. Aber die Welt besteht nicht aus lauter Tugendhaften und Selbstgerechten, sie besteht auch aus Menschen, die Menschliches menschlich sehen. Und auf *die* hoff ich, *die* brauch ich. Und vor allem brauch ich mich selbst. Ich will wieder in Frieden mit mir selber leben, und wenn nicht in Frieden, so doch wenigstens ohne Zwiespalt und zweierlei Gesicht.«

Es schien, daß van der Straaten antworten wollte, aber sie litt es nicht und sagte: »Sage nicht nein. Es ist so und nicht anders. Ich will den Kopf wieder hochhalten und mich wieder fühlen lernen. Alles ist eitel Selbstgerechtigkeit. Und ich weiß auch, es wäre besser und selbstsuchtloser, ich bezwänge mich und bliebe, freilich immer vorausgesetzt, ich könnte mit einer Einkehr bei mir selbst beginnen. Mit Einkehr und mit Reue. Aber das kann ich nicht. Ich habe nur ein ganz äußerliches Schuldbewußtsein, und wo mein Kopf sich unterwirft, da protestiert mein Herz. Ich nenn es selber ein störrisches Herz, und ich versuche keine Rechtfertigung. Aber es wird nicht anders durch mein Schelten und Schmähen. Und sieh, so hilft mir denn eines nur und reißt mich eines nur aus mir heraus: ein ganz neues Leben und in ihm *das*, was das erste vermissen ließ: Treue. Laß mich gehen. Ich will nichts beschönigen, aber das laß mich sagen: es trifft sich gut, daß das Gesetz, das uns scheidet, und mein eignes selbstisches Verlangen zusammenfallen.«

Er hatte sich erhoben, um ihre Hand zu nehmen, und sie ließ es geschehen. Als er sich aber niederbeugen und ihr die Stirn küssen wollte, wehrte sie's und schüttelte den Kopf. »Nein, Ezel, nicht so. Nichts mehr zwischen uns, was stört und verwirrt und quält und ängstigt, und immer nur erschweren und nichts mehr ändern kann ... Ich werd erwartet. Und ich will mein neues Leben nicht mit einer Unpünktlichkeit beginnen. Unpünktlich sein ist unordentlich sein. Und davor hab ich mich zu hüten. Es soll Ordnung in mein Leben kommen, Ordnung und Einheit. Und nun leb wohl und vergiß.«

Er hatte sie gewähren lassen, und sie nahm die kleine Reisetasche, die neben ihr stand, und ging. Als sie bis an die Tapetentür gekommen war, die zu der Kinderschlafstube führte, blieb sie stehen und sah sich noch einmal um. Er nahm es als ein gutes Zeichen und sagte: »Du willst die Kinder sehen!«

Es war das Wort, das sie gefürchtet hatte, das Wort, das in ihr selber sprach. Und ihre Augen wurden groß und es flog um ihren Mund, und sie hatte nicht die Kraft, ein ›Nein‹ zu sagen. Aber sie bezwang sich und schüttelte nur den Kopf und ging auf Tür und Flur zu.

Draußen stand Christel, ein Licht in der Hand, um ihrer Herrin das Täschchen abzunehmen und sie die beiden Treppen hinabzubegleiten. Aber Melanie wies es zurück und sagte: »Laß, Christel, ich muß nun meinen Weg allein finden.« Und auf der zweiten Treppe, die dunkel war, begann sie wirklich zu suchen und zu tappen.

»Es beginnt früh«, sagte sie.

Das Haus war schon auf, und draußen blies ein kalter Wind von der Brüderstraße her, über den Platz weg, und der Schnee federte leicht in der Luft. Sie mußte dabei des Tages denken, nun beinah jährig, wo der Rollwagen vor ihrem Hause hielt und wo die Flocken auch wirbelten wie heut und kindische Sehnsucht über sie kam, zu steigen und zu fallen wie sie.

Und nun hielt sie sich auf die Brücke zu, die nach dem Spittelmarkt führt, und sah nichts als den Laternenanstecker ihres Reviers, der mit seiner langen, schmalen Leiter immer vor ihr her lief und, wenn er oben stand, halb neugierig und halb pfiffig auf sie niedersah und nicht recht wußte, was er aus ihr machen sollte.

Jenseits der Brücke kam eine Droschke langsam auf sie zu. Der Kutscher schlief, und das Pferd eigentlich auch, und da nichts Besseres in Sicht war, so zupfte sie den immer noch Verschlafenen an seinem Mantel und stieg endlich ein und nannt ihm den Bahnhof. Und es war auch, als ob er sie verstanden und zugestimmt habe. Kaum aber, daß sie saß, so wandt er sich auf dem Bock um und brummelte durch das kleine Guckloch: ›Er sei Nachtdroschke, un janz klamm, un von Klock elwe nichts in'n Leib. Un er wolle jetzt nach Hause.‹ Da mußte sie sich aufs Bitten legen, bis er endlich nachgab. Und nun schlug er auf das arme Tier los, und holprig ging es die lange Straße hinunter.

Sie warf sich zurück und stemmte die Füße gegen den Rücksitz, aber die Kissen waren feucht und kalt, und das eben erlöschende Lämpchen füllte die Droschke mit einem trüben Qualm. Ihre Schläfen fühlten mehr und mehr einen Druck, und ihr wurde weh und widrig in der elenden Armeleuteluft. Endlich ließ sie die Fenster nieder und freute sich des frischen Windes, der durchzog. Und freute sich auch des erwachenden Lebens der Stadt, und jeden Bäckerjungen, der trällernd und pfeifend und seinen Korb mit Backwaren hoch auf dem Kopf, an ihr vorüberzog, hätte sie grüßen mögen. Es war doch ein heiterer Ton, an dem sich ihre Niedergedrücktheit aufrichten konnte.

Sie waren jetzt bis an die letzte Querstraße gekommen, und in fortgesetztem und immer nervöser werdendem Hinaussehen erschien es ihr, als ob alle Fuhrwerke, die denselben Weg hatten, ihr eignes, elendes Gefährt in wachsender Eile überholten. Erst einige, dann viele. Sie klopfte, rief. Aber alles umsonst. Und zuletzt war es ihr, als läg es an ihr und als versagten *ihr* die Kräfte und als sollte sie die letzte sein und käme nicht mehr mit, heute nicht und morgen nicht und nie mehr. Und ein Gefühl unendlichen Elends überkam sie. ›Mut, Mut‹, rief sie sich zu und raffte sich zusammen und zog ihre Füße von dem Rücksitzkissen und richtete sich auf. Und sieh, ihr wurde besser. Mit ihrer äußeren Haltung kam ihr auch die innere zurück.

Und nun endlich hielt die Droschke, und weil weder oben noch auch vorne bei dem Kutscher etwas von Gepäckstücken sichtbar war, war auch niemand da, der sich dienstbar gezeigt und den Droschkenschlag geöffnet hätte. Sie mußt es von innen her selber tun und sah sich um und suchte. ›Wenn er nicht da wäre!‹ Doch sie hatte nicht Zeit, es auszudenken. Im nächsten Augenblicke schon trat von einem der Auffahrtspfeiler her Rubehn an sie heran und bot ihr die Hand, um ihr beim Aussteigen behilflich zu sein. Ihr Fuß stand eben auf dem mit Stroh umwikkelten Tritt, und sie lehnte den Kopf an seine Schulter und flüsterte: »Gott sei Dank! Ach, war *das* eine Stunde! Sei gut, einzig Geliebter, und lehre sie mich vergessen.«

Und er hob die geliebte Last und setzte sie nieder, und nahm ihren Arm und das Täschchen, und so schritten sie die Treppe hinauf, die zu dem Perron und dem schon haltenden Zug führte.

DELLA SALUTE

›Nach Süden!‹ Und in kurzen, oft mehrtägig unterbrochenen Fahrten, wie sie Melanies erschütterte Gesundheit unerläßlich machte, ging es über den Brenner, bis sie gegen Ende Februar in Rom eintrafen, um daselbst das Osterfest abzuwarten und ›Nachrichten aus der Heimat‹. Es war ein absichtlich indifferentes Wort, das sie wählten, während es sich doch in Wahrheit um Mitteilungen handelte, die für ihr Leben entscheidend waren und die länger ausblieben als erwünscht. Aber endlich waren sie da, diese ›Nachrichten aus der Heimat‹, und der nächste Morgen bereits sah beide vor dem Eingang einer kleinen englischen Kapelle, deren alten Reverend sie schon vorher kennengelernt und, durch seine Milde dazu bestimmt, ins Vertrauen gezogen hatten. Auch ein paar Freunde waren zugegen, und unmittelbar nach der kirchlichen Handlung brach man auf, um, nach monatelangem Eingeschlossensein in der Stadt, einmal außerhalb ihrer Mauern aufatmen und sich der Krokus- und Veilchenpracht in Villa d'Este freuen zu können. Und alles freute sich wirklich, am meisten aber Melanie. Sie war glücklich, unendlich glücklich. Alles, was ihr das Herz bedrückt hatte, war wie mit einem Schlag von ihr genommen, und sie lachte wieder, wie sie seit lange nicht mehr gelacht hatte, kindlich und harmlos. Ach, wem *dies* Lachen wurde, dem bleibt es, und wenn es schwand, so kehrt es wieder. Und es überdauert alle Schuld und baut uns die Brücken vorwärts und rückwärts in eine bessere Zeit.

Wohl, es war ihr so frei geworden an diesem Tag, aber sie wollt es noch freier haben, und als sie, bei Dunkelwerden, in ihre Wohnung zurückkehrte, drin die treffliche römische Wirtin außer dem hohen Kaminfeuer auch schon die dreidochtige Lampe angezündet hatte, beschloß sie, denselben Abend noch an ihre Schwester Jacobine zu schreiben, allerlei Fragen zu tun und nebenher von ihrem Glück und ihrer Reise zu plaudern.

Und sie tat es und schrieb:

»Meine liebe Jacobine. Heute war ein rechter Festtag, und, was mehr ist, auch ein glücklicher Tag, und ich möchte meinem Danke so gern einen Ausdruck geben. Und da schreib ich denn. Und an wen lieber als an Dich, Du mein geliebtes Schwesterherz. Oder willst Du das Wort nicht mehr hören? Oder darfst Du nicht?

Ich schreibe Dir diese Zeilen in der Via Catena, einer kleinen Querstraße, die nach dem Tiber hinführt, und wenn ich die Straße hinuntersehe, so blinken mir, vom andern Ufer her, ein paar Lichter entgegen. Und diese Lichter kommen von der Farnesina, der berühmten Villa, drin Amor und Psyche sozusagen aus allen Fensterkappen sehen. Aber ich sollte nicht so scherzhaft über derlei Dinge sprechen, und ich könnt es auch nicht, wenn wir heute nicht in der Kapelle gewesen wären. Endlich, endlich! Und weißt Du, wer mit unter den Zeugen war? Unser Hauptmann von Brausewetter, Dein alter Tänzer von Dachrödens her. Und lieb und gut und ohne Hoffart. Und wenn man in der Acht ist, die noch schlimmer ist als das Unglück, so hat man ein Auge dafür, und das Bild, Du weißt schon, über das ich damals so viel gespottet und gescherzt habe, es will mir nicht aus dem Sinn. Immer dasselbe ›Steinige, steinige‹. Und die Stimme schweigt, die vor den Pharisäern das himmlische Wort sprach.

Aber nichts mehr davon, ich plaudre lieber.

Wir reisten in kleinen Tagereisen, und ich war anfänglich abgespannt und freudlos, und wenn ich eine Freude zeigte, so war es nur um Rubens willen. Denn er tat mir so leid. Eine weinerliche Frau! Ach, das ist das Schlimmste, was es gibt. Und gar erst auf Reisen. Und so ging es eine ganze Woche lang, bis wir in die Berge kamen. Da wurd es besser, und als wir neben dem schäumenden Inn hinfuhren und an demselben Nachmittage noch in Innsbruck ein wundervolles Quartier fanden, da fiel es von mir ab, und ich konnte wieder aufatmen. Und als Ruben sah, daß mir alles so wohltat und mich erquickte, da blieb er noch den folgenden Tag und besuchte mit mir alle Kirchen und Schlösser und zuletzt auch die Kirche, wo Kaiser Max begraben liegt. Es ist derselbe von der Martinswand her, und derselbe auch, der zu Luthers Zeiten lebte. Freilich schon als ein sehr alter Herr. Und es ist auch der, den Anastasius Grün als ›Letzten Ritter‹ gefeiert hat, worin er vielleicht etwas zu weit gegangen ist. Ich glaube nämlich nicht, daß er der letzte Ritter war. Er war überhaupt zu stark und zu korpulent für einen Ritter, und ohne Dir schmeicheln zu wollen, find ich, daß Gryczinski ritterlicher ist. Sonderbarerweise fühl ich mich überhaupt eingepreußter als ich dachte, so daß mir auch das Bildnis Andreas Hofers wenig gefallen hat. Er trägt einen Tiroler Spruchgürtel um den Leib und wurde zu Mantua, wie Du vielleicht gehört haben wirst, erschossen. Manche tadeln es, daß er sich geängstigt haben soll. Ich für mein Teil habe nie begreifen können, wie man es tadeln will, nicht gern erschossen zu werden.

Und dann gingen wir über den Brenner, der ganz in Schnee lag, und es sah wundervoll aus, wie wir an derselben Bergwand, an der unser Zug emporkletterte, zwei, drei andere Züge tief unter uns sahen, so winzig und unscheinbar wie die Futterkästchen an einem Zeisigbauer. Und denselben Abend noch waren wir in Verona. Das vorige Mal, als ich dort war, hatt ich es nur passiert, jetzt aber blieben wir einen Tag, weil mir Ruben das altrömische Theater zeigen wollte, das sich hier befindet. Es war ein kalter Tag, und mich fror in dem eisigen Winde, der ging, aber ich freue mich doch, es gesehen zu haben. Wie beschreib ich es Dir nur? Du mußt Dir das Opernhaus denken, aber nicht an einem gewöhnlichen Tage, sondern an einem Subskriptionsballabend, und an der Stelle, wo die Musik ist, rundet es sich auch noch. Es ist nämlich ganz eiförmig und amphitheatralisch, und der Himmel als Dach darüber, und ich würd es alles sehr viel mehr noch genossen haben, wenn ich mich nicht hätte verleiten lassen, in einem benachbarten Restaurant ein Salamifrühstück zu nehmen, das mir um ein erhebliches zu national war.

Die Woche darauf kamen wir nach Florenz, und wenn ich Duquede wäre, so würd ich sagen: es wird überschätzt. Es ist voller Engländer und Bilder, und mit den Bildern wird man nicht fertig. Und dann haben sie die ›Cascinen‹, etwas wie unsre Tiergarten- und Hofjägerallee, worauf sie sehr stolz sind, und man sieht auch wirklich Fuhrwerke mit sechs und zwölf und sogar mit vierundzwanzig Pferden. Aber ich habe sie nicht gesehen und will Dich durch Zahlenangaben nicht beirren. Über den Arno führt eine Budenbrücke, nach Art des Rialto, und wenn Du von den vielen Kirchen und Klöstern absehen willst, so gilt der alte Herzogspalast als die Hauptsehenswürdigkeit der Stadt. Und am schönsten finden sie den kleinen Turm, der aus der Mitte des Palastes aufwächst, nicht viel anders als ein Schornstein mit einem Kranz und einer Galerie darum. Es soll aber sehr originell gedacht sein. Und zuletzt findet man es auch. Und in der Nähe befindet sich eine lange, schmale Gasse, die neben der Hauptstraße herläuft und in der beständig Wachteln am Spieß gebraten werden. Und alles riecht nach Fett, und dazwischen Lärm und Blumen und aufgetürmter Käse, so daß man nicht weiß, wo man bleiben und ob man sich mehr entsetzen oder freuen soll. Aber zuletzt freut man sich, und es ist eigentlich das Hübscheste, was ich auf meiner ganzen Reise gesehen habe. Natürlich Rom ausgenommen. Und nun bin ich in Rom.

Aber Herzens-Jacobine, davon kann ich Dir heute nicht schreiben, denn ich bin schon auf dem vierten Blatt, und Ruben wird ungeduldig und wirft aus seiner dunklen Ecke Konfetti nach mir, trotzdem wir den Karneval längst hinter uns haben. Und so brech ich denn ab und tue nur noch ein paar Fragen.

Freilich, jetzt, wo ich die Fragen stellen will, wollen sie mir nicht recht aus der Feder, und Du mußt sie erraten. Rätsel sind es nicht. In Deiner Antwort sei schonend, aber verschweige nichts. Ich muß das Unangenehme, das Schmerzliche tragen lernen. Es ist nicht anders. Über all das geb ich mich keinen Illusionen hin. Wer in die Mühle geht, wird weiß. Und die Welt wird schlimme Vergleiche wählen. Ich möchte nur, daß bei meiner Verurteilung über die ›mildernden Umstände‹ nicht ganz hinweggegangen würde. Denn sieh, ich konnte nicht anders. Und ich habe nur noch den *einen* Wunsch, daß es mir vergönnt sein möchte, *dies* zu beweisen. Aber dieser Wunsch wird mir versagt bleiben, und ich werde allen Trost in meinem Glück und alles Glück in meiner Zurückgezogenheit suchen und finden müssen. Und das werd ich. Ich habe genug von dem Geräusch des Lebens gehabt, und ich sehne mich nach Einkehr und Stille. Die hab ich *hier.* Ach, wie schön ist diese Stadt, und mitunter ist es mir, als wär es wahr und als käm uns jedes Heil und jeder Trost aus Rom und nur aus Rom. Es ist ein seliges Wandeln an diesem Ort, ein Sehen und Hören als wie im Traum.

Und nun, meine süße Jacobine, lebe wohl und schreibe recht viel und recht ausführlich. Es interessiert mich alles, und ich sehne mich nach Nachricht, vor allem nach Nachricht ... Aber Du weißt es ja. Nichts mehr davon. Immer die Deine.

Melanie R.«

Der Brief wurde noch denselben Abend zur Post gegeben, in dem dunklen Gefühl, daß eine rasche Beförderung auch eine rasche Antwort erzwingen könne. Aber diese Antwort blieb aus, und die darin liegende Kränkung würde sehr schmerzlich empfunden worden sein, wenn nicht Melanie wenige Tage nach Absendung des Briefes in ihre frühere Melancholie zurückverfallen wäre. Sie glaubte bestimmt, daß sie sterben werde, versuchte zu lächeln und brach doch plötzlich in einen Strom von Tränen aus. Denn sie hing am Leben und genoß inmitten ihres Schmerzes *ein* unendliches Glück: die Nähe des geliebten Mannes.

Und sie hatte wohl recht, sich dieses Glückes zu freuen. Denn alle Tugenden Rubehns zeigten sich um so heller, je trüber die Tage waren. Er kannte nur Rücksicht; keine Mißstimmung, keine Klage wurde laut, und über das Vornehme seiner Natur wurde die Zurückhaltung darin vergessen.

Und so vergingen trübe Wochen.

Ein deutscher Arzt endlich, den man zu Rate zog, erklärte, daß vor allem das Stillsitzen vermieden, dagegen umgekehrt für beständig neue Eindrücke gesorgt werden müsse. Mit anderen Worten, das, was er vorschlug, war ein beständiger Orts- und Luftwechsel. Ein solch tagtägliches Hin und Her sei freilich selber ein Übel, aber ein kleineres, und jedenfalls das einzige Mittel, der inneren Ruhelosigkeit abzuhelfen.

Und so wurden denn neue Reisepläne geschmiedet und von der Kranken apathisch angenommen.

In kurzen Etappen, unter geflissentlicher Vermeidung von Eisenbahn und großen Straßen, ging es, durch Umbrien, immer höher hinauf an der Ostküste hin, bis sich plötzlich herausstellte, daß man nur noch zehn Meilen von Venedig entfernt sei. Und siehe, da kam ihr ein tiefes und sehnsüchtiges Verlangen, ihrer Stunde dort warten zu wollen. Und sie war plötzlich wie verändert und lachte wieder und sagte: »Della Salute! Weißt du noch? ... Es heimelt mich an, es erquickt mich: das Wohl, das Heil! O, komm. Dahin wollen wir.«

Und sie gingen, und dort war es, wo die bange Stunde kam. Und einen Tag lang wußte der Zeiger nicht, wohin er sich zu stellen habe, ob auf Leben oder Tod. Als aber am Abend, von über dem Wasser her, ein wunderbares Läuten begann, und die todmatte Frau auf ihre Frage ›von wo‹ die Antwort empfing, ›von Della Salute‹, da richtete sie sich auf und sagte: »Nun weiß ich, daß ich leben werde.«

WIEDER DAHEIM

Und ihre Hoffnung hatte sie nicht betrogen. Sie genas, und erst als die Herbsttage kamen und das Gedeihen des Kindes und vor allem auch ihr eignes Wohlbefinden einen Aufbruch gestattete, verließen sie die Stadt, an die sie sich durch ernste und heitere Stunden aufs innigste gekettet fühlten, und gingen in die Schweiz, um in dem lieblichsten der Täler, in dem Tale ›zwischen den Seen‹, eine neue, vorläufige Rast zu suchen.

Und sie lebten hier glücklich-stille Wochen, und erst als ein scharfer Nordwest vom Thuner See nach dem Brienzer hinüberfuhr und den Tag darauf der Schnee so dicht fiel, daß nicht nur die Jungfrau, sondern auch jede kleinste Kuppe verschneit und vereist ins Tal herniedersah, sagte Melanie: »Nun ist es Zeit. Es kleidet nicht jeden Menschen das Alter und nicht jede Landschaft der Schnee. Der Winter ist in diesem Tale nicht zu Haus oder paßt wenigstens nicht recht hierher. Und ich möchte nun wieder *da* hin, wo man sich mit ihm eingelebt hat und ihn versteht.«

»Ich glaube gar«, lachte Rubehn, »du sehnst dich nach der Rousseau-Insel!«

»Ja«, sagte sie. »Und nach viel anderem noch. Sieh, in drei Stunden könnt ich von hier aus in Genf sein und das Haus wiedersehen, darin ich geboren wurde. Aber ich habe keine Sehnsucht danach. Es zieht mich nach dem *Norden* hin, und ich empfind ihn mehr und mehr als meine Herzensheimat. Und was auch dazwischen liegt, er muß es bleiben.«

Und an einem milden Dezembertag waren Rubehn und Melanie wieder in der Hauptstadt eingetroffen und mit ihnen die Vrene oder ›das Vrenel‹, eine derbe schweizerische Magd, die sie, während ihres Aufenthaltes in Interlaken, zur Abwartung des Kindes angenommen hatten. Eine vorzügliche Wahl. Am Bahnhof aber waren sie von Rubehns jüngerem Bruder empfangen und in ihre Wohnung eingeführt worden: eine reizende Mansarde, dicht am Westende des Tiergartens, ebenso reich wie geschmackvoll eingerichtet, und beinah Wand an Wand mit Duquede. »Sollen wir gute Nachbarschaft mit ihm halten?« hatten sie sich im Augenblick ihres Eintretens unter gegenseitiger Heiterkeit gefragt.

Melanie war sehr glücklich über Wohnung und Einrichtung, überhaupt über alles, und gleich am andern Vormittag setzte sie sich, als sie allein war, in eine der tiefen Fensternischen und sah auf die bereiften Bäume des Parks und auf ein paar Eichkätzchen, die sich haschten und von Ast zu Ast sprangen. Wie oft hatte sie dem zugesehen, wenn sie mit Liddy und Heth durch den Tiergarten gefahren war! Es stand plötzlich alles wieder vor ihr, und sie fühlte, daß ein Schatten auf die heiteren Bilder ihrer Seele fiel. Ihre Heiterkeit kam erst wieder, als sie Rubehns Stimme draußen auf dem Vorsaal hörte.

Und nun trat er ein.

Es war um die Teestunde; das Wasser brodelte schon, und sie nahm des geliebten Mannes Arm und schritt plaudernd mit ihm über den dicken, türkischen Teppich hin. Aber er litt von der Hitze, die sie mit ihrem Taschentuch vergeblich fortzufächeln bemüht war. »Und nun sind wir im Norden!« lachte er. »Und nun sage, haben wir im Süden je so was von Glut und Samum auszuhalten gehabt?«

INKOGNITO

Melanie war froh, wieder daheim zu sein.

Was sich ihr notwendig entgegenstellen mußte, das übersah sie nicht, und die Furcht, der Rubehn Ausdruck gegeben hatte, war auch ihre Furcht. Aber sie war doch andrerseits sanguinischen Gemüts genug, um der Hoffnung zu leben, sie werd es überwinden. Und warum sollte sie's nicht? Was geschehen, erschien ihr, der Gesellschaft gegenüber, so gut wie ausgeglichen; allem Schicklichen war genügt, alle Formen waren erfüllt, und so gewärtigte sie nicht einer Strenge zu begegnen, zu der die Welt in der Regel nur greift, wenn sie's zu *müssen* glaubt, vielleicht einfach in dem Bewußtsein davon, daß, wer in einem Glashause wohnt, nicht mit Steinen werfen soll.

Melanie gewärtigte keines Rigorismus. Nichtsdestoweniger stimmte sie dem Vorschlag bei, wenigstens während der nächsten Wochen noch ein Inkognito bewahren und erst von Neujahr an die nötigsten Besuche machen zu wollen.

So war es denn natürlich, daß man den Weihnachtsabend im engsten Zirkel verbrachte. Nur Anastasia, Rubehns Bruder und der alte Frankfurter Prokurist, ein versteifter und schweigsamer Junggeselle, dem sich erst beim dritten Schoppen die Zunge zu lösen pflegte, waren erschienen, um die Lichter am Christbaum brennen zu sehen. Und als sie brannten, wurde auch das Anninettchen herbeigeholt, und Melanie nahm das Kind auf den Arm und spielte mit ihm und hielt es hoch. Und das Kind schien glücklich und lachte und griff nach den Lichtern.

Und glücklich waren alle, besonders auch Rubehn, und wer ihn an diesem Abend gesehen hätte, der hätte nichts von Behagen und Gemütlichkeit an ihm vermißt. Alles Amerikanische war abgestreift.

In dem Nebenzimmer war inzwischen ein kleines Mahl serviert worden, und als einleitend erst durch Anastasia und danach auch durch den jüngern Rubehn ein paar scherzhafte Gesundheiten ausgebracht worden waren, erhob sich zuletzt auch der alte Prokurist, um ›aus vollem Glas und vollem Herzen‹ einen Schlußtoast zu proponieren. Das Beste des Lebens, das wiss' er aus eigner Erfahrung, sei das Inkognito. Alles, was sich auf den Markt oder auf die Straße stelle, das tauge nichts oder habe doch nur Alltagswert; das, was wirklich Wert habe, das ziehe sich zurück, das berge sich in Stille, das verstecke sich. Die lieblichste Blume, darüber könne kein Zweifel sein, sei das Veilchen, und die poetischste Frucht, darüber könne wiederum kein Zweifel sein, sei die Walderdbeere. Beide versteckten sich aber, beide ließen sich suchen, beide lebten sozusagen inkognito. Und somit lasse er das Inkognito leben, oder die Inkognitos, denn Singular oder Plural sei ihm durchaus gleichgültig:

Das oder die,
Ein volles Glas für Melanie;
Die oder das,
Für Ebenezer ein volles Glas.

Und danach fing er an zu singen.

Erst zu später Stunde trennte man sich, und Anastasia versprach, am andern Tage zu Tisch wiederzukommen; abermals einen Tag später aber (Rubehn war eben in die Stadt gegangen) erschien das Vrenel, um in ihrem Schweizer Deutsch und zugleich in sichtlicher Erregung den Polizeirat Reiff zu melden. Und sie beruhigte sich erst wieder, als ihre junge Herrin antwortete: »Ah, sehr willkommen. Ich lasse bitten, einzutreten.«

Melanie ging dem Angemeldeten entgegen. Er war ganz unverändert: derselbe Glanz im Gesicht, derselbe schwarze Frack, dieselbe weiße Weste.

»Welche Freude, Sie wiederzusehen, lieber Reiff«, sagte Melanie und wies mit der Rechten auf einen neben ihr stehenden Fauteuil. »Sie waren immer mein guter Freund, und ich denke, Sie bleiben es.«

Reiff versicherte etwas von unveränderter Devotion und tat Fragen über Fragen. Endlich aber ließ er durch Zufall oder Absicht auch den Namen van der Straaten fallen.

Melanie blieb unbefangen und sagte nur: »Den Namen dürfen Sie nicht nennen, lieber Reiff, wenigstens jetzt nicht. Nicht, als ob er mir unfreundliche Bilder weckte. Nein, o nein. Wäre das, so dürften Sie's. Aber gerade weil mir der Name nichts Unfreundliches zurückruft, weil ich nur weiß, ihm, der ihn trägt, wehe getan zu haben, so quält und peinigt er mich. Er mahnt mich an ein Unrecht, das dadurch nicht kleiner wird, daß ich es in meinem Herzen nicht recht als Unrecht empfinde. Also nichts von ihm. Und auch nichts ...« Und sie schwieg und fuhr erst nach einer Weile fort: »Ich habe nun mein Glück, ein wirkliches Glück; *mais il faut payer pour tout et deux fois pour notre bonheur.*«

Der Polizeirat stotterte eine verlegene Zustimmung, weil er nicht recht verstanden hatte.

»Wir aber, lieber Reiff«, nahm Melanie wieder das Wort, »wir müssen einen neutralen Boden finden. Und das werden wir. Das zählt ja zu den Vorzügen der großen Stadt. Es gibt immer hundert Dinge, worüber sich plaudern läßt. Und nicht bloß um Worte zu machen, nein, auch mit dem Herzen. Nicht wahr! Und ich rechne darauf, Sie wiederzusehen.«

Und bald darauf empfahl sich Reiff, um die Droschke, darin er gekommen war, nicht allzulange warten zu lassen. Melanie aber sah ihm nach und freute sich, als er wenige Häuser entfernt dem aus der Stadt zurückkommenden Rubehn begegnete. Beide grüßten einander.

»Reiff war hier«, sagte Rubehn, als er einen Augenblick später eintrat. »Wie fandest du ihn?«

»Unverändert. Aber verlegener, als ein Polizeirat sein sollte.«

»Schlechtes Gewissen. Er hat dich aushorchen wollen.«

»Glaubst du?«

»Zweifellos. Einer ist wie der andere. Nur ihre Manieren sind verschieden. Und Reiff hat die Harmlosigkeitsallüren. Aber vor dieser Spezies muß man doppelt auf der Hut sein. Und so lächerlich es ist, ich kann den Gedanken nicht unterdrücken, daß wir morgen ins schwarze Buch kommen.«

»Du tust ihm unrecht. Er hat ein Attachement für mich. Oder ist es meinerseits bloß Eitelkeit und Einbildung?«

»Vielleicht. Vielleicht auch nicht. Aber diese guten Herren ... ihr bester Freund, ihr leiblicher Bruder ist nie sicher vor ihnen. Und wenn man sich darüber erstaunt oder beklagt, so heißt es ironisch und achselzuckend: *c'est mon métier.*«

Eine Woche später hatte das neue Jahr begonnen, und der Zeitpunkt war da, wo das junge Paar aus seinem Inkognito heraustreten wollte. Wenigstens Melanie. Sie war noch immer nicht bei Jacobine gewesen, und wiewohl sie sich, in Erinnerung an den unbeantwortet gebliebenen Brief, nicht viel Gutes von diesem Besuch versprechen konnte, so mußte er doch auf jede Gefahr hin gemacht werden. Sie mußte Gewißheit haben, wie sich die Gryczinskis stellen wollten.

Und so fuhr sie denn nach der Alsenstraße.

Schwereren Herzens als sonst stieg sie die mit Teppich belegte Treppe hinauf und klingelte. Und bald konnte sie hinter der Korridorglaswand ein Hin- und Herhuschen erkennen. Endlich aber wurde geöffnet.

»Ah, Emmy! Ist meine Schwester zu Haus?«

»Nein, Frau Kommerzien ... Ach, wie die gnädige Frau bedauern wird! Aber Frau von Heysing waren hier und haben die gnädige Frau zu dem großen Bilde abgeholt. Ich glaube ›Die Fackeln des Nero‹.«

»Und der Herr Major?«

»Ich weiß es nicht«, sagte das Mädchen verlegen. »Er wollte fort. Aber ich will doch lieber erst ...«

»O nein, Emmy, lassen Sie's. Es ist gut so. Sagen Sie meiner Schwester, oder der gnädigen Frau, daß ich da war. Oder besser, nehmen Sie meine Karte ...«

Danach grüßte Melanie kurz und ging.

Auf der Treppe sagte sie leise vor sich hin: »Das ist *er.* Sie ist ein gutes Kind und liebt mich.« Und dann legte sie die Hand aufs Herz und lächelte: »Schweig stille, mein Herze.«

Rubehn, als er von dem Ausfall des Besuches hörte, war wenig überrascht, und noch weniger, als am andern Morgen ein Brief eintraf, dessen zierlich verschlungenes J. v. G. über die Absenderin keinen Zweifel lassen konnte. Wirklich, es waren Zeilen von Jacobine. Sie schrieb:

»Meine liebe Melanie. Wie hab ich es bedauert, daß wir uns verfehlen mußten. Und nach so langer Zeit! Und nachdem ich Deinen lieben, langen Brief unbeantwortet gelassen habe! Er war so reizend, und selbst Gryczinski, der doch so kritisch ist und alles immer auf Disposition hin ansieht, war eigentlich entzückt. Und nur an der einen Stelle nahm er Anstoß, daß alles Heil und aller Trost nach wie vor aus Rom kommen solle. Das verdroß ihn, und er meinte, daß man dergleichen auch nicht im Scherze sagen dürfe. Und meine Verteidigung ließ er nicht gelten. Die meisten Gryczinskis sind nämlich noch katholisch, und ich denke mir, daß er so streng und empfindlich ist, weil er es persönlich los sein und von sich abwälzen möchte. Denn sie sind immer noch sehr diffizil oben, und Gryczinski, wie Du weißt, ist zu klug, als daß er etwas wollen sollte, was man oben *nicht* will. Aber es ändert sich vielleicht wieder. Und ich bekenne Dir offen, *mir* wäre es recht, und ich für mein Teil hätte nichts dagegen, sie sprächen erst wieder von etwas andrem. Ist es denn am Ende wirklich so wichtig und eine so brennende Frage? Und wär es nicht wegen der vielen Toten und Verwundeten, so wünscht ich mir einen neuen Krieg. (Es heißt übrigens, sie rechneten schon wieder an einem.) Und *hätten* wir den Krieg, so wären wir die ganze Frage los, und Gryczinski wäre Oberstleutnant. Denn er ist der dritte. Und ein paar von den alten Generälen, oder wenigstens von den ganz alten, werden doch wohl endlich abgehen müssen.

Aber ich schwatze von Krieg und Frieden und von Gryczinski und von mir, und vergesse ganz nach Dir und nach Deinem Befinden zu fragen. Ich bin überzeugt, daß es Dir gut geht und daß Du mit dem Wechsel in allen wesentlichen Stücken zufrieden bist. Er ist reich und jung, und bei Deinen Lebensanschauungen, mein' ich, kann es Dich nicht unglücklich machen, daß er unbetitelt ist. Und am Ende, wer jung ist, hofft auch noch. Und Frankfurt ist ja jetzt preußisch. Und da findet es sich wohl noch.

Ach, meine liebe Melanie, wie gerne wär ich selbst gekommen und hätte nach allem Großen und Kleinen gesehen, ja, auch nach allem Kleinen, und wem es eigentlich ähnlich ist. Aber er hat es mir verboten und hat auch dem Diener gesagt, ›daß wir nie zu Hause sind‹. Und Du weißt, daß ich nicht den Mut habe, ihm zu widersprechen. Ich meine, wirklich zu widersprechen. Denn etwas widersprochen hab ich ihm. Aber da fuhr er mich an und sagte: ›Das unterbleibt. Ich habe nicht Lust, um solcher Allotria willen beiseite geschoben zu werden. Und sieh dich vor, Jacobine. Du bist ein entzückendes kleines Weib (er sagte wirklich so), aber ihr seid wie die Zwillinge, wie die Druväpfel, und es spukt dir auch so was im Blut. Ich bin aber nicht van der Straaten und führe keine Generositätskomödien auf. Am wenigsten auf meine Kosten.‹

Und dabei warf er mir *de haut en bas* eine Kußhand zu und ging aus dem Zimmer.

Und was tat ich? Ach, meine liebe Melanie, nichts. Ich habe nicht einmal geweint. Und nur erschrocken war ich. Denn ich fühle, daß er recht hat, und daß eine sonderbare Neugier in mir steckt. Und darin treffen es die Bibelleute, wenn sie so vieles auf unsre Neugier schieben ... Elimar, der freilich nicht mit zu den Bibelleuten gehört, sagte mal zu mir: ›Das Hübscheste sei doch das Vergleichenkönnen.‹ Er meinte, glaub ich, in der Kunst. Aber die Frage beschäftigt mich seitdem, und ich glaube kaum, daß es sich auf die Kunst beschränkt. Übrigens hat Gryczinski noch in diesem Winter oder doch im Frühjahr eine kleine Generalstabsreise vor. Und dann sehe ich Dich. Und wenn er wiederkommt, so beicht ich ihm alles. Ich kann es dann. Er ist dann immer so zärtlich. Und ein Blaubart ist er überhaupt nicht. Und bis dahin Deine

Jacobine.«

Melanie ließ das Blatt fallen, und Rubehn nahm es auf. Er las nun auch und sagte: »Ja, Herz, das sind die Tage, von denen es heißt, sie gefallen uns nicht. Ach, und sie *beginnen* erst. Aber laß, laß. Es rennt sich alles tot und am ehesten *das*.«

Und er ging an den Flügel und spielte laut und mit einem Anflug heiterer Übertreibung: »Mit meinem Mantel vor dem Sturm beschützt ich dich, beschützt ich dich.« Und dann erhob er sich wieder und küßte sie und sagte: *»cheer up, dear!«*

LIDDY

»*Cheer up, dear*«, hatte Rubehn Melanie zugerufen, und sie wollte dem Zurufe folgen. Aber es glückte nicht, konnte nicht glücken, denn jeder neue Tag brachte neue Kränkungen. Niemand war für sie zu Haus, ihr Gruß wurde nicht erwidert, und ehe der Winter um war, wußte sie, daß man sie, nach einem stillschweigenden Übereinkommen, in den Bann getan habe. Sie war tot für die Gesellschaft, und die tiefe Niedergedrücktheit ihres Gemüts hätte sie zur Verzweiflung geführt, wenn ihr nicht Rubehn in dieser Bedrängnis zur Seite gestanden hätte. Nicht nur in herzlicher Liebe, nein, vor allem auch in jener heitren Ruhe, die sich der Umgebung entweder mitzuteilen oder wenigstens nicht ohne stillen Einfluß auf sie zu bleiben pflegt.

»Ich kenne das, Melanie. Wenn es in London etwas ganz Apartes gibt, so heißt es ›*it is a nine-days wonder*‹, und mit diesen neun Tagen ist das höchste Maß von Erregungsandauer ausgedrückt. Das ist in London. Aber das Gesetz bleibt dasselbe. Jedes Wetter tobt sich aus. Eines Tages haben wir wieder den Regenbogen und das Fest der Versöhnung.«

»Die Gesellschaft ist unversöhnlich.«

»Im Gegenteil. Zu Gerichte sitzen ist ihr eigentlich unbequem. Sie weiß schon, warum. Und so wartet sie nur auf das Zeichen, um das große Hinrichtungsschwert wieder in die Scheide zu stecken.«

»Aber dazu muß etwas geschehen.«

»Und das wird. Es bleibt selten aus und in den milderen Fällen eigentlich nie. Wir haben einen Eindruck gemacht und müssen ehrlich bemüht sein, einen andern zu machen. Einen entgegengesetzten. Aber auf demselben Gebiete ... Du verstehst?«

Sie nickte, nahm seine Hand und sagte: »Und ich schwöre dir's, ich will. Und wo die Schuld lag, soll auch die Sühne liegen. Oder, sag ich lieber, der Ausgleich. Auch *das* ist ein Gesetz, so hoff ich. Und das schönste von allen. Es braucht nicht alles Tragödie zu sein.« In diesem Augenblick wurde durch den Diener eine Karte hereingegeben: ›Friederike Sawat v. Sawatzki, genannt Sattler v. d. Hölle, Stiftsanwärterin auf Kloster Himmelpfort in der Uckermark.‹

»O, laß uns allein, Rubehn«, bat Melanie, während sie sich erhob und der alten Dame bis auf den Vorflur entgegenging. »Ach, mein liebes Riekchen! Wie mich das freut, daß du kommst, daß du da bist. Und wie schwer es dir geworden sein muß ... Ich meine nicht bloß die drei Treppen ... Ein halbes Stiftsfräulein und jeden Sonntag in Sankt Matthäi! Aber die Frommen, wenn sie's wirklich sind, sind immer noch die Besten. Und sind gar nicht so schlimm. Und nun setze dich, mein einziges, liebes Riekchen, meine liebe, alte Freundin!«

Und während sie so sprach, war sie bemüht, ihr beim Ablegen behilflich zu sein und das Seidenmäntelchen an einen Haken zu hängen, an den die Kleine nicht ranreichen konnte.

»Meine liebe, alte Freundin«, wiederholte Melanie. »Ja, das warst du, Riekchen, das bist du gewesen. Eine rechte Freundin, die mir immer zum Guten geraten und nie zum Munde gesprochen hat. Aber es hat nicht geholfen, und ich habe nie begriffen, wie man Grundsätze haben kann oder Prinzipien, was eigentlich dasselbe meint, aber mir immer noch schwerer und unnötiger vorgekommen ist. Ich hab immer nur getan, was ich wollte, was mir gefiel, wie mir gerade zumute war. Und ich kann es auch so schrecklich nicht finden. Auch jetzt noch nicht. Aber gefährlich ist es, so viel räum ich ein, und ich will es anders zu machen suchen. Will es lernen. Ganz bestimmt. Und nun erzähle. Mir brennen hundert Fragen auf der Seele.«

Riekchen war verlegen eingetreten und auch verlegen geblieben; jetzt aber sagte sie, während sie die Augen niederschlug und dann wieder freundlich und fest auf Melanie richtete: »Hab doch mal sehen wollen ... Und ich bin auch nicht hinter seinem Rücken hier. Er weiß es und hat mir zugeredet.«

Melanie flogen die Lippen.

»Ist er erbittert? Sag, ich will es hören. Aus *deinem* Munde kann ich alles hören. In den Weihnachtstagen war Reiff hier. Da mocht ich es nicht. Es ist doch ein Unterschied, *wer* spricht. Ob die Neugier oder das Herz. Sag, ist er erbittert?«

Die Kleine bewegte den Kopf hin und her und sagte: »Wie denn! Erbittert! Wär er erbittert, so wär ich nicht hier. Er war unglücklich und ist es noch. Und es zehrt und nagt an ihm. Aber seine Ruhe hat er wieder. Das heißt, so vor den Menschen. Und dabei bleibt es, denn er war dir sehr gut, Melanie, so gut er nur einem Menschen sein konnte. Und du warst sein Stolz, und er freute sich, wenn er dich sah.«

Melanie nickte.

»Sieh, Herzenskind, du hast nicht anders gekonnt, weil du das andre nicht gelernt hattest, das andre, worauf es ankommt, und weil du nicht wußtest, was der Ernst des Lebens ist. Und Anastasia sang wohl immer: ›Wer nie sein Brot mit Tränen aß‹, und Elimar drehte dann das Blatt um. Aber singen und erleben ist ein Unterschied. Und du hast das Tränenbrot nicht gegessen, und Anastasia hat es nicht gegessen, und Elimar auch nicht. Und so kam es, daß du nur getan hast, was dir gefiel oder wie dir zumute war. Und dann bist du von den Kindern fortgegangen, von den lieben Kindern, die so hübsch und so fein sind, und hast sie nicht einmal sehen wollen. Hast dein eigen Fleisch und Blut verleugnet. Ach, mein armes, liebes Herz, das kannst du vor Gott nicht verantworten.«

Es war, als ob die Kleine noch weiter sprechen wollte. Aber Melanie war aufgesprungen und sagte: »Nein, Riekchen, an dieser Stelle hört es auf. Hier tust du mir unrecht. Sieh, du kennst mich so gut und so lange schon, und fast war ich selber noch ein Kind, als ich ins Haus kam. Aber das eine mußt du mir lassen: ich habe nie gelogen und geheuchelt, und hab umgekehrt einen wahren Haß gehabt, mich besser zu machen, als ich bin. Und diesen Haß hab ich noch.

Und so sag ich dir denn, das mit den Kindern, mit meiner süßen kleinen Heth, die wie der Vater aussieht und doch gerade so lacht und so fahrig ist wie die Frau Mama, nein, Riekchen, das mit den Kindern, *das* trifft mich nicht.«

»Und bist doch ohne Blick und ohne Abschied gegangen.«

»Ja, das bin ich, und ich weiß es wohl, manch andre hätt es nicht getan. Aber wenn man auf etwas an und für sich Trauriges stolz sein darf, so bin ich stolz darauf. Ich wollte gehn, das stand fest. Und wenn ich die Kinder sah, so konnt ich nicht gehn. Und so hatt ich denn meine Wahl zu treffen. Ich mag eine falsche Wahl getroffen haben, in den Augen der Welt hab ich es gewiß, aber es war wenigstens ein klares Spiel und offen und ehrlich.«

»Und möchtest du jetzt sie sehen?«

»Heute lieber als morgen. Bringst du sie?«

»Nein, nein, Melanie, du bist zu rasch. Aber ich habe mir einen Plan ausgedacht. Und wenn er glückt, so laß ich wieder von mir hören. Und ich komm entweder, oder ich schreibe oder Jacobine schreibt. Denn Jacobine muß uns dabei helfen. Und nun Gott befohlen, meine liebe, liebe Melanie. Laß nur die Leute. Du bist doch ein liebes Kind. Leicht, leicht, aber das Herz sitzt an der richtigen Stelle. Und nun Gott befohlen, mein Schatz.«

Und sie ging und weigerte sich, das Mäntelchen anzuziehen, weil sie gerne rasch abbrechen wollte. Aber eine Treppe tiefer blieb sie stehen und half sich mit einiger Mühe selbst in die kleinen Ärmel hinein.

Melanie war überaus glücklich über diesen Besuch, zugleich sehnsüchtig erwartungsvoll, und mitunter war es ihr, als träte das Kleine, das nebenan in der Wiege lag, neben dieser Sehnsucht zurück. Gehörte sie doch ganz zu jenen Naturen, in deren Herz eines immer den Vorrang behauptet.

Und so vergingen Wochen, und Ostern war schon nahe heran, als endlich ein Billett abgegeben wurde, dem sie's ansah, daß es ihr gute Botschaft bringe. Es war von der Schwester, und Jacobine schrieb:

»Meine liebe Melanie! Wir sind allein, und gesegnet seien die Landesvermessungen! Es sind das, wie Du vielleicht weißt, die hohen, dreibeinigen Gestelle, die man, wenn man mit der Eisenbahn fährt, überall deutlich erkennen kann und wo die Mitfahrenden im Coupé jedesmal fragen: ›Mein Gott, was ist das?‹ Und es ist auch nicht zu verwundern, denn es sieht eigentlich aus wie ein Malerstuhl, nur daß der Maler sehr groß sein müßte. Noch größer und langbeiniger als Gabler. Und erst in vierzehn Tagen kommt er zurück, worauf ich mich sehr, sehr freue und eigentlich schon Sehnsucht habe. Denn er hat doch entschieden *das*, was uns Frauen gefällt. Und früher hat er Dir auch gefallen, ja, Herz, das kannst Du nicht leugnen, und ich war mitunter eifersüchtig, weil Du klüger bist als ich, und das haben sie gern. Aber weshalb ich eigentlich schreibe! Riekchen war hier und hat es mir ans Herz gelegt, und so denk ich, wir säumen keinen Augenblick länger, und Du kommst morgen um die Mittagsstunde. Da werden sie hier sein und Riekchen auch. Aber wir haben nichts gesagt, und sie sollen überrascht werden. Und ich bin glücklich, meine Hand zu so was Rührendem bieten zu können. Denn ich denke mir, Mutterliebe bleibt doch das Schönste … Ach, meine liebe Melanie! … Aber ich schweige, Gryczinskis drittes Wort ist ja, daß es im Leben darauf ankomme, seine Gefühle zu beherrschen … Ich weiß doch nicht, ob er recht hat. Und nun lebe wohl. Immer

Deine J. v. G.«

Melanie war nach Empfang dieser Zeilen in einer Aufregung, die sie weder verbergen konnte noch wollte. So fand sie Rubehn und geriet in wirkliche Sorge, weil er aus Erfahrung wußte, daß solchen Überreizungen immer ein Rückschlag und solchen hochgespannten Erwartungen immer eine Enttäuschung zu folgen pflegt. Er suchte sie zu zerstreuen und abzuziehen und war endlich froh, als der andere Morgen da war.

Es war ein klarer Tag und milde Luft, und nur ein paar weiße Wölkchen schwammen oben im Blau. Melanie verließ das Haus noch vor der verabredeten Stunde, um ihren Weg nach der Alsenstraße hin anzutreten.

›In welche Wirrnis geraten wir, sowie wir die Straße des Hergebrachten verlassen und abweichen von Regel und Gesetz. Es nutzt uns nichts, daß wir uns selber freisprechen. Die Welt ist doch stärker als wir und besiegt uns schließlich in unserem eigenen Herzen. Ich glaubte recht zu tun, als ich ohne Blick und Abschied von meinen Kindern ging, ich wollte kein Rührspiel; entweder-oder, dachte ich. Und ich glaub auch noch, daß ich recht gedacht habe. Aber, was hilft es mir? Was ist das Ende? Eine Mutter, die sich vor ihren Kindern fürchtet.‹

Dies Wort richtete sie wieder auf. Ein trotziger Stolz, der neben aller Weichheit in ihrer Natur lag, regte sich wieder, und sie ging rasch auf das Gryczinskische Haus zu.

Die Portiersleute, Mann und Frau, und zwei halberwachsene Töchter mußten schon auf dem Hintertreppenwege von dem bevorstehenden Ereignisse gehört haben, denn sie hatten sich in die halbgeöffnete Souterraintür postiert und guckten einander über die Köpfe fort. Melanie sah es und sagte vor sich hin: »*A nine-days wonder!* Ich bin eine Sehenswürdigkeit geworden. Es war mir immer das Schrecklichste.«

Und nun stieg sie hinauf und klingelte. Riekchen war schon da, die Schwestern küßten sich und sagten sich Freundlichkeiten über ihr gegenseitiges Aussehen. Und alles verriet Aufregung und Freude. Das Wohn- und Empfangszimmer, in das man jetzt eintrat, war ein großer und luftiger, aber im Verhältnis zu seiner Tiefe nur schmaler Raum, dessen zwei große Fenster (ohne Pfeiler dazwischen) einen nischenartigen Ausbau bildeten. Etwas Feierliches herrschte vor, und die roten, von beiden Seiten her halb zugezogenen Gardinen gaben ein gedämpftes, wundervolles Licht, das auf den weißen Tapeten reflektierte. Nach hinten zu, der Fensternische gegenüber, bemerkte man eine hohe Tür, die nach dem dahinter gelegenen Eßzimmer führte.

Melanie nahm auf einem kleinen Sofa neben dem Fenster Platz, die beiden andern Damen mit ihr, und Jacobine versuchte nach ihrer Art eine Plauderei. Denn sie war ohne jede tiefere Bewegung und betrachtete das Ganze vom Standpunkt einer dramatischen Matinee. Riekchen aber, die wohl wahrnahm, daß die Blicke Melanies immer nur nach der *einen* Stelle hin gerichtet waren, unterbrach endlich das Gespräch und sagte: »Laß, Binchen. Ich werde sie nun holen.«

Eine peinliche Stille trat ein, Jacobine wußte nichts mehr zu sagen und war herzlich froh, als eben jetzt vom Platz her die Musik eines vorüberziehenden Garderegiments hörbar wurde. Sie stand auf, stellte sich zwischen die Gardinen und sah nach rechts hinaus ... »Es sind die Ulanen«, sagte sie. »Willst du nicht auch ...« Aber ehe sie noch ihren Satz beenden konnte, ging die große Flügeltür auf, und Riekchen mit den beiden Kindern an der Hand, trat ein.

Die Musik draußen verklang. Melanie hatte sich rasch erhoben und war den verwundert und beinah erschrocken dastehenden Kindern entgegengegangen. Als sie aber sah, daß Lydia einen Schritt zurücktrat, blieb auch sie stehen, und ein Gefühl ungeheurer Angst überkam sie. Nur mit Mühe brachte sie die Worte heraus: »Heth, mein süßer, kleiner Liebling ... Komm ... Kennst du deine Mutter nicht mehr?«

Und ihre ganze Kraft zusammennehmend, hatte sie sich bis dicht an die Türe vorbewegt und bückte sich, um Heth mit beiden Händen in die Höhe zu heben. Aber Lydia warf ihr einen Blick bitteren Hasses zu, riß das Kind am Achselband zurück und sagte: »Wir haben keine Mutter mehr.«

Und dabei zog und zwang sie die halb widerstrebende Kleine mit sich fort und zu der halb offen gebliebenen Tür hinaus.

Melanie war ohnmächtig zusammengesunken.

Eine halbe Stunde später hatte sie sich so weit wieder erholt, daß sie zurückfahren konnte. Jede Begleitung war von ihr abgelehnt worden. Riekchens Weisheiten und Jacobinens Albernheiten mußten ihr in ihrer Stimmung gleich unerträglich erscheinen.

IN DER NIKOLAIKIRCHE

Es schlug zwei von dem kleinen Hoftürmchen des Nachbarhauses, als Melanie wieder in ihre Wohnung eintrat. Das Herz war ihr zum Zerspringen, und sie sehnte sich nach Aussprache. Dann, das wußte sie, kamen ihr die Tränen und in den Tränen Trost.

Aber Rubehn blieb heute länger aus als gewöhnlich, und zu den anderen Ängsten ihres Herzens gesellte sich auch noch das Bangen und Sorgen um den geliebten Mann. Endlich kam er;

es war schon Spätnachmittag, und die drüben hinter dem kahlen Gezweig niedersteigende Sonne warf eine Fülle greller Lichter durch die kleinen Mansardenfenster. Aber es war kalt und unheimlich, und Melanie sagte, während sie dem Eintretenden entgegenging: »Du bringst soviel Kälte mit, Ruben. Ach, und ich sehne mich nach Licht und Wärme.«

»Wie du nur bist«, entgegnete Rubehn in sichtlicher Zerstreutheit, während er doch seine gewöhnliche Heiterkeit zu zeigen trachtete. »Wie du nur bist! Ich sehe nichts als Licht, ein wahrer *embarras de richesse*, auf jedem Sofakissen und jeder Stuhllehne, und das Ofenblech flimmert und schimmert, als ob es Goldblech wäre. Und du sehnst dich nach Licht. Ich bitte dich, mich blendet's, und ich wollt, es wäre weniger oder wäre fort.«

»Dir wirst nicht lange darauf zu warten haben.«

Er war im Zimmer auf und ab gegangen. Jetzt blieb er stehen und sagte teilnehmend: »Ich vergesse, nach der Hauptsache zu fragen. Verzeihe. Du warst bei Jacobine. Wie lief es ab? Ich fürchte, nicht gut. Ich lese so was aus deinen Augen. Und ich hatt auch eine Ahnung davon, gleich heute früh, als ich in die Stadt fuhr. Es war kein glücklicher Tag.«

»Auch für dich nicht?«

»Nicht der Rede wert. *A shadow of a shadow*.«

Er hatte sich in den zunächst stehenden Fauteuil niedergelassen und griff mechanisch nach einem Album, das auf dem Sofatisch lag. Seiner oft ausgesprochenen Ansicht nach war dies die niedrigste Form aller geistigen Beschäftigung, und so durfte es nicht überraschen, daß er während des Blätterns über das Buch fortsah und wiederholentlich fragte: »Wie war es? Ich bin begierig, zu hören.«

Aber sie konnte nur zu gut erkennen, daß er *nicht* begierig war, zu hören, und so sehr es sie nach Aussprache verlangt hatte, so schwer wurd es ihr jetzt, ein Wort zu sagen, und sie verwirrte sich mehr als einmal, als sie, um ihm zu willfahren, von der tiefen Demütigung erzählte, die sie von ihrem eigenen Kind hatte hinnehmen müssen.

Rubehn war aufgestanden und versuchte sie durch ein paar hingeworfene Worte zu beruhigen, aber es war nicht anders, wie wenn einer einen Spruch herbetet.

»Und das ist alles, was du mir zu sagen hast?« fragte sie. »Ruben, mein Einziger, soll ich auch *dich* verlieren?!« und sie stellte sich vor ihn hin und sah ihn starr an.

»O, sprich nicht so. Verlieren! Wir können uns nicht verlieren. Nicht wahr, Melanie, wir können uns nicht verlieren?« Und hierbei wurde seine Stimme momentan inniger und weicher. »Und was die Kinder angeht«, fuhr er nach einer Weile fort, »nun, die Kinder sind eben Kinder. Und eh sie groß sind, ist viel Wasser den Rhein hinuntergelaufen. Und dann darfst du nicht vergessen, es waren nicht gerade die glänzendsten *metteurs en scène*, die es in die Hand nahmen. Unser Riekchen ist lieb und gut, und du hast sie gern, *zu* gern vielleicht; aber auch *du* wirst nicht behaupten wollen, daß die Stiftsanwärterin auf Kloster Himmelpfort an die Pforten ewiger Weisheit geklopft habe. Jedenfalls ist ihr nicht aufgemacht worden. Und Jacobine! Pardon, sie hat etwas von einer Prinzessin, aber von einer, die die Lämmer hütet.«

»Ach, Ruben«, sagte Melanie, »du sagst so vieles durcheinander. Aber das rechte Wort sagst du nicht. Du sagst nichts, was mich aufrichten, mich vor mir selbst wieder herstellen könnte. Mein eigen Kind hat mir den Rücken gekehrt. Und daß es noch ein Kind ist, das gerade ist das Vernichtende. Das richtet mich.«

Er schüttelte den Kopf und sagte: »Du nimmst es zu schwer. Und glaubst du denn, daß Mütter und Väter außerhalb aller Kritik stehen?«

»Wenigstens außerhalb der ihrer Kinder.«

»Auch *der* nicht. Im Gegenteil, die Kinder sitzen überall zu Gericht, still und unerbittlich. Und Lydia war immer ein kleiner Großinquisitor, wenigstens genferischen Schlages, und an ihr läßt sich die Rückschlagstheorie studieren. Ihr Urahne muß mitgestimmt haben, als man Servet verbrannte. Mich hätte sie gern mit auf dem Holzstoß gesehen, soviel steht fest. Und nun, laß uns schweigen davon. Ich muß noch in die Stadt.«

»Ich bitte dich, was ist? Was gibt's?«

»Eine Konferenz. Und es wird sich nicht vermeiden lassen, daß wir nach ihrem Abschluß zusammen bleiben. Ängstige dich nicht, und vor allem, erwarte mich nicht.«

Und er nahm seinen Hut und ging.

Melanie wachte noch, als Rubehn wieder nach Hause kam. Aber erst am andern Morgen fragte sie nach der Konferenz und bemühte sich, darüber zu scherzen. Er seinerseits antwortete in gleichem Ton und war wie gestern ersichtlich bemüht, mit Hilfe lebhaften Sprechens einen Schirm aufzurichten, hinter dem er, was eigentlich in ihm vorging, verbergen konnte.

So vergingen Tage. Seine Lebhaftigkeit wuchs, aber mit ihr auch seine Zerstreutheit, und es kam vor, daß er mehrere Male dasselbe fragte. Melanie schüttelte den Kopf und sagte: »Ich bitte dich, Ruben, wo bist du? Sprich.« Aber er versicherte nur, »es sei nichts, und sie forsche, wo nichts zu forschen sei. Zerstreutheit wäre ein Erbstück in der Familie, kein gutes, aber es sei einmal da, und sie müsse sich damit einleben und daran gewöhnen«. Und dann ging er, und sie fühlte sich freier, wenn er ging. Denn das rechte Wort wurde nicht gesprochen, und *er*, der die Last ihrer Einsamkeit verringern sollte, verdoppelte sie nur durch seine Gegenwart.

Und nun war Ostern. Anastasia sprach am Ostersonntag auf eine halbe Stunde vor, aber Melanie war froh, als das Gespräch ein Ende nahm und die mehr und mehr unbequem werdende Freundin wieder ging. Und so kam auch der zweite Festtag, unfestlich und unfreundlich wie der erste, und als Rubehn über Mittag erklärte, daß er abermals eine Verabredung habe, konnte sie's in ihrer Herzensangst nicht länger ertragen, und sie beschloß, in die Kirche zu gehen und eine Predigt zu hören. Aber wohin?

Endlich entsann sie sich, daß ihr Christel von Abendgottesdiensten erzählt hatte. Wo doch? In der Nikolaikirche, Richtig. Es war weit, aber desto besser. Sie hatte so viel Zeit übrig, und die Bewegung in der frischen Luft war seit Wochen ihr einziges Labsal. So machte sie sich auf den Weg, und als sie die große Petristraße passierte, sah sie zu den erleuchteten Fenstern des ersten Stockes auf. Aber *ihre* Fenster waren dunkel und auch keine Blumen davor. Und sie ging rascher und sah sich um, als verfolge sie wer, und bog endlich in den Nikolaikirchhof ein.

Und nun in die Kirche selbst.

Ein paar Lichter brannten im Mittelschiff, aber Melanie ging an der Schattenseite der Pfeiler hin, bis sie der alten, reichgeschmückten Kanzel gerad gegenüber war. Hier waren Bänke gestellt, nur drei oder vier, und auf den Bänken saßen Waisenhauskinder, lauter Mädchen in blauen Kleidern und weißen Brusttüchern, und dazwischen alte Frauen, das graue Haar unter einer schwarzen Kopfbinde versteckt, und die meisten einen Stock in Händen oder eine Krücke neben sich.

Melanie setzte sich auf die letzte Bank und sah, wie die kleinen Mädchen kicherten und sich anstießen und immer nach ihr hinsahen und nicht begreifen konnten, daß eine so feine Dame zu solchem Gottesdienst käme. Denn es war ein Armengottesdienst, und deshalb brannten auch die Lichter so spärlich. Und nun schwiegen Lied und Orgel, und ein kleiner Mann erschien auf der Kanzel, dessen sie sich von ein paar großen und überschwenglichen Bourgeoisbegräbnissen her sehr wohl entsann, und von dem sie mehr als einmal in ihrer übermütigen Laune versichert hatte, »er spräche schon vorweg im Grabsteinstil. Nur nicht so kurz«. Aber heute sprach er kurz und pries auch keinen, am wenigsten überschwenglich, und war nur müd und angegriffen, denn es war der zweite Feiertagabend. Und so kam es, daß sie nichts Rechtes für ihr Herz finden konnte, bis es zuletzt hieß: »Und nun, andächtige Gemeinde, wollen wir den vorletzten Vers unsres Osterliedes singen.« Und in demselben Augenblick summte wieder die Orgel und zitterte, wie wenn sie sich erst ein Herz fassen oder einen Anlauf nehmen müsse, und als es endlich voll und mächtig an dem hohen Gewölbe hinklang und die Spittelfrauen mit ihren zittrigen Stimmen einfielen, rückten zwei von den kleinen Mädchen halb schüchtern an Melanie heran und gaben ihr ihr Gesangbuch und zeigten auf die Stelle. Und sie sang mit:

Du lebst, du bist in Nacht mein Licht,
Mein Trost in Not und Plagen,
Du weißt, was alles mir gebricht,
Du wirst mir's nicht versagen.

Und bei der letzten Zeile reichte sie den Kindern das Buch zurück und dankte freundlich und wandte sich ab, um ihre Bewegung zu verbergen. Dann aber murmelte sie Worte, die ein Gebet vorstellen sollten und es vor dem Ohr dessen, der die Regungen unsres Herzens hört, auch wohl waren, und verließ die Kirche so still und seitab, wie sie gekommen war.

In ihre Wohnung zurückgekehrt, fand sie Rubehn an seinem Arbeitstisch vor. Er las einen

Brief, den er, als sie eintrat, beiseite schob. Und er ging ihr entgegen und nahm ihre Hand und führte sie nach ihrem Sofaplatz.

»Du warst fort?« sagte er, während er sich wieder setzte.

»Ja, Freund. In der Stadt ... In der Kirche.«

»In der Kirche! Was hast du da gesucht?«

»Trost.«

Er schwieg und seufzte schwer. Und sie sah nun, daß der Augenblick da war, wo sich's entscheiden müsse. Und sie sprang auf und lief auf ihn zu und warf sich vor ihm nieder und legte beide Arme auf seine Knie: »Sage mir, was es ist! Habe Mitleid mit mir, mit meinem armen Herzen. Sieh, die Menschen haben mich aufgegeben, und meine Kinder haben sich von mir abgewandt. Ach, so schwer es war, ich hätt es tragen können. Aber daß du, *du* dich abwendest von mir, das trag ich nicht.«

»Ich wende mich nicht ab von dir.«

»Nicht mit deinem Auge, wiewohl es mich nicht mehr sieht, aber mit deinem Herzen. Sprich, mein Einziger, was ist es? Es ist nicht Eifersucht, was mich quält. Ich könnte keine Stunde leben mehr, wär es *das*. Aber ein anderes ist es, was mich ängstigt, ein anderes, nicht viel Besseres: ich habe deine Liebe nicht mehr. Das ist mir klar, und unklar ist mir nur das eine, wodurch ich sie verscherzt. Ist es der Bann, unter dem ich lebe und den du mit zu tragen hast? Oder ist es, daß ich so wenig Licht und Sonnenschein in dein Leben gebracht und unsre Einsamkeit auch noch in Betrübsamkeit verwandelt habe? Oder ist es, daß du mir mißtraust? Ist es der Gedanke an das alte ›Heute dir und morgen mir‹? O sprich. Ich will dich nicht leiden sehen. Ich werde weniger unglücklich sein, wenn ich dich glücklich weiß. Auch getrennt von dir. Ich will gehen, jede Stunde. Verlang es, und ich tu es. Aber reiße mich aus dieser Ungewißheit. Sage mir, was es ist, was dich drückt, was dir das Leben vergällt und verbittert. Sage mir's. Sprich.«

Er nahm den beiseite geschobenen Brief und sagte: »Lies.«

Melanie faltete das Blatt auseinander. Es waren Zeilen vom alten Rubehn, dessen Handschrift sie sehr wohl kannte. Und nun las sie: »Frankfurt, Ostersonntag. Ausgleich gescheitert. Arrangiere, was sich arrangieren läßt. In spätestens acht Tagen muß ich unsre Zahlungseinstellung aussprechen. M. R.«

In Rubehns Mienen ließ sich, als sie las, erkennen, daß er einer neuen Erschütterung gewärtig war. Aber wie sehr hatte er sie verkannt, sie, die viel, viel mehr war als ein bloß verwöhnter Liebling der Gesellschaft, und eh ihm noch Zeit blieb, über seinen Irrtum nachzudenken, hatte sie sich schon in einem wahren Freudenjubel erhoben und ihn umarmt und geküßt und wieder umarmt.

»O, nur das! ... O, nun wird alles wieder gut ... Und was eurem Hause Unglück bedeutet, mir bedeutet es Glück, und nun weiß ich es, es kommt alles wieder in Schick und Richtung, weit über all mein Hoffen und Erwarten hinaus ... Als ich damals ging und das letzte Gespräch mit ihm hatte, sieh, da sprach ich von den Menschlichen unter den Menschen. Und es ist mir, als wär es gestern gewesen. Und auf diese Menschlichen baut ich meine Zukunft und rechnete darauf, daß sie's versöhnen würde: ich liebte dich! Aber es war ein Fehler, und auch die Menschlichen haben mich im Stich gelassen. Und jetzt muß ich sagen, sie hatten recht. Denn die Liebe tut es nicht, und die Treue tut es auch nicht. Ich meine die Werkeltagstreue, die nichts Bess'res kann, als sich vor Untreue bewahren. Es ist eben nicht viel, treu zu sein, wo man liebt und wo die Sonne scheint und das Leben bequem geht und kein Opfer fordert. Nein, nein, die bloße Treue tut es nicht. Aber die bewährte Treue, *die* tut es. Und nun kann ich mich bewähren und will es und werd es, und nun kommt *meine* Zeit. Ich will nun zeigen, was ich kann, und will zeigen, daß alles Geschehene nur geschah, weil es geschehen mußte, weil ich dich liebte, nicht aber, weil ich leicht und übermütig in den Tag hineinlebte und nur darauf aus war, ein bequemes Leben in einem noch bequemeren fortzusetzen.«

Er sah sie glücklich an, und der Ausdruck des Selbstsuchtlosen in Wort und Miene riß ihn aus der tiefen Niedergedrücktheit seiner Seele heraus. Er hoffte nun selber wieder, aber Bangen und Zweifeln liefen nebenher, und er sagte bewegt: »Ach, meine liebe Melanie, du warst immer ein Kind, und du bist es auch in diesem Augenblicke noch. Ein verwöhntes und ein gutes, aber doch ein Kind. Sieh, von deinem ersten Atemzug an hast du keine Not gekannt, ach, was sprech ich von Not, nie, so lange du lebst, ist dir ein Wunsch unerfüllt geblieben. Und du hast gelebt wie im Märchen von ›Tischlein decke dich‹, und das Tischlein *hat* sich dir gedeckt, mit allem, was du wolltest, mit allem, was das Leben hat, auch mit Schmeicheleien und Liebkosungen. Und du bist geliebkost worden wie ein King-Charles-Hündchen mit einem blauen Band und einem Glöckchen daran. Und alles, was du getan hast, das hast du spielend getan. Ja, Melanie, spielend. Und nun willst du auch spielend entbehren lernen und denkst: es findet sich. Oder denkst auch wohl, es sei hübsch und apart, und schwärmst für die Poetenhütte, die Raum hat für ein glücklich liebend Paar, oder wenigstens haben *soll*. Ach, es liest sich erbaulich von dem blankgescheuerten Eßtisch und dem Maienbusch in jeder Ecke, und von dem Zeisig, der sich das Futternäpfchen selber heranzieht. Und es ist schon richtig: die gemalte Dürftigkeit sieht gerade so gut aus wie der gemalte Reichtum. Aber wenn es aufhört, Bild und Vorstellung zu sein und wenn es Wirklichkeit und Regel wird, dann ist Armut ein bitteres Brot, und Muß eine harte Nuß.«

Es war umsonst. Sie schüttelte nur den Kopf immer wieder und sagte dann in jener einschmeichelnden Weise, der so schwer zu widerstehen war: »Nein, nein, du hast unrecht. Und es liegt alles anders, ganz anders. Ich hab einmal in einem Buche gelesen, und nicht in einem schlechten Buche, die Kinder, die Narren und die Poeten, die hätten immer recht. Vielleicht überhaupt, aber von ihrem Standpunkt aus ganz gewiß. Und ich bin eigentlich alles dreies, und daraus magst du schließen, wie *sehr* ich recht habe. Dreifach recht. ›Ich will spielend entbehren lernen‹, sagst du. Ja, Lieber, das will ich, das ist es, um was es sich handelt. Und du glaubst einfach, ich könnt es nicht. Ich kann es aber, ich kann es ganz gewiß, so gewiß ich diesen Finger aufhebe, und ich will dir auch sagen, warum ich es kann. Den einen Grund hast du schon erraten: weil ich es mir so romantisch denke, so hübsch und apart. Gut, gut. Aber du hättest auch sagen können, weil ich andre Vorstellungen von Glück habe. Mir ist das Glück etwas andres als ein Titel oder eine Kleiderpuppe. *Hier* ist es, oder nirgends. Und so dacht ich und fühlt ich immer, und so war ich immer, und so bin ich noch. Aber wenn es auch anders mit mir stünde, wenn ich auch an dem Flitter des Daseins hinge, so würd ich doch die Kraft haben, ihm zu entsagen. *Ein* Gefühl ist immer das herrschende, und seiner Liebe zuliebe kann man alles, alles!«

Er war nicht überzeugt; seine praktisch-patrizische Natur glaubte nicht an die Dauer solcher Erregungen, aber er sagte doch: »Es sei. Versuchen wir's. Also ein neues Leben, Melanie!«

»Ein neues Leben! Und das erste ist, wir geben diese Wohnung auf und suchen uns eine bescheidenere Stelle. Mansarde klingt freilich anspruchslos genug, aber dieser Trumeau und diese Bronzen sind um so anspruchsvoller. Ich habe nichts gelernt, und das ist gut, denn wie die meisten, die nichts gelernt haben, weiß ich allerlei. Und mit Toussaint L'Ouverture fangen wir an, nein, nein, mit Toussaint-Langenscheidt, und in acht Tagen oder doch spätestens in vier Wochen geb ich meine erste Stunde. Wozu bin ich eine Genferin! Und nun sage: Willst du? Glaubst du?«

»Ja.«

»Topp.«

Und sie schlug in seine Hand und zog ihn unter Lachen und Scherzen in das Nebenzimmer, wo das Vrenel in Abwesenheit des Dieners eben den Tisch arrangiert hatte. Und sie hatten an diesem Unglückstag wieder einen ersten glücklichen Tag.

VERSÖHNT

Und Melanie nahm es ernst mit jedem Wort, das sie gesagt hatte. Sie hatte dabei ganz ihre Frische wieder, und eh ein Monat um war, war die modern und elegant eingerichtete Wohnung gegen eine schlichtere vertauscht, und das Stundengeben hatte begonnen. Ihre Kenntnisse des Französischen und beinahe mehr noch ihr glänzendes musikalisches, auch nach der technischen Seite hin vollkommen ausgebildetes Talent hatten es ihr leicht gemacht, eine Stellung zu gewinnen, und zwar in ein paar großen schlesischen Häusern, die gerade vornehm genug waren, den Tagesklatsch ignorieren zu können.

Und bald sollte es sich herausstellen, wie nötig diese raschen und resoluten Schritte gewesen waren, denn der Zusammensturz erfolgte jäher als erwartet, und jede Form der Einschränkung erwies sich als geboten, wenn nicht mit der finanziellen Reputation des großen Hauses auch die bürgerliche verlorengehen sollte. Jede neue Nachricht von Frankfurt her bestätigte dies, und Rubehn, der anfangs nur allzu geneigt gewesen war, den Eifer Melanies für eine bloße Opferkaprice zu nehmen, sah sich alsbald gezwungen, ihrem Beispiele zu folgen. Er trat als amerikanischer Korrespondent in ein Bankhaus ein, zunächst mit nur geringem Gehalt, und war überrascht und glücklich zugleich, die berühmte Poetenweisheit von der ›kleinsten Hütte‹ schließlich an sich selber in Erfüllung gehen zu sehen.

Und nun folgten idyllische Wochen, und jeden neuen Morgen, wenn sie von der Wilmersdorfer Feldmark her am Rande des Tiergartens hin ihren Weg nahmen und an ihrer alten Wohnung vorüberkamen, sahen sie zu der eleganten Mansarde hinauf und atmeten freier, wenn sie der zurückliegenden schweren und sorgenreichen Tage gedachten. Und dann bogen sie plaudernd in die schmalen, schattigen Gänge des Parkes ein, bis sie zuletzt unter der schräg liegenden Hängeweide fort, die zwischen dem Königsdenkmal und der Louiseninsel steht und hier beinahe den Weg sperrt, in die breite Tiergartenstraße wieder einmündeten. Den schrägliegenden Baum aber nannten sie scherzhaft ihren Zoll- und Schlagbaum, weil sich dicht hinter demselben ein Leiermann postiert hatte, dem sie Tag um Tag ihren Wegezoll entrichten mußten.

Und so verging der Sommer, und der Herbst kam, und als das Laub sich zu färben und an den Ahorn- und Platanenbäumen auch schon abzufallen begann, da hatte sich bei denen, die Tag um Tag unter diesen Bäumen hinschritten, manches geändert, und zwar zum Guten geändert. Wohl hieß es auch jetzt noch, wenn sie den alten Invaliden unter ihrerseits devotem Gruße passierten, ›daß sie der neuen Freundschaften noch nicht sicher genug seien, um die bewährten alten aufgeben zu können‹, aber diese neuen Freundschaften waren doch wenigstens in ihren Anfängen da. Man kümmerte sich wieder um sie, ließ sie gesellschaftlich wieder aufleben, und selbst solche, die bei dem Zusammenbrechen der Rubehnschen Finanzherrlichkeit nur Schadenfreude gehabt und je nach ihrer klassischen oder christlichen Bildung und Beanlagung von ›Nemesis‹ oder ›Finger Gottes‹ gesprochen hatten, bequemten sich jetzt, sich mit dem hübschen Paar zu versöhnen, ›das so glücklich und so gescheit sei, und nie klage und sich so liebe‹. Ja, sich so liebe. *Das* war es, was doch schließlich den Ausschlag gab, und wenn vorher ihre Neigung nur Neid und Zweifel geweckt hatte, so schlug jetzt die Stimmung in ihr Gegenteil um. Und nicht zu verwundern! War es doch ein und dasselbe Gefühl, was bei Verurteilung und Begnadigung zu Gerichte saß, und wenn es anfangs eine sensationelle Befriedigung gewährt hatte, sich in Indignation zu stürzen, so war es jetzt eine kaum geringere Freude von den ›Inséparables‹ sprechen und über ihre ›treue Liebe‹ sentimentalisieren zu können. Eine kleine Zahl Esoterischer aber führte den ganzen Fall auf die Wahlverwandtschaften zurück und stellte wissenschaftlich fest, daß einfach seitens des stärkeren und deshalb berechtigteren Elements das schwächere verdrängt worden sei. Das Naturgesetzliche habe wieder mal gesiegt. Und hiermit sah sich denn auch der einen Winter lang auf den Schild gehobene van der Straaten abgefunden und teilte das Schicksal aller Saisonlieblinge, noch schneller vergessen als erhoben zu werden. Ja, der Spott und die Bosheit begannen jetzt ihre Pfeile gegen ihn zu richten, und wenn des Falles ausnahmsweise noch gedacht wurde, so hieß es: »Er hat es nicht anders gewollt. Wie kam er nur dazu? Sie war siebzehn! Allerdings, er soll einmal ein *lion* gewesen sein. Nun gut. Aber wenn dem ›Löwen‹ zu wohl wird ...« Und dann lachten sie und freuten sich.

Ob van der Straaten von diesen und ähnlichen Äußerungen hörte? Vielleicht. Aber es bedeutete ihm nichts. Er hatte sich selbst zu skeptisch und unerbittlich durchforscht, als daß er über die Wandlung in dem Geschmacke der Gesellschaft, über ihr Götzenschaffen und Götzenstürzen auch nur einen Augenblick erstaunt gewesen wäre. Und so durfte denn von ihm gesagt werden, ›er hörte, was man sprach, auch wenn er es *nicht* hörte‹. Weg über das Urteil der Menschen, galt ihm nur eines ebensowenig oder noch weniger: ihr Mitleid. Er war immer eine selbständige Natur gewesen, frei und fest, und so war er geblieben. Und auch derselbe geblieben in seiner Nachsicht und Milde.

Und der Tag kam, wo sich's zeigen und auch Melanie davon erfahren sollte.

Es war schon ausgangs Oktober, und nur wenig gelbes und rotes Laub hing noch an den halb kahl gewordenen Bäumen. Das meiste lag abgeweht in den Gängen und wurde, wo's trocken war, zusammengeharkt, denn seit gestern hatte sich das Wetter wieder geändert, und nach langen Sturm- und Regentagen schien eine wundervolle Herbstessonne. Vielleicht die letzte dieses Jahres.

Und auch Anninettchen wurde hinausgeschickt und blieb heute länger fort als erwartet, bis endlich um die vierte Stunde die Magd in großer Aufregung heimkam und in ihrem schweren Schweizerdeutsch über ein eben gehabtes Erlebnis berichtete: »Sie hab auf der Bank g'sesse, wo die vier Löwe das Brückle halte, und hätt ebe g'sagt: ›Sieh, Anninettle, des isch der Altweibersommer, der will di einspinne, aber der hat di no lang nit‹, und das Anninettl hab grad g'juchzt un lacht un n'am Ohrring g'lang, do wäre zwei Herre über die Brück komme, so gute funfzig, aber schon auf der Wipp, und einer hätt g'sagt, e langer Spindelbein: ›Schau des Silberkettle; des isch e Schweizerin; un i wett, des isch e Kind vom Schweizer G'sandte.‹ Aber do hat der andre g'sagt: ›Nei, des kann nit sein; den Schweizer G'sandte, den kenn i, un der hat kein Kind un kein Kegel ...‹ Un do hat er z' mir g'sagt: ›Ah nu, wem g'hört das Kind?‹ Un do hab i g'sagt: ›Dem Herrn Rubehn, un's isch e Mädle, un heißt Anninettl.‹ Un do hab i g'sehn, daß er sich verfärbt hat und hat wegg'schaut. Aber nit lang, da hat er sich wieder umg'wandt und hat g'sagt: ›'s isch d' Mutter, und lacht auch so, un hat dieselbe schwarze Haar. Es isch e schön's Kindle. Findscht nit au?‹ Aber er hat's nit finde wolle und hat nur g'sagt: ›Übertax' es nit. Es gibt mehr so. Un's ischt e Kind aus 'm Dutzend.‹ Jo, so hat er g'sagt, der garstige Spindelbein: ›'s gibt mehr so, un's ischt e Kind aus 'm Dutzend.‹ Aber der gute Herre, der hat's Pätschle g'nomme un hat's g'streichelt. Un hat mi g'lobt, deß i so brav un g'scheidt sei. Jo, so hat er g'sagt. Und dann sind sie gange.«

All das hatte seines Eindrucks nicht verfehlt, und Melanie war während der Tage, die folgten, immer wieder auf diese Begegnung zurückgekommen. Immer wieder und wieder hatte die Vreni jedes Kleinste nennen und beschreiben müssen, und so war es durch Wochen hin geblieben, bis endlich in den großen und kleinen Vorbereitungen zum Feste der ganze Vorfall vergessen worden war.

Und nun war das Fest selber da, der Heilige Abend, zu dem auch diesmal Rubehns jüngerer Bruder und der alte Prokurist, die sich zur Rückkehr nach Frankfurt nicht hatten entschließen können, geladen waren. Auch Anastasia.

Melanie, die noch vor Eintreffen ihres Besuchs allerlei Wirtschaftliches anzuordnen hatte, war ganz Aufregung und erschrak ordentlich, als sie gleich nach Dunkelwerden und lange vor der festgesetzten Stunde die Klingel gehen hörte. Wenn das schon die Gäste wären! Oder auch nur einer von ihnen. Aber ihre Besorgnis währte nicht lange, denn sie hörte draußen ein Fragen und Parlamentieren, und gleich darauf erschien das Vrenel und trug eine mittelgroße Kiste herein, auf der, ohne weitere Adresse, bloß das Wort ›Julklapp‹ zu lesen war.

»Ist es denn für uns, Vreni?« fragte Melanie.

»I denk schon. I hab ihm g'sagt: 's isch der Herr Rubehn, der hier wohnt. Un die Frau Rubehn.‹ Un do hat er g'sagt: ›'s isch schon recht; des isch der Nam'.‹ Un do hab i's g'nomme.«

Melanie schüttelte den Kopf und ging in Rubehns Stube, wo man sich nun gemeinschaftlich an das Öffnen der Kiste machte. Nichts fehlte von den gewöhnlichen Julklappszutaten, und erst als man unten am Boden eines großen Gravensteiner Apfels gewahr wurde, sagte Melanie: »Gib acht. Hierin steckt es.« Aber es ließ sich nichts erkennen, und schon wollten sie den Gravensteiner, wie alles andre beiseite legen, als sich durch eine zufällige Bewegung ihrer Hand die geschickt zusammengepaßten Hälften des Apfels auseinander schoben. »*Ah, voilà.*« Und wirklich, an Stelle des Kernhauses, das herausgeschnitten war, lag ein in Seidenpapier gewickeltes Päckchen. Sie nahm es, entfernte langsam und erwartungsvoll eine Hülle nach der andern und hielt zuletzt ein kleines Medaillon in Händen, einfach, ohne Prunk und Zierart. Und nun drückte sie's an der Feder auf und sah ein Bildchen und erkannt es, und es entfiel ihrer Hand. Es war, *en miniature*, der Tintoretto, den sie damals so lachend und übermütig betrachtet und für dessen Hauptfigur sie nur die Worte gehabt hatte: »Sieh, Ezel, sie hat geweint. Aber ist es nicht, als begriffe sie kaum ihre Schuld?«

Ach, sie fühlte jetzt, daß das alles auch für sie selbst gesprochen war, und sie nahm das ihrer Hand entfallene Bildchen wieder auf und gab es an Rubehn und errötete.

Dieser spielte damit hin und her und sagte dann, während er die Feder wieder zuknipste: »*King Ezel in all his glories!* Immer derselbe. Wohlwollend und ungeschickt. Ich werd es tragen. Als Uhrgehäng, als Berloque.«

»Nein, *ich.* Ach, du weißt nicht, wieviel es mir bedeutet. Und es soll mich erinnern und mahnen … jede Stunde …«

»Meinetwegen. Aber nimm es nicht tragischer als nötig, und grüble nicht zu viel über das alte leidige Thema von Schuld und Sühne.«

»Du bist hochmütig, Ruben.«

»Nein.«

»Nun gut. Dann bist du stolz.«

»Ja, das bin ich, meine süße Melanie. Das bin ich. Aber auf was? Auf *wen?*«

Und sie umarmten sich und küßten sich, und eine Stunde später brannten ihnen die Weihnachtslichter in einem ungetrübten Glanz.

Unterm Birnbaum

1. KAPITEL

Vor dem in dem großen und reichen Oderbruchdorfe Tschechin um Michaeli 1820 eröffneten *»Gasthaus und Materialwarengeschäft von Abel Hradscheck«* (so stand auf einem über der Tür angebrachten Schilde) wurden Säcke vom Hausflur her auf einen mit zwei mageren Schimmeln bespannten Bauernwagen geladen. Einige von den Säcken waren nicht gut gebunden oder hatten kleine Löcher und Ritzen, und so sah man denn an dem, was herausfiel, daß es Rapssäcke waren. Auf der Straße neben dem Wagen aber stand Abel Hradscheck selbst und sagte zu dem eben vom Rad her auf die Deichsel steigenden Knecht: »Und nun vorwärts, Jakob, und grüß mir Ölmüller Quaas. Und sag ihm, bis Ende der Woche müßte ich das Öl haben, Leist in Wriezen warte schon. Und wenn Quaas nicht da ist, so bestelle der Frau meinen Gruß, und sei hübsch manierlich. Du weißt ja Bescheid und weißt auch, Kätzchen hält auf Komplimente.«

Der als Jakob Angeredete nickte nur statt aller Antwort, setzte sich auf den vordersten Rapssack und trieb beide Schimmel mit einem schläfrigen »Hüh!« an, wenn überhaupt von Antreiben die Rede sein konnte. Und nun klapperte der Wagen nach rechts hin den Fahrweg hinunter, erst auf das Bauer Orthsche Gehöft samt seiner Windmühle (womit das Dorf nach der Frankfurter Seite hin abschloß) und dann auf die weiter draußen am Oderbruchdamm gelegene Ölmühle zu. Hradscheck sah dem Wagen nach, bis er verschwunden war, und trat nun erst in den Hausflur zurück. Dieser war breit und tief und teilte sich in zwei Hälften, die durch ein paar Holzsäulen und zwei dazwischen ausgespannte Hängematten voneinander getrennt waren. Nur in der Mitte hatte man einen Durchgang gelassen. An dem Vorflur lag nach rechts hin das Wohnzimmer, zu dem eine Stufe hinaufführte, nach links hin aber der Laden, in den man durch ein großes, fast die halbe Wand einnehmendes Schiebefenster hineinsehen konnte. Früher war hier die Verkaufsstelle gewesen, bis sich die zum Vornehmtun geneigte Frau Hradscheck das Herumtrampeln auf ihrem Flur verbeten und auf Durchbruch einer richtigen Ladentür, also von der Straße her, gedrungen hatte. Seitdem zeigte dieser Vorflur eine gewisse Herrschaftlichkeit, während der nach dem Garten hinausführende Hinterflur ganz dem Geschäft gehörte. Säcke, Zitronen- und Apfelsinenkisten standen hier an der einen Wand entlang, während an der andern übereinandergeschichtete Fässer lagen, Ölfässer, deren stattliche Reihe nur durch eine zum Keller hinunterführende Falltür unterbrochen war. Ein sorglich vorgelegter Keil hielt nach rechts und links hin die Fässer in Ordnung, so daß die untere Reihe durch den Druck der oben aufliegenden nicht ins Rollen kommen konnte.

So war der Flur. Hradscheck selbst aber, der eben die schmale, zwischen den Kisten und Ölfässern frei gelassene Gasse passierte, schloß, halb ärgerlich, halb lachend, die trotz seines Verbotes mal wieder offenstehende Falltür und sagte: »Dieser Junge, der Ede. Wann wird er seine fünf Sinne beisammen haben!«

Und damit trat er vom Flur her in den Garten.

Hier war es schon herbstlich; nur noch Astern und Reseda blühten zwischen den Buchsbaumrabatten, und eine Hummel umsummte den Stamm eines alten Birnbaums, der mitten im Garten hart neben dem breiten Mittelsteige stand. Ein paar Möhrenbeete, die sich samt einem schmalen mit Kartoffeln besetzten Ackerstreifen an ebendieser Stelle durch eine Spargelanlage hinzogen, waren schon wieder umgegraben; eine frische Luft ging, und eine schwarz-gelbe, der nebenan wohnenden Witwe Jeschke zugehörige Katze schlich, mutmaßlich auf der Sperlingssuche, durch die schon hoch in Samen stehenden Spargelbeete.

Hradscheck aber hatte dessen nicht acht. Er ging vielmehr, rechnend und wägend, zwischen den Rabatten hin und kam erst zu Betrachtung und Bewußtsein, als er, am Ende des Gartens angekommen, sich umsah und nun die Rückseite seines Hauses vor sich hatte. Da lag es, sauber und freundlich, links die sich von der Straße her bis in den Garten hinziehende Kegelbahn, rechts der Hof samt dem Küchenhaus, das er erst neuerdings an den Laden angebaut hatte. Der kaum vom Winde bewegte Rauch stieg sonnenbeschienen auf und gab ein Bild von Glück und Frieden. Und das war alles sein! Aber wie lange noch? Er sann ängstlich nach und fuhr aus seinem Sinnen erst auf, als er, ein paar Schritte von sich entfernt, eine große, durch ihre Schwere und Reife sich von selbst ablösende Malvasierbirne mit eigentümlich dumpfem Ton aufklatschen hörte. Denn sie war nicht auf den harten Mittelsteig, sondern auf eines der umgegrabenen Möhrenbeete gefallen. Hradscheck ging darauf zu, bückte sich und hatte die Birne kaum aufgehoben, als er sich von der Seite her angerufen hörte:

»Dag, Hradscheck! Joa, et wahrd nu Tied. De Malvesieren kümmen all von sülwst.«

Er wandte sich bei diesem Anruf und sah, daß seine Nachbarin, die Jeschke, deren kleines, etwas zurückgebautes Haus den Blick auf seinen Garten hatte, von drüben her über den Himbeerzaun guckte.

»Ja, Mutter Jeschke, 's wird Zeit«, sagte Hradscheck. »Aber wer soll die Birnen abnehmen? Freilich, wenn Ihre Line hier wäre, die könnte helfen. Aber man hat ja keinen Menschen und muß alles selbst machen.«

»Na, Se hebben joa doch den Jungen, den Ede.«

»Ja, den hab ich. Aber der pflückt bloß für sich.«

»Dat sall woll sien«, lachte die Alte. »Een in't Töppken, een in't Kröppken.«

Und damit humpelte sie wieder nach ihrem Haus zurück, während auch Hradscheck wieder vom Garten her in den Flur trat.

Hier sah er nachdenklich auf die Stelle, wo vor einer halben Stunde noch die Rapssäcke gestanden hatten, und in seinem Auge lag etwas, als wünsch' er, sie stünden noch am selben Fleck oder es wären neue statt ihrer aus dem Boden gewachsen. Er zählte dann die Fässerreihe, rief im Vorübergehen einen kurzen Befehl in den Laden hinein und trat gleich danach in seine gegenüber gelegene Wohnstube.

Diese machte neben ihrem wohnlichen zugleich einen eigentümlichen Eindruck, und zwar weil alles in ihr um vieles besser und eleganter war, als sich's für einen Krämer und Dorfmaterialisten schickte. Die zwei kleinen Sofas waren mit einem hellblauen Atlasstoff bezogen, und an dem Spiegelpfeiler stand ein schmaler Trumeau, weiß lackiert und mit Goldleiste. Ja, das in einem Mahagonirahmen über dem kleinen Klavier hängende Bild (allem Anscheine nach ein Stich nach Claude Lorrain) war ein Sonnenuntergang mit Tempeltrümmern und antiker Staffage, so daß man sich füglich fragen durfte, wie das alles hierherkomme. Passend war eigentlich nur ein Stehpult mit einem Gitteraufsatz und einem Guckloch darüber, mit Hilfe dessen man über den Flur weg auf das große Schiebefenster sehen konnte.

Hradscheck legte die Birne vor sich hin und blätterte das Kontobuch durch, das aufgeschlagen auf dem Pulte lag. Um ihn her war alles still, und nur aus der halb offenstehenden Hinterstube vernahm er den Schlag einer Schwarzwälder Uhr.

Es war fast, als ob das Ticktack ihn störte, wenigstens ging er auf die Tür zu, anscheinend um sie zu schließen; als er indes hineinsah, nahm er überrascht wahr, daß seine Frau in der Hinterstube saß, wie gewöhnlich schwarz, aber sorglich gekleidet, ganz wie jemand, der sich auf Figurmachen und Toilettendinge versteht. Sie flocht eifrig an einem Kranz, während ein zweiter, schon fertiger, an einer Stuhllehne hing.

»Du hier, Ursel! Und Kränze! Wer hat denn Geburtstag?«

»Niemand. Es ist nicht Geburtstag. Es ist bloß Sterbetag, Sterbetag deiner Kinder. Aber du vergißt alles. Bloß dich nicht.«

»Ach, Ursel, laß doch! Ich habe meinen Kopf voll Wunder. Du mußt mir nicht Vorwürfe machen. Und dann die Kinder. Nun ja, sie sind tot, aber ich kann nicht trauern und klagen, daß sie's sind. Umgekehrt, es ist ein Glück.«

»Ich verstehe dich nicht.«

»Und ist nur zu gut zu verstehn. Ich weiß nicht aus noch ein und habe Sorgen über Sorgen.«

»Worüber? Weil du nichts Rechtes zu tun hast und nicht weißt, wie du den Tag hinbringen sollst. Hinbringen, sag ich, denn ich will dich nicht kränken und von Zeittotschlagen sprechen. Aber sage selbst, wenn drüben die Weinstube voll ist, dann fehlt dir nichts. Ach, das verdammte Spiel, das ewige Knöcheln und Tempeln. Und wenn du noch glücklich spieltest! Ja, Hradscheck, das muß ich dir sagen, wenn du spielen willst, so spiele wenigstens glücklich. Aber ein

Wirt, der *nicht* glücklich spielt, muß davon bleiben; sonst spielt er sich von Haus und Hof. Und dazu das Trinken, immer der schwere Ungar, bis in die Nacht hinein.«

Er antwortete nicht, und erst nach einer Weile nahm er den Kranz, der über der Stuhllehne hing, und sagte: »Hübsch. Alles, was du machst, hat Schick. Ach, Ursel, ich wollte, du hättest bessere Tage!«

Dabei trat er freundlich an sie heran und streichelte sie mit seiner weißen, fleischigen Hand.

Sie ließ ihn auch gewähren, und als sie, wie beschwichtigt durch seine Liebkosungen, von ihrer Arbeit aufsah, sah man, daß es ihrer Zeit eine sehr schöne Frau gewesen sein mußte; ja, sie war es beinah noch. Aber man sah auch, daß sie viel erlebt hatte, Glück und Unglück, Lieb' und Leid, und durch allerlei schwere Schulen gegangen war. Er und sie machten ein hübsches Paar und waren gleichaltrig, Anfang vierzig, und ihre Sprech- und Verkehrsweise ließ erkennen, daß es eine Neigung gewesen sein mußte, was sie vor länger oder kürzer zusammengeführt hatte.

Der herbe Zug, den sie bei Beginn des Gesprächs gezeigt, wich denn auch, und endlich fragte sie: »Wo drückt es wieder? Eben hast du den Raps weggeschickt, und wenn Leist das Öl hat, hast du das Geld. Er ist prompt auf die Minute.«

»Ja, das ist er. Aber ich habe nichts davon, alles ist bloß Abschlag und Zins. Ich stecke tief drin und leider am tiefsten bei Leist selbst. Und dann kommt die Krakauer Geschichte, der Reisende von Olszewski-Goldschmidt und Sohn. Er kann jeden Tag da sein.«

Hradscheck zählte noch anderes auf, aber ohne daß es einen tieferen Eindruck auf seine Frau gemacht hätte. Vielmehr sagte sie langsam und mit gedehnter Stimme: »Ja, Würfelspiel und Vogelstellen ...«

»Ach, immer Spiel und wieder Spiel! Glaube mir, Ursel, es ist nicht so schlimm damit, und jedenfalls mach ich mir nichts draus. Und am wenigsten aus dem Lotto; 's ist alles Torheit und weggeworfen Geld, ich weiß es, und doch hab ich wieder ein Los genommen. Und warum? Weil ich heraus will, weil ich heraus *muß*, weil ich uns retten möchte.«

»So, so«, sagte sie, während sie mechanisch an dem Kranze weiterflocht und vor sich hinsah, als überlege sie, was wohl zu tun sei.

»Soll ich dich auf den Kirchhof begleiten?« fragte er, als ihn ihr Schweigen zu bedrücken anfing. »Ich tu's gern, Ursel.«

Sie schüttelte den Kopf.

»Warum nicht?«

»Weil, wer den Toten einen Kranz bringen will, wenigstens an sie gedacht haben muß.«

Und damit erhob sie sich und verließ das Haus, um nach dem Kirchhof zu gehen.

Hradscheck sah ihr nach, die Dorfstraße hinauf, auf deren roten Dächern die Herbstsonne flimmerte. Dann trat er wieder an sein Pult und blätterte.

2. KAPITEL

Eine Woche war seit jenem Tage vergangen, aber das Spielglück, das sich bei Hradscheck einstellen sollte, blieb aus und das Lottoglück auch. Trotz alledem gab er das Warten nicht auf, und da gerade Lotterieziehzeit war, kam das Viertellos gar nicht mehr von seinem Pult. Es stand hier auf einem Ständerchen, ganz nach Art eines Fetischs, zu dem er nicht müde wurde, respektvoll und beinah mit Andacht aufzublicken. Alle Morgen sah er in der Zeitung die Gewinnnummern durch, aber die seine fand er nicht, trotzdem sie unter ihren fünf Zahlen drei Sieben hatte und mit sieben dividiert glatt aufging. Seine Frau, die wohl wahrnahm, daß er litt, sprach ihm nach ihrer Art zu, nüchtern, aber nicht unfreundlich, und drang in ihn, »daß er den Lotteriezettel wenigstens vom Ständer herunternehmen möge, das verdrösse den Himmel nur, und wer dergleichen täte, kriege statt Rettung und Hilfe den Teufel und seine Sippschaft ins Haus. Das Los müsse weg. Wenn er wirklich beten wolle, so habe sie was Besseres für ihn, ein Marienbild, das der Bischof von Hildesheim geweiht und ihr bei der Firmelung geschenkt habe.«

Davon wollte nun aber der beständig zwischen Aber- und Unglauben hin- und herschwankende Hradscheck nichts wissen. »Geh mir doch mit dem Bild, Ursel! Und wenn ich auch wollte, denke nur, welche Bescherung ich hätte, wenn's einer merkte. Die Bauern würden lachen von einem Dorfende bis ans andere, selbst Orth und Igel, die sonst keine Miene verziehen. Und mit der Pastorfreundschaft wär's auch vorbei. Daß er zu dir hält, ist doch bloß, weil er dir den katholischen Unsinn ausgetrieben und einen Platz im Himmel, ja vielleicht an seiner Seite, gewonnen hat. Denn mit meinem Anspruch auf Himmel ist's nicht weit her.«

Und so blieb denn das Los auf dem Ständer, und erst als die Ziehung vorüber war, zerriß es Hradscheck und streute die Schnitzel in den Wind. Er war aber auch jetzt noch, all seinem spöttisch überlegenen Gerede zum Trotz, so schwach und abergläubisch, daß er den Schnitzeln in ihrem Fluge nachsah, und als er wahrnahm, daß einige die Straße hinauf bis an die Kirche geweht wurden und dort erst niederfielen, war er in seinem Gemüte beruhigt und sagte: »Das bringt Glück.«

Zugleich hing er wieder allerlei Gedanken und Vorstellungen nach, wie sie seiner Phantasie jetzt häufiger kamen. Aber er hatte noch Kraft genug, das Netz, das ihm diese Gedanken und Vorstellungen überwerfen wollten, wieder zu zerreißen.

»Es geht nicht.«

Und als im selben Augenblick das Bild des Reisenden, dessen Anmeldung er jetzt täglich erwarten mußte, vor seine Seele trat, trat er erschreckt zurück und wiederholte nur so vor sich hin: »Es geht nicht.«

*

So war Mitte Oktober herangekommen.

Im Laden gab's viel zu tun, aber mitunter war doch ruhige Zeit, und dann ging Hradscheck abwechselnd in den Hof, um Holz zu spellen, oder in den Garten, um eine gute Sorte Tischkartoffeln aus der Erde zu nehmen. Denn er war ein Feinschmecker. Als aber die Kartoffeln heraus waren, fing er an, den schmalen Streifen Land, darauf sie gestanden, umzugraben. Überhaupt wurden Graben und Gartenarbeit mehr und mehr seine Lust, und die mit dem Spaten in der Hand verbrachten Stunden waren eigentlich seine glücklichsten.

Und so beim Graben war er auch heute wieder, als die Jeschke, wie gewöhnlich, an die die beiden Gärten verbindende Heckentür kam und ihm zusah, trotzdem es noch früh am Tage war. »De Tüffeln sinn joa nu rut, Hradscheck.«

»Ja, seit vorgestern. Und war diesmal 'ne wahre Freude; mitunter zwanzig an einem Busch und alle groß und gesund.«

»Joa, joa, wenn een's Glück hebben sall. Na, Se hebben't, Hradscheck. Se hebben Glück bi de Tüffeln un bi de Malvesieren ook. I, Se möten joa woll'n Scheffel 'runnergepflückt hebb'n.«

»O mehr, Mutter Jeschke, viel mehr.«

»Na bereden Se't nich, Hradscheck. Nei, nei. Man sall nix bereden. Ook sien Glück nich.«

Und damit ließ sie den Nachbar stehen und humpelte wieder auf ihr Haus zu.

Hradscheck aber sah ihr ärgerlich und verlegen nach. Und er hatte wohl Grund dazu. War doch die Jeschke, so freundlich und zutulich sie tat, eine schlimme Nachbarschaft und quacksalberte nicht bloß, sondern machte auch sympathetische Kuren, besprach Blut und wußte, wer sterben würde. Sie sah dann die Nacht vorher einen Sarg vor dem Sterbehaus stehen. Und es hieß auch, »sie wisse, wie man sich unsichtbar machen könne«, was, als Hradscheck sie seinerzeit danach gefragt hatte, halb von ihr bestritten und dann halb auch wieder zugestanden war. »Sie wisse es nicht; aber *das* wisse sie, daß frisch ausgelassener Lammtalg gut sei, versteht sich: von einem ungeborenen Lamm und als Licht über einen roten Wollfaden gezogen; am besten aber sei Farnkrautsamen, in die Schuhe oder Stiefel geschüttet.« Und dann hatte sie herzlich gelacht, worin Hradscheck natürlich einstimmte. Trotz dieses Lachens aber war ihm jedes Wort, als ob es ein Evangelium wäre, in Erinnerung geblieben, vor allem das »ungeborene Lamm« und der »Farnkrautsamen«. Er glaubte nichts davon und auch wieder alles, und wenn er, seiner sonstigen Entschlossenheit unerachtet, schon vorher eine Furcht vor der alten Hexe gehabt hatte, so nach dem Gespräch über das sich Unsichtbarmachen noch viel mehr.

*

Und solche Furcht beschlich ihn auch heute wieder, als er sie nach dem Morgengeplauder über die »Tüffeln« und die »Malvesieren« in ihrem Haus verschwinden sah. Er wiederholte sich jedes ihrer Worte: »Wenn een's Glück hebben sall. Na, Se hebben't joa, Hradscheck. Awers bereden Se't nich.« Ja, so waren ihre Worte gewesen. Und was war mit dem allem gemeint? Was sollte dies ewige Reden von Glück und wieder Glück? War es Neid, oder wußte sie's besser? Hatte sie doch vielleicht mit ihrem Hokuspokus ihm in die Karten geguckt?

Während er noch so sann, nahm er den Spaten wieder zur Hand und begann rüstig weiterzugraben. Er warf dabei ziemlich viel Erde heraus und war keine fünf Schritte mehr von dem alten Birnbaum, auf den der Ackerstreifen zulief, entfernt, als er auf etwas stieß, das unter dem Schnitt des Eisens zerbrach und augenscheinlich weder Wurzel noch Stein war. Er grub also vorsichtig weiter und sah alsbald, daß er auf Arm und Schulter eines verscharrten Toten gestoßen war. Auch Zeugreste kamen zutage, zerschlissen und gebräunt, aber immer noch farbig und wohlerhalten genug, um erkennen zu lassen, daß es ein Soldat gewesen sein müsse.

Wie kam der hierher?

Hradscheck stützte sich auf die Krücke seines Grabscheits und überlegte. »Soll ich es zur Anzeige bringen? Nein. Es macht bloß Geklätsch. Und keiner mag einkehren, wo man einen Toten unterm Birnbaum gefunden hat. Also besser nicht. Er kann hier weiter liegen.«

Und damit warf er den Armknochen, den er ausgegraben, in die Grube zurück und schüttete diese wieder zu. Während dieses Zuschüttens aber hing er all jenen Gedanken und Vorstellungen nach, wie sie seit Wochen ihm immer häufiger kamen. Kamen und gingen. Heut aber gingen sie nicht, sondern wurden Pläne, die Besitz von ihm nahmen und ihn, ihm selbst zum Trotz, an die Stelle bannten, auf der er stand. Was er hier zu tun hatte, war getan, es gab nichts mehr zu graben und zu schütten; aber immer noch hielt er das Grabscheit in der Hand und sah sich um, als ob er bei böser Tat ertappt worden wäre. Und fast war es so. Denn unheimlich verzerrte Gestalten (und eine davon er selbst) umdrängten ihn so faßbar und leibhaftig, daß er sich wohl fragen durfte, ob nicht andere da wären, die diese Gestalten auch sähen. Und er lugte wirklich nach der Zaunstelle hinüber. Gott sei Dank, die Jeschke war nicht da. Aber freilich, wenn sie sich unsichtbar machen und sogar Tote sehen konnte, Tote, die noch nicht tot waren, warum sollte sie nicht die Gestalten sehen, die jetzt vor seiner Seele standen. Ein Grauen überlief ihn, nicht vor der Tat, nein, aber bei dem Gedanken, daß das, was erst Tat werden sollte, vielleicht in diesem Augenblicke schon erkannt und verraten war. Er zitterte, bis er, sich plötzlich aufraffend, den Spaten wieder in den Boden stieß.

»Unsinn. Ein dummes altes Weib, das gerade klug genug ist, noch Dümmere hinters Licht zu führen. Aber ich will mich ihrer schon wehren, ihrer und ihrer ganzen Totenguckerei. Was ist es denn? Nichts. Sie sieht einen Sarg an der Tür stehn, und dann stirbt einer. Ja, sie sagt es, aber sagt es immer erst, wenn einer tot ist oder keinen Atem mehr hat oder das Wasser ihm schon ans Herz stößt. Ja, dann kann ich auch prophezei'n. Alte Hexe, du sollst mir nicht weitere Sorgen machen. Aber Ursel! Wie bring ich's der bei? Da liegt der Stein. Und wissen muß sie's. Es müssen zwei sein ...«

Und er schwieg. Bald aber fuhr er entschlossen fort: »Ah, bah, es wird sich finden, weil sich's finden muß. Not kennt kein Gebot. Und was sagte sie neulich, als ich das Gespräch mit ihr hatte? ›Nur nicht arm sein ... Armut ist das Schlimmste.‹ Daran halt ich sie; damit zwing ich sie. Sie *muß* wollen.«

Und so sprechend, ging er, das Grabscheit »Gewehr über« nehmend, wieder auf das Haus zu.

3. KAPITEL

Als Hradscheck bis an den Schwellstein gekommen war, nahm er das Grabscheit von der Schulter, lehnte die Krücke gegen das am Hause sich hinziehende Weinspalier und wusch sich die Hände, ein sauberer Mann, der er war, in einem Kübel, drin die Dachtraufe mündete. Danach trat er in den Flur und ging auf sein Wohnzimmer zu.

Hier traf er Ursel. Diese saß an einem Nähtisch am Fenster und war, trotz der frühen Stunde, schon wieder in Toilette, ja, noch sorglicher und geputzter als an dem Tage, wo sie die Kränze für die Kinder geflochten hatte. Das hochschließende Kleid, das sie trug, war auch heute schlicht und dunkelfarbig (sie wußte, daß Schwarz sie kleidete); der blanke Ledergürtel aber wurde durch eine Bronzeschnalle von auffälliger Größe zusammengehalten, während in ihren Ohrringen lange birnenförmige Bummeln von venezianischer Perlenmasse hingen. Sie wirkten anspruchsvoll und störten mehr als sie schmückten. Aber für dergleichen gebrach es ihr an Wahrnehmung, wie denn auch der mit Schildpatt ausgelegte Nähtisch, trotz seiner Eleganz, zu den beiden hellblauen Atlassofas nicht recht passen wollte. Noch weniger zu dem weißen Trumeau. Links, neben ihr auf dem Fensterbrett, stand ein Arbeitskästchen, darin sie gerade, als Hradscheck eintrat, nach einem Faden suchte. Sie ließ sich dabei nicht stören und sah erst auf, als der Eintretende halb scherzhaft, aber doch mit einem Anfluge von Tadel sagte: »Nun, Ursel, schon in Staat? Und nichts zu tun mehr in der Küche?«

»Weil es fertig werden muß.«

»Was?«

»Das hier.« Und dabei hielt sie Hradscheck ein Samtkäppsel hin, an dem sie gerade nähte.

»Für mich?«

»Nein. Dazu bist du nicht fromm und, was du lieber hören wirst, auch nicht alt genug.«

»Also für den Pastor?«

»Geraten.«

»Für den Pastor. Nun gut. Kleine Geschenke erhalten die Freundschaft, und die Freundschaft mit einem Pastor kann man doppelt brauchen. Es gibt einem solch Ansehen. Und ich habe mir auch vorgenommen, ihn wieder öfter zu besuchen und mit Ede sonntags umschichtig in die Kirche zu gehen.«

»Das tu nur; er hat sich schon gewundert.«

»Und hat auch recht. Denn ich bin ihm eigentlich verschuldet. Und ist noch dazu der einzige, dem ich gern verschuldet bin. Ja, du siehst mich an, Ursel. Aber es ist so. Hat er dich nicht auf den rechten Weg gebracht? Sage selbst. Wenn Eccelius nicht wär, so stecktest du noch in dem alten Unsinn.«

»Sprich nicht so! Was weißt du davon? Ihr habt ja gar keine Religion. Und Eccelius eigentlich auch nicht. Aber er ist ein guter Mann, eine Seele von Mann, und meint es gut mit mir und aller Welt. Und hat mir zum Herzen gesprochen.«

»Ja, das versteht er; das hat er in der Loge gelernt. Er rührt einen zu Tränen. Und nun gar erst die Weiber.«

»Und dann halt ich zu ihm«, fuhr Ursel fort, ohne der Unterbrechung zu achten, »weil er ein gebildeter Mann ist. Ein guter Mann und ein gebildeter Mann. Und offen gestanden, daran bin ich gewöhnt.«

Hradscheck lachte. »Gebildet, Ursel, das ist dein drittes Wort. Ich weiß schon. Und dann kommt der Göttinger Student, der dir einen Ring geschenkt hat, als du vierzehn Jahre alt warst, er wird wohl nicht echt gewesen sein, und dann kommt vieles *nicht* oder doch manches nicht ... verfärbe dich nur nicht gleich wieder ... und zuletzt kommt der Hildesheimer Bischof. Das ist dein höchster Trumpf, und was Vornehmeres gibt es in der ganzen Welt nicht. Ich weiß es seit lange. Vornehm, vornehm. Ach, ich rede nicht gern davon, aber deine Vornehmheit ist mir teuer zu stehn gekommen.«

Ursel legte das Samtkäppsel aus der Hand, steckte die Nadel hinein und sagte, während sie sich mit halber Wendung von ihm ab- und dem Fenster zukehrte: »Höre Hradscheck, wenn du gute Tage mit mir haben willst, so sprich nicht so. Hast du Sorgen, so will ich sie mittragen, aber du darfst mich nicht dafür verantwortlich machen, daß sie da sind. Was ich dir hundertmal gesagt habe, das muß ich dir wieder sagen: Du bist kein guter Kaufmann, denn du hast das Kaufmännische nicht gelernt, und du bist kein guter Wirt, denn du spielst schlecht oder doch nicht mit Glück und trinkst nebenher deinen eigenen Wein aus. Und was da nach drüben geht, nach Neu-Lewin hin, oder wenigstens gegangen ist«, und dabei wies sie mit der Hand nach dem Nachbardorf, »davon will ich nicht reden, schon gar nicht, schon lange nicht. Aber das darf ich dir sagen, Hradscheck, so steht es mit dir. Und anstatt dich zu deinem Unrecht zu bekennen, sprichst du von meinen Kindereien und von dem hochwürdigen Bischof, dem du nicht wert bist, die Schuhriemen zu lösen. Und wirfst mir dabei meine Bildung vor.«

»Nein, Ursel.«

»Oder daß ich's ein bißchen hübsch oder, wie du sagst, vornehm haben möchte.«

»Ja, das.«

»Also doch! Nun aber sage mir, was hab ich getan? Ich habe mich in den ersten Jahren eingeschränkt und in der Küche gestanden und gebacken und gebraten und des Nachts an der Wiege gesessen. Ich bin nicht aus dem Haus gekommen, so daß die Leute darüber geredet haben, die dumme Gans draußen in der Ölmühle natürlich an der Spitze, du hast es mir selbst erzählt, und habe jeden Abend vor einem leeren Kleiderschrank gestanden und die hölzernen Riegel gezählt. Und so sieben Jahre, bis die Kinder starben, und erst als sie tot waren und ich nichts hatte, daran ich mein Herz hängen konnte, da hab ich gedacht, nun gut, nun will ich es wenigstens hübsch haben und eine Kaufmannsfrau sein, so wie man sich in meiner Gegend eine Kaufmannsfrau vorstellt. Und als dann der Konkurs auf Schloß Hoppenrade kam, da hab ich dich gebeten, dies bißchen hier anzuschaffen, und das hast du getan, und ich habe mich dafür bedankt. Und war auch bloß in der Ordnung. Denn Dank muß sein, und ein gebildeter Mensch weiß es, und es wird ihm nicht schwer. Aber all das, worüber jetzt soviel geredet wird, als ob es wunder was wäre, ja, was ist es denn groß? Eigentlich ist es doch nur altmodisch, und die Seide reißt schon, trotzdem ich sie hüte wie meinen Augapfel. Und wegen dieser paar Sachen stöhnst du und hörst nicht auf zu klagen und verspottest mich wegen meiner Bildung und Feinheit, wie du zu sagen beliebst. Freilich bin ich feiner als die Leute hier, in meiner Gegend ist man feiner. Willst du mir einen Vorwurf daraus machen, daß ich nicht wie die Pute, die Quaas, bin, die ›mir‹ und ›mich‹ verwechselt und eigentlich noch in den Friesrock gehört und Liebschaftenhaben für Bildung hält und sich ›Kätzchen‹ nennen läßt, obschon sie bloß eine Katze ist und eine falsche dazu? Ja, mein lieber Hradscheck, wenn du mir daraus einen Vorwurf machen willst, dann hättest du mich nicht nehmen sollen, das wäre dann das klügste gewesen. Besinne dich. Ich bin dir nicht nachgelaufen, im Gegenteil, du wolltest mich partout und hast mich beschworen um mein ›Ja‹, Das kannst du nicht bestreiten. Nein, das kannst du nicht, Hradscheck. Und nun dies ewige ›vornehm‹ und wieder ›vornehm‹. Und warum? Bloß weil ich einen Trumeau wollte, den man wollen muß, wenn man ein bißchen auf sich hält. Und für einen Spottpreis ist er fortgegangen.«

»Du sagst, Spottpreis, Ursel. Ja, was ist Spottpreis? Auch Spottpreise können zu hoch sein. Ich hatte damals nichts und hab es von geborgtem Gelde kaufen müssen.«

»Das hättest du nicht tun sollen, Abel, das hättest du mir sagen müssen. Aber da genierte sich der werte Herr Gemahl und mußte sich auch genieren. Denn warum war kein Geld da? Wegen der Person drüben. Alte Liebe rostet nicht. Versteht sich.«

»Ach Ursel, was soll das! Es nutzt uns nichts, uns unsere Vergangenheit vorzuwerfen.«

»Was meinst du damit? Was heißt Vergangenheit?«

»Wie kannst du nur fragen? Aber ich weiß schon, das ist das alte Lied, das ist Weiberart. Ihr streitet eurem eignen Liebhaber die Liebschaft ab. Ursel, ich hätte dich für klüger gehalten. So sei doch nicht so kurz von Gedächtnis! Wie lag es denn? Wie fand ich dich damals, als du wieder nach Hause kamst, krank und elend und mit dem Stecken in der Hand, und als der Alte dich nicht aufnehmen wollte mit deinem Kind und du dann zufrieden warst mit einer Schütte Stroh unterm Dach? Ursel, da hab ich dich gesehn, und weil ich Mitleid mit dir hatte, nein, nein, erzürne dich nicht wieder … weil ich dich liebte, weil ich vernarrt in dich war, da hab ich dich bei der Hand genommen, und wir sind hierher gegangen, und der Alte drüben, dem du das Käppsel da nähst, hat uns zusammengetan. Es tut mir nicht leid, Ursel, denn du weißt, daß ich in meiner Neigung und Liebe zu dir der alte bin, aber du darfst dich auch nicht aufs hohe Pferd setzen, wenn ich vor Sorgen nicht aus noch ein weiß, und darfst mir nicht Vorwürfe machen wegen der Rese drüben in Neu-Lewin. Was da hinging, glaube mir, das war nicht viel und eigentlich nicht der Rede wert. Und nun ist sie lange tot und unter der Erde. Nein, Ursel, daher stammt es nicht, und ich schwöre dir's, das alles hätt ich gekonnt, aber der verdammte Hochmut, daß es mit uns was sein sollte, das hat es gemacht, das ist es. Du wolltest hoch hinaus und was Apartes haben, damit sie sich wundern sollten. Und was haben wir nun davon? Da stehen die Sachen, und das Bauernvolk lacht uns aus.«

»Sie beneiden uns.«

»Nun gut, vielleicht oder wenigstens, solang es vorhält. Aber wenn das alles eines schönen Tages fort ist?«

»Das darf nicht sein.«

»Die Gerichte fragen nicht lange.«

»Das darf nicht sein, sag ich. Alles andre. Nein, Hradscheck, das darfst du mir nicht antun, da nehm ich mir das Leben und geh in die Oder, gleich auf der Stelle. Was Jammer und Elend ist, das weiß ich, das hab ich erfahren. Aber gerade deshalb, gerade deshalb. Ich bin jetzt aus dem Jammer heraus, Gott sei Dank, und ich will nicht wieder hinein. Du sagst, sie lachen über uns, nein, sie lachen *nicht;* aber wenn uns was passierte, dann würden sie lachen. Und daß dann ›Kätzchen‹ ihren Spaß haben und sich über uns lustig machen sollte oder gar die gute Mietzel, die noch immer in ihrem schwarzen Kopftuch steckt und nicht mal weiß, wie man einen Hut oder eine Haube manierlich aufsetzt, das trüg ich nicht, da möcht ich gleich tot umfallen. Nein, nein, Hradscheck, wie ich dir schon neulich sagte, nur nicht arm. Armut ist das Schlimmste, schlimmer als der Tod, schlimmer als …«

Er nickte. »So denk ich auch, Ursel. Nur nicht arm. Aber komm in den Garten! Die Wände hier haben Ohren!«

Und so gingen sie hinaus. Draußen aber nahm sie seinen Arm, hing sich, wie zärtlich, an ihn und plauderte, während sie den Mittelsteig des Gartens auf- und abschritten. Er seinerseits schwieg und überlegte, bis er mit einem Male stehenblieb und, das Wort nehmend, auf die wieder zugeschüttete Stelle neben dem Birnbaum wies. Und nun wurden Ursels Augen immer größer, als er rasch und lebhaft alles, was geschehen müsse, herzuzählen und auseinanderzusetzen begann.

»Es geht nicht. Schlag es dir aus dem Sinn. Es ist nichts so fein gesponnen …«

Er aber ließ nicht ab, und endlich sah man, daß er ihren Widerstand besiegt hatte. Sie nickte, schwieg, und beide gingen auf das Haus zu.

4. KAPITEL

Der Oktober ging auf die Neige, trotzdem aber waren noch schöne warme Tage, so daß man sich im Freien aufhalten und die Hradschecksche Kegelbahn benutzen konnte. Diese war in der ganzen Gegend berühmt, weil sie nicht nur ein gutes waagrechtes Laufbrett, sondern auch ein bequemes Kegelhäuschen und in diesem zwei von aller Welt bewunderte buntglasige Guckfenster hatte. Das gelbe sah auf den Garten hinaus, das blaue dagegen auf die Dorfstraße samt dem dahinter sich hinziehenden Oderdamm, über den hinweg dann und wann der Fluß selbst aufblitzte. Drüben am andern Ufer aber gewahrte man einen langen Schattenstrich: die neumärkische Heide.

Es war halb vier, die Kugeln rollten schon seit einer Stunde. Der zugleich Kellnerdienste verrichtende Ladenjunge lief hin und her, mal Kaffee, mal einen Kognak bringend, am öftesten aber neugestopfte Tonpfeifen, aus denen die Bauern rauchten. Es waren ihrer fünf, zwei aus dem benachbarten Kienitz herübergekommen, der Rest echte Tschechiner: Ölmüller Quaas, Bauer Mietzel und Bauer Kunicke. Hradscheck, der von Berufs wegen mit dem Schreib- und Rechenwesen am besten Bescheid wußte, saß vor einer großen schwarzen Tafel, die die Form eines Notenpultes hatte.

»Kunicke steht wieder am besten.« »Natürlich, gegen den kann keiner.« »Dreimal acht um den König.« Und nun begann ein sich Überbieten in Kegelwitzen. »Er kann hexen«, hieß es. »Er hockt mit der Jeschke zusammen.« »Er spielt mit falschen Karten.« »Wer so viel Glück hat, muß Strafe zahlen.« Der, der das von den »falschen Karten« gesagt hatte, war Bauer Mietzel, des Ölmüllers Nachbar, ein kleines ausgetrocknetes Männchen, das mehr einem Leineweber als einem Bauern glich. War aber doch ein richtiger Bauer, in dessen Familie nur von alter Zeit her der Schwind war.

»Wer schiebt?«

»Hradscheck.«

Dieser kletterte jetzt von seinem Schreibersitz und wartete gerad' auf seine die Lattenrinne langsam herunterkommende Lieblingskugel, als der Landpostbote durch ein auf die Straße führendes Türchen eintrat und einen großen Brief an ihn abgab; Hradscheck nahm den Brief in die

Linke, packte die Kugel mit der Rechten und setzte sie kräftig auf, zugleich mit Spannung dem Lauf derselben folgend.

»Sechs!« schrie der Kegeljunge, verbesserte sich aber sofort, als nach einigem Wackeln und Besinnen noch ein siebenter Kegel umfiel.

»Sieben also!« triumphierte Hradscheck, der sich bei dem Wurf augenscheinlich etwas gedacht hatte.

»Sieben geht«, fuhr er fort. »Sieben ist gut. Kunicke, schiebe für mich und schreib an. Will nur das Porto zahlen.«

Und damit nahm er den Briefträger unterm Arm und ging mit ihm von der Gartenseite her ins Haus.

Das Kegeln setzte sich mittlerweile fort, wer aber Spiel und Gäste vergessen zu haben schien, war Hradscheck. Kunicke hatte schon zum dritten Male statt seiner geschoben, und so wurde man endlich ungeduldig und riß heftig an einem Klingeldraht, der nach dem Laden hineinführte.

Der Junge kam auch.

»Hradscheck soll wieder antreten, Ede. Wir warten ja. Mach flink!«

Und sieh, gleich danach erschien auch der Gerufene, hochrot und aufgeregt, aber allem Anscheine nach mehr in heiterer als verdrießlicher Erregung. Er entschuldigte sich kurz, daß er habe warten lassen, und nahm dann ohne weiteres eine Kugel, um zu schieben.

»Aber du bist ja gar nicht dran!« schrie Kunicke. »Himmelwetter, was ist denn los? Und wie der Kerl aussieht! Entweder is ihm seine Schwiegermutter gestorben, oder er hat das große Los gewonnen.«

Hradscheck lachte.

»Nu, so rede doch. Oder sollst du nach Berlin kommen und ein paar neue Rapspressen einrichten? Hast ja neulich unserm Quaas erst vorgerechnet, daß er nichts von der Ölpresse verstünde.«

»Hab ich, und ist auch so. Nichts für ungut, Ihr Herren, aber der Bauer klebt immer am alten.«

»Und die Gastwirte sind immer fürs Neue. Bloß daß nicht viel dabei herauskommt.«

»Wer weiß!«

»Wer weiß? Höre, Hradscheck, ich fange wirklich an zu glauben ... Oder ist es 'ne Erbschaft?«

»Is so was. Aber nicht der Rede wert.«

»Und von woher denn?«

»Von meiner Frau Schwester.«

»Bist doch ein Glückskind. Ewig sind ihm die gebratenen Tauben ins Maul geflogen. Und aus dem Hildesheimschen, sagst du?«

»Ja, da so 'rum.«

»Na, da wird Reetzke drüben froh sein. Er war schon ungeduldig.«

»Weiß; er wollte klagen. Die Neu-Lewiner sind immer ängstlich und Pfennigfuchser und können nicht warten. Aber er wird's nun wohl lernen und sich anders besinnen. Mehr sag ich nicht und paßt sich auch nicht. Man soll den Mund nicht voll nehmen. Und was ist am Ende solch bißchen Geld?«

»Geld ist nie ein bißchen. Wieviel Nullen hat's denn?«

»Ach, Kinder, redet doch nicht von Nullen. Das beste ist, daß es nicht viel Wirtschaft macht und daß meine Frau nicht erst nach Hildesheim braucht. Solche weite Reise, da geht ja gleich die Hälfte drauf. Oder vielleicht auch das Ganze.«

»War es denn schon in dem Brief?«

»I bewahre! Bloß die Anzeige von meinem Schwager, und daß das Geld in Berlin gehoben werden kann. Ich schicke morgen meine Frau. Sie versauert hier ohnehin.«

»Versteht sich«, sagte Mietzel, der sich immer ärgerte, wenn von dem »Versauern« der Frau Hradscheck die Rede war. »Versteht sich, laß sie nur reisen; Berlin, das ist so was für die Frau Baronin. Und vielleicht bringt sie dir gleich wieder ein Atlassofa mit. Oder 'nen Trumeau. So heißt es ja wohl? Bei so was Feinem muß unsereins immer erst fragen.«

*

Frau Hradscheck reiste wirklich ab, um die geerbte Summe von Berlin zu holen, was schon im voraus das Gerede der ebenso neidischen wie reichen Bauernfrauen weckte, vor allem der Frau Quaas, die sich, ihrer gekrausten blonden Haare halber, ganz einfach für eine Schönheit hielt und aus dem Umstande, daß sie zwanzig Jahre jünger war als ihr Mann, ihr Recht zu fast ebenso vielen Liebschaften herleitete. Was gut aussah, war ihr ein Dorn im Auge, zumeist aber die Hradscheck, die nicht nur stattlicher und klüger war als sie selbst, sondern zum Überfluß auch noch in Verdacht stand (wenn auch freilich mit Unrecht), den ältesten Kantorssohn – einen wegen Demagogie relegierten Tunichtgut, der nun bei dem Vater auf der Bärenhaut lag – zu Spottversen auf die Tschechiner und ganz besonders auf die gute Frau Quaas angestiftet zu haben. Es war eine lange Reimerei, drin jeder was wegkriegte. Der erste Vers aber lautete:

Woytasch hat den Schulzen-Stock,
Kunicke 'nen langen Rock,
Mietzel ist ein Hobelspan,
Quaas hat keinem was getan,
Nicht mal seiner eignen Frau,
Kätzchen weiß es ganz genau.
Miau, miau.

Dergleichen konnte nicht verziehen werden, am wenigsten solcher Bettelperson wie dieser hergelaufenen Frau Hradscheck, die nun mal für die Schuldige galt. Das stand bei Kätzchen fest.

»Ich wette«, sagte sie zur Mietzel, als diese denselben Abend noch, an dem die Hradscheck abgereist war, auf der Ölmühle vorsprach, »ich wette, daß sie mit einem Samthut und einer Straußenfeder wiederkommt. Sie kann sich nie genug tun, diese zierige Person, trotz ihrer Vierzig. Und alles bloß, weil sie ›Swein‹ sagt und nicht ›switzen‹ kann, auch wenn sie drei Kannen Fliedertee getrunken. Sie sagt aber nicht Fliedertee, sie sagt ›Holunder‹. Und das soll denn was sein. Ach, liebe Mietzel, es ist zum Lachen.«

»Ja, ja!« stimmte die Mietzel ein, schien aber geneigt, die größere Schuld auf Hradscheck zu schieben, der sich einbilde, wunder was Feines geheiratet zu haben. Und sei doch bloß 'ne Katholsche gewesen und vielleicht auch 'ne Springerin; wenigstens habe sie so was munkeln hören. »Und überhaupt, der gute Hradscheck«, fuhr sie fort, »er soll doch nur still sein. In Neu-Lewin reden sie nicht viel Gutes von ihm. Die Rese hat er sitzen lassen. Und mit eins war sie weg, und keiner weiß, wie und warum. Und war auch von Ausgraben die Rede, bis unser alter Woytasch 'rüber fuhr und alles wieder still machte. Natürlich, er will keinen Lärm haben und is 'ne Suse. Zu Hause darf er ohnehin nicht reden. Oder ob er der Hradschecken nach den Augen sieht? Sie hat so was. Und ich sage bloß, wenn wir alles hergelaufene Volk ins Dorf kriegen, so haben wir nächstens auch die Zigeuner hier, und Frau Woytasch kann sich dann nach 'nem Schwiegersohn umsehn. Zeit wird es mit der Rike; dreißig is sie ja schon.«

So ging gleich am ersten Tage das Gekreisch. Als aber eine halbe Woche später die Hradscheck gerade so wiederkam, wie sie gegangen war, das heißt ohne Samthut und Straußenfeder, und noch ebenso grüßte, ja womöglich noch artiger als vorher, da trat ein Umschlag ein, und man fing an, sie gelten zu lassen und sich einzureden, daß die Erbschaft sie verändert habe.

»Man sieht doch gleich«, sagte die Quaas, »daß sie jetzt was haben. Sonst sollte das immer was sein, und sie logen einen grausam an, und war eigentlich nicht zum Aushalten. Aber gestern war sie anders und sagte ganz klein und bescheiden, daß es nur wenig sei.«

»Wieviel mag es denn wohl sein?« unterbrach hier die Mietzel.

»Ich denke mir so tausend Taler.«

»O mehr, viel mehr! Wenn es nicht mehr wäre, wäre sie nicht *so*; da zierte sie sich ruhig weiter. Nein, liebe Mietzel, da hat man denn doch so seine Zeichen, und denken Sie sich, als ich sie gestern fragte, ›ob es ihr nicht ängstlich gewesen wäre, so ganz allein mit dem vielen Geld‹, da sagte sie: ›Nein, es wäre ihr nicht ängstlich gewesen, denn sie habe nur wenig mitgebracht, eigentlich nicht der Rede wert. Das meiste habe sie bei dem Kaufmann in Berlin stehen lassen.‹ Ich weiß bestimmt, sie sagte: das meiste. So wenig kann es also nicht sein.«

*

Unterredungen wie diese wurden ein paar Wochen lang in jedem Tschechiner Hause geführt, ohne daß man mit Hilfe derselben im geringsten weitergekommen wäre, weshalb man sich schließlich hinter den Postboten steckte. Dieser aber war entweder schweigsam oder wußte nichts, und erst Mitte November erfuhr man von ihm, daß er neuerdings einen rekommandierten Brief bei den Hradschecks abgegeben habe.

»Von woher denn?«

»Aus Krakau.«

Man überlegte sich's, ob das in irgend einer Beziehung zur Erbschaft stehen könne, fand aber nichts.

Und war auch nichts zu finden. Denn der eingeschriebene Brief lautete:

»*Krakau,* den 9. November 1831

Herrn *Abel Hradscheck*
in Tschechin, Oderbruch.

Ew. Wohlgeboren bringen wir hiermit zu ganz ergebenster Kenntnis, daß unser Reisender, Herr Szulski, in der letzten Novemberwoche bei Ihnen eintreffen und Ihre weitern geneigten Aufträge in Empfang nehmen wird. Zugleich aber gewärtigen wir, daß Sie, hochgeehrter Herr, bei dieser Gelegenheit Veranlassung nehmen wollen, unsre seit drei Jahren anstehende Forderung zu begleichen. Wir rechnen um so bestimmter darauf, als es uns, durch die politischen Verhältnisse des Landes und den Rückschlag derselben auf unser Geschäft, unmöglich gemacht wird, einen ferneren Kredit zu bewilligen. Genehmigen Sie die Versicherung unserer Ergebenheit.

Olszewski-Goldschmidt & Sohn.«

Hradscheck, als er diesen Brief empfangen hatte, hatte nicht gesäumt, auch seine Frau mit dem Inhalt desselben bekannt zu machen. Diese blieb anscheinend ruhig, nur um ihre Lippen flog ein nervöses Zittern.

»Wo willst du's hernehmen, Abel? Und doch muß es geschafft werden. Und ihm eingehändigt werden. Und zwar vor Zeugen. Willst du's borgen?«

Er schwieg.

»Bei Kunicke?«

»Nein. Geht nicht. Das sieht aus nach Verlegenheit. Und die darf es nach der Erbschaftsgeschichte nicht mehr geben. Und gibt's auch nicht. Ich glaube, daß ich's schaffe.«

»Gut. Aber wie?«

»Bis zum 30. hab ich noch die Feuerkassengelder.«

»Die reichen nicht.«

»Nein. Aber doch beinah. Und den Rest deck ich mit einem kleinen Wechsel. Ein großer geht nicht, aber ein kleiner ist gut und eigentlich besser als bar.«

Sie nickte.

Dann trennte man sich, ohne daß weiter ein Wort gewechselt worden wäre.

Was zwischen ihnen zu sagen war, war gesagt und jedem seine Rolle zugeteilt. Nur fanden sie sich sehr verschieden hinein, wie schon die nächste Minute zeigen sollte.

Hradscheck, voll Beherrschung über sich selbst, ging in den Laden, der gerade voll hübscher Bauernmädchen war, und zupfte hier der einen am Busentuch, während er der andern die Schürzenbänder aufband. Einer Alten aber gab er einen Kuß. »Einen Kuß in Ehren darf niemand wehren – nich wahr, Mutter Schickedanz?«

Mutter Schickedanz lachte.

Der *Frau* Hradscheck aber fehlten die guten Nerven, deren ihr Gatte sich rühmen konnte. Sie ging in ihr Schlafzimmer, sah in den Garten und überschlug ihr Leben. Dabei murmelte sie halb unverständliche Worte vor sich hin und schien, den Bewegungen ihrer Hand nach, einen Rosenkranz abzubeten. Aber es half alles nichts. Ihr Atem blieb schwer, und sie riß endlich das Fenster auf, um die frische Luft einzusaugen.

So vergingen Stunden. Und als Mittag kam, kamen nur Hradscheck und Ede zu Tisch.

5. KAPITEL

Es war Ende November, als an einem naßkalten Abend der von der Krakauer Firma angekündigte Reisende vor Hradschecks Gasthof vorfuhr. Er kam von Küstrin und hatte sich um ein paar Stunden verspätet, weil die vom Regen aufgeweichten Bruchwege beinah unpassierbar gewesen waren, am meisten im Dorfe selbst. Noch die letzten dreihundert Schritt von der Orthschen Windmühle her hatten ein Stück Zeit gekostet, weil das ermüdete Pferd mitunter stehenblieb und trotz allem Fluchen nicht weiter wollte. Jetzt aber hielt der Reisende vor der Ladentür, durch deren trübe Scheibe ein Lichtschein auf den Damm fiel, und knipste mit der Peitsche.

»Hallo, Wirtschaft!«

Eine Weile verging, ohne daß wer kam. Endlich erschien der Ladenjunge, lief aber, als er den Tritt heruntergeklappt hatte, gleich wieder weg, »weil er den Knecht, den Jakob, rufen wolle«.

»Gut, gut. Aber flink ... Is das ein Hundewetter!

Unter solchen Ausrufungen schlug der jetzt wieder allein gelassene Reisende das Schutzleder zurück, hing den Zügel in den frei gewordenen Haken und kletterte, halb erstarrt und unter Vermeidung des Tritts, dem er nicht recht zu trauen schien, über das Rad weg auf eine leidlich trockene, grad' vor dem Ladeneingange durch Aufschüttung von Müll und Schutt hergerichtete Stelle. Wolfsschur und Pelzmütze hatten ihm Kopf und Leib geschützt, aber die Füße waren wie tot, und er stampfte hin und her, um wieder Leben ins Blut zu bringen.

Und jetzt erschien auch Jakob, der den Reisenden schon von früher her kannte.

»Jott, Herr Szulski, bi so'n Wetter! Un so 'ne Weg'! I, doa kümmt joa keen Düwel nich.«

»Aber ich«, lachte Szulski.

»Joa, blot Se, Herr Szulski. Na, nu geihen's man in de Stuw. Un dat Fellisen besorg ick. Un will ook gliek en beten wat inböten. Ick weet joa: de Giebelstuw, de geele, de noah de Kegelboahn to.«

Während er noch so sprach, hatte Jakob den Koffer auf die Schulter genommen und ging dem Reisenden voraufauf die Treppe zu; als er aber sah, daß Szulski statt nach links hin in den Laden nach rechts hin in das Hradschecksche Wohnzimmer eintreten wollte, wandte er sich wieder und sagte: »Nei, nich doa, Herr Szulski. Hradscheck is in die Wienstuw ... Se weten joa.«

»Sind denn Gäste da?«

»Versteiht sich. Wat arme Lüd sinn, na, die bliewen to Huus, awers Oll-Kunicke kümmt, un denn kümmt Orth ook. Un wenn Orth kümmt, denn kümmen ook Quaas un Mietzel. Geihen's man in. Se tempeln alle wedder.«

*

Eine Stunde später war der Reisende, Herr Szulski, der eigentlich ein einfacher Schulz aus Beuthen in Oberschlesien war und den Nationalpolen erst mit dem polnischen Samtrock samt Schnüren und Knebelknöpfen angezogen hatte, der Mittelpunkt der kleinen, auch heute wieder in der Weinstube versammelten Tafelrunde. Das Geschäftliche war in Gegenwart von Quaas und Kunicke rasch abgemacht und die hochaufgelaufene Schuldsumme, ganz wie gewollt, durch Barzahlung und kleine Wechsel beglichen worden, was dem Pseudopolen, der eine so rasche Regulierung kaum erwartet haben mochte, Veranlassung gab, einiges von dem von seiner Firma gelieferten Ruster bringen zu lassen.

»Ich kenne die Jahrgänge, meinen Herren, und bitt um die Ehr'.« Die Bauern stutzten einen Augenblick, sich so zu Gaste geladen zu sehen, aber sich rasch erinnernd, daß einige von ihnen bis ganz vor kurzem noch zu den Kunden der Krakauer Firma gehört hatten, sahen sie das Anerbieten schließlich als einen bloßen Geschäftsakt an, den man sich gefallen lassen könne. Was aber den Ausschlag gab, war, daß man durchaus von dem eben beendigten polnischen Aufstand hören wollte, von Diebitsch und Paskewitsch, und vor allem, ob es nicht bald wiederlosgehe.

Szulski, wenn irgendwer, mußte davon wissen.

Als er das vorige Mal in ihrer Mitte weilte, war es ein paar Wochen vor Ausbruch der Insurrektion gewesen. Alles, was er damals als nahe bevorstehend prophezeit hatte, war eingetroffen und lag jetzt zurück, Ostrolenka war geschlagen und Warschau gestürmt, welchem Sturme der zufällig in der Hauptstadt anwesende Szulski zum mindesten als Augenzeuge, vielleicht auch als Mitkämpfer (er ließ dies vorsichtig im Dunkel) beigewohnt hatte. Das alles traf sich trefflich für unsere Tschechiner, und Szulski, der als guter Weinreisender natürlich auch ein guter Erzähler war, schwelgte förmlich in Schilderung der polnischen Heldentaten wie nicht minder in Schilderung der Grausamkeiten, deren sich die Russen schuldig gemacht hatten. Eine Hauserstürmung in der Dlugastraße, just da, wo diese mit ihren zwei schmalen Ausläufern die Weichsel berührt, war dabei sein Paradepferd.

»Wie hieß die Straße?« fragte Mietzel, der nach Art aller verquienten Leute bei Kriegsgeschichten immer hochrot wurde.

»Dlugastraße«, wiederholte Szulski mit einer gewissen gekünstelten Ruhe. »Dluga, Herr Mietzel. Und das Eckhaus, um das es sich in meiner Geschichte handelt, stand dicht an der Weichsel, der Vorstadt Praga grad' gegenüber, und war von unseren Akademikern und Polytechnikern besetzt, das heißt von den wenigen, die von ihnen noch übrig waren, denn die meisten lagen längst draußen auf dem Ehrenfelde. Gleichviel indes, was von ihnen noch lebte, das steckte jetzt in dem vier Etagen hohen Hause, von Treppe zu Treppe bis unters Dach. Auf dem abgedeckten Dach aber befanden sich Frauen und Kinder, die sich hier hinter Balkenlagen verschanzt und mit herangeschleppten Steinen bewaffnet hatten. Als nun die Russen, es war das Regiment Kaluga, bis dicht heran waren, rührten sie die Trommel zum Angriff. Und so stürmten sie dreimal, immer umsonst, immer mit schwerem Verlust, so dicht fiel der Steinhagel auf sie nieder. Aber das vierte Mal kamen sie bis an die verrammelte Tür, stießen sie mit Kolben ein und sprangen die Treppe hinauf. Immer höher zogen sich unsere Tapferen zurück, bis sie zuletzt mit den Frauen und Kindern, und im bunten Durcheinander mit diesen, auf dem abgedeckten Dache standen. Da sah ich jeden einzelnen so deutlich vor mir, wie ich *Sie* jetzt sehe, Bauer Mietzel« – dieser fuhr zurück –, »denn ich hatte meine Wohnung in dem Hause gegenüber, und sah, wie sie die Konfederatka schwenkten, und hörte, wie sie unser Lied sangen: ›Noch ist Polen nicht verloren.‹ Und bei meiner Ehre, *hier*, an dieser Stelle, hätten sie sich trotz aller Übermacht des Feindes gehalten, wenn nicht plötzlich, von der Seite her, ein Hämmern und Schlagen hörbar geworden wäre, ein Hämmern und Schlagen, sag ich, wie von Äxten und Beilen.«

»Wie? Was? Von Äxten und Beilen?« wiederholte Mietzel, dem sein bißchen Haar nachgerade zu Berge stand. »Was war es?«

»Ja, was war es? Vom Nachbarhause her ging man vor; jetzt war ein Loch da, jetzt eine Bresche, und durch die Bresche hin drang ein russisches Regiment auf den Dachboden vor. Was ich da gesehen habe, spottet jeder Beschreibung. Wer einfach niedergeschossen wurde, konnte von Glück sagen, die meisten aber wurden durch einen Bajonettstoß auf die Straße geschleudert. Es war ein Graus, meine Herren! Eine Frau wartete das Massacre, ja, vielleicht Schimpf und Entehrung, denn dergleichen ist vorgekommen, nicht erst ab; sie nahm ihre Kinder an die Hand und stürzte sich mit ihnen in den Fluß.«

»Alle Wetter«, sagte Kunicke, »das ist stark! Ich habe doch auch ein Stück Krieg mitgemacht und weiß wohl, wo man Holz fällt, fallen Späne. So war es bei Möckern, und ich sehe noch unsren alten Krosigk, wie der den Marinekapitän über den Haufen stach und wie dann das Kolbenschlagen losging, bis alle dalagen. Aber Frauen und Kinder! Alle Wetter, Szulski, das ist scharf. Is es denn auch wahr?«

»Ob es wahr ist? Verzeihung, ich bin kein Aufschneider, Herr Kunicke. Kein Pole schneidet auf, das verachtet er. Und ich auch. Aber was ich gesehn habe, das hab ich gesehn, und eine Tatsache bleibt eine Tatsache, sie sei, wie sie sei. Die Dame, die da heruntersprang, und ich schwör Ihnen, meine Herren, es *war* eine Dame, war eine schöne Frau, keine sechsunddreißig, und so wahr ein Gott im Himmel lebt, ich hätt ihr was Beßres gewünscht als diese naßkalte Weichsel.«

Kunicke schmunzelte, während der neben anderen Schwächen und Leiden auch an einer Liebesader leidende Mietzel nicht umhin konnte, seiner nervösen Erregtheit plötzlich eine ganz neue Richtung zu geben. Szulski selbst aber war viel zu sehr von sich und seiner Geschichte durchdrungen, um nebenher noch zu Zweideutigkeiten Zeit zu haben, und fuhr, ohne sich stören zu lassen, fort: »Eine schöne Frau, sag ich, und hingemordet. Und was das Schlimmste dabei, nicht hingemordet durch den Feind, nein, durch uns selbst; hingemordet, weil wir verraten waren. Hätte man uns freie Hand gelassen, kein Russe wäre je über die Weichsel gekommen. Das Volk war gut, Bürger und Bauer waren gut, alles einig, alles da mit Glut und Blut. Aber der Adel! Der Adel hat uns um dreißig Silberlinge verschachert, bloß weil er an sein Geld und seine Güter dachte. Und wenn der Mensch erst an sein Geld denkt, ist er verloren.«

»Kann ich nicht zugeben«, sagte Kunicke. »Jeder denkt an sein Geld. Alle Wetter, Szulski, das sollt unsrem Hradscheck schon gefallen, wenn der Reisende von Olszewski-Goldschmidt und Sohn alle November hier vorspräch und nie an Geld dächte. Nicht wahr, Hradscheck, da ließe sich bald auf einen grünen Zweig kommen und brauchte keine Schwester oder Schwägerin zu sterben und keine Erbschaft ausgezahlt zu werden.«

»Ah, Erbschaft«, wiederholte Szulski. »So, so; daher. Nun, gratuliere. Habe neulich auch einen Brocken geerbt und in Lemberg angelegt. Lemberg ist besser als Krakau. Ja, das muß wahr sein, Erbschaft ist die beste Art, zu Geld zu kommen, die beste und eigentlich auch die anständigste ...«

»Und namentlich auch die leichteste«, bestätigte Kunicke. »Ja, das liebe Geld. Und wenn's viel ist, das heißt *sehr* viel, dann darf man auch dran denken! Nicht wahr, Szulski?«

»Natürlich«, lachte dieser. »Natürlich, wenn's viel ist. Aber, Bauer Kunicke, denken und denken ist ein Unterschied. Man muß *wissen*, daß man's hat, soviel ist richtig, das ist gut und ein angenehmes Gefühl und stört nicht ...«

»Nein, nein, stört nicht.«

»Aber, meine Herren, ich muß es wiederholen, denken und denken ist ein Unterschied. An Geld *immer* denken, bei Tag und bei Nacht, das ist soviel, wie sich immer drum ängstigen. Und ängstigen soll man sich nicht. Wer auf Reisen ist und immer an seine Frau denkt, der ängstigt sich um seine Frau.«

»Freilich«, schrie Kunicke. »Quaas ängstigt sich auch immer.«

Alle lachten unbändig, und nur Szulski selbst, der auch darin durchaus Anekdoten- und Geschichtenerzähler von Fach war, daß er sich nicht gern unterbrechen ließ, fuhr mit allem erdenklichen Ernste fort: »Und wie mit der Frau, meine Herren, so mit dem Geld. Nur nicht ängstlich; haben muß man's, aber man muß nicht ewig daran denken. Oft muß ich lachen, wenn ich so sehe, wie der oder jener im Postwagen oder an der Table d'hote mit einem Male nach seiner Brieftasche faßt, ›ob er's auch noch hat‹. Und dann atmet er auf und ist ganz rot geworden. Das ist immer lächerlich und schadet bloß. Und auch das Einnähen hilft nichts, das ist ebenso dumm. Ist der Rock weg, ist auch das Geld weg. Aber was man auf seinem Leibe hat, das hat man. All die andern Vorsichten sind Unsinn.«

»Recht so«, sagte Hradscheck. »So mach' ich's auch. Aber wir sind bei dem Geld und dem Einnähen ganz von Polen abgekommen. Ist es denn wahr, Szulski, daß sie Diebitschen vergiftet haben?«

»Versteht sich, es ist wahr.«

»Und die Geschichte mit den elf Talglichtern auch? Auch wahr?«

»Alles wahr«, wiederholte Szulski. »Daran ist kein Zweifel. Und es kam so: Konstantin wollte die Polen ärgern, weil sie gesagt hatten, die Russen fräßen bloß Talg. Und da ließ er, als er eines Tages elf Polen eingeladen hatte, zum Dessert elf Talglichte herumreichen, das zwölfte aber war von Marzipan und natürlich für ihn. Und versteht sich, er nahm immer zuerst, dafür war er Großfürst und Vizekönig. Aber das eine Mal vergriff er sich doch, und da hat er's 'runterwürgen müssen.«

»Wird nicht sehr glatt gegangen sein.«

»Gewiß nicht ... Aber, Ihr Herren, kennt Ihr denn schon das neue Polenlied, das sie jetzt singen?«

»Denkst du daran – –«

»Nein, das ist alt. Ein neues.«

»Und heißt?«

»Die letzten Zehn vom vierten Regiment ... Wollt Ihr's hören? Soll ich es singen?«

»Freilich.«

»Aber Ihr müßt einfallen ...«

»Versteht sich, versteht sich.«

Und nun sang Szulski, nachdem er sich geräuspert hatte:

»Zu Warschau schwuren tausend auf den Knien:
Kein Schuß im heil'gen Kampfe sei getan,
Tambour schlag an, zum Blachfeld laßt uns ziehen,
Wir greifen nur mit Bajonetten an!
Und ewig kennt das Vaterland und nennt
Mit stillem Schmerz sein viertes Regiment.

»Einfallen! Chorus.« »Weiter, Szulski, weiter.«

»Ade, ihr Brüder, die zu Tod getroffen
An unsrer Seite dort wir stürzen sahn,
Wir leben noch, die Wunden stehen offen,
Und um die Heimat ewig ist's getan;
Herr Gott im Himmel, schenk ein gnädig End'
Uns letzten Zehn vom vierten Regiment.

Chorus:

»Uns letzten Zehn vom vierten Regiment.«

Alles jubelte. Dem alten Quaas aber traten seine schon von Natur vorstehenden Augen immer mehr aus dem Kopf.

»Wenn ihn jetzt seine Frau sähe«, rief Kunicke.

»Da hätt er Oberwasser.«

»Ja, ja.«

Und nun stieß man an und ließ die Polen leben. Nur Kunicke, der an Anno 13 dachte, weigerte sich und trank auf die Russen. Und zuletzt auch auf Quaas und Kätzchen.

Mietzel aber war ganz übermütig und halb wie verdreht geworden und sang, als er Kätzchens Namen hörte, mit einem Male:

»Nicht mal seiner eignen Frau,
Kätzchen weiß es ganz genau.
Miau.«

Quaas sah verlegen vor sich hin. Niemand indessen dachte mehr an Übelnehmen.

Und nun wurde der Ladenjunge gerufen, um neue Flaschen zu bringen.

6. KAPITEL

So ging es bis Mitternacht. Der schräg gegenüber wohnende Kunicke wollte noch bleiben und machte spitze Reden, daß Szulski, der schon ein paarmal zum Aufbruch gemahnt, so müde sei. Der aber ließ sich weder durch Spott noch gute Worte länger zurückhalten; »er müsse morgen um neun in Frankfurt sein«. Und damit nahm er den bereitstehenden Leuchter, um in seine Giebelstube hinaufzusteigen. Nur als er die Türklinke schon in der Hand hatte, wandte er sich noch einmal und sagte zu Hradscheck: »Also vier Uhr, Hradscheck. Um fünf muß ich weg. Und versteht sich, ein Kaffee. Guten Abend, Ihr Herren. Allerseits wohl zu ruhn!«

*

Auch die Bauern gingen; ein starker Regen fiel, und alle fluchten über das scheußliche Wetter. Aber keine Stunde mehr, so schlug es um, der Regen ließ nach, und ein heftiger Südost fegte statt seiner über das Bruch hin. Seine Heftigkeit wuchs von Minute zu Minute, so daß allerlei Schaden an Häusern und Dächern angerichtet wurde, nirgends aber mehr als an dem Hause der alten Jeschke, das grad' an dem Windstrome lag, der, von der andern Seite der Straße her, zwischen Kunickes Stall und Scheune mitten durchfuhr. Klappernd kamen die Ziegel vom Dachfirst herunter und schlugen mit einem dumpfen Geklatsch in den aufgeweichten Boden.

»Dat's joa grad, als ob de Bös kümmt«, sagte die Alte und richtete sich in die Höh', wie wenn sie aufstehen wolle. Das Herausklettern aus dem hochstelligen Bett aber schien ihr zu viel Mühe zu machen, und so klopfte sie nur das Kopfkissen wieder auf und versuchte weiterzuschlafen. Freilich umsonst. Der Lärm draußen und die wachsende Furcht, ihren ohnehin schadhaften Schornstein in die Stube hinabstürzen zu sehen, ließen sie mit ihrem Versuch nicht weit kommen, und so stand sie schließlich doch auf und tappte sich an den Herd hin, um hier an einem bißchen Aschenglut einen Schwefelfaden und dann das Licht anzuzünden. Zugleich warf sie reichlich Kienäpfel auf, an denen sie nie Mangel litt, seit sie letzten Herbst dem vierjährigen Jungen vom Förster Notnagel, drüben in der neumärkischen Heide, das freiwillige Hinken wegkuriert hatte.

Das Licht und die Wärme taten ihr wohl, und als es ein paar Minuten später in dem immer bereit stehenden Kaffeetopfe zu dampfen und zu brodeln anfing, hockte sie neben dem Herd nieder und vergaß über ihrem Behagen den Sturm, der draußen heulte. Mit einem Male aber gab es einen Krach, als bräche was zusammen, ein Baum oder ein Strauchwerk, und so ging sie denn mit dem Licht ans Fenster und, weil das Licht hier blendete, vom Fenster her in die Küche, wo sie den oberen Türladen rasch aufschlug, um zu sehen, was es sei. Richtig, ein Teil des Gartenzauns war umgeworfen, und als sie das niedergelegte Stück nach links hin bis an das Kegelhäuschen verfolgte, sah sie zwischen den Pfosten der Lattenrinne hindurch, daß in dem Hradscheckschen Hause noch Licht war. Es flimmerte hin und her, mal hier, mal da, so daß sie nicht recht sehen konnte, woher es kam, ob aus dem Kellerloch unten oder aus dem dicht darüber gelegenen Fenster der Weinstube.

»Mien Jott, supen se noch?« fragte die Jeschke vor sich hin. »Na, Kunicke is et kumpafel. Un dann seggt he hinnerher, dat Wedder wihr schull, un he künn nich anners.«

Unter dieser Betrachtung schloß sie den Türladen wieder und ging an ihre Herdstätte zurück. Aber ihr Hang zu spionieren ließ ihr keine Ruh, und trotzdem der Wind immer stärker geworden war, suchte sie doch die Küche wieder auf und öffnete den Laden noch einmal, in der Hoffnung, was zu sehen. Eine Weile stand sie so, ohne daß etwas geschehen wäre, bis sie, als sie sich schon zurückziehen wollte, drüben plötzlich die Hradschecksche Gartentür auffliegen und Hradscheck selbst in der Türöffnung erscheinen sah. Etwas Dunkles, das er schon vorher herangeschafft haben mußte, lag neben ihm. Er war in sichtlicher Erregung und sah gespannt nach ihrem Hause hinüber. Und dann war's ihr doch wieder, als ob er wolle, *daß* man ihn sähe. Denn wozu sonst das Licht, in dessen Flackerschein er dastand? Er hielt es immer noch vor sich, es mit der Hand schützend, und schien zu schwanken, wohin damit.

Endlich aber mußte er eine geborgene Stelle gefunden haben, denn das Licht selbst war weg und statt seiner nur noch ein Schein da, viel zu schwach, um den nach wie vor in der Türöffnung liegenden dunklen Gegenstand erkennen zu lassen. Was war es? Eine Truhe? Nein. Dazu war es nicht lang genug. Oder ein Korb, eine Kiste? Nein, auch das nicht.

»Wat he man hett?« murmelte sie vor sich hin.

Aber ehe sie sich, aus ihren Mutmaßungen heraus, ihre Frage noch beantworten konnte, sah sie, wie der ihr auf Minuten aus dem Auge gekommene Hradscheck von der Tür her in den Garten trat und mit einem Spaten in der Hand rasch auf den Birnbaum zuschritt. Hier grub er eifrig und mit sichtlicher Hast und mußte schon einen guten Teil Erde herausgeworfen haben, als er mit einem Male das Graben aufgab und sich aufs neue nach allen Seiten hin umsah. Aber auch jetzt wieder (so wenigstens schien es ihr) mehr in Spannung als in Angst und Sorge.

»Wat he man hett?« wiederholte sie.

Dann sah sie, daß er das Loch rasch wieder zuschüttete. Noch einen Augenblick, und die Gartentür schloß sich, und alles war wieder dunkel.

»Hm«, brummte die Jeschke. »Dat's joa binoah, as ob he een abmurkst hett'. Na, so dull wahrd et joa woll nich sinn ... Nei, nei, denn wihr dat Licht nich. Awers ick tru em nich. Un ehr tru ick ook nich.«

Und dann ging sie wieder bis an ihr Bett und kletterte hinein.

Aber ein rechter Schlaf wollte ihr nicht mehr kommen, und in ihrem halbwachen Zustande sah sie beständig das Flimmern im Kellerloch und dann den Lichtschein, der in den Garten fiel, und dann wieder Hradscheck, wie er unter dem Baume stand und grub.

7. KAPITEL

Um vier Uhr stieg der Knecht die Stiege hinauf, um Szulski zu wecken. Er fand aber die Stube verschlossen, weshalb er sich damit begnügte, zu klopfen und durch das Schlüsselloch hineinzurufen:

»Is vier, Herr Szulski, steihn's upp.« Er horchte nun noch eine Weile hinein, und als alles ruhig blieb, riß er an der klapprigen Türklinke hin und her und wiederholte: »Steihn's upp, Herr Szulski, is Tied; ick spann nu an.« Und danach ging er wieder treppab und durch den Laden in die Küche, wo die Hradschecksche Magd, eine gutmütige Person mit krausem Haar und vielen Sommersprossen, noch halb verschlafen am Herd stand und Feuer machte.

»Na, Maleken, ook all rut? Watt seggst du dato? Klock vieren. Is doch Menschenschinnerei. Worümm nich um söss? Um söss wihr ook noch Tied. Na, nu koch uns man en beten wat mit.«

Und damit wollte er von der Küche her in den Hof hinaus. Aber der Wind riß ihm die Tür aus der Hand und schlug sie mit Gekrach wieder zu.

»Jott, Jakob, ick hebb mi so verfiert. Dat künn joa 'nen Doden uppwecken.«

»Sall ook, Male. He hett joa 'nen Dodensloap. Nu wahrd he woll uppstoahn.«

Eine halbe Stunde später hielt der Einspänner vor der Haustür, und Jakob sah ungeduldig in den Flur hinein, ob der Reisende noch nicht komme.

Der aber war immer noch nicht zu sehen, und statt seiner erschien nur Hradscheck und sagte: »Geh hinauf, Jakob, und sieh nach, was es ist. Er ist am Ende wieder eingeschlafen. Und sag ihm auch, sein Kaffee würde kalt ... Aber nein, laß nur; bleib. Er wird schon kommen.«

Und richtig, er kam auch und stieg, während Hradscheck so sprach, gerade die nicht allzu hohe Treppe hinunter. Diese lag noch im Dunkel, aber ein Lichtschimmer vom Laden her ließ die Gestalt des Fremden doch einigermaßen deutlich erkennen. Er hielt sich am Geländer fest und ging mit besonderer Langsamkeit und Vorsicht, als ob ihm der große Pelz unbequem und beschwerlich sei. Nun aber war er unten, und Jakob, der alles neugierig verfolgte, was vorging, sah, wie Hradscheck auf ihn zuschritt und ihn mit vieler Artigkeit vom Flur her in die Wohnstube hinein komplimentierte, wo der Kaffee schon seit einer Viertelstunde wartete.

»Na, nu wahrd et joa woll wihr'n«, tröstete sich der draußen immer ungeduldiger Werdende. »Kümmt Tied, kümmt Roat.« Und wirklich, ehe fünf Minuten um waren, erschien das Paar wieder auf dem Flur und trat von diesem her auf die Straße, wo der verbindliche Hradscheck nunmehr rasch auf den Wagen zuschritt und den Tritt herunterließ, während der Reisende, trotzdem ihm die Pelzmütze tief genug im Gesicht saß, auch noch den Kragen seiner Wolfsschur in die Höhe klappte.

»Das ist recht«, sagte Hradscheck. »Besser bewahrt, als beklagt. Und nun mach flink, Jakob, und hole den Koffer.«

Dieser tat auch, wie befohlen, und als er mit dem Mantelsack wieder unten war, saß der Reisende schon im Wagen und hatte den von ihm als Trinkgeld bestimmten Gulden vor sich auf das Spritzleder gelegt. Ohne was zu sagen, wies er darauf hin und nickte nur, als Jakob sich bedankte. Dann nahm er die Leine ziemlich ungeschickt in die Hand, woran wohl die großen Pelzhandschuhe schuld sein mochten, und fuhr auf das Orthsche Gehöft und die schattenhaft am Dorfausgange stehende Mühle zu. Diese ging nicht; der Wind wehte zu heftig.

Hradscheck sah dem auf dem schlechten Wege langsam sich fortbewegenden Fuhrwerk eine Weile nach, sein Kopf war unbedeckt, und sein spärlich blondes Haar flog ihm um die Stirn. Es war aber, als ob die Kühlung ihn erquicke. Als er wieder in den Flur trat, fand er Jakob, der sich das Guldenstück ansah.

»Gefällt dir wohl? Einen Gulden gibt nicht jeder. Ein feiner Herr!«

»Dat sall woll sien. Awers worümm he man so still wihr? He seggte joa keen Wuhrt nich.«

»Nein, er hatte wohl noch nicht ausgeschlafen«, lachte Hradscheck. »Is ja erst fünf.«

»Versteiht sich. Klock feiv red ick ook nich veel.«

8. KAPITEL

Der Wind hielt an, aber der Himmel klärte sich, und bei hellem Sonnenschein fuhr um Mittag ein Jagdwagen vor dem Tschechiner Gasthause vor. Es war der Friedrichsauer Amtsrat; Trakehner Rapphengste, der Kutscher in Livree. Hradscheck erschien in der Ladentür und grüßte respektvoll, fast devot.

»Tag, lieber Hradscheck; bringen Sie mir einen ›Luft‹ oder lieber gleich zwei; mein Kutscher wird auch nichts dagegen haben. Nicht wahr, Johann? Eine wahre Hundekälte. Und dabei diese Sonne.«

Hradscheck verbeugte sich und rief in den Laden hinein: »Zwei Pfefferminz, Ede; rasch!« und wandte sich dann mit der Frage zurück, womit er sonst noch dienen könne.

»*Mir* mit nichts, lieber Hradscheck, aber andren Leuten. Oder wenigstens der Obrigkeit. Da liegt ein Fuhrwerk unten in der Oder, wahrscheinlich fehlgefahren und in der Dunkelheit vom Damm gestürzt.«

»Wo, Herr Amtsrat?«

»Hier gleich. Keine tausend Schritt hinter Orths Mühle.«

»Gott im Himmel, ist es möglich! Aber wollen der Herr Amtsrat nicht bei Schulze Woytasch mit vorfahren?«

»Kann nicht, Hradscheck; ist mir zu sehr aus der Richt. Der Reitweiner Graf erwartet mich, und ich habe mich schon verspätet. Und zu helfen ist ohnehin nicht mehr, soviel hab ich gesehn. Aber alles muß doch seinen Schick haben, auch Tod und Unglück. Adieu ... Vorwärts!«

Und damit gab er dem Kutscher einen Tip auf die Schulter, der seine Trakehner wieder antrieb und wenigstens einen Versuch machte, trotz der grundlosen Wege das Versäumte nach Möglichkeit wieder einzubringen.

*

Hradscheck machte gleich Lärm und schickte Jakob zu Schulze Woytasch, während er selbst zu Kunicke hinüberging, der eben seinen Mittagsschlaf hielt.

»Stör dich nicht gern um diese Zeit, Kunicke; Schlaf ist mir allemal heilig, und nun gar deiner! Aber es hilft nichts, wir müssen hinaus. Der Friedrichsauer Amtsrat war eben da und sagte mir, daß ein Fuhrwerk in der Oder liege. Mein Gott, wenn es Szulski wäre!«

»Wird wohl«, gähnte Kunicke, dem der Schlaf noch in allen Gliedern steckte, »wird wohl ... Aber er wollte ja nicht hören, als ich ihm gestern abend sagte: ›Nicht so früh, Szulski, nicht so früh ...‹ Denke doch bloß voriges Jahr, wie die Post 'runterfiel und der arme Kerl von Postillon gleich mausetot. Und der kannte doch unsern Damm! Und nu solch Polscher, solch Bruder Krakauer. Na, wir werden ja sehn.«

Inzwischen hatte sich Kunicke zurechtgemacht und war erst in hohe Bruchstiefel und dann in einen dicken graugrünen Flauschrock hineingefahren. Und nun nahm er seine Mütze vom Riegel und einen Pikenstock aus der Ecke.

»Komm!«

Damit traten er und Hradscheck vom Flur auf die Treppenrampe hinaus.

Der Wind blies immer stärker, und als beide, so gut es ging, von oben her sich umsahen, sahen sie, daß Schulze Woytasch, der schon anderweitig von dem Unglück gehört haben mußte, die Dorfstraße herunterkam. Er hatte seine Ponys, brillante kleine Traber, einspannen lassen und fuhr, aller Polizeimaßregel zum Trotz, über den aufgeschütteten Gangweg hin, was er sich als Dorfobrigkeit schon erlauben konnte. Zudem durfte er sich mit Dringlichkeit entschuldigen. Als er dicht an Kunickes Rampe heran war, hielt er und rief beiden zu: »Wollt auch hinaus? Natürlich. Immer aufsteigen. Aber rasch.« Und im nächsten Augenblick ging es auf dem aufgeschütteten Wege in vollem Trabe weiter, auf Orths Gehöft und die Mühle zu. Hradscheck saß vorn neben dem Kutscher, Kunicke neben dem Schulzen. Das war so Regel und Ordnung, denn ein Bauerngut geht vor Gasthaus und Kramladen.

Gleich hinter der Mühle begann die langsam und allmählich zum Damm ansteigende Schrägung. Oben war der Weg etwas besser, aber immer noch schlecht genug, so daß es sich empfahl, dicht am Dammrand entlang zu fahren, wo wegen des weniger aufgeweichten Bodens die Räder auch weniger tief einschnitten.

»Paß Achtung«, sagte Woytasch, »sonst liegen wir auch unten.« Und der Kutscher, dem selber ängstlich sein mochte, lenkte sofort auf die Mitte des Damms hinüber, trotzdem er hier langsamer fahren mußte.

Sah man von der Fährlichkeit der Situation ab, so war es eine wundervolle Fahrt und das sich weithin darbietende Bild von einer gewissen Großartigkeit. Rechtshin grüne Wintersaat, soweit das Auge reichte, nur mit einzelnen Tümpeln, Häusern und Pappelweiden dazwischen, zur Linken aber die von Regengüssen hoch angeschwollene Oder, mehr ein Haff jetzt als ein Strom. Wütend kam der Südost vom jenseitigen Ufer herüber und trieb die graugelben Wellen mit solcher Gewalt an den Damm, daß es wie eine Brandung war. Und in ebendieser Brandung standen gekröpfte Weiden, nur noch den häßlichen Kopf über dem Wasser, während auf der neumärkischen Seite der blauschwarze Strich einer Kiefernwaldung in grellem, unheimlichem Sonnenscheine dalag.

Bis dahin war außer des Schulzen Anruf an den Kutscher kein Wort laut geworden, jetzt aber sagte Hradscheck, indem er sich zu den beiden hinter ihm Sitzenden umdrehte: »Der Wind wird ihn 'runtergeweht haben.«

»Unsinn!« lachte Woytasch, »Ihr müßt doch sehn, Hradscheck, der Wind kommt ja von da, von drüben. Wenn *der* schuld wäre, läg er hier rechts vom Damm und nicht nach links hin in der Oder ... Aber seht nur, da wanken ja schon welche herum und halten sich die Hüte fest. Fahr zu, daß wir nicht die letzten sind.«

Und eine Minute darauf hielten sie gerad an der Stelle, wo das Unglück sich zugetragen hatte. Wirklich, Orth war schon da, mit ihm ein paar seiner Mühlknechte, desgleichen Mietzel und Quaas, deren ausgebaute Gehöfte ganz in der Nähe lagen. Alles begrüßte sich und kletterte dann gemeinschaftlich den Damm hinunter, um unten genau zu sehen, wie's stünde. Die Böschung war glatt, aber man hielt sich an dem Werft und Weidengestrüpp, das überall stand. Unten angekommen, sah man bestätigt, was von Anfang an niemand bezweifelt hatte: Szulskis Einspänner lag wie gekentert im Wasser, das Verdeck nach unten, die Räder nach oben; von dem Pferd sah man nur dann und wann ein von den Wellen überschäumtes Stück Hinterteil, während die Schere, darin es eingespannt gewesen, wie ein Wahrzeichen aus dem Strom aufragte. Den Mantelsack hatten die Wellen an den Damm gespült, und nur von Szulski selbst ließ sich nichts entdecken.

»Er ist nach Kienitz hin weggeschwemmt«, sagte Schulze Woytasch. »Aber weit weg kann er nicht sein; die Brandung geht ja schräg gegen den Damm.«

Und dabei marschierte man truppweise weiter, von Gestrüpp zu Gestrüpp, und durchsuchte jede Stelle.

»Der Pelz muß doch obenauf schwimmen.«

»Ja, der Pelz«, lachte Kunicke. »Wenn's bloß der Pelz wär. Aber der Polsche steckt ja drin.«

Es war der Kunickesche Trupp, der so plauderte, ganz wie bei Dachsgraben und Hühnerjagd, während der den andern Trupp führende Hradscheck mit einem Male rief: »Ah, da ist ja seine Mütze!«

Wirklich, Szulskis Pelzmütze hing an dem kurzen Geäst einer Kopfweide.

»Nun, haben wir *die*«, fuhr Hradscheck fort, »so werden wir ihn auch selber bald haben.«

»Wenn wir nur ein Boot hätten. Aber es kann hier nicht tief sein, und wir müssen immer peilen und Grund suchen.«

Und so geschah's auch. Aber alles Messen und Peilen half nichts, und es blieb bei der Mütze, die der eine der beiden Müllerknechte mittlerweile mit einem Haken herausgeholt hatte. Zugleich wurde der Wind immer schneidender und kälter, so daß Kunicke keine Lust mehr zur Fortsetzung verspürte. Schulze Woytasch auch nicht.

»Ich werde Gendarm Geelhaar nach Kienitz und Güstebiese schicken«, sagte dieser. »Irgendwo muß er doch antreiben. Und dann wollen wir ihm ein ordentliches Begräbnis machen. Die Häfte kann die Gemeinde geben.«

»Und die andre Hälfte geben wir«, setzte Kunicke hinzu. »Denn wir sind eigentlich ein bißchen schuld. Oder eigentlich ganz gehörig. Er war gestern abend verdammt fißlig und man bloß noch soso. War er denn wohl katholsch?«

»Natürlich war er«, sagte Woytasch. »Wenn einer Szulski heißt und aus Krakau kommt, ist er katholsch. Aber das schad't nichts. Ich bin für Aufklärung. Der Alte Fritz war auch für Aufklärung. Jeder nach seiner Façon ...«

»Versteht sich«, sagte Kunicke. »Und dann am Ende, wir wissen auch nicht, das heißt, ich meine, so ganz bestimmt wissen wir nicht, ob er ein Katholscher war oder nich. Un was man nich weiß, macht einen nich heiß. Nicht wahr, Quaas?«

»Nein, nein. Was man nicht weiß, macht einen nicht heiß. Und Quaasen auch nicht.«

Alle lachten, und selbst Hradscheck, der bis dahin eine würdige Zurückhaltung gezeigt hatte, stimmte mit ein.

9. KAPITEL

Der Tote fand sich nicht, der Wagen aber, den man mühevoll aus dem Wasser heraufgeholt hatte, wurde nach dem Dorf geschafft und in Kunickes große Scheune gestellt. Da stand er nun schon zwei Wochen, um entweder abgeholt oder auf Antrag der Krakauer Firma versteigert zu werden.

Im Dorfe gab's inzwischen viel Gerede, das allerorten darauf hinauslief: »Es sei etwas passiert, und es stimme nicht mit den Hradschecks. Hradscheck sei freilich ein feiner Vogel und Spaßmacher und könne Witzchen und Geschichten erzählen, aber er hab es hinter den Ohren, und was die Frau Hradscheck angehe, die vor Vornehmheit nicht sprechen könne, so wisse jeder, stille Wasser seien tief. Kurzum, es sei beiden nicht recht zu traun, und der Polsche werde wohl ganz wo anders liegen als in der Oder.« Zum Überfluß griff auch noch unser Freund, der Kantorssohn, der sich jedes Skandals mit Vorliebe bemächtigte, in die Saiten seiner Leier, und allabendlich, wenn die Knechte, mit denen er auf du und du stand, vom Kruge her durchs Dorf zogen, sangen sie nach bekannter Melodie:

»Morgenrot!
Abel schlug den Kain tot.
Gestern noch bei vollen Flaschen,
Morgens ausgeleerte Taschen
Und ein kühles, kühles Gra-ab.«

All dies kam zuletzt auch dem Küstriner Gericht zu Ohren, und wiewohl es nicht viel besser als Klatsch war, dem alles Beweiskräftige fehlte, so sah sich der Vorsitzende des Gerichts, Justizrat Vowinkel, doch veranlaßt, an seinen Duz- und Logenbruder Eccelius einige Fragen zu richten und dabei Erkundigungen über das Vorleben der Hradschecks einzuziehen.

Das war am 7. Dezember, und noch am selben Tage schrieb Eccelius zurück:

»Lieber Bruder! Es ist mir sehr willkommen, in dieser Sache das Wort nehmen und Zeugnis zugunsten der beiden Hradschecks ablegen zu können. Man verleumdet sie, weil man sie beneidet, besonders die Frau. Du kennst unsere Brüder; sie sind hochfahrend und steigern ihren Dünkel bis zum Haß gegen alles, was sich ihnen gleich oder wohl gar überlegen glaubt. Aber ad rem: Er, Hradscheck, ist kleiner Leute Kind aus Neu-Lewin und, wie sein Name bezeugt, von böhmischer Extraktion. Du weißt, daß Neu-Lewin in den achtziger Jahren mit böhmischen Kolonisten besetzt wurde. Doch dies beiläufig. Unsres Hradschecks Vater war Zimmermann, der, nach Art solcher Leute, den Sohn für dasselbe Handwerk bestimmte. Und unser Hradscheck soll denn auch wirklich als Zimmermann gewandert und in Berlin beschäftigt gewesen sein. Aber es mißfiel ihm, und so fing er, als er vor etwa fünfzehn Jahren nach Neu-Lewin zurückkehrte, mit einem Kramgeschäft an, was ihm auch glückte, bis er, um eines ihm unbequem werdenden ›Verhältnisses‹ willen, den Laden aufgab und den Entschluß faßte, nach Amerika zu gehen. Und zwar über Holland. Er kam aber nur bis ins Hannöversche, wo er, in der Nähe von Hildesheim, also katholische Gegend, in einer gasthausartigen Dorfherberge Quartier nahm. Hier traf es sich, daß an demselben Tage die seit Jahr und Tag in der Welt umhergezogene Tochter des Hauses krank und elend von ihren Fahrten und Abenteuern – sie war mutmaßlich Schauspielerin gewesen – zurückkam und eine furchtbare Szene mit ihrem Vater hatte, der ihr nicht nur die bösesten Namen gab, sondern ihr auch Zuflucht und Aufnahme verweigerte. Hradscheck, von dem Unglück und wahrscheinlich mehr noch von dem eigenartigen und gewinnenden Wesen der jungen Frau gerührt, ergriff Partei für sie, hielt um ihre Hand an, was dem Vater wie der ganzen Familie nur gelegen kam, und heiratete sie, nachdem er seinen Auswanderungsplan aufgegeben hatte. Bald danach, um Martim herum, übersiedelten beide hierher nach Tschechin, und schon am ersten Adventssonntage kam die junge Frau zu mir und sagte, daß sie sich zur Landeskirche halten und evangelisch getraut sein wolle. Was denn auch geschah und damals (es geht jetzt ins zehnte Jahr) einen großen Eindruck auf die Bauern machte. Daß der kleine Gott mit dem Bogen und Pfeil in dem Leben beider eine Rolle gespielt hat, ist mir unzweifelhaft, ebenso daß beide seinen Versuchungen unterlegen sind. Auch sonst noch, wie nicht bestritten werden soll, bleiben einige Punkte, trotzdem es an anscheinend offenen Bekenntnissen nie gefehlt hat. Aber wie dem auch sein möge, mir liegt es pflichtmäßig ob, zu bezeugen, daß es wohlanständige Leute sind, die, solange ich sie kenne, sich gut gehalten und allzeit in einer christlichen Ehe gelebt haben. Einzelnes, was ihm, nach der entgegengesetzten Seite hin, vor längrer oder kürzrer Zeit nachgesagt wurde, mag auf sich beruhn, um so mehr als mir Sittenstolz und Tugendrichterei von Grund aus verhaßt sind. Die Frau hat meine besondere Sympathie. Daß sie den alten Aberglauben abgeschworen, hat sie mir, wie Du begreifen wirst, von Anfang an lieb und wert gemacht.«

Die Wirkung dieses Ecceliusschen Briefes war, daß das Küstriner Gericht die Sache vorläufig fallen ließ; als demselben aber zur Kenntnis kam, »daß Nachtwächter Mewissen, nach neuerdings vor Schulze Woytasch gemachten Aussagen, an jenem Tage, wo das Unglück sich ereignete, so zwischen fünf und sechs (um die Zeit also, wo das Wetter am tollsten gewesen) die Frau Hradscheck zwischen den Pappeln an der Mühle gesehen haben wollte, ganz so, wie wenn sie halb verbiestert vom Damm her käme« – da waren die Verdachtsgründe gegen Hradscheck und seine Frau doch wieder so gewachsen, daß das Gericht einzuschreiten beschloß. Aber freilich auch jetzt noch unter Vermeidung jedes Eklats, weshalb Vowinkel an Eccelius, dem er ohnehin noch einen Dankesbrief schuldete, die folgenden Zeilen richtete:

»Habe Dank, lieber Bruder, für Deinen ausführlichen Brief vom 7. d. M., dem ich, soweit er ein Urteil abgibt, in meinem Herzen zustimme. Hradscheck ist ein durchaus netter Kerl, weit über seinen Stand hinaus, und Du wirst Dich entsinnen, daß er letzten Winter sogar in Vorschlag war, und zwar auf meinen speziellen Antrag. Das alles steht fest. Aber zu meinem Bedauern will die Geschichte mit dem Polen nicht aus der Welt, ja, die Verdachtsgründe haben sich gemehrt, seit neuerdings auch Euer Mewissen gesprochen hat. Andererseits freilich ist immer noch zu wenig Substanz da, um ohne weiteres eine Verhaftung eintreten zu lassen, weshalb ich vorhabe, die Hradscheckschen Dienstleute, die doch schließlich alles am besten wissen müssen, zu vernehmen und von *ihrer* Aussage mein weiteres Tun oder Nichttun abhängig zu machen. Unter allen Umständen aber wollen wir alles, was Aufsehen machen könnte, nach Möglichkeit vermeiden. Ich treffe morgen gegen zwei Uhr in Tschechin ein, fahre gleich bei Dir vor und bitte Dich, Sorge zu tragen, daß ich den Knecht Jakob samt den beiden andern Personen, deren Namen ich vergessen, in Deinem Hause vorfinde.«

*

So des Justizrats Brief. Er selbst hielt zu festgesetzter Zeit vor dem Pfarrhaus und trat in den Flur, auf dem die drei vorgeforderten Dienstleute schon standen. Vowinkel grüßte sie, sprach in der Absicht, ihnen Mut zu machen, ein paar freundliche Worte zu jedem und ging dann, nachdem er sich aus seinem Mantel herausgewickelt, auf Eccelius' Studierstube zu, darin nicht nur der große schwarze Kachelofen, sondern auch der wohlarrangierte Kaffeetisch jeden Eintretenden überaus anheimelnd berühren mußte, Dies war denn auch bei Vowinkel der Fall. Er wies lachend darauf hin und sagte: »Vortrefflich, Freund. Höchst einladend. Aber ich denke, wir lassen das bis nachher. Erst das Geschäftliche. Das beste wird sein, du stellst die Fragen, und ich begnüge mich mit der Beisitzerrolle. Sie werden dir unbefangener antworten als mir.« Dabei nahm er in einem neben dem Ofen stehenden hohen Lehnstuhle Platz, während Eccelius auf den Flur hinaus nach Ede rief und sich's nun erst, nach Erledigung aller Präliminarien, an seinem mächtigen Schreibtisch bequem machte, dessen großes, zwischen einem Sand- und einem Tintenfaß stehendes Alabasterkreuz ihn von hinten her überragte.

Der Gerufene war inzwischen eingetreten und blieb an der Tür stehen. Er hatte sichtlich sein Bestes getan, um einen manierlichen Menschen aus sich zu machen, aber nur mit schwachem Erfolg. Sein brandrotes Haar lag großenteils blank an den Schläfen, während ihm das wenige, was ihm sonst noch verblieben war, nach Art einer Spitzflamme zu Häupten stand. Am schlimmsten aber waren seine winterlichen Hände, die, wie eine Welt für sich, aus dem überall zu kurz gewordenen Einsegnungsrock hervorsahen.

»Ede«, sagte der Pastor freundlich, »du sollst über Hradscheck und den Polen aussagen, was du weißt.«

Der Junge schwieg und zitterte.

»Warum sagst du nichts? Warum zitterst du?«

»Ick jrul mi so.«

»Vor wem? Vor uns?«

Ede schüttelte mit dem Kopf.

»Nun, vor wem denn?«

»Vor Hradschecken ...«

Eccelius, der alles zugunsten der Hradschecks gewendet zu sehen wünschte, war mit dieser Aussage wenig zufrieden, nahm sich aber zusammen und sagte: »Vor Hradscheck? Warum vor Hradscheck? Was ist mit ihm? Behandelt er dich schlecht?«

»Nei.«

»Nu wie denn?«

»Ick weet nich ... He is so anners.«

»Na gut. Anders. Aber das ist nicht genug, Ede. Du mußt uns mehr sagen. Worin ist er anders? Was tut er? Trinkt er? Oder flucht er? Oder ist er in Angst?«

»Nei.«

»Nu wie denn? Was denn?«

»Ick weet nich ... He is so anners.«

Es war ersichtlich, daß aus dem eingeschüchterten Jungen nichts weiter herauszubringen sein würde, weshalb Vowinkel dem Freunde zublinkte, die Sache fallen zu lassen. Dieser brach denn auch wirklich ab und sagte: »Nun, es ist gut, Ede. Geh! Und schicke die Male herein.«

Diese kam und war in ihrem Kopf- und Brusttuch, das sie heute wie sonntäglich angelegt hatte, kaum wiederzuerkennen. Sie sah klar aus den Augen, war unbefangen und erklärte, nachdem Eccelius eine Frage gestellt hatte, daß sie nichts wisse. Sie habe Szulski gar nicht gesehn, »un ihrst um Klocker vier oder noch en beten danoah« wäre Hradscheck an ihre Kammertür gekommen und hätte gesagt, daß sie rasch aufstehn und Kaffee kochen solle. Das habe sie denn auch getan, und grad' als sie den Kien gespalten, sei Jakob gekommen und hab ihr so im Vorübergehn gesagt, »daß er den Polen geweckt habe; der Polsche hab aber 'nen Dodenschlaf gehabt und habe gar nicht geantwortet. Und da hab er an die Dhür gebullert.«

All das erzählte Male hintereinander fort, und als der Pastor zum Schlusse frug, ob sie nicht noch weiter was wisse, sagte sie: »Nein, weiter wisse sie nichts oder man bloß noch das eine, daß die Kanne, wie sie das Kaffeegeschirr herausgeholt habe, beinah noch ganz voll gewesen sei. Und sei doch ein greuliches Wetter gewesen und kalt und naß. Und wenn sonst einer des Morgens abreise, so tränk er mehrstens oder eigentlich immer die Kanne leer, un von Zucker-übrig-Lassen wär gar keine Rede nich. Und manche nähmen ihn auch mit. Aber der Polsche hätte keine drei Schluck getrunken, und sei eigentlich alles noch so gewesen, wie sie's reingebracht habe. Weiter wisse sie nichts.«

Danach ging sie, und der dritte, der nun kam, war Jakob.

»Nun, Jakob, wie war es?« fragte Eccelius; »Du weißt, um was es sich handelt. Was du Malen und mir schon vorher gesagt hast, brauchst du nicht zu wiederholen. Du hast ihn geweckt, und er hat nicht geantwortet. Dann ist er die Treppe heruntergekommen, und du hast gesehn, daß er sich an dem Geländer festhielt, als ob ihm das Gehn in dem Pelz schwer würde. Nicht wahr, so war es?«

»Joa, Herr Pastor.«

»Und weiter nichts?«

»Nei, wider nix. Und wihr man blot noch, dat he so'n beten lütt utsoah, un ...«

»Und was?«

»Un dat he so still wihr un seggte keen Wuhrd nich. Un as ick to em seggen deih: ›Na Adjes, Herr Szulski‹, doa wihr he wedder so bummsstill un nickte man blot so.«

Nach dieser Aussage trat auch Jakob ab, und die Pfarrköchin brachte den Kaffee. Vowinkel nahm eine der Tassen und sagte, während er sich an das Fensterbrett lehnte: »Ja, Freund, die Sache steht doch schlimmer, als *du* wahrhaben möchtest, und fast auch schlimmer, als *ich* erwartete.«

»Mag sein«, erwiderte der Pastor. »Nach meinem Gefühl indes, das ich selbstverständlich deiner besseren Erfahrung unterordne, bedeuten all diese Dinge gar nichts oder herzlich wenig. Der Junge, wie du gesehn hast, konnte vor Angst kaum sprechen, und aus der Köchin Aussage war doch eigentlich nur das eine festzustellen, daß es Menschen gibt, die *viel*, und andere, die *wenig* Kaffee trinken.«

»Aber Jakob!«

Eccelius lachte. »Ja, Jakob. ›He wihr en beten to lütt‹, das war das eine, ›un he wihr en beten to still‹, das war das andre. Willst du daraus einen Strick für die Hradschecks drehn?«

»Ich will es nicht, aber ich fürchte, daß ich es muß. Jedenfalls haben sich die Verdachtsgründe durch das, was ich eben gehört habe, mehr gemehrt als gemindert, und ein Verfahren gegen den so mannigfach Belasteten kann nicht länger mehr hinausgeschoben werden. Er muß in Haft, wär es auch nur, um einer Verdunkelung des Tatbestandes vorzubeugen.«

»Und die Frau?«

»Kann bleiben. Überhaupt werd ich mich auf das Nötigste beschränken, und um auch jetzt noch alles Aufsehen zu vermeiden, hab ich vor, ihn auf meinem Wagen, als ob es sich um eine Spazierfahrt handelte, mit nach Küstrin zu nehmen.«

»Und wenn er nun schuldig ist, wie du beinah glaubst oder wenigstens für möglich hältst? Ist dir eine solche Nachbarschaft nicht einigermaßen ängstlich?«

Vowinkel lachte. »Man sieht, Eccelius, daß du kein Kriminalist bist. Schuld und Mut vertragen sich schlecht zusammen. Alle Schuld lähmt.«

»Nicht immer.«

»Nein, nicht immer. Aber doch meist. Und allemal da, wo das Gesetz schon über ihr ist.«

10. KAPITEL

Die Verhaftung Hradschecks erfolgte zehn Tage vor Weihnachten. Jetzt war Mitte Januar, aber die Küstriner Untersuchung rückte nicht von der Stelle, weshalb es in Tschechin und den Nachbardörfern hieß: »Hradscheck werde mit nächstem wieder entlassen werden, weil nichts gegen ihn vorliege.« Ja, man begann auf das Gericht und den Gerichtsdirektor zu schelten, wobei sich's selbstverständlich traf, daß alle die, die vorher am leidenschaftlichsten von einer Hinrichtung geträumt hatten, jetzt im Tadeln und im Schmähen mit gutem Beispiel vorangingen.

Vowinkel hatte viel zu dulden; kein Zweifel. Am ausgiebigsten in Schmähungen aber war man gegen die Zeugen, und der Angriffe gegen diese wären noch viel mehr gewesen, wenn man nicht gleichzeitig über sie gelacht hätte. Der dumme Ladenjunge, der Ede, so versicherte man sich gegenseitig, könne doch nicht für voll angesehen werden und die Male mit ihren Sommersprossen und ihrem nicht ausgetrunkenen Kaffee womöglich noch weniger. Daß man bei den Hradschecks oft einen wunderbaren Kaffee kriege, das wisse jeder, und wenn die, die das durchgetrichterte Zichorienzeug stehn ließen, auf Mord und Totschlag hin verklagt und eingezogen werden sollten, so säße bald das halbe Bruch hinter Schloß und Riegel. »Aber Jakob und der Mewissen?« hieß es dann wohl. Indes, auch von diesen beiden wollte die plötzlich zugunsten Hradschecks umgestimmte Majorität nichts wissen. Der dußlige Jakob, von dem jetzt so viel gemacht wird, ja, was hab er denn eigentlich beigebracht? Doch nichts weiter als das ewige »He wihr so'n beten still«. Aber du lieber Himmel, wer habe denn Lust, um Klock fünf und bei steifem Südost einen langen Schnack zu machen? Und nun gar der alte Mewissen, der, solang er lebe, den Himmel für einen Dudelsack angesehen habe? Wahrhaftig, der könne viel sagen, eh man's zu glauben brauche. »Mit einem karierten Tuch über dem Kopf. Und wenn's kein kariertes Tuch gewesen, dann sei's eine Pferdedecke gewesen.« Oh, du himmlische Güte! Mit einer Pferdedecke! Die Hradscheck mit einer Pferdedecke! Gibt es Pferdedecken ohne Flöhe? Nein. Und nun gar diese schnippsche Prise, die sich ewig mit ihrem türkischen Schal herumziert und noch »ötepotöter is« als die Reitweinsche Gräfin!

So ging das Gerede, das sich, an und für sich schon günstig genug für Hradscheck, infolge kleiner Vorkommnisse mit jedem neuen Tage günstiger gestaltete. Darunter war eins von besonderer Wirkung. Und zwar das folgende. Heiligabend war ein Brief Hradschecks bei Eccelius eingetroffen, worin es hieß: »Es ging ihm gut, weshalb er sich auch freuen würde, wenn seine Frau zum Fest herüberkommen und eine Viertelstunde mit ihm plaudern wolle; Vowinkel hab es eigens gestattet, versteht sich in Gegenwart von Zeugen.« So die briefliche Mitteilung, auf welche Frau Hradscheck, als sie durch Eccelius davon gehört, diesem letzteren sofort geantwortet hatte: »Sie werde diese Reise *nicht* machen, weil sie nicht wisse, wie sie sich ihrem Manne gegenüber zu benehmen habe. Wenn er schuldig sei, so sei sie für immer von ihm geschieden, einmal um ihrer selbst, aber mehr noch um ihrer Familie willen. Sie wolle daher lieber zum Abendmahl gehn und ihre Sache vor Gott tragen und bei der Gelegenheit den Himmel inständig bitten, ihres Mannes Unschuld recht bald an den Tag zu bringen.« So was hörten die Tschechiner gern, die sämtlich höchst unfromm waren, aber nach Art der meisten Unfrommen einen ungeheuren Respekt vor jedem hatten, der »lieber zum Abendmahl gehen und seine Sache vor Gott tragen« als nach Küstrin hin reisen wollte.

Kurzum, alles stand gut, und es hätte sich von einer totalen »Rückeroberung« des dem Inhaftierten anfangs durchaus abgeneigten Dorfes sprechen lassen, wenn nicht *ein* Unerschütterlicher gewesen wäre, der, sobald Hradschecks Unschuld behauptet wurde, regelmäßig versicherte: »Hradscheck? *Den* kenn ich. *Der* muß ans Messer.«

Dieser Unerschütterliche war niemand geringerer als Gendarm Geelhaar, eine sehr wichtige Person im Dorf, auf deren Autorität hin die Mehrheit sofort geschworen hätte, wenn ihr nicht seine bittre Feindschaft gegen Hradscheck und die kleinliche Veranlassung dazu bekannt gewesen wäre. Geelhaar, guter Gendarm, aber noch besserer Saufaus, war, um Kognaks und Rums willen, durch viele Jahre hin ein Intimus bei Hradscheck gewesen, bis dieser eines Tages, des ewigen Gratiseinschenkens müde, mit mehr Übermut als Klugheit gesagt hatte: »Hören Sie, Geelhaar, Rum ist gut. Aber Rum kann einen auch 'rumbringen.« Auf welche Provokation hin (Hradscheck liebte dergleichen Witze) der sich nun plötzlich aufs hohe Pferd setzende Geelhaar mit hochrotem Gesicht geantwortet hatte: »Gewiß, Herr Hradscheck. Was kann einen nich alles 'rumbringen? Den einen dies, den anderen das. Und mit Ihnen, mein lieber Herr, is auch noch nicht aller Tage Abend.«

Von der aus diesem Zwiegespräch entstandenen Feindschaft wußte das ganze Dorf, und so kam es, daß man nicht viel darauf gab und im wesentlichen bloß lachte, wenn Geelhaar zum hundertsten Male versicherte: »*Der?* Der muß ans Messer.«

»Der muß ans Messer«, sagte Geelhaar, aber in Tschechin hieß es mit jedem Tage mehr: »Er kommt wieder frei.«

Und »he kümmt wedder rut«, hieß es auch im Hause der alten Jeschke, wo die blonde Nichte, die Line – dieselbe, nach der Hradscheck bei seinen Gartenbegegnungen mit der Alten immer zu fragen pflegte – seit Weihnachten zum Besuch war und an einer Ausstattung, wenn auch freilich nicht an ihrer eigenen, arbeitete. Sie war eine hervorragend kluge Person, die, trotzdem sie noch keine Siebenundzwanzig zählte, sich in den verschiedensten Lebensstellungen immer mit Glück versucht hatte: früh schon als Kinder- und Hausmädchen, dann als Nähterin und schließlich als Pfarrköchin in einem neumärkischen Dorf, in welch letzterer Eigenschaft sie nicht nur sämtliche Betstunden mitgemacht, sondern sich auch durch einen exemplarisch sittlichen Lebenswandel ausgezeichnet hatte. Denn sie gehörte zu denen, die, wenn engagiert, innerhalb ihres Engagements alles Geforderte leisten, auch Gebet, Tugend und Treue.

Solcher Forderungen entschlug sich nun freilich die Jeschke, die vielmehr, wenn sie den Faden von ihrem Wocken spann, immer nur Geschichten von begünstigten und genasführten Liebhabern hören wollte, besonders von einem Küstriner Fouragebeamten, der drei Stunden lang im Schnee hatte warten müssen. Noch dazu vergeblich. All das freute die Jeschke ganz ungemein, die dann regelmäßig hinzusetzte: »Joa, Line, so wihr ick ook. Avers moak et man nich tu dull.« Und dann antwortete diese: »Wie werd ich denn, Mutter Jeschke!« Denn sie nannte sie nie Tante, weil sie sich der nahen Verwandtschaft mit der alten Hexe schämen mochte.

Plaudern war beider Lust. Und plaudernd saßen beide Weibsen auch heute wieder.

Es war ein ziemlich kalter Tag, und draußen lag fußhoher Schnee. Drinnen aber war es behaglich, das Rotkehlchen zwitscherte, die Wanduhr ging in starkem Schlag, und der Kachelofen tat das Seine. Dem Ofen zunächst aber hockte die Jeschke, während Line weitab an dem ganz mit Eisblumen überdeckten Fenster saß und sich ein Guckloch gepustet hatte, durch das sie nun bequem sehen konnte, was auf der Straße vorging.

»Da kommt ja Gendarm Geelhaar«, sagte sie. »Grad' über den Damm. Er muß drüben bei Kunicke gewesen sein. Versteht sich, Kunicke frühstückt um diese Zeit. Und sieht auch so rot aus. Was er nur will? Er wird am Ende der armen Frau, der Hradschecken, einen Besuch machen wollen. Is ja schon vier Wochen Strohwitwe.«

»Nei, nei«, lachte die Alte. »Dat deiht he nich. Dem is joa sien ejen all to veel, so lütt se is. Ne, ne, den kenn ick. Geelhaar is man blos noch för so.«

Und dabei machte sie die Bewegung des Aus-der-Flasche-Trinkens.

»Hast recht«, sagte Line. »Sieh, er kommt grad' auf unser Haus zu.«

Und wirklich, unter diesem Gespräch, wie's die Jeschke mit ihrer Nichte geführt hatte, war Geelhaar von der Dorfstraße her in einen schmalen, bloß mannsbreiten Gang eingetreten, der, an der Hradscheckschen Kegelbahn entlang, in den Garten der alten Jeschke führte.

Von hier aus war auch der Eingang in das Häuschen der Alten, das mit seinem Giebel nach der Straße stand.

»Guten Tag, Mutter Jeschke«, sagte der Gendarm. »Ah, und guten Tag, Lineken. Oder ich muß jetzt wohl sagen, Mamsell Linchen.«

Line, die den stattlichen Geelhaar (er hatte bei den Gardekürassieren gedient), aller despektierlichen Andeutungen der Alten ungeachtet, keineswegs aus ihrer Liste gestrichen hatte, stemmte sofort den linken Fuß gegen einen ihr gegenüberstehenden Binsenstuhl und sah ihn zwinkernd über das große Stück Leinwand hin an, das sie, wie wenn sie's abmessen wollte, mit einem energischen Ruck und Puff vor sich ausspannte.

Die Wirkung dieser kleinen Künste blieb auch nicht aus. So wenigstens schien es Linen. Die Jeschke dagegen wußte es besser, und als Geelhaar auf ihre mit Vorbedacht in Hochdeutsch gesprochene Frage, »was ihr denn eigentlich die Ehre verschaffe«, mit einem scherzhaft gemeinten Fingerzeig auf Line geantwortet hatte, lachte sie nur und sagte:

»Nei, nei, Herr Gendarm. Ick weet schon, ick weet schon ... Awers nu setten's sich ihrst ... Joa, diss' Hradscheck ... he kümmt joa nu wedder rut.«

»Ja, Mutter Jeschke«, wiederholte Geelhaar, »he kümmt nu wedder rut. Das heißt, er kommt wieder 'raus, wenn er nich drin bleibt.«

»Woll, woll. Wenn he nicht drin bliewt. Awers worümm sall he drin bliewen? Kenn een hatt joa wat siehn, und keen een hatt joa watt utfunn'n. Un Se ook nich, Geelhaar.«

»Nein«, sagte der Gendarm. »Ich auch nich. Aber es wird sich schon was finden oder doch finden lassen, und dazu müssen Sie helfen, Mutter Jeschke. Ja, ja. Soviel weiß ich, die Hradscheck hat schon lange keinen Schlaf mehr und ist immer treppauf und treppab. Und wenn die Leute sagen, es sei bloß, weil sie sich um den Mann gräme, so sag ich: Unsinn, *er* is nich so, und *sie* is nich so.«

»Nei, nei«, wiederholte die Jeschke. »He is nich so, un se is nich so. De Hradschecks, nei, de sinn nich so.«

»Keinen ordentlichen Schlaf also«, fuhr Geelhaar fort, »nich bei Tag und auch nich bei Nacht, und wankt immer so 'rum, und is mal im Hof und mal im Garten. Das hab ich von der Male ... Hören Sie, Mutter Jeschke, wenn ich so mal nächtens hier auf Posten stehen könnte! Das wäre so was. Line bleibt mit auf, und wir setzen uns dann ans Fenster und wachen und gucken. Nich wahr, Line?«

Line, die schon vorher das Weißzeug beiseite gelegt und ihren blonden Zopf halb aufgeflochten hatte, schlug jetzt mit dem losen Büschel über ihre linke Hand und sagte: »Will es mir noch überlegen, Herr Geelhaar. Ein armes Mädchen hat nichts als seinen Ruf.«

Und dabei lachte sie.

»Kümmen's man, Geelhaar«, tröstete die Jeschke, trotzdem Trost eigentlich nicht nötig war. »Kümmen's man. Ick geih to Bett. Watt doa to siehn is, ick meen hier buten, dat heeb ick siehn, dat weet ick all. Un is ümmer dat sülwigte.

»Dat sülwigte?«

»Joa. Nu nich mihr. Awers as noch keen Snee wihr. Doa ...«

»Da. Was denn?«

»Doa wihr se nachtens ümmer so rümm hier.«

»So, so«, sagte der Gendarm und tat vorsichtig allerlei weitere Fragen. Und da sich die Jeschke von guten Beziehungen zur Dorfpolizei nur Vorteile versprechen konnte, so wurde sie trotz aller sonstigen Zurückhaltung immer mitteilsamer und erzählte dem Gendarm Neues und Altes, namentlich auch das, was sie damals von ihrer Küchentür aus beobachtet hatte. Hradscheck habe lang da gestanden, ein flackrig Licht in der Hand. »Un wihr binoah so, as ob he wull, dat man ein seihn sall.« Und dann hab er einen Spaten genommen und sei bis an den Birnbaum gegangen. Und da hab er ein Loch gegraben. An der Gartentür aber habe was gestanden wie ein Koffer oder Korb oder eine Kiste. Was, das habe sie nicht genau sehen können. Und dann hab er das Loch wieder zugeschüttet.

Geelhaar, der sich bis dahin, allem Diensteifer zum Trotz, ebensosehr mit Line wie mit Hradscheck beschäftigt hatte, ja, vielleicht mehr noch Courmacher als Beamter gewesen war, war unter diesem Bericht sehr ernsthaft geworden und sagte, während er mit Wichtigkeitsmiene seinen gedunsenen Kopf hin- und herwiegte: »Ja, Mutter Jeschke, das tut mir leid. Aber es wird Euch Ungelegenheiten machen.«

»Wat? Wat, Geelhaar?«

»Ungelegenheiten, weil Ihr damit so spät herauskommt.«

»Joa, Geelhaar, wat sall dat? Wat mienens mit ›to spät‹? Et hett mi joa keenner nich froagt. Un Se ook nich. Un wat weet ick denn ook? Ick weet joa nix. Ick weet joa joar nix.«

»Ihr wißt genug, Mutter Jeschke.«

»Nei, nei, Geelhaar. Ick weet joar nix.«

»Das ist gerade genug, daß einer nachts in seinem Garten ein Loch gräbt und wieder zuschüttet.«

»Joa, Geelhaar, ick weet nich, awers jed' een möt doch in sien ejen Goarden en Loch buddeln könn'.«

»Freilich. Aber nicht um Mitternacht und nicht bei solchem Wetter.«

»Na, rieden's mi man nich rin. Und moaken Se't good mit mi ... Line, Line, segg doch ook wat.«

Und wirklich, Line trat infolge dieser Aufforderung an den Gendarmen heran und sagte, tief aufatmend, wie wenn sie mit einer plötzlichen und mächtigen Sinnenerregung zu kämpfen hätte: »Laß nur, Mutter Jeschke. Herr Geelhaar wird schon wissen, was er zu tun hat. Und wir werden es auch wissen. Das versteht sich doch von selbst. Nicht wahr, Herr Geelhaar?«

Dieser nickte zutraulich und sagte mit plötzlich verändertem und wieder freundlicher werdendem Tone: »Werde schon machen, Mamsell Line. Schulze Woytasch läßt ja, Gott sei Dank, mit sich reden und Vowinkel auch. Hauptsach' is, daß wir den Fuchs überhaupt ins Eisen kriegen. Un is dann am Ende gleich, *wann* wir ihn haben und ob ihm der Balg heut oder morgen abgezogen wird.«

11. KAPITEL

Vierundzwanzig Stunden später kam – und zwar auf die Meldung hin, die Geelhaar, gleich nach seinem Gespräch mit der Jeschke, bei der Behörde gemacht hatte – von Küstrin her ein offener Wagen, in dem außer dem Kutscher der Justizrat und Hradscheck saßen. Die Luft ging scharf, und die Sonne blendete, weshalb Vowinkel, um sich gegen beides zu schützen, seinen Mantel aufgeklappt, der Kutscher aber seinen Kopf bis an Nas' und Ohren in den Pelzkragen hineingezogen hatte. Nur Hradscheck saß frei da, Luft und Licht, deren er seit länger als vier Wochen entbehrt hatte, gierig einsaugend. Der Wagen fuhr auf der Dammhöhe, von der aus sich das unten liegende Dorf bequem überblicken und beinah jedes einzelne Haus in aller Deutlichkeit erkennen ließ. Das da, mit dem schwarzen, teergestrichenen Gebälk, war das Schulhaus, und das gelbe, mit dem gläsernen Aussichtsturm, mußte Kunickes sein, Kunickes »Villa«, wie die Tschechiner es spöttisch nannten. Das niedrige, gerade gegenüber aber, das war seines, das sah er an dem Birnbaum, dessen schwarzes Gezweig über die mit Schnee bedeckte Dachfläche wegragte. Vowinkel bemerkte wohl, wie Hradscheck sich unwillkürlich auf seinem Sitz hob, aber nichts von Besorgnis drückte sich in seinen Mienen und Bewegungen aus, sondern nur Freude, seine Heimstätte wiederzusehen.

Im Dorfe selbst schien man der Ankunft des justizrätlichen Wagens schon entgegengesehen zu haben. Auf dem Vorplatze der Igelschen Brett- und Schneidemühle, die man, wenn man von der Küstriner Seite her kam, als erstes Gehöft zu passieren hatte (gerade so wie das Orthsche nach der Frankfurter Seite hin), stand der alte Brett- und Schneidemüller und fegte mit einem kurzen, storrigen Besen den Schnee von der obersten Bretterlage fort, anscheinend aufs eifrigste mit dieser seiner Arbeit beschäftigt, in Wahrheit aber nur begierig, den herankommenden Hradscheck eher als irgendein anderer im Dorfe gesehen zu haben. Denn Schneidemüller Igel oder der »Scheidigel«, wie man ihn kurzweg und in der Regel mit absichtlich undeutlicher Aussprache nannte, war ein Topfgucker. Aber so topfguckrig er war, so stolz und hochmütig war er auch, und so wandte er sich in demselben Augenblick, wo der Wagen an ihm vorüberfuhr, rasch wieder auf sein Haus zu, bloß um nicht grüßen zu müssen. Hier nahm er, um seine Neugier, deren er sich schämen mochte, vor niemandem zu verraten, Hut und Stock mit besonderer Langsamkeit vom Riegel und folgte dann dem Wagen, den er übrigens bald danach schon vor dem Hradscheckschen Hause vorfahren sah.

Frau Hradscheck war nicht da. Statt ihrer übernahm es Kunicke, den sie darum gebeten haben mochte, den Wirt und sozusagen die Honneurs des Hauses zu machen. Er führte denn auch den Justizrat vom Flur her in den Laden und von diesem in die dahinter befindliche Weinstube, wo man einen Imbiß bereitgestellt hatte. Vowinkel nahm aber, unter vorläufiger freundlicher Ablehnung, nur ein kleines Glas Portwein und trat dann in den Garten hinaus, wo sich bereits alles, was zur Dorfobrigkeit gehörte, versammelt hatte: Schulze Woytasch, Gendarm Geelhaar, Nachtwächter Mewissen und drei bäuerliche Gerichtsmänner. Geelhaar, der zur Feier des Tages seinen Staats-Tschako mit dem armlangen schwarzen Lampenputzer aufgesetzt hatte, ragte mit Hilfe dieser Paradezutaten um fast drei Haupteslängen über den Rest aller Anwesenden hinaus. Das war der innere Zirkel. Im weiteren Umkreis aber standen die, die bloß aus Neugier sich eingefunden hatten, darunter der schon stark gefrühstückte Kantorssohn und Dorfdichter, während einige zwanzig eben aus der Schule herangekommene Jungens mit ihren Klapp-Pantinen auf das Kegelhaus geklettert waren, um von hier aus Zeuge zu sein, was wohl bei der Sache herauskommen würde. Vorläufig indes begnügten sie sich damit, Schneebälle zu machen, mit denen sie nach den großen und kleinen Mädchen warfen, die hinter dem Gartenzaun der alten Jeschke standen. Alles plapperte, lachte, reckte den Hals, und wäre nicht Hradscheck selbst gewesen, der, die Blicke seiner alten Freunde vermeidend, ernst und schweigend vor sich hinsah, so hätte man glauben können, es sei Kirmes oder eine winterliche Jahrmarktszene.

Die Gerichtsmänner flüsterten und steckten die Köpfe zusammen, während Woytasch und Geelhaar sich umsahen. Es schien noch etwas zu fehlen, was auch zutraf. Als bald danach der alte Totengräber Wonnekamp mit noch zwei von seinen Leuten erschien, rückte man näher an den Birnbaum heran und begann den Schnee, der hier lag, fortzuschippen. Das ging leicht genug, bis statt des Schnees die gefrorene Erde kam, wo nun die Pickaxt aushelfen mußte. Der Frost indessen war nicht tief in die Erde gedrungen, und so konnte man den Spaten nicht nur bald wieder zur Hand nehmen, sondern kam auch rascher vorwärts als man anfangs gehofft hatte. Die herausgeworfenen Schollen und Lehmstücke wurden immer größer, je weicher der Boden wurde, bis mit einem Male der alte Totengräber einem Arbeiter in den Arm fiel und mit der seinem Stande zuständigen Ruhe sagte: »Nu giw mi moal; nu kümmt wat.« Dabei nahm er ihm das Grabscheit ohne weiteres aus der Hand und fing selber an zu graben. Aber ersichtlich mit großer Vorsicht. Alles drängte vor und wollte sehen. Und siehe da, nicht lange, so war ein Toter aufgedeckt, der zu großem Teile noch in Kleiderresten steckte. Die Bewegung wuchs, und aller Augen richteten sich auf Hradscheck, der, nach wie vor, vor sich hinsah und nur dann und wann einen scheuen Seitenblick in die Grube tat.

»Nu hebben se'n«, lief ein Gemurmel den Gartenzaun entlang, unklar lassend, ob man Hradscheck oder den Toten meine; die Jungens auf dem Kegelhäuschen aber reckten ihre Hälse noch mehr als vorher, trotzdem sie weder nah noch hoch genug standen, um irgendwas sehen zu können.

Eine Pause trat ein. Dann nahm der Justizrat des Angeklagten Arm und sagte, während er ihn dicht an die Grube führte: »Nun Hradscheck, was sagen Sie?«

Dieser verzog keine Miene, faltete die Hände wie zum Gebet und sagte dann fest und feierlich: »Ich sage, daß dieser Tote meine Unschuld bezeugen wird.«

Und während er so sprach, sah er zu dem alten Totengräber hinüber, der den Blick auch verstand und, ohne weitere Fragen abzuwarten, geschäftsmäßig sagte: »Ja, der hier liegt hier schon lang. Ich denke zwanzig Jahre. Und der Polsche, der es sein soll, is noch keine zehn Wochen tot.«

Und siehe da, kaum daß diese Worte gesprochen waren, so war ihr Inhalt auch schon bewiesen, und jeder schämte sich, so wenig kaltes Blut und so wenig Umsicht und Überlegung gehabt zu haben. In einem gewissen Entdeckungseifer waren alle wie blind gewesen und hatten unbeachtet gelassen, daß ein Schädel, um ein richtiger Schädel zu werden, auch ein Stück Zeit verlangt und daß die Toten ihre Verschiedenheit und ihre Grade haben, gerade so gut wie die Lebendigen.

Am verlegensten war der Justizrat. Aber er sammelte sich rasch und sagte: »Totengräber Wonnekamp hat recht. Das ist nicht der Tote, den wir suchen. Und wenn er zwanzig Jahre in der Erde liegt, was ich keinen Augenblick bezweifle, so kann Hradscheck an diesem Toten keine Schuld haben. Und kann auch von einer früheren Schuld keine Rede sein. Denn Hradscheck ist erst im zehnten Jahr in diesem Dorf. Das alles ist jetzt erwiesen. Trotz alledem bleiben ein paar dunkle Punkte. Ich lebe der Zuversicht, daß es an Aufklärung nicht fehlen wird, aber ehe sie gegeben ist, darf ich Sie, Herr Hradscheck, nicht aus der Untersuchung entlassen. Es wird sich dabei nur noch um Stunden und höchstens um Tage handeln.«

Und damit nahm er Kunickes Arm und ging in die Weinstube zurück, woselbst er nunmehr, in Gesellschaft von Woytasch und den Gerichtsmännern, dem für ihn servierten Frühstücke tapfer zusprach. Auch Hradscheck ward aufgefordert, sich zu setzen und einen Imbiß zu nehmen. Er lehnte jedoch ab und sagte, daß er mit seiner Mahlzeit lieber warten wolle, bis er im Küstriner Gefängnis sei.

So waren seine Worte.

Und diese Worte gefielen den Bauern ungemein. »Er will nicht an seinem eigenen Tisch zu Gaste sitzen und das Brot, das er gebacken, nicht als Gnadenbrot essen. Da hat er recht.«

So hieß es, und so dachten die meisten.

Aber freilich nicht alle.

Gendarm Geelhaar ging an dem Zaun entlang, über den, samt anderem Weibervolk, auch Mutter Jeschke weggeguckt hatte. Natürlich auch Line.

Geelhaar tippte dieser mit dem Finger auf den Dutt und sagte: »Nu Line, was macht der Zopf?«

»Meiner?« lachte diese. »Hören's, Herr Gendarm, jetzt kommt *Ihrer* an die Reih'.«

»Wird so schlimm nicht werden, Lineken … Und Mutter Jeschke, was sagt die dazu?«

»Joa, wat sall se seggen? He is nu wedder rut. Awers he kümmt ook woll wedder rin.«

12. KAPITEL

Eine Woche war vergangen, in der die Tschechiner viel erlebt hatten. Das Wichtigste war: Hradscheck, nachdem er noch ein Küstriner Schlußverhör durchgemacht hatte, war wieder da. Schlicht und unbefangen, ohne Lücken und Widersprüche, waren die Dunkelheiten aufgeklärt worden, so daß an seiner Unschuld nicht länger zu zweifeln war. Es seien ihm, so hieß es in seiner vor Vowinkel gemachten Aussage, durch Unachtsamkeit, deren er sich selber zu zeihen habe, mehrere große Speckseiten verdorben, und diese möglichst unbemerkt im Garten zu vergraben, hab er an jenem Tage vorgehabt. Er sei denn auch, gleich nachdem seine Gäste die Weinstube verlassen hätten, ans Werk gegangen und habe, genau so wie's die Jeschke gesehen und erzählt, an dem alten Birnbaum ein Loch zu graben versucht; als er aber erkannt habe, daß da was verscharrt liege, ja, dem Anscheine nach ein Toter, hab ihn eine furchtbare Angst gepackt, infolge derer er nicht weiter gegraben, sondern das Loch rasch wieder zugeschüttet habe. Der Koffer, den die Jeschke gesehen haben wolle, das seien eben jene Speckseiten gewesen, die dicht übereinandergepackt an der Gartentür gelegen hätten. »Aber wozu die Heimlichkeit und die Nacht?« hatte Vowinkel nach dieser Erklärung etwas spitz gefragt, worauf Hradscheck, in seiner Erzählung fortfahrend, ohne Verlegenheit und Unruhe geantwortet hatte: »Zu dieser Heimlichkeit seien für ihn zwei Gründe gewesen. Erstens habe er sich die Vorwürfe seiner Frau, die nur zu geneigt sei, von seiner Unachtsamkeit in Geschäftsdingen zu sprechen, ersparen wollen. Und er dürfe wohl hinzusetzen, wer verheiratet sei, der kenne das und wisse nur zu gut, wie gerne man sich solcher Anklagen und Streitszenen entziehe. Der zweite Grund aber sei noch wichtiger gewesen: die Rücksicht auf die Kundschaft. Die Bauern, wie der Herr Justizrat ja wisse, seien die schwierigsten Leute von der Welt, ewig voll Mißtrauen, und wenn sie derlei Dinge, wie Schinken und Speck, auch freilich nicht in seinem Laden zu kaufen pflegten, weil sie ja genug davon im eigenen Rauch hätten, so zögen sie doch gleich Schlüsse vom einen aufs andere. Dergleichen hab er mehr als einmal durchgemacht und dann wochenlang aller Ecken und Enden hören müssen, er passe nicht auf. Ja, noch letzten Herbst, als ihm ganz ohne seine Schuld eine Tonne Heringe tranig geworden sei, habe Scheidigel überall im Dorfe geputscht und unter anderem zu Quaas und Kunicke gesagt: ›Uns wird er damit nicht kommen; aber die kleinen Leute, die die ...‹«

Der Justizrat hatte hierbei gelächelt und zustimmend genickt, weil er die Bauern fast so gut wie Hradscheck kannte, so daß nach Erledigung auch *dieses* Punktes eigentlich nichts übriggeblieben war als die Frage: »Was denn nun, unter so bewandten Umständen, aus dem durchaus zu beseitigenden Speck geworden sei.« Welche Frage jedoch nur dazu beigetragen hatte, Hradschecks Unschuld vollends ins Licht zu stellen. »Er habe die Speckseiten an demselben Morgen noch an einer anderen Gartenstelle verscharrt, gleich nach Szulskis Abreise.« »Nun, wir werden ja sehen«, hatte Vowinkel hierauf geantwortet und einen seiner Gerichtsdiener abgeschickt, um sich in Tschechin selbst über die Richtigkeit oder Unrichtigkeit dieser Aussage zu vergewissern. Und als sich nun in kürzester Frist alles bestätigte, oder mit anderen Worten, der vergrabene Speck wirklich an der von Hradscheck angegebenen Stelle gefunden wurde, hatte man das Verfahren eingestellt, und an demselben Nachmittage noch war der unter so schwerem Verdacht Gestandene nach Tschechin zurückgekehrt und in einer stattlichen Küstriner Mietchaise vor seinem Hause vorgefahren. Ede, ganz verblüfft, hatte nur noch Zeit gefunden, in die Wohnstube, darin sich Frau Hradscheck befand, hineinzurufen: »Der Herr, der Herr ...«, worauf Hradscheck selbst mit der ihm eigenen Jovialität und unter dem Zurufe: »Nun Ede, wie geht's?« in den Flur seines Hauses eingetreten, aber freilich im selben Augenblick auch wieder mit einem erschreckten »Was is, Frau?« zurückgefahren war. Ein Ausruf, den er wohl tun durfte. Denn gealtert, die Augen tief eingesunken und die Haut wie Pergament, so war ihm Ursel unter der Tür entgegengetreten.

*

Hradscheck war da, das war das *eine* Tschechiner Ereignis. Aber das *andere* stand kaum dahinter zurück: Eccelius hatte, den Sonntag darauf, über Sacharja 7, Vers 9 und 10, gepredigt, welche Stelle lautete: »So spricht der Herr Zebaoth: Richtet recht, und ein jeglicher beweise an seinem Bruder Güte und Barmherzigkeit. Und tuet nicht Unrecht den *Fremdlingen* und denke keiner wider seinen Bruder etwas Arges in seinem Herzen.« Schon bei Lesung des Textes und der sich daran knüpfenden Einleitungsbetrachtung hatten die Bauern aufgehorcht; als aber der Pastor das Allgemeine fallen ließ und, ohne Namen zu nennen, den Hradscheckschen Fall zu schildern und die Trüglichkeit des Scheines nachzuweisen begann, da gab sich eine Bewegung kund, wie sie seit dem Sonntag (es ging nun ins fünfte Jahr), an welchem Eccelius auf die schweren sittlichen Vergehen eines als Bräutigam vor dem Altar stehenden reichen Bauernsohnes hingewiesen und ihn zu besserem Lebenswandel ermahnt hatte, nicht mehr dagewesen war. Beide Hradschecks waren in der Kirche zugegen und folgten jedem Worte des Geistlichen, der heute viel Bibelsprüche zitierte, mehr noch als gewöhnlich.

Es war unausbleiblich, daß diese Rechtfertigungsrede zugleich zur Anklage gegen alle diejenigen wurde, die sich in der Hradscheck-Sache so wenig freundnachbarlich benommen und durch allerhand Zuträgereien entweder ihr Übelwollen oder doch zum mindesten ihre Leichtfertigkeit und Unüberlegtheit gezeigt hatten. Wer in erster Reihe damit gemeint war, konnte nicht zweifelhaft sein, und vieler Augen, nur nicht die der Bauern, die, wie herkömmlich, keine Miene verzogen, richteten sich auf die mitsamt ihrem »Lineken« auf der vorletzten Bank sitzende Mutter Jeschke, der Kanzel gerad' gegenüber, dicht unter der Orgel. Line, sonst ein Muster von Nichtverlegenwerden, wußte doch heute nicht wohin und verwünschte die alte Hexe, neben der sie das Kreuzfeuer so vieler Augen aushalten mußte. Mutter Jeschke selbst aber nickte nur leise mit dem Kopf, wie wenn sie jedes Wort billige, das Eccelius gesprochen, und sang, als die Predigt aus war, den Schlußvers ruhig mit. Ja, sie blieb selbst unbefangen, als sie draußen, an den zu beiden Seiten des Kirchhofweges stehenden Frauen vorbeihumpelnd, erst die vorwurfsvollen Blicke der Älteren und dann das Kichern der Jüngeren über sich ergehen lassen mußte.

Zu Hause sagte Line: »Das war eine schöne Geschichte, Mutter Jeschke. Hätte mir die Augen aus dem Kopf schämen können.«

»Bis doch sünnst nich so.«

»Ach was, sünnst. Hat er recht oder nicht? Ich meine, der Alte drüben?«

»Ick weet nich, Line«, beschwichtigte die Jeschke. »He möt et joa weeten.«

13. KAPITEL

»He möt et joa weeten«, hatte die Jeschke gesagt und damit ausgesprochen, wie sie wirklich zu der Sache stand. Sie mißtraute Hradscheck nach wie vor; aber der Umstand, daß Eccelius von der Kanzel her eine Rechtfertigungsrede für ihn gehalten hatte, war doch nicht ohne Eindruck auf sie geblieben und veranlaßte sie, sich einigermaßen zweifelvoll gegen ihren eigenen Argwohn zu stellen. Sie hatte Respekt vor Eccelius, trotzdem sie kaum weniger als eine richtige Hexe war und die heiligen Handlungen der Kirche ganz nach Art ihrer sympathetischen Kuren ansah. Alles, was in der Welt wirkte, war Sympathie, Besprechung, Spuk, aber dieser Spuk hatte doch zwei Quellen, und der weiße Spuk war stärker als der schwarze. Demgemäß unterwarf sie sich auch (und zumal wenn er von Altar oder Kanzel her sprach) dem den weißen Spuk vertretenden Eccelius, ihm sozusagen die sichrere Bezugsquelle zugestehend. Unter allen Umständen aber suchte sie mit Hradscheck wieder auf einen guten Fuß zu kommen, weil ihr der Wert einer guten Nachbarschaft einleuchtete. Hradscheck seinerseits, statt den Empfindlichen zu spielen, wie manch anderer getan hätte, kam ihr dabei auf halbem Wege entgegen und war überhaupt von so viel Unbefangenheit, daß, ehe noch die Fastelabend-Pfannkuchen gebacken wurden, die ganze Szulski-Geschichte so gut wie vergessen war. Nur sonntags im Kruge kam sie noch dann und wann zur Sprache.

»Wenn man wenigstens de Pelz wedder in die Hücht käm ...«

»Na, du wührst doch dem Polschen sien Pelz nich antrecken wulln?«

»Nich antrecken? Worümm nich? Dat de Polsche drinn wihr, dat deiht em nix. Un mi ook nich. Un wat sünnst noch drin wihr, na, dat wahrd nu joa woll rut sinn.«

»Joa, joa. Dat wahrd nu woll rut sinn.«

Und dann lachte man und wechselte das Thema.

Solche Scherze bildeten die Regel, und nur selten war es, daß irgendwer ernsthaft auf den Fall zu sprechen kam und bei der Gelegenheit seine Verwunderung ausdrückte, daß die Leiche noch immer nicht angetrieben sei. Dann aber hieß es, »der Tote liege im Schlick, und der Schlick gäbe nichts heraus, oder doch erst nach fünfzig Jahren, wenn das angeschwemmte Vorland Acker geworden sei. Dann würd er mal beim Pflügen gefunden werden, gerade so wie der Franzose gefunden wäre.«

»Ja, gerade so wie der Franzose, der jetzt überhaupt die Hauptsache war, viel mehr als der mit seinem Fuhrwerk verunglückte Reisende, was eigentlich auch nicht wundernehmen konnte. Denn Unglücksfälle, wie der Szulskische, waren häufig oder wenigstens nicht selten, während der verscharrte Franzose unterm Birnbaum alles Zeug dazu hatte, die Phantasie der Tschechiner in Bewegung zu setzen. Allerlei Geschichten wurden ausgesponnen, auch Liebesgeschichten, in deren einer es hieß, daß Anno 13 ein in eine hübsche Tschechinerin verliebter Franzose beinah täglich von Küstrin her nach Tschechin gekommen sei, bis ihn ein Nebenbuhler erschlagen und verscharrt habe. Diese Geschichten ließen sich auch die Mägde nicht nehmen, trotzdem sich ältere Leute sehr wohl entsannen, daß man einen Chasseur- oder nach anderer Meinung einen Voltigeur-Korporal einfach wegen zu scharfer Fouragierung beiseite gebracht und stillgemacht habe. Diese Besserwissenden drangen aber mit ihrer Prosageschichte nicht durch, und unter allen Umständen blieb der Franzose Held und Mittelpunkt der Unterhaltung.

All das kam unserem Hradscheck zustatten. Aber was ihm noch mehr zustatten kam, war das, daß er denselben »Franzosen unterm Birnbaum« nicht bloß zur Wiederherstellung, sondern sogar zu glänzender Aufbesserung seiner Reputation zu benutzen verstand.

Und das kam so.

Nicht allzulange nach seiner Entlassung aus der Untersuchungshaft war in einer Kirchen-Gemeinderatssitzung, der Eccelius in Person präsidierte, davon die Rede gewesen, dem Franzosen auf dem Kirchhof ein christliches Begräbnis zu gönnen. »Der Franzose sei zwar«, so hatte sich der den Antrag stellende Kunicke geäußert, »sehr wahrscheinlich ein Katholscher gewesen, aber man dürfe das so genau nicht nehmen; die Katholschen seien, bei Licht besehen, auch Christen, und wenn einer schon so lang in der Erde gelegen habe, dann sei's eigentlich gleich, ob er den gereinigten Glauben gehabt habe oder nicht.« Eccelius hatte dieser echt Kunickeschen Rede, wenn auch selbstverständlich unter Lächeln, zugestimmt, und die Sache war schon als angenommen und erledigt betrachtet worden, als sich Hradscheck noch im letzten Augenblick zum Worte gemeldet hatte. »Wenn der Herr Prediger das Begräbnis auf dem Kirchhofe, der als ein richtiger christlicher Gottesacker jedem Christen, evangelisch oder katholisch, etwas durchaus Heiliges sein müsse, für angemessen oder gar für pflichtmäßig halte, so könne es ihm nicht einfallen, ein Wort dagegen sagen zu wollen; wenn es aber nicht ganz so liege, mit andern Worten, wenn ein Begräbnis daselbst nicht absolut pflichtmäßig sei, so spräch er hiermit den Wunsch aus, den Franzosen in seinem Garten behalten zu dürfen. Der Franzose sei sozusagen sein Schutzpatron geworden, und kein Tag ginge hin, ohne daß er desselben in Dankbarkeit und Liebe gedenke. Das sei das, was er nicht umhingekonnt habe, hier auszusprechen, und er setze nur noch hinzu, daß er, gewünschten Falls, die Stelle mit einem Gitter versehen oder mit einem Buchsbaum umziehen wolle.« Die ganze Rede hatte Hradscheck mit bewegter und die Dankbarkeitsstelle sogar mit zitternder Stimme gesprochen, was eine große Wirkung auf die Bauern gemacht hatte.

»Bist ein braver Kerl«, hatte der, wie alle Frühstücker, leicht zum Weinen geneigte Kunicke gesagt und eine Viertelstunde später, als er Woytasch und Eccelius bis vor das Pfarrhaus begleitete, mit Nachdruck hinzugesetzt: »Un wenn's noch ein Russe wär! Aber das is ihm alles eins, Russ' oder Franzos. Der Franzos hat ihm geholfen, und nu hilft er ihm wieder und läßt ihn eingittern. Oder doch wenigstens eine Rabatte ziehen. Und wenn es ein Gitter wird, so hat er's nicht unter zwanzig Taler. Und da rechne ich noch keinen Anstrich und keine Vergoldung.«

*

Das alles war Mitte März gewesen, und vier Wochen später, als die Schwalben zum ersten Male wieder durch die Dorfgasse hinschossen, um sich anzumelden und zugleich Umschau nach den alten Menschen und Plätzen zu halten, hatte Hradscheck ein Zwiegespräch mit Zimmermeister Buggenhagen, dem er bei der Gelegenheit eine Planzeichnung vorlegte.

»Sehen Sie, Buggenhagen, das Haus ist überall zu klein, überall ist angebaut und angeklebt, die Küche dicht neben dem Laden, und für die Fremden ist nichts da wie die zwei Giebelstuben oben. Das ist zu wenig, ich will also ein Stock aufsetzen. Was meinen Sie? Wird der Unterbau ein Stockwerk aushalten?«

»Was wird er nicht!« sagte Buggenhagen. »Natürlich Fachwerk!«

»Natürlich Fachwerk!« wiederholte Hradscheck. »Auch schon der Kosten wegen. Alle Welt tut jetzt immer, als ob meine Frau zum mindesten ein Rittergut geerbt hätte. Ja, hat sich was mit Rittergut. Erbärmliche tausend Taler.«

»Na, na.«

»Nun, sagen wir zwei«, lachte Hradscheck. »Aber mehr nicht, auf Ehre. Und daß davon keine Seide zu spinnen ist, das wissen Sie. Keine Seide zu spinnen und auch keine Paläste zu bauen. Also so billig wie möglich, Buggenhagen. Ich denke, wir nehmen Lehm als Füllung. Stein ist zu schwer und zu teuer, und was wir dadurch sparen, das lassen wir der Einrichtung zugute kommen. Ein paar Öfen mit weißen Kacheln, nicht wahr? Ich habe schon an Feilner geschrieben und angefragt. Und natürlich alles Tapete! Sieht immer nach was aus und kann die Welt nicht kosten. Ich denke, weiße; das ist am saubersten und zugleich das Billigste.«

Buggenhagen hatte zugestimmt und gleich nach Ostern mit dem Umbau begonnen.

Und nicht allzulange, so war das Haus, das nun einen aufgesetzten Stock hatte, wieder unter Dach. Aber es war das *alte* Dach, die nämlichen alten Steine, denn Hradscheck wurde nicht müde, Sparsamkeit zu fordern und immer wieder zu betonen, »daß er nach wie vor ein armer Mann sei«.

Vier Wochen später standen auch die Feilnerschen Öfen, und nur hinsichtlich der Tapete waren andere Beschlüsse gefaßt und statt der weißen ein paar buntfarbige gewählt worden.

Anfangs, solange das Dachabdecken dauerte, hatte Hradscheck in augenscheinlicher Nervosität immer zur Eile angetrieben, und erst als die rechts nach der Kegelbahn hin gelegene Giebelwand eingerissen und statt der Stuben oben nur noch das Balken- und Sparrenwerk sichtbar war, hatte sich seine Hast und Unruhe gelegt, und Aufgeräumtheit und gute Laune waren an Stelle derselben getreten. In dieser guten Laune war und blieb er auch, und nur ein einziger Tag war gewesen, der ihm dieselbe gestört hatte.

»Was meinen Sie, Buggenhagen«, hatte Hradscheck eines Tages gesagt, als er eine aus dem Keller heraufgeholte Flasche mit Portwein aufzog. »Was meinen Sie, ließe sich nicht der Keller etwas höher wölben? Natürlich nicht der ganze Keller. Um Gottes willen nicht, da blieb am Ende kein Stein auf dem andren, und Laden und Wein- und Wohnstube, kurzum alles müßte verändert und auf einen andren Leisten gebracht werden. Das geht nicht. Aber es wäre schon viel gewonnen, wenn wir das Mittelstück, das gerade unter dem Flur hinläuft, etwas höher legen könnten. Ob die Diele dadurch um zwei Fuß niedriger wird, ist ziemlich gleichgültig; denn die Fässer, die da liegen, haben immer noch Spielraum genug, auch nach oben hin, und stoßen nicht gleich an die Decke.«

Buggenhagen widersprach nie, teils aus Klugheit, teils aus Gleichgültigkeit, und das einzige, was er sich dann und wann erlaubte, waren halbe Vorschläge, hinsichtlich derer es ihm gleich war, ob sie gutgeheißen oder verworfen wurden. Und so verfuhr er auch diesmal und sagte: »Versteht sich, Hradscheck. Es geht. Warum soll es nicht gehn? Es geht alles. Und der Keller ist auch wirklich nicht hoch genug, ich glaube keine fünftehalb Fuß, und die Fenster viel zu klein und zu niedrig; alles wird stockig und multrig. Muß also gemacht werden. Aber warum gleich wölben? Warum nicht lieber ausschachten? Wenn wir zehn Fuhren Erde 'rausnehmen, haben wir überall fünf Fuß im ganzen Keller, und kein Mensch stößt sich mehr die kahle Platte. Nach oben hin wölben macht bloß Kosten und Umstände. Wir können ebensogut nach unten gehn.«

Hradscheck, als Buddenhagen so sprach, hatte die Farbe gewechselt und sich momentan gefragt, »ob das alles vielleicht was zu bedeuten habe.« Bald aber von des Sprechenden Unbefangenheit überzeugt, war ihm seine Ruhe zurückgekehrt.

»Wenn ich mir's recht überlege, Buggenhagen, so lassen wir's. Wir müssen auch an das Grundwasser denken. Und ist es so lange so gegangen, so kann's auch noch weiter so gehen. Und am Ende, wer kommt denn in den Keller? Ede. Und der hat noch lange keine fünf Fuß.«

*

Das war einige Zeit vor Beginn der Manöver gewesen, und wenn es ein paar Tage lang ärgerlich und verstimmend nachgewirkt hatte, so verschwand es rasch wieder, als Anfang September die Truppenmärsche begannen und die Schwedter Dragoner als Einquartierung ins Dorf kamen. Das Haus voller Gäste zu haben war überhaupt Hradschecks Vergnügen, und der liebste Besuch waren ihm Rittmeister und Leutnants, die nicht nur ihre Flasche tranken, sondern auch allerlei wußten und den Mund auf dem rechten Fleck hatten. Einige verschworen sich, daß ein Krieg ganz nahe sei. Kaiser Nikolaus, Gott sei Dank, sei höchst unzufrieden mit der neuen französischen Wirtschaft, und der unsichere Passagier, der Louis Philipp, der doch eigentlich bloß ein Waschlappen und ein halber Kretin sei, solle mit seiner Konstitution wieder beiseite geschoben und statt seiner eine bourbonische Regentschaft eingesetzt oder vielleicht auch der vertriebene Karl X. wieder zurückgeholt werden, was eigentlich das beste sei. Kaiser Nikolaus habe recht, überhaupt immer recht. Konstitution sei Unsinn und das ganze Bürgerkönigtum die reine Phrasendrescherei.

Wenn so das Gespräch ging, ging unserem Hradscheck das Herz auf, trotzdem er eigentlich für Freiheit und Revolution war. Wenn es aber Revolution nicht sein konnte, so war er auch für Tyrannei. Bloß gepfeffert mußte sie sein. Aufregung, Blut, Totschießen – wer ihm das leistete, war sein Freund, und so kam es, daß er über Louis Philipp mit zu Gericht saß, als ob er die hyperloyale Gesinnung seiner Gäste geteilt hätte. Nur von Ede sah er sich noch übertroffen, und wenn dieser durch die Weinstube ging, so lag allemal ein dümmliches Lachen auf seinem Gesicht, wie wenn er sagen wollte: »Recht so, 'runter mit ihm; alles muß um einen Kopf kürzer gemacht werden.« Ein paar blutjunge Leutnants, die diese komische Raserei wahrnahmen, amüsierten sich herzlich über ihn und ließen ihn mittrinken, was alsbald dahin führte, daß der für gewöhnlich so schüchterne Junge ganz aus seiner Reserve heraustrat und sich gelegentlich selbst mit dem sonst so gefürchteten Hradscheck auf einen halben Unterhaltungsfuß stellte.

»Da, Herr«, rief er eines Tages, als er gerade mit einem Korbe voll Flaschen wieder aus dem Keller heraufkam. »Da, Herr; das hab ich eben unten gefunden.« Und damit schob er Hradscheck einen schwarzübersponnenen Knebelknopf zu. »Sind solche, wie der Polsche an seinem Rock hatte.«

Hradscheck war kreideweiß geworden und stotterte: »Ja, hast recht, Ede. Das sind solche. Hast recht. Das heißt, die von dem Polschen, die waren größer. Solche kleinen wie *die*, die hatte Hermannchen, uns' Lütt-Hermann, an seinem Pelzrock. Weißt du noch? Aber nein, da warst du noch gar nicht hier. Bring ihn meiner Frau; vergiß nicht. Oder gib ihn mir lieber wieder; ich will ihn ihr selber bringen.«

Ede ging, und die zunächst sitzenden Offiziere, die Hradschecks Erregung wahrgenommen hatten, aber nicht recht wußten, was sie daraus machen sollten, standen auf und wandten sich einem Gespräch mit anderen Kameraden zu.

*

Auch Hradscheck erhob sich. Er hatte den Knebelknopf zu sich gesteckt und ging in den Garten, ärgerlich gegen den Jungen, am ärgerlichsten aber gegen sich selbst.

»Gut, daß es Fremde waren, und noch dazu solche, die bloß an Mädchen und Pferde denken. Wär's einer von uns hier, und wenn auch bloß der Ölgötze, der Quaas, so hätt ich die ganze Geschichte wieder über dem Hals. Aufpassen, Hradscheck, aufpassen. Und das verdammte Zusammenfahren und sich Verfärben! Kalt Blut, oder es gibt ein Unglück.«

So vor sich hinsprechend, war er, den Blick zu Boden gerichtet, schon ein paarmal in dem Mittelgang auf und ab geschritten. Als er jetzt wieder aufsah, sah er, daß die Jeschke hinter dem Himbeerzaun stand und ein paar verspätete Beeren pflückte.

»Die alte Hexe. Sie lauert wieder.«

Aber trotz alledem ging er auf sie zu, gab ihr die Hand und sagte: »Nu, Mutter Jeschke, wie geht's? Lange nicht gesehen. Auch Einquartierung?«

»Nei, Hradscheck.«

»Oder is Line wieder da?«

»Nei, Lineken ook nich. De is joa jitzt in Küstrin.«

»Bei wem denn?«

»Bi School-Inspekters. Un doa will se nich weg ... Hüren's, Hradscheck, ick glöw, de School-Inspekters sinn ook man so ... Awers wat hebben Se denn? Se sehn joa ganz geel ut ... Un hier so 'ne Falt. Oh, Se möhten sich nich ärgern, Hradscheck.«

»Ja, Mutter Jeschke, das sagen Sie wohl. Aber man *muß* sich ärgern. Da sind nun die jungen Offiziere. Na, die gehn bald wieder und sind auch am Ende so schlimm nicht und eigentlich nette Herrchen und immer fidel. Aber der Ede, dieser Ede! Da hat der Junge gestern wieder ein halbes Faß Öl auslaufen lassen. Das ist doch über den Spaß. Wo soll man denn das Geld schließlich hernehmen? Und dann die Plackerei treppauf, treppab, und die schmalen Kellerstufen halb abgerutscht. Es ist zum Halsbrechen.«

»Na, Se hebben joa doch nu Buggenhagen bi sich. De künn joa doch ne nije Treppe moaken.«

»Ach, der, der. Mit dem ist auch nichts; ärgert mich auch. Sollte mir da den Keller höher legen. Aber er will nicht und hat allerhand Ausreden. Oder vielleicht versteht er's auch nicht. Ich werde mal den Küstriner Maurermeister kommen lassen, der jetzt an den Kasematten herumflickt. Kasematten und Keller ist ja beinah dasselbe. *Der* muß Rat schaffen. Und bald. Denn der Keller ist eigentlich gar kein richtiger Keller; is blos ein Loch, wo man sich den Kopf stößt.«

»Joa, joa. De Wienstuw sitt em to sihr upp'n Nacken.«

»Freilich. Und die ganze Geschichte hat nicht Luft und nicht Licht. Und warum nicht? Weil kein richtiges Fenster da ist. Alles zu klein und zu niedrig. Alles zu dicht zusammen.«

»Woll, woll«, stimmte die Jeschke zu. Jott, ick weet noch, as de Polsche hier wihr und dat Licht ümmer so blinzeln deiht. Joa, wo *wihr* dat Licht? Wihr et in de Stuw o'r wihr et in'n Keller? Ick weet et nich.«

Alles klang pfiffig und hämisch, und es lag offen zutage, daß sie sich an ihres Nachbarn Verlegenheit weiden wollte. Diesmal aber hatte sie die Rechnung ohne den Wirt gemacht, und die Verlegenheit blieb schließlich auf ihrer Seite. War doch Hradscheck seit langem schon willens, ihr gegenüber bei sich bietender Gelegenheit mal einen anderen Ton anzuschlagen. Und so sah er sie denn jetzt mit seinen durchdringenden Augen scharf an und sagte, sie plötzlich in der dritten Person anredend: »Jeschken, ich weiß, wo sie hinwill. Aber weiß sie denn auch, was eine Verleumdungsanklage ist? Ich erfahre alles, was sie so herumschwatzt; aber seh sie sich vor, sonst kriegt sie's mit dem Küstriner Gericht zu tun; sie ist 'ne alte Hexe, das weiß jeder, und der Justizrat weiß es auch. Und er wartet bloß noch auf eine Gelegenheit.«

Die Alte fuhr erschreckt zusammen. »Ick meen joa man, Hradscheck, ick meen joa man ... Se weeten doch, en beten Spoaß möt sinn.«

»Nun gut. Ein bißchen Spaß mag sein. Aber wenn ich Euch raten kann, Mutter Jeschke, nicht zu viel. Hört Ihr wohl, nicht zu viel.«

Und damit ging er wieder auf das Haus zu.

14. KAPITEL

Ängstigungen und Ärgernisse wie die vorgeschilderten kamen dann und wann vor, aber im ganzen, um es zu wiederholen, war die Bauzeit eine glückliche Zeit für unsern Hradscheck gewesen. Der Laden war nie leer, die Kundschaft wuchs, und das dem Grundstück zugehörige, draußen an der Neu-Lewiner Straße gelegene Stück Ackerland gab in diesem Sommer einen besonders guten Ertrag. Dasselbe galt auch von dem Garten hinterm Haus; alles gedieh darin, der Spargel prachtvoll, dicke Stangen mit gelbweißen Köpfen, und die Pastinake- und Dillbeete standen hoch in Dolden. Am meisten aber tat der alte Birnbaum, der sich mehr als seit Jahren anstrengte. »Dat 's de Franzos«, sagten die Knechte sonntags im Krug, »de deiht wat för em«, und als die Pflückenszeit gekommen, rief Kunicke, der sich gerade zum Kegeln eingefunden hatte: »Hör, Hradscheck, du könntest uns mal ein paar von deinen *Franzosen*birnen bringen.« Franzosenbirnen. Das Wort wurde sehr bewundert, lief rasch von Mund zu Mund, und ehe drei Tage vergangen waren, sprach kein Mensch mehr von Hradschecks »Malvasieren«, sondern bloß noch von den »Franzosenbirnen«. Hradscheck selbst aber freute sich des Wortes, weil er daran erkannte, daß man, trotz aller Stichelreden der alten Jeschke, mehr und mehr anfing, die Vorkommnisse von der scherzhaften Seite zu nehmen.

Ja, die Sommer- und Baumonate brachten lichtvolle Tage für Hradscheck, und sie hätten noch mehr Licht und noch weniger Schatten gehabt, wenn nicht Ursel gewesen wäre. Die füllte, während alles andere glatt und gut ging, seine Seele mit Mitleid und Sorge, mit Mitleid, weil er sie liebte (wenigstens auf seine Weise), mit Sorge, weil sie dann und wann ganz wunderliche Dinge redete. Zum Glück hatte sie nicht das Bedürfnis, Umgang zu pflegen und Menschen zu sehen, lebte vielmehr eingezogener denn je und begnügte sich damit, sonntags in die Kirche zu gehen. Ihre sonst tiefliegenden Augen sprangen dann aus dem Kopf, so begierig folgte sie jedem Wort, das von der Kanzel her laut wurde; *das* Wort aber, auf das sie wartete, kam nicht. In ihrer Sehnsucht ging sie dann nach der Predigt zu dem guten, ihr immer gleichmäßig geneigt bleibenden Eccelius hinüber, um, soweit es ging, Herz und Seele vor ihm auszuschütten und etwas von Befreiung oder Erlösung zu hören; aber Seelsorge war nicht seine starke Seite, noch weniger seine Passion, und wenn sie sich der Sünde geziehen und in Selbstanklage erschöpft hatte, nahm Eccelius lächelnd ihre Hand und sagte:

»Liebe Frau Hradscheck, wir sind allzumal Sünder und mangeln des Ruhmes, den wir vor Gott haben sollen. Sie haben eine Neigung, sich zu peinigen, was ich mißbillige. Sich ewig anklagen ist oft Dünkel und Eitelkeit. Wir haben Christum und seinen Wandel als Vorbild, dem wir im Gefühl unserer Schwäche demütig nachstreben sollen. Aber wahren wir uns vor Selbstgerechtigkeit, vor allen vor *der*, die sich in Zerknirschung äußert. *Das* ist die Hauptsache.« Wenn er das trocken-geschäftsmäßig, ohne Pathos und selbst ohne jede Spur von Salbung gesagt hatte, ließ er die Sache sofort wieder fallen und fragte, zu natürlicheren und ihm wichtiger dünkenden Dingen übergehend, »wie weit der Bau sei«. Denn er wollte nächstes Frühjahr *auch* bauen. Und wenn dann die Hradscheck, um ihm zu Willen zu sein, von allen möglichen Kleinigkeiten, am liebsten und eingehendsten aber von den Meinungsverschiedenheiten zwischen ihrem Mann und Zimmermeister Buggenhagen geplaudert hatte, rieb er sich, schmunzelnd und vor sich hinnickend, die Hände und sagte rasch und in augenscheinlicher Furcht, das Seelengespräch wieder aufgenommen zu sehen: »Und nun, liebe Frau Hradscheck, muß ich Ihnen meine Nelken zeigen.«

*

Um Johanni wußte ganz Tschechin, daß die Hradscheck es nicht mehr lange machen werde. Keinem entging es. Nur sie selber sah es so schlimm nicht an und wollte von keinem Doktor hören. »Sie wissen ja doch nichts. Und dann der Wagen und das viele Geld.« Auf das letztere, das »viele Geld«, kam sie jetzt überhaupt mit Vorliebe zu sprechen, fand alles unnötig oder zu teuer, und während sie noch das Jahr vorher für ein Palisander-Fortepiano gewesen war, um es, wenn nicht der Amtsrätin in Friedrichsau, so doch wenigstens der Domänenpächterin auf Schloß Solikant gleichzutun, so war sie jetzt sparsam bis zum Geiz. Hradscheck ließ sie gewähren, und nur einmal, als sie gerade beim Schotenpalen war, nahm er sich ein Herz und sagte:

»Was ist denn das nur jetzt, Ursel? Du ringst dir ja jeden Dreier von der Seele.« Sie schwieg, drehte die Schüssel hin und her und palte weiter. Als er aber stehen blieb und auf Antwort zu warten schien, sagte sie, während sie die Schüssel rasch und heftig beiseite setzte: »Soll es alles umsonst gewesen sein? Oder willst du …«

Weiter kam sie nicht. Ein Herzkrampf, daran sie jetzt häufiger litt, überfiel sie wieder, und Hradscheck sprang zu, um ihr zu helfen.

Ihre Wirtschaft besorgte sie pünktlich, und alles ging am Schnürchen wie vordem. Aber Interesse hatte sie nur für eins, und das eine war der Bau. Sie wollte ihn, darin Hradschecks Eifer noch übertreffend, in möglichster Schnelle beendet sehen, und so sparsam sie sonst geworden war, so war sie doch gegen keine Mehrausgabe, die Beschleunigung und rascheres Zustandekommen versprach. Einmal sagte sie leise: »Wenn ich nur erst oben bin. Oben werd ich auch wieder Schlaf haben. Und wenn ich erst wieder schlafe, werd ich auch wieder gesund werden.« Er wollte sie beruhigen und strich ihr mit der Hand über Stirn und Haar. Aber sie wich seiner Zärtlichkeit aus und kam in ein heftiges Zittern. Überhaupt war es jetzt öfters so, wie wenn sie sich vor ihm fürchte. Mal sagte sie leise: »Wenn er nur nicht so glatt und glau wär. Er ist so munter und spricht so viel und kann alles. Ihn ficht nichts an … Und die drüben in Neu-Lewin war auch mit einem Male weg.« Solche Stimmungen kamen ihr von Zeit zu Zeit, aber sie waren flüchtig und vergingen wieder.

*

Und nun waren die letzten Augusttage.

»Morgen, Ursel, ist alles fertig.«

Und wirklich, als der andere Tag da war, bot ihr Hradscheck mit einer gewissen Feierlichkeit den Arm, um sie treppauf in eine der neuen Stuben zu führen. Es war die, die nach der Kegelbahn hinauslag, jetzt die hübscheste, hellblau tapeziert und an der Decke gemalt: ein Kranz von Blüten und Früchten, um den Tauben flogen und pickten. Auch das Bett war heraufgeschafft und stand an der Mittelwand, genau da, wo früher die Bettwand der alten Giebel- und Logierstube gewesen war.

Hradscheck erwartete, Dank und gute Worte zu hören. Aber die Kranke sagte nur: »*Hier*? Hier, Abel?«

»Es sind neue Steine«, stotterte Hradscheck.

Ursel indes war schon von der Türschwelle wieder zurückgetreten und ging den Gang entlang, nach der anderen Giebelseite hinüber, wo sich ein gleich großes, auf den Hof hinaussehendes Zimmer befand. Sie trat an das Fenster und öffnete; Küchenrauch, mehr anheimelnd als störend, kam ihr von der Seite her entgegen, und eine Henne mit ihren Küchelchen zog unten vorüber; Jakob aber, der holzsägend in Front einer offenen Remise stand, neckte sich mit Male, die beim Brunnen Wäsche spülte.

»*Hier* will ich bleiben.«

Und Hradscheck, der durch den Auftritt mehr erschüttert als verdrossen war, war einverstanden und ließ alles, was sich von Einrichtungsgegenständen in der hellblau tapezierten und für Ursel bestimmten Stube befand, nach der anderen Seite hinüberbringen.

✳

Und siehe da, Frau Hradscheck erholte sich wirklich und sogar rascher, als sie selbst zu hoffen gewagt hatte. Schlaf kam, der scharfe Zug um ihren Mund wich, und als die schon erwähnten Manövertage mit ihrer Dragonereinquartierung kamen, hatten sich ihr Aussehen und ihre Stimmung derart verbessert, daß sie gelegentlich die Wirtin machen und mit den Offizieren plaudern konnte. Das Hagere, Hektische gab ihr, bei der guten Toilette, die sie zu machen verstand, etwas Distinguiertes, und ein alter Eskadronchef, der sie mit erstaunlicher Ritterlichkeit umcourte, sagte, wenn er ihr beim Frühstück nachsah und mit beiden Händen den langen, blonden Schnurrbart drehte: »Famoses Weib. Auf Ehre. Wie *die* nur hierherkommt?« Und dann gab er seiner Bewunderung auch Hradscheck gegenüber Ausdruck. Worauf dieser, nicht wenig geschmeichelt, antwortete: »Ja, Herr Rittmeister, Glück muß der Mensch haben! Mancher kriegt's im Schlaf.« Und dann lachte der Eskadronchef und stieß mit ihm an.

✳

Das war Mitte September.

Aber das Wohlbefinden, so rasch es gekommen, so rasch ging es auch wieder, und ehe noch das Erntefest heran war, waren die Kräfte schon so geschwunden, daß die Kranke die Treppe kaum noch hinunter konnte. Sie blieb deshalb oben, sah auf den Hof und machte sich, um doch etwas zu tun, mit der Neueinrichtung sämtlicher Oberzimmer zu schaffen. Nur die Giebelstube, nach der Kegelbahn hin, vermied sie.

Hradscheck, der noch immer an die Möglichkeit einer Wiederherstellung gedacht hatte, sah jetzt auch, wie's stand, und als der heimlich zu Rate gezogene Doktor Oelze von Abzehrung und Nervenschwindsucht gesprochen, machte sich Hradscheck auf ihr Hinscheiden gefaßt. Daß er darauf gewartet hätte, konnte nicht wohl gesagt werden; im Gegenteil, er blieb seiner alten Neigung treu, war überaus rücksichtsvoll und klagte nie, daß ihm die Frau fehle. Er wollte auch von keiner anderen Hilfe wissen und ordnete selber alles an, was in der Wirtschaft zu tun nötig war. Vieles tat er selbst. »Is doch ein Mordskerl«, sagte Kunicke. »Was er will, kann er. Ich glaub, er kann auch einen Hasen abziehen und Sülze kochen.«

An dem Abend, wo Kunicke so gesprochen, hatte die Sitzung in der Weinstube wieder ziemlich lange gedauert, und Hradscheck war noch keine halbe Stunde zu Bett, als Male, die jetzt oben bei der Kranken schlief, treppab kam und an seine Tür klopfte. »Herr Hradscheck, steihn's upp. De Fru schickt mi. Se sülln ruppkoamen.«

Und nun saß er oben an ihrem Bett und sagte: »Soll ich nach Küstrin schicken, Ursel? Soll Oelze kommen? Der Weg ist gut. In drei Stunden ist er hier.«

»In drei Stunden ...«

»Oder soll Eccelius kommen?«

»Nein«, sagte sie, während sie sich mühevoll aufrichtete, »es geht nicht. Wenn ich es nehme, so sag ich es.«

Er schüttelte verdrießlich den Kopf.

»Und sag ich es *nicht*, so ess' ich mir selber das Gericht.«

»Ach, laß doch *das*, Ursel. Was soll *das?* Daran denkt ja keiner. Und ich am wenigsten. Er soll bloß kommen und mit dir sprechen. Er meint es gut mit dir und kann dir einen Spruch sagen.«

Es war, als ob sie sich's überlege. Mit einem Male aber sagte sie: »Selig sind die Friedfertigen; selig sind die reinen Herzens sind; selig sind die Sanftmütigen. All die kommen in Abrahams Schoß. Aber wohin kommen *wir?*«

»Ich bitte dich, Ursel, sprich nicht so. Frage nicht so. Und wozu? Du bist noch nicht soweit, noch lange nicht. Es geht alles wieder vorüber. Du lebst und wirst wieder eine gesunde Frau werden.«

Es klang aber alles nur an ihr hin, und Gedanken nachhängend, die schon über den Tod hinausgingen, sagte sie: »Verschlossen ... Und was aufschließt, das ist der Glaube. Den hab ich nicht ... Aber is noch ein andres, das aufschließt, das sind die guten Werke ... Hörst du. Du mußt ohne Namen nach Krakau schreiben, an den Bischof oder an seinen Vikar. Und mußt bitten, daß sie Seelenmessen lesen lassen ... Nicht für mich. Aber du weißt schon ... Und laß den Brief in Frankfurt aufgeben. Hier geht es nicht und auch nicht in Küstrin. Ich habe mir's abgespart dies letzte halbe Jahr, und du findest es eingewickelt in meinem Wäscheschrank unter dem Damasttischtuch. Ja, Hradscheck, *das* war es, wenn du dachtest, ich sei geizig geworden. Willst du?«

»Freilich will ich. Aber es wird Nachfrage geben.«

»Nein. Das verstehst du nicht. Das ist Geheimnis. Und sie gönnen einer armen Seele die Ruh'!«

»Ach, Ursel, du sprichst so viel von Ruh' und bangst dich und ängstigst dich, ob du sie finden wirst. Weißt du, was ich denke?«

»Nein.«

»Ich denke, leben ist leben, und tot ist tot. Und wir sind Erde, und Erde wird wieder Erde. Das andere haben die Pfaffen sich ausgedacht. Spiegelfechterei, sag ich, weiter nichts. Glaube mir, die Toten haben Ruhe.«

»Weißt du das so gewiß, Abel?«

Er nickte.

»Nun, ich sage dir, die Toten stehen wieder auf ...«

»Am jüngsten Tag?«

»Aber es gibt ihrer auch, die warten nicht so lange.«

Hradscheck erschrak heftig und drang in sie, mehr zu sagen. Aber sie war schon in die Kissen zurückgesunken, und ihre Hand, der seinigen sich entziehend, griff nur noch krampfhaft in das Deckbett. Dann wurde sie ruhiger, legte die Hand aufs Herz und murmelte Worte, die Hradscheck nicht verstand.

»Ursel«, rief er, »Ursel!«

Aber sie hörte nicht mehr.

15. KAPITEL

Das war in der Nacht vom Sonnabend auf Sonntag gewesen, den letzten Tag im September. Als am anderen Morgen zur Kirche geläutet wurde, standen die Fenster in der Stube weit offen, die weißen Gardinen bewegten sich hin und her, und alle, die vorüber kamen, sahen nach der Giebelstube hinauf und wußten nun, daß die Hradscheck gestorben sei. Schulze Woytasch fuhr vor, aussprechend, was er sich bei gleichen Veranlassungen zu sagen gewöhnt hatte, »daß ihr nun wohl sei« und »daß sie vor ihnen allen einen guten Schritt voraushabe«. Danach trank er, wie jeden Sonntag vor der Predigt, ein kleines Glas Madeira zur Stärkung und machte dann die kurze Strecke bis zur Kirche hin zu Fuß. Auch Kunicke kam und drückte Hradscheck verständnisvoll die Hand, das Auge gerade verschwommen genug, um die Vorstellung einer Träne zu wecken. Desgleichen sprachen auch der Ölmüller und gleich nach ihm Bauer Mietzel vor, welch letzterer sich bei Todesfällen immer der »Vorzüge seiner Kränklichkeit von Jugend auf« zu berühmen pflegte. Das tat er auch heute wieder. »Ja, Hradscheck, der Mensch denkt und Gott lenkt. Ich piepe nun schon so lange; aber es geht immer noch.«

Auch noch andere kamen und sagten ein Wort. Die meisten indessen gingen ohne Teilnahmsbezeigung vorüber und stellten Betrachtungen an, die sich mit der Toten in nur wenig freundlicher Weise beschäftigten.

»Ick weet nich«, sagte der eine, »wat Hradscheck an ehr hebben deiht. Man blot, dat se'n beeten scheel wihr.«

»Joa«, lachte der andere. »Dat wihr se. Un am Enn, so wat künn he hier ook hebb'n.«

»Un denn dat hannüversche Geld. Ihrst schmeet se't weg, un mit eens fung se to knusern an.«

In dieser Weise ging das Gespräch einiger älterer Leute; das junge Weiberzeug aber beschränkte sich auf die eine Frage: »Weck' en he nu woll frigen deiht?«

Auf Mittwoch vier Uhr war das Begräbnis angesetzt, und viel Neugierige standen schon vorher in einem weiten Halbkreis um das Trauerhaus herum. Es waren meist Mägde, die schwatzten und kicherten, und nur einige waren ernst, darunter die Zwillingsenkelinnen einer armen, alten Witwe, welche letztere, wenn Wäsche bei den Hradschecks war, allemal mitwusch. Diese Zwillinge waren in ihren schwarzen, von der Frau Hradscheck herrührenden Einsegnungskleidern erschienen und weinten furchtbar, was sich noch steigerte, als sie bemerkten, daß sie durch ihr Geheul und Geschluchze der Gegenstand allgemeiner Aufmerksamkeit wurden. Dabei gingen jetzt die Glocken in einem fort, und alles drängte dichter zusammen und wollte sehen. Als es nun aber zum dritten Male ausgeläutet hatte, kam Leben in die drin und draußen Versammelten, und der Zug setzte sich in Bewegung. Vorn die von Kantor Graumann geführte Schuljugend, die, wie herkömmlich, den Choral »Jesus meine Zuversicht« sang; nach ihr erschien der von sechs Trägern getragene Sarg; dann Eccelius und Hradscheck; dahinter die Bauernschaft in schwarzen Überröcken und hohen schwarzen Hüten, und endlich all die Neugierigen, die bis dahin das Haus umstanden hatten. Es war ein wunderschöner Tag, frische Herbstluft bei klarblauem Himmel. Aber die würdevoll vor sich hinblickende Dorfhonoratiorenschaft achtete des blauen Himmels nicht, und nur Bauer Mietzel, der noch Heu draußen hatte, das er am anderen Tag einfahren wollte, schielte mit halbem Auge hinauf. Da sah er, wie von der anderen Oderseite her ein Weih über den Strom kam und auf den Tschechiner Kirchturm zuflog. Und er stieß den neben ihm gehenden Ölmüller an und sagte: »Süh, Quaas, doa es he wedder.«

»Wihr denn?«

»De Weih. Weetst noch?«

»Nei.«

»Dunn, as dat mit Szulski wihr. Ick segg di, de Weih, de weet wat.«

Als sie so sprachen, bog die Spitze des Zuges auf den Kirchhof ein, an dessen höchster Stelle, dicht neben dem Turm, das Grab gegraben war. Hier setzte man den Sarg auf darüber gelegte Balken, und als sich der Kreis gleich danach geschlossen hatte, trat Eccelius vor, um die Grabrede zu halten. Er rühmte von der Toten, daß sie, den ihr anerzogenen Aberglauben abschüttelnd, nach freier Wahl und eignem Entschluß den Weg des Lichtes gegangen sei, was nur *der* wissen und bezeugen könne, der ihr so nahe gestanden habe wie er. Und wie sie das Licht und die reine Lehre geliebt habe, so habe sie nicht minder das Recht geliebt, was sich zu keiner Zeit schöner und glänzender gezeigt als in jenen schweren Tagen, die der selig Entschlafenen nach dem Ratschlusse Gottes auferlegt worden seien. Damals, als er ihr nicht ohne Mühe das Zugeständnis erwirkt habe, den, an dem ihr Herz und ihre Seele hingen, wiedersehen zu dürfen, wenn auch freilich nur vor Zeugen und auf eine kurze halbe Stunde, da habe sie die wohl jedem hier in Erinnerung gebliebenen Worte gesprochen: »Nein, nicht jetzt; es ist besser, daß ich warte. Wenn er unschuldig ist, so werd ich ihn wiedersehen, früher oder später; wenn er aber schuldig ist, so will ich ihn *nicht* wiedersehen.« Er freue sich, daß er diese Worte hier am Grabe der Heimgegangenen, ihr zu Ruhm und Ehre, wiederholen könne. Ja, sie habe sich allezeit bewährt in ihrem Glauben und ihrem Rechtsgefühl. Aber vor allem auch in ihrer Liebe. Mit Bangen habe sie die Stunden gezählt, in schlaflosen Nächten ihre Kräfte verzehrend, und als endlich die Stunde der Befreiung gekommen sei, da sei sie zusammengebrochen. Sie sei das Opfer arger, damals herrschender Mißverständnisse, das sei zweifellos, und alle die, die diese Mißverständnisse geschürt und genährt hätten, anstatt sie zu beseitigen, die hätten eine schwere Verantwortung auf ihre Seele geladen. Ja, dieser frühe Tod, er müsse das wiederholen, sei das Werk derer, die das Gebot unbeachtet gelassen hätten: »Du sollst nicht falsch Zeugnis reden wider deinen Nächsten.«

Und als er dieses sagte, sah er scharf nach einem entblätterten Hagebuttenstrauch hinüber, unter dessen roten Früchten die Jeschke stand und dem Vorgange, wie schon damals in der Kirche, mehr neugierig als verlegen folgte.

Gleich danach aber schloß Eccelius seine Rede, gab einen Wink, den Sarg hinabzulassen, und sprach dann den Segen. Dann kamen die drei Hände voll Erde mit sich anschließendem Schmerzblick und Händeschütteln, und ehe noch der am Horizont schwebende Sonnenball völlig unter war, war das Grab geschlossen und mit Asterkränzen überdeckt.

Eine halbe Stunde später, es dämmerte schon, war Eccelius wieder in seiner Studierstube, das Sammetkäppsel auf dem Kopf, das ihm Frau Hradscheck vor gerade Jahresfrist gestrickt hatte. Die Bauern aber saßen in der Weinstube, Hradscheck zwischen ihnen, und faßten alles, was sie an Trost zu spenden hatten, in die Worte zusammen: »Immer Courage, Hradscheck! Der alte Gott lebt noch« – welchen Trost- und Weisheitssprüchen sich allerlei Wiederverheiratungsgeschichten beinah unmittelbar anschlossen. Eine davon, die beste, handelte von einem alten Hauptmann von Rohr, der vier Frauen gehabt und beim Hinscheiden jeder einzelnen mit einer gewissen trotzigen Entschlossenheit gesagt hatte: »Nimmt Gott, so nehm ich wieder.« Hradscheck hörte dem allem ruhig und kopfnickend zu, war aber doch froh, die Tafelrunde heute früher als sonst aufbrechen zu sehen.

Er begleitete Kunicke bis an die Ladentür und stieg dann, er wußte selbst nicht warum, in die Stube hinauf, in der Ursel gestorben war. Hier nahm er Platz an ihrem Bett und starrte vor sich hin, während allerlei Schatten an Wand und Decke vorüberzogen.

Als er eine Viertelstunde so gesessen, verließ er das Zimmer wieder und sah im Vorübergehen, daß die nach rechts hin gelegene Giebelstube halb offenstand, dieselbe Stube, drin die Verstorbene nach vollendetem Umbau zu wohnen und zu schlafen so bestimmt verweigert hatte.

»Was machst du hier, Male?« fragte Hradscheck.

»Wat ick moak? Ick treck em sien Bett öwer.«

»Wem?«

»Is joa wihr ankoamen. Wedder een mit'n Pelz.«

»So, so«, sagte Hradscheck und stieg die Treppe langsam hinunter.

»Wedder een ... wedder een ... Immer noch nicht vergessen.«

16. KAPITEL

Frau Hradscheck war nun unter der Erde, Male hatte das Umschlagetuch gekriegt, auf das ihre Wünsche sich schon lange gerichtet hatten, und alles wäre gut gewesen, wenn nicht der letzte Wille der Verstorbenen gewesen wäre: die Geldsendung an den Krakauer Bischof um der zu lesenden Seelenmessen willen. Das machte Hradscheck Sorge, nicht wegen des Geldes, davon hätte er sich leicht getrennt, einmal weil Sparen und Knausern überhaupt nicht in seiner Natur lag, vor allem aber weil er das seiner Frau gegebene Versprechen gern zu halten wünschte, schon aus abergläubischer Furcht. Das Geld also war es nicht, und wenn er trotzdem in Schwanken und Säumnis verfiel, so war es, weil er nicht selber dazu beitragen wollte, die kaum begrabene Geschichte vielleicht wieder ans Licht zu ziehen. Ursel hatte freilich von Beichtgeheimnis und Ähnlichem gesprochen, er mißtraute jedoch solcher Sicherheit, am meisten dem ohne Namensunterschrift in Frankfurt aufzugebenden Briefe.

In dieser Verlegenheit beschloß er endlich, Eccelius zu Rate zu ziehen und diesem die halbe Wahrheit zu sagen, und wenn nicht die halbe, so doch wenigstens so viel, wie zu seiner Gewissensbeschwichtigung gerade nötig war. Ursel, so begann er, habe zu seinem allertiefsten Bedauern ernste katholische Rückfälle gehabt und ihm beispielsweise in ihrer letzten Stunde noch eine Summe Geldes behändigt, um Seelenmessen für sie lesen zu lassen (der, dem es eigentlich galt, wurde hier unterschlagen). Er, Hradscheck, hab ihr auch, um ihr das Sterben leichter zu machen, alles versprochen, sein protestantisches Gewissen aber sträube sich jetzt dagegen, ihr das Versprochene wörtlich und in all und jedem Stücke zu halten, weshalb er anfrage, ob er das Geld wirklich an die Katholschen aushändigen oder nicht lieber nach Berlin reisen und ein marmornes oder vielleicht auch ein gußeisernes Grabkreuz, wie sie jetzt Mode seien, bestellen solle.

Eccelius zögerte keinen Augenblick mit der Antwort und sagte genau das, was Hradscheck zu hören wünschte. Versprechungen, die man einem Sterbenden gäbe, seien natürlich bindend, das erheische die Pietät, das sei die Regel. Aber jede Regel habe bekanntlich ihren Ausnahmefall, und wenn das einem Sterbenden gegebene Versprechen falsch und sündhaft sei, so hebe das Erkennen dieser Sündhaftigkeit das Versprechen wieder auf. Das sei nicht bloß Recht, das sei sogar Pflicht. Die ganze Sache, wie Hradscheck sie geschildert, gehöre zu seinen schmerzlichsten Erfahrungen. Er habe große Stücke von der Verstorbenen gehalten und allezeit einen Stolz darein gesetzt, sie für die gereinigte Lehre gewonnen zu haben. Daß er sich darin geirrt oder doch wenigstens halb geirrt habe, sei neben anderem auch persönlich kränkend für ihn, was er nicht leugnen wolle. Diese persönliche Kränkung indes sei nicht das, was sein eben gegebenes Urteil bestimmt habe. Hradscheck solle getrost bei seinem Plane bleiben und nach Berlin reisen, um das Kreuz zu bestellen. Ein Kranz und ein guter Spruch zu Häupten der Verstorbenen werde derselben genügen, dem Kirchhof aber ein Schmuck und eine Herzensfreude für jeden sein, der sonntags daran vorüberginge.

*

Es war Ende Oktober gewesen, daß Eccelius und Hradscheck dies Gespräch geführt hatten, und als nun der Frühling kam und der ganze Tschechiner Kirchhof, so kahl auch seine Bäume noch waren, in Schneeglöckchen und Veilchen stand, erschien das gußeiserne Kreuz, das Hradscheck mit vieler Wichtigkeit und nach langer minuziöser Beratung auf der Königlichen Eisengießerei bestellt hatte. Zugleich mit dem Kreuze traf ein Steinmetz mit zwei Gesellen ein, Leute, die das Aufrichten und Einlöten aus dem Grunde verstanden, und nachdem die Dorfjugend ein paar Stunden zugesehen hatte, wie das Blei geschmolzen und in das Sockelloch eingegossen wurde, stand das Kreuz da mit Spruch in Inschrift, und viele Neugierige kamen, um die goldblanken Verzierungen zu sehen: unten ein Engel, die Fackel senkend, und oben ein Schmetterling. All das wurde von alt und jung bewundert. Einige lasen auch die Inschrift: »Ursula Vincentia Hradscheck, geb. zu Hickede bei Hildesheim im Hannöverschen den 29. März 1790, gest. den 30. September 1832.« Und darunter »Evang. Matthäi 6, V. 14.« Auf der Rückseite des Kreuzes aber stand ein mutmaßlich von Eccelius selbst herrührender Spruch, darin er seinem Stolz, aber freilich auch seinem Schmerz Ausdruck gegeben hatte. Dieser Spruch lautete: »Wir wandelten in Finsternis, bis wir das Licht sahen. Aber die Finsternis blieb, und es fiel ein Schatten auf unseren Weg.«

*

Unter denen, die sich das Kreuz gleich am Tage der Errichtung angesehen hatten, waren auch Gendarm Geelhaar und Mutter Jeschke gewesen. Sie hatten denselben Heimweg und gingen nun gemeinschaftlich die Dorfstraße hinunter, Geelhaar etwas verlegen, weil er den zu seiner eigenen Würdigkeit schlecht passenden Ruf der Jeschke besser als irgendwer anders kannte. Seine Neugier überwand aber seine Verlegenheit, und so blieb er denn an der Seite der Alten und sagte:

»Hübsch is es. Un der Schmetterling so natürlich; beinah wie'n Zitronenvogel. Aber ich begreife Hradscheck nich, daß er sie so dicht an dem Turm begraben hat. Was soll sie da? Warum nicht bei den Kindern? Eine Mutter muß doch da liegen, wo die Kinder liegen.«

»Woll, woll, Geelhaar. Awers Hradscheck is klook. Un he weet ümmer, wat he deiht.«

»Gewiß weiß er das. Er ist klug. Aber gerade weil er klug ist ...«

»Joa, joa.«

»Nu was denn?«

Und der sechs Fuß hohe Mann beugte sich zu der alten Hexe nieder, weil er wohl merkte, daß sie was sagen wollte.

»Was denn, Mutter Jeschke?« wiederholte er seine Frage.

»Joa, Geelhaar, wat sall ick seggen? Eccelius möt et weten. Un de hett nu ook wedder de Inschrift moakt. Awers *een* is, de weet ümmer noch en beten mihr.«

»Und wer is das? Line?«

»Ne, Line nich. Awers Hradscheck sülwsten. Hradscheck, de will de Kinnings und de Fru nich tosoamen hebb'n. Nich so upp enen Hümpel.«

»Nun gut, gut. Aber warum nicht, Mutter Jeschke?«

»Nu, he denkt, wenn't losgeiht.«

Und nun blieb sie stehen und setzte dem halb verwundert, halb entsetzt aufhorchenden Geelhaar auseinander, daß die Hradscheck an dem Tage, »wo's losgehe«, doch natürlich nach ihren Kindern greifen würde, vorausgesetzt, daß sie sie zur Hand habe. »Un dat wull de oll Hradscheck nich.«

»Aber Mutter Jeschke, glaubt Ihr denn an so was?«

»Joa, Geelhaar, worümm nich? Worümm sall ick an so wat nich glöwen?«

17. KAPITEL

Als das Kreuz aufgerichtet stand, es war Nachmittag geworden, kam auch Hradscheck, sonntäglich und wie zum Kirchgange gekleidet, und die Neugierigen, an denen den ganzen Tag über, auch als Geelhaar und die Jeschke längst fort waren, kein Mangel blieb, sahen, daß er den Spruch las und die Hände faltete. Das gefiel ihnen ausnehmend, am meisten aber gefiel ihnen, daß er das teure Kreuz überhaupt bestellt hatte. Denn Geld ausgeben (und noch dazu *viel* Geld) war das, was den Tschechinern am meisten imponierte. Hradscheck verweilte wohl eine Viertelstunde, pflückte Veilchen, die neben dem Grabhügel aufsprossen, und ging dann in seine Wohnung zurück.

Als es dunkel geworden war, kam Ede mit Licht, fand aber die Tür von innen verriegelt, und als er nun auf die Straße ging, um wie gewöhnlich die Fensterladen von außen zu schließen, sah er, daß Hradscheck, eine kleine Lampe mit grünem Klappschirm vor sich, auf dem Sofa saß und den Kopf stützte. So verging der Abend. Auch am anderen Tage blieb er auf seiner Stube, nahm kaum einen Imbiß, las und schrieb und ließ das Geschäft gehen, wie's gehen wollte.

»Hür, Jakob«, sagte Male, »dat's joa grad, als ob se nu ihrst dod wihr. Süh doch, wie he doa sitt. He kann doch nu nich wedder anfang'n.«

»Ne«, sagte Jakob, »dat kann he nich.«

Und Ede, der hinzukam und heute gerade seinen hochdeutschen Tag hatte, stimmte bei, freilich mit der Einschränkung, daß er auch von der voraufgegangenen »ersten Trauer« nicht viel wissen wollte.

»Wieder anfangen! Ja, was heißt wieder anfangen? Damals war es auch man soso. Drei Tage und nicht länger. Und paß auf, Male, diesmal knappst er noch was ab.«

Und wirklich, Ede, der, aller Dummheit unerachtet, seinen Herrn gut kannte, behielt recht, und ehe noch der dritte Tag um war, ließ Hradscheck die Träumerei fallen und nahm das gesellige Leben wieder auf, das er schon während der zurückliegenden Wintermonate geführt hatte. Dazu gehörte, daß er alle vierzehn Tage nach Frankfurt und alle vier Wochen auch mal nach Berlin fuhr, wo er sich, nach Erledigung seiner kaufmännischen Geschäfte, kein anderes Vergnügen als einen Theaterabend gönnte. Deshalb stieg er auch regelmäßig in dem an der Ecke von Hohen-Steinweg und Königsstraße gelegenen »Gasthofe zum Kronprinzen« ab, von dem aus er zu dem damals in Blüte stehenden Königstädtischen Theater nur ein paar hundert Schritte hatte. War er dann wieder in Tschechin zurück, so gab er den Freunden und Stammgästen in der Weinstube, zu denen *jetzt* auch Schulze Woytasch gehörte, nicht bloß Szenen aus dem Angelyschen »Fest der Handwerker« und Holteis' »Altem Feldherrn« und den »Wienern in Berlin« zum besten, sondern sang ihnen auch allerlei Lieder und einige Arien vor: »War's vielleicht um eins, war's vielleicht um zwei, war's vielleicht drei oder vier.«

Und dann wieder: »In Berlin, sagt er, mußt du fein, sagt er, immer sein, sagt er« usw. Denn er besaß eine gute Tenorstimme. Besonderes Glück aber, weit über die Singspiel-Arien hinaus, machte er mit dem Leierkastenlied von »Herrn Schmidt und seinen sieben heiratslustigen Töchtern«, dessen erste Strophe lautete:

»Herr Schmidt, Herr Schmidt,
Was kriegt denn Julchen mit?«
»Ein Schleier und ein Federhut,
Das kleidet Julchen gar zu gut.«

Dies Lied von Herrn Schmidt und seinen Töchtern war das Entzücken Kunickes, das verstand sich von selbst, aber auch Schulze Woytasch versicherte jedem, der es hören wollte: »Für Hradscheck ist mir nicht bange; der kann ja jeden Tag aufs Theater. Ich habe Beckmann gesehen; nu ja, Beckmann is gut, aber Hradscheck is besser; er hat noch so was, ja, wie soll ich sagen, er hat noch so was, was Beckmann nicht hat.«

Hradscheck gewöhnte sich an solchen Beifall, und wenn es sich auch gelegentlich traf, daß er bei seinem Berliner Aufenthalte, während dessen er allemal eine goldene Brille trug, keine Novität gesehen hatte, so kam er doch nie mit leeren Händen zurück, weil er sich nicht eher zufrieden gab, als bis er an den Schaufenstern der Buchläden irgendwas Komisches und unbändig Witziges ausgefunden hatte. Das hielt auch nie schwer, denn es war gerade die »Glasbrenner- oder Brennglas-Zeit«, und wenn es solche Glasbrenner-Geschichten nicht sein konnten, nun so waren es Sammlungen alter und neuer Anekdoten, die damals in kleinen dürftigen Viergroschen-Büchelchen unter allerhand Namen und Titeln, so beispielsweise als »Brausepulver«, feilgeboten wurden. Ja, diese Büchelchen fanden bei den Tschechinern einen ganz besonderen Beifall, weil die darin erzählten Geschichten immer kurz waren und nie lange auf die Pointe warten ließen, und wenn das Gespräch mal stockte, so hatte Kunicke den Stammwitz: »Hradscheck, ein Brausepulver.«

*

Es war Anfang Oktober, als Hradscheck wieder mal in Berlin war, diesmal auf mehrere Tage, während er sonst immer den dritten Tag schon wieder nach Hause kam. Ede, der mittlerweile das Geschäft versah, paßte gut auf den Dienst, und nur in der Stunde von eins bis zwei, wo sich kaum ein Mensch im Laden sehen ließ, gefiel er sich darin, den Herrn zu spielen und, ganz so wie Hradscheck zu tun pflegte, mit auf den Rücken gelegten Händen im Garten auf und ab zu gehen. Das tat er auch heute wieder, zugleich aber rief er nach Jakob und trug ihm auf, und zwar in ziemlich befehlshaberischem Tone, daß er einen neuen Reifen um die Wassertonne legen solle. Dann sah er nach den Starkästen am Birnbaum und zog einen Zweig zu sich herab, um noch eine der nachgereiften »Franzosenbirnen« zu pflücken. Es war ein Prachtexemplar, in das er sofort einbiß. Als er aber den Zweig wieder losließ, sah er, daß die Jeschke drüben am Zaune stand.

»Dag, Ede.«

»Dag, Mutter Jeschke.«

»Na, schmeckt et?«

»I worümm nich? Is joa ne Malvasier.«

»Joa. Vördem wihr et ne Malvasier. Awers nu ...«

»Nu is et ne ›Franzosenbeer‹. Ick weet woll. Awers dat's joa all een.«

»Joa, wer weet, Ede. Doa is nu so wat mang. Heste noch nix maarkt?«

Der Junge ließ erschreckt die Birne fallen, das alte Weib aber bückte sich danach und sagte: »Ick meen joa nich de Beer. Ick meen sünnsten.«

»Wat denn? Wo denn?«

»Na, so rümm um't Huus.«

»Nei, Mutter Jeschke.«

»Un ook nich unnen in'n Keller? Hest noch nix siehn o'r hürt?«

»Nei, Mutter Jeschke. Man blot …«

»Un grapscht ook nich?«

Der Junge war ganz blaß geworden.

»Joa, Mutter Jeschke, mal wihr mi so. Mal wihr mi so, as hüll mi wat an de Hacken. Joa, ick glöw, et grapscht.«

Die Jeschke sah ihren Zweck erreicht und lenkte deshalb geschickt wieder ein. »Ede, du bist ne Bangbüchs. Ick hebb joa man spoaßt. Is joa man all dumm Tüg.«

Und damit ging sie wieder auf ihr Haus zu und ließ den Jungen stehen.

✳

Drei Tage danach war Hradscheck wieder aus Berlin zurück, in vergnüglicherer Stimmung als seit lange, denn er hatte nicht nur alles Geschäftliche glücklich erledigt, sondern auch die Bekanntschaft einer jungen Dame gemacht, die sich seiner Person wie seinen Heiratsplänen geneigt gezeigt hatte. Diese junge Dame war die Tochter aus einem Destillationsgeschäft, groß und stark, mit etwas hervortretenden, immer lachenden Augen, eine Vollblut-Berlinerin. »Forsch und fidel« war ihre Losung, der auch ihre Lieblingsredensart: »Ach, das ist ja zum Totlachen« entsprach. Aber dies war nur so für alle Tage. Wurde ihr dann wohliger ums Herz, so wurden es auch ihre Redewendungen, und sie sagte dann: »I, da muß ja 'ne alte Wand wakkeln,« oder »Das ist ja gleich, um einen Buckel zu kriegen.« Ihr Schönstes waren Landpartien einschließlich gesellschaftlicher Spiele, wie Zeck oder Plumpsack, dazu saure Milch mit Schwarzbrot und Heimfahrt mit Stocklaternen und Gesang: »Ein freies Leben führen wir«, »Frisch auf, Kameraden«, »Lützows wilde verwegene Jagd« und »Steh ich in finsterer Mitternacht«. Infolge welcher ausgesprochenen Vorliebe sie sich in den Kopf gesetzt hatte, nur aufs Land hinaus heiraten zu wollen. Und darüber war sie dreißig Jahre alt geworden, alles bloß aus Eigensinn und Widerspenstigkeit. Ihren Namen »Editha« aber hatte die Mutter in Dittchen abgekürzt.

So die Bekanntschaft, die Hradscheck während seines letzten Berliner Aufenthaltes gemacht hatte. Mit Editha selbst war er so gut wie einig, und nur die Eltern hatten noch kleine Bedenken. Aber was bedeutet das? Der Vater war ohnehin daran gewöhnt, nicht gefragt zu werden, und die Mutter, die nur wegen der neun Meilen Entfernung noch einigermaßen schwankte, wäre keine richtige Mutter gewesen, wenn sie nicht schließlich auch hätte Schwiegermutter sein wollen.

Also Hradscheck war in bester Stimmung, und ein Ausdruck derselben war es, daß er diesmal mit einem besonders großen Vorrat von Berliner Witzliteratur nach Tschechin zurückkehrte, darunter eine komische Romanze, die letzten Sonntag erst vom Hofschauspieler Rüthling im Konzertsaale des Königlichen Schauspielhauses vorgetragen war, und zwar in einer Matinee, der neben der ganzen *haute volée* von Berlin auch Hradscheck und Editha beigewohnt hatten. Diese Romanze behandelte die berühmte Geschichte vom Eckensteher, der einen armen Apothekerlehrling, »weil das Räucherkerzchen partout nicht stehen wolle«, Schlag Mitternacht aus dem Schlaf klingelte, welche Geschichte damals nicht bloß die ganze vornehme Welt, sondern besonders auch unseren auf alle Berliner Witze ganz wie versessenen Hradscheck derart hingenommen hatte, daß er die Zeit, sie seinem Tschechiner Konvivium vorzulesen, kaum erwarten konnte. Nun aber war es so weit, und er feierte Triumphe, die fast noch größer waren, als er zu hoffen gewagt hatte. Kunicke brüllte vor Lachen und bot den dreifachen Preis, wenn ihm Hradscheck das Büchelchen ablassen wolle. »Das müss' er seiner Frau vorlesen, wenn er nach Hause komme, diese Nacht noch; so was sei noch gar nicht dagewesen.« Und dann sagte Schulze Woytasch: »Ja, die Berliner! Ich weiß nicht! Und wenn mir einer tausend Taler gäbe, so was könnt ich nich machen. Es sind doch verflixte Kerls.«

Die »Romanze vom Eckensteher« indes, so glänzend ihr Vortrag abgelaufen war, war doch nur Vorspiel und Plänkelei gewesen, darin Hradscheck sein bestes Pulver noch nicht verschossen hatte. Sein Bestes oder doch das, was er persönlich dafür hielt, kam erst nach und war die

Geschichte von einem der politischen Polizei zugeteilten Gendarmen, der einen unter Verdacht des Hochverrats stehenden und in der Kurstraße wohnenden badischen Studenten, namens Haitzinger, ausfindig machen sollte, was ihm auch gelang, und einige Zeit danach zu der amtlichen Meldung führte, daß er den pp. Haitzinger, der übrigens Blümchen heiße, gefunden habe, trotzdem derselbe nicht in der Kurstraße, sondern auf dem Spittelmarkt wohnhaft und nicht badischer Student, sondern ein sächsischer Leineweber sei. »Und nun, Ihr Herren und Freunde«, schloß Hradscheck seine Geschichte, »dieser ausbündig gescheite Gendarm, wie hieß er? Natürlich Geelhaar, nicht wahr? Aber nein, Ihr Herren, fehlgeschossen, er hieß bloß Müller II. Ich habe mich genau danach erkundigt, sonst hätt ich bis an mein Lebensende geschworen, daß er Geelhaar geheißen habe.«

Kunicke schüttelte sich und wollte von keinem anderen Namen als Geelhaar wissen, und als man sich endlich ausgetobt und ausgejubelt hatte (nur Woytasch, als Dorfobrigkeit, sah etwas mißbilligend drein), sagte Quaas: »Kinder, so was haben wir nicht alle Tage, denn Hradscheck kommt nicht alle Tage von Berlin. Ich denke deshalb, wir machen noch eine Bowle: drei Mosel, eine Rheinwein, eine Burgunder. Und nicht zu süß. Sonst haben wir morgen Kopfweh. Es ist erst halb zwölf, fehlen noch fünf Minuten. Und wenn wir uns ranhalten, machen wir um Mitternacht die Nagelprobe.«

»Bravo!« stimmte man ein. »Aber nicht zu früh; Mitternacht ist zu früh.«

Und Hradscheck erhob sich, um Ede, der verschlafen im Laden auf einem vorgezogenen Zukkerkasten saß, in den Keller zu schicken und die fünf Flaschen heraufholen zu lassen. »Und paß auf Ede; der Burgunder liegt durcheinander, roter und weißer, der mit dem grünen Lack ist es.«

Ede rieb sich den Schlaf aus den Augen, nahm Licht und Korb und hob die Falltür auf, die zwischen den übereinandergepackten Ölfässern, und zwar an der einzig frei gebliebenen Stelle, vom Flur her in den Keller führte.

Nach ein paar Minuten war er wieder oben und klopfte vom Laden her an die Tür, zum Zeichen, daß alles da sei.

»Gleich«, rief der wie gewöhnlich mitten in einem Vortrage steckende Hradscheck, »gleich«, und trat erst, als er seinen Satz beendet hatte, von der Weinstube her in den Laden. Hier schob er sich eine schon vorher aus der Küche heranbeorderte Terrine bequem zurecht und griff nach dem Korkzieher, um die Flasche aufzuziehen. Als er aber den Burgunder in die Hand nahm, gab er dem Jungen, halb ärgerlich, halb gutmütig, einen Tipp auf die Schulter und sagte: »Bist ein Döskopp, Ede. Mit grünem Lack, hab ich dir gesagt. Und das ist gelber. Geh und hol 'ne richtige Flasche. Wer's nich im Kopp hat, muß es in den Beinen haben.«

Ede rührte sich nicht.

»Nun, Junge, wird es? Mach flink.«

»Ick geih nich.«

»Du gehst nich? Warum nich?«

»Et spökt.«

»Wo?«

»Unnen … Unnen in'n Keller.«

»Junge, bist du verrückt? Ich glaube, dir steckt schon der Mitternachtsgrusel im Leibe. Rufe Jakob. Oder nein, der is schon zu Bett; rufe Male, *die* soll kommen und dich beschämen. Aber laß nur.«

Und dabei ging er selber bis an die Küchentüre und rief hinaus: »Male!«

Die Gerufene kam.

»Geh in den Keller, Male.«

»Nei, Herr Hradscheck, ick geih nich.«

»Auch *du* nich. Warum nich?«

»Et spökt.«

»Ins Dreideibels Namen, was soll der Unsinn?«

Und er versuchte zu lachen. Aber er hielt sich dabei nur mit Mühe auf den Beinen, denn ihn schwindelte. Zu gleicher Zeit empfand er deutlich, daß er kein Zeichen von Schwäche geben dürfe, vielmehr umgekehrt bemüht sein müsse, die Weigerung der beiden ins Komische zu ziehen, und so riß er denn die Tür zur Weinstube weit auf und rief hinein: »Eine Neuigkeit, Kunicke …«

»Nu, was gibt's?«

»Unten spukt es. Ede will nicht mehr in den Keller und Male natürlich auch nicht. Es sieht schlecht aus mit unserer Bowle. Wer kommt mit? Wenn zwei kommen, spukt es nicht mehr.«

»Wir alle«, schrie Kunicke. »Wir alle. Das gibt einen Hauptspaß. Aber Ede muß auch mit.«

Und bei diesen Worten eines der zur Hand stehenden Lichter nehmend, zogen sie – mit Ausnahme von Woytasch, dem das Ganze mißhagte – brabbelnd und plärrend und in einer Art Prozession, als ob einer begraben würde, von der Weinstube her durch Laden und Flur und stiegen langsam und immer einer nach dem anderen die Stufen der Kellertreppe hinunter.

»Alle Wetter, is *das* ein Loch!« sagte Quaas, als er sich unten umguckte. »Hier kann einem ja gruslig werden. Nimm nur gleich ein paar mehr mit, Hradscheck. Das hilft. Je mehr Fidelité, je weniger Spuk.«

Und bei solchem Gespräch, in das Hradscheck einstimmte, packten sie den Korb voll und stiegen die Kellertreppe wieder hinauf. Oben aber warf Kunicke, der schon stark angeheitert war, die schwere Falltür zu, daß es durchs ganze Haus hin dröhnte.

»So, nu sitzt er drin.«

»Wer?«

»Na wer? Der Spuk.«

Alles lachte; das Trinken ging weiter, und Mitternacht war lange vorüber, als man sich trennte.

18. KAPITEL

Hradscheck, sonst mäßig, hatte mit den anderen um die Wette getrunken, bloß um eine ruhige Nacht zu haben. Das war ihm auch geglückt, und er schlief nicht nur fest, sondern auch weit über seine gewöhnliche Stunde hinaus. Erst um acht Uhr war er auf. Male brachte den Kaffee, die Sonne schien ins Zimmer, und die Sperlinge, die das aus den Häckelsäcken gefallene Futterkorn aufpickten, flogen, als sie damit fertig waren, aufs Fensterbrett und meldeten sich. Ihre Zwitschertöne hatten etwas Heiteres und Zutrauliches, das dem Hausherrn, der ihnen reichlich Semmelkrumen zuwarf, unendlich wohl tat, ja, fast war's ihm, als ob er ihren Morgengruß verstände: Schöner Tag heute, Herr Hradscheck; frische Luft; alles leichtnehmen!

Er beendete sein Frühstück und ging in den Garten. Zwischen den Buchsbaum-Rabatten stand viel Rittersporn, halb noch in der Blüte, halb schon in Samenkapseln, und er brach eine der Kapseln ab und streute die schwarzen Körnchen in seine Handfläche. Dabei fiel ihm wie von ungefähr ein, was ihm Mutter Jeschke vor Jahr und Tag einmal über Farnkrautsamen und Sich-unsichtbar-machen gesagt hatte. »Farnkrautsamen in die Schuh gestreut ...« Aber er mochte es nicht ausdenken und sagte, während er sich auf eine neuerdings um den Birnbaum herum angebrachte Bank setzte: »Farnkrautsamen! Nun fehlt bloß noch das Licht vom neugeborenen Lamm. Alles Altweibergeschwätz. Und wahrhaftig, ich werde noch selber ein altes Weib ... Aber da kommt sie ...«

Wirklich, als er so vor sich hinredete, kam die Jeschke zwischen den Spargelbeeten auf ihn zu.

»Dag, Hradscheck. Wie geiht et? Se kümmen joa goar nich mihr.«

»Ja, Mutter Jeschke, wo soll die Zeit herkommen? Man hat eben zu tun. Und der Ede wird immer dümmer. Aber setzen Sie sich. Hierher. Hier ist Sonne.«

»Nei, loatens man, Hradscheck, loatens man. Ick sitt schon so veel. Awers Se möten sitten bliewen.« Und dabei malte sie mit ihrem Stock allerlei Figuren in den Sand.

Hradscheck sah ihr zu, ohne seinerseits das Wort zu nehmen, und so fuhr sie nach einer Pause fort: »Joa, veel to dohn is woll. Wihr joa gistern wedder Klock een. Kunicke kunn woll wedder nich loskoamen? *Den* kenn ick. Na, sein Vader, de oll Kunicke, wihr ook so. Man blot noch en beten mihr.«

»Ja«, lachte Hradscheck, »spät war es. Un denken Sie sich, Glock' zwölf sind wir noch fünf Mann hoch in den Keller gestiegen. Und warum? Weil der Ede nicht mehr wollte.«

»Nu, süh eens. Un worümm wull he nich?«

»Weil's unten spuke. Der Junge war wie verdreht mit seinem ewigen ›et spökt‹ und ›et grapscht‹. Und weil er dabei blieb und wir unsere Bowle doch haben wollten, so sind wir am Ende selber gegangen.«

»Nu, süh eens«, wiederholte die Alte. »Hätten em salln 'ne Muulscheel gewen.«

»Wollt ich auch. Aber als er so dastand und zitterte, da konnt ich nicht. Und dann dacht ich auch …«

»Ach wat, Hradscheck, ist joa all dumm Tüg … *Un wenn* et wat is, na, denn möt et de Franzos sinn.«

»Der Franzose?«

»Joa, de Franzos. Guckens moal; de Ihrd geiht hier so'n beten dahl. He moak woll en beten rutscht sinn.«

»Rutscht sinn«, wiederholte Hradscheck und lachte mit der Alten um die Wette. »Ja, der Franzos ist gerutscht. Alles gut. Aber wenn ich nur den Jungen erst wieder in Ordnung hätte. Der macht mir das ganze Dorf rebellisch. Und wie die Leute sind, wenn sie von Spuk hören, da wird ihnen ungemütlich. Und dann kommt zuletzt auch die dumme Geschichte wieder zur Sprache. Sie wissen ja …«

»Woll, woll, ick weet.«

»Und dann, Mutter Jeschke, Spuk ist Unsinn. Natürlich. Aber es gibt doch welche …«

»Joa, joa.«

»Es gibt doch welche, die sagen: Spuk ist *nicht* Unsinn. Wer hat nu recht? Nu mal 'raus mit der Sprache.«

Der Alten entging nicht, in welcher Pein und Beklemmung Hradscheck war, weshalb sie, wie sie stets zu tun pflegte, mit einem »Ja« antwortete, das ebensogut ein »Nein«, und mit einem »Nein«, das ebensogut ein »Ja« sein konnte.

»Mien leew Hradscheck«, begann sie, »Se wullen wat weten von mi. Joa, wat weet ick? Spök? Gewen moak et joa woll so wat. Un am Enn ook wedder nich. Un ick segg ümmer: wihr sich jrult, för den is et wat, un wihr sich *nich* jrult, för den is et nix.«

Hradscheck, der mit gespanntester Aufmerksamkeit gefolgt war, nickte zustimmend, während die sich plötzlich neben ihn setzende Alte mit wachsender Vertraulichkeit fortfuhr: »Ick will Se wat seggen, Hradscheck. Man möt man blot Kurasch hebben. Un Se hebben joa. Wat is Spök? Spök, dat's grad so, as wenn de Müüs' knabbern. Wihr ümmer hinhürt, na, de slöppt nich; wihr awers so bi sich seggen deiht: ›na, worümm salln se nich knabbern‹, de slöppt.«

Und bei diesen Worten erhob sie sich rasch wieder und ging zwischen den Beeten hin auf ihre Wohnung zu. Mit einem Male aber blieb sie stehen und wandte sich wieder, wie wenn sie was vergessen habe. »Hürens, Hradscheck, wat ick Se noch seggen will, uns' Line kümmt ook wedder. Se hett gistern schrewen. Wat mienens? *De* wihr so wat för Se.«

»Geht nicht, Mutter Jeschke. Was würden die Leute sagen? Un is auch eben erst ein Jahr.«

»Woll. Awers se kümmt ook ihrst um Martini rümm … Und denn, Hradscheck, Se bruken se joa nich glieks to frijen.«

19. KAPITEL

»De Franzos is rutscht«, hatte die Jeschke gesagt und war dabei wieder so sonderbar vertraulich gewesen, alles mit Absicht und Berechnung. Denn wenn das Gespräch auch noch nachwirkte, darin ihr, vor länger als einem Jahr, ihr sonst so gefügiger Nachbar mit einer Verleumdungsklage gedroht hatte, so konnte sie trotz alledem von der Angewohnheit nicht lassen, in dunklen Andeutungen zu sprechen, als wisse sie was und halte nur zurück.

»Verdammt!« murmelte Hradscheck vor sich hin. »Und dazu der Ede mit seiner ewigen Angst.«

Er sah deutlich die ganze Geschichte wieder lebendig werden, und ein Schwindel ergriff ihn, wenn er an all das dachte, was bei diesem Stande der Dinge jeder Tag bringen konnte.

»Das geht so nicht weiter. Er muß weg. Aber wohin?«

Und bei diesen Worten ging Hradscheck auf und ab und überlegte.

»Wohin? Es heißt, er liege in der Oder. Und dahin muß er … je eher, je lieber … *Heute* noch.

Aber ich wollte, dies Stück Arbeit wäre getan. Damals ging es, das Messer saß mir an der Kehle. Aber jetzt! Wahrhaftig, das Einbetten war nicht so schlimm, als es das Umbetten ist.«

Und von Angst und Unruhe getrieben, ging er auf den Kirchhof und trat an das Grab seiner Frau. Da war der Engel mit der Fackel, und er las die Inschrift. Aber seine Gedanken konnten von dem, was er vorhatte, nicht los, und als er wieder zurück war, stand es fest: »Ja, *heute* noch ... Was du tun willst, tue bald.«

Und dabei sann er nach, *wie's* geschehen müsse.

»Wenn ich nur etwas Farnkraut hätt. Aber wo gibt es Farnkraut hier? Hier wächst ja bloß Gras und Gerste, weiter nichts, und ich kann doch nicht zehn Meilen in der Welt herumkutschieren, bloß um mit einem großen Busch Farnkraut wieder nach Hause zu kommen. Und warum auch? Unsinn ist es doch.«

Er sprach noch so weiter. Endlich aber entsann er sich, in dem benachbarten Gusower Park einen ganzen Wald von Farnkraut gesehen zu haben. Und so rief er denn in den Hof hinaus und ließ anspannen.

Um Mittag kam er zurück, und vor ihm, auf dem Rücksitz des Wagens, lag ein riesiger Farnkrautbusch. Er kratzte die Samenkörnchen ab und tat sie sorglich in eine Papierkapsel und die Kapsel in ein Schubfach. Dann ging er noch einmal alles durch, was er brauchte, trug das Grabscheit, das für gewöhnlich neben der Gartentür stand, in den Keller hinunter und war wie verwandelt, als er mit diesen Vorbereitungen fertig war.

Er pfiff und trällerte vor sich hin und ging in den Laden.

»Ede, du kannst heute nachmittag ausgehen. In Gusow ist Jahrmarkt, mit Karussell, und sind auch Kunstreiter da, das heißt Seiltänzer. Ich hab heut vormittag das Seil spannen sehen. Und vor acht brauchst du nicht wieder hier zu sein. Da nimm, das ist für dich, und nun amüsiere dich gut. Und is auch 'ne Waffelbude da, mit Eierbier und Punsch. Aber hübsch mäßig, nich zu viel; hörst du, keine Dummheiten machen.«

Ede strahlte vor Glück, machte sich auf den Weg und war Punkt acht wieder da. Zugleich mit ihm kamen die Stammgäste, die wie gewöhnlich ihren Platz in der Weinstube nahmen. Einige hatten schon erfahren, daß Hradscheck am Vormittag in Gusow gewesen und mit einem großen Busch Farnkraut zurückgekommen sei.

»Was du nur mit dem Farnkraut willst?« fragte Kunicke.

»Anpflanzen.«

»Das wuchert ja. Wenn das drei Jahr in deinem Garten steht, weißt du vor Unkraut nicht mehr, wo du hin sollst.«

»Das soll es auch. Ich will einen hohen Zaun davon ziehen. Und je rascher es wächst, desto besser.«

»Na, sieh dich vor damit. Das ist wie die Wasserpest; wo sich das mal eingenistet hat, ist kein Auskommen mehr. Und vertreibt dich am Ende von Haus und Hof.«

Alles lachte, bis man zuletzt auf die Kunstreiter zu sprechen kam und an Hradscheck die Frage richtete, was er denn eigentlich von ihnen gesehen habe?

»Bloß das Seil. Aber Ede, der heute nachmittag da war, der wird wohl Augen gemacht haben.«

Und nun erzählte Hradscheck des breiteren, daß *der*, dem jetzt die Truppe gehöre, des alten Kolter Schwiegersohn sei, ja, die Frau desselben nenne sich noch immer nach dem Vater und habe den Namen ihres Mannes gar nicht angenommen.

Er sagte das alles so hin, wie wenn er die Kolters ganz genau kenne, was den Ölmüller zu verschiedenen Fragen über die berühmte Seiltänzerfamilie veranlaßte. Denn Springer und Kunstreiter waren Quaasens unentwegte Passion, seit er als zwanzigjähriger Junge mal auf dem Punkte gestanden hatte, mit einer Kunstreiterin auf und davon zu gehen. Seine Mutter jedoch hatte Wind davon gekriegt und ihn nicht bloß in den Milchkeller gesperrt, sondern auch den Direktor der Truppe gegen ein erhebliches Geldgeschenk veranlaßt, die »gefährliche Person« bis nach Reppen hin vorauszuschicken. All das, wie sich denken läßt, gab auch heute wieder Veranlassung zu vielfachen Neckereien und um so mehr, als Quaas ohnehin den Vorzug genoß, Stichblatt der Tafelrunde zu sein.

»Aber was is das mit Kolter?« fragte Kunicke. »Du wolltest von ihm erzählen, Hradscheck. Is es ein Reiter oder ein Springer?«

»Bloß ein Springer. Aber was für einer!«

Und nun fing Hradscheck an, eine seiner Hauptgeschichten zum besten zu geben, die vom alten Kolter nämlich, der Anno vierzehn schon sehr berühmt und mit in Wien auf dem Kongreß gewesen sei.

»Was, was! Mit auf dem Kongreß?«

»Versteht sich. Und warum nicht?«

»Auf dem Kongreß also.«

»Und da habe denn«, so fuhr Hradscheck fort, »der König von Preußen zum Kaiser von Rußland gesagt: ›Höre, Bruderherz, was du von deinem Stiglischeck auch sagen magst, Kolter ist doch besser, Parole d'honneur, Kolter ist der erste Springer der Welt, und was ihm auch passieren mag, er wird sich immer zu helfen wissen.‹ Und als nun der Kaiser von Rußland das bestritten, da hätten sie gewettet, und wäre bloß *die* Bedingung gewesen, daß nichts vorher gesagt werden solle. Das hätten sie denn auch gehalten. Und als nun Kolter halb schon das zwischen zwei Türmen ausgespannte Seil hinter sich gehabt habe, da sei mit einem Male von der anderen Seite her ein anderer Seiltänzer auf ihn losgekommen, das sei Stiglischeck gewesen, und keine Minute mehr, da hätten sie sich gegenübergestanden, und der Russe, was ihm auch keiner verdenken könne, habe bloß gesagt: ›Alles perdu, Bruder: du verloren, ich verloren.‹ Aber Kolter habe nur gelacht und ihm was ins Ohr geflüstert, einige sagen, einen frommen Spruch, andere aber sagen das Gegenteil, und sei dann mit großer Anstrengung und Geschicklichkeit zehn Schritte rückwärts gegangen, während der andere sich niedergehuckt habe. Und nun habe Kolter einen Anlauf genommen und sei mit eins, zwei, drei über den anderen weggesprungen. Da sei ein furchtbares Beifallklatschen gewesen, und einige hätten laut geweint und immer wieder und wieder gesagt, ›das sei mehr als Napoleon‹. Und der Kaiser von Rußland habe seine Wette verloren und auch wirklich bezahlt.«

»Wird er wohl, wird er wohl«, sagte Kunicke. »Der Russe bezahlt immer. Hat's ja ... Bravo, Hradscheck; bravo!«

So war Hradscheck mit Beifall belohnt worden und hatte von Viertelstunde zu Viertelstunde noch vieles andere zum besten gegeben, bis endlich um elf die Stammgäste das Haus verließen.

*

Ede war schon zu Bett geschickt, und in dem weiten Hause herrschte Todesstille. Hradscheck schritt auf und ab in seiner Stube, mußte sich aber setzen, denn der Aufregungen dieses Tages waren so viele gewesen, daß er sich, trotz fester Nerven, einer Ohnmacht nahe fühlte. Solang er drüben Geschichten erzählt hatte, munterer und heiterer, so wenigstens schien es, als je zuvor, war kein Tropfen Wein über seine Lippen gekommen, jetzt aber nahm er Kognak und Wasser und fühlte, wie Kraft und Entschlossenheit ihm rasch wiederkehrten. Er ging auf das Schubfach zu, drin er das Käpselchen versteckt hatte, zog gleich danach seine Schuh' aus und pulverte von dem Farnkrautsamen hinein.

»So!«

Und nun stand er wieder in seinen Schuhen und lachte.

»Will doch mal die Probe machen! Wenn ich jetzt unsichtbar bin, muß ich mich auch selber nicht sehen können.«

Und das Licht zur Hand nehmend, trat er vor den schmalen Trumeau mit dem weißlackierten Rahmen und sah hinein und nickte seinem Spiegelbilde zu. »Guten Tag, Abel Hradscheck. Wahrhaftig, wenn alles so viel hilft wie der Farnkrautsamen, so werd ich nicht weit kommen und bloß noch das angenehme Gefühl haben, ein Narr gewesen zu sein und ein Dummkopf, den ein altes Weib genasführt hat. Die verdammte Hexe! Warum lebt sie? Wäre sie weg, so hätt ich längst Ruh und brauchte diesen Unsinn nicht. Und brauchte nicht ...« Ein Grusel überlief ihn, denn das Furchtbare, was er vorhatte, stand mit einem Male wieder vor seiner Seele. Rasch aber bezwang er sich.

»Eins kommt aus dem anderen. Wer A sagt, muß B sagen.«

Und als er so gesprochen und sich wieder zurechtgerückt hatte, ging er auf einen kleinen Eckschrank zu und nahm ein Laternchen heraus, das er sich schon vorher durch Überkleben mit Papier in eine Art Blendlaterne umgewandelt hatte. Die Alte drüben sollte den Lichtschimmer nicht wieder sehen und ihn nicht zum wievielten Male mit ihrem ›Ick weet nich, Hradscheck, wihr et in de Stuw, or wihr et in'n Keller‹ in Wut und Verzweiflung bringen. Und nun zündete er das Licht an, knipste die Laternentür wieder zu und trat, rasch entschlossen, auf den Flur hinaus. Was er brauchte, darunter auch ein Stück alter Teppich, lag längst unten in Bereitschaft.

»Vorwärts, Hradscheck!«

Und zwischen den großen Ölfässern hin ging er bis an den Kellereingang, hob die Falltür auf und stieg langsam und vorsichtig die Stufen hinunter. Als er aber unten war, sah er, daß die Laterne, trotz der angebrachten Verblendung, viel zuviel Licht gab und nach oben hin, wie aus einem Schlot, einen hellen Schein warf. Das durfte nicht sein, und so stieg er die Treppe wieder hinauf, blieb aber in halber Höhe stehen und griff bloß nach einem ihm in aller Bequemlichkeit zur Hand liegenden Brett, das hier an das nächstliegende Ölfaß herangeschoben war, um die ganze Reihe der Fässer am Rollen zu verhindern. Es war nur schmal, aber doch gerade breit genug, um unten das Kellerfenster zu schließen.

»Nun mag sie sich drüben die Augen ausgucken. Meinetwegen. Durch ein Brett wird sie ja wohl nicht sehen können. Ein Brett ist besser als Farnkrautsamen ...«

Und damit schloß er die Falltür und stieg wieder die Stufen hinunter.

20. KAPITEL

Ede war früh auf und bediente seine Kunden. Dann und wann sah er nach der kleinen, im Nebenzimmer hängenden Uhr, die schon auf ein Viertel nach acht zeigte.

»Wo der Alte nur bleibt?«

Ede durfte die Frage schon tun, denn für gewöhnlich erschien Hradscheck mit dem Glockenschlage sieben. Heut aber ließ sich kein Hradscheck sehen, als es neun war, steckte statt seiner nur Male den Kopf in den Laden hinein und sagte:

»Wo he man bliewt, Ede?«

»Weet nich.«

»Ick will geihn un en beten an sine Dhör bullern.«

»Joa, dat dhu man.«

Und wirklich, Male ging, um ihn zu wecken. Aber sie kam in großer Aufregung wieder. »He is nich doa, nich in de Vör- un ook nich in de Hinnerstuw. Allens open un keene Dhör to.

»Un sien Bett?« fragte Ede.

»Allens glatt un ungeknüllt. He's goar nich in west.«

Ede kam auch in Unruhe. Was war zu tun? Er wie Male hatten ein unbestimmtes Gefühl, daß etwas ganz Absonderliches geschehen sein müsse, worin sie sich durch den schließlich ebenfalls erscheinenden Jakob nur noch bestärkt sahen. Nach einigem Beraten kam man überein, daß Jakob zu Kunicke hinübergehen und wegen des Abends vorher anfragen solle; Kunicke müss' es wissen, der sei immer der letzte. Male dagegen solle rasch nach dem Krug laufen, wo Gendarm Geelhaar um diese Stunde zu frühstücken und der alten Krügerschen, die manchen Sturm erlebt hatte, schöne Dinge zu sagen pflegte. Das geschah denn auch alles, und keine Viertelstunde, so sah man Geelhaar die Dorfstraße herunterkommen, mit ihm Schulze Woytasch. Vor Hradschecks Tür trafen beide mit Kunicke zusammen. Man begrüßte sich stumm und überschritt mit einer gewissen Feierlichkeit die Schwelle.

Drin im Hause hatte sich mittlerweile die Szene verändert.

Ede stand mitten auf dem Flur und wies auf ein großes Ölfaß, das um ein Geringes vorgerollt war, nur zwei Fingerbreit, gerade weit genug, um die Falltür zu schließen.

»Doa sitt he in«, schrie der Junge.

»Schrei nicht so!« fuhr ihn Schulze Woytasch an. Und Kunicke setzte hinzu: »Halt's Maul, Junge!«

Dieser jedoch war nicht zu Ruhe zu bringen, und sein bißchen Schläfenhaar immer mehr in die Höh' schiebend, fuhr er in demselben Weinertone fort: »Ick weet allens. Dat's de Spök. De Spök hett noah em grapscht. Un denn wull he rut un kunn nich.«

Um diese Zeit war auch Eccelius aus der Pfarre herübergekommen, leichenblaß und von Ahnungen geängstigt.

Geelhaar und Schulze Woytasch, schon von Amts wegen auf bessere Nerven gestellt, hatten inzwischen ihren Abstieg bewerkstelligt, während Kunicke, mit einem Licht in der Hand, von oben her in den Keller hineinleuchtete. Da nicht viele Stufen waren, so konnte er das Nächste bequem sehen: unten lag Hradscheck, allem Anscheine nach tot, ein Grabscheit in der Hand, die zerbrochene Laterne daneben. Unser alter Anno-Dreizehner sah sich bei diesem Anblick seiner gewöhnlichen Gleichgültigkeit entrissen, erholte sich aber und kroch, unten angekommen, in Gemeinschaft mit Geelhaar und Woytasch auf die Stelle zu, wo hinter einem Lattenverschlage der Weinkeller war. Die Tür stand auf, etwas Erde war aufgegraben, und man sah Arm und Hand eines hier Verscharrten. Alles andere war noch verdeckt. Aber freilich, was sichtbar war, war gerade genug, um alles Geschehene klarzulegen.

Keiner sprach ein Wort, und mit einem scheuen Seitenblick auf den entseelt am Boden Liegenden stiegen alle drei die Treppe wieder hinauf.

Auch oben, wo sich Eccelius ihnen wieder gesellte, blieb es bei wenig Worten, was nicht wundernehmen konnte. Nur das Nötigste wurde festgestellt. Dann verließ man das Haus, das nun für jeden ein Haus des Schreckens geworden war, Kunicke schritt quer über den Damm auf seine Wohnung, Eccelius auf seine Pfarre zu. Woytasch war mit ihm.

»Das Küstriner Gericht«, hob Eccelius an, »wird nur wenig noch zu sagen haben. Alles ist klar, und doch ist nichts bewiesen. Er steht vor einem höheren Richter.«

Woytasch nickte. »Höchstens noch, was aus der Erbschaft wird«, bemerkte dieser und sah vor sich hin. »Er hat keine Verwandten hier herum, und die Frau, so mir recht ist, auch nich. Vielleicht, daß es der Polsche wiederkriegt. Aber das werden die Tschechiner nich wollen.«

Eccelius erwiderte: »Das alles macht mir keine Sorge. Was mir Sorge macht, ist bloß das: wie kriegen wir ihn unter die Erde und wo. Sollen wir ihn unter die guten Leute legen, das geht nicht, das leiden die Bauern nicht und machen uns eine Kirchhofsrevolte. Und was das Schlimmste ist, haben auch recht dabei. Und sein Feld wird auch keiner dazu hergeben wollen. Eine solche Stelle mag niemand auf seinem Acker haben.«

»Ich denke«, sagte der Schulze, »wir bringen ihn auf den Kirchhof. Bewiesen ist am Ende nichts. Im Garten liegt der Franzos, und im Keller liegt der Polsche. Wer will sagen, wer ihn dahin gelegt hat? Keiner weiß es, nicht einmal die Jeschke. Schließlich ist alles bloß Verdacht. Auf den Kirchhof muß er also. Aber seitab, wo die Nesseln stehen und der Schutt liegt.«

»Und das Grab der Frau?« fragte Eccelius. »Was wird aus dem? Und aus dem Kreuz?«

»Das werden sie wohl umreißen, da kenn ich meine Tschechiner. Und dann müssen wir tun, Herr Pastor, als sähen wir's nicht. Kirchhofsordnung ist gut, aber der Mensch verlangt auch seine Ordnung.«

»Bravo, Schulze Woytasch!« sagte Eccelius und gab ihm die Hand. »Immer's Herz auf dem rechten Fleck!«

*

Geelhaar ging in den Laden, legte die Hand auf Edes Kopf und sagte: »Hör, Ede, das war heut ein bißchen scharf. So zwei Dodige gleich morgens um neun! Na, schenk mal was ein! Was nehmen wir denn?«

»Na, 'nen Rum, Herr Geelhaar.«

»Nei, Rum ist mir heute zu schwach. Gib erst 'nen Kognak. Und dann ein' Rum.«

Ede schenkte mit zitternder Hand ein. Geelhaars Hand aber war um so sicherer. Als er ein paar Gläser geleert hatte, ging er in den Garten und spazierte drin auf und ab, als ob nun alles sein wäre.

Die Jeschke, wie sich denken läßt, ließ auch nicht lang auf sich warten. Sie wußte schon alles und sah mal wieder über den Zaun.

»Dag, Geelhaar.«

»Dag, Mutter Jeschke ... Nu, was macht Line?«

»De kümmt to Martini. Se brukt sich joa nu nich mihr to jrulen.«

»Vor Hradscheck?« lachte Geelhaar.

»Joa. Vor Hradscheck. Awers nu sitt he joa fast.«

»Das tut er. Und gefangen in seiner eigenen Falle.«

»Joa, joa. De olle Voß! Nu kümmt he nich wedder rut. Fien wihr he. Awers to fien, loat man sien!«

*

Was noch geschehen mußte, geschah still und rasch, und schon um die neunte Stunde des folgenden Tages trug Eccelius nachstehende Notiz in das Tschechiner Kirchenbuch ein:

»Heute, den 3. Oktober, früh vor Tagesanbruch, wurde der Kaufmann und Gasthofbesitzer Abel Hradscheck ohne Sang und Klang in den hiesigen Kirchhofsacker gelegt. Nur Schulze Woytasch, Gendarm Geelhaar und Bauer Kunicke wohnten dem stillen Begräbnisakte bei. Der Tote, so nicht alle Zeichen trügen, wurde von der Hand Gottes getroffen, nachdem es ihm gelungen war, den schon früher gegen ihn wach gewordenen Verdacht durch eine besondere Klugheit wieder zu beschwichtigen. Er verfing sich aber schließlich in seiner List und grub sich, mit dem Grabscheit in der Hand, in demselben Augenblicke sein Grab, in dem er hoffen durfte, sein Verbrechen für immer aus der Welt geschafft zu sehen. Und bezeugte dadurch aufs neue die Spruchweisheit: ›*Es ist nichts so fein gesponnen, 's kommt doch alles an die Sonnen.*‹«

Irrungen, Wirrungen

1. KAPITEL

An dem Schnittpunkte von Kurfürstendamm und Kurfürstenstraße, schräg gegenüber dem »Zoologischen«, befand sich in der Mitte der siebziger Jahre noch eine große, feldeinwärts sich erstreckende Gärtnerei, deren kleines, dreifenstriges, in einem Vorgärtchen um etwa hundert Schritte zurückgelegenes Wohnhaus, trotz aller Kleinheit und Zurückgezogenheit, von der vorübergehenden Straße her sehr wohl erkannt werden konnte. Was aber sonst noch zu dem Gesamtgewese der Gärtnerei gehörte, ja die recht eigentliche Hauptsache derselben ausmachte, war durch eben dies kleine Wohnhaus wie durch eine Kulisse versteckt, und nur ein rot und grün gestrichenes Holztürmchen mit einem halb weggebrochenen Zifferblatt unter der Turmspitze (von Uhr selbst keine Rede) ließ vermuten, daß hinter dieser Kulisse noch etwas anderes verborgen sein müsse, welche Vermutung denn auch in einer von Zeit zu Zeit aufsteigenden, das Türmchen umschwärmenden Taubenschar und mehr noch in einem gelegentlichen Hundegeblaff ihre Bestätigung fand. Wo dieser Hund eigentlich steckte, das entzog sich freilich der Wahrnehmung, trotzdem die hart an der linken Ecke gelegene, von früh bis spät aufstehende Haustür einen Blick auf ein Stückchen Hofraum gestattete. Überhaupt schien sich nichts mit Absicht verbergen zu wollen, und doch mußte jeder, der zu Beginn unserer Erzählung des Weges kam, sich an dem Anblick des dreifenstrigen Häuschens und einiger im Vorgarten stehenden Obstbäume genügen lassen.

*

Es war die Woche nach Pfingsten, die Zeit der langen Tage, deren blendendes Licht mitunter kein Ende nehmen wollte. Heut' aber stand die Sonne schon hinter dem Wilmersdorfer Kirchturm, und statt der Strahlen, die sie den ganzen Tag über herabgeschickt hatte, lagen bereits abendliche Schatten in dem Vorgarten, dessen halb märchenhafte Stille nur noch von der Stille des von der alten Frau Nimptsch und ihrer Pflegetochter Lene mietweise bewohnten Häuschens übertroffen wurde. Frau Nimptsch selbst aber saß wie gewöhnlich an dem großen, kaum fußhohen Herd ihres die ganze Hausfront einnehmenden Vorderzimmers und sah, hockend und vorgebeugt, auf einen rußigen alten Teekessel, dessen Deckel, trotzdem der Wrasen auch vorn aus der Tülle quoll, beständig hin und her klapperte. Dabei hielt die Alte beide Hände gegen die Glut und war so versunken in ihre Betrachtungen und Träumereien, daß sie nicht hörte, wie die nach dem Flur hinausführende Tür aufging und eine robuste Frauensperson ziemlich geräuschvoll eintrat. Erst als diese letztre sich geräuspert und ihre Freundin und Nachbarin, eben unsre Frau Nimptsch, mit einer gewissen Herzlichkeit bei Namen genannt hatte, wandte sich diese nach rückwärts und sagte nun auch ihrerseits freundlich und mit einem Anfluge von Schelmerei: »Na, das is recht, liebe Frau Dörr, daß Sie mal wieder rüberkommen. Und noch dazu vons ›*Schloß*‹. Denn ein Schloß is es und bleibt es. Hat ja 'nen Turm. Un nu setzen Sie sich ... Ihren lieben Mann hab' ich eben weggehen sehen. Und muß auch. Is ja heute sein Kegelabend.«

Die so freundlich als Frau Dörr Begrüßte war nicht bloß eine robuste, sondern vor allem auch eine sehr stattlich aussehende Frau, die, neben dem Eindruck des Gütigen und Zuverlässigen, zugleich den einer besonderen Beschränktheit machte. Die Nimptsch indessen nahm sichtlich keinen Anstoß daran und wiederholte nur: »Ja, sein Kegelabend. Aber, was ich sagen wollte, liebe Frau Dörr, mit Dörren seinen Hut, das geht nicht mehr. Der is ja schon fuchsblank und eigentlich schimpfierlich. Sie müssen ihn ihm wegnehmen und einen andern hinstellen. Vielleicht merkt er es nich ... Und nu rücken Sie ran hier, liebe Frau Dörr, oder lieber da drüben auf die Hutsche ... Lene, na Sie wissen ja, is ausgeflogen un hat mich mal wieder in Stich gelassen.«

»Er war woll hier?«

»Freilich war er. Und beide sind nu ein bißchen auf Wilmersdorf zu; den Fußweg lang, da kommt keiner. Aber jeden Augenblick können sie wieder hier sein.«

»Na, da will ich doch lieber gehn.«

»O nich doch, liebe Frau Dörr. Er bleibt ja nich. Und wenn er auch bliebe, Sie wissen ja, der is nicht so.«

»Weiß, weiß. Und wie steht es denn?«

»Ja, wie soll es stehn? Ich glaube, sie denkt so was, wenn sie's auch nicht wahr haben will, und bildet sich was ein.«

»O du meine Güte«, sagte Frau Dörr, während sie, statt der ihr angebotenen Fußbank, einen etwas höheren Schemel heranzog. »O du meine Güte, denn is es schlimm. Immer wenn das Einbilden anfängt, fängt auch das Schlimme an. Das is wie Amen in der Kirche. Sehen Sie, liebe Frau Nimptsch, mit mir war es ja eigentlich ebenso, man bloß nichts von Einbildung. Und bloß darum war es auch wieder ganz anders.«

Frau Nimptsch verstand augenscheinlich nicht recht, was die Dörr meinte, weshalb diese fortfuhr: »Und weil ich mir nie was in'n Kopp setzte, darum ging es immer ganz glatt und gut, und ich habe nu Dörren. Na, viel is es nich, aber es is doch was Anständiges, und man kann sich überall sehen lassen. Und drum bin ich auch in die Kirche mit ihm gefahren und nich bloß Standesamt. Bei Standesamt reden sie immer noch.« Die Nimptsch nickte.

Frau Dörr aber wiederholte: »Ja, in die Kirche, in die Matthäikirche un bei Büchseln. Aber was ich eigentlich sagen wollte, sehen Sie, liebe Frau Nimptsch, ich war ja woll eigentlich größer und anziehlicher als die Lene, un wenn ich auch nicht hübscher war (denn so was kann man nie recht wissen, un die Geschmäcker sind so verschieden), so war ich doch so mehr im Vollen, un das mögen manche. Ja, so viel is richtig. Aber wenn ich auch sozusagen fester war un mehr im Gewicht fiel un so was hatte, nu ja, ich hatte so was, so war ich doch immer man ganz einfach un beinahe simpel, un was nu *er* war, mein Graf, mit seine fuffzig aufm Buckel, na, der war auch man ganz simpel und bloß immer kreuzfidel un unanständig. Und da reichen ja keine hundert Mal, daß ich ihm gesagt habe: ›Ne, ne, Graf, *das* geht nicht, so was verbitt' ich mir …‹ Und immer die Alten sind so. Und ich sage bloß, liebe Frau Nimptsch, Sie können sich so was gar nich denken. Gräßlich war es. Und wenn ich mir nu der Lene ihren Baron ansehe, denn schämt es mir immer noch, wenn ich denke, wie meiner war. Und nu gar erst die Lene selber. Jott, ein Engel is sie woll grade auch nich, aber propper und fleißig un kann alles und is für Ordnung un fürs Reelle. Und sehen Sie, liebe Frau Nimptsch, das is grade das Traurige. Was da so rumfliegt, heute hier un morgen da, na, das kommt nicht um, das fällt wie die Katz immer wieder auf die vier Beine, aber so'n gutes Kind, das alles ernsthaft nimmt und alles aus Liebe tut, ja, *das* ist schlimm … Oder vielleicht is es auch nich so schlimm; Sie haben sie ja bloß angenommen, un is nich Ihr eigen Fleisch und Blut, un vielleicht is es eine Prinzessin oder so was.«

Frau Nimptsch schüttelte bei dieser Vermutung den Kopf und schien antworten zu wollen. Aber die Dörr war schon aufgestanden und sagte, während sie den Gartensteig hinuntersah: »Gott, da kommen sie. Und bloß in Zivil, un Rock un Hose ganz egal. Aber man sieht es doch! Und nu sagt er ihr was ins Ohr, und sie lacht so vor sich hin. Aber ganz rot is sie geworden … Und nu geht er. Und nu … wahrhaftig, ich glaube, er dreht noch mal um. Nei, nei, er grüßt bloß noch mal, und sie wirft ihm Kußfinger zu … Ja, das glaub' ich; so was lass' ich mir gefallen … Nei, so war meiner nich.«

Frau Dörr sprach noch weiter, bis Lene kam und die beiden Frauen begrüßte.

2. KAPITEL

Andern Vormittags schien die schon ziemlich hochstehende Sonne auf den Hof der Dörrschen Gärtnerei und beleuchtete hier eine Welt von Baulichkeiten, unter denen auch das ›Schloß‹ war, von dem Frau Nimptsch am Abend vorher mit einem Anfluge von Spott und Schelmerei gesprochen hatte. Ja, dies ›Schloß‹! In der Dämmerung hätt' es bei seinen großen Umrissen wirklich für etwas Derartiges gelten können, heut' aber, in unerbittlich heller Beleuchtung daliegend, sah man nur zu deutlich, daß der ganze bis hoch hinauf mit gotischen Fenstern bemalte Bau nichts als ein jämmerlicher Holzkasten war, in dessen beide Giebelwände man ein Stück Fachwerk mit Stroh- und Lehmfüllung eingesetzt hatte, welchem vergleichsweise soliden Einsatze zwei Giebelstuben entsprachen. Alles andere war bloße Steindiele, von der aus ein Gewirr von Leitern zunächst auf einen Boden und von diesem höher hinauf in das als Taubenhaus dienende Türmchen führte. Früher, in Vor-Dörrscher Zeit, hatte der ganze riesige Holzkasten als bloße Remise zur Aufbewahrung von Bohnenstangen und Gießkannen, vielleicht auch als Kartoffelkeller gedient, seit aber, vor soundsoviel Jahren, die Gärtnerei von ihrem gegenwärtigen Besitzer gekauft worden war, war das eigentliche Wohnhaus an Frau Nimptsch vermietet und der gotisch bemalte Kasten, unter Einfügung der schon erwähnten zwei Giebelstuben, zum Aufenthalt für den damals verwitweten Dörr hergerichtet worden, eine höchst primitive Herrichtung, an der seine bald danach erfolgende Wiederverheiratung nichts geändert hatte. Sommers war diese beinah fensterlose Remise mit ihren Steinfliesen und ihrer Kühle kein übler Aufenthalt, um die Winterzeit aber hätte Dörr und Frau, samt einem aus erster Ehe stammenden zwanzigjährigen, etwas geistesschwachen Sohn, einfach erfrieren müssen, wenn nicht die beiden großen, an der andern Seite des Hofes gelegenen Treibhäuser gewesen wären. In diesen verbrachten alle drei Dörrs die Zeit von November bis März ausschließlich, aber auch in der besseren und sogar in der heißen Jahreszeit spielte sich das Leben der Familie, wenn man nicht gerade vor der Sonne Zuflucht suchte, zu großem Teile vor und in diesen Treibhäusern ab, weil hier alles am bequemsten lag: hier standen die Treppchen und Estraden, auf denen die jeden Morgen aus den Treibhäusern hervorgeholten Blumen ihre frische Luft schöpfen durften, hier war der Stall mit Kuh und Ziege, hier die Hütte mit dem Ziehhund, und von hier aus erstreckte sich auch das wohl fünfzig Schritte lange Doppelmistbeet, mit einem schmalen Gange dazwischen, bis an den großen, weiter zurückgelegenen Gemüsegarten. In diesem sah es nicht sonderlich ordentlich aus, einmal weil Dörr keinen Sinn für Ordnung, außerdem aber eine so große Hühnerpassion hatte, daß er diesen seinen Lieblingen, ohne Rücksicht auf den Schaden, den sie stifteten, überall umherzupicken gestattete. Groß freilich war dieser Schaden nie, da seiner Gärtnerei, die Spargelanlagen abgerechnet, alles Feinere fehlte. Dörr hielt das Gewöhnlichste zugleich für das Vorteilhafteste, zog deshalb Majoran und andere Wurstkräuter, besonders aber Porree, hinsichtlich dessen er der Ansicht lebte, daß der richtige Berliner überhaupt nur drei Dinge brauche: eine Weiße, einen Gilka und Porree. »Bei Porree«, schloß er dann regelmäßig, »ist noch keiner zu kurz gekommen.« Er war überhaupt ein Original, von ganz selbständigen Anschauungen und einer entschiedenen Gleichgültigkeit gegen das, was über ihn gesagt wurde. Dem entsprach denn auch seine zweite Heirat, eine Neigungsheirat, bei der die Vorstellung von einer besondren Schönheit seiner Frau mitgewirkt und ihr früheres Verhältnis zu dem Grafen, statt ihr schädlich zu sein, gerad umgekehrt den Ausschlag zum Guten hin gegeben und einfach den Vollbeweis ihrer Unwiderstehlichkeit erbracht hatte. Wenn sich dabei mit gutem Grunde von Überschätzung sprechen ließ, so doch freilich nicht von seiten Dörrs in Person, für den die Natur, soweit Äußerlichkeiten in Betracht kamen, ganz ungewöhnlich wenig getan hatte. Mager, mittelgroß und mit fünf grauen Haarsträhnen über Kopf und Stirn, wär' er eine vollkommene Trivialerscheinung gewesen, wenn ihm nicht eine zwischen Augenwinkel und linker Schläfe sitzende braune Pocke was Apartes gegeben hätte. Weshalb denn auch seine Frau nicht mit Unrecht und in der ihr eigenen ungenierten Weise zu sagen pflegte: »Schrumplich is er man, aber von links her hat er so was Borsdorfriges.«

Damit war er gut getroffen und hätte nach diesem Signalement überall erkannt werden müssen, wenn er nicht tagaus, tagein eine mit einem großen Schirm ausgestattete Leinwandmütze getragen hätte, die, tief ins Gesicht gezogen, sowohl das Alltägliche wie das Besondere seiner Physiognomie verbarg.

Und so, die Mütze samt Schirm ins Gesicht gezogen, stand er auch heute wieder, am Tage nach dem zwischen Frau Dörr und Frau Nimptsch geführten Zwiegespräche, vor einer an das vordere Treibhaus sich anlehnenden Blumenestrade, verschiedene Goldlack- und Geraniumtöpfe beiseite schiebend, die morgen mit auf den Wochenmarkt sollten. Es waren sämtlich solche, die nicht im Topf gezogen, sondern nur eingesetzt waren, und mit einer besonderen Genugtuung und Freude ließ er sie vor sich aufmarschieren, schon im voraus über die »Madams« lachend, die morgen kommen, ihre herkömmlichen fünf Pfennig abhandeln und schließlich doch die Betrogenen sein würden. Es zählte das zu seinen größten Vergnügungen und war eigentlich das Hauptgeistesleben, das er führte. »Das bißchen Geschimpfe ... Wenn ich's nur mal mit anhören könnte.«

So sprach er noch vor sich hin, als er, vom Garten her, das Gebell eines kleinen Köters und dazwischen das verzweifelte Krähen eines Hahns hörte, ja, wenn nicht alles täuschte, *seines* Hahns, seines Lieblings mit dem Silbergefieder. Und sein Auge nach dem Garten hin richtend, sah er in der Tat, daß ein Haufen Hühner auseinandergestoben, der Hahn aber auf einen Birnbaum geflogen war, von dem aus er gegen den unten kläffenden Hund unausgesetzt um Hilfe rief.

»Himmeldonnerwetter«, schrie Dörr in Wut, »das is wieder Bollmann seiner ... Wieder durch den Zaun ... I, da soll doch ...« Und den Geraniumtopf, den er eben musterte, rasch aus der Hand setzend, lief er auf die Hundehütte zu, griff nach dem Kettenzwickel und machte den großen Ziehhund los, der nun sofort auch wie ein Rasender auf den Garten zuschoß. Eh dieser jedoch den Birnbaum erreichen konnte, gab »Bollmann seiner« bereits Fersengeld und verschwand unter dem Zaun weg ins Freie – der fuchsgelbe Ziehhund zunächst noch in großen Sätzen nach. Aber das Zaunloch, das für den Affenpinscher grad ausgereicht hatte, verweigerte ihm den Durchgang und zwang ihn, von seiner Verfolgung Abstand zu nehmen.

Nicht besser erging es Dörr selber, der inzwischen mit einer Harke herangekommen war und mit seinem Hunde Blicke wechselte. »Ja, Sultan, diesmal war es nichts.« Und dabei trottete Sultan wieder auf seine Hütte zu, langsam und verlegen, wie wenn er einen kleinen Vorwurf herausgehört hätte. Dörr selbst aber sah dem draußen in einer Ackerfurche hinjagenden Affenpinscher nach und sagte nach einer Weile: »Hol' mich der Deubel, wenn ich mir nich 'ne Windbüchse anschaffe, bei Mehles oder sonstwo. Un denn pust' ich das Biest so stille weg, und kräht nich Huhn, nich Hahn danach. Nich mal meiner.«

Von dieser ihm von seiten Dörrs zugemuteten Ruhe schien der letztere jedoch vorläufig nichts wissen zu wollen, machte vielmehr von seiner Stimme nach wie vor den ausgiebigsten Gebrauch. Und dabei warf er den Silberhals so stolz, als ob er den Hühnern zeigen wolle, daß seine Flucht in den Birnbaum hinein ein wohlüberlegter Coup oder eine bloße Laune gewesen sei.

Dörr aber sagte: »Jott, so'n Hahn. Denkt nu auch wunder, was er is. Un seine Courage is doch auch man soso.«

Und damit ging er wieder auf seine Blumenestrade zu.

3. KAPITEL

Der ganze Hergang war auch von Frau Dörr, die gerade beim Spargelstechen war, beobachtet, aber nur wenig beachtet worden, weil sich ähnliches jeden dritten Tag wiederholte. Sie fuhr denn auch in ihrer Arbeit fort und gab das Suchen erst auf, als auch die schärfste Musterung der Beete keine »weißen Köppe« mehr ergeben wollte. Nun erst hing sie den Korb an ihren Arm, legte das Stechmesser hinein und ging langsam und ein paar verirrte Küken vor sich hertreibend erst auf den Mittelweg des Gartens und dann auf den Hof und die Blumenestrade zu, wo Dörr seine Marktarbeit wieder aufgenommen hatte.

»Na, Suselchen«, empfing er seine beßre Hälfte, »da bist du ja. Hast du woll gesehn? Bollmann seiner war wieder da. Höre, der muß dran glauben, un denn brat' ich ihn aus; ein bißchen Fett wird er ja woll haben, un Sultan kann denn die Grieben kriegen ... Und Hundefett, höre, Susel ...«, und er wollte sich augenscheinlich in eine seit einiger Zeit von ihm bevorzugte Gichtbehandlungsmethode vertiefen. In diesem Augenblick aber des Spargelkorbes am Arme seiner Frau gewahr werdend, unterbrach er sich und sagte: »Na, nu zeige mal her. Hat's denn gefleckt?«

»I nu«, sagte Frau Dörr und hielt ihm den kaum halbgefüllten Korb hin, dessen Inhalt er kopfschüttelnd durch die Finger gleiten ließ. Denn es waren meist dünne Stangen und viel Bruch dazwischen.

»Höre, Susel, es bleibt dabei, du hast keine Spargelaugen.«

»Oh, ich habe schon. Man bloß hexen kann ich nich.«

»Na, wir wollen nich streiten, Susel; mehr wird es doch nich. Aber zum Verhungern is es.«

»I, es denkt nich dran. Laß doch das ewige Gerede, Dörr; sie stecken ja drin, un ob sie nu heute rauskommen oder morgen, is ja ganz egal. Eine tüchtige Husche, so wie die vor Pfingsten, und du sollst mal sehn. Und Regen gibt es. Die Wassertonne riecht schon wieder, un die große Kreuzspinn is in die Ecke gekrochen. Aber du willst jeden Dag alles haben; das kannst du nich verlangen.«

Dörr lachte. »Na, binde man alles gut zusammen. Und den kleinen Murks auch. Und du kannst ja denn auch was ablassen.«

»Ach, rede doch nicht so«, unterbrach ihn die sich über seinen Geiz beständig ärgernde Frau, zog ihn aber, was er immer als Zärtlichkeit nahm, auch heute wieder am Ohrzipfel und ging auf das ›Schloß‹ zu, wo sie sich's auf dem Steinfliesenflur bequem machen und die Spargelbündel binden wollte. Kaum aber, daß sie den hier immer bereitstehenden Schemel bis an die Schwelle vorgerückt hatte, so hörte sie, wie schräg gegenüber in dem von der Frau Nimptsch bewohnten dreifenstrigen Häuschen ein Hinterfenster mit einem kräftigen Ruck aufgestoßen und gleich darauf eingehakt wurde. Zugleich sah sie Lene, die, mit einer weiten, lilagemusterten Jacke über dem Friesrock und einem Häubchen auf dem aschblonden Haar, freundlich zu ihr hinübergrüßte.

Frau Dörr erwiderte den Gruß mit gleicher Freundlichkeit und sagte dann: »Immer Fenster auf; das ist recht, Lenchen. Und fängt auch schon an, heiß zu werden. Es gibt heute noch was.«

»Ja. Und Mutter hat von der Hitze schon ihr Kopfweh, und da will ich doch lieber in der Hinterstube plätten. Is auch hübscher hier; vorne sieht man ja keinen Menschen.«

»Hast recht«, antwortete die Dörr. »Na, da werd' ich man ein bißchen ans Fenster rücken. Wenn man so spricht, geht einen alles besser von der Hand.«

»Ach, das is lieb und gut von Ihnen, Frau Dörr. Aber hier am Fenster is ja grade die pralle Sonne.«

»Schad't nichts, Lene. Da bring' ich meinen Marchtschirm mit, altes Ding und lauter Flicken. Aber tut immer noch seine Schuldigkeit.« Und ehe fünf Minuten um waren, hatte die gute Frau Dörr ihren Schemel bis an das Fenster geschleppt und saß nun unter ihrer Schirmstellage so behaglich und selbstbewußt, als ob es auf dem Gensdarmenmarkt gewesen wäre. Drinnen aber hatte Lene das Plättbrett auf zwei dicht ans Fenster gerückte Stühle gelegt und stand nun so nah, daß man sich mit Leichtigkeit die Hand reichen konnte. Dabei ging das Plätteisen emsig hin und her. Und auch Frau Dörr war fleißig beim Aussuchen und Zusammenbinden, und wenn sie dann und wann von ihrer Arbeit aus ins Fenster hineinsah, sah sie, wie nach hinten zu der kleine Plättofen glühte, der für neue heiße Bolzen zu sorgen hatte.

»Du könntest mir mal 'nen Teller geben, Lene, Teller oder Schüssel.« Und als Lene gleich danach brachte, was Frau Dörr gewünscht hatte, tat diese den Bruchspargel hinein, den sie während des Sortierens in ihrer Schürze behalten hatte. »Da, Lene, das gibt 'ne Spargelsuppe. Un is so gut wie das andre. Denn daß es immer die Köppe sein müssen, is ja dummes Zeug. Ebenso wie mit'n Blumenkohl; immer Blume, Blume, die reine Einbildung. Der Strunk is eigentlich das Beste, da sitzt die Kraft drin. Und die Kraft is immer die Hauptsache.«

»Gott, Sie sind immer so gut, Frau Dörr. Aber was wird nur Ihr Alter sagen?«

»Der? Ach, Leneken, was *der* sagt, is ganz egal. Der red't doch. Er will immer, daß ich den Murks mit einbinde, wie wenn's richtige Stangen wären; aber solche Bedrügerei mag ich nich, auch wenn Bruch- und Stückenzeug grade so gut schmeckt wie's ganze. Was einer bezahlt, das muß er haben, und ich ärgere mir bloß, daß so'n Mensch, dem es so zuwächst, so'n alter Geizkragen is. Aber so sind die Gärtners alle, rapschen und rapschen un können nie genug kriegen.«

»Ja«, lachte Lene, »geizig is er und ein bißchen wunderlich. – Aber eigentlich doch ein guter Mann.«

»Ja, Leneken, er wäre soweit ganz gut, un auch die Geizerei wäre nich so schlimm un is immer noch besser als die Verbringerei, wenn er man nich so zärtlich wäre. Du glaubst es nich, immer is er da. Un nu sieh ihn dir an. Es is doch eigentlich man ein Jammer mit ihm, un dabei richtige Sechsundfünfzig, un vielleicht is es noch ein Jahr mehr. Denn lügen tut er auch, wenn's ihm gerade paßt. Un da hilft auch nichts, gar nichts. Ich erzähl' ihm immer von Schlag und Schlag und zeig' ihm welche, die so humpeln und einen schiefen Mund haben, aber er lacht bloß immer und glaubt es nich. Es kommt aber doch so. Ja, Leneken, ich glaub' es ganz gewiß, daß es so kommt. Und vielleicht balde. Na, verschrieben hat er mir alles, un so sag' ich weiter nichts. Wie einer sich legt, so liegt er. Aber was reden wir von Schlag und Dörr, un daß er bloß

O-Beine hat. Jott, mein Leneken, da gibt es ganz andere Leute, die sind so grade gewachsen wie 'ne Tanne. Nich wahr, Lene?«

Lene wurde hierbei noch röter, als sie schon war, und sagte: »Der Bolzen ist kalt geworden.« Und vom Plättbrett zurücktretend, ging sie bis an den eisernen Ofen und schüttete den Bolzen in die Kohlen zurück, um einen neuen herauszunehmen. Alles war das Werk eines Augenblicks. Und nun ließ sie mit einem geschickten Ruck den neuen glühenden Bolzen vom Feuerhaken in das Plätteisen niedergleiten, klappte das Türchen wieder ein und sah nun erst, daß Frau Dörr noch immer auf Antwort wartete. Sicherheitshalber aber stellte die gute Frau die Frage noch mal und setzte gleich hinzu: »Kommt er denn heute?«

»Ja. Wenigstens hat er es versprochen.«

»Nu sage mal, Lene«, fuhr Frau Dörr fort, »wie kam es denn eigentlich? Mutter Nimptsch sagt nie was, un wenn sie was sagt, denn is es auch man immer soso, nich hü un nich hott. Und immer bloß halb un so konfuse. Nu, sage du mal. Is es denn wahr, daß es in Stralau war?«

»Ja, Frau Dörr, in Stralau war es, den zweiten Ostertag, aber schon so warm, als ob Pfingsten wär', und weil Lina Gansauge gern Kahn fahren wollte, nahmen wir einen Kahn, und Rudolf, den Sie ja wohl auch kennen und der ein Bruder von Lina ist, setzte sich ans Steuer.«

»Jott, Rudolf. Rudolf is ja noch ein Junge.«

»Freilich. Aber er meinte, daß er's verstünde, und sagte bloß immer: ›Mächens, ihr müßt stillsitzen; ihr schaukelt so‹, denn er spricht so furchtbar berlinisch. Aber wir dachten gar nicht dran, weil wir gleich sahen, daß es mit seiner ganzen Steuerei nicht weit her sei. Zuletzt aber vergaßen wir's wieder und ließen uns treiben und neckten uns mit denen, die vorbeikamen und uns mit Wasser bespritzten. Und in dem einen Boote, das mit unsrem dieselbe Richtung hatte, saßen ein paar sehr feine Herren, die beständig grüßten, und in unsrem Übermute grüßten wir wieder, und Lina wehte sogar mit dem Taschentuch und tat, als ob sie die Herren kenne, was aber gar nicht der Fall war, und wollte sich bloß zeigen, weil sie noch so sehr jung ist. Und während wir noch so lachten und scherzten und mit dem Ruder bloß so spielten, sahen wir mit einem Male, daß von Treptow her das Dampfschiff auf uns zukam, und wie Sie sich denken können, liebe Frau Dörr, waren wir auf den Tod erschrocken und riefen in unserer Angst Rudolfen zu, daß er uns heraussteuern solle. Der Junge war aber aus Rand und Band und steuerte bloß so, daß wir uns beständig im Kreise drehten. Und nun schrien wir und wären sicherlich überfahren worden, wenn nicht in eben diesem Augenblicke das andre Boot mit den zwei Herren sich unsrer Not erbarmt hätte. Mit ein paar Schlägen war es neben uns, und während der eine mit einem Bootshaken uns fest und scharf heranzog und an das eigne Boot ankoppelte, ruderte der andre sich und uns aus dem Strudel heraus, und nur einmal war es noch, als ob die große, vom Dampfschiff her auf uns zukommende Welle uns umwerfen wolle. Der Kapitän drohte denn auch wirklich mit dem Finger (ich sah es inmitten all meiner Angst), aber auch das ging vorüber, und eine Minute später waren wir bis an Stralau heran, und die beiden Herren, denen wir unsre Rettung verdankten, sprangen ans Ufer und reichten uns die Hand und waren uns als richtige Kavaliere beim Aussteigen behilflich. Und da standen wir denn nun auf der Landungsbrücke bei Tübbeckes und waren sehr verlegen, und Lina weinte jämmerlich vor sich hin, und bloß Rudolf, der überhaupt ein störrischer und großmäuliger Bengel is und immer gegen's Militär, bloß Rudolf sah ganz bockig vor sich hin, als ob er sagen wollte: ›Dummes Zeug, ich hätt' euch auch rausgesteuert.‹«

»Ja, so is er, ein großmäuliger Bengel; ich kenn' ihn. Aber nu die beiden Herren. Das ist doch die Hauptsache ...«

»Nun die bemühten sich erst noch um uns und blieben dann an dem andren Tisch und sahen immer zu uns rüber. Und als wir so gegen sieben, und es schummerte schon, nach Hause wollten, kam der eine und fragte, ob er und sein Kamerad uns ihre Begleitung anbieten dürften? Und da lacht' ich übermütig und sagte, sie hätten uns ja gerettet, und einem Retter dürfe man nichts abschlagen. Übrigens sollten sie sich's noch mal überlegen, denn wir wohnten so gut wie am andern Ende der Welt. Und sei eigentlich eine Reise. Worauf er verbindlich antwortete: Desto besser. Und mittlerweile war auch der andre herangekommen ... Ach, liebe Frau Dörr, es mag wohl nicht recht gewesen sein, gleich so freiweg zu sprechen, aber der eine gefiel mir, und sich zieren und zimperlich tun, das hab' ich nie gekonnt. Und so gingen wir denn den weiten Weg, erst an der Spree und dann an dem Kanal hin.«

»Und Rudolf?«

»Der ging hinterher, als ob er gar nicht zugehöre, sah aber alles und paßte gut auf. Was auch recht war; denn die Lina is ja erst achtzehn und noch ein gutes, unschuldiges Kind!«

»Meinst du?«

»Gewiß, Frau Dörr. Sie brauchen sie ja bloß anzusehn. So was sieht man gleich.«

»Ja, mehrstens. Aber mitunter auch nich. Und da haben sie euch denn nach Hause gebracht?«

»Ja, Frau Dörr.«

»Und nachher?«

»Ja, nachher. Nun Sie wissen ja, wie's nachher kam. Er kam dann den andern Tag und fragte nach. Und seitdem ist er oft gekommen, und ich freue mich immer, wenn er kommt. Gott, man freut sich doch, wenn man mal was erlebt. Es ist oft so einsam hier draußen. Und Sie wissen ja, Frau Dörr, Mutter hat nichts dagegen und sagt immer: ›Kind, es schad't nichts. Eh man sich's versieht, is man alt.‹«

»Ja, ja«, sagte die Dörr, »so was hab' ich die Nimptschen auch schon sagen hören. Und hat auch ganz recht. Das heißt, wie man's nehmen will, und nach'm Katechismus is doch eigentlich immer noch besser und sozusagen überhaupt das beste. Das kannst du mir schon glauben. Aber ich weiß woll, es geht nich immer, und mancher will auch nich. Und wenn einer nich will, na, denn will er nich, un denn muß es auch so gehn und geht auch mehrstens, man bloß, daß man ehrlich is un anständig und Wort hält. Un natürlich, was denn kommt, das muß man aushalten un darf sich nicht wundern. Un wenn man all so was weiß und sich immer wieder zu Gemüte führt, na, denn is es nich so schlimm. Un schlimm is eigentlich man bloß das Einbilden.«

»Ach, liebe Frau Dörr«, lachte Lene, »was Sie nur denken. Einbilden! Ich bilde mir gar nichts ein. Wenn ich einen liebe, dann lieb' ich ihn. Und das ist mir genug. Und will weiter gar nichts von ihm, nichts, gar nichts, und daß mir mein Herze so schlägt und ich die Stunden zähle, bis er kommt, und nicht abwarten kann, bis er wieder da ist, das macht mich glücklich, das ist mir genug.«

»Ja«, schmunzelte die Dörr vor sich hin, »das is das richtige, so muß es sein. Aber is es denn wahr, Lene, daß er Botho heißt? So kann doch einer eigentlich nich heißen; das is ja gar kein christlicher Name.«

»Doch, Frau Dörr.« Und Lene machte Miene, die Tatsache, daß es solchen Namen gäbe, des weiteren zu bestätigen. Aber ehe sie dazu kommen konnte, schlug Sultan an, und im selben Augenblicke hörte man deutlich vom Hausflur her, daß wer eingetreten sei. Wirklich erschien auch der Briefträger und brachte zwei Bestellkarten für Dörr und einen Brief für Lene.

»Gott, Hahnke«, rief die Dörr dem in großen Schweißperlen vor ihr Stehenden zu, »Sie drippen ja man so. Is es denn so 'ne schwebende Hitze? Un erst halb zehn. Na, soviel seh' ich woll, Briefträger is auch kein Vergnügen.«

Und die gute Frau wollte gehn, um ein Glas frische Milch zu holen. Aber Hahnke dankte. »Habe keine Zeit, Frau Dörr. Ein andermal.« Und damit ging er.

Lene hatte mittlerweile den Brief erbrochen.

»Na, was schreibt er?«

»Er kommt heute nicht, aber morgen. Ach, es ist so lange bis morgen. Ein Glück, daß ich Arbeit habe; je mehr Arbeit, desto besser. Und ich werde heut' nachmittag in Ihren Garten kommen und graben helfen. – Aber Dörr darf nicht dabei sein.«

»I, Gott bewahre.«

Und danach trennte man sich, und Lene ging in das Vorderzimmer, um der Alten das von der Frau Dörr erhaltene Spargelgericht zu bringen.

4. KAPITEL

Und nun war der andre Abend da, zu dem Baron Botho sich angemeldet hatte. Lene ging im Vorgarten auf und ab, drinnen aber, in der großen Vorderstube, saß wie gewöhnlich Frau Nimptsch am Herd, um den herum sich auch heute wieder die vollzählig erschienene Familie

Dörr gruppiert hatte. Frau Dörr strickte mit großen Holznadeln an einer blauen, für ihren Mann bestimmten Wolljacke, die, vorläufig noch ohne rechte Form, nach Art eines großen Vlieses auf ihrem Schoße lag. Neben ihr, die Beine bequem übereinandergeschlagen, rauchte Dörr aus einer Tonpfeife, während der Sohn in einem dicht am Fenster stehenden Großvaterstuhle saß und seinen Rotkopf an die Stuhlwange lehnte. Jeden Morgen bei Hahnenschrei aus dem Bett, war er auch heute wieder vor Müdigkeit eingeschlafen. Gesprochen wurde wenig, und so hörte man denn nichts als das Klappern der Holznadeln und das Knabbern des Eichhörnchens, das mitunter aus seinem Schilderhäuschen herauskam und sich neugierig umsah. Nur das Herdfeuer und der Widerschein des Abendrots gaben etwas Licht.

Frau Dörr saß so, daß sie den Gartensteig hinaufsehen und trotz der Dämmerung erkennen konnte, wer draußen, am Heckenzaun entlang, des Weges kam.

»Ah, da kommt er«, sagte sie. »Nu, Dörr, laß mal deine Pfeife ausgehen. Du bist heute wieder wie'n Schornstein un rauchst un schmookst den ganzen Tag. Un so'n Knallerballer wie deiner, der is nich für jeden.«

Dörr ließ sich solche Rede wenig anfechten, und ehe seine Frau mehr sagen oder ihre Wahrsprüche wiederholen konnte, trat der Baron ein. Er war sichtlich angeheitert, kam er doch von einer Maibowle, die Gegenstand einer Klubwette gewesen war, und sagte, während er Frau Nimptsch die Hand reichte: »Guten Tag, Mutterchen. Hoffentlich gut bei Weg. Ah, und Frau Dörr; und Herr Dörr, mein alter Freund und Gönner. Hören Sie, Dörr, was sagen Sie zu dem Wetter? Eigens für Sie bestellt und für mich mit. Meine Wiesen zu Hause, die vier Jahre von fünf immer unter Wasser stehen und nichts bringen als Ranunkeln, die können solch Wetter brauchen. Und Lene kann's auch brauchen, daß sie mehr draußen ist; sie wird mir sonst zu blaß.« Lene hatte derweilen einen Holzstuhl neben die Alte gerückt, weil sie wußte, daß Baron Botho hier am liebsten saß; Frau Dörr aber, in der eine starke Vorstellung davon lebte, daß ein Baron auf einem Ehrenplatz sitzen müsse, war inzwischen aufgestanden und rief, immer das blaue Vlies nachschleppend, ihrem Pflegesohn zu: »Will er woll auf! Ne, ich sage. Wo's nich drin steckt, da kommt es auch nich.« Der arme Junge fuhr blöd und verschlafen in die Höh' und wollte den Platz räumen, der Baron litt es aber nicht. »Ums Himmels willen, liebe Frau Dörr, lassen Sie doch den Jungen. Ich sitz' am liebsten auf einem Schemel wie mein Freund Dörr hier.«

Und damit schob er den Holzstuhl, den Lene noch immer in Bereitschaft hatte, neben die Alte und sagte, während er sich setzte: »Hier neben Frau Nimptsch; das ist der beste Platz. Ich kenne keinen Herd, auf den ich so gern sähe; immer Feuer, immer Wärme. Ja, Mutterchen, es ist so; hier ist es am besten.«

»Ach, du mein Gott«, sagte die Alte. »Hier am besten! Hier bei 'ner alten Wasch- und Plättefrau.«

»Freilich. Und warum nicht? Jeder Stand hat seine Ehre. Waschfrau auch. Wissen Sie denn, Mutterchen, daß es hier in Berlin einen berühmten Dichter gegeben hat, der ein Gedicht auf seine alte Waschfrau gemacht hat?«

»Is es möglich?«

»Freilich ist es möglich. Es ist sogar gewiß. Und wissen Sie, was er zum Schluß gesagt hat? Da hat er gesagt, er möchte so leben und sterben wie die alte Waschfrau. Ja, das hat er gesagt.«

»Is es möglich?« simperte die Alte noch einmal vor sich hin.

»Und wissen Sie, Mutterchen, um auch das nicht zu vergessen, daß er ganz recht gehabt hat und daß ich ganz dasselbe sage? Ja, Sie lachen so vor sich hin. Aber sehen Sie sich mal um hier, wie leben Sie? Wie Gott in Frankreich. Erst haben Sie das Haus und diesen Herd und dann den Garten und dann Frau Dörr. Und dann haben Sie die Lene. Nicht wahr? Aber wo steckt sie nur?«

Er wollte noch weiter sprechen, aber im selben Augenblicke kam Lene mit einem Kaffeebrett zurück, auf dem eine Karaffe mit Wasser samt Apfelwein stand, Apfelwein, für den der Baron, weil er ihm wunderbare Heilkraft zuschrieb, eine sonst schwer begreifliche Vorliebe hatte.

»Ach Lene, wie du mich verwöhnst. Aber du darfst es mir nicht so feierlich präsentieren, das ist ja, wie wenn ich im Klub wäre. Du mußt es mir aus der Hand bringen, da schmeckt es am besten. Und nun gib mir deine Patsche, daß ich sie streicheln kann. Nein, nein, die Linke, die kommt von Herzen. Und nun setze dich da hin, zwischen Herr und Frau Dörr, dann hab' ich dich gegenüber und kann dich immer ansehn. Ich habe mich den ganzen Tag auf diese Stunde gefreut.«

Lene lachte.

»Du glaubst es wohl nicht? Ich kann es dir aber beweisen, Lene, denn ich habe dir von der großen Herren- und Damenfete, die wir gestern hatten, was mitgebracht. Und wenn man was zum Mitbringen hat, dann freut man sich auch auf die, die's kriegen sollen. Nicht wahr, lieber Dörr?«

Dörr schmunzelte, Frau Dörr aber sagte: »Jott, *der*. Der un mitbringen. Dörr is bloß für rapschen und sparen. So sind die Gärtners. Aber neugierig bin ich doch, was der Herr Baron mitgebracht haben.«

»Nun, da will ich nicht lange warten lassen, sonst denkt meine liebe Frau Dörr am Ende, daß es ein goldener Pantoffel ist oder sonst was aus dem Märchen. Es ist aber bloß *das*.«

Und dabei gab er Lenen eine Tüte, daraus, wenn nicht alles täuschte, das gefranzte Papier einiger Knallbonbons hervorguckte.

Wirklich, es waren Knallbonbons, und die Tüte ging reihum.

»Aber nun müssen wir auch ziehen, Lene; halt fest und Augen zu.«

Frau Dörr war entzückt, als es einen Knall gab, und noch mehr, als Lenes Zeigefinger blutete. »Das tut nich weh, Lene, das kenn' ich; das is, wie wenn sich 'ne Braut in'n Finger sticht. Ich kannte mal eine, die war so versessen drauf, die stach sich immerzu un lutschte und lutschte, wie wenn es wunder was wäre.«

Lene wurde rot. Aber Frau Dörr sah es nicht und fuhr fort: »Und nu den Vers lesen, Herr Baron.«

Und dieser las denn auch:

In Liebe selbstvergessen sein
Freut Gott und die lieben Engelein.

»Jott«, sagte Frau Dörr und faltete die Hände. »Das is ja wie aus'n Gesangbuch. Is es denn immer so fromm?«

»I bewahre«, sagte Botho. »Nicht immer. Kommen Sie, liebe Frau Dörr, wir wollen auch mal ziehn und sehn, was dabei herauskommt.«

Und nun zog er wieder und las:

Wo Amors Pfeil recht tief getroffen,
Da stehen Himmel und Hölle offen.

Nun, Frau Dörr, was sagen Sie dazu? Das klingt schon anders; nicht wahr?«

»Na«, sagte Frau Dörr, »anders klingt es. Aber es gefällt mir nicht recht ... Wenn ich einen Knallbonbon ziehe ...«

»Nun?«

»Da darf nichts von Hölle vorkommen, da will ich nich hören, daß es so was gibt.«

»Ich auch nicht«, lachte Lene. »Frau Dörr hat ganz recht; sie hat überhaupt immer recht. Aber das ist wahr, wenn man solchen Vers liest, da hat man immer gleich was zum Anfangen, ich meine zum Anfangen mit der Unterhaltung, denn anfangen is immer das Schwerste, gerade wie beim Briefschreiben, und ich kann mir eigentlich keine Vorstellung machen, wie man mit so viel fremden Damen (und ihr kennt euch doch nicht alle) sogleich mir nichts, dir nichts ein Gespräch anfangen kann.«

»Ach, meine liebe Lene«, sagte Botho, »das ist nicht so schwer, wie du denkst. Es ist sogar ganz leicht. Und wenn du willst, will ich dir gleich eine Tischunterhaltung vormachen.«

Frau Dörr und Frau Nimptsch drückten ihre Freude darüber aus, und auch Lene nickte zustimmend.

»Nun«, fuhr Baron Botho fort, »denke dir also, du wärst eine kleine Gräfin. Und eben hab' ich dich zu Tische geführt und Platz genommen, und nun sind wir beim ersten Löffel Suppe.«

»Gut. Gut. Aber nun?«

»Und nun sag' ich: ›Irr' ich nicht, meine gnädigste Komtesse, so sah ich Sie gestern in der Flora, Sie und Ihre Frau Mama. Nicht zu verwundern. Das Wetter lockt ja jetzt täglich heraus, und man könnte schon von Reisewetter sprechen. Haben Sie Pläne, Sommerpläne, meine gnädigste Gräfin?‹ Und nun antwortest du, daß leider noch nichts feststünde, weil der Papa durchaus nach dem Bayerischen wolle, daß aber die Sächsische Schweiz mit dem Königstein und der Bastei dein Herzenswunsch wäre.«

»Das ist es auch wirklich«, lachte Lene.

»Nun sieh, das trifft sich gut. Und so fahr' ich denn fort: ›Ja, gnädigste Komtesse, da begegnen sich unsere Geschmacksrichtungen. Ich ziehe die Sächsische Schweiz ebenfalls jedem anderen Teile der Welt vor, namentlich auch der eigentlichen Schweiz. Man kann nicht immer große Natur schwelgen, nicht immer klettern und außer Atem sein. Aber Sächsische Schweiz! Himmlisch, ideal! Da hab' ich Dresden; in einer viertel oder halben Stunde bin ich da, da seh' ich Bilder, Theater, Großen Garten, Zwinger, Grünes Gewölbe. Versäumen Sie nicht, sich die Kanne mit den törichten Jungfrauen zeigen zu lassen, und vor allem den Kirschkern, auf dem das ganze Vaterunser steht. Alles bloß durch die Lupe zu sehen.‹«

»Und so sprecht ihr!«

»Ganz so, mein Schatz. Und wenn ich mit meiner Nachbarin zur Linken, also mit Komtesse Lene, fertig bin, so wend' ich mich zu meiner Nachbarin zur Rechten, also zu Frau Baronin Dörr ...«

Die Dörr schlug vor Entzücken mit der Hand aufs Knie, daß es einen lauten Puff gab ...

»Zu Frau Baronin Dörr also. Und spreche nun worüber? Nun, sagen wir über Morcheln.«

»Aber mein Gott, Morcheln. Über Morcheln, Herr Baron, das geht doch nicht.«

»Oh, warum nicht, warum soll es nicht gehen, liebe Frau Dörr? Das ist ein sehr ernstes und lehrreiches Gespräch und hat für manche mehr Bedeutung, als Sie glauben. Ich besuchte mal einen Freund in Polen, Regiments- und Kriegskameraden, der ein großes Schloß bewohnte, rot und mit zwei dicken Türmen, und so furchtbar alt, wie's eigentlich gar nicht mehr vorkommt. Und das letzte Zimmer war sein Wohnzimmer; denn er war unverheiratet, weil er ein Weiberfeind war ...«

»Ist es möglich?«

»Und überall waren morsche, durchgetretene Dielen, und immer, wo ein paar Dielen fehlten, da war ein Morchelbeet, und an all den Morchelbeeten ging ich vorbei, bis ich zuletzt in sein Zimmer kam.«

»Ist es möglich?« wiederholte die Dörr und setzte hinzu: »Morcheln. Aber man kann doch nicht immer von Morcheln sprechen.«

»Nein, nicht immer. Aber oft oder wenigstens manchmal, und eigentlich ist es ganz gleich, wovon man spricht. Wenn es nicht Morcheln sind, sind es Champignons, und wenn es nicht das rote polnische Schloß ist, dann ist es Schlößchen Tegel oder Saatwinkel, oder Valentinswerder. Oder Italien oder Paris, oder die Stadtbahn, oder ob die Panke zugeschüttet werden soll. Es ist alles ganz gleich. Über jedes kann man ja was sagen, und ob's einem gefällt oder nicht. Und ›ja‹ ist geradesoviel wie ›nein‹.«

»Aber«, sagte Lene, »wenn es alles so redensartlich ist, da wundert es mich, daß ihr solche Gesellschaften mitmacht.«

»Oh, man sieht doch schöne Damen und Toiletten und mitunter auch Blicke, die, wenn man gut aufpaßt, einem eine ganze Geschichte verraten. Und jedenfalls dauert es nicht lange, so daß man immer noch Zeit hat, im Klub alles nachzuholen. Und im Klub ist es wirklich reizend, da hören die Redensarten auf, und die Wirklichkeiten fangen an. Ich habe gestern Pitt seine Graditzer Rappstute abgenommen.«

»Wer ist Pitt?«

»Ach, das sind so Namen, die wir nebenher führen, und wir nennen uns so, wenn wir unter uns sind. Der Kronprinz sagt auch Vicky, wenn er Viktoria meint. Es ist ein wahres Glück, daß es solche Liebes- und Zärtlichkeitsnamen gibt. Aber horch, eben fängt drüben das Konzert an. Können wir nicht die Fenster aufmachen, daß wir's besser hören? Du wippst ja schon mit der Fußspitze hin und her. Wie wär' es, wenn wir anträten und einen Konter versuchten oder eine Française? Wir sind drei Paare: Vater Dörr und meine gute Frau Nimptsch und dann Frau Dörr und ich (ich bitte um die Ehre), und dann kommt Lene mit Hans.«

Frau Dörr war sofort einverstanden, Dörr und Frau Nimptsch aber lehnten ab, diese, weil sie zu alt sei, jener, weil er so was Feines nicht kenne.

»Gut, Vater Dörr. Aber dann müssen Sie den Takt schlagen; Lene, gib ihm das Kaffeebrett und einen Löffel. Und nun antreten, meine Damen. Frau Dörr, Ihren Arm. Und nun Hans, aufwachen, flink, flink.«

Und wirklich, beide Paare stellten sich auf, und Frau Dörr wuchs ordentlich noch an Stattlichkeit, als ihr Partner in einem feierlichen Tanzmeister-Französisch anhob: »En avant deux, pas de basque.« Der sommersprossige, leider noch immer verschlafene Gärtnerjunge sah sich maschinenmäßig und ganz nach Art einer Puppe hin- und hergeschoben, die drei andern aber tanzten wie Leute, die's verstehen, und entzückten den alten Dörr derart, daß er sich von seinem Schemel erhob und statt mit dem Löffel mit seinem Knöchel an das Kaffeebrett schlug. Auch der alten Frau Nimptsch kam die Lust früherer Tage wieder, und weil sie nichts Besseres tun konnte, wühlte sie mit dem Feuerhaken so lang in der Kohlenglut umher, bis die Flamme hoch aufschlug.

So ging es, bis die Musik drüben schwieg; Botho führte Frau Dörr wieder an ihren Platz, und nur Lene stand noch da, weil der ungeschickte Gärtnerjunge nicht wußte, was er mit ihr machen sollte. Das aber paßte Botho gerade, der, als die Musik drüben wieder anhob, mit Lene zu walzen und ihr zuzuflüstern begann, wie reizend sie sei, reizender denn je.

Sie waren alle warm geworden, am meisten die gerade jetzt am offenen Fenster stehende Frau Dörr. »Jott, mir schuddert so«, sagte sie mit einem Male, weshalb Botho verbindlich aufsprang, um die Fenster zu schließen. Aber Frau Dörr wollte davon nichts wissen und behauptete, was die feinen Leute wären, die wären alle für frische Luft, und manche wären so fürs Frische, daß ihnen im Winter das Deckbett an den Mund fröre. Denn Atem wäre dasselbe wie Wrasen, grade wie der, der aus der Tülle käm'. Also die Fenster müßten aufbleiben, davon ließe sie nicht. Aber wenn Lenechen so fürs Innerliche was hätte, so was für Herz und Seele ...

»Gewiß, liebe Frau Dörr; alles, was Sie wollen. Ich kann einen Tee machen oder einen Punsch, oder noch besser, ich habe ja noch das Kirschwasser, das Sie Mutter Nimptschen und mir letzten Weihnachten zu der großen Mandelstolle geschenkt haben ...«

Und ehe sich Frau Dörr zwischen Punsch und Tee entscheiden konnte, war auch die Kirschwasserflasche schon da, mit Gläsern, großen und kleinen, in die sich nun jeder nach Gutdünken hineintat. Und nun ging Lene, den rußigen Herdkessel in der Hand, reihum und goß das kochsprudelnde Wasser ein. »Nicht zu viel, Leneken, nicht zu viel. Immer aufs Ganze. Wasser nimmt die Kraft.« Und im Nu füllte sich der Raum mit dem aufsteigenden Kirschmandelaroma.

»Ah, das hast du gut gemacht«, sagte Botho, während er aus dem Glase nippte. »Weiß es Gott, ich habe gestern nichts gehabt und heute im Klub erst recht nicht, was mir so geschmeckt hätte. Hoch Lene! Das eigentliche Verdienst in der Sache hat aber doch unsere Freundin, Frau Dörr, ›weil's ihr so geschuddert hat‹, und so bring' ich denn gleich noch eine zweite Gesundheit aus: Frau Dörr, sie lebe hoch.«

»Sie lebe hoch«, riefen alle durcheinander, und der alte Dörr schlug wieder mit seinem Knöchel ans Brett.

Alle fanden, daß es ein feines Getränk sei, viel feiner als Punschextrakt, der im Sommer immer nach bittrer Zitrone schmecke, weil es meistens alte Flaschen seien, die schon, von Fastnacht an, im Ladenfenster in der grellen Sonne gestanden hätten. Kirschwasser aber, das sei was Gesundes und nie verdorben, und ehe man sich mit dem Bittermandelgift vergifte, da müßte man doch schon was Ordentliches einnehmen, wenigstens eine Flasche.

Diese Bemerkung machte Frau Dörr, und der Alte, der es nicht darauf ankommen lassen wollte, vielleicht weil er diese hervorragendste Passion seiner Frau kannte, drang auf Aufbruch: Morgen sei auch noch ein Tag.

Botho und Lene redeten zu, doch noch zu bleiben. Aber die gute Frau Dörr, die wohl wußte, daß man zuzeiten nachgeben müsse, wenn man die Herrschaft behalten wolle, sagte nur: »Laß, Leneken, ich kenn' ihn; er geht nu mal mit die Hühner zu Bett.« – »Nun«, sagte Botho, »wenn es beschlossen ist, ist es beschlossen. Aber dann begleiten wir die Familie Dörr bis an ihr Haus.«

Und damit brachen alle auf und ließen nur die alte Frau Nimptsch zurück, die den Abgehenden freundlich und kopfnickend nachsah und dann aufstand und sich in den Großvaterstuhl setzte.

5. KAPITEL

Vor dem ›Schloß‹ mit dem grün und rot gestrichenen Turme machten Botho und Lene halt und baten Dörr in aller Förmlichkeit um Erlaubnis, noch in den Garten gehn und eine halbe Stunde darin promenieren zu dürfen. Der Abend sei so schön. Vater Dörr brummelte, daß er sein Eigentum in keinem beßren Schutz lassen könne, worauf das junge Paar unter artigen Verbeugungen Abschied nahm und auf den Garten zuschritt. Alles war schon zur Ruh, und nur Sultan, an dem sie vorbei mußten, richtete sich hoch auf und winselte so lange, bis ihn Lene gestreichelt hatte. Dann erst kroch er wieder in seine Hütte zurück.

Drinnen im Garten war alles Duft und Frische, denn den ganzen Hauptweg hinauf, zwischen den Johannis- und Stachelbeersträuchern, standen Levkojen und Reseda, deren feiner Duft sich mit dem kräftigeren der Thymianbeete mischte. Nichts regte sich in den Bäumen, und nur Leuchtkäfer schwirrten durch die Luft.

Lene hatte sich in Bothos Arm gehängt und schritt mit ihm auf das Ende des Gartens zu, wo, zwischen zwei Silberpappeln, eine Bank stand.

»Wollen wir uns setzen?«

»Nein«, sagte Lene, »nicht jetzt«, und bog in einen Seitenweg ein, dessen hochstehende Himbeerbüsche fast über den Gartenzaun hinauswuchsen. »Ich gehe so gern an deinem Arm. Erzähle mir etwas. Aber etwas recht Hübsches. Oder frage.«

»Gut. Ist es dir recht, wenn ich mit den Dörrs anfange?«

»Meinetwegen.«

»Ein sonderbares Paar. Und dabei, glaub' ich, glücklich. Er muß tun, was sie will, und ist doch um vieles klüger.«

»Ja«, sagte Lene, »klüger ist er, aber auch geizig und hartherzig, und das macht ihn gefügig, weil er beständig ein schlechtes Gewissen hat. Sie sieht ihm scharf auf die Finger und leidet es nicht, wenn er jemand übervorteilen will. Und das ist es, wovor er Furcht hat und was ihn nachgiebig macht.«

»Und weiter nichts?«

»Vielleicht auch noch Liebe, so sonderbar es klingt. Das heißt Liebe von seiner Seite. Denn trotz seiner Sechsundfünfzig oder mehr ist er noch wie vernarrt in seine Frau, und bloß weil sie groß ist. Beide haben mir die wunderlichsten Geständnisse darüber gemacht. Ich bekenne dir offen, mein Geschmack wäre sie nicht.«

»Da hast du aber unrecht, Lene; sie macht eine Figur.«

»Ja«, lachte Lene, »sie macht eine Figur, aber sie hat keine. Siehst du denn gar nicht, daß ihr die Hüften eine Handbreit zu hoch sitzen? Aber so was seht ihr nicht, und ›Figur‹ und ›stattlich‹ ist immer euer drittes Wort, ohne daß sich wer drum kümmert, wo denn die Stattlichkeit eigentlich herkommt.«

So plaudernd und neckend blieb sie stehn und bückte sich, um auf einem langen und schmalen Erdbeerbeete, das sich in Front von Zaun und Hecke hinzog, nach einer Früherdbeere zu suchen. Endlich hatte sie, was sie wollte, nahm das Stengelchen eines wahren Prachtexemplares zwischen die Lippen und trat vor ihn hin und sah ihn an.

Er war auch nicht säumig, pflückte die Beere von ihrem Munde fort und umarmte sie und küßte sie.

»Meine süße Lene, das hast du recht gemacht. Aber höre nur, wie Sultan blafft; er will bei dir sein; soll ich ihn losmachen?«

»Nein, wenn er hier ist, hab' ich dich nur noch halb. Und sprichst du dann gar noch von der stattlichen Frau Dörr, so hab' ich dich so gut wie gar nicht mehr.«

»Gut«, lachte Botho, »Sultan mag bleiben, wo er ist. Ich bin es zufrieden. Aber von Frau Dörr muß ich noch weiter sprechen. Ist sie wirklich so gut?«

»Ja, das ist sie, trotzdem sie sonderbare Dinge sagt, Dinge, die wie Zweideutigkeiten klingen und es auch sein mögen. Aber sie weiß nichts davon, und in ihrem Tun und Wandel ist nicht das Geringste, was an ihre Vergangenheit erinnern könnte.«

»Hat sie denn eine?«

»Ja. Wenigstens stand sie jahrelang in einem Verhältnis und ›ging mit ihm‹, wie sie sich auszudrücken pflegt. Und darüber ist wohl kein Zweifel, daß über dies Verhältnis und natürlich auch über die gute Frau Dörr selbst viel, sehr viel geredet worden ist. Und sie wird auch Anstoß über Anstoß gegeben haben. Nur sie selber hat sich in ihrer Einfalt nie Gedanken darüber gemacht und noch weniger Vorwürfe. Sie spricht davon wie von einem unbequemen Dienst, den sie getreulich und ehrlich erfüllt hat, bloß aus Pflichtgefühl. Du lachst, und es klingt auch sonderbar genug. Aber es läßt sich nicht anders sagen. Und nun lassen wir die Frau Dörr und setzen uns lieber und sehen in die Mondsichel.«

Wirklich, der Mond stand drüben über dem Elefantenhause, das in dem niederströmenden Silberlichte noch phantastischer aussah als gewöhnlich. Lene wies darauf hin, zog die Mantelkapuze fester zusammen und barg sich an seine Brust.

So vergingen ihr Minuten, schweigend und glücklich, und erst als sie sich wie von einem Traume, der sich doch nicht festhalten ließ, wieder aufrichtete, sagte sie: »Woran hast du gedacht? Aber du mußt mir die Wahrheit sagen.«

»Woran ich dachte, Lene? Ja, fast schäm' ich mich, es zu sagen. Ich hatte sentimentale Gedanken und dachte nach Haus hin an unsren Küchengarten in Schloß Zehden, der genauso daliegt wie dieser Dörrsche, dieselben Salatbeete mit Kirschbäumen dazwischen, und ich möchte wetten, auch ebenso viele Meisenkästen. Und auch die Spargelbeete liefen so hin. Und dazwischen ging ich mit meiner Mutter, und wenn sie guter Laune war, gab sie mir das Messer und erlaubte, daß ich ihr half. Aber weh mir, wenn ich ungeschickt war und die Spargelstange zu lang oder zu kurz abstach. Meine Mutter hatte eine rasche Hand.«

»Glaub's. Und mir ist immer, als ob ich Furcht vor ihr haben müßte.«

»Furcht? Wie das? Warum, Lene?«

Lene lachte herzlich, und doch war eine Spur von Gezwungenheit darin. »Du mußt nicht gleich denken, daß ich vorhabe, mich bei der Gnädigen melden zu lassen, und darfst es nicht anders nehmen, als ob ich gesagt hätte, ich fürchte mich vor der Kaiserin. Würdest du deshalb denken, daß ich zu Hofe wollte? Nein, ängstige dich nicht; ich verklage dich nicht.«

»Nein, das tust du nicht. Dazu bist du viel zu stolz und eigentlich eine kleine Demokratin und ringst dir jedes freundliche Wort nur so von der Seele. Hab' ich recht? Aber wie's auch sei, mache dir auf gut Glück hin ein Bild von meiner Mutter. Wie sieht sie aus?«

»Genauso wie du: groß und schlank und blauäugig und blond.«

»Arme Lene« (und das Lachen war diesmal auf seiner Seite), »da hast du fehlgeschossen. Meine Mutter ist eine kleine Frau mit lebhaften schwarzen Augen und einer großen Nase.«

»Glaub' es nicht. Das ist nicht möglich.«

»Und ist doch so. Du mußt nämlich bedenken, daß ich auch einen Vater habe. Aber das fällt euch nie ein. Ihr denkt immer, ihr seid die Hauptsache. Und nun sage mir noch etwas über den Charakter meiner Mutter. Aber rate besser.«

»Ich denke mir sie sehr besorgt um das Glück ihrer Kinder.«

»Getroffen ...«

»... und daß all ihre Kinder reiche, das heißt sehr reiche Partien machen. Und ich weiß auch, wen sie für dich in Bereitschaft hält.«

»Eine Unglückliche, die du ...«

»Wie du mich verkennst. Glaube mir, daß ich dich habe, diese Stunde habe, das ist mein Glück. Was daraus wird, das kümmert mich nicht. Eines Tages bist du weggeflogen ...«

Er schüttelte den Kopf.

»Schüttle nicht den Kopf; es ist so, wie ich sage. Du liebst mich und bist mir treu, wenigstens bin ich in meiner Liebe kindisch und eitel genug, es mir einzubilden. Aber wegfliegen wirst du, das seh' ich klar und gewiß. Du wirst es müssen. Es heißt immer, die Liebe mache blind, aber sie macht auch hell und fernsichtig.«

»Ach, Lene, du weißt gar nicht, wie lieb ich dich habe.«

»Doch, ich weiß es. Und weiß auch, daß du deine Lene für was Besondres hältst und jeden Tag denkst: ›Wenn sie doch eine Gräfin wäre.‹ Damit ist es nun aber zu spät, das bring' ich nicht mehr zuwege. Du liebst mich und bist schwach. Daran ist nichts zu ändern. Alle schönen Männer sind schwach, und der Stärkere beherrscht sie ... Und der Stärkere ... ja, wer ist dieser Stärkere? Nun, entweder ist's deine Mutter oder das Gerede der Menschen oder die Verhältnisse. Oder vielleicht alles drei ... Aber sieh nur.«

Und sie wies nach dem Zoologischen hinüber, aus dessen Baum- und Blätterdunkel eben eine Rakete zischend in die Luft fuhr und mit einem Puff in zahllose Schwärmer zerstob. Eine zweite folgte der ersten, und so ging es weiter, als ob sie sich jagen und überholen wollten, bis es mit einem Male vorbei war und die Gebüsche drüben in einem grünen und roten Lichte zu glühen anfingen. Ein paar Vögel in ihren Käfigen kreischten dazwischen, und dann fiel nach einer langen Pause die Musik wieder ein.

»Weißt du, Botho, wenn ich dich nun so nehmen und mit dir die Lästerallee drüben auf und ab schreiten könnte, so sicher wie hier zwischen den Buchsbaumrabatten, und könnte jedem sagen: ›Ja, wundert euch nur, er ist er, und ich bin ich, und er liebt mich, und ich liebe ihn‹ – ja, Botho, was glaubst du wohl, was ich dafür gäbe? Aber rate nicht, du rätst es doch nicht. Ihr kennt ja nur euch und euren Klub und euer Leben. Ach, das arme bißchen Leben.«

»Sprich nicht so, Lene.«

»Warum nicht? Man muß allem ehrlich ins Gesicht sehn und sich nichts weismachen lassen und vor allem sich selber nichts weismachen. Aber es wird kalt, und drüben ist es auch vorbei. Das ist das Schlußstück, das sie jetzt spielen. Komm, wir wollen uns drin an den Herd setzen, das Feuer wird noch nicht aus sein, und die Alte ist längst zu Bett.«

So gingen sie, während sie sich leicht an seine Schulter lehnte, den Gartensteig wieder hinauf. Im ›Schloß‹ brannte kein Licht mehr, und nur Sultan, den Kopf aus seiner Hütte vorstrekkend, sah ihnen nach. Aber er rührte sich nicht und hatte bloß mürrische Gedanken.

6. KAPITEL

Es war die Woche danach, und die Kastanien hatten bereits abgeblüht; auch in der Bellevuestraße. Hier hatte Baron Botho von Rienäcker eine zwischen einem Front- und einem Gartenbalkon gelegene Parterrewohnung inne: Arbeitszimmer, Eßzimmer, Schlafzimmer, die sich sämtlich durch eine geschmackvolle, seine Mittel ziemlich erheblich übersteigende Einrichtung auszeichneten. In dem Eßzimmer befanden sich zwei Hertelsche Stilleben und dazwischen eine Bärenhatz, wertvolle Kopie nach Rubens, während in dem Arbeitszimmer ein Andreas Achenbachscher Seesturm, umgeben von einigen kleineren Bildern desselben Meisters, paradierte. Der Seesturm war ihm bei Gelegenheit einer Verlosung zugefallen, und an diesem schönen und wertvollen Besitze hatte er sich zum Kunstkenner und speziell zum Achenbach-Enthusiasten herangebildet. Er scherzte gern darüber und pflegte zu versichern, daß ihm sein Lotterieglück, weil es ihn zu beständig neuen Ankäufen verführt habe, teuer zu stehn gekommen sei, hinzusetzend, daß es vielleicht mit jedem Glücke dasselbe sei.

Vor dem Sofa, dessen Plüsch mit einem persischen Teppich überdeckt war, stand auf einem Malachittischchen das Kaffeegeschirr, während auf dem Sofa selbst allerlei politische Zeitungen umherlagen, unter ihnen auch solche, deren Vorkommen an dieser Stelle ziemlich verwunderlich war und nur aus dem Baron Bothoschen Lieblingssatze, Schnack gehe vor Politik, erklärt werden konnte. Geschichten, die den Stempel der Erfindung an der Stirn trugen, sogenannte ›Perlen‹, amüsierten ihn am meisten. Ein Kanarienvogel, dessen Bauer während der Frühstückszeit allemal offen stand, flog auch heute wieder auf Hand und Schulter seines ihn nur zu sehr verwöhnenden Herrn, der, anstatt ungeduldig zu werden, das Blatt jedesmal beiseite tat, um den kleinen Liebling zu streicheln. Unterließ er es aber, so drängte sich das Tierchen an Hals und Bart des Lesenden und piepte so lang und eigensinnig, bis ihm der Wille getan war. »Alle Lieblinge sind gleich«, sagte Baron Rienäcker, »und fordern Gehorsam und Unterwerfung.«

In diesem Augenblicke ging die Korridorklingel, und der Diener trat ein, um die draußen abgegebenen Briefe zu bringen. Der eine, graues Kuvert in Quadrat, war offen und mit einer Dreipfennigmarke frankiert. »Hamburger Lotterielos oder neue Zigarren«, sagte Rienäcker und warf Kuvert und Inhalt, ohne weiter nachzusehen, beiseite. »Aber das hier ... Ah, von Lene. Nun, *den* verspare ich mir bis zuletzt, wenn ihm dieser dritte, gesiegelte, nicht den Rang streitig macht. Ostensches Wappen. Also von Onkel Kurt Anton; Poststempel Berlin, will sagen: schon da. Was wird er nur wollen? Zehn gegen eins, ich soll mit ihm frühstücken oder einen Sattel kaufen oder ihn zu Renz begleiten, vielleicht auch zu Kroll; am wahrscheinlichsten das eine tun und das andere nicht lassen.«

Und er schnitt das Kuvert, auf dem er auch Onkel Ostens Handschrift erkannt hatte, mit einem auf dem Fensterbrett liegenden Messerchen auf und nahm den Brief heraus. Der aber lautete :

»*Hotel Brandenburg*, Nummer 15. Mein lieber Botho. Vor einer Stunde bin ich hier unter eurer alten Berliner Devise ›Vor Taschendieben wird gewarnt‹ auf dem Ostbahnhofe glücklich eingetroffen und habe mich im Hotel Brandenburg einquartiert, will sagen an alter Stelle; was ein richtiger Konservativer ist, ist es auch in kleinen Dingen. Ich bleibe nur zwei Tage, denn eure Luft drückt mich. Es ist ein stickiges Nest. Alles andre mündlich. Ich erwarte Dich ein Uhr bei Hiller. Dann wollen wir einen Sattel kaufen. Und dann abends zu Renz. Sei pünktlich. Dein alter Onkel Kurt Anton.«

Rienäcker lachte. »Dacht' ich's doch! Und doch eine Neuerung. Früher war es Borchardt, jetzt Hiller. Ei, ei, Onkelchen, was ein richtiger Konservativer ist, ist es auch in kleinen Dingen ... Und nun meine liebe Lene ... Was Onkel Kurt Anton wohl sagen würde, wenn er wüßte, in welcher Begleitung sein Brief und seine Befehle hier eingetroffen sind.«

Und während er so sprach, erbrach er Lenes Billet und las:

»Es sind nun schon volle fünf Tage, daß ich Dich nicht gesehen habe. Soll es eine volle Woche werden? Und ich dachte, Du müßtest den andern Tag wiederkommen, so glücklich war ich den Abend. Und Du warst so lieb und gut. Mutter neckt mich schon und sagt: ›Er kommt nicht wieder.‹ Ach, wie mir das immer einen Stich ins Herz gibt, weil es ja mal so kommen muß und weil ich fühle, daß es jeden Tag kommen kann. Daran wurd' ich gestern wieder erinnert. Denn wenn ich Dir eben schrieb, ich hätte Dich fünf Tage lang nicht gesehen, so hab' ich nicht die Wahrheit gesagt, ich *habe* Dich gesehn, gestern, aber heimlich, verstohlen, auf dem Korso. Denke Dir, ich war auch da, natürlich weit zurück in einer Seiten-Alleh, und habe Dich eine Stunde lang auf und ab reiten sehn. Ach, ich freute mich über die Maßen, denn Du warst der stattlichste (beinah so stattlich wie Frau Dörr, die sich Dir emphelen läßt), und ich hatte solchen Stolz Dich zu sehn, daß ich nicht einmal eifersüchtig wurde. Nur einmal kam es. Wer war denn die schöne Blondine mit den zwei Schimmeln, die ganz in einer Blumengirlande gingen? Und die Blumen so dicht, ganz ohne Blatt und Stiehl. So was Schönes hab' ich all mein Lebtag nicht gesehn. Als Kind hätt' ich gedacht, es müss' eine Prinzessin sein, aber jetzt weiß ich, daß Prinzessinnen nicht immer die schönsten sind. Ja, sie war schön und gefiehl Dir, ich sah es wohl, und Du gefiehlst ihr auch. Aber die Mutter, die neben der schönen Blondine saß, *der* gefiehlst Du noch besser. Und das ärgerte mich. Einer ganz jungen gönne ich Dich, wenn's durchaus sein muß. Aber einer alten! Und nun gar einer Mama? Nein, nein, *die* hat ihr Teil. Jedenfalls, mein einziger Botho, siehst Du, daß Du mich wieder gut machen und beruhigen mußt. Ich erwarte Dich morgen oder übermorgen. Und wenn Du nicht Abend kannst, so komme bei Tag, und wenn es nur eine Minute wäre. Ich habe solche Angst um Dich, das heißt eigentlich um mich. Du verstheest mich schon. Deine Lene.«

»Deine Lene«, sprach er, die Briefunterschrift wiederholend, noch einmal vor sich hin, und eine Unruhe bemächtigte sich seiner, weil ihm allerwiderstreitendste Gefühle durchs Herz gingen: Liebe, Sorge, Furcht. Dann durchlas er den Brief noch einmal. An zwei, drei Stellen konnt' er sich nicht versagen, ein Strichelchen mit dem silbernen Crayon zu machen, aber nicht aus Schulmeisterei, sondern aus eitel Freude. »Wie gut sie schreibt! Kalligraphisch gewiß und orthographisch beinah ... Stiehl statt Stiel ... Ja, warum nicht? Stiehl war eigentlich ein gefürchteter Schulrat, aber, Gott sei Dank, ich bin keiner. Und ›emphelen‹. Soll ich wegen f und h mit ihr zürnen? Großer Gott, wer kann ›empfehlen‹ richtig schreiben? Die ganz jungen Komtessen nicht immer und die ganz alten nie. Also was schadt's! Wahrhaftig, der Brief ist wie Lene selber, gut, treu, zuverlässig, und die Fehler machen ihn nur noch reizender.«

Er lehnte sich in den Stuhl zurück und legte die Hand über Stirn und Augen: »Arme Lene, was soll werden! Es wär' uns beiden besser gewesen, der Ostermontag wäre diesmal ausgefallen. Wozu gibt es auch zwei Feiertage? Wozu Treptow und Stralau und Wasserfahrten? Und nun der Onkel! Entweder kommt er wieder als Abgesandter von meiner Mutter, oder er hat Pläne für mich aus sich selbst, aus eigner Initiative. Nun, ich werde ja sehen. Eine diplomatische Verstellungsschule hat er nicht durchgemacht, und wenn er zehn Eide geschworen hat zu schweigen, es kommt doch heraus. Ich will's schon erfahren, trotzdem ich in der Kunst der Intrige gleich nach ihm selber komme.«

Dabei zog er ein Fach seines Schreibtisches auf, darin, von einem roten Bändchen umwunden, schon andere Briefe Lenens lagen. Und nun klingelte er nach dem Diener, der ihm beim Ankleiden behilflich sein sollte. »So, Johann, das wäre getan … Und nun vergiß nicht, die Jalousien herunterzulassen. Und wenn wer kommt und nach mir fragt, bis zwölf bin ich in der Kaserne, nach eins bei Hiller und am Abend bei Renz. Und zieh auch die Jalousien zu rechter Zeit wieder auf, daß ich nicht wieder einen Brutofen vorfinde. Und laß die Lampe vorn brennen. Aber nicht in meinem Schlafzimmer; die Mücken sind wie toll in diesem Jahr. Verstanden?«

»Zu Befehl, Herr Baron.«

Und unter diesem Gespräche, das schon halb im Korridor geführt worden war, trat Rienäkker in den Hausflur, ziepte draußen im Vorgarten die dreizehnjährige, sich gerad über den Wagen ihres kleinen Bruders beugende Portiertochter von hinten her am Zopf und empfing einen wütenden, aber im Erkennungsmoment ebenso rasch in Zärtlichkeit übergehenden Blick als Antwort darauf.

Und nun erst trat er durch die Gittertür auf die Straße. Hier sah er, unter der grünen Kastanienlaube hin, abwechselnd auf das Tor und dann wieder nach dem Tiergarten zu, wo sich, wie auf einem Camera-obscura-Glase, die Menschen und Fuhrwerke geräuschlos hin und her bewegten. »Wie schön. Es ist doch wohl eine der besten Welten.«

7. KAPITEL

Um zwölf war der Dienst in der Kaserne getan, und Botho von Rienäcker ging die Linden hinunter aufs Tor zu, lediglich in der Absicht, die Stunde bis zum Rendezvous bei Hiller, so gut sich's tun ließ, auszufüllen. Zwei, drei Bilderläden waren ihm dabei sehr willkommen. Bei Lepke standen ein paar Oswald Achenbachs im Schaufenster, darunter eine palermitanische Straße, schmutzig und sonnig und von einer geradezu frappierenden Wahrheit des Lebens und Kolorits. »Es gibt doch Dinge, worüber man nie ins reine kommt. So mit den Achenbachs. Bis vor kurzem hab' ich auf Andreas geschworen; aber wenn ich so was sehe, wie das hier, so weiß ich nicht, ob ihm der Oswald nicht gleichkommt oder ihn überholt. Jedenfalls ist er bunter und mannigfacher. All dergleichen aber ist mir bloß zu denken erlaubt; vor den Leuten es aussprechen hieße meinen ›Seesturm‹ ohne Not auf den halben Preis herabsetzen.«

Unter solchen Betrachtungen stand er eine Zeitlang vor dem Lepkeschen Schaufenster und ging dann, über den Pariser Platz hin, auf das Tor und die schräg links führende Tiergartenallee zu, bis er vor der Wolfschen Löwengruppe haltmachte. Hier sah er nach der Uhr. »Halb eins. Also Zeit.« Und so wandt' er sich wieder, um auf demselben Wege nach den ›Linden‹ hin zurückzukehren. Vor dem Redernschen Palais sah er Leutnant von Wedell von den Gardedragonern auf sich zukommen.

»Wohin, Wedell?«

»In den Klub. Und Sie?«

»Zu Hiller.«

»Etwas früh.«

»Ja. Aber was hilft's? Ich soll mit einem alten Onkel von mir frühstücken, neumärkisch Blut und just in dem Winkel zu Hause, wo Bentsch, Rentsch, Stentsch liegen – lauter Reimwörter auf Mensch, selbstverständlich ohne weitre Konsequenz oder Verpflichtung. Übrigens hat er, ich meine den Onkel, mal in Ihrem Regiment gestanden. Freilich lange her, erste vierziger Jahre. Baron Osten.«

»Der Wietzendorfer?«

»Eben der.«

»Oh, den kenn' ich, das heißt dem Namen nach. Etwas Verwandtschaft. Meine Großmutter war eine Osten. Ist doch derselbe, der mit Bismarck auf dem Kriegsfuß steht?«

»Derselbe. Wissen Sie was, Wedell, kommen Sie mit. Der Klub läuft Ihnen nicht weg und Pitt und Serge auch nicht; Sie finden sie um drei gerad so gut wie um eins. Der Alte schwärmt noch immer für Dragonerblau mit Gold und ist Neumärker genug, um sich über jeden Wedell zu freuen.«

»Gut, Rienäcker. Aber auf Ihre Verantwortung.«

»Mit Vergnügen.«

Unter solchem Gespräche waren sie bei Hiller angelangt, wo der alte Baron bereits an der Glastür stand und ausschaute, denn es war eine Minute nach eins. Er unterließ aber jede Bemerkung und war augenscheinlich erfreut, als Botho vorstellte: »Leutnant von Wedell.«

»Ihr Herr Neffe ...«

»Nichts von Entschuldigungen, Herr von Wedell, alles, was Wedell heißt, ist mir willkommen, und wenn es diesen Rock trägt, doppelt und dreifach. Kommen Sie, meine Herren, wir wollen uns aus diesem Stuhl- und Tischdefilee herausziehen und, so gut es geht, nach rückwärtshin konzentrieren. Sonst nicht Preußensache; hier aber ratsam.«

Und damit ging er, um gute Plätze zu finden, vorauf und wählte nach Einblick in verschiedene kleine Cabinets schließlich ein mäßig großes, mit einem lederfarbnen Stoff austapeziertes Zimmer, das trotz eines breiten und dreigeteilten Fensters wenig Licht hatte, weil es auf einen engen und dunklen Hof sah. Von einem hier zu vier gedeckten Tisch wurde im Nu das vierte Kuvert entfernt, und während die beiden Offiziere Pallasch und Säbel in die Fensterecke stellten, wandte sich der alte Baron an den Oberkellner, der in einiger Entfernung gefolgt war, und befahl einen Hummer und einen weißen Burgunder. »Aber welchen, Botho?«

»Sagen wir Chablis.«

»Gut, Chablis. Und frisches Wasser. Aber nicht aus der Leitung; lieber so, daß die Karaffe beschlägt. Und nun, meine Herren, bitte Platz zu nehmen: lieber Wedell, hier, Botho, du da. Wenn nur diese Glut, diese verfrühte Hundstagshitze nicht wäre. Luft, meine Herren, Luft. Ihr schönes Berlin, das immer schöner wird (so versichern einen wenigstens alle, die nichts Besseres kennen), Ihr schönes Berlin hat alles, aber keine Luft.« Und dabei riß er die großen Fensterflügel auf und setzte sich so, daß er die breite Mittelöffnung gerade vor sich hatte.

Der Hummer war noch nicht gekommen, aber der Chablis stand schon da. Voll Unruhe nahm der alte Osten eins der Brötchen aus dem Korb und schnitt es mit ebensoviel Hast wie Virtuosität in Schrägstücke, bloß um etwas zu tun zu haben. Dann ließ er das Messer wieder fallen und reichte Wedell die Hand. »Ihnen unendlich verbunden, Herr von Wedell, und brillanter Einfall von Botho, Sie dem Klub auf ein paar Stunden abspenstig gemacht zu haben. Ich nehm' es als eine gute Vorbedeutung, gleich bei meinem ersten Ausgang in Berlin einen Wedell begrüßen zu dürfen.«

Und nun begann er einzuschenken, weil er seiner Unruhe nicht länger Herr bleiben konnte, befahl, eine Cliquot kaltzustellen, und fuhr dann fort: »Eigentlich, lieber Wedell, sind wir verwandt; es gibt keine Wedells, mit denen wir nicht verwandt wären, und wenn's auch bloß durch einen Scheffel Erbsen wäre; neumärkisch Blut ist in allen. Und wenn ich nun gar mein altes Dragonerblau wiedersehe, da schlägt mir das Herz bis in den Hals hinein. Ja, Herr von Wedell, alte Liebe rostet nicht. Aber da kommt der Hummer ... Bitte, hier die große Schere. Die Scheren sind immer das Beste ... Aber, was ich sagen wollte, alte Liebe rostet nicht, und der Schneid auch nicht. Und ich setze hinzu: Gott sei Dank. Damals hatten wir noch den alten Dobeneck. Himmelwetter, war *das* ein Mann! Ein Mann wie ein Kind. Aber wenn es mal schlecht ging und nicht klappen wollte, wenn er einen dann ansah, *den* hätt' ich sehen wollen, der den Blick ausgehalten hätte. Richtiger alter Ostpreuße noch von Anno 13 und 14 her. Wir fürchteten ihn, aber wir liebten ihn auch. Denn er war wie ein Vater. Und wissen Sie, Herr von Wedell, wer mein Rittmeister war ...?«

In diesem Augenblicke kam auch der Champagner.

»Mein Rittmeister war Manteuffel, derselbe, dem wir alles verdanken, der uns die Armee gemacht hat und mit der Armee den Sieg.«

Herr von Wedell verbeugte sich, während Botho leichthin sagte: »Gewiß, man kann es sagen.«

Aber das war nicht klug und weise von Botho, wie sich gleich herausstellen sollte, denn der ohnehin an Kongestionen leidende alte Baron wurde rot über den ganzen kahlen Kopf weg, und das bißchen krause Haar an seinen Schläfen schien noch krauser werden zu wollen. »Ich verstehe dich nicht, Botho; was soll dies ›Man kann es sagen‹, das heißt so viel wie ›Man kann es auch *nicht* sagen‹. Und ich weiß auch, worauf das alles hinaus will. Es will andeuten, daß ein gewisser Kürassieroffizier aus der Reserve, der im übrigen mit nichts in Reserve gehalten hat, am wenigsten mit revolutionären Maßnahmen, es will andeuten, sag' ich, daß ein gewisser Halberstädter mit schwefelgelbem Kragen eigentlich auch St. Privat allerpersönlichst gestürmt und um Sedan herum den großen Zirkel gezogen habe. Botho, damit darfst du mir nicht kommen. Er war ein Referendar und hat auf der Potsdamer Regierung gearbeitet, sogar unter dem alten Meding, der nie gut auf ihn zu sprechen war, ich weiß das, und hat eigentlich nichts gelernt als Depeschen schreiben. So viel will ich ihm lassen, *das* versteht er, oder mit andern Worten, er ist ein Federfuchser. Aber nicht die Federfuchser haben Preußen groß gemacht. War der bei Fehrbellin ein Federfuchser? War der bei Leuthen ein Federfuchser? War Blücher ein Federfuchser oder York? *Hier* sitzt die preußische Feder. Ich kann diesen Kultus nicht leiden.«

»Aber lieber Onkel ...«

»Aber, aber, ich dulde kein Aber. Glaube mir, Botho, zu solcher Frage, dazu gehören Jahre; derlei Dinge versteh' ich besser. Wie steht es denn? Er stößt die Leiter um, drauf er emporgestiegen, und verbietet sogar die Kreuzzeitung, und rund heraus, er ruiniert uns; er denkt klein von uns, er sagt uns Sottisen, und wenn ihm der Sinn danach steht, verklagt er uns auf Diebstahl oder Unterschlagung und schickt uns auf die Festung. Ach, was sag' ich, auf die Festung, Festung ist für anständige Leute, nein, ins Landarmenhaus schickt er uns, um Wolle zu zupfen ... Aber Luft, meine Herren, Luft. Sie haben keine Luft hier. Verdammtes Nest.«

Und er erhob sich und riß zu dem bereits offenstehenden Mittelflügel auch noch die beiden Nebenflügel auf, so daß von dem Zuge, der ging, die Gardinen und das Tischtuch ins Wehen kamen. Dann sich wieder setzend, nahm er ein Stück Eis aus dem Champagnerkühler und fuhr sich damit über die Stirn.

»Ah«, fuhr er fort, »das Stück Eis hier, das ist das Beste vom ganzen Frühstück ... Und nun sagen Sie, Herr von Wedell, hab' ich recht oder nicht? Botho, Hand aufs Herz, hab' ich recht? Ist es nicht so, daß man sich als ein Märkischer von Adel aus reiner Edelmannsempörung einen Hochverratsprozeß auf den Leib reden möchte? Solchen Mann ... aus unsrer besten Familie ... vornehmer als die Bismarcks, und so viele für Thron und Hohenzollerntum gefallen, daß man eine ganze Leibkompanie daraus formieren könnte, Leibkompanie mit Blechmützen, und der Boitzenburger kommandiert sie. Ja, meine Herren. Und solcher Familie solchen Affront. Und warum? Unterschlagung, Indiskretion, Bruch von Amtsgeheimnis. Ich bitte Sie, fehlt nur noch Kindsmord und Vergehen gegen die Sittlichkeit, und wahrhaftig, es bleibt verwunderlich genug, daß nicht auch *das* noch herausgedrückt worden ist. Aber die Herren schweigen. Ich bitte Sie, sprechen Sie. Glauben Sie mir, daß ich andre Meinungen hören und ertragen kann; ich bin nicht wie er; sprechen Sie, Herr von Wedell, sprechen Sie.«

Wedell, in immer wachsender Verlegenheit, suchte nach einem Ausgleichs- und Beruhigungsworte: »Gewiß, Herr Baron, es ist, wie Sie sagen. Aber, Pardon, ich habe damals, als die Sache zum Austrag kam, vielfach aussprechen hören, und die Worte sind mir im Gedächtnis geblieben, daß der Schwächere darauf verzichten müsse, dem Stärkeren die Wege kreuzen zu wollen, das verbiete sich in Leben wie Politik, es sei nun mal so: Macht gehe vor Recht.«

»Und kein Widerspruch dagegen, kein Appell?«

»Doch, Herr Baron. Unter Umständen auch ein Appell. Und um nichts zu verschweigen, ich kenne solche Fälle gerechtfertigter Opposition. Was die Schwäche nicht darf, das darf die Reinheit, die Reinheit der Überzeugung, die Lauterkeit der Gesinnung. *Die* hat das Recht der Auflehnung, sie hat sogar die Pflicht dazu. Wer aber *hat* diese Lauterkeit? Hatte sie ... Doch ich schweige, weil ich weder Sie, Herr Baron, noch die Familie, von der wir sprechen, verletzen möchte. Sie wissen aber, auch ohne daß ich es sage, daß *er*, der das Wagnis wagte, diese Lauterkeit der Gesinnung *nicht* hatte. Der bloß Schwächere darf nichts, nur der Reine darf alles.«

»Nur der Reine darf alles«, wiederholte der alte Baron mit einem so schlauen Gesicht, daß es zweifelhaft blieb, ob er mehr von der Wahrheit oder der Anfechtbarkeit dieser These durchdrungen sei. »Der Reine darf alles. Kapitaler Satz, den ich mir mit nach Hause nehme. Der wird meinem Pastor gefallen, der letzten Herbst den Kampf mit mir aufgenommen und ein Stück von meinem Acker zurückgefordert hat. Nicht seinetwegen, i Gott bewahre, bloß um des Prinzips und seines Nachfolgers willen, dem er nichts vergeben dürfe. Schlauer Fuchs. Aber der Reine darf alles.«

»Du wirst schon nachgeben in der Pfarrackerfrage«, sagte Botho. »Kenn' ich doch Schönemann noch von Sellenthins her.«

»Ja, da war er noch Hauslehrer und kannte nichts Besseres als die Schulstunden abkürzen und die Spielstunden in die Länge ziehen. Und konnte Reifen spielen wie ein junger Marquis; wahrhaftig, es war ein Vergnügen, ihm zuzusehen. Aber nun ist er sieben Jahre im Amt, und du würdest den Schönemann, der der gnädigen Frau den Hof machte, nicht wiedererkennen. Eins aber muß ich ihm lassen, er hat beide Frölens gut erzogen und am besten deine Käthe ...«

Botho sah den Onkel verlegen an, fast als ob er ihn um Diskretion bitten wolle. Der alte Baron aber, überfroh, das heikle Thema so glücklich beim Schopfe gefaßt zu haben, fuhr in überströmender und immer wachsender guter Laune fort: »Ach, laß doch, Botho. Diskretion. Unsinn. Wedell ist Landsmann und wird von der Geschichte so gut wissen wie jeder andere. Weshalb schweigen über solche Dinge. Du bist doch so gut wie gebunden. Und weiß es Gott, Junge, wenn ich so die Frölens Revue passieren lasse, 'ne Beßre findest du nicht, Zähne wie Perlen und lacht immer, daß man die ganze Schnur sieht. Eine Flachsblondine zum Küssen, und wenn ich dreißig Jahre jünger wäre, höre ...«

Wedell, der Bothos Verlegenheit bemerkte, wollte ihm zu Hilfe kommen und sagte: »Die Sellenthinschen Damen sind alle sehr anmutig, Mutter wie Töchter; ich war vorigen Sommer mit ihnen in Norderney, charmant, aber ich würde der zweiten den Vorzug geben ...«

»Desto besser, Wedell. Da kommt ihr euch nicht in die Quer, und wir können gleich eine Doppelhochzeit feiern. Und Schönemann kann trauen, wenn Kluckhuhn, der wie alle Alten empfindlich ist, es zugibt, und ich will ihm nicht nur das Fuhrwerk stellen, ich will ihm auch das Stück Pfarracker ohne weiteres zedieren, wenn ich solche Hochzeit zwischen heut' und einem Jahr erlebe. Sie sind reich, lieber Wedell, und mit Ihnen pressiert es am Ende nicht. Aber sehen Sie sich unsern Freund Botho an. Daß er so wohlgenährt aussieht, das verdankt er nicht seiner Sandbüchse, die, die paar Wiesen abgerechnet, eigentlich nichts als eine Kiefernschonung ist, und noch weniger seinem Muränensee. ›Muränensee‹, das klingt wundervoll, und man könnte beinah sagen poetisch. Aber das ist auch alles. Man kann von Muränen nicht leben. Ich weiß, du hörst nicht gerne davon, aber da wir mal dabei sind, so muß es heraus. Wie liegt es denn? Dein Großvater hat die Heide runterschlagen lassen, und dein Vater selig – ein kapitaler Mann, aber ich habe keinen Menschen je so schlecht L'hombre spielen sehn und so hoch dazu –, dein Vater selig, sag' ich, hat die fünfhundert Morgen Bruchacker an die Jeseritzer Bauern parzelliert, und was von gutem Boden übriggeblieben ist, ist nicht viel, und die dreißigtausend Taler sind auch längst wieder fort. Wärst du allein, so möcht' es gehn, aber du mußt teilen mit deinem Bruder, und vorläufig hat die Mama, meine Frau Schwester Liebden, das Ganze noch in Händen, eine prächtige Frau, klug und gescheit, aber auch nicht auf die sparsame Seite gefallen. Botho, wozu stehst du bei den Kaiserkürassieren, und wozu hast du eine reiche Cousine, die bloß darauf wartet, daß du kommst und in einem regelrechten Antrage das besiegelst und wahr machst, was die Eltern schon verabredet haben, als ihr noch Kinder wart. Wozu noch überlegen? Höre, wenn ich morgen auf der Rückreise bei deiner Mama mit vorfahren und ihr die Nachricht bringen könnte: ›Liebe Josephine, Botho *will*, alles abgemacht‹, höre, Junge, das wäre mal was, das einem alten Onkel, der's gut mit dir meint, eine Freude machen könnte. Reden Sie zu, Wedell. Es ist Zeit, daß er aus der Garçonschaft herauskommt. Er vertut sonst sein bißchen Vermögen oder verplempert sich wohl gar mit einer kleinen Bourgeoise. Hab' ich recht? Natürlich. Abgemacht. Und darauf müssen wir noch anstoßen. Aber nicht mit diesem Rest ...« Und er drückte auf die Klingel.

»Ein Heidsieck. Beste Marke.«

8. KAPITEL

Im Klub befanden sich um eben diese Zeit zwei junge Kavaliere, der eine, von den Gardes du Corps, schlank, groß und glatt, der andere, von den Pasewalkern abkommandiert, etwas kleiner, mit Vollbart und nur vorschriftsmäßig freiem Kinn. Der weiße Damast des Tisches, dran sie gefrühstückt hatten, war zurückgeschlagen, und an der freigewordenen Hälfte saßen beide beim Piquet.

»Sechs Blatt mit 'ner Quart.«

»Gut.«

»Und du?«

»Vierzehn As, drei Könige, drei Damen ... Und du machst keinen Stich.« Und er legte das Spiel auf den Tisch und schob im nächsten Augenblicke die Karten zusammen, während der andere mischte.

»Weißt du schon, Ella verheiratet sich.«

»Schade.«

»Warum schade?«

»Sie kann dann nicht mehr durch den Reifen springen.«

»Unsinn. Je mehr sie sich verheiraten, desto schlanker werden sie.«

»Doch mit Ausnahme. Viele Namen aus der Zirkusaristokratie blühen schon in der dritten und vierten Generation, was denn doch einigermaßen auf Wechselzustände von schlank und nichtschlank oder, wenn du willst, auf Neumond und erstes Viertel etc. hinweist.«

»Irrtum. Error in calculo. Du vergißt Adoption. Alle diese Zirkusleute sind heimliche Gichtelianer und vererben nach Plan und Abmachung ihr Vermögen, ihr Ansehen und ihren Namen. Es scheinen dieselben und sind doch andere geworden. Immer frisches Blut. Heb ab ... Übrigens hab' ich noch eine zweite Nachricht. Afzelius kommt in den Generalstab.«

»Welcher?«

»Der von den Ulanen.«

»Unmöglich.«

»Moltke hält große Stücke auf ihn, und er soll eine vorzügliche Arbeit gemacht haben.«

»Imponiert mir nicht. Alles Bibliotheks- und Abschreibesache. Wer nur ein bißchen findig ist, kann Bücher leisten wie Humboldt oder Ranke.«

»Quart. Vierzehn As.«

»Quint vom König.«

Und während die Stiche gemacht wurden, hörte man in dem Billardzimmer nebenan das Klappern der Bälle und das Fallen der kleinen Boulekegel.

*

Nur sechs oder acht Herren waren alles in allem in den zwei hintern Klubzimmern, die mit ihrer Schmalseite nach einem sonnigen und ziemlich langweiligen Garten hinaussahen, versammelt, alle schweigsam, alle mehr oder weniger in ihr Whist oder Domino vertieft, nicht zum wenigsten die zwei piquetspielenden Herren, die sich eben über Ella und Afzelius unterhalten hatten. Es ging hoch, weshalb beide von ihrem Spiel erst wieder aufsahen, als sie, durch eine offne Rundbogennische, von dem nebenherlaufenden Zimmer her eines neuen Ankömmlings gewahr wurden. Es war Wedell.

»Aber Wedell, wenn Sie nicht eine Welt von Neuigkeiten mitbringen, so belegen wir Sie mit dem großen Bann.«

»Pardon, Serge, es war keine bestimmte Verabredung.«

»Aber doch beinah. Übrigens finden Sie mich persönlich in nachgiebigster Stimmung. Wie Sie sich mit Pitt auseinandersetzen wollen, der eben 150 Points verloren, ist Ihre Sache.«

Dabei schoben beide die Karten beiseite, und der von dem herzukommenden Wedell als Serge Begrüßte zog seine Remontoiruhr und sagte: »Drei Uhr fünfzehn. Also Kaffee. Irgendein Philosoph, und es muß einer der größten gewesen sein, hat einmal gesagt, das sei das Beste am Kaffee, daß er in jede Situation und Tagesstunde hineinpasse. Wahrhaftig. Wort eines Weisen. Aber wo nehmen wir ihn? Ich denke, wir setzen uns draußen auf die Terrasse, mitten in die Sonne. Je mehr man das Wetter brüskiert, desto besser fährt man. Also, Pehlecke, drei Tassen. Ich kann das Umfallen der Boulekegel nicht mehr mit anhören, es macht mich nervös; draußen haben wir freilich auch Lärm, aber doch anders, und hören statt des spitzen Klappertons das Poltern und Donnern unserer unterirdischen Kegelbahn, wobei wir uns einbilden können, am Vesuv oder Ätna zu sitzen. Und warum auch nicht? Alle Genüsse sind schließlich Einbildung, und wer die beste Phantasie hat, hat den größten Genuß. Nur das Unwirkliche macht den Wert und ist eigentlich das einzig Reale.«

»Serge«, sagte der andere, der beim Piquetspielen als Pitt angeredet worden war, »wenn du mit deinen berühmten großen Sätzen so fortfährst, so bestrafst du Wedell härter, als er verdient. Außerdem hast du Rücksicht auf mich zu nehmen, weil ich verloren habe. So, hier wollen wir bleiben, den lawn im Rücken, diesen Efeu neben uns und eine kahle Wand en vue. Himmlischer Aufenthalt für Seiner Majestät Garde! Was wohl der alte Fürst Pückler zu diesem Klubgarten gesagt haben würde? Pehlecke ... so, hier den Tisch her, jetzt geht's. Und zum Schluß eine Kuba von Ihrem gelagertsten Lager. Und nun, Wedell, wenn Ihnen verziehen werden soll, schütteln Sie Ihr Gewand, bis ein neuer Krieg herausfällt oder irgendeine andere große Nachricht. Sie sind ja durch Puttkamers mit unserem lieben Herrgott verwandt. Mit welchem, brauch' ich nicht erst hinzuzusetzen. Was kocht er wieder?«

»Pitt«, sagte Wedell, »ich beschwöre Sie, nur keine Bismarckfragen. Denn erstlich wissen Sie, daß ich nichts weiß, weil Vettern im siebzehnten Grad nicht gerade zu den Intimen und Vertrauten des Fürsten gehören, zum zweiten aber komme ich, statt vom Fürsten, recte von einem Bolzenschießen her, das sich mit einigen Treffern und vielen, vielen Nichttreffern gegen niemand anders als gegen Seine Durchlaucht richtete.«

»Und wer war dieser kühne Schütze?«

»Der alte Baron Osten, Rienäckers Onkel. Charmanter alter Herr und Bon Garçon. Aber freilich auch Pfiffikus.«

»Wie alle Märker.«

»Bin auch einer.«

»Tant mieux. Da wissen Sie's von sich selbst. Aber heraus mit der Sprache. Was sagte der Alte?«

»Vielerlei. Das Politische kaum der Rede wert, aber ein anderes desto wichtiger: Rienäcker steht vor einer scharfen Ecke.«

»Und vor welcher?«

»Er soll heiraten.«

»Und das nennen Sie eine scharfe Ecke? Ich bitte Sie, Wedell, Rienäcker steht vor einer viel schärferen: Er hat 9000 jährlich und gibt 12 000 aus, und das ist immer die schärfste aller Ekken, jedenfalls schärfer als die Heiratsecke. Heiraten ist für Rienäcker keine Gefahr, sondern die Rettung. Übrigens hab' ich es kommen sehen. Und wer ist es denn?«

»Eine Cousine!«

»Natürlich. Retterin und Cousine sind heutzutage fast identisch. Und ich wette, daß sie Paula heißt. Alle Cousinen heißen jetzt Paula.«

»Diese nicht.«

»Sondern?«

»Käthe.«

»Käthe? Ah, da weiß ich's. Käthe Sellenthin. Hm, nicht übel, glänzende Partie. Der alte Sellenthin, es ist doch der mit dem Pflaster überm Auge, hat sechs Güter, und die Vorwerke mit eingerechnet, sind es sogar dreizehn. Geht zu gleichen Teilen, und das dreizehnte kriegt Käthe noch als Zuschlag. Gratuliere ...«

»Sie kennen sie?«

»Gewiß. Wundervolle Flachsblondine mit Vergißmeinnichtaugen, aber trotzdem nicht sentimental, weniger Mond als Sonne. Sie war hier bei der Zülow in Pension und wurde mit vierzehn schon umcourt und umworben.«

»In der Pension?«

»Nicht direkt und nicht alltags, aber doch sonntags, wenn sie beim alten Osten zu Tische war, demselben, von dem Sie jetzt herkommen. Käthe, Käthe Sellenthin ... sie war damals wie 'ne Bachstelze, und wir nannten sie so, und war der reizendste Backfisch, den Sie sich denken können. Ich seh' noch ihren Haardutt, den wir immer den Wocken nannten. Und den soll Rienäcker nun abspinnen. Nun, warum nicht? Es wird ihm so schwer nicht werden.«

»Am Ende doch schwerer, als mancher denkt«, antwortete Wedell. »Und so gewiß er der Aufbesserung seiner Finanzen bedarf, so bin ich doch nicht sicher, daß er sich für die blonde Speziallandsmännin ohne weiteres entscheiden wird. Rienäcker ist nämlich seit einiger Zeit in einen andren Farbenton, und zwar ins Aschfarbene, gefallen, und wenn es wahr ist, was mir Balafré neulich sagte, so hat er sich's ganz ernsthaft überlegt, ob er nicht seine Weißzeugdame zur weißen Dame erheben soll. Schloß Avenel oder Schloß Zehden macht ihm keinen Unterschied,

Schloß ist Schloß, und Sie wissen, Rienäcker, der überhaupt in manchem seinen eignen Weg geht, war immer fürs Natürliche.«

»Ja«, lachte Pitt. »Das war er. Aber Balafré schneidet auf und erfindet sich interessante Geschichten. Sie sind nüchtern, Wedell, und werden doch solch erfundenes Zeug nicht glauben wollen.«

»Nein, erfundenes nicht«, sagte Wedell. »Aber ich glaube, was ich weiß. Rienäcker, trotz seiner sechs Fuß, oder vielleicht auch gerade deshalb, ist schwach und bestimmbar und von einer seltenen Weichheit und Herzensgüte.«

»Das ist er. Aber die Verhältnisse werden ihn zwingen, und er wird sich lösen und freimachen, schlimmstenfalls wie der Fuchs aus dem Eisen. Es tut weh, und ein Stückchen Leben bleibt dran hängen. Aber das Hauptstück ist doch wieder heraus, wieder frei. Vive Käthe! Und Rienäcker! Wie sagt das Sprichwort: ›Mit dem Klugen ist Gott.‹«

9. KAPITEL

Botho schrieb denselben Abend noch an Lene, daß er am andern Tage kommen würde, vielleicht schon früher als gewöhnlich. Und er hielt Wort und war eine Stunde vor Sonnenuntergang da. Natürlich fand er auch Frau Dörr. Es war eine prächtige Luft, nicht zu warm, und nachdem man noch eine Weile geplaudert hatte, sagte Botho: »Wir könnten vielleicht in den Garten gehen.«

»Ja, in den Garten. Oder sonst wohin?«

»Wie meinst du?«

Lene lachte. »Sei nicht wieder in Sorge, Botho. Niemand ist in den Hinterhalt gelegt, und die Dame mit dem Schimmelgespann und der Blumengirlande wird dir nicht in den Weg treten.«

»Also wohin, Lene?«

»Bloß ins Feld, ins Grüne, wo du nichts haben wirst als Gänseblümchen und mich. Und vielleicht auch Frau Dörr, wenn sie die Güte haben will, uns zu begleiten.«

»Ob sie will«, sagte Frau Dörr. »Gewiß will sie. Große Ehre. Aber man muß sich doch erst ein bißchen zurechtmachen. Ich bin gleich wieder da.«

»Nicht nötig, Frau Dörr, wir holen Sie ab.«

*

Und so geschah es, und als das junge Paar eine Viertelstunde später auf den Garten zuschritt, stand Frau Dörr schon an der Tür, einen Umhang überm Arm und einen prachtvollen Hut auf dem Kopf, ein Geschenk Dörrs, der, wie alle Geizhälse, mitunter etwas lächerlich Teures kaufte.

Botho sagte der so Herausgeputzten etwas Schmeichelhaftes, und gleich danach gingen alle drei den Gang hinunter und traten durch ein verstecktes Seitenpförtchen auf einen Feldweg hinaus, der hier, wenigstens zunächst noch und eh er weiter abwärts in das freie Wiesengrün einbog, an dem an seiner Außenseite hoch in Nesseln stehenden Gartenzaun hinlief.

»Hier bleiben wir«, sagte Lene. »Das ist der hübscheste Weg und der einsamste. Da kommt niemand.«

Und wirklich, es war der einsamste Weg, um vieles stiller und menschenleerer als drei, vier andere, die parallel mit ihm über die Wiese hin auf Wilmersdorf zu führten und zum Teil ein eigentümliches Vorstadtleben zeigten. An dem einen dieser Wege befanden sich allerlei Schuppen, zwischen denen reckartige, wie für Turner bestimmte Gerüste standen und Bothos Neugier weckten, aber eh er noch erkunden konnte, was es denn eigentlich sei, gab ihm das Tun drüben auch schon Antwort auf seine Frage: Decken und Teppiche wurden über die Gerüste hin ausgebreitet, und gleich danach begann ein Klopfen und Schlagen mit großen Rohrstöcken, so daß der Weg drüben alsbald in einer Staubwolke lag.

Botho wies darauf hin und wollte sich eben mit Frau Dörr in ein Gespräch über den Wert oder Unwert der Teppiche vertiefen, die, bei Lichte besehen, doch bloß Staubfänger seien, und wenn einer nicht fest auf der Brust sei, so hätt' er die Schwindsucht weg, er wisse nicht, wie.

Mitten im Satz aber brach er ab, weil der von ihm eingeschlagene Weg in eben diesem Augenblicke an einer Stelle vorüberführte, wo der Schutt einer Bildhauerwerkstatt abgeladen sein mußte, denn allerhand Stuckornamente, namentlich Engelsköpfe, lagen in großer Zahl umher.

»Das ist ein Engelskopf«, sagte Botho. »Sehen Sie, Frau Dörr. Und hier ist sogar ein geflügelter.«

»Ja«, sagte Frau Dörr. »Und ein Pausback dazu. Aber is es denn ein Engel? Ich denke, wenn er so klein is und Flügel hat, heißt er Amor.«

»Amor oder Engel«, sagte Botho, »das ist immer dasselbe. Fragen Sie nur Lene, die wird es bestätigen. Nicht wahr, Lene?«

Lene tat empfindlich, aber er nahm ihre Hand, und alles war wieder gut.

Unmittelbar hinter dem Schutthaufen bog der Pfad nach links hin ab und mündete gleich danach in einen etwas größeren Feldweg ein, dessen Pappelweiden eben blühten und ihre flockenartigen Kätzchen über die Wiese hin ausstreuten, auf der sie nun wie gezupfte Watte dalagen.

»Sieh, Lene«, sagte Frau Dörr, »weißt du denn, daß sie jetzt Betten damit stopfen, ganz wie mit Federn? Und sie nennen es Waldwolle.«

»Ja, ich weiß, Frau Dörr. Und ich freue mich immer, wenn die Leute so was ausfinden und sich zunutze machen. Aber für Sie wär' es nichts.«

»Nein, Lene, für mich wär' es nich. Da hast du recht. Ich bin so mehr fürs Feste, für Pferdehaar und Sprungfedern, und wenn es denn so wuppt ...«

»O ja«, sagte Lene, der diese Beschreibung etwas ängstlich zu werden anfing. »Ich fürchte bloß, daß wir Regen kriegen. Hören Sie nur die Frösche, Frau Dörr.«

»Ja, die Poggen«, bestätigte diese. »Nachts ist es mitunter ein Gequake, daß man nicht schlafen kann. Und woher kommt es? Weil hier alles Sumpf is und bloß so tut, als ob es Wiese wäre. Sieh doch den Tümpel an, wo der Storch steht und guckt gerade hierher. Na, nach mir sieht er nich. Da könnt' er lange sehn. Und is auch recht gut so.«

»Wir müssen am Ende doch wohl umkehren«, sagte Lene verlegen, und eigentlich nur, um etwas zu sagen.

»I bewahre«, lachte Frau Dörr. »Nun erst recht nich, Lene; du wirst dich doch nich graulen und noch dazu vor so was. Adebar, du Guter, bring mir ... Oder soll ich lieber singen: Adebar, du Bester?«

So ging es noch eine Weile weiter, denn Frau Dörr brauchte Zeit, um von einem solchen Lieblingsthema wieder loszukommen.

Endlich aber war doch eine Pause da, während welcher man in langsamem Tempo weiterschritt, bis man zuletzt an einen Höhenrücken kam, der sich hier plateauartig von der Spree nach der Havel hinüberzieht. An eben dieser Stelle hörten auch die Wiesen auf, und Korn- und Rapsfelder fingen an, die sich bis an die vorderste Häuserreihe von Wilmersdorf zogen.

»Nun bloß da noch rauf«, sagte Frau Dörr, »und dann setzen wir uns und pflücken Butterblumen und flechten uns einen Stengelkranz. Jott, das macht immer so viel Spaß, wenn man den einen Stengel in den andern piekt, bis der Kranz fertig is oder die Kette.«

»Wohl, wohl«, sagte Lene, der es heute beschieden war, aus kleinen Verlegenheiten gar nicht herauszukommen. »Wohl, wohl. Aber nun kommen Sie, Frau Dörr; hier geht der Weg.«

Und so sprechend, stiegen sie den niedrigen Abhang hinauf und setzten sich, oben angekommen, auf einen hier seit letztem Herbst schon aus Peden und Nesseln zusammengekarrten Unkrauthaufen. Dieser Pedenhaufen war ein prächtiger Ruheplatz, zugleich auch ein Aussichtspunkt, von dem aus man über einen von Werft und Weiden eingefaßten Graben hin nicht nur die nördliche Häuserreihe von Wilmersdorf überblicken, sondern auch von einer benachbarten Kegelbahntabagie her das Fallen der Kegel und vor allem das Zurückrollen der Kugel auf zwei klapprigen Latten in aller Deutlichkeit hören konnte. Lene vergnügte sich über die Maßen darüber, nahm Bothos Hand und sagte: »Sieh, Botho, ich weiß so gut Bescheid damit (denn als Kind wohnten wir auch neben einer solchen Tabagie), daß ich, wenn ich die Kugel bloß aufsetzen höre, gleich weiß, wieviel sie machen wird.«

»Nun«, sagte Botho, »da können wir ja wetten.«

»Und um was?«

»Das findet sich.«

»Gut. Aber ich brauch' es nur dreimal zu treffen, und wenn ich schweige, so zählt es nicht.«

»Bin es zufrieden.«

Und nun horchten alle drei hinüber, und die mit jedem Moment erregter werdende Frau Dörr verschwor sich hoch und teuer, ihr puppre das Herz, und ihr sei geradeso, wie wenn sie vor einem Theatervorhang sitze. »Lene, Lene, du hast dir zu viel zugetraut, Kind, das is ja gar nich möglich.«

So wär' es wohl noch weitergegangen, wenn man nicht in eben diesem Augenblicke gehört hätte, daß eine Kugel aufgesetzt und nach einmaligem dumpfen Anschlag an die Seitenbande wieder still wurde. »Sandhase«, rief Lene. Und richtig, so war es.

»Das war leicht«, sagte Botho. »Zu leicht. Das hätt' ich auch geraten. Sehen wir also, was kommt.«

Und siehe da, zwei weitere Würfe folgten, ohne daß Lene gesprochen oder sich auch nur gerührt hätte. Nur Frau Dörrs Augen traten immer mehr aus dem Kopf. Jetzt aber, und Lene hob sich sofort von ihrem Platz, kam eine kleine, feste Kugel, und in einem eigentümlichen Mischton von Elastizität und Härte hörte man sie vibrierend über das Brett hintanzen. »Alle neun«, rief Lene. Und im Nu gab es drüben ein Fallen, und der Kegeljunge bestätigte nur, was kaum noch der Bestätigung bedurfte.

»Du sollst gewonnen haben, Lene. Wir essen heute noch ein Vielliebchen, und dann geht alles in einem. Nicht wahr, Frau Dörr?«

»Versteht sich«, zwinkerte diese, »alles in einem.« Und dabei band sie den Hut ab und beschrieb Kreise damit, wie wenn es ihr Markthut gewesen wäre.

Mittlerweile sank die Sonne hinter den Wilmersdorfer Kirchturm, und Lene schlug vor, aufzubrechen und den Rückweg anzutreten, es werde so fröstlich; unterwegs aber wollte man spielen und sich greifen: sie sei sicher, Botho werde sie nicht fangen.

»Ei, da wollen wir doch sehn.«

Und nun begann ein Jagen und Haschen, bei dem Lene wirklich nicht gefangen werden konnte, bis sie zuletzt vor Lachen und Aufregung so abgeäschert war, daß sie sich hinter die stattliche Frau Dörr flüchtete.

»Nun hab' ich meinen Baum«, lachte sie, »nun kriegst du mich erst recht nicht.« Und dabei hielt sie sich an Frau Dörrs etwas abstehender Schoßjacke fest und schob die gute Frau so geschickt nach rechts und links, daß sie sich eine Zeitlang mit Hilfe derselben deckte. Plötzlich aber war Botho neben ihr, hielt sie fest und gab ihr einen Kuß.

»Das ist gegen die Regel; wir haben nichts ausgemacht.« Aber trotz solcher Abweisung hing sie sich doch an seinen Arm und kommandierte, während sie die Gardeschnarrstimme nachahmte: »Parademarsch ... frei weg« und ergötzte sich an den bewundernden und nicht endenwollenden Ausrufen, womit die gute Frau Dörr das Spiel begleitete.

»Is es zu glauben?« sagte diese. »Nein, es is *nich* zu glauben. Un immer so un nie anders. Un wenn ich denn an meinen denke! Nicht zu glauben, sag' ich. Un war doch auch einer. Un tat auch immer so.«

»Was meint sie nur?« fragte Botho leise.

»Oh, sie denkt wieder ... Aber, du weißt ja ... Ich habe dir ja davon erzählt.«

»Ah, *das* ist es. Der. Nun, er wird wohl so schlimm nicht gewesen sein.«

»Wer weiß. Zuletzt ist einer wie der andere.«

»Meinst du?«

»Nein.« Und dabei schüttelte sie den Kopf, und in ihrem Auge lag etwas von Weichheit und Rührung. Aber sie wollte diese Stimmung nicht aufkommen lassen und sagte deshalb rasch: »Singen wir, Frau Dörr. Singen wir. Aber was?«

»Morgenrot ...«

»Nein, das nicht ... ›Morgen in das kühle Grab‹, das ist mir zu traurig. Nein, singen wir ›Übers Jahr, übers Jahr‹, oder noch lieber ›Denkst du daran‹.«

»Ja, *das* is recht, *das* is schön; das is mein Leib- und Magenlied.«

Und mit gut eingeübter Stimme sangen alle drei das Lieblingslied der Frau Dörr, und man war schon bis in die Nähe der Gärtnerei gekommen, als es noch immer über das Feld hinklang: »Ich denke dran ... ich danke dir mein Leben«, und dann von der andren Wegseite her, wo die lange Reihe der Schuppen und Remisen stand, im Echo widerhallte.

Die Dörr war überglücklich. Aber Lene und Botho waren ernst geworden.

10. KAPITEL

Es dunkelte schon, als man wieder vor der Wohnung der Frau Nimptsch war, und Botho, der seine Heiterkeit und gute Laune rasch zurückgewonnen hatte, wollte nur einen Augenblick noch mit hineinsehn und sich gleich danach verabschieden. Als ihn Lene jedoch an allerlei Versprechungen und Frau Dörr mit Betonung und Augenspiel an das noch ausstehende Vielliebchen erinnerte, gab er nach und entschloß sich, den Abend über zu bleiben.

»Das is recht«, sagte die Dörr. »Und ich bleibe nun auch. Das heißt, wenn ich bleiben darf und bei dem Vielliebchen nicht störe. Denn man kann doch nie wissen. Und ich will bloß noch den Hut nach Hause bringen und den Umhang. Und denn komm' ich wieder.«

»Gewiß müssen Sie wiederkommen«, sagte Botho, während er ihr die Hand gab. »So jung kommen wir nicht wieder zusammen.«

»Nein, nein«, lachte die Dörr, »so jung kommen wir nich wieder zusammen. Un is auch eigentlich ganz unmöglich, un wenn wir auch morgen schon wieder zusammenkämen. Denn ein Tag is doch immer ein Tag und macht auch schon was aus. Und deshalb is es ganz richtig, daß wir so jung nich wieder zusammenkommen. Und muß sich jeder gefallen lassen.«

In dieser Tonart ging es noch eine Weile weiter, und die von niemandem bestrittene Tatsache des täglichen Älterwerdens gefiel ihr so, daß sie dieselbe noch einige Male wiederholte. Dann erst ging sie. Lene begleitete sie bis auf den Flur, Botho seinerseits aber setzte sich neben Frau Nimptsch und fragte, während er ihr das von der Schulter gefallene Umschlagetuch wieder umhing, ob sie noch böse sei, daß er ihr die Lene wieder für ein paar Stunden entführt habe? Aber es sei so hübsch gewesen, und oben auf dem Pedenhaufen, wo sie sich ausgeruht und geplaudert hätten, hätten sie der Zeit ganz vergessen.

»Ja, die Glücklichen vergessen die Zeit«, sagte die Alte. »Und die Jugend is glücklich, un is auch gut so und soll so sein. Aber wenn man alt wird, lieber Herr Baron, da werden einem die Stunden lang, un man wünscht sich die Tage fort un das Leben auch.«

»Ach, das sagen Sie so, Mutterchen. Alt oder jung, eigentlich lebt doch jeder gern. Nicht wahr, Lene, wir leben gern?«

Lene war eben wieder vom Flur her in die Stube getreten und lief, wie getroffen von dem Wort, auf ihn zu und umhalste und küßte ihn und war überhaupt von einer Leidenschaftlichkeit, die ihr sonst ganz fremd war.

»Lene, was hast du nur?«

Aber sie hatte sich schon wieder gesammelt und wehrte mit rascher Handbewegung seine Teilnahme ab, wie wenn sie sagen wollte: »Frage nicht.« Und nun ging sie, während Botho mit Frau Nimptsch weitersprach, auf das Küchenschapp zu, kramte drin umher und kam gleich danach und völlig heitern Gesichts mit einem kleinen, in blaues Zuckerpapier genähten Buche zurück, das ganz das Aussehen hatte wie die, drin Hausfrauen ihre täglichen Ausgaben aufschreiben. Dazu diente das Büchelchen denn auch wirklich und zugleich zu Fragen, mit denen sich Lene, sei's aus Neugier oder gelegentlich auch aus tieferem Interesse, beschäftigte. Sie schlug es jetzt auf und wies auf die letzte Seite, drauf Bothos Blick sofort der dick unterstrichenen Überschrift begegnete: ›*Was zu wissen not tut.*‹

»Alle Tausend, Lene, das klingt ja wie Traktätchen oder Lustspieltitel.«

»Ist auch so was. Lies nur weiter.«

Und nun las er: »Wer waren die beiden Damen auf dem Korso? Ist es die ältere, oder ist es die junge? Wer ist Pitt? Wer ist Serge? Wer ist Gaston?«

Botho lachte. »Wenn ich dir das alles beantworten soll, Lene, so bleib' ich bis morgen früh.«

Ein Glück, daß Frau Dörr bei dieser Antwort fehlte, sonst hätt' es eine neue Verlegenheit gegeben. Aber die sonst so flinke Freundin, flink wenigstens, wenn es sich um den Baron handelte, war noch nicht wieder zurück, und so sagte denn Lene: »Gut, so will ich mich handeln lassen. Und meinetwegen denn von den zwei Damen ein andermal! Aber was bedeuten die fremden Namen? Ich habe schon neulich danach gefragt, als du die Tüte brachtest. Aber was du da sagtest, war keine rechte Antwort, nur so halb. Ist es ein Geheimnis?«

»Nein.«

»Nun denn sage.«

»Gern, Lene. Diese Namen sind bloß Necknamen.«

»Ich weiß. Das sagtest du schon.«

»... also Namen, die wir uns aus Bequemlichkeit beigelegt haben, mit und ohne Beziehung, je nachdem.«

»Und was heißt Pitt?«

»Pitt war ein englischer Staatsmann.«

»Und ist dein Freund auch einer?«

»Um Gottes willen ...«

»Und Serge?«

»Das ist ein russischer Vorname, den ein Heiliger und viele russische Großfürsten führen.«

»Die aber nicht Heilige zu sein brauchen, nicht wahr? ... Und Gaston?«

»Ist ein französischer Name.«

»Ja, dessen entsinn' ich mich. Ich habe mal als ein ganz junges Ding, und ich war noch nicht eingesegnet, ein Stück gesehn: ›Der Mann mit der eisernen Maske.‹ Und der mit der Maske, der hieß Gaston. Und ich weinte jämmerlich.«

»Und lachst jetzt, wenn ich dir sage: Gaston bin *ich*.«

»Nein, ich lache nicht. Du hast auch eine Maske.«

Botho wollte scherz- und ernsthaft das Gegenteil versichern, aber Frau Dörr, die gerade wieder eintrat, schnitt das Gespräch ab, indem sie sich entschuldigte, daß sie so lange habe warten lassen. Aber eine Bestellung sei gekommen und sie habe rasch noch einen Begräbniskranz flechten müssen.

»Einen großen oder einen kleinen?« fragte die Nimptsch, die gern von Begräbnissen sprach und eine Passion hatte, sich von allem Dazugehörigen erzählen zu lassen.

»Nu«, sagte die Dörr, »es war ein mittelscher; kleine Leute. Efeu mit Azalie.«

»Jott«, fuhr die Nimptsch fort, »alles is jetzt für Efeu mit Azalie, bloß ich nich. Efeu is ganz gut, wenn er aufs Grab kommt und alles so grün und dicht einspinnt, daß das Grab seine Ruhe hat und der drunter liegt auch. Aber Efeu in'n Kranz, das is nich richtig. Zu meiner Zeit, da nahmen wir Immortellen, gelbe oder halbgelbe, und wenn es ganz was Feines sein sollte, denn nahmen wir rote oder weiße und machten Kränze draus oder auch bloß einen und hingen ihn ans Kreuz, und da hing er denn den ganzen Winter, und wenn der Frühling kam, da hing er noch. Un manche hingen noch länger. Aber so mit Efeu oder Azalie, das is nichts. Un warum nich? Darum nicht, weil es nich lange dauert. Un ich denke mir immer, je länger der Kranz oben hängt, desto länger denkt der Mensch auch an seinen Toten unten. Un mitunter auch 'ne Witwe, wenn sie nich zu jung is. Un das is es, warum ich für Immortelle bin, gelbe oder rote oder auch weiße, un kann ja jeder einen andern Kranz zuhängen, wenn er will. Das is denn so für den Schein. Aber der immortellige, das is der richtige.«

»Mutter«, sagte Lene, »du sprichst wieder so viel von Grab und Kranz.«

»Ja, Kind, jeder spricht, woran er denkt. Un denkt einer an Hochzeit, denn red't er von Hochzeit, un denkt einer an Begräbnis, denn red't er von Grab. Un ich habe nich mal angefangen, von Grab un Kranz zu reden, Frau Dörr hat angefangen, was auch ganz recht war. Un ich spreche bloß immer davon, weil ich immer 'ne Angst habe un immer denke: Ja, wer wird dir mal einen bringen?«

»Ach, Mutter ...«

»Ja, Lene, du bist gut, du bist ein gutes Kind. Aber der Mensch denkt, un Gott lenkt, un heute rot un morgen tot. Un du kannst sterben so gut wie ich, jeden Tag, den Gott werden läßt, wenn ich es auch nich glaube. Un Frau Dörr kann auch sterben oder wohnt denn, wenn ich sterbe, vielleicht woanders, oder ich wohne woanders un bin vielleicht eben erst eingezogen. Ach, meine liebe Lene, man hat nichts sicher, gar nichts, auch nich mal einen Kranz aufs Grab.«

»*Doch, doch*, Mutter Nimptsch«, sagte Botho, »den haben Sie sicher.«

»Na, na, Herr Baron, wenn es man wahr is.«

»Und wenn ich in Petersburg bin oder in Paris und ich höre, daß meine alte Frau Nimptsch gestorben ist, dann schick' ich einen Kranz, und wenn ich in Berlin bin oder in der Nähe, dann bring' ich ihn selber.«

Der Alten Gesicht verklärte sich ordentlich vor Freude. »Na, das is ein Wort, Herr Baron. Un da hab' ich doch nu meinen Kranz aufs Grab und is mir lieb, daß ich ihn habe. Denn ich kann die kahlen Gräber nich leiden, die so aussehn wie'n Waisenhauskirchhof oder für die Gefangenen oder noch schlimmer. Aber nu mach einen Tee, Lene, das Wasser kocht un bullert schon, un Erdbeeren und Milch sind auch da. Un auch saure. Jott, den armen Herrn Baron muß ja schon ganz jämlich sein. Immer angucken macht hungrig, so viel weiß ich auch noch. Ja, Frau Dörr, man hat ja doch auch mal seine Jugend gehabt, un wenn es auch lange her is. Aber die Menschen waren damals so wie heut'.«

Frau Nimptsch, die heut' ihren Redetag hatte, philosophierte noch eine Weile weiter, während Lene das Abendbrot auftrug und Botho seine Neckereien mit der guten Frau Dörr fortsetzte. Das sei gut, daß sie den Staatshut zu rechter Zeit zu Bette gebracht habe, der sei für Kroll oder fürs Theater, aber nicht für den Wilmersdorfer Pedenhaufen. Wo sie den Hut denn eigentlich her habe? Solchen Hut habe keine Prinzessin. Und er habe so was Kleidsames überhaupt noch gar nicht gesehn; er wolle nicht von sich selber reden, aber ein Prinz hätte sich drin vergaffen können.

Die gute Frau hörte wohl heraus, daß er sich einen Spaß mache. Trotzdem sagte sie: »Ja, wenn Dörr mal anfängt, denn is er so forsch und fein, daß ich mitunter gar nicht weiß, wo er's her hat. Alltags is nich viel mit ihm, aber mit eins is er wie vertauscht un gar nich mehr derselbe, un ich sage denn immer: Es is am Ende doch was mit ihm, un er kann es man bloß nich so zeigen.«

So plauderte man beim Tee, bis zehn Uhr heran war. Dann brach Botho auf, und Lene und Frau Dörr begleiteten ihn durch den Vorgarten bis an die Gartentür. Als sie hier standen, erinnerte die Dörr daran, daß man das Vielliebchen noch immer vergessen habe. Botho schien aber die Mahnung überhören zu wollen und betonte nur nochmals, wie hübsch der Nachmittag gewesen sei. »Wir müssen öfter so gehn, Lene, und wenn ich wiederkomme, dann überlegen wir, wohin. Oh, ich werde schon etwas finden, etwas Hübsches und Stilles, und recht weit und nicht so bloß über Feld.«

»Und dann nehmen wir Frau Dörr wieder mit«, sagte Lene, »oder bitten sie darum. Nicht wahr, Botho?«

»Gewiß, Lene. Frau Dörr muß immer dabei sein. Ohne Frau Dörr geht es nicht.«

»Ach, Herr Baron, das kann ich ja gar nich annehmen, das kann ich ja gar nich verlangen.«

»Doch, liebe Frau Dörr«, lachte Botho. »Sie können *alles* verlangen. Eine Frau wie Sie.«

Und damit trennte man sich.

11. KAPITEL

Die Landpartie, die man nach dem Wilmersdorfer Spaziergange verabredet oder wenigstens geplant hatte, war nun auf einige Wochen hin das Lieblingsgespräch, und immer, wenn Botho kam, überlegte man, *wohin*? Alle möglichen Plätze wurden erwogen: Erkner und Kranichberge, Schwilow und Baumgartenbrück, aber alle waren immer noch zu besucht, und so kam es, daß Botho schließlich ›Hankels Ablage‹ nannte, von dessen Schönheit und Einsamkeit er wahre Wunderdinge gehört habe, Lene war einverstanden. Ihr lag nur daran, mal hinauszukommen und in Gottes freier Natur, möglichst fern von dem großstädtischen Getriebe, mit dem geliebten Manne zusammen zu sein. Wo, war gleichgültig.

Der nächste Freitag wurde zu der Partie bestimmt. »Abgemacht.« Und nun fuhren sie mit dem Görlitzer Nachmittagszuge nach Hankels Ablage hinaus, wo sie Nachtquartier nehmen und den andern Tag in aller Stille zubringen wollten.

Der Zug hatte nur wenige Wagen, aber auch diese waren schwach besetzt, und so kam es, daß sich Botho und Lene allein befanden. In dem Coupé nebenan wurde lebhaft gesprochen, zugleich deutlich genug, um herauszuhören, daß es Weiterreisende waren, keine Mitpassagiere für Hankels Ablage.

Lene war glücklich, reichte Botho die Hand und sah schweigend in die Wald- und Heidelandschaft hinaus. Endlich sagte sie: »Was wird aber Frau Dörr sagen, daß wir sie zu Hause gelassen?«

»Sie darf es gar nicht erfahren.«

»Mutter wird es ihr ausplaudern.«

»Ja, dann steht es schlimm, und doch ließ sich's nicht anders tun. Sieh, auf der Wiese neulich, da ging es, da waren wir mutterwindallein. Aber wenn wir in Hankels Ablage auch noch so viel Einsamkeit finden, so finden wir doch immer einen Wirt und eine Wirtin und vielleicht sogar einen Berliner Kellner. Und solch Kellner, der immer so still vor sich hinlacht oder wenigstens in sich hinein, den kann ich nicht aushalten, der verdirbt mir die Freude. Frau Dörr, wenn sie neben deiner Mutter sitzt oder den alten Dörr erzieht, ist unbezahlbar, aber nicht unter Menschen. Unter Menschen ist sie bloß komische Figur und eine Verlegenheit.«

*

Gegen fünf hielt der Zug an einem Waldrande ... Wirklich, niemand außer Botho und Lene stieg aus, und beide schlenderten jetzt behaglich und unter häufigem Verweilen auf ein Gasthaus zu, das, in etwa zehn Minuten Entfernung von dem kleinen Stationsgebäude, hart an der Spree seinen Platz hatte. Dies ›Etablissement‹, wie sich's auf einem schiefstehenden Wegweiser nannte, war ursprünglich ein bloßes Fischerhaus gewesen, das sich erst sehr allmählich und mehr durch An- als Umbau in ein Gasthaus verwandelt hatte, der Blick über den Strom aber hielt für alles, was sonst vielleicht fehlen mochte, schadlos und ließ das glänzende Renommee, dessen sich diese Stelle bei allen Eingeweihten erfreute, keinen Augenblick als übertrieben erscheinen. Auch Lene fühlte sich sofort angeheimelt und nahm in einer verandaartig vorgebauten Holzhalle Platz, deren eine Hälfte von dem Gezweig einer alten, zwischen Haus und Ufer stehenden Ulme verdeckt wurde.

»Hier bleiben wir«, sagte sie. »Sieh doch nur die Kähne, zwei, drei ... und dort weiter hinauf kommt eine ganze Flotte. Ja, das war ein glücklicher Gedanke, der uns hierher führte. Sieh doch nur, wie sie drüben auf dem Kahne hin- und herlaufen und sich gegen die Ruder stemmen. Und dabei alles so still. Oh, mein einziger Botho, wie schön das ist und wie gut ich dir bin.«

Botho freute sich, Lene so glücklich zu sehen. Etwas Entschlossenes und beinah Herbes, das sonst in ihrem Charakter lag, war wie von ihr genommen und einer ihr sonst fremden Gefühlsweichheit gewichen, und dieser Wechsel schien ihr selber unendlich wohl zu tun.

Nach einer Weile kam der sein ›Etablissement‹ schon von Vater und Großvater her innehabende Wirt, um nach den Befehlen der Herrschaften zu fragen, vor allem auch, ob sie zu Nacht bleiben würden, und bat, als diese Frage bejaht worden war, über ihr Zimmer Beschluß fassen zu wollen. Es ständen ihnen mehrere zur Verfügung, unter denen die Giebelstube wohl die beste sein würde. Sie sei zwar niedrig, aber sonst groß und geräumig und hätte den Blick über die Spree bis an die Müggelberge.

Der Wirt ging nun, als sein Vorschlag angenommen war, um die nötigen Vorbereitungen zu treffen, und Botho und Lene waren nicht nur wieder allein miteinander, sondern genossen auch das Glück dieses Alleinseins in vollen Zügen. Auf einem der herabhängenden Ulmenzweige wiegte sich ein in einem niedrigen Nachbargebüsche nistender Fink, Schwalben fuhren hin und her, und zuletzt kam eine schwarze Henne mit einem langen Gefolge von Entenküken an der Veranda vorüber und stolzierte gravitätisch auf einen weit in den Fluß hineingebauten Wassersteg zu. Mitten auf diesem Steg aber blieb die Henne stehn, während sich die Küken ins Wasser stürzten und fortschwammen.

Lene sah eifrig dem allen zu. »Sieh nur, Botho, wie der Strom durch die Pfähle schießt.« Aber eigentlich war es weder der Steg noch die durchschießende Flut, was sie fesselte, sondern die zwei Boote, die vorn angekettet lagen. Sie liebäugelte damit und erging sich in kleinen Fragen und Anspielungen, und erst als Botho taub blieb und durchaus nichts davon verstehen wollte, rückte sie klarer mit der Sprache heraus und sagte rundweg, daß sie gern Wasser fahren möchte.

»Weiber sind doch unverbesserlich. Unverbesserlich in ihrem Leichtsinn. Denk an den zweiten Ostertag. Um ein Haar ...«

»... wär' ich ertrunken. Gewiß. Aber das war nur das eine. Nebenher lief die Bekanntschaft mit einem stattlichen Herrn, dessen du dich vielleicht entsinnst. Er hieß Botho ... Du wirst doch, denk' ich, den zweiten Ostertag nicht als einen Unglückstag ansehen wollen? Da bin ich artiger und galanter.«

»Nun, nun ... Aber kannst du denn auch rudern, Lene?«

»Freilich kann ich. Und kann auch sogar steuern und ein Segel stellen. Weil ich beinah ertrunken wäre, denkst du gering von mir und meiner Kunst. Aber der Junge war schuld, und ertrinken kann am Ende jeder.«

Und dabei ging sie von der Veranda her den Steg entlang auf die zwei Boote zu, deren Segel eingerefft waren, während ihre Wimpel, mit eingesticktem Namen, oben an der Mastspitze flatterten.

»Welches nehmen wir«, sagte Botho, »die ›Forelle‹ oder die ›Hoffnung‹?«

»Natürlich die Forelle. Was sollen wir mit der Hoffnung?«

Botho hörte wohl heraus, daß dies von Lene mit Absicht und um zu sticheln gesagt wurde, denn so fein sie fühlte, so verleugnete sie doch nie das an kleinen Spitzen Gefallen findende Berliner Kind. Er verzieh ihr aber dies Spitzige, schwieg und war ihr beim Einsteigen behilflich. Dann sprang er nach. Als er gleich darauf das Boot losketteln wollte, kam der Wirt und brachte Jackett und Plaid, weil es bei Sonnenuntergang kalt würde. Beide dankten, und in Kürze waren sie mitten auf dem Strom, der hier, durch Inseln und Landzungen eingeengt, keine dreihundert Schritte breit sein mochte. Lene tat nur dann und wann einen Schlag mit dem Ruder, aber auch diese wenigen Schläge reichten schon aus, sie nach einer kleinen Weile bis an eine hoch in Gras stehende, zugleich als Schiffswerft dienende Wiese zu führen, auf der, in einiger Entfernung von ihnen, ein Spreekahn gebaut und alte, leckgewordene Kähne kalfatert und geteert wurden.

»Dahin müssen wir«, jubelte Lene, während sie Botho mit sich fortzog. Aber ehe beide bis an die Schiffsbaustelle heran waren, hörte das Hämmern der Zimmermannsaxt auf, und das beginnende Läuten der Glocke verkündete, daß Feierabend sei. So bogen sie denn hundert Schritt von der Werft in einen Pfad ein, der, schräg über die Wiese hin, auf einen Kiefernwald zuführte. Die roten Stämme desselben glühten prächtig im Widerschein der schon tief stehenden Sonne, während über den Kronen ein bläulicher Nebel lag.

»Ich möchte dir einen recht schönen Strauß pflücken«, sagte Botho, während er Lene bei der Hand nahm. »Aber sieh nur, die reine Wiese, nichts als Gras und keine Blume. Nicht eine.«

»Doch. Die Hülle und Fülle. Du siehst nur keine, weil du zu anspruchsvoll bist.«

»Und wenn ich es wäre, so wär' ich es bloß für dich.«

»Oh, keine Ausflüchte. Du wirst sehen, ich finde welche.«

Und sich niederbückend, suchte sie nach rechts und links hin und sagte: »Sieh nur, hier ... und da ... und hier wieder. Es stehen hier mehr als in Dörrs Garten; man muß nur ein Auge dafür haben.« Und so pflückte sie behend und emsig, zugleich allerlei Unkraut und Grashalme mit ausreißend, bis sie, nach ganz kurzer Zeit, eine Menge Brauchbares und Unbrauchbares in Händen hatte.

Währenddem waren sie bis an eine seit Jahr und Tag leerstehende Fischerhütte gekommen, vor der, auf einem mit Kienäpfeln überstreuten Sandstreifen (denn der Wald stieg unmittelbar dahinter an), ein umgestülpter Kahn lag.

»Der kommt uns zupaß«, sagte Botho, »hier wollen wir uns setzen. Du mußt ja müde sein. Und nun laß sehen, was du gepflückt hast. Ich glaube, du weißt es selber nicht, und ich werde mich auf den Botaniker hin ausspielen müssen. Gib her. Das ist Ranunkel, und das ist Mäuseohr, und manche nennen es auch falsches Vergißmeinnicht. Hörst du, falsches. Und hier, das mit dem gezackten Blatt, das ist Taraxacum, unsere gute alte Butterblume, woraus die Franzosen Salat machen. Nun, meinetwegen. Aber Salat und Bouquet ist ein Unterschied.«

»Gib nur wieder her«, lachte Lene. »Du hast kein Auge für diese Dinge, weil du keine Liebe dafür hast, und Auge und Liebe gehören immer zusammen. Erst hast du der Wiese die Blumen abgesprochen, und jetzt, wo sie da sind, willst du sie nicht als richtige Blumen gelten lassen. Es sind aber Blumen, und noch dazu sehr gute. Was gilt die Wette, daß ich dir etwas Hübsches zusammenstelle?«

»Nun da bin ich doch neugierig, was du wählen wirst.«

»Nur solche, denen du selber zustimmst. Und nun laß uns anfangen. Hier ist Vergißmeinnicht, aber kein Mäuseohr-Vergißmeinnicht, will sagen kein falsches, sondern ein echtes. Zugestanden?«

»Ja.«

»Und das hier ist Ehrenpreis, eine feine kleine Blume. Die wirst du doch auch wohl gelten lassen? Da frag' ich gar nicht erst. Und diese große rotbraune, das ist Teufelsabbiß und eigens für dich gewachsen. Ja, lache nur. Und das hier«, und sie bückte sich nach ein paar gelben Blumenköpfchen, die gerade vor ihr auf der Sandstelle blühten, »das sind Immortellen.«

»Immortellen«, sagte Botho. »Die sind ja die Passion der alten Frau Nimptsch. Natürlich, *die* nehmen wir, *die* dürfen nicht fehlen. Und nun binde nur das Sträußchen zusammen.«

»Gut. Aber womit? Wir wollen es lassen, bis wir eine Binse finden.«

»Nein, so lange will ich nicht warten. Und ein Binsenhalm ist mir auch nicht gut genug, ist zu dick und zu grob. Ich will was Feines. Weißt du, Lene, du hast so schönes langes Haar; reiß eins aus und flicht den Strauß damit zusammen.«

»Nein«, sagte sie bestimmt.

»Nein? Warum nicht? Warum nein?«

»Weil das Sprichwort sagt: ›Haar bindet.‹ Und wenn ich es um den Strauß binde, so bist du mitgebunden.«

»Ach, das ist Aberglauben. Das sagt Frau Dörr.«

»Nein, die alte Frau sagt es. Und was die mir von Jugend auf gesagt hat, auch wenn es wie Aberglauben aussah, das war immer richtig.«

»Nun meinetwegen. Ich streite nicht. Aber ich will kein ander Band um den Strauß als ein Haar von dir. Und du wirst doch nicht so eigensinnig sein und mir's abschlagen.«

Sie sah ihn an, zog ein Haar aus ihrem Scheitel und wand es um den Strauß. Dann sagte sie: »Du hast es gewollt. Hier, nimm es. Nun bist du gebunden.«

Er versuchte zu lachen, aber der Ernst, mit dem sie das Gespräch geführt und die letzten Worte gesprochen hatte, war doch nicht ohne Eindruck auf ihn geblieben.

»Es wird kühl«, sagte er nach einer Weile. »Der Wirt hatte recht, dir Jackett und Plaid nachzubringen. Komm, laß uns aufbrechen.«

Und so gingen sie wieder auf die Stelle zu, wo das Boot lag, und eilten sich, über den Fluß zu kommen.

Jetzt erst, im Rückfahren, sahen sie, wie malerisch das Gasthaus dalag, dem sie mit jedem Ruderschlage näherkamen. Eine hohe groteske Mütze, so saß das Schilfdach auf dem niedrigen Fachwerkbau, dessen vier kleine Frontfenster sich eben zu erhellen begannen. Und im selben Augenblicke wurden auch ein paar Windlichter in die Veranda getragen, und durch das Gezweige der alten Ulme, das im Dunkel einem phantastischen Gitterwerke glich, blitzten allerlei Lichtstreifen über den Strom hin.

Keiner sprach. Jeder aber hing seinem Glück und der Frage nach, wie lange das Glück noch dauern werde.

12. KAPITEL

Es dunkelte schon, als sie landeten.

»Laß uns diesen Tisch nehmen«, sagte Botho, während sie wieder unter die Veranda traten: »Hier trifft dich kein Wind, und ich bestelle dir einen Grog oder Glühwein, nicht wahr? Ich sehe ja, du hast es kalt.«

Er schlug ihr noch allerlei andres vor, aber Lene bat, auf ihr Zimmer gehn zu dürfen, wenn er dann komme, sei sie wieder munter. Sie sei nur angegriffen und brauche nichts, und wenn sie nur Ruhe habe, so werd' es vorübergehen.

Damit verabschiedete sie sich und stieg in die mittlerweile hergerichtete Giebelstube hinauf, begleitet von der in durchaus irrigen Vermutungen befangenen Wirtin, die sofort neugierig fragte, was es denn eigentlich sei, und, einer Antwort unbedürftig, im selben Augenblicke fortfuhr: Ja, das sei so bei jungen Frauen, das wisse sie von sich selber, und eh ihr Ältester geboren wurde (jetzt habe sie schon vier und eigentlich fünf, aber der Mittelste sei zu früh gekommen und gleich tot), da hätte sie's auch gehabt. Es flög' einen so an und sei dann wie zum Sterben. Aber eine Tasse Melissentee, das heißt Klostermelisse, da fiele es gleich wieder ab, und man sei mit eins wieder wie'n Fisch im Wasser und ordentlich aufgekratzt und fidel und ganz zärtlich.

»Ja, ja, gnädge Frau, wenn erst so vier um einen rumstehn, ohne daß ich den kleinen Engel mitrechne ...«

Lene bezwang nur mit Müh' ihre Verlegenheit und bat, um wenigstens etwas zu sagen, um etwas Melissentee, Klostermelisse, wovon sie auch schon gehört habe.

*

Während oben in der Giebelstube dies Gespräch geführt wurde, hatte Botho Platz genommen, aber nicht innerhalb der windgeschützten Veranda, sondern an einem urwüchsigen Brettertisch, der, in Front derselben, auf vier Pfählen aufgenagelt war und einen freien Blick hatte. Hier wollt' er sein Abendbrot einnehmen. Er bestellte sich denn auch ein Fischgericht, und als der ›Schlei mit Dill‹, wofür das Wirtshaus von alter Zeit her ein Renommee hatte, aufgetragen wurde, kam der Wirt, um zu fragen, welchen Wein der Herr Baron, er gab ihm diesen Titel auf gut Glück hin, beföhle.

»Nun, ich denke«, sagte Botho, »zu dem delikaten Schlei paßt am besten ein Brauneberger oder, sagen wir lieber, ein Rüdesheimer, und zum Zeichen, daß er gut ist, müssen Sie sich zu mir setzen und bei Ihrem eigenen Weine mein Gast sein.«

Der Wirt verbeugte sich unter Lächeln und kam bald danach mit einer angestaubten Flasche zurück, während die Magd, eine hübsche Wendin in Friesrock und schwarzem Kopftuch, auf einem Tablett die Gläser brachte.

»Nun lassen Sie sehn«, sagte Botho. »Die Flasche verspricht alles mögliche Gute. Zu viel Staub und Spinnweb ist allemal verdächtig, aber diese hier ... Ah, superbe. Das ist 70er, nicht wahr? Und nun lassen Sie uns anstoßen, ja, auf was? Auf das Wohl von Hankels Ablage.« Der Wirt war augenscheinlich entzückt, und Botho, der wohl sah, welchen guten Eindruck er machte, fuhr deshalb in dem ihm eigenen leichten und leutseligen Tone fort: »Ich find' es reizend hier, und nur eins läßt sich gegen Hankels Ablage sagen: der Name.«

»Ja«, bestätigte der Wirt, »der Name, der läßt viel zu wünschen übrig und ist eigentlich ein Malheur für uns. Und doch hat es seine Richtigkeit damit, Hankels Ablage war nämlich wirklich eine Ablage, und so heißt es denn auch so.«

»Gut. Aber das bringt uns nicht weiter. Warum hieß es Ablage? Was ist Ablage?«

»Nun, wir könnten auch sagen: Aus- und Einladestelle. Das ganze Stück Land hier herum« – und er wies nach rückwärts – »war nämlich immer ein großes Dominium und hieß unter dem Alten Fritzen und auch früher schon unter dem Soldatenkönige die Herrschaft Wusterhausen. Und es gehörten wohl an die dreißig Dörfer dazu, samt Forst und Heide. Nun sehen Sie, die dreißig Dörfer, die schafften natürlich was und brauchten was, oder was dasselbe sagen will, sie hatten Ausfuhr und Einfuhr, und für beides brauchten sie von Anfang an einen Hafen- oder Stapelplatz und konnte nur noch zweifelhaft sein, welche Stelle man dafür wählen würde. Da wählten sie *diese* hier, diese Bucht wurde Hafen, Stapelplatz, ›Ablage‹ für alles, was kam und ging, und weil der Fischer, der damals hier wohnte, beiläufig mein Ahnherr, Hankel hieß, so hatten wir eine *›Hankels Ablage‹*.«

»Schade«, sagte Botho, »daß man' s nicht jedem so rund und nett erklären kann«, und der Wirt, der sich hierdurch ermutigt fühlen mochte, wollte fortfahren. Eh er aber beginnen konnte, hörte man einen Vogelschrei hoch oben in den Lüften, und als Botho neugierig hinaufsah, sah er, daß zwei mächtige Vögel, kaum noch erkennbar, im Halbdunkel über der Wasserfläche hinschwebten.

»Waren das wilde Gänse?«

»Nein, Reiher. Die ganze Forst hier herum ist Reiherforst. Überhaupt ein rechter Jagdgrund, Schwarzwild und Damwild in Massen, und in dem Schilf und Rohr hier Enten, Schnepfen und Bekassinen.«

»Entzückend«, sagte Botho, in dem sich der Jäger regte. »Wissen Sie, daß ich Sie beneide. Was tut schließlich der Name? Enten, Schnepfen, Bekassinen. Es überkommt einen eine Lust, daß man's auch so gut haben möchte. Nur einsam muß es hier sein, zu einsam.«

Der Wirt lächelte vor sich hin, und Botho, dem es nicht entging, wurde neugierig und sagte: »Sie lächeln. Aber ist es nicht so? Seit einer halben Stunde hör' ich nichts als das Wasser, das da unter dem Steg hingluckst, und in diesem Augenblick oben den Reiherschrei. Das nenn' ich einsam, so hübsch es ist. Und dann und wann ziehn ein paar große Spreekähne vorüber, aber alle sind einander gleich oder sehen sich wenigstens ähnlich. Und eigentlich ist jeder wie ein Gespensterschiff. Eine wahre Totenstille.«

»Gewiß«, sagte der Wirt. »Aber doch alles nur, solang es dauert.«

»Wie das?«

»Ja«, wiederholte der Gefragte, »solang es dauert. Sie sprechen von Einsamkeit, Herr Baron, und tagelang ist es auch wirklich einsam hier. Und es können auch Wochen werden. Aber kaum, daß das Eis bricht und das Frühjahr kommt, so kommt auch schon Besuch, und der Berliner ist da.«

»Wann kommt er?«

»Unglaublich früh. Oculi, da kommen sie. Sehen Sie, Herr Baron, wenn ich, der ich doch ausgewettert bin, immer noch drin in der Stube bleibe, weil der Ostwind pustet und die Märzensonne sticht, setzt sich der Berliner schon ins Freie, legt seinen Sommerüberzieher über den Stuhl und bestellt eine Weiße. Denn sowie nur die Sonne scheint, spricht der Berliner von schönem Wetter. Ob in jedem Windzug eine Lungenentzündung oder Diphtheritis sitzt, ist ihm egal. Er spielt dann am liebsten mit Reifen, einige sind auch für Boccia, und wenn sie dann abfahren, ganz gedunsen von der Prallsonne, dann tut mir mitunter das Herz weh, denn keiner ist darunter, dem nicht wenigstens am andern Tage die Haut abschülbert.«

Botho lachte. »Ja, die Berliner! Wobei mir übrigens einfällt, Ihre Spree hier herum muß ja auch die Gegend sein, wo die Ruderer und Segler zusammenkommen und ihre Regatten haben.«

»Gewiß«, sagte der Wirt. »Aber das will nicht viel sagen. Wenn's viele sind, dann sind es fünfzig oder vielleicht auch mal hundert. Und dann ruht es wieder und ist auf Wochen und Monate hin mit dem ganzen Wassersport vorbei. Nein, die Klubleute, das ist vergleichsweise bequem, das ist zum Aushalten. Aber wenn dann im Juni die Dampfschiffe kommen, dann ist es schlimm. Und dann bleibt es so den ganzen Sommer über oder doch eine lange, lange Weile.«

»Glaub's«, sagte Botho.

»... dann trifft jeden Abend ein Telegramm ein. ›Morgen früh neun Uhr Ankunft Spreedampfer Alsen. Tagespartie. 240 Personen.‹ Und dann folgen die Namen derer, die's arrangiert haben. Einmal geht das. Aber die Länge hat die Qual. Denn wie verläuft eine solche Partie? Bis Dunkelwerden sind sie draußen in Wald und Wiese, dann aber kommt das Abendbrot, und dann tanzen sie bis um elf. Nun werden Sie sagen: ›Das ist nichts Großes‹, und wär' auch nichts Großes, wenn der andre Tag ein Ruhetag wär'. Aber der zweite Tag ist wie der erste, und der dritte ist wie der zweite. Jeden Abend um elf dampft ein Dampfer mit 240 Personen ab, und jeden Morgen um neun ist ein Dampfer mit ebensoviel Personen wieder da. Und inzwischen muß doch aufgeräumt und alles wieder klar gemacht werden. Und so vergeht die Nacht mit Lüften, Putzen und Scheuern, und wenn die letzte Klinke wieder blank ist, ist auch das nächste Schiff schon wieder heran. Natürlich hat alles auch sein Gutes, und wenn man um Mitternacht Kasse zählt, so weiß man, wofür man sich gequält hat. ›Von nichts kommt nichts‹, sagt das Sprichwort und hat auch ganz recht, und wenn ich all die Maibowlen auffüllen sollte, die hier schon getrunken sind, so müßt' ich mir ein Heidelberger Faß anschaffen. Es bringt was ein, gewiß, und ist alles schön und gut. Aber dafür, daß man vorwärts kommt, kommt man doch auch rückwärts und bezahlt mit dem Besten, was man hat, mit Leben und Gesundheit. Denn was ist Leben ohne Schlaf?«

»Wohl, ich sehe schon«, sagte Botho, »kein Glück ist vollkommen. Aber dann kommt der Winter, und dann schlafen Sie wie sieben Dächse.«

»Ja, wenn nicht gerade Silvester oder Dreikönigstag oder Fastnacht ist. Und die sind öfter, als der Kalender angibt. Da sollten Sie das Leben hier sehen, wenn sie, von zehn Dörfern her, zu Schlitten oder Schlittschuh, in dem großen Saal, den ich angebaut habe, zusammenkommen. Dann sieht man kein großstädtisch Gesicht mehr, und die Berliner lassen einen in Ruh, aber der Großknecht und die Jungmagd, die haben dann ihren Tag. Da sieht man Otterfellmützen und Manchesterjacken mit silbernen Buckelknöpfen, und allerlei Soldaten, die grad auf Urlaub sind, sind mit dabei: Schwedter Dragoner und Fürstenwalder Ulanen oder wohl gar Potsdamer Husaren. Und alles ist eifersüchtig und streitlustig, und man weiß nicht, was ihnen lieber ist, das Tanzen oder das Krakeelen, und bei dem kleinsten Anlaß stehen die Dörfer gegeneinander und liefern sich ihre Bataillen. Und so toben und lärmen sie die ganze Nacht durch, und ganze Pfannkuchenberge verschwinden, und erst bei Morgengrauen geht es über das Stromeis oder den Schnee hin wieder nach Hause.«

»Da seh' ich freilich«, lachte Botho, »daß sich von Einsamkeit und Totenstille nicht gut sprechen läßt. Ein Glück nur, daß ich von dem allen nicht gewußt habe, sonst hätt' ich gar nicht den Mut gehabt und wäre fortgeblieben. Und das wäre mir doch leid gewesen, einen so hübschen Fleck Erde gar nicht gesehen zu haben ... Aber Sie sagten vorhin: ›Was ist Leben ohne Schlaf?‹, und ich fühle, daß Sie recht haben. Ich bin müde trotz früher Stunde; das macht, glaub' ich, die Luft und das Wasser. Und dann muß ich doch auch sehn ... Ihre liebe Frau hat sich so bemüht ... Gute Nacht, Herr Wirt. Ich habe mich verplaudert.« Und damit stand er auf und ging auf das still gewordene Haus zu.

*

Lene, die Füße schräg auf dem herangerückten Stuhl, hatte sich aufs Bett gelegt und eine Tasse von dem Tee getrunken, den ihr die Wirtin gebracht hatte. Die Ruhe, die Wärme taten ihr wohl, der Anfall ging vorüber, und sie hätte schon nach kurzer Zeit wieder in die Veranda hinuntergehn und an dem Gespräche, das Botho mit dem Wirte führte, teilnehmen können. Aber ihr war nicht gesprächig zu Sinn, und so stand sie nur auf, um sich in dem Zimmer umzusehen, für das sie bis dahin kein Auge gehabt hatte.

Und wohl verlohnte sich's. Die Balkenlagen und Lehmwände hatte man aus alter Zeit her fortbestehen lassen, und die geweißte Decke hing so tief herab, daß man sie mit dem Finger berühren konnte, was aber zu bessern gewesen war, das war auch wirklich gebessert worden. An Stelle der kleinen Scheiben, die man im Erdgeschoß noch sah, war hier oben ein großes, bis fast auf die Diele reichendes Fenster eingesetzt worden, das ganz so, wie der Wirt es geschildert, einen prächtigen Blick auf die gesamte Wald- und Wasserszenerie gestattete. Das große Spiegelfenster war aber nicht alles, was Neuzeit und Komfort hier getan hatten. Auch ein paar gute Bilder, mutmaßlich auf einer Auktion erstanden, hingen an den alten, überall Buckel und Blasen bildenden Lehmwänden umher, und just da, wo der vorgebaute Fenstergiebel nach hinten oder, was dasselbe sagen will, nach dem eigentlichen Zimmer zu die Dachschrägung traf, standen sich ein paar elegante Toilettentische gegenüber. Alles zeigte, daß man die Fischer- und Schifferherberge mit Geflissentlichkeit beibehalten, aber sie doch zugleich auch in ein gefälliges Gasthaus für die reichen Sportsleute vom Segler- und Ruderklub umgewandelt hatte.

Lene fühlte sich angeheimelt von allem, was sie sah, und begann zunächst die rechts und links in breiter Umrahmung über den Bettständen hängenden Bilder zu betrachten. Es waren Stiche, die sie, dem Gegenstande nach, lebhaft interessierten, und so wollte sie gerne wissen, was es mit den Unterschriften auf sich habe. ›Washington crossing the Delaware‹ stand unter dem einen, ›The last hour at Trafalgar‹ unter dem andern. Aber sie kam über ein bloßes Silbenentziffern nicht hinaus, und das gab ihr, so klein die Sache war, einen Stich ins Herz, weil sie sich der Kluft dabei bewußt wurde, die sie von Botho trennte. Der spöttelte freilich über Wissen und Bildung, aber sie war klug genug, um zu fühlen, was von diesem Spotte zu halten war.

Dicht neben der Eingangstür, über einem Rokokotisch, auf dem rote Gläser und eine Wasserkaraffe standen, hing noch eine buntfarbige, mit einer dreisprachigen Unterschrift versehene Lithographie: ›Si jeunesse savait‹ – ein Bild, das sie sich entsann in der Dörrschen Wohnung gesehen zu haben. Dörr liebte dergleichen. Als sie's hier wieder sah, fuhr sie verstimmt zusammen. Ihre feine Sinnlichkeit fühlte sich von dem Lüsternen in dem Bilde wie von einer Verzerrung ihres eignen Gefühls beleidigt, und so ging sie denn, den Eindruck wieder loszuwerden, bis an das Giebelfenster und öffnete beide Flügel, um die Nachtluft einzulassen. Ach, wie sie das erquickte! Dabei setzte sie sich auf das Fensterbrett, das nur zwei Handbreit über der Diele war, schlang ihren linken Arm um das Kreuzholz und horchte nach der nicht allzu entfernten Veranda hinüber. Aber sie vernahm nichts. Eine tiefe Stille herrschte, nur in der alten Ulme ging ein Wehen und Rauschen, und alles, was eben noch von Verstimmung in ihrer Seele geruht haben mochte, das schwand jetzt hin, als sie den Blick immer eindringlicher und immer entzückter auf das vor ihr ausgebreitete Bild richtete. Das Wasser flutete leise, der Wald und die Wiese lagen im abendlichen Dämmer, und der Mond, der eben wieder seinen ersten Sichelstreifen zeigte, warf einen Lichtschein über den Strom und ließ das Zittern seiner kleinen Wellen erkennen.

»Wie schön«, sagte Lene hochaufatmend. »Und ich bin doch glücklich«, setzte sie hinzu.

Sie mochte sich nicht trennen von dem Bilde. Zuletzt aber erhob sie sich, schob einen Stuhl vor den Spiegel und begann, ihr schönes Haar zu lösen und wieder einzuflechten. Als sie noch damit beschäftigt war, kam Botho.

»Lene, noch auf! Ich dachte, daß ich dich mit einem Kusse wecken müßte.«

»Dazu kommst du zu früh, so spät du kommst.«

Und sie stand auf und ging ihm entgegen. »Mein einziger Botho. Wie lange du bleibst ...«

»Und das Fieber? Und der Anfall?«

»Ist vorüber, und ich bin wieder munter, seit einer halben Stunde schon. Und ebensolange hab' ich dich erwartet.« Und sie zog ihn mit sich fort an das noch offenstehende Fenster: »Sieh nur. Ein armes Menschenherz, soll ihm keine Sehnsucht kommen bei solchem Anblick?«

Und sie schmiegte sich an ihn und blickte, während sie die Augen schloß, mit einem Ausdruck höchsten Glückes zu ihm auf.

13. KAPITEL

Beide waren früh auf, und die Sonne kämpfte noch mit dem Morgennebel, als sie schon die Stiege herabkamen, um unten ihr Frühstück zu nehmen. Ein leiser Wind ging, eine Frühbrise, die die Schiffer nicht gern ungenutzt lassen, und so glitt denn auch, als unser junges Paar eben ins Freie trat, eine ganze Flottille von Spreekähnen an ihnen vorüber.

Lene war noch in ihrem Morgenanzuge. Sie nahm Bothos Arm und schlenderte mit ihm am Ufer entlang an einer Stelle hin, die hoch in Schilf und Binsen stand. Er sah sie zärtlich an. »Lene, du siehst ja aus, wie ich dich noch gar nicht gesehen habe. Ja, wie sag' ich nur? Ich finde kein anderes Wort, du siehst so glücklich aus.«

Und so war es. Ja, sie war glücklich, ganz glücklich und sah die Welt in einem rosigen Lichte. Sie hatte den besten, den liebsten Mann am Arm und genoß eine kostbare Stunde. War das nicht genug? Und wenn diese Stunde die letzte war, nun, so war sie die letzte. War es nicht schon ein Vorzug, einen solchen Tag durchleben zu können? Und wenn auch nur einmal, ein einzig Mal.

So schwanden ihr alle Betrachtungen von Leid und Sorge, die sonst wohl, ihr selbst zum Trotz, ihre Seele bedrückten, und alles, was sie fühlte, war Stolz, Freude, Dank. Aber sie sagte nichts, sie war abergläubisch und wollte das Glück nicht bereden, und nur an einem leisen Zittern ihres Armes gewahrte Botho, wie das Wort »ich glaube, du bist glücklich, Lene« ihr das innerste Herz getroffen hatte.

Der Wirt kam und erkundigte sich artig, wenn auch mit einem Anfluge von Verlegenheit, nach ihrer Nachtruhe.

»Vorzüglich«, sagte Botho. »Der Melissentee, den Ihre liebe Frau verordnet, hat wahre Wunder getan, und die Mondsichel, die uns gerade ins Fenster schien, und die Nachtigallen, die leise schlugen, so leise, daß man sie nur eben noch hören konnte, ja wer wollte da nicht schlafen wie im Paradiese? Hoffentlich wird sich kein Spreedampfer mit zweihundertundvierzig Gästen für heute nachmittag angemeldet haben. Das wäre dann freilich die Vertreibung aus dem Paradiese. Sie lächeln und denken: ›Wer weiß‹, und vielleicht hab' ich mit meinen Worten den Teufel schon an die Wand gemalt. Aber noch ist er nicht da, noch seh' ich keinen Schlot und keine Rauchfahne, noch ist die Spree rein, und wenn auch ganz Berlin schon unterwegs wäre, das Frühstück wenigstens können wir noch in Ruhe nehmen. Nicht wahr? Aber wo?«

»Die Herrschaften haben zu befehlen.«

»Nun, dann denk' ich unter der Ulme. Die Halle, so schön sie ist, ist doch nur gut, wenn draußen die Sonne brennt. Und sie brennt noch nicht und hat noch drüben am Walde mit dem Nebel zu tun.«

Der Wirt ging, das Frühstück anzuordnen, das junge Paar aber setzte seinen Spaziergang fort, bis nach einer diesseitigen Landzunge hin, von der aus sie die roten Dächer eines Nachbardorfes und rechts daneben den spitzen Kirchturm von Königswusterhausen erkennen konnten. Am Rande der Landzunge lag ein angetriebener Weidenstamm. Auf diesen setzten sie sich und sahen von ihm aus zwei Fischersleuten zu, Mann und Frau, die das umstehende Rohr schnitten und die großen Bündel in ihren Prahm warfen. Es war ein hübsches Bild, an dem sie sich erfreuten, und als sie nach einer Weile wieder zurück waren, wurde das Frühstück eben aufgetragen, mehr ein englisches als ein deutsches: Kaffee und Tee, samt Eiern und Fleisch, und in einem silbernen Ständer sogar Schnittchen von geröstetem Weißbrot.

»Ah, schau, Lene. Hier müssen wir öfter unser Frühstück nehmen. Was meinst du? Himmlisch. Und sieh nur da drüben auf der Werft, da kalfatern sie schon wieder und geht ordentlich im Takt. Wahrhaftig, solch Arbeitstaktschlag ist doch eigentlich die schönste Musik.«

Lene nickte, war aber nur halb dabei, denn ihr Interesse galt auch heute wieder dem Wassersteg, freilich nicht den angekettelten Booten, die gestern ihre Passion geweckt hatten, wohl aber einer hübschen Magd, die mitten auf dem Brettergange neben ihrem Küchen- und Kupfergeschirr kniete. Mit einer herzlichen Arbeitslust, die sich in jeder Bewegung ihrer Arme ausdrückte, scheuerte sie die Kannen, Kessel und Kasserollen, und immer, wenn sie fertig war, ließ sie das plätschernde Wasser das blankgescheuerte Stück umspülen. Dann hob sie's in die Höh', ließ es einen Augenblick in der Sonne blitzen und tat es in einen nebenstehenden Korb.

Lene war wie benommen von dem Bild. »Sieh nur«, und sie wies auf die hübsche Person, die sich, so schien es, in ihrer Arbeit gar nicht genugtun konnte.

»Weißt du, Botho, das ist kein Zufall, daß sie da kniet, sie kniet da für mich, und ich fühle deutlich, daß es mir ein Zeichen ist und eine Fügung.«

»Aber was ist dir nur, Lene? Du veränderst dich ja, du bist ja mit einem Male ganz blaß geworden.«

»O nichts.«

»Nichts? Und hast doch einen Flimmer im Auge, wie wenn dir das Weinen näher wäre als das Lachen. Du wirst doch schon Kupfergeschirr gesehen haben und auch eine Köchin, die's blank scheuert. Es ist ja fast, als ob du das Mädchen beneidetest, daß sie da kniet und arbeitet wie für drei.«

Das Erscheinen des Wirts unterbrach hier das Gespräch, und Lene gewann ihre ruhige Haltung und bald auch ihren Frohmut wieder. Dann aber ging sie hinauf, um sich umzukleiden.

Als sie wiederkam, fand sie, daß inzwischen ein vom Wirt aufgestelltes Programm von Botho bedingungslos angenommen war: Ein Segelboot sollte das junge Paar nach dem nächsten Dorfe, dem reizend an der wendischen Spree gelegenen Nieder-Löhme, bringen, von welchem Dorf aus sie den Weg bis Königswusterhausen zu Fuß machen, daselbst Park und Schloß besuchen und dann auf demselben Wege zurückkommen wollten. Es war eine Halbtagspartie. Über den Nachmittag ließ sich dann weiter verfügen.

Lene war es zufrieden, und schon wurden ein paar Decken in das rasch instand gesetzte Boot getragen, als man vom Garten her Stimmen und herzliches Lachen hörte, was auf Besuch zu deuten und eine Störung ihrer Einsamkeit in Aussicht zu stellen schien.

»Ah, Segler und Ruderklubleute«, sagte Botho. »Gott sei Dank, daß wir ihnen entgehen, Lene. Laß uns eilen.«

Und beide brachen auf, um so rasch wie möglich ins Boot zu kommen. Aber ehe sie noch den Wassersteg erreichen konnten, sahen sie sich bereits umstellt und eingefangen. Es waren Kameraden und noch dazu die intimsten: Pitt, Serge, Balafré. Alle drei mit ihren Damen. »Ah les beaux esprits se rencontrent«, sagte Balafré voll übermütiger Laune, die jedoch rasch einer gesetzteren Haltung wich, als er wahrnahm, daß er von der Hausschwelle her, auf der Wirt und Wirtin standen, beobachtet wurde. »Welche glückliche Begegnung an dieser Stelle. Gestatten Sie mir, Gaston, Ihnen unsere Damen vorstellen zu dürfen: Königin Isabeau, Fräulein Johanna, Fräulein Margot.«

Botho sah, welche Parole heute galt, und sich rasch hineinfindend, entgegnete er, nunmehr auch seinerseits vorstellend, mit leichter Handbewegung auf Lene: »Mademoiselle Agnes Sorel.«

Alle drei Herren verneigten sich artig, ja dem Anscheine nach sogar respektvoll, während die beiden Töchter Thibaut d'Arcs einen überaus kurzen Knicks machten und der um wenigstens fünfzehn Jahre älteren Königin Isabeau eine freundlichere Begrüßung der ihnen unbekannten und sichtlich unbequemen Agnes Sorel überließen.

Das Ganze war eine Störung, vielleicht sogar eine geplante, je mehr dies aber zutreffen mochte, desto mehr gebot es sich, gute Miene zum bösen Spiel zu machen. Und dies gelang Botho vollkommen. Er stellte Fragen über Fragen und erfuhr bei der Gelegenheit, daß man, zu früher Stunde schon, mit einem der kleinen Spreedampfer bis Schmöckwitz und von dort aus mit einem Segelboote bis Zeuthen gefahren sei. Von Zeuthen aus habe man den Weg zu Fuß gemacht, keine zwanzig Minuten; es sei reizend gewesen: alte Bäume, Wiesen und rote Dächer.

Während der gesamte neue Zuzug, besonders aber die wohlarrondierte Königin Isabeau, die sich beinah mehr noch durch Sprechfähigkeit als durch Abrundung auszeichnete, diese Mitteilungen machte, hatte man, zwanglos promenierend, die Veranda erreicht, wo man an einem der langen Tische Platz nahm.

»Allerliebst«, sagte Serge. »Weit, frei und offen und doch so verschwiegen. Und die Wiese drüben wie geschaffen für eine Mondscheinpromenade.«

»Ja«, setzte Balafré hinzu, »Mondscheinpromenade. Hübsch, sehr hübsch. Aber wir haben erst zehn Uhr früh, macht bis zur Mondscheinpromenade runde zwölf Stunden, die doch untergebracht sein wollen. Ich proponiere Wasserkorso.«

»Nein«, sagte Isabeau, »Wasserkorso geht nicht, davon haben wir heute schon über und über gehabt. Erst Dampfschiff, dann Boot und nun wieder Boot, das ist zu viel. Ich bin dagegen. Überhaupt, ich begreife nicht, was dies ewige Pätscheln soll; dann fehlt bloß noch, daß wir angeln oder die Ykleis mit der Hand greifen und uns über die kleinen Biester freuen. Nein, gepätschelt wird heute nicht mehr. Darum muß ich sehr bitten.«

Die Herren, an die sich diese Worte richteten, amüsierten sich ersichtlich über die Dezidiertheit der Königinmutter und machten sofort andre Vorschläge, deren Schicksal aber dasselbe war. Isabeau verwarf alles und bat, als man schließlich ihr Gebaren halb in Scherz und halb in Ernst zu mißbilligen anfing, einfach um Ruhe. »Meine Herren«, sagte sie, »Geduld. Ich bitte, mir wenigstens einen Augenblick das Wort zu gönnen.« Ironischer Beifall antwortete, denn nur *sie* hatte bis dahin gesprochen. Aber unbekümmert darum fuhr sie fort: »Meine Herren, ich bitte Sie, lehren Sie mich die Herrens kennen. Was heißt Landpartie? Landpartie heißt frühstücken und ein Jeu machen. Hab' ich recht?«

»Isabeau hat immer recht«, lachte Balafré und gab ihr einen Schlag auf die Schulter. »Wir machen ein Jeu. Der Platz hier ist kapital; ich glaube beinah, jeder muß hier gewinnen. Und die Damen promenieren derweilen oder machen vielleicht ein Vormittagsschläfchen. Das soll das Gesundeste sein, und anderthalb Stunden wird ja wohl ausreichen. Und um zwölf Uhr Reunion. Menu nach dem Ermessen unserer Königin. Ja, Königin, das Leben ist doch schön. Zwar aus Don Carlos. Aber muß denn alles aus der ›Jungfrau‹ sein?«

Das schlug ein, und die zwei jüngeren kicherten, obwohl sie bloß das Stichwort verstanden hatten. Isabeau dagegen, die bei solcher antippenden und beständig in kleinen Anzüglichkeiten sich ergehenden Sprache groß geworden war, blieb vollkommen würdevoll und sagte, während sie sich zu den drei anderen Damen wandte: »Meine Damen, wenn ich bitten darf: Wir sind jetzt entlassen und haben zwei Stunden für uns. Übrigens nicht das Schlimmste.«

*

Damit erhoben sie sich und gingen auf das Haus zu, wo die Königin in die Küche trat und unter freundlichem, aber doch überlegenem Gruße nach dem Wirte fragte. Dieser war nicht zugegen, weshalb die junge Frau versprach, ihn aus dem Garten abrufen zu wollen, Isabeau aber litt es nicht, sie werde selber gehn, und ging auch wirklich, immer gefolgt von ihrem Drei-Damen-Cortège (Balafré sprach von Klucke mit Küken), nach dem Garten hinaus, wo sie den Wirt bei der Anlage neuer Spargelbeete traf. Unmittelbar daneben lag ein altmodisches Treibhaus, vorne ganz niedrig, mit großen schrägliegenden Fenstern, auf dessen etwas abgebröckeltes Mauerwerk sich Lene samt den Töchtern Thibaut d'Arcs setzte, während Isabeau die Verhandlungen leitete.

»Wir kommen, Herr Wirt, um wegen des Mittagsbrots mit Ihnen zu sprechen. Was können wir haben?«

»Alles, was die Herrschaften befehlen.«

»Alles? Das ist viel, beinah zu viel. Nun, dann bin ich für Aal. Aber nicht so, sondern so.«

Und sie wies, während sie das sagte, von ihrem Fingerring auf das breite, dicht anliegende Armband.

»Tut mir leid, meine Damen«, erwiderte der Wirt. »Aal is nicht. Überhaupt Fisch; damit kann ich nicht dienen, der ist Ausnahme. Gestern hatten wir Schlei mit Dill, aber der war aus Berlin. Wenn ich einen Fisch haben will, muß ich ihn vom Köllnischen Fischmarkt holen.«

»Schade. Da hätten wir einen mitbringen können. Aber was dann?«

»Einen Rehrücken.«

»Hm, das läßt sich hören. Und vorher etwas Gemüse. Spargel ist schon eigentlich zu spät, oder doch beinah. Aber Sie haben da, wie ich sehe, noch junge Bohnen. Und hier in dem Mistbeet wird sich ja wohl auch noch etwas finden lassen, ein paar Gurken oder ein paar Rapunzeln. Und dann eine süße Speise. So was mit Schlagsahne. Mir persönlich liegt nicht daran, aber die Herren, die beständig so tun, als machten sie sich nichts daraus, die sind immer fürs Süße. Also drei, vier Gänge, denk' ich. Und dann Butterbrot und Käse.«

»Und bis wann befehlen die Herrschaften?«

»Nun, ich denke bald, oder doch wenigstens so bald wie möglich. Nicht wahr? Wir sind hungrig, und wenn der Rehrücken eine halbe Stunde Feuer hat, hat er genug. Also sagen wir um zwölf. Und wenn ich bitten darf, eine Bowle: ein Rheinwein, drei Mosel, drei Champagner. Aber gute Marke. Glauben Sie nicht, daß sich's vertut. Ich kenne das und schmecke heraus, ob Moët oder Mumm. Aber Sie werden schon machen; ich darf sagen, Sie flößen mir ein Vertrauen ein. Apropos, können wir nicht aus Ihrem Garten gleich in den Wald? Ich hasse jeden unnützen Schritt. Und vielleicht finden wir noch Champignons. Das wäre himmlisch. Die können dann noch an den Rehrücken, Champignons verderben nie was.«

Der Wirt bejahte nicht bloß die hinsichtlich des bequemeren Weges gestellte Frage, sondern begleitete die Damen auch persönlich bis an die Gartenpforte, von der aus man bis zur Waldlisière nur ein paar Schritte hatte. Bloß eine chaussierte Straße lief dazwischen. Als diese passiert war, war man drüben im Waldesschatten, und Isabeau, die stark unter der immer größer werdenden Hitze litt, pries sich glücklich, den verhältnismäßig weiten Umweg über ein baumloses Stück Grasland vermieden zu haben. Sie machte den eleganten, aber mit einem großen Fettfleck ausstaffierten Sonnenschirm zu, hing ihn an ihren Gürtel und nahm Lenens Arm, während die beiden andern Damen folgten. Isabeau war augenscheinlich in bester Stimmung und sagte, sich umwendend, zu Margot und Johanna : »Wir müssen aber doch ein Ziel haben. So bloß Wald und wieder Wald is eigentlich schrecklich. Was meinen Sie, Johanna?«

Johanna war die größere von den beiden d'Arcs, sehr hübsch, etwas blaß und mit raffinierter Einfachheit gekleidet. Serge hielt darauf. Ihre Handschuh' saßen wundervoll, und man hätte sie für eine Dame halten können, wenn sie nicht, während Isabeau mit dem Wirte sprach, den einen Handschuhknopf, der aufgesprungen war, mit den Zähnen wieder zugeknöpft hätte.

»Was meinen Sie, Johanna?« wiederholte die Königin ihre Frage.

»Nun, dann schlag' ich vor, daß wir nach dem Dorfe zurückgehn, von dem wir gekommen sind. Es hieß ja wohl Zeuthen und sah so romantisch und so melancholisch aus, und war ein so hübscher Weg hierher. Und zurück muß er eigentlich ebenso hübsch sein oder vielleicht noch hübscher. Und an der rechten, das heißt also von hier aus an der linken Seite war ein Kirchhof mit lauter Kreuzen drauf. Und ein sehr großes von Marmor.«

»Ja, liebe Johanna, das ist alles ganz gut, aber was sollen wir damit? Wir haben ja den Weg gesehen. Oder wollen Sie den Kirchhof …«

»Freilich will ich. Ich habe da so meine Gefühle, besonders an solchem Tage wie heute. Und es ist immer gut, sich zu erinnern, daß man sterben muß. Und wenn dann der Flieder so blüht …«

»Aber, Johanna, der Flieder blüht ja gar nicht mehr, höchstens noch der Goldregen, und der hat eigentlich auch schon Schoten. Du meine Güte, wenn Sie so partout für Kirchhöfe sind, so können Sie sich ja den in der Oranienstraße jeden Tag ansehen. Aber ich weiß schon, mit Ihnen ist nicht zu reden. Zeuthen und Kirchhof, alles Unsinn. Da bleiben wir doch lieber hier und sehen gar nichts. Kommen Sie, Kleine, geben Sie mir Ihren Arm wieder.«

Die Kleine, die durchaus nicht klein war, war Lene. Sie gehorchte. Die Königin aber fuhr jetzt, indem sie wieder voraufging, in vertraulichem Tone fort: »Ach, diese Johanna, man kann eigentlich nicht mit ihr umgehn; sie hat keinen guten Ruf und is eine Gans. Ach, Kind, Sie glauben gar nicht, was jetzt alles so mitläuft; nu ja, sie hat 'ne hübsche Figur und hält auf ihre

Handschuh. Aber sie sollte lieber auf was andres halten. Und sehen Sie, die, die so sind, die reden immer von sterben und Kirchhof. Und nun sollen Sie sie nachher sehn! Solang es so geht, geht es. Aber wenn dann die Bowle kommt und wieder leer is und wieder kommt, dann quietscht und johlt sie. Keine Idee von Anstand. Aber wo soll es auch herkommen? Sie war immer bloß bei kleinen Leuten, draußen auf der Chaussee nach Tegel, wo kein Mensch recht hinkommt und bloß mal Artillerie vorbeifährt. Und Artillerie ... Nu ja ... Sie glauben gar nich, wie verschieden das alles ist. Und nun hat sie der Serge da rausgenommen und will was aus ihr machen. Ja, du meine Güte, so geht das nicht, oder wenigstens nicht so flink; gut Ding will Weile haben. Aber da sind ja noch Erdbeeren. Ei, das ist nett. Kommen Sie, Kleine, wir wollen welche pflücken (wenn nur das verdammte Bücken nicht wär'), und wenn wir eine recht große finden, dann wollen wir sie mitnehmen. Die steck' ich ihm dann in den Mund, und dann freut er sich. Denn Sie müssen wissen, er ist ein Mann wie'n Kind und eigentlich der Beste.«

Lene, die wohl merkte, daß es sich um Balafré handelte, tat ein paar Fragen und frug unter anderm auch wieder, warum die Herren eigentlich die sonderbaren Namen hätten? Sie habe schon früher danach gefragt, aber nie was gehört, was der Rede wert gewesen wäre.

»Jott«, sagte die Königin, »es soll so was sein und soll keiner was merken und is doch alles bloß Ziererei. Denn erstens kümmert sich keiner drum, und wenn sich einer drum kümmert, is es auch noch so. Und warum auch? Wen soll es denn schaden? Sie haben sich alle nichts vorzuwerfen, und einer ist wie der andre.«

Lene sah vor sich hin und schwieg.

»Und eigentlich, Kind, und Sie werden das auch noch sehn, eigentlich is es alles bloß langweilig. Eine Weile geht es, und ich will nichts dagegen sagen und will's auch nicht abschwören. Aber die Länge hat die Last. So von fuffzehn an und noch nich mal eingesegnet. Wahrhaftig, je bälder man wieder raus ist, desto besser. Ich kaufe mir denn (denn das Geld krieg' ich) 'ne Dest'lation und weiß auch schon, wo, und denn heirat' ich mir einen Wittmann und weiß auch schon, wen. Und er will auch. Denn das muß ich Ihnen sagen, ich bin für Ordnung und Anständigkeit, und die Kinder or'ntlich erziehn, und ob es seine sind oder meine, is janz egal ... Und wie is es denn eigentlich mit Ihnen?«

Lene sagte kein Wort.

»Jott, Kind, Sie verfärben sich ja; Sie sind woll am Ende mit *hier* dabei« – und sie wies aufs Herz – »und tun alles aus Liebe? Ja, Kind, denn is es schlimm, *denn* gibt es 'nen Kladderadatsch.«

*

Johanna folgte mit Margot. Sie blieben absichtlich etwas zurück und brachen sich Birkenreiser ab, wie wenn sie vorhätten, einen Kranz daraus zu flechten. »Wie gefällt sie dir denn?« sagte Margot. »Ich meine die von Gaston.«

»Gefallen? Gar nich. Das fehlt auch noch, daß solche mitspielen und in Mode kommen! Sieh doch nur, wie ihr die Handschuh' sitzen. Und mit dem Hut is auch nicht viel. Er dürfte sie gar nicht so gehn lassen. Und sie muß auch dumm sein, sie spricht ja kein Wort.«

»Nein«, sagte Margot, »dumm ist sie nicht; sie hat's bloß noch nich weg. Und daß sie sich gleich an die gute Dicke ranmacht, das is doch auch klug genug.«

»Ach, die gute Dicke. Geh mir mit *der*. Die denkt, sie is es. Aber es is gar nichts mit ihr. Ich will ihr sonst nichts nachsagen, aber falsch ist sie, falsch wie Galgenholz.«

»Nein, Johanna, falsch is sie nu grade nich. Und sie hat dir auch öfter aus der Patsche geholfen. Du weißt schon, was ich meine.«

»Gott, warum? Weil sie selber mit drinsaß und weil sie sich ewig ziert und wichtig tut. Wer so dick ist, ist nie gut.«

»Jott, Johanna, was du nur redst. Umgekehrt is es, die Dicken sind immer gut.«

»Na meinetwegen. Aber das kannst du nicht bestreiten, daß sie 'ne lächerliche Figur macht. Sieh doch nur, wie sie dahinwatschelt; wie 'ne Fettente. Und immer bis oben ran zu, bloß weil sie sich sonst vor anständigen Leuten gar nicht sehen lassen kann. Und, Margot, das lass ich mir nicht nehmen, ein bißchen schlanke Figur ist doch die Hauptsache. Wir sind doch noch keine Türken. Und warum wollte sie nicht mit auf den Kirchhof? Weil sie sich jrault? I bewahre, sie denkt nich dran, bloß weil sie sich wieder eingeknallt hat und es vor Hitze nicht aushalten kann. Und is eigentlich nich mal so furchtbar heiß heute.«

*

So gingen die Gespräche, bis sich die beiden Paare schließlich wieder vereinigten und auf einen mit Moos bewachsenen Grabenrand setzten.

Isabeau sah öfter nach der Uhr; der Zeiger wollte nicht recht vom Fleck.

Als es aber halb zwölf war, sagte sie: »Nun, meine Damen, ist es Zeit; ich denke, wir haben jetzt gerade genug Natur gehabt und können mit Fug und Recht zu was andrem übergehen. Seit heute früh um sieben eigentlich keinen Bissen. Denn die Grünauer Schinkenstulle kann ich doch nicht rechnen … Aber Gott sei Dank, alles Entsagen, sagt Balafré, hat seinen Lohn in sich, und Hunger ist der beste Koch. Kommen Sie, meine Damen, der Rehrücken fängt an, wichtiger zu werden als alles andre. Nicht wahr, Johanna?«

Diese gefiel sich in einem Achselzucken und suchte die Zumutung, als ob Dinge wie Rehrükken und Bowle je Gewicht für sie haben könnten, entschieden abzulehnen.

Isabeau aber lachte: »Nun, wir werden ja sehn, Johanna. Freilich, der Zeuthner Kirchhof wäre besser gewesen. Aber man muß nehmen, was man hat.«

Und damit brachen allesamt auf, um aus dem Wald in den Garten und aus diesem, drin sich ein paar Zitronenvögel eben haschten, bis in die Front des Hauses, wo gegessen werden sollte, zurückzukehren.

Im Vorübergehen an der Gaststube sah Isabeau den mit dem Umstülpen einer Moselweinflasche beschäftigten Wirt.

»Schade«, sagte sie, »daß ich grade *das* sehen mußte. Das Schicksal hätte mir auch einen besseren Anblick gönnen können. Warum gerade Mosel?«

14. KAPITEL

Eine rechte Heiterkeit hatte nach diesem Spaziergange trotz aller von Isabeau gemachten Anstrengungen nicht mehr aufkommen wollen, was aber, wenigstens für Botho und Lene, das Schlimmere war, war das, daß diese Heiterkeit auch ausblieb, als sich beide von den Kameraden und ihren Damen verabschiedet und ganz allein, in einem nur von ihnen besetzten Coupé, die Rückfahrt angetreten hatten. Eine Stunde später waren sie, ziemlich herabgestimmt, auf dem trübselig erleuchteten Görlitzer Bahnhof eingetroffen, und hier, beim Aussteigen, hatte Lene sofort und mit einer Art Dringlichkeit gebeten, sie den Weg durch die Stadt hin allein machen zu lassen, sie seien ermüdet und abgespannt, und das tue nicht gut, Botho aber war von dem, was er als schuldige Rücksicht und Kavalierspflicht ansah, nicht abzubringen gewesen, und so hatten sie denn in einer klapprigen alten Droschke die lange, lange Fahrt am Kanal hin gemeinschaftlich gemacht, immer bemüht, ein Gespräch über die Partie, und wie hübsch sie gewesen sei, zustande zu bringen – eine schreckliche Zwangsunterhaltung, bei der Botho nur zu sehr gefühlt hatte, wie richtig Lenens Empfindung gewesen war, als sie von dieser Begleitung in beinahe beschwörendem Tone nichts hatte wissen wollen. Ja, der Ausflug nach Hankels Ablage, von dem man sich so viel versprochen und der auch wirklich so schön und glücklich begonnen hatte, war in seinem Ausgange nichts als eine Mischung von Verstimmung, Müdigkeit und Abspannung gewesen, und nur im letzten Augenblick, wo Botho liebevoll freundlich und mit einem gewissen Schuldbewußtsein sein »Gute Nacht, Lene« gesagt hatte, war diese noch einmal auf ihn zugeeilt und hatte, seine Hand ergreifend, ihn mit beinah leidenschaftlichem Ungestüm geküßt: »Ach, Botho, es war heute nicht so, wie's hätte sein sollen, und doch war niemand schuld … Auch die andern nicht.«

»Laß es, Lene.«

»Nein, nein. Es war niemand schuld, dabei bleibt es, daran ist nichts zu ändern. Aber daß es so ist, das ist eben das Schlimme daran. Wenn wer schuld hat, dann bittet man um Verzeihung, und dann ist es wieder gut. Aber das nutzt uns nichts. Und es ist auch nichts zu verzeihn.«

»Lene …«

»Du mußt noch einen Augenblick hören. Ach, mein einziger Botho, du willst es mir verbergen, aber es geht zu End'. Und rasch, ich weiß es.«

»Wie du nur sprichst.«

»Ich hab' es freilich nur geträumt«, fuhr Lene fort. »Aber warum hab' ich es geträumt? Weil es mir den ganzen Tag vor der Seele steht. Mein Traum war nur, was mir mein Herz eingab. Und was ich dir noch sagen wollte, Botho, und warum ich dir die paar Schritte nachgelaufen bin: Es bleibt doch bei dem, was ich dir gestern abend sagte. Daß ich diesen Sommer leben konnte, war mir ein Glück und bleibt mir ein Glück, auch wenn ich von heut' ab unglücklich werde.«

»Lene, Lene, sprich nicht so …«

»Du fühlst selbst, daß ich recht habe; dein gutes Herz sträubt sich nur, es zuzugestehen, und will es nicht wahr haben. Aber ich weiß es: Gestern, als wir über die Wiese gingen und plauderten und ich dir den Strauß pflückte, das war unser letztes Glück und unsere letzte schöne Stunde.«

*

Mit diesem Gespräche hatte der Tag geschlossen, und nun war der andre Morgen, und die Sommersonne schien hell in Bothos Zimmer. Beide Fenster standen auf, und in den Kastanien draußen quirilierten die Spatzen. Botho selbst, aus einem Meerschaum rauchend, lag zurückgelehnt in seinem Schaukelstuhl und schlug dann und wann mit einem neben ihm liegenden Taschentuche nach einem großen Brummer, der, wenn er zu dem einen Fenster hinaus war, sofort wieder an dem andern erschien, um Botho hartnäckig und unerbittlich zu umsummen.

»Daß ich diese Bestie doch los wäre. Quälen, martern möcht' ich sie. Diese Brummer sind allemal Unglücksboten und so hämisch zudringlich, als freuten sie sich über den Ärger, dessen Herold und Verkündiger sie sind.« In diesem Augenblicke schlug er wieder danach. »Wieder fort. Es hilft nichts. Also Resignation. Ergebung ist überhaupt das Beste. Die Türken sind die klügsten Leute.«

Das Zuschlagen der kleinen Gittertür draußen ließ ihn während dieses Selbstgesprächs auf den Vorgarten blicken und dabei des eben eingetretenen Briefträgers gewahr werden, der ihm gleich danach unter leichtem militärischen Gruß und mit einem »Guten Morgen, Herr Baron« erst eine Zeitung und dann einen Brief in das nicht allzu hohe Parterrefenster hineinreichte. Botho warf die Zeitung beiseite, zugleich den Brief betrachtend, auf dem er die kleine, dichtstehende, trotzdem aber sehr deutliche Handschrift seiner Mutter unschwer erkannt hatte. »Dacht' ich's doch … Ich weiß schon, eh ich gelesen. Arme Lene.«

Und nun brach er den Brief auf und las:

»*Schloß Zehden*. 29. Juni 1875. Mein lieber Botho. Was ich Dir als Befürchtung in meinem letzten Briefe mitteilte, das hat sich nun erfüllt: Rothmüller in Arnswalde hat sein Kapital zum 1. Oktober gekündigt und nur ›aus alter Freundschaft‹ hinzugefügt, daß er bis Neujahr warten wolle, wenn es mir eine Verlegenheit schaffe. Denn er wisse wohl, was er dem Andenken des seligen Herrn Barons schuldig sei. Diese Hinzufügung, so gut sie gemeint sein mag, ist doch doppelt empfindlich für mich; es mischt sich so viel prätentiöse Rücksichtnahme mit ein, die niemals angenehm berührt, am wenigsten von solcher Seite her. Du begreifst vielleicht die Verstimmung und Sorge, die mir diese Zeilen geschaffen haben. Onkel Kurt Anton würde helfen, wie schon bei früherer Gelegenheit, er liebt mich und vor allem *Dich*, aber seine Geneigtheit immer wieder in Anspruch zu nehmen, hat doch etwas Bedrückliches und hat es um so mehr, als er unsrer ganzen Familie, speziell aber uns beiden, die Schuld an unsren ewigen Verlegenheiten zuschiebt. Ich bin ihm, trotz meines redlichen Michkümmerns um die Wirtschaft, nicht wirtschaftlich und anspruchslos genug, worin er recht haben mag, und *Du* bist ihm nicht praktisch und lebensklug genug, worin er wohl ebenfalls das Richtige treffen wird. Ja, Botho, so liegt es. Mein Bruder ist ein Mann von einem sehr feinen Rechts- und Billigkeitsgefühl und von einer in Geldangelegenheiten geradezu hervorragenden Gentilezza, was man nur von wenigen unsrer Edelleute sagen kann. Denn unsre gute Mark Brandenburg ist die Sparsamkeits- und, wo geholfen werden soll, sogar die Ängstlichkeitsprovinz, aber so gentil er ist, er hat seine Launen und Eigenwilligkeiten, und sich in diesen beharrlich gekreuzt zu sehen, hat ihn seit einiger Zeit aufs ernsthafteste verstimmt. Er sagte mir, als ich letzthin Veranlassung nahm, der uns abermals drohenden Kapitalskündigung zu gedenken: ›Ich stehe gern zu Diensten, Schwester, wie du weißt, aber ich bekenne dir offen, immer da helfen zu sollen, wo man sich in jedem Augenblicke selber helfen könnte, wenn man nur etwas einsichtiger und etwas weniger eigensinnig wäre, das erhebt starke Zumutungen an *die* Seite meines Charakters, die nie meine hervorragendste war: an meine Nachgiebigkeit ...‹ Du weißt, Botho, worauf sich diese seine Worte beziehen, und ich lege sie heute *Dir* ans Herz, wie sie damals, von Onkel Kurt Antons Seite, *mir* ans Herz gelegt wurden. Es gibt nichts, was Du, Deinen Worten und Briefen nach zu schließen, mehr perhorreszierst als Sentimentalitäten, und doch fürcht' ich, steckst Du selber drin, und zwar tiefer, als Du zugeben willst oder vielleicht weißt. Ich sage nicht mehr.«

Rienäcker legte den Brief aus der Hand und schritt im Zimmer auf und ab, während er den Meerschaum halb mechanisch mit einer Zigarette vertauschte. Dann nahm er den Brief wieder und las weiter. »Ja, Botho, Du hast unser aller Zukunft in der Hand und hast zu bestimmen, ob dies Gefühl einer beständigen Abhängigkeit fortdauern oder aufhören soll. Du hast es in der Hand, sag' ich, aber, wie ich freilich hinzufügen muß, nur kurze Zeit noch, jedenfalls nicht auf lange mehr. Auch darüber hat Onkel Kurt Anton mit mir gesprochen, namentlich im Hinblick auf die Sellenthiner Mama, die sich, bei seiner letzten Anwesenheit in Rothenmoor, in dieser sie lebhaft beschäftigenden Sache nicht nur mit großer Entschiedenheit, sondern auch mit einem Anflug von Gereiztheit ausgesprochen hat. Ob das Haus Rienäcker vielleicht glaube, daß ein immer kleiner werdender Besitz, nach Art der Sibyllinischen Bücher (wo sie den Vergleich her hat, weiß ich nicht), immer wertvoller würde? Käthe werde nun zweiundzwanzig, habe den Ton der großen Welt und verfüge mit Hilfe der von ihrer Tante Kielmannsegge herstammenden Erbschaft über ein Vermögen, dessen Zinsbetrag hinter dem Kapitalsbetrag der Rienäckerschen Heide samt Muränensee nicht sehr erheblich zurückbleiben werde. Solche junge Dame lasse man überhaupt nicht warten, am wenigsten aber mit so viel Beharrlichkeit und Seelenruhe. Wenn es Herrn von Rienäcker beliebe, das, was früher darüber von seiten der Familie geplant und gesprochen sei, fallen zu lassen und stattgehabte Verabredungen als bloßes Kinderspiel anzusehn, so habe sie nichts dagegen. Herr von Rienäcker *sei* frei von dem Augenblick an, wo er frei sein wolle. Wenn er aber umgekehrt vorhabe, von dieser unbedingten Rückzugsfreiheit nicht Gebrauch machen zu wollen, so sei es an der Zeit, auch das zu zeigen. Sie wünsche nicht, daß ihre Tochter in das Gerede der Leute komme.

Du wirst dem Tone, der hieraus spricht, unschwer entnehmen, daß es durchaus nötig ist, Entschlüsse zu fassen und zu handeln. Was ich wünsche, weißt Du. Meine Wünsche sollen aber nicht verbindlich für Dich sein. Handle, wie Dir eigene Klugheit es eingibt, entscheide Dich so oder so, nur handle überhaupt. Ein Rückzug ist ehrenvoller als fernere Hinausschiebung. Säumst Du länger, so verlieren wir nicht nur die Braut, sondern das Sellenthiner Haus überhaupt und, was noch schlimmer, ja das Schlimmste ist, auch die freundlichen und immer hilfebereiten Gesinnungen des Onkels. Meine Gedanken begleiten Dich, möchten sie Dich auch leiten können. Ich wiederhole Dir, es wäre der Weg zu Deinem und unser aller Glück. Womit ich verbleibe Deine Dich liebende Mutter Josephine von R.«

*

Botho, als er gelesen, war in großer Erregung. Es war so, wie der Brief es aussprach, und ein Hinausschieben nicht länger möglich. Es stand nicht gut mit dem Rienäckerschen Vermögen, und Verlegenheiten waren da, die durch eigne Klugheit und Energie zu heben er durchaus nicht die Kraft in sich fühlte. »Wer bin ich? Durchschnittsmensch aus der sogenannten Obersphäre der Gesellschaft. Und was kann ich? Ich kann ein Pferd stallmeistern, einen Kapaun tranchieren und ein Jeu machen. Das ist alles, und so hab' ich denn die Wahl zwischen Kunstreiter, Oberkellner und Croupier. Höchstens kommt noch der Troupier hinzu, wenn ich in eine Fremdenlegion eintreten will. Und Lene dann mit mir als Tochter des Regiments. Ich sehe sie schon in kurzem Rock und Hackenstiefeln und ein Tönnchen auf dem Rücken.«

In diesem Tone sprach er weiter und gefiel sich darin, sich bittre Dinge zu sagen. Endlich aber zog er die Klingel und beorderte sein Pferd, weil er ausreiten wolle. Und nicht lange, so hielt seine prächtige Fuchsstute draußen, ein Geschenk des Onkels, zugleich der Neid der Kameraden. Er hob sich in den Sattel, gab dem Burschen einige Weisungen und ritt auf die Moabiter Brücke zu, nach deren Passierung er in einen breiten, über Fenn und Feld in die Jungfernheide hinüberführenden Weg einlenkte. Hier ließ er sein Pferd aus dem Trab in den Schritt fallen und nahm sich, während er bis dahin allerhand unklaren Gedanken nachgehangen hatte, mit jedem Augenblicke fester und schärfer ins Verhör. »Was ist es denn, was mich hindert, den Schritt zu tun, den alle Welt erwartet? Will ich Lene heiraten? Nein. Hab' ich's ihr versprochen? Nein. Erwartet sie's? Nein. Oder wird uns die Trennung leichter, wenn ich sie hinausschiebe? Nein. Immer nein und wieder nein. Und doch säume und schwanke ich, *das* eine zu tun, was durchaus getan werden muß. Und weshalb säume ich? Woher diese Schwankungen und Vertagungen? Törichte Frage. Weil ich sie liebe.«

Kanonenschüsse, die vom Tegler Schießplatz herüberklangen, unterbrachen hier sein Selbstgespräch, und erst als er das momentan unruhig gewordene Pferd wieder beruhigt hatte, nahm er den früheren Gedankengang wieder auf und wiederholte: »Weil ich sie liebe! Ja. Und warum soll ich mich dieser Neigung schämen? Das Gefühl ist souverän, und die Tatsache, daß man liebt, ist auch das Recht dazu, möge die Welt noch so sehr den Kopf darüber schütteln oder von Rätsel sprechen. Übrigens ist es kein Rätsel, und wenn doch, so kann ich es lösen. Jeder Mensch ist seiner Natur nach auf bestimmte, mitunter sehr, sehr kleine Dinge gestellt, Dinge, die, trotzdem sie klein sind, für ihn das Leben oder doch des Lebens Bestes bedeuten. Und dies Beste heißt mir Einfachheit, Wahrheit, Natürlichkeit. Das alles hat Lene, damit hat sie mir's angetan, da liegt der Zauber, aus dem mich zu lösen mir jetzt so schwer fällt.«

In diesem Augenblicke stutzte sein Pferd, und er wurde eines aus einem Wiesenstreifen aufgescheuchten Hasen gewahr, der dicht vor ihm auf die Jungfernheide zujagte. Neugierig sah er ihm nach und nahm seine Betrachtungen erst wieder auf, als der Flüchtige zwischen den Stämmen der Heide verschwunden war. »Und war es denn«, fuhr er fort, »etwas so Törichtes und Unmögliches, was ich wollte? Nein. Es liegt nicht in mir, die Welt herauszufordern und ihr und ihren Vorurteilen öffentlich den Krieg zu erklären; ich bin durchaus gegen solche Donquichotterien. Alles, was ich wollte, war ein verschwiegenes Glück, ein Glück, für das ich früher oder später, um des ihr ersparten Affronts willen, die stille Gutheißung der Gesellschaft erwartete. So war mein Traum, so gingen meine Hoffnungen und Gedanken. Und nun soll ich heraus aus diesem Glück und soll ein andres eintauschen, das mir keins ist. Ich hab' eine Gleichgültigkeit gegen den Salon und einen Widerwillen gegen alles Unwahre, Geschraubte, Zurechtgemachte. Chic, Tournure, savoir-faire – mir alles ebenso häßliche wie fremde Wörter.«

Hier bog das Pferd, das er schon seit einer Viertelstunde kaum noch im Zügel hatte, wie von selbst in einen Seitenweg ein, der zunächst auf ein Stück Ackerland und gleich dahinter auf einen von Unterholz und ein paar Eichen eingefaßten Grasplatz führte. Hier, im Schatten eines der älteren Bäume, stand ein kurzes, gedrungenes Steinkreuz, und als er näher heranritt, um zu sehen, was es mit diesem Kreuz eigentlich sei, las er: ›*Ludwig v. Hinckeldey*, gest. 10. März 1856.‹ Wie das ihn traf! Er wußte, daß das Kreuz hier herum stehe, war aber nie bis an diese Stelle gekommen und sah es nun als ein Zeichen an, daß das seinem eigenen Willen überlassene Pferd ihn gerade hierher geführt hatte. Hinckeldey! Das war nun an die zwanzig Jahr, daß der damals Allmächtige zu Tode kam, und alles, was bei der Nachricht davon in seinem Elternhause gesprochen worden war, das stand jetzt wieder lebhaft vor seiner Seele. Vor allem *eine* Geschichte kam ihm wieder in Erinnerung. Einer der bürgerlichen, seinem Chef besonders vertrauten Räte übrigens hatte gewarnt und abgemahnt und das Duell überhaupt, und nun gar ein solches und unter solchen Umständen, als einen Unsinn und ein Verbrechen bezeichnet. Aber der sich bei *dieser* Gelegenheit plötzlich auf den Edelmann hin ausspielende Vorgesetzte hatte brüsk und hochmütig geantwortet: »Nörner, davon verstehen Sie nichts.« Und eine Stunde später war er in den Tod gegangen. Und warum? Einer Adelsvorstellung, einer Standesmarotte zuliebe, die mächtiger war als alle Vernunft, auch mächtiger als das Gesetz, dessen Hüter und Schützer zu sein er recht eigentlich die Pflicht hatte. »Lehrreich.« Und was habe ich speziell daraus zu lernen? Was predigt dieses Denkmal *mir*? Jedenfalls das eine, daß das Herkommen unser Tun bestimmt. Wer ihm gehorcht, kann zugrunde gehn, aber er geht besser zugrunde als der, der ihm widerspricht.«

Während er noch so sann, warf er sein Pferd herum und ritt querfeldein auf ein großes Etablissement, ein Walzwerk oder eine Maschinenwerkstatt, zu, draus, aus zahlreichen Essen, Qualm und Feuersäulen in die Luft stiegen. Es war Mittag, und ein Teil der Arbeiter saß draußen im Schatten, um die Mahlzeit einzunehmen. Die Frauen, die das Essen gebracht hatten, standen plaudernd daneben, einige mit einem Säugling auf dem Arm, und lachten sich untereinander an, wenn ein schelmisches oder anzügliches Wort gesprochen wurde. Rienäcker, der sich den Sinn für das Natürliche mit nur zu gutem Rechte zugeschrieben, war entzückt von dem Bilde, das sich ihm bot, und mit einem Anfluge von Neid sah er auf die Gruppe glücklicher Menschen. »Arbeit und täglich Brot und Ordnung. Wenn unsre märkischen Leute sich verheiraten, so reden sie nicht von Leidenschaft und Liebe, sie sagen nur: ›Ich muß doch meine Ordnung haben.‹ Und das ist ein schöner Zug im Leben unsres Volks und nicht einmal prosaisch. Denn Ordnung ist viel und mitunter alles. Und nun frag' ich mich, war *mein* Leben in der ›Ordnung‹? Nein. Ordnung ist Ehe.« So sprach er noch eine Weile vor sich hin, und dann sah er wieder Lene vor sich stehn, aber in ihrem Auge lag nichts von Vorwurf und Anklage, sondern es war umgekehrt, als ob sie freundlich zustimme.

»Ja, meine liebe Lene, du bist auch für Arbeit und Ordnung und siehst es ein und machst es mir nicht schwer ... aber schwer ist es doch ... für dich und mich.«

Er setzte sein Pferd wieder in Trab und hielt sich noch eine Strecke hart an der Spree hin. Dann aber bog er, an den in Mittagsstille daliegenden Zelten vorüber, in einen Reitweg ein, der ihn bis an den Wrangelbrunnen und gleich danach bis vor seine Tür führte.

15. KAPITEL

Botho wollte sofort zu Lene hinaus, und als er fühlte, daß er dazu keine Kraft habe, wollt' er wenigstens schreiben. Aber auch das ging nicht. »Ich kann es nicht, heute nicht.« Und so ließ er den Tag vergehen und wartete bis zum andern Morgen. Da schrieb er denn in aller Kürze.

»Liebe Lene! Nun kommt es doch so, wie Du mir vorgestern gesagt: Abschied. Und Abschied auf immer. Ich hatte Briefe von Haus, die mich zwingen; es muß sein, und weil es sein muß, so sei es schnell ... Ach, ich wollte, diese Tage lägen hinter uns. Ich sage Dir weiter nichts, auch nicht, wie mir ums Herz ist ... Es war eine kurze schöne Zeit, und ich werde nichts davon vergessen. Gegen neun bin ich bei Dir, nicht früher, denn es darf nicht lange dauern. Auf Wiedersehen, nur noch einmal auf Wiedersehn. Dein B. v. R.«

Und nun kam er. Lene stand am Gitter und empfing ihn wie sonst; nicht der kleinste Zug von Vorwurf oder auch nur von schmerzlicher Entsagung lag in ihrem Gesicht. Sie nahm seinen Arm, und so gingen sie den Vorgartensteig hinauf.

»Es ist recht, daß du kommst ... Ich freue mich, daß du da bist. Und du mußt dich auch freuen.«

Unter diesen Worten hatten sie das Haus erreicht, und Botho machte Miene, wie gewöhnlich vom Flur her in das große Vorderzimmer einzutreten. Aber Lene zog ihn weiter fort und sagte: »Nein, Frau Dörr ist drin ...«

»Und ist uns noch bös?«

»Das nicht. Ich habe sie beruhigt. Aber was sollen wir heut' mit ihr? Komm, es ist ein so schöner Abend, und wir wollen allein sein.«

Er war einverstanden, und so gingen sie denn den Flur hinunter und über den Hof auf den Garten zu. Sultan regte sich nicht und blinzelte nur beiden nach, als sie den großen Mittelsteig hinauf und dann auf die zwischen den Himbeerbüschen stehende Bank zuschritten.

Als sie hier ankamen, setzten sie sich. Es war still, nur vom Felde her hörte man ein Gezirp, und der Mond stand über ihnen.

Sie lehnte sich an ihn und sagte ruhig und herzlich: »Und das ist nun also das letzte Mal, daß ich deine Hand in meiner halte?«

»Ja, Lene. Kannst du mir verzeihn?«

»Wie du nur immer frägst. Was soll ich dir verzeihn?«

»Daß ich deinem Herzen wehe tue.«

»Ja, weh tut es. Das ist wahr.«

Und nun schwieg sie wieder und sah hinauf auf die blaß am Himmel heraufziehenden Sterne.

»Woran denkst du, Lene?«

»Wie schön es wäre, dort oben zu sein.«

»Sprich nicht so. Du darfst dir das Leben nicht wegwünschen; von solchem Wunsch ist nur noch ein Schritt …«

Sie lächelte. »Nein, das nicht. Ich bin nicht wie das Mädchen, das an den Ziehbrunnen lief und sich hineinstürzte, weil ihr Liebhaber mit einer andern tanzte. Weißt du noch, wie du mir davon erzähltest?«

»Aber, was soll es dann? Du bist doch nicht so, daß du so was sagst, bloß um etwas zu sagen.«

»Nein, ich hab' es auch ernsthaft gemeint. Und wirklich« – und sie wies hinauf –, »ich wäre gerne da. Da hätt' ich Ruh. Aber ich kann es abwarten … Und nun komm und laß uns ins Feld gehn. Ich habe kein Tuch mit herausgenommen und find' es kalt hier im Stillsitzen.«

Und so gingen sie denn denselben Feldweg hinauf, der sie damals bis an die vorderste Häuserreihe von Wilmersdorf geführt hatte. Der Turm war deutlich sichtbar unter dem sternklaren Himmel, und nur über den Wiesengrund zog ein dünner Nebelschleier.

»Weißt du noch«, sagte Botho, »wie wir mit Frau Dörr hier gingen?«

Sie nickte. »Deshalb hab' ich dir's vorgeschlagen, mich fror gar nicht oder doch kaum. Ach, es war ein so schöner Tag damals, und so heiter und glücklich bin ich nie gewesen, nicht vorher und nicht nachher. Noch in diesem Augenblicke lacht mir das Herz, wenn ich daran zurückdenke, wie wir gingen und sangen: ›Denkst du daran.‹ Ja, Erinnerung ist viel, ist alles. Und die hab' ich nun und bleibt mir und kann mir nicht mehr genommen werden. Und ich fühle ordentlich, wie mir dabei leicht zumute wird.«

Er umarmte sie. »Du bist so gut.«

Lene aber fuhr in ihrem ruhigen Tone fort: »Und daß mir so leicht ums Herz ist, das will ich nicht vorübergehn lassen und will dir alles sagen. Eigentlich ist es das Alte, was ich dir immer schon gesagt habe, noch vorgestern, als wir draußen auf der halb gescheiterten Partie waren, und dann nachher, als wir uns trennten. Ich hab' es so kommen sehn, von Anfang an, und es geschieht nur, was muß. Wenn man schön geträumt hat, so muß man Gott dafür danken und darf nicht klagen, daß der Traum aufhört und die Wirklichkeit wieder anfängt. Jetzt ist es schwer, aber es vergißt sich alles oder gewinnt wieder ein freundliches Gesicht. Und eines Tages bist du wieder glücklich und vielleicht ich auch.«

»Glaubst du's? Und wenn nicht? Was dann?«

»Dann lebt man ohne Glück.«

»Ach, Lene, du sagst das so hin, als ob Glück nichts wäre. Aber es ist was, und das quält mich eben, und ist mir doch, als ob ich dir ein Unrecht getan hätte.«

»Davon sprech' ich dich frei. Du hast mir kein Unrecht getan, hast mich nicht auf Irrwege geführt und hast mir nichts versprochen. Alles war mein freier Entschluß. Ich habe dich von Herzen liebgehabt, das war mein Schicksal, und wenn es eine Schuld war, so war es *meine* Schuld. Und noch dazu eine Schuld, deren ich mich, ich muß es dir immer wieder sagen, von ganzer Seele freue, denn sie war mein Glück. Wenn ich nun dafür zahlen muß, so zahle ich gern. Du hast nicht gekränkt, nicht verletzt, nicht beleidigt, oder doch höchstens das, was die Menschen Anstand nennen und gute Sitte. Soll ich mich darum grämen? Nein. Es rückt sich alles wieder zurecht, auch das. Und nun komm und laß uns umkehren. Sieh nur, wie die Nebel steigen; ich denke, Frau Dörr ist nun fort, und wir treffen die gute Alte allein. Sie weiß von allem und hat den ganzen Tag über immer nur ein und dasselbe gesagt.«

»Und was?«

»Daß es so gut sei.«

*

Frau Nimptsch war wirklich allein, als Botho und Lene bei ihr eintraten. Alles war still und dämmerig, und nur das Herdfeuer warf einen Lichtschein über die breiten Schatten, die sich schräg durch das Zimmer zogen. Der Stieglitz schlief schon lange in seinem Bauer, und man hörte nichts als dann und wann das Zischen des überkochenden Wassers.

»Guten Abend, Mutterchen«, sagte Botho.

Die Alte gab den Gruß zurück und wollte von ihrer Fußbank aufstehen, um den großen Lehnstuhl heranzurücken. Aber Botho litt es nicht und sagte: »Nein, Mutterchen, ich setze mich auf meinen alten Platz.«

Und dabei schob er den Schemel ans Feuer.

Eine kleine Pause trat ein; alsbald aber begann er wieder: »Ich komme heut', um Abschied zu nehmen und Ihnen für alles Liebe und Gute zu danken, das ich hier so lange gehabt habe. Ja, Mutterchen, so recht von Herzen. Ich bin hier so gern gewesen und so glücklich. Aber nun muß ich fort, und alles, was ich noch sagen kann, ist bloß das: Es ist doch wohl das Beste so.«

Die Alte schwieg und nickte zustimmend. »Aber ich bin nicht aus der Welt«, fuhr Botho fort, »und ich werde Sie nicht vergessen, Mutterchen. Und nun geben Sie mir die Hand. So. Und nun gute Nacht.«

Hiernach stand er schnell auf und schritt auf die Tür zu, während Lene sich an ihn hing. So gingen sie bis an das Gartengitter, ohne daß weiter ein Wort gesprochen worden wäre. Dann aber sagte sie: »Nun kurz, Botho. Meine Kräfte reichen nicht mehr; es war doch zu viel, diese zwei Tage. Lebe wohl, mein Einziger, und sei so glücklich, wie du's verdienst, und so glücklich, wie du mich gemacht hast. Dann bist du glücklich. Und von dem andern rede nicht mehr, es ist der Rede nicht wert. So, so.«

Und sie gab ihm einen Kuß und noch einen und schloß dann das Gitter.

Als er an der andern Seite der Straße stand, schien er, als er Lenens ansichtig wurde, noch einmal umkehren und Wort und Kuß mit ihr tauschen zu wollen. Aber sie wehrte heftig mit der Hand. Und so ging er denn weiter die Straße hinab, während sie, den Kopf auf den Arm und den Arm auf den Gitterpfosten gestützt, ihm mit großem Auge nachsah.

So stand sie noch lange, bis sein Schritt in der nächtlichen Stille verhallt war.

16. KAPITEL

Mitte September hatte die Verheiratung auf dem Sellenthinschen Gute Rothenmoor stattgefunden; Onkel Osten, sonst kein Redner, hatte das Brautpaar in dem zweifellos längsten Toaste seines Lebens leben lassen, und am Tage darauf hatte die Kreuzzeitung unter ihren sonstigen Familienanzeigen auch die folgende gebracht: »Ihre am gestrigen Tage stattgehabte eheliche Verbindung zeigen hierdurch ergebenst an Botho Freiherr von Rienäcker, Premierlieutenant im Kaiser-Kürassier-Regiment; Käthe Freifrau von Rienäcker, geb. von Sellenthin.« Die Kreuzzeitung war begreiflicherweise nicht das Blatt, das in die Dörrsche Gärtnerwohnung samt ihren Dependenzien kam, aber schon am andern Morgen traf ein an Fräulein Magdalene Nimptsch adressierter Brief ein, in dem nichts lag als der Zeitungsausschnitt mit der Vermählungsanzeige. Lene fuhr zusammen, sammelte sich aber rascher, als der Absender, aller Wahrscheinlichkeit nach eine neidische Kollegin, erwartet haben mochte. Daß es von solcher Seite her kam, war schon aus dem beigefügten »Hochwohlgeboren« zu schließen. Aber gerade dieser Extraschabernack, der den schmerzhaften Stich verdoppeln sollte, kam Lenen zustatten und verminderte das bittere Gefühl, das ihr diese Nachricht sonst wohl verursacht hätte.

*

Botho und Käthe von Rienäcker waren noch am Hochzeitstage selbst nach Dresden hin aufgebrochen, nachdem beide der Verlockung einer neumärkischen Vetternreise glücklich widerstanden hatten. Und wahrlich, sie hatten nicht Ursache, ihre Wahl zu bereuen, am wenigsten Botho, der sich jeden Tag nicht nur zu dem Dresdener Aufenthalte, sondern vielmehr noch zu dem Besitze seiner jungen Frau beglückwünschte, die Capricen und üble Laune gar nicht zu kennen schien. Wirklich, sie lachte den ganzen Tag über, und so leuchtend und hellblond sie war, so war auch ihr Wesen. An allem ergötzte sie sich, und allem gewann sie die heitre Seite ab. In dem von ihnen bewohnten Hotel war ein Kellner mit einem Toupet, das einem eben umkippenden Wellenkamme glich, und dieser Kellner samt seiner Frisur war ihre tagtägliche Freude, so sehr, daß sie, wiewohl sonst ohne besonderen Esprit, sich in Bildern und Vergleichen gar nicht genug tun konnte. Botho freute sich mit und lachte herzlich, bis sich mit einem Male doch etwas von Bedenken und selbst von Unbehagen in sein Lachen einzumischen begann. Er nahm nämlich wahr, daß sie, was auch geschehen oder ihr zu Gesicht kommen mochte, lediglich am Kleinen und Komischen hing, und als beide nach etwa vierzehntägigem glücklichen Aufenthalt ihre Heimreise nach Berlin antraten, ereignete sich's, daß ein kurzes, gleich zu Beginn der Fahrt geführtes Gespräch ihm über diese Charakterseite seiner Frau volle Gewißheit gab. Sie hatten ein Coupé für sich, und als sie, von der Elbbrücke her, noch einmal zurückblickten, um nach Altstadt-Dresden und der Kuppel der Frauenkirche hinüberzugrüßen, sagte Botho, während er ihre Hand nahm: »Und nun sage mir, Käthe, was war eigentlich das Hübscheste hier in Dresden?«

»Rate.«

»Ja, das ist schwer, denn du hast so deinen eignen Geschmack, und mit Kirchengesang und Holbeinscher Madonna darf ich dir gar nicht kommen ...«

»Nein. Da hast du recht. Und ich will meinen gestrengen Herrn auch nicht lange warten und sich quälen lassen. Es war dreierlei, was mich entzückte: voran die Konditorei am Altmarkt und der Scheffelgassen-Ecke mit den wundervollen Pastetchen und dem Likör. Da so zu sitzen ...«

»Aber, Käthe, man konnte ja gar nicht sitzen, man konnte kaum stehn, und war eigentlich, als ob man sich jeden Bissen erobern müsse.«

»Das war es eben. Eben deshalb, mein Bester. Alles, was man sich erobern muß ...«

Und sie wandte sich ab und spielte neckisch die Schmollende, bis er ihr einen herzlichen Kuß gab.

»Ich sehe«, lachte sie, »du bist schließlich einverstanden, und zur Belohnung höre nun auch das zweite und dritte. Mein zweites war das Sommertheater draußen, wo wir ›Monsieur Herkules‹ sahn und Knaak den Tannhäusermarsch auf einem klapprigen alten Whisttisch trommelte. So was Komisches hab' ich all mein Lebtag nicht gesehn und du wahrscheinlich auch nicht. Es war wirklich zu komisch ... Und das dritte ... Nun, das dritte, das war ›Bacchus auf dem Ziegenbock‹ im Grünen Gewölbe und der ›sich kratzende Hund‹ von Peter Vischer.«

»Ich dachte mir so was, und wenn Onkel Osten davon hört, dann wird er dir recht geben und dich noch lieber haben als sonst und mir noch öfter wiederholen: ›Ich sage dir, Botho, die Käthe ...‹«

»Soll er's nicht?«

»O gewiß soll er.«

Und damit brach auf Minuten hin ihr Gespräch ab, das in Bothos Seele, so zärtlich und liebevoll er zu der jungen Frau hinübersah, doch einigermaßen ängstlich nachklang. Die junge Frau selbst indes hatte keine Ahnung von dem, was in ihres Gatten Seele vorging, und sagte nur: »Ich bin müde, Botho. Die vielen Bilder. Es kommt doch nach ... Aber«, der Zug hielt eben, »was ist denn das für ein Lärm und Getreibe da draußen?«

»Das ist ein Dresdener Vergnügungsort, ich glaube Kötzschenbroda.«

»Kötzschenbroda? Zu komisch.«

Und während der Zug weiterdampfte, streckte sie sich aus und schloß anscheinend die Augen. Aber sie schlief nicht und sah zwischen den Wimpern hin nach dem geliebten Manne.

*

In der damals noch einreihigen Landgrafenstraße hatte Käthes Mama mittlerweile die Wohnung eingerichtet, und als zu Beginn des Oktobers das junge Paar in Berlin wieder eintraf, war es entzückt von dem Komfort, den es vorfand. In den beiden Frontzimmern, die jedes einen Kamin hatten, war geheizt, aber Tür und Fenster standen auf, denn es war eine milde Herbstluft, und das Feuer brannte nur des Anblicks und des Luftzuges halber. Das Schönste aber war der große Balkon mit seinem weit herunterfallenden Zeltdach, unter dem hinweg man in gerader Richtung ins Freie sah, erst über das Birkenwäldchen und den Zoologischen Garten fort und dahinter bis an die Nordspitze des Grunewalds.

Käthe freute sich, unter Händeklatschen, dieser prächtig freien Aussicht, umarmte die Mama, küßte Botho und wies dann plötzlich nach links hin, wo zwischen vereinzelten Pappeln und Weiden ein Schindelturm sichtbar wurde. »Sieh, Botho, wie komisch. Er ist ja wie dreimal eingeknickt. Und das Dorf daneben. Wie heißt es?«

»Ich glaube, Wilmersdorf«, stotterte Botho.

»Nun gut, Wilmersdorf. Aber was heißt das: ›Ich glaube‹? Du wirst doch wissen, wie die Dörfer hier herum heißen. Sieh nur, Mama, macht er nicht ein Gesicht, als ob er uns ein Staatsgeheimnis verraten hätte? Nichts komischer als diese Männer.«

Und damit verließ man den Balkon wieder, um in dem dahinter gelegenen Zimmer das erste Mittagsmahl en famille einzunehmen: nur die Mama, das junge Paar und Serge, der als einziger Gast geladen war.

Rienäckers Wohnung lag keine tausend Schritt von dem Hause der Frau Nimptsch. Aber Lene wußte nichts davon und nahm ihren Weg oft durch die Landgrafenstraße, was sie vermieden haben würde, wenn sie von dieser Nachbarschaft auch nur eine Ahnung gehabt hätte.

Doch es konnt' ihr nicht lange ein Geheimnis bleiben.

Es ging schon in die dritte Oktoberwoche, trotzdem war es noch wie im Sommer, und die Sonne schien so warm, daß man den schärferen Luftton kaum empfand.

»Ich muß heut' in die Stadt, Mutter«, sagte Lene. »Goldstein hat mir geschrieben. Er will mit mir über ein Muster sprechen, das in die Wäsche der Waldeckschen Prinzessin eingestickt werden soll. Und wenn ich erst in der Stadt bin, will ich auch die Frau Demuth in der Alten Jakobstraße besuchen. Man kommt sonst ganz von aller Menschheit los. Aber um Mittag bin ich wieder hier. Ich werd' es Frau Dörr sagen, daß sie nach dir sieht.«

»Laß nur, Lene, laß nur. Ich bin am liebsten allein. Und die Dörr, sie red't so viel un immer von ihrem Mann. Und ich habe ja mein Feuer. Und wenn der Stieglitz piept, das is mir genug. Aber wenn du mir eine Tüte mitbringst, ich habe jetzt immer solch Kratzen, und Malzbonbon löst so ...«

»Schön, Mutter.«

Und damit hatte Lene die kleine stille Wohnung verlassen und war erst die Kurfürsten- und dann die lange Potsdamerstraße hinunter gegangen, auf den Spittelmarkt zu, wo die Gebrüder Goldstein ihr Geschäft hatten. Alles verlief nach Wunsch, und es war nahezu Mittag, als sie, heimkehrend, diesmal anstatt der Kurfürsten- lieber die Lützowstraße passierte. Die Sonne tat ihr wohl, und das Treiben auf dem Magdeburger Platze, wo gerade Wochenmarkt war und alles eben wieder zum Aufbruch rüstete, vergnügte sie so, daß sie stehenblieb und sich das bunte Durcheinander mit ansah. Sie war wie benommen davon und wurd' erst aufgerüttelt, als die Feuerwehr mit ungeheurem Lärm an ihr vorbeirasselte.

Lene horchte, bis das Gebimmel und Geklingel in der Ferne verhallt war, dann aber sah sie links hinunter nach der Turmuhr der Zwölf-Apostel-Kirche. »Gerade zwölf«, sagte sie. »Nun ist es Zeit, daß ich mich eile; sie wird immer unruhig, wenn ich später komme, als sie denkt.« Und so ging sie weiter die Lützowstraße hinunter auf den gleichnamigen Platz zu. Aber mit einem Male hielt sie und wußte nicht, wohin, denn auf ganz kurze Entfernung erkannte sie Botho, der, mit einer jungen, schönen Dame am Arm, grad auf sie zukam. Die junge Dame sprach lebhaft und anscheinend lauter heitre Dinge, denn Botho lachte beständig, während er zu ihr niederblickte. Diesem Umstand verdankte sie's auch, daß sie nicht schon lange bemerkt worden war, und rasch entschlossen, eine Begegnung mit ihm um jeden Preis zu vermeiden, wandte sie sich, vom Trottoir her, nach rechts hin und trat an das zunächst befindliche große Schaufenster heran, vor dem, mutmaßlich als Deckel für eine hier befindliche Kelleröffnung, eine viereckige geriffelte Eisenplatte lag. Das Schaufenster selbst war das eines gewöhnlichen Materialwarenladens, mit dem üblichen Aufbau von Stearinlichten und Mixed-Pickles-Flaschen, nichts Besonders, aber Lene starrte drauf hin, als ob sie dergleichen noch nie gesehen habe. Und wahrlich, Zeit war es, denn in eben diesem Augenblicke streifte das junge Paar hart an ihr vorüber, und kein Wort entging ihr von dem Gespräche, das zwischen beiden geführt wurde.

»Käthe, nicht so laut«, sagte Botho, »die Leute sehen uns schon an.«

»Laß sie ...«

»Sie denken am Ende, wir zanken uns ...«

»Unter Lachen? Zanken unter Lachen?«

Und sie lachte wieder.

Lene fühlte das Zittern der dünnen Eisenplatte, darauf sie stand. Ein waagerecht liegender Messingstab zog sich zum Schutze der großen Glasscheibe vor dem Schaufenster hin, und einen Augenblick war es ihr, als ob sie, wie zu Beistand und Hilfe, nach dem Messingstab greifen müsse, sie hielt sich aber aufrecht, und erst als sie sicher sein durfte, daß beide weit genug fort waren, wandte sie sich wieder, um ihren Weg fortzusetzen. Sie tappte sich vorsichtig an den Häusern hin, und eine kurze Strecke ging es. Aber bald war ihr doch, als ob ihr die Sinne schwänden, und kaum, daß sie die nächste nach dem Kanal hin abzweigende Querstraße erreicht hatte, so bog sie hier ein und trat in einen Vorgarten, dessen Gittertür offen stand. Nur mit Mühe noch schleppte sie sich bis an eine kleine zu Veranda und Hochparterre hinaufführende Freitreppe, wenige Stufen, und setzte sich, einer Ohnmacht nah, auf eine derselben.

Als sie wieder erwachte, sah sie, daß ein halbwachsenes Mädchen, ein Grabscheit in der Hand, mit dem sie kleine Beete gegraben hatte, neben ihr stand und sie teilnahmvoll anblickte, während, von der Verandabrüstung aus, eine alte Kindermuhme sie mit kaum geringerer Neugier musterte. Niemand war augenscheinlich zu Haus als das Kind und die Dienerin, und Lene dankte beiden und erhob sich und schritt wieder auf die Pforte zu. Das halbwachsene Mädchen aber sah ihr traurig verwundert nach, und es war fast, wie wenn in dem Kinderherzen eine erste Vorstellung von dem Leid des Lebens gedämmert hätte.

Lene war inzwischen, den Fahrdamm passierend, bis an den Kanal gekommen und ging jetzt unten an der Böschung entlang, wo sie sicher sein durfte, niemandem zu begegnen. Von den Kähnen her blaffte dann und wann ein Spitz, und ein dünner Rauch, weil Mittag war, stieg aus den kleinen Kajütenschornsteinen auf. Aber sie sah und hörte nichts oder war wenigstens ohne Bewußtsein dessen, was um sie her vorging, und erst als jenseits des Zoologischen die Häuser am Kanal hin aufhörten und die große Schleuse mit ihrem drüber wegschäumenden Wasser sichtbar wurde, blieb sie stehn und rang nach Luft. »Ach, wer weinen könnte.« Und sie drückte die Hand gegen Brust und Herz.

*

Zu Hause traf sie die Mutter an ihrem alten Platz und setzte sich ihr gegenüber, ohne daß ein Wort oder Blick zwischen ihnen gewechselt worden wäre. Mit einem Mal aber sah die Alte, deren Auge bis dahin immer in derselben Richtung gegangen war, von ihrem Herdfeuer auf und erschrak, als sie der Veränderung in Lenens Gesicht gewahr wurde.

»Lene, Kind, was hast du? Lene, wie siehst du nur aus?« Und so schwer beweglich sie sonsten war, heute machte sie sich im Umsehn von ihrer Fußbank los und suchte nach dem Krug, um die noch immer wie halbtot Dasitzende mit Wasser zu besprengen. Aber der Krug war leer, und so humpelte sie nach dem Flur und vom Flur nach Hof und Garten hinaus, um die gute Frau Dörr zu rufen, die gerade Goldlack und Jelängerjelieber abschnitt, um Marktsträuße daraus zu binden. Ihr Alter aber stand neben ihr und sagte: »Nimm nich wieder zu viel Strippe.«

Frau Dörr, als sie das jämmerliche Rufen der alten Frau von fernher hörte, verfärbte sich und antwortete mit lauter Stimme: »Komme schon, Mutter Nimptsch, komme schon«, und alles wegwerfend, was sie von Blumen und Bast in der Hand hatte, lief sie gleich auf das kleine Vorderhaus zu, weil sie sich sagte, daß da was los sein müsse.

»Richtig, dacht' ich's doch ... Leneken.« Und dabei rüttelte und schüttelte sie die nach wie vor leblos Dasitzende, während die Alte langsam nachkam und über den Flur hinschlurrte.

»Wir müssen sie zu Bett bringen«, rief Frau Dörr, und die Nimptsch wollte selber mit anfassen. Aber so war das »wir« der stattlichen Frau Dörr nicht gemeint gewesen. »Ich mache so was allein, Mutter Nimptsch«, und Lenen in ihre Arme nehmend, trug sie sie nebenan in die Kammer und deckte sie hier zu.

»So, Mutter Nimptsch. Nu 'ne heiße Stürze. Das kenn' ich, das kommt von's Blut. Erst 'ne Stürze un denn 'n Ziegelstein an die Fußsohlen; aber grad untern Spann, da sitzt das Leben ... Wovon is es denn eigentlich? Is gewiß 'ne Altration.«

»Weiß nich. Sie hat nichts gesagt. Aber ich denke mir, daß sie'n vielleicht gesehn hat.«

»Richtig. Das is es. Das kenn' ich ... Aber nu die Fenster zu un runter mit's Rollo ... Manche sind für Kampfer und Hoffmannstropfen, aber Kampfer schwächt so und is eigentlich bloß für Motten. Nein, liebe Nimptschen, was 'ne Natur is un noch dazu solche junge, die muß sich immer selber helfen, un darum bin ich für schwitzen. Aber or'ntlich. Un wovon kommt es? Von die Männer kommt es. Un doch hat man sie nötig un braucht sie ... Na, sie kriegt ja schon wieder Farbe.«

»Woll'n wir nich lieber nach'n Doktor schicken?«

»I, Jott bewahre. Die kutschieren jetzt rum, un eh einer kommt, is sie schon dreimal dod und lebendig.«

17. KAPITEL

Drittehalb Jahre waren seit jener Begegnung vergangen, während welcher Zeit sich manches in unserem Bekannten- und Freundeskreise verändert hatte, nur nicht in dem in der Landgrafenstraße.

Hier herrschte dieselbe gute Laune weiter, der Frohmut der Flitterwochen war geblieben, und Käthe lachte nach wie vor. Was andere junge Frauen vielleicht betrübt hätte: daß das Paar einfach ein Paar blieb, wurde von Käthe keinen Augenblick schmerzlich empfunden. Sie lebte so gern und fand an Putz und Plaudern, an Reiten und Fahren ein so volles Genüge, daß sie vor einer Veränderung ihrer Häuslichkeit eher erschrak, als sie herbeiwünschte. Der Sinn für Familie, geschweige die Sehnsucht danach, war ihr noch nicht aufgegangen, und als die Mama brieflich eine Bemerkung über diese Dinge machte, schrieb Käthe ziemlich ketzerisch zurück: »Sorge Dich nicht, Mama. Bothos Bruder hat sich ja nun ebenfalls verlobt, in einem halben Jahr ist Hochzeit, und ich überlass' es gern meiner zukünftigen Schwägerin, sich die Fortdauer des Hauses Rienäcker angelegen sein zu lassen.«

Botho sah es anders an, aber auch sein Glück wurde durch das, was fehlte, nicht sonderlich getrübt, und wenn ihn trotzdem von Zeit zu Zeit eine Mißstimmung anwandelte, so war es, wie schon damals auf seiner Dresdener Hochzeitsreise, vorwiegend darüber, daß mit Käthe wohl ein leidlich vernünftiges, aber durchaus kein ernstes Wort zu reden war. Sie war unterhaltlich und konnte sich mitunter bis zu glücklichen Einfällen steigern, aber auch das Beste, was sie sagte, war oberflächlich und ›spielrig‹, als ob sie der Fähigkeit entbehrt hätte, zwischen wichtigen und unwichtigen Dingen zu unterscheiden. Und was das Schlimmste war, sie betrachtete das alles als einen Vorzug, wußte sich was damit und dachte nicht daran, es abzulegen. »Aber, Käthe, Käthe«, rief Botho dann wohl und ließ in diesem Zuruf etwas von Mißbilligung mit durchklingen, ihr glückliches Naturell aber wußt' ihn immer wieder zu entwaffnen, ja, so sehr, daß er sich mit dem Anspruch, den er erhob, fast pedantisch vorkam.

Lene mit ihrer Einfachheit, Wahrheit und Unredensartlichkeit stand ihm öfters vor der Seele, schwand aber ebenso rasch wieder hin, und nur wenn Zufälligkeiten einen ganz bestimmten Vorfall in aller Lebendigkeit wieder in ihm wachriefen, kam ihm mit dieser größeren Lebendigkeit des Bildes auch wohl ein stärkeres Gefühl und mitunter selbst eine Verlegenheit.

Eine solche Zufälligkeit ereignete sich gleich im ersten Sommer, als das junge Paar, von einem Diner bei Graf Alten zurückgekehrt, auf dem Balkon saß und seinen Tee nahm. Käthe lag zurückgelehnt in ihrem Stuhl und ließ sich aus der Zeitung einen mit Zahlenangaben reichgespickten Artikel über Pfarr- und Stolgebühren vorlesen. Eigentlich verstand sie wenig davon, um so weniger, als die vielen Zahlen sie störten, aber sie hörte doch ziemlich aufmerksam zu, weil alle märkischen Frölens ihre halbe Jugend ›bei Predigers‹ zubringen und so den Pfarrhausinteressen ihre Teilnahme bewahren. So war es auch heut'. Endlich brach der Abend herein, und im selben Augenblicke, wo's dunkelte, begann drüben im ›Zoologischen‹ das Konzert, und ein entzückender Straußscher Walzer klang herüber.

»Höre nur, Botho«, sagte Käthe, sich aufrichtend, während sie voll Übermut hinzusetzte: »Komm, laß uns tanzen.« Und ohne seine Zustimmung abzuwarten, zog sie ihn aus seinem Stuhl in die Höh' und walzte mit ihm in das große Balkonzimmer hinein und in diesem noch ein paarmal herum. Dann gab sie ihm einen Kuß und sagte, während sie sich an ihn schmiegte: »Weißt du, Botho, so wundervoll hab' ich noch nie getanzt, auch nicht auf meinem ersten Ball, den ich noch bei der Zülow mitmachte, ja, daß ich's nur gestehe, noch eh ich eingesegnet war. Onkel Osten nahm mich auf seine Verantwortung mit, und die Mama weiß es bis diesen Tag nicht. Aber selbst da war es nicht so schön wie heut'. Und doch ist verbotene Frucht die schönste. Nicht wahr? Aber du sagst ja nichts, du bist ja verlegen, Botho. Sieh, so ertapp' ich dich mal wieder.«

Er wollte, so gut es ging, etwas sagen, aber sie ließ ihn nicht dazu kommen. »Ich glaube wirklich, Botho, meine Schwester Ine hat es dir angetan, und du darfst mich nicht damit trösten wollen, sie sei noch ein halber Backfisch oder nicht weit darüber hinaus. Das sind immer die gefährlichsten. Ist es nicht so? Nun, ich will nichts gesehen haben, und ich gönn' es ihr und dir. Aber auf alte, ganz alte Geschichten bin ich eifersüchtig, viel, viel eifersüchtiger als auf neue.«

»Sonderbar«, sagte Botho und versuchte zu lachen.

»Und doch am Ende nicht so sonderbar, wie's aussieht«, fuhr Käthe fort. »Sieh, neue Geschichten hat man doch immer halb unter Augen, und es muß schon schlimm kommen und ein wirklicher Meisterverräter sein, wenn man gar nichts merken und so reinweg betrogen werden soll. Aber alte Geschichten, da hört alle Kontrolle auf, da kann es tausend und drei geben, und man weiß es kaum.«

»Und was man nicht weiß ...«

»Kann einen *doch* heiß machen. Aber lassen wir's und lies mir lieber weiter aus deiner Zeitung vor. Ich habe beständig an unsere Kluckhuhns denken müssen, und die gute Frau versteht es nicht. Und der Älteste soll jetzt gerade studieren.«

*

Solche Geschichten ereigneten sich häufiger und beschworen in Bothos Seele mit den alten Zeiten auch Lenens Bild herauf, aber sie selbst sah er nicht, was ihm auffiel, weil er ja wußte, daß sie halbe Nachbarn waren.

Es fiel ihm auf und wär' ihm doch leicht erklärlich gewesen, wenn er rechtzeitig in Erfahrung gebracht hätte, daß Frau Nimptsch und Lene gar nicht mehr an alter Stelle zu finden seien. Und doch war es so. Von dem Tag an, wo Lene dem jungen Paar in der Lützowstraße begegnet war, hatte sie der Alten erklärt, in der Dörrschen Wohnung nicht mehr bleiben zu können, und als Mutter Nimptsch, die sonst nie widersprach, den Kopf geschüttelt und geweimert und in einem fort auf den Herd hingewiesen hatte, hatte Lene gesagt: »Mutter, du kennst mich doch! Ich werde dir doch deinen Herd und dein Feuer nicht nehmen; du sollst alles wieder haben; ich habe das Geld dazu gespart, und wenn ich's nicht hätte, so wollt' ich arbeiten, bis es beisammen wär'. Aber hier müssen wir fort. Ich muß jeden Tag da vorbei, das halt' ich nicht aus, Mutter. Ich gönn' ihm sein Glück, ja mehr noch, ich freue mich, daß er's hat. Gott ist mein Zeuge, denn er war ein guter, lieber Mensch und hat mir zuliebe gelebt und kein Hochmut und keine Haberei. Und daß ich's rundheraus sage, trotzdem ich die feinen Herren nicht leiden kann, ein richtiger Edelmann, so recht einer, der das Herz auf dem rechten Flecke hat. Ja, mein einziger Botho, du sollst glücklich sein, so glücklich, wie du's verdienst. Aber ich kann es nicht sehn, Mutter, ich muß weg hier, denn sowie ich zehn Schritte gehe, denk' ich, er steht vor mir. Und da bin ich in einem ewigen Zittern. Nein, nein, das geht nicht. Aber deine Herdstelle sollst du haben. Das versprech' ich dir, ich, deine Lene.«

Nach diesem Gespräche war seitens der Alten aller Widerstand aufgegeben worden, und auch Frau Dörr hatte gesagt: »Versteht sich, ihr müßt ausziehen. Und dem alten Geizkragen, dem Dörr, dem gönn' ich's. Immer hat er mir was vorgebrummt, daß ihr zu billig einsäßt und daß nich die Steuer un die Repratur dabei rauskäme. Nu mag er sich freuen, wenn ihm alles leersteht. Und so wird's kommen. Denn wer zieht denn in solchen Puppenkasten, wo jeder Kater ins Fenster kuckt, un kein Gas nich un keine Wasserleitung. I, versteht sich; ihr habt ja vierteljährliche Kündigung, und Ostern könnt ihr raus, da helfen ihm keine Sperenzchen. Und ich freue mich ordentlich; ja, Lene, so schlecht bin ich. Aber ich muß auch gleich für meine Schadenfreude bezahlen. Denn wenn du weg bist, Kind, und die gute Frau Nimptsch mit ihrem Feuer und ihrem Teekessel und immer kochend Wasser, ja, Lene, was hab' ich denn noch? Doch bloß *ihn* un Sultan und den dummen Jungen, der immer dummer wird. Un sonst keinen Menschen nich. Un wenn's denn kalt wird und Schnee fällt, is es mitunter zum Kattolschwerden vor lauter Stillsitzen und Einsamkeit.«

Das waren so die ersten Verhandlungen gewesen, als der Umzugsplan in Lene feststand, und als Ostern herankam, war wirklich ein Möbelwagen vorgefahren, um aufzuladen, was an Habseligkeiten da war. Der alte Dörr hatte sich bis zuletzt überraschend gut benommen, und nach erfolgtem feierlichen Abschiede war Frau Nimptsch in eine Droschke gepackt und mit ihrem Eichkätzchen und Stieglitz bis an das Luisenufer gefahren worden, wo Lene, drei Treppen hoch, eine kleine Prachtwohnung gemietet und nicht nur ein paar neue Möbel angeschafft, sondern, in Erinnerung an ihr Versprechen, vor allem auch für einen an den großen Vorderzimmerofen angebauten Kamin gesorgt hatte. Seitens des Wirts waren anfänglich allerlei Schwierigkeiten gemacht worden, weil solch Vorbau den Ofen ruiniere. Lene hatte jedoch unter Angabe der Gründe darauf bestanden, was dem Wirt, einem alten braven Tischlermeister, dem so was gefiel, einen großen Eindruck gemacht und ihn zum Nachgeben bestimmt hatte.

Beide wohnten nun ziemlich ebenso, wie sie vordem im Dörrschen Gartenhause gewohnt hatten, nur mit dem Unterschiede, daß sie jetzt drei Treppen hoch saßen und statt auf die phantastischen Türme des Elefantenhauses auf die hübsche Kuppel der Michaelskirche sahen. Ja, der Blick, dessen sie sich erfreuten, war entzückend und so schön und frei, daß er selbst auf die Lebensgewohnheiten der alten Nimptsch einen Einfluß gewann und sie bestimmte, nicht mehr bloß auf der Fußbank am Feuer, sondern, wenn die Sonne schien, auch am offenen Fenster zu sitzen, wo Lene für einen Tritt gesorgt hatte. Das alles tat der alten Frau Nimptsch ungemein wohl und half ihr auch gesundheitlich auf, so daß sie, seit dem Wohnungswechsel, weniger an Reißen litt als draußen in dem Dörrschen Gartenhause, das, so poetisch es lag, nicht viel besser als ein Keller gewesen war.

Im übrigen verging keine Woche, wo nicht, trotz des endlos weiten Weges, Frau Dörr vom ›Zoologischen‹ her am Luisenufer erschienen wäre, bloß ›um zu sehen, wie's stehe‹. Sie sprach dann, nach Art aller Berliner Ehefrauen, ausschließlich von ihrem Manne, dabei regelmäßig einen Ton anschlagend, als ob die Verheiratung mit ihm eine der schwersten Mesalliancen und eigentlich etwas halb Unerklärliches gewesen wäre. In Wahrheit aber stand es so, daß sie sich nicht nur äußerst behaglich und zufrieden fühlte, sondern sich auch freute, daß Dörr gerade so war, wie er war. Denn sie hatte nur Vorteile davon, einmal den, beständig reicher zu werden, und nebenher den zweiten, ihr ebenso wichtigen, ohne jede Gefahr vor Änderung und Vermögenseinbuße sich unausgesetzt über den alten Geizkragen erheben und ihm Vorhaltungen über seine niedrige Gesinnung machen zu können. Ja, Dörr war das Hauptthema bei diesen Gesprächen, und Lene, wenn sie nicht bei Goldsteins oder sonstwo in der Stadt war, lachte jedesmal herzlich mit, und um so herzlicher, als sie sich, ebenso wie die Nimptsch, seit dem Umzuge sichtlich erholt hatte. Das Einrichten, Anschaffen und Instandsetzen hatte sie, wie sich denken läßt, von Anfang an von ihren Betrachtungen abgezogen, und was noch wichtiger und für ihre Gesundheit und Erholung erst recht von Vorteil gewesen war, war das, daß sie nun keine Furcht mehr vor einer Begegnung mit Botho zu haben brauchte. Wer kam nach dem Luisenufer? Botho gewiß nicht. All das vereinigte sich, sie vergleichsweise wieder frisch und munter erscheinen zu lassen, und nur eines war geblieben, das auch äußerlich an zurückliegende Kämpfe gemahnte: Mitten durch ihr Scheitelhaar zog sich eine weiße Strähne. Mutter Nimptsch hatte kein Auge dafür oder machte nicht viel davon, die Dörr aber, die nach ihrer Art mit der Mode ging und vor allem ungemein stolz auf ihren echten Zopf war, sah die weiße Strähne gleich und sagte zu Lene: »Jott, Lene. Un grade links. Aber natürlich ... da sitzt es ja ... links muß es ja sein.«

Es war bald nach dem Umzuge, daß dies Gespräch geführt wurde. Sonst geschah im allgemeinen weder Bothos noch der alten Zeiten Erwähnung, was einfach darin seinen Grund hatte, daß Lene, wenn die Plauderei speziell *diesem* Thema sich zuwandte, jedesmal rasch abbrach oder auch wohl aus dem Zimmer ging. Das hatte sich die Dörr, als es Mal auf Mal wiederkehrte, gemerkt, und so schwieg sie denn über Dinge, von denen man ganz ersichtlich weder reden noch hören wollte. So ging es ein Jahr lang, und als das Jahr um war, war noch ein anderer Grund da, der es nicht rätlich erscheinen ließ, auf die alten Geschichten zurückzukommen. Nebenan nämlich war, Wand an Wand mit der Nimptsch, ein Mieter eingezogen, der, von Anfang an auf gute Nachbarschaft haltend, bald noch mehr als ein guter Nachbar zu werden versprach. Er kam jeden Abend und plauderte, so daß es mitunter an die Zeiten erinnerte, wo Dörr auf seinem Schemel gesessen und seine Pfeife geraucht hatte, nur daß der neue Nachbar in vielen Stücken doch anders war: ein ordentlicher und gebildeter Mann, von nicht gerade feinen, aber sehr anständigen Manieren, dabei guter Unterhalter, der, wenn Lene mit zugegen war, von allerlei städtischen Angelegenheiten, von Schulen, Gasanstalten und Kanalisation und mitunter auch von seinen Reisen zu sprechen wußte. Traf es sich, daß er mit der Alten allein war, so verdroß ihn auch das nicht, und er spielte dann Tod und Leben mit ihr oder Dambrett oder half ihr auch wohl eine Patience legen, trotzdem er eigentlich alle Karten verabscheute. Denn er war ein Konventikler und hatte, nachdem er erst bei den Mennoniten und dann später bei den Irvingianern eine Rolle gespielt hatte, neuerdings eine selbständige Sekte gestiftet.

Wie sich denken läßt, erregte dies alles die höchste Neugier der Frau Dörr, die denn auch nicht müde wurde, Fragen zu stellen und Anspielungen zu machen, aber immer nur, wenn Lene wirtschaftlich zu tun oder in der Stadt allerlei Besorgungen hatte. »Sagen Sie, liebe Frau Nimptsch, was is er denn eigentlich? Ich habe nachgeschlagen, aber er steht noch nich drin; Dörr hat bloß immer den vorjährigen. Franke heißt er?«

»Ja, Franke.«

»Franke. Da war mal einer in der Ohmgasse, Großböttchermeister, und hatte bloß ein Auge; das heißt, das andre war auch noch da, man bloß ganz weiß und sah eigentlich aus wie 'ne Fischblase. Un wovon war es? Ein Reifen, als er ihn umlegen wollte, war abgesprungen und mit der Spitze grad ins Auge. Davon war es. Ob er von da herstammt?«

»Nein, Frau Dörr, er is gar nich von hier. Er is aus Bremen.«

»Ach so. Na denn is es ja ganz natürlich.«

Frau Nimptsch nickte zustimmend, ohne sich über diese Natürlichkeitsversicherung weiter aufklären zu lassen, und fuhr ihrerseits fort: »Un von Bremen bis Amerika dauert bloß vierzehn Tage. Da ging er hin. Un er war so was wie Klempner oder Schlosser oder Maschinenarbeiter, aber als er sah, daß es nich ging, wurd' er Doktor und zog rum mit lauter kleine Flaschen und soll auch gepredigt haben. Un weil er so gut predigte, wurd' er angestellt bei ... Ja, nun hab' ich es wieder vergessen. Aber es sollen lauter sehr fromme Leute sein und auch sehr anständige.«

»Herr, du meine Güte«, sagte Frau Dörr. »Er wird doch nich ... Jott, wie heißen sie doch, die so viele Frauen haben, immer gleich sechs oder sieben und manche noch mehre ... Ich weiß nich, was sie mit so viele machen.«

Es war ein Thema, wie geschaffen für Frau Dörr. Aber die Nimptsch beruhigte die Freundin und sagte: »Nein, liebe Dörr, es is doch anders. Ich hab' erst auch so was gedacht, aber da hat er gelacht und gesagt: ›I bewahre, Frau Nimptsch. Ich bin Junggesell. Und wenn ich mich verheirate, da denk' ich mir, eine ist grade genug.‹«

»Na, da fällt mir ein Stein vom Herzen«, sagte die Dörr. »Und wie kam es denn nachher? Ich meine, drüben in Amerika.«

»Nu, nachher kam es ganz gut und dauerte gar nich lange, so war ihm geholfen. Denn was die Frommen sind, die helfen sich immer untereinander. Und hatte wieder Kundschaft gekriegt und auch sein altes Metier wieder. Und das hat er noch und is in einer großen Fabrik hier in der Köpnicker Straße, wo sie kleine Röhren machen und Brenner und Hähne und alles, was sie für den Gas brauchen. Und er ist da der Oberste, so wie Zimmer- oder Mauerpolier, un hat wohl hundert unter sich. Un is ein sehr reputierlicher Mann mit Zylinder un schwarze Handschuh. Un hat auch ein gutes Gehalt.«

»Un Lene?«

»Nu, Lene, die nähm' ihn schon. Und warum auch nich? Aber sie kann ja den Mund nich halten, und wenn er kommt und ihr was sagt, dann wird sie ihm alles erzählen, all die alten Geschichten, erst die mit Kuhlwein (un is doch nu schon so lang, als wär's eigentlich gar nich gewesen), und denn die mit dem Baron. Und Franke, müssen Sie wissen, ist ein feiner un anständiger Mann, un eigentlich schon ein Herr.«

»Wir müssen es ihr ausreden. Er braucht ja nich alles zu wissen; wozu denn? Wir wissen ja auch nich alles.«

»Woll, woll. Aber die Lene ...«

18. KAPITEL

Nun war Juni 1878. Frau von Rienäcker und Frau von Sellenthin waren den Mai über auf Besuch bei dem jungen Paare gewesen, und Mutter und Schwiegermutter, die sich mit jedem Tage mehr einredeten, ihre Käthe blasser, blutloser und matter als sonst vorgefunden zu haben, hatten, wie sich denken läßt, nicht aufgehört, auf einen Spezialarzt zu dringen, mit dessen Hilfe, nach beiläufig sehr kostspieligen gynäkologischen Untersuchungen, eine vierwöchentliche

Schlangenbader Kur als vorläufig unerläßlich festgesetzt worden war. Schwalbach könne dann folgen. Käthe hatte gelacht und nichts davon wissen wollen, am wenigsten von Schlangenbad, es sei so was Unheimliches in dem Namen und sie fühle schon die Viper an der Brust, aber schließlich hatte sie nachgegeben und in den nun beginnenden Reisevorbereitungen eine Befriedigung gefunden, die größer war als die, die sie sich von der Kur versprach. Sie fuhr täglich in die Stadt, um Einkäufe zu machen, und wurde nicht müde zu versichern, wie sie jetzt erst das so hoch in Gunst und Geltung stehende ›shopping‹ der englischen Damen begreifen lerne: So von Laden zu Laden zu wandern und immer hübsche Sachen und höfliche Menschen zu finden, das sei doch wirklich ein Vergnügen und lehrreich dazu, weil man so vieles sehe, was man gar nicht kenne, ja, wovon man bis dahin nicht einmal den Namen gehört hätte. Botho nahm in der Regel an diesen Gängen und Ausfahrten teil, und ehe die letzte Juniwoche heran war, war die halbe Rienäckersche Wohnung in eine kleine Ausstellung von Reiseeffekten umgewandelt: Ein Riesenkoffer mit Messingbeschlag, den Botho, nicht ganz mit Unrecht, den Sarg seines Vermögens nannte, leitete den Reigen ein, dann kamen zwei kleinere von Juchtenleder, samt Taschen, Decken und Kissen, und über das Sofa hin ausgebreitet lag die Reisegarderobe mit einem Staubmantel obenan und einem Paar wundervoller dicksohliger Schnürstiefel, als ob es sich um irgendeine Gletscherpartie gehandelt hätte.

Den 24. Juni, Johannistag, sollte die Reise beginnen, aber am Tage vorher wollte Käthe den cercle intime noch einmal um sich versammeln, und so waren denn Wedell und ein junger Osten und selbstverständlich auch Pitt und Serge zu verhältnismäßig früher Stunde geladen worden. Dazu Käthes besonderer Liebling Balafré, der, bei Mars-la-Tour, damals noch als ›Halberstädter‹, die große Attacke mitgeritten und wegen eines wahren Prachthiebes schräg über Stirn und Backe seinen Beinamen erhalten hatte.

Käthe saß zwischen Wedell und Balafré und sah nicht aus, als ob sie Schlangenbads oder irgendeiner Badekur der Welt besonders bedürftig sei, sie hatte Farbe, lachte, tat hundert Fragen und begnügte sich, wenn der Gefragte zu sprechen anhob, mit einem Minimum von Antwort. Eigentlich führte sie das Wort, und keiner nahm Anstoß daran, weil sie die Kunst des gefälligen Nichtssagens mit einer wahren Meisterschaft übte. Balafré fragte, wie sie sich ihr Leben in den Kurtagen denke? Schlangenbad sei nicht bloß wegen seiner Heilwunder, sondern viel, viel mehr noch wegen seiner Langeweile berühmt, und vier Wochen Badelangeweile seien selbst unter den günstigsten Kurverhältnissen etwas viel.

»O lieber Balafré«, sagte Käthe, »Sie dürfen mich nicht ängstigen und würden es auch nicht, wenn Sie wüßten, wieviel Botho für mich getan hat. Er hat mir nämlich acht Bände Novellen als freilich unterste Schicht in den Koffer gelegt, und damit sich meine Phantasie nicht kurwidrig erhitze, hat er gleich noch ein Buch über künstliche Fischzucht mit zugetan.«

Balafré lachte.

»Ja, Sie lachen, lieber Freund, und wissen doch erst die kleinere Hälfte, die Haupthälfte (Botho tut nämlich nichts ohne Grund und Ursache) ist seine Motivierung. Es war natürlich bloß Scherz, was ich da vorhin von meiner mit Hilfe der Fischzuchtsbroschüre nicht zu schädigenden Phantasie sagte, das Ernste von der Sache lief darauf hinaus, ich *müsse* dergleichen, die Broschüre nämlich, endlich lesen, und zwar aus Lokalpatriotismus, denn die Neumark, unsere gemeinsame glückliche Heimat, sei seit Jahr und Tag schon die Brut- und Geburtsstätte der künstlichen Fischzucht, und wenn ich von diesem nationalökonomisch so wichtigen neuen Ernährungsfaktor nichts wüßte, so dürft' ich mich jenseits der Oder im Landsberger Kreise gar nicht mehr sehen lassen, am allerwenigsten aber in Berneuchen, bei meinem Vetter Borne.«

Botho wollte das Wort nehmen, aber sie schnitt es ihm ab und fuhr fort: »Ich weiß, was du sagen willst und daß es wenigstens mit den acht Novellen nur so für alle Fälle sei. Gewiß, gewiß, du bist immer so schrecklich vorsichtig. Aber ich denke, ›alle Fälle‹ sollen gar nicht kommen. Ich hatte nämlich gestern noch einen Brief von meiner Schwester Ine, die mir schrieb, Anna Grävenitz sei seit acht Tagen auch da. Sie kennen sie ja, Wedell, eine geborene Rohr, charmante Blondine, mit der ich bei der alten Zülow in Pension und sogar in derselben Klasse war. Und ich entsinne mich noch, wie wir unsern vergötterten Felix Bachmann gemeinschaftlich anschwärmten und sogar Verse machten, bis die gute alte Zülow sagte, sie verbäte sich solchen Unsinn. Und Elly Winterfeld, wie mir Ine schreibt, käme wahrscheinlich auch. Und nun sag' ich mir, in Gesellschaft von zwei reizenden jungen Frauen – und ich als dritte, wenn auch mit den beiden andern gar nicht zu vergleichen –, in so guter Gesellschaft, sag' ich, muß man doch am Ende leben können. Nicht wahr, lieber Balafré?« Dieser verneigte sich unter einem grotesken Mienenspiel, das in allem, nur nicht hinsichtlich eines von ihr selbst versicherten Zurückstehens gegen irgendwen sonst in der Welt, seine Zustimmung ausdrücken sollte, nahm aber nichtsdestoweniger sein ursprüngliches Examen wieder auf und sagte: »Wenn ich Details hören könnte, meine Gnädigste! Das einzelne, sozusagen die Minute, bestimmt unser Glück und Unglück. Und der Tag hat der Minuten so viele.«

»Nun, ich denk' es mir so. Jeden Morgen Briefe. Dann Promenadenkonzert und Spaziergang mit den zwei Damen, am liebsten in einer verschwiegenen Allee. Da setzen wir uns dann und lesen uns die Briefe vor, die wir doch hoffentlich erhalten werden, und lachen, wenn er zärtlich schreibt, und sagen ›ja, ja‹. Und dann kommt das Bad und nach dem Bade die Toilette, natürlich mit Sorglichkeit und Liebe, was doch in Schlangenbad nicht ununterhaltlicher sein kann als in Berlin. Eher das Gegenteil. Und dann gehen wir zu Tisch und haben einen alten General zur Rechten und einen reichen Industriellen zur Linken, und für Industrielle hab' ich von Jugend an eine Passion gehabt. Eine Passion, deren ich mich nicht schäme. Denn entweder haben sie neue Panzerplatten erfunden oder unterseeische Telegraphen gelegt oder einen Tunnel gebohrt oder eine Klettereisenbahn angelegt. Und dabei, was ich auch nicht verachte, sind sie reich. Und nach Tische Lesezimmer und Kaffee bei heruntergelassenen Jalousien, so daß einem die Schatten und Lichter immer auf der Zeitung umhertanzen. Und dann Spaziergang. Und vielleicht, wenn wir Glück haben, haben sich sogar ein paar Frankfurter oder Mainzer Kavaliere herüberverirrt und reiten neben dem Wagen her, und das muß ich Ihnen sagen, meine Herren, gegen Husaren, gleichviel ob rot oder blau, kommen Sie nicht auf, und von meinem militärischen Standpunkt aus ist und bleibt es ein entschiedener Fehler, daß man die Gardedragoner verdoppelt, aber die Gardehusaren sozusagen einfach gelassen hat. Und noch unbegreiflicher ist es mir, daß man sie drüben läßt. So was Apartes gehört in die Hauptstadt.«

Botho, den das enorme Sprechtalent seiner Frau zu genieren anfing, suchte durch kleine Schraubereien ihrer Schwatzhaftigkeit Einhalt zu tun. Aber seine Gäste waren viel unkritischer als er, ja erheiterten sich mehr denn je über die ›reizende kleine Frau‹, und Balafré, der in Käthebewunderung obenan stand, sagte: »Rienäcker, wenn Sie noch ein Wort gegen Ihre Frau sagen, so sind Sie des Todes. Meine Gnädigste, was dieser Oger von Ehemann nur überhaupt will? Was er nur krittelt? Ich weiß es nicht. Und am Ende muß ich gar glauben, daß er sich in seiner Schwerenkavallerie-Ehre gekränkt fühlt und, Pardon wegen der Wortspielerei, lediglich um seines Harnischs willen in Harnisch gerät. Rienäcker, ich beschwöre Sie! Wenn ich solche Frau hätte wie Sie, so wäre mir jede Laune Befehl, und wenn mich die Gnädigste zum Husaren machen wollte, nun, so würd' ich schlankweg Husar, und damit basta. So viel aber weiß ich gewiß und möchte Leben und Ehre darauf verwetten, wenn Seine Majestät solche beredten Worte hören könnte, so hätten die Gardehusaren drüben keine ruhige Stunde mehr, lägen morgen schon in Marschquartier in Zehlendorf und rückten übermorgen durchs Brandenburger Tor hier ein. O dies Haus Sellenthin, das ich, die Gelegenheit beim Schopf ergreifend, in diesem ersten Toaste zum ersten, zum zweiten und zum dritten Male leben lasse! Warum haben Sie keine Schwester mehr, meine Gnädigste? Warum hat sich Fräulein Ine bereits verlobt? Vor der Zeit und jedenfalls mir zum Tort.«

Käthe war glücklich über derlei kleine Huldigungen und versicherte, daß sie, trotz Ine, die nun freilich rettungslos für ihn verloren sei, alles tun wolle, was sich tun lasse, wiewohl sie recht gut wisse, daß er, als ein unverbesserlicher Junggeselle, nur bloß so rede. Gleich danach aber ließ sie die Neckerei mit Balafré fallen und nahm das Reisegespräch wieder auf, am eingehendsten das Thema, wie sie sich die Korrespondenz eigentlich denke. Sie hoffe, wie sie nur wiederholen könne, jeden Tag einen Brief zu empfangen, das sei nun mal Pflicht eines zärtlichen Gatten, werd' es aber ihrerseits an sich kommen lassen und nur am ersten Tage von Station zu Station ein Lebenszeichen geben. Dieser Vorschlag fand Beifall, sogar bei Rienäcker, und wurde nur schließlich dahin abgeändert, daß sie zwar auf jeder Hauptstation bis Köln hin, über das sie trotz des Umwegs ihre Route nahm, eine Karte schreiben, alle ihre Karten aber, so viel oder so wenig ihrer sein möchten, in ein gemeinschaftliches Kuvert stecken solle. Das habe dann den Vorzug, daß sie sich ohne Furcht vor Postexpedienten und Briefträgern über ihre Reisegenossen in aller Ungeniertheit aussprechen könne.

Nach dem Diner nahm man draußen auf dem Balkon den Kaffee, bei welcher Gelegenheit sich Käthe, nachdem sie sich eine Weile gesträubt, in ihrem Reisekostüm, in Rembrandthut und Staubmantel samt umgehängter Reisetasche, präsentierte. Sie sah reizend aus. Balafré war entzückter denn je und bat sie, nicht allzu sehr überrascht sein zu wollen, wenn sie ihn am andern Morgen, ängstlich in eine Coupé-Ecke gedrückt, als Reisekavalier vorfinden sollte.

»Vorausgesetzt, daß er Urlaub kriegt«, lachte Pitt.

»Oder desertiert«, setzte Serge hinzu, »was den Huldigungsakt freilich erst vollkommen machen würde.«

So ging die Plauderei noch eine Weile. Dann verabschiedete man sich bei den liebenswürdigen Wirten und kam überein, bis zur Lützowplatzbrücke zusammenzubleiben. Hier aber teilte man sich in zwei Parteien, und während Balafré samt Wedell und Osten am Kanal hin weiterschlenderten, gingen Pitt und Serge, die noch zu Kroll wollten, auf den Tiergarten zu.

»Reizendes Geschöpf, diese Käthe«, sagte Serge. »Rienäcker wirkt etwas prosaisch daneben, und mitunter sieht er so sauertöpfisch und neunmalweise drein, als ob er die kleine Frau, die bei Lichte besehn eigentlich klüger ist als er, vor aller Welt entschuldigen müsse.«

Pitt schwieg.

»Und was sie nur in Schwalbach oder Schlangenbad soll?« fuhr Serge fort. »Es hilft doch nichts. Und wenn es hilft, ist es meist eine sehr sonderbare Hilfe.«

Pitt sah ihn von der Seite her an. »Ich finde, Serge, du russifizierst dich immer mehr oder, was dasselbe sagen will, wächst dich immer mehr in deinen Namen hinein.«

»Immer noch nicht genug. Aber Scherz beiseite, Freund, eines ist ernst in der Sache: Rienäkker ärgert mich. Was hat er gegen die reizende kleine Frau? Weißt du's?«

»Ja.«

»Nun?«

»She is rather a little silly. Oder wenn du's deutsch hören willst: Sie dalbert ein bißchen. Jedenfalls *ihm* zu viel.«

19. KAPITEL

Käthe zog zwischen Berlin und Potsdam schon die gelben Vorhänge vor ihr Coupéfenster, um Schutz gegen die beständig stärker werdende Blendung zu haben, am Luisenufer aber waren an demselben Tage keine Vorhänge herabgelassen, und die Vormittagssonne schien hell in die Fenster der Frau Nimptsch und füllte die ganze Stube mit Licht. Nur der Hintergrund lag im Schatten, und hier stand ein altmodisches Bett mit hoch aufgetürmten und rot- und weißkarierten Kissen, an die Frau Nimptsch sich lehnte. Sie saß mehr, als sie lag, denn sie hatte Wasser in der Brust und litt heftig an asthmatischen Beschwerden. Immer wieder wandte sie den Kopf nach dem einen offenstehenden Fenster, aber doch noch häufiger nach dem Kaminofen, auf dessen Herdstelle heute kein Feuer brannte.

Lene saß neben ihr, ihre Hand haltend, und als sie sah, daß der Blick der Alten immer in derselben Richtung ging, sagte sie: »Soll ich ein Feuer machen, Mutter? Ich dachte, weil du liegst und die Bettwärme hast und weil es so heiß ist ...«

Die Alte sagte nichts, aber es kam Lenen doch so vor, als ob sie's wohl gern hätte. So ging sie denn hin und bückte sich und machte ein Feuer.

Als sie wieder ans Bett kam, lächelte die Alte zufrieden und sagte: »Ja, Lene, heiß ist es. Aber du weißt ja, ich muß es immer sehn. Und wenn ich es nicht sehe, dann denk' ich, es ist alles aus und kein Leben und kein Funke mehr. Und man hat doch so seine Angst hier ...«

Und dabei wies sie nach Brust und Herz.

»Ach, Mutter, du denkst immer gleich an Sterben. Und ist doch so oft schon vorübergegangen.«

»Ja, Kind, oft is es vorübergegangen, aber mal kommt es, und mit siebzig, da kann es jeden Tag kommen. Weißt du, mache das andere Fenster auch noch auf, dann is mehr Luft hier, und das Feuer brennt besser. Sieh doch bloß, es will nicht mehr recht, es raucht so ...«

»Das macht die Sonne, die grade drauf steht ...«

»Und dann gib mir von den grünen Tropfen, die mir die Dörr gebracht hat. Ein bißchen hilft es doch immer.«

Lene tat wie geheißen, und der Kranken, als sie die Tropfen genommen hatte, schien wirklich etwas besser und leichter ums Herz zu werden. Sie stemmte die Hand aufs Bett und schob sich höher hinauf, und als ihr Lene noch ein Kissen ins Kreuz gestopft hatte, sagte sie: »War Franke schon hier?«

»Ja; gleich heute früh. Er fragt immer, ehe er in die Fabrik geht.«

»Is ein sehr guter Mann.«

»Ja, das ist er.«

»Und mit das Konventikelsche ...«

»... wird es so schlimm nicht sein. Und ich glaube beinah, daß er seine guten Grundsätze da her hat. Glaubst du nicht auch?«

Die Alte lächelte. »Nein, Lene, die kommen vom lieben Gott. Und der eine hat sie, un der andre hat sie nicht. Ich glaube nich recht ans Lernen un Erziehen ... Und hat er noch nichts gesagt?«

»Ja, gestern abend.«

»Un was hast du ihm geantwortet?«

»Ich hab' ihm geantwortet, daß ich ihn nehmen wolle, weil ich ihn für einen ehrlichen und zuverlässigen Mann hielte, der nicht bloß für mich, sondern auch für dich sorgen würde ...«

Die Alte nickte zustimmend.

»Und«, fuhr Lene fort, »als ich das so gesagt hatte, nahm er meine Hand und rief in guter Laune: ›Na, Lene, denn also abgemacht!‹ Ich aber schüttelte den Kopf und sagte, daß das so schnell nicht ginge, denn ich hätt' ihm noch was zu bekennen. Und als er fragte, was, erzählt' ich ihm, ich hätte zweimal ein Verhältnis gehabt: erst ... na, du weißt ja, Mutter ... und den ersten hätt' ich ganz gern gehabt, und den andern hätt' ich sehr geliebt, und mein Herz hinge noch an ihm. Aber er sei jetzt glücklich verheiratet, und ich hätt' ihn nie wieder gesehen, außer ein einzig Mal, und ich wollt' ihn auch nicht wiedersehn. Ihm aber, der es so gut mit uns meine, hätt' ich das alles sagen müssen, weil ich keinen und am wenigsten ihn hintergehen wolle ...«

»Jott, Jott«, weimerte die Alte dazwischen.

»... und gleich danach ist er aufgestanden und in seine Wohnung rübergegangen. Aber er war nicht böse, was ich ganz deutlich sehen konnte. Nur litt er's nicht, als ich ihn, wie sonst, bis an die Flurtür bringen wollte.«

Frau Nimptsch war ersichtlich in Angst und Unruhe, wobei sich freilich nicht recht erkennen ließ, ob es um des eben Gehörten willen oder aus Atemnot war. Es schien aber fast das letztre, denn mit einem Male sagte sie: »Lene, Kind, ich liege nich hoch genug. Du mußt mir noch das Gesangbuch unterlegen.«

Lene widersprach nicht, ging vielmehr und holte das Gesangbuch. Als sie's aber brachte, sagte die Alte: »Nein, nich *das*, das ist das neue. Das alte will ich, das dicke mit den zwei Klappen.« Und erst als Lene mit dem dicken Gesangbuche wieder da war, fuhr die Alte fort: »Das hab' ich meiner Mutter selig auch holen müssen und war noch ein halbes Kind damals und meine Mutter noch keine fuffzig und saß ihr auch hier und konnte keine Luft kriegen, und die großen Angstaugen guckten mich immer so an. Als ich ihr aber das Porstsche, das sie bei der Einsegnung gehabt, unterschob, da wurde sie ganz still und ist ruhig eingeschlafen. Und das möcht' ich auch. Ach, Lene. Der Tod ist es nich ... Aber das Sterben ... So, so. Ah, das hilft.«

Lene weinte still vor sich hin, und weil sie nun wohl sah, daß der guten alten Frau letzte Stunde nahe sei, schickte sie zu Frau Dörr und ließ sagen, es stehe schlecht und ob Frau Dörr nicht kommen wolle. Die ließ denn auch zurücksagen, ja, sie werde kommen, und um die sechste Stunde kam sie wirklich mit Lärm und Trara, weil Leisesein, auch bei Kranken, nicht ihre Sache war. Sie stappste nur so durch die Stube hin, daß alles schütterte und klirrte, was auf und neben dem Herde lag, und dabei verklagte sie Dörr, der immer grad in der Stadt sei, wenn er mal zu Hause sein solle, und immer zu Hause wär', wenn sie ihn zum Kuckuck wünsche. Dabei hatte sie der Kranken die Hand gedrückt und Lene gefragt, ob sie denn auch tüchtig von den Tropfen eingegeben habe.

»Ja.«

»Wieviel denn?«

»Fünf … fünf alle zwei Stunden.«

Das sei zu wenig, hatte die Dörr darauf versichert und unter Auskramung ihrer gesamten medizinischen Kenntnis hinzugesetzt, sie habe die Tropfen vierzehn Tage lang in der Sonne ziehn lassen, und wenn man sie richtig einnehme, so ginge das Wasser weg wie mit ’ner Plumpe. Der alte Selke drüben im Zoologischen sei schon wie ’ne Tonne gewesen und habe schon ein Vierteljahr lang keinen Bettzippel mehr gesehn, immer aufrecht in’n Stuhl un alle Fenster weit aufgerissen, als er aber vier Tage lang die Tropfen genommen, sei’s gewesen, wie wenn man auf eine Schweinsblase drücke: Hast du nich gesehn, alles raus un wieder lapp un schlapp.

Unter diesen Worten hatte die robuste Frau der alten Nimptsch eine doppelte Portion von ihrem Fingerhut eingezwungen.

Lene, die bei dieser energischen Hilfe von einer doppelten und nur zu berechtigten Angst befallen wurde, nahm ihr Tuch und schickte sich an, einen Arzt zu holen. Und die Dörr, die sonst immer gegen die Doktors war, hatte diesmal nichts dagegen.

»Geh«, sagte sie, »sie kann’s nicht lange mehr machen. Guck bloß mal hier« – und sie wies auf die Nasenflügel –, »da sitzt der Dod.«

Lene ging; aber sie konnte den Michaelkirchplatz noch kaum erreicht haben, als die bis dahin in einem Halbschlummer gelegene Alte sich aufrichtete und nach ihr rief: »Lene …«

»Lene is nich da.«

»Wer is denn da?«

»Ich, Mutter Nimptsch. Ich, Frau Dörr.«

»Ach, Frau Dörr, das is recht. So, hierher; hier auf die Hutsche.«

Frau Dörr, gar nicht gewöhnt, sich kommandieren zu lassen, schüttelte sich ein wenig, war aber doch zu gutmütig, um dem Kommando nicht nachzukommen. Und so setzte sie sich denn auf die Fußbank.

Und sieh da, im selben Augenblick begann auch die alte Frau schon: »Ich will einen gelben Sarg haben un blauen Beschlag. Aber nich zu viel …«

»Gut, Frau Nimptsch.«

»Un ich will auf’n neuen Jakobikirchhof liegen, hintern Rollkrug un ganz weit weg nach Britz zu.«

»Gut, Frau Nimptsch.«

»Un gespart hab’ ich alles dazu, schon vordem, als ich noch sparen konnte. Un es liegt in der obersten Schublade. Un da liegt auch das Hemd un das Kamisol und ein Paar weiße Strümpfe mit N. Und dazwischen liegt es.«

»Gut, Frau Nimptsch. Es soll alles geschehn, wie Sie gesagt haben. Und is sonst noch was?«

Aber die Alte schien von Frau Dörrs Frage nichts mehr gehört zu haben, und ohne Antwort zu geben, faltete sie bloß die Hände, sah mit einem frommen und freundlichen Ausdruck zur Decke hinauf und betete: »Lieber Gott im Himmel, nimm sie in deinen Schutz und vergilt ihr alles, was sie mir alten Frau getan hat.«

»Ah, die Lene«, sagte Frau Dörr vor sich hin und setzte dann hinzu: »Das wird der liebe Gott auch, Frau Nimptsch, den kenn’ ich, und habe noch keine verkommen sehn, die so war wie die Lene und solch Herz und solche Hand hatte.«

Die Alte nickte, und ein freundlich Bild stand sichtlich vor ihrer Seele.

So vergingen Minuten, und als Lene zurückkam und vom Flur her an die Korridortür klopfte, saß Frau Dörr noch immer auf der Fußbank und hielt die Hand ihrer alten Freundin. Und jetzt erst, wo sie das Klopfen draußen hörte, ließ sie die Hand los und stand auf und öffnete.

Lene war noch außer Atem. »Er ist gleich hier … er wird gleich kommen.«

Aber die Dörr sagte nur: »Jott, die Doktors« und wies auf die Tote.

20. KAPITEL

Käthes erster Reisebrief war in Köln auf die Post gegeben und traf, wie versprochen, am andern Morgen in Berlin ein. Die gleich mitgegebene Adresse rührte noch von Botho her, der jetzt, lächelnd und in guter Laune, den sich etwas fest anfühlenden Brief in Händen hielt. Wirklich, es waren drei mit blassem Bleistift und auf beiden Seiten beschriebene Karten in das Kuvert gesteckt worden, alle schwer lesbar, so daß Rienäcker auf den Balkon hinaustrat, um das undeutliche Gekritzel besser entziffern zu können.

»Nun laß sehn, Käthe.«

Und er las:

»*Brandenburg a. H.*, 8 Uhr früh. Der Zug, mein lieber Botho, hält hier nur drei Minuten, aber sie sollen nicht ungenutzt vorübergehen, nötigenfalls schreib' ich unterwegs im Fahren weiter, so gut oder so schlecht es geht. Ich reise mit einer jungen, sehr reizenden Bankiersfrau, Madame Salinger geb. Saling, aus Wien. Als ich mich über die Namensähnlichkeit wunderte, sagte sie: ›Joa, schaun S', i hoab halt mei Kom'prativ g'heirat't.‹ Sie spricht in einem fort dergleichen und geht trotz einer zehnjährigen Tochter (blond; die Mutter brünett) ebenfalls nach Schlangenbad. Und auch über Köln und auch, wie ich, eines dort abzustattenden Besuches halber. Das Kind ist gut geartet, aber nicht gut erzogen, und hat mir bei dem beständigen Umherklettern im Coupé bereits meinen Sonnenschirm zerbrochen, was die Mutter sehr in Verlegenheit brachte. Auf dem Bahnhofe, wo wir eben halten, d. h. in diesem Augenblicke setzt sich der Zug schon wieder in Bewegung, wimmelt es von Militär, darunter auch Brandenburger Kürassiere mit einem quittgelben Namenszug auf der Achselklappe; wahrscheinlich Nikolaus. Es macht sich sehr gut. Auch Füsiliere waren da, Fünfunddreißiger, kleine Leute, die mir doch kleiner vorkamen als nötig, obschon Onkel Osten immer zu sagen pflegte, der beste Füsilier sei *der*, der nur mit bewaffnetem Auge gesehen werden könne. Doch ich schließe. Die Kleine (leider) rennt nach wie vor von einem Coupéfenster zum andern und erschwert mir das Schreiben. Und dabei nascht sie beständig Kuchen, kleine mit Kirschen und Pistazien belegte Tortenstücke. Schon zwischen Potsdam und Werder fing sie damit an. Die Mutter ist doch zu schwach. Ich würde strenger sein.«

Botho legte die Karte beiseit und überflog, so gut es ging, die zweite. Sie lautete:

»*Hannover*, 12 Uhr 30 Minuten. In Magdeburg war Goltz am Bahnhofe und sagte mir, Du hättest ihm geschrieben, ich käme. Wie gut und lieb wieder von Dir. Du bist doch immer der Beste, der Aufmerksamste. Goltz hat jetzt die Vermessungen am Harz, d. h. am 1. Juli fängt er an. – Der Aufenthalt hier in Hannover währt eine Viertelstunde, was ich benutzt habe, mir den unmittelbar am Bahnhofe gelegenen Platz anzusehen: lauter erst unter unserer Herrschaft entstandene Hotels und Bier-Etablissements, von denen eines ganz im gotischen Stile gebaut ist. Die Hannoveraner, wie mir ein Mitreisender erzählte, nennen es die ›Preußische Bierkirche‹, bloß aus welfischem Antagonismus. Wie schmerzlich dergleichen! Die Zeit wird aber auch *hier* vieles mildern. Das walte Gott. – Die Kleine knabbert in einem fort weiter, was mich zu beunruhigen anfängt. Wohin soll das führen? Die Mutter aber ist wirklich reizend und hat mir schon *alles* erzählt. Sie war auch in Würzburg, bei Scanzoni, für den sie schwärmt. Ihr Vertrauen gegen mich ist beschämend und beinahe peinlich. Im übrigen ist sie, wie ich nur wiederholen kann, durchaus comme il faut. Um Dir bloß eines zu nennen, welch Reisenecessaire! Die Wiener sind uns in solchen Dingen doch sehr überlegen; man merkt die ältere Kultur.«

»Wundervoll«, lachte Botho. »Wenn Käthe kulturhistorische Betrachtungen anstellt, übertrifft sie sich selbst. Aber aller guten Dinge sind drei. Laß sehn.«

Und dabei nahm er die dritte Karte.

»*Köln*, 8 Uhr abends. Kommandantur. Ich will meine Karten doch lieber noch *hier* zur Post geben und nicht bis Schlangenbad warten, wo Frau Salinger und ich morgen mittag einzutreffen gedenken. Mir geht es gut. Schroffensteins sehr liebenswürdig; besonders er. Übrigens, um nichts zu vergessen, Frau Salinger wurde durch Oppenheims Equipage vom Bahnhofe abgeholt. Unsere Fahrt, anfangs so reizvoll, gestaltete sich von Hamm aus einigermaßen beschwerlich und unschön. Die Kleine litt schwer und leider durch Schuld der Mutter. ›Was möchtest du noch?‹ fragte sie, nachdem unser Zug eben den Bahnhof Hamm passiert hatte, worauf das Kind antwortete: ›Drops.‹ Und erst von *dem* Augenblicke an wurd' es so schlimm … Ach, lieber Botho, jung oder alt, unsere Wünsche bedürfen doch beständig einer strengen und gewissenhaften Kontrolle. Dieser Gedanke beschäftigt mich seitdem unausgesetzt, und die Begegnung mit dieser liebenswürdigen Frau war vielleicht kein Zufall in meinem Leben. Wie oft habe ich Kluckhuhn in diesem Sinne sprechen hören. Und er hat recht. Morgen mehr. Deine Käthe.«

Botho schob die drei Karten wieder ins Kuvert und sagte: »Ganz Käthe. Welch Talent für die

Plauderei! Und ich könnte mich eigentlich freuen, daß sie so schreibt, wie sie schreibt. Aber es fehlt etwas. Es ist alles so angeflogen, so bloßes Gesellschaftsecho. Aber sie wird sich ändern, wenn sie Pflichten hat. Oder doch vielleicht. Jedenfalls will ich die Hoffnung darauf nicht aufgeben.«

Am Tage danach kam ein kurzer Brief aus Schlangenbad, in dem viel, viel weniger stand als auf den drei Karten, und von diesem Tage an schrieb sie nur alle halbe Woche noch und plauderte von Anna Grävenitz und der wirklich auch noch erschienenen Elly Winterfeld, am meisten aber von Madame Salinger und der reizenden kleinen Sarah. Es waren immer dieselben Versicherungen, und nur am Schlusse der dritten Woche hieß es einigermaßen abweichend: »Ich finde jetzt die Kleine reizender als die Mutter. Diese gefällt sich in einem Toilettenluxus, den ich kaum passend finden kann, um so weniger, als eigentlich keine Herren hier sind. Auch seh' ich jetzt, daß sie Farbe auflegt und namentlich die Augenbrauen malt und vielleicht auch die Lippen, denn sie sind kirschrot. Das Kind aber ist sehr natürlich. Immer wenn sie mich sieht, stürzt sie mit Vehemenz auf mich zu und küßt mir die Hand und entschuldigt sich zum hundertsten Male wegen der Drops, aber die Mama sei schuld, worin ich dem Kinde nur zustimmen kann. Und doch muß andererseits ein geheimnisvoll naschiger Zug in Sarahs Natur liegen, ich möchte beinahe sagen, etwas wie Erbsünde (glaubst Du daran? Ich glaube daran, mein lieber Botho), denn sie kann von den Süßigkeiten nicht lassen und kauft sich in einem fort Oblaten, nicht Berliner, die wie Schaumkringel schmecken, sondern Karlsbader mit eingestreutem Zucker. Aber nichts mehr schriftlich davon. Wenn ich Dich wiedersehe, was sehr bald sein kann – denn ich möchte gern mit Anna Grävenitz zusammen reisen, man ist doch so mehr unter sich –, sprechen wir darüber und über vieles andere noch. Ach, wie freu' ich mich, Dich wiedersehn und mit Dir auf dem Balkon sitzen zu können. Es ist doch am schönsten in Berlin, und wenn dann die Sonne so hinter Charlottenburg und dem Grunewald steht und man so träumt und so müde wird, o wie herrlich ist das! Nicht wahr? Und weißt Du wohl, was Frau Salinger gestern zu mir sagte? Ich sei noch blonder geworden, sagte sie. Nun, Du wirst ja sehn. Wie immer Deine Käthe.«

Rienäcker nickte mit dem Kopf und lächelte. »Reizende kleine Frau. Von ihrer Kur schreibt sie nichts; ich wette, sie fährt spazieren und hat noch keine zehn Bäder genommen.« Und nach diesem Selbstgespräche gab er dem eben eintretenden Burschen einige Weisungen und ging, durch Tiergarten und Brandenburger Tor, erst die Linden hinunter und dann auf die Kaserne zu, wo der Dienst ihn bis Mittag in Anspruch nahm.

*

Als er bald nach zwölf Uhr wieder zu Hause war und sich's, nach eingenommenem Imbiß, eben ein wenig bequem machen wollte, meldete der Bursche, daß ein Herr … ein Mann (er schwankte in der Titulatur) draußen sei, der den Herrn Baron zu sprechen wünsche.

»Wer?«

»Gideon Franke … Er sagte so.«

»Franke? Sonderbar. Nie gehört. Laß ihn eintreten.«

Der Bursche ging wieder, während Botho wiederholte: »Franke … Gideon Franke … Nie gehört. Kenn' ich nicht.«

Einen Augenblick später trat der Angemeldete ein und verbeugte sich von der Tür her etwas steif. Er trug einen bis obenhin zugeknöpften schwarzbraunen Rock, übermäßig blanke Stiefel und blankes schwarzes Haar, das an beiden Schläfen dicht anlag. Dazu schwarze Handschuh' und hohe Vatermörder von untadliger Weiße.

Botho ging ihm mit der ihm eigenen chevaleresken Artigkeit entgegen und sagte: »Herr Franke?«

Dieser nickte.

»Womit kann ich dienen? Darf ich Sie bitten, Platz zu nehmen … Hier … Oder vielleicht hier. Polsterstühle sind immer unbequem.«

Franke lächelte zustimmend und setzte sich auf einen Rohrstuhl, auf den Rienäcker hingewiesen hatte.

»Womit kann ich dienen?« wiederholte Rienäcker.

»Ich komme mit einer Frage, Herr Baron.«

»Die mir zu beantworten eine Freude sein wird, vorausgesetzt, daß ich sie beantworten kann.«

»Oh, niemand besser als Sie, Herr von Rienäcker ... Ich komme nämlich wegen der Lene Nimptsch.«

Botho fuhr zurück.

»... und möchte«, fuhr Franke fort, »gleich hinzusetzen dürfen, daß es nichts Genierliches ist, was mich herführt. Alles, was ich zu sagen oder, wenn Sie's gestatten, Herr Baron, zu fragen habe, wird Ihnen und Ihrem Hause keine Verlegenheiten schaffen. Ich weiß auch von der Abreise der gnädigen Frau, der Frau Baronin, und habe mit allem Vorbedacht auf Ihr Alleinsein gewartet oder, wenn ich so sagen darf, auf Ihre Strohwitwertage.«

Botho hörte mit feinem Ohre heraus, daß der, der da sprach, trotz seines spießbürgerlichen Aufzuges ein Mann von Freimut und untadeliger Gesinnung sei. Das half ihm rasch aus seiner Verwirrung heraus, und er hatte Haltung und Ruhe ziemlich wiedergewonnen, als er über den Tisch hin fragte: »Sie sind ein Anverwandter Lenens? Verzeihung, Herr Franke, daß ich meine alte Freundin bei diesem alten, mir so lieben Namen nenne.«

Franke verbeugte sich und erwiderte: »Nein, Herr Baron, kein Verwandter; ich habe nicht diese Legitimation. Aber meine Legitimation ist vielleicht keine schlechtere: Ich kenne die Lene seit Jahr und Tag und habe die Absicht, sie zu heiraten. Sie hat auch zugesagt, aber mir bei der Gelegenheit auch von ihrem Vorleben erzählt und dabei mit so großer Liebe von Ihnen gesprochen, daß es mir auf der Stelle feststand, Sie selbst, Herr Baron, offen und unumwunden fragen zu wollen, was es mit der Lene eigentlich sei. Worin Lene selbst, als ich ihr von meiner Absicht erzählte, mich mit sichtlicher Freude bestärkte, freilich gleich hinzusetzend, ich solle es lieber nicht tun, denn Sie würden *zu* gut von ihr sprechen.«

Botho sah vor sich hin und hatte Mühe, die Bewegung seines Herzens zu bezwingen. Endlich aber war er wieder Herr seiner selbst und sagte: »Sie sind ein ordentlicher Mann, Herr Franke, der das Glück der Lene will, so viel hör' und seh' ich, und das gibt Ihnen ein gutes Recht auf Antwort. Was ich Ihnen zu sagen habe, darüber ist mir kein Zweifel, und ich schwanke nur noch, *wie*. Das Beste wird sein, ich erzähl' Ihnen, wie's kam und weiterging und dann abschloß.«

Franke verbeugte sich abermals, zum Zeichen, daß er auch seinerseits dies für das Beste halte.

»Nun denn«, hob Rienäcker an, »es geht jetzt ins dritte Jahr oder ist auch schon ein paar Monate darüber, daß ich bei Gelegenheit einer Kahnfahrt um die Treptower Liebesinsel herum in die Lage kam, zwei jungen Mädchen einen Dienst zu leisten und sie vor dem Kentern ihres Bootes zu bewahren. Eins der beiden Mädchen war die Lene, und an der Art, wie sie dankte, sah ich gleich, daß sie anders war als andere. Von Redensarten keine Spur, auch später nicht, was ich gleich hier hervorheben möchte. Denn so heiter und mitunter beinahe ausgelassen sie sein kann, von Natur ist sie nachdenklich, ernst und einfach.«

Botho schob mechanisch das noch auf dem Tische stehende Tablett beiseite, strich die Dekke glatt und fuhr dann fort: »Ich bat sie, sie nach Hause begleiten zu dürfen, und sie nahm es ohne weiteres an, was mich damals einen Augenblick überraschte. Denn ich kannte sie noch nicht. Aber ich sah sehr bald, woran es lag; sie hatte sich von Jugend an daran gewöhnt, nach ihren eigenen Entschlüssen zu handeln, ohne viel Rücksicht auf die Menschen und jedenfalls ohne Furcht vor ihrem Urteil.«

Franke nickte.

»So machten wir denn den weiten Weg, und ich begleitete sie nach Haus und war entzückt von allem, was ich da sah, von der alten Frau, von dem Herd, an dem sie saß, von dem Garten, darin das Haus lag, und von der Abgeschiedenheit und Stille. Nach einer Viertelstunde ging ich wieder, und als ich mich draußen am Gartengitter von der Lene verabschiedete, frug ich, ob ich wiederkommen dürfe, welche Frage sie mit einem einfachen ›Ja‹ beantwortete. Nichts von falscher Scham, aber noch weniger von Unweiblichkeit. Umgekehrt, es lag etwas Rührendes in ihrem Wesen und ihrer Stimme.«

Rienäcker, als das alles wieder vor seine Seele trat, stand in sichtlicher Erregung auf und öffnete beide Flügel der Balkontür, als ob es ihm in seinem Zimmer zu heiß werde. Dann, auf und ab schreitend, fuhr er in einem rascheren Tempo fort: »Ich habe kaum noch etwas hinzuzusetzen. Das war um Ostern, und wir hatten einen Sommer lang allerglücklichste Tage. Soll ich davon erzählen? Nein. Und dann kam das Leben mit seinem Ernst und seinen Ansprüchen. Und das war es, was uns trennte.«

Botho hatte mittlerweile seinen Platz wieder eingenommen, und der all die Zeit über mit Glattstreichung seines Hutes beschäftigte Franke sagte ruhig vor sich hin: »Ja, so hat sie mir's auch erzählt.«

»Was nicht anders sein kann, Herr Franke. Denn die Lene – und ich freue mich von ganzem Herzen, auch gerade das sagen zu können –, die Lene lügt nicht und bisse sich eher die Zunge ab, als daß sie flunkerte. Sie hat einen doppelten Stolz, und neben dem, von ihrer Hände Arbeit leben zu wollen, hat sie noch den andern, alles gradheraus zu sagen und keine Flausen zu machen und nichts zu vergrößern und nichts zu verkleinern. ›Ich brauche es nicht, und ich *will* es nicht‹, das hab' ich sie viele Male sagen hören. Ja, sie hat ihren eigenen Willen, vielleicht etwas mehr, als recht ist, und wer sie tadeln will, kann ihr vorwerfen, eigenwillig zu sein. Aber sie will nur, was sie glaubt verantworten zu können und wohl auch wirklich verantworten kann, und solch Wille, mein' ich, ist doch mehr Charakter als Selbstgerechtigkeit. Sie nicken, und ich sehe daraus, daß wir einerlei Meinung sind, was mich aufrichtig freut. Und nun noch ein Schlußwort, Herr Franke. Was zurückliegt, liegt zurück. Können Sie darüber nicht hin, so muß ich das respektieren. Aber können Sie's, so sag' ich Ihnen, Sie kriegen da eine selten gute Frau. Denn sie hat das Herz auf dem rechten Fleck und ein starkes Gefühl für Pflicht und Recht und Ordnung.«

»So hab' ich Lenen auch immer gefunden, und ich verspreche mir von ihr, ganz so wie der Herr Baron sagen, eine selten gute Frau. Ja, der Mensch soll die Gebote halten, *alle* soll er sie halten, aber es ist doch ein Unterschied, je nachdem die Gebote sind, und wer das *eine* nicht hält, der kann immer noch was taugen, wer aber das *andere* nicht hält, und wenn's auch im Katechismus dicht daneben stünde, der taugt nichts und ist verworfen von Anfang an und steht außerhalb der Gnade.«

Botho sah ihn verwundert an und wußte sichtlich nicht, was er aus dieser feierlichen Ansprache machen sollte. Gideon Franke aber, der nun auch seinerseits im Gange war, hatte kein Auge mehr für den Eindruck, den seine ganz auf eigenem Boden gewachsenen Anschauungen hervorbrachten, und fuhr deshalb in einem immer predigerhafter werdenden Tone fort: »Und wer in seines Fleisches Schwäche gegen das sechste verstößt, dem kann verziehen werden, wenn er in gutem Wandel und in der Reue steht, wer aber gegen das *siebente* verstößt, der steckt nicht bloß in des Fleisches Schwäche, der steckt in der Seele Niedrigkeit, und wer lügt und trügt oder verleumdet und falsch Zeugnis redet, der ist von Grund aus verdorben und aus der Finsternis geboren und ist keine Rettung mehr und gleicht einem Felde, darinnen die Nesseln so tief liegen, daß das Unkraut immer wieder aufschießt, so viel gutes Korn auch gesäet werden mag. Und darauf leb' ich und sterb' ich und hab' es durch alle Tage hin erfahren. Ja, Herr Baron, auf die Proppertät kommt es an, und auf die Honnettität kommt es an und auf die Reellität. Und auch im Ehestande. Denn ehrlich währt am längsten, und Wort und Verlaß muß sein. Aber was gewesen ist, das ist gewesen, das gehört vor Gott. Und denk' ich anders darüber, was ich auch respektiere, geradeso wie der Herr Baron, so muß ich davon bleiben und mit meiner Neigung und Liebe gar nicht erst anfangen. Ich war lange drüben in den States, und wenn auch drüben, geradeso wie hier, nicht alles Gold ist, was glänzt, *das* ist doch wahr, man lernt drüben anders sehen und nicht immer durchs selbe Glas. Und lernt auch, daß es viele Heilswege gibt und viele Glückswege. Ja, Herr Baron, es gibt viele Wege, die zu Gott führen, und es gibt viele Wege, die zu Glück führen, dessen bin ich in meinem Herzen gleicherweise gewiß. Und der eine Weg ist gut, und der andre Weg ist gut. Aber jeder gute Weg muß ein offner Weg und ein gerader Weg sein und in der Sonne liegen und ohne Morast und ohne Sumpf und ohne Irrlicht. Auf die Wahrheit kommt es an, und auf die Zuverlässigkeit kommt es an und auf die Ehrlichkeit.«

Franke hatte sich bei diesen Worten erhoben, und Botho, der ihm artig bis an die Tür hin folgte, gab ihm hier die Hand.

»Und nun, Herr Franke, bitt' ich zum Abschied noch um das eine: Grüßen Sie mir die Frau Dörr, wenn Sie sie sehn und der alte Verkehr mit ihr noch andauert, und vor allem grüßen Sie mir die gute alte Frau Nimptsch. Hat sie denn noch ihre Gicht und ihre ›Wehdage‹, worüber sie sonst beständig klagte?«

»Damit ist es vorbei.«

»Wie das?« fragte Botho.

»Wir haben sie vor drei Wochen schon begraben, Herr Baron. Gerade heut' vor drei Wochen.«

»Begraben?« wiederholte Botho. »Und wo?«

»Draußen hinterm Rollkrug, auf dem neuen Jakobikirchhof ... Eine gute alte Frau. Und wie sie an der Lene hing. Ja, Herr Baron, die Mutter Nimptsch ist tot. Aber Frau Dörr, *die* lebt noch« – und er lachte –, »*die* lebt noch lange. Und wenn sie kommt, ein weiter Weg ist es, dann werd' ich sie grüßen. Und ich sehe schon, wie sie sich freut. Sie kennen sie ja, Herr Baron. Ja, ja, die Frau Dörr ...«

Und Gideon Franke zog noch einmal seinen Hut, und die Tür fiel ins Schloß.

21. KAPITEL

Rienäcker, als er wieder allein war, war von dieser Begegnung und vor allem von dem, was er zuletzt gehört, wie benommen. Wenn er sich, in der zwischenliegenden Zeit, des kleinen Gärtnerhauses und seiner Insassen erinnert hatte, so hatte sich ihm selbstverständlich alles so vor die Seele gestellt, wie's einst gewesen war, und nun war alles anders, und er hatte sich in einer ganz neuen Welt zurechtzufinden: In dem Häuschen wohnten Fremde, wenn es überhaupt noch bewohnt war, auf dem Herde brannte kein Feuer mehr, wenigstens nicht tagaus, tagein, und Frau Nimptsch, die das Feuer gehütet hatte, war tot und lag draußen auf dem Jakobikirchhof. Alles das ging in ihm um, und mit einem Male stand auch der Tag wieder vor ihm, an dem er der alten Frau, halb humoristisch, halb feierlich, versprochen hatte, ihr einen Immortellenkranz aufs Grab zu legen. In der Unruhe, darin er sich befand, war es ihm schon eine Freude, daß ihm das Versprechen wieder einfiel, und so beschloß er denn die damalige Zusage sofort wahr zu machen. »Rollkrug und Mittag und pralle Sonne – die reine Reise nach Mittelafrika. Aber die gute Alte soll ihren Kranz haben.«

Und gleich danach nahm er Degen und Mütze und machte sich auf den Weg.

An der Ecke war ein Droschkenstand, freilich nur ein kleiner, und so kam es, daß trotz der Inschrifttafel ›Halteplatz für drei Droschken‹ immer nur der Platz und höchst selten eine Droschke da war. So war es auch heute wieder, was mit Rücksicht auf die Mittagsstunde (wo die Droschken überall, als ob die Erde sie verschlänge, zu verschwinden pflegen) an diesem ohnehin nur auf ein Pflichtteil gesetzten Halteplatz kaum überraschen konnte. Botho ging also weiter, bis ihm, in Nähe der Van-der-Heydt-Brücke, ein ziemlich klappriges Gefährt entgegenkam, hellgrün mit rotem Plüschsitz und einem Schimmel davor. Der Schimmel schlich nur so hin, und Rienäcker konnte sich angesichts der ›Tour‹, die dem armen Tiere bevorstand, eines wehmütigen Lächelns nicht erwehren. Aber so weit er auch das Auge schicken mochte, nichts Besseres war in Sicht, und so trat er denn an den Kutscher heran und sagte: »Nach dem Rollkrug. Jakobikirchhof.«

»Zu Befehl, Herr Baron.«

»... aber unterwegs müssen wir halten. Ich will nämlich noch einen Kranz kaufen.«

»Zu Befehl, Herr Baron.«

Botho war einigermaßen verwundert über die mit so viel Promptheit wiederkehrende Titulatur und sagte deshalb: »Kennen Sie mich?«

»Zu Befehl, Herr Baron. Baron Rienäcker, Landgrafenstraße. Dicht bei'n Halteplatz. Hab' Ihnen schon öfter gefahren.«

Bei diesem Gespräche war Botho eingestiegen, gewillt, sich's in der Plüschecke nach Möglichkeit bequem zu machen, er gab es aber bald wieder auf, denn die Ecke war heiß wie ein Ofen.

Rienäcker hatte den hübschen und herzerquickenden Zug aller märkischen Edelleute, mit Personen aus dem Volke gern zu plaudern, lieber als mit ›Gebildeten‹, und begann denn auch ohne weiteres, während sie im Halbschatten der jungen Kanalbäume dahinfuhren: »Is das eine Hitze! Ihr Schimmel wird sich auch nicht gefreut haben, wenn er ›Rollkrug‹ gehört hat.«

»Na, Rollkrug geht noch; Rollkrug geht noch von wegen der Heide. Wenn er da durchkommt un die Fichten riecht, freut er sich immer. Er is nämlich von's Land ... Oder vielleicht is es auch die Musike. Wenigstens spitzt er immer die Ohren.«

»So, so«, sagte Botho. »Bloß nach tanzen sieht er mir nicht aus ... Aber wo werden wir denn den Kranz kaufen? Ich möchte nicht gern ohne Kranz auf den Kirchhof kommen.«

»O damit is noch Zeit, Herr Baron. Wenn erst die Kirchhofsgegend kommt, von's Hallsche Tor an un die ganze Pionierstraße runter.«

»Ja, ja, Sie haben recht; ich entsinne mich ...«

»Un nachher, bis dicht an den Kirchhof ran, hat's ihrer auch noch.«

Botho lächelte. »Sie sind wohl ein Schlesier?«

»Ja«, sagte der Kutscher. »Die meisten sind. Aber ich bin schon lange hier und eigentlich ein halber ›richtiger Berliner‹.«

»Und 's geht Ihnen gut?«

»Na, von gut is nu woll keine Rede nich. Es kost't allens zu viel un soll immer von's Beste sein. Und der Haber is teuer. Aber das ginge noch, wenn man bloß sonst nichts passierte. Passieren tut aber immer was, heute bricht 'ne Achse, un morgen fällt en Pferd. Ich habe noch einen Fuchs zu Hause, der bei den Fürstenwalder Ulanen gestanden hat; propres Pferd, man bloß keine Luft nich un wird es woll nich lange mehr machen. Un mit eins is er weg ... Un denn die Fahrpolizei; nie zufrieden, hier nich un da nich. Immer muß man frisch anstreichen. Un der rote Plüsch is auch nich von umsonst.«

Während sie noch so plauderten, waren sie, den Kanal entlang, bis an das Hallesche Tor gekommen; vom Kreuzberg her aber kam gerad ein Infanteriebataillon mit voller Musik, und Botho, der keine Begegnungen wünschte, trieb deshalb etwas zur Eile. So ging es denn rasch an der Belle-Alliance-Brücke vorbei, jenseits derselben aber ließ er halten, weil er gleich an einem der ersten Häuser gelesen hatte: ›Kunst- und Handelsgärtnerei.‹ Drei, vier Stufen führten in einen Laden hinauf, in dessen großem Schaufenster allerlei Kränze lagen.

Rienäcker stieg aus und die Stufen hinauf. Die Tür oben aber gab beim Eintreten einen scharfen Klingelton. »Darf ich Sie bitten, mir einen hübschen Kranz zeigen zu wollen?«

»Begräbnis?«

»Ja.«

Das schwarzgekleidete Fräulein, das, vielleicht mit Rücksicht auf den Umstand, daß hier meist Grabkränze verkauft wurden, in seiner Gesamthaltung (selbst die Schere fehlte nicht) etwas ridikül Parzenhaftes hatte, kam alsbald mit einem Immergrünkranze zurück, in den weiße Rosen eingeflochten waren. Zugleich entschuldigte sie sich, daß es nur weiße Rosen seien. Weiße Kamelien stünden höher. Botho seinerseits war zufrieden, enthielt sich aller Ausstellungen und fragte nur, ob er zu dem frischen Kranz auch einen Immortellenkranz haben könne?

Das Fräulein schien über das Altmodische, das sich in dieser Frage kundgab, einigermaßen verwundert, bejahte jedoch und erschien gleich danach mit einem Karton, in dem fünf, sechs Immortellenkränze lagen, gelbe, rote, weiße.

»Zu welcher Farbe raten Sie mir?«

Das Fräulein lächelte: »Immortellenkränze sind ganz außer Mode. Höchstens in Winterzeit ... Und dann immer nur ...«

»Es wird das Beste sein, ich entscheide mich ohne weiteres für diesen hier.« Und damit schob Botho den ihm zunächst liegenden gelben Kranz über den Arm, ließ den von Immergrün mit den weißen Rosen folgen und stieg rasch wieder in seine Droschke. Beide Kränze waren ziemlich groß und fielen auf dem roten Plüschrücksitz, auf dem sie lagen, hinreichend auf, um in Botho die Frage zu wecken, ob er sie nicht lieber dem Kutscher hinüberreichen solle. Rasch aber entschlug er sich dieser Anwandlung wieder und sagte: »Wenn man der alten Frau Nimptsch einen Kranz bringen will, muß man sich auch zu dem Kranz bekennen. Und wer sich dessen schämt, muß es überhaupt nicht versprechen.«

So ließ er denn die Kränze liegen, wo sie lagen, und vergaß ihrer beinah ganz, als sie gleich danach in einen Straßenteil einbogen, der ihn durch seine bunte, hier und da groteske Szenerie von seinen bisherigen Betrachtungen abzog. Rechts, auf wohl fünfhundert Schritt Entfernung hin, zog sich ein Plankenzaun, über den hinweg allerlei Buden, Pavillons und Lampenportale ragten, alle mit einer Welt von Inschriften bedeckt. Die meisten derselben waren neueren und neusten Datums, einige dagegen, und gerade die größten und buntesten, griffen weit zurück und hatten sich, wenn auch in einem regenverwaschenen Zustande, vom letzten Jahr her gerettet. Mitten unter diesen Vergnügungslokalen und mit ihnen abwechselnd hatten verschiedene Handwerksmeister ihre Werkstätten aufgerichtet, vorwiegend Bildhauer und Steinmetze, die hier, mit Rücksicht auf die zahlreichen Kirchhöfe, meist nur Kreuze, Säulen und Obelisken ausstellten. All das konnte nicht verfehlen, auf jeden hier des Weges Kommenden einen Eindruck zu machen, und diesem Eindruck unterlag auch Rienäcker, der von seiner Droschke her, unter wachsender Neugier, die nicht endenwollenden und untereinander im tiefsten Gegensatze stehenden Anpreisungen las und die dazu gehörigen Bilder musterte. ›Fräulein Rosella, das Wundermädchen, lebend zu sehen; Grabkreuze zu billigsten Preisen; amerikanische Schnellphotographie; russisches Ballwerfen, sechs Wurf zehn Pfennig; schwedischer Punsch mit Waffeln; Figaros schönste Gelegenheit oder erster Frisiersalon der Welt; Grabkreuze zu billigsten Preisen; Schweizer Schießhalle:

Schieße gut und schieße schnell,
Schieß und triff wie Wilhelm Tell.‹

Und darunter Tell selbst mit Armbrust, Sohn und Apfel.

Endlich war man am Ende der langen Bretterwand, und an eben diesem Endpunkte machte der Weg eine scharfe Biegung auf die Hasenheide zu, von deren Schießständen her man in der mittäglichen Stille das Knattern der Gewehre hörte. Sonst blieb alles auch in dieser Fortsetzung der Straße so ziemlich dasselbe: Blondin, nur in Trikot und Medaillen gekleidet, stand balancierend auf dem Seil, überall von Feuerwerk umblitzt, während um und neben ihm allerlei kleinere Plakate sowohl Ballonauffahrten wie Tanzvergnügungen ankündigten. Eins lautete: ›Sizilianische Nacht. Um zwei Uhr Wiener Bonbonwalzer.‹

Botho, der diese Stelle wohl seit Jahr und Tag nicht passiert hatte, las alles mit ungeheucheltem Interesse, bis er nach Passierung der ›Heide‹, deren Schatten ihn ein paar Minuten lang erquickt hatte, jenseits derselben in den Hauptweg einer sehr belebten und in ihrer Verlängerung auf Rixdorf zulaufenden Vorstadt einbog. Wagen, in doppelter und dreifacher Reihe, bewegten sich vor ihm her, bis mit einem Male alles stillstand und der Verkehr stockte. »Warum halten wir?« Aber ehe der Kutscher antworten konnte, hörte Botho schon das Fluchen und Schimpfen aus der Front her und sah, daß alles ineinander gefahren war. Sich vorbeugend und dabei neugierig nach allen Seiten hin ausspähend, würde ihm, bei der ihm eigenen Vorliebe für das Volkstümliche, der ganze Zwischenfall sehr wahrscheinlich mehr Vergnügen als Mißstimmung bereitet haben, wenn ihn nicht ein vor ihm haltender Wagen sowohl durch Ladung wie Inschrift zu trübseliger Betrachtung angeregt hätte. ›Glasbruch- Ein- und -Verkauf von Max Zippel in Rixdorf‹ stand in großen Buchstaben auf einem wandartigen Hinterbrett, und ein ganzer Berg von Scherben türmte sich in dem Wagenkasten auf. ›Glück und Glas‹ … Und mit Widerstreben sah er hin, und dabei war ihm in allen Fingerspitzen, als schnitten ihn die Scherben.

Endlich aber kam die Wagenreihe nicht nur wieder in Fluß, sondern der Schimmel tat auch sein Bestes, Versäumtes einzuholen, und eine kleine Weile, so hielt man vor einem lehnan gebauten, mit hohem Dach und vorspringendem Giebel ausstaffierten Eckhause, dessen Erdgeschoßfenster so niedrig über der Straße lagen, daß sie mit dieser fast dasselbe Niveau hatten. Ein eiserner Arm streckte sich aus dem Giebel vor und trug einen aufrechtstehenden vergoldeten Schlüssel.

»Was ist das?« fragte Botho.

»Der Rollkrug.«

»Gut. Dann sind wir bald da. Bloß hier noch bergan. Tut mir leid um den Schimmel, aber es hilft nichts.«

Der Kutscher gab dem Pferd einen Knips, und gleich danach fuhren sie die mäßig ansteigende Bergstraße hinauf, an deren einer Seite der *alte*, wegen Überfüllung schon wieder halb geschlossene Jakobikirchhof lag, während an der dem Kirchhofszaun gegenüber gelegenen Seite hohe Mietskasernen aufstiegen.

Vor dem letzten Hause standen umherziehende Spielleute, Horn und Harfe, dem Anscheine nach Mann und Frau. Die Frau sang auch, aber der Wind, der hier ziemlich scharf ging, trieb alles hügelan, und erst als Botho zehn Schritt und mehr an dem armen Musikantenpaare vorüber war, war er in der Lage, Text und Melodie zu hören. Es war dasselbe Lied, das sie damals auf dem Wilmersdorfer Spaziergange so heiter und so glücklich gesungen hatten, und er erhob sich und blickte, wie wenn es ihm nachgerufen würde, nach dem Musikantenpaare zurück. Die standen abgekehrt und sahen nichts, ein hübsches Dienstmädchen aber, das an der Giebelseite des Hauses mit Fensterputzen beschäftigt war und den um- und rückschauhaltenden Blick des jungen Offiziers sich zuschreiben mochte, schwenkte lustig von ihrem Fensterbrett her den Lederlappen und fiel übermütig mit ein: »Ich denke dran, ich danke dir mein Leben, doch *du* Soldat, Soldat, denkst *du* daran?«

Botho, die Stirn in die Hand drückend, warf sich in die Droschke zurück und ein Gefühl, unendlich süß und unendlich schmerzlich, ergriff ihn. Aber freilich das Schmerzliche wog vor und fiel erst ab von ihm, als die Stadt hinter ihm lag und fern am Horizont im blauen Mittagsdämmer die Müggelberge sichtbar wurden.

Endlich hielten sie vor dem Neuen Jakobikirchhof.

»Soll ich warten?«

»Ja. Aber nicht hier. Unten beim Rollkrug. Und wenn Sie die Musikantenleute noch treffen ... hier, das ist für die arme Frau.«

22. KAPITEL

Botho hatte sich der Führung eines gleich am Kirchhofseingange beschäftigten Alten anvertraut und das Grab der Frau Nimptsch in guter Pflege gefunden: Efeuranken waren eingesetzt, ein Geraniumtopf stand dazwischen, und an einem Eisenständerchen hing bereits ein Immortellenkranz. »Ah, Lene«, sagte Botho vor sich hin. »Immer dieselbe ... Ich komme zu spät.« Und dann wandt' er sich zu dem neben ihm stehenden Alten und sagte: »War wohl bloß 'ne kleine Leiche?«

»Ja, klein war sie man.«

»Drei oder vier?«

»Justement vier. Und versteht sich, unser alter Supperndent. Er sprach bloß 's Gebet, und die große mittelaltsche Frau, die mit dabei war, so vierzig oder drum rum, die blieb in einem Weinen. Und auch 'ne Jungsche war mit dabei. Die kommt jetzt alle Woche mal, und den letzten Sonntag hat sie den Geranium gebracht. Und will auch noch 'n Stein haben, wie sie jetzt Mode sind: grünpoliert mit Namen und Datum drauf.«

Und hiernach zog sich der Alte mit der allen Kirchhofsleuten eigenen Geschäftspolitesse wieder zurück, während Botho seinen Immortellenkranz an den schon vorher von Lene gebrachten anhing, den aus Immergrün und weißen Rosen aber um den Geraniumtopf herumlegte. Dann ging er, nachdem er noch eine Weile das schlichte Grab betrachtet und der guten Frau Nimptsch liebevoll gedacht hatte, wieder auf den Kirchhofsausgang zu. Der Alte, der hier inzwischen seine Spalierarbeit wieder aufgenommen, sah ihm, die Mütze ziehend, nach und beschäftigte sich mit der Frage, was einen so vornehmen Herrn, über dessen Vornehmheit ihm, seinem letzten Händedruck nach, kein Zweifel war, wohl an das Grab der alten Frau geführt haben könne. »Da muß so was sein. Und hat die Droschke nicht warten lassen.« Aber er kam zu keinem Abschluß, und um sich wenigstens auch seinerseits so dankbar wie möglich zu zeigen, nahm er eine der in seiner Nähe stehenden Gießkannen und ging erst auf den kleinen eisernen Brunnen und dann auf das Grab der Frau Nimptsch zu, um den im Sonnenbrand etwas trocken gewordenen Efeu zu bewässern.

Botho war mittlerweile bis an die dicht am Rollkruge haltende Droschke zurückgegangen, stieg hier ein und hielt eine Stunde später wieder in der Landgrafenstraße. Der Kutscher sprang dienstfertig ab und öffnete den Schlag.

»Da«, sagte Botho. »Und dies extra. War ja 'ne halbe Landpartie ...«

»Na, man kann's auch woll vor 'ne ganze nehmen.«

»Ich verstehe«, lachte Rienäcker. »Da muß ich wohl noch zulegen?«

»Schaden wird's nich … Danke schön, Herr Baron.«

»Aber nun futtert mir auch den Schimmel besser raus. Is ja ein Jammer.«

Und er grüßte und stieg die Treppe hinauf.

Oben in seiner Wohnung war alles still, selbst die Dienstboten fort, weil sie wußten, daß er um diese Zeit immer im Klub war. Wenigstens seit seinen Strohwitwertagen. »Unzuverlässiges Volk«, brummte er vor sich hin und schien ärgerlich. Trotzdem war es ihm lieb, allein zu sein. Er wollte niemand sehn und setzte sich draußen auf den Balkon, um so vor sich hin zu träumen. Aber es war stickig unter der herabgelassenen Markise, dran zum Überfluß auch noch lange blauweiße Fransen hingen, und so stand er wieder auf, um die große Leinwand in die Höh' zu ziehn. Das half. Die sich nun einstellende frische Luftströmung tat ihm wohl, und aufatmend und bis an die Brüstung vortretend, sah er über Feld und Wald hin bis auf die Charlottenburger Schloßkuppel, deren malachitfarbne Kupferbekleidung im Glanz der Nachmittagssonne schimmerte.

»Dahinter liegt Spandau«, sprach er vor sich hin. »Und hinter Spandau zieht sich ein Bahndamm und ein Schienengeleise, das bis an den Rhein läuft. Und auf dem Geleise seh' ich einen Zug, viele Wagen, und in einem der Wagen sitzt Käthe. Wie sie wohl aussehen mag? Oh, gut; gewiß. Und wovon sie wohl sprechen mag? Nun, ich denke mir von allerlei: pikante Badegeschichten und vielleicht auch von Frau Salingers Toiletten, und daß es in Berlin doch eigentlich am besten sei. Und muß ich mich nicht freuen, daß sie wiederkommt? Eine so hübsche Frau, so jung, so glücklich, so heiter. Und ich freue mich auch. Aber *heute* darf sie nicht kommen. Um Gottes willen nicht. Und doch ist es ihr zuzutrauen. Sie hat seit drei Tagen nicht geschrieben und steht noch ganz auf dem Standpunkt der Überraschungen.«

Er hing dem noch eine Weile nach, dann aber wechselten die Bilder, und längst Zurückliegendes trat statt Käthes wieder vor seine Seele: der Dörrsche Garten, der Gang nach Wilmersdorf, die Partie nach Hankels Ablage. Das war der letzte schöne Tag gewesen, die letzte glückliche Stunde … »Sie sagte damals, daß ein Haar zu fest binde, darum weigerte sie sich und wollt' es nicht. Und ich? Warum bestand ich darauf? Ja, es gibt solche rätselhaften Kräfte, solche Sympathien aus Himmel oder Hölle, und nun bin ich gebunden und kann nicht los. Ach, sie war so lieb und gut an jenem Nachmittag, als wir noch allein waren und an Störung nicht dachten, und ich vergesse das Bild nicht, wie sie da zwischen den Gräsern stand und nach rechts und links hin die Blumen pflückte. Die Blumen – ich habe sie noch. Aber ich will ein Ende damit machen. Was sollen mir diese toten Dinge, die mir nur Unruhe stiften und mir mein bißchen Glück und meinen Ehefrieden kosten, wenn je ein fremdes Auge darauf fällt.«

Und er erhob sich von seinem Balkonplatz und ging, durch die ganze Wohnung hin, in sein nach dem Hofe hinaus gelegenes Arbeitszimmer, das des Morgens in heller Sonne, jetzt aber in tiefem Schatten lag. Die Kühle tat ihm wohl, und er trat an einen eleganten, noch aus seiner Junggesellenzeit herstammenden Schreibtisch heran, dessen Ebenholzkästchen mit allerlei kleinen Silbergirlanden ausgelegt waren. In der Mitte dieser Kästchen aber baute sich ein mit einem Giebelfeld ausgestattetes und zur Aufbewahrung von Wertsachen dienendes Säulentempelchen auf, dessen nach hinten zu gelegenes Geheimfach durch eine Feder geschlossen wurde. Botho drückte jetzt auf die Feder und nahm, als das Fach aufsprang, ein kleines Briefbündel heraus, das mit einem roten Faden umwunden war, obenauf aber, und wie nachträglich eingeschoben, lagen die Blumen, von denen er eben gesprochen. Er wog das Päckchen in Händen und sagte, während er den Faden ablöste: »Viel Freud, viel Leid. Irrungen, Wirrungen. Das alte Lied.«

Er war allein und an Überraschung nicht zu denken. In seiner Vorstellung aber immer noch nicht sicher genug, stand er auf und schloß die Tür. Und nun erst nahm er den obenauf liegenden Brief und las. Es waren die den Tag vor dem Wilmersdorfer Spaziergange geschriebenen Zeilen, und mit Rührung sah er jetzt im Wiederlesen auf alles das, was er damals mit einem Bleistiftstrichelchen bezeichnet hatte. »Stiehl … Alléh … Wie diese liebenswürdigen ›h's‹ mich auch heute wieder anblicken, besser als alle Orthographie der Welt. Und wie klar die Handschrift. Und wie gut und schelmisch, was sie da schreibt. Ach, sie hatte die glücklichste Mischung und war vernünftig und leidenschaftlich zugleich. Alles, was sie sagte, hatte Charakter und Tiefe des Gemüts. Arme Bildung, wie weit bleibst du dahinter zurück.«

Er nahm nun auch den zweiten Brief und wollte sich überhaupt vom Schluß her bis an den

Anfang der Korrespondenz durchlesen. Aber es tat ihm zu weh. »Wozu? Wozu beleben und auffrischen, was tot ist und tot bleiben muß? Ich muß aufräumen damit und dabei hoffen, daß mit diesen Trägern der Erinnerung auch die Erinnerungen selbst hinschwinden werden.«

Und wirklich, er war es entschlossen, und sich rasch von seinem Schreibtisch erhebend, schob er einen Kaminschirm beiseit und trat an den kleinen Herd, um die Briefe darauf zu verbrennen. Und siehe da, langsam, als ob er sich das Gefühl eines süßen Schmerzes verlängern wolle, ließ er jetzt Blatt auf Blatt auf die Herdstelle fallen und in Feuer aufgehen. Das letzte, was er in Händen hielt, war das Sträußchen, und während er sann und grübelte, kam ihm eine Anwandlung, als ob er jede Blume noch einmal einzeln betrachten und zu diesem Zwecke das Haarfädchen lösen müsse. Plötzlich aber, wie von abergläubischer Furcht erfaßt, warf er die Blumen den Briefen nach.

Ein Aufflackern noch, und nun war alles vorbei, verglommen. »Ob ich nun frei bin? ... Will ich's denn? Ich will es nicht. Alles Asche. Und *doch* gebunden.«

23. KAPITEL

Botho sah in die Asche. »Wie wenig und wie viel.« Und dann schob er den eleganten Kaminschirm wieder vor, in dessen Mitte sich die Nachbildung einer pompejanischen Wandfigur befand. Hundertmal war sein Auge darüber hinweggeglitten, ohne zu beachten, was es eigentlich sei, heute sah er es und sagte: »Minerva mit Schild und Speer. Aber Speer bei Fuß. Vielleicht bedeutet es Ruhe ... Wär' es so.« Und dann stand er auf, schloß das um seinen besten Schatz ärmer gewordene Geheimfach und ging wieder nach vorn.

Unterwegs, auf dem ebenso schmalen wie langen Korridore, traf er Köchin und Hausmädchen, die diesen Augenblick erst von einem Tiergartenspaziergange zurückkamen. Als er beide verlegen und ängstlich dastehen sah, überkam ihn ein menschlich Rühren, aber er bezwang sich und rief sich zu, wenn auch freilich mit einem Anfluge von Ironie, daß endlich einmal ein Exempel statuiert werden müsse. So begann er denn, so gut er konnte, die Rolle des donnernden Zeus zu spielen. Wo sie nur gesteckt hätten? Ob das Ordnung und gute Sitte sei? Er habe nicht Lust, der gnädigen Frau, wenn sie zurückkomme (vielleicht heute schon), einen aus Rand und Band gegangenen Hausstand zu überliefern. Und der Bursche? »Nun, ich will nichts wissen, nichts hören, am wenigsten Entschuldigungen.« Und als dies heraus war, ging er weiter und lächelte, zumeist über sich selbst. »Wie leicht ist doch predigen, und wie schwer ist danach handeln und tun. Armer Kanzelheld ich! Bin ich nicht selbst aus Rand und Band? Bin ich nicht selber aus Ordnung und guter Sitte? Daß es war, das möchte gehn, aber daß es noch ist, das ist das Schlimme.«

Dabei nahm er wieder seinen Platz auf dem Balkon und klingelte. Jetzt kam auch der Bursche, fast noch ängstlicher und verlegener als die Mädchen, aber es hatte keine Not mehr, das Wetter war vorüber. »Sage der Köchin, daß ich etwas essen will. Nun, warum stehst du noch? Ah, ich sehe schon« – und er lachte –, »nichts im Hause. Trifft sich alles vorzüglich ... – Also Tee; bringe mir Tee, *der* wird doch wohl da sein. Und laß ein paar Schnitten machen; alle Wetter, ich habe Hunger ... Und sind die Abendzeitungen schon da?«

»Zu Befehl, Herr Rittmeister.«

Nicht lange, so war der Teetisch draußen auf dem Balkon serviert, und selbst ein Imbiß hatte sich gefunden. Botho saß zurückgelehnt in den Schaukelstuhl und starrte nachdenklich in die kleine blaue Flamme. Dann nahm er zunächst den Moniteur seiner kleinen Frau, das ›Fremdenblatt‹, und erst in weiterer Folge die ›Kreuzzeitung‹ zur Hand und sah auf die letzte Seite. »Gott, wie wird Käthe sich freuen, diese letzte Seite jeden Tag wieder frisch an der Quelle studieren zu können, will sagen zwölf Stunden früher als in Schlangenbad. Und hat sie nicht recht? ›Unsere heut vollzogene eheliche Verbindung beehren sich anzuzeigen Adalbert von Lichterloh, Regierungsreferendar und Lieutenant der Reserve, Hildegard von Lichterloh, geb. Holtze.‹ Wundervoll. Und wahrhaftig, so zu sehn, wie sich's weiter lebt und liebt in der Welt, ist eigentlich das Beste. Hochzeit und Kindtaufen! Und ein paar Todesfälle dazwischen. Nun, die braucht man ja nicht zu lesen, Käthe tut es nicht, und ich tu' es auch nicht, und bloß wenn die Vandalen mal einen ihrer ›alten Herrn‹ verloren haben und ich das Korpszeichen inmitten der Traueranonce sehe, das les' ich, das erheitert mich und ist mir immer, als ob der alte Korpskämpe zu Hofbräu nach Walhalla geladen wäre. Spatenbräu paßt eigentlich noch besser.«

Er legte das Blatt wieder beiseit, weil es klingelte. »Sollte sie wirklich …« Nein, es war nichts, bloß eine vom Wirt heraufgeschickte Suppenliste, drauf erst fünfzig Pfennig gezeichnet standen. Aber den ganzen Abend über blieb er trotzdem in Aufregung, weil ihm beständig die Möglichkeit einer Überraschung vorschwebte, und sooft er eine Droschke mit einem Koffer vorn und einem Damenreisehute dahinter in die Landgrafenstraße einbiegen sah, rief er sich zu: »Das ist sie; sie liebt dergleichen, und ich höre sie schon sagen: ›Ich dacht' es mir so komisch, Botho.‹«

*

Käthe war nicht gekommen. Statt ihrer kam am anderen Morgen ein Brief, worin sie ihre Rückkehr für den dritten Tag anmeldete. Sie werde wieder mit Frau Salinger reisen, die doch, alles in allem, eine sehr nette Frau sei, mit viel guter Laune, viel Chic und viel Reisekomfort.

Botho legte den Brief aus der Hand und freute sich momentan ganz aufrichtig, seine schöne junge Frau binnen drei Tagen wiederzusehen. »Unser Herz hat Platz für allerlei Widersprüche … Sie dalbert, nun ja, aber eine dalbrige junge Frau ist immer noch besser als keine.«

Danach rief er die Leute zusammen und ließ sie wissen, daß die gnädige Frau in drei Tagen wieder da sein werde; sie sollten alles instand setzen und die Schlösser putzen. Und kein Fliegenfleck auf dem großen Spiegel.

Als er so Vorkehrungen getroffen, ging er zum Dienst in die Kaserne. »Wenn wer fragt, ich bin von fünf an wieder zu Haus.«

Sein Programm für die zwischenliegende Zeit ging dahin, daß er bis Mittag auf dem Eskadronhofe bleiben, dann ein paar Stunden reiten und nach dem Ritt im Klub essen wollte. Wenn er niemand anders dort traf, so traf er doch Balafré, was gleichbedeutend war mit Whist en deux und einer Fülle von Hofgeschichten, wahren und unwahren. Denn Balafré, so zuverlässig er war, legte doch grundsätzlich eine Stunde des Tags für Humbug und Aufschneidereien an. Ja, diese Beschäftigung stand ihm, nach Art eines geistigen Sports, unter seinen Vergnügungen obenan.

Und wie das Programm war, so wurd' es auch ausgeführt. Die Hofuhr in der Kaserne schlug eben zwölf, als er sich in den Sattel hob und nach Passierung erst der ›Linden‹ und gleich danach der Luisenstraße schließlich in einen neben dem Kanal hinlaufenden Weg einbog, der weiterhin seine Richtung auf Plötzensee zu nahm. Dabei kam ihm der Tag wieder in Erinnerung, an dem er hier auch herumgeritten war, um sich Mut für den Abschied von Lene zu gewinnen, für den Abschied, der ihm so schwer ward und der doch sein mußte. Das war nun drei Jahre. Was lag alles dazwischen? Viel Freude; gewiß. Aber es war doch keine rechte Freude gewesen. Ein Bonbon, nicht viel mehr. Und wer kann von Süßigkeiten leben!

Er hing dem noch nach, als er auf einem von der Jungfernheide her nach dem Kanal hinüberführenden Reitwege zwei Kameraden herankommen sah, Ulanen, wie die deutlich erkennbaren Tschapkas schon von fernher verrieten. Aber wer waren sie? Freilich, die Zweifel auch darüber konnten nicht lange währen, und noch ehe man sich von hüben und drüben bis auf hundert Schritte genähert hatte, sah Botho, daß es die Rexins waren, Vettern und beide vom selben Regiment.

»Ah Rienäcker«, sagte der Ältere. »Wohin?«

»So weit der Himmel blau ist.«

»Das ist mir zu weit.«

»Nun dann bis Saatwinkel.«

»Das läßt sich hören. Da bin ich mit von der Partie, vorausgesetzt, daß ich nicht störe … Kurt« – und hiermit wandt' er sich an seinen jüngeren Begleiter –, »Pardon! Aber ich habe mit Rienäcker zu sprechen. Und unter Umständen …«

»… spricht sich's besser zu zweien. Ganz nach deiner Bequemlichkeit, Bozel«, und dabei grüßte Kurt von Rexin und ritt weiter. Der mit Bozel angeredete Vetter aber warf sein Pferd herum, nahm die linke Seite neben dem ihm in der Rangliste weit vorstehenden Rienäcker und sagte: »Nun denn also Saatwinkel. In die Tegeler Schußlinie werden wir ja wohl nicht einreiten.«

»Ich werd' es wenigstens zu vermeiden suchen«, entgegnete Rienäcker, »erstens mir selbst und zweitens Ihnen zuliebe. Und drittens und letztens um Henriettens willen. Was würde die schwarze Henriette sagen, wenn ihr ihr Bogislaw totgeschossen würde und noch dazu durch eine befreundete Granate?«

»Das würd' ihr freilich einen Stich ins Herz geben«, erwiderte Rexin, »und ihr und mir einen Strich durch die Rechnung machen.«

»Durch welche Rechnung?«

»Das ist eben der Punkt, Rienäcker, über den ich mit Ihnen sprechen wollte.«

»Mit mir? Und von welchem Punkte?«

»Sie sollten es eigentlich erraten und ist auch nicht schwer. Ich spreche natürlich von einem Verhältnis, *meinem* Verhältnis.«

»Verhältnis!« lachte Botho. »Nun, ich stehe zu Diensten, Rexin. Aber offen gestanden, ich weiß nicht recht, was speziell *mir* Ihr Vertrauen einträgt. Ich bin nach keiner Seite hin, am wenigsten aber nach dieser, eine besondere Weisheitsquelle. Da haben wir ganz andere Autoritäten. Eine davon kennen Sie gut. Noch dazu Ihr und Ihres Vetters besonderer Freund.«

»Balafré?«

»Ja.«

Rexin fühlte was von Nüchternheit und Ablehnung heraus und schwieg einigermaßen verstimmt. Das aber war mehr, als Botho bezweckt hatte, weshalb er sofort wieder einlenkte. »Verhältnisse. Pardon, Rexin, es gibt ihrer so viele.«

»Gewiß. Aber so viel ihrer sind, so verschieden sind sie auch.«

Botho zuckte mit den Achseln und lächelte. Rexin aber, sichtlich gewillt, sich nicht zum zweiten Male durch Empfindelei stören zu lassen, wiederholte nur in gleichmütigem Tone: »Ja, so viel ihrer, so verschieden auch. Und ich wundre mich, Rienäcker, gerade Sie mit den Achseln zucken zu sehn. Ich dachte mir ...«

»Nun denn heraus mit der Sprache.«

»Soll geschehn.«

Und nach einer Weile fuhr Rexin fort: »Ich habe die hohe Schule durchgemacht, bei den Ulanen und schon vorher (Sie wissen, daß ich erst spät dazu kam) in Bonn und Göttingen, und brauche keine Lehren und Ratschläge, wenn sich's um das Übliche handelt. Aber wenn ich mich ehrlich befrage, so handelt sich's in meinem Falle nicht um das Übliche, sondern um einen Ausnahmefall.«

»Glaubt jeder.«

»Kurz und gut, ich fühle mich engagiert, mehr als das, ich liebe Henrietten, oder um Ihnen so recht meine Stimmung zu zeigen, ich liebe die schwarze Jette. Ja, dieser anzügliche Trivialname mit seinem Anklang an Kantine paßt mir am besten, weil ich alle feierlichen Allüren in dieser Sache vermeiden möchte. Mir ist ernsthaft genug zumut, und weil mir ernsthaft zumut ist, kann ich alles, was wie Feierlichkeit und schöne Redensarten aussieht, nicht brauchen. Das schwächt bloß ab.«

Botho nickte zustimmend und entschlug sich mehr und mehr jedes Anfluges von Spott und Superiorität, den er bis dahin allerdings gezeigt hatte.

»Jette«, fuhr Rexin fort, »stammt aus keiner Ahnenreihe von Engeln und ist selber keiner. Aber wo findet man dergleichen? In unsrer Sphäre? Lächerlich. Alle diese Unterschiede sind ja gekünstelt, und die gekünsteltsten liegen auf dem Gebiete der Tugend. Natürlich gibt es Tugend und ähnliche schöne Sachen, aber Unschuld und Tugend sind wie Bismarck und Moltke, das heißt rar. Ich habe mich ganz in Anschauungen wie diese hineingelebt, halte sie für richtig und habe vor, danach zu handeln, soweit es geht. Und nun hören Sie, Rienäcker. Ritten wir hier statt an diesem langweiligen Kanal, so langweilig und strippengerade wie die Formen und Formeln unsrer Gesellschaft, ich sage, ritten wir hier statt an diesem elenden Graben am Sacramento hin und hätten wir statt der Tegeler Schießstände die Diggings vor uns, so würd' ich die Jette freiweg heiraten; ich kann ohne sie nicht leben, sie hat es mir angetan, und ihre Natürlichkeit, Schlichtheit und wirkliche Liebe wiegen mir zehn Komtessen auf. Aber es geht nicht. Ich kann es meinen Eltern nicht antun und mag auch nicht mit siebenundzwanzig aus dem Dienst heraus, um in Texas Cowboy zu werden oder Kellner auf einem Mississippidampfer. Also Mittelkurs ...«

»Was verstehen Sie darunter?«

»Einigung ohne Sanktion.«

»Also Ehe ohne Ehe.«

»Wenn Sie wollen, ja. Mir liegt nichts am Wort, ebensowenig wie an Legalisierung, Sakramentierung, oder wie sonst noch diese Dinge heißen mögen; ich bin etwas nihilistisch angeflogen und habe keinen rechten Glauben an pastorale Heiligsprechung. Aber, um's kurz zu machen, ich bin, weil ich nicht anders kann, für Monogamie, nicht aus Gründen der Moral, sondern aus Gründen meiner mir eingebornen Natur. Mir widerstehen alle Verhältnisse, wo knüpfen und lösen sozusagen in dieselbe Stunde fällt, und wenn ich mich eben einen Nihilisten nannte, so kann ich mich mit noch größerem Recht einen Philister nennen. Ich sehne mich nach einfachen Formen, nach einer stillen, natürlichen Lebensweise, wo Herz zum Herzen spricht und wo man das Beste hat, was man haben kann, Ehrlichkeit, Liebe, Freiheit.«

»Freiheit«, wiederholte Botho.

»Ja, Rienäcker. Aber weil ich wohl weiß, daß auch Gefahren dahinter lauern und dies Glück der Freiheit, vielleicht aller Freiheit, ein zweischneidig Schwert ist, das verletzen kann, man weiß nicht wie, so hab' ich Sie fragen wollen.«

»Und ich will Ihnen antworten«, sagte der mit jedem Augenblick ernster gewordene Rienäkker, dem bei diesen Konfidenzen das eigne Leben, das zurückliegende wie das gegenwärtige, wieder vor die Seele treten mochte. »Ja, Rexin, ich will Ihnen antworten, so gut ich kann, und ich glaube, daß ich es kann. Und so beschwör' ich Sie denn, bleiben Sie davon. Bei dem, was Sie vorhaben, ist immer nur zweierlei möglich, und das eine ist gerade so schlimm wie das andre. Spielen Sie den Treuen und Ausharrenden, oder was dasselbe sagen will, brechen Sie von Grund aus mit Stand und Herkommen und Sitte, so werden Sie, wenn Sie nicht versumpfen, über kurz oder lang sich selbst ein Greuel und eine Last sein, verläuft es aber anders und schließen Sie, wie's die Regel ist, nach Jahr und Tag Ihren Frieden mit Gesellschaft und Familie, dann ist der Jammer da, dann muß gelöst werden, was durch glückliche Stunden und, ach, was mehr bedeutet, durch unglückliche, durch Not und Ängste, verwebt und verwachsen ist. Und das tut weh.«

Rexin schien antworten zu wollen, aber Botho sah es nicht und fuhr fort: »Lieber Rexin, Sie haben vorhin in einem wahren Musterstücke dezenter Ausdrucksweise von Verhältnissen gesprochen, ›wo knüpfen und lösen in dieselbe Stunde fällt‹, aber diese Verhältnisse, die keine sind, sind nicht die schlimmsten, die schlimmsten sind die, die, um Sie noch mal zu zitieren, den ›Mittelkurs‹ halten. Ich warne Sie, hüten Sie sich vor diesem Mittelkurs, hüten Sie sich vor dem Halben. Was Ihnen Gewinn dünkt, ist Bankrott, und was Ihnen Hafen scheint, ist Scheiterung. Es führt *nie* zum Guten, auch wenn äußerlich alles glatt abläuft und keine Verwünschung ausgesprochen und kaum ein stiller Vorwurf erhoben wird. Und es kann auch nicht anders sein. Denn alles hat seine natürliche Konsequenz, dessen müssen wir eingedenk sein. Es kann nichts ungeschehen gemacht werden, und ein Bild, das uns in die Seele gegraben wurde, verblaßt nie ganz wieder, schwindet nie ganz wieder dahin. Erinnerungen bleiben, und Vergleiche kommen. Und so denn noch einmal, Freund, zurück von Ihrem Vorhaben, oder Ihr Leben empfängt eine Trübung, und Sie ringen sich nie mehr zu Klarheit und Helle durch. Vieles ist erlaubt, nur nicht das, was die Seele trifft, nur nicht Herzen hineinziehen, und wenn's auch bloß das eigne wäre.«

24. KAPITEL

Am dritten Tage traf ein im Abreisemoment aufgegebenes Telegramm ein: »Ich komme heut abend. K.«

Und wirklich, sie kam. Botho war am Anhalter Bahnhof und wurde der Frau Salinger vorgestellt, die von Dank für gute Reisekameradschaft nichts hören wollte, vielmehr immer nur wiederholte, wie glücklich *sie* gewesen sei, vor allem aber, wie glücklich *er* sein müsse, solche reizende junge Frau zu haben. »Schaun S', Herr Baron, wann i das Glück hätt' und der Herr Gemoahl wär', i würd' mi kein' drei Tag' von *solch* ane Frau trenne.« Woran sie dann Klagen über die gesamte Männerwelt, aber im selben Augenblick auch eine dringende Einladung nach Wien knüpfte. »Wir hoab'n a nett's Häusl kei Stund von Wian und a paar Reitpferd und a Küch'. In Preußen hoaben s' die Schul', und in Wian hoaben wir die Küch'. Und i weiß halt nit, was i vorzieh'.«

»Ich weiß es«, sagte Käthe, »und ich glaube, Botho auch.«

Damit trennte man sich, und unser junges Paar stieg in einen offenen Wagen, nachdem Ordre gegeben war, das Gepäck nachzuschicken. Käthe warf sich zurück und stemmte den kleinen Fuß gegen den Rücksitz, auf dem ein Riesenbouquet, die letzte Huldigung der von der reizenden Berliner Dame ganz entzückten Schlangenbader Hauswirtin, lag. Käthe selbst nahm Bothos Arm und schmiegte sich an ihn, aber auf wenig Augenblicke nur, dann richtete sie sich wieder auf und sagte, während sie mit dem Sonnenschirm das immer aufs neue herunterfallende Bouquet festhielt: »Es ist doch eigentlich reizend hier, all die Menschen und die vielen Spreekähne, die vor Enge nicht ein noch aus wissen. Und so wenig Staub. Ich find' es doch einen rechten Segen, daß sie jetzt sprengen und alles unter Wasser setzen; freilich lange Kleider darf man dabei nicht tragen. Und sieh nur den Brotwagen da mit dem vorgespannten Hund. Es ist doch zu komisch. Nur der Kanal ... Ich weiß nicht, er ist immer noch so ...«

»Ja«, lachte Botho, »er ist immer noch so. Vier Wochen Julihitze haben ihn nicht verbessern können.«

Sie fuhren unter den jungen Bäumen hin, Käthe riß ein Lindenblatt ab, nahm's in die hohle Hand und schlug drauf, daß es knallte. »So machten wir's immer zu Haus. Und in Schlangenbad, wenn wir nichts Besseres zu tun hatten, haben wir's auch so gemacht und alle die Spielereien aus der Kinderzeit wieder aufgenommen. Kannst du dir's denken, ich hänge ganz ernsthaft an solchen Torheiten und bin doch eigentlich eine alte Person und habe abgeschlossen.«

»Aber Käthe ...«

»Ja, ja, Matrone, du wirst es sehn ... Aber sieh doch nur, Botho, da ist ja noch der Staketenzaun und das alte Weißbierlokal mit dem komischen und etwas unanständigen Namen, über den wir in der Pension immer so schrecklich gelacht haben. Ich dachte, das Lokal wäre längst eingegangen. Aber so was lassen sich die Berliner nicht nehmen, so was hält sich; alles muß nur einen sonderbaren Namen haben, über den sie sich amüsieren können.«

Botho schwankte zwischen Glücklichsein und Anflug von Verstimmung. »Ich finde, du bist ganz unverändert, Käthe.«

»Gewiß bin ich. Und warum sollt' ich auch verändert sein? Ich bin ja nicht nach Schlangenbad geschickt worden, um mich zu verändern, wenigstens nicht in meinem Charakter und meiner Unterhaltung. Und ob ich mich sonst verändert habe? Nun, cher ami, nous verrons.«

»Matrone?«

Sie hielt ihm den Finger auf den Mund und schlug den Reiseschleier wieder zurück, der ihr halb über das Gesicht gefallen war, gleich danach aber passierten sie den Potsdamer Bahnviadukt, über dessen Eisengebälk eben ein Kurierzug hinbrauste. Das gab ein Zittern und Donnern zugleich, und als sie die Brücke hinter sich hatten, sagte sie: »Mir ist es immer unangenehm, gerade drunter zu sein.«

»Aber die drüber haben es nicht besser.«

»Vielleicht nicht. Aber es liegt in der Vorstellung. Vorstellungen sind überhaupt so mächtig. Meinst du nicht auch?« Und sie seufzte, wie wenn sich ihr plötzlich etwas Schreckliches und tief in ihr Leben Eingreifendes vor die Seele gestellt hätte. Dann aber fuhr sie fort: »In England, so sagte mir Mr. Armstrong, eine Badebekanntschaft, von der ich dir noch ausführlicher erzählen muß, übrigens mit einer Alvensleben verheiratet, in England, sagte er, würden die Toten fünfzehn Fuß tief begraben. Nun, fünfzehn Fuß tief ist nicht schlimmer als fünf, aber ich fühlte ordentlich, während er mir's erzählte, wie sich mir der clay, das ist nämlich das richtige englische Wort, zentnerschwer auf die Brust legte. Denn in England haben sie schweren Lehmboden.«

»Armstrong sagtest du ... Bei den badischen Dragonern war ein Armstrong.«

»Ein Vetter von dem. Sie sind alle Vettern, ganz wie bei uns. Ich freue mich schon, dir ihn in all seinen kleinen Eigenheiten schildern zu können. Ein vollkommener Kavalier mit aufgesetztem Schnurrbart, worin er freilich etwas zu weit ging. Es sah sehr komisch aus, diese gewribbelte Spitze, dran er immer noch weiter wribbelte.«

Zehn Minuten später hielt ihr Wagen vor ihrer Wohnung, und Botho, während er ihr den Arm reichte, führte sie hinauf. Eine Girlande zog sich um die große Korridortür, und eine Tafel mit dem Inschriftsworte Willkommen, in dem leider ein ›l‹ fehlte, hing etwas schief an der Girlande. Käthe sah hinauf und las und lachte.

»Willkommen! Aber bloß mit einem ›l‹, will sagen nur halb. Ei, ei. Und ›L‹ ist noch dazu der Liebesbuchstabe. Nun, du sollst auch alles nur halb haben.«

Und so trat sie durch die Tür in den Korridor ein, wo Köchin und Hausmädchen bereits standen und ihr die Hand küßten.

»Guten Tag, Berta; guten Tag, Minette. Ja, Kinder, da bin ich wieder. Nun, wie findet ihr mich? Hab' ich mich erholt?« Und eh die Mädchen antworten konnten, worauf auch gar nicht gerechnet war, fuhr sie fort: »Aber *ihr* habt euch erholt. Namentlich du, Minette, du bist ja ordentlich stark geworden.«

Minette sah verlegen vor sich hin, weshalb Käthe gutmütig hinzusetzte: »Ich meine, nur hier so um Kinn und Hals.«

Indem kam auch der Bursche. »Nun, Orth, ich war schon in Sorge um Sie. Gott sei Dank, ohne Not; ganz unverfallen, bloß ein bißchen bläßlich. Aber das macht die Hitze. Und immer noch dieselben Sommersprossen.«

»Ja, gnädige Frau, *die* sitzen.«

»Nun das ist recht. Immer echt in der Farbe.«

Unter solchem Gespräche war sie bis in ihr Schlafzimmer gegangen, wohin Botho und Minette ihr folgten, während die beiden andern sich in ihre Küchenregion zurückzogen.

»Nun, Minette, hilf mir. Erst den Mantel. Und nun nimm den Hut. Aber sei vorsichtig, wir wissen uns sonst vor Staub nicht zu retten. Und nun sage Orth, daß er den Tisch deckt vorn auf dem Balkon, ich habe den ganzen Tag keinen Bissen genossen, weil ich wollte, daß es mir recht gut bei euch schmecken solle. Und nun geh, liebe Seele; geh, Minette.«

Minette beeilte sich und ging, während Käthe vor dem hohen Stehspiegel stehen blieb und sich das in Unordnung geratene Haar arrangierte. Zugleich sah sie im Spiegel auf Botho, der neben ihr stand und die schöne junge Frau musterte.

»Nun, Botho«, sagte sie schelmisch und kokett und ohne sich nach ihm umzusehen.

Und ihre liebenswürdige Koketterie war klug genug berechnet, und er umarmte sie, wobei sie sich seinen Liebkosungen überließ. Und nun umspannte er ihre Taille und hob sie hoch in die Höh'. »Käthe, Puppe, liebe Puppe.«

»Puppe, liebe Puppe, das sollt' ich eigentlich übelnehmen, Botho. Denn mit Puppen spielt man. Aber ich nehm' es nicht übel, im Gegenteil. Puppen werden am meisten geliebt und am besten behandelt. Und darauf kommt es mir an.«

25. KAPITEL

Es war ein herrlicher Morgen, der Himmel halb bewölkt, und in dem leisen Westwinde, der ging, saß das junge Paar auf dem Balkon und sah, während Minette den Kaffeetisch abräumte, nach dem Zoologischen und seinen Elefantenhäusern hinüber, deren bunte Kuppeln im Morgendämmer lagen.

»Ich weiß eigentlich noch nichts«, sagte Botho, »du bist ja gleich eingeschlafen, und der Schlaf ist mir heilig. Aber nun will ich auch alles wissen. Erzähle.«

»Ja, erzählen; was soll ich erzählen? Ich habe dir ja so viele Briefe geschrieben, und Anna Grävenitz und Frau Salinger mußt du ja so gut kennen wie ich oder eigentlich noch besser, denn ich habe mitunter mehr geschrieben, als ich wußte.«

»Wohl. Aber ebensooft hieß es: ›Davon mündlich.‹ Und dieser Moment ist nun da, sonst denk' ich, du willst mir etwas verschweigen. Von deinen Ausflügen weiß ich eigentlich gar nichts, und du warst doch in Wiesbaden. Es heißt zwar, daß es in Wiesbaden nur Obersten und alte Generale gäbe, aber es sind doch auch Engländer da. Und bei Engländern fällt mir wieder dein Schotte ein, von dem du mir erzählen wolltest. Wie hieß er doch?«

»Armstrong; Mr. Armstrong. Ja, das war ein entzückender Mann, und ich begriff seine Frau nicht, eine Alvensleben, wie ich dir, glaub' ich, schon sagte, die beständig in Verlegenheit kam, wenn er sprach. Und er war doch ein vollkommener Gentleman, der sehr auf sich hielt, auch dann noch, wenn er sich gehen ließ und eine gewisse Nonchalance zeigte. Gentlemen bewähren sich in solchen Momenten immer am besten. Meinst du nicht auch? Er trug einen blauen Schlips und einen gelben Sommeranzug und sah aus, als ob er darin eingenäht wäre, weshalb Anna Grävenitz immer sagte: ›Da kommt das Pennal.‹ Und immer ging er mit einem großen aufgespannten Sonnenschirm, was er sich in Indien angewöhnt hatte. Denn er war Offizier in einem schottischen Regiment, das lange in Madras oder Bombay gestanden, oder vielleicht war es auch Delhi. Das ist aber am Ende gleich. Was *der* alles erlebt hatte! Seine Konversation war reizend, wenn man auch mitunter nicht wußte, wie man's nehmen sollte.«

»Also zudringlich? Insolent?«

»Ich bitte dich, Botho, wie du nur sprichst. Ein Mann wie der; Kavalier comme il faut. Nun, ich will dir ein Beispiel von seiner Art zu sprechen geben. Uns gegenüber saß die alte Generalin von Wedell, und Anna Grävenitz fragte sie (ich glaube, es war gerade der Jahrestag von Königgrätz), ob es wahr sei, daß dreiunddreißig Wedells im Siebenjährigen Kriege gefallen seien, was die alte Generalin bejahte, hinzusetzend, es wären eigentlich noch einige mehr gewesen. Alle, die zunächst saßen, waren über die große Zahl erstaunt, nur Mr. Armstrong nicht, und als ich ihn wegen seiner Gleichgültigkeit scherzhaft zur Rede stellte, sagte er, daß er sich über so kleine Zahlen nicht aufregen könne. ›Kleine Zahlen‹, unterbrach ich ihn, aber er setzte lachend, und um mich zu widerlegen, hinzu, von den Armstrongs seien einhundertdreiunddreißig in den verschiedenen Kriegsfehden seines Clans umgekommen. Und als die alte Generalin dies anfangs nicht glauben wollte, schließlich aber (als Mr. A. dabei beharrte) neugierig frug, ob denn alle hundertdreiunddreißig auch wirklich ›gefallen‹ seien, sagte er: ›Nein, meine Gnädigste, nicht gerade gefallen, die meisten sind wegen Pferdediebstahl von den Engländern, unseren damaligen Feinden, gehenkt worden.‹ Und als sich alles über dies unstandesgemäße, ja, man kann wohl sagen, etwas genierliche Gehenktwerden entsetzte, schwor er, wir täten unrecht, Anstoß daran zu nehmen, die Zeiten und Anschauungen änderten sich, und was seine doch zunächst beteiligte Familie betreffe, so sähe dieselbe mit Stolz auf diese Heldenvorfahren zurück. Die schottische Kriegsführung habe dreihundert Jahre lang aus Viehraub und Pferdediebstahl bestanden, ländlich sittlich, und er könne nicht finden, daß ein großer Unterschied sei zwischen Länderraub und Viehraub.«

»Verkappter Welfe«, sagte Botho. »Aber es hat manches für sich.«

»Gewiß. Und ich stand immer auf seiner Seite, wenn er sich in solchen Sätzen erging. Ach, er war zum Totlachen. Er sagte, man müsse nichts feierlich nehmen, es verlohne sich nicht, und nur das Angeln sei eine ernste Beschäftigung. Er angle mitunter vierzehn Tage lang im Loch Neß oder im Loch Lochy, denke dir, solche komische Namen gibt es in Schottland, und schliefe dann im Boot, und mit Sonnenaufgang stünd' er wieder da, und wenn dann die vierzehn Tage um wären, dann mausre er sich, dann ginge die ganze schülbrige Haut ab, und dann hab' er eine Haut wie ein Baby. Und er täte das alles aus Eitelkeit, denn ein glatter egaler Teint sei doch eigentlich das Beste, was man haben könne. Und dabei sah er mich so an, daß ich nicht gleich eine Antwort finden konnte. Ach, ihr Männer! Aber das ist doch wahr, ich hatte von Anfang an ein rechtes Attachement für ihn und nahm nicht Anstoß an seiner Redeweise, die sich mitunter in langen Ausführungen, aber doch viel, viel lieber noch in einem beständigen Hin und Her erging. Einer seiner Lieblingssätze war: ›Ich kann es nicht leiden, wenn ein einziges Gericht eine Stunde lang auf dem Tische steht; nur nicht immer dasselbe, mir ist es angenehmer, wenn die Gänge rasch wechseln.‹ Und so sprang er immer vom Hundertsten ins Tausendste.«

»Nun, da müßt ihr euch freilich gefunden haben«, lachte Botho.

»Haben wir auch. Und wir wollen uns Briefe schreiben, ganz in dem Stil, wie wir miteinander gesprochen; das haben wir beim Abschied gleich ausgemacht. Unsere Herren, auch deine Freunde, sind immer so gründlich. Und du bist der gründlichste, was mich mitunter recht bedrückt und ungeduldig macht. Und du mußt mir versprechen, auch so zu sein wie Mr. Armstrong und ein bißchen mehr einfach und harmlos plaudern zu wollen, und ein bißchen rascher und nicht immer dasselbe Thema.«

Botho versprach Besserung, und als Käthe, die die Superlative liebte, nach Vorführung eines phänomenal reichen Amerikaners, eines absolut kakerlakigen Schweden mit Kaninchenaugen und einer faszinierend schönen Spanierin mit einem Nachmittagsausflug nach Limburg, Oranienstein und Nassau geschlossen und ihrem Gatten abwechselnd die Krypt, die Kadettenanstalt und die Wasserheilanstalt beschrieben hatte, zeigte sie plötzlich auf die Schloßkuppel nach Charlottenburg und sagte: »Weißt du, Botho, da müssen wir heute noch hin oder nach Westend oder nach Halensee. Die Berliner Luft ist doch etwas stickig und hat nichts von dem Atem Gottes, der draußen weht und den die Dichter mit Recht so preisen. Und wenn man aus der Natur kommt, so wie ich, so hat man das, was ich die Reinheit und Unschuld nennen möchte, wieder liebgewonnen. Ach, Botho, welcher Schatz ist doch ein unschuldiges Herz. Ich habe mir fest vorgenommen, mir ein reines Herz zu bewahren. Und du mußt mir darin helfen. Ja, das mußt du, versprich es mir. Nein, nicht so; du mußt mir dreimal einen Kuß auf die Stirn geben, bräutlich, ich will keine Zärtlichkeit, ich will einen Weihekuß ... Und wenn wir uns mit einem Lunch begnügen, natürlich ein warmes Gericht, so können wir um drei draußen sein.«

*

Und wirklich, sie fuhren hinaus, und wiewohl die Charlottenburger Luft noch mehr hinter dem ›Atem Gottes‹ zurückblieb als die Berliner, so war Käthe doch fest entschlossen, im Schloßpark zu bleiben und Halensee fallen zu lassen. Westend sei so langweilig und Halensee sei noch wieder eine halbe Reise, fast wie nach Schlangenbad, im Schloßpark aber könne man das Mausoleum sehen, wo die blaue Beleuchtung einen immer so sonderbar berühre, ja, sie möchte sagen, wie wenn einem ein Stück Himmel in die Seele falle. Das stimme dann andächtig und zu frommer Betrachtung. Und wenn auch das Mausoleum nicht wäre, so wäre doch die Karpfenbrücke da, mit der Klingel dran, und wenn dann ein großer Mooskarpfen käme, so wär' es ihr immer, als käm' ein Krokodil. Und vielleicht wär' auch eine Frau mit Kringeln und Oblaten da, von der man etwas kaufen und dadurch im kleinen ein gutes Werk tun könne, sie sage mit Absicht ›ein gutes Werk‹ und vermeide das Wort christlich, denn Frau Salinger habe auch immer gegeben.

Und alles verlief programmäßig, und als die Karpfen gefüttert waren, gingen beide weiter in den Park hinein, bis sie dicht an das Belvedere kamen mit seinen Rokokofiguren und seinen historischen Erinnerungen. Von diesen Erinnerungen wußte Käthe nichts, und Botho nahm deshalb Veranlassung, ihr von den Geistern abgeschiedener Kaiser und Kurfürsten zu erzählen, die der General von Bischofswerder an eben dieser Stelle habe erscheinen lassen, um den König Friedrich Wilhelm II. aus seinen lethargischen Zuständen oder, was dasselbe gewesen, aus den Händen seiner Geliebten zu befreien und ihn auf den Pfad der Tugend zurückzuführen.

»Und hat es geholfen?« fragte Käthe.

»Nein.«

»Schade. Dergleichen berührt mich immer tief schmerzlich. Und wenn ich mir dann denke, daß der unglückliche Fürst (denn unglücklich *muß* er gewesen sein) der Schwiegervater der Königin Luise war, so blutet mir das Herz. *Wie* muß sie gelitten haben! Ich kann mir immer in unserem Preußen solche Dinge gar nicht recht denken. Und Bischofswerder, sagtest du, hieß der General, der die Geister erscheinen ließ?«

»Ja. Bei Hofe hieß er der Laubfrosch.«

»Weil er das Wetter machte?«

»Nein, weil er einen grünen Rock trug.«

»Ach, das ist zu komisch ... Der Laubfrosch.«

26. KAPITEL

Bei Sonnenuntergang waren beide wieder daheim, und Käthe, nachdem sie Hut und Mantel an Minette gegeben und den Tee beordert hatte, folgte Botho in sein Zimmer, weil es sie nach dem Bewußtsein und der Genugtuung verlangte, den ersten Tag nach der Reise ganz und gar an seiner Seite zugebracht zu haben.

Botho war es zufrieden, und weil sie fröstelte, schob er ihr ein Kissen unter die Füße, während er sie zugleich mit einem Plaid zudeckte. Bald danach aber wurd' er abgerufen, um Dienstliches, das der Erledigung bedurfte, rasch abzumachen.

Minuten vergingen, und da Kissen und Plaid nicht recht helfen und die gewünschte Wärme nicht geben wollten, so zog Käthe die Klingel und sagte dem eintretenden Diener, daß er ein paar Stücke Holz bringen solle; sie friere so.

Zugleich erhob sie sich, um den Kaminschirm beiseite zu schieben, und sah, als dies geschehen war, das Häuflein Asche, das noch auf der Eisenplatte lag.

Im selben Momente trat Botho wieder ein und erschrak bei dem Anblick, der sich ihm bot. Aber er beruhigte sich sogleich wieder, als Käthe mit dem Zeigefinger auf die Asche wies und in ihrem scherzhaftesten Tone sagte: »Was bedeutet das, Botho? Sieh, da hab' ich dich mal wieder ertappt. Nun bekenne. Liebesbriefe? Ja oder nein?«

»Du wirst doch glauben, was du willst.«

»Ja oder nein?«

»Gut denn; ja.«

»*Das* war recht. Nun kann ich mich beruhigen. Liebesbriefe, zu komisch. Aber wir wollen sie doch lieber zweimal verbrennen: erst zu Asche und dann zu Rauch. Vielleicht glückt es.«

Und sie legte die Holzstücke, die der Diener mittlerweile gebracht hatte, geschickt zusammen und versuchte, sie mit ein paar Zündhölzchen anzuzünden. Und es gelang auch. Im Nu brannte das Feuer hell auf, und während sie den Fauteuil an die Flamme schob und die Füße bequem und, um sie zu wärmen, bis an die Eisenstäbe vorstreckte, sagte sie: »Und nun will ich dir auch die Geschichte von der Russin auserzählen, die natürlich gar keine Russin war. Aber eine sehr kluge Person. Sie hatte Mandelaugen, alle diese Personen haben Mandelaugen, und gab vor, daß sie zur Kur in Schlangenbad sei. Nun, das kennt man. Einen Arzt hatte sie nicht, wenigstens keinen ordentlichen, aber jeden Tag war sie drüben in Frankfurt oder in Wiesbaden oder auch in Darmstadt und immer in Begleitung. Und einige sagen sogar, es sei nicht mal derselbe gewesen. Und nun hättest du sehen sollen, welche Toilette und welche Suffisance! Kaum, daß sie grüßte, wenn sie mit ihrer Ehrendame zur Table d'hôte kam. Denn eine Ehrendame hatte sie, das ist immer das erste bei solchen Damen. Und wir nannten sie ›die Pompadour‹, ich meine die Russin, und sie wußt' es auch, daß wir sie so nannten. Und die alte Generalin Wedell, die ganz auf unsrer Seite stand und sich über die zweifelhafte Person ärgerte (denn eine Person war es, darüber war kein Zweifel), die alte Wedell, sag' ich, sagte ganz laut über den Tisch hin: ›Ja, meine Damen, die Mode wechselt in allem, auch in den Taschen und Täschchen, und sogar in den Beuteln und Beutelchen. Als ich noch jung war, gab es noch Pompadours, aber heute gibt es keine Pompadours mehr. Nicht wahr? Es gibt keine Pompadours mehr.‹ Und dabei lachten wir und sahen alle die Pompadour an. Aber die schreckliche Person gewann trotzdem einen Sieg über uns und sagte mit scharfer und lauter Stimme, denn die alte Wedell hörte schlecht: ›Ja, Frau Generalin, es ist so, wie Sie sagen. Nur sonderbar, als die Pompadours abgelöst wurden, kamen die Réticules an die Reihe, die man dann später Ridicules nannte. Und solche Ridicules gibt es noch.‹ Und dabei sah sie die gute alte Wedell an, die, weil sie nicht antworten konnte, vom Tische aufstand und den Saal verließ. Und nun frag' ich dich, was sagst du dazu? Was sagst du zu solcher Impertinenz? ... Aber Botho, du sprichst ja nicht, du hörst ja gar nicht ...«

»Doch, doch, Käthe ...«

*

Drei Wochen später war eine Trauung in der Jakobikirche, deren kreuzgangartiger Vorhof auch heute von einer dichten und neugierigen Menschenmenge, meist Arbeiterfrauen, einige mit ihren Kindern auf dem Arm, besetzt war. Aber auch Schul- und Straßenjugend hatte sich eingefunden. Allerlei Kutschen fuhren vor, und gleich aus einer der ersten stieg ein Paar, das, solang es im Gesichtskreise der Anwesenden verblieb, mit Lachen und Getuschel begleitet wurde.

»*Die* Taille«, sagte eine der zunächststehenden Frauen.

»Taille?«

»Na denn Hüfte.«

»Schon mehr Walfischrippe.«

»*Das* stimmt.«

Und kein Zweifel, daß sich dies Gespräch noch fortgesetzt hätte, wenn nicht in eben diesem Augenblicke die Brautkutsche vorgefahren wäre. Der vom Bock herabspringende Diener eilte, den Kutschenschlag zu öffnen, aber der Bräutigam selbst, ein hagerer Herr mit hohem Hut und spitzen Vatermördern, war ihm bereits zuvorgekommen und reichte seiner Braut die Hand, einem sehr hübschen Mädchen, das übrigens, wie gewöhnlich bei Bräuten, weniger um seines hübschen Aussehens als um seines weißen Atlaskleides willen bewundert wurde. Dann stiegen beide die mit einem etwas abgetretenen Teppich belegte, nur wenig Stufen zählende Steintreppe hinauf, um zunächst in den Kreuzgang und gleich danach in das Kirchenportal einzutreten. Aller Blicke folgten ihnen.

»Un kein Kranz nich?« sagte dieselbe Frau, vor deren kritischem Auge kurz vorher die Taille der Frau Dörr so schlecht bestanden hatte.

»Kranz? … Kranz? … Wissen Sie denn nich? … Haben Sie denn nichts munkeln hören?«

»Ach so. Freilich hab' ich. Aber, liebe Kornatzki, wenn es nach's Munkeln ginge, gäb' es gar keine Kränze mehr, un Schmidt in der Friedrichsstraße könnte man gleich zumachen.«

»Ja, ja«, lachte jetzt die Kornatzki, »das könnt' er. Un am Ende für so 'nen Alten! Fuffzig jute hat er doch woll auf'n Puckel un sah eigentlich aus, als ob er seine silberne gleich mitfeiern wollte.«

»Woll. So sah er aus. Un haben Sie denn seine Vatermörder gesehn? So was lebt nich.«

»Damit kann er sie gleich dod machen, wenn's wieder munkelt.«

»Ja, das kann er.«

Und so ging es noch eine Weile weiter, während aus der Kirche schon das Präludium der Orgel hörbar wurde.

*

Den anderen Morgen saßen Rienäcker und Käthe beim Frühstück, diesmal in Bothos Arbeitszimmer, dessen beide Fenster, um Luft und Licht einzulassen, weit offenstanden. Rings um den Hof her nistende Schwalben flogen zwitschernd vorüber, und Botho, der ihnen allmorgendlich einige Krumen hinzustreuen pflegte, griff eben wieder zu gleichem Zweck nach dem Frühstückskorb, als ihm das ausgelassene Lachen seiner seit fünf Minuten schon in ihre Lieblingszeitung vertieften jungen Frau Veranlassung gab, den Korb wieder hinzustellen.

»Nun, Käthe, was ist? Du scheinst ja was ganz besonders Nettes gefunden zu haben.«

»Hab' ich auch … Es ist doch zu komisch, was es für Namen gibt! Und immer gerade bei Heirats- und Verlobungsanzeigen. Höre doch nur.«

»Ich bin ganz Ohr.«

»›Ihre heute vollzogene eheliche Verbindung zeigen ergebenst an: *Gideon Franke*, Fabrikmeister, *Magdalene Franke*, geb. *Nimptsch*‹ … Nimptsch. Kannst du dir was Komischeres denken? Und dann Gideon!«

Botho nahm das Blatt, aber freilich nur, weil er seine Verlegenheit dahinter verbergen wollte. Dann gab er es ihr zurück und sagte mit so viel Leichtigkeit im Ton, als er aufbringen konnte: »Was hast du nur gegen Gideon, Käthe? Gideon ist besser als Botho.«

Stine

1890

1. KAPITEL

In der Invalidenstraße sah es aus wie gewöhnlich: die Pferdebahnwagen klingelten, und die Maschinenarbeiter gingen zu Mittag, und wer durchaus was Merkwürdiges hätte finden wollen, hätte nichts anderes auskundschaften können, als daß in Nummer 98^{e} die Fenster der ersten Etage – trotzdem nicht Ostern und nicht Pfingsten und nicht einmal Sonnabend war – mit einer Art Bravour geputzt wurden.

Und nicht zu glauben: diese Merkwürdigkeit ward auch wirklich bemerkt, und die schräg gegenüber an der Scharnhorststraße-Ecke wohnende alte Lierschen brummte vor sich hin: »Ich weiß nicht, was der Pittelkow'n wieder einfällt. Aber sie kehrt sich an nichts. Un was ihre Schwester is, die Stine, mit ihrem Stübeken oben bei Polzins un ihren Sep'ratschlüssel, daß keiner was merkt, na, *die* wird grad ebenso. Schlimm genug. Aber die Pittelkow'n is schuld dran. Wie sie man bloß wieder dasteht und rackscht und rabatscht! Und wenn es noch Abend wär, aber am hellen, lichten Mittag, wo Borsig und Schwarzkoppen seine grade die Straße runterkommen. Is doch wahrhaftig, als ob alles Mannsvolk nach ihr raufgucken soll; 'ne Sünd und 'ne Schand.«

So brummelte die Lierschen vor sich hin, und so wenig freundlich ihre Betrachtungen waren, so waren sie doch nicht ganz ohne Grund; denn oben auf dem Fensterbrett und kniehoch aufgeschürzt stand eine schöne, schwarze Frauensperson mit einem koketten und wohlgepflegten Wellenscheitel und wusch und rieb, einen Lederlappen in der Hand, die Scheiben der einen Fensterseite, während sie den linken Arm, um sich besser zu stützen, über das andere Querholz gelegt hatte. Mitunter gönnte sie sich einen Stillstand in der Arbeit und sah dann auf die Straße hinunter, wo jenseits des Pferdebahngleises ein dreirädiger, beinahe eleganter Kinderwagen in greller Mittagssonne hielt. Dem im Wagen sitzenden, allem Anscheine nach überaus ungebärdigen Kinde, das ganz aristokratisch in weiße Spitzen gekleidet war, war ein zehnjähriges Mädchen zur Aufsicht beigegeben, das, als alles Bitten und Zureden nichts helfen wollte, dem Schreihals einen tüchtigen Klaps gab. Im selben Augenblick aber schielte die Zehnjährige, die diesen Erziehungsakt gewagt hatte, scheu nach dem Fenster hinauf, und richtig, es war alles von drüben her gesehen worden, und die schöne schwarze Person, die ›klapsen und erziehen‹ durchaus als ihre Sache betrachtete, drohte sofort mit dem Lederlappen nach der auf ihrem Übergriff Ertappten hinüber. Auch schien ein Zornausbruch in Worten trotz der weiten Entfernung folgen zu sollen; aber ein befreundeter Briefbote, der gerade die Straße heraufkam, hielt einen Brief in die Höh, zum Zeichen, daß er ihr etwas bringe. Sie verstand es auch so, stieg sofort vom Fensterbrett auf einen nebenstehenden Stuhl und verschwand im Hintergrunde des Zimmers, um den Brief draußen auf dem Korridor in Empfang zu nehmen. Eine Minute später kam sie zurück und setzte sich ans Licht, um bequemer lesen zu können. Aber was sie da las, schien ihr mehr Ärger als Freude zu machen, denn ihre Stirn legte sich sofort in ein paar Verdrießlichkeitsfalten, und den Mund aufwerfend, sagte sie spöttisch: »Alter Ekel. Immer verquer.« Aber sie war keine Person, sich irgendwas auf lange zu Herzen zu nehmen, und so lehnte sie sich, den Brief immer noch in der Hand haltend, weit über die Fensterbrüstung hinaus und rief mit jener enrhümierten Altstimme, wie sie den unteren Volksklassen unserer Hauptstadt nicht gerade zum Vorteil eigen ist, über die Straße hin: »Olga!«

»Was denn, Mutter?«

»›Was denn, Mutter!‹ Dumme Jöhre! Wenn ich dir rufe, kommste. Verstehste?«

Ein mit einem alten Dampfkessel bepackter Lastwagen, der dröhnend und schütternd gerade des Weges kam, hinderte die unverzügliche Ausführung des Befehls; kaum aber daß der Rollwagen vorüber war, so nahm Olga den Stoßgriff des Kinderwagens in die Hand und fuhr, quer über den Damm hin, auf das Haus zu und mit einem Ruck in den Hausflur hinein. Hier nahm sie das Kind heraus und ging, während sie den Wagen zunächst unten stehen ließ, treppauf in die Wohnung der Mutter.

Diese hatte sich mittlerweile beruhigt, die Stirnfalte war fort, und Olga bei der Hand nehmend, sagte sie mit jenem Übermaß von Vertraulichkeit, das gewöhnliche Leute gerade bei Behandlung intimster Dinge zu zeigen pflegen: »Olga, der Olle kommt heute wieder. Immer, wenn's nicht paßt, is er da. Grad als wollt er mir ein'n Tort antun. Ja, so is er. Na, es hilft nu nich, und, Gott sei Dank, vor achten kommt er nich. Und nun gehst du zu Wanda und sagst ihr ... Ne, laß man ... Bestellen kannst du's doch nich. Ich werde dir einen Zettel schreiben.«

Und mit diesen Worten trat sie, von der Tür her, wo dies Gespräch stattgefunden, an einen überaus eleganten und um eben deshalb zu Haus und Wohnung wenig passenden Rokoko-Schreibtisch heran, auf dem eine fast noch mehr überraschende ledergepreßte Schreibmappe lag. In dieser Mappe begann jetzt die noch immer hochaufgeschürzte Frau nach einem Stück Briefpapier zu suchen, anfangs ziemlich ruhig, als sich aber nach dreimaligem Durchblättern der roten Löschpapierbogen immer noch nichts gefunden hatte, brach ihre schlechte Laune wieder los und richtete sich, wie gewöhnlich, gegen Olga: »Hast es wieder weggenommen und Puppen ausgeschnitten?«

»Nein, Mutter, wahr und wahrhaftig nich; ich kann es dir zuschwören.«

»Ach, geh mir mit dein ewiges Geschwöre. Haste denn gar nichts?«

»Ja, mein Schreibebuch.«

Und Olga lief, so rasch es ging, in das Neben- und Hinterzimmer und kam dann mit einem blauen Schreibeheft zurück. Die Mutter riß ohne weiteres die letzte Seite heraus, auf deren oberste Zeile lauter ch's standen, und kritzelte nun mit verhältnismäßiger Schnelligkeit einen Brief fertig, faltete das Blatt zweimal und verklebte noch die offene Stelle mit Briefmarkenstreifen, von denen sie die gummireichsten immer mit dem Bemerken: »Is besser als Englischpflaster« aufzuheben pflegte. »So, Olgachen. Nun gehst du zu Wanda un gibst ihr das. Und wenn sie nich da is, gibst du's an den alten Schlichting. Aber nich an seine Frau un auch nich an die Flora, die kuckt immer rein und braucht nicht alles zu wissen. Und wenn du zurückkommst, dann gehste mit zu Bolzanin ran un bestellst ne Torte.«

»Was für eine?« fragte Olga, deren Gesicht sich plötzlich verklärte.

»Appelsine ... Un bezahlst sie gleich. Un wenn du sie bezahlt hast, sagste, daß er nichts drauflegen soll, auch keine Appelsinenstücke, die doch bloß Pelle und Steine sind ... Und nun geh, Olgachen, un mach flink, un wenn du wieder da bist, kannst du dir drüben bei Marzahn auch für'n Sechser Gerstenbonbons kaufen.«

2. KAPITEL

Olga säumte nicht und ging in die Hinterstube, um hier ihr rot- und schwarzkariertes Umschlagetuch zu holen, das, neben einem etwas verschlissenen Schnurrenhut, ihr gewöhnliches Straßenkostüm bildete. Witwe Pittelkow in Person aber stieg, nachdem sie das immer noch schreiende Kind in eine ganz vornehm ausgestattete Himmelwiege gelegt und ihm eine Flasche mit Saugpfropfen in den Mund gesteckt hatte, zwei Treppen höher zu Polzins hinauf, wo ihre Schwester Stine Chambre garnie wohnte.

Polzins waren gutsituierte Leute, die das mit dem Chambre garnie gar nicht nötig gehabt hätten, aber trotzdem, aus purem Geiz, alles vermieteten, oder doch soviel, wie irgend möglich, um ihrerseits frei wohnen zu können oder, wie Frau Polzin sich ausdrückte: ›für umsonst einzusitzen.‹ Er, Polzin, war seiner eigenen Angabe nach ›Teppichfabrikant‹ (allerdings niedrigster Observanz) und beschränkte sich darauf, unter geflissentlicher Verachtung aller Komplementärfarbengesetze, schmale, kaum fingerbreite Tuchstreifen wie Stroh oder Binsen nebeneinanderzuflechten und dies Geflecht als ›Polzinsche Teppiche‹ zu verkaufen. »Sehen Sie«, so schloß jedes seiner Geschäftsgespräche, »solch ›Polzinscher‹ (er behandelte sich dabei ganz als historische Person) wird nie alle; wenn eine Stelle weggetreten is oder der Eßtisch mit seinem Rollfuß ein Loch eingerissen hat, nehm ich ein paar alte Streifen raus und setz ein paar neue rein, un alles is wieder proper und fix und fertig. Sehen Sie, so sind die ›Polzinschen‹. Aber wenn der Smyrnaer ein Loch hat, dann hat er's, und da hilft kein Gott nich.«

Polzin, wie sich aus diesem Redestück ergibt, neigte zu philosophischer Betrachtung: ein

Zug, der durch das zweite Metier, das er betrieb, noch eine ganz erhebliche Stärkung erfuhr. Während der Abendstunden nämlich war er bei sich bietenden Gelegenheiten auch noch Lohndiener und wegen seiner Vorsicht und Geschicklichkeit beim Präsentieren in dem zwischen Invaliden- und Chausseestraße gelegenen Stadtteil allgemein beliebt, was Frau Polzin in ihren Gesprächen mit der Pittelkow immer wieder betonte: »Sehn Sie, liebe Pittelkow, mein Mann is ein ordentlicher und manierlicher Mensch, der, weil wir selber ganz klein angefangen haben, am besten weiß, daß es nich jeder zum Wegschmeißen hat. Un sehn Sie, danach präsentiert er auch, und Saucieren, die nich feststehn und immer hin und her rutschen, die nimmt er gar nich. Und wenn Polzin schon eine einzige Plüschtaille verdorben hat, so will ich sterben. Und ebenso galant und manierlich is er auch beis Mitnehmen. Er is mein Mann, aber das muß ich sagen: er hat was Feines un Bescheidenes un überhaupt so was, was die andern *nich* haben. Ja, das muß ich ihm lassen. Und da reichen nich hundertmal, daß er mir gesagt hat: ›Emilie, heut hab ich mir mal wieder über meine Kollegen geschämt. Natürlich war es wieder der mit'n Plattfuß aus der Charitéstraße. Glaubst du, daß er sich auch bloß geniert und ein ganz klein bißchen für Schein und Anstand gesorgt hätte? I, Gott bewahre. Ganz dreiste weg, als ob er sagen wollte: ja, meine Herrschaften, da steht der Rotwein, un nu nehm ich ihn mit nach Hause‹.«

So waren die Polzins, an deren Flurtür, trotz einer daneben befindlichen Klingel, die Pittelkow jetzt klopfte, zum Zeichen (so hatte man abgemacht), daß es bloß Freundschaft' sei, was zu Besuch käme. Und gleich danach erschien denn auch Frau Polzin und öffnete.

Die nur drei Stuben zählende Polzinsche Wohnung erfreute sich des Vorzugs eines Korridors, der aber freilich nicht größer war als ein aufgeklappter Spieltisch und augenscheinlich nur den Zweck hatte, drei auf ihn ausmündende Türen zu zeigen, von denen die links gelegene zu der verwitweten Privatsekretär Kahlbaum, die mittlere zu Polzins selbst, die rechts gelegene zu Stine führte. Diese hatte das beste Zimmer der Wohnung, hell und freundlich, mit dem Blick auf die Straße, während sich die Kahlbaum mit etwas Beleuchtung vom Hof her und die Polzinschen Eheleute mit einem schrägen Dachlicht begnügen mußten, das, wie bei photographischen Ateliers, von oben her einfiel.

»Liebe Polzin«, sagte die Pittelkow, als beide Frauen sich oberflächlich begrüßt hatten, »es riecht wieder so sehr nach Petroleum bei Ihnen. Warum nehmen Sie nich Koks? Sie werden sich mit Ihrem ewigen Petroleumkocher noch alle Mieter aus der Wohnung kochen. Und Ihr lieber Mann! Was sagt denn *der* eigentlich dazu? Der muß doch nachgerade bei Puten und Fasanen eine feine Nase gekriegt haben. Und ich weiß nicht, wenn ich ein herrschaftlicher Lohndiener wäre, so was litt ich nich. In Gesellschaften immer was Delikats und zu Hause so. Na, meinetwegen. Is denn Stine drin?«

»Ich denke doch, ich habe sie nicht weggehen hören. Und denn wissen Sie ja, liebe Pittelkow, wir sehen nichts un hören nichts.«

»Versteht sich, versteht sich«, lachte die Pittelkow, »sehen nichts un hören nichts. Und das ist auch immer das Beste.«

Sehr wahrscheinlich, daß sich dies Gespräch noch fortgesetzt hätte, wenn nicht in eben diesem Augenblick die Tür von rechts her aufgemacht und Stine herausgetreten wäre.

»Jott, Stine«, sagte die Pittelkow mit einem Ausdruck von Freude. »Na, das ist recht, Kind. Ein Glück, daß du da bist. Du mußt heute noch runterkommen un helfen.«

Unter diesen Worten waren die Schwestern, während sich Frau Polzin artig, aber grienend zurückzog, in Stines Zimmer eingetreten und auf ein paar kleine Stühle zugegangen, die zu beiden Seiten des Fensters auf einem Trittbrett standen. Draußen am Fenster aber war ein Dreh- und Straßenspiegel angebracht, bei dessen Anbringung der ebenso praktische wie pfiffige Polzin vor Jahr und Tag schon zu seiner Frau gesagt hatte: »Emilie, solange *der* da ist, solange vermieten wir.«

Die Pittelkow setzte sich gegenüber dem Drehspiegel, der denn auch heute wieder, wie zur Bestätigung der Worte Polzins, eine Quelle herzlichen Vergnügens für die hübsche Witwe wurde, nicht aus Eitelkeit (denn sie sah sich gar nicht), sondern aus bloßer Neugier und Spielerei. Stine, die das alles schon kannte, lächelte vor sich hin; auch sie trug einen gewellten Scheitel, aber ihr Haar war flachsgelb, und die Ränder der überaus freundlichen Augen zeigten sich leicht gerötet, was, aller sonst blühenden Erscheinung und einer gewissen Ähnlichkeit mit der Pittelkow unerachtet, doch auf eine zartere Gesundheit hinzudeuten schien. Und so war es auch. Die brünette Witwe war das Bild einer südlichen Schönheit, während die jüngere Schwester als Typus einer germanischen, wenn auch freilich etwas angekränkelten Blondine gelten konnte.

Stine sah der immer noch mit dem Spiegel beschäftigten Schwester eine Weile zu, dann erhob sie sich, hielt ihr die Hand vor die Augen und sagte: »Nun hast du aber genug, Pauline. Du mußt doch nachgerade wissen, wie die Invalidenstraße aussieht.«

»Hast recht, Kind. Aber so is der Mensch; immer das Dümmste gefällt ihm un beschäftigt ihn, un wenn ich in den Spiegel kucke und all die Menschen und Pferde drin sehe, dann denk ich, es is doch woll anders als so mit bloßen Augen. Und ein bißchen anders is es auch. Ich glaube, der Spiegel verkleinert, un verkleinern is fast ebensogut wie verhübschen. Aber du brauchst nicht kleiner zu werden, Stine, du kannst so bleiben, wie du bist. Ja, wahrhaftig. Aber, warum ich komme. Jott, man hat doch keine ruhige Stunde.«

»Was is denn?«

»Er kommt heute wieder.«

»Nu, Pauline, das is doch kein Unglück. Bedenke doch, daß er für alles sorgt. Und so gut wie er ist und gar nich so.«

»Na, ich wollt ihm auch. Und den alten Baron bringt er auch mit und noch einen.«

»Und noch einen? *Wen* denn?«

»Lies.«

Und sie reichte Stine den eben erhaltenen Brief, und diese las nun mit halblauter Stimme: »Mein lieber schwarzer Deibel. Ich komme heute, aber nicht allein; Papageno kommt mit und ein Neffe von mir auch; natürlich noch jung und etwas blaß. ›Aber bleich und blaß, ei, die Weiber lieben das.‹ Sorge nur, daß Wanda kommt und Stine. Wein schick ich und eine Salatschüssel. Aber für alles andre mußt Du sorgen. Nichts Apartes, nichts Großes, bloß so wie immer. Dein Sarastro.«

»Wer ist denn der Neffe?« fragte Stine.

»Weiß ich nich. Wer kann alle Neffen kennen? Denkst du, daß ich mich um seinen Stammbaum kümmere? Jott, wie mag es damit aussehen! Na, überhaupt Stammbäume!«

»Laß ihn das nich hören.«

»O, der hört noch ganz andres. Oder denkst du, daß ich mir wegen eine Treppe hoch un mit Klavier un Diwan un wegen 'nen Schreibtisch, der immer wackelt, weil er dünne Beine hat, ein Pechpflaster aufkleben soll? Nein, Stinechen, da kennst du deine Schwester schlecht. Oder wegen den blassen Neffen? Ich denk ihn mir so.« Und dabei zog sie das Gesicht in die Länge und drückte mit dem Daumen und Zeigefinger die beiden Backen ein.

Stine lachte. »Ja, damit wirst du's wohl getroffen haben. Und überhaupt, ich find es unpassend und ungebildet, daß er den jungen Menschen mitbringt. Ein Onkel ist doch immer so was wie 'ne Respektsperson. Für sich mag er ja tun, was er will; aber solchen jungen Menschen ... ich weiß nicht, Pauline. Finds du nich auch?«

»Na, ob ich finde. Natürlich; erst recht. Aber, Kind, wenn wir davon erst reden wollen, denn is kein Ende. Das is nu mal so; sie taugen alle nichts un is auch recht gut so; wenigstens für unsereins (mit dir is es was anders) und für alle, die so tief drin sitzen un nich aus noch ein wissen. Denn wovon soll man denn am Ende leben?«

»Von Arbeit.«

»Ach Jott, Arbeit. Bist du jung, Stine. Gewiß, Arbeiten is gut, un wenn ich mir so die Ärmel aufkremple, is mir eigentlich immer am wohlsten. Aber, du weißt ja, denn is man mal krank un elend, un Olga muß in die Schule. Wo soll man's denn hernehmen? Ach, das is ein langes Kapitel, Stine. Na, du kommst doch? So Klocker acht oder lieber noch ein bißchen eh'r.«

3. KAPITEL

Während die Pittelkow oben bei Stine war, um sich dieser für den Abend zu versichern, ging Olga die Invalidenstraße hinauf, um erst den Brief abzugeben und dann auf dem Rückwege bei Konditor Bolzani die Torte zu bestellen. Es war ihr Eile befohlen, aber sie kehrte sich nicht dran, freute sich vielmehr, eine Stunde lang ohne mütterliche Kontrolle zu sein, und getröstete sich, ›daß es noch lange hin sei bis Abend‹. An allen Läden blieb sie stehen, am längsten vor dem Schaufenster eines Putzgeschäfts, aus dessen buntem Inhalt sie sich abwechselnd eine rote Schärpe mit Goldfransen und dann wieder einen braunen Kastorhut mit Reiherfeder als Schönstes wünschte. Diesen Wunsch in Erfüllung gehen zu sehen, war freilich wenig Aussicht vorhanden, aber es schadete nicht viel, weil sich ihre nächste Zukunft unter allen Umständen angenehm genug gestalten mußte. Wanda, wie sie von Tante Stine her wußte, hatte meistens Sandtorte, ja mitunter sogar Schokoladenplätzchen in ihrem Schrank, und wenn sich beides auch nicht erfüllte, so blieben doch immer noch die Gerstenbonbons.

Solchen Betrachtungen hingegeben, kam Olga bis an die Chausseestraße, wo, wie gewöhnlich in dieser kirchhofreichen Gegend, ein großes Begräbnis die Straßenpassage hemmte. Olga, weitab davon, irgendwelchen Anstoß an dieser Wegestörung zu nehmen, wünschte ganz im Gegenteil, dieselbe so lange wie möglich andauern zu sehen, und stellte sich, besseren Überblicks halber, auf eine vor einem Öl- und Spiritusgeschäft angebrachte Steintreppe. Der Wagen mit dem Sarge war schon eine Weile vorüber, so daß sie nur noch das versilberte Kreuz über einem Meer von schwarzen Hüten hin und her schwanken sah. Kutschen fehlten im Zuge (so wenigstens schien es), dafür aber folgten allerlei Baugewerke mit Bannern und Musik, und während noch aus der Front her der Trauermarsch der Zimmerleute bis weit nach rückwärts tönte, klang schon aus der Mitte des Zuges und vom Oranienburger Tor her ein zweiter und dritter Trauermarsch herauf, so daß Olga nicht wußte, worauf sie hören und welchem Geblase sie den Vorzug geben sollte. Neben dem eigentlichen Gefolge drängten breite Volksmassen mit vorwärts und ließen nur allemal eine schmale Gasse frei, wenn reitende Schutzleute von der Queue her bis an die Spitze des Zuges und dann wieder zurücksprengten. ›Wer es nur is?‹ dachte Olga, in deren Herzen etwas wie Neid aufkeimte, so schön begraben zu werden; aber soviel sie horchte, sie konnte es bei den mit ihr auf der Steintreppe Stehenden nicht mit Bestimmtheit in Erfahrung bringen. Einer versicherte, daß es ein alter Mauerpolier, ein anderer, daß es ein reicher Ratszimmermeister sei, während eine mit braunem Torfstaub ganz überdeckte Frau, die der herannahende Zug sichtlich beim Abladen unterbrochen hatte, von nichts Geringerem als von einem Minister für Maurer und Zimmerleute wissen wollte. »Dummes Zeug«, unterbrach sie der nebenan wohnende Budiker, »so was gibt es ja gar nich.« Aber das Torfweib ließ sich nicht stören und sagte nur: »Warum nich, warum soll es so was nich geben?« Und so stritt man sich hin und her. Endlich aber war der Zug vorüber, und Olga passierte nun den Damm und bog hundert Schritte weiter abwärts in die Tieckstraße ein.

Nummer 27[a] war das dritte Haus von der Ecke: fünf Fenster Front, drei Stock und eine kleine Mansarde. Der Wirt, ein Kupferschmied, hatte den Hof in eine halb offene Werkstatt verwandelt, in der nun den ganzen Tag über auf oft zweimannshohen Braukesseln herumgehämmert wurde, bei welchem Gedröhn und Gehämmre Wanda ihre Rollen lernte. Es tat ihr nichts; ja, sie hätte nirgends lieber wohnen mögen, und der Kupferschmiedegeselle, der auf der obersten Kesselrundung oft stundenlang herumritt und sich dabei in platonischer Liebe (der einzigen, die Wanda so kleinen Leuten gestattete) verzehrte, war jedesmal ihr guter Freund. Ihre von Glasermeister Schlichting abgemietete Wohnung lag nämlich nach dem Hofe hinaus und hatte *hier* ihren eigentlichen Auf- und Eingang. Hier befand sich denn auch ihre Klingel und ihre Karte: ›Wanda Grützmacher, Schauspielerin am Nordend-Theater.‹

Und dieses Titels durfte sie sich rühmen wie manche Berühmtere. War sie doch ein Liebling der Bühne, die das Glück hatte, sie zu besitzen, und nicht nur ein Liebling des Publikums, sondern auch des Direktors, der, persönlicher Beziehungen zu geschweigen, vor allem *das* an ihr schätzte, daß sie, mit Ausnahme der Gage, vollkommen prätensionslos war und alles spielte, was vorkam. ›Immer tapfer in die Bresche‹, war einer ihrer Lieblingssätze. Sie war überhaupt für Leben und Lebenlassen, behandelte delikate Vorkommnisse von einem gewissen höheren Standpunkt aus und hatte stereotype, dem urältesten Berliner Witzfonds entnommene Wendungen, in denen sich ihre Stellung zum ›Ideal‹ ausdrückte. Sie zog dementsprechend ›ein gutes Gehalt einer schlechten Behandlung vor‹, und wenn ihr bei Soupers mit Bourgeoiswitwern, einer ihr besonders sympathischen Gesellschaftsklasse, die Speisekarte gereicht wurde, so zeigte sie mit einem sie kleidenden und seine Wirkung nie verfehlenden Ernst auf das rasch als Bestes und Teuerstes Erkannte, jedesmal feierlich hinzusetzend: »Dafür laß ich mein Leben.«

So Wanda Grützmacher, Tieckstraße 27[a].

Olga, die sonderbarerweise noch nie Bestellungen bei der Schauspielerin zu machen gehabt hatte, klingelte zunächst vorn bei Schlichtings, und Fräulein Flora Schlichting erschien denn auch, halb verschlafen, an der Tür und öffnete.

»Is Fräulein Wanda zu Haus?«

»Zu Haus is sie; ich glaube, sie schläft. Hast du was abzugeben?«

»Ja, aber ich soll es ihr selber geben.«

»I, gib man ...« Und damit griff sie nach dem Brief.

Olga zog aber energisch zurück. »Nein, ich darf nich ...«

»Na, denn komme morgen wieder.«

Wanda, trotzdem sie nicht Wand an Wand mit der Schlichtingschen Vorderstube wohnte, mußte trotzdem von dieser Unterhaltung gehört haben; denn als eben die Tür zugeworfen werden sollte, war sie, wie aus der Erde gewachsen, da und sagte: »Gott, Olgachen. Was bringst du denn, Kind? Mutter is doch nich krank?« Olga hielt ihr statt aller Antwort den Brief entgegen. »Ach, ein Brief. Na, denn komm in meine Stube, daß ich ihn lesen kann. Hier is es ja stockduster un wahrhaftig nicht zu merken, daß man bei 'nem Glaser wohnt.«

Dabei nahm sie das Kind bei der Hand und zog es mit sich durch die mit jedem Schritte dunkler werdende Schlichtingsche Wohnung bis in ihre Hinterstube hinein. Hier mußte sie lachen, als sie den sonderbaren Briefverschluß ihrer Freundin Pauline sah; dann aber öffnete sie die verklebte Stelle mit einer aus ihrem dicken, schwarzen Zopf genommenen Haarnadel und las nun mit sichtlicher Freude:

»Liebe Wanda. Er kommt heute wieder, was mir sehr verkwehr is, denn ich mache gerade reine. Jott, ich bin so ärgerlich und bitte Dich bloß: komm. Ohne Dir is es nichts. Stine kommt auch. Komm Klocker acht, aber nich später, und behalte lieb

Deine Freundin *Pauline Pittelkow* geb. Rehbein.«

Wanda steckte den Brief unter die Taille, schnitt Olga ein großes Stück von einem in einer Fayenceterrine mit Deckel aufbewahrten altdeutschen Napfkuchen ab und sagte dann: »Un nu grüße Mutterchen und sag ihr, ich käme Punkt acht. Mit'm Schlag. Denn wir von's Theater sind pünktlich, sonst geht es nich. Und wenn du wiederkommst, Olgachen, so kannst du gleich die kleine Hoftreppe raufkommen, bloß drei Stufen, da brauchst du vorn nich durch un is kein Fräulein Flora nich da, die dich anschreit und wegschicken will. Hörst du?« Und in einer Art Selbstgespräch setzte sie hinzu: »Gott, diese Flora; je weniger Bildung, je mehr Einbildung.«

Olga versprach, alles zu bestellen, und eilte mit ihrem Beutestück ins Freie. Kaum draußen, sah sie sich noch einmal um und biß dann herzhaft ein und schmatzte vor Vergnügen. Aber schnöder Undank keimte bereits in ihrer Seele, und während es ihr noch ganz vorzüglich schmeckte, sagte sie schon vor sich hin: »Eigentlich ist es gar kein richtiger ... Ohne Rosinen ... Einen mit Rosinen ess ich lieber.«

4. KAPITEL

Als Olga, nach Erledigung aller ihr aufgetragenen Gänge, den zu Kaufmann Marzahn an der Ecke natürlich mit eingerechnet, wieder nach Hause kam, fand sie hier alles verändert und Tante Stine damit beschäftigt, die rote Wollschnur der Tüllgardinen in die messingblechenen Halter einzuhaken. Überall herrschte Sauberkeit und Ordnung – nur in der Nebenstube war man nicht fertig geworden –, und das einzige, was als Störung gelten konnte, war ein eben abgegebener

Korb mit Weinflaschen und eine vorläufig auf einen danebenstehenden Stuhl gesetzte Hummermayonnaise.

Olga berichtete, daß Wanda kommen würde, was von seiten der Pittelkow mit sichtlicher Freude vernommen wurde. »Wenn Wanda nich da is, is es immer bloß halb. Ich möchte mir nich alle Tage hinstellen und Prinzessin spielen; aber das muß wahr sein, alle vons Theater haben so was un kriegen einen Schick un können reden. Wo's ihnen eigentlich sitzt, ich weiß es nich, und am wenigsten bei Wanda. Wanda war immer die Faulste von uns un die Klügste auch nicht un ließ sich vorsagen, und ohne Lehrer Kulicke ... na, mit dem hatte sie's. Überhaupt, es war'ne pfiffige Kröte, was sonst die Dicken eigentlich nich sind. Aber immer gut und kein Neidhammel und gab immer was ab.«

Während dieser Rede, die sich nur halb an Stine richtete, war die mitten auf dem Sofa stehende Witwe mit Geraderückung dreier Bilder beschäftigt und trat, als sie damit fertig war, vom Sofa her bis an die Türschwelle zurück, um von hier aus noch einmal alles überblicken und sich von dem Gelungensein ihres Arrangements überzeugen zu können. Wegen solcher Dinge gelobt zu werden, war ihr, bei ihrer im Grunde genommen ganz auf Wirtschaftlichkeit und Ordnung gestellten Natur, ein wahres Herzensbedürfnis, und wenn sie je zuvor einen Anspruch auf ein dafür einzuheimsendes Lob gehabt hatte, so sicherlich heute. Alles, was aus dem ihr zur Verfügung stehenden Material gemacht werden konnte, war daraus gemacht worden und ließ wenigstens momentan übersehen, wie sehr und zum Teil auch in wie komischer Weise sich die hier aufgestellten Sachen untereinander widersprachen. Ein Büfett, ein Sofa und ein Piano, die, hintereinander weg, die von keiner Tür unterbrochene Längswand des Zimmers einnahmen, hätten auch bei ›Geheimrats‹ stehen können; aber die von der Pittelkow eben geradegerückten drei Bilder stellten das im übrigen erstrebte Ensemble wieder stark in Frage. Zwei davon: ›Entenjagd‹ und ›Tellskapelle‹, waren nichts als schlecht kolorierte Lithographien allerneuesten Datums, während das dazwischenhängende dritte Bild, ein riesiges, stark nachgedunkeltes Ölporträt, wenigstens hundert Jahre alt war und einen polnischen oder litauischen Bischof verewigte, hinsichtlich dessen Sarastro schwor, daß die schwarze Pittelkow in direkter Linie von ihm abstamme. Gegensätze wie diese zeigten sich in der gesamten Zimmereinrichtung, ja, schienen mehr gesucht als vermieden zu sein, und während sich an einem der Wandpfeiler ein prächtiger Trumeau mit zwei vorspringenden Sphinxen breit machte, standen auf dem Bücherschrank zwei jämmerliche Gipsfiguren, eine Polin und ein Pole, beide kokett und in Nationaltracht zum Tanze ansetzend. Am interessantesten aber präsentierte sich der eben erwähnte Bücherschrank selbst, dessen vier Mittelfächer leer waren, während auf seinem obersten Brett zwölf prachtvoll in Leder gebundene Bände von *Humes History of England* und achtzehn Bände *Oeuvres posthumes de Frédéric le Grand* standen und einen wundervollen Gegensatz zu dem ›Berliner Pfennigmagazin‹ bildeten, das, in zwei Haufen übereinandergetürmt, unten im Schrank lag. All dies Einrichtungsmaterial, Kleines und Großes, Kunst und Wissenschaft war an ein und demselben Vormittage gekauft und mittels Handwagen, der ein paarmal fahren mußte, von einem Trödler in der Mauerstraße nach der Invalidenstraße geschafft worden. Auf die vor allem verwunderlichen französischen und englischen Prachtbände hatte *der,* aus dessen Mitteln dies alles kam, eigens und mit besonderem Nachdruck bestanden, ›auf daß‹, wie er sich in seiner spöttisch huldigenden Weise auszudrücken liebte, ›die Welt erfahre, wer Pauline Pittelkow eigentlich sei‹.

Das waren die Schätze, die jetzt, von der Tür her, einer letzten Musterung unterworfen wurden, und als schließlich auch noch die Fransen des vor dem Sofa liegenden Brüsseler Teppichs geradegezupft waren, sagte die Pittelkow: »So, Stine, nu komm, nu kochen wir uns einen Kaffee, das heißt: einen orntlichen. Und Olga holt uns was dazu. Willst du Streusel oder bloß mit Zucker und Zimt?«

»Ach, Pauline, du weißt ja ...«

»Na, dann Streusel ... Olga.«

Und diese, die, weil die Tür aufstand, jedes Wort gehört und sich nur zum Schein, aber eben deshalb auch um so zudringlich-liebevoller mit dem ›Brüderchen‹ beschäftigt hatte, stürzte jetzt, wie besessen, aus der Hinterstube nach vorn und war ganz Ohr und Auge.

»Da, Olga. Nu geh. Aber von Katzfuß, nich von Zachow. Und nasche nich wieder und rede nachher von Krümel.«

»Und nu, Stine«, fuhr die Pittelkow fort, während Olga verschwand und das längst blank gewordene Treppengeländer im Nu hinunterrutschte, »nu wird's auch wohl Zeit, uns fein zu machen. Aber komme nich wieder in deinem grünen Kamlott. Du weißt, so was kann er nich leiden. Und solang es so is, wie es is, muß man doch machen, was er will. Und denn bringt er ja auch das ausgepustete Ei mit. Und *die* kenn ich, die verlangen immer am meisten, und wenn es weiter nichts is, wollen sie wenigstens was sehn un Augen machen. Und das weiß auch die Wanda. Paß mal auf, die kommt wieder mit's schwarze Samtkleid und ne Rose vorn. Ich muß immer lachen.«

Und wirklich, Wanda kam in schwarzem Samt und sah sehr stattlich aus. Ihr Kopf hatte nichts von der frappierenden Schönheit ihrer alten Schul- und Jugendfreundin, aber an ›Pli‹ war sie dieser, wie die Pittelkow selbst zugestand, sehr überlegen. »In Pli kann ich gegen Elisabetten nich an.« Das war die letzte Rolle, worin sie Wanda gesehen und beinahe widerwillig bewundert hatte.

»Ah, Wanda«, so begrüßte sie jetzt die Freundin«, das is nett, daß du da bist; immer pünktlich.«

»Ja, liebe Pauline, das is so bei uns, das lernen wir wie die Soldaten. Wenn's Stichwort fällt, müssen wir vor, und wenn's das Leben kostet.«

Die Pittelkow lachte herzlich, was sie jedoch nicht abhielt, Wanda mit einer gewissen Feierlichkeit in den rechten Sofaplatz hineinzukomplimentieren. Stine, die sehr gut aussah und auf Wunsch der Schwester ihr getüpfeltes ›Perlhuhnkleid‹ anhatte, sollte sich neben Wanda setzen, bestand aber hartnäckig auf ihrem Willen und nahm einen Lehnstuhl der Schauspielerin gegenüber. Zwischen beiden stand ein Riesenbukett, das im Invalidenhausgarten für diesen Festabend geschnitten worden war: ein Dutzend Rosen, aus deren Mitte hohe Feuerlilien aufwuchsen. Wanda, die riechen wollte, bückte sich zu tief hinein und machte sich dadurch einen gelben Bart, was Paulinen ungemein amüsierte. Sogar Olga wurde herbeigerufen. »Sieh, Olga, sieh, Tante Wanda hat 'nen Schnurrbart. Und was für einen! Ihr sollt mal sehn, Kinder, der junge Graf hat gar keinen!«

In diesem Augenblick wurde die Klingel gezogen, und die Pittelkow ging, um in Person zu öffnen. Stine folgte, weil sie nicht sitzen bleiben und großartig die Dame spielen wollte. Wanda dagegen, im Vollgefühl dessen, was sie sich und der Kunst schuldig sei, rührte sich nicht vom Fleck und thronte weiter. Erst als der Besuch eintrat, erhob sie sich und erwiderte leichthin den Gruß der beiden älteren Herren, während sie vor dem jungen Grafen einen Hofknix machte.

»Darf ich die Herrschaften miteinander bekannt machen?« fragte jetzt Sarastro verbindlich und mit anscheinend ernstester Miene. »Mein Neffe Waldemar (dieser verbeugte sich), Frau Pauline Pittelkow, geborene Rehbein, Fräulein Ernestine Rehbein, Fräulein Wanda Grützmacher ... Einer Vorstellung unsres Freundes Papageno bedarf es nicht; er genießt des Vorzuges, allen Anwesenden bekannt zu sein.«

In der Art, wie diese Vorstellung von den drei Damen aufgenommen wurde, zeigte sich durchaus die Verschiedenheit ihrer Charaktere: Wanda fand alles in der Ordnung, Pauline brummte was von Unsinn und Afferei vor sich hin, und nur Stine, das Verletzende der Komödie herausfühlend, wurde rot.

»Hat Borchardt geschickt?«

»Versteht sich, hat er ...«

»Nun, dann bitt ich also ...«

Der ungewöhnliche Bestimmtheitston, in dem das alles von seiten Sarastros gesagt wurde, verschnupfte die Pittelkow nicht wenig; sie hielt es aber für angemessen, ihren Ärger darüber auf andere Zeit zu vertagen, und ging mit Stine hinaus, um den schon vorher gedeckten Tisch aus dem Hinterzimmer in das Vorderzimmer zu tragen.

Inzwischen war der alte Graf, der sehr feine Nerven hatte, durch die Feuerlilien und ihren Geruch heftig inkommodiert worden; er nahm sie daher ohne weiteres aus dem Bukett, öffnete das Fenster und warf sie hinaus. »Ein mir unerträglicher Geruch; halb Kirchhof, halb Pfarrgarten. Und von beiden halt ich nicht viel.«

Ehe fünf Minuten um waren, war die Tafelrunde geschlossen. Alle saßen an einem ovalen Tisch: obenan der alte Graf, neben ihm Wanda und Stine, dann Papageno und Waldemar, zu unterst aber, also dem alten Grafen gegenüber, seine Freundin Pauline. Sie saß so, daß sie bei jedem Aufblick in den Trumeau sehen mußte, was den alten Grafen, als er es merkte, zu dem halb scherzhaften, halb huldigenden Zuruf: »Ehre, dem Ehre gebührt!« veranlaßte. Die Pittelkow aber gefiel sich heute in Ablehnung solcher Huldigungen und sagte: Jott, Ehre! *Mir* ist nichts jräßlicher, als immer meine Visage sehn.«

»Dann bitt ich meine schöne Freundin, ihren Augenaufschlag etwas niedriger zu richten; sie sieht dann mich.«

Das erheiterte sie. »Da bin ich doch lieber fürs Gewesene. Da bin ich doch noch lieber für mich.«

Sarastro und Papageno waren entzückt und tranken ihrer schwarzen Freundin zu.

»Immer dieselbe«, sagte Sarastro. »Nicht wahr, Fräulein Wanda?«

Diese stimmte zu, schon einfach, weil sie mußte, begann aber doch an ihrer Rose zu zupfen, zum Zeichen, daß sie nicht hergekommen sei, sich vor den Triumphwagen der Witwe Pittelkow zu spannen. Dann lehnte sie sich zurück und sah nach der Tellskapelle.

Papageno trug dieser Stimmung Rechnung und kam der Künstlerin, die durchaus versöhnt werden mußte, mit einem Kunstgespräch entgegen, was sich um so eher tun ließ, als auch der alte Graf an allem Theaterklatsch einen ehrlichen Anteil nahm und keinen Unterschied machte, gleichviel, ob sich's um die Lucca oder Patti oder um die letzte Choristin in der ›Fledermaus‹ handelte.

»Meine Gnädigste«, begann Papageno, »was dürfen wir demnächst an Neuigkeiten auf Ihrem Kunstinstitut erwarten?«

»Unser Alter«, erwiderte Wanda, »will es mit einem Ausstattungsstück versuchen. Er meint, es sei noch das einzige ...«

»Da hat er recht. Ist es eine Reise nach dem Mond oder in den Mittelpunkt der Erde?«

»Hoffentlich das letztere«, warf der alte Graf ein. »Ich bin für Mittelpunkte.«

Wanda lächelte. Das Eis war gebrochen, und es wurde ihr von diesem Augenblick an einigermaßen schwer, in einem öden, weil wenigstens zunächst noch unpersönlich verbleibenden Kunstgespräch weiter fortzufahren. Sie bezwang sich aber und sagte, während sie nur dann und wann den alten Grafen verständnisvoll streifte: »Wegen Beschaffung eines Textes hat sich der Alte natürlich kein graues Haar wachsen lassen. Er bleibt bei seiner Abneigung, für Dinge zu zahlen, die man umsonst haben kann, und glaubt, wie mein Kollege Pöltrig sagt, der übrigens studiert hat, anstandslos in das Gebiet der Dichtung übergreifen zu können. Unser Alter ist überhaupt der Mann der Übergriffe, woran ich immer nur mit Unwillen denken kann.«

»Empörend!« sagte der alte Graf. »Übrigens ahn ich bereits, an welche Tür er geklopft haben wird. Wohlzuverstehen: an welche Dichtertür. Ich wette zehn gegen eins: Shakespeare.«

»Der Herr Graf treffen immer ins Schwarze. Ja, das ›Wintermärchen‹, und mir ist die Hauptrolle zugefallen, die der Hermióne, von der ich vorläufig nur weiß, daß ich eine ganze Szene lang auf einem Postamente stehe, ganz schmucklos, aber doch was Weißes um.«

Sarastro lächelte. »Diese Besetzung der Rolle kann niemand überraschen, und Sie mein gnädigstes Fräulein, wenn Sie nicht blind gegen Ihre Gaben und Vorzüge sind, am wenigsten. Die Natur hat Sie zu glücklich ausgestattet, als daß das Marmorbräutliche, das hier beinahe ausschließlich in Frage kommt, an Ihnen vorübergehen konnte. Wenn ich mir Sie so denke, ganz Stein, und mit einem Male durchdringt Sie das warme, pulsierende Leben, alles wogt, und in rötlicher Beleuchtung steigen Sie vom Sockel hernieder, um wieder Mensch unter Menschen zu sein – ein erhabener Gedanke ...«

»Der Herr Graf schmeicheln. Es ist eine Rolle, die durchaus Jugend fordert, ja, mehr als Jugend; ich möchte sagen dürfen: Jugend und Zartheit ...«

»Eigenschaften, die Sie sich in übergroßer Bescheidenheit nur absprechen, um unsres heftigsten Widerspruchs sicher zu sein. Hermióne, soviel mir vorschwebt, ist schon zu Beginn des Stücks Gattin und Mutter, zudem auf Untreue verklagt – Ereignisse, die doch nur ausnahmsweise vor das vierzehnte Lebensjahr fallen. Ich bitte Sie, was heißt jung, und vor allem, was heißt zart! Es wird mit diesem Wort ›zart‹ ein beständiger Mißbrauch getrieben, und alles, was bleich oder schwindsüchtig ist, das ist sicher, als zart bezeichnet zu werden. Eine der vielen Verirrungen unseres modernen Geschmacks. Zart, zart; zart ist etwas Innerliches, Seelisches, das auch innerhalb einer vollsten Formengebung existieren kann. Fragen Sie meinen Neffen. Er reist seit fünf Jahren in Italien umher, namentlich in Kirchen, und kennt, schlecht gerechnet, fünftausend Heilige weiblichen Geschlechts. Und was heilig ist, muß doch auch zart sein. Und nun soll er uns Rede stehen über den Begriff der Zartheit. Ich will seinem bessern Urteile nicht vorgreifen, aber ich wage vorweg die Behauptung, alles, was er von heiligen Cäcilien und Barbaras und selbstverständlich auch von Genovevas, die immer die Hauptsache bleiben, gesehen hat – alle waren Damen von Ihrer Konstitution, meine Gnädigste, Damen, denen alles Mondscheinene fehlte, Damen in schwarzem Samt und roter Rose. Waldemar, unterstütze mich in einer Sache, die meinem Herzen und meinem Kunstgefühl gleich viel bedeutet.«

Er stieß mit Wanda an und hatte die Freude, daß Waldemar auf den angestimmten Ton einging und unter verbindlichem Lächeln versicherte: der Onkel habe recht; alle Heiligen seien wohlproportioniert, und auch das Zarteste könne sich noch innerhalb der Wellenlinie ...

»Brav, brav«, unterbrach hier der Graf. »Und so bitt ich denn, die Gläser zu füllen, um auf das Wohl Hermiónens zu trinken, – eine von Fräulein Wanda bevorzugte Akzentverschiebung, die mir eine ganz neue Auffassung verspricht. Denn die Akzente machen's im Leben und in der Kunst. Es lebe die Kunst, es lebe das Zarte, es lebe die Wellenlinie, vor allem, es lebe Hermióne-Hermióne, es lebe Fräulein Wanda, es lebe die rote Rose!«

Wanda verneigte sich und überreichte dem alten Grafen die rote Rose, die so innig den Schluß seiner Rede gebildet hatte. Der alte Baron aber stieß von der anderen Seite her mit beiden an.

Es folgte nun Toast auf Toast, Papageno ließ Stine leben, und nachdem auch noch Waldemar, ebenfalls an Stine sich wendend, ein paar Worte gesprochen, sprach Wanda, wie herkömmlich, in Klappreimen, die sie sich übrigens auf die einfachste Weise, indem sie ›Liebe‹ statt ›Freundschaft‹ setzte, für Gelegenheiten wie die heutige aus einem alten Stammbuchverzeichnis zurechtgemacht hatte. Zuletzt ergriff der alte Graf noch einmal das Wort, um seine Freundin Pauline leben zu lassen. Er verschwieg aber ihren Namen dabei, sprach nur ganz allgemein über den Zauber und die Vorzüge der Witwenschaft und schloß mit dem Aufruf: »Es lebe meine Mohrenkönigin, meine Königin der Nacht!«

Alles erhob sich, und Baron Papageno versicherte, daß das ein echter Sarastro-Toast gewesen sei, und daß die Reihe der Trinksprüche nicht würdiger hätte schließen können.

Alle stimmten zu, nur nicht *die,* der der Trinkspruch gegolten hatte. Das Drastische darin mochte gehen (verhöhnte sie doch selber alles, was sie ›sich zieren‹ nannte), der Spott aber, der durchklang, und ein behagliches Sich-Ergehen in Witzeleien, die sie nur halb verstand und die gerade deshalb ihr schlimmer erschienen als sie waren – *das* verdarb ihr die Stimmung, und so sagte sie, während sie sich verfärbte: »Na, Graf, bloß nich so, bloß nich übermütig. Das lieb ich nich. Un so vor alle! Was sollen denn der junge Herr Graf davon denken?«

»Immer das Beste!«

»Na, das Jute wäre mir lieber.« Und während sie sich Wasser einschenkte, wiederholte sie: »Königin der Nacht. Is nicht zu glauben.«

5. KAPITEL

Die sich im Herzen der Witwe Pittelkow regende Verstimmung würde sich bei der vorherrschenden Tafelheiterkeit unter allen Umständen rasch wieder verzogen haben; der alte Graf aber, der die beispiellose Heftigkeit seiner ›Königin der Nacht‹ nur zu gut kannte, hielt es nichtsdestoweniger für angezeigt, auch der bloßen Möglichkeit eines Sturmes vorzubeugen. »Ich denke«, sagte er, »wir sorgen für etwas frische Luft und nehmen im Nebenzimmer den Kaffee.«

»Geht nich«, erwiderte die Pittelkow. »Alle Gardinen ab; alles wie Kraut und Rüben ...«

»Gut denn, so bleiben wir. Auch eng und warm hat seine Vorzüge ... Darf ich bitten ...« Und damit nahm er, die Tafel aufhebend, Wandas Arm und geleitete sie bis an den Sofaplatz, den sie beim Erscheinen der Herren innegehabt hatte. Der junge Graf führte Stine, während der mit der Sitte solcher Pittelkow-Abende längst vertraute Baron ohne weiteres einen eleganten Likörkasten und eine Zigarrenkiste vom Büfett her auf den Sofatisch setzte. Der alte Graf nickte zustimmend, strich ein Phosphorholz an der Sohle seines Lackstiefels und zündete sich eine sorgfältig gewählte Havanna an. Als er den ersten Zug getan und die Wolke weggeblasen hatte, wandte er sich kavalierhaft verbindlich an Wanda und Stine und sagte: »Die Damen erlauben doch?«

Frau Pauline hatte sich gleich von Tisch in die Küche begeben und kam schon nach wenigen Minuten mit dem Kaffee zurück, eine Schnelligkeit, die sich nur daraus erklärte, daß sich Olga der ihr gewordenen Doppelaufgabe: das Kind ruhig und das Wasser im Kochen zu erhalten, mit einer durch Furcht und Hoffnung gleichmäßig geschärften Gewissenhaftigkeit unterzogen hatte. Der Kaffe wurde präsentiert, auch der alte Baron nahm aus dem Zigarrenkistchen, und einen Augenblick später kräuselten sich die Rauchwolken von zwei Seiten her durch die Luft.

»In der ganzen Welt gibt es keine zweite solche Zigarre«, versicherte Papageno.

»Zugestanden«, erwiderte der Graf. »Und zudem eine Zigarre *hier,* im Hause meiner Freundin, ist mir immer wie Opiumrauchen, das glücklich macht, und bei jedem neuen Zug seh ich die Gefilde der Seligen oder, was dasselbe sagen will, die Houris im Paradiese.«

»Na, na«, sagte die Pittelkow, die, wenn sie nicht schon da waren, neue Verhöhnungen fürchten mochte.

Der alte Graf aber ließ sich durch diesen Zuruf nicht stören und fuhr seinerseits fort: »Überhaupt alles wundervoll, und ich vermisse nur eins: die Liköre. Papageno hat freilich für den Kasten gesorgt (dafür ist er Papageno), aber nicht für den Schlüssel ... Ah, sieh da, Fräulein Stine bringt ihn schon. Ich glaube, sie hat überhaupt den Schlüssel und schließt uns jedes Glück auf, vorausgesetzt, daß sie will ... Und nun überlassen Sie mir die Wahl, meine Damen. Ich wette, daß ich's für jede von Ihnen treffe.«

»Das wäre«, sagte Wanda, »da bin ich doch neugierig.«

»Es ist leichter, als Sie denken. Jedem sind seine Neigungen von der Stirn zu lesen: hier, meine Freundin, ist für Curaçao (die Pittelkow nickte), der früher unter dem schlichten Namen ›Pomeranzen‹ eine nicht verächtliche Karriere machte; Fräulein Stine ist natürlich für Anisette, und Fräulein Wanda für einen Benediktiner oder zwei. Kosten Sie, meine Gnädigste. Wie denken Sie über solche Mönche? Nicht wahr, nicht übel?«

Es wurde nun immer belebter, und je mehr sich eine narkotische Wolke durch das Zimmer verbreitete, desto mysteriöser wurde auch die Sprache. Der alte Graf übernahm dabei die Führung, während Baron Papageno sekundierte. Beider Intimitäten aber richteten sich ausschließlich an Wanda, weil sie vor den beiden Schwestern eine gewisse Scheu hatten, vor der älteren um ihres unberechenbaren Temperaments, vor der jüngeren um ihrer Unschuld willen. Wanda, die die momentane Vernachlässigung zu Beginn der Tafel längst vergessen hatte, sah in diesem beständigen Sichwenden an ihre Person selbstverständlich nichts als einen ihr zustehenden Triumph und berauschte sich an der Fülle der ihr immer eindringlicher zuteil werdenden Huldigungen. Und was die Huldigungen nicht taten, das tat der Benediktiner. Alle Grandezza war längst abgestreift, und als sie mit einigen Kulissengeheimnissen debütiert und namentlich den alten Direktor in seiner eigentlichsten Sphäre, der des Serails, gekennzeichnet hatte, war sie vorgeschritten genug, dem Wunsche des alten Grafen, der nach Proben ihrer Kunst verlangte, nachzugeben. Ein paar auch jetzt noch verbleibende Bedenken wurden durch Baron Papageno beseitigt, der im rechten Moment erzählte, ›die Rachel habe, mit nichts als einem Spitzenschleier drapiert, auf der Pfaueninsel die Phädra gespielt und den Kaiser Nikolaus zur Bewunderung hingerissen: er bezweifle nicht, daß Wanda dasselbe könne, gleichviel nun, ob sie den Ritter Toggenburg oder den Gang nach dem Eisenhammer oder auch bloß den Handschuh deklamiere. Aber einer müsse hinter ihr stehen und die Gesten machen; ohne Gesten sei der Erfolg nur halb.‹ Diese Frage wurde weiter ausgesponnen, und nachdem man die verschiedenen Formen und Zusätze durchgenommen hatte, durch deren Anfügung die Schillersche Ballade zu höherer Wirkung gelangen sollte, kam man schließlich überein, da doch alles auf den dramatischen Effekt hinauslaufe, lieber die Deklamation ganz fallen zu lassen und statt dessen ein Stück aufzuführen: ein Schattenspiel oder am liebsten eine *Kartoffelkomödie.* Dieses Wort, kaum gefallen, wurde mit Begeisterung aufgenommen, und Wanda, nachdem sie die noch vor ihr stehende kleine Tasse geleert, erhob sich von ihrem Sofasitze, zum Zeichen, daß sie nunmehr bereit sei, mit einer dramatischen Aufführung zu beginnen.

»Aber was? Was? ... Lustspiel oder Trauerspiel?«

»Natürlich Trauerspiel ...« so klang es durcheinander, und selbst der junge Graf und Stine, die sich bis dahin zurückgehalten hatten, wurden lebendig. Wanda selbst aber verbeugte sich und sagte nicht ohne Anflug von Humor: »Ein verehrungswürdiges Publikum wird seiner Zeit über Inhalt und Titel des näheren verständigt werden.«

»Bravo! Bravo!«

Hierauf zog sie sich in der Tat zurück und ging in die Küche, wo sie das Nötigste für die Komödie zu finden hoffte. Die Pittelkow folgte. Bald danach aber erschienen beide wieder in Front der Wohnung, wo man sofort, die nach der Nebenstube führende Flügeltür öffnend, innerhalb eben dieser Türöffnung ein kariertes Plaid auszuspannen und in etwa Manneshöhe zu befestigen begann. Dahinter nahm jetzt Wanda ihren Stand, und drückte das Plaid gerade weit genug herunter, um bequem darüber fortsehen zu können. Und nun verkündigte sie: »Judith und Holofernes, Trauerspiel in zwei Akten von Tussauer, ohne Musik. Wir beginnen mit dem ersten Akt (›sehr gut‹ ... ›merkwürdig‹) oder, was dasselbe sagen will, mit der Zeltgasse des Holofernes.«

Und nach dieser Ankündigung schnellte das Plaid wieder in die Höhe, und an Stelle von Wandas brünettem Gesicht erschien eine weißgekleidete Kartoffelprinzessin mit rotem Turban und rotem Siegellackmund. Natürlich Judith. Diese verneigte sich, geschickt dirigiert, vor dem Publikum, sah abwechselnd nach links und rechts, wie wenn sie jemand erwartete, und begann dann in etwas heiserem Ton:

»Er ist es, Holofern, der schwergeprüfte Mann,
Ich seh sein großes Schwert und einen Klunker dran.«

Wirklich zeigte sich eben in diesem Augenblicke von der einen Seite her eine hagere Rotmantelgestalt mit einer Papierkrone:

Wer bist du, schöne Frau? Wo kommst du hergereist?
Im Krieg ist mancher Mann manchmalen etwas dreist.«

»Auch im Frieden«, tuschelte Sarastro dem Baron zu. Judith aber fuhr fort:

»Ergebne Dreistigkeit erleid ich sittig gern,
Ich nenne Judith mich und suche Holofern.
»So bin ich's, den du suchst ... Wie war ich so allein ...«
»Doch nur durch deine Schuld ...«
»Es soll nicht länger sein.«

Und unter einem halb befehlshaberischen, halb vertraulichen Augen- und Fingerwink auf sein Zelt zuschreitend, folgte Judith, während das gleichzeitig im Nebenzimmer erlöschende Licht anzeigte, daß der Vorhang vorläufig falle.

Der junge Graf wollte Beifall klatschen, der Oheim aber hielt ihn zurück und erklärte, ›daß man sein Feuer, auch in solchen Dingen, nie zu früh verknattern müsse. Dies alles sei nur Vorspiel und stelle viel, viel Intrikateres in Aussicht. Er, für seine Person, sei vor allem neugierig, wie Fräulein Wanda gewisse szenische Schwierigkeiten, so beispielsweise das Konnubium und in zweiter Reihe die Dekapitation, überwinden werde. Freilich bestreite man jetzt das Vorhandensein szenischer Schwierigkeiten, aber alles habe doch seine Grenzen.‹

Sarastro würde noch weiter gesprochen haben, wenn nicht das sich wieder erhellende Nebenzimmer den Fortgang der Handlung angezeigt hätte. Wirklich erschien im nächsten Augenblick Judith aufs neue, diesmal, um ihren entscheidenden Monolog zu halten.

»Er sterbe ... Muß er's denn? Mir selber ist es leid,
Er sprach von einem Schmuck und sprach von einem Kleid
Allein, wer bürgt dafür? Ich weiß, wie Männer sind,
Ist erst der Sturm vorbei, so dreht sich auch der Wind:
Er sprach von Frau sogar, allein, was ist es wert? ...
Komm denn an meine Brust, geliebtes Racheschwert;
Er hat es so gewollt – ich fasse seinen Schopf,
Daß er mich zubegehrt, das kostet ihm den Kopf.«

Und im selben Augenblicke (die Gestalt des Holoferns war inzwischen aus der Tiefe heraufgestiegen) vollzog sich auch schon der Enthauptungsakt, und der Kopf des Holoferns flog, über die Gardine fort, ins andre Zimmer hinein, und fiel hier vor Baron Papageno nieder. Alles klatschte dem Stück und mehr noch dem virtuosen Schwerthiebe Beifall, der alte Baron aber nahm den ihm zu Füßen liegenden Kopf auf und sagte: »Wahrhaftig, bloß eine Kartoffel. Kein Holofernes. Und doch war es mir, als ob er lebe. Was eigentlich auch nicht wundernehmen kann. Denn früher oder später ist eine derartige Dekapitation unser aller Los. Irgendeine Judith, die wir ›zubegehren‹ – beiläufig eine herrliche Wortbildung –, entscheidet über uns und tötet uns so oder so.«

»Lassen Sie's, Baron. Wozu diese schwermütigen Betrachtungen. Ich find es einfach superb. Und glücklich der Dichter, der derlei schaffen konnte. Sie, Fräulein Wanda, nannten vorhin einen Namen, aber vielleicht nur, um von sich persönlich abzulenken … Eigene Schöpfung?«

»O nein, Herr Graf.«

»Nun, wenn nicht von Ihnen, meine Gnädigste, von wem denn?«

»Von einem jungen Freunde.«

»Will sagen, von einem alten Anbeter.«

»Nein, Herr Graf, von einem wirklichen jungen Freunde, von einem Studenten.«

»Das sind wir alle. *Was* studiert er? Darauf kommt es an.«

»Ich habe das Wort vergessen, und auf seiner Karte steht es immer nur halb. Und sein Museum ist in der Königgrätzer Straße. Da wollen sie, wenn mir recht ist, herauskriegen, wie die Welt entstanden ist und woraus und wann.«

»Und vielleicht auch warum? Ein sehr interessantes Studium … Und er dichtet auch?«

Wanda bejahte, zugleich hinzusetzend, daß es nichts Leichtes gewesen sei, seiner ernsten Richtung in der Kunst ein Stück wie Judith und Holofernes abzugewinnen. ›Er werde seine Muse nicht entweihen‹, seien seine Worte gewesen. Aber sie habe, Gott sei Dank, Mittel in den Händen gehabt, ihn zu zwingen.

»Ah, ich verstehe …«

»Nein, nicht *das*, Herr Graf. Er ist ein sehr verschämter junger Mann und liest mir bloß seine großen Trauerspiele vor, immer mit einem Vorspiel. Und dabei hofft er auf meine Fürsprache. Damit hab ich ihn in der Gewalt. Freilich, es wird nichts mit ihm. Aber ein guter Junge, der mir alles zuliebe tut.«

»Glaub ich«, lachte der Baron, »aber, meine Gnädigste, wer wollt es auch anders? Und nun denk ich, wir machen einen Whist.«

Ein Spieltisch wurde herbeigeschafft und aufgeklappt, und die drei Herren und Wanda nahmen Platz. Auf ein niedriges Tischchen daneben wurde ein Champagnerkühler gesetzt, und der alte Graf in Person machte den Wirt. Eigentlich trank nur Wanda, trotzdem auch ihr ein Spatenbräu sehr viel lieber gewesen wäre. Stine stand hinter Papagenos Stuhl und mußte die Versicherung anhören: ›Eine reine Jungfrau bringe Glück.‹ Die Pittelkow machte sich wirtschaftlich zu tun und putzte bereits die Gabeln wieder blank.

So verging eine gute Weile. Zuletzt aber warf der alte Graf die Karten hin und sagte: »Kommt nichts dabei heraus. Ein Spiel ist eigentlich nur was, wenn es *la banque ou la vie* geht. Ich glaube, ich habe sieben Mark verloren und quäle mich nun schon eine Glockenstunde. Wanda, sind Sie bei Stimme? Natürlich; was frag ich noch. Eine Dame wie Sie hat ihre Requisiten immer bei sich. *Omnia mea mecum portans* …«

Papageno lachte.

Der alte Graf aber fuhr fort: »*Omnia mea* … Welche Perspektive! Auf Ihr Wohl, Wanda. Und auf das Ihre, Fräulein Stine. Pauline braucht unser Wohl nicht, *der* ist wohl von selbst.«

»Na, na, Graf. Bloß nich so. Von selbst? Wovon denn? Weiß es Gott, es is auch nich immer 'n Vergnügen.«

»O vorzüglich, Pauline. Du bist doch die beste. Stoß an, Kind. Aber nun singen, Wanda.«

»Ja, wer begleitet?«

»Natürlich der, der allein begleiten kann: Papageno.«

»Gut, gut.«

Und der alte Baron schob einen Stuhl ans Klavier, drehte den kleinen Schlüssel und öffnete. »Was soll es sein?«

»Nun«, sagte der alte Graf, »das wenigstens sind wir dir schuldig, Freund, daß wir mit der Papageno-Arie beginnen. Also: ›Bei Männern, welche Liebe fühlen, fehlt auch ein gutes Herze nicht‹. Aber freilich, das ist eine Platitüde, das ist selbstverständlich. Erst was folgt, ist das Eigentliche. Die süßen Triebe mitzufühlen, ist dann des Weibes erste Pflicht.«

Der Baron nickte zustimmend und wiederholte den Schluß: »ist dann des Weibes erste Pflicht«. Wanda aber, die, wie die meisten ihrer Art, an ganz unmotivierten Anstands- und Tugendrückfällen litt, sagte mit einem Male: »Nein, meine Herren, es ist noch zu früh. Ich finde, dies Lied ist schon über der Grenze.«

Die Herren sahen einander an, weil keiner wußte, was er aus diesem Unsinn machen sollte; die Pittelkow aber, die sich über das ›Wandasche Gehabe‹ ganz aufrichtig ärgerte, fuhr energisch dazwischen und sagte: »Jott, Wanda, bloß keine Geschichten. Jrenze! Wenn einer so was hört! Man is entweder rüber, oder man is nich rüber. Un wenn man erst rüber is, und wir sind rüber, dann is es auch ganz egal, ob es Klock zehn is oder Klock elf. Nein, Wanda, bloß nich zieren. Immer anständig, dafür bin ich; aber zieren kann ich nicht leiden.«

Es schien sich ein Streit entspinnen zu sollen, der, bei dem rücksichtslosen Charakter der Pittelkow, bei der alles immer biegen oder brechen mußte, leicht zu sehr unliebsamen Erörterungen hätte führen können. Niemand wußte das – nach allerpersönlichsten Erfahrungen – besser, als der alte Graf selbst. Er sprang also über den Streitpunkt rasch weg und sagte. »Dann bin ich, wenn es die Zauberflöte nicht sein kann, für den Alten Feldherrn. Aber im Kostüm.«

Das wurde denn auch allerseits freudig aufgenommen, und nach kurzem Rückzug in die Nebenstube trat Wanda wieder ein, rot drapiert und eine Gardinenstange statt des Fahnenstockes in der Hand.

»Singen, singen!«

»Ich werde ja«, sagte Wanda, sich vor ihrem Publikum verneigend, »aber was? Der Alte Feldherr hat *zwei* Stücke.«

»Nun denn, das Hauptstück: ›Fordre niemand, mein Schicksal zu hören.‹ Ein wundervolles Lied und ebenso wahr wie ergreifend. Eigentlich könnt es jeder singen, vor allem solche alte Feldherren wie wir. Nicht wahr, Papageno? Aber nun anfangen. Schnell, schnell.«

Und im nächsten Augenblick brach es los, und durch alle drei Stockwerke hin, so daß selbst die Polzins oben es hören konnten, klang es in immer erneutem Refrain:

»Ist mir nichts, ist mir gar nichts geblieben,
Als die Ehr und dies alternde Haupt.«

Die Pittelkow hatte sich dabei hinter den Stuhl des alten Grafen gestellt und schlug mit ihrem Zeigefinger den Takt auf seiner kahlen Kopfstelle.

Wanda war glücklich und gab immer Neues zum besten, wobei die Pittelkow, die viel Gehör hatte, die zweite Stimme sang, während Sarastro mit seinem Baß und der nach wie vor am Klavier begleitende Papageno mit seinem schadhaft gewordenen Bariton einfielen.

Nur der junge Graf und Stine schwiegen.

6. KAPITEL

So verging noch eine Stunde. Dann brach man endlich auf, und Sarastro und Papageno baten mit aller Dringlichkeit um die Ehre, Fräulein Wanda, ›damit ihr nichts zustoße‹, gemeinschaftlich nach Hause bringen zu dürfen. Der junge Graf schloß sich wohl oder übel an. Die doppelt und dreifach Gefeierte drang freilich ihrerseits auf Vereinfachung des Verfahrens, immer wieder versichernd, ›daß einer genüge‹. Sie sah sich aber überstimmt. ›Die Verantwortung sei zu groß.‹

Als alle fort waren, nahm die Pittelkow ihre Schwester um die Taille, walzte mit ihr dreimal im Zimmer umher und sagte dann: »So, Stine, nu wird es erst nett. Eine braune Kanne voll hab ich uns gleich noch beiseite gestellt, und ein paar Morgensemmeln sind auch noch da. Die werden nu woll zäh genug sein; aber mit Butter geht es noch, da rutschen sie … Nein, diese Wanda, nich zu glauben. Und eine Stimme wie ne Harfenjule.«

Stine versuchte, zum Guten zu reden, und warf der Schwester vor, daß sie, wie gewöhnlich, viel zu streng sei. Zudem verrate sie sich; alles, was sie da sage, sei doch bloß aus Eifersucht. Aber sie brauche gar nicht eifersüchtig zu sein, denn alle drei seien ja mitgegangen, und drei seien immer besser als einer. Die gute Wanda! Nun ja, wenn man wolle, so ließe sich jedem was am Zeug flicken (ihnen beiden auch); alles in allem aber sei die Grützmacher eigentlich eine nette Person, und jedenfalls eine sehr gutmütige.

»Ja«, sagte Pauline, »das ist sie; man bloß so wichtig und zierig. Und wenn sie sich dann ausgeziert hat, denn ziert sie sich wieder nicht genug und hat so etwas Johliges und Genierliches.«

»Du bist heute gut im Zuge«, lachte Stine, »das also ist Wanda. Und nun sage mir, wie bin ich denn? Aber nein, sag es nur lieber nicht ...«

»Will auch nicht ...«

»Sage mir lieber etwas über die drei. Wie steht es mit dem alten Grafen?«

»Ein Ekel.«

»Und mit dem Baron?«

»Ein Dummbart.«

»Und mit dem jungen Grafen?«

»Ein armes, krankes Huhn.«

7. KAPITEL

Der nächste Tag verging, ohne daß sich die Schwestern auch nur gesehen hätten: die Pittelkow hatte wieder Ordnung zu schaffen, und Stine sollte bis Sonnabend abend noch eine große Rahmenstickerei abliefern.

Und still und ohne Begegnung wie der erste Tag schien auch der zweite vergehen zu sollen. Niemand kam zu Stine hinauf, und diese – nachdem Olga den Drücker gebracht hatte – wußte nur das eine, daß ihre Schwester Pauline mit beiden Kindern in die Stadt gegangen sei. Langsam schwanden die Stunden, und die niedergehende Sonne hing schon tief zwischen den zwei Türmen des Hamburger Bahnhofs, als ein elegant gekleideter Herr die Invalidenstraße heraufkam und in Nähe des von Stine bewohnten Hauses eine Häusermusterung begann. Es war der junge Graf, der, seinem Sehen und Suchen nach zu schließen, die Pittelkowsche Hausnummer samt ihrem a, b, c, vergessen haben mußte, trotzdem aber darauf rechnete, sich in dem Wirrwarr zurechtzufinden. Und sei's nun aus Zufall oder mit Hilfe kleiner Zeichen, er traf es wirklich; und als er gleich danach auf dem ersten Treppenflur ›Witwe Pittelkow‹ las, stieg er, nunmehr sicher geworden, ohne weiteres bis ins dritte Stock hinauf und klingelte. Stine, die die Schwester erwartet haben mochte, kam rasch und öffnete.

»Gott, Herr Graf.«

»Ja, Fräulein Stine.«

»Sie wollen zu meiner Schwester; meine Schwester muß gleich zurückkommen. Ich habe Drücker und Schlüssel und kann Ihnen aufschließen.«

»Nein, ich will *nicht* zu Ihrer Schwester; ich will zu Ihnen, Fräulein Stine.«

»Das geht nicht, Herr Graf. Ich bin allein, und ein alleinstehendes Mädchen muß auf sich halten. Sonst gibt es ein Gerede. Die Leute sehen alles.«

Er lächelte. »Wenn es so ist, Fräulein Stine, dann ist rasches Eintreten immer noch das sicherste.«

»Nun gut, Herr Graf ... Ich bitte ...«

Und damit trat sie von der Korridortür zurück und ging, ihm voran, auf ihr Zimmer zu.

Die Polzin hatte, solange das Gespräch dauerte, beobachtend an ihrem Türguckloch gestanden. Im selben Augenblick aber, wo Stine, voranschreitend, den Grafen in ihr Zimmer führte, wandte sie sich ebenfalls in ihre halbdunkle Stube zurück, in der auf einem kleinen Klapptisch bereits das Abendbrot für ihren Mann stand: ein Bückling und ein rundes Landbrot, von dem sie jedesmal zwei kaufte, ›weil sich das frische zu sehr wegschneide.‹

»Na«, sagte Polzin, »was meinst du, Mutter? Drei Mark mehr is nu woll nich zuviel?«

»Drei ...? Wo denkst du hin? Wenigstens fünfe. Man bloß, daß es noch nich sicher ist. Er war so zittrig und bibberte so.«

Und bei diesen Worten legte sie das Ohr wieder an die Wand, während Polzin, der mit seiner Klapperei die Horcherszene nicht stören wollte, von seiner Arbeit aufstand und sich an sein Abendbrot machte.

8. KAPITEL

Der unerwartete Besuch war inzwischen in das Frontzimmer eingetreten, und während Stine wieder auf das Fenster und ihre hier aufgestellte Rahmenstickerei zuschritt, forderte sie den jungen Grafen auf, auf dem schräg zur Seite stehenden Sofa Platz zu nehmen. Er lehnte dies aber ab und schob statt dessen einen Stuhl in die Nähe Stines, die sich ihrerseits sofort wieder ihrer Arbeit zuwandte, freilich in sichtlicher Erregung. Die Nadel flog, und der orangefarbene Faden von Flokseide blitzte bei jedem neuen Stich, den sie machte.

»Nun, Herr Graf«, begann sie, während sich ihr Kopf immer tiefer auf die Stickerei senkte, »was verschafft mir die Ehre? Was führt Sie zu mir?«

Aber ehe der, an den sich die Frage richtete, noch antworten konnte, fuhr sie schon mit einer ihr sonst fremden Lebendigkeit fort: »Ich glaube, Sie verkennen mich. Sie mögen darüber lachen; aber ich bin ein ordentliches Mädchen, und ist keiner in der Welt, der hintreten und zu mir sagen kann: ›Du lügst.‹ Ich sehe ja, wie's geht ... nein, nein, lassen Sie mich ausreden ... und solch ein Leben, wie's meine Schwester führt, verführt mich nicht; es schreckt mich bloß ab, und ich will mich lieber mein Leben lang quälen und im Spital sterben, als jeden Tag alte Herren um mich haben, bloß um Unanständigkeiten mit anhören zu müssen oder Anzüglichkeiten und Scherze, die vielleicht noch schlimmer sind. Das kann ich nicht, das will ich nicht. Und nun wissen Sie, woran Sie sind.«

»Fräulein Stine«, sagte der junge Graf, »Sie sagen, ich irrte mich in Ihnen. Ich glaube nicht, daß ich mich in Ihnen irre. Aber selbst wenn es so wäre, so lassen Sie mich Ihnen sagen, Sie irren sich auch in mir. Ich komme zu Ihnen, weil Sie mir gefallen und mir eine Teilnahme eingeflößt haben, oder lieber rundheraus, weil Sie mir leid tun. Ich hab es Ihnen wohl angesehen, daß an dem Abende neulich nicht alles nach Ihrem Sinn und Geschmack war, und da nahm ich mir vor, du willst sehen, wie's dem Fräulein Stine geht. Ja, Fräulein, das nahm ich mir vor, und wenn ich Ihnen helfen kann, so *will* ich Ihnen helfen und Ihnen Ihre Freiheit wiedergeben und Sie losmachen aus dieser Umgebung. Ich glaube, daß ich es kann, trotzdem ich kein Prinz bin und noch weniger ein Wundertäter. Und Sie dürfen auch nicht fürchten, daß ich eines Tages mit der Absicht kommen werde, mir einen schönen Dank dafür zu holen. Nein, nichts davon. Ich bin krank und ohne Sinn für das, was die Glücklichen und Gesunden ihre Zerstreuung nennen. Eine lange Geschichte, womit ich Sie nicht behelligen will, wenigstens heute nicht.«

Er hatte sich, während er diese letzten Worte sprach, erhoben und sah, seine Hand auf Stines Stuhl lehnend, in den Sonnenball, der eben zwischen den nach Westen stehenden Bäumen des Invalidenparkes niederging. Alles schwamm in einem goldenen Schimmer, und das Schweigen, in das er verfiel, zeigte, daß er auf Augenblicke von nichts als von der Schönheit des sich vor ihm auftuenden Bildes hingenommen war. Endlich aber nahm er sich Stines Hand und sagte: »Was habe ich da gesprochen von Freiheit geben und Sie wieder losmachen wollen! Geben Sie mir keine Antwort darauf. Alles falsch und eingebildet und töricht dazu. Weil ich mich selber hilfebedürftig fühle, war ich wohl des Glaubens, Sie müßten auch hilfebedürftig sein. Aber ich empfinde mit einemmal, daß Sie's *nicht* sind, daß Sie's nicht sein können.« Stine lächelte vor sich hin. Der junge Graf aber, der es nicht sah oder nicht sehen wollte, fuhr in dem ihm eigentümlich elegischen Tone fort: »Ja, Fräulein Stine, das Kranksein, das eigentlich von Jugend auf mein Lebensberuf war, es hat auch seine Vorteile; man kriegt allerlei Nerven in seinen zehn Fingerspitzen und fühlt es den Menschen und Verhältnissen ab, ob sie glücklich sind oder nicht. Und mitunter sogar den Räumen, darin die Menschen wohnen. Und *hier* lehren mich meine Sinne, Sie können nicht unglücklich sein. Ein Zimmer, in das die Sonne jeden Abend so freundlich blickt, das ist ein gutes Zimmer.«

»Ja«, sagte Stine, »das ist es. Freilich, man soll sich seines Glückes nicht rühmen, schon um's nicht zu berufen. Aber es ist wahr, ich bin glücklich.«

Der junge Graf sah sie bei diesen Worten forschend und beinahe bewundernd von der Seite an. Er hatte sich darin gefallen, ihr, um der freundlichen Umgebung willen, in der er sie gegen Erwartung antraf, ohne weiteres das Glück zuzusprechen, und war nun doch betroffen, sie so rundheraus das bestätigen zu hören, was er ihr selber eben gesagt hatte. Stine sah das alles und setzte deshalb hinzu: »Sie müssen nun freilich nicht denken, ich wisse vor lauter Glück nicht ein noch aus. So steht es auch nicht. Ich bin glücklich, aber nicht wie die, welche die Not nicht kennen und immer nur gute Tage haben. Und bin auch nicht so glücklich wie die katholische Schwester, die mich letzten Winter in meiner Krankheit pflegte. Solche fromme Seele, die nichts will als Gott wohlgefällig sein, ja, *die* hat freilich mehr, und mit der steht es besser. Aber ich bin so gut dran wie gewöhnliche Menschen, die Gott schon danken, wenn ihnen nichts Schlimmes passiert.«

»Und das Zusammenleben mit Ihrer Schwester! Ist es Ihnen keine Last und keine Sorge?«

»Nein. Ich liebe meine Schwester, und sie liebt mich.«

»Aber Sie sind doch so sehr verschieden.«

»Nicht so sehr, wie Sie glauben. Sie verkennen meine Schwester; meine Schwester ist sehr gut.«

»Aber das Verhältnis, in dem sie steht! Es muß doch darüber geredet werden und Anstoß geben bei Leuten, die noch ihren Katechismus haben und die zehn Gebote halten.«

»Ja, bei denen gibt es freilich Anstoß, und meine Schwester muß oft böse Worte hören. Aber so heftig sie sonst ist, so ruhig ist sie dabei. Sie hat nämlich einen sehr guten Verstand und ein großes Gerechtigkeitsgefühl, und wenn sie solche Worte hört, so sagt sie: ›Ja, Stine, das ist nun mal nicht anders; wer sich in den Rauch hängt, der wird schwarz.‹«

»Nun gut. Aber einen je besseren Verstand Ihre Schwester hat und je mehr sie zugibt, so, wie sie lebt, das Urteil und Gerede der Leute herauszufordern, desto mehr muß sie doch leiden unter Mißachtung, die sie trifft.«

»Es wäre vielleicht so«, nahm Stine wieder das Wort, »wenn alle Menschen in einerlei Weise dächten. Aber das ist nicht der Fall. Die, die sie verurteilen (und die mitunter lieber schweigen sollten), das sind immer nur einzelne; die meisten plappern ihre Lehren und Vorwürfe nur so herunter und meinen es nicht bös und denken in ihrem Herzen ganz anders darüber.«

»Wie das?«

»Ja, das ist schwer zu sagen; aber es ist so und kann auch kaum anders sein. Denn die, die Not leiden, wollen vor allem aus ihrer Not und ihrem Elend heraus und sinnen und simulieren bloß, wie das zu machen sei. Brav sein und sich rechtschaffen halten, das ist alles sehr gut und schön, aber doch eigentlich nur was Feines für die Vornehmen und Reichen, und wer arm ist und das Feine mitmachen will, über den ziehen sie bloß her (und die gestern noch die Strengsten waren, am meisten) und reden und spotten, daß man was Apartes sein wolle. ›Die denkt wohl, sie sei es.‹ Ach, wie oft habe ich das hören müssen.«

»Welche Verworrenheit der Begriffe.«

»Ja, so nennen Sie's, und ich mag nicht widersprechen. Aber dieselben Leute, die so verworren scheinen, sind auch wieder sehr hell und halten Pflicht, wo sie sich aus freien Stücken verpflichtet haben. Und das gleicht manches wieder aus. Neben ihrem bloßen Gerede, das heute so ist und morgen so, gibt es auch was, das ihnen feststeht, und das ist das Wort und die Zusage. Mit dem ›sich gut halten‹, solange man frei ist, kann man's am Ende halten, wie man will; aber mit dem Kontrakte muß man's halten, wie man soll. Was ich übernehme, das gilt, und ehrlich sein ist die Hauptsache geworden. Und so kann es einer armen Frau passieren, in einem Verhältnis, das nicht löblich ist, doch noch gelobt zu werden.«

»Und dieses Vorzuges genießt Ihre Schwester?«

»Ja. Daß sie das Verhältnis hat, ist ihr kein Lob, aber bei der großen Mehrzahl auch keine Schande. Die arme Frau, so sagen sie, sie hätt's lieber anders. Aber sie *muß*. Und muß ist eine harte Nuß. Und so läßt man sie's nicht entgelten und fordert nur das *eine* von ihr, daß sie, was sie versprochen, auch respektiere. Wanda darf tun und lassen, was sie will; meine Schwester Pauline darf es nicht. Die muß halten, wozu sie sich verpflichtet; und ich darf Ihnen versichern, es *wird* gehalten.«

»Und in das alles hat sich Ihre Schwester hineingefunden? Vielleicht sogar mit Leichtigkeit?«

»Doch nicht leicht. Eher schwer. Aber, die Wahrheit zu gestehen, nicht schwer von Tugend wegen (davon will sie nichts wissen), sondern nur deshalb, weil ihr von Natur an einem Leben nichts liegt, wie sie's zu führen gezwungen ist. Meine Schwester ist arbeitsam und ordentlich und ganz ohne Passion. Wenigstens hat sie mir das hundertmal versichert.«

»Und aufrichtig?«

»Wer sieht ins Herz? Aber wenn Sie meine Schwester so gut kennen wie ich, so würden Sie's auch glauben.«

»Und doch sagte sie mir, als ich vorgestern nach Olga fragte: ›Danach dürfen Sie nicht fragen. Einen Vater hat sie, das ist gewiß. Aber mehr kann ich Ihnen nicht sagen.‹«

Stine lächelte verlegen vor sich hin. Endlich aber sagte sie: »Ja, in diesem Tone spricht sie gern, das ist wahr; aber nicht aus schlechter Sitte, sondern aus Übermut. Sie weiß, daß sie noch immer sehr hübsch ist, und hat aus Eitelkeit und Gefallsucht, wovon ich sie nicht freisprechen kann, eine sie beständig quälende Lust, die Männer in Verwunderung zu setzen, bloß um sie hinterher auszulachen. Ich kenne sie besser, weil ich ihr Leben kenne. Sie war kaum zwanzig, als Olga geboren wurde. Da hatte sie nun das Kind – eine gewöhnliche Verführungsgeschichte, womit ich Sie verschonen will; und weil man ihren Anspruch mit einer hübschen Geldsumme zufriedenstellte, so war sie nun eine ›gute Partie‹ geworden und verheiratete sich auch bald danach. Und wie meist in solchen Fällen: mit einem kreuzbraven Mann. Aber ich muß auch sagen, er kam ihr zu. Sie war eine ganz vorzügliche Frau. Nicht das geringste konnte ihr nachgesagt werden; und als der Mann krank wurde, hat sie ihn mit allem, was sie hatte, treu bis zum Tode gepflegt. Freilich, als er dann in seinem Grabe lag, war auch der letzte Notgroschen hin, und Ihr Herr Onkel, der in demselben Hause wohnte, nahm sich ihrer an. Und da kam es dann – nun, Sie wissen, wie. Das geht jetzt ins dritte Jahr, und sie wünscht es sich nicht anders, trotzdem sie klagt und wettert, übrigens ohne sich viel dabei zu denken. Sie nimmt ihr gegenwärtig Leben als einen Dienst, drin sich Gutes und Schlimmes die Waage hält; aber des Guten ist doch mehr, weil sie keine Sorge hat um das tägliche Brot. Und nun bitt ich Sie, wenn Sie sie wiedersehen, so sehen Sie sich ihr Tun und Treiben auf meine Worte hin an, und Sie werden finden, daß ich nicht zuviel gesagt habe.«

»Und was fordert sie von Ihnen?«

»Fordert? Nichts. Sie liebt mich und ist seelengut zu mir und freut sich, daß ich auf mich halte, und ermutigt mich darin. ›Es ist immer das klügste so‹, sind ihre Worte. Würd es aber anders kommen, so wär es nicht viel, und sie würde nur sagen: ›Ich weiß wohl, Stine, das Richtige läßt sich nicht immer tun.‹ Ja, sie sieht das, was sie das Richtige nennt, für etwas Wünschenswertes an, aber nicht als etwas Notwendiges; sie gönnt es mir, nichts weiter.«

Allmählich, während dies Gespräch geführt wurde, war die Sonne drüben niedergegangen, und nur ein letztes verblassendes Abendrot schimmerte noch zwischen dem Gezweige der Parkbäume. Stine hatte längst den Stickrahmen beiseite gestellt, und der junge Graf, der ihr jetzt gegenübersaß, sah in dem Fensterspiegel, wie die ganze Straße hinunter die Gaslaternen aufflammten. Er war so benommen davon, daß er eine Weile schwieg und dem eigentümlichen Straßenlichte zusah.

»Ich sehe«, sagte Stine, »der Spiegel tut es Ihnen auch an. Ich weiß das schon; es ist immer dasselbe.«

Der junge Graf nickte. Dann nahm er Stines Hand wie zum Abschied und sagte, während er sich rasch erhob: »Ich darf doch wiederkommen, Fräulein Stine?«

»Besser wäre es, Sie kämen nicht, Sie beunruhigen mich nur.«

»Aber Sie verbieten es nicht, Sie sagen nicht nein?«

»Ich sage nicht nein, weil ich es nicht sagen darf. Meine Schwester würd es unklug finden, und ich weiß, daß ich ihr Rücksichten schuldig bin.«

»So denn auf Wiedersehen, Fräulein Stine.«

Stine gab ihm das Geleit bis auf den kleinen Korridor; dann aber rasch in ihre Stube zurückkehrend, trat sie ans offene Fenster und sog die frische Luft ein, die vom Park her herüberkam. Aber es blieb ihr bang ums Herz, und sie hatte das bestimmte Gefühl, daß ihr nur Schweres und Schmerzliches aus dieser Bekanntschaft erwachsen werde. ›Warum hab ich nicht nein gesagt? Ich habe mich nun in seine Hand begeben … Und doch, ich will nicht, will nicht. Ich hab es ihr auf dem Sterbebette schwören müssen. ‚Stine', sagte sie, ‚halte dich. Es kommt nichts dabei heraus. Du bist nicht so hübsch wie deine Schwester Pauline, das ist mir ein Trost. Ach, das Hübschsein ...' – Ich war noch ein halbes Kind damals; aber was ich ihr versprochen, ich will es halten!‹

Im selben Augenblick, wo der junge Graf, von Stine geleitet, aus dem Zimmer in den Korridor trat, trat auch die Polzin von ihrem Horchplatz wieder an den Klapptisch zurück, wo sich nun zwischen den beiden Eheleuten sofort ein kurzes, aber intimes Zwiegespräch entspann.

»Er ist eigentlich lange geblieben«, sagte Polzin, während er sich wieder an den Webstuhl setzte. »Wie war es denn?«

»Gar nichts war es. Und wird auch nichts.«

»I wo«, sagte Polzin. »Es wird schon werden. Alles muß doch Zeit und Weile haben. Aber du denkst immer ...«

»Ach was, denken; ich denke gar nicht. Ich sage bloß, wenn was werden soll, wird es gleich. Un wenn es nich gleich wird, wird es gar nich ... Ich kenne doch auch die Mannsleute.«

»Ja, ja«, sagte Polzin und griente, »*die* kennst du.«

»Höre, Polzin, komme mir nich so. Fange nich wieder alte Geschichten an.«

»I, wie werd ich denn ... Ich meine ja bloß ...«

9. KAPITEL

Der junge Graf wiederholte seine Besuche. Während der ersten Woche kam er einen Tag um den andern, dann täglich; aber immer blieb er nur bis Spätnachmittag. Dann ging er wieder.

Einmal kam ausnahmsweise der Abend heran, und man öffnete die Fenster und sah hinaus. Die Schwere der Luft machte, daß das Straßentreiben unten anders als sonst auf die Sinne wirkte; die Lichter brannten trüber, und das Geläute der Pferdebahnglocke klang gedämpfter herauf. Über dem Parke drüben stand der Mond und warf seinen Schimmer auf einen frei zwischen den Bäumen stehenden Obelisken; die Nachtigallen schlugen, und die Linden blühten in aller Pracht.

Der junge Graf wies darauf hin und sagte: »Das ist nun ein Park und heißt auch so. Aber ist es nicht eigentlich wie ein Kirchhof? Daß alles blüht, das hat der Kirchhof auch. Und der Obelisk sieht aus wie ein Grabstein.«

»Und ist auch so was.«

»Wie das? Ist da jemand begraben?«

»Nein, begraben nicht. Aber ein Denkmal ist es, das zur Erinnerung an die mit der ›Amazone‹ Verunglückten errichtet wurde. Hundert oder mehr, und ich habe manchmal ihre Namen gelesen. Es ist rührend; lauter junge Leute.«

»Ja«, sagte der junge Graf, »ich entsinne mich, lauter junge Leute.« Dann schwieg er wieder, und der Ton, in dem er gesprochen hatte, klang fast, wie wenn er sie mehr beneide als beklage.

Bald danach brach er auf, sichtlich bewegt von der Wendung, die das Gespräch genommen, und Stine sah, als er auf die Straße hinaustrat, daß er nicht, wie gewöhnlich, nach links hin auf die Bahnhofsbrücke zuschritt, sondern, quer über den Damm, nach dem eingegitterten Park. Da stand er nun an dem Gitter und beugte sich vor, und es war, als ob er die Namen, die der Obelisk trug, in dem Halblicht zu lesen versuchte.

An diesem Tage hatte sein Besuch etwas länger gedauert; sonst blieb er nur bis Sonnenuntergang und hatte seine Freude daran, Stine bei der Arbeit zu sehen und dabei plaudern zu hören. Er nahm teil an allen Vorkommnissen; am liebsten aber war es ihm, wenn sie Geschichten aus ihrem Leben erzählte, von ihren Kinder- und Schultagen, von dem frühen Tod ihrer Mutter und von der Einsegnung, die kurz nachher gewesen, und wie die Leute im Hause gesammelt hätten, um ihr das Einsegnungskleid schenken zu können. Und wie sie dann in demselben Jahre noch in das große Woll- und Strickereigeschäft eingetreten sei – dasselbe, für das sie jetzt noch arbeite; meistens zu Haus, aber mitunter auch im Geschäft selbst – und wie sie da lebten und Freundschaften schlössen und in der Weihnachtswoche bis in die halbe Nacht zusammensäßen und der Reihe nach eine immer vorlesen müsse. Das sei nicht bloß gestattet, das sei sogar gewünscht; denn der Herr des Geschäfts sei klug und gütig und wisse, was es wert sei, die, die arbeiten müßten, bei Lust und Liebe zu halten. Und so käm es auch, daß sie keinen Wechsel im Personal hätten, oder doch nur sehr selten, und alle gern blieben, es sei denn, daß sie sich verheirateten. Überhaupt müsse sie sagen, es würde so viel von Aussaugen und Quälen und von Bedrückung gesprochen, aber nach ihrer eigenen Erfahrung könne sie dem durchaus nicht zustimmen. Im Gegenteil. Im Winter hätten sie Maskenball und Theaterstücke; denn ihr Geschäftsherr, wie sie nur wiederholen könne, vergesse nie, daß ein armer Mensch auch mal aus dem Alltag heraus wollte. Das Schönste aber seien die Landpartien im Sommer. Da würden ein paar Kremser gemietet, und noch vor Tau und Tage ging es ins Freie hinaus, nach Schildhorn und Grunewald oder nach Tegel und dem Finkenkrug. Oder auch zu Wasser, was freilich, solange sie da sei, nur einmal gewesen, aber ihr auch ganz unvergeßlich geblieben sei. Da wär ein Dampfschiff gemietet worden, und die ganze Spree hinauf, an Treptow und Stralow und dann an Schloß Köpenick und Grünau vorüber, wären sie bis in die Einsamkeit gefahren, bis an eine Stelle, wo nur ein einziges Haus mit einem hohen Schilfdach dicht am Ufer gestanden habe. Da wären sie gelandet und hätten Reifen gespielt. Ihr aber sei das Herz zum Zerspringen voll gewesen, daß sie nicht habe mitspielen können, wenigstens nicht gleich, weshalb sie sich unter eine neben dem Hause stehende Buche gesetzt und durch die herabhängenden Zweige wohl eine Stunde lang auf den Fluß und eine drüben ganz in Ampfer und Ranunkeln stehende Wiese geblickt habe, mit einem schwarzen Waldstreifen dahinter. Und es sei so still und einsam gewesen, wie sie gar nicht gedacht, daß Gottes Erde sein könne. Nur ein Fisch sei mitunter aufgesprungen und ein Reiher über die Wasserfläche hingeflogen. Und als sie sich satt gesehen an der Einsamkeit, habe sie die andern wieder aufgesucht und mit ihnen gespielt; und sie höre noch das Lachen und sähe noch, wie die Reifen in der Sonne geblitzt hätten.

Der junge Graf hörte nichts lieber als dergleichen Erzählungen, und so glücklich ihn jedes Wort stimmte, so lehrreich war es ihm auch. Er war in der Vorstellung herangewachsen, daß die große Stadt ein Babel sei, darin die Volksvergnügungen, wenn nicht mit Sittenlosigkeit und Roheit, so doch mit Lärm und Gejohle ziemlich gleichbedeutend seien, und mußte nun aus Stines Munde hören, daß dies Babel eine Vorliebe für Lagern im Grünen, für Zeck und Anschlag habe. Dergleichen verfehlte denn auch nicht, seine Gedanken immer mehr einer ihm angeborenen, allen Standesvorurteilen abgewandten Richtung zuzuwenden, und wenn Stine mit solchen Schilderungen, ernsten und heiteren, ihn in die Gemütlichkeit hineingeplaudert hatte, wurde er zuletzt selber mitteilsam und sogar gesprächig und erzählte von seinem eigenen Leben: von dem Predigtamtskandidaten, bei dem er bis zum Überdruß Gesangbuchlieder und Bibelsprüche habe lernen müssen, weil es so das bequemste für den Lehrer gewesen, von seinen Vorbereitungen zum Examen, durch das er nur (denn er habe nie etwas gelernt) wie durch ein Wunder hindurchgekommen sei, und endlich, nach seinem Eintritt ins Regiment, von seinen Avantageur- und Fähnrichstagen. Das wäre seine beste Zeit gewesen, seine einzig frohe, trotzdem es bei seinem frommen und eisenfresserischen Kommandeur ein für allemal festgestanden habe, ›ein Fähnrich ist ein Nichtsnutz‹. Und da mit einemmal hab es geheißen ›Krieg‹; ein Jubel wäre losgebrochen, und drei Tage später hab er schon eingepfercht in einem Waggon gesessen, überglücklich, auch seinerseits aus dem Garnison-Einerlei heraus zu sein. Überglücklich. Aber freilich nicht auf lange. Denn wieder drei Tage später, und er habe, aus dem Sattel geschossen, dagelegen, und als einen Halbtoten hätten sie ihn weggetragen. Und während seine Kameraden von Sieg zu Sieg gezogen seien, hätte er sich in einem Nest an der Grenze hingequält und nicht gewußt, ob er leben oder sterben solle. Und die Natur hab es auch nicht recht gewußt und habe sich nicht entscheiden wollen. Aber zuletzt *habe* sie sich entschieden, und er sei genesen. Oder doch halb. Ob zu seinem Glück? Er wisse es nicht. »Es ist doch das schönste, wenn die Sonne niedergeht und ausruhen will von ihrem Tagewerk.«

Stine verstand ihn wohl und bat ihn, als er das sagte, nicht so zu sprechen. Er müsse doppelt hoffen; denn wer vom Tode gerettet sei, der lebe lange. So sage das Sprichwort, und die Sprichwörter hätten immer recht.

Er lächelte bei diesen Worten und lenkte dann auch seinerseits wieder zu heiteren Dingen über. Und bald danach trennte man sich in Herzlichkeit und guter Laune.

10. KAPITEL

Es war in der dritten Woche nach ihrer Bekanntschaft, ein Freitagabend, und der junge Graf hatte noch keine zehn Minuten das Haus verlassen, als es oben an der Flurtür klopfte. Das war das Zeichen für die Polzin, die denn auch sofort erschien und sich mit der Pittelkow begrüßte.

»War Besuch hier, liebe Polzin? Ich meine bei Stine?«

»Kann ich wirklich nich sagen, liebe Frau Pittelkow. Sie wissen, wir sehen und hören nichts.«

Es schien, daß sich die Polzin über dies ihr Lieblingsthema noch weiterverbreiten wollte; Stine jedoch, die das draußen auf dem Flur geführte Gespräch gehört und die Stimme der Schwester erkannt hatte, ließ es nicht dazu kommen. »Ei, das ist hübsch, Pauline, daß du da bist.« Und hiermit wandte sie sich wieder in ihr Zimmer zurück, um, vorsichtig umhersuchend, von einem schon im vollen Abendschatten stehenden Eckschrank die Lampe herunterzunehmen.

»Laß man, Stinechen«, sagte die Schwester. »Es ist so hübsch schmustrig hier, un das Schmustrige hab ich nu mal am liebsten, un is immer wie'n altes schwarzes Kreppschintuch, wo man sich gleich einmummeln un anlehnen kann, un braucht nicht steif un grade zu sitzen. Nein, laß man, Stine; wir haben Licht genug von unten her. Sieh doch bloß, da kuckt ja der Mond grad über Sieboldten seinen Schornstein weg.«

Unter solchem Geplauder hatte die Pittelkow auf dem Sofa Platz genommen und sagte, während sie sich behaglich in die Kissen drückte: »Ja, was ich sagen wollte, Stine, das Grafchen war eben wieder hier?«

»Ja, Pauline.«

»Jott, Kind, wie dir die Backen brennen.«

»Ja, sie brennen mir. Aber ich weiß eigentlich nicht, warum. Es ist fast zum Ärgern, ich bin rot geworden und brauchte doch nicht.«

»Ach, mein Stineken, werde du man rot; es is immer besser mal zuviel als mal zu wenig. Aber was ich sagen wollte, das Grafchen ... Es gefällt mir nich, daß er hier immer bei Dagesschluß die Treppe raufsteigt, grad als müßt er die Betglocke läuten.«

»Er ist der beste Mensch von der Welt, Pauline. Nie hätt ich geglaubt, daß es einen so guten Menschen gäbe. Den ersten Tag hatte ich eine Aussprache mit ihm und redete von Anständigkeit und Auf-sich-Halten, und daß ich ein ordentliches Mädchen sei. Aber ich schäme mich jetzt fast, daß ich so was gesagt habe. Denn immer ängstlich sein ist auch nicht gut und zeigt bloß, daß man sich nicht recht traut und daß man schwächer ist, als man sein sollte.«

Die Pittelkow lächelte vor sich hin und schien antworten zu wollen, aber Stine fuhr fort. »Ja, Pauline, der beste Mensch, ohne Falsch und ohne Hochmut, aber auch ohne Glück. Wenn er mir so gegenübersitzt, ist es mir oft, als ob wir die Rollen vertauscht hätten und als ob ich eine Prinzessin wär und könnt ihn glücklich machen. Er sieht mich dann immer an und hört auf jedes Wort, das ich spreche, nicht bloß zum Schein und aus Haberei, nein, solch dummes Ding bin ich nicht mehr, mir so was einzubilden, wenn es nicht wahr wäre. Nichts von bloß so tun; ich seh es ihm an, daß er wirklich dabei ist und daß ihn alles freut, was sich da so hinplaudere. Freilich, du wirst mich für eitel halten und es nicht glauben wollen.«

»O, warum nich, Stine? Warum soll ich es nich glauben? Ich glaub es alles. Aber alles hat auch seinen Grund, und sogar seinen guten Grund. Und ich kenn ihn auch.«

»Und ich denke mir, ich kenne ihn auch und weiß, woran es liegt. Sieh, es liegt daran, er hat so wenig Menschen gesehen und noch weniger kennengelernt. In seiner Eltern Hause gab es nicht viel davon (sie sind alle stolz und hart, und seine Mutter ist seine Stiefmutter), und dann hat er Kameraden und Vorgesetzte gehabt und hat gehört, wie Kameraden und seine Vorgesetzten sprechen; aber wie Menschen sprechen, das hat er nicht gehört, das weiß er nicht recht. Ich denke mir das nicht aus, ich hab es von ihm, es sind seine eigenen Worte. Ja, Pauline, *daran* liegt es. *Das* ist der Grund, daß ich armes Ding ihm gefalle; nichts weiter. Er ist unglücklich in seinem Haus und seiner Familie. Vor allem aber denke nur nicht, er sei mein Anbeter oder Liebhaber, oder wie du's sonst noch nennen willst. Ich sehe wohl, daß er mich lieb hat, aber das ist doch was andres, und das kann ich dir sagen: noch ist kein Wort über seine Lippen gekommen, dessen ich mich vor Gott und Menschen oder vor mir selber zu schämen hätte.«

»Glaub es«, sagte die Pittelkow. »Glaub es alles. Aber, meine liebe Stine, das ist es ja eben.

Ich hab es mir so gedacht, gerade so. Gleich als ich ihn das erstemal sah, als die beiden Alten mit da waren und Wanda Holofernessen köppte, da wußte ich es. Sieh, Kind, es sind mir so viele Mannsleute zu Gesicht gekommen, und wenn ich welche sehe, na, so kenn ich sie gleich durch un durch un kann sie aussuchen wie Handschuh nach der Nummer, un weiß gleich, was los is. Un mit dem jungen Grafen is nich viel los. Er is man schwächlich, un die Schwächlichen sind immer so un richten mehr Schaden an als die Dollen.«

Stine sah die Schwester an.

»Ja, du siehst mich an, Kind. Aber es is wahr un wahrhaftig so. Du denkst wunder, wie du mich beruhigst, wenn du sagst: ›Es ist keine Liebschaft.‹ Ach, meine liebe Stine, damit beruhigst du mich gar nich; konträr im Gegenteil. Liebschaft, Liebschaft. Jott, Liebschaft is lange nicht das schlimmste. Heut is sie noch, un morgen is sie nicht mehr, und er geht *da* hin, und sie geht *da* hin, un den dritten Tag singen alle beide: ›Geh du nur hin, ich hab mein Teil.‹ Ach, Stine, Liebschaft! Glaube mir, daran stirbt keiner, un auch nich mal, wenn's schlimm geht. Was is denn groß? Na, dann läuft 'ne Olga mehr in der Welt rum, un in vierzehn Tagen kräht nich Huhn, nich Hahn mehr danach. Nein, nein, Stine, Liebschaft is nich viel, Liebschaft is eigentlich gar nichts. Aber wenn's hier sitzt (und sie wies aufs Herz), dann wird es was, dann wird es eklig.«

Stine lächelte.

»Du lachst, und ich weiß auch, warum. Du lachst, weil du denkst, Pauline weiß nichts davon und kann auch nichts davon wissen; denn es hat ihr nie *hier* gesessen. Un das hat auch seine Richtigkeit damit. Ich bin noch so drum rumgekommen. Aber, meine liebe Stine, man erlebt nicht bloß an sich selbst, man erlebt auch an andern. Un ich sage dir, von so was, wie du mit dem Grafen vorhast oder der Graf mit dir, von so was is noch nie was Gutes gekommen. Es hat nu mal jeder seinen Platz, und daran kannst du nichts ändern, un daran kann auch das Grafchen nichts ändern. Ich puste was auf die Grafen, alt oder jung, das weißt du, hast es ja oft genug gesehen. Aber ich kann so lange pusten, wie ich will, ich puste sie doch nich weg, un den Unterschied auch nich; sie sind nun mal da und sind, wie sie sind, und sind anders aufgepäppelt wie wir, und können aus ihrer Haut nicht raus. Un wenn einer mal raus will, so leiden es die andern nich und ruhen nich eher, als bis er wieder drin steckt. Un denn kannst du hier so lange in die Sonne gucken, bis sie morgens bei Polzin oder bei der Frau Privatsekretär wieder rauskommt, er kommt doch nich, *er* sitzt erster Klasse mit Plüsch un hat noch ein Luftkissen bei sich, un *sie* hat 'nen blauen Schleier an'n Hut, und so geht es, heidi!, nach Italien. Un das is denn, was sie Hochzeitsreise nennen.«

»Ach, Pauline, so kommt es nicht.«

»Ja, so kommt es, mein armes Stineken. Un wenn es nich so kommt, na, denn kommt es noch schlimmer; denn is er ein Eigensinn un will partout mit'n Kopp durch die Wand, un hast du denn den Kladderadatsch erst recht. Glaube mir, Kind, von 'ne unglückliche Liebe kann sich einer noch wieder erholen un ganz gut rausmausern, aber von's unglückliche Leben nich.«

11. KAPITEL

Baron Papageno (niemanden über sich) wohnte von alter Zeit her drei Treppen hoch, teils weil er das seiner Meinung nach erst in etwa Dachhöhe beginnende Ozon auch in seiner Berliner Abschwächung nicht missen wollte, teils weil er einen Widerwillen hatte, bei jeder über ihm stattfindenden Mahlzeit ein halbes Dutzend Menschen und Stühle herumpoltern zu hören. Namentlich war ihm das Hin- und Herschrammen in den Tod verhaßt, das seiner in früheren Wohnungen gemachten Erfahrung nach überall da blühte, wo Kinder mit zu Tische saßen, Kinder, die noch nicht alt genug waren, ihren Stuhl manierlich heranzustellen und sich deshalb aushilfsweise zum Schieben gezwungen sahen. Neben dem Griffelgequietsch auf Schiefertafeln gab es nichts, was ihn so nervös gemacht hätte, wie solche Stuhl- und Rutschfahrten ihm zu Häupten.

Aber freilich, seine der gesamten Wohnungsfrage geltenden Sorglichkeiten beschränkten sich nicht auf Luftschicht und Hausruhe, sondern zeigten sich beinahe mehr noch in dem Raffinement, mit dem er bei der Wahl der Stadtgegend verfahren war und Zietenplatz- und Mohrenstraße-Ecke gewählt hatte. Wie sich denken läßt, hielt er diese seine Kastellecke für nicht mehr und nicht weniger als den schönsten Punkt der Stadt und lag darüber mit dem alten Grafen in einer beständigen Fehde. Dieser seinerseits zog die Behrenstraße weit vor, unterlag aber bei den sich darüber entspinnenden Streitigkeiten jedesmal, weil er in der üblen Lage war, mit bloßen legitimistischen Sentiments gegen Tatsachen fechten zu müssen. »Ich bitte Sie, Graf«, sagte dann Papageno mit einer von vornherein überlegenen Miene, »was haben Sie, Hand aufs Herz, in der Behrenstraße? Sie sehen nun schon sieben Jahre lang in das Portal der kleinen Mauerstraße hinein, ohne je was anderes herauskommen zu sehen als eine Kutsche mit einer alten Prinzessin oder einer noch älteren Hofdame. Das ist mir aber, offen gestanden, trotzdem die Kutschen zu sind, als *point de vue* nicht anziehend genug. Und nun vergleichen Sie damit meine Mohrenstraße-Ecke. Sag ich zuviel, wenn ich behaupte, daß mir, von meinem Ausguck aus, ganz Berlin, soweit es mitspricht, zu Füßen liegt? Was ich jeden Morgen zuerst zu begrüßen in der Lage bin, ist der alte Zieten auf seinem Postament. Als er noch weiß war, war er mir freilich noch lieber, und wenn ich ihn damals so marmorblank in der Morgensonne dastehen und leuchten sah, dacht ich mitunter, er werde reden wie der selige Memnon aus seiner Säule. Nun, das hat er schon damals unterlassen, und seitdem er erz- und olivenfarben geworden ist, ist es vollends damit vorbei – die besseren Tage liegen ihm und anderen zurück. Aber besser oder nicht, der alte Zieten ist überhaupt nur Vorposten an dieser Stelle, hinter dem ich (die Menge muß es bringen) an jedem neuen Tage nach links hin die Gamaschen des alten Dessauers und nach rechts hin die Fahnenspitze des alten Schwerin blinken sehe. Vielleicht ist es auch sein Degen. Und *en arrière* meiner Generäle türmen sich die Ministerien auf, und Pleß und Borsig, und wenn ich mich noch weiter vorbeuge, seh ich sogar das Gitter von Radziwill, jetzt Bismarck, und durchdringe mich mit dem patriotischen Hochgefühle: *hier* Preußen unter dem Alten Fritzen, *dort* Preußen unter dem eisernen Kanzler.«

So liebte Baron Papageno zu perorieren und schloß dann in der Regel mit Zitaten aus der ersten Strophe des ›Ring des Polykrates‹, womit sich seine Kenntnisse der Ballade, wie bei vielen andern, erschöpfte.

Der Baron lag auch heute wieder im Fenster, aber nicht nach dem Zietenplatz, sondern nach der Mohrenstraße hinaus, und beobachtete die Sperlinge, die grad gegenüber in der Dachrinne saßen und sich unter beständigem Gepiep und Gehupf, dem dann ein abschüttelndes Flügelschlagen folgte, den Extravaganzen eines geordneten oder vielleicht auch ungeordneten Familienlebens hingaben. Er sann eben darüber nach, ob er sich nicht aus moralpädagogischen Gründen ein kleines Pustrohr anschaffen und durch Hinüberschießen kleiner Lehmkugeln etwas mehr Askese heranbilden solle, als er draußen auf dem Flur die Klingel gehen hörte. Seine Wirtin mußte, der Tagesstunde nach, eigentlich noch zu Hause sein, und so hielt er vorläufig ruhig auf seinem Beobachtungsposten aus, bis das mehrfach wiederholte Klingeln ihn veranlaßte, nachzusehen, was es sei.

Baron Papageno hatte draußen den Postboten erwartet und war nicht wenig überrascht, statt seiner den jungen Grafen vor sich zu sehen. »Ah, Waldemar! Herzlich willkommen. Wie Zeit und Jugend sich ändern! Ich schlief immer noch um elf, und *Sie* sind schon auf und gestiefelt und gespornt und machen Ihre Visiten. Aber bitte, geben Sie mir Ihren Überzieher. Oder wenn Sie meine Dienste verschmähen, auch gut; auch das alte ›Selbst ist der Mann‹ hat seine Vorzüge. Hier an diesen Riegel, wenn ich bitten darf. Und nun lassen Sie mich vorangehen und den Führer machen ... Soll ich das Fenster schließen?«

»Ich denke«, sagte der junge Graf, »wir lassen es, wie's ist.«

»Gut. Oder vielmehr desto besser. Nichts über frische Luft. Ich war eben naturhistorischen Betrachtungen hingegeben, und zwar dem Liebesleben einer Sperlingsfamilie drüben in der Dachrinne. Nichts interessanter als solche Betrachtungen. Und warum? Weil wir ihnen entnehmen dürfen, daß auch das tierweltlich Intrikateste seine Parallelstellen in unserm eigenen Leben findet. Glauben Sie mir, Waldemar, nichts falscher als die Vorstellung, daß es mit der Gattung *homo* was ganz Besonderes sei.«

Der junge Graf nickte zustimmend. Der alte Baron aber, ohne sich im geringsten um Anzweiflung oder Zustimmung zu kümmern, fuhr in dem ihm eigenen jovialen Tone fort: »Sehen Sie, Waldemar, die Sperlinge. Meine Passion! Jedes Alter hat seine Passionen, und die Sperlinge repräsentieren am Ende nicht die schlimmste. Hübsch freilich sind meine Freunde drüben nicht, und auch nicht wählerisch, eigentlich in nichts; im Gegenteil, immer *frère cochon,* aber auch immer amüsant, und das ist für mich das Entscheidende. Denn die meisten Tiere – wiederum ganz nach höherer Analogie – sind herzlich langweilig, darunter selbst solche, die für bevorzugt gelten, und fast möcht ich sagen, den Vortritt haben. Nehmen Sie beispielsweise den Hahn. Er denkt sich wunder was und ist doch eigentlich nur ein Geck. Außer dem Amte, das ihm obliegt und über das ich in so früher Stunde nicht gern sprechen möchte, was tut er sonst noch, das der Rede wert wäre? Nichts. Er hält sommers von drei Uhr ab seine Dienststunden. Aber das ist mir zu wenig. Und nun vergleichen Sie damit den Sperling. Immer guter Laune, gesprächig, fidel. Überall guckt er rein, alles will er wissen, alles will er haben – die reinen Preußen in der Weltgeschichte der Vögel ... Aber ich verschwatze mich, die Sperlinge sind nun mal mein Steckenpferd, ein etwas sonderbares Bild ... Und nun nehmen Sie Platz, wenn ich bitten darf ... Zigaretten? Oder einen Morgenkognak?«

Und er fuhr im Zimmer hin und her, um zunächst ein Kistchen Zigaretten und dann Aschbecher und Feuerzeug vor den jungen Grafen hinzustellen. Als er aber endlich damit zur Ruhe war, nahm er selber Platz und blickte mit seinen freundlich-grauen Augen, die pfiffig und unbedeutend in die Welt hineinsahen, seinen Besucher an.

»Ich komme«, begann dieser, »in einer etwas diffizilen Angelegenheit ...«

»Also Geldsache«, warf Papageno dazwischen und versuchte zu lachen. Denn seine Finanzlage war nicht die beste.

»Nein, nicht das, lieber Baron. Es handelt sich vielmehr um eine Herzens- und Standessache. Rund heraus, ich habe vor, mich zu verheiraten.«

»Ach, charmant. Eine Hochzeit. Wahrhaftig, ich wüßte nicht, lieber Waldemar, was Sie mir Lieberes sagen könnten. *Ich* hab es verpaßt und stecke nun in meinen Junggesellenpantoffeln. Aber wenn ich höre, daß ein anderer es wagen will, da faßt mich immer ein heftiger Neid, und ich höre nichts als Orgel und Tanzmusik und sehe nichts als Buketts und kleine, weiße Atlasschuhe. Die sind auch eine Passion von mir, beinahe noch mehr als die Sperlinge. Und aus allen Backöfen werden dann Kuchen gezogen, und abends steigen Raketen aus dem Park in den schwarz-blauen Himmel auf, und im Kruge, was immer das Interessanteste bleibt, gibt es nichts als Friesröcke, Brustlatz und Zwickelstrümpfe.«

»Meine Hochzeit, lieber Baron, wenn sie überhaupt stattfindet, wird mutmaßlich einfacher verlaufen. Ich habe nicht unter den Komtessen des Landes gewählt und bin, von unserm Standpunkt aus gesehen, eine gute Stufe herabgestiegen ...«

»Auch *das* hat seine Vorzüge. Junge Bourgeoise?«

»Nein, Baron, Sie müssen noch eine Stufe tiefer. Ich habe vor, die Zustimmung des Mädchens vorausgesetzt, mich mit der Schwester der Pittelkow zu verloben, mit Stine.«

Der Baron war aufgesprungen. Er faßte sich aber schnell wieder und sagte, während er sich setzte: »Sie werden Ihre Gründe gehabt haben. Außerdem weiß ich aus hundert Erlebnissen, um nicht zu sagen aus eigener Erfahrung, welche Launen Gott Amor hat und in welchen Sprüngen und Abweichungen er sich gefällt. Man kann beinahe sagen, er hat eine Vorliebe für den Ausnahmefall. Aber Ihr Onkel? Ihre Familie?«

»Das eben ist es, Baron, weshalb ich zu Ihnen komme. Daß meine Familie niemals zustimmen wird, ist mir gewiß; auch liegt es mir fern, nur den Versuch dazu machen zu wollen. Ich respektiere die herrschenden Anschauungen. Aber man kann in die Lage kommen, sich in tatsächlichem Widerstreit zu dem zu setzen, was man selber als durchaus gültig anerkennt. Das ist meine Lage. Meine Familie kann den Schritt nie gutheißen, den ich vorhabe, braucht es nicht, soll es nicht; aber sie kann ihn gelten lassen, ihn verzeihn. Und diese Verzeihung möcht ich haben, nichts weiter. Ich will keine guten Worte hören, aber, wenn's sein kann, auch keine bösen. Es genügt mir, einer gewissen Teilnahme sicher zu sein, in der sich dann, aufs letzte hin angesehn, doch immer noch ein Rest von Liebe birgt. Und mir diese Teilnahme zu gewinnen, dazu bedarf ich eines Anwaltes. Glauben Sie, daß mein Onkel geneigt sein könnte, dieser Anwalt zu sein? Sie kennen ihn besser als ich. Er gilt für stolz bis zum Hochfahrenden; andererseits hab ich ihn in Situationen gesehen, die die Kehrseite davon waren. Sie wissen, Baron, welche Situationen ich meine. Und nun sagen Sie mir, was hab ich von dem Onkel zu gewärtigen? Sind Sie der Meinung, daß ich einer heftigen Szene voller Unliebsamkeiten und vielleicht voller Beleidigungen entgegengehe, so verzichte ich von vornherein auf den Versuch, ihn zu meinem Fürsprecher bei meinen Eltern machen zu wollen.«

Der Baron sah vor sich hin und zwirbelte an seinem grauen, etwas mausrigen Schnurrbart. Endlich, als er einsah, daß er wohl oder übel sprechen müsse, warf er sich in den Schaukelstuhl zurück und sagte, während er jetzt ebenso nach der Zimmerdecke hinauf wie vorher zur Erde niederstarrte: »Lieber Haldern, wer rät, gerät leicht mit hinein. Und ich gerate nicht gern mit hinein; in nichts. Aber Sie wollen meine Meinung, und so muß ich sie geben und meine Vorsicht opfern. Nun denn, es scheint mir unerläßlich, daß Sie mit Ihrem Onkel sprechen.«

»Ich freue mich dieser Bestätigung meiner eignen Ansicht.«

»Sie müssen mit ihm sprechen, sag ich, auf alle Fälle, trotzdem ich weiß, daß er ein absolut unberechenbarer Herr ist und sich aus lauter Widersprüchen zusammensetzt oder doch aus Eigenschaften, die danach aussehn. Er steckt, und insoweit liegt die Sache zunächst nicht allzu günstig für Sie, bis über die Ohren in Dünkel und Standesvorurteilen, und doch ist ebensogut möglich, daß er Sie küßt und umarmt und sich vorweg zu Gevatter lädt. Auf Ehr.«

Waldemar lächelte vor sich hin, aber es war ein Lächeln, das mehr Zweifel als Zustimmung ausdrückte.

»Ja, Waldemar. Sie lächeln. Und wenn ich Ihren Onkel nach seiner Alltags- und Durchschnittslaune beurteile, so kann ich nur sagen, Sie haben recht, zu lächeln. Aber, um es zu wiederholen, er ist auch einer völlig entgegengesetzten Auffassung fähig, und ich hab ihn im Klub und auch sonstwo Dinge sagen hören, daß mir das Blut in den Adern starrte.«

»Und in Fragen wie diese?«

»Wie Sie sagen; just in Fragen wie diese. War es vor oder nach dem Kriege, gleichviel, aber es sind noch keine zehn Jahre, daß sich der jüngste Schwilow mit der Duperré verlobt, Balletteuse *comme il faut.* Sie werden sich ihrer erinnern und damals von der Sache gehört haben. Nun, Waldemar, wenn ich sage, die Duperré hatte, was Ruf angeht, einen Knax, so sagt das eigentlich nichts, denn sie war *ein* Knax vom Wirbel bis zur Zeh (die Zeh selbst war natürlich ihr Bestes), und alle Welt war außer sich, und der Klub ballotierte den armen Schwilow, den sie damals Schmilow und ich weiß nicht wie sonst noch nannten, heraus. Lauter schwarze Kugeln. Was aber tat Ihr Onkel? Er gab ihm mit Ostentation eine weiße Kugel. Und als ich ihn auf dem Heimwege nach dem Warum fragte, blieb er vor der Rampe von Prinz Georg stehn, unten, wo die Bohlenbretter liegen oder wenigstens damals noch lagen, und perorierte so laut in die Behrenstraße hinein, daß die Schildwache bis an das Eisengitter der Rampe herantrat und hinuntersah, um zu sehn, was es denn eigentlich gäbe. Und was war es, das er sagte? Das wäre der erste vernünftige Schritt, den das Haus Schwilow seit fünfhundert Jahren getan. Einer wäre beim Kremmer-Damm, in der sogenannten ›ersten Hohenzollernschlacht‹, für die neukreierte Nürnbergerei gefallen, was grad auch nicht das gescheiteste gewesen, seitdem aber schweige die Geschichte von ihnen, was ein wahres Glück sei, sie würde sonst nur von Imbeciles und im günstigsten Fall von allerlei Durchschnittsware zu berichten gehabt haben, von öden Mittelmäßigkeiten, die mit den umwohnenden Ihlows (die gerade so wie die Schwilows waren) in einem fort versippten und verschwägerten und sich unausgesetzt der Aufgabe hingaben, die sechzehn Ahnen, die sie schon zu Albrecht des Bären Zeiten hatten, auf zweiunddreißig, vierundsechzig und hundertachtundzwanzig zu bringen. Was ihnen denn auch, wie nicht erst versichert zu werden brauche, längst geglückt sei. Denn schon beim Regierungsantritt des Großen Kurfürsten hätten sie die Zahl voll gehabt. Und in derselben riesigen Proportion wie die Ahnenreihe sei auch die Stultitia gewachsen, die einzig historisch beglaubigte Ahnfrau des Geschlechts. ›Und nun passen Sie auf, Papageno‹ (so schloß er), ›*wir* erleben es freilich nicht mehr und können es nur von einem andern Stern aus – vielleicht von der Venus, was mir das liebste wäre – beobachten, aber das sag ich Ihnen, diese Balletteuse bringt die ganze Sippe wieder auf die Beine, der ganze Stammbaum, der gerade deshalb für uns und die Menschheit so dürr ist, weil er für sich selbst so wunderbar grünt und blüht, kriegt wieder ein andres Ansehn, und wo bis jetzt immer nur Landrat oder Deichhauptmann stand, stehen, von Anno 1900 an, junge Genies, Feldherren und Staatsmänner, und irgendein Skriblifax schreibt ein dickes Buch und beweist durch Grabschriften und Taufscheine, daß die Duperré die Tochter oder Enkelin des Admirals Graf Duperré gewesen sei, desselben prächtigen alten Duperré, der 1830 Algier bombardierte, den Dey von Tunis gefangennahm und fast so vornehm war wie die Montmorencys oder die

Lusignans. Glauben Sie mir, Graf, ich kenne Familien und Familiengeschichten, und, mein Wort zum Pfande, wo das alte Blut nicht aufgefrischt wird, da kann sich die ganze Sippe begraben lassen. Und behufs Auffrischung gibt es nur zwei legitime Mittel: Illegitimitäten oder Mesalliancen. Und sittenstrenger Mann, der ich bin, bin ich natürlich für Mesalliancen.‹«

Waldemar sah vor sich hin. Dann nahm er das Wort und sagte:

»Wohl, ich könnte mir einen Trost und eine Hoffnung daraus nehmen, und eine freundliche Aufnahme beim Onkel wenigstens als eine Möglichkeit gewärtigen. Aber muß ich Sie, lieber Baron, an den alten, unserm gesamten Adel so geläufig gewordenen Satz erinnern: ›Ja, Bauer, *das* ist was andres.‹? Immer der andre, der andre. Was für die Schwilows gilt, gilt darum noch nicht für die Halderns. Dem ›andern‹, so denkt jeder einzelne, darf alles passieren, aber nicht ihm selbst. Es ist eine merkwürdige Erscheinung, mit welcher Gleichgültigkeit alte Familien sich gegenseitig beurteilen und welches Arsenal von Spott verschossen wird, die sich gleichdünkenden und mitbewerbenden Mächte zu ridikülisieren. Aber dieser Spott, ich muß es noch einmal sagen, ist immer nur für den ›andern‹ da. Was kümmern meinen Oheim die Schwilows. Je mehr Balletteusen, desto besser; denn mit jeder neuen Balletteuse hat er nicht bloß einen neuen Stoff für die Klubmedisance, sondern auch eine beständig erneute Veranlassung, sich mit immer wachsendem Stolze des ungeheuren Unterschiedes zwischen den verduperréten Schwilows und den oberpriesterhaft rein gebliebenen Sarastro-Haldern bewußt zu werden. Das zieht sich durch alle Adelsgeschichten, wiederholt sich bei jeder Familie: je freier in der Theorie, desto befangener in der Praxis, desto enger und ängstlicher in der Anwendung auf das eigne Ich.«

»Es ist, wie Sie sagen, Waldemar, und ich mag mich nicht verbürgen, daß es mit Ihrem Onkel anders steht. Aber steh es mit ihm, wie's wolle, Sie müssen ihm unter allen Umständen das Wort gönnen. Es bleibt doch immer die Möglichkeit seiner Zustimmung; und versagt er sie, nun, so war es am Ende bloß der Onkel, bloß eine halbe Respektperson, der man, wenn es zu toll kommt, den Respekt auch kündigen kann. Und da liegt der Unterschied zwischen Onkel und Vater. Einem Vater gegenüber, und wenn er einem das Furchtbarste sagt, muß man sich ruhig verhalten und sich das Furchtbarste gefallen lassen, das verlangt so das vierte Gebot. Aber das vierte Gebot schneidet scharf ab und versteigt sich, soweit mir bekannt ist, nirgends zu dem Zusatzparagraphen: ›Du sollst Onkel und Tante ehren.‹ Und das ist ein wahres Glück. Gott, Tante! Ich hatte auch mal eine, eine merkwürdige Frau, die Gott weiß was von mir verlangte, nur nicht das eine, daß ich sie ehren sollte. Beinahe das Gegenteil. Nein. Onkel und Tante sind *hors de concours*. Einem Onkel gegenüber kann man sich seiner Haut wehren; einem Onkel kann man antworten und widersprechen und steht schlimmfalls Mann gegen Mann, und wär es mit dem Pistol in der Hand. Also nur vorwärts, Waldemar, vorwärts.«

Der junge Graf erhob sich; der Baron aber wollte von Aufbruch noch nichts wissen und drückte seinen Gast leise wieder in das Sofa zurück. »Ich bitte Sie, Waldemar, Sie werden doch nicht gehn, ohne meinen Lafitte gekostet zu haben. Ich weiß, Sie machen sich nichts draus, unter allen Umständen ist Ihnen die Stunde zu früh; aber ich lasse Sie nicht los, und wenn Sie nicht trinken wollen, nun, so nippen Sie wenigstens. Anstoßen müssen wir noch, um dem Geschäftlichen einen ungeschäftlichen und, wenn's sein kann, einen gemütlichen Abschluß zu geben.«

Während er noch so sprach, war er an einen Wandschrank getreten, der in seinem untersten Fach zugleich sein Weinkeller war, und kam mit zwei Gläsern und einer Flasche zurück. An der Art, wie er den Kork zog, erkannte man den Frühstücker von Fach, und nun goß er ein und stieß an. »Hören Sie, wie das klingt. So harmonisch soll alles klingen. Ja, harmonisch, das ist das rechte Wort. Und nun Ihr Wohl, Waldemar. Ich halte Sie nicht mehr lange fest, aber doch fünf Minuten noch. Ich muß Ihnen nämlich eine Liebeserklärung machen, die Sie mir zugute halten wollen. Einem solchen *vieux*, wie ich, muß man was zugute halten. Sehen Sie, Sie haben ein so gutes Gesicht, ein bißchen schwermütig, aber das tut nichts, das gibt einen Charme mehr, und ich wollte mein Leben darauf verwetten, daß Sie keinem Menschen je was zuleide getan haben ... Ich schloß Sie gleich in mein Herz, gleich den ersten Abend ... Und nun bring ich noch eine Gesundheit aus, aber ohne Namen. Wozu sollt ich ihn auch nennen? Er steht ohnehin in Ihrem Herzen ... Und sehen Sie, Sie sind mir seitdem noch lieber geworden. Im ersten Augenblick bekam ich einen Schreck, ich kann es nicht leugnen, und als ich nun gar noch einen Rat geben sollte, ja, das war mir ein bißchen zuviel. Aber das Diplomatische, das Offizielle, das liegt nun hinter uns, und ich kann nun sprechen, wie mir der Schnabel gewachsen ist. Und da will ich Ihnen denn aufrichtig sagen, aber nur so ganz unter uns, Sie brauchen sich nicht auf mich zu berufen; ich freue mich immer, wenn einer die Courage hat, den ganzen Krimskrams zu durchbrechen. Es gilt auch von dieser Ebenbürtigkeitsregel, was von jeder Regel gilt, sie dauert so lange, bis der Ausnahmefall eintritt. Und Gott sei Dank, daß es Ausnahmefälle gibt. Es lebe der Ausnahmefall. Es lebe ... Noch ein halbes Glas, Waldemar. Und was ich Ihnen zum Abschiede noch sagen wollte, ja, sagen muß: der jüngste Schwilow, von dem ich Ihnen vorhin erzählte, hatte recht, und Ihr Onkel hatte zweimal recht, und die Gesellschaft beruhigte sich über die Duperré. Noch kein Vierteljahr, daß ich die jetzige Baronin Schwilow auf Tzschatschow, etwas schwer auszusprechen, im Französischen Theater traf, wo die Subra die Freifrau spielte. Sie sah reizend aus, ich meine die Schwilow (die Subra natürlich auch), und als sie im Zwischenakt das Köpfchen warf und dabei die Brillanten im Ohrläppchen hin und her läuteten, da läutete sie zugleich die ganze vornehme Gesellschaft zusammen. Und wissen Sie, wer ihr am meisten den Hof machte? Natürlich der Herr Onkel, der aussah, als ob er selber geneigt sei, das von ihm prognostizierte dicke Buch von der gräflichen Admiralstochter zu schreiben, Ja, ja, Waldemar, Erfolg und Mut. Oder beginnen wir mit dem Mut. Am Mute hängt der Erfolg. Und nun Gott befohlen.«

Waldemar hatte sich inzwischen erhoben und seinen Hut genommen. Er dankte dem Baron und bat ihn, wenn ein ernsteres Zerwürfnis eintreten sollte, seinen Besuch wiederholen zu dürfen.

12. KAPITEL

Waldemar, als er bei Baron Papageno vorsprach, hatte die Meinung des Barons in einer ihm wichtigen Angelegenheit hören, im übrigen aber in eben dieser Sache sich durchaus nicht beeilen wollen. Umgekehrt, ein seiner Natur entsprechendes Abwarten und Hinausschieben, und wenn auch nur auf ein paar Tage, war auch diesmal sein Plan gewesen, und erst der ermutigende Ton, in dem der Baron gesprochen hatte, hatte den Gedanken in ihm angeregt, den Besuch beim Onkel, in Ausnutzung der guten Stimmung, in der er sich befand, auf der Stelle machen zu wollen. So bog er denn vom Zietenplatz her in die Mauerstraße ein, sah, als er das Königsmarcksche Palais passierte, zu der zweiten Etage, hinter deren kleinen Fenstern er mit einem vor Jahr und Tag dort wohnenden Freunde manche glückliche Stunde verplaudert hatte, hinauf und stand nach einer abermaligen Straßenbiegung vor dem altmodischen, im übrigen aber gut und sauber gehaltenen Hause, dessen oberes Stockwerk der Onkel seit einer Reihe von Jahren innehatte. Portiersleute fehlten, statt ihrer aber war ein ganzes System von Gittertüren da, das, wenn man unten – oder, was dasselbe sagen wollte, vor einem mit allerhand unleserlichen Blechschilden reich ausgestatteten Parterreverhau – klingelte, mitunter wie durch einen rätselhaften Federdruck in seiner Gesamtheit aufsprang, mitunter aber auch *nicht*, in welch letzteren Falle die nun von Etage zu Etage nötig werdende Einzelklingelei gar kein Ende nahm und bei jedem neuen Gitter zu dem Erscheinen eulenartiger alter Köchinnen führte, deren Examinationsverfahren um so peinlicher und eindringlicher war, als nur ihr Auge die Frage stellte. Waldemar war zu lang und zu gut mit dieser altberlinischen Haus- und Treppeneinrichtung bekannt, um für gewöhnlich Anstoß daran zu nehmen; heute jedoch hatte dieses Absperrungssystem eine gewisse Bedeutung für ihn, und jede neu zu passierende Gittertür erschien ihm wie eine Mahnung, es lieber nicht versuchen zu wollen'. Der mitgebrachte gute Mut indes überwand alle Bedenklichkeiten und ließ ihn schließlich bei der dritten und letzten Gittertür ankommen, an der er von einem alten Muffel von Diener (natürlich vom Lande), dessen Umwandlung ins Herrschaftliche sich nur sehr unvollkommen vollzogen hatte, mit einigermaßen überraschlicher Freundlichkeit empfangen wurde. Der Herr Graf seien zu Haus und würden sich sehr freuen. »Er sitzt über die Kupferstiche (so schloß er), und wenn er *da* drüber is, is er guter Laune.«

Der Diener ging voran, um zu melden, und der Eindruck, den Waldemar gleich bei seinem Eintreten empfing, war der denkbar günstigste. Wenn schon immer eine gewisse, durch einen guten Geschmack in Einrichtung und Ausschmückung bedingte Behaglichkeit in dem Wohnzimmer des Onkels anzutreffen war, so war diese Behaglichkeit heute bis zur Gemütlichkeit gesteigert. Die Fenster standen auf, und von den ›Linden‹ her klang die Musik eines auf Wache ziehenden Bataillons herüber. Aber das war nicht alles; einfallende Lichter blitzten an den Wänden hin und her, und auf einem großen und eleganten Ständer von Mahagoniholz, dessen Wände niedergeklappt waren, lag eine Kupferstichmappe, darin der alte Graf emsig und andächtig zu blättern schien. Er trug schottischkarierte Pantalons, Samtrock und einen Fes mit Puschel, alles in allem ein ziemlich sonderbar zusammengestelltes Kostüm, das freilich vollkommen zu seiner Versicherung stimmte: dem Eklektizismus gehöre die Welt.

»Ah, Waldemar. *Soyez le bienvenu.* Herzlich willkommen, mein Junge. Nimm einen Stuhl, oder stelle dich persönlich hierher ... Im übrigen ganz nach deiner Bequemlichkeit. Du findest mich in einer gewissen Aufregung: eben hat mir Amsler diese Mappe voll italienischer Stiche geschickt, und ich schwelge in Reminiszenzen. Sieh ...«

»Mantegna ...«

»Ja, Waldemar, Mantegna. Du wirst das Original in der Brera gesehen haben. Süperbe. Wie das wohltut, eine verständnisvolle Seele zu finden. Alles redet von Kunst, aber niemand weiß etwas davon, und die wenigen, die die Wissenden sind, die fühlen wieder nichts oder wenigstens nicht genug. Ich möchte wissen, oder lieber nicht wissen, was der Baron zu diesem gekreuzigten und zugleich so wundersam verkürzten Christus sagen würde. Mantegna, für den ich beiläufig eine Spezialpassion habe (du hast doch hoffentlich seine Fresken im Gonzagaschen Palaste gesehn?), Mantegna, sag ich, hat den Leichnam Christi hier von der Fußsohle her gemalt, ein Wunderstück der Verkürzung, etwas Klassisches, etwas nie Dagewesenes, versteht sich: in seiner Art. Ich wette zehn gegen eins, der Baron würde mir versichern, Christus sähe hier aus wie eine Badepuppe. Und wenn er sich dazu aufschwänge, so wär es nicht das schlimmste. Denn das ist zuzugestehn: die ganze Gestalt hat etwas Verzwergtes, etwas Koboldartiges; und indem ich darüber spreche, kommt mir ein andrer Vergleich, der mit dem von der Badepuppe beinahe zusammenfällt. Wahrhaftig, dieser Zwerg-Christus erinnert mich an das in Holz geschnitzte Christkind in Ara Celi, an die Bambinopuppe. Findest du nicht auch?«

»In der Tat«, antwortete Waldemar, »es erinnert daran. Aber ich fürchte, lieber Onkel ...«

»... dich gestört zu haben. Nein, Waldemar. Ein Italianissimus wie du kann mich nie stören, wenn ich in italienischen Erinnerungen schwelge. Nichts davon. Aber diese Dinge stören *dich.* Wenigstens heute. Du bist zerstreut, du hast etwas auf dem Herzen. Und es kann nichts Kleines sein, denn ich seh in deinem Gesichte so was wie Fieberröte, die mir nicht recht gefällt. Laß dir sagen, Waldemar, was du freilich auch ohne mich weißt, daß dein Leben an einem seidnen Faden hängt. Also solide! Debauchiere, wer kann und mag, aber jeder nach seinen Kräften, und durchschwärmte Nächte sind nicht für jedermann und sicherlich nicht für dich. Übrigens nichts für ungut. Sitte hin, Sitte her, ich bin kein Sittenrichter, und jedenfalls der letzte, dich für den Jünglingsverein anwerben zu wollen; meinen Beitrag zahl ich. Aber Gesundheit, Waldemar, Gesundheit; du bist für immer ins Schuldbuch der Tugend eingeschrieben, oder, um mich deutlicher und doch zugleich kaum minder poetisch auszudrücken, du mußt leben wie eine eingemauerte Nonne; den andern trau ich nicht recht. Und nun sage mir, wenn sich's sagen läßt, woher die roten Flecke?«

Waldemar lachte. »Von einem zu frühen Frühstück, lieber Onkel. Ich war beim Baron, und als ich gehen wollte, hielt er mich mit einem Glase Lafitte fest.«

Jetzt war das Lachen auf des alten Grafen Seite. »Der gute Baron. Er nennt es Lafitte, Gott verzeih es ihm, und bildet sich noch ein, eine Weinzunge zu haben. Und warum? Weil er von der Voraussetzung ausgeht, ein beständiger Frühstücker müsse sich auch zum Frühstücksverständigen ausbilden. Ein Satz, der grundfalsch ist und an die Doktoren erinnert, die mit Stolz von ihrer fünfzigjährigen Erfahrung sprechen, nachdem ihnen jeder einzelne, wenn irgend möglich, gestorben ist. Glaube mir, Waldemar, wer beständig zwischen Hiller und Dressel hin- und herpendelt, kann seine Zunge verfeinern, aber auch nicht. Und das letztere bildet die Regel. Übrigens, um elf beim Baron, was bedeutet das? Da muß was vorliegen. Und nun heraus damit!«

»Ich war da, mir seinen Rat zu holen.«

»Bei dem Baron? Rat? Nun, da steh ich doch noch lieber zu seinem Lafitte. Der ist schlimmstenfalls mit Pepsinpastillen zu bekämpfen, aber von seinem Rat ist kein Erholen. Waldemar, ich dächte doch ... Rat! Nun, ich bin auch nicht von den sieben Weisen Griechenlands, aber neben dem Baron ... Oder vielleicht war der gute Papageno nur Vorstufe. Laß hören. Ist es eine Sache, von der ich erfahren darf, an der ich möglicherweise mit raten und taten kann?«

»Ja, Onkel. Und zu dem Zwecke bin ich hier. Es ist, wie du sagst, der Baron war nur Vorstufe.«.

»Nun denn?«

»Also kurz, ich habe vor, mich zu verheiraten.«

Der alte Graf schlug mit der flachen Hand auf den Tisch.

»Du erschrickst ...«

»Ich erschrecke nicht. Das ist nicht das rechte Wort, und wenn ich eben mit der Hand auf den Tisch schlug, so war es nur ein lebhaftes oder vielleicht auch *zu* lebhaftes Zeichen meiner Teilnahme. Nervosität, nichts weiter. Du bist überhaupt ein Gegenstand meiner Teilnahme, Waldemar; denn ich bin dir ungeheuer gut, und wenn ich das Wort nicht haßte, weil so viel Mißbrauch damit getrieben wird, so spräch ich dir rundheraus von meiner Liebe. Wahrhaftig, Junge, du bist der Beste von allen lebenden Halderns (vielleicht können wir auch die Toten mit einrechnen), und ich weiß nicht, was ich alles für dich tun könnte. Daß du mich beerbst, versteht sich von selbst; ich wünsche dir jedes erdenkliche Glück. Aber eines, wenn es eins ist, wünsch ich dir *nicht.* Ein Mann wie du heiratet nicht. Das bist du drei Parten schuldig: dir, deiner Nachkommenschaft (die bei kränklichen Leuten wie du nie ausbleibt) und drittens der Dame, die du gewählt.«

»Es ist keine Dame.«

Der alte Graf verfärbte sich. Unter einem halben Dutzend Möglichkeiten, die durch sein Hirn schossen, war auch eine ... Nein, nein ... Und er faßte sich wieder und sagte mit wiedergewonnener Ruhe: »Keine Dame. Was dann? Wer?«

»Stine.«

Der alte Graf sprang auf, warf seinen Stuhl um einen Schritt zurück und sagte: »Stine! Bist du toll, Junge?«

»Nein, ich bin bei Sinnen. Und ich frage dich, ob du mich hören willst?«

Der Graf sagte nicht ja und nicht nein, setzte sich aber wieder und sah Waldemar fragend an.

»Ich nehme an«, fuhr dieser fort, »daß du mich hören willst, und wenn du meinen ersten Satz gehört haben wirst, so wirst du ruhiger werden. Ich bin in den Jahren und in der Lage, selbständig handeln zu dürfen, und ich *werde* selbständig handeln. An dem allen ist nichts zu ändern; Krankheit macht eigensinnig, und die Halderns sind es von Natur. Ich komme nicht, um eine Familienerlaubnis nachzusuchen, die mir, wenn das Gesetz eine Verweigerung zuließe, verweigert werden würde. Da dies nicht der Fall ist, so hat anfragen und Antwort einholen keinen Sinn. Und so denn noch einmal: meine Entschlüsse sind gefaßt. Du sollst nicht den Anwalt für mich machen, am wenigsten für das, was ich vorhabe: mit solchen Dingen komme ich dir nicht; und wenn ich nichtsdestoweniger dein gutes Wort erbitte, so geschieht es, weil alles Gehässige meiner Natur widerstreitet. Haß ist mir häßlich. Ich erbitte dein gutes Wort, weil ich versöhnungsbedürftig bin und in Frieden aus dieser Alten Welt scheiden möchte.«

»Was heißt das? Was hast du vor? Waldemar, ich bitte dich, du wirst uns doch nicht eine dieser modernen Selbstmordkomödien aufführen und dich mit deiner Stine nach erfolgter Kopulation – das Wort bleibt mir in der Kehle stecken – auf eine Bahnschiene werfen oder im Hans-und-Grete-Stil in einen Dorftümpel stürzen wollen? Ich bitte, Waldemar, verschon uns wenigstens mit einem Debüt im Polizeibericht.«

»Es ist nicht das. Ich habe nur einfach vor, mit der Alten Welt Schicht zu machen und drüben ein andres Leben anzufangen.«

»Und als Hinterwäldler deine Tage zu beschließen. Umgang mit Chingachgook, *alias le gros serpent,* und Vermählung deiner ältesten Tochter, Komtesse Haldern, mit irgendeinem Unkas oder einem Großneffen von Lederstrumpf. Was meinst du dazu? Und wenn nicht Hinterwäldler, so doch *cowboy,* und wenn nicht *cowboy,* so vielleicht Kellner auf einem Mississippidampfer. Ich gratuliere. Waldemar, ich begreife dich nicht. Ist denn keine Spur von Haldernschem Blut in dir? Ist es denn so leicht, aus einer Welt bestimmter und berechtigter Anschauungen zu scheiden und bei Adam und Eva wieder anzufangen?«

»Da triffst du's, Onkel. Ja, bei Adam und Eva wieder anfangen, das will ich, da liegt es. Was dir ein Schrecken ist, ist mir eine Lust. Ich habe mir sagen lassen, alles regle sich nach einem Gesetz des Gegensatzes, das zugleich ein Gesetz des Ausgleichs ist, eine neue Theorie von diesem oder jenem; die Vorhand ist, glaub ich, streitig. Aber gleichviel, von wem sie herrührt, es hat damit nach meiner eigenen Erfahrung und ebenso nach meinem bißchen Wissen seine vollkommene Richtigkeit. Der Alte Fritz haßte das Alte Testament, weil er in seiner Jugend erbarmungslos damit gequält worden war, und der dicke König liebte die Frauen und überschätzte sie, weil sie fünfzig Jahre lang vom preußischen Hofe verbannt gewesen waren. Alles, was unten ist, kommt mal wieder obenauf, und was wir Leben und Geschichte nennen, läuft wie ein Rad; *la grande roue de l'histoire,* sagen die Franzosen. Und nun laß mich die Nutzanwendung machen. Die Halderns haben lang genug an der Feudalpyramide mit bauen helfen, um endlich den Gegensatz oder den Ausgleich, oder wie du's sonst nennen willst, erwarten zu dürfen. Und da kommt denn nun mein Neffe Waldemar von Haldern und bezeigt eine Neigung, wieder bei Adam und Eva anzufangen.«

Der Alte war nicht unempfindlich gegen solche Sätze, die, wenn sich's nicht um Verwirklichung an einem Familienmitgliede gehandelt hätte, sehr wahrscheinlich seinen Beifall gehabt haben würden. Ein Lächeln lief über sein Gesicht, das ausdrücken mochte: ›Sieh, er führt seine Sache gut‹, ja vielleicht entsann er sich sogar, in Übermut und Weinlaune mehr als einmal dasselbe proklamiert zu haben. Und so war es denn in einem viel ruhigeren Tone, daß er antwortete: »Waldemar, laß uns vernünftig reden. Ich bin nicht so verrottet, wie du glaubst. Ich kann dem allen folgen, und ich habe von der göttlichen Weltordnung nicht die Vorstellung, daß sie sich mit dem Staatskalender und der Rangliste vollkommen deckt. Ja, ich will dir noch mehr sagen: ich habe Stunden, in denen ich ziemlich fest davon überzeugt bin, daß sie sich *nicht* damit deckt. Und es werden, und vielleicht in nicht allzuferner Zukunft, die Regulierungszeiten kommen, von denen du eben sprachst, und vielleicht auch wieder die Adam-und-Eva-Zeiten. Und sie mögen auch kommen, warum nicht? Ich bin vor Adam nie erschrocken, und vor Eva erst recht nicht. Aber sind gerade *wir* dazu da, dem weltgeschichtlichen Umschwungsrade, das du da vorhin zitiertest, sind, sag ich, gerade *wir* dazu da, diesem *grande roue de l'histoire* solchen energischen Vorwärts- oder meinetwegen auch Zurückruck zu geben? Überlasse das andern. Zur Zeit sind wir nur noch die *beati possidentes.* ›Sei im Besitze, und du bist im Recht‹ ist vorläufig noch für *uns* geschrieben. Warum sich selbst um diesen Besitz bringen und auf eigene Kosten eine Zukunft heraufbeschwören, von der vielleicht keiner profitiert und wir gewiß nicht. Adam, Neubeginn der Menschheit, Paradies und Rousseau – das alles sind wundervolle Themata, für die sich *in praxi* alle diejenigen begeistern mögen, die dabei nur gewinnen und nichts verlieren können; die Halderns aber tun gut, all dies in der Theorie zu belassen und nicht persönlich danach zu handeln.«

Der junge Graf lächelte vor sich hin. »Ja, Onkel, das ist das Allgemeine, das Alltäglichgültige. Gewiß, ich weiß es. Da gilt das, was du sagst. Und laß mich dir versichern, ich bin weit ab davon, den Welt- oder auch nur den Gesellschaftsreformator machen zu wollen. Dazu hab ich nicht die Schultern. Aber das Besondre, das Besondre.«

»Welches Besondre?«

»Stine.«

»Ja so, die«, sagte der alte Haldern und ließ in allem erkennen, daß er im Laufe des Gesprächs den Ausgangspunkt so gut wie vergessen hatte. »Ja, Stine … Dummes Zeug. Ich kenne das. Ein Junggeselle, der über fünfzig hinaus ist, ist mehr als einmal in Gefahr gewesen, an dieser Klippe zu scheitern. Aber das sind Anwandlungen, Fieberanfälle. Solange sie dauern, legt man sich die Weltgeschichte nach dem kleinen Gefühl zurecht, das einen gerade beherrscht; aber von heute auf morgen, oder, wenn es hoch kommt, von heute bis übers Jahr hat man sich besonnen und sieht die Dinge nicht mehr durch das Trug- und Zauberglas unsrer erhitzten Phantasie, sondern durch die Fensterscheibe der Alltäglichkeit. Stine! Du sollst nicht brüsk mit ihr brechen, im Gegenteil, besuche sie, solange dich's dazu treibt; habe deine Plauderstunde mit ihr ruhig weiter; aber es muß der Augenblick kommen, wo sich's ausgeplaudert hat und wo du deinen Irrtum empfindest. Eines Tages fällt es dir wie Schuppen von den Augen, und du siehst in einen Abgrund.«

»In welchen?«

»Das wag ich nicht vorher zu sagen, vielleicht bloß in den der Langeweile, vielleicht auch in einen schlimmeren. Und den Tag danach schreibst du ihr einen Abschiedsbrief und trittst deine dritte Römerfahrt an. Rom paßt ohnehin für die Halderns, alt zu alt. Aber nicht Amerika. Ja, für die *diggings* oder ein Goldgräber-Camp ist mir, offen gestanden, auch Stine zu schade. Beiläufig, was Stine von Amerika braucht, ist eine Singersche Nähmaschine.«

Waldemar erhob sich von seinem Platze. »Du hast, Onkel, von deinem Standpunkt aus, ein Recht, so zu sprechen, ja, vielleicht härter und herber noch; es liegt dir fern, mich kränken zu wollen, ich höre das heraus, und ich danke dir dafür. Aber alles, was du gesagt, kann mich nicht umstimmen; es muß bleiben, wie es ist. Ich fühle mich zu diesem liebenswürdigen Geschöpf, das nichts ist als Wahrhaftigkeit, Natürlichkeit und Güte, nicht nur hingezogen, das sagt nicht genug, ich fühle mich an sie gekettet, und ein Leben ohne sie hat keinen Wert mehr für mich und ist mir undenkbar geworden. Es braucht nicht Amerika zu sein; es findet sich auch wohl ein Winkel hier ...«

»Was Gott verhüte ...«

»Dann also drüben. Und ich bitte dich, mir bei den Eltern in Groß-Haldern, wenn nichts weiter, so doch das Ausbleiben eines großen, aufgesteiften Protestes erwirken zu wollen. Eine gegen mich verhängte Familien-Acht möcht ich, wenn's irgend geht, vermieden sehen, so wenig Schreckliches alle Bann- und Achterklärungen von jeher für mich gehabt haben. Ich erwarte kein Ja, keinen Segen; ich verzichte darauf, schon einfach, weil ich muß. Es verlangt mich nur zu hören, daß man sich in das Unvermeidliche gefunden hat, daß man sich ihm unterwirft, als wäre es eine Schickung, oder welch sonstige fromme Bezeichnung man dafür wählen mag. Der junge Pastor kann ja Worte zur Auswahl stellen. Lebte der alte Buntebart noch, so wär es besser. Der Besitz fällt meinem jüngeren Bruder zu, trotzdem Groß- und Klein-Haldern Primogenitur sind; ich werde den Verzicht gerichtlich aussprechen. Nur ein Pflichtteil erbitt ich mir, um das Nötigste durchführen zu können. Und nun noch einmal: Willst du mein Fürsprecher sein, der wenigstens das Schmerzlichste von mir abwendet und mir für die Zukunft, und wenn es die fernste wäre, die Möglichkeit einer Versöhnung offen hält?«

Der alte Graf schüttelte den Kopf.

»Also nein. Und auch *das* ist gut, weil es etwas Bestimmtes ist. Ich danke dir, daß du mich angehört und mich mit Standesredensarten und vor allem auch mit jenem französischen Worte, das bei solchen Gelegenheiten in unseren Kreisen gang und gäbe ist, verschont hast. Und nun lebe wohl, ich sehe dich nicht wieder. Alles, was noch zu tun oder zu sagen bleibt, wird durch andere geschehen.«

Der alte Graf hatte sich ebenfalls erhoben und schritt, über den Teppich hin, auf und ab. Jetzt aber blieb er stehen und sprach nicht ohne Bewegung vor sich hin: »Und daran bin ich schuld ... ich.«

»Schuld? Du? Schuld an meinem Glück? Nein, Onkel, nur Dank und wieder Dank.« Und dabei nahm er den Hut, um zu gehen, hielt aber noch einmal an, augenscheinlich in Zweifel, ob er dem Oheim die Hand reichen solle oder nicht.

Der alte Graf sah es und trat seinerseits einen Schritt zurück.

So verbeugte sich denn der Neffe nur in aller Förmlichkeit und schritt dann auf die Tür zu, die nach dem Korridor hinausführte.

Draußen stand Johann, der gehorcht hatte, mit dem Überzieher schon in der Hand und ließ es an Dienstbeflissenheit nicht fehlen. Aber das nachdrückliche Schweigen, in dem er verharrte, schien doch auch seinerseits eine Mißbilligung ausdrücken zu sollen. War er doch lange genug im Haldernschen Dienst, um über Mesalliancen noch strenger zu denken als sein Herr.

13. KAPITEL

Erst als er wieder allein war, wurde sich der alte Graf alles dessen, was er gehört hatte, voll bewußt. Allerdings war ihm gleich im ersten Augenblick das Blut zu Kopf gestiegen; Waldemars ruhiges Sprechen aber und vielleicht mehr noch ein ihm tief im Blute steckender Hang nach dem Aparten und Abenteuerlichen hatte seinen Unmut zurückgehalten. Indessen, dieser

Zustand konnte nicht dauern, und jetzt, wo Waldemar fort und die Diskussion einer ihn prikkelnden Frage geschlossen war, war auch der Moment wieder da, die zurückgedrängten ersten Empfindungen: Entrüstung und Schreck, wieder auflohen zu lassen.

In der Tat auch Schreck. Er war Grund und Ursach all dieser Wirrnisse, die nicht gekommen wären, wenn er, für seine Person, auf die törichte Laune, Waldemar bei der Pittelkow einzuführen, verzichtet hätte. Dieser Fauxpas seinerseits mußte früher oder später zur Kenntnis seines älteren Bruders, des Majoratsherrn auf Groß- und Klein-Haldern, kommen, und wenn er sich dann verklagt sah, gleichviel laut oder leise, wie wollt er da bestehen? Und wenn vor *ihm*, dem Bruder, wie vor *ihr*, der Frau Schwägerin? Sie war die stolzeste Frau weit und breit, eine von Petersburger Erinnerungen getragene kurländische Dame, vor der selbst die Halderns nur mit Mühe bestehen konnten und der eine Schwiegertochter im Stile von Stine Rehbein einfach Tod und Schande bedeutete. Was half es, wenn Waldemar aus dem Lande ging und sich für immer expatriierte? Die Tatsache der ›Encanaillierung‹ eines Haldern blieb bestehen und mit ihr der Skandal, die Blame, das Ridikül. Und das letztere war das schlimmste.

›Nein, es geht nicht‹, überlegte der Graf, während er, immer erregter und nervöser werdend, in seinem Zimmer auf- und abschritt. ›Ich werde mit Gewalt dazwischenfahren. *Ich* bin schuld, ja und nochmals ja, und immer wieder ja – ich will es nicht von mir abwälzen. Aber meine Dummheit allein hat es nicht dahin gebracht, da steckt meine gute Freundin dahinter, dieser schwarze Gottseibeiuns, meine gute Pittelkow, die jeden Tag rappelköppischer wird. Denn soviel *bon sens* sie hat, so ist sie doch vom Hochmutsteufel besessen, und während sie nach links hin sich einbildet, mit mir machen zu können, was sie will, will sie nach rechts hin die blonde Schwester mit ihrer langweiligen Tugendgrimasse direkt in unsere Familie hineinspielen. Aber ich werde dem Hause Pittelkow mit all seinen Annexen zeigen, daß es denn doch die Rechnung ohne den Wirt gemacht hat. Undankbare Kreatur. Aus dem Kehricht hab ich sie aufgelesen, und als Lohn für meine Guttat zahlt sie mir in *dieser* Münze.‹

Während er noch so sprach, traf sich's, daß sein Blick von ungefähr in den Spiegel fiel. Er trat denn heran, rückte sich das rote Halstuch zurecht und lachte: ›So also sieht ein Ehrenmann aus, ein Witwenretter und Waisenvater … Habe die Ehre.‹ Und er bekomplimentierte sich selbst. ›Immer das alte Lied. Sowie man in der Patsche sitzt, spielt man sich auf den Unschuldigen hin aus, schimpft über die Komplizen, die meist viel weniger Schuld haben als man selbst, und läßt andere die Dummheiten entgelten, die man höchst eigenhändig gemacht hat. Und in meinem Falle nennt sich diese schnöde Weißwascherei noch aristokratische Gesinnung und erhebt sich über die Pittelkows, die sich wenigstens nicht mit *noblesse oblige* durch die Welt zieren. Jammervoll. Wohin man sieht, hat man sich zu schämen. Und doch muß etwas geschehen, und wenn meine Schuld noch zehnmal größer wäre.‹

Bei diesen Worten zog er die Klingelschnur. »Eine Droschke, Johann.« Und während dieser sich nach dem nächsten Halteplatz aufmachte, machte der alte Graf Toilette, sorglich und vor dem Spiegel, aber doch mit der Raschheit eines alten Militärs.

Eine halbe Stunde später hielt die Droschke vor dem Eingange zum Invalidenpark. Der alte Graf stieg aus und ging, über den Damm fort, auf das ihm wohlbekannte Haus zu, das im grellen Scheine der Mittagssonne wie ausgestorben dalag. Pauline stand am Fenster und erkannte den Grafen, als er hastigen Schrittes auf ihre Wohnung zusteuerte. »Jott«, sagte sie, »nu schon bei Dage!« Dabei rückte sie aber doch den Kragen zurecht und warf ihre Küchenschürze hinter den Ofen. Und jetzt hörte sie's klingeln.

»Mama zu Haus?«

Olga wollte ›nachsehen‹; aber der Graf war nicht in der Laune, sich auf seinem eigensten Territorium allerlei lächerlichen Anmeldeförmlichkeiten zu unterwerfen, und trat also, während er Olga folgte, gleichzeitig mit dieser in das Vorderzimmer ein.

»Guten Tag, Witwe.«

Die Pittelkow sah, daß er schlechter Laune war, und erwiderte deshalb, ohne sich von ihrer Fensterstelle zu rühren, im gleichgültigsten Tone: »Guten Tag, Graf … Eine schmähliche Hitze …«

Der alte Graf bezeugte keine Lust, sich in ein Wettergespräch einzulassen, warf sich vielmehr ohne weiteres ins Sofa und sagte, während er sich mit dem Taschentuch etwas frische Luft zufächelte: »Komme heute in einer ernsten Sache, Pauline. Was ist das mit der Stine?«

»Mit Stine?«

»Ja. Sie hat da mit meinem Neffen angebändelt. Und nun ist er verrückt geworden und will sie heiraten. Und wer ist schuld daran? Du, Pauline. Du hast mir dies eingebrockt. Du, nur du. Stine macht nicht drei Schritte, geht nicht von hier bis ans Fenster, ohne dich zu fragen; sie hat nie was andres getan, als was du gewollt oder gutgeheißen hast, und auf dich fällt dieser Skandal. Ich frage dich, ob ich Anspruch auf solche Behandlung habe? Nun, wir wollen sehen, was wird. Wolle du, was du willst, ich will, was ich will. Die Welt ist verrückt genug geworden, aber soweit sind wir noch nicht, daß die Häuser Haldern und Pittelkow Arm in Arm ihr Jahrhundert in die Schranken fordern. Nein. Pauline. Solchen Unsinn verbitt ich mir, und was ich von dir fordre, ist das, daß du dieser Kinderei ein Ende machst.«

»Kann ich nicht.«

»Weil du nicht willst.«

»O, ich will schon. Ich *habe* schon gewollt, gleich als ich die Geschichte kommen sah. Es ist ein Unglück für meine Stine.«

»Was?«

»Es ist ein Unglück für meine Stine. Ja, Graf. Oder denken Sie, daß ich so dumm bin, so was für'n Glück zu halten? Ach, du meine Güte, da sind der Herr Graf mal wieder aus Irrland, und ganz gehörig. Und nun hören Sie mal ein bißchen zu. Hier drüben wohnt ein Schlosser, ein Kunstschlosser, und hat 'nen Neffen, einen allerliebsten Menschen, der bei den ›Maikäfern‹ gestanden – aber jetzt ist er wieder ins Geschäft. Nu, der war letzten Sommer immer um die Stine rum, und wenn *der* das Mächen nimmt, dann geh ich nächsten Sonntag in'n Dom oder zu Büchseln und weine mir aus und danke dem lieben Gott für seine große Guttat un Gnade, was ich nu schon eine gute Weile *nich* gedhan habe. Ja, Graf, *so* steht es. Mein Stinechen ist kein Mächen, das sich an einen hängt oder mit Gewalt einen rankratzt, Graf oder nich, un hat's auch nich nötig. Die kriegt schon einen. Is gesund un proper un kein Untätchen an ihr, was nich jeder von sich sagen kann. He?«

»Komme mir nicht damit. Das sind Ausweichungen und Redensarten, bloß um von der Sache loszukommen. Darum handelt sich's nicht. Untätchen! Was heißt Untätchen? Ich habe der Stine nichts auf den Leib gered't, ich weiß, sie ist ein gutes Kind. Aber was soll das mit deinem ›Untätchen‹ und ›was nicht jeder von sich sagen kann‹. Meinst du mich? Meinetwegen. Mir tut's nichts; ich bin drüber weg. Aber du meinst meinen Neffen, und das reizt mich und ärgert mich, weil's mal wieder deinen schlechten Charakter zeigt. Oder wenn nicht deinen schlechten Charakter, so doch, daß du hart bist und ohne rechte Güte. Was soll das mit dem anzüglichen Vorwurf und deinem spöttischen Gesicht dabei? Waldemar ist ein armer, unglücklicher Mensch und kann freilich keinen Degen verschlucken oder sich einen Amboß auf die Brust legen lassen. Und wenn du das ein ›Untätchen‹ nennen willst, nun, so tu's. Aber seine Krankheit und sein Elend, das ist es ja gerade, was ihm vor Gott und Menschen zur Ehre gereicht. Denn woher hat er's? Aus dem Krieg her hat er's. Er war noch keine neunzehn und ein schmächtiger, dünner Fähnrich bei den Dragonern und sah aus wie 'ne Milchsuppe, das muß wahr sein. Aber ein Haldern war er. Und weil er einer war, war er der erste von der Schwadron, der an den Feind kam, und vor dem Karree, das sie sprengen sollten, ist er zusammengesunken, zwei Kugeln und ein Bajonettstich und das Pferd über ihn. Und das war zuviel für den jungen Menschen. Zwei Jahre hat er gelegen und gedoktert und gequient, und nun drückt er sich schwach und krank in der Welt herum; und weil er nicht weiß, was er machen soll, besucht er Stine und will sie heiraten. Das ist ein Unsinn. Aber komme mir nicht mit allerlei Spitzen und Anzüglichkeiten, die für den armen Jungen nicht passen. Er hat das Eiserne Kreuz, und ich will, daß du mit Achtung von ihm sprichst.«

Pauline lachte. »Jott, Graf, wenn das einer hört, so muß er ja wahr und wahrhaftig denken, ich wollt einem einen Spott draus machen, daß er ein braver Junge gewesen. Aber das is auch so eine von Euren Marotten, daß Ihr immer denkt, wir verstünden nichts davon und wüßten nichts von Vaterland und knappzu von Courage. Aber wie steht es denn? Alle Wetter, ich bin auch fürs Vaterland und für Wilhelm; und wer seine Knochen zu Markte getragen hat, vor dem hab ich Respekt un brauche mir nich erst sagen zu lassen, daß ich Respekt vor ihm haben soll. Un denn, Graf, man nich immer jleich mit die Halderns. Ich habe welche gekannt, sie waren auch erst neunzehn und keine Halderns und saßen *nich* zu Pferde, nein, immer bloß auf Gebrüder Benekens, un mußten auch immer vorwärts. Un zuletzt, als es bergan ging un sie nicht mehr konnten, da hielten sie sich an die Kusseln, weil sie sonst rücklings runtergefallen wären, un immer die verdammten Dinger dazwischen, die so quietschen un sich anhören wie 'ne Kaffeemühle. Ne, ne, Graf, die Halderns haben es nich alleine gemacht un der junge Graf auch nicht. Aber er hat seine Schuldigkeit getan un seine Gesundheit drangegeben, und da werd ich ihm doch nichts anreden – i, da biss' ich mir ja lieber die Zunge ab. Ich habe bloß sagen wollen, daß an Stine kein Untätchen is. Un dabei bleib ich. Und da wir nu mal davon reden, dabei bleib ich auch, daß ans Gräfliche öfter so was is als an unserein, un nu gar erst an Stinechen. Ich weiß nicht, wie die Doktors es nennen; aber das weiß ich: es gibt Untätchen schon von'n Urgroßvater her. Un die Urgroßväter, was so die Zeit von'n dicken König war, na, die waren schlimm. Un die Halderns werden woll auch nich anders gewesen sein als die andern.«

»Es ist gut«, sagte der alte Graf mit wiedergewonnener Ruhe. »Was du gleich zuerst gesagt hast von dem Schlosser drüben und seinem Neffen, das ist die Hauptsache, das hat mich überführt. Ich glaube jetzt, daß du unschuldig an der Sache bist, und muß auch einräumen, es sieht dir nicht ähnlich. Du bist viel zu klug und zu verständig, um solchen Unsinn in Gang zu bringen. Denn du sagst es ja selbst, ein Unsinn ist es und ein Unglück dazu. Und noch dazu für alle beide.«

Pauline nickte zustimmend.

»Also ein Unglück, sag ich. Und nun laß uns überlegen, wie wir da rauskommen oder es wenigstens eingrenzen und wieder Schick in die Sache bringen. Waldemar ist eigensinnig (alle Kranken sind es) und wird von seinem Vorhaben nicht lassen wollen, davon bin ich überzeugt. Es ist also nur dadurch etwas zu machen, daß wir auf den andern Part, auf deine Schwester, einen Einfluß gewinnen.«

Die Pittelkow zuckte mit den Achseln.

»Du willst sagen, es fehlt auch *ihr* nicht an Eigensinn. Und ich glaub es beinahe. Außerdem ist alles Zureden umsonst, solange noch die Möglichkeit für Stine bleibt, Waldemar zu sehn und zu sprechen. *Den* wird sie natürlich lieber hören als uns. Jeder hört am liebsten, was ihm schmeichelt und wohltut. Ich seh also nur *ein* Mittel: sie muß fort. Und ich stelle dir alles dabei zur Verfügung. Überlege. Sie wird doch irgendwo in der Welt, in der Priegnitz oder Uckermark, eine Freundin oder Anverwandte haben, und wo nicht, so müssen wir so was erfinden. Da muß sie hin. Nur weg von hier, weg. Zeit gewonnen, alles gewonnen. Und ist erst eine Trennung da und haben beide vierzehn Tage lang eingesehn, daß sich auch ohne Mondscheinkuß immer noch leben läßt, so haben wir wenigstens einen guten Anfang gemacht. Und dann sehen wir weiter.«

Die Pittelkow war im wesentlichen damit einverstanden und fiel, als ihr Haldern auch erzählt hatte, daß Waldemar nach Amerika wolle, rasch wieder in ihren Alltags- und Gemütlichkeitston. »Ich war von Anfang an dagegen. Und nu will er auch noch nach Amerika! Du mein Gott, was will er da? Da müssen sie scharf ran und bei sieben Stunden in Stichsonne, da fällt er um. Erst früh haben sie hier einen vom Bau vorbeigebracht un war noch dazu ein Steinträger mit Schnurrbart und Soldatenmütze, was immer die stärksten sind. Un nu solch armer Invalide. Graf, ich werd es schon machen un will gleich zu Wanda, die muß mir eine Geschichte zurechtlügen. Un wenn ich die habe, dann packen wir Stinen ein, nach Alt-Landsberg oder nach Bernau mit's Storchnest oder nach Fürstenwalde. Sie will immer beistehn un helfen, und wir müssen ihr so was vorreden von Beistand und Hilfe.«

Der Graf war erfreut, und so trennten sie sich.

14. KAPITEL

Die Pittelkow, als der Graf fort war, warf sich in Staat, nahm ihren Umhang und ging in die Tieckstraße, um mit Wanda zu beraten, was zu tun und in welchem märkischen Neste Stine wohl am besten unterzubringen sei. Wanda, dessen entsann sie sich, hatte eine ältere, nach Teupitz hin an einen Schlächtermeister verheiratete Halbschwester; vielleicht wenn man sagte, daß da was Kleines angekommen und der Mann samt seinen vielen Kindern eines Beistands in der Wirtschaft bedürftig sei?

»Ja, so muß es gehn. Un ist erst wer in Teupitz, so kommt er sobald nich wieder weg. Und die Frau wird sie schon festhalten, – soviel wird sie doch woll von Wanda'n haben, daß sie nich gleich locker läßt. Un wenn jrade geschlachtet wird, kann Stine ja zusehn und hat ein bißchen Zerstreuung.«

In dieser Richtung gingen die Gedanken der Pittelkow, die, während sie diese Pläne machte, nicht ahnen konnte, daß ziemlich um eben diese Zeit bereits Entschlüsse gefaßt und Entscheidungen getroffen worden waren, die jeden weiteren Klugheitsplan unnötig machten.

Waldemar, als er den Onkel verlassen hatte, hatte seinen Weg erst bis Schloß Bellevue hin und von dort aus nach einem um ein paar hundert Schritte weiter flußabwärts gelegenen Sommerlokale genommen, das er für gewöhnlich an jedem Spätnachmittag, eh er zu Stine ging, aufzusuchen pflegte. Dort im Schatten alter Bäume niederzusitzen und zu sinnen und zu träumen, war das, was er liebte. Wirt und Wirtin in diesem Lokale kannten ihn längst, ebenso war er Intimus der dort zahlreich ansässigen Spatzen, die, sobald er Platz genommen, den Tisch umhüpften und die Brocken und Krümel des eigens für sie bestellten Stück Kuchens aufzupicken pflegten. Das alles war heute gerade so wie sonst, und nur die ihre Köpfe neugierig zusammensteckenden Kellner beschäftigten sich augenscheinlich mit der Frage, was ihren regelmäßigen Spätnachmittagsgast heute schon zu so früher Stunde hierher geführt haben könnte. Denn es war erst zwei. Waldemar hatte seine Freude daran, diese kleine Neugier zu beobachten, und las aus den Mienen der Kellner den Gang ihrer Unterhaltung mit einer Sicherheit heraus, als ob er sie vom nächsten Baum her hätte belauschen können. Überhaupt entging ihm nichts, und wenn er eine Zeitlang die Qualmwolken aus dem gerade gegenübergelegenen Borsigschen Eisenwerke hatte hervorquellen und nach der Jungfernheide hin abziehen sehen, so gab er seinem Blick mit einemmal wieder eine Seitwärtsrichtung und zählte dabei die Brückenpfeiler oder die Spreekähne, die von der Stadt her den Fluß herunterkamen. Er war ohne jede Spur besonderer Erregung und beschäftigte sich, was übrigens seinem Charakter entsprach, kaum noch mit dem Gespräche, das er eben erst mit dem Onkel gehabt hatte. Wenn er den Frieden nicht haben konnte, so war es schon viel für ihn, ihn seinerseits ehrlich und aufrichtig gewollt zu haben. Und das war der Fall. Aus diesem Bewußtsein erwuchs ihm etwas wie Trost und Ergebung, und wenn Ergebung auch nicht das absolut Beste, nicht der Friede selbst war, so war es doch das, was dem Frieden am nächsten kam.

Er blieb wohl eine Stunde. Dann erst erhob er sich und ging auf den Ausgang zu. Von draußen her aber sah er noch einmal über den Staketzaun in den Garten zurück. Da war wieder die Musikestrade mit den wackeligen Notenpulten und gleich dahinter das primitive Büfett mit den eingeschnittenen Querhölzern, daran zahllose Weißbierdeckel wie kleine Schilde hingen. Und dicht daneben und halb überwachsen von einer Kugelakazie stand der eben von ihm verlassene Tisch, auf dessen grüner Platte jetzt die Lichter und Schatten tanzten. Er konnte sich nicht losreißen von dem allem und prägte sich's ein, als ob er ein bestimmtes Gefühl habe, daß er's nicht wiedersehen werde. ›Glück, Glück. Wer will sagen, was du bist und wo du bist! In Sorrent, mit dem Blick auf Capri, war ich elend und unglücklich, und *hier* bin ich glücklich gewesen.‹ Und nun ging er weiter flußabwärts bis an die Moabiterbrücke, weil er vorhatte, den Rückweg am andern Ufer zu machen. Als er aber drüben war, nahm er langsam und unter gelegentlichem Verweilen seinen Weg auf den Humboldtshafen und zuletzt auf den Invalidenpark zu. Dort blieb er stehen und musterte das gegenübergelegene Haus. Stine stand oben am Fenster. Er grüßte mit der Hand und stieg dann in ihre Wohnung hinauf.

Stine empfing ihn schon an der Tür, glücklich, ihn zu sehen, aber doch mit einem Anfluge von Sorge, weil er sonst nie vor Dämmerstunde kam.

»Was ist?« sagte sie, »du siehst so verändert aus.«

»Möglich. Aber es ist nichts. Ich bin vollkommen ruhig.«

»Ach, sage nicht *das*. Wenn man sagt, man sei ruhig, ist man's nie.«

»Woher weißt du das?«

»Ich glaube, das lernt jeder, dafür sorgt das Leben. Und dann weiß ich es von Pauline. Wenn die zu mir sagt: ›Stine, nun bin ich wieder ruhig‹, dann is es immer noch schlimm genug. Aber nun sage, was ist?«

»Was ist? Eine Kleinigkeit. Eigentlich nichts. Ich stand immer einsam unter den Menschen, und nun soll ich noch etwas einsamer dastehn. Es wirkt einen Augenblick, aber nicht lange …«

»Du verschweigst mir etwas. Sprich!«

»Gewiß, deshalb bin ich hier. Und so höre denn. Ich war bei meinem Onkel, um ihm zu sagen … ja, was, Stine? … um ihm zu sagen, daß ich dich sehr lieb hätte …«

Stine kam ein Zittern.

»… Und daß ich dich heiraten wolle … Ja, heiraten, nicht um eine Gräfin Haldern aus dir zu machen, sondern einfach eine Stine Haldern, eine mir liebe kleine Frau, und daß wir dann nach Amerika wollten. Und zu diesem Schritt erbät ich seine Zustimmung oder doch eine Fürsprache bei meinen Eltern.«

»Und?«

»Und diese Fürsprache hat er mir verweigert.«

»Ach, was hast du getan?«

»Sollt ich nicht?«

»Was hast du getan?« wiederholte Stine, zugleich hinzusetzend: »Und ich Ärmste bin schuld daran. Bin schuld, weil ich's habe gehen lassen und mich nie recht gefragt habe: was wird? Und wenn mir die Frage kam, so hab ich sie zurückgedrängt und nicht aufkommen lassen und nur gedacht: freue dich, solange du dich freuen kannst. Und das war nicht recht. Daß es nicht ewig dauern würde, das wußt ich; aber ich rechnete doch auf manchen Tag. Und nun ist alles falsch gewesen, und unser Glück ist hin, viel, viel schneller als nötig, bloß weil du wolltest, daß es dauern solle.«

Waldemar wollte widersprechen; aber Stine litt es nicht und sagte, während ihre Stimme mit jedem Augenblick beschwörender und eindringlicher wurde: »Du willst nach Amerika, weil es hier nicht geht. Aber glaube mir, *es geht auch drüben nicht.* Eine Zeitlang könnt es gehn, vielleicht ein Jahr oder zwei, aber dann wär es auch drüben vorbei. Glaube nicht, daß ich den Unterschied nicht sähe. Sieh, es war mein Stolz, ein so gutes Herz wie das deine lieben zu dürfen; und daß es mich wieder liebte, das war meines Lebens höchstes Glück. Aber ich käme mir albern und kindisch vor, wenn ich die Gräfin Haldern spielen wollte. Ja, Waldemar, so ist es; und daß du so was gewollt hast, das macht nun ein rasches Ende. Vor Jahren, ich war noch ein Kind, hab ich mal ein Feenstück gesehn, in dem zwei Menschen glücklich waren; aber ihr Glück, so hatte die Fee gesagt, würde für immer hin sein, wenn ein bestimmtes Wort gesprochen oder ein bestimmter Name genannt werde. Siehst du, so war es auch mit uns. Jetzt hast du das Wort gesprochen, und nun ist es vorbei, vorbei, weil die Menschen davon wissen. Vergiß mich; du wirst es. Und wenn auch nicht, ich mag keine Kette für dich sein, an der du dein Leben lang herumschleppst. Du mußt frei sein; gerade du.«

»Ach, meine liebe Stine, wie du mich verkennst. Du sprichst von einer ›Kette‹, und daß ich frei sein müsse. Freiheit. Nun ja, mein Leben war frei, was man so frei sein nennt, seit ich aus meiner Eltern Hause ging, und in manchen Stücken auch früher schon. Aber wie verlief es trotzdem? Wie war es von Jugend an? Wir haben so viel davon geplaudert, und ich habe dir von meinen Kindertagen erzählt und von dem langweiligen Hauslehrer, der den Frommen spielen mußte nach Anweisung und mich mit Sprüchen und Geboten und dem ewigen ›Was ist das?‹ quälte und mit dem Glaubensbekenntnis, das ich nie verstand und er auch nicht. Aber der arme, traurige Mensch, der (ich sollte vielleicht nicht spotten, gerade *ich* nicht) immer einen Katarrh und eine Liebschaft hatte, war lange nicht der Schlimmste. Das Schlimmste war, daß ich im Hause selbst, bei meinen eignen Eltern, ein Fremder war. Und warum? Ich habe später darauf geachtet und es in mehr als einer Familie gesehn, wie hart Eltern gegen ihre Kinder sind, wenn diese ganz bestimmten Wünschen und Erwartungen nicht entsprechen wollen.«

Stine, die dieselbe Wahrnehmung auch in ihrer bescheidenen Sphäre gemacht haben mochte, nickte zustimmend, und Waldemar, der sich dieser Zustimmung freute, fuhr deshalb fort: »Es wird wohl überall so sein, und jedenfalls war es so bei uns. Und dazu die Launen und Verstimmungen einer Frau, weil ihr ein Großfürst einmal ein Billett geschrieben, das beinahe ein Liebesbillett war, und die sich nun einbildete, nicht viel was anders als eine Mißheirat geschlossen zu haben. Da hast du das Bild meiner Stiefmutter. Den Sommer über war sie verstimmt über das langweilige Landleben und über die Damen der Nachbarschaft, die gar keine Damen waren, wenigstens nicht in ihren Augen; und wenn sie dann winters zu Hofe ging, so war sie noch verstimmter, weil Schönere oder Vornehmere da waren und ihr den Rang abliefen. Und diese schlechte Laune mußt ich entgelten, diese Verstimmungen trafen *mich,* der ich ihr überhaupt von Anfang an mißfiel. Und als ich dann heranwuchs und wohl auch meinerseits zeigen mochte, daß mir nicht alles gefalle, da war ich vollends nicht auf Rosen gebettet. Und so ging's, bis ich mit Neunzehn eintrat und mit zu Felde zog und die Kugel kriegte oder zwei, wovon ich dir erzählt habe. Da wurd es freilich einen Augenblick besser, und ich war ein Vierteljahr lang der Held und Mittelpunkt der Familie, besonders als auch prinzliche Telegramme kamen, die sich nach mir erkundigten. Ja, Stine, das war meine große Zeit. Aber ich hätte sterben oder mich rasch wieder zu Gesundheit und guter Karriere herausmausern müssen, und weil ich weder das eine noch das andere tat und nur so hinlebte, manchem zur Last und keinem zur Lust, da war es mit meinem Ruhme bald vorbei. Der Vater hätt es vielleicht ändern können, wenn er ein festes Eintreten für mich gewagt und nicht seinen Haus- und Ehefrieden über mein Glück gestellt hätte. So konnt er sich nicht aufraffen, und so hab ich denn durch viele Jahre hingelebt, ohne recht zu wissen, was Herz und Liebe sei. Nun weiß ich es. Und jetzt, *wo* ich es weiß und mein Glück festhalten will, soll ich es wieder aus der Hand lassen. Und alles bloß, weil du von Ansprüchen sprichst und vielleicht auch daran glaubst, die mir im Blute stecken sollen und die – weil im Blute – gar nicht aufzugeben seien. Ach, meine liebe Stine, was geb ich denn auf? Nichts, gar nichts. Ich sehne mich danach, einen Baum zu pflanzen oder ein Volk Hühner aufsteigen oder auch bloß einen Bienenstock ausschwärmen zu sehen.«

Er schwieg und sah vor sich hin, Stine aber nahm seine Hand und sagte: »Wie du dich selbst verkennst. Der Tagelöhnersohn aus eurem Dorfe, der mag so leben und dabei glücklich sein; nicht du. Dadurch, daß man anspruchslos sein *will,* ist man's noch nicht; und es ist ein ander Ding, sich ein armes und einfaches Leben ausmalen oder es wirklich führen. Und für alles, was dann fehlt, soll das Herz aufkommen. Das kann es nicht, und mit einem Male fühlst du, wie klein und arm ich bin. Ach, daß ich in diesem Augenblick so spreche, das ist vielleicht auch schon eine Schwachheit und ein kleines Gefühl; aber ich kämpfe nicht dagegen an, weil ich glaube, daß aus allem, was du vorhast, nur Unheil kommt, nur Enttäuschung und Elend. Der alte Graf ist dagegen und deine Eltern sind dagegen (du sagst es selbst), und ich habe noch nichts zum Glück ausschlagen sehen, worauf von Anfang an kein Segen lag. Es ist gegen das vierte Gebot, und wer dagegen handelt, der hat keine ruhige Stunde mehr, und das Unglück zieht ihm nach.«

»Ach, meine liebste Stine, du redest dich so hinein und kommst mir nun gar mit dem vierten Gebot. Glaube mir, das mit dem vierten Gebot, das hat auch seine Grenze. Vater und Mutter sind nicht bloß Vater und Mutter, sie sind auch Menschen, und als Menschen irren sie so gut wie du und ich. Nein, ich will dir sagen, was es ist und warum du glaubst, so sprechen zu müssen. Ich verstehe mich ein bißchen auf das menschliche Herz; denn sieh, wer jahrelang auf dem Krankenbett liegt, der hat viel Zeit und spürt vielem nach, und das Verlockendste sind immer die Schlängelgänge des Herzens, des eignen und des der andern. Und nun höre, was es ist. Es ist was Hochmütiges in eurer Familie, daran drei Grafen genug hätten, etwas Trotziges und Herausforderndes, und ein Hang, die Wahrheit zu sagen und mitunter auch noch mehr. Deine Schwester hat es sehr stark, und du hast es auch, hast auch dein Teil daran. Und sieh, in diesem deinem falschen Stolze willst du nicht, daß ich auch einen Augenblick glauben soll, du hättest an so was wie eine Stine Haldern gedacht. Das ist dir gegen deine Ehre. Hab ich recht, und ist es so?«

»Nein.«

»Gut. Ich glaube dir. Ich weiß ganz bestimmt, daß du ›ja‹ gesagt hättest, wenn du's hättest sagen können. Und daß du dies ehrliche ›Nein‹ sagen kannst, das ist schön von dir und läßt mich aufs neue sehen, eine wie gute Wahl ich getroffen. Und nun soll es an bloßen Einbildungen scheitern. *Ich* bin aus den Vorurteilen heraus, und nun willst *du* sie haben. Ich beschwöre dich, Stine, mache dich frei davon, und vor allem entschlage dich deiner Ängstlichkeiten.«

Stine schüttelte den Kopf.

»Es soll also nichts mit uns werden?«

»Es kann nicht.«

»Und alles soll bloß ein Sommerspiel gewesen sein?«

»Es muß.«

»Und es kommt dir nicht der Gedanke, daß mir dies alles das Leben bedeuten könnte?«

»Um Gottes willen, Waldemar!«

»Ich will keine Ausrufe, ich will eine Antwort. Ein ›Ja‹, kurz und bestimmt, und dann fort, fort. Sprich, Stine, du weißt, was ich bitte. Willst du?«

»Nein.«

Und sie stürzte weinend an ihm vorüber. Er hielt sie aber fest und sagte: »Stine, *so* wollen wir nicht scheiden. Ein ›Nein‹ soll nicht dein letztes Wort gewesen sein. Setze dich nieder, und sieh mich an. Und nun sage mir: Hast du mich wirklich geliebt?«

»Ja.«

»Von Herzen?«

»Von ganzem Herzen.«

Und das Krampfschluchzen, unter dem sie sprach, ging in eine Ohnmacht über.

Als sie wieder zu sich kam, war sie allein.

15. KAPITEL

Waldemar ging nach rechts auf das Oranienburger Tor zu, weil ihm darum zu tun war, in einem an der Ecke der Linden und Friedrichstraße gelegenen Bankhause verschiedene geschäftliche Dinge zum Abschluß zu bringen. Aber in der Nähe der Weidendammer Brücke fiel ihm ein, daß die Bureaus sehr wahrscheinlich schon geschlossen seien, weshalb er seinen Stadtgang aufgab, um sich in seine dicht hinter dem Generalstabsgebäude gelegene Wohnung zurückzubegeben. Er war durch eben diese Wohnung Nachbar von Moltke, welche Nachbarschaft er gern hervorhob und in Ernst und Scherz zu versichern liebte: »Man kann nicht besser aufgehoben sein als gerade da. Wer für die große Sicherheit so zu sorgen weiß, der sorgt auch für die kleine.«

Von der Dorotheenstädtischen Kirche her schlug es fünf, als unser zu Betrachtungen derart nur zu geneigter Freund in den Schiffbauerdamm einbog, und ehe noch die Turmuhr ausgeschlagen hatte, schlugen die kleinen Uhren nach, die sich in ziemlich beträchtlicher Zahl an der Wasser- und Rückseite der jenseitigen Fabrikgebäude befanden. Er zählte die Schläge, musterte den Kai hüben und drüben und freute sich des regen und doch stillen Lebens, das hier überall auf und ab wogte. Nichts entging ihm, auch nicht das Treiben auf den Kähnen, an deren Tauen und Strickleitern und mitunter auch auf quergelegten Ruderstangen allerlei Wäsche zum Trocknen hing, und erst als er unter langsamem Weiterschlendern die Graefsche Klinik im Rücken hatte, ließ er von dem Beobachten ab und ging rascheren Schrittes auf die Unterbaumbrücke zu. Hier hielt er wieder und betrachtete die bronzenen Kandelaber, die, weil sie noch keine Patina hatten, in der schrägstehenden Sonne prächtig blitzten und flimmerten. ›Wie hübsch das alles ist. Ja, es kommen bessere Tage. Nur ... wer's erlebt. *Qui vivra, verra* ...‹ Und er brach ab und sah von der Brückenwölbung auf die tief unten am Kai sich hinziehenden Weiden, aus deren graugrünem Blattwerk einige tote Äste wie Besen hervorragten. Es waren seine Lieblinge, diese Bäume. ›Halb abgestorben und immer noch grün.‹

Endlich war er vom Kronprinzenufer und der Alsenstraße her bis an den reizenden, mit Bosketts und Blumenbeeten und dazwischen wieder mit Marmorbildern und Springbrunnen geschmückten Square gekommen, der, dem Königsplatze vorgelegen, einen Teil desselben ausmacht und doch auch wieder sich von ihm scheidet. Eine frische Brise ging und milderte die Hitze, von den Beeten aber kam ein feiner Duft von Reseda herüber, während drüben bei Kroll das Konzert eben anhob. Unser Kranker sog das alles in vollen Zügen ein, Duft und Melodie: »Wie lange, daß ich nicht so frei geatmet habe. ›Königin, das Leben ist doch schön‹ – unsterbliches Wort eines optimistischen Marquis, und ein pessimistisches Gräflein plappert es ihm nach.«

Nun schwieg die Musik drüben, und Waldemar, während er zwischen den großen Rundellen auf und ab schlenderte, musterte zugleich die Figuren, die hier mit Hilfe von Sternblumen und roten Verbenen in den Rasen eingezeichnet waren; endlich aber ging er auf eine Bank zu, die, von allerlei dicht dahinterstehendem Strauchwerk überwachsen, einen vollen Schatten gewährte. Da nahm er Platz; denn er war müde geworden. Das viele Gehen in der Hitze hatte seine Kräfte verzehrt, und so schloß er unwillkürlich die Augen und fiel in Traum und Vergessen. Als er wieder erwachte, wußte er nicht, ob es Schlaf oder Ohnmacht gewesen: ›Ich glaube, so kommt der Tod‹, und erst allmählich fand er sich wieder zurecht und bemerkte nun ein Marienwürmchen, das sich ihm auf die Hand gesetzt hatte. Da blieb es und kroch hin und her, trotzdem er schüttelte und pustete. ›Einen wie feinen Instinkt die Tiere haben; es weiß, daß es sicher ist.‹ Endlich aber flog es doch fort, und Waldemar, sich vorbeugend von seiner Bank, begann jetzt, allerlei Figuren in den Sand zu zeichnen, ohne recht zu wissen, was er tat. Als er sich's aber bewußt wurde, sah er, daß es Halbkreise waren, die sich, erst enge, dann immer weiter und größer um seine Stiefelspitze herumzogen. ›Unwillkürliches Symbol meiner Tage. Halbkreise! Kein Abschluß, keine Rundung, kein Vollbringen ... Halb, halb ... Und wenn ich nun einen Querstrich ziehe (und er zog ihn wirklich), so hat das Halbe freilich seinen Abschluß, aber die rechte Rundung kommt nicht heraus.‹

In solche Gedanken verloren, saß er noch eine Weile. Dann stand er auf und ging auf seine Wohnung zu.

Diese, gleich zu Beginn der Zeltenstraße, bestand aus einem zwei Treppen hoch gelegenen Front- und Hinterzimmer, von denen jenes auf die Parkbäume des Krollschen Gartens, dieses auf eine grasbewachsene, bis hart an die Spree sich hinziehende Baustelle sah. Dahinter die roten Dächer von Moabit, und weiter links der grüne Saum der Jungfernheide. Waldemar liebte diesen Blick, und so kam es, daß er das Zimmer, darin er schlief, zugleich zu seinem Wohn- und Arbeitszimmer gemacht und ein altdeutsches Zylinderbureau darin aufgestellt hatte.

Er hielt sich auch heute nicht in dem Vorderzimmer auf, vertauschte den engen Rock mit einem leichten Jackett und trat an das Fenster seines Schlafzimmers. Die Sonne war im Niedergehen, und er entsann sich jenes Tages, als er von Stines Fenster aus dasselbe Sonnenuntergangsbild vor Augen gehabt hatte ... »Wie damals«, sprach er vor sich hin. Und er sah in die röter werdende Glut, bis endlich der Ball gesunken und volle Dämmerung um ihn her war.

Auf seinem Schreibzeug lag ein kleiner Revolver, zierlich und mit Elfenbeingriff. Er nahm ihn in die Hand und sagte: »Spielzeug. Und tut es am Ende doch. Bei gutem Willen ist viel möglich; ›mit einer bloßen Nadel‹, sagt Hamlet, und er hat recht. Aber ich kann es nicht. Es ist mir, als wäre hier noch alles weh und wund oder doch eben erst vernarbt. Nein, ich erschrecke davor, trotzdem ich wohl fühle, daß es standesgemäßer und Haldernscher wäre. Doch, was tut's! Die Halderns, die mir schon so viel zu vergeben haben, werden mir auch *das* noch verzeihen müssen. Ich habe nicht Zeit, mich über Punkte wie diese zu grämen.«

Und er legte den Revolver wieder aus der Hand.

»Ich muß es also anders versuchen«, fuhr er nach einer Weile fort. »Und schließlich warum nicht? Ist die Blame denn gar so groß? Kaum. Es finden sich am Ende ganz reputierliche Kameraden. Aber welche? Ich war nie groß im Historischen (überhaupt worin), und nun versagen mir die Beispiele. Hannibal ... Weiter komm ich nicht. Indessen, er kann genügen. Und es werden gewiß noch ein paar sein.«

Während er so sprach, zog er eins der unteren Schubfächer in seinem Schreibtisch auf und suchte nach einem Schächtelchen. Als er's endlich hatte, fiel er wieder in Betrachtungen. ›Auch klein. Noch kleiner als das Spielzeug da. Und doch genug. Es ist ein Ersparnis aus alten Zeiten her, und mein Vorgefühl war richtig, als ich mir's damals sammelte.‹

Bei diesen Worten stand er auf, stellte sich eine noch aus dem Süden mitgebrachte römische Lampe zurecht und nahm, als er die vier kleinen Dochte derselben angezündet hatte, Kuverts und Briefbogen aus einer vor ihm liegenden Schreibmappe.

Dann schrieb er:

»Mein lieber Onkel! Wenn du diese Zeilen erhältst, sind alle Wirrnisse gelöst. Etwas gewaltsam. Aber das ist gleich. Es wird Dir obliegen, und jedenfalls bitte ich Dich darum, das Geschehen nach Groß-Haldern hin zu melden. Was über mich entschied, war, wie Du bei Eintreffen dieser Zeilen vielleicht schon wissen, jedenfalls aber sehr bald erfahren wirst, der Widerstand von ganz anderer und sehr unerwarteter Seite her. Und so kam, was kam. Ich klage niemanden an; ist wer schuldig, so bin *ich* es. Das gute Kind hatte nur *zu* recht, mich auszuschlagen; aber ich war nicht mehr stark genug, mich drein zu ergeben. Auf dem letzten Blatt meines Notizbuches hab ich über mein Erbteil von meiner Mutter Seite her verfügt. Ich hoffe, sagen zu können, verfügt auch unter schuldiger Rücksicht gegen die Halderns. Überweise das Blatt an Justizrat Erbkamm; er wird danach verfahren. Allerdings weiß ich, daß *sie,* der diese Festsetzungen zugute kommen und als ein Ausdruck meines Dankes gelten sollen, alles ablehnen wird; aber sorge dafür, daß ihr ein bestimmter Teil gesichert bleibt, auch *gegen* ihren Willen. Ein Wille kann sich ändern, und es beglückt mich die Vorstellung, vielleicht noch einmal, und wenn es nach vielen Jahren wäre, da helfen und wohltun zu können, wo mir's leider, wenn auch absichtslos, beschieden war, ein Herz zu beschweren und ihm wehe zu tun. An meinen Vater schreib ich nicht; ich wünsche, Auseinandersetzungen zu vermeiden. Meine Sache kann ich in keine besseren Hände legen als in die Deinen, denn ich weiß wohl, was ich, trotz alledem und alledem, an Dir hatte. So wenig Haldernsch ich vielleicht war, so wünsch ich doch, in der Haldernschen Gruft zu stehen. Dies mein Letztes. Deiner freundlichen Erinnerung bin ich gewiß.

Dein Waldemar.«

Er schob das Blatt beiseite, legte die Feder nieder und fuhr sich über Aug und Stirn. »Und nun das Letzte.«

Und er nahm einen zweiten Bogen und schrieb:

»Meine liebe Stine! Du wolltest nicht den weiten Weg mit mir machen, und so mache ich den weiteren. Ich glaube, was Du tatest, war richtig, und ich hoffe, *das,* womit ich nun abschließe, soll es auch sein. Es gibt oft nur *ein* Mittel, alles wieder in Ordnung zu bringen. Vor allem klage Dich nicht an. Die Stunden, die wir zusammen verlebten, waren, vom ersten Tage an, Sonnenuntergangsstunden, und dabei ist es geblieben. Aber es waren doch glückliche Stunden. Ich danke Dir für alle Freundlichkeit und Liebe. Mein Leben hat doch nun einen Inhalt gehabt. ›Vergiß mich‹ – das darf ich nicht sagen, es käme mir nicht von Herzen und wär auch töricht; denn ich weiß, Du wirst es nicht und kannst es nicht. So denn also: gedenke mein. Aber gedenke meiner freundlich, und vor allem verzichte nicht auf Hoffnung und Glück, weil *ich* darauf verzichtete. Lebe wohl. Ich schulde Dir das Beste.

Dein Waldemar.«

Als er beide Briefe kuvertiert hatte, warf er sich in den Stuhl zurück, und die freundlichen Bilder, die dieser Sommer ihm gebracht hatte, zogen noch einmal an seiner Seele vorüber. So wenigstens schien es, denn er lächelte. Dann aber nahm er das bereitgestellte Schächtelchen und schob das Innenkästchen aus der äußeren Hülse heraus. Es ging schwer, und man konnte sehen, daß er lange daran gesammelt und immer neue Käpselchen hineingezwängt hatte. Schlafpulver! ›Ja, ich wußte, daß eure Stunde kommen würde.‹ Und nun brach er die Kapseln einzeln auf und tat ihren Inhalt, langsam und sorglich, in ein kleines, halb mit Wasser gefülltes Rubinglas. ›So, das *ist* es.‹ Und während er das Glas hob und wieder niedersetzte, trat er noch einmal ans Fenster und sah hinaus. Der Mond, eine schwache Sichel, war aufgegangen und schüttete sein Licht über den Fluß und weit jenseits desselben über Feld und Wald.

›Es ist hell genug … Und ich mag auch die Lampe nicht brennen und erst gegen Morgen verlöschen und verschwelen lassen, als hätt ich abgeschlossen bei Rausch und Gelage. *Mein* Leben ein Bacchanal!‹

Und er löschte die Lichter und trank. Und dann nahm er seinen Platz wieder ein und lehnte sich zurück und schloß die Augen.

16. KAPITEL

Den dritten Tag danach war von Mittag ab ein stilles, aber rühriges Treiben auf dem Bahnhofe von Klein-Haldern. Eine dicht neben dem Stationshause befindliche Pforte wurde mit Tannenzweigen umwunden, Oleander und Lorbeerbäume standen, eine Hecke bildend, in Front, und an dem Querbalken der Pforte hing ein großer Immortellenkranz, dessen Öffnung das Haldernsche Wappen zeigte. Hinter dem Stationshause hielten mehrere herrschaftliche Wagen, die Kutscher mit einem Trauerflor um den Hut, in einem als Ausläufer des Perrons sich hinziehenden Gartenstreifen aber schritten ein Dutzend schwarzgekleidete Personen auf und ab, Dorfleute von mittleren Jahren, und sprachen ernst und leise miteinander.

Drei Uhr dreißig kam der Zug. »Haldern«, »Klein-Haldern«, riefen die Schaffner und öffneten ein paar Coupés, aus denen verschiedene Personen ausstiegen: zunächst ein alter Geistlicher von besonderer Würde, dem man seines Amtes und seiner Jahre halber den Vorrang gönnte, dann ein Oberst mit seinem Adjutanten und endlich mehrere reichbordierte Herren, die selbst der Klein-Halderner Stationsbeamte nicht kannte. Die Hüte mit Federbüschen aber und mehr noch der ausgesuchte Respekt, mit dem ihnen selbst von seiten des Obersten begegnet wurde, ließen keinen Zweifel darüber, daß es, wenn nicht Prinzlichkeiten, so doch Personen vom Hof oder vielleicht auch hohe Ministerialbeamte sein mußten. Alle gingen auf den Ausgang zu, vor dem die Wagen im selben Augenblicke vorfuhren, und eine Minute später sah man nichts mehr als eine Staubwolke, die sich, immer dichter werdend, auf dem halbchaussierten Fahrwege dem nächsten Dorfe zu bewegte.

Während diese Szene sich in Front des Stationsgebäudes abspielte, wurde weiter abwärts im Zuge die große Schiebetür des letzten Wagens geöffnet und von innen her ein Sarg herausgehoben, den jetzt sechs Träger aus der Zahl derer, die bis dahin im Garten auf- und abmarschiert waren, in Empfang nahmen und auf ihre Schultern hoben; andere sechs gingen zur Ablösung nebenher, und was sonst noch auf dem Bahnhof war, folgte. Solange dieser Zug den auf eine kurze Strecke zur Seite des Bahnkörpers hinlaufenden Fahrweg innehielt, war alles still; im selben Augenblicke aber, wo Sarg und Träger von eben diesem Fahrweg her in eine Kirschallee einbogen, die von hier aus geradlinig auf das nur fünfhundert Schritt entfernte Klein-Haldern zuführte, begann die Klein-Haldernsche Schulglocke zu läuten, eine kleine Bimmelglocke, die wenig feierlich klang und doch mit ihren kurzen, scharfen Schlägen wie eine Wohltat empfunden wurde, weil sie das bedrückende Schweigen unterbrach, das bis dahin geherrscht hatte.

So ging es nach Klein-Haldern hinein, ohne daß man etwas anderes als die Schulglocke gehört hätte; kaum aber, daß man nach Passierung der Schmiede – mit der das Dorf nach der andern Seite hin abschloß – in die von Klein-Haldern nach Groß-Haldern hinüberführende, beinah laubenartig zusammengewachsene Rüsterallee einmündete, so nahm auch schon ein allgemeines Läuten, daran sich die ganze Gegend beteiligte, seinen Anfang. Die Groß-Haldener Glokke, die sie die Türkenglocke nannten, weil sie von Geschützen gegossen war, die Matthias von Haldern aus dem Türkenkriege mit heimgebracht hatte, leitete das Läuten ein; aber ehe sie noch ihre ersten fünf Schläge tun konnte, fielen auch schon die Glocken von Crampnitz und Wittenhagen ein, und die von Orthwig und Nassenheide folgten. Es war, als läuteten Himmel und Erde.

Halben Wegs zwischen den Dörfern lief ein Grenzgraben, über den eine steinerne Brücke führte. Jenseits dieser Brücke betrat man die Groß-Halderner Feldmark, und hier begann denn auch das Spalier, das alt und jung auf dieser letzten Wegstrecke gebildet hatten. Den Anfang machten die Schulen. Danach kamen die Kriegervereine mit einem Trompeterkorps aus der nächsten kleinen Garnison, und immer, wenn die Träger an einer Sektion vorüber waren, schwenkte diese dreigliedrig ein und folgte mit ›Jesus, meine Zuversicht‹. Am Schluß aber marschierten ein paar Dreizehner Veteranen mit der alten Kriegsdenkmünze, lauter Achtziger, die den Kopf schüttelten, niemand wußte zu sagen, ob vor Alter oder über den Lauf der Welt. Und so ging es nach Groß-Haldern hinein, an dem alten Giebelschlosse vorüber und unmittelbar auf die Feldsteinkirche zu, die, höher gelegen als das sie umgebende Dorf, von terrassenförmig ansteigenden und um diese Jahreszeit dicht in Blumen stehenden Gräberreihen eingefaßt wurde. Vor dem kleinen Rundbogenportale stand der Dorfgeistliche, neben ihm zwei Amtsbrüder, und empfing den Toten an geweihter Stätte. Zugleich setzten die Träger den Sarg nieder, auf den jetzt zunächst Palmenzweige gelegt wurden, und trugen ihn, als dies geschehen, den Mittelgang hinauf bis vor den Altar. Hier stand der alte Generalsuperintendent, der von Berlin aus mitgekommen war, um die Parentation zu halten; die großen Lichter brannten, und ihr dünner Rauch wirbelte neben dem großen, halbverblakten Altarbilde auf. Es stellte den verlorenen Sohn da. Aber nicht bei seiner Heimkehr, sondern in seinem Elend und seiner Verlassenheit.

Die Kirche hatte sich, als der Sarg unmittelbar über der Gruftsenkung niedergelassen war, auf all ihren Plätzen gefüllt, und auch die seit dem Tode Friedrich Wilhelms IV. sonntäglich meist leerstehende herrschaftliche Loge, *heute* war sie besetzt. In Front erblickte man den alten Grafen, Waldemars Vater, in grauem Toupet und Johanniterkreuz, neben ihm in tiefer und soignierter Trauer die Stiefmutter des Toten, eine noch schöne Frau, die, was geschehen war, lediglich vom Standpunkte des ›Affronts‹ aus ansah und mit Hilfe dieser Anschauung über die vorschriftsmäßige Trauer mit beinahe mehr als standesgemäßer Würde hinwegkam. Hinter ihr der jüngere Sohn (ihr eigener), Graf Konstantin, dem der ältere Bruder, um das mindeste zu sagen, in nicht unerwünschter Weise Platz gemacht hatte. Seine Haltung war untadelig und gleichfalls von bemerkenswerter Gefaßtheit, ohne die der Mutter ganz erreichen zu können. Ein langes Lied, das teilweis in allerkräftigsten Wendungen allem Erdendunkel einen Riegel vorzuschieben trachtete, wurde gesungen; dann sprach der alte Generalsuperintendent schöne, tiefempfundene Worte – tiefempfundene, weil ihn im eigenen Hause schwerste Schicksalsschläge getroffen hatten –, und als er nun vortrat und den Segen sprach und nach dem Singen des letzten Verses der Ton der Orgel nur noch leise nachzitterte, senkte sich der Sarg mit all den Kränzen, die ganz zuletzt noch auf ihn gehäuft worden waren, in die Gruft hernieder. Eine tiefe Stille trat ein, und die fremden Gäste steckten eben die Köpfe zum Schlußgebet in den Hut, als man hinter einem der Pfeiler ein heftiges und beinahe krampfhaftes Schluchzen hörte. Die Gräfin sah empört nach der Stelle hin, von der es kam; aber der deckunggebende Pfeiler ließ glücklicherweise nicht erkennen, wer die Anmaßung gehabt hatte, ergriffener sein zu wollen als sie.

Stine, die die Fahrt nach Klein-Haldern schon mit dem Vormittagszuge gemacht und sich, um die Zwischenzeit hinzubringen, eine Stunde lang und länger am Außenrande des Groß-Haldener Parkes und dann wieder auf dem angrenzenden Wiesengrunde, wo sie dem Vieh, das hier weidete, zusah, verweilt hatte, war unter den letzten, die die Kirche verließen. Sie hielt sich abseits, ging noch eine Weile zwischen den Gräbern auf und ab und trat dann langsam ihren Rückweg nach dem Klein-Haldener Bahnhof hin an. Alles war still, es klangen keine Glocken mehr, und sie hörte nichts als die Lerchen, die mit ihrem Tirili aus der ringsumher in Garben stehenden Mahd in die Luft emporstiegen. Eine stieg höher als die andere, und sie sah ihr nach, bis sie hoch oben im Blau verschwunden war. ›In den Himmel ... Ach, wer ihr folgen könnte ... Leben; leben müssen ...‹ Und im Übermaß schmerzlicher Erregung und einer Ohnmacht nahe, setzte sie sich auf einen Stein am Weg und barg ihre Stirn in der Hand.

Als sie sich nach einer Weile wieder erhob und ihren Weg inmitten der Fahrstraße fortsetzen wollte, hörte sie, daß in ihrem Rücken, von Groß-Haldern her, ein Wagen in raschem Trabe herankam. Und sich umwendend, sah sie, daß es dieselben Personen waren, die während der Trauerfeier mit in dem herrschaftlichen Kirchenstuhle gesessen hatten. In dem letzten Wagen aber saß Waldemars Oheim, den Sommerüberzieher zurückgeschlagen, so daß man das große blaue Ordensband, das des schwedischen Seraphinenordens, in aller Deutlichkeit erkennen konnte. Stine wollte nicht gesehen sein und trat mit halber Wendung zur Seite; der alte Graf aber hatte sie schon von fernher erkannt, und einer flüchtig in ihm aufsteigenden Verlegenheit rasch Herr werdend, erhob er sich im Wagen und lud sie durch eine freundlich-verbindliche Handbewegung zum Einsteigen ein. Über Stines Züge ging ein Leuchten, das der schönste Dank für des alten Grafen bei Gelegenheiten wie dieser *nie* versagende Ritterlichkeit war; aber zugleich schüttelte sie den Kopf und ging unter gelegentlichem Verweilen und sich dadurch absichtlich verspätend auf Klein-Haldern zu, von dessen Kirschallee aus sie bald danach die weiße Dampfwolke des auf die Hauptstadt zueilenden Zuges sah. Eine Stunde später, soviel wußte sie, kam ein zweiter Zug, und bis dahin allein zu sein war ihr keinesfalls unwillkommen, ja recht eigentlich das, wonach sie sich sehnte.

Dazu ward ihr nun freilich mehr Gelegenheit, als ihr lieb war. Die Zeit wollte nicht enden, und sie sah unausgesetzt den langen Schienenweg hinauf, immer nach der einen Seite hin, von der der Zug kommen mußte. Vergebens, er schien ausbleiben zu wollen. Und doch war sie todmüde von Erregung und Anstrengung und fror, und ihre Füße trugen sie kaum noch. Endlich aber sah sie, daß die Signale gezogen wurden und bald danach auch, daß die großen Feueraugen immer näher und näher kamen. Und nun halt. Eine Coupétür wurde geöffnet, und rasch einsteigend, drückte sie sich, Wärme halber, in eine der Ecken und zog ihre Mantille fester um ihre Schultern. Aber es half zu nichts, und ein Fieber schüttelte sie, während der Zug nach Berlin weiterdampfte.

»Stine, Kind, wie siehst du denn aus?! Dir sitzt ja der Dod um die Nase.« So waren die Worte, womit die schon lange am ersten Treppengeländer wartende Witwe Pittelkow ihr Stinechen empfing und nicht zuließ, daß sie noch höher hinauf in ihre Polzinsche Wohnung stiege.

»Komm, Kind, und leg dich man gleich hier aufs Bett. Na, ich sage ... War's denn so doll? Oder haben sie dich geschubst? Oder haben sie dich wegjagen wollen? Oder *er* vielleicht? Na, dann erlebt er was, dann jag ich ihn zum Deibel. Olga, Baby, wo bist du denn? Uff, sag ich, un mache Feuer. Un wenn's kocht, rufst du mir. Hörst du? ... Jott, Stine, du bibberst ja man so. Was haben se dir denn gedhan?« Und dabei knöpfte sie der Schwester das Kleid auf und schob ihr Kissen unter und deckte sie mit zwei Deckbetten zu.

Nach einer halben Stunde hatte sich Stine soweit erholt, daß sie sprechen konnte.

»Na, nu wird es ja wieder«, sagte Pauline. »Wenn die Mühle erst wieder geht, is auch wieder Wind da. Kind, dir war ja die Puste reine weg, un ich dachte schon, nu stirbst die *auch* noch.«

Stine nahm ihrer Schwester Hand, klopfte und streichelte sie und sagte: »Ich wollte, es wäre so.«

»Ach, rede doch nich so, Stine. Du wirst ja schon wieder werden. Un bei allens is auch wieder'n Glück. Jott, er war ja soweit ganz gut und eigentlich ein anständiger Mensch, un nich so wie der Olle, der ans Ganze schuld is; warum hat er'n mitgebracht? Aber viel los war nich mit ihm; er war doch man miesig.«

Stine fühlte sich unter der Schwester Guttat erleichtert, und die Tränen rannen ihr übers Gesicht.

»Weine man, Stinechen, weine man orntlich. Wenn's erst wieder drippelt, is es schon halb vorbei, grade wie bei's Gewitter. Un nu trink noch ne Tasse ... Olga, wo bist du denn? Ich glaube, die Jöhre schnarcht schon wieder ... Un nächsten Sonntag is Sedan, da machen wir auf nach'n Finkenkrug un fahren Karussell und würfeln. Un dann würfelst du wieder alle zwölfe.«

Die Polzin hatte horchend am Treppengeländer oben gestanden und mit nur zu geübtem Ohre jedes der Worte gehört, womit die Pittelkow ihr Stinchen unten an der Korridortür empfangen hatte. Gleich danach aber, als sie die Tür unten ins Schloß fallen hörte, war sie wieder in ihre Stube gegangen, wo sich Polzin eben zu seiner Nachttoilette rüstete. Von einer solchen ließ sich wirklich sprechen, denn er trug, weil er andauernd an einem trockenen Husten litt, auch beim Zubettgehen eine schwarze, mit einem dicken Tuchstreifen gefütterte Militärkrawatte.

»Nu«, frug er, während er eben das Leder in die Schnalle schob. »Is sie heil wieder da?«

»Heil? Was heißt heil? *Die* wird nich wieder.«

»Is eigentlich schade drum.«

»I wo. Gar nich ... Das kommt davon.«

Mathilde Möhring

1891

Möhrings wohnten Georgenstraße 19, dicht an der Friedrichstraße. Hauswirt war Rechnungsrat Schultze, der in der Gründerzeit mit dreihundert Talern spekuliert und in zwei Jahren ein Vermögen erworben hatte. Wenn er jetzt an seinem Ministerium vorüberging, sah er immer lächelnd hinauf und sagte: »Gu'n Morgen, Exzellenz ...« Gott, Exzellenz! Wenn Exzellenz fiel, und alle Welt wunderte sich, daß er noch nicht gefallen sei, so stand er – wie Schultze gern sagte – vis-à-vis de rien, höchstens Oberpräsident in Danzig. Da war er besser dran, er hatte fünf Häuser, und das in der Georgenstraße war beinah schon ein Palais, vorn kleine Balkone von Eisen mit Vergoldung. Was anscheinend fehlte, waren Keller und auch Kellerwohnungen. Statt ihrer lagen kleine Läden, ein Vorkostladen, ein Barbier-, ein Optikus- und ein Schirmladen in gleicher Höhe mit dem Straßenzug, wodurch die darüber gelegene Wirtswohnung jenen à-deux mains-Charakter so vieler neuer Häuser erhielt. War es Hochparterre oder war es eine Treppe hoch? Auf Schultzes Karte stand Georgenstraße 19/I, was jeder gelten ließ, mit Ausnahme von Möhrings, die, je nachdem diese Frage entschieden wurde, drei oder vier Treppen hoch wohnten, was neben der gesellschaftlichen auch noch eine gewisse praktische Bedeutung für sie hatte.

Möhrings waren nur zwei Personen, Mutter und Tochter. Der Vater, Buchhalter in einem kleinen Tuchexportgeschäft, war schon vor sieben Jahren gestorben, an einem Sonnabend, einen Tag vor Mathildens Einsegnung. Der Geistliche hatte daraufhin eine Bemerkung gemacht, die bei Mutter und Tochter noch fortlebte, ebenso das letzte Wort, das Vater Möhring an seine Tochter gerichtet hatte: »Mathilde, halte dich proper!« Pastor Kleinschmidt, dem es erzählt wurde, war der Meinung, der Sterbende habe es moralisch gemeint; Schultzes, die auch davon gehört hatten und neben dem Geld- und Rechnungsrathochmut natürlich auch den Wirtshochmut hatten, bestritten dies aber und brachten das Wort einfach in Zusammenhang mit dem kleinen Exportgeschäft als Umschreibung des alten ›Kleider machen Leute‹.

Damals waren Möhrings eben erst eingezogen, und Schultzes sahen den Tod des alten Möhring, der übrigens erst Mitte Vierzig war, ungern. Als man den Sarg auf den Wagen setzte, stand der Rechnungsrat am Fenster und sagte zu seiner hinter ihm stehenden Frau: »Fatale Geschichte! Die Leute haben natürlich nichts, und nun war vorgestern auch noch Einsegnung. Ich will dir sagen, Emma, wie's kommt: sie werden vermieten, und weil es 'ne Studentengegend ist, so werden sie an einen Studenten vermieten, und wenn wir dann mal spät nach Hause kommen, liegt er auf dem Flur, weil er die Treppe nicht hat finden können. Ich bitte dich schon heute, erschrick nicht, wenn es vorkommt, und kriege nicht deinen Aufschrei.«

Die Befürchtungen Schultzes erfüllten sich und auch wieder nicht. Allerdings wurde Witwe Möhring eine Zimmervermieterin. Ihre Tochter aber hatte scharfe Augen und viel Menschenkenntnis, und so nahm sie nur Leute ins Haus, die einen soliden Eindruck machten. Selbst Schultze, der Kündigungsgedanken gehabt hatte, mußte dies nach Jahr und Tag zugeben, bei welcher Gelegenheit er nicht unterließ, den Möhrings überhaupt ein glänzendes Zeugnis auszustellen:

»Wenn ich bedenke, Buchhalter in einer Schneiderei, und die Frau kann doch auch höchstens eine Müllerstochter sein, so ist es erstaunlich. Manierlich, bescheiden, gebildet! Und das Mathildchen, sie muß nun wohl siebzehn Jahre sein, immer fleißig und grüßt sehr artig, ein sehr gebildetes Mädchen.«

Das war nun schon wieder sechs Jahre her, und Mathildchen war jetzt eine richtige Mathilde von dreiundzwanzig Jahren. Das heißt, eine so ganz richtige Mathilde war sie doch nicht, dazu war sie zu hager und hatte einen etwas griesen Teint, und auch das aschblonde Haar, das sie hatte, paßte nicht recht zu einer Mathilde. Nur das Umsichtige, das Fleißige, das Praktische, das paßte zu dem Namen, den sie führte. Schultze hatte sie auch einmal ein appetitliches Mädchen genannt. Dies war richtig, wenn er sie mit dem verglich, was ihm an Weiblichkeit am nächsten stand, enthielt aber doch ein gewisses Maß von Übertreibung. Mathilde hielt auf sich, das mit dem ›proper‹ hatte sich ihr eingeprägt, aber sie war trotzdem nicht recht zum Anbeißen, was doch das eigentlich Appetitliche ist; sie war sauber, gut gekleidet und von energischem Ausdruck, aber ganz ohne Reiz. Mitunter war es, als ob sie das selber wisse, und dann kam ihr ein gewisses Mißtrauen, nicht in ihre Klugheit und Vortrefflichkeit, aber in ihren Charme, und sie hätte dieses Gefühl vielleicht großgezogen, wenn sie sich nicht in solchen kritischen Momenten eines ihr unvergeßlichen Vorganges entsonnen hätte.

Das war in Halensee gewesen, an ihrem siebzehnten Geburtstag, den man mit einer verheirateten Tante draußen im Grünen gefeiert hatte. Sie hatte sich in einiger Entfernung von der Kegelbahn aufgestellt und sah immer das Bahnbrett hinunter, um zu sehen, wie viele Kegel die Kugel nehmen würde. Da hörte sie ganz deutlich, daß einer der Kegelspieler zum andern sagte: »Sie hat ein Gemmengesicht.«

Von diesem Wort lebte sie seitdem. Wenn sie sich vor den alten Stehspiegel stellte, dessen Mittellinie ihr gerade quer über die Brust lief, besah sie sich zuletzt immer im Profil und fand dann das Wort des Halenseer Kegelbruders bestätigt. Und durfte es auch. Sie hatte wirklich ein Gemmengesicht, und auf ihre Photographie hin hätte sich jeder in sie verlieben können. Aber mit dem edlen Profil schloß es auch ab: die dünnen Lippen, das spärlich angeklebte aschblonde Haar, das zu klein gebliebene Ohr, daran allerhand zu fehlen schien, alles nahm dem Ganzen jeden sinnlichen Zauber, und am nüchternsten wirkten die wasserblauen Augen. Sie hatten einen Glanz, aber einen ganz prosaischen, und wenn man früher von einem Silberblick sprach, so konnte man hier von einem Blechblick sprechen. Ihre Chancen auf Liebe waren nicht groß, wenn sie nicht jemand fand, dem das Profil über alles ging. Sie hatte deshalb auch den gebildeten Satz akzeptiert und operierte gern damit: »In der Kunst entscheidet die Reinheit der Linie.« – Rechnungsrat Schultze hatte sich einmal durch diesen Satz blenden lassen, als er ihn aber nochmals gehört hatte, merkte er die Absicht und wurde verstimmt und sagte zu seiner Frau: »Ich bin mehr fürs Runde.« Das klang ihr angenehm, denn es war das einzige, was sie hatte.

*

Die Sonne schien, und eine milde Luft ging, und jeder, der in die Georgenstraße einbog und die Bäume sah, die hier und da noch ihre vollbelaubten Zweige über einen Bretterzaun streckten, hätte glauben müssen, noch im Anfang September zu sein, wenn nicht vor mehreren Häusern und auch vor dem Schultzeschen ein großer Wagen gestanden hätte mit einem Leinwandbehang mit der Aufschrift ›Möbeltransportgeschäft von Fiddichen, Mauerstraße 17‹.

Die Seitenwände mehrerer auseinandergenommener Bettstellen waren schräg an den Wagen gelehnt, und auf dem Straßendamm stand ein Korb mit Küchengeschirr und an den Korb gelehnt ein Frauenporträt in Barockrahmen: hohes gepudertes Toupet und geblümtes Mieder, soweit sich von einem solchen sprechen ließ, denn das wichtigste Stück, soweit die Dezenz in Betracht kam, hatte der Künstler zu malen unterlassen und der sich darin bergenden Natur freien Lauf gelassen. Alles in allem: es war Ziehzeit, also konnte es nicht Anfang September, sondern mußte Anfang Oktober sein, wodurch übrigens die Georgenstraße sehr gewann, denn solchen Wagen und solch Porträt sah man in dieser Gegend nicht alle Tage, weshalb denn auch etliche Menschen und eine ganze Anzahl Kinder den Wagen und das Bild umstanden.

Unter denen, die das Bild mit Interesse musterten, war auch ein junger Mann von etwa sechsundzwanzig Jahren. Sein Alter zu bestimmen war nicht leicht, weil zwischen dem Ausdruck seines Gesichts und seinem schwarzen Vollbart ein Mißverhältnis herrschte: der Ausdruck war jugendlich, der Bart deutete auf einen ›Mann in den besten Jahren‹. Aber der Bart hatte unrecht, sein Besitzer war wirklich erst sechsundzwanzig Jahre. Etwas über mittelgroß, breitschultrig und überhaupt so recht das, was gewöhnliche Menschen einen schönen Mann nennen. Er hätte sich sehen lassen können.

Als er mit seiner Betrachtung des Bildes fertig war, nahm er seine eigentliche Aufgabe wieder auf und begann über den Straßendamm weg die an der andern Straßenseite stehenden Häuser zu mustern. Er war nämlich auf der Wohnungssuche. Die Götter waren mit ihm, und kaum, daß sich sein Blick auf das Haus gegenüber gerichtet hatte, so las er schon an einem über der

Haustür angebrachten Zettel: »Drei Treppen hoch links ein elegant möbliertes Zimmer zu vermieten.« Er nickte, wie wenn er zu sich selbst sagte: Hier will ich Hütten bauen. Und gleich danach ging er über den Damm und stieg die drei Treppen hinauf. Oben angekommen, war er ein wenig unwirsch, weil es eigentlich vier waren, er klingelte aber trotzdem und hatte nicht lange zu warten, bis Frau Möhring öffnete.

»Ist es bei Ihnen?«

»Ach, wegen das Zimmer? Ja, das is hier. Wenn Sie's sich vielleicht ansehen wollen ...«

»Ich bitte darum.«

Frau Möhring trat in ein einfenstriges Mittelzimmer zurück, das als Entree für rechts und links diente und darin nichts stand als ein einreihig besetzter Bücherschrank mit einem Vogelbauer darauf; der im Sommer gestorbene Zeisig war jedoch noch nicht wieder ersetzt worden. Sonst nur noch zwei Stühle und ein weißer Leinwandstreifen als Läufer und am Fenster eine Azalie mit einer kleinen Gießkanne daneben. Alles dürftig, aber sehr sauber. Und nun öffnete Frau Möhring die Tür, die rechts nach dem zu vermietenden Zimmer führte. Hierher hatten sich alle Anstrengungen konzentriert, ein etwas eingesessenes Sofa mit rotem Plüschüberzug und ohne Schutzdecke, eine Visitenkartenschale, der Große Kurfürst bei Fehrbellin in Kupferstich und das Bett von schwarz gebeiztem Holz mit einer aus zahllosen Seidenstückchen zusammengenähten Steppdecke. Inmitten des Tisches stand die Wasserkaraffe auf einem großen Glasteller, der beständig klapperte.

Der schöne Mann mit dem Vollbart sah sich um, und da er wahrnahm, daß die beiden Dinge fehlten, gegen die er eine tiefe Aversion hatte, Öldruckbilder und gehäkelte Schutzdecken, war er sofort geneigt zu mieten, vorausgesetzt, daß er Aussicht hätte, für seine kleinen Bequemlichkeiten seitens der Wirtin gesorgt zu sehen. Gegen den bescheiden bemessenen Preis hatte er keine Einwendungen zu erheben, Portierfrage, Heizung, alles war geregelt, und er fragte eben nach dem Hausschlüssel, als Mathilde vom Entree her eintrat.

»Meine Tochter«, sagte Frau Möhring, und Mathilde und der schöne Mann begrüßten sich und musterten einander.

»Ich nehme an, daß ich die Kleinigkeiten, die man so braucht, ohne viel Umstände zu machen, haben kann. Frühstück, Tee, mal ein Ei, Sodawasser – ich brauche viel Sodawasser und dem ähnliches.«

Mathilde, die wie selbstverständlich jetzt das Wort nahm, versicherte, daß man das alles im Hause habe und daß von Umständen keine Rede sein könne. So was gehöre ja wie mit dazu; das Haus sei ruhig und anständig, ohne Musik, der Wirt, ein sehr liebenswürdiger Herr, nähme keinen ins Haus, der Klavier spiele.

»Das trifft sich gut«, lächelte der Besucher; »nun, im Lauf des Tages komme ich noch mit heran und bringe einen bestimmten Bescheid.« Bei diesen Worten griff er wieder nach seinem breitkrempigen Hut aus weichem Filz und empfahl sich von Mutter und Tochter.

Mathilde begleitete ihn bis an die Flurtür. Als sie wieder zurückkam, hatte sich die Mutter auf das Plüschsofa gesetzt, was sie für gewöhnlich ungern tat, und strich über ein kleines seidenes Rollkissen hin, darauf gelbe Sterne aufgenäht waren. »Nun, Thilde, was meinst du? Die Stube steht nun schon seit den Ferien leer, ich finde, daß die Ferien zu lange dauern, es wird Zeit, daß wir einen Mieter finden. Er will sich noch besinnen, sagt er, und uns dann einen bestimmten Bescheid bringen. Das is so Rückzug. Das sagen alle, die nicht wiederkommen wollen.«

»Der kommt wieder.«

»Ja, Thilde, woher weißt du das? Dann hätte er doch gleich mieten können.«

»Freilich, gekonnt hätte er, aber so einiger sagt nie gleich ja, der besinnt sich immer, das heißt, eigentlich besinnt er sich nicht, er schiebt's bloß so ein bißchen 'raus. Gleich ja oder nein sagen, das können nicht viele, und der schon gewiß nicht.«

»Gott, Thilde, du sagst das alles so hin wie's Evangelium und weißt doch eigentlich gar nichts.«

»Nein, Mutter, alles weiß ich nicht, aber manches weiß ich, und wenn ich sage: ›Mutter, so und so‹, dann is es auch so; der kommt wieder.«

»Ja, Kind, warum soll er denn wiederkommen?«

»Weil er bequem is, weil er keinen Muck hat, weil er ein Schlappier is.«

»Ach, Thilde, sage doch nicht immer so was, du hast so viele Wörter, die du nicht in den Mund nehmen solltest.«

»Warum denn nicht, Mutter?«

»Weil es dir den Ruf verdirbt.«

»Ach was, Ruf, mein Ruf is ganz gut und muß auch. Ich weiß, wo Bartel den Most holt, und weil ich's weiß, pass' ich auf, ich passe ganz schmählich auf, mir soll keiner kommen! Und was die paar Redensarten sind – Gott, Mutter, die laß man ruhig, da halte ich mich dran fest, die tun mir wohl, und wenn ich so höre, daß einer immer so fromm und faul drum 'rumgeht, da wird mir ganz schlimm.«

»Ganz schlimm – das is nun auch wieder so. Na, rede wie du willst, ändern kann ich dich doch nicht. Du hast immer deinen Willen gehabt von klein an, und Vater hat immer gesagt: ›Laß man, die wird gut, die frißt sich durch.‹ Ja, so hat er gesagt, aber wenn's man wahr is. Und warum hat er denn keinen Muck – ich meine den Herrn, von dem du sagst, er wird schon wiederkommen? Und warum wird er denn wiederkommen?«

»Du siehst auch gar nichts, Mutter. Hast du denn nicht seine Augen gesehen und den schwarzen Vollbart und ordentlich ein bißchen kraus – so viel mußt du doch wissen, mit solchen ist nie was los. Ich will dir was sagen: so ganz hat es ihm nicht gefallen, aber es hat ihm auch nicht mißfallen, und weil Wohnungsuchen und Treppensteigen langweilig is und einem Mühe macht, so denkt er bei sich: eine Wohnung ist wie die andere, und ruhig is es und kein Klavier und die bunte Steppdecke ... Warum soll ich da nicht mieten? Und ich will dir auch sagen, wie er nun seine Zeit hinbringt. Von Suchen und Sichumtun is gar keine Rede, dazu is er viel zu bequem. Er is nur hinübergegangen nach dem Bahnhof, da ißt er ein deutsches Beefsteak oder auch bloß eine Jauersche und trinkt ein Kulmbacher dazu, und dann geht er nach dem Café Bauer, und wenn ihm das schon zu unbequem is, denn er geniert sich nicht gern und sitzt nicht gern gerade, was man da doch muß, dann geht er nach den Zelten und trinkt seinen Kaffee und sieht zu, wie sie Skat spielen oder Schach, und schmunzelt so ganz still vor sich hin, wenn ein reicher Budiker mit seinem Wagen vorfährt und seinem Pferd ein Seidel geben läßt ... Und wenn er damit fertig is, dann schlendert er so durch den Tiergarten hin bis an den Schiffbauerdamm, und dann kommt er über die Brücke und steigt die drei Treppen 'rauf und mietet ... Ich will keinen Zeisig mehr im Bauer haben, wenn es nicht so kommt, wie ich sage!«

Mathilde behielt recht. Ob der junge Mann in den Zelten gewesen war, entzieht sich zwar der Feststellung, aber so viel ist sicher, daß er zwischen fünf und sechs wieder oben bei Möhrings die Klingel zog und mietete.

»Meine Sachen stehen noch auf dem Bahnhof hier drüben, hier ist mein Schein. Sie können vielleicht jemand 'rüberschicken und sagen lassen, daß ein Kofferträger oder ein Dienstmann sie herüberbringt. Ich will noch einen Freund besuchen, und wenn ich wiederkomme, hoffe ich alles vorzufinden.«

Frau Möhring versprach alles. Als er fort war, sagte Mathilde: »Siehst du, Mutter, wer hat recht? Du wirst auch noch hören, daß er in den Zelten war.«

Die Sachen kamen, ein Koffer und eine große Kiste, und als die Mutter und Tochter die Kiste bis dicht ans Fenster geschoben, den Koffer aber auf einen Kofferständer gehoben hatten, zogen sie sich in ihr an der linken Seite des Entrees gelegenes Wohnzimmer zurück.

Es sah sehr ordentlich darin aus und auch nicht ärmlich. Vor dem hochlehnigen Kissensofa lag ein Teppich mit Rosenmuster, und neben dem Stehspiegel mit dem Riß in der Mitte standen zwei Ständer, in die eine rote und eine weiße Geranie gesetzt waren. Auf einem Mahagonischrank prangte ein Makartbukett, neben dem Schrank an der Wand eine Hängeetagere mit Perlenstickerei. Der weiße Ofen war blank, die Messingtür noch blanker, und zwischen Ofen und Tür an einer Längswand, dem Sofa gegenüber, stand eine Chaiselongue, die vor kurzem erst auf der Auktion eines kleinen Gesandten erstanden worden war und nun das Schmuckstück der Wohnung bildete. Daneben ein ganz kleiner Tisch mit einer Pendeluhr darauf, die einen merkwürdigen lauten Schlag hatte.

Mathilde stellte sich vor den Spiegel, um sich den Scheitel etwas glatt zu streichen, denn ihr Haar war sehr dünn und hatte eine Neigung, sich in Streifen zu teilen. Mutter Möhring aber setzte sich auf das Sofa gerade aufrecht und sah nach der Wand gegenüber, wo ein Pifferaro auf einem Felsen saß und, seinen Dudelsack blasend, einfältig und glücklich in die Welt guckte.

Mathilde sah im Spiegel, wie die Mutter so still und aufrecht dasaß, und sagte, ohne sich umzudrehen:

»Warum sitzt du nun wieder auf dem harten Sofa und kannst dich nicht anlehnen? Wozu haben wir denn die Chaiselongue?«

»Na, doch dazu nicht.«

»Freilich dazu, und es war noch dazu gar kein Geld, und nun denkst du gleich, du ruinierst sie und sitzt ein Loch hinein. Ich habe es mir gespart und habe mich gefreut, als ich dir's aufbauen konnte.«

»Ja, ja, Thilde, du meinst es gut.«

»Und Rückenschmerzen hast du immer und klagst in einem fort. Und doch willst du nie drauf liegen. Und wenn du noch recht hättest, aber es ruiniert nicht, und wovon sollte es auch, du wiegst ja keine hundert Pfund.«

»Doch, Thilde, schaden kann's ihr doch.«

»Und wenn auch, je eher das Ding eine kleine Sitzkute hat, desto besser. So steht es bloß da wie geliehen und als graulten wir uns davor, uns drauf zu setzen. Und so schlimm is es doch nicht, wir haben ja doch unser Auskommen und bezahlen unsere Miete mit dem Glockenschlag. Und dann haben wir ja doch mein Sparbuch. Also warum machst du dir's nicht bequemer? Es sieht auch viel besser aus, wenn man so merkt, es is in Dienst. Der Spiegel is alt, und das Sofa is alt. Da darf die Chaiselongue nicht so neu sein, das paßt nicht, das stört, das is gegen's Ensemble.«

»Gott, Thilde, sage nur nicht so was Franzö'sches, ich weiß dann immer nicht recht, was es heißt. Zu meiner Zeit, da war das alles noch nicht so, und mein Vater wollte von Schule noch nichts wissen ... Na, du weißt ja, wohin man guckt, immer hapert es. – Sieh doch mal hier seine Karte: ›Hugo Großmann‹, das versteh ich, aber nu kommt sein Titel, oder was es is, und da weiß ich nicht. Was soll das heißen?«

»Cand jur. – das heißt, daß er Kandidat is.«

»So, so, na, das is gut, dann is es ein Prediger oder wird einer.«

»Nein, Prediger nicht, dieser is bloß ein Rechtskandidat, das heißt soviel als wie, er hat ausstudiert und muß nu sein Examen machen, und wenn er das gemacht hat, dann is er ein Referendarius. Er ticktackt jetzt so hin und her zwischen Student und Referendarius.«

»Na, wenn er nur bleibt. Glaubst du, daß er bleibt?«

»Natürlich bleibt er.«

»Ja, du bist immer so sicher, Thilde. Woher willst du wissen, daß er bleibt?«

»Ach, Mutter, ich sage dir ja, du siehst nichts. Wo der mal sitzt, da sitzt er, der is bequem, und eh' der wieder auszieht, da muß es schon schlimm kommen, und schlimm kommt es bei uns nicht. Wir sind artig und manierlich und immer gefällig und laufen alle Gänge und sehen bloß, was wir sehen wollen.«

»Glaubst du denn, daß er ...?«

»I Gott bewahre, der is wie Gold. Mit dem kann man drei Tage und drei Nächte fahren, einen so Anständigen haben wir noch gar nicht gehabt, und dann mußt du bedenken, er is vorm Examen, und wir haben kein Klavierspiel. Auf dem Hof das bißchen Leierkasten, das hört er nicht, und ich will dir noch mehr sagen, Mutter, der bleibt nicht bloß, der bleibt auch lange, denn sehr anstrengen wird er sich nicht, er sieht so recht aus: ›Kommst du heute nicht, so kommst du morgen, und vielleicht morgen auch noch nicht.‹«

*

Hugo Großmann, der noch keinen Schlüssel hatte, war drei Minuten vor zehn nach Hause gekommen und hatte für alles, was ihm angeboten wurde, gedankt. Er sei sehr müde und die ganze vorige Nacht unterwegs gewesen. Mutter Möhring, die sich noch einen Augenblick im Entree zu schaffen machte, hörte noch, daß er das Streichhölzchen strich, und sah den Lichtschimmer, der gleich danach unter der Tür weg bis in das Entree fiel. Dann hörte sie, daß er sich die Stiefel mit einem raschen Ruck auszog, wie einer, der schnell ins Bett will und keine Minute später.

Der nächste Tag war so schön wie der vorige. Möhrings waren Frühaufsteher, und heute waren sie schon um sechs aus den Federn, weil sie doch nicht wissen konnten, ob ihr Mieter nicht ein noch größerer ›Frühauf‹ war wie sie selber.

»Ich glaube nicht, daß er ein Frühauf is, aber man kann doch nicht wissen, und in der ersten Nacht schlafen viele so unruhig.« Es war wohl schon acht, als Mathilde dies äußerte, und eine Weile später setzte sie hinzu: »Du sollst sehen, Mutter, der hat einen Bärenschlaf, um den brauchst du dir die Nacht nicht um die Ohren zu schlagen, und von Weckeraufziehen is nu schon gar keine Rede mehr. Na, mir is es recht, wenn erst Winter ist, schlaf ich auch gern aus, und warte lieber mit meinem Kaffee. Bloß, daß man um acht nur die ausgesuchten Semmeln kriegt.«

Mit diesen Worten stand sie auf und sah nach der kleinen Pendeluhr, auf der es schon ein paar Minuten über halb neun war. »Mutter, ich werde doch wohl klopfen müssen. Ich hatte ihn so auf neun Stunden taxiert, aber nun sind es schon zehn und einhalb – was meinst du?«

»Versteht sich, es kann ihm ja auch etwas passiert sein.«

»Gewiß kann es, aber es wird wohl nicht.«

*

Um ein Uhr trat der neue Mieter bei Möhrings ein und sagte, daß er nun zu Tisch gehen wolle. Sie brauchten sich mit seinem Zimmer nicht zu übereilen; er würde vor sieben nicht wieder da sein, und wenn jemand käme, möchten sie sagen: erst um acht. Damit empfahl er sich artig, und als er aus dem Hause trat, sahen ihm Mutter und Tochter vom Entreefenster aus nach.

Als sie das Fenster wieder geschlossen hatte, sagte die Mutter: »Es ist eigentlich ein sehr hübscher Mensch. Ich wundere mich, daß er noch so ein halber Student is. Am Ende irrst du dich doch, Thilde, er muß doch nahe an Dreißig sein.«

»Ja, aussehen tut er so, da hast du recht. Aber das macht der schwarze Vollbart, und weil er so breit ist. Aber glaub mir, er is nicht über Sechsundzwanzig. Und der Vollbart macht es auch nicht mal. Er ist bloß faul und hat kein Feuer im Leibe. Das sieht denn so aus, als ob einer alt wäre, bloß weil er schläfrig is, und sentimental is er auch.«

»Ja, das wird er wohl«, sagte die alte Möhring, aber doch so, daß man hören konnte, sie dachte nichts bei ›sentimental‹ und wollte bloß nicht widersprechen.

Eine Stunde später hatte Mathilde das Zimmer zurechtgemacht, während die Mutter sich in der Küche beschäftigte. Man war übereingekommen, sich jeder ein Setzei zu spendieren, dazu Bratkartoffeln. Als der Tisch gedeckt und zu den Bratkartoffeln der Extrateller mit den zwei Setzeiern aufgetragen war, war auch die Tochter mit dem Zurechtmachen des Zimmers fertig, und beide setzten sich zum Essen.

»Bist du zufrieden, Thilde?« sagte die Alte und wies auf die Eier.

»Ja!« sagte Thilde, »ich bin zufrieden, wenn ich sehe, daß du sie beide ißt, und wenn ich sehe, daß sie dir schmecken, denn du gönnst dir nie was, und davon magerst du auch so ab. Kartoffeln is was ganz Gutes, aber viel Kräfte geben sie nicht, ich werde dich nu wieder besser verpflegen, und wenn wir gegessen haben, gieß ich dir eine Tasse Tee auf. Er hat nicht mal seinen Zucker verbraucht und auch nicht weggepackt, man sieht an allem, daß er ein anständiger Mensch is. Aber nu nimm und iß, Mutter!« Und sie legte der Alten vor und patschelte ihr die Hand.

»Ja, du bist gut, Thilde … Wenn du nur einen guten Mann kriegst.«

»Ach, laß doch.«

»Nein, ich denke immer daran, und warum auch nicht? Wie du da vorhin vor dem Spiegel standest, von der Seite bist du doch beinah hübsch.«

»Laß doch, Mutter, ich weiß schon Bescheid. Das mit dem Gemmengesicht mag ja wahr sein, und ich glaube selbst, daß es wahr is, aber ich kann doch nun mal nicht immer von der Seite stehen.«

»Brauchst du ja auch nicht. Und dann am Ende: du hast die gute Schule gehabt und die guten Zeugnisse, und wenn Vater länger gelebt hätte, dann wärst du jetzt Lehrerin, wie du es gewollt hast. Manche sind so sehr fürs Gebildete. Wie hast du's denn bei ihm gefunden? Alles in Ordnung und anständig? Ein ganz Armer kann er nicht sein. Der Koffer is von Leder und beinahe ohne Holz und Pappe. Das haben immer bloß solche, die guter Leute Kind sind.«

»Ganz recht, Mutter, das stimmt, da sind wir mal einig. Und so is es auch mit ihm. Guter Leute Kind muß er sein, auf der Kommode lagen auch die Schnupftücher und die wollenen Strümpfe, du mußt es dir nachher ansehen, alle ganz gleich gezeichnet. Auch die Strümpfe. Nicht bloß mit Wolle, alle mit rotem Zeichengarn. Er muß eine sehr ordentliche Mutter haben oder Schwester. Denn eine andere macht es nicht so genau. Und die Stiefel auch in Ordnung, er muß aus einer guten Ledergegend sein, das sieht man an allem, und hat auch eine Juchtenbriefmappe, schön gepreßt; ich rieche Juchten so gern. Und die Bücher alle sehr gut eingebunden und sehen auch alle so sonntäglich aus, als ob sie nicht viel gebraucht werden. Nur sein Schiller steckt voller Lesezeichen und Eselsohren. Du glaubst gar nicht, was er da alles hineingelegt hat: Briefmarkenränder und Zwirnsfäden und abgerissene Kalenderblätter. Und dann hat er englische Bücher dastehen, das heißt übersetzte, die muß er auch gelesen haben, es sind so viele Ausrufungszeichen und Kaffeeflecke, und an mancher Stelle steht ›famos!‹ oder ›großartig!‹ oder irgend so was ... Aber nun werde ich dir den Tee aufbrühen; du hast doch noch heiß Wasser?«

»Versteht sich, heiß Wasser is immer.«

Und damit ging Thilde hinaus und kam nach einer Minute zurück. Es war dasselbe Tablett und dieselbe Teekanne, daraus der Zimmerherr seinen Morgentee genossen hatte.

»Es ist ein rechtes Glück, daß er Tee trinkt«, sagte Thilde und goß der Mutter und dann sich selbst eine Tasse von dem neuen Aufguß ein. »Kaffee, das schmeckt dann nach dem Trichter, aber vom Tee schmeckt das zweite eigentlich am besten«; und während sie das sagte, zerbrach sie zwei Zuckerstückchen in viele kleine Teile und schob das Schälchen der Mutter hin.

»Nimm doch auch, Thilde.«

»Nein, Mutter, ich mag nicht Zucker, aber du bist für süß, und nimm nur immer ein bißchen in den Mund, ich freue mich, wenn es dir schmeckt, und wenn du wieder dick und fett wirst.«

»Ja, ja«, lachte die Alte, »du meinst es gut. Aber dick und fett, Gott, Thilde, wo soll das herkommen!«

*

Um sieben Uhr war Hugo Großmann zurück. Er traf Thilde im Entree.

»War wer da, Fräulein?«

»Ja, ein Herr, er kam so um die fünfte Stunde, und ich sagte ihm, daß Sie um sieben wieder da sein würden. Da wollt er wiederkommen.«

»Gut, und hat er nicht seinen Namen gesagt?«

»Ja doch, von Rybinski, glaub ich.«

»Aha, Rybinski, nun, das ist schön.«

Und acht war kaum vorüber, da klingelte es, und Rybinski war wieder da und wurde hineingeführt.

»Guten Tag, Großmann.«

»Tag, Rybinski. Bedaure, daß du mich verfehlt hast. Aber nimm Platz. Nachmittags bin ich immer unterwegs.«

»Weiß schon«, sagte Rybinski und schob sich einen Stuhl an das Sofa. »Käpernick! Wird denn diese Dauerlauferei nicht einmal ein Ende nehmen? Paßt doch eigentlich gar nicht zu dir. Du hast entschieden mehr vom Siebenschläfer als vom Landbriefträger. Also warum pendelst du fortwährend zwischen Grunewald und Wilmersdorf immer hin und her? Oder hast du jetzt eine andere Pendelbewegung?«

»Muß sich erst herausstellen, lieber Freund, ich bin ja erst seit vierundzwanzig Stunden hier, gestern früh angekommen, wie ich dir schrieb – hier drüben Friedrichstraße ... Gott sei Dank, daß ich wieder da bin und auch wieder nicht. Owinsk ist ein Nest, natürlich, und wenn man aufgestanden ist, kann man auch schon wieder zu Bette gehen. Und dazu die ewige Klagerei von Mutter und Schwester und keine Spur Verständnis für ein Buch oder ein Bild, und wenn ein Tanzbär auf den Markt kommt, dann ist es, als ob die Wolter gastiert ... Na, das alles ist gerade nicht mein Geschmack. Aber ein Gutes hat solch Nest doch. Man hat Muße, man kann seinen paar Gedanken nachhängen, wenn man welche hat, und die Büffelei hat ein Ende. Ach, Rybinski, es geht nun wieder los. Wie steht es denn mit dir? Wenn ich dich so ansehe, mit deiner Polenmütze

– nimm's mir nicht übel, aber es sieht so ein bißchen theaterhaft aus – und mit deinen Stiefeln über der Hose, du siehst mir auch nicht aus, als kämst du recte vom Repetitorium.«

»Welch feine Fühlung du hast, Großmann. Recte vom Repetitorium, nein. Aber etwas von recte ist auch dabei. Recte vom Galgen.«

»Wie Roller?«

Rybinski nickte.

»Ach, mach keinen Unsinn, Rybinski, was meinst du damit?«

»Was ich meine, davon später, erzähl mir erst ein Wort von dir und von den Owinskern. Hast du zufällig meinen Onkel gesehen, er kommt ja dann und wann in die Stadt zum Pferdemarkt, oder wenn er Geld leiht. Auf meinen letzten Brief hat er nicht geantwortet. Es wird wohl gerade Ebbe bei ihm gewesen sein. – Und dein Vater, woran starb er denn eigentlich? Er kann ja noch keine Sechzig gewesen sein. Und wie steht es mit dem Vermögen? Es heißt immer, er hatte was?«

»Ja, das heißt es immer, und wenn Gott den Schaden besieht, ist nichts da oder doch fast nichts ... Da war eine Kiste, so eine Art Arnheim, in seinem Bureau, die wir immer mit Respekt betrachteten, weil wir uns alle sagten: Da liegt es drin. Und nun denk dir, was wir nachher gefunden haben!«

»Na – die Hälfte.«

»Ja, prost die Mahlzeit: eine Cereviskappe, ein Kommersbuch und ein paar hohe Jagdstiefel, gelbes Leder, genau wie wenn er sie von Wallenstein geerbt hätte.«

»War er denn ein Nimrod? ... Übrigens könntest du mir mal erst eine Zigarre geben. Ich sah da eine kleine Kiste. Sie enttäuscht mich hoffentlich nicht so wie dich die große Erbschaftskiste. – Ja, war er denn solch Jäger vor dem Herrn?«

»I Gott bewahre, dazu war er viel zu bequem und fromm. Er wird wohl, als er eben Bürgermeister geworden war, mal eine Jagd mitgemacht haben; aber als ich so'n halberwachsener Junge war, so kurz vorher, ehe ich nach Inowrazlaw aufs Gymnasium kam, fuhr er immer bloß raus, wenn das Getofle losging, mal beim Oberförster, mal beim Amtsrat, und einmal war er beim Torfinspektor, das weiß ich noch genau.«

»Und dabei war dein Vater eigentlich ein famoser Knabe.«

»Ja, das war er.«

»Eigentlich forscher als du.«

»Na, wie man's nehmen will. So im meisten sind wir uns gleich. Fürs Repetieren war er auch nie. Und als er den Referendarius hinter sich hatte, schnappte er ab und sagte: Zweimal falle ich durch und dann sogar mit Ach und Krach und achthundert Talern, nein, da lieber Bürgermeister in Owinsk – und verlobt war er ja auch schon lange.«

»Ja sieh, Hugo, das ist eben, was ich das Forsche nenne. Es war doch ein Entschluß, und seine Familie war doch gewiß dagegen und wollte einen Minister aus ihm backen. Unterm Minister tun's ja die guten Kleinstädter nicht, die bei der bekannten Glücksjagd, zu der wir alle geladen sind, bloß den Kirchturm mit dem goldenen Hahn sehen und nicht wissen, wie weit es ist und wie viele Gräben unterwegs, um 'reinzufallen. Ich bin für die, die abspringen.«

»Du meinst so im allgemeinen, so theoretisch ...«

»Nein, ganz praktisch. Du mußt mir eine Photographie von deinem Vater schenken. Darauf sehe ich mir ihn dann öfters an, so als Vorbild.«

»Aber Hans, du willst doch nicht auch Bürgermeister werden und bist ja auch noch vorm Referendar! Mein Vater hatte doch die halbe Quälerei hinter sich. Sie nehmen jetzt nicht all und jeden, und Referendar ist das wenigste, und du siehst mir nicht aus, als ob du in meiner Abwesenheit und sozusagen hinter meinem Rücken das Examen gemacht hättest und nun bloß kommst, um dich mir in deiner neuen Würde vorzustellen ... Aber verzeih, ich werde uns drüben erst ein bißchen Abendbrot bestellen, was man in einem Chambre garni so Abendbrot nennt; ein Glück, daß die Menschen den Schweizerkäse erfunden haben. Und soll ich Tee bestellen oder Grog?«

»Im allgemeinen bin ich für das Übergehen aus dem einen in das andere, man hat das Spiel dabei so hübsch in der Hand, vorausgesetzt, daß die Flasche nicht im Stich läßt. Aber heute laß es gut sein, Hugo, sparen wir uns das Gelage für eine größere Gelegenheit.«

»Examen?«

»Das ist zu unsicher, erstens an sich, das heißt, ob wir bis dahin kommen, und dann in seinem Resultat. Nein, wenn ich von Aufsparen und größerer Gelegenheit spreche, so habe ich was anderes im Sinn und meine das, was auch mit dem ›recte vom Galgen‹ zusammenhängt: meinen ersten Abend.«

»Ich kann dir nicht folgen, Hans. Es ist lächerlich zu sagen, aber du bist mir zu mystisch. Erst recte vom Galgen und die Zusage späterer Rätsellösung – und nun erster Abend?«

»Hm – ich habe doch wohl deine Auffassungsgabe überschätzt, was übrigens nach Ansicht einiger eine ganz untergeordnete Gabe sein soll, vielleicht im Zusammenhang mit Logik und Mathematik. Alle Logiker verstehen gewöhnlich gar nichts. Aber wundern muß ich mich doch, Hugo! Zu was sind wir denn um den Königsplatz unzählige Male herumgelaufen, links den Mond und rechts Kroll und die kleine F., und haben unter Verwerfung aller bisherigen Hamletauffassungen einer neuen, tieferen nachgeforscht? Um was habe ich meine Parallelen gezogen zwischen Amalia und Adelheid von Runeck, zwischen der Milford und der Eboli? Zu was das alles, wenn du schließlich nicht einmal verstehen willst, was ich mit meinem ›ersten Abend‹ meine … Also rund heraus, ich spreche von meinem ersten ›Räuber‹-Abend. Kosinsky! – Die Geschichte mit dem Repetitorium wurde mir zu langweilig. Ja, wenn man den guten Ausgang noch sicher hätte! Kurzum, ich bin zu Deichmann gegangen, und heute war die dritte Probe mit mir – übrigens Kraußneck brillant als Roller! Ich denke, daß ich über kurz oder lang auch ins Charakterfach überspringe. Liebhaber ist bloß Durchgang.«

»Durchgang? Und die ›Räuber‹? Ist es möglich! Dann wird also in acht Tagen auf dem Zettel stehen: ›Kosinsky – Herr Rybinski‹. Oder willst du dein ›von‹ beibehalten?«

»Nein, man muß auch etwas für seine Familie tun. Mein ›von‹ wird gestrichen, wenigstens solange ich unberühmt bin, nachher kann ich es immer wieder aufnehmen.«

»Rechnest du darauf?«

»Natürlich rechne ich darauf. Jeder rechnet darauf. Garrick war ursprünglich auch von Adel; meinst du, daß er mit der ganzen Geschichte angefangen hätte, wenn er sich nicht hätte sagen dürfen: ›Ruhm geht über Adel‹?«

»Sag mal – und das alles ist dein Ernst?«

»Mein voller Ernst, und ich will dir auch noch mehr sagen und auch im Ernst. In ganz kurzer Zeit kommst du zu mir und sagst mir: ›Rybinski, du hast recht gehabt, den ganzen Kram an den Nagel zu hängen‹; was meinst du, zu welcher Rolle paßte ich wohl am besten, Dunois oder Karl Moor? Ich sage dir, du bist der geborene Karl Moor, und wenn du deinen Arm an die Eiche bindest, oder vielleicht auch, wenn du den Alten aus dem Turm holst, mußt du einfach großartig sein.«

»So, meinst du?«

»Du hast ganz das schwermütig Schwabblige, was dazu gehört, und hast auch den Brustton der Überzeugung, wenn er sagt: ›Diese Uhr nahm ich dem Minister‹. Das ist natürlich der Justizminister gewesen, und auf den wirst du bald ebenso schlecht zu sprechen sein wie ich. Ich habe die Schiffe hinter mir verbrannt. Alles im Leben ist bloß Frage der Courage.«

»Na höre, Hans, da spielt doch auch noch manches andere mit.«

»Du meinst Liebe. Damit komme mir nicht. Larifari. Manche sind so verrückt, und dir traue ich schon was zu. – Wer soviel spazieren läuft und die gleiche Schwärmerei für Lenau wie für Zola hat – was dir beiläufig erst einer nachmachen soll –, der ist zu jedem Liebesunsinn fähig. Es sieht dann auch das wie Courage aus, ist aber das Gegenteil davon. Bloß Schlapperei, Bequemlichkeit, Hausschlüsselfrage … Hugo, sieh dich vor! Aber so viel will ich dir schon heute sagen: wenn du dich normal entwickelst und nicht einen kolossalen faux pas machst, so kommst du morgen da an, wo ich schon heute bin. Und wenn du Referendar werden solltest, was leicht möglich wäre, Assessor wirst *du* nie. Laß doch die Einpaukerei! Ist ja alles umsonst. Ich kenne meine Pappenheimer.«

Indem klopfte es an. Großmann ging auf die Tür zu, um zu öffnen. Draußen stand Mathilde. Sie müsse noch in die Stadt, und weil keiner da sei außer ihrer Mutter, wolle sie nur fragen, ob Herr Großmann noch irgend etwas zu Abend befehle.

»Danke, Fräulein Mathilde. Herr von Rybinski hat alles abgelehnt. Ich gehe nachher noch in den Franziskaner hinüber. Wenn Sie mir vielleicht eine Flasche Sodawasser zurechtstellen wollen …«

Als er seinen Platz wieder eingenommen hatte, sagte Rybinski:

»Dadurch wirst du dich auch nicht inszenieren. Sodawasser, das trinkt doch bloß ein Philister.«

»Das ist erstlich noch sehr die Frage, denn es hängt viel davon ab, was man vorher getrunken hat, und dann will ich mich auch gar nicht inszenieren. Frau Möhring ist eine Philöse und das Fräulein ihre Tochter. Und da inszenieren! So weit sind wir doch noch nicht runter. Und man hat seinen Lenau doch nicht umsonst intus.«

»Grade das, grade das! Lyrik schützt vor Dummheit nicht. ›Auf dem Teich, dem regungslosen, weilt des Mondes holder Glanz‹ – es braucht bloß ein bißchen Mondschein, so verklärt sich alles, und der Teich kann auch 'ne Stubendiele sein.«

»Ich begreife dich nicht, Hans, woher hast du denn Veranlassung ...«

»Des Menschen Bestes sind Ahnungen, und sie hat solch Profil, fast wie eine Gemme, streng und edel und einen kleinen Fehler am Auge und ist aschblond. So schreiten keine ird'schen Weiber, die zeugete kein sterblich Haus ...«

»Unsinn, was soll das? Eigentlich ist sie doch einfach eine komische Figur.«

»Du, sage das nicht, so was rächt sich!«

»Ach was, alles Unsinn und nochmals Unsinn. Und nun laß uns gehen ... Wann ist denn eigentlich dein Debüt?«

»Nächsten Dienstag. Du kannst mir den Daumen halten. Oder noch besser, komm hin und klatsche!«

Die nächsten Tage vergingen ruhig. Am Vormittag hatte Hugo sein Repetitorium. Dann ging er zu Tisch, dann spazieren nach Wilmersdorf. Am Abend war er zu Hause, wenigstens meist, und war alles in allem ein Muster von Solidität. Was Mathilde auffiel, war das Studium. Aus allem, was sie sah und auch aus Andeutungen von ihm selbst hörte, ging hervor, daß er sich auf ein Examen vorbereitete; er steckte auch jeden Morgen, wenn er ausging, ein Buch oder ein Heft zu sich, trotzdem war klar, daß, wenn er wieder zu Hause saß, von Studium keine Rede war. Auf einem am Fenster stehenden Stehpult, das er sich angeschafft hatte, lagen zwar ein paar dicke Bücher umher, aber sie hatten jeden Morgen eine dünne Staubdecke, Beweis genug, daß er sich den Abend über nicht damit beschäftigt hatte. Was er las, waren Romane. Besonders auch Stücke, von denen er manchen Tag mehrere nach Hause brachte. Es waren die kleinen Reclam-Bändchen, von denen immer mehrere auf dem Sofatisch lagen, eingeknifft und mit Zeichen oder auch Bleistiftstrichen versehen. Mathilde konnte genau kontrollieren, was ihm gefallen oder seine Zweifel geweckt hatte. Denn es kamen auch Stellen mit Ausrufungs- und selbst mit drei Fragezeichen vor. Aber das waren doch nur wenige. »Das Leben ein Traum« hatte die meisten Zeichen und Randglossen und schien ihn sehr viel interessiert zu haben.

»Mutter«, sagte Thilde, »wenn da nicht ein Wunder geschieht, der macht es nie.«

»Was denn, Thilde?«

»Na, das Examen. Aber schließlich, uns kann es recht sein. Je länger es dauert, je länger bleibt er. Und is ja ein guter und anständiger Mensch. Und wenn er es macht und durchfällt, so bleibt er auch. Wohin soll er am Ende, sehr viel Anhang scheint er nicht zu haben. Sogar der Herr mit der polnischen Mütze war noch nicht wieder da.«

Das hatte freilich seine Richtigkeit. Rybinski war seit einem ersten Besuch noch nicht wieder dagewesen, aber am Abend des Tages, an dem Thilde Möhring diese Betrachtungen gemacht hatte, kam er und traf auch seinen Freund Hugo zu Hause.

»Endlich, Hugo! Du wirst schon gedacht haben, ich hätte geschwindelt, und das mit dem Kosinsky sei nur ein Ulk gewesen. Aber ich sage dir, es war großer Ernst. Eigentlich heißt es bitterer Ernst, aber dies Wort möchte ich begreiflicherweise vermeiden. Man ist übrigens der Meinung, ich müsse gefallen, und einer sagte mir heute früh, ich sei der ›geborene‹ Kosinsky. Leider war es Spiegelberg, der das sagte, aber wie das immer so geht, gerade dieser ist eine treue Seele. Na, morgen muß sich alles entscheiden. Ich bringe dir hier Billette, ein Parkett für dich und zwei zweiten Rang für deine Damen drüben, wenn sie auf diesen Namen hören, was mir allerdings zweifelhaft ist. Ich hätte dir drei Parkette bringen können, aber ich dachte mir, beide so dicht bei dir könnte dich vielleicht genieren, namentlich die Alte. Sie ist doch noch sehr Mutter aus dem Volk. Und dann, offen gestanden, liegt mir und dem Direktor auch mehr am zweiten Rang. Im Parkett sitzt immer Kritik, und wenn sich da zwei solche Damen auf Enthusiasmus ausspielen, wird es lächerlich, aber im zweiten Rang, da geht alles, und auf den zweiten Rang, wenn man ein bißchen aufpaßt, kann man sich verlassen. Dein Platz unten ist Eckplatz, es ist also alles vorgesehen ... Aber ich finde, Hugo, du bist etwas nüchtern ...«

»Nein, Hans, ich bin nur etwas benommen. Ich dachte nicht, daß du mir Wind vorgemacht hättest, ich dachte nur, es wäre etwas dazwischengekommen, weil es sich so hinzog.«

»So, ich verstehe. Du dachtest, man hätte schließlich gemerkt, es ginge doch nicht, es sei nichts mit mir.«

»Du mußt nicht empfindlich sein. Bist noch gar nicht aufgetreten und fängst schon damit an. Aber das ist auch nur die Hälfte von dem, was ich eben dachte; das andere ist das mit den zwei Möhrings.«

»Aber, Herz, das ist ja leicht zu ändern, du kannst auch zwei Parkette haben.«

»Nein, das ist es nicht. Im Gegenteil, das mit dem zweiten Rang hast du dir sehr gut ausgedacht und rücksichtsvoll gegen mich. Es ist nur mit dem Mitnehmen überhaupt solche Sache. Wenn wir auch verschiedene Plätze haben, das ist doch wie gesellschaftliche Gleichstellung, und wenn ich mit der Alten über den alten Moor spreche oder sie mit mir, denn ich werde nicht anfangen, so sind wir intim, und das geht doch nicht gut. Und dann, was kann denn solche Frau sagen? Alles bringt sie in Verlegenheit.«

»Ach, Hugo, das ist ja lächerlich ...«

»Und dann muß ich sie doch hinbringen, und wenn es aus ist, muß ich sie wieder nach Haus begleiten.«

»Seh ich gar nicht ein. Du machst ihnen mit den Billetts ein Geschenk und läßt sie ihrer Wege gehen.«

»Gut, du sollst recht haben; ich will es so machen. Du siehst nun, warum ich so benommen war, was du nüchtern' nanntest. Von nüchtern ist keine Rede. Eigentlich bin ich aufgeregt, wie wenn ich selbst den Kosinsky spielen sollte.«

»Wer weiß, was kommt.«

Und damit brach der Freund wieder auf, weil er noch hunderterlei zu tun und zu bedenken habe.

»Bei Philippi sehen wir uns wieder! Und ficht tapfer! Unterlieg ich, so muß ich mich ins Schwert stürzen.«

Hugo lachte. »Verlange nur nicht, daß ich es dir halte.«

*

Rybinski war kaum fort, so ging Hugo zu den beiden Frauen hinüber, um ihnen die zwei Billette zu bringen. Parkett sei ausverkauft, das sei der Grund, daß sie sich trennen müßten, aber er werde öfters hinaufsehen.

Mutter Möhring wußte gar nichts zu erwidern, Thilde aber fand sich leicht zurecht und sagte mit vielem Anstand und in ihrer ganzen Haltung wie verändert: es sei sehr liebenswürdig, an sie zu denken, und sie empfänden es als eine große Ehre.

Ja, sagte nun die Alte, das habe sie auch sagen wollen.

Und nachdem noch ein paar Fragen gestellt und hin und her komplimentiert worden war, ging Hugo wieder in sein Zimmer hinüber, während die Alte eine Hutsche an den Ofen schob und sich hinsetzte. Thilde setzte sich aufs Sofa und schob die kleine Petroleumlampe so, daß sie daran vorbei zur Alten hinübersehen konnte.

»Was ich nur anziehe, Thilde? Das Schwarzseidene geht doch nicht mehr und war ja eigentlich auf Trauer gemacht. Und wenn ich das rote Tuch darüber binde, dazu bin ich eigentlich zu alt.«

»Ach, Mutter, das laß nur gut sein, ich werde dich schon zurechtmachen. Mit ein paar Schleifen zwingen wir's schon, es sieht einen ja doch keiner an, und wenn auch! Die Haube is für eine alte Frau immer die Hauptsache, und deine Haube ist noch ganz gut; ein bißchen tollen und aufplätten, und du siehst aus wie 'ne Gräfin.«

»Ach Kind, rede doch nicht solch Zeug.«

»Na, ich sage dir, Mutter, das wollen wir schon kriegen. Ich habe Putzmachen gelernt und Blumenmachen auch und Klöppeln auch, und das müßte doch nicht mit rechten Dingen zugehen, wenn ich uns nicht rausstaffieren sollte, wundern soll er sich, wie du aussiehst, und wenn er uns nach dem Theater in ein Lokal führen sollte …«

»Ach, Thilde, wie kannst du nur an so was denken.«

»Na, wenn nicht, denn nicht. Ich hänge nicht dran, es macht nur so einen Eindruck und sieht ein bißchen nach was aus, und daß man doch auch mit zugehört.«

»Ja, ja. Das ist schon recht …«

»Und weißt du, Mutter, was ich dir schon vor ein paar Tagen sagen wollte, wir wollen doch die alte Runtschen wieder ins Haus nehmen, das heißt, immer bloß eine Stunde, daß sie drüben reinmachen kann. Ich bin ja nicht dagegen, und mir kommt es nicht drauf an. Aber neulich, da hatte er was vergessen und kam gerade dazu, wie ich da bei all dem Planschen und Gießen war und der Blecheimer mitten in der Stube, da war es mir doch genierlich. Und ich denke wirklich, wir nehmen die Runtschen. Sie kann dann auch einholen, was wir brauchen.«

Die Mutter hatte kleine Bedenken und sagte: »Thilde, das läuft ins Geld. Und man weiß nicht, wenn er kündigt …«

»Dann kündigen wir auch wieder. Die Runtschen is ja 'ne vernünftige Frau. Und dann, was heißt kündigen! Glaube mir, der kündigt nicht.«

*

Der andere Tag war ein großer Tag. Der Inhalt einer großen Pappschachtel, darin sich Bänder und alte Blumen befanden, war auf die Chaiselongue ausgeschüttet, damit man einen besseren Überblick hatte. Der Alten war es nicht recht.

»Thilde, das fusselt alles so. Und es ist doch unser Prachtstück. Kind, Kind, wo soll denn alles herkommen!«

Aber Thilde ließ sich nicht einschüchtern, und als sie gefunden hatte, was sie für sich und die Alte brauchte, war sie fleißig bei der Arbeit. Dann wusch sie zwei Paar hellbraune Handschuhe. Es roch bis in Hugos Zimmer hinüber nach Benzin. Dann wurde geplättet. Thilde war in einer apart guten Laune. »Sieh nur, wie er glüht!« Und dann schlug sie den Schieber mit einem Feuerhaken zu.

Ihr Mieter hatte sich den ganzen Tag nicht blicken lassen, wodurch er der Begleitungsfrage klug entgangen war.

Kosinsky war dreimal gerufen worden, und die Alte, die nicht klatschen wollte, hatte sich begnügt, dem Darsteller der Rolle zuzunicken, als er sich gerade nach der anderen Seite hin bedankte. Dann sagte sie zu Thilde, während sie dieser eine kleine, unterwegs gekaufte Papiertüte mit Drops hinreichte: »Er macht es ganz gut, er hat so viel Anstand, nich? Es muß doch sehr schwer sein.«

»I Gott bewahre«, sagte Thilde, die sich ablehnend gegen alles verhielt, weil sie merkte, daß Hugo es fortgesetzt vermied, nach dem zweiten Rang hinaufzusehen. Nur einmal geschah es, und nun grüßte er auch, aber ganz steif und förmlich. Sie legte sich's aber schließlich doch zum Guten zurecht, und als der große Traum kam und eben die weiße Haarlocke in die Waagschale des Gerichts fiel, sagte sie sich: Es ist ein gutes Zeichen, daß er nicht 'rauf sieht, weil er kein Leichtfuß ist und es ernst nimmt. Er sagt sich: alles das hat eine Tragweite … Ja, von Tragweite hat er schon ein paarmal zu mir gesprochen … Und so ganz abgeschlossen hat er noch nicht … Er nimmt es nicht als Spaß.

Sie kam in ihren Betrachtungen nicht weiter, weil die Alte sagte: »Sieh doch mal nach, Thilde, wer der alte Diener is, er zittert ja so furchtbar.«

»Ach, laß ihn doch«, sagte Thilde und reichte der Mutter die Tüte mit den Drops zurück.

*

Die Möhrings hatten Mantel und Hut draußen abgegeben, Thilde hatte darauf bestanden: »Mutter«, hatte sie gesagt, »du weißt doch, daß ich's zusammenhalte, aber mitunter is Anständigkeit auch das Klügste.«

»Na, wenn du meinst, Thilde, wir wollen es aber auf *eine* Nummer geben.«

Jetzt hatten sie sich eingemummelt und stiegen die Treppe hinunter. Unten in der Vorhalle machte sich Thilde mit allerhand zu schaffen, weil sie's für möglich hielt, daß ihr Mieter an einer der Barrieren stehe und auf sie warte. Aber er war nicht da. Das gab eine neue Verstimmung, und einen Augenblick überkam die sonst unerschütterliche Thilde die Frage: Ob ich mich doch vielleicht irre? Sie war aber von einem unvertilgbaren Optimismus der Hoffnungsseligkeit, weil sie den Charakter ihres Mieters ganz genau zu kennen glaubte, und sagte sich: er muß natürlich seinen Freund beglückwünschen, und er kann nicht an zwei Stellen zugleich sein. Erst nach zehn Uhr waren sie zu Hause, was nichts schadete, da sie den Hausschlüssel mithatten.

»Siehst du, Thilde, wie gut«, sagte die Alte, als sie den Schlüssel aus ihrer Tasche hervorholte.

»Ach, Mutter, als ob ich nicht gewollt hätte. Natürlich, ich dachte sogar, wir könnten erst um elf kommen.«

Auf der Treppe trafen sie den Portier, der eben das Gas ausdrehte. »Soll ja sehr schön gewesen sein«, sagte dieser.

»Gott, Mieckhoff, wissen Sie denn schon?«

»Ja, meine Ida war auch da. Ida is immer da. Sie kennt welche von's Theater.«

»Na, das is recht«, sagte Thilde. »Theater bildet.«

Und damit stiegen Mutter und Tochter weiter hinauf, während der Portier in einem Anflug von Galanterie ihnen noch eine halbe Treppe aufwärts leuchtete.

Oben sagte Thilde: »Nu, Mutter, wollen wir uns einen Tee aufgießen und warten, bis er kommt. Er wird uns wohl auch sehen wollen und hören, ob wir uns amüsiert haben.«

»Ach, Thilde, es war ja doch so graulich, und der alte Mann, und wie er aussah, wie er da 'raus kam und der andere gleich 'rein! Na, da fiel mir ein Stein vom Herzen. Wenn ich mir denke, daß so einer noch frei 'rumläuft ...«

»Das kann er ja gar nicht mehr. Es ist ja schon so lange her, und dann is es ja bloß so was Ausgedachtes. Du denkst immer, es is wirklich so.«

»Ja, Gott, warum soll ich so was nich denken! Es gibt so viele schlechte Menschen ...«

»Ja, ja, erzähle nur nicht die Geschichte von dem Kürschnermeister in Treptow; ich weiß ja, daß er seine Frau mit dem Marderpelz erstickt hat. Aber es gibt auch gute Menschen.«

»Ja, die gibt es auch. Und ich glaube, unser jetziger Herr drüben is 'n guter Mensch.«

»Ein sehr guter, das heißt, wenn er so is, wie ich ihn mir denke.«

»Du sagst ja immer, du bist so sicher.«

»Bin ich auch, bloß mitunter wird einem doch etwas bange. Aber es geht gleich wieder vorüber.«

Die Möhrings hatten bis Mitternacht gewartet und den Tee schon zweimal wieder aufgegossen. Als aber der Mieter noch immer nicht da war, sagte die Alte: »Thilde, was sollen wir so viel Petroleum verbrennen, nu kommt er doch nich mehr. Und wenn er kommt, wird er wohl auch nich wollen, daß wir ihn so in seinem Zustand sehen. Er wird wohl in Töpfers Hotel sitzen, im Keller unten, da sitzen sie immer.«

Und danach waren sie zu Bett gegangen und lagen auch still und sprachen nicht. Aber von Schlafen war keine Rede. Thilde beschäftigte sich mit seiner Haltung während des ganzen Abends und dieser nächtlichen Kneiperei, die ganz jenseits ihrer Berechnungen lag, und die Alte war noch immer bei dem Stück. Es schlug schon eins, als sie sich aufrichtete und leise sagte:

»Thilde, schläfst du schon?«

»Nein, Mutter.«

»Das is gut, Kind, mir is so angst. Ob es von dem Tee is? Aber ich habe solch Herzschlagen und sehe immer den alten Mann ...«

»Ach, laß doch den alten Mann, Mutter, der schläft nu schon zwei lange Stunden, und du mußt auch schlafen.«

»Und das einzige is, daß der Rotkopf ...«

»Ja, ja, der hat nu seinen Denkzettel.«

»Und was wohl aus dem armen Wurm, dem Fräulein, geworden is – wie hieß sie doch?«

»Amalia.«

»Richtig, Amalia ... Ja, die is nu so gut wie eine Waise. Denn wenn sie den Alten auch wieder herausgeholt haben, lange kann er's doch nicht mehr machen.«

»Nein, das kann er nich, Mutter. Aber jetzt werde ich dir ein Glas Wasser holen, und dann legst du dich auf die andere Seite.«

»Na, ich werde mal bis hundert zählen.«

*

Es war darauf gerechnet worden, daß Hugo spät aufstehen würde, aber das Gegenteil geschah: Er klingelte früher als gewöhnlich und mußte wohl zehn Minuten auf sein Frühstück warten. Thilde wollte diese Verspätung entschuldigen. Er meinte aber, es hätte nichts zu sagen, er müsse sich entschuldigen. Um vier Uhr nach Haus kommen und um sieben Frühstück, das sei beinah unnatürlich. Ob es denn hübsch gewesen sei, das heißt, ob sie sich amüsiert hätten, und wie ihnen Rybinski gefallen habe? Er wolle ausgehen und gleich in den Zeitungen nachsehen, ob er gelobt sei. Daß sie nicht geklatscht hätten, sei sehr gut gewesen. Es falle auf und schade bloß und heiße dann in den Zeitungen, es sei alles Claque gewesen. Übrigens hätte Rybinski ihm gesagt, er werde wieder Billette schicken, wenn er in einer neuen Rolle aufträte. Das sei in der nächsten Woche: Dunois, Bastard von Frankreich.

»Sie kennen die Rolle, Fräulein Thilde?«

»Ja. Den *Dunois* kenne ich«, sagte sie mit Betonung des Namens ohne weiteren Zusatz, um ihn auf diese Weise das Unpassende des ›Bastard‹ fühlen zu lassen. Zu dem Plan, den sie sich ausgedacht hatte, gehörte durchaus Tugend. Sie hielt es deshalb, um ihrer Reprimande noch mehr Ausdruck zu geben, auch für angebracht, das Gespräch abzubrechen, so schwer es ihr wurde.

Als sie wieder in ihrem Zimmer war, fand sie die alte Runtschen vor, die nicht durch das Entree, sondern durch die Küche gekommen war. Sie sah aus wie gewöhnlich: schmuddelig, Kiepenhut und eine schwarze Klappe über dem linken Auge.

»Guten Tag, Frau Runtschen. Nun, das is gut, daß Sie da sind. Hat Ihnen Mutter schon gesagt ...«

»Ja, Thildechen, Mutter hat mir schon jesagt, daß wieder ein Herr da is, und daß ich reinmachen und einholen soll. Aber wann muß es denn sind? Von sieben bis acht bin ich drüben bei dem Leutnant Petermann und von acht bis neun bei Kulickes unten.«

»Das paßt sehr gut. Neun bis zehn ist die beste Zeit oder lieber noch ein bißchen später. Um die Zeit is er immer weg, und Sie können sich's dann einrichten, wie Sie wollen, und Sie wissen ja auch Bescheid, wo alles steht! Aber mitunter is er auch noch da und sieht aus dem Fenster – ja, Frau Runtschen, dann müssen Sie sich schon ein bißchen zurechtmachen.«

»Zurechtmachen?«

»Ja, Frau Runtschen. Ich meine natürlich nur ein bißchen. Sie können nicht kommen wie 'ne Prinzessin, so viel wirft es nicht ab. Aber doch so das Nötigste, eine weiße Schürze und dann, daß Sie den Kiepenhut abnehmen. Wenn er nicht da is, dann is der Kiepenhut ganz gut, und man sieht nicht alles; aber wenn er da is, dann is doch 'ne Haube besser.«

»Ja, Fräuleinchen, was heißt Haube?«

»Natürlich sollen Sie sich keine mitbringen. Aber an unserm Ständer, da finden Sie allemal eine.«

»Na, wenn's erlaubt is, dann nehme ich sie mir so lange.«

»Ja, Frau Runtschen. Und denn noch eins. Die schwarze Klappe da dürfen Sie nicht länger als acht Tage tragen. Ich werde Ihnen Sonnabend eine neue geben. Ihr Schade soll es nicht sein.«

*

Die ›Jungfrau‹ kam zur Aufführung mit Rybinski als Dunois. Aber weder Möhrings noch ihr Mieter Hugo Großmann wohnten der Aufführung bei, da dieser letztere krank geworden war. Er fieberte ziemlich stark und bat, nach einem Arzt zu schicken. Dieser kam und war mehrere Tage lang im unsichern, was es war, bis es sich eines Morgens herausstellte, daß es die Masern seien.

Er ging zu Möhrings hinüber und sagte: »Es sind die Masern, nichts Besonderes und nichts Gefährliches. Aber Vorsicht, liebe Frau Möhring. Sonst haben wir einen Toten, wir wissen nicht wie.«

»Ach Jott, Herr Doktor, er is ja erst sechs Wochen bei uns. Und denn so was! Und wenn die Leute das hören, da will ja denn keiner mehr einziehen, und vertuscheln geht auch nich. Es sind immer so viel schlechte Menschen. Und Schultzes wird es auch nicht recht sein.

»Wohl möglich. Aber nur nicht ängstlich, liebe Frau. Noch lebt er und wird wohl auch weiter leben. Ich habe Sie nur warnen wollen, daß Sie aufpassen und immer nasse Lappen über den Bettschirm hängen. Mit dem Bazillus ist nicht zu spaßen. Und vor allen Dingen keinen Zug, Zug ist das schlimmste. Da tritt alles zurück und wirft sich auf die edleren Teile.«

»Jott, is es möglich!«

»Und dann haben wir casus mortis.«

Mathilde war dabei nicht zugegen. Als sie von einem Gang in die Stadt nach Haus kam und hörte, was der Arzt gesagt hatte, meinte sie: »Mutter, du kannst doch auch gar nichts vertragen. Masern! Das ist so gut wie gar nichts. Jedes kleine Wurm hat sie. Sie sollen sogar gesund sein, es kommt alles 'raus, und das is immer die Hauptsache. Natürlich müssen wir aufpassen und auch sorgen, daß er die Runtschen nicht zu sehen kriegt. Er is so empfindlich in manchem und hat mir mal gesagt, er graule sich ordentlich vor der Aufwartefrau.«

»Ach, das hat er bloß so gesagt!«

»Nein, ganz im Ernst, Mutter. Solche, die immer Stücke lesen und ins Theater gehen, die sind so. Na, und das schwarze Pflaster – es is ja auch zum Graulen.«

»Ach, Thilde, was unsereiner auch alles erleben muß, das nennen sie dann Fügung, und man soll auch noch dankbar dafür sein.«

»Red nicht so, Mutter, das bringt Unglück, denk an Hioben. Und Fügungen! Die Leute haben auch ganz recht, wenn sie von Dankbarsein reden – wenigstens wir. Denn das kann ich dir sagen, für uns is es eine sehr gute Fügung. Und wenn ich mir was hätte denken sollen, auf so was Gutes wie die Masern wäre ich nie gekommen.«

»Meinst du wirklich?«

»Ja, das meine ich.«

»Aber wie denn, Thilde?«

»Das erzähl ich dir ein andermal, wenn es erst da is. Wenn man drüber red't, dann beruft man's.«

»Ach, Thilde, du rechnest immer alles, aber du kannst auch falsch rechnen.«

»Kann ich. Aber du sollst sehen, ich rechne richtig.«

*

Hugo Großmann überstand seine Masern und war im Abschülberungszustand, als der Doktor sagte: »Ja, liebe Frau Möhring, den haben wir nun mal wieder 'raus, das heißt, aus dem gröbsten. An gesund ist noch nicht zu denken, und die Vorsicht muß verdoppelt werden. Der kleinste Fehler, und es wirft sich auf die Ohren oder, wenn er zu früh Licht kriegt, auf die Augen, und dann ist er blind. Anderseits hätte ich gern, er könnte hier 'raus. Die nassen Lappen sind gut, aber immer nasse Lappen geht auch nicht. Könnten Sie ihn nicht umbetten? Ich meine umlogieren? Vielleicht etwa in das Entreezimmer? Sie müssen dann freilich zusperren und allen Verkehr mit der Welt abschneiden, und wer zu Ihnen will, muß durch die Küche. Aber Krankheit entschuldigt alles. Überlassen Sie's man Fräulein Mathilde, die ist findig, die wird schon Rat wissen.« Und damit ging er.

Mathilde rechtfertigte wirklich das gute Vertrauen, das der Doktor zu ihr hatte, und sagte: »Doktor Birnbaum hat ganz recht. Er muß 'raus, ich kann die Lappen schon gar nicht mehr riechen. Aber das mit dem Entree, das geht nicht. Entree! Das sieht so weggesetzt aus, so nicht hü und nicht hott. Er is doch ein studierter Mann und ein Bürgermeistersohn, und seine Masern hat er bei uns gekriegt. Er muß in unsere Stube ...«

»Aber, Thildchen, das geht doch nicht! Wir haben ja doch bloß die eine. Und denn ein Bett und ein fremder Mann drin, es geht doch nich.«

»Es geht alles, aber das mit dem Bett is gar nicht nötig. Das Bett bleibt stehen, wo's steht, und abends bringen wir ihn 'rüber und packen ihn ein und seine Reisedecke drüber, daß er sich nicht bloß wirft.«

»Und bei Tage ...«

»Bei Tage is er bei uns hier drüben. Er wird nichts tun, was uns genieren kann, und ich kann immer 'rausgehen. Du freilich, na, du bist eine alte Frau, und er könnte dein Sohn sein, und an dich muß er sich wenden. Aber er wird nicht, er is viel zu anständig, er schadet sich lieber. Und da haben wir ihn denn, solange die Rekonvaleszenz dauert, immer drüben und müssen die Rouleaus halb 'runterlassen, daß er kein Licht kriegt, und müssen ihm was erzählen oder was vorlesen. Aber erzähl nicht so viel von Vatern, du gehst immer so ins einzelne, und so was Interessantes war Vater nicht.«

»Aber er war ein sehr guter Mann.«

»Ja doch. Das war er.«

»... ein sehr guter Mann. Und dann, Thilde, was ich sagen wollte: wie denkst du dir das eigentlich mit ihm? Sein Bett bleibt drüben, und auf einen Stuhl können wir ihn doch nicht setzen. So lange kann er sich doch nicht gerade halten, er is ja doch noch krank und schwach.«

»Nein, das kann er nicht. Und da siehst du nu wieder, wie gut es is, daß wir die Chaiselongue haben. Ich wußte, daß sich das verlohnen würde.«

»Ja, meinst du, daß das geht? Es is doch sozusagen unser Prachtstück. Der Stehspiegel hat den Riß und sieht nicht recht nach was aus. Aber die Chaiselongue – du darfst doch nich vergessen, vierzehn Tage oder vier Wochen dauert es, und dann is sie hin. Er wird Kuten einliegen und alles eindrücken, denn Kranke sind unruhig und liegen mal hier und mal da.«

»Das is ja gerade das Gute, da verteilt es sich aufs Ganze, und von Kuteneinliegen ist keine Rede. Und wenn auch, Mutter, wer was will, der muß auch was einsetzen. Er sieht dann, daß wir ihm unser Bestes geben, und wie ich ihn kenne, wird es ihn rühren, denn er hat was Edles, das heißt so auf seine Art. Zuviel darf man von ihm nicht verlangen.«

Gleich an dem Tag, an dem dies Gespräch geführt wurde, wurde Hugo Großmann in die Möhringsche gute Stube herübergenommen und auf der Chaiselongue installiert. Er nahm sich da ganz gut aus. Ein kleines Tischchen stand neben ihm, mit einem Heliotrop darauf, es roch aber zu stark und wurde durch weiße Astern ersetzt. Auf einem grünen Weinblatteller lagen zwei Apfelsinen, daneben stand eine Klingel, aber bloß als Putzstück, denn Mutter und Tochter waren immer da und brauchten nicht erst zitiert zu werden. Der Arzt war mit dieser Umlogierung sehr zufrieden und sagte, als er mit Hugo allein war, allerlei Verbindliches über so ›gute Menschen‹, in deren ganzen Verhalten sich die einzig wahre Bildung ausspräche: die Herzensbildung. Fräulein Mathilde sei übrigens überhaupt gebildet und, wenn man ihren Kopf öfters ansehe und sich so mehr hineingelebt habe, beinah eine Schönheit.

Draußen im Entree standen Mutter und Tochter und stellten allerlei Fragen, was für den Kranken erlaubt sei und was nicht.

»Immer im Dämmer«, sagte der Doktor, »am besten ist es, wenn er auch in einem geistigen Dämmer bleibt.«

»Aber wir dürfen doch mit ihm reden?«

»Gewiß, liebe Frau Möhring, alles, was Sie wollen, nur nichts Aufregendes.«

»O du mein Gott, wie werd ich denn was Aufregendes ...«

»Und Vorlesen ist vielleicht auch erlaubt?« unterbrach Thilde, die sah, daß sich die Mutter noch weiter über das ›Aufregende‹ verbreiten wollte.

»Ja, vorlesen geht, aber nicht viel und nichts Schweres.«

Als sie wieder bei Hugo eintraten, erzählte ihm Thilde, was der Doktor alles erlaubt habe: nur immer abends ein grüner Lichtschirm, eine grüne Lampenglocke sei nicht genug, und wenn er Lust hätte, so dürfte ihm auch was vorgelesen werden. Drei-, viermal des Tags, aber nie länger als eine halbe Stunde.

Hugo lächelte erfreut, denn seine Krankheit fing an, ihm langweilig zu werden, und als Thilde fragte, was er denn wohl wünsche, Bücher seien ja da die Hülle und Fülle, da sagte er: ja, die Geschichte von Zola, wo das Paradies drin vorkomme, die möchte er wohl hören, er sei gerade bis dahin gekommen, wo das Paradies beschrieben würde. Freilich, es käme noch so manches darin vor, und er wisse nicht, ob er an Fräulein Thilde das Ansinnen stellen dürfe ...

Thilde merkte gleich, daß er dies in Erinnerung an das kurze Gespräch über den ›Bastard‹ von Orleans sagte, und wenn sie damals geglaubt hatte, sich den sittlichen Standpunkt sichern zu müssen, so hatte sie jetzt das Gefühl, daß sie den Bogen der Sittlichkeit nicht überspannen und nicht den Eindruck des Engen und Spießbürgerlichen wecken dürfe. Sie sagte denn also, während sie sich an das Fußende der Chaiselongue stellte: in der Schilderung des Paradieses, wenn auch ein Sündenfall darin vorkäme, sehe sie kein Hindernis. Auf einem so niedrigen Standpunkt stehe sie nicht. Ein Mädchen müsse freilich auf sich halten im Leben und Gespräch und in Theaterstücken und dürfe nicht alles sehen und hören wollen, denn gerade die Neugier sei ja der erste Versucher gewesen, aber ein Mädchen müsse sich auch vor Prüderie zu wahren wissen, wenn ihr ihr Gefühl sage, selbst das Stärkste stehe hier um einer großen Sache willen. Und das sei nicht bloß in Theaterstücken und Romanen so, das sei auch schon beim Lernen und im Konfirmandenunterricht. Sie habe früher bei Pastor Kleinschmidt aus der Bibel vorlesen müssen, da wären mitunter furchtbare Worte vorgekommen, und sie denke noch bisweilen mit Schrecken daran zurück. Aber immer wenn sie gemerkt habe, daß so was komme, dann habe sie sich zusammengenommen und die Worte ganz klar und deutlich und mit voller Betonung ausgesprochen.

Hugo nickte nur und fand bestätigt, was Doktor Birnbaum über Thilde gesagt hatte. Wie richtig, wie gescheit war das alles! Und er freute sich über ihre tapferen und aufgeklärten Ansichten.

›Es ist ein merkwürdiges Mädchen‹, grübelte er, ›nicht eigentlich schön, wenn man sie nicht zufällig im Profil sieht, aber klug und tapfer, ich möchte sagen, ein echtes deutsches Mädchen, charaktervoll, ein Wesen, das jeden glücklich machen muß, und von einer großen Innerlichkeit, geistig und moralisch.‹

*

In dieser Richtung gingen von Stund an Hugos Gedanken, und als er vielleicht zwei Wochen vor Weihnachten, Mitte Dezember, wieder in sein eigenes Zimmer hinüberquartiert wurde, was der alten Möhring eine heimliche Genugtuung verursachte, hatte sich die Überzeugung bei ihm festgesetzt, daß Thilde ganz die Frau sei, die für ihn passe. So gewiß er sich für einen ästhetisch fühlenden und mit einer latenten Dichterkraft ausgerüsteten Menschen hielt, so war er im Leben selbst doch von großer Bescheidenheit, beinah zaghaft, und hatte kein rechtes Vertrauen zu seinem Wissen und Können.

»Ich bin ein unnützer Brotesser«, hatte er zu Rybinski gesagt, der ihn lachend mit der Versicherung getröstet hatte: »Dann gerade schmeckt's am besten.« Und diese Beurteilung seiner selbst war richtig, und weil sie richtig war, war auch das richtig, daß Thilde für ihn passe. Sie hatte gerade das, was ihm fehlte, war quick, findig, praktisch. Er wollte sich noch vor Weihnachten ihres Jaworts versichern. Daß ihm das nicht versagt würde, davon hielt er sich überzeugt. Denn schließlich war er doch immer ein Bürgermeistersohn, während Thilde – so viel sah er wohl – auf Geburtsstolz verzichten mußte.

»Fräulein Thilde«, sagte er, als sie gleich am ersten Abend seiner Wiederumquartierung ihm den Tee brachte und klein geschnittenen Schinken und Butterbrot, »Fräulein Thilde, Sie sind sich immer gleich gegen mich in Ihrer Güte, und weil Sie glauben, es würde mir alles noch schwer, so haben Sie auch den Schinken schon zerschnitten. Sie haben mich gepflegt und verwöhnt und mir all die Wochen über erst gezeigt, wie glücklich man im Leben sein kann. Eine liebevolle Hand ist das, was man im Leben am meisten braucht. Aber setzen Sie das Teezeug erst hin ... Und nun geben Sie mir Ihre liebe kleine Hand, denn es ist eine kleine Hand, und treten Sie hierher mit mir ans Fenster und sehen Sie mit mir auf das Bild da, das Gewölk, das am Mond vorüberzieht und sich wieder aufhellt im Vorüberziehen. Es läßt sich vielleicht ausdeuten, aber ich mag es nicht, und auch ohne das, nur angesichts dieses Bildes frage ich Sie, ob ich Ihre liebe kleine Hand auch noch weiter behalten darf, lange noch – ein Leben lang.«

Sie gab nicht unmittelbar Antwort und beschäftigte sich vielmehr damit, das Rouleau herunterzulassen. Dann faßte sie ihn sachte beim Arm, führte ihn vom Fenster weg bis an das hochlehnige Sofa zurück und sagte, während sie sich auf die andere Seite des Tisches stellte und beide Hände auf die Kante legte: »Sie sind noch so angegriffen, ich höre es an Ihrer Stimme, in der noch die Krankheit zittert, und daran, daß Sie gerade den Mond in unser Gespräch gezogen haben ... Ach, Herr Großmann, der Mond ist nichts für Sie, Sie brauchen Sonne ... Sonne gibt mehr Kraft.«

»Das mag schon sein, aber das ist keine Antwort, Fräulein Thilde. Sie sollen ja nur ›ja‹ oder ›nein‹ sagen.«

»Nun denn – also ja. Trotzdem es noch lange dauern wird, bis es dahin kommen kann …«

»Auf dem alten Weg, ja. Aber es gibt auch neue Wege.«

Sie lächelte fragend: »Rybinski-Wege?«

Hugo schwieg, weil sie seine Gedanken erraten hatte.

»Nein, Hugo, davon darfst du nicht reden, dann nehme ich mein ›Ja‹ gleich wieder zurück. Ich will nicht in der Welt herumziehen und dir die Königsmäntel zurechtschneidern. Ich bin fürs Ernste, fürs Hergebrachte und auch für Religion, nicht bloß fürs Standesamt. Alles, meine ich, muß seinen Zweck haben. Ich rechne darauf, daß du mir durch Arbeit den Beweis deiner Liebe gibst. Erst das Examen. Das andere findet sich. Dafür will ich schon sorgen … Aber nun komm, daß wir's Mutter sagen. Oder nein, heute lieber nicht. Du bist noch nicht fest genug auf den Füßen, ich werde es ihr selbst sagen, heute abend im Bett, und morgen früh kommst du dann. Ob sie sich freut, weiß ich nicht, aber ›ja‹ wird sie schon sagen.«

Sie stellte die kleine Teekanne vor ihn hin und was sonst noch auf dem Tablett stand. Und als sie alles geordnet und die Decke geradegezupft hatte, nahm sie das Tablett unter den linken Arm, bückte sich zu ihm herab und gab ihm einen Kuß auf die Stirn. Er wollte sie, vielleicht in unklarer Vorstellung von Bräutigamsrecht und -pflicht, festhalten und einen Sturm auf ihre schmalen Lippen versuchen, aber sie entwand sich ihm sanft.

An der Türe legte sie den Zeigefinger an die Lippen und nickte ihm nochmals zu.

✳

Das geplante Bettgespräch hatte stattgefunden und war unter Vermeidung aller Umschweife mit dem Satz begonnen worden: »Mutter, weißt du was?«

»Was denn, Thilde?«

»Ich habe mich mit ihm verlobt.«

Die Alte richtete sich auf wie ein Gespenst, sah Thilde an und sagte dann: »Jott, was soll nu aus mir werden.«

»Gar nichts, Mutter, du bleibst, was du bist, und ein Esser is weniger. Und wenn du was brauchst, dann schick ich es dir.«

»Ja, kann er denn – hat er denn was?«

»Noch nicht, Mutter. Aber wenn ich ihn bloß erst habe, so richtig verlobt vor Gott und Menschen, dann wird es schon werden. Er sieht ja doch aus wie auf der Kanzel, und so einer kommt immer an. Ich werde ihn schon anbringen.«

»Und wirklich verlobt und nicht bloß so gesagt, und nachher sitzt du da, wie so ganz, ganz arme und unglückliche Mädchen dasitzen …«

»Mutter, was du nur immer denkst! Vater hat doch gesagt: ›Thilde, halte dich proper‹, und hab ich etwa nicht? Und nu kommst du immer mit solchen Geschichten. Oder denkst du wirklich, daß ich so dumm bin? Er wollte mir schon einen Kuß geben und war sehr stürmisch, weil er noch krank ist, aber ich habe ihn in seine Schranken zurückgewiesen.«

»Das is recht, Thildchen. Und wann denkst du denn, daß es ins Blatt kommt, oder soll es ganz stille und verborgen bleiben? Es is doch immer besser, andere wissen es auch. Dann geniert er sich mehr, wenn er sich vielleicht noch anders besinnt.«

»Ach, anders besinnt. Er darf sich nicht anders besinnen, und er wird auch nicht, und er will auch nicht. Er wird nu morgen früh bei dir anfragen, und da mußt du was Gutes sagen und nicht so klein und ängstlich sein, und er muß sehen, daß wir nicht auf ihn gewartet haben.«

»Ja, da hast du recht, aber was soll ich sagen? Du mußt mir was zurechtmachen, was paßt.«

»Das geht nicht, Mutter. Dann verschnappst du dich und sagst es an der unrichtigen Stelle.«

»Ja, das is möglich. Na, denn werd ich bloß sagen: Gott sei mit dir.«

»Das is genug, aber du darfst ihn nicht gleich ›du‹ nennen. ›Du‹ kommt erst, wenn es drin gestanden hat und wir richtig Verlobung gefeiert haben. Ich denke so Heiligabend. Unterm Christbaum, das hab ich mir immer gewünscht. Das hat dann so feinen Schick und is auch so'n bißchen wie kirchliche Handlung. Und is schon so'n Vorgeschmack, das heißt, ich meine von der Trauung, denn bei dir muß man sich immer vorsichtig ausdrücken, du denkst gleich …«

✳

Am nächsten Morgen hielt Hugo richtig um Thildens Hand an, und die Alte sagte gar nichts, sondern nickte nur immer und streichelte seine Hand. Das war auch das allerbeste. Dann zog sich Hugo wieder in sein Zimmer zurück, und er sah nun Thilde fast weniger als sonst. Wenn es irgend ging, wurde die Runtschen vorgeschoben. Allerdings war dies mit besonderen Schwierigkeiten verknüpft, weil gerade sogenanntes Matschwetter war, was die Runtschen in ihrer Erscheinung auf das niedrigste Maß des Möglichen herabdrückte. Für eine reine Schürze war zwar immer gesorgt, und den Kiepenhut, mit dem sie verwachsen war, mußte sie abnehmen, aber man konnte nicht sagen, daß das viel half. Ganz im Gegenteil, weil die Mannsstiefel, die die Runtschen bei solchem Wetter trug, in einem beleidigenden Gegensatz zu der weißen Schürze standen.

All das entging Thilden nicht, aber sie hatte nicht Zeit, sich mit diesen verhältnismäßig geringfügigen Dingen zu beschäftigen, da die heranrückende Verlobung unter dem Christbaum (es waren nur noch vier Tage) sie ganz in Anspruch nahm. Eine kleine Gesellschaft sollte gegeben werden, aber wie sie zusammensetzen?

Einen Augenblick war an Schultzens und auch an Frau Leutnant Petermann nebenan gedacht worden, deren Mann schon 1849 im badischen Aufstand gefallen war. Aber Thilde ließ beide Pläne wieder fallen. Schultzens waren zu reich und konnten denken, man wolle etwas von ihnen oder wolle sich mit ihnen wichtig tun, und so stand es doch noch lange nicht. Und die Petermann war wohl arm genug, aber sie hatte so etwas Schnippisches und sprach so gebildet, weil sie früher Schneiderin gewesen war, was nun keiner merken sollte.

Kurzum, Thilde sah ein, daß aus dem Kreise eigener Bekanntschaft niemand recht zu wählen sei, und einigte sich in einem Gespräch mit Hugo dahin, daß nur ein Vetter Hugos, ein sonderbares altes Genie, das zwischen Maurerpolier und Architekt stand und seit einundzwanzig Jahren der Freund einer Witwe war (ein Umstand, der über sein Leben entschieden hatte), geladen werden sollte. Dieser auf geistige Getränke gestellte Vetter, von dem Hugo zu kalauern pflegte, daß seine Verwandtschaft zu Karoline Pichler näher sei als zu den Großmanns, paßte gut, weil er kein Spielverderber war. Außerdem mußte natürlich Rybinski geladen werden. Gegen zehn wollte dann Thilde – dies war ein von ihr gestelltes, frühere Beschlüsse halb aufhebendes Amendement – zu Schultzens 'runtergehen und sich als Braut vorstellen und daran die bescheidene Frage knüpfen, ob Herr Rat und Frau Rätin vielleicht auch eine Viertelstunde ihnen schenken und sich von ihrem Glück überzeugen wollten. An der Ausführung dieses letzteren Planes war der alten Möhring beinah mehr gelegen als an der Verlobung selbst. Ein Wirt blieb doch immer die Hauptsache. Das mit dem Bräutigam konnte doch am Ende nichts sein, aber das mit Schultzens, das war immer was.

Das Billett an Rybinski schrieb natürlich Hugo. Rybinski kam und sagte zu, vorausgesetzt, daß er seine Braut mitbringen dürfe.

»Deine Braut?« wundert sich Hugo; »bist du denn verlobt?«

»O ja, schon seit meinem Debüt, und wir sind sehr d'accord. Aber natürlich kann so was auch wieder zurückgehen, und wenn du mal so was hören solltest ...«

»Ach so, ich verstehe schon. Ich darf sie doch als deine Braut vorstellen?«

»Ich muß sogar sehr darum bitten.«

*

Der Vierundzwanzigste kam und ging. Die Verlobung war proklamiert worden, und die sechs Menschen, aus denen die ganze Gesellschaft bestand, waren ausnahmslos sehr vergnügt gewesen. Eine halbe Stunde lang sogar Schultze, der auf Thildens Aufforderung in einer gewissen Paschalaune, sein Volk beglückend, in der kleinen Möhringschen Wohnung erschienen war: zurückhaltend in bezug auf alles, was an Speise und Trank aufgetragen wurde, aber desto intimer mit Rybinskis Braut. Rybinski selbst lachte dazu, versicherte dann und wann, daß er sich mit dem Rechnungsrat über das Schnupftuch schießen müsse, weil ihm ein derartiger Eingriff in geheiligte Rechte überhaupt noch nicht vorgekommen sei, und versprach schließlich, beim Rat und der Rätin seine Visite zu machen, spätestens zu Neujahr, aber ohne Braut.

»Man kann doch nicht wissen, wie sich die Frau Rätin dazu stellt«, flüsterte er seinem neuen Freunde zu. Und Schultze zwinkerte.

Den Toast auf das Brautpaar brachte der Vetter Architekt aus. Man werde nicht überrascht sein, wenn er seinerseits als ein Mann des Baus auch die Ehe, als deren Vorkammer die Verlobung anzusehen sei, wenn er auch die Ehe als einen Bau betrachte. »Das Fundament, meine Herrschaften, ist die Liebe. Daß wir diese hier haben, ist erwiesen, und der Mörtel, der bis in alle Ewigkeit den Bau zusammenhält, das ist die Treue.«

Schultze nickte, Rybinski rief »Bravo!« und drohte seiner neben Schultze stehenden Braut mit dem Finger, worauf er mit der geballten Faust eine Stichbewegung machte, als müsse Schultze erdolcht auf dem Platze bleiben. Der Vetter Architekt aber fuhr fort: »Der Mörtel, sage ich. Aber auch der bestgefügte Bau, bei den Erschütterungen, die das Leben mit sich bringt, bedarf noch der Stützen und Klammern, und diese Klammern und Stützen, das sind die Freunde, das sind wir. Auch Putz und Schmuck hat ein gutes Haus, und in seine Nischen sehen wir gern allerhand liebe, kleine Gestalten gestellt, ›Putti‹ sagen die Italiener, Putten sagen wir selbst. Ich weiß, ich greife vor, aber in dieser heiteren Stunde wird auch ein heiterer Blick in die Zukunft gestattet sein. Es lebe das Brautpaar, es lebe das Haus, das die Ehe bedeutet, es lebe die Zukunft, es leben die Putten!«

Rybinski umarmte den Redner und sprach etwas von dem geheimnisvollen Reiz der angeborenen oratorischen Begabung. Sie sei wie ein Quickborn: ein Schlag mit dem Pegasushuf, und die Quelle springe. »Gesegnet die, die diesen Huf besitzen!«

Erst gegen Mitternacht ging man auseinander, und die Tochter der alten Runtschen, eine schmucke Person, die an einen Bahnhofsgepäckträger verheiratet war und die schon beim Mantelabnehmen und dann beim Mohnpielenpräsentieren die Bedienung gemacht hatte, begleitete die Herrschaften hinunter. Selbst Schultze nutzte seine Sonderstellung nicht aus und gab ihr, als er auf dem ersten Treppenabsatz in seine Wohnung abschwenkte, ein Trinkgeld. Alle benahmen sich in dieser Beziehung sehr anständig, und oben angekommen, teilten die alte und die junge Runtschen die Beute, was wieder von der jungen Runtschen sehr anständig war. Die Alte war aber über die ganze Aushilfe sehr verstimmt und schien mit dieser Hälfte nicht zufrieden zu sein.

»Du hast es doch nich so nötig, Ulrike«, sagte sie.

»Ja, Mutter, du kannst doch nicht 'runterleuchten mit dein eines Auge. Erst fällst du, und dann fallen im Dunkeln die andern auch. Du vergißt immer das mit das eine Auge. Und manche graulen sich auch. Und was denkst du bloß! Glaubst du denn, daß der alte Schultze sich so honorig gemacht hätte, wenn du 'runtergeleuchtet hättest? Ich sage dir, der sieht sich seine Leute ordentlich an.«

Mutter und Tochter saßen noch lange in ihrem Bette auf. Es gab viel zu sprechen. Für die Alte war Schultze die Hauptperson, er habe doch feiner gewirkt als die andern, und man hätte doch merken können: der hat's. »Es gibt einem doch so ein Gefühl, un' das hat er.«

»Ach, Mutter, du verstehst ja so was nicht. Schultze war der einzige, der in die Gesellschaft nicht paßte. Von uns will ich nicht reden, aber die andern! Ja, das waren ja lauter feine Herren, alle studiert und Kunst dazu. Der Vetter auch, denn wer so was baut, das is auch 'ne Kunst. Und nur von Putten hätt' er nicht reden sollen. Aber daran siehst du es gerade: feine Leute, die sind so, die behandeln all so was spielerig und lassen immer – wie unser Doktor Stubbe sagte – den rechten Ernst vermissen. Aber es kommt doch immer so was 'raus, was nicht jeder sagen kann … Und nu Schultze! Ja, du mein Gott, wenn er nicht so sonderbares Zeug zu Rybinskis Braut gesagt hätte, so hätte er so gut wie gar nichts gesagt. Und dann war es auch nicht fein, daß er gar nichts nahm, und is bloß Tuerei. Sehr viel Gutes kriegt er unten auch nicht. Aber du hast seine großen Manschettenknöpfe immer angesehen und die zwei Steine vorn im Chemisett, und weil er Wirt is, so denkst du, es war was Feines. Ich habe ihn auch nur 'raufgeholt, weil du doch nu mit ihm auskommen mußt, wenn ich mal weggehe.«

»Na, wann denkst du denn?«

»Ich denke mir, so zu Johanni.«

»Hat er denn schon was?«

»Nein, noch nicht, Mutter. Aber ich werde es nu in die Hand nehmen. Morgen und übermorgen sind Feiertage, da kommt keine Zeitung, aber den dritten Feiertag abends, da steht's drin. Und Verlobung haben wir nu gehabt, und nu is die Reihe an mir.«

*

Die alte Runtschen hatte sich schließlich beruhigt und gab zu, daß Ulrike sehr anständig gehandelt habe. Sie hätte ihr ja auch gar nichts geben oder wenigstens mogeln können, aber daran war gar nicht zu denken, dazu war es viel zuviel.

›Überhaupt, es is eigentlich ein gutes Kind, un bloß, daß sie sich ein bißchen ziert und mit die Augen so schmeißt. Na, jung is sie und dazu die schönen blonden Haare. Runtsch war schwarz, und ich erst recht. Sie hießen mich immer die Schwarze. Es muß aber doch so Bestimmung gewesen sein.‹

In dieser Richtung gingen die Gedanken der alten Frau, das Versöhnliche herrschte vor, aber wenn sie auch verbittert gewesen wäre, so hätte diese Verbitterung nicht anhalten können, weil sie vom frühen Morgen des andern Tages an ein Gegenstand besonderer Aufmerksamkeit im ganzen übrigen Haus und der Nachbarschaft war. Jeder wollte was wissen, und wohin sie kam, wollte man hören, wie die Verlobung gewesen wäre. Zu begreifen war es ja eigentlich nicht, darin waren alle einig. Solch feiner Herr und ein Studierter und nu diese Thilde mit ihrem gelben Teint. Und des Morgens müßte sie reinmachen und ausgießen und nun doch Braut, und ehe Gott den Schaden besieht, steht sie da mit weiß Atlas und Myrte. So hieß es bei den Portiersleuten und namentlich im Keller nebenan, wo sie Sellerie, Petroleum und Semmeln zum Frühstück einholte.

Zuletzt kam sie zu Frau Leutnant Petermann, und hier erst, weil diese wegen eines Unfalls am Abend vorher noch im Bett lag, blühte ihr Weizen.

»Jott, Frau Leutnant, Sie liejen noch? Was is denn los?«

»Ach, Runtschen, jetzt geht es ja wieder, aber bis vier habe ich kein Auge zugetan. Solch furchtbare Schmerzen … Der halbe Backzahn ist weg.«

»Na, aber wie denn?«

»Ja, wie das so geht. Da hatte ich mir nun das Bäumchen angesteckt und sein Bild darunter gestellt und wollte seine Briefe noch mal lesen, das heißt, bloß die ersten, wo er noch wie rapplig war. – Er war so. – Und als ich da nun sitze und lese und mir den Teller 'ranrücke und zu knabbern anfange, erst ein kleines Marzipanherz und dann eine Pfeffernuß und dann ein Stück Steinpflaster, da beiß ich in das Steinpflaster 'rein, gerad' an eine Mandelstelle, und da sitzt nu gerade ein Stück Mandelschale, was man ja nicht sehen kann, weil alles die gleiche Farbe hat, und weil ich scharf zubiß, war der halbe Zahn weg.«

»Und mit 'runterjeschluckt?«

»Nein, so weit kam es gar nicht. Ein Glück, daß ich warmes Wasser im Ofen hatte. Da habe ich dann gespült und gespült, und nun hat es sich beruhigt. Aber nun sagen Sie, Runtschen, wie war es eigentlich? Setzen Sie sich auf den Rohrstuhl, aber nicht zu nah da neben den Ofen, ein bißchen Wärme wird er wohl noch haben.«

»Jott, Frau Leutnant, wie soll es jewesen sein. Sehr fein war es. Rechnungsrat Schultze war auch da.«

»Mit ihr?«

»Nein, ohne.«

»Na, das konnt ich mir denken. Er nimmt es nicht so genau, die Rätin aber, die hält auf sich wie alle Frauen. Und wer war denn noch da?«

»Ja, die Namen weiß ich nicht, Frau Leutnant, bloß eine Braut war noch da, die sie Fräulein Bella nannten, und alle sehr drum 'rum, weil sie sehr hübsch war. Schultze fand es auch. Und was denken Sie wohl, was sie meiner Ulrike jejeben hat, die war nämlich auch mit da und mußte 'runterleuchten.«

»Ja, wer will das sagen, Damen geben doch nie Trinkgeld.«

»Ja, die gab aber, einen Taler hat se ihr spendiert.«

»Ach, Unsinn.«

»Nee, Frau Leutnant, es is so, Ulrike hat mir alles erzählt und wird doch nich mehr jesagt haben, wo sie mit mir teilen mußte. Das heißt, müssen war es eigentlich nich. Das Fräulein also sagte: ›Hans, gib mir mal das Portemonnaie‹, und dann nahm sie's 'raus und sagte: ›Wir berechnen uns morgen.‹ Und es is nur schade, daß es Schultze nich mehr hörte, oder vielleicht war es auch janz jut. Er war schon vorher janz weg, und es war besser, daß er allein jekommen war.«

»Und wie war denn die Braut, was hatte sie an?«

»Sie hatte ihr braunes Merino an mit lila Einsatz.«

»Und war wohl eine große Zärtlichkeit, wie? Solche wie Fräulein Thilde, wenn's da mal kommt, die sind immer sehr zärtlich.«

»Nich daß ich sagen könnte, Frau Leutnant. Ich habe nichts jesehen, und die Wohnung is so, daß man eigentlich alles sehen muß. Alles offen wie aufs Tempelhofer Feld und kein Vorhang und keine Schirme. Und Lichter waren überall zu finden. Thilde war auch immer bloß um die Schüsseln herum und präsentierte, wenn Ulrike nicht da war, und Herr Hugo, was der Bräutijam is, der stand immer so da, und als ein älterer Herr, aber noch nicht so ältlich wie Schultze, das Brautpaar leben ließ, da sah er so verflixt aus, als wenn er nich so recht zufrieden wäre.«

»Kann ich mir denken.«

»Oder eigentlich bloß, als ob er jar nich so recht mit dabei wäre und wäre janz wo anders. Vielleicht is das noch so von seiner Krankheit, denn ein bißchen spack sieht er noch aus. Oder vielleicht is es auch nich ganz richtig mit ihm?«

»Das ist es, Runtschen. Es ist nicht ganz richtig mit ihm. Und wenn Sie gehen, nehmen Sie sich das Steinpflaster mit, das noch neben dem Baum liegt, aber sehen Sie sich vor damit.«

»Ach, Frau Leutnant, bei mir is es nich mehr ängstlich.« –

Thilde war am selben Morgen in einer gehobenen Stimmung. Sie war nun Braut, und das andere mußte sich von selber geben. Solange sie bloß Fräulein Thilde war und den Tee zu bringen und eine Bestellung auszurichten hatte, lag die Sache noch schwierig genug, jetzt aber hatte sie das Recht, zu sprechen und zu handeln. Das mit den Theaterstücken war ein Unsinn und mit dem ewigen Lesen auch, und Rybinski und seine Braut, die ihr übrigens – trotzdem sie die Sachlage durchschaute – sehr gut gefallen hatte, mußten über kurz oder lang beseitigt werden. Rybinski war eine Gefahr, noch dazu eine komplizierte.

Zunächst aber konnte von einem Vorgehen keine Rede sein, weil sie deutlich einsah, daß sie zur Erreichung ihrer Zwecke der Fortdauer guter Beziehungen zu Rybinski und seiner Mitwirkung durchaus bedurfte. Wenn für sie feststand, daß sie Hugo zu trainieren habe, so stand auch ebenso fest, daß sie so was wie Zuckerbrot beständig in Reserve haben müsse, um Hugo bei Lust und Liebe zu erhalten, und dazu war Rybinski wie geschaffen. Überhaupt nur nichts Gewaltsames, nur nichts Übereiltes, alles mit Erholungspausen.

Ihrem natürlichen Gefühl nach hätte sie den ersten Feiertag nicht vorübergehen lassen sollen, ohne mit ihrem Verlobten über ihre Zukunft zu sprechen und gleich ein bestimmtes Programm aufzustellen, aber in ihrer Klugheit empfand sie, daß etwas Nüchternes und Prosaisches darin liegen würde, den Tag nach der Verlobung, der noch dazu der erste Weihnachtsfeiertag war, mit der Behandlung solcher Fragen zu profanieren, und so bezwang sie sich und nahm sich vor, ihm eine Woche Weihnachtsferien zu bewilligen und ihn zu kleinen Vergnügungen anzuregen. Er sollte sehen, wie gut er's auch im Behaglichen getroffen habe, und daß Thilde durchaus verstand, sich seinen Wünschen anzupassen. Am Ende dieser Ferienwoche wollte sie dann mit der Prosa herausrücken unter Hinweis, daß ohne Durchführung ihres Programms von Glück und Zufriedenheit und überhaupt von einem Zustandekommen ihrer Ehe keine Rede sein könnte.

*

Ja, diese Ferienwoche. Thilde war nicht zum Wiedererkennen und schien eine Verschwenderin geworden.

»Hugo, das ist nun unsere Flitterwoche, wenn ich mir solch Wort, das uns eigentlich gar nicht zukommt, erlauben darf. Aber ich will es mir erlauben, es ist so schön, später solche Erinnerung zu haben. Und ich denke es mir hübsch, wenn wir mal alt geworden sind, von solcher Zeit sprechen zu können. Und darum muß alles wie Sonnenschein sein, und wir wollen es so recht genießen.«

Hugo hielt Thildens Hand in der seinen und sagte: »Das ist recht, Thilde. Das freut mich, daß du so sprichst; ich dachte, du hättest gar nicht recht Sinn dafür, für die Freude, für das süße Nichtstun, was doch eigentlich das beste bleibt.«

Thilde hielt es nicht für klug, ihn eines andern zu belehren, sie schwieg unter freundlichem Lächeln, und Hugo fuhr fort: »Ich dachte, du seiest immer nur für Pflicht und Ordnung und Stundehalten, was mir – so sehr es mir gefiel – doch auch wieder etwas ängstlich war, weil man auch im Guten zu viel tun kann. Und nun sehe ich, daß ich eine heitere, lebenslustige Braut habe. Ja, das ist beinah mehr Glück, als ich verdiene ... Aber nun sage, Herz, was nehmen wir heute vor? Wähle aber nicht zu ängstlich und sprich nicht von Geld und bescheidenen Verhältnissen. Wenn man sich verlobt hat, da darf man in nichts ängstlich sein und muß einem zumute sein, wie wenn man das Tischleindeckdich hätte.«

»Schön«, scherzte sie, »dann wollen wir ins Opernhaus, Proszeniumsloge, vielleicht haben wir den Kaiser vis-à-vis.«

»Nein, Thilde, so darfst du nicht sprechen. Ein bißchen Spott ist gut, das kleidet. Aber so viel nicht, sonst werde ich wieder irre an dir.«

»Nun, dann wollen wir zu Kroll und die Weihnachtspantomime ansehen.«

Er stimmte freudig zu, fragte dann aber: »Und die Mutter, müssen wir sie nicht mitnehmen?«

»Wir werden es ihr wenigstens anbieten müssen, vielleicht, daß sie ›nein‹ sagt. Ich bekenne, daß ich gern mit dir allein wäre, solche Freude genießt sich am schönsten zu zweien.«

Hugo war wirklich glücklich. Er entdeckte Seiten an seiner Braut, die eine Perspektive auf ein höheres und feineres Glück eröffneten, als er an jenem Abend des ersten Geständnisses erwartet hatte. Was damals in ihm lebte, war eine Dankbarkeit, war ein weiches, sentimentales Gefühl, in dem die vorangegangene Krankheit noch nachspukte. Jetzt schien es ihm, daß Thilde wärmerer Gefühle fähig sei, vielleicht sogar einer Leidenschaft, und seine Brust hob sich.

So begann die Festwoche. Man ging zu Kroll und vergnügte sich ganz leidlich trotz Gegenwart der Mutter, die nach anfänglicher Ablehnung ihren Entschluß plötzlich geändert hatte, als sie hörte, daß ›Schneewittchen und die sieben Zwerge‹ gegeben würde.

Thilde war eigentlich froh darüber, denn der Alten eine Freude zu machen, war ihr fast wichtiger als alles andere. Was sie zu Hugo von ›Genießen zu zweien‹ gesprochen hatte, war nur so hingesagt, weil sie wußte, daß er gern so was hörte.

Am zweiten Feiertag fuhr man in einer offenen Droschke, deren Vorbau den Wind abhalten mußte, nach Charlottenburg hinaus, aber nicht die große Chaussee hinunter, sondern im Umweg erst nach der Rousseauinsel und dann am Neuen See vorüber. Auch hier war Mutter Möhring zugegen. Es war rührend, die alte Frau zu sehen. Am Neuen See stieg man einen Augenblick aus, um den Schlittschuhläufern zuzusehen, und die Alte freute sich wie ein Kind über die vielen Flaggen und Fahnen, aber bloß über die großen. Von den kleinen meinte sie, sie sähen aus wie Taschentücher auf der Leine. Möhring habe auch solche bunten gehabt, weil er immer viel geschnupft habe.

So brachte jeder Tag was Neues. Das Glanzstück war aber ein Diner à part im Restaurant, zu dem auch Rybinski geladen war. Natürlich mit Braut. Bei diesem Diner fehlte die Alte, weil sie wohl infolge der Fahrt durch den winterlichen Tiergarten und zu langem Stehen im Schnee bei den Schlittschuhläufern ihren Hexenschuß gekriegt hatte. Hugo war damit nicht unzufrieden und diesmal auch Thilde, weil sie einsah, daß das feine Restaurant kein Lokal für Mutter war.

Rybinski sprach von seinen neuesten Bühnentriumphen und machte damit einen großen Eindruck auf seinen Freund und Landsmann Hugo, was Thilde mit einiger Sorge wahrnahm. Es kam ihr aber Hilfe von Bella, die die ganze Kunstfrage großartig überlegen behandelte und beständig lachte, wenn das Wort ›Talent‹ fiel. Denn sie meinte, das gänzliche Fehlen davon sei es ja gerade, was ihr ihren Hans so unaussprechlich teuer machte. Überhaupt Talent! Talente gäbe es so viele, sie erschrecke schon immer, wenn sie von einem neuen höre. Aber Hans von Rybinski gäbe es nur einen, und der wiege ihr zehn Talente auf. Sie sei nun mal für das schöne Menschliche und in der Liebe für das Übermenschliche.

»Glaube ihr nicht«, sagte Rybinski gutmütig, »mein Kosinsky hat ihr Herz erobert. Ein unvergeßlicher Moment! Noch am selben Abend fing unser Glück an.«

»Da sagt er die Wahrheit – aber warum war es so? Als Kosinsky war er er selbst. Schade, daß die Rolle nicht bedeutender ist und daß man sie drüben nicht recht kennt. Ich ginge sonst mit ihm nach Amerika 'rüber, immer quer durch, und wenn wir bei San Francisco wieder 'rauskämen, wären wir Millionäre. Jeden Tag bloß Kosinsky mit Polenmütze und Silbersporen.«

Während des Essens trank Rybinski auf das Brautpaar, und Hugo hätte diesen Toast eigentlich in gleicher Form erwidern und auch vom Brautpaar sprechen müssen. Das konnte er aber doch nicht über sich bringen, und so begnügte er sich, die Kunst leben zu lassen und zwei befreundete Herzen. Die andern waren damit zufrieden.

Und nun ging die Weihnachtswoche ihrem Ende zu. Der 31. Dezember war da und mit ihm die Frage, ob man in eine Silvestervorstellung mit Schlußakt im Café Bauer gehen oder aber zu Hause bleiben, einen guten Punsch machen und Blei gießen wolle. Man entschied sich für das letztere, weil die alte Möhring zwar schon wieder außer Bett war, aber doch immer noch Schmerzen hatte. Geladen wurde nur der Vetter Architekt, und Ulrike sollte ganz wie am Weihnachtsabend bei Tisch aufwarten.

»Die Alte kann ich nicht sehen«, hatte Hugo mit großer Bestimmtheit erklärt. Das mußte berücksichtigt werden; aber man wollte sie doch auch nicht ganz weglassen, und so saß sie draußen in der Küche und durfte nachher den großen Blechlöffel halten, in dem Thilde das Blei schmolz.

Als diese zuerst gegossen hatte, erhob sich die Frage, was es sei. Die Runtschen hielt es für eine ›Krone‹, Ulrike aber ging weiter und erklärte es für eine ›Wiege‹. Mathilde, die Verlegenwerden albern fand, bestritt Ulrikens Auslegung und erklärte nur, das ginge nicht. Worauf Ulrike meinte: »Jott, Fräulein, es jeht alles.« Denn Ulrike war eine sehr schlaue Person, die ihr Geschlecht kannte. Aber bei Thilde verfing es nicht. Diese ging mit der Krone, oder was es sonst war, in das Vorderzimmer zurück, wo man eine Weile weiterorakelte, bis Hugo die Gläser mit einem guten, nach eigenem Rezept gebrauten Punsch füllte. Seines Vaters Haus war berühmt für Punsch gewesen. Der Alte hatte solche Spezialitäten.

*

Es war noch nicht viel nach Mitternacht, als Mutter und Tochter wieder allein in ihrem Zimmer waren. Es war etwas stickig, eine merkwürdige Luftmischung von Punsch, Wachsstock und türkischem Tabak, so daß Thilde sagte: »Mutter, wenn es dir nicht schadet, möchte ich wohl das Fenster noch ein bißchen aufmachen.«

»Ja, mach auf, Thilde, was soll es mir am Ende schaden, und dann is mir auch so sonderbar zumut und so feierlich, weil gerade Neujahrsnacht is. Ich möchte wohl die Singuhr spielen hören, die spielt immer so was Schönes und Frommes.«

Thilde rückte der Alten einen Lehnstuhl ans Fenster, aber so, daß sie der Zug nicht traf, dann sagte sie: »Ach, Mutter, die Singuhr, du denkst immer noch, du wohnst in der Stralauerstraße, da wohnen wir doch aber nicht mehr. Und dann is ja Mitternacht nun schon lange vorbei, und die Singuhr muß sich doch auch ein bißchen ausruhen.«

»Ja, du hast recht, Thilde; ich vergeß immer. Ich weiß nicht, ich bin doch noch nich so alt, aber ich bin schon so taprig. Mitunter denk ich, es is gar kein Unterschied mehr zwischen der Runtschen und mir.«

»So mußt du nicht sagen, Mutter, du hast überhaupt so was Kleines und Ängstliches. Und man muß sich nicht so klein machen, dann machen einen die Leute immer noch kleiner.«

»Ja, das ist schon richtig, aber man muß sich auch nicht zu groß machen, und daß wir die Ulrike wieder hierhatten, die bloß immer die Augen so schmeißt und immer denkt, sie is es, und die alte Runtschen mußte draußen sitzen und den Gießlöffel halten, und ich sah wohl, wie ihr die Hand zitterte, weil sie recht gut gemerkt hatte, daß wir sie hier vorn nich mehr sehen wollen – ja, Thilde, das is, was ich so sage, man soll sich auch nicht zu groß machen. Und wenn du auch sagen wirst, daß wir es nich sind und daß bloß unser Herr Hugo es nich will, ja warum will er es nich? Daß sie das Pflaster hat, das is kein Unglück, und die meisten haben eins. Und ich sage dir, Hochmut kommt vor dem Fall. Und so hoch is er doch auch nich. Es is wie ein hartes Herz und eine Grausamkeit.«

»Ach Unsinn, Mutter, wenn der ein hartes Herz hat, hat jedes Kaninchen auch eins. Ein zu weiches Herz hat er, das is es. Das muß ich ihm abgewöhnen. Denn die, die ein zu weiches Herz haben, sind immer faul und bequem und können auch nicht anders, weil alles, was hier sitzt, keinen rechten Schlag hat.«

»Meinst du, Thilde?«

»Ja, Mutter, wenn man verlobt is, hört man ja mitunter den Herzschlag, weil man sich so nahe kommt. Und wenn man anders wollte, so wär es Ziererei. Ja, was denkst du wohl, was er für einen Herzschlag hat? Wie 'ne Taschenuhr.«

»Am Ende war's auch seine Taschenuhr?«

»Nein, es war sein Herz. Und das einzige Gute is, und deshalb ist das so wichtig, wenn er was Häßliches sieht, dann schlägt es besser, und dann hat er ein starkes menschliches Gefühl und beinah männlich. Und ein so guter Mensch er is, das Liebste an ihm is mir doch, daß er immer einen so furchtbaren Schreck kriegt, wenn er die Runtschen in ihrem Kiepenhut sieht und all das andere. Es is mir ja leid um sie, aber er steht mir doch näher, und du glaubst gar nicht, wie wichtig das is. Sieh, Mutter, mit einem schwachen Mann is eigentlich nicht recht was zu machen. Aber man muß auch nicht zuviel verlangen, und wenn einer bloß so viel hat, daß er sagen kann: ›Thilde, die Runtschen muß mir draußen bleiben‹, so ist das schon ganz gut. Denn wer so furchtbar gegen das Häßliche is, der kommt auch zu Kräften, wenn er was sehr Hübsches sieht.«

»Ach, Thilde, das is ja das Allerschlimmste, das kenn ich auch, damit komm mir nich.«

»Ja, Mutter, gerade damit komme ich. Du denkst bloß immer an Ulriken und an Schultzen unten, aber das is nicht die richtige Hübschigkeit, das is, was man das Untere nennt, das Niedere. Daneben gibt es aber auch was, das is das Höhere, und sieh, wer das hat, der kann auch das Schwache stark machen. Lange vor hält es wohl nicht, aber es kommt doch, es is doch da. Und wie er gegen das Häßliche is, so is er auch für das Gute. Und dies alles hab ich dir sagen müssen, damit du mir nicht wieder mit der Alten da draußen kommst. Daß er so gegen die Runtschen is, das is mein Hoffnungsanker. Und nun komm, Mutter, es is ja schon über eins, und morgen is ein schwerer Tag für mich. Denn morgen is die Ferienwoche vorbei, und morgen muß ich ihn ins Gebet nehmen.«

»Ach Gott, Thilde, was soll nu wieder ›ins Gebet nehmen‹ heißen? Mitunter is mir doch recht bange. Und so geht es nu ins neue Jahr rein, und unser bißchen Erspartes wird immer weniger. Er is ja doch auch kein Studierter, er is ja bloß ein alter Student.«

»Ja, das is er, aber laß nur gut sein, wenn ich auch nicht viel aus ihm mache, so viel doch, daß ich ihn heiraten kann, und daß ich dir alle Monate was schicken kann und daß ich einen Titel habe.«

*

Der erste Januar war ein wundervoller Wintertag, alles bereift und übereist, aber nicht sehr kalt und eine helle Wintersonne am blauen Himmel. Hugo war früh auf, so früh, daß Möhrings noch schliefen. Er ging hinüber, klopfte an das Schlafzimmer, und als er Thildens etwas erschrockene Stimme gehört hatte, rief er durch die Türspalte, daß er sein Frühstück in den Zelten nehmen wolle.

»Das tu nur«, rief Thilde zurück, während die Alte vor sich hin brummelte: »Gott, so fängt er nu an, das is nu Neujahr.«

Hugo hörte aber nichts davon, er drückte schon die Entreetür ins Schloß und überließ es Thilde, die Alte ein bißchen zurechtzuweisen.

»Mutter, mit dir is auch gar nichts. Ich bin doch nun verlobt und seine Braut, und ich muß dir sagen, du mußt nun wirklich ein bißchen anders werden.«

»Ja ja, Thilde, ich will ja.«

»Sieh mal, du schadest uns. Ich habe dir neulich gesagt, wir seien keine kleinen Leute, die Runtschens seien ›kleine Leute‹, und das is auch richtig, aber wenn du immer gleich so weimerst, dann sind wir auch kleine Leute. Wir müssen nun doch ein bißchen forscher sein und so, was man sagt, einen guten Eindruck machen …«

»Ach Thilde, es kost't ja alles so viel – wo soll es denn herkommen?«

»Dafür laß mich man sorgen. Und wenn nicht einen forschen Eindruck, so doch einen anständigen und gebildeten. Aber weimern is ungebildet.«

»Und so fängt nu das neue Jahr an«, wiederholte die Alte, »so mit Zank und Streit und mit In-die-Zelten-Gehen. Und ich glaube, so früh kriegt er noch gar keinen Kaffee. Die Zelten sind ja bloß für Nachmittag.«

»Ach, er wird schon für sich sorgen. In so was is er findig …«

*

Hugo genoß den schönen Morgen. Er war glücklich, mal wieder einen weiten Spaziergang machen zu können, denn seit dem Tag, da er krank geworden, war er nicht herausgekommen. Er freute sich über alles und wußte nur nicht recht, ob es das Bräutigamsgefühl oder bloß das Rekonvaleszentengefühl sei. Er ging bis über Bellevue hinaus, und erst auf dem Rückweg machte er sich's in dem mittleren Zelt bequem, wo der Alte Fritz mit dem Krückstock am Straßengitter steht. Dabei hing er seinen Gedanken nach und überlegte. ›Heute früh kriegt nun auch meine Schwester meinen Brief, und dann wird es ein großes Gerede geben. Aurelie ist ein sehr gutes Mädchen und auch nicht eng und nicht kleinlich, aber sie hat doch so'n sonderbares Honoratiorengefühl und kann eigentlich auch nicht anders sein. Und wenn sie nun liest, daß ich mich mit einer Chambre-garni-Tochter verlobt habe, dann wird sie die Nase rümpfen und von Philöse sprechen. Und vielleicht schreibt sie mir auch einen impertinenten Brief … Nun, ich muß es hinnehmen. Möhrings sind sehr gute Menschen, auch die Alte auf ihre Art, aber wenn sich einer mokieren will, dann kann er's … Schließlich schadet es nichts, man kann sich über alles mokieren. Und wenn Aurelie Thilden erst sieht, wird sie sich vielleicht auch wundern. Thilde hat nichts Gefährliches, aber das ist auch ein Glück. Wenn sie so was hätte, wohin sollte das sonst führen bei unseren Aussichten und so täglichem Verkehr! Und auch schon jetzt, ich muß mich vor Intimitäten hüten. Sie hat was Herbes, aber das kann auch nur angelegte Rüstung sein. Im übrigen weiß ich, was ich mir und andern schuldig bin.‹ –

Es war schon zwölf, als er wieder nach Hause kam. Er hatte noch an der Ecke der Friedrichstraße eine Litfaßsäule durchstudiert und war zu dem Ergebnis gekommen, daß sie den Abend in den Reichshallen verbringen wollten, wo eine Luftkünstlerin merkwürdige Sachen aufzuführen versprach. Sie war auch auf dem Zettel abgebildet, wie sie in einem leichten Kostüm, eigentlich nur einer Andeutung, durch die Luft flog.

›Ich sehe gern so was‹, sagte er zu sich, als er von der Säule her in die Friedrichstraße einbog. ›Es ist sonderbar, daß mir alles Praktische so sehr widerstreitet. Man kann es eine Schwäche nennen, aber vielleicht ist es auch eine Stärke. Wenn ich solche schöne Person durch die Luft fliegen sehe, bin ich ganz benommen und eigentlich beinah glücklich! Ich hätte doch wohl auch so was werden müssen. Ausübender Künstler oder Luftschiffer oder irgend etwas recht Phantastisches. Zum Beispiel Tierbändiger, das hat von klein an einen besonderen Reiz für mich gehabt. Es soll auch alles nicht so gefährlich sein, wie es aussieht. Sie machen sich etwas Zibet oder Moschus ins Haar, dann schnappt er nicht zu … Gott, wenn Thilde wüßte, daß ich so verwegene Gedanken habe! Nun, Gedanken sind zollfrei. Und es zieht auch nur so über mich hin. Wenn ich ernsthaft zusehe, merke ich, daß alles lächerlich ist … Tierbändiger! Und dabei hat mich Thilde in Händen! Sie denkt, ich merke es nicht, aber ich merke es ganz gut. Ich lasse sie gehen, weil ich es so am besten finde. Schließlich ist man, was man ist, und wenn ich nur so leidlich bequem durchkomme …‹

Bei dieser Stelle seiner Betrachtungen war er vor Schultzens Palazzo angelangt und sah hinauf. Schultze stand in Samtschlafrock und türkischem Fes am Fenster und grüßte gnädig hinunter, wobei er seinen Fes lüftete. Hugo erwiderte den Gruß, war aber nicht sehr erbaut davon, weil sich in dem Ganzen etwas von Überheblichkeit aussprach, jedenfalls nicht viel Respekt. Dann stieg er die Treppe hinauf. Das Messingschild eine Treppe hoch war glänzend geputzt, und ein Hausmädchen mit kokettem Häubchen und Tändelschürze, das Schultze selbst gemietet hatte, stand auf dem Vorflur am Treppenfenster und sah in den Hof hinunter. Als Hugo vorüberging, wandte sie sich um und grüßte sehr artig, aber doch mit einem Gefühl von Überlegenheit über ihn oder eigentlich über Thilde.

Hugo fühlte es heraus, und eine ziemlich unbehagliche Stimmung überkam ihn. Ein Glück nur, daß er solchen Anwandlungen ebenso rasch entrissen werden konnte, wie sie ihm anflogen. Als er oben war, dachte er schon wieder an die Reichshallen und das Bild auf dem Zettel, und wieder gehoben in seiner Stimmung, trat er ins Entree, legte den Überzieher ab und ging zu Möhrings hinüber.

Er fand nur Thilde, die merkwürdig gut aussah und sich ihm in einem neuen Kleide präsentierte. Die Alte war nicht da.

»Guten Tag, Thilde, und viel Glück zum neuen Jahr … Aber wo ist denn Mutter?«

»Die wollte zwei Neujahrsbesuche machen. Bei Schmädickes und bei Dammers. Sie sind noch alte Hausbekannte von der Zeit, wo wir noch in der Stralauerstraße wohnten.«

»Davon habe ich ja nie gehört …«

»Ist auch nicht nötig, sie machen sich nichts aus uns, und wir machen uns nichts aus ihnen. Sie sind nur langweilig und sehr eingebildet, aber Mutter hat mal so ihre alten Sätze, von denen sie nicht abgeht: man soll alte, gute Freunde nicht aufgeben usw. Als ob es alte Freunde wären! Aber es sind keine Freunde, bloß alt sind sie, das ist richtig. Und alle Neujahr einmal geht Mutter hin. Ich denke mir, es ist auch ein bißchen Neugier … Und nun sage, wo warst du?«

Hugo berichtete getreulich, und während sich Thilde auf das Sofa und Hugo dicht neben sie setzte, sprach er auch von der Litfaßsäule, und daß sie heute abend in die Reichshallen gehen wollten. Da wäre die Tochter der Luft, eine pompöse Person und doch ganz ätherisch. Die Mutter könne ja ganz gut mitgehen.

Thilde sah ihn an und lächelte ruhig, dann nahm sie seine Hand und sagte: »Reichshallen? Nein, Hugo, das ist nun vorbei. Wir waren nun von Heiligabend bis Silvester jeden Tag aus oder hatten unsern Punsch, und einmal waren wir in einem ganz feinen Lokal, ich möchte beinah sagen über unsern Stand und unsere Verhältnisse; aber nun ist es auch genug, und nun müssen wir anfangen.«

»Ja, womit denn, Thilde?«

»Nimm es mir nicht übel, aber so was kannst nur du fragen. Willst du mir erlauben, dir offen meine Meinung zu sagen, und willst du mir versprechen, mir nichts übelzunehmen und von vornherein davon auszugehen, daß ich's gut meine mit dir und allerdings auch mit mir?«

»Gewiß, Thilde, sprich nur, ich weiß ja, daß es immer was Vernünftiges ist, was du sagst. Mitunter ein bißchen zu sehr. Aber in dieser Woche habe ich dich auch von der lebenslustigen Seite kennengelernt.«

»Und das sollst du auch weiter, Hugo. Ich bin gar nicht so schlimm und so schrecklich vernünftig, wie manche glauben. Ich bin auch für ein hübsches Kleid und für Vergnügen, aber mit Arbeit muß es anfangen. Daß wir arme Leute sind, das weißt du, und daß du nicht reich bist, weißt du auch. Zweimal Null macht Null, und mit Null soll man nicht in teure Lokale gehen und nicht einmal die Tochter der Luft sehen. Wir sind nun verlobt, und ich bin glücklich, einen so guten und einen so hübschen Mann zu haben, und bin sicher, daß ihn mir viele nicht gönnen, die Rätin unten gewiß nicht – und die Frau Petermann schon gar nicht. Das sind neidische alte Weiber, und das schöne blonde Frauenzimmer unten mit dem Spitzenhäubchen sieht mich auch immer so an … Nun, Neid macht glücklich, und ich bin es. Aber Stillstand ist Rückschritt, sagte mein Vater das Jahr vor seinem Tod, als er keine Weihnachtszulage gekriegt hatte.«

»Du hast ja recht«, unterbrach Hugo.

»Freilich hab ich recht, aber du sagst das nur, weil du nicht weiter zuhören willst. Ich weiß, das ist all so was, was doch schließlich wichtiger ist als Kosinsky, womit ich aber nichts gegen unsern Schiller gesagt haben will, und all so was hörst du nicht gern. Es soll alles bloß hübsch aussehen und glatt gehen und bequem sein. Nun gewiß, Bequemlichkeit ist ja immer das Bequemste, versteht sich, und ich kann dir sagen, wenn früher die Herren um sieben ihren Kaffee wollten – und einen hatten wir, der war schon immer um Glock sechs auf – und ich mußte dann 'raus und Kien spalten und mit einem Tuch über den Kopf zu Bäcker Pfannschmidt, um die Semmeln zu holen –, ich kann dir sagen, da hätte ich mich auch lieber noch mal 'rumgedreht und das Kissen übers Kinn gezogen, denn es war ein bitterkalter Winter, und ich bibberte man so …«

»Na, Thilde, das ist ja nun vorbei.«

»Ja, das sagst du so hin. Vorbei. Was heißt vorbei? Verlobt sind wir, das heißt also, wir wollen doch mal heiraten und in eine christliche Ehe eintreten. Alles muß sein Vergnügen haben, aber auch seinen Ernst. Und der Ernst kommt erst. Und da wir doch nicht als Herr und Frau Student oder Kandidat, was eigentlich das gleiche ist, durch die Welt gehen können, schon deshalb nicht, weil, wer kein Amt und keinen Dienst hat, auch kein dienstliches Einkommen hat, was wir doch haben müssen, wenn wir leben und eine Familie bilden wollen …«

»Ach, Thilde, das ist ja noch weit hin.«

»… also nur leben wollen, so mußt du für das sorgen, was zum Leben nötig ist, das heißt, du mußt nun endlich dein Examen machen und nicht immer die Bücher beiseite schieben und die Gespenster' lesen – was übrigens, wie sein Titel schon ausdrückt, ein grauliches Stück ist –, dein Examen machen, sage ich, je eher, je lieber. Und von morgen ab wird angefangen …«

»Aber wie denn?«

»Ganz einfach. Statt an die Reichshallen und an die Tochter der Luft zu denken, denkst du an das Repetitorium, was du während deiner Krankheit ganz vergessen hast. Und schon vorher war es auch nicht viel damit, und du bezahlst bloß und gingst spazieren. Aber nun mußt du wirklich hingehen, und abends, ihr habt ja solche Fragehefte mit beigeschriebener Antwort, was ich alles auf deinem Stehpult habe liegen sehen, abends kommst du zu Mutter und mir herüber und kannst dich auch auf die Chaiselongue legen, wenn es dir paßt, und dich mit deiner alten Reisedecke mit dem Löwen drauf zudecken. Und wenn du so daliegst, während ich dir alles abfrage und nicht eher ruhe, als bis du mir Red' und Antwort stehen kannst und alles ganz genau weißt wie am Schnürchen ...«

»Aber, Thilde ...«

»Verlaß dich drauf; wenn es was werden soll, so kommst du und legst dich hin oder kannst auch sitzen bleiben, und ich frage dich. Und heute abend, wenn dir so sehr daran liegt, kannst du noch mal die Tochter der Luft sehen. Aber ich gehe nicht mit, ich habe vorläufig keinen Sinn für Vergnügen. Und morgen abend fangen wir an.«

Hugo wußte nicht recht, ob er froh oder verstimmt sein sollte. So schwach war er nicht, um nicht einzusehen, daß Thilde mit ihm machte, was sie wollte, und so uneinsichtig war er nicht, daß er das sehr Unheldische seiner Situation nicht herausgefühlt hätte. Aber das waren nur kurze Anwandlungen. Eigentlich war er ganz froh, daß jemand da war, der ihn nach links oder nach rechts dirigierte, wie's gerade paßte. Daß es gut gemeint war und daß er dabei vorwärtskam, empfand er jeden Augenblick, und was ihm über gelegentliche Mißstimmungen am besten forthalf, war die Beobachtung der Methode, nach der Thilde mit ihm verfuhr. In seinem ästhetischen Sinn, der sich an Finessen erfreuen konnte, sah er diese Methode mit einem gewissen künstlerischen Behagen und freute sich der Erleichterung, die das pädagogische Verfahren ihm unmittelbar gewährte.

Es stand nämlich für Thilde fest, daß sie sich hüten müsse, seiner Tragfähigkeit mehr zuzumuten, als diese doch nur schwache Kraft beim besten Willen leisten konnte, weshalb sie mit Klugheit und Geschick für Unterbrechungen Sorge trug. Wenn das Examinieren, das sie nach Möglichkeit in ein quickes Frage-und-Antwort-Spiel verwandelte, bedrücklich zu werden anfing und sich bei Hugo etwas von Ermüdung zeigte, so brachte sie ein Glas Tee oder Rotwein oder eine Ingwertüte, und während sie ihm daraus präsentierte und auch wohl selbst ein Stückchen nahm und von den Molukken sprach, wo der Ingwer am besten eingemacht würde, und wo sie von China her (oder vielleicht würden sie auch nachgemacht) die großen blaugeblümten Porzellankrüge hätten, glitt sie zu Tagesfragen über und las ihm von Christenverfolgungen in China vor oder von den Franzosen in Annam oder Tonkin oder von dem Krieg, den die Holländer mit den Eingeborenen führen müßten. Die Japaner seien den Chinesen doch weit voraus, und ein Volk, das solche Naturbeobachtung habe und solche Blumen und solche Vögel machen könne, das bedeute doch eine allerhöchste Kultur, was man von jedem Teebrett absehen könne. Dabei wolle sie noch nicht einmal von dem Lack sprechen, der doch auch unerreicht dastehe.

So war Thilde groß in Übergängen, und wenn sie derart mit Hilfe der Zeitung bei den Molukken und Japanern begonnen hatte, war es ihr ein leichtes, sich bis zu Kroll und der Sembrich und sogar bis zu Rybinski zurückzufinden, und wenn sie dann noch was Pikantes, das sie eigens für Hugo sammelte, zum besten gegeben und ihn erfrischt hatte, sagte sie: »Nun aber: ›Bricht Verkauf Miete oder nicht‹?«

Und Hugo ging dann mit wiedergewonnener Kraft ins Feuer und antwortete mitunter so gut, daß Thilde ihre heimliche Freude daran hatte.

Die alte Möhring war immer dabei, schon weil sie nicht wußte, wo sie anders hin sollte. So kam Ende Januar heran, und als eines Abends Hugo um die zehnte Stunde das Zimmer verlassen und Thilde die Gläser und Tassen auf die Seite geräumt hatte, sagte die Alte, während sie sich auf eine Fußbank und mit dem Rücken gegen den Ofen setzte: »Sag mal, Thilde, lernt er denn gut?«

»Oh, ganz gut, Mutter; eigentlich viel besser, als ich dachte.«

»Ja, ja, das kommt mir auch so vor, und er is auch ein bißchen viviger, als er eigentlich is. Aber du kommst immer mit so viel dazwischen.«

»Wie denn dazwischen?«

»Gott, mit so viel vom Theater und von Bella. Mir is, was so dazwischen kommt, immer das liebste. Und wenn gar nichts zwischen käme, so ging ich auch zu Bett. Aber es is doch wohl nich richtig, daß immer so viel zwischen kommt.«

Thilde lachte. »Doch, Mutter, es is ganz richtig so. Sieh mal, ungefähr so. Wenn ich heute noch nach Spandau gehen soll, na, dann zieh ich mir einen Gummimantel über und nehme den Regenschirm und stapse los. Und in Charlottenburg lehne ich mich mal an und seh nach, was die Uhr ist, und um zwölf bin ich in Spandau, und um vier bin ich wieder hier und bringe dir deinen Kaffee.«

»Ja, Thilde, das glaub ich schon, aber was meinst du nu eigentlich?«

»Und nu nimm mal an, daß du gehen solltest. Auch nach Spandau. Na – bis vors Brandenburger Tor kommst du in einem Zug. Und dann setzt du dich auf die erste Bank, und wenn du dich ausgeruht hast, dann kommst du bis an den Kleinen Stern und dann bis an den Großen Stern, dann bis an die Chausseehäuser, und überall is 'ne Bank, und überall kannst du dich ausruhen, und so kommst du endlich nach Spandau. Sagen wir: gegen Abend. Aber du kommst doch an. Und ohne Ruhebank wärst du liegen geblieben und nicht angekommen.«

»Ja so, nu versteh ich. Ohne die Bank kommt er nich an. Na, wenn er bloß ankommt.«

»Er wird schon«, sagte Thilde.

*

Und richtig, er kam an. Hugo bestand. Er hatte zwar nur das Notdürftigste gewußt, es aber trotzdem erzwungen: dasitzend wie Huß auf dem Konzil zu Konstanz, ernst, schwärmerisch und bescheiden, halb tapfer und halb angstvoll. Diese seine Haltung war es gewesen, die schließlich alles zum Guten geführt hatte. Seine Persönlichkeit hatte gesiegt. Einer der Herren Examinatoren nahm ihn beiseite und sagte: »Lieber Großmann, es war alles gut. Ich gratuliere Ihnen.«

In einem merkwürdigen Seelenzustand, gehoben und doch auch gedrückt – gedrückt, weil er an die Zukunft dachte –, kam er nach Haus und sah sich dieser Stimmung erst enthoben, als er hier Mutter und Tochter begegnete. Thilde, deren Augen leuchteten, blieb verhältnismäßig ruhig, nicht so die Alte, von der geküßt zu werden er nur mit genauer Not im letzten Augenblick durch Rückzug in sein Zimmer vermeiden konnte. Mutter Möhring war das nicht recht, und weil sie das Bedürfnis der Aussprache hatte, mußte nun Thilde alles mit anhören, was der Alten auf der Seele brannte.

»Gott sei Dank, Thilde, nu kann man doch wieder ruhig schlafen und weiß auch, was aus einem wird. Denn gut is er doch eigentlich und wird eine alte Frau nich umkommen lassen …«

Hugo schrieb Briefe nach Haus. Auch ein paar Zeilen an Rybinski, um ihn wissen zu lassen, daß alles gut abgelaufen sei.

Als er gegen sieben wieder hinüberging, fand er ein kleines Souper vor, das Thilde samt einer Flasche Rüdesheimer (mit einer aufgeklebten Rheinlandschaft als Beweis der Echtheit) aus einem benachbarten großen Restaurant herübergeholt hatte. Das Aufmerksame, das darin lag, und beinah mehr noch der gute Geschmack, mit dem alles arrangiert worden war, blieben nicht ohne Wirkung auf Hugo, der sich plötzlich von dem Gefühl ergriffen sah, doch vielleicht in seinem dunklen Drang das Rechte getroffen zu haben. Gewiß, es waren einfache Menschen und etwas unter seinem Stand, aber doch gut und ordentlich zuverlässig. Und alles andere war ja nur Schein und Plattiertheit. Und er reichte über den Tisch hin Thilden die Hand, womit er sagen wollte: Wir verstehen uns!

Dann ließ er sich's schmecken, und als er den wiederholten Widerstand der alten Möhring, die jedesmal die Hand über das Glas hielt, endlich besiegt und auch ihr von dem goldklaren Wein eingeschenkt hatte, verstieg er sich bis zu einem launigen Toast, darin er die gute Möhring mit dem guten Examinator verglich und die beiden im Verein leben ließ.

Nach Tisch brachte Thilde den Kaffee, der zu Ehren des Tages von einer Extrastärke war.

»Höre, Thilde, der geht aber ins Blut. Ich kriege dann immer solch Jucken.«

»Ach laß nur, Mutter, wenn er nur schmeckt.«

»Ja, schmecken tut er, und stark ist er, oder wie Möhring immer sagte: ›Mutter, da is keine

Bohne vorbeigesprungen!‹ Jott, wenn ich so an Vatern denke, was würde der wohl gesagt haben!«

Und nun mußte sich Hugo in einen Großvaterstuhl setzen und genau berichten, wie es eigentlich gewesen wäre. Ja, Thilde fragte sogar, ob er auch nicht zu sicher geantwortet hätte. Sie habe mal gehört, das könnten die Herren nicht leiden. Hugo beruhigte sie hierüber, und als alles erzählt und im Vorbeigehen auch erwähnt war, daß er gleich an seine Mutter und Schwester nach Owinsk geschrieben habe, kam er überhaupt auf Owinsk und seine Jugend und sein Elternhaus zu sprechen, und welch forsches Leben sie da geführt hätten. Bürgermeister und Apotheker und Rechtsanwälte, die lebten immer am forschesten, weil sie das meiste Geld hätten, und eigentlich sei solch kleinstädtisches Leben viel vergnüglicher als ein Leben in der großen Stadt, und immer sei was los, und wenn sie nicht Skat spielten, so spielten sie Theater, und wenn nicht Ball wäre, so wäre Schlittenbahn, und dann bimmelte das Schellengeläute den ganzen Nachmittag, und die Schneeflocken flögen, und die hübschen Frauen (denn in den kleinen Städten gäbe es immer hübsche Frauen) hätten die Hand im Muff und, wenn es sehr kalt wäre, auch die Hand von ihrem Partner.

»Jott«, sagte die alte Möhring, »was heißt Partner? Wo sind denn die richtigen Männer, die dazu gehören?«

»Die sind in einem andern Schlitten.«

Hugo plauderte noch so weiter, und es gelang ihm, auch Thilde ein kleines Lächeln abzugewinnen. Die Moralia der Owinsker waren ihr um so weniger ängstlich, als sie sich überzeugt hielt, daß ihres Bräutigams Hand nie in solchem Muff gesteckt hatte. Hugo malte nur gern so was aus, weil er es hübsch fand, aber es lag nicht in ihm, solche Bilder in Taten umzusetzen. All das wußte Thilde recht gut, die denn auch, statt sich mit Eifersucht zu quälen, aus Hugos Schilderung des Owinsker Lebens nur das heraushörte, was sie für ihre eigenen Pläne brauchen konnte. Was immer bei ihr festgestanden hatte, daß Hugo in eine kleine Stadt und nicht in eine große gehöre, das war ihr jetzt klarer denn je zuvor.

Hugo selbst zog sich früh zurück, denn wenn auch siegreich, war es doch ein heißer Tag gewesen. Aber er mochte noch nicht schlafen und ging auf und ab in seinem Zimmer. Alles in allem war ihm nicht sehr siegerhaft zumute. Er war Referendar, alles ganz gut, aber nun blieb noch der Assessor, und wenn er daran dachte, daß diese zweite Weghälfte notorisch viel, viel steiniger sei, so überkam ihn das gleiche Angstgefühl wieder, das er schon auf dem Heimweg von der Examinationsstätte bis zur Georgenstraße gehabt hatte. Mit Thilde war nicht zu spaßen. Und er rechnete mit halber Bestimmtheit darauf, daß sie vielleicht morgen schon das am Neujahrstag mit ihm geführte Gespräch wiederholen und ihm zum zweitenmal die Leviten lesen würde, vielleicht wieder unter Bewilligung einer Ferienwoche. Dann nahm das Repetieren bei Tag und das Frage-und-Antwort-Spiel bei Abend wieder von neuem seinen Anfang, und davor erschrak er und zweifelte, daß er's überwinden werde. Vielleicht wäre es besser gewesen, er wäre durchgefallen, dann wäre die ganze Quälerei vorbei. Verlobt war er freilich, aber doch erst ein Vierteljahr. Das wollte nicht viel sagen. Und am Ende – mußte es denn gerade die Juristerei sein, die so gar nicht zu ihm paßte, weil alles so steif und hölzern war? Rybinski lebte doch auch! Und wenn er auf der Posener Bahn fuhr – dessen entsann er sich jetzt mit Vorliebe – und an den kleinen Stationen vorüberkam, wo das Bahnhofsgebäude halb im wilden Wein lag und der Bahnhofsvorstand mit seiner roten Mütze den Zug abschritt, während eine junge Frau mit einem Blondkopf neben sich halb neugierig und halb gelangweilt aus dem Fenster der kleinen Beletage sah – Gott, da war ihm schon manch liebes Mal der Gedanke gekommen: ja, warum nicht Bahnhofsvorstand? Und dieser Gedanke kam ihm wieder, und wenn nicht Bahnhofsvorstand, warum nicht Güterinspizient oder Telegraphist? Das bißchen Tippen mußte sich doch am Ende lernen lassen, und mitunter kam auch mal ein interessantes Telegramm, und man kriegte Einsicht in allerlei.

Diesen Betrachtungen hingegeben, wurde er ruhiger. Aber am andern Morgen war die alte Sorge wieder da, und er war verlegen, als ihm Thilde seinen Kaffee, den er immer noch allein nahm, in sein Zimmer brachte.

»Guten Morgen, Hugo. Sieh bloß, wie prächtig die Sonne heute scheint, das ist dir zu Ehren! Und es ist auch warm draußen. Du solltest spazierengehen und dich nach all den Strapazen ein bißchen erholen. Denn wenn einer auch noch so tapfer ist« – und sie lächelte dabei –, »vor einem Examen hat doch jeder Furcht. Gehen macht wieder frisch, und vielleicht bringst du uns ein paar Neuigkeiten mit. Die Tochter der Luft ist ja wohl nicht mehr da, sonst ließe sich drüber reden, und wir könnten vielleicht hingehen. Heut vormittag muß ich in die Stadt. Soll ich dir etwas mitbringen, oder hast du vielleicht auf etwas Appetit, mein lieber, alter Mensch, du? Du bist mir doch recht blaß geworden!«

Und dabei gab sie ihm einen Kuß mit ihren schmalen Lippen und nickte ihm dann im Hinausgehen von der Tür herüber nochmal freundlich zu.

›Merkwürdiges Mädchen!‹ dachte Hugo; ›so gut und so tüchtig. Aber Küssen ist nicht ihre Force ... Nun, man kann nicht alles verlangen, und jedenfalls bin ich froh, daß sie nicht gleich wieder davon angefangen hat. Es wird wohl nur eine Galgenfrist gewesen sein, aber wie viele Tage hat denn das Leben, und ein Tag ist schon immer was.‹

*

Hugos Befürchtungen schienen sich nicht erfüllen zu sollen, das Examen war Ende März gewesen, und schon war es Mitte April, ohne daß Thilde von Assessorexamen und Vorbereitung dazu gesprochen hatte. Sie ließ es gehen, war voll kleiner Aufmerksamkeiten, unter denen Dramenvorlesen aus kleingedruckten Reclamheften obenan stand, und hatte sich nur darin geändert, daß sie minder häuslich schien als früher und jeden Vormittag ein paar Stunden in der Stadt verbrachte.

Hugo selbst kümmerte sich nicht darum und auch kaum die Alte, bis sie eines Tages sagte: »Thilde, du bist jetzt immer gerade weg, wenn die Runtschen kommt und reinemacht. Ich will ja nichts sagen, aber sie rennt immer gegen, weil sie nichts sehen kann, und schlägt alles 'zwei. Heute wieder die grüne Lampenglocke.«

»Ja, das is schlimm, Mutter ...«

»Wo gehst du denn eigentlich immer hin?«

»Lesehallen für Frauen, Mutter.«

»Na, und da?«

»Da lese ich Zeitungen.«

»Aber Hugo kriegt doch jeden Tag eine!«

»Freilich, aber eine is nich genug, ich brauche viele.«

»Na, wenn du meinst – für mich wär es nichts.«

Und dabei blieb es. Die Alte kam nicht wieder darauf zurück, bis eine Woche später diese halb geheimnisvolle Zeitungsleserei auch ohne weitere Frage ihre Erklärung fand.

Es war ein Sonntag, an welchem Tag die Lesehalle nur von elf bis eins auf war, und um halb zwei war Thilde wieder zu Hause.

»Guten Tag, Mutter. Es riecht ein bißchen nach verbrannt. Du hast wohl nicht recht nachgesehen?«

»Doch, Thilde, jetzt eben. Und da habe ich es auch gleich gemerkt und habe ein paar Kohlen 'rausgenommen und habe auch aufgegossen. Und geärgert habe ich mich auch, denn es kost't ja so viel, aber ich konnte nicht eher 'rausgehen, weil die Schmädicke hier war.«

»Na, die hätt auch wegbleiben können! Die Schmädicke bedeutet nie was Gutes und kommt immer bloß aus Neugier oder aus Boshaftigkeit und um einem armen Menschen einen Floh ins Ohr zu setzen.«

»Ach, Thilde, da tust du ihr aber unrecht, wenigstens heut. Sie kam bloß, um uns zu gratulieren von wegen Hugos Examen, und wann denn nu Hochzeit sei ...«

»Und da hast du gesagt, noch lange nicht, nicht wahr? Kann ich mir denken. Denn du bist ewig in einer Todesangst und glaubst immer noch, es wird nichts werden, und alles is umsonst gewesen und alles für nichts ausgegeben. Das is immer deine Hauptangst, und wenn du deine Ängste kriegst, dann machst du dich klein und jämmerlich und auch vor solcher Person wie dieser Schmädicke, dieser spitznasigen Posamentierswitwe.«

»Nein, Thilde, das hab ich nich gesagt. Ich habe nich gesagt ›noch lange nich‹. Ich habe bloß gesagt, ich wüßt es nich, aber du tätest mitunter so, als ob es wohl bald losgehen würde.«

»Und da, was sagte sie da?«

»Nu, da sagte sie: ›Ja, liebe Frau Möhring, manche haben Courage. Referendar is nich viel un eigentlich bloß ein Anfang. Aber aller Anfang is schwer, un ich kann man sagen, es is immer etwas, un Minister wird er ja wohl nich werden wollen. Oder am Ende vielleicht doch. Jott, wenn ich mir denn Thilden denke …«

»Das sagte sie?«

»Ja, Thilde, so was war es.«

»Unverschämte Person. Und dumm dazu. Aber sie wird sich wundern, wenn wir ihr die Hochzeitsanzeige schicken.«

»Ach, Thilde, rede doch nich so was. Wenn man so was red't, dann bered't man's, un es wird nie was. Aber es hat doch schon so viel gekostet, un ich weiß mitunter gar nich, wo's herkommt.«

»Ja, Mutter«, lachte Thilde, »ich kann eben hexen.«

»Jott, Kind, nu red'st du auch noch so. Wenn man den Teufel ruft, is er da. Und zum Spaß darfst du doch so was nich sagen in einer so ernsthaften Sache. Vater sagte auch immer: ›Ja, die Leute glauben, es is 'n Vergnügen. Aber es is kein Vergnügen, un der Hochzeitstag is der ernsthafteste Tag, und manche, die sich nich recht trauen, sehen auch schon so aus.‹ Und nu sprichst du von Hexen und tust, als ob alles schon da wäre und als ob es zu Johanni losginge.«

»Geht es auch, Mutter.«

»Ja, aber Thilde, das fährt mir ja in alle Glieder! Denn du stehst ja so da, wie wenn du alles schon in der Tasche hättest.«

»Hab ich auch«, und dabei holte Thilde einen halben, zweimal zusammengefalteten Konzeptbogen aus der Tasche, schlug ihn auseinander und sagte: »Nu lies mal, Mutter.«

»Ach, wie kann ich denn lesen, und alles Bleistift geschrieben, und ohne Brille …«

»Nun, dann hör zu, dann will ich lesen.«

Und Thilde las: »*Qualifizierte Personen* … Verstehst du, Mutter?«

»Oh, ich werd schon, lies nur weiter.«

»*Qualifizierte Personen, das heißt Personen, die mindestens das erste juristische Staatsexamen bestanden haben und darüber vollgültige Zeugnisse vorlegen können, werden bei Geneigtheit hierdurch aufgefordert, sich um die Bürgermeisterstelle unserer Stadt zu bewerben. Gehalt 3000 Mark bei freier Wohnung und einigen anderen Emolumenten. Aspiranten werden ersucht, ihre Zeugnisse einzusenden, wenn sie nicht vorziehen, sich den Unterzeichneten gleich persönlich vorzustellen.*

Magistrat und Stadtverordnete zu Woldenstein,
Westpreußen.«

Die Alte war an die Chaiselongue gegangen und ließ sich darauf nieder, was sie sonst immer vermied, namentlich seit das Wertstück durch Hugos fünfwöchige Krankheit etwas gelitten hatte.

»Jott, Thilde, is es denn möglich? Du bist doch ein und aus. Von Hexen red ich nich, denn fliegt es wieder weg. Aber hat er denn die Stelle schon? Es gibt ja doch wohl so viele für so was. Und wenn er auch 'n sehr schöner Mann is und den Augenaufschlag hat, daß man gleich denkt: nu liest er die Sonntagsepistel – ja, ich denke mir, es gibt so viele so. Und manche sind fixer wie er und schnappen es ihm weg …«

»Das laß nur gut sein, in Fixigkeit soll ihm diesmal keiner über sein. Er muß noch heut weg mit dem Nachtzug. Woldenstein liegt eine Stunde von der Bahn, und ein Omnibus wird doch wohl da sein. Um fünf is er auf der Station und um sechs in Woldenstein in Westpreußen. Ein Gasthof zum Goldenen Roß, oder so irgend etwas wird doch wohl da sein, ich denke mir, dem Rathaus gerade gegenüber, und da kann er bis zehn Uhr schlafen. Denn ausschlafen muß er erst, sonst is er nicht zu brauchen. Und dann frühstückt er und macht sich fein, und um Schlag zwölf tritt er an und macht seine Verbeugung. Und ich will nicht Thilde heißen, wenn sie nich gleich alle sagen: Natürlich, der muß es werden. Und der Neid von der alten Schmädicke hilft auch noch, und den Tag nach Johanni hat sie die Anzeige.«

*

Frau Schmädicke kriegte wirklich die Anzeige, denn alles kam genau so, wie Thilde vorausgesagt hatte, und am Johannistag konnte die Hochzeit in einem ganz kleinen Saal des Englischen

Hauses gefeiert werden. Pastor Hartleben, der getraut hatte, ließ sich bewegen, auch dem kleinen Festmahl beizuwohnen, und hielt eine gefühlvolle humoristische Rede, die besser war als die Traurede in der Kirche. Er saß der Braut gegenüber zwischen Hugos Mutter und Schwester, die von Owinsk herübergekommen waren mit noch zwei Kusinen, von denen jede mal auf Hugo gerechnet hatte. Da sie beide aber halb polnisch und sehr hübsch waren, so verschlug es ihnen nicht viel, und als die Feierlichkeit überwunden war, tranken sie Hugo zu, gaben ihm einen Muhmenkuß, der so laut klang, wie wenn man ein Baumblatt auf der hohlen Hand zerklappt, und sagten unter liebenswürdiger Drohung gegen die Braut, alte Liebe roste nicht, was alles von Thilde mit großer Seelenruhe hingenommen wurde. Hugos Vergangenheit beunruhigte sie wenig. Viel konnte es nicht gewesen sein, und noch weniger beunruhigte sie die Zukunft. Außerdem waren es fünfzehn Meilen von Owinsk bis Woldenstein!

Beim Kaffee setzten sich die beiden Polinnen neben Pastor Hartleben, der sich von dem katholischen Leben in Owinsk erzählen ließ und schmunzelnd zuhörte, als die katholische Geistlichkeit und zum Schluß auch der evangelische Geistliche durch die Hechel beider hübscher Mädchen durchmußte.

Rybinski war auch dagewesen mit einer neuen Braut, von der er behauptete, diesmal sei es ernsthaft.

»Wirklich?« hatte Hugo zweifelnd gefragt.

»Ja! Sie ist nämlich Tragödin.«

Die Schmädicke saß neben der alten Möhring und sprach viel von dem Hochzeitsgeschenk, das sie zum Polterabend (der aber ausfiel) geschenkt hatte. Es war eine rosafarbene Ampel an drei Ketten. Die Schmädicke war sehr geizig.

»Ich hab es mir lange überlegt, was wohl das Beste wäre, da mußte ich dran denken, wie duster es war, als Schmädicke kam. Ich kann wohl sagen, es war ein furchtbarer Augenblick und hatte so was, wie wenn ein Verbrecher schleicht. Und Schmädicke war doch so unbescholten, wie einer nur sein kann. Und seitdem, wenn 'ne Hochzeit ist, schenk ich so was. Zu viel Licht ist auch nich gut, aber so gedämpft, da geht es.«

Die alte Möhring nickte mit dem Kopf, schwieg aber, denn sie hatte sich über die Ampel geärgert.

*

Noch am selben Abend reiste das junge Paar ab, und zwar gleich nach Woldenstein. Weil sie aber vorhatten, die erste Nacht in Küstrin und die zweite Nacht in Bromberg zuzubringen, so nannten sie diese Fahrt doch ihre Hochzeitsreise, ja, Hugo tat sich etwas darauf zugute.

»Ich finde es nicht in der Ordnung, daß es immer Dresden und die Brühlsche Terrasse sein muß oder gar der Zwinger. In Küstrin wollen wir uns am andern Morgen das Gefängnis des Kronprinzen Friedrich ansehen und die Stelle, wo Katte hingerichtet wurde. Das scheint mir passender als der Zwinger.«

Thilde war mit allem einverstanden gewesen. Küstrin war Etappe nach Woldenstein, und daß Woldenstein baldmöglichst erreicht wurde, nur darauf kam es ihr an. Am sechsundzwanzigsten mittags waren sie da. Sie bezogen die Wohnung, die schon der frühere Bürgermeister innegehabt und die Hugos Mutter und Schwester von Owinsk aus eingerichtet hatten, teils mit einigen alten Sachen aus dem Owinsker Elternhaus, teils mit neu angeschafften Möbeln und Stoffen, die sämtlich in Woldenstein gekauft waren.

»Es wird wohl teurer sein und nicht viel taugen«, hatte Thilde gesagt, »aber es bringt sich wieder ein. Wir müssen uns beliebt machen. Woldenstein ist jetzt die Karte, darauf wir setzen müssen.«

Am ersten Juli wurde Hugo eingeführt und eroberte sich gleich die Herzen durch eine Ansprache, die er hielt. Er sei ein halber Landsmann und habe von Jugend auf an der Überzeugung festgehalten, daß die wahre Kraft des Landes in den östlichen Provinzen liege. Von daher habe die Monarchie ihren Namen, aus Königsberg stamme das preußische Königtum, und wenn Woldenstein auch nicht bestimmt sei, derartig in die Geschichte des Landes einzugreifen, so sei auch das Kleinste groß genug, durch Pflichterfüllung an den alten preußischen Tugenden vorbildlich zu wirken und dem Land eine Ehre und Sr. Majestät dem König eine Freude zu sein.

An dieser Stelle wurde Beifall laut, denn Woldenstein wählte konservativ.

Aber Hugo, der gut sah, hatte doch das spöttische Lächeln bemerkt, mit der eine kleine Gruppe seiner Zuhörer diese patriotische Wendung begleitete, weshalb er hinzufügte: »Sr. Majestät, dem König, der ein Hort der Verfassung ist, zu der wir alle stehen mit Leib und Leben.«

Der Schluß dieser Rede hatte so gut gewirkt, daß die Firma Silberstein & Ehrenthal ein Ständchen für den neuen Bürgermeister veranlaßte, das ihm auch am selben Abend noch gebracht wurde. Die Konservativen schlossen sich aus, aber nicht aus Demonstration gegen Hugo, sondern aus Demonstration gegen die fortschrittliche Firma.

Die nächsten Tage waren etwas unruhig. Hugo hatte Besuche in der Stadt und auch in der Umgegend zu machen, namentlich beim Landrat, der in Berlin persona gratissima war, und mit dem er gleich entschlossen war, sich gut zu stellen. Dies war nicht ganz leicht, da das Ständchen höhern Orts doch Anstoß erregt hatte. Thilde aber meinte: »Das tut nichts, Rom ist auch nicht an einem Tage erbaut worden.«

Sie richtete zunächst ihr Augenmerk auf die Einrichtung des Hauses und vervollständigte sie durch allerhand kleine Einkäufe. Am dritten Tage nach ihrer Ankunft trafen auch noch verschiedene Sachen aus Berlin ein, darunter die Ampel. Hugo war nicht abgeneigt, ihr den Ehrenplatz zu geben, der der Schmädicke vorgeschwebt hatte, Thilde aber erklärte: »Da sieht sie ja keiner«, und hängte sie in den Hausflur, wo sie freilich bei den hellen Sommertagen zunächst noch zu keiner Wirkung kommen konnte.

Das Beste der Wohnung war der hübsche, ziemlich große Garten, der, nach Passierung eines schmalen Hofes mit einem Truthahn und Perlhühnern – alles vom vorigen Bürgermeister übernommen – unmittelbar hinter dem Haus lag. Durch die Mitte zogen sich Buchsbaumrabatten, halbwegs war eine Sonnenuhr, und in den Beeten, die rechts und links angelegt waren, blühten Balsaminen und Rittersporn, überragt von riesigen Sonnenblumen, für die der Vorbesitzer eine Vorliebe gehabt haben mußte. Hier war Thilde besonders tätig. Sie trug einen großen weißen Gartenhut eigener Erfindung und legte, wenn Hugo vom Rathaus kam, ihren Arm in den seinen, um sich, während sie mit ihm auf und ab schritt, von den Sitzungen erzählen zu lassen.

»Ich bin mitunter in Verlegenheit«, sagte er. »Sie haben ein Vertrauen zu meiner Rechtskunde, und ich soll immer gleich auswendig und am Schnürchen wissen, was in jedem Fall zu tun und was Rechtens sei. Natürlich sage ich immer, es läge sehr schwer, es sei ein komplizierter Fall, der je nachdem höchstwahrscheinlich so oder so entschieden werden müsse. Dabei schlägt mir aber doch das Herz, denn alles, was ich da sage, kann auch Unsinn sein.«

»Du fängst es nicht richtig an, Hugo. Was heißt Rechtsfragen! Rechtsfragen, das ist für Winkelkonsulenten. Und wenn es was Ordentliches ist, dann mußt du sagen, da wollen wir Justizrat Noack fragen: ich halte den für einen scharfen Kopf ...«

»Ja, Thilde.«

»... für einen scharfen Kopf. Und wenn du das sagst, so legt dir das keiner zum Schlimmen aus, und den Justizrat hast du nun schon sicher auf deiner Seite. Der sagt dann: ›Ihr Herren, da habt ihr endlich mal einen richtigen Bürgermeister, einen klugen, verständigen Mann. In der Regel wollen sie alles selber wissen. Das ist Pfuscherei, das ist, wie wenn die Apotheker die Kranken kurieren wollten. Dazu gehört noch mehr. Ein Bürgermeister ist ein Verwaltungsbeamter, ein kleiner Regent, kein Rechtsprecher, und das kann ich euch sagen, der versteht zu regieren. Er ist ein Administrationstalent, er hält auf Ordnung, und er hat Ideen.‹«

»Ja, Thilde.«

»Und er hat Ideen, sage ich.«

»Ja, das sagst du, oder läßt es deinen Justizrat sagen. Aber wer hat Ideen? Ideen, das ist nicht so leicht.«

»Ganz leicht.«

»Ach, Thilde, das ist ja Torheit. Ideen ...«

»Ideen hat jeder, der sie haben will. Du bist bloß zu ängstlich, du hast kein Vertrauen zu dir, du denkst immer, die andern sind wunder wie klug und verstehen alles besser. Wenn man Bürgermeister ist, dann muß man so was aufgeben.«

»Ja, das sagst du wohl, aber ich muß doch mit etwas kommen ...«

»Natürlich.«

»Ich muß doch mit was kommen und Vorschläge machen. Und was soll ich vorschlagen?«

»Alles.«

»Ach, Thilde, das ist doch Torheit. Du sagst ›alles‹, und ich weiß gar nichts.«

»Weil du die Augen nicht aufmachst und die Ohren erst recht nicht. Du bist immer wie halb im Traum, Hugo.«

Er lächelte duldsam.

»Sieh, das ist hier der Weg zwischen der Stadt und dem großen Torfmoor. Allkitten hat mir gesagt, im Herbst, wenn es regnet, sei gar nicht durchzukommen. Und wer seinen Torf bis dahin nicht eingefahren hat, der mag sehen, wo er bleibt.«

»Habe ich auch gehört.«

»Ja, aber du denkst dir eben nichts dabei. Du mußt morgen den Stadtverordneten vorschlagen, daß ein Steindamm angelegt wird – es ist ja nur eine halbe Meile – oder eine Klinkerchaussee oder doch mindestens ein Knüppeldamm, daß die Wagen im Modder nicht steckenbleiben. Und dann laß ein Chausseehaus bauen, es ist ja alles noch auf städtischem Grund und Boden, und der Landrat hat nichts mit dreinzureden. Und für den einen Groschen Chausseegeld haben die Leute dann einen Steinweg und können noch stolz sein, daß sie so was aus eigenen Kräften und eigenen Mitteln gebaut haben.«

»Seh ich ein. Ist ein guter Vorschlag.«

»Und dann mußt du wegen der Garnison anbohren. Allkitten sagt mir, daß schon lange davon die Rede war, daß aber dein Vorgänger nicht wollte, vielleicht weil er sich wegen seiner Frau fürchtete. Sie soll nämlich etwas reichlich forsch gewesen sein.«

»Ja, das ist richtig.«

»Nun, da siehst du's. Und die Knauserei mit dem Stallgebäude, das ist ja der reine Unsinn. Allkitten hat mir erzählt, die Stadtverordneten hätten nicht gewollt. Ja, warum nicht? Weil der Anstoß fehlte. Nun, bei mir liegt es nicht, und wenn der schönste Rittmeister kommt, du kennst doch deine Thilde.«

Hugo versicherte, daß er sich ganz überzeugt halte.

»Von einem ganzen Regiment kann natürlich nicht die Rede sein. Dazu ist Woldenstein zu sehr Nest, und Silberstein & Ehrenthal können es nicht 'rausreißen und Rebekka Silberstein auch nicht ... Übrigens ist es eine hübsche Person, aber doch nicht zum Heiraten, und für sonst ist sie zu streng ... Also nicht das ganze Regiment, für einen adligen Obersten ist auch eigentlich gar keine Wohnung hier, höchstens in unserer ersten Etage.«

»Thilde ...«

»Aber zwei Eskadrons, das geht. Und nun berechne dir mal, wie das wirkt. Von Brot will ich nicht reden, das backen sie selber. Aber dreihundert Pferde und dreihundert Menschen, und ein Kasino müssen sie doch auch haben. Und dann die jungen Frauen und Ball und Theater! Silberstein ist gegen das Militär, aber das gibt sich. Die ganze Bäckerei und Schlächterei kommt auf einen andern Fuß, und Woldenstein hört auf, ein Nest zu sein, und wird eine Stadt, und vielleicht ziehen sie hier mal eine Division zusammen und machen ein Kavalleriemanöver, und wenn der General bei uns wohnt, so hast du den Kronenorden weg, du weißt nicht wie.«

Hugo bückte sich, um einen Rittersporn zu pflücken und Thilden in den Gürtel zu stecken.

»Und sieh, Hugo, so mußt du es anfangen. All dies kleine Zeug, das ihr da immer durchsprecht, damit zwingst du es nicht. Das kann jeder. Aber immer auf dem Auskiek sein, immer sehen, was so dem Menschen zugute kommt, damit zwingst du's, und das ist, was ich vorhin ›Ideen‹ genannt habe. Die Welt kann nicht jeder auf einen hohen Fleck bringen, aber Woldenstein so weit zu bringen, daß es alle Woche mal in der Zeitung steht, und daß die Menschen erfahren, es gibt einen Ort, der heißt Woldenstein – ja, Hugo, das ist möglich, und das ist in deine Hand gegeben.«

»Oder in deine«, lächelte Hugo. »Aber du hast recht, wir wollen es versuchen.«

*

In dieser Weise gingen die Unterhaltungen, die Thilde mit Hugo führte, wenn er vom Rathaus in seine Wohnung zurückkehrte. Gegen den Herbst hin wurde auch die Ampel jeden Abend heruntergenommen und ein Unschlittlicht hineingetan, was dann so magisch leuchtete, daß niemand vorüberging, der nicht einen Blick in den Hausflur getan hätte.

»Die Berliner haben doch einen Schick für so was«, meine Rebekka Silberstein und drang in ihren Vater, auch dergleichen anzuschaffen.

»Rebekka, wenn er kommt – ich sage nicht wer –, dann sollst du haben die Ampel, und nicht rosa sollst du sie haben, du sollst sie haben in Rubin und sollst haben, wenn du schläfst, einen himmlischen Glanz.«

Rebekka war unzufrieden über dies Hinausschieben, aber sie war beinahe die einzige Unzufriedene in der Stadt. Alle andern freuten sich über ihr neues Stadtoberhaupt, und Silberstein, der viel las und immer sehr gebildet sprach, sagte: »Der hat die Initiative. Das Initiative hat jeder, aber die Initiative, das ist es, was den hohen Menschen von dem niedrigen unterscheidet.«

Ehrenthal, der immer widersprach, widersprach auch in diesem Fall, aber Silberstein ereiferte sich heftig: »Sage nichts, Ehrenthal, oder du tust ihm unrecht und bringst es auf deinen Kopf. Ist er nicht wie Nathan, ist er nicht der Mann, der die drei Ringe hat, ist er nicht gerecht und sieht doch aus wie ein Apostel, und seine Frau Gemahlin, eine sehr gebildete Dame, hat gesprochen von der Dreieinigkeit, und daß der Papst in Rom und Luther und Moses müßten aufgehen in einem. Und das eine sei Preußen. Und sie sei gesegnet wegen der Einheit. Das hat sie gesagt, und ich sage dir: Moses bleibt, Moses hat die Priorität.«

So ging alles gut in Woldenstein. Nur der Landrat verhielt sich kühl, und es war ganz ersichtlich, daß er weder von der ›Initiative‹, die sein eigenes Licht in den Schatten stellte, sonderlich erbaut war, noch von Hugos Nathanschaft und der Gleichberechtigung der drei Konfessionen. Es kamen Begegnungen vor, bei denen Hugo ›geschnitten‹ wurde, besonders von der Frau Landrätin, die Tänzerin erst in Agram und dann in Wien gewesen war und sich nun offenbar die Festigung des Christlich-Germanischen zur Lebensaufgabe gestellt hatte. Hugo war mehr als einmal in bittere Verlegenheit geraten und hatte sich bei seinen Spaziergängen im Garten, die bis in den Spätherbst hinein fortgesetzt wurden, verschiedentlich gegen Thilde darüber ausgesprochen.

»Du verstehst es nicht«, sagte Thilde und nahm eine *beurre grise* vom Baum. »Sieh, Hugo, die Birne da ist noch hart, und du mußt sie vier Wochen aufs Stroh legen, eh' sie schmeckt; aber noch eh' die vier Wochen 'rum sind, habe ich dir den Landrat weich gemacht. Er ist ein sehr guter Herr und eigentlich liebenswürdig von Natur, und das müßte nicht mit rechten Dingen zugehen, wenn er nicht zu bekehren wäre. Wer eine Tänzerin heiratet, hat immer ein weiches Herz.«

Hugo seufzte, denn er litt unter der Gegnerschaft und sah kein Ende davon. Aber er hatte Thilde unterschätzt, und die vier Wochen waren noch nicht um und die Birne noch nicht präsentiert, als Hugo Ende November von einer Kreistagssitzung heimkam und nicht genug von der Liebenswürdigkeit des Landrats erzählen konnte.

Thilde sagte kein Wort, und Hugo sah erst einigermaßen klar in der Sache, als er am selben Abend Silberstein in der Ressource traf.

»Haben Sie schon gelesen, Herr Großmann?« fragte dieser augenzwinkernd, und als Hugo verneinte, gab er ihm die vorletzte Nummer der ›Königsberger Hartungschen Zeitung‹, die in Woldenstein am meisten gelesen wurde, mit den Worten: »Sehr gut geschrieben. Ein feines Artikelchen. Aber er ist es wert. Er ist ein feiner Herr, der Herr Landrat.« Und dabei ließ er Hugo mit dem Zeitungsblatt allein.

Hugo schüttelte den Kopf und setzte sich in einen Stuhl neben dem Schanktisch, auf dem sechs, acht Weingläser mit Apfelsinencreme, eine Baumtorte und kleine Korianderkuchen standen. Er selbst hatte sich schon vorher einen Curaçao geben lassen, und während er daran nippte, las er die blau angestrichene Stelle:

»*Woldenstein*, 14. November. In unserm Kreis rührt man sich bereits für die Wahlen, ohne daß eine besonders pressante Benötigung dafür vorläge. Denn die Wahl unseres Landrats v. Dunajewski darf wohl als gesichert angesehen werden, da, soviel wir bisher erfahren konnten, seine politischen Gegner auf Aufstellung eines Gegenkandidaten verzichtet haben. Sowohl die polnisch-katholische wie die fortschrittliche Partei vereinigen sich in Würdigung der hervorragenden Charakter- und Verwaltungseigenschaften des Landrats v. Dunajewski und halten es für ihre Pflicht, selbst auf Kosten ihrer sonstigen politischen Überzeugungen ihrem Vertrauen zu ihm Ausdruck zu geben. Es läßt sich hier von einem Sieg der Persönlichkeit sprechen, der um so glänzender ist, als das landrätliche Hauswesen eine besondere Anziehung auf das Polentum ausübt. Die feine Sitte, die dem Polentum so viel bedeutet, hat in diesem Hauswesen ihre

Stätte. Diese Vorzüge würdigt auch der Fortschritt trotz gesellschaftlichen Draußenstehens vollauf, weil der vorherrschende Ton nicht nur ein Ton der Vornehmheit, sondern beinah mehr noch der schönsten Humanität ist. Frau v. Dunajewski hat einen Krippenverein gegründet, zu dem auch die dritte Konfession beigesteuert hat, und die Tätigkeit dieses Vereins wird am Weihnachtsabend Freude in die Hütten der Armut tragen. Über alle großen Fragen hinaus bedarf unser Kreis vor allen Dingen einer Sekundärbahn, um endlich bequeme Verbindung mit der Weichsel zu haben, eine Sache, darin alle Parteien einig sind. Und diese Bahn uns zu sichern, ist Landrat v. Dunajewski geeigneter als jeder andere, da seine Beziehungen zum Hof bekannt sind. Adel, wenn er die Zeit begreift und auf Exklusivität verzichtet, ist immer die beste Lokalvertretung.«

Hugo legte das Blatt aus der Hand und nahm einen Korianderkuchen. »Also daher! Er hält mich für den Verfasser. Natürlich, da in Woldenstein nur drei Menschen in Betracht kommen können: Silberstein, der katholische Lehrer und ich. Und da es Silberstein und der Lehrer aus inneren Gründen nicht sein können, so bin ich es ...«

Er erhob sich und sah in den Saal nebenan hinein, um noch an Silberstein eine Frage zu richten, aber der war fort, und so brach er auf, um nach Haus zu gehen.

Unterwegs fiel ihm ein: Sollte vielleicht ...? Aber nein, das war nicht möglich, dazu war es alles zu gewandt, zu routiniert ausgedrückt! Und noch damit beschäftigt, trat er in sein Zimmer, wo Thilde gerade den roten Papierschirm über die Lampenglocke warf.

»Guten Abend, Thilde. Nun, was gibt es?«

»Das mußt du wissen, du warst ja aus.«

»Ja, ich war in der Ressource, nur eine Viertelstunde, und dann kam Silberstein und gab mir die ›Hartungsche‹ mit einem Artikel darin aus Woldenstein.«

»Ach, das ist gut, ich dachte schon, er wäre untern Tisch gefallen.«

»Aber Thilde! Dann ist es am Ende doch so ...? Dann hast *du* den Artikel eingeschickt?«

Thilde lachte. »Ja, das mit dem Landrat, das mußte anders werden, das ging nicht so weiter.«

»Also wirklich, du hast ihn geschrieben?«

»Nein, geschrieben nicht eigentlich.«

»Aber wer denn?«

»Ein Unbekannter, dem ich nun zu Dank verpflichtet bin. Als wir damals das Gespräch hatten, da sah ich jeden Tag, wenn die ›Vossische‹ kam, in die Wahlangelegenheiten hinein, und es sind wohl nun schon acht Tage, da fand ich das alles in einer kleinen Korrespondenz aus Myslowitz, und danach habe ich es so zurechtgemacht. Wenn man erst das Gestell hat, ist es ganz leicht, eine Puppe zu machen.«

Er schüttelte mit gutmütigem Lächeln den Kopf, war aber doch etwas betreten.

»Thilde, du solltest doch lieber so was nicht tun.«

»Ich dachte, du würdest mir danken, daß ich das beglichen und deine Stellung angenehmer gemacht habe.«

»Ja, du kannst aber mal damit scheitern. Es kann auch mal schiefgehen.«

»Gewiß, alles kann mal schiefgehen, und die sich dadurch einschüchtern lassen, die sitzen still und tun gar nichts. Schiefgehen! Ich würde da lieber warten, bis es so weit ist; bis dahin aber würde ich mich freuen, wenn einer für mich sorgt. Silberstein, der so schrecklich gebildet ist, spricht immer von deiner Initiative.«

»Ja, und es ist mir auch mitunter fatal genug, besonders wenn du dabei bist. Aber bitte, halte du nicht zuviel davon.«

*

Seit dem Artikel in der ›Hartungschen‹ hatte sich Hugos Stellung in Woldenstein und in der Umgebung noch wesentlich verbessert. Auch der katholische Lehrer war gewonnen worden, nachdem auf Thildens Anregung eine Gehaltszulage für ihn beantragt und bewilligt worden war. Thilde freute sich ihrer Errungenschaften und gab ihrer Freude auch dadurch Ausdruck, daß sie sich modisch kleidete, wobei Silberstein, der sehr oft nach Posen und Breslau fuhr, mit Rat und Tat helfen mußte.

Die Ressource leitete Beziehungen ein, und ein Erscheinen im landrätlichen Haus war in hohem Maß wahrscheinlich. Es setzte sich mehr und mehr die Meinung fest, daß die Frau Bürgermeister sehr klug sein müsse und immer wisse, was in der Welt los sei. Selbst Ehrenthal gab zu, sie ›höre das Gras wachsen‹, und sagte: »Sie hat entschieden was von unsern Leuten.«

Im ganzen ließ sie sich aber all das nicht zu Kopf steigen und blieb nüchtern und überlegend, und nur darin zeigte sich ein kleiner Unterschied gegen früher, daß sie sich zu einer gewissen Koketterie bequemte und auf Hugo einen Frauenreiz auszuüben suchte. Sie ging darin so weit, daß sie die Ampel vom Flur her in das Schlafzimmer nahm und scherzend zu Hugo bemerkte: »Draußen im Flur hat sie nun ihre Schuldigkeit getan, schade, daß das Rosa wie gar nichts aussieht. Es müßte Rubinglas sein. Man kriegt dann so rote Backen. Die liebe Schmädicke! Was wohl Mutter sagen würde ...«

»Ja«, sagte Hugo, »die würde sich freuen über dich, und ich habe es mir auch überlegt, ob wir sie nicht zum Fest einladen sollen.«

Thilde schüttelte den Kopf. »Nein, Hugo, dazu haben wir es denn doch noch nicht. Und sie müßte doch Zweiter fahren oder wenigstens doch von Bromberg aus ... Und dann, es geht auch überhaupt nicht. Wir müssen für sie sorgen, natürlich müssen wir das, denn sie ist doch eine gute alte Frau und immer so allein und bloß die Runtschen um sich her, was gerade kein Vergnügen ist ...«

»Nein«, bestätigte Hugo, den es bei dem bloßen Namen wieder überlief.

»... die Runtschen und die Schmädicke, die auch nicht viel besser ist. Aber einladen hierher geht nicht. Wir packen ihr eine Kiste zusammen, Schinken, Eier, Butter, und legen ihr vier oder sechs Paketchen Thorner Kathrinchen bei und einen schwarzen Muff, den sie sich schon lange gewünscht hat, und Gummistiefel mit Pelz, und wenn sie das auspackt, dann freut sie sich viel mehr, als wenn wir sie hier mit in die Ressource nehmen ... Und überhaupt, es geht mal nicht. Der Landrat könnte da sein oder die gnädige Frau. Und nun denke dir einen Bostontisch und Mutter mit dem Landrat zusammen! Ich glaube, Mutter kann gar nicht Boston. Sie hat seit Vaters Tod bloß immer Patience gelegt ... Nein, dazu ist mir Mutter zu schade, daß sie sie hier auslachen. Und dann, Hugo, auch unsertwegen. Wir sind doch hier das, was man in Büchern und Zeitungen die oberen Zehntausend nennt, obschon Woldenstein erst dreitausendfünfhundert Einwohner hat, und was der Adel auf dem Land ist, das sind die Honoratioren in der Stadt, und das sind wir ... Also, es geht nicht. Ich denke, wir warten, bis ein Jahr um ist, und dann nimmst du Urlaub, und dann besuchen wir Muttern und können dann auch sehen, was aus Rybinski geworden ist.«

Hugo war mit allem einverstanden. Er hatte das mit der Alten auch nur so gesagt, weil er Thilden eine Freude machen wollte. Zugleich dachte er an ein Weihnachtsgeschenk. Er fand Rubinglas auch hübscher.

*

Die Woche zwischen Weihnachten und Neujahr verging in Saus und Braus. Der Landrat, der während der letzten vier Wochen im Reichstag gewesen war, kam zurück, und eine Festlichkeit drängte die andere. Am Weihnachtsabend war erst Aufbau für die armen Kinder aller Konfessionen, wobei Thilde, die Landrätin und Rebekka Silberstein die Leitung übernahmen. Am Silvesterabend war Theateraufführung in der Ressource, wo erst ›Monsieur Herkules‹ und dann ›Das Schwert des Damokles‹ gespielt wurde. Hugo hätte gern mitgewirkt, mußte aber verzichten, weil es sich nicht passe. Silberstein gab den Buchbindermeister Kleister und erfuhr, daß sein Spiel an Döring erinnert habe. Hugo mußte den ganzen Abend an Rybinski denken und beneidete ihn um das Leben in der freien Kunst. Der Ball, der folgte, ließ aber trübe Gedanken nicht aufkommen; er selbst eröffnete mit der Landrätin die Polonaise, und der Landrat folgte mit Thilde, die die Reichstagsberichte jeden Morgen las und gelegentlich sogar einen Satz aus einer kurzen Rede zitierte, die der Landrat über die Simultanschulfrage gehalten hatte.

»Sie interessieren sich auch für Politik, meine gnädigste Frau?«

»O ja, Herr Landrat. Je mehr ich die kleinen Verhältnisse fühlte, die mich umgaben, je mehr empfand ich eine Sehnsucht nach Auffrischung, die nur, ich will nicht sagen das Ideal, aber doch das Höhere ergeben kann. Ich darf sagen, daß die Reden Bismarcks erst das aus mir gemacht haben, was ich bin. Es ist so oft von Blut und Eisen gesprochen worden, aber von seinen

Reden möchte ich für mich persönlich sagen dürfen: Eisenquelle, Stahlbad. Ich fühle mich immer wie erfrischt.«

Beim Souper, das den Tanz auf eine Stunde unterbrach, saßen sich Landrat und Bürgermeister gegenüber. Als der Tanz um zwei Uhr wieder begann, rückten sie nebeneinander, und der Landrat sagte: »Bürgermeister, Freund, Sie haben eine famose Frau! Kolossal beschlagen! Weiß ja Bescheid wie 'n Reporter oder eigentlich besser! Die Reporter sind Maschinen und folgen bloß mit Ohr und Hand. Aber Ihre Frau, Donnerwetter, da merkt man was! Muck, Rasse, Schick ... Sagen Sie, was ist es für eine Geborene? Vielleicht Kolonie oder Familie, die den Adel hat fallen lassen?«

Hugo nannte den Namen, und der schon stark angefisselte Landrat fuhr fort: »Hören Sie, Bürgermeister, da steckt etwas drin ... Oder ob vielleicht die Mutter? ...«

Hugo sagte, soviel er wisse ...

»Na, ganz egal«, schloß der Landrat, »ganz egal, woher es kommt, wenn's nur da ist. Und muß ein Bombengedächtnis haben.«

Hugo, gegen den Schluß hin, tanzte noch eine Redowa mit der Landrätin und geleitete dann beide bis an den draußen wartenden Schlitten. Er war im dünnen Frack mit weitausgeschnittener Weste, und draußen, wo er noch eine Weile stehen mußte, blies ein scharfer Südostwind von den Karpaten her. Als er mit Thilde eine Stunde später in seiner Wohnung ankam, war er im Fieber und fröstelte.

»Thilde, mir ist nicht recht. Ich möchte ein Glas Zuckerwasser.«

»Immer Zuckerwasser. Wer trinkt Zuckerwasser, wenn er von einem Ball nach Hause kommt! Ich werde dir eine Tasse Kaffee machen.«

Sie holte die Spirituslampe, setzte das Kesselchen auf und machte ihm eine Tasse Kaffee von drei Lot.

Er fieberte heftig.

*

Wäre das Wetter über Nacht anders geworden, so hätte das Fieber vielleicht nicht viel bedeutet. Aber der Wind ging noch mehr nach Osten herum, und an Schonung war nicht zu denken, weil verschiedene Visiten zu machen und allerhand Pik- und Stuhlschlitten für den Nachmittag zu besorgen waren. Sich davon auszuschließen, war um so unmöglicher, als Hugo beim Abschied um die Ehre gebeten hatte, die Landrätin auf dem Eise fahren zu dürfen. Eine kleine Eitelkeit kam hinzu, denn er war ein sehr guter Schlittschuhläufer und wollte sich in den Pausen als solcher zeigen. Thilde schlug ihm zum Frühstück ein Glas Portwein vor, aber sein Zustand war doch schon so, daß er selbst auf Haferschleim drang. Er genoß auch bei Tisch nichts anderes und nahm ein Schächtelchen isländische Moospastillen mit sich, als er um drei zu dem Rendezvous auf dem Eis aufbrach. Er sah sehr verändert aus, was auch Thilden nicht entging, und weil sie trotz aller Abhärtungsprinzipien, nach denen sie selber lebte, nicht ohne Teilnahme für ihn war, so würde sie ihn vielleicht vom Eise zurückgeschickt und bei der Landrätin, die noch nicht da war, entschuldigt haben, wenn nicht ein alter polnischer Graf, dessen Bekanntschaft sie schon am Abend vorher gemacht hatte, sich ihrer bemächtigt und ihr auf seinem kleinen Muschelschlitten mit zwei davor gespannten Scheckenponys einen Platz angeboten hätte. Sie mußte das annehmen, denn er war der reichste und angesehenste Mann der ganzen Gegend, Original und schon über siebzig.

Thildens franke, ganz uneingeschüchterte Manier hatte ihm schon auf dem Silvesterball gefallen, und er war ›enchantiert‹, als sie seine Aufforderung, den Platz im Schlitten einzunehmen, ohne weiteres annahm. Er fuhr selbst und legte seine mächtige Wolfsschur um den kleinen Schlittensitz herum, wobei er Thilden aufforderte, die Schur von rechts her zu halten, so daß sie wie in einer Pelzhaube saß. Und nun flog der Schlitten über das Eis hin, und die Glöckchen läuteten, und die weißen Decken blähten sich im Wind, während der Alte von der Pritsche her seine Konversation aufnahm.

»Freut mich ungeheuer, meine gnäddigste Frau ... sacrebleu, man sieht doch ... große Stadt ... andere Menschen ... ja, ja, Berlin ... bin nicht preußisch ich, nicht serr ... aber Berlin ... o Berlin, eine merrkwürdigen Stadt, eine tollen Stadt ...«

Thilde versicherte lächelnd, daß sie davon eigentlich wenig gemerkt habe. Das Berlin, das sie kenne, sei sehr wenig toll, fast zu wenig. Es passiere ja eigentlich gar nichts.

»Ja, meine Gnäddigste, das macht die Stelle, wo man steht, von derr aus man sieht … Ich habe gestanden immer serr in Front, immer serr avancé.«

»Glaub ich, Herr Graf. Ihre gesellschaftliche Stellung …«

»Oh, nicht das … Das war einmal – vor dem großen Tor. Oh, viele Lichter da, viele Schlitten. Da hatten wir Maskenball … Kroll, ja richtig … Kennen Sie Kroll?«

»Gewiß, Herr Graf, jede Berlinerin wird doch Kroll kennen.«

»Ja, und da hatten wir Maskenball. Ich Fleddermaus. Und da hatten wir – Orpheum …«

»Auch davon habe ich gehört.«

»Aber ich habe gesehen … Eine merrkwürdigen Stadt, eine tollen Stadt. Aber eine Stadt ohne … ohne Grimasse.«

»Ja, das ist wahr.«

»Eine Stadt von serr freier Bewegung …«

»Ich glaube doch, nicht überall.«

»Nein, überall nicht, das ist wieder, wo man steht, meine gnäddigste Frau. Wo ich gestanden, serr freie Bewegung und keine falsche Verschämmung …«

»Aber doch vielleicht eine richtige?«

»Verschämmung immer falsch, immer Grimasse, und ich liebe serr die freie Bewegung.«

Eine Herzählung sämtlicher Berliner Lokale mit freier Bewegung stand in Aussicht, und wer will sagen, wo Graf Goschin schließlich gelandet wäre, wenn nicht eine plötzlich quer durch das Flußeis gezogene Rinne das Weiterfahren gehindert und zur Umkehr gezwungen hätte. Wenige Minuten, und der Schwanenteich war wieder erreicht, wo sich die Woldensteiner Honoratioren in engerem Kreis bewegten, die jüngeren in der Nähe eines Leinwandzeltes mit einer Punsch- und Waffelbude, daraus der angesäuerte Fettqualm ins Freie ging. In Front dieser Bude hielten die Schlitten, und auf einer Bank, der die eine Wand der Bude als Rückenlehne diente, saßen Hugo und die Landrätin, die eben den Pikschlitten verlassen hatte, um sich hier zu erholen. Hier hielt jetzt der kleine Muschelschlitten des Grafen an, und dieser schlug den Pelz zurück, um Thilden aus ihrem warmen Gefängnis zu entlassen.

»Ja, mein Herr Bürgermeister, es hat nicht sollen sein.«

»Was, Herr Graf?«

»Eskapade. Wollte wie Gott der Unterwelt oder Pluto …«

»Warum nicht höher hinauf, warum nicht Jupiter?« lächelte Thilde.

»Ah, ich verstehe, wegen der Attrappe. Gnäddigste Frau haben eine spitze Zunge.«

Er winkte von den Leuten, die umherstanden, einen heran, gab ihm die Zügel und hieß ihn den Schlitten seitwärts führen, an eine Stelle, wo braunes Weidengebüsch vom Ufer her auf das Eis hinabhing. Dann faßte er Hugo unter den Arm und ging auf die Bude zu, um sich ein Glas Punsch geben zu lassen.

»Serr erfreut, Bürgermeister. Eine scharmante Frau, kluge Frau, gar nicht bißchen ängstlich. Auf alles eingehen und denken immer, alles geht vorüber, und den Kopf wird es ja wohl nicht kosten.«

Hugo, halb geschmeichelt, stimmte zu.

»Ja – merrkwürdigen Stadt, tollen Stadt.«

Diese Worte hatten etwas Beunruhigendes selbst für Hugo, der seiner Thilde sicher zu sein glaubte. Er kam aber nicht dazu, dem lange nachzuhängen, denn ein heftiger Hustenanfall zwang ihn, sich an einer Banklehne festzuhalten. Als der Anfall vorüber war, kam der Graf mit einem Glas Punsch. Das löse, meinte er aufmunternd.

Hugo kam in die Verlegenheit, ablehnen zu müssen, das würde seinen Zustand nur verschlimmern.

»Kann nicht verschlimmern. Punsch nie.«

Als er aber Hugo mit seinen listigen, etwas blutunterlaufenen Augen ansah, kam ihm doch ein Zweifel, ob Punsch auch hier ein Allheilmittel sei, und er ging sogar hinaus und rief die noch im Gespräch mit der Landrätin auf der Bank sitzende Thilde an.

»Gnäddigste Frau, Ihr Herr Gemahl … Packen wir ihn in die Schur, und der Knecht kann ihn nach Hause fahren.«

»Es ist wohl besser, wir gehen zu Fuß, Herr Graf«, sagte Thilde, und Hugo am Arm führend, der traumhaft hin und her schwankte, schritten sie auf die Stadt zu.

Als sie fort waren, setzte sich der Graf neben die Landrätin und sagte: »Woldenstein kann sich nach neuem Bürgermeister umsehen.«

Die Landrätin lächelte. »Bei Ihnen draußen gedeiht wohl das zweite Gesicht?«

»Nein, aber ich sehe gut.« –

*

Der Arzt war über Land. Erst gegen Morgen kam er und hatte gegen Thildens Behandlung des Kranken – Brotrinde in Essigwasseraufguß, ein Mittel, das noch von der alten Möhring herrührte – nichts Erhebliches einzuwenden.

»Es hat nichts geschadet«, sagte er, »und das ist immer schon viel.«

Er verordnete dann eine Abkochung, und als Thilde fragte, ob ihres Mannes Krankheit was zu bedeuten habe, lächelte er ein wenig und sagte:

»Einigermaßen. Es ist eine Lungenentzündung. Vor allem Ruhe.«

Thilde war eine gute Krankenpflegerin und gab Hugo die Medizin mit einer Genauigkeit, als ob das Leben an der Minute hinge. Sie glaubte nicht daran, aber sie wollte nichts versäumt haben. Die Vormittagsstunden vergingen unter Umwandlung des Schlafzimmers in ein Krankenzimmer. Die nach dem Hof hinausgehenden Fenster wurden verhangen und mit Stroh verstopft, während die Tür nach der Vorderstube offen blieb, nur durch eine halbe Portiere geschützt.

Thilde sah oft von draußen hinein, ohne daß der Kranke irgend etwas verlangt hätte, dann ging sie wieder an das Vorderfenster, das von der vorigen Frau Bürgermeister her noch einen altmodischen Tritt und einen Fensterspiegel hatte. Dieser Fensterspiegel war eigentlich überflüssig, denn es gab so wenig zu sehen, daß es auch nichts zu spiegeln gab. Mitten auf dem Marktplatz stand das Rathaus mit einer schräglaufenden hölzernen Stiege, die bis zum ersten Stock ging und sich in einem schmalen Laubengang fortsetzte, aber alles von Holz. Dicht neben dem Rathaus standen ein paar alte Scharren, jetzt verschlossen und mit Schnee bedeckt. An der Marktplatzseite war die Löwenapotheke, deren Provisor hinter der Ladentür stand und gähnte, denn seit der Mixtur für den Herrn Bürgermeister war seine Tätigkeit noch nicht wieder in Anspruch genommen worden. Daneben ein Bäckerladen mit einem schräggestellten Blechkuchen im Schaufenster und einigen bewundernd davorstehenden Kindern. Die Sonne schien so grell darauf, daß Thilde die großen Zuckerstellen erkennen konnte.

Zwischen alledem glitt ihr Auge hin und her und nahm erst eine andere Richtung, als sie – diesmal allerdings mit Hilfe des Spiegels – den Briefträger die Herzog-Kasimir-Straße heraufkommen sah. Er trat auch gleich darauf ins Haus, und Thilde ging ihm entgegen, um ein paar Briefe in Empfang zu nehmen. Einer war aus Breslau, also wahrscheinlich eine Rechnung oder eine Preisliste, der andere eine Verlobungsanzeige von Rybinski (aber mit einer anderen Dame) und der dritte von der alten Frau Möhring. »Frau Bürgermeister Großmann, geborene Möhring. Woldenstein in Westpreußen.« Die Buchstaben waren so steif gekritzelt wie auf einem Waschzettel.

Gott, dachte Thilde, wenn Mutter doch bloß nicht immer »geborene Möhring« schreiben wollte. Möhring ist doch das wenigste.

Dann ging sie bis an die Portiere und horchte hinein, und als sich nichts in der Schlafstube regte, ging sie wieder bis ans Fenster und setzte sich in den kleinen schwarzen Stuhl mit drei Holzstäbchen, der hier stand, und nun las sie:

»Meine liebe Thilde!

Die Kiste kam gerade Heiligabend an, aber schon früh, und da gerade die Runtschen da war, so sagte ich, na Runtschen, nu wollen wir sie aber auch gleich aufmachen.

Und da hättest Du sehen sollen, wie geschickt sie war, und wie sie jeden einzelnen Nagel 'rausholte ohne Kneifzange, bloß alles mits Küchenmesser. Und als wir alles 'raushatten, gab ich ihr eins von die Pakete, weil ich dran denken mußte, daß ihr die Petermann zu vorige Weihnachten auch ein großes Stück Steinpflaster geschenkt hatte. Sie war aber noch nicht ganz zufrieden, bis ich ihr sagte, na Runtschen, wenn es so weit ist, den Schinkenknochen, den kriegen Sie auch.

Da bedankte sie sich: ich weiß das schon von Ulrike, sie sind immer sehr nach Fleisch, natürlich, wer soll es denn bezahlen! Und muß ich Dir doch sagen, daß ich mich sehr über alles gefreut habe, weil man doch die Liebe sieht, und dann auch, weil ich sehe, daß Ihr's könnt und daß Ihr's dazu haben müßt. Und sieh, das ist doch die Hauptsache. Denn mit der Sparkasse, das ist ja nu vorbei, weil es alles so viel gekostet hat, und wenn ich mir denke, daß es auch noch knapp ginge, ja, was sollte da werden.

Ins Spittel mag ich nicht. Und nu sage mir, Thilde, wie steht es eigentlich mit Dir? Und Du hast mir noch immer nicht geschrieben von wegen der Witwenkasse. Die Schmädicke sagte mir zwar neulich, sie müßten einkaufen, ob sie wollen oder nicht, aber es wäre mir doch lieb zu hören, daß Du ganz sicher bist. Ich bin immer so sehr fürs Sichere. Denn der Mensch denkt, und Gott lenkt, und heute rot und morgen tot. Und er hatte auch mitunter so rote Backen, was mir nicht gefallen hat. Und auch die Runtschen sagte, glauben Sie mir, Frau Möhring, es sitzt ihm hier. Und nun grüße Deinen lieben Mann und sag ihm, ich ließ ihm ein glückliches neues Jahr wünschen, er verdient es, und es wird sich schon belohnen. Es ist ja viel draufgegangen, aber es schadet nicht, und ich habe es alles gern gegeben, und die Schmädicke sagte neulich: Aufs Kapital kommt es nicht an, wenn man bloß gute Zinsen hat.

Deine Dich liebende Mutter

Adele Möhring, geborene Printz.«

›Gott, nun auch noch Printz‹, meinte Thilde, ›was sich Mutter nur eigentlich denkt! Und was sie da schreibt, als ob sie sich geopfert und mir mit ihrem Sparkassenbuch, was doch mein war, mein Glück bereitet hätte. Na, sie war immer so, und auf ihre Art meint sie's gut, erst mit sich und dann mit mir. Und dann war das Gute, daß sie mir immer freie Hand gelassen hat. Eine weimerige alte Frau, aber ich habe doch mit ihr leben können. Und vielleicht muß ich wieder mit ihr leben.‹

*

Hugo genas, und Ende Februar saß er im Garten in Front von einem Weinspalier, auf das eine warme Frühlingssonne fiel. Thilde saß neben ihm und las ihm die Zeitung vor, denn es waren die Tage, wo Bismarck ins Schwanken kam. Hugo fing jedes Wort auf und zeigte großes Interesse, ergriff aber nicht Partei. »Sie werden wohl beide recht haben«, meinte er.

Thilde lächelte. »Ja, Hugo, das bist ganz du. Beide recht. Ich bin für einen.«

Über den Zaun fort grüßten die Nachbarn, die sich schon in ihrem Garten zu schaffen machten, und stellten auch Fragen nach seinem Befinden, denn so kurze Zeit er in der Stadt war, so war er doch beliebt, und jeder freute sich seiner Wiedergenesung.

Die Landrätin kam persönlich und klagte sich an: eigentlich sei sie schuld, er habe sich's bei Ostwind auf dem Eis geholt. Und der alte Graf schickte eine große Melone aus seinen Treibhäusern mit einem Billett voll phantastischer Verbindlichkeiten und Ratschläge.

Nach Berlin hin war all die Wochen über kein Wort über die Krankheit vermeldet worden, weil Thilde dem Gejammer der Alten entgehen wollte, und auch jetzt, wo die Genesung im Gang war, schrieb sie nichts von der zurückliegenden schweren Sorge.

Vielleicht unterließ sie es auch, weil sie der Genesung mißtraute, wozu – wie sich bald zeigen sollte, nur zuviel Veranlassung vorhanden war.

Eines Tages, als Hugo wieder in der Sonne saß, schlug das Wetter plötzlich um, ein Schüttelfrost stellte sich ein, und ehe noch der Arzt es feststellen konnte, war es klar, daß ein Rückfall eingetreten war. Er nahm die Form einer rapide fortschreitenden Schwindsucht an, und am zweiten Osterfeiertag abends trat der Tod ein, nachdem der Kranke Thilde nochmals ans Bett gerufen und ihr für ihre Tüchtigkeit, ihre Liebe und Pflege gedankt hatte. Diese Worte waren ehrlich gemeint, denn die Bedenken einer früheren Zeit waren ganz geschwunden, und er sah längst in Thilde nichts mehr als die rührige, kräftige Natur, die sein Leben bestimmt und das Bißchen, was er war, durch ihre Kraft und Umsicht aus ihm gemacht hatte.

Am dritten Osterfeiertag bei untergehender Sonne wurde er auf dem Woldensteiner Kirchhof begraben. Alles war da: der alte Graf, der es auf den Arzt schob und dann wieder versicherte, er habe es schon am Neujahrstag gewußt. Der Landrat, der, weil Osterferien waren, gerade in seinem Kreis sein konnte, viel Adel aus der Nähe und die ganze Bürgerschaft einschließlich der dritten Konfession. Auch der Provisor, der sich zufällig einen neuen Frühjahrsanzug hatte machen lassen, wollte nicht fehlen. Ein Bläserchor blies, der alte Graf unterhielt sich ziemlich laut, und was Woldenstein an Blumen hatte, wurde auf das Grab gelegt.

Der Geistliche geleitete Thilde in ihre Wohnung, und während der alte Graf im Herzog Kasimir eine Flasche herben Ungar ausstach, saß Thilde auf dem Trittbrett ihres Wohnzimmers und sah auf den immer dunkler werdenden Marktplatz, über den ein Westwind einige braune Winterblätter trieb.

Dann wurden ein paar an Ketten hängende Laternen angesteckt, und im Schatten des Rathauses, da, wo die Stiege hinaufführte, stand plaudernd ein Liebespaar. Sie ließen sich durch den immer heftiger werdenden Wind nicht stören, der die Laternen hin und her bewegte, so daß sie an ihren Ketten quietschten und knarrten.

Als Thilde wohl eine halbe Stunde lang auf das alles hinausgestarrt hatte, zündete sie die Lampe an und setzte sich an ihren Schreibtisch, um ein paar Zeilen an ihre Mutter zu schreiben:

»Liebe Mutter!

Heute gegen Abend haben wir Hugo begraben. Es war sehr schön und feierlich, alle Welt erschien, auch der Adel aus der Umgebung. Prediger Lämmel hielt die Rede. Sie wird gedruckt und wird uns dann – denn bis dahin denke ich wieder in Berlin zu sein – von hier aus zugestellt werden. Wie ich Dir gleich bemerken will, kostenfrei, auch der Druck. Denn Du wirst wohl sehr in Angst sein. Ich muß Dich aber ernsthaft bitten, mich mit dieser Angst nicht quälen zu wollen. Ich habe von hier aus für Dich gesorgt, und ich werde weiter für Dich sorgen. Du denkst immer an jämmerlich zugrunde gehen, aber solange Deine Thilde lebt, so lange wirst Du zu leben haben, dessen sei versichert.

Ich empfange noch das Gehalt bis Jahresschluß und die Witwenpension vom ersten April an. Dies wird Dir einen Stein von der Brust nehmen, und wenn Du erst weißt – und deshalb habe ich dies alles vorausgeschickt –, daß Du nicht ins Spittel kommen und nicht wie die alte Runtschen reinmachen und einholen brauchst, wirst Du vielleicht auch zuhören, wenn ich Dir sage, daß Hugo gut gestorben ist. Ganz wie ein feiner Mensch, der er immer war. Denn er war aus einem guten Haus, was immer die Hauptsache bleibt. Er hat mir auch noch gedankt, als ob ich wunder was für ihn gewesen wäre. Das macht, er hatte so was Edles. Und Dich hat er grüßen lassen.

Daß er bloß schwächlich war, dafür konnte er nicht. Wenn es nach ihm gegangen wäre, wäre er stärker gewesen. Alle Leute hier haben ihn sehr geachtet, weil alle sahen, daß er sehr gut war, und selbst Silberstein, von dem ich Dir schon geschrieben, hat an seinem Grab gesprochen, so daß sogar Pastor Lämmel zufrieden war und ihm die Hand gab. Silberstein, Firma Silberstein & Ehrenthal, wird auch alles besorgen, es sind sehr reelle Leute, fortschrittlich, aber sehr reell. Und was aus dem Mobiliar herauskommt, das werden wir kriegen auf Heller und Pfennig. Ich habe noch ein paar Tage hier zu tun und Briefe zu schreiben, auch an den alten Grafen, der mir eine Stellung als Hausdame in seinem Hause angeboten hat – natürlich mit Gehalt –, aber all dies wird in drei oder vier Tagen beendet sein, und spätestens Sonnabend früh gedenke ich in Berlin einzutreffen. Ich schreibe aber noch eine Karte vorher, damit Du ganz sicher bist und die Runtschen zu rechter Zeit bestellen kannst. Ich bringe Dir auch ein kleines Andenken von ihm mit, ein kleines Kreuz, vorn mit einer Perle. Die Perle hat einigen Wert.

Ich freue mich, Dich wiederzusehen, so schmerzlich auch die Veranlassung ist, denn die Pension reicht nicht an das Gehalt. Ich muß Dir das sagen, mir ist es gleichgültig. Ich bringe mich schon durch und Dich mit.

Deine treue Tochter Thilde.«

*

Sonnabend früh mit dem Achtuhrzug kam Thilde auf dem Friedrichstraßenbahnhof an. Den kleinen Handkoffer, den sie mit sich führte, gab sie einem Gepäckträger zugleich mit ihrem

Gepäckschein und wies ihn an, ihr alles in ihre Wohnung zu schaffen, drüben bei Schultzens, drei Treppen.

»Jawoll, Fräulein«, nickte der Packträger – er verbesserte sich aber rasch, denn er kannte sie von alter Nachbarschaft her gut, und versprach dann, in einer halben Stunde da zu sein.

Als sie ging, sah er ihr einen Augenblick nach. ›Was doch nich das liebe Geld alles tut. Die hat sich tüchtig 'rausgemausert, or'ntlich 'n bißchen forsch, und sogar mit 'n Krimstecher!‹

Während ihr diese Betrachtungen folgten, schritt Thilde über den Damm hin und sah auf das Haus und nach der dritten Etage hinauf. Es hatte sich nichts verändert, und doch kam ihr alles ganz anders vor. Ein eigentümliches Gefühl beschlich sie, als sie sich sagte: sei froh, daß es ist, wie es ist, es könnte viel schlimmer sein. Wie war es vor zwei Jahren, da mußte ich noch alles selber tun.

Sie ging auf die rechte Seite der Straße und spähte hinauf, ob sie die Alte vielleicht am Fenster sähe. Aber sie sah nichts, auch nicht in den andern Etagen, überall waren noch die Rouleaus herunter. Es war ihr lieb, ganz unbeachtet zu sein, aber sie war es nicht, und während sie über den Damm auf die Haustür zuging, sagte oben die Rätin, die vom Frühstückstisch aufgestanden war und sich ein Guckloch in der angelaufenen Scheibe zurechtgemacht hatte:

»Was sitzt du wieder über der Zeitung, Schultze, so was sieht man nicht alle Tage. Sie hat bloß schwarze Handschuhe an und sieht sonst aus, als reiste sie nach Dresden und in die Sächsische Schweiz. Regenmantel und Opernglas, es fehlt bloß noch der Alpenstock.«

»Ach, du hast immer was zu quengeln, Luise. Wenn sie mit einer Trauerfahne ankäme, dann wär es dir auch nicht recht.«

Thilde stieg langsam eine Treppe hinauf, je höher sie kam, desto langsamer, weil ihr vor der Begegnung mit der Alten bange war.

Auf dem letzten Treppenabsatz stand die Runtschen und nahm ihr, weil sie nichts anderes mit sich führte, wenigstens den Regenschirm ab.

»Na, Runtschen, wie geht es?«

»Jott, Frau Bürgermeistern, wie soll et jehen« – aber ehe sie das Gespräch fortsetzen konnte, war man oben, und Thilde lief auf die Mutter zu, die, halb sonntäglich zurechtgemacht, in der offenen Tür stand und gleich zu weinen anfing.

»Mutter, so weine nur nicht gleich. Jeder kommt doch mal 'ran.«

»Ja, bloß der eine zu früh und der andere zu spät. Wenn ich doch 'rangekommen wäre!«

Und dabei trat sie vom Flur her in das Entree und vom Entree in die Wohnstube, wo vor dem Sofa schon der Kaffee stand und Semmeln und Butter.

»Na, komm, Thildchen, nu wollen wir eine warme Tasse trinken, und erzähle mir alles, wie es war.«

»Ja, Mutter, gleich. Ich möchte mir aber erst die Hände waschen, und das Haar ist auch in Unordnung, ich hatte den Wind ins Gesicht und wollte nicht zumachen.«

Und dabei erhob sich Thilde wieder, legte Hut und Krimstecher beiseite und hing den Mantel an einen Ständer im Entree. Dann kam sie wieder und meinte: »So, Mutter, nun schenk uns ein. Kalt war es ja, und der Mantel hat auch nicht viel geholfen.«

»Ich dachte, du würdest ein Umschlagetuch drüber nehmen und überhaupt so etwas, was wie Trauer aussieht. Hast du denn gar keine Trauer getragen? Ich weiß ja, daß es hier sitzt, aber wegen der Leute. Und sie haben sich doch sehr anständig gegen dich benommen.«

»Ja, Mutter, natürlich habe ich Trauer getragen. Silberstein hat mir alles besorgt und hatte das meiste auf Lager. Ich war ganz schwarz mit Schleier und Schleppe, alles, wie sich's gehört, aber als ich mich für die Reise zurechtmachte, hab ich alles eingepackt, und du kannst es sehen, wenn es nachher kommt.«

»Und unterwegs wolltest du nicht ...«

»Nein, Mutter, unterwegs nicht. Und ich wollte auch nicht hier so ankommen. Das sieht gleich so gefährlich aus, und die meisten glauben doch nicht dran, und ich habe schon gesehen, daß sie zudringlich wurden, bloß wegen zuviel Trauer.«

»Aber willst du es denn einfach so liegen lassen, es kriegt ja Flecke, und von Silberstein hast du's doch auch nich umsonst.«

»Auftragen will ich es nicht, aber tragen werde ich es doch, wo's hingehört, wenn ich ernste Besuche mache. Denn wenn ich auch die Pension habe, so muß doch etwas geschehen.«

»Ach, Thilde, daß du nun davon gleich sprichst. Ich hab es ja nich gewollt und hab mir diese ganze Nacht gesagt: Sprich nich davon, Thilde mag es nich, Thilde war immer großartig, und nu is sie es erst recht. Aber da du nu selber davon anfängst, sage, Kind, was soll nu werden? Denn es war ja doch eine furchtbare Krankheit.«

»Ja, Mutter, das war es. Immer die Beklemmungen und die Atemnot ...«

»Ach ja, Thilde, die Beklemmungen, aber ich meine nich die Beklemmungen, ich meine, daß es so lange gedauert hat.«

»Ja, gerade ein Vierteljahr.«

»Und wenn auch in einer kleinen Stadt der Doktor bloß um die Ecke wohnt, die Länge hat die Last, und zuletzt macht es doch was aus. Und dann die Medizin! Und gerade wenn es mal schon besser war, da müssen sie dann immer gestärkt werden. Aber es hilft meistens nich mehr un is alles bloß hin.«

Thilde nahm ein Stück Zucker, brach es zweimal durch und sah in Gedanken auf die vier Krümel, die da vor ihr lagen. In den vier Krümeln hatte sie nun wieder ihr Leben, und die Mutter, die noch kein Wort von dem armen guten Mann gesprochen hatte, rechnete schon wieder, was seine Krankheit gekostet habe. So nüchtern sie selber war, das war ihr doch zuviel. Sie nahm der Alten Hand und sagte: »Mutter, bringe der Runtschen den Kaffee 'raus, sie wird wohl noch nichts Warmes gehabt haben. Ich will in die andere Stube gehen und mich einen Augenblick hinlegen. Vielleicht schlafe ich ein, mir ist doch 'n bißchen übernächtig.«

Sie dachte nicht an Einschlafen, sie wollte nur allein sein und einen Augenblick andere Gedanken haben. In Hugos früherem Zimmer ging sie auf und ab. Da war das Stehpult, darauf die juristischen Bücher immer so verstaubt umhergelegen hatten, und da war der Sofatisch, auf dem, hoch aufgeschichtet, die kleinen Reclamhefte lagen und ein paar Bleistifte daneben, um immer gleich Notizen an den Rand schreiben zu können. Und da war das Fensterbrett, an das gelehnt sie so sonderbar sentimental ihre Verlobung angesichts des Mondes gefeiert hatten, er noch halb krank und verlegen, sie nüchtern und berechnend.

›Ich habe mich ihm immer überlegen geglaubt‹, sann sie vor sich hin. ›Es war nicht so. Wenn das ewige Nachrechnen klug ist, dann ist Mutter die klügste Frau. Von den andern, zu denen Hugo gehörte, hat man doch mehr, und ich will versuchen, daß ich ein bißchen davon wegkriege. Aber es wird mir wohl nicht viel helfen. Von Natur bin ich geradeso wie Mutter. Sie berechnet immer, was es kostet, und ich rechne mir den Vorteil aus. Die vier Krümel Zucker will ich mir in eine Schachtel legen und hier in das offene Sekretärfach stellen. Da habe ich es immer vor Augen und will dran lernen, daß das ganz Kleine nun wieder anfängt.

Ich dachte wunder, was ich aus ihm gemacht hätte, und nun finde ich, daß er mehr Einfluß auf mich gehabt hat als ich auf ihn. Rechnen werde ich wohl immer, das steckt wohl drin, aber nicht zu scharf, und will hilfreich sein und für die Runtschen sorgen, schon deshalb, weil die Runtschen seine einzige Renonce war. Und wenn er das sieht, wird er mir's danken, aber er wird's wohl nicht sehen ...‹

Und dann ging sie wieder auf und ab und trat ans Fenster, und da, wo damals der Mond gestanden hatte, hing ein graues Gewölk. Aber während ihr Auge noch darauf ruhte, rötete sich's, und die Sonne gab ihm einen goldenen Saum.

Vielleicht ist das meine Zukunft, dachte Thilde.

Und sie holte sich den Regenmantel aus dem Entree, deckte sich damit zu, verfolgte noch eine Weile das Licht-und-Schatten-Spiel an Wand und Decke und schlief ein.

Zu Thildens besonderen Eigenschaften gehörte von Jugend auf die Gabe des Sich-Anpassens, Sich-Hineinlebens in die jedesmalige Situation. Wäre Hugo am Leben und im Amt geblieben und nach Ablauf seiner Woldensteiner Amtszeit zum Oberbürgermeister einer Provinzialhauptstadt gewählt worden, so würde seine Frau bei Besuchen des Oberpräsidenten, ja selbst bei Kaiserparaden die Honneurs des Hauses mit vollkommener Unbefangenheit und ausreichender Geschicklichkeit gemacht haben.

Jetzt, wo sie sich nach einem kurzen Erfolg auf die Stufe zurückversetzt sah, von der sie ausgegangen war, fand sie sich auch darin zurecht und nahm ihr altes Leben ohne jede weitläufige Betrachtung und jedenfalls ohne Klage darüber wieder auf.

Die Sache lag so und so, folglich mußte sie so und so gehandhabt werden. Nur keine nutzlosen Betrachtungen! Es handelte sich für sie keinen Augenblick darum, ihre Situation in irgendein Gegenteil zu verkehren, sondern immer nur darum, aus der Situation, wie sie nun einmal war, das Beste zu machen, und dies tat sie voll Überzeugung und auf ihre Weise, rücksichtsvoll und doch auch wieder entschieden. Soweit es möglich, war sie der Alten zu Willen und unerschöpflich in kleinen Guttaten und Aufmerksamkeiten, und ging so weit, daß sie wie vordem das bloß alkovenhafte Schlafzimmer mit ihr teilte. Den ganzen Tag aber sich beständig von ihr über Spittel und ähnliche Dinge unterhalten zu lassen oder Fragen zu beantworten, die sich fast immer auf ihr intimes Woldensteiner Leben bezogen, dazu war sie nicht mehr gewillt und hatte dementsprechend kategorisch erklärt, daß sie wenigstens den Tag über allein sein müsse.

Das mit dem Vermieten müsse ein Ende haben. Und so hatte sie sich denn drüben eingerichtet, und als die Alte sah, daß Thilde viel schrieb und sich unter Büchern und Karten vergrub und, wenn sie zu Tisch kam (die Runtschen mußte das Essen jetzt holen), oft rote Backen vom Lernen hatte, konnte sie sich denken, was Thilde vorhatte.

Sie konnte sich's denken und war auch nicht eigentlich dagegen. Aber wenn sie sich auch recht gut entsann, daß der Seminarlehrer schon damals, ehe Möhring starb, immer von Thildens schönen Gaben gesprochen hatte, so ging sie doch davon aus, daß ›Lehrerin‹ nicht recht was sei, ja, daß jedes andere Unterkommen, wenn auch von etwas fraglicher Beschaffenheit, dem immer noch vorzuziehen wäre.

Bei Tage wagte sie mit solchen Betrachtungen nicht recht hervorzutreten, aber wenn sie zu Bett gegangen waren und schon eine Weile ganz ruhig gelegen hatten, richtete sich die Alte von ihrem Kissen auf und sagte, während von der Straße her durch die nach vorn hinaus offenstehende Tür ein schwacher Lichtschimmer sie traf:

»Thilde, schläfst du schon?«

»Nein, Mutter, aber beinah ... Willst du noch was?«

»Nein, Thilde, wollen will ich nichts. Mir is bloß so furchtbar angst wegen deiner Lernerei. Du siehst so spack aus und hast solchen Glanz in den Augen. Er hat ja doch die Schwindsucht gehabt, und am Ende ...«

»Nun?«

»Am Ende wär es doch möglich ... und wenn es so is, is doch frische Luft immer das beste und nich so viel Sitzen.«

»Gewiß, frische Luft ist immer gut, aber wo soll ich sie hernehmen? Hier ist sie nicht gut, und wenn es nicht wegen deines Rheumatismus wäre ...«

»Nein, Thilde, daß das Fenster offensteht, das geht nich, aber du könntest doch die frische Luft haben.«

»Ich? Woher denn?«

»Ja, Thilde, du hast mir doch gleich in deinem ersten Brief geschrieben, ich meine in deinem ersten, als er tot war, da hast du mir geschrieben von wegen ›Hausdame‹ und mit Gehalt. Und wenig kann es doch nich gewesen sein, weil er ja so reich is, wie du mir geschrieben hast. Und alt is er auch, und da hättest du nu die schöne frische Luft gehabt und die gute Verpflegung. Ich will ja nichts sagen, aber was wir heute hatten, hatte doch keine Kraft mehr. Und wenn du ihn ordentlich gepflegt hättest, und das hättest du gewiß, denn du hast ja Mitleid mit jedem und mit mir auch, denn du bist gut, Thilde, ja, Thilde, denn hätten wir jetzt vielleicht was. Einer, der so reich is, kann doch nich so mir nichts, dir nichts sterben, ohne was zu hinterlassen. Und vielleicht, daß er noch ganz zuletzt ... War er denn katholsch?«

»Natürlich war er katholisch.«

»Na, denn ging es nich.«

»Ach, deshalb wär es schon gegangen. Katholisch ist nicht schlimm. Aber was denkst du denn! Ich will von Woldenstein gar nicht reden. Aber hier! Was würden hier die Leute gesagt haben. ›Die hat es eilig.‹ Und die Petermann, der alte Giftzahn, die hätte gesagt: ›Es wird wohl eine mulmige Geschichte gewesen sein.‹«

»Ach, Thilde, dessentwegen muß man sein Glück nich fortstoßen. Die Leute sagen immer so was, und wenn man was hat, denn is es gleich, und bloß wenn man nichts hat ...«

»Ja, ja, Mutter. Nun wollen wir aber schlafen.

*

Der Wunsch der Alten ging ganz ersichtlich dahin, daß sich Thilde wieder verheiraten sollte. Hugo war ein sehr hübscher Mann gewesen und aus einem sehr guten Haus. Und wenn sie damals, wo sie bloß ein armes Mädchen war, den Großmann gekriegt hatte, so konnte sie jetzt jeden heiraten, denn sie hatte ja nun einen Titel und war eine junge Witwe, und die Trauer stand ihr gut, und wenn sie zum Schulrat ging mit dem geteilten langen Schleier, sahen ihr die Leute nach.

Als die Alte aber merkte, daß Thilde die Heiratsidee ganz entschieden ablehnte und wirklich nur Lehrerin werden wollte, kam sie auf einen andern Plan, der geraume Zeit nach der Unterhaltung über den alten Grafen und das mutmaßlich verscherzte Glück auch wieder nächtlicherweile erörtert wurde. Diesmal nicht in dem sauerstoffarmen Alkoven, sondern noch in der Vorderstube, die Alte steif aufrecht auf dem Sofa, Thilde zu rückgelehnt auf der Chaiselongue.

»Na, Thilde, du warst ja heute wieder da. Wann glaubst du denn, daß es soweit is?«

»Du meinst mit dem Examen und mit der Stelle und möchtest wissen, wann ich das erste Gehalt kriege?«

»Ja, Kind, das mein ich. Du willst immer davon nichts hören, aber es ist doch was Sicheres.«

»Ach, sicher ist das andere auch.«

»Meinst du? Na, ich will es dir wünschen. Aber wenn es auch nich so sicher is, das mit der Schule, das is doch nu die Hauptsache. Das hast du ja selber gesagt, und da habe ich dich nu schon lange fragen wollen, ob du nich das mit der Witwe fallen lassen und deinen Mädchennamen wieder aufnehmen willst. Es werden ja so viele mit andern Namen getauft, und bei dir is es nich mal so, da kommt das Alte bloß wieder obenauf.«

Thilde schüttelte den Kopf, ersichtlich mit einiger Verstimmung. Aber die Alte, die sich, solange sie den Wiederverheiratungsplan verfolgte, von ›Witwe‹ viel versprochen hatte, wollte bei der veränderten Sachlage mit ihrem neuen Plan nicht nachlassen und fuhr fort: »Ich denke mir, Thilde, du mußt es nu lieber so nehmen, als ob es … ja, wie heißt es doch, wenn was ganz kurze Zeit gedauert und dann wieder vorbei is …«

»Ich weiß schon, was du meinst.«

»… also so nehmen, wie wenn es gar nich gewesen wäre. Daß dir als Witwe was zugute getan wird, kann ich mir nich denken, und Fräulein is doch das Gewöhnliche …«

Thilde richtete sich auf, nahm ein von Woldenstein mitgebrachtes Luftkissen in den Rücken und sagte:

»Ja, Mutter, was denkst du dir eigentlich dabei! Das ist doch wie eine Defraudation, wie Unterschlagung, wie Lug und Trug.«

»Gott, Thilde, rede doch nich so was.«

»Doch, Mutter, das ist Ableugnung des Tatsächlichen und straffällig.«

»Gott, Gott …«

»Ich habe dir wohl öfters gesagt, wenn du so beständig anbohrtest und alles wissen wolltest, was auch nicht richtig war und immer nur davon kam, daß du gegen den armen Hugo was hattest – nun, da habe ich dir wohl mal gesagt, daß es nicht so was Besonderes gewesen sei, was ich vielleicht nicht hätte sagen sollen, denn alles, was man in der Art sagt, wird doch bloß mißverstanden. Und nun bist du gerade doch so wie die andern Menschen! Aber es ist alles falsch, was du da denkst, und ich muß dir sagen, ich glaube beinah, daß er besser hätte nicht heiraten sollen. Er sah so stark aus mit seinem Vollbart, aber er war nur schwach auf der Brust, und ich bin ganz sicher, es hat ihm geschadet … Und nun soll es gar nichts gewesen sein. Das wäre ja doch schändlich und undankbar, wenn ich ihm so was in sein Grab nachsagen sollte! Fräulein Möhring! Was denkst du dir nur! Ich bin kein Fräulein und habe meinen Stolz als Frau und Witwe, wenn ich auch kein Pfand seiner Liebe unter meinem Herzen trage.«

»Gott, Thilde, wie du redest …«

»Ja, so sagt man, Mutter, das ist gerade das richtige Wort. Und es ist bloß ein Zufall, daß es so ist, wie es ist …«

»Meinst du?«

»Ja, das meine ich, und mitunter denke ich, es wäre doch hübsch und besonders für dich, wenn es anders gekommen wäre.«

»Ja, Kind, wenn du so denkst …«

*

Das war kurz vor dem Examen gewesen, das Thilde weit glänzender bestand als Hugo damals das seine. Noch am selben Tag sagte man ihr, daß eine Stelle für sie frei sei. Man freute sich, sie ihr geben zu können. Am ersten Oktober trat sie ein, in Berlin N, zwischen Moabit und Tegel. Sie ging mutig ans Werk, hatte frischere Farben als früher und war gekleidet wie an dem Tag, als sie von Woldenstein wieder in Berlin eingetroffen war, nur ohne Krimstecher. Das seitens der Schuldeputation in sie gesetzte Vertrauen hat sie gerechtfertigt. Hinaus fährt sie jeden Morgen mit der Straßenbahn, den Weg zurück macht sie zu Fuß und kauft öfters was ein für die Mutter, eine Tüte voll Prünellen, einen Pfannkuchen, einen Geraniumtopf oder wohl auch am Oranienburger Tor eine Hasenleber, weil sie weiß, daß Hasenleber das Lieblingsgericht der Alten ist. Und die Alte sagt dann:

»Gott, Thilde, wenn ich dich nicht hätte.«

»Laß doch, Mutter, wir haben es ja.«

»Ja, Thilde, es is schon wahr, aber wenn es man bleibt.«

»Es wird schon.« –

Von Hugo Großmann wird selten gesprochen, seine Photographie aber hängt mit einer schwarzen Schleife über der Chaiselongue, und zweimal im Jahr kriegt er auf das Grab in Woldenstein einen Kranz. Silberstein legt ihn nieder und schreibt jedesmal ein paar freundliche Zeilen zurück.

Unwiederbringlich

1892

1. KAPITEL

Eine Meile südlich von Glücksburg, auf einer dicht an die See herantretenden Düne, lag das von der gräflich Holkschen Familie bewohnte Schloß Holkenäs, eine Sehenswürdigkeit für die vereinzelten Fremden, die von Zeit zu Zeit in diese wenigstens damals noch vom Weltverkehr abgelegene Gegend kamen. Es war ein nach italienischen Mustern aufgeführter Bau, mit gerade so viel Anklängen ans Griechisch-Klassische, daß der Schwager des gräflichen Hauses, der Baron Arne auf Arnewiek, von einem nachgeborenen »Tempel zu Pästum« sprechen durfte. Natürlich alles ironisch. Und doch auch wieder mit einer gewissen Berechtigung. Denn was man von der See her sah, war wirklich ein aus Säulen zusammengestelltes Oblong, hinter dem sich der Unterteil des eigentlichen Baues mit seinen Wohn- und Repräsentationsräumen versteckte, während das anscheinend stark zurücktretende Obergeschoß wenig über mannshoch über die nach allen vier Seiten hin eine Vorhalle bildende Säulenfassung hinauswuchs. Diese Säuleneinfassung war es denn auch, die dem Ganzen wirklich etwas Südliches gab; teppichbedeckte Steinbänke standen überall die Halle entlang, unter der man beinahe tagaus, tagein die Sommermonate zu verbringen pflegte, wenn man es nicht vorzog, auf das Flachdach hinaufzusteigen, das freilich weniger ein eigentliches Dach als ein ziemlich breiter, sich um das Obergeschoß herumziehender Gang war. Auf diesem breiten, flachdachartigen Gange, den die Säulen des Erdgeschosses trugen, standen Kaktus- und Aloekübel, und man genoß hier, auch an heißesten Tagen, einer vergleichsweise frischen Luft. Kam dann gar vom Meer her eine Brise, so setzte sie sich in das an einer Maststange schlaff herabhängende Flaggentuch, das dann mit einem schweren Klappton hin- und herschlug und die schwache Luftbewegung um ein Geringes steigerte.

*

Schloß Holkenäs hatte nicht immer auf dieser Düne gestanden, und noch der gegenwärtige Graf, als er sich, siebzehn Jahre zurück, mit der schönen Baronesse Christine Arne, jüngsten Schwester seines Gutsnachbarn Arne, vermählte, war damals in die bescheidenen Räume des alten und eigentlichen Schlosses Holkenäs eingezogen, das mehr landeinwärts in dem großen Dorfe Holkeby lag, gerade der Holkebyer Feldsteinkirche gegenüber, die weder Chor noch Turm hatte. Das alte Schloß, ebenso wie die Kirche, ging bis ins vierzehnte Jahrhundert zurück, und ein Neubau war schon unter des Grafen Großvater geplant worden. Aber erst der gegenwärtige Graf, der neben anderen, kleinen Passionen auch die Baupassion hatte, hatte den Plan wieder aufgenommen und bald danach das viel beredete und bespöttelte, aber freilich auch viel bewunderte Schloß auf der Düne entstehen lassen, in dem sich's nicht bloß schöner, sondern vor allem auch bequemer wohnte. Trotzdem war der Gräfin eine nicht zu bannende Vorliebe für das alte, mittlerweile zum Inspektorhause degradierte Schloß geblieben, eine Vorliebe, so groß, daß sie nie daran vorüberging, ohne der darin verbrachten Tage mit einem Anfluge von Wehmut zu gedenken.

Denn es war ja ihre glücklichste Zeit gewesen, Jahre, während welcher man sich immer nur zur Liebe gelebt und noch keine Meinungsverschiedenheiten gekannt hatte. Hier, in dem alten Schlosse, gegenüber der Kirche, waren ihnen ihre drei Kinder geboren worden, und der Tod des jüngsten Kindes, eines Knaben, den man Estrid getauft hatte, hatte das schöne und jugendliche Paar einander nur noch näher geführt und das Gefühl ihrer Zusammengehörigkeit gesteigert.

All das war seit der Übersiedelung in das neue Schloß nicht ganz so geblieben, von welchem Wandel der Dinge die bei den Herrnhutern erzogene, zudem von Natur schon gefühlvoll gestimmte Gräfin eine starke Vorahnung gehabt hatte, so stark, daß ihr ein bloßer Um- und Ausbau des alten Schlosses und somit ein Verbleiben an alter Stelle das weitaus Liebere gewesen wäre.

Der Graf aber trug sich enthusiastisch und eigensinnig mit einem ›Schloß am Meer‹, und er deklamierte gleich bei dem ersten Gespräche mit der Gräfin …:

Hast du das Schloß gesehen?
Das hohe Schloß am Meer?
Golden und rosig wehen
Die Wolken drüber her

– ein Zitat, das freilich bei derjenigen, die dadurch günstig gestimmt und für den Plan gewonnen werden sollte, nur den entgegengesetzten Eindruck und nebenher eine halb spöttische Verwunderung hervorgerufen hatte. Denn Holk war ziemlich unliterarisch, was niemand besser wußte als die Gräfin.

»Wo hast du denn das her, Helmuth?«

»Natürlich aus Arnewiek. Bei deinem Bruder drüben hängt ein Kupferstich, und da stand es drunter. Und ich muß dir sagen, Christine, es gefiel mir ganz ungemein. Ein Schloß am Meer! Ich denke es mir herrlich, und ein Glück für dich und mich.«

»Wenn man glücklich ist, soll man nicht noch glücklicher sein wollen. Und dann, Helmuth, daß du gerade das zitieren mußtest. Du kennst, wie ich glaube, nur den Anfang dieses Uhlandschen Liedes … es ist nämlich von Uhland, verzeih … aber es verläuft nicht so, wie's beginnt, und am Schlusse kommt noch viel Trauriges:

Die Winde, die Wogen alle
Lagen in tiefer Ruh',
Einem Klagelied aus der Halle
Hört' ich mit Tränen zu …

Ja, Helmuth, so schließt es.«

»Vorzüglich, Christine. Gefällt mir auch«, lachte Holk. »Und von Uhland, sagst du. Allen Respekt davor. Aber du wirst doch nicht verlangen, daß ich mein ›Schloß am Meer‹ nicht bauen solle, bloß weil aus einem erdichteten Schloß am Meer, auch wenn von Uhland erdichtet, ein Klagelied aus der Halle klang?«

»Nein Helmuth, das verlang ich nicht. Aber ich bekenne dir offen, ich bliebe lieber hier unten in dem alten Steinhause mit seinen Unbequemlichkeiten und seinem Spuk. Der Spuk bedeutet mir nichts, aber an Ahnungen glaub ich, wiewohl die Herrnhuter auch davon nichts wissen wollen, und werden wohl auch recht damit haben. Trotzdem, man steckt nun mal in seiner menschlichen Schwachheit, und so bleibt einem manches im Gemüt, was man mit dem besten Spruche nicht los werden kann.«

*

So war damals das Gespräch gegangen, auf das man nicht wieder zurückkam, ein einziges Mal ausgenommen, wo beide (die Sonne war schon unter) die Düne hinaufgestiegen, um nach dem Neubau, der inzwischen begonnen hatte, zu sehen. Und als sie oben waren, lächelte Holk und wies auf die Wolken, die gerade ›golden und rosig‹ über ihnen standen.

»Ich weiß, was du meinst«, sagte die Gräfin.

»Und …«

»Ich habe mich inzwischen meiner widerstreitenden Wünsche begeben. Damals, als du zuerst von dem Neubau sprachst, war ich trüben Gemüts; du weißt, weshalb. Ich konnte das Kind nicht vergessen und wollte der Stelle nahe sein, wo es liegt.«

Er küßte ihr die Hand und gestand ihr dann, daß ihre Worte während ihres damaligen Gesprächs doch einen Eindruck auf ihn gemacht hätten. »Und nun bist du so gut. Und wie schön du dastehst in dem goldenen Abendrot. Ich denke, Christine, wir wollen hier glücklich sein. Willst du?«

Und sie hing sich zärtlich an seinen Arm. Aber sie schwieg.

*

Das war das Jahr vor Abschluß des Baues gewesen, und bald danach, weil's in dem alten Schloß unten immer unwohnlicher wurde, war Holk mit seinem Schwager übereingekommen, Christine und die Kinder nach Arnewiek zu schicken und sie daselbst bis nächste Pfingsten, um welche Zeit alles fertig sein sollte, zu belassen.

Und das war denn auch geschehen.

Und nun kam Pfingsten heran, und der Tag zur Beziehung des neuen Schlosses war da. Der Garten am Rückabhange der Düne zeigte sich freilich nur halb bepflanzt, und überhaupt war vieles erst im Werden. Aber eines war doch fertig geworden: die schmale, säulenumstellte Front nach dem Meer zu. Hier waren schon Bosketts und Blumenrondells, und weiter hin, wo sich die Düne nach vorn zu senken begann, stieg eine Treppenterrasse zum Strande hinunter und setzte sich unten in einer Stegbrücke fort, die, weit ins Meer hinaus gebaut, zugleich als Anlegestelle für die zwischen Glücksburg und Kopenhagen fahrenden Dampfer dienen sollte.

Christine war voller Bewunderung und Freude, weit über ihr eigenes Erwarten hinaus, und als sie, nach einem Umgang um das Haus, das Flachdach erstiegen hatte, vergaß sie angesichts des sich vor ihr ausbreitenden herrlichen Panoramas alles, was sich nach der vorjährigen Aussöhnung mit dem Neubau noch immer wieder von Sorgen und Ahnungen in ihrer Seele geregt hatte; ja, sie rief die Kinder, die noch unten an der Terrasse standen, herbei, daß sie mit teilnehmen möchten an ihrer Freude. Holk sah ihre tiefe Bewegung und wollte sprechen und ihr danken. Sie kam ihm aber zuvor und sagte:

»Bald ist es ein Jahr nun, Helmuth, daß wir zuletzt hier auf der Düne standen und du mich fragtest, ob ich hier glücklich sein wolle. Ich schwieg damals ...«

»Und heute?«

»Heute sag ich ja.«

2. KAPITEL

So schloß der Tag, an dem die Gräfin in das neue Schloß einzog. Einige Wochen später war auch eine Freundin aus den zurückliegenden Gnadenfreier Pensionstagen her auf Holkenäs eingetroffen, Julie von Dobschütz, ein armes Fräulein, bei deren Einladung zunächst nur an einen kurzen Sommerbesuch gedacht worden war. Bald aber regte sich der Wunsch, das Fräulein als Gesellschafterin, Freundin und Lehrerin im Hause verbleiben zu sehen, ein Wunsch, den Holk teilte, weil ihn Christines Einsamkeit mitunter bedrückte. So blieb denn die Dobschütz und übernahm den Unterricht Astas und Axels, der beiden Kinder des Hauses. Asta ward ihr auch weiterhin anvertraut. Axel aber wechselte mit dem Unterricht, als Kandidat Strehlke ins Haus kam.

Das alles lag jetzt sieben Jahre zurück, Graf und Gräfin hatten sich eingewohnt, und die ›glücklichen Tage‹, die man dort oben leben wollte, man hatte sie wirklich gelebt. Die herzlichste Neigung, die beide vor einer Reihe von Jahren zusammengeführt hatte, bestand fort, und wenn es namentlich in Erziehungs- und religiösen Fragen auch gelegentlich zu Differenzen kam, so waren sie doch nicht angetan, den Frieden des Hauses ernstlich zu gefährden. An solchen Differenzen war nun freilich neuerdings, seit die Kinder herangewachsen, kein Mangel gewesen, was bei der Verschiedenheit der Charaktere von Graf und Gräfin nicht wundernehmen konnte. Holk, so gut und vortrefflich er war, war doch nur durchschnittsmäßig ausgestattet und stand hinter seiner Frau, die sich höherer Eigenschaften erfreute, um ein Beträchtliches zurück. Darüber konnte kein Zweifel sein. Aber daß es so war, was niemand mehr einsah als Holk selber, war doch auch wieder unbequem und bedrücklich für ihn, und es kamen Momente, wo er unter den Tugenden Christines geradezu litt und sich eine weniger vorzügliche Frau wünschte. Früher war dies alles nur stiller Wunsch gewesen, kaum zugestanden; seit einiger Zeit aber hatte der Wunsch doch auch sprechen gelernt; es kam zu Auseinandersetzungen, und wenn Julie Dobschütz, die geschickt zu diplomatisieren verstand, auch meist leichtes Spiel bei Begleichung derartiger Streitigkeiten hatte, so blieb doch das eine nicht aus, daß Christine, die das alles geahnt, mit einer Art Wehmut der Tage im alten Schloß gedachte, wo dergleichen nicht vorgekommen war oder jedenfalls viel, viel seltener.

*

Nun war Ende September 1859 und die Ernte längst herein. Die ringsumher unter dem Säulengange nistenden Schwalben waren fort, eine Brise ging, und das Flaggentuch oben auf dem Flachdache schlug träge hin und her. Man saß unter der Fronthalle, den Blick aufs Meer, den großen Eßsaal, dessen hohe Glastür aufstand, im Rücken, während die Dobschütz den Kaffee bereitete. Neben der Dobschütz, an einem anderen Tisch, hatte die Gräfin Platz genommen im Gespräch mit dem Seminardirektor Schwarzkoppen, der vor einer halben Stunde mit Baron Arne von Arnewiek herübergekommen war, um des schönen Tages in dem gastlichen Holkschen Hause zu genießen. Arne selbst schritt mit seinem Schwager Holk auf den Steinfliesen auf und ab und blieb mitunter stehen, weil das Bild vor ihm ihn fesselte: Fischerboote fuhren zum Fang hinaus, das Meer kräuselte sich leis, und der Himmel hing blau darüber. Keine Wolke war sichtbar, und nichts sah man als die schwarz am Horizont hinziehende Rauchfahne eines Dampfers.

»Du hast doch recht, Schwager«, sagte Arne, »als du hier hinaufzogst und dir deinen ›Tempel‹ an dieser Stelle bautest. Ich war damals dagegen, weil mir Ausziehen und Wohnungswechsel als etwas Ungehöriges erschien, als etwas Modernes, das sich …«

»… Das sich nur für Proletarier und Beamte schicke, so sagtest du damals.«

»Ja, so was Ähnliches wird es wohl gewesen sein. Aber ich habe mich inzwischen in manchem bekehrt und auch darin. Indessen, es sei, wie's sei, so viel steht mir fest, wenn ich auch politisch und kirchlich, und selbst landwirtschaftlich, was für unsereinen doch eigentlich immer die Hauptsache bleibt, derselbe geblieben wäre, das müßt ich doch einräumen, es ist entzückend hier oben und so windfrisch und gesund. Ich glaube, Holk, als du hier einzogst, hast du dir fünfzehn Jahre Leben zugelegt.«

In diesem Augenblicke ward ihm von einem alten Diener in Gamaschen, der noch vom Vater des Grafen her mit übernommen war, der Kaffee präsentiert, und beide nahmen und tranken.

»Deliziös«, sagte Arne. »Freilich etwas zu gut, besonders für dich, Holk; solcher Kaffee wie der zieht wieder fünf Jahre von den fünfzehn ab, die ich dir eben zugesprochen, und die philiströse, wenn auch höchst bemerkenswerte Homöopathie, die, wie du weißt, von Mokka und Java nichts wissen will, würde vielleicht noch stärker subtrahieren. Apropos Homöopathie. Hast du denn schon von dem homöopathischen Veterinärarzt gehört, den wir seit ein paar Wochen in Lille-Grimsby haben? …«

Und langsam auf- und abschreitend, fuhren beide Schwäger in ihrem Gespräche fort.

*

Ein sehr anderes Thema behandelte mittlerweile die Gräfin in ihrer Unterredung mit Seminardirektor Schwarzkoppen, der vor Jahr und Tag erst aus seiner Werningeroder Pfarre hierher nach Schleswig-Holstein verschlagen und an das Arnewieker Seminar berufen worden war. Er hatte den Ruf und das Ansehen einer positiven kirchlichen Richtung, was der Gräfin aber fast mehr bedeutete, war das, daß Schwarzkoppen zugleich Autorität in Schul- und Erziehungsfragen war, in Fragen also, die sich seit kurzem zu brennenden Fragen für die Gräfin gestaltet hatten. Denn Asta war sechzehn, Axel beinahe fünfzehn Jahre. Schwarzkoppen, auch eben jetzt wieder in dieser diffizilen Frage zu Rate gezogen, antwortete sehr vorsichtig, und als die Gräfin merkte, daß er, vielleicht mit Rücksicht auf Holk, nicht unbedingt auf ihre Seite treten wollte, ließ sie das Gespräch wieder fallen, wenn auch ungern, und wandte sich einem anderen schon öfters mit dem Direktor verhandelten Lieblingsplane zu, der Errichtung einer Familiengruft.

»Nun, wie steht es damit?« sagte Schwarzkoppen, der froh war, aus der Erziehungsfrage heraus zu sein.

»Ich habe«, antwortete Christine, »diese Sache noch immer nicht besprechen mögen, weil ich mich vor einer Ablehnung von seiten Holks fürchte.«

»Das ist nicht gut, gnädigste Gräfin. Solche Furcht ist immer vom Übel; sie will dem Frieden dienen, aber eigentlich dient sie nur der Verstimmung und dem Kriege. Und zu beiden ist kein Grund. Sie müssen, wenn bessere Beweggründe nicht zu haben sind, auf seine Liebhabereien rechnen. Hat er doch, wie Sie mir selber oft versichert, die Baupassion.«

»Ja, die hat er«, bestätigte die Gräfin. »Dies Schloß ist ein Zeugnis und ein Beweis, denn es war eigentlich unnötig; ein Umbau hätte dasselbe getan. Aber so gerne er baut, so bevorzugt er doch das eine vor dem anderen, und was ich vorhabe, wird seinen Beifall kaum haben. Ich wette, daß er lieber eine Halle bauen würde, darin man Federball spielen kann, oder, wie das jetzt Mode ist, auf Rollschuhen Schlittschuh laufen, jedenfalls alles lieber als irgendwas, was mit Kirche zusammenhängt. Und nun gar eine Gruft bauen. Er denkt nicht gern an Sterben und schiebt das, was man so schön und sinnig ›sein Haus bestellen‹ heißt, gerne hinaus.«

»Ich weiß«, sagte Schwarzkoppen. »Aber Sie dürfen nicht vergessen, daß auch all seine liebenswürdigen Eigenschaften mit dieser Schwäche zusammenhängen.«

»Seine liebenswürdigen Eigenschaften«, wiederholte sie. »Ja, die hat er, fast zu viel, wenn man von liebenswürdigen Eigenschaften je zu viel haben kann. Und wirklich, er wäre das Ideal von einem Manne, wenn er überhaupt Ideale hätte. Verzeihen Sie diese Wortspielerei, sie drängt sich mir aber auf, weil es so und nicht anders liegt, und ich muß es noch einmal sagen, er denkt nur an den Augenblick und nicht an das, was kommt. Jeglichem, was ihn daran erinnern könnte, geht er aus dem Wege. Seit wir unseren Estrid begruben, ist er noch nicht in der Gruft gewesen. So weiß er auch nicht, daß beinahe alles einzustürzen droht. Und doch ist es so, und die neue Gruft muß gebaut werden. Muß, sag ich, und wenn ich nicht alles Spitze und Verletztliche vermeiden möchte, so würd ich ihm sagen, es handle sich gar nicht darum, den Reigen durch *ihn* eröffnet zu sehen, *ich* wolle es ...«

Schwarzkoppen wollte unterbrechen, aber Christine achtete dessen nicht und fuhr, ihre letzten Worte wiederholend, fort: »Ich wolle es; aber ich müsse darauf bestehen, meinerseits in eine Wohnung einzuziehen, die mir gefiele, nicht in eine, darin alles zerbröckelt und zerfallen sei ... Doch lassen wir Vermutungen über das, was ich sagen oder nicht sagen würde; mir liegt für den Augenblick mehr daran, Ihnen eine auf meinen Bauplan bezügliche Aquarelle vorzulegen, die mir die Dobschütz in den letzten Tagen angefertigt hat. Natürlich auf meinen Wunsch; sie zeichnet so gut. Es ist eine offene Halle, gotisch, und die Steine, die den Fußboden bilden, decken zugleich die Gruft. Worauf ich aber das meiste Gewicht lege (die kleine Zeichnung läßt natürlich nur wenig davon erkennen), das ist der Bilderschmuck an Wand und Decke. Die Längswand mit einem Totentanz, vielleicht unter Anlehnung an den in Lübeck, und in den Gewölbekappen Engel und Palmenzweige. Je schöner, desto besser. Und wenn wir erste Künstler nicht haben können, weil unsere Mittel dafür nicht ausreichen, so zweite und dritte; schließlich ist doch der Gedanke die Hauptsache. Liebe Julie, verzeih, daß ich dich bemühe. Aber bring uns das Blatt ...«

*

Holk und Arne hatten inzwischen ihren Gang unter der Säulenhalle fortgesetzt und waren zuletzt auf einen Kiesweg zugeschritten, der in einer Schlängellinie bis an die nächsten Stufen der zur See niedersteigenden Terrasse lief. An eben dieser Stelle befand sich auch ein aus Zypressen und Lorbeer gebildetes Boskett, mit einer Marmorbank in Front, und hier setzten sich die beiden Schwäger, um ungestört ihre Zigarre rauchen zu können, was die Gräfin, wenn man unter der Halle saß, zwar nie verbot, aber auch nicht eigentlich gestattete. Das Gespräch beider drehte sich sonderbarerweise noch immer um das Wunder von Tierarzt, was ziemlich unerklärlich gewesen wäre, wenn nicht Holk, außer seiner Bauleidenschaft, auch noch eine zweite Passion gehabt hätte: die für schönes Vieh. Er war kein großer Landwirt wie sein Schwager Arne, ja, tat sich was damit, es *nicht* zu sein; aber auf sein Vieh hielt er doch, fast nach Art eines Sportmanns, und freute sich, es bewundert zu sehen und dabei von mirakelhaften Milcherträgen erzählen zu können. Aus diesem Grunde war ihm der neue Veterinärarzt eine wirklich wichtige Persönlichkeit, und nur die homöopathische Heilmethode desselben ließ immer wieder einige Bedenken in ihm aufsteigen. Aber Arne schnitt diese Bedenken ab. Das sei ja gerade das Interessante an der Sache, daß der neue Doktor nicht bloß gute Kuren mache, das könnten andere auch, sondern *wie* er sie mache und *wodurch*. Die ganze Geschichte bedeute nicht mehr und nicht weniger als den endlichen Triumph eines neuen Prinzips, erst von der Viehpraxis her datiere der nicht mehr anzuzweifelnde Sieg der Homöopathie. Bis dahin seien die Quacksalber alten Stils nicht müde geworden, von der Macht der Einbildung zu sprechen, was natürlich heißen sollte, daß die Streukügelchen nicht als solche heilten; eine schleswigsche Kuh aber sei, Gott sei Dank, frei von Einbildungen, und wenn sie gesund wäre, so würde sie gesund durch das Mittel und nicht durch den Glauben. Arne verbreitete sich noch des weiteren darüber, zugleich hervorhebend, daß es sich bei den Kuren des neuen, beiläufig aus dem Sächsischen stammenden Doktors allerdings auch noch um andere Dinge handele, die mit Allopathie oder Homöopathie nichts Direktes zu schaffen hätten. Unter diesen Dingen stehe die durchgeführteste, schon den Luxus streifende Reinlichkeit obenan, also immer neue Stallbauten und unter Umständen selbst ein Operieren mit Marmorkrippen und vernickelten Raufen. Holk hörte das alles mit Entzücken und empfand so große Lust, mit Christine darüber zu sprechen, daß er die Zigarre weg tat und auf die Säulenhalle zurückschritt.

»Ich hörte da eben interessante Dinge, Christine. Dein Bruder erzählt mir von homöopathischen Kuren eines neuen sächsischen Veterinärdoktors, der in Leipzig seine Studien gemacht hat. Ich betonte Leipzig, weil es Hochburg der Homöopathie ist. Wahre Wunderkuren! ... Sagen Sie, Schwarzkoppen, wie stehen Sie zu der Sache? Die Homöopathie hat so etwas Geheimnisvolles, Mystisches. Interessant genug, und in ihrer Mystik eigentlich ein Thema für Christine.«

Schwarzkoppen lächelte. »Die Homöopathie verzichtet, soviel ich weiß, auf alles Geheimnisvolle oder gar Wunderbare. Es ist einfach eine Frage von viel oder wenig und ob man mit einem Gran so weit kommen kann wie mit einem halben Zentner.«

»Versteht sich«, sagte Holk. »Und dann gibt es noch einen Satz ›Similia similibus‹, worunter sich jeder denken kann, was er will. Und mancher denkt sich gar nichts dabei, wohin wohl auch unser tierärztlicher Pfiffikus und Mann der Aufklärung gehören wird. Er gibt seine Streukügelchen und ist im übrigen, als Hauptsache, für Stallreinlichkeit und Marmorkrippen, und ich möchte sagen, die Tröge müssen so blank sein wie ein Taufbecken.«

»Ich glaube, Helmuth, daß du deine Vergleiche rücksichtsvoller wählen könntest, schon um meinetwillen, namentlich aber in Schwarzkoppens Gegenwart.«

»Zugestanden. Übrigens alles ipsissima verba des neuen Wunderdoktors, Worte, die dein Bruder zitierte, wobei freilich nicht bestritten werden soll, daß es sich auch für den Doktor empfehlen würde, solche Vergleiche lieber nicht zu brauchen, zumal er Konvertit ist. Er heißt nämlich Lissauer.«

Schwarzkoppen und Christine wechselten Blicke.

»Wenn er übrigens auf den Hof kommt, so lad ich ihn unten in der Inspektorenwohnung zum Lunch. Hier oben ...«

»Ist er entbehrlich.«

»Ich weiß, und du darfst unbesorgt sein. Aber ich rechne es ihm an, daß er selbständige Gedanken hat und den Mut der Aussprache. Das mit den Marmorkrippen ist natürlich mehr oder weniger Torheit und nichts als ein orientalischer Vergleich, den man ihm zugute halten muß. Aber mit der Forderung der Reinlichkeit so ganz im allgemeinen, damit hat er doch recht. Meine Ställe, die noch sämtlich aus dem Ende des vorigen Jahrhunderts sind, müssen fort, und ich freue mich, endlich eine Veranlassung und einen Sporn zu haben, mit dem alten Unwesen aufzuräumen.«

Die Gräfin schwieg und suchte mit der Nadel in den Seidenfäden, die vor ihr auf dem Tisch lagen.

Den Grafen verdroß dies Schweigen. »Ich dachte, du würdest mir deine Zustimmung ausdrücken.«

»Es sind Wirtschaftssachen, in denen ich, was auch beliebt wird, nicht mitzusprechen habe. Hältst du Marmorkrippen oder ähnliches für nötig, so werden sie sich finden, und wenn es in Carrara wäre.«

»Was läßt dich wieder so bitter sprechen, Christine?«

»Verzeih, Helmuth, aber es trifft sich unglücklich. Eben hab ich mit Schwarzkoppen über Dinge gesprochen, die mir mehr am Herzen liegen, übrigens *auch* Bausachen, und im selben Augenblick willst du Ställe bauen, Ställe ...«

»Freilich will ich das. Du vergißt immer, Christine, wenn du auch nicht mitsprechen willst, wie du eben sagtest, du vergißt immer, daß ich in erster Reihe Landwirt bin, und für einen Landwirt ziemt sich eben das Landwirtschaftliche. Das Landwirtschaftliche ist die Hauptsache.«

»Nein, wie oft muß ich es dir noch sagen, die Hauptsache ist es *nicht*.«

»Nun, was denn?«

»Es ist ein Unglück und ein Schmerz für mich, daß ich das Selbstverständliche dir gegenüber noch immer wieder hervorheben muß.«

»Ach, ich verstehe. Die Kirche soll ausgebaut werden oder ein Schwesternasyl oder ein Waisenhaus. Und dann ein Campo santo, und dann wird der ganze Cornelius aufgekauft und in Wasserfarbe an die Wand gemalt ...«

Es war selten, daß der Graf zu solchen Worten seine Zuflucht nahm; aber es gab ein paar Punkte, wo Verstimmung und Gereiztheit sofort über ihn kamen und ihn die feinen Umgangsformen vergessen ließen, deren er sich sonst rühmen durfte. Sein Schwager wußte das und schritt deshalb rasch ein, um das Gespräch in andere Wege zu leiten, wozu sein guter Humor ihn jederzeit befähigte.

»Schwester, Schwager, ich meinerseits denke, das eine tun und das andere nicht lassen. Da habt ihr meine Weisheit und den Frieden dazu. Zudem, Holk, du weißt noch nicht einmal, um was es sich handelt.«

Holk lachte gutmütig.

»Du weißt es nicht«, fuhr Arne fort, »und ich weiß es auch nicht, der ich doch sonst in die Geheimnisse Christinens eingeweiht zu sein pflege. Freilich, wenn mich nicht alles täuscht, so haben wir hier den Schlüssel ...« Und dabei nahm er das aquarellierte Blatt, das die Dobschütz inzwischen gebracht hatte. »Charmant, von welcher Hand es auch herrühren möge. Gotik, Engel, Palmen. Soll man selbst unter *diesen* nicht ungestraft wandeln dürfen? Und an allen ist dieser unglückselige Veterinärarzt schuld, ein Mann in Stulpenstiefeln, an dem nichts komischer ist als die Tatsache, daß er sächsisch spricht. Er müßte eigentlich plattdeutsch sprechen, sogar mecklenburgisch. Wobei mir einfällt, wißt ihr denn schon, daß sich in Kiel und Rostock eine plattdeutsche Dichterschule gebildet hat, oder eigentlich zwei? Denn die Deutschen, wenn sich irgendwas auftut, zerfallen immer gleich wieder in zwei Teile. Kaum ist das Plattdeutsche da, so haben wir auch schon wieder itio in partes, und die Mecklenburger marschieren unter ihrem Fritz Reuter und die Holsteiner unter ihrem Klaus Groth. Aber Klaus Groth hat einen Pas voraus, weil er Lyriker ist und komponiert werden kann, und davon hängt eigentlich alles ab. Kein Jahr, vielleicht kein halbes, so kommt er von keinem Klavier herunter. Ich habe da schon was auf eurem Flügel liegen sehen. Asta, du könntest was von ihm singen.«

»Ich mag nichts Plattdeutsches.«

»Nun, dann singe was Hochdeutsches, aber natürlich etwas recht Hübsches und Lustiges.«

»Ich mag nichts Lustiges.«

»Nun, wenn es nichts Lustiges sein kann, dann singe was recht Trauriges. Aber es muß dann auch *ganz* traurig sein, daß man auf seine Kosten kommt. Etwas von einem Pagen, der für Komtesse Asta stirbt, oder von einem Ritter, der von seinem Nebenbuhler erschlagen und am Wege begraben wird. Und daneben wacht der Hund am Grabe des Ritters, und drei Raben sitzen in einer Pappelweide und kreischen und sehen flügelschlagend zu.«

Asta, die mit dem Onkel auf einem Neckfuß stand, würde ihm auch diesmal eine Antwort nicht schuldig geblieben sein, wenn nicht eben in diesem Augenblick ihre Aufmerksamkeit nach einer anderen Seite hin in Anspruch genommen worden wäre.

»Da kommt Elisabeth«, rief sie freudig erregt. »Und der alte Petersen mit ihr und Schnuck auch.«

Und als sie das sagte, traten alle von der Halle her in den Vorgarten und grüßten mit ihr zugleich hinunter.

3. KAPITEL

Pastor Petersen und seine Enkelin Elisabeth, vielleicht weil das Licht sie blendete, bemerkten von dem ihnen geltenden Gruße nichts, aber um so deutlicher sah man oben, von Terrasse und Vorhalle her, die unten am Strand immer näher Kommenden. Der Alte, seinen Hut in der Hand (so daß der Wind mit seinem dünnen, aber langen weißen Haare spielte), ging ein paar Schritte vorauf, während Elisabeth sich nach Holz- und Borkenstückchen bückte, die zwischen dem Seetang umherlagen, und sie ins Meer warf, um Schnuck, einen wundervollen schwarzen Pudel, danach apportieren zu lassen. Jetzt aber ließ sie davon ab und begnügte sich, ein paar Blumen zu pflücken, die zwischen dem Strandhafer standen. Und so schlendernd, kamen sie schließlich bis an den Pier, wo sie links abbogen, um die Terrasse hinaufzusteigen.

»Sie kommen«, brach Asta mit erneutem Jubel aus. »Und Elisabeth bringt ihren Großvater mit.«

»Ja«, sagte Baron Arne. »Vielleicht könnte man auch sagen, der Großvater bringt Elisabeth mit. Aber so seid ihr; die Jugend ist die Hauptsache; wenn man alt wird, ist man nur noch Beigabe. Jung sein, heißt selbstsüchtig sein. Aber eigentlich ist es später auch nicht besser. Mein erster Gedanke war, als ich den Alten sah: da kommt unsere Whistpartie. Schwarzkoppen ist freilich nicht für Spiel, aber Gott sei Dank auch nicht dagegen, und würde, wenn er Katholik wäre, wahrscheinlich von einer ›läßlichen Sünde‹ sprechen. Und das sind mir die liebsten. Im übrigen bewundere ich diesen Pudel, wie heißt er doch?«

»Schnuck«, sagte Asta.

»Richtig, Schnuck; eigentlich mehr ein Name für eine Lustspielfigur. Er war schon dreimal oben und immer wieder zurück. Offenbar freut er sich ganz unbändig. Und nun sage, Asta, worauf freut er sich, auf dich, oder auf die Kunststücke, die er machen darf, oder auf den Zukker, den er dafür kriegt?«

*

Zwei Stunden später war es still unter der Säulenhalle, der Abend war hereingebrochen, und nur am Horizont lag noch ein roter Widerschein. Alles hatte sich in das Wohn- und Empfangszimmer zurückgezogen, das, in gleicher Größe wie der Eßsaal, unmittelbar hinter diesem lag und den Blick zunächst auf einen wohlgepflegten, mit Treibhäusern besetzten Vorgarten hatte, der weiterhin in große, herabsteigende Parkanlagen überging.

Das Wohn- und Empfangszimmer war reich möbliert und hatte doch Raum genug zu freier Bewegung. Neben dem Flügel, in der geschützten Ecke, stand ein großer, runder Tisch, mit einer Moderateurlampe darauf. Hier saßen die Gräfin und ihre Freundin, die Dobschütz, die vorlesen sollte, während Asta und Elisabeth dicht neben ihnen auf zwei Fußbänken Platz genommen hatten und abwechselnd leise plauderten und den Pudel zu dessen eigener sichtlicher Freude Kunststücke machen ließen. Aber zuletzt wurde er müde von der Anstrengung und schlug, weil er die Balance nicht mehr halten konnte, mit einer seiner Pfoten auf die Tasten des offenstehenden Flügels.

»Ach, nun spielt er auch noch«, lachte Asta. »Ich glaube, wenn er will, spielt Schnuck besser als ich; er ist so geschickt, und Tante Julie wird es nicht bestreiten. Vorhin sollt ich spielen und sogar singen. Onkel Arne bestand darauf, aber ich hütete mich wohl. Ich habe bloß Lust und gar kein Talent. Hast du was mitgebracht, Elisabeth? Ihr habt ja immer was Neues, und du hattest ja auch eine Mappe am Arm, als du kamst. Laß uns sehen.«

So plauderten die Mädchen weiter. In der schräg gegenüberliegenden Zimmerecke aber saßen die vier Herren beim Whist, Arne wie gewöhnlich mit dem alten Petersen scheltend, daß er noch so langsam spiele wie zur Zeit des Wiener Kongresses.

»Ja«, lachte Petersen, »wie zur Zeit des Wiener Kongresses; da spielte man langsam, das galt für vornehm, und muß ich Ihnen nachher eine Geschichte davon erzählen, eine Geschichte, die wenig bekannt ist und die, soviel ich weiß, von Thorwaldsen stammt, der sie von Wilhelm von Humboldt hörte …«

»Von Alexander«, sagte Arne.

»Nein, erlauben Sie, Arne, von Wilhelm von Humboldt. Wilhelm war überhaupt …«

»Aufpassen, Petersen …«

Und das Spiel nahm, ohne weitere Zwischenrede, seinen Fortgang, und auch die Mädchen dämpften ihre Stimmen. Denn die Dobschütz hatte zu lesen begonnen, und zwar aus einem großen Zeitungsblatt, das im Laufe des Nachmittags der Postbote gebracht hatte. Freilich war es noch kein rechtes Vorlesen, sondern erst der Versuch dazu, wobei sich's die Dobschütz – in den Zeitungen zitterte der italienische Krieg noch nach – angelegen sein ließ, zunächst nur die Kopftitel zu lesen, und zwar in einem anfragenden Tone: »Erzherzog Albrecht und Admiral Tegethoff …« Die Gräfin schüttelte den Kopf … »Auf dem Marsche nach Magenta« … »Die Kürassierbrigade Bonnemain« ... Neues Kopfschütteln ... »Man schreibt uns aus Charlottenburg über das Befinden König Friedrich Wilhelms des Vierten ...«

»Ja«, unterbrach hier die Gräfin, »*das* lies, liebe Dobschütz. Das aus Charlottenburg. Ich habe kein Interesse für Kriegsgeschichten, es sieht sich alles so ähnlich, und immer bricht wer auf den Tod verwundet zusammen und läßt sterbend irgendein Etwas leben, das abwechselnd Polen oder Frankreich oder meinetwegen auch Schleswig-Holstein heißt. Aber es ist immer dasselbe. Dieser moderne Götze der Nationalität ist nun mal nicht das Idol, vor dem ich bete. Die rein menschlichen Dinge, zu denen, für mich wenigstens, auch das Religiöse gehört, interessieren mich nun mal mehr. Dieser unglückliche König in seinem Charlottenburger Schloß; ... ein so heller Kopf, und nun umnachtet in seinem Geiste. Ja, das interessiert mich. Ist es lang?«

»Eine Spalte.«

»Das ist viel. Aber fange nur an, wir können ja abbrechen.«

Und nun las die Dobschütz:

»... Alle Nachrichten stimmen dahin überein, daß es mit dem Befinden des Königs schlechter geht, seine Teilnahme läßt nach, und die Stunden, in denen er folgen kann, werden immer seltener. Selbstverständlich beginnt dieser Zustand des Kranken auch das staatliche Leben zu beeinflussen, und gewisse Rücksichten, die man bisher nahm, lassen sich nicht mehr durchführen. Es läßt sich nicht verkennen, daß sich ein vollständiger Systemwechsel vorbereitet und daß sich dieser Wechsel demnächst auch in der auswärtigen Politik zeigen wird. Das Verhältnis zu Rußland und Österreich ist erschüttert, ein freundschaftliches zu den Westmächten bahnt sich mehr und mehr an, zu England gewiß. Alles, was geschieht, erinnert an die Zeit von 6 bis 13, die, nach voraufgegangener Erniedrigung, eine Zeit der Vorbereitung und Wehrhaftmachung war. Mit solcher Wehrhaftmachung beschäftigen sich unausgesetzt die Gedanken des Prinzregenten, und ist Preußen militärisch erst das, was der Prinzregent aus ihm zu machen trachtet, so werden wir sehen, was wird. Und in keiner Frage wird sich das deutlicher zeigen als in der schleswig-holsteinischen.«

»Es ist gut«, sagte die Gräfin. »Ich dachte, der Artikel würde Mitteilungen vom Hofe bringen, anekdotische Züge, Kleinigkeiten, die meist die Hauptsache sind, und nun bringt er politische Konjekturen. Ich glaube nicht an Vorhersagungen, die meist von denen gemacht werden, die die geringste Berechtigung dazu haben ... Aber was ist das für ein Bild, das ich da auf der Rückseite der Zeitung sehe, Schloß und Schloßtürme.«

Die Dobschütz, die nichts davon wußte, wandte die Zeitung und sah nun, daß es eine Annonce war, die, mit ihrem großen Holzschnitt in der Mitte, beinahe die ganze Rückseite der Zeitung einnahm. Das Auge der Dobschütz glitt darüber hin. Dann sagte sie: »Es ist eine Pensionsanzeige aus der Schweiz, natürlich vom Genfer See; hier, das kleine Gebäude, ist das Pensionat, und das große Hotel im Vordergrund ist nur Zugabe.«

»Lies. Ich interessiere mich für solche Annoncen.«

»... Unsere Pension Beau-Rivage tritt nun in ihr fünfundzwanzigstes Jahr. Es haben in dieser Zeit junge Damen aus allen Teilen der Erde Aufnahme bei uns gefunden und bewahren uns, soviel wir erfahren, ein freundliches Gedenken. Wir verdanken dies, neben dem Segen, der nicht fehlen darf, auch wohl den Grundsätzen, nach denen wir unsere Pension unausgesetzt leiten. Es sind dies die Grundsätze der Internationalität und konfessioneller Gleichberechtigung. Ein calvinistischer Geistlicher steht leitend an der Spitze des ganzen, aber durchaus von einem Geiste der Duldung erfüllt, überläßt er den Eltern und Vormündern, die Zöglinge, die man uns anvertraut, an diesem Religionsunterricht teilnehmen zu lassen oder nicht ...«

Die Gräfin erheiterte sich sichtlich. Sie hatte den Zug der meisten Frommen und Kirchlichen, die Kirchlichkeit anderer nicht bloß anzuzweifeln, sondern meist auch von der komischen Seite zu nehmen, und so waren ihr denn Mitteilungen aus dem Lager der Katholiken und beinah mehr noch der Genferischen immer eine Quelle vergnüglicher Unterhaltung, auch wenn sich nicht, wie hier, eine das Heitere so direkt herausfordernde Geschäftlichkeit mit einmischte. Sie nahm das Blatt, um die Pensionsanzeige, die sich noch fortsetzte, weiterzulesen, aber der Diener, der schon seit einer Viertelstunde den Whisttisch beobachtet und den Schluß des Robbers abgewartet hatte, trat jetzt vor, um zu melden, daß der Tee serviert sei.

»Trifft sich vorzüglich«, sagte Baron Arne. »Wenn man gewonnen hat, zählt ein Rebhuhn, worauf ich rechne, zu den gesundesten Gerichten; sonst freilich nicht.«

Und damit erhob er sich und reichte dem Fräulein von Dobschütz den Arm, während Schwarzkoppen mit der Gräfin voranschritt.

»Nun, Petersen«, sagte der Graf, »wir müssen miteinander fürlieb nehmen.« Und an Asta und Elisabeth vorübergehend, rief er diesen zu: »Nun, meine Damen ...«

Aber Asta streichelte nur zärtlich seine Hand und sagte: »Nein, Papa, wir bleiben hier, Mama hat es schon erlaubt.«

4. KAPITEL

In dem Eßsaal war gedeckt, die Flügeltüren standen auf, und ein heller Lichterglanz empfing die Eintretenden. Die Gräfin nahm ihren Platz zwischen den beiden Geistlichen, Fräulein von Dobschütz mit Holk und Arne saßen ihr gegenüber. Wenig später erschienen auch der Hauslehrer und Axel.

»Ich habe mich eben sehr erheitert«, wandte sich die Gräfin an Schwarzkoppen ...

»Ah«, warf Holk dazwischen, in einem Tone, der, wenn weniger spöttisch, ergötzlich gewesen wäre, und Arne, der den Spott darin nur zu sehr herausfühlte (denn Christine war eigentlich nie heiter), lachte herzlich vor sich hin.

»Ich habe mich eben sehr erheitert«, wiederholte die Gräfin mit einem Anfluge von Empfindlichkeit und fuhr dann fort: »Es ist doch ein eigen Ding um diese Schweizer Pensionen, in denen sich Geschäftlichkeit mit Calvinismus so gut verträgt. Es war immer die häßliche Seite des Calvinismus, so lebensklug zu sein ...«

Schwarzkoppen, an den sich auch diese zweite Bemerkung gerichtet hatte, verneigte sich. Ihr Bruder aber sagte: »Das ist mir neu, Christine. Calvin, soviel ich weiß, war unbequem und unerbittlich. Knox desgleichen, und Coligny benahm sich jedenfalls nicht allzu lebensklug, sonst lebte er vielleicht noch. Und dann La Rochelle. Und dann die zehntausend Ausgewanderten um Glaubens willen. Es soll den Lutherschen schwer werden, Seitenstücke dazu zu finden oder wohl gar besseres. Ich beantrage Gerechtigkeit; Schwarzkoppen, Sie dürfen mich nicht im Stich lassen gegen meine Schwester. Und Petersen, Sie auch nicht.«

Holk, der seinen Schwager überhaupt sehr liebte, hatte seine herzliche Freude, daß Arne so sprach. »Das ist recht, Alfred. Für die, die nicht da sind, muß man eintreten.«

»Und wenn es Preußen wäre«, setzte Arne lachend hinzu. »Wobei mir der Artikel einfällt, der vorher gelesen worden ist. Was war es denn eigentlich damit? Ich habe nämlich die Tugend, beim Whist gewinnen und doch so ziemlich allem folgen zu können, was nebenher gelesen oder gesprochen wird. Ich hörte was vom Charlottenburger Hof und von der Wehrhaftmachung und Anno 13. Oder war es nicht so? Anno 13 habe ich bestimmt gehört und Wehrhaftmachung auch ...«

»Ach, liebe Dobschütz, erzähle, was es war«, sagte die Gräfin.

»Es war genau so, wie der Herr Baron annimmt, und alles in allem schien der Artikel sagen zu wollen, daß es mit Dänemark vorbei sei, wenn es sich in der Sprachenfrage nicht handeln lasse.«

Holk lachte. »Mit Dänemark vorbei! Nein, Herr Preuß, soweit sind wir noch nicht, und unter allen Umständen haben wir immer noch die Geschichte vom Storch und Fuchs. Der Fuchs in der Fabel konnte nicht an das Wasser heran, weil es in einer Flasche war, und der neueste Fuchs, der Preuße, kann nicht an Dänemark heran, weil es Inseln sind. Ja, das Wasser! Gott sei Dank. Es ist immer dieselbe Geschichte, was der eine kann, kann der andere nicht, und so gut die Preußen ihren Parademarsch marschieren, über die- Ostsee können sie nicht ’rüber, wenn es auch bei Klaus Groth heißt: De Ostsee is man en Puhl.«

Arne, der, bis spät in den Herbst hinein, seine Abendmahlzeit regelmäßig mit einem Teller saurer Milch einleitete, streute eben Brot und Zucker auf die vor ihm stehende Satte, nahm einen ersten Löffel voll und sagte dann, während er seinen Bart putzte: »Schwager, da divergieren wir. Der einzige Punkt. Und ich setze hinzu: glücklicherweise. Denn mit seiner Schwester darf man schon allenfalls Krieg führen, aber mit seinem Schwager nicht. Ich berufe mich übrigens auf Petersen, der hat am meisten vom Leben gesehen ...«

Petersen nickte.

»Sieh, Holk«, fuhr sein Schwager fort, »du sprichst da von Fuchs und Storch. Nun gut, ich habe nichts dagegen, daß wir in die tiergeschichtliche Fabel hineingeraten, im Gegenteil. Denn es gibt auch eine Fabel vom Vogel Strauß. Lieber Holk, du steckst den Kopf wie Vogel Strauß in den Busch und willst die Gefahr nicht sehen.«

Holk wiegte sich hin und her und sagte dann: »Ah bah, Alfred. Wer sieht überhaupt in die Zukunft? Nicht du, nicht ich. Aber schließlich, alles ist Wahrscheinlichkeitsrechnung, und zu dem Unwahrscheinlichsten von der Welt gehört eine Gefahr von Berlin oder Potsdam her. Die Tage der Potsdamer Wachtparade sind vorüber. Nichts über den alten Fritzen, er hat keinen größeren Verehrer als mich, aber alles, was er getan hat, hat den Charakter einer Episode, die für sein Land geradezu verhängnisvoll geworden.«

»Also der Ruhm eines Landes oder gar seine Größe, sein Verhängnis.«

»Ja, das klingt sonderbar, und doch, lieber Arne ...«

Holk unterbrach sich, denn man hörte vom Nebenzimmer her, daß Asta sich abmühte, die Begleitung eines Liedes auf dem Flügel herauszutippen. Es wurde aber gleich wieder still, und Holk seinerseits wiederholte: »Ja, Schwager, es klingt sonderbar, daß der Ruhm ein Verhängnis sein soll, und doch, dergleichen kommt vor und entspricht dann immer der Natur der Dinge. Möglich, daß auf diesem brandenburgischen Sumpf- und Sandland, auf dem ja die Semnonen und ähnliche rothaarige Welteroberer gelebt haben sollen, ein neues Welteroberungsvolk hätte gedeihen können, gut, zugegeben, aber da hätte dies Land einen langsamen normalen Werdeprozeß durchmachen müssen. Den hat dieser große Friedrich gestört. Als Kleinstaat legte sich Preußen zu Bett, und als Großstaat stand es wieder auf. Das war unnormal und kam einfach daher, daß es die Nacht über, oder genauer gerechnet, etliche vierzig Jahre lang, in einem Reck- und Streckbett gelegen hatte.«

»Holk, das sind nicht deine Ideen«, sagte Christine.

»Nein, und ist auch nicht nötig; es genügt, daß ich sie mir angeeignet. Und so laß mich denn in meinen entlehnten Ideen fortfahren. Allen Respekt vor dem großen König, er ist eine Sache für sich. Aber das sozusagen posthume Preußen, das Preußen nach ihm, ist kein Gegenstand meiner Bewunderung, immer im Schlepptau, heute von Rußland, morgen von Österreich. Alles, was ihm geglückt ist, ist ihm unter irgend einem Doppelaar geglückt, nicht unter dem eigenen Adler, er sei schwarz oder rot. Es hat etwas für sich, wenn Spötter von einem preußischen Kuckuck sprechen. Ein Staat, der sich halten und mehr als ein Tagesereignis sein will, muß natürliche Grenzen haben und eine Nationalität repräsentieren.«

»Es gibt noch anderen Mörtel und Staatenkitt«, sagte Arne, und Schwarzkoppen und Christine sahen zustimmend einander an.

»Gewiß«, replizierte Holk. »Zum Beispiel Geld. Aber wer lacht da? Preußen und Geld!«

»Nein, *nicht* Geld: eine andere Kleinigkeit. Und diese Kleinigkeit ist nichts weiter als eine Vorstellung, ein Glauben. In den Russen lebt die Vorstellung, daß sie Konstantinopel besitzen müssen, und sie werden es besitzen. An solchen Beispielen ist die Geschichte reich, und in den Preußen lebt auch so was. Es ist nicht wohlgetan, darüber zu lachen. Solche Vorstellungen sind nun mal eine Macht. In unserem Busen wohnen unsere Sterne, so heißt es irgendwo, und was die innere Stimme spricht, das erfüllt sich. In Preußen, das du von Jugend an nicht leiden kannst und von dem du zu klein denkst, ist seit anderthalb Jahrhunderten alles Vorbereitung und Entwicklung auf ein großes Ziel hin; nicht der Alte Fritz war Episode, sondern die Schwächlichkeit, von der du gesprochen, *die* war Interregnum. Und mit diesem Interregnum ist es jetzt vorbei. Was der Zeitungsartikel da sagt, ist richtig. Die Werbetrommel geht still durchs Land, und gamle Dänemark, wenn es zum Kloppen kommt, wird schließlich die Zeche bezahlen müssen. Petersen, sagen Sie ein Wort. In Ihren Jahren hat man das Zweite Gesicht und weiß, was kommt.«

Der Alte lächelte vor sich hin. »Ich will die Frage doch lieber weitergeben. Denn was unsereinem erst kommt, wenn man achtzig Jahre hinter sich hat (und ich stehe doch noch davor), das haben die Frauen von Natur, die Frauen sind geborene Seher. Und unsere Gräfin gewiß.«

»Und ich will auch antworten«, sagte Christine. »Was meine liebe Dobschütz da gelesen – anfangs bin ich eigentlich nur mit halbem Ohre gefolgt, denn ich wollte von dem mir teuren Königspaar hören und nicht von Wehrhaftmachung und neuer Zeit. Aber was da gesagt wurde, das ist richtig ...«

Arne warf der Schwester eine Kußhand zu, während sich Holk, der sich schon als Opfer einiger Anzüglichkeiten fühlte, mit einem Krammetsvogel zu schaffen machte.

»… Den Brief in der Hamburger Zeitung«, fuhr Christine fort, »hat offenbar jemand geschrieben, der dem neuen Machthaber nahesteht und seine Pläne kennt. Und wenn es noch nicht Pläne sind, so doch Wünsche. Ganz und gar aber muß ich allem zustimmen, was Alfred eben über die Macht gewisser Vorstellungen gesagt hat. Die Welt wird durch solche Dinge regiert, zum Guten und Schlechten, je nachdem die Dinge sind. Und bei den Preußen wurzelt alles …«

»In Pflicht«, warf Arne dazwischen.

»Ja, in Pflicht und in Gottvertrauen. Und wenn das zuviel gesagt ist, so doch wenigstens in dem alten Katechismus Lutheri. Den haben sie da noch. Du sollst den Feiertag heiligen, du sollst nicht ehebrechen, du sollst nicht begehren deines Nächsten Knecht, Magd, Vieh oder alles, was sein ist – ja, das alles gilt da noch …«

»Und ist im übrigen aus der Welt verschwunden«, lachte Holk.

»Nein, Helmuth, nicht aus der Welt, aber doch aus dem Zipfelchen Welt, das *unsere* Welt ist. Ich meine nicht aus unserem teuren Schleswig-Holstein, das hat Gott in seiner Gnade so tief nicht sinken lassen, ich meine das Treiben *drüben*, drüben, wo doch unsere Obrigkeit sitzt, der wir gehorchen sollen und der zu gehorchen ich auch willens bin, solange Recht Recht bleibt. Aber daß ich mich an dem Treiben darüber erfreuen sollte, das kannst du nicht fordern, das ist unmöglich. In Kopenhagen …«

»Dein alter Widerwille. Was hast du nur dagegen?«

»In Kopenhagen ist alles von *dieser* Welt, alles Genuß und Sinnendienst und Rausch, und das gibt keine Kraft. Die Kraft ist bei denen, die nüchtern sind und sich bezwingen. Sage selbst, ist das noch ein Hof, ein Königtum da drüben? Das Königtum, solange es das bleibt, was es sein soll, hat etwas Zwingendes, dem das Herz freudig Folge leistet und dem zuliebe man Gut und Blut und Leib und Leben daran gibt. Aber ein König, der nur groß ist in Ehescheidungen und sich um Vorstadtpossen und Danziger Goldwasser mehr kümmert als um Land und Recht, *der* hat keine Kraft und gibt keine Kraft und wird denen unterliegen, die diese Kraft haben.«

»Und wir werden preußisch werden, und eine Pickelhaube wird auf eine Stange gesteckt werden wie Geßlers Hut, und wir werden davor niederknien und anbeten.«

»Was Gott verhüte. Deutsch, aber nicht preußisch, so soll es sein. Ich bin gut schleswigholsteinisch allewege, worauf ich die Herren bitte, mit mir anzustoßen. Auch du, Helmuth, wenn dich dein Kopenhagener Kammerherrnschlüssel nicht daran hindert. Und sehen Sie nur, Schwarzkoppen, wie da der Mond heraufsteigt, als wollt er alles in Frieden besiegeln. Ja, in Frieden; das ist das Beste. Dieser Glauben hat mich von Kindheit an begleitet. Schon mein Vater pflegte zu sagen: man ist nicht bloß unter einem bestimmten Stern geboren, sondern in dem Himmelsbuche, darin unsere Namen eingezeichnet stehen, steht auch immer noch ein besonderes Zeichen neben unserem Namen, Efeu, Lorbeer, Palme … Neben dem meinigen, hoff ich, steht die Palme.«

Der alte Petersen nahm ihre Hand und küßte sie: »Ja, Christine. Selig sind die Friedfertigen.«

Es war das so ruhig hingesprochen, ohne jede Absicht, das Herz der Gräfin tiefer berühren zu wollen. Und doch geschah es. Sie hatte sich ihres Friedens beinah gerühmt oder doch wenigstens eine feste Hoffnung auf ihn ausgesprochen und empfand im selben Augenblicke, wo der alte Petersen ihr diesen Frieden fast wie zusicherte, daß sie desselben entbehrte. Trotz des besten Mannes, der sie liebte, den sie wiederliebte, stand sie nicht in dem Frieden, nach dem sie sich sehnte. Trotz aller Liebe – seine leichtlebige Natur und ihre melancholische, sie stimmten nicht mehr recht zueinander, was ihr diese letzte Zeit, trotz alles Ankämpfens dagegen, mehr als einmal und leider in immer wachsendem Grade gezeigt hatte. So fanden denn Petersens wohlgemeinte Worte bei niemandem ein rechtes Echo, vielmehr blickte schweigend jeder vor sich hin, und nur Arne wandte sich die Tafel hinunter und sah durch die offenstehende hohe Glastür auf das Meer hinaus, das im Silberschimmer dalag.

Und in diesem Augenblick voll Bedrückung und Schwüle trat Asta aus dem Nebenzimmer an den Tisch heran und flüsterte der Mutter zu: »Elisabeth will etwas singen. Darf sie?«

»Gewiß darf sie. Aber wer wird begleiten?«

»Ich. Es ist sehr leicht, und wir haben es eben durchgenommen. Ich denke, es wird gehen. Und wenn ich stecken bleibe, so ist es kein Unglück.«

Und damit ging sie bis an den Flügel zurück, während die große Mitteltür aufblieb. Das Notenblatt war schon aufgeschlagen, die Lichter brannten, und beide begannen. Aber das Gefürchtete geschah, Begleitung und Stimme gingen nicht recht zusammen, und nun lachten sie halb lustig und halb verlegen. Gleich danach versuchten sie's zum zweiten Male, und nun klang Elisabeths noch halb kindliche Stimme hell und klar durch beide Räume hin. Alles schwieg und lauschte. Besonders die Gräfin schien ergriffen, und als die letzte Strophe gesungen war, erhob sie sich und schritt auf den Flügel zu. Hier nahm sie das noch aufgeschlagen auf dem Notenpult stehende Lied und zog sich ohne weitere Verabschiedung aus der Gesellschaft zurück. Es fiel nicht allzusehr auf, da jeder ihr sensitives Wesen kannte. Holk begnügte sich, Elisabeth zu fragen, von wem der Text sei?

»Von Waiblinger, einem Dichter, den ich bis dahin nicht kannte.«

»Ich auch nicht«, sagte Holk. »Und die Überschrift?«

»Der Kirchhof.«

»Drum auch.«

*

Eine Viertelstunde später fuhr der Arnewieker Wagen vor, und Arne bestand darauf, daß Petersen und Elisabeth bis vor das Holkebyer Pfarrhaus mitfahren müßten, Schnuck werde sich nebenher schon durchschlagen. Nach einigem Parlamentieren wurde das Anerbieten auch angenommen, Arne nahm den Rücksitz, und Elisabeth, weil sie gerne mit dem Kutscher plauderte, kletterte auf den Bock hinauf. Und wirklich, kaum oben, so ließ sie sich auch schon des breiteren von seiner kranken Frau erzählen, und von der ›Sympathie‹, die mal wieder besser geholfen als der Doktor, der überhaupt bloß immer was verschreibe und gar nicht ordentlich nachsähe, wo's eigentlich säße, und wie's mit der Milz stände. Denn in der Milz säß es.

Natürlich war dies Gespräch nur von kurzer Dauer, denn keine zehn Minuten, so hielt man auch schon vor der Pfarre. Schnuck gab seiner Freude, wieder daheim zu sein, lebhaften Ausdruck, und Arne setzte sich zu Schwarzkoppen in den Fond. Und nun fuhren beide, nachdem noch ein paar Dankes- und Abschiedsworte gewechselt worden waren, auf Arnewiek zu.

5. KAPITEL

Die Fahrt ging zwischen hohen Knicks hin, das Meer dicht zur Linken; aber man hörte es nur, ein niedriger Dünenzug hinderte die Aussicht darauf. Arne wie Schwarzkoppen hatten die Füße in Plaids und Decken geschlagen, denn es war nach dem schönen warmen Tage herbstlich frisch geworden, frischer, als dem September zukam. Aber das steigerte nur die Lebendigkeit ihres Gesprächs, das natürlich dem Abend galt, den man eben verlebt hatte.

»Die kleine Petersen hat eine reizende Stimme«, sagte Arne. »Trotzdem wollte ich, sie hätte lieber den Jungfernkranz gesungen als das schwermütige Lied.«

»Es war sehr schön.«

»Gewiß war es das, und wir beide können es hören, ohne Schaden zu nehmen. Aber meine Schwester! Sahen Sie wohl, wie sie das Notenblatt nahm und das Zimmer verließ? Ich wette, sie hat es sofort auswendig gelernt oder Abschrift genommen und in irgendein Album eingeklebt. Denn trotz ihrer siebenunddreißig Jahre, in manchen Stücken ist sie noch ganz das Gnadenfreier Pensionsfräulein, besonders auch darin, wie sie mit der Dobschütz lebt. Die Dobschütz ist eine vorzügliche Person, vor deren Wissen und Charakter ich allen möglichen Respekt habe; trotzdem ist sie für meinen armen Schwager ein Unglück. Sie sind überrascht, aber es ist so. Die Dobschütz ist viel zu klug und auch viel zu guten Herzens, um sich aus freien Stücken oder wohl gar aus Eitelkeit zwischen die Eheleute zu stellen; aber die Stellung, die sie sich nie nehmen würde, wird ihr durch meine Schwester aufgezwungen. Christine braucht immer jemanden, um sich auszuklagen, ganz schöne Seele, nachgeborene Jean-Paulsche Figur, die sich, wenn ich mich so ausdrücken darf, mit dem Ernste des Lebens den Kopf zerbricht. Es gibt eigentlich nur eine Form, sie zu erheitern, und das sind kleine Liebesgeschichten aus dem Kreise der Irrgläubigen. Und irrgläubig ist so ziemlich alles, was nicht altlutherisch oder pietistisch oder herrnhutisch ist. Ein Wunder, daß sie diese drei wenigstens nebeneinander duldet. Dabei so eigensinnig, so unzugänglich. Ich versuche mitunter, zum Guten zu reden und ihr klarzumachen, wie sie sich anpassen und ihrem Manne zuhören müsse, wenn er was aus der Welt erzählt, einen Witz, ein Wortspiel, eine Anekdote.«

Schwarzkoppen nickte zustimmend und sagte dann: »Ich habe ihr heute etwas Ähnliches gesagt und auf des Grafen liebenswürdige Seiten hingewiesen.«

»Ein Hinweis, den sie mit ziemlich hautainer Manier zurückgewiesen haben wird. Ich kenne das. Immer Erziehungsfragen, immer Missionsberichte von Grönland oder Ceylon her, immer Harmonium, immer Kirchenleuchter, immer Altardecke mit Kreuz. Es ist nicht auszuhalten. Ich spreche darüber so freiweg und so ausführlich zu Ihnen, weil Sie der einzige sind, der da helfen kann. Ich glaube, so ganz genügen Sie ihr auch nicht, schon deshalb nicht, weil Sie, Gott sei Dank, ohne das pietistische Kolorit von ›Blümelein und Engelein‹ sind; aber Ihr Standpunkt ist wenigstens der korrekte. Die Temperatur Ihres Bekenntnisses ist ihr nicht hochgradig genug, indessen das Bekenntnis selbst läßt sie wenigstens gelten, und weil sie das tut, hört sie nicht bloß Ihren Rat, sondern unterwirft sich ihm auch. Was etwas sagen will.«

Als Arne so plauderte, waren sie bis an eine Stelle gekommen, wo sich der Dünenzug nach dem Meer hin öffnete. Die Brandung wurde jetzt sichtbar, und weiter hinaus sah man Fischerboote, die mit eingerefftem Segel still in dem hellen Mondlicht lagen. Am Horizont stieg eine Rakete auf, und Leuchtkugeln fielen nieder.

Arne hatte halten lassen. »Entzückend. Das ist der von Korsör kommende Dampfer. Vielleicht ist der König an Bord und will noch ein paar Wochen in Glücksburg zubringen. Ich habe schon gehört, daß sie wieder etwas im Moor gefunden haben, bei Süderbrarup oder sonstwo, vielleicht ein Wikingschiff oder eine Lustjacht von Knut dem Großen. Hoffentlich geht dieser Kelch an uns vorüber. Was mich persönlich angeht, ich lese lieber ›David Copperfield‹ oder die ›Drei Musketiere‹. Diese Moorfunde, Kämme und Nadeln, oder wohl gar eine verfilzte Masse, worüber Thomsen und Worsaae sich streiten und nicht feststellen können, ob es ein Wurzelgefaser oder ob es der Schopf eines Seekönigs ist, können mich nicht interessieren, und die königlichen Frühstücke, bei denen der Likörkasten die Hauptrolle spielt, wenn es nicht gar die Gräfin Danner putzmacherlichen Angedenkens ist, sind mir eigentlich geradezu zuwider. Ich weiche sonst in allem von meiner Schwester ab, auch noch da, wo sie recht hat und nur leider zu viel Aufhebens von ihrem Rechte macht, aber in diesem Stücke kann ich ihr nur zustimmen und begreife Holk nicht, daß er mit der Geschichte drüben nicht aufräumt und ein Gefallen daran findet, sich in dem Prinzessinnenpalais nach wie vor in seiner Kammerherrnuniform herumzuzieren. Daß es ihm sein schleswig-holsteinisches Herz nicht verbietet, will ich hingehen lassen, denn solange der König lebt, ist er nun mal unser König und Herzog. Aber ich find es nicht klug und weise. Das Leben mit der Danner konserviert nicht, ich meine den König, und über Nacht kann es vorbei sein. Er ist ohnehin ein Apoplektikus. Und was dann?«

»Ich glaube nicht, daß sich Holk mit dieser Frage beschäftigt. Er ist ein Augenblicksmensch und hält zu dem alten Troste: *nach* uns die Sündflut.«

»Sehr wahr. Augenblicksmensch. Und daß es so ist, das ist auch wieder einer von den Punkten, die meine Schwester ihm nicht verzeihen kann und worin ich mich abermals auf ihre Seite stellen muß. Aber lassen wir das; ich habe gerade heute nicht Lust, die Tugenden meiner Schwester aufzuzählen, es kommt mir heute mehr auf ›les défauts de ses vertus‹ an, die wir, lieber Schwarzkoppen, gemeinschaftlich bekämpfen müssen, sonst erleben wir etwas sehr Unliebsames. Das ist mir sicher, und ungewiß ist mir nur, wer den ersten Schritt tun wird, den ersten Schritt zum Unheil. Holk ist in fast zu weit gehender Anbetung und Ritterlichkeit die Nachgiebigkeit und Bescheidenheit selbst; er hat sich angewöhnt, sich seiner Frau gegenüber immer in die zweite Linie zu stellen. Natürlich. Erst imponierte ihm ihre Schönheit (sie war wirklich sehr schön und ist es eigentlich noch), und dann imponierte ihm ihre Klugheit oder doch das, was er dafür hielt, und dann imponierte ihm, und vielleicht am meisten, ihre Frömmigkeit. Aber seit einiger Zeit, und leider in zu rasch wachsendem Grade, bereitet sich ein Umschwung in ihm vor; er ist ungeduldig, anzüglich, ironisch, und erst heute nachmittag wieder fiel es mir auf, wie sehr er sich in seinem Tone verändert hat. Entsinnen Sie sich noch, als von den Marmorkrippen die Rede war. Nun, meine Schwester nahm die mehr oder weniger scherzhafte Sache wie gewöhnlich wieder ganz ernsthaft und antwortete halb gereizt, halb sentimental. Noch vor zwei, drei Jahren hätte Holk das hingehen lassen, aber heute gab er ihr alles spitz zurück und spöttelte, daß ihr bloß wohl sei, wenn sie von Gruft und Kapelle sprechen und einen aus bloßer Taille bestehenden Engel malen lassen könne.«

Schwarzkoppen hatte das alles mit einem gelegentlichen »nur zu wahr« begleitet, und an seiner Zustimmung war nicht zu zweifeln. Nun aber schwieg Arne, weil ihm die bloße Zustimmung nicht genug war und er gern ein ausführliches Wort von seiten Schwarzkoppens hören wollte. Dieser verriet indessen wenig Lust, das Thema weiter fortzuspinnen: es war ihm ein zu heißes Eisen, und nach Arnewiek hinüberweisend, das in eben diesem Augenblick jenseits einer tief einbuchtenden Förde sichtbar wurde, sagte er: »Wie reizend die Stadt im Mondlichte daliegt! Und wie der Damm drüben die Dächer ordentlich abschneidet und dazu die Giebel zwischen den Pappeln und Weiden! Und nun Sankt Katharinen! Hören Sie, wie's herüberklingt. Ich segne die Stunde, die mich hierher in Ihr schönes Land geführt.«

»Und dafür sollen Sie bedankt sein, Schwarzkoppen. Jeder hört es gern, wenn man ihm seine Heimat preist. Aber Sie wollen mir bloß entschlüpfen. Ich fordere Sie auf, mir beizustehen in dieser schwierigen Sache, die viel schwieriger liegt, als Sie vermuten können, und Sie zeigen auf den Damm drüben und sagen mir, daß er die Dächer abschneidet. Versteht sich, tut er das. Aber damit kommen Sie mir nicht los. Sie müssen meiner Schwester, bei dem Einfluß, den Sie auf sie haben, von der Bibelseite her beizukommen und ihr aus einem halben Dutzend Stellen zu beweisen suchen, daß das nicht so ginge, daß das alles nur Selbstgerechtigkeit sei, daß die rechte Liebe von diesem versteckten Hochmut, der nur in Demutsallüren einhergeht, nichts wissen wolle, mit anderen Worten, daß sie sich ändern und ihrem Manne zu Willen sein müsse, statt ihm das Haus zu verleiden. Ja, Sie können hinzusetzen, und halb entspricht es auch der Wahrheit, daß er die ganze Kopenhagener Stellung wahrscheinlich längst aufgegeben hätte, wenn er nicht froh wäre, dann und wann aus dem Druck herauszukommen, den die Tugenden seiner Frau, meiner geliebten und verehrten Frau Schwester, auf ihn ausüben.«

»Ach lieber Baron«, nahm jetzt Schwarzkoppen das Wort, »ich will Ihnen nicht eigentlich entschlüpfen, das ist es nicht, es fehlt mir nicht der gute Wille, nach meiner Kraft mitzuwirken, denn ich sehe die Gefahr, wie Sie sie sehen. Aber mit dem guten Willen ist wenig getan. Wenn Ihre Frau Schwester statt eine protestantische Gräfin eine katholische Gräfin, und wenn ich selber statt ein Seminardirektor in Arnewiek ein Redemptoristen- oder wohl gar ein Jesuitenpater wäre, so wäre die Sache sehr einfach. Aber so liegt sie nicht. Von Autorität keine Rede. Alles rein gesellschaftlich, und wenn ich Miene machen wollte, den Seelenarzt, den Beichtvater zu spielen, so wär ich ein Eindringling und täte etwas, was mir nicht zukommt.«

»Eindringling«, lachte Arne. »Ich kann doch nicht annehmen, Schwarzkoppen, daß Ihnen Petersen Sorge macht, der mit seinen beinahe Achtzig nachgerade an einem Punkt steht, wo das Rivalisieren und Übelnehmen aufhört.«

»Nicht Petersen«, sagte Schwarzkoppen. »Der hat freilich die kleinen Eitelkeiten, die sonst nirgends größer sind als bei meinen pastoralen Amtsbrüdern, längst hinter sich geworfen und würde mir die Rolle des Bekehrers und Wundertäters gönnen. Aber was einem der Zufall bietet, darf man nicht immer ausnutzen. Es spricht hier so vieles dagegen, erschwert und mahnt zur Vorsicht.«

»Also abgelehnt.«

»Nein, nicht abgelehnt. Ich will tun, was in meinen Kräften steht, aber es kann nur ein ganz Geringes sein. Schon aus äußerlichen Gründen. Ich bin im Amt, und der Weg bis Holkenäs ist nicht allzu nah, so wird sich das ›bei Gelegenheit‹, wovon Sie sprachen, nicht allzuoft einstellen können. Aber die Hauptschwierigkeit ist doch immer die Gräfin selbst. Ich habe kaum eine Dame kennengelernt, der ich eine größere Verehrung entgegenbrächte. Sie gesellt zu den Vorzügen einer vornehmen Dame zugleich alle Tugenden einer christlichen Frau. Sie will jeden Augenblick das Beste, das Pflichtmäßige, und diesen ihren Anschauungen von Pflicht eine andere Richtung zu geben, das ist außerordentlich schwer. Unsere Kirche, wie Sie wissen, und wie ich zum Überfluß auch schon andeutete, gestattet nichts als Rat, Zuspruch, Bitte. Mehr oder weniger ist alles in Spruchauslegung gelegt, was dem Meinungskampfe Tür und Tor öffnet. Und dazu kommt noch, die Gräfin ist nicht bloß sehr bibelfest, sie hat auch die ganze Kraft derer, die nicht links und nicht rechts sehen, keine Konzessionen machen und durch Starrheit und Unerbitterlichkeit sich eine Rüstung anzulegen wissen, die besser schließt als die Rüstung eines milden und liebevollen Glaubens. Mit Widerspruch ist ihr nicht beizukommen und noch weniger mit überlegener Miene.«

»Gewiß. Auch kann ich nur wiederholen: es muß sich alles wie von ungefähr ergeben.«

»Alles, was ich tun kann, ist – wenn ich mich als halber Schulmeister, der ich jetzt bin, auf ein etwas gelehrt klingendes Wort ausspielen darf – ein prophylaktisches Verfahren. Verhütung, Vorbauung. Ich will mir Geschichten zurechtlegen, Geschichten aus meinem früheren Pfarrleben – in welche Verschlingungen und Verirrungen gewinnt man nicht Einblick! – und will versuchen, diese Geschichten still wirken zu lassen. Ihre Frau Schwester ist in gleichem Maße phantasievoll und nachdenklich; das Phantasievolle wird ihr das Gehörte verlebendigen, und ihre Nachdenklichkeit wird sie zwingen, sich mit dem Kern der Geschichte zu beschäftigen und sie so vielleicht zunächst zu einem Wandel der Anschauung und weiterhin zur Selbstbekehrung führen. Das ist alles, was ich versprechen kann. Ein sehr langsames Verfahren und vielleicht ein Aufwand von Kraft, der in keinem Verhältnis steht zu dem, was dabei herauskommt. Aber ich will mich meiner Aufgabe nicht entziehen, weil ich ein Einsehen habe, daß es nötig ist, innerhalb vorsichtig zu ziehender Grenzen irgend etwas zu tun.«

»Abgemacht, Schwarzkoppen; ich habe Ihr Wort. Und damit gut. Zudem, die Zeit ist günstig für das, was wir vorhaben. Holk erwartet in etwa vier Wochen seine Zitierung zur Prinzessin nach Kopenhagen, und dann ist er fort bis Weihnachten. In der zwischenliegenden Zeit bin ich oft drüben, um, wie herkömmlich, wenn Holk in Kopenhagen ist, in Wirtschaft und Buchführung nach dem Rechten zu sehen; ich werde mich, wenn ich hinüberfahre, regelmäßig erst mit Ihnen benehmen und anfragen, ob Sie mich begleiten können. Auch das möcht ich noch sagen dürfen: allemal, wenn er fort ist, ist sie in einer weichen und beinah zärtlichen Stimmung, und die große Liebe, die sie früher für ihn hegte und die sie gegenwärtig mehr haben will, als daß sie sie wirklich hat, diese Liebe wird dann immer wieder lebendig. Kurzum, ihr Gemüt ist in seiner Abwesenheit ein Acker, darin jedes gute Samenkorn aufgeht. Es kann nur darauf ankommen, ihr einmal alles von einer anderen, einigermaßen mitberechtigten Seite zu zeigen. Glückt uns das, so haben wir gewonnen Spiel. Bei dem Ernst und der Nachhaltigkeit, womit sie alles austrägt, kommt sie, wenn ihrem Geiste nur erst die rechte Richtung gewiesen ist, von selber ans rechte Ziel.«

Man hatte jetzt den an der anderen Seite der Bucht sich hinziehenden Damm erreicht, auf dem noch, auf eine kurze Strecke hin, die Fahrstraße lief. Unten lag die Stadt, in ihrer Mitte von der Katharinenkirche, darin das Seminar eingebaut war, und am Ausgange von einem alten hochgelegenen Schloßbau, ›Schloß Arne‹, überragt. Als der Wagen die Dammschrägung nach der Stadt zu hinabfuhr, sagte Schwarzkoppen: »Ein wunderliches Spiel; sind wir doch wie zwei Verschwörer, die nächtlicherweile Pläne schmieden. Pläne, bei denen mir wohl die Rolle zufällt, die eigentlich dem alten Petersen zufallen müßte. Und das um so mehr, als die Gräfin ihn eigentlich schwärmerisch verehrt und nur über den Rationalisten in ihm nicht gut fortkommen kann. Über den Rationalisten! Ein bloßes Wort, und bei Lichte besehen ist es nicht mal so schlimm damit, am wenigsten jetzt. Er ist nun nah an der Grenze der uns hienieden bewilligten Zeit und hat hellere Augen als wir, vielleicht in all und jedem und in Dingen von dieser Welt nun schon ganz gewiß.«

6. KAPITEL

Die schönen Herbsttage schienen andauern zu wollen. Auch am anderen Morgen war es wieder hell und sonnig, und das gräfliche Paar nahm das Frühstück im Freien unter der Fronthalle. Julie von Dobschütz mit ihnen. Asta übte nebenan, Axel und der Hauslehrer waren in den Dünen auf Jagd, was die Michaelisferien gestatteten, von denen die Gräfin, wie von Ferien überhaupt, als Regel nicht viel wissen wollte; Ferien in der Stadt und auf Schulen, das habe Sinn, hier draußen aber, wo man in Gottes freier Natur lebe, seien sie mindestens überflüssig. Hieran hielt die Gräfin prinzipiell seit lange fest und lächelte überlegen, wenn der Graf seinen entgegengesetzten Standpunkt verteidigte; gegen die diesjährigen Michaelisferien aber hatte sie, trotz ihrer unveränderten Anschauungen, ausnahmsweise nichts einzuwenden, weil sie den Plan, beide Kinder mit Beginn des Winterkursus in Pension zu geben, noch immer nicht aufgegeben hatte. Da bedeuteten denn die paar Tage nicht viel. Der Graf seinerseits zeigte hinsichtlich der Schul- und Pensionsfrage nach wie vor die von der Gräfin immer wieder beklagte Laschheit; er war nicht eigentlich dagegen, aber war auch nicht dafür. Jedenfalls bestritt er, daß es irgendwelche Eile damit habe, worauf dann die Gräfin mit einer gewissen Gereiztheit antwortete: *das* gerade könne sie nicht gelten lassen; es sei nicht bloß an der Zeit, es sei sogar höchste Zeit; Asta sei sechzehn, Axel werde fünfzehn, das seien die Jahre, wo der Charakter sich bilde, wo der Kreuzweg käme, wo sich's entscheide nach links oder rechts. »Und ob schwarze oder weiße Schafe«, warf Holk spöttisch ein und griff nach der Zeitung.

Aber gerade diese spöttische Behandlung, die der Gräfin zeigen sollte, daß sie das alles mal wieder viel zu wichtig nähme, steigerte nur ihren Ernst, und so sagte sie denn, ohne auf die Gegenwart der Dobschütz, die ohnehin eine Eingeweihte war, Rücksicht zu nehmen: »Ich bitte dich, Helmuth, verzichte doch endlich darauf, eine ernsthafte Sache ins Scherzhafte zu ziehen. Ich erheitere mich gern …«

»Pardon, Christine, das scheint seit gestern deine Parole.«

»Ich erheitere mich gern«, wiederholte sie, »aber alles zu seiner Zeit. Ich verlange keine Zustimmung von dir, ich verlange nur eine feste Meinung, sie braucht nicht einmal begründet zu sein. Sage, daß du Herrn Strehlke für ausreichend hältst und daß dir Elisabeth Petersen lieber ist als ein ganzes Pensionat junger Damen – ich werde beides nicht glauben, aber ich werde mich unterwerfen und schweigen. Nur freilich nenne das nicht Erziehung …«

»Ach, liebe Christine, das ist nun mal dein Steckenpferd oder eins aus der Reihe davon, und wenn du nicht als Baronesse Arne geboren wärest, so wärest du Basedow oder Pestalozzi geworden und könntest Schwarzkoppen als Seminardirektor ablösen. Oder wohl gar sein Inspizient werden. Erziehung und immer wieder Erziehung. Offen gestanden, ich für meine Person glaube nicht an die Wichtigkeit all dieser Geschichten. Erziehung! Auch da ist das Beste Vorherbestimmung, Gnade. In diesem Stück, so gut lutherisch ich sonst bin, stehe ich zu Calvin. Und falls Calvin dich verdrießt, beiläufig auch eine von deinen höheren Gesinnungskapricen, so laß mich dir einfach das alte Sprichwort sagen: ›Wie man in die Wiege gelegt wird, so wird man auch in den Sarg gelegt‹. Erziehung tut nicht viel. Und wenn dann schon von Erziehung die Rede sein soll, so ist es die, die das Haus gibt.«

Die Gräfin zuckte leis mit den Achseln, Holk aber sah darüber hin und fuhr fort: »Haus ist Vorbild, und Vorbild ist das einzige, dem ich so was wie erziehliche Kraft zuschreibe. Vorbild und natürlich Liebe. Und ich liebe die Kinder, darin werd ich doch hoffentlich deinen Beifall finden, und sie jeden Tag zu sehen ist mir Bedürfnis.«

»Es handelt sich, Helmuth, nicht um uns, wessen *du* bedarfst, sondern es handelt sich um das, wessen die Kinder bedürfen. Du siehst die Kinder nur beim Frühstück, wenn du ›Dagbladet‹, und beim Tee, wenn du die ›Hamburger Nachrichten‹ liest, und bist verstimmt, wenn sie sprechen oder wohl gar eine Frage an dich richten. Es ist möglich, daß dir die Nähe der Kinder ein gewisses Wohlgefühl gibt, aber es ist damit nicht viel anders als mit der Zuckerdose da, die regelmäßig rechts von dir stehen muß, wenn es dir wohl sein soll. Du bedarfst der Kinder, sagst du. Glaubst du, daß ich ihrer nicht bedarf, hier in dieser Einsamkeit und Stille, darin ich nichts habe als meine gute Dobschütz? Aber das Glück meiner Kinder gilt mir mehr als mein Behagen, und das, was die Pflicht vorschreibt, fragt nicht nach Wohlbefinden.«

Holk strich mit der Linken über das Tischtuch, während er mit der Rechten die Zuckerdose drei-, viermal auf- und zuknipste, bis die Gräfin, die bei diesem Tone jedesmal nervös wurde, die Dose beiseite schob, was er ruhig geschehen ließ. Denn er begriff vollkommen, daß solche schlechte Angewohnheit schwer zu ertragen sei. Mehr noch, der ganz geringfügige Zwischenfall gab ihm seine gute Laune wieder. »Meinetwegen, Christine. Besprich es mit Schwarzkoppen und deinem Bruder und natürlich mit unserer guten Dobschütz. Und dann tut nach eurem Ermessen. Ist es doch überhaupt nutzlos, über all das eine Fehde zu führen, und ich ärgere mich nachträglich über jedes Wort, das ich dir geantwortet habe. Denn eigentlich«, und er nahm ihre Hand und küßte sie, »eigentlich ist es doch eine kleine Komödie, die du spielst, eine liebenswürdige kleine Komödie. Du willst mich, ich weiß freilich nicht recht warum, in dem Glauben erhalten, als ob ich hier auf Holkenäs etwas zu sagen hätte. Nun, Christine, du bist nicht bloß viel charaktervoller als ich, du bist auch viel klüger: aber so wenig klug bin ich doch nicht, daß ich nicht wissen sollte, wer hier Herr ist und nach wem es geht. Und wenn ich eines Morgens hier am Frühstückstisch erschiene, und du sagtest mir: ›Ich habe über Nacht zwei Pakete gemacht, und das eine habe ich nach Schnepfental und das andere nach Gnadenfrei geschickt, und in dem einen Paket war Axel und in dem anderen war Asta‹, so weißt du mit jeder erdenklichen Gewißheit, daß ich vielleicht einen Augenblick stutzen, aber gewiß nicht widersprechen oder mich wohl gar bis zu Vorwürfen steigern würde.«

Die Gräfin lächelte halb befriedigt, halb wehmütig.

»Nun sieh«, fuhr Holk fort, »du gibst mir recht, und wenn du noch einen Augenblick damit zögern wolltest, so würde ich mich zur Entscheidung an unsere Freundin Julie wenden. Nicht wahr, liebe Dobschütz, es ist eine Torheit und eigentlich ein grausames Spiel, von den Widersprüchen oder Unentschlossenheiten eines Mannes zu sprechen, dessen Unentschlossenheiten nie ein Hindernis sind, weil sie durch die Bestimmtheiten seiner besseren Hälfte zu baren Gleichgültigkeiten herabsinken. Aber da biegt ja die ›Dronning Maria‹ grad' um Farö-Klint herum. Noch fünf Minuten, so ist sie herum. Ich schlage vor, daß wir bis an die Landungsbrücke gehen und die Kopenhagener Briefschaften in Empfang nehmen.«

»Nein, ich«, rief Asta, die das Wort von dem Herankommen der ›Dronning Maria‹ nebenan gehört und den Flügel, auf dem sie übte, sofort zugeklappt hatte. »Nein, ich; ich bin flinker.« Und ehe noch mit einem Ja oder Nein geantwortet werden konnte, flog sie schon die Terrasse hinunter und auf den Pier zu, dessen Endpunkt sie fast in demselben Augenblick erreichte, wo das Schiff anlegte. Der Kapitän, der die junge Komtesse sehr wohl kannte, grüßte militärisch und reichte dann persönlich von der Kommandobrücke her die Zeitungen und Briefschaften. Einen Augenblick später setzte sich das Schiff, auf Glücksburg zu, weiter in Bewegung. Asta aber eilte zurück, auf die Terrasse zu, und als sie halb herauf war, hielt sie schon einen Brief in die Höhe, an dessen Format und großem Siegel Graf und Gräfin unschwer erkannten, daß es ein dienstliches Schreiben sei. Gleich danach war die junge Komtesse wieder oben unter der Säulenhalle und legte die Zeitungen auf den Tisch, während sie den Brief dem Papa überreichte.

Dieser überflog die Adresse und las: »Sr. Hochgeboren dem Grafen Helmuth Holk auf Holkenäs, stellvertretendem Propst des adligen Konvents zu St. Johannes in Schleswig, Kammerherrn J. K. H. der Prinzessin Maria Eleonore.«

»So korrekt und so vollständig«, sagte die Gräfin, »schreibt nur einer. Der Brief muß also von Pentz sein. Ich muß immer lachen, wenn ich an ihn denke, etwas Polonius und etwas Hofmarschall Kalb. Asta, du solltest aber weiter üben; die ›Dronning Maria‹, glaub ich, kam dir sehr zu paß.«

Und Asta ging an den Flügel zurück.

Holk hatte inzwischen den Brief geöffnet und begann ohne weiteres mit seiner Verlesung, weil er wußte, daß er keine Staatsgeheimnisse verraten würde.

»*Kopenhagen*, Prinzessinnenpalais
28. September 1859

Lieber Holk. Unsern freiherrlichen Gruß zuvor! Und meinem Gruß auf der Ferse die ganz ergebenste Bitte, mich's nicht entgelten lassen zu wollen, daß ich auf dem Punkt stehe, das Familienleben auf Schloß Holkenäs zu stören. Unser Freund Thureson Bille, der am 1. Oktober den Dienst bei der Prinzessin antreten und mit Erichsen alternieren sollte, liegt seit drei Wochen an den Masern darnieder, eine Kinderkrankheit, von der man in diesem Falle sagen darf (ich zitiere hier unsre Prinzessin, Königliche Hoheit), sie habe sich an den rechten Mann gewandt. Nun hätten wir freilich noch Baron Steen, aber der ist gerade in Sizilien und wartet schon seit fünf Wochen auf einen Ätnaausbruch. Seitdem Steen allerpersönlichst sein eruptives Leben nicht mehr fortsetzen kann, hat er sich den Eruptionen der feuerspeienden Berge zugekehrt. Wie seine eigene Vergangenheit ihm daneben erscheinen mag! Ich kenne ihn nun seit dreißig Jahren. Er war trotz aller Anstrengungen, ein Don Juan zu sein, im wesentlichen immer nur ein Junker Bleichenwang, also, gemessen an seinen Ansprüchen, so ziemlich das Lächerlichste, was man sein kann. Aber lassen wir das, und wenden wir uns der Hauptsache zu; Steen und Bille versagen, und so bleiben nur *Sie.* Die Prinzessin selbst läßt Ihnen und der liebenswürdigen Gräfin ihr Bedauern darüber aussprechen und beauftragt mich, hinzuzufügen, ›sie würde sich mühen, Ihnen die Tage so leicht und angenehm wie möglich zu machen‹. Und das wird ihr auch gelingen. Der König hat vor, den Spätherbst in Glücksburg zuzubringen, die Danner natürlich mit ihm, und so finden Sie denn unsere Serenissima, die, wie Sie wissen, mit der Danner nicht gern dieselbe Luft atmet, bei bester Laune. Die Stellung Halls, der in politicis nach wie vor der Liebling im Prinzessinnenpalais ist, ist erschüttert, aber auch *das* trägt dazu bei, die Stimmung der Prinzessin selbst zu verbessern, denn dem ›Bauernministerium‹, das nahe bevorsteht, verspricht alle Welt nur eine Dauer von vier Wochen, und wenn Hall dann wieder eintritt (und man wird ihn beschwören, es zu tun), so steht er fester denn je zuvor. Im übrigen, lieber Holk, und ich freue mich dies hinzusetzen zu dürfen, ist es nicht nötig, daß Sie sich hasten und eilen und gleich den ersten Dampfer benutzen; die Prinzessin läßt ihnen dies eigens sagen, eine besondere Gunstbezeugung, da Pünktlichkeit im Dienst zu den Dingen gehört, auf die sie sonst hält und bei denen sie unter Umständen empfindlich werden kann. Ich breche hier ab und nehme nichts vorzeitig aus dem Sack voll Neuigkeiten heraus, den ich für Sie habe. Die Prinzessin nimmt es außerdem übel, wenn man vorweg ausplaudert, was sie selber gern erzählen möchte. Nur ein Kosthäppchen. Adda Nielsen quittiert die Bühne und wird Gräfin Brede, nachdem sie vierzehn Tage lang geschwankt, ob sie nicht lieber in ihrer freieren und finanziell vorteilhafteren Stellung bei Grossierer Hoptrup verbleiben solle. Das Legitime hat aber doch auch einen Reiz, und nun gar eine legitime Gräfin! Hoptrup, selbst wenn er ein Witwer werden sollte (woran vorläufig noch gar nicht zu denken), kann, trotz seiner Millionen, über den Etatsrat nie hinaus. Und das ist für die Ansprüche einer ersten Tragödin zu wenig. De Meza ist Flügeladjutant geworden, Thomsen und Worsaae haben sich mal wieder gezankt, natürlich über einen ausgehöhlten versteinerten Baumstamm, den Worsaae bloß bis auf Ragnar Lodbrock, Thomsen aber, dem das nicht genug ist, bis auf Noah zurückverlegen will. Ich bin für Noah; er weckt mir angenehmere Vorstellungen: Arche, Taube, Regenbogen und vor allem Weinstock. Lassen Sie mich in einer Zeile wissen oder am besten in einem Telegramm, wann wir Sie erwarten dürfen. Tout à vous.

Ihr Ebenezer Pentz.«

Holk, als er den Brief gelesen, verfiel in eine herzliche Heiterkeit, in die die Gräfin nicht einstimmen mochte.

»Nun, was sagst du, Christine? Pentz from top to toe. Voll guter Laune, voll Medisance, zum Glück auch voll Selbstironie. Das Hofleben bildet sich doch wunderbare Gestalten aus.«

»Gewiß. Und ganz besonders drüben in unserem lieben Kopenhagen. Es kann auch in seinem Hofleben von seiner ursprünglichen Natur nicht lassen.«

»Und was ist diese Natur?«

»Tanzsaal, Musik, Feuerwerk. Es ist eine Stadt für Schiffskapitäne, die sechs Monate lang umhergeschwommen und nun beflissen sind, alles Ersparte zu vertun und alles Versäumte nachzuholen. Alles in Kopenhagen ist Taverne, Vergnügungslokal.«

Holk lachte. »Thorwaldsen-Museum, nordische Altertümer und Olafkreuz und dazu die Frauenkirche mit Christus und zwölf Aposteln ... Auch das?«

»Ach, Holk, welche Frage! Da ließe sich noch viel andres aufzählen, und ich bin nicht blind für all das Schöne, was da drüben zu finden ist. Es ist eigentlich ein feines Volk, sehr klug und sehr begabt, und ausgerüstet mit vielen Talenten. Aber so gewiß sie die Tugenden haben, die der Verkehr mit der Welt gibt, so gewiß auch die Schattenseiten davon. Es sind lauter Lebeleute; sie haben sich nie recht quälen und mühen müssen, und das Glück und der Reichtum sind ihnen in den Schoß gefallen. Die Zuchtrute hat gefehlt, und das gibt ihnen nun diesen Ton und diesen Hang zum Vergnügen, und der Hof schwimmt nicht nur bloß mit, er schwimmt voran, anstatt ein Einsehen zu haben und sich zu sagen, daß der, der herrschen will, mit der Beherrschung seiner selbst beginnen muß. Aber das kennt man in Kopenhagen nicht, und das hat auch deine Prinzessin nicht, und am wenigsten hat es dieser gute Baron Pentz der, glaub ich, das Tivolitheater für einen Eckpfeiler der Gesellschaft hält. Und in dem Sinne schreibt er auch. Ich kann diesen Ton nicht leiden und muß dir sagen, es ist der Ton, der nach meinem Gefühl und fast auch nach meiner Erfahrung immer einer Katastrophe vorausgeht.«

Holk war andrer Meinung. »Glaube mir, Christine, so viel königliche und nichtkönigliche Gasterei drüben sein mag, das Gastmahl des seligen Belsazar ist noch nicht da, und der Untergang wird meinen lieben Kopenhagnern noch lange nicht an die Wand geschrieben … Aber was tue ich dieser Zitation meiner Prinzessin gegenüber?«

»Natürlich ihr gehorchen. Du bist im Dienst, und solange du's für richtig hältst, darin zu verbleiben, so lange hast du bestimmte Pflichten und mußt sie erfüllen. Und in dem vorliegenden Falle je eher je lieber. Wenigstens nach meinem Dafürhalten. Das mit dem Urlaub oder mit der Versicherung, ›es habe keine Eile‹, das würd ich nicht glauben und jedenfalls nicht annehmen. Ich bin allem Höfischen aus dem Wege gegangen und habe einen Horror vor alten und jungen Prinzessinnen; aber so viel weiß ich doch auch vom Hofleben und seinen Gesetzen, daß man an Huldigungen nicht leicht genug tun kann und daß die ruhige Hinnahme bewilligter Freiheiten immer etwas Mißliches ist. Und dann, Holk, wenn du auch noch bleiben wolltest, es wären doch unruhige Tage für dich und mich, für uns alle. Kann ich dir also raten, so reise morgen.«

»Du hast recht; es ist das beste so, nicht lange besinnen. Aber du solltest mich begleiten, Christine. Die Hansen drüben hat das ganze Haus, also Überfluß an Raum, und ist eine Wirtin, wie sie nicht besser gedacht werden kann. Und was die Bekanntschaften angeht, so findest du die Schimmelmann und die Schwägerin unserer guten Brockdorff und Helene Moltke. Ich nenne diese drei, weil ich weiß, daß du sie magst. Dann gibt es doch auch Kirchen in Kopenhagen, und Melbye ist dein Lieblingsmaler, und vorm alten Grundtvig hast du zeitlebens Respekt gehabt.«

Die Gräfin lächelte. Dann sagte sie: »Ja, Helmuth, da bist du nun wieder ganz du. Noch keine Stunde, daß wir von den Kindern und ihrer Unterbringung gesprochen haben, und schon hast du alles wieder vergessen. Einer muß doch hier sein und das, was zu tun ist, in die rechten Wege leiten. Ich möchte wissen, was dich eigentlich beschäftigt. Alle Körner fallen aus deinem Gedächtnis heraus, und nur die Spreu bleibt zurück. Verzeih, aber ich kann dir diese bittren Worte nicht ersparen. Ich glaube, wenn mein Bruder Alfred stirbt oder vielleicht auch wer, der dir noch näher steht, und du hast gerad' eine Hühnerjagd angesagt, so vergißt du, zum Begräbnis zu fahren.«

Holk biß sich auf die Lippen. »Es glückt mir nicht, dich freundlich zu stimmen und dich aus deinem ewigen Brüten und Ernstnehmen herauszureißen. Ich frage mich, ist es meine Schuld, oder ist es deine?«

Diese Worte blieben doch nicht ohne Wirkung auf Christine. Sie nahm seine Hand und sagte: »Schuld ist überall, und vielleicht ist meine die größere. Du bist leichtlebig und schwankend und wandelbar, und ich habe den melancholischen Zug und nehme das Leben schwer. Auch da, wo Leichtnehmen das Bessere wäre. Du hast es nicht gut mit mir getroffen, und ich wünschte dir wohl eine Frau, die mehr zu lachen verstände. Dann und wann versuch ich's, berühme mich auch wohl, daß ich's versucht, aber es glückt nicht recht. Ernst bin ich gewiß und vielleicht auch sentimental. Vergiß, was ich dir vorhin gesagt habe, es war hart und unrecht, und ich habe mich hinreißen lassen. Gewiß, ich klage dich oft an und will es nicht leugnen, aber ich darf auch sagen, ich verklage mich vor mir selber.« In diesem Augenblick trat Asta vom Salon her wieder unter die Halle, einen Helgoländerhut über dem linken Arm.

»Wo willst du hin?«

»Zu Elisabeth. Ich will ihr die Notenmappe zurückbringen, die sie gestern hier gelassen.«

»Ah, das trifft sich gut«, sagte Holk, »da begleit ich dich ein Stück Wegs.«

Und Asta, die wohl sah, daß ein ernsthaftes Gespräch stattgefunden hatte, grüßte zunächst die Dobschütz und küßte dann der Mutter die Stirn. Und gleich danach nahm sie des Vaters Hand und ging mit ihm die Halle hinunter, auf die Gartenfront des Hauses zu.

Als sie fort waren, sagte die Dobschütz: »Ich möchte beinah glauben, Christine, du hättest die Notenmappe noch gern ein paar Tage hier behalten? Ich sah gestern abend, welchen Eindruck das Lied auf dich machte.«

»Nicht die Komposition, bloß der Text. Und den hab ich mir im ersten Eifer gleich gestern abgeschrieben. Bitte, liebe Julie, hol ihn mir von meinem Schreibtisch. Ich möchte wohl, du läsest mir das Ganze noch einmal vor oder doch wenigstens die erste Strophe.«

»Die gerade kann ich auswendig«, sagte die Dobschütz.

»Ich vielleicht auch. Aber trotzdem möcht ich sie hören; sage sie mir, und recht langsam.«

Und nun sprach die Dobschütz langsam und leise vor sich hin:

»Die Ruh' ist wohl das Beste
Von allem Glück der Welt.
Was bleibt vom Erdenfeste,
Was bleibt uns unvergällt?
Die Rose welkt in Schauern,
Die uns der Frühling gibt;
Wer haßt, ist zu bedauern,
Und mehr noch fast, wer liebt.«

Die Gräfin ließ von ihrer Arbeit ab, und eine Träne fiel auf ihre Hand.

Dann sagte sie: »Eine wunderbare Strophe. Und ich weiß nicht, was schöner ist, die zwei Zeilen, womit sie beginnt, oder die zwei Zeilen, womit sie schließt.«

»Ich glaube, sie gehören zusammen«, sagte die Freundin nach einigem Nachdenken, »und jedes Zeilenpaar wird schöner durch das andere. ›Wer haßt, ist zu bedauern, und mehr noch fast, wer liebt.‹ Ja, Christine, es ist so. Aber gerade, weil es so wahr ist ...«

»Ist das andre, womit die Strophe beginnt, noch wahrer: *Die Ruh' ist wohl das Beste.*«

7. KAPITEL

Holk und Asta schritten, während Christine dies Gespräch mit der Dobschütz führte, die Säulenhalle hinunter, und erst als sie hundert Schritt weiter abwärts das mit Rasen überwachsene Rondell erreicht hatten, wo man, wenn Besuch war, Kricket zu spielen pflegte, trennten sie sich, und Holk, um sich einem vor einem Treibhause beschäftigten Gärtner zuzuwenden, Asta, um ihren Weg auf der wohlgepflegten Parkchaussee fortzusetzen. Diese senkte sich allmählich und bog schließlich scharf links in eine breite, schon in der Ebene laufende Kastanienalle ein, die sich bis Dorf Holkeby hinzog. Überall lagen Kastanien am Boden oder platzten aus der Schale, wenn sie vor Asta niederfielen. Diese bückte sich nach jeder einzelnen; als aber das Pfarrhaus, das in die Kirchhofsmauer eingebaut war, in Sicht kam, warf sie alles wieder fort und ging in rascherem Schritt auf das Haus zu.

Die Tür des Pfarrhauses hatte noch von alter Zeit her einen Klopfer, er schien aber seinen Dienst versagen zu wollen, denn niemand kam. Erst als sie das Klopfen mehrmals wiederholt hatte, wurde geöffnet, und zwar von Pastor Petersen selbst, der augenscheinlich gestört worden war. Als er aber Asta erkannte, verschwand rasch die Mißmutswolke von seiner Stirn, und er nahm ihre Hand und zog sie mit sich in seine Studierstube, deren Tür er offen gelassen hatte. Die Fenster gingen auf den ein wenig ansteigenden Kirchhof hinaus, so daß die Grabsteine einander wie über die Schulter sahen. Dazwischen standen Eschen und Trauerweiden, und der Duft von Reseda, trotzdem es schon spät im Jahre war, drang von außen her ein.

»Nimm Platz, Asta«, sagte Petersen. »Ich war eben eingeschlafen. In meinen Jahren geht der Schlaf nicht mehr nach der Uhr; in der Nacht will er nicht kommen, und da kommt er denn bei Tag und überfällt einen. Elisabeth ist bei Schünemanns drüben und bringt der armen Frau, die's, glaub ich, nicht mehr lange machen wird, ein paar Weintrauben, die wir heute früh geschnitten haben. Aber sie muß gleich wieder da sein, Hanna hilft mit draußen auf dem Feld. Und nun trinkst du mit mir ein Glas Malvasier. Das ist Damenwein.«

Und dabei schob er die aufgeschlagene Bibel nach rechts, einen Kasten mit Altertümern aber (denn er war ein Altertümler wie die meisten schleswigschen Pastoren) weit nach links hin und stellte zwei Weingläser auf seinen Arbeitstisch.

»Laß uns anstoßen. Ja, worauf? Nun, auf ein frohes Weihnachten.«

»Ach, das ist noch so lange.«

»Ja dir. Aber ich rechne anders ... Und daß das Christkind dir alles erfüllt, was du auf dem Herzen hast.«

Ihre Gläser klangen zusammen, und im selben Augenblicke trat Elisabeth ein und sagte: »Da muß ich doch mit anstoßen, wenn ich auch nicht weiß, wem es gilt.«

Nun erst begrüßten sich die jungen Mädchen, Asta gab an Elisabeth die Notenmappe zurück und sprach ihr dabei den Dank ihrer Mutter für das schöne Lied aus, das sie gestern gesungen.

Dies wurde nur so hingesprochen, denn während Asta die Bestellung ausrichtete, beschäftigte sich ihr Auge schon mit den zahlreichen numerierten Dingen, kleinen und großen, die den archäologischen Kasten füllten. Das eine, was sie sah, schien Golddraht zu sein, Golddraht in einer großen Spirale.

»Warum ist es von Gold?« fragte Asta. »Es sieht ja aus wie eine Sofasprungfeder.«

Der Alte vergnügte sich darüber und sagte ihr dann, es sei was Besseres, ein Schmuckstück, eine Art Armband, das vor zweitausend Jahren eine damalige Komtesse Asta getragen habe.

Asta freute sich und nickte, und Elisabeth, die von diesen Dingen mehr kannte, als ihr lieb war, denn sie war wie der Kustos der Sammlung, setzte ihrerseits hinzu: »Und wenn nach wieder zweitausend Jahren deine kleine Hufeisenbrosche gefunden wird, dann, das kann ich dir versichern, wird es auch Vermutungen und Feststellungen geben ... Aber nun komm, Asta, wir wollen den Großpapa und seine Studierstube nicht länger stören.«

Und damit nahm sie Astas Arm und ging mit ihr über den Flur auf eine Pforte zu, die direkt nach dem Kirchhof hinausführte. Nur wenige Schritte noch, dann kamen sie bis an einen breiten Querweg, der zwischen Gräbern hin auf die alte Feldsteinkirche zulief, einen frühgotischen Bau ohne Turm, der für eine Scheune hätte gelten können, wenn nicht die hohen Spitzbogenfenster gewesen wären mit ihrem dichten kleinblättrigen Efeu, der sich bis unter das Dach hinaufrankte. Die Glocke hing unter ein paar Schutzbrettern an der einen Giebelseite der Kirche, während an der andern ein niedriges Backsteinhaus angebaut war, mit kleinen Fenstern und jedes Fenster mit zwei Eisenstäben. Einige der Grabsteine, die hier in Nähe der Kirche besonders zahlreich waren, reichten mit ihren Kopfenden bis dicht an die Gruft heran; denn eine solche war der Anbau, und auf einen dieser Grabsteine stieg nun Asta und sah neugierig durch die kleinen eisenvergitterten Fenster. Dabei lehnte sie sich mit der Hand gegen einen losen Mauerstein, der sich dadurch nach hinten schob und einen anderen Halbstein, der auch schon lose war, zum Umkippen brachte, so daß er mit Gepolter in die Gruft hinabstürzte.

Asta fuhr zurück und sprang von dem Grabstein herab, auf dem sie gestanden. Elisabeth war mit erschrocken, und erst als sie beide den unheimlichen Platz und gleich danach auch den Kirchhof selbst verlassen hatten, erholten sie sich und fanden ihre Sprache wieder. Draußen, an der Kirchhofsmauer hin, lagen große Massen geschnittener Bretter und Balken, was nicht wunder nehmen konnte, denn parallel mit der Kirchhofsmauer, und nur durch einen breiten Fahrweg von ihr getrennt, zog sich ein langer, mit kurzem Gras überwachsener Holz- und Zimmerplatz hin, auf dem beständig norwegische Hölzer geschnitten wurden. Auch in diesem Augenblicke wieder lag ein roh mit der Axt behauener Baumstamm auf zwei hohen Holzböcken, und ein paar Zimmerleute, von denen der eine oben, der andere unten stand, sägten mit einer großen, in ihrer Arbeit immer blanker werdenden Holzsäge den Stamm entlang. Beide Mädchen sahen emsig hinüber, und die Nähe der Menschen, dazu der lebendige Ton der Arbeit, tat ihnen wohl nach dem Grauen, von dem sie sich angesichts der zerbröckelnden Gruft soeben noch berührt gefühlt hatten. Es war ein sehr anheimelnder Platz; die Brennesseln, die sonst hier wucherten, waren niedergetreten, und so saßen die beiden Freundinnen bequem und behaglich auf hochaufgeschichteten Brettern, hatten die Balken als Fußbank und die Kirchhofsmauer als Rücklehne.

»Weißt du«, sagte Asta, »die Mama hat doch recht, daß sie von der Gruft nichts wissen will und eine Scheu hat, sie zu betreten. Es ist ja, als wäre jeder Stein lose, und als warte alles nur darauf, daß es zusammenstürze. Und zweimal im Jahre geht sie doch hin und legt ihren Kranz auf den Sarg, an seinem Geburtstage und an seinem Sterbetage.«

»Kannst du dich denn deines Bruders Estrid noch erinnern?«

»Oh, gewiß kann ich. Ich war schon sieben Jahr.«

»Und ist es wahr, daß er nicht bloß Estrid hieß, sondern auch noch Adam?«

»Ja. Die Mama wollte freilich, daß er als zweiten Namen den Namen Helmuth führen sollte wie der Vater, Estrid Helmuth – Tante Dobschütz hat es mir oft erzählt; der Papa aber bestand auf Adam, weil er gehört hatte, daß Kinder, die so hießen, nicht sterben, und da habe denn die Mama gesagt (ich weiß das alles von Tante Julie), das sei Heidentum und Aberglauben, und es werde sich strafen, denn der liebe Gott lasse sich nichts vorschreiben, und es sei lästerlich und verwerflich, ihm die Hände binden zu wollen.«

»Ich kann mir denken, daß deine Mutter so gesprochen hat. Und es hat sich ja auch gestraft. Aber ich finde doch, Asta, daß deine Mutter in alldem zu streng ist, und der Großpapa, der sie doch so sehr liebt und sie getraut hat – was übrigens der Arnewieker Pastor damals sehr übel genommen haben soll – und der nichts Besseres kennt als seine ›liebe Christine‹, wie er sie noch immer nennt, und deinen Papa nennt er ja auch noch ›du‹ von alten Zeiten her; ... der sagt doch auch, sie sei zu sicher auf ihrem Weg und zu streng gegen andre ...«

»Ja, das sagen alle, dein Großpapa sagt es, und Direktor Schwarzkoppen sagt es, und Onkel Arne sagt es. Und wenn Axel und ich es auch nicht hören sollen, wir hören es doch und machen so unsere Betrachtungen drüber ...«

»Und wem kommen denn eure Betrachtungen zugute?«

»Immer der Mama.«

»Das wundert mich eigentlich. Ich dachte, du wärest deines Vaters Verzug und Liebling. Und liebtest ihn am meisten.«

»Oh, gewiß hab ich ihn lieb; er ist so gut und erfüllt uns jeden Wunsch. Aber die Mama meint es doch viel besser mit uns, und deshalb ist sie strenger. Alles bloß aus Liebe.«

»Ich habe dich nicht immer so sprechen hören, Asta. Es ist noch keine Woche, daß du voller Klagen und fast voll Bitterkeit warst, und daß du sagtest, es sei mit der Mama kaum noch zu leben, und alles schlüge sie dir ab, und alles sei so wichtig, als ob Leben und Seligkeit daran hinge ...«

»Ja, das werd ich wohl gesagt haben. Aber wer klagte nicht mal! Und dann ist es oft so still hier, und dabei wird man traurig und will es anders haben ... Sieh, ich denk es mir so, die Mama bedrückt uns oft, aber sie sorgt doch auch für uns, und der Papa erfreut uns jeden Augenblick, aber im ganzen kümmert er sich nicht recht um uns. Er ist mit seinen Gedanken immer woanders und die Mama immer bei uns. Wenn es nach dem Papa ginge, so ginge alles so ruhig weiter, bis jemand käme und mich haben wollte. Komtesse Holk, rotblond und gerade gewachsen und etwas Vermögen – ich glaube, das ist alles, was ihm vorschwebt, und davon verspricht er sich das Beste. Daß ich auch eine Seele habe, daran denkt er nicht, vielleicht glaubt er nicht mal daran.«

»Wie du nur sprichst. Er wird doch glauben, daß du eine Seele hast?«

»Vielleicht. Ich weiß es nicht. Und das ist der Unterschied von der Mama. Die glaubt bestimmt daran und will, daß ich etwas lernen und einen festen Glauben gewinnen soll, ›einen Anker für die Stürme des Lebens‹, wie sie sagt, und ich wäre glücklich darüber, wenn ich nicht von dir fort müßte. Solche Freundin wie du, die find ich in der Welt nicht wieder.«

»Aber du wirst doch nicht fort wollen, Asta? Und um was denn? Ist denn nicht die Dobschütz eine kluge Dame und lieb und gut dazu? Und du kannst ja Französisch parlieren, daß es eine Lust ist, und Strehlke hat ja zwei Preise gewonnen, einen in Kopenhagen über die Strandvegetation in Nordschleswig und einen in Kiel über Quallen und Seesterne. Und daß er Geographie weiß, das weiß ich, er wußte ja neulich das Lustschloß vom König von Neapel, so daß ihm selbst dein Onkel Arne gratulierte. Was willst du denn noch mehr lernen? Das nehm ich dir übel, wenn du so viel mehr lernen willst als ich, und wenn du dann wiederkommst, ist kein Verkehr mehr mit mir. Und ich will doch mit dir verkehren, denn ich liebe dich ja so sehr. Und deine Mama, wenn sie dich fortgibt, wird dich gewiß in eine große Schweizer Pension geben wollen.«

»Nein, in eine kleine Herrnhuter Pension.«

»Nun, darüber läßt sich reden, Asta. Herrnhuter kenn ich, das sind gute Leute.«

»Das mein ich. Die Mama war ja auch in einer Herrnhuter Pension.«

»Ist es denn schon gewiß?«

»So gut, wie gewiß. Der Papa hat nachgegeben. Und außerdem reist er morgen nach Kopenhagen zur Prinzessin, worauf gar nicht gerechnet war, und das wird Mama wohl benutzen, um alles schnell ins rechte Geleise zu bringen. Ich denke mir, in vierzehn Tagen oder noch früher ...«

»Ach, Asta, wäre nicht der Großpapa, ich bäte deine Mama, daß sie mich mitgäbe. Was soll ich hier, wenn du fort bist?«

»Es muß schon so gehen, Elisabeth, und wird auch. Schwer wird es mir auch. Und meine Mama wird auch allein sein und niemanden um sich haben als die Dobschütz, und sie schickt uns *doch* fort. Denn Axel geht auch. Es ist doch recht, was sie mir gestern abend sagte: man lebt nicht um Vergnügen und Freude willen, sondern man lebt, um seine Pflicht zu tun. Und sie beschwor mich, dessen stets eingedenk zu sein, denn daran hinge Glück und Seligkeit.«

»Das ist schon alles ganz wahr, aber es hilft mir nichts.« Und in Elisabeths Auge war ein Flimmern, als sie das sagte. »Ich kann doch nicht immer am Strand spazierengehen und Bernstein suchen und Kataloge machen und die Nummern umschreiben. Und denke, Winterszeit, wenn alles in Schnee liegt und die Krähen auf den Kreuzen sitzen und dann um Mittag die zwölf Schläge …«

Und in diesem Augenblicke schlug die Mittagsglocke, von der Elisabeth eben gesprochen hatte. Beide Mädchen fuhren zusammen. Dann aber lachten sie wieder und erhoben sich, denn es war hohe Zeit.

»Wann kommst du wieder?«

»Morgen.«

Damit trennten sie sich, und als Asta gleich danach bei der Stelle vorüber kam, wo die Glokke hing, tat diese gerade den zwölften Schlag, und der Küsterjunge, der geläutet hatte, zog seine Kappe und verschwand dann hinter den Gräbern.

8. KAPITEL

Holk, als er sich an dem Kricketplatz von Asta getrennt hatte, hatte sich nach dem nächstgelegenen Treibhause begeben, in dessen Front er seinen Gärtner emsig bei der Arbeit sah. Und hier, nach kurzer Begrüßung, riß er zwei Blätter aus seinem Notizbuch und schrieb ein paar Telegrammzeilen an Pentz und die Witwe Hansen, in denen er beiden sein Eintreffen in Kopenhagen für den anderen Abend anzeigte. »Diese Telegramme, lieber Ohlsen, müssen nach Glücksburg oder meinetwegen auch nach Arnewiek; es gilt mir gleich, wo Sie's aufgeben wollen. Nehmen Sie den Jagdwagen.«

Der Gärtner, ein Muffel wie die meisten seines Zeichens, war augenscheinlich verdrießlich, weshalb Holk hinzusetzte: »Tut mir übrigens leid, Ohlsen, Sie bei der Arbeit stören zu müssen; aber ich brauche Philipp beim Packen, und Ihrer Frau Bruder, der sich ja gut anläßt, weiß noch nicht recht Bescheid und ist mir auch nicht zuverlässig genug.«

Der Gärtner fand sich nun wieder zurecht und sagte, daß er, wenn's dem Grafen recht wäre, lieber nach Glücksburg wolle; seine Frau habe nämlich wieder solch Jucken über den ganzen Körper, was gewiß von der Galle käme, sie ärgere sich so leicht, und da möcht er denn wohl mit zu Doktor Eschke heran und ein Rezept holen.

»Mir recht«, sagte Holk. »Und wenn Sie mal da sind, so sorgen Sie auch gleich dafür, daß das Schiff morgen früh mit Sicherheit hier anlegt; es ist schon vorgekommen, daß es vorbeifährt, und fragen Sie auch, ob der König schon da ist, ich meine in Glücksburg, und wie lange er wohl bleibt.«

Damit ging der Graf wieder aufs Schloß zu, wo Philipp im Ankleidezimmer seines Herrn nicht bloß die Koffer bereits zurechtgestellt, sondern auch schon mit dem Packen begonnen hatte.

»Das ist recht, Philipp; ich sehe, die Gräfin hat dir gesagt, daß ich fort muß. Nun, du weißt ja, was ich brauche; aber nicht zu viel; je mehr man mitnimmt, je mehr fehlt einem. Nicht wahr? Ist der Koffer voll, so verlangt man zuletzt alles, als wäre man zu Hause. Nur eines vergiß nicht, die Pelzstiefel und die hohen Gummischuhe. Man tappt darin herum wie ein Elefant, aber das Herz bleibt warm und gesund, und das ist doch immer die Hauptsache. Meinst du nicht auch?«

Philipp bestätigte den Ausspruch, worauf sich der Graf in sichtlichem Behagen an seinen Schreibtisch setzte und einige Briefe schrieb, auch einen an seinen Schwager Arne, während der alte Diener mit dem Packen der Koffer fortfuhr.

»Welche Bücher befehlen der Herr Graf?«

»Keine. Was wir haben, paßt nicht nach Kopenhagen. Oder nimm ein paar Bände Walter Scott mit; man kann nicht wissen, und der paßt immer.«

*

In der Mittagsstunde, Asta war noch unten im Dorf, kam Baron Arne von Arnewiek herüber, und Holk, als man plaudernd mit den Damen in der Halle saß, gab ihm lachend den Brief, den er am Vormittag geschrieben hatte. »Da, Alfred; aber lies ihn erst zu Haus, es eilt nicht damit, und eigentlich weißt du ja doch, was darin steht. Es ist das alte Lied. Ich empfehle dir Schloß Holkenäs und die Wirtschaft wie schon manch liebes Mal, und setze dich für die Tage meiner Abwesenheit zum Majordomus ein. Sei deiner Schwester ein Berater, besprich mit ihr (dies sprach er halb leise) den Bau einer neuen Kapelle mit Gruft oder was sie sonst will, und lasse Pläne machen wegen der Ställe. Mit dem für die Shorthorns wird angefangen. Zieh den homöopathischen Doktor zu Rate, von dem du mir neulich so viel Wunderdinge erzählt hast, und schicke dann die Zeichnungen hinüber nach Kopenhagen. Pentz versteht auch was davon und Bille, der so viel gereist ist, noch mehr, und seine Masern (und damit wandt er sich wieder an die Damen) können doch am Ende nicht ewig dauern. Ist er erst abgeschülbert, ich muß lachen, wenn ich ihn mir in der Mauserung denke, so such ich ihn auf und leg ihm die Pläne vor. Kranke sind immer froh, wenn sie was andres hören als den Medizinlöffel oder den Doktorstock.«

Holk sprach noch weiter in diesem Tone, was keinen Zweifel drüber ließ, daß er sich eigentlich freute, Holkenäs auf ein Vierteljahr verlassen zu können. Es war fast verletzend für die Gräfin, und sie würde diesem Gefühl auch Ausdruck gegeben haben, wenn sie sich nicht auf einer ganz ähnlichen Empfindung ertappt hätte. Wie bei vielen Eheleuten, so stand es auch bei den Holkschen. Wenn sie getrennt waren, waren sie sich innerlich am nächsten, denn es fielen dann nicht bloß die Meinungsverschiedenheiten und Schraubereien fort, sondern sie fanden sich auch wieder zu früherer Liebe zurück und schrieben sich zärtliche Briefe. Das wußte keiner besser als der Schwager drüben in Arnewiek. Arne stellte denn auch heute wieder seine Betrachtungen über dies Thema an und gab ihnen in ein paar Scherzworten Ausdruck.

Aber das war nicht wohlgetan: so sehr es zutraf, was er sagte, so wenig lag es im Wunsche seiner Schwester, diese Dinge berührt zu sehen. Vielleicht war es denn auch dieser Gang der Unterhaltung, was den die leise Verstimmung seiner Frau beobachtenden Holk veranlaßte, die Dobschütz zu einem Spaziergang in den Park aufzufordern, er ›habe noch dies und das mit ihr zu besprechen‹.

Als sie fort waren, sagte Christine zu ihrem Bruder, mit dem sie allein geblieben: »Du mußtest das nicht sagen, Alfred, nicht in seiner Gegenwart. Er hat, wie du weißt, ohnehin die Neigung, ernste Dinge leicht zu nehmen, und wenn du ihm darin mit gutem Beispiel vorangehst, so weiß er sich noch was damit und gefällt sich darin, den Freigeist zu spielen.«

Arne lächelte.

»Du lächelst. Aber ganz mit Unrecht. Denn ich sage nicht: ein Freigeist zu sein. Ein Freigeist *sein,* das kann er nicht, dazu reichen seine Gaben nicht aus, auch nicht die seines Charakters. Und das ist eben das Schlimme. Mit einem Atheisten könnte ich leben, wenigstens halte ich es für möglich, ja, mehr, es könnte einen Reiz für mich haben, ernste Kämpfe mit ihm zu bestehen. Aber davon ist Helmuth weit ab. Ernste Kämpfe! Das kennt er nicht. Mit allem, was du da sagtest, zu *mir* kannst du so sprechen, verwirrst du ihn bloß und bestärkst ihn nur in allem, was schwach und eitel an ihm ist.«

Arne begnügte sich, etlichen Buchfinken, die während des Gesprächs bis unter die Halle gekommen waren, ein paar kleine Krumen hinzuwerfen, schwieg aber.

»Warum schweigst du? Bin ich dir wieder zu kirchlich? Ich habe kein Wort von Kirche gesprochen. Oder bin ich dir wieder zu streng?«

Arne nickte.

»Zu streng. Sonderbar. Du findest dich nicht mehr in mir zurecht, Alfred, und wenn das ein Vorwurf ist, und du meinst es so, so muß ich dir den Vorwurf zurückgeben. Ich finde mich nicht mehr in *dir* zurecht. Du weißt, wie mein Herz an dir hängt, wie ich, aus meiner Kindheit Tagen her, voller Dank gegen dich bin, und dies Dankesgefühl habe ich noch. Aber ich kann dir das Wort nicht ersparen, du bist ein anderer geworden, in deinen Anschauungen und Prinzipien, nicht ich. An dem einen Tage bin ich dir zu sittenstreng, am anderen Tage zu starr in meinem Bekenntnis, am dritten Tage zu preußisch und am vierten zu wenig dänisch. Ich treff es in nichts mehr. Und doch, Alfred, all das, was ich bin, oder doch das meiste davon, bin ich durch dich. Du hast mir diese Richtung gegeben. Du warst schon dreißig, als ich bei der Eltern Tode zurückblieb, und nach *deinen* Anschauungen, nicht nach denen der Eltern, bin ich erzogen worden; du hast die Herrnhuter Pension für mich ausgesucht, du hast mich bei den Reckes und den Reuß und den frommen Familien eingeführt, und nun, wo ich das geworden bin, wozu du mich damals bestimmtest, nun ist es nicht recht. Und warum nicht? Weit du mittlerweile die Fahne gewechselt hast. Ich will es respektieren, daß du, der du mit dreißig an der Grenze des äußersten Aristokratismus warst, jetzt, wo du beinah sechzig bist, die Welt mit einem Male durch liberal geschliffene Gläser siehst; aber darfst du mir Vorwürfe machen, wenn ich da blieb, wo du früher auch standest und wo du mich selber hingestellt?«

Arne nahm zärtlich der Schwester Hand. »Ach Christine, stehe, wo du willst. Ich habe nicht den Mut mehr, Standpunkte zu verwerfen. Das ist eben das eine, was ich in meinen zweiten dreißig Jahren gelernt habe. Der Standpunkt macht es nicht, die *Art* macht es, wie man ihn vertritt. Und da muß ich dir sagen, du überspannst den Bogen, du tust des Guten zuviel.«

»Kann man des Guten zu viel tun?«

»Gewiß kann man das. Jedes Zuviel ist vom Übel. Es hat mir, solang ich den Satz kenne, und das ist eine lange Zeit, den größten Eindruck gemacht, daß die Alten nichts so schätzten wie das *Maß der Dinge.*«

Holk und die Dobschütz kehrten in diesem Augenblick von ihrem Spaziergange zurück, und von der andern Seite her kam Asta die Strandterrasse herauf und eilte sofort auf Arne zu, dessen Liebling sie war und an dem sie jederzeit den besten Zuhörer hatte. Der Mama gegenüber zeigte sie sich meist zurückhaltend; aber wenn Onkel Alfred da war, mußte alles herunter, was ihr auf der Seele lag.

»Ich habe heute früh schon an Pastor Petersens Arbeitstisch gesessen, und rechts lag die Bibel und links stand der Kasten mit Altertümern, und war eigentlich kein Zoll breit Platz da, um zu zeigen, was in den Pappschachteln alles dalag. Meistens waren es Steine. Zuletzt aber, als er die Bibel zurückgeschoben hatte ...«

»Da hattet ihr Platz«, lachte die Gräfin. »Mein alter, lieber Petersen, er schiebt immer die Bibel zurück und ist immer bei seinen Steinen und hat auch sonst eine Neigung, die Steine für Brot zu geben.«

Arne wollte widersprechen; als er aber des eben gehabten Gesprächs gedachte, besann er sich rasch wieder und war froh, als Asta fortfuhr: »Und dann hab ich draußen auf dem Kirchhofe mit Elisabeth an dem Grab ihrer Mutter gestanden und habe bei der Gelegenheit gesehen, daß Elisabeth eigentlich Elisabeth Kruse heißt, und daß bloß ihre Mutter eine Petersen war, und daß wir sie eigentlich gar nicht Elisabeth Petersen nennen dürfen. Aber, so sagte sie mir, sie habe ihren Vater gar nicht mehr gekannt, und die Mutter, wenn man im Dorf von ihr gesprochen hätte, sei für die Leute nur immer des alten Petersens Tochter gewesen, und so heiße sie denn auch Elisabeth Petersen, und es sei eigentlich recht gut so.«

»Und dann«, fuhr Asta fort, »gingen wir den Kirchhofssteig weiter hinauf bis an die Kirche und kletterten auf einen schräg daliegenden Grabstein und wollten eben durch das Gitterfenster in unsere Gruft sehen, da fiel ein Stein hinein und schlug auf und war mir, als hätt ich wen erschlagen. Ach, ich kann gar nicht sagen, wie ich mich erschrocken habe. Da mag ich nicht hinein, und wenn ich sterbe, das müßt ihr mir alle versprechen, will ich den Himmel über meinem Grabe haben.«

Der Gräfin Blick traf den Grafen, der sichtlich bewegt war und seiner Frau freundlich zunickte. »Soll anders werden, Christine. Habe schon mit Alfred gesprochen und auch eben mit der Dobschütz. Es wird eine offene gotische Halle werden, die den Begräbnisplatz umschließt, und was sonst noch werden soll, das wirst du selber angeben.«

Arne, während Graf und Gräfin noch eine kleine Weile so weitersprachen, unterhielt sich mit Asta und leitete dann, als das Gespräch wieder ein allgemeines wurde, zu anderen Dingen über, was sich leicht machte, da Gärtner Ohlsen eben von Glücksburg zurückkam und die Nachricht brachte, der König komme morgen und die Gräfin Danner auch, und er wolle vier Wochen bleiben und auf dem Braruper Moor ein Hünengrab ausnehmen. Und das Billett habe er bei Reeder Kirkegard gleich gelöst, und um zehn Uhr früh oder so herum werde das Dampfschiff an dem Steg unten anlegen. Es sei das beste Schiff auf der Linie: ›König Christian‹, Kapitän Brödstedt.

Ehe Ohlsen noch seinen Rapport beendet, kam Axel mit dem Hauslehrer und holte die von ihm geschossenen Rebhühner aus der Jagdtasche hervor.

»Mir lieb, Axel«, sagte Holk, »das gibt ein Frühstück für unterwegs. Du wirst doch noch ein richtiger Holkscher Jäger werden, und offen gestanden, das wäre mir das liebste. Das Lernen ist für andere.«

Und dabei streifte Holks Blick, ohne recht zu wollen, den armen Strehlke, der sich, während sein Zögling die Rebhühner geschossen, damit begnügt hatte, ein Dutzend Krammetsvögel aus den Dohnen zu nehmen.

9. KAPITEL

Der ›König Christian‹ hielt Wort, pünktlich um zehn Uhr kam er in Sicht, und zehn Minuten später legte er an der Landungsbrücke an. Der Graf stand schon da, die Koffer neben ihm, auf denen Axel und Asta Platz genommen hatten, jener mit seiner Jagdflinte über der Schulter. Und nun kam der Abschied von den Kindern, und gleich danach stieg Holk an Bord, unter Vorantritt zweier Bootsleute, die das Gepäck trugen. Einen Augenblick später, und Kapitän Brödstedt rief auch schon seine Befehle zur Weiterfahrt in den Maschinenraum hinein, der Steuermann aber ließ das Rad durch die Hand laufen und unter ein paar schweren Schlägen (es war noch ein Raddampfer) löste sich das Schiff von der Landungsbrücke los und nahm seinen Kurs östlich in die offene See hinaus. Holk seinerseits war mittlerweile zu dem Kapitän herangetreten und sah jetzt von der Kommandobrücke her auf den Pier zurück, von dem aus beide Kinder noch eifrig grüßten; ja, Axel gab sogar einen Salutschuß aus seinem Gewehr. Oben aber, auf der letzten Terrassenstufe, standen die Gräfin und das Fräulein, bis sie, nach kurzem Verweilen an dieser Stelle, wieder unter die höhergelegene Säulenhalle zurücktraten, um von hier aus dem Schiff bequemer folgen zu können. Zugleich sahen sie nach dem Pier hinunter, auf dem jetzt die Geschwister gemeinschaftlich herankamen, anscheinend in lebhaftem Gespräch. Erst am Strande trennten sie sich wieder, und während Axel auf Möwenjagd in die Dünen einbog, stieg Asta die Terrasse hinauf.

Als sie oben war, schob sie eine Fußbank neben den Platz der Mama, nahm die Hand derselben und versuchte zu scherzen. »Es war Kapitän Brödstedt, der fuhr, ein schöner Mann, und soll auch, wie mir Philipp erzählt hat, eine bildschöne Frau haben, von der es heißt, er habe sie von dem Bornholmer Leuchtturm heruntergeholt. Es ist doch eigentlich schade, daß man, um bloßer Standesvorurteile willen, einen Mann wie Kapitän Brödstedt nicht heiraten kann.«

»Aber, Asta, wie kommst du nur auf solche Dinge?«

»Ganz natürlich, Mama. Man hat doch auch so seine zwei Augen und hört allerlei und macht seine Vergleiche. Da nimm einmal den guten Seminardirektor, der eine Adlige zur Frau hatte; nun ist er freilich Witwer. Ja, du wirst doch zugeben, Mama, daß Schwarzkoppen noch lange kein Brödstedt ist. Und Schwarzkoppen ginge noch, aber Herr Strehlke ...«

Beide Damen lachten, und als die Mama schwieg, sagte das Fräulein: »Asta, du bist wie ein junges Füllen, und ich sehe zu meinem Schrecken, daß dir die Schulstunden fehlen. Und was du da nur sprichst, als ob gesellschaftlich ein Unterschied zwischen einem Manne wie Brödstedt und einem Manne wie Strehlke wäre.«

»Gewiß ist ein Unterschied. Das heißt nicht für mich, für mich ganz gewiß nicht, das kann ich beteuern. Aber für andere ist ein Unterschied. Sieh dich doch nur um. Ich für mein Teil habe noch nie von einer Heirat zwischen einem Dampfschiffkapitän und einer Komtesse gehört; aber soll ich dir an meinen zehn Fingern all die Hauslehrer und Kandidaten aufzählen, die hier herum ...«

»Es ist schon das beste, Asta, wir verzichten auf alle Vergleiche.«

»Mir recht«, lachte diese. »Aber eine Leuchtturmstochter sein und von einem Manne wie Kapitän Brödstedt von einem Leuchtturm heruntergeholt zu werden, das ist doch hübsch und eigentlich ein leibhaftiges Märchen. Und alles, was Märchen ist, ist meine Schwärmerei, meine Passion, und die Geschichte ›vom tapfern Zinnsoldaten‹ ist mir viel, viel lieber als der ganze Siebenjährige Krieg!« Und bei diesen Worten erhob sie sich wieder von ihrer Fußbank und ließ die beiden Damen allein, um sich nebenan an den Flügel zu setzen. Gleich danach hörte man denn auch eine Chopinsche Etüde, freilich nicht recht flüssig und mit vielen Fehlern.

»Wie kam Asta nur zu solcher Bemerkung? Ist es bloß Übermut oder was sonst? Was führt sie in ihrem Gemüt so sonderbare Wege?«

»Nichts, was dich ängstigen könnte«, sagte die Dobschütz. »Wär es das, so würde sie zu schweigen wissen. Ich lebe mehr mit ihr als du und bürge dir für ihren guten Sinn. Asta hat einen lebhaften Geist und eine lebhafte Phantasie …«

»Was immer eine Gefahr ist …«

»Ja. Aber oft auch ein Segen. Eine lebhafte Phantasie schiebt auch Bilder vor das Häßliche und ist dann wie ein Schutz und Schirm.«

Die Gräfin schwieg und blickte vor sich hin, und als sie nach einiger Zeit wieder auf das Meer hinaussah, sah sie von dem Dampfer nur noch den immer blasser werdenden Rauch, der wie ein Strich am Horizonte hinzog. Sie schien allerhand Gedanken nachzuhängen, und als die Dobschütz, von der Seite her, einen flüchtigen Blick auf die Freundin richtete, sah sie, daß eine Träne in deren Auge stand.

»Was ist, Christine?« sagte sie.

»Nichts.«

»Und doch bist du so bewegt …«

»Nichts«, wiederholte die Gräfin. »Oder wenigstens nichts Bestimmtes. Aber es quält mich eine unbestimmte Angst, und wenn ich nicht das Wahrsagen und Träumedeuten von Grund meiner Seele verabscheute, weil ich es für gottlos und auch für eine Quelle der Trübsal halte, so müßt ich dir von einem Traum erzählen, den ich diese letzte Nacht gehabt habe. Und war nicht einmal ein schrecklicher Traum, bloß ein trüber und schwermütiger. Ein Trauerzug war es, nur ich und du, und in der Ferne Holk. Und mit einem Male war es ein Hochzeitszug, in dem ich ging, und dann war es wieder ein Trauerzug. Ich kann das Bild nicht los werden. Dabei das Sonderbare, solange der Traum dauerte, hab ich mich nicht geängstigt, und erst als ich wach wurde, kam die Angst. Und deshalb beunruhigte mich auch das, was Asta sagte. Noch gestern hätte mich's bloß erheitert, denn ich kenne das Kind und weiß, daß sie ganz so ist, wie du sagst … Und dann, offen gestanden, auch diese Reise ängstigt mich. Sieh, jetzt ist die Rauchfahne verschwunden …«

»Aber, Christine, das wirst du doch von dir abtun; das ist ja wie sich fürchten, daß man vom Stuhl fällt oder daß die Decke einstürzt. Es stürzen Decken ein und Häuser auch, und es scheitern auch Schiffe, die zwischen Glücksburg und Kopenhagen fahren, aber, Gott sei Dank, doch bloß alle hundert Jahre einmal …«

»Und einen trifft es dann, und wer will sagen, wer dieser eine ist? Aber das ist es nicht, Julie … Ich denke nicht an ein Unglück unterwegs … Es sind ganz andere Dinge, die mich ängstigen. Ich freute mich, wie du weißt, auf diese stillen Tage, die zugleich geschäftige Tage werden sollten, und seit heute früh freue ich mich nicht mehr darauf.«

»Bist du wegen der Kinder anderen Sinnes geworden?«

»Nein. Es bleibt bei dem längst zwischen uns Besprochenen, und nur wegen Axel schwankt es noch mit dem Wohin. Aber auch das wird sich unschwer regeln. Nein, Julie, was mich in meinem Gemüte seit heute früh beschäftigt, ist einfach das: ich durfte Holk nicht reisen lassen oder doch nicht allein. Ich habe diese sonderbare Stellung immer mit Unbehagen und Mißtrauen angesehen, und wenn er auch diesmal hinüber mußte, weil sein Nichterscheinen eine Beleidigung gewesen wäre, so mußte ich mit ihm gehen …«

Die Dobschütz, überrascht, mühte sich, ein Lächeln zu unterdrücken.

»Eifersüchtig?« Und während sie so fragte, nahm sie die Hand der Gräfin und fühlte, daß diese zitterte. »Du schweigst. Also getroffen, also wirklich eifersüchtig, sonst würdest du sprechen und mich auslachen. Man lernt doch nie aus, auch nicht in dem Herzen seiner besten Freundin.«

Eine Pause trat ein, für beide peinlich, besonders für die Dobschütz, die das alles so ganz wider Wunsch und Willen heraufbeschworen hatte. Ja, Verlegenheit auf beiden Seiten, soviel war gewiß, und diese Verlegenheit wieder aus dem Wege zu räumen, das war nur möglich, wenn das Gespräch, wie es begonnen, mit allem Freimut fortgesetzt wurde.

»Gönnst du mir noch ein Wort?«

Die Gräfin nickte.

»Nun denn, Christine, ich war in vielen Häusern und habe manches gesehen, was ich viel lieber nicht gesehen hätte. Die Herrensitze lassen oft viel zu wünschen übrig. Aber wenn ich je umgekehrt ein zuverlässiges Haus gefunden habe, so ist es das eure. Du bist ein Engel, wie alle schönen Frauen, wenn sie nicht bloß schön, sondern auch gut sind, ein Fall, der freilich selten eintritt, und ich persönlich wenigstens habe nichts Besseres kennengelernt als dich. Aber gleich nach dir kommt dein Mann. Er ist in dem, um das sich's hier handelt, ein Muster, und wenn ich einem Fremden zeigen sollte, was ein deutsches Haus und deutsche Sitte sei, so nähm ich ihn beim Schopf und brächt ihn einfach hierher nach Holkenäs.«

Der Gräfin Antlitz verklärte sich.

»Ja, Christine, du bist alles in allem doch eine sehr bevorzugte Frau. Holk ist aufrichtig und zuverlässig, und wenn drüben in Kopenhagen auch jede dritte Frau die Frau Potiphar in Person wäre, du wärest seiner doch sicher. Und schließlich, Christine, wenn dir trotz alledem immer noch ein Zweifel käme ...«

»Was dann?«

»Dann müßtest du den Zweifel nicht aufkommen lassen und dir's klug und liebevoll einreden, es sei anders. Ein schöner Glaube beglückt und bessert und stellt wieder her, und ein schlimmer Argwohn verdirbt alles.«

»Ach, meine liebe Julie, das sagst du so hin, weil du, soviel du von unserm Haus und Leben kennst, doch nicht recht weißt (und du sagtest eben selbst so was), wie's in meinem Herzen eigentlich aussieht. Du weißt alles und doch auch wieder nicht. Ich glaube, wie Ehen sind, das wissen immer nur die Eheleute selbst, und mitunter wissen's auch die nicht. Wer draußen steht, der sieht jeden Mißmut und hört jeden Streit; denn, sonderbar zu sagen, von ihren Fehden und Streitigkeiten verbergen die Eheleute meistens nicht viel vor der Welt, ja, mitunter ist es fast, als sollten es andere hören und als würde das Heftigste gerade für andere gesprochen. Aber das gibt doch ein falsches Bild, denn eine Ehe, wenn nur noch etwas Liebe da ist, hat doch auch immer noch eine andere Seite. Sieh, Julie, wenn ich Holk in irgendeiner Sache sprechen will und such ihn in seinem Zimmer auf und sehe, daß er rechnet oder schreibt, so nehme ich ein Buch und setze mich ihm gegenüber und sage: ›Laß dich nicht stören, Holk, ich warte.‹ Und dann, während ich lese oder auch nur so tue, seh ich oft über das Buch fort und freue mich über sein gutes, liebes Gesicht und möchte auf ihn zufliegen und ihm sagen: ›Bester Holk.‹ Sieh, Julie, das kommt auch vor; aber niemand sieht es und niemand hört es.«

»Ach, Christine, daß ich das aus deinem Munde höre, das freut mich mehr, als ich dir sagen kann. Ich habe mich manchmal um euch und euer Glück geängstigt. Aber wenn es so ist ...«

»Es ist so, Julie, ganz so, mitunter mir selbst zum Trotz. Aber gerade weil es so ist, deshalb hast du doch unrecht mit deinem Rate, daß man immer das Beste glauben und mitunter sogar die Augen schließen müsse. Das geht nicht so, wenn man wen liebt. Und dann, liebe Julie, hast du doch auch unrecht, oder wenigstens ein halbes, mit dem, was du über Holk sagst. Er ist gut und treu, der beste Mann von der Welt, das ist richtig, aber doch auch schwach und eitel, und Kopenhagen ist nicht der Ort, einen schwachen Charakter fest zu machen. Sieh, Julie, du machst seinen Advokaten und tust es mit aller Überzeugung, aber du sprichst doch auch von Möglichkeiten, und die gerade lasten mir jetzt auf der Seele ...«

Die Dobschütz wollte weiter beruhigen, aber Philipp kam und übergab einen Brief, den ein Bote von Arnewiek her eben überbracht hatte. Die Gräfin nahm an, daß er von ihrem Bruder sei; als sie aber die Aufschrift überflog, sah sie, daß er von Schwarzkoppen kam. Und nun las sie:

»Gnädigste Frau. Ich habe mich seit vorgestern eingehender mit der zwischen uns verhandelten Frage beschäftigt und bin die Reihe der Erziehungsinstitute durchgegangen, die für Axel in Betracht kommen können. Einige der besten sind zu streng, nicht bloß in der Disziplin, sondern wohl auch kirchlich, und so möchte ich denn annehmen, daß das Bunzlauer Pädagogium den zu stellenden Anforderungen am meisten entspricht. Ich kenne den Vorstand und würde mir die Erlaubnis, in dieser Angelegenheit ein paar einführende Worte an denselben schreiben zu dürfen, zur Ehre schätzen. Außerdem ist Gnadenfrei verhältnismäßig nah, so daß die Geschwister sich öfters sehen, auch die Sommerferienreise gemeinschaftlich machen können. Gnädigste Gräfin, in vorzüglicher Ergebenheit.

Ihr Schwarzkoppen.«

»Nun, Julie, das trifft sich gut. Ich verlasse mich in dieser Frage ganz auf unseren Freund drüben, und Holk hat mir ja freie Hand gegeben. Wie gut, daß wir nun etwas vorhaben. Heute noch schreiben wir auf, was jedes Kind braucht, es wird eine Welt von Sachen sein. Und dann kommt die Reise, und du mußt uns natürlich begleiten. Ich freue mich von ganzem Herzen, und du wirst es auch, mein geliebtes Gnadenfrei wiederzusehen. Und wenn ich dann daran denke, wie mein Bruder, ach lang ist's her, mich von dort abholte und Holk mit ihm ... Fast war es wie der Leuchtturm, von dem Kapitän Brödstedt seine Bornholmerin herunterholte. Nun, ein Leuchtturm war es gewiß, für dich und mich, ein Licht fürs Leben und hoffentlich bis in den Tod.«

10. KAPITEL

Die Dampfschiffahrt ging gut, und es war noch nicht neun Uhr abends heran, als der ›König Christian‹ zwischen Nyholm und Tolboden in den Kopenhagener Hafen einbog. Holk stand auf Deck und genoß eines herrlichen Anblickes; über ihm funkelten die Sterne in fast schon winterlicher Klarheit, und mit ihnen zugleich spiegelten sich die Uferlichter in der schimmernden Wasserfläche. Schiffsvolk und Kommissionäre drängten sich heran, die Kutscher hoben ihre Peitschen und warteten eines zustimmenden Winkes; Holk aber, der es vorzog, die wenigen hundert Schritte bis zur Dronningens-Tvergade zu Fuß zu machen, lehnte alle Dienste ab und gab dem Schiffsstewart nur Weisung, ihm sein Gepäck sobald wie möglich bis in die Wohnung der Witwe Hansen zu schicken. Dann ging er, nach einem freundlichen Abschied vom Kapitän, das Bollwerk entlang, erst auf den Sankt-Annen-Platz und von hier aus in kurzer Biegung auf die Dronningens-Tvergade zu, wo gleich links das zweistöckige Haus der Witwe Hansen gelegen war. Als er hier, nach wenigen Minuten, von der anderen Seite der Straße her seiner Wohnung ansichtig wurde, sah er musternd hinüber und freute sich des sauberen und anheimelnden Eindrucks, den das Ganze machte. Der erste Stock, in dem sich seine zwei Zimmer befanden, war schon erleuchtet, und die Schiebefenster, um frische Luft einzulassen, waren ein wenig geöffnet. ›Ich wette, es brennt auch ein Feuer im Kamin. Ein Ideal von einer Wirtin.‹ Unter diesen Betrachtungen schritt er über den Damm auf das Haus zu und tat mit dem Klopfer einen guten Schlag, nicht zu laut und nicht zu leise. Gleich danach wurde denn auch geöffnet, und Witwe Hansen in Person, eine noch hübsche Frau von beinah fünfzig, begrüßte den Grafen mit einer Art Herzlichkeit und sprach ihm ihre Freude aus, ihn noch in diesem Jahre wiederzusehen, während sie doch frühestens von Neujahr an darauf gerechnet habe. »Daß Baron Bille, der doch kein Kind mehr, auch gerade die Masern kriegen mußte: aber so ist es im Leben, dem einen sein Schad ist dem anderen sein Nutz.«

Unter diesen Worten war die Wirtin in den Flur zurückgetreten, um, vorangehend, dem Grafen hinaufzuleuchten. Dieser folgte denn auch. Unten an der Treppe aber blieb er einen Augenblick stehen, was, nach dem Anblick, der sich ihm bot, kaum ausbleiben konnte. Die zweite Hälfte des nur schmalen Hausflures lag nach hinten zu wie in Nacht; ganz zuletzt aber, da, wo mutmaßlich eine zur Küche führende Tür aufstand, fiel ein Lichtschein in den dunklen Flur hinein, und in diesem Lichtscheine stand eine junge Frau, vielleicht um zu sehen, noch wahrscheinlicher, um gesehen zu werden. Holk war betroffen und sagte: »Wohl Ihre Frau Tochter? Ich habe schon davon gehört, und daß sie diesmal ihren Ehemann nicht begleitet hat.« Die Witwe Hansen bestätigte Holks Frage nur ganz kurz, mutmaßlich weil sie durch eine längere Mitteilung ihrerseits die Wirkung des Bildes nicht abschwächen wollte.

Oben in den Zimmern, die mit schweren Teppichen ausgelegt und mit Vasen und anderen chinesisch-japanischen Porzellansachen reich, aber nicht überladen geschmückt waren, zeigte sich alles so, wie's Holk vermutet hatte: die Lichter brannten, das Feuer im Kamin war da, und auf dem Sofatische standen Früchte, mehr wohl um den anheimelnden Eindruck eines Stillebens zu steigern, als um gegessen zu werden. Neben der Fruchtschale lagen die Karten von Baron Pentz und Baron Erichsen, die beide vor einer Stunde bereits dagewesen waren und nach dem Grafen gefragt hatten. »Sie würden wiederkommen.«

In diesem Augenblick hörte man unten auf dem Hausflur sprechen. »Es werden meine Sachen sein«, sagte Holk und erwartete, die junge Frau, deren Bild ihn noch beschäftigte, samt ein paar koffertragenden Schiffsleuten eintreten zu sehen. Aber die junge Frau kam nicht, auch nicht das Gepäck, wohl aber erschienen beide Freiherren, mit denen sich nun Holk begrüßte, mit Pentz herzlich und jovial, mit Erichsen artig und etwas zurückhaltend. Frau Hansen machte Miene, sich zurückzuziehen, und fragte nur noch, was der Herr Graf für den Abend befehle? Holk wollte auch darauf antworten, Pentz aber ließ es nicht dazu kommen und sagte: »Liebe Frau Hansen, Graf Holk hat für heute gar keine Wünsche mehr, ausgenommen den, uns zu Vincents zu begleiten. Sie müssen sich's gefallen lassen, daß wir ihn Ihnen gleich im ersten Moment wieder entführen, Ihnen und der Frau Tochter. Wobei mir einfällt, sind denn Nachrichten von Kapitän Hansen da, diesem glücklichsten und beneidenswertesten und zugleich leichtsinnigsten aller Ehemänner? Wenn ich solche Frau hätte, hätt ich mich für ein Metier entschieden, das mich jeden Tag runde vierundzwanzig Stunden ans Haus fesselte; Schiffskapitän wäre jedenfalls das letzte gewesen.«

Witwe Hansen war sichtlich erheitert, rückte sich aber doch einigermaßen ernsthaft zurecht und sagte mit einer gewissen Matronenwürde: »Ach, Herr Baron, wer immer auf seinen Mann wartet, der denkt nicht an andere. Mein Seliger war ja auch Kapitän. Und ich habe immer bloß an ihn gedacht ...« Pentz lachte. »Nun, Frau Hansen, was einem die Frauen sagen, das muß man glauben, das geht nicht anders. Und ich will's auch versuchen.«

Und dabei nahm er Holk am Arm, um ihn zu gemeinschaftlichem Abendessen und obligater Plauderei zu Vincents Restaurant zu führen.

Baron Erichsen folgte freilich mit einem Gesichtsausdruck, der die voraufgegangenen Kordialitäten mit der Wirtin zu mißbilligen schien, trotzdem er sie als Pentzsche Verkehrsform genugsam kannte.

Die Witwe Hansen ihrerseits aber hatte bereits die Glocke von einer der beiden Lampen genommen und leuchtete hinab, bis die drei Herren das Haus verlassen hatten.

*

Pentz und Erichsen waren Gegensätze, was nicht ausschloß, daß sie sich ziemlich gut standen. Mit Pentz stand sich übrigens jeder gut, weil er nicht bloß zu dem holländischen Sprichworte: ›Wundere dich allenfalls, aber ärgere dich nicht‹ von ganzem Herzen hielt, sondern diesen Weisheitssatz auch noch überbot. Er hatte nämlich auch das ›sich wundern‹ schon hinter sich: auch das war ihm schon um einen Grad zu viel. Er bekannte sich vielmehr zu ›Ride si sapis‹ und nahm alles von der heiteren Seite. Dem alten Pilatusworte ›Was ist Wahrheit?‹ gab er in Leben, Politik und Kirche die weiteste Ausdehnung, und sich über Moralfragen zu erhitzen – bei deren Erörterung er regelmäßig die Griechen, Ägypter, Inder und Tscherkessen als Vertreter *jeder* Richtung in Leben und Liebe zitierte –, war ihm einfach ein Beweis tiefer Nichtbildung und äußerster Unvertrautheit mit den ›wechselnden Formen menschlicher Vergesellschaftung‹, wie er sich, unter Lüftung seiner kleinen Goldbrille, gern ausdrückte. Man sah dann jedesmal, wie die kleinen Augen pfiffig und überlegen lächelten. Er war ein Sechziger, unverheiratet und natürlich Gourmand; die Prinzessin hielt auf ihn, weil er sie nie gelangweilt und sein nicht leichtes Amt anscheinend spielend und doch immer mit großer Akkuratesse verwaltet hatte. Das ließ manches andere vergessen, vor allem auch das, daß er, all seiner Meriten unerachtet, doch eigentlich in allem, was Erscheinung anging, eine komische Figur war. Solange er bei Tische saß, ging es; wenn er dann aber aufstand, zeigte sich's, was die Natur einerseits zu viel und andererseits zu wenig für ihn getan hatte. Seine Sockelpartie nämlich ließ viel zu wünschen übrig, was die Prinzessin dahin ausdrückte, »sie habe nie einen Menschen gesehen, der so wenig auf Stelzen ginge wie Baron Pentz«. Da sie dies Wort immer nur zitierte, wenn in seinem Sprechen etwas moralisch sehr ›Ungestelzte‹ vorausgegangen war, so genoß sie dabei die Doppelfreude, ihn mit ein und demselben Worte ridikülisiert und beglückt zu haben. Er war von großer Beweglichkeit und hätte danach ein ewiges Leben versprochen, wenn nicht sein Embonpoint, sein kurzer Hals und sein geröteter Teint gewesen wären, drei Dinge, die sichtlich den Apoplektikus verrieten. Als Pentz' Gegenstück konnte Erichsen gelten; wie jener ein Apoplektikus, so war dieser ein geborener Hektikus. Er stammte aus einer Schwindsuchtsfamilie, die, weil sie sehr reich war, die Kirchhöfe sämtlicher klimatischer Kurorte mit Denkmälern aus Marmor, Syenit und Bronze versorgt hatte. Die Zeichen der Unsterblichkeit auf eben diesen Denkmälern waren aber überall dieselben, und in Nizza, San Remo, Funchal und Kairo, ja prosaischerweise auch in Görbersdorf, schwebte der Schmetterling, als wenn er das Wappen der Erichsen gewesen wäre, himmelan. Auch unser gegenwärtiger Kammerherr Erichsen, seit etwa zehn Jahren im Dienste der Prinzessin, hatte den ganzen Kursus ›durchschmarutzt‹, ihn aber glücklicher absolviert als andere seines Namens. Von seinem vierzigsten Jahre an war er seßhaft geworden und konnte sich die ruhigen Tage gönnen, was er so weit trieb, daß er kaum noch Kopenhagen verließ. Er hatte das Reisen satt bekommen, zugleich aber aus seinen ärztlich verordneten Entsagungstagen auch eine Abneigung gegen alle Extravaganzen in sein derzeitiges Hofleben mit herübergenommen. Daran gewöhnt, von Milch, Hühnerbrust und Emser Kränchen zu leben, fiel ihm, wie Pentz sagte, bei Festmahlen und Freudenfeiern immer nur die Aufgabe zu, durch seine lange, einem Ausrufungszeichen gleichende Gestalt vor allem, was an Bacchuskultus erinnern konnte, zu warnen. ›Erichsen, das Gewissen‹ war einer der vielen Beinamen, die Pentz ihm gegeben hatte.

Von dem Hause der Witwe Hansen bis zu Vincents Restaurant war nur ein Weg von fünf Minuten. Erichsen mußte, nach Pentz' Weisung, rekognoszierend vorangehen, ›weil ihm seine sechs Fuß einen besseren Überblick über die Vincentschen Platzzustände gestatten würden‹. Und zu dieser vorsichtigen Weisung, so scherzhaft sie gegeben war, war nur zu guter Grund vorhanden; denn als eine Minute nach Erichsen auch Pentz und Holk in das Lokal eintraten, schien es unmöglich, einen noch unbesetzten Tisch zu finden. Aber schließlich entdeckte man doch eine gute Ecke, die nicht nur ein paar bequeme Plätze, sondern ein behagliches Beobachten versprach.

»Ich denke, wir beginnen mit einem mittleren Rüdesheimer. Doktor Grämig, beiläufig der lustigste Mensch von der Welt, sagte mir neulich, es sei merkwürdig, daß ich noch ohne Podagra sei, worauf ich nicht bloß meiner Lebensweise, sondern ganz besonders auch meiner Lebensstellung nach einen sozusagen historisch verbrieften Anspruch hätte. Je mehr er aber damit recht haben mochte, je mehr gilt es für mich, die noch freie Spanne Zeit zu nutzen. Erichsen, was darf ich für Sie bestellen? Biliner oder Selters oder phosphorsaures Eisen ...«

Ein Kellner kam, und eine kleine Weile danach, so stießen alle drei mit ihren prächtig geschliffenen Römern an, denn auch Erichsen hatte von dem Rüdesheimer genommen, nachdem er sich vorher einer Wasserkaraffe versichert hatte.

»Gamle Danmark«, sagte Pentz, worauf Holk, ein zweites Mal anstoßend, erwiderte: »Gewiß, Pentz, Gamle Danmark. Und je ›gamler‹, desto mehr. Denn was uns je trennen könnte – gebe Gott, daß der Tag fern sei –, das ist das neue Dänemark. Das alte, da bin ich mit dabei, dem trink ich zu. Friedrich VII. und unsere Prinzessin ... Aber sagen Sie, Pentz, was ist nur in meine guten Kopenhagener gefahren und vor allem in diese gemütliche Weinstube? Sehen Sie doch nur da drüben, wie das alles aufgeregt ist und sich die Blätter aus den Händen reißt. Und Oberstleutnant Faaborg, ja es ist Faaborg, den muß ich nachher begrüßen, sehen Sie doch nur, der glüht ja wie ein Puter. Auf wen redet er denn ein?«

»Auf den armen Thott.«

»Arm? Warum?«

»Weil man, soviel ich weiß, Thott im Verdacht hat, daß er auch mit im Komplott sei.«

»In welchem Komplott?«

»Aber Holk, Sie sind ja wenigstens um ein Menschenalter zurück. Freilich, da Sie gestern gepackt haben und heute gereist sind, so sind Sie halb entschuldigt. Wir haben hier allerdings so was wie ein Komplott: Hall soll über die Klinge springen.«

»Und das nennen Sie Komplott. Ich entsinne mich übrigens, Sie schrieben mir schon davon ... Ich bitte Sie, lassen Sie den guten Hall doch springen. Er wird sich selber nicht viel daraus machen, das aus den Fugen gehende Dänemark, woran ich übrigens noch lange nicht glaube, wieder einzurenken. Schon Hamlet wollte nicht. Und nun gar Hall.«

»Nun, der will auch nicht, darin haben Sie recht. Aber unsere Prinzessin will es, und das gibt den Ausschlag. So wenig Vertrauen sie zu dem König hat, was mit ihrer Abneigung gegen die Danner zusammenhängt, so viel Vertrauen hat sie nun mal zu Hall; nur Hall kann retten, und deshalb muß er im Amte bleiben. Und wie die Prinzessin denkt – ich bitte Sie, sich mit Ihrer entgegengesetzten Meinung ihr gegenüber nicht etwa decouvrieren zu wollen –, so denken viele. Hall soll bleiben. Und deshalb sehen Sie auch Faaborg mit seinem Zeitungsstock wie einen Gladiator fechten.«

Erichsen war der erregten Szene drüben ebenfalls gefolgt. »Ein Glück, daß de Meza am Nachbartische sitzt«, sagte er, »der wird es wieder in Ordnung bringen.«

»Ach, gehen Sie mir, Erichsen, mit wieder in Ordnung bringen. Als ob Faaborg, dieser Stockdäne, der Mann wäre, sich beruhigen zu lassen, wenn er mal in Unruhe ist. Und nun gar von de Meza.«

»De Meza ist sein Vorgesetzter.«

»Ja, was heißt Vorgesetzter? Er ist sein Vorgesetzter, wenn er die Brigade inspiziert, aber nicht sein Vorgesetzter hier bei Vincent oder irgendsonstwo, geschweige wenn es sich um Politik handelt, um dänische Politik, von der de Meza nichts versteht, wenigstens nicht in Faaborgs Augen. De Meza ist ihm ein Fremder, und es hat auch was für sich. De Mezas Vater war ein portugiesischer Jude, alle Portugiesen sind eigentlich Juden, und kam, was Holk vielleicht nicht weiß, vor so und so vielen Jahren als ein Schiffsdoktor hier nach Kopenhagen herüber. Und wenn es auch nicht sicher verbürgt wäre, Sie können es übrigens in jedem Buche nachschlagen, und de Meza selbst macht auch gar kein Hehl daraus – so könnten Sie ihm die Abstammung von der Stirne lesen. Und dazu dieser Portugiesenteint.«

Erichsen hatte seine Freude daran und nickte zustimmend.

»Und wenn er bloß den südlichen Teint hätte«, fuhr Pentz fort, »er ist aber überhaupt auf den Süden, um nicht zu sagen auf den Orient, eingerichtet, und Wetterglas und Windfahne sind so ziemlich die größten Unentbehrlichkeiten für ihn. Er friert immer, und was andere frische Luft nennen, das nennt er Zug oder Wind oder Orkan. Ich möchte wohl wissen, wie sich unser König Waldemar, der Sieger, der alle Jahre wenigstens dreiundfünfzig Wochen auf See war, zu de Meza gestellt hätte.«

Bis dahin war Erichsen unter Zustimmung gefolgt, aber all dies letzte war doch wieder sehr unvorsichtig gesprochen und traf den angekränkelten langen Kammerherrn viel, viel mehr noch, als es de Meza traf.

»Ich begreife Sie nicht, Pentz«, nahm er, der sonst nie sprach, jetzt empfindlich das Wort. »Sie werden schließlich noch beweisen wollen, daß man absolut ohne Wolle leben muß, um überhaupt als Soldat zu gelten. Ich weiß, de Meza steckt in Flanell, weil er immer friert, aber sein fröstelnder Zustand hat ihn nicht abgehalten, bei Fridericia Anno 49 sehr viel und bei Idstet, das Jahr darauf, eigentlich alles zu tun. Ich für meine Person bezweifle nicht, daß Napoleon gerade so gut nach dem Thermometer gesehen hat wie andere Menschen; in Rußland war es freilich unnötig. Übrigens seh ich, daß man drüben in der Offiziersecke wieder beim Zeitungslesen ist und das Streiten uns überläßt. Ob wir hinübergehen und de Meza begrüßen?«

»Ich denke, wir lassen es«, sagte Holk. »Er könnte nach diesem und jenem fragen, worauf ich gerade heute nicht antworten möchte. Nicht de Mezas wegen bin ich ängstlich, der jede Meinung respektiert, aber der andern Herrn halber, unter denen, nach meiner freilich schwachen Personalkenntnis, einige Durchgänger sind. So, wenn ich recht sehe, Oberstleutnant Tersling, da links am Fenster. Und dann denk ich auch an unsre Prinzessin, der als einer politischen Dame alles gleich zugetragen wird. Ich bange ohnehin vor dem Kreuzverhör, dem ich morgen oder in den nächsten Tagen ausgesetzt sein werde.«

Pentz lachte. »Lieber Holk, Sie kennen doch hoffentlich die Frauen ...«

Erichsen machte schelmische Augen, weil er wußte, daß Pentz, trotz seines Glaubens, er kenne sie, sie sicherlich *nicht* kannte.

»... die Frauen, sag ich. Und wenn nicht die Frauen, so doch die Prinzessinnen, und wenn nicht die Prinzessinnen, so doch *unsre* Prinzessin. Sie haben ganz recht, es ist eine politische Dame, und mit einem schleswig-holsteinischen Programm dürfen Sie ihr nicht kommen. Darin ist nichts geändert, aber auch nichts verschlimmert, weil sie, trotz aller Politikmacherei, nach wie vor ganz ancien régime ist.«

»Zugegeben. Aber was soll ich für meine Person daraus gewinnen?«

»Alles. Und ich wundre mich, daß ich sie darüber aufklären muß. Was heißt ancien régime? Die Leute des ancien régime waren auch politisch, aber sie machten alles aus dem Sentiment heraus, die Frauen gewiß, und vielleicht war es das Richtige. Jedenfalls war es das Amüsantere. Da haben Sie das Wort, auf das es ankommt. Denn das Amüsante, was in der Politik wenigstens immer gleichbedeutend ist mit Chronique scandaleuse, spielte damals die Hauptrolle, wie's bei unsrer Prinzessin noch heute der Fall, und wenn Sie sich vor einem politischen Kreuzverhör fürchten, so brauchen Sie nur von Berling oder der Danner oder von Blixen-Fineke zu sprechen und nur anzudeuten, was in Skodsborg oder in der Villa der guten Frau Rasmussen an Schäfer- und Satyrspielen gespielt worden ist, so fällt jedes politische Gespräch sofort zu Boden, und Sie sind aus der Zwickmühle heraus. Hab ich recht, Erichsen?«

Erichsen bestätigte.

»Ja, meine Herren«, lachte Holk, »ich will das alles gelten lassen, aber ich kann leider nicht zugeben, daß meine Situation dadurch sonderlich gebessert wird. Die Schwierigkeiten lösen sich bloß ab. Was mich vor dem politischen Gespräch bewahren soll, ist fast noch schwieriger als das politische Gespräch selber. Wenigstens für mich. Sie vergessen, daß ich kein Eingeweihter bin, und daß ich ihr Kopenhagener Leben, trotz gelegentlicher Aufenthalte, doch eigentlich nur ganz oberflächlich aus ›Dagbladet‹ oder ›Flyveposten‹ kennenlerne. Die Danner und Berling oder die Danner und Blixen-Fineke – davon soll ich mit einem Male sprechen; aber was weiß ich davon? Nichts, gar nichts; nichts, als was ich dem neuesten Witzblatt entnommen, und das weiß die Prinzessin auch, denn sie liest ja Witzblätter und Zeitungen bis in die Nacht hinein. Ich habe nichts als die Witwe Hansen, die mir doch als Bezugsquelle nicht ausreicht.«

»Ganz mit Unrecht, Holk, da haben Sie keine richtige Vorstellung von der Witwe Hansen und ihrer Tochter. Die sind ein Nachschlagebuch für alle Kopenhagener Geschichten. Wo sie's hernehmen, ist ein süßes Geheimnis. Einige sprechen von Dionysosohren, andere von einem unterirdischen Gange, noch andere von einem Hansenschen Teleskop, das alles, was sich gewöhnlichen Sterblichen verbirgt, aus seiner Verborgenheit herauszuholen weiß. Und endlich noch andere sprechen von einem Polizeichef. Mir die verständlichste der Annahmen. Aber ob es nun das eine sei oder das andere, soviel ist gewiß, beide Frauen, oder auch Damen, wenn Sie wollen, denn ihr Rang ist schwer festzustellen, wissen alles, und wenn Sie jeden Morgen mit einer Frau-Hansenschen Ausrüstung zum Dienst erscheinen, so verbürg ich mich, daß Sie gefeit sind gegen intrikate politische Gespräche. Die Hansens, und speziell die junge, wissen mehr von der Gräfin Danner als die Danner selbst. Denn Polizeibeamte haben auf diesem interessanten Gebiete sozusagen etwas Divinatorisches oder Dichterisches, und wenn nichts vorliegt, so wird was erfunden.«

»Aber da lerne ich ja meine gute Frau Hansen von einer ganz neuen Seite kennen. Ich vermutete höchste Respektabilität.«

»Ist auch da in gewissem Sinne ... Wo kein Kläger ist, ist kein Richter ...«

»Und ich werde mich, unter diesen Umständen, zu besondrer Vorsicht bequemen müssen ...«

»Wovon ich Ihnen durchaus abreden möchte. Die Nachteile davon liegen obenauf, und die Vorteile sind mehr als fraglich. Sie können in diesem Hause nichts verbergen, selbst wenn Ihr Charakter das zuließe; die Hansens lesen Ihnen doch alles aus der Seele heraus, und das Beste, was ich Ihnen raten kann, heißt Freiheit und Unbefangenheit und viel sprechen. Viel sprechen ist überhaupt ein Glück und unter Umständen die wahre diplomatische Klugheit; es ist dann das einzelne nicht mehr recht festzustellen oder noch besser, das eine hebt das andere wieder auf.«

Erichsen lächelte.

»Sie lächeln, Erichsen, und es kleidet Sie. Außerdem aber mahnt es mich – denn ein Lächeln, weil es in seinen Zielen meist unbestimmt bleibt, kritisiert immer nach vielen Seiten hin –, daß es Zeit ist, unseren Holk freizugeben; es ist schon ein Viertel nach elf, und die Hansens sind reputierliche Leute, die die Mitternacht nicht gern heranwachen, wenigstens nicht nach vorn heraus und mit Flurlampe. Drüben am Tisch ist übrigens auch schon alles aufgebrochen. Ich werde inzwischen die Berechnung machen; erwarten Sie mich draußen an der Hauptwache.«

Holk und Erichsen schlenderten denn auch draußen auf und ab. Als sich ihnen Pentz wieder zugesellt hatte, gingen sie auf die Dronningens-Tvergade zu, wo man sich, gegenüber dem Hause der Frau Hansen, verabschiedete. Das Haus lag im Dunkel, und nur das Mondlicht blickte, wenn die Wolken es freigaben, in die Scheiben der oberen Etage. Holk hob den Klopfer, aber eh er ihn fallen lassen konnte, tat sich auch schon die Tür auf, und die junge Frau Hansen empfing ihn. Sie trug Rock und Jacke von ein und demselben einfachen und leichten Stoff, aber alles, auf Wirkung hin, klug berechnet. In der Hand hielt sie eine Lampe von ampelartiger Form, wie man ihnen auf Bildern der Antike begegnet. Alles in allem eine merkwürdige Mischung von Froufrou und Lady Macbeth. Holk, einigermaßen in Verwirrung, suchte nach einer Anrede; die junge Frau Hansen kam ihm aber zuvor und sagte, während ihr die Augen vor anscheinender Übermüdung halb zufielen, ihre Mutter lasse sich entschuldigen; so rüstig sie sei, so brauche sie den Schlaf vor Mitternacht. Holk gab nun seinem Bedauern Ausdruck, daß er sich verplaudert habe, zugleich die dringende Bitte hinzufügend, ihn, wenn es wieder vorkäme, nicht erwarten zu wollen. Aber die junge Frau, ohne direkt es auszusprechen, deutete wenigstens an, daß man sich ein jedesmaliges Erwarten ihres Hausgastes nicht nehmen lassen werde. Zugleich ging sie mit ihrer Ampel langsamen Schritts vorauf, blieb aber, als sie bis unten an die Treppe gekommen war, neben derselben stehen und leuchtete, die Linke auf das Geländer stützend, mit ihrer hocherhobenen Rechten dem Grafen hinauf. Dabei fiel der weite Ärmel zurück und zeigte den schönen Arm. Holk, als er oben war, grüßte noch einmal und sah, als sich gleich danach die junge Frau langsam und leise zurückzog, wie das Spiel der Lichter und Schatten auf Flur und Treppe geringer wurde. Horchend stand er noch ein paar Augenblicke bei halb geöffneter Tür, und erst als es unten dunkel geworden war, ließ er auch seinerseits die Tür ins Schloß fallen.

›Eine schöne Person. Aber unheimlich. Ich darf ihrer in meinem Brief an Christine gar nicht erwähnen, sonst schreibt sie mir einen Schreckbrief und läßt alle fraglichen Frauengestalten des Alten und Neuen Testaments an mir vorüberziehen.‹

11. KAPITEL

Holk hatte sich vorm Einschlafen, trotz aller Ermüdung von der Reise, mit dem Bilde der jungen Frau Hansen beschäftigt, jedenfalls mehr als mit Politik und Prinzessin. Am anderen Morgen aber war alles verflogen, und wenn er der Erscheinung mit der Ampel auch jetzt noch gedachte, so war es unter Lächeln. Er sann dabei nach, welche Göttin oder Liebende, mit der Ampel umhersuchend, auf antiken Wandbildern abgebildet zu werden pflege, konnt es aber nicht finden und gab schließlich alles Suchen danach auf. Dann zog er die Klingel und öffnete das Fenster, um noch vor dem Erscheinen des Frühstücks einen Zug frische Luft nehmen und einen Blick auf die Straße tun zu können. Es waren nur wenige, die zu so verhältnismäßig früher Stunde die Dronningens-Tvergade passierten, aber jedes einzelnen Haltung war gut, alles blühend und frisch, und er begriff den Stolz der Dänen, die sich als die Pariser des Nordens fühlen und nur den Unterschied gelten lassen, ihrem Vorbild noch überlegen zu sein. In diesem Augenblicke bauschten die Gardinen am Fenster, und als er sich umsah, sah er, daß Witwe Hansen mit dem Frühstückstablett eingetreten war. Man begrüßte sich, und nach der selbstverständlichen Frage, wie der Herr Graf geschlafen und was er geträumt habe, »denn der erste Traum gehe immer in Erfüllung«, legte die Hansen das Tuch und baute dann alles, was eben noch auf dem Tablett gestanden hatte, auf dem Frühstückstisch auf. Holk musterte die ganze Herrlichkeit und sagte dann: »Man ist doch nirgends besser aufgehoben als bei Witwe Hansen; es lacht einen alles an, alles so blink und blank und am meisten Witwe Hansen selbst. Und das chinesische Geschirr zu dem Tee! Man merkt an allem, daß Ihr Seliger ein Chinafahrer war, und Ihr Schwiegersohn, wie mir Baron Pentz gestern abend erzählt hat, ist es auch und heißt auch Hansen; derselbe Name, derselbe Titel, so daß es einem passieren kann, Mutter und Tochter zu verwechseln.«

»Ach, Herr Graf«, sagte die Hansen, »wer soll uns verwechseln? Ich, eine alte Frau, mit einem schweren Leben …«

»Nun, nun.«

»… Und Brigitte, die morgen erst dreißig wird! Aber Sie dürfen mich nicht verraten, Herr Graf, daß ich es gesagt habe und daß morgen Brigittens Geburtstag ist.«

»Verraten? Ich? Ich bitte Sie, Frau Hansen … Aber Sie stehen so auf dem Sprunge; das nimmt mir die Ruhe. Wissen Sie was, Sie müssen sich zu mir setzen und mir etwas erzählen, vorausgesetzt, daß ich Sie mit dieser Bitte nicht in Ihrer Wirtschaft oder in noch Wichtigerem störe.«

Die Hansen tat, als ob sie zögere.

»Wirklich, lassen Sie dies Ihren ersten Besuch sein, den Sie mir in Ihrer Güte ja regelmäßig machen; ich habe ohnehin so viele Fragen auf dem Herzen. Bitte, hier, hier auf diesen Stuhl, da seh ich Sie am besten, und gut sehen ist das halbe Hören. Ich hörte sonst so gut, aber seit kurzem versagt es dann und wann; das sind so die ersten Alterszeichen.«

»Wer's Ihnen glaubt, Herr Graf! Sie belieben zu scherzen. Ich glaube, Sie hören alles, was sie hören wollen, und sehen alles, was Sie sehen wollen.«

»Ich seh und höre nichts, Frau Hansen, und wenn ich etwas gesehen habe, so vergess' ich es wieder. Freilich nicht alles. Da hab ich gestern abend Ihre Frau Tochter gesehen, Brigitte nannten Sie sie; zum Überfluß auch noch ein wundervoller Name. Nun, die vergißt man nicht wieder. Sie können stolz sein, eine so schöne Tochter zu haben, und nur den Ehemann begreif ich nicht, daß er seine Frau hier in aller Ruhe zurückläßt und zwischen Singapore und Shanghai hin- und herfährt. So nehm ich wenigstens an, denn da fahren sie so ziemlich alle. Ja, Frau Hansen, solche schöne Frau, mein ich, die nimmt man mit vom Nordpol bis an den Südpol, und wenn man's nicht aus Liebe tut, so tut man's aus Angst und Eifersucht. Und ich für mein Teil, so viel weiß ich, ich würde mir immer sagen, man muß auch von der Jugend nicht mehr verlangen, als sie leisten kann. Nicht wahr? In diesem Punkte, denk ich, sind wir einig; Sie denken auch so. Also warum nimmt er sie nicht mit? Warum bringt er sie in Gefahr? Und natürlich sich erst recht.«

»Ach, das ist eine lange Geschichte, Herr Graf ...«

»Desto besser. Eine Liebesgeschichte dauert nie zu lang, und eine Liebesgeschichte wird es doch wohl sein.«

»Ich weiß nicht recht, Herr Graf, ob ich es so nennen kann; es ist wohl so etwas dabei, aber eigentlich ist es dennoch keine rechte Liebesgeschichte ... bloß daß es vielleicht eine werden konnte.«

»Sie machen mich immer neugieriger ... Übrigens ein kapitaler Tee; man merkt auch daran den Chinafahrer, und wenn Sie mir eine besondere Freude machen wollen, so gestatten Sie mir, Ihnen von Ihrem eigenen Tee einzuschenken.«

Damit stand er auf und nahm aus einer in der Nähe des Fensters stehenden Etagere eine Tasse heraus, darauf in Goldbuchstaben stand: Dem glücklichen Brautpaare. »Dem glücklichen Brautpaare«, wiederholte Holk. »Wem gilt das? Vielleicht Ihnen, liebe Frau Hansen; Sie lachen ... Aber man ist nie zu alt, einen vernünftigen Schritt zu tun, und das Vernünftigste, was eine Witwe tun kann, ist immer ...«

»Eine Witwe bleiben.«

»Nun meinetwegen, Sie sollen recht haben. Aber die Geschichte, die Geschichte. Kapitän Hansen, Ihr Schwiegersohn, wird doch wohl ein hübscher Mann sein, alle Kapitäne sind hübsch, und Frau Brigitte wird ihn doch wohl aus Liebe genommen haben.«

»Das hat sie, wenigstens hat sie mir nie was anderes gesagt, außer ein einziges Mal. Aber das war erst später, und ich spreche jetzt von damals, von der ersten Zeit, als sie sich eben verheiratet hatten. Da war wirklich eine große Zärtlichkeit, und wohin es ging, und wenn es eine gelbe Fiebergegend war, immer war sie mit ihm an Bord, und wenn sie wieder hier in Kopenhagen zurück war ... sie hatte aber damals eine selbständige Wohnung, denn mein alter Hansen, dessen sich der Herr Graf ja wohl noch von Glücksburg her erinnern werden, lebte damals noch ... ja was ich sagen wollte, immer wenn sie nach einer langen, langen Reise wieder hier war, wollte sie gleich wieder fort, weil sie jedesmal meinte: die Menschen hier gefielen ihr nicht, und draußen in der Welt sei's am schönsten.«

»Das ist aber doch wunderbar. War sie denn so wenig eitel? Hatte sie denn gar kein Verlangen, sich umschmeichelt und umworben zu sehen, woran es doch nicht gefehlt haben wird. Ich wette, die Kopenhagener werden es ihr wohl schon an ihrem Konfirmationstage gezeigt haben.«

»Das haben sie freilich. Aber Brigitte war immer gleichgültig dagegen und blieb es auch in ihrer Ehe. Nur mitunter war sie so rabiat. Und so ging es bis Anno 54, was ich so genau weiß, weil es gerade das Jahr war, wo die englische Flotte, die nach Rußland ging, hier vorüberkam. Und in demselben Sommer hatten wir hier in Kopenhagen einen blutjungen Offizier von der Leibgarde, der bei der Rasmussen – ich meine die Gräfin Danner, aber wir nennen sie noch immer so – aus- und einging, und steckte so tief in Schulden, daß er nicht mehr zu halten war und mußte den Abschied nehmen. Aber weil er so klug war und alles wußte, denn er kannte jedes reiche Haus und besonders die Frauen, so sagte Baron Scheele, der damals Minister war: ›Er wolle den Leutnant in den inneren Dienst herüber nehmen.‹ Und er nahm ihn auch wirklich in den inneren Dienst herüber, und in diesem Dienst ist er noch und auch schon sehr vornehm geworden. Damals aber war er noch ein halber Schlingel und bloß sehr hübsch, und als Brigitte den sah, es war gerade an dem Tage, als die Nachricht von dem Bombardement da oben hier ankam, den Namen habe ich leider vergessen, da gestand sie mir, ›*der* gefiele ihr‹. Und sie zeigte es auch gleich. Und als Hansen in demselben Herbste wieder nach China mußte, da sagte sie ihm grad heraus: ›Sie wolle nicht mit‹, und sagte ihm auch, warum sie nicht wolle. Oder vielleicht haben es ihm auch andere gesagt. Kurz und gut, als der Tag kam, wo das Schiff fort sollte, da wurde Hansen doch ganz ernsthaft und verstand keinen Spaß mehr und sagte: ›Brigitte, du mußt nun mit.‹ Und wenn er sie vorher aus Liebe mitgenommen hatte, so nahm er sie jetzt, gerade wie der Herr Graf gesagt haben, aus Vorsicht mit oder aus Eifersucht.«

»Und half es? Und wurde sie durch diese Reise von ihrer Liebe geheilt? Ich meine von der Liebe zu dem ›im inneren Dienst‹?«

»Ja, das wurde sie, wiewohl man's bei Brigitte nie so ganz sicher wissen kann. Denn sie spricht wohl mancherlei, aber sie schweigt auch viel. Und ist auch insoweit ganz gleich, als wir die Hauptsache ja doch gehabt haben.«

»Und was war die Hauptsache?«

»Daß mein Schwiegersohn seinen Glauben wieder hat, ganz und gar. Hansen ist nämlich ein sehr guter Mensch und ist wieder ruhig und vernünftig, und fährt auch wieder auf seiner alten Chinatour.«

»Ich freue mich aufrichtig, das zu hören«, entgegnete Holk mit immer mehr wachsendem Interesse. »Aber wir dürfen in dieser Sache doch nichts auslassen oder vergessen. Ich glaube nämlich, liebe Frau Hansen, Sie wollten mir eigentlich erzählen, wie's kam, daß sich Ihr Schwiegersohn von seiner Eifersucht wieder erholte …«

»Ja, das wollt ich, und ich sage immer, der Mensch denkt, und Gott lenkt, und wenn die Not am größten ist, dann ist die Hilfe am nächsten. Denn das darf ich wohl sagen, ich ängstige mich; eine Mutter ängstigt sich immer um ihr Kind und macht keinen Unterschied, ob verheiratet oder nicht; ja, ich ängstige mich um Brigitte, weil ich dachte, das gibt eine Scheidung, denn sie hat einen sehr festen Willen, man könnte beinah schon sagen eigensinnig, und ist sehr erregbar, so still und so schläfrig sie auch mitunter aussieht …«

»Ja, ja«, lachte Holk, »das ist immer so, stille Wasser sind tief.«

»Also ich ängstigte mich. Aber es kam alles ganz anders, und das war gerade damals, als Brigitte sozusagen zwangsweise mitgemußt hatte. Und das machte sich so. Hansen kriegte damals auf seiner Reise Rückfracht nach Bangkok, einer großen Stadt in Siam, in der ich selber vor vielen Jahren mit meinem Manne gewesen bin. Und als Hansen da ankam und ein oder zwei Tage schon vor dem kaiserlichen Palaste gelegen hatte, denn die Siamschen haben einen Kaiser, kam ein Minister an Bord und lud Hansen und seine Frau zu einer großen Hoftafel ein. Der Kaiser mußte sie wohl gesehen haben. Und Brigitte saß neben ihm und sprach englisch mit ihm, und der Kaiser sah sie immer an. Und als die Tafel aufgehoben war, war er wieder sehr huldvoll und gnädig und ließ kein Auge von ihr, und als man sich verabschieden wollte, sagte er zu Hansen: Es läge ihm sehr daran, daß die Frau Kapitänin am anderen Tage noch einmal in den Palast käme, damit seine Getreuen im Volke, und vor allem seine Frauen (wovon er sehr viele hatte) die schöne german lady noch einmal von Angesicht zu Angesicht sehen könnten. Einen Augenblick erschrak Hansen über die fortgesetzte Ehre, die ja Verrat sein konnte, denn rund um den ganzen Palast herum waren Köpfe aufgesteckt, ganz so wie wir Ananas aufstekken; aber Brigitte, die das Gespräch gehört hatte, verneigte sich vor dem Kaiser und sagte mit der richtigen Miene, denn sie hat so was Sicheres und Vornehmes, daß sie zu der festgesetzten Stunde kommen werde.«

»Gewagt, sehr gewagt.«

»Und sie kam auch wirklich und nahm einen erhöhten Platz ein, der vor dem Portal des Schlosses und gerade so, daß das Portal ihr Schatten gab, eigens für sie errichtet worden war, und auf diesem Throne saß sie mit einem Pfauenwedel, nachdem sie vorher der Kaiser mit einer Perlenkette geschmückt hatte. Die Kette soll wunderschön gewesen sein. Und nun zogen alle feinen Leute von Bangkok und dann das Volk an ihr vorüber und verneigten sich, und zum

Schluß kamen die Frauen, und als die letzte vorüber war, erhob sich Brigitte und ging auf den Kaiser zu, um den Pfauenwedel und die Perlenkette, womit sie sich bloß für die Zeremonie geschmückt glaubte, vor ihm niederzulegen. Und der Kaiser nahm auch beides wieder an, gab ihr aber die Kette zurück, zum Zeichen, daß sie dieselbe zum ewigen Gedächtnis tragen solle. Und gleich danach kehrte sie, während die Minister sie führten und die Leibgarde Spalier bildete, bis an die Landungsbrücke zurück, von der aus Hansen Zeuge des Ganzen gewesen war.«

»Und nun?«

»Und von dem Tage an war eine große Sinnesänderung an ihr wahrzunehmen, und als sie den nächsten Winter wieder hier war, und der, um dessenwillen sie beinahe unglücklich geworden wäre, seine Werbungen erneuern wollte, wies sie diese Werbungen, soviel ich sehen konnte, kalt und gleichgültig zurück. Und als Hansen ein halbes Jahr später wieder an Bord ging und Brigitte ihm erklärte, daß sie, vorausgesetzt, daß er nichts dawider habe, doch lieber zu Hause bleiben wollte, weil es ihr, nach solcher kaiserlichen Auszeichnung, etwas sonderbar vorkäme, noch wieder unter Matrosen zu leben und vielleicht in einem Hafenwirtshause schlafen zu sollen, wo man nur Negermusik höre und alles nach Gin rieche, da war Hansen nicht bloß einverstanden damit, sondern auch ganz entzückt darüber, daß sie die Reise nicht mehr mitmachen wollte, diese nicht und alle folgenden nicht. Denn von Eifersucht war keine Spur mehr an ihm wahrzunehmen. Er sah ja, was aus Brigitte geworden war, und äußerte nur noch Furcht, daß es doch wohl zu viel gewesen und ihr der siamesische Kaiser zu sehr zu Kopfe gestiegen sei.«

Holk war in Zweifel, ob er die Geschichte glauben oder als eine kühne Phantasieleistung und zugleich als dreistes Spiel mit seiner Leichtgläubigkeit ansehen solle. Nach allem, was Pentz gestern abend angedeutet, war das letztere das Wahrscheinlichere. Schließlich konnte es aber auch wahr sein. Was kommt nicht alles vor? Und so frug er denn, um sich durch etwas Ironie wenigstens vor sich selber zu rechtfertigen: »Wo denn die weißen Elefanten gewesen seien?«

»Die waren wohl in ihrem Stall«, sagte die Hansen und lachte schalkhaft.

»Und dann die Perlenschnur, liebe Frau Hansen, *die* müssen Sie mir zeigen.«

»Ja, wenn das ginge …«

»Wenn das ginge? Warum nicht?«

»Weil, als Brigitte wieder an Bord war, die Schnur mit einem Male fehlte, sie mußte sie verloren oder in der Aufregung im Palast vergessen haben.«

»Aber da hätt ich doch sofort nachgefragt.«

»Ich auch. Aber Brigitte hat so was Sonderbares, und als Hansen, wie ich nachher gehört habe, darauf bestehen wollte, sagte sie nur: ›Das sei so gewöhnlich und gegen den Anstand bei Hofe‹.«

»Ja«, sagte Holk, der jetzt klarer zu sehen anfing, »das ist richtig. Und solche Gefühle muß man respektieren.«

12. KAPITEL

Gleich nach dieser Erzählung, die schließlich, als sich's von der verlorenen Perlenschnur handelte, selbst dem leichtgläubigen Holk etwas märchenhaft vorgekommen war, erhob sich Frau Hansen, ›um nicht länger zu stören‹, und sah sich auch nicht weiter zurückgehalten. Nicht als ob Holks Geduld erschöpft gewesen wäre, ganz im Gegenteil, er ließ sich gern dergleichen vorplaudern, und das suspekte Halbdunkel, in dem alles ruhte, steigerte eigentlich nur sein Interesse. Nein, es war einfach ein Blick auf die Konsoluhr, was ihn von unbedingter weiterer Hingebung an die Erzählungskunst der Witwe Hansen Abstand nehmen ließ; um elf Uhr war er bei der Prinzessin erwartet, keine volle Stunde mehr, und vorher mußte noch ein kurzer Brief mit der Meldung seiner glücklichen Ankunft an seine Frau geschrieben werden. Es hieß also sich eilen, was er unter Umständen verstand, und fünf Minuten vor elf stieg er in den Wagen, der ihn nach dem nur zwei Minuten entfernten Prinzessinnen-Palais hinüberführte.

Die Zimmer der Prinzessin lagen im ersten Stock. Holk, in Kammerherrnuniform, in der er sich selbst nicht ungern sah, stieg die Treppe hinauf und trat in ein Vorgemach und gleich danach in ein behagliches, mit Boiserien und Teppichen reich ausgestattetes, im übrigen aber, den Schreibtisch abgerechnet, mit nur wenig Gegenständen ausgestattetes Wohnzimmer, darin die Prinzessin Besuche zu empfangen oder Audienz zu erteilen pflegte. Der Kammerdiener versprach sogleich zu melden. Holk trat an eins der Fenster, das der Tür, durch welche die Prinzessin eintreten mußte, gerade gegenüber lag, und sah auf Platz und Straße hinunter. Der Platz unten war wie ausgestorben, vornehm, aber langweilig, und nichts ließ sich beobachten als abgefallene Blätter, die der mäßige Wind, der ging, über die Steine hinwirbelte. Ein Gefühl von Einöde und Verlassenheit überkam Holk, und er wandte sich wieder in das Zimmer zurück, um seinen Blick auf die beiden einzigen Porträtbilder zu richten, die die glatten Stuckwände schmückten. Das eine, über dem Polstersofa, war ein Bildnis des Oheims der Prinzessin, des hochseligen Königs Christian VII., das andere, über dem Schreibtisch, das Porträt eines anderen nahen Verwandten, eines ebenfalls verstorbenen thüringischen Landgrafen. Der Goldrahmen, der es einfaßte, war mit einem verstaubten Flor überzogen, und der Staub machte, daß der Flor nicht wie Flor, sondern fast wie ein Spinnweb wirkte. Des Landgrafen Gesicht war gut und tapfer, aber durchschnittsmäßig, und Holk stellte sich unwillkürlich die Frage, welche volksbeglückenden Regierungsgedanken der Verstorbene wohl gehabt haben möge. Das einzige, was sich mit einer Art Sicherheit herauslesen ließ, war Ausschau nach den Töchtern des Landes.

Ehe Holks Betrachtungen hierüber noch abgeschlossen waren, öffnete sich eine ziemlich kleine Tür in der rechten Ecke der Hinterwand, und die Prinzessin trat ein, ganz so wie man sie nach Einrichtung dieses ihres Zimmers erwarten mußte: bequem und beinahe unsorglich gekleidet und jedenfalls mit einer völligen Gleichgültigkeit gegen Eleganz. Holk ging seiner Herrin entgegen, um ihr die bis zu den Fingern in einem seidenen Handschuh steckende Hand zu küssen, und führte sie dann, ihrem Auge folgend, zu dem etwas eingesessenen Sofa.

»Nehmen Sie Platz, lieber Holk. Dieser Fauteuil wird wohl keine Gnade vor Ihnen finden, aber der hohe Lehnstuhl da vielleicht ...«

Holk schob den Stuhl heran, und die Prinzessin, die sich am Anblick des schönen Mannes sichtlich erfreute, fuhr, als er sich gesetzt hatte, mit vieler Bonhomie wie eine gute alte Freundin fort: »Welch frische Farbe Sie mitbringen, lieber Holk. Was ich hier um mich habe, sind immer Stadtgesichter; können Sie sich Pentz als einen Gentlemanfarmer oder gar Erichsen als einen Hopfenzüchter vorstellen? Sie lachen, und ich weiß, was Sie denken ... woran der Hopfen rankt ... ja, lang genug ist er dazu. Stadtgesichter, sagt' ich. Da freut mich Ihre gute schleswigsche Farbe, rot und weiß, wie die Landesfarben. Und was macht Ihre liebe Frau, die Gräfin? Ich weiß, sie liebt uns nicht sonderlich, aber wir lieben sie desto mehr, und das muß sie sich gefallen lassen.«

Holk verneigte sich.

»Und was sagen Sie zu dem Lärm, den Sie hier vorfinden? Ein wahres Sturmlaufen gegen den armen Hall, der doch schließlich der Klügste und auch eigentlich der Beste ist, und dem ich es fast verzeihe, daß er zu der putzmacherlichen Gräfin hält, der ich, beiläufig, wenn *ich* jemals darüber zu bestimmen gehabt hätte, ein entsprechendes gräfliches Wappen aus einem Haubenstock und einer Krinoline zusammengestellt hätte, vielleicht mit der Devise: ›Je weiter, je leerer.‹ Ich werde mich in dieser Geschmacksverirrung meines Neffen, wenn ich auch nur seine Halbtante bin, nie zurechtfinden können; um die Gräfin archäologisch oder, was dasselbe sagen will, als ausgegrabenes vaterländisches Altertum anzusehen, ein Standpunkt, von dem aus mein Neffe so ziemlich alles betrachtet, dazu ist sie, trotz ihrer Vierzig, doch schließlich noch nicht alt genug. Aber was wundere ich mich noch? Georg II., von dem mir mein Großvater in meinen jungen Tagen oft erzählte, hielt auch zu dem Satze: ›Fair, fat and forty.‹ Warum nicht auch mein Neffe, der König? Übrigens haben Sie den gestrigen Sitzungsbericht schon gelesen? Eine wahre Skandalszene voller Gehässigkeiten. An der Spitze natürlich immer dieser Tompsen-Oldensworth, Ihr halber Landsmann, ein mir unerträglicher Schreier und Schwätzer in seiner Mischung von Advokatenpfiffigkeit und biedermännischem Holsteinismus ...«

Holk war verlegen, das Gespräch mit der Prinzessin so von vornherein einen politischen Charakter annehmen zu sehen, und in seinem Gesichte mochte sich etwas von dieser Verlegenheit spiegeln, weshalb die Prinzessin fortfuhr: »Aber lassen wir die leidige Politik. Ich will Ihnen keine Verlegenheit machen, noch dazu gleich in dieser ersten Stunde, weiß ich doch, daß Sie ein ketzerischer Schleswig-Holsteiner sind, einer von denen, mit denen man nie fertig wird und von denen man immer dann am weitesten ab ist, wenn man eben glaubt, mit ihnen Frieden geschlossen zu haben. Antworten Sie nichts, sagen Sie nichts von Ihrer Loyalität, ich weiß, Sie haben so viel davon, wie Sie haben können, aber wenn es zum letzten kommt, ist doch der alte Stein des Anstoßes immer wieder da, und jenes furchtbare ›sallen blewen ungedeelt‹, dieses Zitat ohne Ende, dieser Gemeinplatz ohnegleichen, zieht wieder die Scheidelinie.«

Holk lächelte.

»Freilich ist dies des Pudels Kern. Wohin gehört Schleswig? *Ihr* Schleswig, lieber Holk. Das ist die ganze Frage. Hall hat den Mut gehabt, die Frage zu beantworten, wie's einem Dänen zukommt, und weil er es mit Klugheit tun und nicht gleich das Schwert in die Waage werfen will, deshalb dieser Sturm auf ihn, an dem Freund und Feind gleichmäßig teilnehmen. Und das ist das Schlimmste. Daß Ihr Thompsen Sturm läuft, kann mich weder wundern noch erschrekken; aber daß gute treue Dänen, die mit Hall, mit dem Könige, mit mir selber einer Meinung sind und nur leider den durchgängerischen Zug haben, daß, sag ich, gute treue Dänen, wie Studenten und Professoren, immer nur ihr Programm wollen und drauf und dran sind, den besten Mann zu stürzen, den einzigen, der eine Idee von Politik hat und zu warten versteht, was das erste Gesetz aller Politik ist – das bringt mich in Erregung ...«

Ehe sie den Satz endete, wurde Baron Pentz gemeldet ... »sehr willkommen«, rief die Prinzessin ... und im selben Augenblicke, wo Pentz unter die Portiere der Flügeltür trat, erschien von der anderen Seite her, ganz in Nähe der kleinen Tür, durch die die Prinzessin eingetreten war, eine junge blonde Dame von schöner Figur und schönem Teint, aber sonst wenig regelmäßigen Zügen, und schritt auf die Prinzessin zu, während Pentz noch auf halbem Weg stehenblieb und seine Verbeugung wiederholte.

»Soyez le bienvenu«, sagte die Prinzessin unter leichtem Handgruße. »Sie kommen zu guter Stunde, Pentz, denn Sie machen einem politischen Vortrag ein Ende, eine Mission, zu der niemand berufener ist als Sie. Denn sobald ich Ihrer ansichtig werde, verklärt sich mir die Welt in eine Welt des Friedens, und wenn ich eben von Heinrich IV. und Ravaillac gesprochen hätte, so spräch ich, nach Ihrem Eintreten, nur noch von Heinrich IV. und dem Huhn im Topf. Ein sehr wesentlicher Unterschied.«

»Und ein sehr angenehmer dazu, gnädigste Prinzessin. Ich bin glücklich, mich, ohne mein Dazutun, als ein Träger und Bringer alles Idyllischen installiert zu sehen. Aber« ... und sein Auge bewegte sich zwischen Holk und der jungen Blondine hin und her ... »auch in Arkadien soll die Sitte der Vorstellung zu Hause gewesen sein. Ich weiß nicht, ob ich von meiner Pflicht als Introdukteur Gebrauch machen ...«

»Oder beides an Königliche Hoheit abtreten soll«, lachte die Prinzessin. »Ich glaube, lieber Pentz, daß Recht und Pflicht auf Ihrer Seite sind, aber ich will mir die Freude nicht versagen, zwei mir so werte Personen allerpersönlichst miteinander bekannt gemacht zu haben: Graf Holk ... Fräulein Ebba von Rosenberg.«

Beide verneigten sich gegeneinander. Holk etwas steif und mit widerstreitenden Empfindungen, das Fräulein leicht und mit einem Ausdruck humoristisch angeflogener Suffisance. Die Prinzessin aber, die diesem Vorstellungsakte geringe Teilnahme schenkte, wandte sich sofort wieder an Pentz und sagte: »Dies wäre nun also aus der Welt geschafft, und dem Zeremoniell, worüber Sie zu wachen haben, Genüge getan. Aber Sie werden mich doch nicht glauben machen wollen, Pentz, daß Sie hier erschienen sind, um dem stattgehabten Vorstellungsakte feierlichst beizuwohnen oder ihn selbst zu vollziehen. Sie haben was anderes auf dem Herzen, und zum Vortrag Ihrer eigentlichen Angelegenheit haben Sie nunmehr das Wort. Wenn man so viele Parlamentsberichte liest, wird man schließlich selber virtuos in parlamentarischen Wendungen.«

»Ich komme, gnädigste Prinzessin, um gehorsamst zu vermelden, daß heute nachmittag ein großes militärisches Festessen in Klampenborg ist ...«

»Und zu welchem Zweck? Oder wem zu Ehren?«

»General de Meza zu Ehren, der gestern früh aus Jütland hier eingetroffen ist.«

»De Meza. Nun gut, sehr gut. Aber lieber Pentz, offen gestanden, was sollen wir damit? Ich kann doch nicht einem Kasinofeste präsidieren und de Meza leben lassen.«

»Es fragte sich, ob es nicht doch vielleicht ginge. Königliche Hoheit haben Überraschlicheres getan. Und daß Sie's getan, das ist es grade, was Sie dem Volke verbindet.«

»Ach, dem Volke. Das ist ein eigen Kapitel. Sie wissen, was ich von der sogenannten Popularität halte. Mein Neffe, der König, ist populär; aber ich sehne mich nicht danach, das Ideal unserer Blaujacken oder gar unserer Damen aus der Halle zu sein. Nein, Pentz, nichts von Popularität! Aber, da Sie Klampenborg genannt haben, die Sonne lacht, und der Nachmittag ist frei, vielleicht, daß wir hinausfahren, nicht um des Festessens willen, sondern trotz ihm; es ist ohnehin eine ganze Woche, daß wir eingesessen und nicht recht frische Luft gehabt haben, und meine liebe Rosenberg wäre bleichsüchtig, wenn sie nicht so viel Eisen im Blut hätte.«

Das Gesicht des Fräuleins erheiterte sich sichtlich bei der Aussicht, dem öden Einerlei des Prinzessinnen-Palais auf einen ganzen Nachmittag entfliehen zu können, und Pentz, der als angehender Asthmatikus ohnehin immer für frische Luft war, trotzdem ihm Autoritäten versichert hatten, Seewind verschlimmere den Zustand, griff ebenfalls zu und fragte, zu welcher Stunde Königliche Hoheit die Wagen befehle?

»Sagen wir zwei und ein halb, aber nicht später. Wir fahren fünfviertel Stunden, und schon um fünf beginnt es zu dunkeln. Und wenn wir erst in Klampenborg sind, müssen wir doch natürlich auch einen Spaziergang bis zur Eremitage machen, wär es auch nur, um meiner lieben Ebba meine Lieblinge selbst vorzustellen. Wer diese Lieblinge sind, das wird vorläufig nicht verraten. Ich hoffe, Graf Holk ist mit von der Partie, trotzdem morgen erst sein Dienst beginnt, und bringt seiner alten Freundin dies Opfer an Zeit.«

»Und befehlen Königliche Hoheit noch andere Begleitung?«

»Nur Gräfin Schimmelmann und Erichsen. Zwei Wagen. Und die Verteilung der Plätze behalte ich mir vor. Au revoir, lieber Holk. Und wenn Sie wie gewöhnlich eine starke Korrespondenz pflegen ...«

Er lächelte.

»Ah, ich sehe, Sie haben schon geschrieben. Da komme ich mit meinen Empfehlungen an die Gräfin zu spät. Liebe Rosenberg, Ihren Arm.«

Und während sie langsam auf die kleine Tür zuschritt, die zu ihrem eigentlichen Wohnzimmer führte, blieben die beiden Kammerherren in respektvoller Verbeugung.

13. KAPITEL

Punkt zwei und ein halb fuhren die Wagen vor, offen, das Verdeck zurückgeschlagen; neben der Prinzessin nahm die Gräfin Schimmelmann Platz, beiden Damen gegenüber Holk. Im Fond des zweiten Wagens saß das Fräulein von Rosenberg, auf dem Rücksitz Pentz und Erichsen.

Die Schimmelmann, eine Dame von vierzig, erinnerte einigermaßen an Erichsen; sie war hager und groß wie dieser und von einem ähnlichen Ernste; während Erichsens Ernst aber einfach ins Feierliche spielte, spielte der der Schimmelmann stark ins Verdrießliche. Sie war früher Hofschönheit gewesen, und die dann und wann aufblitzenden schwarzen Augen erinnerten noch daran; alles andere aber war in Migräne und gelbem Teint untergegangen. Man sprach von einer unglücklichen Liebe. Gesamthaltung: Hof Philipps von Spanien, so daß man unwillkürlich nach der Halskrause suchte. Sonst war die Gräfin gut und charaktervoll und unterschied sich von den anderen bei Hofe dadurch sehr vorteilhaft, daß sie gegen alles Klatschen und Medisieren war. Sie sagte den Leuten die Wahrheit ins Gesicht, und wenn sie das nicht konnte, so schwieg sie. Sie war nicht geliebt, aber sehr geachtet, und verdiente es auch.

Im ersten Wagen wurde, solange man innerhalb der Stadt war, kein Wort gesprochen; Holk und die Schimmelmann saßen aufrecht einander gegenüber, während sich die Prinzessin in den Fond zurückgelehnt hatte. So ging es durch die Bred- und Ny-Öster-Gade zunächst auf die Österbroër Vorstadt, und als man diese passiert, auf den am Sunde hinlaufenden Strandweg zu. Holk war entzückt von dem Bilde, das sich ihm darbot: unmittelbar links die Reihe schmucker Landhäuser mit ihren jetzt herbstlichen, aber noch immer in Blumen stehenden Gärten und nach rechts hin die breite, wenig bewegte Wasserfläche mit der schwedischen Küste drüben und dazwischen Segel- und Dampfboote, die nach Klampenborg und Skodsborg und bis hinauf nach Helsingör fuhren.

Holk würde sich diesem Anblick noch voller hingegeben haben, wenn nicht das Leben auf der Chaussee, drauf sie hinfuhren, ihn von dem Landschaftlichen immer wieder abgezogen hätte. Fuhrwerke mannigfachster Art kamen ihnen nicht bloß entgegen, sondern überholten auch die Prinzessin, die, wenn sie Spazierfahrten machte, kein allzu rasches Tempo liebte. Da gab es dann in einem fort Begegnungen und Erkennungsmomente. »Das war ja Marstrand«, sagte die Prinzessin. »Und wenn ich recht gesehen habe, neben ihm Worsaae. Der fehlt auch nie. Was will er nur bei dem de-Meza-Fest? De Meza soll gefeiert, aber nicht ausgegraben werden. Er lebt noch und hat auch nicht einmal das Maß für Hünengräber.« Es schien, daß die Prinzessin dies Thema noch weiter ausspinnen wollte; sie kam aber nicht dazu, weil im selben Augenblicke mehrere Offiziere bis ganz in die Nähe des Wagens gekommen waren und die Prinzessin von links und rechts her zu kotoyieren begannen. Unter diesen war auch Oberstleutnant Tersling, unser Bekannter von Vincents Restaurant her, ein schöner großer Mann von ausgesprochen militärischen Allüren. Er sah sich mit besonderer Freundlichkeit seitens der Prinzessin begrüßt und erkundigte sich seinerseits nach dem Befinden derselben.

»Es geht mir gut, doppelt gut an einem Tage wie heute. Denn ich höre, daß Sie und die anderen Herren de Meza ein Fest geben wollen. Das hat mich herausgelockt, ich will mit dabei sein.«

Tersling lächelte verlegen, und die Prinzessin, die sich dessen freute, fuhr erst nach einer Weile fort: »Ja, mit dabei sein; aber erschrecken Sie nicht, lieber Tersling, nur an der Peripherie. Wenn Sie den Toast auf den König oder den zu Feiernden ausbringen, werd ich mich mit meiner lieben Gräfin hier und mit Ebba Rosenberg, die Sie wohl schon in dem zweiten Wagen gesehen haben werden, in unserem Klampenborger Tiergarten ergehen und mich freuen, wenn das Hoch gut dänischer Kehlen zu mir herüberklingt. Übrigens bitte ich Sie, de Meza meine Grüße zu bringen und ihm sagen zu wollen, daß ich immer noch an alter Stelle wohne. Generäle sind freilich nie leicht zu Hofe zu bringen, und wenn Sie gar noch Beethoven Konkurrenz machen und Symphonien komponieren, so ist es vollends vorbei damit; indessen, wenn er von Ihnen hört, daß ich Idstedt immer noch in gutem Gedächtnis habe, so hält er es vielleicht für der Mühe wert, sich meiner zu erinnern. Und nun will ich Sie nicht länger an diesen Wagenschlag fesseln.«

Tersling küßte der Prinzessin die Hand und eilte, die versäumte Zeit wieder einzubringen; die Prinzessin aber, während sie sich zu Holk wandte, fuhr fort: »Dieser Tersling, schöner Mann: er war einmal Prinzessinnentänzer und Kavalier comme il faut, die spitzeste Zunge, der spitzeste Degen, und Sie werden sich vielleicht noch des Duells erinnern, das er schon vor 48 mit Kapitän Dahlberg hatte? Dahlberg kam damals mit einem Streifschuß am Hals davon, aber nun liegt er lange schon vor Friderizia. Pardon, liebe Schimmelmann, daß ich dies alles in Ihrer Gegenwart berühre; mir fällt eben ein, Sie waren selbst die Veranlassung zu dem Duell. Offen gestanden, ich wüßte gern mehr davon. Aber nicht heute, das ist Frauensache.«

Holk wollte seine Diskretion versichern, und daß er Dinge, die nicht direkt für ihn gesprochen würden, überhaupt gar nicht höre; die Prinzessin blieb aber bei ihrem Satz und sagte: »Nein, nichts heute davon, verschieben wir's! Und dann Diskretion, lieber Holk, das ist ein langes und schweres Kapitel. Ich beobachte diese Dinge nun seit fünfundfünfzig Jahren, denn mit fünfzehn wurde ich schon eingeführt.«

»Aber Königliche Hoheit werden sich doch der Diskretion Ihrer Umgebung versichert halten.«

»Gott sei Dank, nein«, erwiderte die Prinzessin. »Und Sie können sich gar nicht vorstellen, mit wieviel Ernst ich das sage. Diskretion à tout prix kommt freilich vor, aber gerade wenn sie so bedingungslos vorkommt, ist sie furchtbar; sie darf eben nicht bedingungslos auftreten. Die Menschen, und vor allem die Menschen bei Hofe, müssen durchaus ein Unterscheidungsvermögen ausbilden, was gesagt werden darf und was nicht; wer aber dies Unterscheidungsvermögen nicht hat und immer nur schweigt, der ist nicht bloß langweilig, der ist auch gefährlich. Es liegt etwas Unmenschliches darin, denn das Menschlichste, was wir haben, ist doch die Sprache, und wir haben sie, um zu sprechen … Ich weiß, daß ich meinerseits einen ausgiebigen Gebrauch davon mache, aber ich schäme mich dessen nicht, im Gegenteil, ich freue mich darüber.«

*

In dem zweiten Wagen hatte man ähnliche Begegnungen und Begrüßungen gehabt; aber das Hauptgespräch drehte sich doch um Holk, bei welcher Gelegenheit Pentz von dem Fräulein von Rosenberg erfahren wollte, wie der Graf ihr bei der Vormittagsaudienz eigentlich gefallen habe. Erichsen mischte sich in diese Fragen und Antworten nicht mit ein, hörte aber doch aufmerksam zu, weil er solche Schraubereien sehr liebte, vielleicht um so mehr, je mehr er seine persönliche Unfähigkeit dazu empfand.

»Er ist ein Schleswig-Holsteiner«, sagte Ebba. »Die Deutschen sind keine Hofleute ...«

Pentz lachte. »Da merkt man nun aber wirklich, meine Gnädigste, daß Dänemark nicht den Vorzug genießt, Sie geboren zu haben. Die Schleswig-Holsteiner keine Hofleute! Die Randzaus, die Bernstorffs, die Moltkes ...«

»Waren Minister, aber keine Hofleute.«

»Das ist aber doch nahezu dasselbe.«

»Mitnichten, mein lieber Baron. Ich lese viel Geschichte, wenn auch nur aus französischen Romanen, aber für eine Hofdame muß das ausreichen, und ich wage die Behauptung, daß ein Gegensatz existiert zwischen einem Minister und einem Hofmann. Wenigstens dann, wenn jeder seinen Namen ehrlich verdienen soll. Die Deutschen haben ein gewisses brutales Talent zum Regieren – gönnen Sie mir das harte Beiwort, denn ich kann die Deutschen nicht leiden –, aber gerade weil sie zu regieren verstehen, sind sie schlechte Hofleute. Das Regieren ist ein grobes Geschäft, mein Herr. Fragen Sie Erichsen, ob ich recht habe ...«

Dieser nickte gravitätisch, und das Fräulein, das lachend darauf hinwies, fuhr fort: »Und das alles paßt mehr oder weniger auch auf den Grafen. Es ließe sich vielleicht ein Minister aus ihm machen ...«

»Um Gottes willen ...«

»... Aber der Kavalier einer Prinzessin zu sein, dazu fehlt ihm nicht mehr als alles. Er steht da mit der Feierlichkeit eines Oberpriesters und weiß nie, wann er lachen soll. Und dies ist etwas sehr Wichtiges. Unsere gnädigste Prinzessin, ich denke, daß wir einig darüber sind, hat einige kleine Schwächen, darunter auch die, sich auf die geistreiche Frau des vorigen Jahrhunderts hinauszuspielen. Sie hat infolge davon eine Vorliebe für ältere Anekdoten und Zitate und verlangt, daß man beide nicht bloß versteht, sondern sie auch zustimmend belächelt. Aber von diesem ABC der Sache hat der Graf keine Vorstellung.«

»Und das haben Sie während einer Audienz von kaum zehn Minuten dem armen Grafen alles von der Stirn gelesen?«

»Ich weiß nicht, ob ich diesen Ausdruck gelten lassen darf, denn das Wesentliche lag darin, daß ihm, all die Zeit über, überhaupt nichts von der Stirn zu lesen war. Und das ist das Schlimmste. Da sprach beispielsweise die Prinzessin von König Heinrich dem Vierten und kam auf das ›Huhn im Topf‹, von dem man füglich nicht mehr sprechen sollte. Aber gerade, weil es so schwach mit diesem Huhn steht, hat ein Hofmann doppelt die Verpflichtung, zu lächeln und nicht leblos dabei zu stehen und eine sich nach Beifall umsehende Prinzessin im Stich zu lassen.«

Über Erichsens ernstes Gesicht glitt ein stilles Behagen.

»Und dann sprach die Prinzessin huldvoll von meiner Bleichsucht oder, daß ich sie beinahe haben müßte. Nun, ich bitte Sie, Baron, bei Bleichsucht muß immer gelächelt werden, das ist einmal so herkömmlich, und wenn eine Prinzessin die Gnade hat, noch etwas vom ›Eisen im Blut‹ hinzuzusetzen und dadurch anzudeuten, daß sie Darwin oder irgendeinen anderen großen Forscher gelesen hat, so muß sich zu dem Heiterkeitslächeln auch noch ein Bewunderungslächeln gesellen, und wenn das alles ausbleibt und ein Kammerherr so nüchtern dasteht, als würde bloß zehn Uhr ausgerufen, so muß ich solchem Kammerherrn allen hofmännischen Beruf absprechen.«

*

Es war gegen vier, als man in Klampenborg hielt. Holk war der Prinzessin behilflich, und nachdem man die Frage, wo der Kaffee zu nehmen sei, zugunsten der ›Eremitage‹ entschieden hatte, brach man rasch nach dem unmittelbar angrenzenden Tiergarten auf, an dessen nördlichem Ende die Eremitage gelegen war. Der Weg dahin führte zunächst an einem großen Klampenborger Hotel vorüber, in dessen Front, auf einem zwischen Weg und Strand gelegenen Wiesenstreifen, ein wohl hundert Schritt langes, nach drei Seiten hin geschlossenes Leinwandzelt errichtet war. Die offene Seite lag gerade dem Wege zu, darauf die Prinzessin jetzt herankam. Das Festmahl selbst hatte noch nicht begonnen, aber zahlreiche, den verschiedensten Truppenteilen der Kopenhagener Garnison angehörige Offiziere waren bereits beisammen; überall sah man die glänzenden Uniformen sowohl der Leibgarde zu Pferde wie der Gardehusaren, und noch bunter als das Bunt der Uniformen waren die Flaggen und Wimpel, die zu Häupten des Zeltes wehten. Als die Prinzessin bis auf hundert Schritte heran war, bog sie scharf links in einen Kiesweg ein, weil sie die sichtlich unmittelbar vor der Eröffnung stehende Feierlichkeit nicht stören wollte; sie war aber bereits erkannt worden, und de Meza, den man auf ihr Erscheinen aufmerksam gemacht hatte, säumte nicht, über den Lawn heranzukommen und die Prinzessin mit allem ihr gebührendem Respekt zu begrüßen.

»Lieber General«, sagte diese, »so war es nicht gemeint. Eben schlägt es vier, und ich sehe bereits, wie sich die Suppenkolonne vom Hotel her in Bewegung setzt. Und eine kalt gewordene Suppe, das mag ich nicht verantworten. Am wenigsten an einem Oktobertag wie heute, an dem eine so frische Brise weht. Das liebt General de Meza, wie ich weiß, nur ausnahmsweise, nur wenn er zu Felde zieht und mit seinen Leuten im Biwak liegt.«

Sie sagte das alles mit einer gewissen prinzeßlichen Grazie, worauf sie den General, der nicht unempfindlich dagegen war, unter erneuten Huldbeweisen entließ. Vom Zelt her aber klangen allerlei Hochs, und die Musik intonierte das nationale ›König Christian stand am hohen Mast‹, bis es in den ›dappren Landsoldaten‹ überging.

*

Und nun hatte die Prinzessin samt Gefolge den Tiergarten erreicht, der gleich hinter Klampenborg mit seiner Südspitze die Chaussee berührte. Hier gab sie Erichsen ihren Arm. Dann folgte die Schimmelmann mit Pentz, weiter zurück Holk mit Ebba, Holk in sichtlicher Verlegenheit, wie das Gespräch einzuleiten sei. Denn ihm war nicht entgangen, daß er am Vormittag, während der Audienz bei der Prinzessin, von seiten Ebbas mit einem leisen Anfluge von Spott und Überlegenheit beobachtet worden war; während der Nachmittagsfahrt aber hatte sich die Gelegenheit zu irgendwelcher Anknüpfung noch nicht finden lassen wollen.

Endlich begann er: »Wir werden einen wundervollen Sonnenuntergang haben. Und kein schönerer Platz dazu als dieser. Diese prächtige Plaine! Es sind jetzt sieben Jahre, daß ich in Klampenborg war, und in der Eremitage nie.«

»Schreckte Sie der Name?«

»Nein. Denn ich bin meiner Neigung und Lebensweise nach mehr oder weniger Eremit, und wäre nicht die Prinzessin, die mich dann und wann in die Welt ruft, ich könnte mich den Eremiten von Holkenäs nennen. Himmel und Meer und ein einsames Schloß auf der Düne.«

»Auf der Düne«, wiederholte das Fräulein. »Und ein einsames Schloß. Beneidenswert und romantisch. Es liegt so was Balladenhaftes darin, so was vom König von Thule. Freilich der König von Thule, wenn ich mich recht erinnern kann, war unverheiratet.«

»Ich weiß doch nicht«, sagte Holk, den der Ton des Fräuleins aus aller Verlegenheit riß. »Ich weiß doch nicht. Wirklich eine Doktorfrage. War er unverheiratet? Wenn mir recht ist, heißt es, er gönnte alles seinen Erben, was doch auf Familie zu deuten scheint. Freilich, es kann eine Nebenlinie gewesen sein. Trotzdem möchte ich vermuten, er war verheiratet und im Besitz einer klugen Frau, die dem Alten, über den sie vielleicht, oder sagen wir sehr wahrscheinlich, lächelte, seine Jugendschwärmerei mit dem Becher gönnte.«

»Das läßt sich hören«, sagte das Fräulein, während ihr der Übermut aus den Augen lachte. »Sonderbar. Bisher erschien mir die Ballade so rund und abgeschlossen wie nur möglich: der König tot, der Becher getrunken und gesunken und das Reich (vom Balladenstandpunkte aus immer das Gleichgültigste) jedem gegönnt und an alle verteilt. Aber wenn wir an das Vorhandensein einer Königin glauben, und ich stehe darin nachträglich ganz auf Ihrer Seite, so fängt die Sache mit dem Tode des Alten erst recht eigentlich an, und der ›König von Thule‹, das Geringste zu sagen, ist unfertig und fortsetzungsbedürftig. Und warum auch nicht? Ein Page wird sich am Ende doch wohl finden lassen, der sich bis dahin verzehrt hat und nun wieder

Farbe kriegt oder ›Eisen im Blut‹, um mit einem Zitat unserer gnädigsten Prinzessin zu schließen.«

»Ach, meine Gnädigste«, sagte Holk, »Sie spotten über Romantik und vergessen dabei, daß Ihr eigner Name mit einem sehr romantischen Hergange, der wohl eine Ballade verdient hätte, verflochten ist.«

»Mein Name?« lachte das Fräulein. »Und mit einem romantischen Hergange verflochten? Bezieht es sich auf Ebba? Nun, das würde sich hören lassen, das ginge; denn schließlich laufen alle Balladen auf etwas Ebba hinaus. Ebba ist Eva, wie Sie wissen, und bekanntlich gibt es nichts Romantisches ohne den Apfel. Aber ich sehe, Sie schütteln den Kopf und meinen also nicht Ebba und nicht Eva, sondern Rosenberg.«

»Gewiß, mein gnädigstes Fräulein, ich meine Rosenberg. Genealogisches zählt nämlich zu meinen kleinen Liebhabereien, und die zweite Frau meines Großonkels war eine Rosenberg; so bin ich denn in Ihre Geschlechtssagen einigermaßen eingeweiht. Alle Rosenbergs, wenigstens alle die, die sich Rosenberg-Gruszczynski nennen, bei den Lipinskis steht es aber anders, stammen von einem Bruder des Erzbischofs Adalbert von Prag, der, an der sogenannten Bernsteinküste, von der Kanzel herabgerissen und von den heidnischen Preußen erschlagen wurde. Diese Kanzel, wenn auch zerstückelt und zermürbt, existiert noch und ist das Palladium der Familie ...«

»Wovon ich leider noch nie gehört habe«, sagte das Fräulein in anscheinendem oder vielleicht auch wirklichem Ernste.

»Woraus mir nur hervorgehen würde, daß Sie, statt dem Gruszczynskischen, wahrscheinlich dem Lipinskischen Zweige der Familie zugehören.«

»Zu meinem Bedauern auch das nicht. Freilich, wenn ich Lipinski mit Lipesohn übersetzen darf, ein Unterfangen, das mir die berühmte Familie verzeihen wolle, so würde sich, von dem in dieser Form auftretenden Namen aus, vielleicht eine Brücke zu mir und meiner Familie herüber schlagen lassen. Ich bin nämlich eine Rosenberg-Meyer oder richtiger eine Meyer-Rosenberg, Enkeltochter des in der schwedischen Geschichte wohlbekannten Meyer-Rosenberg, Lieblings- und Leibjuden König Gustavs III.«

Holk schrak ein wenig zusammen; das Fräulein aber fuhr in einem affektiert ruhigen Tone fort: »Enkeltochter Meyer-Rosenbergs, den König Gustav später unter dem Namen eines Baron Rosenberg nobilitierte, Baron Rosenberg von Filehne, welchem preußisch-polnischen Ort wir entstammen. Es war der Sitz unserer Familie durch mehrere Jahrhunderte hin. Und nun lassen Sie mich, da Sie sich für genealogisch Anekdotisches interessieren, noch in Kürze hinzusetzen, daß es mit diesem Nobilitierungsakte allerdings eilte, denn drei Tage später wurde der ritterliche und für unser Haus so unvergeßliche König von Leutnant Anckarström erschossen. Ein ebenso balladenhafter Hergang wie der ermordete Bischof, aber freilich nur im allerlosesten Zusammenhang mit meiner Familie. Sie dürfen mich aber darum nicht aufgeben. Über all das ist Gras gewachsen, und mein Vater verheiratete sich bereits mit einer Wrangel, noch dazu in Paris, wo ich auch geboren bin, und zwar am Tage der Julirevolution. Einige sagen, man merke mir's an. Unter allen Umständen aber können Sie mein Alter danach berechnen.«

Holk war krasser Aristokrat, der nie zögerte, den Fortbestand seiner Familie mit dem Fortbestand der göttlichen Weltordnung in den innigsten Zusammenhang zu bringen, und der im gewöhnlichen Verkehr über diese Dinge nur schwieg, weil es ihm eine zu heilige Sache war. Er war in diesem Punkte für Wiedereinführung aller nur möglichen Mittelalterlichkeiten, und einer je strengeren Ahnenprobe man ihn und die Seinen unterworfen hätte, je lieber wäre es ihm gewesen, denn um so glänzender wäre sein Name daraus hervorgegangen. Seine leichten und angenehmen, auch die bürgerliche Welt befriedigenden Umgangsformen waren nichts als ein Resultat seines sich Sicherfühlens in dieser hochwichtigen Angelegenheit. Aber so sicher er über seinen eignen Stammbaum war, so zweifelvoll verhielt er sich gegen alle anderen, die fürstlichen Häuser nicht ausgeschlossen, was denn auch der Grund war, daß man über all derlei Dinge sehr frei mit ihm sprechen konnte, wenn nur die Holks außer Frage blieben. Und so geschah's denn auch heute, daß er sich von dem ersten Schreck, den ihm der schwedische Rosenberg mit seinem unheimlichen Epitheton ornans eingejagt hatte, nicht nur rasch erholte, sondern es sogar höchst pikant fand, diese doch in der Mehrzahl der Fälle nicht leicht genug zu nehmende Frage von einer augenscheinlich so klugen Person auch wirklich leicht behandelt zu sehen.

14. KAPITEL

Der Weg, den man einzuschlagen hatte, lief am Ostrande des Tiergartens hin, meist unter hochstämmigen Platanen, deren herabhängende, vielfach noch mit gelbem Laub geschmückte Zweige die Aussicht derart hinderten, daß man der inmitten einer lichten Waldwiese stehenden ›Eremitage‹ erst ansichtig wurde, als man aus der Platanenallee heraus war. Für die beiden vorderen Paare, die diese Szenerie längst kannten, bedeutete das wenig, Holk und das Fräulein aber, die des Anblicks zum ersten Male genossen, blieben unwillkürlich stehen und sahen fast betroffen auf das in einiger Entfernung in den klaren Herbsthimmel aufragende, von allem Zauber der Einsamkeit umgebene Schloß. Kein Rauch stieg auf, und nur die Sonne lag auf der weiten, mit dichtem, immer noch frischem Gras überdeckten ›Plaine‹, während oben am stahlblauen Himmel Hunderte von Möwen schwebten und in langem Zuge, vom Sunde her, nach dem ihnen wohlbekannten, weiter landeinwärts gelegenen Furesee hinüberflogen.

»Ihr Schloß auf der Düne kann nicht einsamer sein«, sagte das Fräulein, als man jetzt einen schmalen Pfad einschlug, der, quer über die Wiese hin, beinahe gradlinig auf die Eremitage zuführte.

»Nein, nicht einsamer und nicht schöner. Aber so schön dies ist, ich möchte dennoch nicht tauschen. Diese Stelle hier bedrückt mich in ihrer Stille. In Holkenäs ist immer eine leichte Brandung, und eine Brise kommt von der See her und bewegt die Spitzen meiner Parkbäume. Hier aber zittert kein Grashalm, und jedes Wort, das wir sprechen, klingt, als wenn es die Welt belauschen könne.«

»Ein Glück, daß wir nicht Schaden dabei nehmen«, lachte das Fräulein, »denn eine mehr für die Öffentlichkeit geeignete Unterhaltung als die unsere kann ich mir nicht denken.«

Holk war nicht angenehm berührt von dieser Entgegnung und stand auf dem Punkt, seiner kleinen Verstimmung Ausdruck zu geben; aber ehe er antworten konnte, hatte man die breiten Stufen der Freitreppe erreicht, die zu dem Jagdschlosse hinaufführte. Vor derselben stand ein zugleich als Kastellan installierter alter Waldhüter, und an diesen, der respektvoll seine Kappe gezogen hatte, trat jetzt die Prinzessin heran, um ihm Ordres zu geben. Diese gingen zunächst dahin, oben, im großen Mittelsaale, den Kaffee servieren zu lassen. Das sprach sie mit lauter Stimme, so daß jeder es hören konnte. Dann aber nahm sie den Waldhüter noch einen Augenblick beiseite, um eine weitere Verabredung mit ihm zu treffen. »Und nicht später als fünf«, so schloß sie das geheim geführte Gespräch. »Der Abend ist da, man weiß nicht wie, und wir brauchen gute Beleuchtung.«

Der Alte verneigte sich, und die Prinzessin trat gleich danach in das Schloß ein und stieg, auf die Schimmelmann sich stützend, in den oberen Stock hinauf.

Hier, im Mittelsaale, hatten dienstbeflissene Hände bereits hohe Lehnstühle um einen langen, eichenen Tisch gerückt und die nach Ost und West hin einander gegenüberliegenden Balkonfenster geöffnet, so daß die ganze landschaftliche Herrlichkeit wie durch zwei große Bilderrahmen bewundert werden konnte. Freilich, die das Schloß unmittelbar und nach allen Seiten hin umgebende Wiesenplaine war, weil zu nahe, wie in der Tiefe verschwunden; dafür aber zeigte sich alles Fernergelegene klar und deutlich, und während, nach links hinüber, die Wipfel eines Waldzuges in der niedergehenden Sonne blinkten, sah man nach rechts hin die blauflimmernde Fläche des Meeres. Holk und Ebba wollten aufstehen, um erst von dem einen und dann vom andern Fenster aus das Bild voller genießen zu können; die Prinzessin aber litt es nicht, sie verstände sich auf Landschaft und könne versichern, daß gerade so, wie's jetzt sei, das Bild am schönsten wäre. Zudem habe der Kaffee (die Kastellanin erschien eben mit einem mit dem schönsten Meißner Service besetzten Tablett) auch sein Recht, und was die Pracht der momentan allerdings unsichtbar gewordenen Plaine betreffe, so würde diese schon wieder zu Tage treten, wenn auch erst später. Alles zu seiner Zeit. »Und nun, liebe Schimmelmann, bitte, machen Sie die Honneurs. Offen gestanden, ich sehne mich nach einer Erfrischung; so nahe der Weg war, so war er doch gerade weit genug. Wenigstens für mich.«

Die Prinzessin schien bei bester Laune, was sich neben anderem auch in ihrer noch gesteigerten Gesprächigkeit zeigte. Sie scherzte denn auch darüber und suchte bei Pentz, der heute gar nicht zu Worte komme, Indemnität nach. »Indemnität«, fuhr sie dann fort, »auch solch Wort aus dem ewig Parlamentarischen. Aber, parlamentarisch oder nicht, auf die Sache selbst, auf

Straferlaß, hab ich insoweit einen wirklichen Anspruch, als es keinen Platz gibt, selbst mein geliebtes Fredericksborg nicht ausgenommen, wo mir so plauderhaft zumut sein dürfte wie gerade an dieser Stelle. Es gab Zeiten, wo ich beinah täglich hier war und mich stundenlang dieser Meer- und Waldherrlichkeit freute. Freilich, wenn ich sagen sollte, daß diese Freude das gewesen wäre, was man so landläufig ›Glück‹ nennt, so würd ich's damit nicht treffen. Ich habe nur immer erquickliche Ruhe hier gefunden, Ruhe, die weniger ist als Glück, aber auch mehr. Die Ruh' ist wohl das Beste.«

Holk horchte auf. Ihm war, als ob er dieselben Worte ganz vor kurzem erst gehört habe. Aber wo? Und suchend und sinnend, fand er's auch wirklich, und der Abend auf Holkenäs und das Bild Elisabeth Petersens traten mit einem Male vor ihn hin, und er hörte wieder das Lied und die klare Stimme. Das war noch keine Woche, und schon klang es ihm wie aus weiter, weiter Ferne.

Die Prinzessin mußte bemerkt haben, daß Holks Aufmerksamkeit abirrte. Sie ließ deshalb das Allgemeine fallen und fuhr fort: »Sie werden kaum erraten, lieber Holk, welcher Küstensaum es ist, der da, von drüben her, uns in Fenster sieht.«

»Ich dachte an Schweden.«

»Doch nicht eigentlich das. Es ist Hveen, das Inselchen, darauf unser Tycho die Brahe seinen astronomischen Turm baute, sein ›Sternenschloß‹, wie's die Welt nannte ... Ja, die Brahes, auch um meiner eigenen Person willen muß ich ihrer immer in Anhänglichkeit und Liebe gedenken. Es sind nun gerade fünfundvierzig Jahre, daß Ebba Brahe, die damals bewunderte Schönheit bei Hofe, mein Hoffräulein war und meine Freundin dazu, was mir mehr bedeutete. Denn wir bedürfen einer Freundin, immer und allezeit«, die Prinzessin reichte der Schimmelmann die Hand, »und nun gar, wenn wir jung sind und im ersten Jahr unserer Ehe. Pentz lächelt natürlich; er kennt nicht das erste Jahr einer Ehe.«

Der Baron verneigte sich und schien nicht bloß seine Zustimmung, sondern auch eine gewisse humoristische Befriedigung über diesen Tatbestand ausdrücken zu wollen; die Prinzessin ließ es aber nicht dazu kommen und sagte: »Doch ich wollte von Ebba Brahe sprechen. Auf manchem Namen liegt ein Segen, und mit den Ebbas habe ich immer Glück gehabt. Wie wenn es gestern gewesen wäre, steht der Tag vor mir, an dem ich, von eben dieser Stelle aus, nach Hveen hinüberwies und zu Ebba Brahe sagte: ›Nun, Ebba, möchtest du nicht tauschen? Hast du keine Sehnsucht nach dem Schloß deiner Ahnen da drüben?‹ Aber sie wollte von keinem Tausche wissen, und ich höre noch, wie sie mit ihrer bezaubernden Stimme sagte: ›Der Blick von der Eremitage nach Hveen ist mir noch lieber als der von Hveen nach der Eremitage.‹ Und dann begann sie zu scherzen und zu behaupten, daß sie ganz irdisch sei, viel zu sehr, um sich für das ›Sternenschloß‹ begeistern zu können. Unter allen Sternen interessiere sie nur die Erde, zu deren nächtlicher Beleuchtung die andern bloß da seien ... Oh, sie war charmant, einschmeichelnd, Liebling aller, und ich möchte beinahe sagen, sie war mehr noch eine Ebba als eine Brahe, während unsere neue Ebba ...«

Die Prinzessin stockte ...

»... Mehr eine Rosenberg ist als eine Ebba«, warf das Fräulein ein und verneigte sich unbefangen gegen die Prinzessin.

Herzliche Heiterkeit, an der selbst die beiden Pagoden der Gesellschaft, Erichsen und die Schimmelmann, teilnahmen, belohnte diese Selbstpersiflierung, denn jeder kannte nur zu gut den Stammbaum des Fräuleins und verstand durchaus den Sinn ihrer Worte. Nicht zum wenigsten die Prinzessin selbst, die denn auch eben darauf aus war, sich mit einer besonderen Freundlichkeit an Ebba zu wenden, als der alte Waldhüter in der Tür erschien und durch sein Erscheinen das mit der Prinzessin verabredete Zeichen gab. Und eine kleine Weile, so traten alle, vom Saal her, auf einen vorgebauten Balkon hinaus, von dem aus man einen prächtigen Fernblick auf die große, das Gesamtbild nach Westen hin abschließende Waldmasse hatte. Der zwischenliegende Wiesengrund war von einer beträchtlichen Ausdehnung, an ein paar Stellen aber schoben sich Waldvorsprünge bis weit in die Wiese vor, und aus eben diesen Vorsprüngen traten jetzt Rudel Hirsche, zu zehn und zwanzig, auf die Plaine hinaus und setzten sich in einem spielenden Tempo, nicht rasch und nicht langsam, auf die Eremitage zu in Bewegung. Ebba war entzückt, aber ehe sie's noch aussprechen konnte, sah sie schon, daß sich, im Hintergrunde, der ganze weite Waldbogen wie zu beleben begann, und in gleicher

Weise, wie bis dahin nur vereinzelte Rudel aus den vorgeschobenen Stellen herausgetreten waren, traten jetzt viele Hunderte von Hirschen aus der zurückgelegenen Waldestiefe hervor und setzten sich, weil sie bei der unmittelbar bevorstehenden Defiliercour nicht fehlen wollten, in einen lebhaften Trab, anfänglich wirr und beinahe wild durcheinander, bis sie sich, im Näherkommen, ordnungsmäßig gruppierten und nun sektionsweise an der Eremitage vorüberzogen. Endlich, als auch die letzten vorbei waren, zerstreuten sie sich wieder über die Wiese hin, und nun erst ermöglichte sich ein vollkommener Überblick über die Gesamtheit. Alle Größen und Farben waren vertreten, und wenn schon die schwarzen Hirsche von Ebba bewundert worden waren, so viel mehr noch die weißen, die sich in verhältnismäßig großer Zahl in dem Wildbestande vorfanden. Aber diese Stimmung Ebbas verflog, wie gewöhnlich, sehr rasch wieder, und alsbald zur Zitierung von allerlei Strophen aus dänischen und deutschen Volksliedern übergehend, versicherte sie, daß der weiße Hirsch in allem, was Ballade betreffe, nach wie vor die Hauptrolle spiele, natürlich mit Ausnahme der ›weißen Hinde‹, die noch höher stünde. Pentz seinerseits wollte dies nicht wahrhaben und versicherte mit vieler Emphase, daß ›die Prinzessin und der Page‹ den Vortritt hätten und ihn auch ewig behaupten würden, eine Bemerkung, der die Prinzessin zustimmte, freilich mit einem Anfluge von Wehmut. »Ich akzeptiere das, was Pentz sagt, und möchte nicht, daß ihm widersprochen würde. Wir armen Prinzessinnen, wir haben schon nicht viel, und aus der Welt der Wirklichkeiten sind wir so gut wie verdrängt; nimmt man uns auch noch die Märchen- und Balladenstelle, so weiß ich nicht, was wir überhaupt noch wollen.« Alle schwiegen, weil sie zu sehr empfanden, wie richtig es war, und nur Ebba küßte die Hand ihrer Wohltäterin und sagte: »Gnädigste Prinzessin, es bleibt Gott sei Dank noch vieles übrig, es bleibt noch Zufluchtstätte sein und andere beglükken und über Vorurteile lachen.« Es war ersichtlich, daß der Prinzessin diese Worte wohltaten, vielleicht weil sie heraushörte, daß es, trotzdem sie von Ebba kamen, mehr als bloße Worte waren; aber sie schüttelte doch den Kopf und sagte: »Liebe Ebba, auch das wird bald Märchen sein.«

Während sie so sprachen, waren die Wagen, denen man eigentlich entgegengehen wollte, bis dicht an die Freitreppe herangefahren, und als die Prinzessin gleichzeitig wahrnahm, daß die Dämmerung und mit ihr die Abendkühle mehr und mehr hereinbrach, erklärte sie, von einem weiteren Spaziergang Abstand nehmen und die Rückfahrt unmittelbar antreten zu wollen. Aber wir arrangieren uns anders, und ich verzichte auf die Begleitung meiner Kavaliere.«

Das kam allen erwünscht. Die Prinzessin nahm ihren Platz, die Schimmelmann ihr zu Seite, das Fräulein gegenüber; Pentz und Holk und Erichsen folgten im zweiten Wagen. Als man Klampenborg passierte, war das Offizierszelt auch in seiner Front mit Segeltüchern geschlossen, und nur aus einem schmalen Spalt ergoß sich ein Lichtstreifen auf den dunklen Vordergrund. Einzelnes aus einer Rede, die gerade gehalten wurde, trug der Wind herüber, und nun schwieg auch das, und nur zustimmende Rufe klangen noch in den Abend hinaus.

15. KAPITEL

Die Rückfahrt war ohne weitere Zwischenfälle verlaufen, aber natürlich nicht ohne Medisance, darin sich Ebba nicht leicht zu viel tun konnte. Die Geschichte mit den ›Rosenbergs‹ und den verschiedenen Verzweigungen der Familie war ihr dabei das denkbar glücklichste Thema. »Der arme Graf«, sagte sie, »das muß wahr sein, er geht allem so gründlich auf den Grund. Natürlich, dafür ist er ein Deutscher, und nun gar bei genealogischen Fragen, da kommt er aus dem Bohren und Untersuchen gar nicht mehr heraus. An jeden Namen knüpft er an, und wenn ich zum Unglück auf den Namen Cordelia getauft worden wäre, so biet ich jede Wette, daß er sich ohne weiteres nach dem alten Lear bei mir erkundigt haben würde.« Die Prinzessin gab Ebba einen Zärtlichkeitsschlag auf die Hand, der mehr ermutigte als ablehnte, und so fuhr diese denn fort: »Er hat etwas von einem Museumskatalog mit historischen Anmerkungen, und ich sehe noch sein Gesicht, als Königliche Hoheit von Tycho de Brahe sprachen und nach der Insel Hveen hinüberzeigten; er war ganz benommen davon, und seine Seele drängte sichtlich nach einem Gespräch über Weltsysteme. Das wäre so was für ihn gewesen, zurück bis Ptolemäus. Gott sei Dank kam etwas dazwischen, denn, offen gestanden, Astronomie geht mir noch über Genealogie.«

*

Auch der folgende Tag verlief unter ähnlichem Geplauder, was übrigens nicht hinderte, daß Holk, von seiten der Damen, einem allerfreundlichsten Entgegenkommen begegnete, so freundlich, daß es ihm nicht bloß schmeichelte, sondern ihn auch in die denkbar beste Stimmung versetzte.

Diese Stimmung nahm er dann mit nach Haus, in seine behagliche Hansensche Wohnung, und als er Tags darauf bei seinem Frühstück saß, kam ihm das prickelnd Anregende des Kopenhagener Hoflebens so recht aufs neue zum Bewußtsein. Wie öde waren daneben die Tage daheim, und wenn er sich dann vergegenwärtigte, daß er sich innerhalb zehn Minuten an den Schreibtisch zu setzen und über die gehabten Eindrücke nach Holkenäs hin zu berichten habe, so erschrak er fast, weil er fühlte, wie schwer es sein würde, den rechten Ton dafür zu finden. Und doch war dieser Ton noch wichtiger als der Inhalt, da Christine zwischen den Zeilen zu lesen verstand.

Er überlegte noch, als es klopfte. »Herein.« Und Frau Kapitän Hansen trat ein, diesmal nicht die Mutter, sondern Brigitte, die Tochter. Er hatte sie seit dem Abend seiner Ankunft kaum wieder gesehen, aber ihr Bild war er nicht losgeworden, selbst nicht in den Gesprächen mit Ebba. Brigittens Erscheinung in diesem Augenblick verriet eine gewisse herabgestimmte Grandezza, darin das auf Hochgefühl Gestellte dem Gefühl ihrer Macht und Schönheit, das Herabgestimmte der Einsicht ihrer bescheidenen Lebensstellung entstammte, bescheiden wenigstens, solange der Graf der Mieter ihres Hauses war. Ohne mehr als einen kurzen Morgengruß zu bieten, schritt sie gerade und aufrecht und beinahe statuarisch bis an den Tisch heran und begann hier das Frühstücksservice zusammenzuschieben, während sie das mitgebrachte große Tablett, die Brust damit bedeckend, noch immer in ihrer Linken hielt. Holk seinerseits hatte sich inzwischen von seinem Fensterplatz erhoben und ging ihr entgegen, um ihr freundlich die Hand zu reichen.

»Seien Sie mir willkommen, liebe Frau Hansen, und wenn Ihre Zeit es zuläßt ...«, und dabei wies er mit verbindlicher Handbewegung auf einen Stuhl, während er selbst an seinen Fensterplatz zurückkehrte. Die junge Frau Hansen blieb aber, das japanische Tablett nach wie vor schildartig vorhaltend, an ihrer Stelle stehen und sah ruhig und ohne jeden Ausdruck von Verlegenheit nach dem Grafen hinüber, von dem sie sichtlich ein weiteres Wort erwartete. Diesem konnte nicht entgehen, wie berechnet alles in ihrer Haltung war, vor allem auch in ihrer Kleidung. Sie trug dasselbe Hauskostüm, das sie schon am ersten Abend getragen hatte, weit und bequem, nicht Manschetten, nicht Halskragen, aber nur deshalb nicht, weil all dergleichen die Wirkung ihrer selbst nur gemindert hätte. Denn gerade ihr Hals war von besonderer Schönheit und hatte, sozusagen, einen Teint für sich. Dieselbe Berechnung zeigte sich in all und jedem. Ihre Schoßjacke mit losem Gürtel von gleichem Stoff schien ohne Schnitt und Form, aber auch nur, um ihre eigenen Formen desto deutlicher zu zeigen. In ihrer Gesamterscheinung war sie das Bild einer schönen Holländerin, und unwillkürlich sah Holk nach ihren Schläfen, ob er nicht die herkömmlichen Goldplatten daran entdeckte.

»Sie ziehen vor«, nahm er, als sie seinem Blick unausgesetzt begegnete, wieder das Wort, »Sie ziehen vor, sich nicht zu setzen und in ganzer Figur zu bleiben, und Sie wissen sehr wohl, meine schöne Frau Brigitte, was Sie dabei tun. Wirklich, wenn ich bei Gelegenheit der Reise von Shanghai nach Bangkok – von der mir Ihre Frau Mutter gestern erzählte – der Kaiser von Siam gewesen wäre, so wäre das mit dem Thronsessel vor dem Palast alles sehr anders angeordnet worden, und Sie hätten, statt zu sitzen, was nie kleidet, neben dem Thronsessel gestanden und nur Ihren Arm auf die weiße Elfenbeinlehne gelehnt. Und da hätte sich's dann zeigen müssen, wer Sieger bliebe, das Elfenbein oder der Arm der schönen Frau Hansen.«

»Ach«, sagte Brigitte mit gut aufgesetzter Verlegenheit, »die Mutter spricht immer davon, als ob es etwas Besonderes gewesen wäre. Und es war doch bloß Spielerei.«

»Ja, Spielerei, Frau Brigitte, weil es in Siam war. Aber wir sind nicht immer in Siam. Und nur das haben wir in unserem guten Kopenhagen auch, daß wir ein Auge haben für die Schönheit. Und wer es am meisten und in seiner hohen Stellung auch wohl am eindringlichsten hat … Aber es ist nicht nötig, Namen zu nennen, liebe Frau Kapitän Hansen, und ich bewundere nur Ihren teueren Gatten, von dem ich so viel Rühmliches gehört habe …«

»Von Hansen. Ja. Nun, der kennt seine Brigitte«, sagte sie, während sie das Auge schamhaft niederschlug.

»Er kennt Sie, liebe Frau Hansen, und weiß, welches unbedingte Vertrauen er Ihnen entgegenbringen darf. Und ich möchte sagen, ich weiß es auch. Denn wenn Schönheit einerseits eine Gefahr ist, so ist sie doch kaum weniger auch ein Schild«, und dabei glitt sein Auge nach dem Tablett hinüber. »Es genügt ein Blick auf Ihre weiße Stirn, um zu wissen, daß Sie den Schwächen Ihres Geschlechts nicht unterworfen sind …«

Frau Brigitte schwankte, wie sie sich zu diesen Auslassungen stellen solle; plötzlich aber wahrnehmend, daß Holks Auge leise hin und her zwinkerte, war es ihr klar, daß Pentz oder Erichsen oder vielleicht auch beide gesprochen haben müßten, und so ließ sie denn die Komödie der Würdigkeit fallen und begegnete seinem Lächeln mit einem Lächeln des Einverständnisses, während sie, wie gleich am ersten Abend, den linken Ellenbogen, so daß der weite Ärmel zurückfiel, auf den hohen Kaminsims stützte.

Das wäre nun sicher der geeignete Moment gewesen, dem Gespräch eine Wendung zur Intimität zu geben; Holk zog es aber vor, wenn auch scherzhaft und ironisch, sich vorläufig noch auf den Sittenvormund hin aufzuspielen, und sagte: »Ja, liebe Frau Hansen, daß ich es noch einmal sage, nicht unterworfen den Schwächen Ihres Geschlechts. Dabei bleibt es. Und doch möcht ich die Stimme des Warners erheben dürfen. Es ist, wie ich mir schon anzudeuten erlaubte, immer gefährlich, in einer Stadt zu leben, wo die Könige den ausgesprochenen Sinn für die Schönheit haben. Der Liebe dieser Mächtigen der Erde läßt sich vielleicht widerstehen, aber nicht ihrer Macht … Und was die Gräfin Danner angeht, mit der vorläufig freilich noch zu rechnen ist, nun, sie wird doch am Ende nicht ewig leben …«

»O doch.«

»Nun, so stirbt vielleicht die Neigung ihres königlichen Anbeters …«

»Auch das nicht, Herr Graf. Denn die Danner hat einen Zauber, und man hört darüber so dies und das.«

»Kann man es nicht erfahren?«

»Nein. Meine Mutter sagt zwar immer: ›Höre, Brigitte, du sagst auch alles‹; aber das mit der Danner, das ist doch zu viel.«

»Nun, dann werd ich Baron Pentz fragen.«

»Ja, der kann es sagen, der weiß es … Einige sagen, sie habe den Schönheitsapfel, ich meine die Danner; aber das ist nicht der große Zauber, den sie hat, das ist höchstens der kleine …«

»Glaub ich unbedingt. Und überhaupt, offen gestanden, ich weiß nicht, was immer der Apfel soll. Er ist mir immer halb unverständlich erschienen. Unter Kirschen kann ich mir etwas denken, aber Apfel …«

»Ich weiß doch nicht, Herr Graf«, sagte Brigitte, während sie die Schoßjacke glatt zog, um ihrer Figur die rechte Linie zu geben. »Ich weiß doch nicht, ob Sie darin recht haben …« Und einmal angelangt auf dieser abschüssigen Ebene, schien sie durchaus geneigt, das Thema weiter fortzuführen. Aber ehe sie dazu kommen konnte, hörte sie, von der Treppe her, den halblauten Ruf: »Brigitte.«

»Das ist die Mutter«, sagte sie verdrossen und stellte das Geschirr auf das Tablett. Dann aber sich würdevoll verneigend, als ob Staats- und Kirchenfragen zwischen ihnen verhandelt worden wären, verließ sie das Zimmer.

*

Holk, als Brigitte die Tür ins Schloß gedrückt hatte, schritt auf und ab, sehr verschiedenen Gefühlen hingegeben. Er war nicht unempfindlich gegen die Schönheit und Koketterie dieser berückenden Person, die geschaffen schien, allerlei Verwirrungen anzurichten; aber daß sie den Willen dazu so deutlich zeigte, das minderte doch auch wieder die Gefahr. Allerlei Widersprechendes bekämpfte sich in ihm, bis endlich seine gute Natur den Sieg gewann und ihm die Kraft gab, das während dieser Tage Erlebte mit einem gewissen darüberstehenden Humor zu betrachten.

Und damit war denn auch die Stimmung gewonnen worden, nach Holkenäs hin zu schreiben und seinen ersten Zeilen, in denen er nur seine Ankunft angezeigt hatte, einen längeren Brief folgen zu lassen. Einen Augenblick erschrak er freilich wieder vor der Menge dessen, was zu berichten war, denn unter dem, was ihm fehlte, war auch die Briefschreibepassion. Endlich aber nahm er seinen Platz an dem Zylinderbureau, schob die Bogen zurecht und schrieb:

»*Kopenhagen*, 3. Oktober 1859
Dronningens Tvergade 4.

Meine liebe Christine. Die wenigen Zeilen, in denen ich Dir meine glückliche Ankunft meldete, wirst Du erhalten haben; es ist Zeit, daß ich nun ein weiteres Lebenszeichen gebe und, wie ich glücklicherweise gleich hinzusetzen darf, ein Zeichen meines Wohlergehens. Laß mich mit dem Nächstliegenden, mit meiner Wohnung bei der Witwe Hansen beginnen. Es ist alles, wie's früher war, nur eleganter, so daß man deutlich sieht, wie sich ihre Verhältnisse gehoben haben. Vielleicht ist alles dem Umstande zuzuschreiben, daß sie jetzt mit ihrer Tochter, ebenfalls einer Frau Kapitän Hansen (die früher ihren Mann auf seinen Chinafahrten begleitete), zusammenwohnt. Es stehen dadurch wohl größere Mittel zur Verfügung. Frau Kapitän Hansen ist eine schöne Frau, so schön, daß sie dem Kaiser von Siam vorgestellt wurde, bei welcher Gelegenheit sie zugleich der Gegenstand einer siamesischen Hofovation wurde. Sie hat eine statuarische Ruhe, rotblondes Haar (etwas wenig, aber sehr geschickt arrangiert) und natürlich den Teint, der solch rotblondes Haar zu begleiten pflegt. Ich würde sie Rubensch nennen, wenn nicht alles Rubensche doch aus gröberem Stoff geschaffen wäre. Doch lassen wir Frau Kapitän Hansen. Du wirst lachen, und darfst es auch, über das Interesse, das aus dem Vergleich mit Rubens zu sprechen scheint. Und Rubens noch übertroffen! Ich war gleich am ersten Abend bei Vincent auf dem Kongens Nytorv, wohin ich durch Pentz und Erichsen abgeholt wurde. Viele Bekannte gesehen – auch de Meza, der von Jütland herübergekommen war –, aber niemanden gesprochen, was in einer großen politischen Aufregung, die ich vorgefunden, seinen Grund hat. Hall soll gestürzt und Rottwig an seine Stelle gesetzt werden. Natürlich nur Übergangsministerium, wenn es überhaupt glückt, was auch noch die Frage. Lies die Berichte, die ›Dagbladet‹ bringt, sie sind ausführlicher und minder parteiisch als die von ›Flyveposten‹. Am anderen Vormittag war ich bei der Prinzessin, um mich ihr vorzustellen. Ihr Benehmen gegen mich genau dasselbe wie früher; sie kennt meinen abweichenden politischen Standpunkt, aber sie verzeiht es mir, daß ich mehr für das alte Dänemark bin als für das neue. Meiner Loyalität ist sie sicher und meiner Anhänglichkeit an ihre Person doppelt und dreifach. Das läßt sie vieles übersehen, wenigstens solange der König lebt und von einer ernsten politischen Krise keine Rede sein kann. So sind wir in der angenehmen Lage, auf einem völligen Friedensfuße miteinander verkehren zu können.

In der Umgebung der Prinzessin hat sich nichts geändert, fast zu wenig. Alles ist bequem und behaglich, aber doch zugleich auch ergraut und verstaubt; die Prinzessin hat kein Auge dafür, und Pentz, der vielleicht Wandel schaffen könnte, hält es für klug, die Dinge ruhig weitergehen zu lassen. Die Schimmelmann ist nach wie vor würdig und wohlwollend, an Charakter ein Schatz, aber ein wenig bedrückend. An Stelle der Gräfin Frjis, die, während der letzten zehn Jahre, der Liebling der Prinzessin war, ist ein Fräulein von Rosenberg getreten. Ihre Mutter war eine Wrangel. Diese Rosenbergs stammen aus dem westpreußischen Städtchen Filehne, wurden erst unter Gustav III. baronisiert, und sie haben keine Verwandtschaft, weder mit den böhmischen noch mit den schlesischen Rosenbergs. Das Fräulein selbst – nur immer der älteste Sohn führt den Baronstitel – ist klug und espritvoll und beherrscht die Prinzessin, soweit sich Prinzessinnen beherrschen lassen. Unzweifelhaft, und dafür haben wir ihr alle zu danken, hat sie dem kleinen Nebenhof im Prinzessinnenpalais den Charakter der Langenweile genommen, der früher der vorherrschende war. Ich konnte mich gestern, wo ich Dienst hatte, von diesem Wandel der Dinge überzeugen, mehr noch vorgestern, wo wir eine Wagenpartie nach Klampenborg und der Eremitage machten. Es war ein wundervoller Tag, und als bei Sonnenuntergang an die zweitausend Hirsche geschwaderweise an uns vorbeidefilierten – ein

Schauspiel, von dem ich oft gehört, aber das ich nie gesehen hatte –, schlug mir das Herz vor Entzücken, und ich wünschte Dich und die Kinder herbei, um Zeuge davon sein zu können. Es verlangt mich übrigens lebhaft, von Euch zu hören. Was hast Du hinsichtlich der Pensionen beschlossen? Ich habe Dir gern und voll Vertrauen freie Hand gelassen, aber ich hoffe, Du wirst nichts übereilen. Das Hinaussenden der Kinder in die Welt hat seine Vorzüge, das soll unbestritten bleiben, aber das Beste bleibt doch das, was die Familie bietet, das elterliche Haus. Und wenn eine Hand, wie die Deine, das Haus bestellt, so verdoppelt sich nur die Wahrheit dieses Satzes. Grüße die Dobschütz und Alfred, wenn er von Arnewiek herüberkommt, was hoffentlich recht oft geschieht; denn ich weiß, Du liebst ihn, und ebenso weiß ich, wie sehr er diese Liebe verdient. Wenn Asta bei Petersens vorspricht, laß sie dem Alten meine Grüße bringen und ihm wie der Enkelin alles mögliche Freundliche sagen. Strehlke soll Axel nicht mit Mathematik und Algebra quälen, aber den Charakter soll er bilden. Leider hat er selber keinen, ein so guter Kerl er im übrigen ist. Freilich, wer hat Charakter? Es ist nicht jedem so gut geworden wie Dir; Du hast das, was den meisten fehlt; aber, wenn mich nicht alles täuscht, erfüllt Dich selber mitunter der leise Wunsch, etwas weniger von dem zu haben, was Dich auszeichnet. Irr ich darin? Laß bald von Dir und den Kindern hören und, wenn es sein kann, Erfreuliches.

Dein Helmuth H.«

Und nun legte er die Feder aus der Hand und überflog das Geschriebene noch einmal. Einiges mit Zufriedenheit. Als er aber gegen das Ende hin die Worte las: ›Das Beste bleibt doch immer das elterliche Haus …‹ und dann ›wenn eine Hand, wie die Deine, dies Haus bestellt‹ … da überkam ihn eine leise Rührung, von der er sich kaum Ursach und Rechenschaft zu geben vermochte. Hätt er es gekonnt, so hätt er gewußt, daß ihn sein guter Engel warne.

16. KAPITEL

Holk gab den Brief selbst zur Post, dann ging er zu Pentz, der ihn in seine Wohnung zum Frühstück geladen hatte. Von den Ministern war niemand da, auch Hall nicht, trotzdem er zugesagt hatte, wohl aber Reichsmitglieder und Militärs: General Bülow, Oberst du Plat, Oberstleutnant Tersling, Kapitän Lundbye, selbstverständlich Worsaae, der als Esprit fort und Anekdotenerzähler nicht fehlen durfte. Tersling hatte seinen guten Tag, Worsaae auch, was bei den Schraubereien, in denen man sich gefiel, am besten zu Tage trat; aber so vergnüglich diese Kämpfe waren, so sah sich doch gerade Holk nur mäßig dadurch unterhalten, teils weil ihm, als einem Nicht-Kopenhagener, manches von den Pointen entging, teils weil er Fragen auf dem Herzen hatte, die zu stellen sich bei dem beständigen Wortgefecht der beiden humoristischen Gegner keine rechte Gelegenheit für ihn bieten wollte, denn Pentz war ganz Ohr und hörte nur auf die gegenseitigen Sticheleien. Das Frühstück, wie jedes gute Frühstück, dauerte bis Abend. Als es beendet war, gingen etliche von den Jüngeren noch nach Tivoli hinaus, um einem letzten Operettenakt beizuwohnen; Holk aber, an großstädtisches Leben nicht gewöhnt und immer beflissen, sich in beinah philiströser Weise bei guter Gesundheit zu halten, begleitete Bülow und du Plat bis an das Kriegsministerium und ging dann auf seine Wohnung zu. Die ältere Frau Hansen empfing ihn aufmerksam und artig wie immer, fragte nach seinen Befehlen und brachte Tee. Das Gespräch, das sie dabei führte, war nur kurz, und alles, was sie sagte, lag heute nach der gefühlvollen Seite hin: ihrer Tochter Brigitte sei nicht recht wohl, und wenn sie dann bedenke, daß die arme junge Frau, denn sie sei doch eigentlich noch jung, und der Mann schon im siebenten Monat fort und käm auch noch lange nicht wieder zurück, ja, wenn sie das alles so bedenke, und daß Brigitte doch ernstlich krank werden und aus dieser Zeitlichkeit scheiden könne, da wolle sie doch lieber gleich selber sterben. »Und was ist es denn auch am Ende? Wenn man Fünfzig ist und Witwe dazu, ja, Herr Graf«, und sie trocknete sich eine Träne, »was hat man noch vom Leben? Je früher es kommt, desto besser. Armut ist nicht das Schlimmste, schlimmer ist Einsamkeit, immer einsam und ohne Liebe …« Holk, den diese Sentimentalität amüsierte, bestätigte selbstverständlich alles. »Jawohl, liebe Frau Hansen, es ist ganz so, wie

Sie sagen. Aber Sie dürfen es nicht so schwer nehmen. Ein bißchen Liebe findet sich immer noch.«

Sie sah ihn von der Seite her an und freute sich seines Verständnisses.

*

Am andern Tage war Holk wieder im Dienst, was am Hofe der Prinzessin nicht viel besagen wollte. Die fast Siebzigjährige, die – darin noch ganz das Kind des vorigen Jahrhunderts – immer spät zur Ruhe ging und noch später aufstand, erschien nie vor Mittag in ihren Empfangsräumen; die Kammerherren vom Dienst hatten also bis dahin nichts anderes zu tun, als im Vorzimmer zu warten. Da wurden denn Zeitungen gelesen, auch Briefe geschrieben, und wenn, lange vor Sichtbarwerden der Prinzessin, der Kammerdiener ein gut arrangiertes Frühstück brachte, so rückte Pentz in die tiefe, mit einem kleinen Diwan in Hufeisenform halb ausgefüllte Fensternische, wo sich dann Holk oder Erichsen ihm gesellte. So war es auch heute, und als man von dem Sherry genippt und Pentz ein sehr anerkennendes Wort über die Sardinen geäußert hatte, sagte Holk: »Ja, vorzüglich. Und doch, lieber Pentz, ich möchte heute, wenn es geht, etwas anderes von Ihnen hören als Kulinarisches oder Frühstückliches. Ich hatte mir schon gestern ein paar Fragen an Sie vorgenommen, aber die beiden Kampfhähne nahmen Sie ja ganz in Anspruch. Worsaae war übrigens wirklich sehr amüsant. Und dann mußt ich mir auch sagen, wer so glänzender Wirt ist wie Sie, der ist eben Wirt und nichts weiter und hat nicht Zeit zu Privatgesprächen in einer verschwiegenen Ecke.«

»Sehr liebenswürdig, lieber Holk. Ich habe mich nicht recht um Sie gekümmert, und anstatt mir einen Vorwurf daraus zu machen, machen Sie mir Elogen über meine Wirtlichkeit. Übrigens muß ich Ihnen bekennen, wenn ich gestern um ein Privatgespräch mit Ihnen, und noch dazu, wenn ich recht gehört, ›um ein Privatgespräch in einer verschwiegenen Ecke‹ gekommen bin, so verwünsche ich alle Repräsentationstugenden, die Sie mir gütigst zudiktieren. ›In einer verschwiegenen Ecke‹ – darf man etwas erwarten, was jenseits des Gewöhnlichen liegt.«

»Ich bin darüber doch selbst im Zweifel. Auf den ersten Blick ist es jedenfalls was sehr Gewöhnliches und betrifft ein Thema, das schon gleich am ersten Abend zwischen uns verhandelt wurde. Hab ich dann aber wieder gegenwärtig, wie sich alles in der Sache so mysteriös verschleiert, so hört es doch auch wieder auf, was Alltägliches und Triviales zu sein. Kurzum, ich weiß selber nicht recht, wie's steht, ausgenommen, daß ich neugierig bin, und nun sagen Sie mir, was ist es mit den zwei Frauen, Mutter und Tochter?«

Pentz verstand entweder wirklich nicht oder gab sich doch das Ansehen davon, weshalb Holk fortfuhr: »Ich meine natürlich die beiden Hansens. Eigentlich, auch ganz abgesehen von dem, was Sie mir schon erzählt haben, sollt ich darüber so gut unterrichtet sein wie Sie selbst; denn beide Frauen sind schleswigsches Gewächs, ich glaub aus Husum gebürtig und dann später in Glücksburg, und bei der Mutter, wie Sie ja wissen, hab ich auch schon gewohnt, als ich das letzte Mal hier war und meinen Dienst tat. Aber ich muß damals schlecht beobachtet haben, oder die Tochter, die jetzt da ist, hat dem Hausstand ein anderes Wesen gegeben. So viel bleibt, ich schwanke nach wie vor hin und her, was ich eigentlich daraus machen soll. Manchmal glaub ich in meiner Annahme raffiniertester Komödianterei ganz sicher zu sein; dann aber seh ich wieder hohe Mienen, vollkommene ›Airs‹, und wenn ich auch sehr wohl weiß, daß man hohe Mienen aufsetzen kann, so bringen sie mich doch immer wieder ins Unsichere. Da gibt es beispielsweise eine wundervolle Geschichte von dem Kaiser von Siam, mit märchenhaften Huldigungen und Geschenken und sogar einer prachtvollen Perlenschnur. Ist das nun Wahrheit oder Lüge? Vielleicht ist es Größenwahn. Die Tochter ist sicherlich eine sehr schöne Person, und wer um seiner Schönheit willen, wie ich nicht zweifle, gelegentlich große Triumphe feiert und dann doch auch wieder stillsitzen und brüten und abwarten muß, der spinnt sich in seiner Einsamkeit seine Triumphe leicht weiter aus, und da haben wir denn einen Kaiser von Siam mit Perlenschnur und Elefanten, wir wissen nicht wie.«

Pentz lächelte vor sich hin, aber schwieg weiter, weil er wohl sah, daß Holk mit dem, was er sagen wollte, noch nicht voll am Ende war. Dieser fuhr denn auch weiter fort: »So kann denn alles Halluzination sein, Ausgeburt einer erhitzten Phantasie. Wenn ich dann aber an das Augenaufleuchten und Kichern, was beides gelegentlich vorkommt, und zugleich an die Worte denke, die Sie gleich den ersten Abend bei Vincent gegen mich äußerten, Bemerkungen, in denen so was von ›Sicherheitsbehörde‹ vorkam, so kommt mir, ehrlich gestanden, ein leiser Märchengrusel, und wenn es bloß Märchengrusel wäre, nein, eine richtige Angst und Sorge. Denn, lieber Pentz, was heißt Sicherheitsbehörde? Sicherheitsbehörde heißt doch einfach Polizei, deren geschickteste und dienstbeflissenste Mitglieder mitunter Mitglieder einer unsichtbaren politischen Loge sind. Und das macht mir einigermaßen Herzbeklemmungen. Ist da wirklich was von Beziehungen zwischen einem Sicherheitsassessor und der Tochter oder gar zwischen dem Polizeichef selbst und der Mutter – denn auch das kommt vor, und Polizeichefs sind unberechenbar in ihrem Geschmack –, so bin ich da bei dieser Hansensippe nicht viel anders untergebracht als in einer Spelunke. Daß Goldleisten und türkische Teppiche da sind und Mutter und Tochter einen Tee zubereiten, der, weit über Siam hinaus, direkt aus dem himmlischen Reich kommen könnte, kann mich für die Dauer nicht trösten. Es schien mir auch, als ob die Prinzessin, wie sie den Namen der Frau Hansen hörte, nicht gerade erbaulich dreinblickte. Kurzum, was ist es damit? Und nun heraus mit der Sprache.«

Pentz, mit seinem Sherryglase leise anklingend, lachte herzlich und sagte dann: »Ich will Ihnen was sagen, Holk, Sie sind bis über die Ohren in diese schöne Person verliebt, und weil Sie sich vor ihr fürchten oder, was dasselbe ist, sich persönlich nicht recht trauen, so wünschen Sie, daß ich Ihnen eine furchtbare Geschichte zum besten gebe, die Sie jederzeit als Sicherheitsvademekum aus der Tasche holen und wie einen Schirm zwischen sich und der schönen Frau Hansen aufrichten können. Mit solch furchtbarer Geschichte kann ich Ihnen aber beim besten Willen nicht dienen. Und bedenken Sie, wie würd ich es, als Sie vor zwei Jahren das erste Mal, auf meine Empfehlung hin, bei der Frau Hansen Wohnung nahmen, wie würd ich es gewagt haben, Sie, den Grafen Holk und Kammerherrn unserer Prinzessin, in einer Chambre garnie unterzubringen, für die Sie, frisch, fromm und frei, das Wort ›Spelunke‹ dem Sprachschatz deutscher Nation entnommen haben ...«

»Sie dürfen nicht empfindlich werden, Pentz. Um so weniger, als Sie mit ihren Anspielungen eigentlich schuld an meinem Argwohn sind. Warum sprachen Sie von ›Sicherheitsbehörde‹?«

»Weil es sich so verhält. Warum soll ich nicht von Sicherheitsbehörde sprechen? Warum soll ein Mitglied dieser Behörde die schöne Frau Brigitte nicht ebenso schön finden, wie Sie sie finden? Er ist vielleicht ein Vetter von ihr oder auch von der Alten, der ich beiläufig noch weniger traue als der Jüngeren ...« Holk nickte zustimmend.

»Im übrigen dürfen Sie sich über dies und vieles andere nicht den Kopf zerbrechen. Das ist so Kopenhagensch, das war hier immer so; schon vor dreihundert Jahren hatten wir die Düveke-Geschichte, Mutter und Tochter, und ob nun Hansen oder Düveke, macht keinen rechten Unterschied. Beiläufig, daß Düveke nicht Name, sondern bloß Epitheton ornans war, werden Sie wissen. Und war klug genug gewählt. ›Täubchen‹, Täubchen von Amsterdam – kann man sich etwas Unschuldigeres denken?«

Holk konnte nur bestätigen; Pentz aber, der nicht bloß ein lebendiges Nachschlagebuch für die hauptstädtische Chronique scandaleuse, sondern ganz besonders auch für die Liebesgeschichten alter und neuer Könige war, war nicht unfroh, ein Thema, das er ausgiebig beherrschte, weiter ausspinnen zu können. »Es ist was ganz eigenes mit der Düveke-Geschichte. Sie wissen, daß sie durch rote Kirschen vergiftet worden sein soll. Aber so oder so, die Geschichte war schon so gut wie halb vergessen, und man zerbrach sich nicht sonderlich den Kopf mehr über die Düveke, hielt es vielmehr mit anderen, nicht ganz so weit abliegenden Vorbildern, als mit einem Male unsere gute Putzmacherin Rasmussen in eine dänische Gräfin umgebacken wurde. Und wollen Sie mir's glauben, Holk, von dem Tage an ist all das alte Zeug wieder lebendig geworden, und alles, was in Dänemark ein paar rote Backen hat oder gar so hübsch ist wie diese Frau Brigitte mit dem ewig müden Augenaufschlag, das will nun wieder ›Düveke‹ werden und sich adeln lassen und eine Strandvilla haben und legt die Hände in den Schoß und putzt sich und wartet. Und dabei denken alle, wenn nicht der König kommt, unser allergnädigster Matrosenkönig Friedrich der Siebente – denn so viel sehen Sie wohl, die Danner weiß ihn zu halten, und muß einen Charme haben, den der Rest der Menschheit noch nicht entdecken konnte –, wenn, sag ich, der König nicht kommt, so kommt ein anderer, so kommt Holk oder Pentz, wobei Sie mir verzeihen müssen, daß ich mich so ohne weiteres an Ihre Seite dränge. Nein, Holk, nichts von Spelunke. Diese schöne Kapitana, deren Mann ich übrigens beneide, beiläufig soll er immer unter Rum stehen, ist nicht schlimmer als andere, nur ein bißchen gefährlicher ist sie, weil sie schöner ist, mit ihrem Rotblond und der Welljacke, die nirgends schließt. Ihrer Ritterlichkeit, lieber Holk, brauch ich es übrigens nicht erst anzuempfehlen, daß Sie darauf verzichten, diese Ärmste ...«

»Spotten Sie nur, Pentz. Aber Sie gehen durchaus in die Irre und vergessen, daß ich Fünfundvierzig bin.«

»Und ich, lieber Holk, bin Fünfundsechzig. Und wenn ich danach die Berechnung mache, so kann es um Sie, beziehungsweise um die schöne Brigitte gerade noch schlecht genug stehen.«

Er wollte sichtlich in diesem Tone noch weiter sprechen, aber im selben Augenblicke trat ein Kammerdiener aus den Gemächern der Prinzessin und meldete, daß Königliche Hoheit die Herren zu sprechen wünsche.

*

Pentz und Holk traten ein. Die Prinzessin hielt ein Zeitungsblatt in der Hand und war augenscheinlich nicht bloß in Erregung, sondern in geradezu schlechter Laune. Sie warf das Blatt beiseite, und statt der sonst üblichen gnädigen Begrüßung erfolgte nur die Frage: »Haben Sie schon gelesen, meine Herren?«

Holk, dem als einem halben Fremden keine besondere Leseverpflichtung oblag, blieb ruhig; Pentz aber kam in Verlegenheit, um so mehr, als er neuerdings öfters auf solchen Unterlassungssünden ertappt worden war. Diese sehr sichtbare Verlegenheit stellte aber die gute Stimmung der Prinzessin sofort wieder her. »Nun, lieber Pentz, erschrecken Sie nicht zu sehr, und lassen Sie mich zu Ihrer Beruhigung sagen, daß mir, im langen Laufe der Jahre – und nach solchen müssen wir doch nachgerade rechnen – ein Mann der Trüffel- und Wildpretpastete wie Sie viel, viel lieber ist als ein Mann der Politik und des Zeitungsklatsches oder gar der Zeitungsmalice. Denn mit einer solchen haben wir's hier zu tun. Es wird zwar ein Handelshaus vorgeschoben, noch dazu ein Handelshaus in Kokkegarde, aber es bedarf nicht vieler Einsicht und Vertrautheit, um die Personen zu erraten, die diesen Skandal in Szene gesetzt haben.«

In Pentz' Gesicht verschwand der Ausdruck der Verlegenheit, und der der Neugierde trat an seine Stelle. »Mutmaßlich Unpassendheiten über die Gräfin ...«

»O nein«, lachte die Prinzessin herzlich. »Unpassendheiten über die Gräfin gibt es erstlich überhaupt nicht, und wenn Sie das Muster eines Kammerherrn wären, Gott sei Dank sind Sie's nicht, so würden Sie meinen Ihnen wohlbekannten Gefühlen für die Gräfin etwas ausgiebiger Rechnung tragen. Aber so sind Sie, Baron, und vergessen im Hinblick auf das Frühstück, wenn Sie's nicht schon genommen, daß ein Pasquill über die Danner meine gute, nicht aber meine schlechte Laune geweckt haben könnte. Ja, lieber Pentz, da haben Sie sich verfahren oder vielleicht selbst verraten, und lebten wir in anderen Zeiten, so begäb ich mich recte zum König und ginge ihn an, Ihnen einen Struensee-Prozeß zu machen und Sie der unerlaubten Beziehungen zur Gräfin-Putzmacherin zu zeihen. Denken Sie, wenn dann Ihr Haupt fiele! Doch ich will Sie so weit nicht bedrohen und verurteile Sie nur, den Artikel zu lesen, hier *den;* Ebba hat jede Zeile rot unterstrichen, sie liebt dergleichen, und dann mögen Sie sich wundern, wie weit wir in Dänemark mit unserem Regiment der Gasse bereits gekommen sind. Regiment der Gasse, leider; vor Holk sollten wir uns freilich sträuben, es zuzugestehen, denn es stellt uns bloß und ist nur Wasser auf seine schleswig-holsteinische Mühle. Doch was hilft es, der Artikel ist nun mal da, und wenn er ihn hier nicht liest, so liest er ihn in seiner Wohnung, oder die Frau Kapitän Hansen liest ihn ihm wohl gar vor. Leute, die selber Anspruch auf einen ›Artikel‹ oder Ähnliches haben, sind immer am durstigsten nach allem, was Sensation macht.«

Holk fühlte sich unangenehm berührt, weil er aus dieser Schlußbemerkung aufs neue heraushörte, daß der gute Leumund der Hansens ein großes Fragezeichen habe; es war aber nicht Zeit, sich diesem Gefühle hinzugeben, denn Pentz hatte das Blatt bereits in die Hand genommen und begann, während er sein Pincenez hin und her schob: »Erbprinzlich Ferdinandsche Wechsel zu verkaufen!«

»Nun, Pentz, Sie stocken ja schon und ziehen Ihr Taschentuch, mutmaßlich um Ihre Gläser zu putzen und sich zu vergewissern, daß Sie recht gelesen haben. Aber Sie haben recht gelesen. Fahren Sie nur fort.«

»... Verschiedene vom Prinzen Ferdinand, Königliche Hoheit, und zwar unter dem Zusatze ›bei meiner königlichen Ehre‹ ausgestellte Wechsel, indossiert von seinem Kammerassessor Plöther, sind zu verkaufen, und zwar für den Wert, den eventuelle Liebhaber, beziehungsweise Sammel- und Kuriositätenamateurs, Papieren von solcher Bedeutung beimessen wollen, doch nicht unter fünfzig Prozent. Man beliebe, sich an das Kontor Kokkegarde 143 zu wenden ...« Pentz legte das Blatt nieder.

»Nun, meine Herren, was sagen Sie zu diesem Vorkommnis, von dem ich behaupten darf, Ähnliches in meinen siebzig Jahren noch nicht erlebt zu haben. Sie schweigen, und Holk ist mutmaßlich der Meinung: wie man sich bettet, so liegt man; wer Wechsel ausstellt, und noch dazu ›bei seiner königlichen Ehre‹, hat die Wechsel einzulösen, und unterläßt er's, so muß er sich's gefallen lassen, wie's hier geschieht, von Kokkegarde 143 aus an den Pranger gestellt zu werden. So denkt mutmaßlich Holk, und er hat recht, gewiß, es liegt so. Der Prinz ist mir auch durchaus gleichgültig, und je mehr er sich ruiniert, je mehr kommt es *dem* zustatten, der bestimmt ist, an dieser sogenannten Erbprinzen Stelle wirklich der Erbe dieses Landes zu sein. Aber ich kann mich der egoistischen Freude darüber, meine politischen Pläne gefördert zu sehen, doch nicht ganz hingeben, wenn so viel anderes und schließlich Wichtigeres dabei verlorengeht ... Kein Vogel beschmutzt das eigene Nest, und es gibt eine Solidarität der Interessen, die das Königtum als solches anerkennen muß, sonst ist es um das Königtum geschehen. Ich könnte mich über ›Dagbladet‹ aigrieren, und ich gestehe, mein erster Unmut ging nach dieser Seite hin. Aber was ist eine Zeitung? Nichts. Aigriert bin ich über den König, dem dies Gefühl der Solidarität abhanden gekommen ist. Er denkt an nichts als an die Danner und an das Ausgraben von Riesenbetten, an und für sich sehr verschiedene Dinge, die sich freilich vielleicht auch wieder in der Vorstellung der Zukunft zu einer seltsamen Einheit zusammentun werden. Vor allem denkt er: après nous le déluge. Und das ist ein Unglück. Ich hasse Moralpredigten und Tugendsimpeleien, aber andererseits bleibt doch auch bestehen: es ist nichts mit den laxen Grundsätzen – Grundsätze sind wichtiger als das Tatsächliche. Das sag ich Ihnen, lieber Pentz. Mit Holk liegt es anders, er ist ein Deutscher, und wenn er auch vielleicht ins Schwanken kommt (die Rosenberg hat mir wahre Wunderdinge von der Frau Brigitte Hansen erzählt), so hat er eben seine Frau Christine daheim. Und ich müßte mich sehr irren, wenn sie nicht mit ihrer Macht von Holkenäs bis Kopenhagen reichen sollte. Und nun au revoir, meine Herren.«

17. KAPITEL

Holk hatte nicht Zeit, sich Betrachtungen über das eben Gehörte hinzugeben, denn es war ein besuchreicher und überhaupt ein ziemlich unruhiger Tag. Um zwölf erschienen zwei bildschöne ›petite-nièces‹ der Prinzessin, noch halbe Kinder, um die Großtante zum Besuch einer historischen Ausstellung abzuholen, die die Professoren Marstrand und Melbye seit dem 1. Oktober in einigen Nebensälen des Museums eröffnet hatten. Die ganze Stadt sprach von dieser Ausstellung, und wie gewöhnlich trat das Politische daneben zurück, trotzdem es gerade Tage waren, in denen nicht nur ein Ministerium, sondern fast auch die Monarchie in Frage stand. Aber was bedeutete das neben großstädtischer und nun gar Kopenhagener Vergnügungssucht, die sich diesmal außerdem noch hinter einem großen Worte verstecken und als Patriotismus ausgeben konnte. Denn was es da zu sehen gab, war etwas nie Dagewesenes, eine dänische *Nationalausstellung*, zu der man alles, was an historischen Porträts in Stadt und Land existierte, sorglich zusammengetragen hatte. Mit Kniestücken Christians II. und seiner Gemahlin Isabella fing es an und schloß mit drei lebensgroßen Porträts Friedrichs VII., des jetzt regierenden Königs Majestät, ab. In einiger Entfernung war auch das Bildnis der Danner. Dazwischen endlose Schlachten zu Land und zu See, Kämpfe mit den Lübischen, Erstürmung von Wisby, Bombardement von Kopenhagen, überall rotröckige Generäle, noch mehr aber Seehelden aus mindestens drei Jahrhunderten, und natürlich auch Thorwaldsen und Oehlenschläger und der häßliche alte Grundtvig. Die Prinzessin zeigte nur ein mäßiges Interesse, weil das meiste, was sie sah, den zahlreichen, über Seeland hin zerstreuten königlichen Schlössern entnommen, ihr also seit langem bekannt war; die jungen Großnichten aber waren Feuer und Flamme, fragten hierhin und dorthin und konnten einen Augenblick wirklich die Vorstellung wecken, als ob sie jedem alten Admiral, von denen einer der berühmtesten ein Pflaster über dem einen Auge hatte, die vollste Bewunderung entgegenbrächten. Aber auf die Dauer entging es doch niemandem, weder der Prinzessin, noch ihrer Umgebung, daß das ganze Interesse für Admiräle nur Schein und Komödie war und daß die jungen Prinzessinnen immer nur andächtig vor den Bildnissen solcher Personen verweilten, die, gleichviel ob Männer oder Frauen, mit irgendeiner romantisch-mysteriösen Liebesgeschichte verknüpft waren.

»Sonderbar«, sagte Pentz zu Ebba und wies auf die ältere der beiden Prinzessinnen, die, wie's schien, von dem Struensee-Porträt gar nicht los konnte.

»Nein«, lachte Ebba. »Nicht sonderbar. Durchaus nicht. Oder verlangen Sie, daß sich junge Prinzessinnen für den alten Grundtvig oder gar für den Bischof Monrad interessieren sollen? Das Bischöfliche wiegt nicht schwer, wenn man vierzehn ist.«

»Aber das Struenseesche?«

»Sans doute.«

*

Am Nachmittage machte die Prinzessin, was nicht oft vorkam, einen Ausflug in die Umgegend, und am Abend, etwas noch Selteneres, erschien sie sogar in ihrer Theaterloge, hinter ihr die Schimmelmann und Ebba, hinter diesen Pentz und Holk.

Es wurde der zweite Teil von Shakespeares Heinrich IV. gegeben, und nach dem dritten Akte, dem eine längere Pause folgte, nahm man den Tee, wobei wie gewöhnlich fleißig kritisiert wurde, denn die Prinzessin hatte noch die literarischen Allüren des vorigen Jahrhunderts. Es erheiterte sie, daß man nicht bloß zu keinem einheitlichen Urteil kommen konnte, sondern daß jeder seinen Liebling und seine Renonce hatte, nicht bloß hinsichtlich der Schauspieler, sondern auch in Rücksicht auf die Shakespeareschen Figuren. Die Prinzessin selbst, die immer was Besonderes haben mußte, war am meisten für die beiden Friedensrichter eingenommen und erklärte, diesen Geschmack schon in ihren jungen Jahren gehabt zu haben; eine vollendete Darstellung des Philistertums habe sie von jeher mehr entzückt als alles andere, und nicht bloß auf der Bühne. Solche Friedensrichter liefen auch in der hohen Politik umher, und in jedem Ministerium – ja, sie könne selbst ihren Freund Hall nicht ganz ausnehmen –, zumal aber in jeder Synode säße mindestens ein halbes Dutzend Figuren wie Schaal und Stille. Von Falstaff wollte niemand etwas wissen, vielleicht weil er nicht ganz gut gegeben wurde, wogegen Holk für Fähnrich Pistol und Pentz für Dorchen Lakenreißer schwärmte. Doch unterließ er es, den vollen Namen zu nennen und sprach immer von ›Dorchen‹. Die Prinzessin ließ ihm, wie sie sagte, diese Geschmacksverirrung ruhig hingehen, ja, hatte Worte halber Anerkennung für ihn, weil er wenigstens ehrlich und konsequent bleibe; zudem sei es das Klügste, jede andere Versicherung seinerseits würde doch nur ihrem Mißtrauen begegnet sein. Ebba mühte sich, auf diesen scherzhaften Ton der Prinzessin einzugehen, scheiterte aber völlig damit und verfiel schließlich in ein sich immer steigerndes nervöses Zucken und Zittern. Holk, der es sah, versuchte dem Gespräch eine andere Wendung zu geben, kam aber nicht weit damit und war herzensfroh, als das Spiel auf der Bühne wieder seinen Anfang nahm. Man blieb indessen nicht lange mehr, kaum noch bis zum Schlusse des nächsten Aktes, dann wurde der Wagen befohlen, und Pentz und Holk, nachdem sie seitens der Prinzessin gnädig entlassen waren, schlenderten, auf einem Umweg, auf Vincents Restaurant zu, wo sie, bei schwedischem Punsch, eine Plauderstunde zu haben wünschten. Unterwegs sagte Holk: »Sagen Sie, Pentz, was war das mit der Rosenberg? Sie war dicht vor einem hysterischen Anfall. Peinlich und noch mehr verwunderlich.«

»Ja, peinlich. Aber verwunderlich gar nicht.«

»Wie das?«

Pentz lachte.

»Lieber Holk, ich sehe, daß Sie die Weiber doch herzlich schlecht kennen.«

»Ich mag nicht das Gegenteil behaupten, denn ich hasse Renommistereien, und am meisten auf diesem Gebiete. Aber über die Rosenberg glaubte ich im klaren zu sein und glaub es noch. Ich halte das Fräulein für freigeistig und übermütig und behaupte ganz ernsthaft, wer mit Glaubens- und Moralfragen so zu spielen weiß, der ist auch sozusagen verpflichtet, an Falstaffs Dorchen eine helle Freude zu haben oder doch mindestens keinen Anstoß daran zu nehmen.«

»Ja, das denken Sie, Holk. Aber das ist es ja eben, weshalb ich Ihnen die Weiberkenntnis abspreche. Wenn Sie die hätten, so würden Sie wissen, daß gerade die, die dies und das auf dem Kerbholz haben, sich durch nichts so sehr verletzt fühlen wie durch ein grobes und unter Umständen selbst durch ein leises Zerrbild ihrer selbst. Mit ihrem richtigen Spiegelbilde leben sie sich ein, auch wenn ihnen gelegentlich ein Zweifel an der besonderen Berechtigung ihrer moralischen Physiognomie kommen mag; taucht aber neben diesem Bilde noch ein zweites auf, das die schon zweifelhaften Stellen auch noch mit einem Agio wiedergibt, so hat es mit der Selbstgefälligkeit ein Ende. Mit anderen Worten, das Stücklein Eva, das solche suspekte Damen repräsentieren, sind sie geneigt, noch gerade passieren zu lassen, aber nun auch kein Deutchen mehr davon, ein Mehr ist schlechterdings unzulässig, und tritt es ihnen trotzdem entgegen, so schrecken sie zusammen und kriegen den Weinkrampf.«

Holk blieb stehen und sagte dann: »Liegt es *so*? Sagen Sie da nicht mehr, Pentz, als Sie verantworten können? Ich kann doch, um nur eins zu nennen, nicht wohl annehmen, daß die Prinzessin, als sie das Fräulein an den Hof zog, eine Wahl getroffen hat, die sich, anderer Bedenken zu geschweigen, schon mit Rücksicht auf die Danner, diesen Gegenstand ihrer beständigen moralischen Angriffe, verboten haben würde.«

»Und doch ist es so. Zurückzunehmen ist meinerseits nichts. Ebba wünscht sich eine Zukunft, das ist gewiß, und nur eins ist noch gewisser – sie hat eine Vergangenheit.«

»Können Sie darüber sprechen?«

»Ja. Ich bin in der angenehmen Lage, vor nichts haltmachen zu müssen, und am wenigstens vor Fräulein Ebba. Wer selbst so wenig Schonung übt, hat Schonung verwirkt, und der beständige Spötter über Diskretion, was hab ich nicht alles aus dem Munde dieses Sprühteufels hören müssen, darf seinerseits keinen Anspruch auf Diskretion erheben.«

»Und was war es?« unterbrach Holk, der immer neugieriger wurde.

»Wenn Sie wollen, nichts oder doch wenigstens nicht viel. Alles Durchschnittsgeschichten. Sie war Hofdame bei der Königin Josephina drüben in Stockholm. Die Leuchtenbergs, wie Sie wissen, sind alle sehr liebenswürdig. Nun, es ist ein Jahr jetzt oder etwas länger, daß man sich über die Zärtlichkeiten und Aufmerksamkeiten zu wundern anfing, die mit einem Male der jüngste Sohn der Königin ...«

»Der Herzog von Jämtland ...«

»Eben der ... die mit einem Male der jüngste Sohn der Königin für seine Mutter an den Tag legte. Die Verwunderung indes währte nicht allzu lange. Sie kennen die kleinen Boote, die zwischen den Liebesinseln des Mälarsees hin- und herfahren, und da man Stockholmer Gondolieri so gut bestechen kann wie die venetianischen, so lagen die Motive für des Prinzen Aufmerksamkeiten sehr bald offen zutage; sie hießen einfach: Fräulein Ebba. Da gab es denn selbstverständlich eine Szene. Trotz alledem wollte die Königin, die gerade so vernarrt in das Fräulein war wie unsere Prinzessin, von Entlassung oder gar Ungnade nichts wissen und gab nur ungern und sehr widerstrebend einer Pression von seiten des Hofes nach. Am meisten gegen sie war der König, der in allem klar sah ...«

»Also daher so leidenschaftlich antibernadottisch«, sagte Holk, der sich plötzlich einiger Bemerkungen erinnerte, die das Fräulein auf dem Wege zur Eremitage gemacht hatte. »Daher die glühende Begeisterung für das Haus Wasa.«

»Haus Wasa«, lachte Pentz. »Ja, das ist jetzt ihre Lieblingswendung. Und doch, glauben Sie mir, hat es Stunden und Tage gegeben, wo die Rosenberg das ganze Haus Wasa, den großen Gustav Adolf mit eingerechnet, für den Ringfinger eines jüngsten Bernadotte hingegeben hätte. Vielleicht ist es noch so, vielleicht sind die Brücken nach Schweden nicht ganz abgebrochen, wenigstens bis ganz vor kurzem ging noch eine Korrespondenz. Erst seit diesem Herbst schweigt alles und treffen, so viel ich weiß, keine Briefe mehr ein. Mutmaßlich ist was anderes im Werke. Ebba hat nämlich immer mehrere Eisen im Feuer.«

»Und weiß die Prinzessin davon?«

»Was diese schwedische Vergangenheit betrifft, gewiß alles, ja vielleicht noch mehr als alles. Denn mitunter empfiehlt es sich auch, aus purer Erfindung noch was hinzuzutun. Das steigert dann das Pikante. Liebesgeschichten dürfen nicht halb sein, und wenn es sich so trifft, daß die mitleidslose Wirklichkeit den Faden vor der Zeit abschnitt, so muß er künstlich weitergesponnen werden. Das verlangt jeder Leser im Roman, und das verlangt auch unsere Prinzessin.«

An dieser Stelle brach das Geplauder ab, denn man hatte Vincent erreicht, und als man, eine Stunde später, das Restaurant wieder verließ, geschah es in Gesellschaft anderer, so daß aus Rücksichtnahme das Gespräch nicht wieder aufgenommen werden konnte.

*

Witwe Hansen zeigte sich ziemlich einsilbig, als Holk in den Hausflur eintrat, und beschränkte sich auf Behändigung eines Telegramms, das im Laufe des Nachmittags eingetroffen war. Es bestand aus wenigen Worten, in denen Christine mit einer Kürze, die jedem Geschäftsmanne zur Zierde gereicht haben würde, nur drei Dinge an Holk vermeldete: Dank für seine Zeilen, Genugtuung über sein Wohlergehen und in Aussichtstellung eines längeren Briefes ihrerseits. Holk hatte das Telegramm noch unten im Flur überflogen, bot gleich danach, unter Ablehnung ihrer Begleitung, der Frau Hansen eine gute Nacht und stieg dann in seine Zimmer hinauf, wo die Lampe schon brannte. Daß ihn Christines Worte besonders beschäftigt hätten, ließ sich nicht sagen, er dachte mehr an Pentz als an das Telegramm, und sah weiteren Mitteilungen über Ebba mit mehr Neugierde entgegen als dem in Aussicht gestellten Briefe. Vor dem Einschlafen schwanden aber auch diese Gedanken wieder, denn mit einem Male war ihm, als ob er ganz deutlich ein Gekicher und dazwischen einen feinen durchdringenden Ton wie vom Anstoßen geschliffener Gläser höre. War es im Hause nebenan, oder war es direkt unter ihm? Es berührte ihn wenig angenehm und um so weniger, als er sich nicht verhehlen konnte, daß etwas von Eifersucht mit im Spiele war, Eifersucht auf die ›Sicherheitsbehörde‹. Dies Wort indessen barg auch wieder die Heilung in sich, und als er es vor sich hingesprochen, kam ihm seine gute Laune wieder und bald danach auch der Schlaf.

*

Am anderen Morgen erschien die jüngere Hansen mit dem Frühstück, und als Holk sie musterte, war er fast beschämt über die Gedanken, mit denen er gestern eingeschlafen war. Brigitte sah aus wie der helle Tag, Teint und Auge klar, und eine ruhige frauenhafte Schönheit, fast wie Unschuld, war über sie ausgegossen. Dabei war sie schweigsam wie gewöhnlich, und nur als sie gehen wollte, wandte sie sich noch einmal und sagte: »Der Herr Graf ist hoffentlich nicht gestört worden. Mutter und ich haben bis nach zwölf kein Auge zugetan. Es sind so sonderbare Leute nebenan, unruhig bis in die Nacht hinein, und man hört jedes Wort an der Wand hin. Und wenn es dabei bliebe ...« Der Graf versicherte, nichts gehört zu haben, und als Brigitte fort war, war er wieder ganz unter ihrem Eindruck. ›Ich trau ihr nicht, fast so wenig wie der Alten, aber eigentlich weiß ich doch nichts weiter, als daß sie sehr hübsch ist. Das Gespräch, das ich gestern oder vorgestern mit ihr hatte, was bedeutete das am Ende? Solch Gespräch kann man mit jeder jungen Frau führen oder doch mit sehr vielen. Eigentlich hat sie nichts gesagt, was andere nicht auch sagen könnten; Blicke sind immer unsicher, und mitunter ist mir's, als ob alles, was Pentz da so hingesprochen, bloß Klatsch und Unsinn sei. Das mit der Ebba wird wohl auch noch anders liegen.‹

Eine Stunde später kam der Postbote, der den telegraphisch angekündigten Brief brachte. Holk freute sich, weil ihm aufrichtig daran lag, all den unliebsamen Betrachtungen, wie sie diese Weiber, Ebba mit eingerechnet, in ihm angeregt hatten, entrissen zu werden. Und dazu war nichts geeigneter als ein Brief von Christine. Der kam aus einem zuverlässigen Herzen, und er atmete tief, als er das Kuvert geöffnet und den Brief herausgenommen hatte. Aber er ging einer Täuschung entgegen, der Brief war von einer solchen Nüchternheit, daß er nur imstande war, ein Mißbehagen an die Stelle des anderen zu setzen.

»Ich hatte vor, lieber Holk«, so vermeldete Christine, »Dir einen längeren Brief zu schreiben; aber Alfred, den Du für die Wochen Deiner Abwesenheit als Dein Alter ego eingesetzt hast, ist eben von Arnewiek herübergekommen, und so gilt es denn, Deinem Stellvertreter Rapport abzustatten. Natürlich ist auch Schwarzkoppen mit da, was mir sehr lieb, aber doch auch wieder zeitraubend ist, und so muß ich mich denn kurz fassen und Dich hinsichtlich eingehender Mitteilungen bis auf weiteres vertrösten. Allzu groß wird Dein Verlangen danach nicht sein, denn ich weiß, daß Du Dich allemal von dem einnehmen läßt, was Dich unmittelbar umgibt. Und wenn das, was Dich umgibt, so schön ist wie die Frau Kapitän Hansen und so pikant wie das Fräulein Ebba, das nur leider Deinen Abstammungserwartungen nicht ganz entsprochen hat, so wirst Du nach Mitteilungen aus unserem stillen Holkenäs, wo's schon ein Ereignis ist, wenn die schwarze Henne sieben Küchlein ausbrütet, nicht sonderlich begierig sein. Mit Schwarzkoppen hoffe ich das Thema, das Du kennst, endgültig erledigen zu können. Ich schreibe Dir darüber erst, wenn ganz bestimmte Festsetzungen getroffen sind, zu denen ich ja Deine Ermächtigung habe. Gesundheitlich geht alles gut. Der alte Petersen hatte vorgestern eine schlimme Ohnmacht, und wir dachten schon, es ginge zu Ende; er hat sich aber vollkommen wieder erholt und besuchte mich heute früh heiterer und aufgeräumter denn je. Hinter dem Wirtschaftshofe, zwischen dem kleinen Teich und der alten Pappelweide mit den vielen Krähennestern, will er graben lassen und ist sicher etwas zu finden, Urnen oder Steingräber oder beides. Ich habe ihm ohne weiteres die Erlaubnis dazu erteilt, und Alfred, der Regente, wird, denk ich, zustimmen und Du auch. Meine gute Dobschütz hat wieder viel gehustet, aber Emserbrunnen und Molke haben wie gewöhnlich wahre Wunder getan. Axel ist frisch und munter, was wohl daran liegt, daß Strehlke mehr an Jagd als an Grammatik denkt. Ich lass' es vorläufig gehen, aber es muß anders werden. Asta ist halbe Tage lang unten bei Elisabeth. Beide Kinder lieben sich zärtlich, was mich unendlich glücklich macht. Denn von Jugend auf gepflegte Herzensbeziehungen sind doch das Schönste, was das Leben hat. Gott sei Dank, daß ich mich darin einig mit Dir weiß. Wie immer Deine Christine.«

Holk legte den Brief aus der Hand. ›Was soll das? Ich erwarte Zärtlichkeiten und finde Sticheleien. Daß sie sich verklausulieren, macht die Sache nur noch schlimmer. ›Alfred, der Regente‹ und vorher ›so schön wie Frau Kapitän Hansen oder so pikant wie Fräulein Ebba‹, das wäre gerade genug. Aber die Schlußbetrachtung ist doch die Hauptsache, ›daß von Jugend auf gepflegte Herzensbeziehungen das Schönste sind‹. Alles wie Honig, der bitter schmeckt. Und dazu die Pensions- und Erziehungsfragen en vue. Vielleicht ist das der Punkt, der alles erklärt, und sie schlägt einen spöttisch herben Ton an, um mich einzuschüchtern und mehr freie Hand zu haben. Aber wahrhaftig, sie hätte nicht nötig, nach diesem Mittel zu greifen. Es geschieht doch, was sie will. Am liebsten freilich behielt ich die Kinder um mich; sind sie fort, so hab ich nichts als eine furchtbar vorzügliche Frau, die mich bedrückt. Sie weiß das auch, und mitunter, glaub ich, wird ihr selber vor ihrer Vorzüglichkeit bange. Sollen die Kinder aber fort, und ich habe mich darein ergeben, so macht es mir keinen Deut, ob sie nach Gnadau oder nach Gnadenberg oder nach Gnadenfrei kommen, ein bißchen Gnade wird wohl immer dabei sein. Für Asta mag's ohnehin passieren; warum nicht? Und Axel? Nun, meinetwegen auch der; der ist ein Holk, und wenn er vorläufig auch ganz verherrnhutert und Missionar wird und in Grönland vielleicht ein Triennium durchmacht, er wird sich schon wieder erholen.‹

18. KAPITEL

Das Wetter schlug um, und es folgten mehrere Regentage. Die Prinzessin hielt sich zurückgezogen, und flüchtige Begegnungen abgerechnet, sah sie Holk nur abends, wo man, nach einer Partie Whist, den Tee gemeinschaftlich einnahm. In dem Verkehr änderte sich nichts, am wenigsten zwischen Holk und Ebba. Diese wurde vielmehr mit jedem Tage kecker und übermütiger, und als ihr klar war, daß Pentz über die Stockholmer Vorgänge geplaudert haben müsse, machte sie selber Andeutungen nach dieser Seite hin und sprach über Liebesverhältnisse, besonders aber über Liebesverhältnisse bei Hofe, wie wenn das nicht bloß statthafte, sondern geradezu pflichtmäßige Dinge wären. »Es gibt so viele Formen des Lebens«, sagte sie, »man kann Gräfin Aurora Schimmelmann und man kann Ebba Rosenberg sein: ein jedes hat seine Berechtigung, aber man darf nicht beides zugleich sein wollen.« Holk, einigermaßen frappiert, sah sie halb erheitert und halb erschreckt an, Ebba aber fuhr fort: »Es gibt viele Maßstäbe für die Menschen, und einer der besten und sichersten ist, wie sie sich zu Liebesverhältnissen stellen. Da gibt es Personen, die, wenn sie von einem Rendezvous oder einem Billetdoux hören, sofort eine Gänsehaut verspüren; was mich persönlich angeht, so fühl ich mich frei von dieser Schwäche. Was wäre das Leben ohne Liebesverhältnisse? Versumpft, öde, langweilig. Aber verständnis- und liebevoll beobachten, wie sich aus den flüchtigsten Begegnungen und Blicken etwas aufbaut, das dann stärker ist als der Tod – oh, es gilt nur eines, das noch schöner ist, als es zu beobachten, und das ist, es zu durchleben. Ich bedauere jeden, dem der Sinn dafür fehlt oder der, wenn er ihn besitzt, sich nicht offen und freudig dazu bekennt. Wer den Mut einer Meinung hat, wird auch immer ein paar zustimmende Herzen finden, und schließlich genügt es, wenn es eines ist.« Es verging kein Abend, wo nicht derlei Worte fielen, gegen die sich Holk, mit freilich immer schlechterem Erfolg, eine Weile zu wehren suchte. Mit jedem Tage wurde ihm klarer, wie richtig und zutreffend Pentz über die Macht sogenannter pikanter Verhältnisse gesprochen hatte, Verhältnisse, denen etwas hinzuzutun den Weibern oft geratener erscheine, als Abzüge davon zu machen. Ja, Pentz hatte recht, und mit einem ganz eigenen Mischgefühl von Behagen, Ärger und Bangen nahm er mehr und mehr wahr, wie das Fräulein mit ihm spielte. Das sah aber freilich auch die Prinzessin und beschloß, mit Ebba darüber zu sprechen.

»Ebba«, sagte sie, »Holk ist nun vierzehn Tage lang um uns, und ich möchte wohl hören, wie du über ihn denkst. Ich habe Vertrauen zu deinen guten Augen ...«

»In Politik?«

»Ach, Schelmin, du weißt, daß mir seine Politik gleichgültig ist, sonst wär er überhaupt nicht in meinem Dienst. Ich meine seinen Charakter, und ich möchte fast hinzusetzen sein Herz.«

»Ich glaube, er hat ein gutes, schwaches Herz.«

Die Prinzessin lachte. »Gewiß, das hat er. Aber damit kommen wir nicht weiter. Also sage mir etwas über seinen Charakter. Der Charakter ist wichtiger als das Herz. Es kann jemand ein schwaches Herz haben, aber doch zugleich einen starken Charakter, weil er Grundsätze hat. Und dieser starke Charakter kann ihn dann retten.«

»Dann ist Holk verloren«, lachte Ebba. »Denn ich glaube, sein Charakter ist noch viel schwächer als sein Herz; sein Charakter ist das recht eigentlich Schwache an ihm. Und was das Schlimmste ist, er weiß es nicht einmal. Weil er wie ein Mann aussieht, so hält er sich auch dafür. Aber er ist bloß ein schöner Mann, was meist so viel bedeutet wie gar keiner. Alles in allem, er hat nicht die rechte Schule gehabt und seine bescheidenen Talente nicht nach der ihm entsprechenden Seite hin entwickeln können. Er mußte Sammler werden oder Altertumsforscher oder Vorstand eines Asyls für gefallene Mädchen oder auch bloß Pomologe.«

»Nun, nun«, sagte die Prinzessin, »das ist viel auf einmal. Aber sprich nur weiter.«

»Er ist unklar und halb, und die Halbheit wird ihn noch in Ungelegenheiten bringen. Er geriert sich als Schleswig-Holsteiner und steht doch als Kammerherr im Dienst einer ausgesprochen dänischen Prinzessin; er ist der leibhafte genealogische Kalender, der alle Rosenbergs, den Filehner Zweig abgerechnet, am Schnürchen herzuzählen weiß, und spielt sich trotzdem auf Liberalismus und Aufklärung aus. Ich kenn ihn noch nicht lange genug, um ihn auf all seinen Halbheiten ertappt zu haben, aber ich bin ganz sicher, daß sie sich auf jedem Gebiete finden. Ich bezweifle zum Beispiel keinen Augenblick, daß er jeden Sonntag in seiner Dorfkirche sitzt und jedesmal aus seinem Halbschlummer auffährt, wenn die Glaubensartikel verlesen werden; aber ich bezweifle, daß er weiß, was drin steht, und wenn er's weiß, so glaubt er's nicht. Trotzdem aber schnellt er in die Höh' oder vielleicht auch gerade deshalb.«

»Ebba, du gehst zu weit.«

»O durchaus nicht. Ich will vielmehr eine noch viel wichtigere Halbheit nennen. Er ist moralisch, ja beinah tugendhaft und schielt doch begehrlich nach der Lebemannschaft hinüber. Und diese Halbheit ist die schlimmste, schlimmer als die Halbheit in den sogenannten großen Fragen, die meistens keine sind.«

»Nur zu wahr. Aber hier, liebe Ebba, hab ich dich just da, wo ich dich haben und halten will. Er schielt begehrlich nach der Lebemannschaft hinüber, sagst du. Leider hast du's damit getroffen; ich seh es mit jedem Tage mehr. Aber weil er diese Schwäche hat, müssen wir ihm goldene Brücken bauen, nicht zum Angriff, wohl aber zum Rückzug. Du darfst ihm nicht, wie du jetzt tust, unausgesetzt etwas irrlichterlich vorflackern. Er ist schon geblendet genug. So lange er hier ist, mußt du dein Licht unter den Scheffel stellen. Ich weiß wohl, daß das viel gefordert ist, denn wer ein Licht hat, der will es auch leuchten lassen; aber du mußt mir das Opfer bringen, und wenn es dir schwerfällt, so behalte zu deinem Trost im Auge, daß seines Bleibens hier nicht ewig sein wird. Um Neujahr geht er zurück, und haben wir erst wieder, wohl oder übel, unsere alte Trias um uns her, so tu, was du willst, heirate Pentz oder mache mit Erichsen oder gar mit Bille, dessen Masern doch mal ein Ende nehmen müssen, eine Eskapade; mir soll es recht sein. Vielleicht verdrängst du auch die Gräfin, ich meine nicht die Holk, sondern die Danner, und das wäre vielleicht das beste.«

Ebba schüttelte den Kopf. »Das darf nicht sein, die Danner verdrängen, da wär ich nicht mehr die dankbar ergebene Dienerin meiner Prinzessin.«

»Ach Ebba, sprich nicht so, du täuschest mich dadurch nicht. Ich habe so viel Dank von dir, wie dir gerade paßt. Ich tu auch nichts um Dankes willen. Das Undankbarste, weil Unklügste, was es gibt, ist Dank erwarten. Aber das mit Holk, das überlege.«

»Verzeihung, gnädigste Prinzessin. Aber was soll ich überlegen? Solange ich denken kann, heißt es: ›Ein Mädchen soll sich selber schützen‹, und ist auch recht so; man muß es können. Und wer es nicht kann, nun, der will es nicht. Also gut, wir sollen uns schützen. Aber was ist ein junges Mädchen gegen einen ausgewachsenen Grafen von fünfundvierzig, der jeden Tag ein Enkelkind über die Taufe halten kann! Wenn sich wer selber schützen muß, so ist es ein Graf, der, glaub ich, siebzehn Jahre verheiratet ist und eine tüchtige und ausgezeichnete Frau hat und eine sehr hübsche dazu, wie mir Pentz erst heute noch versicherte.«

»Gerade dieser Frau halber ist es, daß ich in dich dringe...«

»Nun, wenn gnädigste Prinzessin befehlen, so werd ich zu gehorchen suchen. Aber bin ich die richtige Adresse? Nun und nimmermehr. Holk ist es. Er ist seiner Frau Treue schuldig, nicht ich, und wenn er diese nicht hält, so kommt es auf ihn und nicht auf mich. Soll ich meines Bruders Hüter sein?«

»Ach, daß du recht hast«, sagte die Prinzessin und fuhr mit der Hand über das blonde Wellenhaar Ebbas. »Aber wie's auch sei, du weißt, man beobachtet uns, weil wir unsererseits auch alles beobachten, und ich möchte nicht gern, daß wir uns vor dem König und seiner Gräfin eine Blöße gäben.«

*

An dem dienstfreien Tage, der diesem Gespräche folgte, hatte Holk vor, allerlei Briefschulden abzutragen.

Vor ihm lag die Korrespondenz der letzten vierzehn Tage, darunter auch Briefe der Gräfin. Er überflog sie, was nicht viel Zeit in Anspruch nahm, da ihrer nur wenige waren, und dann, als letztes, ein neues Telegramm, darin sie sich entschuldigte, seit vier Tagen nicht geschrieben zu haben. Das war alles, und so wenig es dem Umfange nach war, so wenig war es inhaltlich. Es verdroß ihn, weil er der Frage, wer eigentlich die Schuld trage, klüglich aus dem Wege ging. Er sagte sich nur, und dazu war er freilich berechtigt, daß es früher sehr anders gewesen sei. Früher, ja noch bei seiner letzten Anwesenheit in Kopenhagen, waren die zwischen ihnen gewechselten Briefe wahre Liebesbriefe gewesen, in denen, aller Meinungsverschiedenheiten unerachtet, die große Neigung, die sie bei jungen Jahren füreinander gehegt hatten, immer wieder zum Ausdruck gekommen war. Aber diesmal fehlte jede Zärtlichkeit, alles war frostig, und wenn ein Scherz versucht wurde, so war ihm etwas Herbes oder Spöttisches beigemischt, das ihm alles Erquickliche nahm. Ja, so war es leider, und doch mußte geschrieben werden. Aber was? Er sann noch hin und her, als die Hansen eintrat und ihm Briefe behändigte, die der Postbote eben gebracht hatte. Zwei davon waren Kopenhagener Stadtbriefe, der dritte, von Christinens Handschrift, hatte nicht das gewöhnliche Format und statt des Poststempels Glücksburg den Poststempel Hamburg. Holk war einen Augenblick überrascht, erriet aber den Zusammenhang der Dinge, noch eh er geöffnet hatte. ›Natürlich, Christine macht ihre Pensionsreise.‹ So war es denn auch wirklich, und was sie schrieb, war das Folgende.

»*Hamburg*, Streits Hotel,
den 14. Oktober 59

Lieber Holk. Mein Telegramm, in dem ich mich wegen meines mehrtägigen Schweigens entschuldigte, wirst Du erhalten haben. Nun siehst Du schon aus dem Poststempel, was die Veranlassung zu diesem Schweigen war: ich war in Reisevorbereitungen, die trotz der Hilfe meiner guten Dobschütz und trotzdem ich alles auf das bloß Nötigste beschränkte, meine ganze Kraft in Anspruch nahmen. Wir fuhren bis Schleswig zu Wagen, von da per Bahn, und seit heute mittag sind wir in Streits Hotel, an das uns so viele freundliche Erinnerungen knüpfen. Wenn Dir an solchen Erinnerungen noch liegt! Ich habe Zimmer im zweiten Stock genommen, Blick auf das Bassin, seinen Pavillon und seine Brücken, und habe mich, als die Dämmerung kam, in das Fenster gelegt und das schöne Bild, wie früher, auf mich wirken lassen. Nur Asta war bei mir, Axel in die Stadt gegangen; er wollte mit Strehlke, der uns bis hierher begleitet hat, erst nach der Uhlenhorst und dann zu Rainvilles. Von da dann nach Ottensen, um Meta Klopstocks Grab anzusehen. Ich habe gern zugestimmt, weil ich weiß, daß solche Momente bleiben und das Leben vertiefen. Und das wäre wohl nun der Zeitpunkt, Dich wissen zu lassen, welche Beschlüsse, nach nochmaliger eingehender Beratung, hinsichtlich der Kinder von mir gefaßt wurden. Auch Alfred stimmte bei, wenn er auch die Bedeutung der Frage bestreitet. Asta natürlich nach Gnadenfrei. Daß es füglich nicht anders kommen konnte, damit wirst Du Dich auch vertraut gemacht haben. Ich habe glückliche Jahre dort verbracht, ich sage nicht, die glücklichsten (Du weißt, welche Jahre mir die glücklichsten waren), und ich wünsche meinem Kinde das gleiche beneidenswerte Los, die gleiche harmonische Jugend. Was Axel angeht, so hab ich mich, auf Schwarzkoppens Rat, für das Bunzlauer Pädagogium entschieden. Es hat den besten Ruf und bleibt in der Strenge der Grundsätze hinter den thüringischen Lehranstalten nicht zurück, läßt aber diese Strenge da fallen, wo nicht Prinzipien in Frage kommen. Strehlke, der erst nach Malchin wollte, wird nun bei seinem Bruder in Mölln vikarieren; in den großen Ferien hat er mir versprechen müssen, unser Gast zu sein und sich um Axel zu kümmern. Er ist ein guter Mensch und wäre vorzüglich, wenn er, eh er seine Studien in Berlin abschloß, die vorhergehenden Jahre, statt in Jena, lieber in Halle verbracht hätte. Das Jenasche, mit seinen Einflüssen, ist nie ganz wieder zu tilgen. Ich wüßte nicht, was ich hinsichtlich der Kinder diesen Zeilen noch hinzuzusetzen hätte. Vielleicht das eine, daß mich eine gewisse Freudigkeit an ihnen schmerzlich überraschte, als es feststand, daß sie das elterliche Haus verlassen sollten. Der aller Jugend angeborene Hang nach dem Neuen, nach einem Wechsel der Dinge, scheint mir dabei nicht mitzusprechen oder wenigstens nicht allein. Aber wenn es das nicht ist, was dann? Haben wir es doch vielleicht an etwas in unserer Liebe fehlen lassen? Oder sehnten sich die Kinder danach, aus dem Widerstreit der Meinungen, davon sie nur zu oft Zeuge waren, herauszukommen? Ach, lieber Holk, ich hätte diesen Widerstreit gern vermieden, aber es wollte mir nicht gelingen, und so wählte ich das, was ich für das kleinere Übel hielt. Ich mag dadurch manches verscherzt haben, aber ich habe getan, was mir mein Gewissen vorschrieb, und lebe der Überzeugung, daß du bereit bist, mir dies Zugeständnis zu machen. Meine Reise wird mich nicht länger als fünf oder sechs Tage von Haus fernhalten, und etwa am zwanzigsten hoffe ich in Holkenäs zurück zu sein, wo unterdessen meine gute Dobschütz das Regiment führt. Sprich der Prinzessin, die sich meiner so gnädig erinnert, meine Devotion aus, und empfiehl mich Pentz und dem Fräulein von Rosenberg, wenn schon ich Dir bekenne, daß sie meine Sympathien nicht hat. Ich liebe nicht diese freigeistigen Allüren. Ich sehne das neue Jahr herbei, wo ich Dich, vielleicht schon am Silvesterabend, wiederzusehen hoffe. Laß die diesmaligen Kopenhagener Tage Deine letzten in der Hauptstadt sein, wenigstens in *der* Stellung, die Du jetzt darin einnimmst. Wozu diese Dienstlichkeiten, wenn man frei sein kann.

In aller Liebe Deine Christine.«

Holk fühlte sich, als er gelesen, einer gewissen Rührseligkeit hingegeben. Es war so viel Liebes in dem Briefe, daß er alte Zeiten und altes Glück wieder heraufsteigen fühlte. Sie war doch die Beste. Was bedeutete die schöne Brigitte? Ja, was bedeutete daneben selbst Ebba? Ebba war eine Rakete, die man, so lange sie stieg, mit einem staunenden ›Ah‹ begleitete, dann aber war's wieder vorbei, schließlich doch alles nur Feuerwerk, alles künstlich; Christine dagegen war wie das einfache Licht des Tages. Und diesem Gefühl hingegeben, überflog er den Brief noch einmal. Aber da schwand es wieder, alle freundlichen Eindrücke waren wieder hin, und was er heraushörte, war nur noch, oder doch sehr vorwiegend der Ton der Rechthaberei. Und so kamen ihm denn auch die hundertmal gemachten Betrachtungen wieder: ›Oh, diese tugendhaften Frauen; immer erhaben und immer im Dienste der Wahrhaftigkeit. Es mag ihnen auch so ums

Herze sein. Aber ohne betrügen zu wollen, betrügen sie sich selbst, und nur eines ist gewiß: das Schreckliche ihrer Vorzüglichkeit.‹

19. KAPITEL

Vier Wochen waren seitdem vergangen, und Mitte November war heran. Holk hatte sich kopenhagensch eingelebt, nahm teil an dem kleinen und großen Klatsch der Stadt und dachte mitunter nicht ohne Bangen daran, daß in abermals sechs Wochen das eintönige Leben auf Holkenäs wieder in Aussicht stehe. Die Briefe, die von dorther eintrafen, waren nicht geeignet, ihn anderen Sinnes zu machen; Christine, seit sie von der Pensionsreise zurück war, schrieb zwar regelmäßiger und unterließ sogar alle verdrießlichen Betrachtungen; aber eine gewisse Nüchternheit blieb und vor allem der doktrinäre Ton, der ihr nun einmal eigen war. Und gerade dieser Ton, mit seiner Beigabe von Unfehlbarkeit, war es, wogegen Holk sich innerlich immer wieder auflehnte. Christine war in allem so sicher; was stand denn aber fest? Nichts, gar nichts, und jedes Gespräch mit der Prinzessin oder gar mit Ebba war nur zu sehr dazu angetan, ihn in dieser Anschauung zu bestärken. Alles war Abkommen auf Zeit, alles jeweiliger Majoritätsbeschluß; Moral, Dogma, Geschmack, alles schwankte, und nur für Christine waren alle Fragen gelöst, nur Christine wußte ganz genau, daß die Prädestinationslehre falsch und zu verwerfen und die calvinistische Abendmahlsform ein ›Affront‹ sei; sie wußte mit gleicher Bestimmtheit, welche Bücher gelesen und nicht gelesen, welche Menschen und Grundsätze gesucht und nicht gesucht werden müßten, und vor allem wußte sie, wie man Erziehungsfragen zu behandeln habe. Wie klug die Frau war! Und wenn sie dann wirklich einmal zugab, eine Sache nicht zu wissen, so begleitete sie dies Zugeständnis mit einer Miene, die nur zu deutlich ausdrückte: solche Dinge braucht man auch nicht zu wissen.

In dieser Richtung gingen Holks Betrachtungen, wenn er des Morgens von seinem Fenster aus auf die stille Dronningens-Tvergade herniedersah, die, so still sie war, doch immer noch einen lebhaften Verkehr hatte, verglichen mit der einsamen Fahrstraße, die von Schloß Holkenäs nach Dorf Holkeby hinunterführte. Und wenn er so sann und dachte, dann klopfte es, und die Witwe Hansen oder auch wohl die schöne Brigitte trat ein, um den Frühstückstisch abzuräumen, und war es die gesprächige Witwe, so war er ganz Ohr bei allem, was sie sagte, und war es die schweigsame Brigitte, so war er ganz Auge und ihrem Bilde hingegeben. Es lag etwas in diesem Verkehr, das, trotzdem beide Frauen, und besonders Brigitte, keineswegs interessant waren, unseren Holk doch immer wieder anregte, wenngleich er in der Hansenfrage längst klar sah und von Geheimnisvollem keine Rede mehr sein konnte. Der Kaiser von Siam war immer unsicherer, der ›Sicherheitsbeamte‹ dagegen immer sicherer geworden, alles war genau so, wie's Pentz erzählt, indessen die Dehors blieben gewahrt und ebenso die kleinen Aufmerksamkeiten, die beide dem Holkschen Geschmack geschickt anzupassen wußten, und so kam es denn, daß dieser den allmorgendlichen Begegnungen mit Mutter und Tochter mit einer Art Behagen entgegensah, besonders seit er fühlte, daß diese Begegnungen aufgehört hatten, irgendwie gefährlich für ihn zu sein. Ob er sich bewußt war, worin dies Aufhören aller Gefahr eigentlich wurzelte? Vielleicht sah er plötzlich nicht klar darin, aber andere sahen nur zu deutlich, daß es Ebba war.

In der Politik ging inzwischen alles ruhig seinen Gang. Erst für Anfang Dezember war ein neuer Ansturm geplant, hinsichtlich dessen die Meinung der Prinzessin dahin lautete, daß für diesmal, und zwar aus Klugheit, dem Ansturme nachzugeben sei; im selben Augenblicke, wo Hall gehe, werde das Land auch schon einsehen, was es an ihm gehabt habe. Dieser Ansicht schloß sich der prinzliche Hof natürlich an, und Holk war eben im Begriff, in eben diesem Sinne an Christine zu schreiben und ihr die staatsmännische Bedeutung Halls auseinanderzusetzen, als Pentz eintrat.

»Nun, Pentz, was gibt mir so früh schon die Ehre …«

»Große Neuigkeit.«

»Louis Napoleon tot?«

»Wichtiger.«

»Nun, dann muß das Tivoli abgebrannt oder die Nielsen katarrhalisch affiziert sein.«

»Es hält sich zwischen beiden: wir gehen morgen nach Fredericksborg.«

»Wir? Wer sind ›wir‹?«

»Nun, die Prinzessin und alles, was ihr zugehört.«

»Und morgen schon?«

»Ja. Die Prinzessin ist nicht für Halbheiten, und wenn sie etwas vorhat, so müssen Plan und Ausführung womöglich zusammenfallen. Ich bekenne, daß ich lieber hier geblieben wäre. Sie kennen Fredericksborg noch nicht, weil Sie sich als dänischer Kammerherr der Aufgabe, dänische Schlösser *nicht* kennenzulernen, mit einer merkwürdigen Nachhaltigkeit unterzogen haben. Und weil Sie Fredericksborg noch nicht kennen, so können Sie's drei Tage lang dort aushalten oder im Studium von allerlei Krimskrams, von Perückbildern und Runensteinen auch wohl drei Wochen lang. Denn es gibt manches Derartige da zu sehen: einen Elfenbeinkamm von Thyra Danebod, einen Haarbüschel à la Chinoise von Gorm dem Alten und einen eigentümlich geformten Backzahn, in betreffs dessen die Gelehrten sich streiten, ob er von König Harald Blauzahn oder von einem Eber der Alluvial-Periode herstammt. Ich persönlich bin für das erstere. Denn was heißt Eber? Eber ist eigentlich gar nichts, schon deshalb nicht, weil die historische Notiz im Katalog immer die Hauptsache bleibt und über einen Eber meistens nur sehr wenig, über einen halb sagenhaften Seekönig aber sehr viel zu sagen ist. Ich bin Ihres Interesses für derlei Dinge ziemlich sicher, und als Genealoge werden Sie die Harald-Blauzahnschen Verwandtschaftsgrade zu Ragnar Lodbrok oder vielleicht sogar zu Rolf Krake feststellen können. Also für Sie, Holk, ist am Ende gesorgt. Aber was mich angeht, ich bin nun mal mehr für Lucile Grahn und für Vincent und, wenn es nicht anders sein kann, selbst für eine ganz alltägliche Harlekin-Pantomime.«

»Glaub's«, lachte Holk.

»Ja, Sie lachen, Holk. Aber wir sprechen uns wieder. Ich redete da vorhin was von drei Wochen; nun ja, drei Wochen mögen gehen, aber sechs und, richtig gerechnet, beinah sieben – denn die Prinzessin schenkt einem keine Stunde und hat kein Fiduzit zum neuen Jahr, wenn sie das alte nicht in Fredericksborg zu Grabe geläutet hat –, sieben Wochen, sag ich, das ist mutmaßlich auch für Sie zu viel, trotzdem Pastor Schleppegrell ein Charakter, sein Schwager Doktor Bie eine komische Figur ist. Mißverstehen Sie mich übrigens nicht, ich weiß recht gut, was ein Charakter, und noch mehr, was eine komische Figur unter Umständen wert ist; aber für sieben Wochen ist das alles zu wenig. Und wenn es nicht schneit, so regnet es, und wenn Regen und Schnee versagen, so stürmt es. Ich habe schon viele Windfahnen quietschen und viele Dachrinnen und Blitzableiter klappern hören, aber solch Geklapper wie in Fredericksborg gibt es nirgends mehr in der Welt. Und hat man Glück, so spukt es auch noch, und ist es keine tote Prinzessin, so ist es eine lebendige Kammerfrau oder eine Hofdame mit wasserblauen Stechaugen …«

»Ach, Pentz, daß Sie nichts sprechen können, ohne dem armen Fräulein einen Tort anzutun. Denn diese Hofdame mit den Stechaugen, das soll doch natürlich die Rosenberg sein. Wären Sie nicht fünfundsechzig, und wüßt ich nicht, daß Sie zu anderen Göttern schwören, ich glaubte wahrhaftig, Sie wären in Ebba verliebt.«

»Das überlasse ich anderen.«

»Erichsen?«

»Versteht sich, Erichsen.« Und er lachte herzlich.

*

Tags darauf, gerad' um die Mittagsstunde, hielten zwei Wagen vor dem Palais der Prinzessin, deren Dienerschaft mitsamt dem Gepäck schon eine Stunde vorher, und zwar unter Benutzung der nach Helsingör führenden Eisenbahn, aufgebrochen war. Man verteilte sich in den zwei Wagen wie damals auf der Rückfahrt von der Eremitage her; im ersten Wagen saß die Prinzessin mit der Schimmelmann und Ebba, im zweiten die drei Herren. Es war ein sonnenloser Tag, und graue, mächtige Wolkenmassen zogen am Himmel hin. Aber der Ton, den diese Wolkenmassen der Landschaft gaben, ließen den Reiz derselben nur um so größer erscheinen, und als man den Furesee, der etwa halber Weg war, an seinem Ufer hin passierte, hob sich Ebba von ihrem Sitz und konnte sich nicht satt sehen an der stahlfarbenen leisgekräuselten Fläche, die die drüberhin fliegenden Möwen mit ihren Flügeln fast berührten. Das Ufer stand in dichtem und weit in den See hineinwachsendem Schilf, und nur dann und wann kamen Weiden, deren blätterlose Zweige bis tief herabhingen. An der anderen Seite des Sees aber zog sich ein dunkler Waldstrich, drüber ein Kirchturm aufragte. Dazu tiefe Stille, nur unterbrochen, wenn aus dem Walde ein vereinzelter Schuß fiel oder das Gerassel des auf tausend Schritt Entfernung vorüberfahrenden Eisenbahnzuges hörbar wurde.

Ebba machte diese Fahrt zum ersten Mal. »Ich kenne den Süden nicht«, sagte sie, »aber er kann nicht schöner sein als das hier. Alles wirkt so geheimnisvoll, als berge jeder Fußbreit Erde eine Geschichte oder ein Geheimnis. Alles ist wie Opferstätte, gewesene, oder vielleicht auch noch gegenwärtige, und die Wolken, die so grotesk drüber hinziehn – es ist, als wüßten sie von dem allen.«

Die Prinzessin lachte.

»Daß ich ein so romantisches Fräulein um mich habe! Wer hätte das gedacht; meine gute Rosenberg mit ossianischen Anwandlungen! Oder, um ein Wortspiel zu wagen, meine Ebba auf Edda-Wegen.«

Ebba lächelte, weil sie sich in ihrer romantischen Rolle selber fremd vorkommen mochte; die Prinzessin aber fuhr fort:

»Und das alles schon angesichts dieses Furesees, der aber doch eigentlich nur ein See ist wie hundert andre; was steht uns da noch bevor, wenn wir erst in Fredericksborg an unserem Reiseziel sein werden, den Esromsee zur Rechten und dem Arresee zur Linken, den großen Arresee, der schon Verbindung hat mit dem Kattegat und dem Meer. Und er friert auch nie zu, die Schmalungen und die Buchten abgerechnet. Aber was spreche ich von den Seen, die Hauptsache bleibt doch immer das Schloß selbst, mein liebes, altes Fredericksborg, mit seinen Giebeln und Türmen und seinen hundert Wunderlichkeiten an jedem Tragstein und Kapitell. Und wo sich andre Schlösser mit einem einfachen Abzugsrohr begnügen, da springt in Fredericksborg die Dachrinne zehn Fuß weit vor, und an ihrem Ausgange sitzt ein Basilisk mit drei Eisenstäben im weitgeöffneten Rachen, und an den Stäben vorbei schießt das Wasser auf den Schloßhof. Und wenn dann das Wetter wechselt und der Vollmond blank und grell darüber steht und alles so unheimlich still ist und das ganze höllische Getier aus allen Ecken und Vorsprüngen einen anstarrt, als ob es bloß auf seine Zeit warte, da kann einem schon ein Grusel kommen. Aber dieser Grusel ist es gerade, der mir das Schloß so lieb macht.«

»Ich dachte, Fredericksborg wäre eins von den ›guten Schlössern‹, ein Schloß ohne Spuk und Gespenster, weil ohne Blut und Mord und vielleicht überhaupt ohne große Schuld und Sünde.«

»Nein, da hoffst du mehr, als dir mein schönes Fredericksborg erfüllen kann. Ohne Blut und Mord, das möchte sein. Aber ohne Schuld und Sünde! Meine liebe Ebba, was lebt zweihundert Jahr ohne Schuld und Sünde! Mir schwebte gerade nichts vor, nichts, wo man schaudert und klagt, aber an Schuld und Sünde wird's nicht gefehlt haben.«

»Ich möchte doch beinah widersprechen dürfen, gnädigste Prinzeß«, sagte hier die Schimmelmann. »Ebba, denk ich, hat recht, wenn sie von einem ›guten Schlosse‹ spricht. Unser liebes Fredericksborg ist doch eigentlich nur ein Museum, und ein Museum, denk ich, ist immer das Allerunschuldigste…«

»…was es gibt«, lachte die Prinzessin. »Ja, das sagt man und ist auch wohl die Regel. Aber es gibt auch Ausnahmen. Altar, Sakristei, Grab und natürlich auch Museum – alles kann entheiligt werden, alles hat seine Sakrilegien erlebt. Und dann bleibt auch immer noch die Frage, *was* ein Museum alles beherbergt und aufweist. Da gibt es oft wunderliche Dinge, von denen ich nicht sagen möchte, sie seien unschuldig. Oder zum mindesten sind sie trüb und traurig genug. Als ich noch eine junge Prinzessin war, war ich einmal in London und habe da das Beil gesehen, womit Anna Bulen hingerichtet wurde. Das war auch in einem Museum, freilich im Tower, aber das ändert nicht viel; Museum ist Museum. Im übrigen, wir wollen unserer lieben Ebba nicht unser schönes Schloß verleiden, unser schönstes und mein Lieblingsschloß dazu, denn ich habe, durch viele Jahre hin, immer gute Tage darin verlebt. Und wie's auch sein mag, gruselig und gespenstig oder nicht, du, liebe Ebba, sollst es wenigstens sicher darin haben, denn ich habe mich für deine Unterbringung im Turm entschieden.«

»Im Turm?«

»Allerdings im Turm, aber nicht in einem Turm mit Schlangen. Denn unter dir wird dein schwedisches Mädchen wohnen und über dir Holk. Ich denke, das wird dich beruhigen. Und jeden Morgen, wenn du ans Turmfenster trittst, hast du den schönsten Blick auf See und Stadt und auf den Schloßhof und alles, was ihn umgibt, und wenn sich meine Wünsche erfüllen, so sollst du glückliche Stunden in deinem Turmverlies verleben ... Ich weiß auch schon, was ich dir als Julklapp beschere.«

*

Während sie noch so sprachen, waren sie bereits bis weit über die Nordostecke des Furesees hinaus und näherten sich auf der fast gradlinigen Chaussee, deren Ebereschenbäume hier und da noch in roten Fruchtbüscheln standen, mehr und mehr dem Ziel ihrer Reise: Schloß Fredericksborg. Was zunächst sichtbar wurde, war freilich nicht das Schloß selbst, sondern das dem Schlosse vorgelagerte Städtchen Hilleröd, und als sie bis dicht heran waren und schon zwischen den Mühlen und Scheunen des Städtchens hinfuhren, begann ein schwaches Schneetreiben. Aber eine Brise, die sich plötzlich aufmachte, vertrieb die Schneeflocken wieder, und als der Wagen der Prinzessin auf den Hilleröder Marktplatz hinauffuhr, klärte sich's mit einem Male auf, und ein Stück blauer Himmel wurde sichtbar, darunter ein verblassendes Abendrot. Inmitten dieses Abendrots aber stand das hohe, turmreiche Schloß Fredericksborg und spiegelte sich still und märchenhaft in einem kleinen vorgelegenen See, der den schmalen Raum zwischen dem Städtchen und dem Schloß ausfüllte. Hinter dem Schlosse lag der Park, der mit einigen vorgeschobenen Bäumen von links und rechts her bis an den See herantrat, herrliche Platanen, deren vom Herbstwind abgeschüttelte Blätter zahlreich auf der stillen Seefläche trieben. Inzwischen war auch der zweite Wagen herangekommen, und Holk, der sich, weil auf Landfahrten alles erlaubt sei, wohlweislich den Platz neben dem Kutschersitz gewählt hatte, sprang jetzt herab, um an den Wagenschlag der Prinzessin zu treten und ihr auszusprechen, wie ländlich idyllisch dieser Marktplatz und wie schön der Anblick des Schlosses sei, Worte, die der Prinzessin sichtlich wohltaten und einer gnädigen Antwort gewiß gewesen wären, wenn nicht im selben Augenblicke, von einem dem Platz zunächstgelegenen Hause her, ein andrer Herr ebenfalls an den Wagenschlag der Prinzessin herangetreten wäre. Dies war Pastor Schleppegrell von Hilleröd, ein stattlicher Fünfziger, der seine Stattlichkeit durch seinen langen Predigerrock noch um Erhebliches gesteigert sah. Er küßte der Prinzessin die Hand, aber mit mehr Ritterlichkeit als Devotion, und betonte dann seine Freude, seine Gönnerin wiederzusehen. »Sie wissen, daß es ohne Sie nicht geht«, sagte die Prinzessin, »und ich habe hier auf Ihrem immer noch entsetzlich zugigen Marktplatz (denn es weht wieder von allen vier Seiten her) bloß halten lassen, um mich Ihres Besuches, und zwar für heut abend noch, zu versichern ... Aber ich vergesse die Herren miteinander bekannt zu machen, Pastor Schleppegrell, Graf Holk ...«

Beide verneigten sich.

»Und seien Sie, lieber Pastor, bei Geduld und guter Laune. Graf Holk ist übrigens Genealog, also Bruchstück eines Historikers, und wird Ihnen als solcher, und als ein vorzüglicher Frager, der er ist, Gelegenheit zu gelehrter Unterhaltung bieten. Denn man unterhält sich am besten, wenn man gefragt wird und antworten kann. Daß ich selber neugierig bin, wissen Sie: für etwas Besseres mag ich meine Fragelust nicht ausgeben. Und bringen Sie die liebe Frau mit. In Hilleröd und Fredericksborg schmeckt mir der Tee nur, wenn ihn mir meine liebe Freundin aus dem Pastorhause präsentiert. Ja, Ebba, das ist nun mal so, darein mußt du dich finden und darfst nicht eifersüchtig sein. Aber ich ertappe mich wieder auf einer zweiten Unterlassungssünde: Pastor Schleppegrell, Fräulein Ebba von Rosenberg.«

Der Pastor begrüßte das Fräulein und versprach nicht nur zu kommen, sondern auch seine Frau mitzubringen, und gleich danach setzte sich die Fahrt vom Marktplatz aus nach dem Schlosse hin fort, nachdem Holk, der Aufforderung der Prinzessin gehorchend, für die verbleibende Strecke den Rücksitz des Wagens eingenommen hatte. Hier saß er neben Ebba, der Schimmelmann gegenüber, und fühlte sich angeregt genug, um noch den Versuch einer Konversation zu machen.

»Pastor Schleppegrell hat etwas Imponierendes in seiner Erscheinung und dabei doch eine Gemütlichkeit, die das Imponierende wieder dämpft. Ich habe wenig Menschen so ruhig und so sicher mit einer Prinzessin sprechen sehen. Ist er ein Demokrat? Oder ein Dissentergeneral?«

»Nein«, lachte die Prinzessin. »Schleppegrell ist kein Dissentergeneral, aber der Bruder eines wirklichen Generals, der Bruder von General Schleppegrell, der bei Idstedt fiel. Vielleicht zu rechter Zeit. Denn de Meza übernahm das Kommando.«

»Ah«, sagte Holk. »Also daher.«

»Nein, lieber Holk, auch nicht *daher*; ich muß leider noch einmal widersprechen. Das, was Sie ›seine Sicherheit‹ nennen, hat einen ganz anderen Grund. Er kam mit zwanzig Jahren an den Hof, als Lehrer, sogar als Religionslehrer, verschiedener junger Prinzessinnen, und das andere können Sie sich denken. Er hat zu viele junge Prinzessinnen gesehen, um sich durch alte noch imponieren zu lassen. Übrigens sind wir ihm und seiner klugen Zurückhaltung zu großem Danke verpflichtet, denn es lag dreimal so, daß er, wenn er gewollt hätte, jetzt mit zur Familie zählen würde. Schleppegrell war immer sehr verständig. Nebenher habe ich nicht den Mut, den Prinzessinnen von damals einen besonderen Vorwurf zu machen. Er war wirklich ein sehr schöner Mann und dabei christlich und ablehnend zugleich. Da widerstehe, wer mag.«

Holk erheiterte sich, Ebba mit ihm, und selbst über die Züge der Schimmelmann ging ein Lächeln. Man sah, die Prinzessin war in bester Stimmung und nahm es als ein gutes Zeichen der Tage, die bevorstanden. Und während man so plauderte, fuhr der Wagen über ein paar schmale Brücken in den Schloßhof ein und hielt gleich danach vor dem Portal des Schlosses Fredericksborg.

20. KAPITEL

Dienerschaften mit Windlichtern warteten schon und schritten voran, als die Prinzessin die breite, vom ersten Podest an doppelarmige Treppe hinaufstieg, um oben ihre nicht allzu zahlreichen Gemächer in dem von zwei Türmen flankierten Mittelteile des Schlosses zu beziehen. Diese Türme standen in zwei scharfen Ecken, die durch die vorspringenden Seitenflügel gebildet wurden, zwischen denen wiederum eine die Verbindung herstellende Kolonnade lief.

Auf dem ersten Podest, und zwar auf einem daselbst aufgestellten kleinen Rokokokanapee, nahm die Prinzessin, asthmatisch wie sie war, einen Augenblick Platz und entließ dann die Herren und Damen ihres Gefolges mit der Aufforderung, sich's in ihren Turmzimmern nach Möglichkeit bequem zu machen. Um sieben, so setzte sie, zu Holk gewandt, hinzu, sei wie gewöhnlich die Teestunde; Pastor Schleppegrell und Frau kämen allerdings etwas früher, um ihr die Hilleröder Neuigkeiten mitzuteilen, worauf sie sich aufrichtig freue: kleinstädtische Vorgänge seien eigentlich immer das Interessanteste, man müsse so herzlich darüber lachen, und wenn man alt geworden, sei Lachen über seine lieben Mitmenschen so ziemlich das Vergnüglichste, was man haben könne. Nach diesen gnädigen Worten trennte man sich, und eine halbe Stunde später konnte jeder, der über den Schloßhof ging, deutlich erkennen, welche Zimmer von den Neuangekommenen bezogen worden waren. In dem von der Prinzessin selbst bewohnten ersten Stockwerke des Corps de Logis sah man nur zwei hohe gotische Fenster schwach erleuchtet, während die beiden flankierenden Türme bis hoch hinauf in hellem Lichterglanze standen. Im wesentlichen war alles bei den ersten von der Prinzessin gegebenen Anordnungen geblieben: unten wohnten die Dienerinnen, in der ersten Etage die beiden Hofdamen, über der Schimmelmann Pentz und Erichsen, und über Ebba Holk.

Sieben Uhr rückte heran; die Schloßuhr schlug halb, als das Schleppegrellsche Ehepaar, eine Magd mit einer Laterne vorauf, von Hilleröd her über den Schloßhof kam. Bald danach rüstete sich auch Holk. Unten im Flur des von ihm bewohnten Rechtsturmes traf er Ebbas Jungfer und beinah Freundin, Karin, eine Stockholmerin, von der er erfuhr, daß das Fräulein schon bei der Prinzessin sei. Der noch zurückzulegende Weg an der halben Front des Hauptgebäudes hin war nur kurz, und als Holk eine Minute später die Treppe hinauf war, trat er in eine hohe Halle, die, solange sich die Prinzessin in Fredericksborg aufhielt, als Empfangs- und Gesellschaftszimmer diente. Nach dem Schloßhof, wie rückseitig nach dem Park hin, hatte diese Halle nur eine schmale Front; trotzdem war es ein großer Raum, weil er an Tiefe ersetzte, was ihm an Breite abging. In der Mitte der einen Längswand befand sich ein hoher Renaissancekamin und über demselben ein überlebensgroßes Bildnis König Christians IV., der Schloß Fredericksborg seinerzeit sehr geliebt und diese Halle, ganz wie jetzt die Prinzessin, allen anderen Räumen im Schlosse vorgezogen hatte. Links neben dem Kamin standen Körbe, teils mit großen Holzscheiten, teils mit Tannäpfeln und Wacholderzweigen gefüllt, während zur Rechten, außer einem mächtigen Schüreisen, ein paar Kienfackeln lagen, die den Zweck hatten, spät abends, beim Aufbruch über die dunklen Korridore hin, den Gästen zu leuchten. Alles in der Ausschmückung der Halle war noch halb mittelaltrig wie die Halle selbst, über deren Paneelen, des König Christians Porträts über dem Kamine zu geschweigen, große, stark nachgedunkelte Bilder sichtbar wurden. Weit zurück stand ein Schenktisch; die sonst üblichen hohen Stühle fehlten, und statt ihrer war eine Anzahl moderner Fauteuils um die Feuerstelle herum gruppiert.

Holk schritt auf die Prinzessin zu, verbeugte sich und sprach ihr aus, wie schön er die Halle fände, darin müsse sich ein wunderbares Julfest feiern lassen, alles sei da, nicht bloß große Kienfackeln, sondern auch Tannäpfel und Wacholder. Die Prinzessin antwortete, daß sie solche Feier auch vorhabe; Weihnachten in Fredericksborg sei ihr der beste Tag im Jahr, und nachdem sie noch ein paar weitere Worte gesprochen und schon für den nächsten Tag eine Art Julvorfeier angekündigt hatte, forderte sie die Frau Pastorin Schleppegrell auf, an ihrer Seite Platz zu nehmen. Die Pastorin war eine kleine dicke Frau mit aufgesetztem schwarzen Scheitel und roten Backen, überhaupt von großer Unscheinbarkeit, aber nie darunter leidend, weil sie zu den Glücklichsten gehörte, die sich gar nicht mit sich selbst und am wenigsten mit ihrer äußeren Erscheinung beschäftigen. Ebba hatte dies gleich herausgefühlt und eine Vorliebe für sie gefaßt.

»Wird es Ihnen nicht schwer, liebe Frau Pastorin«, so wandte sie sich an diese, »sich einen ganzen Abend lang von Ihren Kindern zu trennen?«

»Ich habe keine«, sagte diese und lachte dabei so herzlich, daß die Prinzessin fragte, was es eigentlich sei? Da gab es denn eine allgemeine Heiterkeit, in die schließlich auch Schleppegrell mit einstimmen mußte, trotzdem er sich, weil ihn die Komik in erster Reihe mittraf, ein wenig unbehaglich dabei fühlte. Holk, dies wahrnehmend, hielt es für seine Pflicht, dem Gespräch eine andere Wendung zu geben, und fragte leicht und wie von ungefähr nach dem Porträt über dem Kamin. »Ich sehe, daß es König Christian ist (wo begegnete man ihm nicht), und so kann von einem besonderen Interesse kaum die Rede sein. Aber desto mehr interessiert mich die Frage, von wem es herrührt. Ich würd einen Spanier vermuten, wenn ich nur wüßte, daß wir jemals einen spanischen Maler in Kopenhagen gehabt hätten.«

Schleppegrell wollte Rede stehen, aber Ebba schnitt ihm das Wort ab und sagte: »Das geht nicht, daß wir, wenn nun mal über Kunst und Bilder gesprochen werden soll, mit einem Bilde König Christians beginnen, auch wenn es wirklich von einem Spanier herrühren sollte, was ich bezweifeln möchte, genauso wie Graf Holk, mit dem ich mich wenigstens in Kunstsachen öfters zusammenfinde. Lassen wir also den unvermeidlichen König. Ich meinerseits erführe lieber«, und dabei zeigte sie nach der Wand gegenüber, »wer die beiden da sind: der Alte mit dem Spitzbart und die vornehme Dame mit der weißen Kapuze.«

»Der mit dem Spitzbart ist Admiral Herluf Trolle, derselbe, von dem unser König Frederick der Zweite dies Schloß hier in Kauf oder Tausch nahm und es dann Fredericksborg taufte, nach seinem eigenen Namen. Von dem alten Schloß blieb kein Stein auf dem andern, und nichts wurde mit herübergenommen als diese Schildereien hier rechts und links, die den großen Seesieg bei Oeland unter Admiral Herluf Trolle verherrlichen, und mit den Schildereien zugleich die dazwischen hängenden Bildnisse von Herluf Trolle selbst und von Brigitte Goje, seiner Eheliebsten, die wegen ihrer protestantischen Frömmigkeit fast noch gefeierter war als ihr Gemahl.«

»Was, wenn sie wirklich so fromm war, niemanden überraschen darf«, sagte Pentz mit Emphase. »Denn so gewiß es mir ist, daß Schauspielerinnen und Fürstengeliebte die populärsten Erscheinungen sind, gleich nach ihnen kommen die Frommen, und mitunter sind sie sogar um einen Schritt voraus.«

»Ja, mitunter«, lachte Ebba. »Mitunter, aber selten. Und nun, Pastor Schleppegrell, was ist es mit dieser Herluf-Trolleschen Seeschlacht? Ich fürchte zwar, daß sie gegen meine lieben Landsleute, die Schweden, geschlagen wurde, jedenfalls aber, den Kostümen nach zu schließen, in einer vorrosenbergschen Zeit, und so seh ich denn meinen Patriotismus nicht allzu direkt herausgefordert. Überdies Seeschlachten! Seeschlachten sind immer etwas, wo Freund und Feind gleichmäßig ertrinken und ein wohltätiger Pulverdampf über allem derart ausgebreitet liegt, daß ein Plus oder Minus an Toten, was man dann Sieg oder Niederlage nennt, nie festgestellt werden kann. Und nun gar hier, wo wir zu dem Pulverdampf auch noch die dreihundertjährige Nachdunkelung haben.«

»Und doch«, sagte Holk, »scheint mir noch alles leidlich erkennbar, und wenn wir nachhelfen ... Aber freilich, wo das nötige Licht dazu hernehmen?«

»Oh, hier«, sagte die Prinzessin und wies auf die Stelle, wo die Kienfackeln lagen. »Es wird etwas Blak geben, aber das steigert nur die Illusion, und wenn ich mir dann sage, daß unser Pastor und Cicerone vielleicht seinen guten Tag hat, so werden wir die Seeschlacht noch mal miterleben. Also Schleppegrell, ans Werk, und tun Sie Ihr Bestes, das sind wir einem Historiker vom Range Holks schuldig. Und vielleicht bekehren wir ihn auch noch vom Schleswig-Holsteinismus zum Danismus.«

Alles stimmte zu, während Pentz mit zwei Fingern einen leisen Beifall klatschte. Schleppegrell aber, der Bilderkustode von Passion war, nahm eine der großen Kienfackeln und fuhr damit, nachdem er sie angezündet, über die linke Bildhälfte hin, auf der man nun, in düsterer und doch greller Beleuchtung, die Segel zahlloser Schiffe, Flaggen und Wimpel und vergoldete Galions, dazu die weißen Wogenkämme, nichts aber von Schlacht und Pulverdampf erkennen konnte.

»Das ist aber doch sicher keine Schlacht«, sagte Ebba.

»Nein, aber die Vorbereitung dazu. Die Schlacht kommt erst; die Schlacht ist an der anderen Seite, gleich rechts neben der Brigitte Goje.«

»Ah«, sagte Ebba. »Ich versteh; ein Doppel-Schlachtbild, Anfang und Ende. Nun, ich bin Aug und Ohr. Und immer, wenn Ihr Kienspan an dem Schiffe vorbeifährt, darauf Herluf Trolle kommandiert, dann muß ich bitten, ihm (oder auch mir) eine Viertelminute zu gönnen, damit ich ihm Reverenz machen und mir sein Bild, auch inmitten der Schlacht, einprägen kann.«

»Das wird dir nicht glücken, Ebba«, sagte die Prinzessin. »Herluf Trolle steckt viel zu sehr im Pulverqualm oder ist in der Nachdunkelung untergegangen, und du mußt dir an seinem regelrechten Porträt da genug sein lassen ... Aber nun beginnen Sie, Schleppegrell, und treffen Sie's im Maß, nicht so kurz, daß es nichts ist, und nicht so lang, daß wir uns ängstlich ansehen. Holk ist ein Kenner, Gott sei Dank einer von denen, die den Erzähler nicht befangen machen – er weiß, Kunst ist schwer.«

Unter diesen gnädigen Worten war Schleppegrell wieder an den Kreis der um den Kamin Versammelten herangetreten und sagte: »Gnädigste Prinzessin befehlen, und ich gehorche. Was wir da sehen oder vielleicht auch nicht sehen«, und er wies auf die zweite, nicht einmal vom Widerschein des Feuers getroffene Hälfte des großen Wandbildes, »was wir da sehen, ist der entscheidende Moment, wo der ›Makellos‹ in die Luft fliegt.«

»Der ›Makellos‹?«

»Ja, der ›Makellos‹. Das war nämlich das Admiralschiff der Schweden, die gerade damals, trotz ihres irrsinnigen Königs (denn es waren die Tage von König Erich XIV.) auf der Höhe ihrer Macht standen. Und gegen die Schweden und ihre Flotte, die sehr stark und überlegen war und neben dem ›Makellos‹ auch noch andere große Schiffe hatte, gegen diese schwedische Flotte, sag ich, gegen die Unsrigen unter Segel, und der, der sie kommandierte, war unser großer Herluf Trolle. Und als sie aus der Kjöge-Bucht heraus und auf hoher See waren, segelten sie scharf östlich auf Bornholm zu, wo Herluf Trolle die schwedische Flotte vermutete. Die lag aber nicht mehr bei Bornholm, sondern vor Stralsund unter Admiral Jakob Bagge. Und kaum, daß Jakob Bagge vernommen, daß die Dänen ihn suchten, so gab er auch seinen Ankergrund vor Stralsund auf und fuhr nordöstlich, um sich dem Feinde zu stellen. Und kurz vor Oeland trafen beide Flotten aufeinander, und eine dreitägige Schlacht, wie sie die Ostsee noch nicht gesehen hatte, nahm ihren Anfang. Und am dritten Tage war es, als ob der Sieg den Schwedischen zufallen solle. Da rief Herluf Trolle, dessen eigenes Schiff übel zugerichtet war, seinen Unteradmiral Otto Rud heran und gab ihm Befehl, es koste was es wolle, den ›Makellos‹ zu entern. Und Otto Rud war auch zufrieden und fuhr an den Feind. Aber kaum daß sein Schiff, das nur klein war, die Enterhaken geworfen hatte, so ließ Admiral Jakob Bagge das ganze Segelwerk des ›Makellos‹ beisetzen, um so mit fliegenden Segeln das kleine dänische Schiff, das sich an ihn gehängt hatte, mit in die schwedische Flotte hineinzureißen. Das war ein schwerer Augenblick für Otto Rud. Aber er ließ von dem Sturm auf die Enterbrücke nicht ab, und als etliche von den Unseren drüben waren, schoß einer eine Feuerkugel in die Rüstkammer, und als das Feuer, das ausbrach, auch die Pulverkammer ergriff, ging der ›Makellos‹ mit Freund und Feind in die Luft, und Claus Flemming übernahm das Kommando der Schwedischen und führte den Rest der Flotte nach Stockholm hin zurück.«

Eine kurze Pause folgte, dann sagte Holk: »Der eigentliche Held der Geschichte scheint mir aber Otto Rud zu sein. Indessen, ich will darüber nicht streiten; Herluf Trolle wird wohl auch sein Teil getan haben, und ich möchte nur noch fragen, was wurde aus ihm, und wie war sein Ende?«

»Wie sich's ziemt. Er starb das Jahr darauf an einer in einer Seeschlacht, hart an der Küste von Pommern, erhaltenen Wunde. Die Wunde war an sich nicht tödlich. Aber es war jener merkwürdige Krieg, wo jeder, der eine Wunde davontrug, schwer oder leicht, an dieser Wunde sterben mußte. So wenigstens steht in den Büchern.«

Pentz sprach von ›vergifteten Kugeln‹, aber Ebba wies das zurück (Schweden sei kein Giftland) und wollte, nach so viel Heldischem, lieber etwas von Brigitte Goje hören, von der Pastor Schleppegrell ja ohnehin schon gesagt habe, daß sie fast gefeierter gewesen sei als ihr Seeheld und Gemahl. »Ich sehe nicht ein, warum wir uns immer um die Männer oder gar um ihre Schlachten kümmern sollen, die Geschichte der Frauen ist meist viel interessanter. Und vielleicht auch in diesem Falle. Was war es mit dieser Brigitte?«

»Sie war sehr schön ...«

»Das scheint im Namen zu liegen«, sagte Ebba und sah zu Holk hinüber. »Aber Schönheit bedeutet nicht viel, wenn man tot ist ...«

»Und wurde durch eben ihre Schönheit«, fuhr Schleppegrell unerschüttert fort, »die Stütze der neuen Lehre, so daß einige sagen, ohne Brigitte Goje wäre Dänemark in papistischer Finsternis geblieben.«

»Schrecklich ... Und wie kam es anders?«

»Es war die Zeit der Befehdungen um Glaubens willen, und unserem um diese Zeit schon in der neuen Lehre stehenden Volk standen der dänische Adel und die dänische hohe Geistlichkeit gegenüber, vor allem Joachim Rönnow, Bischof von Roeskilde, der den Brand austreten und die kleineren und ärmeren lutherischen Geistlichen, so viel ihrer auch schon waren, aus dem Lande jagen wollte. Da trat Brigitte Goje vor den Bischof hin und bat für die bedrängten Lutherschen und daß sie bleiben dürften, und weil ihre Schönheit den Bischof rührte, so nahm er den Befehl zurück, und sein Herz und seine Seele waren so getroffen, daß er bei Mogen Goje, dem Vater Brigittens, um ihre Hand warb und sie zu seinem Weibe machen wollte.«

»Nicht möglich«, sagte die Prinzessin. »Ein katholischer Bischof!«

Schleppegrell lächelte. »Vielleicht, daß er aus der neuen Lehre dies eine wenigstens mit herübernehmen wollte. Just so wie drüben in England. Jedenfalls aber haben wir Berichte, die von der Werbung um das schöne Fräulein mit einer Ausführlichkeit sprechen, als ob es schon die Hochzeitsfeierlichkeiten gewesen wären.«

»Und so kam es nicht dazu?«

»Nein. Es zerschlug sich, und sie nahm schließlich den Herluf Trolle.«

»Da tat sie recht. Nicht wahr, Ebba?«

»Vielleicht, gnädigste Prinzessin, vielleicht auch nicht. Ich bin eigentlich nicht für Bischöfe; wenn es aber Ausnahmebischöfe sind wie dieser Joachim Rönnow von Roeskilde, so weiß ich nicht, ob sie nicht im Range noch über die Seehelden zu stellen sind. Ein Bischof, der heiraten will, hat neben dem Imponierenden, das darin liegt, auch etwas Versöhnliches und scheint mir fast die ganze Beilegung des Kirchenstreites zu bedeuten.«

Die kleine Pastorsfrau war entzückt und näherte sich Ebba, um dieser eine kleine Liebeserklärung ins Ohr zu flüstern. Aber eh sie dazu kommen konnte, veränderte sich die Szene, gedeckte Tische wurden durch eine niedrige, ganz im Hintergrund befindliche Seitentür herzugetragen, und als gleich danach auch doppelarmige, mit Lichtern reichbesetzte Leuchter aufgestellt wurden, erhellte sich die bis dahin ganz im Dunkel gelegene zweite Hälfte der Halle, was nicht bloß dem gesamten Raume, sondern vor allem auch dem großen Wandbilde samt den dazwischen eingelassenen Porträtbildnissen erheblich zustatten kam.

Pentz war es, der zuerst diese Wahrnehmung machte. »Sehen Sie, Holk, wie Brigitte Goje lächelt. Alle Brigitten haben so was Sonderbares, auch wenn sie fromm sind.«

Holk lachte. Die Tage, wo solche Bemerkung ihn hätte verlegen machen können, lagen zurück.

21. KAPITEL

Man war bis nach elf beisammen; trotzdem bestand Holk darauf, das Schleppegrellsche Paar eine Strecke Wegs begleiten zu dürfen. Natürlich wurde dies dankbarst angenommen, und erst als man die Stelle, wo der Weg um die Seespitze bog, erreicht hatte, verabschiedete sich Holk wieder, der vorher die Begleitung Ebbas, sehr zur Verwunderung dieser, an Erichsen abgetreten hatte.

Von der Seespitze bis zurück auf den Schloßhof war nicht weit, aber doch weit genug, um Holks Verwunderung gerechtfertigt erscheinen zu lassen, als er beim Hinaufsteigen in seinen Turm Erichsen und Ebba, vor dem Zimmer dieser, in noch lebhaftem Gespräch fand. Aber freilich seine Verwunderung konnte nicht lange dauern, denn es war ganz ersichtlich, daß das Fräulein den armen Baron nur festgehalten hatte, um Holk bei seiner Rückkehr in der einen oder anderen Weise bemerkbar zu machen, daß sie nicht daran gewöhnt sei, sich irgendwem zuliebe vernachlässigt zu sehen, am wenigsten aber um dieser kleinstädtischen Schleppegrells willen.

»Ach, daß ich Sie noch sehe«, wandte sie sich an den Grafen, als dieser unter verbindlichem, aber lächelndem Gruß an ihr und an Erichsen vorübergehen wollte. »Ja, diese Schleppegrells ... Und nun gar er! In seiner Jugend, wie mir die Prinzessin versicherte, war es sein Apostelkopf, womit er siegte; jetzt, in seinem Alter, ist es Herluf Trolle. Daß sich ein Fortschritt darin ausspräche, kann ich nicht zugeben.«

Und damit verneigte sie sich und zog sich in ihr Zimmer zurück, wo Karin ihrer Herrin bereits wartete.

*

Nun war Morgen; er schien so hell in das Fenster, wie ein Novembermorgen nur irgendwie scheinen kann, aber die Nacht, die zurücklag, war stundenlang eine sehr stürmische gewesen. Ein Südoster hatte den am Turme hinlaufenden und hier und da locker gewordenen Blitzableiter unter wütendem Gerassel gepackt und hin- und hergeschüttelt; was aber für Holk am störendsten gewesen war, das war, daß der Mond, alles Sturmes unerachtet, bis in seinen zurückgelegenen und tief in die Wand eingebauten Alkoven geschienen hatte. Holk hätte sich durch Zuziehen der Gardine vor diesem unheimlichen Blicke schützen können, aber das widerstand ihm noch mehr; er wollte *den* wenigstens sehen, der da draußen stand und ihm den Schlaf raubte. Gegen Morgen erst schlief er ein, auch da noch unruhig und unter allerlei ängstlichen Träumen. Er war mit dem ›Makellos‹, darauf sich Admiral Jakob Bagge befand, in die Luft geflogen, und als er ein Stück Mast gepackt hatte, um sich daran zu retten, war Ebba von der andern Seite her, ganz wie ein Meerweib, aufgetaucht und hatte ihn von dem Mast fort und in die Flut zurückgerissen.

Darüber war er erwacht. Er überlegte sich den Traum und sagte: »Sie wäre es imstande.«

Diesem Gedanken nachzuhängen, war er durchaus in der Laune; doch verbot sich ein Verweilen dabei, denn ein alter Gärtner, der jedesmal, wenn die Prinzessin im Schloß war, die Morgenbedienung in den beiden Türmen zu machen hatte, kam gerade mit dem Frühstück und entschuldigte sich, während er den Tisch ordnete, daß es so spät geworden sei. Das Fräulein von Rosenberg habe denn auch schon gescholten und mit gutem Recht. Aber es werde schon anders werden; nur vorläufig sei noch nichts in der rechten Ordnung. Dabei übergab er zugleich die Zeitungen, die für Holk eingetroffen waren, und einen Brief.

Holk nahm den Brief und sah, daß der Poststempel fehlte. »Ja, der fehlt«, bestätigte der Gärtner. »Es ist kein Postbrief; Pastor Schleppegrell hat ihn abgeben lassen. Und einen anderen für das Fräulein.« Und damit ging der Alte wieder.

»Ah, von Pastor Schleppegrell«, sagte Holk, als er wieder allein war. »Das freut mich, da bin ich doch neugierig, was er schreibt.«

Aber diese Neugierde konnte nicht übergroß sein, denn er legte den Brief eine gute Weile beiseite, und erst als er sein Frühstück, das ihm sichtlich mundete, beendet hatte, nahm er den Brief wieder zur Hand und setzte sich in einen in der Nähe seines Schreibtisches stehenden Schaukelstuhl, der zu der übrigen Einrichtung des Turmzimmers nicht recht passen wollte. Hier erst erbrach er den Brief. Und nun las er:

»Hochgeehrter Herr Graf. Ihr Interesse, das Sie gestern so freundlich für meinen Freund Herluf Trolle zeigten, gibt mir den Mut, Ihnen ein sich mit eben diesem Freunde beschäftigendes Balladenbruchstück zu schicken, das ich vor Jahr und Tag gefunden und aus dem Altdänischen übertragen habe. Kaum ist es nötig, Ihr Wohlwollen dafür anzurufen, denn wo wir mit Liebe lesen, lesen wir auch mit Milde. – Gegen elf haben wir vor, meine Frau und ich, Sie und das Fräulein von Rosenberg, das ich gleichzeitig davon benachrichtige, zu einem gemeinschaftlichen Gange durch den Park abzuholen. Vielleicht auf Fredensborg zu. Wir werden freilich kaum das erste Drittel des Wegs bezwingen, aber gerade dies erste Drittel ist von besonderer Schönheit und vielleicht um diese Jahreszeit schöner als zu jeder andern. Um zwölf sind wir zurück, um pünktlich bei der Prinzessin, unserer gnädigen Herrin, erscheinen und an ihrem festlichen Lunch teilnehmen zu können. Denn ein kleines Fest wird es wohl sein.

Ihr ergebenster Arvid Schleppegrell.«

Eingelegt in den Brief war ein rosafarbenes Blatt, darauf von Frauenhand geschriebene Verse standen. ›Ach, mutmaßlich die Handschrift meiner kleinen Freundin, der Frau Pastorin. Sie scheint zu den Liebenswürdigsten zu gehören, die sich überall durch kleine Dienste nützlich zu machen wissen, denn daß sie persönlich eine Passion für Herluf Trolle haben sollte, will mir nicht recht einleuchten. Aber wie dem auch sein möge, zunächst bin ich neugierig, in Erfahrung zu bringen, wie Pastor Schleppegrell sein Balladenbruchstück getauft hat.‹ Und dabei nahm Holk das rosafarbene Blatt wieder in die Hand und überflog den Titel. Der lautete: ›Wie Herr Herluf Trolle begraben wurde.‹ ›Das ist gut, da weiß man doch, was kommt.‹

Und nun schob er den Schaukelstuhl bis dicht ans Fenster heran und las:

Ein Bote mit Meldung ritt ihnen voraus.
Und als in den Schloßhof sie schritten,
Brigitte stand vor dem Trauerhaus
In ihrer Frauen Mitten.

›Ah, das ist Brigitte Goje, sein fromm Gemahl, von der wir gestern schon gehört haben; fromm und schön war sie und eine Klippe für den Roeskilder Bischof. Aber sehen wir, was Schleppegrell und sein Balladenbruchstück weiter von ihr zu berichten haben.‹

Am Eingange stand sie, grüßte den Zug
Aufrecht und ungebrochen,
Und der erste (der das Bahrtuch trug)
Trat vor und hat gesprochen:

»Was geschehen, wir sandten die Meldung dir,
Eh den Weg wir selber gingen.
Seine Seel' ist frei, seine Hüll' ist hier,
Du weißt, wen wir dir bringen.

An der pommerschen Küste vor Pudagla-Golm,
Um den schwankenden Sieg uns zu retten,
So fiel er. Nun Herrin von Herlufsholm,
Sage, wohin wir ihn betten.

Betten wir ihn in den Totensaal
Von Thorslund oder Olafskirke?
Betten wir ihn in den Gjeddesdal
Unter der Trauerbirke?

Betten wir ihn in die Kryptkapell'n
In Roeskilde, Leire, Ringstede?
Sage, Herrin, wohin wir ihn stell'n,
Ein Ruhestatt für ihn hat jede.

Jeder Kirche gab er, um was sie bat,
Altäre, Türme, Glocken,
Und jede, wenn sie hört, ›er naht‹,
Wird in Leide frohlocken.

Eine jede ladet ihn zu sich ein
In ihrer Pfeiler Schatten …«
Da sprach Brigitte: »Hier *soll es sein,*
Hier *wollen wir ihn bestatten.*

Wohl hat er hier keine Kirche gebaut
– Die stand schon viel hundert Jahre –,
Hier aber, als Herluf Trolles Braut,
Stand ich mit ihm am Altare.

Vor demselben Altar, auf selbem Stein,
Steh' er wieder in aller Stille.
Nichts soll dabei gesprochen sein,
Als, Herr, es geschehe dein Wille.

Morgen aber, eh noch der Tag erstand,
In seinen Kirchen allen,
Weit über die See, weit über das Land,
Soll'n alle Glocken erschallen.

Und zittert himmelan die Luft,
Als ob Schlachtendonner rolle,
Dann in der Herlufsholmer Gruft
Senken wir Herluf Trolle.«

Holk schob das Blatt wieder in den Brief und den Brief wieder in das Kuvert und wiederholte dabei leise vor sich hin: »Und in die Herlufsholmer Gruft senken wir Herluf Trolle … Hm, gefällt mir, gefällt mir gut. Es hat eigentlich keinen rechten Inhalt und ist bloß eine Situation und kein Gedicht, aber das tut nichts. Es hat den Ton, und wie das Kolorit das Bild macht, so wenigstens hat mir Schwager Arne mehr als einmal versichert, so macht der Ton das Gedicht. Und Alfred wird wohl recht haben, wie gewöhnlich. Ich will's heute noch abschreiben und an Christine schicken. Oder noch besser, ich schick ihr gleich das rote Blatt. Daß es aus einem Pastorhause kommt, wird ihr das Gedicht noch besonders empfehlen. Aber freilich, ich werde die kleine Frau vorher doch noch bitten müssen, ihren Namen und vor allem auch ihren Stand mit darunter zu schreiben, sonst mißglückt am Ende das Ganze. Das Rosapapier ist ohnehin suspekt genug, und die steife Waschzettelhandschrift, ja wer will sagen, wo sie herstammt; Hofdamen haben auch merkwürdige Handschriften.«

Er unterbrach sich in diesen Betrachtungen, weil er nach der Uhr sah und wahrnahm, daß es bereits auf elf ging. Er hatte sich also zu beeilen, wenn er bis zum Eintreffen des Schleppegrellschen Ehepaares angekleidet und marschfähig sein wollte. Wie mochten übrigens draußen die

Wege sein? Kurz vor Mitternacht war Regen gefallen, und wenn der Südost ein gut Teil davon auch wieder aufgetrocknet hatte, so wußte er doch von Holkenäs her, daß Parkwege nach Regenwetter meist schwer passierbar sind. Er wählte denn auch die Kleidung danach, und kaum, daß er mit seiner Toilette fertig war, so kamen beide Schleppegrells auch schon über den Schloßhof. Er rief hinunter, daß sie sich nicht hinauf bemühen sollten, er werde das Fräulein abholen und gleich bei ihnen sein. Und so geschah es denn auch, und ehe fünf Minuten um waren, durchschritt man, vom großen Frontportal her, die ganze Tiefe des Schlosses und trat, an dessen Rückseite, durch ein gleich großes Portal in den Park ein. Hier traf man auch Erichsen, der eben von einem anderthalbstündigen Gesundheitsspaziergange zurückkehrte, sofort aber Bereitwilligkeit zeigte, sich an dem neuen Spaziergange zu beteiligen. Das wurde begrüßt und bewundert. Erichsen bot Ebba seinen Arm, und Holk folgte mit der kleinen Pastorsfrau, während Schleppegrell die Führung nahm. Er trug, wie bei der ersten Begrüßung auf dem Hilleröder Marktplatze, einen mantelartigen Rock, der, ohne Taille, von den Schultern bis auf die Füße ging, dazu Schlapphut und Eichenstock, mit welch letzterem er allerhand große Schwingbewegungen machte, wenn er es nicht vorzog, ihn in die Luft zu werfen und wieder aufzufangen.

Holk, soviel lieber er an Ebbas Seite gewesen wäre, war doch sehr verbindlich gegen die Pastorin und bat sie, für den Fall, daß er persönlich nicht dazu kommen sollte, ihrem Manne sagen zu wollen, wie sehr er sich über die Zusendung gefreut habe; kaum minder freilich hab er ihr selber zu danken, denn daß die Abschrift von ihrer Hand sei, das sei doch wohl sicher.

»Ja«, sagte sie. »Man muß sich untereinander helfen, das ist eigentlich das beste von der Ehe. Sich helfen und unterstützen und vor allem nachsichtig sein und sich in das Recht des andern einleben. Denn was ist Recht? Es schwankt eigentlich immer. Aber Nachgiebigkeit einem guten Menschen gegenüber ist immer recht.«

Holk schwieg. Die kleine Frau sprach noch so weiter, ohne jede Ahnung davon, welche Bilder sie heraufbeschwor und welche Betrachtungen sie in ihm angeregt hatte. Die Sonne, die frühmorgens so hell geschienen, war wieder fort, der Wind hatte sich abermals gedreht, und ein feines Grau bedeckte den Himmel; aber gerade diese Beleuchtung ließ die Baumgruppen, die sich über die große Parkwiese hin verteilten, in um so wundervollerer Klarheit erscheinen. Die Luft war weich und erfrischend zugleich, und am Abhang einer windgeschützten Terrasse gewahrte man allerlei Beete mit Spätastern; überall aber, wo die Parkwiese tiefere Stellen hatte, zeigten sich große und kleine Teiche, mit Kiosks und Pavillons am Ufer, von deren phantastischen Dächern allerlei blattloses Gezweig herniederhing. Überhaupt alles kahl. Nur die Platanen hielten ihr Laub noch fest; aber jeder stärkere Windstoß, der kam, löste etliche von den großen gelben Blättern und streute sie weit über Weg und Wiese hin. In nicht allzu großer Entfernung vom Schloß lief ein breiter Graben, über den verschiedene Birkenbrücken führten; gerade an dem Punkt aber, wo Schleppegrell, an der Spitze der anderen, den Grabenrand erreichte, fehlte jeder Brückensteg, und statt dessen war eine Fähre da, mit einem zwischen hüben und drüben ausgespannten Seil, an dem entlang man das Flachboot mühelos hinüberzog. Als man drüben war, war es nur noch eine kleine Strecke bis an einen aufgeschütteten Hügel, von dem aus man, nach Schleppegrells Versicherung, einen gleich freien Blick nach Norden hin auf Schloß Fredensborg und nach Süden hin auf Schloß Fredericksborg habe. Und diesen Punkt wollte man erreichen. Aber mit Rücksicht auf die knapp zugemessene Zeit mußte dieses Ziel sehr bald aufgegeben und sogar ein näherer Rückweg eingeschlagen werden.

Holk war bis dahin keinen Augenblick von der Seite der Frau Pastorin gewichen; als man aber die Fähre zum zweiten Mal passiert und das Ufer wiedergewonnen hatte, wechselte man die Damen, und während Erichsen der Pastorin den Arm bot, folgten Holk und Ebba, die bis dahin kaum noch Gelegenheit zu einem Begrüßungsworte gefunden hatten, in immer größer werdender Entfernung.

»Ich glaubte schon ganz ein Opfer Ihrer neuesten Neigung zu sein«, sagte Ebba. »Ein gefährliches Paar, diese Schleppegrells; gestern *er*, heute *sie*.«

»Ach, meine Gnädigste, nichts Schmeichelhafteres für mich, als mir eine derartige Don-Juan-Rolle zugewiesen zu sehen.«

»Und um welcher Zerline willen! Eigentlich Zerlinens Großtante. Wovon hat sie mit Ihnen gesprochen? Es ging ja, soviel ich sehen konnte, wie eine Mühle ...«

»Nun, von allerlei; von Hilleröd und seinem winterlichen Leben, und daß sich die Stadt in eine Ressourcen- und eine Kasinohälfte teile. Man konnte beinah glauben, in Deutschland zu sein. Übrigens eine charmante kleine Frau, voller bon sens, aber doch auch wieder von einer großen Einfachheit und Enge, so daß ich nicht recht weiß, wie der Pastor mit ihr auskommt, und noch weniger, wie die Prinzessin ihre Stunden so mit ihr hinplaudert.«

Ebba lachte. »Wie wenig Sie doch Bescheid wissen. Man merkt an allem, daß Sie nur alle Jubeljahr einmal eine Fühlung mit Prinzessinnen haben. Glauben Sie mir, es ist nichts so nichtig, daß es nicht eine Prinzessin interessieren könnte. Je mehr Klatsch, desto besser. Tom Jensen war in Indien und hat eine Schwarze geheiratet, und die Töchter sind alle schwarz, und die Söhne sind alle weiß; oder Apotheker Brodersen hat seine Frau vergiftet, es heißt mit Nikotin; oder Forstgehilfe Holmsen, als er gestern abend aus Liebchens Fenster stieg, ist in eine Kalkgrube gefallen – ich kann Ihnen versichern, dergleichen interessiert unsere Prinzessin mehr als die ganze schleswig-holsteinische Frage, trotzdem einige behaupten, sie sei die Seele davon.«

»Ach, Ebba, Sie sagen das so hin, weil Sie mokant sind und sich darin gefallen, alles auf die Spitze zu treiben.«

»Ich will das hinnehmen, weil es mir lieber ist, ich bin so, als das Gegenteil davon. Gut also, ich bin mokant und medisant und was Sie sonst noch wollen, aber von dem, was ich da eben über die Prinzessinnen gesagt habe, davon geht kein Tüttelchen ab. Und je klüger und witziger die Hochgestellten sind und je mehr Sinn und Auge sie für das Lächerliche haben, desto sicherer und rascher kommen sie dazu, die langweiligen Menschen gerade so nett und unterhaltlich zu finden wie die interessanten.«

»Und das sagen *Sie!* Sind Sie nicht selbst die Widerlegung davon? Was hat Ihnen denn Ihren Platz im Herzen der Prinzessin erobert? Doch nur das, daß Sie klug und gescheit sind, Einfälle haben und zu sprechen verstehen und mit einem Wort interessanter sind als die Schimmelmann.«

»Nein, einfach weil ich anders bin als die Schimmelmann, die der Prinzessin gerade so nötig ist wie ich oder wie Erichsen oder wie Pentz oder vielleicht auch ...«

»... wie Holk.«

»Ich will es nicht gesagt haben. Aber brechen wir ab, und rasten wir, trotzdem wir ohnehin schon zurückgeblieben sind, einen kleinen Augenblick an dieser entzückenden Stelle, von der aus wir einen guten Blick auf die Rückseite des Schlosses haben. Sehen Sie nur, alles hebt sich so wundervoll voneinander ab, das Hauptdach und die spitzen Turmdächer links und rechts, trotzdem alles dieselbe graue Farbe hat.«

»Ja«, sagte Holk. »Es hebt sich alles trefflich voneinander ab. Aber das tut die Beleuchtung, und auf solche besondre Beleuchtung hin dürfen Schlösser nicht gebaut werden. Ich meine, die zwei Backsteintürme, drin wir wohnen, die hätten mit ihrem prächtigen Rot etwas höher hinaufgeführt werden müssen, und dann erst die Schiefer- oder Schindelspitze. Jetzt sieht es aus, als solle man aus der untersten Turmluke gleich auf das große Schrägdach hinaustreten, um draußen, an der Dachrinne hin, eine Promenade zu machen.«

Ebba nickte, vielleicht weil ihr das Endergebnis dieser Bau- und Beleuchtungsfrage gleichgültig war, und gleich danach eilten beide rasch weiter, weil sie wahrzunehmen glaubten, daß der Pastor anhielt, um auf sie zu warten. Im Herankommen aber sahen sie, daß es etwas anderes war und daß Schleppegrell, so sehr die Zeit drängte, doch noch auf eine besondere Sehenswürdigkeit aufmerksam machen wollte. Diese Sehenswürdigkeit war nicht mehr und nicht weniger als ein am Wege liegender, etwas ausgehöhlter Riesenstein, in dessen flache Mulde die Worte eingemeißelt waren: ›Christian IV., 1628.‹ Holk sprach im Herantreten die Meinung aus, daß es mutmaßlich ein bevorzugter Sitz- und Ruheplatz des Königs gewesen sei, wozu Schleppegrell bemerkte: »Ja, so war es; es war ein Ruheplatz. Aber nicht ein regelmäßiger, sondern nur ein einmaliger. Und es knüpft sich auch eine kleine Geschichte daran ...«

»Erzählen!« riefen alle dem Pastor zu. Dieser aber zog seine silberne Gehäuseuhr, daran, an einer etwas abgetragenen grünen Schnur ein großer Uhrschlüssel hing, und wies auf das Zifferblatt, das bereits auf zehn Minuten vor zwölf zeigte.

»Wir müssen uns eilen, oder wir kommen zu spät. Ich will es beim Lunch erzählen, vorausgesetzt, daß es sich erzählen läßt, worüber ich im Zweifel bin.«

»Ein Pastor kann alles erzählen«, sagte Ebba, »zumal in Gegenwart einer Prinzessin. Denn

Prinzessinnen sind sich selber Gesetz, und was sie gutheißen, das geht gut und das gilt. Und nun gar die unsre! Daß sie nicht nein sagen wird, dafür will ich mich verbürgen.«

Und in gesteigert raschem Tempo schritt man auf das Schloß zu.

22. KAPITEL

Kurz vor zwölf war man im Schlosse zurück, gerade noch früh genug, um rechtzeitig bei der Prinzessin erscheinen zu können. Pentz und die Schimmelmann, die den Dienst hatten, empfingen die Geladenen, und nachdem die bald danach eintretende Prinzessin an jeden einzelnen ein Wort der Begrüßung gerichtet hatte, verließ man die Wohn- und Empfangszimmer, um sich über einen mit Karyatiden reich geschmückten und augenscheinlich einer späteren Zeit angehörigen Korridor hin in die große Herluf-Trolle-Halle zu begeben, dieselbe Halle, darin man, am Abend vorher, bei Kaminfeuer und Kienfackeln erst die großen Bilder, so gut es ging, betrachtet und dann dem erklärenden Schleppegrellschen Vortrage zugehört hatte. Ja, die Halle war dieselbe; trotzdem zeigte sich seit gestern insoweit eine Veränderung, als jetzt helles Tageslicht einfiel (die Mittagsstunde hatte wieder Sonnenschein gebracht) und allem etwas Heiteres lieh, ein Eindruck, der durch eine mit Blumen und altnordischen Trinkgefäßen beinah phantastisch geschmückte Prunktafel noch gesteigert wurde. Schmuck überall, geschmückt auch die Wände. Da, wo sich die hohen Paneele mit den breiten Barockrahmen der Wandbilder berührten, hingen Mistel- und Ebereschenbündel an Girlanden von Eichenlaub, während eine quer durch die Halle gezogene Wand von Zypressen und jungen Tannenbäumen den dunklen Hinterraum von dem festlich hergerichteten Vorderraum abtrennte. Das Ganze, soviel war augenscheinlich, sollte den Weihnachtscharakter tragen oder, wie die Prinzessin sich ausgedrückt hatte, wenigstens ein Vorspiel zum Julfeste sein. Orangen, in fast überreicher Zahl, waren überall in das Tannengezweig gehängt, und kleine wächserne Christengel schwenkten ihre Fahne, während über das blitzende weiße Tischtuch hin Stechpalmenzweige lagen oder mit roten Beeren daran.

*

Und nun forderte die Prinzessin die Geladenen durch eine gnädige Handbewegung auf, ihre Plätze zu nehmen. Minutenlang verblieben alle schweigend oder kamen über ein Flüstern nicht hinaus; als aber das erste Glas Cyper geleert war, war auch die fröhliche Laune wieder da, die diesen kleinen Kreis auszeichnete. Jeder, nach voraufgegangener Aufforderung der Prinzessin, ließ sich's zunächst angelegen sein, über seine Schicksale während der letzten Sturmnacht zu berichten, und alle waren sich einig darin, daß das schöne Schloß, darin nur leider alle Fenster klapperten und in dem man in jedem Augenblicke fürchten müsse, von einem Nordwester gepackt und weggeweht zu werden, doch mehr ein Sommer- als ein Winterschloß sei. »Ja«, sagte die Prinzessin, »das ist leider so, davon kann ich mein liebes Fredericksborg nicht freisprechen; und was fast noch schlimmer ist, ich kann auch nichts dagegen tun und muß eben alles lassen, wie's ist.« Und nun erzählte sie mit der ihr eigenen Jovialität, wie sie vor Jahr und Tag schon einen feierlichen Antrag auf ›schließende Türen und Fenster‹ gestellt habe, was ihr aber von der betreffenden Verwaltungs- oder Baukommission rund abgeschlagen worden sei, weil die Bewohnbarkeit des Schlosses oder doch wenigstens die Brauchbarkeit der Kamine mit dem Fortbestand undichter Fenster im nächsten Zusammenhange stehe; schließende Fenster würden gleichbedeutend sein mit Kaminen, die nicht brennen. »Und seitdem ich das weiß, hab ich mich in mein Schicksal ergeben; ja nach allem, was ich bei Gelegenheit gehört habe, will ich noch froh sein, wenn wir durch einen fortgesetzten guten Tür- und Fensterzug vor verstopften Feueressen und allen sich daraus ergebenden Fährlichkeiten bewahrt bleiben. Offen gestanden, mitunter steh ich unter der Furcht, es könne mal so was kommen. In den Schornsteinen hier herum wird es schlimm genug aussehen, und speziell in dem unsrigen vermut ich eine Rußkruste womöglich noch aus König Christians Zeiten her.«

Es war nach Nennung des Namens ›König Christian‹ so gut wie selbstverständlich, daß sich das Gespräch den Fredericksborger Tagen dieses dänischen Lieblingskönigs zuwenden mußte, von dem Schleppegrell, fast noch selbstverständlicher, eine Fülle von Lokalanekdoten sofort zur Stelle hatte. Nach einiger Zeit aber unterbrach Holk und sagte: »Da stecken wir nun schon eine Viertelstunde lang in König-Christian-Anekdoten und haben immer noch nicht die Geschichte von dem Stein draußen gehört mit seiner Namensinschrift und seiner Jahreszahl 1628. Was ist damit? Sie haben uns draußen im Park versprochen …«

Schleppegrell wiegte den Kopf zweifelnd hin und her. »Allerdings«, nahm er das Wort, »hab ich davon erzählen wollen. Aber es ist nicht viel damit und wird Sie mutmaßlich enttäuschen. Man erzählt sich nämlich, es sei der Stein, wo Christian IV., als er, nach seinem Regierungsantritt, den großen Umbau des Schlosses zu leiten begann, gleich am ersten Samstage die Arbeiter um sich versammelt und ihnen allerpersönlichst den Wochenlohn ausgezahlt habe.«

»Das ist alles?«

»Ja«, sagte Schleppegrell.

Ebba wollte davon nichts wissen. »Nein, Pastor Schleppegrell, so leichten Kaufs kommen Sie nicht los; was Sie da sagen, das kann einfach nicht sein. Sie vergessen, daß jeder, der sich herauswinden oder andere hinters Licht führen will, vor allem ein gutes Gedächtnis haben muß. Es ist noch keine zwei Stunden, daß wir aus Ihrem Munde gehört, Sie würden von dem Stein erzählen, wenn die Prinzessin ihre Zustimmung dazu gäbe. Nun, Sie werden doch nicht geglaubt haben, die Prinzessin könne vorhaben, Ihren Bericht über eine samstägliche Lohnauszahlung verbieten zu wollen.«

Die Prinzessin weidete sich an Schleppegrells Verlegenheit, und Ebba, nicht willens, ihren Vorteil aus der Hand zu geben, fuhr fort: »Sie sehen, Sie können aus Ihrer schrecklichen Lage nur heraus, wenn Sie sich rundweg entschließen, Farbe zu bekennen, und uns die Geschichte so geben, wie sie wirklich gewesen.«

Schleppegrell, der sich altmodischerweise die Serviette quer über die Brust gebunden hatte, löste mechanisch den Knoten, legte die Serviette neben sich und sagte: »Nun gut, wenn Sie befehlen: es gibt noch eine zweite Lesart, von der es allerdings heißt, daß sie die richtige sei. Der König ging mit Christine Munk, die seine Gemahlin war und auch wieder nicht war, etwas, das in unserer Geschichte leider mehrfach vorkommt, im Schloßgarten spazieren, und mit den beiden war Prinz Ullrich und Prinzessin Fritz-Anna, und als sie bis an diesen Stein gekommen waren, setzten sie sich, um eine Plauderei zu haben. Und der König war so gnädig und liebenswürdig wie nie zuvor. Aber Christine Munk, aus Gründen, die bis diesen Augenblick niemand weiß oder auch nur ahnen kann (oder vielleicht auch hatte sie keine), schwieg in einem fort und sah so sauertöpfisch und griesgrämig drein, daß es eine große Verlegenheit gab. Und was das Schlimmste von der Sache war, diese Verstimmung Christinens hatte Dauer und war noch nicht vorüber, als der Abend herankam und der König in das Schlafgemach wollte. Da fand er die Tür verriegelt und verschlossen und mußte seine Ruh an einer andern Stelle nehmen. Und da solches dem Könige vordem nie widerfahren war, weil Christine nicht nur zu den bestgelaunten, sondern auch zu den allerzärtlichsten Frauen gehörte, so beschloß der König, diesen merkwürdigen Ausnahmetag zu verewigen, und ließ Namen und Jahreszahl in den Stein einmeißeln, wo der rätselhafte eheliche Zwist seinen Anfang genommen hatte.«

»Nun«, sagte die Prinzessin, »das ist freilich um einen Grad intrikater, aber doch auch noch lange nicht dazu angetan, mich als Schreckgespenst der Prüderie heraufzubeschwören, wie mein lieber Schleppegrell heute vormittag getan zu haben scheint. Übrigens apropos Prüderie! Da habe ich gestern in einem französischen Buche gefunden, ›Prüderie, wenn man nicht mehr jung und schön sei, sei nichts als eine bis nach der Ernte noch stehengebliebene Vogelscheuche‹. Nicht übel: die Franzosen verstehen sich auf dergleichen. Was aber, um unser Thema nicht zu vergessen, die Geschichte von König Christian und seinem ›Ausgeschlossensein‹ angeht, so wünschte ich wohl, all unsere Königs- und Prinzengeschichten, die jetzt nur das Gegenteil davon kennen, wiesen eine ähnliche Harmlosigkeit auf, ein Wunsch, in dem mir Graf Holk sicherlich zustimmen wird. Sagen Sie, Graf, wie finden Sie die Geschichte?«

»Die Wahrheit zu gestehen, gnädigste Prinzessin, ich finde die Geschichte zu kleinen Stils und überhaupt etwas zu wenig.«

»Zu wenig«, wiederholte Ebba. »Da möcht ich doch widersprechen dürfen. Das mit der samstäglichen Lohnauszahlung, das war zu wenig, aber nicht *dies*. Eine Frau, die griesgrämig und sauertöpfisch dreinsieht, ist nie wenig, und wenn ihre schlechte Laune so weit geht, ihren Eheherrn von ihrer Kammer auszuschließen (ich bedaure, diesen Punkt berühren zu müssen, aber die Historie verlangt Wahrheit und nicht Verschleierungen), so ist das vollends nicht wenig. Ich rufe meine gnädigste Prinzessin zum Zeugen auf und flüchte mich unter ihren Schutz. Aber so sind die Herren von heutzutage; König Christian läßt das Ereignis in Stein eingraben, als eine merkwürdige Sache, die zu den fernsten Zeiten sprechen soll, und Graf Holk findet es wenig und zu ›kleinen Stils‹.«

Holk sah sich in die Enge getrieben, und zugleich wahrnehmend, daß die Prinzessin augenscheinlich in der Laune war, auf Ebbas Seite zu treten, fuhr er unsicher hin und her und versicherte, während er abwechselnd einen ernsthaften und dann wieder ironischen Ton anzuschlagen versuchte, daß man in solcher Angelegenheit einen privaten Standpunkt durchaus unterscheiden müsse; vom privaten und einen historischen Standpunkt aus sei solch ›Ausgeschlossensein‹ etwas tief Betrübliches und beinah Tragisches, ein ausgeschlossener König aber sei ganz unstatthaft, ja dürfe gar nicht vorkommen, und wenn die Geschichte dennoch dergleichen berichte, so begäbe sie sich eben ihrer Hoheit und Würde und gerate in das hinein, was er wohl oder übel ›kleinen Stil‹ genannt habe.

»Er zieht sich gut heraus«, sagte die Prinzessin. »Nun Ebba, führe deine Sache weiter.«

»Ja, gnädigste Prinzessin, das will ich auch, und wenn ich es als ein deutsches Fräulein vielleicht nicht könnte, so kann ich es doch als eine reine Skandinavin.«

Alles erheiterte sich.

»Als eine reine Skandinavin«, wiederholte Ebba, »natürlich mütterlicherseits, was immer das Entscheidende ist; der Vater bedeutet nie viel. Und nun also unsere These. Ja, was Graf Holk da sagt ... nun ja, von seinem schleswig-holsteinischen Standpunkt aus mag er recht haben mit seiner Vorliebe für das Große. Denn sein Protest gegen den kleinen Stil bedeutet doch natürlich, daß er den großen will. Aber was heißt großer Stil? Großer Stil heißt soviel wie vorbeigehen an allem, was die Menschen eigentlich interessiert. Christine Munk interessiert uns, und ihre Verstimmung interessiert uns, und was dieser Verstimmung an jenem merkwürdigen Abend folgte, das interessiert uns noch viel mehr ...«

»Und am meisten interessiert uns Fräulein Ebba in ihrer übermütigen Laune ...«

»Von der ich in diesem Augenblick vielleicht weniger habe als sonst. Soweit ich ernsthaft sein kann, so weit bin ich es. Jedenfalls aber behaupte ich mit jedem erdenklichen Grade von Ernst und Aufrichtigkeit und will in jeder Mädchenpension darüber abstimmen lassen, daß König Heinrich VII. mit seinen sechs Frauen alle Konkurrenz ›großen Stils‹ aus dem Felde schlägt und nicht wegen der paar Enthauptungen, die finden sich auch anderswo, sondern wegen der intrikaten Kleinigkeiten, die diesen Enthauptungen vorausgingen. Und nach Heinrich VII. kommt Maria Stuart, und nach ihr kommt Frankreich mit seiner Fülle der Gesichte, von Agnes Sorel an bis auf die Pompadour und Dubarry, und dann kommt Deutschland noch lange nicht. Und als allerletztes kommt Preußen, Preußen mit seinem großen Manko auf diesem Gebiet, mit dem es auch zusammenhängt, daß einige Schriftstellerinnen von Genie dem großen Friedrich ein halbes Dutzend Liebesabenteuer angedichtet haben, alles nur, weil sie ganz richtig fühlten, daß es ohne dergleichen eigentlich nicht geht.«

Pentz nickte zustimmend, während Holk den Kopf hin und her wiegte.

»Sie drücken Zweifel aus, Graf, vor allem vielleicht einen Zweifel an meiner Überzeugung. Aber es ist, wie ich sage. Großer Stil! Bah, ich weiß wohl, die Menschen sollen tugendhaft sein, aber sie sind es nicht, und da, wo man sich drein ergibt, sieht es, im ganzen genommen, besser aus als da, wo man die Moral bloß zur Schau stellt. Leichtes Leben verdirbt die Sitten, sagt man, aber die Tugendkomödie verdirbt den ganzen Menschen.«

Und als sie so sprach, fiel aus einem der die Tafel umstehenden Tannenbäumchen ein Wachsengel nieder, just da, wo Pentz saß. Der nahm ihn auf und sagte: »Ein gefallener Engel; es geschehen Zeichen und Wunder. Wer es wohl sein mag?«

»Ich nicht«, lachte Ebba.

»Nein«, bestätigte Pentz, und der Ton, in dem es geschah, machte, daß sich Ebba verfärbte. Aber ehe sie den Übeltäter dafür abstrafen konnte, ward es hinter der Tannen- und Zypressenwand wie von trippelnden Füßen lebendig. Zugleich wurden Anordnungen laut, wenn auch nur mit leiser Stimme gegeben, und alsbald intonierten Kinderstimmen ein Lied, und ein paar von Schleppegrell zu dieser Weihnachtsvorfeier gedichtete Strophen klangen durch die Halle.

Noch ist Herbst nicht ganz entflohn,
Aber als Knecht Ruprecht schon
Kommt der Winter hergeschritten,
Und alsbald aus Schnees Mitten
Klingt des Schlittenglöckleins Ton.

Und was jüngst noch, fern und nah,
Bunt auf uns hernieder sah,
Weiß sind Türme, Dächer, Zweige,
Und das Jahr geht auf die Neige,
Und das schöne Fest ist da.

Tag du der Geburt des Herrn,
Heute bist du uns noch fern,
Aber Tannen, Engel, Fahnen
Lassen uns den Tag schon ahnen,
Und wir sehen schon den Stern.

23. KAPITEL

Die kleine Weihnachtsvorfeier, die mit einem Geplauder am Kamin (Grundtvig war das Hauptthema gewesen) abgeschlossen hatte, hatte sich bis Dunkelwerden hingezogen, und die sechste Stunde war schon vorüber, als man aufbrach, nachdem sich die Prinzessin kurz vorher in ihre Gemächer zurückgezogen. Holk begleitete wieder das Schleppegrellsche Paar, diesmal aber bis in die Stadt selbst hinein und kehrte erst, nachdem er zugesagt hatte, bei nächster freier Zeit einen Besuch im Pfarrhause machen und daselbst Schleppegrells Sammlungen besichtigen zu wollen, in sein Turmzimmer zurück, um hier, im Laufe des Abends, verschiedene Briefe zu schreiben, an Asta, an Axel, an die Dobschütz. Von dieser letzteren waren am voraufgegangenen Tage, fast unmittelbar vor Aufbruch des prinzeßlichen Hofes nach Fredericksborg, einige Zeilen eingetroffen, in denen ihm mitgeteilt wurde, daß Christine nicht schreiben könne, weil sie krank sei. Daß diese Mitteilung einen großen Eindruck auf ihn gemacht hätte, konnte nicht behauptet werden. Er kannte seiner Frau Wahrheitsliebe, trotzdem sagte er: ›Sie wird verstimmt sein, und das heißt dann Krankheit. Wenn man will, ist man immer krank und erfreut sich des Vorzugs, jede Laune rechtfertigen zu können.‹

*

Der andere Morgen führte wieder einen klaren und wolkenlosen Tag herauf; kein Wind ging, und Holk, der sich in der Mittagstunde zum Dienst zu melden hatte, saß in Nähe des Fensters und sah nach dem Hilleröder Kirchturm hinüber, dessen Wetterhahn in der Sonne blitzte; still lagen die Häuser da, die Dächer blink und blank, und wäre nicht der Rauch gewesen, der aus den hohen Topfschornsteinen aufstieg, so hätte man glauben können, es sei eine verwunschene Stadt. Nirgends Menschen. »In solcher Stille zu leben«, sprach er vor sich hin, »welch Glück!« und als er sich dann vergegenwärtigte, daß Holkenäs dieselbe Stille habe, setzte er hinzu: »Ja, dieselbe Stille, aber nicht denselben Frieden. Wie beneidenswert dieser Pastor! Er hat seine Gemeinde, seine Steingräber und seine Moorfunde, den Herluf Trolle ganz ungerechnet, und läßt die Welt draußen ihren Gang gehen. Hilleröd ist seine Welt. Freilich, wer will sagen, was in ihm vorgeht? Er scheint so ruhig und abgeklärt, so ganz in Frieden, aber ist er's? Wenn es wahr ist, daß drei Prinzessinnen hintereinanderweg, oder vielleicht auch a tempo, sich in ihn verliebten, so will mir solch Idyll, als Ausgang von dem allen, doch als ein fragliches Glück erscheinen. Eine Prinzessin zu heiraten ist freilich ein noch viel fraglicheres, aber wenn man's klug unterläßt und als einzigen Lohn seiner Klugheit nichts hat als solche Hilleröder Kleinstädterei, so muß einem doch immer so was wie Sehnsucht bleiben. Eine prächtige Frau, diese kleine dicke

Kugel von Pastorin, aber ganz unangetan, einen Mann wie Schleppegrell seine Vergangenheit vergessen zu machen. Zuletzt hat doch jeder seine Eitelkeit, und Pastoren sollen in diesem Punkte nicht gerade die letzten sein.«

Er phantasierte noch eine Weile so weiter und ging bei der Gelegenheit noch einmal alles durch, was ihm der gestrige Tag, abgesehen von der kleinen Festlichkeit bei der Prinzessin, an Bildern und Erlebnissen gebracht hatte: den Spaziergang auf Fredensborg zu, das flache Fährboot mit seinem ausgespannten Seil, daran man sich über den Parkgraben ans andere Ufer zog, den wundervollen Blick auf die Rückseite des Schlosses mit seinem Steildach und seinen Türmen und endlich den Muldenstein und das Gespräch mit Ebba. ›Ebba spricht doch nicht liebevoll genug von der Prinzessin und ist mir darin wieder ein rechter Beweis, wie schlecht sich Esprit und Dankbarkeit vertragen. Ist ihr etwas Pikantes auf der Zunge, so muß es heraus, und die Pietät wird zu Grabe geläutet. Die Stockholmer Geschichte ... nun von der will ich nicht reden, die mag auf sich beruhen, wiewohl auch da viel Grund zur Dankbarkeit vorliegen mag; aber auch jetzt noch, alles, was die Prinzessin sagt oder tut, ist eine Verwöhnung, und Ebba nimmt es hin, nicht bloß als selbstverständlich, sondern als wäre sie der Prinzessin überlegen. Und das ist sie nicht, die Prinzessin ist nur von einer schlichteren Ausdrucksweise. Wie gut war das alles wieder, was sie gestern aus der Fülle der Erfahrung über den alten Grundtvig sagte, wobei mir einfällt, daß ich durchaus eine gute Nachschrift für meinen Brief an die Dobschütz machen könnte. Der Brief ist ohnehin etwas mager ausgefallen.‹

Und während er das sagte, nahm er seinen Platz an dem rechts neben dem Fenster stehenden Schreibtisch und schrieb auf die noch leer gebliebene Seite: »Noch eine kleine Nachschrift, meine liebe Dobschütz. Unter unseren gestrigen Gesprächen bei der Prinzessin war auch eins über Grundtvig. Schleppegrell hatte nicht übel Lust, einen halben Heiligen aus ihm zu machen, worin ihn, natürlich ironisch, Pentz und die Rosenberg unterstützten. Die Prinzessin aber nahm die Sache ganz ernsthaft, fast so ernsthaft wie Schleppegrell, und sagte: »Grundtvig ist ein bedeutender Mann und so recht angetan, ein Dänenstolz zu sein. Aber einen Fehler hat er doch, er muß immer etwas Apartes haben und sich von dem Rest der Menschheit, auch selbst der dänischen, unterscheiden, und wiewohl ihm nachgesagt wird, er stelle Dänemark so hoch, daß er ganz ernsthaft glaube, der liebe Gott spräche Dänisch, so bin ich doch sicher, daß er von dem Tage an, wo dies ganz allgemein feststände, mit allem Nachdruck behaupten und beweisen würde: der liebe Gott spräche Preußisch. Grundtvig kann nicht ertragen, mit irgend jemandem in Übereinstimmung zu sein. Hieraus, liebe Dobschütz, spricht ganz und gar der Ton unserer Tisch- und Abendunterhaltungen, und ich füge diese kleine Geschichte meinem Briefe mit allem Vorbedacht hinzu, weil ich weiß, wie sich Christine für Pastoralanekdoten und theologische Streitigkeiten interessiert. Und die Frage nach der Intimsprache Gottes kann vielleicht dafür gelten. Nochmals die herzlichsten Grüße. An Christine schreibe ich morgen, wenn auch nur einige Zeilen.«

Er kuvertierte nun diesen Brief an die Dobschütz, zugleich die beiden anderen an Asta und Axel und war eben damit fertig, als es klopfte. »Herein.« Aber das Klopfen wiederholte sich nur, so daß Holk aufstand, um zu sehen, was es sei. Draußen stand Karin, die verlegen vor sich hin sah, trotzdem Verlegenheit zu den letzten ihrer Eigenschaften zählte. Sie behändigte Holk einige Zeitungen und Briefe, die der Postbote, der sehr eilig gewesen, um Zeitersparnisses willen unten beim gnädigen Fräulein mit abgegeben habe. Das gnädige Fräulein lasse sich dem Herrn Grafen empfehlen und habe vor, mit Baron Pentz einen Spaziergang zu dem ›Stein‹ im Park zu machen – der Herr Graf wüßten schon bis zu welchem Stein. Holk lächelte, ließ sich entschuldigen und nahm dann seinen Platz wieder ein, um zu sehen, was die neueste Post gebracht habe. Die Zeitungen, die bei der momentan herrschenden politischen Windstille wenig versprachen, schob er beiseite und musterte dabei schon die Handschriften der eingetroffenen Briefe. Sie ließen sich alle leicht erkennen; das war die des alten Petersen, das die seines Gärtners und diese hier die Handschrift Arnes, seines Schwagers. Der Poststempel ›Arnewiek‹ bestätigte dies nur.

›Von Alfred? Was will er? Er faßt doch sonst die Machtvollkommenheiten seiner Majordomusschaft weitgehend genug auf, um mich durch Anfragen nicht groß zu stören. Und ein wahres Glück, daß er so verfährt und überhaupt so ist, wie er ist. Ich habe nicht Lust, mich hier um Wollpreise zu kümmern oder um die Frage, wieviel Fetthämmel nach England verladen werden sollen. Das ist seine Sache, beziehungsweise Christines, und beide verstehen es außerdem viel besser als ich; die Arnes waren immer Agrikulturgrößen, was ich von den Holks eigentlich nicht sagen kann; ich meinerseits habe immer nur den Anlauf dazu genommen. Also was will er? Aber wozu mir den Kopf mit Vermutungen zerbrechen!‹ Und dabei nahm er den Brief und schnitt ihn mit einem kleinen Elfenbeinmesser auf, aber langsam, denn er stand unter einem Vorgefühl, daß ihm der Brief nicht viel Erfreuliches bringen werde.

Und nun las er:

»Lieber Holk, ich unterlasse es, wie Du weißt, grundsätzlich, Dir, in deinen Kopenhagener Tagen, mit wirtschaftlichen Angelegenheiten aus Holkenäs beschwerlich zu fallen. Es war auch bisher nie nötig, da Dein liebenswürdiger Charakter es leicht macht, an Deiner Stelle zu regieren; Du hast nicht bloß die glückliche Gabe, mit dem, was andere tun, einverstanden zu sein, sondern die noch glücklichere, wenn der Ausnahmefall mal eintritt, fünf gerade sein zu lassen. Und um es gleich vorweg zu sagen, ich schreibe Dir auch heute nicht um pressanter wirtschaftlicher Dinge willen und habe noch weniger vor, ganz allgemein auf meine Lieblingspläne zurückzukommen, die, wie Du weißt, dahin gehen: lieber Shorthorns als Oldenburger (die Milchwirtschaft hat sich überlebt) und lieber Southdowns als Rambouillet. Was soll uns noch die Wollproduktion? Ein längst überwundener Standpunkt, der für die Lüneburger Heide passen mag, aber nicht für uns. Der Londoner Cattle-Markt, der allein ist es, der für Güter, wie die unsrigen, in Betracht kommt. Meat, Meat! Aber nichts mehr davon. Ich schreibe Dir wegen wichtigerer Dinge, wegen Christine. Christine, wie Dir die Dobschütz schon mitgeteilt haben wird, ist leidend, ernst und nicht ernst, wie Du's nehmen willst. Sie braucht weder nach Karlsbad noch nach Nizza geschickt zu werden, aber doch ist sie krank, krank im Gemüt. Und daran, lieber Holk, bist Du schuld. Was sind das für Briefe, die Du nun schon seit sechs Wochen schreibst, oder fast ließe sich sagen: auch nicht schreibst! Ich verstehe Dich nicht, und wenn ich Dir, von Anbeginn unserer Freundschaft an, immer vorgeworfen habe: ›Du kennst Frauen nicht‹, muß ich jetzt alles Scherzhafte, was sich früher bei dieser Bemerkung mit einmischte, daraus streichen und Dir im bittersten Ernste sagen: Du verstehst die Frauen wirklich nicht, am wenigsten aber Deine eigene, meine teure Christine. *Unsere* teure Christine wage ich, bei der Haltung, die Du zeigst, kaum noch zu sagen. Ich sehe nun freilich deutlich, wie Du hier ungeduldig wirst und nicht übel Lust hast, gerade mich als den Anstifter und Begründer all der Behandlungssonderbarkeiten zu verklagen, in denen Du Dich seit Deiner Abreise von Holkenäs mit ebensoviel Virtuosität wie Konsequenz ergehst. Und wenn Du Dich mir und meinen früheren Ratschlägen gegenüber durchaus auf Deinen Schein stellen willst, so kann ich Dir ein bestimmtes Recht dazu nicht absprechen. Ja, es ist richtig, ich habe Dir mehr als einmal zu dem Wege geraten, den Du nun eingeschlagen hast. Aber, mein lieber Schwager, muß ich Dir zurufen: est modus in rebus? Muß ich Dich drauf aufmerksam machen, daß in all unserem Tun das Maß entscheidet, und daß der klügste Rat, pardon, daß ich den meinigen darunter zu verstehen scheine, sicherlich in sein Gegenteil verkehrt wird, wenn der, der ihn befolgt, das richtige Maß nicht hält und den Bogen einfach überspannt? Und das hast Du getan und tust es noch. Ich habe Dich beschworen, Christinens Eigenwillen gegenüber auf der Hut zu sein und ihrem Herrschergelüste, das sich hinter ihrer Kirchlichkeit verbirgt und zugleich immer neue Kraft daraus saugt, energisch entgegenzutreten, und ich habe Dir, so ganz nebenher, auch wohl den Rat gegeben, es mit Eifersucht zu versuchen und in Deiner Frau, meiner geliebten Schwester, die Vorstellungen zu wecken: auch der sicherste Besitz sei nicht unerschütterlich sicher, und auch der beste Mann könne seine schwache Stunde haben. Ja, lieber Holk, in diesem Sinne habe ich zu Dir gesprochen, nicht leichtfertig, sondern, wenn mir der Ausdruck gestattet ist, aus einer gewissen pädagogischen Erwägung, und ich bedauere nichts davon und habe auch nicht nötig, irgendwas davon zurückzunehmen. Aber was hast Du nun in Anwendung dieser, glaub ich, richtigen Sätze tatsächlich daraus gemacht? Aus Prickeleien, die vielleicht gut gewesen wären, sind Verletzungen, aus Nadelstichen sind giftige Pfeile geworden und, was schlimmer ist als alles, an die Stelle einer gewissen Zurückhaltung, der man den Kampf und die Mühe der Durchführung hätte ansehen müssen, an die Stelle solcher Zurückhaltung ist Nüchternheit getreten und ein nicht immer glückliches, weil forciertes Bestreben, diese Nüchternheit hinter Stadtklatsch- und Hofklatschgeschichten zu verbergen. Ich habe Deine Briefe gelesen – es waren ihrer nicht allzuviel, und keinen einzigen traf der Vorwurf, zu lang gewesen zu sein –, aber die

Hälfte dieser wenigen beschäftigt sich mit der märchenhaften Schönheit der doch mindestens etwas sonderbaren Frau Brigitte Hansen und die zweite Hälfte mit den Geistreichigkeiten des ebenfalls etwas sonderbaren Fräulein Ebba von Rosenberg. Für Deine Frau, Deine Kinder hast Du während dieser langen Zeit keine zwanzig Zeilen gehabt, immer nur Fragen, denen man abfühlte, daß sie nach Antwort nicht sonderlich begierig waren. Ich glaube, lieber Holk, daß es genügt, Dich auf all das einfach aufmerksam gemacht zu haben. Du bist zu gerecht, um Dich gegen das Recht der hier vorgebrachten Klage zu verschließen, und bist zu gütigen und edlen Herzens, um, wenn Du das Recht dieser Klage zugestanden hast, nicht auf der Stelle für Abhilfe zu sorgen. Die Stunde, wo solcher Brief auf Holkenäs eintrifft, wird zugleich die Stunde von Christinens Genesung sein; laß mich hoffen, daß sie nahe liegt. Wie immer

Dein Dir treu und herzlich ergebener Schwager
Alfred Arne.«

Holk war getroffen von dem Inhalt dieses Briefes, daß er darauf verzichtete, die beiden andern zu lesen. Petersen schrieb vielleicht Ähnliches. Zudem war die Stunde da, wo er bei der Prinzessin erscheinen mußte, vor der er ohnehin fürchtete, seine Erregung nicht recht verbergen zu können. Und er wäre auch wirklich damit gescheitert, wenn bei seinem Erscheinen alles wie sonst und die Prinzessin bei freiem Blick gewesen wäre. Das war aber nicht der Fall, weil der Prinzessin selber inzwischen ein Brief zugegangen war, der ihr Gemüt gefangennahm und ihr die Fähigkeit raubte, sich um Holks Benommenheit zu kümmern.

24. KAPITEL

Der bei der Prinzessin eingetroffene Brief war ein Brief des Kammerherrn Baron Blixen-Fineke und lautete:

»Eurer Königl. Hoheit in aller Eile die gehorsamste Mitteilung, daß Se. Majestät der König, der heute noch von Glücksburg nach Kopenhagen zurückkehrt, mit der Absicht umgeht, die nächsten Wochen in Schloß Fredericksborg zu verbringen, wahrscheinlich bis Neujahr; jedenfalls gedenkt er, das Weihnachtsfest daselbst zu feiern. Es werden ihn nur wenige Personen aus seiner nächsten Umgebung begleiten: Oberst du Plat vielleicht, Kapitän Westergaard und Kapitän Ludbye gewiß. Ich hielt es für angezeigt, Eure Königl. Hoheit von diesem Entschlusse Sr. Majestät in Kenntnis zu setzen.

Euer Königl. Hoheit untertänigster

Blixen-Fineke.«

Der erste Gedanke nach Lesung dieser Zeilen war gewesen, das Feld zu räumen und noch vor Eintreffen des Königs, also womöglich noch vor Ablauf der nächsten vierundzwanzig Stunden, nach Kopenhagen zurückzukehren. War der König erst da, so war solcher Rückzug, wenn nicht unmöglich, so doch sehr erschwert, weil, bei den persönlich guten Beziehungen zwischen Neffen und Tante, zu klar zutage getreten wäre, daß die Prinzessin nur vermeiden wolle, mit der von ihr gehaßten Gräfin Danner unter einem Dache zu sein. Also rasches Entschließen war unerläßlich und ›Abreise oder nicht‹ die Frage, die den um die Prinzessin versammelten Kreis beschäftigte, vor allem Ebba, die mehr Hoffnungen als Befürchtungen an die Möglichkeit einer raschen Rückkehr knüpfte. Denn einen so fein ausgebildeten Natursinn sie hatte und so gut ihr Schleppegrell, trotz gelegentlicher Auflehnung gegen ihn und seine ewige Altertümelei, gefiel, so war ihr alles in allem die Hauptstadt, wo man die Neuigkeiten sechs Stunden früher und außerdem abends eine Theaterloge hatte, doch um ein Erhebliches lieber. Die große Fredericksborger Halle war in ihrer Art ein Prachtstück, gewiß, und wenn die Lichter und Schatten an Wand und Decke hinliefen, so hatte das seine Romantik und seinen kleinen Schauer; aber man konnte doch nicht sechs Stunden lang, von Dunkelwerden bis Schlafenszeit, mit immer gleichem Interesse nach Herluf Trolle hinüberblicken und noch weniger auf die Seeschlacht und den in die Luft fliegenden ›Makellos‹.

Ja, die Rückkehr, wenn die Entscheidung bei Ebba gelegen hätte, wäre rasch beschlossen worden; die Prinzessin aber, die schon aus Aberglauben von einem Platze nicht gern fort wollte, den sie durch Jahrzehnte hin als ihren Weihnachtsplatz anzusehen gewöhnt war, verharrte, ganz gegen ihren sonstigen Charakter, in einer gewissen Unschlüssigkeit und war froh, als Holk bemerkte: »Verzeihung, Königliche Hoheit, aber steht es denn überhaupt fest, daß die Gräfin den König begleiten wird? Seine Majestät, soviel ich weiß, ist voll Rücksicht gegen Eure Königliche Hoheit und kennt nicht nur Dero Gefühle, sondern respektiert sie auch. Er läßt sich dadurch in seiner Neigung nicht beirren und kann auch nicht, wenn das Volk recht hat, das an eine Art Hexenzauber glaubt, worin ihn die Danner eingesponnen; aber er kann in seiner Neigung durchaus beharren und die Gräfin doch drüben in Skodsborg belassen. Er besucht sie dann jeden Tag, was ihm vielleicht noch besser behagt, als sie von Morgen bis Abend um sich zu haben. Denn jede Stunde sie mit Liebesaugen anzusehen, wenn es solche Zeiten überhaupt für ihn gegeben hat – das sind doch wohl Tempi passati.«

»Wer weiß«, lachte die Prinzessin. »Sie sehen, lieber Holk, in dem Behextsein etwas wie etwa das intermittierende Fieber und glauben an freie Tage. Das leuchtet mir aber nicht ein. Ein richtiger Zauber pausiert nicht und setzt nicht aus. Gib mir übrigens, liebe Ebba, noch einmal Blixen-Finekes Brief; ich will genau lesen, was er schreibt. Er ist der Mann des vorsichtigen Ausdrucks.«

Ebba brachte den Brief, und die Prinzessin las: ›... es werden ihn nur wenige Personen aus seiner nächsten Umgebung begleiten, Oberst du Plat vielleicht, Kapitän Westergaard und Kapitän Lundbye gewiß ...‹ »Holk hat recht; Blixen-Fineke weiß zu gut, wie wir stehen, als daß er nicht wenigstens eine Andeutung gemacht haben sollte. Die Gräfin kommt *nicht*, und mit meinem Neffen weiß ich mich gut zu stellen. Er ist eine Seele, gütig, der beste Mensch von der Welt. Jedenfalls brauchen wir nicht heute schon an Abreise zu denken. Aller Wahrscheinlichkeit nach wird auch Berling noch schreiben, und der wird sich weniger diplomatisch ausdrükken als Fineke.«

Wirklich, am andern Tage kam ein Billett vom Kammerherrn Berling, das zunächst die Bestätigung von dem noch bevorstehenden Eintreffen des Königs, zugleich aber, hinsichtlich der Danner, vollkommene Beruhigung brachte. Die Gräfin werde wieder, nach eigenem Wunsch, in Skodsberg Wohnung nehmen und daselbst die Besuche des Königs empfangen. Damit war der Schwankezustand, in dem man sich einen Tag lang befunden hatte, völlig beseitigt, und es stand fest, man blieb. Aber auch wenn das Entgegengesetzte beschlossen worden wäre, so würde sich doch der Ausführung dieses Beschlusses ein unübersteigliches Hindernis entgegengestellt haben: die Prinzessin erkrankte. Der Charakter der Krankheit blieb freilich unaufgeklärt; was es aber auch sein mochte (man hatte zuletzt von einem versteckten, aber gutartigen Nervenfieber gesprochen), Doktor Bie von Hilleröd sprach dreimal des Tages vor und nahm regelmäßig an dem für die Personen des Hofstaates servierten Lunch und meist auch an den anderen Tagesmahlzeiten teil. Doktor Bie war der Bruder der Frau Pastorin Schleppegrell, mit der er die kleine Figur, das Embonpoint und die klugen, freundlichen Augen gemein hatte, zugleich die Wohlgelittenheit bei der Prinzessin. Er trug einen Bambus mit Goldknopf und eine goldene Brille, die er regelmäßig abnahm, wenn er etwas sehen wollte, zählte den Puls laut, wie ein Klavierlehrer die Takte, und plauderte gern von Island und Grönland, wo er vierzehn Jahre lang Schiffsarzt gewesen war. Gegen die Residenzler war er im allgemeinen sehr eingenommen. »Es ist in Kopenhagen Sitte geworden, über die Isländer zu lachen; aber ich nenne da nur den Are Marson, der Amerika fünfhundert Jahr vor Kolumbus entdeckte, und Erik den Roten und Ulf den Schieler und seine ganze Sippe, lauter Helden und weise Männer – das alles waren Isländer, und ich beklage, daß Königliche Hoheit die Insel nicht besucht haben. Es ist ein ganz eigen Gefühl, ein Ei zu essen, das im Geysir gekocht wurde, und vielleicht in einem Augenblicke, wo die beiden Feuerspeier noch dazu leuchteten. Daß die Isländer unsere Zeitungen um zwölf Monate zu spät lesen, und zwar immer gerade die Nummern vom Jahre vorher, das ist alles eine hochmütige Kopenhagener Einbildung; die Isländer schreiben sich ihre Zeitungen selbst, können es auch, denn jeden dritten Tag kommt ein englisches oder amerikanisches Schiff, und wenn in Reykjawik ein Stiftsamtmann oder auch bloß ein Sysselmann gewählt wird, so ist das gerade so interessant, wie wenn sich die Kopenhagener einen neuen Burgemeister wählen. Ach, Königliche Hoheit, ich möchte beinah sagen, es ist überhaupt kein Unterschied zwischen einem

Dorf und einer Residenz; überall wohnen Menschen und hassen und lieben sich, und ob eine Sängerin eine Minute lang Triller schlägt, oder ob ein Fiedler den ›dappren Landsoldaten‹ spielt, das macht keinen großen Unterschied, wenigstens mir nicht.« Bei solchen Betrachtungen war er der heitersten Zustimmung der Prinzessin allemal sicher, und wenn Pentz und Ebba fragten, »ob Königliche Hoheit nicht doch vielleicht ihren Leibarzt, Dr. Wilkins, beföhlen, der ohnehin nichts zu tun habe und dann und wann daran erinnert werden müsse, daß er sein Gehalt eigentlich doch bloß für seine Sinekure bezöge«, so lehnte die Prinzessin dies ab und sagte: »Nein, am Sterben bin ich noch nicht. Und wenn ich am Sterben wäre, so würde mich Doktor Wilkins, der alles liest, aber nicht viel weiß, auch nicht zurückhalten können. Was irgendein Mensch für mich tun kann, das tut Bie für mich, und wenn ich ihm eine halbe Stunde zugehört und während seiner Erzählungen im Rentierschlitten mit ihm gesessen oder wohl gar bei Missionar Dahlström eine rote Grütze mit ihm gegessen habe, so habe ich bei solcher Gelegenheit allemal das gehabt, was man die heilsame Gegenwart des Arztes nennt; ›medico praesente‹, so heißt es ja wohl. Nein, Bie muß bleiben. Und was würde seine Schwester zu solcher Kränkung sagen, die gute, kleine Pastorin, die ihn für so berühmt hält wie Boerhave und ganz aufrichtig denkt, daß man die alte Geschichte wieder beleben und mit voller Sicherheit des Eintreffens vom Nord- oder Südpol aus an ihn schreiben könnte: ›An Doktor Bie in Europa‹.«

*

Die Krankheit der Prinzessin, so wenig gefährlich sie war, zog sich hin. Der König, inzwischen eingetroffen, hatte mit den Personen seiner nächsten Umgebung den linken Flügel bezogen und beschränkte sich, was die Prinzessin anging, darauf, sich jeden Tag nach dem Befinden derselben erkundigen zu lassen. Sonst wurde man seiner kaum gewahr, was teils mit seiner häufigen Anwesenheit drüben in Skodsborg, teils mit seiner Lebensweise zusammenhing. Er liebte nun mal die Vergnügungen im Freien. War nicht Hetzjagd, so war Pirschjagd, und war nicht Dachsgraben, so war Graben nach Steinbetten und Moorfunden, ja mitunter war er bis Vinderöd und Arreseedal hinüber, um von dort aus, wo seine Boote lagen, auf dem großen Arresee zu segeln.

Holk, der die Kapitäne Westergaard und Lundbye noch von Schleswig und Flensburg her, wo sie vorübergehend in Garnison gestanden hatten, gut kannte, suchte den Verkehr mit ihnen zu erneuern, was auch gelang und ihm dann und wann ein paar vergnügliche Plauderstunden eintrug; aber wenn er dann wieder allein war und nach Holkenäs hinüber dachte, kam ihm ein Gefühl schwerer Verlegenheit und Sorge. Das ging nicht so weiter. Die Korrespondenz zwischen ihm und Christine stockte völlig; aber auch die Briefe von Petersen und Arne waren noch unerledigt. Dieser letzte wenigstens mußte beantwortet werden (schon eine Woche war seit seinem Empfange vergangen), wenn er's nicht auch mit dem noch verderben wollte, der allezeit sein bester Freund und Berater und vielleicht nur zu oft sein Anwalt in seinen früheren kleinen Kämpfen mit Christine gewesen war.

Es war ein dienstfreier Tag, hell und klar, und Doktor Bie, von der Prinzessin kommend, hatte bei ihm vorgesprochen und ihn durch Hilleröder Stadtklatsch und kleine Doktorgeschichten in eine behagliche Stimmung versetzt. Diese Stimmung wollte er nicht ungenutzt vorübergehen lassen; Stimmung war schon der halbe Brief. Und was war es denn auch am Ende? Christine war eine Frau mit weniger Vergnüglichkeit als wünschenswert und mit mehr Grundsätzen als nötig; das war eine alte Geschichte, die von niemandem bestritten wurde, kaum von Christine selbst. In diesem Sinne sprach er noch eine Weile vor sich hin, und als er sich mehr und mehr in die Vorstellung hineingeredet hatte, daß alles, genau betrachtet, eine bloß aufgebauschte Geschichte sei, weil ja doch eigentlich nichts vorläge, nahm er schließlich seinen Platz am Schreibtisch und schrieb:

»Lieber Arne! Sei herzlich bedankt für Deinen lieben Brief vom 23. v. M., um so herzlicher, als ich, nach so vielen Beweisen Deiner freundschaftlichen Gefühle für mich, sehr wohl weiß, daß Du, bei starker Hervorhebung Deiner Bedenken über mein Tun und Lassen, nur der Vorstellung einer Pflicht gehorchtest. Aber, lieber Arne, laß mich fragen, lag eine solche Pflicht wirklich vor? Hast Du nicht, um diesmal als Christinens Anwalt (sonst warst Du der meine) das Recht Deiner Klientin gegen mich zu wahren, mich in ein Unrecht gesetzt, das gar nicht existiert?

Alles Anklagematerial gegen mich ist meinen eigenen Briefen entnommen. Nun, diese Briefe liegen jetzt drüben in Holkenäs und sind mir nicht mehr in jedem Einzelpunkt gegenwärtig; aber wenn ich ihren Inhalt aus dem Gedächtnis rekapituliere, so kann ich nichts finden, was eine Beschuldigung rechtfertigte. Da sind die Hansens, und da ist das Fräulein von Rosenberg, bei deren Schilderung ich, wie ein englisches Sprichwort sagt, ›mehr Petersilie an das Hühnchen gelegt haben mag, als unbedingt nötig war‹; aber ein solches Zuviel hätte mir entweder auf Unbefangenheit gedeutet werden müssen oder auf einen Hang, das Ridiküle durch sich selber wirken zu lassen. Ich entsinne mich, in einem meiner Briefe von einer halb märchenhaften Audienz der schönen Kapitana beim Kaiser von Siam und in einem andern von dem pikanten und allerdings etwas freisinnigen Fräulein von Rosenberg als von einem ›David-Straußchen Amanuensis‹ gesprochen zu haben, und nun frag ich Dich, lieber Arne, ob das Auslassungen sind, die Christinens Empfindlichkeit und im weiteren Verlauf Deine brieflichen Vorwürfe rechtfertigen? Ich sprach eben von meiner Unbefangenheit, die mir zum Guten gedeutet werden müsse, will aber im Gegensatz dazu einräumen – und das ist das einzige Zugeständnis, das ich machen kann –, daß mir in meiner Korrespondenz mit Christine der richtige Ton schließlich verlorengegangen ist. Von dem Augenblick an, wo man sich beargwohnt sieht, ist es schwer, in Ton und Haltung korrekt zu bleiben, und um so schwerer, als es *den* Unschuldsgrad gar nicht gibt, der einen, wenn erst mal Zweifel angeregt wurden, gegen Bedenken und kleine Vorwürfe seiner selbst ein für allemal sicherstellte. Was wandelt uns nicht alles an, was beschleicht uns nicht alles? Vieles, alles. Aber schon Martin Luther, dies weiß ich aus der Traktätchenliteratur, die immer nur zu fleißig in unser Haus kam, hat einmal ausgesprochen: ›Wir können nicht hindern, daß die bösen Vögel über uns hinfliegen; wir können nur hindern, daß sie Nester auf unserm Haupte bauen.‹ Ja, Schwager, es bleibt dabei, Christine, so vieler Tugenden sie sich rühmen darf, *eine* hat sie nicht, sie hat nicht die der Demut, und genährt und großgezogen in der Vorstellung einer besonderen Rechtgläubigkeit, von der sie beständig Heilswirkungen und Erleuchtungen erwartet, kommt sie natürlich nicht auf den Gedanken, daß sie, gleich anderen, auch irren könnte. Sie hat Asta nach Gnadenfrei gebracht und Axel nach Bunzlau, das sind Taten, die Schwächen und Irrtümer ausschließen, Irrtümer, denen andere, die statt nach Herrnhut nach Kopenhagen reisen, ein für allemal unterworfen sind. Und nachdem ich so meine Verteidigung geführt und gegen den Schluß hin, mehr als mir lieb ist, die Rolle des Angeklagten mit der des Anklägers vertauscht habe, verabschiede ich mich und lege meine Sache in Deine Hand, vollkommen sicher darin, daß Deine Klugheit und vor allem auch die Liebe, die Du gleichmäßig für mich wie für Christine hegst, alles zum Guten hinausführen wird. Und damit Gott befohlen. Wie immer

Dein Dir herzlich ergebener
Holk«

Als er die Feder aus der Hand gelegt hatte, nahm er den Bogen und stellte sich ans Fenster, um alles, Zeile für Zeile noch einmal durchzusehen. Er fand manches auszusetzen und murmelte, wenn ihm dies und das nicht zusagte, »fast so doktrinär wie Christine«; der Schluß aber von der »besonderen Rechtgläubigkeit« gefiel ihm und mehr noch die Stelle von der »eingebüßten Unbefangenheit«, eingebüßt, »weil es, sobald man erst unter Anklage stehe, keinen Unschuldsgrad gäbe, der einen gegen Zweifel und gelegentliche Selbstvorwürfe sicherstelle.«

Sein Auge weilte wie gebannt darauf, bis zuletzt die Befriedigung darüber hinwegschwand und ihn nichts mehr daraus ansah als das Bekenntnis seiner Schuld.

25. KAPITEL

Die schönen Tage, die seinem Ruf zum Trotz, fast den ganzen November über angedauert hatten, schlossen mit dem Monatswechsel ab, und heftige Nordweststürme setzten ein, nur dann und wann von Regenschauern unterbrochen, die freilich oft schon nach wenigen Stunden einem neuen Nordwester Platz machten. Dieser Wetterumschlag änderte natürlich auch das Leben im Schloß; alle Spaziergänge, die sich nicht selten bis Fredensborg und südlich bis Lilleröd ausgedehnt hatten, hörten auf, und an die Stelle der halb dienstlichen Vereinigungen in der großen Herluf-Trolle-Halle traten jetzt kleine Reunions, die sich zwischen ›hüben und drüben‹ oder, was dasselbe sagen wollte, zwischen den beiden Türmen teilten und an einem Abend bei der einen, am anderen bei der anderen der beiden Hofdamen stattfanden. Die Prinzessin hatte dies eigens so gewünscht, und die Schimmelmann, so steif und zeremoniell sie sonst sein mochte, war als Wirtin von großer Liebenswürdigkeit, so daß ihre ›Abende‹ mit denen Ebbas wetteifern durften. Die Zusammensetzung der Gesellschaft war immer dieselbe: voran der Hofhalt der Prinzessin, dazu das Schleppegrellsche Paar und die beiden Adjudanten des Königs, von denen Lundbye sich auf den Hof- und Lebemann, Westergaard auf den Freisinnigen hin ausspielte, kleine gesellschaftliche Nuancen, die den Reiz des Verkehrs mit ihnen nur noch steigerten. Ja, man sah sich täglich, immer nur zwischen dem Links- und Rechtsturm wechselnd, und wie die Zusammensetzung der Gesellschaft dieselbe war, so war es auch die Form der Unterhaltung, die sich auf Lustspiele lesen und Deklamation und, wenn es hoch kam, auf ein Stellen von Bildern beschränkte. Dann und wann, schon um Pentz' und der Schimmelmann willen, wurde auch eine Whistpartie beliebt, die dann, nach dem Abendbrot, in ein kleines sehr harmloses Hasard überging. Ebba gewann immer, ›weil sie, wie sie sagte, Unglück in der Liebe habe‹. Man war heiter bis zur Ausgelassenheit, und während selbstverständlich über das ewige Sturm- und Regenwetter und mehr noch über die nicht endenwollende Krankheit der Prinzessin geklagt wurde, gestand man sich doch gleichzeitig, daß man diesem angeblichen Unglück all das Glück verdanke, dessen man sich erfreute.

So ging es bis zum zweiten Advent; da schlug das Wetter abermals um, und mit dem scharfen Nordost, der jetzt einsetzte, kam sofort auch bittre Kälte, die, gleich in der ersten Nacht, alle Tümpel und Regenlachen und schon den Tag darauf auch den kleinen Schloßsee mit Eis bedeckte. Dem Schloßsee folgte dann der breite, nach Ost und West hin mit dem Esrom- und Arresee Verbindung haltende Parkgraben, und als abermals eine Woche später die Nachricht kam, daß auch die großen Seen selbst, an ihren Ufern wenigstens, mit starkem Eise belegt seien, wurde – nachdem Doktor Bie beschworen hatte, daß ein Ausflug bei blankem Wetter genau das sei, was die von ›Schloß-Malaria‹, so war sein Ausdruck, herrührenden Zustände der Prinzessin am ehesten beseitigen werde – der nächste Tag schon für eine Schlitten- beziehungsweise Schlittschuhpartie nach dem Arresee hin festgesetzt.

Und nun war dieser Tag da, sonniger und frischer als alle voraufgegangenen, und kurz vor zwei traf man sich an der uns wohlbekannten Stelle, wo jetzt die Strickfähre eingefroren im Eise lag. Die, die sich daselbst zusammenfanden, waren zunächst die Prinzessin selbst mit Holk und Ebba, dann Schleppegrell und die beiden Adjudanten. Pentz fehlte, weil er zu alt, die Pastorin, weil sie zu korpulent war, während sich Erichsen und die Schimmelmann dem ziemlich scharfen Nordost, der ging, nicht aussetzen mochten. Aber auch diese vier hatten auf ein bestimmtes Maß von Teilnahme nicht verzichten wollen und waren in eine geschlossene Kutsche gestiegen, um, vorausfahrend, die wetterfestere Hälfte der Gesellschaft in einem kleinen, dicht an der Einmündung des Parkgrabens in den Arresee gelegenen Gasthause zu erwarten.

Neben der Fähre, die durch voraufgeschickte Dienerschaften in ein Empfangs- und Unterkunftszelt verwandelt worden war, stand ein eleganter Stuhlschlitten, und als die Prinzessin darin untergebracht und mit Hilfe von allerhand Pelzwerk vor Erkältung geschützt worden war, handelte sich's für die begleitenden Schlittschuhläufer nur noch um die Frage, wer die Führung übernehmen, und zweitens, wer mit der Ehre, den Schlitten der Prinzessin über das Eis hinzusteuern, betraut werden sollte. Rasch entschied man sich, daß Schleppegrell, als Ortskundigster, den Zug führen, Holk aber den Schlitten der Prinzessin zu steuern habe, während, dicht aufschließend, das Fräulein an der Hand der beiden Offiziere folgen sollte. Nach dieser Anordnung wurde denn auch wirklich aufgebrochen, und weil alle sehr geschickte Läufer, außerdem auch die Kostüme gut und kleidsam gewählt waren, so war es eine Freude, den Zug über die glatte Eisfläche hinschießen zu sehen. Am imponierendsten wirkte Schleppegrell, der heute mehr einem heidnischen Wotan als einem christlichen Apostel glich, sein Mantelkragen bauschte sich über dem Krempenhut hoch im Winde, während er den Piekenstock, um die Schnelligkeit zu steigern, immer kraftvoller ins Eis stieß. Die Prinzessin war erfreut und sprach es zu Holk auch aus, ihren ›Pfadfinder‹ so phantastisch vor sich herfahren zu sehen; aber ihr Schönheitssinn, der ihr, trotz des ihr fehlenden Sinnes für Ordnung und Eleganz, in hohem Maße zu eigen war, würde doch noch erfreuter gewesen sein, wenn sie, gelegentlich rückwärts blickend, auch das Bild der ihr folgenden drei hätte vor Augen haben können. Ebba, das Kleid geschürzt und in hohen Schlittschuhstiefeln, trug eine schottische Mütze, deren Bänder im Winde flatterten, und jetzt rechts dem einen und dann wieder links dem anderen ihrer Partner die Hand reichend, glich ihr Eislauf einer Tanztour, darin sie sich, trotz weitausholender Seitenbewegungen, in wachsender Raschheit vorwärtsbewegte. Der zurückzulegende Weg war nicht viel kürzer als eine Meile; aber ehe noch eine halbe Stunde um war, wurde man schon des hochgelegenen Gasthauses, daraus ein heller Rauch aufstieg, ansichtig und dahinter der weiten Fläche des Arresees, blinkend und blitzend, soweit das Eis ging, und dann bläulich zitternd, wo der See, noch eisfrei, dem Meere sich zudehnte.

Schleppegrell, als er das Ziel vor Augen hatte, schwenkte triumphierend den Piekenstock und, das ohnehin schon rasche Tempo womöglich noch beschleunigend, war er in kürzester Frist bis an das Gasthaus heran, auf dessen vorgebauter Treppe Pentz und die Schimmelmann und mit ihnen auch die kleine Pastorsfrau schon standen und die Herankommenden mit Tücherwehen begrüßten. Nur Erichsen, eine Schachtel Cachou in Händen, war, wie sich später ergab, in der Gaststube zurückgeblieben. Holk, die eine Hand auf die Rücklehne des Schlittens gelegt, lüpfte mit der andern den Hut, und im nächsten Augenblick schon hielt er an einem kleinen Wassersteg, dessen Bretterlage bis zu dem Gasthause hinauf sich fortsetzte. Pentz, mittlerweile herangekommen, bot der Prinzessin seinen Arm, um sie, während Schleppegrell und die beiden Kapitäne folgten, die Düne hinaufzuführen, und nur Holk und Ebba standen noch an dem Wassersteg und sahen erst den Voraufgehenden nach und dann einander an. In Holks Blick lag etwas wie von Eifersucht, und als Ebbas Auge mit einem halb spöttischen: »Ein jeder ist seine Glückes Schmied«, darauf zu antworten schien, ergriff er ungestüm ihre Hand und wies nach Westen zu, weit hinaus, wo die Sonne sich neigte. Sie nickte zustimmend und beinah übermütig, und nun flogen sie, wie wenn die Verwunderung der Zurückbleibenden ihnen nur noch ein Strom mehr sei, der Stelle zu, wo sich der eisblinkende Wasserarm in der weiten Fläche des Arresees verlor. Immer näher rückten sie der Gefahr, und jetzt schien es in der Tat, als ob beide, quer über den nur noch wenig hundert Schritte breiten Eisgürtel hinweg, in den offenen See hinauswollten; ihre Blicke suchten einander und schienen zu fragen: ›Soll es so sein?‹ Und die Antwort war zum mindestens keine Verneinung.

Aber im selben Augenblicke, wo sie die durch eine Reihe kleiner Kiefern als letzte Sicherheitsgrenze bezeichnete Linie passieren wollten, bog Holk mit rascher Wendung rechts und riß auch Ebba mit sich herum.

»Hier ist die Grenze, Ebba. Wollen wir darüber hinaus?« Ebba stieß den Schlittschuh ins Eis und sagte: »Wer an zurück *denkt*, der *will* zurück. Und ich bin's zufrieden. Erichsen und die Schimmelmann werden uns ohnehin erwarten – die Prinzessin vielleicht nicht.«

26. KAPITEL

Eine Stunde nach Sonnenuntergang, als, um Pentz zu zitieren, Holk und Ebba von ihrer ›Eismeer-Expedition wieder in gesicherte Verhältnisse zurückgekehrt waren‹, trat man in einem geschützten und mit Decken wohl versehenen Char-à-bancs, der Platz für alle hatte, den Heimweg nach Fredericksborg an. Unterwegs wurde der ›romantischen Eskapade‹, trotz der Gegenwart der beiden Flüchtlinge, mit sichtlicher Vorliebe gedacht, und der Ton, in dem es geschah, ließ keinen Zweifel darüber, daß man alles als etwas vergleichsweise Harmloses, als einen bloßen Übermutsstreich ansah, zu dem Ebba den armen Holk gedrängt habe, der nun, wohl oder übel, habe nachgeben müssen. In diesem Sinne sprachen die meisten, und nur die Prinzessin konnte sich, ganz gegen ihre Gewohnheit, nicht entschließen, in den heiteren Ton mit einzustimmen, schwieg vielmehr, was, wenn auch sonst niemandem, so doch den beiden Adjudanten auffiel, die sich bei diesem Schweigen einiger schon vorher von seiten der Prinzessin gemachter, halb ängstlicher, halb mißbilligender Bemerkungen erinnern mochten. »Ebba liebt, mit der Gefahr zu spielen«, so hatte das Gespräch drinnen im Gasthause begonnen, »und sie darf es auch, weil sie ein Talent hat, ihren Kopf klug aus der Schlinge zu ziehen. Sie wird wohl für alle Fälle einen Rettungsgürtel unter der Pelzjacke tragen. Aber nicht jeder ist so klug und so vorsichtig und am wenigsten unser guter Holk.« Dies alles war am Kaffeetische so halb scherzhaft hingesagt worden, während Holk und Ebba noch draußen waren; aber hinter dem Scherze hatte sich offenbar ein Ernst versteckt.

*

Gegen sechs war man im Schlosse zurück, und als man sich gleich darauf von der Prinzessin, die noch immer die Abende allein zuzubringen liebte, getrennt hatte, nahm man auch untereinander Abschied, aber allerdings unter dem gleichzeitigen Zuruf: »Auf Wiedersehen heute abend.«

»Und in welchem Turm?« fragten die beiden Kapitäne, die, Dienstes halber, während der letzten Abende in dem kleinen Kreise gefehlt hatten.

»Nun, im Ebba-Turm. Und nicht später als acht. Wer später kommt, zahlt Strafe.«

»Welche?«

»Das findet sich.«

Danach ging jeder auf sein Zimmer, nachdem Schleppegrell versprochen hatte, seinen Schwager, Doktor Bie, mitzubringen.

Die beiden Schleppegrells und Bie, die den weitesten Weg hatten, waren natürlich die Pünktlichsten und ersten und trafen, weil es inzwischen leise zu schneien begonnen hatte, von kleinen Flocken überstäubt auf dem untern Turmflur ein, von dem aus eine Wendeltreppe zunächst in Ebbas und dann höher hinauf in Holks Zimmer führte. Was dann im dritten und vierten Stokke noch folgte, darum hatte sich von allen Turmbewohnern bis dahin niemand gekümmert, nicht einmal Karin, die sich's, seitdem es kalt geworden, nur noch angelegen sein ließ, möglichst warm zu sitzen, erst um ihret- und zum zweiten um eines jungen Gärtnerburschen willen, mit dem sie, gleich während der ersten vierundzwanzig Stunden ihres Fredericksborger Aufenthaltes, ein intimes Verhältnis angeknüpft hatte. Sie war darin überaus erfahren, und Wärme, wie sie wußte, kam der Liebe zustatten. Auch heute wieder hatte sie für eine rechte Behaglichkeit gesorgt, und als sich die Hilleröder Gäste von der auf dem Flur herrschenden Temperatur angeheimelt fühlten, sagte Doktor Bie, während er Karin die Hand patschelte: »Das ist recht, Karin. Ihr schwedischen Mädel, ihr versteht es. Aber wie fängst du's nur an, es hier auf dem Flur so warm zu haben? Es ist ja, daß man sich gleich hier auf die Treppe setzen und den Abend bei dir zubringen möchte.«

Schleppegrell, der die schiffsärztlichen Verkehrsformen seines Schwagers nur zu gut kannte, warf diesem einen zu minderer Vertraulichkeit auffordernden Blick zu; Karin aber, die sich mit jedem und nicht zum wenigsten mit alten Schiffschirurgen auf einen guten Fuß zu stellen liebte, wies auf eine hinter dem Treppenaufgang gelegene Wandstelle, die gerad' in der Mitte zu glühen schien. Und im Nähertreten sah unser Freund Bie denn auch, daß sich hier ein in die Wand hineingebauter mächtiger Ofen befand, dessen Front natürlich in Karins Zimmer ging, während die schmucklose, nur aus Backsteinen und einer großen Eisenplatte hergestellte Hinterwand den ganzen Unterflur und mit ihm zugleich das halbe Treppenhaus heizte. »Vorzüglich«, sagte Bie, »vorzüglich. Das werd ich bei der Schloßverwaltung anregen und zur Nacheiferung empfehlen. Eiserne Öfen mit sozusagen Doppelheizung, Flur und Stube zugleich. Drüben bei der Schimmelmann, die freilich keine Karin zur Aushilfe hat, herrscht immer eine grimmige Kälte; man friert Stein und Bein und die Schimmelmann natürlich mit. Und da soll man dann helfen bei den ewigen Katarrhen, von erfrorenen Händen und roter Nase gar nicht zu sprechen. Ein Glück, daß die Danner nicht hier ist. Die hat freilich ihren Leibarzt, und nicht zu vergessen, auch mehr natürliche Wärme. Sonst wäre sie nicht die, die sie ist.«

Schleppegrell war mit dem, was sein Schwager an baulichen Verbesserungsvorschlägen vorbrachte, sichtlich uneinverstanden und sagte, während alle drei jetzt die Treppe hinaufstiegen: »Ich bin ganz dagegen, Bie. Laß die Türme genau so, wie sie sind.«

»Ach«, lachte Bie. »Du hast wieder historische Bedenken. Ein Turm, in dem man zweihundert Jahre lang gefroren hat, in dem muß weiter gefroren werden. Das nennt ihr dann Pietät, und die Pastoren haben vielleicht noch ein größeres Wort dafür. Ich für meine Person, ich bin für warm sitzen.«

»Ja«, sagte Schleppegrell, »das ist das Vorrecht aller Nordpolfahrer. Je näher dem Nordpol, je mehr Ofenhocker. Und Schloßverwaltung sagst du, da willst du hingehen und die Neuerung anempfehlen. Nun, ich werde mitgehen, wenn du gehst, und während du den Doppelofen, der noch dazu halb ein eiserner ist, beantragst, werde *ich* beantragen, diesen einen aus der Wand herauszureißen. Es ist der größte Leichtsinn. Und überall Tannäpfel und kienen Holz und die Dielen und Verschläge so wurmstichig wie Pfeifenzunder.«

Unter diesen Worten waren sie die Treppe hinauf und traten bei Ebba ein, wo schon alles in festlicher Vorbereitung war: die Lampen und Lichter brannten, und der bereits gedeckte Tisch war, soweit es ging, in die tiefe Fensternische geschoben. Alles geräumig und übersichtlich. Aber ehe zehn Minuten um waren, herrschte durch den ganzen Raum hin ein summendes Durcheinander, und ein Überblick ermöglichte sich erst wieder, als die Mehrzahl an zwei rasch zurechtgemachten Spieltischen Platz genommen hatte, links die Schimmelmann mit Pentz und Lundbye, rechts die Pastorin mit Erichsen und Westergaard. Holk und Bie, die gern mitgespielt und das Whist mit dem Strohmann zu einem richtigen Whist erhoben hätten, mußten auf Mitspiel verzichten, weil Schleppegrell, den man doch nicht allein lassen konnte, grundsätzlich keine Karte nahm. Nun war freilich noch Ebba da; diese hatte sich aber, als Wirtin, jedem einzelnen auf wenigstens Augenblicke zu widmen, und trotzdem der Tisch vorsorglich im voraus gedeckt war, gab es doch noch vielerlei zu tun, und die Weisungen an Karin und den zur Aushilfe herangezogenen Gärtner nahmen kein Ende.

Holk und Bie, nachdem sie sich in den Verzicht gefunden, hatten sich schließlich in eine Ecke zurückgezogen, die dicht neben der Alkovennische durch einen vorspringenden Mauerpfeiler gebildet wurde. Hier war man denn auch bald in einer intimen Unterhaltung, die der allzeit wißbegierige Holk natürlich nach Island hinüberzuspielen wußte.

»Wissen Sie, Doktor Bie, daß ich Sie wegen Ihres schiffsärztlichen Aufenthalts da oben geradezu beneide, nicht wegen Skorbut und der Amputationen, die ja dabei vorkommen sollen, aber doch wegen des Ethnographischen ...«

Bie, nur höherer Feldscher, der das Wort ›ethnographisch‹ vielleicht noch nie gehört, jedenfalls aber über seine Bedeutung noch nie nachgedacht hatte, schrak etwas zusammen und hätte so ohne weiteres nicht Red' und Antwort stehen können; der ganz in Fragelust aufgehende Holk aber sah nichts davon und fuhr fort: »Und wenn uns Island bloß ein beliebiges Etwas wäre, das uns so eigentlich nichts anginge, nun, so könnte man mit seinem Interesse zurückhalten; aber die Isländer sind doch unsre halben Brüder und beten jeden Sonntag für König Friedrich gerade so gut wie wir und vielleicht noch besser. Denn es sind ernste und fromme Männer. Und wenn ich dann denke, daß man so in den Tag hineinlebt und gerade von dem nichts weiß, von dem man recht eigentlich was wissen müßte, dann schäme ich mich und mache mir beinah Vorwürfe. Was wäre, wie mir mein alter Pastor Petersen drüben wohl hundert Male versichert hat, was wäre beispielsweise die ganze germanisch-skandinavische Literatur, wenn wir den Snorre Sturleson, diesen Stolz der Isländer, nicht gehabt hätten? Was wäre mit der Edda und vielem anderen? Nichts wäre damit. Und nun frag ich Sie, Doktor Bie, sind Sie während Ihrer isländischen Tage diesen Dingen als einem Etwas begegnet, das noch jeder kennt und liebt und singt und sagt, die Frauen und Mädchen in den Spinnstuben und die Männer, wenn sie auf den Robbenfang ziehen?«

Schleppegrell, der all diese Fragen mit angehört hatte, wurde verlegen in die Seele seines Schwagers hinein; Bie selbst aber hatte sich inzwischen erholt und sagte mit gutem Humor: »Ja, das weiß eigentlich alles mein Schwager Schleppegrell viel besser, der *nicht* da war; Personen, die nicht da waren, wissen immer alles am besten. Ich weiß von den Isländern bloß, daß ihre Betten besser sein könnten, trotzdem sie die Eidergans sozusagen vor der Tür haben. Und die Federn sind auch wirklich gut, und man liegt auch wirklich warm darin, was da oben, um recht und billig zu sein, doch immer die Hauptsache bleibt. Aber das Linnen, das ist die schwache Seite. Daß die Fäden mitunter wie Bindfaden nebeneinander liegen, nun das möchte gehen; aber was die Engländer die cleanliness nennen, damit hapert es. Man merkt zu sehr, daß es da mehr Eis als Wasser gibt, und daß die Wäscherinnen froh sind, wenn sie die Hände wieder in ihren Pelzhandschuhen haben. Es ist kein Land der Reinlichkeiten, so viel ist zuzugeben. Aber einen Lachs gibt es comme il faut. Und dann, was das Getränk angeht! Einige denken bloß immer an isländisch Moos; nun, das gibt es auch; aber ich kann Ihnen versichern, Herr Graf, einen besseren Whisky hab ich nirgends in der Welt gefunden, nicht in Kopenhagen und nicht in London, und nicht einmal in Glasgow, wo doch das feinste davon zu Hause ist.«

Das isländische Gespräch setzte sich noch eine Weile fort, und der anfangs immer nur verlegen dreinschauende Schleppegrell hatte schließlich seine Freude daran, Holks unausgesetzt auf das ›Höhere‹ gerichtete Fragen von Bie geschickt umgangen zu sehen. Ebba, von Zeit zu Zeit hinzutretend, lachte, wenn sie das Gespräch immer noch auf dem alten Flecke fand, und wandte sich dann rasch wieder den Spieltischen zu, wo sie mal zu Nutz und Frommen der Frau Pastorin und dann wieder für die Schimmelmann die Strohmannkarten aufnahm und auf den Tisch legte, bis der beständig im Verlust stehende Pentz dagegen protestierte. Nichts war Ebba willkommener, und ihre Spieltischgastrolle wieder aufgebend, machte sie sich bei dem Kamin zu schaffen und schüttete Kohlen und Wacholderzweige auf das verlöschende Feuer, freilich immer nur wenig, weil die vielen Lichter, die brannten, ohnehin dafür sorgten, daß von der draußen herrschenden Kälte nichts fühlbar wurde. Zudem hatte der den Tag über herrschende Frost, seit den ersten Flocken, die fielen, erheblich nachgelassen, und nur der Wind war stärker geworden, was man wahrnehmen konnte, wenn die lächelnd und gewandt die Bedienung machende Karin mit dem einen oder andern Tablett in die Tür trat.

Nun aber war es zehn, das Spiel beendet, und während man, um Platz zu schaffen, die Spieltische beiseite schob, wurde der nur an drei Seiten gedeckte Eßtisch, weil niemand das Kaminfeuer im Rücken haben wollte, quer durch das Zimmer gestellt. Die Schimmelmann hatte den Ehrenplatz in der Mitte der Tafel, Holk und Pentz neben ihr; dann kamen nach rechts und links hin die vier andern Herren, während die Pastorin und Ebba an den zwei Schmalseiten saßen, um von hier aus den Tisch am besten überblicken und, wenn's not tat, wirtschaftlich eingreifen zu können. Und war schon vorher die Stimmung eine gute gewesen, so wuchs sie jetzt noch, wozu Doktor Bie durch seine nach den verschiedensten Seiten hin gelegenen Tafelvorzüge das meiste beitrug. Er war nämlich nicht bloß Geschichtenerzähler und Toastausbringer, sondern vor allem ein ausgesprochener Lachvirtuose, was ihn in den Stand setzte, nicht bloß seine eigenen, sondern auch andrer Leute Anekdoten mit wahren Lachsalven unkritischen Beifalls zu begleiten und dadurch alle mit fortzureißen, auch solche, die gar nicht wußten, um was sich's eigentlich handelte. Selbst die Schimmelmann hatte, zur Genugtuung aller, ihre ganz unverkennbare Freude daran, was übrigens nicht ausschloß, daß nach ihrem Rückzuge, der jedesmal um elf erfolgte, die Heiterkeit der Tafel noch erhebliche Steigerung erfuhr. Zu dieser Steigerung wirkte freilich auch noch ein andres mit, und dieses andre war der schwedische Punsch, der nicht regelmäßig, aber heute wenigstens in einer großen silbernen Bowle aufgetragen wurde. Jeder war seines Lobes voll, am meisten Bie, der denn auch beim fünften Glase, bei dem er verhältnismäßig rasch angelangt war, sich erhob, um unter gnädigster Erlaubnis der Damen einen Toast auszubringen. »Ja, einen Toast, meine Damen. Aber wem soll er gelten? Natürlich unserer liebenswürdigen Wirtin, in der unser schwedisches Brudervolk – wie wir ein Meervolk, ein Volk der See – sozusagen seinen höchsten Ausdruck findet. Aus dem Meere, wie wir alle wissen, ist die Schönheit geboren, aber aus dem Nordmeer auch der nordische Mut, der schwedische Mut. Ich war nicht Zeuge von dem, was dieser Nachmittag von einem solchen echten Nordlandsmut gesehen hat, aber ich habe davon gehört. Und am Rande des Todes hinzuschweben, ein Fehltritt, und die Tiefe hat uns für immer, das ist des Lebens höchster Reiz. Und dies Leben ist ein Nordlandsleben. Wo das Eis beginnt, da hat das Herz seine höchste Flamme. Hoch Nordland und hoch seine schöne, seine mutige Tochter!«

Alle Gläser klangen zusammen, und die ›Eskapade nach dem Arresee‹, wie sie schon mehrfach an diesem Tage der Gegenstand scherzhafter Bemerkungen gewesen war, wurd es aufs neue. Pentz, der weder Holk noch Ebba traute, gefiel sich in Fortsetzung seiner Spöttereien und malte mit Behagen aus, was aus beiden geworden wäre, wenn sich eine Eisscholle , mit einem Tannenbaum darauf, unter ihnen losgelöst und sie aufs hohe Meer hinausgetragen hätte. Vielleicht wären sie dann in Thule gelandet. Oder vielleicht auch nicht und hätten auf ihrer Scholle nichts gehabt als den kleinen Weihnachtsbaum ohne Nuß und Marzipan. Und Holk hätte sich dann getötet und sein Herzblut angeboten, unter Anklängen an den unvermeidlichen Pelikan. In alten Zeiten wären solche Dinge vorgekommen.

»In alten Zeiten«, lachte Ebba. »Ja, was in alten Zeiten nicht alles vorgekommen! Ich habe nicht die Prätension, mich auf Geschichte hin auszuspielen, das überlaß' ich andern, und auf alte Geschichte nun schon gewiß nicht; aber man braucht nur ein bißchen Trojanischen Krieg zu kennen, um vor den alten Zeiten und ihrem Mut einen sehr bedeutenden Respekt zu haben, einen noch bedeutenderen als vor dem skandinavischen Mut, von dem Doktor Bie so schön und in für mich persönlich so schmeichelhafter Weise gesprochen hat.«

Die Offiziere versicherten, daß sich die Zeiten in dem wichtigsten Punkte, nämlich in dem Heldenmute der Leidenschaft, immer gleich blieben, und daß sie sich für ihre Person dafür verbürgen wollten, die Liebe schaffe noch dieselben Wunder wie früher.

Alles teilte sich sofort in zwei Lager, in solche, die derselben Meinung waren (unter diesen, strahlenden Angesichts, die kleine Frau Pastorin), und in solche, die rund heraus verneinten. An der Spitze dieser stand natürlich Ebba. »Dieselben Wunder«, wiederholte sie. »Das ist unmöglich, denn diese Wunder sind Produkte dessen, was der Welt verlorengegangen ist, Produkte großer erhabener Rücksichtslosigkeiten. Ich wähle dies Wort, weil ich das Wort ›Leidenschaft‹, das freilich von andrer Seite schon gefallen ist, gern vermeiden möchte; von Rücksichtslosigkeiten läßt sich sprechen, ja, man braucht nicht einmal rot dabei zu werden. Und nun frage ich Sie, und die Herren Kapitanos an der Spitze, wer unter ihnen Lust hat, um Helenas willen einen Trojanischen Krieg anzuzetteln? Wer tötet um Klytämnestras willen Agamemnon?«

»Wir, wir.« Und Pentz, eine vierzinkige Gabel zückend, setzte sogar hinzu: »Ich bin Aegisth.«

Alles lachte, Ebba ihrerseits aber fuhr in immer wachsendem Übermut fort: »Nein, meine Herren, es bleibt dabei, die Rücksichtslosigkeiten sind aus der Welt gegangen. Allerdings, so viel ist einzuräumen (und es steht bei Ihnen, dies gegen mich auszunutzen), allerdings finden sich auch im Altertum vereinzelte Anfälle von Schwäche. So entsinn ich mich, vor grauen Jahren, denn ich war noch im Flügelkleide, die Racinesche ›Phädra‹ gesehen zu haben, mit der berühmten Rachel in der Titelrolle; sie kam von Petersburg, und sie nahm unser armes Stockholm nur so nebenher mit. Nun denn, besagte Phädra liebt ihren Stiefsohn, also sozusagen einen ganz fremden Menschen, der gar kein Recht hat, die Blutsfrage zu betonen, und dieser Stiefsohn verweigert sein ›Ja‹, lehnt die Liebe einer schönen Königin ab. Vielleicht der erste Dekadenzfall, erstes Vorspuken des schwächlich Modernen.«

»Oh, nicht doch«, versicherte Lundbye. »Nicht des Modernen. Das Moderne verurteilt solche Schwäche von Grund aus«, und Pentz seinerseits setzte hinzu: »Schade, daß wir keine Phädra zur Hand haben, um die Streitfrage sofort zum Austrag zu bringen; man müßte denn vielleicht von Skodsberg her...« Aber hier unterbrach er sich, weil er inmitten seiner Rede wahrnahm, daß ihn die beiden Offiziere scharf fixierten, um ihn wissen zu lassen, daß er in ihrer Gegenwart den Namen der Danner, der ihm schon auf der Zunge schwebte, nicht spöttisch ins Gespräch ziehen dürfe.

Gleich danach wurde die Tafel aufgehoben, und alles rüstete sich zum Aufbruch, wobei sich Holk, als einziger Mitbewohner des Ebba-Turmes, wie halb verpflichtet fühlte, die Gäste bis an das als Garderobe dienende Flurzimmer Karins zu begleiten. Hier blieb er auch, bis alle sich entfernt hatten. Dann aber gab er Karin die Hand, schlug vor, Fenster und Türen zu öffnen, da sie's mit dem Ofen zu gut gemeint habe, und stieg rasch wieder die Treppe hinauf.

Oben in der offenen Tür stand Ebba, die Lichter brannten noch auf dem Tisch, und es mochte Holk, als er sie so sah, zweifelhaft sein, ob sie, vom Treppengeländer her, nur auf das Abschiednehmen unten oder aber auf seine Rückkehr gewartet hatte. »Gute Nacht‹, sagte sie und schien sich, unter einer scherzhaft feierlichen Verbeugung, von der Schwelle her in ihr Zimmer zurückziehen zu wollen. Aber Holk ergriff ihre Hand und sagte:

»Nein, Ebba, nicht so; Sie müssen mich hören.« Und mit eintretend, sah er sie verwirrt und leidenschaftlich an.

Sie aber entwand sich ihm leicht, und anknüpfend an das vor wenigen Minuten erst geführte Gespräch, sagte sie: »Nun, Holk, in welcher Rolle? Paris oder Aegisth? Sie haben gehört, daß sich Pentz dazu gemeldet.«

Und dabei lachte sie.

Diese Heiterkeit aber steigerte nur seine Verwirrung, an der sie sich eine Weile weidete, bis sie zuletzt halb mitleidig bemerkte: »Holk, Sie sind doch beinah deutscher als deutsch ... Es dauerte zehn Jahre vor Troja. Das scheint Ihr Ideal.«

27. KAPITEL

Eine Stunde war vergangen, als es klopfte. Holk fuhr zusammen. Ebba aber, ihrer ganzen Natur nach vor dem Lächerlichen eines ängstlichen Versteckspiels mehr als vor einer Entdeckung erschreckend, schritt rasch auf die Tür zu und öffnete.

Karin stand da.

»Was bringst du, Karin?«

»Nichts Gutes. In meiner Stube qualmt es, und ein wahres Glück, daß ein Stück Ruß den Rauchfang herunterkam und mich geweckt hat. Ich habe Tür und Fenster aufgerissen und Zug gemacht; aber es hilft nicht, es ist, als ob es aus Wand und Dielen käme.«

»Was wird es sein?« sagte Ebba, die zunächst nur annahm, es sei Neugier, was Karin heraufgeführt habe. »Der Wind drückt auf den Schornstein. Ich werde nachsehen, will aber erst ein Tuch umnehmen und Licht machen; du hast dich ja so im Dunkeln heraufgetappt.« Und damit trat sie wieder zurück und ließ die Tür ins Schloß fallen. Aber keine halbe Minute, so war sie wieder da, ein Licht in der Hand, und leuchtete vorauf, während Karin folgte. Diese hatte nicht zu viel gesagt, Qualm und Rauch erfüllten schon das Treppenhaus, und ehe beide noch halb hinab waren, ward ihnen das Atmen schon halb unmöglich. »Rasch durch«, sagte Karin und stürzte sich über den Flur fort, aus dessen Dielen schon kleine Flammen aufschlugen, auf den glücklicherweise nicht verschlossenen Türeingang zu. Und gleich danach klang es ›Feuer‹ über den Schloßhof hin. Ebba wollte nach und wie Karin ihr Heil in der Flucht suchen. Aber im nächsten Augenblick gedachte sie Holk, und schnell entschlossen, ihn nicht im Stich zu lassen, eilte sie wieder treppauf und in ihr Zimmer zurück. Umsonst, er war nicht mehr da. »Der Tor, er will meinen Ruf retten, oder vielleicht auch seinen, und bringt sich um und mich mit.« Und während sie so sprach, stieg sie raschen Trittes die zweite Treppe hinauf, um ihn in seinem eigenen Zimmer aufzusuchen. Da stand er an der Türschwelle. Vom Hofe her hörte man fortgesetzt Karins Feuerruf, in den jetzt auch andere Stimmen einstimmten. »Rasch, Holk, oder wir sind des Todes. Karin hat sich gerettet. Versuchen wir's auch.« Und ohne ein Ja oder Nein abzuwarten, faßte sie seinen Arm und riß ihn mit sich fort, die beiden Treppen wieder hinunter. Aber so schnell dies alles ging, das Unheil unten war jedoch schneller gegangen, und was vor einer Minute oder zwei noch möglich gewesen wäre, war jetzt nicht mehr. »Wir sind verloren«, und Ebba schien auf der Treppe zusammenbrechen zu wollen. Aber Holk umfaßte die halb bewußtlos Gewordene, und mit all der Kraft, wie sie die Verzweiflung gibt, trug er sie jetzt die Wendeltreppe wieder hinauf, von Stockwerk zu Stockwerk, bis er zuletzt mit ihr unter dem von Balken und Latten durchzogenen Turmdache stand. Eine offene Luke gab gerade Licht genug, um sich in dem wirren Durcheinander mühsam zurechtzufinden, und zwischen dem Gebälk hin auf die Lichtöffnung zusteuernd, trat er jetzt, Ebba nach sich ziehend, ins Freie hinaus. Hier waren sie für den Augenblick gerettet, und hätte das beinahe senkrecht ansteigende Schloßdach eine nur etwas stärkere Schrägung gehabt, so hätte diese vorläufige Rettung die Rettung überhaupt bedeutet; aber bei der Steile des Schloßdaches, die keine rechte Bewegung an ihm entlang gestattete, war mit dem allen doch nur wenig gewonnen, etwa den Blitzableiter abgerechnet, an dem man sich halten, und eine starke Dachrinne, gegen die sie die Füße stemmen konnten. Auch das war ein Glück, daß der Wind, der ging, den Qualm nach der entgegengesetzten Seite trieb.

Ja, das alles war ein Glück, aber doch immer nur eine Frist. Was half es ihnen, wenn sie von unten her nicht bemerkt wurden oder wenn der Wind herumging und das Dach, an das sie sich jetzt lehnten, in Flammen setzte?

»Willst du's wagen?« sagte Holk und wies auf den Blitzableiter, an dem es bei der nötigen Entschlossenheit immer noch möglich gewesen wäre, sich herabzulassen. Aber Ebba, deren Kraft hin war, schüttelte den Kopf. »Dann laß uns sehen, daß wir das Dach entlang bis an die nächste Mansarde kommen, da wollen wir einsteigen«, und sich vorsichtig zurücklehnend, schoben sie sich an der steilen Schrägung hin, langsam vorwärts, die Füße gegen die Dachrinne gestemmt. Es waren keine zehn Schritte, und alles ließ sich gut an; aber ehe sie noch den halben Weg bis an die Mansarde gemacht hatten, sagte Ebba: »Es geht nicht, ich bin gelähmt.« Holk wollte rufen und mit einem Tuche wehen, nahm aber bald wahr, daß es nutzlos sein werde, weil er um der Sicherheit willen in einer zurückgelehnten Stellung, die jedes Gesehenwerden vom Schloßhof ausschloß, verbleiben mußte. So stand denn alle Hoffnung bei Karin, von der sich annehmen ließ, daß sie nicht bloß persönlich nach ihnen aussehen, sondern auch andere Blicke nach dem Turmdache hinauflenken würde. Und wirklich, so geschah es, und so kam ihnen zuletzt auch die Rettung aus ihrer furchtbaren Lage. Schon eine Viertelstunde mochte vergangen sein, als sie wahrnahmen, daß etliche Personen um die Seespitze herumgegangen waren, und fast im selben Augenblick hörten sie auch schon Zurufe von der einen besseren Überblick gewährenden Hilleröder Uferseite her. Zurufe, deren Worte sie freilich nicht verstanden, deren freudiger Ton aber keinen Zweifel ließ, daß man nun sicher sei, sie aus der Gefahr befreien zu können. Und nicht lange mehr, so hörten sie hinter sich auch schon ein Schlagen wie von Hämmern und Äxten, und gleich danach wurden allerlei Köpfe sichtbar, die durch die gewonnene Dachöffnung hin nach ihnen ausschauten. Freilich, man hatte die rechte Stelle verfehlt, aber das war leicht ausgeglichen, und nur eine kleine Weile noch, so streckten sich ihnen starke Arme von innen her entgegen und zogen erst Ebba und dann Holk auf den Schloßboden hinauf, von wo aus man beide wie im Triumph erst die Treppen hinunter und dann auf den Schloßhof trug. Der erste, der ihnen hier entgegentrat, war der König.

Erst um Mitternacht, eine Stunde vor Ausbruch des Feuers, von Skodsborg nach Fredericksborg zurückgekehrt, war er doch der gewesen, der, allen anderen vorauf, die Rettungsarbeiten geleitet und sich an Bergung seiner geliebten Altertumsschätze glücklicher und erfolgreicher als irgend sonst wer beteiligt hatte. Was gerettet worden, war persönlich sein Werk. Die beiden Adjutanten waren ihm zur Seite.

»Sieh da, Holk«, sagte der König, als er des Grafen gewahr wurde. »Und als Ritter seiner Dame. Ich werde drüben in Skodsborg ein Rühmens davon machen.« Und in die leicht hingeworfenen Worte mischte sich, trotz des Ernstes der Situation, ein Anflug von Spott.

Westergaard und Lundbye mühten sich um Ebba. »Wo ist die Prinzessin?« fragte diese.

»Auf dem Bahnhofe«, war die Antwort; »man will einen Extrazug für sie einstellen. Der Boden brennt ihr hier unter den Füßen.«

Es war ein ganz unbeabsichtigtes Wortspiel, und niemand nahm es als solches. Nur Ebba, die selbst in diesem Augenblick noch auf zugespitzte Worte gestellt blieb, hörte heraus, was gar nicht hineingelegt war und sagte: »Ja, der Boden unter den Füßen! Die Prinzessin darf es kaum sagen … aber Holk und ich!«

28. KAPITEL

Ebba, voll Verlangen, den Extrazug mit zu benutzen, wollte nach dem Bahnhof; aber ihr Schwächezustand war doch so groß, daß sowohl Holk wie die beiden jungen Adjutanten in sie drangen, davon Abstand zu nehmen. Sie willigte denn auch ein und ließ sich nach dem vom Feuer verschont gebliebenen linken Flügel des Schlosses hinüberführen. In diesem befand sich die vorläufig als Unterkunftsstätte dienende Schloßkirche, deren Altarlichter brannten, während um den Altar selbst herum die Frauen und Kinder der Beamten und Schloßdienerschaft saßen oder lagerten, die Kinder mit allerlei Gewändern zugedeckt, darunter auch Meßgewänder noch aus der katholischen Zeit her, die man aus der Sakristei herbeigeholt hatte. Für Ebba war nichts mehr da; nur ein paar Kissen fanden sich, um sie wenigstens gegen die bittere Kälte des Fußbodens zu schützen. Aber es war zu wenig, und als Holk in dem kleinen angrenzenden Kastellanshause vergeblich nach etwas Besserem gesucht hatte, schlug er der immer heftiger fröstelnden Ebba vor, den Weg nach dem Bahnhof hin, von dem man vorher ihrer Erschöpfung halber Abstand genommen hatte, doch lieber wagen zu wollen. Ein alter Schloßdiener war auch bereit, den nächsten Weg zu zeigen, und so brach man denn auf und hörte die Bahnhofsuhr eben sechs schlagen, als man ankam. Die Prinzessin war schon seit länger als einer Stunde fort, und der nächste von Helsingör her erwartete Zug kam erst in dreißig Minuten. Auf dem Bahnhofe selbst lief alles durcheinander, und das kleine Wartezimmer bot keinen Platz mehr, war vielmehr überfüllt von Hillerödern, alten und jungen, die sämtlich nach Kopenhagen hinein wollten, um über alle vorgekommenen Schrecknisse, deren sensationellste glücklicherweise meist erfunden waren, so schnell wie möglich berichten zu können. In dem einen Turme, so hieß es mit aller Bestimmtheit, seien alle verbrannt, drei Personen vom Hofstaat und außerdem ein

Gärtner. Ebba, die sich nur mühsam aufrecht hielt, hörte das alles, und ihre Lage wäre kaum besser gewesen als vorher in der kalten Kirche, wenn nicht einer der Stationsbeamten ein Einsehen gehabt und das für den königlichen Hof bestimmte Separatzimmer für Holk und Ebba geöffnet hätte. Hier war es nicht bloß warm und geräumig, hier fand man auch Pentz und Erichsen, die zurückgeblieben waren, um über die Schicksale der Verlorengeglaubten an die Prinzessin berichten zu können. So war es von dieser ganz zuletzt noch angeordnet worden, als sie mit der Schimmelmann schon das Coupé bestiegen hatte. Die Begrüßung Holks und Ebbas von seiten der beiden Kammerherren war, da man nicht ohne Sorge gewesen, aufrichtig herzlich; aber diese Herzlichkeit wurde doch sehr übertroffen, als gleich danach Karin hereinstürzte, die bis dahin zusammengekauert in einer Ecke des daneben befindlichen Wartezimmers gesessen hatte. »Laß doch, Kind«, versuchte Ebba zu scherzen. »Was war es denn groß? Erst etwas zu heiß und dann etwas zu kalt.« Aber Karin, so gerne sie sonst lachte, wollte diesmal von einem Eingehen auf Ebbas scherzhaften Ton nichts wissen und hörte nicht auf, unter Schluchzen und Weinen ihrer Herrin die Hände zu küssen. Von Pentz' Seite, wie sich denken läßt, wurden allerlei Fragen gestellt, aber ehe Holk, an den sie sich vorzugsweise richteten, darauf antworten konnte, hörte man aus der Ferne schon den Pfiff der Lokomotive, ein Zeichen, daß der erwartete Helsingörer Zug herankäme. Noch eine Minute, so hielt er, und trotzdem Wagenmangel war, gelang es doch, für Ebba ein besonderes Coupé zu finden, worein sie gebettet und mit Plaids und Mänteln zugedeckt wurde. Karin setzte sich zu ihr, während die drei Herren in ein Nachbarcoupé stiegen.

*

Um acht hielt man auf dem Kopenhagener Bahnhofe, Wagen wurden heranbeordert, und als diese da waren, fuhr Pentz mit Ebba und Karin ins Palais der Prinzessin, während sich Erichsen und Holk in ihre Privatwohnungen begaben. Holk klopfte. Die schöne Frau Brigitte stand vor ihm und sagte: »Gott sei Dank, Herr Graf, daß Sie wieder da sind.« Aber etwas von Enttäuschung mischte sich doch sichtlich mit ein, was auch kaum anders sein konnte, denn gerüchtweise war gleich nach Eintreffen des Extrazuges von dem schrecklichen Ende des Grafen Holk und des Fräuleins von Rosenberg gesprochen worden, eine Sensationsgeschichte, wie sie sich Mutter und Tochter nicht schöner wünschen konnten. Und nun war der Graf *doch* am Leben und das Fräulein vielleicht auch oder wohl eigentlich ganz gewiß. Es war doch auf nichts Verlaß mehr, und gerade immer das Interessanteste versagte. Brigitte bezwang sich aber und wiederholte: »Gott sei Dank, Herr Graf. Wie wir in Angst um Sie gewesen sind ... Und um das schöne schwedische Fräulein ...« Und bei diesen Worten ließ sie kein Auge von Holk, denn ihr nach einer bestimmten Seite hin geradezu phänomenal ausgebildetes Ahnungsvermögen ließ sie das gesamte Geschehnis, besonders aber das Intime darin, mit einer Deutlichkeit erkennen, als ob sie dabei gewesen wäre.

»Ja, meine schöne Frau Brigitte«, sagte Holk, der entweder wirklich nur heraushörte, was wie Teilnahme klang, oder es heraushören wollte, »ja, meine schöne Frau Hansen, das waren böse Stunden, wie man sie seinem Todfeinde nicht gönnen mag, am wenigsten aber sich selber und ...«

»... einer so schönen Dame.«

»Nun ja, wenn Sie wollen. Das Fräulein ist aber nicht so schön, wie Sie immer annehmen, und jedenfalls lange nicht so schön wie andere, die ich nicht nennen will. Aber davon sprechen wir ein andermal und entscheiden dann die Frage. Jetzt bin ich todmüde, liebe Frau Hansen, und ich will den Schlaf nachholen, den ich versäumt habe. Bitte, weisen Sie jeden ab, auch Baron Pentz, wenn er nachfrägt. Aber um zwölf bitte ich zu klopfen. Und dann bald das Frühstück.«

*

Holk schlief fest, und erst als er das Klopfen hörte, stand er auf, um in aller Eile seine Morgentoilette zu machen. Er war noch wie unter einem Druck, so daß alles Geschehene halb schemenhaft an ihm vorüberzog, und erst als er an das Fenster trat und auf die Straße hinunterblickte, kam ihm das Zurückliegende wieder zu klarem Bewußtsein. Und jetzt erschien auch Brigitte mit dem Frühstück und wartete, daß Holk ein Gespräch beginnen solle, zu welchem Zwecke sie das Teegeschirr nicht nur sehr langsam aufbaute, sondern sich, was sie sonst nicht leicht tat, sogar zu direkten Fragen bequemte. Holk aber blieb diesmal unzugänglich, antwortete nur ganz kurz und gab überhaupt durch seine ganze Haltung zu verstehen, daß er es vorziehen würde, allein zu sein, was alles die schöne Frau Hansen nicht nur aufs Äußerste verwunderte, sondern ihre Gefühle für das schwedische Fräulein, das natürlich daran schuld sein mußte, noch tiefer herabstimmte. Nichts davon entging Holk; weil er aber schon aus Klugheit die schöne Brigitte nicht in schlechte Laune bringen mochte, so bat er sie, seine Zerstreutheit entschuldigen zu wollen und zu bedenken, daß er noch ganz unter dem Eindrucke all des Schrecklichen sei, was er erlebt habe.

»Ja«, sagte die Hansen, »schrecklich; es muß wirklich schrecklich gewesen sein und dazu die Verantwortung und helfen sollen und nicht können. Und so vor aller Augen und vielleicht in einem ganz leichten Kleide … wenn es ein Kleid war.«

Sie sagte das alles mit dem ernstesten Gesichtsausdruck und in einem so glücklichen Rührtone, daß Holk, als sie das Zimmer verließ, doch wieder in Zweifel war, ob er es durchaus für Bosheit und perfide Komödie halten müsse. Vielleicht mischte sich doch auch was von wirklicher Teilnahme mit ein; es heißt ja, Personen der Art seien immer gutmütig. Gleichviel indes, er war nicht in der Lage, dem nachzuhängen, und kaum, daß er wieder allein war, so war er auch schon wieder unter dem Ansturm all der Bilder und Vorstellungen, die das Erscheinen Brigittes nur unterbrochen hatte. Noch war kein voller Tag um, daß man die Partie nach dem kleinen Gasthaus am Arresee hin unternommen, und was war seitdem alles geschehen! Erst die Schlittschuhfahrt mit Ebba ganz dicht an dem abgebröckelten und durchlöcherten Eise hin und danach die Heimfahrt und die kleinen Neckereien und dann Ebbas Übermut bei Tisch … und dann, wie Karin kam und die Flammen aus Wand und Diele schlugen und wie sie zuletzt hinaustraten auf das Schloßdach, unter sich Tod und Verderben, und wie dieses Hinaustreten ihnen doch die Rettung bedeutet hatte.

»Ja, die Rettung«, sprach er vor sich hin. »Alles hängt an einem Haar; so war es diesmal, und so ist es immer. Was hat uns gerettet? Daß wir gleich am ersten Tage, an den Teichen und Pavillons vorüber, einen Spaziergang bis an die Parkfähre machten und daß an demselben Tage die Sonne schien und daß mein Blick auf das hellerleuchtete Schloß fiel und daß ich, weil alles so hell und klar dalag, in aller Deutlichkeit sehen konnte, wie das Fußende des Turmdaches mit dem Fußende des Schloßdaches zusammenlief. Ja, das hat uns gerettet. Ein Zufall, wenn es einen Zufall gibt, Aber es gibt keinen Zufall, es hat so sein sollen, eine höhere Hand hat es so gefügt. Und daran muß ich mich aufrichten, und daran hab ich auch eine Anlehne für das, was ich noch vorhabe. Wenn wir in Not und Zweifel gestellt werden, da warten wir auf ein Zeichen, um ihm zu entnehmen, was das Rechte sei. Und solch Zeichen habe ich nun darin, daß eine höhere Hand uns aus der Gefahr hinausführte. Wäre der Weg, den mein Herz all diese Zeit ging, ein falscher gewesen, so hätte mich die Strafe getroffen, mich und Ebba, und wir wären ohnmächtig zusammengesunken und erstickt und hätten uns nicht in die Luft und Freiheit hinausgerettet. Und Christine selbst, wenn ich ihre letzten Zeilen richtig verstanden habe, Christine selbst hat ein Gefühl davon, daß es so das Beste sei. Die guten Tage sollen nicht vergessen sein, nein, nein, und eine dankbare Erinnerung soll der Trennung alles Bittere nehmen; aber die Trennung selbst ist nötig, und ich darf wohl hinzusetzen, ist Pflicht, weil wir uns innerlich fremd geworden sind. Ach, all diese Herbheiten. Ich sehne mich nach einem anderen Leben, nach Tagen, die nicht mit Traktätchen anfangen und ebenso aufhören; ich will kein Harmonium im Hause, sondern Harmonie, heitere Übereinstimmung der Seelen, Luft, Licht, Freiheit. Das alles will ich und hab es gewollt vom ersten Tage an, daß ich hier bin. Und ich habe nun ein Zeichen, daß ich es darf.«

Er brach ab, aber nur auf Augenblicke, dann war er wieder am alten Fleck. In einem Kreise drehten sich all seine Vorstellungen, und das Ziel blieb dasselbe: Beschwichtigung einer inneren Stimme, die nicht schweigen wollte. Denn während er sich alles bewiesen zu haben glaubte, war er doch im letzten Winkel seines Herzens von der Nichtstichhaltigkeit seiner Beweise durchdrungen, und wenn er sich außerhalb seiner selbst hätte stellen und seinem eigenen Gespräche zuhören können, so würde er bemerkt haben, daß er in allem, was er sich vorredete, zwei Worte geflissentlich vermied: Gott und Himmel. Er rief beide nicht an, weil er unklar, aber doch ganz bestimmt herausfühlte, daß er im Dienst einer schlechten Sache focht und nicht wagen dürfe, den Namen seines Gottes mißbräuchlich ins Spiel zu ziehen. Ja, das alles würde er gesehen haben, wenn er sich wie ein Draußenstehender hätte beobachten können; aber das war ihm nicht gegeben, und so schwamm er denn im Strome falscher Beweisführung dahin, Träumen nachhängend und sein Gewissen einlullend, und schrieb sich ein Zeugnis nach dem anderen. Warum auch nicht? Es ließ sich ja, das durft er sich sagen, so gut mit ihm leben, man mußt es nur verstehen; aber Christine verstand es nicht und wollte es auch nicht verstehen, ja, er war ein Opfer ihrer christlichen Redensarten, das stand in ihm fest, oder sollt ihm wenigstens feststehen, und immer mehr von dem Verlangen erfüllt, seine gute, seine gerechte Sache so rasch wie möglich zum Schluß zu bringen, verlor er zuletzt alles Urteil und jede ruhige Überlegung. Er wollte zu Ebba, diese Stunde noch, und dann wollt er mit ihr vor die Prinzessin treten und alles bekennen und erst ihre Verzeihung und dann ihre Zustimmung anrufen. Und ihr auch sagen, daß Christine selbst bereits in diesem Sinne geschrieben oder wenigstens Andeutungen gemacht habe. Von einem Widerstande drüben in Holkenäs könne keine Rede sein, die Trennung sei so gut wie da, nur noch eine Formalität, und er bäte sie, den Schritt, den er vorhabe, gutheißen und sein Verhältnis zu Ebba als eine vorläufige Verlobung ansehen zu wollen.

Er fühlte sich erleichtert, als dieser Plan in ihm feststand; Ebba sollte diese Stunde noch davon hören; er sah kein Hindernis oder übersprang jedes in seinen Gedanken.

Es schlug zwei vom Rathausturm, als er sich nach dem Palais auf den Weg machte. Zwei-, dreimal sah er sich aufgehalten, weil ihm Bekannte begegneten, die von der Gefahr, der er wie durch ein Wunder entronnen sei, gehört hatten; Holk stand ihnen auch Rede, brach aber jedesmal rasch ab, sich mit ›Dienst‹ bei der Prinzessin entschuldigend.

Ebba wohnte im Palais selbst, über den Zimmern der Prinzessin. Holk zog die Glocke; niemand kam. Endlich erschien Karin. Aber was sie sagte, konnte Holk in seiner gegenwärtigen Stimmung, in der alles nach raschem Abschluß drängte, wenig befriedigen. Er hörte nur, daß das Fräulein, nach mehrstündigem Fieber, eben eingeschlafen sei und nicht geweckt werden dürfe. »So werd ich wieder anfragen. Und vergessen Sie nicht, Karin, dem Fräulein zu sagen, daß ich da war und nachfragen wollte.« Karin versprach alles und lächelte. Sie hatte keine Vorstellung von dem, was in Holks Seele vorging, und sah nichts anderes in ihm als den stürmischen Liebhaber, der nach neuen Zärtlichkeiten dürstete.

Holk stieg die Treppe langsam hinab, und erst als er den langen Gang passierte, daran die Zimmer der Prinzessin gelegen waren, entsann er sich, alles, was das pflichtgemäß Nächstliegende für ihn gewesen wäre, versäumt zu haben. Aber war es das Nächstliegende? Für ihn gewiß nicht. Für ihn war der Gesundheitszustand der Prinzessin in seiner gegenwärtigen Stimmung so gut wie gleichgültig, für ihn war sie nur noch dazu da, den Segen zu spenden und ihn und Ebba glücklich zu machen. Und mit einem Male (denn daß Ebba dieselben Gedanken habe, stand ihm fest) kam ihm das Verlangen, sich schon heute Gewißheit über das ›Ja‹ der Prinzessin verschaffen zu wollen. Und so trat er in eins der Vorzimmer und erfuhr hier von der diensthabenden Kammerfrau, daß Königliche Hoheit das Bett hüte. Neue Verstimmung. Wenn die Prinzessin das Bett hütete, so konnte von der Entscheidung, was ihm gleichbedeutend mit Gutheißung war, natürlich keine Rede sein. Wie lästig; nichts ging nach Wunsch. Pentz und Erichsen waren im Nebenzimmer, aber er mochte sie nicht sehen und brach rasch auf, um erst einen Spaziergang nach der Zitadelle zu machen und schließlich eine Stunde lang in der Ostergade zu flanieren. Um fünf war er wieder im Palais oben und fragte zum zweiten Male nach Ebba. ›Der Doktor sei dagewesen‹, hieß es, ›und habe zweierlei verordnet: eine Medizin und eine Pflegerin für die Nacht. Denn das Fräulein fiebere wieder stark, und sei nicht zu verwundern nach solcher Gefahr und nach allem…‹ Die letzten Worte setzte Karin nur halblaut und wie von ungefähr hinzu, weil sie sich nicht versagen mochte, Holk ihre Gedanken erraten zu lassen.

*

Holk sah seine Geduld auf eine harte Probe gestellt. Er hatte gehofft, in einer einzigen Stunde sein Schicksal entschieden zu sehen, und nun Hindernis über Hindernis. Ebba krank, die Prinzessin krank. Ebbas war er in seinem Gemüte sicher, Ebba also – das mochte gehen; aber die

Prinzessin! Er wußte nicht, wie die Stunden, Stunden, aus denen Tage werden konnten, hinzubringen seien, und wenn er dann im Fluge durchnahm, was in dem lebenslustigen und zerstreuungsreichen Kopenhagen als Zeitvertreib zu gelten pflegte, so erschrak er, wie sehr ihm alle diese Dinge widerstanden. Alhambra und Tivoli, Harlekin und Kolombine, Thorwaldsen-Museum und Klampenborg, alles, die schöne Frau Brigitte mit eingerechnet, hatte gleichmäßig seinen Reiz für ihn verloren, und wenn er gar an Pentz dachte, befiel ihn ein Grauen. Das war das letzte, was er aushalten konnte; lieber wollte er die Nichtigkeiten Erichsens und die Steifheiten der Schimmelmann ertragen als die Pentzschen Bonmots und Wortspiele.

Die Nacht verging ihm unter Kopfdruck und wenig Schlaf, woran Erkältung und Aufregung gleichen Anteil haben mochten, und er war froh, als die Morgensonne drüben die Dächer rötete. Das Frühstück kam und die Zeitungen und mit den Zeitungen ausführliche Schilderungen über den Fredericksborger Schloßbrand. Er las alles, erheiterte sich und vergaß beinahe, was ihn quälte, wenigstens solange die Lektüre dauerte. Die wirklichen Hergänge waren sehr zu seinen Gunsten ausgeschmückt, er habe sich, so hieß es in zwei fast gleichlautenden Berichten, an dem Blitzableiter herablassen wollen, um dann, unten angekommen, Hilfe für das unglückliche Fräulein herbeizuschaffen; als er aber in die Feuerregion des brennenden Turmes gekommen sei, habe sich ein weiteres Hinabgleiten an der nach unten zu schon halb glühend gewordenen Eisenstange verboten, und er sei wieder mit ebensoviel Mut und Kraft wie Geschicklichkeit hinaufgeklettert. Er las dies und sagte sich, daß er nach dem allen notwendig der Held des Tages sein müsse. Der Held! Und wie wenig heldisch war ihm zumute! Er fühlte, daß seine Nerven zu versagen drohten und daß er in Krankheit oder geistige Störung fallen würde, wenn es ihm nicht gelänge, das, was er gestern vergeblich in die rechten Wege zu leiten versucht hatte, noch heute zum Abschluß zu bringen. Daß Ebba wieder gesund sein werde, war nicht anzunehmen; aber doch die Prinzessin, was auch eigentlich wichtiger war. Alles, was sie seit vorgestern durchzumachen gehabt hatte, war doch nur etwas vergleichsweise Geringes gewesen, und wenn sie, wie sehr wahrscheinlich, wieder außer Bett war, so mußte sie ihn hören und über ihn entscheiden. ›Und über mich entscheiden, das heißt mein Glück besiegeln, denn sie ist gütig und in ihren Anschauungen unbeengt.‹

Ja, so soll es sein, und um zehn Uhr war er auch schon wieder im Palais, wo er zu seiner unendlichen Freude vernahm, daß die Prinzessin eine leidliche Nacht gehabt habe. Durch eben dieselbe Kammerfrau, mit der er schon gestern gesprochen, ließ er anfragen, ob Königliche Hoheit seine Gegenwart zu befehlen geruhe. Und gleich danach trat er bei ihr ein, denn sie hatte ihn wissen lassen, sie wünsche ihn dringend zu sprechen.

Das Zimmer war dasselbe, darin er, gleich am Tage nach seiner Ankunft, seine erste Audienz bei der Prinzessin gehabt hatte. Da hing noch das große Bild König Christians VIII. und gerade gegenüber das des verstorbenen Landgrafen, der Flor um den Rahmen noch grauer und verstaubter als damals. Auf dem Sofa, unter dem Bilde des Königs, saß die alte Dame, verfallen und zusammengeduckt, von Prinzessin nicht viel und von esprit fort keine Spur. Es war ersichtlich, daß sie – wenn auch von ihrer eigentlichen Krankheit so gut wie genesen – den Schreck und die Aufregung der letzten Fredericksborger Stunden noch keineswegs überwunden hatte. Jede Spannkraft fehlte, das Auge war matt und müde.

»Das war eine schlimme Nacht, lieber Holk. Sie sehen mich noch unter der Nachwirkung von dem allen. Und doch, was bedeutet es neben dem, was *Sie* durchzumachen hatten. Und Ebba mit Ihnen. Ein Wunder, daß Sie gerettet wurden, wie man mir übrigens erzählt hat, durch Ihre Geistesgegenwart. Ich habe Sie sehen und Ihnen bei der Gelegenheit aussprechen wollen, wie groß meine Dankbarkeit ist. Solche Dinge bleiben unvergessen. Und nun gar erst von seiten Ebbas selbst. Sie kann Ihnen dies nie vergessen und wird sich Ihnen, dessen bin ich sicher, durchs Leben hin verbunden fühlen.«

Es waren dies Worte, die, nach ihrem Inhalt, für Holk und alles das, was schon auf seiner Lippe zitterte, nicht glücklicher gewählt sein konnte, und einen Augenblick stand er auch wirklich auf dem Punkte, an die Prinzessin heranzutreten und unter Wiederholung und Ausdeutung ihrer eigenen Worte sein Herz vor ihr auszuschütten und seine Pläne sie wissen zu lassen. Aber so sehr der Inhalt der Worte dazu auffordern mochte, nicht die Haltung der Prinzessin, nicht der Ton, in dem ihre Worte gesprochen waren. Alles klang beinahe leblos, und Holk, so stark seine Seele nach Gewißheit und Abschluß drängte, fühlte doch deutlich, daß dies nicht der denkbar beste, sondern umgekehrt eher der denkbar schlechteste Moment für sein Geständnis sein würde. Von der freigeistigen Prinzessin, die sonst ein Herz oder doch mindestens ein Interesse für Eskapaden und Mesalliancen für Ehescheidungen und Ehekämpfe hatte, war in der alten Dame, die da vollkommen greisenhaft unter dem feierlichen Königsbilde saß, auch nicht das Geringste mehr wahrzunehmen, und was statt dessen aus ihrem eingefallenen Gesicht herauszulesen war, das predigte nur das eine, daß bei Lebenskühnheiten und Extravaganzen in der Regel nicht viel herauskomme, und daß Worthalten und Gesetzerfüllen das allein Empfehlenswerte, vor allem aber eine richtige Ehe (nicht eine gewaltsame) der einzig sichere Hafen sei. Holk hätte die Schrift gern anders entziffert, es war aber nicht möglich und verbot sich in so hohem Grade, daß er, statt irgendwelche Konfessions zu machen, sich darauf beschränkte, die Prinzessin um einen mehrtägigen Urlaub anzugehen. Ein klarer Plan stand ihm dabei keineswegs vor der Seele, so wenig, daß er auf eine diesbezügliche Frage nicht Antwort gewußt hätte; die Prinzessin aber, von Anfang an nur von dem Verlangen erfüllt, sich baldmöglichst wieder in ihr Kabinett zurückzuziehen, verzichtete gern auf neugierige Fragen und gewährte huldvoll, um was sie gebeten war.

Und nun noch ein gnädiges Kopfnicken, und die Audienz, wenn man ihr diesen Namen geben durfte, war zu Ende.

29. KAPITEL

Als Holk um Urlaub gebeten, hatte nur das eine für ihn festgestanden, daß etwas geschehen müsse. Nun *war* er beurlaubt, und im selben Augenblick war auch die Frage da: *was* soll nun geschehen? Aussprache mit Ebba, so sehr er ihrer Übereinstimmung sicher war, Verabredungen mit ihr für die Zukunft - das wäre das Natürlichste gewesen; aber Ebba war krank, und was Karin, wenn er vorsprach, antwortete, blieb dasselbe: das Fräulein dürfe niemanden sprechen. So ging er denn einer wahren Prüfungszeit entgegen, Tagen, in denen er nichts zu tun, als zu warten hatte. Und das war ihm in seiner Seelenstimmung das schwerste. Zuletzt ergab er sich darin und beschloß, sich einzuschließen, niemanden zu sehen, Zeitungen zu lesen, Briefe zu schreiben. Aber an wen? Er sah bald, daß er an niemanden schreiben könne. Petersen, Arne, die Kinder - alles verbot sich. Noch mehr die Dobschütz. Blieb nur noch Christine selbst. Er stand von dem Schreibtisch auf, an dem er eine Weile grübelnd gesessen, und schritt auf und ab. »Christine. Ja, das wäre das beste. Sie muß es schließlich doch wissen und lieber heut als morgen ... Aber ihr schreiben? Muß durchaus geschrieben sein, als ob ich nicht den Mut hätte, ihr unter die Augen zu treten? Ich habe den Mut, denn was ich will, ist mein gutes Recht. Man lebt nicht zusammen, um immer zweierlei Meinung zu haben und zweierlei Wege zu gehen. Christine hat mich von sich weg erkältet. Ja, das ist das rechte Wort, und solche sich mehrende Kälte, das ist schlimmer als Streiten und Heftigsein. Eine Frau soll eine Temperatur haben, ein Temperament und Leben und Sinne. Aber was soll ich mit einem Eisberg? Und wenn er das klarste Eis hat, das klarste ist gerade das kälteste, und ich will nicht erfrieren. Ja, das paßt, das ist ein gutes Einleitungsthema, damit werd ich ihr kommen, aber von Mund zu Mund; ich will es ihr nicht schreiben, ich will es ihr sagen. Ihr eigener Brief hat mir goldene Brücken gebaut. Und wenn ich dann frei bin und wieder hier ... Ach, wie sehne ich mich nach Leben, Wärme, Freude. Meine Tage sind mir vergangen, als ob Unterweltsschatten neben mir herschwebten. Die gute Dobschütz war auch solch Schatten. Ich bin noch nicht alt genug, um auf Fleisch und Blut zu verzichten.«

Und er klingelte. Die Witwe Hansen kam.

»Liebe Frau Hansen, ich will auf einen Tag nach Holkenäs ...«

»Ah, zur Christbescherung. Da wird sich die gnädigste Frau Gräfin freuen, die jetzt so allein ist, seit auch die Kinder fort sind, wie mir der Herr Graf erzählt haben.«

»Ja, nach Holkenäs«, sagte Holk. »Wissen Sie, wie die Dampfschiffe gehen? Ich meine die nach Glücksburg und Flensburg. Am liebsten wäre es mir, ich könnte noch heute mittag fort oder doch gegen Abend. Dann bin ich morgen zu guter Stunde da. Vielleicht, liebe Frau Hansen, können Sie jemand nach dem Hafen schicken und anfragen lassen. Aber es muß ein Bote sein, auf den Verlaß ist, denn mir liegt daran, sicherzugehen.« Frau Hansen sagte, sie würde sich selber auf den Weg machen, und nach weniger als einer Stunde war sie von ihrem Gange wieder zurück und brachte die Nachricht, heute gehe kein Schiff mehr, aber morgen gegen Abend gehe der ›Holger Danske‹ und sei zehn Uhr vormittags vor Holkenäs.

»Das ist übermorgen. Welchen Tag haben wir heute?«

»Den einundzwanzigsten, gerade den kürzesten ...«

Holk dankte für ihre Bemühung und war in seinem Herzen froh, daß es nicht Heiligabend war, an dem das Schiff an dem Wassersteg von Holkenäs anlegen würde.

*

Den dreiundzwanzigsten kam die Küste von Angeln in Sicht, und als es zehn Uhr heran war, sah man, von Deck aus, Schloß Holkenäs auf seiner Düne. Die Linien waren verschwommen, denn ein leiser Nebel zog, und einen Augenblick begann es sogar zu schneien. Aber der Flokkentanz hörte bald wieder auf, und auch der Nebel war so gut wie verschwunden, als die Schiffsglocke zu läuten anhob und der stattliche Dampfer anlegte. Holk überschritt die kleine Geländerbrücke, die man vom Deck her nach dem Wassersteg hinübergeschoben hatte, dann schaffte der Stewart sein Gepäck nach, und ehe fünf Minuten um waren, dampfte der ›Holger Danske‹ weiter auf Glücksburg zu. Holk sah dem Schiffe eine Weile nach, dann warf er seinen Mantel, der ihn beim Ersteigen der Terrasse nur behindert haben würde, zwischen die beiden Koffer und schickte sich an, den Steg entlangzugehen. Dann und wann blieb er stehen und sah nach Holkenäs hinauf. Es lag jetzt, wo der Nebel sich momentan verzogen hatte, klar vor ihm, aber öd und einsam, und der dünne Rauch, der aufstieg, wirkte, wie wenn nur noch ein halbes Leben da oben zu finden sei. Die ziemlich zahlreichen Sträucher in Front der Vorhalle waren, ein paar kleine Zypressen abgerechnet, alle kahl und entblättert, und die Vorhalle selbst zeigte sich mit Brettern verkleidet und mit Matten verhängt, um die hinter gelegenen Räume nach Möglichkeit gegen den Nordost zu schützen. Alles still und schwermütig, aber ein Friede, wie der Nachglanz eines früheren Glücks, war doch darüber ausgebreitet, und diesen kam er jetzt zu stören. Eine Furcht befiel ihn plötzlich vor dem, was er vorhatte; Zweifel kamen, und sein Gewissen, so gut er's einzulullen wußte, wollte nicht ganz schweigen. Aber so oder so, jedenfalls war es zu spät, und er konnte nicht mehr zurück. Es mußte sein. Wie würde Ebba ihn ausgelacht und ihm den Rücken gekehrt haben, wenn er bei seinem Wiedereintreffen in Kopenhagen ihr gesagt hätte: ›Ich wollt es tun, aber ich konnte es nicht.‹ Und so nahm er denn seinen Weg wieder auf und stieg endlich langsam die Terrasse hinauf. Als er oben war, rief er einen alten, zufällig des Weges kommenden Diener an, der in einem Nebenhause seit Jahr und Tag schon das Gnadenbrot aß, und fragte ihn, »ob die Gräfin im Schloß sei?«

»Gewiß, Herr Graf«, sagte der Alte fast erschrocken, »in ihrem Schlafzimmer oben. Ich will voraus und der Frau Gräfin melden, daß der Herr Graf angekommen sind.«

»Nein, laß«, sagte Holk, »ich will selber gehen«. Und nun ging er, sich zunächst seitwärts haltend, auf die Rückseite des Schlosses zu, die den Blick landeinwärts auf die bergabsteigenden Park- und Gartenanlagen hatte.

Hier angekommen, nahm sich alles wärmer und wohnlicher aus, und Holk, als er einen Augenblick Umschau gehalten hatte, stieg die drei Marmortreppen hinauf, die, zwischen zwei Säulen hindurch, auf die Tür des Gartensalons zuführten. Und nun trat er in den Salon selbst ein, in dem sich alles, trotzdem die Kinder nicht da waren, in weihnachtlicher Vorbereitung zu befinden schien. Auf dem Ecktisch mit der türkischen Decke, daran vordem Christine mit Dobschütz und Asta zu sitzen und Handarbeiten zu machen pflegte, stand eine figurenreiche, schon durch Jahre hin gebrauchte, aber immer noch sehr wohlerhaltene Weihnachtskrippe, während in der Ecke schräg gegenüber ein Christbaum aufragte, noch ganz schmucklos, aber sehr hoch, so daß seine Spitze fast bis an die Decke reichte. Nach allem mußte hier irgendwer eben noch tätig gewesen sein, nur daß sich niemand zeigte. War man vor ihm geflohen? Aber eh er sich selbst darauf antworten konnte, sah er, daß er sich geirrt hatte, wenigstens in dem, was das Fliehen vor ihm anging; denn aus der dunklen Hintergrundsecke, die der vorgestellte Christbaum bildete, trat jetzt eine schwarz gekleidete Dame hervor. Es war die Dobschütz, eine Schale mit vergoldeten und versilberten Nüssen in der Hand, mit denen sie den Baum zu schmücken eben begonnen haben mochte. Sie fuhr zusammen, als sie den Grafen erkannte. »Was ist geschehen? Soll ich Christine rufen?« »Nein, liebe Dobschütz«, sagte Holk. »Lassen wir Christine noch eine Weile. Was sie hören muß, hört sie früh genug. Ich bin früher hier als erwartet und hätte gern einen andern Tag gewählt als diesen. Aber ich bleibe nicht lange.«

Die Dobschütz wußte, wie's stand und welche sich immer steigernden Ernüchterungen und Kränkungen diese letzten Wochen gebracht hatten; aber das, was sie da eben von Holk selbst hörte, war doch noch mehr, ging darüber hinaus. Was sollten diese Worte, die nichts und alles bedeuteten? Und dabei stand er vor ihr mit einem halb trotzigen und doch zugleich verlegenen Gesichtsausdruck, wie wenn er als Ankläger andrer und zugleich seiner selbst käme.

»Ich will doch lieber gehen und Christine sagen, daß Sie da sind.«

Er nickte, als ob er andeuten wollte: nun gut, auch das; es ist gleichgültig, jetzt oder nach einer Viertelstunde.

Dabei schritt er auf die Krippe zu, nahm etliche von den Figuren in die Hand und sah sich um, ob die Dobschütz mittlerweile das Zimmer verlassen habe oder nicht.

Ja, sie war fort. Und nun erst ließ er seine Augen umhergleiten, Großes und Kleines halb gleichgültig musternd, und sah bei der Gelegenheit auch auf die Parkgänge hinaus, darin ein paar Hühner spazierengingen, weil niemand da war, der's ihnen wehrte. Dann erst trat er wieder zurück und an den offenstehenden Flügel, denselben, daran Elisabeth Petersen und Asta so oft gesessen und vierhändig gespielt oder auch ihre Lieder gesungen hatten, eins am letzten oder vorletzten Tage vor seiner Abreise. Und mit einem Male war es ihm, als hör er's, aber aus weiter, weiter Ferne.

So stand er und träumte vor sich hin, in halbem Vergessen dessen, um was er eigentlich hierhergekommen, als er zu bemerken glaubte, daß die Tür ging. Und nun wandte er sich und sah, daß Christine eingetreten war. Sie blieb stehen und hatte die Hand der Dobschütz genommen, wie um sich zu halten. Holk ging auf sie zu. »Guten Tag, Christine. Du siehst mich früher wieder, als ich erwartete.«

»Ja«, sagte sie, »früher.« Und sie gab ihm die Hand und wartete, was er tun würde. Das sollte ihr dann ein Zeichen sein, wie's stünde, denn sie wußte, daß er, trotz aller seiner Schwächen, ehrlich war und sich nicht gut verstellen konnte.

Holk hielt ihre Hand in der seinen und wollte sie fest ansehen. Aber er konnte den ruhigen Blick, der dem seinen begegnete, nicht ertragen, und so wandte er sein Auge wieder beiseite, um es nicht niederschlagen zu müssen, und sagte, während sie in ihrem Schweigen verharrte: »Wollen wir uns nicht setzen, Christine?«

Dabei schritten beide auf den Ecktisch zu. Die Dobschütz folgte, blieb aber stehen, während sich die Gräfin setzte, Holk ihr gegenüber, nachdem er einen Lehnstuhl herangeschoben hatte. Die Weihnachtskrippe stand zwischen ihnen, und über die Krippe fort fragten sich ihre Blicke.

»Geh, liebe Julie«, sagte die Gräfin nach einer Pause. »Wir sind wohl besser allein. Ich glaube, daß mir Holk etwas sagen will.«

Die Dobschütz zögerte, nicht weil sie Zeuge des Peinlichen zu sein wünschte, was sich sichtlich vorbereitete, sondern aus Liebe zu Christine, hinsichtlich derer sie fürchtete, daß sie ihres Beistandes bedürftig sein würde. Zuletzt aber ging sie.

Holk seinerseits schien die letzten Worte seiner Frau, »daß er ihr mutmaßlich etwas zu sagen habe«, zunächst wenigstens widerlegen zu wollen; er schwieg und spielte dabei mit dem Christkind, das er, ohne recht zu wissen, was er tat, der Jungfrau Maria vom Schoß genommen hatte.

Christine sah ihn an und fühlte beinah Mitleid mit ihm. »Ich will es dir leicht machen, Holk«, sagte sie. »Was du nicht sagen magst, *ich* will es dir sagen. Am Silvester oder am Neujahrstag haben wir dich erwartet, nun kommst du zu Weihnachten. Ich glaube nicht, daß du der Krippe wegen gekommen bist, auch nicht des Christkindes wegen, mit dem du spielst. Es liegt dir etwas sehr andres am Herzen als das Christkind, und es kann nur noch die Frage sein, wie dein Glück heißt, ob Brigitte oder Ebba. Eigentlich ist es gleich. Du bist gekommen, um auf das, was ich dir als Letztes und Äußerstes vorschlug, einzugehen und mir dabei zu sagen: ›Ich hätt es ja so gewollt‹. Und wenn du das sagen willst, so sag es; du darfst es. Ja, ich hab es so gewollt, denn ich bin nicht für halbe Verhältnisse. Zu den vielen Selbstsüchtigkeiten, die mich auszeichnen, gehört auch *die*, nicht teilen zu wollen, ich will einen ganzen Mann und ein ganzes Herz und mag nicht eines Mannes Sommerfrau sein, während andere die Winterfrau spielen und sich untereinander ablösen. Also sprich es aus, daß du gekommen bist, um mit mir von Trennung zu sprechen.«

Es war nicht gut, daß die Gräfin ihr Herz nicht bezwingen konnte. Vielleicht, daß sie, bei milderer Sprache, den so Bestimmbaren doch umgestimmt und ihn zur Erkenntnis seines Irrtums geführt hätte. Denn die Stimme von Recht und Gewissen sprach ohnehin beständig in ihm, und es gebrach ihm nur an Kraft, dieser Stimme zum Siege zu verhelfen. Gelang es Christine, diese Kraft zu stärken, so war Umkehr immer noch möglich, auch jetzt noch; aber sie versah es im Ton und rief dadurch all das wieder wach, was ihn, ach so lange schon, gereizt und, seit er Ebba kannte, so willfährig gemacht hatte, sich selber Absolution zu erteilen.

Und so warf er denn, als Christine jetzt schwieg, das Christkind wieder in die Krippe, gleichgültig, wo die Puppe hinfiel, und sagte: »Du willst es mir leicht machen, so glaub ich, waren deine Worte. Nun, ich bin dir das Anerkenntnis schuldig, daß du hinter deinem guten Willen nicht zurückgeblieben bist. Immer derselbe Ton der Überhebung. Daß ich dir's offen bekenne, ich war erschüttert, als ich dich da vorhin eintreten und, auf die gute Dobschütz gestützt, auf mich zukommen sah. Aber ich bin es nicht mehr. Du hast nichts von dem, was wohltut und tröstet und einem eine Last von den Schultern nimmt oder wohl gar Blumen auf unsren Weg streut. Du hast nichts von Licht und Sonne. Dir fehlt alles Weibliche, du bist herb und moros ...«

»Und selbstgerecht ...«

»Und selbstgerecht. Und vor allem so glaubenssicher in allem, was du sagst und tust, daß man es eine Weile selber zu glauben anfängt und glaubt und glaubt, bis es einem eines Tages wie Schuppen von den Augen fällt und man außer sich über sich selbst gerät und vor allem darüber, daß man den Ausblick auf einen engen, auf kaum zehn Schritt errichteten Plankenzaun mit einem Grabtuch darüber für den Blick in die schöne Gotteswelt halten konnte. Ja, Christine, es gibt eine schöne Gotteswelt, heil und weit, und in dieser Welt will ich leben, in einer Welt, die nicht das Paradies ist, aber doch ein Abglanz davon, und in dieser hellen und heitern Welt will ich die Nachtigallen schlagen hören, statt einen Steinadler oder meinetwegen einen Kondor ewig feierlich in den Himmel steigen zu sehen.«

»Nun, Holk, laß es genug davon sein, ich will dir dein Paradies nicht länger verschließen, denn das mit dem bloßen ›Abglanz‹ davon, das redest du nur so hin; du willst dein richtiges irdisches Paradies haben und willst, wie du dich eigentümlich genug ausdrückst, die Nachtigallen darin schlagen hören. Aber sie werden über kurz oder lang verstummen, und du wirst dann nur noch eine Vogelstimme hören, und nicht zu deiner Freude leiser und immer schmerzlicher, und du wirst dann auf ein unglückliches Leben zurückblicken. Von den Kindern spreche ich dir nicht, ich mag sie nicht in ein Gespräch wie dieses hineinziehen; ein Mann, der der Stimme seiner Frau kein Ohr leiht, einer Frau, die den Anspruch auf seine Liebe hatte, weil sie in Liebe für ihn aufging – der hört auch nicht auf das, was ihm die bloßen Namen seiner Kinder zurufen. Ich gehe. Mein Bruder wird von Arnewiek aus meine Sache führen, aber nicht etwa in dem Sinne eines Widerstandes oder Protestes gegen das, was du vorhast, davor sei Gott, nur zur Regelung dessen, was geregelt werden muß und wo obenan steht, ob die Kinder deine sein sollen oder meine. Du wirst«, und sie lächelte bitter, »soweit ich dich kenne, keine Schwierigkeiten nach *dieser* Seite hin machen; es gab wohl Zeiten, wo dir die Kinder etwas bedeuteten, aber das liegt zurück. Die Zeiten ändern sich, und was dir eine Freude war, ist dir eine Last geworden. Ich will deine künftige Hausführung nach Möglichkeit aller Mühewaltungen überheben, auch der Mühewaltung der Stiefmutterschaft. Und nun lebe wohl, und werde nicht zu hart gestraft für diese Stunde.« Dabei hatte sie sich von ihrem Platz erhoben und ging, sie wollte ihm nicht ausweichen, scharf an ihm vorüber auf die Tür zu. Von der Schwäche, die sie bei ihrem Eintreten gezeigt hatte, war in ihrer ganzen Haltung nichts mehr; die Empörung, die ihr Herz erfüllte, gab ihr Kraft zu allem.

Auch Holk erhob sich. Eine Welt widerstreitender Empfindungen regte sich in seiner Seele, was aber nach allem, was er eben wieder gehört hatte, doch vorwog, war ein Gefühl bitterer Verdrossenheit. Eine ganze Weite schritt er auf und ab, und dann erst trat er an die Balkontür heran und sah wieder auf den Parkgang hinaus, der, mit Blättern und Tannäpfeln überstreut, in leiser Schrägung bergab und zuletzt links einbiegend nach Holkeby führte. Der Himmel hatte sich wieder bezogen, und eh eine Minute um war, begann ein heftiges Schneetreiben, bis der Wind nachließ und die Flocken schwer und dicht fielen.

Holk konnte nur wenige Schritte weit sehen, aber so dicht die Flocken fielen, sie ließen ihn doch zwei Frauengestalten erkennen, die jetzt, von der rechten Seite des Schlosses her, in den Parkweg einbogen und auf Holkeby zu hinunterschritten.

Es waren die Gräfin und die Dobschütz.

Niemand begleitete sie.

30. KAPITEL

Holk, als er Christine so den Parkweg hinabschreiten und gleich danach in dem Flockentanz verschwinden sah, war erschüttert, aber doch nur in seinem Herzen, nicht in seinen Entschlüssen, nicht in dem, was er vorhatte. Das Glück vergangener Jahre lag hinter ihm, das war gewiß, und er setzte hinzu: ›Durch meine Schuld vielleicht, aber sicher auch durch ihre. Sie hat es so gewollt, sie hat mich gereizt und gepeinigt, erst durch Überheblichkeit und dann durch Eifersucht, und zuletzt hat sie mir zugerufen: Geh! Und hat auch nicht einlenken wollen; im Gegenteil, sie hat sich selber noch übertrumpft und statt der üblichen Hochfahrenheitsmiene zuletzt auch noch die Mitleidsmiene aufgesetzt, und dann ist sie gegangen … Ich mag gegen sie gefehlt haben, in diesen letzten Wochen gewiß, aber der Anfang lag bei ihr, sie hat sich mir entfremdet, immer mehr und mehr, und das ist nun das Ende. Ja, das Ende vom Lied, aber nicht vom Leben. Nein, es soll umgekehrt der Anfang von etwas anderem, etwas Besserem und Freudigerem werden, und wenn ich auch aus allem, was zurückliegt, eine Bitterkeit mit in das Neue hinübernehme, so soll mir doch dies Bittere die Freude nicht für immer vergällen. Wie verlangt's mich nach einem lachenden Gesicht! Ach, diese ewige Schmerzensmutter mit dem Schwert im Herzen, während es doch bloß Nadelstiche waren. Wirklich, es war schwer zu tragen, und jedenfalls ich war es müde.‹

Der alte Diener, der mittlerweile das Gepäck von der Landungsstelle heraufgeschafft hatte, trat jetzt ein und fragte den Grafen, ob er ein Frühstück befehle. »Nein, Dooren, jetzt nicht; ich werde klingeln.« Und als er wieder allein war, überkam ihn die Frage, was er nun eigentlich solle. ›Soll ich hier bleiben und einen Wachsstock zerschneiden und den Christbaum da, bei dessen Ausputz ich die gute Dobschütz gestört habe, mit einem Dutzend Freudenlichter besetzen und dann morgen abend die Lichter anzünden und mir mein Glück bescheren? Es geht nicht. Und ich kann auch nicht hierbleiben, bloß um hier oben und im Dorf unten den leutseligen und schenkefrohen Gutsherrn zu spielen und dabei den Mägden einen Speziestaler in den Apfel zu stecken und den Michel nach seiner Annemarie oder die Annemarie nach ihrem Michel zu fragen und ob die Hochzeit zu Ostern oder zu Pfingsten sein werde. Und wenn ich so was selbst wollte, darüber verginge ja noch ein ganzer Tag oder eigentlich zwei, denn sie bescheren hier erst in der Frühe. Zwei Tage, das geht nicht, womit soll ich die zubringen? Das ist eine kleine Ewigkeit, und ich bin nicht in der Stimmung, inzwischen Wirtschaftsbücher zu revidieren und über Raps und Rüben zu sprechen. Und zu Petersen? Er würde mir ins Gewissen reden und doch nichts zustande bringen. Und dann ist auch mutmaßlich Christine noch da; sie wird unten Station gemacht und einen Boten nach Arnewiek geschickt haben, und Alfred wird kommen und sie abholen. Ich habe nicht Lust, dabei zugegen zu sein oder auch nur in der Nähe. Nein, ich will lieber nach Flensburg hinüber, vielleicht geht heute noch ein Kopenhagener Schiff. Und wenn auch nicht, *hier* kann ich nicht bleiben; ich muß fort.‹

Und er zog die Klingel. »Sage, daß Johann anspannt. Den kleinen Wagen und die Ponys. Ich will nach Flensburg.«

Es schlug drei, als Holk in Flensburg einfuhr, und bald danach hielt er vor dem Hillmannschen Gasthause, darin er, bei seinen häufigen Anwesenheiten in der Stadt, regelmäßig Wohnung zu nehmen pflegte. Der Wirt war einigermaßen überrascht, ihn zu sehen, bis er erfuhr, daß der Graf, dessen Stellung am Hofe der Prinzessin er kannte, nur auf kurzen Urlaub in Holkenäs gewesen sei.

»Wann geht das nächste Kopenhagener Schiff, lieber Hillmann?« Hillmann holte die Tabelle herbei, darauf Abfahrt und Ankunft der Dampfer genau verzeichnet waren, und glitt mit dem Finger über die Rubriken hin: »Richtig, Iversens Schiff ist an der Reihe und müßte morgen fahren. Aber der vierundzwanzigste fällt aus; das ist altes Herkommen, und Iversen, der bei seiner Tochter wohnt und schon Enkel hat, wird an dem Herkommen nichts ändern; er steht am Christabend auch lieber unterm Weihnachtsbaum als auf Deck. Ist aber sonst ein guter Kapitän, noch einer von den Alten, die von der Pike an gedient haben. Er fährt also den fünfundzwanzigsten, ersten Feiertag sieben Uhr abends.«

»Und kommt an?«

»Und kommt an in Kopenhagen am zweiten Feiertag früh. Das heißt um neun, oder vielleicht auch eine Stunde später.«

Holk zeigte sich wenig erbaut von dem allen, und nur wenn er an Holkenäs zurückdachte, war er doch herzlich froh, die lange Zeit von mehr als zwei Tagen in Flensburg verbringen zu können. Er bezog ein Zimmer im zweiten Stock, das auf den Rathausplatz hinaussah, und nachdem er mit leidlichem Appetit – denn er hatte seit dem Abend vorher so gut wie nichts genossen – eine verspätete Mittagsmahlzeit eingenommen, verließ er das Gasthaus, um an der Flensburger Bucht hin einen langen Spaziergang zu machen. Erst herrschte Dämmerung; aber nicht lange, so zogen im winterlichen Glanze die Sterne herauf und spiegelten sich auf der weiten Wasserfläche. Holk fühlte, wie der auf ihm lastende Druck von Minute zu Minute geringer ward, und wenn er sich auch nach wie vor keineswegs in einem Zustand von Seelenruhe befand, so galt das, was ihm von Unruhe verblieb, doch mehr der Zukunft als der Vergangenheit und hatte vorwiegend den Charakter einer gewissen erwartungsvollen Erregung. Er malte sich allerlei anheimelnde Bilder aus, wie sie spätestens der nächste Mai heraufführen sollte. Bis dahin mußte alles geordnet sein; die Hochzeit war festgesetzt, und er sah sich in der von Menschen überfüllten Hilleröder Kirche.

Schleppegrell hielt die Traurede; die gute Pastorsfrau war ergriffen von der Beredsamkeit ihres Gatten, und Doktor Bie freute sich, daß mit Hilfe einer schönen Schwedin ein schleswigholsteinisches Herz für Dänemark erobert worden sei. In der kleinen Hofloge aber paradierte die Prinzessin, neben ihr die Schimmelmann und hinter beiden Pentz und Erichsen. Und dann verabschiedeten sie sich von Hilleröd und der Gesamtheit der Brautzeugen und fuhren in einem Extrazuge nach Kopenhagen und am selben Abend nach Korsör und Kiel, und in Hamburg war erste Rast. Und dann kam Dresden und München und dann der Gardasee mit einem Ausfluge nach Mantua, wo sie sonderbarerweise den Wallgraben, in dem Hofer erschossen wurde, besuchen wollten, und dann immer südlicher bis nach Neapel und Sorrent. Da sollte die Fahrt abschließen, und den Blick rechts nach dem Vesuv und links nach Capri hinüber, wollt er die quälerische Welt vergessen und sich selbst und seiner Liebe leben. Ja, in Sorrent! Da war auch eine so prächtige Bucht wie die Flensburger hier, und da schienen auch die Sterne hernieder, aber sie hatten einen helleren Glanz, und wenn dann die Sonne den neuen Tag heraufführte, da war es eine wirkliche Sonne und ein wirklicher Tag.

So kamen ihm die Bilder, und während er sie greifbar vor sich sah, flutete das Wasser der Bucht dicht neben ihm, ernst und dunkel, trotz der Lichtstreifen, die darauf fielen.

Erst zu später Stunde war er wieder in seinem Gasthaus, und unter Lesen und gelegentlichem Geplauder mit Hillmann verging ihm der andere Tag. Als aber der Abend hereinbrach, trieb es ihn doch hinaus, durch die Straßen und Gassen der Stadt, und überall, wo die Fensterläden noch offen oder nicht dicht geschlossen waren, tat er einen Blick hinein, und vor mehr als einem Hause, wenn er das Glück da drinnen und das Kind auf dem Arm der Mutter sah, und wie der Vater seiner Frau die Hand entgegenstreckte, wandte ihn doch plötzlich eine Furcht vor dem Kommenden an, und auf Augenblicke stand nur all das vor ihm, was er verloren hatte, nicht das, was er gewinnen wollte.

Welch Heiligabend! Aber er verging, und nun war erster Feiertag, und so langsam sich seine Stunden auch hinschleppten, endlich war doch sieben Uhr heran, und die Schiffsglocke läutete. Holk stand neben dem alten Kapitän, und als man eine Stunde später in freies Fahrwasser kam, ließ sich schon ungefährdet ein Faden spinnen, und Iversen erzählte von Altem und Neuem. Es war eine schöne Fahrt, dazu eine milde Luft, und bis über Mitternacht hinaus stand man unter dem Sternenhimmel und berechnete, daß man mutmaßlich eine halbe Stunde vor der Zeit in Kopenhagen eintreffen werde. Dazu beglückwünschte man sich, und gleich danach zogen sich die wenigen Passagiere, die die Fahrt überhaupt mitmachten, in ihre Schlafkojen zurück. Aber bald änderte sich das Wetter draußen, und als man um fünf Uhr in Höhe von Möen war oder doch zu sein vermeinte, da war der Seenebel so dicht geworden, daß man das Feuer unter dem Dampfkessel ausgehen und die Anker fallen lassen mußte. Die Stille, wie gewöhnlich, weckte die Schläfer, und als man eine Viertelstunde später auf Deck kam und nach der Küste von Seeland hinüberschauen wollte, hörte man von dem Manne am Steuer, daß das Schiff festliege.

»Wie lange?«

»Nun, Mittag wird wohl herankommen.«

Und Mittag war auch wirklich vorüber, als der Nebel endlich wich und die Fahrt wieder aufgenommen werden konnte. Verlorener Tag und von einem Vorsprechen im Palais der Prinzessin keine Rede mehr. Die Laternen brannten schon überall am Hafen, als man bald nach fünf an der Dampfschiffsbrücke anlegte.

*

In seiner Wohnung wurde Holk, statt wie gewöhnlich von Brigitte, diesmal von der alten Frau Hansen empfangen; sie ging ihm voran die Treppe hinauf und zündete die Lampen an, ohne nach etwas anderem als nach dem Wetter zu fragen, und ob er eine gute Fahrt gehabt habe. Davon, ob die Frau Gräfin bei guter Gesundheit gewesen und ob das Christfest froh und glücklich verlaufen sei, davon war mit keinem Worte die Rede, und als Holk seinerseits erst nach dem Befinden der beiden Hansenschen Frauen und dann nach dem der Prinzessin frug, antwortete die alte Hansen in jenem eigentümlichen Unschuldston, worin sie der Tochter womöglich noch überlegen war: »*Das Fräulein* ist wieder außer Bett.« Es kam so heraus, daß es selbst Holk auffiel, er war aber in diesem Augenblick von viel zuviel anderen Dingen in Anspruch genommen, um seinerseits einen Gegenzug zu tun, und so ließ er's denn gehen und bat nur um die Zeitungen und einen guten Tee. ›Denn ihn fröstle von dem langen Stehen auf Deck.‹ Die Hansen brachte beides. Der Zeitungen waren der Festtage halber nur wenige; Holk flog sie durch und ging dann früh zu Bett. Er schlief auch gleich ein, denn die letzten Tage hatten seine Nerven erschöpft.

Bei guter Zeit war er wieder auf. Frau Hansen (Brigitte ließ sich auch heute nicht sehen) brachte das Frühstück, und weil sie fühlen mochte, den Abend vorher zu weit gegangen zu sein, befleißigte sie sich der größten Unbefangenheit und trug ihren Stadtklatsch harmlos und mit so viel glücklicher Laune vor, daß sich Holk nicht bloß seinem Mißmut über die voraufgegangene Perfidie der Alten, sondern zu seiner eigenen Überraschung auch seiner trüben Stimmung zu gutem Teil entrissen sah. Alles, auch das Heikelste, gewann in der Erzählung der guten Hansen etwas durchaus Heitres und durchaus Selbstverständliches, und als sie wieder fort war, war es ihm, als ob er eine freilich nicht sehr moralische, dafür aber desto lebensweisere Predigt über das, was Leben sei, vernommen habe. Wenn er das eben Gehörte zusammenfaßte, so hieß es etwa: ja, Graf Holk, so war es immer, und so wird es immer sein. Es läßt sich alles schwernehmen, aber es läßt sich auch alles leichtnehmen. Und wer die Kunst des Leichtnehmens versteht, *der* lebt, und wer alles schwernimmt, der lebt nicht und ängstigt sich vor Gespenstern, die gar nicht da sind. ›Ja, die gute Frau Hansen hat recht‹, so schloß Holk seine Betrachtungen über das, was er eben vernommen hatte. ›Leichtnehmen, alles leichtnehmen, dabei fährt man am besten, das haben auch die Menschen am liebsten, und ein lachendes Gesicht ist der erste Schritt zum Siege.‹

Zwölf hatte noch nicht ausgeschlagen, als er aus seiner Wohnung in die Dronningens-Twergade hinaustrat und auf das Palais zuschritt. Es war dritter Feiertag, das Wetter hatte sich geklärt, und die Wintersonne lag auf Platz und Straße. ›Das Fräulein ist wieder außer Bett‹ – so waren gestern abend die Worte der Frau Hansen gewesen, und an der Richtigkeit dieser Mitteilung ließ sich nicht wohl zweifeln; daß aber das Fräulein nach einem so heftigen Fieberanfall auch schon wieder im Dienst sein sollte, das war freilich sehr unwahrscheinlich, und so stieg er denn, ohne vorgängiges Anfragen in den Gemächern der Prinzessin, in das von Ebba bewohnte zweite Stockwerk hinauf.

Karin öffnete. »Das Fräulein zu sprechen?« – »Ja.« – Und Karin ging vorauf, während Holk folgte.

Das Fräulein saß in ihrem Lehnstuhl am Fenster und sah auf den Platz, auf dem keine Spur von Leben war, nicht einmal die Herbstblätter tanzten mehr darüber hin. Als Holk eingetreten, erhob sich Ebba von ihrem Lehnstuhl und schritt auf ihn zu, freundlich, aber matt und nüchtern. Sie gab ihm die Hand, nahm dann, abseits vom Fenster, auf einem weiter zurückstehenden Sofa Platz und wies auf einen Stuhl, ihn auffordernd, damit in ihre Nähe zu rücken.

»Ich erwarte den Arzt«, begann sie leise, mit mehr erkünstelter als wirklicher Anstrengung. »Aber der gute Doktor, er kommt immer noch früh genug, und so freu ich mich denn aufrichtig, Sie zu sehen. Es läßt sich doch mal von etwas andrem sprechen. Immer über sein Befinden rapportieren zu müssen – es ist so langweilig, für den Doktor gewiß, aber auch für den Kranken ... Sie haben das Fest drüben zugebracht. Ich hoffe, daß Sie die Gräfin bei wünschenswerter Gesundheit fanden und daß Sie gute Festtage hatten.«

»Ich hatte sie *nicht*«, sagte Holk.

»Dann kann ich nur wünschen, daß Sie nicht die Schuld daran trugen. Ich hörte so viel Gutes von der Gräfin; die Prinzessin, die mich gestern besuchte, war voll ihres Lobes. ›Eine charaktervolle Frau‹, sagte sie.«

Holk zwang sich zu lächeln. »Eine charaktervolle Frau – ja, die Prinzessin liebt diese Wendung, ich weiß, und will damit andeuten, daß nicht jeder charaktervoll sei. Darin mag sie recht haben. Aber Prinzessinnen haben es leicht, für ›Charakter‹ zu schwärmen, weil sie selten in die Lage kommen, Charaktere kennenzulernen. Charaktervolle Leute mögen hundert Vorzüge haben, haben sie gewiß, aber sie sind unbequem, und das ist das letzte, was Prinzessinnen zu lieben pflegen.«

»Alle Welt rühmt Ihre Galanterie, lieber Holk, und ich bin, weil ich keinen Grund dazu habe, die letzte, dem zu widersprechen; aber Sie sind ungalant gegen Ihre eigene Frau. Warum wollen Sie das Lob verkürzen, das die Prinzessin ihr spendet? Prinzessinnen loben in der Regel nicht viel, und man darf ihrem Lobe wohl zulegen, aber nichts abziehen. Ich empfinde ganz wie die Prinzessin und bin voll Sympathie für die Gräfin und, wenn dies das rechte Wort sein sollte, voll Teilnahme.« Holk riß die Geduld. »Die Gräfin wird Ihnen dankbar dafür sein. Aber, das darf ich sagen, ihre Dankbarkeit wird von ihrer Verwunderung noch übertroffen werden. Ebba, was soll diese Komödie? Gräfin und wieder Gräfin und dann charaktervoll und dann sympathisch und zuletzt Gegenstand Ihrer Teilnahme. Wollen Sie, daß ich das alles glaube? Was ist vorgefallen? Aus welcher Veranlassung hat sich der Wind gedreht? Warum plötzlich diese Förmlichkeit, diese Nüchternheit? Eh ich abreiste, hab ich Sie sprechen wollen, nicht, um eine Gewißheit meines Glückes zu haben, diese Gewißheit hatte ich, oder glaubte wenigstens, sie haben zu dürfen, nein, es trieb mich einfach, Sie zu sehen und mich, eh ich hinüberging, über Ihr Ergehen zu beruhigen, und so bin ich abgereist und habe drüben einen Tag erlebt und einen Kampf gekämpft und Worte gesprochen, Worte, nun rund heraus, die Sie kennen müssen, als ob sie Zeuge der ganzen Szene gewesen wären.«

Ebba warf den Kopf zurück. Holk aber fuhr fort: »Sie werfen hochmütig den Kopf zurück, Ebba, wie wenn Sie mir sagen wollten: ich weiß, was da gesprochen worden ist, aber ich will es nicht wissen, und ich mißbillige jedes dieser Worte.«

Sie nickte.

»Nun, wenn ich es damit getroffen, so frag ich Sie noch einmal, was soll das? Sie wissen, wie's mit mir steht; wissen, daß ich vom ersten Tag an in Ihrem Netze war, daß ich alles, und vielleicht mehr als ich durfte, darangesetzt habe, Sie zu besitzen. Und daß ich das alles tat und hier vor Ihnen stehe, wie ich stehe, schuldig oder nicht, dazu haben Sie mir den Weg gezeigt – leugnen Sie's, wenn Sie's können. Jedes Ihrer Worte hat sich mir in die Seele eingeschrieben. Und Ihre Blicke sprachen es mit, und beide, Worte und Blicke, sagten es mir, daß Sie's durch alle Tage hin beklagen würden, auf der abgebröckelten Eisscholle nicht ins Meer und in den Tod hinausgetrieben zu sein, wenn ich Sie verließe. Leugnen Sie's, Ebba – das waren Ihre Worte.«

Ebba hatte, während Holk so sprach, sich zurückgelehnt und die Augen geschlossen. Als er jetzt schwieg, richtete sie sich wieder auf, nahm seine Hand und sagte: »Freund, Sie sind unverbesserlich. Ich entsinne mich, Ihnen gleich am Anfang unserer Bekanntschaft und dann auch später noch, jedenfalls mehr als einmal gesagt zu haben, Sie stünden nicht am richtigen Fleck. Und davon kann ich nichts zurücknehmen, im Gegenteil. Alles, was ich damals in übermütiger Laune nur so hinsprach, bloß um Sie zu necken und ein wenig zu reizen, das muß ich Ihnen in vollem Ernst und in mindestens halber Anklage wiederholen. Sie wollen Hofmann und Lebemann sein und sind weder das eine noch das andere. Sie sind ein Halber und versündigen sich nach beiden Seiten hin gegen das Einmaleins, das nun mal jede Sache hat und nun gar *die* Sache, die uns hier beschäftigt. Wie kann man sich einer Dame gegenüber auf Worte berufen, die die Dame töricht oder vielleicht auch liebenswürdig war, in einer unbewachten Stunde zu sprechen? Es fehlt nur noch, daß Sie sich auf Geschehnisse berufen, und der Kavalier ist fertig. Unterbrechen Sie mich nicht, Sie müssen noch Schlimmeres hören. Allmutter Natur hat Ihnen, wenn man von der Beständigkeit absieht, das Material zu einem guten Ehemann gegeben, und dabei mußten Sie bleiben. Auf dem Nachbargebiete sind Sie fremd und verfallen aus Fehler in Fehler. In der Liebe regiert der Augenblick, und man durchlebt ihn und freut sich seiner, aber wer den Augenblick verewigen oder gar Rechte daraus herleiten will, Rechte, die, wenn anerkannt, alle besseren, alle wirklichen Rechte, mit einem Wort die eigentlichen Legitimitäten auf den Kopf stellen würden, wer das tut und im selben Augenblicke, wo sein Partner klug genug ist, sich zu besinnen, feierlich auf seinem Scheine besteht, als ob es ein Trauschein wäre, der ist kein Held der Liebe, der ist bloß ihr Don Quijote.«

Holk sprang auf. »Ich weiß nun genug; also alles nur Spiel, alles nur Farce.«

»Nein, lieber Holk, nur *dann*, wenn Ihre deplacierte Feierlichkeit das, was leicht war, schwergenommen haben sollte, was Gott verhüten wolle.«

Holk sah schweigend vor sich hin und bestätigte dadurch aufs neue, daß sie's getroffen. »Nun gut dann«, fuhr Ebba fort. »Also das Törichtste ist schon geschehen! Ich lehne jede Verantwortung dafür ab. Ich habe mich nie besser gemacht, als ich bin, und niemand wird mir nachsagen, daß ich mich ernsthaft auf etwas Falsches hin ausgespielt hätte. Worte waren Worte; so viel mußten selbst *Sie* wissen. Ja, Holk, Hofleben ist öd und langweilig, hier wie überall, und weil es langweilig ist, ist man entweder so fromm wie die Schimmelmann, oder... nun, wie sag ich ... so *nicht*-fromm wie Ebba. Und nun, statt alle Treibhäuser des Landes zu plündern und mir Blumen auf den Weg zu streuen oder wie ein Troubadour das Lob seiner Dame zu singen und dann weiter zu ziehen und weiter sein Glück zu versuchen, statt dessen wollen Sie mich einschwören auf ein einzig Wort oder doch auf nicht viel mehr und wollen aus einem bloßen Spiel einen bitteren Ernst machen, alles auf Kosten einer Frau, die besser ist als Sie und ich, und die Sie tödlich kränken, bloß weil Sie sich in einer Rolle gefallen, zu der Sie nicht berufen sind. Noch einmal, ich lehne jede Verantwortung ab. Ich bin jung, und Sie sind es nicht mehr, und so war es nicht an mir, Ihnen Moral zu predigen und Sie, während ich mich hier langweilte, mit ängstlicher Sorgfalt auf dem Tugendpfade zu halten – das war nicht meine Sache, das war Ihre. Meine Schuld bestreit ich, und wenn es doch so was war (und es mag darum sein), nun, so hab ich nicht Lust, diese Schuld zu verzehn- und zu verhundertfachen und aus einem bloßen Schuldchen eine wirkliche Schuld zu machen, eine, die ich selber dafür halte.«

In Holk drehte sich alles im Kreise. *Das* also war sein erträumtes Glück!

Als er sich zu diesem Gang angeschickt hatte, war er wohl von einem unsicheren und quälenden Gefühl erfüllt gewesen, von der Frage, was die Welt, die Kinder, die sich notwendig ihm entfremden mußten, und über kurz oder lang vielleicht auch sein eigenes Herz dazu sagen würde. *Das* hatte vor seiner Seele gestanden, aber auch das nur allein. Und nun ein Korb, der rundesten einer, sein Antrag abgelehnt und seine Liebe zurückgewiesen, und das alles mit einer Entschiedenheit, die jeden Versuch einer weiteren Werbung ausschloß. Und wenn er wenigstens in einer plötzlich erwachten Empörung etwas wie ein Gegengewicht in sich hätte finden können; aber auch das blieb ihm versagt, so völlig, daß er sie, während sie so dastand und ihn durch ihren überheblichen Ton vernichtete, bezaubernder fand denn je.

»So schließt denn alles«, nahm er nach einer kurzen Pause das Wort, »mit einer Demütigung für mich ab, mit einer Demütigung, die zum Überfluß auch noch den Fluch der Lächerlichkeit trägt – alles nur, pour passer le temps. Alles nur ein Triumph Ihrer Eitelkeit. Ich muß es hinnehmen und mich Ihrem neuen Willen unterwerfen. Aber in einem, Ebba, kann ich Ihnen nicht zu Diensten sein; ich kann nicht erkennen, daß mir eine Pflicht vorlag, den Ernst Ihrer Gefühle zu bezweifeln; im Gegenteil, ich glaubte den Glauben daran haben zu dürfen, und ich glaub es noch. Sie sind einfach andern Sinnes geworden und haben sich – ich habe nicht nach den Gründen zu forschen – inzwischen entschlossen, es lieber ein Spiel sein zu lassen. Nun denn, wenn es ein solches war und nur ein solches, und Sie sagen es ja, so haben Sie gut gespielt.«

Und sich gegen Ebba verbeugend, verließ er das Zimmer. Draußen stand Karin, die gehorcht hatte. Sie sprach kein Wort, ganz gegen ihre Gewohnheit, aber ihre Haltung, während sie Holk durch den langen Korridor hin begleitete, zeigte deutlich, daß sie das Tun ihrer Herrin mißbilligte. Sie hielt eben zu dem Grafen, auf dessen Gütigkeit und wohl auch Schwäche sie manchen Zukunftsplan aufgebaut haben mochte.

31. KAPITEL

Nahezu anderthalb Jahre waren seitdem vergangen, Ende Mai war, und die Londoner Squares boten das hübsche Bild, das sie zur Pfingstzeit immer zu bieten pflegen. Das galt im besonderen auch von Tavistock-Square; der eingegitterte sorglich bewässerte Rasen zeigte das frischeste Frühlingsgrün, die Fliederbüsche standen in Blütenpracht, und die gelben Rispen des Goldregens hingen über das Gitter fort in die breite, dicht daran vorüberflutende Straße hinein.

Es war ein reizendes Bild, und dieses Bildes freute sich auch Holk, der in einem alten, übrigens sehr wohlerhaltenen und in seiner doppelten Front von einem Balkon umgebenen Eckhause die Zimmer des ersten Stockes innehatte. Er liebte diese Gegend noch aus der nun zwanzig Jahre zurückliegenden Zeit her, wo er, als junger Attaché der dänischen Gesandtschaft, in eben diesem Stadtteile gewohnt hatte, und nahm es, als er im Laufe des letzten Novembers in London eintraf, als ein gutes Zeichen, daß es ihm gelungen war, gerade hier eine ihm zusagende Wohnung zu finden.

Ja, seit November war Holk in London, nachdem er bis dahin in der Welt umhergefahren und an all den berühmten Schönheitsplätzen gewesen war, an denen jahraus, jahrein viele Tausende Zerstreuung suchen, um schließlich die Wahrnehmung zu machen, daß auch das ödeste Daheim immer noch besser ist als das wechselvolle Draußen. Er hatte sich nach schriftlicher Verabschiedung von der Prinzessin und nach einem ausführlichen und herzlichen Brief an Arne, den er anrief, ihn in diesen schweren Tagen nicht verlassen zu wollen, erst nach Brüssel und dann nach Paris begeben, aber so wenig zu seiner Zufriedenheit, daß er um Ostern bereits in Rom und einige Wochen später auch schon in Sorrent eingetroffen war, in demselben Sorrent, in dem er gehofft hatte, mit Ebba glückliche Tage verleben zu können. Diese glücklichen Tage waren nun freilich ausgeblieben; aber der all die Zeit über auf ihm lastende Druck war im Verkehr mit einer liebenswürdigen englischen Familie, mit der er gemeinschaftlich eine Dependance des Tramontana-Hotels bewohnte, doch schließlich von ihm abgefallen, und er hatte wieder leben und, was noch wichtiger, sich um das Leben anderer kümmern gelernt. So waren Wochen vergangen, unter Wagenfahrten nach Amalfi und unter Bootfahrten nach Capri hinüber, wobei die Schiffer ihre Lieder sangen; aber die heiße Jahreszeit, die bald einsetzte, vertrieb ihn, früher als ihm lieb war, aus dem ihm zusagenden Idyll bis in die Schweiz hinauf, die es ihm diesmal freilich, so sehr er sie sonst liebte, nirgends ganz recht machen konnte: der Genfer See blendete zu sehr, der Rigi war zu sehr Karawanserei und Pfäffers zu sehr Hospital. So beschloß er denn, weil's ihn, wenn nicht in die Heimat, so doch wenigstens weiter nordwärts in die germanische Welt überhaupt zurückzog, es mit London zu versuchen, an das ihn freundliche Jugenderinnerungen knüpften und wohin ihn die mit ihm zugleich von Sorrent aus abgereisten Freunde mit einer Art Dringlichkeit geladen hatten. Nach London also! Und da war er nun seit einem halben Jahr und empfand unter Verhältnissen und Lebensformen, die den schleswig-holsteinischen einigermaßen verwandt waren, so viel von Heimatlichkeit, wie sie der Heimatlose gewärtigen konnte. Ja, die gesellschaftlichen Verhältnisse konnten ihn befriedigen, und manches andere kam hinzu, das wohl angetan war, ihn von dem immer wachsenden Gefühl seiner Einsamkeit auf wenigstens Stunden und Tage freizumachen. Eine kleine Theaterpassion, die schon in zurückliegender Zeit die Tage seiner Londoner Attachéschaft so angenehm gemacht hatte, wurde wieder lebendig, und das ganz in der Nähe von Tavistock-Square gelegene Prinzeß-Theater sah ihn regelmäßig auf einem seiner Parkettplätze, wenn der gerade damals mit seinen Shakespeare-Revivals epochemachende Charles Kean heute den ›Sommernachtstraum‹ oder das ›Wintermärchen‹ und morgen den ›Sturm‹ oder ›König Heinrich VIII.‹ in bis dahin unerhörter Pracht auf die Bühne brachte. Zu diesem Charles Kean trat er denn auch im Laufe des Winters in persönliche Beziehungen, und als er schließlich in dem von Künstlern und Schriftstellern vielbesuchten Hause des berühmten Tragöden auch noch die Bekanntschaft von Charles Dickens gemacht hatte, sah er sich, übrigens ohne deshalb seine dem Landadel angehörigen Freunde Sorrentiner Angedenkens vernachlässigen zu müssen, in allerlei Theater- und Literaturkreise hineingezogen, deren lebhaftes und von heiterster Laune getragenes Treiben ihn ungemein sympathisch berührte. Namentlich Dickens selbst war seine Schwärmerei geworden, und bei Gelegenheit eines Whitebait-Diners in Greenwich ließ er seinen neugewonnenen Freund leben, den großen Erzähler, von dem er zwar nur den ›David Copperfield‹ kenne, der aber als Verfasser dieses Buches auch der Sanspareil aller lebenden Schriftsteller sei. Mehr von ihm zu lesen, wozu er von den übrigen Anwesenden am Schluß seines Toastes unter Lachen aufgefordert wurde, behauptete er ablehnen zu müssen, da Copperfield auch von Dickens selbst schwerlich übertroffen worden sei, weshalb ein weiteres Lesen eigentlich nur zur Minderung seiner Begeisterung führen könne.

Reunions wie diese, daran auch gefeierte Damen aus der Künstlerwelt, namentlich die schöne und vielumworbene Miss Heath und vor allem die geniale Lady-Macbeth-Spielerin Miss Atkinson beinahe regelmäßig teilnahmen, waren mehr als eine bloße Zerstreuung für Holk, und er hätte sich durch diesen Verkehr nicht bloß seiner Einsamkeit entrissen, sondern auch geradezu gehoben und erquickt fühlen können, wenn er sich einigermaßen frei gefühlt hätte. Dies war aber genau das, was ihm fehlte; denn gerade der Fleck Erde, daran er mit ganzer Seele hing, auf dem er geboren und durch Jahrzehnte hin glücklich gewesen war, gerade *der* Fleck Erde war ihm verschlossen und blieb es auch mutmaßlich, wenn es ihm nicht glückte, seinen Frieden mit der Gesellschaft zu machen, einen Frieden, der wiederum eine Versöhnung mit Christine zur Voraussetzung hatte. Daran war aber nach allem, was er aus der Heimat hörte, nicht wohl zu denken: denn so sehr die Gräfin darauf hielt, daß seitens der Kinder an schuldiger Rücksicht nichts versäumt und beispielsweise jeder Brief des Vaters (er schrieb oft, weil ihn ein Gefühl der Verlassenheit dazu drängte) respektvoll erwidert wurde, so vergeblich waren doch andererseits alle bisher unternommenen Schritte zur Herbeiführung eines Ausgleichs gewesen. Mit der ihr eigenen Offenheit hatte sich Christine dem Bruder gegenüber über diese Frage verbreitet, und zwar diesmal unter Beiseitehaltung alles moralischen Hochmuts. ›Ihr alle‹, so schrieb sie, ›habt Euch daran gewöhnt, mich als abstrakt und doktrinär anzusehen, und ich mag davon in zurückliegenden Jahren mehr gehabt haben, als recht war, jedenfalls mehr als die Männer lieben. Aber das darf ich Dir versichern, in erster Reihe bin ich doch immer eine Frau. Und weil ich das bin, verbleibt mir in all dem Zurückliegenden ein Etwas, das mich in meiner Eitelkeit oder meinem Selbstgefühl bedrückt. Ich mag es für nichts Besseres ausgeben. Holk, um es rund herauszusagen, ist nicht recht geheilt. Wenn er das Fräulein drüben geheiratet und über kurz oder lang eingesehen hätte, daß er sich geirrt, so fände ich mich vielleicht zurecht. Aber so verlief es nicht. Sie hat ihn einfach nicht gewollt, und so besteht denn für mich, um das Mindeste zu sagen, die schmerzliche Möglichkeit fort, daß das Stück, *wenn* sie ihn gewollt, einen ganz anderen Verlauf genommen hätte. Die Reihe wäre dann mutmaßlich nie wieder an mich gekommen. Ich spiele in dieser Tragikomödie ein bißchen die faute-de-mieux-Rolle, und das ist nicht angenehm.‹ Von diesem Briefe Christinens hatte Holk die Hauptsache wieder erfahren, und was sich darin aussprach, das stand beständig vor seiner Seele, trotzdem der alte Petersen und Arne gemeinschaftlich bemüht waren, seine Hoffnung auf einen guten Anfang wieder zu beleben. ›Du darfst dich diesem Gefühle von Hoffnungslosigkeit nicht hingeben‹, schrieb Petersen an Holk. ›Ich kenne Christine besser als ihr alle, selbst besser als ihr Bruder, und ich muß Dir sagen, daß sie, neben ihrer christlichen Liebe, die ja Verzeihung für den Schuldigen lehrt, auch noch eine rechte und echte Frauenliebe hegt, so sehr, daß sie Dir gegenüber in einer gewissen liebenswürdigen Schwäche befangen ist. Ich sehe das aus den Briefen, die von Zeit zu Zeit aus Gnadenfrei bei mir eintreffen. Es liegt alles günstiger für Dich, als Du's glaubst und als Du's verdienst, und es würde mir meine letzte Stunde verderben, wenn's anders wäre. Mit Achtzig weiß man übrigens, wie's kommt, und dafür verbürge ich mich, Helmuth, daß ich Eure Hände noch einmal wieder ineinander lege, wie ich's vordem getan, und das soll meine letzte heilige Handlung sein, und dann will ich aus meinem Amt treten und abwarten, bis mich Gott ruft.‹

*

Das war Anfang April gewesen, daß Petersen so geschrieben, und wenn Holk der mehr als halben Sicherheit, die sich darin aussprach, für seine Person auch mißtraute, so kamen ihm doch immer wieder Stunden, in denen er sich daran aufrichtete. So war es auch heute wieder, und von heiteren Bildern erfüllt, saß er auf dem Vorderbalkon seines Hauses, unter dem Gezweig einer schönen Platane, die hier schon gestanden haben mochte, als, vor nun gerade hundert Jahren, dieser ganze Stadtteil erst errichtet wurde. Die hohen, bis auf die Diele niedergehenden und nach unten zu halb geöffneten Schiebefenster gestatteten einen freien Verkehr zwischen Zimmer und Balkon, und das Feuer in seinem Drawing-Room, das mehr des Anblicks als der Wärme halber brannte, dazu die Morgenzigarre, steigerte das Behagen, das er momentan empfand. Neben ihm, auf einem leichten Rohrstuhl, lag die ›Times‹, die, weil das anmutige Frühlingsbild vor ihm ihn bis dahin abgezogen hatte, heute, sehr ausnahmsweise, beiseite geschoben war. Nun aber nahm er sie zur Hand und begann seine Lektüre wie gewöhnlich in der linken Ecke der großen Anzeigenbeilage, wo, durch schärfste Diamantschrift ausgezeichnet, die Familiennachrichten aus dem Londoner High Life verzeichnet standen: geboren, gestorben, verheiratet. Auch heute lösten sich die drei Rubriken untereinander ab, und als Holk bis zu den Eheschließungen gekommen war, las er: ›Miss Ebba Rosenberg, Lady of the Bedchamber to Princess Mary Ellinor of Denmark, married to Lord Randolph Ashingham formerly 2d. Secretary of the British Legation at Copenhague.‹

»Also doch«, sagte Holk, sich verfärbend, im übrigen aber nicht sonderlich bewegt, und legte das Blatt aus der Hand. Vielleicht, daß es ihn tiefer getroffen hätte, wenn's plötzlich als ein ganz Unerwartetes an ihn herangetreten wäre. Dies war aber nicht der Fall. Schon Ausgang des Winters hatte der ihn in seinen Briefen ›au courant‹ erhaltende Pentz diese Vermählung als etwas über kurz oder lang Bevorstehendes angemeldet, und zwar in folgenden Schlußzeilen eines längeren Anschreibens: »Und nun, lieber Holk, eine kurze Mitteilung, die Sie mehr interessieren wird als alle diese Geschichten aus dem Hause Hansen – Ebba Rosenberg hat gestern der Prinzessin Anzeige von ihrer Verlobung gemacht, die jedoch, zu leichterer Beseitigung entgegenstehender Schwierigkeiten, vorläufig noch geheim bleiben müsse. Der, den sie durch ihre Hand zu beglücken gedenkt, ist niemand Geringeres als Lord Randolph Ashingham, dessen Sie sich, wenn nicht von Vincent, so doch vielleicht von einer Abendgesellschaft bei der Prinzessin her erinnern werden. Es war gleich zu Beginn der Saison von neunundfünfzig auf sechzig. Lord Randolph, von dem es heißt, daß er den Grund und Boden eines ganzen Londoner Stadtteils (vielleicht gerade *des* Stadtteils, den Sie zur Zeit bewohnen) und außerdem einen Waldbestand von fünfzehn Millionen Tannen in Fifeshire besitze – Lord Randolph, sag ich, hat sich ein Jahr lang in dieser Angelegenheit besonnen oder wohl richtiger besinnen müssen, weil von seiten eines noch viel reicheren Erbonkels allerlei Bedenken erhoben wurden. Und diese Bedenken existieren in der Tat noch. Aber Ebba müßte nicht Ebba sein, wenn es ihr nicht glücken sollte, dem stark exzentrischen Erbonkel den Beweis ihrer Tugenden auf dem Gebiete des Chic und High Life zu geben, und so wird denn die Verlobung ehestens proklamiert werden. Alles nur Frage der Zeit. Übrigens haben sich beide, der Lord und Ebba, nichts vorzuwerfen; er, wie so viele seinesgleichen, soll schon mit vierzehn ein ausgebrannter Krater gewesen sein und heiratet Ebba nur, um sich etwas vorplaudern zu lassen, und von diesem Standpunkt aus gesehen, hat er eine gute Wahl getroffen. Sie wird jeden Tag Dinge sagen und später auch wohl Dinge tun, die Seine Lordschaft frappieren, und vielleicht zündet sie mal die fünfzehn Millionen Tannen an und stellt bei der Gelegenheit sich und den Eheliebsten in die rechte Beleuchtung. Und nun tout à vous, beau Tristan. Ihr Pentz.«

So hatte damals der Brief gelautet, und die zwei Zeilen in der ›Times‹ waren nichts als die Bestätigung. »Es ist gut so«, sagte Holk nach einer Weile. »Das gibt reinen Tisch. Ihr Gespenst ging immer noch in mir um und war nicht ganz zu bannen. Nun ist es geschehen durch sie selbst; alles fort, alles verflogen, und ob Christine mir auch verloren bleibt, mir auch verloren bleiben muß, ihr Bild soll wenigstens in meinem Herzen wieder den ihm gebührenden Platz haben.«

Unter diesem Selbstgespräche nahm er die beiseite gelegte Zeitung wieder in die Hand und wollte sich ernsthaft in eine Berliner Korrespondenz vertiefen, die ziemlich ausführlich, so schien es, von einer Heeresverdoppelung und einer sich dagegen bildenden Oppositionspartei sprach. Aber er hatte heut keinen Sinn dafür und sah bald über das Blatt fort. Von der nahen Sankt-Pancras-Kirche, deren Turm er dicht vor Augen hatte, schlug's eben neun, und durch die

Southamptonstraße, die den Square an der ihm zugekehrten Seite begrenzte, rollten Cabs und wieder Cabs, die von der Custon-Square herkamen und dem Mittelpunkt der Stadt zufuhren. Er brach, um damit zu spielen, ein dicht herabhängendes Platanenblatt ab, und erst als er die Spatzen über sich immer lauter quirilieren hörte, nahm er etliche Krumen und streute sie vor sich hin auf den Balkon. Sofort fuhren die Spatzen aus dem Gezweig hernieder, pickend und kriegführend untereinander, aber schon im nächsten Augenblicke huschten sie wieder auf, denn von der Haustür her klang ein rasch wiederholtes Klopfen, ein Zeichen, daß der ›Postmann‹ an der Tür sei; Holk, der am folgenden Tage Geburtstag hatte, horchte neugierig hinunter, und gleich darauf trat Jane ein und überreichte ihm vier Briefe.

Schon die vier Poststempel Gnadenfrei, Bunzlau, Glücksburg, Arnewiek ließen Holk keinen Augenblick im Zweifel, von wem die Briefe kamen, und auch ihr Inhalt schien ihm nicht viel Neues bringen zu sollen. Asta und Axel sprachen steif und förmlich und jedenfalls ziemlich kurz ihre Gratulation aus, und auch Petersen, der sonst ausführlich zu schreiben pflegte, beschränkte sich heute auf eine Darbringung seiner Glückwünsche. Holk war nicht angenehm davon berührt und fand seine gute Stimmung erst wieder, als er auch Arnes Brief geöffnet und gleich den ersten Zeilen allerlei Liebes und Freundliches entnommen hatte. ›Ja‹, sagte Holk, der hält aus. Unverändert derselbe. Und wäre doch eigentlich *der,* der am ehesten mit mir zürnen dürfte. Der Bruder seiner geliebten Schwester. Aber freilich, da liegt auch wieder Grund und Erklärung. Er liebt die Schwester und vergöttert sie fast. Aber er hat lange genug gelebt, um, trotz aller Junggesellenschaft, sehr wohl zu wissen, was es heißt, an eine heilige Elisabeth verheiratet zu sein. Und wenn sie noch die heilige Elisabeth wäre! Die war sanft und nachgiebig ... Aber nichts mehr davon‹, unterbrach er sich, ›ich verbittere mich bloß wieder, statt mich ruhig und versöhnlich zu stimmen. Es ist besser, ich lese, was er schreibt.‹

»Arnewiek, 27. Mai 61

Lieber Holk!

Dein Geburtstag ist vor der Tür, und meine Glückwünsche sollen Dir nicht fehlen. Kommen sie einen Tag zu früh, wie ich fast vermute, so nimm es als ein Zeichen, wie dringlich ich es habe, Dir alles Beste zu wünschen. Ist es nötig, Dir die Wünsche herzuzählen, die mich für Dich erfüllen? Sie gipfeln auch heute wieder in dem einen, daß der Moment Eurer Aussöhnung nahe sein möge. Wohl weiß ich, daß Du dieser Möglichkeit mißtraust und Dein Mißtrauen aus dem Charakter Christinens zu begründen suchst. Und eine innere Stimme, die Dir zuflüstert, ›daß ihre Haltung ihr gutes Recht sei‹, kann Dich in Deinem Mangel an Vertrauen allerdings nur bestärken. Aber es liegt doch günstiger. Du hast unter Deiner Frau Dogmenstrenge gelitten, und ich habe Christine, als an ernste Konflikte noch nicht zu denken war, liebevoll gewarnt, Dich nicht in ein auf Leineweber berechnetes Konventikeltum oder wohl gar in eine Deiner Natur total widerstrebende Askese hineinzwingen zu wollen. Was darin von Anklage gegen Christine lag, das war berechtigt, und ich habe, um oft Gesagtes noch einmal zu sagen, weder Willen noch Veranlassung, etwas davon zurückzunehmen. Aber gerade in dieser ihrer Bekenntnisstrenge, darunter wir alle gelitten, haben wir auch das Heilmittel. Ob ihre noch immer lebendige Liebe zu Dir, wie sie sich in ihren Briefen, oft wohl gegen ihren Willen, zu erkennen gibt, die Kraft zu Verzeihung und Versöhnung besitzen würde, laß ich dahingestellt sein, ich sage nicht ja und nicht nein; aber was ihre Liebe vielleicht nicht vermöchte, dazu wird sie sich, wenn alles erst in die rechten Hände gelegt ist, durch ihre Vorstellung von Pflicht gedrängt fühlen. In die rechten Hände, sag ich.

Noch kämpft es in ihr, und die brieflichen Vorstellungen unseres guten alten Petersen, der übrigens persönlich in seiner Zuversicht verharrt, haben bis zur Stunde wenig Erfolg gehabt, jedenfalls keinen Sieg errungen. Aber was dem alten rationalistischen Freunde, den sie so sehr liebt und den sie nur kirchlich nicht für voll ansieht, was unserem alten Petersen nicht gelingen wollte, das, denk ich, soll im rechten Augenblick unserem seit vier Wochen zum Generalsuperintendenten ernannten Schwarzkoppen ein leichtes, oder doch wenigstens ein nicht allzuschweres sein. An Schwarzkoppen, den ich in der letzten Woche beinahe täglich gesehen, hab ich mich mit der dringenden Bitte gewandt, die Sache, bevor er uns und unsere Gegend verläßt, seinerseits in die Hand nehmen zu wollen, und da sich seine kirchlichen Überzeugungen mit seinen persönlichen Wünschen für Dich und Christine decken, so bezweifle ich keinen Augenblick, daß er da reüssieren wird, wo Petersen bisher scheiterte. Wenn Schwarzkoppen schon immer entscheidende Instanz für Christine war, wie jetzt erst, wo der Arnewieker Seminardirektor ein wirkliches Kirchenlicht geworden ist. Er ist nach Stettin, in seine heimatliche Provinz Pommern, berufen worden und wird uns schon Ende September verlassen, um am 1. Oktober sein neues Amt daselbst anzutreten.

Ich mag diesen Brief nicht weiter ausdehnen, am wenigsten aber Wirtschaftliches berühren. Davon ein andermal. Gräfin Brockdorff seh ich jetzt häufig, teils in ihrem Hause, teils bei Rantzaus, aber auch gelegentlich hier in Arnewiek, wenn wir die Missionssitzungen haben, deren einer ich, freilich als ein sehr Unwürdiger, neulich präsidieren mußte. Christine hat meine Pfingsteinladung abgelehnt, angeblich weil die Dobschütz seit Frühjahr kränkle und der Pflege bedürfe. Der wahre Grund ist aber wohl der, daß sie nicht an Örtlichkeiten und in Kreise zurückkehren mag, die nur schmerzliche Erinnerungen in ihr wachrufen. In ihren Augen hat Gnadenfrei so viele Vorzüge und nicht zum wenigsten den, sich vor der Welt verbergen zu können. Aber ich getröste mich, daß das Bedürfnis nach dieser Weltabgeschiedenheit in ihr hinschwinden soll, und daß wir sie recht bald in die Welt und in ein neues altes Glück zurückkehren sehen, in ein Glück, das nur ein Wahn unterbrach. Ein Wahn, aus dem zuletzt eine Schuld wurde. Was gäb ich darum, wenn dieses Pfingstfest schon Euern Einzug gesehen und die ganze Säulenhalle von Holkenäs in grünen Maien gestanden hätte, das alte Wappen über dem Eingang in einem wieder von Rosen durchflochtenen Kranz. Daß die Zukunft es so bringen möge, die nächste schon, mit diesem Wunsche laß mich schließen.

Dein Arne.«

Holk legte den Brief aus der Hand und sah freudig aufatmend nach dem Square hinüber, wo alles grünte und blühte. Der Eindruck, unter dem er stand, war der der reinsten Freude; Möglichkeiten, an deren Verwirklichung er kaum noch geglaubt hatte, nahmen Gestalt an, begrabene Hoffnungen standen wieder auf und wollten Gewißheit werden, und die durch Jahre hin äußerlich und innerlich Getrennten zogen wieder ein in das ›Schloß am Meere‹, und das alte Glück war wieder da.

32. KAPITEL

Und was Holk geträumt, es erfüllte sich oder schien sich doch erfüllen zu wollen.

Johannistag war, und ein sonniger, blauer Himmel stand über ganz Angeln, am sonnigsten aber über Schloß Holkenäs. Wagen in langer Reihe hielten an den Treib- und Gartenhäusern hin, und das Holksche Wappen über dem Portale trug einen Efeukranz, in den weiße und rote Rosen eingeflochten waren. Arne hatte Myrte gewollt, aber Christine war dabei geblieben, daß es Efeu sein solle.

Und nun schlug es zwölf von Holkeby her, und kaum daß die zwölf Hammerschläge verklungen waren, so kam auch schon ein allmähliches Schwingen in die mächtige, jetzt von zwei Männern gezogene Glocke, die nun weit ins Land hinein verkündete, daß die Feier, zu der sich alle befreundeten Familien von nah und fern her versammelt hatten, ihren Anfang nehme. So war es denn auch, und nicht lange mehr, so öffnete sich die hohe nach dem Park hinausführende Glastür, und wer von Neugierigen, und ihrer waren viele, draußen zwischen den Gartenbeeten einen guten Stand genommen hatte, der sah jetzt, wie sich drinnen im Saal alles zu einem Zuge ordnete, an dessen Spitze zunächst Holk und Christine erschienen, die Gräfin in weißem Atlas und einem Orangeblütenkranz im Haar, von dem ein Schleier niederhing. Hinter dem Paare, das nun wie zu neuem Ehebunde den Segen der Kirche empfangen sollte, schritten Asta und Axel, dann Arne, der die ältere Gräfin Brockdorff, und dann Schwarzkoppen, der die Dobschütz führte, viele andere mit ihnen, und zuletzt alle die, die gebeten hatten, der Feier im Festzuge beiwohnen zu dürfen, und deren Teilnahme, weil es Fernerstehende waren, die Herzen der wieder zu Trauenden besonders beglückt hatte. Dienerschaften schlossen sich an, und als der Zug, der sich auf Holkeby zu in Bewegung setzte, den zwischen den Tannen des Parks hinlaufenden Kiesweg passiert hatte, trat man in ein Spalier ein, das die Holkebyer Bauerntöchter samt den Mädchen aus den Nachbardörfern gebildet hatten. Alle hielten Körbe in den Händen und streuten Blumen über den Weg, einige aber, die dem Ansturm ihrer Gefühle nicht wehren konnten, warfen die Körbe beiseite und drängten sich an Christine heran, um ihr die Hand oder auch nur den Saum des Kleides zu küssen. »Sie machen eine Heilige aus mir«, sagte die Gräfin und suchte zu lächeln; aber Holk, dem sie diese Worte zugeflüstert hatte, sah wohl, daß ihr dies alles mehr Pein als Freude schuf, und daß sie, wie das in ihrer Natur lag, ängstlich schmerzliche Betrachtungen oder vielleicht selbst trübe Zukunftsgedanken an dies Übermaß von Huldigungen knüpfte. Das volle Leben um sie her indes entriß sie dem wieder, und als sie jetzt deutlich hörte, daß der Glocken immer mehr wurden und daß es klang, als ob alle Kirchen im Angliter Lande das seltene Versöhnungsfest mitfeiern wollten, da fiel, auf Augenblicke wenigstens, alles Trübe von ihr ab, und ihr Herz ging auf in dem Klange, der gen Himmel stieg.

Und nun waren sie bis an die niedrige Kirchhofsmauer gekommen, an der entlang, wie damals, wo Asta und Elisabeth hier gesessen hatten, wieder hohe Nesseln standen und zerschnittene Stämme hoch aufgeschichtet lagen, und als die vordersten daran vorüber waren, bog der Zug in das Portal ein und bewegte sich, zwischen Gräbern hin, auf die Kirche zu, die weit aufstand und einen freien Blick auf den erleuchteten Altar am Ende des Mittelganges gestattete.

Da stand Petersen.

Er war hinfällig gewesen all die Zeit über, und zu der Last seiner Jahre war schließlich auch noch die Last schwerer Krankheit gekommen. Als er aber vernommen hatte, daß ›Schwarzkoppen, wenn Petersen bis Johannistag nicht wieder genesen sei, die Traurede halten solle‹, da war er wieder gesund geworden und hatte denen, die zur Vorsicht und Schonung mahnen wollten, beteuert, daß er, und wenn's vom Sterbebette aus wäre, seine geliebte Christine wieder zum Glück führen müsse. Das hat alle Welt gerührt, ihm aber die Kraft seiner besten Jahre wiedergegeben, und da stand er nun so grad und aufrecht wie vor neunzehn Jahren, als er, auch an einem Johannistage, die Hände beider ineinander gelegt hatte.

Gesang hatte begonnen im selben Augenblicke, wo der Zug in den Mittelgang eintrat, und als das Singen nun schwieg, nahm Petersen das Wort, alles Persönliche vermeidend, am meisten aber jeden Hinweis auf den ›Ungerechten, über den mehr Freude sei im Himmel als über hundert Gerechte‹.

Statt dessen rief er in einem schlichten, aber gerade dadurch tief ergreifenden Gebet die Gnade des Himmels auf die Wiedervereinten herab und sprach alsdann den Segen.

Und nun fiel die Orgel ein, und die Glocke draußen hob wieder an, und der lange Zug der Trauzeugen nahm jetzt den Rückweg dicht am Strande hin und stieg, als man den zur Dampfschiff-Anlegestelle führenden Brettersteg erreicht hatte, links einbiegend die Terrasse nach Schloß Holkenäs hinauf.

Da war die hochzeitliche Tafel unter der vorderen Halle gedeckt, derart, daß alle Gäste den Blick auf das Meer hin frei hatten, und als der Augenblick nun gekommen war, wo, wenn nicht ein Toast, so doch ein kurzes Festeswort gesprochen werden mußte, erhob sich Arne von seinem Platz und sagte, während er sich gegen Schwester und Schwager verneigte: »Auf das Glück von Holkenäs.«

Alle waren eigentümlich von den beinah schwermütig klingenden Worten berührt, und die, die dem Bräutigam zunächst saßen, stießen leise mit ihm an.

Aber eine rechte Freude wollte nicht laut werden, und jedem Anwesenden kam ein banges Gefühl davon, daß man das ›Glück von Holkenäs‹, wenn es überhaupt da war, nur heute noch in Händen hielt, um es vielleicht morgen schon zu begraben.

33. KAPITEL

Das Gefühl der Trauer, das bei der schönen Feier vorgeherrscht hatte, schien sich aber als ungerechtfertigt erweisen und ›das Glück von Holkenäs‹ sich wirklich erneuern zu wollen. Diesen Eindruck empfingen wenigstens alle Fernerstehenden. Man lebte sich zuliebe, sah viel Gesellschaft (mehr als sonst) und machte Nachbarbesuche, bei denen es von seiten Holks an Unbefangenheit und guter Laune nie gebrach, und nur wer schärfer zusah, sah deutlich, daß diesem allen doch das rechte Leben fehlte. Friede herrschte, nicht Glück, und ehe der Herbst da war, war namentlich für die Dobschütz und Arne kein Zweifel mehr, daß, was Christine anging, nichts da war als der gute Wille zum Glück. Ja, der gute Wille! Von Meinungsverschiedenheiten war keine Rede mehr, und wenn sich Holk, was gelegentlich noch geschah, in genealogischen Exkursen oder in Musterwirtschaftsplänen erging, so zeigte die Gräfin nichts von jenem Lächeln der Überlegenheit, das für Holk so viele Male der Grund zur Verstimmung und Gereiztheit gewesen war; aber dies ängstliche Vermeiden alles dessen, was den Frieden hätte stören können, das Abbrechen im Gespräch, wenn doch einmal ein Zufall ein heikles Thema heraufbeschworen hatte, gerade die beständige Vorsicht und Kontrolle brachte so viel Bedrückendes mit sich, daß selbst die letzten Jahre vor der Katastrophe, wo das eigentliche Glück ihrer Ehe schon zurücklag, als vergleichsweise glückliche Zeiten daneben erscheinen konnten.

Holk, bei seinem frischen, sanguinischen Naturell, wehrte sich eine Zeitlang gegen diese Wahrnehmung, und er ließ sich's angelegen sein, über die Zurückhaltung und beinahe Scheu hinwegzusehen, womit Christine seinem Entgegenkommen begegnete. Schließlich aber ward er ungeduldig, und als Ende September heran war, beschloß er in einem Gemütszustande, darin Mißmut und tiefe Teilnahme sich ablösten, mit der Dobschütz zu sprechen und ihre Meinung und, wenn tunlich, auch ihren Rat einzuholen.

Über Schloß und Park lag ein klarer, frischer Herbstmorgen, und die Sommerfäden hingen ihr Gespinst an das hier und da schon blattlose Gesträuch. Asta war den Abend vorher aus der Pension eingetroffen und brannte darauf, gleich nach beendigtem Frühstück, zu dem man sich eben gesetzt hatte, nach Holkeby hinunterzusteigen und der Freundin unten im Dorf ihren Besuch zu machen. »Ich komme mit«, sagte Holk, und da die Dobschütz schon vorher zugesagt hatte, Asta begleiten zu wollen, so stiegen nun alle drei die Terrasse hinunter, um, am Strande hin, den etwas näheren und schöneren Weg zu nehmen. Die breite Wasserfläche lag beinahe unbewegt, und nur dann und wann schob eine schwache Brandung ihren Schaum bis dicht an die Düne heran. Asta war glücklich, das Meer wiederzusehen, und brach oft ab in Erzählung ihrer Pensionserlebnisse, wenn dann und wann ein wunderbarer Lichtschimmer gerade über die stille Flut hinglitt oder die Möwen ihre Flügel darin eintauchten; aber mit einem Male war ihr Interesse für Meer und Lichtreflexe hin, und Elisabeth Petersens ansichtig werdend, die, von der Düne her, auf den Strand hinaustrat, eilte sie der Freundin entgegen und umarmte und küßte sie. Holk und die Dobschütz waren in diesem Augenblick zurückgeblieben, was den beiden vor ihnen herschreitenden Freundinnen, die sich natürlich eine Welt von Dingen zu sagen hatten, sehr zupaß kam, aber auch Holk war es zufrieden, weil ihm der sich rasch erweiternde Zwischenraum eine lang herbeigewünschte gute Gelegenheit bot, mit der Dobschütz ungezwungen über Christine zu sprechen.

»Es ist mir lieb, liebe Dobschütz«, begann er, »daß wir einen Augenblick allein sind. Ich habe schon längst mit Ihnen sprechen wollen. Was ist das mit Christine? Sie wissen, daß ich nicht aus Neugier frage, noch weniger, um zu klagen, und am allerwenigsten, um anzuklagen. Es hat Zeiten gegeben, wo Sie dergleichen mit anhören mußten, wo Sie schlichten sollten; aber wie Sie wissen, liebe Freundin, diese Zeiten liegen zurück und kehren nicht wieder. Aller Streit ist aus der Welt, und wenn ich mit Christine durch den Park gehe, wie's noch heute vor dem Frühstück der Fall war, und das Eichhörnchen läuft über den Weg, und der Schwan fährt über den Teich, und Rustan, der uns begleitet, rührt sich nicht, vielleicht auch dann nicht, wenn ein Volk Hühner auffliegen sollte – so fällt mir immer ein Bild ein, auf dem ich mal das Paradies abgebildet gesehen habe; alles auf dem Bilde schritt in Frieden einher, der Löwe neben dem Lamm, und der liebe Gott kam des Weges und sprach mit Adam und Eva. Ja, liebe Dobschütz, daran erinnert mich jetzt mein Leben, und ich könnte zufrieden sein und sollt es vielleicht. Aber ich bin es nicht, ich bin umgekehrt bedrückt und geängstigt. Handelte sich's dabei nur um mich, so würd ich kein Wort verlieren und in dem, was mir, trotz des vorhandenen Friedens, an Behagen und Freude fehlt, einfach eine mir auferlegte Buße sehen und nicht murren, ja vielleicht im Gegenteil etwas wie Genugtuung empfinden. Denn ein Unrecht fordert nicht bloß seine Sühne, sondern diese Sühne befriedigt uns auch, weil sie unserem Rechtsgefühl entspricht. Also noch einmal, wenn ich jetzt spreche, so sprech ich nicht um meinet-, sondern um Christinens willen, und weil jeder Tag mir zeigt, daß sie wohl vergessen möchte, aber nicht vergessen kann. Und nun sagen Sie mir Ihre Meinung.«

»Ich glaube, lieber Holk, daß Sie's mit Ihrem Wort getroffen haben – Christine will vergessen, aber sie kann es nicht.«

»Und hat sie sich in diesem Sinne gegen Sie geäußert? Hat sie zu verstehen gegeben, daß alles doch umsonst sei?«

»Das nicht.«

»Und doch leben Sie dieser Überzeugung.«

»Ja, lieber Holk, leider. Aber Sie dürfen aus diesem mich allerdings beherrschenden Gefühle nichts Schmerzlicheres und namentlich auch nichts Gewisseres ableiten wollen als nötig, als zulässig ist. Ich weiß nichts Gewisses. Denn wenn ich auch nach wie vor der Gegenstand von Christinens Freundschaft bin – und wie könnte es auch anders sein, zeigt ihr doch jede Stunde, wie sehr ich sie liebe –, so bin ich doch nicht mehr der Gegenstand ihrer Mitteilsamkeit. Wie sie gegen alle schweigt, so auch gegen mich. Das ist freilich etwas tief Trauriges. Sie war daran gewöhnt, ihr Herz gegen mich auszuschütten, und als wir damals, ein unvergeßlich schmerzlicher Tag, aus dem Hause gingen und erst im Dorfe unten und dann in Arnewiek und zuletzt in Gnadenfrei die schwere Zeit gemeinschaftlich durchlebten, da hat sie nichts gedacht und nichts gefühlt, was ich nicht gewußt hätte. Wir waren zwei Menschen, aber wir führten nur *ein* Leben, so ganz verstanden wir uns. Aber das war von dem Tage an vorbei, wo Christine wieder hier einzog. In ihrem feinen Sinn sagte sie sich, daß nun wieder eine neue Glücks- und Freudenzeit angebrochen sei oder wenigstens anbrechen müsse, und weil ihr – Verzeihung, lieber Holk, wenn ich dies ausspreche –, weil ihr die rechte Freude doch wohl ausblieb und ihr andererseits ein weiteres Klagen unschicklich oder wohl gar undankbar gegen Gott erscheinen mochte, so gewöhnte sie sich daran, zu schweigen, und bis diesen Tag muß ich erraten, was in ihrer Seele vorgeht.«

Holk blieb stehen und sah vor sich hin. Dann sagte er: »Liebe Dobschütz, ich kam, um Trost und Rat bei Ihnen zu suchen, aber ich sehe wohl, ich finde davon nichts. Ist es so, wie Sie sagen, so weiß ich nicht, wie Hilfe kommen soll.«

»Die Zeit, die Zeit, lieber Holk. Des Menschen guter Engel ist die Zeit.«

»Ach, daß Sie recht hätten. Aber ich glaub es nicht; die Zeit wird nicht Zeit dazu haben. Ich bin nicht Arzt, und vor allem verzichte ich darauf, in Herz und Seele lesen zu wollen. Trotzdem, so viel seh ich klar, wir treiben einer Katastrophe zu. Man kann glücklich leben, und man kann unglücklich leben, und Glück und Unglück können zu hohen Jahren kommen. Aber diese Resignation und dieses Lächeln – das alles dauert nicht lange. Das Licht unseres Lebens heißt die Freude, und lischt es aus, so ist die Nacht da, und wenn diese Nacht der Tod ist, ist es noch am besten.«

*

Eine Woche später war eine kleine Festlichkeit auf Holkenäs, nur der nächste Freundeskreis war geladen, unter ihnen Arne und Schwarzkoppen, auch Petersen und Elisabeth. Man saß bis Dunkelwerden im Freien, denn es war trotz vorgerückter Jahreszeit eine milde Luft, und erst als drinnen die Lichter angezündet wurden, verließ man den Platz unter der Halle draußen, um in dem großen Gartensalon zunächst den Tee zu nehmen und dann ein wenig zu musizieren. Denn Asta hatte sich während ihrer Pensionstage zu einer kleinen Virtuosin auf dem Klavier ausgebildet, was, seit sie zurück war, zu fast täglichen Begegnungen und Übungsstunden mit Elisabeth geführt hatte. Heute nun sollte dem innerhalb der nächsten Tage aus seiner Arnewieker Stellung scheidenden Schwarzkoppen zu Ehren mancherlei Neues zum Vortrag kommen, und als das Hin- und Herlaufen der Dienerschaften und das Geklapper des Teegeschirrs endlich ein Ende genommen hatte, begannen beide Freundinnen ziemlich hastig in der Musikmappe zu suchen, bis sie, was sie brauchten, gefunden hatten, nur zwei, drei Sachen, weil Holk alles Musizieren als eine gesellschaftliche Störung ansah. Das erste, was zum Vortrag kam, war ein Lied aus Flotows ›Martha‹, woran sich das Robert-Burnssche ›Und säh ich auf der Heide dort‹, unmittelbar anschloß, und als die letzten Zeilen auch dieses Liedes unter allseitigem Beifall verklungen waren, kündete Asta der immer aufmerksamer gewordenen Zuhörerschaft an, daß nun ein wirkliches Volkslied folgen solle; denn Robert Burns sei eigentlich auch nur ein Kunstdichter.

Schwarzkoppen bestritt dies entschieden und sah sich dabei von seiten Arnes unterstützt, der, in seiner Eigenschaft als Oheim, hinzusetzen durfte: »Das sei so moderner Pensionsgeschmack«, und einmal im Zuge, wär er sicher noch weiter gegangen und hätte der derartig herausfordernden Bemerkungen noch mehrere gemacht, wenn nicht Holk im selben Augenblick mit der wiederholten Frage, wie das vorzutragende Volkslied denn eigentlich heiße, dazwischengefahren wäre.

»Das Lied heißt gar nicht«, antwortete Asta.

»Unsinn. Jedes Lied muß doch einen Namen haben.«

»Das war früher so. Jetzt nimmt man die erste Zeile als Überschrift und macht Gänsefüßchen.«

»Ja wohl«, lachte Holk, »das glaub ich.«

»Und nun schwieg der Streit, und nach einem kurzen Vorspiel Astas begann Elisabeth mit ihrer schönen, dem Text wie der Komposition gleich angepaßten Stimme:

»Denkst du verschwundener Tage, Marie,
Wenn du starrst ins Feuer bei Nacht?
Wünschst du die Stunden und Tage zurück,
Wo du fröhlich und glücklich gelacht?«

»Ich denke verschwundener Tage, John,
Und sie sind allezeit mein Glück,
Doch die mir die liebsten gewesen sind,
Ich wünsche sie nicht zurück …«

Als dies Lied schwieg und gleich danach auch die Begleitung, eilten alle, sogar Holk, auf den Flügel zu, um Elisabeth, die verlegen die Huldigungen in Empfang nahm, ein freundliches Wort zu sagen. »Ja«, sagte Asta, die sich des Triumphes der Freundin freute, »so schön hast du's noch nie gesungen.« Alle wünschten denn auch die Strophe noch einmal zu hören, und nur eine war da, die sich dem Wunsche nicht anschloß, weil ihr inmitten des allgemeinen Aufstandes nicht entgangen war, daß Christine, ganz so wie vor zwei Jahren bei Vortrag des schwermütigen Waiblingerschen Liedes, den Salon in aller Stille verlassen hatte.

Die, die dies wahrnahm, war natürlich die Dobschütz, der zugleich ein Zweifel kam, ob sie der Freundin folgen solle oder nicht. Zugleich entschied sie sich dafür und stieg die Treppe hinauf, um Christine in ihrem Schlafzimmer aufzusuchen. Da saß sie denn auch, die Hände gefaltet, die Augen starr zu Boden gerichtet.

»Was ist dir, Christine? Was hast du?«

Und die Dobschütz kniete vor ihr nieder und nahm ihre Hand und bedeckte sie mit Küssen und Tränen.

»Was hast du?« wiederholte sie ihre Frage und sah zu ihr auf. Christine aber, während sie die Hand aus der Hand der Freundin löste, sagte leise vor sich hin:

»Und die mir die liebsten gewesen sind,
Ich wünsche sie nicht zurück.«

34. KAPITEL

Eine Woche war vorüber seitdem.

Es war eine milde Luft, und wäre nicht der wilde Wein gewesen, der sich mit seinen schon herbstlich roten Blättern um einzelne Säulen von Schloß Holkenäs emporrankte, so hätte man glauben können, es sei wieder Johannistag, und das schöne Fest, das ein Vierteljahr vorher ganz Angeln mitbegangen hatte, werde noch einmal gefeiert. Denn nicht nur lag es hell und beinahe sommerlich, wie damals bei der Wiedertrauung des gräflichen Paares, über Schloß und Park, auch die lange festliche Wagenreihe, die heute, genau wie am Tage der erneuten Trauung, zahlreiche Gäste gebracht hatte, war wieder da. Dazu klangen auch die Glocken wieder weit ins Land hinein, und die Mädchen von Holkeby standen, wie damals beim Erscheinen des hochzeitlichen Zuges, das Dorf entlang und streuten ihre Blumen. Aber heute waren es weiße Astern, die sie streuten, und die, die vom Schlosse her des Weges kam, war eine Tote; vorauf Musik, hinter dem Sarge Holk und die Kinder und dann in langem Zuge die Verwandten und Freunde. Petersen stand am Kirchhofseingang, und dem Zuge vorauf schritt er jetzt auf das Grab zu, das neben der baufälligen alten Gruft bereitet war. Hier angekommen, schwieg der Choral, alle Häupter entblößten sich, und dann senkten sie den Sarg hernieder, und die Erde schloß sich über Christine Holk. Ein Herz, das sich nach Ruhe sehnte, hatte Ruhe gefunden.

*

Julie von Dobschütz an Generalsuperintendent Schwarzkoppen

»Schloß Holkenäs, den 14. Oktober 1861

Ew. Hochwürden wollen von unserer Freundin hören, deren Tod das erste war, was Sie, nach Ihrem Amtsantritt in Ihrer alten Heimat, von hier aus erfuhren. Ich komme Ihrem Wunsche freudig nach, denn neben allem Schmerzlichen ist es mir immer wieder ein Trost und eine Erhebung, von der teuren Toten sprechen zu dürfen.

An dem Tage, wo Sie sie zuletzt sahen, reifte wohl ein Gedanke in ihr, den sie lange mit sich umhertragen mochte. Vielleicht entsinnen Sie sich des elegischen, beinahe schwermütigen Volksliedes, das Elisabeth an jenem Abende vortrug – Christine verließ gleich danach das Zimmer, und ich glaube, daß es von dem Augenblicke an in ihr feststand. Ich fand sie tief erschüttert und bekenne, daß bange Ahnungen sofort mein Herz erfüllten, Ahnungen, die niederzukämpfen mir nur dadurch gelang, daß ich mir den christlichen Sinn und die ganze Glaubensfestigkeit der teuren Entschlafenen vergegenwärtigte, den christlichen Sinn, der das Leben trägt, solange Gott es will.

Der nächste Tag schien mir auch ein Recht zu diesem meinem Vertrauen geben zu sollen. Christine hatte sich, wie sie mir sagte, spät erst zur Ruhe begeben, aber ihr Aussehen zeigte nichts von Überwachtsein, im Gegenteil, eine Frische gab sich zu erkennen, wie ich sie, seit dem Tage ihrer Wiedervereinigung, nicht mehr an ihr wahrgenommen hatte. Sie war, als sie zum Frühstück kam, entgegenkommender und freundlicher als gewöhnlich, schlug einen beinah herzlichen Ton an und redete Holk zu, sich an einer für den zweitnächsten Tag festgesetzten Jagdpartie zu beteiligen, zu der er eben eine Einladung von Graf Baudissin erhalten hatte. Dann besprachen sie sonderbarerweise Toilettenangelegenheiten, sogar ganz ausführlich, aber freilich nur mit Rücksicht auf Asta, die nun über siebzehn sei und in die Gesellschaft eingeführt werden müsse, bei welchem Worte sich ihr Auge mit Tränen füllte.

So verging der Tag, und die Sonne stand schon tief, als sie mich aufforderte, mit ihr an den Strand zu gehen. ›Aber‹, setzte sie hinzu, ›wir müssen uns eilen und unten sein, eh es dunkel wird.‹

Und gleich danach stiegen wir die Terrasse hinab. Unten angekommen, war ihr der Weg am Strande hin nicht recht, der Sand sei so feucht und ihr Schuhzeug so leicht, und so gingen wir denn auf den Steg hinauf, in einem Gespräch, in dem die Gräfin absichtlich jedes ernstere Thema zu vermeiden schien. Als wir endlich bis an die Plattform und die kleine Treppe gekommen waren, an der die Dampfschiffe anlegen, setzten wir uns auf eine Holzbank, die Holk seit kurzem erst an dieser Stelle hat aufstellen lassen, und sahen in die Sonne, deren Widerschein auf dem nur wenig bewegten Meere fast noch schöner war als ihre Farbenpracht in dem Gewölk darüber. ›Wie schön‹, sagte Christine. ›Laß uns den Untergang hier abwarten. Freilich, es wird schon kalt, und du könntest uns wohl unsere Mäntel holen. Aber bitte, spare dir die Stufen und ruf es bloß die Terrasse hinauf. Asta wird es schon hören.‹

Sie sprach das alles mit einem Anfluge von Verlegenheit, denn etwas Unwahres sagen widerstrebte ihrer Natur; aber wenn diese Verlegenheit auch gefehlt hätte, so wäre mir das Ganze doch aufgefallen, weil ihre fast zu weitgehende Zartheit und Güte gegen mich es immer ängstlich vermied, irgendeinen Dienst von mir zu fordern. Sie sah auch, welche Richtung meine Gedanken nahmen, aber ich durfte sie's doch nicht klar und unumwunden wissen lassen, was an Besorgnis in meiner Seele vorging, und so ging ich denn den Steg wieder zurück und die Terrasse hinauf, denn das mit dem ›Hinaufrufen, bis Asta es höre‹ war nur so hingesagt worden.

Als ich wieder am Ausgang des Steges ankam, fand ich die Gräfin nicht mehr und wußte nun, was geschehen. Ich eilte zurück, um Hilfe zu holen, trotzdem ich sicher war, daß alles nutzlos sein würde. Holk war wie betäubt und wußte sich nicht Rat. Endlich aber wurde das Dorf alarmiert, und bis in die Nacht hinein suchte man an Steg und Strand. Auch Boote wurden abgelassen und fuhren ins Meer hinein, auf eine nur von wenig Wasser überspülte Sandbank zu, die dem Stege quer vorliegt. Aber durch Stunden hin ohne jeden Erfolg, und erst am anderen Morgen kamen Holkebyer Fischer aufs Schloß und meldeten, daß sie die Gräfin gefunden hätten. Wir gingen nun alle hinunter. Der Ausbruch stillen Leidens, den ihr Gesicht so lange getragen hatte, war dem einer beinah heiteren Verklärung gewichen, so sehr bedürftig war ihr Herz der Ruhe gewesen. Und auf einer Bahre, die man aus der Kirche herbeigeschafft hatte, trug man sie nun, weil man die Steigung der Terrasse vermeiden wollte, durch die Düne bis ins Dorf und dann den mäßig ansteigenden Parkweg hinauf. Alles drängte herzu, und die armen Leute, für die sie gesorgt, wehklagten, und bittere Worte wurden laut, die der Graf, so hoffe ich, nicht hörte.

Wie das Begräbnis war und wie Petersen sprach, der an diesem Tage, das muß ich bezeugen, auch das rechtgläubigste Herz zufriedenstellen konnte, das haben Sie gelesen in dem ›Arnewieker Boten‹, den Ihnen Baron Arne geschickt hat, und vielleicht auch in den ›Flensburger Nachrichten‹.

Ich habe nur noch hinzuzufügen, was vielleicht angetan ist, uns über den Seelenzustand der Gräfin und über das, was sie den letzten Schritt tun ließ, ins klare zu bringen. In derselben Stunde noch, als wir sie vom Strand heraufgebracht hatten, gingen wir auf ihr Zimmer und suchten, ob sich nicht ein Abschiedswort fände. Wir fanden auch wirklich mehrere Briefbogen, deren Anredeworte zeigten, daß sie den Willen gehabt hatte, von den ihr Zunächststehenden, von Holk, von Arne und auch von mir Abschied zu nehmen. Den Überschriften an Arne und mich waren ein paar Worte wie ›Habe Dank‹ und ›wenn Du diese Zeilen liest‹ hinzugefügt, aber alles war wieder durchgestrichen, und dem Bogen mit der Anrede ›Lieber Holk‹ fehlte auch *das*. Dafür war dem für Holk bestimmten Bogen ein zerknittertes und dann wieder sorgsam geglättetes Blatt eingelegt, darauf das Lied stand, das Elisabeth Petersen, unmittelbar vor Holks Abreise nach Kopenhagen, gesungen und dessen Vortrag damals, ähnlich wie jetzt das vorerwähnte Volkslied aus dem Englischen, einen so tiefen Eindruck auf Christine gemacht hatte. Dieses jüngst gehörten Volksliedes werden sich Ew. Hochwürden sicherlich noch erinnern, aber das früher gehörte wird Ihrem Gedächtnis entschwunden sein, weshalb es mir gestattet sein mag, der ersten Strophe desselben hier eine Stelle zu geben. Diese Strophe lautete:

Die Ruh' ist wohl das Beste
Von allem Glück der Welt;
Was bleibt vom Erdenfeste,
Was bleibt uns unvergällt?
Die Rose welkt in Schauern,
Die uns der Frühling gibt,
Wer haßt, ist zu bedauern,
Und mehr noch fast, wer liebt.

Die letzte Zeile war leis und kaum sichtbar unterstrichen. Eine ganze Geschichte lag in diesen verschämten Stricheleien.

Ihnen wird Ihr Amt und Ihr Glaube die Kraft geben, den Tod der Freundin zu verwinden, aus meinem Leben aber ist das Liebste dahin, und was mir bleibt, ist arm und schal. Asta bittet, sich Ihnen empfehlen zu dürfen, ebenso Elisabeth Petersen.

Ew. Hochwürden ergebenste
Julie von Dobschütz.«

Frau Jenny Treibel

1893

1. KAPITEL

An einem der letzten Maitage, das Wetter war schon sommerlich, bog ein zurückgeschlagener Landauer vom Spittelmarkt her in die Kur- und dann in die Adlerstraße ein und hielt gleich danach vor einem, trotz seiner Front von nur fünf Fenstern ziemlich ansehnlichen, im übrigen aber altmodischen Hause, dem ein neuer, gelbbrauner Ölfarbenanstrich wohl etwas mehr Sauberkeit, aber keine Spur von gesteigerter Schönheit gegeben hatte, beinahe das Gegenteil. Im Fond des Wagens saßen zwei Damen mit einem Bologneserhündchen, das sich der hell- und warmscheinenden Sonne zu freuen schien. Die links sitzende Dame von etwa dreißig, augenscheinlich eine Erzieherin oder Gesellschafterin, öffnete von ihrem Platz aus zunächst den Wagenschlag und war dann der anderen, mit Geschmack und Sorglichkeit gekleideten und trotz ihrer hohen Fünfzig noch sehr gut aussehenden Dame beim Aussteigen behilflich. Gleich danach aber nahm die Gesellschafterin ihren Platz wieder ein, während die ältere Dame auf eine Vortreppe zuschritt und nach Passierung derselben in den Hausflur eintrat. Von diesem aus stieg sie, so schnell ihre Korpulenz es zuließ, eine Holzstiege mit abgelaufenen Stufen hinauf, unten von sehr wenig Licht, weiter oben aber von einer schweren Luft umgeben, die man füglich als eine Doppelluft bezeichnen konnte. Gerade der Stelle gegenüber, wo die Treppe mündete, befand sich eine Entreetür mit Guckloch, und neben diesem ein grünes, knittriges Blechschild, darauf »Professor Willibald Schmidt« ziemlich undeutlich zu lesen war. Die ein wenig asthmatische Dame fühlte zunächst das Bedürfnis, sich auszuruhen, und musterte bei der Gelegenheit den ihr übrigens von langer Zeit her bekannten Vorflur, der vier gelbgestrichene Wände mit etlichen Haken und Riegeln und dazwischen einen hölzernen Halbmond zum Bürsten und Ausklopfen der Röcke zeigte. Dazu wehte, der ganzen Atmosphäre auch hier den Charakter gebend, von einem nach hinten führenden Korridor her ein sonderbarer Küchengeruch heran, der, wenn nicht alles täuschte, nur auf Rührkartoffeln und Karbonade gedeutet werden konnte, beides mit Seifenwrasen untermischt. »Also kleine Wäsche«, sagte die von dem allen wieder ganz eigentümlich berührte stattliche Dame still vor sich hin, während sie zugleich weit zurückliegender Tage gedachte, wo sie selbst hier, in eben dieser Adlerstraße, gewohnt und in dem gerade gegenüber gelegenen Materialwarenladen ihres Vaters mit im Geschäft geholfen und auf einem über zwei Kaffeesäcke gelegten Brett kleine und große Tüten geklebt hatte, was ihr jedesmal mit »zwei Pfennig fürs Hundert« gutgetan worden war. »Eigentlich viel zuviel, Jenny«, pflegte dann der Alte zu sagen, »aber du sollst mit Geld umgehen lernen.« Ach, waren das Zeiten gewesen! Mittags Schlag zwölf, wenn man zu Tisch ging, saß sie zwischen dem Kommis, Herrn Mielke, und dem Lehrling Louis, die beide, so verschieden sie sonst waren, dieselbe hochstehende Kammtolle und dieselben erfrorenen Hände hatten. Und Louis schielte bewundernd nach ihr hinüber, aber wurde jedesmal verlegen, wenn er sich auf seinen Blicken ertappt sah. Denn er war zu niedrigen Standes, aus einem Obstkeller in der Spreegasse. Ja, das alles stand jetzt wieder vor ihrer Seele, während sie sich auf dem Flur umsah und endlich die Klingel neben der Tür zog. Der überall verbogene Draht raschelte denn auch, aber kein Anschlag ließ sich hören, und so faßte sie schließlich den Klingelgriff noch einmal und zog stärker. Jetzt klang auch ein Bimmelton von der Küche her bis auf den Flur herüber, und ein paar Augenblicke später ließ sich erkennen, daß eine hinter dem Guckloch befindliche kleine Holzklappe beiseite geschoben wurde. Sehr wahrscheinlich war es des Professors Wirtschafterin, die jetzt, von ihrem Beobachtungsposten aus, nach Freund oder Feind aussah, und als diese Beobachtung ergeben hatte, daß es ›gut Freund‹ sei, wurde der Türriegel ziemlich geräuschvoll zurückgeschoben, und eine ramassierte Frau von ausgangs vierzig, mit einem ansehnlichen Haubenbau auf ihrem vom Herdfeuer geröteten Gesicht, stand vor ihr.

»Ach, Frau Treibel … Frau Kommerzienrätin … welche Ehre …«

»Guten Tag, liebe Frau Schmolke. Was macht der Professor? Und was macht Fräulein Corinna? Ist das Fräulein zu Hause?«

»Ja, Frau Kommerzienrätin. Eben wieder nach Hause gekommen aus der Philharmonie. Wie wird sie sich freuen!«

Und dabei trat Frau Schmolke zur Seite, um den Weg nach dem einfenstrigen, zwischen den zwei Vorderstuben gelegenen und mit einem schmalen Leinwandläufer belegten Entree freizugeben. Aber ehe die Kommerzienrätin noch eintreten konnte, kam ihr Fräulein Corinna schon entgegen und führte die ›mütterliche Freundin‹, wie sich die Rätin gern selber nannte, nach rechts hin in das eine Vorderzimmer.

Dies war ein hübscher, hoher Raum, die Jalousien herabgelassen, die Fenster nach innen auf, vor deren einem eine Blumenestrade mit Goldlack und Hyazinthen stand. Auf dem Sofatische präsentierte sich gleichzeitig eine Glasschale mit Apfelsinen, und die Porträts der Eltern des Professors, des Rechnungsrats Schmidt aus der Heroldskammer und seiner Frau, geb. Schwerin, sahen auf die Glasschale hernieder – der alte Rechnungsrat in Frack und rotem Adlerorden, die geborene Schwerin mit starken Backenknochen und Stubsnase, was, trotz einer ausgesprochenen Bürgerlichkeit, immer noch mehr auf die pommersch-uckermärkischen Träger des berühmten Namens als auf die spätere oder, wenn man will, auch *viel* frühere posensche Linie hindeutete.

»Liebe Corinna, wie nett du dies alles zu machen verstehst und wie hübsch es doch bei euch ist, so kühl und so frisch – und die schönen Hyazinthen! Mit den Apfelsinen verträgt es sich freilich nicht recht, aber das tut nichts, es sieht so gut aus ... Und nun legst du mir in deiner Sorglichkeit auch noch das Sofakissen zurecht! Aber verzeih, ich sitze nicht gern auf dem Sofa; das ist immer so weich, und man sinkt dabei so tief ein. Ich setze mich lieber hier in den Lehnstuhl und sehe zu den alten, lieben Gesichtern da hinauf. Ach, war das ein Mann; gerade wie dein Vater. Aber der alte Rechnungsrat war beinah noch verbindlicher, und einige sagten auch immer, er sei so gut wie von der Kolonie. Was auch stimmte. Denn seine Großmutter, wie du freilich besser weißt als ich, war ja eine Carpentier, Stralauer Straße.«

Unter diesen Worten hatte die Kommerzienrätin in einem hohen Lehnstuhle Platz genommen und sah mit dem Lorgnon nach den lieben Gesichtern‹ hinauf, deren sie sich eben so huldvoll erinnert hatte, während Corinna fragte, ob sie nicht etwas Mosel und Selterswasser bringen dürfe, es sei so heiß.

»Nein, Corinna, ich komme eben vom Lunch, und Selterswasser steigt mir immer so zu Kopf. Sonderbar, ich kann Sherry vertragen und auch Port, wenn er lange gelagert hat, aber Mosel und Selterswasser, das benimmt mich ... Ja, sieh, Kind, dies Zimmer hier, das kenne ich nun schon vierzig Jahre und darüber, noch aus Zeiten her, wo ich ein halbwachsen Ding war, mit kastanienbraunen Locken, die meine Mutter, so viel sie sonst zu tun hatte, doch immer mit rührender Sorgfalt wickelte. Denn damals, meine liebe Corinna, war das Rotblonde noch nicht so Mode wie jetzt, aber kastanienbraun galt schon, besonders wenn es Locken waren, und die Leute sahen mich auch immer darauf an. Und dein Vater auch. Er war damals ein Student und dichtete. Du wirst es kaum glauben, wie reizend und wie rührend das alles war, denn die Kinder wollen es immer nicht wahrhaben, daß die Eltern auch einmal jung waren und gut aussahen und ihre Talente hatten. Und ein paar Gedichte waren an mich gerichtet, die hab ich mir aufgehoben bis diesen Tag, und wenn mir schwer ums Herz ist, dann nehme ich das kleine Buch, das ursprünglich einen blauen Deckel hatte (jetzt aber hab ich es in grünen Maroquin binden lassen), und setze mich ans Fenster und sehe auf unsern Garten und weine mich still aus, ganz still, daß es niemand sieht, am wenigsten Treibel oder die Kinder. Ach, Jugend! Meine liebe Corinna, du weißt gar nicht, welch ein Schatz die Jugend ist und wie die reinen Gefühle, die noch kein rauher Hauch getrübt hat, doch unser Bestes sind und bleiben.«

»Ja«, lachte Corinna, »die Jugend ist gut. Aber ›Kommerzienrätin‹ ist auch gut und eigentlich noch besser. Ich bin für einen Landauer und einen Garten um die Villa herum. Und wenn Ostern ist und Gäste kommen, natürlich recht viele, so werden Ostereier in dem Garten versteckt, und jedes Ei ist eine Attrappe voll Konfitüren von Hövell oder Kranzler, oder auch ein kleines Necessaire ist drin. Und wenn dann all die Gäste die Eier gefunden haben, dann nimmt jeder Herr seine Dame, und man geht zu Tisch. Ich bin durchaus für Jugend, aber für Jugend mit Wohlleben und hübschen Gesellschaften.«

»Das höre ich gern, Corinna, wenigstens gerade jetzt; denn ich bin hier, um dich einzuladen, und zwar auf morgen schon; es hat sich so rasch gemacht. Ein junger Mr. Nelson ist nämlich bei Otto Treibel angekommen (das heißt aber, er wohnt nicht bei ihnen), ein Sohn von Nelson & Co. aus Liverpool, mit denen mein Sohn Otto seine Hauptgeschäftsverbindung hat. Und Helene kennt ihn auch. Das ist so hamburgisch, die kennen alle Engländer, und wenn sie sie nicht kennen, so tun sie wenigstens so. Mir unbegreiflich. Also Mr. Nelson, der übermorgen schon wieder abreist, um den handelt es sich; ein lieber Geschäftsfreund, den Otto durchaus einladen mußte. Das verbot sich aber leider, weil Helene mal wieder Plättag hat, was nach ihrer Meinung allem anderen vorgeht, sogar im Geschäft. Da haben *wir's* denn übernommen, offen gestanden, nicht allzu gern, aber doch auch nicht geradezu ungern. Otto war nämlich, während seiner englischen Reise, wochenlang in dem Nelsonschen Hause zu Gast. Du siehst daraus, wie's steht und wie sehr mir an deinem Kommen liegen muß; du sprichst Englisch und hast alles gelesen und hast vorigen Winter auch Mr. Booth als Hamlet gesehen. Ich weiß noch recht gut, wie du davon schwärmtest. Und englische Politik und Geschichte wirst du natürlich auch wissen, dafür bist du ja deines Vaters Tochter.«

»Nicht viel weiß ich davon, nur ein bißchen. Ein bißchen lernt man ja.«

»Ja, jetzt, liebe Corinna. Du hast es gut gehabt, und alle haben es jetzt gut. Aber zu meiner Zeit, da war es anders, und wenn mir nicht der Himmel, dem ich dafür danke, das Herz für das Poetische gegeben hätte, was, wenn es mal in einem lebt, nicht wieder auszurotten ist, so hätte ich nichts gelernt und wüßte nichts. Aber, Gott sei Dank, ich habe mich an Gedichten herangebildet, und wenn man viele davon auswendig weiß, so weiß man doch manches. Und daß es so ist, sieh, das verdanke ich nächst Gott, der es in meine Seele pflanzte, deinem Vater. Der hat das Blümlein großgezogen, das sonst drüben in dem Ladengeschäft unter all den prosaischen Menschen – und du glaubst gar nicht, wie prosaische Menschen es gibt – verkümmert wäre … Wie geht es denn mit deinem Vater? Es muß ein Vierteljahr sein oder länger, daß ich ihn nicht gesehen habe, den 14. Februar, an Ottos Geburtstag. Aber er ging so früh, weil so viel gesungen wurde.«

»Ja, das liebt er nicht. Wenigstens dann nicht, wenn er damit überrascht wird. Es ist eine Schwäche von ihm, und manche nennen es eine Unart.«

»Oh, nicht doch, Corinna, das darfst du nicht sagen! Dein Vater ist bloß ein origineller Mann. Ich bin unglücklich, daß man seiner so selten habhaft werden kann. Ich hätt' ihn auch zu morgen gerne mit eingeladen, aber ich bezweifle, daß Mr. Nelson ihn interessiert, und von den andern ist nun schon gar nicht zu sprechen; unser Freund Krola wird morgen wohl wieder singen und Assessor Goldammer seine Polizeigeschichten erzählen und sein Kunststück mit dem Hut und den zwei Talern machen.«

»Oh, da freu ich mich! Aber freilich, Papa tut sich nicht gerne Zwang an, und seine Bequemlichkeit und seine Pfeife sind ihm lieber als ein junger Engländer, der vielleicht dreimal um die Welt gefahren ist. Papa ist gut, aber eigensinnig.«

»Das kann ich nicht zugeben, Corinna. Dein Papa ist ein Juwel, das weiß ich am besten.«

»Er unterschätzt alles Äußerliche, Besitz und Geld, und überhaupt alles, was schmückt und schön macht.«

»Nein, Corinna, sage das nicht. Er sieht das Leben von der richtigen Seite an; er weiß, daß Geld eine Last ist und daß das Glück ganz wo anders liegt.«

Sie schwieg bei diesen Worten und seufzte nur leise. Dann aber fuhr sie fort:

»Ach, meine liebe Corinna, glaube mir, kleine Verhältnisse, das ist *das,* was allein glücklich macht.«

Corinna lächelte.

»Das sagen alle die, die drüber stehen und die kleinen Verhältnisse nicht kennen.«

»Ich kenne sie, Corinna.«

»Ja, von früher her. Aber das liegt nun zurück und ist vergessen oder wohl gar verklärt. Eigentlich liegt es doch so: alles möchte reich sein, und ich verdenke es keinem. Papa freilich, der schwört noch auf die Geschichte von dem Kamel und dem Nadelöhr. Aber die junge Welt …«

»… Ist leider anders. Nur zu wahr. Aber so gewiß das ist, so ist es doch nicht so schlimm damit, wie du dir's denkst. Es wäre auch zu traurig, wenn der Sinn für das Ideale verlorenginge, vor allem in der Jugend. Und in der Jugend lebt er auch noch. Da ist zum Beispiel dein Vetter Marcell, den du beiläufig morgen auch treffen wirst (er hat schon zugesagt), und an dem ich wirklich nichts weiter zu tadeln wüßte, als daß er Wedderkopp heißt. Wie kann ein so feiner Mann einen so störrischen Namen führen! Aber wie dem auch sein möge, wenn ich ihn bei Ottos treffe, so spreche ich immer so gern mit ihm. Und warum? Bloß weil er die Richtung hat, die man haben soll. Selbst unser guter Krola sagte mir erst neulich, Marcell sei eine von Grund aus ethische Natur, was er noch höher stelle als das Moralische; worin ich ihm, nach einigen Aufklärungen von seiner Seite, beistimmen mußte. Nein, Corinna, gib den Sinn, der sich nach oben richtet, nicht auf, jenen Sinn, der von dorther allein das Heil erwartet. Ich habe nur meine beiden Söhne, Geschäftsleute, die den Weg ihres Vaters gehen, und ich muß es geschehen lassen; aber wenn mich Gott durch eine Tochter gesegnet hätte, *die* wäre *mein* gewesen, auch im Geist, und wenn sich ihr Herz einem armen, aber edlen Manne, sagen wir einem Manne wie Marcell Wedderkopp, zugeneigt hätte ...«

»... So wäre das ein Paar geworden«, lachte Corinna. »Der arme Marcell! Da hätt' er nun sein Glück machen können, und muß gerade die Tochter fehlen.«

Die Kommerzienrätin nickte.

»Überhaupt ist es schade, daß es so selten klappt und paßt«, fuhr Corinna fort. »Aber Gott sei Dank, gnädigste Frau haben ja noch den Leopold, jung und unverheiratet, und da Sie solche Macht über ihn haben – so wenigstens sagt er selbst, und sein Bruder Otto sagt es auch, und alle Welt sagt es –, so könnt er Ihnen, da der ideale Schwiegersohn nun mal eine Unmöglichkeit ist, wenigstens eine ideale Schwiegertochter ins Haus führen, eine reizende, junge Person, vielleicht eine Schauspielerin ...«

»Ich bin nicht für Schauspielerinnen ...«

»Oder eine Malerin oder eine Pastors- oder eine Professorentochter ...«

Die Kommerzienrätin stutzte bei diesem letzten Wort und streifte Corinna stark, wenn auch flüchtig. Indessen wahrnehmend, daß diese heiter und unbefangen blieb, schwand die Furchtanwandlung ebenso schnell, wie sie gekommen war. »Ja, Leopold«, sagte sie, »den hab ich noch. Aber Leopold ist ein Kind. Und seine Verheiratung steht jedenfalls noch in weiter Ferne. Wenn es aber käme ...« Und die Kommerzienrätin schien sich allen Ernstes – vielleicht weil es sich um etwas noch ›in so weiter Ferne‹ Liegendes handelte – der Vision einer idealen Schwiegertochter hingeben zu wollen, kam aber nicht dazu, weil in eben diesem Augenblick der aus seiner Obersekunda kommende Professor eintrat und seine Freundin, die Rätin, mit vieler Artigkeit begrüßte.

»Stör ich?«

»In Ihrem eigenen Hause? Nein, lieber Professor; Sie können überhaupt nie stören. Mit Ihnen kommt immer das Licht. Und wie Sie waren, so sind Sie geblieben. Aber mit Corinna bin ich nicht zufrieden. Sie spricht so modern und verleugnet ihren Vater, der immer nur in einer schönen Gedankenwelt lebte ...«

»Nun ja, ja«, sagte der Professor. »Man kann es so nennen. Aber ich denke, sie wird sich noch wieder zurückfinden. Freilich, einen Stich ins Moderne wird sie wohl behalten. Schade. Das war anders, als wir jung waren, da lebte man noch in Phantasie und Dichtung ...«

Er sagte das so hin, mit einem gewissen Pathos, als ob er seinen Sekundanern eine besondere Schönheit aus dem Horaz oder aus dem Parzival (denn er war Klassiker und Romantiker zugleich) zu demonstrieren hätte. Sein Pathos war aber doch etwas theatralisch gehalten und mit einer feinen Ironie gemischt, die die Kommerzienrätin auch klug genug war, herauszuhören. Sie hielt es indessen trotzdem für angezeigt, einen guten Glauben zu zeigen, nickte deshalb nur und sagte: »Ja, schöne Tage, die nie wiederkehren.«

»Nein«, sagte der in seiner Rolle mit dem Ernst eines Großinquisitors fortfahrende Willibald. »Es ist vorbei damit; aber man muß eben weiterleben.«

Eine halbverlegene Stille trat ein, während welcher man, von der Straße her, einen scharfen Peitschenknips hörte.

»Das ist ein Mahnzeichen«, warf jetzt die Kommerzienrätin ein, eigentlich froh der Unterbrechung. Johann unten wird ungeduldig. Und wer hätte den Mut, es mit einem solchen Machthaber zu verderben.«

»Niemand«, erwiderte Schmidt. »An der guten Laune unserer Umgebung hängt unser Lebensglück; ein Minister bedeutet mir wenig, aber die Schmolke ...«

»Sie treffen es wie immer, lieber Freund.«

Und unter diesen Worten erhob sich die Kommerzienrätin und gab Corinna einen Kuß auf die Stirn, während sie Willibald die Hand reichte. »Mit uns, lieber Professor, bleibt es beim alten, unentwegt.« Und damit verließ sie das Zimmer, von Corinna bis auf den Flur und die Straße begleitet.

»Unentwegt«, wiederholte Willibald, als er allein war. »Herrliches Modewort, und nun auch schon bis in die Villa Treibel gedrungen ... Eigentlich ist meine Freundin Jenny noch geradeso wie vor vierzig Jahren, wo sie die kastanienbraunen Locken schüttelte. Das Sentimentale liebte sie schon damals, aber doch immer unter Bevorzugung von Courmachen und Schlagsahne. Jetzt ist sie rundlich geworden und beinah gebildet oder doch, was man so gebildet zu nennen pflegt, und Adolar Krola trägt ihr Arien aus Lohengrin und Tannhäuser vor. Denn ich denke mir, daß das ihre Lieblingsopern sind. Ach, ihre Mutter, die gute Frau Bürstenbinder, die das Püppchen drüben im Apfelsinenladen immer so hübsch herauszuputzen wußte, sie hat in ihrer Weiberklugheit damals ganz richtig gerechnet. Nun ist das Püppchen eine Kommerzienrätin und kann sich alles gönnen, auch das Ideale, und sogar ›unentwegt‹. Ein Musterstück von einer Bourgeoise.«

Und dabei trat er ans Fenster, hob die Jalousien ein wenig und sah, wie Corinna, nachdem die Kommerzienrätin ihren Sitz wieder eingenommen hatte, den Wagenschlag ins Schloß warf. Noch ein Gruß, an dem die Gesellschaftsdame mit sauersüßer Miene teilnahm, und die Pferde zogen an und trabten langsam auf die nach der Spree hin gelegene Ausfahrt zu, weil es schwer war, in der engen Adlerstraße zu wenden.

Als Corinna wieder oben war, sagte sie: »Du hast doch nichts dagegen, Papa? Ich bin morgen bei Treibels zu Tisch geladen. Marcell ist auch da, und ein junger Engländer, der sogar Nelson heißt.«

»Ich was dagegen? Gott bewahre! Wie könnt ich was dagegen haben! Ich nehme an, du amüsierst dich.«

»Gewiß amüsier ich mich. Es ist doch mal was anderes. Was Distelkamp sagt und Rindfleisch und der kleine Friedeberg, das weiß ich schon alles auswendig. Aber was Nelson sagen wird, denk dir, Nelson, das weiß ich nicht.«

»Viel Gescheites wird es wohl nicht sein.«

»Das tut nichts. Ich sehne mich nach Ungescheitheiten.«

»Da hast du recht, Corinna.«

2. KAPITEL

Die Treibelsche Villa lag auf einem großen Grundstücke, das, in bedeutender Tiefe, von der Köpnicker Straße bis an die Spree reichte. Früher hatten hier in unmittelbarer Nähe des Flusses nur Fabrikgebäude gestanden, in denen alljährlich ungezählte Zentner von Blutlaugensalz und später, als sich die Fabrik erweiterte, kaum geringere Quantitäten von Berlinerblau hergestellt worden waren. Als aber nach dem siebziger Kriege die Milliarden ins Land kamen und die Gründeranschauungen selbst die nüchternsten Köpfe zu beherrschen anfingen, da fand auch Kommerzienrat Treibel sein bis dahin in der alten Jakobstraße gelegenes Wohnhaus, trotzdem es von Gontard, ja nach einigen sogar von Knobelsdorff herrühren sollte, nicht mehr zeit- und standesgemäß und baute sich auf seinem Fabrikgrundstück eine modische Villa mit kleinem Vorder- und parkartigem Hintergarten. Diese Villa war ein Hochparterrebau mit aufgesetztem ersten Stock, welcher letzterer jedoch, um seiner niedrigen Fenster willen, eher den Eindruck eines Mezzanins als einer Beletage machte. Hier wohnte Treibel seit sechzehn Jahren und begriff nicht, daß er es, einem noch dazu bloß gemutmaßten friedericianischen Baumeister zuliebe, so lange Zeit hindurch in der unvornehmen und aller frischen Luft entbehrenden Alten Jakobstraße ausgehalten habe; Gefühle, die von seiner Frau Jenny mindestens geteilt wurden. Die Nähe der Fabrik, wenn der Wind ungünstig stand, hatte freilich auch allerlei Mißliches im Geleite; Nordwind aber, der den Qualm herantrieb, war notorisch selten, und man brauchte ja die Gesellschaften nicht gerade bei Nordwind zu geben. Außerdem ließ Treibel die Fabrikschornsteine mit jedem Jahr höher hinaufführen und beseitigte den anfänglichen Übelstand immer mehr.

Das Diner war zu sechs Uhr festgesetzt; aber bereits eine Stunde vorher sah man Hustersche Wagen mit runden und viereckigen Körben vor dem Gittereingange halten. Die Kommerzienrätin, schon in voller Toilette, beobachtete von dem Fenster ihres Boudoirs aus all diese Vorbereitungen und nahm auch heute wieder, und zwar nicht ohne eine gewisse Berechtigung, Anstoß daran. »Daß Treibel es auch versäumen mußte, für einen Nebeneingang Sorge zu tragen! Wenn er damals nur ein vier Fuß breites Terrain von dem Nachbargrundstück zukaufte, so hätten wir einen Eingang für derart Leute gehabt. Jetzt marschiert jeder Küchenjunge durch den Vorgarten, gerade auf unser Haus zu, wie wenn er mitgeladen wäre. Das sieht lächerlich aus und auch anspruchsvoll, als ob die ganze Köpnicker Straße wissen solle: Treibels geben heut ein Diner. Außerdem ist es unklug, dem Neid der Menschen und dem sozialdemokratischen Gefühl so ganz nutzlos neue Nahrung zu geben.«

Sie sagte sich das ganz ernsthaft, gehörte jedoch zu den Glücklichen, die sich nur weniges andauernd zu Herzen nehmen, und so kehrte sie denn vom Fenster zu ihrem Toilettentisch zurück, um noch einiges zu ordnen und den Spiegel zu befragen, ob sie sich neben ihrer Hamburger Schwiegertochter auch werde behaupten können. Helene war freilich nur halb so alt, ja kaum das, aber die Kommerzienrätin wußte recht gut, daß Jahre nichts bedeuten und daß Konversation und Augenausdruck und namentlich die ›Welt der Formen‹, im einen und im andern Sinne, ja im ›andern‹ Sinne noch mehr, den Ausschlag zu geben pflegen. Und hierin war die schon stark an der Grenze des Embonpoints angelangte Kommerzienrätin ihrer Schwiegertochter unbedingt überlegen.

In dem mit dem Boudoir korrespondierenden, an der andern Seite des Frontsaales gelegenen Zimmer saß Kommerzienrat Treibel und las das ›Berliner Tageblatt‹. Es war gerade eine Nummer, der der ›Ulk‹ beilag. Er weidete sich an dem Schlußbild und las dann einige von Nunnes philosophischen Betrachtungen. »Ausgezeichnet … Sehr gut … Aber ich werde das Blatt doch beiseite schieben oder mindestens das ›Deutsche Tageblatt‹ darüber legen müssen. Ich glaube, Vogelsang gibt mich sonst auf. Und ich kann ihn, wie die Dinge mal liegen, nicht mehr entbehren, so wenig, daß ich ihn zu heute habe einladen müssen. Überhaupt eine sonderbare Gesellschaft! Erst dieser Mr. Nelson, den sich Helene, weil ihre Mädchen mal wieder am Plättbrett stehen, gefälligst abgewälzt hat, und zu diesem Nelson dieser Vogelsang, dieser Leutnant a. D. und *agent provocateur* in Wahlsachen. Er versteht sein Metier, so sagt man mir allgemein, und ich muß es glauben. Jedenfalls scheint mir das sicher: hat er mich erst in Teupitz-Zossen und an den Ufern der wendischen Spree durchgebracht, so bringt er mich auch *hier* durch. Und das ist die Hauptsache. Denn schließlich läuft doch alles darauf hinaus, daß ich in Berlin selbst, wenn die Zeit dazu gekommen ist, den Singer oder irgendeinen andern von der Couleur beiseite schiebe. Nach der Beredsamkeitsprobe neulich bei Buggenhagen ist ein Sieg sehr wohl möglich, und so muß ich ihn mir warmhalten. Er hat einen Sprechanismus, um den ich ihn beneiden könnte, trotzdem ich doch auch nicht in einem Trappistenkloster geboren und großgezogen bin. Aber neben Vogelsang? Null. Und kann auch nicht anders sein; denn bei Lichte besehen, hat der ganze Kerl nur drei Lieder auf seinem Kasten und dreht eins nach dem andern von der Walze herunter, und wenn er damit fertig ist, fängt er wieder an. So steht es mit ihm, und darin steckt seine Macht, *gutta cavat lapidem;* der alte Willibald Schmidt würde sich freuen, wenn er mich so zitieren hörte, vorausgesetzt, daß es richtig ist. Oder vielleicht auch umgekehrt; wenn drei Fehler drin sind, amüsiert er sich noch mehr; Gelehrte sind nun mal so … Vogelsang, das muß ich ihm lassen, hat freilich noch eines, was wichtiger ist als das ewige Wiederholen, er hat den Glauben an sich und ist überhaupt ein richtiger Fanatiker. Ob es wohl mit allem Fanatismus ebenso steht? Mir sehr wahrscheinlich. Ein leidlich gescheites Individuum kann eigentlich gar nicht fanatisch sein. Wer an einen Weg und eine Sache glaubt, ist allemal ein Poveretto, und ist seine Glaubenssache zugleich er selbst, so ist er gemeingefährlich und eigentlich reif für Dalldorf. Und von solcher Beschaffenheit ist just der Mann, dem zu Ehren ich, wenn ich von Mr. Nelson absehe, heute mein Diner gebe und mir zwei adlige Fräuleins eingeladen habe, blaues Blut, das hier in der Köpnicker Straße so gut wie gar nicht vorkommt und deshalb aus Berlin *W* verschrieben werden mußte, ja zur Hälfte sogar aus Charlottenburg. O Vogelsang! Eigentlich ist mir der Kerl ein Greuel. Aber was tut man nicht alles als Bürger und Patriot.«

Und dabei sah Treibel auf das zwischen den Knopflöchern ausgespannte Kettchen mit drei

Orden *en miniature*, unter denen ein rumänischer der vollgültigste war, und seufzte, während er zugleich auch lachte. »Rumänien, früher Moldau und Walachei. Es ist mir wirklich zu wenig.«

Das erste Coupé, das vorfuhr, war das seines ältesten Sohnes Otto, der sich selbständig etabliert und ganz am Ausgange der Köpnicker Straße, zwischen dem zur Pionierkaserne gehörigen Pontonhaus und dem Schlesischen Tor, einen Holzhof errichtet hatte, freilich von der höheren Observanz, denn es waren Farbehölzer, Fernambuk- und Campecheholz, mit denen er handelte. Seit etwa acht Jahren war er auch verheiratet. Im selben Augenblicke, wo der Wagen hielt, zeigte er sich seiner jungen Frau beim Aussteigen behilflich, bot ihr verbindlich den Arm und schritt, nach Passierung des Vorgartens, auf die Freitreppe zu, die zunächst zu einem verandaartigen Vorbau der väterlichen Villa hinaufführte. Der alte Kommerzienrat stand schon in der Glastür und empfing die Kinder mit der ihm eigenen Jovialität. Gleich darauf erschien auch die Kommerzienrätin aus dem seitwärts angrenzenden und nur durch eine Portiere von dem großen Empfangssaal geschiedenen Zimmer und reichte der Schwiegertochter die Backe, während ihr Sohn Otto ihr die Hand küßte. »Gut, daß du kommst, Helene«, sagte sie mit einer glücklichen Mischung von Behaglichkeit und Ironie, worin sie, wenn sie wollte, Meisterin war. »Ich fürchtete schon, du würdest dich auch vielleicht behindert sehen.«

»Ach. Mama, verzeih … es war nicht bloß des Plättags halber; unsere Köchin hat zum ersten Juni gekündigt, und wenn sie kein Interesse mehr haben, so sind sie unzuverlässig; und auf Elisabeth ist nun schon gar kein Verlaß mehr. Sie ist ungeschickt bis zur Unschicklichkeit und hält die Schüsseln immer so dicht über den Schultern, besonders der Herren, als ob sie sich ausruhen wollte …«

Die Kommerzienrätin lächelte halb versöhnt, denn sie hörte gern dergleichen.

»… Und aufschieben«, fuhr Helene fort, »verbot sich auch. Mr. Nelson, wie du weißt, reist schon morgen abend wieder. Übrigens ein charmanter junger Mann, der euch gefallen wird, Etwas kurz und einsilbig, vielleicht weil er nicht recht weiß, ob er sich deutsch oder englisch ausdrücken soll; aber was er sagt, ist immer gut und hat ganz die Gesetztheit und Wohlerzogenheit, die die meisten Engländer haben. Und dabei immer wie aus dem Ei gepellt. Ich habe nie solche Manschetten gesehen, und es bedrückt mich geradezu, wenn ich dann sehe, womit sich mein armer Otto behelfen muß, bloß weil man die richtigen Kräfte beim besten Willen nicht haben kann. Und so sauber wie die Manschetten, so sauber ist alles an ihm, ich meine an Mr. Nelson, auch sein Kopf und sein Haar. Wahrscheinlich, daß er es mit *Honey-water* bürstet, oder vielleicht ist es auch bloß mit Hilfe von *Shampooing*.«

Der so rühmlich Gekennzeichnete war der nächste, der am Gartengitter erschien und schon im Herankommen die Kommerzienrätin einigermaßen in Erstaunen setzte. Diese hatte nach der Schilderung ihrer Schwiegertochter einen Ausbund von Eleganz erwartet; statt dessen kam ein Menschenkind daher, an dem, mit Ausnahme der von der jungen Frau Treibel gerühmten Manschettenspezialität, eigentlich alles die Kritik herausforderte. Den ungebürsteten Zylinder im Nacken und reisemäßig in einem gelb- und braunkarierten Anzuge steckend, stieg er, von links nach rechts sich wiegend, die Freitreppe herauf und grüßte mit der bekannten heimatlichen Mischung von Selbstbewußtsein und Verlegenheit. Otto ging ihm entgegen, um ihn seinen Eltern vorzustellen.

»Mr. Nelson *from Liverpool* – derselbe, lieber Papa, mit dem ich …«

»Ah, Mr. Nelson. Sehr erfreut. Mein Sohn spricht noch oft von seinen glücklichen Tagen in Liverpool und von dem Ausfluge, den er damals mit Ihnen nach Dublin und, wenn ich nicht irre, auch nach Glasgow machte. Das geht jetzt ins neunte Jahr; Sie müssen damals noch sehr jung gewesen sein.«

»Oh, nicht sehr jung, Mr. Treibel … *about sixteen* …«

»Nun, ich dächte doch, sechzehn …«

»Oh, sechzehn, nicht sehr jung … nicht für uns.«

Diese Versicherungen klangen um so komischer, als Mr. Nelson, auch jetzt noch, wie ein Junge wirkte. Zu weiteren Betrachtungen darüber war aber keine Zeit, weil eben jetzt eine Droschke zweiter Klasse vorfuhr, der ein langer, hagerer Mann in Uniform entstieg. Er schien Auseinandersetzungen mit dem Kutscher zu haben, während deren er übrigens eine beneidenswert sichere Haltung bewahrte, und nun rückte er sich zurecht und warf die Gittertür ins Schloß. Er war in Helm und Degen; aber ehe man noch der ›Schilderhäuser‹ auf seiner Achselklappe gewahr werden konnte, stand es für jeden mit militärischem Blick nur einigermaßen Ausgerüsteten fest, daß er seit wenigstens dreißig Jahren außer Dienst sein müsse. Denn die Grandezza, mit der er daherkam, war mehr die Steifheit eines alten, irgendeiner ganz seltenen Sekte zugehörigen Torf- oder Salzinspektors als die gute Haltung eines Offiziers. Alles gab sich mehr oder weniger automatenhaft, und der in zwei gewirbelten Spitzen auslaufende schwarze Schnurrbart wirkte nicht nur gefärbt, was er natürlich war, sondern zugleich auch wie angeklebt. Desgleichen der Henriquatre. Dabei lag sein Untergesicht im Schatten zweier vorspringender Backenknochen. Mit der Ruhe, die sein ganzes Wesen auszeichnete, stieg er jetzt die Freitreppe hinauf und schritt auf die Kommerzienrätin zu. »Sie haben befohlen, meine Gnädigste ...« »Hoch erfreut, Herr Leutnant ...« Inzwischen war auch der alte Treibel herangetreten und sagte: »Lieber Vogelsang, erlauben Sie mir, daß ich Sie mit den Herrschaften bekannt mache; meinen Sohn Otto kennen Sie, aber nicht seine Frau, meine liebe Schwiegertochter – Hamburgerin, wie Sie leicht erkennen werden ... Und hier«, und dabei schritt er auf Mr. Nelson zu, der sich mit dem inzwischen ebenfalls erschienenen Leopold Treibel gemütlich und ohne jede Rücksicht auf den Rest der Gesellschaft unterhielt, »und hier ein junger lieber Freund unseres Hauses, Mr. Nelson *from Liverpool.*«

Vogelsang zuckte bei dem Wort »Nelson« zusammen und schien einen Augenblick zu glauben – denn er konnte die Furcht des Gefopptwerdens nie ganz loswerden –, daß man sich einen Witz mit ihm erlaube. Die ruhigen Mienen aller aber belehrten ihn bald eines Besseren, weshalb er sich artig verbeugte und zu dem jungen Engländer sagte: »Nelson. Ein großer Name. Sehr erfreut, Mr. Nelson.«

Dieser lachte dem alt und aufgesteift vor ihm stehenden Leutnant ziemlich ungeniert ins Gesicht, denn solche komische Person war ihm noch gar nicht vorgekommen. Daß er in seiner Art ebenso komisch wirkte, dieser Grad der Erkenntnis lag ihm fern. Vogelsang biß sich auf die Lippen und befestigte sich, unter dem Eindruck dieser Begegnung, in der lang gehegten Vorstellung von der Impertinenz englischer Nation. Im übrigen war jetzt der Zeitpunkt da, wo das Eintreffen immer neuer Ankömmlinge von jeder anderen Betrachtung abzog und die Sonderbarkeiten eines Engländers rasch vergessen ließ.

Einige der befreundeten Fabrikbesitzer aus der Köpnicker Straße lösten in ihren Chaisen mit niedergeschlagenem Verdeck die, wie es schien, noch immer sich besinnende Vogelsangsche Droschke rasch und beinah gewaltsam ab; dann kam Corinna samt ihrem Vetter Marcell Wedderkopp (beide zu Fuß), und schließlich fuhr Johann, der Kommerzienrat Treibelsche Kutscher, vor, und dem mit blauem Atlas ausgeschlagenen Landauer – derselbe, darin gestern die Kommerzienrätin ihren Besuch bei Corinna gemacht hatte – entstiegen zwei alte Damen, die von Johann mit ganz besonderem und beinahe überraschlichem Respekt behandelt wurden. Es erklärte sich dies aber einfach daraus, daß Treibel, gleich bei Beginn dieser ihm wichtigen und jetzt etwa um dritthalb Jahr zurückliegenden Bekanntschaft, zu seinem Kutscher gesagt hatte: »Johann, ein für allemal, diesen Damen gegenüber immer Hut in Hand. Das andere, du verstehst mich, ist meine Sache.« Dadurch waren die guten Manieren Johanns außer Frage gestellt. Beiden alten Damen ging Treibel jetzt bis in die Mitte des Vorgartens entgegen, und nach lebhaften Komplimentierungen, an denen auch die Kommerzienrätin teilnahm, stieg man wieder die Gartentreppe hinauf und trat, von der Veranda her, in den großen Empfangssalon ein, der bis dahin, weil das schöne Wetter zum Verweilen im Freien einlud, nur von wenigen betreten worden war. Fast alle kannten sich von früheren Treibelschen Diners her; nur Vogelsang und Nelson waren Fremde, was den partiellen Vorstellungsakt erneuerte. »Darf ich Sie«, wandte sich Treibel an die zuletzt erschienenen alten Damen, »mit zwei Herren bekannt machen, die mir heute zum ersten Male die Ehre ihres Besuchs geben: Leutnant Vogelsang, Präsident unseres Wahlkomitees, und Mr. Nelson *from Liverpool.*« Man verneigte sich gegenseitig. Dann nahm Treibel Vogelsangs Arm und flüsterte diesem, ihn einigermaßen zu orientieren, zu: »Zwei Damen vom Hofe, die korpulente: Frau Majorin von Ziegenhals; die nicht korpulente (worin Sie mir zustimmen werden): Fräulein Edwine von Bomst.«

»Merkwürdig«, sagte Vogelsang. »Ich würde, die Wahrheit zu gestehen ...«

»Eine Vertauschung der Namen für angezeigt gehalten haben. Da treffen Sie's, Vogelsang.

Und es freut mich, daß Sie ein Auge für solche Dinge haben. Da bezeugt sich das alte Leutnantsblut. Ja, diese Ziegenhals; einen Meter Brustweite wird sie wohl haben, und es lassen sich allerhand Betrachtungen darüber anstellen, werden wohl auch seinerzeit angestellt worden sein. Im übrigen, es sind das so die scherzhaften Widerspiele, die das Leben erheitern. Klopstock war Dichter, und ein anderer, den ich noch persönlich gekannt habe, hieß Griepenkerl ... Es trifft sich, daß uns beide Damen ersprießliche Dienste leisten können.«

»Wie das? Wieso?«

»Die Ziegenhals ist eine rechte Cousine von dem Zossener Landesältesten, und ein Bruder der Bomst hat sich mit einer Pastorstochter aus der Storkower Gegend ehelich vermählt. Halbe Mesalliance, die wir ignorieren müssen, weil wir Vorteil daraus ziehen. Man muß, wie Bismarck, immer ein Dutzend Eisen im Feuer haben ... Ah, Gott sei Dank. Johann hat den Rock gewechselt und gibt das Zeichen. Allerhöchste Zeit ... Eine Viertelstunde warten geht: aber zehn Minuten darüber ist zuviel ... Ohne mich ängstlich zu belauschen, ich höre, wie der Hirsch nach Wasser schreit. Bitte, Vogelsang, führen Sie meine Frau ... Liebe Corinna, bemächtigen Sie sich Nelsons ... *Victory and Westminster-Abbey:* das Entern ist diesmal an Ihnen.

Und nun, meine Damen, ... darf ich um Ihren Arm bitten, verehrteste Frau Majorin? und um den Ihren, mein gnädigstes Fräulein?«

Und die Ziegenhals am rechten, die Bomst am linken Arm, ging er auf die Flügeltür zu, die sich während dieser seiner letzten Worte mit einer gewissen langsamen Feierlichkeit geöffnet hatte.

3. KAPITEL

Das Eßzimmer entsprach genau dem vorgelegenen Empfangszimmer und hatte den Blick auf den großen parkartigen Hintergarten mit plätscherndem Springbrunnen, ganz in der Nähe des Hauses; eine kleine Kugel stieg auf dem Wasserstrahl auf und ab, und auf dem Querholz einer zur Seite stehenden Stange saß ein Kakadu und sah, mit dem bekannten Auge voll Tiefsinn, abwechselnd auf den Strahl mit der balancierenden Kugel und dann wieder in den Eßsaal, dessen oberes Schiebefenster, der Ventilation halber, etwas herabgelassen war. Der Kronleuchter brannte schon, aber die niedrig geschraubten Flämmchen waren in der Nachmittagssonne kaum sichtbar und führten ihr schwaches Vorleben nur deshalb, weil der Kommerzienrat, um ihn selbst sprechen zu lassen, nicht liebte, »durch Manipulationen im Laternenansteckerstil in seiner Dinerstimmung gestört zu werden«. Auch der bei der Gelegenheit hörbar werdende kleine Puff, den er gern als »moderierten Salutschuß« bezeichnete, konnte seine Gesamtstellung zu der Frage nicht ändern. Der Speisesaal selbst war von schöner Einfachheit: gelber Stuck, in dem einige Reliefs eingelegt waren, reizende Arbeiten von Professor Franz. Seitens der Kommerzienrätin war, als es sich um diese Ausschmückung handelte, Reinhold Begas in Vorschlag gebracht, aber von Treibel, als seinen Etat überschreitend, abgelehnt worden.

»Das ist für die Zeit, wo wir Generalkonsuls sein werden ...«

»Eine Zeit, die nie kommt«, hatte Jenny geantwortet.

»Doch, doch Jenny; Teupitz-Zossen ist die erste Staffel dazu.«

Er wußte, wie zweifelhaft seine Frau seiner Wahlagitation und allen sich daran knüpfenden Hoffnungen gegenüberstand, weshalb er gern durchklingen ließ, daß er von dem Baum seiner Politik auch für die weibliche Eitelkeit noch goldene Früchte zu heimsen gedenke.

Draußen setzte der Wasserstrahl sein Spiel fort. Drinnen im Saal aber, in der Mitte der Tafel, die statt der üblichen Riesenvase mit Flieder und Goldregen ein kleines Blumenarrangement zeigte, saß der alte Treibel, neben sich die beiden adligen Damen, ihm gegenüber seine Frau zwischen Leutnant Vogelsang und dem ehemaligen Opernsänger Adolar Krola. Krola war seit fünfzehn Jahren Hausfreund, worauf ihm dreierlei einen gleichmäßigen Anspruch gab: sein gutes Äußeres, seine gute Stimme und sein gutes Vermögen. Er hatte sich nämlich kurz vor seinem Rücktritt von der Bühne mit einer Millionärstochter verheiratet. Allgemein zugestanden war er ein sehr liebenswürdiger Mann, was er vor manchen seiner ehemaligen Kollegen ebensosehr voraushatte wie die mehr als gesicherte Finanzlage.

Frau Jenny präsentierte sich in vollem Glanz, und ihre Herkunft aus dem kleinen Laden in der Adlerstraße war in ihrer Erscheinung bis auf den letzten Rest getilgt. Alles wirkte reich und elegant; aber die Spitzen auf dem veilchenfarbenen Brokatkleide, soviel muß gesagt werden, taten es nicht allein, auch nicht die kleinen Brillantohrringe, die bei jeder Bewegung hin und her blitzten; nein, was ihr mehr als alles andere eine gewisse Vornehmheit lieh, war die sichere Ruhe, womit sie zwischen ihren Gästen thronte. Keine Spur von Aufregung gab sich zu erkennen, zu der allerdings auch keine Veranlassung vorlag. Sie wußte, was in einem reichen und auf Repräsentation gestellten Hause brauchbare Dienstboten bedeuten, und so wurde denn alles, was sich nach dieser Seite hin nur irgendwie bewährte, durch hohen Lohn und gute Behandlung festgehalten. Alles ging infolge davon wie am Schnürchen, auch heute wieder, und ein Blick Jennys regierte das Ganze, wobei das untergeschobene Luftkissen, das ihr eine dominierende Stellung gab, ihr nicht wenig zustatten kam. In ihrem Sicherheitsgefühl war sie zugleich die Liebenswürdigkeit selbst. Ohne Furcht, wirtschaftlich irgend etwas ins Stocken kommen zu sehen, konnte sie sich selbstverständlich auch den Pflichten einer gefälligen Unterhaltung widmen, und weil sie's störend empfinden mochte – den ersten Begrüßungsmoment abgerechnet –, zu keinem einzigen intimeren Gesprächswort mit den adligen Damen gekommen zu sein, so wandte sie sich jetzt über den Tisch hin an die Bomst und fragte voll anscheinender oder vielleicht auch voll wirklicher Teilnahme: »Haben Sie, mein gnädigstes Fräulein, neuerdings etwas von Prinzeß Anisettchen gehört? Ich habe mich immer für diese junge Prinzessin lebhaft interessiert, ja, für die ganze Linie des Hauses. Sie soll glücklich verheiratet sein. Ich höre so gern von glücklichen Ehen, namentlich in der Obersphäre der Gesellschaft, und ich möchte dabei bemerken dürfen, es scheint mir eine törichte Annahme, daß auf den Höhen der Menschheit das Eheglück ausgeschlossen sein solle.«

»Gewiß«, unterbrach hier Treibel übermütig, »ein solcher Verzicht auf das denkbar Höchste …«

»Lieber Treibel«, fuhr die Rätin fort, »ich richtete mich an das Fräulein v. Bomst, das, bei jedem schuldigen Respekt vor deiner sonstigen Allgemeinkenntnis, mir in allem, was ›Hof‹ angeht, doch um ein Erhebliches kompetenter ist als du.«

»Zweifellos«, sagte Treibel. Und die Bomst, die dies eheliche Intermezzo mit einem sichtlichen Behagen begleitet hatte, nahm nun ihrerseits das Wort und erzählte von der Prinzessin, die ganz die Großmutter sei, denselben Teint und vor allem dieselbe gute Laune habe. Das wisse, soviel dürfe sie wohl sagen, niemand besser als sie, denn sie habe noch den Vorzug genossen, unter den Augen der Hochseligen, die eigentlich ein Engel gewesen, ihr Leben bei Hofe beginnen zu dürfen, bei welcher Gelegenheit sie so recht die Wahrheit begriffen habe, daß die Natürlichkeit nicht nur das Beste, sondern auch das Vornehmste sei.

»Ja«, sagte Treibel, »das Beste und das Vornehmste. Da hörst du's, Jenny, von einer Seite her, die du, Pardon, mein gnädigstes Fräulein, eben selbst als die ›kompetenteste Seite‹ bezeichnet hast.«

Auch die Ziegenhals mischte sich jetzt mit ein, und das Gesprächsinteresse der Kommerzienrätin, die, wie jede geborene Berlinerin, für Hof und Prinzessinnen schwärmte, schien sich mehr und mehr ihren beiden Visavis zuwenden zu wollen, als plötzlich ein leises Augenzwinkern Treibels ihr zu verstehen gab, daß auch noch andere Personen zu Tische säßen und daß des Landes der Brauch sei, sich, was Gespräche angehe, mehr mit seinem Nachbarn zur Linken und Rechten als mit seinem Gegenüber zu beschäftigen. Die Kommerzienrätin erschrak denn auch nicht wenig, als sie wahrnahm, wie sehr Treibel mit seinem stillen, wenn auch halb scherzhaften Vorwurf im Rechte sei. Sie hatte Versäumtes nachholen wollen und war dadurch in eine neue, schwere Versäumnis hineingeraten. Ihr linker Nachbar, Krola – nun, das mochte gehn, der war Hausfreund und harmlos und nachsichtig von Natur. Aber Vogelsang! Es kam ihr mit einem Male zum Bewußtsein, daß sie während des Prinzessinnengesprächs von der rechten Seite her immer etwas wie einen sich einbohrenden Blick empfunden hatte. Ja, das war Vogelsang gewesen, Vogelsang, dieser furchtbare Mensch, dieser Mephisto mit Hahnenfeder und Hinkefuß, wenn auch beides nicht recht zu sehen war. Er war ihr widerwärtig, und doch mußte sie mit ihm sprechen; es war die höchste Zeit.

»Ich habe, Herr Leutnant, von Ihren beabsichtigten Reisen in unsere liebe Mark Brandenburg gehört; Sie wollen bis an die Gestade der wendischen Spree vordringen, ja, noch darüber hinaus. Eine höchst interessante Gegend, wie mir Treibel sagt, mit allerlei Wendengöttern, die sich, bis diesen Tag, in dem finsteren Geiste der Bevölkerung aussprechen sollen.«

»Nicht daß ich wüßte, meine Gnädigste.«

»So zum Beispiel in dem Städtchen Storkow, dessen Burgemeister, wenn ich recht unterrichtet bin, der Burgemeister Tschech war, jener politische Rechtsfanatiker, der auf König Friedrich Wilhelm IV. schoß, ohne Rücksicht auf die nebenstehende Königin. Es ist eine lange Zeit, aber ich entsinne mich der Einzelheiten, als ob es gestern gewesen wäre, und entsinne mich auch noch des eigentümlichen Liedes, das damals auf diesen Vorfall gedichtet wurde.«

»Ja«, sagte Vogelsang, »ein erbärmlicher Gassenhauer, darin ganz der frivole Geist spukte, der die Lyrik jener Tage beherrschte. Was sich anders in dieser Lyrik gibt, ganz besonders auch in dem in Rede stehenden Gedicht, ist nur Schein, Lug und Trug. ›Er erschoß uns auf ein Haar unser teures Königspaar.‹ Da haben Sie die ganze Perfidie. Das sollte loyal klingen und unter Umständen vielleicht auch den Rückzug decken, ist aber schnöder und schändlicher als alles, was jene verlogene Zeit sonst noch hervorgebracht hat, den großen Hauptsünder auf diesem Gebiete nicht ausgenommen. Ich meine natürlich Herwegh, George Herwegh.«

»Ach, da treffen Sie mich, Herr Leutnant, wenn auch ungewollt, an einer sehr empfindlichen Stelle. Herwegh war nämlich in der Mitte der vierziger Jahre, wo ich eingesegnet wurde, mein Lieblingsdichter. Es entzückte mich, weil ich immer sehr protestantisch fühlte, wenn er seine ›Flüche gegen Rom‹ herbeischleppte, worin Sie mir vielleicht beistimmen werden. Und ein anderes Gedicht, worin er uns aufforderte, die Kreuze aus der Erde zu reißen, las ich beinah mit gleichem Vergnügen. Ich muß freilich einräumen, daß es keine Lektüre für eine Konfirmandin war. Aber meine Mutter sagte: ›Lies nur, Jenny; der König hat es auch gelesen, und Herwegh war sogar bei ihm in Charlottenburg, und die besseren Klassen lesen es alle.‹ Meine Mutter, wofür ich ihr noch im Grabe danke, war immer für die besseren Klassen. Und das sollte jede Mutter, denn es ist bestimmend für unseren Lebensweg. Das Niedere kann dann nicht heran und bleibt hinter uns zurück.«

Vogelsang zog die Augenbrauen zusammen, und jeder, den die Vorstellung von seiner Mephistophelesschaft bis dahin nur gestreift hatte, hätte bei diesem Mienenspiel unwillkürlich nach dem Hinkefuß suchen müssen. Die Kommerzienrätin aber fuhr fort: »Im übrigen wird mir das Zugeständnis nicht schwer, daß die patriotischen Grundsätze, die der große Dichter predigte, vielleicht sehr anfechtbar waren. Wiewohl auch das nicht immer das Richtige ist, was auf der großen Straße liegt ...«

Vogelsang, der stolz darauf war, durchaus eine Nebenstraße zu wandeln, nickte jetzt zustimmend.

»... Aber lassen wir die Politik, Herr Leutnant. Ich gebe Ihnen Herwegh als politischen Dichter preis, da das Politische nur ein Tropfen fremden Blutes in seinen Adern war. Indessen groß ist er, wo er nur Dichter ist. Erinnern Sie sich? ›Ich möchte hingehn wie das Abendrot, und wie der Tag mit seinen letzten Gluten ...‹«

»›... Mich in den Schoß des Ewigen verbluten ...‹ Ja, das kenn ich, meine Gnädigste, das hab ich damals auch nachgebetet. Aber wer sich, als es galt, durchaus nicht verbluten wollte, das war der Herr Dichter selbst. Und so wird es immer sein. Das kommt von den hohlen, leeren Worten und der Reimsucherei. Glauben Sie mir, Frau Rätin, das sind überwundene Standpunkte. Der Prosa gehört die Welt.«

»Jeder nach seinem Geschmack, Herr Leutnant Vogelsang«, sagte die durch diese Worte verletzte Jenny. »Wenn Sie Prosa vorziehen, so kann ich Sie daran nicht hindern. Aber mir gilt die poetische Welt, und vor allem gelten mir auch die Formen, in denen das Poetische herkömmlich seinen Ausdruck findet. Ihm allein verlohnt es sich zu leben. Alles ist nichtig; am nichtigsten aber ist das, wonach alle Welt so begehrlich drängt: äußerlicher Besitz, Vermögen, Gold. ›Gold ist nur Chimäre‹, da haben Sie den Ausdruck eines großen Mannes und Künstlers, der, seinen Glücksgütern nach, ich spreche von Meyerbeer, wohl in der Lage war, zwischen dem Ewigen und Vergänglichen unterscheiden zu können. Ich für meine Person verbleibe dem Ideal und werde nie darauf verzichten. Am reinsten aber hab ich das Ideal im Liede, vor allem in dem Liede, das gesungen wird. Denn die Musik hebt es noch in eine höhere Sphäre. Habe ich recht, lieber Krola?«

Krola lächelte gutmütig verlegen vor sich hin, denn als Tenor und Millionär saß er zwischen zwei Stühlen. Endlich aber nahm er seiner Freundin Hand und sagte: »Jenny, wann hätten Sie je nicht recht gehabt?«

Der Kommerzienrat hatte sich mittlerweile ganz der Majorin von Ziegenhals zugewandt, deren »Hoftage« noch etwas weiter zurücklagen als die der Bomst. Ihm, Treibel, war dies natürlich gleichgültig; denn so sehr ihm ein gewisser Glanz paßte, den das Erscheinen der Hofdamen, trotz ihrer Außerdienststellung, seiner Gesellschaft immer noch lieh, so stand er doch auch wieder völlig darüber, ein Standpunkt, den ihm die beiden Damen selbst eher zum Guten als zum Schlechten anrechneten. Namentlich die den Freuden der Tafel überaus zugeneigte Ziegenhals nahm ihrem kommerzienrätlichen Freunde nichts übel; am wenigsten aber verdroß es sie, wenn er, außer Adels- und Geburtsfragen, allerlei Sittlichkeitsprobleme streifte, zu deren Lösung er sich als geborener Berliner besonders berufen fühlte. Die Majorin gab ihm dann einen Tipp mit dem Finger und flüsterte ihm etwas zu, das vierzig Jahre früher bedenklich gewesen wäre, jetzt aber – beide renommierten beständig mit ihrem Alter – nur Heiterkeit weckte. Meist waren es harmlose Sentenzen aus Büchmann oder andere geflügelte Worte, denen erst der Ton, aber dieser oft sehr entschieden, den erotischen Charakter aufdrückte.

»Sagen Sie, cher Treibel«, hob die Ziegenhals an, »wie kommen Sie zu dem Gespenst da drüben? Er scheint noch ein Vorachtundvierziger; das war damals die Epoche des sonderbaren Leutnants; aber dieser übertreibt es. Karikatur durch und durch. Entsinnen Sie sich noch eines Bildes aus jener Zeit, das den Don Quijote mit einer langen Lanze darstellte, dicke Bücher rings um sich her. Das ist er, wie er leibt und lebt.«

Treibel fuhr mit dem linken Zeigefinger am Innenrand seiner Krawatte hin und her und sagte: »Ja, wie ich zu ihm komme, meine Gnädigste. Nun, jedenfalls mehr der Not gehorchend als dem eigenen Triebe. Seine gesellschaftlichen Meriten sind wohl eigentlich gering, und seine menschlichen werden dasselbe Niveau haben. Aber er ist ein Politiker.«

»Das ist unmöglich. Er kann doch nur als Warnungsschatten vor den Prinzipien stehen, die das Unglück haben, von ihm vertreten zu werden. Überhaupt, Kommerzienrat, warum verirren Sie sich in Politik? Was ist die Folge? Sie verderben sich Ihren guten Charakter, Ihre guten Sitten und Ihre gute Gesellschaft. Ich höre, daß Sie für Teupitz-Zossen kandidieren wollen. Nun, meinetwegen. Aber wozu? Lassen Sie doch die Dinge gehen. Sie haben eine charmante Frau, gefühlvoll und hochpoetisch, und haben eine Villa wie diese, darin wir eben ein Ragout fin einnehmen, das seinesgleichen sucht, und haben draußen im Garten einen Springbrunnen und einen Kakadu, um den ich Sie beneiden könnte, denn meiner, ein grüner, verliert gerade die Federn und sieht aus wie die schlechte Zeit. Was wollen Sie mit Politik? Was wollen Sie mit Teupitz-Zossen? Ja mehr, um Ihnen einen Vollbeweis meiner Vorurteilslosigkeit zu geben, was wollen Sie mit Konservatismus? Sie sind ein Industrieller und wohnen in der Köpnicker Straße. Lassen Sie doch diese Gegend ruhig bei Singer oder Ludwig Löwe, oder wer sonst hier gerade das Prä hat. Jeder Lebensstellung entsprechen auch bestimmte politische Grundsätze. Rittergutsbesitzer sind agrarisch, Professoren sind nationale Mittelpartei, und Industrielle sind fortschrittlich. Seien Sie Fortschrittler! Was wollen Sie mit dem Kronenorden? Ich, wenn ich an Ihrer Stelle wäre, lancierte mich ins Städtische hinein und ränge nach der Bürgerkrone.«

Treibel, sonst unruhig, wenn einer lange sprach – was er nur sich selbst ausgiebig gestattete – war diesmal doch aufmerksam gefolgt und winkte zunächst einen Diener heran, um der Majorin ein zweites Glas Chablis zu präsentieren. Sie nahm auch, er mit, und nun stieß er mit ihr an und sagte: »Auf gute Freundschaft und noch zehn Jahre so wie heut! Aber das mit dem Fortschrittlertum und der Bürgerkrone – was ist da zu sagen, meine Gnädigste! Sie wissen, unsereins rechnet und rechnet und kommt aus der Regula-de-tri gar nicht mehr heraus, aus dem alten Ansatz: ›Wenn das und das soviel bringt, wieviel bringt das und das?‹ Und sehen Sie, Freundin und Gönnerin, nach demselben Ansatz habe ich mir auch den Fortschritt und den Konservatismus berechnet und bin dahinter gekommen, daß mir der Konservatismus, ich will nicht sagen, mehr abwirft, das wäre freilich falsch, aber besser zu mir paßt, mich besser kleidet. Besonders seitdem ich Kommerzienrat bin, ein Titel von fragmentischem Charakter, der doch natürlich seiner Vervollständigung entgegensieht.«

»Ah, ich verstehe.«

»Nun, sehen Sie, *l'appétit vient en mangeant*, und wer A sagt, will auch B sagen. Außerdem aber, ich erkenne die Lebensaufgabe des Weisen vor allen Dingen in Herstellung des sogenannten Harmonischen, und dies Harmonische, wie die Dinge nun mal liegen, oder vielleicht kann ich auch sagen, wie die Zeichen nun mal sprechen, schließt in meinem Spezialfalle die fortschrittliche Bürgerkrone so gut wie aus.«

»Sagen Sie das im Ernste?«

»Ja, meine Gnädigste. Fabriken im allgemeinen neigen der Bürgerkrone zu, Fabriken im besonderen aber – und dahin gehört ausgesprochenermaßen die meine – konstatieren den Ausnahmefall. Ihr Blick fordert Beweise. Nun denn, ich will es versuchen. Ich frage Sie, können Sie sich einen Handelsgärtner denken, der, sagen wir auf der Lichtenberger oder Rummelsburger Gemarkung, Kornblumen im großen zieht, Kornblumen, dies Symbol königlich preußischer Gesinnung, und der zugleich Petroleur und Dynamitarde ist? Sie schütteln den Kopf und bestätigen dadurch mein ›Nein‹. Und nun frage ich Sie weiter, was sind alle Kornblumen der Welt gegen eine Berlinerblaufabrik? Im Berlinerblau haben Sie das symbolisch Preußische sozusagen in höchster Potenz, und je sicherer und unanfechtbarer das ist, desto unerläßlicher ist auch mein Verbleiben auf dem Boden des Konservatismus. Der Ausbau des Kommerzienrätlichen bedeutet in meinem Spezialfalle das natürlich Gegebene ... jedenfalls mehr als die Bürgerkrone.«

Die Ziegenhals schien überwunden und lachte, während Krola, der mit halbem Ohr zugehört hatte, beistimmend nickte.

So ging das Gespräch in der Mitte der Tafel; aber noch heiterer verlief es am anderen Ende derselben, wo sich die junge Frau Treibel und Corinna gegenübersaßen, die junge Frau zwischen Marcell Wedderkopp und dem Referendar Enghaus, Corinna zwischen Mr. Nelson und Leopold Treibel, dem jüngeren Sohn des Hauses. An der Schmalseite des Tisches, mit dem Rükken gegen das breite Gartenfenster, war das Gesellschaftsfräulein, Fräulein Honig, placiert worden, deren herbe Züge sich wie ein Protest gegen ihren Namen ausnahmen. Je mehr sie zu lächeln suchte, je sichtbarer wurde der sie verzehrende Neid, der sich nach rechts hin gegen die hübsche Hamburgerin, nach links hin in fast noch ausgesprochenerer Weise gegen Corinna richtete, diese halbe Kollegin, die sich trotzdem mit einer Sicherheit benahm, als ob sie die Majorin von Ziegenhals oder doch mindestens das Fräulein von Bomst gewesen wäre.

Die junge Frau Treibel sah sehr gut aus, blond, klar, ruhig. Beide Nachbarn machten ihr den Hof, Marcell freilich nur mit erkünsteltem Eifer, weil er eigentlich Corinna beobachtete, die sich aus dem einen oder andern Grunde die Eroberung des jungen Engländers vorgesetzt zu haben schien. Bei diesem Vorgehen voll Koketterie sprach sie übrigens so lebhaft, so laut, als ob ihr daran läge, daß jedes Wort auch von ihrer Umgebung und ganz besonders von ihrem Vetter Marcell gehört werde.

»Sie führen einen so schönen Namen«, wandte sie sich an Mr. Nelson, »so schön und berühmt, daß ich wohl fragen möchte, ob Ihnen nie das Verlangen gekommen ist ...«

»O yes, yes ...«

»Sich der Fernambuk- und Campecheholzbranche, darin Sie, soviel ich weiß, auch tätig sind, für immer zu entschlagen. Ich fühle deutlich, daß ich, wenn ich Nelson hieße, keine ruhige Stunde mehr haben würde, bis ich meine *Battle at the Nile* ebenfalls geschlagen hätte. Sie kennen natürlich die Einzelheiten der Schlacht ...«

»Oh, to be sure.«

»Nun, da wäre ich denn endlich – denn hierlandes weiß niemand etwas Rechtes davon – an der richtigen Quelle. Sagen Sie, Mr. Nelson, wie war das eigentlich mit der Idee, der Anordnung zur Schlacht? Ich habe die Beschreibung vor einiger Zeit im Walter Scott gelesen und war seitdem immer im Zweifel darüber, was eigentlich den Ausschlag gegeben habe, ob mehr eine geniale Disposition oder ein heroischer Mut ...«

»I should rather think, a heroical courage ... British oaks and British hearts ...«

»Ich freue mich, diese Frage durch Sie beglichen zu sehen, und in einer Weise, die meinen Sympathien entspricht. Denn ich bin für das Heroische, weil es so selten ist. Aber ich möchte doch auch annehmen, daß das geniale Kommando ...«

»Certainly, Miss Corinna. No doubt ... England expects that every man will do his duty ...«

»Ja, das waren herrliche Worte, von denen ich übrigens bis heute geglaubt hatte, daß sie bei Trafalgar gesprochen seien. Aber warum nicht auch bei Abukir? Etwas Gutes kann immer zweimal gesagt werden. Und dann ... eigentlich ist eine Schlacht wie die andere, besonders Seeschlachten – ein Knall, eine Feuersäule, und alles geht in die Luft. Es muß übrigens großartig sein und entzückend für alle die, die zusehen können; ein wundervoller Anblick.«

»*O splendid ...*«

»Ja, Leopold«, fuhr Corinna fort, indem sie sich plötzlich an ihren andern Tischnachbar wandte, »da sitzen Sie nun und lächeln. Und warum lächeln Sie? Weil Sie hinter diesem Lächeln Ihre Verlegenheit verbergen wollen. Sie haben eben nicht jene ›*heroical courage*‹, zu der sich *dear* Mr. Nelson so bedingungslos bekannt hat. Ganz im Gegenteil. Sie haben sich aus Ihres Vaters Fabrik, die noch in gewissem Sinne, wenn auch freilich nur geschäftlich, die Blut-und-Eisen-Theorie vertritt – ja, es klang mir vorhin fast, als ob Ihr Papa der Frau Majorin von Ziegenhals etwas von diesen Dingen erzählt hätte –, Sie haben sich, sag ich, aus dem Blutlaugenhof, in dem Sie verbleiben mußten, in den Holzhof Ihres Bruders Otto zurückgezogen. Das war nicht gut, auch wenn es Fernambukholz ist. Da sehen Sie meinen Vetter Marcell drüben, der schwört jeden Tag, wenn er mit seinen Hanteln umherficht, daß es auf das Reck und das Turnen ankomme, was ihm ein für allemal die Heldenschaft bedeutet, und daß Vater Jahn doch schließlich noch über Nelson geht.«

Marcell drohte halb ernst-, halb scherzhaft mit dem Finger zu Corinna hinüber und sagte: »Cousine, vergiß nicht, daß der Repräsentant einer andern Nation dir zur Seite sitzt und daß du die Pflicht hast, einigermaßen für deutsche Weiblichkeit einzutreten.«

»*Oh, no, no*«, sagte Nelson. »Nichts Weiblichkeit; *always quick and clever* ..., das ist, was wir lieben an deutsche Frauen. Nichts Weiblichkeit. Fräulein Corinna *is quite in the right way.*«

»Da hast du's, Marcell. Mr. Nelson, für den du so sorglich eintrittst, damit er nicht falsche Bilder mit in sein meerumgürtetes Albion hinübernimmt, Mr. Nelson läßt dich im Stich, und Frau Treibel, denk ich, läßt dich auch im Stich und Herr Enghaus auch und mein Freund Leopold auch. Und so bin ich guten Muts, und bleibt nur noch Fräulein Honig ...«

Diese verneigte sich und sagte: »Ich bin gewohnt, mit der Majorität zu gehen«, und ihre Verbittertheit lag in diesem Ton der Zustimmung.

»Ich will mir meines Vetters Mahnung aber doch gesagt sein lassen«, fuhr Corinna fort. »Ich bin etwas übermütig, Mr. Nelson, und außerdem aus einer plaudernden Familie ...«

»*Just what I like,* Miß Corinna. ›Plauderhafte Leute, gute Leute‹, so sagen wir in England.«

»Und das sag ich auch, Mr. Nelson. Können Sie sich einen immer plaudernden Verbrecher denken?«

»*Oh, no; certainly not ...*«

»Und zum Zeichen, daß ich, trotz ewigen Schwatzens, doch eine weibliche Natur und eine richtige Deutsche bin, soll Mr. Nelson von mir hören, daß ich auch noch nebenher kochen, nähen und plätten kann und daß ich im Lette-Verein die Kunststopferei gelernt habe. Ja, Mr. Nelson, so steht es mit mir. Ich bin ganz deutsch und ganz weiblich, und bleibt eigentlich nur noch die Frage: kennen Sie den Lette-Verein und kennen Sie die Kunststopferei?«

»*No,* Fräulein Corinna, *neither the one nor the other.*«

»Nun sehen Sie, *dear* Mr. Nelson, der Lette-Verein ist ein Verein oder ein Institut oder eine Schule für weibliche Handarbeit. Ich glaube sogar nach englischem Muster, was noch ein besonderer Vorzug wäre.«

»*Not at all; German schools are always to be prefered.*«

»Wer weiß, ich möchte das nicht so schroff hinstellen. Aber lassen wir das, um uns mit dem weit Wichtigeren zu beschäftigen, mit der Kunststopfereifrage. Das ist wirklich was. Bitte, wollen Sie zunächst das Wort nachsprechen ...«

Mr. Nelson lächelte gutmütig vor sich hin.

»Nun, ich sehe, daß es Ihnen Schwierigkeiten macht. Aber diese Schwierigkeiten sind nichts gegen diese Kunststopferei selbst. Sehen Sie, hier ist mein Freund Leopold Treibel und trägt, wie Sie sehen, einen untadeligen Rock mit einer doppelten Knopfreihe, und auch wirklich zugeknöpft, ganz wie es sich für einen Gentleman und einen Berliner Kommerzienratssohn geziemt. Und ich taxiere den Rock auf wenigstens hundert Mark.«

»Überschätzung.«

»Wer weiß. Du vergißt, Marcell, daß es verschiedene Skalen auch auf diesem Gebiete gibt, eine für Oberlehrer und eine für Kommerzienräte. Doch lassen wir die Preisfrage. Jedenfalls ein feiner Rock, prima. Und nun, wenn wir aufstehen, Mr. Nelson, und die Zigarren herumgereicht werden – ich denke, Sie rauchen doch –, werde ich Sie um Ihre Zigarre bitten und meinem Freunde Leopold Treibel ein Loch in den Rock brennen, hier gerade, wo sein Herz sitzt, und dann werde ich den Rock in einer Droschke mit nach Hause nehmen, und morgen um dieselbe Zeit wollen wir uns hier im Garten wieder versammeln und um das Bassin herum Stühle stellen, wie bei einer Aufführung. Und der Kakadu kann auch dabei sein. Und dann werde ich auftreten wie eine Künstlerin, die ich in der Tat auch bin, und werde den Rock herumgehen lassen, und wenn Sie, *dear* Mr. Nelson, dann noch imstande sind, die Stelle zu finden, wo das Loch war, so will ich Ihnen einen Kuß geben und Ihnen als Sklavin nach Liverpool hin folgen. Aber es wird nicht dazu kommen. Soll ich sagen, leider? Ich habe zwei Medaillen als Kunststopferin gewonnen, und Sie werden die Stelle sicherlich nicht finden …«

»Oh, ich werde finden, *no doubt, I will find it*«, entgegnete Mr. Nelson leuchtenden Auges, und weil er seiner immer wachsenden Bewunderung, passend oder nicht, einen Ausdruck geben wollte, schloß er mit einem in kurzen Ausrufungen gehaltenen Hymnus auf die Berlinerinnen und der sich daran anschließenden und mehrfach wiederholten Versicherung, daß sie *decidedly clever* seien.

Leopold und der Referendar vereinigten sich mit ihm in diesem Lob, und selbst Fräulein Honig lächelte, weil sie sich als Landsmännin mitgeschmeichelt fühlen mochte. Nur im Auge der jungen Frau Treibel sprach sich eine leise Verstimmung darüber aus, eine Berlinerin und kleine Professorstochter in dieser Weise gefeiert zu sehen. Auch Vetter Marcell, so sehr er zustimmte, war nicht recht zufrieden, weil er davon ausging, daß seine Cousine ein solches Hasten und Sich-in-Szene-Setzen nicht nötig habe; sie war ihm zu schade für die Rolle, die sie spielte. Corinna ihrerseits sah auch ganz deutlich, was in ihm vorging, und würde sich ein Vergnügen daraus gemacht haben, ihn zu necken, wenn nicht in eben diesem Momente – das Eis wurde schon herumgereicht – der Kommerzienrat an das Glas geklopft und sich, um einen Toast auszubringen, von seinem Platz erhoben hätte:

»Meine Herren und Damen, *Ladies and Gentlemen* …«

»Ah, das gilt Ihnen«, flüsterte Corinna Mr. Nelson zu.

»… Ich bin«, fuhr Treibel fort, »an dem Hammelrücken vorübergegangen und habe diese verhältnismäßig späte Stunde für einen meinerseits auszubringenden Toast herankommen lassen – eine Neuerung, die mich in diesem Augenblicke freilich vor die Frage stellt, ob der Schmelzezustand eines rot und weißen Panaché nicht noch etwas Vermeidenswerteres ist als der Hammelrücken im Zustande der Erstarrung …«

»Oh, wonderfully good …«

»… Wie dem aber auch sein möge, jedenfalls gibt es zur Zeit nur *ein* Mittel, ein vielleicht schon angerichtetes Übel auf ein Mindestmaß herabzudrücken: Kürze. Genehmigen Sie denn, meine Herrschaften, in Ihrer Gesamtheit meinen Dank für Ihr Erscheinen, und gestatten Sie mir des ferneren und im besonderen Hinblick auf zwei liebe Gäste, die hier zu sehen ich heute zum ersten Male die Ehre habe, meinen Toast in die britischerseits nahezu geheiligte Formel kleiden zu dürfen: *›on our army and navy‹*, auf Heer und Flotte also, die wir das Glück haben, hier an dieser Tafel, einerseits (er verbeugte sich gegen Vogelsang) durch Beruf und Lebensstellung, andererseits (Verbeugung gegen Nelson) durch einen weltberühmten Heldennamen vertreten zu sehen. Noch einmal also: *›our army and navy!‹* Es lebe Leutnant Vogelsang, es lebe Mr. Nelson!«

Der Toast fand allseitige Zustimmung, und der in eine nervöse Unruhe geratene Mr. Nelson wollte sofort das Wort nehmen, um zu danken. Aber Corinna hielt ihn ab: Vogelsang sei der ältere und würde vielleicht für ihn den Dank aussprechen.

»Oh, no, no, Fräulein Corinna, *not he … not such an ugly old fellow … please, look at him*«, und der zapplige Heldennamensvetter machte wiederholte Versuche, sich von seinem Platze zu erheben und zu sprechen. Aber Vogelsang kam ihm wirklich zuvor, und nachdem er den Bart mit der Serviette geputzt und in nervöser Unruhe seinen Waffenrock erst auf- und dann wieder zugeknöpft hatte, begann er mit einer an Komik streifenden Würde: »Meine Herren! Unser liebenswürdiger Wirt hat die Armee leben lassen und mit der Armee meinen Namen verknüpft. Ja, meine Herren, ich bin Soldat …«

»Oh, for shame!« brummte der über das wiederholte »meine Herren« und das gleichzeitige

Unterschlagen aller anwesenden Damen aufrichtig empörte Mr. Nelson, *»oh, for shame«*, und ein Kichern ließ sich allerseits hören, das auch anhielt, bis des Redners immer finsterer werdendes Augenrollen eine wahre Kirchenstille wiederhergestellt hatte. Dann erst fuhr dieser fort: »Ja, meine Herren, ich bin Soldat … Aber noch mehr als das, ich bin auch Streiter im Dienst einer Idee. Zwei große Mächte sind es, denen ich diene: Volkstum und Königtum. Alles andere stört, schädigt, verwirrt. Englands Aristokratie, die mir, von meinem Prinzip ganz abgesehen, auch persönlich widerstreitet, veranschaulicht eine solche Schädigung, eine solche Verwirrung; ich verabscheue Zwischenstufen und überhaupt die feudale Pyramide. Das sind Mittelalterlichkeiten. Ich erkenne mein Ideal in einem Plateau, mit einem einzigen, aber alles überragenden *Pic.*«

Die Ziegenhals wechselte hier Blicke mit Treibel.

»… Alles sei von Volkesgnaden, bis zu der Stelle hinauf, wo die Gottesgnadenschaft beginnt. Dabei streng geschiedene Machtbefugnisse. Das Gewöhnliche, das Massenhafte, werde bestimmt durch die Masse, das Ungewöhnliche, das Große, werde bestimmt durch das Große. Das ist Thron und Krone. Meiner politischen Erkenntnis nach ruht alles Heil, alle Besserungsmöglichkeit in der Aufrichtung einer Royaldemokratie, zu der sich, soviel ich weiß, auch unser Kommerzienrat bekennt. Und in diesem Gefühle, darin wir uns eins wissen, erhebe ich das Glas und bitte Sie, mit mir auf das Wohl unseres hochverehrten Wirtes zu trinken, zugleich unseres Gonfaloniere, der uns die Fahne trägt. Unser Kommerzienrat Treibel, er lebe hoch!«

Alles erhob sich, um mit Vogelsang anzustoßen und ihn als Erfinder der Royaldemokratie zu beglückwünschen. Einige konnten als aufrichtig entzückt gelten, besonders das Wort »Gonfaloniere« schien gewirkt zu haben, andere lachten still in sich hinein, und nur drei waren direkt unzufrieden: Treibel, weil er sich von den Vogelsangschen Prinzipien praktisch nicht viel versprach, die Kommerzienrätin, weil ihr das Ganze nicht fein genug vorkam, und drittens Mr. Nelson, weil er sich aus dem gegen die englische Aristokratie gerichteten Satz Vogelsangs einen neuen Haß gegen eben diesen gesogen hatte. *»Stuff and nonsense! What does he know of our aristocracy? To be sure, he does'nt belong to it; – that's all.«*

»Ich weiß doch nicht«, lachte Corinna, »hat er nicht was von einem *Peer of the Realm?*«

Nelson vergaß über dieser Vorstellung beinahe all seinen Groll und bot Corinna, während er eine Knackmandel von einem der Tafelaufsätze nahm, eben ein Vielliebchen an, als die Kommerzienrätin den Stuhl schob und dadurch das Zeichen zur Aufhebung der Tafel gab. Die Flügeltüren öffneten sich, und in derselben Reihenfolge, wie man zu Tische gegangen war, schritt man wieder auf den mittlerweile gelüfteten Frontsaal zu, wo die Herren, Treibel an der Spitze, den älteren und auch einigen jüngeren Damen respektvoll die Hand küßten.

Nur Mr. Nelson verzichtete darauf, weil er die Kommerzienrätin *»a little pompous«* und die beiden Hofdamen *»a little ridiculous«* fand, und begnügte sich, an Corinna herantretend, mit einem kräftigen *»shaking hands«*.

4. KAPITEL

Die große Glastür, die zur Freitreppe führte, stand auf; dennoch war es schwül, und so zog man es vor, den Kaffee draußen zu nehmen, die einen auf der Veranda, die andern im Vorgarten selbst, wobei sich die Tischnachbarn in kleinen Gruppen wieder zusammenfanden und weiterplauderten. Nur als sich die beiden adligen Damen umständlich und mit ausgesuchter Höflichkeit von der Gesellschaft verabschiedeten, unterbrach man sich in diesem mit Medisance reichlich gewürzten Gespräch und sah eine kleine Weile dem Landauer nach, der, die Köpnicker Straße hinauf, erst auf die Frau von Ziegenhalssche Wohnung, in unmittelbarer Nähe der Marschallsbrücke, dann aber auf Charlottenburg zufuhr, wo die seit fünfunddreißig Jahren in einem Seitenflügel des Schlosses einquartierte Bomst ihr Lebensglück und zugleich ihren besten Stolz aus der Betrachtung zog, in erster Zeit mit des hochseligen Königs Majestät, dann mit der Königinwitwe und zuletzt mit den Meiningenschen Herrschaften dieselbe Luft geatmet zu haben. Es gab ihr all das etwas Verklärtes, was auch zu ihrer Figur paßte.

Treibel, der die Damen bis an den Wagenschlag begleitete, hatte mittlerweile, vom Straßendamm her, die Veranda wieder erreicht, wo Vogelsang, etwas verlassen, aber mit uneingebüßter Würde, seinen Platz behauptete. »Nun ein Wort unter uns, Leutnant, aber nicht hier; ich denke, wir absentieren uns einen Augenblick und rauchen ein Blatt, das nicht alle Tage wächst, und namentlich nicht überall.« Dabei nahm er Vogelsang unter den Arm und führte den Gerngehorchenden in sein neben dem Saale gelegenes Arbeitszimmer, wo der geschulte, diesen Lieblingsmoment im Dinerleben seines Herrn von lang her kennende Diener bereits alles zurechtgestellt hatte: das Zigarrenkistchen, den Likörkasten und die Karaffe mit Eiswasser. Die gute Schulung des Dieners beschränkte sich aber nicht auf diese Vorarrangements, vielmehr stand er im selben Augenblick, wo beide Herren ihre Plätze eingenommen hatten, auch schon mit dem Tablett vor ihnen und präsentierte den Kaffee.

»Das ist recht, Friedrich, auch der Aufbau hier, alles zu meiner Zufriedenheit; aber gib doch lieber die andere Kiste her, die flache. Und dann sage meinem Sohn Otto, ich ließe ihn bitten ... Ihnen doch recht, Vogelsang? Oder wenn du Otto nicht triffst, so bitte den Polizeiassessor, ja lieber den, der weiß doch besser Bescheid. Sonderbar, alles, was in der Molkenmarktluft groß geworden, ist dem Rest der Menschheit um ein Beträchtliches überlegen. Und dieser Goldammer hat nun gar noch den Vorteil, ein richtiger Pastorssohn zu sein, was all seinen Geschichten einen eigentümlich pikanten Beigeschmack gibt.« Und dabei klappte Treibel den Kasten auf und sagte: »Kognak oder Allasch? Oder das eine tun und das andere nicht lassen?«

Vogelsang lächelte, schob den Zigarrenknipser ziemlich demonstrativ beiseite und biß die Spitze mit seinen Raffzähnen ab. Dann griff er nach einem Streichhölzchen. Im übrigen schien er abwarten zu wollen, womit Treibel beginnen würde. Der ließ denn auch nicht lange warten: »*Eh bien,* Vogelsang, wie gefielen Ihnen die beiden Damen? Etwas Feines, nicht wahr? Besonders die Bomst. Meine Frau würde sagen: ätherisch. Nun, durchsichtig genug ist sie. Aber offen gestanden, die Ziegenhals ist mir lieber, drall und prall, kapitales Weib, und muß ihrerzeit ein geradezu formidables Festungsviereck gewesen sein. Nasses Temperament, und wenn ich recht gehört habe, so pendelt ihre Vergangenheit zwischen verschiedenen kleinen Höfen hin und her. Lady Milford, aber weniger sentimental. Alles natürlich alte Geschichten, alles beglichen, man könnte beinahe sagen: schade. Den Sommer über ist sie jetzt regelmäßig bei den Kraczinskis in der Zossener Gegend; weiß der Teufel, wo seit kurzem all die polnischen Namen herkommen. Aber schließlich ist es gleichgültig. Was meinen Sie, wenn ich die Ziegenhals, in Anbetracht dieser Kraczinskischen Bekanntschaft, unsern Zwecken dienstbar zu machen suchte?«

»Kann zu nichts führen.«

»Warum nicht? Sie vertritt einen richtigen Standpunkt.«

»Ich würde mindestens sagen müssen, einen nicht richtigen.«

»Wieso?«

»Sie vertritt einen durchaus beschränkten Standpunkt, und wenn ich das Wort wähle, so bin ich noch ritterlich. Übrigens wird mit diesem ›ritterlich‹ ein wachsender und geradezu horrender Mißbrauch getrieben; ich glaube nämlich nicht, daß unsere Ritter sehr ritterlich, d. h. ritterlich im Sinne von artig und verbindlich, gewesen sind. Alles bloß historische Fälschungen. Und was diese Ziegenhals angeht, die wir uns, wie Sie sagen, dienstbar machen sollen, so vertritt sie natürlich den Standpunkt des Feudalismus, den der Pyramide. Daß sie zum Hofe steht, ist gut, und ist das, was sie mit uns verbindet; aber das ist nicht genug. Personen wie diese Majorin und selbstverständlich auch ihr adliger Anhang, gleichviel ob er polnischen oder deutschen Ursprungs ist – alle leben mehr oder weniger in einem Wust von Einbildungen, will sagen von mittelalterlichen Standesvorurteilen, und das schließt ein Zusammengehen aus, trotzdem wir die Königsfahne mit ihnen gemeinsam haben. Aber diese Gemeinsamkeit frommt nicht, schadet uns nur. Wenn wir rufen: ›Es lebe der König!‹, so geschieht es vollkommen selbstsuchtslos, um einem großen Prinzip die Herrschaft zu sichern; für mich bürge ich, und ich hoffe, daß ich es auch für Sie kann ...«

»Gewiß, Vogelsang, gewiß.«

»Aber diese Ziegenhals – von der ich beiläufig fürchte, daß Sie nur zu recht haben mit der von Ihnen angedeuteten, wenn auch, Gott sei Dank, weit zurückliegenden Auflehnung gegen Moral und gute Sitte –, diese Ziegenhals und ihresgleichen, wenn die rufen: ›Es lebe der König!‹, so heißt das immer nur, es lebe der, der für uns sorgt, unser Nährvater; sie kennen nichts als ihren Vorteil. Es ist ihnen versagt, in einer Idee aufzugehen, und sich auf Personen stützen, die nur sich kennen, das heißt, unsre Sache verloren geben. Unsre Sache besteht nicht bloß darin, den fortschrittlichen Drachen zu bekämpfen, sie besteht auch in der Bekämpfung des Vampyr-Adels, der immer bloß saugt und saugt. Weg mit der ganzen Interessenpolitik! In dem Zeichen absoluter Selbstlosigkeit müssen wir siegen, und dazu brauchen wir das Volk, nicht das Quizowtum, das seit dem gleichnamigen Stücke wieder obenauf ist und das Heft in die Hände nehmen möchte. Nein, Kommerzienrat, nichts von Pseudo-Konservatismus, kein Königtum auf falscher Grundlage; das Königtum, wenn wir es konservieren wollen, muß auf etwas Soliderem ruhen als auf einer Ziegenhals oder einer Bomst.«

»Nun, hören Sie, Vogelsang, die Ziegenhals wenigstens ...«

Und Treibel schien ernstlich gewillt, diesen Faden, der ihm paßte, weiterzuspinnen. Aber ehe er dazu kommen konnte, trat der Polizeiassessor vom Salon her ein, die kleine Meißner Tasse noch in der Hand, und nahm zwischen Treibel und Vogelsang Platz. Gleich nach ihm erschien auch Otto, vielleicht von Friedrich benachrichtigt, vielleicht auch aus eigenem Antriebe, weil er von langer Zeit her die der Erotik zugewendeten Wege kannte, die Goldammer, bei Likör und Zigarren, regelmäßig und meist sehr rasch, so daß jede Versäumnis sich strafte, zu wandeln pflegte.

Der alte Treibel wußte dies selbstverständlich noch viel besser, hielt aber ein auch seinerseits beschleunigtes Verfahren doch für angezeigt und hob deshalb ohne weiteres an: »Und nun sagen Sie, Goldammer, was gibt es? Wie steht es mit dem Lützowplatz? Wird die Panke zugeschüttet, oder, was so ziemlich dasselbe sagen will, wird die Friedrichstraße sittlich gereinigt? Offen gestanden, ich fürchte, daß unsre pikanteste Verkehrsader nicht allzuviel dabei gewinnen wird; sie wird um ein Geringes moralischer und um ein Beträchtliches langweiliger werden. Da das Ohr meiner Frau bis hierher nicht trägt, so läßt sich dergleichen allenfalls aufs Tapet bringen; im übrigen soll Ihnen meine gesamte Fragerei keine Grenzen ziehen. Je freier, je besser. Ich habe lange genug gelebt, um zu wissen, daß alles, was aus einem Polizeimunde kommt, immer Stoff ist, immer frische Brise, freilich mitunter auch Scirocco, ja geradezu Samum. Sagen wir Samum. Also was schwimmt obenauf?«

»Eine neue Soubrette.«

»Kapital. Sehen Sie, Goldammer, jede Kunstrichtung ist gut, weil jede das Ideal im Auge hat. Und das Ideal ist die Hauptsache, soviel weiß ich nachgerade von meiner Frau. Aber das Idealste bleibt doch immer eine Soubrette. Name?«

»Grabillon. Zierliche Figur, etwas großer Mund, Leberfleck.«

»Um Gottes willen, Goldammer, das klingt ja wie ein Steckbrief. Übrigens Leberfleck ist reizend; großer Mund Geschmackssache. Und *Protégé* von wem?«

Goldammer schwieg.

»Ah, ich verstehe. Obersphäre. Je höher hinauf, je näher dem Ideal. Übrigens da wir mal bei Obersphäre sind, wie steht es denn mit der Grußgeschichte? Hat er wirklich nicht gegrüßt? Und ist es wahr, daß er, natürlich der Nichtgrüßer, einen Urlaub hat antreten müssen? Es wäre eigentlich das beste, weil es so nebenher einer Absage gegen den ganzen Katholizismus gleichkäme, sozusagen zwei Fliegen mit einer Klappe.«

Goldammer, heimlicher Fortschrittler, aber offener Antikatholik, zuckte die Achseln und sagte: »So gut steht es leider nicht und kann auch nicht. Die Macht der Gegenströmung ist zu stark. Der, der den Gruß verweigerte, wenn Sie wollen, der Wilhelm Tell der Situation, hat zu gute Rückendeckung. Wo? Nun, das bleibt in der Schwebe; gewisse Dinge darf man nicht bei Namen nennen, und ehe wir nicht der bekannten Hydra den Kopf zertreten oder, was dasselbe sagen will, dem altenfritzischen ›*Ecrasez l' Infâme*‹ zum Siege verholfen haben ...«

In diesem Augenblick hörte man nebenan singen, eine bekannte Komposition, und Treibel, der eben eine neue Zigarre nehmen wollte, warf sie wieder in das Kistchen zurück und sagte: »Meine Ruh ist hin ... Und mit der Ihrigen, meine Herren, steht es nicht viel besser. Ich glaube, wir müssen wieder bei den Damen erscheinen, um an der Ära Adolar Krola teilzunehmen. Denn *die* beginnt jetzt.«

Damit erhoben sich alle vier und kehrten unter Vortritt Treibels in den Saal zurück, wo wirklich Krola am Flügel saß und seine drei Hauptstücke, mit denen er rasch hintereinander aufzuräumen pflegte, vollkommen virtuos, aber mit einer gewissen absichtlichen Klapprigkeit zum besten gab. Es waren: ›Der Erlkönig‹, ›Herr Heinrich saß am Vogelherd‹ und ›Die Glocken von Speier‹. Diese letzte Nummer, mit dem geheimnisvoll einfallenden Glockenbimbam, machte jedesmal den größten Eindruck und bestimmte selbst Treibel zu momentan ruhigem Zuhören. Er sagte dann auch wohl mit einer gewissen höheren Miene: »Von Löwe, ex ungue Leonem; das heißt von Karl Löwe, Ludwig komponiert nicht.« –

Viele von denen, die den Kaffee im Garten oder auf der Veranda genommen hatten, waren, gleich als Krola begann, ebenfalls in den Saal getreten, um zuzuhören, andere dagegen, die die drei Balladen schon von zwanzig Treibelschen Diners her kannten, hatten es doch vorgezogen, im Freien zu bleiben und ihre Gartenpromenade fortzusetzen, unter ihnen auch Mr. Nelson, der, als ein richtiger Vollblut-Engländer, musikalisch auf schwächsten Füßen stand und rundheraus erklärte, das liebste sei ihm ein Nigger mit einer Pauke zwischen den Beinen: *»I can't see, what it means; music is nonsense.«* So ging er denn mit Corinna auf und ab, Leopold an der anderen Seite, während Marcell mit der jungen Frau Treibel in einiger Entfernung folgte, beide sich über Nelson und Leopold halb ärgernd, halb erheiternd, die, wie schon bei Tische, von Corinna nicht los konnten.

Es war ein prächtiger Abend draußen, von der Schwüle, die drinnen herrschte, keine Spur, und schräg über den hohen Pappeln, die den Hintergarten von den Fabrikgebäuden abschnitten, stand die Mondsichel; der Kakadu saß ernst und verstimmt auf seiner Stange, weil es versäumt worden war, ihn zu rechter Zeit in seinen Käfig zurückzunehmen, und nur der Wasserstrahl stieg so lustig in die Höhe wie zuvor.

»Setzen wir uns«, sagte Corinna, »wir promenieren schon ich weiß nicht wie lange«, und dabei ließ sie sich ohne weiteres auf den Rand der Fontäne nieder. »*Take a seat, Mr. Nelson.* Sehen Sie nur den Kakadu, wie bös er aussieht. Er ist ärgerlich, daß sich keiner um ihn kümmert.«

»*To be sure,* und sieht aus wie Leutnant Sangevogel. *Does'nt he?*«

»Wir nennen ihn für gewöhnlich Vogelsang. Aber ich habe nichts dagegen, ihn umzutaufen. Helfen wird es freilich nicht viel.«

»*No, no, there's no help for him:* Vogelsang, ah, ein häßlicher Vogel, kein Singevogel, *no finch, no trussel.*«

»Nein, er ist bloß ein Kakadu, ganz wie Sie sagen.«

Aber kaum, daß dies Wort gesprochen war, so folgte nicht nur ein lautes Kreischen von der Stange her, wie wenn der Kakadu gegen den Vergleich protestieren wolle, sondern auch Corinna schrie laut auf, freilich nur, um im selben Augenblick wieder in ein helles Lachen auszubrechen, in das gleich danach auch Leopold und Mr. Nelson einstimmten. Ein plötzlich sich aufmachender Windstoß hatte nämlich dem Wasserstrahl eine Richtung genau nach der Stelle hin gegeben, wo sie saßen, und bei der Gelegenheit allesamt, den Vogel auf seiner Stange mit eingeschlossen, mit einer Flut von Spritzwasser überschüttet. Das gab nun ein Klopfen und Abschütteln, an dem auch der Kakadu teilnahm, freilich ohne seinerseits seine Laune dabei zu verbessern.

Drinnen hatte Krola mittlerweile sein Programm beendet und stand auf, um andern Kräften den Platz einzuräumen. Es sei nichts mißlicher als ein solches Kunstmonopol; außerdem dürfe man nicht vergessen, der Jugend gehöre die Welt. Dabei verbeugte er sich huldigend gegen einige junge Damen, in deren Familien er ebenso verkehrte wie bei den Treibels. Die Kommerzienrätin ihrerseits aber übertrug diese ganz allgemein gehaltene Huldigung gegen die Jugend in ein bestimmteres Deutsch und forderte die beiden Fräulein Felgentreus auf, doch einige der reizenden Sachen zu singen, die sie neulich, als Ministerialdirektor Stoeckenius in ihrem Hause gewesen, so schön vorgetragen hätten; Freund Krola werde gewiß die Güte haben, die Damen am Klavier zu begleiten. Krola, sehr erfreut, einer gesanglichen Mehrforderung, die sonst die Regel war, entgangen zu sein, drückte sofort seine Zustimmung aus und setzte sich an seinen eben erst aufgegebenen Platz, ohne ein Ja oder Nein der beiden Felgentreus abzuwarten. Aus seinem ganzen Wesen sprach eine Mischung von Wohlwollen und Ironie. Die Tage seiner eigenen Berühmtheit lagen weit zurück; aber je weiter sie zurücklagen, desto höher waren seine Kunstansprüche geworden, so daß es ihm, bei dem totalen Überfülltbleiben derselben, vollkommen gleichgültig erschien, *was* zum Vortrage kam und *wer* das Wagnis wagte. Von Genuß konnte keine Rede für ihn sein, nur von Amüsement, und weil er einen angeborenen Sinn für das

Heitere hatte, durfte man sagen, sein Vergnügen stand jedesmal dann auf der Höhe, wenn seine Freundin Jenny Treibel, wie sie das liebte, durch Vortrag einiger Lieder den Schluß der musikalischen Soiree machte. Das war aber noch weit im Felde; vorläufig waren noch die beiden Felgentreus da, von denen auch die ältere Schwester, oder, wie es zu Krolas jedesmaligem Gaudium hieß, »die weitaus talentvollere«, mit ›Bächlein, laß dein Rauschen sein‹ ohne weiteres einsetzte. Daran reihte sich: ›Ich schnitt es gern in alle Rinden ein‹, was, als allgemeines Lieblingsstück, zu der Kommerzienrätin großem, wenn auch nicht geäußertem Verdruß, von einigen indiskreten Stimmen im Garten begleitet wurde. Dann folgte die Schlußnummer, ein Duett aus ›Figaros Hochzeit‹. Alles war hingerissen, und Treibel sagte zu Vogelsang, »er könne sich nicht erinnern, seit den Tagen der Milanollos, etwas so Liebliches von Schwestern gesehen und gehört zu haben«, woran er die weitere, allerdings unüberlegte Frage knüpfte, ob Vogelsang seinerseits sich noch der Milanollos erinnern könne. »Nein«, sagte dieser barsch und peremptorisch. – »Nun, dann bitt' ich um Entschuldigung.«

Eine Pause trat ein, und einige Wagen, darunter auch der Felgentreusche, waren schon angefahren; trotzdem zögerte man noch mit dem Aufbruch, weil das Fest immer noch seines Abschlusses entbehrte. Die Kommerzienrätin nämlich hatte noch nicht gesungen, ja, war unerhörterweise noch nicht einmal zum Vortrag eines ihrer Lieder aufgefordert worden – ein Zustand der Dinge, der so rasch wie möglich geändert werden mußte. Dies erkannte niemand klarer als Adolar Krola, der, den Polizeiassessor beiseite nehmend, ihm eindringlichst vorstellte, daß durchaus etwas geschehen und das hinsichtlich Jennys Versäumte sofort nachgeholt werden müsse. »Wird Jenny nicht aufgefordert, so seh ich die Treibelschen Diners, oder wenigstens unsre Teilnahme daran, für alle Zukunft in Frage gestellt, was doch schließlich einen Verlust bedeuten würde …«

»Dem wir unter allen Umständen vorzubeugen haben, verlassen Sie sich auf mich.« Und die beiden Felgentreus an der Hand nehmend, schritt Goldammer rasch entschlossen auf die Kommerzienrätin zu, um, wie er sich ausdrückte, als erwählter Sprecher des Hauses, um ein Lied zu bitten. Die Kommerzienrätin, der das Abgekartete der ganzen Sache nicht entgehen konnte, kam in ein Schwanken zwischen Ärger und Wunsch, aber die Beredsamkeit des Antragstellers siegte doch schließlich. Krola nahm wieder seinen Platz ein, und einige Augenblicke später erklang Jennys dünne, durchaus im Gegensatz zu ihrer sonstigen Fülle stehende Stimme durch den Saal hin, und man vernahm die in diesem Kreise wohlbekannten Liebesworte:

Glück, von deinen tausend Losen
Eines nur erwähl ich mir.
Was soll Gold? Ich liebe Rosen
Und der Blumen schlichte Zier.

Und ich höre Waldesrauschen,
Und ich seh ein flatternd Band –
Aug in Auge Blicke tauschen,
Und ein Kuß auf deine Hand.

Geben, nehmen, nehmen, geben,
Und dein Haar umspielt der Wind,
Ach, nur das, nur das ist Leben,
Wo sich Herz zum Herzen find't.

Es braucht nicht gesagt zu werden, daß ein rauschender Beifall folgte, woran sich von des alten Felgentreu Seite die Bemerkung schloß, »die damaligen Lieder (er vermied eine bestimmte Zeitangabe) wären doch schöner gewesen, namentlich inniger«, eine Bemerkung, die von dem direkt zur Meinungsäußerung aufgeforderten Krola schmunzelnd bestätigt wurde.

Mr. Nelson seinerseits hatte von der Veranda dem Vortrage zugehört und sagte jetzt zu Corinna: »*Wonderfully good. Oh, these Germans, they know everything … even such an old lady.*«

Corinna legte ihm den Finger auf den Mund.

Kurze Zeit danach war alles fort, Haus und Park leer, und man hörte nur noch, wie drinnen im Speisesaal geschäftige Hände den Ausziehtisch zusammenschoben und wie draußen im Garten der Strahl des Springbrunnens plätschernd ins Bassin fiel.

5. KAPITEL

Unter den letzten, die, den Vorgarten passierend, das kommerzienrätliche Haus verließen, waren Marcell und Corinna. Diese plauderte nach wie vor in übermütiger Laune, was des Vetters mühsam zurückgehaltene Verstimmung nur noch steigerte. Zuletzt schwiegen beide.

So gingen sie schon fünf Minuten nebeneinander her, bis Corinna, die sehr gut wußte, was in Marcells Seele vorging, das Gespräch wieder aufnahm. »Nun, Freund, was gibt es?«

»Nichts.«

»Nichts?«

»Oder, wozu soll ich es leugnen, ich bin verstimmt.«

»Worüber?«

»Über dich. Über dich, weil du kein Herz hast.«

»Ich? Erst recht hab ich ...«

»Weil du kein Herz hast, sag ich, keinen Sinn für Familie, nicht einmal für deinen Vater ...«

»Und nicht einmal für meinen Vetter Marcell ...«

»Nein, den laß aus dem Spiel, von dem ist nicht die Rede. Mir gegenüber kannst du tun, was du willst. Aber dein Vater. Da läßt du nun heute den alten Mann einsam und allein und kümmerst dich sozusagen um gar nichts. Ich glaube, du weißt nicht einmal, ob er zu Haus ist oder nicht.«

»Freilich ist er zu Haus. Er hat ja heut seinen ›Abend‹, und wenn auch nicht alle kommen, etliche vom hohen Olymp werden wohl da sein.«

»Und du gehst aus und überlässest alles der alten, guten Schmolke?«

»Weil ich es ihr überlassen kann. Du weißt das ja so gut wie ich; es geht alles wie am Schnürchen, und in diesem Augenblick essen sie wahrscheinlich Oderkrebse und trinken Mosel. Nicht Treibelschen, aber doch Professor Schmidtschen, einen edlen Trarbacher, von dem Papa behauptet, er sei der einzige reine Wein in Berlin. Bist du nun zufrieden?«

»Nein.«

»Dann fahre fort.«

»Ach, Corinna, du nimmst alles so leicht und denkst, wenn du's leicht nimmst, so hast du's aus der Welt geschafft. Aber es glückt dir nicht. Die Dinge bleiben doch schließlich, was und wie sie sind. Ich habe dich nun bei Tisch beobachtet ...«

»Unmöglich, du hast ja der jungen Frau Treibel ganz intensiv den Hof gemacht, und ein paarmal wurde sie sogar rot ...«

»Ich habe dich beobachtet, sag ich, und mit einem wahren Schrecken das Übermaß von Koketterie gesehen, mit dem du nicht müde wurdest, dem armen Jungen, dem Leopold, den Kopf zu verdrehen ...«

Sie hatten, als Marcell dies sagte, gerade die platzartige Verbreiterung erreicht, mit der die Köpnicker Straße nach der Inselbrücke hin abschließt; eine verkehrslose und beinahe menschenleere Stelle. Corinna zog ihren Arm aus dem des Vetters und sagte, während sie nach der anderen Seite der Straße zeigte: »Sieh, Marcell, wenn da drüben nicht der einsame Schutzmann stände, so stellt' ich mich jetzt mit verschränkten Armen vor dich hin und lachte dich fünf Minuten lang aus. Was soll das heißen, ich sei nicht müde geworden, dem armen Jungen, dem Leopold, den Kopf zu verdrehen? Wenn du nicht ganz in Huldigung gegen Helenen aufgegangen wärst, so hättest du sehen müssen, daß ich kaum zwei Worte mit ihm gesprochen. Ich habe mich nur mit Mr. Nelson unterhalten, und ein paarmal hab ich mich ganz ausführlich an dich gewandt.«

»Ach, das sagst du so, Corinna, und weißt doch, wie falsch es ist. Sieh, du bist sehr gescheit und weißt es auch; aber du hast doch den Fehler, den viele gescheite Leute haben, daß sie die anderen für ungescheiter halten als sie sind. Und so denkst du, du kannst mir ein X für ein U machen und alles so drehen und beweisen, wie du's drehen und beweisen willst. Aber man hat doch auch so seine Augen und Ohren und ist also, mit deinem Verlaub, hinreichend ausgerüstet, um zu hören und zu sehen.«

»Und was ist es denn nun, was der Herr Doktor gehört und gesehen haben?«

»Der Herr Doktor haben gehört und gesehen, daß Fräulein Corinna mit ihrem Redekatarakt über den unglücklichen Mr. Nelson hergefallen ist ...«

»Sehr schmeichelhaft ...«

»Und daß sie – wenn ich das mit dem Redekatarakt aufgeben und ein anderes Bild dafür einstellen will –, daß sie, sag ich, zwei Stunden lang die Pfauenfeder ihrer Eitelkeit auf dem Kinn oder auf der Lippe balanciert und überhaupt in den feineren akrobatischen Künsten ein Äußerstes geleistet hat. Und das alles vor wem? Etwa vor Mr. Nelson? Mitnichten. Der gute Nelson, der war nur das Trapez, daran meine Cousine herumturnte; *der,* um dessentwillen das alles geschah, der zusehen und bewundern sollte, der hieß Leopold Treibel, und ich habe wohl bemerkt, wie mein Cousinchen auch ganz richtig gerechnet hatte; denn ich kann mich nicht entsinnen, einen Menschen gesehen zu haben, der, verzeih den Ausdruck, durch einen ganzen Abend hin so ›total weg‹ gewesen wäre wie dieser Leopold.«

»Meinst du?«

»Ja, das mein' ich.«

»Nun, darüber ließe sich reden ... Aber sieh nur ...«

Und dabei blieb sie stehen und wies auf das entzückende Bild, das sich – sie passierten eben die Fischerbrücke – drüben vor ihnen ausbreitete. Dünne Nebel lagen über den Strom hin, sogen aber den Lichterglanz nicht ganz auf, der von rechts und links her auf die breite Wasserfläche fiel, während die Mondsichel oben im Blauen stand, keine zwei Handbreit von dem etwas schwerfälligen Parochialkirchturm entfernt, dessen Schattenriß am anderen Ufer in aller Klarheit aufragte. »Sieh nur«, wiederholte Corinna, »nie hab ich den Singuhrturm in solcher Schärfe gesehen. Aber ihn schön finden, wie seit kurzem Mode geworden, das kann ich doch nicht; er hat so etwas Halbes, Unfertiges, als ob ihm auf dem Wege nach oben die Kraft ausgegangen wäre. Da bin ich doch mehr für die zugespitzten, langweiligen Schindeltürme, die nichts wollen, als hoch sein und in den Himmel zeigen.«

Und in demselben Augenblick, wo Corinna dies sagte, begannen die Glocken drüben ihr Spiel.

»Ach«, sagte Marcell, »sprich doch nicht so von dem Turm, und ob er schön ist oder nicht. Mir ist es gleich und dir auch; das mögen die Fachleute miteinander ausmachen. Und du sagst das alles nur, weil du von dem eigentlichen Gespräch los willst. Aber höre lieber zu, was die Glöckchen drüben spielen. Ich glaube, sie spielen: ›Üb immer Treu und Redlichkeit‹.«

»Kann sein, und ist nur schade, daß sie nicht auch die berühmte Stelle von dem Kanadier spielen können, der noch Europens übertünchte Höflichkeit nicht kannte. So was Gutes bleibt leider immer unkomponiert, oder vielleicht geht es auch nicht. Aber nun sage mir, Freund, was soll das alles heißen? Treu und Redlichkeit. Meinst du wirklich, daß mir die fehlen? Gegen wen versünd'ge ich mich denn durch Untreue? Gegen dich? Hab ich Gelöbnisse gemacht? Hab ich dir etwas versprochen und das Versprechen nicht gehalten?«

Marcell schwieg.

»Du schweigst, weil du nichts zu sagen hast. Ich will dir aber noch allerlei mehr sagen, und dann magst du selber entscheiden, ob ich treu und redlich oder doch wenigstens aufrichtig bin, was so ziemlich dasselbe bedeutet.«

»Corinna ...«

»Nein, jetzt will ich sprechen, in aller Freundschaft, aber auch in allem Ernst. Treu und redlich. Nun, ich weiß wohl, daß du treu und redlich bist, was beiläufig nicht viel sagen will; ich für meine Person kann dir nur wiederholen, ich bin es auch.«

»Und spielst doch beständig eine Komödie.«

»Nein, das tu ich nicht. Und wenn ich es tue, so doch so, daß jeder es merken kann. Ich habe mir, nach reiflicher Überlegung, ein bestimmtes Ziel gesteckt, und wenn ich nicht mit dürren Worten sage: ›Dies ist mein Ziel‹, so unterbleibt das nur, weil es ein Mädchen nicht kleidet, mit solchen Plänen aus sich herauszutreten. Ich erfreue mich, dank meiner Erziehung, eines guten Teils von Freiheit, einige werden vielleicht sagen, von Emanzipation, aber trotzdem bin ich durchaus kein emanzipiertes Frauenzimmer. Im Gegenteil, ich habe gar keine Lust, das alte

Herkommen umzustoßen, alte gute Sätze, zu denen auch der gehört: ein Mädchen wirbt nicht, um ein Mädchen *wird* geworben.«

»Gut, gut; alles selbstverständlich …«

»… Aber freilich, das ist unser altes Evarecht, die großen Wasser spielen zu lassen und unsere Kräfte zu gebrauchen, bis das geschieht, um dessentwillen wir da sind, mit anderen Worten, bis man um uns wirbt. Alles gilt diesem Zweck. Du nennst das, je nachdem dir der Sinn steht, Raketensteigenlassen oder Komödie, mitunter auch Intrige und immer Koketterie.«

Marcell schüttelte den Kopf. »Ach, Corinna, du darfst mir darüber keine Vorlesung halten wollen und zu mir sprechen, als ob ich erst gestern auf die Welt gekommen wäre. Natürlich hab ich oft von Komödie gesprochen und noch öfter von Koketterie. Wovon spricht man nicht alles! Und wenn man dergleichen hinspricht, so widerspricht man sich auch wohl, und was man eben noch getadelt hat, das lobt man im nächsten Augenblick. Um's rundheraus zu sagen, spiele soviel Komödie, wie du willst, sei so kokett, wie du willst, ich werde doch nicht so dumm sein, die Weiberwelt und die Welt überhaupt ändern zu wollen, ich will sie wirklich nicht ändern, auch dann nicht, wenn ich's könnte! Nur um eins muß ich dich angehen, du mußt, wie du dich vorhin ausdrücktest, die großen Wasser an der rechten Stelle, das heißt also vor den rechten Leuten springen lassen, vor solchen, wo's paßt, wo's hingehört, wo sich's lohnt. Du gehst aber mit deinen Künsten nicht an die richtige Adresse, denn du kannst doch nicht ernsthaft daran denken, diesen Leopold Treibel heiraten zu wollen?«

»Warum nicht? Ist er zu jung für mich? Nein. Er stammt aus dem Januar und ich aus dem September; er hat also noch einen Vorsprung von acht Monaten.«

»Corinna, du weißt ja recht gut, wie's liegt und daß er einfach für dich nicht paßt, weil er zu unbedeutend für dich ist. Du bist eine aparte Person, vielleicht ein bißchen zu sehr, und er ist kaum Durchschnitt. Ein sehr guter Mensch, das muß ich zugeben, hat ein gutes, weiches Herz, nichts von dem Kiesel, den die Geldleute sonst hier links haben, hat auch leidlich weltmännische Manieren und kann vielleicht einen Dürerschen Stich von einem Ruppiner Bilderbogen unterscheiden; aber du würdest dich totlangweilen an seiner Seite. Du, deines Vaters Tochter und eigentlich noch klüger als der Alte, du wirst doch nicht dein eigentliches Lebensglück wegwerfen wollen, bloß um in einer Villa zu wohnen und einen Landauer zu haben, der dann und wann ein paar alte Hofdamen abholt, oder um Adolar Krolas ramponierten Tenor alle vierzehn Tage den Erlkönig singen zu hören. Es ist nicht möglich, Corinna; du wirst dich doch, wegen solchen Bettels von Mammon, nicht einem unbedeutenden Menschen an den Hals werfen wollen.«

»Nein, Marcell, das letztere gewiß nicht; ich bin nicht für Zudringlichkeiten. Aber wenn Leopold morgen bei meinem Vater antritt – denn ich fürchte beinahe, daß er noch zu denen gehört, die sich, statt der Hauptperson, erst der Nebenpersonen versichern –, wenn er also morgen antritt und um diese rechte Hand deiner Cousine Corinna anhält, so nimmt ihn Corinna und fühlt sich als *Corinne au Capitole.*«

»Das ist nicht möglich; du täuschest dich, du spielst mit der Sache. Es ist Phantasterei, der du nach deiner Art nachhängst.«

»Nein, Marcell, *du* täuschest dich, nicht ich; es ist mein vollkommener Ernst, so sehr, daß ich ein ganz klein wenig davor erschrecke.«

»Das ist dein Gewissen.«

»Vielleicht. Vielleicht auch nicht. Aber soviel will ich dir ohne weiteres zugeben, *das,* wozu der liebe Gott mich so recht eigentlich schuf, das hat nichts zu tun mit einem Treibelschen Fabrikgeschäft oder mit einem Holzhof und vielleicht am wenigsten mit einer Hamburger Schwägerin. Aber ein Hang nach Wohlleben, der jetzt alle Welt beherrscht, hat mich auch in der Gewalt, ganz so wie alle anderen, und so lächerlich und verächtlich es in deinem Oberlehrers-Ohre klingen mag, ich halt' es mehr mit Bonwitt und Littauer als mit einer kleinen Schneiderin, die schon um acht Uhr früh kommt und eine merkwürdige Hof- und Hinterstubenatmosphäre mit ins Haus bringt und zum zweiten Frühstück ein Brötchen mit Schlackwurst und vielleicht auch einen Gilka kriegt. Das alles widersteht mir im höchsten Maße; je weniger ich davon sehe, desto besser. Ich finde es ungemein reizend, wenn so die kleinen Brillanten im Ohre blitzen, etwa so wie bei meiner Schwiegermama in spe … ›Sich einschränken‹, ach, ich kenne das Lied, das immer gesungen und immer gepredigt wird, aber wenn ich bei Papa die dicken Bücher abstäube, drin niemand hineinsieht, auch er selber nicht, und wenn dann die Schmolke sich abends auf mein Bett setzt und mir von ihrem verstorbenen Manne, dem Schutzmann, erzählt, und daß er, wenn er noch lebte, jetzt ein Revier hätte, denn Madai hätte große Stücke auf ihn gehalten, und wenn sie dann zuletzt sagt: ›Aber Corinnchen, ich habe noch gar nicht mal gefragt, was wir morgen essen wollen? ... Die Teltower sind jetzt so schlecht und eigentlich alle schon madig, und ich möchte dir vorschlagen, Wellfleisch und Wruken, das aß Schmolke auch immer so gern‹ – ja, Marcell, in solchem Augenblicke wird mir immer ganz sonderbar zumut, und Leopold Treibel erscheint mir dann mit einemmal als der Rettungsanker meines Lebens, oder wenn du willst, wie das aufzusetzende große Marssegel, das bestimmt ist, mich bei gutem Wind an ferne, glückliche Küsten zu führen.«

»Oder, wenn es stürmt, dein Lebensglück zum Scheitern zu bringen.«

»Warten wir's ab, Marcell.«

Und bei diesen Worten bogen sie, von der alten Leipziger Straße her, in Raules Hof ein, von dem aus ein kleiner Durchgang in die Adlerstraße führte.

6. KAPITEL

Um dieselbe Stunde, wo man sich bei Treibels vom Diner erhob, begann Professor Schmidts ›Abend‹. Dieser ›Abend‹, auch wohl Kränzchen genannt, versammelte, wenn man vollzählig war, um einen runden Tisch und eine mit einem roten Schleier versehene Moderateurlampe sieben Gymnasiallehrer, von denen die meisten den Professortitel führten. Außer unserem Freunde Schmidt waren es noch folgende: Friedrich Distelkamp, emeritierter Gymnasialdirektor, Senior des Kreises; nach ihm die Professoren Rindfleisch und Hannibal Kuh, zu welchen beiden sich noch Oberlehrer Immanuel Schultze gesellte, sämtlich vom Großen-Kurfürsten-Gymnasium. Den Schluß machte Doktor Charles Etienne, Freund und Studiengenosse Marcells, zur Zeit französischer Lehrer an einem vornehmen Mädchenpensionat, und endlich Zeichenlehrer Friedeberg, dem, vor ein paar Jahren erst – niemand wußte recht warum und woher –, der die Mehrheit des Kreises auszeichnende Professortitel angeflogen war, übrigens ohne sein Ansehen zu heben. Er wurde vielmehr, nach wie vor, für nicht ganz voll angesehen, und eine Zeitlang war aufs ernsthafteste die Rede davon gewesen, ihn, wie sein Hauptgegner Immanuel Schultze vorgeschlagen, aus ihrem Kreise »herauszugraulen«, was unser Willibald Schmidt indessen mit der Bemerkung bekämpft hatte, daß Friedeberg, trotz seiner wissenschaftlichen Nichtzugehörigkeit, eine nicht zu unterschätzende Bedeutung für ihren ›Abend‹ habe. »Seht, liebe Freunde«, so etwa waren seine Worte gewesen, »wenn wir unter uns sind, so folgen wir unseren Auseinandersetzungen eigentlich immer nur aus Rücksicht und Artigkeit und leben dabei mehr oder weniger der Überzeugung, alles, was seitens des anderen gesagt wurde, viel besser oder – wenn wir bescheiden sind – wenigstens ebensogut sagen zu können. Und das lähmt immer. Ich für meinen Teil wenigstens bekenne offen, daß ich, wenn ich mit meinem Vortrage gerade an der Reihe war, das Gefühl eines gewissen Unbehagens, ja zuzeiten einer geradezu hochgradigen Beklemmung nie ganz losgeworden bin. Und in einem so bedrängten Augenblicke seh ich dann unseren immer zu spät kommenden Friedeberg eintreten, verlegen lächelnd natürlich, und empfinde sofort, wie meiner Seele die Flügel wieder wachsen; ich spreche freier, intuitiver, klarer, denn ich habe wieder ein Publikum, wenn auch nur ein ganz kleines. *Ein* andächtiger Zuhörer, anscheinend so wenig, ist doch schon immer was und mitunter sogar sehr viel.« Auf diese warme Verteidigung Willibald Schmidts hin war Friedeberg dem Kreise verblieben. Schmidt durfte sich überhaupt als die Seele des Kränzchens betrachten, dessen Namengebung ›Die sieben Waisen Griechenlands‹ ebenfalls auf ihn zurückzuführen war. Immanuel Schultze, meist in der Opposition und außerdem ein Gottfried-Keller-Schwärmer, hatte seinerseits ›Das Fähnlein der sieben Aufrechten‹ vorgeschlagen, war aber damit nicht durchgedrungen, weil, wie Schmidt betonte, diese Bezeichnung einer Entlehnung gleichgekommen wäre ›Die sieben Waisen‹ klänge freilich ebenfalls entlehnt, aber das sei bloß Ohr- und Sinnestäuschung: das ›a‹, worauf es recht eigentlich ankomme, verändere nicht nur mit einem Schlage die ganze Situation, sondern erziele sogar den denkbar höchsten Standpunkt, den der Selbstironie.

Wie sich von selbst versteht, zerfiel die Gesellschaft, wie jede Vereinigung der Art, in fast ebenso viele Parteien, wie sie Mitglieder zählte, und nur dem Umstande, daß die drei vom Großen-Kurfürsten-Gymnasium, außer der Zusammengehörigkeit, die diese gemeinschaftliche Stellung gab, auch noch verwandt und verschwägert waren (Kuh war Schwager, Immanuel Schultze Schwiegersohn von Rindfleisch), nur diesem Umstande war es zuzuschreiben, daß die vier anderen, und zwar aus einer Art Selbsterhaltungstrieb, ebenfalls eine Gruppe bildeten und bei Beschlußfassungen meist zusammengingen. Hinsichtlich Schmidts und Distelkamps konnte dies nicht weiter überraschen, da sie von alter Zeit her Freunde waren; zwischen Etienne und Friedeberg aber klaffte für gewöhnlich ein tiefer Abgrund, der sich ebensosehr in ihrer voneinander abweichenden Erscheinung wie in ihren verschiedenen Lebensgewohnheiten aussprach. Etienne, sehr elegant, versäumte nie, während der großen Ferien mit Nachurlaub nach Paris zu gehen, während sich Friedeberg, angeblich um seiner Malstudien willen, auf die Woltersdorfer-Schleuse (die landschaftlich unerreicht dastände) zurückzog. Natürlich war dies alles nur Vorgabe. Der wirkliche Grund war der, daß Friedeberg, bei ziemlich beschränkter Finanzlage, nach dem erreichbar Nächstliegenden griff und überhaupt Berlin nur verließ, um von seiner Frau – mit der er seit Jahren immer dicht vor der Scheidung stand – auf einige Wochen loszukommen. In einem sowohl die Handlungen wie die Worte seiner Mitglieder kritischer prüfenden Kreise hätte diese Finte notwendig verdrießen müssen; indessen Offenheit und Ehrlichkeit im Verkehr mit- und untereinander waren keinesfalls ein hervorstechender Zug der ›sieben Waisen‹, eher das Gegenteil. So versicherte beispielsweise jeder, »ohne den ›Abend‹ eigentlich nicht leben zu können«, was in Wahrheit nicht ausschloß, daß immer nur *die* kamen, die nichts Besseres vorhatten; Theater und Skat gingen weit vor und sorgten dafür, daß Unvollständigkeit der Versammlung die Regel war und nicht mehr auffiel.

Heute aber schien es sich schlimmer als gewöhnlich gestalten zu wollen. Die Schmidtsche Wanduhr, noch ein Erbstück vom Großvater her, schlug bereits halb, halb neun, und noch war niemand da außer Etienne, der, wie Marcell, zu den Intimen des Hauses zählend, kaum als Gast und Besuch gerechnet wurde.

»Was sagst du, Etienne«, wandte sich jetzt Schmidt an diesen, »was sagst du zu dieser Saumseligkeit? Wo bleibt Distelkamp? Wenn auch auf den kein Verlaß mehr ist (›die Douglas waren immer treu‹), so geht der ›Abend‹ aus den Fugen, und ich werde Pessimist und nehme für den Rest meiner Tage Schopenhauer und Eduard von Hartmann untern Arm.«

Während er noch so sprach, ging draußen die Klingel, und einen Augenblick später trat Distelkamp ein.

»Entschuldige, Schmidt, ich habe mich verspätet. Die Details erspar ich dir und unserem Freunde Etienne. Auseinandersetzungen, weshalb man zu spät kommt, selbst wenn sie wahr, sind nicht viel besser als Krankengeschichten. Also lassen wir's. Inzwischen bin ich überrascht, trotz meiner Verspätung immer noch der eigentlich erste zu sein. Denn Etienne gehört ja so gut wie zur Familie. Die Großen Kurfürstlichen aber! Wo sind sie? Nach Kuh und unserem Freunde Immanuel frag ich nicht erst, die sind bloß ihres Schwagers und Schwiegervaters Klientel. Rindfleisch selbst aber – wo steckt er?«

»Rindfleisch hat abgeschrieben; er sei heut in der ›Griechischen‹.«

»Ach, das ist Torheit. Was will er in der ›Griechischen‹? Die sieben Waisen gehen vor. Er findet hier wirklich mehr.«

»Ja, das sagst du so, Distelkamp. Aber es liegt doch wohl anders. Rindfleisch hat nämlich ein schlechtes Gewissen, ich könnte vielleicht sagen: mal wieder ein schlechtes Gewissen.«

»Dann gehört er erst recht hierher; hier kann er beichten. Aber um was handelt es sich denn eigentlich? Was ist es?«

»Er hat da mal wieder einen Schwupper gemacht, irgendwas verwechselt, ich glaube Phrynichos, den Tragiker, mit Phrynichos, dem Lustspieldichter. War es nicht so, Etienne? (Dieser nickte), und die Sekundaner haben nun mit lirum-larum einen Vers auf ihn gemacht ...«

»Und?«

»Und da gilt es denn, die Scharte, so gut es geht, wieder auszuwetzen, wozu die ›Griechische‹ mit dem Lustre, das sie gibt, das immerhin beste Mittel ist.«

Distelkamp, der sich mittlerweile seinen Meerschaum angezündet und in die Sofaecke gesetzt hatte, lächelte bei der ganzen Geschichte behaglich vor sich hin und sagte dann: »Alles

Schnack. Glaubst du's? Ich nicht. Und wenn es zuträfe, so bedeutet es nicht viel, eigentlich gar nichts. Solche Schnitzer kommen immer vor, passieren jedem. Ich will dir mal was erzählen, Schmidt, was, als ich noch jung war und in Quarta brandenburgische Geschichte vortragen mußte – was damals, sag ich, einen großen Eindruck auf mich machte.«

»Nun laß hören. Was war's?«

»Ja, was war's. Offen gestanden, meine Wissenschaft, zum wenigsten was unser gutes Kurbrandenburg anging, war nicht weit her, ist es auch jetzt noch nicht, und als ich so zu Hause saß und mich notdürftig vorbereitete, da las ich – denn wir waren gerade beim ersten König – allerhand Biographisches und darunter auch was vom alten General Barfus, der, wie die meisten damaligen, das Pulver nicht erfunden hatte, sonst aber ein kreuzbraver Mann war. Und dieser Barfus präsidierte, während der Belagerung von Bonn, einem Kriegsgericht, drin über einen jungen Offizier abgeurteilt werden sollte.«

»So, so. Nun, was war es denn?«

»Der Abzuurteilende hatte sich, das Mindeste zu sagen, etwas unheldisch benommen, und alle waren für ›Schuldig und Totschießen‹. Nur der alte Barfus wollte nichts davon wissen und sagte: ›Drücken wir ein Auge zu, meine Herren. Ich habe dreißig Renkontres mitgemacht, und ich muß Ihnen sagen, ein Tag ist nicht wie der andere, und der Mensch ist ungleich und das Herz auch und der Mut erst recht. Ich habe mich manches Mal auch feige gefühlt. Solange es geht, muß man Milde walten lassen, denn jeder kann sie brauchen.‹«

»Höre Distelkamp«, sagte Schmidt, »das ist eine gute Geschichte, dafür dank ich dir, und so alt ich bin, *die* will ich mir doch hinter die Ohren schreiben. Denn weiß Gott, ich habe mich auch schon blamiert, und wiewohl es die Jungens nicht bemerkt haben, wenigstens ist mir nichts aufgefallen, so hab ich es doch selber bemerkt und mich hinterher riesig geärgert und geschämt. Nicht wahr, Etienne, so was ist immer fatal; oder kommt es im Französischen nicht vor, wenigstens dann nicht, wenn man alle Juli nach Paris reist und einen neuen Band Maupassant mit heimbringt? Das ist ja wohl jetzt das Feinste? Verzeih die kleine Malice! Rindfleisch ist überdies ein kreuzbraver Kerl, nomen et omen, und eigentlich der beste, besser als Kuh und namentlich besser als unser Freund Immanuel Schultze. Der hat's hinter den Ohren und ist ein Schlieker. Er grient immer und gibt sich das Ansehen, als ob er dem Bilde zu Sais irgendwie und -wo unter den Schleier geguckt hätte, wovon er weit ab ist. Denn er löst nicht mal das Rätsel von seiner eigenen Frau, an der manches verschleiert oder auch nicht verschleiert sein soll, als ihm, dem Ehegesponsen, lieb sein kann.«

»Schmidt, du hast heute mal wieder deinen medisanten Tag. Eben hab ich den armen Rindfleisch aus deinen Fängen gerettet, ja, du hast sogar Besserung versprochen, und schon stürzest du dich wieder auf den unglücklichen Schwiegersohn. Im übrigen, wenn ich an Immanuel etwas tadeln sollte, so läge es nach einer ganz anderen Seite hin.«

»Und das wäre?«

»Daß er keine Autorität hat. Wenn er sie zu Hause nicht hat, nun, traurig genug. Indessen, das geht uns nichts an. Aber daß er sie, nach allem, was ich höre, auch in der Klasse nicht hat, *das* ist schlimm. Sieh, Schmidt, das ist die Kränkung und der Schmerz meiner letzten Lebensjahre, daß ich den kategorischen Imperativ immer mehr hinschwinden sehe. Wenn ich da an den alten Weber denke! Von dem heißt es, wenn er in die Klasse trat, so hörte man den Sand durch das Stundenglas fallen, und kein Primaner wußte mehr, daß es überhaupt möglich sei, zu flüstern oder gar vorzusagen. Und außer seinem eigenen Sprechen, ich meine Webers, war nichts hörbar als das Knistern, wenn die Horazseiten umgeblättert wurden. Ja, Schmidt, *das* waren Zeiten, da verlohnte sich's, ein Lehrer und ein Direktor zu sein. Jetzt treten die Jungens in der Konditorei an einen heran und sagen: ›Wenn Sie gelesen haben, Herr Direktor, dann bitt ich …‹«

Schmidt lachte. »Ja, Distelkamp, so sind sie jetzt, das ist die neue Zeit, das ist wahr. Aber ich kann mich nicht darüber ägrieren. Wie waren denn, bei Lichte besehen, die großen Würdenträger mit ihrem Doppelkinn und ihren Pontacnasen? Schlemmer waren es, die den Burgunder viel besser kannten als den Homer. Da wird immer von alten, einfachen Zeiten geredet; dummes Zeug! Sie müssen ganz gehörig gepichelt haben, das sieht man noch an ihren Bildern in der Aula. Nu ja, Selbstbewußtsein und eine steifleinene Grandezza, das alles hatten sie, das soll ihnen zugestanden sein. Aber wie sah es sonst aus?«

»Besser als heute.«

»Kann ich nicht finden, Distelkamp. Als ich noch unsere Schulbibliothek unter Aufsicht hatte, Gott sei Dank, daß ich nichts mehr damit zu tun habe, da hab ich öfter in die Schulprogramme hineingeguckt und in die Dissertationen und ›Aktusse‹, wie sie vordem in Schwung waren. Nun, ich weiß wohl, jede Zeit denkt, sie sei was Besonderes, und die, die kommen, mögen meinetwegen auch über uns lachen; aber sieh, Distelkamp, vom gegenwärtigen Standpunkt unseres Wissens, oder sag ich auch bloß, unseres Geschmacks aus, darf doch am Ende gesagt werden, es war etwas Furchtbares mit dieser Perückengelehrsamkeit, und die stupende Wichtigkeit, mit der sie sich gab, kann uns nur noch erheitern. Ich weiß nicht, unter wem es war, ich glaube unter Rodegast, da kam es in Mode – vielleicht weil er persönlich einen Garten vorm Rosentaler hatte –, die Stoffe für die öffentlichen Reden und ähnliches aus der Gartenkunde zu nehmen, und sieh, da hab ich Dissertationen gelesen über das Hortikulturliche des Paradieses, über die Beschaffenheit des Gartens zu Gethsemane und über die mutmaßlichen Anlagen im Garten des Joseph von Arimathia. Garten und immer wieder Garten. Nun, was sagst du dazu?«

»Ja, Schmidt, mit dir ist schlecht fechten. Du hast immer das Auge für das Komische gehabt. Das greifst du nun heraus, spießest es auf deine Nadel und zeigst es der Welt. Aber was daneben lag und viel wichtiger war, das lässest du liegen. Du hast schon sehr richtig hervorgehoben, daß man über unsere Lächerlichkeiten auch lachen wird. Und wer bürgt uns dafür, daß wir nicht jeden Tag in Untersuchungen eintreten, die noch viel toller sind als die hortikulturlichen Untersuchungen über das Paradies. Lieber Schmidt, das Entscheidende bleibt doch immer der Charakter, nicht der eitle, wohl aber der gute, ehrliche Glaube an uns selbst. *Bona fide* müssen wir vorgehen. Aber mit unsrer ewigen Kritik, eventuell auch Selbstkritik, geraten wir in eine *mala fides* hinein und mißtrauen uns selbst und dem, was wir zu sagen haben. Und ohne Glauben an uns und unsere Sache keine rechte Lust und Freudigkeit und auch kein Segen, am wenigsten Autorität. Und das ist es, was ich beklage. Denn wie kein Heerwesen ohne Disziplin, so kein Schulwesen ohne Autorität. Es ist damit wie mit dem Glauben. Es ist nicht nötig, daß das Richtige geglaubt wird, aber daß überhaupt geglaubt wird, darauf kommt es an. In jedem Glauben stecken geheimnisvolle Kräfte und ebenso in der Autorität.«

Schmidt lächelte. »Distelkamp, ich kann da nicht mit. Ich kann's in der Theorie gelten lassen, aber in der Praxis ist es bedeutungslos geworden. Gewiß kommt es auf das Ansehen vor den Schülern an. Wir gehen nur darin auseinander, aus welcher Wurzel das Ansehen kommen soll. Du willst alles auf den Charakter zurückführen und denkst, wenn du es auch nicht aussprichst: ›Und wenn ihr euch nur selbst vertraut, vertrauen euch auch die anderen Seelen.‹ Aber, teurer Freund, das ist just das, was ich bestreite. Mit dem bloßen Glauben an sich, oder gar, wenn du den Ausdruck gestattest, mit der geschwollenen Wichtigtuerei, mit der Pompositât ist es heutzutage nicht mehr getan. An die Stelle dieser veralteten Macht ist die reelle Macht des wirklichen Wissens und Könnens getreten, und du brauchst nur Umschau zu halten, so wirst du jeden Tag sehen, daß Professor Hammerstein, der bei Spichern mitgestürmt und eine gewisse Premierleutnantshaltung von daher beibehalten hat, daß Hammerstein, sag ich, seine Klasse nicht regiert, während unser Agathon Knurzel, der aussieht wie Mr. Punch und einen Doppelbuckel, aber freilich auch einen Doppelgrips hat, die Klasse mit seinem kleinen Raubvogelgesicht in der Furcht des Herrn hält. Und nun besonders unsere Berliner Jungens, die gleich weghaben, wie schwer einer wiegt. Wenn einer von den Alten aus dem Grabe käme, mit Stolz und Hoheit angetan, und eine hortikulturelle Beschreibung des Paradieses forderte, wie würde der fahren mit all seiner Würde? Drei Tage später wäre er im Kladderadatsch, und die Jungens selber hätten das Gedicht gemacht.«

»Und doch bleibt es dabei, Schmidt, mit den Traditionen der alten Schule steht und fällt die höhere Wissenschaft.«

»Ich glaub es nicht. Aber wenn es wäre, wenn die höhere Weltanschauung, d. h. das, was wir so nennen, wenn das alles fallen müßte, nun, so laß es fallen. Schon Attinghausen, der doch selber alt war, sagte: ›Das Alte stürzt, es ändert sich die Zeit.‹ Und wir stehen sehr stark vor solchem Umwandlungsprozeß oder richtiger, wir sind schon drin. Muß ich dich daran erinnern, es gab eine Zeit, wo das Kirchliche Sache der Kirchenleute war. Ist es noch so? Nein. Hat die Welt verloren? Nein. Es ist vorbei mit den alten Formen, und auch unsere Wissenschaftlichkeit wird davon keine Ausnahme machen. Sieh hier ...«, und er schleppte von einem kleinen

Nebentisch ein großes Prachtwerk herbei ... »sieh hier *das*. Heute mir zugeschickt, und ich werde es behalten, so teuer es ist. Heinrich Schliemanns Ausgrabungen zu Mykenä. Ja, Distelkamp, wie stehst du dazu?«

»Zweifelhaft genug.«

»Kann ich mir denken. Weil du von den alten Anschauungen nicht los willst. Du kannst dir nicht vorstellen, daß jemand, der Tüten geklebt und Rosinen verkauft hat, den alten Priamus ausbuddelt, und kommt er nun gar ins Agamemnonsche hinein und sucht nach dem Schädelriß, aegisthschen Angedenkens, so gerätst du in helle Empörung. Aber ich kann mir nicht helfen, du hast unrecht. Freilich, man muß was leisten; *hic Rhodus, hic salta;* aber wer springen kann, der springt, gleichviel ob er's aus der Georgia-Augusta- oder aus der Klippschule hat. Im übrigen will ich abbrechen; am wenigsten hab ich Lust, dich mit Schliemann zu ärgern, der von Anfang an deine Renonce war. Die Bücher liegen hier bloß wegen Friedeberg, den ich der beigegebenen Zeichnungen halber fragen will. Ich begreife nicht, daß er nicht kommt oder richtiger, nicht schon da ist. Denn daß er kommt, ist unzweifelhaft, er hätte sonst abgeschrieben, artiger Mann, der er ist.«

»Ja, das ist er«, sagte Etienne, »das hat er noch aus dem Semitismus mit rübergenommen.«

»Sehr wahr«, fuhr Schmidt fort, »aber wo er's herhat, ist am Ende gleichgültig. Ich bedauere mitunter, Urgermane, der ich bin, daß wir nicht auch irgendwelche Bezugsquelle für ein bißchen Schliff und Politesse haben; es braucht ja nicht gerade dieselbe zu sein. Diese schreckliche Verwandtschaft zwischen Teutoburger Wald und Grobheit ist doch mitunter störend. Friedeberg ist ein Mann, der, wie Max Piccolomini – sonst nicht gerade sein Vorbild, auch nicht mal in der Liebe – der ›Sitten Freundlichkeit‹ allerzeit kultiviert hat, und es bleibt eigentlich nur zu beklagen, daß seine Schüler nicht immer das richtige Verständnis dafür haben. Mit anderen Worten, sie spielen ihm auf der Nase ...«

»Das uralte Schicksal der Schreib- und Zeichenlehrer ...«

»Freilich. Und am Ende muß es auch so gehen und geht auch. Aber lassen wir die heikle Frage. Laß mich lieber auf Mykenä zurückkommen und sage mir deine Meinung über die Goldmasken. Ich bin sicher, wir haben da ganz was Besonderes, so das recht Eigentlichste. Jeder Beliebige kann doch nicht bei seiner Bestattung eine Goldmaske getragen haben, doch immer nur die Fürsten, also mit höchster Wahrscheinlichkeit Orests und Iphigeniens unmittelbare Vorfahren. Und wenn ich mir dann vorstelle, daß diese Goldmasken genau nach dem Gesicht geformt wurden, gerade wie wir jetzt eine Gips- oder Wachsmaske formen, so hüpft mir das Herz bei der doch mindestens zulässigen Idee, daß dies hier« – und er wies auf eine aufgeschlagene Bildseite –, »daß dies hier das Gesicht des Atreus ist oder seines Vaters oder seines Onkels ...«

»Sagen wir seines Onkels.«

»Ja, du spottest wieder, Distelkamp, trotzdem du mir doch selber den Spott verboten hast. Und das alles bloß, weil du der ganzen Sache mißtraust und nicht vergessen kannst, daß er, ich meine natürlich Schliemann, in seinen Schuljahren über Strelitz und Fürstenberg nicht rausgekommen ist. Aber lies nur, was Virchow von ihm sagt. Und Virchow wirst du doch gelten lassen.«

In diesem Augenblicke hörte man draußen die Klingel gehen. »Ah, *lupus in fabula.* Das ist er. Ich wußte, daß er uns nicht im Stiche lassen würde ...«

Und kaum, daß Schmidt diese Worte gesprochen, trat Friedeberg auch schon herein, und ein reizender, schwarzer Pudel, dessen rote Zunge, wahrscheinlich von angestrengtem Laufe, weit heraushing, sprang auf die beiden alten Herren zu und umschmeichelte abwechselnd Schmidt und Distelkamp. An Etienne, der ihm zu elegant war, wagte er sich nicht heran.

»Aber alle Wetter, Friedeberg, wo kommen Sie so spät her?«

»Freilich, freilich, und sehr zu meinem Bedauern. Aber der Fips hier treibt es zu arg oder geht in seiner Liebe zu mir zu weit, wenn ein Zuweitgehen in der Liebe überhaupt möglich ist. Ich bildete mir ein, ihn eingeschlossen zu haben, und mache mich zu rechter Zeit auf den Weg. Gut. Und nun denken Sie, was geschieht? Als ich hier ankomme, wer ist da, wer wartet auf mich? Natürlich Fips. Ich bring ihn wieder zurück bis in meine Wohnung und übergeb ihn dem Portier, meinem guten Freunde – man muß in Berlin eigentlich sagen, meinem Gönner. Aber, aber, was ist das Resultat all meiner Anstrengungen und guten Worte? Kaum bin ich wieder hier, so ist auch Fips wieder da. Was sollt ich am Ende machen? Ich hab ihn wohl oder übel mit hereingebracht und bitt' um Entschuldigung für ihn und für mich.«

»Hat nichts auf sich«, sagte Schmidt, während er sich zugleich freundlich mit dem Hunde beschäftigte. »Reizendes Tier und so zutunlich und fidel. Sagen Sie, Friedeberg, wie schreibt er sich eigentlich? f oder ph? Phips mit ph ist englisch, also vornehmer. Im übrigen ist er, wie seine Rechtschreibung auch sein möge, für heute abend mit eingeladen und ein durchaus willkommener Gast, vorausgesetzt, daß er nichts dagegen hat, in der Küche sozusagen am Trompetertisch Platz zu nehmen. Für meine gute Schmolke bürge ich. Die hat eine Vorliebe für Pudel, und wenn sie nun gar von seiner Treue hört …«

»So wird sie«, warf Distelkamp ein, »ihm einen Extrazipfel schwerlich versagen.«

»Gewiß nicht. Und darin stimme ich meiner guten Schmolke von Herzen bei. Denn die Treue, von der heutzutage jeder red't, wird in Wahrheit immer rarer, und Fips predigt in seiner Stadtgegend, soviel ich weiß, umsonst.«

Diese von Schmidt anscheinend leicht und wie im Scherze hingesprochenen Worte richteten sich doch ziemlich ernsthaft an den sonst gerade von ihm protegierten Friedeberg, dessen stadtkundig unglückliche Ehe, neben anderem, auch mit einem entschiedenen Mangel an Treue, besonders während seiner Mal- und Landschaftsstudien auf der Woltersdorfer Schleuse, zusammenhing. Friedeberg fühlte den Stich auch sehr wohl heraus und wollte sich durch eine Verbindlichkeit gegen Schmidt aus der Affäre ziehen, kam aber nicht dazu, weil in eben diesem Augenblicke die Schmolke eintrat und unter einer Verbeugung gegen die anderen Herren ihrem Professor ins Ohr flüsterte, »daß angerichtet sei«.

»Nun, liebe Freunde, dann bitt' ich …« Und Distelkamp an der Hand nehmend, schritt er, unter Passierung des Entrees, auf das Gesellschaftszimmer zu, drin die Abendtafel gedeckt war. Ein eigentliches Eßzimmer hatte die Wohnung nicht. Friedeberg und Etienne folgten.

7. KAPITEL

Das Zimmer war dasselbe, in welchem Corinna, am Tage zuvor, den Besuch der Kommerzienrätin empfangen hatte. Der mit Lichtern und Weinflaschen gut besetzte Tisch stand, zu vieren gedeckt, in der Mitte; darüber hing eine Hängelampe. Schmidt setzte sich, mit dem Rücken gegen den Fensterpfeiler, seinem Freunde Friedeberg gegenüber, der seinerseits von seinem Platz aus zugleich den Blick in den Spiegel hatte. Zwischen den blanken Messingleuchtern standen ein paar auf einem Basar gewonnene Porzellanvasen, aus deren halb gezahnter, halb wellenförmiger Öffnung – *dentatus et undulatus,* sagte Schmidt – kleine Marktsträuße von Goldlack und Vergißmeinnicht hervorwuchsen. Quer vor den Weingläsern lagen lange Kümmelbrote, denen der Gastgeber, wie allem Kümmlichen, eine ganz besondere Fülle gesundheitlicher Gaben zuschrieb.

Das eigentliche Gericht fehlte noch, und Schmidt, nachdem er sich von dem statutarisch festgesetzten Trarbacher bereits zweimal eingeschenkt, auch beide Knusperspitzen von seinem Kümmelbrötchen abgebrochen hatte, war ersichtlich auf dem Punkte, starke Spuren von Mißstimmung und Ungeduld zu zeigen, als sich endlich die zum Entree führende Tür auftat, und die Schmolke, rot von Erregung und Herdfeuer, eintrat, eine mächtige Schüssel mit Oderkrebsen vor sich her tragend. »Gott sei Dank«, sagte Schmidt, »ich dachte schon, alles wäre den Krebsgang gegangen«, eine unvorsichtige Bemerkung, die die Kongestionen der Schmolke nur noch steigerte, das Maß ihrer guten Laune aber ebensosehr sinken ließ. Schmidt, seinen Fehler rasch erkennend, war kluger Feldherr genug, durch einige Verbindlichkeiten die Sache wieder auszugleichen. Freilich nur mit halbem Erfolg.

Als man wieder allein war, unterließ es Schmidt nicht, sofort den verbindlichen Wirt zu machen. Natürlich auf seine Weise. »Sieh, Distelkamp, dieser hier ist für dich. Er hat eine große und eine kleine Schere, und das sind immer die besten. Es gibt Spiele der Natur, die mehr sind als bloßes Spiel und dem Weisen als Wegweiser dienen; dahin gehören beispielsweise die Pontacapfelsinen und die Borsdorfer mit einer Pocke. Denn es steht fest, je pockenreicher, desto schöner … Was wir hier vor uns haben, sind Oderbruchkrebse; wenn ich recht berichtet bin, aus der Küstriner Gegend. Es scheint, daß durch die Vermählung von Oder und Warthe besonders gute Resultate vermittelt werden. Übrigens, Friedeberg, sind Sie nicht eigentlich da zu

Haus? Ein halber Neumärker oder Oderbrücher?« Friedeberg bestätigte. »Wußt es; mein Gedächtnis täuscht mich selten. Und nun sagen Sie, Freund, ist dies nach Ihren persönlichen Erfahrungen mutmaßlich als streng lokale Produktion anzusehen, oder ist es mit den Oderbruchkrebsen wie mit den Werderschen Kirschen, deren Gewinnungsgebiet sich nächstens über die ganze Provinz Brandenburg erstrecken wird?«

»Ich glaube doch«, sagte Friedeberg, während er durch eine geschickte, durchaus den Virtuosen verratende Gabelwendung einen weiß und rosa schimmernden Krebsschwanz aus seiner Stachelschale hob, »ich glaube doch, daß hier ein Segeln unter zuständiger Flagge stattfindet und daß wir auf dieser Schüssel wirkliche Oderkrebse vor uns haben, echteste Ware, nicht bloß dem Namen nach, sondern auch *de facto.*«

»*De facto*«, wiederholte der in Friedebergs Latinität eingeweihte Schmidt unter behaglichem Schmunzeln.

Friedeberg aber fuhr fort: »Es werden nämlich, um Küstrin herum, immer noch Massen gewonnen, trotzdem es nicht mehr das ist, was es war. Ich habe selbst noch Wunderdinge davon gesehen, aber freilich nichts im Vergleich zu dem, was die Leute von alten Zeiten her erzählten. Damals, vor hundert Jahren oder vielleicht auch noch länger, gab es so viele Krebse, daß sie durchs ganze Bruch hin, wenn sich im Mai das Überschwemmungswasser wieder verlief, von den Bäumen geschüttelt wurden, zu vielen Hunderttausenden.«

»Dabei kann einem ja ordentlich das Herz lachen«, sagte Etienne, der ein Feinschmecker war.

»Ja, hier an diesem Tisch, aber dort in der Gegend lachte man nicht darüber. Die Krebse waren wie eine Plage, natürlich ganz entwertet, und bei der dienenden Bevölkerung, die damit geatzt werden sollte, so verhaßt und dem Magen der Leute so widerwärtig, daß es verboten war, dem Gesinde *mehr* als dreimal wöchentlich Krebse vorzusetzen. Ein Schock Krebse kostete einen Pfennig.«

»Ein Glück, daß das die Schmolke nicht hört«, warf Schmidt ein, »sonst würd' ihr ihre Laune zum zweiten Male verdorben. Als richtige Berlinerin ist sie nämlich für ewiges Sparen, und ich glaube nicht, daß sie die Tatsache ruhig verwinden würde, die Epoche von ›ein Pfennig pro Schock‹ so total versäumt zu haben.«

»Darüber darfst du nicht spotten, Schmidt«, sagte Distelkamp. »Das ist eine Tugend, die der modernen Welt, neben vielem anderen, immer mehr verlorengeht.«

»Ja, da sollst du recht haben. Aber meine gute Schmolke hat doch auch in diesem Punkte *les défauts de ses vertus.* So heißt es ja wohl, Etienne?«

»Gewiß«, sagte dieser. »Von der George Sand. Und fast ließe sich sagen ›*les défauts de ses vertus*‹ und ›*comprendre c'est pardonner*‹ – das sind so recht eigentlich die Sätze, wegen deren sie gelebt hat.«

»Und dann vielleicht auch von wegen dem Alfred de Musset«, ergänzte Schmidt, der nicht gern eine Gelegenheit vorübergehen ließ, sich aller Klassizität unbeschadet auch ein modern literarisches Ansehen zu geben.

»Ja, wenn man will, auch von wegen dem Alfred de Musset. Aber das sind Dinge, daran die Literaturgeschichte glücklicherweise vorübergeht.«

»Sage das nicht, Etienne, nicht glücklicherweise, sage leider. Die Geschichte geht fast immer an dem vorüber, was sie vor allem festhalten sollte. Daß der Alte Fritz am Ende seiner Tage dem damaligen Kammergerichtspräsidenten, Namen hab ich vergessen, den Krückstock an den Kopf warf, und, was mir noch wichtiger ist, daß er durchaus bei seinen Hunden begraben sein wollte, weil er die Menschen, diese ›mechante Rasse‹, so gründlich verachtete – sieh, Freund, das ist mir mindestens ebensoviel wert wie Hohenfriedberg oder Leuthen. Und die berühmte Torgauer Ansprache ›Rackers, wollt ihr denn ewig leben‹ geht mir eigentlich noch über Torgau selbst.«

Distelkamp lächelte. »Das sind so Schmidtiana. Du warst immer fürs Anekdotische, fürs Genrehafte. Mir gilt in der Geschichte nur das Große, nicht das Kleine, das Nebensächliche.«

»Ja und nein, Distelkamp. Das Nebensächliche, soviel ist richtig, gilt nichts, wenn es bloß nebensächlich ist, wenn nichts drin steckt. Steckt aber was drin, dann ist es die Hauptsache, denn es gibt einem dann immer das eigentlich Menschliche.«

»Poetisch magst du recht haben.«

»Das Poetische – vorausgesetzt, daß man etwas anderes darunter versteht als meine Freundin Jenny Treibel –, das Poetische hat immer recht; es wächst weit über das Historische hinaus ...«

Es war dies ein Schmidtsches Lieblingsthema, drin der alte Romantiker, der er eigentlich mehr als alles andere war, jedesmal so recht zur Geltung kam; aber heute sein Steckenpferd zu reiten verbot sich ihm doch, denn ehe er noch zu wuchtiger Auseinandersetzung ausholen konnte, hörte man Stimmen vom Entree her, und im nächsten Augenblick traten Marcell und Corinna ein, Marcell befangen und fast verstimmt, Corinna nach wie vor in bester Laune. Sie ging zur Begrüßung auf Distelkamp zu, der ihr Pate war und ihr immer kleine Verbindlichkeiten sagte. Dann gab sie Friedeberg und Etienne die Hand und machte den Schluß bei ihrem Vater, dem sie, nachdem er sich auf ihre Ordre mit der breit vorgebundenen Serviette den Mund abgeputzt hatte, einen herzhaften Kuß gab.

»Nun, Kinder, was bringt ihr? Rückt hier ein. Platz die Hülle und Fülle. Rindfleisch hat abgeschrieben ... Griechische Gesellschaft ... und die beiden anderen fehlen als Anhängsel natürlich von selbst. Aber kein anzügliches Wort mehr, ich habe ja Besserung geschworen und will's halten. Also, Corinna, du drüben neben Distelkamp, Marcell hier zwischen Etienne und mir. Ein Besteck wird die Schmolke wohl gleich bringen ... So; so ist's recht ... Und wie sich das gleich anders ausnimmt! Wenn so Lücken klaffen, denk ich immer, Banquo steigt auf. Nun, Gott sei Dank, Marcell, von Banquo hast du nicht viel, oder wenn doch vielleicht, so verstehst du's, deine Wunden zu verbergen. Und nun erzählt, Kinder. Was macht Treibel? Was macht meine Freundin Jenny? Hat sie gesungen? Ich wette, das ewige Lied, *mein* Lied, die berühmte Stelle: ›Wo sich Herzen finden‹, und Adolar Krola hat begleitet. Wenn ich dabei nur mal in Krolas Seele lesen könnte. Vielleicht aber steht er doch milder und menschlicher dazu. Wer jeden Tag zu zwei Diners geladen ist und mindestens anderthalb mitmacht ... Aber bitte, Corinna, klingle.«

»Nein, ich gehe lieber selbst, Papa. Die Schmolke läßt sich nicht gern klingeln; sie hat so ihre Vorstellungen von dem, was sie sich und ihrem Verstorbenen schuldig ist. Und ob ich wiederkomme, die Herren wollen verzeihen, weiß ich auch nicht; ich glaube kaum. Wenn man solchen Treibelschen Tag hinter sich hat, ist es das schönste, darüber nachzudenken, wie das alles so kam und was einem alles gesagt wurde. Marcell kann ja statt meiner berichten. Und nur noch soviel, ein höchst interessanter Engländer war mein Tischnachbar, und wer es von Ihnen vielleicht nicht glauben will, daß er so sehr interessant gewesen, dem brauche ich bloß den Namen zu nennen, er hieß nämlich Nelson. Und nun Gott befohlen.«

Und damit verabschiedete sich Corinna.

Das Besteck für Marcell kam, und als dieser, nur um des Onkels gute Laune nicht zu stören, um einen Kost- und Probekrebs gebeten hatte, sagte Schmidt: »Fange nur erst an. Artischocken und Krebse kann man immer essen, auch wenn man von einem Treibelschen Diner kommt. Ob sich vom Hummer dasselbe sagen läßt, mag dahingestellt bleiben. Mir persönlich ist allerdings auch der Hummer immer gut bekommen. Ein eigen Ding, daß man aus Fragen der Art nie herauswächst, sie wechseln bloß ab im Leben. Ist man jung, so heißt es ›hübsch oder häßlich‹, ›brünett oder blond‹, und liegt dergleichen hinter einem, so steht man vor der vielleicht wichtigeren Frage ›Hummer oder Krebse‹. Wir könnten übrigens darüber abstimmen. Andererseits, soviel muß ich zugeben, hat Abstimmung immer was Totes, Schablonenhaftes und paßt mir außerdem nicht recht; ich möchte nämlich Marcell gern ins Gespräch ziehen, der eigentlich dasitzt, als sei ihm die Gerste verhagelt. Also lieber Erörterung der Frage, Debatte. Sage, Marcell, was ziehst du vor?«

»Versteht sich, Hummer.«

»Schnell fertig ist die Jugend mit dem Wort. Auf den ersten Anlauf, mit ganz wenig Ausnahmen, ist jeder für Hummer, schon weil er sich auf Kaiser Wilhelm berufen kann. Aber so schnell erledigt sich das nicht. Natürlich, wenn solch ein Hummer aufgeschnitten vor einem liegt, und der wundervolle rote Rogen, ein Bild des Segens und der Fruchtbarkeit, einem zu allem anderen auch noch die Gewißheit gibt, ›es wird immer Hummer geben‹, auch nach Äonen noch, gerade so wie heute ...«

Distelkamp sah seinen Freund Schmidt von der Seite her an. »... Also einem die Gewißheit gibt, auch nach Äonen noch werden Menschenkinder sich dieser Himmelsgabe freuen – ja, Freunde, wenn man sich mit diesem Gefühl des Unendlichen durchdringt, so kommt das darin liegende Humanitäre dem Hummer und unserer Stellung zu ihm unzweifelhaft zugute. Denn jede philanthropische Regung, weshalb man die Philanthropie schon aus Selbstsucht kultivieren sollte, bedeutet die Mehrung eines gesunden und zugleich verfeinerten Appetits. Alles Gute hat seinen Lohn in sich, soviel ist unbestreitbar.«

»Aber ...«

»Aber es ist trotzdem dafür gesorgt, auch hier, daß die Bäume nicht in den Himmel wachsen, und neben dem Großen hat das Kleine nicht bloß seine Berechtigung, sondern auch seine Vorzüge. Gewiß, dem Krebse fehlt dies und das, er hat sozusagen nicht das ›Maß‹, was in einem Militärstaate wie Preußen immerhin etwas bedeutet, aber dem ohnerachtet, auch *er* darf sagen: ich habe nicht umsonst gelebt. Und wenn er dann, er, der Krebs, in Petersilienbutter geschwenkt, im allerappetitlichsten Reize vor uns hintritt, so hat er Momente wirklicher Überlegenheit, vor allem auch darin, daß sein Bestes nicht eigentlich gegessen, sondern geschlürft, gesogen wird. Und daß gerade das in der Welt des Genusses seine besonderen Meriten hat, wer wollte das bestreiten? Es ist, sozusagen, das natürlich Gegebene. Wir haben da in erster Reihe den Säugling, für den saugen zugleich leben heißt. Aber auch in den höheren Semestern ...«

»Laß es gut sein, Schmidt«, unterbrach Distelkamp. »Mir ist nur immer merkwürdig, daß du neben Homer und sogar neben Schliemann mit solcher Vorliebe Kochbuchliches behandelst, reine Menufragen, als ob du zu den Bankiers und Geldfürsten gehörtest, von denen ich bis auf weiteres annehme, daß sie gut essen ...«

»Mir ganz unzweifelhaft.«

»Nun, sieh, Schmidt, diese Herren von der hohen Finanz, darauf möcht ich mich verwerten, sprechen nicht mit halb soviel Lust und Eifer von einer Schildkrötensuppe wie du.«

»Das ist richtig, Distelkamp, und sehr natürlich. Sieh, ich habe die Frische, die macht's; auf die Frische kommt es an, in allem. Die Frische gibt einem die Lust, den Eifer, das Interesse, und wo die Frische nicht ist, da ist gar nichts. Das ärmste Leben, das ein Menschenkind führen kann, ist das des *petit crevé.* Lauter Zappeleien; nichts dahinter. Hab ich recht, Etienne?«

Dieser, der in allem Parisischen regelmäßig als Autorität angerufen wurde, nickte zustimmend, und Distelkamp ließ die Streitfrage fallen oder war geschickt genug, ihr eine neue Richtung zu geben, indem er aus dem allgemein Kulinarischen auf einzelne berühmte kulinarische Persönlichkeiten überlenkte, zunächst auf den Freiherrn von Rumohr, und im Anschluß an diesen auf den ihm persönlich befreundet gewesenen Fürsten Pückler-Muskau. Besonders dieser letztere war Distelkamps Schwärmerei. Wenn man dermaleinst das Wesen des modernen Aristokratismus an einer historischen Figur werde nachweisen wollen, so werde man immer den Fürsten Pückler als Musterbeispiel nehmen müssen. Dabei sei er durchaus liebenswürdig gewesen, allerdings etwas launenhaft, eitel und übermütig, aber immer grundgut. Es sei schade, daß solche Figuren ausstürben. Und nach diesen einleitenden Sätzen begann er speziell von Muskau und Branitz zu erzählen, wo er vordem oft tagelang zu Besuch gewesen war und sich mit der märchenhaften, von ›Semilassos Weltfahrten‹ mit heimgebrachten Abessinierin über Nahes und Fernes unterhalten hatte.

Schmidt hörte nichts Lieberes als Erlebnisse der Art, und nun gar von Distelkamp, vor dessen Wissen und Charakter er überhaupt einen ungeheuchelten Respekt hatte.

Marcell teilte ganz und gar diese Vorliebe für den alten Direktor und verstand außerdem – obwohl geborener Berliner – gut und mit Interesse zuzuhören; trotzdem tat er heute Fragen über Fragen, die seine volle Zerstreutheit bewiesen. Er war eben mit anderem beschäftigt.

So kam elf heran, und mit dem Glockenschlage – ein Satz von Schmidt wurde mitten durchgeschnitten – erhob man sich und trat aus dem Eßzimmer in das Entree, darin seitens der Schmolke die Sommer-überzieher samt Hut und Stock schon in Bereitschaft gelegt waren. Jeder griff nach dem seinen, und nur Marcell nahm den Oheim einen Augenblick beiseite und sagte: »Onkel, ich spräche gern noch ein Wort mit dir«, ein Ansinnen, zu dem dieser, jovial und herzlich wie immer, seine volle Zustimmung ausdrückte. Dann, unter Vorantritt der Schmolke, die mit der Linken den messingenen Leuchter über den Kopf hielt, stiegen Distelkamp, Friedeberg und Etienne zunächst treppab und traten gleich danach in die muffig schwüle Adlerstraße hinaus. Oben aber nahm Schmidt seines Neffen Arm und schritt mit ihm auf seine Studierstube zu.

»Nun, Marcell, was gibt es? Rauchen wirst du nicht, du siehst mir viel zu bewölkt aus; aber verzeih, ich muß mir erst eine Pfeife stopfen.« Und dabei ließ er sich, den Tabakskasten vor sich herschiebend in eine Sofaecke nieder. »So! Marcell ... Und nun nimm einen Stuhl und setz dich und schieße los. Was gibt es?«

»Das alte Lied.«

»Corinna?«

»Ja.«

»Ja. Marcell, nimm mir's nicht übel, aber das ist ein schlechter Liebhaber, der immer väterlichen Vorspann braucht, um von der Stelle zu kommen. Du weißt, ich bin dafür. Ihr seid wie geschaffen für einander. Sie übersieht dich und uns alle; das Schmidtsche strebt in ihr nicht bloß der Vollendung zu, sondern, ich muß das sagen, trotzdem ich ihr Vater bin, kommt auch ganz nah ans Ziel. Nicht jede Familie kann das ertragen. Aber das Schmidtsche setzt sich aus solchen Ingredienzien zusammen, daß die Vollendung, von der ich spreche, nie bedrücklich wird. Und warum nicht? Weil die Selbstironie, in der wir, glaube ich, groß sind, immer wieder ein Fragezeichen hinter der Vollendung macht. Das ist recht eigentlich das, was ich das Schmidtsche nenne. Folgst du?«

»Gewiß Onkel, sprich nur weiter!«

»Nun, sieh, Marcell, ihr paßt ganz vorzüglich zusammen. Sie hat die genialere Natur, hat so den letzten Knips von der Sache weg, aber das gibt keineswegs das Übergewicht im Leben. Fast im Gegenteil. Die Genialen bleiben immer halbe Kinder, in Eitelkeit befangen, und verlassen sich immer auf Intuition und *bon sens* und *Sentiment* und wie all die französischen Worte heißen mögen. Oder wir können auch auf gut Deutsch sagen, sie verlassen sich auf ihre guten Einfälle. Damit ist es nun aber soso, manchmal wetterleuchtet es freilich eine halbe Stunde lang oder auch noch länger, gewiß, das kommt vor; aber mit einem Mal ist das Elektrische wie verblitzt, und nun bleibt nicht bloß der Esprit aus wie Röhrwasser, sondern auch der gesunde Menschenverstand. Ja, der erst recht. Und so ist es auch mit Corinna. Sie bedarf einer verständigen Leitung, das heißt sie bedarf eines Mannes von Bildung und Charakter. Das bist du, das hast du. Du hast also meinen Segen; alles andere mußt du dir selber besorgen.«

»Ja, Onkel, das sagst du immer. Aber wie soll ich das anfangen? Eine lichterlohe Leidenschaft kann ich in ihr nicht entzünden. Vielleicht ist sie solcher Leidenschaft nicht einmal fähig; aber wenn auch, wie soll ein Vetter seine Cousine zur Leidenschaft anstacheln? Das kommt gar nicht vor. Die Leidenschaft ist etwas Plötzliches, und wenn man von seinem fünften Jahr an immer zusammen gespielt und sich, sagen wir, hinter den Sauerkrauttonnen eines Budikers oder in einem Torf- und Holzkeller unzählige Male stundenlang versteckt hat, immer gemeinschaftlich und immer glückselig, daß Richard oder Arthur, trotzdem sie dicht um einen herum waren, einen doch nicht finden konnten, ja, Onkel, da ist von Plötzlichkeit, dieser Vorbedingung der Leidenschaft, keine Rede mehr.«

Schmidt lachte. »Das hast du gut gesagt, Marcell, eigentlich über deine Mittel. Aber es steigert nur meine Liebe zu dir. Das Schmidtsche steckt doch auch in dir und ist nur unter dem steifen Wedderkoppschen etwas vergraben. Und *das* kann ich dir sagen, wenn du diesen Ton Corinna gegenüber festhältst, dann bist du durch, dann hast du sie sicher.«

»Ach, Onkel, glaube doch das nicht. Du verkennst Corinna. Nach der einen Seite hin kennst du sie ganz genau, aber nach der anderen Seite hin kennst du sie gar nicht. Alles, was klug und tüchtig und vor allem, was espritvoll an ihr ist, das siehst du mit beiden Augen, aber was äußerlich und modern an ihr ist, das siehst du nicht. Ich kann nicht sagen, daß sie jene niedrigstehende Gefallsucht hat, die jeden erobern will, er sei wer er sei; von dieser Koketterie hat sie nichts. Aber sie nimmt sich erbarmungslos einen aufs Korn, einen, an dessen Spezialeroberung ihr gelegen ist, und du glaubst gar nicht, mit welcher grausamen Konsequenz, mit welcher infernalen Virtuosität sie dies von ihr erwählte Opfer in ihre Fäden einzuspinnen weiß.«

»Meinst du?«

»Ja, Onkel! Heute bei Treibels hatten wir wieder ein Musterbeispiel davon. Sie saß zwischen Leopold Treibel und einem Engländer, dessen Namen sie dir ja schon genannt hat, einem Mr. Nelson, der, wie die meisten Engländer aus guten Häusern, einen gewissen Naivitäts-Charme hatte, sonst aber herzlich wenig bedeutete. Nun hättest du Corinna sehen sollen. Sie beschäftigte sich anscheinend mit niemand anderem als diesem Sohn Albions, und es gelang ihr auch, ihn in Staunen zu setzen. Aber glaube nur ja nicht, daß ihr an dem flachsblonden Mr. Nelson im geringsten gelegen gewesen wäre; gelegen war ihr bloß an Leopold Treibel, an den sie kein einziges Wort oder wenigstens nicht viele direkt richtete und dem zu Ehren sie doch eine Art von französischem Proverbe aufführte, kleine Komödie, dramatische Szene. Und wie ich dir versichern kann, Onkel, mit vollständigstem Erfolg. Dieser unglückliche Leopold hängt schon lange an ihren Lippen und saugt das süße Gift ein, aber so wie heute habe ich ihn doch noch nicht gesehen. Er war von Kopf bis Fuß die helle Bewunderung, und jede Miene schien ausdrücken zu wollen: ›Ach, wie langweilig ist Helene‹ (das ist, wie du dich vielleicht erinnerst, die Frau seines Bruders), und wie wundervoll ist diese Corinna‹.«

»Nun gut, Marcell, aber das alles kann ich so schlimm nicht finden. Warum soll sie nicht ihren Nachbarn zur Rechten unterhalten, um auf ihren Nachbarn zur Linken einen Eindruck zu machen? Das kommt alle Tage vor, das sind so kleine Kaprizen, an denen die Frauennatur reich ist und die den Männern völlig abgehen.«

»Du nennst es Kaprizen, Onkel. Ja, wenn die Dinge so lägen! Es liegt aber anders. Alles ist Berechnung: sie will den Leopold heiraten.«

»Unsinn, Leopold ist ein Junge.«

»Nein, er ist fünfundzwanzig, gerade so alt wie Corinna selbst, Aber wenn er auch noch ein bloßer Junge wäre, Corinna hat sich's in den Kopf gesetzt und wird es durchführen.«

»Nicht möglich.«

»Doch, doch. Und nicht bloß möglich, sondern ganz gewiß. Sie hat es mir, als ich sie zur Rede stellte, selber gesagt. Sie will Leopold Treibels Frau werden, und wenn der Alte das Zeitliche segnet, was doch, wie sie mir versicherte, höchstens noch zehn Jahre dauern könne, und wenn er in seinem Zossener Wahlkreise gewählt würde, keine fünfe mehr, so will sie die Villa beziehen, und wenn ich sie recht taxiere, so wird sie zu dem grauen Kakadu noch einen Pfauhahn anschaffen.«

»Ach, Marcell, das sind Visionen.«

»Vielleicht von ihr, wer will's sagen? Aber sicherlich nicht von mir. Denn all das waren ihre eigensten Worte. Du hättest sie hören sollen, Onkel, mit welcher Suffisance sie von ›kleinen Verhältnissen‹ sprach und wie sie das dürftige Kleinleben ausmalte, für das sie nun mal nicht geschaffen sei; sie sei nicht für Speck und Wruken und all dergleichen ... und du hättest nur hören sollen, wie sie das sagte, nicht bloß so drüber hin, nein, es klang geradezu was von Bitterkeit mit durch, und ich sah zu meinem Schmerz, wie veräußerlicht sie ist und wie die verdammte neue Zeit sie ganz in Banden hält.«

»Hm«, sagte Schmidt, »das gefällt mir nicht, namentlich das mit den Wruken. Das ist bloß ein dummes Vornehmtun und ist auch kulinarisch eine Torheit; denn alle Gerichte, die Friedrich Wilhelm I. liebte, so zum Beispiel Weißkohl mit Hammelfleisch oder Schlei mit Dill – ja, lieber Marcell, was will dagegen aufkommen? Und dagegen Front zu machen ist einfach Unverstand. Aber glaube mir, Corinna macht auch nicht Front dagegen, dazu ist sie viel zu sehr ihres Vaters Tochter, und wenn sie sich darin gefallen hat, dir von Modernität zu sprechen und dir vielleicht eine Pariser Hutnadel oder eine Sommerjacke, dran alles chic und wieder chic ist, zu beschreiben und so zu tun, als ob es in der ganzen Welt nichts gäbe, was an Wert und Schönheit damit verglichen werden könnte, so ist das alles bloß Feuerwerk, Phantasietätigkeit, *jeu d'esprit*, und wenn es ihr morgen paßt, dir einen Pfarramtskandidaten in der Jasminlaube zu beschreiben, der selig in Lottchens Armen ruht, so leistet sie das mit demselben Aplomb und mit derselben Virtuosität. Das ist, was ich das Schmidtsche nenne. Nein, Marcell, darüber darfst du dir keine grauen Haare wachsen lassen; das ist alles nicht ernstlich gemeint ...«

»Es ist ernstlich gemeint ...«

»Und wenn es ernstlich gemeint ist – was ich vorläufig noch nicht glaube, denn Corinna ist eine sonderbare Person –, so nützt ihr dieser Ernst nichts, gar nichts, und es wird doch nichts draus. Darauf verlaß dich, Marcell, denn zum Heiraten gehören zwei.«

»Gewiß, Onkel. Aber Leopold will womöglich noch mehr als Corinna ...«

»Was gar keine Bedeutung hat. Denn laß dir sagen, und damit sprech ich ein großes Wort gelassen aus: die Kommerzienrätin will nicht.«

»Bist du dessen so sicher?«

»Ganz sicher.«

»Und hast auch Zeichen dafür?«

»Zeichen und Beweise, Marcell. Und zwar Zeichen und Beweise, die du in deinem alten Onkel Willibald Schmidt hier leibhaftig vor dir siehst ...«

»Das wäre.«

»Ja, Freund, leibhaftig vor dir siehst. Denn ich habe das Glück gehabt, an mir selbst, und zwar als Objekt und Opfer, das Wesen meiner Freundin Jenny studieren zu können. Jenny Bürstenbinder, das ist ihr Vatersname, wie du vielleicht schon weißt, ist der Typus einer Bourgeoise. Sie war talentiert dafür, von Kindesbeinen an, und in jenen Zeiten, wo sie noch drüben in ihres Vaters Laden, wenn der Alte gerade nicht hinsah, von den Traubenrosinen naschte, da war sie schon geradeso wie heut und deklamierte den ›Taucher‹ und den ›Gang nach dem Eisenhammer‹ und auch allerlei kleine Lieder, und wenn es recht was Rührendes war, so war ihr Auge schon damals immer in Tränen, und als ich eines Tages mein berühmtes Gedicht gedichtet hatte, du weißt schon, das Unglücksding, das sie seitdem immer singt und vielleicht auch heute wieder gesungen hat, da warf sie sich mir an die Brust und sagte: ›Willibald, einziger, das kommt von Gott‹. Ich sagte halb verlegen etwas von meinem Gefühl und meiner Liebe, sie blieb aber dabei, es sei von Gott, und dabei schluchzte sie dermaßen, daß ich, so glücklich ich einerseits in meiner Eitelkeit war, doch auch wieder einen Schreck kriegte vor der Macht dieser Gefühle. Ja, Marcell, das war so unsere stille Verlobung, ganz still, aber doch immerhin eine Verlobung; wenigstens nahm ich's dafür und strengte mich riesig an, um so rasch wie möglich mit meinem Studium am Ende zu sein und mein Examen zu machen, und ging auch alles vortrefflich. Als ich nun aber kam, um die Verlobung perfekt zu machen, da hielt sie mich hin, war abwechselnd vertraulich und dann wieder fremd, und während sie nach wie vor das Lied sang, *mein* Lied, liebäugelte sie mit jedem, der ins Haus kam, bis endlich Treibel erschien und dem Zauber ihrer kastanienbraunen Locken und mehr noch ihrer Sentimentalität erlag. Denn der Treibel von damals war noch nicht der Treibel von heut, und am andern Tag kriegte ich die Verlobungskarten. Alles in allem eine sonderbare Geschichte, daran, das glaub ich sagen zu dürfen, andere Freundschaften gescheitert wären; aber ich bin kein Übelnehmer und Spielverderber, und in dem Liede, drin sich, wie du weißt, ›die Herzen finden‹ – beiläufig eine himmlische Trivialität und ganz wie geschaffen für Jenny Treibel –, in dem Liede lebt unsre Freundschaft fort bis diesen Tag, ganz so, als sei nichts vorgefallen. Und am Ende, warum auch nicht? Ich persönlich bin drüber weg, und Jenny Treibel hat ein Talent, alles zu vergessen, was sie vergessen will. Es ist eine gefährliche Person, und um so gefährlicher, als sie's selbst nicht recht weiß und sich aufrichtig einbildet, ein gefühlvolles Herz und vor allem ein Herz für das ›Höhere‹ zu haben. Aber sie hat nur ein Herz für das Ponderable, für alles, was ins Gewicht fällt und Zins trägt, und für viel weniger als eine halbe Million gibt sie den Leopold nicht fort, die halbe Million mag herkommen, woher sie will. Und dieser arme Leopold selbst. Soviel weißt du doch, der ist nicht der Mensch des Aufbäumens oder der Eskapade nach Gretna Green. Ich sage dir, Marcell, unter Brückner tun es Treibels nicht, und Koegel ist ihnen noch lieber. Denn je mehr es nach Hof schmeckt, desto besser. Sie liberalisieren und sentimentalisieren beständig, aber das alles ist Farce; wenn es gilt Farbe zu bekennen, dann heißt es: Gold ist Trumpf und weiter nichts.«

»Ich glaube, daß du Leopold unterschätzest.«

»Ich fürchte, daß ich ihn noch überschätze. Ich kenn ihn noch aus der Untersekunda her. Weiter kam er nicht; wozu auch? Guter Mensch, Mittelgut, und als Charakter noch unter Mittel.«

»Wenn du mit Corinna sprechen könntest.«

»Nicht nötig, Marcell. Durch Dreinreden stört man nur den natürlichen Gang der Dinge. Mag übrigens alles schwanken und unsicher sein, eines steht fest: der Charakter meiner Freundin Jenny. Da ruhen die Wurzeln deiner Kraft. Und wenn Corinna sich in Tollheiten überschlägt, laß sie; den Ausgang der Sache kenn ich. Du sollst sie haben, und du wirst sie haben und vielleicht eher, als du denkst.«

8. KAPITEL

Treibel war ein Frühauf, wenigstens für einen Kommerzienrat, und trat nie später als acht Uhr in sein Arbeitszimmer, immer gestiefelt und gespornt, immer in saubester Toilette. Er sah dann die Privatbriefe durch, tat einen Blick in die Zeitungen und wartete, bis seine Frau kam, um mit dieser gemeinschaftlich das erste Frühstück zu nehmen. In der Regel erschien die Rätin sehr bald nach ihm, heute aber verspätete sie sich, und weil der eingegangenen Briefe nur ein paar waren, die Zeitungen aber, in denen schon der Sommer vorspukte, wenig Inhalt hatten, so geriet Treibel in einen leisen Zustand von Ungeduld und durchmaß, nachdem er sich rasch von seinem kleinen Ledersofa erhoben hatte, die beiden großen nebenan gelegenen Räume, darin sich die Gesellschaft vom Tage vorher abgespielt hatte. Das obere Schiebefenster des Garten- und Eßsaales war ganz heruntergelassen, so daß er, mit den Armen sich auflehnend, in bequemer Stellung in den unter ihm gelegenen Garten hinabsehen konnte. Die Szenerie war wie gestern, nur statt des Kakadu, der noch fehlte, sah man draußen die Honig, die, den Bologneser der Kommerzienrätin an einer Strippe führend, um das Bassin herumschritt. Dies geschah jeden Morgen und dauerte Mal für Mal, bis der Kakadu seinen Stangenplatz einnahm oder in seinem blanken Käfig ins Freie gestellt wurde, worauf sich dann die Honig mit dem Bologneser zurückzog, um einen Ausbruch von Feindseligkeiten zwischen den beiden gleichmäßig verwöhnten Lieblingen des Hauses zu vermeiden. Das alles indessen stand heute noch aus. Treibel, immer artig, erkundigte sich, von seiner Fensterstellung aus, erst nach dem Befinden des Fräuleins – was die Kommerzienrätin, wenn sie's hörte, jedesmal sehr überflüssig fand – und fragte dann, als er beruhigende Versicherungen darüber entgegengenommen hatte, wie sie Mr. Nelsons englische Aussprache gefunden habe, dabei von der mehr oder weniger überzeugten Ansicht ausgehend, daß es jeder von einem Berliner Schulrat examinierten Erzieherin ein kleines sein müsse, dergleichen festzustellen. Die Honig, die diesen Glauben nicht gern zerstören wollte, beschränkte sich darauf, die Korrektheit von Mr. Nelsons A anzuzweifeln und diesem seinem A eine nicht ganz statthafte Mittelstellung zwischen der englischen und schottischen Aussprache dieses Vokals zuzuerkennen, eine Bemerkung, die Treibel ganz ernsthaft hinnahm und weiter ausgesponnen haben würde, wenn er nicht im selben Moment ein leises Insschloßfallen einer der Vordertüren, also mutmaßlich das Eintreten der Kommerzienrätin, erlauscht hätte. Treibel hielt es auf diese Wahrnehmung hin für angezeigt, sich von der Honig zu verabschieden, und schritt wieder auf sein Arbeitszimmer zu, in das in der Tat die Rätin eben eingetreten war.

»Guten Morgen, Jenny ... Wie geruht?«

»Doch nur passabel. Dieser furchtbare Vogelsang hat wie ein Alp auf mir gelegen.«

»Ich würde gerade diese bildersprachliche Wendung doch zu vermeiden suchen. Aber wie du darüber denkst ... Im übrigen, wollen wir das Frühstück nicht lieber draußen nehmen?«

Und der Diener, nachdem Jenny zugestimmt und ihrerseits auf den Knopf der Klingel gedrückt hatte, erschien wieder, um das Tablett auf einen der kleinen, in der Veranda stehenden Tische hinauszutragen. »Es ist gut, Friedrich«, sagte Treibel und schob jetzt höchst eigenhändig eine Fußbank heran, um es dadurch zunächst seiner Frau, zugleich aber auch sich selber nach Möglichkeit bequem zu machen. Denn Jenny bedurfte solcher Huldigungen, um bei guter Laune zu bleiben.

Diese Wirkung blieb denn auch heute nicht aus. Sie lächelte, rückte die Zuckerschale näher zu sich heran und sagte, während sie die gepflegte weiße Hand über den großen Blockstücken hielt: »Eins oder zwei?«

»Zwei, Jenny, wenn ich bitten darf. Ich sehe nicht ein, warum ich, der ich zur Runkelrübe keine Beziehungen unterhalte, die billigen Zuckerzeiten nicht fröhlich mitmachen soll.«

Jenny war einverstanden, tat den Zucker ein und schob gleich danach die kleine, genau bis an den Goldstreifen gefüllte Tasse dem Gemahl mit dem Bemerken zu: »Du hast die Zeitungen schon durchgesehen? Wie steht es mit Gladstone?«

Treibel lachte mit ganz ungewöhnlicher Herzlichkeit. »Wenn es dir recht ist, Jenny, bleiben wir vorläufig noch diesseits des Kanals, sagen wir in Hamburg oder doch in der Welt des Hamburgischen, und transponieren uns die Frage nach Gladstones Befinden in eine Frage nach unserer Schwiegertochter Helene. Sie war offenbar verstimmt, und ich schwanke nur noch, was in ihren Augen die Schuld trug. War es, daß sie selber nicht gut genug placiert war, oder war es, daß wir Mr. Nelson, ihren uns gütigst überlassenen oder, um es berlinisch zu sagen, ihren uns aufgepuckelten Ehrengast, so ganz einfach zwischen die Honig und Corinna gesetzt hatten?«

»Du hast eben gelacht, Treibel, weil ich nach Gladstone fragte, was du nicht hättest tun sollen, denn wir Frauen dürfen so was fragen, wenn wir auch was ganz anderes meinen; aber ihr Männer dürft uns das nicht nachmachen wollen. Schon deshalb nicht, weil es euch nicht glückt oder doch jedenfalls noch weniger als uns. Denn soviel ist doch gewiß und kann dir nicht entgangen sein, ich habe niemals einen entzückteren Menschen gesehen als den guten Nelson; also wird Helene wohl nichts dagegen gehabt haben, daß wir ihren Protégé grade so placierten, wie geschehen. Und wenn das auch eine ewige Eifersucht ist zwischen ihr und Corinna, die sich, ihrer Meinung nach, zuviel herausnimmt und ...«

»... Und unweiblich ist und unhamburgisch, was nach ihrer Meinung so ziemlich zusammenfällt ...«

»... So wird sie's ihr gestern«, fuhr Jenny, der Unterbrechung nicht achtend, fort, »wohl zum erstenmal verziehen haben, weil es ihr selber zugute kam oder ihrer Gastlichkeit, von der sie persönlich freilich so mangelhafte Proben gegeben hat. Nein, Treibel, nichts von Verstimmung über Mr. Nelsons Platz. Helene schmollt mit uns beiden, weil wir alle Anspielungen nicht verstehen wollen und ihre Schwester Hildegard noch immer nicht eingeladen haben. Übrigens ist Hildegard ein lächerlicher Name für eine Hamburgerin. Hildegard heißt man in einem Schlosse mit Ahnenbildern oder wo eine weiße Frau spukt. Helene schmollt mit uns, weil wir hinsichtlich Hildegards so schwerhörig sind.«

»Worin sie recht hat.«

»Und ich finde, daß sie darin unrecht hat. Es ist eine Anmaßung, die an Insolenz grenzt. Was soll das heißen? Sind wir in einem fort dazu da, dem Holzhof und seinen Angehörigen Honneurs zu machen? Sind wir dazu da, Helenens und ihrer Eltern Pläne zu begünstigen? Wenn unsre Frau Schwiegertochter durchaus die gastliche Schwester spielen will, so kann sie Hildegard ja jeden Tag von Hamburg her verschreiben und das verwöhnte Püppchen entscheiden lassen, ob die Alster bei der Uhlenhorst oder die Spree bei Treptow schöner ist. Aber was geht uns das alles an? Otto hat seinen Holzhof so gut wie du deinen Fabrikhof, und seine Villa finden viele Leute hübscher als die unsre, was auch zutrifft. Unsre ist beinah altmodisch und jedenfalls viel zu klein, so daß ich oft nicht aus noch ein weiß. Es bleibt dabei, mir fehlen wenigstens zwei Zimmer. Ich mag davon nicht viel Worte machen, aber wie kommen wir dazu, Hildegard einzuladen, als ob uns daran läge, die Beziehungen der beiden Häuser aufs eifrigste zu pflegen, und wie wenn wir nichts sehnlicher wünschten, als noch mehr Hamburger Blut in die Familie zu bringen ...«

»Aber Jenny ...«

»Nichts von ›aber‹, Treibel. Von solchen Sachen versteht ihr nichts, weil ihr kein Auge dafür habt. Ich sage dir, auf solche Pläne läuft es hinaus, und deshalb sollen wir die Einladenden sein. Wenn Helene Hildegarden einlädt, so bedeutet das so wenig, daß es nicht einmal die Trinkgelder wert ist und die neuen Toiletten nun schon gewiß nicht. Was hat es für eine Bedeutung, wenn sich zwei Schwestern wiedersehen? Gar keine, sie passen nicht mal zusammen und schrauben sich beständig; aber wenn wir Hildegard einladen, so heißt das, die Treibels sind unendlich entzückt über ihre erste Hamburger Schwiegertochter und würden es für ein Glück und eine Ehre ansehen, wenn sich das Glück erneuern und verdoppeln und Fräulein Hildegard Munk Frau Leopold Treibel werden wollte. Ja, Freund, darauf läuft es hinaus. Es ist eine abgekartete Sache. Leopold soll Hildegard oder eigentlich Hildegard soll Leopold heiraten; denn Leopold ist bloß passiv und hat zu gehorchen. Das ist das, was die Munks wollen, was Helene will und was unser armer Otto, der, Gott weiß es, nicht viel sagen darf, schließlich auch wird wollen müssen. Und weil wir zögern und mit der Einladung nicht recht herauswollen, deshalb schmollt und grollt Helene mit uns und spielt die Zurückhaltende und Gekränkte und gibt die Rolle nicht einmal auf an einem Tage, wo ich ihr einen großen Gefallen getan und ihr den Mr. Nelson hierher eingeladen habe, bloß damit ihr die Plättbolzen nicht kalt werden.«

Treibel lehnte sich weiter zurück in den Stuhl und blies kunstvoll einen kleinen Ring in die Luft. »Ich glaube nicht, daß du recht hast. Aber wenn du recht hättest, was täte es? Otto lebt seit acht Jahren in einer glücklichen Ehe mit Helene, was auch nur natürlich ist; ich kann mich nicht entsinnen, daß irgendwer aus meiner Bekanntschaft mit einer Hamburgerin in einer unglücklichen Ehe gelebt hätte. Sie sind alle so zweifelsohne, haben innerlich und äußerlich so was ungewöhnlich Gewaschenes und bezeugen in allem, was sie tun und nicht tun, die Richtigkeit der Lehre vom Einfluß der guten Kinderstube. Man hat sich ihrer nie zu schämen, und ihrem zwar bestrittenen, aber im stillen immer gehegten ›Herzenswunsche, für eine Engländerin gehalten zu werden‹, diesem Ideal kommen sie meistens sehr nah. Indessen, das mag auf sich beruhen. Soviel steht jedenfalls fest, und ich muß es wiederholen, Helene Munk hat unsern Otto glücklich gemacht, und es ist mir höchst wahrscheinlich, daß Hildegard Munk unsern Leopold auch glücklich machen würde, ja noch glücklicher. Und wär auch keine Hexerei, denn einen besseren Menschen als unsern Leopold gibt es eigentlich überhaupt nicht, er ist schon beinah eine Suse ...«

»Beinah?« sagte Jenny. »Du kannst ihn dreist für voll nehmen. Ich weiß nicht, wo beide Jungen diese Milchsuppenschaft herhaben. Zwei geborene Berliner, und sind eigentlich, wie wenn sie von Herrnhut oder Gnadenfrei kämen. Sie haben doch beide was Schläfriges, und ich weiß wirklich nicht, Treibel, auf wen ich es schieben soll ...«

»Auf mich, Jenny, natürlich auf mich ...«

»Und wenn ich auch sehr wohl weiß«, fuhr Jenny fort, »wie nutzlos es ist, sich über diese Dinge den Kopf zu zerbrechen, und leider auch weiß, daß sich solche Charaktere nicht ändern lassen, so weiß ich doch auch, daß man die Pflicht hat, da zu helfen, wo noch geholfen werden kann. Bei Otto haben wir's versäumt und haben zu seiner eignen Temperamentlosigkeit diese temperamentlose Helene hinzugetan, und was dabei herauskommt, das siehst du nun an Lizzi, die doch die größte Puppe ist, die man nur sehen kann. Ich glaube, Helene wird sie noch, auf Vorderzähne-Zeigen hin, englisch abrichten, Nun, meinetwegen. Aber ich bekenne dir, Treibel, daß ich an einer solchen Schwiegertochter und einer solchen Enkelin gerade genug habe und daß ich den armen Jungen, den Leopold, etwas passender als in der Familie Munk unterbringen möchte.«

»Du möchtest einen forschen Menschen aus ihm machen, einen Kavalier, einen Sportsmann ...«

»Nein, einen forschen Menschen nicht, aber einen Menschen überhaupt. Zum Menschen gehört Leidenschaft, und wenn er eine Leidenschaft fassen könnte, sieh, das wäre was, das würde ihn rausreißen, und so sehr ich allen Skandal hasse, ich könnte mich beinah freuen, wenn's irgend so was gäbe, natürlich nichts Schlimmes, aber doch wenigstens was Apartes.«

»Male den Teufel nicht an die Wand, Jenny. Daß er sich aufs Entführen einläßt, ist mir, ich weiß nicht, soll ich sagen leider oder glücklicherweise, nicht sehr wahrscheinlich; aber man hat Exempel von Beispielen, daß Personen, die zum Entführen durchaus nicht das Zeug hatten, gleichsam, wie zur Strafe dafür, entführt wurden. Es gibt ganz verflixte Weiber, und Leopold ist gerade schwach genug, um vielleicht einmal in den Sattel einer armen und etwas emanzipierten Edeldame, die natürlich auch Schmidt heißen kann, hineingehoben und über die Grenze geführt zu werden ...«

»Ich glaube es nicht«, sagte die Kommerzienrätin, »er ist leider auch dafür zu stumpf.« Und sie war von der Ungefährlichkeit der Gesamtlage so fest überzeugt, daß sie nicht einmal der vielleicht bloß zufällig, aber vielleicht auch absichtlich gesprochene Name ›Schmidt‹ stutzig gemacht hatte. ›Schmidt‹, das war nur so herkömmlich hingeworfen, weiter nichts, und in einem halb übermütigen Jugendanflug gefiel sich die Rätin sogar in stiller Ausmalung einer Eskapade: Leopold, mit aufgesetztem Schnurrbart, auf dem Wege nach Italien und mit ihm eine Freiin aus einer pommerschen oder schlesischen Verwogenheitsfamilie, die Reiherfeder am Hut und den schottisch karierten Mantel über den etwas fröstelnden Liebhaber ausgebreitet. All das stand vor ihr, und beinah traurig sagte sie zu sich selbst: »Der arme Junge. Ja, wenn er dazu das Zeug hätte!«

Es war um die neunte Stunde, daß die alten Treibels dies Gespräch führten, ohne jede Vorstellung davon, daß um eben diese Zeit auch die auf ihrer Veranda das Frühstück nehmenden jungen Treibels der Gesellschaft vom Tage vorher gedachten. Helene sah sehr hübsch aus, wozu nicht nur die kleidsame Morgentoilette, sondern auch eine gewisse Belebtheit in ihren sonst matten und beinah vergißmeinnichtblauen Augen ein Erhebliches beitrugen. Es war ganz ersichtlich, daß sie bis diese Minute mit ganz besonderem Eifer auf den halb verlegen vor sich hinsehenden Otto eingepredigt haben mußte; ja, wenn nicht alles täuschte, wollte sie mit diesem Ansturm eben fortfahren, als das Erscheinen Lizzis und ihrer Erzieherin, Fräulein Wulsten, dies Vorhaben unterbrach.

Lizzi, trotz früher Stunde, war schon in vollem Staate. Das etwas gewellte blonde Haar des Kindes hing bis auf die Hüften herab; im übrigen aber war alles weiß, das Kleid, die hohen Strümpfe, der Überfallkragen, und nur um die Taille herum, wenn sich von einer solchen sprechen ließ, zog sich eine breite rote Schärpe, die von Helenen nie ›rote Schärpe‹, sondern immer nur ›*pink-coloured scarf*‹ genannt wurde. Die Kleine, wie sie sich da präsentierte, hätte sofort als symbolische Figur auf den Wäscheschrank ihrer Mutter gestellt werden können, so sehr war sie der Ausdruck von Weißzeug mit einem roten Bändchen drum. Lizzi galt im ganzen Kreise der Bekannten als Musterkind, was das Herz Helenens einerseits mit Dank gegen Gott, andrerseits aber auch mit Dank gegen Hamburg erfüllte, denn zu den Gaben der Natur, die der Himmel hier so sichtlich verliehen, war auch noch eine Mustererziehung hinzugekommen, wie sie eben nur die Hamburger Tradition geben konnte. Diese Mustererziehung hatte gleich mit dem ersten Lebenstage des Kindes begonnen. Helene, »weil es unschön sei« – was übrigens von seiten des damals noch um sieben Jahre jüngeren Krola bestritten wurde –, war nicht zum Selbstnähren zu bewegen gewesen, und da bei den nun folgenden Verhandlungen eine seitens des alten Kommerzienrats in Vorschlag gebrachte Spreewälderamme mit dem Bemerken, »es gehe bekanntlich so viel davon auf das unschuldige Kind über«, abgelehnt worden war, war man zu dem einzigen verbleibenden Auskunftsmittel übergegangen. Eine verheiratete, von dem Geistlichen der Thomasgemeinde warm empfohlene Frau hatte das Aufpäppeln mit großer Gewissenhaftigkeit und mit der Uhr in der Hand übernommen, wobei Lizzi so gut gediehen war, daß sich eine Zeitlang sogar kleine Grübchen auf der Schulter gezeigt hatten. Alles normal und beinah über das Normale hinaus. Unser alter Kommerzienrat hatte denn auch der Sache nie so recht getraut, und erst um ein Erhebliches später, als sich Lizzi mit einem Trennmesser in den Finger geschnitten hatte (das Kindermädchen war dafür entlassen worden), hatte Treibel beruhigt ausgerufen: »Gott sei Dank, soviel ich sehen kann, es ist wirkliches Blut.«

Ordnungsgemäß hatte Lizzis Leben begonnen, und ordnungsmäßig war es fortgesetzt worden. Die Wäsche, die sie trug, führte durch den Monat hin die genau korrespondierende Tageszahl, so daß man ihr, wie der Großvater sagte, das jedesmalige Datum vom Strumpf lesen konnte. »Heut ist der Zehnte.« Der Puppenkleiderschrank war an den Riegeln numeriert, und als es geschah (und dieser schreckliche Tag lag noch nicht lange zurück), daß Lizzi, die sonst die Sorglichkeit selbst war, in ihrer mit allerlei Kästen ausstaffierten Puppenküche Grieß in den Kasten getan hatte, der doch ganz deutlich die Aufschrift ›Linsen‹ trug, hatte Helene Veranlassung genommen, ihrem Liebling die Tragweite solchen Fehlgriffes auseinanderzusetzen. »Das ist nichts Gleichgültiges, liebe Lizzi. Wer Großes hüten will, muß auch das Kleine zu hüten verstehen. Bedenke, wenn du ein Brüderchen hättest, und das Brüderchen wäre vielleicht schwach, und du willst es mit *Eau de Cologne* bespritzen, und du bespritzest es mit *Eau de Javelle*, ja, meine Lizzi, so kann dein Brüderchen blind werden, oder wenn es ins Blut geht, kann es sterben. Und doch wäre es noch eher zu entschuldigen, denn beides ist weiß und sieht aus wie Wasser; aber Grieß und Linsen, meine liebe Lizzi, das ist doch ein starkes Stück von Unaufmerksamkeit oder, was noch schlimmer wäre, von Gleichgültigkeit.«

So war Lizzi, die übrigens zu weiterer Genugtuung der Mutter einen Herzmund hatte. Freilich, die zwei blanken Vorderzähne waren immer noch nicht sichtbar genug, um Helenen eine recht volle Herzensfreude gewähren zu können, und so wandten sich ihre mütterlichen Sorgen auch in diesem Augenblick wieder der ihr so wichtigen Zahnfrage zu, weil sie davon ausging, daß es hier dem von der Natur so glücklich gegebenen Material bis dahin nur an der rechten erziehlichen Aufmerksamkeit gefehlt habe. »Du kneifst wieder die Lippen so zusammen, Lizzi; das darf nicht sein. Es sieht besser aus, wenn der Mund sich halb öffnet, fast so wie zum Sprechen. Fräulein Wulsten, ich möchte Sie doch bitten, auf diese Kleinigkeit, die keine Kleinigkeit ist, mehr achten zu wollen ... Wie steht es denn mit dem Geburtstagsgedicht?«

»Lizzi gibt sich die größte Mühe.«

»Nun, dann will ich dir deinen Wunsch auch erfüllen, Lizzi. Lade dir die kleine Feigentreu zu heute nachmittag ein. Aber natürlich erst die Schularbeiten ... Und jetzt kannst du, wenn Fräulein Wulsten es erlaubt (diese verbeugte sich), im Garten spazierengehen, überall wo du willst, nur nicht nach dem Hof zu, wo die Bretter über der Kalkgrube liegen. Otto, du solltest das ändern; die Bretter sind ohnehin so morsch.«

Lizzi war glücklich, eine Stunde frei zu haben, und nachdem sie der Mama die Hand geküßt und noch die Warnung, sich vor der Wassertonne zu hüten, mit auf den Weg gekriegt hatte, brachen das Fräulein und Lizzi auf, und das Elternpaar blickte dem Kinde nach, das sich noch ein paarmal umsah und dankbar der Mutter zunickte.

»Eigentlich«, sagte diese, »hätte ich Lizzi gern hierbehalten und eine Seite Englisch mit ihr gelesen; die Wulsten versteht es nicht und hat eine erbärmliche Aussprache, *so low, so vulgar*. Aber ich bin gezwungen, es bis morgen zu lassen, denn wir müssen das Gespräch zu Ende bringen. Ich sage nicht gern etwas gegen deine Eltern, denn ich weiß, daß es sich nicht schickt, und weiß auch, daß es dich bei deinem eigentümlich starren Charakter (Otto lächelte) nur noch in dieser deiner Starrheit bestärken wird; aber man darf die Schicklichkeitsfragen, ebenso wie die Klugheitsfragen, nicht über alles stellen. Und das täte ich, wenn ich länger schwiege. Die Haltung deiner Eltern ist in dieser Frage geradezu kränkend für mich und fast mehr noch für meine Familie. Denn sei mir nicht böse, Otto, aber wer sind am Ende die Treibels? Es ist mißlich, solche Dinge zu berühren, und ich würde mich hüten es zu tun, wenn du mich nicht geradezu zwängest, zwischen unsern Familien abzuwägen.«

Otto schwieg und ließ den Teelöffel auf seinem Zeigefinger balancieren, Helene aber fuhr fort: »Die Munks sind ursprünglich dänisch, und ein Zweig, wie du recht gut weißt, ist unter König Christian gegraft worden. Als Hamburgerin und Tochter einer Freien Stadt will ich nicht viel davon machen, aber es ist doch immerhin was. Und nun gar von meiner Mutter Seite! Die Thompsons sind eine Syndikatsfamilie. Du tust, als ob das nichts sei. Gut, es mag auf sich beruhen, und nur soviel möchte ich dir noch sagen dürfen, unsre Schiffe gingen schon nach Messina, als deine Mutter noch in dem Apfelsinenladen spielte, draus dein Vater sie hervorgeholt hat. Material- und Kolonialwaren. Ihr nennt das hier auch Kaufmann ... ich sage nicht du ... aber Kaufmann und Kaufmann ist ein Unterschied.«

Otto ließ alles über sich ergehen und sah den Garten hinunter, wo Lizzi Fangball spielte.

»Hast du noch überhaupt vor, Otto, auf das, was ich sagte, mir zu antworten?«

»Am liebsten nein, liebe Helene. Wozu auch? Du kannst doch nicht von mir verlangen, daß ich in dieser Sache deiner Meinung bin, und wenn ich es nicht bin und das ausspreche, so reize ich dich nur noch mehr. Ich finde, daß du doch mehr forderst, als du fordern solltest. Meine Mutter ist von großer Aufmerksamkeit gegen dich und hat dir noch gestern einen Beweis davon gegeben; denn ich bezweifle sehr, daß ihr das *unsrem* Gast zu Ehren gegebene Diner besonders zupaß kam. Du weißt außerdem, daß sie sparsam ist, wenn es nicht ihre Person gilt.«

»Sparsam«, lachte Helene.

»Nenn es Geiz; mir gleich. Sie läßt es aber trotzdem nie an Aufmerksamkeit fehlen, und wenn die Geburtstage da sind, so sind auch ihre Geschenke da. Das stimmt dich aber alles nicht um, im Gegenteil, du wächst in deiner beständigen Auflehnung gegen die Mama, und das alles nur, weil sie dir durch ihre Haltung zu verstehen gibt, daß das, was Papa die ›Hamburgerei‹ nennt, nicht das höchste in der Welt ist und daß der liebe Gott seine Welt nicht um der Munks willen geschaffen hat ...«

»Sprichst du das deiner Mutter nach, oder tust du von deinem Eigenen noch was hinzu? Fast klingt es so; deine Stimme zittert ja beinah.«

»Helene, wenn du willst, daß wir die Sache ruhig durchsprechen und alles in Billigkeit und mit Rücksicht für hüben und drüben abwägen, so darfst du nicht beständig Öl ins Feuer gießen. Du bist so gereizt gegen die Mama, weil sie deine Anspielungen nicht verstehen will und keine Miene macht, Hildegard einzuladen. Darin hast du aber unrecht. Soll das Ganze bloß etwas Geschwisterliches sein, so muß die Schwester die Schwester einladen; das ist dann eine Sache, mit der meine Mama herzlich wenig zu tun hat ...«

»Sehr schmeichelhaft für Hildegard und auch für mich ...«

»... Soll aber ein andrer Plan damit verfolgt werden, und du hast mir zugestanden, daß dies der Fall ist, so muß das, so wünschenswert solche zweite Familienverbindung ganz unzweifelhaft auch für die Treibels sein würde, so muß das unter Verhältnissen geschehen, die den Charakter des Natürlichen und Ungezwungenen haben. Lädst du Hildegard ein und führt das, sagen wir einen Monat später oder zwei, zur Verlobung mit Leopold, so haben wir genau das, was ich den natürlichen und ungezwungenen Weg nenne; schreibt aber meine Mama den Einladungsbrief an Hildegard und spricht sie darin aus, wie glücklich sie sein würde, die Schwester ihrer lieben Helene recht, recht lange bei sich zu sehen und sich des Glücks der Geschwister mitfreuen zu können, so drückt sich damit ziemlich unverblümt eine Huldigung und ein aufrichtiges Sichbemühen um deine Schwester Hildegard aus, und das will die Firma Treibel vermeiden.«

»Und das billigst du?«

»Ja.«

»Nun, das ist wenigstens deutlich. Aber weil es deutlich ist, darum ist es noch nicht richtig. Alles, wenn ich dich recht verstehe, dreht sich also um die Frage, wer den ersten Schritt zu tun habe.«

Otto nickte.

»Nun, wenn dem so ist, warum wollen die Treibels sich sträuben, diesen ersten Schritt zu tun? Warum, frage ich. Solange die Welt steht, ist der Bräutigam oder der Liebhaber der, der wirbt ...«

»Gewiß, liebe Helene. Aber bis zum Werben sind wir noch nicht. Vorläufig handelt es sich noch um Einleitungen, um ein Brückenbauen, und dies Brückenbauen ist an denen, die das größere Interesse daran haben.«

»Ah«, lachte Helene. »Wir, die Munks ... und das größere Interesse! Otto, das hättest du nicht sagen sollen, nicht weil es mich und meine Familie herabsetzt, sondern weil es die ganze Treibelei und dich an der Spitze mit einem Ridikül ausstattet, das dem Respekt, den die Männer doch beständig beanspruchen, nicht allzu vorteilhaft ist. Ja, Freund, du forderst mich heraus, und so will ich dir denn offen sagen, auf eurer Seite liegt Interesse, Gewinn, Ehre. Und daß ihr das empfindet, das müßt ihr eben bezeugen, dem müßt ihr einen nicht mißzuverstehenden Ausdruck geben. Das ist der erste Schritt, von dem ich gesprochen. Und da ich mal bei Bekenntnissen bin, so laß mich dir sagen, Otto, daß diese Dinge, neben ihrer ernsten und geschäftlichen Seite, doch auch noch eine persönliche Seite haben und daß es dir, so nehm ich vorläufig an, nicht in den Sinn kommen kann, unsre Geschwister in ihrer äußeren Erscheinung miteinander vergleichen zu wollen. Hildegard ist eine Schönheit und gleicht ganz ihrer Großmutter Elisabeth Thompson (nach der wir ja auch unsere Lizzi getauft haben) und hat den Chic einer Lady; du hast mir das selber früher zugestanden. Und nun sieh deinen Bruder Leopold! Er ist ein guter Mensch, der sich ein Reitpferd angeschafft hat, weil er's durchaus zwingen will, und schnallt sich nun jeden Morgen die Steigbügel so hoch wie ein Engländer. Aber es nutzt ihm nichts. Er ist und bleibt doch unter Durchschnitt, jedenfalls weitab vom Kavalier, und wenn Hildegard ihn nähme (ich fürchte, sie nimmt ihn nicht), so wäre das wohl der einzige Weg, noch etwas wie einen perfekten Gentleman aus ihm zu machen. Und das kannst du deiner Mama sagen.«

»Ich würde vorziehen, du tätest es.«

»Wenn man aus einem guten Hause stammt, vermeidet man Aussprachen und Szenen ...«

»Und macht sie dafür dem Manne.«

»Das ist etwas anderes.«

»Ja«, lachte Otto. Aber in seinem Lachen war etwas Melancholisches.

Leopold Treibel, der im Geschäft seines älteren Bruders tätig war, während er im elterlichen Hause wohnte, hatte sein Jahr bei den Gardedragonern abdienen wollen, war aber wegen zu flacher Brust nicht angenommen worden, was die ganze Familie schwer gekränkt hatte. Treibel selbst kam schließlich darüber weg, weniger die Kommerzienrätin, am wenigsten Leopold selbst, der – wie Helene bei jeder Gelegenheit und auch an diesem Morgen wieder zu betonen liebte – zur Auswetzung der Scharte wenigstens Reitstunde genommen hatte. Jeden Tag war er zwei Stunden im Sattel und machte dabei, weil er sich wirklich Mühe gab, eine ganz leidliche Figur.

Auch heute wieder, an demselben Morgen, an dem die alten und jungen Treibels ihren Streit über dasselbe gefährliche Thema führten, hatte Leopold, ohne die geringste Ahnung davon, sowohl Veranlassung wie Mittelpunkt derartiger heikler Gespräche zu sein, seinen wie gewöhnlich auf Treptow zu gerichteten Morgenausflug angetreten und ritt von der elterlichen Wohnung aus die zu so früher Stunde noch wenig belebte Köpnicker Straße hinunter, erst an seines Bruders Villa, dann an der alten Pionierkaserne vorüber. Die Kasernenuhr schlug eben sieben, als er das Schlesische Tor passierte. Wenn ihn dies Imsattelsein ohnehin schon an jedem Morgen erfreute, so besonders heut, wo die Vorgänge des voraufgegangenen Abends, am meisten aber die zwischen Mr. Nelson und Corinna geführten Gespräche, noch stark in ihm nachwirkten, so stark, daß er mit dem ihm sonst wenig verwandten Ritter Karl von Eichenhorst wohl den gemeinschaftlichen Wunsch des ›Sich-Ruhe-Reitens‹ in seinem Busen hegen durfte. Was ihm equestrisch dabei zur Verfügung stand, war freilich nichts weniger als ein Dänenroß voll Kraft und Feuer, sondern nur ein schon lange Zeit in der Manege gehender Graditzer, dem etwas Extravagantes nicht mehr zugemutet werden konnte. Leopold ritt denn auch Schritt, so sehr er sich wünschte, davonstürmen zu können. Erst ganz allmählich fiel er in einen leichten Trab und blieb darin, bis er den Schafgraben und gleich danach den in geringer Entfernung gelegenen ›Schlesischen Busch‹ erreicht hatte, drin am Abend vorher, wie ihm Johann noch im Moment des Abreitens erzählt hatte, wieder zwei Frauenzimmer und ein Uhrmacher beraubt worden waren. »Daß dieser Unfug auch gar kein Ende nehmen will! Schwäche, Polizeiversäumnis.« Indessen bei hellem Tageslichte bedeutete das alles nicht allzuviel, weshalb Leopold in der angenehmen Lage war, sich der ringsumher schlagenden Amseln und Finken unbehindert freuen zu können. Und kaum minder genoß er, als er aus dem ›Schlesischen Busch‹ wieder heraus war, die freie Straße, zu deren Rechten sich Saat und Kornfelder dehnten, während zur Linken die Spree mit ihren nebenher laufenden Parkanlagen den Weg begrenzte. Das alles war so schön, so morgenfrisch, daß er das Pferd wieder in Schritt fallen ließ. Aber freilich, so langsam er ritt, bald war er trotzdem an der Stelle, wo, vom andern Ufer her, das kleine Fährboot herüberkam, und als er anhielt, um dem Schauspiele besser zusehen zu können, trabten von der Stadt her auch schon einige Reiter auf der Chaussee heran, und ein Pferdebahnwagen glitt vorüber, drin, soviel er sehen konnte, keine Morgengäste für Treptow saßen. Das war so recht, was ihm paßte, denn sein Frühstück im Freien, was ihn dort regelmäßig erquickte, war nur noch die halbe Freude, wenn ein halb Dutzend echte Berliner um ihn herumsaßen und ihren mitgebrachten Affenpinscher über die Stühle springen oder vom Steg aus apportieren ließen. Das alles, wenn dieser leere Wagen nicht schon einen vollbesetzten Vorläufer gehabt hatte, war für heute nicht zu befürchten.

Gegen halb acht war er draußen, und einen halbwachsenen Jungen mit nur einem Arm und dem entsprechenden losen Ärmel (den er beständig in der Luft schwenkte) heranwinkend, stieg er jetzt ab und sagte, während er dem Einarmigen die Zügel gab: »Führ es unter die Linde, Fritz! Die Morgensonne sticht hier so.« Der Junge tat auch, wie ihm geheißen, und Leopold seinerseits ging nun an einem von Liguster überwachsenen Staketenzaun auf den Eingang des Treptower Etablissements zu. Gott sei Dank, hier war alles wie gewünscht, sämtliche Tische leer, die Stühle umgekippt und auch von Kellnern niemand da als sein Freund Mützell, ein auf sich haltender Mann von Mitte der Vierzig, der schon in den Vormittagsstunden einen beinahe fleckenlosen Frack trug und die Trinkgelderfrage mit einer erstaunlichen, übrigens von Leopold (der immer sehr splendid war) nie herausgeforderten Gentilezza behandelte. »Sehen Sie, Herr Treibel«, so waren, als das Gespräch einmal in dieser Richtung lief, seine Worte gewesen, »die meisten wollen nicht recht und streiten einem auch noch was ab, besonders die Damens, aber viele sind auch wieder gut und manche sogar sehr gut und wissen, daß man von einer Zigarre nicht leben kann und die Frau zu Hause mit ihren drei Kindern erst recht nicht. Und sehen Sie, Herr Treibel, die geben, und besonders die kleinen Leute. Da war erst gestern wieder einer hier, der schob mir aus Versehen ein Fünfzigpfennigstück zu, weil er's für einen Zehner hielt, und als ich's ihm sagte, nahm er's nicht wieder und sagte bloß: Das hat so sein sollen, Freund und Kupferstecher; mitunter fällt Ostern und Pfingsten auf einen Dag.«

Das war vor Wochen gewesen, daß Mützell so zu Leopold Treibel gesprochen hatte. Beide standen überhaupt auf einem Plauderfuß; was aber für Leopold noch angenehmer als diese Plauderei war, war, daß er über Dinge, die sich von selbst verstanden, gar nicht erst zu sprechen brauchte. Mützell, wenn er den jungen Treibel in das Lokal eintreten und über den frischgeharkten Kies hin auf seinen Platz in unmittelbarer Nähe des Wassers zuschreiten sah, salutierte bloß von fern und zog sich dann ohne weiteres in die Küche zurück, von der aus er nach drei Minuten mit einem Tablett, auf dem eine Tasse Kaffee mit ein paar englischen Biskuits und ein großes Glas Milch standen, wieder unter den Frontbäumen erschien. Das große Glas Milch war Hauptsache, denn Sanitätsrat Lohmeyer hatte noch nach der letzten Auskultation zur Kommerzienrätin gesagt: »Meine gnädigste Frau, noch hat es nichts zu bedeuten, aber man muß vorbeugen, dazu sind wir da; im übrigen ist unser Wissen Stückwerk. Also wenn ich bitten darf, so wenig Kaffee wie möglich und jeden Morgen ein Liter Milch.«

Auch heute hatte bei Leopolds Erscheinen die sich täglich wiederholende Begegnungsszene gespielt: Mützell war auf die Küche zu verschwunden und tauchte jetzt in Front des Hauses wieder auf, das Tablett auf den fünf Fingerspitzen seiner linken Hand mit beinahe zirkushafter Virtuosität balancierend.

»Guten Morgen, Herr Treibel. Schöner Morgen heute morgen.«

»Ja, lieber Mützell. Sehr schön. Aber ein bißchen frisch. Besonders hier am Wasser. Mich schuddert ordentlich, und ich bin schon auf und ab gegangen. Lassen Sie sehen, Mützell, ob der Kaffee warm ist.«

Und ehe der so freundlich Angesprochene das Tablett auf den Tisch setzen konnte, hatte Leopold die kleine Tasse schon herabgenommen und sie mit einem Zuge geleert.

»Ah, brillant. Das tut einem alten Menschen wohl. Und nun will ich die Milch trinken, Mützell; aber mit Andacht. Und wenn ich damit fertig bin – die Milch ist immer ein bißchen labbrig, was aber kein Tadel sein soll, gute Milch muß eigentlich immer ein bißchen labbrig sein –, wenn ich damit fertig bin, bitt' ich noch um eine …«

»Kaffee?«

»Freilich, Mützell.«

»Ja, Herr Treibel …«

»Nun, was ist? Sie machen ja ein ganz verlegenes Gesicht, Mützell, als ob ich was Besonderes gesagt hätte.«

»Ja, Herr Treibel …«

»Nun, zum Donnerwetter, was ist denn los?«

»Ja, Herr Treibel, als die Frau Mama vorgestern hier waren und der Herr Kommerzienrat auch und auch das Gesellschaftsfräulein und Sie, Herr Leopold, eben nach dem Sperl und dem Karussell gegangen waren, da hat mir die Frau Mama gesagt: ›Hören Sie, Mützell, ich weiß, er kommt beinahe jeden Morgen, und ich mache Sie verantwortlich … *eine Tasse;* nie mehr … Sanitätsrat Lohmeyer, der ja auch mal Ihre Frau behandelt hat, hat es mir im Vertrauen, aber doch mit allem Ernste gesagt: zwei sind Gift …‹«

»So … und hat meine Mama vielleicht noch mehr gesagt?«

»Die Frau Kommerzienrätin sagten auch noch: ›Ihr Schade soll es nicht sein, Mützell … Ich kann nicht sagen, daß mein Sohn ein passionierter Mensch ist, er ist ein guter Mensch, ein lieber Mensch …‹ Sie verzeihen, Herr Treibel, daß ich Ihnen das alles, was Ihre Frau Mama gesagt hat, hier so ganz simplement wiederhole … ›aber er hat die Kaffeepassion. Und das ist immer das Schlimme, daß die Menschen grade die Passion haben, die sie nicht haben sollen. Also Mützell, eine Tasse mag gehen, aber nicht zwei.‹«

Leopold hatte mit sehr geteilten Empfindungen zugehört und nicht gewußt, ob er lachen oder verdrießlich werden solle. »Nun, Mützell, dann lassen wir's; keine zweite.« Und damit nahm er seinen Platz wieder ein, während sich Mützell in seine Wartestellung an der Hausecke zurückzog.

»Da hab ich nun mein Leben auf einen Schlag«, sagte Leopold, als er wieder allein war. »Ich habe mal von einem gehört, der bei Josty, weil er so gewettet hatte, zwölf Tassen Kaffee hintereinander trank und dann tot umfiel. Aber was beweist das? Wenn ich zwölf Käsestullen esse, fall ich auch tot um; alles Verzwölffachte tötet einen Menschen. Aber welcher vernünftige Mensch verzwölffacht auch sein Speis und Trank. Von jedem vernünftigen Menschen muß man annehmen, daß er Unsinnigkeiten unterlassen und seine Gesundheit befragen und seinen Körper nicht zerstören wird. Wenigstens für mich kann ich einstehen. Und die gute Mama sollte wissen, daß ich dieser Kontrolle nicht bedarf, und sollte mir diesen meinen Freund Mützell nicht so naiv zum Hüter bestellen. Aber sie muß immer die Fäden in der Hand haben, sie muß alles bestimmen, alles anordnen, und wenn ich eine baumwollene Jacke will, so muß es eine wollene sein.«

Er machte sich nun an die Milch und mußte lächeln, als er die lange Stange mit dem schon niedergesunkenen Milchschaum in die Hand nahm. »Mein eigentliches Getränk. ›Milch der frommen Denkungsart‹ würde Papa sagen. Ach, es ist zum Ärgern, alles zum Ärgern. Bevormundung, wohin ich sehe, schlimmer, als ob ich gestern meinen Einsegnungstag gehabt hätte. Helene weiß alles besser, Otto weiß alles besser, und nun gar erst die Mama. Sie möchte mir am liebsten vorschreiben, ob ich einen blauen oder grünen Schlips und einen graden oder schrägen Scheitel tragen soll. Aber ich will mich nicht ärgern. Die Holländer haben ein Sprichwort: ›Ärgere dich nicht, wundere dich bloß.‹ Und auch das werde ich mir schließlich noch abgewöhnen.«

Er sprach noch so weiter in sich hinein, abwechselnd die Menschen und die Verhältnisse verklagend, bis er mit einemmal all seinen Unmut gegen sich selber richtete: »Torheit. Die Menschen, die Verhältnisse, das alles ist es nicht; nein, nein. Andere haben auch eine auf ihr Hausregiment eifersüchtige Mama und tun doch, was sie wollen; es liegt an mir. ›*Pluck, dear Leopold, that's it*‹, das hat mir der gute Nelson noch gestern abend zum Abschied gesagt, und er hat ganz recht. Da liegt es; nirgend anders. Mir fehlt es an Energie und Mut, und das Aufbäumen hab ich nun schon gewiß nicht gelernt.«

Er blickte, während er so sprach, vor sich hin, knipste mit seiner Reitgerte kleine Kiesstücke fort und malte Buchstaben in den frischgestreuten Sand. Und als er nach einer Weile wieder aufblickte, sah er zahlreiche Boote, die vom Stralauer Ufer her herüberkamen, und dazwischen einen mit großem Segel flußabwärts fahrenden Spreekahn. Wie sehnsüchtig richtete sich sein Blick darauf!

»Ach, ich muß aus diesem elenden Zustande heraus, und wenn es wahr ist, daß einem die Liebe Mut und Entschlossenheit gibt, so muß doch alles gut werden. Und nicht bloß gut, es muß mir auch leicht werden und mich geradezu zwingen und drängen, den Kampf aufzunehmen und ihnen allen zu zeigen, und der Mama voran, daß sie mich denn doch verkannt und unterschätzt haben. Und wenn ich in Unentschlossenheit zurückfalle, was Gott verhüte, so wird sie mir die nötige Kraft geben. Denn sie hat all das, was mir fehlt, und weiß alles und kann alles. Aber bin ich ihrer sicher? Da steh ich wieder vor der Hauptfrage. Mitunter ist es mir freilich, als kümmere sie sich um mich und als spräche sie eigentlich nur zu mir, wenn sie zu anderen spricht. So war es noch gestern abend wieder, und ich sah auch, wie Marcell sich verfärbte, weil er eifersüchtig war. Etwas anderes konnte es nicht sein. Und das alles ...«

Er unterbrach sich, weil eben jetzt die sich um ihn sammelnden Sperlinge mit jedem Augenblicke zudringlicher wurden. Einige kamen bis auf den Tisch und mahnten ihn durch Picken und dreistes Ansehen, daß er ihnen noch immer ihr Frühstück schulde. Lächelnd zerbrach er einen Biskuit und warf ihnen die Stücke hin, mit denen zunächst die Sieger und, alsbald auch ihnen folgend, die anderen in die Lindenbäume zurückflogen. Aber kaum, daß die Störenfriede fort waren, so waren für ihn auch die alten Betrachtungen wieder da.

»Ja, das mit Marcell, das darf ich mir zum Guten deuten und manches andere noch. Aber es kann auch alles bloß Spiel und Laune gewesen sein. Corinna nimmt nichts ernsthaft und will eigentlich immer nur glänzen und die Bewunderung oder das Verwundertsein ihrer Zuhörer auf sich ziehen. Und wenn ich mir diesen ihren Charakter überlege, so muß ich an die Möglichkeit denken, daß ich schließlich auch noch heimgeschickt und ausgelacht werde. Das ist hart. Und doch muß ich es wagen ... Wenn ich nur wen hätte, dem ich mich anvertrauen könnte, der mir riete. Leider hab ich niemanden, keinen Freund; dafür hat Mama auch gesorgt, und so muß ich mir, ohne Rat und Beistand, allerpersönlichst ein doppeltes ›Ja‹ holen. Erst bei Corinna. Und wenn ich dieses erste ›Ja‹ habe, so hab ich noch lange nicht das zweite. Das seh ich nur zu klar. Aber das zweite kann ich mir wenigstens erkämpfen und will es auch ... Es gibt ihrer genug, für die das alles eine Kleinigkeit wäre, für mich aber ist es schwer; ich weiß, ich bin kein Held und das Heldische läßt sich nicht lernen. ›Jeder nach seinen Kräften‹, sagte Direktor Hilgenhahn immer. Ach, ich finde doch beinahe, daß mir mehr aufgelegt wird, als meine Schultern tragen können.«

Ein mit Personen besetzter Dampfer kam in diesem Augenblicke den Fluß herauf und fuhr, ohne an dem Wassersteg anzulegen, auf den ›Neuen Krug‹ und ›Sadowa‹ zu; Musik war an Bord, und dazwischen wurden allerlei Lieder gesungen. Als das Schiff erst den Steg und bald auch die ›Liebesinsel‹ passiert hatte, fuhr Leopold aus seinen Träumereien auf und sah, nach der Uhr blickend, daß es höchste Zeit sei, wenn er noch pünktlich auf dem Kontor eintreffen und sich eine Reprimande oder, was schlimmer, eine spöttische Bemerkung von seiten seines Bruders Otto ersparen wolle. So schritt er denn unter freundlichem Gruß an dem immer noch an seiner Ecke stehenden Mützell vorüber und auf die Stelle zu, wo der Einarmige sein Pferd hielt. »Da, Fritz!« Und nun hob er sich in den Sattel, machte den Rückweg in einem guten Trab und bog, als er das Tor und gleich danach die Pionierkaserne wieder passiert hatte, nach rechts hin in einen neben dem Otto-Treibelschen Holzhofe sich hinziehenden, schmalen Gang ein, über dessen Heckenzaun fort man auf den Vorgarten und die zwischen den Bäumen gelegene Villa sah. Bruder und Schwägerin saßen noch beim Frühstück. Leopold grüßte hinüber. »Guten Morgen, Otto; guten Morgen, Helene!« Beide erwiderten den Gruß, lächelten, weil sie diese tägliche Reiterei ziemlich lächerlich fanden. Und gerade Leopold! Was er sich eigentlich dabei denken mochte!

Leopold selbst war inzwischen abgestiegen und gab das Pferd einem an der Hintertreppe der Villa schon wartenden Diener, der es, die Köpnicker Straße hinauf, nach dem elterlichen Fabrikhof und dem dazu gehörigen Stallgebäude führte – *stableyard*, sagte Helene.

9. KAPITEL

Eine Woche war vergangen, und über dem Schmidtschen Hause lag eine starke Verstimmung; Corinna grollte mit Marcell, weil er mit ihr grollte (so wenigstens mußte sie sein Ausbleiben deuten), und die gute Schmolke wiederum grollte mit Corinna wegen ihres Grollens auf Marcell. »Das tut nicht gut, Corinna, so sein Glück von sich zu stoßen. Glaube mir, das Glück wird ärgerlich, wenn man es wegjagt, und kommt dann nicht wieder. Marcell ist, was man einen Schatz nennt oder auch ein Juwel, Marcell ist ganz so wie Schmolke war.« So hieß es jeden Abend. Nur Schmidt selbst merkte nichts von der über seinem Hause lagernden Wolke, studierte sich vielmehr immer tiefer in die Goldmasken hinein und entschied sich in einem mit Distelkamp immer heftiger geführten Streite auf das bestimmteste, hinsichtlich der einen, für Aegisth. Aegisth sei doch immerhin sieben Jahre lang Klytämnestras Gemahl gewesen, außerdem naher Anverwandter des Hauses, und wenn er, Schmidt, auch seinerseits zugeben müsse, daß der Mord Agamemnons einigermaßen gegen seine Aegisth-Hypothese spreche, so sei doch andererseits nicht zu vergessen, daß die ganze Mordaffäre mehr oder weniger etwas Internes, sozusagen eine reine Familienangelegenheit gewesen sei, wodurch die nach außen hin auf Volk und Staat berechnete Beisetzungs- und Zeremonialfrage nicht eigentlich berührt werden könne. Distelkamp schwieg und zog sich unter Lächeln aus der Debatte zurück.

Auch bei den alten und jungen Treibels herrschte eine gewisse schlechte Laune vor: Helene war unzufrieden mit Otto, Otto mit Helenen, und die Mama wiederum mit beiden. Am unzufriedensten, wenn auch nur mit sich selber, war Leopold, und nur der alte Treibel merkte von der ihn umgebenden Verstimmung herzlich wenig oder wollte nichts davon merken, erfreute sich vielmehr einer ungewöhnlich guten Laune. Daß dem so war, hatte, wie bei Willibald Schmidt, darin seinen Grund, daß er all die Zeit über sein Steckenpferd tummeln und sich einiger schon erzielter Triumphe rühmen durfte. Vogelsang war nämlich, unmittelbar nach dem zu seinen und Mr. Nelsons Ehren stattgehabten Diner, in den für Treibel zu erobernden Wahlkreis abgegangen, und zwar um hier in einer Art Vorkampagne die Herzen und Nieren der Teupitz-Zossener und ihre mutmaßliche Haltung in der entscheidenden Stunde zu prüfen. Es muß gesagt werden, daß er, bei Durchführung dieser seiner Aufgabe, nicht bloß eine bemerkenswerte Tätigkeit entfaltet, sondern auch beinahe täglich etliche Telegramme geschickt hatte, darin er über die Resultate seines Wahlfeldzuges, je nach der Bedeutung der Aktion, länger oder kürzer berichtete. Daß diese Telegramme mit denen des ehemaligen Bernauer Kriegskorrespondenten eine verzweifelte Ähnlichkeit hatten, war Treibel nicht entgangen, aber von diesem, weil er schließlich nur auf das achtete, was ihm persönlich gefiel, ohne sonderliche Beanstandung hingenommen worden. In einem dieser Telegramme hieß es: »Alles geht gut. Bitte, Geldanweisung nach Teupitz hin. Ihr V.« Und dann: »Die Dörfer am Schermützelsee sind unser. Gott sei Dank. Überall dieselbe Gesinnung wie am Teupitzsee. Anweisung noch nicht eingetroffen. Bitte dringend. Ihr V.« ... »Morgen nach Storkow! Dort muß es sich entscheiden. Anweisung inzwischen empfangen. Aber deckt nur gerade das schon Verausgabte. Montecuculis Worte über Kriegführung gilt auch für Wahlfeldzüge. Bitte weiteres nach Groß-Rietz hin. Ihr V.« Treibel, in geschmeichelter Eitelkeit, betrachtete hiernach den Wahlkreis als für ihn gesichert, und in den Becher seiner Freude fiel eigentlich nur ein Wermutstropfen: er wußte, wie kritisch ablehnend Jenny zu dieser Sache stand, und sah sich dadurch gezwungen, sein Glück allein zu genießen. Friedrich, überhaupt sein Vertrauter, war ihm auch jetzt wieder ›unter Larven die einzig fühlende Brust‹, ein Zitat, das er nicht müde wurde sich zu wiederholen. Aber eine gewisse Leere blieb doch. Auffallend war ihm außerdem, daß die Berliner Zeitungen gar nichts brachten, und zwar war ihm dies um so auffallender, als von scharfer Gegnerschaft, allen Vogelsangschen Berichten nach, eigentlich keine Rede sein konnte. Die Konservativen und Nationalliberalen und vielleicht auch ein paar Parlamentarier von Fach mochten gegen ihn sein, aber was bedeutete das? Nach einer ungefähren Schätzung, die Vogelsang angestellt und in einem eingeschriebenen Briefe nach Villa Treibel hin adressiert hatte, besaß der ganze Kreis nur sieben Nationalliberale: drei Oberlehrer, einen Kreisrichter, einen rationalistischen Superintendenten und zwei studierte Bauergutsbesitzer, während die Zahl der Orthodox-Konservativen noch hinter diesem bescheidenen Häuflein zurückblieb. »Ernst zu nehmende Gegnerschaft, vacat.« So schloß Vogelsangs Brief, und »vacat« war unterstrichen. Das klang hoffnungsreich genug, ließ aber inmitten aufrichtiger Freude doch einen Rest von Unruhe fortbestehen, und als eine runde Woche seit Vogelsangs Abreise vergangen war, brach denn auch wirklich der große Tag an, der die Berechtigung der instinktiv immer wieder sich einstellenden Ängstlichkeit und Sorge dartun sollte. Nicht unmittelbar, nicht gleich im ersten Moment, aber die Frist war nur eine nach Minuten ganz kurz bemessene.

Treibel saß in seinem Zimmer und frühstückte. Jenny hatte sich mit Kopfweh und einem schweren Traum entschuldigen lassen. »Sollte sie wieder von Vogelsang geträumt haben?« Er ahnte nicht, daß dieser Spott sich in derselben Stunde noch an ihm rächen würde. Friedrich brachte die Postsachen, unter denen diesmal wenig Karten und Briefe, dafür aber desto mehr Zeitungen unter Kreuzband waren, einige, soviel sich äußerlich erkennen ließ, mit merkwürdigen Emblemen und Stadtwappen ausgerüstet.

All dies (zunächst nur Vermutung) sollte sich, bei schärferem Zusehen, rasch bestätigen, und als Treibel die Kreuzbänder entfernt und das weiche Löschpapier über den Tisch hin ausgebreitet hatte, las er mit einer gewissen heiteren Andacht: ›Der Wächter an der wendischen Spree‹, ›Wehrlos, ehrlos‹, ›Alltied Vorupp‹ und ›Der Storkower Bote‹ – zwei davon waren cis-, zwei transspreeanischen Ursprunges. Treibel, sonst ein Feind alles überstürzten Lesens, weil er von jedem blinden Eifer nur Unheil erwartete, machte sich diesmal mit bemerkenswerter Raschheit über die Blätter und überflog die blau angestrichenen Stellen. Leutnant Vogelsang (so hieß es in jedem in wörtlicher Wiederholung), ein Mann, der schon anno 48 gegen die Revolution gestanden und der Hydra das Haupt zertreten, hätte sich an drei hintereinander folgenden Tagen dem Kreise vorgestellt, nicht um seiner selbst, sondern um seines politischen Freundes, des Kommerzienrats Treibel willen, der später den Kreis besuchen und bei der Gelegenheit die von Leutnant Vogelsang ausgesprochenen Grundsätze wiederholen werde, was, soviel lasse sich schon heute sagen, als die wärmste Empfehlung des eigentlichen Kandidaten anzusehen sei. Denn das Vogelsangsche Programm laufe darauf hinaus, daß zuviel und namentlich unter zu starker Wahrnehmung persönlicher Interessen regiert werde, daß also demgemäß alle kostspieligen »Zwischenstufen« fallen müßten (was wiederum gleichbedeutend sei mit Herabsetzung der Steuern), und daß von den gegenwärtigen, zum Teil unverständlichen Kompliziertheiten nichts übrigbleiben dürfe als ein freier Fürst und ein freies Volk. Damit seien freilich *zwei* Dreh- oder Mittelpunkte gegeben, aber nicht zum Schaden der Sache. Denn wer die Tiefe des Lebens ergründet oder ihr auch nur nachgespürt habe, der wisse, daß die Sache mit dem einfachen Mittelpunkt – er vermeide mit Vorbedacht das Wort Zentrum – falsch sei, und daß sich das Leben nicht im Kreise, wohl aber in der Ellipse bewege. Weshalb zwei Drehpunkte das natürlich Gegebene seien.

»Nicht übel«, sagte Treibel, als er gelesen, »nicht übel. Es hat so was Logisches; ein bißchen verrückt, aber doch logisch. Das einzige, was mich stutzig macht, ist, daß es alles klingt, als ob es Vogelsang selber geschrieben hätte. Die zertretene Hydra, die herabgesetzten Steuern, das gräßliche Wortspiel mit dem Zentrum und zuletzt der Unsinn mit dem Kreis und der Ellipse, das alles ist Vogelsang. Und der Einsender an die vier Spreeblätter ist natürlich wiederum Vogelsang. Ich kenne meine Pappenheimer.« Und dabei schob Treibel den ›Wächter an der wendischen Spree‹ samt dem ganzen Rest vom Tisch auf das Sofa hinunter und nahm eine halbe ›Nationalzeitung‹ zur Hand, die gleichfalls mit den anderen Blättern unter Kreuzband eingegangen war, aber der Handschrift und ganzen Adresse nach von jemand anderem als Vogelsang aufgegeben sein mußte. Früher war der Kommerzienrat Abonnent und eifriger Leser der ›Nationalzeitung‹ gewesen, und es kamen ihm auch jetzt noch tagtäglich Viertelstunden, in denen er den Wechsel in seiner Lektüre bedauerte.

»Nun laß sehn«, sagte er schließlich und ging, das Blatt aufschlagend, mit lesegewandtem Auge die drei Spalten hinunter, und richtig, da war es: ›Parlamentarische Nachrichten. Aus dem Kreise Teupitz-Zossen‹. Als er den Kopftitel gelesen, unterbrach er sich. »Ich weiß nicht, es klingt so sonderbar. Und doch auch wieder, wie soll es am Ende anders klingen? Es ist der natürlichste Anfang von der Welt; also nur vorwärts.«

Und so las er denn weiter: »Seit drei Tagen haben in unserem stillen und durch politische Kämpfe sonst wenig gestörten Kreise die Wahlvorbereitungen begonnen, und zwar seitens einer Partei, die sich augenscheinlich vorgesetzt hat, das, was ihr an historischer Kenntnis und politischer Erfahrung, ja, man darf füglich sagen, an gesundem Menschenverstande fehlt, durch ›Fixigkeit‹ zu ersetzen. Eben diese Partei, die sonst nichts weiß und kennt, kennt augenscheinlich das Märchen vom ›Swinegel und siner Fru‹ und scheint gewillt, an dem Tage, wo der Wettbewerb mit den wirklichen Parteien zu beginnen hat, eine jede derselben mit dem aus jenem Märchen wohlbekannten Swinegelrufe ›Ik bin all hier‹ empfangen zu wollen. Nur so vermögen wir uns dies überfrühe Zurstellesein zu erklären. Alle Plätze scheinen, wie bei Theaterpremieren, von Leutnant Vogelsang und den Seinen im voraus belegt werden zu sollen. Aber man wird sich täuschen. Es fehlt dieser Partei nicht an Stirn, wohl aber an dem, was noch mit dazu gehört; der Kasten ist da, nicht der Inhalt ...«

»Alle Wetter«, sagte Treibel, »der setzt scharf ein ... Was davon auf mein Teil kommt, ist mir nicht eben angenehm, aber dem Vogelsang gönn ich es. Etwas ist in seinem Programm, das blendet, und damit hat er mich eingefangen. Indessen, je mehr ich mir's ansehe, desto fraglicher erscheint es mir. Unter diesen Knickstiebeln, die sich einbilden, schon vor vierzig Jahren die Hydra zertreten zu haben, sind immer etliche Zirkelquadratur- und Perpetuum-mobile-Sucher, immer solche, die das Unmögliche, das sich in sich Widersprechende zustande bringen wollen. Vogelsang gehört dazu. Vielleicht ist es auch bloß Geschäft; wenn ich mir zusammenrechne, was ich in diesen acht Tagen ... Aber ich bin erst bis an den ersten Absatz der Korrespondenz gekommen; die zweite Hälfte wird ihm wohl noch schärfer zu Leibe gehen oder vielleicht auch mir.« Und Treibel las weiter:

»Es ist kaum möglich, den Herrn, der uns gestern und vorgestern – seiner in unserem Kreise voraufgegangenen Taten zu geschweigen – zunächst in Markgraf-Pieske, dann aber in Storkow und Groß-Rietz beglückt hat, ernsthaft zu nehmen, und zwar um so weniger, je ernsthafter das Gesicht ist, das er macht. Er gehört in die Klasse der Malvoglios, der feierlichen Narren, deren Zahl leider größer ist, als man gewöhnlich annimmt. Wenn sein Galimathias noch keinen Namen hat, so könnte man ihn das Lied vom dreigestrichenen C nennen, denn Cabinet, Churbrandenburg und Cantonale-Freiheit, das sind die drei großen C, womit dieser Kurpfuscher die Welt oder doch wenigstens den Preußischen Staat retten will. Eine gewisse Methode läßt sich darin nicht verkennen, indessen, Methode hat auch der Wahnsinn. Leutnant Vogelsangs Sang hat uns aufs äußerste mißfallen. Alles in seinem Programm ist gemeingefährlich. Aber was wir am meisten beklagen, ist das, daß er nicht für sich und in seinem Namen sprach, sondern im Namen eines unserer geachtetsten Berliner Industriellen, des Kommerzienrats Treibel (Berlinerblaufabrik, Köpnicker Straße), von dem wir uns eines Besseren versehen hätten. Ein neuer Beweis dafür, daß man ein guter Mensch und doch ein schlechter Musikant sein kann, und desgleichen ein Beweis, wohin der politische Dilettantismus führt.«

Treibel klappte das Blatt wieder zusammen, schlug mit der Hand darauf und sagte: »Nun, soviel ist gewiß, in Teupitz-Zossen ist das nicht geschrieben. Das ist Tells Geschoß. Das kommt aus nächster Nähe. Das ist von dem nationalliberalen Oberlehrer, der uns neulich bei Buggenhagen nicht bloß Opposition machte, sondern uns zu verhöhnen suchte. Drang aber nicht durch. Alles in allem, ich mag ihm nicht unrecht geben, und jedenfalls gefällt er mir besser als Vogelsang. Außerdem sind sie jetzt bei der ›Nationalzeitung‹ halbe Hofpartei, gehen mit den Freikonservativen zusammen. Es war eine Dummheit von mir, mindestens eine Übereilung, daß ich abschwenkte. Wenn ich gewartet hätte, könnte ich jetzt, in viel besserer Gesellschaft, auf seiten der Regierung stehen. Statt dessen bin ich auf den dummen Kerl und Prinzipienreiter eingeschworen. Ich werde mich aber aus der ganzen Geschichte herausziehen, und zwar für immer: der Gebrannte scheut das Feuer ... Eigentlich könnte ich mich noch beglückwünschen, so mit tausend Mark oder doch nicht viel mehr davongekommen zu sein, wenn nur nicht mein Name genannt wäre. Mein Name. Das ist fatal ...« Und dabei schlug er das Blatt wieder auf. »Ich will die Stelle noch einmal lesen: ›eines unserer geachtetsten Berliner Industriellen, des Kommerzienrats Treibel‹ – ja, das laß ich mir gefallen, das klingt gut. Und nun lächerliche Figur von Vogelsangs Gnaden.«

Und unter diesen Worten stand er auf, um sich draußen im Garten zu ergehen und in der frischen Luft seinen Ärger nach Möglichkeit loszuwerden.

Es schien aber nicht recht glücken zu sollen, denn im selben Augenblick, wo er, um den Giebel des Hauses herum, in den Hintergarten einbog, sah er die Honig, die, wie jeden Morgen, so auch heute wieder das Bologneser Hündchen um das Bassin führte. Treibel prallte zurück, denn nach einer Unterhaltung mit dem aufgesteiften Fräulein stand ihm durchaus nicht der Sinn. Er war aber schon gesehen und begrüßt worden, und da große Höflichkeit und mehr noch große Herzensgüte zu seinen Tugenden zählte, so gab er sich einen Ruck und ging guten Muts auf die Honig zu, zu deren Kenntnissen und Urteilen er übrigens ein aufrichtiges Vertrauen hegte.

»Sehr erfreut, mein liebes Fräulein, Sie mal allein und zu so guter Stunde zu treffen ... Ich habe seit langem so dies und das auf dem Herzen, mit dem ich gern herunter möchte ...«

Die Honig errötete, weil sie trotz des guten Rufes, dessen sich Treibel erfreute, doch von einem ängstlich süßen Gefühl überrieselt wurde, dessen äußerste Nichtberechtigung ihr freilich im nächsten Moment schon in beinahe grausamer Weise klar werden sollte.

»... Mich beschäftigt nämlich meiner lieben kleinen Enkelin Erziehung, an der ich denn doch das Hamburgische sich in einem Grade vollstrecken sehe – ich wähle diesen Schafottausdruck absichtlich –, der mich von meinem einfacheren Berliner Standpunkt aus mit einiger Sorge erfüllt.«

Das Bologneser Hündchen, das Czicka hieß, zog in diesem Augenblick an der Schnur und schien einem Perlhuhn nachlaufen zu wollen, das sich, vom Hof her, in den Garten verirrt hatte; die Honig verstand aber keinen Spaß und gab dem Hündchen einen Klaps. Czicka seinerseits tat einen Blaff und warf den Kopf hin und her, so daß die seinem Röckchen (eigentlich bloß eine Leibbinde) dicht aufgenähten Glöckchen in ein Klingen kamen. Dann aber beruhigte sich das Tierchen wieder, und die Promenade um das Bassin herum begann aufs neue.

»Sehen Sie, Fräulein Honig, so wird auch das Lizzichen erzogen. Immer an einer Strippe, die die Mutter in Händen hält, und wenn mal ein Perlhuhn kommt und das Lizzichen fortwill, dann gibt es auch einen Klaps, aber einen ganz, ganz kleinen, und der Unterschied ist bloß, daß Lizzi keinen Blaff tut und nicht den Kopf wirft und natürlich auch kein Schellengeläut hat, das ins Klingen kommen kann.«

»Lizzichen ist ein Engel«, sagte die Honig, die während einer sechzehnjährigen Erzieherinnenlaufbahn Vorsicht im Ausdruck gelernt hatte.

»Glauben Sie das wirklich?«

»Ich glaub es wirklich, Herr Kommerzienrat, vorausgesetzt, daß wir uns über ›Engel‹ einigen.«

»Sehr gut, Fräulein Honig, das kommt mir zupaß. Ich wollte nur über Lizzi mit Ihnen sprechen und höre nun auch noch was über Engel. Im ganzen genommen ist die Gelegenheit, sich über Engel ein festes Urteil zu bilden, nicht groß. Nun sagen Sie, was verstehen Sie unter Engel? Aber kommen Sie mir nicht mit Flügel.«

Die Honig lächelte. »Nein, Herr Kommerzienrat, nichts von Flügel, aber ich möchte doch sagen dürfen, ›Unberührtheit vom Irdischen‹, das ist ein Engel.«

»Das läßt sich hören. Unberührtheit vom Irdischen – nicht übel. Ja, noch mehr, ich will es ohne weiteres gelten lassen und will es schön finden, und wenn Otto und meine Schwiegertochter Helene sich klar und zielbewußt vorsetzen würden, eine richtige kleine Genoveva auszubilden oder eine kleine keusche Susanna, Pardon, ich kann im Augenblicke kein besseres Beispiel finden, oder wenn alles ganz ernsthaft darauf hinausliefe, sagen wir für irgendeinen Thüringer Landgrafen oder meinetwegen auch für ein geringeres Geschöpf Gottes einen Abklatsch der heiligen Elisabeth herzustellen, so hätte ich nichts dagegen. Ich halte die Lösung solcher Aufgabe für sehr schwierig, aber nicht für unmöglich, und wie so schön gesagt worden ist und immer noch gesagt wird: solche Dinge auch bloß gewollt zu haben, ist schon etwas Großes.«

Die Honig nickte, weil sie der eigenen, nach dieser Seite hin liegenden Anstrengungen gedenken mochte.

»Sie stimmen mir zu«, fuhr Treibel fort. »Nun, das freut mich. Und ich denke, wir sollen auch in dem Zweiten einig bleiben. Sehen Sie, liebes Fräulein, ich begreife vollkommen, trotzdem es meinem persönlichen Geschmack widerspricht, daß eine Mutter ihr Kind auf einen richtigen Engel hin erzieht; man kann nie ganz genau wissen, wie diese Dinge liegen, und wenn es zum letzten kommt, so ganz zweifelsohne vor seinem Richter zu stehen, wer sollte sich das nicht wünschen? Ich möchte beinah sagen, ich wünsch es mir selber. Aber, mein liebes Fräulein, Engel und Engel ist ein Unterschied, und wenn der Engel weiter nichts ist als ein Waschengel und die Fleckenlosigkeit der Seele nach dem Seifenkonsum berechnet und die ganze Reinheit des werdenden Menschen auf die Weißheit seiner Strümpfe gestellt wird, so erfüllt mich dies mit einem leisen Grauen. Und wenn es nun gar das eigene Enkelkind ist, dessen flachsene Haare, Sie werden es auch bemerkt haben, vor lauter Pflege schon halb ins Kakerlakige fallen, so wird einem alten Großvater himmelangst dabei. Könnten Sie sich nicht hinter die Wulsten stecken? Die Wulsten ist eine verständige Person und bäumt, glaub ich, innerlich gegen diese Hamburgereien auf. Ich würde mich freuen, wenn Sie Gelegenheit nähmen …«

In diesem Augenblicke wurde Czicka wieder unruhig und blaffte lauter als zuvor. Treibel, der sich in Auseinandersetzungen der Art nicht gern unterbrochen sah, wollte verdrießlich werden, aber ehe er noch recht dazu kommen konnte, wurden drei junge Damen von der Villa her sichtbar, zwei von ihnen ganz gleichartig in bastfarbene Sommerstoffe gekleidet. Es waren die beiden Felgentreus, denen Helene folgte.

»Gott sei Dank, Helene«, sagte Treibel, der sich – vielleicht weil er ein schlechtes Gewissen hatte – zunächst an die Schwiegertochter wandte, »Gott sei Dank, daß ich dich einmal wiedersehe. Du warst eben der Gegenstand unseres Gesprächs oder mehr noch dein liebes Lizzichen, und Fräulein Honig stellte fest, daß Lizzichen ein Engel sei. Du kannst dir denken, daß ich nicht widersprochen habe. Wer ist nicht gern der Großvater eines Engels? Aber, meine Damen, was verschafft mir so früh diese Ehre? Oder gilt es meiner Frau? Sie hat ihre Migräne. Soll ich sie rufen lassen … ?«

»O nein, Papa«, sagte Helene mit einer Freundlichkeit, die nicht immer ihre Sache war. »Wir kommen zu dir. Felgentreus haben nämlich vor, heute nachmittag eine Partie nach Halensee zu machen, aber nur wenn alle Treibels, von Otto und mir ganz abgesehen, daran teilnehmen.« Die Felgentreuschen Schwestern bestätigten dies alles durch Schwenken ihrer Sonnenschirme, während Helene fortfuhr: »Und nicht später als drei. Wir müssen also versuchen, unserem Lunch einen kleinen Dinner-Charakter zu geben, oder unser Dinner bis auf acht Uhr abends hinausschieben. Elfriede und Blanca wollen noch in die Adlerstraße, um auch Schmidts aufzufordern, zum mindesten Corinna; der Professor kommt dann vielleicht nach. Krola hat schon zugesagt und will ein Quartett mitbringen, darunter zwei Referendare von der Potsdamer Regierung …«

»Und Reserveoffiziere«, ergänzte Blanca, die jüngere Felgentreu …

»Reserveoffiziere«, wiederholte Treibel ernsthaft. »Ja, meine Damen, das gibt den Ausschlag. Ich glaube nicht, daß ein hierlandes lebender Familienvater, auch wenn ihm ein grausames Schicksal eigene Töchter versagte, den Mut haben wird, eine Landpartie mit zwei Reserveleutnants auszuschlagen. Also bestens akzeptiert. Und drei Uhr. Meine Frau wird zwar verstimmt sein, daß, über ihr Haupt hinweg, endgültige Beschlüsse gefaßt worden sind, und ich fürchte beinahe ein momentanes Wachsen des *tic douloureux.* Trotzdem bin ich ihrer sicher. Landpartie mit Quartett und von solcher gesellschaftlichen Zusammensetzung – die Freude darüber bleibt prädominierendes Gefühl. Dem ist keine Migräne gewachsen. Darf ich Ihnen übrigens meine Melonenbeete zeigen? Oder nehmen wir lieber einen leichten Imbiß, ganz leicht, ohne jede ernste Gefährdung des Lunch?«

Alle drei dankten, die Felgentreus, weil sie sich direkt zu Corinna begeben wollten, Helene, weil sie Lizzis halber wieder nach Hause müsse. Die Wulsten sei nicht achtsam genug und lasse Dinge durchgehen, von denen sie nur sagen könne, daß sie ›*shocking*‹ seien. Zum Glück sei Lizzichen ein so gutes Kind, sonst würde sie sich ernstlicher Sorge darüber hingeben müssen.

»Lizzichen ist ein Engel, die ganze Mutter«, sagte Treibel und wechselte, während er das sagte, Blicke mit der Honig, welche die ganze Zeit über in einer gewissen reservierten Haltung seitab gestanden hatte.

10. KAPITEL

Auch Schmidts hatten zugesagt, Corinna mit besonderer Freudigkeit, weil sie sich seit dem Dinnertage bei Treibels in ihrer häuslichen Einsamkeit herzlich gelangweilt hatte, die großen Sätze des Alten kannte sie längst auswendig, und von den Erzählungen der guten Schmolke galt dasselbe. So klang denn »ein Nachmittag in Halensee« fast so poetisch wie »vier Wochen auf Capri«, und Corinna beschloß daraufhin, ihr Bestes zu tun, um sich bei dieser Gelegenheit auch äußerlich neben den Felgentreus behaupten zu können. Denn in ihrer Seele dämmerte eine unklare Vorstellung davon, daß diese Landpartie nicht gewöhnlich verlaufen, sondern etwas Großes bringen werde. Marcell war zur Teilnahme nicht aufgefordert worden, womit seine Cousine, nach der eine ganze Woche lang von ihm beobachteten Haltung, durchaus einverstanden war. Alles versprach einen frohen Tag, besonders auch mit Rücksicht auf die Zusammensetzung der Gesellschaft. Unter dem, was man im voraus vereinbart hatte, war, nach Verwerfung eines von Treibel in Vorschlag gebrachten Kremsers, »der immer das Eigentliche sei«, das die Hauptsache gewesen, daß man auf gemeinschaftliche Fahrt verzichten, dafür aber männiglich sich verpflichten wolle, Punkt vier und jedenfalls nicht mit Überschreitung des akademischen Viertels, in Halensee zu sein.

Und wirklich um vier Uhr war alles versammelt oder doch fast alles. Alte und junge Treibels, desgleichen die Felgentreus, hatten sich in eigenen Equipagen eingefunden, während Krola, von seinem Quartett begleitet, aus nicht aufgeklärten Gründen die neue Dampfbahn, Corinna aber allein – der Alte wollte nachkommen – die Stadtbahn benutzt hatte. Von den Treibels fehlten nur Leopold, der sich, weil er durchaus an Mr. Nelson zu schreiben habe, wegen einer halben Stunde Verspätung im voraus entschuldigen ließ. Corinna war momentan verstimmt darüber, bis ihr der Gedanke kam, es sei wohl eigentlich besser so; kurze Begegnungen seien inhaltsreicher als lange.

»Nun, liebe Freunde«, nahm Treibel das Wort, »alles nach der Ordnung. Erste Frage, wo bringen wir uns unter? Wir haben verschiedenes zur Wahl. Bleiben wir hier parterre, zwischen diesen formidablen Tischreihen, oder rücken wir auf die benachbarte Veranda hinauf, die Sie, wenn Sie Gewicht darauf legen, auch als Altan oder als Söller bezeichnen können? Oder bevorzugen Sie vielleicht die Verschwiegenheit der inneren Gemächer, irgendeiner Kemenate von Halensee? Oder endlich, viertens und letztens, sind Sie für Turmbesteigung und treibt es Sie, diese Wunderwelt, in der keines Menschen Auge bisher einen frischen Grashalm entdecken konnte, treibt es Sie, sag ich, dieses von Spargelbeeten und Eisenbahndämmen durchsetzte Wüstenpanorama zu Ihren Füßen ausgebreitet zu sehen?«

»Ich denke«, sagte Frau Felgentreu, die, trotzdem sie kaum ausgangs vierzig war, schon das Embonpoint und das Asthma einer Sechzigerin hatte, »ich denke, lieber Treibel, wir bleiben, wo wir sind. Ich bin nicht für Steigen, und dann mein' ich auch immer, man muß mit dem zufrieden sein, was man gerade hat.«

»Eine merkwürdig bescheidene Frau«, sagte Corinna zu Krola, der seinerseits mit einfacher Zahlennennung antwortete, leise hinzusetzend, »aber Taler.«

»Gut denn«, fuhr Treibel fort, »wir bleiben also in der Tiefe. Wozu dem Höheren zustreben? Man muß zufrieden sein mit dem durch Schicksalsbeschluß Gegebenen, wie meine Freundin Felgentreu soeben versichert hat. Mit anderen Worten: ›Genieße fröhlich, was du hast‹. Aber, liebe Festgenossen, was tun wir, um unsere Fröhlichkeit zu beleben, oder richtiger und artiger, um ihr Dauer zu geben? Denn von Belebung unserer Fröhlichkeit sprechen, hieße das augenblickliche Vorhandensein derselben in Zweifel ziehen – eine Blasphemie, deren ich mich nicht schuldig machen werde. Landpartien sind immer fröhlich. Nicht wahr, Krola?«

Krola bestätigte mit einem verschmitzten Lächeln, das für den Eingeweihten eine stille Sehnsucht nach Siechen oder dem schweren Wagner ausdrücken sollte.

Treibel verstand es auch so. »Landpartien also sind immer fröhlich, und dann haben wir das Quartett in Bereitschaft und haben Professor Schmidt in Sicht und Leopold auch. Ich finde, daß dies allein schon ein Programm ausdrückt.« Und nach diesen Einleitungsworten einen in der Nähe stehenden mittelalterlichen Kellner heranwinkend, fuhr er in einer anscheinend an diesen, in Wahrheit aber an seine Freunde gerichteten Rede fort: »Ich denke, Kellner, wir rücken zunächst einige Tische zusammen, hier zwischen Brunnen und Fliederboskett; da haben wir frische Luft und etwas Schatten. Und dann, Freund, sobald die Lokalfrage geregelt und das Aktionsfeld abgesteckt ist, dann etwelche Portionen Kaffee, sagen wir vorläufig fünf, Zucker doppelt, und etwas Kuchiges, gleichviel was, mit Ausnahme von altdeutschem Napfkuchen, der mir immer eine Mahnung ist, es mit dem neuen Deutschland ernst und ehrlich zu versuchen. Die Bierfrage können wir später regeln, wenn unser Zuzug eingetroffen ist.«

Dieser Zuzug war nun in der Tat näher, als die ganze Gesellschaft zu hoffen gewagt hatte. Schmidt, in einer ihn begleitenden Wolke daherkommend, war müllergrau von Chausseestaub und mußte es sich gefallen lassen, von den jungen, dabei nicht wenig kokettierenden Damen abgeklopft zu werden, und kaum daß er instandgesetzt und in den Kreis der übrigen eingereiht war, so ward auch schon Leopold in einer langsam herantrottenden Droschke sichtbar, und beide Felgentreus (Corinna hielt sich zurück) liefen auch ihm bis auf die Chaussee hinaus entgegen und schwenkten dieselben Batisttücher zu seiner Begrüßung, mit denen sie eben den alten Schmidt restituiert und wieder leidlich gesellschaftsfähig gemacht hatten.

Auch Treibel hatte sich erhoben und sah der Anfahrt seines Jüngsten zu. »Sonderbar«, sagte er zu Schmidt und Felgentreu, zwischen denen er saß, »sonderbar; es heißt immer, der Apfel fällt nicht weit vom Stamm. Aber mitunter tut er's doch. Alle Naturgesetze schwanken heutzutage. Die Wissenschaft setzt ihnen zu arg zu. Sehen Sie, Schmidt, wenn ich Leopold Treibel wäre (mit *meinem* Vater war das etwas anderes, der war noch aus der alten Zeit), so hätte mich doch kein Deubel davon abgehalten, hier heute hoch zu Roß vorzureiten, und hätte mich graziös – denn, Schmidt, wir haben doch auch unsere Zeit gehabt –, hätte mich graziös, sag ich, aus dem Sattel geschwungen und mir mit der Badine die Stiefel und die Unaussprechlichen abgeklopft und wäre hier, schlecht gerechnet, wie ein junger Gott erschienen, mit einer roten Nelke im Knopfloch, ganz wie Ehrenlegion oder ein ähnlicher Unsinn. Und nun sehen Sie sich den Jungen an. Kommt er nicht an, als ob er hingerichtet werden sollte? Denn das ist ja gar keine Droschke, das ist ein Karren, eine Schleife. Weiß der Himmel, wo's nicht drin steckt, da kommt es auch nicht.«

Unter diesen Worten war Leopold herangekommen, untergefaßt von den beiden Felgentreus, die sich vorgesetzt zu haben schienen, *à tout prix* für das »Landpartieliche« zu sorgen. Corinna, wie sich denken läßt, gefiel sich in Mißbilligung dieser Vertraulichkeit und sagte vor sich hin: »Dumme Dinger!« Dann aber erhob auch sie sich, um Leopold gemeinschaftlich mit den andern zu begrüßen.

Die Droschke draußen hielt noch immer, was dem alten Treibel schließlich auffiel. »Sage, Leopold, warum hält er noch? Rechnet er auf Rückfahrt?«

»Ich glaube, Papa, daß er futtern will.«

»Wohl und weise. Freilich mit seinem Häckselsack wird er nicht weit kommen. Hier müssen energischere Belebungsmittel angewandt werden, sonst passiert was. Bitte, Kellner, geben Sie dem Schimmel ein Seidel. Aber Löwenbräu. Dessen ist er am bedürftigsten.«

»Ich wette«, sagte Krola, »der Kranke wird von Ihrer Arznei nichts wissen wollen.«

»Ich verbürge mich für das Gegenteil. In dem Schimmel steckt was; bloß heruntergekommen.«

Und während das Gespräch noch andauerte, folgte man dem Vorgange draußen und sah, wie das arme verschmachtete Tier mit Gier das Seidel austrank und in ein schwaches Freudengewieher ausbrach.

»Da haben wir's«, triumphierte Treibel. »Ich bin ein Menschenkenner; der hat bessere Tage gesehen und mit diesem Seidel zogen alte Zeiten in ihm herauf. Und Erinnerungen sind immer das Beste. Nicht wahr, Jenny?«

Die Kommerzienrätin antwortete mit einem langgedehnten »Ja, Treibel«, und deutete durch den Ton an, daß er besser täte, sie mit solchen Betrachtungen zu verschonen.

Eine Stunde verging unter allerhand Plaudereien, und wer gerade schwieg, der versäumte nicht, das Bild auf sich wirken zu lassen, das sich um ihn ausbreitete. Da stieg zunächst eine Terrasse nach dem See hinunter, von dessen anderm Ufer her man den schwachen Knall einiger Teschings hörte, mit denen in einer dort etablierten Schießbude nach der Scheibe geschossen wurde, während man aus verhältnismäßiger Nähe das Kugelrollen einer am diesseitigen Ufer sich hinziehenden Doppelkegelbahn und dazwischen die Rufe des Kegeljungen vernahm. Den See selbst aber sah man nicht recht, was die Felgentreuschen Mädchen zuletzt ungeduldig machte. »Wir müssen doch den See sehen. Wir können doch nicht in Halensee gewesen sein, ohne den Halensee gesehen zu haben!« Und dabei schoben sie zwei Stühle mit den Lehnen zusammen und kletterten hinauf, um so den Wasserspiegel vielleicht entdecken zu können. »Ach, da ist er. Etwas klein.«

»Das ›Auge der Landschaft‹ muß klein sein«, sagte Treibel. »Ein Ozean ist kein Auge mehr.«

»Und wo nur die Schwäne sind?« fragte die ältere Felgentreu neugierig. »Ich sehe doch zwei Schwanenhäuser.«

»Ja, liebe Elfriede«, sagte Treibel. »Sie verlangen zuviel. Das ist immer so; wo Schwäne sind, sind keine Schwanenhäuser, und wo Schwanenhäuser sind, sind keine Schwäne. Der eine hat den Beutel, der andre hat das Geld. Diese Wahrnehmung, meine junge Freundin, werden Sie noch verschiedentlich im Leben machen. Lassen Sie mich annehmen, nicht zu sehr zu Ihrem Schaden.«

Elfriede sah ihn groß an. ›Worauf bezog sich das und auf wen? Auf Leopold? Oder auf den früheren Hauslehrer, mit dem sie sich noch schrieb, aber doch nur so, daß es nicht völlig einschlief. Oder auf den Pionierleutnant? Es konnte sich auf alle drei beziehen. Leopold hatte das Geld … Hm.‹

»Im übrigen«, fuhr Treibel an die Gesamtheit gewendet fort, »ich habe mal wo gelesen, daß es immer das Geratenste sei, das Schönste nicht auszukosten, sondern mitten im Genusse dem Genuß Valet zu sagen. Und dieser Gedanke kommt mir auch jetzt wieder. Es ist kein Zweifel, daß dieser Fleck Erde mit zu dem Schönsten zählt, was die norddeutsche Tiefebene besitzt, durchaus angetan, durch Sang und Bild verherrlicht zu werden, wenn es nicht schon geschehen ist, denn wir haben jetzt eine märkische Schule, vor der nichts sicher ist, Beleuchtungskünstler ersten Ranges, wobei Wort oder Farbe keinen Unterschied macht. Aber eben weil es so schön ist, gedenken wir jenes vorzitierten Satzes, der von einem letzten Auskosten nichts wissen will, mit andern Worten, beschäftigen wir uns mit dem Gedanken an Aufbruch. Ich sage wohlüberlegt ›Aufbruch‹, nicht Rückfahrt, nicht vorzeitig Rückkehr in die alten Geleise, das sei ferne von mir; dieser Tag hat sein letztes Wort noch nicht gesprochen. Nur ein Scheiden speziell aus diesem Idyll, eh es uns ganz umstrickt. Ich proponiere Waldpromenade bis Paulsborn oder, wenn dies zu kühn erscheinen sollte, bis Hundekehle. Die Prosa des Namens wird ausgeglichen durch die Poesie der größeren Nähe. Vielleicht, daß ich mir den besonderen Dank meiner Freundin Felgentreu durch diese Modifikation verdiene.«

Frau Felgentreu, der nichts ärgerlicher war als Anspielungen auf ihre Wohlbeleibtheit und Kurzatmigkeit, begnügte sich, ihrem Freunde Treibel den Rücken zu kehren.

»Dank vom Hause Österreich. Aber es ist immer so, der Gerechte muß viel leiden. Ich werde mich auf einem verschwiegenen Waldweg bemühen, Ihrem schönen Unmut die Spitze abzubrechen. Darf ich um Ihren Arm bitten, liebe Freundin?«

Und alles erhob sich, um in Gruppen zu zweien und dreien die Terrasse hinabzusteigen und zu beiden Seiten des Sees auf den schon im halben Dämmer liegenden Grunewald zuzuschreiten.

Die Hauptkolonne hielt sich links. Sie bestand, unter Vorantritt des Felgentreuschen Ehepaares (Treibel hatte sich von seiner Freundin wieder frei gemacht), aus dem Krolaschen Quartett, in das sich Elfriede und Blanca Felgentreu derart eingereiht hatten, daß sie zwischen den beiden Referendaren und zwei jungen Kaufleuten gingen. Einer der jungen Kaufleute war ein berühmter Jodler und trug auch den entsprechenden Hut. Dann kamen Otto und Helene, während Treibel und Krola abschlossen.

»Es geht doch nichts über eine richtige Ehe«, sagte Krola zu Treibel und wies auf das junge Paar vor ihnen. »Sie müssen sich doch aufrichtig freuen, Kommerzienrat, wenn Sie Ihren Ältesten so glücklich und so zärtlich neben dieser hübschen und immer blink und blanken Frau einherschreiten sehen. Schon oben saßen sie dicht beisammen, und nun gehen sie Arm in Arm. Ich glaube beinah, sie drücken sich leise.«

»Mir ein sichrer Beweis, daß sie sich vormittags gezankt haben. Otto, der arme Kerl, muß nun Reugeld zahlen.«

»Ach, Treibel, Sie sind ewig ein Spötter. Ihnen kann es keiner recht machen und am wenigsten die Kinder. Glücklicherweise sagen Sie das so hin, ohne recht daran zu glauben. Mit einer Dame, die so gut erzogen wurde, kann man sich überhaupt nicht zanken.«

In diesem Augenblick hörte man den Jodler einige Juchzer ausstoßen, so tirolerhaft echt, daß sich das Echo der Pichelsberge nicht veranlaßt sah, darauf zu antworten.

Krola lachte. »Das ist der junge Metzger. Er hat eine merkwürdig gute Stimme, wenigstens für einen Dilettanten, und hält eigentlich das Quartett zusammen. Aber sowie er eine Prise frische Luft wittert, ist es mit ihm vorbei. Dann faßt ihn das Schicksal mit rasender Gewalt, und er muß jodeln ... Aber wir wollen von den Kindern nicht abkommen. Sie werden mir doch nicht weismachen wollen« – Krola war neugierig und hörte gern Intimitäten –, »Sie werden mir doch nicht weismachen wollen, daß die beiden da vor uns in einer unglücklichen Ehe leben. Und was das Zanken angeht, so kann ich nur wiederholen, Hamburgerinnen stehen auf einer Bildungsstufe, die den Zank ausschließt.«

Treibel wiegte den Kopf. »Ja, sehen Sie, Krola, Sie sind nun ein so gescheiter Kerl und kennen die Weiber, ja, wie soll ich sagen, Sie kennen sie, wie sie nur ein Tenor kennen kann. Denn ein Tenor geht noch weit übern Leutnant. Und doch offenbaren Sie hier in dem speziell Ehelichen, was noch wieder ein Gebiet für sich ist, ein furchtbares Manquement. Und warum? Weil Sie's in Ihrer eigenen Ehe, gleichviel nun, ob durch Ihr oder Ihrer Frau Verdienst, ausnahmsweise gut getroffen haben. Natürlich, wie Ihr Fall beweist, kommt auch das vor. Aber die Folge davon ist einfach die, daß Sie – auch das Beste hat seine Kehrseite –, daß Sie, sag ich, kein richtiger Ehemann sind, daß Sie keine volle Kenntnis von der Sache haben; Sie kennen den Ausnahmefall, aber nicht die Regel. Über Ehe kann nur sprechen, wer sie durchgefochten hat, nur der Veteran, der auf Wundenmale zeigt ... Wie heißt es doch? ›Nach Frankreich zogen zwei Grenadier, die ließen die Köpfe hangen‹ ... Da haben Sie's.«

»Ach, das sind Redensarten, Treibel ...«

»... Und die schlimmsten Ehen sind die, lieber Krola, wo furchtbar ›gebildet‹ gestritten wird, wo, wenn Sie mir den Ausdruck gestatten wollen, eine Kriegführung mit Sammethandschuhen stattfindet, oder richtiger noch, wo man sich, wie beim römischen Karneval, Konfetti ins Gesicht wirft. Es sieht hübsch aus, aber verwundet doch. Und in dieser Kunst ist meine Schwiegertochter eine Meisterin. Ich wette, daß mein armer Otto schon oft bei sich gedacht hat, wenn sie dich doch kratzte, wenn sie doch mal außer sich wäre, wenn sie doch mal sagte: Scheusal oder Lügner oder elender Verführer ...«

»Aber Treibel, das kann sie doch nicht sagen. Das wäre ja Unsinn. Otto ist ja doch kein Verführer, also auch kein Scheusal ...«

»Ach, Krola, darauf kommt es ja gar nicht an. Worauf es ankommt, ist: sie muß sich dergleichen wenigstens denken können, sie muß eine eifersüchtige Regung haben, und in solchem Momente muß es afrikanisch aus ihr losbrechen. Aber alles, was Helene hat, hat höchstens die Temperatur der Uhlenhorst. Sie hat nichts als einen unerschütterlichen Glauben an Tugend und *Windsorsoap*.«

»Nun meinetwegen. Aber wenn es so ist, wo kommt dann der Zank her?«

»Der kommt doch. Er tritt nur anders auf, anders, aber nicht besser. Kein Donnerwetter, nur kleine Worte mit dem Giftgehalt eines halben Mückenstichs, oder aber Schweigen, Stummheit, Muffeln, das innere Düppel der Ehe, während nach außen hin das Gesicht keine Falte schlägt. Das sind so die Formen. Und ich fürchte, die ganze Zärtlichkeit, die wir da vor uns wandeln sehen und die sich augenscheinlich sehr einseitig gibt, ist nichts als ein Bußetun – Otto Treibel im Schloßhof zu Canossa und mit Schnee unter den Füßen. Sehen Sie nun den armen Kerl; er biegt den Kopf in einem fort nach rechts, und Helene rührt sich nicht und kommt aus der graden Hamburger Linie nicht heraus ... Aber jetzt müssen wir schweigen. Ihr Quartett hebt eben an. Was ist es denn?«

»Es ist das bekannte: ›Ich weiß nicht, was soll es bedeuten?‹«

»Ah, das ist recht. Eine jederzeit wohl aufzuwerfende Frage, besonders auf Landpartien.«

Rechts um den See hin gingen nur zwei Paare, vorauf der alte Schmidt und seine Jugendfreundin Jenny und in einiger Entfernung hinter ihnen Leopold und Corinna.

Schmidt hatte seiner Dame den Arm gereicht und zugleich gebeten, ihr die Mantille tragen zu dürfen, denn es war etwas schwül unter den Bäumen. Jenny hatte das Anerbieten auch dankbar angenommen; als sie aber wahrnahm, daß der gute Professor den Spitzenbesatz immer nachschleppen und sich abwechselnd in Wacholder und Heidekraut verfangen ließ, bat sie sich die Mantille wieder aus. »Sie sind noch gerade so wie vor vierzig Jahren, lieber Schmidt. Galant, aber mit keinem rechten Erfolge.«

»Ja, gnädigste Frau, diese Schuld kann ich nicht von mir abwälzen, und sie war zugleich mein Schicksal. Wenn ich mit meinen Huldigungen erfolgreicher gewesen wäre, denken Sie, wie ganz anders sich mein Leben und auch das Ihrige gestaltet hätte …«

Jenny seufzte leise.

»Ja, gnädigste Frau, dann hätten Sie das Märchen Ihres Lebens nie begonnen. Denn alles große Glück ist ein Märchen.«

»Alles große Glück ist ein Märchen«, wiederholte Jenny langsam und gefühlvoll. »Wie wahr, wie schön! Und sehen Sie, Willibald, daß das beneidete Leben, das ich jetzt führe, meinem Ohr und meinem Herzen solche Worte versagt, daß lange Zeiten vergehen, ehe Aussprüche von solcher poetischen Tiefe zu mir sprechen, das ist für eine Natur, wie sie mir nun mal geworden, ein ewig zehrender Schmerz. Und Sie sprechen dabei von Glück, Willibald, sogar von großem Glück! Glauben Sie mir, mir, die ich dies alles durchlebt habe, diese so viel begehrten Dinge sind wertlos für den, der sie hat. Oft, wenn ich nicht schlafen kann und mein Leben überdenke, wird es mir klar, daß das Glück, das anscheinend so viel für mich tat, mich nicht die Wege geführt hat, die für mich paßten, und daß ich in einfacheren Verhältnissen und als Gattin eines in der Welt der Ideen und vor allem auch des Idealen stehenden Mannes wahrscheinlich glücklicher geworden wäre. Sie wissen, wie gut Treibel ist und daß ich ein dankbares Gefühl für seine Güte habe. Trotzdem muß ich es leider aussprechen, es fehlt mir, meinem Manne gegenüber, jene hohe Freude der Unterordnung, die doch unser schönstes Glück ausmacht und so recht gleichbedeutend ist mit echter Liebe. Niemandem darf ich dergleichen sagen; aber vor Ihnen, Willibald, mein Herz auszuschütten, ist, glaub ich, mein schön menschliches Recht und vielleicht sogar meine Pflicht …«

Schmidt nickte zustimmend und sprach dann ein einfaches »Ach, Jenny …« mit einem Tone, drin er den ganzen Schmerz eines verfehlten Lebens zum Ausdruck zu bringen trachtete. Was ihm auch gelang. Er lauschte selber dem Klang und beglückwünschte sich im stillen, daß er sein Spiel so gut gespielt habe. Jenny, trotz aller Klugheit, war doch eitel genug, an das »Ach« ihres ehemaligen Anbeters zu glauben.

So gingen sie, schweigend und anscheinend ihren Gefühlen hingegeben, nebeneinander her, bis Schmidt die Notwendigkeit fühlte, mit irgendeiner Frage das Schweigen zu brechen. Er entschied sich dabei für das alte Rettungsmittel und lenkte das Gespräch auf die Kinder. »Ja, Jenny«, hob er mit immer noch verschleierter Stimme an, »was versäumt ist, ist versäumt. Und wer fühlte das tiefer als ich selbst. Aber eine Frau wie Sie, die das Leben begreift, findet auch im Leben selbst ihren Trost, vor allem in der Freude täglicher Pflichterfüllung. Da sind in erster Reihe die Kinder, ja, schon ein Enkelkind ist da, wie Milch und Blut, das liebe Lizzichen, und das sind dann, meine ich, die Hilfen, daran Frauenherzen sich aufrichten müssen. Und wenn ich auch Ihnen gegenüber, teure Freundin, von einem eigentlichen Eheglücke nicht sprechen will, denn wir sind wohl einig in dem, was Treibel ist und nicht ist, so darf ich doch sagen, Sie sind eine glückliche Mutter. Zwei Söhne sind Ihnen herangewachsen, gesund oder doch was man so gesund zu nennen pflegt, von guter Bildung und guten Sitten. Und bedenken Sie, was allein dies letzte heutzutage bedeuten will. Otto hat sich nach Neigung verheiratet und sein Herz einer schönen und reichen Dame geschenkt, die, soviel ich weiß, der Gegenstand allgemeiner Verehrung ist, und wenn ich recht berichtet bin, so bereitet sich im Hause Treibel ein zweites Verlöbnis vor, und Helenens Schwester steht auf dem Punkte, Leopolds Braut zu werden …«

»Wer sagt das?« fuhr jetzt Jenny heraus, plötzlich aus dem sentimental Schwärmerischen in den Ton ausgesprochenster Wirklichkeit verfallend. »Wer sagt das?«

Schmidt geriet, diesem erregten Tone gegenüber, in eine kleine Verlegenheit. Er hatte sich das so gedacht oder vielleicht auch mal etwas Ähnliches gehört und stand nun ziemlich ratlos vor der Frage »Wer sagt das?« Zum Glück war es damit nicht sonderlich ernsthaft gemeint, so wenig, daß Jenny, ohne eine Antwort abgewartet zu haben, mit großer Lebhaftigkeit fortfuhr: »Sie können gar nicht ahnen, Freund, wie mich das alles reizt. Das ist so die seitens des Holzhofs beliebte Art, mir die Dinge über den Kopf wegzunehmen. Sie, lieber Schmidt, sprechen nach, was Sie hören, aber die, die solche Dinge wie von ungefähr unter die Leute bringen, mit denen habe ich ernstlich ein Hühnchen zu pflücken. Es ist eine Insolenz. Und Helene mag sich vorsehen.«

»Aber Jenny, liebe Freundin, Sie dürfen sich nicht so erregen. Ich habe das so hingesagt, weil ich es als selbstverständlich annahm.«

»Als selbstverständlich«, wiederholte Jenny spöttisch, die, während sie das sagte, die Mantille wieder abriß und dem Professor über den Arm warf. »Als selbstverständlich. So weit also hat es der Holzhof schon gebracht, daß die nächsten Freunde solche Verlobung als Selbstverständlichkeit ansehen. Es ist aber keine Selbstverständlichkeit, ganz im Gegenteil, und wenn ich mir vergegenwärtige, daß Ottos alles besser wissende Frau neben ihrer Schwester Hildegard ein bloßer Schatten sein soll – und ich glaub es gern, denn sie war schon als Backfisch von einer geradezu ridikülen Überheblichkeit –, so muß ich sagen, ich habe an einer Hamburger Schwiegertochter aus dem Hause Munk gerade genug.«

»Aber, teuerste Freundin, ich begreife Sie nicht. Sie setzen mich in das aufrichtigste Erstaunen. Es ist doch kein Zweifel, daß Helene eine schöne Frau ist und von einer, wenn ich mich so ausdrücken darf, ganz aparten Appetitlichkeit ...«

Jenny lachte.

»... Zum Anbeißen, wenn Sie mir das Wort gestatten«, fuhr Schmidt fort, »und von jenem eigentümlichen Charme, den schon von alters her alles besitzt, was mit dem flüssigen Element in eine konstante Berührung kommt. Vor allem aber ist mir kein Zweifel darüber, daß Otto seine Frau liebt, um nicht zu sagen, in sie verliebt ist. Und Sie, Freundin, Ottos leibliche Mutter, fechten gegen dieses Glück an und sind empört, dies Glück in Ihrem Hause vielleicht verdoppelt zu sehen. Alle Männer sind abhängig von weiblicher Schönheit; ich war es auch, und ich möchte beinah sagen dürfen, ich bin es noch, und wenn nun diese Hildegard, wie mir durchaus wahrscheinlich – denn die Nestküken sehen immer am besten aus –, wenn diese Hildegard noch über Helenen hinauswächst, so weiß ich nicht, was Sie gegen sie haben können. Leopold ist ein guter Junge, von vielleicht nicht allzu feurigem Temperament; aber ich denke mir, daß er doch nichts dagegen haben kann, eine sehr hübsche Frau zu heiraten. Sehr hübsch und reich dazu.«

»Leopold ist ein Kind und darf sich überhaupt nicht nach eigenem Willen verheiraten, am wenigsten aber nach dem Willen seiner Schwägerin Helene. Das fehlte noch, das hieße denn doch abdanken und mich ins Altenteil setzen. Und wenn es sich noch um eine junge Dame handelte, der gegenüber einen allenfalls die Lust anwandeln könnte, sich unterzuordnen, also eine Freiin oder eine wirkliche, ich meine eine richtige Geheimratstochter oder die Tochter eines Oberhofpredigers ... Aber ein unbedeutendes Ding, das nichts kennt, als mit Ponys nach Blankenese fahren, und sich einbildet, mit einem Goldfaden in der Plattstichnadel eine Wirtschaft führen oder wohl gar Kinder erziehen zu können, und ganz ernsthaft glaubt, daß wir hierzulande nicht einmal eine Seezunge von einem Steinbutt unterscheiden können, und immer von Lobster spricht, wo wir Hummer sagen, und Curry-Powder und Soja wie höhere Geheimnisse behandelt – ein solcher eingebildeter Quack, lieber Willibald, das ist nichts für meinen Leopold. Leopold, trotz allem, was ihm fehlt, soll höher hinaus. Er ist nur einfach, aber er ist gut, was doch auch einen Anspruch gibt. Und deshalb soll er eine kluge Frau haben, eine wirklich kluge; Wissen und Klugheit und überhaupt das Höhere – darauf kommt es an. Alles andere wiegt keinen Pfifferling. Es ist ein Elend mit den Äußerlichkeiten. Glück, Glück! Ach Willibald, daß ich es in solcher Stunde gerade vor Ihnen bekennen muß, das Glück, es ruht hier allein.«

Und dabei legte sie die Hand aufs Herz.

Leopold und Corinna waren in einer Entfernung von etwa fünfzig Schritt gefolgt und hatten ihr Gespräch in herkömmlicher Art geführt, d. h. Corinna hatte gesprochen. Leopold war aber fest entschlossen, auch zu Worte zu kommen, wohl oder übel. Der quälende Druck der letzten Tage machte, daß er vor dem, was er vorhatte, nicht mehr so geängstigt stand wie früher; er mußte sich eben Ruhe schaffen. Ein paarmal schon war er nahe daran gewesen, eine wenigstens auf sein Ziel überleitende Frage zu tun; wenn er dann aber der Gestalt seiner stattlich vor ihm dahinschreitenden Mutter ansichtig wurde, gab er's wieder auf, so daß er schließlich den Vorschlag machte, eine gerade vor ihnen liegende Waldlichtung in schräger Linie zu passieren, damit sie, statt immer zu folgen, auch mal an die Tete kämen. Er wußte zwar, daß er infolge dieses Manövers den Blick der Mama vom Rücken oder von der Seite her haben würde, aber etwas auf den Vogel Strauß hin angelegt, fand er doch eine Beruhigung in dem Gefühl, die seinen Mut beständig lähmende Mama nicht immer gerade vor Augen haben zu müssen. Er konnte sich über diesen eigentümlichen Nervenzustand keine rechte Rechenschaft geben und entschied sich einfach für das, was ihm von zwei Übeln als das kleinere erschien.

Die Benutzung der Schräglinie war geglückt, sie waren jetzt um ebensoviel voraus, als sie vorher zurück gewesen waren, und ein Gleichgültigkeitsgespräch fallenlassend, das sich, ziemlich gezwungen, um Spargelbeete von Halensee samt ihrer Kultur und ihrer sanitären Bedeutung gedreht hatte, nahm Leopold einen plötzlichen Anlauf und sagte: »Wissen Sie, Corinna, daß ich Grüße für Sie habe?«

»Von wem?«

»Raten Sie.«

»Nun, sagen wir Mr. Nelson.«

»Aber das geht doch nicht mit rechten Dingen zu, das ist ja wie Hellseherei; nun können Sie auch noch Briefe lesen, von denen Sie nicht einmal wissen, daß sie geschrieben wurden.«

»Ja, Leopold, dabei könnt ich Sie nun belassen und mich vor Ihnen als Seherin etablieren. Aber ich werde mich hüten. Denn vor allem, was so mystisch und hypnotisch und geisterseherisch ist, haben gesunde Menschen bloß ein Grauen. Und ein Grauen einzuflößen ist nicht das, was ich liebe. Mir ist es lieber, daß mir die Herzen guter Menschen zufallen.«

»Ach, Corinna, das brauchen Sie sich doch nicht erst zu wünschen. Ich kann mir keinen Menschen denken, dessen Herz Ihnen nicht zufiele. Sie sollten nur lesen, wie Mr. Nelson über Sie geschrieben hat; Mit *amusing* fängt er an, und dann kommt *charming* und *high-spirited*, und mit *fascinating* schließt er ab. Und dann erst kommen die Grüße, die sich, nach allem, was voraufgegangen, beinahe nüchtern und alltäglich ausnehmen. Aber wie wußten Sie, daß die Grüße von Mr. Nelson kämen?«

»Ein leichteres Rätsel ist mir nicht bald vorgekommen. Ihr Papa teilte mir mit, Sie kämen erst später, weil Sie nach Liverpool zu schreiben hätten. Nun, Liverpool heißt Mr. Nelson. Und hat man erst Mr. Nelson, so gibt sich das andere von selbst. Ich glaube, daß es mit aller Hellseherei ganz ähnlich liegt. Und sehen Sie, Leopold, mit derselben Leichtigkeit, mit der ich Mr. Nelsons Briefe gelesen habe, mit derselben Sicherheit lese ich zum Beispiel Ihre Zukunft.«

Ein tiefes Aufatmen Leopolds war die Antwort, und sein Herz hätte jubeln mögen, in einem Gefühl von Glück und Erlösung. Denn wenn Corinna richtig las, und sie mußte richtig lesen, so war er allem Anfragen und allen damit verknüpften Ängsten überhoben, und sie sprach dann aus, was er zu sagen noch immer nicht den Mut finden konnte. Wie beseligt nahm er ihre Hand und sagte: »Das können Sie nicht.«

»Ist es so schwer?«

»Nein, es ist eigentlich leicht. Aber leicht oder schwer, Corinna, lassen Sie mich's hören. Und ich will auch ehrlich sagen, ob Sie's getroffen haben oder nicht. Nur keine ferne Zukunft, bloß die nächste, die allernächste.«

»Nun denn«, hob Corinna schelmisch und hier und da mit besonderer Betonung an, »was ich sehe, ist das: zunächst ein schöner Septembertag, und vor einem schönen Hause halten viele schöne Kutschen, und die vorderste, mit einem Perückenkutscher auf dem Bock und zwei Bedienten hinten, das ist eine Brautkutsche. Der Straßendamm aber steht voller Menschen, die die Braut sehen wollen, und nun kommt die Braut, und neben ihr schreitet ihr Bräutigam, und dieser Bräutigam ist mein Freund Leopold Treibel. Und nun fährt die Brautkutsche, während die anderen Wagen folgen, an einem breiten, breiten Wasser hin ...«

»Aber Corinna, Sie werden doch unsere Spree zwischen Schleuse und Jungfernbrücke nicht ein breites Wasser nennen wollen ...«

»... An einem breiten Wasser hin und hält endlich vor einer gotischen Kirche.«

»Zwölf Apostel ...«

»Und der Bräutigam steigt aus und bietet der Braut seinen Arm, und so schreitet das junge Paar der Kirche zu, drin schon die Orgel spielt und die Lichter brennen.«

»Und nun ...«

»Und nun stehen sie vor dem Altar, und nach dem Ringwechsel wird der Segen gesprochen und ein Lied gesungen, oder doch der letzte Vers. Und nun geht es wieder zurück, an demselben breiten Wasser entlang, aber nicht dem Stadthause zu, von dem sie ausgefahren waren, sondern immer weiter ins Freie, bis sie vor einer Cottagevilla halten

»Ja, Corinna, so soll es sein ...«

»Bis sie vor einer Cottagevilla halten und vor einem Triumphbogen, an dessen oberster Wölbung ein Riesenkranz hängt, und in dem Kranz leuchten die beiden Anfangsbuchstaben: *L* und *H.*«

»*L* und *H?*«

»Ja, Leopold, *L* und *H.* Und wie könnte es auch anders sein! Denn die Brautkutsche kam ja von der Uhlenhorst her und fuhr die Alster entlang und nachher die Elbe hinunter, und nun halten sie vor der Munkschen Villa draußen in Blankenese und *L* heißt Leopold und *H* Hildegard.«

Einen Augenblick überkam es Leopold wie wirkliche Verstimmung. Aber, sich rasch besinnend, gab er der vorgeblichen Seherin einen kleinen Liebesklaps und sagte: »Sie sind immer dieselbe, Corinna. Und wenn der gute Nelson, der der beste Mensch und mein einziger Vertrauter ist, wenn er dies alles gehört hätte, so würde er begeistert sein und von *›capital fun‹* sprechen, weil Sie mir so gnädig die Schwester meiner Schwägerin zuwenden wollen.«

»Ich bin eben eine Prophetin«, sagte Corinna.

»Prophetin«, wiederholte Leopold. »Aber diesmal eine falsche. Hildegard ist ein schönes Mädchen, und Hunderte würden sich glücklich schätzen. Aber Sie wissen, wie meine Mama zu dieser Frage steht, sie leidet unter dem ständigen Sichbesserdünken der dortigen Anverwandten und hat es wohl hundertmal geschworen, daß ihr eine Hamburger Schwiegertochter, eine Repräsentantin aus dem großen Hause Thompson-Munk, gerade genug sei. Sie hat ganz ehrlich einen halben Haß gegen die Munks, und wenn ich mit Hildegard so vor sie hinträte, so weiß ich nicht, was geschähe; sie würde nein sagen, und wir hätten eine furchtbare Szene.«

»Wer weiß«, sagte Corinna, die jetzt das entscheidende Wort ganz nahe wußte.

»... Sie würde nein sagen und immer wieder nein, das ist so sicher wie Amen in der Kirche«, fuhr Leopold mit gehobener Stimme fort. Aber dieser Fall kann sich gar nicht ereignen. Ich werde nicht mit Hildegard vor sie hintreten und werde statt dessen näher und besser wählen ... Ich weiß, und Sie wissen es auch, das Bild, das Sie da gemalt haben, es war nur Scherz und Übermut, und vor allem wissen Sie, wenn mir Armem überhaupt noch eine Triumphpforte gebaut werden soll, daß der Kranz, der dann zu Häupten hängt, einen ganz anderen Buchstaben als Hildegard-*H* in hundert und tausend Blumen tragen müßte. Brauch ich zu sagen, welchen? Ach, Corinna, ich kann ohne Sie nicht leben, und diese Stunde muß über mich entscheiden. Und nun sagen Sie ja oder nein.« Und unter diesen Worten nahm er ihre Hand und bedeckte sie mit Küssen. Denn sie gingen im Schutz einer Haselnußhecke.

Corinna – nach Konfessions, wie diese, die Verlobung mit gutem Rechte als *fait accompli* betrachtend – nahm klugerweise von jeder weiteren Auseinandersetzung Abstand und sagte nur kurzerhand: »Aber eines, Leopold, dürfen wir uns nicht verhehlen, uns stehen noch schwere Kämpfe bevor. Deine Mama hat an einer Munk genug, das leuchtet mir ein; aber ob ihr eine Schmidt recht ist, ist noch sehr die Frage. Sie hat zwar mitunter Andeutungen gemacht, als ob ich ein Ideal in ihren Augen wäre, vielleicht weil ich das habe, was dir fehlt und vielleicht auch was Hildegard fehlt. Ich sage ›vielleicht‹ und kann dies einschränkende Wort nicht genug betonen. Denn die Liebe, das seh ich klar, ist demütig, und ich fühle, wie meine Fehler von mir abfallen. Es soll dies ja ein Kennzeichen sein. Ja, Leopold, ein Leben voll Glück und Liebe liegt vor uns, aber es hat deinen Mut und deine Festigkeit zur Voraussetzung, und hier unter diesem Waldesdom, drin es geheimnisvoll rauscht und dämmert, hier, Leopold, mußt du mir schwören, ausharren zu wollen in deiner Liebe.«

Leopold beteuerte, daß er nicht bloß wolle, daß er es auch werde. Denn wenn die Liebe demütig und bescheiden mache, was gewiß richtig sei, so mache sie sicherlich auch stark. Wenn

Corinna sich geändert habe, er fühle sich auch ein anderer. »Und«, so schloß er, »das eine darf ich sagen, ich habe nie große Worte gemacht, und Prahlereien werden mir auch meine Feinde nicht nachsagen; aber glaube mir, mir schlägt das Herz so hoch, so glücklich, daß ich mir Schwierigkeiten und Kämpfe beinah herbeiwünsche. Mich drängt es, dir zu zeigen, daß ich deiner wert bin …«

In diesem Augenblicke wurde die Mondsichel zwischen den Baumkronen sichtbar, und von Schloß Grunewald her, vor dem das Quartett eben angekommen war, klang es über den See herüber:

Wenn nach dir ich oft vergebens
In die Nacht gesehn,
Scheint der dunkle Strom des Lebens
Trauernd stillzustehn …

Und nun schwieg es, oder der Abendwind, der sich aufmachte, trug die Töne nach der anderen Seite hin.

Eine Viertelstunde später hielt alles vor Paulsborn, und nachdem man sich daselbst wieder begrüßt und bei herumgereichtem Creme de Cacao (Treibel selbst machte die Honneurs) eine kurze Rast genommen hatte, brach man – die Wagen waren von Halensee her gefolgt – nach einigen Minuten endgültig auf. Die Felgentreus nahmen bewegten Abschied von dem Quartett, jetzt lebhaft beklagend, den von Treibel vorgeschlagenen Kremser abgelehnt zu haben.

Auch Leopold und Corinna trennten sich, aber doch nicht eher, als bis sie sich im Schatten des hochstehenden Schilfes noch einmal fest und verschwiegen die Hände gedrückt hatten.

11. KAPITEL

Leopold, als man zur Abfahrt sich anschickte, mußte sich mit einem Platz vorn auf dem Bock des elterlichen Landauers begnügen, was ihm, alles in allem, immer noch lieber war als innerhalb des Wagens selbst, *en vue* seiner Mutter zu sitzen, die doch vielleicht, sei's im Wald, sei's bei der kurzen Rast in Paulsborn, etwas bemerkt haben mochte; Schmidt benutzte wieder den Vorortszug, während Corinna bei den Felgentreus mit einstieg. Man placierte sie, so gut es ging, zwischen das den Fond des Wagens redlich ausfüllende Ehepaar, und weil sie nach all dem Voraufgegangenen eine geringere Neigung zum Plaudern als sonst wohl hatte, so kam es ihr außerordentlich zupaß, sowohl Elfriede wie Bianca doppelt redelustig und noch ganz voll und beglückt von dem Quartett zu finden. Der Jodler, eine sehr gute Partie, schien über die freilich nur in Zivil erschienenen Sommerleutnants einen entschiedenen Sieg davongetragen zu haben. Im übrigen ließen es sich die Felgentreus nicht nehmen, in der Adlerstraße vorzufahren und ihren Gast daselbst abzusetzen. Corinna bedankte sich herzlich und stieg, noch einmal grüßend, erst die drei Steinstufen und gleich danach vom Flur aus die alte Holztreppe hinauf.

Sie hatte den Drücker zum Entree nicht mitgenommen, und so blieb ihr nichts anderes übrig, als zu klingeln, was sie nicht gerne tat. Alsbald erschien denn auch die Schmolke, die die Abwesenheit der »Herrschaft«, wie sie mitunter mit Betonung sagte, dazu benutzt hatte, sich ein bißchen sonntäglich herauszuputzen. Das Auffallendste war wieder die Haube, deren Rüschen eben aus dem Tolleisen zu kommen schienen.

»Aber liebe Schmolke«, sagte Corinna, während sie die Tür wieder ins Schloß zog, »was ist denn los? Ist Geburtstag? Aber nein, den kenne ich ja. Oder seiner?«

»Nein«, sagte die Schmolke, »seiner is auch nich. Und da werd ich auch nicht solchen Schlips umbinden und solch Band.«

»Aber wenn kein Geburtstag ist, was ist dann?«

»Nichts, Corinna. Muß denn immer was sein, wenn man sich mal ordentlich macht? Sieh, du hast gut reden; du sitzt jeden Tag, den Gott werden läßt, eine halbe Stunde vorm Spiegel, und mitunter auch noch länger, und brennst dir dein Wuschelhaar …«

»Aber, liebe Schmolke ...«

»Ja, Corinna, du denkst, ich seh es nicht. Aber ich sehe alles und seh noch viel mehr ... Und ich kann dir auch sagen, Schmolke sagte mal, er fänd es eigentlich hübsch, solch Wuschelhaar ...«

»Aber war denn Schmolke so?«

»Nein, Corinna, Schmolke war nich so. Schmolke war ein sehr anständiger Mann, und wenn man so was Sonderbares und eigentlich Unrechtes sagen darf, er war beinah zu anständig. Aber nun gib erst deinen Hut und deine Mantille. Gott, Kind wie sieht denn das alles aus? Is denn solch furchtbarer Staub? Un noch ein Glück, daß es nich gedrippelt hat, denn is der Samt hin. Un so viel hat ein Professor auch nich, un wenn er auch nich geradezu klagt, Seide spinnen kann er nich.«

»Nein, nein«, lachte Corinna.

»Nu höre, Corinna, da lachst du nu wieder. Das ist aber gar nicht zum Lachen. Der Alte quält sich genug, und wenn er so die Bündel ins Haus kriegt und die Strippe mitunter nich ausreicht, so viele sind es, denn tut es mir mitunter ordentlich weh hier. Denn Papa is ein sehr guter Mann, und seine Sechzig drücken ihn nu doch auch schon ein bißchen. Er will es freilich nich wahrhaben und tut immer noch so, wie wenn er zwanzig wäre. Ja, hat sich was. Un neulich is er von der Pferdebahn runtergesprungen, un ich muß auch gerade dazu kommen; na, ich dachte doch gleich, der Schlag soll mich rühren ... Aber nu sage, Corinna, was soll ich dir bringen? Oder hast du schon gegessen und bist froh, wenn du nichts siehst ...«

»Nein, ich habe nichts gegessen. Oder doch so gut wie nichts; die Zwiebacke, die man kriegt, sind immer so alt. Und dann in Paulsborn einen kleinen süßen Likör. Das kann man doch nicht rechnen. Aber ich habe auch keinen rechten Appetit, und der Kopf ist mir so benommen; ich werde am Ende krank ...«

»Ach, dummes Zeug, Corinna. Das ist auch eine von deinen Nücken; wenn du mal Ohrensausen hast oder ein bißchen heiße Stirn, dann redest du immer gleich von Nervenfieber. Un das is eigentlich gottlos, denn man muß den Teufel nich an die Wand malen. Es wird wohl ein bißchen feucht gewesen sein, ein bißchen neblig und Abenddunst.«

»Ja, neblig war es gerade, wie wir neben dem Schilf standen, und der See war eigentlich gar nicht mehr zu sehen. Davon wird es wohl sein. Aber der Kopf ist mir wirklich benommen, und ich möchte zu Bett gehen und mich einmummeln. Und dann mag ich auch nicht mehr sprechen, wenn Papa nach Hause kommt. Und wer weiß wann, und ob es nicht zu spät wird.«

»Warum ist er denn nicht gleich mitgekommen?«

»Er wollte nicht und hat ja auch seinen ›Abend‹ heut. Ich glaube bei Kuhs. Und da sitzen sie meist lange, weil sich die Kälber mit einmischen. Aber mit Ihnen, liebe, gute Schmolke, möchte ich wohl noch eine halbe Stunde plaudern. Sie haben ja immer so was Herzliches ...«

»Ach, rede doch nicht, Corinna! Wovon soll ich denn was Herzliches haben? Oder eigentlich, wovon soll ich denn was Herzliches nich haben? Du warst ja noch so, als ich ins Haus kam.«

»Nun, also was Herzliches oder nicht was Herzliches«, sagte Corinna, »gefallen wird es mir schon. Und wenn ich liege, liebe Schmolke, dann bringen Sie mir meinen Tee ans Bett, die kleine Meißner-Kanne, und die andere kleine Kanne, die nehmen Sie sich, und bloß ein paar Teebrötchen, recht dünn geschnitten und nicht zuviel Butter. Denn ich muß mich mit meinem Magen in acht nehmen, sonst wird es gastrisch und man liegt sechs Wochen.«

»Is schon gut«, lachte die Schmolke und ging in die Küche, um den Kessel noch wieder in die Glut zu setzen. Denn heißes Wasser war immer da, und es bullerte nur noch nicht.

Eine Viertelstunde später trat die Schmolke wieder ein und fand ihren Liebling schon im Bette. Corinna saß mehr auf als sie lag und empfing Schmolke mit der trostreichen Versicherung, »es sei ihr schon viel besser«; was man so immer zum Lobe der Bettwärme sage, das sei doch wahr, und sie glaube jetzt beinahe, daß sie noch mal durchkommen und alles glücklich überstehen werde.

»Glaub ich auch«, sagte die Schmolke, während sie das Tablett auf den kleinen, am Kopfende stehenden Tisch setzte. »Nun, Corinna, von welchem soll ich dir einschenken? Der hier, mit der abgebrochenen Tülle, hat länger gezogen, und ich weiß, du hast ihn gern stark und bitterlich, so daß er schon ein bißchen nach Tinte schmeckt ...«

»Versteht sich, ich will von dem starken. Und dann ordentlich Zucker; aber ganz wenig Milch, Milch macht immer gastrisch.«

»Gott, Corinna, laß doch das Gastrische. Du liegst da wie ein Borsdorfer Apfel und redst immer, als ob dir der Tod schon um die Nase säße. Nein, Corinnchen, so schnell geht es nich. Un nu nimm dir ein Teebrötchen. Ich habe sie so dünn geschnitten, wie's nur gehen wollte ...«

»Das ist recht. Aber da haben Sie ja eine Schinkenstulle mit reingebracht.«

»Für mich, Corinnchen. Ich will doch auch was essen.«

»Ach, liebe Schmolke, da möcht ich mich aber doch zu Gaste laden. Die Teebrötchen sehen ja nach gar nichts aus, und die Schinkenstulle lacht einen ordentlich an. Und alles schon so appetitlich durchgeschnitten. Nun merk ich erst, daß ich eigentlich hungrig bin. Geben Sie mir ein Schnittchen ab, wenn es Ihnen nicht sauer wird.«

»Wie du nur redest, Corinna. Wie kann es mir denn sauer werden. Ich führe ja bloß die Wirtschaft und bin bloß eine Dienerin.«

»Ein Glück, daß Papa das nicht hört. Sie wissen, das kann er nicht leiden, daß Sie so von Dienerin reden, und er nennt es eine falsche Bescheidenheit ...«

»Ja, ja, so sagt er. Aber Schmolke, der auch ein ganz kluger Mann war, wenn er auch nicht studiert hatte, der sagte immer: ›Höre Rosalie, Bescheidenheit ist gut, und eine falsche Bescheidenheit (denn die Bescheidenheit ist eigentlich immer falsch) ist immer noch besser als gar keine‹.«

»Hm«, sagte Corinna, »das läßt sich hören. Überhaupt, liebe Schmolke, Ihr Schmolke muß eigentlich ein ausgezeichneter Mann gewesen sein. Und Sie sagten ja auch vorhin schon, er habe so etwas Anständiges gehabt und beinahe zu anständig. Sehen Sie, so was höre ich gern, und ich möchte mir wohl etwas dabei denken können. Worin war er denn nun eigentlich so sehr anständig ... Und dann, er war ja doch bei der Polizei. Nun, offen gestanden, ich bin zwar froh, daß wir eine Polizei haben, und freue mich über jeden Schutzmann, an den ich herantreten und den ich nach dem Weg fragen und um Auskunft bitten kann, und das muß wahr sein, alle sind artig und manierlich, wenigstens hab ich es immer so gefunden. Aber das von der Anständigkeit und von zu anständig ...«

»Ja, liebe Corinna, das is schon richtig. Aber da sind ja Unterschiedlichkeiten, und was sie Abteilungen nennen. Und Schmolke war bei solcher Abteilung.«

»Natürlich. Er kann doch nicht überall gewesen sein.«

»Nein, nicht überall. Und er war gerade bei der allerschwersten, die für den Anstand und die gute Sitte zu sorgen hat.«

»Und so was gibt es?«

»Ja, Corinna, so was gibt es und muß es auch geben. Und wenn nu – was ja doch vorkommt, und auch bei Frauen und Mädchen vorkommt, wie du ja wohl gesehen und gehört haben wirst, denn Berliner Kinder sehen und hören alles –, wenn nu solch armes und unglückliches Geschöpf (denn manche sind wirklich bloß arm und unglücklich) etwas gegen den Anstand und die gute Sitte tut, dann wird sie vernommen und bestraft. Und da, wo die Vernehmung is, da gerade saß Schmolke ...«

»Merkwürdig. Aber davon haben Sie mir ja noch nie was erzählt. Und Schmolke, sagen Sie, war mit dabei? Wirklich, sehr sonderbar. Und Sie meinen, daß er gerade deshalb so sehr anständig und so solide war?«

»Ja, Corinna, das mein ich.«

»Nun, wenn Sie's sagen, liebe Schmolke, so will ich es glauben. Aber ist es nicht eigentlich zum Verwundern? Denn Ihr Schmolke war ja damals noch jung oder so ein Mann in seinen besten Jahren. Und viele von unserem Geschlecht, und gerade solche, sind ja doch oft bildhübsch. Und da sitzt nun einer, wie Schmolke da gesessen, und muß immer streng und ehrbar aussehen, bloß weil er da zufällig sitzt. Ich kann mir nicht helfen, ich finde das schwer. Denn das ist ja gerade so wie der Versucher in der Wüste: ›Dies alles schenke ich dir‹.«

Die Schmolke seufzte. »Ja, Corinna, daß ich es dir offen gestehe, ich habe auch manchmal geweint, und mein furchtbares Reißen, hier gerad im Nacken, das is noch von der Zeit her. Und zwischen das zweite und dritte Jahr, das wir verheiratet waren, da hab ich beinah elf Pfund abgenommen, und wenn wir damals schon die vielen Wiegewagen gehabt hätten, da wär es wohl eigentlich noch mehr gewesen, denn als ich zu's Wiegen kam, da setzte ich schon wieder an.«

»Arme Frau«, sagte Corinna. »Ja, das müssen schwere Tage gewesen sein. Aber wie kamen Sie denn darüber hin? Und wenn Sie wieder ansetzten, so muß doch so was von Trost und Beruhigung gewesen sein.«

»War auch, Corinnchen. Und weil du ja nu alles weißt, will ich dir auch erzählen, wie's kam un wie ich meine Ruhe wieder kriegte. Denn ich kann dir sagen, es war schlimm, und ich habe mitunter viele Wochen lang kein Auge zugetan. Na, zuletzt schläft man doch ein bißchen; die Natur will es und is auch zuletzt noch stärker als die Eifersucht. Aber Eifersucht ist sehr stark, viel stärker als Liebe. Mit Liebe is es nich so schlimm. Aber was ich sagen wollte, wie ich nu so ganz runter war und man bloß noch so hing und bloß noch so viel Kraft hatte, daß ich ihm doch sein Hammelfleisch un seine Bohnen vorsetzen konnte, das heißt, geschnitzelte mocht er nich un sagte immer, sie schmeckten nach Messer, da sah er doch wohl, daß er mal mit mir reden müsse. Denn ich red'te nich, dazu war ich viel zu stolz. Also er wollte reden mit mir, und als es nu soweit war und er die Gelegenheit auch ganz gut abgepaßt hatte, nahm er einen kleinen vierbeinigen Schemel, der sonst immer in der Küche stand, un is mir, als ob es gestern gewesen wäre, un rückte den Schemel zu mir ran und sagte: Rosalie, nu sage mal, was hast du denn eigentlich?«

Um Corinnas Mund verlor sich jeder Ausdruck von Spott; sie schob das Tablett etwas beiseite, stützte sich, während sie sich aufrichtete, mit dem rechten Arm auf den Tisch und sagte: »Nun weiter, liebe Schmolke.«

»›Also, was hast du eigentlich?‹ sagte er zu mir. Na, da stürzten mir denn die Tränen man so pimperlings raus, und ich sagte: ›Schmolke, Schmolke‹, und dabei sah ich ihn an, als ob ich ihn ergründen wollte. Un ich kann wohl sagen, es war ein scharfer Blick, aber doch immer noch freundlich. Denn ich liebte ihn. Und da sah ich, daß er ganz ruhig blieb und sich gar nicht verfärbte. Und dann nahm er meine Hand, streichelte sie ganz zärtlich un sagte: Rosalie, das is alles Unsinn, davon verstehst du nichts, weil du nicht in der ›Sitte‹ bist. Denn ich sage dir, wer da so tagaus, tagein in der ›Sitte‹ sitzen muß, dem vergeht es, dem stehen die Haare zu Berge über all das Elend und all den Jammer, und wenn dann welche kommen, die nebenher auch noch ganz verhungert sind, was auch vorkommt, und wo wir ganz genau wissen, da sitzen nu die Eltern zu Hause un grämen sich Tag und Nacht über die Schande, weil sie das arme Wurm, das mitunter sehr merkwürdig dazu gekommen ist, immer noch lieb haben und helfen und retten möchten, wenn zu helfen und zu retten noch menschenmöglich wäre – ich sage dir, Rosalie, wenn man das jeden Tag sehen muß, un man hat ein Herz im Leibe un hat bei's erste Garderegiment gedient un is für Proppertät und Strammheit und Gesundheit, na, ich sage dir, denn is mit Verführung un all so was vorbei, un man möchte rausgehn und weinen, un ein paarmal hab ich's auch, alter Kerl, der ich bin, und von Karessieren und ›Fräuleinchen‹ steht nichts mehr drin, un man geht nach Hause und is froh, wenn man sein Hammelfleisch kriegt und eine ordentliche Frau hat, die Rosalie heißt. Bist du nu zufrieden, Rosalie?‹ Und dabei gab er mir einen Kuß ...«

Die Schmolke, der bei der Erzählung wieder ganz weh ums Herz geworden war, ging an Corinnas Schrank, um sich ein Taschentuch zu holen. Und als sie sich nun wieder zurechtgemacht hatte, so daß ihr die Worte nicht mehr in der Kehle blieben, nahm sie Corinnas Hand und sagte: »Sieh, so war Schmolke. Was sagst du dazu?«

»Ein sehr anständiger Mann.«

»Na ob.«

In diesem Augenblick hörte man die Klingel. »Der Papa«, sagte Corinna, und die Schmolke stand auf, um dem Herrn Professor zu öffnen. Sie war auch bald wieder zurück und erzählte, daß sich der Papa nur gewundert habe, Corinnchen nicht mehr zu finden; was denn passiert sei. Wegen ein bißchen Kopfweh gehe man doch nicht gleich zu Bett. Und dann habe er sich seine Pfeife angesteckt und die Zeitung in die Hand genommen und habe dabei gesagt: »Gott sei Dank, liebe Schmolke, daß ich wieder da bin; alle Gesellschaften sind Unsinn; diesen Satz vermache ich Ihnen auf Lebenszeit.« Er habe aber ganz fidel dabei ausgesehen, und sie sei überzeugt, daß er sich eigentlich sehr gut amüsiert habe. Denn er habe den Fehler, den so viele hätten, und die Schmidts voran: sie redeten über alles und wüßten alles besser. »Ja, Corinnchen, in diesem Belange bist du auch ganz Schmidtsch.«

Corinna gab der guten Alten die Hand und sagte: »Sie werden wohl recht haben, liebe Schmolke, und es ist ganz gut, daß Sie mir's sagen. Wenn Sie nicht gewesen wären, wer hätte mir denn überhaupt was gesagt? Keiner. Ich bin ja wie wild aufgewachsen, und ist eigentlich zu verwundern, daß ich nicht noch schlimmer geworden bin als ich bin. Papa ist ein guter Professor, aber kein guter Erzieher, und dann war er immer zu sehr von mir eingenommen und sagte: ›Das Schmidtsche hilft sich selbst ‹ oder ›Es wird schon zum Durchbruch kommen‹.«

»Ja, so was sagt er immer. Aber mitunter ist eine Maulschelle besser.«

»Um Gottes willen, liebe Schmolke, sagen Sie doch so was nicht. Das ängstigt mich.«

»Ach, du bist närrisch, Corinna. Was soll dich denn ängstigen. Du bist nun eine große, forsche Person und hast die Kinderschuhe längst ausgetreten und könntest schon sechs Jahre verheiratet sein.«

»Ja«, sagte Corinna, »das könnt ich, wenn mich wer gewollt hätte. Aber dummerweise hat mich noch keiner gewollt. Und da habe ich denn für mich selber sorgen müssen ...«

Die Schmolke glaubte nicht recht gehört zu haben und sagte: »Du hast für dich selber sorgen müssen? Was meinst du damit, was soll das heißen?«

»Es soll heißen, liebe Schmolke, daß ich mich heut abend verlobt habe.«

»Himmlischer Vater, is es möglich. Aber sei nich böse, daß ich mich so verfiere ... Denn es is ja eigentlich was Gutes. Na, mit wem denn?«

»Rate!«

»Mit Marcell.«

»Nein, mit Marcell nicht.«

»Mit Marcell nich? Ja, Corinna, dann weiß ich es nich und will es auch nich wissen. Bloß, wissen muß ich es am Ende doch. Wer is es denn?«

»Leopold Treibel.«

»Herr, du meine Güte...«

»Findest du's so schlimm? Hast du was dagegen?«

»I bewahre, wie werd ich denn. Und würde sich auch gar nich vor mir passen. Un denn die Treibels, die sind alle gut un sehr proppre Leute, der alte Kommerzienrat voran, der immer so spaßig is und immer sagt: ›Je später der Abend, je schöner die Leute‹ un ›Noch fufzig Jahre so wie heut‹ und so was. Und der älteste Sohn is auch sehr gut und Leopold auch. Ein bißchen spitzer, das is wahr, aber heiraten is ja nich bei Renz in 'n Zirkus. Und Schmolke sagte oft: ›Höre, Rosalie, das laß gut sein, so was täuscht, da kann man sich irren; die Dünnen und die so schwach aussehn, die sind oft gar nich so ›schwach‹. Ja, Corinna, die Treibels sind gut, un bloß die Mama, die Kommerzienrätin, ja höre, da kann ich mir nich helfen, die Rätin, die hat so was, was mir nich recht paßt, un ziert sich immer un tut so, un wenn was Weinerliches erzählt wird von einem Pudel, der ein Kind aus dem Kanal gezogen, oder wenn der Professor was vorpredigt un mit seiner Baßstimme so vor sich hinbrummelt: ›wie der Unsterbliche sagt‹ ... und dann kommt immer ein Name, den kein Christenmensch kennt und die Kommerzienrätin woll auch nich – dann hat sie gleich immer ihre Träne, un sind immer wie Stehtränen, die gar nich runter wolln.«

»Daß sie so weinen kann, ist aber doch eigentlich was Gutes, liebe Schmolke.«

»Ja, bei manchem is es was Gutes und zeigt ein weiches Herz. Un ich will auch weiter nichts sagen un lieber an meine eigne Brust schlagen un muß auch, denn mir sitzen sie auch man lose ... Gott, wenn ich daran denke, wie Schmolke noch lebte, na, da war vieles anders, un Billetter für den dritten Rang hatte Schmolke jeden Tag un mitunter auch für den zweiten. Und da machte ich mich denn fein, Corinna, denn ich war damals noch keine dreißig un noch ganz gut im Stande. Gott, Kind, wenn ich daran denke! Da war damals eine, die hieß die Erharten, die nachher einen Grafen geheiratet. Ach, Corinna, da hab ich auch manche schöne Träne vergossen. Ich sage schöne Träne, denn es erleichtert einen. Un in ›Maria Stuart‹ war es am meisten. Da war denn doch eine Schnauberei, daß man gar nichts mehr verstehn konnte, das heißt aber bloß ganz zuletzt, wie sie von all ihre Dienerinnen und von ihrer alten Amme Abschied nimmt, alle ganz schwarz, un sie selber immer mit's Kreuz ganz wie 'ne Katholsche. Aber die Erharten war keine. Und wenn ich mir das alles wieder so denke un wie ich da aus der Träne gar nich rausgekommen bin, da kann ich auch gegen die Kommerzienrätin eigentlich nichts sagen.«

Corinna seufzte, halb im Scherz und halb im Ernst.

»Warum seufzt du, Corinna?«

»Ja, warum seufze ich, liebe Schmolke? Ich seufze, weil ich glaube, daß Sie recht haben und daß sich gegen die Rätin eigentlich nichts sagen läßt, bloß weil sie so leicht weint oder immer einen Flimmer im Auge hat. Gott, den hat mancher. Aber die Rätin ist freilich eine ganz eigene Frau, und ich trau ihr nicht, und der arme Leopold hat eigentlich eine große Furcht vor ihr und weiß auch noch nicht, wie er da heraus will. Es wird eben noch allerlei harte Kämpfe geben. Aber ich laß es darauf ankommen und halte ihn fest, und wenn meine Schwiegermutter gegen mich ist, so schad't es am Ende nicht allzuviel.«

»Das ist recht, Corinna, halt ihn fest. Eigentlich hab ich ja einen Schreck gekriegt, und glaube mir, Marcell wäre besser gewesen, denn ihr paßt zusammen. Aber das sag ich so bloß zu dir. Un da du nu mal den Treibelschen hast, na, so hast du'n, un da hilft kein Brezelbacken, un er muß stillhalten und die Alte auch, Ja, die Alte erst recht. Der gönn ich's.«

Corinna nickte.

»Un nu schlafe, Kind. Ausschlafen is immer gut, denn man kann nie wissen, wie's kommt, un wie man den andern Tag seine Kräfte braucht.«

12. KAPITEL

Ziemlich um dieselbe Zeit, wo der Felgentreusche Wagen in der Adlerstraße hielt, um daselbst abzusetzen, hielt auch der Treibelsche Wagen vor der kommerzienrätlichen Wohnung, und die Rätin samt ihrem Sohne Leopold stiegen aus, während der alte Treibel auf seinem Platze blieb und das junge Paar – das wieder die Pferde geschont hatte – die Köpnicker Straße hinunter bis an den Holzhof begleitete. Von dort aus, nach einem herzhaften Schmatz (denn er spielte gern den zärtlichen Schwiegervater), ließ er sich zu Buggenhagens fahren, wo Parteiversammlung war. Er wollte doch mal wieder sehen, wie's stünde, und, wenn nötig, auch zeigen, daß ihn die Korrespondenz in der ›Nationalzeitung‹ nicht niedergeschmettert habe.

Die Kommerzienrätin, die für gewöhnlich die politischen Gänge Treibels belächelte, wenn nicht beargwöhnte – was auch vorkam –, heute segnete sie Buggenhagen und war froh, ein paar Stunden allein sein zu können. Der Gang mit Willibald hatte so vieles wieder in ihr angeregt. Die Gewißheit, sich verstanden zu sehen – es war doch eigentlich das Höhere. »Viele beneiden mich, aber was hab ich am Ende? Stuck und Goldleisten und die Honig mit ihrem sauersüßen Gesicht. Treibel ist gut, besonders auch gegen mich; aber die Prosa lastet bleischwer auf ihm, und wenn er es nicht empfindet, ich empfinde es ... Und dabei Kommerzienrätin und immer wieder Kommerzienrätin. Es geht nun schon in das zehnte Jahr, und er rückt nicht höher hinauf, trotz aller Anstrengungen. Und wenn es so bleibt, und es wird so bleiben, so weiß ich wirklich nicht, ob nicht das andere, das auf Kunst und Wissenschaft deutet, doch einen feineren Klang hat. Ja, den hat es ... Und mit den ewigen guten Verhältnissen! Ich kann doch auch nur eine Tasse Kaffee trinken, und wenn ich mich zu Bett lege, so kommt es darauf an, daß ich schlafe. Birkenmaser oder Nußbaum macht keinen Unterschied, aber Schlaf oder Nichtschlaf, das macht einen, und mitunter flieht mich der Schlaf, der des Lebens Bestes ist, weil er uns das Leben vergessen läßt ... Und auch die Kinder wären anders. Wenn ich die Corinna ansehe, das sprüht alles von Lust und Leben, und wenn sie bloß so macht, so steckt sie meine beiden Jungen in die Tasche. Mit Otto ist nicht viel, und mit Leopold ist gar nichts.«

Jenny, während sie sich in süße Selbsttäuschungen wie diese versenkte, trat ans Fenster und sah abwechselnd auf den Vorgarten und die Straße. Drüben, im Hause gegenüber, hoch oben in der offenen Mansarde, stand, wie ein Schattenriß in hellem Licht, eine Plätterin, die mit sicherer Hand über das Plättbrett hinfuhr – ja, es war ihr, als höre sie das Mädchen singen. Der Kommerzienrätin Auge mochte von dem anmutigen Bilde nicht lassen, und etwas wie wirklicher Neid überkam sie.

Sie sah erst fort, als sie bemerkte, daß hinter ihr die Tür ging. Es war Friedrich, der den Tee brachte. »Setzen Sie hin, Friedrich, und sagen Sie Fräulein Honig, es wäre nicht nötig.«

»Sehr wohl, Frau Kommerzienrätin. Aber hier ist ein Brief.«

»Ein Brief?« fuhr die Rätin heraus. »Von wem?«

»Vom jungen Herrn.«

»Von Leopold?«

»Ja, Frau Kommerzienrätin ... Und es wäre Antwort ...«

»Brief ... Antwort ... Er ist nicht recht gescheit«, und die Kommerzienrätin riß das Kuvert auf und überflog den Inhalt.

»Liebe Mama! Wenn es Dir irgend paßt, ich möchte heute noch eine kurze Unterredung mit Dir haben. Laß mich durch Friedrich wissen, ja oder nein. Dein Leopold.«

Jenny war derart betroffen, daß ihre sentimentalen Anwandlungen auf der Stelle hinschwanden. Soviel stand fest, daß das alles nur etwas sehr Fatales bedeuten konnte. Sie raffte sich aber zusammen und sagte: »Sagen Sie Leopold, daß ich ihn erwarte.«

Das Zimmer Leopolds lag über dem ihrigen; sie hörte deutlich, daß er rasch hin und her ging und ein paar Schubkästen mit einer ihm sonst nicht eigenen Lautheit zuschob. Und gleich danach, wenn nicht alles täuschte, vernahm sie seinen Schritt auf der Treppe.

Sie hatte recht gehört, und nun trat er ein und wollte (sie stand noch in der Nähe des Fensters) durch die ganze Länge des Zimmers auf sie zuschreiten, um ihr die Hand zu küssen; der Blick aber, mit dem sie ihm begegnete, hatte etwas so Abwehrendes, daß er stehen blieb und sich verbeugte.

»Was bedeutet das, Leopold? Es ist jetzt zehn, also nachtschlafende Zeit, und da schreibst du mir ein Billett und willst mich sprechen. Es ist mir neu, daß du was auf der Seele hast, was keinen Aufschub bis morgen früh duldet. Was hast du vor? Was willst du?«

»Mich verheiraten, Mutter. Ich habe mich verlobt.«

Die Kommerzienrätin fuhr zurück, und ein Glück war es, daß das Fenster, an dem sie stand, ihr eine Lehne gab. Auf viel Gutes hatte sie nicht gerechnet, aber eine Verlobung über ihren Kopf weg, das war doch mehr, als sie gefürchtet. War es eine der Felgentreus? Sie hielt beide für dumme Dinger und die ganze Felgentreuerei für erheblich unterm Stand; er, der Alte, war Lageraufseher in einem großen Ledergeschäft gewesen und hatte schließlich die hübsche Wirtschaftsmamsell des Prinzipals, eines mit seiner weiblichen Umgebung oft wechselnden Witwers, geheiratet. So hatte die Sache begonnen und ließ in ihren Augen viel zu wünschen übrig. Aber verglichen mit den Munks war es noch lange das Schlimmste nicht, und so sagte sie denn: »Elfriede oder Blanca?«

»Keine von beiden.«

»Also ...«

»Corinna.«

Das war zu viel. Jenny kam in ein halb ohnmächtiges Schwanken, und sie wäre, angesichts ihres Sohnes, zu Boden gefallen, wenn sie der schnell Herzuspringende nicht aufgefangen hätte. Sie war nicht leicht zu halten und noch weniger leicht zu tragen; aber der arme Leopold, den die ganze Situation über sich selbst hinaushob, bewährte sich auch physisch und trug die Mama bis ans Sofa. Danach wollte er auf den Knopf der elektrischen Klingel drücken; Jenny war aber, wie die meisten ohnmächtigen Frauen, doch nicht ohnmächtig genug, um nicht genau zu wissen, was um sie her vorging, und so faßte sie denn seine Hand, zum Zeichen, daß das Klingeln zu unterbleiben habe.

Sie erholte sich auch rasch wieder, griff nach dem vor ihr stehenden Flakon mit Kölnischem Wasser und sagte, nachdem sie sich die Stirn damit betupft hatte: »Also mit Corinna.«

»Ja, Mutter.«

»Und alles nicht bloß zum Spaß. Sondern um euch wirklich zu heiraten.«

»Ja, Mutter.«

»Und hier in Berlin und in der Luisenstädtischen Kirche, darin dein guter, braver Vater und ich getraut wurden?«

»Ja, Mutter.«

»›Ja, Mutter‹, und immer wieder ›Ja, Mutter‹. Es klingt, als ob du nach Kommando sprächst und als ob dir Corinna gesagt hätte, sage nur immer: ›Ja, Mutter‹, und ich sage in einem fort: ›Nein, Leopold‹. Und dann wollen wir sehen, was länger vorhält, dein Ja oder mein Nein.«

»Ich finde, daß du dir es etwas leicht machst, Mama.«

»Nicht, daß ich wüßte. Wenn es aber so sein sollte, so bin ich bloß deine gelehrige Schülerin. Jedenfalls ist es ein Operieren ohne Umschweife, wenn ein Sohn vor seine Mutter hintritt und ihr kurzweg erklärt: ›Ich habe mich verlobt.‹ So geht das nicht in unsern Häusern. Das mag beim Theater so sein oder vielleicht auch bei Kunst und Wissenschaft, worin die kluge Corinna ja groß geworden ist, und einige sagen sogar, daß sie dem Alten die Hefte korrigiert. Aber wie dem auch sein möge, bei Kunst und Wissenschaft mag das gehen, meinetwegen, und wenn sie den alten Professor, ihren Vater (übrigens ein Ehrenmann), auch ihrerseits mit einem ›Ich habe mich verlobt‹ überrascht haben sollte, nun, so mag der sich freuen, er hat auch Grund dazu, denn die Treibels wachsen nicht auf den Bäumen und können nicht von jedem, der vorbeigeht, heruntergeschüttelt werden. Aber ich, ich freue mich nicht und verbiete dir diese Verlobung. Du hast wieder gezeigt, wie ganz unreif du bist, ja, daß ich es ausspreche, Leopold, wie knabenhaft.«

»Liebe Mama, wenn du mich etwas schonen könntest ...«

»Schonen? Hast du mich geschont, als du dich auf diesen Unsinn einließest? Du hast dich verlobt, sagst du. Wem willst du das weismachen? Sie spielt mit dir, und anstatt dir das zu verbitten, küssest du ihr die Hand und lässest dich einfangen wie die Gimpel. Nun, ich habe es nicht hindern können, aber das weitere, das kann ich hindern und werde es hindern. Verlobt euch, so viel ihr wollt, aber wenn ich bitten darf, im Verschwiegenen und Verborgenen; an ein Heraustreten damit ist nicht zu denken. Anzeigen erfolgen nicht, und wenn du deinerseits Anzeigen machen willst, so magst du die Gratulationen in einem Hotel garni in Empfang nehmen. In meinem Hause existiert keine Verlobung und keine Corinna. Damit ist es vorbei. Das alte Lied vom Undank erfahr ich nun an mir selbst und muß erkennen, daß man unklug tut, Personen zu verwöhnen und gesellschaftlich zu sich heraufzuziehen. Und mit dir steht es nicht besser. Auch du hättest mir diesen Gram ersparen können und diesen Skandal. Daß du verführt bist, entschuldigt dich nur halb. Und nun kennst du meinen Willen, und ich darf wohl sagen, auch deines Vaters Willen, denn so viel Torheiten er begeht, in den Fragen, wo die Ehre seines Hauses auf dem Spiele steht, ist Verlaß auf ihn. Und nun geh, Leopold, und schlafe, wenn du schlafen kannst. Ein gut Gewissen ist ein gutes Ruhekissen ...«

Leopold biß sich auf die Lippen und lächelte verbittert vor sich hin.

»... Und bei dem, was du vielleicht vorhast – denn du lächelst und stehst so trotzig da, wie ich dich noch gar nicht gesehen habe, was auch bloß der fremde Geist und Einfluß ist –, bei dem, was du vielleicht vorhast, Leopold, vergiß nicht, daß der Segen der Eltern den Kindern Häuser baut. Wenn ich dir raten kann, sei klug und bringe dich nicht um einer Person und einer Laune willen um die Fundamente, die das Leben tragen und ohne die es kein rechtes Glück gibt.«

Leopold, der sich, zu seinem eigenen Erstaunen, all die Zeit über durchaus nicht niedergeschmettert gefühlt hatte, schien einen Augenblick antworten zu wollen; ein Blick auf die Mutter aber, deren Erregung, während sie sprach, nur immer noch gewachsen war, ließ ihn erkennen, daß jedes Wort die Schwierigkeit der Lage bloß steigern würde; so verbeugte er sich denn ruhig und verließ das Zimmer.

Er war kaum hinaus, als sich die Kommerzienrätin von ihrem Sofaplatz erhob und über den Teppich hin auf und ab zu gehen begann. Jedesmal, wenn sie wieder in die Nähe des Fensters kam, blieb sie stehen und sah nach der Mansarde und der immer noch im vollen Lichte dastehenden Plätterin hinüber, bis ihr Blick sich wieder senkte und dem bunten Treiben der vor ihr liegenden Straße zuwandte. Hier, in ihrem Vorgarten, den linken Arm von innen her auf die Gitterstäbe gestützt, stand ihr Hausmädchen, eine hübsche Blondine, die mit Rücksicht auf Leopolds ›*mores*‹ beinahe nicht engagiert worden wäre, und sprach lebhaft und unter Lachen mit einem draußen auf dem Trottoir stehenden ›Cousin‹, zog sich aber zurück, als der eben von Buggenhagen kommende Kommerzienrat in einer Droschke vorfuhr und auf seine Villa zuschritt. Treibel, einen Blick auf die Fensterreihe werfend, sah sofort, daß nur noch in seiner Frau Zimmer Licht war, um noch über den Abend und seine mannigfachen Erlebnisse berichten zu können. Die flaue Stimmung, der er anfänglich infolge der Nationalzeitungskorrespondenz bei Buggenhagens begegnet war, war unter dem Einfluß seiner Liebenswürdigkeit rasch gewichen, und das um so mehr, als er den auch hier wenig gelittenen Vogelsang schmunzelnd preisgegeben hatte.

Von diesem Siege zu erzählen trieb es ihn, trotzdem er wußte, wie Jenny zu diesen Dingen stand; als er aber eintrat und die Aufregung gewahr wurde, darin sich seine Frau ganz ersichtlich befand, erstarb ihm das joviale »Guten Abend, Jenny« auf der Zunge, und ihr die Hand reichend, sagte er nur: »Was ist vorgefallen, Jenny? Du siehst ja aus wie das Leiden … nein, keine Blasphemie … Du siehst ja aus, als wäre dir die Gerste verhagelt.«

»Ich glaube, Treibel«, sagte sie, während sie ihr Auf und Ab im Zimmer fortsetzte, »du könntest dich mit deinen Vergleichen etwas höher hinaufschrauben; ›verhagelte Gerste‹ hat einen überaus ländlichen, um nicht zu sagen, bäuerlichen Beigeschmack. Ich sehe, das Teupitz-Zossensche trägt bereits seine Früchte …«

»Liebe Jenny, die Schuld liegt, glaube ich, weniger an mir als an dem Sprach- und Bilderschatze deutscher Nation. Alle Wendungen, die wir als Ausdruck für Verstimmungen und Betrübnisse haben, haben einen ausgesprochenen Unterschichtscharakter, und ich finde da zunächst nur noch den Lohgerber, dem die Felle weggeschwommen.«

Er stockte, denn es traf ihn ein so böser Blick, daß er es doch angezeigt hielt, auf das Suchen nach weiteren Vergleichen zu verzichten. Auch nahm Jenny selbst das Wort und sagte: »Deine Rücksichten gegen mich halten sich immer auf derselben Höhe. Du siehst, daß ich eine Alteration gehabt habe, und die Form, in die du deine Teilnahme kleidest, ist die geschmackloser Vergleiche. Was meiner Erregung zugrunde liegt, scheint deine Neugier nicht sonderlich zu wecken.«

»Doch, doch, Jenny … Du darfst das nicht übelnehmen; du kennst mich und weißt, wie das alles gemeint ist. Alteration! Das ist ein Wort, das ich nicht gern höre. Gewiß wieder was mit Anna, Kündigung oder Liebesgeschichte. Wenn ich nicht irre, stand sie …«

»Nein, Treibel, das ist es nicht. Anna mag tun, was sie will, und meinetwegen ihr Leben als Spreewälderin beschließen. Ihr Vater, der alte Schulmeister, kann dann an seinem Enkel erziehen, was er an seiner Tochter versäumt hat. Wenn mich Liebesgeschichten alterieren sollen, müssen sie von anderer Seite kommen …«

»Also doch Liebesgeschichten. Nun sage, wer?«

»Leopold.«

»Alle Wetter …« Und man konnte nicht heraushören, ob Treibel bei dieser Namensnennung mehr in Schreck oder Freude geraten war. »Leopold? Ist es möglich?«

»Es ist mehr als möglich, es ist gewiß; denn vor einer Viertelstunde war er selber hier, um mich diese Liebesgeschichte wissen zu lassen …«

»Merkwürdiger Junge …«

»Er hat sich mit Corinna verlobt.«

Es war ganz unverkennbar, daß die Kommerzienrätin eine große Wirkung von dieser Mitteilung erwartete, welche Wirkung aber durchaus ausblieb. Treibels erstes Gefühl war das einer heiter angeflogenen Enttäuschung. Er hatte was von kleiner Soubrette, vielleicht auch von ›Jungfrau aus dem Volk‹ erwartet und stand nun vor einer Ankündigung, die, nach seinen unbefangeneren Anschauungen, alles andere als Schreck und Entsetzen hervorrufen konnte. »Corinna«, sagte er. »Und schlankweg verlobt und ohne Mama zu fragen. Teufelsjunge. Man unterschätzt doch immer die Menschen und am meisten seine eigenen Kinder.«

»Treibel, was soll das? Dies ist keine Stunde, wo sich's für dich schickt, in einer noch nach Buggenhagen schmeckenden Stimmung ernste Fragen zu behandeln. Du kommst nach Haus und findest mich in einer großen Erregung, und im Augenblicke, wo ich dir den Grund dieser Erregung mitteile, findest du's angemessen, allerlei sonderbare Scherze zu machen. Du mußt doch fühlen, daß das einer Lächerlichmachung meiner Person und meiner Gefühle gleichkommt, und wenn ich deine ganze Haltung recht verstehe, so bist du weitab davon, in dieser sogenannten Verlobung einen Skandal zu sehen. Und darüber möchte ich Gewißheit haben, eh wir weitersprechen. Ist es ein Skandal oder nicht?«

»Nein.«

»Und du wirst Leopold nicht darüber zur Rede stellen?«

»Nein.«

»Und bist nicht empört über diese Person?«

»Nicht im geringsten.«

»Über diese Person, die deiner und meiner Freundlichkeit sich absolut unwert macht, und nun ihre Bettlade – denn um viel was anderes wird es sich nicht handeln – in das Treibelsche Haus tragen will.«

Treibel lachte. »Sieh, Jenny, diese Redewendung ist dir gelungen, und wenn ich mir mit meiner Phantasie, die mein Unglück ist, die hübsche Corinna vorstelle, wie sie, sozusagen zwischen die Längsbretter eingeschirrt, ihre Bettlade hierher ins Treibelsche Haus trägt, so könnte ich eine Viertelstunde lang lachen. Aber ich will doch lieber nicht lachen und dir, da du so sehr fürs Ernste bist, nun auch ein ernsthaftes Wort sagen. Alles, was du da so hinschmetterst, ist erstens unsinnig und zweitens empörend. Und was es außerdem noch alles ist, blind, vergeßlich, überheblich, davon will ich gar nicht reden ...«

Jenny war ganz blaß geworden und zitterte, weil sie wohl wußte, worauf das »blind und vergeßlich« abzielte. Treibel aber, der ein guter und auch ganz kluger Kerl war und sich aufrichtig gegen all den Hochmut aufrichtete, fuhr jetzt fort: »Du sprichst da von Undank und Skandal und Blamage, und es fehlt eigentlich bloß noch das Wort ›Unehre‹, dann hast du den Gipfel der Herrlichkeit erklommen. Undank. Willst du der klugen, immer heitren, immer unterhaltlichen Person, die wenigstens sieben Felgentreus in die Tasche steckt – nächststehender Anverwandten ganz zu geschweigen –, willst du der die Datteln und Apfelsinen nachrechnen, die sie von unserer Majolikaschüssel, mit einer Venus und einem Cupido darauf, beiläufig eine lächerliche Pinselei, mit ihrer zierlichen Hand heruntergenommen hat? Und waren wir nicht bei dem guten alten Professor unsererseits auch zu Gast, bei Willibald, der doch sonst dein Herzblatt ist, und haben wir uns seinen Brauneberger, der ebensogut war wie meiner oder doch nicht viel schlechter, nicht schmecken lassen? Und warst du nich ganz ausgelassen und hast du nicht an dem Klimperkasten, der da in der Putzstube steht, deine alten Lieder runtergesungen? Nein, Jenny, komme mir nicht mit solchen Geschichten. Da kann ich auch mal ärgerlich werden ...«

Jenny nahm seine Hand und wollte ihn hindern weiterzusprechen.

»Nein, Jenny, noch nicht, noch bin ich nicht fertig. Ich bin nun mal im Zuge. Skandal, sagst du, und Blamage. Nun, ich sage dir, nimm dich in acht, daß aus der bloß eingebildeten Blamage nicht eine wirkliche wird und daß – ich sage das, weil du solche Bilder liebst – der Pfeil nicht auf den Schützen zurückfliegt. Du bist auf dem besten Wege, mich und dich in eine unsterbliche Lächerlichkeit hineinzubugsieren. Wer sind wir denn? Wir sind weder die Montmorencys noch die Lusignans – von denen, nebenher bemerkt, die schöne Melusine herstammen soll, was dich vielleicht interessiert –, wir sind auch nicht die Bismarcks oder die Arnims oder sonst was Märkisches von Adel, wir sind die Treibels, Blutlaugensalz und Eisenvitriol, und du bist eine geborene Bürstenbinder aus der Adlerstraße. Bürstenbinder ist ganz gut, aber der erste Bürstenbinder kann unmöglich höher gestanden haben als der erste Schmidt. Und so bitt' ich dich denn, Jenny, keine Übertreibungen. Und wenn es sein kann, laß den ganzen Kriegsplan fallen und nimm Corinna mit so viel Fassung hin, wie du Helene hingenommen hast. Es ist ja nicht nötig, daß sich Schwiegermutter und Schwiegertochter furchtbar lieben, sie heiraten sich ja nicht; es kommt auf die an, die den Mut haben, sich dieser ersten und schwierigen Aufgabe allerpersönlichst unterziehen zu wollen ...«

Jenny war während dieser zweiten Hälfte von Treibels Philippika merkwürdig ruhig geworden, was in einer guten Kenntnis des Charakters ihres Mannes seinen Grund hatte. Sie wußte, daß er in einem überhohen Grade das Bedürfnis und die Gewohnheit des Sichaussprechens hatte und daß sich mit ihm erst wieder reden ließ, wenn gewisse Gefühle von seiner Seele heruntergeredet waren. Es war ihr schließlich ganz recht, daß dieser Akt innerlicher Selbstbefriedigung so rasch und so gründlich begonnen hatte; was jetzt gesagt worden war, brauchte morgen nicht mehr gesagt zu werden, war abgetan und gestattete den Ausblick auf friedlichere Verhandlungen. Treibel war sehr der Mann der Betrachtung aller Dinge von zwei Seiten her, und so war Jenny denn völlig überzeugt davon, daß er über Nacht dahin gelangen würde, die ganze Leopoldsche Verlobung auch mal von der Kehrseite her anzusehen. Sie nahm deshalb seine Hand und sagte: »Treibel, laß uns das Gespräch morgen früh fortsetzen. Ich glaube, daß du, bei ruhigerem Blute, die Berechtigung meiner Anschauungen nicht verkennen wirst. Jedenfalls rechne nicht darauf, mich anderen Sinnes zu machen. Ich wollte dir als dem Manne, der zu handeln hat, selbstverständlich auch in dieser Angelegenheit nicht vorgreifen; lehnst du jedoch jedes Handeln ab, so handle ich. Selbst auf die Gefahr deiner Nichtzustimmung.

»Tu, was du willst.«

Und damit warf Treibel die Tür ins Schloß und ging in sein Zimmer hinüber. Als er sich in den Fauteuil warf, brummte er vor sich hin: »Wenn sie am Ende doch recht hätte!«

Und konnte es anders sein? Der gute Treibel, er war doch auch seinerseits das Produkt dreier im Fabrikbetrieb immer reicher gewordenen Generationen, und aller guten Geistes- und Herzensanlagen unerachtet und trotz seines politischen Gastspiels auf der Bühne Teupitz-Zossen – der Bourgeois steckte ihm wie seiner sentimentalen Frau tief im Geblüt.

13. KAPITEL

Am andern Morgen war die Kommerzienrätin früher auf als gewöhnlich und ließ von ihrem Zimmer aus zu Treibel hinüber sagen, daß sie das Frühstück allein nehmen wolle. Treibel schob es auf Verstimmung vom Abend vorher, ging aber darin fehl, da Jenny ganz aufrichtig vorhatte, die durch Verbleib auf ihrem Zimmer frei gewordene halbe Stunde zu einem Briefe an Hildegard zu benutzen. Es galt eben Wichtigeres heute, als den Kaffee mußevoll und friedlich oder vielleicht auch unter fortgesetzter Kriegführung einzunehmen, und wirklich, kaum daß sie die kleine Tasse geleert und auf das Tablett zurückgeschoben hatte, so vertauschte sie auch schon den Sofaplatz mit ihrem Platz am Schreibtisch und ließ die Feder mit rasender Schnelligkeit über verschiedene kleine Bogen hingleiten, von denen jeder nur die Größe einer Handfläche, Gott sei Dank aber die herkömmlichen vier Seiten hatte. Briefe, wenn ihr die Stimmung nicht fehlte, gingen ihr immer leicht von der Hand, aber nie so wie heute, und ehe noch die kleine Konsoluhr die neunte Stunde schlug, schob sie schon die Bogen zusammen, klopfte sie auf der Tischplatte wie ein Spiel Karten zurecht und überlas noch einmal mit halblauter Stimme das Geschriebene.

»Liebe Hildegard! Seit Wochen tragen wir uns damit, unsren seit lange gehegten Wunsch erfüllt und Dich mal wieder unter unserem Dache zu sehen. Bis in den Mai hinein hatten wir schlechtes Wetter, und von einem Lenz, der mir die schönste Jahreszeit bedeutet, konnte kaum die Rede sein. Aber seit beinah vierzehn Tagen ist es anders, in unsrem Garten schlagen die Nachtigallen, was Du, wie ich mich sehr wohl erinnere, so sehr liebst, und so bitten wir Dich herzlich, Dein schönes Hamburg auf ein paar Wochen verlassen und uns Deine Gegenwart schenken zu wollen. Treibel vereinigt seine Wünsche mit den meinigen, und Leopold schließt sich an. Von Deiner Schwester Helene bei dieser Gelegenheit und in diesem Sinne zu sprechen ist überflüssig, denn ihre herzlichen Gefühle für Dich kennst Du so gut, wie wir sie kennen, Gefühle, die, wenn ich recht beobachtet habe, gerade neuerdings wieder in einem beständigen Wachsen begriffen sind. Es liegt so, daß ich, soweit das in einem Briefe möglich, ausführlicher darüber zu Dir sprechen möchte. Mitunter, wenn ich sie so blaß sehe, so gut sie gerade diese Blässe kleidet, tut mir doch das innerste Herz weh, und ich habe nicht den Mut, nach der Ursache zu fragen. Otto ist es nicht, dessen bin ich sicher, denn er ist nicht nur gut, sondern auch rücksichtsvoll, und ich empfinde dann allen Möglichkeiten gegenüber ganz deutlich, daß es nichts anderes sein kann als Heimweh. Ach, mir nur zu begreiflich, und ich möchte dann immer sagen: ›Reise, Helene, reise heute, reise morgen, und sei versichert, daß ich mich, wie des Wirtschaftlichen überhaupt, so auch namentlich der Weißzeugplätterei nach besten Kräften annehmen werde, gerade so, ja mehr noch, als wenn es für Treibel wäre, der in diesen Stücken auch so difficil ist, difficiler als viele andere Berliner‹. Aber ich sage das alles nicht, weil ich ja weiß, daß Helene lieber auf jedes andere Glück verzichtet, als auf das Glück, das in dem Bewußtsein erfüllter Pflicht liegt. Vor allem dem Kinde gegenüber. Lizzi mit auf die Reise zu nehmen, wo dann doch die Schulstunden unterbrochen werden müßten, ist fast ebenso undenkbar, wie Lizzi zurückzulassen. Das süße Kind! Wie wirst Du Dich freuen, sie wiederzusehen, immer vorausgesetzt, daß ich mit meiner Bitte keine Fehlbitte tue. Denn Photographien geben doch nur ein sehr ungenügendes Bild, namentlich bei Kindern, deren ganzer Zauber in einer durchsichtigen Hautfarbe liegt; der Teint nuanciert nicht nur den Ausdruck, er ist der Ausdruck selbst. Denn wie Krola, dessen Du Dich vielleicht noch erinnerst, erst neulich wieder behauptete, der Zusammenhang zwischen Teint und Seele sei geradezu merkwürdig. Was wir Dir bieten können, meine süße Hildegard? Wenig, eigentlich nichts. Die Beschränktheit unserer Räume kennst Du; Treibel hat außerdem eine neue Passion ausgebildet und will sich wählen lassen, und zwar in einem Landkreise, dessen sonderbaren, etwas wendisch klingenden Namen ich

Deiner Geographiekenntnis nicht zumute, trotzdem ich wohl weiß, daß auch Eure Schulen – wie mir Felgentreu (freilich keine Autorität auf diesem Gebiete) erst ganz vor kurzem wieder versicherte – den unsrigen überlegen sind. Wir haben zur Zeit eigentlich nichts als die Jubiläumsausstellung, in der die Firma Dreher aus Wien die Bewirtung übernommen hat und hart angegriffen wird. Aber was griffe der Berliner nicht an – daß die Seidel zu klein sind, kann einer Dame wenig bedeuten –, und ich wüßte wirklich kaum etwas, was vor der Eingebildetheit unserer Bevölkerung sicher wäre. Nicht einmal Euer Hamburg, an das ich nicht denken kann, ohne daß mir das Herz lacht. Ach, Eure herrliche Buten-Alster! Und wenn dann abends die Lichter und die Sterne darin flimmern – ein Anblick, der den, der sich seiner freuen darf, jedesmal dem Irdischen wie entrückt. Aber vergiß es, liebe Hildegard, sonst haben wir wenig Aussicht, Dich hier zu sehen, was doch ein aufrichtiges Bedauern bei allen Treibels hervorrufen würde, am meisten bei Deiner Dich innig liebenden Freundin und Tante

Jenny Treibel.

Nachschrift. Leopold reitet jetzt viel, jeden Morgen nach Treptow und auch nach dem Eierhäuschen. Er klagt, daß er keine Begleitung dabei habe. Hast Du noch Deine alte Passion? Ich sehe Dich noch so hinfliegen. Du Wildfang! Wenn ich ein Mann wäre, Dich einzufangen würde mir das Leben bedeuten. Übrigens bin ich sicher, daß andere ebenso denken, und wir würden längst den Beweis davon in Händen haben, wenn Du weniger wählerisch wärst. Sei es nicht fürder und vergiß die Ansprüche, die Du machen darfst.

Deine J. T.«

Jenny faltete jetzt die kleinen Bogen und tat sie in ein Kuvert, das, vielleicht um auch schon äußerlich ihren Friedenswunsch anzudeuten, eine weiße Taube mit einem Ölzweig zeigte. Dies war um so angebrachter, als Hildegard mit Helenen in lebhafter Korrespondenz stand und recht gut wußte, wie, bisher wenigstens, die wahren Gefühle der Treibels und besonders die der Frau Jenny gewesen waren.

Die Rätin hatte sich eben erhoben, um nach der am Abend vorher etwas angezweifelten Anna zu klingeln, als sie, wie von ungefähr ihren Blick auf den Vorgarten richtend, ihrer Schwiegertochter ansichtig wurde, die rasch vom Gitter her auf das Haus zuschritt. Draußen hielt eine Droschke zweiter Klasse, geschlossen und das Fenster in die Höhe gezogen, trotzdem es sehr warm war.

Einen Augenblick danach trat Helene bei der Schwiegermutter ein und umarmte sie stürmisch. Dann warf sie den Sommermantel und Gartenhut beiseite und sagte, während sie ihre Umarmung wiederholte: »Ist es denn wahr? Ist es denn möglich?«

Jenny nickte stumm und sah nun erst, daß Helene noch im Morgenkleide und ihr Scheitel noch eingeflochten war. Sie hatte sich also, wie sie da ging und stand, im selben Moment, wo die große Nachricht auf dem Holzhofe bekannt geworden war, sofort auf den Weg gemacht, und zwar in der ersten besten Droschke. Das war etwas, und angesichts dieser Tatsache fühlte Jenny das Eis schmelzen, das acht Jahre lang ihr Schwiegermutterherz umgürtet hatte. Zugleich traten ihr Tränen in die Augen. »Helene«, sagte sie, »was zwischen uns gestanden hat, ist fort. Du bist ein gutes Kind, du fühlst mit uns. Ich war mitunter gegen dies und das, untersuchen wir nicht, ob mit Recht oder mit Unrecht; aber in solchen Stücken ist Verlaß auf euch, und ihr wißt Sinn von Unsinn zu unterscheiden. Von deinem Schwiegervater kann ich dies leider nicht sagen. Indessen, ich denke, das ist nur Übergang, und er wird sich geben. Unter allen Umständen laß uns zusammenhalten. Mit Leopold persönlich, das hat nichts zu bedeuten. Aber diese gefährliche Person, die vor nichts erschrickt und dabei ein Selbstbewußtsein hat, daß man drei Prinzessinnen damit ausstaffieren könnte, gegen die müssen wir uns rüsten. Glaube nicht, daß sie's uns leicht machen wird. Sie hat ganz den Professorentochterdünkel und ist imstande, sich einzubilden, daß sie dem Hause Treibel noch eine Ehre antut.«

»Eine schreckliche Person«, sagte Helene. »Wenn ich an den Tag denke mit *dear* Mr. Nelson. Wir hatten eine Todesangst, daß Nelson seine Reise verschieben und um sie anhalten würde. Was daraus geworden wäre, weiß ich nicht; bei den Beziehungen Ottos zu der Liverpooler Firma vielleicht verhängnisvoll für uns.«

»Nun, Gott sei Dank, daß es vorübergegangen. Vielleicht immer noch besser so, so können wir's *en famille* austragen. Und den alten Professor fürchte ich nicht, den habe ich von alter Zeit her am Bändel. Er muß mit in unser Lager hinüber. Und nun muß ich fort, Kind, um Toilette zu machen ... Aber noch ein Hauptpunkt. Eben habe ich an deine Schwester Hildegard geschrieben und sie herzlich gebeten, uns mit nächstem ihren Besuch zu schenken. Bitte, Helene, füge ein paar Worte an deine Mama hinzu und tue beides in das Kuvert und adressiere.«

Damit ging die Rätin, und Helene setzte sich an den Schreibtisch. Sie war so bei der Sache, daß nicht einmal ein triumphierendes Gefühl darüber, mit ihren Wünschen für Hildegard nun endlich am Ziele zu sein, in ihr aufdämmerte; nein, sie hatte angesichts der gemeinsamen Gefahr nur Teilnahme für ihre Schwiegermutter als der ›Trägerin des Hauses‹ und nur Haß für Corinna. Was sie zu schreiben hatte, war rasch geschrieben. Und nun adressierte sie mit schöner englischer Handschrift in normalen Schwung- und Rundlinien: »Frau Konsul Thora Munk, geb. Thompson. Hamburg. Uhlenhorst.«

Als die Aufschrift getrocknet und der ziemlich ansehnliche Brief mit zwei Marken frankiert war, brach Helene auf, klopfte nur noch leise an Frau Jennys Toilettenzimmer und rief hinein: »Ich gehe jetzt, liebe Mama. Den Brief nehme ich mit.« Und gleich danach passierte sie wieder den Vorgarten, weckte den Droschkenkutscher und stieg ein.

Zwischen neun und zehn waren zwei Rohrpostbriefe bei Schmidts eingetroffen, ein Fall, der in dieser seiner Gedoppeltheit noch nicht dagewesen war. Der eine dieser Briefe richtete sich an den Professor und hatte folgenden kurzen Inhalt: »Lieber Freund! Darf ich darauf rechnen, Sie heute zwischen zwölf und eins in Ihrer Wohnung zu treffen? Keine Antwort, gute Antwort. Ihre ganz ergebene Jenny Treibel.« Der andere, nicht viel längere Brief war an Corinna adressiert und lautete: »Liebe Corinna! Gestern abend noch hatte ich ein Gespräch mit der Mama. Daß ich auf Widerstand stieß, brauche ich Dir nicht erst zu sagen, und es ist mir gewisser denn je, daß wir schweren Kämpfen entgegensehen. Aber nichts soll uns trennen. In meiner Seele lebt eine hohe Freudigkeit und gibt mir Mut zu allem. Das ist das Geheimnis und zugleich die Macht der Liebe. Diese Macht soll mich auch weiter führen und festigen. Trotz aller Sorge Dein überglücklicher Leopold.« Corinna legte den Brief aus der Hand. »Armer Junge! Was er da schreibt, ist ehrlich gemeint, selbst das mit dem Mut. Aber ein Hasenohr guckt doch durch. Nun, wir müssen sehen. Halte, was du hast. Ich gebe nicht nach.«

Corinna verbrachte den Vormittag unter fortgesetzten Selbstgesprächen. Mitunter kam die Schmolke, sagte aber nichts und beschränkte sich auf kleine wirtschaftliche Fragen. Der Professor seinerseits hatte zwei Stunden zu geben, eine griechische: Pindar, und eine deutsche: romantische Schule (Novalis), und war bald nach zwölf wieder zurück. Er schritt in seinem Zimmer auf und ab, abwechselnd mit einem ihm in seiner Schlußwendung absolut unverständlich gebliebenen Novalis-Gedicht und dann wieder mit dem so feierlich angekündigten Besuch seiner Freundin Jenny beschäftigt. Es war kurz vor eins, als ein Wagengerumpel auf dem schlechten Steinpflaster unten ihn annehmen ließ, sie werde es sein. Und sie war es, diesmal allein, ohne Fräulein Honig und ohne den Bologneser. Sie öffnete selbst den Schlag und stieg dann langsam und bedächtig, als ob sie sich ihre Rolle noch einmal überhöre, die Steinstufen der Außentreppe hinauf. Eine Minute später hörte Schmidt die Klingel gehen, und gleich danach meldete die Schmolke: »Frau Kommerzienrat Treibel.«

Schmidt ging ihr entgegen, etwas weniger unbefangen als sonst, küßte ihr die Hand und bat sie, auf seinem Sofa, dessen tiefste Kesselstelle durch ein großes Lederkissen einigermaßen applaniert war, Platz zu nehmen. Er selber nahm einen Stuhl, setzte sich ihr gegenüber und sagte: »Was verschafft mir die Ehre? Ich nehme an, daß etwas Besonderes vorgefallen ist.«

»Das ist es, lieber Freund. Und Ihre Worte lassen mir keinen Zweifel darüber, daß Fräulein Corinna noch nicht für gut befunden hat, Sie mit dem Vorgefallenen bekannt zu machen. Fräulein Corinna hat sich nämlich gestern abend mit meinem Sohne Leopold verlobt.«

»Ah«, sagte Schmidt in einem Tone, der ebensogut Freude wie Schreck ausdrücken konnte.

»Fräulein Corinna hat sich gestern auf unserer Grunewaldpartie, die vielleicht besser unterblieben wäre, mit meinem Sohne Leopold verlobt, nicht umgekehrt. Leopold tut keinen Schritt ohne mein Wissen und Willen, am wenigsten einen so wichtigen Schritt wie eine Verlobung, und so muß ich denn zu meinem lebhaften Bedauern von etwas Abgekartetem oder einer gestellten Falle, ja, Verzeihung, lieber Freund, von einem wohlüberlegten Überfall sprechen.«

Dies starke Wort gab dem alten Schmidt nicht nur seine Seelenruhe, sondern auch seine gewöhnliche Heiterkeit wieder. Er sah, daß er sich in seiner alten Freundin nicht getäuscht hatte, daß sie, völlig unverändert, die, trotz Lyrik und Hochgefühlen, ganz ausschließlich auf Äußerlichkeiten gestellte Jenny Bürstenbinder von ehedem war und daß seinerseits, unter selbstverständlicher Wahrung artigster Formen und anscheinend vollen Entgegenkommens, ein Ton superioren Übermuts angeschlagen und in die sich nun höchstwahrscheinlich entspinnende Debatte hineingetragen werden müsse. Das war er sich, das war er Corinna schuldig.

»Ein Überfall, meine gnädigste Frau. Sie haben vielleicht nicht ganz unrecht, es so zu nennen. Und daß es gerade auf diesem Terrain sein mußte. Sonderbar genug, daß Dinge der Art ganz bestimmten Lokalitäten unveräußerlich anzuhaften scheinen. Alle Bemühungen, durch Schwanenhäuser und Kegelbahnen im stillen zu reformieren, der Sache friedlich beizukommen, erweisen sich als nutzlos, und der frühere Charakter dieser Gegenden, insonderheit unseres alten übelbeleumdeten Grunewalds, bricht immer wieder durch. Immer wieder aus dem Stegreif. Erlauben Sie mir, gnädigste Frau, daß ich den derzeitigen Junker *generis feminini* herbeirufe, damit er seiner Schuld geständig werde.«

Jenny biß sich auf die Lippen und bedauerte das unvorsichtige Wort, das sie nun dem Spotte preisgab. Es war aber zu spät zur Umkehr, und so sagte sie nur: »Ja, lieber Professor, es wird das beste sein, Corinna selbst zu hören. Und ich denke, sie wird sich mit einem gewissen Stolz dazu bekennen, dem armen Jungen das Spiel über dem Kopf weggenommen zu haben.«

»Wohl möglich«, sagte Schmidt und stand auf und rief in das Entree hinein: »Corinna.«

Kaum, daß er seinen Platz wieder eingenommen hatte, so stand die von ihm Gerufene auch schon in der Tür, verbeugte sich artig gegen die Kommerzienrätin und sagte: »Du hast gerufen, Papa?«

»Ja, Corinna, das hab ich. Eh wir aber weitergehen, nimm einen Stuhl und setze dich in einiger Entfernung von uns. Denn ich möchte es auch äußerlich markieren, daß du vorläufig eine Angeklagte bist. Rücke in die Fensternische, da sehen wir dich am besten. Und nun sage mir, hat es seine Richtigkeit damit, daß du gestern abend im Grunewald, in dem ganzen Junkerübermut einer geborenen Schmidt, einen friedlich und unbewaffnet seines Weges ziehenden Bürgersohn, namens Leopold Treibel, seiner besten Barschaft beraubt hast?«

Corinna lächelte. Dann trat sie vom Fenster her an den Tisch heran und sagte: »Nein, Papa, das ist grundfalsch. Es hat alles den landesüblichen Verlauf genommen, und wir sind so regelrecht verlobt, wie man nur verlobt sein kann.«

»Ich bezweifle das nicht, Fräulein Corinna«, sagte Jenny. »Leopold selbst betrachtet sich als Ihren Verlobten. Ich sage nur das eine, daß Sie das Überlegenheitsgefühl, das Ihnen Ihre Jahre ...«

»Nicht meine Jahre. Ich bin jünger ...«

»... das Ihnen Ihre Klugheit und Ihr Charakter gegeben, daß Sie diese Überlegenheit dazu benutzt haben, den armen Jungen willenlos zu machen und ihn für sich zu gewinnen.«

»Nein, meine gnädigste Frau, das ist ebenfalls nicht ganz richtig, wenigstens zunächst nicht. Daß es schließlich doch vielleicht richtig sein wird, darauf müssen Sie mir erlauben, weiterhin zurückzukommen.«

»Gut, Corinna, gut«, sagte der Alte. Fahre nur fort. Also zunächst ...«

»Also zunächst unrichtig, meine gnädigste Frau. Denn wie kam es? Ich sprach mit Leopold von seiner nächsten Zukunft und beschrieb ihm einen Hochzeitstag, absichtlich in unbestimmten Umrissen und ohne Namen zu nennen. Und als ich zuletzt Namen nennen mußte, da war es Blankenese, wo die Gäste zum Hochzeitsmahle sich sammelten, und war es die schöne Hildegard Munk, die, wie eine Königin gekleidet, als Braut neben ihrem Bräutigam saß. Und dieser Bräutigam war Ihr Leopold, meine gnädigste Frau. Selbiger Leopold aber wollte von dem allen nichts wissen und ergriff meine Hand und machte mir einen Antrag in aller Form. Und nachdem ich ihn an seine Mutter erinnert und mit dieser Erinnerung kein Glück gehabt hatte, da haben wir uns verlobt ...«

»Ich glaube das, Fräulein Corinna«, sagte die Rätin. »Ich glaube das ganz aufrichtig. Aber schließlich ist das alles doch nur eine Komödie. Sie wußten ganz gut, daß er Ihnen vor Hildegard den Vorzug gab, und Sie wußten nur zu gut, daß Sie, je mehr Sie das arme Kind, die Hildegard, in den Vordergrund stellten, desto gewisser – um nicht zu sagen, desto leidenschaftlicher, denn er ist nicht eigentlich der Mann der Leidenschaften –, desto gewisser, sag ich, würde er sich auf Ihre Seite stellen und sich zu Ihnen bekennen.«

»Ja, gnädige Frau, das wußt ich oder wußt es doch beinah. Es war noch kein Wort in diesem Sinne zwischen uns gesprochen worden, aber ich glaubte trotzdem, und seit längerer Zeit schon, daß er glücklich sein würde, mich seine Braut zu nennen.«

»Und durch die klug und berechnend ausgesuchte Geschichte mit dem Hamburger Hochzeitszuge haben Sie eine Erklärung herbeizuführen gewußt ...«

»Ja, meine gnädigste Frau, das hab ich, und ich meine, das alles war mein gutes Recht. Und wenn Sie nun dagegen, und wie mir's scheint, ganz ernsthaft Ihren Protest erheben wollen, erschrecken Sie da nicht vor Ihrer eigenen Forderung, vor der Zumutung, ich hätte mich jedes Einflusses auf Ihren Sohn enthalten sollen? Ich bin keine Schönheit, habe nur eben das Durchschnittsmaß. Aber nehmen Sie, so schwer es Ihnen werden mag, für einen Augenblick einmal an, ich wäre wirklich so was wie eine Schönheit, eine Beauté, der Ihr Herr Sohn nicht hätte widerstehen können, würden Sie von mir verlangt haben, mir das Gesicht mit Ätzlauge zu zerstören, bloß damit Ihr Sohn, mein Verlobter, nicht in eine durch mich gestellte Schönheitsfalle fiele?«

»Corinna«, lächelte der Alte, »nicht zu scharf. Die Rätin ist unter unserm Dache.«

»Sie würden das nicht von mir verlangt haben, so wenigstens nehme ich vorläufig an, vielleicht in Überschätzung Ihrer freundlichen Gefühle für mich, und doch verlangen Sie von mir, daß ich mich dessen begebe, was die Natur mir gegeben hat. Ich habe meinen guten Verstand und bin offen und frei und übe damit eine große Wirkung auf die Männer aus, mitunter auch gerade auf solche, denen das fehlt, was ich habe – soll ich mich dessen entkleiden? Soll ich mein Pfund vergraben? Soll ich das bißchen Licht, das mir geworden, unter den Scheffel stellen? Verlangen Sie, daß ich bei Begegnungen mit Ihrem Sohne wie eine Nonne dasitze, bloß damit das Haus Treibel vor einer Verlobung mit mir bewahrt bleibe? Erlauben Sie mir, gnädigste Frau, und Sie müssen meine Worte meinem erregten Gefühle, das Sie herausgefordert, zugute halten, erlauben Sie mir, Ihnen zu sagen, daß ich das nicht bloß hochmütig und höchst verwerflich, daß ich es vor allen Dingen auch ridikül finde. Denn wer sind die Treibels? Berlinerblaufabrikanten mit einem Ratstitel, und ich, ich bin eine Schmidt.«

»Eine Schmidt«, wiederholte der alte Willibald freudig, gleich danach hinzufügend: »Und nun sagen Sie, liebe Freundin, wollen wir nicht lieber abbrechen und alles den Kindern und einer ruhigen historischen Entwicklung überlassen?«

»Nein, mein lieber Freund, das wollen wir nicht. Wir wollen nichts der historischen Entwicklung und noch weniger der Entscheidung der Kinder überlassen, was gleichbedeutend wäre mit Entscheidung durch Fräulein Corinna. Dies zu hindern, deshalb eben bin ich hier. Ich hoffte bei den Erinnerungen, die zwischen uns leben, Ihrer Zustimmung und Unterstützung sicher zu sein, sehe mich aber getäuscht und werde meinen Einfluß, der hier gescheitert, auf meinen Sohn Leopold beschränken müssen.«

»Ich fürchte«, sagte Corinna, »daß er auch da versagt ...«

»Was lediglich davon abhängen wird, ob er Sie sieht oder nicht.«

»Er wird mich sehen!«

»Vielleicht. Vielleicht auch nicht.«

Und darauf erhob sich die Kommerzienrätin und ging, ohne dem Professor die Hand gereicht zu haben, auf die Tür zu. Hier wandte sie sich noch einmal um und sagte zu Corinna: »Corinna, lassen Sie uns vernünftig reden. Ich will alles vergessen. Lassen Sie den Jungen los. Er paßt nicht einmal für Sie. Und was das Haus Treibel angeht, so haben Sie's eben in einer Weise charakterisiert, daß es Ihnen kein Opfer kosten kann, darauf zu verzichten ...«

»Aber meine Gefühle, gnädigste Frau ...«

»Bah«, lachte Jenny, »daß Sie so sprechen können, zeigt mir deutlich, daß Sie keine haben und daß alles bloßer Übermut oder vielleicht auch Eigensinn ist. Daß Sie sich dieses Eigensinns begeben mögen, wünsche ich Ihnen und uns. Denn es kann zu nichts führen. Eine Mutter hat auch Einfluß auf einen schwachen Menschen, und ob Leopold Lust hat, seine Flitterwochen in einem Ahlbecker Fischerhause zu verbringen, ist mir doch zweifelhaft. Und daß das Haus Treibel Ihnen keine Villa in Capri bewilligen wird, dessen dürfen Sie gewiß sein.«

Und dabei verneigte sie sich und trat in das Entree hinaus. Corinna blieb zurück. Schmidt aber gab seiner Freundin das Geleit bis an die Treppe.

»Adieu«, sagte hier die Rätin. »Ich bedaure, lieber Freund, daß dies zwischen uns treten und die herzlichen Beziehungen so vieler, vieler Jahre stören mußte. Meine Schuld ist es nicht. Sie haben Corinna verwöhnt, und das Töchterchen schlägt nun einen spöttischen und überheblichen Ton an und ignoriert, wenn nichts andres, so doch die Jahre, die mich von ihr trennen. Impietät ist der Charakter unserer Zeit.«

Schmidt, ein Schelm, gefiel sich darin, bei dem Wort »Impietät« ein betrübtes Gesicht aufzusetzen. »Ach, liebe Freundin«, sagte er, »Sie mögen wohl recht haben, aber nun ist es zu spät. Ich bedaure, daß es unserm Hause vorbehalten war, Ihnen einen Kummer, wie diesen, um nicht zu sagen, eine Kränkung, anzutun. Freilich, wie Sie schon sehr richtig bemerkt haben, die Zeit ... alles will über sich hinaus und strebt höheren Staffeln zu, die die Vorsehung sichtbarlich nicht wollte.«

Jenny nickte. »Gott bessre es.«

»Lassen Sie uns das hoffen.«

Und damit trennten sie sich.

In das Zimmer zurückgekehrt, umarmte Schmidt seine Tochter, gab ihr einen Kuß auf die Stirn und sagte: »Corinna, wenn ich nicht Professor wäre, so würde ich am Ende Sozialdemokrat.«

Im selben Augenblick kam auch die Schmolke. Sie hatte nur das letzte Wort gehört, und erratend, um was es sich handle, sagte sie: »Ja, das hat Schmolke auch immer gesagt.«

14. KAPITEL

Der nächste Tag war ein Sonntag, und die Stimmung, in der sich das Treibelsche Haus befand, konnte nur noch dazu beitragen, dem Tage zu seiner herkömmlichen Ödheit ein Beträchtliches zuzulegen. Jeder mied den andern. Die Kommerzienrätin beschäftigte sich damit, Briefe, Karten und Photographien zu ordnen, Leopold saß auf seinem Zimmer und las Goethe (was, ist nicht nötig zu verraten), und Treibel selbst ging im Garten um das Bassin herum und unterhielt sich, wie meist in solchen Fällen, mit der Honig. Er ging dabei so weit, sie ganz ernsthaft nach Krieg und Frieden zu fragen, allerdings mit der Vorsicht, sich eine Art Präliminarantwort gleich selbst zu geben. In erster Reihe stehe fest, daß es niemand wisse, »selbst der leitende Staatsmann nicht« (er hatte sich diese Frage bei seinen öffentlichen Reden angewöhnt), aber eben weil es niemand wisse, sei man auf Sentiments angewiesen, und darin sei niemand größer und zuverlässiger als die Frauen. Es sei nicht zu leugnen, das weibliche Geschlecht habe was Pythisches, ganz abgesehen von jenem Orakelhaften niederer Observanz, das noch so nebenherlaufe. Die Honig, als sie schließlich zu Worte kam, faßte ihre politische Diagnose dahin zusammen: sie sähe nach Westen hin einen klaren Himmel, während es im Osten finster braue, ganz entschieden, und zwar oben sowohl wie unten. »Oben wie unten«, wiederholte Treibel. »Oh, wie wahr! Und das Leben bestimmt das Unten und das Unten das Oben. Ja, Fräulein Honig, damit haben wir's getroffen.« Und Czicka, das Hündchen, das natürlich auch nicht fehlte, blaffte dazu. So ging das Gespräch zu gegenseitiger Zufriedenheit. Treibel aber schien doch abgeneigt, aus diesem Weisheitsquell andauernd zu schöpfen, und zog sich nach einiger Zeit auf sein Zimmer und seine Zigarre zurück, ganz Halensee verwünschend, das mit seiner Kaffeeklappe diese häusliche Mißstimmung und diese Sonntagsextralangeweile heraufbeschworen habe. Gegen Mittag traf ein an ihn adressiertes Telegramm ein: »Dank für Brief. Ich komme morgen mit dem Nachmittagszug. Eure Hildegard.« Er schickte das Telegramm, aus dem er überhaupt erst von der erfolgten Einladung erfuhr, an seine Frau hinüber und war, trotzdem er das selbständige Vorgehen derselben etwas sonderbar fand, doch auch wieder aufrichtig froh, nunmehr einen Gegenstand zu haben, mit dem er sich in seiner Phantasie beschäftigen konnte. Hildegard war sehr hübsch, und die Vorstellung, innerhalb der nächsten Woche ein anderes

Gesicht als das der Honig auf seinen Gartenspaziergängen um sich zu haben, tat ihm wohl. Er hatte nun auch einen Gesprächsstoff, und während ohne diese Depesche die Mittagsunterhaltung wahrscheinlich sehr kümmerlich verlaufen oder vielleicht ganz ausgefallen wäre, war es jetzt wenigstens möglich, ein paar Fragen zu stellen. Er stellte diese Fragen auch wirklich, und alles machte sich ganz leidlich; nur Leopold sprach kein Wort und war froh, als er sich vom Tisch erheben und zu seiner Lektüre zurückkehren konnte.

Leopolds ganze Haltung gab überhaupt zu verstehen, daß er über sich bestimmen zu lassen fürder nicht mehr willens sei; trotzdem war ihm klar, daß er sich den Repräsentationspflichten des Hauses nicht entziehen und also nicht unterlassen dürfe, Hildegard am andern Nachmittag auf dem Bahnhof zu empfangen. Er war pünktlich da, begrüßte die schöne Schwägerin und absolvierte die landesübliche Fragenreihe nach dem Befinden und den Sommerplänen der Familie, während einer der von ihm engagierten Gepäckträger erst die Droschke, dann das Gepäck besorgte. Dasselbe bestand nur aus einem einzigen Koffer mit Messingbeschlag: dieser aber war von solcher Größe, daß er, als er hinaufgewuchtet war, der dahinrollenden Droschke den Charakter eines Baus von zwei Etagen gab.

Unterwegs wurde das Gespräch von seiten Leopolds wieder aufgenommen, erreichte seinen Zweck aber nur unvollkommen, weil seine stark hervortretende Befangenheit seiner Schwägerin nur Grund zur Heiterkeit gab. Und nun hielten sie vor der Villa. Die ganze Treibelei stand am Gitter, und als die herzlichsten Begrüßungen ausgetauscht und die nötigsten Toilette-Arrangements in fliegender Eile, d. h. ziemlich mußevoll, gemacht worden waren, erschien Hildegard auf der Veranda, wo man inzwischen den Kaffee serviert hatte. Sie fand alles »himmlisch«, was auf den Empfang strenger Instruktionen von seiten der Frau Konsul Thora Munk hindeutete, die sehr wahrscheinlich Unterdrückung alles Hamburgischen und Achtung vor Berliner Empfindlichkeiten als erste Regel empfohlen hatte. Keine Parallelen wurden gezogen und beispielsweise gleich das Kaffeeservice rundweg bewundert. »Eure Berliner Muster schlagen jetzt alles aus dem Felde, selbst Sèvres. Wie reizend diese Grecborte.« Leopold stand in einer Entfernung und hörte zu, bis Hildegard plötzlich abbrach und allem, was sie gesagt, nur noch hinzusetzte: »Scheltet mich übrigens nicht, daß ich in einem fort von Dingen spreche, für die sich ja morgen auch noch die Zeit finden würde: Grecborte und Sèvres und Meißen und Zwiebelmuster. Aber Leopold ist schuld; er hat unsere Konversation in der Droschke so streng wissenschaftlich geführt, daß ich beinahe in Verlegenheit kam; ich wollte gern von Lizzi hören, und denkt euch, er sprach nur von Anschluß und Radialsystem, und ich genierte mich zu fragen, was es sei.«

Der alte Treibel lachte; die Kommerzienrätin aber verzog keine Miene, während über Leopolds blasses Gesicht eine leichte Röte flog.

So verging der erste Tag, und Hildegards Unbefangenheit, die man sich zu stören wohl hütete, schien auch noch weiter leidliche Tage bringen zu sollen, alles um so mehr, als es die Kommerzienrätin an Aufmerksamkeiten jeder Art nicht fehlen ließ. Ja, sie verstieg sich zu höchst wertvollen Geschenken, was sonst ihre Sache nicht war. Ungeachtet all dieser Anstrengungen aber und trotzdem dieselben, wenn man nicht tiefer nachforschte, von wenigstens halben Erfolgen begleitet waren, wollte sich ein eigentliches Behagen nicht recht einstellen, selbst bei Treibel nicht, auf dessen rasch wiederkehrende gute Laune bei seinem glücklichen Naturell mit einer Art Sicherheit gerechnet war. Ja, diese gute Laune, sie blieb aus mancherlei Gründen aus, unter denen gerade jetzt auch der war, daß die Zossen-Teupitzer Wahlkampagne mit einer totalen Niederlage Vogelsangs geendigt hatte. Dabei mehrten sich die persönlichen Angriffe gegen Treibel. Anfangs hatte man diesen, wegen seiner großen Beliebtheit, rücksichtsvoll außer Spiel gelassen, bis die Taktlosigkeiten seines Agenten ein weiteres Schonen unmöglich machten. »Es ist zweifellos ein Unglück«, so hieß es in den Organen der Gegenpartei, »so beschränkt zu sein wie Leutnant Vogelsang; aber eine solche Beschränktheit in seinen Dienst zu nehmen ist eine Mißachtung gegen den gesunden Menschenverstand unseres Kreises. Die Kandidatur Treibel scheitert einfach an diesem Affront.«

Es sah nicht allzu heiter aus bei den alten Treibels, was Hildegard allmählich so sehr zu fühlen begann, daß sie halbe Tage bei den Geschwistern zubrachte. Der Holzhof war überhaupt hübscher als die Fabrik und Lizzi geradezu reizend mit ihren langen weißen Strümpfen. Einmal waren sie auch rot. Wenn sie so herankam und die Tante Hildegard mit einem Knix begrüßte, flüsterte diese der Schwester zu: »*quite english, Helen*«, und man lächelte sich dann glücklich an. Ja, es waren Lichtblicke. Wenn Lizzi dann aber wieder fort war, war auch zwischen den Schwestern von unbefangener Unterhaltung keine Rede mehr, weil das Gespräch die zwei wichtigsten Punkte nicht berühren durfte: die Verlobung Leopolds und den Wunsch, aus dieser Verlobung mit guter Manier herauszukommen.

Ja, es sah nicht heiter aus bei den Treibels, aber bei den Schmidts auch nicht. Der alte Professor war eigentlich weder in Sorge noch in Verstimmung, lebte vielmehr umgekehrt der Überzeugung, daß sich nun alles bald zum Besseren wenden werde; diesen Prozeß aber sich still vollziehen zu lassen schien ihm ganz unerläßlich, und so verurteilte er sich, was ihm nicht leicht wurde, zu bedingtem Schweigen. Die Schmolke war natürlich ganz entgegengesetzter Ansicht und hielt, wie die meisten alten Berlinerinnen, außerordentlich viel von »Sichaussprechen«, je mehr und je öfter, desto besser. Ihre nach dieser Seite hin abzielenden Versuche verliefen aber resultatlos, und Corinna war nicht zum Sprechen zu bewegen, wenn die Schmolke begann: »Ja, Corinna, was soll denn nun eigentlich werden? Was denkst du dir denn eigentlich?«

Auf all das gab es keine rechte Antwort, vielmehr stand Corinna wie am Roulette und wartete mit verschränkten Armen, wohin die Kugel fallen würde. Sie war nicht unglücklich, aber äußerst unruhig und unmutig, vor allem, wenn sie der heftigen Streitszene gedachte, bei der sie doch vielleicht zuviel gesagt hatte. Sie fühlte ganz deutlich, daß alles anders gekommen wäre, wenn die Rätin etwas weniger Herbheit, sie selber aber etwas mehr Entgegenkommen gezeigt hätte. Ja, da hätte sich dann ohne sonderliche Mühe Frieden schließen und das Bekenntnis einer gewissen Schuld, weil alles bloß Berechnung gewesen, allenfalls ablegen lassen. Aber freilich im selben Augenblicke, wo sie, neben dem Bedauern über die hochmütige Haltung der Rätin, vor allem und in erster Reihe sich selber der Schuld zieh, in eben diesem Augenblicke mußte sie sich doch auch wieder sagen, daß ein Wegfall alles dessen, was ihr vor ihrem eigenen Gewissen in dieser Angelegenheit als fragwürdig erschien, in den Augen der Rätin nichts gebessert haben würde. Diese schreckliche Frau, trotzdem sie beständig so tat und sprach, war ja weitab davon, ihr wegen ihres Spiels mit Gefühlen einen ernsthaften Vorwurf zu machen. Das war ja Nebensache, da lag es nicht. Und wenn sie diesen lieben und guten Menschen, wie's ja doch möglich war, aufrichtig und von Herzen geliebt hätte, so wäre das Verbrechen genau dasselbe gewesen. »Diese Rätin, mit ihrem überheblichen Nein, hat mich nicht da getroffen, wo sie mich treffen konnte, sie weist diese Verlobung nicht zurück, weil mir's an Herz und Liebe gebricht, nein, sie weist sie nur zurück, weil ich arm oder wenigstens nicht dazu angetan bin, das Treibelsche Vermögen zu verdoppeln, um nichts, nichts weiter; und wenn sie vor andren versichert oder vielleicht auch sich selber einredet, ich sei ihr zu selbstbewußt und zu professorlich, so sagt sie das nur, weil's ihr gerade paßt. Unter andern Verhältnissen würde meine Professorlichkeit mir nicht nur nicht schaden, sondern ihr umgekehrt die Höhe der Bewunderung bedeuten.«

So gingen Corinnas Reden und Gedanken, und um sich ihnen nach Möglichkeit zu entziehen, tat sie, was sie seit langem nicht mehr getan, und machte Besuche bei den alten und jungen Professorfrauen. Am besten gefiel ihr wieder die gute, ganz von Wirtschaftlichkeit in Anspruch genommene Frau Rindfleisch, die jeden Tag, ihrer vielen Pensionäre halber, in die große Markthalle ging und immer die besten Quellen und billigsten Preise wußte, Preise, die dann später der Schmolke mitgeteilt, in erster Reihe den Ärger derselben, zuletzt aber ihre Bewunderung vor einer höheren wirtschaftlichen Potenz weckten. Auch bei Frau Immanuel Schultze sprach Corinna vor und fand dieselbe, vielleicht weil Friedebergs nahe bevorstehende Ehescheidung ein sehr dankbares Thema bildete, auffallend nett und gesprächig; Immanuel selbst aber war wieder so großsprecherisch und zynisch, daß sie doch fühlte, den Besuch nicht wiederholen zu können. Und weil die Woche so viele Tage hatte, so mußte sie sich zuletzt zu Museum und Nationalgalerie bequemen. Aber sie hatte keine rechte Stimmung dafür. Im Corneliussaal interessierte sie von dem einen großen Wandbild nur die ganz kleine Predelle, wo Mann und Frau nur den Kopf aus der Bettdecke strecken, und im Ägyptischen Museum fand sie eine merkwürdige Ähnlichkeit zwischen Ramses und Vogelsang.

Wenn sie dann nach Hause kam, fragte sie jedesmal, ob wer dagewesen sei, was heißen sollte: »War Leopold da?«, worauf die Schmolke regelmäßig antwortete: »Nein, Corinna, keine

Menschenseele.« Wirklich, Leopold hatte nicht den Mut zu kommen und beschränkte sich darauf, jeden Abend einen kleinen Brief zu schreiben, der dann am andern Morgen auf ihrem Frühstückstische lag. Schmidt sah lächelnd drüber hin, und Corinna stand dann wie von ungefähr auf, um das Briefchen in ihrem Zimmer zu lesen. »Liebe Corinna! Der heutige Tag verlief wie alle. Die Mama scheint in ihrer Gegnerschaft verharren zu wollen. Nun, wir wollen sehen, wer siegt. Hildegard ist viel bei Helene, weil niemand hier ist, der sich recht um sie kümmert. Sie kann mir leid tun, ein so junges und hübsches Mädchen. Alles das Resultat solcher Anzettelungen. Meine Seele verlangt, Dich zu sehen, und in der nächsten Woche werden Entschlüsse von mir gefaßt werden, die volle Klarheit schaffen. Mama wird sich wundern. Nur so viel, ich erschrecke vor nichts, auch vor dem Äußersten nicht. Das mit dem vierten Gebot ist recht gut, aber es hat seine Grenzen. Wir haben auch Pflichten gegen uns selbst und gegen die, die wir über alles lieben, die Leben und Tod in unseren Augen bedeuten. Ich schwanke noch, wohin, denke aber England; da haben wir Liverpool und Mr. Nelson, und in zwei Stunden sind wir an der schottischen Grenze. Schließlich ist es gleich, wer uns äußerlich vereinigt, sind wir es doch längst in uns. Wie mir das Herz dabei schlägt. Ewig der Deine. Leopold.«

Corinna zerriß den Brief in kleine Streifen und warf sie draußen ins Kochloch. »Es ist am besten so; dann vergess' ich wieder, was er heute geschrieben, und kann morgen nicht mehr vergleichen. Denn mir ist, als schriebe er jeden Tag dasselbe. Sonderbare Verlobung. Aber soll ich ihm einen Vorwurf machen, daß er kein Held ist? Und mit meiner Einbildung, ihn zum Helden umschaffen zu können, ist es auch vorbei. Die Niederlagen und Demütigungen werden nun wohl ihren Anfang nehmen. Verdient? Ich fürchte.«

Anderthalb Wochen waren um, und noch hatte sich im Schmidtschen Hause nichts geändert; der Alte schwieg nach wie vor, Marcell kam nicht und Leopold noch weniger, und nur seine Morgenbriefe stellten sich mit großer Pünktlichkeit ein; Corinna las sie schon längst nicht mehr, überflog sie nur und schob sie dann lächelnd in ihre Morgenrocktasche, wo sie zersessen und zerknittert wurden. Sie hatte zum Troste nichts als die Schmolke, deren gesunde Gegenwart ihr wirklich wohltat, wenn sie's auch immer noch vermied, mit ihr zu sprechen.

Aber auch das hatte seine Zeit.

Der Professor war eben nach Hause gekommen, schon um elf, denn es war Mittwoch, wo die Klasse, für ihn wenigstens, um eine Stunde früher schloß. Corinna sowohl wie die Schmolke hatten ihn kommen und die Drückertür geräuschvoll ins Schloß fallen hören, nahmen aber beide keine Veranlassung, sich weiter um ihn zu kümmern, sondern blieben in der Küche, drin der helle Juli-Sonnenschein lag und alle Fensterflügel geöffnet waren. An einem der Fenster stand auch der Küchentisch. Draußen, an zwei Haken, hing ein kastenartiges Blumenbrett, eine jener merkwürdigen Schöpfungen der Holzschneidekunst, wie sie Berlin eigentümlich sind: kleine Löcher zu Sternblumen zusammengestellt; Anstrich dunkelgrün. In diesem Kasten standen mehrere Geranium- und Goldlacktöpfe, zwischen denen hindurch die Sperlinge huschten und sich in großstädtischer Dreistigkeit auf den am Fenster stehenden Küchentisch setzten. Hier pickten sie vergnügt an allem herum, und niemand dachte daran, sie zu stören. Corinna, den Mörser zwischen den Knien, war mit Zimtstoßen beschäftigt, während die Schmolke grüne Kochbirnen der Länge nach durchschnitt und beide gleiche Hälften in eine große braune Schüssel, eine sogenannte Reibesatte, fallen ließ. Freilich, zwei ganz gleiche Hälften waren es nicht, konnten es nicht sein, weil natürlich nur eine Hälfte den Stengel hatte, welcher Stengel denn auch Veranlassung zu Beginn einer Unterhaltung wurde, wonach sich die Schmolke schon seit lange sehnte.

»Sieh, Corinna«, sagte die Schmolke, »dieser hier, dieser lange, das ist so recht ein Stengel nach dem Herzen deines Vaters …«

Corinna nickte.

»… Den kann er anfassen wie 'ne Maccaroni und hochhalten und alles von unten her aufessen … Es ist doch ein merkwürdiger Mann …«

»Ja, das ist er!«

»Ein merkwürdiger Mann und voller Schrullen, und man muß ihn erst ausstudieren. Aber das Merkwürdigste, das ist doch das mit den langen Stengeln, un daß wir sie, wenn es Semmelpudding un Birnen gibt, nicht schälen dürfen, un daß der ganze Kriepsch mit Kerne und alles drin bleiben muß. Er is doch ein Professor un ein sehr kluger Mann, aber das muß ich dir sagen, Corinna, wenn ich meinem guten Schmolke, der doch nur ein einfacher Mensch war, mit so lange Stengel un ungeschält un den ganzen Kriepsch drin gekommen wäre, ja, da hätt es was gegeben. Denn so gut er war, wenn er dachte, ›sie denkt woll, das ist gut genug‹, dann wurd er falsch un machte sein Dienstgesicht un sah aus, als ob er mich arretieren wollte …«

»Ja, liebe Schmolke«, sagte Corinna, »das ist eben einfach die alte Geschichte vom Geschmack und daß sich über Geschmäcker nicht streiten läßt. Und dann ist es auch wohl die Gewohnheit und vielleicht auch von Gesundheits wegen.«

»Von Gesundheits wegen«, lachte die Schmolke. »Na, höre, Kind, wenn einem so die Hacheln in die Kehle kommen un man sich verschluckert un man mitunter zu 'nem ganz fremden Menschen sagen muß: ›Bitte, kloppen Sie mir mal en bißchen, aber hier, ordentlich ins Kreuz‹ – nein, Corinna, da bin ich doch mehr für eine ausgekernte Malvasier, die runter geht wie Butter. Gesundheit … ! Stengel und Schale, was da von Gesundheit is, das weiß ich nich …«

»Doch, liebe Schmolke. Manche können Obst nicht vertragen und fühlen sich geniert, namentlich wenn sie, wie Papa, hinterher auch noch die Sauce löffeln. Und da gibt es nur ein Mittel dagegen: alles muß dran bleiben, der Stengel und die grüne Schale. Die beiden, die haben das Adstringens …«

»Was?«

»Das Adstringens, d. h. das, was zusammenzieht, erst bloß die Lippen und den Mund, aber dieser Prozeß des Zusammenziehens setzt sich dann durch den ganzen inneren Menschen hin fort, und das ist dann das, was alles wieder in Ordnung bringt und vor Schaden bewahrt.«

Ein Sperling hatte zugehört, und wie durchdrungen von der Richtigkeit von Corinnas Auseinandersetzungen, nahm er einen Stengel, der zufällig abgebrochen war, in den Schnabel und flog damit auf das andere Dach hinüber. Die beiden Frauen aber verfielen in Schweigen und nahmen erst nach einer Viertelstunde das Gespräch wieder auf.

Das Gesamtbild war nicht mehr ganz dasselbe, denn Corinna hatte mittlerweile den Tisch abgeräumt und einen blauen Zuckerbogen darüber ausgebreitet, auf welchem zahlreiche alte Semmeln lagen und daneben ein großes Reibeisen. Dies letztere nahm sie jetzt in die Hand, stemmte sich mit der linken Schulter dagegen und begann nun ihre Reibtätigkeit mit solcher Vehemenz, daß die geriebene Semmel über den ganzen blauen Bogen hinstäubte. Dann und wann unterbrach sie sich und schüttete die Bröckchen nach der Mitte hin zu einem Berg zusammen, aber gleich danach begann sie von neuem, und es hörte sich wirklich an, als ob sie bei dieser Arbeit allerlei mörderische Gedanken habe.

Die Schmolke sah ihr von der Seite her zu. Dann sagte sie: »Corinna, wen zerreibst du denn eigentlich?«

»Die ganze Welt.«

»Das is viel … un dich mit?«

»Mich zuerst.«

»Das is recht. Denn wenn du nur erst recht zerrieben un recht mürbe bist, dann wirst du wohl wieder zu Verstande kommen.«

»Nie.«

»Man muß nie ›nie‹ sagen, Corinna. Das war ein Hauptsatz von Schmolke. Un das muß wahr sein, ich habe noch jedesmal gefunden, wenn einer ›nie‹ sagte, dann is es immer dicht vorm Umkippen. Un ich wollte, daß es mit dir auch so wäre.«

Corinna seufzte.

»Sieh, Corinna, du weißt, daß ich immer dagegen war. Denn es is ja doch ganz klar, daß du deinen Vetter Marcell heiraten mußt.«

»Liebe Schmolke, nur kein Wort von dem.«

»Ja, das kennt man, das is das Unrechtsgefühl. Aber ich will nichts weiter sagen un will nur sagen, was ich schon gesagt habe, daß ich immer dagegen war, ich meine gegen Leopold, un daß ich einen Schreck kriegte, als du mir's sagtest. Aber als du mir dann sagtest, daß die Kommerzienrätin sich ärgern würde, da gönnt ich's ihr un dachte: ›Warum nich? Warum soll es nich gehen? Un wenn der Leopold auch bloß ein Wickelkind is, Corinnchen wird ihn schon aufpäppeln und ihn zu Kräften bringen‹. Ja, Corinna, so dacht ich un hab es dir auch gesagt. Aber es war ein schlechter Gedanke, denn man soll seinen Mitmenschen nich ärgern, auch wenn man ihn nich leiden kann, un was mir zuerst kam, der Schreck über deine Verlobung, das war doch das Richtige. Du mußt einen klugen Mann haben, einen, der klüger ist als du – du bist übrigens gar nich mal so klug – un der was Männliches hat, so wie Schmolke, un vor dem du Respekt hast. Un vor Leopold kannst du keinen Respekt haben. Liebst du'n denn noch immer?«

»Ach, ich denke ja gar nicht daran, liebe Schmolke.«

»Na, Corinna, denn is es Zeit, un denn mußt du nu Schicht damit machen. Du kannst doch nich die ganze Welt auf den Kopp stellen un dein un andrer Leute Glück, worunter auch dein Vater un deine alte Schmolke is, verschütten un verderben wollen, bloß um der alten Kommerzienrätin mit ihrem Puffscheitel und ihren Brillantbommeln einen Tort anzutun. Es is eine geldstolze Frau, die den Apfelsinenladen vergessen hat un immer bloß ötepotöte tut un den alten Professor anschmachtet un ihn auch ›Willibald‹ nennt, als ob sie noch auf'n Hausboden Versteck miteinander spielten un hinterm Torf stünden, denn damals hatte man noch Torf auf'm Boden, un wenn man runter kam, sah man immer aus wie'n Schornsteinfeger – ja, sieh, Corinna, das hat alles seine Richtigkeit, un ich hätt ihr so was gegönnt, un Ärger genug wird sie woll auch gehabt haben. Aber wie der alte Pastor Thomas zu Schmolke un mir in unserer Traurede gesagt hat: ›Liebet euch untereinander, denn der Mensch soll sein Leben nich auf den Haß, sondern auf die Liebe stellen‹ (dessen Schmolke un ich auch immer eingedenk gewesen sind) – so, meine liebe Corinna, sag ich es auch zu dir, man soll sein Leben nich auf den Haß stellen. Hast du denn wirklich einen solchen Haß auf die Rätin, das heißt einen richtigen?«

»Ach, ich denke ja gar nicht daran, liebe Schmolke.«

»Ja, Corinna, da kann ich dir bloß noch mal sagen, dann is es wirklich die höchste Zeit, daß was geschieht. Denn wenn du ihn nicht liebst und ihr nicht haßt, denn weiß ich nich, was die ganze Geschichte überhaupt noch soll.«

»Ich auch nicht.«

Und damit umarmte Corinna die gute Schmolke, und diese sah denn auch gleich an einem Flimmer in Corinnas Augen, daß nun alles vorüber und daß der Sturm gebrochen sei.

»Na, Corinna, denn wollen wir's schon kriegen, un es kann noch alles gut werden. Aber nu gib die Form her, daß wir ihn eintun, denn eine Stunde muß er doch wenigstens kochen. Un vor Tisch sag ich deinem Vater kein Wort, weil er sonst vor Freude nich essen kann ...«

»Ach, der äße doch.«

»Aber nach Tisch sag ich's ihm, wenn er auch um seinen Schlaf kommt. Und geträumt hab ich's auch schon un habe dir nur nichts davon sagen wollen. Aber nun kann ich es ja. Sieben Kutschen und die beiden Kälber von Professor Kuh waren Brautjungfern. Natürlich, Brautjungfern möchten sie immer alle sein, denn auf die kuckt alles, beinah mehr noch als auf die Braut, weil die ja schon weg ist; un meistens kommen sie auch bald ran. Un bloß den Pastor konnt ich nich recht erkennen. Thomas war es nich. Aber vielleicht war es Souchon, bloß daß er ein bißchen zu dicklich war.«

15. KAPITEL

Der Pudding erschien Punkt zwei, und Schmidt hatte sich denselben munden lassen. In seiner behaglichen Stimmung entging es ihm durchaus, daß Corinna für alles, was er sagte, nur ein stummes Lächeln hatte; denn er war ein liebenswürdiger Egoist, wie die meisten seines Zeichens, und kümmerte sich nicht sonderlich um die Stimmung seiner Umgebung, solange nichts passierte, was dazu angetan war, ihm die Laune direkt zu stören.

»Und nun laß abdecken, Corinna; ich will, eh ich mich ein bißchen ausstrecke, noch einen Brief an Marcell schreiben oder doch wenigstens ein paar Zeilen. Er hat nämlich die Stelle. Distelkamp, der immer noch alte Beziehungen unterhält, hat mich's heute vormittag wissen lassen.« Und während der Alte das sagte, sah er zu Corinna hinüber, weil er wahrnehmen wollte, wie diese wichtige Nachricht auf seiner Tochter Gemüt wirke. Er sah aber nichts, vielleicht weil nichts zu sehen war, vielleicht auch, weil er kein scharfer Beobachter war, selbst dann nicht, wenn er's ausnahmsweise mal sein wollte.

Corinna, während der Alte sich erhob, stand ebenfalls auf und ging hinaus, um draußen die nötigen Ordres zum Abräumen an die Schmolke zu geben. Als diese bald danach eintrat, setzte sie mit jenem absichtlichen und ganz unnötigen Lärmen, durch den alte Dienerinnen ihre dominierende Hausstellung auszudrücken lieben, die herumstehenden Teller und Bestecke zusammen, derart, daß die Messer- und Gabelspitzen nach allen Seiten hin herausstarrten, und drückte diesen Stachelturm im selben Augenblick, wo sie sich zum Hinausgehen anschickte, fest an sich.

»Pieken Sie sich nicht, liebe Schmolke«, sagte Schmidt, der sich gern einmal eine kleine Vertraulichkeit erlaubte.

»Nein, Herr Professor, von pieken is keine Rede nich mehr, schon lange nich. Un mit der Verlobung is es auch vorbei.«

»Vorbei. Wirklich? Hat sie was gesagt?«

»Ja, wie sie die Semmeln zu den Pudding rieb, ist es mit eins rausgekommen. Es stieß ihr schon lange das Herz ab, und sie wollte bloß nichts sagen. Aber nu is es ihr zu langweilig geworden, das mit Leopolden. Immer bloß kleine Billetter mit'n Vergißmeinnicht draußen un'n Veilchen drin; da sieht sie nu doch wohl, daß er keine rechte Courage hat un daß seine Furcht vor der Mama noch größer is als seine Liebe zu ihr.«

»Nun, das freut mich. Und ich habe es auch nicht anders erwartet. Und Sie wohl auch nicht, liebe Schmolke. Der Marcell ist doch ein andres Kraut. Und was heißt gute Partie? Marcell ist Archäologe.«

»Versteht sich«, sagte die Schmolke, die sich dem Professor gegenüber grundsätzlich nie zur Unvertrautheit mit Fremdwörtern bekannte.

»Marcell, sag ich, ist Archäologe. Vorläufig rückt er an Hedrichs Stelle. Gut angeschrieben ist er schon lange, seit Jahr und Tag. Und dann geht er mit Urlaub und Stipendium nach Mykenä ...«

Die Schmolke drückte auch jetzt wieder ihr volles Verständnis und zugleich ihre Zustimmung aus.

»Und vielleicht«, fuhr Schmidt fort, »auch nach Tiryns oder wo Schliemann gerade steckt. Und wenn er von da zurück ist und mir einen Zeus für diese meine Stube mitgebracht hat ...«, und er wies dabei unwillkürlich nach dem Ofen oben, als dem einzigen für Zeus noch leeren Fleck ... »wenn er von da zurück ist, sag ich, so ist ihm eine Professur gewiß. Die Alten können nicht ewig leben. Und sehen Sie, liebe Schmolke, das ist das, was ich eine gute Partie nenne.«

»Versteht sich, Herr Professor. Wovor sind denn auch die Examens un all das? Un Schmolke, wenn er auch kein Studierter war, sagte auch immer ...«

»Und nun will ich an Marcell schreiben und mich dann ein Viertelstündchen hinlegen. Und um halb vier den Kaffee. Aber nicht später.«

Um halb vier kam der Kaffee. Der Brief an Marcell, ein Rohrpostbrief, zu dem sich Schmidt nach einigem Zögern entschlossen hatte, war seit wenigstens einer halben Stunde fort, und wenn alles gut ging und Marcell zu Hause war, so las er vielleicht in diesem Augenblicke schon die drei lapidaren Zeilen, aus denen er seinen Sieg entnehmen konnte. Gymnasial-Oberlehrer! Bis heute war er nur deutscher Literaturlehrer an einer höheren Mädchenschule gewesen und hatte manchmal grimmig in sich hineingelacht, wenn er über den *Codex argenteus,* bei welchem Worte die jungen Dinger immer kicherten, oder über den Heliand und Beowulf hatte sprechen müssen. Auch hinsichtlich Corinnas waren ein paar dunkle Wendungen in den Brief eingeflochten worden, und alles in allem ließ sich annehmen, daß Marcell binnen kürzester Frist erscheinen würde, seinen Dank auszusprechen.

Und wirklich, fünf Uhr war noch nicht heran, als die Klingel ging und Marcell eintrat. Er dankte dem Onkel herzlich für seine Protektion, und als dieser das alles mit der Bemerkung ablehnte, daß, wenn von solchen Dingen überhaupt die Rede sein könne, jeder Dankesanspruch auf Distelkamp falle, sagte Marcell: »Nun, dann also Distelkamp. Aber daß du mir's gleich geschrieben, dafür werde ich mich doch auch bei dir bedanken dürfen. Und noch dazu mit Rohrpost!«

»Ja, Marcell, das mit Rohrpost, das hat vielleicht Anspruch; denn eh wir Alten uns zu was Neuem bequemen, das dreißig Pfennig kostet, da kann mitunter viel Wasser die Spree runterfließen. Aber was sagst du zu Corinna?«

»Lieber Onkel, du hast da so eine dunkle Wendung gebraucht … ich habe sie nicht recht verstanden. Du schriebst: ›Kenneth von Leoparden sei auf dem Rückzug‹. Ist Leopold gemeint? Und muß es Corinna jetzt als Strafe hinnehmen, daß sich Leopold, den sie so sicher zu haben glaubte, von ihr abwendet?«

»Es wäre so schlimm nicht, wenn es so läge. Denn in diesem Falle wäre die Demütigung, von der man doch wohl sprechen muß, noch um einen Grad größer. Und so sehr ich Corinna liebe, so muß ich doch zugeben, daß ihr ein Denkzettel wohl not täte.«

Marcell wollte zum Guten reden

»Nein, verteidige sie nicht, sie hätte so was verdient. Aber die Götter haben es doch milder mit ihr vor und diktieren ihr statt der ganzen Niederlage, die sich in Leopolds selbstgewolltem Rückzuge aussprechen würde, nur die halbe Niederlage zu, nur die, daß die Mutter nicht will und daß meine gute Jenny, trotz Lyrik und obligater Träne, sich ihrem Jungen gegenüber doch mächtiger erweist als Corinna.«

»Vielleicht nur, weil Corinna sich noch rechtzeitig besann und nicht alle Minen springen lassen wollte.«

»Vielleicht ist es so. Aber wie es auch liegen mag, Marcell, wir müssen uns nun darüber schlüssig machen, wie du zu dieser ganzen Tragikomödie dich stellen willst, so oder so. Ist dir Corinna, die du vorhin so großmütig verteidigen wolltest, verleidet oder nicht? Findest du, daß sie wirklich eine gefährliche Person ist, voll Oberflächlichkeit und Eitelkeit, oder meinst du, daß alles nicht so schlimm und ernsthaft war, eigentlich nur bloß Marotte, die verziehen werden kann? Darauf kommt es an.«

»Ja, lieber Onkel, ich weiß wohl, wie ich dazu stehe. Aber ich bekenne dir offen, ich hörte gern erst deine Meinung. Du hast es immer gut mit mir gemeint und wirst Corinna nicht mehr loben, als sie verdient. Auch schon aus Selbstsucht nicht, weil du sie gern im Hause behieltest. Und ein bißchen Egoist bist du ja wohl. Verzeih, ich meine nur so dann und wann und in einzelnen Stücken …«

»Sage dreist, in allen. Ich weiß das auch und getröste mich damit, daß es in der Welt öfters vorkommt. Aber das sind Abschweifungen. Von Corinna soll ich sprechen und will auch. Ja, Marcell, was ist da zu sagen? Ich glaube, sie war ganz ernsthaft dabei, hat dir's ja auch damals ganz frank und frei erklärt, und du hast es auch geglaubt, mehr noch als ich. Das war die Sachlage, so stand es vor ein paar Wochen. Aber jetzt, darauf möcht ich mich verwetten, jetzt ist sie gänzlich umgewandelt, und wenn die Treibels ihren Leopold zwischen lauter Juwelen und Goldbarren setzen wollten, ich glaube, sie nähme ihn nicht mehr. Sie hat eigentlich ein gesundes und ehrliches und aufrichtiges Herz, auch einen feinen Ehrenpunkt, und nach einer kurzen Abirrung ist ihr mit einem Male klar geworden, was es eigentlich heißt, wenn man mit zwei Familienporträts und einer väterlichen Bibliothek in eine reiche Familie einheiraten will. Sie hat den Fehler gemacht, sich einzubilden, ›das ginge so‹, weil man ihrer Eitelkeit beständig Zuckerbrot gab und so tat, als bewerbe man sich um sie. Aber bewerben und bewerben ist ein Unterschied. Gesellschaftlich, das geht eine Weile; nur nicht fürs Leben. In eine Herzogsfamilie kann man allenfalls hineinkommen, in eine Bourgeoisfamilie nicht. Und wenn er, der Bourgeois, es auch wirklich übers Herz brächte – seine Bourgeoise gewiß nicht, am wenigsten wenn sie Jenny Treibel, *née* Bürstenbinder heißt. Rund heraus, Corinnas Stolz ist endlich wachgerufen, laß mich hinzusetzen: Gott sei Dank, und gleichviel nun, ob sie's noch hätte durchsetzen können oder nicht, sie mag es und will es nicht mehr, sie hat es satt. Was vordem halb Berechnung, halb Übermut war, das sieht sie jetzt in einem andern Licht und ist ihr Gesinnungssache geworden. Da hast du meine Weisheit. Und nun laß mich noch einmal fragen, wie gedenkst du dich zu stellen? Hast du Lust und Kraft, ihr die Torheit zu verzeihen?«

»Ja, lieber Onkel, das hab ich. Natürlich, soviel ist richtig, es wäre mir ein gut Teil lieber, die Geschichte hätte nicht gespielt; aber da sie nun einmal gespielt hat, nehm ich mir das Gute heraus. Corinna hat nun wohl für immer mit der Modernität und dem krankhaften Gewichtlegen aufs Äußerliche gebrochen und hat statt dessen die von ihr verspotteten Lebensformen wieder anerkennen gelernt, in denen sie groß geworden ist.«

Der Alte nickte.

»Mancher«, fuhr Marcell fort, »würde sich anders dazu stellen, das ist mir völlig klar; die Menschen sind eben verschieden, das sieht man alle Tage. Da hab ich beispielsweise ganz vor kurzem erst eine kleine reizende Geschichte von Heyse gelesen, in der ein junger Gelehrter, ja, wenn mir recht ist, sogar ein archäologisch Angekränkelter, also eine Art Spezialkollege von mir, eine junge Baronesse liebt und auch herzlich und aufrichtig wiedergeliebt wird; er weiß es nur noch nicht recht, ist ihrer noch nicht ganz sicher. Und in diesem Unsicherheitszustande hört er in der zufälligen Verborgenheit einer Taxushecke, wie die mit einer Freundin im Park lustwandelnde Baronesse eben dieser ihrer Freundin allerhand Konfessions macht, von ihrem Glück und ihrer Liebe plaudert und sich's nur leider nicht versagt, ein paar scherzhaft übermütige Bemerkungen über ihre Liebe mit einzuflechten. Und dieses hören und sein Ränzel schnüren und sofort das Weite suchen, ist für den Liebhaber und Archäologen eins. Mir ganz unverständlich. Ich, lieber Onkel, hätte es anders gemacht, ich hätte nur die Liebe herausgehört und nicht den Schmerz und nicht den Spott, und wäre, statt abzureisen, meiner geliebten Baronesse wahnsinnig glücklich zu Füßen gestürzt, von nichts sprechend als von meinem unendlichen Glück. Da hast du meine Situation, lieber Onkel. Natürlich kann man's auch anders machen: ich bin für mein Teil indessen herzlich froh, daß ich nicht zu den Feierlichen gehöre. Respekt vor dem Ehrenpunkt, gewiß; aber zuviel davon ist vielleicht überall vom Übel, und in der Liebe nun schon ganz gewiß.«

»Bravo, Marcell. Hab es übrigens nicht anders erwartet und seh auch darin wieder, daß du meiner leiblichen Schwester Sohn bist. Sieh, das ist das Schmidtsche in dir, daß du so sprechen kannst; keine Kleinigkeit, keine Eitelkeit, immer aufs Rechte und immer aufs Ganze. Komm her, Junge, gib mir einen Kuß! Einer ist eigentlich zu wenig, denn wenn ich bedenke, daß du mein Neffe und Kollege und nun bald auch mein Schwiegersohn bist, denn Corinna wird doch wohl nicht nein sagen, dann sind auch zwei Backenküsse kaum noch genug. Und die Genugtuung sollst du haben, Marcell, Corinna muß an dich schreiben und sozusagen beichten und Vergebung der Sünden bei dir anrufen.«

»Um Gottes willen, Onkel, mache nur nicht so was! Zunächst wird sie's nicht tun, und wenn sie's tun wollte, so würd ich doch das nicht mit ansehen können. Die Juden, so hat mir Friedeberg erst ganz vor kurzem erzählt, haben ein Gesetz oder einen Spruch, wonach es als ganz besonders strafwürdig gilt, einen Mitmenschen zu beschämen, und ich finde, das ist ein kolossal feines Gesetz und beinah schon christlich. Und wenn man niemanden beschämen soll, nicht einmal seine Feinde, ja, lieber Onkel, wie käme ich dann dazu, meine liebe Cousine Corinna beschämen zu wollen, die vielleicht schon nicht weiß, wo sie vor Verlegenheit hinsehen soll. Denn wenn die Nichtverlegenen mal verlegen werden, dann werden sie's auch ordentlich, und ist einer in solch peinlicher Lage wie Corinna, da hat man die Pflicht, ihm goldne Brücken zu baun. *Ich* werde schreiben, lieber Onkel.«

»Bist ein guter Kerl, Marcell; komm her, noch einen. Aber sei nicht *zu* gut, das können die Weiber nicht vertragen, nicht einmal die Schmolke.«

16. KAPITEL

Und Marcell schrieb wirklich, und am andern Morgen lagen zwei an Corinna adressierte Briefe auf dem Frühstückstisch, einer in kleinem Format mit einem Landschaftsbildchen in der linken Ecke. Teich und Trauerweide, worin Leopold, zum ach, wievielsten Male, von seinem »unerschütterlichen Entschlusse« sprach, der andere, ohne malerische Zutat, von Marcell. Dieser lautete:

»Liebe Corinna! Der Papa hat gestern mit mir gesprochen und mich zu meiner innigsten Freude wissen lassen, daß, verzeih, es sind seine eignen Worte, ›Vernunft wieder zu sprechen anfange‹. ›Und‹, so setzte er hinzu, ›die rechte Vernunft käme aus dem Herzen‹. Darf ich es glauben? Ist ein Wandel eingetreten, die Bekehrung, auf die ich gehofft? Der Papa wenigstens hat mich dessen versichert. Er war auch der Meinung, daß Du bereit sein würdest, dies gegen mich auszusprechen, aber ich habe feierlichst dagegen protestiert, denn mir liegt gar nicht daran, Unrechts- oder Schuldgeständnisse zu hören; – *das*, was ich jetzt weiß, wenn auch noch nicht aus Deinem Munde, genügt mir völlig, macht mich unendlich glücklich und löscht alle Bitterkeit aus meiner Seele. Manch einer würde mir in diesem Gefühl nicht folgen können, aber ich habe da, wo mein Herz spricht, nicht das Bedürfnis, zu einem Engel zu sprechen; im Gegenteil, mich bedrücken Vollkommenheiten, vielleicht weil ich nicht an sie glaube; Mängel, die ich menschlich begreife, sind mir sympathisch, auch dann noch, wenn ich unter ihnen leide. Was Du mir damals sagtest, als ich Dich an dem Mr.-Nelson-Abend von Treibels nach Hause begleitete, das weiß ich freilich noch alles, aber es lebt nur in meinem Ohr, nicht in meinem Herzen. In meinem Herzen steht nur das eine, das immer darin stand, von Anfang an, von Jugend auf.

Ich hoffe Dich heute noch zu sehen. Wie immer Dein Marcell.«

Corinna reichte den Brief ihrem Vater. Der las nun auch und blies dabei doppelte Dampfwolken; als er aber fertig war, stand er auf und gab seinem Liebling einen Kuß auf die Stirn: »Du bist ein Glückskind. Sieh, das ist das, was man das Höhere nennt, das wirklich Ideale, nicht das von meiner Freundin Jenny. Glaube mir, das Klassische, was sie jetzt verspotten, das ist das, was die Seele frei macht, das Kleinliche nicht kennt und das Christliche vorahnt und vergeben und vergessen lehrt, weil wir alle des Ruhmes mangeln. Ja, Corinna, das Klassische, das hat Sprüche wie Bibelsprüche. Mitunter beinah noch etwas drüber. Da haben wir zum Beispiel den Spruch: ›Werde, der du bist‹, ein Wort, das nur ein Grieche sprechen konnte. Freilich, dieser Werdeprozeß, der hier gefordert wird, muß sich verlohnen, aber wenn mich meine väterliche Befangenheit nicht täuscht, bei dir verlohnt es sich. Diese Treibelei war ein Irrtum, ein ›Schritt vom Wege‹, wie jetzt, wie du wissen wirst, auch ein Lustspiel heißt, noch dazu von einem Kammergerichtsrat. Das Kammergericht, Gott sei Dank, war immer literarisch. Das Literarische macht frei ... Jetzt hast du das Richtige wiedergefunden und dich selbst dazu ... ›Werde, der du bist‹, sagt der große Pindar, und deshalb muß auch Marcell, um der zu werden, der er ist, in die Welt hinaus, an die großen Stätten, und besonders an die ganz alten. Die ganz alten, das ist immer wie das Heilige Grab; dahin gehen die Kreuzzüge der Wissenschaft, und seid ihr erst von Mykenä wieder zurück – ich sage ›ihr‹, denn du wirst ihn begleiten, die Schliemann ist auch immer dabei –, so müßte keine Gerechtigkeit sein, wenn ihr nicht übers Jahr Privatdozent wärt oder Extraordinarius.«

Corinna dankte ihm, daß er sie gleich miternenne, vorläufig indes sei sie mehr für Haus und Kinderstube. Dann verabschiedete sie sich und ging in die Küche, setzte sich auf einen Schemel und ließ die Schmolke den Brief lesen. »Nun, was sagen Sie, liebe Schmolke?«

»Ja, Corinna, was soll ich sagen? Ich sage bloß, was Schmolke immer sagte: Manchem gibt es der liebe Gott im Schlaf. Du hast ganz unverantwortlich und beinahe schauderöse gehandelt un kriegst ihn nu doch. Du bist ein Glückskind.«

»Das hat mir Papa auch gesagt.«

»Na, denn muß es wahr sein, Corinna. Denn was ein Professor sagt, is immer wahr. Aber nu keine Flausen mehr und keine Witzchen, davon haben wir nu genug gehabt mit dem armen Leopold, der mir doch eigentlich leid tun kann, denn er hat sich ja nich selber gemacht, un der Mensch is am Ende wie er is. Nein, Corinna, nu wollen wir ernsthaft werden. Und wann meinst du denn, daß es losgeht oder in die Zeitung kommt? Morgen?«

»Nein, liebe Schmolke, so schnell geht es nicht. Ich muß ihn doch erst sehn, und ihm einen Kuß geben ...«

»Versteht sich, versteht sich. Eher geht es nicht ...«

»Und dann muß ich doch auch dem armen Leopold erst abschreiben. Er hat mir ja erst heute wieder versichert, daß er für mich leben und sterben will ...«

»Ach Jott, der arme Mensch.«

»Am Ende ist er auch ganz froh ...«

»Möglich is es.«

Noch am selben Abend, wie sein Brief es angezeigt, kam Marcell und begrüßte zunächst den in seine Zeitungslektüre vertieften Onkel, der ihm – vielleicht weil er die Verlobungsfrage für erledigt hielt – etwas zerstreut und, das Zeitungsblatt in der Hand, mit den Worten entgegentrat: »Und nun sage, Marcell, was sagst du dazu? Summus episcopus ... Der Kaiser, unser alter Wilhelm, entkleidet sich davon und will es nicht mehr, und Kögel wird es. Oder vielleicht Stöcker.«

»Ach, lieber Onkel, erstlich glaub ich es nicht, und dann, ich werde ja doch schwerlich im Dom getraut werden ...«

»Hast recht. Ich habe den Fehler aller Nicht-Politiker, über einer Sensationsnachricht, die natürlich hinterher immer falsch ist, alles Wichtigere zu vergessen. Corinna sitzt drüben in ihrem Zimmer und wartet auf dich, und ich denke mir, es wird wohl das beste sein, ihr macht es untereinander ab; ich bin auch mit der Zeitung noch nicht ganz fertig, und ein dritter geniert bloß, auch wenn es der Vater ist.«

Corinna, als Marcell eintrat, kam ihm herzlich und freundlich entgegen, etwas verlegen, aber doch zugleich sichtlich gewillt, die Sache nach ihrer Art zu behandeln, also so wenig tragisch wie möglich. Von drüben her fiel der Abendschein ins Fenster, und als sie sich gesetzt hatten, nahm sie seine Hand und sagte: »Du bist so gut, und ich hoffe, daß ich dessen immer eingedenk sein werde. Was ich wollte, war nur Torheit.«

»Wolltest du's denn wirklich?«

Sie nickte.

»Und liebtest ihn ganz ernsthaft?«

»Nein. Aber ich wollte ihn ganz ernsthaft heiraten. Und mehr noch, Marcell, ich glaube auch nicht, daß ich sehr unglücklich geworden wäre, das liegt nicht in mir, freilich auch wohl nicht sehr glücklich. Aber wer ist glücklich? Kennst du wen? Ich nicht. Ich hätte Malstunden genommen und vielleicht auch Reitunterricht und hätte mich an der Riviera mit ein paar englischen Familien angefreundet, natürlich solche mit einer Pleasure-Yacht, und wäre mit ihnen nach Korsika oder nach Sizilien gefahren, immer der Blutrache nach. Denn ein Bedürfnis nach Aufregung würd ich doch wohl zeitlebens gehabt haben; Leopold ist etwas schläfrig. Ja, so hätte ich gelebt.«

»Du bleibst immer dieselbe und malst dich schlimmer, als du bist.«

»Kaum; aber freilich auch nicht besser. Und deshalb glaubst du mir wohl auch, wenn ich dir jetzt versichre, daß ich froh bin, aus dem allen heraus zu sein. Ich habe von früh an den Sinn für Äußerlichkeiten gehabt und hab ihn vielleicht noch, aber seine Befriedigung kann doch zu teuer erkauft werden, das hab ich jetzt einsehen gelernt.«

Marcell wollte noch einmal unterbrechen, aber sie litt es nicht.

»Nein, Marcell, ich muß noch ein paar Worte sagen. Sieh, das mit dem Leopold, das wäre vielleicht gegangen, warum am Ende nicht? Einen schwachen, guten, unbedeutenden Menschen zur Seite zu haben, kann sogar angenehm sein, kann einen Vorzug bedeuten. Aber diese Mama, diese furchtbare Frau! Gewiß, Besitz und Geld haben einen Zauber; wär es nicht so, so wäre mir meine Verirrung erspart geblieben; aber wenn Geld alles ist und Herz und Sinn verengt und zum Überfluß Hand in Hand geht mit Sentimentalität und Tränen – dann empört sich's hier, und das hinzunehmen wäre mir hart angekommen, wenn ich's auch vielleicht ertragen hätte. Denn ich gehe davon aus, der Mensch in einem guten Bett und in guter Pflege kann eigentlich viel ertragen.«

Den zweiten Tag danach stand es in den Zeitungen, und zugleich mit den öffentlichen Anzeigen trafen Karten ein. Auch bei Kommerzienrats. Treibel, der, nach vorgängigem Einblick in das Kuvert, ein starkes Gefühl von der Wichtigkeit dieser Nachricht und ihrem Einfluß auf die Wiederherstellung häuslichen Friedens und passabler Laune hatte, säumte nicht, in das Damenzimmer hinüberzugehen, wo Jenny mit Hildegard frühstückte. Schon beim Eintreten hielt er den Brief in die Höhe und sagte: »Was kriege ich, wenn ich euch den Inhalt dieses Briefes mitteile?«

»Fordere«, sagte Jenny, in der vielleicht eine Hoffnung dämmerte.

»Einen Kuß.«

»Keine Albernheiten, Treibel.«

»Nun, wenn es von dir nicht sein kann, dann wenigstens von Hildegard.«

»Zugestanden«, sagte diese. »Aber nun lies.«

Und Treibel las: »Die am heutigen Tage stattgehabte Verlobung meiner Tochter ...‹ ja, meine Damen, welcher Tochter? Es gibt viele Töchter. Noch einmal also, ratet. Ich verdopple den von mir gestellten Preis ... also meiner Tochter Corinna mit dem Doktor Marcell Wedderkopp, Oberlehrer und Leutnant der Reserve im brandenburgischen Füsilierregiment Nr. 35, habe ich die Ehre, hiermit ganz ergebenst anzuzeigen. Doktor Willibald Schmidt, Professor und Oberlehrer am Gymnasium zum Heiligen Geist.«

Jenny, durch Hildegards Gegenwart behindert, begnügte sich, ihrem Gatten einen triumphierenden Blick zuzuwerfen. Hildegard selbst aber, die sofort wieder auf Suche nach einem Formfehler war, sagte nur: »Ist das alles? Soviel ich weiß, pflegt es Sache der Verlobten zu sein, auch ihrerseits noch ein Wort zu sagen. Aber die Schmidt-Wedderkopps haben am Ende darauf verzichtet.«

»Doch nicht, teure Hildegard. Auf dem zweiten Blatt, das ich unterschlagen habe, haben auch die Brautleute gesprochen. Ich überlasse dir das Schriftstück als Andenken an deinen Berliner Aufenthalt und als Beweis für den allmählichen Fortschritt hiesiger Kulturformen. Natürlich stehen wir noch eine gute Strecke zurück, aber es macht sich allmählich. Und nun bitt ich um meinen Kuß.«

Hildegard gab ihm zwei, und so stürmisch, daß ihre Bedeutung klar war. Dieser Tag bedeutete zwei Verlobungen.

Der letzte Sonnabend im Juli war als Marcells und Corinnas Hochzeitstag angesetzt worden; »nur keine langen Verlobungen«, betonte Willibald Schmidt, und die Brautleute hatten begreiflicherweise gegen ein beschleunigtes Verfahren nichts einzuwenden. Einzig und allein die Schmolke, die's mit der Verlobung so eilig gehabt hatte, wollte von solcher Beschleunigung nicht viel wissen und meinte, bis dahin sei ja bloß noch drei Wochen, also nur gerade noch Zeit genug, »um dreimal von der Kanzel zu fallen«, und das ginge nicht, das sei zu kurz, darüber redeten die Leute, schließlich aber gab sie sich zufrieden oder tröstete sich wenigstens mit dem Satze: Geredet wird doch.

Am siebenundzwanzigsten war kleiner Polterabend in der Schmidtschen Wohnung, den Tag darauf Hochzeit im ›Englischen Hause‹. Prediger Thomas traute. Drei Uhr fuhren die Wagen vor der Nikolaikirche vor, sechs Brautjungfern, unter denen die beiden Kuhschen Kälber und die zwei Felgentreus waren. Letztere, wie schon hier verraten werden mag, verlobten sich in einer Tanzpause mit den zwei Referendaren vom Quartett, denselben jungen Herren, die die Halenseepartie mitgemacht hatten. Der natürlich auch geladene Jodler wurde von den Kuhs heftig in Angriff genommen, widerstand aber, weil er, als Eckhaussohn, an solche Sturmangriffe gewöhnt war. Die Kuhschen Töchter selbst fanden sich ziemlich leicht in diesen Echec – »er war der erste nicht, er wird der letzte nicht sein«, sagte Schmidt –, und nur die Mutter zeigte bis zuletzt eine starke Verstimmung.

Sonst war es eine durchaus heitere Hochzeit, was zum Teil damit zusammenhing, daß man von Anfang an alles auf die leichte Schulter genommen hatte. Man wollte vergeben und vergessen, hüben und drüben, und so kam es denn auch, daß, um die Hauptsache vorweg zu nehmen, alle Treibels nicht nur geladen, sondern mit alleiniger Ausnahme von Leopold, der an demselben Nachmittage nach dem Eierhäuschen ritt, auch vollständig erschienen waren. Allerdings hatte die Kommerzienrätin anfänglich stark geschwankt, ja sogar von Taktlosigkeit und Affront gesprochen, aber ihr zweiter Gedanke war doch der gewesen, den ganzen Vorfall als eine Kinderei zu nehmen und dadurch das schon hier und da laut gewordene Gerede der Menschen auf die leichteste Weise totzumachen. Bei diesem zweiten Gedanken blieb es denn auch; die Rätin, freundlich-lächelnd wie immer, trat in *pontificalibus* auf und bildete ganz unbestritten das Glanz- und Repräsentationsstück der Hochzeitstafel. Selbst die Honig und die Wulsten waren auf Corinnas dringenden Wunsch eingeladen worden; erstere kam auch; die Wulsten dagegen entschuldigte sich brieflich, »weil sie Lizzi, das süße Kind, doch nicht allein lassen könne«. Dicht unter der Stelle »das süße Kind« war ein Fleck, und Marcell sagte zu Corinna: »Eine Träne, und ich glaube, eine echte.« Von den Professoren waren, außer den schon genannten Kuhs, nur Distelkamp und Rindfleisch zugegen, da sich die mit jüngerem Nachwuchs Gesegneten sämtlich in Kösen, Ahlbeck und Stolpemünde befanden. Trotz dieser Personaleinbuße war an Toasten kein Mangel; der Distelkampsche war der beste, der Felgentreusche der logisch ungeheuerlichste, weshalb ihm ein hervorragender, vom Ausbringer allerdings unbeabsichtigter Lacherfolg zuteil wurde.

Mit dem Herumreichen des Konfekts war begonnen, und Schmidt ging eben von Platz zu Platz, um den älteren und auch einigen jüngeren Damen allerlei Liebeswürdiges zu sagen, als der schon vielfach erschienene Telegraphenbote noch einmal in den Saal und gleich danach an den alten Schmidt herantrat. Dieser, von dem Verlangen erfüllt, den Überbringer so vieler Herzenswünsche schließlich wie den Goetheschen Sänger königlich zu belohnen, füllte ein neben ihm stehendes Becherglas mit Champagner und kredenzte es dem Boten, der es, unter vorgängiger Verbeugung gegen das Brautpaar, mit einem gewissen Avec leerte. Großer Beifall. Dann öffnete Schmidt das Telegramm, überflog es und sagte: »Vom stammverwandten Volk der Briten.«

»Lesen, lesen.«

»... *To Doctor Marcell Wedderkopp.*«

»Lauter.«

»*England expects that every man will do his duty* ... Unterzeichnet *John Nelson.*«

Im Kreise der sachlich und sprachlich Eingeweihten brach ein Jubel aus, und Treibel sagte zu Schmidt: »Ich denke mir, Marcell ist Bürge dafür.«

Corinna selbst war ungemein erfreut und erheitert über das Telegramm, aber es gebrach ihr bereits an Zeit, ihrer glücklichen Stimmung Ausdruck zu geben, denn es war acht Uhr, und um neuneinhalb ging der Zug, der sie zunächst bis München und von da nach Verona oder, wie Schmidt mit Vorliebe sich ausdrückte, »bis an das Grab der Julia« führen sollte. Schmidt nannte das übrigens alles nur Kleinkram und »Vorschmack«, sprach überhaupt ziemlich hochmütig und orakelte, zum Ärger Kuhs, von Messenien und dem Taygetos, darin sich gewiß noch ein paar Grabkammern finden würden, wenn nicht von Aristomenes selbst, so doch von seinem Vater. Und als er endlich schwieg und Distelkamp ein vergnügtes Lächeln über seinen mal wieder sein Steckenpferd tummelnden Freund Schmidt zeigte, nahm man wahr, daß Marcell und Corinna den Saal inzwischen verlassen hatten.

Die Gäste blieben noch. Aber gegen zehn Uhr hatten sich die Reihen stark gelichtet; Jenny, die Honig, Helene waren aufgebrochen, und mit Helene natürlich auch Otto, trotzdem er noch gern eine Stunde zugegeben hätte. Nur der alte Kommerzienrat hatte sich emanzipiert und saß neben seinem Bruder Schmidt, eine Anekdote nach der andern aus dem ›Schatzkästlein deutscher Nation‹ hervorholend, lauter blutrote Karfunkelsteine, von deren ›reinem Glanze‹ zu sprechen Vermessenheit gewesen wäre. Treibel, trotzdem Goldammer fehlte, sah sich dabei von verschiedenen Seiten her unterstützt, am ausgiebigsten von Adolar Krola, dem denn auch Fachmänner wahrscheinlich den Preis zuerkannt haben würden.

Längst brannten die Lichter, Zigarrenwölkchen kräuselten sich in großen und kleinen Ringen, und junge Paare zogen sich mehr und mehr in ein paar Saalecken zurück, in denen ziemlich unmotiviert vier, fünf Lorbeerbäume zusammenstanden und eine gegen Profanblicke schützende Hecke bildeten. Hier wurden auch die Kuhschen gesehen, die noch einmal, vielleicht auf Rat der Mutter, einen energischen Vorstoß auf den Jodler unternahmen, aber auch diesmal umsonst. Zu gleicher Zeit klimperte man bereits auf dem Flügel, und es war sichtlich der Zeitpunkt nahe, wo die Jugend ihr gutes Recht beim Tanze behaupten würde.

Diesen gefahrdrohenden Moment ergriff der schon vielfach mit »du« und »Bruder« operierende Schmidt mit einer gewissen Feldherrngeschicklichkeit und sagte, während er Krola eine neue Zigarrenkiste zuschob: »Hören Sie, Sänger und Bruder, *carpe diem.* Wir Lateiner legen den Akzent auf die letzte Silbe. Nutze den Tag. Über ein kleines, und irgendein Klavierpauker wird die Gesamtsituation beherrschen und uns unsere Überflüssigkeit fühlen lassen. Also noch einmal, was du tun willst, tue bald. Der Augenblick ist da; Krola, du mußt mir einen Gefallen tun und Jennys Lied singen. Du hast es hundertmal begleitet und wirst es wohl auch singen können. Ich glaube, Wagnersche Schwierigkeiten sind nicht drin. Und unser Treibel wird es nicht übelnehmen, daß wir das Herzenslied seiner Eheliebsten in gewissem Sinne profanieren. Denn jedes Schaustellen eines Heiligsten ist das, was ich Profanierung nenne. Hab ich recht, Treibel, oder täusch ich mich in dir? Ich kann mich in dir nicht täuschen. In einem Mann wie du kann man sich nicht täuschen, du hast ein klares und offenes Gesicht. Und nun komm, Krola. ›Mehr Licht‹ – das war damals ein großes Wort unseres Olympiers; aber wir bedürfen seiner nicht mehr, wenigstens hier nicht, hier sind die Lichter die Hülle und Fülle. Komm! Ich möchte diesen Tag als ein Ehrenmann beschließen und in Freundschaft mit aller Welt und nicht zum wenigsten mit dir, mit Adolar Krola.«

Dieser, der an hundert Tafeln wetterfest geworden und im Vergleich zu Schmidt noch ganz leidlich imstande war, schritt, ohne langes Sträuben, auf den Flügel zu, während ihm Schmidt und Treibel folgten, und ehe der Rest der Gesellschaft noch eine Ahnung haben konnte, daß der Vortrag eines Liedes geplant war, legte Krola die Zigarre beiseite und hob an:

Glück, von allen deinen Losen
Eines nur erwähl ich mir.
Was soll Gold? Ich liebe Rosen
Und der Blumen schlichte Zier.

Und ich höre Waldesrauschen,
Und ich seh ein flatternd Band –
Aug in Auge Blicke tauschen,
Und ein Kuß auf deine Hand.

Geben, nehmen, nehmen, geben,
Und dein Haar umspielt der Wind.
Ach, nur das, nur das ist Leben
Wo sich Herz zum Herzen find't.

Alles war heller Jubel, denn Krolas Stimme war immer noch voll Kraft und Klang, wenigstens verglichen mit dem, was man sonst in diesem Kreise hörte. Schmidt weinte vor sich hin. Aber mit einem Male war er wieder da. »Bruder«, sagte er, »das hat mir wohlgetan. Bravissimo. Treibel, unsere Jenny hat doch recht. Es ist was damit, es ist was drin; ich weiß nicht genau was, aber das ist es eben – es ist ein wirkliches Lied. Alle echte Lyrik hat was Geheimnisvolles. Ich hätte doch am Ende dabei bleiben sollen …«

Treibel und Krola sahen sich an und nickten dann zustimmend.

»… Und die arme Corinna! Jetzt ist sie bei Trebbin, erste Etappe zu Julias Grab … Julia Capulet, wie das klingt. Es soll übrigens eine ägyptische Sargkiste sein, was eigentlich noch interessanter ist … Und dann alles in allem, ich weiß nicht, ob es recht ist, die Nacht so durchzufahren; früher war das nicht Brauch, früher war man natürlicher, ich möchte sagen sittlicher. Schade, daß meine Freundin Jenny fort ist, die sollte darüber entscheiden. Für mich persönlich steht es fest, Natur ist Sittlichkeit und überhaupt die Hauptsache. Geld ist Unsinn, Wissenschaft ist Unsinn, alles ist Unsinn. Professor auch. Wer es bestreitet, ist ein *pecus.* Nicht wahr, Kuh … Kommen Sie, meine Herren, komm, Krola … Wir wollen nach Hause gehen.«

Effi Briest

1895

1. KAPITEL

In Front des schon seit Kurfürst Georg Wilhelm von der Familie von Briest bewohnten Herrenhauses zu Hohen-Cremmen fiel heller Sonnenschein auf die mittagsstille Dorfstraße, während nach der Park- und Gartenseite hin ein rechtwinklig angebauter Seitenflügel einen breiten Schatten erst auf einen weiß und grün quadrierten Fliesengang und dann über diesen hinaus auf ein großes, in seiner Mitte mit einer Sonnenuhr und an seinem Rande mit *Canna indica* und Rhabarberstauden besetztes Rondell warf. Einige zwanzig Schritte weiter, in Richtung und Lage genau dem Seitenflügel entsprechend, lief eine ganz in kleinblättrigem Efeu stehende, nur an einer Stelle von einer kleinen weißgestrichenen Eisentür unterbrochene Kirchhofsmauer, hinter der der Hohen-Cremmener Schindelturm mit seinem blitzenden, weil neuerdings erst wieder vergoldeten Wetterhahn aufragte. Fronthaus, Seitenflügel und Kirchhofsmauer bildeten ein einen kleinen Ziergarten umschließendes Hufeisen, an dessen offener Seite man eines Teiches mit Wassersteg und angekettelem Boot und dicht daneben einer Schaukel gewahr wurde, deren horizontal gelegtes Brett zu Häupten und Füßen an je zwei Stricken hing – die Pfosten der Balkenlage schon etwas schief stehend. Zwischen Teich und Rondell aber, und die Schaukel halb versteckend, standen ein paar mächtige alte Platanen.

Auch die Front des Herrenhauses – eine mit Aloekübeln und ein paar Gartenstühlen besetzte Rampe – gewährte bei bewölktem Himmel einen angenehmen und zugleich allerlei Zerstreuung bietenden Aufenthalt; an Tagen aber, wo die Sonne niederbrannte, wurde die Gartenseite ganz entschieden bevorzugt, besonders von Frau und Tochter des Hauses, die denn auch heute wieder auf dem im vollen Schatten liegenden Fliesengange saßen, in ihrem Rücken ein paar offene, von wildem Wein umrankte Fenster, neben sich eine vorspringende kleine Treppe, deren vier Steinstufen vom Garten aus in das Hochparterre des Seitenflügels hinaufführten. Beide, Mutter und Tochter, waren fleißig bei der Arbeit, die der Herstellung eines aus Einzelquadraten zusammenzusetzenden Altarteppichs galt; ungezählte Wollsträhnen und Seidendocken lagen auf einem großen runden Tisch, bunt durcheinander, dazwischen, noch vom Lunch her, ein paar Dessertteller und eine mit großen, schönen Stachelbeeren gefüllte Majolikaschale. Rasch und sicher ging die Wollnadel der Damen hin und her, aber während die Mutter kein Auge von der Arbeit ließ, legte die Tochter, die den Rufnamen Effi führte, von Zeit zu Zeit die Nadel nieder und erhob sich, um unter allerlei kunstgerechten Beugungen und Streckungen den ganzen Kursus der Heil- und Zimmergymnastik durchzumachen. Es war ersichtlich, daß sie sich diesen absichtlich ein wenig ins Komische gezogenen Übungen mit ganz besonderer Liebe hingab, und wenn sie dann so dastand und, langsam die Arme hebend, die Handflächen hoch über dem Kopf zusammenlegte, so sah auch wohl die Mama von ihrer Handarbeit auf, aber immer nur flüchtig und verstohlen, weil sie nicht zeigen wollte, wie entzückend sie ihr eigenes Kind finde, zu welcher Regung mütterlichen Stolzes sie voll berechtigt war. Effi trug ein blau und weiß gestreiftes, halb kittelartiges Leinwandkleid, dem erst ein fest zusammengezogener bronzefarbener Ledergürtel die Taille gab; der Hals war frei, und über Schulter und Nacken fiel ein breiter Matrosenkragen. In allem, was sie tat, paarte sich Übermut und Grazie, während ihre lachenden braunen Augen eine große, natürliche Klugheit und viel Lebenslust und Herzensgüte verrieten. Man nannte sie die »Kleine«, was sie sich nur gefallen lassen mußte, weil die schöne, schlanke Mama noch um eine Handbreit höher war.

Eben hatte sich Effi wieder erhoben, um abwechselnd nach links und rechts ihre turnerischen Drehungen zu machen, als die von ihrer Stickerei gerade wieder aufblickende Mama ihr zurief: »Effi, eigentlich hättest du doch wohl Kunstreiterin werden müssen. Immer am Trapez, immer Tochter der Luft. Ich glaube beinah, daß du so was möchtest.«

»Vielleicht, Mama. Aber wenn es so wäre, wer wäre schuld? Von wem hab ich es? Doch nur von dir. Oder meinst du von Papa? Da mußt du nun selber lachen. Und dann, warum steckst du mich in diesen Hänger, in diesen Jungenskittel? Mitunter denk ich, ich komme noch wieder in kurze Kleider. Und wenn ich *die* erst wieder habe, dann knicks ich auch wieder wie ein Backfisch, und wenn dann die Rathenower herüberkommen, setze ich mich auf Oberst Goetzes Schloß und reite hopp, hopp. Warum auch nicht? Drei Viertel ist er Onkel und nur ein Viertel Courmacher. Du bist schuld. Warum kriege ich keine Staatskleider? Warum machst du keine Dame aus mir?«

»Möchtest du's?«

»Nein.« Und dabei lief sie auf die Mama zu und umarmte sie stürmisch und küßte sie.

»Nicht so wild, Effi, nicht so leidenschaftlich. Ich beunruhige mich immer, wenn ich dich so sehe ...« Und die Mama schien ernstlich willens, in Äußerung ihrer Sorgen und Ängste fortzufahren. Aber sie kam nicht weit damit, weil in eben diesem Augenblicke drei junge Mädchen aus der kleinen, in der Kirchhofsmauer angebrachten Eisentür in den Garten eintraten und einen Kiesweg entlang auf das Rondell und die Sonnenuhr zuschritten. Alle drei grüßten mit ihren Sonnenschirmen zu Effi herüber und eilten dann auf Frau von Briest zu, um dieser die Hand zu küssen. Diese tat rasch ein paar Fragen und lud dann die Mädchen ein, ihnen oder doch wenigstens Effi auf eine halbe Stunde Gesellschaft zu leisten. »Ich habe ohnehin noch zu tun, und junges Volk ist am liebsten unter sich. Gehabt euch wohl.« Und dabei stieg sie die vom Garten in den Seitenflügel führende Steintreppe hinauf.

Und da war nun die Jugend wirklich allein.

Zwei der jungen Mädchen – kleine, rundliche Persönchen, zu deren krausem, rotblondem Haar ihre Sommersprossen und ihre gute Laune ganz vorzüglich paßten – waren Töchter des auf Hansa, Skandinavien und Fritz Reuter eingeschworenen Kantors Jahnke, der denn auch, unter Anlehnung an seinen mecklenburgischen Landsmann und Lieblingsdichter und nach dem Vorbilde von Mining und Lining, seinen eigenen Zwillingen die Namen Bertha und Hertha gegeben hatte. Die dritte junge Dame war Hulda Niemeyer, Pastor Niemeyers einziges Kind; sie war damenhafter als die beiden anderen, dafür aber langweilig und eingebildet, eine lymphatische Blondine, mit etwas vorspringenden, blöden Augen, die trotzdem beständig nach was zu suchen schienen, weshalb denn auch Klitzing von den Husaren gesagt hatte: »Sieht sie nicht aus, als erwarte sie jeden Augenblick den Engel Gabriel?« Effi fand, daß der etwas kritische Klitzing nur zu sehr recht habe, vermied es aber trotzdem, einen Unterschied zwischen den drei Freundinnen zu machen. Am wenigsten war ihr in diesem Augenblicke danach zu Sinn, und während sie die Arme auf den Tisch stemmte, sagte sie: »Diese langweilige Stickerei. Gott sei Dank, daß ihr da seid.«

»Aber deine Mama haben wir vertrieben«, sagte Hulda.

»Nicht doch. Wie sie euch schon sagte, sie wäre doch gegangen; sie erwartet nämlich Besuch, einen alten Freund aus ihren Mädchentagen her, von dem ich euch nachher erzählen muß, eine Liebesgeschichte mit Held und Heldin und zuletzt mit Entsagung. Ihr werdet Augen machen und euch wundern. Übrigens habe ich Mamas alten Freund schon drüben in Schwantikow gesehen; er ist Landrat, gute Figur und sehr männlich.«

»Das ist die Hauptsache«, sagte Hertha.

»Freilich ist das die Hauptsache, ›Weiber weiblich, Männer männlich‹ – das ist, wie ihr wißt, einer von Papas Lieblingssätzen. Und nun helft mir erst Ordnung schaffen auf dem Tisch hier, sonst gibt es wieder eine Strafpredigt.«

Im Nu waren die Docken in den Korb gepackt, und als alle wieder saßen, sagte Hulda: »Nun aber, Effi, nun ist es Zeit, nun die Liebesgeschichte mit Entsagung. Oder ist es nicht so schlimm?«

»Eine Geschichte mit Entsagung ist nie schlimm. Aber ehe Hertha nicht von den Stachelbeeren genommen, eh kann ich nicht anfangen – sie läßt ja kein Auge davon. Übrigens nimm, soviel du willst, wir können ja hinterher neue pflücken; nur wirf die Schalen weit weg oder, noch besser, lege sie hier auf die Zeitungsbeilage, wir machen dann eine Tüte daraus und schaffen alles beiseite. Mama kann es nicht leiden, wenn die Schlusen so überall umherliegen, und sagt immer, man könne dabei ausgleiten und ein Bein brechen.«

»Glaub ich nicht«, sagte Hertha, während sie den Stachelbeeren fleißig zusprach.

»Ich auch nicht«, bestätigte Effi. »Denkt doch mal nach, ich falle jeden Tag wenigstens zwei-, dreimal, und noch ist mir nichts gebrochen. Was ein richtiges Bein ist, das bricht nicht so leicht, meines gewiß nicht und deines auch nicht, Hertha. Was meinst du, Hulda?«

»Man soll sein Schicksal nicht versuchen; Hochmut kommt vor dem Fall.«

»Immer Gouvernante; du bist doch die geborne alte Jungfer.«

»Und hoffe mich doch noch zu verheiraten. Und vielleicht eher als du.«

»Meinetwegen. Denkst du, daß ich darauf warte? Das fehlte noch. Übrigens, ich kriege schon einen, und vielleicht bald. Da ist mir nicht bange. Neulich erst hat mir der kleine Ventivegni von drüben gesagt: ›Fräulein Effi, was gilt die Wette, wir sind hier noch in diesem Jahre zu Polterabend und Hochzeit.‹«

»Und was sagtest du da?«

»›Wohl möglich‹, sagt ich, ›wohl möglich; Hulda ist die älteste und kann sich jeden Tag verheiraten.‹ Aber er wollte davon nichts wissen und sagte: ›Nein, bei einer anderen jungen Dame, die geradeso brünett ist, wie Fräulein Hulda blond ist.‹ Und dabei sah er mich ganz ernsthaft an ... Aber ich komme vom Hundertsten aufs Tausendste und vergesse die Geschichte.«

»Ja, du brichst immer wieder ab; am Ende willst du nicht.«

»Oh, ich will schon, aber freilich, ich breche immer wieder ab, weil es alles ein bißchen sonderbar ist, ja beinah romantisch.«

»Aber du sagtest doch, er sei Landrat.«

»Allerdings Landrat. Und er heißt Geert von Innstetten, Baron von Innstetten.«

Alle drei lachten.

»Warum lacht ihr?« sagte Effi pikiert. »Was soll das heißen?«

»Ach, Effi, wir wollen dich ja nicht beleidigen und auch den Baron nicht. Innstetten sagtest du? Und Geert? So heißt doch hier kein Mensch. Freilich, die adeligen Namen haben oft so was Komisches.«

»Ja, meine Liebe, das haben sie. Dafür sind es eben Adelige. Die dürfen sich das gönnen, und je weiter zurück, ich meine der Zeit nach, desto mehr dürfen sie sich's gönnen. Aber davon versteht ihr nichts, was ihr mir nicht übelnehmen dürft. Wir bleiben doch gute Freunde. Geert von Innstetten also und Baron. Er ist geradeso alt wie Mama, auf den Tag.«

»Und wie alt ist denn eigentlich deine Mama?«

»Achtunddreißig.«

»Ein schönes Alter.«

»Ist es auch, namentlich wenn man noch so aussieht wie die Mama. Sie ist doch eigentlich eine schöne Frau, findet ihr nicht auch? Und wie sie alles so weg hat, immer so sicher und dabei so fein und nie unpassend wie Papa. Wenn ich ein junger Leutnant wäre, so würd ich mich in die Mama verlieben.«

»Aber Effi, wie kannst du nur so was sagen«, sagte Hulda. »Das ist ja gegen das vierte Gebot.«

»Unsinn. Wie kann das gegen das vierte Gebot sein? Ich glaube, Mama würde sich freuen, wenn sie wüßte, daß ich so was gesagt habe.«

»Kann schon sein«, unterbrach hierauf Hertha. »Aber nun endlich die Geschichte.«

»Nun, gib dich zufrieden, ich fange schon an ... Also Baron Innstetten! Als er noch keine zwanzig war, stand er drüben bei den Rathenowern und verkehrte viel auf den Gütern hier herum, und am liebsten war er in Schwantikow drüben bei meinem Großvater Belling. Natürlich war es nicht des Großvaters wegen, daß er so oft drüben war, und wenn die Mama davon erzählt, so kann jeder leicht sehen, um wen es eigentlich war. Und ich glaube, es war auch gegenseitig.«

»Und wie kam es nachher?«

»Nun, es kam, wie's kommen mußte, wie's immer kommt. Er war ja noch viel zu jung, und als mein Papa sich einfand, der schon Ritterschaftsrat war und Hohen-Cremmen hatte, da war kein langes Besinnen mehr, und sie nahm ihn und wurde Frau von Briest ... Und das andere, was sonst noch kam, nun, das wißt ihr ... das andere bin ich.«

»Ja, das andere bist du, Effi«, sagte Bertha. »Gott sei Dank; wir hätten dich nicht, wenn es anders gekommen wäre. Und nun sage, was tat Innstetten, was wurde aus ihm? Das Leben hat er sich nicht genommen, sonst könntet ihr ihn heute nicht erwarten.«

»Nein, das Leben hat er sich nicht genommen. Aber ein bißchen war es doch so was.«

»Hat er einen Versuch gemacht?«

»Auch das nicht. Aber er mochte doch nicht länger hier in der Nähe bleiben, und das ganze

Soldatenleben überhaupt muß ihm damals wie verleidet gewesen sein. Es war ja auch Friedenszeit. Kurz und gut, er nahm den Abschied und fing an, Juristerei zu studieren, wie Papa sagt, mit einem ›wahren Biereifer‹; nur als der siebziger Krieg kam, trat er wieder ein, aber bei den Perlebergern statt bei seinem alten Regiment, und hat auch das Kreuz. Natürlich, denn er ist sehr schneidig. Und gleich nach dem Kriege saß er wieder bei seinen Akten, und es heißt, Bismarck halte große Stücke von ihm und auch der Kaiser, und so kam es denn, daß er Landrat wurde, Landrat im Kessiner Kreise.«

»Was ist Kessin? Ich kenne hier kein Kessin.«

»Nein, hier in unserer Gegend liegt es nicht; es liegt eine hübsche Strecke von hier fort, in Pommern, in Hinterpommern sogar, was aber nichts sagen will, weil es ein Badeort ist (alles da herum ist Badeort), und die Ferienreise, die Baron Innstetten jetzt macht, ist eigentlich eine Vetternreise oder doch etwas Ähnliches. Er will hier alte Freundschaft und Verwandtschaft wiedersehn.«

»Hat er denn hier Verwandte?«

»Ja und nein, wie man's nehmen will. Innstettens gibt es hier nicht, gibt es, glaub ich, überhaupt nicht mehr. Aber er hat hier entfernte Vettern von der Mutter Seite her, und vor allem hat er wohl Schwantikow und das Bellingsche Haus wiedersehen wollen, an das ihn soviel Erinnerungen knüpfen. Da war er denn vorgestern drüben, und heute will er hier in Hohen-Cremmen sein.«

»Und was sagt dein Vater dazu?«

»Gar nichts. Der ist nicht so. Und dann kennt er ja doch die Mama. Er neckt sie bloß.«

In diesem Augenblick schlug es Mittag, und ehe es noch ausgeschlagen, erschien Wilke, das alte Briestsche Haus- und Familienfaktotum, um Fräulein Effi zu bestellen: Die gnädige Frau ließe bitten, daß das gnädige Fräulein zu rechter Zeit auch Toilette mache; gleich nach eins würde der Herr Baron wohl vorfahren. Und während Wilke dies noch vermeldete, begann er auch schon auf dem Arbeitstisch der Damen abzuräumen und griff dabei zunächst nach dem Zeitungsblatt, auf dem die Stachelbeerschalen lagen.

»Nein, Wilke, nicht so; das mit den Schlusen, das ist unsere Sache ... Hertha, du mußt nun die Tüte machen und einen Stein hineintun, daß alles besser versinken kann. Und dann wollen wir in einem langen Trauerzug aufbrechen und die Tüte auf offener See begraben.«

Wilke schmunzelte. Is doch ein Daus, unser Fräulein, so etwa gingen seine Gedanken; Effi aber, während sie die Tüte mitten auf die rasch zusammengeraffte Tischdecke legte, sagte: »Nun fassen wir alle vier an, jeder an einem Zipfel, und singen was Trauriges.«

»Ja, das sagst du wohl, Effi. Aber was sollen wir denn singen?«

»Irgendwas; es ist ganz gleich, es muß nur einen Reim auf ›u‹ haben; ›u‹ ist immer Trauervokal. Also singen wir:

Flut, Flut,
Mach alles wieder gut ...«

Und während Effi diese Litanei feierlich anstimmte, setzten sich alle vier auf den Steg hin in Bewegung, stiegen in das dort angekettelte Boot und ließen von diesem aus die mit einem Kiesel beschwerte Tüte langsam in den Teich niedergleiten.

»Hertha, nun ist deine Schuld versenkt«, sagte Effi, »wobei mir übrigens einfällt, so vom Boot aus sollen früher auch arme unglückliche Frauen versenkt worden sein, natürlich wegen Untreue.«

»Aber doch nicht hier.«

»Nein, nicht hier«, lachte Effi, »hier kommt so was nicht vor. Aber in Konstantinopel, und du mußt ja, wie mir eben einfällt, auch davon wissen, so gut wie ich, du bist ja mit dabeigewesen, als uns Kandidat Holzapfel in der Geographiestunde davon erzählte.«

»Ja«, sagte Hulda, »der erzählte immer so was. Aber so was vergißt man doch wieder.«

»Ich nicht. Ich behalte so was.«

2. KAPITEL

Sie sprachen noch eine Weile so weiter, wobei sie sich ihrer gemeinschaftlichen Schulstunden und einer ganzen Reihe Holzapfelscher Unpassendheiten mit Empörung und Behagen erinnerten. Ja, man konnte sich nicht genugtun damit, bis Hulda mit einem Male sagte: »Nun aber ist es höchste Zeit, Effi; du siehst ja aus, ja, wie sag ich nur, du siehst ja aus, wie wenn du vom Kirschenpflücken kämst, alles zerknittert und zerknautscht; das Leinenzeug macht immer so viele Falten, und der große weiße Klappkragen ... ja, wahrhaftig, jetzt hab ich es, du siehst aus wie ein Schiffsjunge.«

»Midshipman, wenn ich bitten darf. Etwas muß ich doch von meinem Adel haben. Übrigens Midshipman oder Schiffsjunge, Papa hat mir erst neulich wieder einen Mastbaum versprochen, hier dicht neben der Schaukel, mit Rahen und einer Strickleiter. Wahrhaftig, das sollte mir gefallen, und den Wimpel oben selbst anzumachen, das ließ ich mir nicht nehmen. Und du, Hulda, du kämst dann von der anderen Seite her herauf, und oben in der Luft wollten wir Hurra rufen und uns einen Kuß geben. Alle Wetter, das sollte schmecken.«

»›Alle Wetter ...‹, wie das nun wieder klingt ... Du sprichst wirklich wie ein Midshipman. Ich werde mich aber hüten, dir nachzuklettern, ich bin nicht so waghalsig. Jahnke hat ganz recht, wenn er immer sagt, du hättest zuviel von dem Bellingschen in dir, von deiner Mama her. Ich bin bloß ein Pastorskind.«

»Ach, geh mir. Stille Wasser sind tief. Weißt du noch, wie du damals, als Vetter Briest als Kadett hier war, aber doch schon groß genug, wie du damals auf dem Scheunendach entlangrutschtest. Und warum? Nun, ich will es nicht verraten. Aber kommt, wir wollen uns schaukeln, auf jeder Seite zwei; reißen wird es ja wohl nicht, oder wenn ihr nicht Lust habt, denn ihr macht wieder lange Gesichter, dann wollen wir Anschlag spielen. Eine Viertelstunde hab ich noch. Ich mag noch nicht hineingehen, und alles bloß, um einem Landrat guten Tag zu sagen, noch dazu einem Landrat aus Hinterpommern. Ältlich ist er auch, er könnte ja beinah mein Vater sein, und wenn er wirklich in einer Seestadt wohnt, Kessin soll ja so was sein, nun, da muß ich ihm in diesem Matrosenkostüm eigentlich am besten gefallen und muß ihm beinah wie eine große Aufmerksamkeit vorkommen. Fürsten, wenn sie wen empfangen, soviel weiß ich von meinem Papa her, legen auch immer die Uniform aus der Gegend des anderen an. Also nur nicht ängstlich ... rasch, rasch, ich fliege aus, und neben der Bank hier ist frei.«

Hulda wollte noch ein paar Einschränkungen machen, aber Effi war schon den nächsten Kiesweg hinauf, links hin, rechts hin, bis sie mit einem Male verschwunden war. »Effi, das gilt nicht; wo bist du? Wir spielen nicht Versteck, wir spielen Anschlag.« Unter diesen und ähnlichen Vorwürfen eilten die Freundinnen ihr nach, weit über das Rondell und die beiden seitwärts stehenden Platanen hinaus, bis die Verschwundene mit einem Male aus ihrem Verstecke hervorbrach und mühelos, weil sie schon im Rücken ihrer Verfolger war, mit »eins, zwei, drei« den Freiplatz neben der Bank erreichte.

»Wo warst du?«

»Hinter den Rhabarberstauden; die haben so große Blätter, noch größer als ein Feigenblatt ...«

»Pfui ...«

»Nein, pfui für euch, weil ihr verspielt habt. Hulda, mit ihren großen Augen, sah wieder nichts, immer ungeschickt.« Und dabei flog Effi von neuem über das Rondell hin, auf den Tisch zu, vielleicht weil sie vorhatte, sich erst hinter einer dort aufwachsenden dichten Haselnußhekke zu verstecken, um dann, von dieser aus, mit einem weiten Umweg um Kirchhof und Fronthaus, wieder bis an den Seitenflügel und seinen Freiplatz zu kommen. Alles war gut berechnet; aber freilich, ehe sie noch halb um den Teich herum war, hörte sie schon vom Hause her ihren Namen rufen und sah, während sie sich umwandte, die Mama, die von der Steintreppe her mit ihrem Taschentuche winkte. Noch einen Augenblick, und Effi stand vor ihr.

»Nun bist du doch noch in deinem Kittel, und der Besuch ist da. Nie hältst du Zeit.«

»Ich halte schon Zeit, aber der Besuch hat nicht Zeit gehalten. Es ist noch nicht eins; noch lange nicht«, und sich nach den Zwillingen hin umwendend (Hulda war noch weiter zurück), rief sie diesen zu: »Spielt nur weiter; ich bin gleich wieder da.«

Schon im nächsten Augenblicke trat Effi mit der Mama in den großen Gartensaal, der fast den ganzen Raum des Seitenflügels füllte.

»Mama, du darfst mich nicht schelten. Es ist wirklich erst halb. Warum kommt er so früh? Kavaliere kommen nicht zu spät, aber noch weniger zu früh.«

Frau von Briest war in sichtlicher Verlegenheit; Effi aber schmiegte sich liebkosend an sie und sagte: »Verzeih, ich will mich nun eilen; du weißt, ich kann auch rasch sein, und in fünf Minuten ist Aschenputtel in eine Prinzessin verwandelt. So lange kann er warten oder mit dem Papa plaudern.«

Und der Mama zunickend, wollte sie leichten Fußes eine kleine eiserne Stiege hinauf, die aus dem Saal in den Oberstock hinaufführte. Frau von Briest aber, die unter Umständen auch unkonventionell sein konnte, hielt plötzlich die schon forteilende Effi zurück, warf einen Blick auf das jugendlich reizende Geschöpf, das, noch erhitzt von der Aufregung des Spiels, wie ein Bild frischesten Lebens vor ihr stand, und sagte beinahe vertraulich: »Es ist am Ende das beste, du bleibst, wie du bist. Ja, bleibe so. Du siehst gerade sehr gut aus. Und wenn es auch nicht wäre, du siehst so unvorbereitet aus, so gar nicht zurechtgemacht, und darauf kommt es in diesem Augenblicke an. Ich muß dir nämlich sagen, meine süße Effi ...«, und sie nahm ihres Kindes beide Hände, »... ich muß dir nämlich sagen ...«

»Aber Mama, was hast du nur? Mir wird ja ganz angst und bange.«

»... Ich muß dir nämlich sagen, Effi, daß Baron Innstetten eben um deine Hand angehalten hat.«

»Um meine Hand angehalten? Und im Ernst?«

»Es ist keine Sache, um einen Scherz daraus zu machen. Du hast ihn vorgestern gesehen, und ich glaube, er hat dir auch gut gefallen. Er ist freilich älter als du, was alles in allem ein Glück ist, dazu ein Mann von Charakter, von Stellung und guten Sitten, und wenn du nicht nein sagst, was ich von meiner klugen Effi kaum denken kann, so stehst du mit zwanzig Jahren da, wo andere mit vierzig stehen. Du wirst deine Mama weit überholen.«

Effi schwieg und suchte nach einer Antwort. Aber ehe sie diese finden konnte, hörte sie schon des Vaters Stimme von dem angrenzenden, noch im Fronthause gelegenen Hinterzimmer her, und gleich danach überschritt Ritterschaftsrat von Briest, ein wohlkonservierter Fünfziger von ausgesprochener Bonhomie, die Gartensalonschwelle – mit ihm Baron Innstetten, schlank, brünett und von militärischer Haltung.

Effi, als sie seiner ansichtig wurde, kam in ein nervöses Zittern; aber nicht auf lange, denn im selben Augenblicke fast, wo sich Innstetten unter freundlicher Verneigung ihr näherte, wurden an dem mittleren der weit offenstehenden und von wildem Wein halb überwachsenen Fenster die rotblonden Köpfe der Zwillinge sichtbar, und Hertha, die Ausgelassenste, rief in den Saal hinein: »Effi, komm.«

Dann duckte sie sich, und beide Schwestern sprangen von der Banklehne, darauf sie gestanden, wieder in den Garten hinab, und man hörte nur noch ihr leises Kichern und Lachen.

3. KAPITEL

Noch an demselben Tage hatte sich Baron Innstetten mit Effi Briest verlobt. Der joviale Brautvater, der sich nicht leicht in seiner Feierlichkeitsrolle zurechtfand, hatte bei dem Verlobungsmahl, das folgte, das junge Paar leben lassen, was auf Frau von Briest, die dabei der nun um kaum achtzehn Jahre zurückliegenden Zeit gedenken mochte, nicht ohne herzbeweglichen Eindruck geblieben war. Aber nicht auf lange; *sie* hatte es nicht sein können, nun war es statt ihrer die Tochter – alles in allem ebensogut oder vielleicht noch besser. Denn mit Briest ließ sich leben, trotzdem er ein wenig prosaisch war und dann und wann einen kleinen frivolen Zug hatte. Gegen Ende der Tafel, das Eis wurde schon herumgereicht, nahm der alte Ritterschaftsrat noch einmal das Wort, um in einer zweiten Ansprache das allgemeine Familien-Du zu proponieren. Er umarmte dabei Innstetten und gab ihm einen Kuß auf die linke Backe. Hiermit war aber die Sache für ihn noch nicht abgeschlossen, vielmehr fuhr er fort, außer dem »Du« zugleich intimere Namen und Titel für den Hausverkehr zu empfehlen, eine Art Gemütlichkeitsrangliste aufzustellen, natürlich unter Wahrung berechtigter, weil wohlerworbener Eigentümlichkeiten. Für seine Frau, so hieß es, würde der Fortbestand von »Mama« (denn es gäbe auch junge Mamas) wohl das Beste sein, während er für seine Person, unter Verzicht auf den Ehrentitel »Papa«, das einfache Briest entschieden bevorzugen müsse, schon weil es so hübsch kurz sei. Und was nun die Kinder angehe – bei welchem Wort er sich, Aug in Auge mit dem nur etwa um ein Dutzend Jahre jüngeren Innstetten, einen Ruck geben mußte –, nun, so sei Effi eben Effi und Geert Geert. Geert, wenn er nicht irre, habe die Bedeutung von einem schlank aufgeschossenen Stamm, und Effi sei dann also der Efeu, der sich darum zu ranken habe. Das Brautpaar sah sich bei diesen Worten etwas verlegen an, Effi zugleich mit einem Ausdruck kindlicher Heiterkeit, Frau von Briest aber sagte: »Briest, sprich, was du willst, und formuliere deine Toaste nach Gefallen, nur poetische Bilder, wenn ich dich bitten darf, laß beiseite, das liegt jenseits deiner Sphäre.« Zurechtweisende Worte, die bei Briest mehr Zustimmung als Ablehnung gefunden hatten. »Es ist möglich, daß du recht hast, Luise.«

Gleich nach Aufhebung der Tafel beurlaubte sich Effi, um einen Besuch drüben bei Pastors zu machen. Unterwegs sagte sie sich: »Ich glaube, Hulda wird sich ärgern. Nun bin ich ihr doch zuvorgekommen – sie war immer zu eitel und eingebildet.« Aber Effi traf es mit ihrer Erwartung nicht ganz; Hulda, durchaus Haltung bewahrend, benahm sich sehr gut und überließ die Bezeugung von Unmut und Ärger ihrer Mutter, der Frau Pastorin, die denn auch sehr sonderbare Bemerkungen machte. »Ja, ja, so geht es. Natürlich. Wenn's die Mutter nicht sein konnte, muß es die Tochter sein. Das kennt man. Alte Familien halten immer zusammen, und wo was is, kommt was dazu.« Der alte Niemeyer kam in arge Verlegenheit über diese fortgesetzten spitzen Redensarten ohne Bildung und Anstand und beklagte mal wieder, eine Wirtschafterin geheiratet zu haben.

Von Pastors ging Effi natürlich auch zu Kantor Jahnkes; die Zwillinge hatten schon nach ihr ausgeschaut und empfingen sie im Vorgarten.

»Nun, Effi«, sagte Hertha, während alle drei zwischen den rechts und links blühenden Studentenblumen auf und ab schritten, »nun, Effi, wie ist dir eigentlich?«

»Wie mir ist? Oh, ganz gut. Wir nennen uns auch schon du und bei Vornamen. Er heißt nämlich Geert, was ich euch, wie mir einfällt, auch schon gesagt habe.«

»Ja, das hast du. Mir ist aber doch so bange dabei. Ist es denn auch der Richtige?«

»Gewiß ist es der Richtige. Das verstehst du nicht, Hertha. Jeder ist der Richtige. Natürlich muß er von Adel sein und eine Stellung haben und gut aussehen.«

»Gott, Effi, wie du nur sprichst. Sonst sprichst du doch ganz anders.«

»Ja, sonst.«

»Und bist auch schon ganz glücklich?«

»Wenn man zwei Stunden verlobt ist, ist man immer ganz glücklich. Wenigstens denk ich es mir so.«

»Und ist es dir denn gar nicht, ja, wie sag ich nur, ein bißchen genant?«

»Ja, ein bißchen genant ist es mir, aber doch nicht sehr. Und ich denke, ich werde darüber wegkommen.«

Nach diesem im Pfarr- und Kantorhause gemachten Besuche, der keine halbe Stunde gedauert hatte, war Effi wieder nach drüben zurückgekehrt, wo man auf der Gartenveranda eben den Kaffee nehmen wollte. Schwiegervater und Schwiegersohn gingen auf dem Kieswege zwischen den zwei Platanen auf und ab. Briest sprach von dem Schwierigen einer landrätlichen Stellung; sie sei ihm verschiedentlich angetragen worden, aber er habe jedesmal gedankt. »So nach meinem eigenen Willen schalten und walten zu können ist mir immer das Liebste gewesen, jedenfalls lieber – Pardon, Innstetten –, als so die Blicke beständig nach oben richten zu müssen. Man hat dann bloß immer Sinn und Merk für hohe und höchste Vorgesetzte. Das ist nichts für mich. Hier leb ich so frei weg und freue mich über jedes grüne Blatt und über den wilden Wein, der da drüben in die Fenster wächst.«

Er sprach noch mehr dergleichen, allerhand Antibeamtliches, und entschuldigte sich von Zeit zu Zeit mit einem kurzen, verschiedentlich wiederkehrenden »Pardon, Innstetten«. Dieser nickte mechanisch zustimmend, war aber eigentlich wenig bei der Sache, sah vielmehr, wie gebannt, immer aufs neue nach dem drüben am Fenster rankenden wilden Wein hinüber, von dem Briest eben gesprochen, und während er dem nachhing, war es ihm, als säh er wieder die rotblonden Mädchenköpfe zwischen den Weinranken und höre dabei den übermütigen Zuruf: »Effi, komm.«

Er glaubte nicht an Zeichen und Ähnliches, im Gegenteil, wies alles Abergläubische weit zurück. Aber er konnte trotzdem von den zwei Worten nicht los, und während Briest immer weiter perorierte, war es ihm beständig, als wäre der kleine Hergang doch mehr als ein bloßer Zufall gewesen.

Innstetten, der nur einen kurzen Urlaub genommen, war schon am folgenden Tage wieder abgereist, nachdem er versprochen hatte, jeden Tag schreiben zu wollen. »Ja, das mußt du«, hatte Effi gesagt, ein Wort, das ihr von Herzen kam, da sie seit Jahren nichts Schöneres kannte als beispielsweise den Empfang vieler Geburtstagsbriefe. Jeder mußte ihr zu diesem Tage schreiben. In den Brief eingestreute Wendungen, etwa wie »Gertrud und Klara senden Dir mit mir ihre herzlichsten Glückwünsche«, waren verpönt; Gertrud und Klara, wenn sie Freundinnen sein wollten, hatten dafür zu sorgen, daß ein Brief mit selbständiger Marke daläge, womöglich – denn ihr Geburtstag fiel noch in die Reisezeit – mit einer fremden, aus der Schweiz oder Karlsbad.

Innstetten, wie versprochen, schrieb wirklich jeden Tag; was aber den Empfang seiner Briefe ganz besonders angenehm machte, war der Umstand, daß er allwöchentlich nur einmal einen ganz kleinen Antwortbrief erwartete. Den erhielt er denn auch, voll reizend nichtigen und ihn jedesmal entzückenden Inhalts. Was es von ernsteren Dingen zu besprechen gab, das verhandelte Frau von Briest mit ihrem Schwiegersohne: Festsetzungen wegen der Hochzeit, Ausstattungs- und Wirtschafts-Einrichtungsfragen. Innstetten, schon an die drei Jahre im Amt, war in seinem Kessiner Hause nicht glänzend, aber doch sehr standesgemäß eingerichtet, und es empfahl sich, in der Korrespondenz mit ihm ein Bild von allem, was da war, zu gewinnen, um nichts Unnützes anzuschaffen. Schließlich, als Frau von Briest über all diese Dinge genugsam unterrichtet war, wurde seitens Mutter und Tochter eine Reise nach Berlin beschlossen, um, wie Briest sich ausdrückte, den »Trousseau« für Prinzessin Effi zusammenzukaufen. Effi freute sich sehr auf den Aufenthalt in Berlin, um so mehr, als der Vater darein gewilligt hatte, im Hôtel du Nord Wohnung zu nehmen. Was es koste, könne ja von der Ausstattung abgezogen werden; Innstetten habe ohnehin alles. Effi – ganz im Gegensatze zu der solche »Mesquinerien« ein für allemal sich verbittenden Mama – hatte dem Vater, ohne jede Sorge darum, ob er's scherz- oder ernsthaft gemeint hatte, freudig zugestimmt und beschäftigte sich in ihren Gedanken viel, viel mehr mit dem Eindruck, den sie beide, Mutter und Tochter, bei ihrem Erscheinen an der Table d'hôte machen würden, als mit Spinn und Mencke, Goschenhofer und ähnlichen Firmen, die vorläufig notiert worden waren. Und diesen ihren heiteren Phantasien entsprach denn auch ihre Haltung, als die große Berliner Woche nun wirklich da war. Vetter Briest vom Alexander-Regiment, ein ungemein ausgelassener junger Leutnant, der die ›Fliegenden Blätter‹ hielt und über die besten Witze Buch führte, stellte sich den Damen für jede dienstfreie Stunde zur Verfügung, und so saßen sie denn mit ihm bei Kranzler am Eckfenster oder zu statthafter Zeit auch wohl im Café Bauer und fuhren nachmittags in den Zoologischen Garten, um da die Giraffen zu sehen, von denen Vetter Briest, der übrigens Dagobert hieß, mit Vorliebe behauptete, sie sähen aus wie adlige alte Jungfern. Jeder Tag verlief programmäßig, und am dritten oder vierten Tage gingen sie, wie vorgeschrieben, in die Nationalgalerie, weil Vetter Dagobert seiner Cousine die ›Insel der Seligen‹ zeigen wollte. Fräulein Cousine stehe zwar auf dem Punkte, sich zu verheiraten, es sei aber doch vielleicht gut, die ›Insel der Seligen‹ schon vorher kennengelernt zu haben. Die Tante gab ihm einen Schlag mit dem Fächer, begleitete diesen Schlag aber mit einem so gnädigen Blick, daß er keine Veranlassung hatte, den Ton zu ändern. Es waren himmlische Tage für alle drei, nicht zum wenigsten für den Vetter, der so wundervoll zu chaperonieren und kleine Differenzen immer rasch auszugleichen verstand. An solchen Meinungsverschiedenheiten zwischen Mutter und Tochter war nun, wie das so geht, all die Zeit über kein Mangel, aber sie traten glücklicherweise nie bei den zu machenden Einkäufen hervor. Ob man von einer Sache sechs oder drei Dutzend erstand, Effi war mit allem gleichmäßig einverstanden, und wenn dann auf dem Heimwege von dem Preise der eben eingekauften Gegenstände gesprochen wurde, so verwechselte sie regelmäßig die Zahlen. Frau von Briest, sonst so kritisch, auch ihrem eigenen geliebten Kinde gegenüber, nahm dies anscheinend mangelnde Interesse nicht nur von der leichten Seite, sondern erkannte sogar einen Vorzug darin. »Alle diese Dinge«, so sagte sie sich, »bedeuten Effi nicht viel. Effi ist anspruchslos; sie lebt in ihren Vorstellungen und Träumen, und wenn die Prinzessin Friedrich Karl vorüberfährt und sie von ihrem Wagen aus freundlich grüßt, so gilt ihr das mehr als eine ganze Truhe voll Weißzeug.«

Das alles war auch richtig, aber doch nur halb. An dem Besitze mehr oder weniger alltäglicher Dinge lag Effi nicht viel, aber wenn sie mit der Mama die Linden hinauf und hinunter ging und nach Musterung der schönsten Schaufenster in den Demuthschen Laden eintrat, um für die gleich nach der Hochzeit geplante italienische Reise allerlei Einkäufe zu machen, so zeigte sich ihr wahrer Charakter. Nur das Eleganteste gefiel ihr, und wenn sie das Beste nicht haben konnte, so verzichtete sie auf das Zweitbeste, weil ihr dies Zweite nun nichts mehr bedeutete. Ja, sie konnte verzichten, darin hatte die Mama recht, und in diesem Verzichtenkönnen lag etwas von Anspruchslosigkeit; wenn es aber ausnahmsweise mal wirklich etwas zu besitzen galt, so mußte dies immer was ganz Apartes sein. Und *darin* war sie anspruchsvoll.

4. KAPITEL

Vetter Dagobert war am Bahnhof, als die Damen ihre Rückreise nach Hohen-Cremmen antraten. Es waren glückliche Tage gewesen, vor allem auch darin, daß man nicht unter unbequemer und beinahe unstandesgemäßer Verwandtschaft gelitten hatte. »Für Tante Therese«, so hatte Effi gleich nach der Ankunft gesagt, »müssen wir diesmal inkognito bleiben. Es geht nicht, daß sie hier ins Hotel kommt. Entweder Hôtel du Nord oder Tante Therese; beides zusammen paßt nicht.« Die Mama hatte sich schließlich einverstanden damit erklärt, ja dem Lieblinge zur Besiegelung des Einverständnisses einen Kuß auf die Stirn gegeben.

Mit Vetter Dagobert war das natürlich etwas ganz anderes gewesen, der hatte nicht bloß den Gardepli, der hatte vor allem auch mit Hilfe jener eigentümlich guten Laune, wie sie bei den Alexanderoffizieren beinahe traditionell geworden, sowohl Mutter wie Tochter von Anfang an anzuregen und aufzuheitern gewußt, und diese gute Stimmung dauerte bis zuletzt. »Dagobert«, so hieß es noch beim Abschied, »du kommst also zu meinem Polterabend, und natürlich mit Cortege. Denn nach den Aufführungen (aber kommt mir nicht mit Dienstmann oder Mausefallenhändler) ist Ball. Und du mußt bedenken, mein erster großer Ball ist vielleicht auch mein letzter. Unter sechs Kameraden – natürlich beste Tänzer – wird gar nicht angenommen. Und mit dem Frühzug könnt ihr wieder zurück.« Der Vetter versprach alles, und so trennte man sich.

Gegen Mittag trafen beide Damen an ihrer havelländischen Bahnstation ein, mitten im Luch, und fuhren in einer halben Stunde nach Hohen-Cremmen hinüber. Briest war sehr froh, Frau und Tochter wieder zu Hause zu haben, und stellte Fragen über Fragen, deren Beantwortung er meist nicht abwartete. Statt dessen erging er sich in Mitteilung dessen, was er inzwischen erlebt. »Ihr habt mir da vorhin von der Nationalgalerie gesprochen und von der ›Insel der Seligen‹ – nun, wir haben hier, während ihr fort wart, auch so was gehabt: unser Inspektor Pink und die Gärtnersfrau. Natürlich habe ich Pink entlassen müssen, übrigens ungern. Es ist sehr fatal, daß solche Geschichten fast immer in die Erntezeit fallen. Und Pink war sonst ein ungewöhnlich tüchtiger Mann, hier leider am unrechten Fleck. Aber lassen wir das; Wilke wird schon unruhig.«

Bei Tische hörte Briest besser zu; das gute Einvernehmen mit dem Vetter, von dem ihm viel erzählt wurde, hatte seinen Beifall, weniger das Verhalten gegen Tante Therese. Man sah aber deutlich, daß er inmitten seiner Mißbilligung sich eigentlich darüber freute; denn ein kleiner Schabernack entsprach ganz seinem Geschmack, und Tante Therese war wirklich eine lächerliche Figur. Er hob sein Glas und stieß mit Frau und Tochter an. Auch als nach Tisch einzelne der hübschesten Einkäufe vor ihm ausgepackt und seiner Beurteilung unterbreitet wurden, verriet er viel Interesse, das selbst noch anhielt oder wenigstens nicht ganz hinstarb, als er die Rechnung überflog. »Etwas teuer, oder sagen wir lieber sehr teuer; indessen es tut nichts. Es hat alles so viel Chic, ich möchte sagen so viel Animierendes, daß ich deutlich fühle, wenn du mir solchen Koffer und solche Reisedecke zu Weihnachten schenkst, so sind wir zu Ostern auch in Rom und machen nach achtzehn Jahren unsere Hochzeitsreise. Was meinst du, Luise? Wollen wir nachexerzieren? Spät kommt ihr, doch ihr kommt.«

Frau von Briest machte eine Handbewegung, wie wenn sie sagen wollte: »Unverbesserlich«, und überließ ihn im übrigen seiner eigenen Beschämung, die aber nicht groß war.

Ende August war da, der Hochzeitstag (3. Oktober) rückte näher, und sowohl im Herrenhause wie in der Pfarre und Schule war man unausgesetzt bei den Vorbereitungen zum Polterabend. Jahnke, getreu seiner Fritz-Reuter-Passion, hatte sich's als etwas besonders »Sinniges« ausgedacht, Bertha und Hertha als Lining und Mining auftreten zu lassen, natürlich plattdeutsch, während Hulda das Käthchen von Heilbronn in der Holunderbaumszene darstellen sollte, Leutnant Engelbrecht von den Husaren als Wetter vom Strahl. Niemeyer, der sich den Vater der Idee nennen durfte, hatte keinen Augenblick gesäumt, auch die verschämte Nutzanwendung auf Innstetten und Effi hinzuzudichten. Er selbst war mit seiner Arbeit zufrieden und hörte, gleich nach der Leseprobe, von allen Beteiligten viel Freundliches darüber, freilich mit Ausnahme seines Patronatsherrn und alten Freundes Briest, der, als er die Mischung von Kleist und Niemeyer mit angehört hatte, lebhaft protestierte, wenn auch keineswegs aus literarischen Gründen. »Hoher Herr und immer wieder Hoher Herr – was soll das? Das leitet in die Irre, das verschiebt alles. Innstetten, unbestritten, ist ein famoses Menschenexemplar, Mann von Charakter und Schneid, aber die Briests – verzeih den Berolinismus, Luise –, die Briests sind schließlich auch nicht von schlechten Eltern. Wir sind doch nun mal eine historische Familie, laß mich hinzufügen Gott sei Dank, und die Innstettens sind es *nicht*; die Innstettens sind bloß alt, meinetwegen Uradel, aber was heißt Uradel? Ich will nicht, daß eine Briest oder doch mindestens eine Polterabendfigur, in der jeder das Widerspiel unserer Effi erkennen muß – ich will nicht, daß eine Briest mittelbar oder unmittelbar in einem fort von ›Hoher Herr‹ spricht. Da müßte denn doch Innstetten wenigstens ein verkappter Hohenzoller sein, es gibt ja dergleichen. Das ist er aber nicht, und so kann ich nur wiederholen, es verschiebt die Situation.«

Und wirklich, Briest hielt mit besonderer Zähigkeit eine ganze Zeit lang an dieser Anschauung fest. Erst nach der zweiten Probe, wo das »Käthchen«, schon halb im Kostüm, ein sehr eng anliegendes Sammetmieder trug, ließ er sich – der es auch sonst nicht an Huldigungen gegen Hulda fehlen ließ – zu der Bemerkung hinreißen, das Käthchen liege sehr gut da, welche Wendung einer Waffenstreckung ziemlich gleichkam oder doch zu solcher hinüberleitete. Daß alle diese Dinge vor Effi geheimgehalten wurden, braucht nicht erst gesagt zu werden. Bei mehr Neugier auf seiten dieser letzteren wäre das nun freilich ganz unmöglich gewesen, aber Effi hatte so wenig Verlangen, in die Vorbereitungen und geplanten Überraschungen einzudringen, daß sie der Mama mit allem Nachdruck erklärte, sie könne es abwarten, und wenn diese dann zweifelte, so schloß Effi mit der wiederholten Versicherung: es wäre wirklich so; die Mama könne es glauben. Und warum auch nicht? Es sei doch alles nur Theateraufführung und hübscher und poetischer als ›Aschenbrödel‹, das sie noch am letzten Abend in Berlin gesehen hätte, hübscher und poetischer könne es ja doch nicht sein. Da hätte sie wirklich selber mitspielen mögen, wenn auch nur, um dem lächerlichen Pensionslehrer einen Kreidestrich auf den Rükken zu machen. »Und wie reizend im letzten Akt ›Aschenbrödels Erwachen als Prinzessin‹ oder doch wenigstens als Gräfin; wirklich, es war ganz wie ein Märchen.« In dieser Weise sprach sie oft, war meist ausgelassener als vordem und ärgerte sich bloß über das beständige Tuscheln und Geheimtun der Freundinnen. »Ich wollte, sie hätten sich weniger wichtig und wären mehr für mich da. Nachher bleiben sie doch bloß stecken, und ich muß mich um sie ängstigen und mich schämen, daß es meine Freundinnen sind.«

So gingen Effis Spottreden, und es war ganz unverkennbar, daß sie sich um Polterabend und Hochzeit nicht allzusehr kümmerte. Frau von Briest hatte so ihre Gedanken darüber, aber zu Sorgen kam es nicht, weil sich Effi, was doch ein gutes Zeichen war, ziemlich viel mit ihrer Zukunft beschäftigte und sich, phantasiereich, wie sie war, viertelstundenlang in Schilderungen ihres Kessiner Lebens erging, Schilderungen, in denen sich nebenher und sehr zur Erheiterung der Mama eine merkwürdige Vorstellung von Hinterpommern aussprach oder vielleicht auch, mit kluger Berechnung, aussprechen sollte. Sie gefiel sich nämlich darin, Kessin als einen halb sibirischen Ort aufzufassen, wo Eis und Schnee nie recht aufhörten.

»Heute hat Goschenhofer das letzte geschickt«, sagte Frau von Briest, als sie wie gewöhnlich in Front des Seitenflügels mit Effi am Arbeitstische saß, auf dem die Leinen- und Wäschevorräte beständig wuchsen, während der Zeitungen, die bloß Platz wegnahmen, immer weniger wurden. »Ich hoffe, du hast nun alles, Effi. Wenn du aber noch kleine Wünsche hegst, so mußt du sie jetzt aussprechen, womöglich in dieser Stunde noch. Papa hat den Raps vorteilhaft verkauft und ist ungewöhnlich guter Laune.«

»Ungewöhnlich? Er ist immer in guter Laune.«

»In ungewöhnlich guter Laune«, wiederholte die Mama. »Und die muß benutzt werden. Sprich also. Mehrmals, als wir noch in Berlin waren, war es mir, als ob du doch nach dem einen oder anderen noch ein ganz besonderes Verlangen gehabt hättest.«

»Ja, liebe Mama, was soll ich da sagen. Eigentlich habe ich ja alles, was man braucht, ich meine, was man *hier* braucht. Aber da mir's nun mal bestimmt ist, so hoch nördlich zu kommen ... ich bemerke, daß ich nichts dagegen habe, im Gegenteil, ich freue mich darauf, auf die Nordlichter und auf den helleren Glanz der Sterne ... da mir's nun mal so bestimmt ist, so hätte ich wohl gern einen Pelz gehabt.«

»Aber Effi, Kind, das ist doch alles bloß leere Torheit. Du kommst ja nicht nach Petersburg oder nach Archangel.«

»Nein; aber ich bin doch auf dem Wege dahin ...«

»Gewiß, Kind. Auf dem Wege dahin bist du; aber was heißt das? Wenn du von hier nach Nauen fährst, bist du auch auf dem Wege nach Rußland. Im übrigen, wenn du's wünschst, so sollst du einen Pelz haben. Nur das laß mich im voraus sagen, ich rate dir davon ab. Ein Pelz ist für ältere Personen, selbst deine alte Mama ist noch zu jung dafür, und wenn du mit deinen siebzehn Jahren in Nerz oder Marder auftrittst, so glauben die Kessiner, es sei eine Maskerade.«

Das war am 2. September, daß sie so sprachen, ein Gespräch, das sich wohl fortgesetzt hätte, wenn nicht gerade Sedantag gewesen wäre. So aber wurden sie durch Trommel- und Pfeifenklang unterbrochen, und Effi, die schon vorher von dem beabsichtigten Aufzuge gehört, aber es wieder vergessen hatte, stürzte mit einem Male von dem gemeinschaftlichen Arbeitstische fort und an Rondell und Teich vorüber auf einen kleinen, an die Kirchhofsmauer angebauten Balkon zu, zu dem sechs Stufen, nicht viel breiter als Leitersprossen, hinaufführten. Im Nu war sie oben, und richtig, da kam auch schon die ganze Schuljugend heran, Jahnke gravitätisch am rechten Flügel, während ein kleiner Tambourmajor, weit voran, an der Spitze des Zuges marschierte, mit einem Gesichtsausdruck, als ob ihm obläge, die Schlacht bei Sedan noch einmal zu schlagen. Effi winkte mit dem Taschentuch, und der Begrüßte versäumte nicht, mit seinem blanken Kugelstock zu salutieren.

Eine Woche später saßen Mutter und Tochter wieder am alten Fleck, auch wieder mit ihrer Arbeit beschäftigt: Es war ein wunderschöner Tag; der in einem zierlichen Beet um die Sonnenuhr herumstehende Heliotrop blühte noch, und die leise Brise, die ging, trug den Duft davon zu ihnen herüber.

»Ach, wie wohl ich mich fühle«, sagte Effi, »so wohl und so glücklich; ich kann mir den Himmel nicht schöner denken. Und am Ende, wer weiß, ob sie im Himmel so wundervollen Heliotrop haben.«

»Aber Effi, so darfst du nicht sprechen; das hast du von deinem Vater, dem nichts heilig ist und der neulich sogar sagte: Niemeyer sähe aus wie Lot. Unerhört. Und was soll es nur heißen? Erstlich weiß er nicht, wie Lot ausgesehen hat, und zweitens ist es eine grenzenlose Rücksichtslosigkeit gegen Hulda. Ein Glück, daß Niemeyer nur die einzige Tochter hat, dadurch fällt es eigentlich in sich zusammen. In einem freilich hat er nur zu sehr recht gehabt, in all und jedem, was er über ›Lots Frau‹, unsere gute Frau Pastorin, sagte, die uns denn auch wirklich wieder mit ihrer Torheit und Anmaßung den ganzen Sedantag ruinierte. Wobei mir übrigens einfällt, daß wir, als Jahnke mit der Schule vorbeikam, in unserem Gespräche unterbrochen wurden – wenigstens kann ich mir nicht denken, daß der Pelz, von dem du damals sprachst, dein einziger Wunsch gewesen sein sollte. Laß mich also wissen, Schatz, was du noch weiter auf dem Herzen hast?«

»Nichts, Mama.«

»Wirklich nichts?«

»Nein, wirklich nichts; ganz im Ernste ... Wenn es aber doch am Ende was sein sollte ...«

»Nun ...«

»... so müßt es ein japanischer Bettschirm sein, schwarz und goldene Vögel darauf, alle mit einem langen Kranichschnabel ... Und dann vielleicht auch noch eine Ampel für unser Schlafzimmer, mit rotem Schein.«

Frau von Briest schwieg.

»Nun siehst du, Mama, du schweigst und siehst aus, als ob ich etwas besonders Unpassendes gesagt hätte.«

»Nein, Effi, nichts Unpassendes. Und vor deiner Mutter nun schon gewiß nicht. Denn ich kenne dich ja. Du bist eine phantastische kleine Person, malst dir mit Vorliebe Zukunftsbilder aus, und je farbenprächtiger sie sind, desto schöner und begehrlicher erscheinen sie dir. Ich sah das so recht, als wir die Reisesachen kauften. Und nun denkst du dir's ganz wundervoll, einen Bettschirm mit allerhand fabelhaftem Getier zu haben, alles im Halblicht einer roten Ampel. Es kommt dir vor wie ein Märchen, und du möchtest eine Prinzessin sein.«

Effi nahm die Hand der Mama und küßte sie. »Ja, Mama, so bin ich.«

»Ja, so bist du. Ich weiß es wohl. Aber meine liebe Effi, wir müssen vorsichtig im Leben sein, und zumal wir Frauen. Und wenn du nach Kessin kommst, einem kleinen Ort, wo nachts kaum eine Laterne brennt, so lacht man über dergleichen. Und wenn man bloß lachte. Die, die dir ungewogen sind, und solche gibt es immer, sprechen von schlechter Erziehung, und manche sagen auch wohl noch Schlimmeres.«

»Also nichts Japanisches und auch keine Ampel. Aber ich bekenne dir, ich hatte es mir so schön und poetisch gedacht, alles in einem roten Schimmer zu sehen.«

Frau von Briest war bewegt. Sie stand auf und küßte Effi. »Du bist ein Kind. Schön und poetisch. Das sind so Vorstellungen. Die Wirklichkeit ist anders, und oft ist es gut, daß es statt Licht und Schimmer ein Dunkel gibt.«

Effi schien antworten zu wollen, aber in diesem Augenblick kam Wilke und brachte Briefe. Der eine war aus Kessin von Innstetten. »Ach, von Geert«, sagte Effi, und während sie den Brief beiseite steckte, fuhr sie in ruhigem Tone fort: »Aber das wirst du doch gestatten, daß ich den Flügel schräg in die Stube stelle. Daran liegt mir mehr als an einem Kamin, den mir Geert versprochen hat. Und das Bild von dir, das stell ich dann auf eine Staffelei; ganz ohne dich kann ich nicht sein. Ach, wie werd ich mich nach euch sehnen, vielleicht auf der Reise schon und dann in Kessin ganz gewiß. Es soll ja keine Garnison haben, nicht einmal einen Stabsarzt, und ein Glück, daß es wenigstens ein Badeort ist. Vetter Briest, und daran will ich mich aufrichten, dessen Mutter und Schwester immer nach Warnemünde gehen – nun, ich sehe doch wirklich nicht ein, warum der die lieben Verwandten nicht auch einmal nach Kessin hindirigieren sollte. Dirigieren, das klingt ohnehin so nach Generalstab, worauf er, glaub ich, ambiert. Und dann kommt er natürlich mit und wohnt bei uns. Übrigens haben die Kessiner, wie mir neulich erst wer erzählt hat, ein ziemlich großes Dampfschiff, das zweimal die Woche nach Schweden hinüberfährt. Und auf dem Schiffe ist dann Ball (sie haben da natürlich auch Musik), und er tanzt sehr gut ...«

»Wer?«

»Nun, Dagobert.«

»Ich dachte, du meintest Innstetten. Aber jedenfalls ist es an der Zeit, endlich zu wissen, was er schreibt ... Du hast ja den Brief noch in der Tasche.«

»Richtig. Den hätt ich fast vergessen.« Und sie öffnete den Brief und überflog ihn.

»Nun, Effi, kein Wort? Du strahlst nicht und lachst nicht einmal. Und er schreibt doch immer so heiter und unterhaltlich und gar nicht väterlich weise.«

»Das würd ich mir auch verbitten. Er hat sein Alter, und ich habe meine Jugend. Und ich würde ihm mit dem Finger drohen und ihm sagen: ›Geert, überlege, was besser ist.‹«

»Und dann würde er dir antworten: ›Was *du* hast, Effi, das ist das Bessere.‹ Denn er ist nicht nur ein Mann der feinsten Formen, er ist auch gerecht und verständig und weiß recht gut, was Jugend bedeutet. Er sagt sich das immer und stimmt sich auf das Jugendliche hin, und wenn er in der Ehe so bleibt, so werdet ihr eine Musterehe führen.«

»Ja, das glaube ich auch, Mama. Aber kannst du dir vorstellen, und ich schäme mich fast, es zu sagen, ich bin nicht so sehr für das, was man eine Musterehe nennt.«

»Das sieht dir ähnlich. Und nun sage mir, wofür bist du denn eigentlich?«

»Ich bin ... nun, ich bin für gleich und gleich und natürlich auch für Zärtlichkeit und Liebe.

Und wenn es Zärtlichkeit und Liebe nicht sein können, weil Liebe, wie Papa sagt, doch nur ein Papperlapapp ist (was ich aber nicht glaube), nun, dann bin ich für Reichtum und ein vornehmes Haus, ein *ganz* vornehmes, wo Prinz Friedrich Karl zur Jagd kommt, auf Elchwild oder Auerhahn, oder wo der alte Kaiser vorfährt und für jede Dame, auch für die jungen, ein gnädiges Wort hat. Und wenn wir dann in Berlin sind, dann bin ich für Hofball und Galaoper, immer dicht neben der großen Mittelloge.«

»Sagst du das so bloß aus Übermut und Laune?«

»Nein, Mama, das ist mein völliger Ernst. Liebe kommt zuerst, aber gleich hinterher kommt Glanz und Ehre, und dann kommt Zerstreuung – ja, Zerstreuung, immer was Neues, immer was, daß ich lachen oder weinen muß. Was ich nicht aushalten kann, ist Langeweile.«

»Wie bist du da nur mit uns fertig geworden?«

»Ach, Mama, wie du nur so was sagen kannst. Freilich, wenn im Winter die liebe Verwandtschaft vorgefahren kommt und sechs Stunden bleibt oder wohl auch noch länger und Tante Gundel und Tante Olga mich mustern und mich naseweis finden – und Tante Gundel hat es mir auch mal gesagt –, ja, da macht sich's mitunter nicht sehr hübsch, das muß ich zugeben. Aber sonst bin ich hier immer glücklich gewesen, *so* glücklich ...«

Und während sie das sagte, warf sie sich heftig weinend vor der Mama auf die Knie und küßte ihre beiden Hände.

»Steh auf, Effi. Das sind so Stimmungen, die über einen kommen, wenn man so jung ist wie du und vor der Hochzeit steht und vor dem Ungewissen. Aber nun lies mir den Brief vor, wenn er nicht was ganz Besonderes enthält oder vielleicht Geheimnisse.«

»Geheimnisse«, lachte Effi und sprang in plötzlich veränderter Stimmung wieder auf. »Geheimnisse! Ja, er nimmt immer einen Anlauf, aber das meiste könnt ich auf dem Schulzenamt anschlagen lassen, da, wo immer die landrätlichen Verordnungen stehen. Nun, Geert ist ja auch Landrat.«

»Lies, lies.«

»›Liebe Effi ...‹ So fängt es nämlich immer an, und manchmal nennt er mich auch seine ›kleine Eva‹.«

»Lies, lies ... Du sollst ja lesen.«

»Also: ›Liebe Effi! Je näher wir unsrem Hochzeitstage kommen, je sparsamer werden Deine Briefe. Wenn die Post kommt, suche ich immer zuerst nach Deiner Handschrift, aber, wie Du weißt (und ich hab es ja auch nicht anders gewollt), in der Regel vergeblich. Im Hause sind jetzt die Handwerker, die die Zimmer, freilich nur wenige, für Dein Kommen herrichten sollen. Das Beste wird wohl erst geschehen, wenn wir auf der Reise sind. Tapezierer Madelung, der alles liefert, ist ein Original, von dem ich Dir mit nächstem erzähle, vor allem aber, wie glücklich ich bin über Dich, über meine süße, kleine Effi. Mir brennt hier der Boden unter den Füßen, und dabei wird es in unserer guten Stadt immer stiller und einsamer. Der letzte Badegast ist gestern abgereist; er badete zuletzt bei 9 Grad, und die Badewärter waren immer froh, wenn er wieder heil heraus war. Denn sie fürchteten einen Schlaganfall, was dann das Bad in Mißkredit bringt, als ob die Wellen hier schlimmer wären als woanders. Ich juble, wenn ich denke, daß ich in vier Wochen schon mit Dir von der Piazzetta aus nach dem Lido fahre oder nach Murano hin, wo sie Glasperlen machen und schönen Schmuck. Und der schönste sei für Dich. Viele Grüße den Eltern und den zärtlichsten Kuß Dir von Deinem Geert.‹«

Effi faltete den Brief wieder zusammen, um ihn in das Kuvert zu stecken.

»Das ist ein sehr hübscher Brief«, sagte Frau von Briest, »und daß er in allem das richtige Maß hält, das ist ein Vorzug mehr.«

»Ja, das rechte Maß, das hält er.«

»Meine liebe Effi, laß mich eine Frage tun; wünschtest du, daß der Brief *nicht* das richtige Maß hielte, wünschtest du, daß er zärtlicher wäre, vielleicht überschwenglich zärtlich?«

»Nein, nein, Mama. Wahr und wahrhaftig nicht, das wünsche ich nicht. Da ist es doch besser so.«

»Da ist es doch besser so. Wie das nun wieder klingt. Du bist so sonderbar. Und daß du vorhin weintest. Hast du was auf deinem Herzen? Noch ist es Zeit. Liebst du Geert nicht?«

»Warum soll ich ihn nicht lieben? Ich liebe Hulda, und ich liebe Bertha, und ich liebe Hertha. Und ich liebe auch den alten Niemeyer. Und daß ich euch liebe, davon spreche ich gar nicht erst. Ich liebe alle, die's gut mit mir meinen und gütig gegen mich sind und mich verwöhnen. Und Geert wird mich auch wohl verwöhnen. Natürlich auf seine Art. Er will mir ja schon Schmuck schenken in Venedig. Er hat keine Ahnung davon, daß ich mir nichts aus Schmuck mache. Ich klettre lieber, und ich schaukle mich lieber, und am liebsten immer in der Furcht, daß es irgendwo reißen oder brechen und ich niederstürzen könnte. Den Kopf wird es ja nicht gleich kosten.«

»Und liebst du vielleicht auch deinen Vetter Briest?«

»Ja, sehr. Der erheitert mich immer.«

»Und hättest du Vetter Briest heiraten mögen?«

»Heiraten? Um Gottes willen nicht. Er ist ja noch ein halber Junge. Geert ist ein Mann, ein schöner Mann, ein Mann, mit dem ich Staat machen kann und aus dem was wird in der Welt. Wo denkst du hin, Mama.«

»Nun, das ist recht, Effi, das freut mich. Aber du hast noch was auf der Seele.«

»Vielleicht.«

»Nun, sprich.«

»Sieh, Mama, daß er älter ist als ich, das schadet nichts, das ist vielleicht recht gut; er ist ja doch nicht alt und ist gesund und frisch und so soldatisch und so schneidig. Und ich könnte beinah sagen, ich wäre ganz und gar für ihn, wenn er nur ... ja, wenn er nur ein bißchen anders wäre.«

»Wie denn, Effi?«

»Ja, wie. Nun, du darfst mich nicht auslachen. Es ist etwas, was ich erst ganz vor kurzem aufgehorcht habe, drüben im Pastorhause. Wir sprachen da von Innstetten, und mit einem Male zog der alte Niemeyer seine Stirn in Falten, aber in Respekts- und Bewunderungsfalten, und sagte: ›Ja, der Baron! Das ist ein Mann von Charakter, ein Mann von Prinzipien.‹«

»Das ist er auch, Effi.«

»Gewiß. Und ich glaube, Niemeyer sagte nachher sogar, er sei auch ein Mann von Grundsätzen. Und das ist, glaub ich, noch etwas mehr. Ach, und ich ... ich habe keine. Sieh, Mama, da liegt etwas, was mich quält und ängstigt. Er ist so lieb und gut gegen mich und so nachsichtig, aber ... ich fürchte mich vor ihm.«

5. KAPITEL

Die Hohen-Cremmer Festtage lagen zurück; alles war abgereist, auch das junge Paar, noch am Abend des Hochzeitstages.

Der Polterabend hatte jeden zufriedengestellt, besonders die Mitspielenden, und Hulda war dabei das Entzücken aller jungen Offiziere gewesen, sowohl der Rathenower Husaren wie der etwas kritischer gestimmten Kameraden vom Alexander-Regiment. Ja, alles war gut und glatt verlaufen, fast über Erwarten. Nur Bertha und Hertha hatten so heftig geschluchzt, daß Jahnkes plattdeutsche Verse so gut wie verlorengegangen waren. Aber auch das hatte wenig geschadet. Einige feine Kenner waren sogar der Meinung gewesen, das sei das Wahre; Steckenbleiben und Schluchzen und Unverständlichkeit – in *diesem* Zeichen (und nun gar, wenn es so hübsche rotblonde Krausköpfe wären) werde immer am entschiedensten gesiegt. Eines ganz besonderen Triumphes hatte sich Vetter Briest in seiner selbstgedichteten Rolle rühmen dürfen. Er war als Demuthscher Kommis erschienen, der in Erfahrung gebracht, die junge Braut habe vor, gleich nach der Hochzeit nach Italien zu reisen, weshalb er einen Reisekoffer abliefern wolle. Dieser Koffer entpuppte sich natürlich als eine Riesenbonbonniere von Hövel. Bis um drei Uhr war getanzt worden, bei welcher Gelegenheit der sich mehr und mehr in eine höchste Champagnerstimmung hineinredende alte Briest allerlei Bemerkungen über den an manchen Höfen immer noch üblichen Fackeltanz und die merkwürdige Sitte des Strumpfband-Austanzens gemacht hatte, Bemerkungen, die nicht abschließen wollten und, sich immer mehr steigernd, am Ende so weit gingen, daß ihnen durchaus ein Riegel vorgeschoben werden mußte. »Nimm dich zusammen, Briest«, war ihm in ziemlich ernstem Tone von seiner Frau zugeflüstert worden, »du stehst hier nicht, um Zweideutigkeiten zu sagen, sondern um die Honneurs des Hauses zu machen. Wir haben eben eine Hochzeit und nicht eine Jagdpartie.« Worauf Briest geantwortet, er sähe darin keinen so großen Unterschied; übrigens sei er glücklich.

Auch der Hochzeitstag selbst war gut verlaufen. Niemeyer hatte vorzüglich gesprochen, und einer der alten Berliner Herren, der halb und halb zur Hofgesellschaft gehörte, hatte sich auf dem Rückwege von der Kirche zum Hochzeitshause dahin geäußert, es sei doch merkwürdig, wie reich gesät in einem Staate wie der unsrige die Talente seien. »Ich sehe darin einen Triumph unserer Schulen und vielleicht mehr noch unserer Philosophie. Wenn ich bedenke, dieser Niemeyer, ein alter Dorfpastor, der anfangs aussah wie ein Hospitalit ... ja, Freund, sagen Sie selbst, hat er nicht gesprochen wie ein Hofprediger? Dieser Takt und diese Kunst der Antithese, ganz wie Kögel und an Gefühl ihm noch über. Kögel ist zu kalt. Freilich, ein Mann in seiner Stellung muß kalt sein. Woran scheitert man denn im Leben überhaupt? Immer nur an der Wärme.« Der noch unverheiratete, aber wohl eben deshalb zum vierten Male in einem »Verhältnis« stehende Würdenträger, an den sich diese Worte gerichtet hatten, stimmte selbstverständlich zu. »Nur zu wahr, lieber Freund«, sagte er. »Zuviel Wärme! ... Ganz vorzüglich ... Übrigens muß ich Ihnen nachher eine Geschichte erzählen.«

Der Tag nach der Hochzeit war ein heller Oktobertag. Die Morgensonne blinkte; trotzdem war es schon herbstlich frisch, und Briest, der eben gemeinschaftlich mit seiner Frau das Frühstück genommen, erhob sich von seinem Platz und stellte sich, beide Hände auf dem Rücken, gegen das mehr und mehr verglimmende Kaminfeuer. Frau von Briest, eine Handarbeit in Händen, rückte gleichfalls näher an den Kamin und sagte zu Wilke, der gerade eintrat, um den Frühstückstisch abzuräumen: »Und nun, Wilke, wenn Sie drin im Saal, aber das geht vor, alles in Ordnung haben, dann sorgen Sie, daß die Torten nach drüben kommen, die Nußtorte zu Pastors und die Schüssel mit kleinen Kuchen zu Jahnkes. Und nehmen Sie sich mit den Gläsern in acht. Ich meine die dünngeschliffenen.«

Briest war schon bei der dritten Zigarette, sah sehr wohl aus und erklärte, nichts bekomme einem so gut wie eine Hochzeit, natürlich die eigene ausgenommen.

»Ich weiß nicht, Briest, wie du zu solcher Bemerkung kommst. Mir war ganz neu, daß du darunter gelitten haben willst. Ich wüßte auch nicht, warum.«

»Luise, du bist eine Spielverderberin. Aber ich nehme nichts übel, auch nicht einmal so was. Im übrigen, was wollen wir von uns sprechen, die wir nicht einmal eine Hochzeitsreise gemacht haben. Dein Vater war dagegen. Aber Effi macht nun eine Hochzeitsreise. Beneidenswert. Mit dem Zehnuhrzug ab. Sie müssen jetzt schon bei Regensburg sein, und ich nehme an, daß er ihr – selbstverständlich, ohne auszusteigen – die Hauptkunstschätze der Walhalla herzählt. Innstetten ist ein vorzüglicher Kerl, aber er hat so was von einem Kunstfex, und Effi, Gott, unsere arme Effi, ist ein Naturkind. Ich fürchte, daß er sie mit seinem Kunstenthusiasmus etwas quälen wird.«

»Jeder quält seine Frau. Und Kunstenthusiasmus ist noch lange nicht das Schlimmste.«

»Nein, gewiß nicht; jedenfalls wollen wir darüber nicht streiten; es ist ein weites Feld. Und dann sind auch die Menschen so verschieden. Du, nun ja, du hättest dazu getaugt. Überhaupt hättest du besser zu Innstetten gepaßt als Effi. Schade, nun ist es zu spät.«

»Überaus galant, abgesehen davon, daß es nicht paßt. Unter allen Umständen aber, was gewesen ist, ist gewesen. Jetzt ist er mein Schwiegersohn, und es kann zu nichts führen, immer auf Jugendlichkeiten zurückzuweisen.«

»Ich habe dich nur in eine animierte Stimmung bringen wollen.«

»Sehr gütig. Übrigens nicht nötig. Ich *bin* in animierter Stimmung.«

»Und auch in guter?«

»Ich kann es fast sagen. Aber du darfst sie nicht verderben. Nun, was hast du noch? Ich sehe, daß du was auf dem Herzen hast.«

»Gefiel dir Effi? Gefiel dir die ganze Geschichte? Sie war so sonderbar, halb wie ein Kind und dann wieder sehr selbstbewußt und durchaus nicht so bescheiden, wie sie's solchem Manne gegenüber sein müßte. Das kann doch nur so zusammenhängen, daß sie noch nicht recht weiß, was sie an ihm hat. Oder ist es einfach, daß sie ihn nicht recht liebt? Das wäre schlimm. Denn bei all seinen Vorzügen, er ist nicht der Mann, sich diese Liebe mit leichter Manier zu gewinnen.«

Frau von Briest schwieg und zählte die Stiche auf dem Kanevas. Endlich sagte sie: »Was du da sagst, Briest, ist das Gescheiteste, was ich seit drei Tagen von dir gehört habe, deine Rede bei Tisch mit eingerechnet. Ich habe auch so meine Bedenken gehabt. Aber ich glaube, wir können uns beruhigen.«

»Hat sie dir ihr Herz ausgeschüttet?«

»So möcht ich es nicht nennen. Sie hat wohl das Bedürfnis zu sprechen, aber sie hat nicht das Bedürfnis, sich so recht von Herzen auszusprechen, und macht vieles in sich selber ab; sie ist mitteilsam und verschlossen zugleich, beinah versteckt; überhaupt ein ganz eigenes Gemisch.«

»Ich bin ganz deiner Meinung. Aber wenn sie dir nichts gesagt hat, woher weißt du's?«

»Ich sagte nur, sie habe mir nicht ihr Herz ausgeschüttet. Solche Generalbeichte, so alles von der Seele herunter, das liegt nicht in ihr. Es fuhr alles so bloß ruckweis und plötzlich aus ihr heraus, und dann war es wieder vorüber. Aber gerade weil es so ungewollt und wie von ungefähr aus ihrer Seele kam, deshalb war es mir so wichtig.«

»Und wann war es denn und bei welcher Gelegenheit?«

»Es werden jetzt gerade drei Wochen sein, und wir saßen im Garten, mit allerhand Ausstattungsdingen, großen und kleinen, beschäftigt, als Wilke einen Brief von Innstetten brachte. Sie steckte ihn zu sich, und ich mußte sie eine Viertelstunde später erst erinnern, daß sie ja einen Brief habe. Dann las sie ihn, aber verzog kaum eine Miene. Ich bekenne dir, daß mir bang um's Herz dabei wurde, so bang, daß ich gern eine Gewißheit haben wollte, so viel, wie man in diesen Dingen haben kann.«

»Sehr wahr, sehr wahr.«

»Was meinst du damit?«

»Nun, ich meine nur ... Aber das ist ja ganz gleich. Sprich nur weiter; ich bin ganz Ohr.«

»Ich fragte also rundheraus, wie's stünde, und weil ich bei ihrem eigenen Charakter einen feierlichen Ton vermeiden und alles so leicht wie möglich, ja beinah scherzhaft nehmen wollte, so warf ich die Frage hin, ob sie vielleicht den Vetter Briest, der ihr in Berlin sehr stark den Hof gemacht hatte, ob sie den vielleicht lieber heiraten würde ...«

»Und?«

»Da hättest du sie sehen sollen. Ihre nächste Antwort war ein schnippisches Lachen. Der Vetter sei doch eigentlich nur ein großer Kadett in Leutnantsuniform. Und einen Kadetten könne sie nicht einmal lieben, geschweige heiraten. Und dann sprach sie von Innstetten, der ihr mit einem Male der Träger aller männlichen Tugenden war.«

»Und wie erklärst du dir das?«

»Ganz einfach. So geweckt und temperamentvoll und beinahe leidenschaftlich sie ist, oder vielleicht auch weil sie es ist, sie gehört nicht zu denen, die so recht eigentlich auf Liebe gestellt sind, wenigstens nicht auf das, was den Namen ehrlich verdient. Sie redet zwar davon, sogar mit Nachdruck und einem gewissen Überzeugungston, aber doch nur, weil sie irgendwo gelesen hat, Liebe sei nun mal das Höchste, das Schönste, das Herrlichste. Vielleicht hat sie's auch bloß von der sentimentalen Person, der Hulda, gehört und spricht es ihr nach. Aber sie empfindet nicht viel dabei. Wohl möglich, daß es alles mal kommt, Gott verhüte es, aber noch ist es nicht da.«

»Und was ist da? Was hat sie?«

»Sie hat nach meinem und auch nach ihrem eigenen Zeugnis zweierlei: Vergnügungssucht und Ehrgeiz.«

»Nun, das kann passieren. Da bin ich beruhigt.«

»Ich nicht. Innstetten ist ein Karrieremacher – vom Streber will ich nicht sprechen, das ist er auch nicht, dazu ist er zu wirklich vornehm –, also Karrieremacher, und das wird Effis Ehrgeiz befriedigen.«

»Nun also. Das ist doch gut.«

»Ja, das ist gut. Aber es ist erst die Hälfte. Ihr Ehrgeiz wird befriedigt werden, aber ob auch ihr Hang nach Spiel und Abenteuer? Ich bezweifle. Für die stündliche kleine Zerstreuung und Anregung, für alles, was die Langeweile bekämpft, diese Todfeindin einer geistreichen kleinen Person, dafür wird Innstetten sehr schlecht sorgen. Er wird sie nicht in einer geistigen Öde lassen, dazu ist er zu klug und zu weltmännisch, aber er wird sie auch nicht sonderlich amüsieren. Und was das Schlimmste ist, er wird sich nicht einmal recht mit der Frage beschäftigen, wie das wohl anzufangen sei. Das wird eine Weile so gehen, ohne viel Schaden anzurichten, aber zuletzt wird sie's merken, und dann wird es sie beleidigen. Und dann weiß ich nicht, was geschieht. Denn so weich und nachgiebig sie ist, sie hat auch was Rabiates und läßt es auf alles ankommen.«

In diesem Augenblicke trat Wilke vom Saal her ein und meldete, daß er alles nachgezählt und alles vollzählig gefunden habe; nur von den feinen Weingläsern sei eins zerbrochen, aber schon gestern, als das Hoch ausgebracht wurde – Fräulein Hulda habe mit Leutnant Nienkerken zu scharf angestoßen.

»Versteht sich, von alter Zeit her immer im Schlaf, und unterm Holunderbaum ist es natürlich nicht besser geworden. Eine alberne Person, und ich begreife Nienkerken nicht.«

»Ich begreife ihn vollkommen.«

»Er kann sie doch nicht heiraten.«

»Nein.«

»Also zu was?«

»Ein weites Feld, Luise.«

Dies war am Tage nach der Hochzeit. Drei Tage später kam eine kleine gekritzelte Karte aus München, die Namen alle nur mit zwei Buchstaben angedeutet. »Liebe Mama! Heute vormittag die Pinakothek besucht. Geert wollte auch noch nach dem andern hinüber, das ich hier nicht nenne, weil ich wegen der Rechtschreibung in Zweifel bin, und fragen mag ich ihn nicht. Er ist übrigens engelsgut gegen mich und erklärt mir alles. Überhaupt alles sehr schön, aber anstrengend. In Italien wird es wohl nachlassen und besser werden. Wir wohnen in den ›Vier Jahreszeiten‹, was Geert veranlaßte, mir zu sagen, draußen sei Herbst, aber er habe in mir den Frühling. Ich finde es sehr sinnig. Er ist überhaupt sehr aufmerksam. Freilich ich muß es *auch* sein, namentlich wenn er was sagt oder erklärt. Er weiß übrigens alles so gut, daß er nicht einmal nachzuschlagen braucht. Mit Entzücken spricht er von Euch, namentlich von Mama. Hulda findet er etwas zierig; aber der alte Niemeyer hat es ihm ganz angetan. Tausend Grüße von Eurer ganz berauschten, aber auch etwas müden Effi.«

Solche Karten trafen nun täglich ein, aus Innsbruck, aus Verona, aus Vicenza, aus Padua, eine jede fing an: »Wir haben heute vormittag die hiesige berühmte Galerie besucht«, oder wenn es nicht die Galerie war, so war es eine Arena oder irgendeine Kirche ›Santa Maria‹ mit einem Zunamen. Aus Padua kam, zugleich mit der Karte, noch ein wirklicher Brief. »Gestern waren wir in Vicenza. Vicenza muß man sehen wegen des Palladio; Geert sagte mir, daß in ihm alles Moderne wurzele. Natürlich nur in bezug auf Baukunst. Hier in Padua (wo wir heute früh ankamen) sprach er im Hotelwagen etliche Male vor sich hin: ›Er liegt in Padua begraben‹ und war überrascht, als er von mir vernahm, daß ich diese Worte noch nie gehört hätte. Schließlich aber sagte er, es sei eigentlich ganz gut und ein Vorzug, daß ich nichts davon wüßte. Er ist überhaupt sehr gerecht. Und vor allem ist er engelsgut gegen mich und gar nicht überheblich und auch gar nicht alt. Ich habe noch immer das Ziehen in den Füßen, und das Nachschlagen und das lange Stehen vor den Bildern strengt mich an. Aber es muß ja sein. Ich freue mich sehr auf Venedig. Da bleiben wir fünf Tage, ja vielleicht eine ganze Woche. Geert hat mir schon von den Tauben auf dem Markusplatze vorgeschwärmt und daß man sich da Tüten mit Erbsen kauft und dann die schönen Tiere damit füttert. Es soll Bilder geben, die das darstellen, schöne blonde Mädchen, ›ein Typus wie Hulda‹, sagte er. Wobei mir denn auch die Jahnkeschen Mädchen einfallen. Ach, ich gäbe was drum, wenn ich mit ihnen auf unserm Hof auf einer Wagendeichsel sitzen und *unsere* Tauben füttern könnte. Die Pfauentaube mit dem starken Kropf dürft Ihr aber nicht schlachten, die will ich noch wiedersehen. Ach, es ist so schön hier. Es soll ja auch das Schönste sein. Eure glückliche, aber etwas müde Effi.«

Frau von Briest, als sie den Brief vorgelesen hatte, sagte: »Das arme Kind. Sie hat Sehnsucht.«

»Ja«, sagte Briest, »sie hat Sehnsucht. Diese verwünschte Reiserei ...«

»Warum sagst du das jetzt? Du hättest es ja hindern können. Aber das ist so deine Art, hinterher den Weisen zu spielen. Wenn das Kind in den Brunnen gefallen ist, decken die Ratsherren den Brunnen zu.«

»Ach, Luise, komme mir doch nicht mit solchen Geschichten. Effi ist unser Kind, aber seit dem 3. Oktober ist sie Baronin Innstetten. Und wenn ihr Mann, unser Herr Schwiegersohn, eine

Hochzeitsreise machen und bei der Gelegenheit jede Galerie neu katalogisieren will, so kann ich ihn daran nicht hindern. Das ist eben das, was man sich verheiraten nennt.«

»Also jetzt gibst du das zu. Mir gegenüber hast du's immer bestritten, immer bestritten, daß die Frau in einer Zwangslage sei.«

»Ja, Luise, das hab ich. Aber wozu das jetzt. Das ist wirklich ein zu weites Feld.«

6. KAPITEL

Mitte November – sie waren bis Capri und Sorrent gekommen – lief Innstettens Urlaub ab, und es entsprach seinem Charakter und seinen Gewohnheiten, genau Zeit und Stunde zu halten. Am 14. früh traf er denn auch mit dem Kurierzuge in Berlin ein, wo Vetter Briest ihn und die Cousine begrüßte und vorschlug, die zwei bis zum Abgange des Stettiner Zuges noch zur Verfügung bleibenden Stunden zum Besuche des St.-Privat-Panoramas zu benutzen und diesem Panoramabesuch ein leichtes Gabelfrühstück folgen zu lassen. Beides wurde dankbar akzeptiert. Um Mittag war man wieder auf dem Bahnhof und nahm hier, nachdem, wie herkömmlich, die glücklicherweise nie ernstgemeinte Aufforderung, »doch auch mal herüberzukommen«, ebenso von Effi wie von Innstetten ausgesprochen worden war, unter herzlichem Händeschütteln Abschied voneinander. Noch als der Zug sich schon in Bewegung setzte, grüßte Effi vom Coupé aus. Dann machte sie sich's bequem und schloß die Augen; nur von Zeit zu Zeit richtete sie sich wieder auf und reichte Innstetten die Hand.

Es war eine angenehme Fahrt, und pünktlich erreichte der Zug den Bahnhof Klein-Tantow, von dem aus eine Chaussee nach dem noch zwei Meilen entfernten Kessin hinüberführte. Bei Sommerzeit, namentlich während der Bademonate, benutzte man statt der Chaussee lieber den Wasserweg und fuhr, auf einem alten Raddampfer, das Flüßchen Kessine, dem Kessin selbst seinen Namen verdankte, hinunter; am 1. Oktober aber stellte der ›Phönix‹, von dem seit lange vergeblich gewünscht wurde, daß er in einer passagierfreien Stunde sich seines Namens entsinnen und verbrennen möge, regelmäßig seine Fahrten ein, weshalb denn auch Innstetten bereits von Stettin aus an seinen Kutscher Kruse telegraphiert hatte: »Fünf Uhr, Bahnhof Klein-Tantow. Bei gutem Wetter offener Wagen.«

Und nun *war* gutes Wetter, und Kruse hielt in offenem Gefährt am Bahnhof und begrüßte die Ankommenden mit dem vorschriftsmäßigen Anstand eines herrschaftlichen Kutschers.

»Nun, Kruse, alles in Ordnung?«

»Zu Befehl, Herr Landrat.«

»Dann, Effi, bitte, steig ein.« Und während Effi dem nachkam und einer von den Bahnhofsleuten einen kleinen Handkoffer vorn beim Kutscher unterbrachte, gab Innstetten Weisung, den Rest des Gepäcks mit dem Omnibus nachzuschicken. Gleich danach nahm auch er seinen Platz, bat, sich populär machend, einen der Umstehenden um Feuer und rief Kruse zu: »Nun vorwärts, Kruse.« Und über die Schienen weg, die vielgleisig an der Übergangsstelle lagen, ging es in Schräglinie den Bahndamm hinunter und gleich danach an einem schon an der Chaussee gelegenen Gasthause vorüber, das den Namen »Zum Fürsten Bismarck« führte. Denn an eben dieser Stelle gabelte der Weg und zweigte, wie rechts nach Kessin, so links nach Varzin hin ab. Vor dem Gasthofe stand ein mittelgroßer breitschultriger Mann in Pelz und Pelzmütze, welch letztere er, als der Herr Landrat vorüberfuhr, mit vieler Würde vom Haupte nahm. »Wer war denn das?« sagte Effi, die durch alles, was sie sah, aufs höchste interessiert und schon deshalb bei bester Laune war. »Er sah ja aus wie ein Starost, wobei ich freilich bekennen muß, nie einen Starosten gesehen zu haben.«

»Was auch nicht schadet, Effi. Du hast es trotzdem sehr gut getroffen. Er sieht wirklich aus wie ein Starost und ist auch so was. Er ist nämlich ein halber Pole, heißt Golchowski, und wenn wir hier Wahl haben oder eine Jagd, dann ist er obenauf. Eigentlich ein ganz unsicherer Passagier, dem ich nicht über den Weg traue und der wohl viel auf dem Gewissen hat. Er spielt sich aber auf den Loyalen hinaus, und wenn die Varziner Herrschaften hier vorüberkommen, möcht er sich am liebsten vor den Wagen werfen. Ich weiß, daß er dem Fürsten auch widerlich ist. Aber was hilft's? Wir dürfen es nicht mit ihm verderben, weil wir ihn brauchen. Er hat hier die ganze Gegend in der Tasche und versteht die Wahlmache wie kein anderer, gilt auch für wohlhabend. Dabei leiht er auf Wucher, was sonst die Polen nicht tun; in der Regel das Gegenteil.«

»Er sah aber gut aus.«

»Ja, gut aussehen tut er. Gut aussehen tun die meisten hier. Ein hübscher Schlag Menschen. Aber das ist auch das Beste, was man von ihnen sagen kann. Eure märkischen Leute sehen unscheinbarer aus und verdrießlicher, und in ihrer Haltung sind sie weniger respektvoll, eigentlich gar nicht, aber ihr Ja ist Ja, und Nein ist Nein, und man kann sich auf sie verlassen. Hier ist alles unsicher.«

»Warum sagst du mir das? Ich muß nun doch hier mit ihnen leben.«

»Du nicht, du wirst nicht viel von ihnen hören und sehen. Denn Stadt und Land hier sind sehr verschieden, und du wirst nur unsere Städter kennenlernen, unsere guten Kessiner.«

»Unsere guten Kessiner. Ist es Spott, oder sind sie wirklich so gut?«

»Daß sie wirklich gut sind, will ich nicht gerade behaupten, aber sie sind doch anders als die andern; ja, sie haben gar keine Ähnlichkeit mit der Landbevölkerung hier.«

»Und wie kommt das?«

»Weil es eben ganz andere Menschen sind, ihrer Abstammung nach und ihren Beziehungen nach. Was du hier landeinwärts findest, das sind sogenannte Kaschuben, von denen du vielleicht gehört hast, slawische Leute, die hier schon tausend Jahre sitzen und wahrscheinlich noch viel länger. Alles aber, was hier an der Küste hin in den kleinen See- und Handelsstädten wohnt, das sind von weit her Eingewanderte, die sich um das kaschubische Hinterland wenig kümmern, weil sie wenig davon haben und auf etwas ganz anderes angewiesen sind. Worauf sie angewiesen sind, das sind die Gegenden, mit denen sie Handel treiben, und da sie das mit aller Welt tun und mit aller Welt in Verbindung stehen, so findest du zwischen ihnen auch Menschen aus aller Welt Ecken und Enden. Auch in unserem guten Kessin, trotzdem es eigentlich nur ein Nest ist.«

»Aber das ist ja entzückend, Geert. Du sprichst immer von Nest, und nun finde ich, wenn du nicht übertrieben hast, eine ganz neue Welt hier. Allerlei Exotisches. Nicht wahr, so was Ähnliches meintest du doch?«

Er nickte.

»Eine ganz neue Welt, sag ich, vielleicht einen Neger oder einen Türken oder vielleicht sogar einen Chinesen.«

»Auch einen Chinesen. Wie gut du raten kannst. Es ist möglich, daß wir wirklich noch einen haben, aber jedenfalls haben wir einen gehabt; jetzt ist er tot und auf einem kleinen eingegitterten Stück Erde begraben, dicht neben dem Kirchhof. Wenn du nicht furchtsam bist, will ich dir bei Gelegenheit mal sein Grab zeigen; es liegt zwischen den Dünen, bloß Strandhafer drum rum und dann und wann ein paar Immortellen, und immer hört man das Meer. Es ist sehr schön und sehr schauerlich.«

»Ja, schauerlich, und ich möchte wohl mehr davon wissen. Aber doch lieber nicht, ich habe dann immer gleich Visionen und Träume und möchte doch nicht, wenn ich diese Nacht hoffentlich gut schlafe, gleich einen Chinesen an mein Bett treten sehen.«

»Das wird er auch nicht.«

»Das wird er auch nicht. Höre, das klingt ja sonderbar, als ob es doch möglich wäre. Du willst mir Kessin interessant machen, aber du gehst darin ein bißchen weit. Und solche fremde Leute habt ihr viele in Kessin?«

»Sehr viele. Die ganze Stadt besteht aus solchen Fremden, aus Menschen, deren Eltern oder Großeltern noch ganz woanders saßen.«

»Höchst merkwürdig. Bitte, sage mir mehr davon. Aber nicht wieder was Gruseliges. Ein Chinese, find ich, hat immer was Gruseliges.«

»Ja, das hat er«, lachte Geert. »Aber der Rest ist, Gott sei Dank, von ganz anderer Art, lauter manierliche Leute, vielleicht ein bißchen zu sehr Kaufmann, ein bißchen zu sehr auf ihren Vorteil bedacht und mit Wechseln von zweifelhaftem Wert immer bei der Hand. Ja, man muß sich vorsehen mit ihnen. Aber sonst ganz gemütlich. Und damit du siehst, daß ich dir nichts vorgemacht habe, will ich dir nur so eine kleine Probe geben, so eine Art Register oder Personenverzeichnis.«

»Ja, Geert, das tu.«

»Da haben wir beispielsweise keine fünfzig Schritt von uns, und unsere Gärten stoßen sogar zusammen, den Maschinen- und Baggermeister Macpherson, einen richtigen Schotten und Hochländer.«

»Und trägt sich auch noch so?«

»Nein, Gott sei Dank nicht, denn es ist ein verhutzeltes Männchen, auf das weder sein Clan noch Walter Scott besonders stolz sein würden. Und dann haben wir in demselben Hause, wo dieser Macpherson wohnt, auch noch einen alten Wundarzt, Beza mit Namen, eigentlich bloß Barbier; der stammt aus Lissabon, gerade daher, wo auch der berühmte General de Meza herstammt – Meza, Beza, du hörst die Landesverwandtschaft heraus. Und dann haben wir flußaufwärts am Bollwerk – das ist nämlich der Kai, wo die Schiffe liegen – einen Goldschmied namens Stedingk, der aus einer alten schwedischen Familie stammt; ja, ich glaube, es gibt sogar Reichsgrafen, die so heißen, und des weiteren, und damit will ich dann vorläufig abschließen, haben wir den guten alten Doktor Hannemann, der natürlich ein Däne ist und lange in Island war und sogar ein kleines Buch geschrieben hat über den letzten Ausbruch des Hekla oder Krabla.«

»Das ist ja aber großartig, Geert. Das ist ja wie sechs Romane, damit kann man ja gar nicht fertig werden. Es klingt erst spießbürgerlich und ist doch hinterher ganz apart. Und dann müßt ihr ja doch auch Menschen haben, schon weil es eine Seestadt ist, die nicht bloß Chirurgen oder Barbiere sind oder sonst dergleichen. Ihr müßt doch auch Kapitäne haben, irgendeinen fliegenden Holländer oder ...«

»Da hast du ganz recht. Wir haben sogar einen Kapitän, der war Seeräuber unter den Schwarzflaggen.«

»Kenn ich nicht. Was sind Schwarzflaggen?«

»Das sind Leute weit dahinten in Tonkin und an der Südsee ... Seit er aber wieder unter Menschen ist, hat er auch wieder die besten Formen und ist ganz unterhaltlich.«

»Ich würde mich aber doch vor ihm fürchten.«

»Was du nicht nötig hast, zu keiner Zeit und auch dann nicht, wenn ich über Land bin oder zum Tee beim Fürsten, denn zu allem andern, was wir haben, haben wir ja Gott sei Dank auch Rollo ...«

»Rollo?«

»Ja, Rollo. Du denkst dabei, vorausgesetzt, daß du bei Niemeyer oder Jahnke von dergleichen gehört hast, an den Normannenherzog, und unserer hat auch so was. Es ist aber bloß ein Neufundländer, ein wunderschönes Tier, das mich liebt und dich auch lieben wird. Denn Rollo ist ein Kenner. Und solange du den um dich hast, so lange bist du sicher und kann nichts an dich heran, kein Lebendiger und kein Toter. Aber sieh mal den Mond da drüben. Ist es nicht schön?«

Effi, die, still in sich versunken, jedes Wort halb ängstlich, halb begierig eingesogen hatte, richtete sich jetzt auf und sah nach rechts hinüber, wo der Mond, unter weißem, aber rasch hinschwindendem Gewölk, eben aufgegangen war. Kupferfarben stand die große Scheibe hinter einem Erlengehölz und warf ihr Licht auf eine breite Wasserfläche, die die Kessine hier bildete. Oder vielleicht war es auch schon ein Haff, an dem das Meer draußen seinen Anteil hatte.

Effi war wie benommen. »Ja, du hast recht, Geert, wie schön; aber es hat zugleich so was Unheimliches. In Italien habe ich nie solchen Eindruck gehabt, auch nicht als wir von Mestre nach Venedig hinüberfuhren. Da war auch Wasser und Sumpf und Mondschein, und ich dachte, die Brücke würde brechen; aber es war nicht so gespenstig. Woran liegt es nur? Ist es doch das Nördliche?«

Innstetten lachte. »Wir sind hier fünfzehn Meilen nördlicher als in Hohen-Cremmen, und eh der erste Eisbär kommt, mußt du noch eine Weile warten. Ich glaube, du bist nervös von der langen Reise und dazu das St.-Privat-Panorama und die Geschichte von dem Chinesen.«

»Du hast mir ja gar keine erzählt.«

»Nein, ich hab ihn nur eben genannt. Aber ein Chinese ist schon an und für sich eine Geschichte ...«

»Ja«, lachte sie.

»Und jedenfalls hast du's bald überstanden. Siehst du da vor dir das kleine Haus mit dem Licht? Es ist eine Schmiede. Da biegt der Weg. Und wenn wir die Biegung gemacht haben, dann siehst du schon den Turm von Kessin oder richtiger beide ...«

»Hat es denn zwei?«

»Ja, Kessin nimmt sich auf. Es hat jetzt auch eine katholische Kirche.«

Eine halbe Stunde später hielt der Wagen an der ganz am entgegengesetzten Ende der Stadt gelegenen landrätlichen Wohnung, einem einfachen, etwas altmodischen Fachwerkhause, das mit seiner Front auf die nach den Seebädern hinausführende Hauptstraße, mit seinem Giebel aber auf ein zwischen der Stadt und den Dünen liegendes Wäldchen, das die ›Plantage‹ hieß, herniederblickte. Dies altmodische Fachwerkhaus war übrigens nur Innstettens Privatwohnung, nicht das eigentliche Landratsamt, welches letztere, schräg gegenüber, an der anderen Seite der Straße lag.

Kruse hatte nicht nötig, durch einen dreimaligen Peitschenknips die Ankunft zu vermelden; längst hatte man von Tür und Fenstern aus nach den Herrschaften ausgeschaut, und ehe noch der Wagen heran war, waren bereits alle Hausinsassen auf dem die ganze Breite des Bürgersteiges einnehmenden Schwellstein versammelt, vorauf Rollo, der im selben Augenblicke, wo der Wagen hielt, diesen zu umkreisen begann. Innstetten war zunächst seiner jungen Frau beim Aussteigen behilflich und ging dann, dieser den Arm reichend, unter freundlichem Gruß an der Dienerschaft vorüber, die nun dem jungen Paare in den mit prächtigen alten Wandschränken umstandenen Hausflur folgte. Das Hausmädchen, eine hübsche, nicht mehr ganz jugendliche Person, der ihre stattliche Fülle fast ebensogut kleidete wie das zierliche Mützchen auf dem blonden Haar, war der gnädigen Frau beim Ablegen von Muff und Mantel behilflich und bückte sich eben, um ihr auch die mit Pelz gefütterten Gummistiefel auszuziehen. Aber ehe sie noch dazu kommen konnte, sagte Innstetten: »Es wird das beste sein, ich stelle dir gleich hier unsere gesamte Hausgenossenschaft vor, mit Ausnahme der Frau Kruse, die sich – ich vermute sie wieder bei ihrem unvermeidlichen schwarzen Huhn – nicht gerne sehen läßt.« Alles lächelte. »Aber lassen wir Frau Kruse ... Dies hier ist mein alter Friedrich, der schon mit mir auf der Universität war ... Nicht wahr, Friedrich, gute Zeiten damals ... und dies hier ist Johanna, märkische Landsmännin von dir, wenn du, was aus Pasewalker Gegend stammt, noch für voll gelten lassen willst, und dies ist Christel, der wir mittags und abends unser leibliches Wohl anvertrauen und die zu kochen versteht, das kann ich dir versichern. Und dies hier ist Rollo. Nun, Rollo, wie geht's?«

Rollo schien nur auf diese spezielle Ansprache gewartet zu haben, denn im selben Augenblicke, wo er seinen Namen hörte, gab er einen Freudenblaff, richtete sich auf und legte die Pfoten auf seines Herrn Schulter.

»Schon gut, Rollo, schon gut. Aber sieh da, das ist die Frau; ich hab ihr von dir erzählt und ihr gesagt, daß du ein schönes Tier seiest und sie schützen würdest.« Und nun ließ Rollo ab und setzte sich vor Innstetten nieder, zugleich neugierig zu der jungen Frau aufblickend. Und als diese ihm die Hand hinhielt, umschmeichelte er sie.

Effi hatte während dieser Vorstellungsszene Zeit gefunden, sich umzuschauen. Sie war wie gebannt von allem, was sie sah, und dabei geblendet von der Fülle von Licht. In der vorderen Flurhälfte brannten vier, fünf Wandleuchter, die Leuchter selbst sehr primitiv, von bloßem Weißblech, was aber den Glanz und die Helle nur noch steigerte. Zwei mit roten Schleiern bedeckte Astrallampen, Hochzeitsgeschenk von Niemeyer, standen auf einem zwischen zwei Eichenschränken angebrachten Klapptisch, in Front davon das Teezeug, dessen Lämpchen unter dem Kessel schon angezündet war. Aber noch viel, viel anderes und zum Teil sehr Sonderbares kam zu dem allen hinzu. Quer über den Flur fort liefen drei, die Flurdecke in ebenso viele Felder teilende Balken; an dem vordersten hing ein Schiff mit vollen Segeln, hohem Hinterdeck und Kanonenluken, während weiter hin ein riesiger Fisch in der Luft zu schwimmen schien. Effi nahm ihren Schirm, den sie noch in Händen hielt, und stieß leis an das Ungetüm an, so daß es sich in eine langsam schaukelnde Bewegung setzte.

»Was ist das, Geert?« fragte sie.

»Das ist ein Haifisch.«

»Und ganz dahinten das, was aussieht wie eine große Zigarre vor einem Tabaksladen?«

»Das ist ein junges Krokodil. Aber das kannst du dir alles morgen viel besser und genauer ansehen; jetzt komm und laß uns eine Tasse Tee nehmen. Denn trotz aller Plaids und Decken wirst du gefroren haben. Es war zuletzt empfindlich kalt.«

Er bot nun Effi den Arm, und während sich die beiden Mädchen zurückzogen und nur Friedrich und Rollo folgten, trat man, nach links hin, in des Hausherrn Wohn- und Arbeitszimmer ein. Effi war hier ähnlich überrascht wie draußen im Flur; aber ehe sie sich darüber äußern konnte, schlug Innstetten eine Portiere zurück, hinter der ein zweites, etwas größeres Zimmer mit Blick auf Hof und Garten gelegen war. »Das, Effi, ist nun also dein. Friedrich und Johanna haben es, so gut es ging, nach meinen Anordnungen herrichten müssen. Ich finde es ganz erträglich und würde mich freuen, wenn es dir auch gefiele.«

Sie nahm ihren Arm aus dem seinigen und hob sich auf die Fußspitzen, um ihm einen herzlichen Kuß zu geben.

»Ich armes kleines Ding, wie du mich verwöhnst. Dieser Flügel und dieser Teppich, ich glaube gar, es ist ein türkischer, und das Bassin mit den Fischchen und dazu der Blumentisch. Verwöhnung, wohin ich sehe.«

»Ja, meine liebe Effi, das mußt du dir nun schon gefallen lassen, dafür ist man jung und hübsch und liebenswürdig, was die Kessiner wohl auch schon erfahren haben werden, Gott weiß woher. Denn an dem Blumentisch wenigstens bin ich unschuldig. Friedrich, wo kommt der Blumentisch her?«

»Apotheker Gieshübler ... Es liegt auch eine Karte bei.«

»Ah, Gieshübler, Alonzo Gieshübler«, sagte Innstetten und reichte lachend und in beinahe ausgelassener Laune die Karte mit dem etwas fremdartig klingenden Vornamen zu Effi hinüber. »Gieshübler, von dem hab ich dir zu erzählen vergessen – beiläufig, er führt auch den Doktortitel, hat's aber nicht gern, wenn man ihn dabei nennt, das ärgere, so meint er, die richtigen Doktors bloß, und darin wird er wohl recht haben. Nun, ich denke, du wirst ihn kennenlernen, und zwar bald; er ist unsere beste Nummer hier, Schöngeist und Original und vor allem Seele von Mensch, was doch immer die Hauptsache bleibt. Aber lassen wir das alles und setzen uns und nehmen unseren Tee. Wo soll es sein? Hier bei dir oder drin bei mir? Denn eine weitere Wahl gibt es nicht. Eng und klein ist meine Hütte.«

Sie setzte sich ohne Besinnen auf ein kleines Ecksofa. »Heute bleiben wir hier, heute bist du bei mir zu Gast. Oder lieber so: den Tee regelmäßig bei mir, das Frühstück bei dir; dann kommt jeder zu seinem Recht, und ich bin neugierig, wo mir's am besten gefallen wird.«

»Das ist eine Morgen- und Abendfrage.«

»Gewiß. Aber wie sie sich stellt oder, richtiger, wie wir uns dazu stellen, das ist es eben.« Und sie lachte und schmiegte sich an ihn und wollte ihm die Hand küssen.

»Nein, Effi, um Himmels willen nicht, nicht so. Mir liegt nicht daran, die Respektsperson zu sein, das bin ich für die Kessiner. Für dich bin ich ...«

»Nun was?«

»Ach laß. Ich werde mich hüten, es zu sagen.«

7. KAPITEL

Es war schon heller Tag, als Effi am andern Morgen erwachte. Sie hatte Mühe, sich zurechtzufinden. Wo war sie? Richtig, in Kessin, im Hause des Landrats von Innstetten, und sie war seine Frau, Baronin Innstetten. Und, sich aufrichtend, sah sie sich neugierig um; am Abend vorher war sie zu müde gewesen, um alles, was sie da halb fremdartig, halb altmodisch umgab, genauer in Augenschein zu nehmen. Zwei Säulen stützten den Deckenbalken, und grüne Vorhänge schlossen den alkovenartigen Schlafraum, in welchem die Betten standen, von dem Rest des Zimmers ab; nur in der Mitte fehlte der Vorhang oder war zurückgeschlagen, was ihr von ihrem Bette aus eine bequeme Orientierung gestattete. Da, zwischen den zwei Fenstern, stand der schmale, bis hoch hinauf reichende Trumeau, während rechts daneben, und schon an der Flurwand hin, der große schwarze Kachelofen aufragte, der noch (soviel hatte sie schon am Abend vorher bemerkt) nach alter Sitte von außen her geheizt wurde. Sie fühlte jetzt, wie seine Wärme herüberströmte. Wie schön es doch war, im eigenen Hause zu sein; soviel Behagen hatte sie während der ganzen Reise nicht empfunden, nicht einmal in Sorrent.

Aber wo war Innstetten? Alles still um sie her, niemand da. Sie hörte nur den Ticktackschlag einer kleinen Pendule und dann und wann einen dumpfen Ton im Ofen, woraus sie schloß, daß vom Flur her ein paar neue Scheite nachgeschoben würden. Allmählich entsann sie sich auch, daß Geert, am Abend vorher, von einer elektrischen Klingel gesprochen hatte, nach der sie denn auch nicht lange mehr zu suchen brauchte; dicht neben ihrem Kissen war der kleine weiße Elfenbeinknopf, auf den sie nun leise drückte.

Gleich danach erschien Johanna. »Gnädige Frau haben befohlen.«

»Ach, Johanna, ich glaube, ich habe mich verschlafen. Es muß schon spät sein.«

»Eben neun.«

»Und der Herr ...«, es wollt ihr nicht glücken, so ohne weiteres von ihrem »Manne« zu sprechen, »... der Herr, er muß sehr leise gemacht haben; ich habe nichts gehört.«

»Das hat er gewiß. Und gnäd'ge Frau werden fest geschlafen haben. Nach der langen Reise ...«

»Ja, das hab ich. Und der Herr, ist er immer so früh auf?«

»Immer, gnädige Frau. Darin ist er streng; er kann das lange Schlafen nicht leiden, und wenn er drüben in sein Zimmer tritt, da muß der Ofen warm sein, und der Kaffee darf auch nicht auf sich warten lassen.«

»Da hat er also schon gefrühstückt?«

»O nicht doch, gnäd'ge Frau ... der gnäd'ge Herr ...«

Effi fühlte, daß sie die Frage nicht hätte tun und die Vermutung, Innstetten könne nicht auf sie gewartet haben, lieber nicht hätte aussprechen sollen. Es lag ihr denn auch daran, diesen ihren Fehler, so gut es ging, wieder auszugleichen, und als sie sich erhoben und vor dem Trumeau Platz genommen hatte, nahm sie das Gespräch wieder auf und sagte: »Der Herr hat übrigens ganz recht. Immer früh auf, das war auch Regel in meiner Eltern Hause. Wo die Leute den Morgen verschlafen, da gibt es den ganzen Tag keine Ordnung mehr. Aber der Herr wird es so streng mit mir nicht nehmen; eine ganze Weile hab ich diese Nacht nicht schlafen können und habe mich sogar ein wenig geängstigt.«

»Was ich hören muß, gnäd'ge Frau! Was war es denn?«

»Es war über mir ein ganz sonderbarer Ton, nicht laut, aber doch sehr eindringlich. Erst klang es, wie wenn lange Schleppenkleider über die Diele hinschleiften, und in meiner Erregung war es mir ein paarmal, als ob ich kleine weiße Atlasschuhe sähe. Es war, als tanze man oben, aber ganz leise.«

Johanna, während das Gespräch so ging, sah über die Schulter der jungen Frau fort in den hohen schmalen Spiegel hinein, um die Mienen Effis besser beobachten zu können. Dann sagte sie: »Ja, das ist oben im Saal. Früher hörten wir es in der Küche auch. Aber jetzt hören wir es nicht mehr; wir haben uns daran gewöhnt.«

»Ist es denn etwas Besonderes damit?«

»O Gott bewahre, nicht im geringsten. Eine Weile wußte man nicht recht, woher es käme, und der Herr Prediger machte ein verlegenes Gesicht, trotzdem Doktor Gieshübler immer nur darüber lachte. Nun aber wissen wir, daß es die Gardinen sind. Der Saal ist etwas multrig und stockig, und deshalb stehen immer die Fenster auf, wenn nicht gerade Sturm ist. Und da ist denn fast immer ein starker Zug oben und fegt die alten, weißen Gardinen, die außerdem viel zu lang sind, über die Dielen hin und her. Das klingt dann so wie seidne Kleider oder auch wie Atlasschuhe, wie die gnäd'ge Frau eben bemerkten.«

»Natürlich ist es das. Aber ich begreife nur nicht, warum dann die Gardinen nicht abgenommen werden. Oder man könnte sie ja kürzer machen. Es ist ein so sonderbares Geräusch, das einem auf die Nerven fällt. Und nun, Johanna, bitte, geben sie mir doch das kleine Tuch und tupfen Sie mir die Stirn. Oder nehmen Sie lieber den Rafraichisseur aus meiner Reisetasche ... Ach, das ist schön und erfrischt mich. Nun werde ich hinübergehen. Er ist doch noch da, oder war er schon aus?«

»Der gnäd'ge Herr war schon aus, ich glaube drüben auf dem Amt. Aber seit einer Viertelstunde ist er zurück. Ich werde Friedrich sagen, daß er das Frühstück bringt.«

Und damit verließ Johanna das Zimmer, während Effi noch einen Blick in den Spiegel tat und dann über den Flur fort, der bei der Tagesbeleuchtung viel von seinem Zauber vom Abend vorher eingebüßt hatte, bei Geert eintrat.

Dieser saß an seinem Schreibtisch, einem etwas schwerfälligen Zylinderbureau, das er aber, als Erbstück aus dem elterlichen Hause, nicht missen mochte. Effi stand hinter ihm und umarmte und küßte ihn, noch eh er sich von seinem Platz erheben konnte.

»Schon?«

»Schon, sagst du. Natürlich um mich zu verspotten.«

Innstetten schüttelte den Kopf. »Wie werd ich das?« Effi fand aber ein Gefallen daran, sich anzuklagen, und wollte von den Versicherungen ihres Mannes, daß sein »schon« ganz aufrichtig gemeint gewesen sei, nichts hören. »Du mußt noch von der Reise her wissen, daß ich morgens nie habe warten lassen. Im Laufe des Tages, nun ja, da ist es etwas anderes. Es ist wahr, ich bin nicht sehr pünktlich, aber ich bin keine Langschläferin. Darin, denk ich, haben mich die Eltern gut erzogen.«

»Darin? In allem, meine süße Effi.«

»Das sagst du so, weil wir noch in den Flitterwochen sind ... aber nein, wir sind ja schon heraus. Um's Himmels willen, Geert, daran habe ich noch gar nicht gedacht, wir sind ja schon über sechs Wochen verheiratet, sechs Wochen und einen Tag. Ja, das ist etwas anderes; da nehme ich es nicht mehr als Schmeichelei, da nehme ich es als Wahrheit.«

In diesem Augenblicke trat Friedrich ein und brachte den Kaffee. Der Frühstückstisch stand in Schräglinie vor einem kleinen rechtwinkligen Sofa, das gerade die eine Ecke des Wohnzimmers ausfüllte. Hier setzten sich beide.

»Der Kaffee ist ja vorzüglich«, sagte Effi, während sie zugleich das Zimmer und seine Einrichtung musterte. »Das ist noch Hotelkaffee oder wie der bei Bottegone ... erinnerst du dich noch, in Florenz, mit dem Blick auf den Dom. Davon muß ich der Mama schreiben, solchen Kaffee haben wir in Hohen-Cremmen nicht. Überhaupt, Geert, ich sehe nun erst, wie vornehm ich mich verheiratet habe. Bei uns konnte alles nur so gerade passieren.«

»Torheit, Effi, ich habe nie eine bessere Hausführung gesehen als bei euch.«

»Und dann, wie du wohnst. Als Papa sich den neuen Gewehrschrank angeschafft und über seinem Schreibtisch einen Büffelkopf und dicht darunter den alten Wrangel angebracht hatte (er war nämlich mal Adjutant bei dem Alten), da dacht er, wunder was er getan; aber wenn ich mich hier umsehe, daneben ist unsere ganze Hohen-Cremmener Herrlichkeit ja bloß dürftig und alltäglich. Ich weiß gar nicht, womit ich das alles vergleichen soll; schon gestern abend, als ich nur so flüchtig darüber hinsah, kamen mir allerhand Gedanken.«

»Und welche, wenn ich fragen darf?«

»Ja, welche. Du darfst aber nicht drüber lachen. Ich habe mal ein Bilderbuch gehabt, wo ein persischer oder indischer Fürst (denn er trug einen Turban) mit untergeschlagenen Beinen auf einem roten Seidenkissen saß, und in seinem Rücken war außerdem noch eine große rote Seidenrolle, die links und rechts ganz bauschig zum Vorschein kam, und die Wand hinter dem indischen Fürsten starrte von Schwertern und Dolchen und Parderfellen und Schilden und langen türkischen Flinten. Und sieh, ganz so sieht es hier bei dir aus, und wenn du noch die Beine unterschlägst, ist die Ähnlichkeit vollkommen.«

»Effi, du bist ein entzückendes, liebes Geschöpf. Du weißt gar nicht, wie sehr ich's finde und wie gern ich dir in jedem Augenblicke zeigen möchte, daß ich's finde.«

»Nun, dazu ist ja noch vollauf Zeit; ich bin ja erst siebzehn und habe noch nicht vor zu sterben.«

»Wenigstens nicht vor mir. Freilich, wenn ich dann stürbe, nähme ich dich am liebsten mit. Ich will dich keinem andern lassen; was meinst du dazu?«

»Das muß ich mir doch noch überlegen. Oder lieber, lassen wir's überhaupt. Ich spreche nicht gern von Tod, ich bin für Leben. Und nun sage mir, wie leben wir hier? Du hast mir unterwegs allerlei Sonderbares von Stadt und Land erzählt, aber wie wir selber hier leben werden, davon kein Wort. Daß hier alles anders ist als in Hohen-Cremmen und Schwantikow, das seh ich wohl, aber wir müssen doch in dem ›guten Kessin‹, wie du's immer nennst, auch etwas wie Umgang und Gesellschaft haben können. Habt ihr denn Leute von Familie in der Stadt?«

»Nein, meine liebe Effi; nach dieser Seite hin gehst du großen Enttäuschungen entgegen. In der Nähe haben wir ein paar Adlige, die du kennenlernen wirst, aber hier in der Stadt ist gar nichts.«

»Gar nichts? Das kann ich nicht glauben. Ihr seid doch bis zu dreitausend Menschen, und unter dreitausend Menschen muß es doch außer so kleinen Leuten wie Barbier Beza (so hieß er ja wohl) doch auch noch eine Elite geben, Honoratioren oder dergleichen.«

Innstetten lachte. »Ja, Honoratioren, die gibt es. Aber bei Lichte besehen, ist es nicht viel damit. Natürlich haben wir einen Prediger und einen Amtsrichter und einen Rektor und einen Lotsenkommandeur, und von solchen beamteten Leuten findet sich schließlich wohl ein ganzes Dutzend zusammen, aber die meisten davon: gute Menschen und schlechte Musikanten. Und was dann noch bleibt, das sind bloß Konsuln.«

»Bloß Konsuln. Ich bitte dich, Geert, wie kannst du nur sagen ›bloß Konsuln‹. Das ist doch etwas sehr Hohes und Großes, und ich möchte beinah sagen Furchtbares. Konsuln, das sind doch die mit dem Rutenbündel, draus, glaub ich, ein Beil heraussah.«

»Nicht ganz, Effi. Die heißen Liktoren.«

»Richtig, die heißen Liktoren. Aber Konsul ist doch auch etwas sehr Vornehmes und Hochgesetzliches. Brutus war doch ein Konsul.«

»Ja, Brutus war ein Konsul. Aber unsere sind ihm nicht sehr ähnlich und begnügen sich damit, mit Zucker und Kaffee zu handeln oder eine Kiste mit Apfelsinen aufzubrechen, und verkaufen dir dann das Stück pro zehn Pfennige.«

»Nicht möglich.«

»Sogar gewiß. Es sind kleine, pfiffige Kaufleute, die, wenn fremdländische Schiffe hier einlaufen und in irgendeiner Geschäftsfrage nicht recht aus noch ein wissen, die dann mit ihrem Rate zur Hand sind, und wenn sie diesen Rat gegeben und irgendeinem holländischen oder portugiesischen Schiff einen Dienst geleistet haben, so werden sie zuletzt zu beglaubigten Vertretern solcher fremder Staaten, und geradeso viele Botschafter und Gesandte, wie wir in Berlin haben, so viele Konsuln haben wir auch in Kessin, und wenn irgendein Festtag ist, und es gibt hier viel Festtage, dann werden alle Wimpel gehißt, und haben wir gerad eine grelle Morgensonne, so siehst du an solchem Tage ganz Europa von unsern Dächern flaggen und das Sternenbanner und den chinesischen Drachen dazu.«

»Du bist in einer spöttischen Laune, Geert, und magst auch wohl recht haben. Aber ich, für meine kleine Person, muß dir gestehen, daß ich dies alles entzückend finde und daß unsere havelländischen Städte daneben verschwinden. Wenn sie da Kaisers Geburtstag feiern, so flaggt es immer bloß Schwarz und Weiß und allenfalls ein bißchen Rot dazwischen, aber das kann sich doch nicht vergleichen mit der Welt von Flaggen, von der du sprichst. Überhaupt, wie ich dir schon sagte, ich finde immer wieder und wieder, es hat alles so was Fremdländisches hier, und ich habe noch nichts gehört und gesehen, was mich nicht in eine gewisse Verwunderung gesetzt hätte, gleich gestern abend das merkwürdige Schiff draußen im Flur und dahinter der Haifisch und das Krokodil und hier dein eigenes Zimmer. Alles so orientalisch, und ich muß es wiederholen, alles wie bei einem indischen Fürsten ...«

»Meinetwegen. Ich gratuliere, Fürstin ...«

»Und dann oben der Saal mit seinen langen Gardinen, die über die Diele hinfegen.«

»Aber was weißt du denn von dem Saal, Effi?«

»Nichts, als was ich dir eben gesagt habe. Wohl eine Stunde lang, als ich in der Nacht aufwachte, war es mir, als ob ich Schuhe auf der Erde schleifen hörte und als würde getanzt und fast auch wie Musik. Aber alles ganz leise. Und das hab ich dann heute früh an Johanna erzählt, bloß um mich zu entschuldigen, daß ich hinterher so lange geschlafen. Und da sagte sie mir, das sei von den langen Gardinen oben im Saal. Ich denke, wir machen kurzen Prozeß damit und schneiden die Gardinen etwas ab oder schließen wenigstens die Fenster; es wird ohnehin bald stürmisch genug werden. Mitte November ist ja die Zeit.«

Innstetten sah in einer kleinen Verlegenheit vor sich hin und schien schwankend, ob er auf all das antworten solle. Schließlich entschied er sich für Schweigen. »Du hast ganz recht, Effi, wir wollen die langen Gardinen oben kürzer machen. Aber es eilt nicht damit, um so weniger, als es nicht sicher ist, ob es hilft. Es kann auch was anderes sein, im Rauchfang oder der Wurm im Holz oder ein Iltis. Wir haben nämlich hier Iltisse. Jedenfalls aber, eh wir Änderungen vornehmen, mußt du dich in unserem Hauswesen erst umsehen, natürlich unter meiner Führung; in einer Viertelstunde zwingen wir's. Und dann machst du Toilette, nur ein ganz klein wenig, denn eigentlich bist du so am reizendsten – Toilette für unseren Freund Gieshübler; es ist jetzt zehn vorüber, und ich müßte mich sehr in ihm irren, wenn er nicht um elf oder doch spätestens um die Mittagsstunde hier antreten und dir seinen Respekt devotest zu Füßen legen sollte. Das ist nämlich die Sprache, drin er sich ergeht. Übrigens, wie ich dir schon sagte, ein kapitaler Mann, der dein Freund werden wird, wenn ich ihn und dich recht kenne.«

8. KAPITEL

Elf war es längst vorüber, aber Gieshübler hatte sich noch immer nicht sehen lassen. »Ich kann nicht länger warten«, hatte Geert gesagt, den der Dienst abrief. »Wenn Gieshübler noch erscheint, so sei möglichst entgegenkommend, dann wird es vorzüglich gehen; er darf nicht verlegen werden; ist er befangen, so kann er kein Wort finden oder sagt die sonderbarsten Dinge; weißt du ihn aber in Zutrauen und gute Laune zu bringen, dann redet er wie ein Buch. Nun, du wirst es schon machen. Erwarte mich nicht vor drei; es gibt drüben allerlei zu tun. Und das mit dem Saal oben wollen wir noch überlegen; es wird aber wohl am besten sein, wir lassen es beim alten.«

Damit ging Innstetten und ließ seine junge Frau allein. Diese saß, etwas zurückgelehnt, in einem lauschigen Winkel am Fenster und stützte sich, während sie hinaussah, mit ihrem linken Arm auf ein kleines Seitenbrett, das aus dem Zylinderbureau herausgezogen war. Die Straße war die Hauptverkehrsstraße nach dem Strande hin, weshalb denn auch in Sommerzeit ein reges Leben hier herrschte; jetzt aber, um Mitte November, war alles leer und still, und nur ein paar arme Kinder, deren Eltern in etlichen ganz am äußersten Rande der ›Plantage‹ gelegenen Strohdachhäusern wohnten, klappten in ihren Holzpantinen an dem Innstettenschen Hause vorüber. Effi empfand aber nichts von dieser Einsamkeit, denn ihre Phantasie war noch immer bei den wunderlichen Dingen, die sie, kurz vorher, während ihrer Umschau haltenden Musterung im Hause gesehen hatte. Diese Musterung hatte mit der Küche begonnen, deren Herd eine moderne Konstruktion aufwies, während an der Decke hin, und zwar bis in die Mädchenstube hinein, ein elektrischer Draht lief – beides vor kurzem erst hergerichtet. Effi war erfreut gewesen, als ihr Innstetten davon erzählt hatte, dann aber waren sie von der Küche wieder in den Flur zurück- und von diesem in den Hof hinausgetreten, der in seiner ersten Hälfte nicht viel mehr als ein zwischen zwei Seitenflügeln hinlaufender ziemlich schmaler Gang war. In diesen Flügeln war alles untergebracht, was sonst noch zu Haushalt und Wirtschaftsführung gehörte, rechts Mädchenstube, Bedientenstube, Rollkammer, links eine zwischen Pferdestall und Wagenremise gelegene, von der Familie Kruse bewohnte Kutscherwohnung. Über dieser, in einem Verschlage, waren die Hühner einlogiert, und eine Dachklappe über dem Pferdestall bildete den Aus- und Einschlupf für die Tauben. All dies hatte sich Effi mit vielem Interesse angesehen, aber dies Interesse sah sich doch weit überholt, als sie, nach ihrer Rückkehr vom Hof ins Vorderhaus, unter Innstettens Führung die nach oben führende Treppe hinaufgestiegen war. Diese war schief, baufällig, dunkel; der Flur dagegen, auf den sie mündete, wirkte beinah heiter, weil er viel Licht und einen guten landschaftlichen Ausblick hatte; nach der einen Seite hin, über die Dächer des Stadtrandes und die ›Plantage‹ fort, auf eine hoch auf einer Düne stehende holländische Windmühle, nach der anderen Seite hin auf die Kessine, die hier, unmittelbar vor ihrer Einmündung, ziemlich breit war und einen stattlichen Eindruck machte. Diesem Eindruck konnte man sich unmöglich entziehen, und Effi hatte denn auch nicht gesäumt, ihrer Freude lebhaften Ausdruck zu geben. »Ja, sehr schön, sehr malerisch«, hatte Innstetten, ohne weiter darauf einzugehen, geantwortet und dann eine mit ihren Flügeln etwas schief hängende Doppeltür geöffnet, die nach rechts hin in den sogenannten Saal führte. Dieser lief durch die ganze Etage; Vorder- und Hinterfenster standen auf, und die mehr erwähnten langen Gardinen bewegten sich in dem starken Luftzuge hin und her. In der Mitte der einen Längswand sprang ein Kamin vor mit einer großen Steinplatte, während an der Wand gegenüber ein paar blecherne Leuchter hingen, jeder mit zwei Lichtöffnungen, ganz so wie unten im Flur, aber alles stumpf und ungepflegt. Effi war einigermaßen enttäuscht, sprach es auch aus und erklärte, statt des öden und ärmlichen Saals doch lieber die Zimmer an der gegenüberliegenden Flurseite sehen zu wollen. »Da ist nun eigentlich vollends nichts«, hatte Innstetten geantwortet, aber doch die Türen geöffnet. Es befanden sich hier vier einfenstrige Zimmer, alle gelb getüncht, gerade wie der Saal, und ebenfalls ganz leer. Nur in einem standen drei Binsenstühle, die durchgesessen waren, und an die Lehne des einen war ein kleines, nur einen halben Finger langes Bildchen geklebt, das einen Chinesen darstellte, blauer Rock mit gelben Pluderhosen und einen flachen Hut auf dem Kopf. Effi sah es und sagte: »Was soll der Chinese?« Innstetten selber schien von dem Bildchen überrascht und versicherte, daß er es nicht wisse. »Das hat Christel angeklebt oder Johanna. Spielerei. Du kannst sehen, es ist aus einer Fibel herausgeschnitten.« Effi fand es auch und war nur verwundert, daß Innstetten alles so ernsthaft nahm, als ob es doch etwas sei. Dann hatte sie noch einmal einen Blick in den Saal getan und sich dabei dahin geäußert, wie es doch eigentlich schade sei, daß das alles leer stehe. »Wir haben unten ja nur drei Zimmer, und wenn uns wer besucht, so wissen wir nicht aus noch ein. Meinst du nicht, daß man aus dem Saal zwei hübsche Fremdenzimmer machen könnte? Das wäre so was für die Mama; nach hinten heraus könnte sie schlafen und hätte den Blick auf den Fluß und die beiden Molen, und vorn hätte sie die Stadt und die holländische Windmühle. In Hohen-Cremmen haben wir noch immer bloß eine Bockmühle. Nun sage, was meinst du dazu? Nächsten Mai wird doch die Mama wohl kommen.«

Instetten war mit allem einverstanden gewesen und hatte nur zum Schlusse gesagt: »Alles ganz gut. Aber es ist doch am Ende besser, wir logieren die Mama drüben ein, auf dem Landratsamt; die ganze erste Etage steht da leer, geradeso wie hier, und sie ist da noch mehr für sich.«

Das war so das Resultat des ersten Umgangs im Hause gewesen; dann hatte Effi drüben ihre Toilette gemacht, nicht ganz so schnell, wie Innstetten angenommen, und nun saß sie in ihres Gatten Zimmer und beschäftigte sich in ihren Gedanken abwechselnd mit dem kleinen Chinesen oben und mit Gieshübler, der noch immer nicht kam. Vor einer Viertelstunde war freilich ein kleiner, schiefschultriger und fast schon so gut wie verwachsener Herr in einem kurzen eleganten Pelzrock und einem hohen, sehr glatt gebürsteten Zylinder an der andern Seite der Straße vorbeigegangen und hatte nach ihrem Fenster hinübergesehen. Aber das konnte Gieshübler wohl nicht gewesen sein! Nein, dieser schiefschultrige Herr, der zugleich etwas so Distinguiertes hatte, das mußte der Herr Gerichtspräsident gewesen sein, und sie entsann sich auch wirklich, in einer Gesellschaft bei Tante Therese, mal einen solchen gesehen zu haben, bis ihr mit einem Male einfiel, daß Kessin bloß einen Amtsrichter habe.

Während sie diesen Betrachtungen noch nachhing, wurde der Gegenstand derselben, der augenscheinlich erst eine Morgen- oder vielleicht auch eine Ermutigungspromenade um die Plantage herum gemacht hatte, wieder sichtbar, und eine Minute später erschien Friedrich, um Apotheker Gieshübler anzumelden.

»Ich lasse sehr bitten.«

Der armen jungen Frau schlug das Herz, weil es das erste Mal war, daß sie sich als Hausfrau und noch dazu als erste Frau der Stadt zu zeigen hatte.

Friedrich half Gieshübler den Pelzrock ablegen und öffnete dann wieder die Tür.

Effi reichte dem verlegen Eintretenden die Hand, die dieser mit einem gewissen Ungestüm küßte. Die junge Frau schien sofort einen großen Eindruck auf ihn gemacht zu haben.

»Mein Mann hat mir bereits gesagt ... Aber ich empfange Sie hier in meines Mannes Zimmer ... er ist drüben auf dem Amt und kann jeden Augenblick zurück sein ... Darf ich Sie bitten, bei mir eintreten zu wollen?«

Gieshübler folgte der voranschreitenden Effi ins Nebenzimmer, wo diese auf einen der Fauteuils wies, während sie sich selbst ins Sofa setzte. »Daß ich Ihnen sagen könnte, welche Freude Sie mir gestern durch die schönen Blumen und Ihre Karte gemacht haben. Ich hörte sofort auf, mich hier als eine Fremde zu fühlen, und als ich dies Innstetten aussprach, sagte er mir, wir würden überhaupt gute Freunde sein.«

»Sagte er so? Der gute Herr Landrat. Ja, der Herr Landrat und Sie, meine gnädigste Frau, da sind, das bitte ich sagen zu dürfen, zwei liebe Menschen zueinandergekommen. Denn wie Ihr Herr Gemahl ist, das weiß ich, und wie Sie sind, meine gnädigste Frau, das sehe ich.«

»Wenn Sie nur nicht mit zu freundlichen Augen sehen. Ich bin so sehr jung. Und Jugend ...«

»Ach, meine gnädigste Frau, sagen Sie nichts gegen die Jugend. Die Jugend, auch in ihren Fehlern ist sie noch schön und liebenswürdig, und das Alter, auch in seinen Tugenden taugt es nicht viel. Persönlich kann ich in dieser Frage freilich nicht mitsprechen, vom Alter wohl, aber von der Jugend nicht, denn ich bin eigentlich nie jung gewesen. Personen meines Schlages sind nie jung. Ich darf wohl sagen, das ist das Traurigste von der Sache. Man hat keinen rechten Mut, man hat kein Vertrauen zu sich selbst, man wagt kaum, eine Dame zum Tanz aufzufordern, weil man ihr eine Verlegenheit ersparen will, und so gehen die Jahre hin, und man wird alt, und das Leben war arm und leer.«

Effi gab ihm die Hand. »Ach, Sie dürfen so was nicht sagen. Wir Frauen sind gar nicht so schlecht.«

»O nein, gewiß nicht ...«

»Und wenn ich mir so zurückrufe«, fuhr Effi fort, »was ich alles erlebt habe ... viel ist es nicht, denn ich bin wenig herausgekommen und habe fast immer auf dem Lande gelebt ... Aber wenn ich es mir zurückrufe, so finde ich doch, daß wir immer das lieben, was liebenswert ist. Und dann sehe ich doch auch gleich, daß Sie anders sind als andere, dafür haben wir Frauen ein scharfes Auge. Vielleicht ist es auch der Name, der in Ihrem Falle mitwirkt. Das war immer eine Lieblingsbehauptung unseres alten Pastors Niemeyer; der Name, so liebte er zu sagen, besonders der Taufname, habe was geheimnisvoll Bestimmendes, und Alonzo Gieshübler, so mein ich, schließt eine ganz neue Welt vor einem auf, ja, fast möcht ich sagen dürfen, Alonzo ist ein romantischer Name, ein Preziosa-Name.«

Gieshübler lächelte mit einem ganz ungemeinen Behagen und fand den Mut, seinen für seine Verhältnisse viel zu hohen Zylinder, den er bis dahin in der Hand gedreht hatte, beiseite zu stellen. »Ja, meine gnädigste Frau, da treffen Sie's.«

»Oh, ich verstehe. Ich habe von den Konsuln gehört, deren Kessin so viele haben soll, und in dem Hause des spanischen Konsuls hat Ihr Herr Vater mutmaßlich die Tochter eines seemännischen Capitanos kennengelernt, wie ich annehme irgendeine schöne Andalusierin. Andalusierinnen sind immer schön.«

»Ganz wie Sie vermuten, meine Gnädigste. Und meine Mutter war wirklich eine schöne Frau, so schlecht es mir persönlich zusteht, die Beweisführung zu übernehmen. Aber als Ihr Herr Gemahl vor drei Jahren hierherkam, lebte sie noch und hatte noch ganz die Feueraugen. Er wird es mir bestätigen. Ich persönlich bin mehr ins Gieshüblersche geschlagen, Leute von wenig Exterieur, aber sonst leidlich im Stande. Wir sitzen hier schon in der vierten Generation, volle hundert Jahre, und wenn es einen Apothekeradel gäbe ...«

»So würden Sie ihn beanspruchen dürfen. Und ich meinerseits nehme ihn für bewiesen an und sogar für bewiesen ohne jede Einschränkung. Uns, aus den alten Familien, wird das am leichtesten, weil wir, so wenigstens bin ich von meinem Vater und auch von meiner Mutter her erzogen, jede gute Gesinnung, sie komme, woher sie wolle, mit Freudigkeit gelten lassen. Ich bin eine geborene Briest und stamme von dem Briest ab, der, am Tage vor der Fehrbelliner Schlacht, den Überfall von Rathenow ausführte, wovon Sie vielleicht einmal gehört haben ...«

»O gewiß, meine Gnädigste, das ist ja meine Spezialität.«

»Eine Briest also. Und mein Vater, da reichen keine hundert Male, daß er zu mir gesagt hat: Effi (so heiße ich nämlich), Effi, *hier* sitzt es, bloß hier, und als Froben das Pferd tauschte, da war er von Adel, und als Luther sagte: ›Hier stehe ich‹, da war er erst recht von Adel. Und ich denke, Herr Gieshübler, Innstetten hatte ganz recht, als er mir versicherte, wir würden gute Freundschaft halten.«

Gieshübler hätte nun am liebsten gleich eine Liebeserklärung gemacht und gebeten, daß er als Cid oder irgend sonst ein Campeador für sie kämpfen und sterben könne. Da dies alles aber nicht ging und sein Herz es nicht mehr aushalten konnte, so stand er auf, suchte nach seinem Hut, den er auch glücklicherweise gleich fand, und zog sich, nach wiederholtem Handkuß, rasch zurück, ohne weiter ein Wort gesagt zu haben.

9. KAPITEL

So war Effis erster Tag in Kessin gewesen. Innstetten gab ihr noch eine halbe Woche Zeit, sich einzurichten und die verschiedensten Briefe nach Hohen-Cremmen zu schreiben, an die Mama, an Hulda und die Zwillinge; dann aber hatten die Stadtbesuche begonnen, die zum Teil (es regnete gerade so, daß man sich diese Ungewöhnlichkeit schon gestatten konnte) in einer geschlossenen Kutsche gemacht wurden. Als man damit fertig war, kam der Landadel an die Reihe. Das dauerte länger, da sich, bei den meist großen Entfernungen, an jedem Tage nur eine Visite machen ließ. Zuerst war man bei den Borckes in Rothenmoor, dann ging es nach Morgnitz, Dabergotz und Kroschentin, wo man bei den Ahlemanns, den Jatzkows und den Grasenabbs den pflichtschuldigen Besuch abstattete. Noch ein paar andere folgten, unter denen auch der alte Baron von Güldenklee auf Papenhagen war. Der Eindruck, den Effi empfing, war überall derselbe: mittelmäßige Menschen, von meist zweifelhafter Liebenswürdigkeit, die, während sie vorgaben, über Bismarck und die Kronprinzessin zu sprechen, eigentlich nur Effis Toilette musterten, die von einigen als zu prätentiös für eine so jugendliche Dame, von andern als zu wenig dezent für eine Dame von gesellschaftlicher Stellung befunden wurde. Man merke doch an allem die Berliner Schule: Sinn für Äußerliches und eine merkwürdige Verlegenheit und Unsicherheit bei Berührung großer Fragen. In Rothenmoor bei den Borckes und dann auch bei den Familien in Morgnitz und Dabergotz war sie für »rationalistisch angekränkelt«, bei den Grasenabbs in Kroschentin aber rundweg für eine »Atheistin« erklärt worden. Allerdings hatte die alte Frau von Grasenabb, eine Süddeutsche (geborene Stiefel von Stiefelstein), einen schwachen Versuch gemacht, Effi wenigstens für den Deismus zu retten; Sidonie von Grasenabb aber, eine dreiundvierzigjährige alte Jungfer, war barsch dazwischengefahren: »Ich sage dir, Mutter, einfach Atheistin, kein Zollbreit weniger, und dabei bleibt es«, worauf die Alte, die sich vor ihrer eigenen Tochter fürchtete, klüglich geschwiegen hatte.

Die ganze Tournee hatte so ziemlich zwei Wochen gedauert, und es war am 2. Dezember, als man, zu schon später Stunde, von dem letzten dieser Besuche nach Kessin zurückkehrte. Dieser letzte Besuch hatte den Güldenklees auf Papenhagen gegolten, bei welcher Gelegenheit Innstetten dem Schicksal nicht entgangen war, mit dem alten Güldenklee politisieren zu müssen. »Ja, teuerster Landrat, wenn ich so den Wechsel der Zeiten bedenke! Heute vor einem Menschenalter oder ungefähr so lange, ja, da war auch ein zweiter Dezember, und der gute Louis und Napoleons-Neffe – *wenn* er so was war und nicht eigentlich ganz woanders herstammte –, der kartätschte damals auf die Pariser Kanaille. Na, *das* mag ihm verziehen sein, für so was war er der rechte Mann, und ich halte zu dem Satze: ›Jeder hat es gerade so gut und so schlecht, wie er's verdient.‹ Aber daß er nachher alle Schätzung verlor und Anno 70 so mir nichts, dir nichts auch mit *uns* anbinden wollte, sehen Sie, Baron, das war, ja wie sag ich, das war eine Insolenz. Es ist ihm aber auch heimgezahlt worden. Unser Alter da oben läßt sich nicht spotten, *der* steht zu uns.«

»Ja«, sagte Innstetten, der klug genug war, auf solche Philistereien anscheinend ernsthaft einzugehen, »der Held und Eroberer von Saarbrücken wußte nicht, was er tat. Aber Sie dürfen nicht zu streng mit ihm persönlich abrechnen. Wer ist am Ende Herr in seinem Hause? Niemand. Ich richte mich auch schon darauf ein, die Zügel der Regierung in andere Hände zu legen, und Louis Napoleon, nun, der war vollends ein Stück Wachs in den Händen seiner katholischen Frau, oder sagen wir lieber, seiner jesuitischen Frau.«

»Wachs in den Händen seiner Frau, die ihm dann eine Nase drehte. Natürlich, Innstetten, *das* war er. Aber damit wollen Sie diese Puppe doch nicht etwa retten? Er ist und bleibt gerichtet. An und für sich ist es übrigens noch gar nicht mal erwiesen«, und sein Blick suchte bei diesen Worten etwas ängstlich nach dem Auge seiner Ehehälfte, »ob nicht Frauenherrschaft eigentlich als ein Vorzug gelten kann; nur freilich, die Frau muß danach sein. Aber wer war diese Frau? Sie war überhaupt keine Frau, im günstigsten Falle war sie eine Dame, das sagt alles; ›Dame‹ hat beinah immer einen Beigeschmack. Diese Eugenie – über deren Verhältnis zu dem jüdischen Bankier ich hier gern hingehe, denn ich hasse Tugendhochmut – hatte was vom Café chantant, und wenn die Stadt, in der sie lebte, das Babel war, so war sie das Weib von Babel. Ich mag mich nicht deutlicher ausdrücken, denn ich weiß«, und er verneigte sich gegen Effi, »was ich deutschen Frauen schuldig bin. Um Vergebung, meine Gnädigste, daß ich diese Dinge vor Ihren Ohren überhaupt berührt habe.«

So war die Unterhaltung gegangen, nachdem man vorher von Wahl, Nobiling und Raps gesprochen hatte, und nun saßen Innstetten und Effi wieder daheim und plauderten noch eine halbe Stunde. Die beiden Mädchen im Hause waren schon zu Bett, denn es war nah an Mitternacht.

Innstetten, in kurzem Hausrock und Saffianschuhen, ging auf und ab; Effi war noch in ihrer Gesellschaftstoilette; Fächer und Handschuhe lagen neben ihr.

»Ja«, sagte Innstetten, während er sein Aufundabschreiten im Zimmer unterbrach, »diesen Tag müßten wir nun wohl eigentlich feiern, und ich weiß nur noch nicht womit. Soll ich dir einen Siegesmarsch vorspielen oder den Haifisch draußen in Bewegung setzen oder dich im Triumph über den Flur tragen? Etwas muß doch geschehen, denn du mußt wissen, das war nun heute die letzte Visite.«

»Gott sei Dank, war sie's«, sagte Effi. »Aber das Gefühl, daß wir nun Ruhe haben, ist, denk ich, gerade Feier genug. Nur einen Kuß könntest du mir geben. Aber daran denkst du nicht. Auf dem ganzen weiten Wege nicht gerührt, frostig wie ein Schneemann. Und immer nur die Zigarre.«

»Laß, ich werde mich schon bessern und will vorläufig nur wissen, wie stehst du zu dieser ganzen Umgangs- und Verkehrsfrage? Fühlst du dich zu dem einen oder andern hingezogen? Haben die Borckes die Grasenabbs geschlagen oder umgekehrt, oder hältst du's mit dem alten Güldenklee? Was er da über die Eugenie sagte, machte doch einen sehr edlen und reinen Eindruck.«

»Ei, sieh, Herr von Innstetten, auch medisant! Ich lerne Sie von einer ganz neuen Seite kennen.«

»Und wenn's unser Adel nicht tut«, fuhr Innstetten fort, ohne sich stören zu lassen, wie stehst du zu den Kessiner Stadthonoratioren? Wie stehst du zur Ressource? Daran hängt doch am Ende Leben und Sterben. Ich habe dich da neulich mit unserem reserveleutnantlichen Amtsrichter sprechen sehen, einem zierlichen Männchen, mit dem sich vielleicht durchkommen ließe, wenn er nur endlich von der Vorstellung loskönnte, die Wiedereroberung von Le Bourget durch sein Erscheinen in der Flanke zustande gebracht zu haben. Und seine Frau! Sie gilt als die beste Bostonspielerin und hat auch die hübschesten Anlegemarken. Also nochmals, Effi, wie wird es werden in Kessin? Wirst du dich einleben? Wirst du populär werden und mir die Majorität sichern, wenn ich in den Reichstag will? Oder bist du für Einsiedlertum, für Abschluß von der Kessiner Menschheit, so Stadt wie Land?«

»Ich werde mich wohl für Einsiedlertum entschließen, wenn mich die Mohrenapotheke nicht herausreißt. Bei Sidonie werd ich dadurch freilich noch etwas tiefer sinken, aber darauf muß ich es ankommen lassen; dieser Kampf muß eben gekämpft werden. Ich steh und falle mit Gieshübler. Es klingt etwas komisch, aber er ist wirklich der einzige, mit dem sich ein Wort reden läßt, der einzige richtige Mensch hier.«

»Das ist er«, sagte Innstetten. »Wie gut du zu wählen verstehst.«

»Hätte ich sonst *dich*?« sagte Effi und hing sich an seinen Arm.

Das war am 2. Dezember. Eine Woche später war Bismarck in Varzin, und nun wußte Innstetten, daß, bis Weihnachten und vielleicht noch drüber hinaus, an ruhige Tage für ihn gar nicht mehr zu denken sei. Der Fürst hatte noch von Versailles her eine Vorliebe für ihn und lud ihn, wenn Besuch da war, häufig zu Tisch, aber auch allein, denn der jugendliche, durch Haltung und Klugheit gleich ausgezeichnete Landrat stand ebenso in Gunst bei der Fürstin.

Zum 14. erfolgte die erste Einladung. Es lag Schnee, weshalb Innstetten die fast zweistündige Fahrt bis an den Bahnhof, von wo noch eine Stunde Eisenbahn war, im Schlitten zu machen vorhatte. »Warte nicht auf mich, Effi. Vor Mitternacht kann ich nicht zurück sein; wahrscheinlich wird es zwei oder noch später. Ich störe dich aber nicht. Gehab dich wohl und auf Wiedersehen morgen früh.« Und damit stieg er ein, und die beiden isabellfarbenen Graditzer jagten im Fluge durch die Stadt hin und dann landeinwärts auf den Bahnhof zu.

Das war die erste lange Trennung, fast auf zwölf Stunden. Arme Effi. Wie sollte sie den Abend verbringen? Früh zu Bett, das war gefährlich, dann wachte sie auf und konnte nicht wieder einschlafen und horchte auf alles. Nein, erst recht müde werden und dann ein fester Schlaf, das war das Beste. Sie schrieb einen Brief an die Mama und ging dann zu der Frau Kruse, deren gemütskranker Zustand – sie hatte das schwarze Huhn oft bis in die Nacht hinein auf ihrem Schoß – ihr Teilnahme einflößte. Die Freundlichkeit indessen, die sich darin aussprach, wurde von der in ihrer überheizten Stube sitzenden und nur still und stumm vor sich hin brütenden Frau keinen Augenblick erwidert, weshalb Effi, als sie wahrnahm, daß ihr Besuch mehr als Störung wie als Freude empfunden wurde, wieder ging und nur noch fragte, ob die Kranke etwas haben wolle. Diese lehnte aber alles ab.

Inzwischen war es Abend geworden, und die Lampe brannte schon. Effi stellte sich ans Fenster ihres Zimmers und sah auf das Wäldchen hinaus, auf dessen Zweigen der glitzernde Schnee lag. Sie war von dem Bilde ganz in Anspruch genommen und kümmerte sich nicht um das, was hinter ihr in dem Zimmer vorging. Als sie sich wieder umsah, bemerkte sie, daß Friedrich still und geräuschlos ein Kuvert gelegt und ein Kabarett auf den Sofatisch gestellt hatte. »Ja so, Abendbrot ... Da werd ich mich nun wohl setzen müssen.« Aber es wollte nicht schmecken, und so stand sie wieder auf und las den an die Mama geschriebenen Brief noch einmal durch.

Hatte sie schon vorher ein Gefühl der Einsamkeit gehabt, so jetzt doppelt. Was hätte sie darum gegeben, wenn die beiden Jahnkeschen Rotköpfe jetzt eingetreten wären oder selbst Hulda. Die war freilich immer so sentimental und beschäftigte sich meist nur mit ihren Triumphen, aber so zweifelhaft und anfechtbar diese Triumphe waren, sie hätte sich in diesem Augenblicke doch gern davon erzählen lassen. Schließlich klappte sie den Flügel auf, um zu spielen; aber es ging nicht. »Nein, dabei werd ich vollends melancholisch; lieber lesen.« Und so suchte sie nach einem Buche. Das erste, was ihr zu Händen kam, war ein dickes rotes Reisehandbuch, alter Jahrgang, vielleicht schon aus Innstettens Leutnantstagen her. »Ja, darin will ich lesen; es gibt nichts Beruhigenderes als solche Bücher. Das Gefährliche sind bloß immer die Karten; aber vor diesem Augenpulver, das ich hasse, werd ich mich schon hüten.« Und so schlug sie denn auf gut Glück auf, Seite 153. Nebenan hörte sie das Ticktack der Uhr und draußen Rollo, der, seit es dunkel war, seinen Platz in der Remise aufgegeben und sich, wie jeden Abend, so auch heute wieder, auf die große geflochtene Matte, die vor dem Schlafzimmer lag, ausgestreckt hatte. Das Bewußtsein seiner Nähe minderte das Gefühl ihrer Verlassenheit, ja, sie kam fast in Stimmung, und so begann sie denn auch unverzüglich zu lesen. Auf der gerade vor ihr aufgeschlagenen Seite war von der ›Eremitage‹, dem bekannten markgräflichen Lustschloß in der Nähe von Bayreuth, die Rede; das lockte sie, Bayreuth, Richard Wagner, und so las sie denn: »Unter den Bildern in der Eremitage nennen wir noch eins, das nicht durch seine Schönheit, wohl aber durch sein Alter und durch die Person, die es darstellt, ein Interesse beansprucht. Es ist dies ein stark nachgedunkeltes Frauenporträt, kleiner Kopf, mit herben, etwas unheimlichen Gesichtszügen und einer Halskrause, die den Kopf zu tragen scheint. Einige meinen, es sei eine alte Markgräfin aus dem Ende des fünfzehnten Jahrhunderts, andere sind der Ansicht, es sei die Gräfin von Orlamünde; darin aber sind beide einig, daß es das Bildnis der Dame sei, die seither in der Geschichte der Hohenzollern unter dem Namen der ›weißen Frau‹ eine gewisse Berühmtheit erlangt hat.«

»Das hab ich gut getroffen«, sagte Effi, während sie das Buch beiseite schob; »ich will mir die Nerven beruhigen, und das erste, was ich lese, ist die Geschichte von der weißen Frau, vor der ich mich gefürchtet habe, solange ich denken kann. Aber da nun das Gruseln mal da ist, will ich doch auch zu Ende lesen.«

Und sie schlug wieder auf und las weiter: »... Eben dies alte Porträt (dessen *Original* in der Hohenzollernschen Familiengeschichte solche Rolle spielt) spielt als *Bild* auch eine Rolle in der Spezialgeschichte des Schlosses Eremitage, was wohl damit zusammenhängt, daß es an einer dem Fremden unsichtbaren Tapetentür hängt, hinter der sich eine vom Souterrain her hinaufführende Treppe befindet. Es heißt, daß, als Napoleon hier übernachtete, die ›weiße Frau‹ aus dem Rahmen herausgetreten und auf sein Bett zugeschritten sei. Der Kaiser, entsetzt auffahrend, habe nach seinem Adjutanten gerufen und bis an sein Lebensende mit Entrüstung von diesem ›maudit château‹ gesprochen.«

»Ich muß es aufgeben, mich durch Lektüre beruhigen zu wollen«, sagte Effi. »Lese ich weiter, so komm ich gewiß noch nach einem Kellergewölbe, wo der Teufel auf einem Weinfaß davongeritten ist. Es gibt, glaub ich, in Deutschland viel dergleichen und in einem Reisehandbuch muß es sich natürlich alles zusammenfinden. Ich will also lieber wieder die Augen schließen und mir, so gut es geht, meinen Polterabend vorstellen: die Zwillinge, wie sie vor Tränen nicht weiterkonnten, und dazu den Vetter Briest, der, als sich alles verlegen anblickte, mit erstaunlicher Würde behauptete, solche Tränen öffneten einem das Paradies. Er war wirklich charmant und immer so übermütig ... Und nun ich! Und gerade hier. Ach, ich tauge doch gar nicht für eine große Dame. Die Mama, ja, die hätte hierher gepaßt, die hätte, wie's einer Landrätin zukommt, den Ton angegeben, und Sidonie Grasenabb wäre ganz Huldigung gegen sie gewesen und hätte sich über ihren Glauben oder Unglauben nicht groß beunruhigt. Aber ich ... Ich bin ein Kind und werd es auch wohl bleiben. Einmal hab ich gehört, das sei ein Glück. Aber ich weiß doch nicht, ob das wahr ist. Man muß doch immer dahin passen, wohin man nun mal gestellt ist.«

In diesem Augenblicke kam Friedrich, um den Tisch abzuräumen.

»Wie spät ist es, Friedrich?«

»Es geht auf neun, gnäd'ge Frau.«

»Nun, das läßt sich hören. Schicken Sie mir Johanna.«

»Gnäd'ge Frau haben befohlen.«

»Ja, Johanna. Ich will zu Bett gehen. Es ist eigentlich noch früh. Aber ich bin so allein. Bitte, tun Sie den Brief erst ein, und wenn Sie wieder da sind, nun, dann wird es wohl Zeit sein. Und wenn auch nicht.«

Effi nahm die Lampe und ging in ihr Schlafzimmer hinüber. Richtig, auf der Binsenmatte lag Rollo. Als er Effi kommen sah, erhob er sich, um den Platz freizugeben, und strich mit seinem Behang an ihrer Hand hin. Dann legte er sich wieder nieder.

Johanna war inzwischen nach dem Landratsamt hinübergegangen, um da den Brief einzustecken. Sie hatte sich drüben nicht sonderlich beeilt, vielmehr vorgezogen, mit der Frau Paaschen, des Amtsdieners Frau, ein Gespräch zu führen. Natürlich über die junge Frau.

»Wie ist sie denn?« fragte die Paaschen.

»Sehr jung ist sie.«

»Nun, das ist kein Unglück, eher umgekehrt. Die Jungen, und das ist eben das Gute, stehen immer bloß vorm Spiegel und zupfen und stecken sich was vor und sehen nicht viel und hören nicht viel und sind noch nicht so, daß sie draußen immer die Lichtstümpfe zählen und einem nicht gönnen, daß man einen Kuß kriegt, bloß weil sie selber keinen mehr kriegen.«

»Ja«, sagte Johanna, »so war meine vorige Madam und ganz ohne Not. Aber davon hat unsere Gnäd'ge nichts.«

»Ist er denn sehr zärtlich?«

»O sehr. Das können Sie doch wohl denken.«

»Aber daß er sie so allein läßt ...«

»Ja, liebe Paaschen, Sie dürfen nicht vergessen ... der Fürst. Und dann, er ist ja doch am Ende Landrat. Und vielleicht will er auch noch höher.«

»Gewiß, will er. Und er wird auch noch. Er hat so was. Paaschen sagt es auch immer, und er kennt seine Leute.«

Während dieses Ganges drüben nach dem Amt hinüber war wohl eine Viertelstunde vergangen, und als Johanna wieder zurück war, saß Effi schon vor dem Trumeau und wartete.

»Sie sind lange geblieben, Johanna.«

»Ja, gnäd'ge Frau ... Gnäd'ge Frau wollen entschuldigen ... Ich traf drüben die Frau Paaschen, und da hab ich mich ein wenig verweilt. Es ist so still hier. Man ist immer froh, wenn man einen Menschen trifft, mit dem man ein Wort sprechen kann. Christel ist eine sehr gute Person, aber sie spricht nicht, und Friedrich ist so dusig und auch so vorsichtig und will mit der Sprache nie recht heraus. Gewiß, man muß auch schweigen können, und die Paaschen, die so neugierig und so ganz gewöhnlich ist, ist eigentlich gar nicht nach meinem Geschmack; aber man hat es doch gern, wenn man mal was hört und sieht.«

Effi seufzte. »Ja, Johanna, das ist auch das Beste ...«

»Gnäd'ge Frau haben so schönes Haar, so lang und so seidenweich.«

»Ja, es ist sehr weich. Aber das ist nicht gut, Johanna. Wie das Haar ist, ist der Charakter.«

»Gewiß, gnäd'ge Frau. Und ein weicher Charakter ist doch besser als ein harter. Ich habe auch weiches Haar.«

»Ja, Johanna. Und Sie haben auch blondes. Das haben die Männer am liebsten.«

»Ach, das ist doch sehr verschieden, gnäd'ge Frau. Manche sind doch auch für das schwarze.«

»Freilich«, lachte Effi, »das habe ich auch schon gefunden. Es wird wohl an was ganz anderem liegen. Aber die, die blond sind, die haben auch immer einen weißen Teint, Sie auch, Johanna, und ich möchte mich wohl verwetten, daß Sie viel Nachstellung haben. Ich bin noch sehr jung, aber das weiß ich doch auch. Und dann habe ich eine Freundin, die war auch so blond, ganz flachsblond, noch blonder als Sie, und war eine Predigerstochter ...«

»Ja, denn ...«

»Aber ich bitte Sie, Johanna, was meinen Sie mit ›ja denn‹. Das klingt ja ganz anzüglich und sonderbar, und Sie werden doch nichts gegen Predigerstöchter haben ... Es war ein sehr hübsches Mädchen, was selbst unsere Offiziere – wir hatten nämlich Offiziere, noch dazu rote Husaren – auch immer fanden, und verstand sich dabei sehr gut auf Toilette, schwarzes Sammetmieder und eine Blume, Rose oder auch Heliotrop, und wenn sie nicht so vorstehende große Augen gehabt hätte ... Ach, die hätten Sie sehen sollen, Johanna, wenigstens so groß« (und Effi zog unter Lachen an ihrem rechten Augenlid), »so wäre sie geradezu eine Schönheit gewesen.

Sie hieß Hulda, Hulda Niemeyer, und wir waren nicht einmal so ganz intim; aber wenn ich sie jetzt hier hätte und sie da säße, da in der kleinen Sofaecke, so wollte ich bis Mitternacht mit ihr plaudern oder noch länger. Ich habe solche Sehnsucht, und ...«, und dabei zog sie Johannas Kopf dicht an sich heran, »... ich habe solche Angst.«

»Ach, das gibt sich, gnäd'ge Frau, die hatten wir alle.«

»Die hattet ihr alle? Was soll das heißen, Johanna?«

»... Und wenn die gnäd'ge Frau wirklich solche Angst haben, so kann ich mir ja ein Lager hier machen. Ich nehme die Strohmatte und kehre einen Stuhl um, daß ich eine Kopflehne habe, und dann schlafe ich hier bis morgen früh oder bis der gnäd'ge Herr wieder da ist.«

»Er will mich nicht stören. Das hat er mir eigens versprochen.«

»Oder ich setze mich bloß in die Sofaecke.«

»Ja, das ginge vielleicht. Aber nein, es geht auch nicht. Der Herr darf nicht wissen, daß ich mich ängstige, das liebt er nicht: Er will immer, daß ich tapfer und entschlossen bin, so wie er. Und das kann ich nicht; ich war immer etwas anfällig ... Aber freilich, ich sehe wohl ein, ich muß mich bezwingen und ihm in solchen Stücken und überhaupt zu Willen sein ... Und dann habe ich ja auch Rollo. Der liegt ja vor der Türschwelle.«

Johanna nickte zu jedem Wort und zündete dann das Licht an, das auf Effis Nachttisch stand. Dann nahm sie die Lampe. »Befehlen gnäd'ge Frau noch etwas?«

»Nein, Johanna. Die Läden sind doch fest geschlossen?«

»Bloß angelegt, gnäd'ge Frau. Es ist sonst so dunkel und so stickig.«

»Gut, gut.«

Und nun entfernte sich Johanna; Effi aber ging auf ihr Bett zu und wickelte sich in ihre Decken.

Sie ließ das Licht brennen, weil sie gewillt war, nicht gleich einzuschlafen, vielmehr vorhatte, wie vorhin ihren Polterabend, so jetzt ihre Hochzeitsreise zu rekapitulieren und alles an sich vorüberziehen zu lassen. Aber es kam anders, wie sie gedacht, und als sie bis Verona war und nach dem Hause der Julia Capulet suchte, fielen ihr schon die Augen zu. Das Stümpfchen Licht in dem kleinen Silberleuchter brannte allmählich nieder, und nun flackerte es noch einmal auf und erlosch.

Effi schlief eine Weile ganz fest. Aber mit einem Male fuhr sie mit einem lauten Schrei aus ihrem Schlafe auf, ja sie hörte selber noch den Aufschrei und auch wie Rollo draußen anschlug, »wau, wau«, klang es den Flur entlang, dumpf und selber beinah ängstlich. Ihr war, als ob ihr das Herz stillstände; sie konnte nicht rufen, und in diesem Augenblicke huschte was an ihr vorbei, und die nach dem Flur hinausführende Tür sprang auf. Aber eben dieser Moment höchster Angst war auch der ihrer Befreiung, denn statt etwas Schrecklichem kam jetzt Rollo auf sie zu, suchte mit seinem Kopf nach ihrer Hand und legte sich, als er diese gefunden, auf den vor ihrem Bett ausgebreiteten Teppich nieder. Effi selber aber hatte mit der anderen Hand dreimal auf den Knopf der Klingel gedrückt, und keine halbe Minute, so war Johanna da, barfüßig, den Rock über dem Arm und ein großes kariertes Tuch über Kopf und Schulter geschlagen.

»Gott sei Dank, Johanna, daß Sie da sind.«

»Was war denn, gnäd'ge Frau? Gnäd'ge Frau haben geträumt.«

»Ja, geträumt. Es muß so was gewesen sein ... aber es war doch auch noch was anderes.«

»Was denn, gnäd'ge Frau?«

»Ich schlief ganz fest, und mit einem Male fuhr ich auf und schrie ... Vielleicht, daß es ein Alpdruck war ... Alpdruck ist in unserer Familie, mein Papa hat es auch und ängstigt uns damit, und nur die Mama sagt immer, er solle sich nicht so gehenlassen; aber das ist leicht gesagt ... Ich fuhr also auf aus dem Schlaf und schrie, und als ich mich umsah, so gut es eben ging in dem Dunkel, da strich was an meinem Bett vorbei, gerade da, wo Sie jetzt stehen, Johanna, und dann war es weg. Und wenn ich mich recht frage, was es war ...«

»Nun was denn, gnäd'ge Frau?«

»Und wenn ich mich recht frage ... ich mag es nicht sagen, Johanna ... aber ich glaube, der Chinese.«

»Der von oben?« Und Johanna versuchte zu lachen. »Unser kleiner Chinese, den wir an die Stuhllehne geklebt haben, Christel und ich. Ach, gnäd'ge Frau haben geträumt, und wenn Sie schon wach waren, so war es doch alles noch aus dem Traum.«

»Ich würd es glauben. Aber es war genau derselbe Augenblick, wo Rollo draußen anschlug, der muß es also auch gesehen haben, und dann flog die Tür auf, und das gute, treue Tier sprang auf mich los, als ob es mich zu retten käme. Ach, meine liebe Johanna, es war entsetzlich. Und ich so allein, und so jung. Ach, wenn ich doch wen hier hätte, bei dem ich weinen könnte. Aber so weit von Hause ... Ach, von Hause...«

»Der Herr kann jede Stunde kommen.«

»Nein, er soll nicht kommen; er soll mich so nicht sehen. Er würde mich vielleicht auslachen, und das könnt ich ihm nie verzeihen. Denn es war so furchtbar, Johanna ... Sie müssen nun hier bleiben ... Aber lassen Sie Christel schlafen und Friedrich auch. Es soll es keiner wissen.«

»Oder vielleicht kann ich auch die Frau Kruse holen; die schläft doch nicht, die sitzt die ganze Nacht da.«

»Nein, nein, die ist selber so was. Das mit dem schwarzen Huhn, das ist auch so was; die darf nicht kommen. Nein, Johanna, Sie bleiben allein hier. Und wie gut, daß Sie die Läden nur angelegt. Stoßen Sie sie auf, recht laut, daß ich einen Ton höre, einen menschlichen Ton ... ich muß es so nennen, wenn es auch sonderbar klingt. Und dann machen Sie das Fenster ein wenig auf, daß ich Luft und Licht habe.«

Johanna tat, wie ihr geheißen, und Effi fiel in ihre Kissen zurück und bald danach in einen lethargischen Schlaf.

10. KAPITEL

Innstetten war erst sechs Uhr früh von Varzin zurückgekommen und hatte sich, Rollos Liebkosungen abwehrend, so leise wie möglich in sein Zimmer zurückgezogen. Er machte sich's hier bequem und duldete nur, daß ihn Friedrich mit einer Reisedecke zudeckte. »Wecke mich um neun.« Und um diese Stunde war er denn auch geweckt worden. Er stand rasch auf und sagte: »Bringe das Frühstück.«

»Die gnäd'ge Frau schläft noch.«

»Aber es ist ja schon spät. Ist etwas passiert?«

»Ich weiß es nicht; ich weiß nur, Johanna hat die Nacht über im Zimmer der gnädigen Frau schlafen müssen.«

»Nun, dann schicke Johanna.«

Diese kam denn auch. Sie hatte denselben rosigen Teint wie immer, schien sich also die Vorgänge der Nacht nicht sonderlich zu Gemüte genommen zu haben.

»Was ist das mit der gnäd'gen Frau? Friedrich sagt mir, es sei was passiert und Sie hätten drüben geschlafen.«

»Ja, Herr Baron. Gnäd'ge Frau klingelte dreimal ganz rasch hintereinander, daß ich gleich dachte, es bedeutet was. Und so war es auch. Sie hat wohl geträumt, oder vielleicht war es auch das andere.«

»Welches andere?«

»Ach, der gnäd'ge Herr wissen ja.«

»Ich weiß nichts. Jedenfalls muß ein Ende damit gemacht werden. Und wie fanden Sie die Frau?«

»Sie war wie außer sich und hielt das Halsband von Rollo, der neben dem Bett der gnäd'gen Frau stand, fest umklammert. Und das Tier ängstigte sich auch.«

»Und was hatte sie geträumt oder, meinetwegen auch, was hatte sie gehört oder gesehen? Was sagte sie?«

»Es sei so hingeschlichen, dicht an ihr vorbei.«

»Was? Wer?«

»Der von oben. Der aus dem Saal oder aus der kleinen Kammer.«

»Unsinn, sag ich. Immer wieder das alberne Zeug; ich mag davon nicht mehr hören. Und dann blieben Sie bei der Frau?«

»Ja, gnäd'ger Herr. Ich machte mir ein Lager an der Erde dicht neben ihr. Und ich mußte ihre Hand halten, und dann schlief sie ein.«

»Und sie schläft noch?«

»Ganz fest.«

»Das ist mir ängstlich, Johanna. Man kann sich gesund schlafen, aber auch krank. Wir müssen sie wecken, natürlich vorsichtig, daß sie nicht wieder erschrickt. Und Friedrich soll das Frühstück nicht bringen; ich will warten, bis die gnäd'ge Frau da ist. Und machen Sie's geschickt.«

Eine halbe Stunde später kam Effi. Sie sah reizend aus, ganz blaß und stützte sich auf Johanna. Als sie aber Innstettens ansichtig wurde, stürzte sie auf ihn zu und umarmte und küßte ihn. Und dabei liefen ihr die Tränen übers Gesicht. »Ach, Geert, Gott sei Dank, daß du da bist. Nun ist alles wieder gut. Du darfst nicht wieder fort, darfst mich nicht wieder allein lassen.«

»Meine liebe Effi ... stellen Sie hin, Friedrich, ich werde schon alles zurechtmachen ... meine liebe Effi, ich lasse dich ja nicht allein aus Rücksichtslosigkeit oder Laune, sondern weil es so sein muß; ich habe keine Wahl, ich bin ein Mann im Dienst, ich kann zum Fürsten oder auch zur Fürstin nicht sagen: Durchlaucht, ich kann nicht kommen, meine Frau ist so allein, oder meine Frau fürchtet sich. Wenn ich das sagte, würden wir in einem ziemlich komischen Lichte dastehen, ich gewiß, und du auch. Aber nimm erst eine Tasse Kaffee.«

Effi trank, was sie sichtlich belebte. Dann ergriff sie wieder ihres Mannes Hand und sagte: »Du sollst recht haben; ich sehe ein, das geht nicht. Und dann wollen wir ja auch höher hinauf. Ich sage wir, denn ich bin eigentlich begieriger danach als du...«

»So sind alle Frauen«, lachte Innstetten.

»Also abgemacht; du nimmst die Einladungen an nach wie vor, und ich bleibe hier und warte auf meinen ›hohen Herrn‹, wobei mir Hulda unterm Holunderbaum einfällt. Wie's ihr wohl gehen mag?«

»Damen wie Hulda geht es immer gut. Aber was wolltest du noch sagen?«

»Ich wollte sagen, ich bleibe hier und auch allein, wenn es sein muß. Aber nicht in diesem Hause. Laß uns die Wohnung wechseln. Es gibt so hübsche Häuser am Bollwerk, eins zwischen Konsul Martens und Konsul Grützmacher und eins am Markt, gerade gegenüber von Gieshübler; warum können wir da nicht wohnen? Warum gerade hier? Ich habe, wenn wir Freunde und Verwandte zum Besuch hatten, oft gehört, daß in Berlin Familien ausziehen wegen Klavierspiel oder wegen Schwaben oder wegen einer unfreundlichen Portiersfrau; wenn das um solcher Kleinigkeit willen geschieht ...«

»Kleinigkeiten? Portiersfrau? Das sage nicht ...«

»Wenn das um solcher Dinge willen möglich ist, so muß es doch auch hier möglich sein, wo du Landrat bist und die Leute dir zu Willen sind und viele selbst zu Dank verpflichtet. Gieshübler würde uns gewiß dabei behilflich sein, wenn auch nur um meinetwegen, denn er wird Mitleid mit mir haben. Und nun sage, Geert, wollen wir dies verwunschene Haus aufgeben, dies Haus mit dem ...«

»... Chinesen, willst du sagen. Du siehst, Effi, man kann das furchtbare Wort aussprechen, ohne daß er erscheint. Was du da gesehen hast oder was da, wie du meinst, an deinem Bette vorüberschlich, das war der kleine Chinese, den die Mädchen oben an die Stuhllehne geklebt haben; ich wette, daß er einen blauen Rock anhatte und einen ganz flachen Deckelhut mit einem blanken Knopf oben.«

Sie nickte.

»Nun siehst du, Traum, Sinnestäuschung. Und dann wird dir Johanna wohl gestern abend was erzählt haben, von der Hochzeit hier oben ...«

»Nein.«

»Desto besser.«

»Kein Wort hat sie mir erzählt. Aber ich sehe doch aus dem allen, daß es hier etwas Sonderbares gibt. Und dann das Krokodil; es ist alles so unheimlich hier.«

»Den ersten Abend, als du das Krokodil sahst, fandest du's märchenhaft ...«

»Ja, damals ...«

»... Und dann, Effi, kann ich hier nicht gut fort, auch wenn es möglich wäre, das Haus zu verkaufen oder einen Tausch zu machen. Es ist damit ganz wie mit einer Absage nach Varzin hin. Ich kann hier in der Stadt die Leute nicht sagen lassen, Landrat Innstetten verkauft sein

Haus, weil seine Frau den aufgeklebten kleinen Chinesen als Spuk an ihrem Bette gesehen hat. Dann bin ich verloren, Effi. Von solcher Lächerlichkeit kann man sich nie wieder erholen.«

»Ja, Geert, bist du denn so sicher, daß es so was nicht gibt?«

»Will ich nicht behaupten. Es ist eine Sache, die man glauben und noch besser nicht glauben kann. Aber angenommen, es gäbe dergleichen, was schadet es? Daß in der Luft Bazillen herumfliegen, von denen du gehört haben wirst, ist viel schlimmer und gefährlicher als diese ganze Geistertummelage. Vorausgesetzt, daß sie sich tummeln, daß so was wirklich existiert. Und dann bin ich überrascht, solcher Furcht und Abneigung gerade bei *dir* zu begegnen, bei einer Briest. Das ist ja, wie wenn du aus einem kleinen Bürgerhause stammtest. Spuk ist ein Vorzug, wie Stammbaum und dergleichen, und ich kenne Familien, die sich ebensogern ihr Wappen nehmen ließen als ihre ›weiße Frau‹, die natürlich auch eine schwarze sein kann.«

Effi schwieg.

»Nun, Effi. Keine Antwort?«

»Was soll ich antworten? Ich habe dir nachgegeben und mich willig gezeigt, aber ich finde doch, daß du deinerseits teilnahmsvoller sein könntest. Wenn du wüßtest, wie mir gerade danach verlangt. Ich habe sehr gelitten, wirklich sehr, und als ich dich sah, da dacht ich, nun würd ich frei werden von meiner Angst. Aber du sagst mir bloß, daß du nicht Lust hättest, dich lächerlich zu machen, nicht vor dem Fürsten und auch nicht vor der Stadt. Das ist ein geringer Trost. Ich finde es wenig und um so weniger, als du dir schließlich auch noch widersprichst und nicht bloß persönlich an diese Dinge zu glauben scheinst, sondern auch noch einen adligen Spukstolz von mir forderst. Nun, den hab ich nicht. Und wenn du von Familien sprichst, denen ihr Spuk soviel wert sei wie ihr Wappen, so ist das Geschmackssache; mir gilt mein Wappen mehr. Gott sei Dank haben wir Briests keinen Spuk. Die Briests waren immer sehr gute Leute, und damit hängt es wohl zusammen.«

Der Streit hätte wohl noch angedauert und vielleicht zu einer ersten ernstlichen Verstimmung geführt, wenn Friedrich nicht eingetreten wäre, um der gnädigen Frau einen Brief zu überreichen. »Von Herrn Gieshübler. Der Bote wartet auf Antwort.«

Aller Unmut auf Effis Antlitz war sofort verschwunden; schon bloß Gieshüblers Namen zu hören tat Effi wohl, und ihr Wohlgefühl steigerte sich, als sie jetzt den Brief musterte. Zunächst war es gar kein Brief, sondern ein Billett, die Adresse »Frau Baronin von Innstetten, geb. von Briest« in wundervoller Kanzleihandschrift und statt des Siegels ein aufgeklebtes rundes Bildchen, eine Lyra, darin ein Stab steckte. Dieser Stab konnte aber auch ein Pfeil sein. Sie reichte das Billett ihrem Manne, der es ebenfalls bewunderte.

»Nun lies aber.«

Und nun löste Effi die Oblate und las: »Hochverehrteste Frau, gnädigste Frau Baronin! Gestatten Sie mir, meinem respektvollsten Vormittagsgruß eine ganz gehorsamste Bitte hinzufügen zu dürfen. Mit dem Mittagszuge wird eine vieljährige liebe Freundin von mir, eine Tochter unserer guten Stadt Kessin, Fräulein Marietta Trippelli, hier eintreffen und bis morgen früh unter uns weilen. Am 17. will sie in Petersburg sein, um daselbst bis Mitte Januar zu konzertieren. Fürst Kotschukoff öffnet ihr auch diesmal wieder sein gastliches Haus. In ihrer immer gleichen Güte gegen mich hat die Trippelli mir zugesagt, den heutigen Abend bei mir zubringen und einige Lieder ganz nach meiner Wahl (denn sie kennt keine Schwierigkeiten) vortragen zu wollen. Könnten sich Frau Baronin dazu verstehen, diesem Musikabende beizuwohnen? Sieben Uhr. Ihr Herr Gemahl, auf dessen Erscheinen ich mit Sicherheit rechne, wird meine gehorsamste Bitte unterstützen. Anwesend nur Pastor Lindequist (der begleitet) und natürlich die verwitwete Frau Pastorin Trippel. In vorzüglicher Ergebenheit

A. Gieshübler.«

»Nun ...«, sagte Innstetten, »ja oder nein?«

»Natürlich ja. Das wird mich herausreißen. Und dann kann ich doch meinem lieben Gieshübler nicht gleich bei seiner ersten Einladung einen Korb geben.«

»Einverstanden. Also, Friedrich, sagen Sie Mirambo, der doch wohl das Billett gebracht haben wird, wir würden die Ehre haben.«

Friedrich ging. Als er fort war, fragte Effi: »Wer ist Mirambo?«

»Der echte Mirambo ist Räuberhauptmann in Afrika ... Tanganjika-See, wenn deine Geographie so weit reicht ... unserer aber ist bloß Gieshüblers Kohlenprovisor und Faktotum und wird heute abend in Frack und baumwollenen Handschuhen sehr wahrscheinlich aufwarten.«

Es war ganz ersichtlich, daß der kleine Zwischenfall auf Effi günstig eingewirkt und ihr ein gut Teil ihrer Leichtlebigkeit zurückgegeben hatte, Innstetten aber wollte das Seine tun, diese Rekonvaleszenz zu steigern. »Ich freue mich, daß du ja gesagt hast und so rasch und ohne Besinnen, und nun möcht ich dir noch einen Vorschlag machen, um dich ganz wieder in Ordnung zu bringen. Ich sehe wohl, es schleicht dir noch von der Nacht her etwas nach, das zu meiner Effi nicht paßt, das durchaus wieder fort muß, und dazu gibt es nichts Besseres als frische Luft. Das Wetter ist prachtvoll, frisch und milde zugleich, kaum daß ein Lüftchen geht; was meinst du, wenn wir eine Spazierfahrt machten, aber eine lange, nicht bloß so durch die Plantage hin, und natürlich im Schlitten und das Geläut auf und die weißen Schneedecken, und wenn wir dann um vier zurück sind, dann ruhst du dich aus, und um sieben sind wir bei Gieshübler und hören die Trippelli.«

Effi nahm seine Hand. »Wie gut du bist, Geert, und wie nachsichtig. Denn ich muß dir ja kindisch oder doch wenigstens sehr kindlich vorgekommen sein; erst das mit meiner Angst und dann hinterher, daß ich dir einen Hausverkauf und, was noch schlimmer ist, das mit dem Fürsten ansinne. Du sollst ihm den Stuhl vor die Tür setzen – es ist zum Lachen. Denn schließlich ist er doch der Mann, der über uns entscheidet. Auch über mich. Du glaubst gar nicht, wie ehrgeizig ich bin. Ich habe dich eigentlich bloß aus Ehrgeiz geheiratet. Aber du mußt nicht solch ernstes Gesicht dabei machen. Ich liebe dich ja ... wie heißt es doch, wenn man einen Zweig abbricht und die Blätter abreißt? Von Herzen, mit Schmerzen, über alle Maßen.«

Und sie lachte hell auf. »Und nun sage mir«, fuhr sie fort, als Innstetten noch immer schwieg, »wo soll es hingehen?«

»Ich habe mir gedacht, nach der Bahnstation, aber auf einem Umwege, und dann auf der Chaussee zurück. Und auf der Station essen wir oder noch besser bei Golchowski, in dem Gasthofe ›Zum Fürsten Bismarck‹, dran wir, wenn du dich vielleicht erinnerst, am Tage unserer Ankunft vorüberkamen. Solch Vorsprechen wirkt immer gut, und ich habe dann mit dem Starosten von Effis Gnaden ein Wahlgespräch, und wenn er auch persönlich nicht viel taugt, seine Wirtschaft hält er in Ordnung und seine Küche noch besser. Auf Essen und Trinken verstehen sich die Leute hier.«

Es war gegen elf, daß sie dies Gespräch führten. Um zwölf hielt Kruse mit dem Schlitten vor der Tür, und Effi stieg ein. Johanna wollte Fußsack und Pelze bringen, aber Effi hatte nach allem, was noch auf ihr lag, so sehr das Bedürfnis nach frischer Luft, daß sie alles zurückwies und nur eine doppelte Decke nahm. Innstetten aber sagte zu Kruse: »Kruse, wir wollen nun also nach dem Bahnhof, wo wir zwei beide heute früh schon mal waren. Die Leute werden sich wundern, aber es schadet nichts. Ich denke, wir fahren hier an der Plantage lang und dann links auf den Kroschentiner Kirchturm zu. Lassen Sie die Pferde laufen. Um eins müssen wir am Bahnhof sein.«

Und so ging die Fahrt. Über den weißen Dächern der Stadt stand der Rauch, denn die Luftbewegung war gering. Auch Utpatels Mühle drehte sich nur langsam, und im Fluge fuhren sie daran vorüber, dicht am Kirchhofe hin, dessen Berberitzensträucher über das Gitter hinauswuchsen und mit ihren Spitzen Effi streiften, so daß der Schnee auf ihre Reisedecke fiel. An der anderen Seite des Weges war ein eingefriedeter Platz, nicht viel größer als ein Gartenbeet, und innerhalb nichts sichtbar als eine junge Kiefer, die mitten daraus hervorragte.

»Liegt da auch wer begraben?« fragte Effi.

»Ja. Der Chinese.«

Effi fuhr zusammen; es war ihr wie ein Stich. Aber sie hatte doch Kraft genug, sich zu beherrschen, und fragte mit anscheinender Ruhe: »Unserer?«

»Ja, unserer. Auf dem Gemeindekirchhof war er natürlich nicht unterzubringen, und da hat denn Kapitän Thomsen, der so was wie sein Freund war, diese Stelle gekauft und ihn hier begraben lassen. Es ist auch ein Stein da mit Inschrift. Alles natürlich vor meiner Zeit. Aber es wird noch immer davon gesprochen.«

»Also es ist doch was damit. Eine Geschichte. Du sagtest schon heute früh so was. Und es wird am Ende das beste sein, ich höre, was es ist. Solang ich es nicht weiß, bin ich, trotz aller guten Vorsätze, doch immer ein Opfer meiner Vorstellungen. Erzähle mir das Wirkliche. Die Wirklichkeit kann mich nicht so quälen wie meine Phantasie.«

»Bravo, Effi. Ich wollte nicht davon sprechen. Aber nun macht es sich so von selbst, und das ist gut. Übrigens ist es eigentlich gar nichts.«

»Mir gleich; gar nichts oder viel oder wenig. Fange nur an.«

»Ja, das ist leicht gesagt. Der Anfang ist immer das schwerste, auch bei Geschichten. Nun, ich denke, ich beginne mit Kapitän Thomsen.«

»Gut, gut.«

»Also Thomsen, den ich dir schon genannt habe, war viele Jahre lang ein sogenannter Chinafahrer, immer mit Reisfracht zwischen Schanghai und Singapur, und mochte wohl schon sechzig sein, als er hier ankam. Ich weiß nicht, ob er hier geboren war oder ob er andere Beziehungen hier hatte. Kurz und gut, er war nun da und verkaufte sein Schiff, einen alten Kasten, draus er nicht viel herausschlug, und kaufte sich ein Haus, dasselbe, drin wir jetzt wohnen. Denn er war draußen in der Welt ein vermögender Mann geworden. Und von daher schreibt sich auch das Krokodil und der Haifisch und natürlich auch das Schiff ... Also Thomsen war nun da, ein sehr adretter Mann (so wenigstens hat man mir gesagt) und wohlgelitten. Auch beim Bürgermeister Kirstein, und vor allem bei dem damaligen Pastor in Kessin, einem Berliner, der kurz vor Thomsen auch hierhergekommen war und viel Anfeindung hatte.«

»Glaub ich. Ich merke das auch; sie sind hier so streng und selbstgerecht. Ich glaube, das ist pommersch.«

»Ja und nein, je nachdem. Es gibt auch Gegenden, wo sie gar nicht streng sind und wo's drunter und drüber geht ... Aber sieh nur, Effi, da haben wir gerade den Kroschentiner Kirchturm dicht vor uns. Wollen wir nicht den Bahnhof aufgeben und lieber bei der alten Frau von Grasenabb vorfahren? Sidonie, wenn ich recht berichtet bin, ist nicht zu Hause. Wir könnten es also wagen ...«

»Ich bitte dich, Geert, wo denkst du hin? Es ist ja himmlisch, so hinzufliegen, und ich fühle ordentlich, wie mir so frei wird und wie alle Angst von mir abfällt. Und nun soll ich das alles aufgeben, bloß um den alten Leuten eine Stippvisite zu machen und ihnen sehr wahrscheinlich eine Verlegenheit zu schaffen. Um Gottes willen nicht. Und dann will ich vor allem auch die Geschichte hören. Also wir waren bei Kapitän Thomsen, den ich mir als einen Dänen oder Engländer denke, sehr sauber, mit weißen Vatermördern und ganz weißer Wäsche ...«

»Ganz richtig. So soll er gewesen sein. Und mit ihm war eine junge Person von etwa zwanzig, von der einige sagen, sie sei seine Nichte gewesen, aber die meisten sagen, seine Enkelin, was übrigens den Jahren nach kaum möglich. Und außer der Enkelin oder der Nichte war da auch noch ein Chinese, derselbe, der da zwischen den Dünen liegt und an dessen Grab wir eben vorübergekommen sind.«

»Gut, gut.«

»Also dieser Chinese war Diener bei Thomsen, und Thomsen hielt so große Stücke auf ihn, daß er eigentlich mehr Freund als Diener war. Und das ging so Jahr und Tag. Da mit einemmal hieß es, Thomsens Enkelin, die, glaub ich, Nina hieß, solle sich, nach des Alten Wunsche, verheiraten, auch mit einem Kapitän. Und richtig, so war es auch. Es gab eine große Hochzeit im Hause, der Berliner Pastor tat sie zusammen, und Müller Utpatel, der ein Konventikler war, und Gieshübler, dem man in der Stadt in kirchlichen Dingen auch nicht recht traute, waren geladen, und vor allem viele Kapitäne mit ihren Frauen und Töchtern. Und wie man sich denken kann, es ging hoch her. Am Abend aber war Tanz, und die Braut tanzte mit jedem und zuletzt auch mit dem Chinesen. Da mit einemmal hieß es, sie sei fort, die Braut nämlich. Und sie war auch wirklich fort, irgendwohin, und niemand weiß, was da vorgefallen. Und nach vierzehn Tagen starb der Chinese; Thomsen kaufte die Stelle, die ich dir gezeigt habe, und da wurd er begraben. Der Berliner Pastor aber soll gesagt haben: Man hätte ihn auch ruhig auf dem christlichen Kirchhof begraben können, denn der Chinese sei ein sehr guter Mensch gewesen und geradeso gut wie die anderen. Wen er mit den ›anderen‹ eigentlich gemeint hat, sagte mir Gieshübler, das wisse man nicht recht.«

»Aber ich bin in dieser Sache doch ganz und gar gegen den Pastor; so was darf man nicht aussprechen, weil es gewagt und unpassend ist. Das würde selbst Niemeyer nicht gesagt haben.«

»Und ist auch dem armen Pastor, der übrigens Trippel hieß, sehr verdacht worden, so daß es eigentlich ein Glück war, daß er drüber hinstarb, sonst hätte er seine Stelle verloren. Denn die Stadt, trotzdem sie ihn gewählt, war doch auch gegen ihn, geradeso wie du, und das Konsistorium natürlich erst recht.«

»Trippel sagst du? Dann hängt er am Ende mit der Frau Pastor Trippel zusammen, die wir heute abend sehen sollen?«

»Natürlich hängt er mit der zusammen. Er war ihr Mann und ist der Vater von der Trippelli.«

Effi lachte. »Von der Trippelli! Nun sehe ich erst klar in allem. Daß sie in Kessin geboren, schrieb ja schon Gieshübler; aber ich dachte, sie sei die Tochter von einem italienischen Konsul. Wir haben ja so viele fremdländische Namen hier. Und nun ist sie gut deutsch und stammt von Trippel. Ist sie denn so vorzüglich, daß sie wagen konnte, sich so zu italienisieren?«

»Dem Mutigen gehört die Welt. Übrigens ist sie ganz tüchtig. Sie war ein paar Jahre lang in Paris bei der berühmten Viardot, wo sie auch den russischen Fürsten kennenlernte, denn die russischen Fürsten sind sehr aufgeklärt, über kleine Standesvorurteile weg, und Kotschukoff und Gieshübler – den sie übrigens ›Onkel‹ nennt, und man kann fast von ihm sagen, er sei der geborne Onkel –, diese beiden sind es recht eigentlich, die die kleine Marie Trippel zu dem gemacht haben, was sie jetzt ist. Gieshübler war es, durch den sie nach Paris kam, und Kotschukoff hat sie dann in die Trippelli transponiert.«

»Ach, Geert, wie reizend ist das alles und welch Alltagsleben habe ich doch in Hohen-Cremmen geführt! Nie was Apartes.«

Innstetten nahm ihre Hand und sagte: »So darfst du nicht sprechen, Effi. Spuk, dazu kann man sich stellen, wie man will. Aber hüte dich vor dem Aparten oder was man so das Aparte nennt. Was dir so verlockend erscheint – und ich rechne auch ein Leben dahin, wie's die Trippelli führt –, das bezahlt man in der Regel mit seinem Glück. Ich weiß wohl, wie sehr du dein Hohen-Cremmen liebst und daran hängst, aber du spottest doch auch oft darüber und hast keine Ahnung davon, was stille Tage, wie die Hohen-Cremmner, bedeuten.«

»Doch, doch«, sagte sie. »Ich weiß es wohl. Ich höre nur gern einmal von etwas anderem, und dann wandelt mich die Lust an, mit dabeizusein. Aber du hast ganz recht. Und eigentlich hab ich doch eine Sehnsucht nach Ruh und Frieden.«

Innstetten drohte ihr mit dem Finger. »Meine einzig liebe Effi, das denkst du dir nun auch wieder so aus. Immer Phantasien, mal so, mal so.«

11. KAPITEL

Die Fahrt verlief ganz wie geplant. Um ein Uhr hielt der Schlitten unten am Bahndamm vor dem Gasthause ›Zum Fürsten Bismarck‹, und Golchowski, glücklich, den Landrat bei sich zu sehen, war beflissen, ein vorzügliches Dejeuner herzurichten. Als zuletzt das Dessert und der Ungarwein aufgetragen wurden, rief Innstetten den von Zeit zu Zeit erscheinenden und nach der Ordnung sehenden Wirt heran und bat ihn, sich mit an den Tisch zu setzen und ihnen was zu erzählen. Dazu war Golchowski denn auch der rechte Mann; auf zwei Meilen in der Runde wurde kein Ei gelegt, von dem er nicht wußte. Das zeigte sich auch heute wieder. Sidonie Grasenabb, Innstetten hatte recht vermutet, war, wie vorige Weihnachten, so auch diesmal wieder auf vier Wochen zu ›Hofpredigers‹ gereist; Frau von Palleske, so hieß es weiter, habe ihre Jungfer wegen einer fatalen Geschichte Knall und Fall entlassen müssen, und mit dem alten Fraude steh es schlecht – es werde zwar in Kurs gesetzt, er sei bloß ausgeglitten, aber es sei ein Schlaganfall gewesen, und der Sohn, der in Lissa bei den Husaren stehe, werde jede Stunde erwartet. Nach diesem Geplänkel war man dann, zu Ernsthafterem übergehend, auf Varzin gekommen. »Ja«, sagte Golchowski, »wenn man sich den Fürsten so als Papiermüller denkt! Es ist doch alles sehr merkwürdig; eigentlich kann er die Schreiberei nicht leiden, und das bedruckte Papier erst recht nicht, und nun legt er doch selber eine Papiermühle an.«

»Schon recht, lieber Golchowski«, sagte Innstetten, »aber aus solchen Widersprüchen kommt man im Leben nicht heraus. Und da hilft auch kein Fürst und keine Größe.«

»Nein, nein, da hilft keine Größe.«

Wahrscheinlich, daß sich dies Gespräch über den Fürsten noch fortgesetzt hätte, wenn nicht in ebendiesem Augenblicke die von der Bahn her herüberklingende Signalglocke einen bald eintreffenden Zug angemeldet hätte. Innstetten sah nach der Uhr.

»Welcher Zug ist das, Golchowski?«

»Das ist der Danziger Schnellzug; er hält hier nicht, aber ich gehe doch immer hinauf und zähle die Wagen, und mitunter steht auch einer am Fenster, den ich kenne. Hier gleich hinter meinem Hofe führt eine Treppe den Damm hinauf, Wärterhaus 417 ...«

»Oh, das wollen wir uns zunutze machen«, sagte Effi. »Ich sehe so gern Züge ...«

»Dann ist es die höchste Zeit, gnäd'ge Frau.«

Und so machten sich denn alle drei auf den Weg und stellten sich, als sie oben waren, in einem neben dem Wärterhause gelegenen Gartenstreifen auf, der jetzt freilich unter Schnee lag, aber doch eine freigeschaufelte Stelle hatte. Der Bahnwärter stand schon da, die Fahne in der Hand. Und jetzt jagte der Zug über das Bahnhofsgeleise hin und im nächsten Augenblick an dem Häuschen und an dem Gartenstreifen vorüber. Effi war so erregt, daß sie nichts sah und nur dem letzten Wagen, auf dessen Höhe ein Bremser saß, ganz wie benommen nachblickte.

»Sechs Uhr fünfzig ist er in Berlin«, sagte Innstetten, »und noch eine Stunde später, so können ihn die Hohen-Cremmner, wenn der Wind so steht, in der Ferne vorbeiklappern hören. Möchtest du mit, Effi?«

Sie sagte nichts. Als er aber zu ihr hinüberblickte, sah er, daß eine Träne in ihrem Auge stand.

Effi war, als der Zug vorbeijagte, von einer herzlichen Sehnsucht erfaßt worden. So gut es ihr ging, sie fühlte sich trotzdem wie in einer fremden Welt. Wenn sie sich eben noch an dem einen oder andern entzückt hatte, so kam ihr doch gleich nachher zum Bewußtsein, was ihr fehlte. Da drüben lag Varzin, und da, nach der anderen Seite hin, blitzte der Kroschentiner Kirchturm auf, und weiter hin der Morgenitzer, und da saßen die Grasenabbs und die Borckes, *nicht* die Bellings und *nicht* die Briests. »Ja, *die!*« Innstetten hatte ganz recht gehabt mit dem raschen Wechsel ihrer Stimmung, und sie sah jetzt wieder alles, was zurücklag, wie in einer Verklärung. Aber so gewiß sie voll Sehnsucht dem Zuge nachgesehen, sie war doch andererseits viel zu beweglichen Gemüts, um lange dabei zu verweilen, und schon auf der Heimfahrt, als der rote Ball der niedergehenden Sonne seinen Schimmer über den Schnee ausgoß, fühlte sie sich wieder freier; alles erschien ihr schön und frisch, und als sie, nach Kessin zurückgekehrt, fast mit dem Glockenschlage sieben in den Gieshüblerschen Flur eintrat, war ihr nicht bloß behaglich, sondern beinah übermütig zu Sinn, wozu die das Haus durchziehende Baldrian- und Veilchenwurzelluft das ihrige beitragen mochte.

Pünktlich waren Innstetten und Frau erschienen, aber trotz dieser Pünktlichkeit immer noch hinter den anderen Geladenen zurückgeblieben; Pastor Lindequist, die alte Frau Trippel und die Trippelli selbst waren schon da. Gieshübler – im blauen Frack mit mattgoldenen Knöpfen, dazu Pincenez an einem breiten schwarzen Bande, das wie ein Ordensband auf der blendendweißen Piquéweste lag –, Gieshübler konnte seiner Erregung nur mit Mühe Herr werden. »Darf ich die Herrschaften miteinander bekannt machen: Baron und Baronin Innstetten, Frau Pastor Trippel, Fräulein Marietta Trippelli.« Pastor Lindequist, den alle kannten, stand lächelnd beiseite.

Die Trippelli, Anfang der Dreißig, stark männlich und von ausgesprochen humoristischem Typus, hatte bis zu dem Momente der Vorstellung den Sofa-Ehrenplatz innegehabt. Nach der Vorstellung aber sagte sie, während sie auf einen in der Nähe stehenden Stuhl mit hoher Lehne zuschritt: »Ich bitte Sie nunmehro, gnäd'ge Frau, die Bürden und Fährlichkeiten Ihres Amtes auf sich nehmen zu wollen. Denn von ›Fährlichkeiten‹« – und sie wies auf das Sofa – »wird sich in diesem Falle wohl sprechen lassen. Ich habe Gieshübler schon vor Jahr und Tag darauf aufmerksam gemacht, aber leider vergeblich; so gut er ist, so eigensinnig ist er auch.«

»Aber Marietta ...«

»Dies Sofa nämlich, dessen Geburt um wenigstens fünfzig Jahre zurückliegt, ist noch nach einem altmodischen Versenkungsprinzip gebaut, und wer sich ihm anvertraut, ohne vorher einen Kissenturm untergeschoben zu haben, sinkt ins Bodenlose, jedenfalls aber gerade tief genug, um die Knie wie ein Monument aufragen zu lassen.« All dies wurde seitens der Trippelli mit ebensoviel Bonhomie wie Sicherheit hingesprochen, in einem Tone, der ausdrücken sollte: »Du bist die Baronin Innstetten, ich bin die Trippelli.«

Gieshübler liebte seine Künstlerfreundin enthusiastisch und dachte hoch von ihren Talenten; aber all seine Begeisterung konnte ihn doch nicht blind gegen die Tatsache machen, daß ihr von gesellschaftlicher Feinheit nur ein bescheidenes Maß zuteil geworden war. Und diese Feinheit war gerade das, was er persönlich kultivierte. »Liebe Marietta«, nahm er das Wort, »Sie haben eine so reizend heitere Behandlung solcher Fragen; aber was mein Sofa betrifft, so haben Sie wirklich unrecht, und jeder Sachverständige mag zwischen uns entscheiden. Selbst ein Mann wie Fürst Kotschukoff ...«

»Ach, ich bitte Sie, Gieshübler, lassen Sie doch *den*. Immer Kotschukoff. Sie werden mich bei der gnäd'gen Frau hier noch in den Verdacht bringen, als ob ich bei diesem Fürsten – der übrigens nur zu den kleineren zählt und nicht mehr als tausend Seelen hat, das heißt *hatte* (früher, wo die Rechnung noch nach Seelen ging) –, als ob ich stolz wäre, seine tausendundeinste Seele zu sein. Nein, es liegt wirklich anders; ›immer frei weg‹, Sie kennen meine Devise, Gieshübler. Kotschukoff ist ein guter Kamerad und mein Freund, aber von Kunst und ähnlichen Sachen versteht er gar nichts, von Musik gewiß nicht, wiewohl er Messen und Oratorien komponiert – die meisten russischen Fürsten, wenn sie Kunst treiben, fallen ein bißchen nach der geistlichen oder orthodoxen Seite hin –, und zu den vielen Dingen, von denen er nichts versteht, gehören auch unbedingt Einrichtungs- und Tapezierfragen: Er ist gerade vornehm genug, um sich alles als schön aufreden zu lassen, was bunt aussieht und viel Geld kostet.«

Innstetten amüsierte sich, und Pastor Lindequist war in einem allersichtlichsten Behagen. Die gute alte Trippel aber geriet über den ungenierten Ton ihrer Tochter aus einer Verlegenheit in die andere, während Gieshübler es für angezeigt hielt, eine so schwierig werdende Unterhaltung zu coupieren. Dazu waren etliche Gesangspiecen das beste. Daß Marietta Lieder von anfechtbarem Inhalt wählen würde, war nicht anzunehmen, und selbst wenn dies sein sollte, so war ihre Vortragskunst so groß, daß der Inhalt dadurch geadelt wurde. »Liebe Marietta«, nahm er also das Wort, »ich habe unser kleines Mahl zu acht Uhr bestellt. Wir hätten also noch drei viertel Stunden, wenn Sie nicht vielleicht vorziehen, während Tisch ein heitres Lied zu singen oder vielleicht erst, wenn wir von Tisch aufgestanden sind ...«

»Ich bitte Sie, Gieshübler! Sie, der Mann der Ästhetik. Es gibt nichts Unästhetischeres als einen Gesangsvortrag mit vollem Magen. Außerdem – und ich weiß, Sie sind ein Mann der ausgesuchten Küche, ja, Gourmand –, außerdem schmeckt es besser, wenn man die Sache hinter sich hat. Erst Kunst und dann Nußeis, das ist die richtige Reihenfolge.«

»Also ich darf Ihnen die Noten bringen, Marietta?«

»Noten bringen. Ja, was heißt das, Gieshübler? Wie ich Sie kenne, werden Sie ganze Schränke voll Noten haben, und ich kann Ihnen doch nicht den ganzen Bock und Bote vorspielen. Noten! *Was* für Noten, Gieshübler, darauf kommt es an. Und dann, daß es richtig liegt, Altstimme ...«

»Nun, ich werde schon bringen.«

Und er machte sich an einem Schranke zu schaffen, ein Fach nach dem andern herausziehend, während die Trippelli ihren Stuhl weiter links um den Tisch herumschob, so daß sie nun dicht neben Effi saß.

»Ich bin neugierig, was er bringen wird«, sagte sie. Effi geriet dabei in eine kleine Verlegenheit.

»Ich möchte annehmen«, antwortete sie befangen, »etwas von Gluck, etwas ausgesprochen Dramatisches ... Überhaupt, mein gnädigstes Fräulein, wenn ich mir die Bemerkung erlauben darf, ich bin überrascht, zu hören, daß Sie lediglich Konzertsängerin sind. Ich dächte, daß Sie, wie wenige, für die Bühne berufen sein müßten. Ihre Erscheinung, Ihre Kraft, Ihr Organ ... ich habe noch sowenig derart kennengelernt, immer nur auf kurzen Besuchen in Berlin ... und dann war ich noch ein halbes Kind. Aber ich dächte Orpheus oder Kriemhild oder die Vestalin.«

Die Trippelli wiegte den Kopf und sah in Abgründe, kam aber zu keiner Entgegnung, weil eben jetzt Gieshübler wieder erschien und ein halbes Dutzend Notenhefte vorlegte, die seine Freundin in rascher Reihenfolge durch die Hand gleiten ließ. »›Erlkönig‹ ... ah, bah; ›Bächlein, laß dein Rauschen sein ...‹ Aber Gieshübler, ich bitte Sie, Sie sind ein Murmeltier, Sie haben sieben Jahre lang geschlafen ... Und hier Loewesche Balladen; auch nicht gerade das Neueste.

›Glocken von Speyer‹ ... Ach, dies ewige Bimbam, das beinah einer Kulissenreißerei gleichkommt, ist geschmacklos und abgestanden. Aber hier ›Ritter Olaf‹ ... nun das geht.«

Und sie stand auf, und während der Pastor begleitete, sang sie den ›Olaf‹ mit großer Sicherheit und Bravour und erntete allgemeinen Beifall.

Es wurde dann noch ähnlich Romantisches gefunden, einiges aus dem ›Fliegenden Holländer‹ und aus ›Zampa‹, dann ›Der Heideknabe‹, lauter Sachen, die sie mit ebensoviel Virtuosität wie Seelenruhe vortrug, während Effi von Text und Komposition wie benommen war.

Als die Trippelli mit dem ›Heideknaben‹ fertig war, sagte sie: »Nun ist es genug«, eine Erklärung, die so bestimmt von ihr abgegeben wurde, daß weder Gieshübler noch ein anderer den Mut hatte, mit weiteren Bitten in sie zu dringen. Am wenigsten Effi. Diese sagte nur, als Gieshüblers Freundin wieder neben ihr saß: »Daß ich Ihnen doch sagen könnte, mein gnädigstes Fräulein, wie dankbar ich Ihnen bin! Alles so schön, so sicher, so gewandt. Aber eines, wenn Sie mir verzeihen, bewundere ich fast noch mehr, das ist die Ruhe, womit Sie diese Sachen vorzutragen wissen. Ich bin so leicht Eindrücken hingegeben, und wenn ich die kleinste Gespenstergeschichte höre, so zittere ich und kann mich kaum wieder zurechtfinden. Und Sie tragen das so mächtig und erschütternd vor und sind selbst ganz heiter und guter Dinge.«

»Ja, meine gnädigste Frau, das ist in der Kunst nicht anders. Und nun gar erst auf dem Theater, vor dem ich übrigens glücklicherweise bewahrt geblieben bin. Denn so gewiß ich mich persönlich gegen seine Versuchungen gefeit fühle – es verdirbt den Ruf, also das Beste, was man hat. Im übrigen stumpft man ab, wie mir Kolleginnen hundertfach versichert haben. Da wird vergiftet und erstochen, und der toten Julia flüstert Romeo einen Kalauer ins Ohr oder wohl auch eine Malice, oder er drückt ihr einen kleinen Liebesbrief in die Hand.«

»Es ist mir unbegreiflich. Und um bei dem stehenzubleiben, was ich Ihnen diesen Abend verdanke, beispielsweise bei dem Gespenstischen im ›Olaf‹, ich versichere Ihnen, wenn ich einen ängstlichen Traum habe oder wenn ich glaube, über mir hörte ich ein leises Tanzen oder Musizieren, während doch niemand da ist, oder es schleicht wer an meinem Bette vorbei, so bin ich außer mir und kann es tagelang nicht vergessen.«

»Ja, meine gnädigste Frau, was Sie da schildern und beschreiben, das ist auch etwas anderes, das ist ja wirklich oder kann wenigstens etwas Wirkliches sein. Ein Gespenst, das durch die Ballade geht, da graule ich mich gar nicht, aber ein Gespenst, das durch meine Stube geht, ist mir, geradeso wie andern, sehr unangenehm. Darin empfinden wir also ganz gleich.«

»Haben Sie denn dergleichen auch einmal erlebt?«

»Gewiß. Und noch dazu bei Kotschukoff. Und ich habe mir auch ausbedungen, daß ich diesmal anders schlafe, vielleicht mit der englischen Gouvernante zusammen. Das ist nämlich eine Quäkerin, und da ist man sicher.«

»Und Sie halten dergleichen für möglich?«

»Meine gnädigste Frau, wenn man so alt ist wie ich und viel rumgestoßen wurde und in Rußland war und sogar auch ein halbes Jahr in Rumänien, da hält man alles für möglich. Es gibt so viele schlechte Menschen, und das andere findet sich dann auch, das gehört dann sozusagen mit dazu.«

Effi horchte auf.

»Ich bin«, fuhr die Trippelli fort, »aus einer sehr aufgeklärten Familie (bloß mit Mutter war es immer nicht so recht), und doch sagte mir mein Vater, als das mit dem Psychographen aufkam: ›Höre, Marie, das ist was.‹ Und er hat recht gehabt, es ist auch was damit. Überhaupt, man ist links und rechts umlauert, hinten und vorn. Sie werden das noch kennenlernen.«

In diesem Augenblicke trat Gieshübler heran und bot Effi den Arm, Innstetten führte Marietta, dann folgte Pastor Lindequist und die verwitwete Trippel. So ging man zu Tisch.

12. KAPITEL

Es war spät, als man aufbrach. Schon bald nach zehn hatte Effi zu Gieshübler gesagt, es sei nun wohl Zeit; Fräulein Trippelli, die den Zug nicht versäumen dürfe, müsse ja schon um sechs von Kessin aufbrechen; die danebenstehende Trippelli aber, die diese Worte gehört, hatte mit der ihr eigenen ungenierten Beredsamkeit gegen solche zarte Rücksichtnahme protestiert. »Ach, meine gnädigste Frau, Sie glauben, daß unsereins einen regelmäßigen Schlaf braucht, das trifft aber nicht zu; was wir regelmäßig brauchen, heißt Beifall und hohe Preise. Ja, lachen Sie nur. Außerdem (so was lernt man) kann ich auch im Coupé schlafen, in jeder Situation und sogar auf der linken Seite, und brauche nicht einmal das Kleid aufzumachen. Freilich bin ich auch nie eingepreßt; Brust und Lunge müssen immer frei sein, und vor allem das Herz. Ja, meine gnädigste Frau, das ist die Hauptsache. Und dann das Kapitel Schlaf überhaupt – die Menge tut es nicht, was entscheidet, ist die Qualität; ein guter Nicker von fünf Minuten ist besser als fünf Stunden unruhige Rumdreherei, mal links, mal rechts. Übrigens schläft man in Rußland wundervoll, trotz des starken Tees. Es muß die Luft machen oder das späte Diner oder weil man so verwöhnt wird. Sorgen gibt es in Rußland nicht; darin – im Geldpunkt sind beide gleich – ist Rußland noch besser als Amerika.«

Nach dieser Erklärung der Trippelli hatte Effi von allen Mahnungen zum Aufbruch Abstand genommen, und so war Mitternacht herangekommen. Man trennte sich heiter und herzlich und mit einer gewissen Vertraulichkeit.

Der Weg von der Mohrenapotheke bis zur landrätlichen Wohnung war ziemlich weit; er kürzte sich aber dadurch, daß Pastor Lindequist bat, Innstetten und Frau eine Strecke begleiten zu dürfen; ein Spaziergang unterm Sternenhimmel sei das Beste, um über Gieshüblers Rheinwein hinwegzukommen. Unterwegs wurde man natürlich nicht müde, die verschiedensten Trippelliana heranzuziehen; Effi begann mit dem, was ihr in Erinnerung geblieben, und gleich nach ihr kam der Pastor an die Reihe. Dieser, ein Ironikus, hatte die Trippelli, wie nach vielem sehr Weltlichen, so schließlich auch nach ihrer kirchlichen Richtung gefragt und dabei von ihr in Erfahrung gebracht, daß sie nur *eine* Richtung kenne, die orthodoxe. Ihr Vater sei freilich ein Rationalist gewesen, fast schon ein Freigeist, weshalb er auch den Chinesen am liebsten auf dem Gemeindekirchhof gehabt hätte; sie ihrerseits sei aber ganz entgegengesetzter Ansicht, trotzdem sie persönlich des großen Vorzugs genieße, gar nichts zu glauben. Aber sie sei sich in ihrem entschiedenen Nichtglauben doch auch jeden Augenblick bewußt, daß das ein Spezialluxus sei, den man sich nur als Privatperson gestatten könne. Staatlich höre der Spaß auf, und wenn ihr das Kultusministerium oder gar ein Konsistorialregiment unterstünde, so würde sie mit unnachsichtiger Strenge vorgehen. »Ich fühle so was von einem Torquemada in mir.«

Innstetten war sehr erheitert und erzählte seinerseits, daß er etwas so Heikles wie das Dogmatische geflissentlich vermieden, aber dafür das Moralische desto mehr in den Vordergrund gestellt habe. Hauptthema sei das Verführerische gewesen, das beständige Gefährdetsein, das in allem öffentlichen Auftreten liege, worauf die Trippelli leichthin und nur mit Betonung der zweiten Satzhälfte geantwortet habe: »Ja, beständig gefährdet; am meisten die Stimme.«

Unter solchem Geplauder war, ehe man sich trennte, der Trippelli-Abend noch einmal an ihnen vorübergezogen, und erst drei Tage später hatte sich Gieshüblers Freundin durch ein von Petersburg aus an Effi gerichtetes Telegramm noch einmal in Erinnerung gebracht. Es lautete: *Madame la Baronne d'Innstetten, née de Briest. Bien arrivée. Prince K. à la gare. Plus épris de moi que jamais. Mille fois merci de votre bon accueil. Compliments empressés à Monsieur le Baron. Marietta Trippelli.*

Innstetten war entzückt und gab diesem Entzücken lebhafteren Ausdruck, als Effi begreifen konnte.

»Ich verstehe dich nicht, Geert.«

»Weil du die Trippelli nicht verstehst. Mich entzückt die Echtheit; alles da, bis auf das Pünktchen überm i.«

»Du nimmst also alles als eine Komödie.«

»Aber als was sonst? Alles berechnet für dort und für hier, für Kotschukoff und für Gieshübler. Gieshübler wird wohl eine Stiftung machen, vielleicht auch bloß ein Legat für die Trippelli.«

Die musikalische Soiree bei Gieshübler hatte Mitte Dezember stattgefunden, gleich danach begannen die Vorbereitungen für Weihnachten, und Effi, die sonst schwer über diese Tage hingekommen wäre, segnete es, daß sie selber einen Hausstand hatte, dessen Ansprüche befriedigt werden mußten. Es galt nachsinnen, fragen, anschaffen, und das alles ließ trübe Gedanken nicht aufkommen. Am Tage vor Heiligabend trafen Geschenke von den Eltern aus Hohen-Cremmen ein, und mit in die Kiste waren allerhand Kleinigkeiten aus dem Kantorhause gepackt: wunderschöne Reinetten von einem Baum, den Effi und Jahnke vor mehreren Jahren gemeinschaftlich okuliert hatten, und dazu braune Puls- und Kniewärmer von Bertha und Hertha. Hulda schrieb nur wenige Zeilen, weil sie, wie sie sich entschuldigte, für X. noch eine Reisedecke zu stricken habe. »Was einfach nicht wahr ist«, sagte Effi. »Ich wette, X. existiert gar nicht. Daß sie nicht davon lassen kann, sich mit Anbetern zu umgeben, die nicht da sind!«

Und so kam Heiligabend heran.

Innstetten selbst baute auf für seine junge Frau, der Baum brannte, und ein kleiner Engel schwebte oben in den Lüften. Auch eine Krippe war da mit hübschen Transparenten und Inschriften, deren eine sich, in leiser Andeutung, auf ein dem Innstettenschen Hause für nächstes Jahr bevorstehendes Ereignis bezog. Effi las es und errötete. Dann ging sie auf Innstetten zu, um ihm zu danken, aber eh sie dies konnte, flog, nach altpommerschem Weihnachtsbrauch, ein Julklapp in den Hausflur: eine große Kiste, drin eine Welt von Dingen steckte. Zuletzt fand man die Hauptsache, ein zierliches, mit allerlei japanischen Bildchen überklebtes Morsellenkästchen, dessen eigentlichem Inhalt auch noch ein Zettelchen beigegeben war. Es hieß da:

Drei Könige kamen zum Heiligenchrist,
Mohrenkönig einer gewesen ist –
Ein Mohrenapothekerlein
Erscheinet heute mit Spezerein,
Doch statt Weihrauch und Myrrhen, die nicht zur Stelle,
Bringt er Pistazien- und Mandel-Morselle.

Effi las es zwei-, dreimal und freute sich darüber. »Die Huldigungen eines guten Menschen haben doch etwas besonders Wohltuendes. Meinst du nicht auch, Geert?«

»Gewiß meine ich das. Es ist eigentlich das einzige, was einem Freude macht oder wenigstens Freude machen sollte. Denn jeder steckt noch so nebenher in allerhand dummem Zeuge drin. Ich auch. Aber freilich, man ist, wie man ist.«

Der erste Feiertag war Kirchtag, am zweiten war man bei Borckes draußen, alles zugegen, mit Ausnahme von Grasenabbs, die nicht kommen wollten, weil Sidonie nicht da sei, was man als Entschuldigung allseitig ziemlich sonderbar fand. Einige tuschelten sogar: »Umgekehrt; gerade deshalb hätten sie kommen sollen.« Am Silvester war Ressourcenball, auf dem Effi nicht fehlen durfte und auch nicht wollte, denn der Ball gab ihr Gelegenheit, endlich einmal die ganze Stadtflora beisammen zu sehen. Johanna hatte mit den Vorbereitungen zum Ballstaate für ihre Gnäd'ge vollauf zu tun, Gieshübler, der, wie alles, so auch ein Treibhaus hatte, schickte Kamelien, und Innstetten, so knapp bemessen die Zeit für ihn war, fuhr am Nachmittage noch über Land nach Papenhagen, wo drei Scheunen abgebrannt waren.

Es war ganz still im Hause. Christel, beschäftigungslos, hatte sich schläfrig eine Fußbank an den Herd gerückt, und Effi zog sich in ihr Schlafzimmer zurück, wo sie sich, zwischen Spiegel und Sofa, an einen kleinen, eigens zu diesem Zweck zurechtgemachten Schreibtisch setzte, um von hier aus an die Mama zu schreiben, der sie für Weihnachtsbrief und Weihnachtsgeschenke bis dahin bloß in einer Karte gedankt, sonst aber seit Wochen keine Nachricht gegeben hatte.

»Kessin, 31. Dezember. Meine liebe Mama! Das wird nun wohl ein langer Schreibebrief werden, denn ich habe – die Karte rechnet nicht – lange nichts von mir hören lassen. Als ich das letzte Mal schrieb, steckte ich noch in den Weihnachtsvorbereitungen, jetzt liegen die Weihnachtstage schon zurück. Innstetten und mein guter Freund Gieshübler hatten alles aufgeboten, mir den Heiligen Abend so angenehm wie möglich zu machen, aber ich fühlte mich doch ein wenig einsam und bangte mich nach Euch. Überhaupt, soviel Ursache ich habe, zu danken und froh und glücklich zu sein, ich kann ein Gefühl des Alleinseins nicht ganz loswerden, und wenn ich mich früher, vielleicht mehr als nötig, über Huldas ewige Gefühlsträne mokiert habe, so werde ich jetzt dafür bestraft und habe selber mit dieser Träne zu kämpfen. Denn Innstetten darf es nicht sehen. Ich bin aber sicher, daß das alles besser werden wird, wenn unser Hausstand sich mehr belebt, und das wird der Fall sein, meine liebe Mama. Was ich neulich andeutete, das ist nun Gewißheit, und Innstetten bezeugt mir täglich seine Freude darüber. Wie glücklich ich selber im Hinblick darauf bin, brauche ich nicht erst zu versichern, schon weil ich dann Leben und Zerstreuung um mich her haben werde oder, wie Geert sich ausdrückt, ›ein liebes Spielzeug‹. Mit diesem Worte wird er wohl recht haben, aber er sollte es lieber nicht gebrauchen, weil es mir immer einen kleinen Stich gibt und mich daran erinnert, wie jung ich bin und daß ich noch halb in die Kinderstube gehöre. Diese Vorstellung verläßt mich nicht (Geert meint, es sei krankhaft) und bringt es zuwege, daß das, was mein höchstes Glück sein sollte, doch fast noch mehr eine beständige Verlegenheit für mich ist. Ja, meine liebe Mama, als die guten Flemmingschen Damen sich neulich nach allem möglichen erkundigten, war mir zumut, als stünd ich schlecht vorbereitet in einem Examen, und ich glaube auch, daß ich recht dumm geantwortet habe. Verdrießlich war ich auch. Denn manches, was wie Teilnahme aussieht, ist doch bloß Neugier und wirkt um so zudringlicher, als ich ja noch lange, bis in den Sommer hinein, auf das frohe Ereignis zu warten habe. Ich denke, die ersten Julitage. Dann mußt Du kommen, oder, noch besser, sobald ich einigermaßen wieder bei Wege bin, komme *ich*, nehme hier Urlaub und mache mich auf nach Hohen-Cremmen. Ach, wie ich mich darauf freue und auf die havelländische Luft – hier ist es fast immer rauh und kalt – und dann jeden Tag eine Fahrt ins Luch, alles rot und gelb, und ich sehe schon, wie das Kind die Hände danach streckt, denn es wird doch wohl fühlen, daß es eigentlich da zu Hause ist. Aber das schreibe ich nur *Dir*. Innstetten darf nicht davon wissen, und auch Dir gegenüber muß ich mich wie entschuldigen, daß ich mit dem Kinde nach Hohen-Cremmen will und mich heute schon anmelde, statt Dich, meine liebe Mama, dringend und herzlich nach Kessin hin einzuladen, das ja doch jeden Sommer fünfzehnhundert Badegäste hat und Schiffe mit allen möglichen Flaggen und sogar ein Dünenhotel. Aber daß ich so wenig Gastlichkeit zeige, das macht nicht, daß ich ungastlich wäre, so sehr bin ich nicht aus der Art geschlagen, das macht einfach unser landrätliches Haus, das, soviel Hübsches und Apartes es hat, doch eigentlich gar kein richtiges Haus ist, sondern nur eine Wohnung für zwei Menschen, und auch das kaum, denn wir haben nicht einmal ein Eßzimmer, was doch genant ist, wenn ein paar Personen zu Besuch sich einstellen. Wir haben freilich noch Räumlichkeiten im ersten Stock, einen großen Saal und vier kleine Zimmer, aber sie haben alle etwas wenig Einladendes, und ich würde sie Rumpelkammern nennen, wenn sich etwas Gerümpel darin vorfände; sie sind aber ganz leer, ein paar Binsenstühle abgerechnet, und machen, das mindeste zu sagen, einen sehr sonderbaren Eindruck. Nun wirst Du wohl meinen, das alles sei ja leicht zu ändern. Aber es ist nicht zu ändern; denn das Haus, das wir bewohnen, ist ... ist ein Spukhaus; da ist es heraus. Ich beschwöre Dich übrigens, mir auf diese meine Mitteilung nicht zu antworten, denn ich zeige Innstetten immer Eure Briefe, und er wäre außer sich, wenn er erführe, daß ich Dir das geschrieben. Ich hätte es auch nicht getan, und zwar um so weniger, als ich seit vielen Wochen in Ruhe geblieben bin und aufgehört habe, mich zu ängstigen; aber Johanna sagt mir, es käme immer mal wieder, namentlich wenn wer Neues im Hause erschiene. Und ich kann Dich doch einer solchen Gefahr oder, wenn das zuviel gesagt ist, einer solchen eigentümlichen und unbequemen Störung nicht aussetzen! Mit der Sache selber will ich Dich heute nicht behelligen, jedenfalls nicht ausführlich. Es ist eine Geschichte von einem alten Kapitän, einem sogenannten Chinafahrer, und seiner Enkelin, die mit einem hiesigen jungen Kapitän eine kurze Zeit verlobt war und an ihrem Hochzeitstage plötzlich verschwand. Das möchte hingehn. Aber was wichtiger ist, ein junger Chinese, den ihr Vater aus China mit zurückgebracht hatte und der erst der Diener und dann der Freund des Alten war, der starb kurze Zeit danach und ist an einer einsamen Stelle neben dem Kirchhof begraben worden. Ich bin neulich da vorübergefahren, wandte mich aber rasch ab und sah nach der anderen Seite, weil ich glaube, ich hätte ihn sonst auf dem Grabe sitzen sehen. Denn ach, meine liebe Mama, ich habe ihn einmal wirklich gesehen, oder es ist mir wenigstens so vorgekommen, als ich fest schlief und Innstetten auf Besuch beim Fürsten war. Es war schrecklich; ich möchte so was nicht wieder erleben. Und in ein solches Haus, so hübsch es sonst ist (es ist sonderbarerweise gemütlich und unheimlich zugleich), kann ich Dich doch nicht gut einladen. Und Innstetten, trotzdem ich ihm schließlich in vielen Stücken zustimmte, hat sich dabei, soviel möcht ich sagen dürfen, auch nicht ganz richtig benommen. Er verlangte von mir, ich solle das alles als Alten-Weiber-Unsinn ansehen und darüber lachen, aber mit einemmal schien er doch auch wieder selber daran zu glauben und stellte mir zugleich die sonderbare Zumutung, einen solchen

Hausspuk als etwas Vornehmes und Altadliges anzusehen. Das kann ich aber nicht und will es auch nicht. Er ist in diesem Punkte, so gütig er sonst ist, nicht gütig und nachsichtig genug gegen mich. Denn daß es etwas damit ist, das weiß ich von Johanna und weiß es auch von unserer Frau Kruse. Das ist nämlich unsere Kutscherfrau, die mit einem schwarzen Huhn beständig in einer überheizten Stube sitzt. Dies allein schon ist ängstlich genug. Und nun weißt Du, warum *ich* kommen will, wenn es erst soweit ist. Ach, wäre es nur erst soweit. Es sind so viele Gründe, warum ich es wünsche. Heute abend haben wir Silvesterball, und Gieshübler – der einzig nette Mensch hier, trotzdem er eine hohe Schulter hat, oder eigentlich schon etwas mehr –, Gieshübler hat mir Kamelien geschickt. Ich werde doch vielleicht tanzen. Unser Arzt sagt, es würde mir nichts schaden, im Gegenteil. Und Innstetten, was mich fast überraschte, hat auch eingewilligt. Und nun grüße und küsse Papa und all die andern Lieben. Glückauf zum neuen Jahr.

Deine Effi.«

13. KAPITEL

Der Silvesterball hatte bis an den frühen Morgen gedauert, und Effi war ausgiebig bewundert worden, freilich nicht ganz so anstandslos wie das Kamelienbukett, von dem man wußte, daß es aus dem Gieshüblerschen Treibhause kam. Im übrigen blieb auch nach dem Silvesterball alles beim alten, kaum daß Versuche gesellschaftlicher Annäherung gemacht worden wären, und so kam es denn, daß der Winter als recht lange dauernd empfunden wurde. Besuche seitens der benachbarten Adelsfamilien fanden nur selten statt, und dem pflichtschuldigen Gegenbesuche ging in einem halben Trauertone jedesmal die Bemerkung voraus: »Ja, Geert, wenn es durchaus sein muß, aber ich vergehe vor Langerweile.« Worte, denen Innstetten nur immer zustimmte. Was an solchen Besuchsnachmittagen über Familie, Kinder, auch Landwirtschaft gesagt wurde, mochte gehen; wenn dann aber die kirchlichen Fragen an die Reihe kamen und die mitanwesenden Pastoren wie kleine Päpste behandelt wurden oder sich auch wohl selbst als solche ansahen, dann riß Effi der Faden der Geduld, und sie dachte mit Wehmut an Niemeyer, der immer zurückhaltend und anspruchslos war, trotzdem es bei jeder größeren Feierlichkeit hieß, er habe das Zeug, an den ›Dom‹ berufen zu werden. Mit den Borckes, den Flemmings, den Grasenabbs, so freundlich die Familien, von Sidonie Grasenabb abgesehen, gesinnt waren – es wollte mit allen nicht so recht gehen, und es hätte mit Freude, Zerstreuung und auch nur leidlichem Sich-behaglich-Fühlen manchmal recht schlimm gestanden, wenn Gieshübler nicht gewesen wäre. Der sorgte für Effi wie eine kleine Vorsehung, und sie wußte ihm auch Dank. Natürlich war er, neben allem anderen, auch ein eifriger und aufmerksamer Zeitungsleser, ganz zu geschweigen, daß er an der Spitze des Journalzirkels stand, und so verging denn fast kein Tag, wo nicht Mirambo ein großes weißes Kuvert gebracht hätte, mit allerhand Blättern und Zeitungen, in denen die betreffenden Stellen angestrichen waren, meist eine kleine, feine Bleistiftlinie, mitunter aber auch dick mit Blaustift und ein Ausrufungs- oder Fragezeichen daneben. Und dabei ließ er es nicht bewenden; er schickte auch Feigen und Datteln, Schokoladentafeln in Satineepapier und ein rotes Bändchen drum, und wenn etwas besonders Schönes in seinem Treibhaus blühte, so brachte er es selbst und hatte dann eine glückliche Plauderstunde mit der ihm so sympathischen jungen Frau, für die er alle schönen Liebesgefühle durch- und nebeneinander hatte, die des Vaters und Onkels, des Lehrers und Verehrers. Effi war gerührt von dem allen und schrieb öfters darüber nach Hohen-Cremmen, so daß die Mama sie mit ihrer »Liebe zum Alchimisten« zu necken begann; aber diese wohlgemeinten Neckereien verfehlten ihren Zweck, ja berührten sie beinahe schmerzlich, weil ihr, wenn auch unklar, dabei zum Bewußtsein kam, was ihr in ihrer Ehe eigentlich fehlte: Huldigungen, Anregungen, kleine Aufmerksamkeiten. Innstetten war lieb und gut, aber ein Liebhaber war er nicht. Er hatte das Gefühl, Effi zu lieben, und das gute Gewissen, daß es so sei, ließ ihn von besonderen Anstrengungen absehen. Es war fast zur Regel geworden, daß er sich, wenn Friedrich die Lampe brachte, aus seiner Frau Zimmer in sein eigenes zurückzog. »Ich habe da noch eine verzwickte Geschichte zu erledigen.« Und damit ging er. Die Portiere blieb freilich zurückgeschlagen, so daß Effi das

Blättern in dem Aktenstück oder das Kritzeln seiner Feder hören konnte, aber das war auch alles. Rollo kam dann wohl und legte sich vor sie hin auf den Kaminteppich, als ob er sagen wolle: »Muß nur mal wieder nach dir sehen; ein anderer tut's doch nicht.« Und dann beugte sie sich nieder und sagte leise: »Ja, Rollo, wir sind allein.« Um neun erschien dann Innstetten wieder zum Tee, meist die Zeitung in der Hand, sprach vom Fürsten, der wieder viel Ärger habe, zumal über diesen Eugen Richter, dessen Haltung und Sprache ganz unqualifizierbar seien, und ging dann die Ernennungen und Ordensverleihungen durch, von denen er die meisten beanstandete. Zuletzt sprach er von den Wahlen und daß es ein Glück sei, einem Kreise vorzustehen, in dem es noch Respekt gäbe. War er damit durch, so bat er Effi, daß sie was spiele, aus ›Lohengrin‹ oder aus der ›Walküre‹, denn er war ein Wagner-Schwärmer. Was ihn zu diesem hinübergeführt hatte, war ungewiß; einige sagten, seine Nerven, den so schüchtern er schien, eigentlich war er nervös; andere schoben es auf Wagners Stellung zur Judenfrage. Wahrscheinlich hatten beide recht. Um zehn war Innstetten dann abgespannt und erging sich in ein paar wohlgemeinten, aber etwas müden Zärtlichkeiten, die sich Effi gefallen ließ, ohne sie recht zu erwidern.

So verging der Winter, der April kam, und in dem Garten hinter dem Hofe begann es zu grünen, worüber sich Effi freute; sie konnte gar nicht abwarten, daß der Sommer komme mit seinen Spaziergängen am Strand und seinen Badegästen. Wenn sie so zurückblickte, der Trippelli-Abend bei Gieshübler und dann der Silvesterball, ja, das ging, das war etwas Hübsches gewesen; aber die Monate, die dann gefolgt waren, die hatten doch viel zu wünschen übriggelassen, und vor allem waren sie so monoton gewesen, daß sie sogar mal an die Mama geschrieben hatte: »Kannst Du Dir denken, Mama, daß ich mich mit unsrem Spuk beinah ausgesöhnt habe? Natürlich die schreckliche Nacht, wo Geert drüben beim Fürsten war, die möcht ich nicht noch einmal durchmachen, nein, gewiß nicht; aber immer das Alleinsein und so gar nichts erleben, das hat doch auch sein Schweres, und wenn ich dann in der Nacht aufwache, dann horche ich mitunter hinauf, ob ich nicht die Schuhe schleifen höre, und wenn alles still bleibt, so bin ich fast wie enttäuscht und sage mir: wenn es doch nur wiederkäme, nur nicht zu arg und nicht zu nah.«

Das war im Februar, daß Effi so schrieb, und nun war beinahe Mai. Drüben in der Plantage belebte sich's schon wieder, und man hörte die Finken schlagen. Und in derselben Woche war es auch, daß die Störche kamen, und einer schwebte langsam über ihr Haus hin und ließ sich dann auf einer Scheune nieder, die neben Utpatels Mühle stand. Das war seine alte Raststätte. Auch über dies Ereignis berichtete Effi, die jetzt überhaupt häufiger nach Hohen-Cremmen schrieb, und es war in demselben Briefe, daß es am Schlusse hieß: »Etwas, meine liebe Mama, hätte ich beinah vergessen: den neuen Landwehrbezirkskommandeur, den wir nun schon beinah vier Wochen hier haben. Ja, haben wir ihn wirklich? Das ist die Frage, und eine Frage von Wichtigkeit dazu, so sehr Du darüber lachen wirst und auch lachen mußt, weil Du den gesellschaftlichen Notstand nicht kennst, in dem wir uns nach wie vor befinden. Oder wenigstens *ich*, die ich mich mit dem Adel hier nicht gut zurechtfinden kann. Vielleicht meine Schuld. Aber das ist gleich. Tatsache bleibt: Notstand, und deshalb sah ich, durch all diese Winterwochen hin, dem neuen Bezirkskommandeur wie einem Trost- und Rettungsbringer entgegen. Sein Vorgänger war ein Greuel, von schlechten Manieren und noch schlechteren Sitten, und zum Überfluß auch noch immer schlecht bei Kasse. Wir haben all die Zeit über unter ihm gelitten, Innstetten noch mehr als ich, und als wir Angang April hörten, Major von Crampas sei da, das ist nämlich der Name des Neuen, da fielen wir uns in die Arme, als könne uns nun nichts Schlimmes mehr in diesem lieben Kessin passieren. Aber, wie schon kurz erwähnt, es scheint, trotzdem er da ist, wieder nichts werden zu wollen. Crampas ist verheiratet, zwei Kinder von zehn und acht Jahren, die Frau ein Jahr älter als er, also sagen wir fünfundvierzig. Das würde nun an und für sich nicht viel schaden, warum soll ich mich nicht mit einer mütterlichen Freundin wundervoll unterhalten können? Die Trippelli war auch nahe an die Dreißig, und es ging ganz gut. Aber mit der Frau von Crampas, übrigens keine Geborne, kann es nichts werden. Sie ist immer verstimmt, beinahe melancholisch (ähnlich wie unsere Frau Kruse, an die sie mich überhaupt erinnert), und das alles aus Eifersucht. Er, Crampas, soll nämlich ein Mann vieler Verhältnisse sein, ein Damenmann, etwas, was mir immer lächerlich ist und mir auch in diesem

Falle lächerlich sein würde, wenn er nicht, um eben solcher Dinge willen, ein Duell mit einem Kameraden gehabt hätte. Der linke Arm wurde ihm dicht unter der Schulter zerschmettert, und man sieht es sofort, trotzdem die Operation, wie mir Innstetten erzählt (ich glaube, sie nennen es Resektion, damals noch von Wilms ausgeführt), als ein Meisterstück der Kunst gerühmt wurde. Beide, Herr und Frau von Crampas, waren vor vierzehn Tagen bei uns, um uns ihren Besuch zu machen; es war eine sehr peinliche Situation, denn Frau von Crampas beobachtete ihren Mann so, daß *er* in eine halbe und *ich* in eine ganze Verlegenheit kam. Daß er selbst sehr anders sein kann, ausgelassen und übermütig, davon überzeugte ich mich, als er vor drei Tagen mit Innstetten allein war und ich, von meinem Zimmer her, dem Gang ihrer Unterhaltung folgen konnte. Nachher sprach auch ich ihn. Vollkommener Kavalier, ungewöhnlich gewandt. Innstetten war während des Krieges in derselben Brigade mit ihm, und sie haben sich im Norden von Paris bei Graf Gröben öfter gesehen. Ja, meine liebe Mama, das wäre nun also etwas gewesen, um in Kessin ein neues Leben beginnen zu können; er, der Major, hat auch nicht die pommerschen Vorurteile, trotzdem er in Schwedisch-Pommern zu Hause sein soll. Aber die Frau! Ohne sie geht es natürlich nicht, und mit ihr erst recht nicht.«

Effi hatte ganz recht gehabt, und es kam wirklich zu keiner weiteren Annäherung mit dem Crampasschen Paare. Man sah sich mal bei der Borckeschen Familie draußen, ein andermal ganz flüchtig auf dem Bahnhof und wenige Tage später auf einer Boot- und Vergnügungsfahrt, die nach einem am Breitling gelegenen großen Buchen- und Eichenwalde, der ›der Schnatermann‹ hieß, gemacht wurde; es kam aber über kurze Begrüßungen nicht hinaus, und Effi war froh, als Anfang Juni die Saison sich ankündigte. Freilich fehlte es noch an Badegästen, die vor Johanni überhaupt nur in Einzelexemplaren einzutreffen pflegten, aber schon die Vorbereitungen waren eine Zerstreuung. In der Plantage wurden Karussell und Scheibenstände hergerichtet, die Schiffersleute kalfaterten und strichen ihre Boote, jede kleine Wohnung erhielt neue Gardinen, und die Zimmer, die feucht lagen, also den Schwamm unter der Diele hatten, wurden ausgeschwefelt und dann gelüftet.

Auch in Effis eigener Wohnung, freilich um eines anderen Ankömmlings als der Badegäste willen, war alles in einer gewissen Erregung; selbst Frau Kruse wollte mittun, so gut es ging. Aber davor erschrak Effi lebhaft und sagte: »Geert, daß nur die Frau Kruse nichts anfaßt; da kann nichts werden, und ich ängstige mich schon gerade genug.« Innstetten versprach auch alles, Christel und Johanna hätten ja Zeit genug, und um seiner jungen Frau Gedanken überhaupt in eine andere Richtung zu bringen, ließ er das Thema der Vorbereitungen ganz fallen und fragte statt dessen, ob sie denn schon bemerkt habe, daß drüben ein Badegast eingezogen sei, nicht gerade der erste, aber doch einer der ersten.

»Ein Herr?«

»Nein, eine Dame, die schon früher hier war, jedesmal in derselben Wohnung. Und sie kommt immer so früh, weil sie's nicht leiden kann, wenn alles schon so voll ist.«

»Das kann ich ihr nicht verdenken. Und wer ist es denn?«

»Die verwitwete Registrator Rode.«

»Sonderbar. Ich habe mir Registratorwitwen immer arm gedacht.«

»Ja«, lachte Innstetten, »das ist die Regel. Aber hier hast du eine Ausnahme. Jedenfalls hat sie mehr als ihre Witwenpension. Sie kommt immer mit viel Gepäck, unendlich viel mehr, als sie gebraucht, und scheint überhaupt eine ganz eigene Frau, wunderlich, kränklich und namentlich schwach auf den Füßen. Sie mißtraut sich deshalb auch und hat immer eine ältliche Dienerin um sich, die kräftig genug ist, sie zu schützen oder sie zu tragen, wenn ihr etwas passiert. Diesmal hat sie eine neue. Aber doch auch wieder eine ganz ramassierte Person, ähnlich wie die Trippelli, nur noch stärker.«

»Oh, die hab ich schon gesehen. Gute braune Augen, die einen treu und zuversichtlich ansehen. Aber ein klein bißchen dumm.«

»Richtig, das ist sie.«

Das war Mitte Juni, daß Innstetten und Effi dies Gespräch hatten. Von da ab brachte jeder Tag Zuzug, und nach dem Bollwerk hin spazierengehen, um daselbst die Ankunft des Dampfschiffes abzuwarten, wurde, wie immer um diese Zeit, eine Art Tagesbeschäftigung für die Kessiner.

Effi freilich, weil Innstetten sie nicht begleiten konnte, mußte darauf verzichten, aber sie hatte doch wenigstens die Freude, die nach dem Strand und dem Strandhotel hinausführende, sonst so menschenleere Straße sich beleben zu sehen, und war denn auch, um immer wieder Zeuge davon zu sein, viel mehr als sonst in ihrem Schlafzimmer, von dessen Fenstern aus sich alles am besten beobachten ließ. Johanna stand dann neben ihr und gab Antwort auf ziemlich alles, was sie wissen wollte; denn da die meisten alljährlich wiederkehrende Gäste waren, so konnte das Mädchen nicht bloß die Namen nennen, sondern mitunter auch eine Geschichte dazu geben.

Das alles war unterhaltlich und erheiternd für Effi. Grade am Johannistage aber traf es sich, daß kurz vor elf Uhr vormittags, wo sonst der Verkehr vom Dampfschiff her am buntesten vorüberflutete, statt der mit Ehepaaren, Kindern und Reisekoffern besetzten Droschken aus der Mitte der Stadt her ein schwarz verhangener Wagen (dem sich zwei Trauerkutschen anschlossen) die zur Plantage führende Straße herunterkam und vor dem der landrätlichen Wohnung gegenüber gelegenen Hause hielt. Die verwitwete Frau Registrator Rode war nämlich drei Tage vorher gestorben, und nach Eintreffen der in aller Kürze benachrichtigten Berliner Verwandten war seitens ebendieser beschlossen worden, die Tote nicht nach Berlin hin überführen, sondern auf dem Kessiner Dünenkirchhof begraben zu wollen. Effi stand am Fenster und sah neugierig auf die sonderbar feierliche Szene, die sich drüben abspielte. Die zum Begräbnis von Berlin her Eingetroffenen waren zwei Neffen mit ihren Frauen, alle gegen vierzig, etwas mehr oder weniger, und von beneidenswert gesunder Gesichtsfarbe. Die Neffen, in gutsitzenden Fracks, konnten passieren, und die nüchterne Geschäftsmäßigkeit, die sich in ihrem gesamten Tun ausdrückte, war im Grunde mehr kleidsam als störend. Aber die beiden Frauen! Sie waren ganz ersichtlich bemüht, den Kessinern zu zeigen, was eigentlich Trauer sei, und trugen denn auch lange, bis an die Erde reichende schwarze Kreppschleier, die zugleich ihr Gesicht verhüllten. Und nun wurde der Sarg, auf dem einige Kränze und sogar ein Palmenwedel lagen, auf den Wagen gestellt, und die beiden Ehepaare setzten sich in die Kutschen. In die erste – gemeinschaftlich mit dem einen der beiden leidtragenden Paare – stieg auch Lindequist, hinter der zweiten Kutsche aber ging die Hauswirtin und neben dieser die stattliche Person, die die Verstorbene zur Aushilfe mit nach Kessin gebracht hatte. Letztere war sehr aufgeregt und schien durchaus ehrlich darin, wenn dies Aufgeregtsein auch vielleicht nicht gerade Trauer war; der sehr heftig schluchzenden Hauswirtin aber, einer Witwe, sah man dagegen fast allzu deutlich an, daß sie sich beständig die Möglichkeit eines Extrageschenkes berechnete, trotzdem sie in der bevorzugten und von anderen Wirtinnen auch sehr beneideten Lage war, die für den ganzen Sommer vermietete Wohnung noch einmal vermieten zu können.

Effi, als der Zug sich in Bewegung setzte, ging in ihren hinter dem Hofe gelegenen Garten, um hier, zwischen den Buchsbaumbeeten, den Eindruck des Lieb- und Leblosen, den die ganze Szene drüben auf sie gemacht hatte, wieder loszuwerden. Als dies aber nicht glücken wollte, kam ihr die Lust, statt ihrer eintönigen Gartenpromenade lieber einen weiteren Spaziergang zu machen, und zwar um so mehr, als ihr der Arzt gesagt hatte, viel Bewegung im Freien sei das Beste, was sie, bei dem, was ihr bevorstände, tun könne. Johanna, die mit im Garten war, brachte ihr denn auch Umhang, Hut und Entoutcas, und mit einem freundlichen »Guten Tag« trat Effi aus dem Hause heraus und ging auf das Wäldchen zu, neben dessen breitem chaussierten Mittelweg ein schmalerer Fußsteig auf die Dünen und das am Strand gelegene Hotel zulief. Unterwegs standen Bänke, von denen sie jede benutzte, denn das Gehen griff sie an, und um so mehr, als inzwischen die heiße Mittagsstunde herangekommen war. Aber wenn sie saß und von ihrem bequemen Platz aus die Wagen und die Damen in Toilette beobachtete, die da hinausfuhren, so belebte sie sich wieder. Denn Heiteres sehen war ihr wie Lebensluft. Als das Wäldchen aufhörte, kam freilich noch eine allerschlimmste Wegstelle, Sand und wieder Sand und nirgends eine Spur von Schatten; aber glücklicherweise waren hier Bohlen und Bretter gelegt, und so kam sie, wenn auch erhitzt und müde, doch in guter Laune bei dem Strandhotel an. Drinnen im Saal wurde schon gegessen, aber hier draußen um sie her war alles still und leer, was ihr in diesem Augenblicke denn auch das liebste war. Sie ließ sich ein Glas Sherry und eine Flasche Biliner Wasser bringen und sah auf das Meer hinaus, das im hellen Sonnenlichte schimmerte, während es am Ufer in kleinen Wellen brandete. »Da drüben liegt Bornholm und dahinter Wisby, wovon mir Jahnke vor Zeiten immer Wunderdinge vorschwärmte. Wisby ging ihm fast noch über Lübeck und Wullenweber. Und hinter Wisby kommt Stockholm, wo das Stockholmer Blutbad war, und dann kommen die großen Ströme und dann das Nordkap und dann die Mitternachtssonne.« Und im Augenblick erfaßte sie eine Sehnsucht, das alles zu sehen. Aber dann gedachte sie wieder dessen, was ihr so nahe bevorstand, und sie erschrak fast. »Es ist eine Sünde, daß ich so leichtsinnig bin und solche Gedanken habe und mich wegträume, während ich doch an das nächste denken müßte. Vielleicht bestraft es sich auch noch, und alles stirbt hin, das Kind und ich. Und der Wagen und die zwei Kutschen, die halten dann nicht drüben vor dem Hause, die halten dann bei uns ... Nein, nein, ich mag hier nicht sterben, ich will hier nicht begraben sein, ich will nach Hohen-Cremmen. Und Lindequist, so gut er ist – aber Niemeyer ist mir lieber; er hat mich getauft und eingesegnet und getraut, und Niemeyer soll mich auch begraben.« Und dabei fiel eine Träne auf ihre Hand. Dann aber lachte sie wieder. »Ich lebe ja noch und bin erst siebzehn, und Niemeyer ist siebenundfünfzig.«

In dem Eßsaal hörte sie das Geklapper des Geschirrs. Aber mit einem Male war es ihr, als ob die Stühle geschoben würden; vielleicht stand man schon auf, und sie wollte jede Begegnung vermeiden. So erhob sie sich auch ihrerseits rasch wieder von ihrem Platz, um auf einem Umweg nach der Stadt zurückzukehren. Dieser Umweg führte sie dicht an dem Dünenkirchhof vorüber, und weil der Torweg des Kirchhofs gerade offenstand, trat sie ein. Alles blühte hier, Schmetterlinge flogen über die Gräber hin, und hoch in den Lüften standen ein paar Möwen. Es war so still und schön, und sie hätte hier gleich bei den ersten Gräbern verweilen mögen; aber weil die Sonne mit jedem Augenblick heißer niederbrannte, ging sie höher hinauf, auf einen schattigen Gang zu, den Hängeweiden und etliche an den Gräbern stehende Trauereschen bildeten. Als sie bis an das Ende dieses Ganges gekommen, sah sie zur Rechten einen frisch aufgeworfenen Sandhügel, mit vier, fünf Kränzen darauf, und dicht daneben eine schon außerhalb der Baumreihe stehende Bank, darauf die gute, robuste Person saß, die, an der Seite der Hauswirtin, dem Sarge der verwitweten Registratorin als letzte Leidtragende gefolgt war. Effi erkannte sie sofort wieder und war in ihrem Herzen bewegt, die gute, treue Person, denn dafür mußte sie sie halten, in sengender Sonnenhitze hier vorzufinden. Seit dem Begräbnis waren wohl an zwei Stunden vergangen.

»Es ist eine heiße Stelle, die Sie sich da ausgesucht haben«, sagte Effi, »viel zu heiß. Und wenn ein Unglück kommen soll, dann haben Sie den Sonnenstich.«

»Das wäre auch das beste.«

»Wie das?«

»Dann wär ich aus der Welt.«

»Ich meine, das darf man nicht sagen, auch wenn man unglücklich ist oder wenn einem wer gestorben ist, den man lieb hatte. Sie hatten sie wohl sehr lieb?«

»Ich? *Die*? I Gott bewahre.«

»Sie sind aber doch sehr traurig. Das muß doch einen Grund haben.«

»Den hat es auch, gnädigste Frau.«

»Kennen Sie mich?«

»Ja. Sie sind die Frau Landrätin von drüben. Und ich habe mit der Alten immer von Ihnen gesprochen. Zuletzt konnte sie nicht mehr, weil sie keine rechte Luft mehr hatte, denn es saß ihr hier und wird wohl Wasser gewesen sein; aber solange sie noch reden konnte, redete sie immerzu. Es war 'ne richtige Berlinsche . ...«

»Gute Frau?«

»Nein; wenn ich das sagen wollte, müßt ich lügen. Da liegt sie nun, und man soll von einem Toten nichts Schlimmes sagen, und erst recht nicht, wenn er so kaum seine Ruhe hat. Na, die wird sie ja wohl haben! Aber sie taugte nichts und war zänkisch und geizig, und für mich hat sie auch nicht gesorgt. Und die Verwandtschaft, die da gestern von Berlin gekommen ... gezankt haben sie sich bis in die sinkende Nacht ... na, die taugt auch nichts, die taugt erst recht nichts. Lauter schlechtes Volk, happig und gierig und hartherzig, und haben mir barsch und unfreundlich und mit allerlei Redensarten meinen Lohn ausgezahlt, bloß weil sie mußten und weil es bloß noch sechs Tage sind bis zum Vierteljahrsersten. Sonst hätte ich nichts gekriegt oder bloß halb oder bloß ein Viertel. Nichts aus freien Stücken. Und einen eingerissenen Fünfmarkschein haben sie mir gegeben, daß ich nach Berlin zurückreisen kann; na, es reicht so gerade für die vierte Klasse, und ich werde wohl auf meinem Koffer sitzen müssen. Aber ich will auch gar nicht; ich will hier sitzen bleiben und warten, bis ich sterbe ... Gott, ich dachte nun mal Ruhe zu haben und hätte auch ausgehalten bei der Alten. Und nun ist es wieder nichts, und soll mich wieder rumstoßen lassen. Und kattolsch bin ich auch noch. Ach, ich hab es satt und läg am liebsten, wo die Alte liegt, und sie könnte meinetwegen weiterleben ... Sie hätte gern noch weitergelebt; solche Menschenschikanierer, die nich mal Luft haben, die leben immer am liebsten.«

Rollo, der Effi begleitet hatte, hatte sich mittlerweile vor die Person hingesetzt, die Zunge weit heraus, und sah sie an. Als sie jetzt schwieg, erhob er sich, ging einen Schritt vor und legte seinen Kopf auf ihre Knie.

Mit einem Male war die Person wie verwandelt. »Gott, das bedeutet mir was. Da ist ja 'ne Kreatur, die mich leiden kann, die mich freundlich ansieht und ihren Kopf auf meine Knie legt. Gott, das ist lange her, daß ich so was gehabt habe. Nun, mein Alterchen, wie heißt du denn? Du bist ja ein Prachtkerl.«

»Rollo«, sagte Effi.

»Rollo; das ist sonderbar. Aber der Name tut nichts. Ich habe auch einen sonderbaren Namen, das heißt Vornamen. Und einen andern hat unsereins ja nicht.«

»Wie heißen Sie denn?«

»Ich heiße Roswitha.«

»Ja, das ist selten, das ist ja ...«

»Ja, ganz recht, gnädige Frau, das ist ein kattolscher Name. Und das kommt auch noch dazu, daß ich eine Kattolsche bin. Aus'n Eichsfeld. Und das Kattolsche, das macht es einem immer noch schwerer und saurer. Viele wollen keine Kattolsche, weil sie soviel in die Kirche rennen. ›Immer in die Beichte, und die Hauptsache sagen sie doch nich‹ – Gott, wie oft hab ich das hören müssen, erst als ich in Giebichenstein im Dienst war und dann in Berlin. Ich bin aber eine schlechte Katholikin und bin ganz davon abgekommen, und vielleicht geht es mir deshalb so schlecht; ja, man darf nich von seinem Glauben lassen und muß alles ordentlich mitmachen.«

»Roswitha«, wiederholte Effi den Namen und setzte sich zu ihr auf die Bank. »Was haben Sie nun vor?«

»Ach, gnäd'ge Frau, was soll ich vorhaben. Ich habe gar nichts vor. Wahr und wahrhaftig, ich möchte hier sitzen bleiben und warten, bis ich tot umfalle. Das wär mir das liebste. Und dann würden die Leute noch denken, ich hätte die Alte so geliebt wie ein treuer Hund und hätte von ihrem Grabe nicht weg gewollt und wäre da gestorben. Aber das ist falsch, für solche Alte stirbt man nicht; ich will bloß sterben, weil ich nicht leben kann.«

»Ich will Sie was fragen, Roswitha. Sind Sie, was man so ›kinderlieb‹ nennt? Waren Sie schon mal bei kleinen Kindern?«

»Gewiß, war ich. Das ist ja mein Bestes und Schönstes. Solche alte Berlinsche – Gott verzeih mir die Sünde, denn sie ist nun tot und steht vor Gottes Thron und kann mich da verklagen –, solche Alte wie die da, ja, das ist schrecklich, was man da alles tun muß, und steht einem hier vor Brust und Magen, aber solch kleines, liebes Ding, solch Dingelchen wie 'ne Puppe, das einen mit seinen Guckäugelchen ansieht, ja, das ist was, da geht einem das Herz auf. Als ich in Halle war, da war ich Amme bei der Frau Salzdirektorin, und in Giebichenstein, wo ich nachher hinkam, da hab ich Zwillinge mit der Flasche großgezogen; ja, gnäd'ge Frau, das versteh ich, da drin bin ich wie zu Hause.«

»Nun, wissen Sie was, Roswitha, Sie sind eine gute, treue Person, das seh ich Ihnen an, ein bißchen gradezu, aber das schadet nichts, das sind mitunter die Besten, und ich habe gleich ein Zutrauen zu Ihnen gefaßt. Wollen Sie mit zu mir kommen? Mir ist, als hätte Gott Sie mir geschickt. Ich erwarte nun bald ein Kleines, Gott gebe mir seine Hilfe dazu, und wenn das Kind da ist, dann muß es gepflegt und abgewartet werden und vielleicht auch gepäppelt. Man kann das ja nicht wissen, wiewohl ich es anders wünsche. Was meinen Sie, wollen Sie mit zu mir kommen? Ich kann mir nicht denken, daß ich mich in Ihnen irre.«

Roswitha war aufgesprungen und hatte die Hand der jungen Frau ergriffen und küßte sie mit Ungestüm. »Ach, es ist doch ein Gott im Himmel, und wenn die Not am größten ist, ist die Hilfe am nächsten. Sie sollen sehn, gnäd'ge Frau, es geht; ich bin eine ordentliche Person und habe gute Zeugnisse. Das können Sie sehn, wenn ich Ihnen mein Buch bringe. Gleich den ersten Tag, als ich die gnäd'ge Frau sah, da dacht ich: ›Ja, wenn du mal solchen Dienst hättest.‹ Und nun soll ich ihn haben. O du lieber Gott, o du heil'ge Jungfrau Maria, wer mir das gesagt hätte, als wir die Alte hier unter der Erde hatten und die Verwandten machten, daß sie wieder fortkamen, und mich hier sitzen ließen.«

»Ja, unverhofft kommt oft, Roswitha, und mitunter auch im guten. Und nun wollen wir gehen. Rollo wird schon ungeduldig und läuft immer auf das Tor zu.«

Roswitha war gleich bereit, trat aber noch einmal an das Grab, brummelte was vor sich hin und machte ein Kreuz. Und dann gingen sie den schattigen Gang hinunter und wieder auf das Kirchhofstor zu.

Drüben lag die eingegitterte Stelle, deren weißer Stein in der Nachmittagssonne blinkte und blitzte. Effi konnte jetzt ruhiger hinsehen. Eine Weile noch führte der Weg zwischen Dünen hin, bis sie, dicht vor Utpatels Mühle, den Außenrand des Wäldchens erreichte. Da bog sie links ein, und unter Benutzung einer schräglaufenden Allee, die die ›Reeperbahn‹ hieß, ging Sie mit Roswitha auf die landrätliche Wohnung zu.

14. KAPITEL

Keine Viertelstunde, so war die Wohnung erreicht. Als beide hier in den kühlen Flur traten, war Roswitha beim Anblick all des Sonderbaren, das da umherhing, wie befangen; Effi aber ließ sie nicht zu weiteren Betrachtungen kommen und sagte: »Roswitha, nun gehen Sie da hinein. Das ist das Zimmer, wo wir schlafen. Ich will erst zu meinem Manne nach dem Landratsamt hinüber – das große Haus da neben dem kleinen, in dem Sie gewohnt haben – und will ihm sagen, daß ich Sie zur Pflege haben möchte bei dem Kinde. Er wird wohl mit allem einverstanden sein, aber ich muß doch erst seine Zustimmung haben. Und wenn ich die habe, dann müssen wir ihn ausquartieren, und Sie schlafen mit mir in dem Alkoven. Ich denke, wir werden uns schon vertragen.«

Innstetten, als er erfuhr, um was sich's handle, sagte rasch und in guter Laune: »Das hast du recht gemacht, Effi, und wenn ihr Gesindebuch nicht zu schlimme Sachen sagt, so nehmen wir sie auf ihr gutes Gesicht hin. Es ist doch, Gott sei Dank, selten, daß einen das täuscht.«

Effi war sehr glücklich, so wenig Schwierigkeiten zu begegnen, und sagte: »Nun wird es gehen. Ich fürchte mich jetzt nicht mehr.«

»Um was, Effi?«

»Ach, du weißt ja ... Aber Einbildungen sind das Schlimmste, mitunter schlimmer als alles.«

Roswitha zog in selbiger Stunde noch mit ihren paar Habseligkeiten in das landrätliche Haus hinüber und richtete sich in dem kleinen Alkoven ein. Als der Tag um war, ging sie früh zu Bett und schlief, ermüdet wie sie war, gleich ein.

Am andern Morgen erkundigte sich Effi – die seit einiger Zeit (denn es war gerade Vollmond) wieder in Ängsten lebte –, wie Roswitha geschlafen und ob sie nichts gehört habe?

»Was?« fragte diese.

»O nichts. Ich meine nur so; so was, wie wenn ein Besen fegt oder wie wenn einer über die Diele schlittert.«

Roswitha lachte, was auf ihre junge Herrin einen besonders guten Eindruck machte. Effi war fest protestantisch erzogen und würde sehr erschrocken gewesen sein, wenn man an und in ihr was Katholisches entdeckt hätte; trotzdem glaubte sie, daß der Katholizismus uns gegen solche Dinge »wie da oben« besser schütze; ja, diese Betrachtung hatte bei dem Plane, Roswitha ins Haus zu nehmen, ganz erheblich mitgewirkt.

Man lebte sich schnell ein, denn Effi hatte ganz den liebenswürdigen Zug der meisten märkischen Landfräulein, sich gern allerlei kleine Geschichten erzählen zu lassen, und die verstorbene Frau Registratorin und ihr Geiz und ihre Neffen und deren Frauen boten einen unerschöpflichen Stoff. Auch Johanna hörte dabei gerne zu.

Diese, wenn Effi bei den drastischen Stellen oft laut lachte, lächelte freilich und verwunderte sich im stillen, daß die gnädige Frau an all dem dummen Zeuge soviel Gefallen finde; diese

Verwunderung aber, die mit einem starken Überlegenheitsgefühle Hand in Hand ging, war doch auch wieder ein Glück und sorgte dafür, daß keine Rangstreitigkeiten aufkommen konnten. Roswitha war einfach die komische Figur, und Neid gegen sie zu hegen wäre für Johanna nichts anderes gewesen, wie wenn sie Rollo um seine Freundschaftsstellung beneidet hätte.

So verging eine Woche, plauderhaft und beinahe gemütlich, weil Effi dem, was ihr persönlich bevorstand, ungeängstigter als früher entgegensah. Auch glaubte sie nicht, daß es so nahe sei. Den neunten Tag aber war es mit dem Plaudern und den Gemütlichkeiten vorbei; da gab es ein Laufen und Rennen, Innstetten selbst kam ganz aus seiner gewohnten Reserve heraus, und am Morgen des 3. Juli stand neben Effis Bett eine Wiege. Doktor Hannemann patschelte der jungen Frau die Hand und sagte: »Wir haben heute den Tag von Königgrätz; schade, daß es ein Mädchen ist. Aber das andere kann ja nachkommen, und die Preußen haben viele Siegestage.« Roswitha mochte wohl Ähnliches denken, freute sich indessen vorläufig ganz uneingeschränkt über das, was da war, und nannte das Kind ohne weiteres »Lütt Annie«, was der jungen Mutter als ein Zeichen galt. Es müsse doch wohl eine Eingebung gewesen sein, daß Roswitha gerade auf diesen Namen gekommen sei. Selbst Innstetten wußte nichts dagegen zu sagen, und so wurde schon von Klein Annie gesprochen, lange bevor der Tauftag da war.

Effi, die von Mitte August an bei den Eltern in Hohen-Cremmen sein wollte, hätte die Taufe gern bis dahin verschoben. Aber es ließ sich nicht tun; Innstetten konnte nicht Urlaub nehmen, und so wurde denn der 15. August, trotzdem es der Napoleonstag war (was denn auch von seiten einiger Familien beanstandet wurde), für diesen Taufakt festgesetzt, natürlich in der Kirche. Das sich anschließende Festmahl, weil das landrätliche Haus keinen Saal hatte, fand in dem großen Ressourcen-Hotel am Bollwerk statt, und der gesamte Nachbaradel war geladen und auch erschienen. Pastor Lindequist ließ Mutter und Kind in einem liebenswürdigen und allseitig bewunderten Toaste leben, bei welcher Gelegenheit Sidonie von Grasenabb zu ihrem Nachbar, einem adligen Assessor von der strengen Richtung, bemerkte: »Ja, seine Kasualreden, das geht. Aber seine Predigten kann er vor Gott und Menschen nicht verantworten; er ist ein Halber, einer von denen, die verworfen sind, weil sie lau sind. Ich mag das Bibelwort hier nicht wörtlich zitieren.« Gleich danach nahm auch der alte Herr von Borcke das Wort, um Innstetten leben zu lassen. »Meine Herrschaften, es sind schwere Zeiten, in denen wir leben, Auflehnung, Trotz, Indisziplin, wohin wir blicken. Aber solange wir noch Männer haben, und ich darf hinzusetzen, Frauen und Mütter« (und hierbei verbeugte er sich mit einer eleganten Handbewegung gegen Effi), »solange wir noch Männer haben wie Baron Innstetten, den ich stolz bin meinen Freund nennen zu dürfen, so lange geht es noch, so lange hält unser altes Preußen noch. Ja, meine Freunde, Pommern und Brandenburg, damit zwingen wir's und zertreten dem Drachen der Revolution das giftige Haupt. Fest und treu, so siegen wir. Die Katholiken, unsere Brüder, die wir, auch wenn wir sie bekämpfen, achten müssen, haben den Felsen Petri, wir aber haben den Rocher de bronze. Baron Innstetten, er lebe hoch!« Innstetten dankte ganz kurz. Effi sagte zu dem neben ihr sitzenden Major von Crampas: Das mit dem ›Felsen Petri‹ sei wahrscheinlich eine Huldigung gegen Roswitha gewesen; sie werde nachher an den alten Justizrat Gadebusch herantreten und ihn fragen, ob er nicht ihrer Meinung sei. Crampas nahm diese Bemerkung unerklärlicherweise für Ernst und riet von einer Anfrage bei dem Justizrat ab, was Effi ungemein erheiterte. »Ich habe Sie doch für einen besseren Seelenleser gehalten.«

»Ach, meine Gnädigste, bei schönen, jungen Frauen, die noch nicht achtzehn sind, scheitert alle Lesekunst.«

»Sie verderben sich vollends, Major. Sie können mich eine Großmutter nennen, aber Anspielungen darauf, daß ich noch nicht achtzehn bin, das kann Ihnen nie verziehen werden.«

Als man von Tisch aufgestanden war, kam der Spätnachmittagsdampfer die Kessine herunter und legte an der Landungsbrücke, gegenüber dem Hotel, an. Effi saß mit Crampas und Gieshübler beim Kaffee, alle Fenster auf, und sah dem Schauspiel drüben zu. »Morgen früh um neun führt mich dasselbe Schiff den Fluß hinauf, und zu Mittag bin ich in Berlin, und am Abend bin ich in Hohen-Cremmen, und Roswitha geht neben mir und hält das Kind auf dem Arme. Hoffentlich schreit es nicht. Ach, wie mir schon heute zumute ist! Lieber Gieshübler, sind Sie auch mal so froh gewesen, Ihr elterliches Haus wiederzusehen?«

»Ja, ich kenne das auch, gnädigste Frau. Nur bloß, ich brachte kein Anniechen mit, weil ich keins hatte.«

»Kommt noch«, sagte Crampas. »Stoßen Sie an, Gieshübler; Sie sind der einzige vernünftige Mensch hier.«

»Aber, Herr Major, wir haben ja bloß noch den Kognak.«

»Desto besser.«

15. KAPITEL

Mitte August war Effi abgereist, Ende September war sie wieder in Kessin. Manchmal in den zwischenliegenden sechs Wochen hatte sie's zurückverlangt; als sie aber wieder da war und in den dunklen Flur eintrat, auf den nur von der Treppenstiege her ein etwas fahles Licht fiel, wurde ihr mit einemmal wieder bang, und sie sagte leise: »Solch fahles, gelbes Licht gibt es in Hohen-Cremmen gar nicht.«

Ja, ein paarmal, während ihrer Hohen-Cremmer Tage, hatte sie Sehnsucht nach dem »verwunschenen Hause« gehabt, alles in allem aber war ihr doch das Leben daheim voller Glück und Zufriedenheit gewesen. Mit Hulda freilich, die's nicht verwinden konnte, noch immer auf Mann oder Bräutigam warten zu müssen, hatte sie sich nicht recht stellen können, desto besser dagegen mit den Zwillingen, und mehr als einmal, wenn sie mit ihnen Ball oder Krocket gespielt hatte, war ihr's ganz aus dem Sinn gekommen, überhaupt verheiratet zu sein. Das waren dann glückliche Viertelstunden gewesen. Am liebsten aber hatte sie wie früher auf dem durch die Luft fliegenden Schaukelbrett gestanden und, in dem Gefühle: »Jetzt stürz ich«, etwas eigentümlich Prickelndes, einen Schauer süßer Gefahr empfunden. Sprang sie dann schließlich von der Schaukel ab, so begleitete sie die beiden Mädchen bis an die Bank vor dem Schulhause und erzählte, wenn sie da saßen, dem alsbald hinzukommenden alten Jahnke von ihrem Leben in Kessin, das halb hanseatisch und halb skandinavisch und jedenfalls sehr anders als in Schwantikow und Hohen-Cremmen sei.

Das waren so die täglichen kleinen Zerstreuungen, an die sich gelegentlich auch Fahrten in das sommerliche Luch schlossen, meist im Jagdwagen; allem voran aber standen für Effi doch die Plaudereien, die sie beinahe jeden Morgen mit der Mama hatte. Sie saßen dann oben in der luftigen, großen Stube, Roswitha wiegte das Kind und sang in einem thüringischen Platt allerlei Wiegenlieder, die niemand recht verstand, vielleicht sie selber nicht; Effi und Frau von Briest aber rückten ans offene Fenster und sahen, während sie sprachen, auf den Park hinunter, auf die Sonnenuhr oder auf die Libellen, die beinahe regungslos über dem Teich standen, oder auch auf den Fliesengang, wo Herr von Briest neben dem Treppenvorbau saß und die Zeitungen las. Immer wenn er umschlug, nahm er zuvor den Kneifer ab und grüßte zu Frau und Tochter hinauf. Kam dann das letzte Blatt an die Reihe, das in der Regel der ›Anzeiger fürs Havelland‹ war, so ging Effi hinunter, um sich entweder zu ihm zu setzen oder um mit ihm durch Garten und Park zu schlendern. Einmal, bei solcher Gelegenheit, traten sie, von dem Kieswege her, an ein kleines, zur Seite stehendes Denkmal heran, das schon Briests Großvater zur Erinnerung an die Schlacht von Waterloo hatte aufrichten lassen, eine verrostete Pyramide mit einem gegossenen Blücher in Front und einem dito Wellington auf der Rückseite.

»Hast du nun solche Spaziergänge auch in Kessin«, sagte Briest, »und begleitet dich Innstetten auch und erzählt dir allerlei?«

»Nein, Papa, solche Spaziergänge habe ich nicht. Das ist ausgeschlossen, denn wir haben bloß einen kleinen Garten hinter dem Hause, der eigentlich kaum ein Garten ist, bloß ein paar Buchsbaumrabatten und Gemüsebeete mit drei, vier Obstbäumen drin. Innstetten hat keinen Sinn dafür und denkt wohl auch nicht sehr lange mehr in Kessin zu bleiben.«

»Aber Kind, du mußt doch Bewegung haben und frische Luft, daran bist du doch gewöhnt.«

»Hab ich auch. Unser Haus liegt an einem Wäldchen, das sie die Plantage nennen. Und da geh ich denn viel spazieren und Rollo mit mir.«

»Immer Rollo«, lachte Briest. »Wenn man's nicht anders wüßte, so sollte man beinah glauben, Rollo sei dir mehr ans Herz gewachsen als Mann und Kind.«

»Ach, Papa, das wäre ja schrecklich, wenn's auch freilich – soviel muß ich zugeben – eine Zeit gegeben hat, wo's ohne Rollo gar nicht gegangen wäre. Das war damals ... nun, du weißt schon ... Da hat er mich so gut wie gerettet, oder ich habe mir's wenigstens eingebildet, und seitdem ist er mein guter Freund und mein ganz besonderer Verlaß. Aber er ist doch bloß ein Hund. Und erst kommen doch natürlich die Menschen.«

»Ja, das sagt man immer, aber ich habe da doch so meine Zweifel. Das mit der Kreatur, damit hat's doch seine eigene Bewandtnis, und was da das Richtige ist, darüber sind die Akten noch nicht geschlossen. Glaube mir, Effi, das ist auch ein weites Feld. Wenn ich mir so denke, da verunglückt einer auf dem Wasser oder gar auf dem schülbrigen Eis, und solch ein Hund, sagen wir so einer wie dein Rollo, ist dabei, ja, der ruht nicht eher, als bis er den Verunglückten wieder an Land hat. Und wenn der Verunglückte schon tot ist, dann legt er sich neben den Toten hin und blafft und winselt so lange, bis wer kommt, und wenn keiner kommt, dann bleibt er bei dem Toten liegen, bis er selber tot ist. Und das tut solch Tier immer. Und nun nimm dagegen die Menschheit! Gott, vergib mir die Sünde, aber mitunter ist mir's doch, als ob die Kreatur besser wäre als der Mensch.«

»Aber, Papa, wenn ich das Innstetten wiedererzählte ...«

»Nein, das tu lieber nicht, Effi ...«

»Rollo würde mich ja natürlich retten, aber Innstetten würde mich auch retten. Er ist ja ein Mann von Ehre.«

»Das ist er.«

»Und liebt mich.«

»Versteht sich, versteht sich. Und wo Liebe ist, da ist auch Gegenliebe. Das ist nun mal so. Mich wundert nur, daß er nicht mal Urlaub genommen hat und rübergeflitzt ist. Wenn man eine so junge Frau hat ...«

Effi errötete, weil sie geradeso dachte. Sie mochte es aber nicht einräumen. »Innstetten ist so gewissenhaft und will, glaub ich, gut angeschrieben sein und hat so seine Pläne für die Zukunft; Kessin ist doch bloß eine Station. Und dann am Ende, ich lauf ihm ja nicht fort. Er hat mich ja. Wenn man zu zärtlich ist ... und dazu der Unterschied der Jahre ... da lächeln die Leute bloß.«

»Ja, das tun sie, Effi. Aber darauf muß man's ankommen lassen. Übrigens sage nichts darüber, auch nicht zu Mama. Es ist so schwer, was man tun und lassen soll. Das ist auch ein weites Feld.«

Gespräche wie diese waren während Effis Besuch im elterlichen Hause mehr als einmal geführt worden, hatten aber glücklicherweise nicht lange nachgewirkt, und ebenso war auch der etwas melancholische Eindruck rasch verflogen, den das erste Wiederbetreten ihres Kessiner Hauses auf Effi gemacht hatte. Innstetten zeigte sich voll kleiner Aufmerksamkeiten, und als der Tee genommen und alle Stadt- und Liebesgeschichten in heiterster Stimmung durchgesprochen waren, hing sich Effi zärtlich an seinen Arm, um drüben ihre Plaudereien mit ihm fortzusetzen und noch einige Anekdoten von der Trippelli zu hören, die neuerdings wieder mit Gieshübler in einer lebhaften Korrespondenz gestanden hatte, was immer gleichbedeutend mit einer neuen Belastung ihres nie ausgeglichenen Kontos war. Effi war bei diesem Gespräch sehr ausgelassen, fühlte sich ganz als junge Frau und war froh, die nach der Gesindestube hin ausquartierte Roswitha auf unbestimmte Zeit los zu sein.

Am anderen Morgen sagte sie: »Das Wetter ist schön und mild, und ich hoffe, die Veranda nach der Plantage hinaus ist noch in gutem Stande und wir können uns ins Freie setzen und da das Frühstück nehmen. In unsere Zimmer kommen wir ohnehin noch früh genug, und der Kessiner Winter ist wirklich um vier Wochen zu lang.«

Innstetten war sehr einverstanden. Die Veranda, von der Effi gesprochen und die vielleicht richtiger ein Zelt genannt worden wäre, war schon im Sommer hergerichtet worden, drei, vier Wochen vor Effis Abreise nach Hohen-Cremmen, und bestand aus einem großen gedielten Podium, vorn offen, mit einer mächtigen Markise zu Häupten, während links und rechts breite Leinwandvorhänge waren, die sich mit Hilfe von Ringen an einer Eisenstange hin und her schieben ließen. Es war ein reizender Platz, den ganzen Sommer über von allen Badegästen, die hier vorüber mußten, bewundert.

Effi hatte sich in einen Schaukelstuhl gelehnt und sagte, während sie das Kaffeebrett von der Seite her ihrem Manne zuschob: »Geert, du könntest heute den liebenswürdigen Wirt machen; ich für mein Teil find es so schön in diesem Schaukelstuhl, daß ich nicht aufstehen mag. Also strenge dich an, und wenn du dich recht freust, mich wieder hier zu haben, so werd ich mich auch zu revanchieren wissen.« Und dabei zupfte sie die weiße Damastdecke zurecht und legte ihre Hand darauf, die Innstetten nahm und küßte.

»Wie bist du nur eigentlich ohne mich fertig geworden?«

»Schlecht genug, Effi.«

»Das sagst du so hin und machst ein betrübtes Gesicht, und ist doch eigentlich alles nicht wahr.«

»Aber Effi ...«

»Was ich dir beweisen will. Denn wenn du ein bißchen Sehnsucht nach deinem Kinde gehabt hättest – von mir selber will ich nicht sprechen, was ist man am Ende solchem hohen Herrn, der so lange Jahre Junggeselle war und es nicht eilig hatte ...«

»Nun?«

»Ja, Geert, wenn du nur ein bißchen Sehnsucht gehabt hättest, so hättest du mich nicht sechs Wochen mutterwindallein in Hohen-Cremmen sitzen lassen wie eine Witwe, und nichts da als Niemeyer und Jahnke und mal die Schwantikower. Und von den Rathenowern ist niemand gekommen, als ob sie sich vor mir gefürchtet hätten oder als ob ich zu alt geworden sei.«

»Ach, Effi, wie du nur sprichst. Weißt du, daß du eine kleine Kokette bist?«

»Gott sei Dank, daß du das sagst. Das ist für euch das Beste, was man sein kann. Und du bist nichts anderes als die anderen, wenn du auch so feierlich und ehrsam tust. Ich weiß es recht gut, Geert ... Eigentlich bist du ...«

»Nun, was?«

»Nun, ich will es lieber nicht sagen. Aber ich kenne dich recht gut; du bist eigentlich, wie der Schwantikower Onkel mal sagte, ein Zärtlichkeitsmensch und unterm Liebesstern geboren, und Onkel Belling hatte ganz recht, als er das sagte. Du willst es bloß nicht zeigen und denkst, es schickt sich nicht und verdirbt einem die Karriere. Hab ich's getroffen?«

Innstetten lachte. »Ein bißchen getroffen hast du's. Weißt du was, Effi, du kommst mir ganz anders vor. Bis Anniechen da war, warst du ein Kind. Aber mit einemmal ...«

»Nun?«

»Mit einemmal bist du wie vertauscht. Aber es steht dir, du gefällst mir sehr, Effi. Weißt du was?«

»Nun?«

»Du hast was Verführerisches.«

»Ach, mein einziger Geert, das ist ja herrlich, was du da sagst; nun wird mir erst recht wohl ums Herz ... Gib mir noch eine halbe Tasse ... Weißt du denn, daß ich mir das immer gewünscht habe? Wir müssen verführerisch sein, sonst sind wir gar nichts ...«

»Hast du das aus dir?«

»Ich könnt es wohl auch aus mir haben. Aber ich hab es von Niemeyer ...«

»Von Niemeyer! O du himmlischer Vater, ist *das* ein Pastor. Nein, solche gibt es hier nicht. Aber wie kam denn *der* dazu? Das ist ja, als ob es irgendein Don Juan oder Herzensbrecher gesprochen hätte.«

»Ja, wer weiß«, lachte Effi ... »Aber kommt da nicht Crampas? Und vom Strand her. Er wird doch nicht gebadet haben? Am 27. September ...«

»Er macht öfter solche Sachen. Reine Renommisterei.«

Derweilen war Crampas bis in nächste Nähe gekommen und grüßte.

»Guten Morgen«, rief Innstetten ihm zu. »Nur näher, nur näher.«

Crampas trat heran. Er war in Zivil und küßte der in ihrem Schaukelstuhl sich weiterwiegenden Effi die Hand.

»Entschuldigen Sie mich, Major, daß ich so schlecht die Honneurs des Hauses mache; aber die Veranda ist kein Haus, und zehn Uhr früh ist eigentlich gar keine Zeit. Da wird man formlos oder, wenn Sie wollen, intim. Und nun setzen Sie sich und geben Sie Rechenschaft von Ihrem Tun. Denn an Ihrem Haar, ich wünschte Ihnen, daß es mehr wäre, sieht man deutlich, daß Sie gebadet haben.«

Er nickte.

»Unverantwortlich«, sagte Innstetten, halb ernst-, halb scherzhaft. »Da haben Sie nun selber vor vier Wochen die Geschichte mit dem Bankier Heinersdorf erlebt, der auch dachte, das Meer und der grandiose Wellenschlag würden ihn um seiner Million willen respektieren. Aber die Götter sind eifersüchtig untereinander, und Neptun stellte sich ohne weiteres gegen Pluto oder doch wenigstens gegen Heinersdorf.«

Crampas lachte. »Ja, eine Million Mark! Lieber Innstetten, wenn ich *die* hätte, da hätt ich es am Ende nicht gewagt; denn so schön das Wetter ist, das Wasser hatte nur neun Grad. Aber unsereins mit seiner Million Unterbilanz, gestatten Sie mir diese kleine Renommage, unsereins kann sich so was ohne Furcht vor der Götter Eifersucht erlauben. Und dann muß einen das Sprichwort trösten: ›Wer für den Strick geboren ist, kann im Wasser nicht umkommen.‹«

»Aber Major, Sie werden sich doch nicht etwas so Urprosaisches, ich möchte beinah sagen, an den Hals reden wollen. Allerdings glauben manche, daß ... ich meine *das*, wovon Sie eben gesprochen haben ... daß ihn jeder mehr oder weniger verdiene. Trotzdem, Major ... für einen Major ...«

»... ist es keine herkömmliche Todesart. Zugegeben, meine Gnädigste. Nicht herkömmlich und in meinem Falle auch nicht einmal sehr wahrscheinlich – also alles bloß Zitat oder, noch richtiger, *Façon de parler*. Und doch steckt etwas Aufrichtiggemeintes dahinter, wenn ich da eben sagte, die See werde mir nichts anhaben. Es steht mir nämlich fest, daß ich einen richtigen und hoffentlich ehrlichen Soldatentod sterben werde. Zunächst bloß Zigeunerprophezeiung, aber mit Resonanz im eigenen Gewissen.«

Innstetten lachte. »Das wird seine Schwierigkeiten haben, Crampas, wenn Sie nicht vorhaben, beim Großtürken oder unterm chinesischen Drachen Dienste zu nehmen. Da schlägt man sich jetzt herum. Hier ist die Geschichte, glauben Sie mir, auf dreißig Jahre vorbei, und wer seinen Soldatentod sterben will ...«

»... der muß sich erst bei Bismarck eine Krieg bestellen. Weiß ich alles, Innstetten. Aber das ist doch für Sie eine Kleinigkeit. Jetzt haben wir Ende September; in zehn Wochen spätestens ist der Fürst wieder in Varzin, und da er ein *liking* für Sie hat – mit der volkstümlicheren Wendung will ich zurückhalten, um nicht direkt vor Ihren Pistolenlauf zu kommen –, so werden Sie einem alten Kameraden von Vionville her doch wohl ein bißchen Krieg besorgen können. Der Fürst ist auch nur ein Mensch, und Zureden hilft.«

Effi hatte während dieses Gesprächs einige Brotkügelchen gedreht, würfelte damit und legte sie zu Figuren zusammen, um so anzuzeigen, daß ihr ein Wechsel des Themas wünschenswert wäre. Trotzdem schien Innstetten auf Crampas' scherzhafte Bemerkungen antworten zu wollen, was denn Effi bestimmte, lieber direkt einzugreifen. »Ich sehe nicht ein, Major, warum wir uns mit Ihrer Todesart beschäftigen sollen; das Leben ist uns näher und zunächst auch eine viel ernstere Sache.«

Crampas nickte.

»Das ist recht, daß Sie mir recht geben. Wie soll man hier leben? *Das* ist vorläufig die Frage, *das* ist wichtiger als alles andere. Gieshübler hat mir darüber geschrieben, und wenn es nicht indiskret und eitel wäre, denn es steht noch allerlei nebenher darin, so zeigte ich Ihnen den Brief ... Innstetten braucht ihn nicht zu lesen, der hat keinen Sinn für dergleichen ... beiläufig, eine Handschrift wie gestochen und Ausdrucksformen, als wäre unser Freund statt am Kessiner Alten Markt an einem altfranzösischen Hofe erzogen. Und daß er verwachsen ist und weiße Jabots trägt wie kein anderer Mensch mehr – ich weiß nur nicht, wo er die Plätterin hernimmt –, das paßt alles so vorzüglich. Nun, also Gieshübler hat mir von Plänen für die Ressourcenabende geschrieben und von einem Entrepreneur namens Crampas. Sehen Sie, Major, das gefällt mir besser als der Soldatentod oder gar der andere.«

»Mir persönlich nicht minder. Und es muß ein Prachtwinter werden, wenn wir uns der Unterstützung der gnädigen Frau versichert halten dürfen. Die Trippelli kommt ...«

»Die Trippelli? Dann bin ich überflüssig.«

»Mitnichten, gnädigste Frau. Die Trippelli kann nicht von Sonntag bis wieder Sonntag singen, es wäre zuviel für sie und für uns; Abwechslung ist des Lebens Reiz, eine Wahrheit, die freilich jede glückliche Ehe zu widerlegen scheint.«

»Wenn es glückliche Ehen gibt, die meinige ausgenommen ...«, und sie reichte Innstetten die Hand.

»Abwechslung also«, fuhr Crampas fort. »Und diese für uns und unsere Ressource zu gewinnen, deren Vizevorstand zu sein ich zur Zeit die Ehre habe, dazu braucht es aller bewährten

Kräfte. Wenn wir uns zusammentun, so müssen wir das ganze Nest auf den Kopf stellen. Die Theaterstücke sind schon ausgesucht: ›Krieg im Frieden‹, ›Monsieur Herkules‹, ›Jugendliebe‹ von Wilbrandt, vielleicht auch ›Euphrosyne‹ von Gensichen. Sie die Euphrosyne, ich der alte Goethe. Sie sollten staunen, wie gut ich den Dichterfürsten tragiere ... wenn ›tragieren‹ das richtige Wort ist.«

»Kein Zweifel. Hab ich doch inzwischen aus dem Briefe meines alchimistischen Geheimkorrespondenten erfahren, daß Sie, neben vielem anderen, gelegentlich auch Dichter sind. Anfangs habe ich mich gewundert ...«

»Denn Sie haben es mir nicht angesehen.«

»Nein. Aber seit ich weiß, daß Sie bei neun Grad baden, bin ich anderen Sinnes geworden ... neun Grad Ostsee, das geht über den kastalischen Quell ...«

»... dessen Temperatur unbekannt ist.«

»Nicht für mich; wenigstens wird mich niemand widerlegen. Aber nun muß ich aufstehen. Da kommt ja Roswitha mit Lütt Annie.«

Und sie erhob sich rasch und ging auf Roswitha zu, nahm ihr das Kind aus dem Arm und hielt es stolz und glücklich in die Höhe.

16. KAPITEL

Die Tage waren schön und blieben es bis in den Oktober hinein. Eine Folge davon war, daß die halb zeltartige Veranda draußen zu ihrem Rechte kam, so sehr, daß sich wenigstens die Vormittagsstunden regelmäßig darin abspielten. Gegen elf kam dann wohl der Major, um sich zunächst nach dem Befinden der gnädigen Frau zu erkundigen und mit ihr ein wenig zu medisieren, was er wundervoll verstand, danach aber mit Innstetten einen Ausritt zu verabreden, oft landeinwärts, die Kessine hinauf bis an den Breitling, noch häufiger auf die Molen zu. Effi, wenn die Herren fort waren, spielte mit dem Kind oder durchblätterte die von Gieshübler nach wie vor ihr zugeschickten Zeitungen und Journale, schrieb auch wohl einen Brief an die Mama oder sagte: »Roswitha, wir wollen mit Annie spazierenfahren«, und dann spannte sich Roswitha vor den Korbwagen und fuhr, während Effi hinterherging, ein paar hundert Schritt in das Wäldchen hinein, auf eine Stelle zu, wo Kastanien ausgestreut lagen, die man nun auflas, um sie dem Kinde als Spielzeug zu geben. In die Stadt kam Effi wenig; es war niemand recht da, mit dem sie hätte plaudern können, nachdem ein Versuch, mit der Frau von Crampas auf einen Umgangsfuß zu kommen, aufs neue gescheitert war. Die Majorin war und blieb menschenscheu.

Das ging so wochenlang, bis Effi plötzlich den Wunsch äußerte, mit ausreiten zu dürfen; sie habe nun mal die Passion, und es sei doch zu viel verlangt, bloß um des Geredes der Kessiner willen auf etwas zu verzichten, das einem so viel wert sei. Der Major fand die Sache kapital, und Innstetten, dem es augenscheinlich weniger paßte – so wenig, daß er immer wieder hervorhob, es werde sich kein Damenpferd finden lassen –, Innstetten mußte nachgeben, als Crampas versicherte, das solle seine Sorge sein. Und richtig, was man wünschte, fand sich auch, und Effi war selig, am Strande hinjagen zu können, jetzt wo ›Damenbad‹ und ›Herrenbad‹ keine scheidenden Schreckensworte mehr waren. Meist war auch Rollo mit von der Partie, und weil es sich ein paarmal ereignet hatte, daß man am Strande zu rasten oder auch eine Strecke Wegs zu Fuß zu machen wünschte, so kam man überein, sich von entsprechender Dienerschaft begleiten zu lassen, zu welchem Behufe des Majors Bursche, ein alter Treptower Ulan, der Knut hieß, und Innstettens Kutscher Kruse zu Reitknechten umgewandelt wurden, allerdings ziemlich unvollkommen, indem sie, zu Effis Leidwesen, in eine Phantasielivree gesteckt wurden, darin der eigentliche Beruf beider noch nachspukte.

Mitte Oktober war schon heran, als man, so herausstaffiert, zum erstenmal in voller Kavalkade aufbrach, in Front Innstetten und Crampas, Effi zwischen ihnen, dann Kruse und Knut und zuletzt Rollo, der aber bald, weil ihm das Nachtrotten mißfiel, allen vorauf war. Als man das jetzt öde Strandhotel passiert und bald danach, sich rechts haltend, auf dem von einer mäßigen Brandung überschäumten Strandwege den diesseitigen Molendamm erreicht hatte, verspürte man Lust, abzusteigen und einen Spaziergang bis an den Kopf der Mole zu machen. Effi war die erste aus dem Sattel. Zwischen den beiden Steindämmen floß die Kessine breit und ruhig dem Meere zu, das wie eine sonnenbeschienene Fläche, darauf nur hier und da eine leichte Welle kräuselte, vor ihnen lag.

Effi war noch nie hier draußen gewesen, denn als sie vorigen November in Kessin eintraf, war schon Sturmzeit, und als der Sommer kam, war sie nicht mehr imstande, weite Gänge zu machen. Sie war jetzt entzückt, fand alles groß und herrlich, erging sich in kränkenden Vergleichen zwischen dem Luch und dem Meer und ergriff, sooft die Gelegenheit dazu sich bot, ein Stück angeschwemmtes Holz, um es nach links hin in die See oder nach rechts hin in die Kessine zu werfen. Rollo war immer glücklich, im Dienste seiner Herrin sich nachstürzen zu können; mit einemmal aber wurde seine Aufmerksamkeit nach einer ganz anderen Seite hin abgezogen, und sich vorsichtig, ja beinahe ängstlich vorwärtsschleichend, sprang er plötzlich auf einen in Front sichtbar werdenden Gegenstand zu, freilich vergeblich, denn im selben Augenblicke glitt von einem sonnenbeschienenen und mit grünem Tang überwachsenen Stein eine Robbe glatt und geräuschlos in das nur etwa fünf Schritt entfernte Meer hinunter. Eine kurze Weile noch sah man den Kopf, dann tauchte auch dieser unter.

Alle waren erregt, und Crampas phantasierte von Robbenjagd und daß man das nächste Mal die Büchse mitnehmen müsse, »denn die Dinger haben ein festes Fell«.

»Geht nicht«, sagte Innstetten, »Hafenpolizei.«

»Wenn ich so was höre«, lachte der Major. »Hafenpolizei! Die drei Behörden, die wir hier haben, werden doch wohl untereinander die Augen zudrücken können. Muß denn alles so furchtbar gesetzlich sein? Alle Gesetzlichkeiten sind langweilig.«

Effi klatschte in die Hände.

»Ja, Crampas, Sie kleidet das, und Effi, wie Sie sehen, klatscht Ihnen Beifall. Natürlich; die Weiber schreien sofort nach einem Schutzmann, aber von Gesetz wollen sie nichts wissen.«

»Das ist so Frauenrecht von alter Zeit her, und wir werden's nicht ändern, Innstetten.«

»Nein«, lachte dieser, »und ich will es auch nicht. Auf Mohrenwäsche lasse ich mich nicht ein. Aber einer wie Sie, Crampas, der unter der Fahne der Disziplin groß geworden ist und recht gut weiß, daß es ohne Zucht und Ordnung nicht geht, ein Mann wie Sie, der sollte doch eigentlich so was nicht reden, auch nicht einmal im Spaß. Indessen, ich weiß schon, Sie haben einen himmlischen Kehrmichnichtdran und denken, der Himmel wird nicht gleich einstürzen. Nein, gleich nicht. Aber mal kommt es.«

Crampas wurde einen Augenblick verlegen, weil er glaubte, das alles sei mit einer gewissen Absicht gesprochen, was aber nicht der Fall war. Innstetten hielt nur einen seiner kleinen moralischen Vorträge, zu denen er überhaupt hinneigte. »Da lob ich mir Gieshübler«, sagte er einlenkend, »immer Kavalier und dabei doch Grundsätze.«

Der Major hatte sich mittlerweile wieder zurechtgefunden und sagte in seinem alten Ton: »Ja, Gieshübler; der beste Kerl von der Welt und, wenn möglich, noch bessere Grundsätze. Aber am Ende woher? Warum? Weil er einen ›Verdruß‹ hat. Wer gerade gewachsen ist, ist für Leichtsinn. Überhaupt, ohne Leichtsinn ist das ganze Leben keinen Schuß Pulver wert.«

»Nun hören Sie, Crampas, gerade soviel kommt mitunter dabei heraus.« Und dabei sah er auf des Majors linken, etwas verkürzten Arm.

Effi hatte von diesem Gespräche wenig gehört. Sie war dicht an die Stelle getreten, wo die Robbe gelegen, und Rollo stand neben ihr. Dann sahen beide, von dem Stein weg, auf das Meer und warteten, ob die ›Seejungfrau‹ noch einmal sichtbar werden würde.

Ende Oktober begann die Wahlkampagne, was Innstetten hinderte, sich ferner an den Ausflügen zu beteiligen, und auch Crampas und Effi hätten jetzt um der lieben Kessiner willen wohl verzichten müssen, wenn nicht Knut und Kruse als eine Art Ehrengarde gewesen wären. So kam es, daß sich die Spazierritte bis in den November hinein fortsetzten.

Ein Wetterumschlag war freilich eingetreten, ein andauernder Nordwest trieb Wolkenmassen heran, und das Meer schäumte mächtig, aber Regen und Kälte fehlten noch, und so waren diese Ausflüge bei grauem Himmel und lärmender Brandung fast noch schöner, als sie vorher bei Sonnenschein und stiller See gewesen waren. Rollo jagte vorauf, dann und wann von dem Gischt überspritzt, und der Schleier von Effis Reithut flatterte im Winde. Dabei zu sprechen war fast unmöglich; wenn man dann aber, vom Meere fort, in die schutzgebenden Dünen oder, noch besser, in den weiter zurückgelegenen Kiefernwald einlenkte, so wurd es still, Effis Schleier flatterte nicht mehr, und die Enge des Wegs zwang die beiden Reiter dicht nebeneinander. Das war dann die Zeit, wo man – schon um der Knorren und Wurzeln willen im Schritt reitend – die Gespräche, die der Brandungslärm unterbrochen hatte, wieder aufnehmen konnte. Crampas, ein guter Causeur, erzählte dann Kriegs- und Regimentsgeschichten, auch Anekdoten und kleine Charakterzüge von Innstetten, der mit seinem Ernst und seiner Zugeknöpftheit in den übermütigen Kreis der Kameraden nie recht hineingepaßt habe, so daß er eigentlich immer mehr respektiert als geliebt worden sei.

»Das kann ich mir denken«, sagte Effi, »ein Glück nur, daß der Respekt die Hauptsache ist.«

»Ja, zu seiner Zeit. Aber er paßt doch nicht immer. Und zu dem allen kam noch seine mystische Richtung, die mitunter Anstoß gab, einmal, weil Soldaten überhaupt nicht sehr für derlei Dinge sind, und dann, weil wir die Vorstellung unterhielten, vielleicht mit Unrecht, daß er doch nicht ganz so dazu stände, wie er's uns einreden wollte.«

»Mystische Richtung?« sagte Effi. »Ja, Major, was verstehen Sie darunter? Er kann doch keine Konventikel abgehalten und den Propheten gespielt haben. Auch nicht einmal den aus der Oper ... ich habe seinen Namen vergessen.«

»Nein, so weit ging er nicht. Aber es ist vielleicht besser, davon abzubrechen. Ich möchte nicht hinter seinem Rücken etwas sagen, was falsch ausgelegt werden könnte. Zudem sind es Dinge, die sich sehr gut auch in seiner Gegenwart verhandeln lassen, Dinge, die nur, man mag wollen oder nicht, zu was Sonderbarem aufgebauscht werden, wenn er nicht dabei ist und nicht jeden Augenblick eingreifen und uns widerlegen oder meinetwegen auch auslachen kann.«

»Aber das ist ja grausam, Major. Wie können Sie meine Neugier so auf die Folter spannen. Erst ist es was, und dann ist es wieder nichts. Und Mystik! Ist er denn ein Geisterseher?«

»Ein Geisterseher! Das will ich nicht gerade sagen. Aber er hatte eine Vorliebe, uns Spukgeschichten zu erzählen. Und wenn er uns dann in große Aufregung versetzt und manchen auch wohl geängstigt hatte, dann war es mit einem Male wieder, als habe er sich über alle die Leichtgläubigen bloß mokieren wollen. Und kurz und gut, einmal kam es, daß ich ihm auf den Kopf zusagte: ›Ach was, Innstetten, das ist ja alles bloß Komödie. Mich täuschen Sie nicht. Sie treiben Ihr Spiel mit uns. Eigentlich glauben Sie's grad so wenig wie wir, aber Sie wollen sich interessant machen und haben eine Vorstellung davon, daß Ungewöhnlichkeiten nach oben hin besser empfehlen. In höheren Karrieren will man keine Alltagsmenschen. Und da Sie so was vorhaben, so haben Sie sich was Apartes ausgesucht und sind bei der Gelegenheit auf den Spuk gefallen.‹«

Effi sagte kein Wort, was dem Major zuletzt bedrücklich wurde. »Sie schweigen, gnädigste Frau.«

»Ja.«

»Darf ich fragen, warum? Hab ich Anstoß gegeben? Oder finden Sie's unritterlich, einen abwesenden Freund, ich muß das trotz aller Verwahrungen einräumen, ein klein wenig zu hecheln? Aber da tun Sie mir trotz alledem unrecht. Das alles soll ganz ungeniert seine Fortsetzung vor seinen Ohren haben, und ich will ihm dabei jedes Wort wiederholen, was ich jetzt eben gesagt habe.«

»Glaub es.« Und nun brach Effi das Schweigen und erzählte, was sie alles in ihrem Hause erlebt und wie sonderbar sich Innstetten damals dazu gestellt habe. »Er sagte nicht ja und nicht nein, und ich bin nicht klug aus ihm geworden.«

»Also ganz der alte«, lachte Crampas. »So war er damals auch schon, als wir in Liancourt und dann später in Beauvais mit ihm in Quartier lagen. Er wohnte da in einem alten bischöflichen Palast – beiläufig, was Sie vielleicht interessieren wird, war es ein Bischof von Beauvais, glücklicherweise ›Cochon‹ mit Namen, der die Jungfrau von Orleans zum Feuertod verurteilte –, und da verging denn kein Tag, das heißt keine Nacht, wo Innstetten nicht Unglaubliches erlebt hatte. Freilich immer nur so halb. Es konnte auch nichts sein. Und nach diesem Prinzip arbeitet er noch, wie ich sehe.«

»Gut, gut. Und nun ein ernstes Wort, Crampas, auf das ich mir eine ernste Antwort erbitte: Wie erklären Sie sich dies alles?«

»Ja, meine gnädigste Frau ...«

»Keine Ausweichungen, Major. Dies alles ist sehr wichtig für mich. Er ist Ihr Freund, und ich bin Ihre Freundin. Ich will wissen, wie hängt dies zusammen? Was denkt er sich dabei?«

»Ja, meine gnädigste Frau, Gott sieht ins Herz, aber ein Major vom Landwehrbezirkskommando, der sieht in gar nichts. Wie soll ich solche psychologischen Rätsel lösen? Ich bin ein einfacher Mann.«

»Ach, Crampas, reden Sie nicht so töricht. Ich bin zu jung, um eine große Menschenkennerin zu sein; aber ich müßte noch vor der Einsegnung und beinah vor der Taufe stehen, um Sie für einen einfachen Mann zu halten. Sie sind das Gegenteil davon, Sie sind gefährlich ...«

»Das Schmeichelhafteste, was einem guten Vierziger, mit einem a. D. auf der Karte, gesagt werden kann. Und nun also, was sich Innstetten dabei denkt ...«

Effi nickte.

»Ja, wenn ich durchaus sprechen soll, er denkt sich dabei, daß ein Mann wie Landrat Baron Innstetten, der jeden Tag Ministerialdirektor oder dergleichen werden kann (denn glauben Sie mir, er ist hoch hinaus), daß ein Mann wie Baron Innstetten nicht in einem gewöhnlichen Hause wohnen kann, nicht in einer solchen Kate, wie die landrätliche Wohnung, ich bitte um Vergebung, gnädigste Frau, doch eigentlich ist. Da hilft er denn nach. Ein Spukhaus ist nie was Gewöhnliches ... Das ist das eine.«

»Das eine? Mein Gott, haben Sie noch etwas?«

»Ja.«

»Nun denn, ich bin ganz Ohr. Aber wenn es sein kann, lassen Sie's was Gutes sein.«

»Dessen bin ich nicht ganz sicher. Es ist etwas Heikles, beinah Gewagtes, und ganz besonders vor Ihren Ohren, gnädigste Frau.«

»Das macht mich nur um so neugieriger.«

»Gut denn. Also Innstetten, meine gnädigste Frau, hat außer seinem brennenden Verlangen, es koste, was es wolle, ja, wenn es sein muß, unter Heranziehung eines Spuks, seine Karriere zu machen, noch eine zweite Passion: er operiert nämlich immer erzieherisch, ist der geborene Pädagog und hätte, links Basedow und rechts Pestalozzi (aber doch kirchlicher als beide), eigentlich nach Schnepfenthal oder Bunzlau hingepaßt.«

»Und will er mich auch erziehen? Erziehen durch Spuk?«

»Erziehen ist vielleicht nicht das richtige Wort. Aber doch erziehen auf einem Umweg.«

»Ich verstehe Sie nicht.«

»Eine junge Frau ist eine junge Frau, und ein Landrat ist ein Landrat. Er kutschiert oft im Kreise umher, und dann ist das Haus allein und unbewohnt. Aber solch Spuk ist wie ein Cherub mit dem Schwert ...«

»Ah, da sind wir wieder aus dem Walde heraus«, sagte Effi. »Und da ist Utpatels Mühle. Wir müssen nur noch an dem Kirchhof vorüber.«

Gleich danach passierten sie den Hohlweg zwischen dem Kirchhof und der eingegitterten Stelle, und Effi sah nach dem Stein und der Tanne hinüber, wo der Chinese lag.

17. KAPITEL

Es schlug zwei Uhr, als man zurück war. Crampas verabschiedete sich und ritt in die Stadt hinein, bis er vor seiner am Marktplatz gelegenen Wohnung hielt. Effi ihrerseits kleidete sich um und versuchte zu schlafen; es wollte aber nicht glücken, denn ihre Verstimmung war noch größer als ihre Müdigkeit. Daß Innstetten sich seinen Spuk parat hielt, um ein nicht ganz gewöhnliches Haus zu bewohnen, das mochte hingehen, das stimmte zu seinem Hange, sich von der großen Menge zu unterscheiden; aber das andere, daß er den Spuk als Erziehungsmittel brauchte, das war doch arg und beinahe beleidigend. Und »Erziehungsmittel«, darüber war sie sich klar, sagte nur die kleinere Hälfte; was Crampas gemeint hatte, war viel, viel mehr, war eine Art Angstapparat aus Kalkül. Es fehlte jede Herzensgüte darin und grenzte schon fast an Grausamkeit. Das Blut stieg ihr zu Kopf, und sie ballte ihre kleine Hand und wollte Pläne schmieden; aber mit einem Male mußte sie wieder lachen. »Ich Kindskopf! Wer bürgt mir denn dafür, daß Crampas recht hat! Crampas ist unterhaltlich, weil er medisant ist, aber er ist unzuverlässig und ein bloßer Haselant, der schließlich Innstetten nicht das Wasser reicht.«

In diesem Augenblick fuhr Innstetten vor, der heute früher zurückkam als gewöhnlich. Effi sprang auf, um ihn schon im Flur zu begrüßen, und war um so zärtlicher, je mehr sie das Gefühl hatte, etwas gutmachen zu müssen. Aber ganz konnte sie das, was Crampas gesagt hatte, doch nicht verwinden, und inmitten ihrer Zärtlichkeiten und während sie mit anscheinendem Interesse zuhörte, klang es in ihr immer wieder: »Also Spuk aus Berechnung, Spuk, um dich in Ordnung zu halten.«

Zuletzt indessen vergaß sie's und ließ sich unbefangen von ihm erzählen.

Inzwischen war Mitte November herangekommen, und der bis zum Sturm sich steigernde Nordwester stand anderthalb Tag lang so hart auf den Molen, daß die mehr und mehr zurückgestaute Kessine das Bollwerk überstieg und in die Straßen trat. Aber nachdem sich's ausgetobt, legte sich das Unwetter, und es kamen noch ein paar sonnige Spätherbsttage. »Wer weiß, wie lange sie dauern«, sagte Effi zu Crampas, und so beschloß man, am nächsten Vormittage noch einmal auszureiten; auch Innstetten, der einen freien Tag hatte, wollte mit. Es sollte zunächst wieder bis an die Mole gehen; da wollte man dann absteigen, ein wenig am Strande promenieren und schließlich im Schutze der Dünen, wo's windstill war, ein Frühstück nehmen.

Um die festgesetzte Stunde ritt Crampas vor dem landrätlichen Hause vor; Kruse hielt schon das Pferd der gnädigen Frau, die sich rasch in den Sattel hob und noch im Aufsteigen Innstetten entschuldigte, der nun doch verhindert sei: letzte Nacht wieder großes Feuer in Morgenitz – das dritte seit drei Wochen, also angelegt –, da habe er hin gemußt, sehr zu seinem Leidwesen, denn er habe sich auf diesen Ausritt, der wohl der letzte in diesem Herbste sein werde, wirklich gefreut.

Crampas sprach sein Bedauern aus, vielleicht nur, um was zu sagen, vielleicht aber auch aufrichtig, denn so rücksichtslos er im Punkte chevaleresker Liebesabenteuer war, so sehr war er auch wieder guter Kamerad. Natürlich, alles ganz oberflächlich. Einem Freunde helfen und fünf Minuten später ihn betrügen, waren Dinge, die sich mit seinem Ehrbegriffe sehr wohl vertrugen. Er tat das eine und das andere mit unglaublicher Bonhomie.

Der Ritt ging wie gewöhnlich durch die Plantage hin. Rollo war wieder vorauf, dann kamen Crampas und Effi, dann Kruse. Knut fehlte.

»Wo haben Sie Knut gelassen?«

»Er hat einen Ziegenpeter.«

»Merkwürdig«, lachte Effi. »Eigentlich sah er schon immer so aus.«

»Sehr richtig. Aber Sie sollten ihn jetzt sehen! Oder doch lieber nicht. Denn Ziegenpeter ist ansteckend, schon bloß durch Anblick.«

»Glaub ich nicht.«

»Junge Frauen glauben vieles nicht.«

»Und dann glauben sie wieder vieles, was sie besser nicht glaubten.«

»An meine Adresse?«

»Nein.«

»Schade.«

»Wie dies ›Schade‹ Sie kleidet. Ich glaube wirklich, Major, Sie hielten es für ganz in der Ordnung, wenn ich Ihnen eine Liebeserklärung machte.«

»So weit will ich nicht gehen. Aber ich möchte den sehen, der sich dergleichen nicht wünschte. Gedanken und Wünsche sind zollfrei.«

»Das fragt sich. Und dann ist doch immer noch ein Unterschied zwischen Gedanken und Wünschen. Gedanken sind in der Regel etwas, das noch im Hintergrunde liegt, Wünsche aber liegen meist schon auf der Lippe.«

»Nur nicht gerade *diesen* Vergleich!«

»Ach, Crampas, Sie sind ... Sie sind ...«

»Ein Narr.«

»Nein. Auch darin übertreiben Sie wieder. Aber Sie sind etwas anderes. In Hohen-Cremmen sagten wir immer, und ich mit, das Eitelste, was es gäbe, das sei ein Husarenfähnrich von achtzehn ...«

»Und jetzt?«

»Und jetzt sag ich, das Eitelste, was es gibt, ist ein Landwehrbezirksmajor von zweiundvierzig.«

»... Wobei die zwei Jahre, die Sie mir gnädigst erlassen, alles wieder gutmachen – küss' die Hand.«

»Ja, küss' die Hand. Das ist so recht das Wort, das für Sie paßt. Das ist wienerisch. Und die Wiener, die hab ich kennengelernt, in Karlsbad, vor vier Jahren, wo sie mir vierzehnjährigem Dinge den Hof machten. Was ich da alles gehört habe!«

»Gewiß nicht mehr, als recht war.«

»Wenn das zuträfe, wäre das, was mir schmeicheln soll, ziemlich ungezogen ... Aber sehen Sie da die Bojen, wie die schwimmen und tanzen. Die kleinen roten Fahnen sind eingezogen. Immer wenn ich diesen Sommer, die paarmal, wo ich mich bis an den Strand hinauswagte, die roten Fahnen sah, sagt ich mir: Da liegt Vineta, da *muß* es liegen, das sind die Turmspitzen ...«

»Das macht, weil Sie das Heinesche Gedicht kennen.«

»Welches?«

»Nun, das von Vineta.«

»Nein, das kenne ich nicht; ich kenne überhaupt nur wenig. Leider.«

»Und haben doch Gieshübler und den Journalzirkel! Übrigens hat Heine dem Gedicht einen anderen Namen gegeben, ich glaube ›Seegespenst‹ oder so ähnlich. Aber Vineta hat er gemeint. Und er selber – verzeihen Sie, wenn ich Ihnen so ohne weiteres den Inhalt hier wiedergebe –, der Dichter also, während er die Stelle passiert, liegt auf einem Schiffsdeck und sieht hinunter und sieht da schmale, mittelalterliche Straßen und trippelnde Frauen in Kapotthüten, und alle haben ein Gesangbuch in Händen und wollen zur Kirche, und alle Glocken läuten. Und als er das hört, da faßt ihn eine Sehnsucht, auch mit in die Kirche zu gehen, wenn auch bloß um der Kapotthüte willen, und vor Verlangen schreit er auf und will sich hinunterstürzen. Aber im selben Augenblicke packt ihn der Kapitän am Bein und ruft ihm zu: ›Doktor, sind Sie des Teufels?‹«

»Das ist ja allerliebst. Das möcht ich lesen. Ist es lang?«

»Nein, es ist eigentlich kurz, etwas länger als ›Du hast Diamanten und Perlen‹ oder ›Deine weichen Lilienfinger‹ ...« Und er berührte leise ihre Hand. »Aber lang oder kurz, welche Schilderungskraft, welche Anschaulichkeit! Er ist mein Lieblingsdichter, und ich kann ihn auswendig, so wenig ich mir sonst, trotz gelegentlich eigener Versündigungen, aus der Dichterei mache. Bei Heine liegt es aber anders: Alles ist Leben, und vor allem versteht er sich auf die Liebe, die doch die Hauptsache bleibt. Er ist übrigens nicht einseitig darin ...«

»Wie meinen Sie das?«

»Ich meine, er ist nicht bloß für die Liebe ...«

»Nun, wenn er diese Einseitigkeit auch hätte, das wäre am Ende noch nicht das Schlimmste. Wofür ist er denn sonst noch?«

»Er ist auch sehr für das Romantische, was freilich gleich nach der Liebe kommt und nach Meinung einiger sogar damit zusammenfällt. Was ich aber nicht glaube. Denn in seinen späteren Gedichten, die man denn auch die ›romantischen‹ genannt hat, oder eigentlich hat er es selber getan, in diesen romantischen Dichtungen wird in einem fort hingerichtet, allerdings vielfach aus Liebe. Aber doch meist aus anderen, gröberen Motiven, wohin ich in erster Reihe die Politik, die fast immer gröblich ist, rechne. Karl Stuart zum Beispiel trägt in einer dieser Romanzen seinen Kopf unterm Arm, und noch fataler ist die Geschichte vom Vitzliputzli ...«

»Von wem?«

»Vom Vitzliputzli. Vitzliputzli ist nämlich ein mexikanischer Gott, und als die Mexikaner zwanzig oder dreißig Spanier gefangengenommen hatten, mußten diese zwanzig oder dreißig dem Vitzliputzli geopfert werden. Das war da nicht anders, Landessitte, Kultus, und ging auch alles im Handumdrehen, Bauch auf, Herz raus ...«

»Nein, Crampas, so dürfen Sie nicht weitersprechen. Das ist indezent und degoutant zugleich. Und das alles so ziemlich in demselben Augenblicke, wo wir frühstücken wollen.«

»Ich für meine Person sehe mich dadurch unbeeinflußt und stelle meinen Appetit überhaupt nur in Abhängigkeit vom Menü.«

Während dieser Worte waren sie, ganz wie's das Programm wollte, vom Strand her bis an eine schon halb im Schutze der Dünen aufgeschlagene Bank, mit einem äußerst primitiven Tisch davor, gekommen, zwei Pfosten mit einem Brett darüber. Kruse, der voraufgeritten, hatte hier bereits serviert; Teebrötchen und Aufschnitt von kaltem Braten, dazu Rotwein und neben der Flasche zwei hübsche zierliche Trinkgläser, klein und mit Goldrand, wie man sie in Badeorten kauft oder von Glashütten als Erinnerung mitbringt.

Und nun stieg man ab. Kruse, der die Zügel seines eigenen Pferdes um eine Krüppelkiefer geschlungen hatte, ging mit den beiden anderen Pferden auf und ab, während sich Crampas und Effi, die durch eine schmale Dünenöffnung einen freien Blick auf Strand und Mole hatten, vor dem gedeckten Tische niederließen.

Über das von den Sturmtagen her noch bewegte Meer goß die schon halb winterliche Novembersonne ihr fahles Licht aus, und die Brandung ging hoch. Dann und wann kam ein Windzug und trieb den Schaum bis dicht an sie heran. Strandhafer stand umher, und das helle Gelb der Immortellen hob sich, trotz der Farbenverwandtschaft, von dem gelben Sand, darauf sie wuchsen, scharf ab. Effi machte die Wirtin. »Es tut mir leid, Major, Ihnen diese Brötchen in einem Korbdeckel präsentieren zu müssen…«

»Ein Korbdeckel ist kein Korb …«

»… Indessen Kruse hat es so gewollt. Und da bist du ja auch, Rollo. Auf dich ist unser Vorrat aber nicht eingerichtet. Was machen wir mit Rollo?«

»Ich denke, wir geben ihm alles; ich meinerseits schon aus Dankbarkeit. Denn sehen Sie, teuerste Effi …«

Effi sah ihn an.

»… Denn sehen Sie, gnädigste Frau, Rollo erinnert mich wieder an das, was ich Ihnen noch als Fortsetzung oder Seitenstück zum Vitzliputzli erzählen wollte – nur viel pikanter, weil Liebesgeschichte. Haben Sie mal von einem gewissen Pedro dem Grausamen gehört?«

»So dunkel.«

»… Eine Art Blaubartskönig.«

»Das ist gut. Von so einem hört man immer am liebsten, und ich weiß noch, daß wir von meiner Freundin Hulda Niemeyer, deren Namen Sie ja kennen, immer behaupteten: sie wisse nichts von Geschichte, mit Ausnahme der sechs Frauen von Heinrich dem Achten, diesem englischen Blaubart, wenn das Wort für ihn reicht. Und wirklich, diese sechs kannte sie auswendig. Und dabei hätten Sie hören sollen, wie sie die Namen aussprach, namentlich den von der Mutter der Elisabeth – so schrecklich verlegen, als wäre *sie* nun an der Reihe … Aber nun bitte, die Geschichte von Don Pedro …«

»Nun also, an Don Pedros Hofe war ein schöner, schwarzer spanischer Ritter, der das Kreuz von Calatrava – was ungefähr soviel bedeutet wie Schwarzer Adler und *Pour le mérite* zusammengenommen – auf seiner Brust trug. Dies Kreuz gehörte mit dazu, das mußten sie immer tragen, und dieser Calatrava-Ritter, den die Königin natürlich heimlich liebte …«

»Warum natürlich?«

»Weil wir in Spanien sind.«

»Ach so.«

»Und dieser Calatrava-Ritter, sag ich, hatte einen wunderschönen Hund, einen Neufundländer, wiewohl es die noch gar nicht gab, denn es war grade hundert Jahre vor der Entdeckung von Amerika. Einen wunderschönen Hund also, sagen wir, wie Rollo …«

Rollo schlug an, als er seinen Namen hörte, und wedelte mit dem Schweif.

»Das ging so manchen Tag. Aber das mit der heimlichen Liebe, die wohl nicht ganz heimlich blieb, das wurde dem Könige doch zuviel, und weil er den schönen Calatrava-Ritter überhaupt nicht recht leiden mochte – denn er war nicht bloß grausam, er war auch ein Neidhammel, der, wenn das Wort für einen König und noch mehr für meine liebenswürdige Zuhörerin, Frau Effi, nicht recht passen sollte, wenigstens ein Neidling –, so beschloß er, den Calatrava-Ritter für die heimliche Liebe heimlich hinrichten zu lassen.«

»Kann ich ihm nicht verdenken.«

»Ich weiß doch nicht, meine Gnädigste. Hören Sie nur weiter. Etwas geht schon, aber es war zu viel, der König, find ich, ging um ein Erkleckliches zu weit. Er heuchelte nämlich, daß er dem Ritter wegen seiner Kriegs- und Heldentaten ein Fest veranstalten wolle, und da gab es denn eine lange, lange Tafel, und alle Granden des Reichs saßen an dieser Tafel, und in der

Mitte saß der König, und ihm gegenüber war der Platz für *den*, dem dies alles galt, also für den Calatrava-Ritter, für den an diesem Tage zu Feiernden. Und weil der, trotzdem man schon eine ganze Weile seiner gewartet hatte, noch immer nicht kommen wollte, so mußte schließlich die Festlichkeit ohne ihn begonnen werden, und es blieb ein leerer Platz – ein leerer Platz gerade gegenüber dem König.«

»Und nun?«

»Und nun denken Sie, meine gnädigste Frau, wie der König, dieser Pedro, sich eben erheben will, um gleisnerisch sein Bedauern auszusprechen, daß sein ›lieber Gast‹ noch immer fehle, da hört man auf der Treppe draußen einen Aufschrei der entsetzten Dienerschaften, und ehe noch irgendwer weiß, was geschehen ist, jagt etwas an der langen Festtafel entlang, und nun springt es auf den Stuhl und setzt ein abgeschlagenes Haupt auf den leer gebliebenen Platz, und über ebendieses Haupt hinweg starrt Rollo auf sein Gegenüber, den König. Rollo hatte seinen Herrn auf seinem letzten Gange begleitet, und im selben Augenblicke, wo das Beil fiel, hatte das treue Tier das fallende Haupt gepackt, und da war er nun, unser Freund Rollo, an der langen Festestafel und verklagte den königlichen Mörder.«

Effi war ganz still geworden. Endlich sagte sie: »Crampas, das ist in seiner Art sehr schön, und weil es sehr schön ist, will ich es Ihnen verzeihen. Aber Sie könnten doch Beßres und zugleich mir Lieberes tun, wenn Sie mir andere Geschichten erzählten. Auch von Heine. Heine wird doch nicht bloß von Vitzliputzli und Don Pedro und *Ihrem* Rollo – denn meiner hätte so was nicht getan – gedichtet haben. Komm, Rollo! Armes Tier, ich kann dich gar nicht mehr ansehen, ohne an den Calatrava-Ritter zu denken, den die Königin heimlich liebte ... Rufen Sie, bitte, Kruse, daß er die Sachen hier wieder in die Halfter steckt, und wenn wir zurückreiten, müssen Sie mir was anderes erzählen, ganz was anderes.«

Kruse kam. Als er aber die Gläser nehmen wollte, sagte Crampas: »Kruse, das eine Glas, *das* da, das lassen Sie stehen. Das werde ich selber nehmen.«

»Zu Befehl, Herr Major.«

Effi, die dies mit angehört hatte, schüttelte den Kopf. Dann lachte sie. »Crampas, was fällt Ihnen nur eigentlich ein? Kruse ist dumm genug, über die Sache nicht weiter nachzudenken, und wenn er darüber nachdenkt, so findet er glücklicherweise nichts. Aber das berechtigt Sie doch nicht, dies Glas ... dies Dreißigpfennigglas aus der Josefinenhütte ...«

»Daß Sie so spöttisch den Preis nennen, läßt mich seinen Wert um so tiefer empfinden.«

»Immer derselbe. Sie haben soviel von einem Humoristen, aber doch von ganz sonderbarer Art. Wenn ich Sie recht verstehe, so haben Sie vor – es ist zum Lachen, und ich geniere mich fast, es auszusprechen –, so haben Sie vor, sich vor der Zeit auf den König von Thule hin auszuspielen.«

Er nickte mit einem Anfluge von Schelmerei.

»Nun denn, meinetwegen. Jeder trägt seine Kappe; Sie wissen, welche. Nur das muß ich Ihnen doch sagen dürfen, die Rolle, die Sie *mir* dabei zudiktieren, ist mir zuwenig schmeichelhaft. Ich mag nicht als Reimwort auf Ihren König von Thule herumlaufen. Behalten Sie das Glas, aber bitte, ziehen Sie nicht Schlüsse daraus, die mich kompromittieren. Ich werde Innstetten davon erzählen.«

»Das werden Sie nicht tun, meine gnädigste Frau.«

»Warum nicht?«

»Innstetten ist nicht der Mann, solche Dinge *so* zu sehen, wie sie gesehen sein wollen.«

Sie sah ihn einen Augenblick scharf an. Dann aber schlug sie verwirrt und fast verlegen die Augen nieder.

18. KAPITEL

Effi war unzufrieden mit sich und freute sich, daß es nunmehr feststand, diese gemeinschaftlichen Ausflüge für die ganze Winterdauer auf sich beruhen zu lassen. Überlegte sie, was während all dieser Wochen und Tage gesprochen, berührt und angedeutet war, so fand sie nichts, um dessentwillen sie sich direkte Vorwürfe zu machen gehabt hätte. Crampas war ein kluger

Mann, welterfahren, humoristisch, frei, frei auch im Guten, und es wäre kleinlich und kümmerlich gewesen, wenn sie sich ihm gegenüber aufgesteift und jeden Augenblick die Regeln strengen Anstandes befolgt hätte. Nein, sie konnte sich nicht tadeln, auf seinen Ton eingegangen zu sein, und doch hatte sie ganz leise das Gefühl einer überstandenen Gefahr und beglückwünschte sich, daß das alles nun mutmaßlich hinter ihr läge. Denn an ein häufigeres Sichsehen *en famille* war nicht wohl zu denken, das war durch die Crampasschen Hauszustände so gut wie ausgeschlossen, und Begegnungen bei den benachbarten adligen Familien, die freilich für den Winter in Sicht standen, konnten immer nur sehr vereinzelt und sehr flüchtige sein. Effi rechnete sich dies alles mit wachsender Befriedigung heraus und fand schließlich, daß ihr der Verzicht auf das, was sie dem Verkehr mit dem Major verdankte, nicht allzu schwer ankommen würde. Dazu kam noch, daß Innstetten ihr mitteilte, seine Fahrten nach Varzin würden in diesem Jahre fortfallen: der Fürst gehe nach Friedrichsruh, das ihm immer lieber zu werden scheine; nach der einen Seite hin bedauere er das, nach der anderen sei es ihm lieb – er könne sich nun ganz seinem Hause widmen, und wenn es ihr recht wäre, so wollten sie die italienische Reise, an der Hand seiner Aufzeichnungen, noch einmal durchmachen. Eine solche Rekapitulation sei eigentlich die Hauptsache, dadurch mache man sich alles erst dauernd zu eigen, und selbst Dinge, die man nur flüchtig gesehen und von denen man kaum wisse, daß man sie in seiner Seele beherberge, kämen einem durch solche nachträglichen Studien erst voll zu Bewußtsein und Besitz. Er führte das noch weiter aus und fügte hinzu, daß ihn Gieshübler, der den ganzen ›italienischen Stiefel‹ bis Palermo kenne, gebeten habe, mit dabeisein zu dürfen. Effi, der ein ganz gewöhnlicher Plauderabend ohne den ›italienischen Stiefel‹ (es sollten sogar Photographien herumgereicht werden) viel, viel lieber gewesen wäre, antwortete mit einer gewissen Gezwungenheit; Innstetten indessen, ganz erfüllt von seinem Plane, merkte nichts und fuhr fort: »Natürlich ist nicht bloß Gieshübler zugegen, auch Roswitha und Annie müssen dabeisein, und wenn ich mir dann denke, daß wir den Canal grande hinauffahren und hören dabei ganz in der Ferne die Gondoliere singen, während drei Schritte von uns Roswitha sich über Annie beugt und ›Buhküken von Halberstadt‹ oder so was Ähnliches zum besten gibt, so können das schöne Winterabende werden, und du sitzest dabei und strickst mir eine große Winterkappe. Was meinst du dazu, Effi?«

Solche Abende wurden nicht bloß geplant, sie nahmen auch ihren Anfang, und sie würden sich, aller Wahrscheinlichkeit nach, über viele Wochen hin ausgedehnt haben, wenn nicht der unschuldige, harmlose Gieshübler, trotz größter Abgeneigtheit gegen zweideutiges Handeln, dennoch im Dienste zweier Herren gestanden hätte. Der eine, dem er diente, war Innstetten, der andere war Crampas, und wenn er der Innstettenschen Aufforderung zu den italienischen Abenden, schon um Effis willen, auch mit aufrichtigster Freude Folge leistete, so war die Freude, mit der er Crampas gehorchte, doch noch eine größere. Nach einem Crampasschen Plane nämlich sollte noch vor Weihnachten ›Ein Schritt vom Wege‹ aufgeführt werden, und als man vor dem dritten italienischen Abend stand, nahm Gieshübler die Gelegenheit wahr, mit Effi, die die Rolle der Ella spielen sollte, darüber zu sprechen.

Effi war wie elektrisiert; was wollten Padua, Vicenza daneben bedeuten! Effi war nicht für Aufgewärmtheiten; Frisches war es, wonach sie sich sehnte, Wechsel der Dinge. Aber als ob eine Stimme ihr zugerufen hätte: »Sieh dich vor!«, so fragte sie doch, inmitten ihrer freudigen Erregung: »Ist es der Major, der den Plan aufgebracht hat?«

»Ja. Sie wissen, gnädigste Frau, daß er einstimmig in das Vergnügungskomitee gewählt wurde. Wir dürfen uns endlich einen hübschen Winter in der Ressource versprechen. Er ist ja wie geschaffen dazu.«

»Und wird er auch mitspielen?«

»Nein, das hat er abgelehnt. Ich muß sagen, leider. Denn er kann ja alles und würde den Arthur von Schmettwitz ganz vorzüglich geben. Er hat nur die Regie übernommen.«

»Desto schlimmer.«

»Desto schlimmer?« wiederholte Gieshübler.

»Oh, Sie dürfen das nicht so feierlich nehmen; das ist nur so eine Redensart, die eigentlich das Gegenteil bedeutet. Auf der anderen Seite freilich, der Major hat so was Gewaltsames, er nimmt einem die Dinge gern über den Kopf fort. Und man muß dann spielen, wie er will, und nicht, wie man selber will.«

Sie sprach noch so weiter und verwickelte sich immer mehr in Widersprüche.

Der ›Schritt vom Wege‹ kam wirklich zustande, und gerade weil man nur noch gute vierzehn Tage hatte (die letzte Woche vor Weihnachten war ausgeschlossen), so strengte sich alles an, und es ging vorzüglich; die Mitspielenden, vor allem Effi, ernteten reichen Beifall. Crampas hatte sich wirklich mit der Regie begnügt, und so streng er gegen alle anderen war, so wenig hatte er auf den Proben in Effis Spiel hineingeredet. Entweder waren ihm von seiten Gieshüblers Mitteilungen über das mit Effi gehabte Gespräch gemacht worden, oder er hatte es auch aus sich selber bemerkt, daß Effi beflissen war, sich von ihm zurückzuziehen. Und er war klug und Frauenkenner genug, um den natürlichen Entwicklungsgang, den er nach seinen Erfahrungen nur zu gut kannte, nicht zu stören.

Am Theaterabend in der Ressource trennte man sich spät, und Mitternacht war vorüber, als Innstetten und Effi wieder zu Hause bei sich eintrafen. Johanna war noch auf, um behilflich zu sein, und Innstetten, der auf seine junge Frau nicht wenig eitel war, erzählte Johanna, wie reizend die gnädige Frau ausgesehen und wie gut sie gespielt habe. Schade, daß er nicht vorher daran gedacht, Christel und sie selber und auch die alte Unke, die Kruse, hätten von der Musikgalerie her sehr gut zusehen können; es seien viele dagewesen. Dann ging Johanna, und Effi, die müde war, legte sich nieder. Innstetten aber, der noch plaudern wollte, schob einen Stuhl heran und setzte sich an das Bett seiner Frau, diese freundlich ansehend und ihre Hand in der seinen haltend.

»Ja, Effi, das war ein hübscher Abend. Ich habe mich amüsiert über das hübsche Stück. Und denke dir, der Dichter ist ein Kammergerichtsrat, eigentlich kaum zu glauben. Und noch dazu aus Königsberg. Aber worüber ich mich am meisten gefreut, das war doch meine entzückende kleine Frau, die allen die Köpfe verdreht hat.«

»Ach, Geert, sprich nicht so. Ich bin schon gerade eitel genug.«

»Eitel genug, das wird wohl richtig sein. Aber doch lange nicht so eitel wie die anderen. Und das ist zu deinen sieben Schönheiten ...«

»Sieben Schönheiten haben alle.«

»... Ich habe mich auch bloß versprochen; du kannst die Zahl gut mit sich selbst multiplizieren.«

»Wie galant du bist, Geert. Wenn ich dich nicht kennte, könnt ich mich fürchten. Oder lauert wirklich was dahinter?«

»Hast du ein schlechtes Gewissen? Selber hinter der Tür gestanden?«

»Ach, Geert, ich ängstige mich wirklich.« Und sie richtete sich im Bett in die Höh und sah ihn starr an. »Soll ich noch nach Johanna klingeln, daß sie uns Tee bringt? Du hast es so gern vor dem Schlafengehen.«

Er küßte ihr die Hand. »Nein, Effi. Nach Mitternacht kann auch der Kaiser keine Tasse Tee mehr verlangen, und du weißt, ich mag die Leute nicht mehr in Anspruch nehmen als nötig. Nein, ich will nichts als dich ansehen und mich freuen, daß ich dich habe. So manchmal empfindet man's doch stärker, welchen Schatz man hat. Du könntest ja auch so sein wie die arme Frau Crampas; das ist eine schreckliche Frau, gegen keinen freundlich, und dich hätte sie vom Erdboden vertilgen mögen.«

»Ach, ich bitte dich, Geert, das bildest du dir wieder ein. Die arme Frau! Mir ist nichts aufgefallen.«

»Weil du für derlei keine Augen hast. Aber es war so, wie ich dir sage, und der arme Crampas war wie befangen dadurch und mied dich immer und sah dich kaum an. Was doch ganz unnatürlich ist; denn erstens ist er überhaupt ein Damenmann, und nun gar Damen wie du, das ist seine besondere Passion. Und ich wette auch, daß es keiner besser weiß als meine kleine Frau selber. Wenn ich daran denke, wie, Pardon, das Geschnatter hin und her ging, wenn er morgens in die Veranda kam oder wenn wir am Strande ritten oder auf der Mole spazierengingen. Es ist, wie ich dir sage, er traute sich heute nicht, er fürchtete sich vor seiner Frau. Und ich kann es ihm nicht verdenken. Die Majorin ist so etwas wie unsere Frau Kruse, und wenn ich zwischen beiden wählen müßte, ich wüßte nicht wen.«

»Ich wüßt es schon; es ist doch ein Unterschied zwischen den beiden. Die arme Majorin ist unglücklich, die Kruse ist unheimlich.«

»Und da bist du doch mehr für das Unglückliche?«

»Ganz entschieden.«

»Nun höre, das ist Geschmacksache. Man merkt, daß du noch nicht unglücklich warst. Übrigens hat Crampas ein Talent, die arme Frau zu eskamotieren. Er erfindet immer etwas, sie zu Hause zu lassen.«

»Aber heute war sie doch da.«

»Ja, heute. Da ging es nicht anders. Aber ich habe mit ihm eine Partie zu Oberförster Ring verabredet, er, Gieshübler und der Pastor, auf den dritten Feiertag, und da hättest du sehen sollen, mit welcher Geschicklichkeit er bewies, daß sie, die Frau, zu Hause bleiben müsse.«

»Sind es denn nur Herren?«

»O bewahre. Da würd ich mich auch bedanken. *Du* bist mit dabei und noch zwei, drei andere Damen, die von den Gütern ungerechnet.«

»Aber dann ist es doch auch häßlich von ihm, ich meine von Crampas, und so was bestraft sich immer.«

»Ja, mal kommt es. Aber ich glaube, unser Freund hält zu denen, die sich über das, was kommt, keine grauen Haare wachsen lassen.«

»Hältst du ihn für schlecht?«

»Nein, für schlecht nicht. Beinah im Gegenteil, jedenfalls hat er gute Seiten. Aber er ist so'n halber Pole, kein rechter Verlaß, eigentlich in nichts, am wenigsten mit Frauen. Eine Spielernatur. Er spielt nicht am Spieltisch, aber er hasardiert im Leben in einem fort, und man muß ihm auf die Finger sehen.«

»Es ist mir doch lieb, daß du mir das sagst. Ich werde mich vorsehen mit ihm.«

»Das tu. Aber nicht zu sehr; dann hilft es nichts. Unbefangenheit ist immer das Beste, und natürlich das Allerbeste ist Charakter und Festigkeit und, wenn ich solch steifleinenes Wort brauchen darf, eine reine Seele.«

Sie sah ihn groß an. Dann sagte sie: »Ja, gewiß. Aber nun sprich nicht mehr, und noch dazu lauter Dinge, die mich nicht recht froh machen können. Weißt du, mir ist, als hörte ich oben das Tanzen. Sonderbar, daß es immer wiederkommt. Ich dachte, du hättest mit dem allen nur so gespaßt.«

»Das will ich doch nicht sagen, Effi. Aber so oder so, man muß nur in Ordnung sein und sich nicht zu fürchten brauchen.«

Effi nickte und dachte mit einem Male wieder an die Worte, die ihr Crampas über ihren Mann als »Erzieher« gesagt hatte.

Der Heilige Abend kam und verging ähnlich wie das Jahr vorher; aus Hohen-Cremmen kamen Geschenke und Briefe; Gieshübler war wieder mit einem Huldigungsvers zur Stelle, und Vetter Briest sandte eine Karte: Schneelandschaft mit Telegraphenstangen, auf deren Draht geduckt ein Vögelchen saß. Auch für Annie war aufgebaut: ein Baum mit Lichtern, und das Kind griff mit seinen Händchen danach. Innstetten, unbefangen und heiter, schien sich seines häuslichen Glücks zu freuen und beschäftigte sich viel mit dem Kinde. Roswitha war erstaunt, den gnädigen Herrn so zärtlich und zugleich so aufgeräumt zu sehen. Auch Effi sprach viel und lachte viel, es kam ihr aber nicht aus innerster Seele. Sie fühlte sich bedrückt und wußte nur nicht, wen sie dafür verantwortlich machen sollte, Innstetten oder sich selber. Von Crampas war kein Weihnachtsgruß eingetroffen; eigentlich war es ihr lieb, aber auch wieder nicht, seine Huldigungen erfüllten sie mit einem gewissen Bangen, und seine Gleichgültigkeiten verstimmten sie; sie sah ein, es war nicht alles so, wie's sein sollte.

»Du bist so unruhig«, sagte Innstetten nach einer Weile.

»Ja. Alle Welt hat es so gut mit mir gemeint, am meisten du; das bedrückt mich, weil ich fühle, daß ich es nicht verdiene.«

»Damit darf man sich nicht quälen, Effi. Zuletzt ist es doch so: Was man empfängt, das hat man auch verdient.«

Effi hörte scharf hin, und ihr schlechtes Gewissen ließ sie sich selber fragen, ob er das absichtlich in so zweideutiger Form gesagt habe.

Spät gegen Abend kam Pastor Lindequist, um zu gratulieren und noch wegen der Partie nach der Oberförsterei Uvagla hin anzufragen, die natürlich eine Schlittenpartie werden müsse. Crampas habe ihm einen Platz in seinem Schlitten angeboten, aber weder der Major noch sein

Bursche, der, wie alles, auch das Kutschieren übernehmen solle, kenne den Weg, und so würde es sich vielleicht empfehlen, die Fahrt gemeinschaftlich zu machen, wobei dann der landrätliche Schlitten die Tête zu nehmen und der Crampassche zu folgen hätte. Wahrscheinlich auch der Gieshüblersche. Denn mit der Wegkenntnis Mirambos, dem sich unerklärlicherweise Freund Alonzo, der doch sonst so vorsichtig, anvertrauen wolle, stehe es wahrscheinlich noch schlechter als mit der des sommersprossigen Treptower Ulanen. Innstetten, den diese kleinen Verlegenheiten erheiterten, war mit Lindequists Vorschlage durchaus einverstanden und ordnete die Sache dahin, daß er pünktlich um zwei Uhr über den Marktplatz fahren und ohne alles Säumen die Führung des Zuges in die Hand nehmen werde.

Nach diesem Übereinkommen wurde denn auch verfahren, und als Innstetten Punkt zwei Uhr den Marktplatz passierte, grüßte Crampas zunächst von seinem Schlitten aus zu Effi hinüber und schloß sich dann dem Innstettenschen an. Der Pastor saß neben ihm. Gieshüblers Schlitten, mit Gieshübler selbst und Doktor Hannemann, folgte, jener in einem eleganten Büffelrock mit Marderbesatz, dieser in einem Bärenpelz, dem man ansah, daß er wenigstens dreißig Dienstjahre zählte. Hannemann war nämlich in seiner Jugend Schiffschirurgus auf einem Grönlandfahrer gewesen. Mirambo saß vorn, etwas aufgeregt wegen Unkenntnis im Kutschieren, ganz wie Lindequist vermutet hatte.

Schon nach zwei Minuten war man an Utpatels Mühle vorbei.

Zwischen Kessin und Uvagla (wo, der Sage nach, ein Wendentempel gestanden) lag ein nur etwa tausend Schritt breiter, aber wohl anderthalb Meilen langer Waldstreifen, der an seiner rechten Längsseite das Meer, an seiner linken, bis weit an den Horizont hin, ein großes, überaus fruchtbares und gut angebautes Stück Land hatte. Hier, an der Binnenseite, flogen jetzt die drei Schlitten hin, in einiger Entfernung ein paar alte Kutschwagen vor sich, in denen, aller Wahrscheinlichkeit nach, andere nach der Oberförsterei hin eingeladene Gäste saßen. Einer dieser Wagen war an seinen altmodisch hohen Rädern deutlich zu erkennen, es war der Papenhagensche. Natürlich. Güldenklee galt als der beste Redner des Kreises (noch besser als Borcke, ja selbst besser als Grasenabb) und durfte bei Festlichkeiten nicht leicht fehlen.

Die Fahrt ging rasch – auch die herrschaftlichen Kutscher strengten sich an und wollten sich nicht überholen lassen –, so daß man schon um drei vor der Oberförsterei hielt. Ring, ein stattlicher, militärisch dreinschauender Herr von Mitte Fünfzig, der den ersten Feldzug in Schleswig noch unter Wrangel und Bonin mitgemacht und sich bei Erstürmung des Danewerks ausgezeichnet hatte, stand in der Tür und empfing seine Gäste, die, nachdem sie abgelegt und die Frau des Hauses begrüßt hatten, zunächst vor einem langgedeckten Kaffeetische Platz nahmen, auf dem kunstvoll aufgeschichtete Kuchenpyramiden standen. Die Oberförsterin, eine von Natur sehr ängstliche, zum mindesten aber sehr befangene Frau, zeigte sich auch als Wirtin so, was den überaus eitlen Oberförster, der für Sicherheit und Schneidigkeit war, ganz augenscheinlich verdroß. Zum Glück kam sein Unmut zu keinem Ausbruch, denn von dem, was seine Frau vermissen ließ, hatten seine Töchter desto mehr, bildhübsche Backfische von vierzehn und dreizehn, die ganz nach dem Vater schlugen. Besonders die ältere, Cora, kokettierte sofort mit Innstetten und Crampas, und beide gingen auch darauf ein. Effi ärgerte sich darüber und schämte sich dann wieder, daß sie sich geärgert habe. Sie saß neben Sidonie von Grasenabb und sagte: »Sonderbar, so bin ich auch gewesen, als ich vierzehn war.«

Effi rechnete darauf, daß Sidonie dies bestreiten oder doch wenigstens Einschränkungen machen würde. Statt dessen sagte diese: »Das kann ich mir denken.«

»Und wie der Vater sie verzieht«, fuhr Effi halb verlegen, und nur um doch was zu sagen, fort.

Sidonie nickte. »Da liegt es. Keine Zucht. Das ist die Signatur unserer Zeit.«

Effi brach nun ab.

Der Kaffee war bald genommen, und man stand auf, um noch einen halbstündigen Spaziergang in den umliegenden Wald zu machen, zunächst auf ein Gehege zu, drin Wild eingezäunt war. Cora öffnete das Gatter, und kaum daß sie eingetreten, so kamen auch schon die Rehe auf sie zu. Es war eigentlich reizend, ganz wie ein Märchen. Aber die Eitelkeit des jungen Dinges, das sich bewußt war, ein lebendes Bild zu stellen, ließ doch einen reinen Eindruck nicht aufkommen, am wenigsten bei Effi. »Nein«, sagte sie zu sich selber, »so bin ich doch nicht gewesen. Vielleicht hat es mir auch an Zucht gefehlt, wie diese furchtbare Sidonie mir eben andeutete, vielleicht auch anderes noch. Man war zu Haus zu gütig gegen mich, man liebte mich zu sehr. Aber das darf ich doch wohl sagen, ich habe mich nie geziert. Das war immer Huldas Sache. Darum gefiel sie mir auch nicht, als ich diesen Sommer sie wiedersah.«

Auf dem Rückwege vom Walde nach der Oberförsterei begann es zu schneien. Crampas gesellte sich zu Effi und sprach ihr sein Bedauern aus, daß er noch nicht Gelegenheit gehabt habe, sie zu begrüßen. Zugleich wies er auf die großen, schweren Schneeflocken, die fielen, und sagte: »Wenn das so weitergeht, so schneien wir hier ein.«

»Das wäre nicht das Schlimmste. Mit dem Eingeschneitwerden verbinde ich von langer Zeit her eine freundliche Vorstellung, eine Vorstellung von Schutz und Beistand.«

»Das ist mir neu, meine gnädigste Frau.«

»Ja«, fuhr Effi fort und versuchte zu lachen, »mit den Vorstellungen ist es ein eigen Ding, man macht sie sich nicht bloß nach dem, was man persönlich erfahren hat, auch nach dem, was man irgendwo gehört oder ganz zufällig weiß. Sie sind so belesen, Major, aber mit einem Gedichte – freilich keinem Heineschen, keinem ›Seegespenst‹ und keinem ›Vitzliputzli‹ – bin ich Ihnen, wie mir scheint, doch voraus. Dies Gedicht heißt die ›Gottesmauer‹, und ich hab es bei unserm Hohen-Cremmner Pastor vor vielen, vielen Jahren, als ich noch ganz klein war, auswendig gelernt.«

»Gottesmauer«, wiederholte Crampas. »Ein hübscher Titel, und wie verhält es sich damit?«

»Eine kleine Geschichte, nur ganz kurz. Da war irgendwo Krieg, ein Winterfeldzug, und eine alte Witwe, die sich vor dem Feinde mächtig fürchtete, betete zu Gott, er möge doch ›eine Mauer um sie bauen‹, um sie vor dem Landesfeinde zu schützen. Und da ließ Gott das Haus einschneien, und der Feind zog daran vorüber.«

Crampas war sichtlich betroffen und wechselte das Gespräch.

Als es dunkelte, waren alle wieder in der Oberförsterei zurück.

19. KAPITEL

Gleich nach sieben ging man zu Tisch, und alles freute sich, daß der Weihnachtsbaum, eine mit zahllosen Silberkugeln bedeckte Tanne, noch einmal angesteckt wurde. Crampas, der das Ringsche Haus noch nicht kannte, war helle Bewunderung. Der Damast, die Weinkühler, das reiche Silbergeschirr, alles wirkte herrschaftlich, weit über oberförsterliche Durchschnittsverhältnisse hinaus, was darin seinen Grund hatte, daß Rings Frau, so scheu und verlegen sie war, aus einem reichen Danziger Kornhändlerhause stammte. Von da her rührten auch die meisten der ringsumher hängenden Bilder: der Kornhändler und seine Frau, der Marienburger Remter und eine gute Kopie nach dem berühmten Memlingschen Altarbilde in der Danziger Marienkirche. Kloster Oliva war zweimal da, einmal in Öl und einmal in Kork geschnitzt. Außerdem befand sich über dem Büfett ein sehr nachgedunkeltes Porträt des alten Nettelbeck, das noch aus dem bescheidenen Mobiliar des erst vor anderthalb Jahren verstorbenen Ringschen Amtsvorgängers herrührte. Niemand hatte damals, bei der wie gewöhnlich stattfindenden Auktion, das Bild des Alten haben wollen, bis Innstetten, der sich über diese Mißachtung ärgerte, darauf geboten hatte. Da hatte sich denn auch Ring patriotisch besonnen, und der alte Kolbergverteidiger war der Oberförsterei verblieben.

Das Nettelbeck-Bild ließ ziemlich viel zu wünschen übrig; sonst aber verriet alles, wie schon angedeutet, eine beinahe an Glanz streifende Wohlhabenheit, und dem entsprach denn auch das Mahl, das aufgetragen wurde. Jeder hatte mehr oder weniger seine Freude daran, mit Ausnahme Sidoniens. Diese saß zwischen Innstetten und Lindequist und sagte, als sie Coras ansichtig wurde: »Da ist ja wieder dies unausstehliche Balg, diese Cora. Sehen Sie nur, Innstetten, wie sie die kleinen Weingläser präsentiert, ein wahres Kunststück, sie könnte jeden Augenblick Kellnerin werden. Ganz unerträglich. Und dazu die Blicke von Ihrem Freunde Crampas! Das ist so die rechte Saat! Ich frage Sie, was soll dabei herauskommen?«

Innstetten, der ihr eigentlich zustimmte, fand trotzdem den Ton, in dem das alles gesagt wurde, so verletzend herbe, daß er spöttisch bemerkte: »Ja, meine Gnädigste, was dabei herauskommen soll? Ich weiß es *auch* nicht« – worauf sich Sidonie von ihm ab- und ihrem Nachbar zur Linken zuwandte: »Sagen Sie, Pastor, ist diese vierzehnjährige Kokette schon im Unterricht bei Ihnen?«

»Ja, mein gnädigstes Fräulein.«

»Dann müssen Sie mir die Bemerkung verzeihen, daß Sie sie nicht in die richtige Schule genommen haben. Ich weiß wohl, es hält das heutzutage sehr schwer, aber ich weiß auch, daß die, denen die Fürsorge für junge Seelen obliegt, es vielfach an dem rechten Ernste fehlen lassen. Es bleibt dabei, die Hauptschuld tragen die Eltern und Erzieher.«

Lindequist, denselben Ton anschlagend wie Innstetten, antwortete, daß das alles sehr richtig, der Geist der Zeit aber *zu* mächtig sei.

»Geist der Zeit!« sagte Sidonie. »Kommen Sie mir nicht damit. Das kann ich nicht hören, das ist der Ausdruck höchster Schwäche, Bankrotterklärung. Ich kenne das; nie scharf zufassen wollen, immer dem Unbequemen aus dem Wege gehen. Denn Pflicht ist unbequem. Und so wird nur allzu leicht vergessen, daß das uns anvertraute Gut auch mal von uns zurückgefordert wird. Eingreifen, lieber Pastor, Zucht. Das Fleisch ist schwach, gewiß; aber ...«

In diesem Augenblicke kam ein englisches Roastbeef, von dem Sidonie ziemlich ausgiebig nahm, ohne Lindequists Lächeln dabei zu bemerken. Und weil sie's nicht bemerkte, so durfte es auch nicht wundernehmen, daß sie mit vieler Unbefangenheit fortfuhr: »Es kann übrigens alles, was Sie hier sehen, nicht wohl anders sein; alles ist schief und verfahren von Anfang an. Ring, Ring – wenn ich nicht irre, hat es drüben in Schweden oder da herum mal einen Sagenkönig dieses Namens gegeben. Nun, sehen Sie, benimmt er sich nicht, als ob er von dem abstamme, und seine Mutter, die ich noch gekannt habe, war eine Plättfrau in Köslin.«

»Ich kann darin nichts Schlimmes finden.«

»Schlimmes finden? Ich auch nicht. Und jedenfalls gibt es Schlimmeres. Aber soviel muß ich doch von Ihnen, als einem geweihten Diener der Kirche, gewärtigen dürfen, daß Sie die gesellschaftlichen Ordnungen gelten lassen. Ein Oberförster ist ein bißchen mehr als ein Förster, und ein Förster hat nicht solche Weinkühler und solch Silberzeug; das alles ist ungehörig und zieht dann solche Kinder groß wie dies Fräulein Cora.«

Sidonie, jedesmal bereit, irgendwas Schreckliches zu prophezeien, wenn sie, vom Geist überkommen, die Schalen ihres Zornes ausschüttete, würde sich auch heute bis zum Kassandrablick in die Zukunft gesteigert haben, wenn nicht in ebendiesem Augenblicke die dampfende Punschbowle – womit die Weihnachtsreunions bei Ring immer abschlossen – auf der Tafel erschienen wäre, dazu Krausgebackenes, das, geschickt übereinandergetürmt, noch weit über die vor einigen Stunden aufgetragene Kaffeekuchenpyramide hinauswuchs. Und nun trat auch Ring selbst, der sich bis dahin etwas zurückgehalten hatte, mit einer gewissen strahlenden Feierlichkeit in Aktion und begann die vor ihm stehenden Gläser, große, geschliffene Römer, in virtuosem Bogensturz zu füllen, ein Einschenkekunststück, das die stets schlagfertige Frau von Padden, die heute leider fehlte, mal als »Ringsche Füllung *en cascade*« bezeichnet hatte. Rotgolden wölbte sich dabei der Strahl, und kein Tropfen durfte verlorengehen. So war es auch heute wieder. Zuletzt aber, als jeder, was ihm zukam, in Händen hielt – auch Cora, die sich mittlerweile mit ihrem rotblonden Wellenhaar auf »Onkel Crampas'« Schoß gesetzt hatte –, erhob sich der alte Papenhagner, um, wie herkömmlich bei Festlichkeiten der Art, einen Toast auf seinen lieben Oberförster auszubringen. Es gäbe viele Ringe, so etwa begann er, Jahresringe, Gardinenringe, Trauringe, und was nun gar – denn auch davon dürfe sich am Ende wohl sprechen lassen – die Verlobungsringe angehe, so sei glücklicherweise die Gewähr gegeben, daß einer davon in kürzester Frist in diesem Hause sichtbar werden und den Ringfinger (und zwar hier in einem *doppelten* Sinne den Ringfinger) eines kleinen hübschen Pätschelchens zieren werde ...

»Unerhört«, raunte Sidonie dem Pastor zu.

»Ja, meine Freunde«, fuhr Güldenklee mit gehobener Stimme fort, »viele Ringe gibt es, und es gibt sogar eine Geschichte, die wir alle kennen, die die Geschichte von den ›drei Ringen‹ heißt, eine Judengeschichte, die, wie der ganze liberale Krimskrams, nichts wie Verwirrung und Unheil gestiftet hat und noch stiftet. Gott bessere es. Und nun lassen Sie mich schließen, um Ihre Geduld und Nachsicht nicht über Gebühr in Anspruch zu nehmen. Ich bin *nicht* für diese drei Ringe, meine Lieben, ich bin vielmehr für *einen* Ring, für *einen* Ring, der so recht ein Ring ist, wie er sein soll, ein Ring, der alles Gute, was wir in unsrem altpommerschen Kessiner

Kreise haben, alles, was noch mit Gott für König und Vaterland einsteht – und es sind ihrer noch einige (lauter Jubel) –, an diesem seinem gastlichen Tisch vereinigt sieht. Für *diesen* Ring bin ich. Er lebe hoch!«

Alles stimmte ein und umdrängte Ring, der, solange das dauerte, das Amt des »Einschenkens *en cascade*« an den ihm gegenübersitzenden Crampas abtreten mußte; der Hauslehrer aber stürzte von seinem Platz am unteren Ende der Tafel an das Klavier und schlug die ersten Takte des Preußenliedes an, worauf alles stehend und feierlich einfiel: »Ich bin ein Preuße ... will ein Preuße sein.«

»Es ist doch etwas Schönes«, sagte gleich nach der ersten Strophe der alte Borcke zu Innstetten, »so was hat man in anderen Ländern nicht.«

»Nein«, antwortete Innstetten, der von solchem Patriotismus nicht viel hielt, »in anderen Ländern hat man was anderes.«

Man sang alle Strophen durch, dann hieß es, die Wagen seien vorgefahren, und gleich darnach erhob sich alles, um die Pferde nicht warten zu lassen. Denn diese Rücksicht »auf die Pferde« ging auch im Kreise Kessin allem anderen vor. Im Hausflur standen zwei hübsche Mägde, Ring hielt auf dergleichen, um den Herrschaften beim Anziehen ihrer Pelze behilflich zu sein. Alles war heiter angeregt, einige mehr als das, und das Einsteigen in die verschiedenen Gefährte schien sich schnell und ohne Störung vollziehen zu sollen, als es mit einemmal hieß, der Gieshüblersche Schlitten sei nicht da. Gieshübler selbst war viel zu artig, um gleich Unruhe zu zeigen oder gar Lärm zu machen; endlich aber, weil doch wer das Wort nehmen mußte, fragte Crampas, was es denn eigentlich sei?

»Mirambo kann nicht fahren«, sagte der Hofeknecht; »das linke Pferd hat ihn beim Anspannen vor das Schienbein geschlagen. Er liegt im Stall und schreit.«

Nun wurde natürlich nach Doktor Hannemann gerufen, der denn auch hinausging und nach fünf Minuten mit echter Chirurgenruhe versicherte: Ja, Mirambo müsse zurückbleiben; es sei vorläufig in der Sache nichts zu machen als still liegen und kühlen. Übrigens von Bedenklichem keine Rede. Das war nun einigermaßen ein Trost, aber schaffte doch die Verlegenheit, wie der Gieshüblersche Schlitten zurückzufahren sei, nicht aus der Welt, bis Innstetten erklärte, daß er für Mirambo einzutreten und das Zwiegestirn von Doktor und Apotheker persönlich glücklich heimzusteuern gedenke. Lachend und unter ziemlich angeheiterten Scherzen gegen den verbindlichsten aller Landräte, der sich, um hilfreich zu sein, sogar von seiner jungen Frau trennen wolle, wurde dem Vorschlage zugestimmt, und Innstetten, mit Gieshübler und dem Doktor im Fond, nahm jetzt wieder die Tête. Crampas und Lindequist folgten unmittelbar. Und als gleich danach auch Kruse mit dem landrätlichen Schlitten vorfuhr, trat Sidonie lächelnd an Effi heran und bat diese, da ja nun ein Platz frei sei, mit ihr fahren zu dürfen. »In unserer Kutsche ist es immer so stickig; mein Vater liebt das. Und außerdem, ich möchte so gerne mit Ihnen plaudern. Aber nur bis Quappendorf. Wo der Morgnitzer Weg abzweigt, steig ich aus und muß dann wieder in unsern unbequemen Kasten. Und Papa raucht auch noch.«

Effi war wenig erfreut über diese Begleitung und hätte die Fahrt lieber allein gemacht; aber ihr blieb keine Wahl, und so stieg denn das Fräulein ein, und kaum daß beide Damen ihre Plätze genommen hatten, so gab Kruse den Pferden auch schon einen Peitschenknips, und von der oberförsterlichen Rampe her, von der man einen prächtigen Ausblick auf das Meer hatte, ging es, die ziemlich steile Düne hinunter, auf den Strandweg zu, der, eine Meile lang, in beinahe gerader Linie bis an das Kessiner Strandhotel und von dort aus, rechts einbiegend, durch die Plantage hin, in die Stadt führte. Der Schneefall hatte schon seit ein paar Stunden aufgehört, die Luft war frisch, und auf das weite dunkelnde Meer fiel der matte Schein der Mondsichel. Kruse fuhr hart am Wasser hin, mitunter den Schaum der Brandung durchschneidend, und Effi, die etwas fröstelte, wickelte sich fester in ihren Mantel und schwieg noch immer und mit Absicht. Sie wußte recht gut, daß das mit der »stickigen Kutsche« bloß Vorwand gewesen und daß sich Sidonie nur zu ihr gesetzt hatte, um ihr etwas Unangenehmes zu sagen. Und das kam immer noch früh genug. Zudem war sie wirklich müde, vielleicht von dem Spaziergang im Walde, vielleicht auch von dem oberförsterlichen Punsch, dem sie, auf Zureden der neben ihr sitzenden Frau von Flemming, tapfer zugesprochen hatte. Sie tat denn auch, als ob sie schliefe, schloß die Augen und neigte den Kopf immer mehr nach links.

»Sie sollten sich nicht so sehr nach links beugen, meine gnädigste Frau. Fährt der Schlitten auf einen Stein, so fliegen Sie hinaus. Ihr Schlitten hat ohnehin kein Schutzleder und, wie ich sehe, auch nicht einmal die Haken dazu.«

»Ich kann die Schutzleder nicht leiden; sie haben so was Prosaisches. Und dann, wenn ich hinausflöge, mir wäre es recht, am liebsten gleich in die Brandung. Freilich ein etwas kaltes Bad, aber was tut's ... Übrigens, hören Sie nichts?«

»Nein.«

»Hören Sie nicht etwas wie Musik?«

»Orgel?«

»Nein, nicht Orgel. Da würd ich denken, es sei das Meer. Aber es ist etwas anderes, ein unendlich feiner Ton, fast wie menschliche Stimme ...«

»Das sind Sinnestäuschungen«, sagte Sidonie, die jetzt den richtigen Einsetzemoment gekommen glaubte. »Sie sind nervenkrank. Sie hören Stimmen. Gebe Gott, daß Sie auch die richtige Stimme hören.«

»Ich höre ... nun, gewiß, es ist Torheit, ich weiß, sonst würd ich mir einbilden, ich hätte die Meerfrauen singen hören ... Aber, ich bitte Sie, was ist das? Es blitzt ja bis hoch in den Himmel hinauf. Das muß ein Nordlicht sein.«

»Ja«, sagte Sidonie. »Gnädigste Frau tun ja, als ob es ein Weltwunder wäre. Das ist es nicht. Und wenn es dergleichen wäre, wir haben uns vor Naturkultus zu hüten. Übrigens ein wahres Glück, daß wir außer Gefahr sind, unsern Freund Oberförster, diesen eitelsten aller Sterblichen, über dies Nordlicht sprechen zu hören. Ich wette, daß er sich einbilden würde, das tue ihm der Himmel zu Gefallen, um sein Fest noch festlicher zu machen. Er ist ein Narr. Güldenklee konnte Besseres tun als ihn feiern. Und dabei spielt er sich auf den Kirchlichen aus und hat auch neulich eine Altardecke geschenkt. Vielleicht, daß Cora daran mitgestickt hat. Diese Unechten sind schuld an allem, denn ihre Weltlichkeit liegt immer obenauf und wird denen mit angerechnet, die's ernst mit dem Heil ihrer Seele meinen.«

»Es ist so schwer, ins Herz zu sehen!«

»Ja. Das ist es. Aber bei manchem ist es auch ganz leicht.« Und dabei sah sie die junge Frau mit beinahe ungezogener Eindringlichkeit an.

Effi schwieg und wandte sich ungeduldig zur Seite.

»Bei manchem, sag ich, ist es ganz leicht«, wiederholte Sidonie, die ihren Zweck erreicht hatte und deshalb ruhig lächelnd fortfuhr, »und zu diesen leichten Rätseln gehört unser Oberförster. Wer seine Kinder so erzieht, den beklag ich, aber das *eine* Gute hat es, es liegt bei ihm alles klar da. Und wie bei ihm selbst, so bei den Töchtern. Cora geht nach Amerika und wird Millionärin oder Methodistenpredigerin; in jedem Fall ist sie verloren. Ich habe noch keine Vierzehnjährige gesehen ...«

In diesem Augenblicke hielt der Schlitten, und als sich beide Damen umsahen, um in Erfahrung zu bringen, was es denn eigentlich sei, bemerkten sie, daß rechts von ihnen, in etwa dreißig Schritt Abstand, auch die beiden anderen Schlitten hielten – am weitesten nach rechts der von Innstetten geführte, näher heran der Crampassche.

»Was ist?« fragte Effi.

Kruse wandte sich halb herum und sagte: »Der Schloon, gnäd'ge Frau.«

»Der Schloon? Was ist das? Ich sehe nichts.«

Kruse wiegte den Kopf hin und her, wie wenn er ausdrücken wollte, daß die Frage leichter gestellt als beantwortet sei. Worin er auch recht hatte. Denn was der Schloon sei, das war nicht so mit drei Worten zu sagen. Kruse fand aber in seiner Verlegenheit alsbald Hilfe bei dem gnädigen Fräulein, das hier mit allem Bescheid wußte und natürlich auch mit dem Schloon.

»Ja, meine gnädigste Frau«, sagte Sidonie, »da steht es schlimm. Für mich hat es nicht viel auf sich, ich komme bequem durch; denn wenn erst die Wagen heran sind, die haben hohe Räder, und unsere Pferde sind außerdem daran gewöhnt. Aber mit solchem Schlitten ist es was anderes; die versinken im Schloon, und Sie werden wohl oder übel einen Umweg machen müssen.«

»Versinken! Ich bitte Sie, mein gnädigstes Fräulein, ich sehe noch immer nicht klar. Ist denn der Schloon ein Abgrund oder irgendwas, drin man mit Mann und Maus zugrunde gehen muß? Ich kann mir so was hierzulande gar nicht denken.«

»Und doch ist es so was, nur freilich im kleinen; dieser Schloon ist eigentlich bloß ein kümmerliches Rinnsal, das hier rechts vom Gothener See her herunterkommt und sich durch die Dünen schleicht. Und im Sommer trocknet es mitunter ganz aus, und Sie fahren dann ruhig drüber hin und wissen es nicht einmal.«

»Und im Winter?«

»Ja, im Winter, da ist es was anderes; nicht immer, aber doch oft. Da wird es dann ein Sog.«

»Mein Gott, was sind das nur alles für Namen und Wörter!«

»... Da wird es ein Sog, und am stärksten immer dann, wenn der Wind nach dem Lande hin steht. Dann drückt der Wind das Meerwasser in das kleine Rinnsal hinein, aber nicht so, daß man es sehen kann. Und das ist das schlimmste von der Sache, darin steckt die eigentliche Gefahr. Alles geht nämlich unterirdisch vor sich, und der ganze Strandsand ist dann bis tief hinunter mit Wasser durchsetzt und gefüllt. Und wenn man dann über solche Sandstelle weg will, die keine mehr ist, dann sinkt man ein, als ob es ein Sumpf oder ein Moor wäre.«

»Das kenn ich«, sagte Effi lebhaft. »Das ist wie in unsrem Luch«, und inmitten all ihrer Ängstlichkeit wurde ihr mit einem Male ganz wehmütig-freudig zu Sinn.

Während das Gespräch noch so ging und sich fortsetzte, war Crampas aus seinem Schlitten ausgestiegen und auf den am äußersten Flügel haltenden Gieshüblerschen zugeschritten, um hier mit Innstetten zu verabreden, was nun wohl eigentlich zu tun sei. Knut, so vermeldete er, wolle die Durchfahrt riskieren, aber Knut sei zu dumm und verstehe nichts von der Sache; nur solche, die hier zu Hause seien, müßten die Entscheidung treffen. Innstetten – sehr zu Crampas' Überraschung – war auch fürs »Riskieren«, es müsse durchaus noch mal versucht werden ... er wisse schon die Geschichte wiederhole sich jedesmal: die Leute hier hätten einen Aberglauben und vorweg eine Furcht, während es doch eigentlich wenig zu bedeuten habe. Nicht Knut, der wisse nicht Bescheid, wohl aber Kruse solle noch einmal einen Anlauf nehmen und Crampas derweilen bei den Damen einsteigen (ein kleiner Rücksitz sei ja noch da), um bei der Hand zu sein, wenn der Schlitten umkippe. Das sei doch schließlich das Schlimmste, was geschehen könne.

Mit dieser Innstettenschen Botschaft erschien jetzt Crampas bei den beiden Damen und nahm, als er lachend seinen Auftrag ausgeführt hatte, ganz nach empfangener Order den kleinen Sitzplatz ein, der eigentlich nichts als eine mit Tuch überzogene Leiste war, und rief Kruse zu: »Nun, vorwärts, Kruse.«

Dieser hatte denn auch die Pferde bereits um hundert Schritte zurückgezoppt und hoffte, scharf anfahrend, den Schlitten glücklich durchbringen zu können; im selben Augenblick aber, wo die Pferde den Schloon auch nur berührten, sanken sie bis über die Knöchel in den Sand ein, so daß sie nur mit Mühe nach rückwärts wieder heraus konnten.

»Es geht nicht«, sagte Crampas, und Kruse nickte.

Während sich dies abspielte, waren endlich auch die Kutschen herangekommen, die Grasenabbsche voraufi, und als Sidonie, nach kurzem Dank gegen Effi, sich verabschiedet und dem seine türkische Pfeife rauchenden Vater gegenüber ihren Rückplatz eingenommen hatte, ging es mit dem Wagen ohne weiteres auf den Schloon zu; die Pferde sanken tief ein, aber die Räder ließen alle Gefahr leicht überwinden, und ehe eine halbe Minute vorüber war, trabten auch schon die Grasenabbs drüben weiter. Die andern Kutschen folgten. Effi sah ihnen nicht ohne Neid nach. Indessen nicht lange, denn auch für die Schlittenfahrer war in der zwischenliegenden Zeit Rat geschaffen worden, und zwar einfach dadurch, daß sich Innstetten entschlossen hatte, statt aller weiteren Forcierung das friedlichere Mittel eines Umwegs zu wählen. Also genau das, was Sidonie gleich anfangs in Sicht gestellt hatte. Vom rechten Flügel her klang des Landrats bestimmte Weisung herüber, vorläufig diesseits zu bleiben und ihm durch die Dünen hin bis an eine weiter hinauf gelegene Bohlenbrücke zu folgen. Als beide Kutscher, Knut und Kruse, so verständigt waren, trat der Major, der, um Sidonie zu helfen, gleichzeitig mit dieser ausgestiegen war, wieder an Effi heran und sagte: »Ich kann Sie nicht allein lassen, gnäd'ge Frau.«

Effi war einen Augenblick unschlüssig, rückte dann aber rasch von der einen Seite nach der anderen hinüber, und Crampas nahm links neben ihr Platz.

All dies hätte vielleicht mißdeutet werden können, Crampas selbst aber war zu sehr Frauenkenner, um es sich bloß in Eitelkeit zurechtzulegen. Er sah deutlich, daß Effi nur tat, was, nach Lage der Sache, das einzig Richtige war. Es war unmöglich für sie, sich seine Gegenwart zu verbitten. Und so ging es denn im Fluge den beiden anderen Schlitten nach, immer dicht an dem Wasserlaufe hin, an dessen anderem Ufer dunkle Waldmassen aufragten. Effi sah hinüber und nahm an, daß schließlich an dem landeinwärts gelegenen Außenrande des Waldes hin die Weiterfahrt gehen würde, genau also *den* Weg entlang, auf dem man in früher Nachmittagsstunde gekommen war. Innstetten aber hatte sich inzwischen einen andern Plan gemacht, und im selben Augenblicke, wo sein Schlitten die Bohlenbrücke passierte, bog er, statt den Außenweg zu wählen, in einen schmaleren Weg ein, der mitten durch die dichte Waldmasse hindurchführte. Effi schrak zusammen. Bis dahin waren Luft und Licht um sie her gewesen, aber jetzt war es damit vorbei, und die dunklen Kronen wölbten sich über ihr. Ein Zittern überkam sie, und sie schob die Finger fest ineinander, um sich einen Halt zu geben. Gedanken und Bilder jagten sich, und eines dieser Bilder war das Mütterchen in dem Gedichte, das die ›Gottesmauer‹ hieß, und wie das Mütterchen, so betete auch sie jetzt, daß Gott eine Mauer um sie her bauen möge. Zwei, drei Male kam es auch über ihre Lippen, aber mit einemmal fühlte sie, daß es tote Worte waren. Sie fürchtete sich und war doch zugleich wie in einem Zauberbann und wollte auch nicht heraus.

»Effi«, klang es jetzt leis an ihr Ohr, und sie hörte, daß seine Stimme zitterte. Dann nahm er ihre Hand und löste die Finger, die sie noch immer geschlossen hielt, und überdeckte sie mit heißen Küssen. Es war ihr, als wandle sie eine Ohnmacht an.

Als sie die Augen wieder öffnete, war man aus dem Walde heraus, und in geringer Entfernung vor sich hörte sie das Geläut der voraufeilenden Schlitten. Immer vernehmlicher klang es, und als man, dicht vor Utpatels Mühle, von den Dünen her in die Stadt einbog, lagen rechts die kleinen Häuser mit ihren Schneedächern neben ihnen.

Effi blickte sich um, und im nächsten Augenblicke hielt der Schlitten vor dem landrätlichen Hause.

20. KAPITEL

Innstetten, der Effi, als er sie aus dem Schlitten hob, scharf beobachtete, aber doch ein Sprechen über die sonderbare Fahrt zu zweien vermieden hatte, war am anderen Morgen früh auf und suchte seiner Verstimmung, die noch nachwirkte, so gut es ging, Herr zu werden.

»Du hast gut geschlafen?« sagte er, als Effi zum Frühstück kam.

»Ja.«

»Wohl dir. Ich kann dasselbe von mir nicht sagen. Ich träumte, daß du mit dem Schlitten im Schloon verunglückt seist, und Crampas mühte sich, dich zu retten; ich muß es so nennen, aber er versank mit dir.«

»Du sprichst das alles so sonderbar, Geert. Es verbirgt sich ein Vorwurf dahinter, und ich ahne weshalb.«

»Sehr merkwürdig.«

»Du bist nicht einverstanden damit, daß Crampas kam und uns seine Hilfe anbot.«

»Uns?«

»Ja, uns, Sidonien und mir. Du mußt durchaus vergessen haben, daß der Major in deinem Auftrage kam. Und als er mir erst gegenübersaß, beiläufig jämmerlich genug auf der elenden schmalen Leiste, sollte ich ihn da ausweisen, als die Grasenabbs kamen und mit einem Male die Fahrt weiterging? Ich hätte mich lächerlich gemacht, und dagegen bist du doch so empfindlich. Erinnere dich, daß wir unter deiner Zustimmung viele Male gemeinschaftlich spazierengeritten sind, und nun sollte ich nicht gemeinschaftlich mit ihm fahren? Es ist falsch, so hieß es bei uns zu Haus, einem Edelmanne Mißtrauen zu zeigen.«

»Einem Edelmanne«, sagte Innstetten mit Betonung.

»Ist er keiner? Du hast ihn selbst einen Kavalier genannt, sogar einen perfekten Kavalier.«

»Ja«, fuhr Innstetten fort, und seine Stimme wurde freundlicher, trotzdem ein leiser Spott noch darin nachklang. »Kavalier, das ist er, und ein perfekter Kavalier, das ist er nun schon ganz gewiß. Aber Edelmann! Meine liebe Effi, ein Edelmann sieht anders aus. Hast du schon etwas Edles an ihm bemerkt? Ich nicht.«

Effi sah vor sich hin und schwieg.

»Es scheint, wir sind gleicher Meinung. Im übrigen, wie du schon sagtest, ich bin selber schuld; von einem Fauxpas mag ich nicht sprechen, das ist in diesem Zusammenhange kein gutes Wort. Also selber schuld, und es soll nicht wieder vorkommen, soweit ich's hindern kann. Aber auch du, wenn ich dir raten darf, sei auf deiner Hut. Er ist ein Mann der Rücksichtslosigkeiten und hat so seine Ansichten über junge Frauen. Ich kenne ihn von früher.«

»Ich werde mir deine Worte gesagt sein lassen. Nur soviel, ich glaube, du verkennst ihn.«

»Ich verkenne ihn *nicht*.«

»Oder mich«, sagte sie mit einer Kraftanstrengung und versuchte seinem Blicke zu begegnen.

»Auch *dich* nicht, meine liebe Effi. Du bist eine reizende kleine Frau, aber Festigkeit ist nicht eben deine Spezialität.«

Er erhob sich, um zu gehen. Als er bis an die Tür gegangen war, trat Friedrich ein, um ein Gieshüblersches Billett abzugeben, das natürlich an die gnädige Frau gerichtet war.

Effi nahm es. »Eine Geheimkorrespondenz mit Gieshübler«, sagte sie, »Stoff zu neuer Eifersucht für meinen gestrengen Herrn. Oder nicht?«

»Nein, nicht ganz, meine liebe Effi. Ich begehe die Torheit, zwischen Crampas und Gieshübler einen Unterschied zu machen. Sie sind sozusagen nicht von gleichem Karat; nach Karat berechnet man nämlich den reinen Goldeswert, unter Umständen auch der Menschen. Mir persönlich, um auch das noch zu sagen, ist Gieshüblers weißes Jabot, trotzdem kein Mensch mehr Jabots trägt, erheblich lieber als Crampas' rotblonder Sappeurbart. Aber ich bezweifle, daß dies weiblicher Geschmack ist.«

»Du hältst uns für schwächer, als wir sind.«

»Eine Tröstung von praktisch außerordentlicher Geringfügigkeit. Aber lassen wir das. Lies lieber.«

Und Effi las: »Darf ich mich nach der gnäd'gen Frau Befinden erkundigen? Ich weiß nur, daß Sie dem Schloon glücklich entronnen sind: aber es blieb auch durch den Wald hin immer noch Fährlichkeit genug. Eben kommt Dr. Hannemann von Uvagla zurück und beruhigt mich über Mirambo; gestern habe er die Sache für bedenklicher angesehen, als er uns habe sagen wollen, heute nicht mehr. Es war eine reizende Fahrt. – In drei Tagen feiern wir Silvester. Auf eine Festlichkeit wie die vorjährige müssen wir verzichten; aber einen Ball haben wir natürlich, und Sie erscheinen zu sehen würde die Tanzwelt beglücken und nicht am wenigsten Ihren respektvollst ergebenen Alonzo G.«

Effi lachte. »Nun, was sagst du?«

»Nach wie vor nur das eine, daß ich dich lieber mit Gieshübler als mit Crampas sehe.«

»Weil du den Crampas zu schwer und den Gieshübler zu leicht nimmst.«

Innstetten drohte ihr scherzhaft mit dem Finger.

Drei Tage später war Silvester. Effi erschien in einer reizenden Balltoilette, einem Geschenk, das ihr der Weihnachtstisch gebracht hatte; sie tanzte aber nicht, sondern nahm ihren Platz bei den alten Damen, für die, ganz in der Nähe der Musikempore, die Fauteuils gestellt waren. Von den adligen Familien, mit denen Innstettens vorzugsweise verkehrten, war niemand da, weil kurz vorher ein kleines Zerwürfnis mit dem städtischen Ressourcenvorstand, der, namentlich seitens des alten Güldenklee, mal wieder »destruktiver Tendenzen« beschuldigt worden war, stattgefunden hatte; drei, vier andere adlige Familien aber, die nicht Mitglieder der Ressource, sondern immer nur geladene Gäste waren und deren Güter an der anderen Seite der Kessine lagen, waren aus zum Teil weiter Entfernung über das Flußeis gekommen und freuten sich, an dem Feste teilnehmen zu können. Effi saß zwischen der alten Ritterschaftsrätin von Padden und einer etwas jüngeren Frau von Titzewitz. Die Ritterschaftsrätin, eine vorzügliche alte Dame, war in allen Stücken ein Original und suchte das, was die Natur, besonders durch starke Backenknochenbildung, nach der wendisch-heidnischen Seite hin für sie getan hatte, durch christlich-germanische Glaubensstrenge wieder in Ausgleich zu bringen. In dieser Strenge ging sie so weit, daß selbst Sidonie von Grasenabb eine Art *Esprit fort* neben ihr war, wogegen sie freilich – vielleicht weil sich die Radegaster und die Swantowiter Linie des Hauses in ihr vereinigten – über jenen alten Paddenhumor verfügte, der, von langer Zeit her, wie ein Segen auf der

Familie ruhte und jeden, der mit derselben in Berührung kam, auch wenn es Gegner in Politik und Kirche waren, herzlich erfreute.

»Nun, Kind«, sagte die Ritterschaftsrätin, »wie geht es Ihnen denn eigentlich?«

»Gut, gnädigste Frau; ich habe einen sehr ausgezeichneten Mann.«

»Weiß ich. Aber das hilft nicht immer. Ich hatte auch einen ausgezeichneten Mann. Wie steht es hier? Keine Anfechtungen?«

Effi erschrak und war zugleich wie gerührt. Es lag etwas ungemein Erquickliches in dem freien und natürlichen Ton, in dem die alte Dame sprach, und daß es eine so fromme Frau war, das machte die Sache nur noch erquicklicher.

»Ach, gnädigste Frau ...«

»Da kommt es schon. Ich kenne das. Immer dasselbe. Darin ändern die Zeiten nichts. Und vielleicht ist es auch recht gut so. Denn worauf es ankommt, meine liebe junge Frau, das ist das Kämpfen. Man muß immer ringen mit dem natürlichen Menschen. Und wenn man sich dann so unter hat und beinah schreien möchte, weil's weh tut, dann jubeln die lieben Engel!«

»Ach, gnädigste Frau. Es ist oft recht schwer.«

»Freilich ist es schwer. Aber je schwerer, desto besser. Darüber müssen Sie sich freuen. Das mit dem Fleisch, das bleibt, und ich habe Enkel und Enkelinnen, da seh ich es jeden Tag. Aber im Glauben sich unterkriegen, meine liebe Frau, darauf kommt es an, das ist das Wahre. Das hat uns unser alter Martin Luther zur Erkenntnis gebracht, der Gottesmann. Kennen Sie seine Tischreden?«

»Nein, gnädigste Frau.«

»Die werde ich Ihnen schicken.«

In diesem Augenblicke trat Major Crampas an Effi heran und bat, sich nach ihrem Befinden erkundigen zu dürfen. Effi war wie mit Blut übergossen, aber ehe sie noch antworten konnte, sagte Crampas: »Darf ich Sie bitten, gnädigste Frau, mich den Damen vorstellen zu wollen?«

Effi nannte nun Crampas' Namen, der seinerseits schon vorher vollkommen orientiert war und in leichtem Geplauder alle Paddens und Titzewitze, von denen er je gehört hatte, Revue passieren ließ. Zugleich entschuldigte er sich, den Herrschaften jenseits der Kessine noch immer nicht seinen Besuch gemacht und seine Frau vorgestellt zu haben; aber es sei sonderbar, welche trennende Macht das Wasser habe. Es sei dasselbe wie mit dem Canal La Manche ...

»Wie?« fragte die alte Titzewitz.

Crampas seinerseits hielt es für unangebracht, Aufklärungen zu geben, die doch zu nichts geführt haben würden, und fuhr fort: »Auf zwanzig Deutsche, die nach Frankreich gehen, kommt noch nicht einer, der nach England geht. Das macht das Wasser; ich wiederhole, das Wasser hat eine scheidende Kraft.«

Frau von Padden, die darin mit feinem Instinkt etwas Anzügliches witterte, wollte für das Wasser eintreten, Crampas aber sprach mit immer wachsendem Redefluß weiter und lenkte die Aufmerksamkeit der Damen auf ein schönes Fräulein von Stojentin, »das ohne Zweifel die Ballkönigin« sei, wobei sein Blick übrigens Effi bewundernd streifte. Dann empfahl er sich rasch unter Verbeugung gegen alle drei.

»Schöner Mann«, sagte die Padden. »Verkehrt er in Ihrem Hause?«

»Flüchtig.«

»Wirklich«, wiederholte die Padden, »ein schöner Mann. Ein bißchen zu sicher. Und Hochmut kommt vor dem Fall ... Aber sehen Sie nur, da tritt er wirklich mit der Grete Stojentin an. Eigentlich ist er doch zu alt; wenigstens Mitte Vierzig.«

»Er wird vierundvierzig.«

»Ei, ei, Sie scheinen ihn ja gut zu kennen.«

Es kam Effi sehr zupaß, daß das neue Jahr, gleich in seinem Anfang, allerlei Aufregungen brachte. Seit Silvesternacht ging ein scharfer Nordost, der sich in den nächsten Tagen fast bis zum Sturm steigerte, und am dritten Januar nachmittags hieß es, daß ein Schiff draußen mit der Einfahrt nicht zustande gekommen und hundert Schritt vor der Mole gescheitert sei; es sei ein englisches, von Sunderland her, und, soweit sich erkennen lasse, sieben Mann an Bord; die Lotsen könnten beim Ausfahren, trotz aller Anstrengung, nicht um die Mole herum, und vom Strande aus ein Boot abzulassen, daran sei nun vollends nicht zu denken, die Brandung sei viel zu stark. Das klang traurig genug. Aber Johanna, die die Nachricht brachte, hatte doch auch Trost bei der Hand: Konsul Eschrich, mit dem Rettungsapparat und der Raketenbatterie, sei schon unterwegs, und es würde gewiß glücken; die Entfernung sei nicht voll so weit wie Anno 75, wo's doch auch gegangen, und sie hätten damals sogar den Pudel mit gerettet, und es wäre ordentlich rührend gewesen, wie sich das Tier gefreut und die Kapitänsfrau und das liebe, kleine Kind, nicht viel größer als Anniechen, immer wieder mit seiner roten Zunge geleckt habe.

»Geert, da muß ich mit hinaus, das muß ich sehen«, hatte Effi sofort erklärt, und beide waren aufgebrochen, um nicht zu spät zu kommen, und hatten denn auch den rechten Moment abgepaßt; denn in dem Augenblick, als sie, von der Plantage her, den Strand erreichten, fiel der erste Schuß, und sie sahen ganz deutlich, wie die Rakete mit dem Fangseil unter dem Sturmgewölk hinflog und über das Schiff weg jenseits niederfiel. Alle Hände regten sich sofort an Bord, und nun holten sie, mit Hilfe der kleinen Leine, das dickere Tau samt dem Korb heran, und nicht lange, so kam der Korb in einer Art Kreislauf wieder zurück, und einer der Matrosen, ein schlanker, bildhübscher Mensch mit einer wachsleinenen Kappe, war geborgen an Land und wurde neugierig ausgefragt, während der Korb aufs neue seinen Weg machte, zunächst den zweiten und dann den dritten heranzuholen und so fort. Alle wurden gerettet, und Effi hätte sich, als sie nach einer halben Stunde mit ihrem Manne wieder heimging, in die Dünen werfen und sich ausweinen mögen. Ein schönes Gefühl hatte wieder Platz in ihrem Herzen gefunden, und es beglückte sie unendlich, daß es so war.

Das war am dritten gewesen. Schon am fünften kam ihr eine neue Aufregung, freilich ganz anderer Art. Innstetten hatte Gieshübler, der natürlich auch Stadtrat und Magistratsmitglied war, beim Herauskommen aus dem Rathause getroffen und im Gespräche mit ihm erfahren, daß seitens des Kriegsministeriums angefragt worden sei, wie sich die Stadtbehörden eventuell zur Garnisonsfrage zu stellen gedächten? Bei nötigem Entgegenkommen, also bei Bereitwilligkeit zu Stall- und Kasernenbauten, könnten ihnen zwei Schwadronen Husaren zugesagt werden. »Nun, Effi, was sagst du dazu?« – Effi war wie benommen. All das unschuldige Glück ihrer Kinderjahre stand mit einemmal wieder vor ihrer Seele, und im Augenblick war es ihr, als ob rote Husaren – denn es waren auch rote wie daheim in Hohen-Cremmen – so recht eigentlich die Hüter von Paradies und Unschuld seien. Und dabei schwieg sie noch immer.

»Du sagst ja nichts, Effi.«

»Ja, sonderbar, Geert. Aber es beglückt mich so, daß ich vor Freude nichts sagen kann. Wird es denn auch sein? Werden sie denn auch kommen?«

»Damit hat's freilich noch gute Wege, ja Gieshübler meinte sogar, die Väter der Stadt, seine Kollegen, verdienten es gar nicht. Statt einfach über die Ehre, und wenn nicht über die Ehre, so doch wenigstens über den Vorteil einig und glücklich zu sein, wären sie mit allerlei ›Wenns‹ und ›Abers‹ gekommen und hätten geknausert wegen der neuen Bauten; ja Pfefferküchler Michelsen habe sogar gesagt, es verderbe die Sitten der Stadt, und wer eine Tochter habe, der möge sich vorsehen und Gitterfenster anschaffen.«

»Es ist nicht zu glauben. Ich habe nie manierlichere Leute gesehen als unsere Husaren; wirklich, Geert. Nun, du weißt es ja selbst. Und nun will dieser Michelsen alles vergittern. Hat er denn Töchter?«

»Gewiß; sogar drei. Aber sie sind sämtlich *hors concours.*«

Effi lachte so herzlich, wie sie seit langem nicht mehr gelacht hatte. Doch es war von keiner Dauer, und als Innstetten ging und sie allein ließ, setzte sie sich an die Wiege des Kindes, und ihre Tränen fielen auf die Kissen. Es brach wieder über sie herein, und sie fühlte, daß sie wie eine Gefangene sei und nicht mehr heraus könne.

Sie litt schwer darunter und wollte sich befreien. Aber wiewohl sie starker Empfindungen fähig war, so war sie doch keine starke Natur; ihr fehlte die Nachhaltigkeit, und alle guten Anwandlungen gingen wieder vorüber. So trieb sie denn weiter, heute, weil sie's nicht ändern konnte, morgen, weil sie's nicht ändern wollte. Das Verbotene, das Geheimnisvolle hatte seine Macht über sie.

So kam es, daß sie sich, von Natur frei und offen, in ein verstecktes Komödienspiel mehr und mehr hineinlebte. Mitunter erschrak sie, wie leicht es ihr wurde. Nur in einem blieb sie sich gleich; sie sah alles klar und beschönigte nichts. Einmal trat sie spätabends vor den Spiegel in ihrer Schlafstube; die Lichter und Schatten flogen hin und her, und Rollo schlug draußen an, und im selben Augenblicke war es ihr, als sähe ihr wer über die Schulter. Aber sie besann sich rasch. »Ich weiß schon, was es ist; es war nicht *der*«, und sie wies mit dem Finger nach dem Spukzimmer oben. »Es war was anderes ... mein Gewissen ... Effi, du bist verloren.«

Es ging aber doch weiter so, die Kugel war im Rollen, und was an einem Tage geschah, machte das Tun des andern zur Notwendigkeit.

Um die Mitte des Monats kamen Einladungen aufs Land. Über die dabei innezuhaltende Reihenfolge hatten sich die vier Familien, mit denen Innstettens vorzugsweise verkehrten, geeinigt: die Borckes sollten beginnen, die Flemmings und Grasenabbs folgten, die Güldenklees schlossen ab. Immer eine Woche dazwischen. Alle vier Einladungen kamen am selben Tage; sie sollten ersichtlich den Eindruck des Ordentlichen und Wohlerwogenen machen, auch wohl den einer besonderen freundschaftlichen Zusammengehörigkeit.

»Ich werde nicht dabeisein, Geert, und du mußt mich der Kur halber, in der ich nun seit Wochen stehe, von vornherein entschuldigen.«

Innstetten lachte. »Kur. Ich soll es auf die Kur schieben. Das ist das Vorgebliche; das Eigentliche heißt: du willst nicht.«

»Nein, es ist doch mehr Ehrlichkeit dabei, als du zugeben willst. Du hast selbst gewollt, daß ich den Doktor zu Rate ziehe. Das hab ich getan, und nun muß ich doch seinem Rate folgen. Der gute Doktor, er hält mich für bleichsüchtig, sonderbar genug, und du weißt, daß ich jeden Tag von dem Eisenwasser trinke. Wenn du dir ein Borckesches Diner dazu vorstellst, vielleicht mit Preßkopf und Aal in Aspik, so mußt du den Eindruck haben, es wäre mein Tod. Und so wirst du dich doch zu deiner Effi nicht stellen wollen. Freilich, mitunter ist es mir ...«

»Ich bitte dich, Effi ...«

»... Übrigens freu ich mich, und das ist das einzige Gute dabei, dich jedesmal, wenn du fährst, eine Strecke Wegs begleiten zu können, bis an die Mühle gewiß oder bis an den Kirchhof oder auch bis an die Waldecke, da, wo der Morgnitzer Querweg einmündet. Und dann steig ich ab und schlendere wieder zurück. In den Dünen ist es immer am schönsten.«

Innstetten war einverstanden, und als drei Tage später der Wagen vorfuhr, stieg Effi mit auf und gab ihrem Manne das Geleit bis an die Waldecke. »Hier laß halten, Geert. Du fährst nun links weiter, ich gehe rechts bis an den Strand und durch die Plantage zurück. Es ist etwas weit, aber doch nicht zu weit. Doktor Hannemann sagt mir jeden Tag, Bewegung sei alles, Bewegung und frische Luft. Und ich glaube beinah, daß er recht hat. Empfiehl mich all den Herrschaften; nur bei Sidonie kannst du schweigen.«

Die Fahrten, auf denen Effi ihren Gatten bis an die Waldecke begleitete, wiederholten sich allwöchentlich; aber auch in der zwischenliegenden Zeit hielt Effi darauf, daß sie der ärztlichen Verordnung streng nachkam. Es verging kein Tag, wo sie nicht ihren vorgeschriebenen Spaziergang gemacht hätte, meist nachmittags, wenn sich Innstetten in seine Zeitungen zu vertiefen begann. Das Wetter war schön, eine milde, frische Luft, der Himmel bedeckt. Sie ging in der Regel allein und sagte zu Roswitha: »Roswitha, ich gehe nun also die Chaussee hinunter und dann rechts an den Platz mit dem Karussell; da will ich auf dich warten, da hole mich ab. Und dann gehen wir durch die Birkenallee oder durch die Reeperbahn wieder zurück. Aber komme nur, wenn Annie schläft. Und wenn sie nicht schläft, so schicke Johanna. Oder laß es lieber ganz; es ist nicht nötig, ich finde mich schon zurecht.«

Den ersten Tag, als es so verabredet war, trafen sie sich auch wirklich. Effi saß auf einer an einem langen Holzschuppen sich hinziehenden Bank und sah nach einem niedrigen Fachwerkhause hinüber, gelb mit schwarzgestrichenen Balken, einer Wirtschaft für kleine Bürger, die hier ihr Glas Bier tranken oder Solo spielten. Es dunkelte noch kaum, die Fenster aber waren schon hell, und ihr Lichtschimmer fiel auf die Schneemassen und etliche zur Seite stehende Bäume. »Sieh, Roswitha, wie schön das aussieht.«

Ein paar Tage wiederholte sich das. Meist aber, wenn Roswitha bei dem Karussell und dem Holzschuppen ankam, war niemand da, und wenn sie dann zurückkam und in den Hausflur eintrat, kam ihr Effi schon entgegen und sagte: »Wo du nur bleibst, Roswitha, ich bin schon lange wieder hier.«

In dieser Art ging es durch Wochen hin. Das mit den Husaren hatte sich wegen der Schwierigkeiten, die die Bürgerschaft machte, so gut wie zerschlagen; aber da die Verhandlungen noch nicht geradezu abgeschlossen waren und neuerdings durch eine andere Behörde, das Generalkommando, gingen, so war Crampas nach Stettin berufen worden, wo man seine Meinung in dieser Angelegenheit hören wollte. Von dort schrieb er den zweiten Tag an Innstetten: »Pardon, Innstetten, daß ich mich auf französisch empfohlen. Es kam alles so schnell. Ich werde übrigens die Sache hinauszuspinnen suchen, denn man ist froh, einmal draußen zu sein. Empfehlen Sie mich der gnädigen Frau, meiner liebenswürdigen Gönnerin.«

Er las es Effi vor. Diese blieb ruhig. Endlich sagte sie: »Es ist recht gut so.«

»Wie meinst du das?«

»Daß er fort ist. Er sagt eigentlich immer dasselbe. Wenn er wieder da ist, wird er wenigstens vorübergehend was Neues zu sagen haben.«

Innstettens Blick flog scharf über sie hin. Aber er sah nichts, und sein Verdacht beruhigte sich wieder. »Ich will auch fort«, sagte er nach einer Weile, »sogar nach Berlin; vielleicht kann ich dann, wie Crampas, auch mal was Neues mitbringen. Meine liebe Effi will immer gern was Neues hören; sie langweilt sich in unserm guten Kessin. Ich werde gegen acht Tage fort sein, vielleicht noch einen Tag länger. Und ängstige dich nicht ... es wird ja wohl nicht wiederkommen ... du weißt schon, das da oben ... Und wenn doch, du hast ja Rollo und Roswitha.«

Effi lächelte vor sich hin, und es mischte sich etwas von Wehmut mit ein. Sie mußte des Tages gedenken, wo Crampas ihr zum erstenmal gesagt hatte, daß er mit dem Spuk und ihrer Furcht eine Komödie spiele. Der große Erzieher! Aber hatte er nicht recht? War die Komödie nicht am Platz? Und allerhand Widerstreitendes, Gutes und Böses, ging ihr durch den Kopf.

Den dritten Tag reiste Innstetten ab.

Über das, was er in Berlin vorhabe, hatte er nichts gesagt.

21. KAPITEL

Innstetten war erst vier Tage fort, als Crampas von Stettin wieder eintraf und die Nachricht brachte, man hätte höheren Orts die Absicht, zwei Schwadronen nach Kessin zu legen, endgültig fallenlassen; es gäbe so viele kleine Städte, die sich um eine Kavallerie-Garnison, und nun gar um Blüchersche Husaren, bewürben, daß man gewohnt sei, bei solchem Anerbieten einem herzlichen Entgegenkommen, aber nicht einem zögernden zu begegnen. Als Crampas dies mitteilte, machte der Magistrat ein ziemlich verlegenes Gesicht, nur Gieshübler, weil er der Philisterei seiner Kollegen eine Niederlage gönnte, triumphierte. Seitens der kleinen Leute griff, beim Bekanntwerden der Nachricht, eine gewisse Verstimmung Platz, ja selbst einige Konsuln mit Töchtern waren momentan unzufrieden; im ganzen aber kam man rasch über die Sache hin, vielleicht weil die nebenherlaufende Frage, was Innstetten in Berlin vorhabe, die Kessiner Bevölkerung oder doch wenigstens die Honoratiorenschaft der Stadt mehr interessierte. Diese wollte den überaus wohlgelittenen Landrat nicht gern verlieren, und doch gingen darüber ganz ausschweifende Gerüchte, die von Gieshübler, wenn er nicht ihr Erfinder war, wenigstens genährt und weiterverbreitet wurden. Unter anderem hieß es, Innstetten würde als Führer einer Gesandtschaft nach Marokko gehn, und zwar mit Geschenken, unter denen nicht bloß die herkömmliche Vase mit Sanssouci und dem Neuen Palais, sondern vor allem auch eine große Eismaschine sei. Das letztere erschien, mit Rücksicht auf die marokkanischen Temperaturverhältnisse, so wahrscheinlich, daß das Ganze geglaubt wurde.

Effi hörte auch davon. Die Tage, wo sie sich darüber erheitert hätte, lagen noch nicht allzuweit zurück; aber in der Seelenstimmung, in der sie sich seit Schluß des Jahres befand, war sie nicht mehr fähig, unbefangen und ausgelassen über derlei Dinge zu lachen. Ihre Gesichtszüge hatten einen ganz anderen Ausdruck angenommen, und das halb rührend, halb schelmisch Kindliche, was sie noch als Frau gehabt hatte, war hin. Die Spaziergänge nach dem Strand und der Plantage, die sie, während Crampas in Stettin war, aufgegeben hatte, nahm sie nach seiner Rückkehr wieder auf und ließ sich auch durch ungünstige Witterung nicht davon abhalten. Es wurde wie früher bestimmt, daß ihr Roswitha bis an den Ausgang der Reeperbahn oder bis in die Nähe des Kirchhofs entgegenkommen solle, sie verfehlten sich aber noch häufiger als früher. »Ich könnte dich schelten, Roswitha, daß du mich nie findest. Aber es hat nichts auf sich;

ich ängstige mich nicht mehr, auch nicht einmal am Kirchhof, und im Walde bin ich noch keiner Menschenseele begegnet.«

Es war am Tage vor Innstettens Rückkehr von Berlin, daß Effi das sagte. Roswitha machte nicht viel davon und beschäftigte sich lieber damit, Girlanden über den Türen anzubringen; auch der Haifisch bekam einen Fichtenzweig und sah noch merkwürdiger aus als gewöhnlich. Effi sagte: »Das ist recht, Roswitha; er wird sich freuen über all das Grün, wenn er morgen wieder da ist. Ob ich heute wohl noch gehe? Doktor Hannemann besteht darauf und meint in einem fort, ich nähme es nicht ernst genug, sonst müßte ich besser aussehn; ich habe aber keine rechte Lust heut, es nieselt, und der Himmel ist so grau.«

»Ich werde der gnäd'gen Frau den Regenmantel bringen.«

»Das tu! Aber komme heute nicht nach, wir treffen uns ja doch nicht«, und sie lachte. »Wirklich, du bist gar nicht findig, Roswitha. Und ich mag nicht, daß du dich erkältest, und alles um nichts.«

Roswitha blieb denn auch zu Haus, und weil Annie schlief, ging sie zu Kruses, um mit der Frau zu plaudern. »Liebe Frau Kruse«, sagte sie, »Sie wollten mir ja das mit dem Chinesen noch erzählen. Gestern kam die Johanna dazwischen, die tut immer so vornehm, für die ist so was nicht. Ich glaube aber doch, daß es was gewesen ist, ich meine, mit dem Chinesen und mit Thomsens Nichte, wenn es nicht seine Enkelin war.«

Die Kruse nickte.

»Entweder«, fuhr Roswitha fort, »war es eine unglückliche Liebe« (die Kruse nickte wieder), »oder es kann auch eine glückliche gewesen sein, und der Chinese konnte es bloß nicht aushalten, daß es alles mit einemmal so wieder vorbei sein sollte. Denn die Chinesen sind doch auch Menschen, und es wird wohl alles ebenso mit ihnen sein wie mit uns.«

»Alles«, versicherte die Kruse und wollte dies eben durch ihre Geschichte bestätigen, als ihr Mann eintrat und sagte: »Mutter, du könntest mir die Flasche mit dem Lederlack geben; ich muß doch das Sielenzeug blank haben, wenn der Herr morgen wieder da ist; der sieht alles, und wenn er auch nichts sagt, so merkt man doch, daß er's gesehn hat.«

»Ich bring es Ihnen raus, Kruse«, sagte Roswitha. »Ihre Frau will mir bloß noch was erzählen; aber es is gleich aus, und dann komm ich und bring es.«

Roswitha, die Flasche mit dem Lack in der Hand, kam denn auch ein paar Minuten danach auf den Hof hinaus und stellte sich neben das Sielenzeug, das Kruse eben über den Gartenzaun gelegt hatte. »Gott«, sagte er, während er ihr die Flasche aus der Hand nahm, »viel hilft es ja nicht, es nieselt in einem weg, und die Blänke vergeht doch wieder. Aber ich denke, alles muß seine Ordnung haben.«

»Das muß es. Und dann, Kruse, es ist ja doch auch ein richtiger Lack, das kann ich gleich sehn, und was ein richtiger Lack ist, der klebt nicht lange, der muß gleich trocknen. Und wenn es dann morgen nebelt oder naß fällt, dann schadet es nich mehr. Aber das muß ich doch sagen, das mit dem Chinesen is eine merkwürdige Geschichte.«

Kruse lachte. »Unsinn is es, Roswitha. Und meine Frau, statt aufs Richtige zu sehen, erzählt immer so was, un wenn ich ein reines Hemd anziehen will, fehlt ein Knopp. Un so is es nu schon, solange wir hier sind. Sie hat immer bloß solche Geschichten in ihrem Kopp und dazu das schwarze Huhn. Un das schwarze Huhn legt nich mal Eier. Un am Ende, wovon soll es auch Eier legen? Es kommt ja nich raus, und vons bloße Kikeriki kann doch so was nich kommen. Das is von keinem Huhn nich zu verlangen.«

»Hören Sie, Kruse, das werde ich Ihrer Frau wiedererzählen. Ich habe Sie immer für einen anständigen Menschen gehalten, und nun sagen Sie so was wie das da von Kikeriki. Die Mannsleute sind doch immer noch schlimmer, als man denkt. Un eigentlich müßt ich nu gleich den Pinsel hier nehmen und Ihnen einen schwarzen Schnurrbart anmalen.«

»Nun, von Ihnen, Roswitha, kann man sich das schon gefallen lassen«, und Kruse, der meist den Würdigen spielte, schien in einen mehr und mehr schäkrigen Ton übergehen zu wollen, als er plötzlich der gnädigen Frau ansichtig wurde, die heute von der anderen Seite der Plantage herkam und in ebendiesem Augenblicke den Gartenzaun passierte.

»Guten Tag, Roswitha, du bist ja so ausgelassen. Was macht denn Annie?«

»Sie schläft, gnäd'ge Frau.«

Aber Roswitha, als sie das sagte, war doch rot geworden und ging, rasch abbrechend, auf das Haus zu, um der gnädigen Frau beim Umkleiden behilflich zu sein. Denn ob Johanna da war, das war die Frage. Die steckte jetzt viel auf dem ›Amt‹ drüben, weil es zu Haus weniger zu tun gab, und Friedrich und Christel waren ihr zu langweilig und wußten nie was.

Annie schlief noch. Effi beugte sich über die Wiege, ließ sich dann Hut und Regenmantel abnehmen und setzte sich auf das kleine Sofa in ihrer Schlafstube. Das feuchte Haar strich sie langsam zurück, legte die Füße auf einen niedrigen Stuhl, den Roswitha herangeschoben, und sagte, während sie sichtlich das Ruhebehagen nach einem ziemlich langen Spaziergange genoß: »Ich muß dich darauf aufmerksam machen, Roswitha, daß Kruse verheiratet ist.«

»Ich weiß, gnäd'ge Frau.«

»Ja, was weiß man nicht alles und handelt doch, als ob man es *nicht* wüßte. Das kann nie was werden.«

»Es soll ja auch nichts werden, gnäd'ge Frau ...«

»Denn wenn du denkst, sie sei krank, da machst du die Rechnung ohne den Wirt. Die Kranken leben am längsten. Und dann hat sie das schwarze Huhn. Vor dem hüte dich, das weiß alles und plaudert alles aus. Ich weiß nicht, ich habe einen Schauder davor. Und ich wette, daß das alles da oben mit dem Huhn zusammenhängt.«

»Ach, das glaub ich nicht. Aber schrecklich ist es doch. Und Kruse, der immer gegen seine Frau ist, kann es mir nicht ausreden.«

»Was sagte der?«

»Er sagte, es seien bloß Mäuse.«

»Nun, Mäuse, das ist auch gerade schlimm genug. Ich kann keine Mäuse leiden. Aber ich sah ja deutlich, wie du mit dem Kruse schwatztest und vertraulich tatest, und ich glaube sogar, du wolltest ihm einen Schnurrbart anmalen. Das ist doch schon sehr viel. Und nachher sitzest du da. Da bist ja noch eine schmucke Person und hast so was. Aber sieh dich vor, soviel kann ich dir bloß sagen. Wie war es denn eigentlich das erstemal mit dir? Ist es so, daß du mir's erzählen kannst?«

»Ach, ich kann schon. Aber schrecklich war es. Und weil es so schrecklich war, drum können gnäd'ge Frau auch ganz ruhig sein, von wegen dem Kruse. Wem es so gegangen ist wie mir, der hat genug davon und paßt auf. Mitunter träume ich noch davon, und dann bin ich den andern Tag wie zerschlagen. Solche grausame Angst ...«

Effi hatte sich aufgerichtet und stützte den Kopf auf ihren Arm. »Nun erzähle. Wie kann es denn gewesen sein? Es ist ja mit euch, das weiß ich noch von Hause her, immer dieselbe Geschichte ...«

»Ja, zuerst is es wohl immer dasselbe, und ich will mir auch nicht einbilden, daß es mit mir was Besonderes war, ganz und gar nicht. Aber wie sie's mir dann auf den Kopf zusagten und ich mit einem Male sagen mußte: ›Ja, es ist so‹, ja, das war schrecklich. Die Mutter, na, das ging noch, aber der Vater, der die Dorfschmiede hatte, der war streng und wütend, und als er's hörte, da kam er mit einer Stange auf mich los, die er eben aus dem Feuer genommen hatte, und wollte mich umbringen. Und ich schrie laut auf und lief auf den Boden und versteckte mich, und da lag ich und zitterte und kam erst wieder nach unten, als sie mich riefen und sagten, ich solle nur kommen. Und dann hatte ich noch eine jüngere Schwester, die wies immer auf mich hin und sagte ›pfui‹. Und dann, wie das Kind kommen sollte, ging ich in eine Scheune nebenan, weil ich mir's bei uns nicht getraute. Da fanden mich fremde Leute halbtot und trugen mich ins Haus und in mein Bett. Und den dritten Tag nahmen sie mir das Kind fort, und als ich nachher fragte, wo es sei, da hieß es, es sei gut aufgehoben. Ach, gnädigste Frau, die heil'ge Mutter Gottes bewahre Sie vor solchem Elend.«

Effi fuhr auf und sah Roswitha mit großen Augen an. Aber sie war doch mehr erschrocken als empört. »Was du nur sprichst! Ich bin ja doch eine verheiratete Frau. So was darfst du nicht sagen, das ist ungehörig, das paßt sich nicht.«

»Ach, gnädigste Frau ...«

»Erzähle mir lieber, was aus dir wurde. Das Kind hatten sie dir genommen. So weit warst du ....«

»Und dann, nach ein paar Tagen, da kam wer aus Erfurt, der fuhr bei dem Schulzen vor und fragte, ob da nicht eine Amme sei. Da sagte der Schulze ›ja‹. Gott lohne es ihm, und der fremde Herr nahm mich gleich mit, und von da an hab ich beßre Tage gehabt; selbst bei der Registratorin war es doch immer noch zum Aushalten, und zuletzt bin ich zu Ihnen gekommen, gnädige

Frau. Und das war das Beste, das Allerbeste.« Und als sie das sagte, trat sie an das Sofa heran und küßte Effi die Hand.

»Roswitha, du mußt mir nicht immer die Hand küssen, ich mag das nicht. Und nimm dich nur in acht mit dem Kruse. Du bist doch sonst eine so gute und verständige Person ... Mit einem Ehemanne ... das tut nie gut.«

»Ach, gnäd'ge Frau, Gott und seine Heiligen führen uns wunderbar, und das Unglück, das uns trifft, das hat doch auch sein Glück. Und wen es nicht bessert, dem is nich zu helfen ... Ich kann eigentlich die Mannsleute gut leiden ...«

»Siehst du, Roswitha, siehst du.«

»Aber wenn es mal wieder so über mich käme, mit dem Kruse, das is ja nichts, und ich könnte nicht mehr anders, da lief ich gleich ins Wasser. Es war zu schrecklich. Alles. Und was nur aus dem armen Wurm geworden is? Ich glaube nicht, daß es noch lebt; sie haben es umkommen lassen, aber ich bin doch schuld.« Und sie warf sich vor Annies Wiege nieder und wiegte das Kind hin und her und sang in einem fort ihr ›Buhküken von Halberstadt‹.

»Laß«, sagte Effi. »Singe nicht mehr; ich habe Kopfweh. Aber bringe mir die Zeitungen. Oder hat Gieshübler vielleicht die Journale geschickt?«

»Das hat er. Und die Modezeitung lag obenauf. Da haben wir drin geblättert, ich und Johanna, eh sie rüberging. Johanna ärgert sich immer, daß sie so was nicht haben kann. Soll ich die Modezeitung bringen?«

»Ja, die bringe, und bring auch die Lampe.«

Roswitha ging, und Effi, als sie allein war, sagte: »Womit man sich nicht alles hilft! Eine hübsche Dame mit einem Muff und eine mit einem Halbschleier; Modepuppen. Aber es ist das Beste, mich auf andere Gedanken zu bringen.«

Im Laufe des andern Vormittags kam ein Telegramm von Innstetten, worin er mitteilte, daß er erst mit dem zweiten Zuge kommen, also nicht vor Abend in Kessin eintreffen werde. Der Tag verging in ewiger Unruhe; glücklicherweise kam Gieshübler im Laufe des Nachmittags und half über eine Stunde weg. Endlich, um sieben Uhr, fuhr der Wagen vor, Effi trat hinaus, und man begrüßte sich. Innstetten war in einer ihm sonst fremden Erregung, und so kam es, daß er die Verlegenheit nicht sah, die sich in Effis Herzlichkeit mischte. Drinnen im Flur brannten die Lampen und Lichter, und das Teezeug, das Friedrich schon auf einen der zwischen den Schränken stehenden Tische gestellt hatte, reflektierte den Lichterglanz.

»Das sieht ja ganz so aus wie damals, als wir hier ankamen. Weißt du noch, Effi?«

Sie nickte.

»Nur der Haifisch mit seinem Fichtenzweig verhält sich heute ruhiger, und auch Rollo spielt den Zurückhaltenden und legt mir nicht mehr die Pfoten auf die Schulter. Was ist das mit dir, Rollo?«

Rollo strich an seinem Herrn vorbei und wedelte.

»Der ist nicht recht zufrieden, entweder mit mir nicht oder mit andern. Nun, ich will annehmen, mit mir. Jedenfalls laß uns eintreten.« Und er trat in sein Zimmer und bat Effi, während er sich aufs Sofa niederließ, neben ihm Platz zu nehmen. »Es war so hübsch in Berlin, über Erwarten; aber in all meiner Freude habe ich mich immer zurückgesehnt. Und wie gut du aussiehst! Ein bißchen blaß und auch ein bißchen verändert, aber es kleidet dich.«

Effi wurde rot.

»Und nun wirst du auch noch rot. Aber es ist, wie ich dir sage. Du hattest so was von einem verwöhnten Kind, mit einemmal siehst du aus wie eine Frau.«

»Das hör ich gern, Geert, aber ich glaube, du sagst es nur so.«

»Nein, nein, du kannst es dir gutschreiben, wenn es etwas Gutes ist ...«

»Ich dächte doch.«

»Und nun rate, von wem ich dir Grüße bringe.«

»Das ist nicht schwer, Geert. Außerdem, wir Frauen, zu denen ich mich, seitdem du wieder da bist, ja rechnen darf« (und sie reichte ihm die Hand und lachte), »wir Frauen, wir raten leicht. Wir sind hier nicht so schwerfällig wir ihr.«

»Nun, von wem?«

»Nun, natürlich von Vetter Briest. Er ist ja der einzige, den ich in Berlin kenne, die Tanten abgerechnet, die du nicht aufgesucht haben wirst und die viel zu neidisch sind, um mich grüßen zu lassen. Hast du nicht auch gefunden, alle alten Tanten sind neidisch.«

»Ja, Effi, das ist wahr. Und daß du das sagst, das ist ganz meine alte Effi wieder. Denn du mußt wissen, die alte Effi, die noch aussah wie ein Kind, nun, die war auch nach meinem Geschmack. Grad so wie die jetzige gnäd'ge Frau.«

»Meinst du? Und wenn du dich zwischen beiden entscheiden solltest ...«

»Das ist eine Doktorfrage, darauf lasse ich mich nicht ein. Aber da bringt Friedrich den Tee. Wie hat's mich nach dieser Stunde verlangt! Und hab es auch ausgesprochen, sogar zu deinem Vetter Briest, als wir bei Dressel saßen und in Champagner dein Wohl tranken ... Die Ohren müssen dir geklungen haben ... Und weißt du, was dein Vetter dabei sagte?«

»Gewiß etwas Albernes. Darin ist er groß.«

»Das ist der schwärzeste Undank, den ich all mein Lebtag erlebt habe. ›Lassen wir Effi leben‹, sagte er, ›meine schöne Cousine ... Wissen Sie, Innstetten, daß ich Sie am liebsten fordern und totschießen möchte? Denn Effi ist ein Engel, und Sie haben mich um diesen Engel gebracht.‹ Und dabei sah er so ernst und wehmütig aus, daß man's beinah hätte glauben können.«

»Oh, diese Stimmung kenn ich an ihm. Bei der wievielten wart ihr?«

»Ich habe es nicht mehr gegenwärtig, und vielleicht hätte ich es auch damals nicht mehr sagen können. Aber das glaub ich, daß es ihm ganz ernst war. Und vielleicht wäre es auch das Richtige gewesen. Glaubst du nicht, daß du mit ihm hättest leben können?«

»Leben können? Das ist wenig, Geert. Aber beinah möchte ich sagen, ich hätte auch nicht einmal mit ihm leben können.«

»Warum nicht? Er ist wirklich ein liebenswürdiger und netter Mensch und auch ganz gescheit.«

»Ja, das ist er ...«

»Aber ...«

»Aber er ist dalbrig. Und das ist keine Eigenschaft, die wir Frauen lieben, auch nicht einmal dann, wenn wir noch halbe Kinder sind, wohin du mich immer gerechnet hast und vielleicht, trotz meiner Fortschritte, auch jetzt noch rechnest. Das Dalbrige, das ist nicht unsre Sache. Männer müssen Männer sein.«

»Gut, daß du das sagst. Alle Teufel, da muß man sich ja zusammennehmen. Und ich kann von Glück sagen, daß ich von so was, das wie Zusammennehmen aussieht oder wenigstens ein Zusammennehmen in Zukunft fordert, so gut wie direkt herkomme ... Sage, wie denkst du dir ein Ministerium?«

»Ein Ministerium? Nun, das kann zweierlei sein. Es können Menschen sein, kluge, vornehme Herren, die den Staat regieren, und es kann auch bloß ein Haus sein, ein Palazzo, ein Palazzo Strozzi oder Pitti oder, wenn die nicht passen, irgendein andrer. Du siehst, ich habe meine italienische Reise nicht umsonst gemacht.«

»Und könntest du dich entschließen, in solchem Palazzo zu wohnen? Ich meine in solchem Ministerium?«

»Um Gottes willen, Geert, sie haben dich doch nicht zum Minister gemacht? Gieshübler sagte so was. Und der Fürst kann alles. Gott, der hat es am Ende durchgesetzt, und ich bin erst achtzehn.«

Innstetten lachte. »Nein, Effi, nicht Minister, soweit sind wir noch nicht. Aber vielleicht kommen noch allerhand Gaben in mir heraus, und dann ist es nicht unmöglich.«

»Also jetzt noch nicht, noch nicht Minister?«

»Nein. Und wir werden, die Wahrheit zu sagen, auch nicht einmal in einem Ministerium wohnen, aber ich werde täglich ins Ministerium gehen, wie ich jetzt in unser Landratsamt gehe, und werde dem Minister Vortrag halten und mit ihm reisen, wenn er die Provinzialbehörden inspiziert. Und du wirst eine Ministerialrätin sein und in Berlin leben, und in einem halben Jahre wirst du kaum noch wissen, daß du hier in Kessin gewesen bist und nichts gehabt hast als Gieshübler und die Dünen und die Plantage.«

Effi sagte kein Wort, und nur ihre Augen wurden immer größer; um ihre Mundwinkel war ein nervöses Zucken, und ihr ganzer zarter Körper zitterte. Mit einem Male aber glitt sie von ihrem Sitze vor Innstetten nieder, umklammerte seine Knie und sagte in einem Tone, wie wenn sie betete: »Gott sei Dank!«

Innstetten verfärbte sich. Was war das? Etwas, was seit Wochen flüchtig, aber doch immer sich erneuernd über ihn kam, war wieder da und sprach so deutlich aus seinem Auge, daß Effi davor erschrak. Sie hatte sich durch ein schönes Gefühl, das nicht viel was andres als ein Bekenntnis ihrer Schuld war, hinreißen lassen und dabei mehr gesagt, als sie sagen durfte. Sie mußte das wieder ausgleichen, mußte was finden, irgendeinen Ausweg, es koste, was es wolle.

»Steh auf, Effi. Was hast du?«

Effi erhob sich rasch. Aber sie nahm ihren Platz auf dem Sofa nicht wieder ein, sondern schob einen Stuhl mit hoher Lehne heran, augenscheinlich, weil sie nicht Kraft genug fühlte, sich ohne Stütze zu halten.

»Was hast du?« wiederholte Innstetten. »Ich dachte, du hättest hier glückliche Tage verlebt. Und nun rufst du ›Gott sei Dank‹, als ob dir hier alles nur ein Schrecknis gewesen wäre. War *ich* dir ein Schrecknis? Oder war es was andres? Sprich.«

»Daß du noch fragen kannst, Geert«, sagte sie, während sie mit einer äußersten Anstrengung das Zittern ihrer Stimme zu bezwingen suchte. »Glückliche Tage! Ja, gewiß, glückliche Tage, aber doch auch andre. Nie bin ich die Angst hier ganz losgeworden, nie. Noch keine vierzehn Tage, daß es mir wieder über die Schulter sah, dasselbe Gesicht, derselbe fahle Teint. Und diese letzten Nächte, wo du fort warst, war es auch wieder da, nicht das Gesicht, aber es schlurrte wieder, und Rollo schlug wieder an, und Roswitha, die's auch gehört, kam an mein Bett und setzte sich zu mir, und erst als es schon dämmerte, schliefen wir wieder ein. Es ist ein Spukhaus, und ich hab es auch glauben sollen, das mit dem Spuk – denn du bist ein Erzieher. Ja, Geert, das bist du. Aber laß es sein, wie's will, soviel weiß ich, ich habe mich ein ganzes Jahr lang und länger in diesem Hause gefürchtet, und wenn ich von hier fortkomme, so wird es, denk ich, von mir abfallen, und ich werde wieder frei sein.«

Innstetten hatte kein Auge von ihr gelassen und war jedem Worte gefolgt. Was sollte das heißen: »Du bist ein Erzieher«?, und dann das andre, was vorausging: »... und ich hab es auch glauben sollen, das mit dem Spuk.« Was war das alles? Wo kam das her? Und er fühlte seinen leisen Argwohn sich wieder regen und fester einnisten. Aber er hatte lange genug gelebt, um zu wissen, daß alle Zeichen trügen und daß wir in unsrer Eifersucht, trotz ihrer hundert Augen, oft noch mehr in die Irre gehen als in der Blindheit unsres Vertrauens. Es konnte ja so sein, wie sie sagte. Und wenn es so war, warum sollte sie nicht ausrufen: »Gott sei Dank!«

Und so, rasch alle Möglichkeiten ins Auge fassend, wurde er seines Argwohns wieder Herr und reichte ihr die Hand über den Tisch hin. »Verzeih mir, Effi, aber ich war so sehr überrascht von dem allen. Freilich wohl meine Schuld. Ich bin immer zu sehr mit mir beschäftigt gewesen. Wir Männer sind alle Egoisten. Aber das soll nun anders werden. Ein Gutes hat Berlin gewiß: Spukhäuser gibt es da nicht. Wo sollen die auch herkommen? Und nun laß uns hinübergehen, daß ich Annie sehe; Roswitha verklagt mich sonst als einen unzärtlichen Vater.«

Effi war unter diesen Worten allmählich ruhiger geworden, und das Gefühl, aus einer selbstgeschaffenen Gefahr sich glücklich befreit zu haben, gab ihr ihre Spannkraft und gute Haltung wieder zurück.

22. KAPITEL

Am andern Morgen nahmen beide gemeinschaftlich ihr etwas verspätetes Frühstück. Innstetten hatte seine Mißstimmung und Schlimmeres überwunden, und Effi lebte so ganz dem Gefühl ihrer Befreiung, daß sie nicht bloß die Fähigkeit einer gewissen erkünstelten guten Laune, sondern fast auch ihre frühere Unbefangenheit wiedergewonnen hatte. Sie war noch in Kessin, und doch war ihr schon zumute, als läge es weit hinter ihr.

»Ich habe mir's überlegt, Effi«, sagte Innstetten, »du hast nicht so ganz unrecht mit allem, was du gegen unser Haus hier gesagt hast. Für Kapitän Thomsen war es gerade gut genug, aber nicht für eine junge verwöhnte Frau; alles altmodisch, kein Platz. Da sollst du's in Berlin besser haben, auch einen Saal, aber einen andern als hier, und auf Flur und Treppe hohe bunte Glasfenster, Kaiser Wilhelm mit Zepter und Krone oder auch was Kirchliches, heilige Elisabeth oder Jungfrau Maria. Sagen wir Jungfrau Maria, das sind wir Roswitha schuldig.«

Effi lachte. »So soll es sein. Aber wer sucht uns eine Wohnung? Ich kann doch nicht Vetter Briest auf die Suche schicken. Oder gar die Tanten! Die finden alles gut genug.«

»Ja, das Wohnungsuchen. Das macht einem keiner zu Dank. Ich denke, da mußt du selber hin.«

»Und wann meinst du?«

»Mitte März.«

»Oh, das ist viel zu spät, Geert, dann ist ja alles fort. Die guten Wohnungen werden schwerlich auf uns warten!«

»Ist schon recht. Aber ich bin erst seit gestern wieder hier und kann doch nicht sagen ›reise morgen‹. Das würde mich schlecht kleiden und paßte mir auch wenig; ich bin froh, daß ich dich wiederhabe.«

»Nein«, sagte sie, während sie das Kaffeegeschirr, um eine aufsteigende Verlegenheit zu verbergen, ziemlich geräuschvoll zusammenrückte, »nein, so soll's auch nicht sein, nicht heut und nicht morgen, aber doch in den nächsten Tagen. Und wenn ich etwas finde, so bin ich rasch wieder zurück. Aber noch eins, Roswitha und Annie müssen mit. Am schönsten wär es, du auch. Aber ich sehe ein, das geht nicht. Und ich denke, die Trennung soll nicht lange dauern. Ich weiß auch schon, wo ich miete …«

»Nun?«

»Das bleibt mein Geheimnis. Ich will auch ein Geheimnis haben. Damit will ich dich dann überraschen.«

In diesem Augenblick trat Friedrich ein, um die Postsachen abzugeben. Das meiste war Dienstliches und Zeitungen. »Ah, da ist auch ein Brief für dich«, sagte Innstetten. »Und wenn ich nicht irre, die Handschrift der Mama.«

Effi nahm den Brief. »Ja, von der Mama. Aber das ist ja nicht der Friesacker Poststempel; sieh nur, das heißt ja deutlich Berlin.«

»Freilich«, lachte Innstetten. »Du tust, als ob es ein Wunder wäre. Die Mama wird in Berlin sein und hat ihrem Liebling von ihrem Hotel aus einen Brief geschrieben.«

»Ja«, sagte Effi, »so wird es sein. Aber ich ängstige mich doch beinah und kann keinen rechten Trost darin finden, daß Hulda Niemeyer immer sagte: ›Wenn man sich ängstigt, ist es besser, als wenn man hofft.‹ Was meinst du dazu?«

»Für eine Pastorstochter nicht ganz auf der Höhe. Aber nun lies den Brief. Hier ist ein Papiermesser.«

Effi schnitt das Kuvert auf und las: »Meine liebe Effi. Seit 24 Stunden bin ich hier in Berlin; Konsultationen bei Schweigger. Als er mich sieht, beglückwünscht er mich, und als ich erstaunt ihn frage, wozu, erfahr ich, daß Ministerialdirektor Wüllersdorf eben bei ihm gewesen und ihm erzählt habe: Innstetten sei ins Ministerium berufen. Ich bin ein wenig ärgerlich, daß man dergleichen von einem Dritten erfahren muß. Aber in meinem Stolz und meiner Freude sei Euch verziehen. Ich habe es übrigens immer gewußt (schon als I. noch bei den Rathenowern war), daß etwas aus ihm werden würde. Nun kommt es *Dir* zugute. Natürlich müßt Ihr eine Wohnung haben und eine andere Einrichtung. Wenn du, meine liebe Effi, glaubst, meines Rates dabei bedürfen zu können, so komme, so rasch es Dir Deine Zeit erlaubt. Ich bleibe acht Tage hier in Kur, und wenn es nicht anschlägt, vielleicht noch etwas länger; Schweigger drückt sich unbestimmt darüber aus. Ich habe eine Privatwohnung in der Schadowstraße genommen; neben dem meinigen sind noch Zimmer frei. Was es mit meinem Auge ist, darüber mündlich; vorläufig beschäftigt mich nur Eure Zukunft. Briest wird unendlich glücklich sein, er tut immer so gleichgültig gegen dergleichen, eigentlich hängt er aber mehr daran als ich. Grüße Innstetten, küsse Annie, die Du vielleicht mitbringst. Wie immer Deine Dich zärtlich liebende Mutter Luise von B.«

Effi legte den Brief aus der Hand und sagte nichts. Was sie zu tun habe, das stand bei ihr fest; aber sie wollte es nicht selber aussprechen, Innstetten sollte damit kommen, und dann wollte sie zögernd ja sagen.

Innstetten ging auch wirklich in die Falle. »Nun, Effi, du bleibst so ruhig.«

»Ach, Geert, es hat alles so seine zwei Seiten. Auf der einen Seite beglückt es mich, die Mama wiederzusehen und vielleicht sogar schon in wenig Tagen. Aber es spricht auch so vieles dagegen.«

»Was?«

»Die Mama, wie du weißt, ist sehr bestimmt und kennt nur ihren eignen Willen. Dem Papa gegenüber hat sie alles durchsetzen können. Aber ich möchte gern eine Wohnung haben, die nach *meinem* Geschmack ist, und eine neue Einrichtung, die *mir* gefällt.«

Innstetten lachte. »Und das ist alles?«

»Nun, es wäre grade genug. Aber es ist nicht alles.« Und nun nahm sie sich zusammen und sah ihn an und sagte: »Und dann, Geert, ich möchte nicht gleich wieder von dir fort.«

»Schelm, das sagst du so, weil du meine Schwäche kennst. Aber wir sind alle so eitel, und ich will es glauben. Ich will es glauben und doch zugleich auch den Heroischen spielen, den Entsagenden. Reise, sobald du's für nötig hältst und vor deinem Herzen verantworten kannst.«

»So darfst du nicht sprechen, Geert. Was heißt das ›vor meinem Herzen verantworten‹? Damit schiebst du mir, halb gewaltsam, eine Zärtlichkeitsrolle zu, und ich muß dir dann aus reiner Koketterie sagen: ›Ach, Geert, dann reise ich nie.‹ Oder doch so etwas Ähnliches.«

Innstetten drohte ihr mit dem Finger. »Effi, du bist mir zu fein. Ich dachte immer, du wärst ein Kind, und sehe nun, daß du das Maß hast wie alle andern. Aber lassen wir das, oder wie dein Papa immer sagte: ›Das ist ein zu weites Feld.‹ Sage lieber, wann willst du fort?«

»Heute haben wir Dienstag. Sagen wir also Freitag mittag mit dem Schiff. Dann bin ich am Abend in Berlin.«

»Abgemacht. Und wann zurück?«

»Nun, sagen wir Montag abend. Das sind dann drei Tage.«

»Geht nicht. Das ist zu früh. In drei Tagen kannst du's nicht zwingen. Und so rasch läßt dich die Mama auch nicht fort.«

»Also auf Diskretion.«

»Gut.«

Und damit erhob sich Innstetten, um nach dem Landratsamte hinüberzugehen.

Die Tage bis zur Abreise vergingen wie im Fluge. Roswitha war sehr glücklich. »Ach, gnädigste Frau, Kessin, nun ja ... aber Berlin ist es nicht. Und die Pferdebahn. Und wenn es dann so klingelt und man nicht weiß, ob man links oder rechts soll, und mitunter ist mir schon gewesen, als ginge alles grad über mich weg. Nein, so was ist hier nicht. Ich glaube, manchen Tag sehen wir keine sechs Menschen. Und immer bloß die Dünen und draußen die See. Und das rauscht und rauscht, aber weiter ist es auch nichts.«

»Ja, Roswitha, du hast recht. Es rauscht und rauscht immer, aber es ist kein richtiges Leben. Und dann kommen einem allerhand dumme Gedanken. Das kannst du doch nicht bestreiten, das mit dem Kruse war nicht in der Richtigkeit.«

»Ach, gnädigste Frau ...«

»Nun, ich will nicht weiter nachforschen. Du wirst es natürlich nicht zugeben. Und nimm nur nicht zu wenig Sachen mit. Deine Sachen kannst du eigentlich ganz mitnehmen und Annies auch.«

»Ich denke, wir kommen noch mal wieder.«

»Ja, ich. Der Herr wünscht es. Aber ihr könnt vielleicht dableiben, bei meiner Mutter. Sorge nur, daß sie Anniechen nicht zu sehr verwöhnt. Gegen mich war sie mitunter streng, aber ein Enkelkind ...«

»Und dann ist Anniechen ja auch so zum Anbeißen. Da muß ja jeder zärtlich sein.«

Das war am Donnerstag, am Tage vor der Abreise. Innstetten war über Land gefahren und wurde erst gegen Abend zurückerwartet. Am Nachmittag ging Effi in die Stadt, bis auf den Marktplatz, und trat hier in die Apotheke und bat um eine Flasche *Sal volatile.* »Man weiß nie, mit wem man reist«, sagte sie zu dem alten Gehilfen, mit dem sie auf dem Plauderfuße stand und der sie anschwärmte wie Gieshübler selbst.

»Ist der Herr Doktor zu Hause?« fragte sie weiter, als sie das Fläschchen eingesteckt hatte.

»Gewiß, gnädigste Frau; er ist hier nebenan und liest die Zeitungen.«

»Ich werde ihn doch nicht stören?«

»Oh, nie.«

Und Effi trat ein. Es war eine kleine, hohe Stube, mit Regalen ringsherum, auf denen allerlei Kolben und Retorten standen; nur an der einen Wand befanden sich alphabetisch geordnete, vorn mit einem Eisenringe versehene Kästen, in denen die Rezepte lagen.

Gieshübler war beglückt und verlegen. »Welche Ehre. Hier unter meinen Retorten. Darf ich die gnädige Frau auffordern, einen Augenblick Platz zu nehmen?«

»Gewiß, lieber Gieshübler. Aber auch wirklich nur einen Augenblick. Ich will Ihnen adieu sagen.«

»Aber meine gnädigste Frau, Sie kommen ja doch wieder. Ich habe gehört, nur auf drei, vier Tage ...«

»Ja, lieber Freund, ich soll wiederkommen, und es ist sogar verabredet, daß ich spätestens in einer Woche wieder in Kessin bin. Aber ich könnte doch auch *nicht* wiederkommen. Muß ich Ihnen sagen, welche tausend Möglichkeiten es gibt ... Ich sehe, Sie wollen mir sagen, daß ich noch zu jung sei ... auch Junge können sterben. Und dann so vieles andere noch. Und da will ich doch lieber Abschied nehmen von Ihnen, als wäre es für immer.«

»Aber meine gnädigste Frau ...«

»Als wäre es für immer. Und ich will Ihnen danken, lieber Gieshübler. Denn Sie waren das Beste hier; natürlich, weil Sie der Beste waren. Und wenn ich hundert Jahre alt würde, so werde ich Sie nicht vergessen. Ich habe mich hier mitunter einsam gefühlt, und mitunter war mir so schwer ums Herz, schwerer, als Sie wissen können; ich habe es nicht immer richtig eingerichtet; aber wenn ich Sie gesehen habe, vom ersten Tage an, dann habe ich mich immer wohler gefühlt und auch besser.«

»Aber meine gnädigste Frau.«

»Und dafür wollte ich Ihnen danken. Ich habe mir eben ein Fläschchen mit *Sal volatile* gekauft; im Coupé sind mitunter so merkwürdige Menschen und wollen einem nicht mal erlauben, daß man ein Fenster aufmacht; und wenn mir dann vielleicht – denn es steigt einem ja ordentlich zu Kopf, ich meine das Salz – die Augen übergehen, dann will ich an Sie denken. Adieu, lieber Freund, und grüßen Sie Ihre Freundin, die Trippelli. Ich habe in den letzten Wochen öfter an sie gedacht und an Fürst Kotschukoff. Ein eigentümliches Verhältnis bleibt es doch. Aber ich kann mich hineinfinden ... Und lassen Sie einmal von sich hören. Oder ich werde schreiben.«

Damit ging Effi. Gieshübler begleitete sie bis auf den Platz hinaus. Er war wie benommen, so sehr, daß er über manches Rätselhafte, was sie gesprochen, ganz hinwegsah.

Effi ging wieder nach Haus. »Bringen Sie mir die Lampe, Johanna«, sagte sie, »aber in mein Schlafzimmer. Und dann eine Tasse Tee. Ich hab es so kalt und kann nicht warten, bis der Herr wieder da ist.«

Beides kam. Effi saß schon an ihrem kleinen Schreibtisch, einen Briefbogen vor sich, die Feder in der Hand. »Bitte, Johanna, den Tee auf den Tisch da.«

Als Johanna das Zimmer wieder verlassen hatte, schloß Effi sich ein, sah einen Augenblick in den Spiegel und setzte sich dann wieder. Und nun schrieb sie: »Ich reise morgen mit dem Schiff, und dies sind Abschiedszeilen. Innstetten erwartet mich in wenig Tagen zurück, aber ich komme *nicht* wieder ... Warum ich nicht wiederkomme, Sie wissen es ... Es wäre das beste gewesen, ich hätte dies Stück Erde nie gesehen. Ich beschwöre Sie, dies nicht als einen Vorwurf zu fassen; alle Schuld ist bei mir. Blick ich auf Ihr Haus ... *Ihr* Tun mag entschuldbar sein, nicht das meine. Meine Schuld ist sehr schwer. Aber vielleicht kann ich noch heraus. Daß wir hier abberufen wurden, ist mir wie ein Zeichen, daß ich noch zu Gnaden angenommen werden kann. Vergessen Sie das Geschehene, vergessen Sie mich. Ihre Effi.«

Sie überflog die Zeilen noch einmal, am fremdesten war ihr das »Sie«; aber auch das mußte sein; es sollte ausdrücken, daß keine Brücke mehr da sei. Und nun schob sie die Zeilen in ein Kuvert und ging auf ein Haus zu, zwischen dem Kirchhof und der Waldecke. Ein dünner Rauch stieg aus dem halb eingefallenen Schornstein. Da gab sie die Zeilen ab.

Als sie wieder zurück war, war Innstetten schon da, und sie setzte sich zu ihm und erzählte ihm von Gieshübler und dem *Sal volatile*.

Innstetten lachte. »Wo hast du nur dein Latein her, Effi?«

Das Schiff, ein leichtes Segelschiff (die Dampfboote gingen nur sommers), fuhr um zwölf. Schon eine Viertelstunde vorher waren Effi und Innstetten an Bord; auch Roswitha und Annie.

Das Gepäck war größer, als es für einen auf so wenige Tage geplanten Ausflug geboten erschien. Innstetten sprach mit dem Kapitän; Effi, in einem Regenmantel und hellgrauen Reisehut stand auf dem Hinterdeck, nahe am Steuer, und musterte von hier aus das Bollwerk und die hübsche Häuserreihe, die dem Zuge des Bollwerks folgte. Gerade der Landungsbrücke gegenüber lag Hoppensacks Hotel, ein drei Stock hohes Gebäude, von dessen Giebeldach eine gelbe Flagge, mit Kreuz und Krone darin, schlaff in der stillen, etwas nebeligen Luft herniederhing. Effi sah eine Weile nach der Flagge hinauf, ließ dann aber ihr Auge wieder abwärtsgleiten und verweilte zuletzt auf einer Anzahl von Personen, die neugierig am Bollwerk umherstanden. In diesem Augenblicke wurde geläutet. Effi war ganz eigen zumut, das Schiff setzte sich langsam in Bewegung, und als sie die Landungsbrücke noch einmal musterte, sah sie, daß Crampas in vorderster Reihe stand. Sie erschrak bei seinem Anblick und freute sich doch auch. Er seinerseits, in seiner ganzen Haltung verändert, war sichtlich bewegt und grüßte ernst zu ihr hinüber, einen Gruß, den sie ebenso, aber doch zugleich in großer Freundlichkeit, erwiderte; dabei lag etwas Bittendes in ihrem Auge. Dann ging sie rasch auf die Kajüte zu, wo sich Roswitha mit Annie schon eingerichtet hatte. Hier, in dem etwas stickigen Raume, blieb sie, bis man aus dem Fluß in die weite Bucht des Breitling eingefahren war; da kam Innstetten und rief sie nach oben, daß sie sich an dem herrlichen Anblick erfreue, den die Landschaft gerade an dieser Stelle bot. Sie ging dann auch hinauf. Über dem Wasserspiegel hingen graue Wolken, und nur dann und wann schoß ein halbumschleierter Sonnenblick aus dem Gewölk hervor. Effi gedachte des Tages, wo sie, vor jetzt gerade fünf Vierteljahren, im offenen Wagen am Ufer ebendieses Breitlings hin entlanggefahren war. Eine kurze Spanne Zeit, und das Leben oft so still und einsam. Und doch, was war alles seitdem geschehen!

So fuhr man die Wasserstraße hinauf und war um zwei an der Station oder doch ganz in der Nähe derselben. Als man gleich danach das Gasthaus des ›Fürsten Bismarck‹ passierte, stand auch Golchowski wieder in der Tür und versäumte nicht, den Herrn Landrat und die gnädige Frau bis an die Stufen der Böschung zu geleiten. Oben war der Zug noch nicht angemeldet, und Effi und Innstetten schritten auf dem Bahnsteig auf und ab. Ihr Gespräch drehte sich um die Wohnungsfrage; man war einig über den Stadtteil und daß es zwischen dem Tiergarten und dem Zoologischen Garten sein müsse. »Ich will den Finkenschlag hören und die Papageien auch«, sagte Innstetten, und Effi stimmte ihm zu.

Nun aber hörte man das Signal, und der Zug lief ein; der Bahnhofsinspektor war voller Entgegenkommen, und Effi erhielt ein Coupé für sich.

Noch ein Händedruck, ein Wehen mit dem Tuch, und der Zug setzte sich wieder in Bewegung.

23. KAPITEL

Auf dem Friedrichstraßen-Bahnhofe war ein Gedränge; aber trotzdem, Effi hatte schon vom Coupé aus die Mama erkannt und neben ihr den Vetter Briest. Die Freude des Wiedersehens war groß, das Warten in der Gepäckhalle stellte die Geduld auf keine allzu harte Probe, und nach wenig mehr als fünf Minuten rollte die Droschke neben dem Pferdebahngeleise hin, in die Dorotheenstraße hinein und auf die Schadowstraße zu, an deren nächstgelegener Ecke sich die ›Pension‹ befand. Roswitha war entzückt und freute sich über Annie, die die Händchen nach den Lichtern ausstreckte.

Nun war man da. Effi erhielt ihre zwei Zimmer, die nicht, wie erwartet, neben denen der Frau von Briest, aber doch auf demselben Korridor lagen, und als alles seinen Platz und Stand hatte und Annie in einem Bettchen mit Gitter glücklich untergebracht war, erschien Effi wieder im Zimmer der Mama, einem kleinen Salon mit Kamin, drin ein schwaches Feuer brannte; denn es war mildes, beinah warmes Wetter. Auf dem runden Tische mit grüner Schirmlampe waren drei Kuverts gelegt, und auf einem Nebentischchen stand das Teezeug.

»Du wohnst ja reizend, Mama«, sagte Effi, während sie dem Sofa gegenüber Platz nahm, aber nur um sich gleich danach an dem Teetisch zu schaffen zu machen. »Darf ich wieder die Rolle des Teefräuleins übernehmen?«

»Gewiß, meine liebe Effi. Aber nur für Dagobert und dich selbst. Ich meinerseits muß verzichten, was mir beinah schwerfällt.«

»Ich versteh, deiner Augen halber. Aber nun sage mir, Mama, was ist es damit? In der Droschke, die noch dazu so klapperte, haben wir immer nur von Innstetten und unserer großen Karriere gesprochen, viel zuviel, und das geht nicht so weiter; glaube mir, deine Augen sind mir wichtiger, und in einem finde ich sie, Gott sei Dank, ganz unverändert, du siehst mich immer noch so freundlich an wie früher.« Und sie eilte auf die Mama zu und küßte ihr die Hand.

»Effi, du bist so stürmisch. Ganz die alte.«

»Ach nein, Mama. Nicht die alte. Ich wollte, es wäre so. Man ändert sich in der Ehe.«

Vetter Briest lachte. »Cousine, ich merke nicht viel davon; du bist noch hübscher geworden, das ist alles. Und mit dem Stürmischen wird es wohl auch noch nicht vorbei sein.«

»Ganz der Vetter«, versicherte die Mama; Effi selbst aber wollte davon nichts hören und sagte: »Dagobert, du bist alles, nur kein Menschenkenner. Es ist sonderbar. Ihr Offiziere seid keine guten Menschenkenner, die jungen gewiß nicht. Ihr guckt euch immer nur selber an oder eure Rekruten, und die von der Kavallerie haben auch noch ihre Pferde. Die wissen nun vollends nichts.«

»Aber Cousine, wo hast du denn diese ganze Weisheit her? Du kennst ja keine Offiziere. Kessin, so habe ich gelesen, hat ja auf die ihm zugedachten Husaren verzichtet, ein Fall, der übrigens einzig in der Weltgeschichte dasteht. Und willst du von alten Zeiten sprechen? Du warst ja noch ein halbes Kind, als die Rathenower zu euch herüberkamen.«

»Ich könnte dir erwidern, daß Kinder am besten beobachten. Aber ich mag nicht, das sind ja alles bloß Allotria. Ich will wissen, wie's mit Mamas Augen steht.«

Frau von Briest erzählte nun, daß es der Augenarzt für Blutandrang nach dem Gehirn ausgegeben habe. Daher käme das Flimmern. Es müsse mit Diät gezwungen werden; Bier, Kaffee, Tee – alles gestrichen und gelegentlich eine lokale Blutentziehung, dann würde es bald besser werden. »Er sprach so von vierzehn Tagen. Aber ich kenne die Doktorangaben; vierzehn Tage heißt sechs Wochen, und ich werde noch hier sein, wenn Innstetten kommt und ihr in eure neue Wohnung einzieht. Ich will auch nicht leugnen, daß das das Beste von der Sache ist und mich über die mutmaßlich lange Kurdauer schon vorweg tröstet. Sucht euch nur recht was Hübsches. Ich habe mir Landgrafen- oder Keithstraße gedacht, elegant und doch nicht allzu teuer. Denn ihr werdet euch einschränken müssen. Innstettens Stellung ist sehr ehrenvoll, aber sie wirft nicht allzuviel ab. Und Briest klagt auch. Die Preise gehen herunter, und er erzählt mir jeden Tag, wenn nicht Schutzzölle kämen, so muß er mit einem Bettelsack von Hohen-Cremmen abziehen. Du weißt, er übertreibt gern. Aber nun lange zu, Dagobert, und wenn es sein kann, erzähle uns was Hübsches. Krankheitsberichte sind immer langweilig, und die liebsten Menschen hören bloß zu, weil es nicht anders geht. Effi wird wohl auch gern eine Geschichte hören, etwas aus den ›Fliegenden Blättern‹ oder aus dem ›Kladderadatsch‹. Er soll aber nicht mehr so gut sein.«

»Oh, er ist noch ebenso gut wie früher. Sie haben immer noch Strudelwitz und Prudelwitz, und da macht es sich von selber.«

»Mein Liebling ist Karlchen Mießnick und Wippchen von Bernau.«

»Ja, das sind die besten. Aber Wippchen, der übrigens – Pardon, schöne Cousine – keine Kladderadatschfigur ist, Wippchen hat gegenwärtig nichts zu tun, es ist ja kein Krieg mehr. Leider. Unsereins möchte doch auch mal an die Reihe kommen und hier diese schreckliche Leere«, und er strich vom Knopfloch nach der Achsel hinüber, »endlich loswerden.«

»Ach, das sind ja bloß Eitelkeiten. Erzähle lieber. Was ist denn jetzt dran?«

»Ja, Cousine, das ist ein eigen Ding. Das ist nicht für jedermann. Jetzt haben wir nämlich die Bibelwitze.«

»Die Bibelwitze? Was soll das heißen? Bibel und Witze gehören nicht zusammen.«

»Eben deshalb sagte ich, es sei nicht für jedermann. Aber ob zulässig oder nicht, sie stehen jetzt hoch im Preise. Modesache, wie Kiebitzeier.«

»Nun, wenn es nicht zu toll ist, so gib uns eine Probe. Geht es?«

»Gewiß geht es. Und ich möchte sogar hinzusetzen dürfen, du triffst es besonders gut. Was jetzt nämlich kursiert, ist etwas hervorragend Feines, weil es als Kombination auftritt und in die einfache Bibelstelle noch das dativisch Wrangelsche mit einmischt. Die Fragestellung – alle diese Witze treten nämlich in Frageform auf – ist übrigens in vorliegendem Falle von großer Simplizität und lautet: ›Wer war der erste Kutscher?‹ Und nun rate.«

»Nun, vielleicht Apollo.«

»Sehr gut. Du bist doch ein Daus, Effi. Ich wäre nicht darauf gekommen. Aber trotzdem, du triffst damit nicht ins Schwarze.«

»Nun, wer war es denn?«

»Der erste Kutscher war ›Leid‹. Denn schon im Buche Hiob heißt es: ›Leid soll mir nicht widerfahren‹ oder auch ›wieder fahren‹ in zwei Wörtern und mit einem e.«

Effi wiederholte kopfschüttelnd den Satz, auch die Zubemerkung, konnte sich aber trotz aller Mühe nicht drin zurechtfinden; sie gehörte ganz ausgesprochen zu den Bevorzugten, die für derlei Dinge durchaus kein Organ haben, und so kam denn Vetter Briest in die nicht beneidenswerte Situation, immer erneut erst auf den Gleichklang und dann auch wieder auf den Unterschied von »widerfahren« und »wieder fahren« hinweisen zu müssen.

»Ach, nun versteh ich. Und du mußt mir verzeihen, daß es so lange gedauert. Aber es ist wirklich zu dumm.«

»Ja, dumm ist es«, sagte Dagobert kleinlaut.

»Dumm und unpassend und kann einem Berlin ordentlich verleiden. Da geht man nun aus Kessin fort, um wieder unter Menschen zu sein, und das erste, was man hört, ist ein Bibelwitz. Auch Mama schweigt, und das sagt genug. Ich will dir aber doch den Rückzug erleichtern ...«

»Das tu, Cousine.«

»... den Rückzug erleichtern und es ganz ernsthaft als ein gutes Zeichen nehmen, daß mir, als erstes hier, von meinem Vetter Dagobert gesagt wurde: ›Leid soll mir nicht widerfahren.‹ Sonderbar, Vetter, so schwach die Sache als Witz ist, ich bin dir doch dankbar dafür.«

Dagobert, kaum aus der Schlinge heraus, versuchte über Effis Feierlichkeit zu spötteln, ließ aber ab davon, als er sah, daß es sie verdroß.

Bald nach zehn Uhr brach er auf und versprach, am anderen Tage wiederzukommen, um nach den Befehlen zu fragen.

Und gleich nachdem er gegangen, zog sich auch Effi in ihre Zimmer zurück.

Am andern Tage war das schönste Wetter, und Mutter und Tochter brachen früh auf, zunächst nach der Augenklinik, wo Effi im Vorzimmer verblieb und sich mit dem Durchblättern eines Albums beschäftigte. Dann ging es nach dem Tiergarten und bis in die Nähe des ›Zoologischen‹, um dortherum nach einer Wohnung zu suchen. Es traf sich auch wirklich so, daß man in der Keithstraße, worauf sich ihre Wünsche von Anfang an gerichtet hatten, etwas durchaus Passendes ausfindig machte, nur daß es ein Neubau war, feucht und noch unfertig. »Es wird nicht gehen, liebe Effi«, sagte Frau von Briest, »schon einfach Gesundheitsrücksichten werden es verbieten. Und dann, ein Geheimrat ist kein Trockenwohner.«

Effi, so sehr ihr die Wohnung gefiel, war um so einverstandener mit diesem Bedenken, als ihr an einer raschen Erledigung überhaupt nicht lag, ganz im Gegenteil: »Zeit gewonnen, alles gewonnen«, und so war ihr denn ein Hinausschieben der ganzen Angelegenheit eigentlich das liebste, was ihr begegnen konnte. »Wir wollen diese Wohnung aber doch im Auge behalten, Mama, sie liegt so schön und ist im wesentlichen das, was ich mir gewünscht habe.« Dann fuhren beide Damen in die Stadt zurück, aßen im Restaurant, das man ihnen empfohlen, und waren am Abend in der Oper, wozu der Arzt unter der Bedingung, daß Frau von Briest mehr hören als sehen wolle, die Erlaubnis gegeben hatte.

Die nächsten Tage nahmen einen ähnlichen Verlauf; man war aufrichtig erfreut, sich wiederzuhaben und nach so langer Zeit wieder ausgiebig miteinander plaudern zu können. Effi, die sich nicht bloß auf Zuhören und Erzählen, sondern, wenn ihr am wohlsten war, auch auf Medisieren ganz vorzüglich verstand, geriet mehr als einmal in ihren alten Übermut, und die Mama schrieb nach Hause, wie glücklich sie sei, das »Kind« wieder so heiter und lachlustig zu finden; es wiederhole sich ihnen allen die schöne Zeit von vor fast zwei Jahren, wo man die Ausstattung besorgt habe. Auch Vetter Briest sei ganz der alte. Das war nun auch wirklich der Fall, nur mit dem Unterschiede, daß er sich seltener sehen ließ als vordem und auf die Frage nach dem »Warum« anscheinend ernsthaft versicherte: »Du bist mir zu gefährlich, Cousine.« Das gab dann jedesmal ein Lachen bei Mutter und Tochter, und Effi sagte: »Dagobert, du bist freilich noch sehr jung, aber zu solcher Form des Courmachens doch nicht mehr jung genug.«

So waren schon beinah vierzehn Tage vergangen. Innstetten schrieb immer dringlicher und wurde ziemlich spitz, fast auch gegen die Schwiegermama, so daß Effi einsah, ein weiteres Hinausschieben sei nicht mehr gut möglich und es müsse nun wirklich gemietet werden. Aber was dann? Bis zum Umzuge nach Berlin waren immer noch drei Wochen, und Innstetten drang auf rasche Rückkehr. Es gab also nur ein Mittel: sie mußte wieder eine Komödie spielen, mußte krank werden.

Das kam ihr aus mehr als einem Grunde nicht leicht an; aber es mußte sein, und als ihr das feststand, stand ihr auch fest, wie die Rolle, bis in die kleinsten Einzelheiten hinein, gespielt werden müsse.

»Mama, Innstetten, wie du siehst, wird über mein Ausbleiben empfindlich. Ich denke, wir geben also nach und mieten heute noch. Und morgen reise ich. Ach, es wird mir so schwer, mich von dir zu trennen.«

Frau von Briest war einverstanden. »Und welche Wohnung wirst du wählen?«

»Natürlich die erste, die in der Keithstraße, die mir von Anfang an so gut gefiel und dir auch. Sie wird wohl noch nicht ganz ausgetrocknet sein, aber es ist ja das Sommerhalbjahr, was einigermaßen ein Trost ist. Und wird es mit der Feuchtigkeit zu arg und kommt ein bißchen Rheumatismus, so hab ich ja schließlich immer noch Hohen-Cremmen.«

»Kind, beruf es nicht; ein Rheumatismus ist mitunter da, man weiß nicht wie.«

Diese Worte der Mama kamen Effi sehr zupaß. Sie mietete denselben Vormittag noch und schrieb eine Karte an Innstetten, daß sie den nächsten Tag zurückwolle. Gleich danach wurden auch wirklich die Koffer gepackt und alle Vorbereitungen getroffen. Als dann aber der andere Morgen da war, ließ Effi die Mama an ihr Bett rufen und sagte: »Mama, ich kann nicht reisen. Ich habe ein solches Reißen und Ziehen, es schmerzt mich über den ganzen Rücken hin, und ich glaube beinah, es ist ein Rheumatismus. Ich hätte nicht gedacht, daß das so schmerzhaft sei.«

»Siehst du, was ich dir gesagt habe; man soll den Teufel nicht an die Wand malen. Gestern hast du noch leichtsinnig darüber gesprochen, und heute ist es schon da. Wenn ich Schweigger sehe, werde ich ihn fragen, was du tun sollst.«

»Nein, nicht Schweigger. Der ist ja ein Spezialist. Das geht nicht, und er könnt es am Ende übelnehmen, in so was anderem zu Rate gezogen zu werden. Ich denke, das beste ist, wir warten es ab. Es kann ja auch vorübergehen. Ich werde den ganzen Tag über von Tee und Sodawasser leben, und wenn ich dann transpiriere, komm ich vielleicht drüber hin.«

Frau von Briest drückte ihre Zustimmung aus, bestand aber darauf, daß sie sich gut verpflege. Daß man nichts genießen müsse, wie das früher Mode war, das sei ganz falsch und schwäche bloß; in diesem Punkte stehe sie ganz zu der jungen Schule: tüchtig essen.

Effi sog sich nicht wenig Trost aus diesen Anschauungen, schrieb ein Telegramm an Innstetten, worin sie von dem »leidigen Zwischenfall« und einer ärgerlichen, aber doch nur momentanen Behinderung sprach, und sagte dann zu Roswitha: »Roswitha, du mußt mir nun auch Bücher besorgen; es wird nicht schwerhalten, ich will alte, ganz alte.«

»Gewiß, gnäd'ge Frau. Die Leihbibliothek ist ja gleich hier nebenan. Was soll ich besorgen?«

»Ich will es aufschreiben, allerlei zur Auswahl, denn mitunter haben sie nicht das eine, was man grade haben will.« Roswitha brachte Bleistift und Papier, und Effi schrieb auf: Walter Scott, ›Ivanhoe‹ oder ›Quentin Durward‹; Cooper, ›Der Spion‹; Dickens, ›David Copperfield‹; Willibald Alexis, ›Die Hosen des Herrn von Bredow‹.

Roswitha las den Zettel und schnitt in der anderen Stube die letzte Zeile fort; sie genierte sich ihret- und ihrer Frau wegen, den Zettel in seiner ursprünglichen Gestalt abzugeben.

Ohne besondere Vorkommnisse verging der Tag. Am andern Morgen war es nicht besser und am dritten auch nicht.

»Effi, das geht nicht so länger. Wenn so was einreißt, dann wird man's nicht wieder los; wovor die Doktoren am meisten warnen und mit Recht, das sind solche Verschleppungen.«

Effi seufzte. »Ja, Mama, aber wen sollen wir nehmen? Nur keinen jungen; ich weiß nicht, aber es würde mich genieren.«

»Ein junger Doktor ist immer genant, und wenn er es nicht ist, desto schlimmer. Aber du kannst dich beruhigen; ich komme mit einem ganz alten, der mich schon behandelt hat, als ich noch in der Heckerschen Pension war, also vor etlichen zwanzig Jahren. Und damals war er nah an Fünfzig und hatte schönes graues Haar, ganz kraus. Er war ein Damenmann, aber in den richtigen Grenzen. Ärzte, die das vergessen, gehen unter, und es kann auch nicht anders sein; unsere Frauen, wenigstens die aus der Gesellschaft, haben immer noch einen guten Fond.«

»Meinst du? Ich freue mich immer, so was Gutes zu hören. Denn mitunter hört man doch auch andres. Und schwer mag es wohl oft sein. Und wie heißt denn der alte Geheimrat? Ich nehme an, daß es ein Geheimrat ist.«

»Geheimrat Rummschüttel.«

Effi lachte herzlich. »Rummschüttel! Und als Arzt für jemanden, der sich nicht rühren kann.«

»Effi, du sprichst so sonderbar. Große Schmerzen kannst du nicht haben.«

»Nein, in diesem Augenblicke nicht; es wechselt beständig.«

Am andern Morgen erschien Geheimrat Rummschüttel. Frau von Briest empfing ihn, und als er Effi sah, war sein erstes Wort: »Ganz die Mama.«

Diese wollte den Vergleich ablehnen und meinte, zwanzig Jahre und drüber seien doch eine lange Zeit; Rummschüttel blieb aber bei seiner Behauptung, zugleich versichernd: nicht jeder Kopf präge sich ihm ein, aber wenn er überhaupt erst einen Eindruck empfangen habe, so bleibe der auch für immer. »Und nun, meine gnädigste Frau von Innstetten, wo fehlt es, wo sollen wir helfen?«

»Ach, Herr Geheimrat, ich komme in Verlegenheit, Ihnen auszudrücken, was es ist. Es wechselt beständig. In diesem Augenblick ist es wie weggeflogen. Anfangs habe ich an Rheumatisches gedacht, aber ich möchte beinah glauben, es sei eine Neuralgie, Schmerzen den Rücken entlang, und dann kann ich mich nicht aufrichten. Mein Papa leidet an Neuralgie, da hab ich es früher beobachten können. Vielleicht ein Erbstück von ihm.«

»Sehr wahrscheinlich«, sagte Rummschüttel, der den Puls gefühlt und die Patientin leicht, aber doch scharf beobachtet hatte. »Sehr wahrscheinlich, meine gnädigste Frau.« Was er aber still zu sich selber sagte, das lautete: »Schulkrank und mit Virtuosität gespielt; Evastochter *comme il faut.*« Er ließ jedoch nichts davon merken, sondern sagte mit allem wünschenswerten Ernst: »Ruhe und Wärme sind das beste, was ich anraten kann. Eine Medizin, übrigens nichts Schlimmes, wird das Weitere tun.«

Und er erhob sich, um das Rezept aufzuschreiben: *Aqua Amygdalarum amararum* eine halbe Unze, *Syrupus florum Aurantii* zwei Unzen. »Hiervon, meine gnädigste Frau, bitte ich Sie, alle zwei Stunden einen halben Teelöffel voll nehmen zu wollen. Es wird Ihre Nerven beruhigen. Und worauf ich noch dringen möchte; keine geistigen Anstrengungen, keine Besuche, keine Lektüre.« Dabei wies er auf das neben ihr liegende Buch.

»Es ist Scott.«

»Oh, dagegen ist nichts einzuwenden. Das beste sind Reisebeschreibungen. Ich spreche morgen wieder vor.«

Effi hatte sich wundervoll gehalten, ihre Rolle gut durchgespielt. Als sie wieder allein war – die Mama begleitete den Geheimrat –, schoß ihr trotzdem das Blut zu Kopf; sie hatte recht gut bemerkt, daß er ihrer Komödie mit einer Komödie begegnet war. Er war offenbar ein überaus lebensgewandter Herr, der alles recht gut sah, der nicht alles sehen wollte, vielleicht weil er wußte, daß dergleichen auch mal zu respektieren sein könne. Denn gab es nicht zu respektierende Komödien, war nicht die, die sie selber spielte, eine solche?

Bald danach kam die Mama zurück, und Mutter und Tochter ergingen sich in Lobeserhebungen über den feinen alten Herrn, der trotz seiner beinah Siebzig noch etwas Jugendliches habe. »Schicke nur gleich Roswitha nach der Apotheke ... Du sollst aber nur alle drei Stunden nehmen, hat er mir draußen noch eigens gesagt. So war er schon damals, er verschrieb nicht oft und nicht viel; aber immer Energisches, und es half auch gleich.«

Rummschüttel kam den zweiten Tag und dann jeden dritten, weil er sah, welche Verlegenheit sein Kommen der jungen Frau bereitete. Dies nahm ihn für sie ein, und sein Urteil stand ihm nach dem dritten Besuche fest: »Hier liegt etwas vor, was die Frau zwingt, so zu handeln, wie sie handelt.« Über solche Dinge den Empfindlichen zu spielen lag längst hinter ihm.

Als Rummschüttel seinen vierten Besuch machte, fand er Effi auf, in einem Schaukelstuhl sitzend, ein Buch in der Hand, Annie neben ihr.

»Ah, meine gnädigste Frau! Hocherfreut. Ich schiebe es nicht auf die Arznei; das schöne

Wetter, die hellen, frischen Märztage, da fällt die Krankheit ab. Ich beglückwünsche Sie. Und die Frau Mama?«

»Sie ist ausgegangen, Herr Geheimrat, in die Keithstraße, wo wir gemietet haben. Ich erwarte nun innerhalb weniger Tage meinen Mann, den ich mich, wenn in unserer Wohnung erst alles in Ordnung sein wird, herzlich freue Ihnen vorstellen zu können. Denn ich darf doch wohl hoffen, daß Sie auch in Zukunft sich meiner annehmen werden.«

Er verbeugte sich.

»Die neue Wohnung«, fuhr sie fort, »ein Neubau, macht mir freilich Sorge. Glauben Sie, Herr Geheimrat, daß die feuchten Wände ...«

»Nicht im geringsten, meine gnädigste Frau. Lassen Sie drei, vier Tage lang tüchtig heizen und immer Türen und Fenster auf, da können Sie's wagen, auf meine Verantwortung. Und mit Ihrer Neuralgie, das war nicht von solcher Bedeutung. Aber ich freue mich Ihrer Vorsicht, die mir Gelegenheit gegeben hat, eine alte Bekanntschaft zu erneuern und eine neue zu machen.«

Er wiederholte seine Verbeugung, sah noch Annie freundlich in die Augen und verabschiedete sich unter Empfehlungen an die Mama.

Kaum daß er fort war, so setzte sich Effi an den Schreibtisch und schrieb: »Lieber Innstetten! Eben war Rummschüttel hier und hat mich aus der Kur entlassen. Ich könnte nun reisen, morgen etwa; aber heut ist schon der 24., und am 28. willst Du hier eintreffen. Angegriffen bin ich ohnehin noch. Ich denke, Du wirst einverstanden sein, wenn ich die Reise ganz aufgebe. Die Sachen sind ja ohnehin schon unterwegs, und wir würden, wenn ich käme, in Hoppensacks Hotel wie Fremde leben müssen. Auch der Kostenpunkt ist in Betracht zu ziehen, die Ausgaben werden sich ohnehin häufen; unter anderem ist Rummschüttel zu honorieren, wenn er uns auch als Arzt verbleibt. Übrigens ein sehr liebenswürdiger alter Herr. Er gilt ärztlich nicht für ersten Ranges, ›Damendoktor‹ sagen seine Gegner und Neider. Aber dies Wort umschließt doch auch ein Lob; es kann eben nicht jeder mit uns umgehen. Daß ich von den Kessinern nicht persönlich Abschied nehme, hat nicht viel auf sich. Bei Gieshübler war ich. Die Frau Majorin hat sich immer ablehnend gegen mich verhalten, ablehnend bis zur Unart; bleibt nur noch der Pastor und Dr. Hannemann und Crampas. Empfiehl mich letzterem. An die Familien auf dem Lande schicke ich Karten; Güldenklees, wie Du mir schreibst, sind in Italien (was sie da wollen, weiß ich nicht), und so bleiben nur die drei andern. Entschuldige mich, so gut es geht. Du bist ja der Mann der Formen und weißt das richtige Wort zu treffen. An Frau von Padden, die mir am Silvesterabend so außerordentlich gut gefiel, schreibe ich vielleicht selber noch und spreche ihr mein Bedauern aus. Laß mich in einem Telegramm wissen, ob Du mit allem einverstanden bist. Wie immer Deine Effi.«

Effi brachte selber den Brief zur Post, als ob sie dadurch die Antwort beschleunigen könne, und am nächsten Vormittage traf denn auch das erbetene Telegramm von Innstetten ein: »Einverstanden mit allem.« Ihr Herz jubelte, sie eilte hinunter und auf den nächsten Droschkenstand zu. »Keithstraße 1 c.« Und erst die Linden und dann die Tiergartenstraße hinunter flog die Droschke, und nun hielt sie vor der neuen Wohnung.

Oben standen die den Tag vorher eingetroffenen Sachen noch bunt durcheinander, aber es störte sie nicht, und als sie auf den breiten aufgemauerten Balkon hinaustrat, lag jenseits der Kanalbrücke der Tiergarten vor ihr, dessen Bäume schon überall einen grünen Schimmer zeigten. Darüber aber ein klarer blauer Himmel und eine lachende Sonne.

Sie zitterte vor Erregung und atmete hoch auf. Dann trat sie, vom Balkon her, wieder über die Türschwelle zurück, erhob den Blick und faltete die Hände.

»Nun, mit Gott, ein neues Leben! Es soll anders werden.«

24. KAPITEL

Drei Tage danach, ziemlich spät, um die neunte Stunde, traf Innstetten in Berlin ein. Alles war am Bahnhof, Effi, die Mama, der Vetter; der Empfang war herzlich, am herzlichsten von seiten Effis, und man hatte bereits eine Welt von Dingen durchgesprochen, als der Wagen, den man genommen, vor der neuen Wohnung in der Keithstraße hielt. »Ach, da hast du gut gewählt,

Effi«, sagte Innstetten, als er in das Vestibül eintrat, »kein Haifisch, kein Krokodil und hoffentlich auch kein Spuk.«

»Nein, Geert, damit ist es nun vorbei. Nun bricht eine andere Zeit an, und ich fürchte mich nicht mehr und will auch besser sein als früher und dir mehr zu Willen leben.« Alles das flüsterte sie ihm zu, während sie die teppichbedeckte Treppe bis in den zweiten Stock hinanstiegen. Der Vetter führte die Mama.

Oben fehlte noch manches, aber für einen wohnlichen Eindruck war doch gesorgt, und Innstetten sprach seine Freude darüber aus. »Effi, du bist doch ein kleines Genie«, aber diese lehnte das Lob ab und zeigte auf die Mama, die habe das eigentliche Verdienst. »Hier muß es stehen«, so hab es unerbittlich geheißen, und immer habe sie's getroffen, wodurch natürlich viel Zeit gespart und die gute Laune nie gestört worden sei. Zuletzt kam auch Roswitha, um den Herrn zu begrüßen, bei welcher Gelegenheit sie sagte: Fräulein Annie ließe sich für heute entschuldigen – ein kleiner Witz, auf den sie stolz war und mit dem sie auch ihren Zweck vollkommen erreichte.

Und nun nahmen sie Platz um den schon gedeckten Tisch, und als Innstetten sich ein Glas Wein eingeschenkt und »auf glückliche Tage« mit allen angestoßen hatte, nahm er Effis Hand und sagte: »Aber Effi, nun erzähle mir, was war das mit deiner Krankheit?«

»Ach, lassen wir doch das, nicht der Rede wert; ein bißchen schmerzhaft und eine rechte Störung, weil es einen Strich durch unsere Pläne machte. Aber mehr war es nicht, und nun ist es vorbei. Rummschüttel hat sich bewährt, ein feiner, liebenswürdiger, alter Herr, wie ich dir, glaub ich, schon schrieb. In seiner Wissenschaft soll er nicht gerade glänzen, aber Mama sagt, das sei ein Vorzug. Und sie wird wohl recht haben wie in allen Stücken. Unser guter Dr. Hannemann war auch kein Licht und traf es doch immer. Und nun sage, was macht Gieshübler und die anderen alle?«

»Ja, wer sind die anderen alle? Crampas läßt sich der gnäd'gen Frau empfehlen ...«

»Ah, sehr artig.«

»Und der Pastor will dir desgleichen empfohlen sein; nur die Herrschaften auf dem Lande waren ziemlich nüchtern und schienen auch mich für deinen Abschied ohne Abschied verantwortlich machen zu wollen. Unsere Freundin Sidonie war sogar spitz, und nur die gute Frau von Padden, zu der ich eigens vorgestern noch hinüberfuhr, freute sich aufrichtig über deinen Gruß und deine Liebeserklärung an sie. Du seist eine reizende Frau, sagte sie, aber ich sollte dich gut hüten. Und als ich ihr erwiderte: Du fändest schon, daß ich mehr ein ›Erzieher‹ als ein Ehemann sei, sagte sie halblaut und beinahe wie abwesend: ›Ein junges Lämmchen weiß wie Schnee.‹ Und dann brach sie ab.«

Vetter Briest lachte. »›Ein junges Lämmchen weiß wie Schnee ...‹ Da hörst du's, Cousine.« Und er wollte sie zu necken fortfahren, gab es aber auf, als er sah, daß sie sich verfärbte.

Das Gespräch, das meist zurückliegende Verhältnisse berührte, spann sich noch eine Weile weiter, und Effi erfuhr zuletzt aus diesem und jenem, was Innstetten mitteilte, daß sich von dem ganzen Kessiner Hausstande nur Johanna bereit erklärt habe, die Übersiedelung nach Berlin mitzumachen. Sie sei natürlich noch zurückgeblieben, werde aber in zwei, drei Tagen mit dem Rest der Sachen eintreffen; er sei froh über ihren Entschluß, denn sie sei immer die brauchbarste gewesen und von einem ausgesprochen großstädtischen Schick. Vielleicht ein bißchen zu sehr. Christel und Friedrich hätten sich beide für zu alt erklärt, und mit Kruse zu verhandeln habe sich von vornherein verboten. »Was soll uns ein Kutscher hier?« schloß Innstetten. »Pferd und Wagen, das sind *tempi passati,* mit diesem Luxus ist es in Berlin vorbei. Nicht einmal das schwarze Huhn hätten wir unterbringen können. Oder unterschätz ich die Wohnung?«

Effi schüttelte den Kopf, und als eine kleine Pause eintrat, erhob sich die Mama; es sei bald elf, und sie habe noch einen weiten Weg, übrigens solle sie niemand begleiten, der Droschkenstand sei ja nah – ein Ansinnen, das Vetter Briest natürlich ablehnte. Bald darauf trennte man sich, nachdem noch Rendezvous für den andern Vormittag verabredet war.

Effi war ziemlich früh auf und hatte – die Luft war beinahe sommerlich warm – den Kaffeetisch bis nahe an die geöffnete Balkontür rücken lassen, und als Innstetten nun auch erschien, trat sie mit ihm auf den Balkon hinaus und sagte: »Nun, was sagst du? Du wolltest den Finkenschlag aus dem Tiergarten hören und die Papageien aus dem Zoologischen. Ich weiß nicht, ob beide dir den Gefallen tun werden, aber möglich ist es. Hörst du wohl? Das kam von drüben, drüben aus dem kleinen Park. Es ist nicht der eigentliche Tiergarten, aber doch beinah.«

Innstetten war entzückt und von einer Dankbarkeit, als ob Effi ihm das alles persönlich herangezaubert habe. Dann setzten sie sich, und nun kam auch Annie. Roswitha verlangte, daß Innstetten eine große Veränderung an dem Kinde finden solle, was er denn auch schließlich tat. Und dann plauderten sie weiter, abwechselnd über die Kessiner und die in Berlin zu machenden Visiten und ganz zuletzt auch über eine Sommerreise. Mitten im Gespräch aber mußten sie abbrechen, um rechtzeitig beim Rendezvous erscheinen zu können.

Man traf sich, wie verabredet, bei Helms, gegenüber dem Roten Schloß, besuchte verschiedene Läden, aß bei Hiller und war bei guter Zeit wieder zu Haus. Es war ein gelungenes Beisammensein gewesen, Innstetten herzlich froh, das großstädtische Leben wieder mitmachen und auf sich wirken lassen zu können. Tags darauf, am 1. April, begab er sich in das Kanzlerpalais, um sich einzuschreiben (eine persönliche Gratulation unterließ er aus Rücksicht), und ging dann aufs Ministerium, um sich da zu melden. Er wurde auch angenommen, trotzdem es ein geschäftlich und gesellschaftlich sehr unruhiger Tag war, ja sah sich seitens seines Chefs durch besonders entgegenkommende Liebenswürdigkeit ausgezeichnet. Er wisse, was er an ihm habe, und sei sicher, ihr Einvernehmen nie gestört zu sehen.

Auch im Hause gestaltete sich alles zum Guten. Ein aufrichtiges Bedauern war es für Effi, die Mama, nachdem diese, wie gleich anfänglich vermutet, fast sechs Wochen lang in Kur gewesen, nach Hohen-Cremmen zurückkehren zu sehen, ein Bedauern, das nur dadurch einigermaßen gemildert wurde, daß sich Johanna denselben Tag noch in Berlin einstellte. Das war immerhin was, und wenn die hübsche Blondine dem Herzen Effis auch nicht ganz so nahe stand wie die ganz selbstsuchtslose und unendlich gutmütige Roswitha, so war sie doch gleichmäßig angesehen, ebenso bei Innstetten wie bei ihrer jungen Herrin, weil sie sehr geschickt und brauchbar und der Männerwelt gegenüber von einer ausgesprochenen und selbstbewußten Reserviertheit war. Einem Kessiner *on dit* zufolge ließen sich die Wurzeln ihrer Existenz auf eine längst pensionierte Größe der Garnison Pasewalk zurückführen, woraus man sich auch ihre vornehme Gesinnung, ihr schönes blondes Haar und die besondere Plastik ihrer Gesamterscheinung erklären wollte. Johanna selbst teilte die Freude, die man allerseits über ihr Eintreffen empfand, und war durchaus einverstanden damit, als Hausmädchen und Jungfer, ganz wie früher, den Dienst bei Effi zu übernehmen, während Roswitha, die der Christel in beinahe Jahresfrist ihre Kochkünste so ziemlich abgelernt hatte, dem Küchendepartement vorstehen sollte. Annies Abwartung und Pflege fiel Effi selbst zu, worüber Roswitha freilich lachte. Denn sie kannte die jungen Frauen.

Innstetten lebte ganz seinem Dienst und seinem Haus. Er war glücklicher als vordem in Kessin, weil ihm nicht entging, daß Effi sich unbefangener und heiterer gab. Und das konnte sie, weil sie sich freier fühlte. Wohl blickte das Vergangene noch in ihr Leben hinein, aber es ängstigte sie nicht mehr, oder doch um vieles seltener und vorübergehender, und alles, was davon noch in ihr nachzitterte, gab ihrer Haltung einen eigenen Reiz. In jeglichem, was sie tat, lag etwas Wehmütiges wie eine Abbitte, und es hätte sie glücklich gemacht, dies alles noch deutlicher zeigen zu können. Aber das verbot sich freilich.

Das gesellschaftliche Leben der großen Stadt war, als sie während der ersten Aprilwochen ihre Besuche machten, noch nicht vorüber, wohl aber im Erlöschen, und so kam es für sie zu keiner rechten Teilnahme mehr daran. In der zweiten Hälfte des Mai starb es dann ganz hin, und mehr noch als vorher war man glücklich, sich in der Mittagsstunde, wenn Innstetten von seinem Ministerium kam, im Tiergarten treffen oder nachmittags einen Spaziergang nach dem Charlottenburger Schloßgarten machen zu können. Effi sah sich, wenn sie die lange Front zwischen dem Schloß und den Orangeriebäumen auf und ab schritt, immer wieder die massenhaft dort stehenden römischen Kaiser an, fand eine merkwürdige Ähnlichkeit zwischen Nero und Titus, sammelte Tannenäpfel, die von den Trauertannen gefallen waren, und ging dann, Arm in Arm mit ihrem Manne, bis auf das nach der Spree hin einsam gelegene ›Belvedere‹ zu.

»Da drin soll es auch einmal gespukt haben«, sagte sie.

»Nein, bloß Geistererscheinungen.«

»Das ist dasselbe.«

»Ja, zuweilen«, sagte Innstetten. »Aber eigentlich ist doch ein Unterschied. Geistererscheinungen werden immer gemacht – wenigstens soll es hier in dem ›Belvedere‹ so gewesen sein, wie mir Vetter Briest erst gestern noch erzählte –, Spuk aber wird nie gemacht, Spuk ist natürlich.«

»Also glaubst du doch dran?«

»Gewiß glaub ich dran. Es gibt so was. Nur an das, was wir in Kessin davon hatten, glaub ich nicht recht. Hat dir denn Johanna schon ihren Chinesen gezeigt?«

»Welchen?«

»Nun, unsern. Sie hat ihn, eh sie unser altes Haus verließ, oben von der Stuhllehne abgelöst und ihn ins Portemonnaie gelegt. Als ich mir neulich ein Markstück bei ihr wechselte, hab ich ihn gesehen. Und sie hat es mir auch verlegen bestätigt.«

»Ach, Geert, das hättest du mir nicht sagen sollen. Nun ist doch wieder so was in unserm Hause.«

»Sag ihr, daß sie ihn verbrennt.«

»Nein, das mag ich auch nicht, und das hilft auch nichts. Aber ich will Roswitha bitten ...«

»Um was? Ah, ich verstehe schon, ich ahne, was du vorhast. Die soll ein Heiligenbild kaufen und es dann auch ins Portemonnaie tun. Ist es so was?«

Effi nickte.

»Nun, tu, was du willst. Aber sag es niemandem.«

Effi meinte dann schließlich, es lieber doch lassen zu wollen, und unter allerhand kleinem Geplauder, in welchem die Reisepläne für den Sommer mehr und mehr Platz gewannen, fuhren sie bis an den Großen Stern zurück und gingen dann durch die Korso-Allee und die breite Friedrich-Wilhelm-Straße auf ihre Wohnung zu.

Sie hatten vor, schon Ende Juli Urlaub zu nehmen und ins bayrische Gebirge zu gehen, wo gerade in diesem Jahre wieder die Oberammergauer Spiele stattfanden. Es ließ sich aber nicht tun; Geheimrat von Wüllersdorf, den Innstetten schon von früher her kannte und der jetzt sein Spezialkollege war, erkrankte plötzlich, und Innstetten mußte bleiben und ihn vertreten. Erst Mitte August war alles wieder beglichen und damit die Reisemöglichkeit gegeben; es war aber nun zu spät geworden, um noch nach Oberammergau zu gehen, und so entschied man sich für einen Aufenthalt auf Rügen. »Zunächst natürlich Stralsund, mit Schill, den du kennst, und mit Scheele, den du nicht kennst und der den Sauerstoff entdeckte, was man aber nicht zu wissen braucht. Und dann von Stralsund nach Bergen und dem Rugard, von wo man, wie mir Wüllersdorf sagte, die ganze Insel übersehen kann, und dann zwischen dem Großen und Kleinen Jasmunder Bodden hin, bis nach Saßnitz. Denn nach Rügen reisen heißt nach Saßnitz reisen. Binz ginge vielleicht auch noch, aber da sind – ich muß Wüllersdorf noch einmal zitieren – so viele kleine Steinchen und Muschelschalen am Strande, und wir wollen doch baden.«

Effi war einverstanden mit allem, was von seiten Innstettens geplant wurde, vor allem auch damit, daß der ganze Hausstand auf vier Wochen aufgelöst werden und Roswitha mit Annie nach Hohen-Cremmen, Johanna aber zu ihrem etwas jüngeren Halbbruder reisen sollte, der bei Pasewalk eine Schneidemühle hatte. So war alles gut untergebracht. Mit Beginn der nächsten Woche brach man denn auch wirklich auf, und am selben Abende noch war man in Saßnitz. Über dem Gasthause stand ›Hotel Fahrenheit‹. »Die Preise hoffentlich nach Réaumur«, setzte Innstetten, als er den Namen las, hinzu, und in bester Laune machten beide noch einen Abendspaziergang an dem Klippenstrande hin und sahen von einem Felsenvorsprung aus auf die stille, vom Mondschein überzitterte Bucht. Effi war entzückt. »Ach, Geert, das ist ja Capri, das ist ja Sorrent. Ja, hier bleiben wir. Aber natürlich nicht im Hotel; die Kellner sind mir zu vornehm, und man geniert sich, um eine Flasche Sodawasser zu bitten ...«

»Ja, lauter Attachés. Es wird sich aber wohl eine Privatwohnung finden lassen.«

»Denk ich auch. Und wir wollen gleich morgen danach aussehen.«

Schön wie der Abend war der Morgen, und man nahm das Frühstück im Freien. Innstetten empfing etliche Briefe, die schnell erledigt werden mußten, und so beschloß Effi, die für sie freigewordene Stunde sofort zur Wohnungssuche zu benutzen. Sie ging erst an einer eingepferchten Wiese, dann an Häusergruppen und Haferfeldern vorüber und bog zuletzt in einen Weg ein, der schluchtartig auf das Meer zulief. Da, wo dieser Schluchtenweg den Strand traf, stand ein von hohen Buchen überschattetes Gasthaus, nicht so vornehm wie das Fahrenheitsche, mehr ein bloßes Restaurant, in dem, der frühen Stunde halber, noch alles leer war. Effi nahm an einem Aussichtspunkte Platz, und kaum daß sie von dem Sherry, den sie bestellt, genippt hatte, so trat auch schon der Wirt an sie heran, um halb aus Neugier und halb aus Artigkeit ein Gespräch mit ihr anzuknüpfen.

»Es gefällt uns sehr gut hier«, sagte sie, »meinem Manne und mir; welch prächtiger Blick über die Bucht, und wir sind nur in Sorge wegen einer Wohnung.«

»Ja, gnädigste Frau, das wird schwerhalten ...«

»Es ist aber schon spät im Jahr ...«

»Trotzdem. Hier in Saßnitz ist sicherlich nichts zu finden, dafür möcht ich mich verbürgen; aber weiterhin am Strand, wo das nächste Dorf anfängt, Sie können die Dächer von hier aus blinken sehen, da möcht es vielleicht sein.«

»Und wie heißt das Dorf?«

»Crampas.«

Effi glaubte nicht recht gehört zu haben. »Crampas«, wiederholte sie mit Anstrengung. »Ich habe den Namen als Ortsnamen nie gehört ... Und sonst nichts in der Nähe?«

»Nein, gnädigste Frau. Hierherum nichts. Aber höher hinauf, nach Norden zu, da kommen noch wieder Dörfer, und in dem Gasthause, das dicht neben Stubbenkammer liegt, wird man Ihnen gewiß Auskunft geben können. Es werden dort von solchen, die gerne noch vermieten wollen, immer Adressen abgegeben.«

Effi war froh, das Gespräch allein geführt zu haben, und als sie bald danach ihrem Manne Bericht erstattet und nur den Namen des an Saßnitz angrenzenden Dorfes verschwiegen hatte, sagte dieser: »Nun, wenn es hierherum nichts gibt, so wird es das beste sein, wir nehmen einen Wagen (wodurch man sich beiläufig einem Hotel immer empfiehlt) und übersiedeln ohne weiteres da höher hinauf, nach Stubbenkammer hin. Irgendwas Idyllisches mit einer Geißblattlaube wird sich da wohl finden lassen, und finden wir nichts, so bleibt uns immer noch das Hotel selbst. Eins ist schließlich wie das andere.«

Effi war einverstanden, und gegen Mittag schon erreichten sie das neben Stubbenkammer gelegene Gasthaus, von dem Innstetten eben gesprochen, und bestellten daselbst einen Imbiß. »Aber erst nach einer halben Stunde; wir haben vor, zunächst noch einen Spaziergang zu machen und uns den Herthasee anzusehen. Ein Führer ist doch wohl da?«

Dies wurde bejaht, und ein Mann von mittleren Jahren trat alsbald an unsere Reisenden heran. Er sah so wichtig und feierlich aus, als ob er mindestens ein Adjunkt bei dem alten Herthadienst gewesen wäre.

Der von hohen Bäumen umstandene See lag ganz in der Nähe, Binsen säumten ihn ein, und auf der stillen, schwarzen Wasserfläche schwammen zahlreiche Mummeln.

»Es sieht wirklich nach so was aus«, sagte Effi, »nach Herthadienst.«

»Ja, gnäd'ge Frau ... Dessen sind auch noch die Steine Zeugen.«

»Welche Steine?«

»Die Opfersteine.«

Und während sich das Gespräch in dieser Weise fortsetzte, traten alle drei vom See her an eine senkrecht abgestochene Kies- und Lehmwand heran, an die sich etliche glattpolierte Steine lehnten, alle mit einer flachen Höhlung und etlichen nach unten laufenden Rinnen.

»Und was bezwecken *die*?«

»Daß es besser abliefe, gnäd'ge Frau«.

»Laß uns gehen«, sagte Effi, und den Arm ihres Mannes nehmend, ging sie mit ihm wieder auf das Gasthaus zurück, wo nun, an einer Stelle mit weitem Ausblick auf das Meer, das vorher bestellte Frühstück aufgetragen wurde. Die Bucht lag im Sonnenlichte vor ihnen, einzelne Segelboote glitten darüber hin, und um die benachbarten Klippen haschten sich die Möwen. Es war sehr schön, auch Effi fand es, aber wenn sie dann über die glitzernde Fläche hinwegsah, bemerkte sie, nach Süden zu, wieder die hell aufleuchtenden Dächer des langgestreckten Dorfes, dessen Name sie heute früh so sehr erschreckt hatte.

Innstetten, wenn auch ohne Wissen und Ahnung dessen, was in ihr vorging, sah doch deutlich, daß es ihr an aller Lust und Freude gebrach. »Es tut mir leid, Effi, daß du der Sache hier nicht recht froh wirst. Du kannst den Herthasee nicht vergessen und noch weniger die Steine.«

Sie nickte. »Es ist so, wie du sagst. Und ich muß dir bekennen, ich habe nichts in meinem

Leben gesehen, was mich so traurig gestimmt hätte. Wir wollen das Wohnungssuchen ganz aufgeben; ich kann hier nicht bleiben.«

»Und gestern war es dir noch der Golf von Neapel und alles mögliche Schöne.«

»Ja, gestern.«

»Und heute? Heute keine Spur mehr von Sorrent?«

»Eine Spur noch, aber auch nur eine Spur; es ist Sorrent, als ob es sterben wollte.«

»Gut dann, Effi«, sagte Innstetten und reichte ihr die Hand. »Ich will dich mit Rügen nicht quälen, und so geben wir's denn auf. Abgemacht. Es ist nicht nötig, daß wir uns an Stubbenkammer anklammern oder an Saßnitz oder da weiter hinunter. Aber wohin?«

»Ich denke, wir bleiben noch einen Tag und warten das Dampfschiff ab, das, wenn ich nicht irre, morgen von Stettin kommt und nach Kopenhagen hinüberfährt. Da soll es ja so vergnüglich sein, und ich kann dir gar nicht sagen, wie sehr ich mich nach etwas Vergnüglichem sehne. Hier ist mir, als ob ich in meinem ganzen Leben nicht mehr lachen könnte und überhaupt nie gelacht hätte, und du weißt doch, wie gern ich lache.«

Innstetten zeigte sich voll Teilnahme mit ihrem Zustand, und das um so lieber, als er ihr in vielem recht gab. Es war wirklich alles schwermütig, so schön es war.

Und so warteten sie denn das Stettiner Schiff ab und trafen am dritten Tage in aller Frühe in Kopenhagen ein, wo sie auf Kongens Nytorv Wohnung nahmen. Zwei Stunden später waren sie schon im Thorwaldsen-Museum, und Effi sagte: »Ja, Geert, das ist schön, und ich bin glücklich, daß wir uns hierher auf den Weg gemacht haben.« Bald danach gingen sie zu Tisch und machten an der Table d'hôte die Bekanntschaft einer ihnen gegenübersitzenden jütländischen Familie, deren bildschöne Tochter, Thora von Penz, ebenso Innstettens wie Effis beinah bewundernde Aufmerksamkeit sofort in Anspruch nahm. Effi konnte sich nicht satt sehen an den großen blauen Augen und dem flachsblonden Haar, und als man sich nach anderthalb Stunden von Tisch erhob, wurde seitens der Penzschen Familie – die leider, denselben Tag noch, Kopenhagen wieder verlassen mußte – die Hoffnung ausgesprochen, das junge preußische Paar mit nächstem in Schloß Aggerhuus (ein halbe Meile vom Limfjord) begrüßen zu dürfen, eine Einladung, die von den Innstettens auch ohne langes Zögern angenommen wurde. So vergingen die Stunden im Hotel. Aber damit war es nicht genug des Guten an diesem denkwürdigen Tage, von dem Effi denn auch versicherte, daß er im Kalender rot angestrichen werden müsse. Der Abend brachte, das Maß des Glücks voll zu machen, eine Vorstellung im Tivoli-Theater: eine italienische Pantomime, Arlequin und Colombine. Effi war wie berauscht von den kleinen Schelmereien, und als sie spät am Abend nach ihrem Hotel zurückkehrten, sagte sie: »Weißt du, Geert, nun fühl ich doch, daß ich allmählich wieder zu mir komme. Von der schönen Thora will ich gar nicht erst sprechen; aber wenn ich bedenke, heute vormittag Thorwaldsen und heute abend diese Colombine ...«

»... die dir im Grunde doch noch lieber war als Thorwaldsen ...«

»Offen gestanden, ja. Ich habe nun mal den Sinn für dergleichen. Unser gutes Kessin war ein Unglück für mich. Alles fiel mir da auf die Nerven. Rügen beinah auch. Ich denke, wir bleiben noch ein paar Tage hier in Kopenhagen, natürlich mit Ausflug nach Frederiksborg und Helsingör, und dann nach Jütland hinüber; ich freue mich aufrichtig, die schöne Thora wiederzusehen, und wenn ich ein Mann wäre, so verliebte ich mich in sie.«

Innstetten lachte. »Du weißt noch nicht, was ich tue.«

»Wär mir schon recht. Dann gibt es einen Wettstreit, und du sollst sehen, dann hab ich auch noch meine Kräfte.«

»Das brauchst du mir nicht erst zu versichern.«

So verlief denn auch die Reise. Drüben in Jütland fuhren sie den Limfjord hinauf, bis Schloß Aggerhuus, wo sie drei Tage bei der Penzschen Familie verblieben, und kehrten dann mit vielen Stationen und kürzeren und längeren Aufenthalten in Viborg, Flensburg, Kiel, über Hamburg (das ihnen ungemein gefiel) in die Heimat zurück – nicht direkt nach Berlin in die Keithstraße, wohl aber vorher nach Hohen-Cremmen, wo man sich nun einer wohlverdienten Ruhe hingeben wollte. Für Innstetten bedeutete das nur wenige Tage, da sein Urlaub abgelaufen war, Effi blieb aber noch eine Woche länger und sprach es aus, erst zum dritten Oktober, ihrem Hochzeitstage, wieder zu Haus eintreffen zu wollen.

Annie war in der Landluft prächtig gediehen, und was Roswitha geplant hatte, daß sie der Mama in Stiefelchen entgegenlaufen sollte, das gelang auch vollkommen. Briest gab sich als zärtlicher Großvater, warnte vor zuviel Liebe, noch mehr vor zuviel Strenge, und war in allem der alte. Eigentlich aber galt all seine Zärtlichkeit doch nur Effi, mit der er sich in seinem Gemüt immer beschäftigte, zumeist auch, wenn er mit seiner Frau allein war.

»Wie findest du Effi?«

»Lieb und gut wie immer. Wir können Gott nicht genug danken, eine so liebenswürdige Tochter zu haben. Und wie dankbar sie für alles ist und immer so glücklich, wieder unter unserm Dach zu sein.«

»Ja«, sagte Briest, »sie hat von dieser Tugend mehr, als mir lieb ist. Eigentlich ist es, als wäre dies hier immer noch ihre Heimstätte. Sie hat doch den Mann und das Kind, und der Mann ist ein Juwel, und das Kind ist ein Engel, aber dabei tut sie, als wäre Hohen-Cremmen immer noch die Hauptsache für sie und Mann und Kind kämen gegen uns beide nicht an. Sie ist eine prächtige Tochter, aber sie ist es mir zu sehr. Es ängstigt mich ein bißchen. Und ist auch ungerecht gegen Innstetten. Wie steht es denn eigentlich damit?«

»Ja, Briest, was meinst du?«

»Nun, ich meine, was ich meine, und du weißt auch was. Ist sie glücklich? Oder ist da doch irgendwas im Wege? Von Anfang an war mir's so, als ob sie ihn mehr schätze als liebe. Und das ist in meinen Augen ein schlimm Ding. Liebe hält auch nicht immer vor, aber Schätzung gewiß nicht. Eigentlich ärgern sich die Weiber, wenn sie wen schätzen müssen; erst ärgern sie sich, und dann langweilen sie sich, und zuletzt lachen sie.«

»Hast du so was an dir selber erfahren?«

»Das will ich nicht sagen. Dazu stand ich nicht hoch genug in der Schätzung. Aber schrauben wir uns nicht weiter, Luise. Sage, wie steht es?«

»Ja, Briest, du kommst immer auf diese Dinge zurück. Da reicht ja kein dutzendmal, daß wir darüber gesprochen und unsere Meinungen ausgetauscht haben, und immer bist du wieder da mit deinem Alles-wissen-Wollen und fragst dabei so schrecklich naiv, als ob ich in alle Tiefen sähe. Was hast du nur für Vorstellungen von einer jungen Frau und ganz speziell von deiner Tochter? Glaubst du, daß das alles so plan daliegt? Oder daß ich ein Orakel bin (ich kann mich nicht gleich auf den Namen der Person besinnen) oder daß ich die Wahrheit sofort klipp und klar in den Händen halte, wenn mir Effi ihr Herz ausgeschüttet hat? Oder was man wenigstens so nennt. Denn was heißt ausschütten? Das Eigentliche bleibt doch zurück. Sie wird sich hüten, mich in ihre Geheimnisse einzuweihen. Außerdem, ich weiß nicht, von wem sie's hat, sie ist ... ja, sie ist eine sehr schlaue kleine Person, und diese Schlauheit an ihr ist um so gefährlicher, weil sie so sehr liebenswürdig ist.«

»Also das gibst du doch zu ... liebenswürdig. Und auch gut?«

»Auch gut. Das heißt voll Herzensgüte. Wie's sonst steht, da bin ich mir doch nicht sicher; ich glaube, sie hat einen Zug, den lieben Gott einen guten Mann sein zu lassen und sich zu trösten, er werde wohl nicht allzu streng mit ihr sein.«

»Meinst du?«

»Ja, das mein ich. Übrigens glaube ich, daß sich vieles gebessert hat. Ihr Charakter ist, wie er ist, aber die Verhältnisse liegen seit ihrer Übersiedlung um vieles günstiger, und sie leben sich mehr und mehr ineinander ein. Sie hat mir so was gesagt, und was mir wichtiger ist, ich hab es auch bestätigt gefunden, mit Augen gesehen.«

»Nun, was sagte sie?«

»Sie sagte: ›Mama, es geht jetzt besser. Innstetten war immer ein vortrefflicher Mann, so einer, wie's nicht viele gibt, aber ich konnte nicht recht an ihn heran, er hatte so was Fremdes. Und fremd war er auch in seiner Zärtlichkeit. Ja, dann am meisten; es hat Zeiten gegeben, wo ich mich davor fürchtete.‹«

»Kenn ich, kenn ich.«

»Was soll das heißen, Briest? Soll ich mich gefürchtet haben, oder willst du dich gefürchtet haben? Ich finde beides gleich lächerlich ...«

»Du wolltest von Effi erzählen.«

»Nun also, sie gestand mir, daß dies Gefühl des Fremden sie verlassen habe, was sie sehr glücklich mache. Kessin sei nicht der rechte Platz für sie gewesen, das spukige Haus und die

Menschen da, die einen zu fromm, die andern zu platt, aber seit ihrer Übersiedlung nach Berlin fühle sie sich ganz an ihrem Platze. Er sei der beste Mensch, etwas zu alt für sie und zu gut für sie, aber sie sei nun über den Berg. Sie brauchte diesen Ausdruck, der mir allerdings auffiel.«

»Wieso? Er ist nicht ganz auf der Höhe, ich meine, der Ausdruck. Aber ...«

»Es steckt etwas dahinter. Und sie hat mir das auch andeuten wollen.«

»Meinst du?«

»Ja, Briest; du glaubst immer, sie könne kein Wasser trüben. Aber darin irrst du. Sie läßt sich gern treiben, und wenn die Welle gut ist, dann ist sie auch selber gut. Kampf und Widerstand sind nicht ihre Sache.«

Roswitha kam mit Annie, und so brach das Gespräch ab.

Dies Gespräch führten Briest und Frau an demselben Tage, wo Innstetten von Hohen-Cremmen nach Berlin hin abgereist war, Effi auf wenigstens noch eine Woche zurücklassend. Er wußte, daß es nichts Schöneres für sie gab, als so sorglos in einer weichen Stimmung hinträumen zu können, immer freundliche Worte zu hören und die Versicherung, wie liebenswürdig sie sei. Ja, das war das, was ihr vor allem wohltat, und sie genoß es auch diesmal wieder in vollen Zügen und aufs dankbarste, trotzdem jede Zerstreuung fehlte; Besuch kam selten, weil es seit ihrer Verheiratung, wenigstens für die junge Welt, an dem rechten Anziehungspunkte gebrach, und selbst die Pfarre und die Schule waren nicht mehr das, was sie noch vor Jahr und Tag gewesen waren. Zumal im Schulhause stand alles halbleer. Die Zwillinge hatten sich im Frühjahr an zwei Lehrer in der Nähe von Genthin verheiratet, große Doppelhochzeit mit Festbericht im ›Anzeiger fürs Havelland‹, und Hulda war in Friesack zur Pflege einer alten Erbtante, die sich übrigens, wie gewöhnlich in solchen Fällen, um sehr viel langlebiger erwies, als Niemeyers angenommen hatten. Hulda schrieb aber trotzdem immer zufriedene Briefe, nicht weil sie wirklich zufrieden war (im Gegenteil), sondern weil sie den Verdacht nicht aufkommen lassen wollte, daß es einem so ausgezeichneten Wesen anders als sehr gut ergehen könne. Niemeyer, ein schwacher Vater, zeigte die Briefe mit Stolz und Freude, während der ebenfalls ganz in seinen Töchtern lebende Jahnke sich herausgerechnet hatte, daß beide junge Frauen am selben Tage, und zwar am Weihnachtsheiligabend, ihre Niederkunft halten würden. Effi lachte herzlich und drückte dem Großvater in spe zunächst den Wunsch aus, bei beiden Enkeln zu Gevatter geladen zu werden, ließ dann aber die Familienthemata fallen und erzählte von ›Kjöbenhavn‹ und Helsingör, vom Limfjord und Schloß Aggerhuus und vor allem von Thora von Penz, die, wie sie nur sagen könne, »typisch skandinavisch« gewesen sei, blauäugig, flachsen und immer in einer roten Plüschtaille, wobei sich Jahnke verklärte und einmal über das andere sagte: »Ja, so sind sie; rein germanisch, viel deutscher als die Deutschen.«

An ihrem Hochzeitstage, dem dritten Oktober, wollte Effi wieder in Berlin sein. Nun war es der Abend vorher, und unter dem Vorgeben, daß sie packen und alles zur Rückreise vorbereiten wolle, hatte sie sich schon verhältnismäßig früh auf ihr Zimmer zurückgezogen. Eigentlich lag ihr aber nur daran, allein zu sein; so gern sie plauderte, so hatte sie doch auch Stunden, wo sie sich nach Ruhe sehnte.

Die von ihr im Oberstock bewohnten Zimmer lagen nach dem Garten hinaus; in dem kleineren schliefen Roswitha und Annie, die Tür nur angelehnt; in dem größeren, das sie selber innehatte, ging sie auf und ab; die unteren Fensterflügel waren geöffnet, und die kleinen weißen Gardinen bauschten sich in dem Zuge, der ging, und fielen dann langsam über die Stuhllehne, bis ein neuer Zugwind kam und sie wieder frei machte. Dabei war es so hell, daß man die Unterschriften unter den über dem Sofa hängenden und in schmale Goldleisten eingerahmten Bildern deutlich lesen konnte: ›Der Sturm auf Düppel, Schanze V‹ und daneben ›König Wilhelm und Graf Bismarck auf der Höhe von Lipa‹. Effi schüttelte den Kopf und lächelte. »Wenn ich wieder hier bin, bitt ich mir andere Bilder aus; ich kann so was Kriegerisches nicht leiden.« Und nun schloß sie das eine Fenster und setzte sich an das andere, dessen Flügel sie offenließ. Wie tat ihr das alles so wohl. Neben dem Kirchturm stand der Mond und warf sein Licht auch auf den Rasenplatz mit der Sonnenuhr und den Heliotropbeeten. Alles schimmerte silbern, und neben den Schattenstreifen lagen weiße Lichtstreifen, so weiß, als läge Leinwand auf der Bleiche. Weiter hin aber standen die hohen Rhabarberstauden wieder, die Blätter herbstlich gelb, und sie mußte des Tages gedenken, nun erst wenig über zwei Jahre, wo sie hier mit Hulda und den

Jahnkeschen Mädchen gespielt hatte. Und dann war sie, als der Besuch kam, die kleine Steintreppe neben der Bank hinaufgestiegen, und eine Stunde später war sie Braut.

Sie erhob sich und ging auf die Tür zu und horchte; Roswitha schlief schon und Annie auch. Und mit einem Male, während sie das Kind so vor sich hatte, traten ungerufen allerlei Bilder aus den Kessiner Tagen wieder vor ihre Seele: das landrätliche Haus mit seinem Giebel und die Veranda mit dem Blick auf die Plantage, und sie saß im Schaukelstuhl und wiegte sich; und nun trat Crampas an sie heran, um sie zu begrüßen, und dann kam Roswitha mit dem Kinde, und sie nahm es und hob es hoch in die Höhe und küßte es.

»Das war der erste Tag; da fing es an.« Und während sie dem nachhing, verließ sie das Zimmer, drin die beiden schliefen, und setzte sich wieder an das offene Fenster und sah in die stille Nacht hinaus.

»Ich kann es nicht loswerden«, sagte sie. »Und was das Schlimmste ist und mich ganz irre macht an mir selbst ...«

In diesem Augenblicke setzte die Turmuhr drüben ein, und Effi zählte die Schläge.

»Zehn ... Und morgen um diese Stunde bin ich in Berlin. Und wir sprechen davon, daß unser Hochzeitstag sei, und er sagt mir Liebes und Freundliches und vielleicht Zärtliches. Und ich sitze dabei und höre es und habe die Schuld auf meiner Seele.«

Und sie stützte den Kopf auf ihre Hand und starrte vor sich hin und schwieg.

»Und ich habe die Schuld auf meiner Seele«, wiederholte sie. »Ja, da *hab* ich sie. Aber *lastet* sie auch auf meiner Seele? Nein. Und das ist es, warum ich vor mir selbst erschrecke. Was da lastet, das ist etwas ganz anderes – Angst, Todesangst und die ewige Furcht: es kommt doch am Ende noch an den Tag. Und dann außer der Angst ... Scham. Ich schäme mich. Aber wie ich nicht die rechte Reue habe, so hab ich auch nicht die rechte Scham. Ich schäme mich bloß von wegen dem ewigen Lug und Trug; immer war es mein Stolz, daß ich nicht lügen könne und auch nicht zu lügen brauche, lügen ist so gemein, und nun habe ich doch immer lügen müssen, vor ihm und vor aller Welt, im großen und im kleinen, und Rummschüttel hat es gemerkt und hat die Achseln gezuckt, und wer weiß, was er von mir denkt, jedenfalls nicht das Beste. Ja, Angst quält mich und dazu Scham über mein Lügenspiel. Aber Scham über meine Schuld, die hab ich *nicht* oder doch nicht so recht oder doch nicht genug, und das bringt mich um, daß ich sie nicht habe. Wenn alle Weiber so sind, dann ist es schrecklich, und wenn sie nicht so sind, wie ich hoffe, dann steht es schlecht um mich, dann ist etwas nicht in Ordnung in meiner Seele, dann fehlt mir das richtige Gefühl. Und das hat mir der alte Niemeyer in seinen guten Tagen noch, als ich noch ein halbes Kind war, mal gesagt: auf ein richtiges Gefühl, darauf käme es an, und wenn man das habe, dann könne einem das Schlimmste nicht passieren, und wenn man es nicht habe, dann sei man in einer ewigen Gefahr, und das, was man den Teufel nenne, das habe dann eine sichere Macht über uns. Um Gottes Barmherzigkeit willen, steht es so mit mir?«

Und sie legte den Kopf in ihre Arme und weinte bitterlich.

Als sie sich wieder aufrichtete, war sie ruhiger geworden und sah wieder in den Garten hinaus. Alles war so still, und ein leiser, feiner Ton, wie wenn es regnete, traf von den Platanen her ihr Ohr.

So verging eine Weile. Herüber von der Dorfstraße klang ein Geplärr: der alte Nachtwächter Kulicke rief die Stunden ab, und als er zuletzt schwieg, vernahm sie von fern her, aber immer näher kommend, das Rasseln des Zuges, der, auf eine halbe Meile Entfernung, an Hohen-Cremmen vorüberfuhr. Dann wurde der Lärm wieder schwächer, endlich erstarb er ganz, und nur der Mondschein lag noch auf dem Grasplatz, und nur auf die Platanen rauschte es nach wie vor wie leiser Regen nieder.

Aber es war nur die Nachtluft, die ging.

25. KAPITEL

Am andern Abend war Effi wieder in Berlin, und Innstetten empfing sie am Bahnhof, mit ihm Rollo, der, als sie plaudernd durch den Tiergarten hinfuhren, nebenhertrabte.

»Ich dachte schon, du würdest nicht Wort halten.«

»Aber Geert, ich werde doch Wort halten, das ist doch das erste.«

»Sage das nicht. Immer Wort halten ist sehr viel. Und mitunter kann man auch nicht. Denke doch zurück. Ich erwartete dich damals in Kessin, als du die Wohnung mietetest, und wer nicht kam, war Effi.«

»Ja, das war was anderes.«

Sie mochte nicht sagen, »ich war krank«, und Innstetten hörte drüber hin. Er hatte seinen Kopf auch voll anderer Dinge, die sich auf sein Amt und seine gesellschaftliche Stellung bezogen. »Eigentlich, Effi, fängt unser Berliner Leben nun erst an. Als wir im April hier einzogen, damals ging es mit der Saison auf die Neige, kaum noch daß wir unsere Besuche machen konnten, und Wüllersdorf, der einzige, dem wir näherstanden – nun, der ist leider Junggeselle. Von Juni an schläft dann alles ein, und die heruntergelassenen Rouleaus verkünden einem schon auf hundert Schritt: ›Alles ausgeflogen‹; ob wahr oder nicht, macht keinen Unterschied ... Ja, was blieb da noch? Mal mit Vetter Briest sprechen, mal bei Hiller essen, das ist kein richtiges Berliner Leben. Aber nun soll es anders werden. Ich habe mir die Namen aller Räte notiert, die noch mobil genug sind, um ein Haus zu machen. Und wir wollen es *auch*, wollen auch ein Haus machen, und wenn der Winter dann da ist, dann soll es im ganzen Ministerium heißen: ›Ja, die liebenswürdigste Frau, die wir jetzt haben, das ist doch die Frau von Innstetten.‹«

»Ach, Geert, ich kenne dich ja gar nicht wieder, du sprichst ja wie ein Courmacher.«

»Es ist unser Hochzeitstag, und da mußt du mir schon was zugute halten.«

Innstetten war ernsthaft gewillt, auf das stille Leben, das er in seiner landrätlichen Stellung geführt, ein gesellschaftlich angeregteres folgen zu lassen, um seinet- und noch mehr um Effis willen; es ließ sich aber anfangs nur schwach und vereinzelt damit an, die rechte Zeit war noch nicht gekommen, und das Beste, was man zunächst von dem neuen Leben hatte, war genauso wie während des zurückliegenden Halbjahres ein Leben im Hause. Wüllersdorf kam oft, auch Vetter Briest, und waren die da, so schickte man zu Gizickis hinauf, einem jungen Ehepaare, das über ihnen wohnte. Gizicki selbst war Landgerichtsrat, seine kluge, aufgeweckte Frau ein Fräulein von Schmettau. Mitunter wurde musiziert, kurze Zeit sogar ein Whist versucht; man gab es aber wieder auf, weil man fand, daß eine Plauderei gemütlicher wäre. Gizickis hatten bis vor kurzem in einer kleinen oberschlesischen Stadt gelebt, und Wüllersdorf war sogar, freilich vor einer Reihe von Jahren schon, in den verschiedensten kleinen Nestern der Provinz Posen gewesen, weshalb er denn auch den bekannten Spottvers:

Schrimm
Ist schlimm,
Rogasen
Zum Rasen,
Aber weh dir, nach Samter
Verdammter –

mit ebensoviel Emphase wie Vorliebe zu zitieren pflegte. Niemand erheiterte sich dabei mehr als Effi, was dann meistens Veranlassung wurde, kleinstädtische Geschichten in Hülle und Fülle folgen zu lassen. Auch Kessin – mit Gieshübler und der Trippelli, mit Oberförster Ring und Sidonie Grasenabb – kam dann wohl an die Reihe, wobei sich Innstetten, wenn er guter Laune war, nicht leicht genugtun konnte. »Ja«, so hieß es dann wohl, »unser gutes Kessin! Das muß ich zugeben, es war eigentlich reich an Figuren, obenan Crampas, Major Crampas, ganz Beau und halber Barbarossa, den meine Frau, ich weiß nicht, soll ich sagen unbegreiflicher- oder begreiflicherweise, stark in Affektion genommen hatte ...«

»Sagen wir begreiflicherweise«, warf Wüllersdorf ein, »denn ich nehme an, daß er Ressourcenvorstand war und Komödie spielte, Liebhaber oder Bonvivants. Und vielleicht noch mehr, vielleicht war er auch ein Tenor.« Innstetten bestätigte das eine wie das andere, und Effi suchte lachend darauf einzugehen, aber es gelang ihr nur mit Anstrengung, und wenn dann die Gäste gingen und Innstetten sich in sein Zimmer zurückzog, um noch einen Stoß Akten abzuarbeiten, so fühlte sie sich immer aufs neue von den alten Vorstellungen gequält, und es war ihr zu Sinn, als ob ihr ein Schatten nachginge.

Solche Beängstigungen blieben ihr auch. Aber sie kamen doch seltener und schwächer, was bei der Art, wie sich ihr Leben gestaltete, nicht wundernehmen konnte. Die Liebe, mit der ihr nicht nur Innstetten, sondern auch fernerstehende Personen begegneten, und nicht zum wenigsten die beinah zärtliche Freundschaft, die die Ministerin, eine selbst noch junge Frau, für sie an den Tag legte – all das ließ die Sorgen und Ängste zurückliegender Tage sich wenigstens mindern, und als ein zweites Jahr ins Land gegangen war und die Kaiserin, bei Gelegenheit einer neuen Stiftung, die »Frau Geheimrätin« mit ausgewählt und in die Zahl der Ehrendamen eingereiht, der alte Kaiser Wilhelm aber auf dem Hofball gnädige, huldvolle Worte an die schöne, junge Frau, von der er schon gehört habe, gerichtet hatte, da fiel es allmählich von ihr ab. Es war einmal gewesen, aber weit, weit weg, wie auf einem andern Stern, und alles löste sich wie ein Nebelbild und wurde Traum.

Die Hohen-Cremmener kamen dann und wann auf Besuch und freuten sich des Glücks der Kinder, Annie wuchs heran – »schön wie die Großmutter«, sagte der alte Briest –, und wenn es an dem klaren Himmel eine Wolke gab, so war es die, daß es, wie man nun beinahe annehmen mußte, bei Klein Annie sein Bewenden haben werde; Haus Innstetten (denn es gab nicht einmal Namensvettern) stand also mutmaßlich auf dem Aussterbeetat. Briest, der den Fortbestand anderer Familien obenhin behandelte, weil er eigentlich nur an die Briests glaubte, scherzte mitunter darüber und sagte: »Ja, Innstetten, wenn das so weitergeht, so wird Annie seinerzeit wohl einen Bankier heiraten (hoffentlich einen christlichen, wenn's deren dann noch gibt), und mit Rücksicht auf das alte freiherrliche Geschlecht der Innstetten wird dann Seine Majestät Annies Haute-Finance-Kinder unter dem Namen ›von der Innstetten‹ im Gothaischen Kalender oder, was weniger wichtig ist, in der preußischen Geschichte fortleben lassen« – Ausführungen, die von Innstetten selbst immer mit einer kleinen Verlegenheit, von Frau von Briest mit Achselzucken, von Effi dagegen mit Heiterkeit aufgenommen wurden. Denn so adelsstolz sie war, so war sie's doch nur für ihre Person, und ein eleganter und welterfahrener und vor allem sehr, sehr reicher Bankierschwiegersohn wäre durchaus nicht gegen ihre Wünsche gewesen.

Ja, Effi nahm die Erbfolgefrage leicht, wie junge, reizende Frauen das tun; als aber eine lange, lange Zeit – sie waren schon im siebenten Jahre in ihrer neuen Stellung – vergangen war, wurde der alte Rummschüttel, der auf dem Gebiete der Gynäkologie nicht ganz ohne Ruf war, durch Frau von Briest doch schließlich zu Rate gezogen. Er verordnete Schwalbach. Weil aber Effi seit letztem Winter auch an katarrhalischen Affektionen litt und ein paarmal sogar auf Lunge hin behorcht worden war, so hieß es abschließend: »Also zunächst Schwalbach, meine Gnädigste, sagen wir drei Wochen, und dann ebensolange Ems. Bei der Emser Kur kann aber der Geheimrat zugegen sein. Bedeutet mithin alles in allem drei Wochen Trennung. Mehr kann ich für Sie nicht tun, lieber Innstetten.«

Damit war man denn auch einverstanden, und zwar sollte Effi, dahin ging ein weiterer Beschluß, die Reise mit einer Geheimrätin Zwicker zusammen machen, wie Briest sagte, »zum Schutze dieser letzteren«, worin er nicht ganz unrecht hatte, da die Zwicker, trotz guter Vierzig, eines Schutzes erheblich bedürftiger war als Effi. Innstetten, der wieder viel mit Vertretung zu tun hatte, beklagte, daß er, von Schwalbach gar nicht zu reden, wahrscheinlich auch auf gemeinschaftliche Tage in Ems werde verzichten müssen. Im übrigen wurde der 24. Juni (Johannistag) als Abreisetag festgesetzt, und Roswitha half der gnädigen Frau beim Packen und Aufschreiben der Wäsche. Effi hatte noch immer die alte Liebe für sie, war doch Roswitha die einzige, mit der sie von alldem Zurückliegenden, von Kessin und Crampas, von dem Chinesen und Kapitän Thomsens Nichte, frei und unbefangen reden konnte.

»Sage, Roswitha, du bist doch eigentlich katholisch. Gehst du denn nicht zur Beichte?«

»Nein.«

»Warum nicht?«

»Ich bin früher gegangen. Aber das Richtige hab ich doch nicht gesagt.«

»Das ist sehr unrecht. Dann freilich kann es nicht helfen.«

»Ach, gnädigste Frau, bei mir im Dorfe machten es alle so. Und welche waren, die kicherten bloß.«

»Hast du denn nie empfunden, daß es ein Glück ist, wenn man etwas auf der Seele hat, daß es runter kann?«

»Nein, gnädigste Frau. Angst habe ich wohl gehabt, als mein Vater damals mit dem glühenden Eisen auf mich loskam; ja, das war eine große Furcht, aber weiter war es nichts.«

»Nicht vor Gott?«

»Nicht so recht, gnädigste Frau. Wenn man sich vor seinem Vater so fürchtet, wie ich mich gefürchtet habe, dann fürchtet man sich nicht so sehr vor Gott. Ich habe bloß immer gedacht, der liebe Gott sei gut und werde mir armem Wurm schon helfen.«

Effi lächelte und brach ab und fand es auch natürlich, daß die arme Roswitha so sprach, wie sie sprach. Sie sagte aber doch: »Weißt du, Roswitha, wenn ich wiederkomme, müssen wir doch noch mal ernstlich drüber reden. Es war doch eigentlich eine große Sünde.«

»Das mit dem Kinde und daß es verhungert ist? Ja, gnädigste Frau, das war es. Aber ich war es ja nicht, das waren ja die anderen ... Und dann ist es auch schon so sehr lange her.«

26. KAPITEL

Effi war nun schon in die fünfte Woche fort und schrieb glückliche, beinahe übermütige Briefe, namentlich seit ihrem Eintreffen in Ems, wo man doch unter Menschen sei, das heißt unter Männern, von denen sich in Schwalbach nur ausnahmsweise was gezeigt habe. Geheimrätin Zwicker, ihre Reisegefährtin, habe freilich die Frage nach dem Kurgemäßen dieser Zutat aufgeworfen und sich aufs entschiedenste dagegen ausgesprochen, alles natürlich mit einem Gesichtsausdrucke, der so ziemlich das Gegenteil versichert habe; die Zwicker sei reizend, etwas frei, wahrscheinlich sogar mit einer Vergangenheit, aber höchst amüsant, und man könne viel, sehr viel von ihr lernen; nie habe sie sich, trotz ihrer fünfundzwanzig, so als Kind gefühlt wie nach der Bekanntschaft mit dieser Dame. Dabei sei sie so belesen, auch in fremder Literatur, und als sie, Effi, beispielsweise neulich von Nana gesprochen und dabei gefragt habe, »ob es denn wirklich so schrecklich sei«, habe die Zwicker geantwortet: »Ach, meine liebe Baronin, was heißt schrecklich? Da gibt es noch ganz anderes!« – »Sie schien mich auch«, so schloß Effi ihren Brief, »mit diesem ›anderen‹ bekannt machen zu wollen. Ich habe es aber abgelehnt, weil ich weiß, daß Du die Unsitte unserer Zeit aus diesem und ähnlichem herleitest, und wohl mit Recht. Leicht ist es mir aber nicht geworden. Dazu kommt noch, daß Ems in einem Kessel liegt. Wir leiden hier außerordentlich unter der Hitze.«

Innstetten hatte diesen letzten Brief mit geteilten Empfindungen gelesen, etwas erheitert, aber doch auch ein wenig mißmutig. Die Zwicker war keine Frau für Effi, der nun mal ein Zug innewohnte, sich nach links hin treiben zu lassen; er gab es aber auf, irgendwas in diesem Sinne zu schreiben, einmal, weil er sie nicht verstimmen wollte, mehr noch, weil er sich sagte, daß es doch nichts helfen würde. Dabei sah er der Rückkehr seiner Frau mit Sehnsucht entgegen und beklagte des Dienstes nicht bloß »immer gleichgestellte«, sondern jetzt, wo jeder Ministerialrat fort war oder fort wollte, leider auch auf Doppelstunden gestellte Uhr.

Ja, Innstetten sehnte sich nach Unterbrechung von Arbeit und Einsamkeit, und verwandte Gefühle hegte man draußen in der Küche, wo Annie, wenn die Schulstunden hinter ihr lagen, ihre Zeit am liebsten verbrachte, was insoweit ganz natürlich war, als Roswitha und Johanna nicht nur das kleine Fräulein in gleichem Maße liebten, sondern auch untereinander nach wie vor auf dem besten Fuße standen. Diese Freundschaft der beiden Mädchen war ein Lieblingsgespräch zwischen den verschiedenen Freunden des Hauses, und Landgerichtsrat Gizicki sagte dann wohl zu Wüllersdorf: »Ich sehe darin nur eine neue Bestätigung des alten Weisheitssatzes: ›Laßt fette Leute um mich sein‹; – Cäsar war eben ein Menschenkenner und wußte, daß Dinge wie Behaglichkeit und Umgänglichkeit eigentlich nur beim Embonpoint sind.« Von einem solchen ließ sich denn nun bei beiden Mädchen auch wirklich sprechen, nur mit dem Unterschiede, daß das in diesem Falle nicht gut zu umgehende Fremdwort bei Roswitha schon stark eine Beschönigung, bei Johanna dagegen einfach die zutreffende Bezeichnung war. Diese letztere durfte man nämlich nicht eigentlich korpulent nennen, sie war nur prall und drall und sah jederzeit mit einer eigenen, sie übrigens durchaus kleidenden Siegermiene gradlinig und blauäugig über ihre Normalbüste fort. Von Haltung und Anstand getragen, lebte sie ganz in dem Hochgefühl, die Dienerin eines guten Hauses zu sein, wobei sie das Überlegenheitsbewußtsein über die halb bäuerisch gebliebene Roswitha in einem so hohen Maße hatte, daß sie, was gelegentlich vorkam, die momentan bevorzugte Stellung dieser nur belächelte. Diese Bevorzugung – nun ja, wenn's dann mal so sein sollte – war eine kleine liebenswürdige Sonderbarkeit der gnädigen Frau, die man der guten alten Roswitha mit ihrer ewigen Geschichte »von dem Vater mit der glühenden Eisenstange« schon gönnen konnte. »Wenn man sich besser hält, so kann dergleichen nicht vorkommen.« Das alles dachte sie, sprach's aber nicht aus. Es war eben ein freundliches Miteinanderleben. Was aber wohl ganz besonders für Frieden und gutes Einvernehmen sorgte, das war der Umstand, daß man sich, nach einem stillen Übereinkommen, in die Behandlung und fast auch Erziehung Annies geteilt hatte. Roswitha hatte das poetische Departement, die Märchen- und Geschichtenerzählung, Johanna dagegen das des Anstands, eine Teilung, die hüben und drüben so festgewurzelt stand, daß Kompetenzkonflikte kaum vorkamen, wobei der Charakter Annies, die eine ganz entschiedene Neigung hatte, das vornehme Fräulein zu betonen, allerdings mithalf, eine Rolle, bei der sie keine bessere Lehrerin als Johanna haben konnte.

Noch einmal also: Beide Mädchen waren gleichwertig in Annies Augen. In diesen Tagen aber, wo man sich auf die Rückkehr Effis vorbereitete, war Roswitha der Rivalin mal wieder um einen Pas voraus, weil ihr, und zwar als etwas ihr Zuständiges, die ganze Begrüßungsangelegenheit zugefallen war. Diese Begrüßung zerfiel in zwei Hauptteile: Girlande mit Kranz und dann, abschließend, Gedichtvortrag. Kranz und Girlande – nachdem man über »W.« oder »E. v. I.« eine Zeitlang geschwankt – hatte zuletzt keine sonderlichen Schwierigkeiten gemacht (»W.«, in Vergißmeinnicht geflochten, war bevorzugt worden), aber desto größere Verlegenheit schien die Gedichtfrage heraufbeschwören zu sollen und wäre vielleicht ganz unbeglichen geblieben, wenn Roswitha nicht den Mut gehabt hätte, den von einer Gerichtssitzung heimkehrenden Landgerichtsrat auf der zweiten Treppe zu stellen und ihm mit einem auf einen »Vers« gerichteten Ansinnen mutig entgegenzutreten. Gizicki, ein sehr gütiger Herr, hatte sofort alles versprochen, und noch am selben Spätnachmittage war seitens seiner Köchin der gewünschte Vers, und zwar folgenden Inhalts, abgegeben worden:

Mama, wir erwarten dich lange schon,
Durch Wochen und Tage und Stunden,
Nun grüßen wir dich von Flur und Balkon
Und haben Kränze gewunden.
Nun lacht Papa voll Freudigkeit,
Denn die gattin- und mutterlose Zeit
Ist endlich von ihm genommen,
Und Roswitha lacht und Johanna dazu,
Und Annie springt aus ihrem Schuh
Und ruft: »Willkommen, willkommen.«

Es versteht sich von selbst, daß die Strophe noch an demselben Abend auswendig gelernt, aber doch nebenher auch auf ihre Schönheit beziehungsweise Nicht-Schönheit kritisch geprüft worden war. Das Betonen von Gattin und Mutter, so hatte sich Johanna geäußert, erscheine zunächst freilich nur in der Ordnung; aber es läge doch auch etwas darin, was Anstoß erregen könne, und sie persönlich würde sich als »Gattin und Mutter« dadurch verletzt fühlen. Annie, durch diese Bemerkung einigermaßen geängstigt, versprach, das Gedicht am andern Tage der Klassenlehrerin vorlegen zu wollen, und kam mit dem Bemerken zurück: Das Fräulein sei mit »Gattin und Mutter« durchaus einverstanden, aber desto mehr gegen »Roswitha und Johanna« gewesen – worauf Roswitha erklärt hatte: Das Fräulein sei eine dumme Gans; das käme davon, wenn man zuviel gelernt habe.

Es war an einem Mittwoch, daß die Mädchen und Annie das vorstehende Gespräch geführt und den Streit um die bemängelte Zeile beigelegt hatten. Am andern Morgen – ein erwarteter Brief Effis hatte noch den mutmaßlich erst in den Schluß der nächsten Woche fallenden Ankunftstag festzustellen – ging Innstetten auf das Ministerium. Jetzt war Mittag heran, die Schule aus, und als Annie, ihre Mappe auf dem Rücken, eben vom Kanal her auf die Keithstraße zuschritt, traf sie Roswitha vor ihrer Wohnung.

»Nun laß sehen«, sagte Annie, »wer am ehesten von uns die Treppe heraufkommt.« Roswitha wollte von diesem Wettlauf nichts wissen, aber Annie jagte voran, geriet, oben angekommen, ins Stolpern und fiel dabei so unglücklich, daß sie mit der Stirn auf den dicht an der Treppe befindlichen Abkratzer aufschlug und stark blutete. Roswitha, mühevoll nachkeuchend, riß jetzt die Klingel, und als Johanna das etwas verängstigte Kind hineingetragen hatte, beratschlagte man, was nun wohl zu machen sei. »Wir wollen nach dem Doktor schicken ... wir wollen nach dem gnädigen Herrn schicken ... des Portiers Lene muß ja jetzt auch aus der Schule wieder dasein.« Es wurde aber alles wieder verworfen, weil es zu lange dauere, man müsse gleich was tun, und so packte man denn das Kind aufs Sofa und begann mit kaltem Wasser zu kühlen. Alles ging auch gut, so daß man sich zu beruhigen begann. »Und nun wollen wir sie verbinden«, sagte schließlich Roswitha. »Da muß ja noch die lange Binde sein, die die gnädige Frau letzten Winter zuschnitt, als sie sich auf dem Eise den Fuß verknickt hatte ...« – »Freilich, freilich«, sagte Johanna, »bloß wo die Binde hernehmen? ... Richtig, da fällt mir ein, die liegt im Nähtisch. Er wird wohl zu sein, aber das Schloß ist Spielerei; holen Sie nur das Stemmeisen, Roswitha, wir wollen den Deckel aufbrechen.« Und nun wuchteten sie auch wirklich den Dekkel ab und begannen in den Fächern umherzukramen, oben und unten, die zusammengerollte Binde jedoch wollte sich nicht finden lassen. »Ich weiß aber doch, daß ich sie gesehn habe«, sagte Roswitha, und während sie halb ärgerlich immer weiter suchte, flog alles, was ihr dabei zu Händen kam, auf das breite Fensterbrett: Nähzeug, Nadelkissen, Rollen mit Zwirn und Seide, kleine vertrocknete Veilchensträußchen, Karten, Billetts, zuletzt ein kleines Konvolut von Briefen, das unter dem dritten Einsatz gelegen hatte, ganz unten, mit einem roten Seidenfaden umwickelt. Aber die Binde hatte man noch immer nicht.

In diesem Augenblicke trat Innstetten ein.

»Gott«, sagte Roswitha und stellte sich erschreckt neben das Kind. »Es ist nichts, gnädiger Herr; Annie ist auf das Kratzeisen gefallen ... Gott, was wird die gnädige Frau sagen. Und doch ist es ein Glück, daß sie nicht mit dabei war.«

Innstetten hatte mittlerweile die vorläufig aufgelegte Kompresse fortgenommen und sah, daß es ein tiefer Riß, sonst aber ungefährlich war. »Es ist nicht schlimm«, sagte er; »trotzdem, Roswitha, wir müssen sehen, daß Rummschüttel kommt. Lene kann ja gehen, die wird jetzt Zeit haben. Aber was in aller Welt ist denn das da mit dem Nähtisch?«

Und nun erzählte Roswitha, wie sie nach der gerollten Binde gesucht hätten; aber sie wolle es nun aufgeben und lieber eine neue Leinwand schneiden.

Innstetten war einverstanden und setzte sich, als bald danach beide Mädchen das Zimmer verlassen hatten, zu dem Kinde. »Du bist so wild, Annie, das hast du von der Mama. Immer wie ein Wirbelwind. Aber dabei kommt nichts heraus oder höchstens so was.« Und er wies auf die Wunde und gab ihr einen Kuß. »Du hast aber nicht geweint, das ist brav, und darum will ich dir die Wildheit verzeihen ... Ich denke, der Doktor wird in einer Stunde hier sein; tu nur alles, was er sagt, und wenn er dich verbunden hat, so zerre nicht und rücke und drücke nicht dran, dann heilt es schnell, und wenn die Mama dann kommt, dann ist alles wieder in Ordnung oder doch beinah. Ein Glück ist es aber doch, daß es noch bis nächste Woche dauert, Ende nächster Woche, so schreibt sie mir; eben habe ich einen Brief von ihr bekommen; sie läßt dich grüßen und freut sich, dich wiederzusehen.«

»Du könntest mir den Brief eigentlich vorlesen, Papa.«

»Das will ich gern.«

Aber eh er dazu kam, kam Johanna, um zu sagen, daß das Essen aufgetragen sei. Annie, trotz ihrer Wunde, stand mit auf, und Vater und Tochter setzten sich zu Tisch.

27. KAPITEL

Innstetten und Annie saßen sich eine Weile stumm gegenüber; endlich, als ihm die Stille peinlich wurde, tat er ein paar Fragen über die Schulvorsteherin und welche Lehrerin sie eigentlich am liebsten habe. Annie antwortete auch, aber ohne rechte Lust, weil sie fühlte, daß Innstetten wenig bei der Sache war. Es wurde erst besser, als Johanna, nach dem zweiten Gericht, ihrem

Anniechen zuflüsterte, es gäbe noch was. Und wirklich, die gute Roswitha, die dem Liebling an diesem Unglückstage was schuldig zu sein glaubte, hatte noch ein übriges getan und sich zu einer Omelette mit Apfelschnitten aufgeschwungen.

Annie wurde bei diesem Anblicke denn auch etwas redseliger, und ebenso zeigte sich Innstettens Stimmung gebessert, als es gleich danach klingelte und Geheimrat Rummschüttel eintrat. Ganz zufällig. Er sprach nur vor, ohne jede Ahnung, daß man nach ihm geschickt und um seinen Besuch gebeten habe. Mit den aufgelegten Kompressen war er zufrieden. »Lassen Sie noch etwas Bleiwasser holen und Annie morgen zu Hause bleiben. Überhaupt Ruhe.« Dann frug er noch nach der gnädigen Frau und wie die Nachrichten aus Ems seien; er werde den andern Tag wiederkommen und nachsehen.

Als man von Tisch aufgestanden und in das nebenan gelegene Zimmer – dasselbe, wo man mit so viel Eifer und doch vergebens nach dem Verbandstück gesucht hatte – eingetreten war, wurde Annie wieder auf das Sofa gebettet. Johanna kam und setzte sich zu dem Kinde, während Innstetten die zahllosen Dinge, die bunt durcheinandergewürfelt noch auf dem Fensterbrett umherlagen, wieder in den Nähtisch einzuräumen begann. Dann und wann wußte er sich nicht recht Rat und mußte fragen.

»Wo haben die Briefe gelegen, Johanna?«

»Ganz zuunterst«, sagte diese, »hier in diesem Fach.«

Und während so Frage und Antwort ging, betrachtete Innstetten etwas aufmerksamer als vorher das kleine, mit einem roten Faden zusammengebundene Paket, das mehr aus einer Anzahl zusammengelegter Zettel als aus Briefen zu bestehen schien. Er fuhr, als wäre es ein Spiel Karten, mit dem Daumen und Zeigefinger an der Seite des Päckchens hin, und einige Zeilen, eigentlich nur vereinzelte Worte, flogen dabei an seinem Auge vorüber. Von deutlichem Erkennen konnte keine Rede sein, aber es kam ihm doch so vor, als habe er die Schriftzüge schon irgendwo gesehen. Ob er nachsehen solle?

»Johanna, Sie könnten uns den Kaffee bringen. Annie trinkt auch eine halbe Tasse. Der Doktor hat's nicht verboten, und was nicht verboten ist, ist erlaubt.«

Als er das sagte, wand er den roten Faden ab und ließ, während Johanna das Zimmer verließ, den ganzen Inhalt des Päckchens rasch durch die Finger gleiten. Nur zwei, drei Briefe waren adressiert: »An Frau Landrat von Innstetten.« Er erkannte jetzt auch die Handschrift; es war die des Majors. Innstetten wußte nichts von einer Korrespondenz zwischen Crampas und Effi, und in seinem Kopfe begann sich alles zu drehen. Er steckte das Paket zu sich und ging in sein Zimmer zurück. Etliche Minuten später, und Johanna, zum Zeichen, daß der Kaffee da sei, klopfte leis an die Tür. Innstetten antwortete auch, aber dabei blieb es; sonst alles still. Erst nach einer Viertelstunde hörte man wieder sein Auf- und Abschreiten auf dem Teppich. »Was nur Papa hat?« sagte Johanna zu Annie. »Der Doktor hat ihm doch gesagt, es sei nichts.«

Das Auf- und Abschreiten nebenan wollte kein Ende nehmen. Endlich erschien Innstetten wieder im Nebenzimmer und sagte: »Johanna, achten Sie auf Annie und daß sie ruhig auf dem Sofa bleibt. Ich will eine Stunde gehen oder vielleicht zwei.«

Dann sah er das Kind aufmerksam an und entfernte sich.

»Hast du gesehen, Johanna, wie Papa aussah?«

»Ja, Annie. Er muß einen großen Ärger gehabt haben. Er war ganz blaß. So hab ich ihn noch nie gesehen.«

Es vergingen Stunden. Die Sonne war schon unter, und nur ein roter Widerschein lag noch über den Dächern drüben, als Innstetten wieder zurückkam. Er gab Annie die Hand, fragte, wie's ihr gehe, und ordnete dann an, daß ihm Johanna die Lampe in sein Zimmer bringe. Die Lampe kam auch. In dem grünen Schirm befanden sich halbdurchsichtige Ovale mit Photographien, allerlei Bildnisse seiner Frau, die noch in Kessin, damals als man den Wichertschen ›Schritt vom Wege‹ aufgeführt hatte, für die verschiedenen Mitspielenden angefertigt waren. Innstetten drehte den Schirm langsam von links nach rechts und musterte jedes einzelne Bildnis. Dann ließ er davon ab, öffnete, weil er es schwül fand, die Balkontür und nahm schließlich das Briefpaket wieder zur Hand. Es schien, daß er, gleich beim ersten Durchsehen, ein paar davon ausgewählt und obenauf gelegt hatte. Diese las er jetzt noch einmal mit halblauter Stimme.

»Sei heute nachmittag wieder in den Dünen, hinter der Mühle. Bei der alten Adermann können wir uns ruhig sprechen, das Haus ist abgelegen genug. Du mußt Dich nicht um alles so bangen. Wir haben *auch* ein Recht. Und wenn Du Dir das eindringlich sagst, wird, denk ich, alle Furcht von Dir abfallen. Das Leben wäre nicht des Lebens wert, wenn das alles gelten sollte, was zufällig gilt. Alles Beste liegt jenseits davon. Lerne Dich daran freuen.«

»... Fort, so schreibst Du, Flucht. Unmöglich. Ich kann meine Frau nicht im Stich lassen, zu allem andern auch noch in Not. Es geht nicht, und wir müssen es leicht nehmen, sonst sind wir arm und verloren. Leichtsinn ist das Beste, was wir haben. Alles ist Schicksal. Es hat so sein sollen. Und möchtest Du, daß es anders wäre, daß wir uns nie gesehen hätten?«

Dann kam der dritte Brief.

»... Sei heute noch einmal an der alten Stelle. Wie sollen meine Tage hier verlaufen ohne Dich! In diesem öden Nest. Ich bin außer mir, und nur darin hast Du recht: es ist die Rettung, und wir müssen schließlich doch die Hand segnen, die diese Trennung über uns verhängt.«

Innstetten hatte die Briefe kaum wieder beiseite geschoben, als draußen die Klingel ging. Gleich danach meldete Johanna: »Geheimrat Wüllersdorf.«

Wüllersdorf trat ein und sah auf den ersten Blick, daß etwas vorgefallen sein müsse.

»Pardon, Wüllersdorf«, empfing ihn Innstetten, »daß ich Sie gebeten habe, noch gleich heute bei mir vorzusprechen. Ich störe niemand gern in seiner Abendruhe, am wenigsten einen geplagten Ministerialrat. Es ging aber nicht anders. Ich bitte Sie, machen Sie sich's bequem. Und hier eine Zigarre.«

Wüllersdorf setzte sich. Innstetten ging wieder auf und ab und wäre bei der ihn verzehrenden Unruhe gern in Bewegung geblieben, sah aber, daß das nicht gehe. So nahm er denn auch seinerseits eine Zigarre, setzte sich Wüllersdorf gegenüber und versuchte ruhig zu sein.

»Es ist«, begann er, »um zweier Dinge willen, daß ich Sie habe bitten lassen: erst, um eine Forderung zu überbringen, und zweitens, um hinterher, in der Sache selbst, mein Sekundant zu sein; das eine ist nicht angenehm und das andere noch weniger. Und nun Ihre Antwort.«

»Sie wissen, Innstetten, Sie haben über mich zu verfügen. Aber eh ich die Sache kenne, verzeihen Sie mir die naive Vorfrage: Muß es sein? Wir sind doch über die Jahre weg, *Sie*, um die Pistole in die Hand zu nehmen, und *ich*, um dabei mitzumachen. Indessen mißverstehen Sie mich nicht, alles dies soll kein ›Nein‹ sein. Wie könnte ich Ihnen etwas abschlagen. Aber nun sagen Sie, was ist es?«

»Es handelt sich um einen Galan meiner Frau, der zugleich mein Freund war oder doch beinah.«

Wüllersdorf sah Innstetten an. »Innstetten, das ist nicht möglich.«

»Es ist mehr als möglich, es ist gewiß. Lesen Sie.«

Wüllersdorf flog drüber hin. »Die sind an Ihre Frau gerichtet?«

»Ja. Ich fand sie heut in ihrem Nähtisch.«

»Und wer hat sie geschrieben?«

»Major Crampas.«

»Also Dinge, die sich abgespielt, als Sie noch in Kessin waren?«

Innstetten nickte.

»Liegt also sechs Jahre zurück oder noch ein halb Jahr länger.«

»Ja.«

Wüllersdorf schwieg. Nach einer Weile sagte Innstetten: »Es sieht fast so aus, Wüllersdorf, als ob die sechs oder sieben Jahre einen Eindruck auf Sie machten. Es gibt eine Verjährungstheorie, natürlich, aber ich weiß doch nicht, ob wir hier einen Fall haben, diese Theorie gelten zu lassen.«

»Ich weiß es auch nicht«, sagte Wüllersdorf. »Und ich bekenne Ihnen offen, um diese Frage scheint sich hier alles zu drehen.«

Innstetten sah ihn groß an. »Sie sagen das in vollem Ernst?«

»In vollem Ernst. Es ist keine Sache, sich in *jeu d'esprit* oder in dialektischen Spitzfindigkeiten zu versuchen.«

»Ich bin neugierig, wie Sie das meinen. Sagen Sie mir offen, wie stehen Sie dazu?«

»Innstetten, Ihre Lage ist furchtbar, und Ihr Lebensglück ist hin. Aber wenn Sie den Liebhaber totschießen, ist Ihr Lebensglück sozusagen doppelt hin, und zu dem Schmerz über empfangenes Leid kommt noch der Schmerz über getanes Leid. Alles dreht sich um die Frage, müssen

Sie's durchaus tun? Fühlen Sie sich so verletzt, beleidigt, empört, daß einer weg muß, er oder Sie? Steht es so?«

»Ich weiß es nicht.«

»Sie müssen es wissen.«

Innstetten war aufgesprungen, trat ans Fenster und tippte voll nervöser Erregung an die Scheiben. Dann wandte er sich rasch wieder, ging auf Wüllersdorf zu und sagte: »Nein, so steht es nicht.«

»Wie steht es dann?«

»Es steht so, daß ich unendlich unglücklich bin; ich bin gekränkt, schändlich hintergangen, aber trotzdem, ich bin ohne jedes Gefühl von Haß oder gar von Durst nach Rache. Und wenn ich mich frage, warum nicht, so kann ich zunächst nichts anderes finden als die Jahre. Man spricht immer von unsühnbarer Schuld; vor Gott ist es gewiß falsch, aber vor den Menschen auch. Ich hätte nie geglaubt, daß die *Zeit*, rein als Zeit, so wirken könne. Und dann als zweites: ich liebe meine Frau, ja, seltsam zu sagen, ich liebe sie noch, und so furchtbar ich alles finde, was geschehen, ich bin so sehr im Bann ihrer Liebenswürdigkeit, eines ihr eignen heiteren Charmes, daß ich mich, mir selbst zum Trotz, in meinem letzten Herzenswinkel zum Verzeihen geneigt fühle.«

Wüllersdorf nickte. »Kann ganz folgen, Innstetten, würde mir vielleicht ebenso gehen. Aber wenn Sie so zu der Sache stehen und mir sagen: ›Ich liebe diese Frau so sehr, daß ich ihr alles verzeihen kann‹ und wenn wir dann das andere hinzunehmen, daß alles weit, weit zurückliegt, wie ein Geschehnis auf einem andern Stern, ja, wenn es so liegt, Innstetten, so frage ich, wozu die ganze Geschichte?«

»Weil es trotzdem sein muß. Ich habe mir's hin und her überlegt. Man ist nicht bloß ein einzelner Mensch, man gehört einem Ganzen an, und auf das Ganze haben wir beständig Rücksicht zu nehmen, wir sind durchaus abhängig von ihm. Ging es, in Einsamkeit zu leben, so könnt ich es gehen lassen; ich trüge dann die mir aufgepackte Last, das rechte Glück wäre hin, aber es müssen so viele leben ohne dies ›rechte Glück‹, und ich würde es auch müssen und – auch können. Man braucht nicht glücklich zu sein, am allerwenigsten hat man einen Anspruch darauf, und den, der einem das Glück genommen hat, den braucht man nicht notwendig aus der Welt zu schaffen. Man kann ihn, wenn man weltabgewandt weiterexistieren will, auch laufen lassen. Aber im Zusammenleben mit den Menschen hat sich ein Etwas ausgebildet, das nun mal da ist und nach dessen Paragraphen wir uns gewöhnt haben alles zu beurteilen, die andern und uns selbst. Und dagegen zu verstoßen geht nicht; die Gesellschaft verachtet uns, und zuletzt tun wir es selbst und können es nicht aushalten und jagen uns die Kugel durch den Kopf. Verzeihen Sie, daß ich Ihnen solche Vorlesung halte, die schließlich doch nur sagt, was sich jeder selber hundertmal gesagt hat. Aber freilich, wer kann was Neues sagen! Also noch einmal, nichts von Haß oder dergleichen, und um eines Glückes willen, das mir genommen wurde, mag ich nicht Blut an den Händen haben; aber jenes, wenn Sie wollen, uns tyrannisierende Gesellschafts-Etwas, das fragt nicht nach Charme und nicht nach Liebe und nicht nach Verjährung. Ich habe keine Wahl. Ich muß.«

»Ich weiß doch nicht, Innstetten ...«

Innstetten lächelte. »Sie sollen selbst entscheiden, Wüllersdorf. Es ist jetzt zehn Uhr. Vor sechs Stunden, diese Konzession will ich Ihnen vorweg machen, hatt ich das Spiel noch in der Hand, konnt ich noch das eine und noch das andere, da war noch ein Ausweg. Jetzt nicht mehr, jetzt stecke ich in einer Sackgasse. Wenn Sie wollen, so bin ich selber schuld daran; ich hätte mich besser beherrschen und bewachen, alles in mir verbergen, alles im eignen Herzen auskämpfen sollen. Aber es kam mir zu plötzlich, zu stark, und so kann ich mir kaum einen Vorwurf machen, meine Nerven nicht geschickter in Ordnung gehalten zu haben. Ich ging zu Ihnen und schrieb Ihnen einen Zettel, und damit war das Spiel aus meiner Hand. Von dem Augenblicke an hatte mein Unglück und, was schwerer wiegt, der Fleck auf meiner Ehre einen halben Mitwisser, und nach den ersten Worten, die wir hier gewechselt, hat es einen ganzen. Und weil dieser Mitwisser da ist, kann ich nicht mehr zurück.«

»Ich weiß doch nicht«, wiederholte Wüllersdorf. »Ich mag nicht gerne zu der alten abgestandenen Phrase greifen, aber doch läßt sich's nicht besser sagen: Innstetten, es ruht alles in mir wie in einem Grabe.«

»Ja, Wüllersdorf, so heißt es immer. Aber es gibt keine Verschwiegenheit. Und wenn Sie's wahr machen und gegen andere die Verschwiegenheit selber sind, so wissen *Sie* es, und es rettet mich nicht vor Ihnen, daß Sie mir eben Ihre Zustimmung ausgedrückt und mir sogar gesagt haben: ›Ich kann Ihnen in allem folgen.‹ Ich bin, und dabei bleibt es, von diesem Augenblicke an ein Gegenstand Ihrer Teilnahme (schon nicht etwas sehr Angenehmes), und jedes Wort, das Sie mich mit meiner Frau wechseln hören, unterliegt Ihrer Kontrolle, Sie mögen wollen oder nicht, und wenn meine Frau von Treue spricht oder, wie Frauen tun, über eine andere zu Gericht sitzt, so weiß ich nicht, wo ich mit meinen Blicken hin soll. Und ereignet sich's gar, daß ich in irgendeiner ganz alltäglichen Beleidigungssache zum Guten rede, ›weil ja der Dolus fehle‹ oder so was Ähnliches, so geht ein Lächeln über Ihr Gesicht, oder es zuckt wenigstens darin, und in Ihrer Seele klingt es: ›Der gute Innstetten, er hat doch eine wahre Passion, alle Beleidigungen auf ihren Beleidigungsgehalt chemisch zu untersuchen, und das richtige Quantum Stickstoff findet er *nie*. Er ist noch nie an einer Sache erstickt‹ ... Habe ich recht, Wüllersdorf, oder nicht?«

Wüllersdorf war aufgestanden. »Ich finde es furchtbar, daß Sie recht haben, aber Sie *haben* recht. Ich quäle Sie nicht länger mit meinem ›muß es sein‹. Die Welt ist einmal, wie sie ist, und die Dinge verlaufen nicht, wie *wir* wollen, sondern wie die *andern* wollen. Das mit dem ›Gottesgericht‹, wie manche hochtrabend versichern, ist freilich ein Unsinn, nichts davon, umgekehrt, unser Ehrenkultus ist ein Götzendienst, aber wir müssen uns ihm unterwerfen, solange der Götze gilt.«

Innstetten nickte.

Sie blieben noch eine Viertelstunde miteinander, und es wurde festgestellt, Wüllersdorf solle noch denselben Abend abreisen. Ein Nachtzug ging um zwölf.

Dann trennten sie sich mit einem kurzen: »Auf Wiedersehen in Kessin.«

28. KAPITEL

Am andern Abend, wie verabredet, reiste Innstetten. Er benutzte denselben Zug, den am Tage vorher Wüllersdorf benutzt hatte, und war bald nach fünf Uhr früh auf der Bahnstation, von wo der Weg nach Kessin links abzweigte. Wie immer, solange die Saison dauerte, ging auch heute, gleich nach Eintreffen des Zuges, das mehrerwähnte Dampfschiff, dessen erstes Läuten Innstetten schon hörte, als er die letzten Stufen der vom Bahndamm hinabführenden Treppe erreicht hatte. Der Weg bis zur Anlegestelle war keine drei Minuten; er schritt darauf zu und begrüßte den Kapitän, der etwas verlegen war, also im Laufe des gestrigen Tages von der ganzen Sache schon gehört haben mußte, und nahm dann seinen Platz in der Nähe des Steuers. Gleich danach löste sich das Schiff vom Brückensteg los; das Wetter war herrlich, helle Morgensonne, nur wenig Passagiere an Bord. Innstetten gedachte des Tages, als er, mit Effi von der Hochzeitsreise zurückkehrend, hier am Ufer der Kessine hin in offenem Wagen gefahren war – ein grauer Novembertag damals, aber er selber froh im Herzen; nun hatte sich's verkehrt: das Licht lag draußen, und der Novembertag war in ihm. Viele, viele Male war er dann des Weges hier gekommen, und der Frieden, der sich über die Felder breitete, das Zuchtvieh in den Koppeln, das aufhorchte, wenn er vorüberfuhr, die Leute bei der Arbeit, die Fruchtbarkeit der Äcker, das alles hatte seinem Sinne wohlgetan, und jetzt, in hartem Gegensatz dazu, war er froh, als etwas Gewölk heranzog und den lachenden blauen Himmel leise zu trüben begann. So fuhren sie den Fluß hinab, und bald, nachdem sie die prächtige Wasserfläche des Breitling passiert, kam der Kessiner Kirchturm in Sicht und gleich danach auch das Bollwerk und die lange Häuserreihe mit Schiffen und Booten davor. Und nun waren sie heran. Innstetten verabschiedete sich von dem Kapitän und schritt auf den Steg zu, den man, bequemeren Aussteigens halber, herangerollt hatte. Wüllersdorf war schon da. Beide begrüßten sich, ohne zunächst ein Wort zu sprechen, und gingen dann, quer über den Damm, auf den Hoppensackschen Gasthof zu, wo sie unter einem Zeltdach Platz nahmen.

»Ich habe mich gestern früh hier einquartiert«, sagte Wüllersdorf, der nicht gleich mit den Sachlichkeiten beginnen wollte. »Wenn man bedenkt, daß Kessin ein Nest ist, ist es erstaunlich, ein so gutes Hotel hier zu finden. Ich bezweifle nicht, daß mein Freund, der Oberkellner, drei Sprachen spricht; seinem Scheitel und seiner ausgeschnittenen Weste nach können wir dreist auf vier rechnen ... Jean, bitte, wollen Sie uns Kaffee und Kognak bringen.«

Innstetten begriff vollkommen, warum Wüllersdorf diesen Ton anschlug, war auch damit einverstanden, konnte aber seiner Unruhe nicht ganz Herr werden und zog unwillkürlich die Uhr.

»Wir haben Zeit«, sagte Wüllersdorf. »Noch anderthalb Stunden oder doch beinah. Ich habe den Wagen auf acht ein Viertel bestellt; wir fahren nicht länger als zehn Minuten.«

»Und wo?«

»Crampas schlug erst ein Waldeck vor, gleich hinter dem Kirchhof. Aber dann unterbrach er sich und sagte: ›Nein, da nicht.‹ Und dann haben wir uns über eine Stelle zwischen den Dünen geeinigt. Hart am Strand; die vorderste Düne hat einen Einschnitt, und man sieht aufs Meer.«

Innstetten lächelte. »Crampas scheint sich einen Schönheitspunkt ausgesucht zu haben. Er hatte immer die Allüren dazu. Wie benahm er sich?«

»Wundervoll.«

»Übermütig? Frivol?«

»Nicht das eine und nicht das andere. Ich bekenne Ihnen offen, Innstetten, daß es mich erschütterte. Als ich Ihren Namen nannte, wurde er totenblaß und rang nach Fassung, und um seine Mundwinkel sah ich ein Zittern. Aber all das dauerte nur einen Augenblick, dann hatte er sich wieder gefaßt, und von da ab war alles an ihm wehmütige Resignation. Es ist mir ganz sicher, er hat das Gefühl, aus der Sache nicht heil herauszukommen, und will auch nicht. Wenn ich ihn richtig beurteile, er lebt gern und ist zugleich gleichgültig gegen das Leben. Er nimmt alles mit und weiß doch, daß es nicht viel damit ist.«

»Wer wird ihm sekundieren? Oder sag ich lieber, wen wird er mitbringen?«

»Das war, als er sich wieder gefangen hatte, seine Hauptsorge. Er nannte zwei, drei Adlige aus der Nähe, ließ sie dann aber wieder fallen, sie seien zu alt und zu fromm, er werde nach Treptow hin telegraphieren an seinen Freund Buddenbrook. Und der ist auch gekommen, famoser Mann, schneidig und doch zugleich wie ein Kind. Er konnte sich nicht beruhigen und ging in größter Erregung auf und ab. Aber als ich ihm alles gesagt hatte, sagte er geradeso wie wir: ›Sie haben recht, es muß sein!‹«

Der Kaffee kam. Man nahm eine Zigarre, und Wüllersdorf war wieder darauf aus, das Gespräch auf mehr gleichgültige Dinge zu lenken.

»Ich wundere mich, daß keiner von den Kessinern sich einfindet, Sie zu begrüßen. Ich weiß doch, daß Sie sehr beliebt gewesen sind. Und nun gar Ihr Freund Gieshübler ...«

Innstetten lächelte. »Da verkennen Sie die Leute hier an der Küste; halb sind es Philister und halb Pfiffici, nicht sehr nach meinem Geschmack; aber eine Tugend haben sie, sie sind alle sehr manierlich. Und nun gar mein alter Gieshübler. Natürlich weiß jeder, um was sich's handelt, aber eben deshalb hütet man sich, den Neugierigen zu spielen.«

In diesem Augenblicke wurde von links her ein zurückgeschlagener Chaisewagen sichtbar, der, weil es noch vor der bestimmten Zeit war, langsam herankam.

»Ist das unser?« fragte Innstetten.

»Mutmaßlich.«

Und gleich danach hielt der Wagen vor dem Hotel, und Innstetten und Wüllersdorf erhoben sich.

Wüllersdorf trat an den Kutscher heran und sagte: »Nach der Mole.«

Die Mole lag nach der entgegengesetzten Strandseite, rechts statt links, und die falsche Weisung wurde nur gegeben, um etwaigen Zwischenfällen, die doch immerhin möglich waren, vorzubeugen. Im übrigen, ob man sich nun weiter draußen nach rechts oder links zu halten vorhatte, durch die Plantage mußte man jedenfalls, und so führte denn der Weg unvermeidlich an Innstettens alter Wohnung vorüber. Das Haus lag noch stiller da als früher; ziemlich vernachlässigt sah's in den Parterreräumen aus; wie mocht es erst da oben sein! Und das Gefühl des Unheimlichen, das Innstetten an Effi so oft bekämpft oder auch wohl belächelt hatte, jetzt überkam es ihn selbst, und er war froh, als sie dran vorüber waren.

»Da hab ich gewohnt«, sagte er zu Wüllersdorf.

»Es sieht sonderbar aus, etwas öd und verlassen.«

»Mag auch wohl. In der Stadt galt es als ein Spukhaus, und wie's heute daliegt, kann ich den Leuten nicht unrecht geben.«

»Was war es denn damit?«

»Ach, dummes Zeug: alter Schiffskapitän mit Enkelin oder Nichte, die eines schönen Tages verschwand, und dann ein Chinese, der vielleicht ein Liebhaber war, und auf dem Flur ein kleiner Haifisch und ein Krokodil, beides an Strippen und immer in Bewegung. Wundervoll zu erzählen, aber nicht jetzt. Es spukt einem doch allerhand anderes im Kopf.«

»Sie vergessen, es kann auch alles glatt ablaufen.«

»Darf nicht. Und vorhin, Wüllersdorf, als Sie von Crampas sprachen, sprachen Sie selber anders davon.«

Bald danach hatte man die Plantage passiert, und der Kutscher wollte jetzt rechts einbiegen auf die Mole zu. »Fahren Sie lieber links. Das mit der Mole kann nachher kommen.«

Und der Kutscher bog links in eine breite Fahrstraße ein, die hinter dem Herrenbade grad auf den Wald zulief. Als sie bis auf dreihundert Schritt an diesen heran waren, ließ Wüllersdorf den Wagen halten, und beide gingen nun, immer durch mahlenden Sand hin, eine ziemlich breite Fahrstraße hinunter, die die hier dreifache Dünenreihe senkrecht durchschnitt. Überall zur Seite standen dichte Büschel von Strandhafer, um diesen herum aber Immortellen und ein paar blutrote Nelken. Innstetten bückte sich und steckte sich eine der Nelken ins Knopfloch. »Die Immortellen nachher.«

So gingen sie fünf Minuten. Als sie bis an die ziemlich tiefe Senkung gekommen waren, die zwischen den beiden vordersten Dünenreihen hinlief, sahen sie, nach links hin, schon die Gegenpartei: Crampas und Buddenbrook und mit ihnen den guten Doktor Hannemann, der seinen Hut in der Hand hielt, so daß das weiße Haar im Winde flatterte.

Innstetten und Wüllersdorf gingen die Sandschlucht hinauf, Buddenbrook kam ihnen entgegen. Man begrüßte sich, worauf beide Sekundanten beiseite traten, um noch ein kurzes sachliches Gespräch zu führen. Es lief darauf hinaus, daß man *a tempo* avancieren und auf zehn Schritt Distanz feuern solle. Dann kehrte Buddenbrook an seinen Platz zurück; alles erledigte sich rasch, und die Schüsse fielen. Crampas stürzte.

Innstetten, einige Schritt zurücktretend, wandte sich ab von der Szene. Wüllersdorf aber war auf Buddenbrook zugeschritten, und beide warteten jetzt auf den Ausspruch des Doktors, der die Achseln zuckte. Zugleich deutete Crampas durch eine Handbewegung an, daß er etwas sagen wollte. Wüllersdorf beugte sich zu ihm nieder, nickte zustimmend zu den paar Worten, die kaum hörbar von des Sterbenden Lippen kamen, und ging dann auf Innstetten zu.

»Crampas will Sie noch sprechen, Innstetten. Sie müssen ihm zu Willen sein. Er hat keine drei Minuten Leben mehr.«

Innstetten trat an Crampas heran.

»Wollen Sie ...«, das waren seine letzten Worte.

Noch ein schmerzlicher und doch beinah freundlicher Schimmer in seinem Antlitz, und dann war es vorbei.

29. KAPITEL

Am Abend desselben Tages traf Innstetten wieder in Berlin ein. Er war mit dem Wagen, den er innerhalb der Dünen an dem Querwege zurückgelassen hatte, direkt nach der Bahnstation gefahren, ohne Kessin noch einmal zu berühren, dabei den beiden Sekundanten die Meldung an die Behörden überlassend. Unterwegs (er war allein im Coupé) hing er, alles noch mal überdenkend, dem Geschehenen nach; es waren dieselben Gedanken wie zwei Tage zuvor, nur daß sie jetzt den umgekehrten Gang gingen und mit der Überzeugtheit von seinem Recht und seiner Pflicht anfingen, um mit Zweifeln daran aufzuhören. »Schuld, wenn sie überhaupt was ist, ist nicht an Ort und Stunde gebunden und kann nicht hinfällig werden von heute auf morgen. Schuld verlangt Sühne; das hat einen Sinn. Aber Verjährung ist etwas Halbes, etwas Schwächliches, zum mindesten was Prosaisches.« Und er richtete sich an dieser Vorstellung auf und wiederholte sich's, daß es gekommen sei, wie's habe kommen müssen. Aber im selben Augenblikke, wo dies für ihn feststand, warf er's auch wieder um. »Es *muß* eine Verjährung geben, Verjährung ist das einzig Vernünftige; ob es nebenher auch noch prosaisch ist, ist gleichgültig; das Vernünftige ist meist prosaisch. Ich bin jetzt fünfundvierzig. Wenn ich die Briefe fünfundzwanzig Jahre später gefunden hätte, so wär ich siebzig. Dann hätte Wüllersdorf gesagt: ›Innstetten, seien Sie kein Narr.‹ Und wenn es Wüllersdorf nicht gesagt hätte, so hätt es Buddenbrook gesagt, und wenn auch *der* nicht, so ich selbst. Dies ist mir klar. Treibt man etwas auf die Spitze, so übertreibt man und hat die Lächerlichkeit. Kein Zweifel. Aber wo fängt es an? Wo liegt die Grenze? Zehn Jahre verlangen noch ein Duell, und da heißt es Ehre, und nach elf Jahren oder vielleicht schon bei zehnundeinhalb heißt es Unsinn. Die Grenze, die Grenze. Wo ist sie? War sie da? War sie schon überschritten? Wenn ich mir seinen letzten Blick vergegenwärtige, resigniert und in seinem Elend doch noch ein Lächeln, so hieß der Blick: ›Innstetten, Prinzipienreiterei ... Sie konnten es mir ersparen und sich selber auch.‹ Und er hatte vielleicht recht. Mir klingt so was in der Seele. Ja, wenn ich voll tödlichem Haß gewesen wäre, wenn mir hier ein tiefes Rachegefühl gesessen hätte ... Rache ist nichts Schönes, aber was Menschliches und hat ein natürlich menschliches Recht. So aber war alles einer Vorstellung, einem Begriff zuliebe, war eine gemachte Geschichte, halbe Komödie. Und diese Komödie muß ich nun fortsetzen und muß Effi wegschicken und sie ruinieren, und mich mit ... Ich mußte die Briefe verbrennen, und die Welt durfte nie davon erfahren. Und wenn sie dann kam, ahnungslos, so mußt ich ihr sagen: ›Da ist dein Platz‹ und mußte mich innerlich von ihr scheiden. Nicht vor der Welt. Es gibt so viele Leben, die keine sind, und so viele Ehen, die keine sind ... dann war das Glück hin, aber ich hätte das Auge mit seinem Frageblicke und mit seiner stummen leisen Anklage nicht vor mir.«

Kurz vor zehn hielt Innstetten vor seiner Wohnung. Er stieg die Treppen hinauf und zog die Glocke; Johanna kam und öffnete.

»Wie steht es mit Annie?«

»Gut, gnäd'ger Herr. Sie schläft noch nicht ... Wenn der gnäd'ge Herr ...«

»Nein, nein, das regt sie bloß auf. Ich sehe sie lieber morgen früh. Bringen Sie mir ein Glas Tee, Johanna. Wer war hier?«

»Nur der Doktor.«

Und nun war Innstetten wieder allein. Er ging auf und ab, wie er's zu tun liebte. Sie wissen schon alles; Roswitha ist dumm, aber Johanna ist eine kluge Person. Und wenn sie's nicht mit Bestimmtheit wissen, so haben sie sich's zurechtgelegt und wissen es doch. Es ist merkwürdig, was alles zum Zeichen wird und Geschichten ausplaudert, als wäre jeder mit dabeigewesen.

Johanna brachte den Tee. Innstetten trank. Er war nach der Überanstrengung todmüde und schlief ein.

Innstetten war zu guter Zeit auf. Er sah Annie, sprach ein paar Worte mit ihr, lobte sie, daß sie eine gute Kranke sei, und ging dann aufs Ministerium, um seinem Chef von allem Vorgefallenen Meldung zu machen. Der Minister war sehr gnädig. »Ja, Innstetten, wohl dem, der aus allem, was das Leben uns bringen kann, heil herauskommt; *Sie* hat's getroffen.« Er fand alles, was geschehen, in der Ordnung und überließ Innstetten das weitere.

Erst spätnachmittags war Innstetten wieder in seiner Wohnung, in der er ein paar Zeilen von Wüllersdorf vorfand. »Heute früh wieder eingetroffen. Eine Welt von Dingen erlebt; Schmerzliches, Rührendes, Gieshübler an der Spitze. Der liebenswürdigste Bucklige, den ich je gesehen. Von Ihnen sprach er nicht allzu viel, aber die Frau, die Frau! Er konnte sich nicht beruhigen, und zuletzt brach der kleine Mann in Tränen aus. Was alles vorkommt. Es wäre zu wünschen, daß es mehr Gieshübler gäbe. Es gibt aber mehr andere. Und dann die Szene im Hause des Majors ... furchtbar. Kein Wort davon. Man hat wieder mal gelernt: aufpassen. Ich sehe Sie morgen. Ihr W.«

Innstetten war ganz erschüttert, als er gelesen. Er setzte sich und schrieb seinerseits ein paar Briefe. Als er damit zu Ende war, klingelte er: »Johanna, die Briefe in den Kasten.«

Johanna nahm die Briefe und wollte gehen.

»... Und dann, Johanna, noch eins: die Frau kommt nicht wieder. Sie werden von anderen erfahren, warum nicht. Annie darf nichts wissen, wenigstens jetzt nicht. Das arme Kind. Sie müssen es ihr allmählich beibringen, daß sie keine Mutter mehr hat. Ich kann es nicht. Aber machen Sie's gescheit. Und daß Roswitha nicht alles verdirbt.«

Johanna stand einen Augenblick ganz wie benommen da. Dann ging sie auf Innstetten zu und küßte ihm die Hand.

Als sie wieder draußen in der Küche war, war sie von Stolz und Überlegenheit ganz erfüllt, ja beinahe von Glück. Der gnädige Herr hatte ihr nicht nur alles gesagt, sondern am Schlusse auch noch hinzugesetzt »und daß Roswitha nicht alles verdirbt«. Das war die Hauptsache, und ohne daß es ihr an gutem Herzen und selbst an Teilnahme mit der Frau gefehlt hätte, beschäftigte sie doch, über jedes andere hinaus, der Triumph einer gewissen Intimitätsstellung zum gnädigen Herrn.

Unter gewöhnlichen Umständen wäre ihr denn auch die Herauskehrung und Geltendmachung dieses Triumphes ein leichtes gewesen, aber heute traf sich's so wenig günstig für sie, daß ihre Rivalin, ohne Vertrauensperson gewesen zu sein, sich doch als die Eingeweihtere zeigen sollte. Der Portier unten hatte nämlich, so ziemlich um dieselbe Zeit, wo dies spielte, Roswitha in seine kleine Stube hineingerufen und ihr gleich beim Eintreten ein Zeitungsblatt zum Lesen zugeschoben. »Da, Roswitha, das ist was für Sie; Sie können es mir nachher wieder runterbringen. Es ist bloß das Fremdenblatt: aber Lene ist schon hin und holt das ›Kleine Journal‹. Da wird wohl schon mehr drin stehen; die wissen immer alles. Hören Sie, Roswitha, wer so was gedacht hätte!«

Roswitha, sonst nicht allzu neugierig, hatte sich doch nach dieser Ansprache so rasch wie möglich die Hintertreppe hinaufbegeben und war mit dem Lesen gerade fertig, als Johanna dazukam.

Diese legte die Briefe, die ihr Innstetten eben gegeben, auf den Tisch, überflog die Adressen oder tat wenigstens so (denn sie wußte längst, an wen sie gerichtet waren) und sagte mit gutergünstelter Ruhe: »Einer ist nach Hohen-Cremmen.«

»Das kann ich mir denken«, sagte Roswitha.

Johanna war nicht wenig erstaunt über diese Bemerkung. »Der Herr schreibt sonst nie nach Hohen-Cremmen.«

»Ja, sonst. Aber jetzt ... Denken Sie sich, *das* hat mir eben der Portier unten gegeben.«

Johanna nahm das Blatt und las nun halblaut eine mit einem dicken Tintenstrich markierte Stelle: »Wie wir kurz vor Redaktionsschluß von gutunterrichteter Seite her vernehmen, hat gestern früh in dem Badeorte Kessin, in Hinterpommern, ein Duell zwischen dem Ministerialrat v. I. (Keithstraße) und dem Major von Crampas stattgefunden. Major von Crampas fiel. Es heißt, daß Beziehungen zwischen ihm und der Rätin, einer schönen und noch sehr jungen Frau, bestanden haben sollen.«

»Was solche Blätter auch alles schreiben«, sagte Johanna, die verstimmt war, ihre Neuigkeit überholt zu sehen. »Ja«, sagte Roswitha. »Und das lesen nun die Menschen und verschimpfieren mir meine liebe, arme Frau. Und der arme Major. Nun ist er tot.«

»Ja, Roswitha, was denken Sie sich eigentlich. Soll er *nicht* tot sein? Oder soll lieber unser gnädiger Herr tot sein?«

»Nein, Johanna, unser gnäd'ger Herr, der soll auch leben, alles soll leben. Ich bin nicht für totschießen und kann nicht mal das Knallen hören. Aber bedenken Sie doch, Johanna, das ist ja nun schon eine halbe Ewigkeit her, und die Briefe, die mir gleich so sonderbar aussahen, weil sie die rote Strippe hatten und drei- oder viermal umwickelt und dann eingeknotet und keine Schleife – die sahen ja schon ganz gelb aus, so lange ist es her. Wir sind ja nun schon über sechs Jahre hier, und wie kann man wegen solcher alten Geschichten ...«

»Ach, Roswitha, Sie reden, wie Sie's verstehen. Und bei Lichte besehen, sind Sie schuld. Von den Briefen kommt es her. Warum kamen Sie mit dem Stemmeisen und brachen den Nähtisch auf, was man nie darf; man darf kein Schloß aufbrechen, was ein anderer zugeschlossen hat.«

»Aber, Johanna, das ist doch wirklich zu schlecht von Ihnen, mir so was auf den Kopf zuzusagen, und Sie wissen doch, daß *Sie* schuld sind und daß Sie wie närrisch in die Küche stürzten und mir sagten, der Nähtisch müsse aufgemacht werden, da wäre die Bandage drin, und da bin ich mit dem Stemmeisen gekommen, und nun soll ich schuld sein. Nein, ich sage ...«

»Nun, ich will es nicht gesagt haben, Roswitha. Nur Sie sollen mir nicht kommen und sagen: ›Der arme Major.‹ Was heißt der arme Major! Der ganze arme Major taugte nichts; wer solchen rotblonden Schnurrbart hat und immer wribbelt, der taugt nie was und richtet bloß Schaden an. Und wenn man immer in vornehmen Häusern gedient hat ... aber das haben Sie nicht, Roswitha, das fehlt Ihnen eben ... dann weiß man auch, was sich paßt und schickt und was Ehre ist, und weiß auch, daß, wenn so was vorkommt, dann geht es nicht anders, und dann kommt das, was man eine Forderung nennt, und dann wird einer totgeschossen.«

»Ach, das weiß ich auch; ich bin nicht so dumm, wie Sie mich immer machen wollen. Aber wenn es so lange her ist ...«

»Ja, Roswitha, mit Ihrem ewigen ›so lange her‹; daran sieht man ja eben, daß Sie nichts davon verstehen. Sie erzählen immer die alte Geschichte von Ihrem Vater mit dem glühenden Eisen und wie er damit auf Sie los gekommen, und jedesmal wenn ich einen glühenden Bolzen eintue, muß ich auch wirklich immer an Ihren Vater denken und sehe immer, wie er Sie wegen des Kindes, das ja nun tot ist, totmachen will. Ja, Roswitha, davon sprechen Sie in einem fort, und es fehlt bloß noch, daß Sie Anniechen auch die Geschichte erzählen, und wenn Anniechen eingesegnet wird, dann wird sie's auch gewiß erfahren, und vielleicht denselben Tag noch; und das ärgert mich, daß Sie das alles erlebt haben, und Ihr Vater war doch bloß ein Dorfschmied und hat Pferde beschlagen oder einen Radreifen gelegt, und nun kommen Sie und verlangen von unserm gnäd'gen Herrn, daß er sich das alles ruhig gefallen läßt, bloß weil es so lange her ist. Was heißt lange her? Sechs Jahre ist nicht lange her. Und unsre gnäd'ge Fräu – die aber nicht wiederkommt, der gnäd'ge Herr hat es mir eben gesagt –, unsre gnäd'ge Frau wird erst sechsundzwanzig, und im August ist ihr Geburtstag, und da kommen Sie mir mit ›lange her‹. Und wenn sie sechsunddreißig wäre, ich sage Ihnen, bei sechsunddreißig muß man erst recht aufpassen, und wenn der gnäd'ge Herr nichts getan hätte, dann hätten ihn die vornehmen Leute ›geschnitten‹. Aber das Wort kennen Sie gar nicht, Roswitha, davon wissen Sie nichts.«

»Nein, davon weiß ich nichts, will auch nicht; aber das weiß ich, Johanna, daß Sie in den gnäd'gen Herrn verliebt sind.«

Johanna schlug eine krampfhafte Lache auf.

»Ja, lachen Sie nur. Ich seh es schon lange. Sie haben so was. Und ein Glück, daß unser gnäd'ger Herr keine Augen dafür hat ... Die arme Frau, die arme Frau.«

Johanna lag daran, Frieden zu schließen. »Lassen Sie's gut sein, Roswitha. Sie haben wieder Ihren Koller; aber ich weiß schon, den haben alle vom Lande.«

»Kann schon sein.«

»Ich will jetzt nur die Briefe forttragen und unten sehen, ob der Portier vielleicht schon die andere Zeitung hat. Ich habe doch recht verstanden, daß er Lene danach geschickt hat? Und es muß auch mehr darin stehen; das hier ist ja so gut wie gar nichts.«

30. KAPITEL

Effi und die Geheimrätin Zwicker waren seit fast drei Wochen in Ems und bewohnten daselbst das Erdgeschoß einer reizenden kleinen Villa. In ihrem zwischen ihren zwei Wohnzimmern gelegenen gemeinschaftlichen Salon mit Blick auf den Garten stand ein Palisanderflügel, auf dem Effi dann und wann eine Sonate, die Zwicker dann und wann einen Walzer spielte; sie war ganz unmusikalisch und beschränkte sich im wesentlichen darauf, für Niemann als Tannhäuser zu schwärmen.

Es war ein herrlicher Morgen; in dem kleinen Garten zwitscherten die Vögel, und aus dem angrenzenden Hause, drin sich ein ›Lokal‹ befand, hörte man, trotz der frühen Stunde, bereits das Zusammenschlagen der Billardbälle. Beide Damen hatten ihr Frühstück nicht im Salon selbst, sondern auf einem ein paar Fuß hoch aufgemauerten und mit Kies bestreuten Vorplatz eingenommen, von dem aus drei Stufen nach dem Garten hinunterführten; die Markise, ihnen zu Häupten, war aufgezogen, um den Genuß der frischen Luft in nichts zu beschränken, und sowohl Effi wie die Geheimrätin waren ziemlich emsig bei ihrer Handarbeit. Nur dann und wann wurden ein paar Worte gewechselt.

»Ich begreife nicht«, sagte Effi, »daß ich schon seit vier Tagen keinen Brief habe; er schreibt sonst täglich. Ob Annie krank ist? Oder er selbst?«

Die Zwicker lächelte: »Sie werden erfahren, liebe Freundin, daß er gesund ist, ganz gesund.«

Effi fühlte sich durch den Ton, in dem dies gesagt wurde, wenig angenehm berührt und schien antworten zu wollen, aber in ebendiesem Augenblicke trat das aus der Umgegend von Bonn stammende Hausmädchen, das sich von Jugend an daran gewöhnt hatte, die mannigfachsten Erscheinungen des Lebens an Bonner Studenten und Bonner Husaren zu messen, vom Salon her auf den Vorplatz hinaus, um hier den Frühstückstisch abzuräumen. Sie hieß Afra.

»Afra«, sagte Effi, »es muß doch schon neun sein; war der Postbote noch nicht da?«

»Nein, noch nicht, gnäd'ge Frau.«

»Woran liegt es?«

»Natürlich an dem Postboten; er ist aus dem Siegenschen und hat keinen Schneid. Ich hab's ihm auch schon gesagt, das sei die ›reine Lodderei‹. Und wie ihm das Haar sitzt; ich glaube, er weiß gar nicht, was ein Scheitel ist.«

»Afra, Sie sind mal wieder zu streng. Denken Sie doch: Postbote, und so tagaus, tagein bei der ewigen Hitze ...«

»Ist schon recht, gnäd'ge Frau. Aber es gibt doch andere, die zwingen's; wo's drinsteckt, da geht es auch.« Und während sie noch so sprach, nahm sie das Tablett geschickt auf ihre fünf Fingerspitzen und stieg die Stufen hinunter, um durch den Garten hin den näheren Weg in die Küche zu nehmen.

»Eine hübsche Person«, sagte die Zwicker. »Und so quick und kasch, und ich möchte fast sagen, von einer natürlichen Anmut. Wissen Sie, liebe Baronin, daß mich diese Afra ... übrigens ein wundervoller Name, und es soll sogar eine heilige Afra gegeben haben, aber ich glaube nicht, daß unsere davon abstammt ...«

»Und nun, liebe Geheimrätin, vertiefen Sie sich wieder in Ihr Nebenthema, das diesmal Afra heißt, und vergessen darüber ganz, was Sie eigentlich sagen wollten ...«

»Doch nicht, liebe Freundin, oder ich finde mich wenigstens wieder zurück. Ich wollte sagen, daß mich diese Afra ganz ungemein an die stattliche Person erinnert, die ich in Ihrem Hause ...«

»Ja, Sie haben recht. Es ist eine Ähnlichkeit da. Nur unser Berliner Hausmädchen ist doch erheblich hübscher und namentlich ihr Haar viel schöner und voller. Ich habe so schönes flachsenes Haar, wie unsere Johanna hat, überhaupt noch nicht gesehen. Ein bißchen davon sieht man ja wohl, aber solche Fülle ...«

Die Zwicker lächelte. »Das ist wirklich selten, daß man eine junge Frau mit solcher Begeisterung von dem flachsenen Haar ihres Hausmädchens sprechen hört. Und nun auch noch von der Fülle! Wissen Sie, daß ich das rührend finde. Denn eigentlich ist man doch bei der Wahl der Mädchen in einer beständigen Verlegenheit. Hübsch sollen sie sein, weil es jeden Besucher, wenigstens die Männer, stört, eine lange Stakete mit griesem Teint und schwarzen Rändern in der Türöffnung erscheinen zu sehen, und ein wahres Glück, daß die Korridore meistens so dunkel sind. Aber nimmt man wieder zuviel Rücksicht auf solche Hausrepräsentation und den sogenannten ersten Eindruck und schenkt man wohl gar noch einer solchen hübschen Person eine weiße Tändelschürze nach der andern, so hat man eigentlich keine ruhige Stunde mehr und fragt sich, wenn man nicht *zu* eitel ist und nicht *zu* viel Vertrauen zu sich selber hat, ob da nicht Remedur geschaffen werden müsse. Remedur war nämlich ein Lieblingswort von Zwikker, womit er mich oft gelangweilt hat; aber freilich, alle Geheimräte haben solche Lieblingsworte.«

Effi hörte mit sehr geteilten Empfindungen zu. Wenn die Geheimrätin nur ein bißchen anders gewesen wäre, so hätte dies alles reizend sein können, aber da sie nun mal war, wie sie war, so fühlte sich Effi wenig angenehm von dem berührt, was sie sonst vielleicht einfach erheitert hätte.

»Das ist schon recht, liebe Freundin, was Sie da von den Geheimräten sagen. Innstetten hat sich auch dergleichen angewöhnt, lacht aber immer, wenn ich ihn daraufhin ansehe, und entschuldigt sich hinterher wegen der Aktenausdrücke. Ihr Herr Gemahl war freilich schon länger im Dienst und überhaupt wohl älter ...«

»Um ein geringes«, sagte die Geheimrätin spitz und ablehnend.

»Und alles in allem kann ich mich in Befürchtungen, wie Sie sie aussprechen, nicht recht zurechtfinden. Das, was man gute Sitte nennt, ist doch immer noch eine Macht ...«

»Meinen Sie?«

»... Und ich kann mir namentlich nicht denken, daß es gerade Ihnen, liebe Freundin, beschieden gewesen sein sollte, solche Sorgen und Befürchtungen durchzumachen. Sie haben, Verzeihung, daß ich diesen Punkt hier so offen berühre, gerade das, was die Männer einen ›Charme‹ nennen, Sie sind heiter, fesselnd, anregend, und wenn es nicht indiskret ist, so möcht ich, angesichts dieser Ihrer Vorzüge, wohl fragen dürfen, stützt sich das, was Sie da sagen, auf allerlei Schmerzliches, das Sie persönlich erlebt haben?«

»Schmerzliches?« sagte die Zwicker. »Ach, meine liebe, gnädigste Frau, Schmerzliches, das ist ein zu großes Wort, auch dann noch, wenn man vielleicht wirklich manches erlebt hat. Schmerzlich ist einfach zuviel, viel zuviel. Und dann hat man doch schließlich auch seine Hilfsmittel und Gegenkräfte. Sie dürfen dergleichen nicht zu tragisch nehmen.«

»Ich kann mir keine rechte Vorstellung von dem machen, was Sie anzudeuten belieben. Nicht, als ob ich nicht wüßte, was Sünde sei, das weiß ich auch; aber es ist doch ein Unterschied, ob man so hineingerät in allerlei schlechte Gedanken oder ob einem derlei Dinge zur halben oder auch wohl zur ganzen Lebensgewohnheit werden. Und nun gar im eigenen Hause ...«

»Davon will ich nicht sprechen, das will ich nicht so direkt gesagt haben, obwohl ich, offen gestanden, auch nach dieser Seite hin voller Mißtrauen bin oder, wie ich jetzt sagen muß, war; denn es liegt ja alles zurück. Aber da gibt es Außengebiete. Haben Sie von Landpartien gehört?«

»Gewiß. Und ich wollte wohl, Innstetten hätte mehr Sinn dafür ...«

»Überlegen Sie sich das, liebe Freundin. Zwicker saß immer in Saatwinkel. Ich kann Ihnen nur sagen, wenn ich das Wort höre, gibt es mir noch jetzt einen Stich ins Herz. Überhaupt diese Vergnügungsörter in der Umgegend unseres lieben, alten Berlin! Denn ich liebe Berlin trotz alledem. Aber schon die bloßen Namen der dabei in Frage kommenden Ortschaften umschließen eine Welt von Angst und Sorge. Sie lächeln. Und doch, sagen Sie selbst, liebe Freundin, was können Sie von einer großen Stadt und ihren Sittlichkeitszuständen erwarten, wenn Sie beinah unmittelbar vor den Toren derselben (denn zwischen Charlottenburg und Berlin ist kein rechter Unterschied mehr), auf kaum tausend Schritt zusammengedrängt, einem Pichelsberg, einem Pichelsdorf und einem Pichelswerder begegnen. Dreimal Pichel ist zu viel. Sie können die ganze Welt absuchen, das finden Sie nicht wieder.«

Effi nickte.

»Und das alles«, fuhr die Zwicker fort, »geschieht am grünen Holze der Havelseite. Das alles liegt nach Westen zu, da haben Sie Kultur und höhere Gesittung. Aber nun gehen Sie, meine Gnädigste, nach der andern Seite hin, die Spree hinauf. Ich spreche nicht von Treptow und Stralau, das sind Bagatellen, Harmlosigkeiten, aber wenn Sie die Spezialkarte zur Hand nehmen wollen, da begegnen Sie neben mindestens sonderbaren Namen wie Kiekebusch, wie Wuhlheide ... Sie hätten hören sollen, wie Zwickel das Wort aussprach ... Namen von geradezu brutalem Charakter, mit denen ich Ihr Ohr nicht verletzen will. Aber natürlich sind das gerade die Plätze, die bevorzugt werden. Ich hasse diese Landpartien, die sich das Volksgemüt als eine Kremserpartie mit ›Ich bin ein Preuße‹ vorstellt, in Wahrheit aber schlummern hier die Keime einer sozialen Revolution. Wenn ich sage soziale Revolution, so meine ich natürlich moralische Revolution, alles andere ist bereits wieder überholt, und schon Zwicker sagte mir noch in seinen letzten Tagen: ›Glaube mir, Sophie, Saturn frißt seine Kinder.‹ Und Zwicker, welche Mängel und Gebrechen er haben mochte, das bin ich ihm schuldig, er war ein philosophischer Kopf und hatte ein natürliches Gefühl für historische Entwicklung ... Aber ich sehe, meine liebe Frau von Innstetten, so artig sie sonst ist, hört nur noch mit halbem Ohr zu; natürlich, der Postbote hat sich drüben blicken lassen, und da fliegt denn das Herz hinüber und nimmt die Liebesworte vorweg aus dem Briefe heraus ... Nun, Böselager, was bringen Sie?«

Der Angeredete war mittlerweile bis an den Tisch herangetreten und packte aus: mehrere Zeitungen, zwei Friseuranzeigen und zuletzt auch einen großen eingeschriebenen Brief an Frau Baronin von Innstetten, geb. von Briest.

Die Empfängerin unterschrieb, und nun ging der Postbote wieder. Die Zwicker aber überflog die Friseuranzeigen und lachte über die Preisermäßigung von Shampooing.

Effi hörte nicht hin; sie drehte den ihrerseits empfangenen Brief zwischen den Fingern und hatte eine ihr unerklärliche Scheu, ihn zu öffnen. Eingeschrieben und mit zwei großen Siegeln gesiegelt und ein dickes Kuvert. Was bedeutete das? Poststempel: »Hohen-Cremmen«, und die Adresse von der Handschrift der Mutter. Von Innstetten, es war der fünfte Tag, keine Zeile.

Sie nahm eine Stickschere mit Perlmuttergriff und schnitt die Längsseite des Briefes langsam auf. Und nun harrte ihrer eine neue Überraschung. Der Briefbogen, ja, das waren eng geschriebene Zeilen von der Mama, darin eingelegt aber waren Geldscheine mit einem breiten Papierstreifen drum herum, auf dem mit Rotstift, und zwar von des Vaters Hand, der Betrag der eingelegten Summe verzeichnet war. Sie schob das Konvolut zurück und begann zu lesen, während sie sich in den Schaukelstuhl zurücklehnte. Aber sie kam nicht weit, die Zeilen entfielen ihr, und aus ihrem Gesicht war alles Blut fort. Dann bückte sie sich und nahm den Brief wieder auf.

»Was ist Ihnen, liebe Freundin? Schlechte Nachrichten?«

Effi nickte, gab aber weiter keine Antwort und bat nur, ihr ein Glas Wasser reichen zu wollen. Als sie getrunken, sagte sie: »Es wird vorübergehen, liebe Geheimrätin, aber ich möchte mich doch einen Augenblick zurückziehen ... Wenn Sie mir Afra schicken könnten.«

Und nun erhob sie sich und trat in den Salon zurück, wo sie sichtlich froh war, einen Halt gewinnen und sich an dem Palisanderflügel entlangfühlen zu können. So kam sie bis an ihr nach rechts hin gelegenes Zimmer, und als sie hier, tappend und suchend, die Tür geöffnet und das Bett an der Wand gegenüber erreicht hatte, brach sie ohnmächtig zusammen.

31. KAPITEL

Minuten vergingen. Als Effi sich wieder erholt hatte, setzte sie sich auf einen am Fenster stehenden Stuhl und sah auf die stille Straße hinaus. Wenn da doch Lärm und Streit gewesen wäre; aber nur der Sonnenschein lag auf dem chaussierten Wege und dazwischen die Schatten, die das Gitter und die Bäume warfen. Das Gefühl des Alleinseins in der Welt überkam sie mit seiner ganzen Schwere. Vor einer Stunde noch eine glückliche Frau, Liebling aller, die sie kannten, und nun ausgestoßen. Sie hatte nur erst den Anfang des Briefes gelesen, aber genug, um ihre Lage klar vor Augen zu haben. Wohin? Sie hatte keine Antwort darauf, und doch war sie voll tiefer Sehnsucht, aus dem herauszukommen, was sie hier umgab, also fort von dieser Geheimrätin, der das alles bloß ein »interessanter Fall« war und deren Teilnahme, wenn etwas davon existierte, sicher an das Maß ihrer Neugier nicht heranreichte.

»Wohin?«

Auf dem Tische vor ihr lag der Brief; aber ihr fehlte der Mut, weiterzulesen. Endlich sagte sie: »Wovor bange ich mich noch? Was kann noch gesagt werden, das ich mir nicht schon selber sagte? Der, um den all dies kam, ist tot, eine Rückkehr in mein Haus gibt es nicht, in ein paar Wochen wird die Scheidung ausgesprochen sein, und das Kind wird man dem Vater lassen. Natürlich. Ich bin schuldig, und eine Schuldige kann ihr Kind nicht erziehen. Und wovon auch? Mich selbst werde ich wohl durchbringen. Ich will sehen, was die Mama darüber schreibt, wie sie sich mein Leben denkt.«

Und unter diesen Worten nahm sie den Brief wieder, um auch den Schluß zu lesen.

»... Und nun Deine Zukunft, meine liebe Effi. Du wirst Dich auf Dich selbst stellen müssen und darfst dabei, soweit äußere Mittel mitsprechen, unserer Unterstützung sicher sein. Du wirst am besten in Berlin leben (in einer großen Stadt vertut sich dergleichen am besten) und wirst da zu den vielen gehören, die sich um freie Luft und lichte Sonne gebracht haben. Du wirst einsam leben und, wenn Du das nicht willst, wahrscheinlich aus Deiner Sphäre herabsteigen müssen. Die Welt, in der Du gelebt hast, wird Dir verschlossen sein. Und was das Traurigste für uns und für Dich ist (auch für Dich, wie wir Dich zu kennen vermeinen) – auch das elterliche Haus wird Dir verschlossen sein; wir können Dir keinen stillen Platz in Hohen-Cremmen anbieten, keine Zuflucht in unserem Hause, denn es hieße das, dies Haus von aller Welt abschließen, und das zu tun, sind wir entschieden nicht geneigt. Nicht weil wir zu sehr an der Welt hingen und ein Abschiednehmen von dem, was sich ›Gesellschaft‹ nennt, uns als etwas unbedingt Unerträgliches erschiene; nein, *nicht* deshalb, sondern einfach weil wir Farbe bekennen und vor aller Welt, ich kann Dir das Wort nicht ersparen, unsere Verurteilung Deines Tuns, des Tuns unseres einzigen und von uns so sehr geliebten Kindes, aussprechen wollen ...«

Effi konnte nicht weiterlesen; ihre Augen füllten sich mit Tränen, und nachdem sie vergeblich dagegen angekämpft hatte, brach sie zuletzt in ein heftiges Schluchzen und Weinen aus, darin sich ihr Herz erleichterte.

Nach einer halben Stunde klopfte es, und auf Effis »Herein« erschien die Geheimrätin.

»Darf ich eintreten?«

»Gewiß, liebe Geheimrätin«, sagte Effi, die jetzt, leicht zugedeckt und die Hände gefaltet, auf dem Sofa lag. »Ich bin erschöpft und habe mich hier eingerichtet, so gut es ging. Darf ich Sie bitten, sich einen Stuhl zu nehmen.«

Die Geheimrätin setzte sich so, daß der Tisch, mit einer Blumenschale darauf, zwischen ihr und Effi war. Effi zeigte keine Spur von Verlegenheit und änderte nichts in ihrer Haltung, nicht einmal die gefalteten Hände. Mit einem Male war es ihr vollkommen gleichgültig, was die Frau dachte; nur fort wollte sie.

»Sie haben eine traurige Nachricht empfangen, liebe, gnädigste Frau ...«

»Mehr als traurig«, sagte Effi. »Jedenfalls traurig genug, um unserem Beisammensein ein rasches Ende zu machen. Ich muß noch heute fort.«

»Ich möchte nicht zudringlich erscheinen, aber ist es etwas mit Annie?«

»Nein, nicht mit Annie. Die Nachrichten kamen überhaupt nicht aus Berlin, es waren Zeilen meiner Mama. Sie hat Sorgen um mich, und es liegt mir daran, sie zu zerstreuen oder, wenn ich das nicht kann, wenigstens an Ort und Stelle zu sein.«

»Mir nur zu begreiflich, so sehr ich es beklage, diese letzten Emser Tage nun ohne Sie verbringen zu sollen. Darf ich Ihnen meine Dienste zur Verfügung stellen?«

Ehe Effi darauf antworten konnte, trat Afra ein und meldete, daß man sich eben zum Lunch versammle. Die Herrschaften seien alle sehr in Aufregung: der Kaiser käme wahrscheinlich auf drei Wochen, und am Schluß seien große Manöver, und die Bonner Husaren kämen auch.

Die Zwicker überschlug sofort, ob es sich verlohnen würde, bis dahin zu bleiben, kam zu einem entschiedenen »Ja« und ging dann, um Effis Ausbleiben beim Lunch zu entschuldigen.

Als gleich danach auch Afra gehen wollte, sagte Effi: »Und dann, Afra, wenn Sie frei sind, kommen Sie wohl noch eine Viertelstunde zu mir, um mir beim Packen behilflich zu sein. Ich will heute noch mit dem Siebenuhrzuge fort.«

»Heute noch? Ach, gnädigste Frau, das ist doch aber schade. Nun fangen ja die schönen Tage erst an.«

Effi lächelte.

Die Zwicker, die noch allerlei zu hören hoffte, hatte sich nur mit Mühe bestimmen lassen, der »Frau Baronin« beim Abschiede nicht das Geleit zu geben. Auf einem Bahnhofe, so hatte Effi versichert, sei man immer so zerstreut und nur mit seinem Platz und seinem Gepäck beschäftigt; gerade Personen, die man liebhabe, von denen nähme man gern vorher Abschied. Die Zwicker bestätigte das, trotzdem sie das Vorgeschützte darin sehr wohl herausfühlte; sie hatte hinter allen Türen gestanden und wußte gleich, was echt und unecht war.

Afra begleitete Effi zum Bahnhof und ließ sich fest versprechen, daß die Frau Baronin im nächsten Sommer wiederkommen wolle; wer einmal in Ems gewesen, der komme immer wieder. Ems sei das Schönste, außer Bonn.

Die Zwicker hatte sich mittlerweile zum Briefschreiben niedergesetzt, nicht an dem etwas wackligen Rokokosekretär im Salon, sondern draußen auf der Veranda, an demselben Tisch, an dem sie kaum zehn Stunden zuvor mit Effi das Frühstück genommen hatte.

Sie freute sich auf den Brief, der einer befreundeten, zur Zeit in Reichenhall weilenden Berliner Dame zugute kommen sollte. Beider Seelen hatten sich längst gefunden und gipfelten in einer der ganzen Männerwelt geltenden starken Skepsis; sie fanden die Männer durchweg weit zurückbleibend hinter dem, was billigerweise gefordert werden könne, die sogenannten forschen am meisten. »Die, die vor Verlegenheit nicht wissen, wo sie hinsehen sollen, sind, nach einem kurzen Vorstudium, immer noch die besten, aber die eigentlichen Don Juans erweisen sich jedesmal als eine Enttäuschung. Wo soll es am Ende auch herkommen.« Das waren so Weisheitssätze, die zwischen den zwei Freundinnen ausgetauscht wurden.

Die Zwicker war schon auf dem zweiten Bogen und fuhr in ihrem mehr als dankbaren Thema, das natürlich »Effi« hieß, eben wie folgt fort: »Alles in allem war sie sehr zu leiden, artig, anscheinend offen, ohne jeden Adelsdünkel (oder doch groß in der Kunst, ihn zu verbergen) und immer interessiert, wenn man ihr etwas Interessantes erzählte, wovon ich, wie ich Dir nicht zu versichern brauche, den ausgiebigsten Gebrauch machte. Nochmals also, reizende junge Frau, fünfundzwanzig oder nicht viel mehr. Und doch hab ich dem Frieden nie getraut und traue ihm auch in diesem Augenblicke noch nicht, ja jetzt vielleicht am wenigsten. Die Geschichte heute mit dem Briefe – da steckt eine wirkliche Geschichte dahinter. Dessen bin ich so gut wie sicher. Es wäre das erste Mal, daß ich mich in solcher Sache geirrt hätte. Daß sie mit Vorliebe von den Berliner Modepredigern sprach und das Maß der Gottseligkeit jedes einzelnen feststellte, das und der gelegentliche Gretchenblick, der jedesmal versicherte, kein Wässerchen trüben zu können – alle diese Dinge haben mich in meinem Glauben ... Aber da kommt eben unsere Afra, von der ich Dir, glaub ich, schon schrieb, eine hübsche Person, und packt mir ein Zeitungsblatt auf den Tisch, das ihr, wie sie sagt, unsere Frau Wirtin für mich gegeben habe; die blauangestrichene Stelle. Nun verzeih, wenn ich diese Stelle erst lese ...

Nachschrift. Das Zeitungsblatt war interessant genug und kam wie gerufen. Ich schneide die blauangestrichene Stelle heraus und lege sie diesen Zeilen bei. Du siehst daraus, daß ich mich *nicht* geirrt habe. Wer mag nur der Crampas sein? Es ist unglaublich – erst selber Zettel und Briefe schreiben und dann auch noch die des anderen aufbewahren! Wozu gibt es Öfen und Kamine? So lange wenigstens, wie dieser Duellunsinn noch existiert, darf dergleichen nicht vorkommen; einem kommenden Geschlechte kann diese Briefschreibepassion (weil dann gefahrlos geworden) vielleicht freigegeben werden. Aber soweit sind wir noch lange nicht. Übrigens bin ich voll Mitleid mit der jungen Baronin und finde, eitel wie man nun mal ist, meinen einzigen Trost darin, mich in der Sache selbst nicht getäuscht zu haben. Und der Fall lag nicht so ganz gewöhnlich. Ein schwächerer Diagnostiker hätte sich doch vielleicht hinters Licht führen lassen. Wie immer

Deine Sophie.«

32. KAPITEL

Drei Jahre waren vergangen, und Effi bewohnte seit fast ebenso langer Zeit eine kleine Wohnung in der Königgrätzer Straße, zwischen Askanischem Platz und Halleschem Tor: ein Vorder- und Hinterzimmer, und hinter diesem die Küche mit Mädchengelaß, alles so durchschnittsmäßig und alltäglich wie nur möglich. Und doch war es eine apart hübsche Wohnung, die jedem, der sie sah, angenehm auffiel, am meisten vielleicht dem alten Geheimrat Rummschüttel, der, dann und wann vorsprechend, der armen jungen Frau nicht bloß die nun weit zurückliegende Rheumatismus- und Neuralgiekomödie, sondern auch alles, was seitdem sonst noch vorgekommen war, längst verziehen hatte, wenn es für ihn der Verzeihung überhaupt bedurfte. Denn Rummschüttel kannte noch ganz anderes. Er war jetzt ausgangs Siebzig, aber wenn Effi, die seit einiger Zeit ziemlich viel kränkelte, ihn brieflich um seinen Besuch bat, so war er am anderen Vormittag auch da und wollte von Entschuldigungen, daß es so hoch sei, nichts wissen. »Nur keine Entschuldigungen, meine liebe, gnädigste Frau; denn erstens ist es mein Metier, und zweitens bin ich glücklich und beinahe stolz, die drei Treppen so gut noch steigen zu können. Wenn ich nicht fürchten müßte, Sie zu belästigen – denn ich komme doch schließlich als Arzt und nicht als Naturfreund und Landschaftsschwärmer –, so käme ich wohl noch öfter, bloß um Sie zu sehen und mich hier etliche Minuten an Ihr Hinterfenster zu setzen. Ich glaube, Sie würdigen den Ausblick nicht genug.«

»O doch, doch«, sagte Effi; Rummschüttel aber ließ sich nicht stören und fuhr fort: »Bitte, meine gnädigste Frau, treten Sie hier heran, nur einen Augenblick, oder erlauben Sie mir, daß ich Sie bis an das Fenster führe. Wieder ganz herrlich heute. Sehen Sie doch nur die verschiedenen Bahndämme, drei, nein vier, und wie es beständig darauf hin und her gleitet ... und nun verschwindet der Zug da wieder hinter einer Baumgruppe. Wirklich herrlich. Und wie die Sonne den weißen Rauch durchleuchtet! Wäre der Matthäikirchhof nicht unmittelbar dahinter, so wäre es ideal.«

»Ich sehe gern Kirchhöfe.«

»Ja, Sie dürfen das sagen. Aber unserein! Unsereinem kommt unabweislich immer die Frage, könnten hier nicht vielleicht einige weniger liegen? Im übrigen, meine gnädigste Frau, bin ich mit Ihnen zufrieden und beklage nur, daß Sie von Ems nichts wissen wollen; Ems, bei Ihren katarrhalischen Affektionen, würde Wunder ...«

Effi schwieg.

»Ems würde Wunder tun. Aber da Sie's nicht mögen (und ich finde mich darin zurecht), so trinken Sie den Brunnen hier. In drei Minuten sind Sie im Prinz-Albrechtschen Garten, und wenn auch die Musik und die Toiletten und all die Zerstreuungen einer regelrechten Brunnenpromenade fehlen, der Brunnen selbst ist doch die Hauptsache.«

Effi war einverstanden, und Rummschüttel nahm Hut und Stock. Aber er trat noch einmal an das Fenster heran. »Ich höre von einer Terrassierung des Kreuzbergs sprechen, Gott segne die Stadtverwaltung, und wenn dann erst die kahle Stelle dahinten mehr in Grün stehen wird ... Eine reizende Wohnung. Ich könnte Sie fast beneiden ... Und was ich schon längst einmal sagen wollte, meine gnädigste Frau, Sie schreiben mir immer einen so liebenswürdigen Brief. Nun, wer freute sich dessen nicht? Aber es ist doch jedesmal eine Mühe ... Schicken Sie mir doch einfach Roswitha.«

Effi dankte ihm, und so schieden sie.

»Schicken Sie mir doch einfach Roswitha ...«, hatte Rummschüttel gesagt. Ja, war denn Roswitha bei Effi? War sie denn statt in der Keith- in der Königgrätzer Straße? Gewiß war sie's, und zwar sehr lange schon, gerade so lange, wie Effi selbst in der Königgrätzer Straße wohnte. Schon drei Tage vor diesem Einzug hatte sich Roswitha bei ihrer lieben gnädigen Frau sehen lassen, und das war ein großer Tag für beide gewesen, so sehr, daß dieses Tages hier noch nachträglich gedacht werden muß.

Effi hatte damals, als der elterliche Absagebrief aus Hohen-Cremmen kam und sie mit dem Abendzuge von Ems nach Berlin zurückreiste, nicht gleich eine selbständige Wohnung genommen, sondern es mit einem Unterkommen in einem Pensionate versucht. Es war ihr damit auch leidlich geglückt. Die beiden Damen, die dem Pensionate vorstanden, waren gebildet und voll Rücksicht und hatten es längst verlernt, neugierig zu sein. Es kam da so vieles zusammen, daß ein Eindringenwollen in die Geheimnisse jedes einzelnen viel zu umständlich gewesen wäre. Dergleichen hinderte nur den Geschäftsgang. Effi, die die mit den Augen angestellten Kreuzverhöre der Zwicker noch in Erinnerung hatte, fühlte sich denn auch von dieser Zurückhaltung der Pensionsdamen sehr angenehm berührt, als aber vierzehn Tage vorüber waren, empfand sie doch deutlich, daß die hier herrschende Gesamtatmosphäre, die physische wie die moralische, nicht wohl ertragbar für sie sei. Bei Tisch waren sie zumeist zu sieben, und zwar außer Effi und der einen Pensionsvorsteherin (die andere leitete draußen das Wirtschaftliche) zwei die Hochschule besuchende Engländerinnen, eine adelige Dame aus Sachsen, eine sehr hübsche galizische Jüdin, von der niemand wußte, was sie eigentlich vorhatte, und eine Kantorstochter aus Polzin in Pommern, die Malerin werden wollte. Das war eine schlimme Zusammensetzung, und die gegenseitigen Überheblichkeiten, bei denen die Engländerinnen merkwürdigerweise nicht absolut obenan standen, sondern mit der vom höchsten Malergefühl erfüllten Polzinerin um die Palme rangen, waren unerquicklich; dennoch wäre Effi, die sich passiv verhielt, über den Druck, den diese geistige Atmosphäre übte, hinweggekommen, wenn nicht, rein physisch und äußerlich, die sich hinzugesellende Pensionsluft gewesen wäre. Woraus sich diese eigentlich zusammensetzte, war vielleicht überhaupt unerforschlich, aber daß sie der sehr empfindlichen Effi den Atem raubte, war nur zu gewiß, und so sah sie sich, aus diesem äußerlichen Grunde, sehr bald schon zur Aus- und Umschau nach einer anderen Wohnung gezwungen, die sie denn auch in verhältnismäßiger Nähe fand. Es war dies die vorgeschilderte Wohnung in der Königgrätzer Straße. Sie sollte dieselbe zu Beginn des Herbstvierteljahrs beziehen, hatte das Nötige dazu beschafft und zählte während der letzten Septembertage die Stunden bis zur Erlösung aus dem Pensionat.

An einem dieser letzten Tage – sie hatte sich eine Viertelstunde zuvor aus dem Eßzimmer zurückgezogen und gedachte sich eben auf einem mit einem großblumigen Wollstoff überzogenen Seegrassofa auszuruhen – wurde leise an ihre Tür geklopft.

»Herein.«

Das eine Hausmädchen, eine kränklich aussehende Person von Mitte Dreißig, die, durch beständigen Aufenthalt auf dem Korridor des Pensionats, den hier lagernden Dunstkreis überallhin in ihren Falten mitschleppte, trat ein und sagte: Die gnädige Frau möchte entschuldigen, aber es wolle sie jemand sprechen.

»Wer?«

»Eine Frau.«

»Und hat sie ihren Namen genannt?«

»Ja. Roswitha.«

Und siehe da, kaum daß Effi diesen Namen gehört hatte, so schüttelte sie den Halbschlaf von sich ab und sprang auf und lief auf den Korridor hinaus, um Roswitha bei beiden Händen zu fassen und in ihr Zimmer zu ziehen.

»Roswitha. Du! Ist das eine Freude. Was bringst du? Natürlich was Gutes. Ein so gutes altes Gesicht kann nur was Gutes bringen. Ach, wie glücklich ich bin, ich könnte dir einen Kuß geben; ich hätte nicht gedacht, daß ich noch solche Freude haben könnte. Mein gutes altes Herz, wie geht es dir denn? Weißt du noch, wie's damals war, als der Chinese spukte? Das waren glückliche Zeiten. Ich habe damals gedacht, es wären unglückliche, weil ich das Harte des Lebens noch nicht kannte. Seitdem habe ich es kennengelernt. Ach, Spuk ist lange nicht das Schlimmste! Komm, meine gute Roswitha, komm, setze dich hier zu mir und erzähle mir ... Ach, ich habe solche Sehnsucht. Was macht Annie?«

Roswitha konnte kaum reden und sah sich in dem sonderbaren Zimmer um, dessen grau und verstaubt aussehende Wände in schmale Goldleisten gefaßt waren. Endlich aber fand sie sich und sagte, daß der gnädige Herr nun wieder aus Glatz zurück sei; der alte Kaiser habe gesagt, sechs Wochen in solchem Falle sei gerade genug, und auf den Tag, wo der gnädige Herr wieder da sein würde, darauf habe sie bloß gewartet, wegen Annie, die doch eine Aufsicht haben müsse. Denn Johanna sei wohl eine sehr propre Person, aber sie sei doch noch zu hübsch und beschäftige sich noch zuviel mit sich selbst und denke vielleicht Gott weiß was alles. Aber nun, wo der gnädige Herr wieder aufpassen und in allem nach dem Rechten sehen könne, da habe sie sich's doch antun wollen und mal sehen, wie's der gnädigen Frau gehe ...

»Das ist recht, Roswitha ...«

... Und habe mal sehen wollen, ob der gnädigen Frau was fehle und ob sie sie vielleicht brauche, dann wolle sie gleich hierbleiben und beispringen und alles machen und dafür sorgen, daß es der gnädigen Frau wieder gutginge.

Effi hatte sich in die Sofaecke zurückgelehnt und die Augen geschlossen. Aber mit eins richtete sie sich auf und sagte: »Ja, Roswitha, was du da sagst, das ist ein Gedanke; das ist was. Denn du mußt wissen, ich bleibe hier nicht in dieser Pension, ich habe da weiter hin eine Wohnung gemietet und auch Einrichtung besorgt, und in drei Tagen will ich da einziehen. Und wenn ich da mit dir ankäme und zu dir sagen könnte: ›Nein, Roswitha, da nicht, der Schrank muß dahin und der Spiegel da‹, ja, das wäre was, das sollte mir schon gefallen. Und wenn wir dann müde von all der Plackerei wären, dann sagte ich: ›Nun, Roswitha, gehe da hinüber und hole uns eine Karaffe Spatenbräu, denn wenn man gearbeitet hat, dann will man doch auch trinken, und wenn du kannst, so bring uns auch etwas Gutes aus dem Habsburger Hof mit, du kannst ja das Geschirr nachher wieder herüberbringen‹ – ja, Roswitha, wenn ich mir das denke, da wird mir ordentlich leichter ums Herz. Aber ich muß dich doch fragen, hast du dir auch alles überlegt? Von Annie will ich nicht sprechen, an der du doch hängst, sie ist ja fast wie dein eigen Kind – aber trotzdem, für Annie wird schon gesorgt werden, und die Johanna hängt ja auch an ihr. Also davon nichts. Aber bedenke, wie sich alles verändert hat, wenn du wieder zu mir willst. Ich bin nicht mehr wie damals; ich habe jetzt eine ganz kleine Wohnung genommen, und der Portier wird sich wohl nicht sehr um dich und um mich bemühen. Und wir werden eine sehr kleine Wirtschaft haben, immer das, was wir sonst unser Donnerstagessen nannten, weil da reingemacht wurde. Weißt du noch? Und weißt du noch, wie der gute Gieshübler mal dazukam und sich zu uns setzen mußte und wie er dann sagte: So was Delikates habe er noch nie gegessen. Du wirst dich noch erinnern, er war immer so schrecklich artig, denn eigentlich war er doch der einzige Mensch in der Stadt, der von Essen was verstand. Die andern fanden alles schön.«

Roswitha freute sich über jedes Wort und sah schon alles in bestem Gange, bis Effi wieder sagte: »Hast du dir das alles überlegt? Denn du bist doch – ich muß das sagen, wiewohl es meine eigne Wirtschaft war –, du bist doch nun durch viele Jahre hin verwöhnt, und es kam nie darauf an, wir hatten es nicht nötig, sparsam zu sein; aber jetzt muß ich sparsam sein, denn ich bin arm und habe nur, was man mir gibt, du weißt, von Hohen-Cremmen her. Meine Eltern sind sehr gut gegen mich, soweit sie's können, aber sie sind nicht reich. Und nun sage, was meinst du?«

»Daß ich nächsten Sonnabend mit meinem Koffer anziehe, nicht am Abend, sondern gleich am Morgen, und daß ich da bin, wenn das Einrichten losgeht. Denn ich kann doch ganz anders zufassen wie die gnädige Frau.«

»Sage das nicht, Roswitha. Ich kann es auch. Wenn man muß, kann man alles.«

»Und dann, gnädige Frau, Sie brauchen sich wegen meiner nicht zu fürchten, als ob ich mal denken könnte: Für Roswitha ist das nicht gut genug. Für Roswitha ist alles gut, was sie mit der gnädigen Frau teilen muß, und am liebsten, wenn es was Trauriges ist. Ja, darauf freue ich mich schon ordentlich. Dann sollen Sie mal sehen, das verstehe ich. Und wenn ich es nicht verstünde, dann wollte ich es schon lernen. Denn, gnädige Frau, das hab ich nicht vergessen, als ich da auf dem Kirchhof saß, mutterwindallein, und bei mir dachte, nun wäre es doch wohl das beste, ich läge da gleich mit in der Reihe. Wer kam da? Wer hat mich da bei Leben erhalten? Ach, ich habe soviel durchzumachen gehabt. Als mein Vater damals mit der glühenden Stange auf mich loskam ...«

»Ich weiß schon, Roswitha ...«

»Ja, das war schlimm genug. Aber als ich da auf dem Kirchhof saß, so ganz arm und verlassen, das war doch noch schlimmer. Und da kam die gnädige Frau. Und ich will nicht selig werden, wenn ich das vergesse.«

Und dabei stand sie auf und ging aufs Fenster zu. »Sehen Sie, gnädige Frau, *den* müssen Sie doch auch noch sehen.«

Und nun trat auch Effi heran.

Drüben, auf der anderen Seite der Straße, saß Rollo und sah nach den Fenstern der Pension hinauf.

Wenige Tage danach bezog Effi, von Roswitha unterstützt, ihre Wohnung in der Königgrätzer Straße, darin es ihr von Anfang an gefiel. Umgang fehlte freilich, aber sie hatte während ihrer Pensionstage von dem Verkehr mit Menschen so wenig Erfreuliches gehabt, daß ihr das Alleinsein nicht schwerfiel, wenigstens anfänglich nicht. Mit Roswitha ließ sich allerdings kein ästhetisches Gespräch führen, auch nicht mal sprechen über das, was in der Zeitung stand, aber wenn es einfach menschliche Dinge betraf und Effi mit einem »Ach, Roswitha, mich ängstigt es wieder ...« ihren Satz begann, dann wußte die treue Seele jedesmal gut zu antworten und hatte immer Trost und meist auch Rat.

Bis Weihnachten ging es vorzüglich; aber der Heiligabend verlief schon recht traurig, und als das neue Jahr herankam, begann Effi ganz schwermütig zu werden. Es war nicht kalt, nur grau und regnerisch, und wenn die Tage kurz waren, so waren die Abende desto länger. Was tun? Sie las, sie stickte, sie legte Patience, sie spielte Chopin, aber diese Nocturnes waren auch nicht angetan, viel Licht in ihr Leben zu tragen, und wenn Roswitha mit dem Teebrett kam und außer dem Teezeug auch noch zwei Tellerchen mit einem Ei und einem in kleine Scheiben geschnittenen Wiener Schnitzel auf den Tisch setzte, sagte Effi, während sie das Pianino schloß: »Rücke heran, Roswitha. Leiste mir Gesellschaft.«

Roswitha kam denn auch. »Ich weiß schon, die gnädige Frau haben wieder zuviel gespielt; dann sehen Sie immer so aus und haben rote Flecke. Der Geheimrat hat es doch verboten.«

»Ach, Roswitha, der Geheimrat hat leicht verbieten, und du hast es auch leicht, all das nachzusprechen. Aber was soll ich denn machen? Ich kann doch nicht den ganzen Tag am Fenster sitzen und nach der Christuskirche hinübersehen. Sonntags, beim Abendgottesdienst, wenn die Fenster erleuchtet sind, sehe ich ja immer hinüber; aber es hilft mir auch nichts, mir wird dann immer noch schwerer ums Herz.«

»Ja, gnädige Frau, dann sollten Sie mal hineingehen. Einmal waren Sie ja schon drüben.«

»O schon öfters. Aber ich habe nicht viel davon gehabt. Er predigt ganz gut und ist ein sehr kluger Mann, und ich wäre froh, wenn ich das Hundertste davon wüßte. Aber es ist doch alles bloß, wie wenn ich ein Buch lese; und wenn er dann so laut spricht und herumficht und seine schwarzen Locken schüttelt, dann bin ich aus meiner Andacht heraus.«

»Heraus?«

Effi lachte. »Du meinst, ich war noch gar nicht drin. Und es wird wohl so sein. Aber an wem liegt das? Das liegt doch nicht an mir. Er spricht immer soviel vom Alten Testament. Und wenn es auch ganz gut ist, es erbaut mich nicht. Überhaupt all das Zuhören; es ist nicht das Rechte. Sieh, ich müßte so viel zu tun haben, daß ich nicht ein noch aus wüßte. Das wäre was für mich. Da gibt es so Vereine, wo junge Mädchen die Wirtschaft lernen, oder Nähschulen oder Kindergärtnerinnen. Hast du nie davon gehört?«

»Ja, ich habe mal davon gehört. Anniechen sollte mal in einen Kindergarten.«

»Nun, siehst du, du weißt es besser als ich. Und in solchen Verein, wo man sich nützlich machen kann, da möchte ich eintreten. Aber daran ist gar nicht zu denken; die Damen nehmen mich nicht an und können es auch nicht. Und das ist das Schrecklichste, daß einem die Welt so zu ist und daß es sich einem sogar verbietet, bei Gutem mit dabeizusein. Ich kann nicht mal armen Kindern eine Nachhilfestunde geben ...«

»Das wäre auch nichts für Sie, gnädige Frau; die Kinder haben immer so fettige Stiefel an, und wenn es nasses Wetter ist – das ist dann solch Dunst und Schmook, das halten die gnädige Frau gar nicht aus.«

Effi lächelte. »Du wirst wohl recht haben, Roswitha; aber es ist schlimm, daß du recht hast, und ich sehe daran, daß ich noch zuviel von dem alten Menschen in mir habe und daß es mir noch zu gut geht.«

Davon wollte aber Roswitha nichts wissen. »Wer so gut ist wie gnädige Frau, dem kann es gar nicht zu gut gehen. Und Sie müssen nur nicht immer so was Trauriges spielen, und mitunter denke ich mir, es wird alles noch wieder gut, und es wird sich schon was finden.«

Und es fand sich auch was. Effi, trotz der Kantorstochter aus Polzin, deren Künstlerdünkel ihr immer noch als etwas Schreckliches vorschwebte, wollte Malerin werden, und wiewohl sie selber darüber lachte, weil sie sich bewußt war, über eine unterste Stufe des Dilettantismus nie hinauskommen zu können, so griff sie doch mit Passion danach, weil sie nun eine Beschäftigung hatte, noch dazu eine, die, weil still und geräuschlos, ganz nach ihrem Herzen war. Sie meldete sich denn auch bei einem ganz alten Malerprofessor, der in der märkischen Aristokratie sehr bewandert und zugleich so fromm war, daß ihm Effi von Anfang an ans Herz gewachsen erschien. Hier, so gingen wohl seine Gedanken, war eine Seele zu retten, und so kam er ihr, als ob sie seine Tochter gewesen wäre, mit einer ganz besonderen Liebenswürdigkeit entgegen. Effi war sehr glücklich darüber, und der Tag ihrer ersten Malstunde bezeichnete für sie einen Wendepunkt zum Guten. Ihr armes Leben war nun nicht so arm mehr, und Roswitha triumphierte, daß sie recht gehabt und sich nun doch etwas gefunden habe.

Das ging so Jahr und Tag und darüber hinaus. Aber daß sie nun wieder eine Berührung mit den Menschen hatte, wie sie's beglückte, so ließ es auch wieder den Wunsch in ihr entstehen, daß diese Berührungen sich erneuern und mehren möchten. Sehnsucht nach Hohen-Cremmen erfaßte sie mitunter mit einer wahren Leidenschaft, und noch leidenschaftlicher sehnte sie sich danach, Annie wiederzusehen. Es war doch ihr Kind, und wenn sie dem nachhing und sich dabei gleichzeitig der Trippelli erinnerte, die mal gesagt hatte: die Welt sei so klein, und in Mittelafrika könne man sicher sein, plötzlich einem alten Bekannten zu begegnen, so war sie mit Recht verwundert, Annie noch nie getroffen zu haben. Aber auch das sollte sich eines Tages ändern. Sie kam aus der Malstunde, dicht am Zoologischen Garten, und stieg, nahe dem Halteplatz, in einen die lange Kurfürstenstraße passierenden Pferdebahnwagen ein. Es war sehr heiß, und die herabgelassenen Vorhänge, die bei dem starken Luftzuge, der ging, hin und her bauschten, taten ihr wohl. Sie lehnte sich in die dem Vorderperron zugekehrte Ecke und musterte eben mehrere in eine Glasscheibe eingebrannte Sofas, blau, mit Quasten und Puscheln daran, als sie – der Wagen war gerade in einem langsamen Fahren – drei Schulkinder aufspringen sah, die Mappen auf dem Rücken, mit kleinen spitzen Hüten, zwei blond und ausgelassen, die dritte dunkel und ernst. Es war Annie. Effi fuhr heftig zusammen, und eine Begegnung mit dem Kinde zu haben, wonach sie sich doch so lange gesehnt, erfüllte sie jetzt mit einer wahren Todesangst. Was tun? Rasch entschlossen öffnete sie die Tür zu dem Vorderperron, auf dem niemand stand als der Kutscher, und bat diesen, sie bei der nächsten Haltestelle vorn absteigen zu lassen. »Is verboten, Fräulein«, sagte der Kutscher; sie gab ihm aber ein Geldstück und sah ihn so bittend an, daß der gutmütige Mensch anderen Sinnes wurde und vor sich hin sagte: »Sind soll es eigentlich nich; aber es wird ja woll mal gehn.« Und als der Wagen hielt, nahm er das Gitter aus, und Effi sprang ab.

Noch in großer Erregung kam Effi nach Hause.

»Denke dir, Roswitha, ich habe Annie gesehen.« Und nun erzählte sie von der Begegnung in dem Pferdebahnwagen. Roswitha war unzufrieden, daß Mutter und Tochter keine Wiedersehensszene gefeiert hatten, und ließ sich nur ungern überzeugen, daß das, in Gegenwart so vieler Menschen, nicht wohl angegangen sei. Dann mußte Effi erzählen, wie Annie ausgesehen habe, und als sie das mit mütterlichem Stolze getan, sagte Roswitha: »Ja, sie ist so halb und halb. Das Hübsche und, wenn ich es sagen darf, das Sonderbare, das hat sie von der Mama; aber das Ernste, das ist ganz der Papa. Und wenn ich mir so alles überlege, ist sie doch wohl mehr wie der gnädige Herr.«

»Gott sei Dank!« sagte Effi.

»Na, gnäd'ge Frau, das ist nu doch auch noch die Frage. Und da wird ja wohl mancher sein, der mehr für die Mama ist.«

»Glaubst du, Roswitha? Ich glaube es nicht.«

»Na, na, ich lasse mir nichts vormachen, und ich glaube, die gnädige Frau weiß auch ganz gut, wie's eigentlich ist und was die Männer am liebsten haben.«

»Ach, sprich nicht davon, Roswitha.«

Damit brach das Gespräch ab und wurde auch nicht wieder aufgenommen. Aber Effi, wenn sie's auch vermied, grade über Annie mit Roswitha zu sprechen, konnte die Begegnung in ihrem Herzen doch nicht verwinden und litt unter der Vorstellung, vor ihrem eigenen Kinde geflohen zu sein. Es quälte sie bis zur Beschämung, und das Verlangen nach einer Begegnung mit Annie steigerte sich bis zum Krankhaften. An Innstetten schreiben und ihn darum bitten, das war nicht möglich. Ihrer Schuld war sie sich wohl bewußt, ja sie nährte das Gefühl davon mit einer halb leidenschaftlichen Geflissentlichkeit; aber inmitten ihres Schuldbewußtseins fühlte sie sich andererseits auch von einer gewissen Auflehnung gegen Innstetten erfüllt. Sie sagte sich: er hatte recht und noch einmal und noch einmal, und zuletzt hatte er doch unrecht. Alles Geschehene lag so weit zurück, ein neues Leben hatte begonnen – er hätte es können verbluten lassen, statt dessen verblutete der arme Crampas.

Nein, an Innstetten schreiben, das ging nicht; aber Annie wollte sie sehen und sprechen und an ihr Herz drücken, und nachdem sie's tagelang überlegt hatte, stand ihr fest, wie's am besten zu machen sei.

Gleich am andern Vormittage kleidete sie sich sorgfältig in ein dezentes Schwarz und ging auf die Linden zu, sich hier bei der Ministerin melden zu lassen. Sie schickte ihre Karte hinein, auf der nur stand: Effi von Innstetten geb. von Briest. Alles andere war fortgelassen, auch die Baronin. »Exzellenz lassen bitten«, und Effi folgte dem Diener bis in ein Vorzimmer, wo sie sich niederließ und trotz der Erregung, in der sie sich befand, den Bilderschmuck an den Wänden musterte. Da war zunächst Guido Renis Aurora, gegenüber aber hingen englische Kupferstiche, Stiche nach Benjamin West, in der bekannten Aquatinta-Manier von viel Licht und Schatten. Eines der Bilder war König Lear im Unwetter auf der Heide.

Effi hatte ihre Musterung kaum beendet, als die Tür des angrenzenden Zimmers sich öffnete und eine große schlanke Dame von einem sofort für sie einnehmenden Ausdruck auf die Bittstellerin zutrat und ihr die Hand reichte: »Meine liebe, gnädigste Frau«, sagte sie, »welche Freude für mich, Sie wiederzusehen ...«

Und während sie das sagte, schritt sie auf das Sofa zu und zog Effi, während sie selber Platz nahm, zu sich nieder.

Effi war bewegt durch die sich in allem aussprechende Herzensgüte. Keine Spur von Überheblichkeit oder Vorwurf, nur menschlich schöne Teilnahme. »Womit kann ich Ihnen dienen?« nahm die Ministerin noch einmal das Wort.

Um Effis Mund zuckte es. Endlich sagte sie: »Was mich herführt, ist eine Bitte, deren Erfüllung Exzellenz vielleicht möglich machen. Ich habe eine zehnjährige Tochter, die ich seit drei Jahren nicht gesehen habe und gern wiedersehen möchte.«

Die Ministerin nahm Effis Hand und sah sie freundlich an.

»Wenn ich sage, in drei Jahren nicht gesehen, so ist das nicht ganz richtig. Vor drei Tagen habe ich sie wiedergesehen.« Und nun schilderte Effi mit großer Lebendigkeit die Begegnung, die sie mit Annie gehabt hatte. »Vor meinem eigenen Kinde auf der Flucht. Ich weiß wohl, man liegt, wie man sich bettet, und ich will nichts ändern in meinem Leben. Wie es ist, so ist es recht; ich habe es nicht anders gewollt. Aber das mit dem Kinde, das ist doch zu hart, und so habe ich denn den Wunsch, es dann und wann sehen zu dürfen, nicht heimlich und verstohlen, sondern mit Wissen und Zustimmung aller Beteiligten.«

»Unter Wissen und Zustimmung aller Beteiligten«, wiederholte die Ministerin Effis Worte. »Das heißt also unter Zustimmung Ihres Herrn Gemahls. Ich sehe, daß seine Erziehung dahin geht, das Kind von der Mutter fernzuhalten, ein Verfahren, über das ich mir kein Urteil erlaube. Vielleicht, daß er recht hat; verzeihen Sie mir diese Bemerkung, gnädige Frau.«

Effi nickte.

»Sie finden sich selbst in der Haltung Ihres Herrn Gemahls zurecht und verlangen nur, daß einem natürlichen Gefühle, wohl dem schönsten unserer Gefühle (wenigstens wir Frauen werden uns darin finden), sein Recht werde. Treff ich es darin?«

»In allem.«

»Und so soll ich denn die Erlaubnis zu gelegentlichen Begegnungen erwirken, in Ihrem Hause, wo Sie versuchen können, sich das Herz Ihres Kindes zurückzuerobern.«

Effi drückte noch einmal ihre Zustimmung aus, während die Ministerin fortfuhr: »Ich werde also tun, meine gnädigste Frau, was ich tun kann. Aber wir werden es nicht eben leicht haben. Ihr Herr Gemahl, verzeihen Sie, daß ich ihn nach wie vor so nenne, ist ein Mann, der nicht nach Stimmungen und Laune, sondern nach Grundsätzen handelt, und diese fallen zu lassen oder auch nur momentan aufzugeben wird ihm hart ankommen. Läg es nicht so, so wäre seine Handlungs- und Erziehungsweise längst eine andere gewesen. Das, was hart für Ihr Herz ist, hält er für richtig.«

»So meinen Exzellenz vielleicht, es wäre besser, meine Bitte zurückzunehmen?«

»Doch nicht. Ich wollte nur das Tun Ihres Herrn Gemahls erklären, um nicht zu sagen rechtfertigen, und wollte zugleich die Schwierigkeiten andeuten, auf die wir, aller Wahrscheinlichkeit nach, stoßen werden. Aber ich denke, wir zwingen es trotzdem. Denn wir Frauen, wenn wir's klug einleiten und den Bogen nicht überspannen, wissen mancherlei durchzusetzen. Zudem gehört Ihr Herr Gemahl zu meinen besonderen Verehrern, und er wird mir eine Bitte, die ich an ihn richte, nicht wohl abschlagen. Wir haben morgen einen kleinen Zirkel, auf dem ich ihn sehe, und übermorgen früh haben Sie ein paar Zeilen von mir, die Ihnen sagen werden, ob ich's klug, das heißt glücklich, eingeleitet oder nicht. Ich denke, wir siegen in der Sache, und Sie werden Ihr Kind wiedersehen und sich seiner freuen. Es soll ein sehr schönes Mädchen sein. Nicht zu verwundern.«

33. KAPITEL

Am zweitfolgenden Tage trafen, wie versprochen, einige Zeilen ein, und Effi las: »Es freut mich, liebe gnädige Frau, Ihnen gute Nachricht geben zu können. Alles ging nach Wunsch; Ihr Herr Gemahl ist zu sehr Mann von Welt, um einer Dame eine von ihr vorgetragene Bitte abschlagen zu können; zugleich aber – auch *das* darf ich Ihnen nicht verschweigen –, ich sah deutlich, daß sein Ja nicht dem entsprach, was er für klug und recht hält. Aber kritteln wir nicht, wo wir uns freuen sollen. Ihre Annie, so haben wir es verabredet, wird über Mittag kommen, und ein guter Stern stehe über Ihrem Wiedersehen.«

Es war mit der zweiten Post, daß Effi diese Zeilen empfing, und bis zu Annies Erscheinen waren mutmaßlich keine zwei Stunden mehr. Eine kurze Zeit, aber immer noch zu lang, und Effi schritt in Unruhe durch beide Zimmer und dann wieder in die Küche, wo sie mit Roswitha von allem möglichen sprach, von dem Efeu drüben an der Christuskirche, nächstes Jahr würden die Fenster wohl ganz zugewachsen sein, von dem Portier, der den Gashahn wieder so schlecht zugeschraubt habe (sie würden doch noch nächstens in die Luft fliegen), und daß sie das Petroleum doch lieber wieder aus der großen Lampenhandlung Unter den Linden als aus der Anhaltstraße holen solle – von allem möglichen sprach sie, nur von Annie nicht, weil sie die Furcht nicht aufkommen lassen wollte, die trotz der Zeilen der Ministerin, oder vielleicht auch um dieser Zeilen willen, in ihr lebte.

Nun war Mittag. Endlich wurde geklingelt, schüchtern, und Roswitha ging, um durch das Guckloch zu sehen. Richtig, es war Annie. Roswitha gab dem Kinde einen Kuß, sprach aber sonst kein Wort, und ganz leise, wie wenn ein Kranker im Hause wäre, führte sie das Kind vom Korridor her erst in die Hinterstube und dann bis an die nach vorn führende Tür.

»Da geh hinein, Annie.« Und unter diesen Worten, sie wollte nicht stören, ließ sie das Kind allein und ging wieder auf die Küche zu.

Effi stand am andern Ende des Zimmers, den Rücken gegen den Spiegelpfeiler, als das Kind eintrat. »Annie!« Aber Annie blieb an der nur angelehnten Tür stehen, halb verlegen, aber halb auch mit Vorbedacht, und so eilte denn Effi auf das Kind zu, hob es in die Höhe und küßte es.

»Annie, mein süßes Kind, wie freue ich mich. Komm, erzähle mir«, und dabei nahm sie Annie bei der Hand und ging auf das Sofa zu, um sich da zu setzen. Annie stand aufrecht und griff, während sie die Mutter immer noch scheu ansah, mit der Linken nach dem Zipfel der herabhängenden Tischdecke. »Weißt du wohl, Annie, daß ich dich einmal gesehen habe?«

»Ja, mir war es auch so.«

»Und nun erzähle mir recht viel. Wie groß du geworden bist! Und das ist die Narbe da; Roswitha hat mir davon erzählt. Du warst immer so wild und ausgelassen beim Spielen. Das hast du von deiner Mama, die war auch so. Und in der Schule? Ich denke mir, du bist immer die Erste, du siehst mir so aus, als müßtest du eine Musterschülerin sein und immer die besten Zensuren nach Hause bringen. Ich habe auch gehört, daß dich das Fräulein von Wedelstädt so gelobt haben soll. Das ist recht; ich war auch so ehrgeizig, aber ich hatte nicht solche gute Schule. Mythologie war immer mein Bestes. Worin bist du denn am besten?«

»Ich weiß es nicht.«

»Oh, du wirst es schon wissen. Das weiß man. Worin hast du denn die beste Zensur?«

»In der Religion.«

»Nun, siehst du, da weiß ich es doch. Ja, das ist sehr schön; ich war nicht so gut darin, aber es wird wohl auch an dem Unterricht gelegen haben. Wir hatten bloß einen Kandidaten.«

»Wir hatten auch einen Kandidaten.«

»Und der ist fort?«

Annie nickte.

»Warum ist er fort?«

»Ich weiß es nicht. Wir haben nun wieder den Prediger.«

»Den ihr alle sehr liebt.«

»Ja; zwei aus der ersten Klasse wollen auch übertreten.«

»Ah, ich verstehe; das ist schön. Und was macht Johanna?«

»Johanna hat mich bis vor das Haus begleitet ...«

»Und warum hast du sie nicht mit heraufgebracht?«

»Sie sagte, sie wolle lieber unten bleiben und an der Kirche drüben warten.«

»Und da sollst du sie wohl abholen?«

»Ja.«

»Nun, sie wird da hoffentlich nicht ungeduldig werden. Es ist ein kleiner Vorgarten da, und die Fenster sind schon halb von Efeu überwachsen, als ob es eine alte Kirche wäre.«

»Ich möchte sie aber doch nicht gerne warten lassen.«

»Ach, ich sehe, du bist sehr rücksichtsvoll, und darüber werde ich mich wohl freuen müssen. Man muß es nur richtig einteilen ... Und nun sage mir noch, was macht Rollo?«

»Rollo ist sehr gut. Aber Papa sagt, er würde so faul; er liegt immer in der Sonne.«

»Das glaub ich. So war er schon, als du noch ganz klein warst ... Und nun sage mir, Annie – denn heute haben wir uns ja bloß so mal wiedergesehen –, wirst du mich öfter besuchen?«

»O gewiß, wenn ich darf.«

»Wir können dann in dem Prinz-Albrechtschen Garten spazierengehen.«

»O gewiß, wenn ich darf.«

»Oder wir gehen zu Schilling und essen Eis, Ananas- oder Vanilleneis; das aß ich immer am liebsten.«

»O gewiß, wenn ich darf.«

Und bei diesem dritten »wenn ich darf« war das Maß voll; Effi sprang auf, und ein Blick, in dem es wie Empörung aufflammte, traf das Kind. »Ich glaube, es ist die höchste Zeit, Annie; Johanna wird sonst ungeduldig.« Und sie zog die Klingel. Roswitha, die schon im Nebenzimmer war, trat gleich ein. »Roswitha, gib Annie das Geleit bis drüben zur Kirche. Johanna wartet da. Hoffentlich hat sie sich nicht erkältet. Es sollte mir leid tun. Grüße Johanna.«

Und nun gingen beide.

Kaum aber, daß Roswitha draußen die Tür ins Schloß gezogen hatte, so riß Effi, weil sie zu ersticken drohte, ihr Kleid auf und verfiel in ein krampfhaftes Lachen. »So also sieht ein Wiedersehen aus«, und dabei stürzte sie nach vorn, öffnete die Fensterflügel und suchte nach etwas, das ihr beistehe. Und sie fand auch was in der Not ihres Herzens. Da neben dem Fenster war ein Bücherbrett, ein paar Bände von Schiller und Körner darauf, und auf den Gedichtbüchern, die alle die gleiche Höhe hatten, lag eine Bibel und ein Gesangbuch. Sie griff danach, weil sie was haben mußte, vor dem sie knien und beten konnte, und legte Bibel und Gesangbuch auf den Tischrand, gerade da, wo Annie gestanden hatte, und mit einem heftigen Ruck warf sie sich davor nieder und sprach halblaut vor sich hin: »O du Gott im Himmel, vergib mir, was ich getan; ich war ein Kind ... Aber nein, nein, ich war kein Kind, ich war alt genug, um zu wissen, was ich tat. Ich *hab* es auch gewußt, und ich will meine Schuld nicht kleiner machen ... aber *das* ist zu viel. Denn das hier, mit dem Kind, das bist nicht *du*, Gott, der mich strafen will, das ist *er*, bloß er! Ich habe geglaubt, daß er ein edles Herz habe, und habe mich immer klein neben ihm gefühlt; aber jetzt weiß ich, daß *er* es ist, *er* ist klein. Und weil er klein ist, ist er grausam. Alles, was klein ist, ist grausam. Das hat *er* dem Kinde beigebracht, ein Schulmeister war er immer, Crampas hat ihn so genannt, spöttisch damals, aber er hat recht gehabt. ›O gewiß, wennn ich darf.‹ Du *brauchst* nicht zu dürfen; ich will euch nicht mehr, ich haß euch, auch mein eigen Kind. Was zuviel ist, ist zuviel. Ein Streber war er, weiter nichts. – Ehre, Ehre, Ehre ... und dann hat er den armen Kerl totgeschossen, den ich nicht einmal liebte und den ich vergessen hatte, weil ich ihn nicht liebte. Dummheit war alles, und nun Blut und Mord. Und ich schuld. Und nun schickt er mir das Kind, weil er einer Ministerin nichts abschlagen kann, und ehe er das Kind schickt, richtet er's ab wie einen Papagei und bringt ihm die Phrase bei ›wenn ich darf‹. Mich ekelt, was ich getan; aber was mich noch mehr ekelt, das ist eure Tugend. Weg mit euch. Ich muß leben, aber ewig wird es ja wohl nicht dauern.«

Als Roswitha wiederkam, lag Effi am Boden, das Gesicht abgewandt, wie leblos.

34. KAPITEL

Rummschüttel, als er gerufen wurde, fand Effis Zustand nicht unbedenklich. Das Hektische, das er seit Jahr und Tag an ihr beobachtete, trat ihm ausgesprochener als früher entgegen, und, was schlimmer war, auch die ersten Zeichen eines Nervenleidens waren da. Seine ruhig freundliche Weise aber, der er einen Beisatz von Laune zu geben wußte, tat Effi wohl, und sie war ruhig, solange Rummschüttel um sie war. Als er schließlich ging, begleitete Roswitha den alten Herrn bis in den Vorflur und sagte: »Gott, Herr Geheimrat, mir ist so bange; wenn es nu mal wiederkommt, und es kann doch; Gott – da hab ich ja keine ruhige Stunde mehr. Es war aber doch auch zuviel, das mit dem Kind. Die arme gnädige Frau. Und noch so jung, wo manche erst anfangen.«

»Lassen Sie nur, Roswitha. Kann noch alles wieder werden. Aber fort muß sie. Wir wollen schon sehen. Andere Luft, andere Menschen.«

Den zweiten Tag danach traf ein Brief in Hohen-Cremmen ein, der lautete: »Gnädigste Frau! Meine alten freundschaftlichen Beziehungen zu den Häusern Briest und Belling, und nicht zum wenigsten die herzliche Liebe, die ich zu Ihrer Frau Tochter hege, werden diese Zeilen rechtfertigen. Es geht so nicht weiter. Ihre Frau Tochter, wenn nicht etwas geschieht, das sie der Einsamkeit und dem Schmerzlichen ihres nun seit Jahren geführten Lebens entreißt, wird schnell hinsiechen. Eine Disposition zu Phtisis war immer da, weshalb ich schon vor Jahren Ems verordnete; zu diesem alten Übel hat sich nun ein neues gesellt: ihre Nerven zehren sich auf. Dem Einhalt zu tun, ist ein Luftwechsel nötig. Aber wohin? Es würde nicht schwer sein, in den schlesischen Bädern eine Auswahl zu treffen, Salzbrunn gut, und Reinerz, wegen der Nervenkomplikation, noch besser. Aber es darf nur Hohen-Cremmen sein. Denn, meine gnädigste Frau, was Ihrer Frau Tochter Genesung bringen kann, ist nicht Luft allein; sie siecht hin, weil sie nichts hat als Roswitha. Dienertreue ist schön, aber Elternliebe ist besser. Verzeihen Sie einem alten Manne dies Sicheinmischen in Dinge, die jenseits seines ärztlichen Berufes liegen. Und doch auch wieder nicht, denn es ist schließlich auch der Arzt, der hier spricht und seiner Pflicht nach, verzeihen Sie dies Wort, Forderungen stellt ... Ich habe so viel vom Leben gesehen ... aber nichts mehr in diesem Sinne. Mit der Bitte, mich Ihrem Herrn Gemahl empfehlen zu wollen, in vorzüglicher Ergebenheit

Doktor Rummschüttel.«

Frau von Briest hatte den Brief ihrem Manne vorgelesen; beide saßen auf dem schattigen Steinfliesengange, den Gartensaal im Rücken, das Rondell mit der Sonnenuhr vor sich. Der um die Fenster sich rankende wilde Wein bewegte sich leise in dem Luftzuge, der ging, und über dem Wasser standen ein paar Libellen im hellen Sonnenschein.

Briest schwieg und trommelte mit dem Finger auf dem Teebrett.

»Bitte, trommle nicht; sprich lieber.«

»Ach, Luise, was soll ich sagen. Daß ich trommle, sagt gerade genug. Du weißt seit Jahr und Tag, wie ich darüber denke. Damals, als Innstettens Brief kam, ein Blitz aus heiterem Himmel, damals war ich deiner Meinung. Aber das ist nun schon wieder eine halbe Ewigkeit her; soll ich hier bis an mein Lebensende den Großinquisitor spielen? Ich kann dir sagen, ich hab es seit langem satt ...«

»Mache mir keine Vorwürfe, Briest; ich liebe sie so wie du, vielleicht noch mehr; jeder hat seine Art. Aber man lebt doch nicht bloß in der Welt, um schwach und zärtlich zu sein und alles mit Nachsicht zu behandeln, was gegen Gesetz und Gebot ist und was die Menschen verurteilen und, vorläufig wenigstens, auch noch – mit Recht verurteilen.«

»Ach was. Eins geht vor.«

»Natürlich, eins geht vor; aber was ist das eine?«

»Liebe der Eltern zu ihren Kindern. Und wenn man gar bloß eines hat ...«

»Dann ist es vorbei mit Katechismus und Moral und mit dem Anspruch der ›Gesellschaft‹.«

»Ach, Luise, komme mir mit Katechismus, soviel du willst; aber komme mir nicht mit ›Gesellschaft‹.«

»Es ist sehr schwer, sich ohne Gesellschaft zu behelfen.«

»Ohne Kind auch. Und dann glaube mir, Luise, die ›Gesellschaft‹, wenn sie nur will, kann auch ein Auge zudrücken. Und ich stehe so zu der Sache: kommen die Rathenower, so ist es gut, und kommen sie nicht, so ist es auch gut. Ich werde ganz einfach telegraphieren: ›Effi, komm.‹ Bist du einverstanden?«

Sie stand auf und gab ihm einen Kuß auf die Stirn. »Natürlich bin ich's. Du solltest mir nur keinen Vorwurf machen. Ein leichter Schritt ist es nicht. Und unser Leben wird von Stund an ein anderes.«

»Ich kann's aushalten. Der Raps steht gut, und im Herbst kann ich einen Hasen hetzen. Und der Rotwein schmeckt mir noch. Und wenn ich das Kind erst wieder im Hause habe, dann schmeckt er mir noch besser ... Und nun will ich das Telegramm schicken.«

Effi war nun schon über ein halbes Jahr in Hohen-Cremmen; sie bewohnte die beiden Zimmer im ersten Stock, die sie schon früher, wenn sie zu Besuch da war, bewohnt hatte; das größere war für sie persönlich hergerichtet, nebenan schlief Roswitha. Was Rummschüttel von diesem Aufenthalt und all dem andern Guten erwartet hatte, das hatte sich auch erfüllt, soweit sich's erfüllen konnte. Das Hüsteln ließ nach, der herbe Zug, der das so gütige Gesicht um ein gut Teil seines Liebreizes gebracht hatte, schwand wieder hin, und es kamen Tage, wo sie wieder lachen konnte. Von Kessin und allem, was da zurücklag, wurde wenig gesprochen, mit alleiniger

Ausnahme von Frau von Padden und natürlich von Gieshübler, für den der alte Briest eine lebhafte Vorliebe hatte. »Dieser Alonzo, dieser Preciosa-Spanier, der einen Mirambo beherbergt und eine Trippelli großzieht – ja, das muß ein Genie sein, das laß ich mir nicht ausreden.« Und dann mußte sich Effi bequemen, ihm den ganzen Gieshübler, mit dem Hut in der Hand und seinen endlosen Artigkeitsverbeugungen, vorzuspielen, was sie, bei dem ihr eigenen Nachahmungstalent, sehr gut konnte, trotzdem aber ungern tat, weil sie's allemal als ein Unrecht gegen den guten und lieben Menschen empfand. – Von Innstetten und Annie war nie die Rede, wiewohl feststand, daß Annie Erbtochter sei und Hohen-Cremmen ihr zufallen würde.

Ja, Effi lebte wieder auf, und die Mama, die, nach Frauenart, nicht ganz abgeneigt war, die ganze Sache, so schmerzlich sie blieb, als einen interessanten Fall anzusehen, wetteiferte mit ihrem Manne in Liebes- und Aufmerksamkeitsbezeugungen.

»Solchen guten Winter haben wir lange nicht gehabt«, sagte Briest. Und dann erhob sich Effi von ihrem Platz und streichelte ihm das spärliche Haar aus der Stirn. Aber so schön das alles war, auf Effis Gesundheit hin angesehen, war es doch alles nur Schein, in Wahrheit ging die Krankheit weiter und zehrte still das Leben auf. Wenn Effi – die wieder, wie damals an ihrem Verlobungstage mit Innstetten, ein blau und weiß gestreiftes Kittelkleid mit einem losen Gürtel trug – rasch und elastisch auf die Eltern zutrat, um ihnen einen guten Morgen zu bieten, so sahen sich diese freudig verwundert an, freudig verwundert, aber doch auch wehmütig, weil ihnen nicht entgehen konnte, daß es nicht die helle Jugend, sondern eine Verklärtheit war, was der schlanken Erscheinung und den leuchtenden Augen diesen eigentümlichen Ausdruck gab. Alle, die schärfer zusahen, sahen dies, nur Effi selbst sah es nicht und lebte ganz dem Glücksgefühle, wieder an dieser für sie so freundlich friedreichen Stelle zu sein, in Versöhnung mit denen, die sie immer geliebt hatte und von denen sie immer geliebt worden war, auch in den Jahren ihres Elends und ihrer Verbannung.

Sie beschäftigte sich mit allerlei Wirtschaftlichem und sorgte für Ausschmückung und kleine Verbesserungen im Haushalt. Ihr Sinn für das Schöne ließ sie darin immer das Richtige treffen. Lesen aber und vor allem die Beschäftigung mit den Künsten hatte sie ganz aufgegeben. »Ich habe davon so viel gehabt, daß ich froh bin, die Hände in den Schoß legen zu können.« Es erinnerte sie auch wohl zu sehr an ihre traurigen Tage. Sie bildete statt dessen die Kunst aus, still und entzückt auf die Natur zu blicken, und wenn das Laub von den Platanen fiel, wenn die Sonnenstrahlen auf dem Eis des kleinen Teiches blitzten oder die ersten Krokus aus dem noch halb winterlichen Rondell aufblühten – das tat ihr wohl, und auf all das konnte sie stundenlang blicken und dabei vergessen, was ihr das Leben versagt oder, richtiger wohl, um was sie sich selbst gebracht hatte.

Besuch blieb nicht ganz aus, nicht alle stellten sich gegen sie; ihren Hauptverkehr aber hatte sie doch in Schulhaus und Pfarre.

Daß im Schulhaus die Töchter ausgeflogen waren, schadete nicht viel, es würde nicht mehr so recht gegangen sein; aber zu Jahnke selbst – der nicht bloß ganz Schwedisch-Pommern, sondern auch die Kessiner Gegend als skandinavisches Vorland ansah und beständig darauf bezügliche Fragen stellte –, zu diesem alten Freunde, stand sie besser denn je. »Ja, Jahnke, wir hatten ein Dampfschiff, und wie ich Ihnen, glaub ich, schon einmal schrieb oder vielleicht auch schon mal erzählt habe, beinahe wär ich wirklich rüber nach Wisby gekommen. Denken Sie sich, beinahe nach Wisby. Es ist komisch, aber ich kann eigentlich von vielem in meinem Leben sagen ›beinah‹.«

»Schade, schade«, sagte Jahnke.

»Ja, freilich schade. Aber auf Rügen bin ich wirklich umhergefahren. Und das wäre so was für Sie gewesen, Jahnke. Denken Sie sich, Arkona mit einem großen Wenden-Lagerplatz, der noch sichtbar sein soll; denn ich bin nicht hingekommen; aber nicht allzu weit davon ist der Herthasee mit weißen und gelben Mummeln. Ich habe da viel an Ihre Hertha denken müssen ...«

»Nun, ja, ja, Hertha ... Aber Sie wollten von dem Hertha*see* sprechen ...«

»Ja, das wollt ich ... Und denken Sie sich, Jahnke, dicht an dem See standen zwei große Opfersteine, blank und noch die Rinnen drin, in denen vordem das Blut ablief. Ich habe von der Zeit an einen Widerwillen gegen die Wenden.«

»Ach, gnäd'ge Frau, verzeihen. Aber das waren ja keine Wenden. Das mit den Opfersteinen und mit dem Herthasee, das war ja schon wieder viel, viel früher, ganz vor *Christum natum;* reine Germanen, von denen wir alle abstammen ...«

»Versteht sich«, lachte Effi, »von denen wir alle abstammen, die Jahnkes gewiß und vielleicht auch die Briests.«

Und dann ließ sie Rügen und den Herthasee fallen und fragte nach seinen Enkeln und welche ihm lieber wären, die von Bertha oder die von Hertha.

Ja, Effi stand gut zu Jahnke. Aber trotz seiner intimen Stellung zu Herthasee, Skandinavien und Wisby war er doch nur ein einfacher Mann, und so konnte es nicht wohl ausbleiben, daß der vereinsamten jungen Frau die Plaudereien mit Niemeyer um vieles lieber waren. Im Herbst, solange sich im Parke promenieren ließ, hatte sie denn auch die Hülle und Fülle davon; mit dem Eintreten des Winters aber kam eine mehrmonatliche Unterbrechung, weil sie das Predigerhaus selbst nicht gern betrat; Frau Pastor Niemeyer war immer eine sehr unangenehme Frau gewesen und schlug jetzt vollends hohe Töne an, trotzdem sie, nach Ansicht der Gemeinde, selber nicht ganz einwandsfrei war.

Das ging so den ganzen Winter durch, sehr zu Effis Leidwesen. Als dann aber, Anfang April, die Sträucher einen grünen Rand zeigten und die Parkwege rasch abtrockneten, da wurden auch die Spaziergänge wieder aufgenommen.

Einmal gingen sie auch wieder so. Von fern her hörte man den Kuckuck, und Effi zählte, wie viele Male er rief. Sie hatte sich an Niemeyers Arm gehängt und sagte: »Ja, da ruft der Kuckuck. Ich mag ihn nicht befragen. Sagen Sie, Freund, was halten Sie vom Leben?«

»Ach, liebe Effi, mit solchen Doktorfragen darfst du mir nicht kommen. Da mußt du dich an einen Philosophen wenden oder ein Ausschreiben an eine Fakultät machen. Was ich vom Leben halte? Viel und wenig. Mitunter ist es recht viel, und mitunter ist es recht wenig.«

»Das ist recht, Freund, das gefällt mir; mehr brauch ich nicht zu wissen.« Und als sie das so sagte, waren sie bis an die Schaukel gekommen. Sie sprang hinauf, mit einer Behendigkeit wie in ihren jüngsten Mädchentagen, und ehe sich noch der Alte, der ihr zusah, von seinem halben Schreck erholen konnte, hockte sie schon zwischen den zwei Stricken nieder und setzte das Schaukelbrett durch ein geschicktes Auf- und Niederschnellen ihres Körpers in Bewegung. Ein paar Sekunden noch, und sie flog durch die Luft, und bloß mit einer Hand sich haltend, riß sie mit der andern ein kleines Seidentuch von Brust und Hals und schwenkte es wie in Glück und Übermut. Dann ließ sie die Schaukel wieder langsam gehen und sprang herab und nahm wieder Niemeyers Arm.

»Effi, du bist doch noch immer, wie du früher warst.«

»Nein. Ich wollte, es wäre so. Aber es liegt *ganz* zurück, und ich hab es nur noch einmal versuchen wollen. Ach, wie schön es war, und wie mir die Luft wohltat; mir war, als flög ich in den Himmel. Ob ich wohl hineinkomme? Sagen Sie mir's, Freund, Sie müssen es wissen. Bitte, bitte ...«

Niemeyer nahm ihren Kopf in seine zwei alten Hände und gab ihr einen Kuß auf die Stirn und sagte: »Ja, Effi, du wirst.«

35. KAPITEL

Effi war den ganzen Tag draußen im Park, weil sie das Luftbedürfnis hatte; der alte Friesacker Dr. Wiesike war auch einverstanden damit, gab ihr aber in diesem Stücke doch zuviel Freiheit, zu tun, was sie wolle, so daß sie sich während der kalten Tage im Mai heftig erkältete: sie wurde fiebrig, hustete viel, und der Doktor, der sonst jeden dritten Tag herüberkam, kam jetzt täglich und war in Verlegenheit, wie er der Sache beikommen solle, denn die Schlaf- und Hustenmittel, nach denen Effi verlangte, konnten ihr des Fiebers halber nicht gegeben werden.

»Doktor«, sagte der alte Briest, »was wird aus der Geschichte? Sie kennen sie ja von klein auf, haben sie geholt. Mir gefällt das alles nicht; sie nimmt sichtlich ab, und die roten Flecke und der Glanz in den Augen, wenn sie mich mit einem Male so fragend ansieht. Was meinen Sie? Was wird? Muß sie sterben?«

Wiesike wiegte den Kopf langsam hin und her. »Das will ich nicht sagen, Herr von Briest.

Daß sie so fiebert, gefällt mir nicht. Aber wir werden es schon wieder runterkriegen, dann muß sie nach der Schweiz oder nach Mentone. Reine Luft und freundliche Eindrücke, die das Alte vergessen machen ...«

»Lethe, Lethe.«

»Ja, Lethe«, lächelte Wiesike. »Schade, daß uns die alten Schweden, die Griechen, bloß das Wort hinterlassen haben und nicht zugleich auch die Quelle selbst ...«

»Oder wenigstens das Rezept dazu; Wässer werden ja jetzt nachgemacht. Alle Wetter, Wiesike, das wär ein Geschäft, wenn wir hier so ein Sanatorium anlegen könnten: Friesack als Vergessenheitsquelle. Nun, vorläufig wollen wir's mit der Riviera versuchen. Mentone ist ja wohl Riviera? Die Kornpreise sind zwar in diesem Augenblicke wieder schlecht, aber was sein muß, muß sein. Ich werde mit meiner Frau darüber sprechen.«

Das tat er denn auch und fand sofort seiner Frau Zustimmung, deren in letzter Zeit – wohl unter dem Eindruck zurückgezogenen Lebens – stark erwachte Lust, auch mal den Süden zu sehen, seinem Vorschlage zu Hilfe kam. Aber Effi selbst wollte nichts davon wissen. »Wie gut ihr gegen mich seid. Und ich bin egoistisch genug, ich würde das Opfer auch annehmen, wenn ich mir etwas davon verspräche. Mir steht es aber fest, daß es mir bloß schaden würde.«

»Das redest du dir ein, Effi.«

»Nein. Ich bin so reizbar geworden; alles ärgert mich. Nicht hier bei euch. Ihr verwöhnt mich und räumt mir alles aus dem Wege. Aber auf einer Reise, da geht das nicht, da läßt sich das Unangenehme nicht so beiseite tun; mit dem Schaffner fängt es an, und mit dem Kellner hört es auf. Wenn ich mir die süffisanten Gesichter bloß vorstelle, so wird mir schon ganz heiß. Nein, nein, laßt mich hier. Ich mag nicht mehr weg von Hohen-Cremmen, hier ist meine Stelle. Der Heliotrop unten auf dem Rondell, um die Sonnenuhr herum, ist mir lieber als Mentone.«

Nach diesem Gespräch ließ man den Plan wieder fallen, und Wiesike, soviel er sich von Italien versprochen hatte, sagte: »Das müssen wir respektieren, denn das sind keine Launen; solche Kranken haben ein sehr feines Gefühl und wissen, mit merkwürdiger Sicherheit, was ihnen hilft und was nicht. Und was Frau Effi da gesagt hat von Schaffner und Kellner, das ist doch auch eigentlich ganz richtig, und es gibt keine Luft, die so viel Heilkraft hätte, den Hotelärger (wenn man sich überhaupt darüber ärgert) zu balancieren. Also lassen wir sie hier; wenn es nicht das Beste ist, so ist es gewiß nicht das Schlechteste.«

Das bestätigte sich denn auch. Effi erholte sich, nahm um ein geringes wieder zu (der alte Briest gehörte zu den Wiegefanatikern) und verlor ein gut Teil ihrer Reizbarkeit. Dabei war aber ihr Luftbedürfnis in einem beständigen Wachsen, und zumal wenn Westwind ging und graues Gewölk am Himmel zog, verbrachte sie viele Stunden im Freien. An solchen Tagen ging sie wohl auch auf die Felder hinaus und ins Luch, oft eine halbe Meile weit, und setzte sich, wenn sie müde geworden, auf einen Hürdenzaun und sah, in Träume verloren, auf die Ranunkeln und roten Ampferstauden, die sich im Winde bewegten.

»Du gehst immer so allein«, sagte Frau von Briest. »Unter unseren Leuten bist du sicher; aber es schleicht auch soviel fremdes Gesindel umher.«

Das machte doch einen Eindruck auf Effi, die an Gefahr nie gedacht hatte, und als sie mit Roswitha allein war, sagte sie: »Dich kann ich nicht gut mitnehmen, Roswitha; du bist zu dick und nicht mehr fest auf den Füßen.«

»Nu, gnäd'ge Frau, so schlimm ist es doch noch nicht. Ich könnte ja doch noch heiraten.«

»Natürlich«, lachte Effi. »Das kann man immer noch. Aber weißt du, Roswitha, wenn ich einen Hund hätte, der mich begleitete. Papas Jagdhund hat gar kein Attachement für mich, Jagdhunde sind so dumm, und er rührt sich immer erst, wenn der Jäger oder der Gärtner die Flinte vom Riegel nimmt. Ich muß jetzt oft an Rollo denken.«

»Ja«, sagte Roswitha, »so was wie Rollo haben sie hier gar nicht. Aber damit will ich nichts gegen ›hier‹ gesagt haben. Hohen-Cremmen ist sehr gut.«

Es war drei, vier Tage nach diesem Gespräche zwischen Effi und Roswitha, daß Innstetten um eine Stunde früher in sein Arbeitszimmer trat als gewöhnlich. Die Morgensonne, die sehr hell schien, hatte ihn geweckt, und weil er fühlen mochte, daß er nicht wieder einschlafen würde, war er aufgestanden, um sich an eine Arbeit zu machen, die schon seit geraumer Zeit der Erledigung harrte.

Nun war es eine Viertelstunde nach acht, und er klingelte. Johanna brachte das Frühstückstablett, auf dem, neben der ›Kreuzzeitung‹ und der ›Norddeutschen Allgemeinen‹, auch noch zwei Briefe lagen. Er überflog die Adressen und erkannte an der Handschrift, daß der eine vom Minister war. Aber der andere? Der Poststempel war nicht deutlich zu lesen, und das »Sr. Wohlgeboren Herrn Baron von Innstetten« bezeugte eine glückliche Unvertrautheit mit den landesüblichen Titulaturen. Dem entsprachen auch die Schriftzüge von sehr primitivem Charakter. Aber die Wohnungsangabe war wieder merkwürdig genau: W., Keithstraße 1 c, zwei Treppen hoch.

Innstetten war Beamter genug, um den Brief von »Exzellenz« zuerst zu erbrechen. »Mein lieber Innstetten! Ich freue mich, Ihnen mitteilen zu können, daß Seine Majestät Ihre Ernennung zu unterzeichnen geruht haben, und gratuliere Ihnen aufrichtig dazu.« Innstetten war erfreut über die liebenswürdigen Zeilen des Ministers, fast mehr als über die Ernennung selbst. Denn was das Höherhinaufklimmen auf der Leiter anging, so war er seit dem Morgen in Kessin, wo Crampas mit einem Blick, den er immer vor Augen hatte, Abschied von ihm genommen, etwas kritisch gegen derlei Dinge geworden. Er maß seitdem mit anderem Maße, sah alles anders an. Auszeichnung, was war es am Ende? Mehr als einmal hatte er, während der ihm immer freudloser dahinfließenden Tage, einer halbvergessenen Ministerialanekdote aus den Zeiten des älteren Ladenberg her gedenken müssen, der, als er nach langem Warten den Roten Adlerorden empfing, ihn wütend und mit dem Ausrufe beiseite warf: »Da liege, bis du *schwarz* wirst.« Wahrscheinlich war er dann hinterher auch »schwarz« geworden, aber um viele Tage zu spät und sicherlich ohne rechte Befriedigung für den Empfänger. Alles, was uns Freude machen soll, ist an Zeit und Umstände gebunden, und was uns heute noch beglückt, ist morgen wertlos. Innstetten empfand das tief, und so gewiß ihm an Ehren und Gunstbezeugungen von oberster Stelle her lag, wenigstens gelegen *hatte*, so gewiß stand ihm jetzt fest, es käme bei dem glänzenden Schein der Dinge nicht viel heraus, und das, was man »das Glück« nenne, wenn's überhaupt existiere, sei was anderes als dieser Schein. »Das Glück, wenn mir recht ist, liegt in zweierlei: darin, daß man ganz da steht, wo man hingehört (aber welcher Beamte kann das von sich sagen), und zum zweiten und besten in einem behaglichen Abwickeln des ganz Alltäglichen, also darin, daß man ausgeschlafen hat und daß einen die neuen Stiefel nicht drücken. Wenn einem die 720 Minuten eines zwölfstündigen Tages ohne besonderen Ärger vergehen, so läßt sich von einem glücklichen Tage sprechen.« In einer Stimmung, die derlei schmerzlichen Betrachtungen nachhing, war Innstetten auch heute wieder. Er nahm nun den zweiten Brief. Als er ihn gelesen, fuhr er über seine Stirn und empfand schmerzlich, *daß* es ein Glück gebe, daß er es gehabt, aber daß er es nicht mehr habe und nicht mehr haben könne.

Johanna trat ein und meldete: »Geheimrat Wüllersdorf.«

Dieser stand schon auf der Türschwelle. »Gratuliere, Innstetten.«

»Ihnen glaub ich's; die anderen werden sich ärgern. Im übrigen ...«

»Im übrigen. Sie werden doch in diesem Augenblicke nicht kritteln wollen.«

»Nein. Die Gnade Seiner Majestät beschämt mich und die wohlwollende Gesinnung des Ministers, dem ich das alles verdanke, fast noch mehr.«

»Aber ...«

»Aber ich habe mich zu freuen verlernt. Wenn ich es einem anderen als Ihnen sagte, so würde solche Rede für redensartlich gelten. Sie aber, Sie finden sich darin zurecht. Sehen Sie sich hier um; wie leer und öde ist das alles. Wenn die Johanna eintritt, ein sogenanntes Juwel, so wird mir angst und bange. Dieses Sich-in-Szene-Setzen« (und Innstetten ahmte Johannas Haltung nach), »diese halb komische Büstenplastik, die wie mit einem Spezialanspruch auftritt, ich weiß nicht, ob an die Menschheit oder an mich – ich finde das alles so trist und elend, und es wäre zum Totschießen, wenn es nicht so lächerlich wäre.«

»Lieber Innstetten, in dieser Stimmung wollen Sie Ministerialdirektor werden?«

»Ah, bah. Kann es anders sein? Lesen Sie; diese Zeilen habe ich eben bekommen.«

Wüllersdorf nahm den zweiten Brief mit dem unleserlichen Poststempel, amüsierte sich über das »Wohlgeboren« und trat dann ans Fenster, um bequemer lesen zu können.

»Gnäd'ger Herr! Sie werden sich wohl am Ende wundern, daß ich Ihnen schreibe, aber es ist wegen Rollo. Anniechen hat uns schon voriges Jahr gesagt: Rollo wäre jetzt so faul; aber das tut hier nichts, er kann hier so faul sein, wie er will, je fauler, je besser. Und die gnäd'ge Frau möchte es doch so gern. Sie sagt immer, wenn sie ins Luch oder über Feld geht: ›Ich fürchte mich eigentlich, Roswitha, weil ich da so allein bin; aber wer soll mich begleiten? Rollo, ja, das ginge; der ist mir auch nicht gram. Das ist der Vorteil, daß sich die Tiere nicht so drum kümmern.‹ Das sind die Worte der gnäd'gen Frau, und weiter will ich nichts sagen und den gnäd'gen Herrn bloß noch bitten, mein Anniechen zu grüßen. Und auch die Johanna. Von Ihrer treu ergebensten Dienerin

Roswitha Gellenhagen.«

»Ja«, sagte Wüllersdorf, als er das Papier wieder zusammenfaltete, »die ist uns über.«

»Finde ich auch.«

»Und das ist auch der Grund, daß Ihnen alles andere so fraglich erscheint.«

»Sie treffen's. Es geht mir schon lange durch den Kopf, und diese schlichten Worte mit ihrer gewollten oder vielleicht auch nicht gewollten Anklage haben mich wieder vollends aus dem Häuschen gebracht. Es quält mich seit Jahr und Tag schon, und ich möchte aus dieser ganzen Geschichte heraus; nichts gefällt mir mehr; je mehr man mich auszeichnet, je mehr fühle ich, daß dies alles nichts ist. Mein Leben ist verpfuscht, und so hab ich mir im stillen ausgedacht, ich müßte mit all den Strebungen und Eitelkeiten überhaupt nichts mehr zu tun haben und mein Schulmeistertum, was ja wohl mein Eigentlichstes ist, als ein höherer Sittendirektor verwenden können. Es hat ja dergleichen gegeben. Ich müßte also, wenn's ginge, solche schrecklich berühmte Figur werden, wie beispielsweise der Doktor Wichern im Rauhen Hause zu Hamburg gewesen ist, dieser Mirakelmensch, der alle Verbrecher mit seinem Blick und seiner Frömmigkeit bändigte ...«

»Hm, dagegen ist nichts zu sagen; das würde gehen.«

»Nein, es geht auch nicht. Auch *das* nicht mal. Mir ist eben alles verschlossen. Wie soll ich einen Totschläger an seiner Seele packen? Dazu muß man selber intakt sein. Und wenn man's nicht mehr ist und selber so was an den Fingerspitzen hat, dann muß man wenigstens vor seinen zu bekehrenden Confratres den wahnsinnigen Büßer spielen und eine Riesenzerknirschung zum besten geben können.«

Wüllersdorf nickte.

»... Nun sehen Sie, Sie nicken. Aber das alles kann ich nicht mehr. Den Mann im Büßerhemd bring ich nicht mehr heraus und den Derwisch oder Fakir, der unter Selbstanklagen sich zu Tode tanzt, erst recht nicht. Und da hab ich mir denn, weil das alles nicht geht, als ein Bestes herausgeklügelt: weg von hier, weg und hin unter lauter pechschwarze Kerle, die von Kultur und Ehre nichts wissen. Diese Glücklichen! Denn gerade *das*, dieser ganze Krimskrams ist doch an allem schuld. Aus Passion, was am Ende gehen möchte, tut man dergleichen nicht. Also bloßen Vorstellungen zuliebe ... Vorstellungen! ... Und da klappt denn einer zusammen, und man klappt selber nach. Bloß noch schlimmer.«

»Ach was, Innstetten, das sind Launen, Einfälle. Quer durch Afrika, was soll das heißen? Das ist für 'nen Leutnant, der Schulden hat. Aber ein Mann wie Sie! Wollen Sie mit einem roten Fes einem Palaver präsidieren oder mit einem Schwiegersohn von König Mtesa Blutfreundschaft schließen? Oder wollen Sie sich in einem Tropenhelm, mit sechs Löchern oben, am Kongo entlangtasten, bis Sie bei Kamerun oder da herum wieder herauskommen? Unmöglich!«

»Unmöglich? Warum? Und *wenn* unmöglich, was dann?«

»Einfach hierbleiben und Resignation üben. Wer ist denn unbedrückt? Wer sagte nicht jeden Tag: ›Eigentlich eine sehr fragwürdige Geschichte‹? Sie wissen, ich habe auch mein Päckchen zu tragen, nicht gerade das Ihrige, aber nicht viel leichter. Es ist Torheit mit dem Im-Urwald-Umherkriechen oder in einem Termitenhügel nächtigen; wer's mag, der mag es, aber für unserein ist es nichts. In der Bresche stehen und aushalten, bis man fällt, das ist das beste. Vorher aber im kleinen und kleinsten soviel herausschlagen wie möglich und ein Auge dafür haben, wenn die Veilchen blühen oder das Luisendenkmal in Blumen steht oder die kleinen Mädchen mit hohen Schnürstiefeln über die Korde springen. Oder auch wohl nach Potsdam fahren und in die Friedenskirche gehen, wo Kaiser Friedrich liegt und wo sie jetzt eben anfangen, ihm ein Grabhaus zu bauen. Und wenn Sie da stehen, dann überlegen Sie sich das Leben von *dem*, und wenn Sie dann nicht beruhigt sind, dann ist Ihnen freilich nicht zu helfen.«

»Gut, gut. Aber das Jahr ist lang, und jeder einzelne Tag ... und dann der Abend.«

»Mit dem ist immer noch am ehesten fertig zu werden. Da haben wir ›Sardanapal‹ oder ›Coppelia‹ mit der del Era, und wenn es damit aus ist, dann haben wir Siechen. Nicht zu verachten. Drei Seidel beruhigen jedesmal. Es gibt immer noch viele, sehr viele, die zu der ganzen Sache nicht anders stehen wie wir, und einer, dem auch viel verquer gegangen war, sagte mir mal: ›Glauben Sie mir, Wüllersdorf, es geht überhaupt nicht ohne Hilfskonstruktionen.‹ Der das sagte, war ein Baumeister und mußt es also wissen. Und er hatte recht mit seinem Satz. Es vergeht kein Tag, der mich nicht an die ›Hilfskonstruktionen‹ gemahnte.«

Wüllersdorf, als er sich so expektoriert, nahm Hut und Stock. Innstetten aber, der sich bei diesen Worten seines Freundes seiner eigenen voraufgegangenen Betrachtungen über das »kleine Glück« erinnert haben mochte, nickte halb zustimmend und lächelte vor sich hin.

»Und wohin gehen Sie nun, Wüllersdorf? Es ist noch zu früh für das Ministerium.«

»Ich schenk es mir heute ganz. Erst noch eine Stunde Spaziergang am Kanal hin bis an die Charlottenburger Schleuse und dann wieder zurück. Und dann ein kleines Vorsprechen bei Huth, Potsdamer Straße, die kleine Holztreppe vorsichtig hinauf. Unten ist ein Blumenladen.«

»Und das freut Sie? Das genügt Ihnen?«

»Das will ich nicht gerade sagen. Aber es hilft ein bißchen. Ich finde da verschiedene Stammgäste, Frühschoppler, deren Namen ich klüglich verschweige. Der eine erzählt dann vom Herzog von Ratibor, der andere vom Fürstbischof Kopp und der dritte wohl gar von Bismarck. Ein bißchen fällt immer ab. Dreiviertel stimmt nicht, aber wenn es nur witzig ist, krittelt man nicht lange dran herum und hört dankbar zu.«

Und damit ging er.

36. KAPITEL

Der Mai war schön, der Juni noch schöner, und Effi, nachdem ein erstes schmerzliches Gefühl, das Rollos Eintreffen in ihr geweckt hatte, glücklich überwunden war, war voll Freude, das treue Tier wieder um sich zu haben. Roswitha wurde belobt, und der alte Briest erging sich, seiner Frau gegenüber, in Worten der Anerkennung für Innstetten, der ein Kavalier sei, nicht kleinlich, und immer das Herz auf dem rechten Fleck gehabt habe. »Schade, daß die dumme Geschichte dazwischenfahren mußte. Eigentlich war es doch ein Musterpaar.« Der einzige, der bei dem Wiedersehen ruhig blieb, war Rollo selbst, weil er entweder kein Organ für Zeitmaß hatte oder die Trennung als eine Unordnung ansah, die nun einfach wieder behoben sei. Daß er alt geworden, wirkte wohl auch mit dabei. Mit seinen Zärtlichkeiten blieb er sparsam, wie er beim Wiedersehen sparsam mit seinen Freudenbezeugungen gewesen war, aber in seiner Treue war er womöglich noch gewachsen. Er wich seiner Herrin nicht von der Seite. Den Jagdhund behandelte er wohlwollend, aber doch als ein Wesen auf niederer Stufe. Nachts lag er vor Effis Tür auf der Binsenmatte, morgens, wenn das Frühstück im Freien genommen wurde, neben der Sonnenuhr, immer ruhig, immer schläfrig, und nur wenn sich Effi vom Frühstückstisch erhob und auf den Flur zuschritt und hier erst den Strohhut und dann den Sonnenschirm vom Ständer nahm, kam ihm seine Jugend wieder, und ohne sich darum zu kümmern, ob seine Kraft auf eine große oder kleine Probe gestellt werden würde, jagte er die Dorfstraße hinauf und wieder herunter und beruhigte sich erst, wenn sie zwischen den ersten Feldern waren. Effi, der freie Luft noch mehr galt als landschaftliche Schönheit, vermied die kleinen Waldpartien und hielt meist die große, zunächst von uralten Rüstern und dann, wo die Chaussee begann, von Pappeln besetzte große Straße, die nach der Bahnhofsstation führte, wohl eine Stunde Wegs. An allem freute sie sich, atmete beglückt den Duft ein, der von den Raps- und Kleefeldern herüberkam, oder folgte dem Aufsteigen der Lerchen und zählte die Ziehbrunnen und Tröge, daran das Vieh zur Tränke ging. Dabei klang ein leises Läuten zu ihr herüber. Und dann war ihr zu Sinn, als müsse sie die Augen schließen und in einem süßen Vergessen hinübergehen. In Nähe der Station, hart an der Chaussee, lag eine Chausseewalze. Das war ihr täglicher Rasteplatz, von dem aus sie das Treiben auf dem Bahndamm verfolgen konnte; Züge kamen und gingen, und mitunter sah sie zwei Rauchfahnen, die sich einen Augenblick wie deckten und dann nach links und rechts hin wieder auseinandergingen, bis sie hinter Dorf und Wäldchen verschwanden. Rollo saß dann neben ihr, an ihrem Frühstück teilnehmend, und wenn er den letzten Bissen aufgefangen hatte, fuhr er, wohl um sich dankbar zu bezeigen, irgendeine Ackerfurche wie ein Rasender hinauf und hielt nur inne, wenn ein paar beim Brüten gestörte Rebhühner dicht neben ihm aus einer Nachbarfurche aufflogen.

»Wie schön dieser Sommer! Daß ich noch so glücklich sein könnte, liebe Mama, vor einem Jahre hätte ich's nicht gedacht« – das sagte Effi jeden Tag, wenn sie mit der Mama um den Teich schritt oder einen Frühapfel vom Zweig brach und tapfer einbiß. Denn sie hatte die schönsten Zähne. Frau von Briest streichelte ihr dann die Hand und sagte: »Werde nur erst wieder gesund, Effi, ganz gesund; das Glück findet sich dann; nicht das alte, aber ein neues. Es gibt Gott sei Dank viele Arten von Glück. Und du sollst sehen, wir werden schon etwas finden für dich.«

»Ihr seid so gut. Und eigentlich hab ich doch auch euer Leben geändert und euch vor der Zeit zu alten Leuten gemacht.«

»Ach, meine liebe Effi, davon sprich nicht. Als es kam, da dacht ich ebenso. Jetzt weiß ich, daß unsere Stille besser ist als der Lärm und das laute Getriebe von vordem. Und wenn du so fortfährst, können wir noch reisen. Als Wiesike Mentone vorschlug, da warst du krank und reizbar und hattest, weil du krank warst, ganz recht mit dem, was du von den Schaffnern und Kellnern sagtest; aber wenn du wieder festere Nerven hast, dann geht es, dann ärgert man sich nicht mehr, dann lacht man über die großen Allüren und das gekräuselte Haar. Und dann das blaue Meer und weiße Segel und die Felsen ganz mit rotem Kaktus überwachsen – ich habe es noch nicht gesehen, aber ich denke es mir so. Und ich möchte es wohl kennenlernen.«

So verging der Sommer, und die Sternschnuppennächte lagen schon zurück. Effi hatte während dieser Nächte bis über Mitternacht hinaus am Fenster gesessen und sich nicht müde sehen können. »Ich war immer eine schwache Christin; aber ob wir doch vielleicht von da oben stammen und, wenn es hier vorbei ist, in unsere himmlische Heimat zurückkehren, zu den Sternen oben oder noch drüber hinaus! Ich weiß es nicht, ich will es auch nicht wissen, ich habe nur die Sehnsucht.«

Arme Effi, du hattest zu den Himmelswundern zu lange hinaufgesehen und darüber nachgedacht, und das Ende war, daß die Nachtluft und die Nebel, die vom Teich her aufstiegen, sie wieder aufs Krankenbett warfen, und als Wiesike gerufen wurde und sie gesehen hatte, nahm er Briest beiseite und sagte: »Wird nichts mehr; machen Sie sich auf ein baldiges Ende gefaßt.«

Er hatte nur zu wahr gesprochen, und wenige Tage danach, es war noch nicht spät und die zehnte Stunde noch nicht heran, da kam Roswitha nach unten und sagte zu Frau von Briest: »Gnädigste Frau, mit der gnädigen Frau oben ist es schlimm; sie spricht immer so still vor sich hin und mitunter ist es, als ob sie bete, sie will es aber nicht wahrhaben, und ich weiß nicht, mir ist, als ob es jede Stunde vorbei sein könnte.«

»Will sie mich sprechen?«

»Sie hat es nicht gesagt. Aber ich glaube, sie möchte es. Sie wissen ja, wie sie ist; sie will Sie nicht stören und ängstlich machen. Aber es wäre doch wohl gut.«

»Es ist gut, Roswitha«, sagte Frau von Briest, »ich werde kommen.«

Und ehe die Uhr noch einsetzte, stieg Frau von Briest die Treppe hinauf und trat bei Effi ein. Das Fenster stand auf, und sie lag auf einer Chaiselongue, die neben dem Fenster stand.

Frau von Briest schob einen kleinen schwarzen Stuhl mit drei goldenen Stäbchen in der Ebenholzlehne heran, nahm Effis Hand und sagte: »Wie geht es dir, Effi? Roswitha sagt, du seiest so fiebrig.«

»Ach, Roswitha nimmt alles so ängstlich. Ich sah ihr an, sie glaubt, ich sterbe. Nun, ich weiß nicht. Aber sie denkt, es soll es jeder so ängstlich nehmen wie sie selbst.«

»Bist du so ruhig über Sterben, liebe Effi?«

»Ganz ruhig, Mama.«

»Täuschst du dich darin nicht? Alles hängt am Leben und die Jugend erst recht. Und du bist noch so jung, liebe Effi.«

Effi schwieg eine Weile. Dann sagte sie: »Du weißt, ich habe nicht viel gelesen, und Innstetten wunderte sich oft darüber, und es war ihm nicht recht.«

Es war das erste Mal, daß sie Innstettens Namen nannte, was einen großen Eindruck auf die Mama machte und dieser klar zeigte, daß es zu Ende sei.

»Aber ich glaube«, nahm Frau von Briest das Wort, »du wolltest mir was erzählen.«

»Ja, das wollte ich, weil du davon sprachst, ich sei noch so jung. Freilich bin ich noch jung. Aber das schadet nichts. Es war noch in glücklichen Tagen, da las mir Innstetten abends vor; er hatte sehr gute Bücher, und in einem hieß es: es sei wer von einer fröhlichen Tafel abgerufen worden, und am anderen Tage habe der Abgerufene gefragt, wie's denn nachher gewesen sei. Da habe man ihm geantwortet: ›Ach, es war noch allerlei; aber eigentlich haben Sie nichts versäumt.‹ Sieh, Mama, diese Worte haben sich mir eingeprägt – es hat nicht viel zu bedeuten, wenn man von der Tafel etwas früher abgerufen wird.«

Frau von Briest schwieg. Effi aber schob sich etwas höher hinauf und sagte dann: »Und da ich nun mal von alten Zeiten und auch von Innstetten gesprochen habe, muß ich dir doch noch etwas sagen, liebe Mama.«

»Du regst dich auf, Effi.«

»Nein, nein; etwas von der Seele heruntersprechen, das regt mich nicht auf, das macht still. Und da wollt ich dir denn sagen: ich sterbe mit Gott und Menschen versöhnt, auch versöhnt mit *ihm*.«

»Warst du denn in deiner Seele in so großer Bitterkeit mit ihm? Eigentlich, verzeihe mir, meine liebe Effi, daß ich das jetzt noch sage, eigentlich hast du doch euer Leid heraufbeschworen.«

Effi nickte. »Ja, Mama. Und traurig, daß es so ist. Aber als dann all das Schreckliche kam, und zuletzt das mit Annie, du weißt schon, da hab ich doch, wenn ich das lächerliche Wort gebrauchen darf, den Spieß umgekehrt und habe mich ganz ernsthaft in den Gedanken hineingelebt, er sei schuld, weil er nüchtern und berechnend gewesen sei und zuletzt auch noch grausam. Und da sind Verwünschungen gegen ihn über meine Lippen gekommen.«

»Und das bedrückt dich jetzt?«

»Ja. Und es liegt mir daran, daß er erfährt, wie mir hier in meinen Krankheitstagen, die doch fast meine schönsten gewesen sind, wie mir hier klar geworden, daß er in allem recht gehandelt. In der Geschichte mit dem armen Crampas – ja, was sollt er am Ende anders tun? Und dann, womit er mich am tiefsten verletzte, daß er mein eigen Kind in einer Art Abwehr gegen mich erzogen hat, so hart es mir ankommt und so weh es mir tut, er hat auch darin recht gehabt. Laß ihn das wissen, daß ich in dieser Überzeugung gestorben bin. Es wird ihn trösten, aufrichten, vielleicht versöhnen. Denn er hatte viel Gutes in seiner Natur und war so edel, wie jemand sein kann, der ohne rechte Liebe ist.«

Frau von Briest sah, daß Effi erschöpft war und zu schlafen schien oder schlafen wollte. Sie erhob sich leise von ihrem Platz und ging. Indessen, kaum daß sie fort war, erhob sich auch Effi und setzte sich an das offene Fenster, um noch einmal die kühle Nachtluft einzusaugen. Die Sterne flimmerten, und im Parke regte sich kein Blatt. Aber je länger sie hinaushorchte, je deutlicher hörte sie wieder, daß es wie ein feines Rieseln auf die Platanen niederfiel. Ein Gefühl der Befreiung überkam sie. »Ruhe, Ruhe.«

Es war einen Monat später, und der September ging auf die Neige. Das Wetter war schön, aber das Laub im Parke zeigte schon viel Rot und Gelb, und seit den Äquinoktien, die drei Sturmtage gebracht hatten, lagen die Blätter überallhin ausgestreut. Auf dem Rondell hatte sich eine kleine Veränderung vollzogen, die Sonnenuhr war fort, und an der Stelle, wo sie gestanden hatte, lag seit gestern eine weiße Marmorplatte, darauf stand nichts als »Effi Briest« und darunter ein Kreuz. Das war Effis letzte Bitte gewesen: »Ich möchte auf meinem Stein meinen alten Namen wiederhaben; ich habe dem andern keine Ehre gemacht.« Und es war ihr versprochen worden.

Ja, gestern war die Marmorplatte gekommen und aufgelegt worden, und angesichts der Stelle saßen nun wieder Briest und Frau und sahen darauf hin und auf den Heliotrop, den man geschont und der den Stein jetzt einrahmte. Rollo lag daneben, den Kopf in die Pfoten gesteckt.

Wilke, dessen Gamaschen immer weiter wurden, brachte das Frühstück und die Post, und der alte Briest sagte: »Wilke, bestelle den kleinen Wagen. Ich will mit der Frau über Land fahren.«

Frau von Briest hatte mittlerweile den Kaffee eingeschenkt und sah nach dem Rondell und seinem Blumenbeete. »Sieh, Briest, Rollo liegt wieder vor dem Stein. Es ist ihm doch noch tiefer gegangen als uns. Er frißt auch nicht mehr.«

»Ja, Luise, die Kreatur. Das ist ja, was ich immer sage. Es ist nicht so viel mit uns, wie wir glauben. Da reden wir immer von Instinkt. Am Ende ist es doch das Beste.«

»Sprich nicht so. Wenn du so philosophierst ... nimm es mir nicht übel, Briest, dazu reicht es bei dir nicht aus. Du hast deinen guten Verstand, aber du kannst doch nicht an solche Fragen ...«

»Eigentlich nicht.«

»Und wenn denn schon überhaupt Fragen gestellt werden sollen, da gibt es ganz andere, Briest, und ich kann dir sagen, es vergeht kein Tag, seit das arme Kind da liegt, wo mir solche Fragen nicht gekommen wären ...«

»Welche Fragen?«

»Ob *wir* nicht doch vielleicht schuld sind?«

»Unsinn, Luise. Wie meinst du das?«

»Ob wir sie nicht anders in Zucht hätten nehmen müssen. Gerade wir. Denn Niemeyer ist doch eigentlich eine Null, weil er alles in Zweifel läßt. Und dann, Briest, so leid es mir tut ... deine beständigen Zweideutigkeiten ... und zuletzt, womit ich mich selbst anklage, denn ich will nicht schuldlos ausgehen in dieser Sache, ob sie nicht doch vielleicht zu jung war?«

Rollo, der bei diesen Worten aufwachte, schüttelte den Kopf langsam hin und her, und Briest sagte ruhig: »Ach, Luise, laß ... das ist ein *zu* weites Feld.«

Die Poggenpuhls

1. KAPITEL

Die Poggenpuhls – eine Frau Majorin von Poggenpuhl mit ihren drei Töchtern Therese, Sophie und Manon – wohnten seit ihrer vor sieben Jahren erfolgten Übersiedelung von Pommersch-Stargard nach Berlin in einem gerade um jene Zeit fertig gewordenen, also noch ziemlich mauerfeuchten Neubau der Großgörschenstraße, einem Eckhause, das einem braven und behäbigen Manne, dem ehemaligen Maurerpolier, jetzigen Rentier August Nottebohm gehörte. Diese Großgörschenstraßen-Wohnung war seitens der Poggenpuhlschen Familie nicht zum wenigsten um des kriegsgeschichtlichen Namens der Straße, zugleich aber auch um der sogenannten ›wundervollen Aussicht‹ willen gewählt worden, die von den Vorderfenstern aus auf die Grabdenkmäler und Erbbegräbnisse des Matthäikirchhofs, von den Hinterfenstern aus auf einige zur Kulmstraße gehörige Rückseiten ging, an deren einer man, in abwechselnd roten und blauen Riesenbuchstaben, die Worte ›Schulzes Bonbonfabrik‹ lesen konnte. Möglich, ja sogar wahrscheinlich, daß nicht jedem mit dieser eigentümlichen Doppelaussicht gedient gewesen wäre; der Frau von Poggenpuhl aber, einer geborenen Pütter – aus einer angesehenen, aber armen Predigerfamilie stammend –, paßte jede der beiden Aussichten gleich gut, die Frontaussicht, weil die etwas sentimental angelegte Dame gern vom Sterben sprach, die Rückseiteaussicht auf die Kulmstraße aber, weil sie beständig an Husten litt und aller Sparsamkeit ungeachtet zu gutem Teile von Gerstenbonbons und Brustkaramellen lebte. Jedesmal, wenn Besuch kam, wurde denn auch von den großen Vorzügen dieser Wohnung gesprochen, deren einziger wirklicher Vorzug in ihrer großen Billigkeit und in der vor mehreren Jahren schon durch Rentier Nottebohm gemachten Zusicherung bestand, daß die Frau Majorin nie gesteigert werden würde. »Nein, Frau Majorin«, so etwa hatte sich Nottebohm damals geäußert, »was dieses angeht, so können Frau Majorin ganz ruhig sein und die Fräuleins auch. Gott, wenn ich so alles bedenke ... verzeihen, Frau Majorin, das Manonchen war ja noch ein Quack, als Sie damals, zu Michaeli, hier einzogen ... un als Sie dann Neujahr runter kamen und die erste Miete brachten und alles noch leer stand von wegen der nassen Wände, was aber ein Unsinn is, da sagte ich zu meiner Frau, denn wir hatten es damals noch nich: ›Line‹, sagte ich, ›das is Handgeld und bringt uns Glück.‹ Und hat auch wirklich. Denn von dasselbe Vierteljahr an war nie was leer, un immer reputierliche Leute – das muß ich sagen ... Und dann, Frau Majorin, wie werd' ich denn gerade bei Ihnen mit so was anfangen ... ich meine mit das Steigern. Ich war ja doch auch mit dabei; Donnerwetter, es war eine ganz verfluchte Geschichte. Hier sitzt mir noch die Kugel; aber der Doktor sagt: sie würde schon mal rausfallen, und dann hätt' ich ein Andenken.«

Und damit schloß Nottebohm eine Rede, wie er sie länger nie gehalten und wie sie die gute Frau Majorin nie freundlicheren Ohres gehört hatte. Das mit dem ›Dabeigewesensein‹ aber bezog sich auf Gravelotte, wo Major Poggenpuhl, spät gegen Abend, als die pommersche Division herankam, an der Spitze seines Bataillons, in dem auch Nottebohm stand, ehrenvoll gefallen war. Er, der Major, hinterließ nichts als einen guten alten Namen und drei blanke Krönungstaler, die man in seinem Portemonnaie fand und später seiner Witwe behändigte. Diese drei Krönungstaler waren, wie das Erbe der Familie, so selbstverständlich auch der Stolz derselben, und als sechzehn Jahre später die erst etliche Monate nach dem Tode des Vaters geborene jüngste Tochter Manon konfirmiert werden sollte, waren aus den drei Krönungstalern – die bis dahin zu konservieren keine Kleinigkeit gewesen war – drei Broschen angefertigt und an die drei Töchter zur Erinnerung an diesen Einsegnungstag überreicht worden. Alles unter geistlicher Mitwirkung und Beihilfe. Denn Generalsuperintendent Schwarz, der die Familie liebte, war am Abend des Konfirmationstages in die Poggenpuhlsche Wohnung gekommen und hatte hier die in Gegenwart einiger alter Kameraden und Freunde stattfindende Broschenüberreichung fast zu einer kirchlichen Zeremonie, jedenfalls aber zu einer Feier erhoben, die sogar dem etwas groben und gegen die ›Adelspackage‹ stark eingenommenen Portier Nebelung imponiert und ihn, wenn auch nicht geradezu bekehrt, so doch den wohlwollenden Gesinnungen seines Haus- und Brotherrn Nottebohm um etwas nähergeführt hatte.

Wie sich von selbst versteht, war auch die Poggenpuhlsche Wohnungseinrichtung ein Ausdruck der Verhältnisse, darin die Familie nun mal lebte; von Plüschmöbeln existierte nichts und von Teppichen nur ein kleiner Schmiedeberger, der mit schwarzen, etwas ausgefusselten Wollfransen vor dem Sofa der zunächst am Korridor gelegenen und schon deshalb als Empfangssalon dienenden ›guten Stube‹ lag. Entsprechend diesem Teppiche waren auch die schmalen, hier und dort gestopften Gardinen: Alles aber war sehr sauber und ordentlich gehalten, und ein mutmaßlich aus einem alten märkischen Herrenhause herstammender, ganz vor kurzem erst auf einer Auktion erstandener, weißlackierter Pfeilerspiegel mit eingelegter Goldleiste lieh der ärmlichen Einrichtung trotz ihres Zusammengesuchtseins oder vielleicht auch um dessen willen etwas von einer erlöschenden, aber doch mal dagewesenen Feudalität.

Über dem Sofa derselben ›guten Stube‹ hing ein großes Ölbildnis (Kniestück) des Rittmeisters von Poggenpuhl vom Sohrschen Husarenregiment, der 1813 bei Großgörschen ein Karree gesprengt und dafür den *Pour le mérite* erhalten hatte – der einzige Poggenpuhl, der je in der Kavallerie gestanden. Das halb wohlwollende, halb martialische Gesicht des Rittmeisters sah auf eine flache Glasschale hernieder, drin im Sommer Aurikeln und ein Vergißmeinnichtkranz, im Winter Visitenkarten zu liegen pflegten. An der andern Wand aber, genau dem Rittmeister gegenüber, stand ein Schreibtisch mit einem kleinen erhöhten Mittelbau, drauf, um bei Besuchen eine Art Gastlichkeit üben zu können, eine halbe Flasche Kapwein mit Likörgläschen thronte, beides, Flasche wie Gläschen, auf einem goldgeränderten Teller, der beständig klapperte.

Neben dieser ›guten Stube‹ lag die einfenstrige Wohnstube, daran sich nach hinten zu das sogenannte ›Berliner Zimmer‹ anschloß, ein bloßer Durchgang, wenn auch im übrigen geräumig, an dessen Längswand drei Betten standen, nur drei, trotzdem es eine viergliedrige Familie war. Die vierte Lagerstätte, von mehr ambulantem Charakter, war ein mit Rohr überflochtenes Sofagestell, drauf sich, wochenweis wechselnd, eine der zwei jüngeren Schwestern einzurichten hatte.

Hinter diesem ›Berliner Saal‹ (Nottebohm selbst hatte den Grundriß dazu entworfen) lag die Küche mitsamt dem Hängeboden. Hier hauste das alte Dienstmädchen Friederike, eine treue Seele, die noch den gnädigen Herrn gekannt und als Vertraute der Frau Majorin alles Glück und Unglück des Hauses und zuletzt auch die Übersiedelung von Stargard nach Berlin mit durchgemacht hatte.

So wohnten die Poggenpuhls und gaben der Welt den Beweis, daß man auch in ganz kleinen Verhältnissen, wenn man nur die rechte Gesinnung und dann freilich auch die nötige Geschicklichkeit mitbringe, zufrieden und beinahe standesgemäß leben könne, was selbst von Portier Nebelung, allerdings unter Kopfschütteln und einigem Widerstreben, zugegeben wurde. Sämtliche Poggenpuhls – die Mutter freilich weniger – besaßen die schöne Gabe, nie zu klagen, waren lebensklug und rechneten gut, ohne daß sich bei diesem Rechnen etwas störend Berechnendes gezeigt hätte.

Darin waren sich die drei Schwestern gleich, trotzdem ihre sonstigen Charaktere sehr verschieden waren.

Therese, schon dreißig, konnte (was denn auch redlich geschah) auf den ersten Blick für unpraktisch gelten und schien von allerhand kleinen Künsten eigentlich nur die eine, sich in einem Schaukelstuhl gefällig zu wiegen, gelernt zu haben; in Wirklichkeit aber war sie gerade so lebensklug wie die beiden jüngeren Schwestern und bebaute nur ein sehr anderes Feld. Es war ihr, das stand ihr fest, ihrer ganzen Natur nach die Aufgabe zugefallen, die Poggenpuhlsche Fahne hochzuhalten und sich mehr, als es durch die Schwestern geschah, in die Welt, in die die Poggenpuhls nun mal gehörten, einzureihen. In den Generals- und Ministerfamilien der Behren- und Wilhelmstraße war sie denn auch heimisch und erzielte hier allemal große Zustimmung und Erfolge, wenn sie beim Tee von ihren jüngeren Schwestern und deren Erlebnissen in der ›sein wollenden Aristokratie‹ spöttisch lächelnd berichtete. Selbst der alte Kommandierende, der, im ganzen genommen, längst aufgehört hatte, sich durch irgend etwas Irdisches noch besonders imponieren zu lassen, kam dann in eine vergnüglich liebenswürdige Heiterkeit, und der der Generalsfamilie befreundete, schräg gegenüber wohnende Unterstaatssekretär, trotzdem er selber von allerneustem Adel war (oder vielleicht auch ebendeshalb), zeigte sich dann jedesmal hingerissen von der feinen Malice des armen, aber standesbewußten Fräuleins. Eine weitere Folge dieser gesellschaftlichen Triumphe war es, daß Therese, wenn es irgend etwas zu bitten gab, auch tatsächlich bitten durfte, wobei sie aber klug abwägend, immer nur um solche Dinge petitionierte, die man mühelos gewähren konnte, was dann dem Gewährenden eine ganz spezielle Befriedigung gewährte.

So war Therese von Poggenpuhl.

Sehr anders erwiesen sich die beiden jüngeren Schwestern, die, den Verhältnissen und der modernen Welt sich anbequemend, bei ihrem Tun sozusagen in Kompanie gingen.

Sophie, die zweite, war die Hauptstütze der Familie, weil sie das besaß, was die Poggenpuhls bis dahin nicht ausgezeichnet hatte: Talente. Möglich, daß diese Talente bei günstigeren Lebensverhältnissen einigermaßen zweifelvoll angesehen und mehr oder weniger als ›unstandesgemäß‹ empfunden worden wären; bei der bedrückten Lage jedoch, in der sich die Poggenpuhls befanden, waren diese natürlichen Gaben Tag für Tag ein Glück und ein Segen für die Familie. Selbst Therese gab dies in ihren ruhigeren Momenten zu. Sophie – äußerlich von den Schwestern verschieden, sie hatte ein freundliches Pudelgesicht mit Löckchen – konnte eigentlich alles; sie war musikalisch, zeichnete, malte, dichtete zu Geburtstagen und Polterabenden und konnte einen Hasen spicken; aber alles dies, soviel es war, hätte für die Familie doch nur halbe Bedeutung gehabt, wenn nicht neben ihr her noch die jüngste Schwester gewesen wäre, Manon, das Nesthäkchen.

Manon, jetzt siebzehn, war, im Gegensatze zu Sophie, ganz ohne Begabung, besaß aber dafür die Gabe, sich überall beliebt zu machen, vor allem in Bankierhäusern, unter denen sie die nichtchristlichen bevorzugte, so namentlich das hochangesehene Haus Bartenstein. Bei dem Kindersegen der Mehrzahl dieser Häuser war nie Mangel an angehenden Backfischen, die mit den Anfängen irgendeiner Kunst oder Wissenschaft bekannt gemacht werden sollten, und ein über die verschiedensten Disziplinen angestrengtes längeres oder kürzeres Gespräch endete regelmäßig mit der leicht hingeworfenen Bemerkung Manons: »Ich halte es für möglich, daß meine Schwester Sophie da aushelfen kann«, eine Bemerkung, die sie gern machen durfte, weil Sophie tatsächlich vor nichts erschrak, nicht einmal vor Physik und Spektralanalyse.

So war die Rollenverteilung im Hause Poggenpuhls, aus der sich, wie schon angedeutet, allerlei finanzielle Vorteile herausstellten, Vorteile, die zuzeiten nicht unbeträchtlich über die kleine Pension hinauswuchsen, die den eisernen Einnahmebestand der Familie bildete. Sämtliche drei junge Damen vergaben sich dabei nicht das geringste, waren vielmehr (besonders die zwei jüngeren) ebenso leichtlebig wie dankbar, vermieden es taktvoll, in geschmacklose Huldigungen oder gar in Schmeichelei zu verfallen, und standen überall in Achtung und Ansehen, weil ihr Tun, und das war die Hauptsache, von einer großen persönlichen Selbstlosigkeit begleitet war. Sie brauchten wenig, wußten sich, zumal auf dem Gebiete der Toilette – was aber ein gefälliges Erscheinen nicht hinderte –, mit einem Minimum zu behelfen und lebten in ihren Gedanken und Hoffnungen eigentlich nur für die ›zwei Jungens‹, ihre Brüder, Wendelin und Leo, von denen jeder schon ein älterer Premier über dreißig, dieser ein junger Dachs von kaum zweiundzwanzig war. Beide, wie sich das von selbst verstand, waren in das hinterpommersche, neuerdings übrigens nach Westpreußen verlegte Regiment eingetreten, drin schon ihr Vater seine Laufbahn begonnen und am denkwürdigen 18. August in Ruhm und Ehre beschlossen hatte.

Diesen Ruhm der Familie womöglich noch zu steigern war das, was die schwesterliche Trias mit allen Mitteln anstrebte.

Hinsichtlich Wendelins, der ihrem eigenen Bemühen in allen Stücken entgegenkam, besonders auch darin, daß er zu sparen verstand, hinsichtlich dieses älteren Bruders unterlag das Erreichen höchster Ziele kaum einem Zweifel. Er war klug, nüchtern, ehrgeizig, und soviel durch Aufhorchen in dem militärexzellenzlichen Hause zur Kenntnis Theresens gekommen war, konnte sich's bei Wendelin eigentlich nur noch darum handeln, ob er demnächst in das Kriegsministerium oder in den Generalstab abkommandiert werden würde. Nicht so glücklich stand es mit Leo, der, weniger beanlagt als der ältere Bruder, nur der ›Schneidigkeit‹ zustrebte. Zwei Duelle, von denen das eine einem Gerichtsreferendarius einen Schuß durch beide Backen und den Verlust etlicher Oberzähne eingetragen hatte, schienen ein rasches Sichnähern an sein Schneidigkeitsideal zu verbürgen und hätten ebensogut wie Wendelins Talente zu großen Hoffnungen berechtigen dürfen, wenn nicht das Gespenst der Entlassung wegen beständig anwachsender Schulden immer nebenher geschritten wäre. Leo, der Liebling aller, war zugleich das Angstkind, und immer wieder zu helfen und ihn vor einer Katastrophe zu bewahren, darauf war alles Dichten und Trachten gerichtet. Kein Opfer erschien zu groß, und wenn die Mutter auch gelegentlich den Kopf schüttelte, für die Töchter unterlag es keinem Zweifel, daß Leo, ›wenn es nur möglich war, ihn bis zu dem entsprechenden Zeitpunkt zu halten‹, die nächste große Russenschlacht, das Zorndorf der Zukunft, durch entscheidendes Eingreifen gewinnen würde.

»Aber er ist ja nicht Garde du Corps«, sagte die Mama.

»Nein, das ist auch gleichgültig. Die nächste Schlacht bei Zorndorf wird durch Infanterie gewonnen werden.«

2. KAPITEL

Es war ein Wintertag, der dritte Januar.

Eben kam Friederike von ihrem regelmäßigen Morgeneinkauf zurück, einen Korb mit Frühstückssemmeln in der einen, einen Topf Milch in der andern, beides, Semmeln und Milch, aus dem Keller gegenüber. Die Finger, trotz wollener Handschuhe, waren ihr bei der Kälte klamm geworden, und so nahm sie denn beim Eintreten in ihre Küche den Teekessel aus dem Kochloch und wärmte sich an der Glut. Aber nicht lange, denn sie hatte sich, weil sie gegen Morgen noch einmal eingeschlafen war, um eine halbe Stunde verspätet, was natürlich wieder eingebracht werden mußte.

So machte sie sich denn eifrig an ihre vom Brett genommene Kaffeemühle, schüttete, so daß sie nachher nur noch aufzugießen brauche, das braune Pulver in den Beutel und ging nun, nachdem sie schließlich noch den Teekessel wieder in die Glut gestellt hatte, mit ihrem Holzkorb (dessen Boden übrigens jeden Augenblick herauszufallen drohte) nach vorn, um da das einfenstrige Wohnzimmer zu heizen. Hier kniete sie vor dem Ofen nieder und baute Holz und Preßkohlen so kunstgerecht auf, daß es nur eines einzigen Schwefelholzes, allerdings unter Zutat eines aus Zeitungspapier zusammengedrehten Zopfes, bedurfte, den künstlichen Bau in Brand zu setzen.

Keine halbe Minute verging, so begann es im Ofen auch wirklich zu knacken und zu knistern, und als Friederike nun wußte, daß es brennen würde, stand sie von ihrem Ofenplatz wieder auf, um sich ihrer zweiten Morgenaufgabe, dem Staubabwischen, zu unterziehen. Hierbei, weil das, was sie leistete, die drei Fräuleins doch nie zufriedenstellte, verfuhr sie, so gewissenhaft sie sonst war, ziemlich obenhin und beschränkte sich darauf, eine über dem Sofa hängende Bilderreihe, die Leo, trotzdem es Zeitgenossen waren, die ›Ahnengalerie des Hauses Poggenpuhl‹ zu nennen pflegte, leidlich blank zu putzen. Drei oder vier dieser Bilder waren Photographien in Kabinettformat; die älteren aber gehörten noch der Daguerreotypzeit an und waren so verblichen, daß sie nur bei besonders günstiger Beleuchtung noch auf ihren Kunstwert hin geprüft werden konnten.

Aber diese ›Ahnengalerie‹ war doch nicht alles, was hier hing. Unmittelbar über ihr präsentierte sich noch ein Ölbild von einigem Umfang, eine Kunstschöpfung dritten oder vierten Ranges, die den historisch bedeutendsten Moment aus dem Leben der Familie darstellte. Das meiste, was man darauf sehen konnte, war freilich nur Pulverqualm, aber inmitten desselben erkannte man doch ziemlich deutlich noch eine Kirche samt Kirchhof, auf welch letzterem ein verzweifelter Nachtkampf zu toben schien.

Es war der Überfall von Hochkirch, die Österreicher bestens ›adjustiert‹, die armen Preußen in einem pitoyablen Bekleidungszustande. Ganz in Front aber stand ein älterer Offizier in Unterkleid und Weste, von Stiefeln keine Rede, dafür ein Gewehr in der Hand. Dieser Alte war Major Balthasar von Poggenpuhl, der den Kirchhof eine halbe Stunde hielt, bis er mit unter den Toten lag. Eben dieses Bild, wohl in Würdigung seines Familienaffektionswertes, war denn auch in einem breiten und stattlichen Barockrahmen gefaßt, während die bloß unter Glas gebrachten Lichtbilder nichts als eine Goldborte zeigten.

Alle Mitglieder der Familie, selbst der in Kunstsachen etwas skeptische Leo mit einbegriffen, übertrugen ihre Pietät gegen den ›Hochkircher‹ – wie der Hochkirch-Major zur Unterscheidung von vielen andern Majors der Familie genannt wurde – auch auf die bildliche Darstellung seiner ruhmreichen Aktion, und nur Friederike, sosehr sie den Familienkultus mitmachte, stand mit dem alten, halb angekleideten Helden auf einer Art Kriegsfuß. Es hatte dies einfach darin seinen Grund, daß ihr oblag, mit ihrem alten, wie Spinnweb aussehenden Staublappen doch mindestens jeden dritten Tag einmal über den überall Berg und Tal zeigenden Barockrahmen hinzufahren, bei welcher Gelegenheit dann das Bild, wenn auch nicht geradezu regelmäßig, so doch sehr, sehr oft von der Wand herabglitt und über die Lehne weg auf das Sofa fiel. Es wurde dann jedesmal beiseite gestellt und nach dem Frühstück wieder eingegipst, was alles indessen nicht recht half und auch nicht helfen konnte. Denn die ganze Wandstelle war schon zu schadhaft, und über ein kleines, so brach der eingegipste Nagel wieder aus, und das Bild glitt herab.

»Gott«, sagte Friederike, »daß er da so gestanden hat, nu ja, das war ja vielleicht ganz gut. Aber nu so gemalen ... es sitzt nich und sitzt nich.«

Und nachdem sie dies Selbstgespräch geführt und die Ofentür, was immer das letzte war, wieder fest zugeschraubt hatte, tat sie Handfeger und Wischtuch wieder in den Holzkorb und trat leise durch die lange Schlafstube hin ihren Rückzug in die Küche an. Es war aber nicht mehr nötig, dabei so vorsichtig zu sein, denn alle vier Damen waren bereits wach, und Manon hatte sogar den einen nach dem Hof hinausführenden Fensterflügel halb aufgemacht, davon ausgehend, daß vier Grad unter Null immer noch besser seien als eine vierschläfrige Nacht- und Stubenluft.

Keine Viertelstunde mehr, so kam der Kaffee. Die Damen saßen schon vorn in der warmen Stube, die Majorin auf dem Sofa, Therese in ihrem Schaukelstuhl, während Manon, einen Handwerkszeugkasten vor sich, eben diesen Kasten nach einem etwas längeren Nagel, und zwar für den alten, wieder herabgefallenen ›Hochkircher‹, durchsuchte.

»Friederike«, sagte die Majorin, »du solltest dich mit dem Bilde doch etwas mehr in acht nehmen.«

»Ach, Frau Majorin, ich tue es ja, ich rühr ihn ja beinah nich an; aber er sitzt immer so wacklig ... Gott, Manonchen, wenn Sie doch bloß mal einen recht langen fänden, oder noch besser, wenn Sie mal so 'nen richtigen Haken einschlagen könnten. In acht nehmen! Gott, ich denke ja immer dran, aber wenn er denn so mit einmal rutscht, krieg ich doch immer wieder 'nen Schreck. Un is mir immer, als ob er vielleicht seine Ruhe nich hätte.«

»Ach, Friederike, rede doch nicht solch dummes Zeug«, sagte Therese halb ärgerlich. *Der*, gerade der. Als ob der seine Ruhe nicht hätte! Was das nur heißen soll! Ich sage dir, *der* hat seine Ruhe. Wenn nur jeder seine Ruhe so hätte. Gut Gewissen ist das beste Ruhekissen. Das weißt du doch auch. Und das gute Gewissen, na, das hat er ... Aber wo hast du nur wieder die Semmeln her? Die sehen ja wieder aus wie erschrocken, viel erschrockener als du. Ich mag nicht die Budikersemmeln. Warum gehst du nicht zu dem jungen Karchow, das ist doch ein richtiger Bäcker.«

Es war dies eine zwischen dem Mädchen und dem Fräulein jeden dritten Tag wiederkehrende Meinungsverschiedenheit, und Friederike, die vollkommene Redefreiheit hatte, würde auch heute nicht geschwiegen und ihren alten Satz, ›daß man es mit den Kellerleuten nicht verderben dürfe‹, tapfer verteidigt haben, wenn es nicht in diesem Augenblick draußen geklopft hätte. »Der Briefträger«, riefen alle drei Schwestern, und gleich danach erschien auch Friederike wieder im Zimmer und brachte die Postsachen: ein Zeitungsblatt unter Kreuzband, eine Holz- und Torfanzeige und einen richtigen Brief. Die Holz- und Torfanzeige flog gleich aufs Ofenblech, das an Sophie adressierte Zeitungsblatt, das wahrscheinlich eine Rezension einiger ihrer ausgestellten Aquarellbilder enthielt, wurde beiseite geschoben, und nur der Brief erregte allgemeine Freude. »Von Leo!« riefen die Schwestern und reichten den Brief der Mutter. Diese gab ihn aber an Therese zurück und sagte: »Lies du, Therese. Ein so guter Junge. Aber ich kriege immer einen Schreck. Immer will er was. Und nun ist eben erst Weihnachten gewesen und Neujahr und die Miete ...«

»Ach, Mutter, du ängstigst dich immer gleich so. Man sieht doch, daß du keine Soldatentochter bist.«

»Nein, bin ich nicht. Und ist auch recht gut so. Wer sollte sonst das bißchen zusammenhalten?«

»Wir.«

»Ach, ihr! … Aber nun lies, Therese. Mir schlägt ordentlich das Herz.«

»… Liebe Mama! Weihnachten war es nichts. Urlaub hätte mir das Regiment vielleicht gegeben, aber das Reisegeld! Sie reden immer so viel jetzt von billigen Fahrpreisen, aber ich finde sie viel zu hoch, ganz unnatürlich hoch. Und da Wendelin auch sagte, ›'s geht nicht, Leo‹, so ging es nicht, und ich habe unten bei Schlächtermeister Funke, meinem Wirte, wie ihr wißt, die Weihnachtsbescherung mit angesehen. Alles war sehr gerührt, auch Funke. Man sollte es nicht für möglich halten. Denn gerade in der Weihnachtszeit wurde immer geschlachtet, und ich konnte das Gequitsche der armen Biester mitunter gar nicht mehr mit anhören, und Funke immer in Person dabei. Und nun doch gerührt. Übrigens war die frische Wurst und besonders der Preßkopf ganz vorzüglich. In bezug auf Verpflegung bleibt hier in Thorn überhaupt nichts zu wünschen übrig, nur der Geist darbt, und das Herz darbt. Überhaupt scheint darben mein Los. Ach, Mutter, warum bist du keine geborene Bleichröder …?«

»Empörend«, unterbrach hier Therese ihre Vorlesung. »Wir haben schon Manon mit ihren ewigen Bartensteins, und nun fängt Leo auch noch an.«

»Daß wir Bartensteins haben, ist ganz gut. Lies lieber weiter.«

»… Also Heilig Abend war es nichts. Indessen das Jahr hat auch noch andre große Tage. Der größte aber ist der 4. Januar, wo meine gute Alte, geborene Pütter, geboren wurde. Dieser Tag ist übermorgen, und ich werde gestiefelt und gespornt antreten, um meine Glückwünsche persönlich überbringen zu können.«

»Nicht zu glauben. Weihnachten kein Geld und zwei Tage nach Neujahr, wo doch die vielen Rechnungen kommen, will er die teure Reise machen.«

»Es wird sich ja wohl alles aufklären, Mama«, sagte Manon. »Und mutmaßlich noch in diesem Briefe. Höre nur weiter.«

»… Es geschehen nämlich immer noch Zeichen und Wunder, und mitunter ist es mir, als ob der Unglauben und alle solche häßlichen Zeiterscheinungen abgewirtschaftet hätten. Auch der Adel kommt wieder obenauf, und ganz zuoberst der arme Adel, das heißt also die Poggenpuhls. Denn daß wir diesen in einer Art von Vollendung, oder sag' ich Reinkultur, darstellen, darüber kann kein Zweifel sein. Aber zur Sache, wie die Parlamentarier sagen. Und so vernimm denn, am Silvesterabend noch ein Bettler (allerdings ein glücklicher, denn wir brachten es im Kasino auf sieben Bowlen Großformat) und am 1. Januar früh ein Gott, ein Krösus. Krösus ist nämlich immer das Höchste, was man auch Klimax nennt. Schon um zehn klopft es, ich reiße mich aus meinem Morgentraum und empfinde einen gewissen bleiernen Zustand, aber nicht auf lange. Denn wer stand vor mir? Oktavio? Nein, nicht Oktavio. Wir wollen ihn heute lieber Wendelin nennen. Und was er sagte, war das Folgende: ›Leo‹, sagte er, ›du hast Glück. Geldschiff angekommen.‹

›Für mich?‹ frag' ich.

›Nein, für dich nicht, wenigstens nicht unmittelbar. Aber doch für mich. Das Militärwochenblatt hat mir heute früh das Honorar geschickt.‹

›Viel?‹ unterbrach ich ihn wieder in höchster Erregung.

›Das Militärwochenblatt schickt immer viel‹, antwortete er ruhig und legte dabei drei Zwanzigmarkscheine vor mich hin. Ich, geblendet, als ob es nicht Scheine, sondern das reine pure Gold wäre, will mich dankbar auf ihn losstürzen, aber er wehrt mich vornehm ab und sagt nur: ›Alles deine, Leo; aber nicht zum Verkneipen. Übermorgen früh reist du nach Berlin.‹«

»Der gute Wendelin! Er schickt ihn dir, weil er weiß, daß er dein Liebling ist«, unterbrach hier Manon und streichelte der Mama die Hände. Therese aber las weiter: »›… Vier Uhr nachmittags bist du da, benimmst dich nett und hilfst am andern Morgen den Geburtstag mitfeiern. Nach Kaisers Geburtstag kommt Mamas Geburtstag. Das ist Poggenpuhlscher Katechismus. Und nun zieh dich an, und geh eine Stunde spazieren. Denn du stehst da wie Silvester in seiner letzten Stunde.‹ Unter diesen Worten verließ er mich wie ein Fürst. Und ich werde tun, wie er befohlen hat, und Dienstag nachmittag bei Euch eintreffen. Vier Uhr. *Tout à vous ma Reine mére.* Dein glücklicher, verdrehter wohlaffektionierter Leo I.«

Die beiden jüngeren Schwestern klatschten in die Hände, ja selbst Therese, so viel sie an diesem Übermut auszusetzen hatte, freute sich des Besuchs. Nur die Mutter sagte: »Ja, da soll ich mich nun freuen. Aber kann ich mich freuen? Herkommen wird er ja wohl gerade mit dem Geld, aber wenn er hier ist, müssen wir ihm doch ein paar gute Tage machen, und wenn er auch bescheiden in seinen Ansprüchen ist, so muß er doch den dritten Tag wieder zurück, und dafür müssen wir aufkommen.«

»Sprich doch nicht immer davon«, sagte Therese.

»Ja, Therese, du denkst immer, ein Livreediener wird dir eine Kassette bringen mit der Aufschrift ›Dem tapferen Hause Poggenpuhl‹, aber das sind alles Märchengeschichten, und der Mann am Schalter, der die Fahrkarten verkauft, ist eine unerbittliche Wirklichkeit.«

»Ach, Mama«, sagte Sophie, »damit mußt du dir die Vorfreude nicht verderben. Es geschehen noch Zeichen und Wunder, so hat er geschrieben, und wenn sie nicht geschehen, so laß ich mir auf meine letzten Bilder einen Vorschuß geben, und wenn auch das nicht geht, so ...«

»Nun, so haben wir immer noch die Zuckerdose«, warf Manon ein.

»Ja, die soll jedesmal aushelfen. Aber mit einemmal ist sie doch weg.«

»Was schließlich auch nichts täte«, fuhr Manon beschwichtigend fort. »Dann schenken uns Bartensteins eine neue; Frau Bartenstein sagte mir noch neulich: ›Liebe Manon, haben Sie denn gar keinen Wunsch?‹ Ja, Mama, so liegt es, Gott sei Dank, und ich bin nur traurig, daß ich morgen abend, wenn Leo kaum angekommen ist, auf die Polterabendprobe muß. Aber am Ende könnt ich ihn mitnehmen. Ich habe schon lange meine Gedanken darüber und möchte mich verwetten, daß Flora sich aufrichtig freuen würde.«

»Du vergißt immer, daß er des Königs Rock trägt.«

»Ach, Therese, das ist ja kleinlich und altmodisch und ganz überholt. Unser Kronprinz ist Kronprinz und trägt auch des Königs Rock, und wenn er noch nicht bei Bartensteins war, so war er doch woanders. Aber ebenso.«

»Nun, wir werden ja sehen«, sagte Therese, die zwar kritisch zu den Bartensteins stand, aber schließlich auch froh war, daß sie existierten.

3. KAPITEL

Der nächste Tag kam. Als es am Nachmittag schon dämmerte, hielt eine Droschke vor dem Hause, und Mutter und Töchter sahen alsbald vom Fenster aus, wie Friederike nach vergnüglicher Begrüßung mit Leo den kleinen Offizierskoffer vom Kutscherbock nahm und an Agnes Nebelung vorbei – die, weil sie den Leutnant gern sehen wollte, dicht neben dem Trottoir Aufstellung genommen – auf die Haustür zuschritt. Leo folgte. Schon auf der von den Schwestern *en échelon* besetzten Treppe wurden Küsse gewechselt, oben aber stand die Mama. »Tag, meine gute Alte«, und nun wieder ein Kuß. Allerhand konfuse Sätze, die gar nicht paßten, flogen hin und her, und nun trat Leo von der guten Stube her in das einfenstrige Wohnzimmer, legte Paletot und Säbel ab, zupfte vor dem Spiegel seinen etwas raufgerutschten Waffenrock zurecht und sagte, während er sich mit einem strammen Ruck vom Spiegel her umdrehte: »Na, Kinder, da wär ich mal wieder. Wie findet ihr mich?«

»O wundervoll.«

»Danke schön. So was tut immer wohl, wenn's auch nicht wahr ist; man kann beinahe sagen, es erquickt. Aber apropos, Erquickung. Trotz der frischen Luft, ich bin kolossal durstig; seit sieben Stunden nichts als eine Sardellensemmel; wenn ihr ein Glas Bier hättet.«

»Gewiß, gewiß. Friederike kann ein Seidel echtes holen.«

»Nein, nein, nichts holen. Und wozu? Wasser tut's auch«, und er stürzte mit einem Zug ein Glas Wasser hinunter, das ihm Mama gereicht hatte. »Brr. Aber gut.«

»Du bist so hastig«, sagte Manon. »Das bekommt dir nicht. Ich denke, du trinkst nun erst eine Tasse Kaffee. Wir haben jetzt halb fünf. Und um sieben dann einen Imbiß.«

»Sehr gut, Manon, sehr gut. Nur die Reihenfolge läßt sich vielleicht ändern. Das Wasser hab' ich intus; nehme ich nun auch noch gleich Kaffee, so gibt das zuviel Flüssigkeit, nutzlose Magenerweiterung, also so gut wie Schwächung. Und man braucht seine Kräfte, oder, sagen wir, das Vaterland braucht sie.«

»Du meinst also ...«

»Ich möchte mir zu meinen erlauben: Umkehr der Wissenschaft; *erst* Imbiß, dann Kaffee. Denn wenn mein Durst groß war, mein Hunger kommt gleich danach. In sieben Stunden ...«

»Das hast du ja schon gesagt.«

»Ja, Wahrheiten drängen sich immer wieder auf. Nun sagt, was habt ihr?«

»Eine Ente.«

»Kapital.«

»Aber sie hängt noch oben am Bodenfenster, und ist auch noch alles dran und drin. Also eine Sache von zwei Stunden …«

»Etwas lange.«

»… Doch ich glaube, ich weiß Rat. Wir nehmen die Leber heraus, und in einer Viertelstunde hast du sie gebraten auf dem Teller. Willst du sie mit Äpfeln oder Zwiebel?«

»Mit beiden. Nur nichts ablehnen, wenn es der Anstand nicht absolut erfordert.«

»Du kennst also doch Fälle«, sagte Therese.

»Natürlich kenne ich Fälle, natürlich. Aber nun sage mir, liebe Alte, wie geht es dir eigentlich? Immer noch Schmerzen hier herum?«

»Ja, Leo, jede Nacht.«

»Weiß der Himmel, daß die Doktors auch gar nichts können. Sieh hier meinen Zeigefinger, neulich umgeknickt, das heißt, 's ist schon ein Vierteljahr, und immer dieselbe Schwäche. Vielleicht muß ich den Abschied nehmen.«

»Ach, rede doch nicht so«, unterbrach Therese. »Die Poggenpuhls nehmen nicht den Abschied.«

»Dann kriegen sie ihn.«

»Sie kriegen ihn auch nicht. Der da« (und sie wies auf den ›Hochkircher‹) »ist unvergessen und der Sohrsche auch und Papa auch. Der Kaiser weiß, was er an uns hat.«

»Ja, Therese, was hat er an uns?«

»Er hat unsre Gesinnung und die Gewißheit der Treue bis auf den letzten Blutstropfen.«

»Nun ja, ja, das hat er … Aber sage, Mutter, hast du denn schon böten lassen?«

»Böten?«

»Ja, böten. Böten ist pusten und besprechen oder so was wie mit Sympathie. Das hilft immer. Wir haben da eine Polsche, sowie die lospustet, ist es weg … Apropos, ist denn noch Weihnachtsmarkt?«

»Ich glaube, er ist noch oder wenigstens ein bißchen.«

»Ein paar Buden werden ja wohl noch stehen, und da müssen wir hin, Kinder. ›Herr Jraf, *einen* Dreier‹, so was Klassisches will ich mal wieder hören. Und dann gehen wir zu Helms und trinken Grog oder Schokolade mit Schlagsahne, und dann in die Reichshallen.«

»Oh, das ist ein glücklicher Einfall«, sagte Manon. »Nicht wahr, Sophie? Du bist so still; sprich doch auch … Für Therese wird es wohl nicht passen, sie wird die Reichshallen nicht vornehm genug finden. Aber zwei Schwestern ist auch genug, und ich freue mich herzlich. Nur mußt du's so einrichten, daß wir etwa um neun bei Bartensteins sind oder doch nicht viel später. Ja, Leo, bis in die Voßstraße mußt du uns dann bringen.«

»Gern. Aber wozu? Was ist denn da los?«

»Polterabendprobe. Seraphine Schweriner, eine Cousine von Flora, verheiratet sich in vierzehn Tagen, und da haben wir seit Weihnachten immer Proben. Ich spiele mit, sogar zweimal, erst Quirlmädchen, dann Slowake mit Mausefallen; ich soll reizend aussehen.«

»Natürlich.«

»Und Sophie hat ein Transparent gemalt und den Prolog gedichtet. Aber sie will ihn nicht sprechen.«

»Das mußt du dann am Ende auch noch.«

»Vielleicht; aber jedenfalls nicht gern. Prolog ist immer zu langweilig. Jeder ist immer froh, wenn es damit vorbei ist. Aber ob ja oder nein, davon sprechen wir unterwegs, vorausgesetzt, daß sich unterwegs überhaupt ein Gespräch führen läßt. Denn man muß jetzt sehr aufpassen; es ist abends immer so neblig. Überhaupt, Berliner Luft …«

»Ach, rede doch nicht so was, Manon. Berlin hat die feinste Luft von der Welt. Ich kann dir sagen, daß ich froh bin, mal wieder ein bißchen drin herumschnuppern zu können. Nebel; Nebel ist ganz egal, Nebel ist was Äußerliches, und alles Äußerliche bedeutet nichts. Innen steckt es, innen lebt die schaffende Gewalt, immer frisch, froh und frei – ›fromm‹ schenk ich mir, verzeih, Therese … Gott, unser Nest da, das hat die reinste Luft, immer Ostwind und dergleichen, und wer nicht fest auf der Bost ist«, und er gab sich einen Schlag auf die Brust, »der hat eine Lungenentzündung weg, er weiß nicht wie. Also wir haben die reinste Luft, keine Frage. Und doch sag' ich euch, immer stickig, immer eng, immer klein. Wenn der Oberst niest, hört es der Posten vorm Gewehr und präsentiert. Greulich. Wenn nicht das bißchen Jeu wäre und die paar Judenmädchen ...«

»Aber Leo ...«

»Oder die paar Christenmädchen; bloß die Jüdinnen sind hübscher.«

»Ihr müßt aber doch geistige Beschäftigung haben.«

»I bewahre. Dazu ist gar keine Zeit. Ich überschlage bloß dann und wann meine Schulden und rechne, wie ich wohl rauskomme. Das ist meine geistige Beschäftigung, ganz ernsthaft, beinahe schon wissenschaftlich.«

»Gott, Leo«, sagte die Mutter und sah ihn ängstlich an. »Gewiß bist du bloß deshalb gekommen. Ist es denn wieder viel?«

»Viel, Mutter? Viel ist es nie. Viel kann es überhaupt nie sein. Denn so dumm ist keiner. Viel, das fehlte auch noch. Aber wenig ist es, und bei allem Glück, daß es so wenig ist, ist das auch grade wieder das Ärgerlichste, ja, das Allerärgerlichste. Denn man sagt sich: ›Gott, es ist so wenig, dafür kann man ja gar nichts gehabt haben‹ und hat auch nicht, und dann kommt erst das andre, daß man's, trotzdem es so wenig ist, doch nicht begleichen kann. Keiner, der einem hilft, keine Seele. Wenn ich mir da die andern ansehe! Jeder hat einen Onkel ...«

»Oh, den haben wir auch«, unterbrach Sophie. »Und Onkel Eberhard ist ein Ehrenmann ...«

»Zugestanden. Aber Onkel Eberhard, so gut er ist, er legitimiert sich nicht als Onkel oder wenigstens nicht genug. Und dann, Kinder, wer keinen Onkel hat, der hat doch wenigstens einen Großvater oder einen Paten oder eine Stiftsdame. Stiftsdame ist das beste. Die glauben alles, jede Geschichte, die man ihnen vorerzählt, und wenn sie auch selber nicht viel haben, so geben sie doch alles, ihr Letztes.«

»Ach, Leo, rede doch nicht so. Sie können doch nicht alles geben.«

»Alles, sag' ich. Denn was eine richtige Stiftsdame ist, die kann auch alles geben, weil sie gar nichts braucht. Sie hat Wohnung und Fisch und Wild, und die Puthühner laufen im Hof herum, und die Tauben sitzen auf dem Dach, und in dem großen Gemüsegarten, den sie natürlich selber besorgen (denn sie haben ja nichts zu tun), da steht immer irgendwo ein Kohlrabi oder eine Mohrrübe, und in der Küche ist immer Feuer, weil sie frei Holz haben. Und deshalb, ja, ich muß es noch einmal sagen, deshalb können sie alles geben, weil sie alles haben und nichts brauchen.«

»Aber sie müssen sich doch kleiden.«

»Kleiden? I bewahre. Die kleiden sich nicht. Sie haben ein Kleid, und das dauert dreißig Jahre. Sie ziehen sich bloß an; natürlich, denn auf Eva im Paradiese sind sie nicht eingerichtet ... Aber da kommt ja die Leber; riecht köstlich, delikat. Und nun, Kinder, wollen wir teilen: Mutter Mittelstück, weil das das weichste ist, Therese rechte Spitze, ich linke Spitze, Sophie und Manon ...«

»Ach, Leo, mach doch keine Komödie. Du weißt ja doch, daß du das Ganze kriegst. So warst du immer, du willst dich nett machen, wo du nicht beim Worte genommen wirst.«

»Gib hier nicht Aufschlüsse über meinen Charakter, Sophie, gib mir lieber eine Semmel zu der Leber, sie ist sonst zu fett. Und mit der Verwandtschaft hab' ich doch recht; keine Stiftsdame, keine Muhme, keine Base, keine Tante, kaum eine Cousine, wenigstens keine richtige – man möchte rasend werden, sagt Mephisto irgendwo. Kennst du Mephisto, Mutter?«

»Natürlich kenn' ich ihn. Ihr Poggenpuhls denkt immer, ihr habt die Weisheit allein und alles wie durch Inspiration. Denn von der Schule her habt ihr doch eigentlich gar nichts. Und nun gar *du,* Leo. Wenn ich an deine Zensuren denke. Mit Wendelin war das was andres. Aber warum? Weil er ins Püttersche schlägt.«

»Ach, Mutter, du bist schon die Beste; wenn wir dich nicht hätten! Und ich glaube auch beinahe, daß uns die Pütters über sind. Bloß in einem sind sie uns ganz gleich, sie haben auch nichts, und das ist mein Schmerz. Ach, Mama, nirgends Geld, nirgends Rückendeckung, und dazu jung und ein Leutnant; eine ganz verdeubelte Geschichte, und dabei hab' ich euch aufgefordert, mit zu Helms zu kommen und dann in die Reichshallen.«

»Er ist unverbesserlich«, lachte Sophie. »Was soll das nun wieder! Erstens bist du unser Gast, der nichts als die Honneurs zu machen braucht. Und das Ritterliche wirst du doch wohl für uns übrig haben.«

»Gott, Mädels, seid ihr gut. Und so aufgeklärt und begreift, daß es nicht anders sein kann, und ich bleibe in eurer Liebe und Achtung. Das hoffe ich wenigstens, sonst würde ich es nicht annehmen. Und nun, denk ich, gehen wir, Mama, du kommst doch mit?«

»Nein, Leo. Eine Person mehr macht schon immer was aus. Und dann mein Mantel, wenn wir in einem Lokal sitzen, ist auch nicht mehr gut genug.«

»Ach, das ist ja gleich, Mutter.«

»Und dann hab' ich so leicht das Reißen hier, und man weiß nie, welchen Platz man kriegt und ob es nicht gerade zieht. Und wenn ich den Zug kriege, dann krieg ich auch meinen Rheumatismus und muß ins Bett. Und wenn ich den Rheumatismus nicht kriege, dann krieg ich meine Kolik, und das ist noch schrecklicher.«

4. KAPITEL

Leo, der den Weihnachtsmarkt und Helms und die Reichshallen wirklich besucht und sich dann schließlich vor dem Bartensteinschen Hause von den beiden jüngeren Schwestern, die er bis dahin begleitet, verabschiedet hatte, war bald nach neun wieder zu Hause, wo er nun, so ging wenigstens sein Plan, mit der Mutter und Therese weidlich plaudern und über seine Berliner Eindrücke berichten wollte, denn er gehörte zu den Glücklichen, die, sowie sie den Fuß auf die Straße setzen, immer was erleben oder sich wenigstens einbilden, was erlebt zu haben. Er traf es daheim aber anders als erwartet: Therese war in die Stadt gegangen, um noch ein paar Kleinigkeiten für den Geburtstagstisch der Mama zu kaufen, und diese selbst, wie er von Friederike gleich auf dem Korridor erfuhr, war schon zu Bett. »Hm«, brummte er und schickte sich, weil ihm nichts andres übrigblieb, eben zu stillem Meditieren in einer Sofaecke an, als die Mama ihm sagen ließ, er solle nur an ihr Bett kommen und ihr was erzählen. Das war ihm denn allerdings erheblich lieber, als, wie er sich ausdrückte, »unter Betrachtung seines Innern« auf Therese zu warten.

»Ist dir schlecht, Mama?«

»Nein, Leo, schlecht eigentlich nicht. Ich habe mich nur hingelegt, weil ich morgen doch ein bißchen bei Kräften sein will. Nimm dir einen Stuhl, und rücke ran, und dann hole die Lampe, daß ich dich immer vor mir habe. Denn du hast ein gutes Poggenpuhlsches Gesicht, und wenn was kommt, was nicht stimmt, so kann ich es dir immer gleich ansehen und mir meinen Vers danach machen.«

»Ach, Mama, du denkst immer, ich mache Flausen; aber es ist nicht so schlimm damit. Ich habe nicht mal Talent dazu; ich übertreibe bloß ein bißchen.«

»Ist schon recht. Und du warst auch immer mein Liebling, und die andern haben es dir auch gegönnt. Aber du bist so leichtsinnig und denkst immer, ›es wird sich schon finden‹. Und sich, das ängstigt mich. Was finden! Wie soll sich denn was finden, wo soll es denn herkommen? Es ist ja doch eigentlich ein Wunder, daß es noch immer so gegangen ist.«

»Ja, Mutter, das ist es ja gerade; da steckt ja gerade die Hoffnung, und ich muß beinahe sagen die Zuversicht. Wenn das Wunder gestern war, warum soll es nicht auch heute sein oder morgen oder übermorgen!«

»Das klingt ganz gut, aber es ist doch nicht richtig. Sich zu Wunder und Gnade so stellen, als ob alles so sein müßte, das verdrießt den, der all die Gnade gibt, und er versagt sie zuletzt. Was Gott von uns verlangt, das ist nicht bloß so hinnehmen und dafür danken (und oft oberflächlich genug), er will auch, daß wir uns die Gnadenschaft verdienen oder wenigstens uns ihrer würdig zeigen und immer im Auge haben, nicht, was so vielleicht durch Wunderwege geschehen *kann*, sondern was nach Vernunft und Rechnung und Wahrscheinlichkeit geschehen muß. Und auf solchem Rechnen steht dann ein Segen.«

»Ach, Mama, ich rechne ja immerzu.«

»Ja, du rechnest immerzu, freilich, aber du rechnest *nachher* statt *vorher*. Du rechnest, wenn es zu spät ist, wenn du bis über den Kopf drin steckst, und dann willst du dich herausrechnen und rechnest dich bloß immer tiefer hinein. Was dir nicht paßt, das siehst du nicht, willst du nicht sehen, und was dir schmeichelt und gefällt, daraus machst du Wahrscheinlichkeiten. Die Menschen haben so viel für uns getan, auch für dich, und nun mein' ich, heißt es: ›Hilf dir selber.‹ Immer bloß ›wir sind ja die Poggenpuhls‹, damit machen wir uns bloß bedrücklich, und zuletzt sind wir Querulanten, was ich doch nicht erleben möchte.«

»Davon sind wir weitab, Mama.«

»Nicht so weit, wie du denkst. Onkel Eberhard, der ein sehr feiner und sehr gütiger Mann ist, ich muß ihn wirklich einen echten Edelmann nennen, wird allmählich auch reserviert und ungeduldig. Er sagt es nicht geradeheraus, weil er eben gütig ist, aber es steht doch leise zwischen den Zeilen.«

»Ja, der Onkel, der alte Streitpunkt. Ich bitte dich, Mama, er tut aber doch auch wirklich zu wenig und alles so bloß um Gottes willen, und er müßte doch eigentlich denken: ›Ich habe meine Zeit gehabt, nun sind die andern dran.‹ Er gibt wohl dann und wann, gewiß, aber was er so auf dem Familienaltar opfert, steht in keinem rechten Verhältnis, weder zu seinen Einnahmen noch zu seinen Ermahnungen. Er könnte sich kürzer fassen und mehr geben. Hat er doch ein riesiges Glück gehabt und sitzt nun über ein Dutzend Jahre schon in der Wolle, oder, wie manche sagen, in einer guten Assiette.«

»Daß du nicht davon abzubringen bist und nicht wissen willst, wie's mit dem Onkel eigentlich liegt. Er hat die reiche Witwe geheiratet und wohnt in einem Schloß, und wenn seine Frau den Prinzen Albrecht oder einen von den Caroläths einladen will, dann ist das ein großes Wesen, und der halbe niederschlesische Adel sitzt dann mit zu Tisch, und es sieht dann aus, als gäbe Onkel Eberhard das Fest. Aber *er* gibt es nicht, *sie* gibt es; er gibt nur den Namen dazu her und auch das kaum, denn viele, wenn sie hinter dem Rücken der Tante sprechen, nennen sie noch immer bei dem Namen ihres ersten Mannes. Der war schlesisch und ein sehr vornehmer Mann, vornehmer als die Poggenpuhls ... das müßt ihr euch schon gefallen lassen, daß es noch Vornehmere gibt ... Ich sage dir, so gut sie ist, sie hält ihn trotzdem knapp, und er hat nicht viel mehr als seine Generalspension, von der er noch alte Schulden bezahlen muß ...«

»Alte Schulden! Siehst du, Mama, da sagst du's nun selbst. Auch *der* also. Und ist doch General geworden und hat nun eine reiche Frau ...«

»... Wovon er alte Schulden bezahlen muß«, wiederholte die Mama, ohne seiner Zwischenrede weiter zu achten. »Und da bleibt ihm nur ein Taschengeld.«

»Aber ein gutes ...«

»Vielleicht, oder sagen wir gewiß. Und wenn er trotzdem damit zu Rate hält, so liegt es wohl auch daran, daß er dir mißtraut oder, wenn nicht er, daß die Frau dir mißtraut und daß deren Einfluß ihn bestimmt.«

»Das ist es ja eben, was einen ärgert, dieser unwürdige Weibereinfluß. Und dann, Mama, von *mir* will ich am Ende nicht reden, ich bin vielleicht *enfant perdu;* meinetwegen. Aber Wendelin, dieser Musterknabe, wenn ich meinen Herrn Bruder so nennen darf, an dem müßte er doch wenigstens seine Freude haben und sogar die Frau Tante. Da liegt doch die Knauserei ganz deutlich zutage.«

»Spricht Wendelin ebenso?«

»Nein. Der nicht, der braucht es auch nicht. Wendelin, der das Talent hat, bei seiner Wasserkaraffe sich Herr von ungezählten Welten zu fühlen, Wendelin macht auch so seinen Weg. Aber auch für ihn ist doch ein Unterschied. Es ist nun mal was andres, ob man seinen Weg spielend macht oder in ewiger Askese. Die mit Askese haben meistens einen Knacks weg; sie werden berühmt oder können es wenigstens werden, aber auch wenn sie berühmt sind, wirken sie meistens wie kleine Schulmeister. Möglich, daß Wendelin eine Ausnahme macht.«

»Glaubst du denn überhaupt und mit einer Art von Zuversicht, daß etwas Höheres aus ihm werden wird?«

»Gewiß, Mutter. Kein halbes Jahr, so kommt er in den Generalstab. Was er über Skobeleff geschrieben, hat Aufsehen gemacht. Und dann noch ein Jahr oder zwei, dann schicken sie ihn nach Petersburg, und da heiratet er, so nehme ich vorläufig an, eine Yussupoff oder eine Dolgorucka; die haben alle wenigstens zehntausend Seelen und Bergwerke mit Diamanten. Was meinst du dazu? Kein übler Blick in die Zukunft. Zugegeben, nicht wahr? Aber wenn der Onkel anders wäre oder meinetwegen auch die Tante – doch von *der* können wir es nicht verlangen, denn sie ist bloß angeheiratet und war eine ›Bourgeoise‹, was immer schlimm ist; *du* bist doch wenigstens eine ›Bürgerliche‹ –, ja, dann wäre er schon da, dann wär er schon in Petersburg, und ich wäre schon attachiert und ginge mit in den Kaukasus oder nach Merw oder nach Samarkand, und all das unterbleibt oder vertagt sich wenigstens grausamerweise, bloß weil kein Vorspann da ist, weil die Goldfüchse fehlen.«

»Gott, Leo, wenn man dich so hört, so sollte man glauben, du könntest alles haben, wenn sich bloß der Wind ein bißchen drehen wollte. Phantasien, Pläne, so warst du schon als kleiner Junge.«

Ja, Mutter, so muß man auch sein, wenigstens unsereiner. Wer was hat, nun ja, der kann das Leben so nehmen, wie's wirklich ist, der kann das sein, was sie jetzt einen Realisten nennen; wer aber nichts hat, wer immer in einer Wüste Sahara lebt, der kann ohne Fata Morgana mit Palmen und Odalisken und all dergleichen gar nicht existieren. Fata Morgana sag' ich. Wenn es dann, wenn man näher kommt, auch nichts ist, so hat man doch eine Stunde lang gelebt und gehofft und hat wieder Courage gekriegt und watet gemütlich weiter durch den Sand. Und so sind denn die Bilder, die so trügerisch und unwirklich vor uns gaukeln, doch eigentlich ein Glück.«

»Ja, die Jugend kann das und darf es auch vielleicht. Und ich will dir noch mehr zugeben: Wer immer hoffen kann, und die Hoffnung ist oft besser als die Erfüllung, der hat sein Teil Freude weg. Aber trotzdem, du hoffst zuviel und arbeitest zu wenig.«

»Ich arbeite wenig, das ist richtig, und ich will es nicht loben. Aber ich habe einen heiteren Sinn, und das ist schließlich besser als alles Arbeiten. Heiterkeit zieht an, Heiterkeit ist wie ein Magnet, und da denk' ich, ich kriege doch auch noch was.«

»Nun, ich will es dir wünschen. Und jetzt geh in die Küche, und sage Friederike, daß sie dir was zum Abendbrot bringt.«

5. KAPITEL

Leo war es zufrieden, denn er hatte wirklich Hunger. Die Entenleber zu Mittag war nicht viel gewesen und die Tasse Schokolade bei Helms noch weniger.

Er ging also hinaus und traf Friederike, die vor einer Küchenlampe saß und, ein an den Fuß der Lampe gestelltes Tintenfaß dicht vor sich, in ihrem Wirtschaftsbuch aufschrieb. Der aus Holz geschnitzte Federhalter, den sie nachsinnend zwischen Daumen und Zeigefinger hielt, war noch ganz neu (wohl ein Weihnachtsgeschenk) und schloß nach oben hin mit einem Adler ab, der aber auch eine Taube sein konnte. Soviel sich bei dem herrschenden Halbdunkel erkennen ließ, war in der Küche rundum alles in guter Ordnung und Sauberkeit, wenn auch nicht gerade blitzblank; blitzblank war nur der in seinem Kochloch stehende Teekessel, dessen Tüllendeckel beständig klapperte. Denn immer kochendes Wasser zur Verfügung zu haben war ein eigentümlicher, zugleich klug erwogener Luxus der Poggenpuhlschen Familie, die sich dadurch instand gesetzt sah, jederzeit eine bescheidene Gastlichkeit üben zu können. Diese betätigte sich dann in verschiedenem. Obenan, fast schon Spezialität, stand eine mit Hilfe von gerösteten Semmelscheiben und einer Muskatprise rasch herzustellende Kraftbrühe von französischem Namen, in deren Anfertigung jeder einzelne so sehr exzellierte, daß selbst Flora, wenn sie abends zu einer Plauderstunde mit herankam, unter freundlicher Ablehnung von ›Aufschnitt‹ und dergleichen, darum zu bitten pflegte. Was auch klug war.

»Ja, Friederike«, sagte jetzt Leo, als er, einen Küchenstuhl heranrückend, sich über die Lehne desselben beugte, »Mama schickt mich zu dir und hat sogar von Abendbrot gesprochen. Wie steht es eigentlich damit? Ich habe Hunger und danke Gott für alles. Und dir auch.«

»Ja, junger Herr, viel is es nich.«

»Na, was denn?«

»Nun, eine Boulette von gestern mittag und ein paar eingelegte Heringe mit Dill und Gurkenscheiben. Und dann noch ein Edamer. Aber von dem Edamer ist bloß noch sehr wenig. Und dann kann ich Ihnen vielleicht noch einen Tee aufgießen. Das Wasser bullert ja noch.«

»Nein, Friederike, Tee nicht. Was soll man damit? Aber das andre ist gut, und ich werde gleich hier bleiben, gleich hier in der Küche. Mama ist müd und angegriffen, und du kannst mir dann auch was von den Mädchen erzählen. Sie schreiben immer, Manon immer vier Seiten, aber es steht nicht viel drin. Wie geht es denn eigentlich?«

»Ja, junger Herr, wie soll es gehn? Fräulein Therese, na, da wissen Sie ja Bescheid … aber ich will am Ende nichts gesagt haben. Und dann Sophiechen. Nu, das Sophiechen ist ein Prachtstück. Und Manonchen ist immer fidel, daß muß wahr sein.«

»Und hält es mit den reichen Bankiers, und das ist auch klug und weise. Bankiers, das sind eigentlich die einzigen Menschen, mit denen man umgehen sollte, bloß schade, daß sie fast alle vom Alten Bund sind.«

»Ja, junger Herr, so is es, und ich hab' es ihr auch schon gesagt; aber da sagte sie: Ja, Friederike, wenn man so was will, dann darf man nicht viel aussuchen, dann muß man's nehmen, wie's fällt.«

»Sehr vernünftig, ein kluges Mädchen; gefällt mir außerordentlich und ist mir auch ganz recht. Ich bin nämlich auch so'n bißchen mit drin, hab auch angebändelt, schöne schwarze Person, Taille so, und Augen, na, Friederike, ich sag' dir, Augen, die reinen Mandelaugen und eigentlich alles schon wie Harem. Kennst du Harem?«

»Natürlich kenn ich Harem. Das is das, wo die Türken ihre Frauen drin haben und keine Fenster als bloß ganz kleine Löcher, wo sie nur mal heimlich rausgucken können.«

»Richtig. Und so wie bei den Türken, oder doch beinahe so, so sieht meine auch aus.«

»Aber wird es denn gehen, junger Herr? Wird es denn die Familie zugeben?«

»Welche? Meine oder ihre?«

»Na, ich meine die Poggenpuhls.«

»Das ist mir egal, Friederike. Und dann ... sieh, so dumm sind die Poggenpuhls auch nicht; wenn es nur recht viel ist, sind sie ganz zufrieden und geben alles zu.«

»Is es denn viel?«

»Ja, das weiß ich selber noch nicht. Und dann sind diese Orientalen so gräßlich vorsichtig und machen immer Ehekontrakte, wo man nichts kriegt, wenn man nicht gleich ein halbes Dutzend herzaubert. Und so schnell geht es doch nicht.«

»Ach, Leochen, Sie werden schon ...«

»Ja, Friederike, das sagst du so; die Spiele der Natur sind aber merkwürdig, und wenn dann welche geboren werden, kleine, reizende Engelchen, denn wenn sie ganz klein sind, sind sie immer Engelchen, dann sterben sie, und sieh, dann sitzt man wieder da und hat alle Mühe umsonst gehabt.«

»Ja, ja, so was kommt vor. Na, aber sind Sie schon eins miteinander?«

»I Gott bewahre, sie weiß eigentlich kein Sterbenswort, und ich sage das auch bloß alles so, weil einem immer das Messer an der Kehle sitzt, und da malt man sich so was aus und tröstet sich und denkt, ›mal wirst du doch wohl rauskommen aus all dem Elend‹ ... Aber Friederike, du könntest mir doch eigentlich einen Tee machen, das heißt, wenn noch ein bißchen Rum da ist.«

»Nein, Leochen, Rum is nich mehr da; bloß noch ein Gilka.«

»Hm, das paßt eigentlich nicht recht. Aber am Ende, warum nicht? Eintun kann ich ihn freilich nicht, aber so nebenher ist er ganz gut zu brauchen. Und nach dem Hering ist mir doch so 'n bißchen durstig geworden. Und was ich dir von der schönen schwarzen Jüdin gesagt habe, darüber mußt du reinen Mund halten und darfst davon nicht sprechen, nicht zu Mutter und auch nicht zu den Schwestern, wenigstens nicht zu Therese. Zu Manon kannst du schon eher etwas sagen, die ist ja schon so gut wie mit dabei, mit ihren ewigen Bartensteins, wo sie mich auch immer hin haben will. Der Alte soll übrigens sehr reich sein, und ich weiß auch noch nicht, was ich tue. Man ist dann mit einemmal raus, und das ist doch die Hauptsache. Wenn es aber nichts wird, na, dann Friederike, dann müssen die Schwarzen ran, das heißt die richtigen Schwarzen, die wirklichen, dann muß ich nach Afrika.«

»Gott, Leochen! Davon hab' ich ja gerade dieser Tage gelesen. Du meine Güte, die machen ja alles tot und schneiden uns armen Christenmenschen die Hälse ab.«

»Das tun sie hier auch; überall dasselbe.«

»Und so viele wilde Tiere, Schlangen und Krokodile, daß man bei all der Hitze nich mal baden kann.«

»Ja, das ist richtig. Aber dafür hat man auch alles frei, und wenn man einen Elefanten schießt, da hat man gleich Elfenbein, so viel man will, und kann sich ein Billard machen lassen. Und glaube mir, so was Freies, das hat schließlich auch sein Gutes. Hast du mal von Schuldhaft gehört? Natürlich hast du. Nu sieh, so was wie Schuldhaft gibt es da gar nicht, weil es keine Schulden und keine Wechsel gibt und keine Zinsen und keinen Wucher, und wenn ich in Bukoba bin – das ist so 'n Ort zweiter Klasse, also so wie Potsdam –, da kann sich's treffen, daß mir der Äquator, von dem du wohl schon gelesen haben wirst und der so seine guten fünftausend Meilen lang ist, daß mir der gerade über den Leib läuft.«

»Um Gottes willen ...«

»Und so was ist hier ganz unmöglich, und deshalb will ich auch hin, wenn sich hier nicht bald was findet.«

»Gott, junger Herr, dann doch lieber ...«

»Gewiß, Friederike, viel lieber. Und all das Poggenpuhlsche, wovon Therese so viel Lärm macht ... Aber, alle Wetter, dabei fällt mir ein, wo steckt denn nur eigentlich Therese? Sie wollte ja, wie du sagtest, bloß in die Stadt, um noch zu Mamas Geburtstag was einzukaufen ... Gott, Geburtstag. Sage, Friederike, da muß ich am Ende doch auch wohl was anschaffen; die alte Frau glaubt sonst, ich denke bloß immer an mich. Also, was meinst du, was kann ich ihr wohl schenken, was braucht sie?«

»Gott, junger Herr, die gnädige Frau braucht ja eigentlich alles.«

»Alles? Das ist mir zu viel, das geht nicht, das ist über meinen Etat. Und zurück muß ich doch auch noch wieder, und es reicht schon nicht ... Aber du hast ja vorhin von einem Edamer gesprochen. Ist noch was da?«

»Versteht sich.«

»Nun gut. Aber zunächst wollen wir das mit dem Geburtstagsgeschenk abmachen. Freilich, zurück muß ich, das bleibt das erste.«

»Ja, junger Herr, wieviel wollen Sie denn wohl anlegen?«

»Wollen? Eine Million. Aber können, Friederike, können, da sitzt es, da hapert es. Über, über ... na, ich will lieber keine Summe nennen; nur bloß was Nettes, was Sinniges muß es sein.«

»Nu, ich denke mir eine Primel.«

»Gut, Primel. Primel paßt ganz vorzüglich. Primel oder *Primula veris,* das ist nämlich der lateinische Name, heißt soviel wie Frühlingsanfang, und Mutter wird siebenundfünfzig. Und sieh, das ist das, was ich sinnig nenne.«

»Und dann, junger Herr, vielleicht noch eine Tüte mit Mehlweißchen; die ißt sie für ihr Leben gern. Aber knusprige, nicht solche, die sich ziehen wie Leder.«

»Auch gut. Also Primel und Mehlweißchen, knusprig und alle weiß bestreut. Aber es ist schon spät; ich glaube, man kriegt keine mehr.«

»Nein, heute nicht mehr; ich besorge sie aber morgen früh. Vor neun wird ja doch nicht aufgebaut, denn es muß doch erst überall warm sein und auch alles ein bißchen in Ordnung.«

Unter diesen Worten begann Friederike die herumstehenden Teller und Gläser abzuräumen und setzte dafür den halben Edamer, der eigentlich nur noch eine rote Schale war, auf den Tisch. Aber das tat nichts. Leo hatte schon sein kleines Taschenmesser, weil ihm das am handlichsten war, herausgenommen und schabte damit die guten Stellen mit vieler Geschicklichkeit heraus, immer versichernd, daß, wenn man noch was fände, wo eigentlich nichts mehr zu finden sei, das jedesmal das beste sei, und darin läge auch was Sinniges. Ja, Friederike, so muß man leben, immer so die kleinen Freuden aufpicken, bis das große Glück kommt ...«

»Ja, wenn es bloß kommt ...«

»Und wenn es nicht kommt, dann hat man wenigstens die kleinen Glücke gehabt.«

Und dabei setzte er den ausgehöhlten Edamer auf seinen linken Zeigefinger und drehte ihn erst langsam und dann immer rascher herum, wie einen kleinen Halbglobus.

»Sieh, das hier oben, das ist die Nordhälfte. Und hier unten, wo gar nichts ist, da liegt Afrika.«

6. KAPITEL

Leo war in der guten Stube untergebracht worden und schlief hier unbequem, aber fest, auf dem kleinen Rohrsofa, das für gewöhnlich in der Schlafstube stand. Er wurde nur einen Augenblick wach, als Friederike kam, um einzuheizen, fiel aber rasch wieder in einen ruhigen Morgenschlaf zurück, als er nebenan in der einfenstrigen Wohnstube das Knacken und Knistern des Holzes und bald darauf das Klappern der Ofentür hörte.

Gegen halb neun erst kam Manon, um ihn zu wecken. »Aufstehen, Leo, es ist höchste Zeit. Wir können Mama nicht länger im Bett halten.« Und nun sprang er auf und machte mit soldatischer Schnelligkeit seine Toilette. Der Pfeilerspiegel über der Konsole präsentierte sich dabei stattlich genug, alles übrige aber war desto primitiver: ein Küchenstuhl mit Waschbecken und Handtuch, ein Glas und eine Wasserkaraffe. Was er sonst noch brauchte, nahm er aus seinem Koffer.

»Guten Morgen, meine Damen«, mit diesen Worten trat er bei den Schwestern ein und gab jeder einen Kuß. Es war schon recht hübsch warm in dem kleinen Zimmer. Auf einem alten Klavier lagen und standen die für Mama bestimmten Geschenke noch wirr und ungeordnet umher, denn sie sollten, wie selbstverständlich, nicht hier, sondern in der guten Stube, die noch erst instand zu setzen war, aufgebaut werden. Das geschah denn auch, und nun hatte man über alles einen Überblick: eine Morgenhaube, zwei Paar Zwirnhandschuhe und ein Paar Filzschuhe. Von Friederike war eine Erika gestiftet, zwischen den zwei Filzschuhen stand Leos Primel und die Tüte, Leo selbst aber riß noch rasch ein Blatt aus seinem Notizbuch, um ein paar Zeilen aufzuschreiben, und schob diese dann zwischen die beiden blaßlilafarbenen Primelblüten. »Ein Bild meines Glücks«, sagte er zu der neben ihm stehenden Sophie; »zwei Blüten und blaßlila.« Nun endlich konnte auch die schon ungeduldig werdende Mutter aus ihrer Schlafstube befreit und an den Geburtstagstisch geführt werden. Leo und die zwei jüngeren Schwestern küßten ihr die Hand, während sich Therese mit einem Backenkuß begnügte. »Gott, Kinder, so vielerlei«, sagte die gute alte Dame. »Und wie ausgesucht. Ja, die Filzschuhe haben mir gefehlt; ich hab' es immer so kalt. Und die Primel und noch dazu mit einem Spruch.« Und sie nahm den Zettel und las: »›... Eine Primel, von deinem ...‹ Ja, ja, Leo, das bist du; du hast das Wort nicht ausgeschrieben, aber das war auch nicht nötig. Na, der liebe Gott meint es ja gut mit uns allen, und vielleicht hilft er dir auch noch.«

»Natürlich, Mutter«, sagte Therese, »du darfst ihn nicht so herabstimmen. Er muß sein Selbstgefühl behalten und sich sagen, daß ein Pommerscher von Adel immer seinen Platz findet. Ich bin guten Muts.«

»Und übernimmst auch Bürgschaft?«

»Nein, Leo, Bürgschaft übernimmst du selbst. Und wenn du sie richtig übernimmst, wie es einem Poggenpuhl geziemt und worin dir Wendelin ein Vorbild sein kann, so wirst du gute Tage haben. Wir haben einen Stern im Wappen.«

»Ich wollte, ich hätte erst einen auf der Achselklappe.«

»Kommt Zeit, kommt Rat. Aber nun nimm Mamas Arm und führe sie.«

Man blieb wohl eine Stunde beim Kaffee. Leo hatte von seinem Thorner Leben zu berichten, am meisten von seinen Besuchen auf dem Lande, sowohl bei den deutschen wie bei den polnischen Edelleuten.

»Und macht ihr bei diesen moralische Eroberungen?« fragte Therese. »Gewinnt ihr Terrain?«

»Terrain? Ich bitte dich, Therese, wir sind froh, wenn wir im Skat gewinnen. Aber auch damit hat's gute Wege. Diese Polen, das sind verdammt pfiffige Kerle, lauter Schlauberger ...«

»Du hast soviel berlinerische Ausdrücke, Leo.«

»Hab' ich. Und weil man nie genug davon haben kann, denk' ich, wir brechen sobald wie möglich auf und gehen in die Stadt auf weitere Suche. Wer Augen und Ohren hat, findet immer was. Ich möchte mal wieder eine Litfaßsäule studieren. ›Wer dreihundert Mark sparen will‹, oder die ›Goldene Hundertzehn‹ oder ›Mittel gegen den Bandwurm‹. Ich lese so was ungeheuer gern, und es amüsiert mich ungemein. Wer kommt mit? Wer hat Zeit und Lust?«

Therese schwieg und wandte sich ab.

»Hm, Therese läßt mich im Stich, und Sophie hat die Wirtschaft. Aber Manon, auf dich, denk' ich, ist Verlaß. Wir sehen uns das Rezonvillepanorama an (so was verstehn die Franzosen) und sind um zwölf Unter den Linden und sehen die Wache aufziehn mit voller Musik, und wenn wir Glück haben, steht der alte Kaiser am Fenster und grüßt uns. Oder wir können's uns wenigstens einbilden.«

Unter diesen Worten hatten sich Leo und Manon erhoben.

»Kommt nicht zu spät, zwei Uhr«, mahnte Sophie, was denn auch versprochen wurde.

Leo und Manon hielten Zeit, und Punkt zwei ging man zu Tisch. Es war in der guten Stube gedeckt, in der Mitte eine Torte, links und rechts die Erika und die Primel. Der Sohrsche sah aus seinem Rahmen herab und lächelte.

Gleich nach der Suppe wurde der Glasteller mit der kleinen Repräsentationsweinflasche von dem Schreibtisch heruntergenommen und vor Leo hingestellt, der mit vieler Würde bemerkte: »Wenn dies mir gilt, so muß ich es zurückweisen; wenn es aber wegen Mamas Geburtstag ist, auf deren Wohl wir trinken müssen, so kann es stehn bleiben.«

Und während noch darüber parlamentiert und Leos Widerstand beseitigt wurde, kam Friederike und brachte die Ente.

»Wovon willst du?« fragte Sophie.

»Keule, wenn ich bitten darf. Ich finde nämlich, wer um die Keule bittet, fährt immer am besten. Es macht jedesmal einen guten, weil bescheidenen Eindruck, und zweitens läßt einen das Bindestück nicht leicht im Stich. Außerdem ist die reine Quantitätsfrage doch auch nicht zu verachten.« Er tat sich denn auch *bene;* alles war ihm zu willen, und dann brachte er seinen Toast aus aufs Wohl der Mutter. Diese mußte trinken, die Mädchen aber stießen mit dem Knöchel ihres Zeigefingers an.

»Es ist doch wahr, zu Hause schmeckt es immer am besten. Solche mütterliche Ente krieg' ich in ganz Thorn nicht. Und diese Füllung, noch dazu zweierlei, hier Maronen und hier Pudding mit Rosinen. Kinder, ich glaube beinahe, es ist alles Verstellung bei euch. Ihr habt was, ihr seid gar nicht so arm.«

»Ach, Leo, sage nur so was nicht, sprich nicht so was; das ängstigt mich immer. Du bist imstande, dir wirklich so was einzubilden ...«

»Nein, nein, ich weiß ja Bescheid. Ich dachte nur zufällig an etwas, was ich mal in einer Zeitung gelesen habe, eine Geschichte von einer alten Frau, die ein ganzes Vermögen, ich will nicht sagen wo, eingenäht hatte. Und dann dacht ich auch an Onkel Eberhard, an unsern Onkelgeneral, und daß er doch eigentlich ...«

In diesem Augenblick ging draußen die Klingel, und Friederike trat ein, um den Herrn General zu melden.

»Lupus in fabula.« Aber ehe Leo noch das Wort aussprechen konnte, stand der Onkel schon in der Tür, legte den Finger halb dienstlich an die Schläfe und sagte: »Habe die Ehre, Frau Schwägerin.«

Die Mädchen eilten ihm entgegen, Leo natürlich desgleichen; als aber auch die alte Frau sich erheben wollte, versagten ihr die Kräfte, so sehr war sie bewegt von der Güte ihres Schwagers, für den sie immer eine besondere Liebe und Verehrung gehabt hatte.

»Sitzen bleiben, meine liebe Albertine. Das kommt von den zu jugendlichen Bewegungen. Bringe dir auch Grüße von meiner Frau ... Und daß ich den Leo hier treffe! Wetter, Junge, du siehst brillant aus und wundervoll genährt. Freilich, freilich ...«, und er wies auf die Ente.

»An der du dich beteiligen mußt«, sagte Manon.

Und der Onkel rückte auch wirklich ein, band sich, was er selbst als altmodisch bezeichnete, eine Serviette vor und machte sich mit vielem Behagen daran, einen Flügel abzuknaupeln. »Delikat. Es ist übrigens bekannt, was wirklich Gutes kriegt man nur in den kleinen Haushaltungen, und warum? In einem kleinen Haushalt kocht man noch mit Liebe. Ja, meine liebe Albertine, mit Liebe; das ist nun mal die Hauptsache.«

»Du bist immer so gut, Eberhard, immer der alte. Und wenn es dir schmeckt ... Aber sage vor allem, was führt dich her? In Winterszeit nach Berlin.«

»Ja, Albertine, was führt mich hierher! Ich könnte sagen: dein Geburtstag. Aber du würdest es vielleicht nicht glauben, und da ist es doch wohl besser, daß ich gleich mit der Wahrheit herausrücke. Geschäftliches führt mich her, Hypotheken, Abschreibungen und auf der Bank allerlei Sachen. Eigentlich langweilig. Aber doch auch wieder interessant ...«

»Sehr, sehr«, seufzte Leo und wollte dies weiter ausführen. Therese aber hob schnell den Finger vor die Lippen, um ihm Schweigen anzudeuten.

»... Und«, fuhr der Onkelgeneral fort«, da die Reise nun mal nötig war, habe ich mir natürlich diesen 4. Januar ausgesucht, um meiner lieben Schwägerin gratulieren zu können.«

»Und du wirst bei uns wohnen«, sagte die Majorin. »Wir können dir nicht viel bieten, aber wir haben doch Aussicht auf den Matthäi...«

»Ich weiß, Albertine«, sagte der General. »Alles sehr schön. Aber offen gestanden, ich ziehe den Potsdamer Platz vor, weil da das meiste Leben ist. Und Leben ist nun mal das beste, was eine große Stadt hat. Das fehlt uns in Adamsdorf. Ich bin also wieder im Fürstenhof abgestiegen, bin da schon bekannt, und wahrhaftig, es sieht beinahe so aus, als freuten sich alle, wenn ich komme.«

»Wird auch wohl so sein.«

»Und wenn ich mich da morgens ins Fenster lege, links und rechts ein Sofakissen unterm Arm, und die frische Winterluft kommt so vom Hallschen Tor her – was ich mir wohl gönnen kann, weil ich dran gewöhnt bin, denn vor unsrer alten Koppe herunter pustet es noch ganz anders –, und ich habe dann so Café Bellevue und Josty vor mir, Josty mit dem Glasvorbau, wo sie schon von früh an sitzen und Zeitungen lesen, und die Pferdebahnen und Omnibusse kommen von allen Seiten heran, und es sieht aus, als ob sie jeden Augenblick ineinanderfahren wollten, und Blumenmädchen dazwischen (aber es sind eigentlich Stelzfüße), und in all dem Lärm und Wirrwarr werden dann mit einemmal Extrablätter ausgerufen, so wie Feuerruf in alten Zeiten und mit einer Unkenstimme, als wäre wenigstens die Welt untergegangen – ja, Kinder, wenn ich das so vor mir habe, da wird mir wohl, da weiß ich, daß ich mal wieder unter Menschen bin, und darauf mag ich nicht gern verzichten.«

Leo nickte stumm.

»Also verzeih, Albertine, wenn ich ablehne. Bequemer gelegen ist der Fürstenhof auch. Aber zusammen sein wollen wir doch. Jetzt ist es drei. Was machen wir heute? Kroll! Gut, das ginge. Da wird doch wohl eine Weihnachtsvorstellung sein, Schneewittchen und Aschenbrödel; Aschenbrödel ist besser. In Schneewittchen haben wir den gläsernen Sarg. Und ich bin, im ganzen genommen, nicht für Särge, bin überhaupt mehr für heitere Ideenverbindungen.«

»Ja, Onkel«, sagte Leo, »da wäre vielleicht ein Theater das beste. Sie geben jetzt die ›Quitzows‹ an zwei Stellen: im Schauspielhause die richtigen Quitzows und am Moritzplatz die parodierten. Was meinst du denn zu Quitzows am Moritzplatz?«

»Nein, Leo, das geht nicht, so gern ich sonst dergleichen sehe. Man ist doch seinem Namen auch was schuldig. Sieh, die Poggenpuhls waren in Pommern so ziemlich dasselbe, was die Quitzows in der Mark waren, und da, mein' ich, verlangt es der Korpsgeist, daß wir uns eine Parodie der Sache nicht so ganz gemütlich mit ansehn.« Therese erhob sich, um dem Onkel einen Kuß zu geben. »Es ist mir immer eine Genugtuung, Onkel, solcher Gesinnung zu begegnen. Leo verflacht sich mit jedem Tage mehr. Und warum, weil er dem Goldenen Kalbe nachjagt.«

»Ja«, sagte Leo, »das tu' ich. Wenn es nur was hülfe.«

»Wird schon«, tröstete die sofort an Flora denkende Manon.

»Aber wozu das?« fuhr Leo fort. »Das liegt ja alles weitab. Vorläufig sind wir noch bei den Quitzows, bei den richtigen und den falschen. Die falschen sind abgelehnt, also ...«

»... die richtigen«, ergänzte der General. »Die richtigen im Schauspielhaus; da wollen wir hin. Und hinterher in ein Lokal, um da noch unsern kleinen Schwatz zu haben und, so gut es geht, festzustellen, was es denn eigentlich mit dem Stück auf sich hat. Es soll ein sehr gutes Stück sein, auch schon darin, daß es beiden Parteien gerecht wird, was doch immer eine schwere Sache bleibt. Aber, soviel hab' ich schon gehört, der Dietrich von Quitzow soll interessanter sein als der Kurfürst Friedrich. Natürlich, das ist immer so. Wer mit dem Eisenhandschuh auf den Tisch schlägt, ist immer interessanter als der, der bloß eine Nachmittagspredigt hält. Damit kommt man nicht weit. Ich denke mir den Dietrich so wie etwa den Götz von Berlichingen, der vor dem Kaiser nicht erschrak und den Heilbronner Rat verhöhnte. Das war immer meine Lieblingsszene. Billetts werden wir doch wohl kriegen, meinetwegen auch mit Aufschlag. Wenn man Poggenpuhl heißt, muß man für einen alten Kameraden von ehedem was übrig haben.«

»Ein Glück, Eberhard«, sagte die Majorin, »daß die Wände keine Ohren haben. So seid ihr Adligen. Und ihr Poggenpuhls ... na, ich weiß ja, ihr seid immer noch von den Besten. Aber auch ihr! Alles habt ihr von den Hohenzollern, und sowie die Standesfrage kommt, steht ihr gegen sie.«

»Hast recht, Albertine. So sind wir. Aber es hat nicht viel auf sich damit. Wenn es gilt, sind wir doch immer wieder da. Da nebenan hängt der ›Hochkircher‹, nach wie vor ohne Rock, was ihn aber ehrt, und ich möchte beinahe sagen, was ihn kleidet, und hier (und er wies auf das Bild über dem Sofa), hier hängt der Sohrsche, und euer guter Vater, mein Bruder Alfred, nun, der liegt bei Gravelotte. Das sind unsre Taten, die sprechen. Aber wenn stille Tage sind, so wie jetzt, dann sticht uns wieder der Hafer, und wir freuen uns der alten Zeit, wo's noch kein Kriegsministerium und keine blauen Briefe gab und wo man selber Krieg führte. Man soll es wohl eigentlich nicht sagen, und ich sag' es auch nur so hin, aber eigentlich muß es damals hübscher gewesen sein. Die Bürger brauten das Bernauer und das Kottbuser Bier, und wir tranken es aus. Und so mit allem. Es war alles forscher und fideler als jetzt und eigentlich für die Bürger auch. Noch keine Konkurrenz. Nicht wahr, Leo?«

»Na, ob, Onkel. Alles viel schneidiger. Vielleicht kommt es noch mal wieder.«

»Glaub' ich auch. Nur nicht bei uns. Wir sind nicht mehr dran. Was jetzt so aussieht, ist bloß noch Aufflackern ... Aber nun Schlachtplan für heute abend. Ich will zunächst in meinen Fürstenhof und ein paar Zeilen an meine Frau schreiben, und um sechseinhalb seid ihr bei mir. Schwägerin, du auch.«

»Nein, Eberhard. Für mich ist es nichts mehr, ich habe das Reißen und bleibe lieber zu Hause. Wenn ihr alle fort seid, will ich erst das Tageblatt lesen und dann den Abendsegen. Oder Friederike soll ihn lesen. Sie wundert sich schon, daß wir seit Silvester so wie die Heiden gelebt haben.«

7. KAPITEL

Man hatte Billetts erhalten, gute Plätze vierte Parkettreihe. Mitterwurzer, der gerade zum Gastspiel in Berlin war, gab den Dietrich von Quitzow, und gleich die Szene mit Wend von Ilenburg, Akt zwei, schlug mächtig ein. In der bald darauffolgenden Zwischenpause wandte sich der immer erregter gewordene Onkelgeneral an die rechts neben ihm sitzende Therese und sagte: »Merkwürdig, ganz wie Bismarck. Und dabei beide, so spielt der Zufall, wie Wand an Wand geboren; ich glaube, von Schönhausen nach Quitzövel kann man mit einer Windbüchse schießen, oder ein Landbriefträger läuft es in einem Vormittag. Wunderbare Gegend, diese Gegend da, Langobardenland. Ja, wo's mal sitzt, da sitzt es. Was meinst du, Leo?«

Leo hätte gern geantwortet, aber so frei weg er sonst war, er genierte sich doch einigermaßen, weil er sah, daß man auf den Reihen vor und hinter ihm bereits die Köpfe zusammensteckte und tuschelte.

Der Onkel sah es auch, nahm's aber nicht übel und dachte nur: ›Kenn ich; berlinische Zimperei.‹

Bald gegen zehn war die Vorstellung aus, und nach kurzer Beratung an einer etwas zugigen Ecke beschloß man, möglichst in der Nähe zu bleiben und in einem in der Charlottenstraße gelegenen Theaterrestaurant zu soupieren. Man fand hier alles so ziemlich besetzt, kam aber doch noch unter und traf nach Überfliegung der Speisekarte rasch die Wahl. Alle waren für Seezunge, mit Ausnahme von Therese, die sich für Makkaroni mit Tomaten erklärte. Gleich danach wurden ohne weiteres fünf Seidel wie ebenso viele Selbstverständlichkeiten vor sie hingepflanzt, und erst als diese Seidel schon halb geleert waren, erschien auch das Bestellte, was dem schon ziemlich nervös gewordenen alten General sein Gleichgewicht wiedergab. Er rückte nun seinen Teller etwas näher an sich heran, tröpfelte Zitronensaft auf die knusprige Panierung und sagte, während er gleich den ersten Bissen kennermäßig würdigte:

»Ja, Berlin wird Weltstadt. Aber was noch mehr sagen will, es wird auch Seestadt. Sie reden ja schon von einem großen Hafen, ich glaube, da bei Tegel herum – und ich kann wohl sagen, diese Seezunge schmeckt, als ob wir den Hafen schon hätten oder als ob wir hier mindestens in Wilkens Keller in Hamburg säßen. Es sind das ja noch so Erinnerungen von Achtundvierzig her, wo ich ein blutjunger Leutnant war, so wie Leo jetzt, nur schmalere Gage.«

»Kann ich mir kaum denken, Onkel.«

»Nun, wir wollen das fallenlassen, so was wird leicht persönlich, und im Persönlichen liegen immer die Keime zu Streitigkeiten. Aber Kunst, Kunst, darüber läßt sich reden; Kunst ist immer friedlich. Sagt, Kinder, was war das eigentlich mit dem Berliner Jargon in dem Stück? Schon gleich als die Straußberger kamen und der Torwart nach ihnen auslugte, ging es damit los. Und das alles so um 1411 herum.«

»Ich denke mir«, sagte Therese, »der Dichter, ein Mann von Familie, wird doch wohl seine Studien dazu gemacht haben. Vielleicht, daß er Wendungen und Ausdrücke, die dich verwundern, in alten Magistratsakten gefunden hat.«

»Ach, Kind, das Berlinische, das da gesprochen wird, das ist noch keine hundert Jahre alt und manches noch keine zwanzig. Aber es mag wohl schwer sein. Am besten hat mir die polnische Gräfin gefallen, ich glaube Barbara mit Namen, eine schöne Person, das muß wahr sein. Auf dem Zettel stand: ›Natürliche Tochter König Jagellos von Polen.‹ Will ich gern glauben; sie hatte so was, Augen wie Kohlen. Und dieser Dietrich; alte Wetter, muß *der* verwöhnt gewesen sein, um solche polnische Königstochter so abfallen zu lassen. Ich kenne nur wenig Fälle der Art, vielleicht den mit dem Karl dem Zwölften und der Aurora von Königsmarck. Aber dieser Fall ist eigentlich keiner. Denn das mit dem Karl dem Zwölften lag doch noch wieder anders; das hatte einen Haken …«

»Einen Haken? Welchen, Onkel?«

»Ach, Manonchen, das ist nichts für junge Damen. Und hier so öffentlich …«

»Dann sag es mir ins Ohr.«

»Geht auch nicht. Sieh, das sind so Finessen, auf die man warten muß, bis man sie zufällig mal aufpickt, sagen wir auf einem Einwickelbogen oder auf einem alten Zeitungsblatt, da, wo die Gerichtssitzungen oder die historischen Miszellen stehen. Denn nach meinen Erfahrungen umschließt die sogenannte Makulatur einen ganz bedeutenden Geschichtsfonds, mehr als manche Geschichtsbücher. Ich würde mich dabei vielleicht auf Leo berufen, wenn er nicht mit seinem Kneifer beständig nach dem eleganten jungen Herrn da drüben hinüberlorgnettierte; da drüben am zweiten Tisch von uns. Und nun grüßt er auch noch.«

Wirklich, Leo war während der letzten Minuten ziemlich unaufmerksam gewesen, und jetzt erhob er sich von seinem Platz und ging auf den jungen Herrn zu, von dem der Onkel eben gesprochen. Es war unschwer zu sehen, daß beide gleichmäßig verwundert waren, sich hier zu sehen, und nachdem sie, wie's schien, ein paar orientierende Fragen ausgetauscht hatten, führte Leo den hier so unerwartet Wiedergefundenen an den Poggenpuhlschen Tisch und sagte: »Lieber Onkel, erlaube mir, daß ich dir Herrn von Klessentin vorstelle. Alter Kamerad von mir, noch von den Kadetten her … Meine drei Schwestern …«

Herr von Klessentin, sehr gewandt und von typischer Leutnantshaltung, verbeugte sich gegen den General und die jungen Damen und bemerkte dann, daß er sich des Herrn Generals, der mal zum Besuch draußen in Lichterfelde gewesen sei, sehr wohl noch erinnere.

»Trifft zu, Herr von Klessentin. Ich war öfters draußen, mußte doch dann und wann nach dem Rechten sehn.« Und dabei wies er auf Leo. »Hat freilich nicht viel geholfen. Aber wollen Sie nicht bei uns einrücken? Dies ist der beste Tisch hier, etwas abgetrennt von den übrigen, und kein Zug.«

Klessentin verbeugte sich, holte sein Seidel und nahm den Platz zwischen General und Therese.

»Wir haben uns hier seßhaft gemacht«, fuhr der General fort, »weil es so nahe beim Theater ist … Sie waren drüben auch zugegen …«

»Zu Befehl, Herr General.«

»… und ich möchte beinahe wetten, Sie links im Parkett bemerkt zu haben, sechste oder siebente Reihe.«

»Bedaure, Herr General; ich war dem Aktionsfeld ein gut Teil näher …«

»Weiter vor?«

»Ja, Herr General. Auf der Bühne selbst.«

Alle (Leo mit eingeschlossen) fuhren neugierig, aber doch auch ein wenig schreckhaft zusammen, und man war froh, als der Onkel in einem heiteren Tone sagte: »Da hat man Sie zu beglückwünschen, Herr von Klessentin. Hinter den Kulissen; *à la bonne heure,* so gut trifft es nicht jeder. Aber andrerseits, Pardon, bin ich doch wieder erstaunt, etwas Derartiges unter der jetzigen Verwaltung – die, soviel ich weiß, auf sittliche Strenge hält – sich überhaupt ermöglichen zu sehn. Oder sind es persönliche Beziehungen zum Graf Hochbergschen Hause?«

»Leider nicht, Herr General. Es handelt sich auch nicht um besondere, mich auszeichnende persönliche Beziehungen. Ich bin nämlich einfach Bühnenmitglied. Der Dietrich Schwalbe, dessen Sie sich vielleicht aus dem letzten Akt her entsinnen – auf dem Zettel steht Bannerträger;

richtiger wäre vielleicht ›Quitzowscher Milchbruder‹ gewesen, aber diese Bezeichnung unterließ man wohl aus Delikatesse – dieser Dietrich Schwalbe bin ich.«

Therese bog ein wenig nach links hin aus, während die beiden jüngeren Mädchen noch mehr aufhorchten als vorher und auf den wiedergefundenen Freund ihres Bruders mit einem rasch sich steigernden Interesse blickten. Leo selbst schien immer noch etwas unsicher und war froh, als der Onkel mit großer Jovialität fortfuhr: »Freut mich, Herr von Klessentin. Man kann seinem König an jeder Stelle dienen; nur auf die Treue des Dienstes kommt es an …«

Klessentin verbeugte sich.

»Aber was mich überrascht, ich habe den Zettel wenigstens dreimal durchstudiert und bin Ihrem Namen nicht begegnet …«

»Er fehlt auch, Herr General. Auf dem Zettel heiße ich einfach Herr Manfred, nach meinem Vornamen. Es ist das so Sitte. Manfred ist mein *nom de guerre.*«

»*Nom de guerre*«, lachte der Alte. Vorzüglich. Ein Klessentin tritt aus der Armee und wird Schauspieler, und im selben Augenblick, wo er dem Kriegshandwerk entsagt, kriegt er einen *nom de guerre.* Ein Glück dabei, saß Sie solchen hübschen Vornamen hatten. Aber so hübsch er ist, ich möchte doch fragen dürfen, können nicht durch solche poetisch-historischen Vornamen allerlei Komplikationen entstehen, können Sie nicht beispielsweise grade mit Manfred in eine gewisse Verlegenheit geraten?«

»Ich mag die Möglichkeit nicht geradezu bestreiten, Herr General. Aber wenn ich die lange Reihe der Rollen und Stücke durchnehme, so kann ich mir, was speziell meinen Namen angeht, eine solche Komplikation doch nur für *den* Fall denken, daß ich den Lord Byronschen Manfred zu spielen hätte. Dann würd es freilich auf dem Zettel heißen müssen: ›Manfred … Herr Manfred‹, was – soviel muß ich zugeben – das Publikum einigermaßen stutzig machen und eine momentane Verwirrung heraufbeschwören könnte.«

»Versteh, versteh. Eine Verwirrung übrigens, aus der Sie nichtsdestoweniger einen Ausweg finden würden.«

»Ich glaube dies bejahen zu dürfen, immer für den Fall, daß ich überhaupt in die hier angedeutete Lage kommen sollte. Das ist aber so gut wie ausgeschlossen, weil ganz außerhalb meiner Sphäre.«

»Sie sind dessen sicher?«

»Vollkommen, Herr General. Der Lord Byronsche Manfred …«

»Und dann, Pardon, Herr von Klessentin, der ältere Bruder in der Braut von Messina … der, wenn mir recht ist, etwas weniger schuldbelastete …«

»… Zu Befehl, Herr General. Aber, Verzeihung, das ist eigentlich ein Don Manuel.«

»Ah, richtig. Don Manuel, Don Manuel, Don Manfred, oder auch bloß Manfred, das ist mir durcheinander gelaufen … Und Sie meinen, dieser Manfred, also wahrscheinlich auch dieser Manuel, beide Rollen, wie Sie sich ausdrückten, lägen ganz außerhalb Ihrer Sphäre.«

»Gewiß, Herr General. Der Byronsche Manfred ist eine Pyramidenrolle, groß, erhaben wie Lord Byron selbst, während ich durchaus auf einer Anfängerstufe stehe.«

»Das ändert sich. Das ist überall dasselbe. Heute Fähnrich und nach vierzig Jahren General; kommt Zeit, kommt Rat.«

»Wollte Gott, daß es so läge, Herr General. Aber es liegt anders. Ich bin nun mal in der Bühnenlaufbahn drin und muß jetzt dabei verbleiben; ein ewiges Umsatteln macht einen schlechten Eindruck. Aber es ist mir, gerade seit ich dabei bin, ganz klar geworden, daß ›Herr Manfred‹ kein großer Künstlername werden wird … Es ist möglich oder wenigstens sehr wünschenswert, daß ich über kurz oder lang eine sogenannte gute Partie machen werde, nach welchem Ereignis ich keinen Augenblick zögern würde, mich von der Bühne wieder zurückzuziehen. Ich bin eigentlich gern Schauspieler, ja, ich könnte beinahe sagen mit Passion; aber trotzdem … eine Tiergartenvilla mit einem Delphinbrunnen, der immer plätschert und den Rasen bewässert …«

»Eine solche Villa, mein lieber Klessentin, würden Sie vorziehen. Das ist das, was ich eine gesunde Reaktion nenne. Gott gebe seinen Segen dazu. Ja, Park mit Reh und Wasserfall und mit alten Platanen, im Herbste goldgelb – das hat es mir auch angetan. Aber solange Sie nun noch mitmachen, ist da nicht ein Avancement möglich?«

»Schwerlich, Herr General.«

»... Und wenn nicht – verzeihen Sie meine Neugier, aber ich interessiere mich für all dergleichen –, also wenn nicht, in welchem Rollenfache hat man Sie denn eigentlich zu suchen? Wenn ich wieder auf meinem Gute sitze und nehme die Zeitung und lese: Morgen Mittwoch: ›Wilhelm Tell‹, so will ich, nachdem ich das Vergnügen Ihrer Bekanntschaft gehabt habe – denn Sie gefallen mir außerordentlich, Herr von Klessentin; verzeihen Sie, daß ich Ihnen das so ohne weiteres sage –, so will ich doch wissen, wo ich Sie im Tell unterzubringen habe; für den Attinghaus sind Sie zu jung und für den Geßler nicht dämonisch genug; aber vielleicht Rudenz.«

»Sie greifen immer noch um etliche Stufen zu hoch, Herr General. Es gibt allerdings ein paar Ausnahmefälle, so zum Beispiel heute abend, wo ich mich als Quitzowscher Bannerträger von dem eigentlichen Gros um ein geringes abheben durfte; im ganzen aber dürfen mich der Herr General immer nur da suchen, wo Sie Gruppen und Rubriken finden: Erster Bürger, zweiter Mörder, dritter Pappenheimer; so sind mir die Würfel gefallen. Speziell im ›Tell‹ bin ich natürlich mit auf dem Rütli und habe da den Mondregenbogen und dann später das Alpenglühen dicht hinter mir. Trotzdem – ich habe bis jetzt immer nur den Meier von Sarnen und ein einziges Mal auch auf den Auf der Mauer gespielt, und ich darf hinzusetzen, mein Ehrgeiz versteigt sich überhaupt nicht höher als bis zu Rösselmann. Ein schwacher Aufstieg. Aber um Ihnen nichts zu verschweigen, man verletzt auch schon durch ein so bescheidenes Avancement andrer Interessen. Und soviel liegt mir wieder nicht dran.«

»Bravo, bravo. Ganz mein Fall. Nur nicht andre beiseite schieben, nur nicht über Leichen.«

»Und dann, Herr General, wie man mit Recht sagt, daß auch die kleinen Existenzen ihre großen Momente haben, so ganz besonders auch beim Theater. Da ist beinahe keiner unter den mir gleichgestellten Kollegen, der sich nicht sagte: ›Ja, dieser Matkowsky! Dieser Matkowsky spielt den Mortimer und den Prinzen in Calderons ›Leben ein Traum‹, und er spielt beide gut, sehr gut; aber der Frießhardt (das ist, Verzeihung, der Kriegsknecht, der vor Geßlers Hut Wache steht), oder den Deveroux, der den Wallenstein mit der Partisane niederstößt, oder die Hexe im ›Faust‹ oder – verzeihen Sie, meine Damen, daß ich meine Beispiele anscheinend mit Vorliebe grade aus dieser Sphäre nehme – die dritte Macbethhexe, *die* spiele ich, da bin ich ihm über, diesem Matkowsky‹ ... Und solche glücklichen Momente habe ich auch.«

»Mir sehr interessant, mein lieber Herr von Klessentin. Und nun müssen Sie auch noch einen Schritt weitergehn und außer dem Meier von Sarnen, von dem ich, offen gestanden, eine nur dunkle Vorstellung habe, mir also außer diesem Meier von Sarnen noch ein paar andre Ihrer Paradepferde nennen, klein oder groß, denn man kann bekanntlich auch auf einem Pony paradieren.«

»Es schmeichelt mir, so viel freundlichem Interesse bei Ihnen zu begegnen, und ich wünsche nur, daß meine gern abzulegenden Geständnisse mich um dies freundliche Interesse nicht bringen mögen. Meine Begabung, wenn überhaupt von einer solchen die Rede sein kann, liegt nämlich sonderbarerweise nach der Seite des Grotesken hin; auch meine heutige Rolle streifte wenigstens dieses Gebiet, und so darf ich denn wohl sagen, daß ich meine kleinen Triumphe bisher im ›Sommernachtstraum‹ und besonders in Shakespeares ›Heinrich dem Vierten‹, zweiter Teil, errungen habe. Der Zufall, ein glücklicher oder unglücklicher, hat es so gefügt, daß ich die ganze Reihe der Falstaffschen Rekruten, also des sogenannten ›Kanonenfutters‹ durchgespielt habe, mit Ausnahme des Schwächlich. Einmal wurd' ich sogar durch Händeklatschen von seiten Seiner Majestät ausgezeichnet, was mich begreiflicherweise sehr beglückte. Beim Publikum aber hab' ich bisher in der Rolle des Bullkalb am meisten angesprochen.«

Therese begleitete dies Wort mit einer stolzen Kopfbewegung, die Herrn von Klessentin nicht entging, weshalb er sofort hinzusetzte: »Wenn man erst mal, und ich muß deshalb wiederholentlich die Verzeihung der Damen anrufen, beim Beichten ist, so kommen leicht Dinge zum Vorschein, die mehr oder weniger anstößig wirken. Und besonders wenn Shakespeare in Frage steht. In eben diesem ›Heinrich dem Vierten‹ begegnen wir Personen und Namen, einer Witwe Hurtig beispielsweise ... Nun, diese Witwe selbst möchte noch gehn, aber neben ihr waltet auch ein blondes Dorchen seines Amtes, ein junges Mädchen mit einem Zunamen ...«

»O, ich weiß, ich weiß«, lachte Manon.

»Du weißt es *nicht*«, sagte Therese mit dem ganzen Ernst einer älteren Schwester, die den Schul- und Erziehungsgang der jüngeren überwacht und daraufhin eine Verantwortlichkeit übernommen hat.

»Doch, doch, und Leo kann es bezeugen. Und er *muß* es sogar, damit der Ärmste mal wieder zu Worte kommt. Er ist ja ganz in bewunderndem Zuhören aufgegangen, und ich wette, er hat die ganze Zeit über überlegt, welche Rollen ihm am besten passen würden.«

Sophie legte den Finger auf den Mund. Aber Manon sah es nicht oder wollte es nicht sehen und fuhr fort: »Und wir erleben es auch noch, daß wir nach dem Vorbilde von ›Manfred ... Herr Manfred‹ auf dem Theaterzettel lesen: ›Leo ... Herr Leo.‹ Der von ihm zu Spielende muß aber natürlich ein Papst sein, unter dem tu' ich es nicht. Ja, Leo, das ist mein Ernst. Und ich würde mich vielleicht auch freuen, dich auf der Bühne zu sehn. Warum auch nicht? Ich meine, man muß nur berühmt sein; auf welchem Gebiet, ist eigentlich ganz gleich.«

»Das ist dann«, unterbrach Therese, »der Grundsatz jenes auch berühmt Gewordenen, der den Tempel zu Korinth anzündete ...«

»Ephesus ...«, verbesserte Leo. »Korinth, da waren die Kraniche ...«

»Das ist gleich, Tempel ist Tempel. Im übrigen verzeih, Onkel, wenn ich, dir vorgreifend, an unsern Aufbruch mahne. Auch Herr von Klessentin wird mir verzeihen. Aber unsre gute Mama ...«

»Versteht sich, versteht sich. Und noch dazu heute an ihrem Geburtstage ... Leo (und Onkel Eberhard nahm bei diesen Worten einen Schein aus seiner Brieftasche), bitte, bemächtige dich des Kellners und bring alles ins klare. Herr von Klessentin, Sie begleiten uns vielleicht eine Strecke ...«

»Mir eine große Ehre, Herr General. Aber bitte zugleich verzeihen zu wollen, wenn ich schon an der Friedrichstraßenecke mich verabschiede. Eine Verabredung ... zwei Kameraden von meinem alten Regiment. Ich würde versuchen«, und er wandte sich an die jungen Damen, »Ihnen auch Ihren Herrn Bruder abtrünnig zu machen (wenn man mal in Berlin ist, will man auch Berliner Luft genießen), aber ich zweifle, daß seine ritterlichen Gesinnungen ihm diese Fahnenflucht gestatten.«

»Es wird sich leider verbieten, Herr von Klessentin«, sagte Therese mit einem bedeutungsvollen Lächeln. »Und was die Berliner Luft angeht, ich glaube, wir haben sie in der Großgörschenstraße reiner als in der Friedrichstraße ...«

»Reiner, aber nicht echter ... mein gnädigstes Fräulein.«

Leo, der inzwischen die Rechnung beglichen hatte, gesellte sich ihnen wieder, und so brach man denn *in corpore* auf: der General mit Therese, Leo mit Manon, Herr von Klessentin mit Sophie, die weniger gesprochen, aber durch ihre Mienen all die Zeit über ein besonderes Interesse gezeigt hatte.

Sie fragte während ihres jetzt beginnenden Geplauders mit ihrem Partner auch nach Fräulein Konrad, von deren Verlobung sie ganz vor kurzem gehört habe. »Der Verlobte«, so bemerkte sie, »soll ein sehr scharfer Kritiker sein. Ich denke es mir schwer, einen Kritiker immer zur Seite zu haben. Es bedrückt und lähmt den höheren Flug.«

»Nicht immer. Wer fliegen kann, fliegt doch.«

»Ich freue mich, das aus Ihrem Munde zu hören ...«

Und bei diesen Worten hatte man die Ecke Leipziger und Friedrichstraße erreicht, und Herr von Klessentin empfahl sich; die Poggenpuhls aber gingen weiter auf das Potsdamer Tor zu, wo man sich am Fürstenhofe – nachdem Leo nicht bloß eine exakte Rechnungsablegung, sondern zu des Onkels großer Erheiterung auch eine Behändigung des verbliebenen Restes versucht hatte – mit einem ›Bis auf morgen‹ voneinander verabschiedete.

8. KAPITEL

Mitternacht war dicht heran, als die Geschwister vor ihrer Wohnung eintrafen. Sophie hatte den Schlüssel und schloß auf. In einer gewissen Erregung, in der sie sich mehr oder weniger befanden, sprachen sie ziemlich laut auf der Treppe, was das Gute hatte, daß ihnen die über das lange Ausbleiben schon etwas unruhig gewordene Friederike bis in den zweiten Stock entgegenkam und leuchtete.

»Mama noch auf?« fragte Leo.

»Nein, junger Herr. Die gnädige Frau hat sich schon gleich nach neun zu Bett gelegt; es war ihr so kalt. Aber sie liegt bloß; sie schläft noch nicht.«

Unter diesem kurzen Gespräche hatten die jungen Damen ihre Mäntel, Leo seinen Paletot abgelegt, und alle traten gemeinschaftlich in das große Schlafzimmer, um die Mama noch zu begrüßen, während sich Friederike in ihre Küche zurückzog.

Die Majorin saß mehr im Bett, als sie lag, und schien in besserer Stimmung als gewöhnlich. »Aber, Kinder, so spät; nachtschlafende Zeit; ich dachte schon, es wäre was passiert …«

»Ist auch, Mutter.«

»Na, das mag was Schönes sein. Vielleicht hast du dein Vermögen verloren. Aber davon hör ich noch immer früh genug. Komm, Manon, gib mir die Hand und sieh mich an. Und nun rückt euch Stühle ran und erzählt. Und du, Leo, kannst dich unten auf die Bettkante setzen. Es ist immer noch nicht so hart wie Lattenstrafe; die gab es noch, als ich jung war. Ihr seid ja runde sechs Stunden weg gewesen, und ein wahres Glück, daß ich Friederike habe, mit der ich mich aussprechen kann.«

»Was du wohl redlich getan hast«, sagte Therese. »Du machst dich immer so vertraulich mit ihr, mehr als eine Herrschaft wohl eigentlich sollte.«

»Meinst du?« sagte die Majorin, während sie sich in ihrem Bett noch etwas höher hinaufrückte. »Was meine vornehme Therese nicht alles weiß und meint. Aber nun will ich dir auch sagen, was *ich* meine. *Ich* meine, daß solche schlichte Treue das Allerschönste ist, das Schönste für den, der sie gibt, und das Schönste für den, der sie empfängt. Die Liebe der Kinder, auch wenn es gute Kinder sind, die hat keine Dauer; die denken an sich, und ich will's auch nicht tadeln und nicht anders haben; aber solch altes Hausinventar wie die Friederike, die will nichts als helfen und beistehn und fordert weiter nichts, als daß man mal danke sagt. Und ich sage dir, Therese, da steckt ein gut Teil Christentum drin.«

»Ja, das glaubst du immer, Mutter.«

»Nein, das glaube ich nicht, daß weiß ich. Aber wir wollen das lassen; Leo soll lieber erzählen, wie alles war.«

»Ja, Mama, wenn ich davon erzählen soll, so kann ich es nur nach einer Disposition, dreigeteilt, also wie 'ne Predigt.«

»Bitte, Leo …«

»Dreigeteilt also schlechtweg, ohne Zubemerkung oder Vergleich. Erster Teil: Onkel und die Quitzows; zweiter Teil: Onkel und Herr Manfred (Manfred ist nämlich mein Kadettenfreund Klessentin) und dritter Teil: Onkel und … Aber davon erst nachher; ich will meinen besten Trumpf nicht gleich in einer großen Überschrift ausspielen.«

»Ach, Leo, das sind ja wieder Flausen; hinterher ist es gar nichts.«

»Fehlgeschossen, wie du gleich sehen wirst. Aber jetzt aufgepaßt. Erst also: Onkel und die Quitzows.«

»Der gute Onkel! Er wird natürlich über all die Rodomontaden entzückt gewesen sein.«

»Mitnichten, Mutter. Ich möchte vielmehr umgekehrt annehmen, daß er, trotzdem er den Dietrich von Quitzow bewunderte, nicht so recht auf seine Kosten gekommen ist. Aber es stehe dahin. Nur soviel, als die Straußberger mit Sack und Pack anrückten, sprach er ziemlich laut (und jedenfalls so, daß es einen genieren konnte) von Mühlendamm und Trödelmarkt. Am meisten gefallen hat ihm offenbar eine hübsche Gräfin, eine gewisse Barbara, die bei den Pommernherzögen, das mindeste zu sagen, gut angeschrieben stand und es nun auch mit unserm Dietrich von Quitzow versuchen wollte. Aber da kam sie schön an. Die Mark vertrat schon damals die höhere Sittlichkeit, also dasselbe, wodurch sie später so groß geworden ist.«

»Spotte nicht.«

»Und der Onkel zeigte auch darin wieder seine pommersche Abstammung, daß er gleich in hellen Flammen stand und von Manfred Klessentin, den wir im Theaterrestaurant trafen, auf der Stelle wissen wollte, wer denn eigentlich die Gräfin sei. Das heißt, die Schauspielerin, die die Gräfin gab.«

»Eine schöne Geschichte …«

»… Und da haben wir denn mit guter Manier auch gleich die Überleitung auf Teil zwei, auf Onkel Eberhard und Manfred Klessentin. Aber davon können dir am Ende die Mädchen gerade so gut erzählen wie ich selbst.«

Die Mama nickte.

»... und so denn lieber gleich Teil drei unter der imposanten Überschrift: Onkel Eberhard und der Hundertmarkschein. Und noch dazu ein ganz neuer. Ja, Mama, das war ein großer Moment. Er existiert zwar nicht mehr als Ganzes, ich meine natürlich den Schein, aber doch immer noch in sehr respektablen Überresten. Hier sind sie. Wie du dir denken kannst, sträubte ich mich eine ganze Weile dagegen; als ich aber sah, daß er es übelnehmen würde ...«

»Leo, so hast du noch nie gelogen ...«

»Selbstverspottung ist keine Lüge, Mama. Aber du siehst daran so recht, wie unrecht du mit deiner ewigen Sorge hast. ›Noch am Grabe pflanzt er die Hoffnung auf‹, solch großes Dichterwort ist nicht umsonst gesprochen und darf nie vergessen werden. Ich bekenne gern, daß ich den ganzen Abend über wegen des Rückreisebilletts in einer gewissen Unruhe war, denn ich darf wohl sagen, ich gebe lieber, als ich nehme ...«

Die Mädchen lachten.

»... Indessen, Gott verläßt keinen Deutschen nicht, und einen Poggenpuhl erst recht nicht, und wenn die Not am größten ist, ist die Hilfe am nächsten. So hab' ich es immer gefunden. Und so schwimm' ich denn augenblicklich ganz kreuzfidel wieder obenauf und, so Gott will, eine ganze Weite noch. Denn die Rückreise macht keinen so großen Abstrich, auch wenn ich erster Klasse fahre.«

»Aber Leo ...«

»Beruhigt euch, Kinder. Ich werde ja nicht erster Klasse fahren; es beglückt mich nur, so einen Augenblick denken zu können, ich könnt es. Alles bloß Phantasie, Traumbild. Aber das ist Ernst: Ich will wissen, wieviel ich von meinem Vermögen hierlassen soll; jede Summe ist mir recht, und ich will auch keine Rückzahlung und keine Zinsen. Ich will vielmehr diesen Zustand voll und rein genießen und will Wendelin mal übertrumpfen. Aber ihr sagt ja nichts, auch du nicht, Mama. Was erstaunt euch so?«

»Nun, ich nehme es für genossen an, Leo. Und nun geh in die Vorderstube und nimm Manon mit, sie kann dir beim Packen behilflich sein. Aber haltet euch nicht zu lange damit auf; ich weiß schon, ihr kommt immer ins Schwatzen und könnt dann kein Ende finden. Und nun gute Nacht, und wir nehmen auch gleich Abschied. Komm morgen früh nicht an mein Bett, und bringe Wendelin meine Grüße, und es wäre hübsch von ihm gewesen, daß er dir diese Reise gegönnt. Er wäre nun schon der Beste von der Familie, ganz anders ...«

»Wie Leo ...«

»Ja, ganz anders. Aber du kannst doch bleiben, wie du bist. So sind alle alten Mütter; die Tunichtgute sind ihnen immer die liebsten, wenn sie nebenher nur das Herz auf dem rechten Fleck haben. Und das hast du. Du taugst nichts, aber du bist ein lieber Kerl. Und nun gute Nacht, mein Junge.«

Er streichelte sie und gab ihr einen Kuß, und dann ging er mit der jüngsten Schwester, die seine besondere Vertraute war, nach vorn, um da für den Abreisemorgen alles in Ordnung zu bringen.

Als sie mit dem Kofferpacken fertig waren, nahm Manon Leos Hand und sagte: »Setz dich da in die Sofaecke; ich muß noch ein paar Worte mit dir sprechen.«

»Brrr. Das klingt ja ganz ernsthaft. Ist es so was?«

»Ja, es ist so was. Freilich in deinen Augen kaum. Und nun höre zu, ganz aufmerksam. Ich bin nämlich einigermaßen in Sorge, daß du, deiner ewigen Schulden halber, falsche Schritte tust. Und noch dazu in Thorn. Ich bitte dich, übereile nichts. Du hast neuerdings ein paarmal Andeutungen gemacht, erst in deinen Briefen und nun auch hier wieder, so heute abend noch auf dem Heimwege. Du weißt, daß ich in dieser delikaten Sache nicht wie Therese denke; sie hält die Poggenpuhls für einen Pfeiler der Gesellschaft, für eine staatliche Säule, was natürlich lächerlich ist; aber du deinerseits hast umgekehrt eine Neigung, zu wenig auf unsern alten Namen zu geben oder, was dasselbe sagen will, auf den *Ruhm* unsres alten Namens. Ruhm und Name sind aber viel.«

»Kann ich zugeben, Manon; aber wer hat heutzutage *nicht* einen Namen? Und was *macht* nicht alles einen Namen! Pears Soap, Blookers Cacao, Malzextrakt von Johann Hoff. Rittertum und Heldenschaft stehen daneben weit zurück. Nimm da beispielsweise den Marschall Niel! Er hat, glaub' ich, Sebastopol erobert und war, wenn ich nicht irre, verzeih den Kalauer, ein Genie im ›Genie‹; jedenfalls eine militärische Berühmtheit. Und doch, wenn nicht die Rose nach ihm hieße, wüßte kein Mensch mehr, daß er gelebt hat. Indessen lassen wir Niel; was geht uns am Ende Niel an? Nehmen wir lieber etwas, was uns viel, viel näher liegt, nehmen wir da beispielsweise den großen Namen Hildebrand. Es gibt, glaub' ich, drei berühmte Maler dieses Namens, der dritte kann übrigens auch ein Bildhauer gewesen sein, es tut nichts. Aber wenn irgendwo von Hildebrand gesprochen wird, wohl gar in der Weihnachtszeit, so denkt doch kein Mensch an Bilder und Büsten, sondern bloß an kleine dunkelblaue Pakete mit einem Pfefferkuchen obenauf und einer Strippe drum herum. Ich sage dir, Manon, ich habe mein Poggenpuhlhochgefühl geradeso gut wie du und fast so gut wie Therese; wenn ich dieses Hochgefühls aber froh werden soll, so brauche ich zu meinem Poggenpuhlnamen, der, trotz aller Berühmtheit, doch leider nur eine einstellige Zahl ist, noch wenigstens vier Nullen. Eigentlich wohl fünf.«

»Ich habe nichts dagegen, Leo, daß du so rechnest; ganz im Gegenteil. Bin ich doch selber nicht ängstlich in diesem Punkte. Ja, ich gebe zu, du *mußt* so rechnen. Aber ich fürchte, du rechnest nicht an der richtigen Stelle. Da sind Bartensteins, da ist Flora ... Ja, das wäre was. Flora Bartenstein ist ein kluges und schönes Mädchen und dazu meine Freundin. Und reich ist sie nun schon ganz gewiß. Also darüber ließe sich reden. Aber in Thorn, wovon du beständig schreibst und sprichst ... freilich immer nur so dunkel und bloß in Andeutungen. Ich bitte dich, Leo, was soll das? In Thorn! ... Wie heißt sie denn eigentlich?«

»Esther.«

»Nun, das ginge. Viele Engländerinnen heißen so. Und ihr Vatersname?«

»Blumenthal.«

»Das ist freilich schon schlimmer. Aber am Ende mag auch das hingehen, weil es ein zweilebiger Name ist, sozusagen *à deux mains* zu gebrauchen, und wenn du Stabsoffizier bist (leider noch weitab), und es heißt dann bei Hofe, wo du doch wohl verkehren wirst: ›Die Frau Majorin oder die Frau Oberst von Poggenpuhl ist eine Blumenthal‹, so hält sie jeder für eine Enkelin des Feldmarschalls. Ein Poggenpuhl, der eine Blumenthal heiratet, soviel Vorteil muß man am Ende von einem alten Namen haben, rückt sofort auf den rechten Flügel der Möglichkeiten.«

»Bravo, Manon. Also deine Bedenken zerrinnen.«

»Doch nicht ganz: Soviel kann ich nicht zugeben. Ich mühe mich nur einfach, aus Esther und Blumenthal das Beste zu machen. Außerdem, ich begreife deine Lage, fühle den Druck mit und freue mich, daß du heraus willst. Aber wenn es irgend sein kann, bleibe im Lande und nähre dich redlich; laß es nicht an der Weichsel sein, nicht Esther; sie kann, wie sie auch sei, an Flora nicht heranreichen. Zudem, die ganze Bartensteinsche Familie – es sind drei Brüder, zwei in der Voßstraße – hat ein besonderes Ansehen; der, in dessen Hause ich verkehre, ist ein Ehrenmann, beiläufig auch noch ein Humorist, und ich bin sicher, daß er bei der nächsten Anleihe geadelt wird. In meinen Augen ist das nichts von Bedeutung, ja beinahe störend, denn ich hasse alles Halbe, was es doch am Ende bleibt. Aber vor der Welt ...«

»Ich will es mir überlegen, Manon. Vorläufig find' ich es entzückend, so gleichsam die Wahl zu haben; wenigstens kann ich mir so was einbilden. Am liebsten freilich blieb ich noch eine Weile, was ich bin; ein Junggeselle steht doch obenan. Nur der ›Witwer‹ mit seinem Blick in Vergangenheit und Zukunft steht vielleicht noch höher. Aber das kann man nicht gleich so haben. Und nun gehab dich wohl. Mama wird sich schon wundern, was wir noch alles wieder miteinander gehabt haben.«

Und bei diesen Worten trennten sie sich.

Manon aber trat noch an das Bett der Mutter, um zu sehen, ob sie schliefe.

»Du hast geweint, Mama.«

»Ja, Kind. Aber gute Tränen; die tun wohl.«

9. KAPITEL

Manon war früh auf, um dem Bruder noch bei der Abreise behilflich zu sein; die beiden andern Schwestern aber beschränkten sich darauf, als Leo den Korridor passierte, ihm ihre Arme durch den Türspalt entgegenzustrecken.

»Ich kenne euch doch«, sagte Leo, »der dicke Arm, das ist Sophie.« Die von ihm gestellte Diagnose war denn auch richtig, aber für Therese verletzlich, und so empfing der Abschiedsmoment einen kleinen Beigeschmack von Verstimmung. Friederike, die natürlich mit aufgestanden war, trug den Koffer bis an den nächsten Droschkenstand, und als Leo hier gewählt und Platz genommen und dem Kutscher ›Friedrichstraßenbahnhof‹ zugerufen hatte, drückte er Friederike etwas in die Hand, das diese – trotzdem ihr bei den Poggenpuhls eigentlich wenig Gelegenheit gegeben war, ein feines Abschätzungsvermögen für im Halbdunkel gereichte Trinkgelder auszubilden – sofort als einen richtigen preußischen Taler erkannte. Der Schreck darüber war beinahe noch größer als die Freude.

»Gott, junger Herr ...«

»Ja, Friederike, die Tage sind verschieden, und wenn es nach mir ginge ...«

»Nein, nein ...«

»... Und wenn es nach mir ginge, so nähm ich gleich den ausgehöhlten Edamer, der doch wohl noch da ist, und schüttete ihn dir voll lauter Goldstücke. Na, nun mit Gott, vorwärts.« Und dabei gab er ihr noch die Hand, und die Droschke setzte sich in eine wilde, aber schnell nachlassende Bewegung.

Auf dem Heimwege von der Potsdamer-Straßen-Ecke bis wieder nach Hause kamen Friederike allerlei Betrachtungen. »Es kann einen doch eigentlich rühren«, sagte sie. »Und wenn ich dann so an das reiche Volk denke, wo ich früher war, und gar kein Mensch nich. Und daneben nun die Poggenpuhls! Eigentlich haben sie ja gar nichts, un mitunter genier ich mich, wenn ich sagen muß: ›Ja, gnädge Frau, der Scheuerlappen geht nu nich mehr.‹ Aber sie haben doch alle so was, auch die Therese; sie tut wohl ein bißchen groß, aber eigentlich is es doch auch nicht schlimm. Un nu das Leochen! Ein Tunichtgut ist er, und ein Flausenmacher, da hat die arme alte Frau ganz recht, un hat auch seinen Nagel, wie sie alle haben, bloß die Frau nich ... na, die hat sich zu sehr quälen müssen, un da vergeht es einem ... Aber man is doch immer ein Mensch, un darin sind sie alle gleich. Ich bin froh, daß ich solche Stelle habe; satt wird man ja doch am Ende, un wenn es mitunter knapp is, denn kosten sie bloß un lassen einem alles; aber ich mag denn auch nich; wenn man das so sieht, da steckt es einen auch in 'n Hals un will nich runter. Ja, ja, das liebe Geld... Un 'n Taler. Wo er ihn bloß her hat? Na, der Onkel wird wohl ordentlich in die Tasche gegriffen haben.«

Als Friederike wieder oben war, fand sie die beiden älteren Mädchen schon am Kaffeetisch, und Manon kniete vor dem Ofen, um einzuheizen. Als es zuletzt brannte, kam auch die Mutter und nahm wie gewöhnlich ihren Platz auf dem Sofa.

»Na, ist er gut fortgekommen?«

»Ja, Mama«, sagte Manon, »und ich soll dir auch noch einen Kuß von ihm geben, und du wärst doch die Beste, wenn du auch keine richtige Poggenpuhl wärst ...«

»Nein, das bin ich nicht. Gott, Kinder, wenn ich auch eine wäre, da wäre die Elle schon lange viel länger als der Kram.«

»Ach laß doch; es geht auch so. Nur immer Mut. Ich hatte mir schon vorgenommen, mit Flora zu sprechen, und da mit einmal kam der Onkel ...«

»Ja, der hat mal wieder geholfen. Aber man muß nicht denken, daß es immer so geht ...«

»Nicht immer, Mama, aber doch beinah.«

»Ja, du bist auch solch ein Leichtfuß, ganz wie der Bruder. Und mit dem jungen Klessentin wird es wohl auch so gewesen sein. Da seht ihr, was dabei herauskommt. Und nun heißt er Herr Manfred. Und wenn nicht ein Wunder geschieht, und ihr habt ja auch schon so was gesagt, so lesen wir auch noch mal auf dem Theaterzettel: Herr Leo. Wie fandet ihr denn den jungen Klessentin? Und wie kam denn der Onkel mit ihm aus oder er mit dem Onkel? Es muß doch eine rechte Verlegenheit gewesen sein.«

»Nein, Mama«, sagte Sophie. »Und warum auch? Man muß es nur immer richtig ansehen. Ich bin doch auch von Adel und eine Poggenpuhl, und ich male Teller und Tassen und gebe Klavier- und Singunterricht. Er spielt Theater. Es ist ja doch eigentlich dasselbe.«

»Nicht so ganz, Sophie. Das Öffentliche. Da liegt es.«

»Ja, was heißt öffentlich? Wenn sie bei Bartensteins tanzen, und ich spiele meine drei Tänze, weil es unfreundlich wäre, wenn ich nein sagen wollte, dann ist es auch öffentlich.

Sowie wir aus unserer Stube heraus sind, sind wir in der Öffentlichkeit und spielen unsre Rolle.«

»Gut, gut, Sophie. Du sollst recht haben; ich will es glauben. Aber der junge Klessentin. Was spielt er denn eigentlich? Ich habe doch nie von ihm gelesen.«

»Er hat immer nur ganz kleine Rollen und nannte auch ein paar. Aber, was einen trösten kann, er setzte gleich hinzu, das mache keinen rechten Unterschied, und die kleinen Rollen, auf die käm es mitunter auch an, geradeso gut wie auf die großen. Und alles, was er sagte, klang so nett und so zufrieden und so voll guter Laune, daß Onkel Eberhard ganz eingenommen von ihm war und ihn beglückwünschte.«

»Ja, das glaub' ich. Der gute Onkel ist eine Seele von Mann und kann das Wichtigtun und das Aufstelzengehen nicht leiden, und wenn einer sagt: ›Ich bin fürs Kleine‹, der hat gleich sein Herz gewonnen. Er mag's nicht, wenn die Menschen sich aufblasen und so tun, als ob sie ohne Atlastapeten nicht leben könnten. Er ist für seine Person beinahe bedürfnislos und mit allem zufrieden, und deshalb will ich ihn auch bitten, heute mittag mit uns fürliebzunehmen. Denn ich denke doch, daß er noch mit herankommt. Was können wir ihm denn wohl vorsetzen? Du hast ja die Woche, Sophie; was meinst du?«

»Nein, ich meine: Weißbiersuppe mit Sago, die hat ihm das vorige Mal so gut geschmeckt. Und dann haben wir noch eine kleine Schüssel Teltower Rüben und können von der Spickgans aufschneiden.«

»Das wird nicht gehen«, sagte Therese. »Die Spickgans ist aus Adamsdorf, von der Tante.«

»Tut nichts. Spickgänse kann man nicht unterscheiden. Und wenn er es merkt, ist es eigentlich eine kleine Aufmerksamkeit. Und als dritten Gang denk ich mir dann Sahnenbaisers von Konditor Eschke drüben. Und dann Butterbrot und Käse.«

Die Mutter, die das Ganze nur als eine symbolische Handlung ansah und sehr wohl wußte, daß der Onkel vorher gefrühstückt haben würde, war mit diesem Menü zufrieden und verlangte nur noch, daß die Töchter, die noch nachträgliche Neujahrsvisiten in der Stadt zu machen hatten, um spätestens zwei Uhr wieder zu Hause wären, weil es sonst zu spät würde. Bis dahin wollte sie den Onkel schon festhalten.

Und nachdem auf diese Weise alles geordnet war, räumte man den Kaffeetisch ab und begab sich in das Hinterzimmer, um da für die noch ausstehenden Besuche die nötige Toilette zu machen.

Alle drei Schwestern verließen gleichzeitig die Wohnung, um vom Botanischen Garten aus die Pferdebahn zu benutzen, deren ›Zonentarif‹ sie sehr genau kannten. Die alte Majorin, als alles ausgeflogen, ging nun auch ihrerseits an ihre ›Restituierung‹ und war kaum damit fertig, als sie draußen auf dem Vorflur ein ziemlich lautes und gemütliches Sprechen hörte, das keinen Zweifel darüber ließ, daß der Schwagergeneral gekommen sein müsse.

»Guten Morgen, Albertine. Verzeih, daß ich etwas früh komme, aber, wie ich sehe, doch nicht zu früh. Alles schon blink und blank, alles schon in *full dress,* wenn man dies von einer Dame sagen kann; ›*full dress*‹ ist nämlich eigentlich wohl männlich und heißt, glaub' ich, soviel wie Frack oder Schniepel. Früher sagte man Schniepel.«

»Ach, Eberhard, du meinst es gut und hast immer ein freundliches Wort und siehst es auch gleich, daß ich mir meine Staatshaube mit einem neuen Band aufgesetzt habe. Aber mit mir ist Spiel und Tanz vorbei.«

»Nicht vorbei, Albertine. Immer noch eine propre Frau. Und du bist ja noch keine Sechzig. Aber wenn auch. Was sind Jahre? Jahre sind gar nichts. Sieh mich an. Eben kam ein Bataillon von eurem Eisenbahnregiment an mir vorbei – ich sage ›von eurem‹, denn ihr habt es ja hier in eurer Straße –, und ich kann dir sagen, wie ich bloß den ersten Paukenschlag hörte, da ging es mir wieder durch alle Glieder, und ich fühlte ordentlich, wie das alte Gebein wieder jung und elastisch wurde. Man hat immer das Spiel in der Hand und ist gerade so jung, wie man sein will. Aber du spinnst dich zu sehr ein, kommst allem Anschein nach zu wenig unter die Leute, da wird man Antiquitäte, ägyptisches Museum, man weiß nicht wie. Sieh zum Beispiel gestern. Warum warst du nicht mit dabei?«

»Lieber Eberhard, Theater – es ist nichts mehr für mich.«

»Falsch, falsch. So denkt jeder. Aber ist man erst drin im Feuer, dann hat man auch das alte Vergnügen wieder. Ich sage dir, Albertine, wenn du diesen Quitzow, diesen Dietrich von Quitzow, gesehen hättest, Studie nach Bismarck, aber Bismarck Waisenknabe daneben. Augenbrauen wie ’ne Schuhbürste. Müssen das Leute gewesen sein! Und sein Bruder soll noch toller ausgesehen haben, weil er bloß ein Auge hatte. Polyphem. Hieß er nicht Polyphem?«

»Ich glaube, Eberhard. Wenigstens gibt es so einen.«

»Und dann nach dem Theater. In der Kneipe. Nun, die Kinder werden dir davon erzählt haben und von diesem Herrn Manfred, diesem Klessentin. Ein reizender junger Kerl, schneidig, frisch, humoristisch angeflogen. Ach, Albertine, mitunter ist mir doch so, als ob alles Vorurteil wäre. Na, wir brauchen es nicht abzuschaffen; aber wenn andre sich dranmachen, offen gestanden, ich kann nicht viel dagegen sagen. Es hat alles so seine zwei Seiten. Adel ist gut, Klessentin ist gut, aber Herr Manfred ist auch gut. Überhaupt, alles ist gut, und eigentlich ist ja doch jeder Schauspieler.«

»Ach, ich nicht, lieber Eberhard.«

»Nein, du nicht, Albertine. Dir ist es vergangen. Aber ich, ich bin einer. Sieh, ich spiele den Gemütlichen, und ich darf nicht mal sagen, daß sich solche Schauspielerei für einen General nicht paßte. Da gibt es noch ganz andre Nummern, die auch alle Komödie gespielt haben, Kaiser und Könige. Nero spielte und sang und ließ Rom anzünden. Jetzt ist es Panorama, fünfzig Pfennig Entree. Denke dir, so billig ist alles geworden. Und vor zehn Jahren, wie mir eben einfällt, waren hier sogar die ›Fackeln des Nero‹ ausgestellt, ein großes Bild. Damals war ich noch in Dienst, und ich sehe die große Leinwand noch vor mir. Und du hast es vielleicht auch gesehen.«

»Nein, Eberhard, ich habe so was nie gesehen. Ich mußte mir dergleichen immer versagen. Du weißt schon, weshalb.«

»Sprich nicht von ›versagen‹. Das Wort kann ich nicht leiden, man muß sich nichts versagen, und wenn man nicht will, braucht man auch nicht. Nun sieh, das war ein Bild, so groß wie die Segelleinwand von einem Spreekahn oder wohl eigentlich noch größer, und rechts an der Seite, ja, da war ja nun das, was die Gelehrten die ›Fackeln des Nero‹ nennen, und ein paar brannten auch schon, und die andern wurden eben angesteckt. Und was glaubst du nun wohl, Albertine, was diese Fackeln eigentlich waren? Christenmenschen waren es, Christenmenschen, in Pechlappen einbandagiert, und sahen aus wie Mumien oder wie große Wickelkinder, und dieser Nero, der Veranstalter von all dieser Gräßlichkeit, der lag ganz gemütlich auf einem goldnen Wagen, und zwei goldfarbene Löwen davor, und der dritte Löwe lag neben ihm, und er kraulte ihn in seiner Mähne, als ob es ein Pudel wäre. Und nun sieh, dieserselbige Nero, der sich so was leisten konnte, der die ganze Welt, ich glaube bis hier in unsre Berliner Gegend, beherrschte, der sang und spielte auch, geradeso wie dieser Herr von Klessentin, und da frag’ ich mich denn: ›Ja, warum soll er nicht, dieser junge Mensch?‹ Wenn ein Kaiser spielen darf, warum soll Klessentin nicht spielen? Ein unbescholtener junger Mann, der wahrscheinlich niemals ’ne Fakkel angesteckt hat, am wenigsten solche.«

Die Majorin reichte dem Schwager die Hand und sagte: »Eberhard, du bist immer noch derselbe. Und Leo wird auch so. Dein Bruder Alfred war immer ernst, ein bißchen zu sehr, was wohl an den Verhältnissen liegen mochte …«

»Sprich nicht von Verhältnissen, Albertine. Verhältnisse, davon kann ich nicht hören …«

»Und es ist merkwürdig, daß die Kinder oft mehr den Charakter aus der Seitenlinie haben. Und ich will nur wünschen, daß sein Lebensgang, ich meine Leos, auch so wird wie der deine, dasselbe Glück …«

»Sprich nicht von Glück, Albertine. Mag ich auch nicht hören. Selbst ist der Mann. Aber nein, nein, ich will dies nicht gesagt haben … Sprich nur von Glück … Es ist ganz richtig … Ich habe Glück gehabt. Erst im Dienst. Natürlich immer meine Schuldigkeit getan, aber doch schließlich kein Moltke … Gott sei Dank übrigens, daß es davon so wenige gibt, sie fräßen sich sonst untereinander auf, und wenn es zum Klappen käme, hätten wir keinen … Einer ist schon immer das beste, da gibt es keine Konkurrenz und keinen Neid. Aber nun lassen wir Klessentin und Nero und Moltke, und versuchen wir ein ander Bild. Wo sind die Mädchen?«

»Ausgeflogen. Und ich habe es unternommen, sie bei dem gütigen Onkel zu entschuldigen. Es waren aufgeschobene Besuche, höchste Zeit. Aber du siehst sie noch. Ich rechne darauf, daß du bleibst und unser Gast bist, so gut wir’s haben.«

»Ah, ah, ah. Kann ich nicht leiden. So gut wir’s haben. Was heißt das? Ein Teller Suppe …«

»Sophie sprach von Weißbiersuppe mit Sago ...«

»Vorzüglich. Und könnte meine Beschlüsse beinah umstoßen. Aber ich habe noch allerhand zu tun und zu besorgen. Eigentlich Unsinn; eine Postkarte besorgt es alles viel besser. Aber meine Frau wünscht es. Und was eine Frau wünscht, ist Befehl, sonst ist der Krieg da, worin wir Militärs immer geschlagen werden; je schneidiger, je größer die Niederlage. Also, ich muß fort. Und so gern ich die Mädchen alle drei noch mal gesehen hätte, so paßt es mir auch wieder, daß sie nicht da sind. Ich will nämlich eine nach Adamsdorf mitnehmen, meine Frau hat den Wunsch ausgesprochen, und ist nur noch die Frage, natürlich deine Zustimmung vorausgesetzt, welche?«

»Und du meinst, das beantwortet sich besser unter uns.«

»Ja, Albertine.«

»Nun, da denke ich mir Therese. Sie war schon vorletzten Sommer mit deiner Frau in Pyrmont und kennt alles und hat sich einigermaßen mit ihr eingelebt.«

»Alles richtig. Und doch wäre vielleicht ein Wechsel angezeigt. Laß mich offen zu dir sprechen. Therese ist ein vortreffliches Mädchen und eine Dame. Aber sie hat von der Dame mehr, als meiner Frau lieb ist. Meine Frau, eine Bürgerliche wie du, ist von einfachen Lebensgewohnheiten und Anschauungen, was ich alles nur billigen kann. Und Therese – du wirst verzeihen, daß ich es sage – hat eine ziemlich ausgesprochene Neigung, sich auf das Poggenpuhlsche hin auszuspielen. Ich mag nichts dagegen sagen und nehme persönlich keinen Anstoß daran. Aber meine Frau findet es etwas übertrieben und hat auch seinerzeit Auseinandersetzungen mit ihr darüber gehabt.«

»Ich versteh, Eberhard. Und deine Frau hat recht. Es geht mir hier ebenso mit ihr. Sie hat einen zuverlässigen Charakter und nimmt es ziemlich ernst mit ihren Anschauungen von Adel und Adelspflicht. Aber es ist sehr schwer, wenn man in Verhältnissen ...«

»Nein, nein, nein ...«

»... Wenn man auf so bescheidenem Fuße lebt wie wir. Das gibt dann immer Meinungsverschiedenheiten und Unliebsamkeiten. Aber wenn Therese nicht, wer dann? Von Manon würde ich mich nicht gern trennen.«

»Sollst du auch nicht, Albertine. Manon ist Nesthäkchen und muß dir bleiben. Meine Frau hat sich, ich wiederhole, deine Zustimmung vorausgesetzt, für Sophie entschieden. Die hat ihr sehr gefallen, als sie sie hier sah, und ihre Briefe haben ihr gefallen, auch die, die sie an Therese schrieb. Alles so verständig. Und meine Frau hat eine Vorliebe für das Verständige, nur keine Flausen und Redensarten und aufgesteiften Sachen. Und Mogeleien sind ihr nun schon von Grund aus zuwider.«

»Davon hat Sophie, Gott sei Dank, nichts. Ihr Leben ist immer Arbeit gewesen, und sie hält eigentlich alles zusammen, was sonst auseinanderfiele.«

»Darf nicht. Darf nicht. Nichts darf auseinanderfallen. Also Sophie! Meine Frau will nämlich allerlei Neues und will namentlich auch neue Wappenteller haben, was mich anfänglich, offen gestanden, aufs äußerste verwunderte. Sie hat mir aber Aufschluß darüber gegeben: Ich bin jetzt, sagte sie mir neulich, eine Poggenpuhl, und da paßt es nicht mehr, daß alles noch das Leysewitzsche Wappen hat; ich glaube, die Leute reden darüber, und das muß man vermeiden. Sophie malt so gut; sie soll uns das Poggenpuhlsche Wappen malen, dabei wird sie sich auch wohl fühlen und glücklich sein, ihre Gaben im Dienste der Familie verwenden zu können. Und dann ist sie so musikalisch. In der Dämmerstunde zuhören, wenn ein Schubertsches Lied gespielt wird, darauf freu' ich mich, das wird unser stilles Haus beleben, und wir können Besuche dazu laden.«

»Und wann denkst du, daß sie reisen soll?«

»Gleich heute mit mir. Sie muß um drei mit ihrem Koffer in meinem Hotel sein. Am besten allein. Abschiede verwirren, Küsse sind lächerlich. Um vier geht der Zug, und um elf sind wir in Adamsdorf.«

Damit erhob er sich, und unter Grüßen an Therese und Manon nahm er Abschied.

10. KAPITEL

Sophie von Poggenpuhl an Frau von Poggenpuhl.

»Adamsdorf, 6. Januar

Liebe Mama! Gestern, gleich nach elf, sind wir wohlbehalten hier eingetroffen. Ganz zuletzt, auf dem Wege von Hirschberg hierher, entzückte mich die Fahrt im offenen Wagen, trotzdem der Himmel bedeckt und das Gebirge, das zu sehen ich mich so gefreut, in seinen Linien unsichtbar war. Aber in den Dörfern herrschte doch noch Leben, und die Erdmannsdorfer Fabrik, in der auch die Nacht hindurch gearbeitet wird, leuchtete durch den Nebel, der zog. Es sah mittelalterlichromantisch aus, als ob eine uralte Piastenfamilie darin wohnte. Hier in Adamsdorf – nur ganz in der Ferne schlug noch ein Hund an und ein andrer antwortete – war schon alles still, und still war es auch an dem Vorplatz vor dem Schloß. Ich ängstigte mich einen Augenblick; aber wie fiel das alles von mir ab, als ich in den Salon trat und von der Tante aufs liebenswürdigste begrüßt wurde! Eine herrliche Frau. Ich begreife Therese nicht, die sich nie so recht mit ihr stellen konnte. Vielleicht kommen auch für mich noch die Beschwerlichkeiten, aber ich glaube es kaum. Daß Dir, mein altes Mutterchen, die Lebenslose doch auch so glücklich gefallen wären! Ich sprach von ›Salon‹. Ja, es war ein Salon, in den wir eintraten, aber viel mehr noch ist es eine Halle. Der Vorbesitzer von Adamsdorf, das in alten Zeiten eine Benediktinerabtei war, hat viel von den alten Klostergebäuden mit in den Neubau herübergenommen, und diese Halle war vordem ein Refektorium; durch den Raum hin stehen noch drei gotische Pfeiler, und in dem Kamin glomm ein Feuer, dessen von Zeit zu Zeit aufflackernde Lichter an der gewölbten Decke hinspielten. Außer der Tante war nur noch eine Katze da, ein wunderschönes großes Tier, das spinnend um mich herumging und mir dann auf den Schoß sprang. Ich erschrak; aber die Tante beruhigte mich und sagte: Das sei eine Liebeserklärung, womit Bob (es wird also wohl ein Kater sein) sonst sehr zurückhalte. Er sei mißtrauisch und eifersüchtig … Weil wir ausgefroren waren, bat der Onkel um einen Eierpunsch, den sie hier aus Ungarwein und Gelbei machen. Es schmeckte mir ganz vorzüglich. Und was noch wichtiger, ich habe hinterher herrlich geschlafen, und als ich zu guter Zeit aufstand und die Jalousien in die Höhe zog, da lag das Gebirge, ganz von Schnee überdeckt, in langer Linie vor mir. Wir wollen in den nächsten Tagen eine Partie nach der Heinrichsbaude machen und dann in einem Hörnerschlitten wieder zu Tale fahren. Es soll wunderschön sein, aber ich ängstige mich ein wenig. Ergeh es Dir gut. Gruß und Kuß Euch allen und (wenn Ihr schreibt) auch nach Thorn hin an die Brüder.

In herzlicher Liebe, Deine Sophie.«

»Schloß Adamsdorf, 16. Januar

Liebe Mama! Ich habe mich nun schon ganz hier eingelebt. Die Tante verbleibt in ihrer Güte dieselbe gegen mich, und auch Bob hält in seinem Attachement aus. Er geht darin ein wenig zu weit, denn seine Zärtlichkeiten haben immer etwas Überfallartiges. Mit einemmal springt er mich an, immer noch die Tigernatur. Die Fahrt zur Heinrichsbaude ist vertagt worden. Man will noch einen frischen Schneefall abwarten, denn es heißt: je mächtiger die Schneedecke, desto schöner die Fahrt talwärts und desto gefahrloser; der Schlitten fliegt dann über die Felsblöcke weg, als ob es Maulwurfshügel wären. – Unser Leben hier ist ziemlich still, wenig Besuch, und außer unserm Adamsdorfer Prediger, der dann und wann vorspricht, kommen meist nur Prediger aus der Nachbarschaft und ein alter Oberst aus der Stadt; außerdem auch noch ein Amtsgerichtsrat und seine Frau. Diese Besuche freuen mich immer sehr, aber auch ohne sie habe ich Unterhaltung die Hülle und Fülle, weil die Tante gern aus ihrem Leben erzählt, am liebsten aus ihren Kindertagen, die sie noch in Armut verbrachte. Zu dem allem haben wir auch noch eine merkwürdige Bildergalerie hier, deren Grundstock aus verschiedenen Bildnissen aus der Klosterzeit her besteht: Heiligenbilder (nicht viele), zu denen sich die Porträts von Äbten und Prioren und sogar ein Fürstbischof von Breslau gesellen; dazwischen allerlei spezifisch Preußisches: Friedrich der Große (dreimal), Prinz Heinrich, General Tauentzien und zum Schluß ein Dutzend Bildnisse von Personen aus der Familie des ersten Mannes der Tante. Lauter Leysewitze. Von den Poggenpuhls nichts; nicht einmal das Porträt des Onkels. Ich nahm vor ein paar Tagen Gelegenheit, leise darauf hinzuweisen, worauf er lachend erwiderte: ›Ja, Fiechen (so nennt er mich immer), das Poggenpuhlsche fehlt ganz und gar, was aber recht gut ist; es herrscht hier schon ein ungeheures Durcheinander, und wenn auch noch der Hochkircher und der Sohrsche hinzukämen, so wäre die Konfusion vollständig.‹ Der gute Onkel hat solchen *bon sens*, daß ihm der Hang, auch Mitglieder seiner eigenen Familie hier einziehen und mit den altschlesischen Adligen in Wettstreit treten zu sehen, gänzlich fernliegt. Und damit hängt es auch wohl zusammen, daß die Wappentellerfrage ruht. Onkel Eberhard war wohl von Anfang an dagegen und hat nur schließlich, ich will nicht sagen gern, aber doch ohne lange Kämpfe nachgegeben. All das hat sich aber geändert. Eine ganz andere Aufgabe harrt jetzt meiner, die mich stolz und glücklich macht. Was dies andre nun ist, davon das nächste Mal. – Wenn Briefe von Wendelin oder Leo bei Euch eintreffen, so schickt sie mir, zunächst natürlich meinetwegen, aber doch auch des Onkels halber, der sich für beide ganz aufrichtig interessiert und von jedem was erwartet, von Wendelin gewiß, aber auch von Leo. Leo, sagte er noch heut, ist ein Glückskind, und das Beste, was man haben kann, ist doch immer das Glück. Die Tante wurde dabei ganz ernsthaft und bestritt es, beruhigte sich aber, als er verbindlich und mit einer chevaleresken Handbewegung sagte: ›Hab' ich dich verdient, oder war es Glück?‹ Sie gab ihm einen Kuß, was mich rührte, denn es war kein Zärtlichkeitskuß, den ich bei alten Leuten nicht sehen mag, sondern nur echte Zuneigung und Dankbarkeit. Und mit Recht. Denn so gewiß diese Verheiratung *ihn* glücklich gemacht hat, so gewiß auch *sie*. – Du siehst aus diesem allem, wie glücklich ich hier bin, aber mitunter sehne ich mich doch nach Dir und möchte Dir die Hände streicheln. Ängstige Dich nur nicht zuviel. Es wird noch alles gut. Das läßt Dir der Onkel noch eigens durch mich vermelden. Er sagte mir heut, es gäbe einen Wappenspruch, der laute: ›Sorg, aber sorge nicht zu viel, es kommt doch, wie's Gott haben will.‹ Und gegen diesen Spruch, so schloß er, verstießest Du mehr, als recht sei. Ich hab' übrigens nicht, wie Du vielleicht glaubst, mit eingestimmt, hab ihm vielmehr gesagt: ›Wie weh etwas tut, weiß nur der, der das Weh gerade hat.‹ Da hat er mir auch einen Kuß gegeben. Du mußt wissen, daß wir uns sehr viel unterhalten und ich dabei auch von Euch zu Hause berichten muß. Onkel wünscht es so. Es ist ein herrlicher Mann, und ich kann nicht herauskriegen, wer besser ist, er oder sie. Nun aber lebe wohl.

Deine Sophie.«

»Schloß Adamsdorf, 19. Januar

Heute, meine liebe Mama, nur eine Karte. Vorgestern ist Schnee gefallen; er liegt um das Schloß her wie eine Mauer. Seit heute früh aber klarer blauer Himmel, milde Kälte, himmlisches Wetter. Wir wollten nun in den nächsten Tagen zu Fuß und zu Wagen bis auf den Kamm des Gebirges und dann in Hörnerschlitten zu Tal. Der Pastor und ein Assessor aus der Stadt wollen teilnehmen. Ich freue mich unendlich darauf. Ergeh es Euch gut.

Deine Sophie.«

»Heinrichsbaude, 22. Januar

Wieder nur eine Karte. Diesmal aber mit einem Bilde drauf (Heinrichsbaude). Wir sind nämlich hier oben und werden wenigstens noch bis morgen bleiben, bleiben *müssen*. Und daran bin ich schuld. Ich verfehlte, gleich als ich den Schlitten bestiegen und das Niedersausen begonnen hatte, den rechten Weg und wäre, rettungslos verloren, in den Krater gestürzt – den sie, weil er unten Wasser hat, den ›kleinen Teich‹ nennen –, wenn nicht ein in der richtigen Richtung fahrender Schlitten, der dies sah, mit allem Vorbedacht von der Seite her in meinen Hörnerschlitten hineingefahren wäre. Bei diesem, ich muß sagen glücklichen, weil mich rettenden, Zusammenstoß wurde ich herausgeschleudert und mußte, weil ich, etwas verletzt, nicht gehen konnte, hierher zurückgetragen werden. Wir erwarten in ein paar Stunden den Arzt aus Krummhübel. Das ist das nächste große Dorf. Ängstigt Euch nicht. Auf Hörnerschlittenfahrten aber laß ich mich nicht wieder ein. Mein Retter war ein junger Assessor (adlig) und schon verlobt. Wie immer

Deine Sophie.«

»Schloß Adamsdorf, 25. Januar

Zwei Telegramme des guten Onkels werden Dich über mein Befinden beruhigt haben. Von Gefahr keine Rede mehr; Oberschenkelbruch; in vier Wochen, spätestens in sechs, kann ich wieder tanzen. Der Arzt ist vorzüglich und sehr dezent; Sohn eines Webers hier in der Nähe (Notiz für Therese).

Daß ich so viele Wochen ruhig liegen muß, würde mir hart ankommen, wenn mir der Doktor nicht freie Bewegung meiner Arme gestattet hätte. Die Tante ließ mir denn auch sofort eine Stellage herrichten, so daß ich ohne Mühe schreiben und zeichnen kann. Ich mache davon den reichlichsten Gebrauch und fertige Skizzen über Skizzen. Und da ist es denn auch wohl an der Zeit, Dir, meine gute Alte, von dem neuen Plan zu erzählen, hinsichtlich dessen ich schon vor ein paar Wochen, bald nach meinem Eintreffen hier, einige kurze Andeutungen machte. Statt mit dem Malen von Wappentellern bin ich nämlich, höre und staune, mit Ausmalung unsrer protestantischen Kirche (das Dorf hat, wie fast überall hier, auch eine katholische) betraut worden, und zwar sollen in all die tiefer liegenden Felder, die sich um die Kirchenempore herumziehen, auf Holz gemalte biblische Bilder eingelassen werden, jedes etwa von der Größe eines zusammengeklappten Spieltisches. Eine freilich etwas sonderbare Maß- und Größenangabe, wenn ich bedenke, daß es sich um eine Kirche handelt. Natürlich wird es nichts großartig Kunstgemäßiges werden, dafür ist gesorgt, aber doch auch nichts Schlechtes, und, was mich am meisten beglückt, ich werde die Aufgabe ganz neu zu lösen trachten. Also: ›Joseph wird nach Ägypten hin verkauft‹, ›Judith und Holofernes‹, ›Simson und Delila‹ – all dergleichen denk' ich fallenzulassen und dafür das zu nehmen, worin das Landschaftliche vorherrscht. Meine Bemühungen gehen mithin zunächst dahin, in der Bibel nach Stoffen mit guter Szenerie zu suchen und solche, wenn ich sie gefunden, in wenig Strichen hinzuwerfen, so gut es in meiner gegenwärtigen Lage geht.

Laß mich recht ausführlich hören, wie's Euch geht. Auch Friederike soll mir schreiben; Dienstbotenbriefe sind immer so reizend, so ganz anders wie die der Gebildeten. Die Gebildeten schreiben schlechter, weil weniger natürlich; wenigstens oft. Das Herz bleibt doch die Hauptsache. Nicht wahr, meine liebe gute Alte?! Du weißt das am besten. Und Therese soll mir eine Beschreibung von der Soiree bei Bronsarts machen und ob lebende Bilder gestellt wurden und welche. Und Manon soll mir von Bartensteins schreiben und dem Ball und ob sie mitgetanzt hat und mit wem. Und welche Toilette sie hatte. Manon versteht es, aus ein bißchen Tüll und einem Rosaband ein Feenkostüm zu machen. Und nun lebe wohl. Die Tante will noch ein paar Zeilen (vielleicht einen Krankenbericht, obwohl ich von Krankheit nicht mehr viel verspüre) mit beilegen. Wie immer

Deine Dich herzlich liebende Sophie.«

11. KAPITEL

Während der Wochen, wo diese Korrespondenz zwischen Berlin und Schloß Adamsdorf ging, ging auch ein Briefwechsel zwischen Berlin und Thorn. Leo begann mit einer Karte an Manon, die, nachdem sie geschrieben, wohlweislich noch in ein Kuvert gesteckt worden war.

»Thorn, 8. Januar

Seit drei Tagen wieder da. Kopernikus steht noch. Im ganzen Neste riecht es nach Bierfisch, was übrigens nicht ganz richtig ist, denn sie kochen hier die Karpfen mit Pfefferkuchen und Ungarwein. In diesen Stücken sind wir euch überlegen; freilich geht man etwas mißbräuchlich damit vor. – Wendelin empfing mich am Bahnhof, furchtbar artig, aber doch auch sehr gnädig. Er übertreibt es; Gönnermiene, ganz Generalstab. Und er ist es noch nicht mal. Natürlich kommt er dazu. So viel Tugenden kann sich der Staat nicht entgehen lassen. Verzeih diese Malicen, aber wenn man sich so verschwindend klein fühlt, hat man nichts als Schändlichkeiten, um sich vor sich und andern zu behaupten. Der Wurm krümmt sich. Ich schreibe morgen wieder, vielleicht noch heute, wenn mir das Rekrutenexerzieren nicht den Lebensodem nimmt. ›Dobry, dobry‹ und dazwischen ›Schafskopp‹. Tausend Grüße

Dein Leo.«

An den Rand der Karte war noch eine Nachschrift gekritzelt. »Eben kommt eine Einladung zu heut abend; engster Zirkel. Wohin, brauche ich Dir nicht erst zu sagen. Esther übrigens heute früh am Fenster gesehen – pompös, ja, fast pomposissima, was mich ein wenig ängstigt. Denn sie ist erst achtzehn. Wohin soll das am Ende führen?«

Drei Tage nach Empfang antwortete Manon.

»Berlin, 12. Januar

Mein lieber Leo! Habe Dank für Deine Zeilen, die mich herzlich erfreut haben, weil sie so ganz Du selbst waren. Deine Karte, glücklicherweise kuvertiert, kam zugleich mit einem Briefe von Sophie. Da sah man so recht den Unterschied. Sophie immer, ich möchte sagen: Palette in Hand, immer künstlerisch, immer gefühlvoll und immer dankbar. Namentlich dies letztere läßt sich Dir nicht vorwerfen. Dein älterer Bruder (und der bessere dazu) macht Dir den Hof, und Du bespöttelst ihn. Ei, ei; Poggenpuhlsch ist das jedenfalls nicht. Die Poggenpuhls sind pietätvoll. Ich glaube, Dein Hang zu kleinen Spöttereien und Überheblichkeiten fliegt Dir so an, ist Umgangseinfluß, oder was dasselbe sagen will, eine Folge des Tons, dem Du im Hause der pompösen Esther oder der ›Pomposissima‹, wie Du schreibst, begegnest. Ich kenne diesen Ton auch von Bartensteins her, wiewohl diese selbst nicht daran teilnehmen und verlegen werden, wenn er überhaupt angeschlagen wird. Daß dies geschieht, können aber freilich selbst Bartensteins nicht verhüten, denn sie haben, bei der eigentümlichen Zusammensetzung ihrer Gesellschaft, das Spiel nie ganz in der Hand. Um nur eins zu nennen, die Verwandtschaft, die sich allsonntäglich bei ihnen versammelt, ist immer wie aus zwei Welten: der eine Onkel war vielleicht dreißig Jahre lang in London oder Paris, der andre dreißig Jahre lang in Schrimm. Und das macht denn doch einen Unterschied. Ich sprach von Umgangseinfluß. Er ist da; seine Macht verspür ich an mir selbst, und wenn ich Therese ansehe, so bestätigt sich mir dieser Einfluß, von der andern Seite her, wie eine Probe aufs Exempel. Therese, wenn auch manches an ihr anders sein könnte, weiß doch jederzeit, was sich schickt, und das verdankt sie der Wilhelmstraßenluft, in der sie nun mal lebt. Ich weiß nicht, in welcher Straße Esther wohnt (vielleicht auch in einer Wilhelmstraße), nur *das* weiß ich, daß es in der unsrigen keine Pomposissimas gibt. Ich muß mich hier unterbrechen. Eben hat es geklingelt, und aus dem Korridorgespräch, das Friederike führt, hab' ich gehört, daß Flora gekommen und bei der Mama eingetreten ist. Sie wird auch mit mir sprechen und mich einladen wollen. Über das vorstehende Thema nächstens mehr. Deine ganze Zukunft, so viel wird mir immer klarer, dreht sich um die Frage: Esther oder Flora. Flora, Gott sei Dank, ist blond, sogar hellrotblond. Lebe wohl. In alter Liebe

Deine Manon.«

»Berlin, 15. Januar

Lieber Leo! Du hast meinen zweiten Brief, der den ersten vervollständigen sollte, gar nicht abgewartet und mir umgehend geantwortet. Das ist sehr liebenswürdig, aber leider auch ängstlich, und wenn schon die bloße Raschheit der Erwiderung etwas Michbesorgtmachendes hatte, so mehr noch die einzelnen Wendungen Deines Briefes. Ich will doch nicht fürchten, daß die Einladung zum 8. abends, von der Du auf Deiner Karte schriebst, verhängnisvoll für Dich geworden ist. Ich weiß, daß dunkler Teint Dir immer gefährlich war. Und Esther! Es ist merkwürdig, daß manchem Namen etwas wie eine mystische Macht innewohnt, eine Art geistiges Fluidum, das in rätselhafter Weise weiterwirkt. Raffe Dich auf, sei stärker als Ahasverus war (ich meine den Perserkönig), der auch der Macht der Esther erlag. Eben habe ich Deine Zeilen noch einmal überflogen und wieder den Eindruck davon gehabt, als hättest Du Dich bereits engagiert. Ist dem so, so weiß ich sehr wohl, daß die Welt darüber nicht zugrunde gehen wird, aber mit Deiner Karriere ist es dann vorbei. Denn in der Provinz, und speziell in *Deiner* Provinz, ist das religiöse Gefühl – oder, wie sie bei Bartensteins immer sagen, das ›Konfessionelle‹ (sie wählen gern solche sonderbar verschränkten Ausdrücke) – von viel eigensinnigerem Charakter, und der Übertritt wird von den Eltern einfach verweigert werden. In diesem Falle bliebe Dir also nur Standesamt, ein, so aufgeklärt ich bin, mir geradezu schrecklicher Gedanke. Solch ein Schritt würde Dich nicht nur von der Armee, sondern, was mehr sagen will, auch von der ›Gesellschaft‹ ausschließen, und Du würdest von da ab in der Welt umherirren müssen, fremd, abgewiesen, ruhelos. Und da hätten wir dann den *andern* Ahasverus. Tu uns das nicht an. Therese würd es nicht überleben.

Deine Manon.«

»Berlin, 18. Januar

Mein lieber Leo! Gott sei Dank. Nun kann noch alles gut werden. Du glaubst nicht, wie erlöst ich mich fühle, daß dieses Wetter an uns allen und nicht zum wenigsten an Dir selber vorübergegangen ist. Du lachst mich aus über meine Besorgnisse, neckst mich und stellst die Frage, was denn, wenn's nun wirklich sich so gestaltet hätte, was denn für ein Unterschied gewesen wäre zwischen den so verpönten Blumenthals und den mit so vielen Empressement empfohlenen Bartensteins. Ja, Du fügst hinzu, Blumenthal führe seit Jahr und Tag den Kommerzienratstitel, und solche Staatsapprobation durch eine doch immerhin christliche Behörde sei zwar nicht die Taufe selbst, aber doch nahe daran, und so sei denn Haus Blumenthal dem Hause Bartenstein eigentlich um einen Pas voraus. Ach, lieber Leo, das klingt ganz gut, und als einen Scherz will ich es gelten lassen, aber in Wahrheit liegt es doch ganz anders. Bei Bartensteins war der Kronprinz, Bartenstein ist rumänischer Generalkonsul, was höher steht als Kommerzienrat, und bei Bartensteins waren Droysen und Mommsen (ja, einmal, kurz vor seinem Hinscheiden, auch Leopold von Ranke), und sie haben in ihrer Galerie mehrere Bilder von Menzel, ich glaube einen Hofball und eine Skizze zum Krönungsbild. Ja, lieber Leo, wer hat das? In einem Damenkomitee für das Magdalenum sitzt Frau Melanie, das ist der Vorname der Frau Bartenstein, seit einer Reihe von Jahren, Dryander zeichnet sie bei jeder erdenklichen Gelegenheit aus ... Und dann Esther und Flora selbst! Es *ist* ein Unterschied, *muß* ein Unterschied sein. Ich beschwöre Dich: überlege – vor allem aber – und das ist das, was ich Dir nicht genug ans Herz legen kann –, vor allem wiege Dich nicht in der eitlen Vorstellung, daß man hier etwa bang und sehnlichst auf Dich wartet. Die Wünsche beider Eltern, auch Floras selbst, gehen unzweifelhaft nach der Adelsseite hin, aber doch sehr mit Auswahl und wenn beispielsweise bei Frau Melanie – die sich ihrer und ihres Hauses Vorzüge sehr wohl bewußt ist – die Entscheidung läge, so weiß ich ganz bestimmt, daß sie's unter einem Arnim oder Bülow nicht gern tun würde. Und nun berechne danach die Chancen der Poggenpuhls! Sie sind, trotz Therese, nicht eben überwältigend, und Deine persönliche Liebenswürdigkeit würde schließlich doch viel, viel mehr den Ausschlag zu geben haben als das Maß unsrer historischen Berühmtheit. Demungeachtet ist auch diese ein durchaus in Rechnung zu stellender Faktor, ganz besonders Flora gegenüber, die, im Gegensatz zu beiden Eltern, einen ausgesprochen romantischen Sinn hat und mir erst vorgestern wieder versicherte, daß ihr, als sie neulich in Potsdam die Grenadiermützen vom 1. Garderegiment gesehen hätte, die Tränen in die Augen gekommen seien. – Aber in allem, Leo, Du hast noch keine volle Vorstellung davon, um was und um wieviel Du wirbst, und daß es, trotz meiner guten und, ich kann wohl sagen, intimsten Beziehungen, immer noch Mühen und Anstrengungen kosten wird, die Braut heimzuführen. Weise also nicht hochmütig das, was ich Dir noch vorzuschlagen haben werde, zurück, ein Leichtsinn, gegen den ich Dich durch Deinen guten Verstand und Deine schlechte Finanzlage gleichmäßig geschützt glaube.

... Aber da kommt eben Flora, um mich zum *shopping* (sie wählt gern englische Wendungen) abzuholen, und ich muß hier abbrechen, ohne mich über meinen Plan: eine Familiengeschichte der Poggenpuhls, höre und staune, durch *Dich* geschrieben zu sehen, näher ausgesprochen zu haben. Nur noch so viel: Wendelin muß das Beste dabei tun und hinterher natürlich Onkel Eberhard. Überleg's. Vor allem aber Mut und Schweigen. Flora weiß nichts, ahnt nichts.

Deine Manon.«

Umgehend antwortete Leo.

»Thorn, 19. Januar

Meine liebe Manon! Ich fühle mich wie beschämt durch Deine Liebe und Fürsorge. Ein vorzüglicher Plan, geradezu großartig. Aber, aber ... Und ach, dies Aber läßt mich Dir in ziemlich schwermütiger Verfassung antworten. Wendelin, der es doch schließlich machen müßte, will nicht. Er findet es einfach ridikül. Und warum? Weil seiner aufrichtigen Meinung nach das Poggenpuhlsche nicht mit den Kreuzzügen, sondern einfach mit Wendelin von Poggenpuhl anfängt. Was seit hundert Jahren unter dem ›Hochkircher‹ und dem ›Sohrschen‹ geschah, war Alltagsarbeit; in Front stehen und Hurra schreien, bedeutet ihm nicht viel, er ist für strategische Gedanken. Jedenfalls denkt er mehr an sich als an die Familie. Er hilft mir zwar regelmäßig und ist in vielen Stücken eine glänzende Nummer, aber es muß immer was sein, was ihm zugleich in aller Augen zu Vorteil und Ehre gereicht; wenn es ihm so vorkommt, daß er persönlich damit bei hohen Vorgesetzten anstoßen oder wohl gar in einem fragwürdigen Lichte dastehen könnte, so ist es mit allem Familiengefühl und aller Bereitwilligkeit rasch vorbei. Er heißt Poggenpuhl, aber er ist keiner, oder doch ganz auf seine Weise, die von der unsrigen sehr abweicht. Darüber aber kein Wort zu Mama; die ist imstande und schreibt es ihm, und dann bin ich an den Pranger gestellt. Ich bin ohnehin schon immer verlegen, wenn er bei mir in die Stube tritt. Er hat so 'n verdammt superiores Lächeln, und ich muß mich ducken. Überhaupt – und das ist das Fatale der ganzen Karriere –, man muß sich immer ducken. Aber statt dieser Konfessions lieber zurück zur Hauptsache, zu der zu schreibenden Ruhmesbroschüre. Wendelin, wie gesagt, will nicht, und ich selber kann nicht, kann nicht, und wenn sich's darum handelte, die Königin von Madagaskar als Braut heimzuführen. Ach, Manon! ... ›Über Madagaskar fern im Osten seh ich Frühlicht glänzen‹, – ja dahin muß ich, damit endet's, damit muß es enden! Denn ich werde Flora nie ›mein nennen‹ (so drücken sich manche aus), wenn die Familiengeschichte durchaus geschrieben werden muß. Und daneben, und das ist das Schlimmste, weil zugleich das Beschämendste, daneben hab' ich die Leidenschaft Esthers für mich stark überschätzt. Oder vielleicht auch, daß mir über Nacht ein Rival, ein bevorzugter Mitbewerber, erstanden. In diesem Falle würde ich Esther hassen müssen. Und um nichts zurückzuhalten, ach, Manon, auch von dem Quitzowabend, der sich so glänzend anließ oder wenigstens so glänzend abschloß, ist seit einer Woche so gut wie nichts mehr da. Trauriges Dasein und draußen Tauwetter. Ich könnte den Hamletmonolog deklamieren, aber ich wähle das Kürzere: ›Nymphe, bete für mich.‹ Es wird wohl falsch zitiert sein; die meisten Zitate sind falsch.

Dein Leo.«

12. KAPITEL

Diese Korrespondenz zwischen den zwei jüngeren Geschwistern setzte sich bis in den Februar hinein fort, wenig zur Freude Theresens, die gelegentlich einen von Leos Briefen las und es jedesmal beklagte, daß sich ›das Poggenpuhlsche so weit verirren könne‹, wobei sie übrigens der Schwester die Hauptschuld zumaß. ›Meiner Meinung nach‹, so hieß es regelmäßig, wenn dies Thema zur Sprache kam, ›ist der ganze Briefwechsel überhaupt überflüssig; wenn er aber stattfinden soll, so möcht ich wohl, daß er einen andern Inhalt hätte. Du wirst ihn noch ganz zu dir hinüberziehen, in jene gesellschaftliche Sphäre, darin du dich leider wohl und immer wohler fühlst. Du willst nicht einsehen, daß *die* Welt, die du leichtfertig und hochmütig und, bloß um dich zu mokieren, als die christlich-germanische bezeichnest, daß diese Welt mehr bedeutet als ein halbes Dutzend Gersons – denn so viele werden es doch wohl nachgerade sein. Es kommt auf das innerliche Leben an, nicht auf das äußerliche: Die Äpfel mit der schönen Schale sind meist wurmstichig.‹

»Und die grauen Reinetten überdauern den ganzen Winter.«

Therese zuckte die Achseln und brach ab, nahm auch nicht Veranlassung, darauf zurückzukommen, und zwar um so weniger, als sich das, was ihr die Mama in dieser Streitsache begütigend gesagt hatte, sehr bald erfüllen sollte. »Laß doch die beiden«, so etwa waren die Worte der Majorin bei jener Gelegenheit gewesen, »du solltest doch Leo kennen und wissen, wie wenig das alles auf sich hat. Heute will er das und morgen das. Ehe drei Wochen um sind, hört die Schreiberei zwischen ihnen von selbst auf.« Und so kam es auch. Leo schloß sich, noch ehe der Januar zu Ende ging, einem katholischen Geistlichen an, der Dogmenstrenge mit Skat und Fidelität glücklich zu vereinigen wußte, welche neue Bekanntschaft denn auch sofort verhängnisvoll für die weitere Erörterung der Esther- und Florafrage wurde. Sie starb sehr bald ab.

Ja, die Korrespondenz nach Thorn hin erlosch rasch, aber die zwischen Sophie und Manon setzte sich fort, und keine Woche verging, ohne daß ein Brief aus Adamsdorf eingetroffen wäre, meistens gleichzeitig mit einer sorglich gepackten Kiste, deren Eintreffen Friederike, wenn sie sie öffnete, jedesmal mit derselben Rede begleitete: »Wieder frische Eier und alle eingewickelt und in Häcksel. Ja, das laß ich mir gefallen, gnädge Frau. Denn erstens kriegt man keine frischen, wenn es auch drauf steht, und zweitens sind Eier doch immer besser, als was eben erst geschlachtet is. Ente geht noch, weil Ente fett ist; aber schon bei Hühnern fängt es an, und ist es gar Kalb, dann hat es immer einen Stich ... Un ich werde auch gleich eins kochen, gnädge Frau; Sie müssen sich auch mal was gönnen. Es is wahr, Sie haben ja die Bonbons, aber das gibt keine Kraft un is bloß von wegen den Husten.«

Sophiens Briefe teilten sich, der Zeit nach, in solche, die sich mit ihrer fortschreitenden Genesung und, als diese schließlich da war, mit ihrer malerischen Tätigkeit beschäftigten.

In einem dieser Briefe hieß es: »Ich bin jetzt bei der Sintflut, die ja, wenn man will, auch ins Landschaftliche fällt. Wasser ist doch auch Gegend, und Gegend ist Landschaft. Und was denkt ihr nun wohl, wie meine Sintflut aussieht? Ganz anders wie andre, was ich, ohne unbescheiden zu sein, sagen darf, weil die Idee nicht von mir, sondern von Onkel Eberhard herrührt. Und auch eigentlich nicht von ihm, wie ihr gleich hören werdet. Als ich mich nämlich vorige Woche beim Tee dahin äußerte, daß ich jetzt an die Sintflut herangehen wolle, sagte der Onkel: ›Ja, Fiechen, wie denkst du dir das nun eigentlich? Oder richtiger, ich will es gar nicht wissen, ich will dir lieber gleich sagen, wie *ich* es mir denke und wie ich es mir wünsche. Als ich noch in Berlin bei ›Alexander‹ stand, war ich mal auf Besuch in einer benachbarten Dorfkirche, drin viele Bilder waren, auch eine Sintflut. Und aus der Sintflut ragte nicht bloß, wie gewöhnlich, der Berg Ararat mit der Arche hervor, nein, neben dem Ararat befand sich auch noch in geringer Entfernung ein zweiter Berg, und auf diesem zweiten Berge stand eine Kirche. Und diese Kirche war genau die kleine märkische Dorfkirche mit einem Laternenturm und sogar einem Blitzableiter, in der wir uns in jenem Augenblick gerade befanden. Und das hat damals einen so großen Eindruck auf mich gemacht, daß ich bitten möchte, du machtest es auch so und ließest auch zwei Kuppen aufsteigen, und auf der zweiten Kuppe stände die Kirche von Adamsdorf. Das heißt die protestantische. Wenn sich die Katholiken darüber ärgern, können sie sich ja ihre Kirche auch malen lassen. Ich stehe zu Martin Luther und der reinen Lehre. Darin, denke ich, bin ich ein fester Poggenpuhl.‹ Ich erschrak erst, als der Onkel das sagte, weil ich es mir alles anders gedacht hatte; da's aber kein Entrinnen gab, so gab ich mich zufrieden, und jetzt, wo's beinahe fertig ist, hab' ich mich in die Idee ganz verliebt. So kindlich es mir anfänglich vorkam und auch noch vorkommt, so hat es doch zugleich eine tiefe Bedeutung; als die alte Sündenwelt unterging und die neue, bessere, sich aufbaute, war das erste, was neu erschien (denn die Tiere waren ja noch aus der alten Welt), die Kirche jenes kleinen märkischen Dorfes und jetzt also die von Adamsdorf. Es war, als ob Gott sie gleich dahin gestellt habe. Natürlich kann man darüber lachen, aber man kann sich auch darüber freuen. Und Du, meine liebe Mama, die Du ja Gott sei Dank aus einem frommen Predigerhause bist, Du wirst es schön finden und den Onkel Eberhard noch lieber haben als zuvor. Er ist auch wirklich ein kapitaler Mann.«

Fiechen lebte sich inzwischen immer mehr ein, und je länger sie bei den Verwandten weilte, desto lebhafter wandte sie sich neben ihren Malereien auch den häuslichen Angelegenheiten von Schloß Adamsdorf und ganz besonders dem Charakter der Frau vom Hause zu. Gespräche, die sie, wenn sie gemeinschaftlich um die große Parkwiese gingen, mit der Tante führte, teilte sie, wenn es paßte, ganz ausführlich nach Hause hin mit. Einmal schrieb sie: »Wir haben gestern wieder unsern Spaziergang gemacht, um die große Wiese herum, in deren Mitte sich ein Gehege mit ein paar jungen Rehen befindet, reizende Tiere, die ich auch noch zu verwenden hoffe. Da mit einmal, ich weiß nicht mehr in welchem Zusammenhange, sagte die Tante: ›Ja, deine Schwester Therese. Sie wird nicht recht zufrieden mit mir gewesen sein und mich vielleicht bei euch verklagt haben, weil ich damals in Pyrmont nicht Lust bezeigte, mich der Fürstin von Wied vorstellen zu lassen, worauf sie beständig drang, und als ein Korso war, wollte ich nicht mit in der Reihe fahren und noch weniger die Pferdegeschirre mit Rosengirlanden ausstaffieren lassen. Es schien mir alles unpassend, und ich hab' es ihr auch frank und frei gesagt. Therese, wie das sooft geschieht, hat eine falsche Vorstellung von meiner Vermögenslage, die mal glänzend war, aber es nicht mehr ist. Es liegt mir daran, dich über diese Dinge, die ziemlich kompliziert sind, aufzuklären. Ich bin aus einer einfachen bürgerlichen Familie, die klein und arm anfing und es nachher zu Reichtum brachte. Da heiratete mich mein erster Mann, der damals nichts besaß, und kaufte sich Schloß Adamsdorf, denselben Besitz, der schon früher einmal, als es aufhörte, Kloster zu sein, in seiner Familie war und dann verloren ging. Er war ein vollkommener Kavalier, und wir führten eine sehr glückliche Ehe, in der übrigens, was das Vermögen angeht, die Rollen sehr bald gewechselt wurden. Mein Geld nämlich ging verloren, und wir hätten Adamsdorf wieder aufgeben müssen, wenn nicht mein Mann durch Todesfälle ganz unerwartet ein ziemlich bedeutendes Vermögen geerbt hätte. Das hat uns an dieser Stelle gehalten. Aber alles, was wir besitzen, ist dadurch wieder Leysewitzisch geworden und muß den Leysewitzes verbleiben, was dein Onkel auch von Anfang an gewußt hat und guthieß. Ich habe das seltene Glück erfahren, in zwei Ehen zwei gleich treffliche Männer zur Seite gehabt zu haben. Alles hat sich zum Guten für mich gefügt, aber diese glückliche Gestaltung der Verhältnisse darf ich auch nicht vergessen und muß danach leben. Es liegt so: Von allem, was du hier siehst, haben wir nur den Nießbrauch; Schloß, Gut, Vermögen, alles fällt zurück, und weil es so ist, habe ich haushalten gelernt. Und du, du bist ein gutes und kluges Kind und kannst mir in allem folgen. Therese, die, wenn ich Andeutung der Art machte, kaum mit halbem Ohr hinhörte, wollte nicht recht daran glauben. Das ist immer so. Was einem nicht paßt, das glaubt man nicht gern.‹

Ja, liebe Mama, das war es, was die Tante mich wissen ließ. Es wird ganz gut sein, wenn Therese davon erfährt. Aber in Deiner Antwort bitte ich Dich, all dieser Dinge, trotzdem sie mir wahrscheinlich mitgeteilt wurden, um sie Dich wissen zu lassen, nicht zu erwähnen; ich bin daran gewöhnt, Deine und der Schwester Briefe beim Frühstück vorzulesen, und eine auf diese meine Mitteilung bezügliche Antwortstelle würde mich nur in Verlegenheit bringen.

Im übrigen hab' ich seit vielen Wochen nichts von den Brüdern gehört. Wendelin, das fällt nicht auf, er schreibt immer nur Pflichtbriefe. Aber Leo? Mitunter ängstige ich mich doch und denke, sein nächster Brief kommt aus Kamerun oder Namaqualand. Ehe nicht seine Verhältnisse geordnet sind, kommt er nicht zur Ruhe. Aber wo soll diese Ordnung herkommen?«

Es war Ende Mai, als Sophie diesen Brief schrieb, und sie vermied klugerweise, das darin behandelte Thema noch einmal zu berühren. Es genügte ihr, daß ihr Brief seine Wirkung getan und das ungerechte Kritteln der älteren Schwester in eine gerechtere Beurteilung umgewandelt hatte.

Das stille Leben in Schloß Adamsdorf nahm mittlerweile seinen Fortgang und erfuhr nur einen Wandel, als der Hochsommer heran war und die Tante, eine passionierte Schlesierin, allwöchentlich einmal auf eine Fahrt ins Gebirge drang. Abwechselnd fuhr man bis Schreiberhau oder Hermsdorf oder Krummhübel, um dann von diesen Punkten aus höher ins Gebirge hinaufzusteigen, nach Kirche Wang oder dem Mittagsstein, oder selbst bis zu den Schneegruben. Sophie skizzierte irgendeine Szenerie für ihre alttestamentlichen Bilder und sagte dabei: »Das ist Abrahams Grab, das ist der Sinai, das ist der Bach Kidron.«

An den Bildern für die Kirche wurde den ganzen Sommer über fleißig weitergearbeitet. Ende August war Sophie schon bei ›Saul in der Höhle‹ (die Höhle dazu hatte sie dicht bei den Kräbersteinen entdeckt), und Saul selbst war halb Onkel Eberhard, halb der Kretschamwirt, der einen Vollbart trug und einen bösen Blick hatte. David aber war der Assessor. Onkel Eberhard freute sich aufrichtig am Fortschreiten der Arbeit und versicherte jeden Tag, daß er nie geglaubt hätte, von einer solchen Sache so viel Freude haben zu können. Er erging sich dann auch in wohlgemeinten Äußerungen über Künstlerleben überhaupt und nahm alles zurück, was er in seinen früheren Jahren darüber gesagt hatte. »Man kann darüber lachen, aber es ist doch immer eine kleine Schöpfung. Und Schaffen macht Freude. Wenigstens kann ich mir nicht denken, daß Gott die Welt aus Verdrießlichkeit geschaffen hat.«

Das war gerade am zweiten September, daß Onkel Eberhard und Sophie dies Gespräch hatten, oben in der Giebelstube, die die Adamsdorfer Herrschaften ihrer Nichte zum Atelier eingerichtet hatten. Eine Stunde später fuhr der Onkel nach Hirschberg, wo der Sedantag wie herkömmlich festlich begangen werden sollte. Natürlich auch durch eine Rede auf Kaiser Wilhelm. Und diese Rede, wie nicht minder selbstverständlich, hatte der alte General von Poggenpuhl zu halten, dem dabei schlechter zumute war als bei St. Privat im allerverflixtesten Moment. Sonst, wenn er die schöne Fahrt durchs Tal machte, lachten ihn die Felder in ihrem Segen an, aber heute sah er nicht, wie der Hafer stand, er sah ihn überhaupt nicht, sondern memorierte in einem fort und sagte sich in wachsender Unruhe: ›Jetzt ist es eins. Noch drei Stunden, dann fängt mein Leben erst wieder an und vielleicht auch mein Appetit. Bis dahin ist es nichts.‹ Er hatte denn auch Kopfweh, ein leises Ticken an zwei Stellen, das sich bei der beständig wiederkehrenden Frage: ›Wenn ich nun steckenbleibe?‹ natürlich noch steigerte. Zuletzt aber fand er sich auch darin zurecht oder resignierte sich wenigstens. ›Und wenn ich nun wirklich steckenbleibe, was ist denn am Ende? Zu meiner Zeit konnte überhaupt keiner reden, und das wissen die Vernünftigen auch. Außerdem hab' ich die Einleitung ganz intus, und wenn ich merke, daß ich mich zu verwickeln anfange, so sag' ich bloß … Und so möchte ich Sie denn fragen, Sie alle, die Sie hier versammelt sind, sind wir Preußen? Ich bin Ihrer Antwort sicher. Und in diesem Sinne fordre ich Sie auf … Und dann das Hoch.‹

All das gab ihm seine Haltung einigermaßen wieder, aber er blieb trotzdem in einem gewissen Fieber, und dies hielt auch noch an, als der schreckliche Moment bereits vorüber war. Vielleicht lag es auch daran, daß er gleich nach seinem Hoch ein großes Glas herben Ungar hinuntergestürzt hatte. Nach dem Kaffee überfiel ihn ein Schwindel. Er ging aber wieder vorüber, und in bester Laune brach er schließlich auf. Die Sterne funkelten; es war schon herbstlich frisch, und er fröstelte. »Höre, Johann«, sagte er, »hast du nicht eine Zudecke?«

»Nein, Herr General; ich werde aber meinen Mantel ausziehen.«

Aber da kam er schön an. »Unsinn, Menschen Rock vom Leibe ziehn; ich, ein Poggenpuhl!« Und in solchen Ausrufungen sprach er noch eine Weile weiter.

Es war ein Uhr, als er in die Dorfgasse einfuhr. Im Schlosse war noch ein alter Diener auf, ebenso Sophie.

Die sah schon auf dem Flur, wie verändert er war. »Onkel, du frierst so, soll ich noch einen Tee machen oder eine Stürze?«

»Unsinn. General Poggenpuhl …«

Es klang so sonderbar, und Johann sagte zu Sophie. »Gott, Fräulein, so sagt er schon immerzu. Ich glaube, er ist sehr krank.«

Er war sehr krank. Doktor Nitsche, der am anderen Morgen gerufen wurde, bemerkte zu der Tante: »Gnädige Frau, wir müssen nasse Tücher aufhängen und ein mattes Licht und vollkommene Ruhe«; zu Sophie aber sagte er: »Typhus, mein gnädiges Fräulein.«

»Wird er wieder?«

Er zuckte mit den Achseln.

13. KAPITEL

Die Befürchtungen erfüllten sich schnell. Sophie, die trotz Widerspruch des Arztes die Pflege leitete, schrieb jeden Abend eine Karte nach Haus, in der sie – schon der Tante halber, die die Zeilen vielleicht lesen mochte – zunächst immer nur betonte, ›daß noch keine Gefahr sei‹. Sie war aber nur zu sehr da, und den siebenten Tag nach Beginn der Krankheit traf ein Brief bei der Mama ein, der dahin lautete:

»Heute mittag ist Onkel Eberhard gestorben; während der Nacht war er noch in großer Unruhe, dann fiel er im Laufe des Vormittags in einen apathischen Zustand, und kurz vor zwölf ist er eingeschlafen. Von Anfang an war wenig Hoffnung, weniger, als ich Dir aussprechen mochte. Ich habe viel an ihm verloren, aber nicht ich nur; wir werden ihn alle sehr vermissen, vielleicht Wendelin ausgenommen, der seinen Weg auch so macht. Über manches, was diese Tage mich sonst noch erleben ließen, mündlich ausführlicher. Ich freue mich, euch alle wiederzusehen, vor allem Dich, meine liebe gute Mama. Daß ihr kommt, nehme ich als sicher an. Die Tante wünscht es dringend, und ich glaube, wir müssen ihre Wünsche respektieren. Erst aus Klugheit, und dann, weil sie's so sehr verdient. Das Beigeschlossene bittet sie freundlichst aus ihrer Hand annehmen zu wollen und hofft, daß es ausreichen werde, die Reise sowie alles übrige zu bestreiten. Was ich brauche, wird aus Breslau kommen. Ihr werdet am besten übermorgen abend abreisen. Dann seid ihr am zwölften in aller Frühe hier. In der Mittagsstunde soll die Beisetzung erfolgen.

Deine Sophie.«

Die Gefühlsbewegung, als Manon diesen Brief vorgelesen hatte, war bei den drei Damen eine nicht geringe, bewegte sich aber doch nach sehr verschiedenen Seiten hin. Die Mutter hing ganz einer herzlichen Trauer nach, die noch reiner gewesen wäre, wenn sich nicht manche bange Zukunftssorge mit eingemischt hätte; Manon, trotz aller Verehrung und Liebe für den Onkel, empfand es schmerzlich, einer gerade für den zwölften bei Bartensteins angesetzten Soiree nicht beiwohnen zu können, während sich Therese nur von einer Vorstellung beherrscht fühlte: von dem Gedanken an das ihr lediglich als eine Haupt- und Staatsaktion erscheinende Begräbnis. Sie sah sich nicht nur bereits in der vordersten Reihe der Leidtragenden, sondern lebte auch ganz dem Hochgefühle, daß die Repräsentation der Poggenpuhlschen Familie – die beiden alten Damen als nur angeheiratete, zählten kaum mit – einzig und allein auf ihr beruhe. Dies Hochgefühl sah sich allerdings durch den dem Briefe beigelegten Tausendmarkschein auf Augenblicke beeinträchtigt, aber die Vorzüge lagen andrerseits auch wieder so klar zutage, daß das Bedrückliche schnell hinschwand, besonders nachdem man sich untereinander dahin geeinigt hatte, daß Therese in die Stadt fahren und dort die Trauergarderobe besorgen solle. Nächst dem Begräbnis selbst erschien allen dieser Besuch in einem Trauermagazin als der bedeutungsvollste Moment, und die Miene, mit der sich die ältere Schwester zu dieser Fahrt anschickte, hatte etwas so ausgesprochen Distinguiertes, daß selbst Manon davon berührt und zu einer Art Huldigung hingerissen wurde.

Dieses Gefühl machte freilich rasch einer entgegengesetzten Empfindung Platz, als Therese von ihrer Fahrt zurückkehrte. Die Kleider, so berichtete sie, würden bis morgen früh geliefert werden, kleine Änderungen seien leicht zu bewerkstelligen; alles andre aber habe sie gleich erstanden und in einem großen Karton mitgebracht. Es waren dies Krepphüte, lange schwarze Schleier und drei Trauerhauben mit einer tiefen Stirnschneppe.

»Gehst du davon aus«, sagte Manon, »daß wir diese Hauben mit Schneppe bei den Feierlichkeiten wirklich tragen sollen?«

»Eine sonderbare Frage.«

»Das heißt also ›ja‹?«

Therese nickte.

»Nun, dann erlaube mir, dir zu sagen, daß ich mich davon ausschließen werde.«

»Das wirst du nicht. An solchem Tage wenigstens wirst du dich auf das besinnen, was du deinem Namen schuldig bist.«

»Ich weiß, was ich meinem Namen schuldig bin.«

»Und das wäre?«

»Wenn es sein kann, nicht ins Ridiküle zu fallen.«

»Was in deinen Augen worin besteht?«

»... Uns *à tout prix* als Königinwitwe herauszustaffieren. Wir sind einfach die Nichten eines alten Generals.«

»Des Generals von Poggenpuhl. Ich wenigstens stehe in der alten, guten Tradition.«

»Aber nicht in der des guten Geschmacks.«

Man erhitzte sich immer mehr; zuletzt sollte die Mama entscheiden. Diese lehnte das aber ab. »Ich bin nicht bewandert genug in derlei Fragen und weiß nicht, ob es paßt oder ob es zuviel ist. Ich denke mir, wir nehmen die Kartons mit und richten uns nach dem Ausspruch der Tante.«

Dies fand Zustimmung, und als am andern Morgen die gleich ›wie angegossen‹ sitzenden Kleider erschienen, wurde vor dem langen, schmalen Spiegel, in dem man sich gemustert und gegenseitig befriedigend gefunden hatte, der schwesterliche Friede neu besiegelt.

»Er war doch ein herrlicher Mann«, sagte Manon.

»Das war er, und sein Andenken sei gesegnet. Aus meinem Herzen kann sein Bild nie wieder verschwinden.«

Um zehn Uhr ging der Nachtzug vom Friedrichstraßenbahnhof aus ab. Schon vor neun stand man in voller Reisetoilette da, bei der Manon, die sehr gut aussah, auf einen zufällig vorhandenen Krimstecher nur ungern verzichtet hatte. Sie sagte sich aber, daß es ›stillos‹ sein würde (stillos war eine Lieblingswendung Floras), und als sie dies erlösende Wort gefunden hatte, wurde ihr der Verzicht auch leichter. Friederike befand sich mit im Vorzimmer, um zu helfen, wenn die Mäntel umgenommen werden sollten; es war aber immer noch viel zu früh, und man kam in Verlegenheit, wie die Zeit hinzubringen sei. Das benutzte die Majorin, um noch eindringlich eine Rede zu halten.

Morgens gleich nach fünf kam der Zug in Schmiedeberg an, von dem aus es nur eine kleine Stunde bis Adamsdorf war. Johann hielt in einem offenen Wagen am Bahnhofe; der große Koffer kam nach vorn, die alte Majorin in den Fond, ebenso Therese; Manon dagegen saß auf dem Rücksitz und freute sich über das Landschaftsbild. Die Sonne war noch nicht auf, die Berge ringsum aber röteten sich schon, und dazu ging ein frisches Lüftchen. Alles zusammen versprach einen schönen Herbsttag.

Auch Therese war ganz hingenommen davon, und als die Berglinien immer schärfer und klarer hervortraten, deutete sie darauf hin und sagte, sich von ihrem Sitz erhebend: »Das also ist das Riesengebirge?«

Johann, an den sich diese Frage richtete, fand sich in dem ungewohnten Worte nicht gleich zurecht und sagte deshalb: »Ja, da links, das ist die Koppe.«

»Die Schneekoppe?«

»Ja, die Koppe.«

Manon amüsierte sich, daß der Kutscher auf das Bildungsdeutsch ihrer älteren Schwester nicht recht eingehen wollte, während Therese selbst ihrer Lieblingsvorstellung von der Volksbeschränktheit behaglich nachhing.

Es war gerade sechs, als der Wagen vor Schloß Adamsdorf hielt. Ein Diener half den Damen beim Aussteigen, und gleich nach ihm erschien Sophie, die sichtlich erfreut war, alle drei wiederzusehen, Therese mit eingeschlossen, trotzdem diese sich etwas reserviert zeigte. Sie fand nämlich den Empfang anders als erwartet und vermißte namentlich die Tante.

»Wo ist die Tante?« fragte sie. »Doch nicht krank?«

»Nein, nicht krank«, erwiderte Sophie, die sofort erriet, was in Thereses Seele vorging. »Die letzten Tage waren so schwere Tage. Da will sie sich ausruhen, solange es irgend geht. Sie hat mich gebeten, sie zu entschuldigen.«

»Arme Verwandte«, sagte Therese mit halblauter Stimme vor sich hin.

Danach stiegen alle die breite Treppe hinauf in den ersten Stock, wo zwei Fremdenzimmer hergerichtet waren, ein großes und ein kleines, beide nebeneinander, und die Zwischentür auf, nur durch eine schwere Portiere geschlossen. In dem großen Zimmer sollte die Mama mit Manon schlafen, in dem kleineren Therese. Die Auszeichnung, die darin lag, söhnte diese halb wieder aus.

»Und nun könnt ihr euch«, sagte Sophie, »noch volle zwei Stunden ausruhen. Oder soll ich euch gleich ein Frühstück aufs Zimmer schicken, und ihr geht dann im Park spazieren, bis die Tante kommt? Es ist am schönsten des Morgens.«

Manon und die Mama schienen auch wirklich zu schwanken, namentlich erstere, die von ›Morgenspaziergängen im Park‹ eine hohe Vorstellung hatte. Therese hielt es aber für unklug, diese Dinge so sehr zu betonen und zu tun, als ob man dergleichen noch nie gesehen habe; die Güter in Pommern, die sie kannte, hatten doch schließlich auch ihre Parks, und so sagte sie denn, es würde wohl das beste sein, dem Beispiel der Tante zu folgen und für das, was der Tag noch alles bringen müsse, nach Möglichkeit Kräfte zu sammeln.

14. KAPITEL

Um halb neun erschienen die Damen unten in der großen Halle, darin ein Feuer brannte, trotzdem die Luft draußen beinahe sommerlich war. Die Tante begrüßte die Verwandtschaft herzlich und zugleich mit einem so vornehmen Anstand, daß Therese ziemlich verwundert war. Damals, in Pyrmont, hatte die Generalin einen sehr bürgerlichen Eindruck auf sie gemacht, woraus alle Meinungsverschiedenheiten und kleinen Häkeleien entstanden waren, und jetzt nun so ganz anders. War es das Gefühl, hier in Adamsdorf auf der eigenen Scholle zu sein? Oder war es einfach der Schmerz, der sie geadelt hatte? Sie entschied sich für den Schmerz.

Ihr Beisammensein beim Frühstück währte nicht lange; waren doch nur noch wenige Stunden bis zum Begräbnis, und der Adel aus der Nachbarschaft erschien sehr wahrscheinlich um ein gut Teil früher. Die Mama fragte, ob sie den Schwager noch einmal sehen könne, was verneint wurde; der Sarg sei schon geschlossen. Manon und Therese drückten ihre Trauer darüber aus, waren aber eigentlich froh und fanden Trost in der Wendung, ›er lebe so in einem lichteren Bilde in uns fort‹.

Schon um zehn füllte sich der Platz vor dem Schloß mit Leuten aus dem Dorf. Die Alten, Männer wie Frauen, waren ernst und bewegt, denn sie hatten den General geliebt und verehrt; das junge Volk aber war mehr oder weniger in Kirmesstimmung und kicherte sich sehr Irdisches ins Ohr. Um elf kamen die Equipagen, eine halbe Stunde später die beiden Geistlichen aus dem Dorf (auch der katholische), und um zwölf setzte sich der Zug unter Gesang in Bewegung, bis in die Kirche. Hier sprach der Geistliche; nach ihm, in privater Eigenschaft, auch der alte katholische Pfarrer, »der nur dem Dank für die schöne Gerechtigkeit Worte leihen wolle, die den verehrten Toten ausgezeichnet habe« – danach noch die Einsegnung, und der Sarg senkte sich in die Kirchengruft. Therese hatte ein schmerzliches Gefühl, daß ein Poggenpuhl ausersehen sei, so zwischen den Särgen einer fremden Familie zu liegen, und ihre Haltung, die durch Ernst auffiel, gab diesem Gefühle Ausdruck. Einige billigten es; andere aber – Schlesische von Adel – fanden es etwas albern und flüsterten sich zu: »Pommerscher Junkerhochmut.« Denn die Schlesier haben keine Junker. Oder wenigstens keine ganz echten.

Alle waren übrigens mit der Feier zufrieden, einen Kirchenältesten ausgenommen, der nicht darüber weg konnte, daß auch der ›alte Katholische‹ gesprochen habe. Das ginge nicht. Wenn man das einreißen lasse, so setze man sich in die Nesseln, und die ›Simonie‹ sei fertig. Was er darunter eigentlich verstand, konnte nicht aufgeklärt werden.

Gleich nach der Feier in der Kirche wurde ein Imbiß genommen, Mittagstafel fiel aus, und als die Gäste fort waren, zogen sich die beiden alten Damen, die Generalin und die Majorin, in ihre Zimmer zurück. Sie bedurften der Ruhe, wollten allein sein. Sophie hatte noch in der Wirtschaft zu tun, und so blieben nur Manon und Therese, die sich alsbald zu einem Spaziergange an dem von einem Wässerchen umzogenen Außenrande des Parkes hin entschlossen. Es mochte gegen vier Uhr sein, die Sonne neigte sich schon und schien durch hohe Silberpappeln. Kein Lüftchen ging, alles still, nur von einer benachbarten Schmiede her hörte man ein Hämmern und Pinken und ganz zuletzt, als man weiter und schon bis in die Nähe der Felder gekommen war, auch das Dengeln der Sense; weiße Birkenbrücken führten über das Wässerchen hinüber, und an einzelnen Stellen machte der Laubengang kleine Nischen und Buchtungen, in denen Bänke standen. Die Vögel sangen nicht mehr, aber ein Eichhörnchen sprang über den Weg. Therese gab ihre kritische Laune ganz auf und fand sich gemüßigt, anerkennende Äußerungen über den schlesischen Adel einzustreuen. »Es ist alles reicher hier«, sagte sie, »man fühlt es den Dingen ab, daß niemand ans Sparen dachte. Bei uns denkt man immer daran, auch die, die's nicht nötig haben. Sieh diese Bank. Alles Granit und mit Sandstein eingefaßt. Bei uns wäre sie von Holz.«

Manon fand es eigentlich auch. Aber die Hauptunterhaltungsform zwischen den Poggenpuhlschen Schwestern war die, daß eine der andern widersprach. Und so sagte sie denn: »Du kannst nie maßhalten, Therese. Wie wir ankamen, mißfiel dir alles, und nun findest du wieder alles schön und reich und uns überlegen. Ich kann es nicht finden; ich finde den Tiergarten viel schöner.«

»Wie du nur so was sagen kannst, und alles bloß aus Widerspruch. Der Tiergarten, nun meinetwegen, der kann passieren; aber er ist doch etwas Öffentliches, und was öffentlich ist, ist immer gewöhnlich. Und vieles, was man im Tiergarten sieht, ist geradezu zynisch.«

»Zynisch?«

»Ja, man sieht Statuen und Reliefs, die das Zynische rücksichtslos herauskehren. Ich wähle diesen Ausdruck absichtlich. Es ist das eben die Vorliebe für das Natürliche, das die moderne

Kunst als ihr gutes Recht ansieht; ich glaube aber umgekehrt, daß die Kunst verhüllen soll. Indessen dies alles mag auf sich beruhen, ich will davon nicht sprechen; als ich vorhin mit Vorbedacht das Wort zynisch gebrauchte, dachte ich vielmehr an die lebendigen Bilder und Szenen, an die Menschen also, die man dort findet. Auf jeder Bank sitzt ein Paar und verletzt durch seine Haltung. Und wenn man endlich wo Platz nehmen will, an einer Stelle, wo sich zufällig kein Paar befindet, so kann man es auch nicht, weil man nie weiß, wer vorher da gesessen hat. Gerade im Tiergarten soll es furchtbare Menschen geben.«

»Ich setze mich immer da, wo Kinder spielen.«

»Das solltest du nicht tun, Manon. Man ist auch da nicht sicher, oft am wenigsten. Und jedenfalls fehlt allem der Zauber des Unberührten; hier weiß ich, ich atme eine reine Luft. Sieh doch, wie das plätschert; bei uns ist alles trübe Lache.«

Therese sprach noch weiter in dieser Richtung und verstieg sich dabei bis zu hoher Anerkennung der Tante. »Sophie hat uns nicht zuviel geschrieben, eine Frau, in der alles Frühere bis auf den letzten Rest getilgt ist. Es ist nicht jedem beschieden, dies von sich sagen zu können. Wenn ich da an Mama denke …«

»Du solltest nichts gegen Mama sagen. Mama ist gut und mußte viel tragen und hat es. Das kann auch nicht jeder.«

Erst beim Tee sahen sich alle wieder. Manon sprach über die Gäste, über einzelne Vorkommnisse, zuletzt auch über die Predigt. Der Geistliche hatte viel von Auferstehung gesprochen, und die Tante richtete die Frage an Sophie, ob die Auferstehung nicht auch durch einen Hergang aus dem Alten Testament dargestellt werden könne. Sie würde sich freuen, zu hören, daß das möglich sei.

»Ja«, sagte Sophie, »das Alte Testament hat einen Hergang, von dem man annimmt, daß er die Auferstehung bedeute.«

»Und welcher ist das?«

»Es ist das der Moment, wo der große Walfisch den von ihm verschlungenen Propheten Jonas wieder auswirft. Wie man zugestehen muß, sehr sinnreich. Ich fühle mich der Aufgabe aber nicht gewachsen.«

»Gott sei Dank«, sagte Manon.

»Sage das nicht, Kind«, bemerkte die Tante. »Dir erscheint es komisch, aber was Jahrhunderte mit Ernst und Achtung angeschaut haben, darin seh' ich immer etwas, was man respektieren muß.« Manon errötete und erhob sich dann und küßte der Tante die Hand.

Man trennte sich früh, aber doch mit der Zusicherung, am andern Tage spätestens um sieben beim Frühstück sein zu wollen. Es gab noch allerhand zu besprechen. Da kam man denn auch überein, daß Sophie, die nun schon so lange in halber Einsamkeit gelebt habe, wieder mit nach Berlin zurückkehren solle, aber nur auf kurze Zeit. Sophie, so äußerte sich die Tante, sei so gut und so klug und so bescheiden, daß ihre Nähe ihr ein Bedürfnis geworden sei; sie müsse sich freilich in der großen Stadt erholen, aber je eher sie zurückkehre, je lieber sei es ihr. Es wurde seitens der Tante festgesetzt, daß sie Mitte November wieder in Adamsdorf eintreffen solle; mit dem Malen würde es dann in den dunkeln Nebeltagen wohl vorbei sein, aber das schade nichts, und wenn Sophie neben ihr sitze und mit ihr ins Feuer sähe und des lieben Toten gedenke, so sei das noch besser als das beste Bild. Als sie das sagte, reichte sie Sophie die Hand, und alle waren glücklich, daß ein so herzliches Verhältnis zwischen den beiden bestehe. Selbst Therese freute sich; ihr Familiengefühl war stärker als ihre persönliche Eitelkeit, und sie sah in dem Ganzen einen Sieg des Poggenpuhlschen, das doch auch in Sophie lebte, wenn auch anders als bei den andern und ganz besonders bei ihr. Sie hatte das Liebe, Freundliche, Demütige, das der gute Onkel ja auch gehabt.

Nach diesen Abmachungen zogen sich die jungen Mädchen zurück, um dem Pfarrer und seiner jungen Frau, die für eine Schönheit galt und es auch war, einen Besuch zu machen, und nur die beiden alten Damen, die den Namen Poggenpuhl trugen und doch keine Poggenpuhls waren, blieben in der Veranda zurück. Der Diener wollte den Frühstückstisch abräumen. »Laß noch, Joseph«, sagte die Generalin, und als sie wieder allein waren, sahen beide auf das Gartenrondell und dann, über eine von Efeu überwachsene Mauer fort, auf die Dächer der Dorfstraße, zwischen denen der Kirchturm mit seinem grünen Kupferdach aufragte. Die Gedanken beider gingen denselben Weg, sie dachten an *den*, der nun da drüben in der stillen Gruft lag.

Eine Weile verging, ohne daß ein Wort gesprochen worden wäre, dann nahm die Generalin der Majorin Hand und sagte: »Liebe Frau Majorin, ich muß nun noch etwas richtigstellen zwischen uns. Etwas Geschäftliches. Und ich denke, Sie werden mir zustimmen in dem, was ich vorzuschlagen habe.«

»Das werde ich gewiß. Ich darf das sagen, ohne daß ich weiß, um was es sich handelt. Ich habe zu sehr erfahren, wie gütig Sie sind.«

»Nun denn ohne Umschweife. Sie wissen durch Sophie, die mir diese Ausplauderei nachträglich gebeichtet, wie die Besitzverhältnisse liegen. Adamsdorf verbleibt mir bei meinen Lebzeiten, dann fällt es an die Familie meines ersten Mannes zurück. Mein eingebrachtes Vermögen ging verloren. Auch davon werden Sie wissen. Aber diesen Vermögensverlust war ich doch imstande später wieder zu begleichen, wenigstens einigermaßen. Poggenpuhl bestritt seine kleinen Liebhabereien von seiner Pension, unser Haushalt wurde sparsam geführt, und so hab' ich mich in der glücklichen Lage gesehen, schlechter Ernten ungeachtet, ein bescheidenes Privatvermögen aufs neue sammeln zu können. Darüber habe ich freie Bestimmung, und ehe Sie Adamsdorf verlassen, sollen Sie hören, wie ich darüber verfügt habe. Sie Summe selbst beträgt bis zur Stunde nicht mehr als siebzehntausend Taler – ich rechne noch nach Talern –, von denen ich zwölftausend Taler in fünfprozentigen Papieren bei meinem Bankier in Breslau deponiert habe. Sie werden davon, vom ersten Oktober an, die vierteljährlichen Zinsen empfangen, so daß sich Ihre Jahreseinnahmen um etwa sechshundert Taler verbessern werden. Das Kapital ist unkündbar. Nur im Falle sich eine Ihrer Töchter verheiraten sollte, wird ihr ihr Anteil ausgezahlt. Wenn sich alle drei verheiraten, würde für Sie, meine gnädige Frau, nur ein Geringes übrigbleiben, aber Ihnen verbliebe dann die ganze staatliche Pension, und ich weiß von vielen Jahren her, wie anspruchslos Sie Ihr Leben einzurichten wissen.«

Die Majorin war so gerührt, daß sie stumm dasaß und vor sich hinblickte, während die Generalin fortfuhr: »Dann sind da freilich noch die Söhne, und die sollen nicht vergessen sein. Aber das ist eine Privatsache, die das andre nicht berührt; sie werden sich mit kleinen einmaligen Geschenken ihrer Tante begnügen müssen. Ich habe vor, an Wendelin, der ein guter Wirt ist und den Wert des Geldes kennt, tausend Taler zu schicken, an Leo fünfhundert. Leo wird sich davon einen guten Tag machen; er ist ein Leichtfuß, woran ich aber keine moralischen Betrachtungen knüpfe, denn auch die Leichtfüße sind mir sympathisch, vorausgesetzt, daß Anstand und gute Gesinnung in dem leichten Leben nicht untergehen. Für meine teure Sophie behalte ich mir noch Sonderentschlüsse vor. Das war es, meine liebe Frau Majorin, was ich Ihnen vor Ihrer Abreise noch mitteilen wollte.«

Die Sonne schimmerte gedämpften Lichts durch die noch dicht in Laub stehenden Bäume; auf das Rondell und die Beete aber, die sich vor der Veranda ausdehnten, fiel ihr voller Schein, und die noch hie und da blühenden Balsaminen und Verbenen leuchteten auf in einem helleren Weiß und Rot. Von dem Gutshof her stiegen Tauben auf und flogen hoch über den Garten hin, auf den Kirchturm zu, den sie umschwärmten, ehe sie sich auf den kupfernen Helm und den First des Daches niederließen.

Die Majorin wollte der Generalin die Hand küssen, aber diese umarmte sie und küßte sie auf die Stirn.

»Ich bin glücklicher als Sie«, sagte die Generalin.

»Das sind Sie, gnädige Frau. Glücklich machen ist das höchste Glück. Es war mir nicht beschieden. Aber auch dankbar empfangen können ist ein Glück.«

15. KAPITEL

An dem Tage, an dem die Poggenpuhls zurückerwartet wurden, war nicht bloß Friederike, sondern auch die Portierfamilie in einer gewissen Aufregung. Es hing dies, soweit die Nebelungs in Betracht kamen, mit dem zufälligen Umstand zusammen, daß infolge Vereistseins eines in der zweiten Etage wohnenden freikonservativen Geheimrats die für diesen bestimmten Zeitungen in der Portierwohnung abgegeben und von dem ebenso neugierigen wie gern faulenzenden Nebelung (seine Frau mußte sich dafür quälen) je nach Laune durchstudiert oder auch bloß überflogen wurden. Unter diesen Zeitungen war auch die ›Post‹, in der in der heutigen Morgennummer des Hinscheidens des Generalmajors von Poggenpuhl kurz Erwähnung geschehen war, unter gleichzeitiger Anfügung der Worte: ›Siehe auch die Todesanzeigen.‹ Auf diese stürzte sich nun unser Nebelung sofort, und als er die schwarz umränderte Anzeige gefunden und mit einem gewissen Grinsen aufmerksam gelesen hatte, schob er das Blatt seiner vierzehnjährigen, mit ihren zwei Brüdern gerade beim Nachmittagskaffee sitzenden Tochter Agnes zu und sagte: »Da, Agnes, lies mal; das da, wo die dicken schwarzen Striche sind.« Und Agnes, die nicht bloß bleichsüchtig, sondern wegen ihrer Figur und ihrer Vorliebe für die ›Jungfrau von Orleans‹ auch fürs Theater bestimmt war, las, während alles aufhorchte:

Heute starb, 67 Jahre alt, auf Schloß Adamsdorf in Schlesien unser teurer Gatte, Schwager und Oheim, der Generalmajor a. D.

Eberhard Pogge von Poggenpuhl,

Ritter des Eisernen Kreuzes I. Klasse
wie des Ordens Albrecht des Bären.
Dies zeigen statt jeder besonderen Meldung an
die tiefbetrübten Hinterbliebenen.
Josephine Pogge von Poggenpuhl, geb. Bienengräber,
verwitwete Freiin von Leysewitz, als Gattin.

Albertine von Poggenpuhl, geb. Pütter,
verwitwete Majorin, als Schwägerin.

Wendelin Pogge von Poggenpuhl, Premierleutnant
im Grenadier-Regiment von Trzebiatowski,
Leo Pogge von Poggenpuhl, Sekondleutnant
im Grenadier-Regiment von Trzebiatowski,
als Neffen.

Therese Pogge von Poggenpuhl, Sophie Pogge von Poggenpuhl,
Manon Pogge von Poggenpuhl, als Nichten.

Agnes, deren etwas käseweißes Gesicht bei dem Vortrag all dieser Namen – nur den polnischen Regimentsnamen brachte sie nicht recht zustande – ganz rot geworden war, legte das Blatt aus der Hand, während der Alte mit breitem Behagen sagte: »Na so was von Poggen; ich hör' es ordentlich quaken« – ein Witz, der von dem johlenden Beifall seiner beiden Jungens (echter Nebelungs) sofort begleitet wurde. Die Tochter aber, die sich von ihrem dramatischen Vortrag eine ganz andere Wirkung versprochen hatte, stand auf und sagte, während sie hinausging, zu der etwas seitabsitzenden Mutter: »Ich weiß nicht, Vater ist heut wieder so ordinär« – eine Bemerkung, die die kränkliche, immer verärgerte Frau durch mehrmaliges Kopfnicken bestätigte. Nebelung selbst aber rief der in der Tür eben verschwindenden Tochter nach: »Sei nich so frech, Kröte – noch bist du nich dabei.«

In gewissem Sinne hatte Agnes ihrem Vater unrecht getan. In der Tiefe seiner Seele fühlte sich Nebelung gar nicht so unberührt von dem allen; er hatte sich vielmehr, als echter Berliner, nur den durch die glänzende Namensaufzählung empfangenen Eindruck wegschwadronieren wollen. Andererseits freilich war er aufrichtig unwirsch, daß ihm das ›pauvre Volk da oben‹ mit einemmal als etwas Besonderes aufgezwungen werden sollte. Das sei doch alles bloß zum Lachen, der reine Unsinn. Aber wie immer auch, während er sich noch dagegen sträubte, war er doch auch schon wieder bereit, gute Miene zum bösen Spiele zu machen, und die Gelegenheit dazu bot sich bald.

Es mochte halb fünf sein (die Jungens waren eben aus der Schule nach Hause gekommen), als die Streitszene zwischen Vater und Tochter gespielt hatte, und keine Stunde mehr, so kam auch schon eine Droschke mit Reisekoffer die Großgörschenstraße herauf. Das ganze Haus wartete. Wie Friederike, so hatten sich auch die Nebelungs unten aufgepflanzt, allerdings in sehr verschiedenen Stellungen und Beschäftigungen, die beiden Jungen lehnten an die Hauswand, halb neugierig, halb bummelig, weil sie dem ›freien deutschen Mann‹ in ihnen nichts vergeben wollten; Nebelung selbst aber, eine Art Fes auf dem Kopfe, patrouillierte das Trottoir auf und ab, während Agnes, wie wenn es sich um ihr Auftreten etwas als Mondecar oder irgend sonst ein spanisches Hoffräulein gehandelt hätte, schlank und aufrecht in der offen stehenden Haustür stand. Als die Frau Majorin an ihr vorüberging, machte sie einen gut einstudierten Hofknicks, der sich gesteigert wiederholte, als gleich danach Therese kam. War diese doch die einzige der Familie, die noch unentwegt den langen Trauerschleier trug, was ihr, samt ihrer funebren Haltung, auch schon unterwegs allerlei Huldigungen eingetragen hatte. Man hatte sie für eine junge Offizierswitwe gehalten, deren Mann gestorben sei.

Hart neben dem Bürgersteige hielt noch immer die Droschke, mit deren Kutscher, einem ziemlich verschmitzt dreinschauenden Manne, Manon und Sophie wegen Heraufschaffung des Koffers parlamentierten, ›er könne nicht von dem Pferde weg, er käme sonst in Strafe‹, so hieß es seinerseits immer wieder. In diesem Verlegenheitsmoment aber trat der sonst so zugeknöpfte Nebelung an die beiden jungen Damen heran und erklärte sich unter gefälliger Lüftung seines Fes bereit, den großen Koffer in die Wohnung hinaufzutragen. »Ach, Herr Nebelung …«, sagte Sophie. Dieser aber hatte schon Hand angelegt, wuchtete den Koffer ziemlich geschickt auf seine Schulter und ließ sich auch nicht irre machen, als ihm der in seiner Diplomatie verunglückte Droschkenkutscher spöttisch nachrief: »Na, schaden Sie sich man nich.«

Es hatte damit aber gute Wege, denn der Koffer, so groß er war, war nicht schwer, und Nebelung schien kaum außer Atem, als er oben ankam. Friederike nahm ihm den Koffer ab, und im selben Augenblick sagte Sophie: »Bitte, Herr Nebelung … Ich danke Ihnen.« Unten aber, in seine Portierloge zurückgekehrt, warf Nebelung ein blankes Markstück auf den Tisch und sagte: »Da, Mutter, *das* muß in die Sparbüchse. Pogge von Poggenpuhl … Und noch dazu von Sophiechen … Jungferngeld; das heckt.«

Agnes, die nur die Schlußworte gehört hatte, drehte sich verächtlich um.

An der Türeinfassung oben hing ein halber Papierbogen mit ›Willkommen‹ von Friedrikes eigener Hand. Aus Schreibunsicherheit oder vielleicht auch aus Ersparnis hatten die Buchstaben alle keinen rechten Tintenkorpus, sondern bestanden bloß aus zwei nebeneinander herlaufenden Linien. In der Blumenschale vor dem Bilde des Sohrschen befanden sich rote und weiße Marktastern. Einige davon waren für den Hochkircher bestimmt gewesen, und zwar zum Einstecken hinter den Rahmen; aber Friedrike hatte wieder Abstand davon genommen mit der Bemerkung: »Den kenn ich; wenn man ihn anrührt, fällt er.«

»Na, leben tust du ja noch«, sagte die Majorin, als ihr Friedrike dienstbeflissen den Mantel abnahm. »Hast du auch nicht zu sehr gespart? Das mußt du *nicht.* Und immer bloß Nachguß; dabei kannst du nicht gedeihen.«

»Ach, ich gedeihe schon, gnädige Frau.«

»Na, wenn es nur wahr ist. Aber nun bringe uns Kaffee. Die Tassen stehen ja schon. Ein bißchen ausgefroren bin ich doch, die eine Dame riß immer alles auf.«

»Ja, das tut man jetzt, Mama«, sagte Therese.

»Ich weiß, man tut es jetzt. Und es mag auch gut sein, aber nicht für jeden. Man könnte auch die anderen fragen. Wer Rheumatismus hat …«

Sophie hatte sich's inzwischen auch bequem gemacht und warf sich mit einem gewissen Behagen in die Sofaecke, erst das Zimmer und dann all die alten Kleinigkeiten musternd, die umherstanden und lagen und die sie hundertmal in Händen gehabt hatte.

»Komm, Mama, du mußt dich hier neben mich setzen, oder ich rücke weiter hin, denn dies ist ja deine Ecke. Gott, wenn ich mich hier so umsehe. Eigentlich ist es doch ganz hübsch bei euch.«

»Du könntest sagen bei uns«, sagte Therese.

»Gewiß, gewiß. Ich gehöre ja zu euch und werde immer zu euch gehören. Aber die lange Zeit. Dreiviertel Jahr oder doch beinah. Und dann soll ich ja auch wieder zurück.«

»Und willst du auch? Und willst du es auch gern?«

»Natürlich. Es ist ja abgemacht. Und wenn es auch nicht abgemacht wäre, ich bin gern in Adamsdorf und gern bei der Tante.«

»Wer wäre es nicht«, sagte Therese. »Der Park und die Gruft, darin nun der General, unser Onkel, ruht. Dahin zieht es wohl jeden. Und diese Frau, der ich viel abbitten muß, ich hielt sie für befangen in Bürgerlichkeit, aber sie hat ganz die Formen der vornehmen Welt. Es ist schade, daß sich dieser Umwandlungsprozeß so selten vollzieht.«

Sophie und Manon warfen der Schwester Blicke zu mit der offenbaren Absicht, sie von dem heiklen Thema abzubringen. Aber so gut dies gemeint war, so war es doch nicht nötig, weil die Mama nichts von Bitterkeit dabei empfand. Sie lächelte nur wehmütig vor sich hin mit jener stillen Überlegenheit, die das Leben und das Bewußtsein gibt, die Kämpfe des Lebens ehrlich durchgefochten zu haben. »Ach, meine liebe, vornehme Tochter«, sagte sie, »was du da wieder sprichst.«

»Ich habe dich nicht kränken wollen, Mama.«

»Weiß ich. Und es kränkt mich auch nicht. Ich hatte auch mal mein Selbstgefühl und meinen Stolz, aber all das hat das Leben zerrieben und mich mürbe gemacht ... Das mit der Tante, ja, da hast du recht, das ist eine vorzügliche Frau und, wenn du's so haben willst, auch eine adlige Frau. Das hab' ich immer gewußt, und seit diesen Tagen weiß ich es noch besser. Aber das alles – und es ist hart, daß ich das meiner eigenen Tochter immer wieder versichern muß, während sie's doch wissen könnte, auch ohne meine Versicherung –, aber das alles hätte das Leben auch aus mir machen können. Es hat es nur nicht gewollt. In einem Schlosse zu Hause sein und Hunderte beglücken und dann durch Entziehung von Glück auch mal wieder strafen zu können, das alles ist eine andre Lebensschule, wie wenn man nach Herrn Nebelungs Augen sehen und sich um seine Gunst bewerben muß. Ich habe nur sorgen und entbehren gelernt. Das ist *meine* Schule gewesen. Viel Vornehmes ist dabei nicht herausgekommen, nur Demut. Aber Gott verzeih es mir, wenn ich etwas Unrechtes damit sage, die Demut, wenn sie recht und echt ist, ist vielleicht auch eine Eigenschaft, die sich unter dem Adel sehen lassen kann.«

Sophie glitt leise von dem Sofa nieder auf ihre Knie und bedeckte die Hände der alten Frau mit Tränen und Küssen. »Das kannst du nicht verantworten, Therese«, sagte Manon und trat ans Fenster.

Therese selbst aber ließ ihr Auge ruhig über die über der Sofalehne hängende ›Ahnengalerie‹ hingleiten, und ihr Auge schien sagen zu wollen: ›Ihr seid Zeugen, daß ich nicht mehr gesagt als ich sagen durfte.‹ Dann aber kam ihr ein zweites, besseres Gefühl, und sie lieh ihm auch Worte: »Verzeih, Mama«, sagte sie. »Es kann sein, daß ich unrecht habe.«

Es lag nicht im Charakter der Familie, den Verstimmungen über eine derartige Szene Dauer zu geben. Die Mutter hatte Schweres tragen gelernt und war jeden Augenblick zur Verzeihung und Nachgiebigkeit geneigt, während die im wesentlichen in ihren Anschauungen verharrende, trotzdem aber nicht eigentlich eigensinnige Therese das Bedürfnis hatte, wieder einzulenken, wozu ein Gespräch mit Manon das beste Mittel bot. Sie nahm daher diese bei der Hand, führte sie von ihrem Fensterplatz her an den Kaffeetisch zurück und sagte, während sie sie neben sich auf eine Fußbank niederzog: »Es muß nun doch vieles anders werden mit uns und auch mit dir, Manon. Du bist mein lieber Schelm, am weitesten ab vom rechten Wege. Wie denkst du nun eigentlich hinsichtlich deiner Zukunft?«

»Zukunft? – Ach, du meinst heiraten?«

»Ja, das vielleicht auch. Aber zunächst meine ich hinsichtlich deines Umgangs, deines gesellschaftlichen Verkehrs. Wie denkst du darüber?«

»Nun, gerade so wie früher, da wird sich nichts ändern. Mein Verkehr bleibt, wie er ist.«

»Das solltest du doch überlegen.«

»Überlegen? Ich bitte dich ... Ich möchte wohl das Gesicht des alten Bartenstein sehen, wenn ich mich, angesichts meiner zweihundert Taler Zinsen, plötzlich auf meinen alten Adel besönne. Wenn es mehr wäre, verzieh er mir's vielleicht. Aber ...«

»Also alles beim alten?«

»Ja. Und nun gar heiraten! So dumme Gedanken dürfen wir doch nicht haben; wir bleiben eben arme Mädchen. Aber Mama wird besser verpflegt werden, und Leo braucht nicht nach dem Äquator. Denn ich denke mir, seine Schulden werden nun wohl bezahlt werden können, ohne Blumenthals und selbst ohne Flora. Flora selbst bleibt aber meine Freundin. Das ist das, was ich haben will. Und so leben wir glücklich und zufrieden weiter, bis Wendelin und Leo etwas Ordentliches geworden sind und wir wieder ein paar andere Größen haben als den Sohrschen und den Hochkircher.«

»Du vergißt einen dritten, deinen Vater«, sagte die Majorin, in der sich bei dieser Übergehung zum erstenmal das Poggenpuhlsche regte.

»Ja, meinen Vater, den hatt ich vergessen. Sonderbar, Väter werden fast immer vergessen. Ich werde mit Flora darüber sprechen. Die sagte auch mal so was.«

Der Stechlin

SCHLOSS STECHLIN

1. KAPITEL

Im Norden der Grafschaft Ruppin, hart an der mecklenburgischen Grenze, zieht sich von dem Städtchen Gransee bis nach Rheinsberg hin (und noch darüber hinaus) eine mehrere Meilen lange Seenkette durch eine menschenarme, nur hie und da mit ein paar alten Dörfern, sonst aber ausschließlich mit Förstereien, Glas- und Teeröfen besetzte Waldung. Einer der Seen, die diese Seenkette bilden, heißt *»der Stechlin«*. Zwischen flachen, nur an einer einzigen Stelle steil und kaiartig ansteigenden Ufern liegt er da, rundum von alten Buchen eingefaßt, deren Zweige, von ihrer eigenen Schwere nach unten gezogen, den See mit ihrer Spitze berühren. Hie und da wächst ein weniges von Schilf und Binsen auf; aber kein Kahn zieht seine Furchen, kein Vogel singt, und nur selten, daß ein Habicht drüber hinfliegt und seinen Schatten auf die Spiegelfläche wirft. Alles still hier. Und doch, von Zeit zu Zeit wird es an eben dieser Stelle lebendig. Das ist, wenn es weit draußen in der Welt, sei's auf Island, sei's auf Java, zu rollen und zu grollen beginnt oder gar der Aschenregen der hawaiischen Vulkane bis weit auf die Südsee hinausgetrieben wird. Dann regt sich's auch *hier*, und ein Wasserstrahl springt auf und sinkt wieder in die Tiefe. Das wissen alle, die den Stechlin umwohnen, und wenn sie davon sprechen, so setzen sie wohl auch hinzu: »Das mit dem Wasserstrahl, das ist nur das Kleine, das beinah Alltägliche; wenn's aber draußen was Großes gibt, wie vor hundert Jahren in Lissabon, dann brodelt's hier nicht bloß und sprudelt und strudelt, dann steigt statt des Wasserstrahls ein roter Hahn auf und kräht laut in die Lande hinein.«

Das ist der Stechlin, der *See* Stechlin.

Aber nicht nur der See führt diesen Namen, auch der Wald, der ihn umschließt. Und Stechlin heißt ebenso das langgestreckte Dorf, das sich, den Windungen des Sees folgend, um seine Südspitze herumzieht. Etwa hundert Häuser und Hütten bilden hier eine lange, schmale Gasse, die sich nur da, wo eine von Kloster Wutz her heranführende Kastanienallee die Gasse durchschneidet, platzartig erweitert. An eben dieser Stelle findet sich denn auch die ganze Herrlichkeit von Dorf Stechlin zusammen: das Pfarrhaus, die Schule, das Schulzenamt, der ›Krug‹, dieser letztere zugleich ein Eck- und Kramladen mit einem kleinen Mohren und einer Girlande von Schwefelfäden in seinem Schaufenster. Dieser Ecke schräg gegenüber, unmittelbar hinter dem Pfarrhause, steigt der Kirchhof lehnan, auf ihm, so ziemlich in seiner Mitte, die frühmittelalterliche Feldsteinkirche mit einem aus dem vorigen Jahrhundert stammenden Dachreiter und einem zur Seite des alten Rundbogenportals angebrachten Holzarm, dran eine Glocke hängt. Neben diesem Kirchhof samt Kirche setzt sich dann die von Kloster Wutz her heranführende Kastanienallee noch eine kleine Strecke weiter fort, bis sie vor einer über einen sumpfigen Graben sich hinziehenden und von zwei riesigen Findlingsblöcken flankierten Bohlenbrücke haltmacht. Diese Brücke ist sehr primitiv. Jenseits derselben aber steigt das Herrenhaus auf, ein gelbgetünchter Bau mit hohem Dach und zwei Blitzableitern.

Auch dieses Herrenhaus heißt Stechlin, *Schloß* Stechlin.

Etliche hundert Jahre zurück stand hier ein wirkliches Schloß, ein Backsteinbau mit dicken Rundtürmen, aus welcher Zeit her auch noch der Graben stammt, der die von ihm durchschnittene, sich in den See hinein erstreckende Landzunge zu einer kleinen Insel machte. Das ging so bis in die Tage der Reformation. Während der Schwedenzeit aber wurde das alte Schloß niedergelegt, und man schien es seinem gänzlichen Verfall überlassen, auch nichts an seine Stelle setzen zu wollen, bis kurz nach dem Regierungsantritt Friedrich Wilhelms I. die ganze Trümmermasse beiseite geschafft und ein Neubau beliebt wurde. Dieser Neubau war das Haus, das jetzt noch stand. Es hatte denselben nüchternen Charakter wie fast alles, was unter dem Soldatenkönig entstand, und war nichts weiter als ein einfaches Corps de logis, dessen zwei vorspringende, bis dicht an den Graben reichende Seitenflügel ein Hufeisen und innerhalb desselben einen kahlen Vorhof bildeten, auf dem, als einziges Schmuckstück, eine große blanke Glaskugel sich präsentierte. Sonst sah man nichts als eine vor dem Hause sich hinziehende Rampe, von deren dem Hofe zugekehrter Vorderwand der Kalk schon wieder abfiel. Gleichzeitig war aber doch ein Bestreben unverkennbar, gerade diese Rampe zu was Besonderem zu machen, und zwar mit Hilfe mehrerer Kübel mit exotischen Blattpflanzen, darunter zwei Aloes, von denen die eine noch gut imstande, die andre dagegen krank war. Aber gerade diese Kranke war der Liebling des Schloßherrn, weil sie jeden Sommer in einer ihr freilich nicht zukommenden Blüte stand. Und das hing so zusammen: Aus dem sumpfigen Schloßgraben hatte der Wind vor langer Zeit ein fremdes Samenkorn in den Kübel der kranken Aloe geweht, und alljährlich schossen infolge davon aus der Mitte der schon angegelbten Aloeblätter die weiß und roten Dolden des Wasserliesch oder des Butomus umbellatus auf. Jeder Fremde, der kam, wenn er nicht zufällig ein Kenner war, nahm diese Dolden für richtige Aloeblüten, und der Schloßherr hütete sich wohl, diesen Glauben, der eine Quelle der Erheiterung für ihn war, zu zerstören.

Und wie denn alles hier herum den Namen Stechlin führte, so natürlich auch der Schloßherr selbst. Auch er war ein *Stechlin.*

Dubslav von Stechlin, Major a.D. und schon ein gut Stück über Sechzig hinaus, war der Typus eines Märkischen von Adel, aber von der milderen Observanz, eines jener erquicklichen Originale, bei denen sich selbst die Schwächen in Vorzüge verwandeln. Er hatte noch ganz das eigentümlich sympathisch berührende Selbstgefühl all derer, die »schon vor den Hohenzollern da waren«, aber er hegte dieses Selbstgefühl nur ganz im stillen, und wenn es dennoch zum Ausdruck kam, so kleidete sich's in Humor, auch wohl in Selbstironie, weil er seinem ganzen Wesen nach überhaupt hinter alles ein Fragezeichen machte. Sein schönster Zug war eine tiefe, so recht aus dem Herzen kommende Humanität, und Dünkel und Überheblichkeit (während er sonst eine Neigung hatte, fünf gerade sein zu lassen) waren so ziemlich die einzigen Dinge, die ihn empörten. Er hörte gern eine freie Meinung, je drastischer und extremer, desto besser. Daß sich diese Meinung mit der seinigen deckte, lag ihm fern zu wünschen. Beinah das Gegenteil. Paradoxen waren seine Passion. »Ich bin nicht klug genug, selber welche zu machen, aber ich freue mich, wenn's andere tun; es ist doch immer was drin. Unanfechtbare Wahrheiten gibt es überhaupt nicht, und wenn es welche gibt, so sind sie langweilig.« Er ließ sich gern was vorplaudern und plauderte selber gern.

Des alten Schloßherrn Lebensgang war märkisch-herkömmlich gewesen. Von jung an lieber im Sattel als bei den Büchern, war er erst nach zweimaliger Scheiterung siegreich durch das Fähnrichsexamen gesteuert und gleich danach bei den brandenburgischen Kürassieren eingetreten, bei denen selbstverständlich auch schon sein Vater gestanden hatte. Dieser sein Eintritt ins Regiment fiel so ziemlich mit dem Regierungsantritt Friedrich Wilhelms IV. zusammen, und wenn er dessen erwähnte, so hob er, sich selbst persiflierend, gerne hervor, »daß alles Große seine Begleiterscheinungen habe«. Seine Jahre bei den Kürassieren waren im wesentlichen Friedensjahre gewesen; nur Anno vierundsechzig war er mit in Schleswig, aber auch hier, ohne »zur Aktion« zu kommen. »Es kommt für einen Märkischen nur darauf an, überhaupt mit dabeigewesen zu sein; das andre steht in Gottes Hand.« Und er schmunzelte, wenn er dergleichen sagte, seine Hörer jedesmal in Zweifel darüber lassend, ob er's ernsthaft oder scherzhaft gemeint habe. Wenig mehr als ein Jahr vor Ausbruch des vierundsechziger Kriegs war ihm ein Sohn geboren worden, und kaum wieder in seine Garnison Brandenburg eingerückt, nahm er den Abschied, um sich auf sein seit dem Tode des Vaters halb verödetes Schloß Stechlin zurückzuziehen. Hier warteten seiner glückliche Tage, seine glücklichsten, aber sie waren von kurzer Dauer – schon das Jahr darauf starb ihm die Frau. Sich eine neue zu nehmen widerstand ihm, halb aus Ordnungssinn und halb aus ästhetischer Rücksicht. »Wir glauben doch alle mehr oder weniger an eine Auferstehung« (das heißt, er persönlich glaubte eigentlich nicht daran), »und wenn ich dann oben ankomme mit einer rechts und einer links, so ist das doch immer eine genierliche Sache.« Diese Worte – wie denn der Eltern Tun nur allzu häufig der Mißbilligung der Kinder begegnet – richteten sich in Wirklichkeit gegen seinen dreimal verheiratet gewesenen Vater, an dem er überhaupt allerlei Großes und Kleines auszusetzen hatte, so beispielsweise auch, daß man ihm, dem Sohne, den pommerschen Namen »Dubslav« beigelegt hatte. »Gewiß, meine Mutter war eine Pommersche, noch dazu von der Insel Usedom, und ihr Bruder, nun ja, der hieß Dubslav. Und so war denn gegen den Namen schon um des Onkels willen nicht viel einzuwenden, und um so weniger, als er ein Erbonkel war. (Daß er mich schließlich schändlich im Stich gelassen, ist eine Sache für sich.) Aber trotzdem bleib' ich dabei, solche Namensmanscherei verwirrt bloß. Was ein Märkischer ist, der muß Joachim heißen oder Woldemar. Bleib im Lande und taufe dich redlich. Wer aus Friesack ist, darf nicht Raoul heißen.«

Dubslav von Stechlin blieb also Witwer. Das ging nun schon an die dreißig Jahre. Anfangs war's ihm schwer geworden, aber jetzt lag alles hinter ihm, und er lebte »comme philosophe« nach dem Wort und Vorbild des großen Königs, zu dem er jederzeit bewundernd aufblickte. Das war sein Mann, mehr als irgendwer, der sich seitdem einen Namen gemacht hatte. Das zeigte sich jedesmal, wenn ihm gesagt wurde, daß er einen Bismarckkopf habe. »Nun ja, ja, den hab' ich; ich soll ihm sogar ähnlich sehen. Aber die Leute sagen es immer so, als ob ich mich dafür bedanken müßte. Wenn ich nur wüßte, bei wem; vielleicht beim lieben Gott, oder am Ende gar bei Bismarck selbst. Die Stechline sind aber auch nicht von schlechten Eltern. Außerdem, ich für meine Person, ich habe bei den sechsten Kürassieren gestanden und Bismarck bloß bei den siebenten, und die kleinere Zahl ist in Preußen bekanntlich immer die größere; ich bin ihm also eine über. Und Friedrichsruh, wo alles jetzt hinpilgert, soll auch bloß 'ne Kate sein. Darin sind wir uns also gleich. Und solchen See wie den ›Stechlin‹, nu, den hat er schon ganz gewiß nicht. So was kommt überhaupt bloß selten vor.«

Ja, auf seinen See war Dubslav stolz, aber destoweniger stolz war er auf sein Schloß, weshalb es ihn auch verdroß, wenn es überhaupt so genannt wurde. Von den armen Leuten ließ er sich's gefallen: »Für die ist es ein ›Schloß‹, aber sonst ist es ein alter Kasten und weiter nichts.« Und so sprach er denn lieber von seinem »Haus«, und wenn er einen Brief schrieb, so stand darüber »Haus Stechlin«. Er war sich auch bewußt, daß es kein Schloßleben war, das er führte. Vordem, als der alte Backsteinbau noch stand, mit seinen dicken Türmen und seinem Luginsland, von dem aus man, über die Kronen der Bäume weg, weit ins Land hinaussah, ja, damals war hier ein Schloßleben gewesen, und die derzeitigen alten Stechline hatten teilgenommen an allen Festlichkeiten, wie sie die Ruppiner Grafen und die mecklenburgischen Herzöge gaben, und waren mit den Boitzenburgern und den Bassewitzens verschwägert gewesen. Aber heute waren die Stechliner Leute von schwachen Mitteln, die sich nur eben noch hielten und beständig bemüht waren, durch eine »gute Partie« sich wieder leidlich in die Höhe zu bringen. Auch Dubslavs Vater war auf diese Weise zu seinen drei Frauen gekommen, unter denen freilich nur die erste das in sie gesetzte Vertrauen gerechtfertigt hatte. Für den jetzigen Schloßherrn, der von der zweiten Frau stammte, hatte sich daraus leider kein unmittelbarer Vorteil ergeben, und Dubslav von Stechlin wäre kleiner und großer Sorgen und Verlegenheiten nie los und ledig geworden, wenn er nicht in dem benachbarten Gransee seinen alten Freund Baruch Hirschfeld gehabt hätte. Dieser Alte, der den großen Tuchladen am Markt und außerdem die Modesachen und Damenhüte hatte, hinsichtlich deren es immer hieß, »Gerson schicke ihm alles zuerst« – dieser Baruch, ohne das »Geschäftliche« darüber zu vergessen, hing in der Tat mit einer Art Zärtlichkeit an dem Stechliner Schloßherrn, was, wenn es sich mal wieder um eine neue Schuldverschreibung handelte, regelmäßig zu heiklen Auseinandersetzungen zwischen Hirschfeld Vater und Hirschfeld Sohn führte.

»Gott, Isidor, ich weiß, du bist fürs Neue. Aber was ist das Neue? Das Neue versammelt sich immer auf unserm Markt, und mal stürmt es uns den Laden und nimmt uns die Hüte, Stück für Stück, und die Reiherfedern und die Straußenfedern. Ich bin fürs Alte und für den guten alten Herrn von Stechlin. Is doch der Vater von seinem Großvater gefallen in der großen Schlacht bei Prag und hat gezahlt mit seinem Leben.«

»Ja, der hat gezahlt; wenigstens hat er gezahlt mit seinem Leben. Aber der von heute ...«

»Der zahlt auch, wenn er kann und wenn er hat. Und wenn er nicht hat und ich sage: ›Herr von Stechlin, ich werde schreiben siebeneinhalb‹, dann feilscht er nicht und dann zwackt er nicht. Und wenn er kippt, nu, da haben wir das Objekt: Mittelboden und Wald und Jagd und viel Fischfang. Ich seh' es immer so ganz klein in der Perspektiv', und ich seh' auch schon den Kirchturm.«

»Aber, Vaterleben, was sollen wir mit'm Kirchturm?«

In dieser Richtung gingen öfters die Gespräche zwischen Vater und Sohn, und was der Alte vorläufig noch in der »Perspektive« sah, das wäre vielleicht schon Wirklichkeit geworden, wenn nicht des alten Dubslav um zehn Jahre ältere Schwester mit ihrem von der Mutter her ererbten

Vermögen gewesen wäre: Schwester Adelheid, Domina zu Kloster Wutz. Die half und sagte gut, wenn es schlecht stand oder gar zum Äußersten zu kommen schien. Aber sie half nicht aus Liebe zu dem Bruder – gegen den sie, ganz im Gegenteil, viel einzuwenden hatte –, sondern lediglich aus einem allgemeinen Stechlinschen Familiengefühl. Preußen war was und die Mark Brandenburg auch; aber das Wichtigste waren doch die Stechlins, und der Gedanke, das alte Schloß in andern Besitz und nun gar in einen solchen übergehen zu sehen, war ihr unerträglich. Und über all dies hinaus war ja noch ihr Patenkind da, ihr Neffe Woldemar, für den sie all die Liebe hegte, die sie dem Bruder versagte.

Ja, die Domina half, aber solcher Hilfen unerachtet wuchs das Gefühl der Entfremdung zwischen den Geschwistern, und so kam es denn, daß der alte Dubslav, der die Schwester in Kloster Wutz weder gern besuchte noch auch ihren Besuch gern empfing, nichts von Umgang besaß als seinen Pastor Lorenzen (den früheren Erzieher Woldemars) und seinen Küster und Dorfschullehrer Krippenstapel, zu denen sich allenfalls noch Oberförster Katzler gesellte, Katzler, der Feldjäger gewesen war und ein gut Stück Welt gesehen hatte. Doch auch diese drei kamen nur, wenn sie gerufen wurden, und so war eigentlich nur einer da, der in jedem Augenblick Rede und Antwort stand. Das war Engelke, sein alter Diener, der seit beinahe fünfzig Jahren alles mit seinem Herrn durchlebt hatte, seine glücklichen Leutnantstage, seine kurze Ehe und seine lange Einsamkeit. Engelke, noch um ein Jahr älter als sein Herr, war dessen Vertrauter geworden, aber ohne Vertraulichkeit. Dubslav verstand es, die Scheidewand zu ziehen. Übrigens wäre es auch ohne diese Kunst gegangen. Denn Engelke war einer von den guten Menschen, die nicht aus Berechnung oder Klugheit, sondern von Natur hingebend und demütig sind und in einem treuen Dienen ihr Genüge finden. Alltags war er, so Winter wie Sommer, in ein Leinwandhabit gekleidet, und nur wenn es zu Tisch ging, trug er eine richtige Livree von sandfarbenem Tuch mit großen Knöpfen dran. Es waren Knöpfe, die noch die Zeiten des Rheinsberger Prinzen Heinrich gesehen hatten, weshalb Dubslav, als er mal wieder in Verlegenheit war, zu dem jüngst verstorbenen alten Herrn von Kortschädel gesagt hatte: »Ja, Kortschädel, wenn ich so meinen Engelke, wie er da geht und steht, ins märkische Provinzialmuseum abliefern könnte, so kriegt' ich ein Jahrgehalt und wäre raus.«

Das war im Mai, daß der alte Stechlin diese Worte zu seinem Freunde Kortschädel gesprochen hatte. Heute aber war dritter Oktober und ein wundervoller Herbsttag dazu. Dubslav, sonst empfindlich gegen Zug, hatte die Türen aufmachen lassen, und von dem großen Portal her zog ein erquicklicher Luftstrom bis auf die mit weiß und schwarzen Fliesen gedeckte Veranda hinaus. Eine große, etwas schadhafte Markise war hier herabgelassen und gab Schutz gegen die Sonne, deren Lichter durch die schadhaften Stellen hindurchschienen und auf den Fliesen ein Schattenspiel aufführten. Gartenstühle standen umher; vor einer Bank aber, die sich an die Hauswand lehnte, waren doppelte Strohmatten gelegt. Auf eben dieser Bank, ein Bild des Behagens, saß der alte Stechlin in Joppe und breitkrempigem Filzhut und sah, während er aus seinem Meerschaum allerlei Ringe blies, auf ein Rundell, in dessen Mitte, von Blumen eingefaßt, eine kleine Fontäne plätscherte. Rechts daneben lief ein sogenannter Poetensteig, an dessen Ausgang ein ziemlich hoher, aus allerlei Gebälk zusammengezimmerter Aussichtsturm aufragte. Ganz oben eine Plattform mit Fahnenstange, daran die preußische Flagge wehte, schwarz und weiß, alles schon ziemlich verschlissen.

Engelke hatte vor kurzem einen roten Streifen annähen wollen, war aber mit seinem Vorschlag nicht durchgedrungen. »Laß. Ich bin nicht dafür. Das alte Schwarz und Weiß hält gerade noch; aber wenn du was Rotes dran nähst, dann reißt es gewiß.«

Die Pfeife war ausgegangen, und Dubslav wollte sich eben von seinem Platz erheben und nach Engelke rufen, als dieser vom Gartensaal her auf die Veranda heraustrat.

»Das ist recht, Engelke, daß du kommst ... Aber du hast da ja was wie'n Telegramm in der Hand. Ich kann Telegramms nicht leiden. Immer is einer dod, oder es kommt wer, der besser zu Hause geblieben wäre.«

Engelke griente. »Der junge Herr kommt.«

»Und das weißt du schon?«

»Ja, Brose hat es mir gesagt.«

»So, so. Dienstgeheimnis. Na, gib her.«

Und unter diesen Worten brach er das Telegramm auf und las: »Lieber Papa. Bin sechs Uhr bei dir. Rex und von Czako begleiten mich. Dein Woldemar.«

Engelke stand und wartete.

»Ja, was da tun, Engelke?« sagte Dubslav und drehte das Telegramm hin und her. »Und aus Cremmen und von heute früh«, fuhr er fort. »Da müssen sie also die Nacht über schon in Cremmen gewesen sein. Auch kein Spaß.«

»Aber Cremmen is doch soweit ganz gut.«

»Nu, gewiß, gewiß. Bloß, sie haben da so kurze Betten ... Und wenn man, wie Woldemar, Kavallerist ist, kann man ja doch auch die acht Meilen von Berlin bis Stechlin in einer Pace machen. Warum also Nachtquartier? Und ›Rex und von Czako begleiten mich‹. Ich kenne Rex nicht und kenne von Czako nicht. Wahrscheinlich Regimentskameraden. Haben wir denn was?«

»Ich denk' doch, gnäd'ger Herr. Und wovor haben wir denn unsre Mamsell? Die wird schon was finden.«

»Nu gut. Also wir haben was. Aber wen laden wir dazu ein? So bloß ich, das geht nicht. Ich mag mich keinem Menschen mehr vorsetzen. Czako, das ginge vielleicht noch. Aber Rex, wenn ich ihn auch nicht kenne, zu so was Feinem wie Rex pass' ich nicht mehr; ich bin zu altmodisch geworden. Was meinst du, ob die Gundermanns wohl können?«

»Ach, die können schon. Er gewiß, und sie kluckt auch bloß immer so rum.«

»Also Gundermanns. Gut. Und dann vielleicht Oberförsters. Das älteste Kind hat freilich die Masern, und die Frau, das heißt die Gemahlin (und Gemahlin is eigentlich auch noch nicht das rechte Wort), die erwartet wieder. Man weiß nie recht, wie man mit ihr dran ist und wie man sie nennen soll, Oberförsterin Katzler oder Durchlaucht. Aber man kann's am Ende versuchen. Und dann unser Pastor. Der hat doch wenigstens die Bildung. Gundermann allein ist zu wenig und eigentlich bloß ein Klutentreter. Und seitdem er die Siebenmühlen hat, ist er noch weniger geworden.«

Engelke nickte.

»Na, dann schick also Martin. Aber er soll sich proper machen. Oder vielleicht ist Brose noch da; der kann ja auf seinem Retourgang bei Gundermanns mit rangehen. Und soll ihnen sagen: sieben Uhr, aber nicht früher; sie sitzen sonst so lange rum, und man weiß nicht, wovon man reden soll. Das heißt mit ihm; sie red't immerzu ... Und gib Brosen auch 'nen Kornus und fünfzig Pfennig.«

»Ich werd' ihm dreißig geben.«

»Nein, nein, fünfzig. Erst hat er ja doch was gebracht, und nu nimmt er wieder was mit. Das is ja so gut wie doppelt. Also fünfzig. Knaps ihm nichts ab.«

2. KAPITEL

Ziemlich um dieselbe Zeit, wo der Telegraphenbote bei Gundermanns vorsprach, um die Bestellung des alten Herrn von Stechlin auszurichten, ritten Woldemar, Rex und Czako, die sich für sechs Uhr angemeldet hatten, in breiter Front von Cremmen ab; Fritz, Woldemars Reitknecht, folgte den dreien. Der Weg ging über Wutz. Als sie bis in die Nähe von Dorf und Kloster dieses Namens gekommen waren, bog Woldemar vorsichtig nach links hin aus, weil er der Möglichkeit entgehen wollte, seiner Tante Adelheid, der Domina des Klosters, zu begegnen. Er stand zwar gut mit dieser und hatte sogar vor, ihr, wie herkömmlich, auf dem Rückwege nach Berlin seinen Besuch zu machen; aber in diesem Augenblick paßte ihm solche Begegnung, die sein pünktliches Eintreffen in Stechlin gehindert haben würde, herzlich schlecht. So beschrieb er denn einen weiten Halbkreis und hatte das Kloster schon um eine Viertelstunde hinter sich, als er sich wieder der Hauptstraße zuwandte. Diese, durch Moor- und Wiesengründe führend, war ein vorzüglicher Reitweg, der an vielen Stellen noch eine Grasnarbe trug, weshalb es anderthalb Meilen lang in einem scharfen Trabe vorwärts ging, bis an eine Avenue heran, die geradlinig auf Schloß Stechlin zuführte. Hier ließen alle drei die Zügel fallen und ritten im Schritt weiter. Über ihnen wölbten sich die schönen alten Kastanienbäume, was ihrem Anritt etwas Anheimelndes und zugleich etwas beinah Feierliches gab.

»Das ist ja wie ein Kirchenschiff«, sagte Rex, der am linken Flügel ritt. »Finden Sie nicht auch, Czako?«

»Wenn Sie wollen, ja. Aber Pardon, Rex, ich finde die Wendung etwas trivial für einen Ministerialassessor.«

»Nun gut, dann sagen Sie was Besseres.«

»Ich werde mich hüten. Wer unter solchen Umständen was Besseres sagen will, sagt immer was Schlechteres.«

Unter diesem sich noch eine Weile fortsetzenden Gespräche waren sie bis an einen Punkt gekommen, von dem aus man das am Ende der Avenue sich aufbauende Bild in aller Klarheit überblicken konnte. Dabei war das Bild nicht bloß klar, sondern auch so frappierend, daß Rex und Czako unwillkürlich anhielten.

»Alle Wetter, Stechlin, das ist ja reizend«, wandte sich Czako zu dem am andern Flügel reitenden Woldemar. »Ich find' es geradezu märchenhaft, Fata Morgana – das heißt, ich habe noch keine gesehn. Die gelbe Wand, die da noch das letzte Tageslicht auffängt, das ist wohl Ihr Zauberschloß? Und das Stückchen Grau da links, das taxier' ich auf eine Kirchenecke. Bleibt nur noch der Staketzaun an der andern Seite – da wohnt natürlich der Schulmeister. Ich verbürge mich, daß ich's damit getroffen. Aber die zwei schwarzen Riesen, die da grad in der Mitte stehn und sich von der gelben Wand abheben, die stehen ja da wie die Cherubim. Allerdings etwas zu schwarz. Was sind das für Leute?«

»Das sind Findlinge.«

»Findlinge?«

»Ja, Findlinge«, wiederholte Woldemar. »Aber wenn Ihnen das Wort anstößig ist, so können Sie sie auch Monolithe nennen. Es ist merkwürdig, Czako, wie hochgradig verwöhnt im Ausdruck Sie sind, wenn Sie nicht gerade selber das Wort haben … Aber nun, meine Herren, müssen wir uns wieder in Trab setzen. Ich bin überzeugt, mein Papa steht schon ungeduldig auf seiner Rampe, und wenn er uns so im Schritt ankommen sieht, denkt er, wir bringen eine Trauernachricht oder einen Verwundeten.«

Wenige Minuten später, und alle drei trabten denn auch wirklich, von Fritz gefolgt, über die Bohlenbrücke fort, erst in den Vorhof hinein und dann an der blanken Glaskugel vorüber. Der Alte stand bereits auf der Rampe, Engelke hinter ihm und hinter diesem Martin, der alte Kutscher. Im Nu waren alle drei Reiter aus dem Sattel, und Martin und Fritz nahmen die Pferde. So trat man in den Flur. »Erlaube, lieber Papa, dir zwei liebe Freunde von mir vorzustellen: Assessor von Rex, Hauptmann von Czako.«

Der alte Stechlin schüttelte jedem die Hand und sprach ihnen aus, wie glücklich er über ihren Besuch sei. »Seien Sie mir herzlich willkommen, meine Herren. Sie haben keine Ahnung, welche Freude Sie mir machen, mir, einem vergrätzten, alten Einsiedler. Man sieht nichts mehr, man hört nichts mehr. Ich hoffe auf einen ganzen Sack voll Neuigkeiten.«

»Ach, Herr Major«, sagte Czako, »wir sind ja schon vierundzwanzig Stunden fort. Und, ganz abgesehen davon, wer kann heutzutage noch mit den Zeitungen konkurrieren! Ein Glück, daß manche prinzipiell einen Posttag zu spät kommen. Ich meine, mit den neuesten Nachrichten. Vielleicht auch sonst noch.«

»Sehr wahr«, lachte Dubslav. »Der Konservatismus soll übrigens, seinem Wesen nach, eine Bremse sein; damit muß man vieles entschuldigen. Aber da kommen Ihre Mantelsäcke, meine Herren. Engelke, führe die Herren auf ihr Zimmer. Wir haben jetzt sechseinviertel. Um sieben, wenn ich bitten darf.«

Engelke hatte mittlerweile die beiden von Dubslav etwas altmodisch als »Mantelsäcke« bezeichneten Plaidrollen in die Hand genommen und ging damit, den beiden Herren voran, auf die doppelarmige Treppe zu, die gerade da, wo die beiden Arme derselben sich kreuzten, einen ziemlich geräumigen Podest mit Säulchengalerie bildete. Zwischen den Säulchen war eine Rokokouhr angebracht, mit einem Zeitgott darüber, der eine Hippe führte. Czako wies darauf hin und sagte leise zu Rex: »Ein bißchen graulich« – ein Gefühl, drin er sich bestärkt sah, als man bis auf den mit ungeheurer Raumverschwendung angelegten Oberflur gekommen war. Über einer nach hinten zu gelegenen Saaltür hing eine Holztafel mit der Inschrift »Museum«, während hüben und drüben, an den Flurwänden links und rechts, mächtige Birkenmaser- und Ebenholzschränke standen, wahre Prachtstücke, mit zwei großen Bildern dazwischen, eines eine Burg mit dicken Backsteintürmen, das andre ein überlebensgroßer Ritter, augenscheinlich aus der Frundsbergzeit, wo das bunt Landsknechtliche schon die Rüstung zu drapieren begann.

»Is wohl ein Ahn?« fragte Czako.

»Ja, Herr Hauptmann. Und er ist auch unten in der Kirche.«

»Auch so wie hier?«

»Nein, bloß Grabstein und schon etwas abgetreten. Aber man sieht doch noch, daß es derselbe ist.«

Czako nickte. Dabei waren sie bis an ein Eckzimmer gekommen, das mit der einen Seite nach dem Flur, mit der andern Seite nach einem schmalen Gang hin lag. Hier war auch die Tür. Engelke, vorangehend, öffnete und hing die beiden Plaidrollen an die Haken eines hier gleich an der Tür stehenden Kleiderständers. Unmittelbar daneben war ein Klingelzug mit einer grünen, etwas ausgefransten Puschel daran. Engelke wies darauf hin und sagte: »Wenn die Herren noch was wünschen ... Und um sieben ... Zweimal wird angeschlagen.«

Und damit ging er, die beiden ihrer Bequemlichkeit überlassend.

Es waren zwei nebeneinander gelegene Zimmer, in denen man Rex und Czako untergebracht hatte, das vordere größer und mit etwas mehr Aufwand eingerichtet, mit Stehspiegel und Toilette, der Spiegel sogar zum Kippen. Das Bett in diesem vorderen Zimmer hatte einen kleinen Himmel und daneben eine Etagere, auf deren oberem Brettchen eine Meißner Figur stand, ihr ohnehin kurzes Röckchen lüpfend, während auf dem unteren Brett ein Neues Testament lag, mit Kelch und Kreuz und einem Palmenzweig auf dem Deckel.

Czako nahm das Meißner Püppchen und sagte: »Wenn nicht unser Freund Woldemar bei diesem Arrangement seine Hand mit im Spiele gehabt hat, so haben wir hier in bezug auf Requisiten ein Ahnungsvermögen, wie's nicht größer gedacht werden kann. Das Püppchen *pour moi,* das Testament *pour vous.*«

»Czako, wenn Sie doch bloß das Necken lassen könnten!«

»Ach, sagen Sie doch so was nicht, Rex; Sie lieben mich ja bloß um meiner Neckereien willen.«

Und nun traten sie, von dem Vorderzimmer her, in den etwas kleineren Wohnraum, in dem Spiegel und Toilette fehlten. Dafür aber war ein Rokokosofa da, mit hellblauem Atlas und weißen Blumen darauf.

»Ja, Rex«, sagte Czako, »wie teilen wir nun? Ich denke, Sie nehmen nebenan den Himmel, und ich nehme das Rokokosofa, noch dazu mit weißen Blumen, vielleicht Lilien. Ich wette, das kleine Ding von Sofa hat eine Geschichte.«

»Rokoko hat immer eine Geschichte«, bestätigte Rex. »Aber hundert Jahr zurück. Was jetzt hier haust, sieht mir, Gott sei Dank, nicht danach aus. Ein bißchen Spuk trau' ich diesem alten Kasten allerdings schon zu; aber keine Rokokogeschichte. Rokoko ist doch immer unsittlich. Wie gefällt Ihnen übrigens der Alte?«

»Vorzüglich. Ich hätte nicht gedacht, daß unser Freund Woldemar solchen famosen Alten haben könnte.«

»Das klingt ja beinah«, sagte Rex, »wie wenn Sie gegen unsern Stechlin etwas hätten.«

»Was durchaus nicht der Fall ist. Unser Stechlin ist der beste Kerl von der Welt, und wenn ich das verdammte Wort nicht haßte, würde ich ihn sogar einen ›perfekten Gentleman‹ nennen müssen. Aber ...«

»Nun ...«

»Aber er paßt doch nicht recht an seine Stelle.«

»An welche?«

»In sein Regiment.«

»Aber, Czako, ich verstehe Sie nicht. Er ist ja brillant angeschrieben. Liebling bei jedem. Der Oberst hält große Stücke von ihm, und die Prinzen machen ihm beinah den Hof ...«

»Ja, das ist es ja eben. Die Prinzen, die Prinzen.«

»Was denn, wie denn?«

»Ach, das ist eine lange Geschichte, viel zu lang, um sie hier vor Tisch noch auszukramen. Denn es ist bereits halb, und wir müssen uns eilen. Übrigens trifft es viele, nicht bloß unsern Stechlin.«

»Immer dunkler, immer rätselvoller«, sagte Rex.

»Nun, vielleicht daß ich Ihnen das Rätsel löse. Schließlich kann man ja Toilette machen und noch seinen Diskurs daneben haben. ›Die Prinzen machen ihm den Hof‹, so geruhten Sie zu bemerken, und ich antwortete: ›Ja, das ist es eben.‹ Und diese Worte kann ich Ihnen nur wiederholen. Die Prinzen – ja, damit hängt es zusammen und noch mehr damit, daß die feinen Regimenter immer feiner werden. Kucken Sie sich mal die alten Ranglisten an, das heißt wirklich alte, voriges Jahrhundert und dann so bis Anno sechs. Da finden Sie bei Regiment Garde du Corps oder bei Regiment Gensdarmes unsere guten alten Namen: Marwitz, Wakenitz, Kracht, Löschebrand, Bredow, Rochow, höchstens daß sich mal ein höher betitelter Schlesischer mit hinein verirrt. Natürlich gab es auch Prinzen damals, aber der Adel gab den Ton an, und die paar Prinzen mußten noch froh sein, wenn sie nicht störten. Damit ist es nun aber, seit wir Kaiser und Reich sind, total vorbei. Natürlich sprech' ich nicht von der Provinz, nicht von Litauen und Masuren, sondern von der Garde, von den Regimentern unter den Augen Seiner Majestät. Und nun gar erst diese Gardedragoner! Die waren immer pik, aber seit sie, *pour combler le bonheur,* auch noch ›Königin von Großbritannien und Irland‹ sind, wird es immer mehr davon, und je piker sie werden, desto mehr Prinzen kommen hinein, von denen übrigens auch jetzt schon mehr da sind, als es so obenhin aussieht, denn manche sind eigentlich welche und dürfen es bloß nicht sagen. Und wenn man dann gar noch die alten mitrechnet, die bloß *à la suite* stehen, aber doch immer noch mit dabei sind, wenn irgendwas los ist, so haben wir, wenn der Kreis geschlossen wird, zwar kein Parkett von Königen, aber doch einen Zirkus von Prinzen. Und da hinein ist nun unser guter Stechlin gestellt. Natürlich tut er, was er kann, und macht so gewisse Luxusse mit, Gefühlsluxusse, Gesinnungsluxusse und, wenn es sein muß, auch Freiheitsluxusse. So 'nen Schimmer von Sozialdemokratie. Das ist aber auf die Dauer schwierig. Richtige Prinzen können sich das leisten, die verbebeln nicht leicht. Aber Stechlin! Stechlin ist ein reizender Kerl, aber er ist doch bloß ein Mensch.«

»Und das sagen Sie, Czako, gerade Sie, der Sie das Menschliche stets betonen?«

»Ja, Rex, das tu' ich. Heut wie immer. Aber eines schickt sich nicht für alle. Der eine darf's, der andre nicht. Wenn unser Freund Stechlin sich in diese seine alte Schloßkate zurückzieht, so darf er Mensch sein, soviel er will, aber als Gardedragoner kommt er damit nicht aus. Vom alten Adam will ich nicht sprechen, das hat immer noch so 'ne Nebenbedeutung.«

Während Rex und Czako Toilette machten und abwechselnd über den alten und den jungen Stechlin verhandelten, schritten die, die den Gegenstand dieser Unterhaltung bildeten, Vater und Sohn, im Garten auf und ab und hatten auch ihrerseits ihr Gespräch.

»Ich bin dir dankbar, daß du mir deine Freunde mitgebracht hast. Hoffentlich kommen sie auf ihre Kosten. Mein Leben verläuft ein bißchen zu einsam, und es wird ohnehin gut sein, wenn ich mich wieder an Menschen gewöhne. Du wirst gelesen haben, daß unser guter alter Kortschädel gestorben ist, und in etwa vierzehn Tagen haben wir hier 'ne Neuwahl. Da muß ich dann ran und mich populär machen. Die Konservativen wollen mich haben und keinen andern. Eigentlich mag ich nicht, aber ich soll, und da paßt es mir denn, daß du mir Leute bringst, an denen ich mich für die Welt sozusagen wieder wie einüben kann. Sind sie denn ausgiebig und plauderhaft?«

»O sehr, Papa, vielleicht zu sehr. Wenigstens der eine.«

»Das is gewiß der Czako. Sonderbar, die von Alexander reden alle gern. Aber ich bin sehr dafür; Schweigen kleid't nicht jeden. Und dann sollen wir uns ja auch durch die Sprache vom Tier unterscheiden. Also wer am meisten red't, ist der reinste Mensch. Und diesem Czako, dem hab' ich es gleich angesehn. Aber der Rex. Du sagst Ministerialassessor. Ist er denn von der frommen Familie?«

»Nein, Papa, du machst dieselbe Verwechslung, die beinah alle machen. Die fromme Familie, das sind die Reckes, gräflich und sehr vornehm. Die Rex natürlich auch, aber doch nicht so hoch hinaus und auch nicht so fromm. Allerdings nimmt mein Freund, der Ministerialassessor, einen Anlauf dazu, die Reckes womöglich einzuholen.«

»Dann hab' ich also doch recht gesehn. Er hat so die Figur, die so was vermuten läßt, ein bißchen wenig Fleisch und so glatt rasiert. Habt ihr denn beim Rasieren in Cremmen gleich einen gefunden?«

»Er hat alles immer bei sich; lauter englische. Von Solingen oder Suhl will er nichts wissen.«

»Und muß man ihn denn vorsichtig anfassen, wenn das Gespräch auf kirchliche Dinge kommt? Ich bin ja, wie du weißt, eigentlich kirchlich, wenigstens kirchlicher als mein guter Pastor (es wird immer schlimmer mit ihm), aber ich bin so im Ausdruck mitunter ungenierter, als man vielleicht sein soll, und bei ›niedergefahren zur Hölle‹ kann mir's passieren, daß ich nolens volens ein bißchen tolles Zeug rede. Wie steht es denn da mit ihm? Muß ich mich in acht nehmen? Oder macht er bloß so mit?«

»Das will ich nicht geradezu behaupten. Ich denke mir, er steht so, wie die meisten stehn; das heißt, er weiß es nicht recht.«

»Ja, ja, den Zustand kenn' ich.«

»Und weil er es nicht recht weiß, hat er sozusagen die Auswahl und wählt das, was gerade gilt und nach oben hin empfiehlt. Ich kann das auch so schlimm nicht finden. Einige nennen ihn einen ›Streber‹. Aber wenn er es ist, ist er jedenfalls keiner von den schlimmsten. Er hat eigentlich einen guten Charakter, und im *cercle intime* kann er reizend sein. Er verändert sich dann nicht in dem, was er sagt, oder doch nur ganz wenig, aber ich möchte sagen, er verändert sich in der Art, wie er zuhört. Czako meint, unser Freund Rex halte sich mit dem Ohr für das schadlos, was er mit dem Munde versäumt. Czako wird überhaupt am besten mit ihm fertig; er schraubt ihn beständig, und Rex, was ich reizend finde, läßt sich diese Schraubereien gefallen. Daran siehst du schon, daß sich mit ihm leben läßt. Seine Frömmigkeit ist keine Lüge, bloß Erziehung, Angewohnheit und so schließlich seine zweite Natur geworden.«

»Ich werde ihn bei Tisch neben Lorenzen setzen; die mögen dann beide sehn, wie sie miteinander fertig werden. Vielleicht erleben wir 'ne Bekehrung. Das heißt: Rex den Pastor. Aber da höre ich eine Kutsche die Dorfstraße raufkommen. Das sind natürlich Gundermanns; die kommen immer zu früh. Der arme Kerl hat mal was von der Höflichkeit der Könige gehört und macht jetzt einen zu weitgehenden Gebrauch davon. Autodidakten übertreiben immer. Ich bin selber einer und kann also mitreden. Nun, wir sprechen morgen früh weiter; heute wird es nichts mehr. Du wirst dich auch noch ein bißchen striegeln müssen, und ich will mir 'nen schwarzen Rock anziehn. Das bin ich der guten Frau von Gundermann doch schuldig; sie putzt sich übrigens nach wie vor wie'n Schlittenpferd und hat immer noch den merkwürdigen Federbusch in ihrem Zopf – das heißt, wenn's ihrer ist.«

3. KAPITEL

Engelke schlug unten im Flur zweimal an einen alten, als Tamtam fungierenden Schild, der an einem der zwei vorspringenden und zugleich die ganze Treppe tragenden Pfeiler hing. Eben diese zwei Pfeiler bildeten denn auch mit dem Podest und der in Front desselben angebrachten Rokokouhr einen zum Gartensalon, diesem Hauptzimmer des Erdgeschosses, führenden, ziemlich pittoresken Portikus, von dem ein auf Besuch anwesender hauptstädtischer Architekt mal gesagt hatte: sämtliche Bausünden von Schloß Stechlin würden durch diesen verdrehten, aber malerischen Einfall wiedergutgemacht.

Die Uhr mit dem Hippenmann schlug gerade sieben, als Rex und Czako die Treppe herunterkamen und, eine Biegung machend, auf den von berufener Seite so glimpflich beurteilten sonderbaren Vorbau zusteuerten. Als die Freunde diesen passierten, sahen sie – die Türflügel waren schon geöffnet – in aller Bequemlichkeit in den Salon hinein und nahmen hier wahr, daß etliche, ihnen zu Ehren geladene Gäste bereits erschienen waren. Dubslav, in dunklem Überrock und die Bändchenrosette sowohl des preußischen wie des wendischen Kronenordens im Knopfloch, ging den Eintretenden entgegen, begrüßte sie nochmals mit der ihm eigenen Herzlichkeit, und beide Herren gleich danach in den Kreis der schon Versammelten einführend, sagte er: »Bitte die Herrschaften miteinander bekannt machen zu dürfen: Herr und Frau von Gundermann auf Siebenmühlen, Pastor Lorenzen, Oberförster Katzler«, und dann, nach links sich wendend, »Ministerialassessor von Rex, Hauptmann von Czako vom Regiment Alexander.« Man verneigte sich gegenseitig, worauf Dubslav zwischen Rex und Pastor Lorenzen, Woldemar aber, als Adlatus seines Vaters, zwischen Czako und Katzler eine Verbindung herzustellen suchte, was auch ohne weiteres gelang, weil es hüben und drüben weder an gesellschaftlicher

Gewandtheit noch an gutem Willen gebrach. Nur konnte Rex nicht umhin, die Siebenmühlener etwas eindringlich zu mustern, trotzdem Herr von Gundermann in Frack und weißer Binde, Frau von Gundermann aber in geblümtem Atlas mit Marabufächer erschienen war – er augenscheinlich Parvenü, sie Berlinerin aus einem nordöstlichen Vorstadtgebiet.

Rex sah das alles. Er kam aber nicht in die Lage, sich lange damit zu beschäftigen, weil Dubslav eben jetzt den Arm der Frau von Gundermann nahm und dadurch das Zeichen zum Aufbruch zu der im Nebenzimmer gedeckten Tafel gab. Alle folgten paarweise, wie sie sich vorher zusammengefunden, kamen aber durch die von seiten Dubslavs schon vorher festgesetzte Tafelordnung wieder auseinander. Die beiden Stechlins, Vater und Sohn, placierten sich an den beiden Schmalseiten einander gegenüber, während zur Rechten und Linken von Dubslav Herr und Frau von Gundermann, rechts und links von Woldemar aber Rex und Lorenzen saßen. Die Mittelplätze hatten Katzler und Czako inne. Neben einem großen alten Eichenbüfett, ganz in Nähe der Tür, standen Engelke und Martin, Engelke in seiner sandfarbenen Livree mit den großen Knöpfen, Martin, dem nur oblag, mit der Küche Verbindung zu halten, einfach in schwarzem Rock und Stulpstiefeln.

Der alte Dubslav war in bester Laune, stieß gleich nach den ersten Löffeln Suppe mit Frau von Gundermann vertraulich an, dankte für ihr Erscheinen und entschuldigte sich wegen der späten Einladung: »Aber erst um zwölf kam Woldemars Telegramm. Es ist das mit dem Telegraphieren solche Sache, manches wird besser, aber manches wird auch schlechter, und die feinere Sitte leidet nun schon ganz gewiß. Schon die Form, die Abfassung. Kürze soll eine Tugend sein; aber sich kurz fassen, heißt meistens auch, sich grob fassen. Jede Spur von Verbindlichkeit fällt fort, und das Wort ›Herr‹ ist beispielsweise gar nicht mehr anzutreffen. Ich hatte mal einen Freund, der ganz ernsthaft versicherte, ›der häßlichste Mops sei der schönste‹; so läßt sich jetzt beinahe sagen, ›das gröbste Telegramm ist das feinste‹. Wenigstens das in seiner Art vollendetste. Jeder, der wieder eine neue Fünfpfennigersparnis herausdoktert, ist ein Genie.«

Diese Worte Dubslavs hatten sich anfänglich an die Frau von Gundermann, sehr bald aber mehr an Gundermann selbst gerichtet, weshalb dieser letztere denn auch antwortete: »Ja, Herr von Stechlin, alles Zeichen der Zeit. Und ganz bezeichnend, daß gerade das Wort ›Herr‹, wie Sie schon hervorzuheben die Güte hatten, so gut wie abgeschafft ist. ›Herr‹ ist Unsinn geworden, ›Herr‹ paßt den Herren nicht mehr – ich meine natürlich die, die jetzt die Welt regieren wollen. Aber es ist auch danach. Alle diese Neuerungen, an denen sich leider auch der Staat beteiligt, was sind sie? Begünstigungen der Unbotmäßigkeit, also Wasser auf die Mühlen der Sozialdemokratie. Weiter nichts. Und niemand da, der Lust und Kraft hätte, dies Wasser abzustellen. Aber trotzdem, Herr von Stechlin – ich würde nicht widersprechen, wenn mich das Tatsächliche nicht dazu zwänge –, trotzdem geht es nicht ohne Telegraphie, gerade hier in unsrer Einsamkeit. Und dabei das beständige Schwanken der Kurse. Namentlich auch in der Mühlen- und Brettschneidebranche ...«

»Versteht sich, lieber Gundermann. Was ich da gesagt habe ... Wenn ich das Gegenteil gesagt hätte, wäre es ebenso richtig. Der Teufel is nicht so schwarz, wie er gemalt wird, und die Telegraphie auch nicht, und wir auch nicht. Schließlich ist es doch was Großes, diese Naturwissenschaften, dieser elektrische Strom, tipp, tipp, tipp, und wenn uns daran läge (aber uns liegt nichts daran), so könnten wir den Kaiser von China wissen lassen, daß wir hier versammelt sind und seiner gedacht haben. Und dabei diese merkwürdigen Verschiebungen in Zeit und Stunde. Beinahe komisch. Als Anno siebzig die Pariser Septemberrevolution ausbrach, wußte man's in Amerika drüben um ein paar Stunden früher, als die Revolution überhaupt da war. Ich sagte: Septemberrevolution. Es kann aber auch 'ne andre gewesen sein; sie haben da so viele, daß man sie leicht verwechselt. Eine war im Juni, 'ne andre war im Juli – wer nicht ein Bombengedächtnis hat, muß da notwendig reinfallen ... Engelke, präsentiere der gnäd'gen Frau den Fisch noch mal. Und vielleicht nimmt auch Herr von Czako ...«

»Gewiß, Herr von Stechlin«, sagte Czako. »Erstlich aus reiner Gourmandise, dann aber auch aus Forschertrieb oder Fortschrittsbedürfnis. Man will doch an dem, was gerade gilt oder überhaupt Menschheitsentwicklung bedeutet, auch seinerseits nach Möglichkeit teilnehmen, und da steht denn Fischnahrung jetzt obenan. Fische sollen außerdem viel Phosphor enthalten, und Phosphor, so heißt es, macht ›helle‹.«

»Gewiß«, kicherte Frau von Gundermann, die sich bei dem Wort »helle« wie persönlich getroffen fühlte. »Phosphor war ja auch schon, eh' die Schwedischen aufkamen.«

»Oh, lange vorher«, bestätigte Czako. »Was mich aber«, fuhr er, sich an Dubslav wendend, fort, »an diesen Karpfen noch ganz besonders fesselt – beiläufig ein Prachtexemplar –, das ist das, daß er doch höchstwahrscheinlich aus Ihrem berühmten See stammt, über den ich durch Woldemar, Ihren Herrn Sohn, bereits unterrichtet bin. Dieser merkwürdige See, dieser Stechlin! Und da frag' ich mich denn unwillkürlich (denn Karpfen werden alt; daher beispielsweise die Mooskarpfen), welche Revolutionen sind an diesem hervorragenden Exemplar seiner Gattung wohl schon vorübergegangen? Ich weiß nicht, ob ich ihn auf hundertfünfzig Jahre taxieren darf; wenn aber, so würde er als Jüngling die Lissaboner Aktion und als Urgreis den neuerlichen Ausbruch des Krakatowa mitgemacht haben. Und all das erwogen, drängt sich mir die Frage auf ...«

Dubslav lächelte zustimmend.

»... Und all das erwogen, drängt sich mir die Frage auf, wenn's nun in Ihrem Stechlinsee zu brodeln beginnt oder gar die große Trichterbildung anhebt, aus der dann und wann, wenn ich recht gehört habe, der krähende Hahn aufsteigt, wie verhält sich da der Stechlinkarpfen, dieser doch offenbar Nächstbeteiligte, bei dem Anpochen derartiger Weltereignisse? Beneidet er den Hahn, dem es vergönnt ist, in die Ruppiner Lande hineinzukrähen, oder ist er umgekehrt ein Feigling, der sich in seinem Moorgrund verkriecht, also ein Bourgeois, der am andern Morgen fragt: ›Schießen sie noch?‹«

»Mein lieber Herr von Czako, die Beantwortung Ihrer Frage hat selbst für einen Anwohner des Stechlin seine Schwierigkeiten. Ins Innere der Natur dringt kein erschaffener Geist. Und zu dem innerlichsten und verschlossensten zählt der Karpfen; er ist nämlich sehr dumm. Aber nach der Wahrscheinlichkeitsrechnung wird er sich beim Eintreten der großen Eruption wohl verkrochen haben. Wir verkriechen uns nämlich alle. Heldentum ist Ausnahmezustand und meist Produkt einer Zwangslage. Sie brauchen mir übrigens nicht zuzustimmen, denn Sie sind noch im Dienst.«

»Bitte, bitte«, sagte Czako.

Sehr, sehr anders ging das Gespräch an der entgegengesetzten Seite der Tafel. Rex, der, wenn er dienstlich oder außerdienstlich aufs Land kam, immer eine Neigung spürte, sozialen Fragen nachzuhängen, und beispielsweise jedesmal mit Vorliebe darauf aus war, an das Zahlenverhältnis der in und außer der Ehe geborenen Kinder alle möglichen, teils dem Gemeinwohl, teils der Sittlichkeit zugute kommende Betrachtungen zu knüpfen, hatte sich auch heute wieder in einem mit Pastor Lorenzen angeknüpften Zwiegespräch seinem Lieblingsthema zugewandt, war aber, weil Dubslav durch eine Zwischenfrage den Faden abschnitt, in die Lage gekommen, sich vorübergehend statt mit Lorenzen mit Katzler beschäftigen zu müssen, von dem er zufällig in Erfahrung gebracht hatte, daß er früher Feldjäger gewesen sei. Das gab ihm einen guten Gesprächsstoff und ließ ihn fragen, ob der Herr Oberförster nicht mitunter schmerzlich den zwischen seiner Vergangenheit und seiner Gegenwart liegenden Gegensatz empfinde – sein früherer Feldjägerberuf, so nehme er an, habe ihn in die weite Welt hinausgeführt, während er jetzt »stabiliert« sei. »Stabilierung« zählte zu Rex' Lieblingswendungen und entstammte jenem sorglich ausgewählten Fremdwörterschatz, den er sich – er hatte diese Dinge dienstlich zu bearbeiten gehabt – aus den Erlassen König Friedrich Wilhelms I. angeeignet und mit in sein Aktendeutsch herübergenommen hatte. Katzler, ein vorzüglicher Herr, aber auf dem Gebiete der Konversation doch nur von einer oft unausreichenden Orientierungsfähigkeit, fand sich in des Ministerialassessors etwas gedrechseltem Gedankengange nicht gleich zurecht und war froh, als ihm der hellhörige, mittlerweile wieder frei gewordene Pastor in der durch Rex aufgeworfenen Frage zu Hilfe kam. »Ich glaube herauszuhören«, sagte Lorenzen, »daß Herr von Rex geneigt ist, dem Leben draußen in der Welt vor dem in unsrer stillen Grafschaft den Vorzug zu geben. Ich weiß aber nicht, ob wir ihm darin folgen können, ich nun schon gewiß nicht; aber auch unser Herr Oberförster wird mutmaßlich froh sein, seine vordem im Eisenbahncoupé verbrachten Feldjägertage hinter sich zu haben. Es heißt freilich, ›im engen Kreis verengert sich der Sinn‹, und in den meisten Fällen mag es zutreffen. Aber doch nicht immer, und jedenfalls hat das Weltfremde bestimmte große Vorzüge.«

»Sie sprechen mir durchaus aus der Seele, Herr Pastor Lorenzen«, sagte Rex. »Wenn es einen Augenblick vielleicht so klang, als ob der ›Globetrotter‹ mein Ideal sei, so bin ich sehr geneigt, mit mir handeln zu lassen. Aber etwas hat es doch mit dem ›Auch-draußen-zu-Hause-Sein‹ auf sich, und wenn Sie trotzdem für Einsamkeit und Stille plädieren, so plädieren Sie wohl in eigner Sache. Denn wie sich der Herr Oberförster aus der Welt zurückgezogen hat, so wohl auch Sie. Sie sind beide darin, ganz individuell, einem Herzenszuge gefolgt, und vielleicht, daß meine persönliche Neigung dieselben Wege ginge. Dennoch wird es andre geben, die von einem solchen Sichzurückziehen aus der Welt nichts wissen wollen, die vielleicht umgekehrt, statt in einem Sichhingeben an den einzelnen, in der Beschäftigung mit einer Vielheit ihre Bestimmung finden. Ich glaube durch Freund Stechlin zu wissen, welche Fragen Sie seit langem beschäftigen, und bitte, Sie dazu beglückwünschen zu dürfen. Sie stehen in der christlich-sozialen Bewegung. Aber nehmen Sie deren Schöpfer, der Ihnen persönlich vielleicht nahesteht, er und sein Tun sprechen doch recht eigentlich für mich, sein Feld ist nicht einzelne Seelsorge, nicht eine Landgemeinde, sondern eine Weltstadt. Stöckers Auftreten und seine Mission sind eine Widerlegung davon, daß das Schaffen im Engen und Umgrenzten notwendig das Segensreichere sein müsse.«

Lorenzen war daran gewöhnt, sei's zu Lob, sei's zu Tadel, sich mit dem ebenso gefeierten wie befehdeten Hofprediger in Parallele gestellt zu sehen, und empfand dies jedesmal als eine Huldigung. Aber nicht minder empfand er dabei regelmäßig den tiefen Unterschied, der zwischen dem großen Agitator und seiner stillen Weise lag. »Ich glaube, Herr von Rex«, nahm er wieder das Wort, »daß Sie den ›Vater der Berliner Bewegung‹ sehr richtig geschildert haben, vielleicht sogar zur Zufriedenheit des Geschilderten selbst, was, wie man sagt, nicht eben leicht sein soll. Er hat viel erreicht und steht anscheinend in einem Siegeszeichen; hüben und drüben hat er Wurzel geschlagen und sieht sich geliebt und gehuldigt, nicht nur seitens derer, denen er mildtätig die Schuhe schneidet, sondern beinah mehr noch im Lager derer, denen er das Leder zu den Schuhen nimmt. Er hat schon so viele Beinamen, und der des heiligen Krispin wäre nicht der schlimmste. Viele wird es geben, die sein Tun im guten Sinne beneiden. Aber ich fürchte, der Tag ist nahe, wo der so Ruhige und zugleich so Mutige, der seine Ziele so weit steckte, sich in die Enge des Daseins zurücksehnen wird. Er besitzt, wenn ich recht berichtet bin, ein kleines Bauerngut irgendwo in Franken, und wohl möglich, ja, mir persönlich geradezu wahrscheinlich, daß ihm an jener stillen Stelle früher oder später ein echteres Glück erblüht, als er es jetzt hat. Es heißt wohl, ›gehet hin und lehret alle Heiden‹, aber schöner ist es doch, wenn die Welt, uns suchend, an uns herankommt. Und die Welt kommt schon, wenn die richtige Persönlichkeit sich ihr auftut. Da ist dieser Wörishofener Pfarrer – er sucht nicht die Menschen, die Menschen suchen ihn. Und wenn sie kommen, so heilt er sie, heilt sie mit dem Einfachsten und Natürlichsten. Übertragen Sie das vom Äußern aufs Innere, so haben Sie mein Ideal. Einen Brunnen graben just an der Stelle, wo man gerade steht. Innere Mission in nächster Nähe, sei's mit dem Alten, sei's mit etwas Neuem.«

»Also mit dem Neuen«, sagte Woldemar und reichte seinem alten Lehrer die Hand.

Aber dieser antwortete: »Nicht so ganz unbedingt mit dem Neuen. Lieber mit dem Alten, soweit es irgend geht, und mit dem Neuen nur, soweit es muß.«

Das Mahl war inzwischen vorgeschritten und bei einem Gange angelangt, der eine Spezialität von Schloß Stechlin war und jedesmal die Bewunderung seiner Gäste: losgelöste Krammetsvögelbrüste, mit einer dunkeln Kraftbrühe angerichtet, die, wenn die Herbst- und Ebereschentage da waren, als eine höhere Form von Schwarzsauer auf den Tisch zu kommen pflegten. Engelke präsentierte Burgunder dazu, der schon lange lag, noch aus alten, besseren Tagen her, und als jeder davon genommen, erhob sich Dubslav, um erst kurz seine lieben Gäste zu begrüßen, dann aber die Damen leben zu lassen. Er müsse bei diesem Plural bleiben, trotzdem die Damenwelt nur in einer Einheit vertreten sei; doch er gedenke dabei neben seiner lieben Freundin und Tischnachbarin (er küßte dieser huldigend die Hand) zugleich auch der Gemahlin seines Freundes Katzler, die leider – wenn auch vom Familienstandpunkt aus in hocherfreulichster Veranlassung – am Erscheinen in ihrer Mitte verhindert sei: »Meine Herren, Frau Oberförster Katzler« – er machte hier eine kleine Pause, wie wenn er eine höhere Titulatur ganz ernsthaft in Erwägung gezogen hätte –, »Frau Oberförster Katzler und Frau von Gundermann, sie leben hoch!« Rex, Czako, Katzler erhoben sich, um mit Frau von Gundermann anzustoßen; als aber jeder von ihnen auf seinen Platz zurückgekehrt war, nahmen sie die durch den Toast unterbrochenen Privatgespräche wieder auf, wobei Dubslav als guter Wirt sich darauf beschränkte, kurze Bemerkungen nach links und rechts hin einzustreuen. Dies war indessen nicht immer leicht, am wenigsten leicht bei dem Geplauder, das der Hauptmann und Frau von Gundermann führten und das so pausenlos verlief, daß ein Einhaken sich kaum ermöglichte. Czako war ein guter Sprecher, aber er verschwand neben seiner Partnerin. Ihres Vaters Laufbahn, der es (ursprünglich Schreib- und Zeichenlehrer) in einer langen, schon mit Anno 13 beginnenden Dienstzeit bis zum Hauptmann in der ›Plankammer‹ gebracht hatte, gab ihr in ihren Augen eine gewisse militärische Zugehörigkeit, und als sie, nach mehrmaligem Auslugen, endlich den ihr wohlbekannten Namenszug des Regiments Alexander auf Czakos Achselklappe erkannt hatte, sagte sie: »Gott ... Alexander. Nein, ich sage. Mir war aber doch auch gleich so; Münzstraße. Wir wohnten ja Linienstraße, Ecke Weinmeister – das heißt, als ich meinen Mann kennenlernte. Vorher draußen, Schönhauser Allee. Wenn man so wen aus seiner Gegend wieder sieht! Ich bin ganz glücklich, Herr Hauptmann. Ach, es ist zu traurig hier. Und wenn wir nicht den Herrn von Stechlin hätten, so hätten wir so gut wie gar nichts. Mit Katzlers«, aber dies flüsterte sie nur leise, »mit Katzlers ist es nichts, die sind zu hoch raus. Da muß man sich denn klein machen. Und so toll ist es am Ende doch auch noch nicht. Jetzt passen sie ja noch leidlich. Aber abwarten.«

»Sehr wahr, sehr wahr«, sagte Czako, der, ohne was Sicheres zu verstehen, nur ein während des Dubslavschen Toastes schon gehabtes Gefühl bestätigt sah, daß es mit den Katzlers was Besonderes auf sich haben müsse. Frau von Gundermann aber, den ihr unbequemen Flüsterton aufgebend, fuhr mit wieder lauter werdender Stimme fort: »Wir haben den Herrn von Stechlin, und das ist ein Glück, und es ist auch bloß eine gute halbe Meile. Die meisten andern wohnen viel zu weit, und wenn sie auch näher wohnten, sie wollen alle nicht recht; die Leute hier, mit denen wir eigentlich Umgang haben müßten, sind so diffizil und legen alles auf die Goldwaage. Das heißt, vieles legen sie nicht auf die Goldwaage, dazu reicht es bei den meisten nicht aus; nur immer die Ahnen. Und sechzehn ist das wenigste. Ja, wer hat gleich sechzehn? Gundermann ist erst geadelt, und wenn er nicht Glück gehabt hätte, so wär' es gar nichts. Er hat nämlich klein angefangen, bloß mit einer Mühle; jetzt haben wir nun freilich sieben, immer den Rhin entlang, lauter Schneidemühlen, Bohlen und Bretter, einzöllig, zweizöllig und noch mehr. Und die Berliner Dielen, die sind fast alle von uns.«

»Aber, meine gnädigste Frau, das muß Ihnen doch ein Hochgefühl geben. Alle Berliner Dielen! Und dieser Rhinfluß, von dem Sie sprechen, der vielleicht eine ganze Seenkette verbindet und woran mutmaßlich eine reizende Villa liegt! Und darin hören Sie Tag und Nacht, wie nebenan in der Mühle die Säge geht, und die dicht herumstehenden Bäume bewegen sich leise. Mitunter natürlich ist auch Sturm. Und Sie haben eine Pony-Equipage für Ihre Kinder. Ich darf doch annehmen, daß Sie Kinder haben? Wenn man so abgeschieden lebt und so beständig aufeinander angewiesen ist ...«

»Es ist, wie Sie sagen, Herr Hauptmann; ich habe Kinder, aber schon erwachsen, beinah alle, denn ich habe mich jung verheiratet. Ja, Herr von Czako, man ist auch einmal jung gewesen. Und es ist ein Glück, daß ich die Kinder habe. Sonst ist kein Mensch da, mit dem man ein gebildetes Gespräch führen kann. Mein Mann hat seine Politik und möchte sich wählen lassen, aber es wird nichts, und wenn ich die Journale bringe, nicht mal die Bilder sieht er sich an. Und die Geschichten, sagt er, seien bloß dummes Zeug und bloß Wasser auf die Mühlen der Sozialdemokratie. Seine Mühlen, was ich übrigens recht und billig finde, sind ihm lieber.«

»Aber Sie müssen doch viele Menschen um sich herum haben, schon in Ihrer Wirtschaft.«

»Ja, die hab' ich, und die Mamsells, die man so kriegt, ja, ein paar Wochen geht es; aber dann bändeln sie gleich an, am liebsten mit 'nem Volontär; wir haben nämlich auch Volontärs in der Mühlenbranche. Und die meisten sind aus ganz gutem Hause. Die jungen Menschen passen aber nicht auf, und da hat man's denn, und immer gleich Knall und Fall. All das ist doch traurig, und mitunter ist es auch so, daß man sich geradezu genieren muß.«

Czako seufzte. »Mir ein Greuel, all dergleichen. Aber ich weiß vom Manöver her, was alles vorkommt. Und mit einer Schläue ... nichts schlauer, als verliebte Menschen. Ach, das ist ein Kapitel, womit man nicht fertig wird. Aber Sie sagten Linienstraße, meine Gnädigste. Welche Nummer denn? Ich kenne da beinah jedes Haus, kleine, nette Häuser, immer bloß Beletage, höchstens mal ein *Œil de Bœuf*.«

»Wie? Was?«

»Großes rundes Fenster ohne Glas. Aber ich liebe diese Häuser.«

»Ja, das kann ich auch von mir sagen, und in gerade solchen Häusern hab' ich meine beste Zeit verbracht, als ich noch ein Quack war, höchstens vierzehn. Und so grausam wild. Damals waren nämlich noch die Rinnsteine, und wenn es dann regnete und alles überschwemmt war und die Bretter anfingen, sich zu heben, und schon so halb herumschwammen, und die Ratten, die da drunter steckten, nicht mehr wußten, wo sie hin sollten, dann sprangen wir auf die Bohlen rauf und nun die Biester raus, links und rechts, und die Jungens hinterher, immer aufgekrempelt und ganz nackigt. Und einmal, weil der eine Junge nicht abließ und mit seinen Holzpantinen immer drauflos schlug, da wurde das Untier falsch und biß den Jungen so, daß er schrie! Nein, so hab' ich noch keinen Menschen wieder schreien hören. Und es war auch fürchterlich.«

»Ja, das ist es. Und da helfen bloß Rattenfänger.«

»Ja, Rattenfänger, davon hab' ich auch gehört – Rattenfänger von Hameln. Aber die gibt es doch nicht mehr.«

»Nein, gnädige Frau, die gibt es nicht mehr, wenigstens nicht mehr solche Hexenmeister mit Zauberspruch und einer Pfeife zum Pfeifen. Aber die meine ich auch gar nicht. Ich meine überhaupt nicht Menschen, die dergleichen als Metier betreiben und sich in den Zeitungen anzeigen, unheimliche Gesichter mit einer Pelzkappe. Was ich meine, sind bloß Pinscher, die nebenher auch noch ›Rattenfänger‹ heißen und es auch wirklich sind. Und mit einem solchen Rattenfänger auf die Jagd gehen, das ist eigentlich das Schönste, was es gibt.«

»Aber mit einem Pinscher kann man doch nicht auf die Jagd gehen!«

»Doch, doch, meine gnädigste Frau. Als ich in Paris war (ich war da nämlich mal hinkommandiert), da bin ich mit runtergestiegen in die sogenannten Katakomben, hochgewölbte Kanäle, die sich unter der Erde hinziehen. Und diese Kanäle sind das wahre Ratteneldorado; da sind sie zu Millionen. Oben drei Millionen Franzosen, unten drei Millionen Ratten. Und einmal, wie gesagt, bin ich da mit runtergeklettert und in einem Boote durch diese Unterwelt hingefahren, immer mitten in die Ratten hinein.«

»Gräßlich, gräßlich. Und sind Sie heil wieder rausgekommen?«

»Im ganzen, ja. Denn, meine gnädigste Frau, eigentlich war es doch ein Vergnügen. In unserm Kahn hatten wir nämlich zwei solche Rattenfänger, einen vorn und einen hinten. Und nun hätten Sie sehen sollen, wie das losging. ›Schnapp‹, und das Tier um die Ohren geschlagen, und tot war es. Und so weiter, so schnell, wie Sie nur zählen können, und mitunter noch sehneller. Ich kann es nur vergleichen mit Mr. Carver, dem bekannten Mr. Carver, von dem Sie gewiß einmal gelesen haben, der in der Sekunde drei Glaskugeln wegschoß. Und so immerzu, viele hundert. Ja, so was wie diese Rattenjagd da unten, das vergißt man nicht wieder. Es war aber auch das Beste da. Denn was sonst noch von Paris geredet wird, das ist alles übertrieben; meist dummes Zeug. Was haben sie denn Großes? Opern und Zirkus und Museum und in einem Saal 'ne Venus, die man sich nicht recht ansieht, weil sie das Gefühl verletzt, namentlich wenn man mit Damen da ist. Und das alles haben wir schließlich auch, und manches haben wir noch besser. So zum Beispiel Niemann und die dell'Era. Aber solche Rattenschlacht, das muß wahr sein, die haben wir nicht. Und warum nicht? Weil wir keine Katakomben haben.«

Der alte Dubslav, der das Wort »Katakomben« gehört hatte, wandte sich jetzt wieder über den Tisch hin und sagte: »Pardon, Herr von Czako, aber Sie müssen meiner lieben Frau von Gundermann nicht mit so furchtbar ernsten Sachen kommen und noch dazu hier bei Tisch, gleich nach Karpfen und Meerrettich. Katakomben! Ich bitte Sie. Die waren ja doch eigentlich in Rom und erinnern einen immer an die traurigsten Zeiten, an den grausamen Kaiser Nero und seine Verfolgungen und seine Fackeln. Und da war dann noch einer mit einem etwas längeren Namen, der noch viel grausamer war, und da verkrochen sich diese armen Christen gerade in eben diese Katakomben, und manche wurden verraten und gemordet. Nein, Herr von Czako, da lieber was Heiteres. Nicht wahr, meine liebe Frau von Gundermann?«

»Ach nein, Herr von Stechlin; es ist doch alles so sehr gelehrig. Und wenn man so selten Gelegenheit hat ...«

»Na, wie Sie wollen. Ich hab' es gut gemeint. Stoßen wir an! Ihr Rudolf soll leben; das ist doch der Liebling, trotzdem er der älteste ist. Wie alt ist er denn jetzt?«

»Vierundzwanzig.«

»Ein schönes Alter. Und wie ich höre, ein guter Mensch. Er müßte nur mehr raus. Er versauert hier ein bißchen.«

»Sag' ich ihm auch. Aber er will nicht fort. Er sagt, zu Hause sei es am besten.«

»Bravo. Da nehm' ich alles zurück. Lassen Sie ihn. Zu Hause ist es am Ende wirklich am besten. Und gerade wir hier, die wir den Vorzug haben, in der Rheinsberger Gegend zu leben. Ja, wo ist so was? Erst der große König und dann Prinz Heinrich, der nie 'ne Schlacht verloren. Und einige sagen, er wäre noch klüger gewesen als sein Bruder. Aber ich will so was nicht gesagt haben.«

4. KAPITEL

Frau von Gundermann schien auf das ihr als einziger, also auch ältester Dame zustehende Tafelaufhebungsrecht verzichten zu wollen und wartete, bis statt ihrer der schon seit einer Viertelstunde sich nach seiner Meerschaumpfeife sehnende Dubslav das Zeichen zum Aufbruch gab. Alles erhob sich jetzt rasch, um vom Eßzimmer aus in den nach dem Garten hinaussehenden Salon zurückzukehren, dem es – war es Zufall oder Absicht? – in diesem Augenblick noch an aller Beleuchtung fehlte; nur im Kamin glühten ein paar Scheite, die während der Essenszeit halb niedergebrannt waren, und durch die offenstehende hohe Glastür fiel von der Veranda her das Licht der über den Parkbäumen stehenden Mondsichel. Alles gruppierte sich alsbald um Frau von Gundermann, um dieser die pflichtschuldigen Honneurs zu machen, während Martin die Lampen, Engelke den Kaffee brachte. Das ein paar Minuten lang geführte gemeinschaftliche Gespräch kam, all die Zeit über, über ein unruhiges Hin und Her nicht hinaus, bis der Knäuel, in dem man stand, sich wieder in Gruppen auflöste.

Das erste sich abtrennende Paar waren Rex und Katzler, beide passionierte Billardspieler, die sich – Katzler übernahm die Führung – erst in den Eßsaal zurück und von diesem aus in das daneben gelegene Spielzimmer begaben. Das hier stehende, ziemlich vernachlässigte Billard war schon an die fünfzig Jahre alt und stammte noch aus des Vaters Zeiten her. Dubslav selbst machte sich nicht viel aus dem Spiel, aus Spiel überhaupt nicht, und interessierte sich, soweit sein Billard in Betracht kam, nur für eine sehr nachgedunkelte Karoline, von der ein Berliner Besucher mal gesagt hatte: »Alle Wetter, Stechlin, wo haben Sie *die* her? Das ist ja die gelbste Karoline, die ich all mein Lebtag gesehen habe« – Worte, die damals solchen Eindruck auf Dubslav gemacht hatten, daß er seitdem ein etwas freundlicheres Verhältnis zu seinem Billard unterhielt und nicht ungern von »seiner Karoline« sprach.

Das zweite Paar, das sich aus der Gemeinschaft abtrennte, waren Woldemar und Gundermann. Gundermann, wie alle an Kongestionen Leidenden, fand es überall zu heiß und wies, als er ein paar Worte mit Woldemar gewechselt, auf die offenstehende Tür. »Es ist ein so schöner Abend, Herr von Stechlin; könnten wir nicht auf die Veranda hinaustreten?«

»Aber gewiß, Herr von Gundermann. Und wenn wir uns absentieren, wollen wir auch alles Gute gleich mitnehmen. Engelke, bring uns die kleine Kiste, du weißt schon.«

»Ah, kapital. So ein paar Züge, das schlägt nieder, besser als Sodawasser. Und dann ist es auch wohl schicklicher im Freien. Meine Frau, wenn wir zu Hause sind, hat sich zwar daran gewöhnen müssen und spricht höchstens mal von ›paffen‹ (na, das is nicht anders, dafür is man eben verheiratet), aber in einem fremden Hause, da fangen denn doch die Rücksichten an. Unser guter alter Kortschädel sprach auch immer von ›Dehors‹.«

Unter diesen Worten waren Woldemar und Gundermann vom Salon her auf die Veranda hinausgetreten, bis dicht an die Treppenstufen heran, und sahen auf den kleinen Wasserstrahl, der auf dem Rundell aufsprang.

»Immer, wenn ich den Wasserstrahl sehe«, fuhr Gundermann fort, »muß ich wieder an unsern guten alten Kortschädel denken. Is nu auch hinüber. Na, jeder muß mal, und wenn irgendeiner seinen Platz da oben sicher hat, *der* hat ihn. Ehrenmann, durch und durch, und loyal bis auf die Knochen. Redner war er nicht, was eigentlich immer ein Vorzug, und hat mit seiner Schwätzerei dem Staate kein Geld gekostet; aber er wußte ganz gut Bescheid, und, unter vier

Augen, ich habe Sachen von ihm gehört, großartig. Und ich sage mir, solchen kriegen wir nicht wieder ...«

»Ach, das ist Schwarzseherei, Herr von Gundermann. Ich glaube, wir haben viele von ähnlicher Gesinnung. Und ich sehe nicht ein, warum nicht ein Mann wie Sie ...«

»Geht nicht.«

»Warum nicht?«

»Weil Ihr Herr Papa kandidieren will. Und da muß ich zurückstehen. Ich bin hier ein Neuling. Und die Stechlins waren hier schon ...«

»Nun gut, ich will dies letztere gelten lassen, und nur was das Kandidieren meines Vaters angeht – ich denke mir, es ist noch nicht soweit, vieles kann noch dazwischenkommen, und jedenfalls wird er schwanken. Aber nehmen wir mal an, es sei, wie Sie vermuten. In diesem Falle träfe doch gerade das zu, was ich mir soeben zu sagen erlaubt habe. Mein Vater ist in jedem Anbetracht ein treuer Gesinnungsgenosse Kortschädels, und wenn er an seine Stelle tritt, was ist da verloren? Die Lage bleibt dieselbe.«

»Nein, Herr von Stechlin.«

»Nun, was ändert sich?«

»Vieles, alles. Kortschädel war in den großen Fragen unerbittlich, und Ihr Herr Vater läßt mit sich reden ...«

»Ich weiß nicht, ob Sie da recht haben. Aber wenn es so wäre, so wäre das doch ein Glück ...«

»Ein Unglück, Herr von Stechlin. Wer mit sich reden läßt, ist nicht stramm, und wer nicht stramm ist, ist schwach. Und Schwäche (die destruktiven Elemente haben dafür eine feine Fühlung), Schwäche ist immer Wasser auf die Mühlen der Sozialdemokratie.«

Die vier andern der kleinen Tafelrunde waren im Gartensalon zurückgeblieben, hatten sich aber auch zu zwei und zwei zusammengetan. In der einen Fensternische, so daß sie den Blick auf den mondbeschienenen Vorplatz und die draußen auf der Veranda auf und ab schreitenden beiden Herren hatten, saßen Lorenzen und Frau von Gundermann. Die Gundermann war glücklich über das Tête-à-tête, denn sie hatte wegen ihres jüngsten Sohnes allerhand Fragen auf dem Herzen oder bildete sich wenigstens ein, sie zu haben. Denn eigentlich hatte sie für gar nichts Interesse; sie mußte bloß, richtige Berlinerin, die sie war, reden können.

»Ich bin so froh, Herr Pastor, daß ich nun doch einmal Gelegenheit finde. Gott, wer Kinder hat, der hat auch immer Sorgen. Ich möchte wegen meines Jüngsten so gerne mal mit Ihnen sprechen, wegen meines Arthur. Rudolf hat mir keine Sorgen gemacht, aber Arthur. Er ist nun jetzt eingesegnet, und Sie haben ihm, Herr Prediger, den schönen Spruch mitgegeben, und der Junge hat auch gleich den Spruch auf einen großen weißen Bogen geschrieben, alle Buchstaben erst mit zwei Linien nebeneinander und dann dick ausgetuscht. Es sieht aus wie'n Plakat. Und diesen großen Bogen hat er sich in die Waschtoilette geklebt, und da mahnt es ihn immer.«

»Nun, Frau von Gundermann, dagegen ist doch nichts zu sagen.«

»Nein, das will ich auch nicht. Eher das Gegenteil. Es hat ja doch was Rührendes, daß es einer so ernst nimmt. Denn er hat zwei Tage dran gesessen. Aber wenn solch junger Mensch es so immer liest, so gewöhnt er sich dran. Und dann ist ja auch gleich wieder die Verführung da. Gott, daß man gerade immer über solche Dinge reden muß; noch keine Stunde, daß ich mit dem Herrn Hauptmann über unsern Volontär Vehmeyer gesprochen habe, netter Mensch, und nun gleich wieder mit Ihnen, Herr Pastor, auch über so was. Aber es geht nicht anders. Und dann sind Sie ja doch auch wie verantwortlich für seine Seele.«

Lorenzen lächelte. »Gewiß, liebe Frau von Gundermann. Aber was ist es denn? Um was handelt es sich denn eigentlich?«

»Ach, es ist an und für sich nicht viel und doch auch wieder eine recht ärgerliche Sache. Da haben wir ja jetzt die Jüngste von unserm Schullehrer Brandt ins Haus genommen, ein hübsches Balg, rotbraun und ganz kraus, und Brandt wollte, sie solle bei uns angelernt werden. Nun, wir sind kein großes Haus, gewiß nicht; aber Mäntel abnehmen und rumpräsentieren, und daß sie weiß, ob links oder rechts, so viel lernt sie am Ende doch.«

»Gewiß. Und die Frida Brandt, oh, die kenn' ich ganz gut, die wurde jetzt gerade vorm Jahr eingesegnet. Und es ist, wie Sie sagen, ein allerliebstes Geschöpf und klug und aufgekratzt, ein bißchen zu sehr. Sie will zu Ostern nach Berlin.«

»Wenn sie nur erst da wäre. Mir tut es beinahe schon leid, daß ich ihr nicht gleich zugeredet. Aber so geht es einem immer.«

»Ist denn was vorgefallen?«

»Vorgefallen? Das will ich nicht sagen. Er is ja doch erst sechzehn und eine Dusche dazu, gerade wie sein Vater; *der* hat sich auch erst rausgemausert, seit er grau geworden. Was beiläufig auch nicht gut ist. Und da komme ich nun gestern vormittag die Treppe rauf und will dem Jungen sagen, daß er in den Dohnenstrich geht und nachsieht, ob Krammetsvögel da sind, und die Tür steht halb auf, was noch das beste war, und da seh' ich, wie sie ihm eine Nase dreht und die Zungenspitze rausstreckt; so was von spitzer Zunge hab' ich mein Lebtag noch nicht gesehen. Die reine Eva. Für die Potiphar ist sie mir noch zu jung. Und als ich nu dazwischentrete, da kriegt ja nu der arme Junge das Zittern, und weil ich nicht recht wußte, was ich sagen sollte, ging ich bloß hin und klappte den Waschtischdeckel auf, wo der Spruch stand, und sah ihn scharf an. Und da wurde er ganz blaß. Aber das Balg lachte.«

»Ja, liebe Frau von Gundermann, das ist so; Jugend hat keine Tugend.«

»Ich weiß doch nicht; ich bin auch einmal jung gewesen ...«

»Ja, Damen ...«

Während Frau von Gundermann in ihrem Gespräch in der Fensternische mit derartigen Intimitäten kam und den guten Pastor Lorenzen abwechselnd in Verlegenheit und dann auch wieder in stille Heiterkeit versetzte, hatte sich Dubslav mit Hauptmann von Czako in eine schräg gegenüber gelegene Ecke zurückgezogen, wo eine altmodische Causeuse stand, mit einem Marmortischchen davor. Auf dem Tische zwei Kaffeetassen samt aufgeklapptem Likörkasten, aus dem Dubslav eine Flasche nach der andern herausnahm. »Jetzt, wenn man vom Tisch kommt, muß es immer ein Kognak sein. Aber ich bekenne Ihnen, lieber Hauptmann, ich mache die Mode nicht mit; wir aus der alten Zeit, wir waren immer ein bißchen fürs Süße. Crème de Cacao, na, natürlich, das is Damenschnaps, davon kann keine Rede sein; aber Pomeranzen oder, wie sie jetzt sagen, Curaçao, das ist mein Fall. Darf ich Ihnen einschenken? Oder vielleicht lieber Danziger Goldwasser? Kann ich übrigens auch empfehlen.«

»Dann bitte ich um Goldwasser. Es ist doch schärfer, und dann bekenne ich Ihnen offen, Herr Major ... Sie kennen ja unsre Verhältnisse, so'n bißchen Gold heimelt einen immer an. Man hat keins und dabei doch zugleich die Vorstellung, daß man es trinken kann – es hat eigentlich was Großartiges.«

Dubslav nickte, schenkte von dem Goldwasser ein, erst für Czako, dann für sich selbst, und sagte: »Bei Tische hab' ich die Damen leben lassen und Frau von Gundermann im speziellen. Hören Sie, Hauptmann, Sie verstehen's. Diese Rattengeschichte ...«

»Vielleicht war es ein bißchen zuviel.«

»I, keineswegs. Und dann, Sie waren ja ganz unschuldig, die Gnäd'ge fing ja davon an; erinnern Sie sich, sie verliebte sich ordentlich in die Geschichte von den Rinnsteinbohlen und wie sie drauf rumgetrampelt, bis die Ratten rauskamen. Ich glaube sogar, sie sagte ›Biester‹. Aber das schadet nicht. Das ist so Berliner Stil. Und unsre Gnäd'ge hier (beiläufig eine geborene Helfrich) is eine Vollblutberlinerin.«

»Ein Wort, das mich doch einigermaßen überrascht.«

»Ah«, drohte Dubslav schelmisch mit dem Finger, »ich verstehe. Sie sind einer gewissen Unausreichendheit begegnet und verlangen mindestens mehr Quadrat (von Kubik will ich nicht sprechen). Aber wir von Adel müssen in diesem Punkte doch ziemlich milde sein und ein Auge zudrücken, wenn das das richtige Wort ist. Unser eigenstes Vollblut bewegt sich auch in Extremen und hat einen linken und einen rechten Flügel; der linke nähert sich unsrer geborenen Helfrich. Übrigens unterhaltliche Madam. Und wie beseligt sie war, als sie den Namenszug auf Ihrer Achselklappe glücklich entdeckt und damit den Anmarsch auf die Münzstraße gewonnen hatte. Was es doch alles für Lokalpatriotismen gibt!«

»An dem unser Regiment teilnimmt oder ihn mitmacht. Die Welt um den Alexanderplatz herum hat übrigens so ihren eigenen Zauber, schon um einer gewissen Unresidenzlichkeit willen. Ich sehe nichts lieber als die große Markthalle, wenn beispielsweise die Fischtonnen mit fünfhundert Aalen in die Netze gegossen werden. Etwas Unglaubliches von Gezappel.«

»Finde mich ganz darin zurecht und bin auch für Alexanderplatz und Alexanderkaserne samt allem, was dazu gehört. Und so brech' ich denn auch die Gelegenheit vom Zaun, um nach einem Ihrer früheren Regimentskommandeure zu fragen, dem liebenswürdigen Obersten von Zeuner, den ich noch persönlich gekannt habe. Hier unsere Stechliner Gegend ist nämlich Zeunergegend. Keine Stunde von hier liegt Köpernitz, eine reizende Besitzung, drauf die Zeunersche Familie schon in friderizianischen Tagen ansässig war. Bin oft drüben gewesen (nun freilich schon zwanzig Jahre zurück) und komme noch einmal mit der Frage: Haben Sie den Obersten noch gekannt?«

»Nein, Herr Major. Er war schon fort, als ich zum Regimente kam. Aber ich habe viel von ihm gehört und auch von Köpernitz, weiß aber freilich nicht mehr, in welchem Zusammenhange.«

»Schade, daß Sie nur einen Tag für Stechlin festgesetzt haben, sonst müßten Sie das Gut sehen. Alles ganz eigentümlich und besonders auch ein Grabstein, unter dem eine uralte Dame von beinah neunzig Jahren begraben liegt, eine geborne von Zeuner, die sich in früher Jugend schon mit einem Emigranten am Rheinsberger Hof, mit dem Grafen La Roche-Aymon, vermählt hatte. Merkwürdige Frau, von der ich Ihnen erzähle, wenn ich Sie mal wiedersehen. Nur eins müssen Sie heute schon mit anhören, denn ich glaube, Sie haben den Gustus dafür.«

»Für alles, was Sie erzählen.«

»Keine Schmeicheleien! Aber die Geschichte will ich Ihnen doch als Andenken mitgeben. Andre schenken sich Photographien, was ich, selbst wenn es hübsche Menschen sind (ein Fall, der übrigens selten zutrifft), immer greulich finde.«

»Schenke nie welche.«

»Was meine Gefühle für Sie steigert. Aber die Geschichte: Da war also drüben in Köpernitz diese La Roche-Aymon, und weil sie noch die Prinz-Heinrich-Tage gesehen und während derselben eine Rolle gespielt hatte, so zählte sie zu den besonderen Lieblingen Friedrich Wilhelms IV. Und als nun – sagen wir ums Jahr fünfzig – der Zufall es fügte, daß dem zur Jagd hier erschienenen König das Köpernitzer Frühstück, ganz besonders aber eine Blut- und Zungenwurst, über die Maßen gut geschmeckt hatte, so wurde dies Veranlassung für die Gräfin, am nächsten Heiligabend eine ganze Kiste voll Würste nach Potsdam hin in die königliche Küche zu liefern. Und das ging so durch Jahre. Da beschloß zuletzt der gute König, sich für all die gute Gabe zu revanchieren, und als wieder Weihnachten war, traf in Köpernitz ein Postpaket ein, Inhalt: eine zierliche kleine Blutwurst! Und zwar war es ein wunderschöner, rundlicher Speiler, selbst mit Diamanten besetzt. Und neben diesem Geschenk lag ein Zettelchen: ›Wurst wider Wurst.‹«

»Allerliebst.«

»Mehr als das. Ich persönlich ziehe solchen guten Einfall einer guten Verfassung vor. Der König, glaub' ich, tat es auch. Und es denken auch heute noch viele so.«

»Gewiß, Herr Major. Es denken auch heute noch viele so, und bei dem Schwankezustand, in dem ich mich leider befinde, sind meine persönlichen Sympathien gelegentlich nicht weitab davon. Aber ich fürchte doch, daß wir mit dieser unsrer Anschauung sehr in der Minorität bleiben.«

»Werden wir. Aber Vernunft ist immer nur bei wenigen. Es wäre das beste, wenn ein einziger Alter-Fritzen-Verstand die ganze Geschichte regulieren könnte. Freilich braucht ein solcher oberster Wille auch seine Werkzeuge. Die haben wir aber noch in unserm Adel, in unsrer Armee und speziell auch in Ihrem Regiment.«

Während der Alte diesen Trumpf ausspielte, kam Engelke, um ein paar neue Tassen zu präsentieren.

»Nein, nein, Engelke, wir sind schon weiter. Aber stell nur hin ... In Ihrem Regiment, sag' ich, Herr von Czako; schon sein Name bedeutet ein Programm, und dieses Programm heißt: Rußland. Heutzutage darf man freilich kaum noch davon reden. Aber das ist Unsinn. Ich sage Ihnen, Hauptmann, das waren Preußens beste Tage, als da bei Potsdam herum die ›russische Kirche‹ und das ›russische Haus‹ gebaut wurden und als es immer hin und her ging zwischen Berlin und Petersburg. Ihr Regiment, Gott sei Dank, unterhält noch was von den alten Beziehungen, und ich freue mich immer, wenn ich davon lese, vor allem, wenn ein russischer Kaiser kommt und ein Doppelposten vom Regiment Alexander vor seinem Palais steht. Und noch mehr freu' ich mich, wenn das Regiment Deputationen schickt: Georgsfest, Namenstag des hohen

Chefs, oder wenn sich's auch bloß um Uniformabänderungen handelt, beispielsweise Klappkragen statt Stehkragen (diese verdammten Stehkragen) – und wie dann der Kaiser alle begrüßt und zur Tafel zieht und so bei sich denkt: ›Ja, ja, das sind brave Leute; da hab' ich meinen Halt.‹«

Czako nickte, war aber doch in sichtlicher Verlegenheit, weil er, trotz seiner vorher versicherten »Sympathien«, ein ganz moderner, politisch stark angekränkelter Mensch war, der, bei strammster Dienstlichkeit, zu all dergleichen Überspanntheiten ziemlich kritisch stand. Der alte Dubslav nahm indessen von alledem nichts wahr und fuhr fort: »Und sehen Sie, lieber Hauptmann, so hab' ich's persönlich in meinen jungen Jahren auch noch erlebt und vielleicht noch ein bißchen besser; denn, Pardon, jeder hält seine Zeit für die beste. Vielleicht sogar, daß Sie mir zustimmen, wenn ich Ihnen mein Sprüchel erst ganz hergesagt haben werde. Da haben wir ja nun ›jenseits des Njemen‹, wie manche Gebildete jetzt sagen, die ›drei Alexander‹ gehabt, den ersten, den zweiten und den dritten, alle drei große Herren und alle drei richtige Kaiser und fromme Leute, oder doch beinah fromm, die's gut mit ihrem Volk und mit der Menschheit meinten, und dabei selber richtige Menschen; aber in dies Alexandertum, das so beinah das ganze Jahrhundert ausfüllt, da schiebt sich doch noch einer ein, ein Nicht-Alexander, und ohne Ihnen zu nahe treten zu wollen, *der* war doch der Häupter. Und das war unser Nikolaus. Manche dummen Kerle haben Spottlieder auf ihn gemacht und vom schwarzen Niklas gesungen, wie man Kinder mit dem schwarzen Mann graulich macht, aber war das ein Mann! Und dieser selbige Nikolaus, nun, der hatte hier, ganz wie die drei Alexander, auch ein Regiment, und das waren die Nikolaus-Kürassiere, oder sag' ich lieber: Das sind die Nikolaus-Kürassiere, denn wir haben sie, Gott sei Dank, noch. Und sehen Sie, lieber Czako, das war mein Regiment, dabei hab' ich gestanden, als ich noch ein junger Dachs war, und habe dann den Abschied genommen; viel zu früh; Dummheit, hätte lieber dabei bleiben sollen.«

Czako nickte, Dubslav nahm ein neues Glas von dem Goldwasser. »Unsere Nikolaus-Kürassiere, Gott erhalte sie, wie sie sind! Ich möchte sagen, in dem Regimente lebt noch die Heilige Allianz fort, die Waffenbrüderschaft von Anno dreizehn, und dies Anno dreizehn, das wir mit den Russen zusammen durchgemacht haben, immer nebeneinander im Biwak, in Glück und Unglück, das war doch unsre größte Zeit. Größer als die jetzt große. Große Zeit ist es immer nur, wenn's beinah schiefgeht, wenn man jeden Augenblick fürchten muß: ›Jetzt ist alles vorbei.‹ Da zeigt sich's. Courage ist gut, aber Ausdauer ist besser. Ausdauer, das ist die Hauptsache. Nichts im Leibe, nichts auf dem Leibe, Hundekälte, Regen und Schnee, so daß man so in der nassen Patsche liegt, und höchstens 'nen Kornus (Kognak, ja hast du was, den gab es damals kaum) und so die Nacht durch, da konnte man Jesum Christum erkennen lernen. Ich sage das, wenn ich auch nicht mit dabeigewesen. Anno dreizehn, bei Großgörschen, das war für uns die richtige Waffenbrüderschaft; jetzt haben wir die Waffenbrüderschaft der Orgeldreher und der Mausefallenhändler. Ich bin für Rußland, für Nikolaus und Alexander. Preobraschensk, Semenow, Kaluga – da hat man die richtige Anlehnung; alles andere ist revolutionär, und was revolutionär ist, das wackelt.«

Kurz vor elf, der Mond war inzwischen unter, brach man auf, und die Wagen fuhren vor, erst der Katzlersche Kaleschwagen, dann die Gundermannsche Chaise; Martin aber, mit einer Stallaterne, leuchtete dem Pastor über Vorhof und Bohlenbrücke fort, bis an seine ganz im Dunkel liegende Pfarre. Gleich darauf zogen sich auch die drei Freunde zurück und stiegen, unter Vorantritt Engelkes, die große Treppe hinauf, bis auf den Podest. Hier trennten sich Rex und Czako von Woldemar, dessen Zimmer auf der andern Flurseite gelegen war.

Czako, sehr müde, war im Nu bettfertig. »Es bleibt also dabei, Rex, Sie logieren sich in dem Rokokozimmer ein – wir wollen es ohne weiteres so nennen –, und ich nehme das Himmelbett hier in Zimmer Nummer eins. Vielleicht wäre das Umgekehrte richtiger, aber Sie haben es so gewollt.«

Und während er noch so sprach, schob er seine Stiefel auf den Flur hinaus, schloß ab und legte sich nieder.

Rex war derweilen mit seiner Plaidrolle beschäftigt, aus der er allerlei Toilettengegenstände hervorholte. »Sie müssen mich entschuldigen, Czako, wenn ich mich noch eine Viertelstunde hier bei Ihnen aufhalte. Habe nämlich die Angewohnheit, mich abends zu rasieren, und der

Toilettentisch mit Spiegel, ohne den es doch nicht gut geht, der steht nun mal hier an Ihrem statt an meinem Fenster. Ich muß also stören.«

»Mir sehr recht, trotz aller Müdigkeit. Nichts besser, als noch ein bißchen aus dem Bett heraus plaudern können. Und dabei so warm eingemummelt. Die Betten auf dem Lande sind überhaupt das beste.«

»Nun, Czako, das freut mich, daß Sie so bereit sind, mir Quartier zu gönnen. Aber wenn Sie noch eine Plauderei haben wollen, so müssen Sie sich die Hauptsache selber leisten. Ich schneide mich sonst, was dann hinterher immer ganz schändlich aussieht. Übrigens muß ich erst Schaum schlagen, und so lange wenigstens kann ich Ihnen Red' und Antwort stehen. Ein Glück nebenher, daß hier, außer der kleinen Lampe, noch diese zwei Leuchter sind. Wenn ich nicht Licht von rechts und links habe, komme ich nicht von der Stelle; das eine wackelt zwar (alle diese dünnen Silberleuchter wackeln), aber ›wenn gute Reden sie begleiten ...‹ Also strengen Sie sich an. Wie fanden Sie die Gundermanns? Sonderbare Leute – haben Sie schon mal den Namen Gundermann gehört?«

»Ja. Aber das war in ›Waldmeisters Brautfahrt‹.«

»Richtig; so wirkt er auch. Und nun gar erst die Frau! Der einzige, der sich sehen lassen konnte, war dieser Katzler. Ein Karambolespieler ersten Ranges. Übrigens Eisernes Kreuz.«

»Und dann der Pastor.«

»Nun ja, auch der. Eine ganz gescheite Nummer. Aber doch ein wunderbarer Heiliger, wie die ganze Sippe, zu der er gehört. Er hält zu Stöcker, sprach es auch aus, was neuerdings nicht jeder tut; aber der ›neue Luther‹, der doch schon gerade bedenklich genug ist – Majestät hat ganz recht mit seiner Verurteilung –, der geht ihm gewiß nicht weit genug. Dieser Lorenzen erscheint mir, im Gegensatz zu seinen Jahren, als einer der allerjüngsten. Und zu verwundern bleibt nur, daß der Alte so gut mit ihm steht. Freund Woldemar hat mir davon erzählt. Der Alte liebt ihn und sieht nicht, daß ihm sein geliebter Pastor den Ast absägt, auf dem er sitzt. Ja, diese von der neuesten Schule, das sind die allerschlimmsten. Immer Volk und wieder Volk, und mal auch etwas Christus dazwischen. Aber ich lasse mich so leicht nicht hinters Licht führen. Es läuft alles darauf hinaus, daß sie mit uns aufräumen wollen, und mit dem alten Christentum auch. Sie haben ein neues, und das überlieferte behandeln sie despektierlich.«

»Kann ich ihnen unter Umständen nicht verdenken. Seien Sie gut, Rex, und lassen Sie Konventikel und Partei mal beiseite. Das Überlieferte, was einem da so vor die Klinge kommt, namentlich wenn Sie sich die Menschen ansehen, wie sie nun mal sind, ist doch sehr reparaturbedürftig, und auf solche Reparatur ist ein Mann wie dieser Lorenzen eben aus. Machen Sie die Probe. Hie Lorenzen, hie Gundermann. Und Ihren guten Glauben in Ehren, aber Sie werden diesen Gundermann doch nicht über den Lorenzen stellen und ihn überhaupt nur ernsthaft nehmen wollen. Und wie dieser Wassermüller aus der Brettschneidebranche, so sind die meisten. Phrase, Phrase. Mitunter auch Geschäft oder noch Schlimmeres.«

»Ich kann jetzt nicht antworten, Czako. Was Sie da sagen, berührt eine große Frage, bei der man doch aufpassen muß. Und so mit dem Messer in der Hand, da verbietet sich's. Und das eine wacklige Licht hat ohnehin schon einen Dieb. Erzählen Sie mir lieber was von der Frau von Gundermann. Debattieren kann ich nicht mehr, aber wenn Sie plaudern, brauch' ich bloß zuzuhören. Sie haben ihr ja bei Tisch 'nen langen Vortrag gehalten.«

»Ja. Und noch dazu über Ratten.«

»Nein, Czako, davon dürfen Sie jetzt nicht sprechen; dann doch lieber über alten und neuen Glauben. Und gerade hier. In solchem alten Kasten ist man nie sicher vor Spuk und Ratten. Wenn Sie nichts andres wissen, dann bitt' ich um die Geschichte, bei der wir heute früh in Cremmen unterbrochen wurden. Es schien mir was Pikantes.«

»Ach, die Geschichte von der kleinen Stubbe. Ja, hören Sie, Rex, das regt Sie aber auch auf. Und wenn man nicht schlafen kann, ist es am Ende gleich, ob wegen der Ratten oder wegen der Stubbe.«

5. KAPITEL

Rex und Czako waren so müde, daß sie sich, wenn nötig, über Spuk und Ratten weggeschlafen hätten. Aber es war nicht nötig; nichts war da, was sie hätte stören können. Kurz vor acht erschien das alte Faktotum mit einem silbernen Deckelkrug, aus dem der Wrasen heißen Wassers aufstieg, einem der wenigen Renommierstücke, über die Schloß Stechlin verfügte. Dazu bot Engelke den Herren einen guten Morgen und stattete seinen Wetterbericht ab: Es gebe gewiß einen schönen Tag, und der junge Herr sei auch schon auf und gehe mit dem alten um das Rundell herum.

So war es denn auch. Woldemar war schon gleich nach sieben unten im Salon erschienen, um mit seinem Vater, von dem er wußte, daß er ein Frühaufsteher war, ein Familiengespräch über allerhand diffizile Dinge zu führen. Aber er war entschlossen, seinerseits damit nicht anzufangen, sondern alles von der Neugier und dem guten Herzen des Vaters zu erwarten. Und darin sah er sich auch nicht getäuscht.

»Ah, Woldemar, das ist recht, daß du schon da bist. Nur nicht zu lang im Bett. Die meisten Langschläfer haben einen Knacks. Es können aber sonst ganz gute Leute sein. Ich wette, dein Freund Rex schläft bis neun.«

»Nein, Papa, der gerade nicht. Wer wie Rex ist, kann sich das nicht gönnen. Er hat nämlich einen Verein gegründet für Frühgottesdienste, abwechselnd in Schönhausen und Finkenkrug. Aber es ist noch nicht perfekt geworden.«

»Freut mich, daß es noch hapert. Ich mag so was nicht. Der alte Wilhelm hat zwar seinem Volke die Religion wiedergeben wollen, was ein schönes Wort von ihm war – alles, was er tat und sagte, war gut –, aber Religion und Landpartie, dagegen bin ich doch. Ich bin überhaupt gegen alle falschen Mischungen. Auch bei den Menschen. Die reine Rasse, das ist das eigentlich Legitime. Das andre, was sie nebenher noch Legitimität nennen, das ist schon alles mehr künstlich. Sage, wie steht es denn eigentlich damit? Du weißt schon, was ich meine.«

»Ja, Papa ...«

»Nein, nicht so; nicht immer bloß ›ja, Papa‹. So fängst du jedesmal an, wenn ich auf dies Thema komme. Da liegt schon ein halber Refus drin, oder ein Hinausschieben, ein Abwartenwollen. Und damit kann ich mich nicht befreunden. Du bist jetzt zweiunddreißig, oder doch beinah, da muß der mit der Fackel kommen; aber *du* fackelst (verzeih den Kalauer, ich bin eigentlich gegen Kalauer, die sind so mehr für Handlungsreisende), also du fackelst, sag' ich, und ist kein Ernst dahinter. Und soviel kann ich dir außerdem sagen, deine Tante Sanctissima drüben in Kloster Wutz, die wird auch schon ungeduldig. Und das sollte dir zu denken geben. Mich hat sie zeitlebens schlecht behandelt; wir stimmten eben nie zusammen und konnten auch nicht, denn so halb Königin Elisabeth, halb Kaffeeschwester, das is 'ne Melange, mit der ich mich nie habe befreunden können. Ihr drittes Wort ist immer ihr Rentmeister Fix, und wäre sie nicht sechsundsiebzig, so erfänd' ich mir eine Geschichte dazu.«

»Mach es gnädig, Papa. Sie meint es ja doch gut. Und mit mir nun schon ganz gewiß.«

»Gnädig machen? Ja, Woldemar, ich will es versuchen. Nur fürcht' ich, es wird nicht viel dabei herauskommen. Da heißt es immer, man solle Familiengefühl haben, aber es wird einem doch auch zu blutsauer gemacht, und ich kann umgekehrt der Versuchung nicht widerstehen, eine richtige Familienkritik zu üben. Adelheid fordert sie geradezu heraus. Andrerseits freilich, in dich ist sie wie vernarrt, für dich hat sie Geld und Liebe. Was davon wichtiger ist, stehe dahin; aber soviel ist gewiß, ohne sie wär' es überhaupt gar nicht gegangen, ich meine dein Leben in deinem Regiment. Also wir haben ihr zu danken, und weil sie das geradesogut weiß wie wir, oder vielleicht noch ein bißchen besser, gerade deshalb wird sie ungeduldig; sie will Taten sehen, was vom Weiberstandpunkt aus allemal soviel heißt wie Verheiratung. Und wenn man will, kann man es auch so nennen, ich meine Taten. Es ist und bleibt ein Heroismus. Wer Tante Adelheid geheiratet hätte, hätte sich die Tapferkeitsmedaille verdient, und wenn ich schändlich sein wollte, so sagte ich das Eiserne Kreuz.«

»Ja, Papa ...«

»Schon wieder ›ja, Papa‹. Nun, meinetwegen, ich will dich schließlich in deiner Lieblingswendung nicht stören. Aber bekenne mir nebenher – denn das ist doch schließlich das, um was sich's handelt –, liegst du mit was im Anschlag, hast du was auf dem Korn?«

»Papa, diese Wendungen erschrecken mich beinah. Aber wenn denn schon so jägermäßig gesprochen werden soll, ja; meine Wünsche haben ein bestimmtes Ziel, und ich darf sagen, mich beschäftigen diese Dinge.«

»Mich beschäftigen diese Dinge ... Nimm mir's nicht übel, Woldemar, das ist ja gar nichts. Beschäftigen! Ich bin nicht fürs Poetische, das ist für Gouvernanten und arme Lehrer, die nach Görbersdorf müssen (bloß, daß sie meistens kein Geld dazu haben), aber diese Wendung ›sich beschäftigen‹, das ist mir denn doch zu prosaisch. Wenn es sich um solche Dinge wie Liebe handelt (wiewohl ich über Liebe nicht viel günstiger denke wie über Poesie, bloß daß Liebe doch noch mehr Unheil anrichtet, weil sie noch allgemeiner auftritt) – wenn es sich um Dinge wie Liebe handelt, so darf man nicht sagen, ›ich habe mich damit beschäftigt‹. Liebe ist doch schließlich immer was Forsches, sonst kann sie sich ganz und gar begraben lassen, und da möcht' ich denn doch etwas von dir hören, was ein bißchen wie Leidenschaft aussieht. Es braucht ja nicht gleich was Schreckliches zu sein. Aber so ganz ohne Stimulus, wie man, glaub' ich, jetzt sagt, so ganz ohne so was geht es nicht; alle Menschheit ist darauf gestellt, und wo's einschläft, ist so gut wie alles vorbei. Nun weiß ich zwar recht gut, es geht auch ohne uns, aber das ist doch alles bloß etwas, was einem von Verstandes wegen aufgezwungen wird, das egoistische Gefühl, das immer unrecht, aber auch immer recht hat, will von dem allem nichts wissen und besteht darauf, daß die Stechline weiterleben, wenn es sein kann, *in aeternum.* Ewig weiterleben – ich räume ein, es hat ein bißchen was Komisches, aber es gibt wenig ernste Sachen, die nicht auch eine komische Seite hätten ... Also dich ›beschäftigen‹ diese Dinge. Kannst du Namen nennen? Auf wem haben Eurer Hoheit Augen zu ruhen geruht?«

»Papa, Namen darf ich noch nicht nennen. Ich bin meiner Sache noch nicht sicher genug, und das ist auch der Grund, warum ich Wendungen gebraucht habe, die dir nüchtern und prosaisch erschienen sind. Ich kann dir aber sagen, ich hätte mich lieber anders ausgedrückt; nur darf ich es noch nicht. Und dann weiß ich ja auch, daß du selber einen abergläubischen Zug hast und ganz aufrichtig davon ausgehst, daß man sich sein Glück verreden kann, wenn man zu früh oder zu viel davon spricht.«

»Brav, brav. Das gefällt mir. So ist es. Wir sind immer von neidischen und boshaften Wesen mit Fuchsschwänzen und Fledermausflügeln umstellt, und wenn wir renommieren oder sicher tun, dann lachen sie. Und wenn sie erst lachen, dann sind wir schon so gut wie verloren. Mit unsrer eignen Kraft ist nichts getan, ich habe nicht den Grashalm sicher, den ich hier ausreiße. Demut, Demut ... Aber trotzdem komm' ich dir mit der naiven Frage (denn man widerspricht sich in einem fort), ist es was Vornehmes, was Pikfeines?«

»Pikfein, Papa, will ich nicht sagen. Aber vornehm gewiß.«

»Na, das freut mich. Falsche Vornehmheit ist mir ein Greuel; aber richtige Vornehmheit – *à la bonne heure.* Sage mal, vielleicht was vom Hofe?«

»Nein, Papa.«

»Na, desto besser. Aber da kommen ja die Herren. Der Rex sieht wirklich verdeubelt gut aus, ganz das, was wir früher einen Garde-Assessor nannten. Und fromm, sagst du – wird also wohl Karriere machen; ›fromm‹ is wie 'ne untergelegte Hand.«

Während dieser Worte stiegen Rex und Czako die Stufen zum Garten hinunter und begrüßten den Alten. Er erkundigte sich nach ihren nächtlichen Schicksalen, freute sich, daß sie »durchgeschlafen« hätten, und nahm dann Czakos Arm, um vom Garten her auf die Veranda, wo Engelke mittlerweile unter der großen Markise den Frühstückstisch hergerichtet hatte, zurückzukehren. »Darf ich bitten, Herr von Rex.« Und er wies auf einen Gartenstuhl, ihm gerade gegenüber, während Woldemar und Czako links und rechts neben ihm Platz nahmen. »Ich habe neuerdings den Tee eingeführt, das heißt nicht obligatorisch; im Gegenteil, ich persönlich bleibe lieber bei Kaffee, ›schwarz wie der Teufel, süß wie die Sünde, heiß wie die Hölle‹, wie bereits Talleyrand gesagt haben soll. Aber, Pardon, daß ich Sie mit so was überhaupt noch belästige. Schon mein Vater sagte mal: ›Ja, wir auf dem Lande, wir haben immer noch die alten Wiener Kongreßwitze.‹ Und das ist nun schon wieder ein Menschenalter her.«

»Ach, diese alten Kongreßwitze«, sagte Rex verbindlich, »ich möchte mir die Bemerkung erlauben, Herr Major, daß diese alten Witze besser sind als die neuen. Und kann auch kaum anders sein. Denn wer waren denn die Verfasser von damals? Talleyrand, den Sie schon genannt haben, und Wilhelm von Humboldt und Friedrich Gentz und ihresgleichen. Ich glaube, daß das Metier seitdem sehr herabgestiegen ist.«

»Ja, herabgestiegen ist alles, und es steigt immer weiter nach unten. Das ist, was man neue Zeit nennt, immer weiter runter. Und mein Pastor, den Sie ja gestern abend kennengelernt haben, der behauptet sogar, das sei das Wahre, das sei das, was man Kultur nenne, daß immer weiter nach unten gestiegen würde. Die aristokratische Welt habe abgewirtschaftet, und nun komme die demokratische ...«

»Sonderbare Worte für einen Geistlichen«, sagte Rex, »für einen Mann, der doch die durch Gott gegebenen Ordnungen kennen sollte.«

Dubslav lachte. »Ja, das bestreitet er Ihnen. Und ich muß bekennen, es hat manches für sich, trotzdem es mir nicht recht paßt. Im übrigen, wir werden ihn, ich meine den Pastor, ja wohl noch beim zweiten Frühstück sehen, wo Sie dann Gelegenheit nehmen können, sich mit ihm persönlich darüber auseinanderzusetzen; er liebt solche Gespräche, wie Sie wohl schon gemerkt haben, und hat eine kleine Lutherneigung, sich immer auf das jetzt übliche: ›Hier steh' ich, ich kann nicht anders‹ auszuspielen. Mitunter sieht es wirklich so aus, als ob wieder eine gewisse Märtyrerlust in die Menschen gefahren wäre, bloß ich trau' dem Frieden noch nicht so recht.«

»Ich auch nicht«, bemerkte Rex, »meistens Renommisterei.«

»Na, na«, sagte Czako. »Da hab' ich doch noch diese letzten Tage von einem armen russischen Lehrer gelesen, der unter die Soldaten gesteckt wurde (sie haben da jetzt auch so was wie allgemeine Dienstpflicht), und dieser Mensch, der Lehrer, hat sich geweigert, eine Flinte loszuschießen, weil das bloß Vorschule sei zu Mord und Totschlag, also ganz und gar gegen das fünfte Gebot. Und dieser Mensch ist sehr gequält worden, und zuletzt ist er gestorben. Wollen Sie das auch Renommisterei nennen?«

»Gewiß will ich das.«

»Herr von Rex«, sagte Dubslav, »sollten Sie dabei nicht zu weit gehen? Wenn sich's ums Sterben handelt, da hört das Renommieren auf. Aber diese Sache, von der ich übrigens auch gehört habe, hat einen ganz andern Schlüssel. Das liegt nicht an der allgemein gewordenen Renommisterei, das liegt am Lehrertum. Alle Lehrer sind nämlich verrückt. Ich habe hier auch einen, an dem ich meine Studien gemacht habe; heißt Krippenstapel, was allein schon was sagen will. Er ist grad um ein Jahr älter als ich, also runde siebenundsechzig, und eigentlich ein Prachtexemplar, jedenfalls ein vorzüglicher Lehrer. Aber verrückt ist er doch.«

»Das sind alle«, sagte Rex. »Alle Lehrer sind ein Schrecknis. Wir im Kultusministerium können ein Lied davon singen. Diese Abc-Pauker wissen alles, und seitdem Anno sechsundsechzig der unsinnige Satz in die Mode kam, ›der preußische Schulmeister habe die Österreicher geschlagen‹ – ich meinerseits würde lieber dem Zündnadelgewehr oder dem alten Steinmetz, der alles, nur kein Schulmeister war, den Preis zuerkennen –, seitdem ist es vollends mit diesen Leuten nicht mehr auszuhalten. Herr von Stechlin hat eben von einem der Humboldts gesprochen; nun, an Wilhelm von Humboldt trauen sie sich noch nicht recht heran, aber was Alexander von Humboldt konnte, das können sie nun schon lange.«

»Da treffen Sie's, Herr von Rex«, sagte Dubslav. »Genauso ist meiner auch. Ich kann nur wiederholen, ein vorzüglicher Mann; aber er hat den Prioritätswahnsinn. Wenn Koch das Heilserum erfindet oder Edison Ihnen auf fünfzig Meilen eine Oper vorspielt, mit Getrampel und Händeklatschen dazwischen, so weist Ihnen mein Krippenstapel nach, daß er das vor dreißig Jahren auch schon mit sich rumgetragen habe.«

»Ja, ja, so sind sie alle.«

»Übrigens ... Aber darf ich Ihnen nicht noch von diesem gebackenen Schinken vorlegen? ... Übrigens mahnt mich Krippenstapel daran, daß die Feststellung eines Vormittagsprogramms wohl an der Zeit sein dürfte; Krippenstapel ist nämlich der geborene Cicerone dieser Gegenden, und durch Woldemar weiß ich bereits, daß Sie uns die Freude machen wollen, sich um Stechlin und Umgegend ein klein wenig zu kümmern, Dorf, Kirche, Wald, See – um den See natürlich am meisten, denn der ist unsre *pièce de résistance*. Das andere gibt es woanders auch, aber der See ... Lorenzen erklärt ihn außerdem noch für einen richtigen Revolutionär, der gleich mitrumort, wenn irgendwo was los ist. Und es ist auch wirklich so. Mein Pastor aber sollte, beiläufig bemerkt, so was lieber nicht sagen. Das sind so Geistreichigkeiten, die leicht übel vermerkt werden. Ich persönlich lass' es laufen. Es gibt nichts, was mir so verhaßt wäre wie Polizeimaßregeln, oder einem Menschen, der gern ein freies Wort spricht, die Kehle zuzuschnüren. Ich rede selber gern, wie mir der Schnabel gewachsen ist.«

»Und verplauderst dich dabei«, sagte Woldemar, »und vergißt zunächst unser Programm. Um spätestens zwei müssen wir fort; wir haben also nur noch vier Stunden. Und Globsow, ohne das es nicht gehen wird, ist weit und kostet uns wenigstens die Hälfte davon.«

»Also richtig. Also das Menü, meine Herren. Ich denke mir die Sache so. Erst (da gleich hinter dem Buchsbaumgange) Besteigung des Aussichtsturms – noch eine Anlage von meinem Vater her, die sich, nach Ansicht der Leute hier, vordem um vieles schöner ausnahm als jetzt. Damals waren nämlich noch lauter bunte Scheiben da oben, und alles, was man sah, sah rot oder blau oder orangefarben aus. Und alle Welt hier war unglücklich, als ich diese bunten Gläser wegnehmen ließ. Ich empfand es aber wie 'ne Naturbeleidigung. Grün ist grün, und Wald ist Wald ... Also Nummer eins der Aussichtsturm; Nummer zwei Krippenstapel und die Schule; Nummer drei die Kirche samt Kirchhof. Pfarre schenken wir uns. Dann Wald und See. Und dann Globsow, wo sich eine Glasindustrie befindet. Und dann wieder zurück, und zum Abschluß ein zweites Frühstück, eine altmodische Bezeichnung, die mir aber trotzdem immer besser klingt als Lunch. ›Zweites Frühstück‹ hat etwas ausgesprochen Behagliches und gibt zu verstehen, daß man ein erstes schon hinter sich hat ... Woldemar, dies ist mein Programm, das ich dir, als einem Eingeweihten, hiermit unterbreite. Ja oder nein?«

»Natürlich ja, Papa. Du triffst dergleichen immer am besten. Ich meinerseits mache aber nur die erste Hälfte mit. Wenn wir in der Kirche fertig sind, muß ich zu Lorenzen. Krippenstapel kann mich ja mehr als ersetzen, und in Globsow weiß er all und jedes. Er spricht, als ob er Glasbläser gewesen wäre.«

»Darf dich nicht wundern. Dafür ist er Lehrer im allgemeinen und Krippenstapel im besonderen.«

So war denn also das Programm festgestellt, und nachdem Dubslav mit Engelkes Hilfe seinen noch ziemlich neuen weißen Filzhut, den er sehr schonte, mit einem wotanartigen schwarzen Filzhut vertauscht und einen schweren Eichenstock in die Hand genommen hatte, brach man auf, um zunächst auf den als erste Sehenswürdigkeit festgesetzten Aussichtsturm hinaufzusteigen. Der Weg dahin, keine hundert Schritte, führte durch einen sogenannten »Poetensteig«. »Ich weiß nicht«, sagte Dubslav, »warum meine Mutter diesen etwas anspruchsvollen Namen hier einführte. Soviel mir bekannt, hat sich hier niemals etwas betreffen lassen, was zu dieser Rangerhöhung einer ehemaligen Taxushecke hätte Veranlassung geben können. Und ist auch recht gut so.«

»Warum gut, Papa?«

»Nun, nimm es nicht übel«, lachte Dubslav. »Du sprichst ja, wie wenn du selber einer wärst. Im übrigen räum' ich dir ein, daß ich kein rechtes Urteil über derlei Dinge habe. Bei den Kürassieren war keiner, und ich habe überhaupt nur einmal einen gesehen, mit einem kleinen Verdruß und einer Goldbrille, die er beständig abnahm und putzte. Natürlich bloß ein Männchen, klein und eitel. Aber sehr elegant.«

»Elegant?« fragte Czako. »Dann stimmt es nicht; dann haben Sie so gut wie keinen gesehen.«

Unter diesem Gespräche waren sie bis an den Turm gekommen, der in mehreren Etagen und zuletzt auf bloßen Leitern anstieg. Man mußte schwindelfrei sein, um gut hinaufzukommen. Oben aber war es wieder gefahrlos, weil eine feste Wandung das Podium umgab. Rex und Czako hielten Umschau. Nach Süden hin lag das Land frei, nach den drei andern Seiten hin aber war alles mit Waldmassen besetzt, zwischen denen gelegentlich die sich hier auf weite Meilen hinziehende Seenkette sichtbar wurde. Der nächste See war der Stechlin.

»Wo ist nun die Stelle?« fragte Czako. »Natürlich die, wo's sprudelt und strudelt.«

»Sehen Sie die kleine Buchtung da, mit der weißen Steinbank?«

»Jawohl; ganz deutlich.«

»Nun, von der Steinbank aus keine zwei Bootslängen in den See hinein, da haben Sie die Stelle, die, wenn's sein muß, mit Java telephoniert.«

»Ich gäbe was drum«, sagte Czako, »wenn jetzt der Hahn zu krähen anfinge.«

»Diese kleine Aufmerksamkeit muß ich Ihnen leider schuldig bleiben und hab' überhaupt da nach rechts hin nichts anderes mehr für Sie als die roten Ziegeldächer, die sich zwischen dem

Waldrand und dem See wie auf einem Bollwerk hinziehen. Das ist die Kolonie Globsow. Da wohnen die Glasbläser. Und dahinter liegt die Glashütte. Sie ist noch unter dem Alten Fritzen entstanden und heißt die ›grüne Glashütte‹.«

»Die grüne? Das klingt ja beinahe wie aus 'nem Märchen.«

»Ist aber eher das Gegenteil davon. Sie heißt nämlich so, weil man da grünes Glas macht, allergewöhnlichstes Flaschenglas. An Rubinglas mit Goldrand dürfen Sie hier nicht denken. Das ist nichts für unsere Gegend.«

Und damit kletterten sie wieder hinunter und traten, nach Passierung des Schloßvorhofs, auf den quadratischen Dorfplatz hinaus, an dessen einer Ecke die Schule gelegen war. Es mußte die Schule sein, das sah man an den offenstehenden Fenstern und den Malven davor, und als die Herren bis an den grünen Staketenzaun heran waren, hörten sie auch schon den prompten Schulgang da drinnen, erst die scharfe, kurze Frage des Lehrers und dann die sofortige Massenantwort. Im nächsten Augenblick, unter Vorantritt Dubslavs, betraten alle den Flur, und weil ein kleiner weißer Kläffer sofort furchtbar zu bellen anfing, erschien Krippenstapel, um zu sehen, was los sei.

»Guten Morgen, Krippenstapel«, sagte Dubslav. »Ich bring' Ihnen Besuch.«

»Sehr schmeichelhaft, Herr Baron.«

»Ja, das sagen Sie; wenn's nur wahr ist. Aber unter allen Umständen lassen Sie den Baron aus dem Spiel ... Sehen Sie, meine Herren, mein Freund Krippenstapel ist ein ganz eigenes Haus. Alltags nennt er mich ›Herr von Stechlin‹ (den Major unterschlägt er), und wenn er ärgerlich ist, nennt er mich ›gnäd'ger Herr‹. Aber sowie ich mit Fremden komme, betitelt er mich ›Herr Baron‹. Er will was für mich tun.«

Krippenstapel, still vor sich hinschmunzelnd, hatte mittlerweile die Tür zu der seiner Schulklasse gegenüber gelegenen Wohnstube geöffnet und bat die Herren, eintreten zu wollen. Sie nahmen auch jeder einen Stuhl in die Hand, aber stützten sich nur auf die Lehne, während das Gespräch zwischen Dubslav und dem Lehrer seinen Fortgang nahm. »Sagen Sie, Krippenstapel, wird es denn überhaupt gehen? Sie sollen uns natürlich alles zeigen, und die Schule ist noch nicht aus.«

»Oh, gewiß geht es, Herr von Stechlin.«

»Ja, hören Sie, wenn der Hirt fehlt, rebelliert die Herde ...«

»Nicht zu befürchten, Herr von Stechlin. Da war mal ein Burgemeister, achtundvierziger Zeit, Namen will ich lieber nicht nennen, der sagte: ›Wenn ich meinen Stiefel ans Fenster stelle, regier' ich die ganze Stadt.‹ Das war mein Mann.«

»Richtig; den hab' ich auch noch gekannt. Ja, der verstand es. Überhaupt immer in der Furcht des Herrn. Dann geht alles am besten. Der Hauptregente bleibt doch der Krückstock.«

»Der Krückstock«, bestätigte Krippenstapel. »Und dann freilich die Belohnungen.«

»Belohnungen?« lachte Dubslav. »Aber Krippenstapel, wo nehmen Sie denn die her?«

»Oh, die hat's schon, Herr von Stechlin. Aber immer mit Verschiedenheiten. Ist es was Kleines, so kriegt der Junge bloß 'nen Katzenkopp weniger, ist es aber was Großes, dann kriegt er 'ne Wabe.«

»'ne Wabe? Richtig. Davon haben wir schon heute früh beim Frühstück gesprochen, als Ihr Honig auf den Tisch kam. Ich habe den Herren dabei gesagt, Sie wären der beste Imker in der ganzen Grafschaft.«

»Zuviel Ehre, Herr von Stechlin. Aber das darf ich sagen, ich versteh' es. Und wenn die Herren mir folgen wollen, um das Volk bei der Arbeit zu sehen – es ist jetzt gerade beste Zeit.«

Alle waren einverstanden, und so gingen sie denn durch den Flur bis in Hof und Garten hinaus und nahmen hier Stellung vor einem offenen Etageschuppen, drin die Stöcke standen, nicht altmodische Bienenkörbe, sondern richtige Bienenhäuser, nach der Dzierzonschen Methode, wo man alles herausnehmen und jeden Augenblick in das Innere bequem hineingucken kann. Krippenstapel zeigte denn auch alles, und Rex und Czako waren ganz aufrichtig interessiert.

»Nun aber, Herr Lehrer Krippenstapel«, sagte Czako, »nun bitte, geben Sie uns auch einen Kommentar. Wie ist das eigentlich mit den Bienen? Es soll ja was ganz Besondres damit sein.«

»Ist es auch, Herr Hauptmann. Das Bienenleben ist eigentlich feiner und vornehmer als das Menschenleben.«

»Feiner, das kann ich mir schon denken; aber auch vornehmer? Was Vornehmeres als den Menschen gibt es nicht. Indessen, wie's damit auch sei, ›ja‹ oder ›nein‹, Sie machen einen nur immer neugieriger. Ich habe mal gehört, die Bienen sollen sich auf das Staatliche so gut verstehen; beinah vorbildlich.«

»So ist es auch, Herr Hauptmann. Und eines ist ja da, worüber sich als Thema vielleicht reden läßt. Da sind nämlich in jedem Stock drei Gruppen oder Klassen. In Klasse eins haben wir die Königin, in Klasse zwei haben wir die Arbeitsbienen (die, was für alles Arbeitsvolk wohl eigentlich immer das beste ist, geschlechtslos sind), und in Klasse drei haben wir die Drohnen; die sind männlich, worin zugleich ihr eigentlicher Beruf besteht. Denn im übrigen tun sie gar nichts.«

»Interessanter Staat. Gefällt mir. Aber immer noch nicht vorbildlich genug.«

»Und nun bedenken Sie, Herr Hauptmann. Winterlang haben sie so dagesessen und gearbeitet oder auch geschlafen. Und nun kommt der Frühling, und das erwachende neue Leben ergreift auch die Bienen, am mächtigsten aber die Klasse eins, die Königin. Und sie beschließt nun, mit ihrem ganzen Volk einen Frühlingsausflug zu machen, der sich für sie persönlich sogar zu einer Art Hochzeitsreise gestaltet. So muß ich es nennen. Unter den vielen Drohnen nämlich, die ihr auf der Ferse sind, wählt sie sich einen Begleiter, man könnte sagen einen Tänzer, der denn auch berufen ist, alsbald in eine noch intimere Stellung zu ihr einzurücken. Etwa nach einer Stunde kehrt die Königin und ihr Hochzeitszug in die beengenden Schranken ihres Staates zurück. Ihr Dasein hat sich inzwischen erfüllt. Ein ganzes Geschlecht von Bienen wird geboren, aber weitere Beziehungen zu dem bewußten Tänzer sind ein für allemal ausgeschlossen. Es ist das gerade das, was ich vorhin als fein und vornehm bezeichnet habe. Bienenköniginnen lieben nur einmal. Die Bienenkönigin liebt und stirbt.«

»Und was wird aus der bevorzugten Drohne, aus dem Prinzessinnen-Tänzer, dem Prince-Consort, wenn dieser Titel ausreicht?«

»Dieser Tänzer wird ermordet.«

»Nein, Herr Lehrer Krippenstapel, das geht nicht. Unter dieser letzten Mitteilung bricht meine Begeisterung wieder zusammen. Das ist ja schlimmer als der Heinesche Asra. Der stirbt doch bloß. Aber hier haben wir Ermordung. Sagen Sie, Rex, wie stehen Sie dazu?«

»Das monogamische Prinzip, woran doch schließlich unsre ganze Kultur hängt, kann nicht strenger und überzeugender demonstriert werden. Ich finde es großartig.«

Czako hätte gern geantwortet; aber er kam nicht dazu, weil in diesem Augenblicke Dubslav darauf aufmerksam machte, daß man noch viel vor sich habe. Zunächst die Kirche. »Seine Hochwürden, der wohl eigentlich dabei sein müßte, wird es nicht übelnehmen, wenn wir auf ihn verzichten. Aber Sie, Krippenstapel, können Sie?«

Krippenstapel wiederholte, daß er Zeit vollauf habe. Zudem schlug die Schuluhr, und gleich beim ersten Schlage hörte man, wie's drinnen in der Klasse lebendig wurde und die Jungens in ihren Holzpantinen über den Flur weg auf die Straße stürzten. Draußen aber stellten sie sich militärisch auf, weil sie mittlerweile gehört hatten, daß der gnädige Herr gekommen sei.

»Morgen, Jungens«, sagte Dubslav, an einen kleinen Schwarzhaarigen herantretend. »Bist von Globsow?«

»Nein, gnäd'ger Herr, von Dagow.«

»Na, lernst auch gut?«

Der Junge griente.

»Wann war denn Fehrbellin?«

»Achtzehnter Juni.«

»Und Leipzig?«

»Achtzehnter Oktober. Immer Achtzehnter bei uns.«

»Das ist recht, Junge ... Da.«

Und dabei griff er in seinen Rock und suchte nach einem Nickel. »Sehen Sie, Hauptmann, Sie sind ein bißchen ein Spötter, soviel hab' ich schon gemerkt; aber so muß es gemacht werden. Der Junge weiß von Fehrbellin und von Leipzig und hat ein kluges Gesicht und steht Red' und Antwort. Und rote Backen hat er auch. Sieht er aus, als ob er einen Kummer hätte oder einen Gram ums Vaterland? Unsinn. Ordnung und immer feste. Na, solange ich hier sitze, solange hält es noch. Aber freilich, es kommen andre Tage.«

Woldemar lächelte.

»Na«, fuhr der Alte fort, »will mich trösten. Als der Alte Fritz zu sterben kam, dacht' er auch, nu ginge die Welt unter. Und sie steht immer noch, und wir Deutsche sind wieder obenauf, ein bißchen zu sehr. Aber immer besser als zu wenig.«

Inzwischen hatte sich Krippenstapel in seiner Stube proper gemacht: schwarzer Rock mit dem Inhaberband des Adlers von Hohenzollern, den ihm sein gütiger Gutsherr verschafft hatte. Statt des Hutes, den er in der Eile nicht hatte finden können, trug er eine Mütze von sonderbarer Form. In der Rechten aber hielt er einen ausgehöhlten Kirchenschlüssel, der wie 'ne rostige Pistole aussah.

Der Weg bis zur Kirche war ganz nah. Und nun standen sie dem Portal gegenüber.

Rex, zu dessen Ressort auch Kirchenbauliches gehörte, setzte sein Pincenez auf und musterte. »Sehr interessant. Ich setze das Portal in die Zeit von Bischof Luger. Prämonstratenserbau. Wenn mich nicht alles täuscht, Anlehnung an die Brandenburger Krypte. Also sagen wir zwölfhundert. Wenn ich fragen darf, Herr von Stechlin, existieren Urkunden? Und war vielleicht Herr von Quast schon hier oder Geheimrat Adler, unser bester Kenner?«

Dubslav geriet in eine kleine Verlegenheit, weil er sich einer solchen Gründlichkeit nicht gewärtigt hatte. »Herr von Quast war einmal hier, aber in Wahlangelegenheiten. Und mit den Urkunden ist es gründlich vorbei, seit Wrangel hier alles niederbrannte. Wenn ich von Wrangel spreche, mein' ich natürlich nicht unsern ›Vater Wrangel‹, der übrigens auch keinen Spaß verstand, sondern den Schillerschen Wrangel ... Und außerdem, Herr von Rex, ist es so schwer für einen Laien. Aber Sie, Krippenstapel, was meinen Sie?«

Rex, über den plötzlich etwas von Dienstlichkeit gekommen war, zuckte zusammen. Er hatte sich an Herrn von Stechlin gewandt, wenn nicht als an einen Wissenden, so doch als an einen Ebenbürtigen, und daß jetzt Krippenstapel aufgefordert wurde, das entscheidende Wort in dieser Angelegenheit zu sprechen, wollte ihm nicht recht passend erscheinen. Überhaupt, was wollte diese Figur, die doch schon stark die Karikatur streifte. Schon der Bericht über die Bienen und namentlich, was er über die Haltung der Königin und den Prince-Consort gesagt hatte, hatte so merkwürdig anzüglich geklungen, und nun wurde dies Schulmeister-Original auch noch aufgefordert, über bauliche Fragen und aus welchem Jahrhundert die Kirche stamme, sein Urteil abzugeben. Er hatte wohlweislich nach Quast und Adler gefragt, und nun kam Krippenstapel! Wenn man durchaus wollte, konnte man das alles patriarchalisch finden; aber es mißfiel ihm doch. Und leider war Krippenstapel – der zu seinen sonstigen Sonderbarkeiten auch noch den ganzen Trotz des Autodidakten gesellte – keineswegs angetan, die kleinen Unebenheiten, in die das Gespräch hineingeraten war, wieder glatt zu machen. Er nahm vielmehr die Frage: »Krippenstapel, was meinen Sie« ganz ernsthaft auf und sagte:

»Wollen verzeihen, Herr von Rex, wenn ich unter Anlehnung an eine neuerdings erschienene Broschüre des Oberlehrers Tucheband in Templin zu widersprechen wage. Dieser Grafschaftswinkel hier ist von mehr mecklenburgischem und uckermärkischem als brandenburgischem Charakter, und wenn wir für unsre Stechliner Kirche nach Vorbildern forschen wollen, so werden wir sie wahrscheinlich in Kloster Himmelpfort oder Gransee zu suchen haben, aber nicht in Dom Brandenburg. Ich möchte hinzusetzen dürfen, daß Oberlehrer Tuchebands Aufstellungen, soviel ich weiß, unwidersprochen geblieben sind.«

Czako, der diesem aufflackernden Kampfe zwischen einem Ministerialassessor und einem Dorfschulmeister mit größtem Vergnügen folgte, hätte gern noch weitere Scheite herzugetragen; Woldemar aber empfand, daß es höchste Zeit sei, zu intervenieren, und bemerkte: nichts sei schwerer, als auf diesem Gebiete Bestimmungen zu treffen – ein Satz, den übrigens sowohl Rex wie Krippenstapel ablehnen zu wollen schienen –, und daß er vorschlagen möchte, lieber in die Kirche selbst einzutreten, als hier draußen über die Säulen und Kapitelle weiter zu debattieren.

Man fand sich in diesen Vorschlag; Krippenstapel öffnete die Kirche mit einem Riesenschlüssel, und alle traten ein.

6. KAPITEL

Gleich nach zwölf – Woldemar hatte sich, wie geplant, schon lange vorher, um bei Lorenzen vorzusprechen, von den andern Herren getrennt – waren Dubslav, Rex und Czako von dem Globsower Ausfluge zurück, und Rex, feiner Mann, der er war, war bei Passierung des Vorhofs verbindlich an die mit Zinn ausgelegte blanke Glaskugel herangetreten, um ihr, als einem mutmaßlichen Produkte der eben besichtigten »grünen Glashütte«, seine Ministerialaufmerksamkeit zu schenken. Er ging dabei so weit, von »Industriestaat« zu sprechen. Czako, der gemeinschaftlich mit Rex in die Glaskugel hineinguckte, war mit allem einverstanden, nur nicht mit seinem Spiegelbilde. »Wenn man nur bloß etwas besser aussähe ...« Rex versuchte zu widersprechen, aber Czako gab nicht nach und versicherte: »Ja, Rex, Sie sind ein schöner Mann, Sie haben eben mehr zuzusetzen. Und da bleibt denn immer noch was übrig.«

Oben auf der Rampe stand Engelke.

»Nun, Engelke, wie steht's? Woldemar und der Pastor schon da?«

»Nein, gnäd'ger Herr. Aber ich kann ja die Christel schicken.«

»Nein, nein, schicke nicht. Das stört bloß. Aber warten wollen wir auch nicht. Es war doch weiter nach Globsow, als ich dachte; das heißt, eigentlich war es nicht weiter, bloß die Beine wollen nicht mehr recht. Und hat solche Anstrengung bloß das eine Gute, daß man hungrig und durstig wird. Aber da kommen ja die Herren.«

Und er grüßte von der Rampe her nach der Bohlenbrücke hinüber, über die Woldemar und Lorenzen eben in den Schloßhof eintraten. Rex ging ihnen entgegen. Dubslav dagegen nahm Czakos Arm und sagte: »Nun kommen Sie, Hauptmann, wir wollen derweilen ein bißchen recherchieren und uns einen guten Platz aussuchen. Mit der ewigen Veranda, das ist nichts; unter der Markise steht die Luft wie 'ne Mauer, und ich muß frische Luft haben. Vielleicht erstes Zeichen von Hydropsie. Kann eigentlich Fremdwörter nicht leiden. Aber mitunter sind sie doch ein Segen. Wenn ich so zwischen Hydropsie und Wassersucht die Wahl habe, bin ich immer für Hydropsie. Wassersucht hat so was kolossal Anschauliches.«

Unter diesen Worten waren sie bis in den Garten gekommen, an eine Stelle, wo viel Buchsbaum stand, dem Poetensteige gerad gegenüber. »Sehen Sie hier, Hauptmann das wäre so was. Niedrige Buchsbaumwand. Da haben wir Luft und doch keinen Zug. Denn vor Zug muß ich mich auch hüten wegen Rheumatismus, oder vielleicht ist es auch Gicht. Und dabei hören wir das Plätschern von meiner Sanssouci-Fontäne. Was meinen Sie?«

»Kapital, Herr Major.«

»Ach, lassen Sie den Major. Major klingt immer so dienstlich ... Also hier, Engelke, hier dekke den Tisch und stell auch ein paar Fuchsien oder was gerade blüht in die Mitte. Nur nicht Astern. Astern sind ganz gut, aber doch sozusagen unterm Stand und sehen immer aus wie'n Bauerngarten. Und dann mache dich in den Keller und hol uns was Ordentliches herauf. Du weißt ja, was ich zum Frühstück am liebsten habe. Vielleicht hat Hauptmann Czako denselben Geschmack.«

»Ich weiß noch nicht, um was es sich handelt, Herr von Stechlin; aber ich möchte mich für Übereinstimmung schon jetzt verbürgen.«

Inzwischen waren auch Woldemar, Rex und der Pastor vom Gartensalon her auf die Veranda hinausgetreten, und Dubslav ging ihnen entgegen. »Guten Tag, Pastor. Nun, das ist recht. Ich dachte schon, Woldemar würde von Ihnen annektiert werden.«

»Aber, Herr von Stechlin ... Ihre Gäste ... Und Woldemars Freunde.«

»Betonen Sie das nicht so, Lorenzen. Es gibt Umgangsformen und Artigkeitsgesetze. Gewiß. Aber das alles reicht nicht weit. Was der Mensch am ehesten durchbricht, das sind gerade solche Formen. Und wer sie nicht durchbricht, der kann einem auch leid tun. Wie geht es denn in der Ehe? Haben Sie schon einen Mann gesehen, der die Formen wahrt, wenn seine Frau ihn ärgert? Ich nicht. Leidenschaft ist immer siegreich.«

»Ja, Leidenschaft. Aber Woldemar und ich ...«

»Sind auch in Leidenschaft. Sie haben die Freundschaftsleidenschaft, Orest und Pylades – so was hat es immer gegeben. Und dann, was noch viel mehr sagen will, Sie haben nebenher die Konspirationsleidenschaft ...«

»Aber, Herr von Stechlin.«

»Nein, nicht die Konspirationsleidenschaft, ich nehm' es zurück; aber Sie haben dafür was anderes, nämlich die Weltverbesserungsleidenschaft. Und das ist eine der größten, die es gibt. Und wenn solche zwei Weltverbesserer zusammen sind, da können Rex und Czako warten, und da kann selbst ein warmes Frühstück warten. Sagt man noch *Déjeuner à la fourchette?*«

»Kaum, Papa. Wie du weißt, es ist jetzt alles englisch.«

»Natürlich. Die Franzosen sind abgesetzt. Und ist auch recht gut so, wiewohl unsre Vettern drüben erst recht nichts taugen. Selbst ist der Mann. Aber ich glaube, das Frühstück wartet.«

Wirklich, es war so. Während die Herren zu zwei und zwei an der Buchsbaumwandung auf und ab schritten, hatte Engelke den Tisch arrangiert, an den jetzt Wirt und Gäste herantraten.

Es war eine längliche Tafel, deren dem Rundell zugekehrte Längsseite man frei gelassen hatte, was allen einen Überblick über das hübsche Gartenbild gestattete. Dubslav, das Arrangement musternd, nickte Engelke zu, zum Zeichen, daß er's getroffen habe. Dann aber nahm er die Mittelschüssel und sagte, während er sie Rex reichte: »*Toujours perdrix.* Das heißt, es sind eigentlich Krammetsvögel, wie schon gestern abend. Aber wer weiß, wie Krammetsvögel auf französisch heißen? Ich wenigstens weiß es nicht. Und ich glaube, nicht einmal Tucheband wird uns helfen können.«

Ein allgemeines verlegenes Schweigen bestätigte Dubslavs Vermutung über französische Vokabelkenntnis.

»Wir kamen übrigens«, fuhr dieser fort, »dicht vor Globsow durch einen Dohnenstrich, überall hingen noch viele Krammetsvögel in den Schleifen, was mir auffiel und was ich doch, wie so vieles Gute, meinem alten Krippenstapel zuschreiben muß. Es wäre doch 'ne Kleinigkeit für die Jungens, den Dohnenstrich auszuplündern. Aber so was kommt nicht vor. Was meinen Sie, Lorenzen?«

»Ich freue mich, daß es ist, wie es ist, und daß die Dohnenstriche nicht ausgeplündert werden. Aber ich glaube, Herr von Stechlin, Sie dürfen es Krippenstapel nicht anrechnen.«

Dubslav lachte herzlich. »Da haben wir wieder die alte Geschichte. Jeder Schulmeister schulmeistert an seinem Pastor herum, und jeder Pastor pastort über seinen Schulmeister. Ewige Rivalität. Der natürliche Zug ist doch, daß die Jungens nehmen, was sie kriegen können. Der Mensch stiehlt wie'n Rabe. Und wenn er's mit einmal unterläßt, so muß das doch 'nen Grund haben.«

»Den hat es auch, Herr von Stechlin. Bloß einen andern. Was sollen sie mit 'nem Krammetsvogel machen? Für uns ist es eine Delikatesse, für einen armen Menschen ist es gar nichts, knapp soviel wie'n Sperling.«

»Ach, Lorenzen, ich sehe schon, Sie liegen da wieder mit dem ›Patrimonium der Enterbten‹ im Anschlag; Sperling, das klingt ganz so. Aber so viel ist doch richtig, daß Krippenstapel die Jungens brillant in Ordnung hält; wie ging das heute Schlag auf Schlag, als ich den kurzgeschorenen Schwarzkopp ins Examen nahm, und wie stramm waren die Jungens und wie manierlich, als wir sie nach 'ner Stunde in Globsow wiedersahen. Wie sie da so fidel spielten und doch voll Respekt in allem. ›Frei, aber nicht frech‹, das ist so mein Satz.«

Woldemar und Lorenzen, die nicht mit dabei gewesen waren, waren neugierig, auf welchen Vorgang sich all dies Lob des Alten bezöge.

»Was hat denn«, fragte Woldemar, »die Globsower Jungens mit einem Mal zu so guter Reputation gebracht?«

»Oh, es war wirklich charmant«, sagte Czako, »wir steckten noch unter den Waldbäumen, als wir auch schon Stimmen wie Kommandorufe hörten, und kaum daß wir auf einen freien, von Kastanien umstellten Platz hinausgetreten waren (eigentlich war es wohl schon ein großer Fabrikhof), so sahen wir uns wie mitten in einer Bataille.«

Rex nickte zustimmend, während Czako fortfuhr: »Auf unserer Seite stand die bis dahin augenscheinlich siegreiche Partei, deren weiterer Angriff aber wegen der guten gegnerischen Deckung mit einem Male stoppte. Kaum zu verwundern. Denn eben diese Deckung bestand aus wohl tausend, ein großes Karree bildenden Glasballons, hinter die sich die geschlagene Truppe wie hinter eine Barrikade zurückgezogen hatte. Da standen sie nun und nahmen ein mit den massenhaft umherliegenden Kastanien geführtes Feuergefecht auf. Die meisten ihrer Schüsse gingen zu kurz und fielen klappernd wie Hagel auf die Ballons nieder. Ich hätte dem Spiel, ich weiß nicht wie lange, zusehn können. Als man unserer aber ansichtig wurde, stob alles unter

Hurra und Mützenschwenken auseinander. Überall sind Photographen. Nur wo sie hingehören, da fehlen sie. Genauso wie bei der Polizei.«

Dubslav hatte schmunzelnd der Schilderung zugehört.

»Hören Sie, Hauptmann, Sie verstehen es aber; Sie können mit 'nem Dukaten den Großen Kurfürsten vergolden.«

»Ja«, sagte Rex, seinen Partner plötzlich im Stiche lassend, »das tut unser Freund Czako nicht anders; dreiviertel ist immer Dichtung.«

»Ich gebe mich auch nicht für einen Historiker aus und am wenigsten für einen korrekten Aktenmenschen.«

»Und dabei, lieber Czako«, nahm jetzt Dubslav das Wort, »dabei bleiben Sie nur. Auf Ihr Spezielles! In so wichtiger Sache müssen Sie mir aber in meiner Lieblingssorte Bescheid tun, nicht in Rotwein, den mein berühmter Miteinsiedler das ›natürliche Getränk des norddeutschen Menschen‹ genannt hatte. Einer seiner mannigfachen Irrtümer; vielleicht der größte. Das natürliche Getränk des norddeutschen Menschen ist am Rhein und Main zu finden. Und am vorzüglichsten da, wo sich, wenn ich den Ausdruck gebrauchen darf, beide vermählen. Ungefähr von dieser Vermählungsstelle kommt auch der hier.« Und dabei wies er auf eine vor ihm stehende Bocksbeutelflasche. »Sehen Sie, meine Herren, verhaßt sind mir alle langen Hälse; das hier aber, das nenn' ich eine gefällige Form. Heißt es nicht irgendwo: ›Laßt mich dicke Leute sehn‹, oder so ähnlich. Da stimm' ich zu; dicke Flaschen, die sind mein Fall.« Und dabei stieß er wiederholt mit Czako an. »Noch einmal, auf Ihr Wohl. Und auf Ihres, Herr von Rex. Und dann auf das Wohl meiner Globsower, oder wenigstens meiner Globsower Jungens, die sich nicht bloß um Fehrbellin kümmern und um Leipzig, sondern, wie wir gesehen haben, auch selber ihre Schlachten schlagen. Ich ärgere mich nur immer, wenn ich diese riesigen Ballons da zwischen meinen Globsowern sehe. Und hinter dem ersten Fabrikhof (ich wollte Sie nur nicht weiter damit behelligen), da ist noch ein zweiter Hof, der sieht noch schlimmer aus. Da stehen nämlich wahre Glasungeheuer, auch Ballons, aber mit langem Hals dran, und die heißen dann Retorten.«

»Aber Papa«, sagte Woldemar, »daß du dich über die paar Retorten und Ballons nie beruhigen kannst. Solang ich nur denken kann, eiferst du dagegen. Es ist doch ein wahres Glück, daß so viel davon in die Welt geht und den armen Fabrikleuten einen guten Lohn sichert. So was wie Streik kommt hier ja gar nicht vor, und in diesem Punkt ist unsre Stechliner Gegend doch wirklich noch wie ein Paradies.«

Lorenzen lachte.

»Ja, Lorenzen, Sie lachen«, warf Dubslav hier ein. »Aber bei Lichte besehen hat Woldemar doch recht, was (und Sie wissen auch warum) eigentlich nicht oft vorkommt. Es ist genau so, wie er sagt. Natürlich bleibt uns Eva und die Schlange; das ist uralte Erbschaft. Aber so viel noch von guter alter Zeit in dieser Welt zu finden ist, so viel findet sich hier, hier in unsrer lieben alten Grafschaft. Und in dies Bild richtiger Gliederung, oder meinetwegen auch richtiger Unterordnung (denn ich erschrecke vor solchem Worte nicht), in dieses Bild des Friedens paßt mir diese ganze Globsower Retortenbläserei nicht hinein. Und wenn ich nicht fürchten müßte, für einen Querkopf gehalten zu werden, so hätt' ich bei hoher Behörde schon lange meine Vorschläge wegen dieser Retorten und Ballons eingereicht. Und natürlich *gegen* beide. Warum müssen es immer Ballons sein? Und wenn schon, na, dann lieber solche wie diese. Die lass' ich mir gefallen.« Und dabei hob er die Bocksbeutelflasche.

»Wie diese«, bestätigte Czako.

»Ja, Czako, Sie sind ganz der Mann, meinen Papa in seiner Idiosynkrasie zu bestärken.«

»Idiosynkrasie«, wiederholte der Alte. »Wenn ich so was höre. Ja, Woldemar, da glaubst du nun wieder wunder was Feines gesagt zu haben. Aber es ist doch bloß ein Wort. Und was bloß ein Wort ist, ist nie was Feines, auch wenn es so aussieht. Dunkle Gefühle, die sind fein. Und so gewiß die Vorstellung, die ich mit dieser lieben Flasche hier verbinde, für mich persönlich was Celestes hat ... kann man Celestes sagen?« ... Lorenzen nickte zustimmend, »so gewiß hat die Vorstellung, die sich für mich an diese Globsower Riesenbocksbeutelflaschen knüpft, etwas Infernalisches.«

»Aber Papa.«

»Still, unterbrich mich nicht, Woldemar. Denn ich komme jetzt eben an eine Berechnung, und bei Berechnungen darf man nicht gestört werden. Über hundert Jahre besteht nun schon diese Glashütte, und wenn ich nun so das jedesmalige Jahresprodukt mit hundert multipliziere, so rechne ich mir alles in allem wenigstens eine Million heraus. Die schicken sie zunächst in andre Fabriken, und da destillieren sie flott drauflos, und zwar allerhand schreckliches Zeug in diese grünen Ballons hinein: Salzsäure, Schwefelsäure, rauchende Salpetersäure. Das ist die schlimmste, die hat immer einen rotgelben Rauch, der einem gleich die Lunge anfrißt. Aber wenn einen der Rauch auch zufrieden läßt, jeder Tropfen brennt ein Loch, in Leinwand oder in Tuch oder in Leder, überhaupt in alles; alles wird angebrannt und angeätzt. Das ist das Zeichen unsrer Zeit jetzt: ›angebrannt und angeätzt‹. Und wenn ich dann bedenke, daß meine Globsower da mittun und ganz gemütlich die Werkzeuge liefern für die große Generalweltanbrennung, ja, hören Sie, meine Herren, das gibt mir einen Stich. Und ich muß Ihnen sagen, ich wollte, jeder kriegte lieber einen halben Morgen Land von Staats wegen und kaufte sich zu Ostern ein Ferkelchen und zu Martini schlachteten sie ein Schwein und hätten den Winter über zwei Speckseiten, jeden Sonntag eine ordentliche Scheibe und alltags Kartoffeln und Grieben.«

»Aber Herr von Stechlin«, lachte Lorenzen, »das ist ja die reine Neulandtheorie. Das wollen ja die Sozialdemokraten auch.«

»Ach was, Lorenzen, mit Ihnen ist nicht zu reden ... Übrigens Prosit ... wenn Sie's auch eigentlich nicht verdienen.«

Das Frühstück zog sich lange hin, und das dabei geführte Gespräch nahm noch ein paarmal einen Anlauf ins Politische hinein; Lorenzen aber, der kleine Schraubereien gern vermeiden wollte, wich jedesmal geschickt aus und kam lieber auf die Stechliner Kirche zu sprechen. Er war aber auch hier vorsichtig und beschränkte sich, unter Anlehnung an Tucheband, auf Architektonisches und Historisches, bis Dubslav, ziemlich abrupt, ihn fragte: »Wissen Sie denn, Lorenzen, auf unserm Kirchenboden Bescheid? Krippenstapel hat mich erst heute wissen lassen, daß wir da zwei vergoldete Bischöfe mit Krummstab haben. Oder vielleicht sind es auch bloß Äbte.« Lorenzen wußte nichts davon, weshalb ihm Dubslav gutmütig mit dem Finger drohte.

So ging das Gespräch. Aber kurz vor zwei mußte dem allem ein Ende gemacht werden. Engelke kam und meldete, daß die Pferde da und die Mantelsäcke bereits aufgeschnallt seien. Dubslav ergriff sein Glas, um auf ein frohes Wiedersehn anzustoßen. Dann erhob man sich.

Rex, bei Passierung der Rampe, trat noch einmal an die kranke Aloe heran und versicherte, daß solche Blüte doch etwas eigentümlich Geheimnisvolles habe. Dubslav hütete sich, zu widersprechen, und freute sich, daß der Besuch mit etwas für ihn so Erheiterndem abschloß.

Gleich danach ritt man ab. Als sie bei der Glaskugel vorbeikamen, wandten sich alle drei noch einmal zurück, und jeder lüpfte seine Mütze. Dann ging es, zwischen den Findlingen hin, auf die Dorfstraße hinaus, auf der eben eine ziemlich ramponiert aussehende Halbchaise, das lederne Verdeck zurückgeschlagen, an ihnen vorüberfuhr; die Sitze leer, alles an dem Fuhrwerk ließ Ordnung und Sauberkeit vermissen; das eine Pferd war leidlich gut, das andre schlecht, und zu dem neuen Livreerock des Kutschers wollte der alte Hut, der wie ein fuchsiges Torfstück aussah, nicht recht passen.

»Das war ja Gundermanns Wagen.«

»So, so«, sagte Czako. »Auf den hätt' ich beinah geraten.«

»Ja, dieser Gundermann«, lachte Woldemar. »Mein Vater wollt' Ihnen gestern gern etwas Grafschaftliches vorsetzen, aber er vergriff sich. Gundermann auf Siebenmühlen ist so ziemlich unsere schlechteste Nummer. Ich sehe, er hat Ihnen nicht recht gefallen.«

»Gott, gefallen, Stechlin – was heißt gefallen? Eigentlich gefällt mir jeder oder auch keiner. Eine Dame hat mir mal gesagt, die langweiligen Leute wären schließlich geradesogut wie die interessanten, und es hat was für sich. Aber dieser Gundermann! Zu welchem Zwecke läßt er denn eigentlich seinen leeren Wagen in der Welt herumkutschieren?«

»Ich bin dessen auch nicht sicher. Wahrscheinlich in Wahlangelegenheiten. Er persönlich wird irgendwo hängengeblieben sein, um Stimmen einzufangen. Unser alter braver Kortschädel nämlich, der allgemein beliebt war, ist diesen Sommer gestorben, und da will nun Gundermann, der sich auf den Konservativen hin ausspielt, aber keiner ist, im trüben fischen. Er intrigiert. Ich habe das in einem Gespräch, das ich mit ihm hatte, ziemlich deutlich herausgehört, und Lorenzen hat es mir bestätigt ...«

»Ich kann mir denken«, sagte Rex, »daß gerade Lorenzen gegen ihn ist. Aber dieser Gundermann, für den ich weiter nichts übrig habe, hat doch wenigstens die richtigen Prinzipien.«

»Ach, Rex, ich bitte Sie«, sagte Czako, »richtige Prinzipien! Geschmacklosigkeiten hat er und öde Redensarten. Dreimal hab' ich ihn sagen hören: ›Das wäre wieder Wasser auf die Mühlen der Sozialdemokratie.‹ So was sagt kein anständiger Mensch mehr, und jedenfalls setzt er nicht hinzu: ›daß er das Wasser abstellen wolle‹. Das ist ja eine schreckliche Wendung.«

Unter diesen Worten waren sie bis an den hochüberwölbten Teil der Kastanienallee gekommen.

Engelke, der gleich frühmorgens ein allerschönstes Wetter in Aussicht gestellt hatte, hatte recht behalten; es war ein richtiger Oktobertag, klar und frisch und milde zugleich. Die Sonne fiel hie und da durch das noch ziemlich dichte Laub, und die Reiter freuten sich des Spieles der Schatten und Lichter. Aber noch anmutiger gestaltete sich das Bild, als sie bald danach in einen Seitenweg einmündeten, der sich durch eine flache, nur hie und da von Wasserlachen durchzogene Wiesenlandschaft hinschlängelte. Die großen Heiden und Forsten, die das eigentlich Charakteristische dieses nordöstlichen Grafschaftswinkels bilden, traten an dieser Stelle weit zurück, und nur ein paar einzelne, wie vorgeschobene Kulissen wirkende Waldstreifen wurden sichtbar.

Alle drei hielten an, um das Bild auf sich wirken zu lassen; aber sie kamen nicht recht dazu, weil sie, während sie sich umschauten, eines alten Mannes ansichtig wurden, der, nur durch einen flachen Graben von ihnen getrennt, auf einem Stück Wiese stand und das hochstehende Gras mähte. Jetzt erst sah auch er von seiner Arbeit auf und zog seine Mütze. Die Herren taten ein Gleiches und schwankten, ob sie näher heranreiten und eine Ansprache mit ihm haben sollten. Aber er schien das weder zu wünschen noch zu erwarten, und so ritten sie denn weiter.

»Mein Gott«, sagte Rex, »das war ja Krippenstapel. Und hier draußen, so weit ab von seiner Schule. Wenn er nicht die Seehundsfellmütze gehabt hätte, die wie aus einer konfiszierten Schulmappe geschnitten aussah, hätt' ich ihn nicht wiedererkannt.«

»Ja, er war es, und das mit der Schulmappe wird wohl auch zutreffen«, sagte Woldemar. »Krippenstapel kann eben alles – der reine Robinson.«

»Ja, Stechlin«, warf Czako hier ein, »Sie sagen das so hin, als ob Sie's bespötteln wollten. Eigentlich ist es doch aber was Großes, sich immer selber helfen zu können. Er wird wohl 'nen Sparren haben, zugegeben, aber Ihrem gepriesenen Lorenzen ist er denn doch um ein gut Stück überlegen. Schon weil er ein Original ist und ein Eulengesicht hat. Eulengesichtsmenschen sind anderen Menschen fast immer überlegen.«

»Aber Czako, ich bitte Sie, das ist ja doch alles Unsinn. Und Sie wissen es auch. Sie möchten nur, ganz wie Rex, wenn auch aus einem andern Motiv, dem armen Lorenzen was am Zeug flicken, bloß weil Sie herausfühlen: ›Das ist eine lautere Persönlichkeit‹!«

»Da tun Sie mir unrecht, Stechlin. Ganz und gar. Ich bin auch fürs Lautere, wenn ich nur persönlich nicht in Anspruch genommen werde.«

»Nun, davor sind Sie sicher – vom Brombeerstrauch keine Trauben. Im übrigen muß ich hier abbrechen und Sie bitten, mich auf ein Weilchen entschuldigen zu wollen. Ich muß da nämlich nach dem Forsthause hinüber, da drüben neben der Waldhecke.«

»Aber Stechlin, was wollen Sie denn bei 'nem Förster?«

»Kein Förster. Es ist ein Oberförster, zu dem ich will, und zwar derselbe, den Sie gestern abend bei meinem Papa gesehen haben. Oberförster Katzler, bürgerlich, aber doch beinah schon historischer Name.«

»So, so; jedenfalls nach dem, was mir Rex erzählt, ein brillanter Billardspieler. Und doch, wenn Sie nicht ganz intim mit ihm sind, find' ich diesen Abstecher übertrieben artig.«

»Sie hätten recht, Czako, wenn es sich lediglich um Katzler handelte. Das ist aber nicht der Fall. Es handelt sich nicht um ihn, sondern um seine junge Frau.«

»*À la bonne heure.*«

»Ja, da sind Sie nun auch wieder auf einer falschen Fährte. So was kann nicht vorkommen, ganz abgesehen davon, daß mit Oberförstern immer schlecht Kirschen pflücken ist; die blasen einen weg, man weiß nicht wie ... Es handelt sich hier einfach um einen Teilnahmebesuch, um etwas, wenn Sie wollen, schön Menschliches. Frau Katzler erwartet nämlich.«

»Aber mein Gott, Stechlin, Ihre Worte werden immer rätselhafter. Sie können doch nicht bei jeder Oberförstersfrau, die ›erwartet‹, eine Visite machen wollen. Das wäre denn doch eine Riesenaufgabe, selbst wenn Sie sich auf Ihre Grafschaft hier beschränken wollten.«

»Es liegt alles ganz exzeptionell. Übrigens mach' ich es kurz mit meinem Besuch, und wenn Sie Schritt reiten, worum ich bitte, so hol' ich Sie bei Genshagen wieder ein. Von da bis Wutz haben wir kaum noch eine Stunde.«

Und während er noch so sprach, bog er rechts ein und ritt auf das Forsthaus zu.

Woldemar hatte die Mitte zwischen Rex und Czako gehabt; jetzt ritten diese beiden nebeneinander. Czako war neugierig und hätte gern Fritz herangerufen, um dies und das über Katzler und Frau zu hören. Aber er sah ein, daß das nicht ginge. So blieb ihm nichts als ein Meinungsaustausch mit Rex.

»Sehen Sie«, hob er an, »unser Freund Woldemar, trabt er da nicht hin, wie wenn er dem Glücke nachjagte? Glauben Sie mir, da steckt 'ne Geschichte dahinter. Er hat die Frau geliebt oder liebt sie noch. Und dies merkwürdige Interesse für den in Sicht stehenden Erdenbürger. Übrigens vielleicht ein Mädchen. Was meinen Sie dazu, Rex?«

»Ach, Czako, Sie wollen ja doch nur hören, was Ihrer eignen frivolen Natur entspricht. Sie haben keinen Glauben an reine Verhältnisse. Sehr mit Unrecht. Ich kann Ihnen versichern, es gibt dergleichen.«

»Nun ja, Sie, Rex. Sie, der sich Frühgottesdienste leistet. Aber Stechlin ...«

»Stechlin ist auch eine sittliche Natur. Sittlichkeit ist ihm angeboren, und was er von Natur mitbrachte, das hat sein Regiment weiter in ihm ausgebildet.«

Czako lachte. »Nun hören Sie, Rex. Regimenter kenn' ich doch auch. Es gibt ihrer von allen Arten, aber Sittlichkeitsregimenter kenn' ich noch nicht.«

»Es gibt's ihrer aber. Zum mindesten hat's ihrer immer gegeben, sogar solche mit Askese.«

»Nun ja, Cromwell und die Puritaner. Aber *long, long ago.* Verzeihen Sie die abgedudelte Phrase. Aber wenn sich's um so feine Dinge wie Askese handelt, muß man notwendig einen englischen Brocken einschalten. In Wirklichkeit bleibt alles beim alten. Sie sind ein schlechter Menschenkenner, Rex, wie alle Konventikler. Die glauben immer, was sie wünschen. Und auch an unserm Stechlin werden Sie mutmaßlich erfahren, wie falsch Sie gerechnet haben. Im übrigen kommt da gerade zu rechter Zeit ein Wegweiser. Lassen Sie uns nachsehen, wo wir eigentlich sind. Wir reiten so immer drauflos und wissen nicht mehr, ob links oder rechts.«

Rex, der von dem Wegweiser nichts wissen wollte, war einfach für Weiterreiten, und das war auch das richtige. Denn keine halbe Stunde mehr, so holte Stechlin sie wieder ein. »Ich wußte, daß ich Sie noch vor Genshagen treffen würde. Die Frau Oberförsterin läßt sich übrigens den Herren empfehlen. Er war nicht da, was recht gut war.«

»Kann ich mir denken«, sagte Czako.

»Und was noch besser war, sie sah brillant aus. Eigentlich ist sie nicht hübsch, Blondine mit großen Vergißmeinnichtaugen und etwas lymphatisch; auch wohl nicht ganz gesund. Aber sonderbar, solche Damen, wenn was in Sicht steht, sehen immer besser aus als in natürlicher Verfassung, ein Zustand, der allerdings bei der Katzler kaum vorkommt. Sie ist noch nicht volle sechs Jahre verheiratet und erwartet mit nächstem das Siebente.«

»Das ist aber doch unerhört. Ich glaube, so was ist Scheidungsgrund.«

»Mir nicht bekannt und auch, offen gestanden, nicht sehr wahrscheinlich. Jedenfalls wird es die Prinzessin nicht als Scheidungsgrund nehmen.«

»Die Prinzessin?« fuhren Rex und Czako à tempo heraus.

»Ja, die Prinzessin«, wiederholte Woldemar. »Ich war all die Zeit über gespannt, was das wohl für einen Eindruck auf Sie machen würde, weshalb ich mich auch gehütet habe, vorher mit Andeutungen zu kommen. Und es traf sich gut, daß mein Vater gestern abend nur so ganz leicht drüber hinging, ich möchte beinah sagen diskret, was sonst nicht seine Sache ist.«

»Prinzessin«, wiederholte Rex, dem die Sache beinah den Atem nahm. »Und aus einem regierenden Hause?«

»Ja, was heißt ›aus einem regierenden Hause‹? Regiert haben sie alle mal. Und soviel ich weiß, wird ihnen dies ›mal regiert haben‹ auch immer noch angerechnet, wenigstens sowie sich's um Eheschließungen handelt. Um so großartiger, wenn einzelne der hier in Betracht kommenden Damen auf alle diese Vorrechte verzichten und ohne Rücksicht auf Ebenbürtigkeit sich aus reiner Liebe vermählen. Ich sage ›vermählen‹, weil ›sich verheiraten‹ etwas plebejisch klingt. Frau Katzler ist eine Ippe-Büchsenstein.«

»Eine Ippe!« sagte Rex. »Nicht zu glauben. Und erwartet wieder. Ich bekenne, daß mich das am meisten schockiert. Diese Ausgiebigkeit, ich finde kein anderes Wort, oder richtiger, ich *will* kein andres finden, ist doch eigentlich das Bürgerlichste, was es gibt.«

»Zugegeben. Und so hat es die Prinzessin auch wohl selber aufgefaßt. Aber das ist gerade das Große an der Sache; ja, so sonderbar es klingt, das Ideale.«

»Stechlin, Sie können nicht verlangen, daß man das so ohne weiteres versteht. Ein halb Dutzend Bälge, wo steckt da das Ideale?«

»Doch, Rex, doch. Die Prinzessin selbst, und das ist das Rührendste, hat sich darüber ganz unumwunden ausgesprochen. Und zwar zu meinem Alten. Sie sieht ihn öfter und möcht' ihn, glaub' ich, bekehren – sie ist nämlich von der strengen Richtung und hält sich auch zu Superintendent Koseleger, unserm Papst hier. Und kurz und gut, sie macht meinem Papa beinah den Hof und erklärt ihn für einen perfekten Kavalier, wobei Katzler immer ein etwas süßsaures Gesicht macht, aber natürlich nicht widerspricht.«

»Und wie kam sie nur dazu, Ihrem Papa gerade Konfessions in einer so delikaten Sache zu machen?«

»Das war voriges Jahr, genau um diese Zeit, als sie auch mal wieder erwartete. Da war mein Vater drüben und sprach, als das durch die Situation gegebene Thema berührt wurde, halb diplomatisch, halb humoristisch von der Königin Luise, hinsichtlich deren der alte Doktor Heim, als der Königin das ›Sechste oder Siebente‹ geboren werden sollte, ziemlich freiweg von der Notwendigkeit der ›Brache‹ gesprochen hatte.«

»Bißchen stark«, sagte Rex. »Ganz im alten Heim-Stil. Aber freilich, Königinnen lassen sich viel gefallen. Und wie nahm es die Prinzessin auf?«

»Oh, sie war reizend, lachte, war weder verlegen noch verstimmt, sondern nahm meines Vaters Hand so zutraulich, wie wenn sie seine Tochter gewesen wäre. ›Ja, lieber Herr von Stechlin‹, sagte sie, ›wer A sagt, der muß auch B sagen. Wenn ich diesen Segen durchaus nicht wollte, dann mußt' ich einen Durchschnittsprinzen heiraten – da hätt' ich vielleicht das gehabt, was der alte Heim empfehlen zu müssen glaubte. Statt dessen nahm ich aber meinen guten Katzler. Herrlicher Mann. Sie kennen ihn und wissen, er hat die schöne Einfachheit aller stattlichen Männer, und seine Fähigkeiten, soweit sich überhaupt davon sprechen läßt, haben etwas Einseitiges. Als ich ihn heiratete, war ich deshalb ganz von dem einen Gedanken erfüllt, alles Prinzeßliche von mir abzustreifen und nichts bestehen zu lassen, woraus Übelwollende hätten herleiten können: ›Ah, sie will immer noch eine Prinzessin sein.‹ Ich entschloß mich also für das Bürgerliche. Und was dann kam, das war einfach die natürliche Konsequenz.‹«

»Großartig«, sagte Rex. »Ich entschlage mich nach solchen Mitteilungen jeder weiteren Opposition. Welch ein Maß von Entsagung! Denn auch im Nichtentsagen kann ein Entsagen liegen. Andauernde Opferung eines Innersten und Höchsten.«

»Unglaublich!« lachte Czako. »Rex, Rex. Ich hab' Ihnen da schon vorhin alle Menschenkenntnis abgesprochen. Aber hier übertrumpfen Sie sich selbst. Wer Konventikel leitet, der sollte doch wenigstens die Weiber kennen. Erinnern Sie sich, Stechlin sagte, sie sei lymphatisch und habe Vergißmeinnichtaugen. Und nun sehen Sie sich den Katzler an. Beinah sechs Fuß und rotblond und das Eiserne Kreuz.«

»Czako, Sie sind mal wieder frivol. Aber man darf es mit Ihnen so genau nicht nehmen. Das ist das Slawische, was in Ihnen nachspukt; latente Sinnlichkeit.«

»Ja, sehr latent; durchaus vergrabner Schatz. Und ich wollte wohl, daß ich in die Lage käme, besser damit wuchern zu können. Aber ...«

So ging das Gespräch noch eine gute Weile.

Die große Chaussee, darauf ihr Weg inzwischen wieder eingemündet, stieg allmählich an, und als man den Höhepunkt dieser Steigung erreicht hatte, lag das Kloster samt seinem gleichnamigen Städtchen in verhältnismäßiger Nähe vor ihnen. Auf ihrem Hinritte hatten Rex und Czako so wenig davon zu Gesicht bekommen, daß ein gewisses Betroffensein über die Schönheit des sich ihnen jetzt darbietenden Landschafts- und Architekturbildes kaum ausbleiben konnte. Czako besonders war ganz aus dem Häuschen, aber auch Rex stimmte mit ein. »Die große Feldsteingiebelwand«, sagte er, »so gewagt im allgemeinen bestimmte Zeitangaben auf diesem Gebiete sind, möcht' ich in das Jahr 1375, also Landbund Kaiser Karls IV., setzen dürfen.«

»Wohl möglich«, lachte Woldemar. »Es gibt nämlich Zahlen, die nicht gut widerlegt werden können, und ›Landbund Kaiser Karls IV.‹ paßt beinah immer.«

Rex hörte drüber hin, weil er in seinem Geiste mal wieder einer allgemeineren und zugleich höheren Auffassung der Dinge zustrebte. »Ja, meine Herren«, hob er an, »das geschmähte Mittelalter. Da verstand man's. Ich wage den Ausspruch, den ich übrigens nicht einem Kunsthandbuch entnehme, sondern der langsam in mir herangereift ist: ›Die Platzfrage geht über die Stilfrage.‹ Jetzt wählt man immer die häßlichste Stelle. Das Mittelalter hatte noch keine Brillen, aber man sah besser.«

»Gewiß«, sagte Czako. »Aber dieser Angriff auf die Brillen, Rex, ist nichts für Sie. Wer mit seinem Pincenez oder Monokel so viel operiert ...«

Das Gespräch kam nicht weiter, weil in eben diesem Augenblick mächtige Turmuhrschläge vom Städtchen Wutz her herüberklangen. Man hielt an, und jeder zählte »vier«. Kaum aber hatte die Uhr ausgeschlagen, so begann eine zweite und tat auch ihre vier Schläge.

»Das ist die Klosteruhr«, sagte Czako.

»Warum?«

»Weil sie nachschlägt; alle Klosteruhren gehen nach. Natürlich. Aber wie dem auch sei, Freund Woldemar hat uns, glaub' ich, für vier Uhr angemeldet, und so werden wir uns eilen müssen.«

KLOSTER WUTZ

7. KAPITEL

Alle setzten sich denn auch wieder in Trab, mit ihnen Fritz, der dabei näher an die voraufreitenden Herren herankam. Das Gespräch schwieg ganz, weil jeder in Erwartung der kommenden Dinge war.

Die Chaussee lief hier, auf eine gute Strecke, zwischen Pappeln hin; als man aber bis in unmittelbare Nähe von Kloster Wutz gekommen war, hörten diese Pappeln auf, und der sich mehr und mehr verschmälernde Weg wurde zu beiden Seiten von Feldsteinmauern eingefaßt, über die man alsbald in die verschiedensten Gartenanlagen mit allerhand Küchen- und Blumenbeeten und mit vielen Obstbäumen dazwischen hineinsah. Alle drei ließen jetzt die Pferde wieder in Schritt fallen.

»Der Garten hier links«, sagte Woldemar, »ist der Garten der Domina, meiner Tante Adelheid; etwas primitiv, aber wundervolles Obst. Und hier gleich rechts, da bauen die Stiftsdamen ihren Dill und ihren Meiran. Es sind aber nur ihrer vier, und wenn welche gestorben sind – aber sie sterben selten –, so sind es noch weniger.«

Unter diesen orientierenden Mitteilungen Woldemars waren alle durch eine Maueröffnung in einen großen Wirtschaftshof eingeritten, der baulich so ziemlich jegliches enthielt, was hier, bis in die Tage des Dreißigjährigen Krieges hinein, der dann freilich alles zerstörte, mal Kloster Wutz gewesen war. Vom Sattel aus ließ sich alles bequem überblicken. Das meiste, was sie sahen, waren wirr durcheinandergeworfene, von Baum und Strauch überwachsene Trümmermassen.

»Es erinnert mich an den Palatin«, sagte Rex, »nur ins christlich Gotische transponiert.«

»Gewiß«, bestätigte Czako lachend. »Soweit ich urteilen kann, sehr ähnlich. Schade, daß Krippenstapel nicht da ist. Oder Tucheband.«

Damit brach das Gespräch wieder ab.

In der Tat, wohin man sah, lagen Mauerreste, in die, seltsamlich genug, die Wohnungen der Klosterfrauen eingebaut waren, zunächst die größere der Domina, daneben die kleineren der vier Stiftsdamen, alles an der vorderen Langseite hin. Dieser gegenüber aber zog sich eine zweite, parallel laufende Trümmerlinie, darin die Stallgebäude, die Remisen und die Rollkammern untergebracht waren. Verblieben nur noch die zwei Schmalseiten, von denen die eine nichts als eine von Holunderbüschen übergrünte Mauer, die andere dagegen eine hoch aufragende mächtige Giebelwand war, dieselbe, die man schon beim Anritt aus einiger Entfernung gesehen hatte. Sie stand da, wie bereit, alles unter ihrem beständig drohenden Niedersturz zu begraben, und nur das eine konnte wieder beruhigen, daß sich auf höchster Spitze der Wand ein Storchenpaar eingenistet hatte. Störche, deren feines Vorgefühl immer weiß, ob etwas hält oder fällt.

Von der Maueröffnung, durch die man eingeritten, bis an die in die Feldsteintrümmer eingebauten Wohngebäude waren nur wenige Schritte, und als man davor hielt, erschien alsbald die Domina selbst, um ihren Neffen und seine beiden Freunde zu begrüßen. Fritz, der, wie überall, so auch hier Bescheid wußte, nahm die Pferde, um sie nach einem an der andern Seite gelegenen Stallgebäude hinüberzuführen, während Rex und Czako nach kurzer Vorstellung in den von Schränken umstellten Flur eintraten.

»Ich habe dein Telegramm«, sagte die Domina, »erst um ein Uhr erhalten. Es geht über Gransee, und der Bote muß weit laufen. Aber sie wollen ihm ein Rad anschaffen, solches, wie jetzt überall Mode ist. Ich sage Rad, weil ich das fremde Wort, das so verschieden ausgesprochen wird, nicht leiden kann. Manche sagen ›ci‹ und manche sagen ›schi‹. Bildungsprätentionen sind mir fremd, aber man will sich doch auch nicht bloßstellen.« Eine Treppe führte bis in den ersten Stock hinauf, eigentlich war es nur eine Stiege. Die Domina, nachdem sie die Herren bis an die unterste Stufe begleitet hatte, verabschiedete sich hier auf eine Weile. »Du wirst so gut sein, Woldemar, alles in deine Hand zu nehmen. Führe die Herren hinauf. Ich habe unser bescheidenes Klostermahl auf fünf Uhr angeordnet; also noch eine gute halbe Stunde. Bis dahin, meine Herren.«

Oben war eine große Plättkammer zur Fremdenstube hergerichtet worden. Ein Waschtisch mit Finkennäpfchen und Krügen in Kleinformat war aufgestellt worden, was in Erwägung der beinah liliputanischen Raumverhältnisse durchaus passend gewesen wäre, wenn nicht sechs an ebenso vielen Türhaken hängende Riesenhandtücher das Ensemble wieder gestört hätten. Rex, der sich – ihn drückten die Stiefel – auf kurze zehn Minuten nach einer kleinen Erleichterung sehnte, bediente sich eines eisernen Stiefelknechts, während Czako sein Gesicht in einer der kleinen Waschschüsseln begrub und beim Abreiben das feste Gewebe der Handtücher lobte.

»Sicherlich Eigengespinst. Überhaupt, Stechlin, das muß wahr sein. Ihre Tante hat so was; man merkt doch, daß sie das Regiment führt. Und wohl schon seit lange. Wenn ich recht gehört, ist sie älter als Ihr Papa.«

»Oh, viel; beinahe um zehn Jahre. Sie wird sechsundsiebzig.«

»Ein respektables Alter. Und ich muß sagen, wohl konserviert.«

»Ja, man kann es beinahe sagen. Das ist eben der Vorzug solcher, die man ›schlank‹ nennt. Beiläufig ein Euphemismus. Wo nichts ist, hat der Kaiser sein Recht verloren und die Zeit natürlich auch; sie kann nichts nehmen, wo sie nichts mehr findet. Aber ich denke – Rex tut mir übrigens leid, weil er wieder in seine Stiefel muß –, wir begeben uns jetzt nach unten und machen uns möglichst liebenswürdig bei der Tante. Sie wird uns wohl schon erwarten, um uns ihren Liebling vorzustellen.«

»Wer ist das?«

»Nun, das wechselt. Aber da es bloß vier sein können, so kommt jeder bald wieder an die Reihe. Während ich das letztemal hier war, war es ein Fräulein von Schmargendorf. Und es ist leicht möglich, daß sie jetzt gerade wieder dran ist.«

»Eine nette Dame?«

»O ja. Ein Pummel.«

Und wie vorgeschlagen, nach kurzem »Sichadjustieren« in der improvisierten Fremdenstube kehrten alle drei Herren in Tante Adelheids Salon zurück, der niedrig und verblakt und etwas altmodisch war. Die Möbel, lauter Erbschaftsstücke, wirkten in dem niedrigen Raume beinah grotesk, und die schwere Tischdecke, mit einer mächtigen, ziemlich modernen Astrallampe darauf, paßte schlecht zu dem Zeisigbauer am Fenster und noch schlechter zu dem über einem kleinen Klavier hängenden Schlachtenbilde: »König Wilhelm auf der Höhe von Lipa«. Trotzdem hatte dies stillose Durcheinander etwas Anheimelndes. In dem primitiven Kamin – nur eine Steinplatte mit Rauchfang – war ein Holzfeuer angezündet, beide Fenster standen auf, waren aber durch schwere Gardinen so gut wie wieder geschlossen, und aus dem etwas schief über dem Sofa hängenden Quadratspiegel wuchsen drei Pfauenfedern heraus.

Tante Adelheid hatte sich in Staat geworfen und ihre Karlsbader Granatbrosche vorgesteckt, die der alte Dubslav wegen der sieben mittelgroßen Steine, die einen größeren und buckelartig vorspringenden umstanden, die »Sieben-Kurfürsten-Brosche« nannte. Der hohe hagere Hals ließ die Domina noch größer und herrischer erscheinen, als sie war, und rechtfertigte durchaus die brüderliche Malice: »Wickelkinder, wenn sie sie sehen, werden unruhig, und wenn sie zärtlich wird, fangen sie an zu schreien.« Man sah ihr an, daß sie nur immer vorübergehend in einer höheren Gesellschaftssphäre gelebt hatte, sich trotzdem aber zeitlebens der angeborenen Zugehörigkeit zu eben diesen Kreisen bewußt gewesen war. Daß man sie zur Domina gemacht hatte, war nur zu billigen. Sie wußte zu rechnen und anzuordnen und war nicht bloß von sehr gutem natürlichem Verstand, sondern unter Umständen auch voller Interesse für ganz bestimmte Personen und Dinge. Was aber, trotz solcher Vorzüge, den Verkehr mit ihr so schwer machte, das war die tiefe Prosa ihrer Natur, das märkische Enge, das Mißtrauen gegen alles, was die Welt der Schönheit oder gar der Freiheit auch nur streifte.

Sie erhob sich, als die drei Herren eintraten, und war gegen Rex und Czako aufs neue von verbindlichstem Entgegenkommen. »Ich muß Ihnen noch einmal aussprechen, meine Herren, wie sehr ich bedaure, Sie nur so kurze Zeit unter meinem Dache sehen zu dürfen.«

»Du vergißt *mich*, liebe Tante«, sagte Woldemar. »Ich bleibe dir noch eine gute Weile. Mein Zug geht, glaub' ich, erst um neun. Und bis dahin erzähl' ich dir eine Welt und – beichte.«

»Nein, nein, Woldemar, nicht das, nicht das. Erzählen sollst du mir recht, recht viel. Und ich habe sogar Fragen auf dem Herzen. Du weißt wohl schon, welche. Aber nur nicht beichten. Schon das Wort macht mir jedesmal ein Unbehagen. Es hat solch ausgesprochen katholischen Beigeschmack. Unser Rentmeister Fix hat recht, wenn er sagt: ›Beichte sei nichts, weil immer unaufrichtig, und es habe in Berlin – aber das sei nun freilich schon sehr, sehr lange her – einen Geistlichen gegeben, der habe den Beichtstuhl einen Satansstuhl genannt.‹ Das find' ich nun offenbar übertrieben und habe mich auch in diesem Sinne zu Fix geäußert. Aber andrerseits freue ich mich doch immer aufrichtig, einem so mutig protestantischen Worte zu begegnen. Mut ist, was uns not tut. Ein fester Protestant, selbst wenn er schroff auftritt, ist mir jedesmal eine Herzstärkung, und ich darf ein gleiches Empfinden auch wohl bei Ihnen, Herr von Rex, voraussetzen?«

Rex verbeugte sich. Woldemar aber sagte zu Czako: »Ja, Czako, da sehen Sie's. Sie sind nicht einmal genannt worden. Eine Domina – verzeih, Tante – bildet eben ein feines Unterscheidungsvermögen aus.«

Die Tante lächelte gnädig und sagte: »Herr von Czako ist Offizier. Es gibt viele Wohnungen in meines Vaters Hause. Das aber muß ich aussprechen, der Unglaube wächst, und das Katholische wächst auch. Und das Katholische, das ist das schlimmere. Götzendienst ist schlimmer als Unglaube.«

»Gehst du darin nicht zu weit, liebe Tante?«

»Nein, Woldemar. Sieh, der Unglaube, der ein Nichts ist, kann den lieben Gott nicht beleidigen; aber Götzendienst beleidigt ihn. Du sollst keine andern Götter haben neben mir. Da steht es. Und nun gar der Papst in Rom, der ein Obergott sein will und unfehlbar.«

Czako, während Rex schwieg und nur seine Verbeugung wiederholte, kam auf die verwegene Idee, für Papst und Papsttum eine Lanze brechen zu wollen, entschlug sich dieses Vorhabens aber, als er wahrnahm, daß die alte Dame ihr Dominagesicht aufsetzte. Das war indessen nur eine rasch vorüberziehende Wolke. Dann fuhr Tante Adelheid, das Thema wechselnd, in schnell wiedergewonnener guter Laune fort: »Ich habe die Fenster öffnen lassen. Aber auch jetzt noch, meine Herren, ist es ein wenig stickig. Das macht die niedrige Decke. Darf ich Sie vielleicht auffordern, noch eine Promenade durch unsern Garten zu machen? Unser Klostergarten ist eigentlich das Beste, was wir hier haben. Nur der unsers Rentmeisters ist noch gepflegter und größer und liegt auch am See. Rentmeister Fix, der hier alles zusammenhält, ist uns, wie in wirtschaftlichen Dingen, so auch namentlich in seinen Gartenanlagen, ein Vorbild; überhaupt ein charaktervoller Mann und dabei treu wie Gold, trotzdem sein Gehalt unbedeutend ist und seine Nebeneinnahmen ganz unsicher in der Luft schweben. Ich hatte Fix denn auch bitten lassen, mit uns bei Tisch zu sein; er versteht so gut zu plaudern, gut und leicht, ja beinahe freimütig und doch immer durchaus diskret. Aber er ist dienstlich verhindert. Die Herren müssen sich also mit mir begnügen und mit einer unsrer Konventualinnen, einem mir lieben Fräulein, das immer munter und ausgelassen, aber doch zugleich bekenntnisstreng ist, ganz von jener schönen Heiterkeit, die man bloß bei denen findet, deren Glaube feste Wurzeln getrieben hat. Ein gut Gewissen ist das beste Ruhekissen. Damit hängt es wohl zusammen.«

Rex, an den sich diese Worte vorzugsweise gerichtet hatten, drückte wiederholt seine Zustimmung aus, während Czako beklagte, daß Fix verhindert sei. »Solche Männer sprechen zu hören, die mit dem Volke Fühlung haben und genau wissen, wie's einerseits in den Schlössern, andrerseits in den Hütten der Armut aussieht, das ist immer in hohem Maße fördernd und lehrreich und ein Etwas, auf das ich jederzeit ungern verzichte.«

Gleich danach erhob man sich und ging ins Freie.

Der Garten war von sehr ländlicher Art. Durch seine ganze Länge hin zog sich ein von Buchsbaumrabatten eingefaßter Gang, neben dem links und rechts, in wohlgepflegten Beeten, Rittersporn und Studentenblumen blühten. Gerade in seiner Mitte weitete sich der sonst schmale Gang zu einem runden Platz aus, darauf eine große Glaskugel stand, ganz an die Stechliner erinnernd, nur mit dem Unterschied, daß hier das eingelegte blanke Zinn fehlte. Beide Kugeln stammten natürlich aus der Globsower »grünen Hütte«. Weiterhin, ganz am Ausgang des Gartens, wurde man eines etwas schiefen Bretterzaunes ansichtig, mit einem Pflaumenbaum dahinter, dessen einer Hauptzweig aus dem Nachbargarten her in den der Domina herüberreichte.

Rex führte die Tante. Dann folgte Woldemar mit Hauptmann Czako, weit genug ab von dem voraufgehenden Paar, um ungeniert miteinander sprechen zu können.

»Nun, Czako«, sagte Woldemar, »bleiben wir, wenn's sein kann, noch ein bißchen weiter zurück. Ich kann Ihnen gar nicht sagen, wie gern ich in diesem Garten bin. Allen Ernstes. Ich habe hier nämlich als Junge hundertmal gespielt und in den Birnbäumen gesessen; damals standen hier noch etliche, hier links, wo jetzt die Mohrrübenbeete stehen. Ich mache mir nichts aus Mohrrüben, woraus ich übrigens schließe, daß wir heute welche zu Tisch kriegen. Wie gefällt Ihnen der Garten?«

»Ausgezeichnet. Es ist ja eigentlich ein Bauerngarten, aber doch mit viel Rittersporn drin. Und zu jedem Rittersporn gehört eine Stiftsdame.«

»Nein, Czako, nicht so. Sagen Sie mir ganz ernsthaft, ob Sie solche Gärten leiden können.«

»Ich kann solche Gärten eigentlich nur leiden, wenn sie eine Kegelbahn haben. Und dieser hier ist wie geschaffen dazu, lang und schmal. Alle unsre modernen Kegelbahnen sind zu kurz, wie früher alle Betten zu kurz waren. Wenn die Kugel aufsetzt, ist sie auch schon da, und der Bengel unten schreit einen an mit seinem ›acht um den König‹. Für mich fängt das Vergnügen erst an, wenn das Brett lang ist und man der Kugel anmerkt, sie möchte links oder rechts abirren, aber die eingeborene Gewalt zwingt sie zum Ausharren, zum Bleiben auf der rechten Bahn. Es hat was Symbolisches oder Pädagogisches oder meinetwegen auch Politisches.«

Unter diesem Gespräche waren sie, ganz nach unten hin, bis an die Stelle gekommen, wo der nachbarliche Pflaumenbaum seinen Zweig über den Zaun wegstreckte. Neben dem Zaun aber, in gleicher Linie mit ihm, stand eine grüngestrichene Bank, auf der, von dem Gezweig überdacht, eine Dame saß mit einem kleinen runden Hut und einer Adlerfeder. Als sich die Herrschaften ihr näherten, erhob sie sich und schritt auf die Domina zu, dieser die Hand zu küssen; zugleich verneigte sie sich gegen die drei Herren.

»Erlauben Sie mir«, sagte Adelheid, »Sie mit meiner lieben Freundin, Fräulein von Schmargendorf, bekannt zu machen. Hauptmann von Czako, Ministerialassessor von Rex ... Meinen Neffen, liebe Schmargendorf, kennen Sie ja.«

Adelheid, als sie so vorgestellt hatte, zog ihre kleine Uhr aus dem Gürtel hervor und sagte: »Wir haben noch zehn Minuten. Wenn es Ihnen recht ist, bleiben wir noch in Gottes freier Natur. Woldemar, führe meine liebe Freundin, oder lieber Sie, Herr Hauptmann – Fräulein von Schmargendorf wird ohnehin Ihre Tischdame sein.«

Das Fräulein von Schmargendorf war klein und rundlich, einige vierzig Jahre alt, von kurzem Hals und wenig Taille. Von den sieben Schönheiten, über die jede Evastochter Verfügung haben soll, hatte sie soweit sich ihr »Kredit« feststellen ließ, nur die Büste. Sie war sich dessen denn auch bewußt und trug immer dunkle Tuchkleider mit einem Sammetbesatz oberhalb der Taille. Dieser Besatz bestand aus drei Dreiecken, deren Spitze nach unten lief. Sie war immer fidel, zunächst aus glücklicher Naturanlage, dann aber auch, weil sie mal gehört hatte: Fidelität erhalte jung. Ihr lag daran, jung zu sein, obwohl sie keinen rechten Nutzen mehr daraus ziehen konnte. Benachbarte Adlige gab es nicht, der Pastor war natürlich verheiratet und Fix auch. Und weiter nach unten ging es nicht.

Adelheid und Rex waren meist weit voraus, so daß man sich immer erst an der Glaskugel traf, wenn das voranschreitende Paar schon wieder auf dem Rückwege war. Czako grüßte dann jedesmal militärisch zur Domina hinüber.

Diese selbst war in einem Gespräch mit Rex fest engagiert und verhandelte mit ihm über ein bedrohliches Wachsen des Sektiererwesens. Rex fühlte sich davon getroffen, da er selbst auf dem Punkte stand, Irvingianer zu werden; er war aber Lebemann genug, um sich schnell zurechtzufinden und vor allem auf jede nachhaltige Bekämpfung der von Adelheid geäußerten Ansichten zu verzichten. Er lenkte geschickt in das Gebiet des allgemeinen Unglaubens ein, dabei sofort einer vollen Zustimmung begegnend. Ja, die Domina ging weiter, und sich abwechselnd auf die Apokalypse und dann wieder auf Fix berufend, betonte sie, daß wir am Anfang vom Ende stünden. Fix gehe freilich wohl etwas zu weit, wenn er eigentlich keinem Tage mehr so recht traue. Das seien nutzlose Beunruhigungen, weshalb sie denn auch in ihn gedrungen sei, von solchen Berechnungen Abstand zu nehmen oder wenigstens alles nochmals zu prüfen. »Kein Zweifel«, so schloß sie, »Fix ist für Rechnungssachen entschieden talentiert, aber ich habe ihm trotzdem sagen müssen, daß zwischen Rechnungen und Rechnungen doch immer noch ein Unterschied sei.«

Czako hatte dem Fräulein von Schmargendorf den Arm gereicht; Woldemar, weil der Mittelgang zu schmal war, folgte wenige Schritte hinter den beiden und trat nur immer da, wo der Weg sich erweiterte, vorübergehend an ihre Seite.

»Wie glücklich ich bin, Herr Hauptmann«, sagte die Schmargendorf, »Ihre Partnerin zu sein, jetzt schon hier und dann später bei Tisch.«

Czako verneigte sich.

»Und merkwürdig«, fuhr sie fort, »daß gerade das Regiment Alexander immer so vergnügte Herren hat; einen Namensvetter von Ihnen, oder vielleicht war es auch Ihr älterer Herr Bruder, den hab' ich noch von einer Einquartierung in der Priegnitz her ganz deutlich in Erinnerung, trotzdem es schon an die zwanzig Jahre ist oder mehr. Denn ich war damals noch blutjung und tanzte mit Ihrem Herrn Vetter einen richtigen Radowa, der um jene Zeit noch in Mode war, aber schon nicht mehr so recht. Und ich hab' auch noch den Namenszug und einen kleinen Vers von ihm in meinem Album. ›Jegor von Baczko, Secondelieutenant im Regiment Alexander.‹ Ja, Herr von Baczko, so kommt man wieder zusammen. Oder wenigstens mit einem Herrn gleichen Namens.«

Czako schwieg und nickte nur, weil er Richtigstellungen überhaupt nicht liebte; Woldemar aber, der jedes Wort gehört und in bezug auf solche Dinge kleinlicher als sein Freund, der Hauptmann, dachte, wollte durchaus Remedur schaffen und bat, das Fräulein darauf aufmerksam machen zu dürfen, daß der Herr, der den Vorzug habe, sie zu führen, nicht ein Herr von Baczko, sondern ein Herr von Czako sei.

Die kleine Rundliche geriet in eine momentane Verlegenheit; Czako selbst aber kam ihr mit großer Courtoisie zu Hilfe.

»Lieber Stechlin«, begann er, »ich beschwöre Sie um sechsundsechzig Schock sächsische Schuhzwecken, kommen Sie doch nicht mit solchen Kleinigkeiten, die man jetzt, glaub' ich, Velleitäten nennt. Wenigstens hab' ich das Wort immer so übersetzt. Czako, Baczko, Baczko, Czako – wie kann man davon so viel Aufhebens machen. Name, wie Sie wissen, ist Schall und Rauch, siehe Goethe, und Sie werden sich doch nicht in Widerspruch mit *dem* bringen wollen. Dazu reicht es denn doch am Ende nicht aus.«

»Hihi.«

»Außerdem, ein Mann wie Sie, der es trotz seines Liberalismus fertig bringt, immer seinen Adel bis wenigstens dritten Kreuzzug zurückzuführen, ein Mann wie Sie sollte mir doch diese kleine Verwechslung ehrlich gönnen. Denn dieser mir in den Schoß gefallene ›Baczko‹ ... Gott sei Dank, daß auch unsereinem noch was in den Schoß fallen kann ...«

»Hihi.«

»Denn dieser mir in den Schoß gefallene Baczko ist doch einfach eine Rang- und Standeserhöhung, ein richtiges Avancement. Die Baczkos reichen mindestens bis Huß oder Ziska, und wenn es vielleicht Ungarn sind, bis auf die Hunyadis zurück, während der erste wirkliche Czako noch keine zweihundert Jahre alt ist. Und von diesem ersten wirklichen Czako stammen wir doch natürlich ab. Erwägen Sie, bevor es nicht einen wirklichen Czako gab, also einen steifen grauen Filzhut mit Leder oder Blech beschlagen, eher kann es auch keinen ›*von* Czako‹ gegeben haben; der Adel schreibt sich immer von solchen Dingen seiner Umgebung oder seines Metiers oder seiner Beschäftigung her. Wenn ich wirklich noch mal Lust verspüren sollte, mich standesgemäß zu verheiraten, so scheitre ich vielleicht an der Jugendlichkeit meines Adels und werde mich dann dieser Stunde wehmütig freundlich erinnern, die mich, wenn auch nur durch eine Namensverwechslung, auf einen kurzen Augenblick zu erhöhen trachtete.«

Woldemar, seiner Philisterei sich bewußt werdend, zog sich wieder zurück, während die Schmargendorf treuherzig sagte: »Sie glauben also wirklich, Herr von ... Herr Hauptmann ... daß Sie von einem Czako herstammen?«

»Soweit solch merkwürdiges Spiel der Natur überhaupt möglich ist, bin ich fest davon durchdrungen.«

In diesem Moment, nach abermaliger Passierung des Platzes mit der Glaskugel erreichte das Paar die Bank unter dem Pflaumenbaumzweige. Die Schmargendorf hatte schon lange vorher nach zwei großen, dicht zusammensitzenden Pflaumen hinübergeblickt und sagte, während sie jetzt ihre Hand danach ausstreckte: »Nun wollen wir aber ein Vielliebchen essen, Herr Hauptmann; wo, wie hier, zwei zusammensitzen, da ist immer ein Vielliebchen.«

»Eine Definition, der ich mich durchaus anschließe. Aber, mein gnädigstes Fräulein, wenn ich vorschlagen dürfte, mit dieser herrlichen Gabe Gottes doch lieber bis zum Dessert zu warten. Das ist ja doch auch die eigentliche Zeit für Vielliebchen.«

»Nun, wie Sie wollen, Herr Hauptmann. Und ich werde diese zwei bis dahin für uns aufheben. Aber diese dritte hier, die nicht mehr so ganz dazu gehört, die werd' ich essen. Ich esse so gern Pflaumen. Und Sie werden sie mir auch gönnen.«

»Alles, alles. Eine Welt.«

Es schien fast, als ob sich Czako noch weiter über dies Pflaumenthema, namentlich auch über die sich darin bergenden Wagnisse verbreiten wollte, kam aber nicht dazu, weil eben jetzt ein Diener in weißen Baumwollhandschuhen, augenscheinlich eine Gelegenheitsschöpfung, in der Hoftür sichtbar wurde. Dies war das mit der Domina verabredete Zeichen, daß der Tisch gedeckt sei. Die Schmargendorf, ebenfalls eingeweiht in diese zu raschen Entschlüssen drängende Zeichensprache, bückte sich deshalb, um von einem der Gemüsebeete rasch noch ein großes Kohlblatt abzubrechen, auf das sie sorglich die beiden rotgetüpfelten Pflaumen legte. Gleich danach aber aufs neue des Hauptmanns Arm nehmend, schritt sie, unter Vorantritt der Domina, auf Hof und Flur und ganz zuletzt auf den Salon zu, der sich inzwischen in manchem Stücke verändert hatte, vor allem darin, daß neben dem Kamin eine zweite Konventualin stand, in dunkler Seide, mit Kopfschleifen und tiefliegenden, starren Kakadu-Augen, die in das Wesen aller Dinge einzudringen schienen.

»Ah, meine Liebste«, sagte die Domina, auf diese zweite Konventualin zuschreitend, »es freut mich herzlich, daß Sie sich, trotz Migräne, noch herausgemacht haben; wir wären sonst ohne dritte Tischdame geblieben. Erlauben Sie mir vorzustellen: Herr von Rex, Herr von Czako ... Fräulein von Triglaff aus dem Hause Triglaff.«

Rex und Czako verbeugten sich, während Woldemar, dem sie keine Fremde war, an die Konventualin herantrat, um ein Wort der Begrüßung an sie zu richten. Czako, die Triglaff unwillkürlich musternd, war sofort von einer ihn frappierenden Ähnlichkeit betroffen und flüsterte gleich danach dem sein Monokel wiederholentlich in Angriff nehmenden Rex leise zu: »Krippenstapel, weibliche Linie.«

Rex nickte.

Während dieser Vorstellung hatte der im Hintergrunde stehende Diener den oberen und unteren Türriegel mit einer gewissen Ostentation zurückgezogen; einen Augenblick noch, und beide Flügel zu dem neben dem Salon gelegenen Eßzimmer taten sich mit einer stillen Feierlichkeit auf.

»Herr von Rex«, sagte die Domina, »darf ich um Ihren Arm bitten?«

Im Nu war Rex an ihrer Seite, und gleich danach traten alle drei Paare in den Nebenraum ein, auf dessen gastlicher und nicht ohne Geschick hergerichteter Tafel zwei Blumenvasen und zwei silberne Doppelleuchter standen. Auch der Diener war schon in Aktion; er hatte sich inzwischen am Büfett in Front einer Meißner Suppenterrine aufgestellt, und indem er den Deckel (mit einem abgestoßenen Engel obenauf) abnahm, stieg der Wrasen wie Opferrauch in die Höhe.

8. KAPITEL

Tante Adelheid, wenn sich nichts geradezu Verstimmliches ereignete, war, von alten Zeiten her, eine gute Wirtin und besaß neben anderm auch jene Direktoralaugen, die bei Tische so viel bedeuten; aber *eine* Gabe besaß sie nicht, die, das Gespräch, wie's in einem engsten Zirkel doch sein sollte, zusammenzufassen. So zerfiel denn die kleine Tafelrunde von Anfang an in drei Gruppen, von denen eine, wiewohl nicht absolut schweigsam, doch vorwiegend als Tafelornament wirkte. Dies war die Gruppe Woldemar-Triglaff. Und das konnte nicht wohl anders sein. Die Triglaff, wie sich das bei Kakadugesichtern so häufig findet, verband in sich den Ausdruck höchster Tiefsinnigkeit mit ganz ungewöhnlicher Umnachtung, und ein letzter Rest von Helle, der ihr vielleicht geblieben sein mochte, war ihr durch eine stupende Triglaff-Vorstellung schließlich doch auch noch abhanden gekommen. Eine direkte Deszendenz von dem gleichnamigen Wendengotte, etwa wie Czako von Czako, war freilich nicht nachzuweisen, aber doch auch nicht ausgeschlossen, und wenn dergleichen überhaupt vorkommen oder nach stiller Übereinkunft auch nur allgemein angenommen werden konnte, so war nicht abzusehen, warum gerade sie leer ausgehen oder auf solche Möglichkeit verzichten sollte. Dieser hochgespannten, ganz im Speziellen sich bewegenden Adelsvorstellung entsprach denn auch das gereizte Gefühl, das sie gegen den Zweig des Hauses Thadden unterhielt, der sich, nach seinem pommerschen Gute Triglaff ›Thadden-Triglaff‹ nannte – eine Zubenennung, die *ihr*, der einzig wirklichen Triglaff, einfach als ein Übergriff oder doch mindestens als eine Beeinträchtigung erschien. Woldemar, der dies alles kannte, war dagegen gefeit und wußte seinerseits seit lange, wie zu verfahren sei, wenn ihm die Triglaff als Tischnachbarin zufiel. Er hatte sich für diesen Fall, der übrigens öfter eintrat, als ihm lieb war, die Namen aller Konventualinnen auswendig gelernt, die während seiner Kinderzeit in Kloster Wutz gelebt hatten und von denen er recht gut wußte, daß sie seit lange tot waren. Er begann aber trotzdem regelmäßig seine Fragen so zu stellen, als ob das Dasein dieser längst Abgeschiedenen immer noch einer Möglichkeit unterläge.

»Da war ja hier früher, mein gnädigstes Fräulein, eine Drachenhausen, Aurelie von Drachenhausen, und übersiedelte dann, wenn ich nicht irre, nach Kloster Zehdenick. Es würde mich lebhaft interessieren, in Erfahrung zu bringen, ob sie noch lebt oder ob sie vielleicht schon tot ist.«

Die Triglaff nickte.

Czako, dieses Nicken beobachtend, sprach sich später gegen Rex dahin aus, daß das alles mit der Abstammung der Triglaff ganz natürlich zusammenhänge. »Götzen nicken bloß.«

Um vieles lebendiger waren Rede und Gegenrede zwischen Tante Adelheid und dem Ministerialassessor, und das Gespräch beider, das nur sittliche Hebungsfragen berührte, hätte durchaus den Charakter einer gemütlichen, aber doch durch Ernst geweihten Synodalplauderei gehabt, wenn sich nicht die Gestalt des Rentmeisters Fix beständig eingedrängt hätte, dieses Dominaprotegés, von dem Rex, unter Zurückhaltung seiner wahren Meinung, immer aufs neue versicherte, »daß in diesem klösterlichen Beamten eine seltene Verquickung von Prinzipienstrenge mit Geschäftsgenie vorzuliegen scheine«.

Das waren die zwei Paare, die den linken Flügel beziehungsweise die Mitte des Tisches bildeten. Die beiden Hauptfiguren waren aber doch Czako und die Schmargendorf, die ganz nach rechts hin saßen, in Nähe der dicken Fenstergardinen aus Wollstoff, in deren Falten denn auch vieles glücklicherweise verklang. An die Suppe hatte sich ein Fisch und an diesen ein Linsenpüree mit gebackenem Schinken gereiht, und nun wurden gespickte Rebhuhnflügel in einer pikanten Sauce, die zugleich Küchengeheimnis der Domina war, herumgereicht. Czako, trotzdem er schon dem gebackenen Schinken erheblich zugesprochen hatte, nahm ein zweites Mal auch noch von dem Rebhuhngericht und fühlte das Bedürfnis, dies zu motivieren.

»Eine gesegnete Gegend, Ihre Grafschaft hier«, begann er. »Aber freilich heuer auch eine gesegnete Jahreszeit. Gestern abend bei Dubslav von Stechlin Krammetsvögelbrüste, heute bei Adelheid von Stechlin Rebhuhnflügel.«

»Und was ziehen Sie vor?« fragte die Schmargendorf.

»Im allgemeinen, mein gnädigstes Fräulein, ist die Frage wohl zugunsten ersterer entschieden. Aber hier und speziell für mich ist doch wohl der Ausnahmefall gegeben.«

»Warum ein Ausnahmefall?«

»Sie haben recht, eine solche Frage zu stellen. Und ich antworte, so gut ich kann. Nun denn, in Brust und Flügel ...«

»Hihi.«

»In Brust und Flügel schlummert, wie mir scheinen will, ein großartiger Gegensatz von hüben und drüben; es gibt nichts Diesseitigeres als Brust, und es gibt nichts Jenseitigeres als Flügel. Der Flügel trägt uns, erhebt uns. Und deshalb, trotz aller nach der andern Seite hin liegenden Verlockung, möchte ich alles, was Flügel heißt, doch höher stellen.«

Er hatte dies in einem möglichst gedämpften Tone gesprochen. Aber es war nicht nötig, weil einerseits die links ihm zunächst sitzende Triglaff aus purem Hochgefühl ihr Ohr gegen alles, was gesprochen wurde, verschloß, während andrerseits die Domina, nachdem der Diener allerlei kleine Spitzgläser herumgereicht hatte, ganz ersichtlich mit einer Ansprache beschäftigt war.

»Lassen Sie mich Ihnen noch einmal aussprechen«, sagte sie, während sie sich halb erhob, »wie glücklich es mich macht, Sie in meinem Kloster begrüßen zu können. Herr von Rex, Herr von Czako, Ihr Wohl.«

Man stieß an. Rex dankte unmittelbar und sprach, als man sich wieder gesetzt hatte, seine Bewunderung über den schönen Wein aus. »Ich vermute Montefiascone.«

»Vornehmer, Herr von Rex«, sagte Adelheid in guter Stimmung, »eine Rangstufe höher. Nicht Montefiascone, den wir allerdings unter meiner Amtsvorgängerin auch hier im Keller hatten, sondern *Lacrimae Christi.* Mein Bruder, der alles bemängelt, meinte freilich, als ich ihm vor einiger Zeit davon vorsetzte, das passe nicht, das sei Begräbniswein, höchstens Wein für Einsegnungen, aber nicht für heitere Zusammenkünfte.«

»Ein Wort von eigenartiger Bedeutung, darin ich Ihren Herrn Bruder durchaus wiedererkenne.«

»Gewiß, Herr von Rex. Und ich bin mir bewußt, daß uns der Name gerade dieses Weines allerlei Rücksichten auferlegt. Aber wenn Sie sich vergegenwärtigen wollen, daß wir in einem Stift, einem Kloster sind ... und so meine ich denn, der Ort, an dem wir leben, gibt uns doch auch ein Recht und eine Weihe.«

»Kein Zweifel. Und ich muß nachträglich die Bedenken Ihres Herrn Bruders als irrtümlich anerkennen. Aber wenn ich mich so ausdrücken darf, ein kleidsamer Irrtum ... Auf das Wohl Ihres Herrn Bruders.«

Damit schloß das etwas diffizile Zwiegespräch, dem alle mit einiger Verlegenheit gefolgt waren. Nur nicht die Schmargendorf. »Ach«, sagte diese, »wenn wir von dem Wein trinken, dann hören wir auch immer dieselbe Geschichte. Die Domina muß sich damals sehr über den alten Herrn von Stechlin geärgert haben. Und doch hat er eigentlich recht; schon der bloße Name stimmt ernst und feierlich, und es liegt was drin, das einem Christenmenschen denn doch zu denken gibt. Und gerade wenn man so recht vergnügt ist.«

»Darauf wollen wir anstoßen«, sagte Czako, völlig im Dunkeln lassend, ob er mehr den Christenmenschen oder den Ernst oder das Vergnügtsein meinte.

»Und überhaupt«, fuhr die Schmargendorf fort, »die Weine müßten eigentlich alle anders heißen, oder wenigstens sehr, sehr viele.«

»Ganz meine Meinung, meine Gnädigste«, sagte Czako. »Da sind wirklich so manche ... Man darf aber andrerseits das Zartgefühl nicht überspannen. Will man das, so bringen wir uns einfach um die reichsten Quellen wahrer Poesie. Da haben wir beispielsweise, so ganz allgemein und bloß als Gattungsbegriff, die ›Milch der Greise‹ – zunächst ein durchaus unbeanstandenswertes Wort. Aber alsbald (denn unsre Sprache liebt solche Spiele) treten mannigfache Fort- und Weiterbildungen, selbst Geschlechtsübersprungungen an uns heran, und ehe wir's uns versehen, hat sich die ›Milch der Greise‹ in eine ›Liebfrauenmilch‹ verwandelt.«

»Hihi ... Ja, Liebfrauenmilch, die trinken wir auch. Aber nur selten. Und es ist auch nicht *der* Name, woran ich eigentlich dachte.«

»Sicherlich nicht, meine Gnädigste. Denn wir haben eben noch andre, dezidiertere, denen gegenüber uns dann nur noch das Refugium der französischen Aussprache bleibt.«

»Hihi ... Ja, französisch, da geht es. Aber doch auch nicht immer, und jedesmal, wenn Rentmeister Fix unser Gast ist und die Triglaff die Flasche hin und her dreht (und ich habe gesehen, daß sie sie dreimal herumdrehte), dann lacht Fix ... Übrigens sieht es so aus, als ob die Domina noch was auf dem Herzen hätte; sie macht ein so feierliches Gesicht. Oder vielleicht will sie auch bloß die Tafel aufheben.«

Und wirklich, es war so, wie die Schmargendorf vermutete.

»Meine Herren«, sagte die Domina, »da Sie zu meinem Leidwesen so früh fort wollen (wir haben nur noch wenig über eine Viertelstunde), so geb' ich anheim, ob wir den Kaffee lieber in meinem Zimmer nehmen wollen oder draußen unter dem Holunderbaum.«

Eine Gesamtantwort wurde nicht laut, aber während man sich unmittelbar danach erhob, küßte Czako der Schmargendorf die Hand und sagte mit einem gewissen Empressement: »Unter dem Holunderbaum also.«

Die Schmargendorf verstand nicht im entferntesten, auf was es sich bezog. Aber das war Czako gleich. Ihm lag lediglich daran, sich ganz privatim, ganz für sich selbst, die Schmargendorf auf einen kurzen, aber großen Augenblick als »Käthchen« vorstellen zu können.

Im übrigen zeigte sich's, daß nicht bloß Czako, sondern auch Rex und Woldemar für den Holunderbaum waren, und so näherte man sich denn diesem.

Es war derselbe Baum, den die Herren schon beim Einreiten in den Klosterhof gesehen, aber in jenem Augenblick wenig beachtet hatten. Jetzt erst bemerkten sie, was es mit ihm auf sich habe. Der Baum, der uralt sein mochte, stand außerhalb des Gehöftes, war aber, ähnlich wie der Pflaumenbaum im Garten, mit seinem Gezweig über das zerbröckelte Gemäuer fortgewachsen. Er war an und für sich schon eine Pracht. Was ihm aber noch eine besondere Schönheit lieh, das war, daß sein Laubendach von ein paar dahinter stehenden Ebereschenbäumen wie durchwachsen war, so daß man überall neben den schwarzen Fruchtdolden des Holunders die leuchtenden roten Ebereschenbüschel sah. Auch das verschiedene Laub schattierte sich. Rex und Czako waren aufrichtig entzückt, beinahe mehr als zulässig. Denn so reizend die Laube selbst war, so zweifelhaft war das unmittelbar vor ihnen in großer Unordnung und durchaus ermangelnder Sauberkeit ausgebreitete Hofbild. Aber pittoresk blieb es doch. Zusammengemörtelte Feldsteinklumpen lagen in hohem Grase, dazwischen Karren und Düngerwagen, Enten- und Hühnerkörbe, während ein kollernder Truthahn von Zeit zu Zeit bis dicht an die Laube herankam, sei's aus Neugier oder um sich mit der Triglaff zu messen.

Als sechs Uhr heran war, erschien Fritz und führte die Pferde vor. Czako wies darauf hin. Bevor er aber noch an die Domina herantreten und ihr einige Dankesworte sagen konnte, kam die Schmargendorf, die kurz vorher ihren Platz verlassen, mit dem großen Kohlblatt zurück, auf dem die beiden zusammengewachsenen Pflaumen lagen. »Sie wollen mir entgehen, Herr von Czako. Das hilft Ihnen aber nichts. Ich will mein Vielliebchen gewinnen. Und Sie sollen sehen, ich siege.«

»Sie siegen immer, meine Gnädigste.«

9. KAPITEL

Rex und Czako ritten ab; Fritz führte Woldemars Pferd am Zügel. Aber weder die Schmargendorf noch die Triglaff erwiesen sich, als die beiden Herren fort und die drei Damen samt Woldemar in die Wohnräume zurückgekehrt waren, irgendwie beflissen, das Feld zu räumen, was die Domina, die wegen zu verhandelnder diffiziler Dinge mit ihrem Neffen allein sein wollte, stark verstimmte. Sie zeigte das auch, war steif und schweigsam und belebte sich erst wieder, als die Schmargendorf mit einem Male glückstrahlend versicherte: jetzt wisse sie's; sie habe noch eine Photographie, die wolle sie gleich an Herrn von Czako schicken, und wenn er dann morgen mittag von Cremmen her in Berlin einträfe, dann werd' er Brief und Bild schon vorfinden und auf der Rückseite des Bildes ein »Guten Morgen, Vielliebchen«. Die Domina fand alles so lächerlich und unpassend wie nur möglich; weil ihr aber daran lag, die Schmargendorf loszuwerden, so hielt sie mit ihrer wahren Meinung zurück und sagte: »Ja, liebe Schmargendorf, wenn Sie so was vorhaben, dann ist es allerdings die höchste Zeit. Der Postbote kann gleich kommen.« Und wirklich, die Schmargendorf ging, nur die Triglaff zurücklassend, deren Auge sich jetzt von der Domina zu Woldemar hinüber und dann wieder von Woldemar zur Domina zurückbewegte. Sie war bei dem allem ganz unbefangen. Ein Verlangen, etwas zu belauschen oder von ungefähr in Familienangelegenheiten eingeweiht zu werden, lag ihr völlig fern, und alles, was sie trotzdem zum Ausharren bestimmte, war lediglich der Wunsch, solchem historischen Beisammensein eine durch ihre Triglaff-Gegenwart gesteigerte Weihe zu geben. Indessen schließlich ging auch sie. Man hatte sich wenig um sie gekümmert, und Tante und Neffe ließen sich, als sie jetzt allein waren, in zwei braune Plüschfauteuils (Erbstücke noch vom Schloß Stechlin her) nieder, Woldemar allerdings mit äußerster Vorsicht, weil die Sprungfedern bereits jenen Altersgrad erreicht hatten, wo sie nicht nur einen dumpfen Ton von sich geben, sondern auch zu stechen anfangen.

Die Tante bemerkte nichts davon, war vielmehr froh, ihren Neffen endlich allein zu haben, und sagte mit rasch wiedergewonnenem Behagen: »Ich hätte dir schon bei Tische gern was Besseres an die Seite gegeben; aber wir haben hier, wie du weißt, nur unsre vier Konventualinnen, und von diesen vieren sind die Schmargendorf und die Triglaff immer noch die besten. Unsre gute Schimonski, die morgen einundachtzig wird, ist eigentlich ein Schatz, aber leider stocktaub, und die Teschendorf, die mal Gouvernante bei den Esterhazys war und auch noch den Fürsten Schwarzenberg, dessen Frau in Paris verbrannte, gekannt hat, ja, die hätt' ich natürlich solchem feinen Herrn wie dem Herrn von Rex gerne vorgesetzt, aber es ist ein Unglück; die arme Person, die Teschendorf, ist so zittrig und kann den Löffel nicht recht mehr halten. Da hab' ich denn doch lieber die Triglaff genommen; sie ist sehr dumm, aber doch wenigstens manierlich, so viel muß man ihr lassen. Und die Schmargendorf ...«

Woldemar lachte.

»Ja, du lachst Woldemar, und ich will dir auch nicht bestreiten, daß man über die gute Seele lachen kann. Aber sie hat doch auch was Gehaltvolles in ihrer Natur, was sich erst neulich wieder in einem intimen Gespräch mit unserm Fix zeigte, der trotz aller Bekenntnisstrenge (die selbst Koseleger ihm zugesteht) an unserm letzten Whistabend Äußerungen tat, die wir alle tief bedauern mußten, wir, die wir die Whistpartie machten, nun schon ganz gewiß, aber auch die gute, taube Schimonski, der wir, weil sie uns so aufgeregt sah, alles auf einen Zettel schreiben mußten.«

»Und was war es denn?«

»Ach, es handelte sich um das, was uns allen, wie du dir denken kannst, jetzt das Teuerste bedeutet, um den ›Wortlaut‹. Und denke dir, unser Fix war dagegen. Er mußte wohl denselben Tag was gelesen haben, was ihn abtrünnig gemacht hatte. Personen wie Fix sind sehr bestimmbar. Und kurz und gut, er sagte: das mit dem ›Wortlaut‹, das ginge nicht länger mehr, die ›Werte‹ wären jetzt anders, und weil die Werte nicht mehr dieselben wären, müßten auch die Worte sich danach richten und müßten gemodelt werden. Er sagte ›gemodelt‹. Aber was er am meisten immer wieder betonte, das waren die ›Werte‹ und die Notwendigkeit der ›Umwertung‹.«

»Und was sagte die Schmargendorf dazu?«

»Du hast ganz recht, mich dabei wieder auf die Schmargendorf zu bringen. Nun, die war außer sich und hat die darauffolgende Nacht nicht schlafen können. Erst gegen Morgen kam ihr ein tiefer Schlaf, und da sah sie, so wenigstens hat sie's mir und dem Superintendenten versichert, einen Engel, der mit seinem Flammenfinger immer auf ein Buch wies und in dem Buch auf eine und dieselbe Stelle.«

»Welche Stelle?«

»Ja, darüber war ein Streit; die Schmargendorf hatte sie genau gelesen und wollte sie hersagen. Aber sie sagte sie falsch, weil sie sonntags in der Kirche nie recht aufpaßt. Und wir sagten ihr das auch. Und denke dir, sie widersprach nicht und blieb überhaupt ganz ruhig dabei. ›Ja‹, sagte sie, ›sie wisse recht gut, daß sie die Stelle falsch hergesagt hätte, sie habe nie was richtig hersagen können; aber das wisse sie ganz genau, die Stelle mit dem Flammenfinger, das sei der ›Wortlaut‹ gewesen.‹«

»Und das hast du wirklich alles geglaubt, liebe Tante? Diese gute Schmargendorf! Ich will ihr ja gerne folgen; aber was ihren Traum angeht, da kann ich beim besten Willen nicht mit. Es wird ihr ein Amtmann erschienen sein oder ein Pastor. Dreißig Jahre früher wär' es ein Student gewesen.«

»Ach, Woldemar, sprich doch nicht so. Das ist ja die neue Fasson, in der die Berliner sprechen, und in dem Punkt ist einer wie der andre. Dein Freund Czako spricht auch so. Du mokierst dich jetzt über die gute Schmargendorf, und dein Freund, der Hauptmann, soviel hab' ich ganz deutlich gesehen, tat es auch und hat sie bei Tische geuzt.«

»Geuzt?«

»Du wunderst dich über das Wort, und ich wundre mich selber darüber. Aber daran ist auch unser guter Fix schuld. Der ist alle Monat mal nach Berlin rüber, und wenn er dann wiederkommt, dann bringt er so was mit, und wiewohl ich's unpassend finde, nehm' ich's doch an und die Schmargendorf auch. Bloß die Triglaff nicht und natürlich die gute Schimonski auch nicht, wegen der Taubheit. Ja, Woldemar, ich sage ›geuzt‹, und dein Freund Czako hätt' es lieber unterlassen sollen. Aber das muß wahr sein, er ist amüsant, wenn auch ein bißchen auf der Wippe. Siehst du ihn oft?«

»Nein, liebe Tante. Nicht oft. Bedenke die weiten Entfernungen. Von unsrer Kaserne bis zu seiner, oder auch umgekehrt, das ist eine kleine Reise. Dazu kommt noch, daß wir vor unserm Halleschen Tor eigentlich gar nichts haben, bloß die Kirchhöfe, das Tempelhofer Feld und das Rotherstift.«

»Aber ihr habt doch die Pferdebahn, wenn ihr irgendwohin wollt. Beinah muß ich sagen, leider. Denn es gibt mir immer einen Stich, wenn ich mal in Berlin bin, so die Offiziere zu sehen, wie sie da hinten stehen und Platz machen, wenn eine Madamm aufsteigt, manchmal mit 'nem Korb und manchmal auch mit 'ner Spreewaldsamme. Mir immer ein Horreur.«

»Ja, die Pferdebahn, liebe Tante, die haben wir freilich, und man kann mit ihr in einer halben Stunde bis in Czakos Kaserne. Der weite Weg ist es auch eigentlich nicht, wenigstens nicht allein, weshalb ich Czako so selten sehe. Der Hauptgrund ist doch wohl der, er paßt nicht so ganz zu uns und eigentlich auch kaum zu seinem Regiment. Er ist ein guter Kerl, aber ein Äquivokenmensch und erzählt immer Nachmitternachtsgeschichten. Wenn man ihn allein hat, geht es. Aber hat er ein Publikum, dann kribbelt es ihn ordentlich, und je feiner das Publikum ist, desto mehr. Er hat mich schon oft in Verlegenheit gebracht. Ich muß sagen, ich hab' ihn sehr gern, aber gesellschaftlich ist ihm Rex doch sehr überlegen.«

»Ja, Rex, natürlich. Das hab' ich auch gleich bemerkt, ohne mir weiter Rechenschaft darüber zu geben. Du wirst es aber wissen, wodurch er ihm überlegen ist.«

»Durch vieles. Erstens, wenn man die Familien abwägt. Rex ist mehr als Czako. Und dann ist Rex Kavallerist.«

»Aber ich denke, er ist Ministerialassessor.«

»Ja, das ist er auch. Aber nebenher, oder vielleicht noch darüber hinaus, ist er Offizier, und sogar in unsrer Dragonerbrigade.«

»Das freut mich; da ist er ja so gut wie ein Spezialkamerad von dir.«

»Ich kann das zugeben und doch auch wieder nicht. Denn erstens ist er in der Reserve, und zweitens steht er bei den zweiten Dragonern.«

»Macht das 'nen Unterschied?«

»Gott, Tante, wie man's nehmen will. Ja und nein. Bei Mars la Tour haben wir dieselbe Attacke geritten.«

»Und doch ...«

»Und doch ist da ein gewisses *je ne sais quoi.*«

»Sage nichts Französisches. Das verdrießt mich immer. Manche sagen jetzt auch Englisches, was mir noch weniger gefällt. Aber lassen wir das; ich finde nur, es wäre doch schrecklich, wenn es so bloß nach der Zahl ginge. Was sollte denn da das Regiment anfangen, bei dem ein Bruder unsrer guten Schmargendorf steht? Es ist, glaube ich, das hundertfünfundvierzigste.«

»Ja, wenn es so hoch kommt, dann vertut es sich wieder. Aber so bei der Garde ...«

Die Domina schüttelte den Kopf. »Darin, mein lieber Woldemar, kann ich dir doch kaum folgen. Unser Fix sagt mitunter, ich sei zu exklusiv, aber so exklusiv bin ich doch noch lange nicht. Und solch Verstandesmensch, wie du bist, so ruhig und dabei so ›abgeklärt‹, wie manche jetzt sagen, und, Gott verzeih mir die Sünde, auch so liberal, worüber selbst dein Vater klagt. Und nun kommst du mir mit solchem Vorurteil, ja, verzeih mir das Wort, mit solchen Überheblichkeiten. Ich erkenne dich darin gar nicht wieder. Und wenn ich nun das erste Garderegiment nehme, das ist ja doch auch ein erstes. Ist es denn mehr als das zweite? Man kann ja sagen, so viel will ich zugeben, sie haben die Blechmützen und sehen aus, als ob sie lauter Holländerinnen heiraten wollten ... Was ihnen schon gefallen sollte.«

»Den Holländerinnen?«

»Nun, denen auch«, lachte die Tante. »Aber ich meinte jetzt unsre Leute. Mißversteh mich übrigens nicht. Ich weiß recht gut, was es mit den großen Grenadieren auf sich hat; aber die andern sind doch ebensogut, und Potsdam ist doch schließlich bloß Potsdam.«

»Ja, Tante, das ist es ja eben. Daß sie noch immer in Potsdam sind, das macht es. Deshalb ist es nach wie vor die ›Potsdamer Wachtparade‹. Und dann das Wort ›erstes‹ spielt allerdings auch mit. Ein alter Römer, mit dessen Namen ich dich nicht behelligen will, der wollte in seinem Potsdam lieber der Erste als in seinem Berlin der Zweite sein. Wer der Erste ist, nun, der ist eben der Erste, und als die andern aufstanden, da hatte dieser ›Erste‹ schon seinen Morgenspaziergang gemacht und mitunter was für einen! Sieh, als das zweite Garderegiment geboren wurde, da hatten die mit den Blechmützen schon den ganzen Siebenjährigen Krieg hinter sich. Es ist damit wie mit dem ältesten Sohn. Der älteste Sohn kann unter Umständen dümmer und schlechter sein als sein Bruder, aber er ist der älteste, das kann ihm keiner nehmen, und das gibt ihm einen gewissen Vorrang, auch wenn er sonst gar keinen Vorzug hat. Alles ist göttliches Geschenk. Warum ist der eine hübsch und der andere häßlich? Und nun gar erst die Damen. In das eine Fräulein verliebt sich alles, und das andre spielt bloß Mauerblümchen. Es wird jedem seine Stelle gegeben. Und so ist es auch mit unserm Regiment. Wir mögen nicht besser sein als die andern, aber wir sind die ersten, wir haben die Nummer eins.«

»Ich kann da beim besten Willen nicht recht mit, Woldemar. Was in unsrer Armee den Ausschlag gibt, ist doch immer die Schneidigkeit.«

»Liebe Tante, sprich, wovon du willst, nur nicht davon. Das ist ein Wort für kleine Garnisonen. Wir wissen, was wir zu tun haben. Dienst ist alles, und Schneidigkeit ist bloß Renommisterei. Und das ist das, was bei uns am niedrigsten steht.«

»Gut, Woldemar; was du da zuletzt gesagt hast, das gefällt mir. Und in diesem Punkte muß ich auch deinen Vater loben. Er hat vieles, was mir nicht zusagt, aber darin ist er doch ein echter Stechlin. Und du bist auch so. Und das hab' ich immer gefunden, alle, die so sind, die schießen zuletzt doch den Vogel ab, ganz besonders auch bei den Damen.«

Dies »bei den Damen« war nicht ohne Absicht gesprochen und schien auf das bis dahin vorsichtig vermiedene Hauptthema hinüberführen zu sollen. Aber ehe die Tante noch eine direkte Frage stellen konnte, wurde der Rentmeister gemeldet, der ihr in diesem Augenblicke sehr ungelegen kam. Die Domina wandte sich denn auch in sichtlicher Verstimmung an Woldemar und sagte: »Soll ich ihn fortschicken?«

»Es wird kaum gehen, liebe Tante.«

»Nun denn.«

Und gleich danach trat Fix ein.

10. KAPITEL

Während Woldemar und die Domina miteinander plauderten, erst im Tête-à-tête, dann in Gegenwart von Rentmeister Fix, ritten Rex und Czako (Fritz mit dem Leinpferd folgend) auf Cremmen zu. Das war noch eine tüchtige Strecke, gute drei Meilen. Aber trotzdem waren beide Reiter übereingekommen, nichts zu übereilen und sich's nach Möglichkeit bequem zu machen. »Es ist am Ende gleichgültig, ob wir um acht oder um neun über den Cremmer Damm reiten. Das bißchen Abendrot, das da drüben noch hinter dem Kirchturm steht ... Fritz, wie heißt er? Welcher Kirchturm ist es? ...« – »Das ist der Wulkowsche, Herr Hauptmann!« – »... Also, das bißchen Abendrot, das da noch hinter dem Wulkowschen steht, wird ohnehin nicht lange mehr vorhalten. Dunkel wird's also doch, und von dem Hohenlohedenkmal, das ich mir übrigens gern einmal näher angesehen hätte (man muß so was immer auf dem Hinwege mitnehmen), kommt uns bei Tageslicht nichts mehr vor die Klinge. Das Denkmal liegt etwas ab vom Wege.«

»Schade«, sagte Rex.

»Ja, man kann es beinah sagen. Ich für meine Person komme schließlich drüber hin, aber ein Mann wie Sie, Rex, sollte dergleichen mehr wallfahrtartig auffassen.«

»Ach, Czako, Sie reden wieder tolles Zeug, diesmal mit einem kleinen Abstecher ins Lästerliche. Was soll ›Wallfahrt‹ hier überhaupt? Und dann, was haben Sie gegen Wallfahrten? Und was haben Sie gegen die Hohenlohes?«

»Gott, Rex, wie Sie sich wieder irren. Ich habe nichts gegen die einen, und ich habe nichts gegen die andern. Alles, was ich von Wallfahrten gelesen habe, hat mich immer nur wünschen lassen, mal mit dabei zu sein. Und *ad vocem* der Hohenlohes, so kann ich Ihnen nur sagen, für *die* hab' ich sogar was übrig in meinem Herzen, viel, viel mehr als für unser eigentliches Landesgewächs. Oder wenn Sie wollen, für unsere Autochthonen.«

»Und das meinen Sie ganz ernsthaft?«

»Ganz ernsthaft. Und wir wollen mal fünf Minuten wie vernünftige Leute darüber reden. Wenn ich sage ›wir‹, so meine ich natürlich mich. Denn Sie sprechen immer vernünftig. Vielleicht ein bißchen zu sehr.«

Rex lächelte. »Nun gut; ich will's Ihnen glauben.«

»Also die Hohenlohes«, fuhr Czako fort. »Ja, wie steht es damit? Wie liegt da die Sache? Da kommt hier so Anno Domini ein Burggraf ins Land, und das Land will ihn nicht, und er muß sich alles erst erobern, die Städte beinah und die Schlösser gewiß. Und die Herzen natürlich erst recht. Und der Kaiser sitzt mal wieder weitab und kann ihm nicht helfen. Und da hat nun dieser Nürnberger Burggraf, wenn's hoch kommt, ein halbes Dutzend Menschen um sich, schwäbische Leute, die mit ihm in diese Mördergrube hinabsteigen. Denn ein bißchen so was war es. Und geht auch gleich los, und die Quitzows und die, die's sein wollen, rufen die Pommern ins Land, und hier auf diesem alten Cremmer Damm stoßen sie zusammen, und die paar, die da fallen, das sind eben die Schwaben, die's gewagt hatten und mit in den Kahn gestiegen waren. Allen vorauf aber ein Graf, so ein Herr in mittleren Jahren. Der fiel zuerst und versank in den Sumpf, und da liegt er. Das heißt, sie haben ihn rausgeholt, und nun liegt er in der Klosterkirche. Und dieser eine, der da voran fiel, der hieß Hohenlohe.«

»Ja, Czako, das weiß ich ja alles. Das steht ja schon im ›Brandenburgischen Kinderfreund‹. Sie denken aber immer, Sie haben so was allein gepachtet.«

»Immer vorsichtig, Rex; im Kinderfreund steht es. Gewiß. Aber was steht nicht alles – von Kinderfreund gar nicht zu reden – in Bibel und Katechismus, und die Leute wissen es doch nicht. Ich zum Beispiel. Und ob es nun drin steht oder nicht drin steht, ich sage nur: so hat es angefangen, und so läuft der Hase noch. Oder glauben Sie, daß der alte Fürst, der jetzt dran ist, daß der zu seinem Spezialvergnügen in unser sogenanntes Reichskanzlerpalais gezogen ist, drin die Bismarckschen Nachfolger, die sich wahrhaftig nicht danach drängten, ihre Tage vertrauern? Ein Opfer ist es, nicht mehr und nicht weniger, und ein Opfer bringt auch der alte Fürst, gerade wie der, der damals am Cremmer Damm als erster fiel. Und ich sage Ihnen, Rex, das ist das, was mir imponiert; immer da sein, wenn Not am Mann ist. Die Kleinen von hier, trotz der ›Loyalität bis auf die Knochen‹, die mucken immer bloß auf, aber die wirklich Vornehmen, die gehorchen, nicht einem Machthaber, sondern dem Gefühl ihrer Pflicht.«

Rex war einverstanden und wiederholte nur: »Schade, daß wir so spät an dem Denkmal vorbeikommen.«

»Ja, schade«, sagte Czako. »Wir müssen es uns aber schenken. Im übrigen, denk' ich, lassen wir in dem, was wir uns noch weiter zu sagen haben, die Hohenlohes aus dem Spiel. Andres liegt uns heute näher. Wie hat Ihnen denn eigentlich die Schmargendorf gefallen?«

»Ich werde mich hüten, Czako, Ihnen darauf zu antworten. Außerdem haben *Sie* sie durch den Garten geführt, nicht ich, und mir war immer, als ob ich Faust und Gretchen sähe.«

Czako lachte. »Natürlich schwebt Ihnen das andre Paar vor, und ich bin nicht böse darüber. Die Rolle, die mir dabei zufällt – der mit der Hahnenfeder ist doch am Ende 'ne andre Nummer wie der sentimentale ›Habe-nun-ach-Mann‹ –, diese Mephistorolle, sag' ich, gefällt mir besser, und was die Schmargendorf angeht, so kann ich nur sagen: Von meiner Martha lass' ich nicht.«

»Czako, Sie münden wieder ins Frivole.«

»Gut, gut, Rex, Sie werden unwirsch, und Sie sollen recht haben. Lassen wir also die Schmargendorf so gut wie die Hohenlohes. Aber über die Domina ließe sich vielleicht sprechen, und sind wir erst bei der Tante, so sind wir auch bald bei dem Neffen. Ich fürchte, unser Freund Woldemar befindet sich in diesem Augenblick in einer scharfen Zwickmühle. Die Domina liegt ihm seit Jahr und Tag (er hat mir selber Andeutungen darüber gemacht) mit Heiratsplänen in den Ohren, mutmaßlich weil ihr die Vorstellung einer Stechlinlosen Welt einfach ein Schrecknis ist. Solche alten Jungfern mit einer Granatbrosche haben immer eine merkwürdig hohe Meinung von ihrer Familie. Freilich auch andre, die klüger sein sollten. Unsre Leute gefallen sich nun mal in der Idee, sie hingen mit dem Fortbestande der göttlichen Weltordnung aufs engste zusammen. In Wahrheit liegt es so, daß wir sämtlich abkommen können. Ohne die Czakos geht es nun schon gewiß, wofür sozusagen historisch-symbolisch der Beweis erbracht ist.«

»Und die Rex?«

»Vor diesem Namen mach' ich halt.«

»Wer's Ihnen glaubt. Aber lassen wir die Rex, und lassen wir die Czakos, und bleiben wir bei den Stechlins, will sagen bei unserm Freunde Woldemar. Die Tante will ihn verheiraten, darin haben Sie recht.«

»Und ich habe wohl auch recht, wenn ich das eine heikle Lage nenne. Denn ich glaube, daß er sich seine Freiheit wahren will und mit Bewußtsein auf den Célibataire lossteuert.«

»Ein Glauben, in dem Sie sich, lieber Czako, wie jedesmal, wenn Sie zu glauben anfangen, in einem großen Irrtum befinden.«

»Das kann nicht sein.«

»Es kann nicht bloß sein, es ist. Und ich wundre mich nur, daß gerade Sie, der Sie doch sonst das Gras wachsen hören und allen Gesellschaftsklatsch kennen wie kaum ein zweiter, daß gerade Sie von dem allen kein Sterbenswörtchen vernommen haben sollen. Sie verkehren doch auch bei den Xylanders, ja, ich glaube Sie da letzten Winter mal kämpfend am Büfett gesehen zu haben.«

»Gewiß.«

»Und da waren an jenem Abend auch die Berchtesgadens, Baron und Frau, und in lebhaftestem Gespräche mit diesem bayerischen Baron ein distinguierter alter Herr und zwei Damen. Und diese drei, das waren die Barbys.«

»Die Barbys«, wiederholte Czako, »Botschaftsrat oder dergleichen. Ja, gewiß, ich habe davon gehört; aber ich kann mich jedenfalls nicht erinnern, ihn und die Damen gesehen zu haben. Und sicherlich nicht an jenem Abend, wo ja von Vorstellen keine Rede war, die reine Völkerschlacht. Aber Sie wollten mir, glaube ich, von eben diesen Barbys erzählen.«

»Ja, das wollt' ich. Ich wollte Sie nämlich wissen lassen, daß Ihr Célibataire seit Ausgang vorigen Winters in eben diesem Hause regelmäßig verkehrt.«

»Er wird wohl in vielen Häusern verkehren.«

»Möglich, aber nicht sehr wahrscheinlich, da das eine Haus ihn ganz in Anspruch nimmt.«

»Nun gut, so lassen wir ihn bei den Barbys. Aber was bedeutet das?«

»Das bedeutet, daß in einem solchen Hause verkehren und sich mit einer Tochter verloben so ziemlich ein und dasselbe ist. Bloß eine Frage der Zeit. Und die Tante wird sich damit aussöhnen müssen, auch wenn sie, wie beinah gewiß, über ihr Herzblatt bereits anders verfügt haben sollte. Solche Dinge begleichen sich indessen fast immer. Unser Woldemar wird sich aber mittlerweile vor ganz andre Schwierigkeiten gestellt sehen.«

»Und die wären? Ist er nicht vornehm genug? Oder mankiert vielleicht Gegenliebe?«

»Nein, Czako, von ›mankierender Gegenliebe‹, wie Sie sich auszudrücken belieben, kann keine Rede sein. Die Schwierigkeiten liegen in was anderm. Es sind da nämlich, wie ich mir schon anzudeuten erlaubte, zwei Komtessen im Hause. Nun, die jüngere wird es wohl werden, schon weil sie eben die jüngere ist. Aber so ganz sicher ist es doch keineswegs. Denn auch die ältere, wiewohl schon über dreißig, ist sehr reizend und zum Überfluß auch noch Witwe – das heißt eigentlich nicht Witwe, sondern richtiger eine gleich nach der Ehe geschiedene Frau. Sie war nur ein halbes Jahr verheiratet, oder vielleicht auch nicht verheiratet.«

»Verheiratet, oder vielleicht auch nicht verheiratet«, wiederholte Czako, während er unwillkürlich sein Pferd anhielt. »Aber Rex, das ist ja hoch pikant. Und daß ich erst heute davon höre und noch dazu durch Sie, der Sie sich von solchen Dingen doch zunächst entsetzt abwenden müßten. Aber so seid ihr Konventikler. Schließlich ist all dergleichen doch eigentlich euer Lieblingsfeld. Und nun erzählen Sie weiter; ich bin neugierig wie ein Backfisch. Wer war denn der unglücklich Glückliche?«

»Sie meinen, wenn ich Sie recht verstehe, wer es war, der diese ältere Komtesse heiratete. Nun dieser glücklich Unglückliche – oder vielleicht auch umgekehrt – war auch Graf, sogar ein italienischer (vorausgesetzt, daß Sie dies als eine Steigerung ansehn), und hatte natürlich einen echt italienischen Namen: Conte Ghiberti, derselbe Name wie der des florentinischen Bildhauers, von dem die berühmten Türen herrühren.«

»Welche Türen?«

»Nun, die berühmten Baptisteriumtüren in Florenz, von denen Michelangelo gesagt haben soll, ›sie wären wert, den Eingang zum Paradiese zu bilden‹. Und diese Türen heißen denn auch, ihrem großen Künstler zu Ehren, die Ghibertischen Türen. Übrigens eine Sache, von der ein Mann wie Sie was wissen müßte.«

»Ja, Rex, Sie haben gut reden von ›wissen müssen‹. Sie sind aus einem großen Hause, haben mutmaßlich einen frommen Kandidaten als Lehrer gehabt und sind dann auf Reisen gegangen, wo man so feine Dinge wegkriegt. Aber ich! Ich bin aus Ostrowo.«

»Das ändert nichts.«

»Doch, doch, Rex. Italienische Kunst! Ich bitte Sie, wo soll dergleichen bei mir herkommen? Was Hänschen nicht lernt – dabei bleibt es nun mal. Ich erinnere mich noch ganz deutlich einer Auktion in Ostrowo, bei der (es war in einem kommerzienrätlichen Hause) schließlich ein roter Kasten zur Versteigerung kam, ein Kasten mit Doppelbildern und einem Opernkucker dazu, der aber keiner war. Und all das kaufte sich meine Mutter. Und an diesem Stereoskopenkasten, ein Wort, das ich damals noch nicht kannte, habe ich meine italienische Kunst gelernt. Die ›Türen‹ waren aber nicht dabei. Was können Sie da groß verlangen? Ich habe, wenn Sie das Wort gelten lassen wollen, 'ne Panoptikumbildung.«

Rex lachte. »Nun, gleichviel. Also der Graf, der die ältere Komtesse Barby heiratete, hieß Ghiberti. Seiner Ehe fehlten indes durchaus die Himmelstüren – soviel läßt sich mit aller Bestimmtheit sagen. Und deshalb kam es zur Scheidung. Ja mehr, die charmante Frau (›charmant‹ ist übrigens ein viel zu plebejisches und minderwertiges Wort) hat in ihrer Empörung den Namen Ghiberti wieder abgetan, und alle Welt nennt sie jetzt nur noch bei ihrem Vornamen.«

»Und der ist?«

»Melusine.«

»Melusine? Hören Sie, Rex, das läßt aber tief blicken.«

Unter diesem Gespräch waren sie bis an den Cremmer Damm herangekommen. Es dunkelte schon stark, und ein Gewölk, das am Himmel hinzog, verbarg die Mondsichel. Ein paarmal indessen trat sie hervor, und dann sahen sie bei halber Beleuchtung das Hohenlohedenkmal, das unten im Luche schimmerte. Hinunterzureiten, was noch einmal flüchtig in Erwägung gezogen wurde, verbot sich, und so setzten sie sich in einen munteren Trab und hielten erst wieder in Cremmen vor dem Gasthause »Zum Markgrafen Otto«. Es schlug eben neun von der Nikolaikirche.

Drinnen war man bald in einem lebhaften Gespräch, in dem sich Rex über die in der Stadt herrschende Gesinnung und Kirchlichkeit zu unterrichten suchte. Der Wirt stellte der einen wie der andern ein gleich gutes Zeugnis aus und hatte die Genugtuung, daß ihm Rex freundlich zunickte. Czako aber sagte: »Sagen Sie, Herr Wirt, Sie haben da ein so schönes Billard; ich habe mir jüngst erst sagen lassen, wenn's wirklich flott gehe, so könne man's im Jahr bis auf dreitausend Mark bringen. Natürlich bei zwölfstündigem Arbeitstag. Wie steht es damit? Für möglich halt' ich es.«

NACH DEM EIERHÄUSCHEN

11. KAPITEL

Die Barbys, der alte Graf und seine zwei Töchter, lebten seit einer Reihe von Jahren in Berlin, und zwar am Kronprinzenufer, zwischen Alsen- und Moltkebrücke. Das Haus, dessen erste Etage sie bewohnten, unterschied sich, ohne sonst irgendwie hervorragend zu sein (Berlin ist nicht reich an Privathäusern, die Schönheit und Eigenart in sich vereinigen), immerhin vorteilhaft von seinen Nachbarhäusern, von denen es durch zwei Terrainstreifen getrennt wurde; der eine davon ein kleiner Baumgarten, mit allerlei Buschwerk dazwischen, der andre ein Hofraum mit einem zierlichen, malerisch wirkenden Stallgebäude, dessen obere Fenster, hinter denen sich die Kutscherwohnung befand, von wildem Wein umwachsen waren. Schon diese Lage des Hauses hätte demselben ein bestimmtes Maß von Aufmerksamkeit gesichert, aber auch seine Fassade mit ihren zwei Loggien links und rechts ließ die des Weges Kommenden unwillkürlich ihr Auge darauf richten. Hier, in eben diesen Loggien, verbrachte die Familie mit Vorliebe die Früh- und Nachmittagsstunden und bevorzugte dabei, je nach der Jahreszeit mal den zum Zimmer des alten Grafen gehörigen, in pompejischem Rot gehaltenen Einbau, mal die gleichartige Loggia, die zum Zimmer der beiden jungen Damen gehörte. Dazwischen lag ein dritter großer Raum, der als Repräsentations- und zugleich als Eßzimmer diente. Das war, mit Ausnahme der Schlaf- und Wirtschaftsräume, das Ganze, worüber man Verfügung hatte; man wohnte mithin ziemlich beschränkt, hing aber sehr an dem Hause, so daß ein Wohnungswechsel, oder auch nur der Gedanke daran, so gut wie ausgeschlossen war. Einmal hatte die liebenswürdige, besonders mit Gräfin Melusine befreundete Baronin Berchtesgaden einen solchen Wohnungswechsel in Vorschlag gebracht, aber nur um sofort einem lebhaften Widerspruche zu begegnen. »Ich sehe schon, Baronin, Sie führen den ganzen Lennéstraßenstolz gegen uns ins Gefecht. Ihre Lennéstraße! Nun ja, wenn's sein muß. Aber was haben Sie da groß? Sie haben den Lessing ganz und den Goethe halb. Und um beides will ich Sie beneiden und Ihnen auch die Spreewaldsammen in Rechnung stellen. Aber die Lennéstraßenwelt ist geschlossen, ist zu, sie hat keinen Blick ins Weite, kein Wasser, das fließt, keinen Verkehr, der flutet. Wenn ich in unsrer Nische sitze, die lange Reihe der herankommenden Stadtbahnwaggons vor mir, nicht zu nah und nicht zu weit, und sehe dabei, wie das Abendrot den Lokomotivenrauch durchglüht und in dem Filigranwerk der Ausstellungsparktürmchen schimmert, was will Ihre grüne Tiergartenwand dagegen?« Und dabei wies die Gräfin auf einen gerade vorüberdampfenden Zug, und die Baronin gab sich zufrieden.

Ein solcher Abend war auch heute; die Balkontür stand auf, und ein kleines Feuer im Kamin warf seine Lichter auf den schweren Teppich, der durch das ganze Zimmer hin lag. Es mochte die sechste Stunde sein, und die Fenster drüben an den Häusern der andern Seite standen wie in roter Glut. Ganz in der Nähe des Kamins saß Armgard, die jüngere Tochter, in ihren Stuhl zurückgelehnt, die linke Fußspitze leicht auf den Ständer gestemmt. Die Stickerei, daran sie bis dahin gearbeitet, hatte sie, seit es zu dunkeln begann, aus der Hand gelegt und spielte statt dessen mit einem Ballbecher, zu dem sie regelmäßig griff, wenn es galt, leere Minuten auszufüllen. Sie spielte das Spiel sehr geschickt, und es gab immer einen kleinen hellen Schlag, wenn der Ball in den Becher fiel. Melusine stand draußen auf dem Balkon, die Hand an die Stirn gelegt, um sich gegen die Blendung der untergehenden Sonne zu schützen.

»Armgard«, rief sie in das Zimmer hinein, »komm; die Sonne geht eben unter!«

»Laß. Ich sehe hier lieber in den Kamin. Und ich habe auch schon zwölfmal gefangen.«

»Wen?«

»Nun, natürlich den Ball.«

»Ich glaube, du fingst lieber wen anders. Und wenn ich dich so dasitzen sehe, so kommt es mir fast vor, als dächtest du selber auch so was. Du sitzt so märchenhaft da.«

»Ach, du denkst immer nur an Märchen und glaubst, weil du Melusine heißt, du hast so was wie eine Verpflichtung dazu.«

»Kann sein. Aber vor allem glaub' ich, daß ich es getroffen habe. Weißt du, was?«

»Nun?«

»Ich kann es so leicht nicht sagen. Du sitzt zu weit ab.«

»Dann komm und sag es mir ins Ohr.«

»Das ist zuviel verlangt. Denn erstens bin ich die ältere, und zweitens bist du's, die was von mir will. Aber ich will es so genau nicht nehmen.«

Und dabei ging Melusine vom Balkon her auf die Schwester zu, nahm ihr das Fangspiel fort und sagte, während sie ihr die Hand auf die Stirn legte: »Du bist verliebt.«

»Aber Melusine, was das nun wieder soll! Und wenn man so klug ist wie du ... Verliebt. Das ist ja gar nichts; etwas verliebt ist man immer.«

»Gewiß. Aber in wen? Da beginnen die Fragen und die Finessen.«

In diesem Augenblicke ging die Klingel draußen, und Armgard horchte.

»Wie du dich verrätst«, lachte Melusine. »Du horchst und willst wissen, wer kommt.«

Melusine wollte noch weiter sprechen, aber die Tür ging bereits auf und Lizzi, die Kammerjungfer der beiden Schwestern, trat ein, unmittelbar hinter ihr ein Gersonscher Livreediener mit einem in einen Riemen geschnallten Karton. »Er bringt die Hüte«, sagte die Kammerjungfer.

»Ah, die Hüte. Ja, Armgard, da müssen wir freilich unsre Frage vertagen. Was doch wohl auch deine Meinung ist. Bitte, stellen Sie hin. Aber Lizzi, du, du bleibst und mußt uns helfen; du hast einen guten Geschmack. Übrigens, ist kein Stehspiegel da?«

»Soll ich ihn holen?«

»Nein, nein, laß. Unsre Köpfe, worauf es doch bloß ankommt, können wir schließlich auch in diesem Spiegel sehen ... Ich denke, Armgard, du läßt mir die Vorhand; dieser hier mit dem Heliotrop und den Stiefmütterchen, der ist natürlich für mich; er hat den richtigen Frauencharakter, fast schon Witwe.«

Unter diesen Worten setzte sie sich den Hut auf und trat an den Spiegel. »Nun, Lizzi, sprich.«

»Ich weiß nicht recht, Frau Gräfin, er scheint mir nicht modern genug. Der, den Komtesse Armgard eben aufsetzt, der würde wohl auch für Frau Gräfin besser passen – die hohen Straußfedern, wie ein Ritterhelm, und auch die Hutform selbst. Hier ist noch einer, fast ebenso und beinah noch hübscher.«

Beide Damen stellten sich jetzt vor den Spiegel; Armgard, hinter der Schwester stehend und größer als diese, sah über deren linke Schulter fort. Beide gefielen sich ungemein, und schließlich lachten sie, weil jede der andern ansah, wie hübsch sie sich fand.

»Ich möchte doch beinah glauben ...«, sagte Melusine, kam aber nicht weiter, denn in eben diesem Augenblicke trat ein in schwarzen Frack und Escarpins gekleideter alter Diener ein und meldete: »Rittmeister von Stechlin.«

Unmittelbar darauf erschien denn auch Woldemar selbst und verbeugte sich gegen die Damen. »Ich fürchte, daß ich zu sehr ungelegener Stunde komme.«

»Ganz im Gegenteil, lieber Stechlin. Um wessentwillen quälen wir uns denn überhaupt mit solchen Sachen? Doch bloß um unsrer Gebieter willen, die man ja (vielleicht leider) auch noch hat, wenn man sie nicht mehr hat.«

»Immer die liebenswürdige Frau.«

»Keine Schmeicheleien. Und dann, diese Hüte sind wichtig. Ich nehm' es als eine Fügung, daß Sie da gerade hinzukommen; Sie sollen entscheiden. Wir haben freilich schon Lizzis Meinung angerufen, aber Lizzi ist zu diplomatisch; Sie sind Soldat und müssen mehr Mut haben; Armgard, sprich auch; du bist nicht mehr jung genug, um noch ewig die Verlegene zu spielen. Ich bin sonst gegen alle Gutachten, namentlich in Prozeßsachen (ich weiß ein Lied davon zu singen), aber ein Gutachten von Ihnen, da lass' ich all meine Bedenken fallen. Außerdem bin ich für Autoritäten, und wenn es überhaupt Autoritäten in Sachen von Geschmack und Mode gibt, wo wären sie besser zu finden als im Regiment Ihrer Kaiserlich Königlichen Majestät von Großbritannien und Indien? Irland lass' ich absichtlich fallen und nehme lieber Indien, woher aller gute Geschmack kommt, alle alte Kultur, alle Schals und Teppiche, Buddha und die weißen Elefanten. Also antreten, Armgard; du natürlich an den rechten Flügel, denn du bist größer. Und nun, lieber Stechlin, wie finden Sie uns?«

»Aber, meine Damen ...«

»Keine Feigheiten. Wie finden Sie uns?«

»Unendlich nett.«

»Nett? Verzeihen Sie, Stechlin, nett ist kein Wort. Wenigstens kein nettes Wort. Oder wenigstens ungenügend.«

»Also schlankweg entzückend.«

»Das ist gut. Und zur Belohnung die Frage: Wer ist entzückender?«

»Aber Frau Gräfin, das ist ja die reine Geschichte mit dem seligen Paris. Bloß, er hatte es viel leichter, weil es drei waren. Aber zwei. Und noch dazu Schwestern.«

»Wer? Wer?«

»Nun, wenn es denn durchaus sein muß, Sie, gnädigste Frau.«

»Schändlicher Lügner. Aber wir behalten diese zwei Hüte. Lizzi, gib all das andre zurück.

Und Jeserich soll die Lampen bringen; draußen ein Streifen Abendrot und hier drinnen ein verglimmendes Feuer – das ist denn doch zu wenig oder, wenn man will, zu gemütlich.«

Die Lampen hatten draußen schon gebrannt, so daß sie gleich da waren.

»Und nun schließen Sie die Balkontür, Jeserich, und sagen Sie's Papa, daß der Herr Rittmeister gekommen. Papa ist nicht gut bei Wege, wieder die neuralgischen Schmerzen; aber wenn er hört, daß Sie da sind, so tut er ein übriges. Sie wissen, Sie sind sein Verzug. Man weiß immer, wenn man Verzug ist. Ich wenigstens hab' es immer gewußt.«

»Das glaub' ich.«

»Das glaub' ich! Wie wollen Sie das erklären?«

»Einfach genug, gnädigste Gräfin. Jede Sache will gelernt sein. Alles ist schließlich Erfahrung. Und ich glaube, daß Ihnen reichlich Gelegenheit gegeben wurde, der Frage ›Verzug oder Nichtverzug‹ praktisch näherzutreten.«

»Gut herausgeredet. Aber nun, Armgard sage dem Herrn von Stechlin (ich persönlich getraue mich's nicht), daß wir in einer halben Stunde fort müssen, Opernhaus, ›Tristan und Isolde‹. Was sagen Sie dazu? Nicht zu Tristan und Isolde, nein, zu der heikleren Frage, daß wir eben gehen, im selben Augenblick, wo Sie kommen. Denn ich seh' es Ihnen an, Sie kamen nicht so bloß um *›five o'clock tea's‹* willen, Sie hatten es besser mit uns vor. Sie wollten bleiben ...«

»Ich bekenne ...«

»Also getroffen. Und zum Zeichen, daß Sie großmütig sind und Verzeihung üben, versprechen Sie, daß wir Sie bald wiedersehen, recht, recht bald. Ihr Wort darauf. Und dem Papa, der Sie vielleicht erwartet, wenn es Jeserich für gut befunden hat, die Meldung auszurichten – dem Papa werd' ich sagen, Sie hätten nicht bleiben können, eine Verabredung, Klub oder sonst was.«

Während Woldemar nach diesem abschließenden Gespräch mit Melusine die Treppe hinabstieg und auf den nächsten Droschkenstand zuschritt, saß der alte Graf in seinem Zimmer und sah, den rechten Fuß auf einen Stuhl gelehnt, durch das Balkonfenster auf den Abendhimmel. Er liebte diese Dämmerstunde, drin er sich nicht gerne stören ließ (am wenigsten gern durch vorzeitig gebrachtes Licht), und als Jeserich, der das alles wußte, jetzt eintrat, war es nicht, um dem alten Grafen die Lampe zu bringen, sondern nur um ein paar Kohlen aufzuschütten.

»Wer war denn da, Jeserich?«

»Der Herr Rittmeister.«

»So, so. Schade, daß er nicht geblieben ist. Aber freilich, was soll er mit mir? Und der Fuß und die Schmerzen, dadurch wird man auch nicht interessanter. Armgard und nun gar erst Melusine, ja, da geht es, da redet sich's schon besser, und das wird der Rittmeister wohl auch finden. Aber soviel ist richtig, ich spreche gern mit ihm; er hat so was Ruhiges und Gesetztes und immer schlicht und natürlich. Meinst du nicht auch?«

Jeserich nickte.

»Und glaubst du nicht auch (denn warum käme er sonst so oft), daß er was vorhat?«

»Glaub' ich auch, Herr Graf.«

»Na, was glaubst du?«

»Gott, Herr Graf ...«

»Ja, Jeserich, du willst nicht raus mit der Sprache. Das hilft dir aber nichts. Wie denkst du dir die Sache?«

Jeserich schmunzelte, schwieg aber weiter, weshalb dem alten Grafen nichts übrig blieb, als seinerseits fortzufahren. »Natürlich paßt Armgard besser, weil sie jung ist; es ist so mehr das richtige Verhältnis, und überhaupt, Armgard ist sozusagen dran. Aber, weiß der Teufel, Melusine ...«

»Freilich, Herr Graf.«

»Also du hast doch auch so was gesehen. Alles dreht sich immer um die. Wie denkst du dir nun den Rittmeister? Und wie denkst du dir die Damen? Und wie steht es überhaupt? Ist es die oder ist es die?«

»Ja, Herr Graf, wie soll ich darüber denken? Mit Damen weiß man ja nie – vornehm und nicht vornehm, klein und groß, arm und reich, das is all eins. Mit unsrer Lizzi is es gerad ebenso wie mit Gräfin Melusine. Wenn man denkt, es is so, denn is es so, und wenn man denkt, es is so, denn is es wieder so. Wie meine Frau noch lebte, Gott habe sie selig, die sagte auch immer:

›Ja, Jeserich, was du dir bloß denkst; wir sind eben ein Rätsel.‹ Ach Gott, sie war ja man einfach, aber das können Sie mir glauben, Herr Graf, so sind sie alle.«

»Hast ganz recht, Jeserich. Und deshalb können wir auch nicht gegen an. Und ich freue mich, daß du das auch so scharf aufgefaßt hast. Du bist überhaupt ein Menschenkenner. Wo du's bloß her hast? Du hast so was von 'nem Philosophen. Hast du schon mal einen gesehen?«

»Nein, Herr Graf. Wenn man so viel zu tun hat und immer Silber putzen muß.«

»Ja, Jeserich das hilft doch nu nich, davon kann ich dich nicht freimachen ...«

»Nein, so mein' ich es ja auch nich, Herr Graf, und ich bin ja auch fürs Alte. Gute Herrschaft und immer denken, ›man gehört so halb wie mit dazu‹ – dafür bin ich. Und manche sollen ja auch halb mit dazu gehören ... Aber ein bißchen anstrengend is es doch mitunter, und man is doch am Ende auch ein Mensch ...«

»Na, höre, Jeserich, das hab' ich dir doch noch nicht abgesprochen.«

»Nein, nein, Herr Graf. Gott, man sagt so was bloß. Aber ein bißchen is es doch damit ...«

12. KAPITEL

Woldemar – wie Rex seinem Freunde Czako, als beide über den Cremmer Damm ritten, ganz richtig mitgeteilt hatte – verkehrte seit Ausgang des Winters im Barbyschen Hause, das er sehr bald vor andern Häusern seiner Bekanntschaft bevorzugte. Vieles war es, was ihn da fesselte, voran die beiden Damen; aber auch der alte Graf. Er fand Ähnlichkeiten, selbst in der äußern Erscheinung, zwischen dem Grafen und seinem Papa, und in seinem Tagebuche, das er, trotz sonstiger Modernität, in altmodischer Weise von jung an führte, hatte er sich gleich am ersten Abend über eine gewisse Verwandtschaft zwischen den beiden geäußert. Es hieß da unterm achtzehnten April: »Ich kann Wedel nicht dankbar genug sein, mich bei den Barbys eingeführt zu haben; alles, was er von dem Hause gesagt, fand ich bestätigt. Diese Gräfin, wie charmant, und die Schwester ebenso, trotzdem größere Gegensätze kaum denkbar sind. An der einen alles Temperament und Anmut, an der andern alles Charakter oder, wenn das zuviel gesagt sein sollte, Schlichtheit, Festigkeit. Es bleibt mit den Namen doch eine eigene Sache; die Gräfin ist ganz Melusine und die Komtesse ganz Armgard. Ich habe bis jetzt freilich nur eine dieses Namens kennengelernt, noch dazu bloß als Bühnenfigur, und ich mußte beständig an diese denken, wie sie da (ich glaube, es war Fräulein Stolberg, die ja auch das Maß hat) dem Landvogt so mutig in den Zügel fällt. Ganz so wirkt Komtesse Armgard! Ich möchte beinah sagen, es läßt sich an ihr wahrnehmen, daß ihre Mutter eine richtige Schweizerin war. Und dazu der alte Graf! Wie ein Zwillingsbruder von Papa; derselbe Bismarckkopf, dasselbe humane Wesen, dieselbe Freundlichkeit, dieselbe gute Laune. Papa ist aber ausgiebiger und auch wohl origineller. Vielleicht hat der verschiedene Lebensgang diese Verschiedenheiten erst geschaffen. Papa sitzt nun seit richtigen dreißig Jahren in seinem Ruppiner Winkel fest, der Graf war ebensolange draußen! Ein Botschaftsrat ist eben was anderes als ein Ritterschaftsrat, und an der Themse wächst man sich anders aus als am ›Stechlin‹ – unsern Stechlin dabei natürlich in Ehren. Trotzdem, die Verwandtschaft bleibt. Und der alte Diener, den sie Jeserich nennen, der ist nun schon ganz und gar unser Engelke vom Kopf bis zur Zeh. Aber was am verwandtesten ist, das ist doch die gesamte Hausatmosphäre, das Liberale. Papa selbst würde zwar darüber lachen – er lacht über nichts so sehr wie über Liberalismus –, und doch kenne ich keinen Menschen, der innerlich so frei wäre wie gerade mein guter Alter. Zugeben wird er's freilich nie und wird in dem Glauben sterben: ›Morgen tragen sie einen echten alten Junker zu Grabe.‹ Das ist er auch, aber doch auch wieder das volle Gegenteil davon. Er hat keine Spur von Selbstsucht. Und diesen schönen Zug (ach, so selten), den hat auch der alte Graf. Nebenher freilich ist er Weltmann, und das gibt dann den Unterschied und das Übergewicht. Er weiß – was sie hierzulande nicht wissen oder nicht wissen wollen –, daß hinterm Berge auch noch Leute wohnen. Und mitunter noch ganz andre.«

Das waren die Worte, die Woldemar in sein Tagebuch eintrug. Von allem, was er gesehen, war er angenehm berührt worden, auch von Haus und Wohnung. Und dazu war guter Grund da, mehr als er nach seinem ersten Besuche wissen konnte. Das von der gräflichen Familie bewohnte Haus mit seinen Loggien und seinem diminutiven Hof und Garten teilte sich in zwei Hälften, von denen jede noch wieder ihre besondern Annexe hatte. Zu der Beletage gehörte das zur Seite gelegene pittoreske Hof- und Stallgebäude, drin der gräfliche Kutscher, Herr Imme, residierte, während zu dem die zweite Hälfte des Hauses bildenden Hochparterre ziemlich selbstverständlich noch das kleine niedrige Souterrain gerechnet wurde, drin, außer Portier Hartwig selbst dessen Frau, sein Sohn Rudolf und seine Nichte Hedwig wohnten. Letztere freilich nur zeitweilig, und zwar immer nur dann, wenn sie, was allerdings ziemlich häufig vorkam, mal wieder ohne Stellung war. Die Wirtin des Hauses, Frau Hagelversicherungssekretär Schickedanz, hätte diesen gelegentlichen Aufenthalt der Nichte Hartwigs eigentlich beanstanden müssen, ließ es aber gehen, weil Hedwig ein heiteres, quickes und sehr anstelliges Ding war und manches besaß, was die Schickedanz mit der Ungehörigkeit des ewigen Dienstwechsels wieder aussöhnte.

Die Schickedanz, eine Frau von sechzig, war schon verwitwet, als im Herbst fünfundachtzig die Barbys einzogen, Komtesse Armgard damals erst zehnjährig. Frau Schickedanz selbst war um jene Zeit noch in Trauer, weil ihr Gatte, der Versicherungssekretär, erst im Dezember des voraufgegangenen Jahres gestorben war, »drei Tage vor Weihnachten«, ein Umstand, auf den der Hilfsprediger, ein junger Kandidat, in seiner Leichenrede beständig hingewiesen und die gewollte Wirkung auch richtig erzielt hatte. Allerdings nur bei der Schickedanz selbst und einigermaßen auch bei der Frau Hartwig, die während der ganzen Rede beständig mit dem Kopf genickt und nachträglich ihrem Manne bemerkt hatte: »Ja Hartwig, da liegt doch was drin.« Hartwig selber indes, der, im Gegensatz zu den meisten seines Standbildes, humoristisch angeflogen war, hatte für die merkwürdige Fügung von »drei Tage vor Weihnachten« nicht das geringste Verständnis gezeigt, vielmehr nur die Bemerkung dafür gehabt: »Ich weiß nicht, Mutter, was du dir eigentlich dabei denkst? Ein Tag ist wie der andre; mal muß man ran« – worauf die Frau jedoch geantwortet hatte: »Ja Hartwig, das sagst du so immer; aber wenn du dran bist, dann red'st du anders.«

Der verstorbene Schickedanz hatte, wie der Tod ihn ankam, ein Leben hinter sich, das sich in zwei sehr verschiedene Hälften, in eine ganz kleine unbedeutende und in eine ganz große, teilte. Die unbedeutende Hälfte hatte lange gedauert, die große nur ganz kurz. Er war ein Ziegelstreichersohn aus dem bei Potsdam gelegenen Dorfe Kaputt, was er, als er aus dem diesem Dorfnamen entsprechenden Zustande heraus war, in Gesellschaft guter Freunde gern hervorhob. Es war so ziemlich der einzige Witz seines Lebens, an dem er aber zäh festhielt, weil er sah, daß er immer wieder wirkte. Manche gingen so weit, ihm den Witz auch noch moralisch gutzuschreiben, und behaupteten: Schickedanz sei nicht bloß ein Charakter, sondern auch eine bescheidene Natur.

Ob dies zutraf, wer will es sagen! Aber das war sicher, daß er sich von Anfang an als ein aufgeweckter Junge gezeigt hatte. Schon mit sechzehn war er als Hilfsschreiber in die deutsch-englische Hagelversicherungsgesellschaft Pluvius eingetreten und hatte mit sechsundsechzig sein fünfzigjähriges Dienstjubiläum in eben dieser Gesellschaft gefeiert. Das war aus bestimmten Gründen ein großer Tag gewesen. Denn als Schickedanz ihn erlebte, hieß er nur noch so ganz obenhin »Herr Versicherungssekretär«, war aber in Wahrheit über diesen seinen Titel weit hinausgewachsen und besaß bereits das schöne Haus am Kronprinzenufer. Er hatte sich das leisten können, weil er im Laufe der letzten fünf Jahre zweimal hintereinander ein Viertel vom großen Lose gewonnen hatte. Dies sah er sich allerseits als persönliches Verdienst angerechnet, und auch wohl mit Recht. Denn arbeiten kann jeder, das große Los gewinnen kann nicht jeder. Und so blieb er denn bei der Versicherungsgesellschaft lediglich nur noch als verhätscheltes Zierstück, weil es damals wie jetzt einen guten Eindruck machte, Personen der Art im Dienst oder gar als Teilnehmer zu haben. An der Spitze muß immer ein Fürst stehen. Und Schickedanz war jetzt Fürst. Alles drängte sich nicht bloß an ihn, sondern seine Stammtischfreunde, die zu seiner zweimal bewährten Glückshand ein unbedingtes Vertrauen hatten, drangen sogar eine Zeitlang in ihn, die Lotterielose für sie zu ziehen. Aber keiner gewann, was schließlich einen Umschlag schuf und einzelne von »bösem Blick« und sogar ganz unsinnigerweise von Mogelei sprechen ließ. Die meisten indessen hielten es für klug, ihr Übelwollen zurückzuhalten; war er doch immerhin ein Mann, der jedem, wenn er wollte, Deckung und Stütze geben konnte. Ja,

Schickedanz' Glück und Ansehen waren groß, am größten natürlich an seinem Jubiläumstage. Nicht zu glauben, wer da alles kam. Nur ein Orden kam nicht, was denn auch von einigen Schickedanz-Fanatikern sehr mißliebig bemerkt wurde. Besonders schmerzlich empfand es die Frau. »Gott, er hat doch immer so treu gewählt«, sagte sie. Sie kam aber nicht in die Lage, sich in diesen Schmerz einzuleben, da schon die nächsten Zeiten bestimmt waren, ihr Schwereres zu bringen. Am 21. September war das Jubiläum gewesen, am 21. Oktober erkrankte er, am 21. Dezember starb er. Auf dem Notizenzettel, den man damals dem Kandidaten zugestellt hatte, hatte dieser dreimal wiederkehrende »Einundzwanzigste« gefehlt, was alles in allem wohl als ein Glück angesehen werden konnte, weil, entgegengesetztenfalls, die »drei Tage vor Weihnachten« entweder gar nicht zustande gekommen oder aber durch eine geteilte Herrschaft in ihrer Wirkung abgeschwächt worden wären.

Schickedanz war bei voller Besinnung gestorben. Er rief, kurz vor seinem Ende, seine Frau an sein Bett und sagte: »Riekchen, sei ruhig. Jeder muß. Ein Testament hab' ich nicht gemacht. Es gibt doch bloß immer Zank und Streit. Auf meinem Schreibtisch liegt ein Briefbogen, drauf hab' ich alles Nötige geschrieben. Viel wichtiger ist mir das mit dem Haus. Du mußt es behalten, damit die Leute sagen können: ›Da wohnt Frau Schickedanz.‹ Hausname, Straßenname, das ist überhaupt das Beste. Straßenname dauert noch länger als Denkmal.«

»Gott, Schickedanz, sprich nicht so viel; es strengt dich an. Ich will es ja alles heilig halten, schon aus Liebe ...«

»Das ist recht, Riekchen. Ja, du warst immer eine gute Frau, wenn wir auch keine Nachfolge gehabt haben. Aber darum bitte ich dich, vergiß nie, daß es meine Puppe war. Du darfst bloß vornehme Leute nehmen; reiche Leute, die bloß reich sind, nimm nicht; die quengeln bloß und schlagen große Haken in die Türfüllung und hängen eine Schaukel dran. Überhaupt, wenn es sein kann, keine Kinder. Hartwigen unten mußt du behalten; er ist eigentlich ein Klugschmus, aber die Frau ist gut. Und der kleine Rudolf, mein Patenkind, wenn er ein Jahr alt wird, soll er hundert Taler kriegen. Taler, nicht Mark. Und der Schullehrer in Kaputt soll auch hundert Taler kriegen. Der wird sich wundern. Aber darauf freu' ich mich schon. Und auf dem Invalidenkirchhof will ich begraben sein, wenn es irgend geht. Invalide ist ja doch eigentlich jeder. Und Anno siebzig war ich doch auch mit Liebesgaben bis dicht an den Feind, trotzdem Luchterhand immer sagte: ›Nicht so nah ran.‹ Sei freundlich gegen die Leute und nicht zu sparsam (du bist ein bißchen zu sparsam), und bewahre mir einen Platz in deinem Herzen. Denn treu warst du, das sagt mir eine innere Stimme.«

Diesem allem hatte Riekchen seitdem gelebt. Die Beletage, die leer stand, als Schickedanz starb, blieb noch dreiviertel Jahre unbewohnt, trotzdem sich viele Herrschaften meldeten. Aber sie deckten sich nicht mit der Forderung, die Schickedanz vor seinem Hinscheiden gestellt hatte. Herbst fünfundachtzig kamen dann die Barbys. Die kleine Frau sah gleich, »ja, das sind die, die mein Seliger gemeint hat«. Und sie hatte wirklich richtig gewählt. In den fast zehn Jahren, die seitdem verflossen waren, war es auch nicht ein einziges Mal zu Konflikten gekommen, mit der gräflichen Familie schon gewiß nicht, aber auch kaum mit den Dienerschaften. Ein persönlicher Verkehr zwischen Erdgeschoß und Beletage konnte natürlich nicht stattfinden – Hartwig war einfach der *alter ego,* der mit Jeserich alles Nötige durchzusprechen hatte. Kam es aber ausnahmsweise zwischen Wirtin und Mieter zu irgendeiner Begegnung, so bewahrte dabei die kleine winzige Frau (die nie »viel« war und seit ihres Mannes Tode noch immer weniger geworden war) eine merkwürdig gemessene Haltung, die jedem mit dem Berliner Wesen Unvertrauten eine Verwunderung abgenötigt haben würde. Riekchen empfand sich nämlich in solchem Augenblicke durchaus als »Macht gegen Macht«. Wie beinah jedem hierlandes Geborenen, war auch ihr die Gabe wirklichen Vergleichenkönnens völlig versagt, weil jeder echte, mit Spreewasser getaufte Berliner, männlich oder weiblich, seinen Zustand nur an seiner eigenen kleinen Vergangenheit, nie aber an der Welt draußen mißt, von der er, wenn er ganz echt ist, weder eine Vorstellung hat noch überhaupt haben will. Der autochthone »Kellerwurm«, wenn er fünfzig Jahre später in eine Steglitzer Villa zieht, bildet – auch wenn er seiner Natur nach eigentlich der bescheidenste Mensch ist – eine gewisse naive Krösusvorstellung in sich aus und glaubt ganz ernsthaft, jenen Gold- und Silberkönigen zuzugehören, die die Welt regieren. So war auch die Schickedanz. Hinter einem Dachfenster in der Georgenkirchstraße geboren, an welchem Dachfenster sie später für ein Weißzeuggeschäft genäht hatte, kam ihr ihr Leben, wenn sie rückblickte, wie ein Märchen vor, drin sie die Rolle der Prinzessin spielte. Dementsprechend durchdrang sie sich, still, aber stark, mit einem Hochgefühl, das sowohl Geld- wie Geburtsgrößen gegenüber auf Ebenbürtigkeit lossteuerte. Sie rangierte sich ein und wies sich, soweit ihre historische Kenntnis das zuließ, einen ganz bestimmten Platz an: Fürst Dolgoruki, Herzog von Devonshire, Schickedanz.

Die Treue, die der Verstorbene noch in seinen letzten Augenblicken ihr nachgerühmt hatte, steigerte sich mehr und mehr zum Kult. Die Vormittagsstunden jedes Tages gehörten dem hohen Palisanderschrank an, drin die Jubiläumsgeschenke wohlgeordnet standen: ein großer Silberpokal mit einem drachentötenden Sankt Georg auf dem Deckel, ein Album mit photographischen Aufnahmen aller Sehenswürdigkeiten von Kaputt, eine große Huldigungsadresse mit Aquarellarabesken, mehrere Lieder in Prachtdruck (darunter ein Kegelklublied mit dem Refrain »alle Neune«), Riesensträuße von Sonnenblumen, ein Oreiller mit dem Eisernen Kreuz und einem aufgehefteten Gedicht, von einem Damenkomitee herrührend, in dessen Auftrag er, Schickedanz, die Liebesgaben bis vor Paris gebracht hatte. Neben dem Schrank, auf einer Ebenholzsäule, stand eine Gipsbüste, Geschenk eines dem Stammtisch angehörigen Bildhauers, der daraufhin einen leider ausgebliebenen Auftrag in Marmor erwartet hatte. Fauteuils und Stühle steckten in großblumigen Überzügen, desgleichen der Kronleuchter in einem Gazemantel, und an den Frontfenstern standen, den ganzen Winter über, Maiblumen. Riekchen trug auch Maiblumen auf jeder ihrer Hauben, war überhaupt, seit das Trauerjahr um war, immer hell gekleidet, wodurch ihre Gestalt noch unkörperlicher wirkte. Jeden ersten Montag im Monat war allgemeines Reinmachen, auch bei Wind und Kälte. Dies war immer ein Tag größter Aufregung, weil jedesmal etwas zerbrochen oder umgestoßen wurde. Das blieb auch so durch Jahre hin, bis das Auftreten von Hedwig, die sich einer sehr geschickten Hand erfreute, Wandel in diesem Punkte schaffte. Die Nippsachen zerbrachen nun nicht mehr, und Riekchen war um so glücklicher darüber, als Hartwigs hübsche Nichte, wenn sie mal wieder den Dienst gekündigt hatte, regelmäßig allerlei davon zu erzählen und mit immer neuen und oft sehr intrikaten Geschichten ins Feld zu rücken wußte.

Die Barbys hatten alle Ursache, mit dem Schickedanzschen Hause zufrieden zu sein. Nur eines störte, das war, daß jeden Mittwoch und Sonnabend die Teppiche geklopft wurden, immer gerade zu der Stunde, wo der alte Graf seine Nachmittagsruhe halten wollte. Das verdroß ihn eine Weile, bis er schließlich zu dem Ergebnis kam: »Eigentlich bin ich doch selber schuld daran. Warum setz' ich mich immer wieder in die Hinterstube, statt einfach vorn an mein Fenster? Immer hasardier' ich wieder und denke: heute bleibt es vielleicht ruhig; willst es doch noch mal versuchen.«

Ja, der alte Graf war nicht bloß froh, die Wohnung zu haben, er hielt auch beinah abergläubisch an ihr fest. Solange er darin wohnte, war es ihm gut ergangen, nicht glänzender als früher, aber sorgenloser. Und das sagte er sich jeden neuen Tag.

Sein Leben, so bunt es gewesen, war trotzdem in gewissem Sinne durchschnittsmäßig verlaufen, ganz so wie das Leben eines preußischen »Magnaten« (worunter man in der Regel Schlesier versteht; aber es gibt doch auch andre) zu verlaufen pflegt.

Im Juli dreißig, gerade als die Franzosen Algier bombardierten und nebenher das Haus Bourbon endgültig beseitigten, war der Graf auf einem der an der mittleren Elbe gelegenen Barbyschen Güter geboren worden. Auf eben diesem Gute – das landwirtschaftlich einer von fremder Hand geführten Administration unterstand – vergingen ihm die Kinderjahre; mit zwölf kam er dann auf die Ritterakademie, mit achtzehn in das Regiment Garde-du-Corps, drin die Barbys standen, solang es ein Regiment Garde-du-Corps gab. Mit dreißig war er Rittmeister und führte eine Schwadron. Aber nicht lange mehr. Auf einem in der Nähe von Potsdam veranstalteten Kavalleriemanöver stürzte er unglücklich und brach den Oberschenkel, unmittelbar unter der Hüfte. Leidlich genesen, ging er nach Ragaz, um dort völlige Wiederherstellung zu suchen, und machte hier die Bekanntschaft eines alten Freiherrn von Planta, der ihn alsbald auf seine Besitzungen einlud. Weil diese ganz in der Nähe lagen, nahm er die Einladung nach Schloß Schuder an. Hier blieb er länger als erwartet, und als er das schön gelegene Bergschloß wieder verließ, war er mit der Tochter und Erbin des Hauses verlobt. Es war eine große Neigung, was sie zusammenführte. Die junge Freiin drang alsbald in ihn, den Dienst zu quittieren, und er entsprach dem um so lieber, als er seiner völligen Wiederherstellung nicht ganz sicher war. Er nahm also den Abschied und trat aus dem militärischen in den diplomatischen Dienst über, wozu seine Bildung, sein Vermögen, seine gesellschaftliche Stellung ihn gleichmäßig geeignet erscheinen ließen. Noch im selben Jahre ging er nach London, erst als Attaché, wurde dann Botschaftsrat und blieb in dieser Stellung zunächst bis in die Tage der Aufrichtung des Deutschen Reiches. Seine Beziehungen sowohl zu der heimisch-englischen wie zu der außerenglischen Aristokratie waren jederzeit die besten, und sein Freundschaftsverhältnis zu Baron und Baronin Berchtesgaden entstammte jener Zeit. Er hing sehr an London. Das englische Leben, an dem er manches, vor allem die geschraubte Kirchlichkeit, beanstandete, war ihm trotzdem außerordentlich sympathisch, und er hatte sich daran gewöhnt, sich als verwachsen damit anzusehen. Auch seine Familie, die Frau und die zwei Töchter – beide, wenn auch in großem Abstande, während der Londoner Tage geboren –, teilten des Vaters Vorliebe für England und englisches Leben. Aber ein harter Schlag warf alles um, was der Graf geplant: die Frau starb plötzlich, und der Aufenthalt an der ihm so lieb gewordenen Stätte war ihm vergällt. Er nahm in der ersten Hälfte der achtziger Jahre seine Demission, ging zunächst auf die Plantaschen Güter nach Graubünden und dann weiter nach Süden, um sich in Florenz seßhaft zu machen. Die Luft, die Kunst, die Heiterkeit der Menschen, alles tat ihm hier wohl, und er fühlte, daß er genas, soweit er wieder genesen konnte. Glückliche Tage brachen für ihn an, und sein Glück schien sich noch steigern zu sollen, als sich die ältere Tochter mit dem italienischen Grafen Ghiberti verlobte. Die Hochzeit folgte beinah unmittelbar. Aber die Fortdauer dieser Ehe stellte sich bald als eine Unmöglichkeit heraus, und ehe ein Jahr um war, war die Scheidung ausgesprochen. Kurze Zeit danach kehrte der Graf nach Deutschland zurück, das er, seit einem Vierteljahrhundert, immer nur flüchtig und besuchsweise wiedergesehen hatte. Sich auf das eine oder andere seiner Elbgüter zu begeben, widerstand ihm auch jetzt noch, und so kam es, daß er sich für Berlin entschied. Er nahm Wohnung am Kronprinzenufer und lebte hier ganz sich, seinem Hause, seinen Töchtern. Von dem Verkehr mit der großen Welt hielt er sich soweit wie möglich fern, und nur ein kleiner Kreis von Freunden, darunter auch die durch einen glücklichen Zufall ebenfalls von London nach Berlin verschlagenen Berchtesgadens waren, versammelte sich um ihn. Außer diesen alten Freunden waren es vorzugsweise Hofprediger Frommel, Doktor Wrschowitz und seit letztem Frühjahr auch Rittmeister von Stechlin, die den Barbyschen Kreis bildeten. An Woldemar hatte man sich rasch attachiert, und die freundlichen Gefühle, denen er bei dem alten Grafen sowohl wie bei den Töchtern begegnete, wurden von allen Hausbewohnern geteilt. Selbst die Hartwigs interessierten sich für den Rittmeister, und wenn er abends an der Portierloge vorüberkam, guckte Hedwig neugierig durch das Fensterchen und sagte: »So einen – ja, das lass' ich mir gefallen.«

13. KAPITEL

Woldemar, als er sich von den jungen Damen im Barbyschen Hause verabschiedet hatte, hatte versprechen müssen, seinen Besuch recht bald zu wiederholen.

Aber was war »recht bald«? Er rechnete hin und her und fand, daß der dritte Tag dem etwa entsprechen würde; das war »recht bald« und doch auch wieder nicht zu früh. Und so ging er denn, als der Abend dieses dritten Tages da war, auf die Hallesche Brücke zu, wartete hier die Ringbahn ab und fuhr, am Potsdamer und Brandenburger Tor vorüber, bis an jene sonderbare Reichstagsuferstelle, wo, von mächtiger Giebelwand herab, ein wohl zwanzig Fuß hohes, riesiges Kaffeemädchen mit einem ganz kleinen Häubchen auf dem Kopf freundlich auf die Welt der Vorübereilenden herniederblickt, um ihnen ein Paket Kneippschen Malzkaffee zu präsentieren. An dieser echt berlinisch-pittoresken Ecke stieg Woldemar ab, um die von hier aus nur noch kurze Strecke bis an das Kronprinzenufer zu Fuß zurückzulegen.

Es war gegen acht, als er in dem Barbyschen Hause die mit Teppich überdeckte Marmortreppe hinaufstieg und die Klingel zog. Im selben Augenblick, wo Jeserich öffnete, sah Woldemar an des Alten verlegenem Gesicht, daß die Damen aller Wahrscheinlichkeit nach wieder nicht zu Hause waren. Aber eine Verstimmung darüber durfte nicht aufkommen, und so ließ er es geschehen, daß Jeserich ihn bei dem alten Grafen meldete.

»Der Herr Graf lassen bitten.«

Und nun trat Woldemar in das Zimmer des wieder mal von Neuralgie Geplagten ein, der ihm, auf einen dicken Stock gestützt, unter freundlichem Gruß entgegenkam.

»Aber Herr Graf«, sagte Woldemar und nahm des alten Herrn linken Arm, um ihn bis an seinen Lehnstuhl und eine für den kranken Fuß zurechtgemachte Stellage zurückzuführen. »Ich fürchte, daß ich störe.«

»Ganz im Gegenteil, lieber Stechlin. Mir hochwillkommen. Außerdem hab' ich strikten Befehl, Sie, *coûte que coûte,* festzuhalten; Sie wissen, Damen sind groß in Ahnungen, und bei Melusine hat es schon geradezu was Prophetisches.«

Woldemar lächelte.

»Sie lächeln, lieber Stechlin, und haben recht. Denn daß sie nun schließlich doch gegangen ist (natürlich zu den Berchtesgadens), ist ein Beweis, daß sie sich und ihrer Prophetie doch auch wieder einigermaßen mißtraute. Aber man ist immer nur klug und weise für andre. Die Doktors machen es ebenso; wenn sie sich selber behandeln sollen, wälzen sie die Verantwortung von sich ab und sterben lieber durch fremde Hand. Aber was sprech' ich nur immer von Melusine. Freilich, wer in unserm Hause so gut Bescheid weiß wie Sie, wird nichts Überraschliches darin finden. Und zugleich wissen Sie, wie's gemeint ist. Armgard ist übrigens in Sicht; keine zehn Minuten mehr, so werden wir sie hier haben.«

»Ist sie mit bei der Baronin?«

»Nein, Sie dürfen sie nicht so weit suchen. Armgard ist in ihrem Zimmer, und Doktor Wrschowitz ist bei ihr. Es kann aber nicht lange mehr dauern.«

»Aber ich bitte Sie, Herr Graf, ist die Komtesse krank?«

»Gott sei Dank, nein. Und Wrschowitz ist auch kein Medizindoktor, sondern ein Musikdoktor. Sie haben von ihm rein zufällig noch nicht gehört, weil erst vorige Woche, nach einer langen, langen Pause, die Musikstunden wiederaufgenommen wurden. Er ist aber schon seit Jahr und Tag Armgards Lehrer.«

»Musikdoktor? Gibt es denn die?«

»Lieber Stechlin, es gibt alles. Also natürlich auch das. Und sosehr ich im ganzen gegen die Doktorhascherei bin, so liegt es hier doch so, daß ich dem armen Wrschowitz seinen Musikdoktor gönnen oder doch mindestens verzeihen muß. Er hat den Titel auch noch nicht lange.«

»Das klingt ja fast wie 'ne Geschichte.«

»Trifft auch zu. Können Sie sich denken, daß Wrschowitz aus einer Art Verzweiflung Doktor geworden ist?«

»Kaum. Und wenn kein Geheimnis ...«

»Durchaus nicht, nur ein Kuriosum. Wrschowitz hieß nämlich bis vor zwei Jahren, wo er als Klavierlehrer, aber als ein höherer (denn er hat auch eine Oper komponiert), in unser Haus kam, einfach Niels Wrschowitz, und er ist bloß Doktor geworden, um den Niels auf seiner Visitenkarte loszuwerden.«

»Und das ist ihm auch geglückt?«

»Ich glaube ja, wiewohl es immer noch vorkommt, daß ihn einzelne ganz wie früher Niels nennen, entweder aus Zufall oder auch wohl aus Schändlichkeit. In letzterem Falle sind es immer Kollegen. Denn die Musiker sind die boshaftesten Menschen. Meist denkt man, die Prediger und die Schauspieler seien die schlimmsten. Aber weit gefehlt. Die Musiker sind ihnen über. Und ganz besonders schlimm sind die, die die sogenannte heilige Musik machen.«

»Ich habe dergleichen auch schon gehört«, sagte Woldemar. »Aber was ist das nur mit Niels? Niels ist doch an und für sich ein hübscher und ganz harmloser Name. Nichts Anzügliches drin.«

»Gewiß nicht. Aber Wrschowitz und Niels! Er litt, glaub' ich, unter diesem Gegensatz.«

Woldemar lachte. »Das kenn' ich. Das kenn' ich von meinem Vater her, der Dubslav heißt, was ihm auch immer höchst unbequem war. Und da reichen wohl nicht hundertmal, daß ich ihn wegen dieses Namens seinen Vater habe verklagen hören.«

»Genauso hier«, fuhr der Graf in seiner Erzählung fort. »Wrschowitz' Vater, ein kleiner Kapellmeister an der tschechisch-polnischen Grenze, war ein Niels-Gade-Schwärmer, woraufhin er seinen Jungen einfach Niels taufte. Das war nun wegen des Kontrastes schon gerade bedenklich genug. Aber das eigentlich Bedenkliche kam doch erst, als der allmählich ein scharfer Wagnerianer werdende Wrschowitz sich zum direkten Niels-Gade-Verächter ausbildete. Niels Gade war ihm der Inbegriff alles Trivialen und Unbedeutenden, und dazu kam noch, wie Amen in der Kirche, daß unser junger Freund, wenn er als ›Niels Wrschowitz‹ vorgestellt wurde, mit einer Art Sicherheit der Phrase begegnete: ›Niels? Ah, Niels. Ein schöner Name innerhalb unsrer musikalischen Welt. Und hoch erfreulich, ihn hier zum zweiten Male vertreten zu sehen.‹ All das konnte der arme Kerl auf die Dauer nicht aushalten, und so kam er auf den Gedanken, den Vornamen auf seiner Karte durch einen Doktortitel wegzueskamotieren.«

Woldemar nickte.

»Jedenfalls, lieber Stechlin, sehen Sie daraus zur Genüge, daß unser Wrschowitz, als richtiger Künstler, in die Gruppe *gens irritabilis* gehört, und wenn Armgard ihn vielleicht aufgefordert haben sollte, zum Tee zu bleiben, so bitt' ich Sie herzlich, dieser Reizbarkeit eingedenk zu sein. Wenn irgend möglich, vermeiden Sie Beziehungen auf die ganze skandinavische Welt, besonders aber auf Dänemark direkt. Er wittert überall Verrat. Übrigens, wenn man auf seiner Hut ist, ist er ein feiner und gebildeter Mann. Ich hab' ihn eigentlich gern, weil er anders ist wie andre.«

Der alte Graf behielt recht mit seiner Vermutung: Armgard hatte den Doktor Wrschowitz aufgefordert zu bleiben, und als bald danach Jeserich eintrat, um den Grafen und Woldemar zum Tee zu bitten, fanden diese beim Eintritt in das Mittelzimmer nicht nur Armgard, sondern auch Wrschowitz vor, der, die Finger ineinandergefaltet, mitten in dem Salon stand und die an der Büfettwand hängenden Bilder mit jenem eigentümlichen Mischausdruck von aufrichtigem Gelangweiltsein und erkünsteltem Interesse musterte. Der Rittmeister hatte dem Grafen wieder seinen Arm geboten; Armgard ging auf Woldemar zu und sprach ihm ihre Freude aus, daß er gekommen; auch Melusine werde gewiß bald da sein; sie habe noch zuletzt gesagt: »Du sollst sehen, heute kommt Stechlin.« Danach wandte sich die junge Komtesse wieder Wrschowitz zu, der sich eben in das von Hubert Herkomer gemalte Bild der verstorbenen Gräfin vertieft zu haben schien, und sagte, gegenseitig vorstellend, »Doktor Wrschowitz, Rittmeister von Stechlin«. Woldemar, seiner Instruktion eingedenk, verbeugte sich sehr artig, während Wrschowitz, ziemlich ablehnend, seinem Gesicht den stolzen Doppelausdruck von Künstler und Hussiten gab.

Der alte Graf hatte mittlerweile Platz genommen, entschuldigte sich, mit der unglücklichen Stellage beschwerlich fallen zu müssen, und bat die beiden Herren, sich neben ihm niederzulassen, während Armgard, dem Vater gegenüber, an der andern Schmalseite des Tisches saß. Der alte Graf nahm seine Tasse Tee, schob den Kognak, »des Tees beßren Teil«, mit einem humoristischen Seufzer beiseite und sagte, während er sich links zu Wrschowitz wandte: »Wenn ich recht gehört habe – so ein bißchen von musikalischem Ohr ist mir geblieben –, so war es Chopin, was Armgard zu Beginn der Stunde spielte ...«

Wrschowitz verneigte sich.

»Chopin, für den ich eine Vorliebe habe, wie für alle Polen, vorausgesetzt, daß sie Musikanten oder Dichter oder auch Wissenschaftsmenschen sind. Als Politiker kann ich mich mit ihnen nicht befreunden. Aber vielleicht nur deshalb nicht, weil ich Deutscher und sogar Preuße bin.«

»Sehr warr, sehr warr«, sagte Wrschowitz, mehr gesinnungstüchtig als artig.

»Ich darf sagen, daß ich für polnische Musiker, von meinen frühesten Leutnantstagen an, eine schwärmerische Vorliebe gehabt habe. Da gab es unter anderm eine Polonaise von Oginski, die damals so regelmäßig und mit so viel Passion gespielt wurde wie später der ›Erlkönig‹ oder die ›Glocken von Speier‹. Es war auch die Zeit vom ›Alten Feldherrn‹ und von ‹ Denkst du daran, mein tapferer Lagienka‹.«

»Jawohl, Herr Graff, eine schlechte Zeit. Und warr mir immerdarr eine besondere Lust zu sehen, wie das Sentimentale wieder fällt. Immer merr, immer merr. Ich hasse das Sentimentale *de tout mon cœur.*«

»Worin ich«, sagte Woldemar, »Herrn Doktor Wrschowitz durchaus zustimme. Wir haben in der Poesie genau dasselbe. Da gab es auch dergleichen, und ich bekenne, daß ich als Knabe für solche Sentimentalitäten geschwärmt habe. Meine besondere Schwärmerei war ›König Renés Tochter‹ von Henrik Hertz, einem jungen Kopenhagener, wenn ich nicht irre ...«

Wrschowitz verfärbte sich, was Woldemar, als er es wahrnahm, zu sofortigem raschem Einlenken bestimmte. »... ›König Renés Tochter‹, ein lyrisches Drama. Aber schon seit langem wieder vergessen. Wir stehen jetzt im Zeichen von Tolstoj und der ›Kreutzersonate‹.«

»Sehr warr, sehr warr«, sagte der rasch wieder beruhigte Wrschowitz und nahm nur noch Veranlassung, energisch gegen die Mischung von Kunst und Sektierertum zu protestieren.

Woldemar, großer Tolstojschwärmer, wollte für den russischen Grafen eine Lanze brechen, aber Armgard, die, wenn derartige Themata berührt wurden, der Salonfähigkeit ihres Freundes Wrschowitz arg mißtraute, war sofort aufrichtig bemüht, das Gespräch auf harmlosere Gebiete hinüberzuspielen. Als ein solches friedeverheißendes Gebiet erschien ihr in diesem Augenblikke ganz eminent die Grafschaft Ruppin, aus deren abgelegenster Nordostecke Woldemar eben wieder eingetroffen war, und so sprach sie denn gegen diesen den Wunsch aus, ihn über seinen jüngsten Ausflug einen kurzen Bericht erstatten zu sehen. »Ich weiß wohl, daß ich meiner Schwester Melusine (die voll Neugier und Verlangen ist, auch davon zu hören) einen schlechten Dienst damit leiste; Herr von Stechlin wird es aber nicht verschmähen, wenn meine Schwester erst wieder da ist, darauf zurückzukommen. Es braucht ja, wenn man plaudert, nicht alles absolut neu zu sein. Man darf sich wiederholen. Papa hat auch einzelnes, das er öfter erzählt.«

»Einzelnes?« lachte der alte Graf, »meine Tochter Armgard meint ›vieles‹.«

»Nein, Papa, ich meine einzelnes. Da gibt es denn doch ganz andre, zum Beispiel unser guter Baron. Und die Baronin sieht auch immer weg, wenn er anfängt. Aber lassen wir den Baron und seine Geschichten, und hören wir lieber von Herrn von Stechlins Ausfluge. Doktor Wrschowitz teilt gewiß meinen Geschmack.«

»Teile vollkommen.«

»Also, Herr von Stechlin«, fuhr Armgard fort. »Sie haben nach diesen Erklärungen unsres Freundes Wrschowitz einen freundlichen Zuhörer mehr, vielleicht sogar einen begeisterten. Auch für Papa möcht' ich mich verbürgen. Wir sind ja eigentlich selber märkisch oder doch beinah und wissen trotzdem so wenig davon, weil wir immer draußen waren. Ich kenne wohl Saatwinkel und den Grunewald, aber das eigentliche brandenburgische Land, das ist doch noch etwas andres. Es soll alles so romantisch sein und so melancholisch, Sand und Sumpf und im Wasser ein paar Binsen oder eine Birke, dran das Laub zittert. Ist Ihre Ruppiner Gegend auch so?«

»Nein, Komtesse, wir haben viel Wald und See, die sogenannte Mecklenburgische Seenplatte.«

»Nun, das ist auch gut. Mecklenburg, wie mir die Berchtesgadens erst neulich versichert haben, hat auch seine Romantik.«

»Sehr warr. Habe gelesen ›Stromtid‹ und habe gelesen ›Franzosentid‹ ...«

»Und dann glaub' ich auch zu wissen«, fuhr Armgard fort, »daß Sie Rheinsberg ganz in der Nähe haben. Ist es richtig? Und kennen Sie's? Es soll so viel Interessantes bieten. Ich erinnere mich seiner aus meinen Kindertagen her, trotzdem wir damals in London lebten. Oder vielleicht auch gerade deshalb. Denn es war die Zeit, wo das Carlylesche Buch über Friedrich den Großen immer noch in Mode war und wo's zum guten Ton gehörte, sich nicht bloß um die Terrasse von Sanssouci zu kümmern, sondern auch um Rheinsberg und den Orden *de la générosité*. Lebt das alles noch da? Spricht das Volk noch davon?«

»Nein, Komtesse, das ist alles fort. Und überhaupt, von dem großen König spricht im Rheinsbergischen niemand mehr, was auch kaum anders sein kann. Der große König war als Kronprinz nur kurze Zeit da, sein Bruder Heinrich aber fünfzig Jahre. Und so hat die Prinz-Heinrich-Zeit beklagenswerterweise die Kronprinzenzeit ganz erdrückt. Aber beklagenswert doch nicht in allem. Denn Prinz Heinrich war auch bedeutend und vor allem sehr kritisch. Was doch immer ein Vorzug ist.«

»Sehr warr, sehr warr«, unterbrach hier Wrschowitz.

»Er war sehr kritisch«, wiederholte Woldemar. »Namentlich auch gegen seinen Bruder, den König. Und die Malkontenten, deren es auch damals schon die Hülle und Fülle gab, waren beständig um ihn herum. Und dabei kommt immer was heraus.«

»Sehr warr, sehr warr ...«

»Denn zufriedene Hofleute sind allemal öd und langweilig, aber die Frondeurs, wenn *die* den Mund auftun, da kann man was hören, da tut sich einem was auf.«

»Gewiß«, sagte Armgard. »Aber trotzdem, Herr von Stechlin, ich kann das Frondieren nicht leiden. Frondeur ist doch immer nur der gewohnheitsmäßig Unzufriedene, und wer immer unzufrieden ist, der taugt nichts. Immer Unzufriedene sind dünkelhaft und oft boshaft dazu, und während sie sich über andre lustig machen, lassen sie selber viel zu wünschen übrig.«

»Sehr warr, sehr warr, gnädigste Komtesse«, verbeugte sich Wrschowitz. »Aber wollen verzeihn, Komtesse, wenn ich trotzdem bin für Frondeur. Frondeur ist Krittikk, und wo Guttes sein will, muß sein Krittikk. Deutsche Kunst viel Krittikk. Erst muß sein Kunst, gewiß, gewiß, aber gleich danach muß sein Krittikk. Krittikk ist wie große Revolution. Kopf ab aus Prinzipp. Kunst muß haben ein Prinzipp. Und wo Prinzipp is, is Kopf ab.«

Alles schwieg, so daß dem Grafen nichts übrigblieb, als etwas verspätet seine halbe Zustimmung auszudrücken. Armgard ihrerseits beeilte sich, auf Rheinsberg zurückzukommen, das ihr, trotz des fatalen Zwischenfalls mit »Kopf ab«, im Vergleich zu vielleicht wiederkehrenden Musikgesprächen immer noch als wenigstens ein Nothafen erschien.

»Ich glaube«, sagte sie, »neben manchem andern auch mal von der Frauenfeindschaft des Prinzen gehört zu haben. Er soll – irre ich mich, so werden Sie mich korrigieren – ein sogenannter Misogyn gewesen sein. Etwas durchaus Krankhaftes in meinen Augen oder doch mindestens etwas sehr Sonderbares.«

»Sehr sonderbarr«, sagte Wrschowitz, während sich, unter huldigendem Hinblick auf Armgard, sein Gesicht wie verklärte.

»Wie gut, lieber Wrschowitz«, fuhr Armgard fort, »daß Sie, mein Wort bestätigend, für uns arme Frauen und Mädchen eintreten. Es gibt immer noch Ritter, und wir sind ihrer so sehr benötigt. Denn wie mir Melusine erzählt hat, sind die Weiberfeinde sogar stolz darauf, Weiberfeinde zu sein, und behandeln ihr Denken und Tun als eine höhere Lebensform. Kennen Sie solche Leute, Herr von Stechlin? Und wenn Sie solche Leute kennen, wie denken Sie darüber?«

»Ich betrachte sie zunächst als Unglückliche.«

»Das ist recht.«

»Und zum zweiten als Kranke. Der Prinz, wie Komtesse schon ganz richtig ausgesprochen haben, war auch ein solcher Kranker.«

»Und wie äußerte sich das? Oder ist es überhaupt nicht möglich, über das Thema zu sprechen?«

»Nicht ganz leicht, Komtesse. Doch in Gegenwart des Herrn Grafen und nicht zu vergessen auch in Gegenwart von Doktor Wrschowitz, der so schön und ritterlich gegen die Misogynität Partei genommen, unter solchem Beistande will ich es doch wagen.«

»Nun, das freut mich. Denn ich brenne vor Neugier.«

»Und will auch nicht länger ängstlich um die Sache herumgehen. Unser Rheinsberger Prinz war ein richtiger Prinz aus dem vorigen Jahrhundert. Die jetzigen sind Menschen; die damaligen waren *nur* Prinzen. Eine der Passionen unsers Rheinsberger Prinzen – wenn man will, in einer Art Gegensatz von dem, was schon gesagt wurde – war eine geheimnisvolle Vorliebe für jungfräuliche Tote, besonders Bräute. Wenn eine Braut im Rheinsbergischen, am liebsten auf dem Lande, gestorben war, so lud er sich zu dem Begräbnis zu Gast. Und eh' der Geistliche noch da sein konnte (den vermied er), erschien er und stellte sich an das Fußende des Sarges und starrte die Tote an. Aber sie mußte geschminkt sein und aussehen wie das Leben.«

»Aber das ist ja schrecklich«, brach es beinahe leidenschaftlich aus Armgard hervor. »Ich mag diesen Prinzen nicht und seine ganze Fronde nicht. Denn die müssen ebenso gewesen sein. Das ist ja Blasphemie, das ist ja Gräberschändung – ich muß das Wort aussprechen, weil ich so empört bin und nicht anders kann.«

Der alte Graf sah die Tochter an, und ein Freudenstrahl umleuchtete sein gutes altes Gesicht. Auch Wrschowitz empfand so was von unbedingter Huldigung, bezwang sich aber und sah, statt auf Armgard, auf das Bild der Gräfinmutter, das von der Wand niederblickte.

Nur Woldemar blieb ruhig und sagte: »Komtesse, Sie gehen vielleicht zu weit. Wissen Sie, was in der Seele des Prinzen vorgegangen ist? Es kann etwas Infernales gewesen sein, aber auch etwas ganz andres. Wir wissen es nicht. Und weil er nebenher unbedingt große Züge hatte, so bin ich dafür, ihm das in Rechnung zu stellen.«

»Bravo, Stechlin«, sagte der alte Graf. »Ich war erst Armgards Meinung. Aber Sie haben recht, wir wissen es nicht. Und so viel weiß ich noch von der Juristerei her, in der ich, wohl oder übel, eine Gastrolle gab, daß man in zweifelhaften Familien *in favorem* entscheiden muß. Übrigens geht eben die Klingel. An bester Stelle wird ein Gespräch immer unterbrochen. Es wird Melusine sein. Und sosehr ich gewünscht hätte, sie wäre von Anfang an mit dabei gewesen, jetzt ist selbst Melusine eine Störung.«

Es war wirklich Melusine. Sie trat, ohne draußen abgelegt zu haben, ins Zimmer, warf das schottische Cape, das sie trug, in eine Sofaecke und schritt, während sie noch den Hut aus dem Haare nestelte, bis an den Tisch, um hier zunächst den Vater, dann aber die beiden andern Herren zu begrüßen. »Ich seh' euch so verlegen, woraus ich schließe, daß eben etwas Gefährliches gesagt worden ist. Also etwas über mich.«

»Aber, Melusine, wie eitel.«

»Nun, dann also nicht über mich. Aber über wen? Das wenigstens will ich wissen. Von wem war die Rede?«

»Vom Prinzen Heinrich. Aber von dem ganz alten, der schon fast hundert Jahre tot ist.«

»Da konntet ihr auch was Besseres tun.«

»Wenn du wüßtest, was uns Stechlin von ihm erzählt hat und daß er – nicht Stechlin, aber der Prinz – ein Misogyn war, so würdest du vielleicht anders sprechen.«

»Misogyn? Das freilich ändert die Sache. Ja, lieber Stechlin, da kann ich Ihnen nicht helfen, davon muß ich auch noch hören. Und wenn Sie mir's abschlagen, so wenigstens was Gleichwertiges.«

»Gräfin Melusine, was Gleichwertiges gibt es nicht.«

»Das ist gut, sehr gut, weil es so wahr ist. Aber dann bitt' ich um etwas zweiten Ranges. Ich sehe, daß Sie von Ihrem Ausfluge erzählt haben, von Ihrem Papa, von Schloß Stechlin selbst oder von Ihrem Dorf und Ihrer Gegend. Und davon möcht' ich auch hören, wenn es auch freilich nicht an das andre heranreicht.«

»Ach, Gräfin, Sie wissen nicht, wie bescheiden es mit unserm Stechliner Erdenwinkel bestellt ist. Wir haben da, von einem Pastor abgesehen, der beinah Sozialdemokrat ist, und des weiteren von einem Oberförster abgesehen, der eine Prinzessin, eine Ippe-Büchsenstein, geheiratet hat ...«

»Aber das ist ja alles großartig ...«

»Wir haben da, von diesen zwei Sehenswürdigkeiten abgesehen, eigentlich nur noch den ›Stechlin‹. Der ginge vielleicht, über den ließe sich vielleicht etwas sagen.«

»Den ›Stechlin‹? Was ist das? Ich bin so glücklich zu wissen« (und sie machte verbindlich eine Handbewegung auf Woldemar zu), »ich bin so glücklich zu wissen, daß es Stechline gibt. Aber der ›Stechlin‹! Was ist der ›Stechlin‹?«

»Das ist ein See.«

»Ein See. Das besagt nicht viel. Seen, wenn es nicht grade der Vierwaldstätter ist, werden immer erst interessant durch ihre Fische, durch Sterlet oder Felchen. Ich will nicht weiter aufzählen. Aber was hat der Stechlin? Ich vermute, Steckerlinge.«

»Nein, Gräfin, die hat er nun gerade nicht. Er hat genau das, was Sie geneigt sind, am wenigsten zu vermuten. Er hat Weltbeziehungen, vornehme, geheimnisvolle Beziehungen, und nur alles Gewöhnliche, wie beispielsweise Steckerlinge, hat er nicht. Steckerlinge fehlen ihm.«

»Aber, Stechlin, Sie werden doch nicht den Empfindlichen spielen. Rittmeister in der Garde!«

»Nein, Gräfin. Und außerdem, den wollt' ich sehen, der das Ihnen gegenüber zuwege brächte.«

»Nun dann also, was ist es? Worin bestehen seine vornehmen Beziehungen?«

»Er steht mit den höchsten und allerhöchsten Herrschaften, deren genealogischer Kalender noch über den Gothaischen hinauswächst, auf du und du. Und wenn es in Java oder auf Island rumort oder der Geiser mal in Doppelhöhe dampft und springt, dann springt auch in unserm Stechlin ein Wasserstrahl auf, und einige (wenn es auch noch niemand gesehen hat), einige behaupten sogar, in ganz schweren Fällen erscheine zwischen den Strudeln ein roter Hahn und krähe hell und weckend in die Ruppiner Grafschaft hinein. Ich nenne das vornehme Beziehungen.«

»Ich auch«, sagte Melusine.

Wrschowitz aber, dessen Augen immer größer geworden waren, murmelte vor sich hin: »Sehr warr, sehr warr.«

14. KAPITEL

Es war zu Beginn der Woche, daß Woldemar seinen Besuch im Barbyschen Hause gemacht hatte. Schon am Mittwoch früh empfing er ein Billet von Melusine.

»Lieber Freund. Lassen Sie mich Ihnen noch nachträglich mein Bedauern aussprechen, daß ich vorgestern nur gerade noch die letzte Szene des letzten Aktes (Geschichte vom Stechlin) miterleben konnte. Mich verlangt es aber lebhaft, mehr davon zu wissen. In unserer sogenannten großen Welt gibt es so wenig, was sich zu sehen und zu hören verlohnt; das meiste hat sich in die stillen Winkel der Erde zurückgezogen. Allen vorauf, wie mir scheint, in Ihre Stechliner Gegend. Ich wette, Sie haben uns noch über vieles zu berichten, und ich kann nur wiederholen, ich möchte davon hören. Unsre gute Baronin, der ich davon erzählt habe, denkt ebenso; sie hat den Zug aller naiven und liebenswürdigen Frauen, neugierig zu sein. Ich, ohne die genannten Vorbedingungen zu erfüllen, bin ihr trotzdem an Neugier gleich. Und so haben wir denn eine Nachmittagspartie verabredet, bei der Sie der große Erzähler sein sollen. In der Regel freilich verläuft es anders wie gedacht, und man hört nicht das, was man hören wollte. Das darf uns aber in unserm guten Vorhaben nicht hindern. Die Baronin hat mir etwas vorgeschwärmt von einer Gegend, die sie ›Oberspree‹ nannte (die vielleicht auch wirklich so heißt), und wo's so schön sein soll, daß sich die Havel-Herrlichkeiten daneben verstecken müssen. Ich will es ihr glauben, und jedenfalls werd' ich es ihr nachträglich versichern, auch wenn ich es nicht gefunden haben sollte. Das Ziel unserer Fahrt – ein Punkt, den übrigens die Berchtesgadens noch nicht kennen; sie waren bisher immer erheblich weiter flußaufwärts –, das Ziel unsrer Reise hat einen ziemlich sonderbaren Namen und heißt das ›Eierhäuschen‹. Ich werde seitdem die Vorstellung von etwas Ovalem nicht los und werde wohl erst geheilt sein, wenn sich mir die so sonderbar benamste Spreeschönheit persönlich vorgestellt haben wird. Also morgen, Donnerstag: Eierhäuschen. Ein ›Nein‹ gibt es natürlich nicht. Abfahrt vier Uhr, Jannowitzbrücke. Papa begleitet uns; es geht ihm seit heut um vieles besser, so daß er sich's zutraut. Vielleicht ist vier etwas spät; aber wir haben dabei, wie mir Lizzi sagt, den Vorteil, auf der Rückfahrt die Lichter im Wasser sich spiegeln zu sehen. Und vielleicht ist auch irgendwo Feuerwerk, und wir sehen dann die Raketen steigen. Armgard ist in Aufregung, fast auch ich. *Au revoir.* Eines Herrn Rittmeisters wohlaffektionierte Melusine.«

Nun war der andere Nachmittag da, und kurz vor vier Uhr fuhren erst die Berchtesgadens und gleich danach auch die Barbys bei der Jannowitzbrücke vor. Woldemar wartete schon. Alle waren in jener heitern Stimmung, in der man geneigt ist, alles schön und reizend zu finden. Und diese Stimmung kam denn auch gleich der Dampfschiffahrtsstation zustatten. Unter lachender Bewunderung der sich hier darbietenden Holzarchitektur stieg man ein Gewirr von Stiegen und Treppen hinab und schritt, unten angekommen, an den um diese Stunde noch leeren Tischen eines hier etablierten »Lokals« vorüber, unmittelbar auf das Schiff zu, dessen Glokke schon zum erstenmal geläutet hatte. Das Wetter war prachtvoll, flußaufwärts alles klar und sonnig, während über der Stadt ein dünner Nebel lag. Zu beiden Seiten des Hinterdecks nahm man auf Stühlen und Bänken Platz und sah von hier aus auf das verschleierte Stadtbild zurück.

»Da heißt es nun immer«, sagte Melusine, »Berlin sei so kirchenarm; aber wir werden bald Köln und Mainz aus dem Felde geschlagen haben. Ich sehe die Nikolaikirche, die Petrikirche, die Waisenkirche, die Schloßkuppel, und das Dach da, mit einer Art von chinesischer Deckelmütze, das ist, glaub' ich, der Rathausturm. Aber freilich, ich weiß nicht, ob ich den mitrechnen darf.«

»Turm ist Turm«, sagte die Baronin. »Das fehlte so gerade noch, daß man dem armen alten Berlin auch seinen Rathausturm als Turm abstritte. Man eifersüchtelt schon genug.«

Und nun schlug es vier. Von der Parochialkirche her klang das Glockenspiel, die Schiffsglokke läutete dazwischen, und als diese wieder schwieg, wurde das Brett aufgeklappt, und unter einem schrillen Pfiff setzte sich der Dampfer auf das mittlere Brückenjoch zu in Bewegung.

Oben, in Nähe der Jannowitzbrücke, hielten immer noch die beiden herrschaftlichen Wagen, die's für angemessen erachten mochten, ehe sie selber aufbrachen, zuvor den Aufbruch des Schiffes abzuwarten, und erst als dieses unter der Brücke verschwunden war, fuhr der gräflich Barbysche Kutscher neben den freiherrlich Berchtesgadenschen, um mit diesem einen Gruß auszutauschen. Beide kannten sich seit langem, schon von London her, wo sie bei denselben Herrschaften in Dienst gestanden hatten. In diesem Punkte waren sie sich gleich, sonst aber so verschieden wie nur möglich, auch schon in ihrer äußeren Erscheinung. Imme, der Barbysche Kutscher, ein ebenso martialisch wie gutmütig dreinschauender Mecklenburger, hätte mit seinem angegrauten Sappeurbart ohne weiteres vor eine Gardetruppe treten und den Zug als Tambourmajor eröffnen können, während der Berchtesgadensche, der seine Jugend als Trainer und halber Sportsmann zugebracht hatte, nicht bloß einen englischen Namen führte, sondern auch ein typischer Engländer war, hager, sehnig, kurz geschoren und glatt rasiert. Seine Glotzaugen hatten etwas Stupides; er war aber trotzdem klug genug und wußte, wenn's galt, seinem Vorteil nachzugehen. Das Deutsche machte ihm noch immer Schwierigkeiten, trotzdem er sich aufrichtige Mühe damit gab und sogar das bequeme Zuhilfenehmen englischer Wörter vermied, am meisten dann, wenn er sich die Berlinerinnen seiner Bekanntschaft abquälen sah, ihm mit *»well, well, Mr. Robinson«* oder gar mit einem geheimnisvollen *»indeed«* zu Hilfe zu kommen. Nur mit dem einen war er einverstanden, daß man ihn »Mr. Robinson« nannte. Das ließ er sich gefallen.

»Now, Mr. Robinson«, sagte Imme, als sie Bock an Bock nebeneinander hielten, *»how are you? I hope quite well.«*

»Danke, Mr. Imme, danke! Was macht die Frau?«

»Ja, Robinson, da müssen Sie, denk' ich, selber nachsehen, und zwar gleich heute, wo die Herrschaften fort sind und erst spät wiederkommen. Noch dazu mit der Stadtbahn. Wenigstens von hier aus, Jannowitzbrücke. Sagen wir also neun; eher sind sie nicht zurück. Und bis dahin haben wir einen guten Skat. Hartwig als dritter wird schon kommen; Portiers können immer. Die Frau zieht ebensogut die Tür auf wie er, und weiter ist es ja nichts. Also Klocker fünf: ein ›Nein‹ gilt nicht; *where there is a will, there is a way.* Ein bißchen ist doch noch hängengeblieben von *dear old England.*«

»Danke, Mr. Imme«, sagte Robinson, »danke! Ja, Skat ist das Beste von *all Germany.* Komme gern. Skat ist noch besser als Bayrisch.«

»Hören Sie, Robinson, ich weiß doch nicht, ob das stimmt. Ich denke mir, so beides zusammen, das ist das Wahre. *That's it.*«

Robinson war einverstanden, und da beide weiter nichts auf dem Herzen hatten, so brach man hier ab und schickte sich an, die Rückfahrt in einem mäßig raschen Trab anzutreten wobei der Berchtesgadensche Kutscher den Weg über Molkenmarkt und Schloßplatz, der Barbysche den auf die Neue Friedrichstraße nahm. Jenseits der Friedrichsbrücke hielt sich dieser dann dicht am Wasser hin und kam so am bequemsten bis an sein Kronprinzenufer.

Der Dampfer, gleich nachdem er das Brückenjoch passiert hatte, setzte sich in ein rascheres Tempo, dabei die linke Flußseite haltend, so daß immer nur eine geringe Entfernung zwischen dem Schiff und den sich dicht am Ufer hinziehenden Stadtbahnbögen war. Jeder Bogen schuf den Rahmen für ein dahintergelegenes Bild, das natürlich die Form einer Lunette hatte. Mauerwerk jeglicher Art, Schuppen, Zäune zogen in buntem Wechsel vorüber, aber in Front aller dieser der Alltäglichkeit und der Arbeit dienenden Dinge zeigte sich immer wieder ein Stück Gartenland, darin ein paar verspätete Malven oder Sonnenblumen blühten. Erst als man die zweitfolgende Brücke passiert hatte, traten die Stadtbahnbögen so weit zurück, daß von einer Ufereinfassung nicht mehr die Rede sein konnte; statt ihrer aber wurden jetzt Wiesen und pappelbesetzte Wege sichtbar, und wo das Ufer kaiartig abfiel, lagen mit Sand beladene Kähne, große Zillen, aus deren Innerem eine baggerartige Vorrichtung die Kies- und Sandmassen in die dicht am Ufer hin etablierten Kalkgruben schüttete. Es waren dies die Berliner Mörtelwerke, die hier die Herrschaft behaupteten und das Uferbild bestimmten.

Unsre Reisenden sprachen wenig, weil unter dem raschen Wechsel der Bilder eine Frage die andre zurückdrängte. Nur als der Dampfer an Treptow vorüber zwischen den kleinen Inseln hinfuhr, die hier mannigfach aus dem Fluß aufwachsen, wandte sich Melusine an Woldemar und sagte: »Lizzi hat mir erzählt, hier zwischen Treptow und Stralau sei auch die ›Liebesinsel‹; da stürben immer die Liebespaare, meist mit einem Zettel in der Hand, drauf alles stünde. Trifft das zu?«

»Ja, Gräfin, soviel ich weiß, trifft es zu. Solche Liebesinseln gibt es übrigens vielfach in unsrer Gegend und kann als Beweis gelten, wie weitverbreitet der Zustand ist, dem abgeholfen werden soll, und wenn's auch durch Sterben wäre.«

»Das nehm' ich Ihnen übel, daß Sie darüber spotten. Und Armgard wird es noch mehr tun, weil sie gefühlvoller ist als ich. Zudem sollten Sie wissen, daß sich so was rächt.«

»Ich weiß es. Aber Sie lesen auch durchaus falsch in meiner Seele. Sicher haben Sie mal gehört, daß der, der Furcht hat, zu singen anfängt, und wer nicht singen kann, nun, der witzelt eben. Übrigens, so schön ›Liebesinsel‹ klingt, der Zauber davon geht wieder verloren, wenn Sie sich den Namen des Ganzen vergegenwärtigen. Die sich so mächtig hier verbreiternde Spreefläche heißt nämlich der ›Rummelsburger‹ See.«

»Freilich nicht hübsch; das kann ich zugeben. Aber die Stelle selbst ist schön, und Namen bedeuten nichts.«

»Wer Melusine heißt, sollte wissen, was Namen bedeuten.«

»Ich weiß es leider. Denn es gibt Leute, die sich vor ›Melusine‹ fürchten.«

»Was immer eine Dummheit, aber doch viel mehr noch eine Huldigung ist.«

Unter diesem Gespräche waren sie bis über die Breitung der Spree hinausgekommen und fuhren wieder in das schmaler werdende Flußbett ein. An beiden Ufern hörten die Häuserreihen auf, sich in dünnen Zeilen hinzuziehen, Baumgruppen traten in nächster Nähe dafür ein, und weiter landeinwärts wurden aufgeschüttete Bahndämme sichtbar, über die hinweg die Telegraphenstangen ragten und ihre Drähte von Pfahl zu Pfahl spannten. Hie und da, bis ziemlich weit in den Fluß hinein, stand ein Schilfgürtel, aus dessen Dickicht vereinzelte Krickenten aufflogen.

»Es ist doch weiter, als ich dachte«, sagte Melusine. »Wir sind ja schon wie in halber Einsamkeit. Und dabei wird es frisch. Ein Glück, daß wir Decken mitgenommen. Denn wir bleiben doch wohl im Freien? Oder gibt es auch Zimmer da? Freilich kann ich mir kaum denken, daß wir zu sechs in einem Eierhäuschen Platz haben.«

»Ach, Frau Gräfin, ich sehe, Sie rechnen auf etwas extrem Idyllisches und erwarten, wenn wir angelangt sein werden, einen Mischling von Kiosk und Hütte. Da harrt Ihrer aber eine grausame Enttäuschung. Das Eierhäuschen ist ein sogenanntes ›Lokal‹, und wenn uns die Lust anwandelt, so können wir da tanzen oder eine Volksversammlung abhalten. Raum genug ist da. Sehen Sie, das Schiff wendet sich schon, und der rote Bau da, der zwischen den Pappelweiden mit Turm und Erker sichtbar wird, das ist das Eierhäuschen.«

»O weh! Ein Palazzo«, sagte die Baronin und war auf dem Punkt, ihrer Mißstimmung Ausdruck zu geben. Aber ehe sie dazu kam, schob sich das Schiff schon an den vorgebauten Anlegesteg, über den hinweg man, einen Uferweg einschlagend, auf das Eierhäuschen zuschritt. Dieser Uferweg setzte sich, als man das Gartenlokal endlich erreicht hatte, jenseits desselben noch eine gute Strecke fort, und weil die wundervolle Frische dazu einlud, beschloß man, ehe man sich im Eierhäuschen selber niederließ, zuvor noch einen gemeinschaftlichen Spaziergang am Ufer hin zu machen. Immer weiter flußaufwärts.

Der Enge des Weges halber ging man zu zweien, vorauf Woldemar mit Melusine, dann die Baronin mit Armgard. Erheblich zurück erst folgten die beiden älteren Herren, die schon auf dem Dampfschiff ein politisches Gespräch angeschnitten hatten. Beide waren liberal, aber der Umstand, daß der Baron ein Bayer und unter katholischen Anschauungen aufgewachsen war, ließ doch beständig Unterschiede hervortreten.

»Ich kann Ihnen nicht zustimmen, lieber Graf. Alle Trümpfe heut, und zwar mehr denn je, sind in des Papstes Hand. Rom ist ewig und Italien nicht so fest aufgebaut, als es die Welt glauben machen möchte. Der Quirinal zieht wieder aus, und der Vatikan … der Vatikan zieht wieder ein. Und was dann?«

»Nichts, lieber Baron. Auch dann nicht, wenn es wirklich dazu kommen sollte, was, glaub' ich, ausgeschlossen ist.«

»Sie sagen das so ruhig, und ruhig ist man nur, wenn man sicher ist. Sind Sie's? Und wenn Sie's sind, dürfen Sie's sein? Ich wiederhole, die letzten Entscheidungen liegen immer bei dieser Papst- und Rom-Frage.«

»Lagen einmal. Aber damit ist es gründlich vorbei, auch in Italien selbst. Die letzten Entscheidungen, von denen Sie sprechen, liegen heutzutage ganz woanders, und es sind bloß ein paar Ihrer Zeitungen, die nicht müde werden, der Welt das Gegenteil zu versichern. Alles bloß Nachklänge. Das moderne Leben räumt erbarmungslos mit all dem Überkommenen auf. Ob es glückt, ein Nilreich aufzurichten, ob Japan ein England im Stillen Ozean wird, ob China mit seinen vierhundert Millionen aus dem Schlaf aufwacht und, seine Hand erhebend, uns und der Welt zuruft: ›Hier bin ich‹, allem vorauf aber, ob sich der vierte Stand etabliert und stabiliert (denn darauf läuft doch in ihrem vernünftigen Kern die ganze Sache hinaus) – das alles fällt ganz anders ins Gewicht als die Frage ›Quirinal oder Vatikan‹. Es hat sich überlebt. Und anstaunenswert ist nur das eine, daß es überhaupt noch so weitergeht. Das ist der Wunder größtes.«

»Und das sagen Sie, der Sie zeitweilig den Dingen so nahegestanden?«

»*Weil* ich ihnen so nahegestanden.«

Auch die beiden voranschreitenden Paare waren in lebhaftem Gespräch.

An dem schon in Dämmerung liegenden östlichen Horizont stiegen die Fabrikschornsteine von Spindlersfelde vor ihnen auf, und die Rauchfahnen zogen in langsamem Zuge durch die Luft.

»Was ist das?« fragte die Baronin, sich an Woldemar wendend.

»Das ist Spindlersfelde.«

»Kenn' ich nicht.«

»Doch vielleicht, gnädigste Frau, wenn Sie hören, daß in eben diesem Spindlersfelde der für die weibliche Welt so wichtige Spindler seine geheimnisvollen Künste treibt. Besser noch seine verschwiegenen. Denn unsre Damen bekennen sich nicht gern dazu.«

»So, der! Ja, dieser unser Wohltäter, den wir – Sie haben ganz recht – in unserm Undank so gern unterschlagen. Aber dies Unterschlagen hat doch auch wieder sein Verzeihliches. Wir tun jetzt (leider) so vieles, was wir, nach einer alten Anschauung, eigentlich nicht tun sollten. Es ist, mein' ich, nicht passend, auf einem Pferdebahnperron zu stehen, zwischen einem Schaffner und einer Kiepenfrau, und es ist noch weniger passend, in einem Fünfzigpfennigbasar allerhand Einkäufe zu machen und an der sich dabei aufdrängenden Frage: ›Wodurch ermöglichen sich diese Preise?‹ still vorbeizugehen. Unser Freund in Spindlersfelde da drüben degradiert uns vielleicht auch durch das, was er so hilfreich für uns tut. Armgard, wie denken Sie darüber?«

»Ganz wie Sie, Baronin.«

»Und Melusine?«

Diese gab kopfschüttelnd die Frage weiter und drang darauf, daß die beiden älteren Herren, die mittlerweile herangekommen waren, den Ausschlag geben sollten. Aber der alte Graf wollte davon nichts wissen. »Das sind Doktorfragen. Auf derlei Dinge lass' ich mich nicht ein. Ich schlage vor, wir machen lieber kehrt und suchen uns im Eierhäuschen einen hübschen Platz, von dem aus wir das Leben auf dem Fluß beobachten und hoffentlich auch den Sonnenuntergang gut sehen können.«

Ziemlich um dieselbe Stunde, wo die Barbyschen und Berchtesgadenschen Herrschaften ihren Spaziergang auf Spindlersfelde zu machten, erschien unser Freund Mr. Robinson, von seinem Stallgebäude her, in Front der Lennéstraße, sah erst gewohnheitsmäßig nach dem Wetter und ging dann quer durch den Tiergarten auf das Kronprinzenufer zu, wo die Immes ihn bereits erwarteten.

Frau Imme, die, wie die meisten kinderlosen Frauen (und Frauen mit Sappeurbartmännern sind fast immer kinderlos), einen großen Wirtschafts- und Sauberkeitssinn hatte, hatte zu Mr. Robinsons Empfang alles in die schönste Ordnung gebracht, um so mehr, als sie wußte, daß ihr Gast, als ein verwöhnter Engländer, immer der Neigung nachgab, alles Deutsche, wenn auch nur andeutungsweise, zu bemängeln. Es lag ihr daran, ihn fühlen zu lassen, daß man's hier auch verstehe. So war denn von ihr nicht bloß eine wundervolle Kaffeeserviette, sondern auch eine silberne Zuckerdose mit Streuselkuchentellern links und rechts aufgestellt worden. Frau Imme konnte das alles und noch mehr infolge der bevorzugten Stellung, die sie von langer Zeit her bei den Barbys einnahm, zu denen sie schon als fünfzehnjähriges junges Ding gekommen und in deren Dienst sie bis zu ihrer Verheiratung geblieben war. Auch jetzt noch hingen beide Damen an ihr, und mit Hilfe Lizzis, die, so diskret sie war, doch gerne plauderte, war Frau Imme jederzeit über alles unterrichtet, was im Vorderhaus vorging. Daß der Rittmeister sich für die Damen interessierte, wußte sie natürlich wie jeder andre, nur nicht – auch darin wie jeder andre –, für welche.

Ja, für welche?

Das war die große Frage, selbst für Mr. Robinson, der regelmäßig, wenn er die Immes sah, sich danach erkundigte. Dazu kam es denn auch heute wieder, und zwar sehr bald nach seinem Eintreffen.

Eine große Familientasse mit einem in Front eines Tempels den Bogen spannenden Amor war vor ihn hingestellt worden, und als er dem Streuselkuchen (für den er eine so große Vorliebe hatte, daß er regelmäßig erklärte, so was gäb' es in den Vereinigten drei Königreichen nicht) – als er dem Streusel liebevoll und doch auch wieder maßvoll zugesprochen hatte, betrachtete er das Bild auf der großen Tasse, zeigte, was bei seiner Augenbeschaffenheit etwas Komisches hatte, schelmisch lächelnd auf den bogenspannenden Amor und sagte: »Hier hinten ein Tempel und hier vorn ein Lorbeerbusch. Und hier *this little fellow with his arrow.* Ich möchte mir die Frage gestatten – Sie sind eine so kluge Frau, Frau Imme: Wird er den Pfeil fliegen lassen oder nicht, und wenn er den Pfeil fliegen läßt, ist es die Priesterin, die hier neben dem Lorbeer steht, oder ist es eine andre?«

»Ja, Mr. Robinson«, sagte Frau Imme, »darauf ist schwer zu antworten. Denn erstens wissen wir nicht, was er überhaupt vorhat, und dann wissen wir auch nicht: Wer ist die Priesterin? Ist die Komtesse die Priesterin, oder ist die Gräfin die Priesterin? Ich glaube, wer schon verheiratet war, kann wohl eigentlich nicht Priesterin sein.«

»Ach«, sagte Imme, in dem sich der naturwüchsige Mecklenburger regte, »sein kann alles. Über so was wächst Gras. Ich glaube, es is die Gräfin.«

Robinson nickte. »Glaub' ich auch. *And what's the reason, dear* Mrs. Imme? Weil Witib vor Jungfrau geht. Ich weiß wohl, es ist immer viel die Rede von *virginity,* aber *widow* ist mehr als *virgin.*«

Frau Imme, die nur halb verstanden hatte, verstand doch genug, um zu kichern, was sie übrigens sittsam mit der Bemerkung begleitete, sie habe so was von Mr. Robinson nicht geglaubt.

Robinson nahm es als Huldigung und trat, nachdem er sich mit Erlaubnis der »Lady« ein kurzes Pfeifchen mit türkischem Tabak angesteckt hatte, an ein Fensterchen, in dessen mit einer kleinen Laubsäge gemachten Blumenkasten rote Verbenen blühten, und sagte, während er auf den Hof mit seinen drei Akazienbäumen herunterblickte: »Wer ist denn der hübsche Junge da, der da mit seinem *hoop* spielt? Hier sagen sie Reifen.«

»Das ist ja Hartwigs Rudolf«, sagte Frau Imme. »Ja, der Junge hat viel Chic. Und wie er da mit dem Reifen spielt und die Hedwig immer hinter ihm her, wiewohl sie doch beinahe seine Mutter sein könnte. Na, ich freue mich immer, wenn ich ausgelassene Menschen sehe, und wenn Hartwig kommt – ich wundere mich bloß, daß er noch nicht da ist –, da können Sie ihm ja sagen, wie hübsch Sie die verwöhnte kleine Range finden. Das wird ihn freuen; er ist furchtbar eitel. Alle Portiersleute sind eitel. Aber das muß wahr sein, es ist ein reizender Junge.«

Während sie noch so sprachen, erschien Hartwig, auf den Imme, skatdurstig, schon seit einer Viertelstunde gewartet hatte, und keine drei Minuten mehr, so war auch Hedwig da, die sich bis kurz vorher mit ihrem kleinen Cousin Rudolf in dem Hof unten abgeäschert hatte. Beide wurden mit gleicher Herzlichkeit empfangen, Hartwig, weil nach seinem Erscheinen die Skatpartie beginnen konnte, Hedwig, weil Frau Imme nun gute Gesellschaft hatte. Denn Hedwig konnte wundervoll erzählen und brachte jedesmal Neuigkeiten mit. Sie mochte vierundzwanzig sein, war immer sehr sauber gekleidet und von heiter-übermütigem Gesichtsausdruck. Dazu krauses, kastanienbraunes Haar. Es traf sich, daß sie mal wieder außer Dienst war.

»Nun, das ist recht, Hedwig, daß du kommst«, sagte Frau Imme. »Rudolfen hab' ich eben erst gefragt, wo du geblieben wärst, denn ich habe dich ja mit ihm spielen sehen; aber solch Junge weiß nie was; der denkt bloß immer an sich und ob er sein Stück Kuchen kriegt. Na, wenn er kommt, er soll's haben; Robinson ißt immer so wenig, wiewohl er den Streusel ungeheuer gern mag. Aber so sind die Engländer, sie sind nicht so zugreiflich, und dann geniert sich mein Imme auch, und die Hälfte bleibt übrig. Na, jedenfalls is es nett, daß du wieder da bist. Ich habe dich ja seit deinem letzten Dienst noch gar nicht ordentlich gesehen. Es war ja wohl 'ne Hofrätin? Na, Hofrätinnen, die kenn' ich. Aber es gibt auch gute. Wie war er denn?«

»Na, mit *ihm* ging es.«

»Deine krausen Haare werden wohl wieder schuld sein. Die können manche nicht ertragen. Und wenn dann die Frau was merkt, dann is es vorbei.«

»Nein, so war es nicht. Er war ein sehr anständiger Mann. Beinahe zu sehr.«

»Aber, Kind, wie kannst du nur so was sagen? Wie kann einer *zu* anständig sein?«

»Ja, Frau Imme. Wenn einen einer gar nicht ansieht, das is einem auch nicht recht.«

»Ach, Hedwig, was du da bloß so redest! Und wenn ich nich wüßte, daß du gar nich so bist ... Aber was war es denn?«

»Ja, Frau Imme, was soll ich sagen, was es war; es is ja immer wieder dasselbe. Die Herrschaften können einen nich richtig unterbringen. Oder wollen auch nich. Immer wieder die Schlafstelle oder, wie manche hier sagen, die Schlafgelegenheit.«

»Aber, Kind, wie denn? Du mußt doch 'ne Gelegenheit zum Schlafen haben.«

»Gewiß, Frau Imme. Und 'ne Gelegenheit, so denkt mancher, is 'ne Gelegenheit. Aber gerade die, die hat man nich. Man ist müde zum Umfallen und kann doch nicht schlafen.«

»Versteh' ich nich.«

»Ja, Frau Imme, das macht, weil Sie von Kindesbeinen an immer bei so gute Herrschaften waren, und mit Lizzi is es jetzt wieder ebenso. Die hat es auch gut un is, wie wenn sie mit dazu gehörte. Meine Tante Hartwig erzählt mir immer davon. Und einmal hab' ich es auch so gut getroffen. Aber bloß das eine Mal. Sonst fehlt eben immer die Schlafgelegenheit.«

Frau Imme lachte.

»Sie lachen darüber, Frau Imme. Das is aber nich recht, daß Sie lachen. Glauben Sie mir, es is eigentlich zum Weinen. Und mitunter hab' ich auch schon geweint. Als ich nach Berlin kam, da gab es ja noch die Hängeböden.«

»Kenn' ich, kenn' ich; das heißt, ich habe davon gehört.«

»Ja, wenn man davon gehört hat, das is nich viel. Man muß sie richtig kennenlernen. Immer sind sie in der Küche, mitunter dicht am Herd oder auch gerade gegenüber. Und nun steigt man auf eine Leiter, und wenn man müde is, kann man auch runterfallen. Aber meistens geht es. Und nun macht man die Tür auf und schiebt sich in das Loch hinein, ganz so wie in einen Backofen. Das is, was sie 'ne Schlafgelegenheit nennen. Und ich kann Ihnen bloß sagen: Auf einem Heuboden is es besser, auch wenn Mäuse da sind. Und am schlimmsten is es im Sommer. Draußen sind dreißig Grad, und auf dem Herd war den ganzen Tag Feuer; da is es denn, als ob man auf den Rost gelegt würde. So war es, als ich nach Berlin kam. Aber ich glaube, sie dürfen jetzt so was nich mehr bauen. Polizeiverbot. Ach, Frau Imme, die Polizei is doch ein rechter Segen. Wenn wir die Polizei nich hätten (und sie sind auch immer so artig gegen einen), so hätten wir gar nichts. Mein Onkel Hartwig, wenn ich ihm so erzähle, daß man nicht schlafen kann, der sagt auch immer: ›Kenn' ich, kenn' ich; der Bourgeois tut nichts für die Menschheit. Und wer nichts für die Menschheit tut, der muß abgeschafft werden.‹«

»Ja, dein Onkel spricht so. Und war es denn bei deinem Hofrat, wo du nu zuletzt warst, auch so?«

»Nein, bei Hofrats war es *nicht* so. Die wohnten ja auch in einem ganz neuen Hause. Hofrats waren Trockenwohner. Und in dem, was jetzt die neuen Häuser sind, da kommen, glaub' ich, die Hängeböden gar nicht mehr vor; da haben sie bloß noch die Badestuben.«

»Nu, das is aber doch ein Fortschritt.«

»Ja, das kann man sagen; Badestube als Badestube ist ein Fortschritt oder, wie Onkel Hartwig immer sagt, ein Kulturfortschritt. Er hat meistens solche Wörter. Aber Badestube als Schlafgelegenheit is kein Fortschritt.«

»Gott, Kind, sie werden dich aber doch nich in eine Badewanne gepackt haben?«

»I bewahre. Das tun sie schon der Badewanne wegen nich. Da werden sie sich hüten. Aber ... Ach, Frau Imme, ich kann nur immer wieder sagen, Sie wissen nich Bescheid; Sie hatten es gut, wie Sie noch unverheiratet waren, und nu haben Sie's erst recht gut. Sie wohnen hier wie in einer kleinen Sommerwohnung, un daß es ein bißchen nach Pferde riecht, das schadet nich; das Pferd is ein feines und reinliches Tier, und all seine Verrichtungen sind so edel. Man sagt ja auch: das edle Pferd. Und außerdem soll es so gesund sein, fast so gut wie Kuhstall, womit sie ja die Schwindsucht kurieren. Und dazu haben Sie hier den Blick auf die Kugelakazien und drüben auf das Marinepanorama, wo man sehen kann, wie alles is, und dahinter haben Sie den Blick auf die Kunstausstellung, wo es so furchtbar zieht, bloß damit man immer frische Luft hat. Aber bei Hofrats ... Nein, diese Badestube!«

»Gott, Hedwig«, sagte Frau Imme, »du tust ja, wie wenn es eine Mördergrube oder ein Verbrecherkeller gewesen wäre.«

»Verbrecherkeller? Ach, Frau Imme, das is ja gar nichts. Ich habe Verbrecherkeller gesehen, natürlich bloß zufällig. Da trinken sie Weißbier und spielen Sechsundsechzig. Und in einer Ecke wird was ausbaldowert, aber davon merkt man nichts.«

»Und die Badestube ... warum is sie dir denn so furchtbar, daß du dich ordentlich schuderst? Der Mensch muß doch am Ende baden können.«

»Ach was, baden! Natürlich. Aber 'ne Badestube is nie 'ne Badestube. Wenigstens hier nich. Eine Badestube is 'ne Rumpelkammer, wo man alles unterbringt, alles, wofür man sonst keinen Platz hat. Und dazu gehört auch ein Dienstmädchen. Meine eiserne Bettstelle, die abends aufgeklappt wurde, stand immer neben der Badewanne, drin alle alten Bier- und Weinflaschen lagen. Und nun drippten die Neigen aus. Und in der Ecke stand ein Bettsack, drin die Fräuleins ihre Wäsche hineinstopften, und in der andern Ecke war eine kleine Tür. Aber davon will ich zu Ihnen nicht sprechen, weil ich einen Widerwillen gegen Unanständigkeiten habe, weshalb schon meine Mutter immer sagte: ›Hedwig, du wirst noch Jesum Christum erkennen lernen.‹ Und ich muß sagen, das hat sich bei Hofrats denn auch erfüllt. Aber fromm waren sie weiter nich.«

Während Hedwig noch so weiterklagte, hörte man, daß draußen die Klingel ging, und als Frau Imme öffnete, stand Rudolf auf dem kleinen Flur und sagte, daß er Vatern holen solle und Hedwigen auch; Mutter müsse weg.

»Na«, sagte Frau Imme, »dann komm nur, Rudolf, und iß erst ein Stück Streusel und bestell es nachher bei deinem Vater.«

Bald danach nahm sie denn auch den Jungen bei der Hand und führte ihn in das Nebenzimmer, wo die drei Männer vergnügt an ihrem Skattisch saßen. Ein großes Spiel war eben gemacht; alles noch in Aufregung.

Robinson, als er Rudolfen sah, nickte ihm zu und sagte zu Imme: »Das is ja der hübsche Junge, den ich vorhin auf dem Hof gesehen habe mit seinem *hoop – nice boy.*«

»Ja«, sagte Imme, »das ist unserm Freund Hartwig seiner.« Hartwig selbst aber rief seinen Jungen heran und sagte: »Na, Rudolf, was gibt's? Du willst mich holen. Du sollst aber auch noch 'ne Freude haben. Kuck dir mal den Herrn da an, der dich so freundlich ansieht. Das is Robinson.«

»Haha.«

»Ja, Junge, warum lachst du? Glaubst du's nich, wenn ich dir sage, das is Robinson?«

»I bewahre, Vater. Robinson, *den* kenn' ich. Robinson hat 'nen Sonnenschirm und ein Lama. Un der is auch schon lange dod.«

15. KAPITEL

Unsere Landpartieler waren im Angesicht von Spindlersfelde nach dem Eierhäuschen zurückgekehrt und hatten sich hier an zwei dicht am Ufer zusammengerückten Tischen niedergelassen, eine Laube von Baumkronen über sich. Sperlinge hüpften umher und warteten auf ihre Zeit. Gleich danach erschien auch ein Kellner, um die Bestellungen entgegenzunehmen. Es entstand dabei die herkömmliche Verlegenheitspause; niemand wußte was zu sagen, bis die Baronin auf den Stamm einer ihr gegenüberstehenden Ulme wies, drauf »Wiener Würstel« und daneben in noch dickeren Buchstaben das gefällige Wort »Löwenbräu« stand. In kürzester Frist erschien denn auch der Kellner wieder, und die Baronin hob ihr Seidel und ließ das Eierhäuschen und die Spree leben, zugleich versichernd, »daß man ein echtes Münchener überhaupt nur noch in Berlin tränke«. Der alte Berchtesgaden wollte jedoch nichts davon wissen und drang in seine Frau, lieber mehr nach links zu rücken, um den Sonnenuntergang besser beobachten zu können; »der sei freilich in Berlin ebenso gut wie woanders«. Die Baronin hielt aber aus und rührte sich nicht. »Was Sonnenuntergang! Den seh' ich jeden Abend. Ich sitze hier sehr gut und freue mich schon auf die Lichter.«

Und nicht lange mehr, so waren diese Lichter auch wirklich da. Nicht nur das ganze Lokal erhellte sich, sondern auch auf dem drüben am andern Ufer sich hinziehenden Eisenbahndamme zeigten sich allmählich die verschiedenfarbigen Signale, während mitten auf der Spree, wo Schleppdampfer die Kähne zogen, ein verblaktes Rot aus den Kajütenfenstern hervorglühte. Dabei wurde es kühl, und die Damen wickelten sich in ihre Plaids und Mäntel.

Auch die Herren fröstelten ein wenig, und so trat denn der ersichtlich etwas planende Woldemar nach kurzem Auf-und-ab-Schreiten an das in der Nähe befindliche Büfett heran, um da zur Herstellung einer besseren Innentemperatur das Nötige zu veranlassen. Und siehe da, nicht lange mehr, so stand auch schon ein großes Tablett mit Gläsern und Flaschen vor ihnen und dazwischen ein Deckelkrug, aus dem, als man den Deckel aufklappte, der heiße Wrasen emporschlug. Die Baronin, in solchen Dingen die Scharfblickendste, war sofort orientiert und sagte: »Lieber Stechlin, ich beglückwünsche Sie. Das war eine große Idee.«

»Ja, meine Damen, ich glaubte, daß etwas geschehen müsse, sonst haben wir morgen samt und sonders einen akuten Rheumatismus. Und zurück müssen wir doch auch. Auf dem Schiffe, wo solche Hilfsmittel, glaub' ich, fehlen, sind wir allen Unbilden der Elemente preisgegeben.«

»Und Sie konnten wirklich nicht besser wählen«, unterbrach Melusine. »Schwedischer Punsch, für den ich ein *liking* habe. Wie für Schweden überhaupt. Da Doktor Wrschowitz nicht da ist, können wir uns ungestraft einem gewissen Maß von Skandinavismus überlassen.«

»Am liebsten ohne alles Maß«, sagte Woldemar, »so skandinavisch bin ich. Ich ziehe die Skandinaven den sonst ›Meistbegünstigten‹ unter den Nationen immer noch vor. Alle Länder erweitern übrigens ihre Spezialgebiete. Früher hatte Schweden nur zweierlei: Mut und Eisen, von denen man sagen muß, daß sie gut zusammenpassen. Dann kamen die ›Säkerhets Tändstikkors‹, und nun haben wir den schwedischen Punsch, den ich in diesem Augenblick unbedingt am höchsten stelle. Ihr Wohl, meine Damen.«

»Und das Ihre«, sagte Melusine, »denn Sie sind doch der Schöpfer dieses glücklichen Moments. Aber wissen Sie, lieber Stechlin, daß ich in Ihrer Aufzählung schwedischer Herrlichkeiten etwas vermißt habe. Die Schweden haben noch eins – oder hatten es wenigstens. Und das war die schwedische Nachtigall.«

»Ja, die hab' ich vergessen. Es fällt vor meine Zeit.«

»Ich müßte«, lachte die Gräfin, »vielleicht auch sagen: Es fällt vor *meine* Zeit. Aber ich darf doch andrerseits nicht verschweigen, die Lind noch leibhaftig gekannt zu haben. Freilich nicht mehr so eigentlich als schwedische Nachtigall. Und überhaupt unter anderm Namen.«

»Ja, ich erinnere mich«, sagte Woldemar, »sie hatte sich verheiratet. Wie hieß sie doch?«

»Goldschmidt – ein Name, den man schon um ›Goldschmieds Töchterlein‹ willen gelten lassen kann. Aber an Jenny Lind reicht er allerdings nicht heran.«

»Gewiß nicht. Und Sie sagten, Frau Gräfin, Sie hätten sie noch persönlich gekannt?«

»Ja, gekannt und auch gehört. Sie sang damals, wenn auch nicht mehr öffentlich, so doch immer noch in ihrem häuslichen Salon. Diese Bekanntschaft zählt zu meinen liebsten und stolzesten Erinnerungen. Ich war noch ein halbes Kind, aber trotzdem doch mit eingeladen, was mir allein schon etwas bedeutete. Dazu die Fahrt von Hydepark bis in die Villa hinaus. Ich weiß noch deutlich, ich trug ein weißes Kleid und einen hellblauen Kaschmirumhang und das Haar ganz aufgelöst. Die Lind beobachtete mich, und ich sah, daß ich ihr gefiel. Wenn man Eindruck macht, das behält man. Und nun gar mit vierzehn!«

»Die Lind«, warf die Baronin etwas prosaisch ein, »soll ihrerseits als Kind sehr häßlich gewesen sein.«

»Ich hätte das Gegenteil vermutet«, bemerkte Woldemar.

»Und auf welche Veranlassung hin, lieber Stechlin?«

»Weil ich ein Bild von ihr kenne. Wir haben es, wie bekannt, seit einiger Zeit von einem unsrer besten Maler auf unsrer Nationalgalerie. Aber lange, bevor ich es da sah, kannt' ich es schon *en miniature*, und zwar aus einem im Besitz meines Freundes Lorenzen befindlichen Aquarell. Diese Kopie hängt über seinem Sofa, dicht unter einer Rubensschen Kreuzabnahme. Wenn man will, eine etwas sonderbare Zusammenstellung.«

»Und das alles in Ihrer Stechliner Pfarre!« sagte Melusine. »Wissen Sie, Rittmeister, daß ich die Tatsache, daß so was überhaupt in einem kleinen Dorfe vorkommen kann, Ihrem berühmten See beinah gleichstelle? Unsre schwedische Nachtigall in Ihrem ›Ruppiner Winkel‹, wie Sie selbst beständig sich auszudrücken lieben. Die Lind! Und wie kam Ihr Pastor dazu?«

»Die Lind war, glaub' ich, seine erste Liebe. Sehr wahrscheinlich auch seine letzte. Lorenzen saß damals noch auf der Schulbank und schlug sich mit Stundengeben durch. Aber er hörte die Diva trotzdem jeden Abend und wußte sich auch, trotz bescheidenster Mittel, das Bildchen zu verschaffen. Fast grenzt es ans Wunderbare. Freilich verlaufen die Dinge meist so. Wär' er reich gewesen, so hätt' er sein Geld anderweitig vertan und die Lind vielleicht nie gehört und gesehen. Nur die Armen bringen die Mittel auf für das, was jenseits des Gewöhnlichen liegt; aus Begeisterung und Liebe fließt alles. Und es ist etwas sehr Schönes, daß es so ist in unserm Leben. Vielleicht das Schönste.«

»Das will ich meinen«, sagte die Gräfin. »Und ich dank' es Ihnen, lieber Stechlin, daß Sie das gesagt haben. Das war ein gutes Wort, das ich Ihnen nicht vergessen will. Und dieser Lorenzen war Ihr Lehrer und Erzieher?«

»Ja, mein Lehrer und Erzieher. Zugleich mein Freund und Berater. Der, den ich über alles liebe.«

»Gehen Sie darin nicht zu weit?« lachte Melusine.

»Vielleicht, Gräfin, oder sag' ich lieber: gewiß. Und ich hätte dessen eingedenk sein sollen, gerade heut und gerade hier. Aber so viel bleibt: Ich liebe ihn sehr, weil ich ihm alles verdanke, was ich bin, und weil er reinen Herzens ist.«

»Reinen Herzens«, sagte Melusine. »Das ist viel. Und Sie sind dessen sicher?«

»Ganz sicher.«

»Und von diesem Unikum erzählen Sie uns erst heute! Da waren Sie neulich mit dem guten Wrschowitz bei uns und haben uns allerhand Schreckliches von Ihrem misogynen Prinzen wissen lassen. Und während Sie den in den Vordergrund stellen, halten Sie diesen Pastor Lorenzen ganz gemütlich in Reserve. Wie kann man so grausam sein und mit seinen Berichten und Redekünsten so launenhaft operieren! Aber holen Sie wenigstens nach, was Sie versäumt haben. Die Fragen drängen sich ordentlich. Wie kam Ihr Vater auf den Einfall, Ihnen einen solchen Erzieher zu geben? Und wie kam ein Mann wie dieser Lorenzen in diese Gegend? Und wie kam er überhaupt in diese Welt? Es ist so selten, so selten.«

Armgard und die Baronin nickten.

»Ich bekenne, mich quält die Neugier, mehr von ihm zu hören«, fuhr Melusine fort. »Und er ist unverheiratet? Schon das allein ist immer ein gutes Zeichen. Durchschnittsmenschen glauben sich so schnell wie möglich verewigen zu müssen, damit die Herrlichkeit nicht ausstirbt. Ihr Lorenzen ist eben in allem, wie mir scheint, ein Ausnahmemensch. Also beginnen.«

»Ich bin dazu besten Willens, Frau Gräfin. Aber es ist zu spät dazu, denn das helle Licht, das Sie da sehen, das ist bereits unser Dampfer. Wir haben keine Wahl mehr, wir müssen abbrechen, wenn wir nicht im Eierhäuschen ein Nachtquartier nehmen wollen. Unterwegs ist übrigens Lorenzen ein wundervolles Thema, vorausgesetzt, daß uns der Anblick der Liebesinsel nicht wieder auf andre Dinge bringt. Aber hören Sie ... der Dampfer läutet schon ... wir müssen eilen. Bis an die Anlegestelle sind noch mindestens drei Minuten!«

Und nun war man glücklich auf dem Schiff, auf dem Woldemar und die Damen ihre schon auf der Hinfahrt innegehabten Plätze sofort wieder einnahmen. Nur die beiden in ihre Plaids gewickelten alten Herren schritten auf Deck auf und ab und sahen, wenn sie vorn am Bugspriet eine kurze Rast machten, auf die vielen hundert Lichter, die sich von beiden Ufern her im Fluß spiegelten. Unten im Maschinenraum hörte man das Klappern und Stampfen, während die Schiffsschraube das Wasser nach hinten schleuderte, daß es in einem weißen Schaumstreifen dem Schiffe folgte. Sonst war alles still, so still, daß die Damen ihr Gespräch unterbrachen. »Armgard, du bist so schweigsam«, sagte Melusine, »finden Sie nicht auch, lieber Stechlin? Meine Schwester hat noch keine zehn Worte gesprochen.«

»Ich glaube, Gräfin, wir lassen die Komtesse. Manchem kleidet es zu sprechen, und manchem kleidet es zu schweigen. Jedes Beisammensein braucht einen Schweiger.«

»Ich werde Nutzen aus dieser Lehre ziehen.«

»Ich glaub' es nicht, Gräfin, und vor allem wünsch' ich es nicht. Wer könnt' es wünschen?«

Sie drohte ihm mit dem Finger. Dann schwieg man wieder und sah auf die Landschaft, die da, wo der am Ufer hinlaufende Straßenzug breite Lücken aufwies, in tiefem Dunkel lag. Urplötzlich aber stieg gerad aus dem Dunkel heraus ein Lichtstreifen hoch in den Himmel und zerstob da, wobei rote und blaue Leuchtkugeln langsam zur Erde niederfielen.

»Wie schön«, sagte Melusine. »Das ist mehr, als wir erwarten durften; Ende gut, alles gut – nun haben wir auch noch ein Feuerwerk. Wo mag es sein? Welche Dörfer liegen da hinüber? Sie sind ja so gut wie ein Generalstäbler, lieber Stechlin, Sie müssen es wissen. Ich vermute Friedrichsfelde. Reizendes Dorf und reizendes Schloß. Ich war einmal da; die Dame des Hauses ist eine Schwester der Frau von Hülsen. Ist es Friedrichsfelde?«

»Vielleicht, gnädigste Gräfin. Aber doch nicht wahrscheinlich. Friedrichsfelde gehört nicht in die Reihe der Vororte, wo Feuerwerke sozusagen auf dem Programm stehen. Ich denke, wir lassen es im ungewissen und freuen uns der Sache selbst. Sehen Sie, jetzt beginnt es erst recht eigentlich. Die Rakete, die wir da vorhin gesehen haben, das war nur Vorspiel. Jetzt haben wir erst das Stück. Es ist zu weit ab, sonst würden wir das Knattern hören und die Kanonenschläge. Wahrscheinlich ist es Sedan oder Düppel oder der Übergang nach Alsen. Übrigens ist die Pyrotechnik eine profunde Wissenschaft geworden.«

»Und es soll auch Personen geben, die ganz dafür leben und ihr Vermögen hinopfern wie früher die Holländer für die Tulpen. Tulpen wäre nun freilich nicht mein Geschmack! Aber Feuerwerk!«

»Ja, unbedingt. Und nur schade, daß alle die, die damit zu tun haben, über kurz oder lang in die Luft fliegen.«

»Das ist fatal. Aber es steigert andrerseits doch auch wieder den Reiz. Sonderbar, gefahrlose Berufe, solche, die sozusagen eine Zipfelmütze tragen, sind mir von jeher ein Greuel gewesen. Interesse hat doch immer nur das Vabanque: Torpedoboote, Tunnel unter dem Meere, Luftballons. Ich denke mir, das Nächste, was wir erleben, sind Luftschifferschlachten. Wenn dann so eine Gondel die andre entert. Ich kann mich in solche Vorstellungen geradezu verlieben.«

»Ja, liebe Melusine, das seh' ich«, unterbrach hier die Baronin. »Sie verlieben sich in solche Vorstellungen und vergessen darüber die Wirklichkeiten und sogar unser Programm. Ich muß angesichts dieser doch erst kommenden Luftschifferschlachten ganz ergebenst daran erinnern, daß für heute noch wer anders in der Luft schwebt, und zwar Pastor Lorenzen. Von *dem* sollte die Rede sein. Freilich, der ist kein Pyrotechniker.«

»Nein«, lachte Woldemar, »*das* ist er nicht. Aber als einen Aeronauten kann ich ihn beinahe vorstellen. Er ist so recht ein Excelsior-, ein Aufsteigemensch, einer aus der wirklichen Obersphäre, genau von daher, wo alles Hohe zu Haus ist, die Hoffnung und sogar die Liebe.«

»Ja«, lachte die Baronin, »die Hoffnung und sogar die Liebe! Wo bleibt aber das Dritte? Da müssen's zu uns kommen. Wir haben noch das Dritte; das heißt also, wir wissen auch, was wir *glauben* sollen.«

»Ja, *sollen.*«

»Sollen, gewiß. Sollen, das ist die Hauptsache. Wenn man weiß, was man soll, so find't sich's schon. Aber wo das Sollen fehlt, da fehlt auch das Wollen. Es ist halt a Glück, daß wir Rom haben und den Heiligen Vater.«

»Ach«, sagte Melusine, »wer's Ihnen glaubt, Baronin! Aber lassen wir so heikle Fragen und hören wir lieber von *dem,* den ich – ich bin beschämt darüber – in so wenig verbindlicher Weise vergessen konnte, von unserm Wundermann mit der Studentenliebe, von dem Säulenheiligen, der reinen Herzens ist, und vor allem von dem Schöpfer und geistigen Nährvater unsers Freundes Stechlin. *Eh bien,* was ist es mit ihm? ›An ihren Früchten sollt ihr sie erkennen‹ – das könnt' uns beinahe genügen. Aber ich bin doch für ein Weiteres. Und so denn *attention au jeu.* Unser Freund Stechlin hat das Wort.«

»Ja, unser Freund Stechlin hat das Wort«, wiederholte Woldemar, »so sagen Sie gütigst, Frau Gräfin. Aber dem nachkommen ist nicht so leicht. Vorhin, da war ich im Zuge. Jetzt wieder damit anfangen, das hat seine Schwierigkeiten. Und dann erwarten die Damen immer eine Liebesgeschichte, selbst wenn es sich um einen Mann handelt, den ich, was diese Dinge betrifft, so wenig versprechend eingeführt habe. Sie gehen also, wie heute schon mehrfach (ich erinnere nur an das Eierhäuschen) einer grausamen Enttäuschung entgegen.«

»Keine Ausflüchte!«

»Nun, so sei's denn. Ich muß es aber auf einem Umwege versuchen und Ihnen bei der Gelegenheit als Nächstes schildern, wie meine letzte Begegnung mit Lorenzen verlief. Er war, als ich bei ihm eintrat, in ersichtlich großer Erregung, und zwar über ein Büchelchen, das er in Händen hielt.«

»Und ich will raten, was es war«, unterbrach Melusine.

»Nun?«

»Ein Buch von Tolstoj. Etwas mit viel Opfer und Entsagung. Anpreisung von Askese.«

»Sie sind auf dem richtigen Wege, Gräfin, nur nicht geographisch. Es handelt sich nämlich nicht östlich um einen Russen, sondern westlich um einen Portugiesen.«

»Um einen Portugiesen«, lachte die Baronin. »Oh, ich kenne welche. Sie sind alle so klein und gelblich. Und einer fand einen Seeweg. Freilich schon lange her. Ist es nicht so?«

»Gewiß, Frau Baronin, es ist so. Nur der, um den es sich hier handelt, das ist keiner mit einem Seeweg, sondern bloß ein Dichter.«

»Ach, dessen erinnere ich mich auch, ja, ich habe sogar seinen Namen auf der Zunge. Mit einem großen C fängt er an. Aber Calderon ist es nicht.«

»Nein, Calderon ist es nicht; es deckt sich da manches, auch schon rein landkartlich, nicht mit *dem*, um den sich's hier handelt. Und ist überhaupt kein alter Dichter, sondern ein neuer. Und heißt Joao de Deus.«

»Joao de Deus«, wiederholte die Gräfin. »Schon der Name. Sonderbar. Und was war es mit dem?«

»Ja, was war es mit *dem?* Dieselbe Frage tat ich auch, und ich habe nicht vergessen, was Lorenzen mir antwortete: ›Dieser Joao de Deus‹, so etwa waren seine Worte, ›war genau *das*, was ich wohl sein möchte, wonach ich suche, seit ich zu leben, *wirklich* zu leben angefangen, und wovon es beständig draußen in der Welt heißt, es gäbe dergleichen nicht mehr. Aber es gibt dergleichen noch, es muß dergleichen geben oder doch *wieder* geben. Unsre ganze Gesellschaft (und nun gar erst das, was sich im besonderen so nennt) ist aufgebaut auf dem Ich. Das ist ihr Fluch, und daran muß sie zugrunde gehen. Die Zehn Gebote, das war der Alte Bund; der Neue Bund aber hat ein andres, ein einziges Gebot, und das klingt aus in: ›Und du hättest der Liebe nicht ...‹

Ja, so sprach Lorenzen«, fuhr Woldemar nach einer Pause fort, »und sprach auch noch andres, bis ich ihn unterbrach und ihm zurief: ›Aber, Lorenzen, das sind ja bloß Allgemeinheiten. Sie wollten mir Persönliches von Joao de Deus erzählen. Was ist es mit dem? Wer war er? Lebt er? Oder ist er tot?‹

›Er ist tot, aber seit kurzem erst, und von seinem Tode spricht das kleine Heft hier. Höre.‹ Und nun begann er zu lesen. Das aber, was er las, das lautete etwa so: ›... Und als er nun tot war, der Joao de Deus, da gab es eine Landestrauer, und alle Schulen der Hauptstadt waren geschlossen, und die Minister und die Leute vom Hof und die Gelehrten und die Handwerker, alles folgte dem Sarge dicht gedrängt, und die Fabrikarbeiterinnen hoben schluchzend ihre Kinder in die Höh' und zeigten auf den Toten und sagten: *Un Santo, un Santo.* Und sie taten so und sagten so, weil er für die Armen gelebt hatte und *nicht für sich.*‹«

»Das ist schön«, sagte Melusine.

»Ja, das ist schön«, wiederholte Woldemar, »und ich darf hinzusetzen, in dieser Geschichte haben Sie nicht bloß den Joao de Deus, sondern auch meinen Freund Lorenzen. Er ist vielleicht nicht ganz wie sein Ideal. Aber Liebe gibt Ebenbürtigkeit.«

»Und so schlag' ich denn vor«, sagte die Baronin, »daß wir den mit dem C, dessen Namen mir übrigens noch einfallen wird, vorläufig absetzen und statt seiner den neuen mit dem D leben lassen. Und natürlich unsern Lorenzen dazu.«

»Ja, leben lassen«, lachte Woldemar. »Aber womit? worin? *Les jours de fête ...*«, und er wies auf das Eierhäuschen zurück.

»In dieser Notlage wollen wir helfen, so gut es geht, und uns statt andrer Beschwörung einfach die Hände reichen, selbstverständlich über Kreuz; hier, erst Stechlin und Armgard und dann Melusine und ich.«

Und wirklich, sie reichten sich in heiterer Feierlichkeit die Hände.

Gleich danach aber traten die beiden alten Herren an die Gruppe heran, und der Baron sagte: »Das ist ja wie Rütli.«

»Mehr, mehr. Bah, Freiheit! Was ist Freiheit gegen Liebe!«

»So, hat's denn eine Verlobung gegeben?«

»Nein ... noch nicht«, lachte Melusine.

WAHL IN RHEINSBERG-WUTZ

16. KAPITEL

Der andre Morgen rief Woldemar zeitig zum Dienst. Als er um neun Uhr auf sein Zimmer zurückkehrte, fand er auf dem Frühstückstisch Zeitungen und Briefe. Darunter war einer mit einem ziemlich großen Siegel, der Lack schlecht und der Brief überhaupt von sehr unmodischer Erscheinung, ein bloß zusammengelegter Quartbogen. Woldemar, nach Poststempel und Handschrift sehr wohl wissend, woher und von wem der Brief kam, schob ihn, während Fritz den Tee brachte, beiseite, und erst als er eine Tasse genommen und länger als nötig dabei verweilt hatte, griff er wieder nach dem Brief und drehte ihn zwischen Daumen und Zeigefinger. »Ich hätte mir nach dem gestrigen Abend heute früh was andres gewünscht als gerade *diesen* Brief.« Und während er das so vor sich hin sprach, standen ihm, er mochte wollen oder nicht, die letzten Wutzer Augenblicke wieder vor der Seele. Die Tante hatte, kurz bevor er das Kloster verließ, noch einmal vertraulich seine Hand genommen und ihm bei der Gelegenheit ausgesprochen, was sie seit langem bedrückte.

»Das Junggesellenleben, Woldemar, taugt nichts. Dein Vater war auch schon zu alt, als er sich verheiratete. Ich will nicht in deine Geheimnisse eindringen, aber ich möchte doch fragen dürfen: Wie stehst du dazu?«

»Nun, ein Anfang ist gemacht. Aber doch erst obenhin.«

»Berlinerin?«

»Ja und nein. Die junge Dame lebt seit einer Reihe von Jahren in Berlin und liebt unsre Stadt über Erwarten. Insoweit ist sie Berlinerin. Aber eigentlich ist sie doch keine; sie wurde drüben in London geboren, und ihre Mutter war eine Schweizerin.«

»Um Gottes willen!«

»Ich glaube, liebe Tante, du machst dir falsche Vorstellungen von einer Schweizerin. Du denkst sie dir auf einer Alm und mit einem Milchkübel.«

»Ich denke sie mir gar nicht, Woldemar. Ich weiß nur, daß es ein wildes Land ist.«

»Ein freies Land, liebe Tante.«

»Ja, das kennt man. Und wenn du das Spiel noch einigermaßen in der Hand hast, so beschwör' ich dich ...«

An dieser Stelle war, wie schon vorher durch Fix, abermals (weil eine Störung kam) das Gespräch mit der Tante auf andre Dinge hingeleitet worden, und nun hielt er ihren Brief in Händen und zögerte, das Siegel zu brechen. »Ich weiß, was drin steht, und ängstige mich doch beinahe. Wenn es nicht Kämpfe gibt, so gibt es wenigstens Verstimmungen. Und die sind mir womöglich noch fataler ... Aber was hilft es!«

Und nun brach er den Brief auf und las:

»Ich nehme an, mein lieber Woldemar, daß Du meine letzten Worte noch in Erinnerung hast. Sie liefen auf den Rat und die Bitte hinaus: Gib auch in dieser Frage die Heimat nicht auf, halte Dich, wenn es sein kann, an das Nächste. Schon unsre Provinzen sind so sehr verschieden. Ich sehe Dich über solche Worte lächeln, aber ich bleibe doch dabei. Was ich Adel nenne, das gibt es nur noch in unsrer Mark und in unsrer alten Nachbar- und Schwesterprovinz, ja, da vielleicht noch reiner als bei uns. Ich will nicht ausführen, wie's bei schärferem Zusehen auf dem adligen Gesamtgebiete steht, aber doch wenigstens ein paar Andeutungen will ich machen. Ich habe sie von allen Arten gesehen. Da sind zum Beispiel die rheinischen jungen Damen, also die von Köln und Aachen; nun ja, die mögen ganz gut sein, aber sie sind katholisch, und wenn sie nicht katholisch sind, dann sind sie was anderes, wo der Vater erst geadelt wurde. Neben den rheinischen haben wir dann die westfälischen. Über die ließe sich reden. Aber Schlesien. Die schlesischen Herrschaften, die sich mitunter auch Magnaten nennen, sind alle so gut wie polnisch und leben vom Jeu und haben die hübschesten Erzieherinnen; immer ganz jung, da macht es sich am leichtesten. Und dann sind da noch weiterhin die preußischen, das heißt die ostpreußischen, wo schon alles aufhört. Nun, die kenn' ich, die sind ganz wie ihre Litauer Füllen und schlagen aus und beknabbern alles. Und je reicher sie sind, desto schlimmer. Und nun wirst du fragen, warum ich gegen andre so streng und so sehr für unsre Mark bin, ja speziell für unsre Mittelmark. Deshalb, mein lieber Woldemar, weil wir in unsrer Mittelmark nicht so bloß äußerlich in der Mitte liegen, sondern weil wir auch in allem die rechte Mitte haben und halten. Ich habe mal gehört, unser märkisches Land sei *das* Land, drin es nie Heilige gegeben, drin man aber auch keine Ketzer verbrannt habe. Sieh, das ist das, worauf es ankommt, Mittelzustand – darauf baut sich das Glück auf. Und dann haben wir hier noch zweierlei: in unserer Bevölkerung die reine Lehre und in unserm Adel das reine Blut. *Die*, wo das nicht zutrifft, die kennt man. Einige meinen freilich, das, was sie das ›Geistige‹ nennen, das litte darunter. Das ist aber alles Torheit. Und wenn es litte (es leidet aber nicht), so schadet das gar nichts. Wenn das Herz gesund ist, ist der Kopf nie ganz schlecht. Auf diesen Satz kannst Du Dich verlassen. Und so bleibe denn, wenn Du suchst, in unsrer Mark und vergiß nie, daß wir das sind, was man so ›brandenburgische Geschichte‹ nennt. Am eindringlichsten aber laß Dir unsre Rheinsberger Gegend empfohlen sein, von der mir selbst Koseleger – trotzdem seine Feinde behaupten, er betrachte sich hier bloß wie in Verbannung und sehne sich fort nach einer Berliner Domstelle –, von der mir selbst Koseleger sagte: ›Wenn man sich die preußische Geschichte genau ansieht, so findet man immer, daß sich alles auf unsre alte, liebe Grafschaft zurückführen läßt; da liegen die Wurzeln unsrer Kraft.‹ Und so schließe ich denn mit der Bitte: heirate heimisch und heirate lutherisch. Und nicht nach Geld (Geld erniedrigt), und halte Dich dabei versichert der Liebe Deiner Dich herzlich liebenden Tante und Patin Adelheid von St.«

Woldemar lachte. »›Heirate heimisch und heirate lutherisch‹ – das hör' ich nun schon seit Jahren. Und auch das dritte hör' ich immer wieder: ›Geld erniedrigt.‹ Aber das kenn' ich. Wenn's nur recht viel ist, kann es schließlich auch eine Chinesin sein. In der Mark ist alles Geldfrage. Geld – weil keins da ist – spricht Person und Sache heilig und, was noch mehr sagen will, beschwichtigt zuletzt auch den Eigensinn einer alten Tante.«

Während er lachend so vor sich hin sprach, überflog er noch einmal den Brief und sah jetzt, daß eine Nachschrift an den Rand der vierten Seite gekritzelt war. »Eben war Katzler hier, der mir von der am Sonnabend in unserm Kreise stattfindenden Nachwahl erzählte. Dein Vater ist aufgestellt worden und hat auch angenommen. Er bleibt doch immer der Alte. Gewiß wird er sich einbilden, ein Opfer zu bringen – er litt von Jugend auf an solchen Einbildungen. Aber was ihm ein Opfer bedünkte, waren, bei Lichte besehen, immer bloß Eitelkeiten. Deine A. von St.«

17. KAPITEL

Es war so, wie die Tante geschrieben: Dubslav hatte sich als konservativen Kandidaten aufstellen lassen, und wenn für Woldemar noch Zweifel darüber gewesen wären, so hätten einige am Tage darauf von Lorenzen eintreffende Zeilen diese Zweifel beseitigt. Es hieß in Lorenzens Brief:

»Seit Deinem letzten Besuch hat sich hier allerlei Großes zugetragen. Noch am selben Abend erschienen Gundermann und Koseleger und drangen in Deinen Vater, zu kandidieren. Er lehnte zunächst natürlich ab; er sei weltfremd und verstehe nichts davon. Aber damit kam er nicht weit. Koseleger, der – was ihm auch später noch von Nutzen sein wird – immer ein paar Anekdoten auf der Pfanne hat, erzählte ihm sofort, daß vor Jahren schon, als ein von Bismarck zum Finanzminister Ausersehener sich in gleicher Weise mit einem ›Ich verstehe nichts davon‹ aus der Affäre ziehen wollte, der bismarckisch-prompten Antwort begegnet sei: ›Darum wähle ich Sie ja gerade, mein Lieber‹ – eine Geschichte, der Dein Vater natürlich nicht widerstehen konnte. Kurzum, er hat eingewilligt. Von Herumreisen ist selbstverständlich Abstand genommen worden, ebenso vom Redenhalten. Schon nächsten Sonnabend haben wir Wahl. In Rheinsberg, wie immer, fallen die Würfel. Ich glaube, daß er siegt. Nur die Fortschrittler können in Betracht kommen und allenfalls die Sozialdemokraten, wenn vom Fortschritt (was leicht möglich ist) einiges abbröckelt. Unter allen Umständen schreibe Deinem Papa, daß Du Dich seines Entschlusses freutest. Du kannst es mit gutem Gewissen. Bringen wir ihn durch, so weiß ich, daß kein Besserer im Reichstag sitzt und daß wir uns alle zu seiner Wahl gratulieren können. Er sich persönlich allerdings auch. Denn sein Leben hier ist zu einsam, so sehr, daß er, was doch sonst nicht seine Sache ist, mitunter darüber klagt. Das war das, was ich Dich wissen lassen mußte. ›Sonst nichts Neues vor Paris.‹ Krippenstapel geht in großer Aufregung einher; ich glaube, wegen unsrer auf Donnerstag in Stechlin selbst angesetzten Vorversammlung, wo er mutmaßlich seine herkömmliche Rede über den Bienenstaat halten wird. Empfiehl mich Deinen zwei liebenswürdigen Freunden, besonders Czako. Wie immer, Dein alter Freund Lorenzen.«

Woldemar, als er gelesen, wußte nicht recht, wie er sich dazu stellen sollte. Was Lorenzen da schrieb, »daß kein Besserer im Hause sitzen würde«, war richtig; aber er hatte trotzdem Bedenken und Sorge. Der Alte war durchaus kein Politiker; er konnte sich also stark in die Nesseln setzen, ja vielleicht zur komischen Figur werden. Und dieser Gedanke war ihm, dem Sohne, der den Vater schwärmerisch liebte, sehr schmerzlich. Außerdem blieb doch auch immer noch die Möglichkeit, daß er in dem Wahlkampf unterlag.

Diese Bedenken Woldemars waren nur allzu berechtigt. Es stand durchaus nicht fest, daß der alte Dubslav, so beliebt er selbst bei den Gegnern war, als Sieger aus der Wahlschlacht hervorgehen müsse. Die Konservativen hatten sich freilich daran gewöhnt, Rheinsberg-Wutz als eine »Hochburg« anzusehen, die der staatserhaltenden Partei nicht verlorengehen könne; diese Vorstellung aber war ein Irrtum, und die bisherige Reverenz gegen den alten Kortschädel wurzelte lediglich in etwas Persönlichem. Nun war ihm Dubslav an Ansehen und Beliebtheit freilich ebenbürtig, aber das mit der ewigen persönlichen Rücksichtnahme mußte doch mal ein Ende nehmen, und das Anrecht, das sich der alte Kortschädel ersessen hatte, mit diesem mußt' es vorbei sein, eben weil sich's endlich um einen Neuen handelte. Kein Zweifel, die gegnerischen Parteien regten sich, und es lag genau so, wie Lorenzen an Woldemar geschrieben, »daß ein Fortschrittler, aber auch ein Sozialdemokrat gewählt werden könne«.

Wie die Stimmung im Kreise wirklich war, das hätte der am besten erfahren, der im Vorübergehen an der Kontortür des alten Baruch Hirschfeld gehorcht hätte.

»Laß dir sagen, Isidor, du wirst also wählen den guten alten Herrn von Stechlin.«

»Nein, Vater. Ich werde *nicht* wählen den guten alten Herrn von Stechlin.«

»Warum nicht? Ist er doch ein lieber Herr und hat das richtige Herz.«

»Das hat er; aber er hat das falsche Prinzip.«

»Isidor, sprich mir nicht von Prinzip. Ich habe dich gesehn, als du hast charmiert mit dem Mariechen von nebenan und hast ihr aufgebunden das Schürzenband, und sie hat dir gegeben einen Klaps. Du hast gebuhlt um das christliche Mädchen. Und du buhlst jetzt, wo die Wahl kommt, um die öffentliche Meinung. Und das mit dem Mädchen, das hab' ich dir verziehen. Aber die öffentliche Meinung verzeih' ich dir nicht.«

»Wirst du, Vaterleben; haben wir doch die neue Zeit. Und wenn ich wähle, wähl' ich für die Menschheit.«

»Geh mir, Isidor, *die* kenn' ich. Die Menschheit, die will haben, aber nicht geben. Und jetzt wollen sie auch noch teilen.«

»Laß sie teilen, Vater.«

»Gott der Gerechte, was meinst du, was du kriegst? Nicht den zehnten Teil.«

Und ähnlich ging es in den andern Ortschaften. In Wutz sprach Fix für das Kloster und die Konservativen im allgemeinen, ohne dabei Dubslav in Vorschlag zu bringen, weil er wußte, wie die Domina zu ihrem Bruder stand. Ein Linkskandidat aus Cremmen schien denn auch in der Wutzer Gegend die Oberhand gewinnen zu wollen. Noch gefährlicher für die ganze Grafschaft war aber ein Wanderapostel aus Berlin, der von Dorf zu Dorf zog und die kleinen Leute dahin belehrte, daß es ein Unsinn sei, von Adel und Kirche was zu erwarten. Die vertrösteten immer bloß auf den Himmel. Achtstündiger Arbeitstag und Lohnerhöhung und Sonntagspartie nach Finkenkrug – *das* sei das Wahre.

So zersplitterte sich's allerorten. Aber wenigstens um den Stechlin herum hoffte man der Sache noch Herr werden und alle Stimmen auf Dubslav vereinigen zu können. Im Dorfkruge wollte man zu diesem Zwecke beraten, und Donnerstag, sieben Uhr, war dazu festgesetzt.

Der Stechliner Krug lag an dem Platze, der durch die Kreuzung der von Wutz her heranführenden Kastanienallee mit der eigentlichen Dorfstraße gebildet wurde, und war unter den vier hier gelegenen Eckhäusern das stattlichste. Vor seiner Front standen ein paar uralte Linden, und drei, vier Stehkrippen waren bis dicht an die Hauswand herangeschoben, aber alle ganz nach links hin, wo sich Eckladen und Gaststube befanden, während nach der rechten Seite hin der große Saal lag, in dem heute Dubslav, wenn nicht für die Welt, so doch für Rheinsberg-Wutz, und wenn nicht für Rheinsberg-Wutz, so doch für Stechlin und Umgegend proklamiert werden sollte. Dieser große Saal war ein fünffenstriger Längsraum, der schon manchen Schottischen erlebt, was er in seiner Erscheinung auch heute nicht zu verleugnen trachtete. Denn nicht nur waren ihm alle seine blanken Wandleuchter verblieben, auch die mächtige Baßgeige, die jedesmal wegzuschaffen viel zu mühsam gewesen wäre, guckte, schräg gestellt, mit ihrem langen Halse von der Musikempore her über die Brüstung fort.

Unter dieser Empore, quer durch den Saal hin, stand ein für das Komitee bestimmter länglicher Tisch mit Tischdecke, während auf den links und rechts sich hinziehenden Bänken einige zwanzig Vertrauensmänner saßen, denen es hinterher oblag, im Sinne der Komiteebeschlüsse weiterzuwirken. Die Vertrauensmänner waren meist wohlhabende Stechliner Bauern, untermischt mit offiziellen und halboffiziellen Leuten aus der Nachbarschaft: Förster und Waldhüter und Vormänner von den verschiedenen Glas- und Teeröfen. Zu diesen gesellte sich noch ein Torfinspektor, ein Vermessungsbeamter, ein Steueroffiziant und schließlich ein gescheiterter Kaufmann, der jetzt Agent war und die Post besorgte. Natürlich war auch Landbriefträger Brose da samt der gesamten Sicherheitsbehörde: Fußgendarm Uncke und Wachtmeister Pyterke von der reitenden Gendarmerie. Pyterke gehörte nur halb mit zum Revier (es war das immer ein streitiger Punkt), erschien aber trotzdem mit Vorliebe bei Versammlungen der Art. Es gab nämlich für ihn nichts Vergnüglicheres, als seinen Kameraden und Amtsgenossen Uncke bei solcher Gelegenheit zu beobachten und sich dabei seiner ungeheuren, übrigens durchaus berechtigten Überlegenheit als schöner Mann und ehemaliger Gardekürassier bewußt zu werden. Uncke war ihm der Inbegriff des Komischen, und wenn ihn schon das rote, verkupferte Gesicht an und für sich amüsierte, so doch viel, viel mehr noch der gefärbte Schuhbürstenbackenbart, vor allem aber das Augenspiel, mit dem er den Verhandlungen zu folgen pflegte. Pyterke hatte recht: Uncke war wirklich eine komische Figur. Seine Miene sagte beständig: »An mir hängt es.« Dabei war er ein höchst gutmütiger Mann, der nie mehr als nötig aufschrieb und auch nur selten auflöste.

Der Saal hatte nach dem Flur hin drei Türen. An der Mitteltür standen die beiden Gendarmen und rückten sich zurecht, als sich der Vorsitzende des Komitees mit dem Glockenschlag sieben von seinem Platz erhob und die Sitzung für eröffnet erklärte. Dieser Vorsitzende war natürlich Oberförster Katzler, der heute, statt des bloßen schwarz-weißen Bandes, sein bei St. Marie-aux-Chênes erworbenes Eisernes Kreuz in Substanz eingeknöpft hatte. Neben ihm saßen Superintendent Koseleger und Pastor Lorenzen, an der linken Schmalseite Krippenstapel, an der rechten Schulze Kluckhuhn, letzterer auch dekoriert, und zwar mit der Düppelmedaille, trotzdem er bei Düppel in der Reserve gestanden. Er scherzte gern darüber und sagte, während er seine beneidenswerten Zähne zeigte: »Ja, Kinder, so geht es. Bei Alsen war ich, aber bei Düppel war ich nich, und dafür hab' ich nu die Düppelmedaille.«

Schulze Kluckhuhn war überhaupt eine humoristisch angeflogene Persönlichkeit, Liebling des alten Dubslav, und trat immer, wenn sich die alten Kriegerbundleute von sechsundsechzig und siebzig aufs hohe Pferd setzen wollten, für die von vierundsechzig ein. »Ja, vierundsechzig, Kinder, da fing es an. Und aller Anfang ist schwer. Anfangen ist immer die Hauptsache; das andere kommt dann schon wie von selbst.« Ein alter Globsower, der bei Spichern mitgestürmt und sich durch besondere Tapferkeit hervorgetan hatte, war denn auch, bloß weil er einer von Anno siebzig war, ein Gegenstand seiner besonderen Bemängelungen. »Ich will ja nich sagen, Tübbecke, daß es bei Spichern gar nichts war; aber gegen Düppel (wenn ich auch nicht mit dabei gewesen), gegen Düppel war es gar nichts. Wie war es denn bei Spichern, wovon du soviel red'st, als ob sich vierundsechzig daneben verstecken müßte? Bei Spichern, da waren Menschen oben, aber bei Düppel, da waren Schanzen oben. Und ich sage dir, Schanzen mit'm Turm drin. Da pfeift es ganz anders. Das heißt, von Pfeifen war schon eigentlich gar keine Rede mehr.« Eine Folge dieser Anschauung war es denn auch, daß in den Augen Kluckhuhns der

Pionier Klinke, der bei Düppel unter Opferung seines Lebens den Palisadenpfahl von Schanze drei weggesprengt hatte, der eigentliche Held aller drei Kriege war und alles in allem nur *einen* Rivalen hatte. Dieser *eine* Rivale stand aber drüben auf Seite der Dänen und war überhaupt kein Mensch, sondern ein Schiff und hieß Rolf Krake. »Ja, Kinder, wie wir nu da so rüber gondelten, da lag das schwarze Biest immer dicht neben uns und sah aus wie'n Sarg. Und wenn es gewollt hätte, so wär' es auch alle mit uns gewesen und bloß noch plumps in den Alsensund. Und weil wir das wußten, schossen wir immer drauflos, denn wenn einem so zumute ist, dann schießt der Mensch immerzu.«

Ja, Rolf Krake war eine fatale Sache für Kluckhuhn gewesen. Aber dasselbe schwarze Schiff, das ihm damals so viel Furcht und Sorge gemacht hatte, war doch auch wieder ein Segen für ihn geworden, und man durfte sagen, sein Leben stand seitdem im Zeichen von Rolf Krake. Wie Gundermann immer der Sozialdemokratie das »Wasser abstellen« wollte, so verglich Kluckhuhn alles zur Sozialdemokratie Gehörige mit dem schwarzen Ungetüm im Alsensund. »Ich sag' euch, was sie jetzt die soziale Revolution nennen, das liegt neben uns wie damals Rolf Krake; Bebel wartet bloß, und mit eins fegt er dazwischen.«

Schulze Kluckhuhn war in der ganzen Stechliner Gegend sehr angesehen, und als er jetzt mit seiner Medaille so dasaß, dicht neben Koseleger, war er sich dessen auch wohl bewußt. Aber gegen Krippenstapel, den er als Schulpauker und Bienenvater eigentlich nicht für voll ansah, kam er bei dieser Gelegenheit doch nicht an; Krippenstapel hatte heute ganz seinen großen Tag, so sehr, daß selbst Kluckhuhn seinen Ton herabstimmen mußte.

Katzler, ein entschiedener Nichtredner, begann, als er sich mit seinem Notizenzettel, auf dem verschiedene Satzanfänge standen, erhoben hatte, mit der Versicherung, daß er den so zahlreich Anwesenden, unter denen vielleicht auch einige Andersdenkende seien, für ihr Erscheinen danke. Sie wüßten alle, zu welchem Zweck sie hier seien. Der alte Kortschädel sei tot, »er ist in Ehren hingegangen«, und es handle sich heute darum, dem alten Herrn von Kortschädel im Reichstag einen Nachfolger zu geben. Die Grafschaft habe immer konservativ gewählt; es sei Ehrensache, wieder konservativ zu wählen. »Und ob die Welt voll Teufel wär'.« Es liege der Grafschaft ob, dieser Welt des Abfalls zu zeigen, daß es noch »Stätten« gäbe. Und hier sei eine solche Stätte. »Wir haben, glaub' ich«, so schloß er, »niemand an diesem Tisch, der das Parlamentarische voll beherrscht, weshalb ich bemüht gewesen bin, das, was uns hier zusammengeführt hat, schriftlich niederzulegen. Es ist ein schwacher Versuch. Jeder tut, soviel er kann, und der Brombeerstrauch hat eben nur seine Beeren. Aber auch *sie* können den durstigen Wanderer erfrischen. Und so bitte ich denn unsern politischen Freund, dem wir außerdem für die Erforschung dieser Gegenden so viel verdanken, ich bitte Herrn Lehrer Krippenstapel, uns das von mir Aufgesetzte vorlesen zu wollen. Ein *pro memoria*. Man kann es vielleicht so nennen.«

Katzler, unter Verneigung, setzte sich wieder, während sich Krippenstapel erhob. Er blätterte wie ein Rechtsanwalt in einer Anzahl von Papieren und sagte dann: »Ich folge der Aufforderung des Herrn Vorsitzenden und freue mich, berufen zu sein, ein Schriftstück zur Verlesung zu bringen, das unser *aller* Gefühlen – ich bin dessen sicher und glaube von den Einschränkungen, die unser Herr Vorsitzender gemacht hat, absehen zu dürfen – zu kräftigstem Ausdruck verhilft.«

Und nun setzte Krippenstapel seine Hornbrille auf und las. Es war ein ganz kurzes Schriftstück und enthielt eigentlich dasselbe, was Katzler schon gesagt hatte. Die Betonungen Krippenstapels sorgten aber dafür, daß der Beifall reichlicher war und daß die Schlußwendung »und so vereinigen wir uns denn in dem Satze: Was um den Stechlin herum wohnt, das ist *für* Stechlin« einen ungeheuren Beifall fand. Pyterke hob seinen Helm und stieß mit dem Pallasch auf, während Uncke sich umsah, ob doch vielleicht ein einzelner Übelwollender zu notieren sei. Nicht um ihn direkt anzuzeigen, aber doch zur Kenntnisnahme. Brose, der (wohl eine Folge seines Berufs) unter dem ungewohnten langen Stillstehen gelitten hatte, nahm im Vorflur, wie zur Niederkämpfung seiner Beinnervosität, eine Art Probegeschwindschritt rasch wieder auf, während Kluckhuhn sich von seinem Stuhl erhob, um Katzler erst militärisch und dann unter gewöhnlicher Verbeugung zu begrüßen, wobei seine Düppelmedaille dem Katzlerschen Eisernen Kreuz entgegenpendelte. Nur Koseleger und Lorenzen blieben ruhig. Um des Superintendenten Mund war ein leiser ironischer Zug.

Dann erklärte der Vorsitzende die Sitzung für geschlossen; alles brach auf, und nur Uncke sagte zu Brose: »Wir bleiben noch, Brose; morgen wird es Lauferei genug geben.«

»Denk' ich auch. Aber lieber laufen, als hier so stille stehen.«

18. KAPITEL

Draußen, unter dem Gezweig der alten Linden, standen mehrere Kaleschwagen, aber der des Superintendenten fehlte noch, weil Koseleger eine viel längere Sitzung erwartet und daraufhin seinen Wagen erst zu zehn Uhr bestellt hatte. Bis dahin war noch eine hübsche Zeit; der Superintendent indessen schien nicht unzufrieden darüber, und seines Amtsbruders Arm nehmend, sagte er: »Lieber Lorenzen, ich muß mich, wie Sie sehen, bei Ihnen zu Gaste laden. Als Unverheirateter werden Sie, so hoffe ich, über die Störung leicht hinwegkommen. Die Ehe bedeutet in der Regel Segen, wenigstens an Kindern, aber die Nichtehe hat auch ihre Segnungen. Unsere guten Frauen entschlagen sich dieser Einsicht, und dieser unbedingte Glauben an sich und ihre Wichtigkeit hat oft was Rührendes.«

Lorenzen, der sich – bei voller Würdigung der Gaben seines ihm vorgesetzten und zugleich gern einen spöttischen Ton anschlagenden Amtsbruders – im allgemeinen nicht viel aus ihm machte, war diesmal mit allem einverstanden und nickte, während sie, schräg über den Platz fort, auf die Pfarre zuschritten.

»Ja, diese Einbildungen!« fuhr Koseleger fort, zu dessen Lieblingsgesprächen dieses Thema gehörte. »Gewiß ist es richtig, daß wir samt und sonders von Einbildungen leben, aber für die Frauen ist es das tägliche Brot. Sie malträtieren ihren Mann und sprechen dabei von Liebe, sie *werden* malträtiert und sprechen erst recht von Liebe; sie sehen alles so, wie sie's sehen wollen, und vor allem haben sie ein Talent, sich mit Tugenden auszurüsten (erlassen Sie mir, diese Tugenden aufzuzählen), die sie durchaus nicht besitzen. Unter diesen meist nur in der Vorstellung existierenden Tugenden befindet sich auch die der Gastlichkeit, wenigstens hierlandes. Und nun gar unsre Pfarrmütter! Eine jede hält sich für die heilige Elisabeth mit den bekannten Broten im Korb. Haben Sie übrigens das Bild auf der Wartburg gesehen? Unter allen Schwindschen Sachen steht es mir so ziemlich obenan. Und in Wahrheit, um auf unsre Pfarrmütter zurückzukommen, liegt es doch so, daß ich mich bei pastorlichen Junggesellen immer am besten aufgehoben gefühlt habe.«

Lorenzen lachte: »Wenn Sie nur heute nicht widerlegt werden, Herr Superintendent.«

»Ganz undenkbar, lieber Lorenzen. Ich bin noch nicht lange in dieser Gegend, in meinem guten Quaden-Hennersdorf da drüben. Aber wenn auch nicht lange, so doch lange genug, um zu wissen, wie's hier herum aussieht. Und Ihr Renommee ... Sie sollen so was von einem Feinschmecker an sich haben. Kann ich mir übrigens denken. Sie sind Ästhetikus, und das ist man nicht ungestraft, am wenigsten in bezug auf die Zunge. Ja, das Ästhetische. Für manchen ist es ein Unglück. Ich weiß davon. Das Haus hier vor uns ist wohl Ihr Schulhaus'? Weiß gestrichen und kein Fetzchen Gardine, das ist immer 'ne preußische Schule. So wird bei uns die Volksseele für das, was schön ist, großgezogen. Aber es kommt auch was dabei heraus! Mitunter wundert's mich nur, daß sie die Bauten aus der Zeit Friedrich Wilhelms I. nicht besser konservieren. Eigentlich war *das* doch das Ideal. Graue Wand, hundert Löcher drin und unten großes Hauptloch. Und natürlich ein Schilderhaus daneben. Letzteres das Wichtigste. Schade, daß so was verlorengeht. Übrigens rettet hier der grüne Staketenzaun das Ganze ... Wie heißt doch der Lehrer?«

»Krippenstapel.«

»Richtig, Krippenstapel. Katzler nannte ihn ja während der Sitzung mit einer Art Aplomb. Ich erinnere mich noch, wie mir der Name wohltat, als ich ihn das erstemal hörte. So heißt nicht jeder. Wie kommen Sie mit dem Manne aus?«

»Sehr gut, Herr Superintendent.«

»Freut mich aufrichtig. Aber es muß ein Kunststück sein. Er hat ein Gesicht wie 'ne Eule. Dabei so was Steifleinenes und zugleich Selbstbewußtes. Der richtige Lehrer. Meiner in Quaden-Hennersdorf war ebenso. Aber er läßt nun schon ein bißchen nach.«

Unter diesen Worten waren sie bis an die Pfarre gekommen, in der man, ohne daß ein Bote vorausgeschickt worden wäre, doch schon wußte, daß der Herr Superintendent miterscheinen würde. Nun war er da. Nur wenige Minuten waren seit dem Aufbruch vom Krug her vergangen, die trotz Kürze für Frau Kulicke (eine Lehrerswitwe, die Lorenzen die Wirtschaft führte) ausgereicht hatten, alles in Schick und Ordnung zu bringen. Auf dem länglichen Hausflur, an dessen äußerstem Ende man gleich beim Eintreten die blinkblanke Küche sah, brannten ein paar helle Paraffinkerzen, während rechts daneben, in der offenstehenden Studierstube, eine große Lampe mit grünem Bilderschirm ein gedämpftes Licht gab. Lorenzen schob den Sofatisch, darauf Zeitungen hoch aufgeschichtet lagen, ein wenig zurück und bat Koseleger, Platz zu nehmen. Aber dieser, eben jetzt das große Bild bemerkend, das in beinahe reicher Umrahmung über dem Sofa hing, nahm den ihm angebotenen Platz nicht gleich ein, sondern sagte, sich über den Tisch vorbeugend: »Ah, gratuliere, Lorenzen. ›Kreuzabnahme‹; Rubens. Das ist ja ein wunderschöner Stich. Oder eigentlich Aquatinta. Dergleichen wird hier wohl im siebenmeiligen Umkreis nicht oft betroffen werden, nicht einmal in dem etwas herausgepufften Rheinsberg; in Rheinsberg war man für Watteausche Reifrockdamen auf einer Schaukel, aber nicht für Kreuzabnahmen und dergleichen. Und stammt auch sicher nicht aus dem sogenannten Schloß Ihres liebenswürdigen alten Herrn drüben, Riesenkate mit Glaskugel davor. Ach, wenn ich diese Glaskugeln sehe. Und daneben *das* hier! Wissen Sie, Lorenzen, das Bild hier ruft mir eine schöne Stunde meines Lebens zurück, einen Reisetag, wo ich mit Großfürstin Wera vom Haag aus in Antwerpen war. Da sah ich das Bild in der Kathedrale. Waren Sie da?«

Lorenzen verneinte.

»Das wäre was für Sie. Dieser Rubens im Original, in seiner Farbenallgewalt. Es heißt immer, daß er nur Flamänderinnen hätte malen können. Nun, das wäre wohl auch noch nicht das Schlimmste gewesen. Aber er konnte mehr. Sehen Sie den Christus. Wohl jedem, der draußen war, und zu dem die Welt mal in andern Zungen redete! Hier blüht der Bilderbogen, Türke links, Russe rechts. Ach, Lorenzen, es ist traurig, hier versauern zu müssen.«

Als er so gesprochen, ließ er sich, vor sich hinstarrend, in die Sofaecke nieder, ganz wie in andre Zeiten verloren, und sah erst wieder auf, als ein junges Ding ins Zimmer trat, groß und schlank und blond, und dem Pastor verlegen und errötend etwas zuflüsterte.

»Meine gute Frau Kulicke«, sagte Lorenzen, »läßt eben fragen, ob wir unsern Imbiß im Nebenzimmer nehmen wollen? Ich möchte beinahe glauben, es ist das beste, wir bleiben hier. Es heißt zwar, ein Eßzimmer müsse kalt sein. Nun, das hätten wir nebenan. Ich persönlich finde jedoch das Temperierte besser. Aber ich bitte, bestimmen zu wollen, Herr Superintendent.«

»Temperiert. Mir aus der Seele gesprochen. Also wir bleiben, wo wir sind ... Aber sagen Sie mir, Lorenzen, wer war das entzückende Geschöpf? Wie ein Bild von Knaus. Halb Prinzeß, halb Rotkäppchen. Wie alt ist sie denn?«

»Siebzehn. Eine Nichte meiner guten Frau Kulicke.«

»Siebzehn. Ach, Lorenzen, wie Sie zu beneiden sind. Immer solche Menschenblüte zu sehn. Und siebzehn, sagen Sie. Ja das ist das Eigentliche. Sechzehn hat noch ein bißchen von der Eierschale, noch ein bißchen den Einsegnungscharakter, und achtzehn ist schon wieder alltäglich. Achtzehn kann jeder sein. Aber siebzehn. Ein wunderbarer Mittelzustand. Und wie heißt sie?«

»Elfriede.«

»Auch *das* noch.«

Lorenzen wiegte den Kopf und lächelte.

»Ja, Sie lächeln, Lorenzen, und wissen nicht, wie gut Sie's haben in dieser Ihrer Waldpfarre. Was ich hier sehe, heimelt mich an, das ganze Dorf, alles. Wenn ich mir da beispielsweise den Tisch wieder vergegenwärtige, dran wir, drüben im Krug, vor einer halben Stunde gesessen haben, an der linken Seite dieser Krippenstapel (er sei, wie er sei) und an der rechten Seite dieser Rolf Krake. Das sind ja doch lauter Größen. Denn das Groteske hat eben *auch* seine Größen, und nicht die schlechtesten. Und dazu dieser Katzler mit seiner Ermyntrud. All das haben Sie dicht um sich hier und dazu dies Kind, diese Elfriede, die hoffentlich nicht Kulicke heißt – sonst bricht freilich mein ganzes Begeisterungsgebäude wieder zusammen. Und nun nehmen Sie *mich*, Ihren Superintendenten, das große Kirchenlicht dieser Gegenden! Alles nackte Prosa, widerhaarige Kollegen und Amtsbrüder, die mir nicht verzeihen können, daß ich im Haag war und mit einer Großfürstin über Land fahren konnte. Glauben Sie mir, Großfürstinnen, selbst wenn sie Mängel haben (und sie haben Mängel), sind mir immer noch lieber als das Landesgewächs von Quaden-Hennersdorf, und mitunter ist mir zumut, als gäbe es keine Weltordnung mehr.«

»Aber, Herr Superintendent ...«

»Ja, Lorenzen, Sie setzen ein überraschtes Gesicht auf und wundern sich, daß einer, für den die hohe Klerisei so viel getan und ihn zum Superintendenten in der gesegneten Mittelmark und der noch gesegneteren Grafschaft Ruppin gemacht hat – Sie wundern sich, daß solch zehnmal Glücklicher solchen Hochverrat redet. Aber bin ich ein Glücklicher? Ich bin ein Unglücklicher ...«

»Aber, Herr Superintendent ...«

»... Und möchte, daß ich eine Hundertfünfzig-Seelen-Gemeinde hätte, sagen wir auf dem ›Toten Mann‹ oder in der Tuchler Heide. Sehen Sie, dann wär' es vorbei, dann wüßt' ich bestimmt: ›du bist in den Skat gelegt‹. Und das kann unter Umständen ein Trost sein. Die Leute, die Schiffbruch gelitten und nun in einer Isolierzelle sitzen und Tüten kleben oder Wolle zupfen, das sind nicht die Unglücklichsten. Unglücklich sind immer bloß die Halben. Und als einen solchen habe ich die Ehre, mich Ihnen vorzustellen. Ich bin ein Halber, vielleicht sogar in *dem*, worauf es ankommt; aber lassen wir das, ich will hier nur vom allgemein Menschlichen sprechen. Und daß ich auch in diesem Menschlichen ein Halber bin, das quält mich. Über das andre käm' ich vielleicht weg.«

Lorenzens Augen wurden immer größer.

»Sehen Sie, da war ich also – verzeihen Sie, daß ich immer wieder darauf zurückkomme –, da war ich also mit siebenundzwanzig im Haag und kam in die vornehme Welt, die da zu Hause ist. Und da war ich denn heut in Amsterdam und morgen in Scheveningen und den dritten Tag in Gent oder in Brügge. Brügge, Reliquienschrein, Hans Memling – so was müßten Sie sehn. Was sollen uns diese ewigen Markgrafen oder gar die faule Grete? Mancher, ich weiß wohl, ist fürs härene Gewand oder zum Eremiten geboren. Ich nicht. Ich bin von der andern Seite; meine Seele hängt an Leben und Schönheit. Und nun spricht da draußen all dergleichen zu einem, und man tränkt sich damit und hat einen Ehrgeiz, nicht einen kindischen, sondern einen echten, der höher hinauf will, weil man da wirken und schaffen kann, für sich gewiß, aber auch für andre. Danach dürstet einen. Und nun kommt der Becher, der diesen Durst stillen soll. Und dieser Becher heißt Quaden-Hennersdorf. Das Dorf, das mich umgibt, ist ein großes Bauerndorf, aufgesteifte Leute, geschwollen und hartherzig, und natürlich so trocken und trivial, wie die Leute hier alle sind. Und noch stolz darauf. Ach, Lorenzen, immer wieder, wie beneide ich Sie?«

Während Koseleger noch so sprach, erschien Frau Kulicke. Sie schob die Zeitungen zurück, um zwei Kuverts legen zu können, und nun brachte sie den Rotwein und ein Kabarett mit Brötchen. In dünngeschliffene große Gläser schenkte Lorenzen ein, und die beiden Amtsbrüder stießen an »auf bessere Zeiten«. Aber sie dachten sich sehr Verschiedenes dabei, weil sich der eine nur mit sich, der andre nur mit andern beschäftigte.

»Wir könnten, glaub' ich«, sagte Lorenzen, »neben den ›besseren Zeiten‹ noch dies und das leben lassen. Zunächst *Ihr* Wohl, Herr Superintendent. Und zum zweiten auf das Wohl unsers guten alten Stechlin, der uns doch heute zusammengeführt. Ob wir ihn durchbringen? Katzler tat so sicher und Kluckhuhn und Krippenstapel nun schon ganz gewiß. Aber ich habe trotzdem Zweifel. Die Konservativen – ich kann kaum sagen ›unsere Parteigenossen‹, oder doch nur in sehr bedingtem Sinne –, die Konservativen sind in sich gespalten. Es gibt ihrer viele, denen unser alter Stechlin um ein gut Teil zu flau ist. *›Fortiter in re, suaviter in modo‹*, hat neulich einer, der sich auf Bildung aufspielt, von dem Alten gesagt, und von *›suaviter‹*, wenn auch nur *›in modo‹*, wollen alle diese Herren nichts wissen. Unter diesen Ultras ist natürlich auch Gundermann auf Siebenmühlen, der Ihnen vielleicht bekannt geworden ist ...«

»Versteht sich. War neulich bei mir. Ein Mann von drei Redensarten, von denen die zwei besten aus der Wassermüllersphäre genommen sind.«

»Nun, dieser Gundermann, wie immer die Dummen, ist zugleich Intrigant, und während er vorgibt, für unsern guten alten Stechlin zu werben, tropft er den Leuten Gift ins Ohr und erzählt ihnen, daß der Alte senil sei und keinen Schneid habe. Der alte Stechlin hat aber mehr Schneid als sieben Gundermanns. Gundermann ist ein Bourgeois und ein Parvenü, also so ziemlich das

Schlechteste, was einer sein kann. Ich bin schon zufrieden, wenn dieser Jämmerling unterliegt. Aber um den Alten bin ich besorgt. Ich kann nur wiederholen: Es liegt nicht so günstig für ihn, wie die Gegend hier sich einbildet. Denn auf das arme Volk ist kein Verlaß. Ein Versprechen und ein Kornus, und alles schnappt ab.«

»Ich werde das meine tun«, sagte Koseleger mit einer Mischung von Pathos und Wohlwollen. Aber Lorenzen hatte dabei den Eindruck, daß sein Quaden-Hennersdorfer Superintendent bereits ganz andern Bildern nachhing. Und so war es auch. Was war für Koseleger diese traurige Gegenwart? Ihn beschäftigte nur die Zukunft, und wenn er in die hineinsah, so sah er einen langen, langen Korridor mit Oberlicht und am Ausgang ein Klingelschild mit der Aufschrift: »Dr. Koseleger, Generalsuperintendent«.

So ziemlich um dieselbe Stunde, wo die beiden Amtsbrüder »auf bessere Zeiten« anstießen, hielt Katzlers Pirschwagen – die Sterne blinkten schon – vor seiner Oberförsterei. Das Blaffen der Hunde, das, solange der Wagen noch weitab war, unausgesetzt über die Waldwiese hingeklungen war, verkehrte sich mit einem Male in winseliges Geheul und wunderliche Freudentöne. Katzler sprang aus dem Wagen, hing den Hut an einen im Flur stehenden Ständer (von den ewigen »Geweihen« wollte er als feiner Mann nichts wissen) und trat gleich danach in das an der linken Flurseite gelegene, matt erleuchtete Wohnzimmer seiner Frau. Das gedämpfte Licht ließ sie noch blasser erscheinen, als sie war. Sie hatte sich, als der Wagen hielt, von ihrem Sofaplatz erhoben und kam ihrem Manne, wie sie regelmäßig zu tun pflegte, wenn er aus dem Walde zurückkehrte, zu freundlicher Begrüßung entgegen. Ein als Weihnachtsgeschenk für eine jüngere Schwester bestimmtes Batisttuch, in das sie eben die letzte Zacke der Ippe-Büchsensteinschen Krone hineinstickte, hatte sie, bevor sie sich vom Sofa erhob, aus der Hand gelegt. Sie war nicht schön, dazu von einem lymphatisch-sentimentalen Ausdruck, aber ihre stattliche Haltung und mehr noch die Art, wie sie sich kleidete, ließen sie doch als etwas durchaus Apartes und beinahe Fremdländisches erscheinen. Sie trug, nach Art eines Morgenrockes, ein glatt herabhängendes, leis gelbgetöntes Wollkleid und als Eigentümlichstes einen aus demselben gelblichen Wollstoff hergestellten Kopfputz, von dem es unsicher blieb, ob er einen Turban oder eine Krone darstellen sollte. Das Ganze hatte etwas Gewolltes, war aber neben dem Auffälligen doch auch wieder kleidsam. Es sprach sich ein Talent darin aus, etwas aus sich zu machen.

»Wie glücklich bin ich, daß du wieder da bist«, sagte Ermyntrud. »Ich habe mich recht gebangt, diesmal nicht um dich, sondern um mich. Ich muß dies egoistischerweise gestehen. Es waren recht schwere Stunden für mich, die ganze Zeit, daß du fort warst.«

Er küßte ihr die Hand und führte sie wieder auf ihren Platz zurück. »Du darfst nicht stehen, Ermyntrud. Und nun bist du auch wieder bei der Stickerei. Das strengt dich an und hat, wie du weißt, auf *alles* Einfluß. Der gute Doktor sagte noch gestern, alles sei im Zusammenhang. Ich seh' auch, wie blaß du bist.«

»Oh, das macht der Schirm.«

»Du willst es nicht wahrhaben und mir nichts sagen, was vielleicht wie Vorwurf klingen könnte. Ich mache mir aber den Vorwurf selbst. Ich mußte hierbleiben und nicht hin zu dieser Stechliner Wahlversammlung.«

»Du *mußtest* hin, Wladimir.«

»Ich rechne es dir hoch an, Ermyntrud, daß du so sprichst. Aber es wäre schließlich auch ohne mich gegangen. Koseleger war da, der konnte das Präsidium nehmen so gut wie ich. Und wenn der nicht wollte, so konnte Torfinspektor Etzelius einspringen. Oder vielleicht auch Krippenstapel. Krippenstapel ist doch zuletzt der, der alles macht. Jedenfalls liegt es so, wenn es der eine nicht ist, ist es der andre.«

»Ich kann das zugeben, wie könnte sonst die Welt bestehen? Es gibt nichts, was uns so Demut predigte wie die Wahrnehmung von der Entbehrlichkeit des einzelnen. Aber darauf kommt es nicht an. Worauf es ankommt, das ist Erfüllung unsrer Pflicht.«

Katzler, als er dies Wort hörte, sah sich nach einem Etwas um, das ihn in den Stand gesetzt hätte, dem Gespräch eine andere Wendung zu geben. Aber, wie stets in solchen Momenten, das, was retten konnte, war nicht zu finden, und so sah er denn wohl, daß er einem Vortrage der Prinzessin über ihr Lieblingsthema »von der Pflicht« verfallen sei. Dabei war er eigentlich hungrig. Ermyntrud wies auf ein Taburett, das sie mittlerweile neben ihren Sofaplatz geschoben, und sagte: »Daß ich immer wieder davon sprechen muß, Wladimir. Wir leben eben nicht in der Welt um unsert-, sondern um andrer willen. Ich will nicht sagen um der Menschheit willen, was eitel klingt, wiewohl es eigentlich wohl so sein sollte. Was uns obliegt, ist nicht die Lust des Lebens, auch nicht einmal die Liebe, die wirkliche, sondern lediglich die Pflicht ...«

»Gewiß, Ermyntrud. Wir sind einig darüber. Es ist dies außerdem auch etwas speziell Preußisches. Wir sind dadurch vor andern Nationen ausgezeichnet, und selbst bei denen, die uns nicht begreifen oder übelwollen, dämmert die Vorstellung von unsrer daraus entspringenden Überlegenheit. Aber es gibt doch Unterschiede, Grade. Wenn ich statt zu der Stechliner Wählerversammlung lieber zu Doktor Sponholz oder zur alten Stinten in Kloster Wutz (die ja schon früher einmal dabei war) gefahren wäre, so wäre das doch vielleicht das Bessere gewesen. Es ist ein Glück, daß es noch mal so vorübergegangen. Aber darauf darf man nicht in jedem Falle rechnen.«

»Nein, darauf darf man nicht in jedem Falle rechnen. Aber man darf darauf rechnen, daß, wenn man das Pflichtgemäße tut, man gleich auch das Rechte tut. Es hängt so viel an der Wahl unsers alten trefflichen Stechlin. Er steht außerdem sittlich höher als Kortschädel, dem man, trotz seiner siebzig, allerhand nachsagen durfte. Stechlin ist ganz intakt. Etwas sehr Seltenes. Und einem sittlichen Prinzip zum Siege zu verhelfen, dafür leben wir doch recht eigentlich. Dafür lebe wenigstens *ich*.«

»Gewiß, Ermyntrud, gewiß.«

»In jedem Augenblicke seiner Obliegenheiten eingedenk sein, ohne erst bei Neigung oder Stimmung anzufragen, *das* hab' ich mir in feierlicher Stunde gelobt, du weißt, in welcher, und du wirst mir das Zeugnis ausstellen, daß ich diesem Gelöbnis nachgekommen ...«

»Gewiß, Ermyntrud, gewiß. Es war unser Fundament ...«

»Und wenn es sich um eine sittliche Pflicht handelt, wie doch heute ganz offenbar, wie hätt' ich da sagen wollen: bleibe. Ich wäre mir klein vorgekommen, klein und untreu.«

»Nicht untreu, Ermyntrud.«

»Doch, doch, es gibt viele Formen der Untreue. Das Persönliche hat sich der Familie zu bequemen und unterzuordnen und die Familie wieder der Gesellschaft. In diesem Sinne bin ich erzogen, und in diesem Sinne tat ich den Schritt. Verlange nicht, daß ich in irgend etwas diesen Schritt zurücktue.«

»Nie.«

Das kleine Dienstmädchen, eine Heideläufertochter, deren storres Haar, von keiner Bürste gezähmt, immer weit abstand, erschien in diesem Augenblicke, meldend, daß sie das Teezeug gebracht habe.

Katzler nahm seiner Frau Arm, um sie bis in das zweite, nach dem Hof hinaus gelegene Zimmer zu führen. Als er aber wahrnahm, wie schwer ihr das Gehen wurde, sagte er: »Ich freue mich, dich so sprechen zu hören. Immer du selbst. Ich bin aber doch in Unruhe und will morgen früh zur Frau schicken.«

Sie nickte zustimmend, während ein halb zärtlicher Blick den guten Katzler streifte, der, solange das ihm nur zu wohlbekannte Gespräch über Pflicht gedauert hatte, von Minute zu Minute verlegener geworden war.

19. KAPITEL

Und nun war Wahltagmorgen. Kurz vor acht erschien Lorenzen auf dem Schloß, um in Dubslavs schon auf der Rampe haltenden Kaleschwagen einzusteigen und mit nach Rheinsberg zu fahren. Der Alte, bereits gestiefelt und gespornt, empfing ihn mit gewohnter Herzlichkeit und guter Laune. »Das ist recht, Lorenzen. Und nun wollen wir auch gleich aufsteigen. Aber warum haben Sie mich nicht an Ihrem Pfarrgarten erwartet? Muß ja doch dran vorüber« – und dabei schob er ihm voll Sorglichkeit eine Decke zu, während die Pferde schon anrückten. »Übrigens freut es mich trotzdem (man widerspricht sich immer), daß Sie nicht so praktisch gewesen und doch lieber gekommen sind. Es is 'ne Politesse. Und die Menschen sind jetzt so schrecklich unpoliert und geradezu unmanierlich ... Aber lassen wir's; ich kann es nicht ändern, und es grämt mich auch nicht.«

»Weil Sie gütig sind und jene Heiterkeit haben, die, menschlich angesehn, so ziemlich unser Bestes ist.«

Dubslav lachte. »Ja, so viel ist richtig; Kopfhängerei war nie meine Sache, und wäre das verdammte Geld nicht ... Hören Sie, Lorenzen, das mit dem Mammon und dem Goldnen Kalb, das sind doch eigentlich alles sehr feine Sachen.«

»Gewiß, Herr von Stechlin.«

»... Und wäre das verdammte Geld nicht, so hätt' ich den Kopf noch weniger hängen lassen, als ich getan. Aber das Geld. Da war, noch unter Friedrich Wilhelm III., der alte General von der Marwitz auf Friedersdorf, von dem Sie gewiß mal gehört haben, der hat in seinen Memoiren irgendwo gesagt: ›Er hätte sich aus dem Dienst gern schon früher zurückgezogen und sei bloß geblieben um des Schlechtesten willen, was es überhaupt gäbe, um des Geldes willen‹ – und das hat damals, als ich es las, einen großen Eindruck auf mich gemacht. Denn es gehört was dazu, das so ruhig auszusprechen. Die Menschen sind in allen Stücken so verlogen und unehrlich, auch in Geldsachen, fast noch mehr als in Tugend. Und das will was sagen. Ja, Lorenzen, so ist es ... Na lassen wir's, Sie wissen ja auch Bescheid. Und dann sind das schließlich auch keine Betrachtungen für heute, wo ich gewählt werden und den Triumphator spielen soll. Übrigens geh' ich einem totalen Kladderadatsch entgegen. Ich werde nicht gewählt.«

Lorenzen wurde verlegen, denn was Dubslav da zuletzt sagte, das stimmte nur zu sehr mit seiner eigenen Meinung. Aber er mußte wohl oder übel, so schwer es ihm wurde, das Gegenteil versichern. »Ihre Wahl, Herr von Stechlin, steht, glaub' ich, fest; in unsrer Gegend wenigstens. Die Globsower und Dagower gehen mit gutem Beispiel voran. Lauter gute Leute.«

»Vielleicht. Aber schlechte Musikanten. Alle Menschen sind Wetterfahnen, ein bißchen mehr, ein bißchen weniger. Und wir selber machen's auch so. Schwapp, sind wir auf der andern Seite.«

»Ja, schwach ist jeder, und ich mag mich auch nicht für all und jeden verbürgen. Aber in diesem speziellen Falle ... Selbst Koseleger schien mir voll Zuversicht und Vertrauen, als er am Donnerstag noch mit mir plauderte.«

»Koseleger voll Vertrauen! Na, dann geht es gewiß in die Brüche. Wo Koseleger Amen sagt, das ist schon so gut wie Letzte Ölung. Er hat keine glückliche Hand, dieser Ihr Amtsbruder und Vorgesetzter.«

»Ich teile leider einigermaßen Ihre Bedenken gegen ihn. Aber was vielleicht mit ihm versöhnen kann, er hat angenehme Formen und durchaus etwas Verbindliches.«

»Das hat er. Und doch, sosehr ich sonst für Formen und Verbindlichkeiten bin, nicht für seine. Man soll einem Menschen nicht seinen Namen vorhalten. Aber Koseleger! Ich weiß immer nicht, ob er mehr Kose oder mehr Leger ist; vielleicht beides gleich. Er ist wie 'ne Baisertorte, süß, aber ungesund. Nein, Lorenzen, da bin ich doch mehr für Sie. Sie taugen auch nicht viel, aber Sie sind doch wenigstens ehrlich.«

»Vielleicht«, sagte Lorenzen. »Übrigens hat Koseleger inmitten seiner Verbindlichkeiten und schönen Worte doch auch wieder was Freies, beinah Gewagtes und ist mir da neulich mit Bekenntnissen gekommen, fast wie ein Charakter.«

Dubslav lachte hell auf. »Charakter. Aber Lorenzen. Wie können Sie sich so hinters Licht führen lassen. Ich verwette mich, er hat Ihnen irgendwas über Ihre ›Gaben‹ gesagt; das ist jetzt so Lieblingswort, das die Pastoren immer gegenseitig brauchen. Es soll bescheiden und unpersönlich klingen und sozusagen alles auf Inspiration zurückführen. für die man ja, wie für alles, was von oben kommt, am Ende nicht kann. Es ist aber gerade dadurch das Hochmütigste ... War es so was? Hat er meinen klugen Lorenzen, eh' er sich als ›Charakter‹ ausspielte, durch solche Schmeicheleien eingefangen?«

»Es war nicht so, Herr von Stechlin. Sie tun ihm hier ausnahmsweise unrecht. Er sprach überhaupt nicht über mich, sondern über sich, und machte mir dabei seine Konfessions. Er gestand mir beispielsweise, daß er sich unglücklich fühle.«

»Warum?«

»Weil er in Quaden-Hennersdorf deplaciert sei.«

»Deplaciert. Das ist auch solch Wort; das kenn' ich. Wenn man durchaus will, ist jeder deplaciert, ich, Sie, Krippenstapel, Engelke. Ich müßte Präses von einem Stammtisch oder vielleicht auch ein Badedirektor sein, Sie Missionar am Kongo, Krippenstapel Kustos an einem märkischen Museum und Engelke, nun, der müßte gleich selbst hinein, Nummer hundertdreizehn. Deplaciert! Alles bloß Eitelkeit und Größenwahn. Und dieser Koseleger mit dem Konsistorialratskinn! Er war Galopin bei 'ner Großfürstin; das kann er nicht vergessen, damit will er's nun zwingen, und in seinem Ärger und Unmut spielt er sich auf den Charakter aus und versteigt sich, wie Sie sagen, bis zu Konfessions und Gewagtheiten. Und wenn er nun reüssierte (Gott verhüt' es), so haben Sie den Scheiterhaufenmann *comme il faut*. Und der erste, der rauf muß, das sind Sie. Denn er wird sofort das Bedürfnis spüren, seine Gewagtheiten von heute durch irgendein Brandopfer wieder wettzumachen.«

Unter diesem Gespräche waren sie schließlich aus dem Walde heraus und näherten sich einem beinah meilenlangen und bis an den Horizont sich ausdehnenden Stück Bruchland, über das mehrere mit Kropfweiden und Silberpappeln besetzte Wege strahlenförmig auf Rheinsberg zuliefen. Alle diese Wege waren belebt, meist mit Fußgängern, aber auch mit Fuhrwerken. Eins davon, aus gelblichem Holz, das hell in der Sonne blinkte, war leicht zu erkennen.

»Da fährt ja Katzler«, sagte Dubslav. »Überrascht mich beinah. Es ist nämlich, was Sie vielleicht noch nicht wissen werden, wieder was passiert; er schickte mir heute früh einen Boten mit der Nachricht davon, und daraus schloß ich, er würde *nicht* zur Wahl kommen. Aber Ermyntrud mit ihrer grandiosen Pflichtvorstellung wird ihn wohl wieder fortgeschickt haben.«

»Ist es wieder ein Mädchen?« fragte Lorenzen.

»Natürlich, und zwar das siebente. Bei sieben (freilich müssen es Jungens sein) darf man, glaub' ich, den Kaiser zu Gevatter laden. Übrigens sind mehrere bereits tot, und alles in allem ist es wohl möglich, daß sich Ermyntrud über das beständige ›bloß Mädchen‹ allerlei Sorgen und Gedanken macht.«

Lorenzen nickte. »Kann mir's denken, daß die Prinzessin etwas wie eine zu leistende Sühne darin sieht, Sühne wegen des von ihr getanen Schrittes. Alles an ihr ist ein wenig überspannt. Und doch ist es eine sehr liebenswürdige Dame.«

»Wovon niemand überzeugter ist als ich«, sagte Dubslav. »Freilich bin ich bestochen, denn sie sagt mir immer das Schmeichelhafteste. Sie plaudre so gern mit mir, was auch am Ende wohl zutrifft. Und dabei wird sie dann jedesmal ganz ausgelassen, trotzdem sie eigentlich hochgradig sentimental ist. Sentimental, was nicht überraschen darf; denn aus Sentimentalität ist doch schließlich die ganze Katzlerei hervorgegangen. Bin übrigens ernstlich in Sorge, wo Hoheit den richtigen Taufnamen für das Jüngstgeborene hernehmen wird. In diesem Stücke, vielleicht dem einzigen, ist sie nämlich noch ganz und gar Prinzessin geblieben. Und Sie, lieber Lorenzen, werden dabei sicherlich mit zu Rate gezogen werden.«

»Was ich mir nicht schwierig denken kann.«

»Sagen Sie das nicht. Es gibt in diesem Falle viel weniger Brauchbares, als Sie sich vorzustellen scheinen. Prinzessinnennamen an und für sich, ohne weitere Zutat, ja, die gibt es genug. Aber damit ist Ermyntrud nicht zufrieden; sie verlangt ihrer Natur nach zu dem Dynastisch-Genealogischen auch noch etwas poetisch Märchenhaftes. Und das kompliziert die Sache ganz erheblich. Sie können das sehen, wenn Sie die Katzlersche Kinderstube durchmustern oder sich die Namen der bisher Getauften ins Gedächtnis zurückrufen. Die Katzlersche Kronprinzeß heißt natürlich auch Ermyntrud. Und dann kommen ebenso selbstverständlich Dagmar und Thyra. Und danach begegnen wir einer Inez und einer Maud und zuletzt einer Arabella. Aber bei Arabella können Sie schon deutlich eine gewisse Verlegenheit wahrnehmen. Ich würde ihr, wenn sie sich wegen des Jüngstgeborenen an mich wendete, was Altjüdisches vorschlagen; das ist schließlich immer das Beste. Was meinen Sie zu Rebekka?«

Lorenzen kam nicht mehr dazu, Dubslav diese Frage zu beantworten, denn eben jetzt waren sie durch das Stück Bruchland hindurch und rasselten bereits über einen ein weiteres Gespräch unmöglich machenden Steindamm weg, scharf auf Rheinsberg zu.

Dubslav war in ausgezeichneter Laune. Das prachtvolle Herbstwetter, dazu das bunte Leben, alles hatte seine Stimmung gehoben, am meisten aber, daß er unterwegs und beim Passieren der Hauptstraße bereits Gelegenheit gehabt hatte, verschiedene gute Freunde zu begrüßen. Von der Kirche her schlug es zehn, als er vor dem als Wahllokal etablierten Gasthause »Zum Prinzregenten« hielt, in dessen Front denn auch bereits etliche mehr oder weniger verwegen aussehende Wahlmänner standen, alle bemüht, ihre Zettel an mutmaßliche Parteigenossen auszuteilen. Drinnen im Saal war der Wahlakt schon im Gange. Hinter der Urne präsidierte der alte Herr von Zühlen, ein guter Siebziger, der die groteskesten Feudalansichten mit ebenso grotesker Bonhomie zu verbinden wußte, was ihm, auch bei seinen politischen Gegnern, eine große Beliebtheit sicherte. Neben ihm, links und rechts, saßen Herr von Storbeck und Herr van dem Peerenboom, letzterer ein Holländer aus der Gegend von Delft, der vor wenig Jahren erst ein großes Gut im Ruppiner Kreise gekauft und sich seitdem zum Preußen und, was noch mehr sagen wollte, zum »Grafschaftler« herangebildet hatte. Man sah ihn aus allen möglichen Gründen – auch schon um seines »van« willen – nicht ganz für voll an, ließ aber nichts davon merken, weil er der bei den meisten Grafschaftlern stark ins Gewicht fallenden Haupteigenschaft eines vor so und soviel Jahren in Batavia geborenen holländisch-javanischen Kaffeehändlers nicht entbehrte. Seines Nachbarn von Storbeck Lebensgeschichte war durchschnittsmäßiger. Unter denen, die sonst noch am Komiteetisch saßen, befand sich auch Katzler, den Ermyntrud (wie Dubslav ganz richtig vermutet) mit der Bemerkung, »daß im modernen bürgerlichen Staate Wählen so gut wie Kämpfen sei«, von ihrem Wochenbette fortgeschickt hatte. »Das Kind wird inzwischen mein Engel sein, und das Gefühl erfüllter Pflicht soll mich bei Kraft erhalten.«

Auch Gundermann, der immer mit dabeisein mußte, saß am Komiteetisch. Sein Benehmen hatte was Aufgeregtes, weil er – wie Lorenzen bereits angedeutet – wirklich im geheimen gegen Dubslav intrigiert hatte. Daß er selber unterliegen würde, war klar und beschäftigte ihn kaum noch, aber ihn erfüllte die Sorge, daß sein voraufgegangenes doppeltes Spiel vielleicht an den Tag kommen könne.

Dubslav wollte die Sache gern hinter sich haben. Er trat deshalb, nachdem er sich draußen mit einigen Bekannten begrüßt und an jeden einzelnen ein paar Worte gerichtet hatte, vom Vorplatz her in das Wahllokal ein, um da so rasch wie möglich seinen Zettel in die Urne zu tun. Es traf ihn bei dieser Prozedur der Blick des alten Zühlen, der ihm in einer Mischung von Feierlichkeit und Ulk sagen zu wollen schien: »Ja, Stechlin, das hilft nu mal nicht; man muß die Komödie mit durchmachen.« Dubslav kam übrigens kaum dazu, von diesem Blicke Notiz zu nehmen, weil er Katzlers gewahr wurde, dem er sofort entgegentrat, um ihn durch einen Händedruck zu dem siebenten Töchterchen zu gratulieren. An Gundermann ging der Alte ohne Notiznahme vorüber. Dies war aber nur Zufall; er wußte nichts von den Zweideutigkeiten des Siebenmühlners, und nur dieser selbst, weil er ein schlechtes Gewissen hatte, wurde verlegen und empfand des Alten Haltung wie eine Absage.

Als Dubslav wieder draußen war, war natürlich die große Frage: »Ja, was jetzt tun?« Es ging erst auf elf, und vor sechs war die Geschichte nicht vorbei, wenn sich's nicht noch länger hinzog. Er sprach dies auch einer Anzahl von Herren aus, die sich auf einer vor dem Gasthause stehenden Bank niedergelassen und hier dem Likörkasten des »Prinzregenten«, der sonst immer erst nach dem Diner auftauchte, vorgreifend zugesprochen hatten.

Es waren ihrer fünf, lauter Kreis- und Parteigenossen, aber nicht eigentlich Freunde, denn der alte Dubslav war nicht sehr für Freundschaften. Er sah zu sehr, was jedem einzelnen fehlte. Die da saßen und aus purer Langerweile sich über die Vorzüge von Allasch und Chartreuse stritten, waren die Herren von Molchow, von Krangen und von Gnewkow, dazu Baron Beetz und ein Freiherr von der Nonne, den die Natur mit besonderer Rücksicht auf seinen Namen geformt zu haben schien. Er trug eine hohe schwarze Krawatte, drauf ein kleiner vermickerter Kopf saß, und wenn er sprach, war es, wie wenn Mäuse pfeifen. Er war die komische Figur des Kreises und wurde gehänselt, nahm es aber nicht übel, weil seine Mutter eine schlesische Gräfin auf »inski« war, was ihm in seinen Augen ein solches Übergewicht sicherte, daß er, wie Friedrich der Große, jeden Augenblick bereit war, »die sich etwa einstellenden Pasquille niedriger hängen zu lassen«.

»Ich denke, meine Herren«, sagte Dubslav, »wir gehen in den Park. Da hat man doch immer was. An der einen Stelle ruht das Herz des Prinzen, und an der andern Stelle ruht er selbst und hat sogar eine Pyramide zu Häupten, wie wenn er Sesostris gewesen wäre. Ich würde gern einen andern nennen, aber ich kenne bloß den.«

»Natürlich gehen wir in den Park«, sagte von Gnewkow. »Und es ist schließlich immer noch ein Glück, daß man so was hat ...«

»Und auch ein Glück«, ergänzte von Molchow, »daß man solchen Wahltag wie heute hat, der einen ordentlich zwingt, sich mal um Historisches und Bildungsmäßiges zu kümmern. Bismarcken is es auch mal so gegangen, noch dazu mit 'ner reichen Amerikanerin, und hat auch gleich (das heißt eigentlich lange nachher) das rechte Wort dafür gefunden.«

»Der hat immer das rechte Wort gefunden.«

»Immer. Aber weiter, Molchow.«

»... Und als nun also die reiche Amerikanerin so runde vierzig Jahre später ihn wiedersah und sich bei ihm bedanken wollte von wegen des Bildermuseums, in das er sie halb aus Verlegenheit und halb aus Ritterlichkeit begleitet und ihr mutmaßlich alle Bilder falsch erklärt hatte, da hat er all diesen Dank abgewiesen und ihr – ich seh' und hör' ihn ordentlich – in aller Fidelität gesagt, sie habe nicht ihm, sondern er habe ihr zu danken, denn wenn jener Tag nicht gewesen wäre, so hätt' er das ganze Bildermuseum höchstwahrscheinlich nie zu sehen gekriegt. Ja, Glück hat er immer gehabt. Im großen und im kleinen. Es fehlt bloß noch, daß er hinterher auch noch Generaldirektor der königlichen Museen geworden wäre, was er schließlich doch auch noch gekonnt hätte. Denn eigentlich konnt' er alles und ist auch beinah alles gewesen.«

»Ja«, nahm Gnewkow, der aus Langerweile viel gereist war, seinen Urgedanken, daß solcher Park eigentlich ein Glück sei, wieder auf. »Ich finde, was Molchow da gesagt hat, ganz richtig; es kommt drauf an, daß man reingezwungen wird, sonst weiß man überhaupt gar nichts. Wenn ich so bloß an Italien zurückdenke. Sehen Sie, da läuft man nu so rum, was einen doch am Ende strapaziert, und dabei dieser ewige pralle Sonnenschein. Ein paar Stunden geht es; aber wenn man nu schon zweimal Kaffee getrunken und Granito gegessen hat, und es ist noch nicht mal Mittag, ja, ich bitte Sie, was hat man da? Was fängt man da an? Geradezu schrecklich. Und da kann ich Ihnen bloß sagen, da bin ich ein kirchlicher Mensch geworden. Und wenn man dann so von der Seite her still eintritt und hat mit einem Male die Kühle um sich rum, ja, da will man gar nicht wieder raus und sieht sich so seine fünfzig Bilder an, man weiß nicht wie. Is doch immer noch besser als draußen. Und die Zeit vergeht, und die Stunde, wo man was Reguläres kriegt, läppert sich so heran.«

»Ich glaube doch«, sagte der für kirchliche Kunst schwärmende Baron Beetz, »unser Freund Gnewkow unterschätzt die Wirkung, die, vielleicht gegen seinen Willen, die Quattrocentisten auf ihn gemacht haben. Er hat ihre Macht an sich selbst empfunden; aber er will es nicht wahrhaben, daß die Frische von ihnen ausgegangen sei. Jeder, der was davon versteht ...«

»Ja, Baron, das is es eben. Wer was davon versteht! Aber wer versteht was davon? Ich jedenfalls nicht.«

Unter diesen Worten war man, vom »Prinzregenten« aus, die Hauptstraße hinuntergeschritten und über eine kleine Brücke fort erst in den Schloßhof und dann in den Park eingetreten. Der See plätscherte leis. Kähne lagen da, mehrere an einem Steg, der von dem Kiesufer her in den See hineinlief. Ein paar der Herren, unter ihnen auch Dubslav, schritten die ziemlich wacklige Bretterlage hinunter und blickten, als sie bis ans Ende gekommen waren, wieder auf die beiden Schloßflügel und ihre kurz abgestumpften Türme zurück. Der Turm rechts war der, wo Kronprinz Fritz sein Arbeitszimmer gehabt hatte.

»Dort hat er gewohnt«, sagte von der Nonne. »Wie begrenzt ist doch unser Können. Mir weckt der Anblick solcher friderizianischen Stätten immer ein Schmerzgefühl über das Unzulängliche des Menschlichen überhaupt, freilich auch wieder ein Hochgefühl, daß wir dieser Unzulänglichkeit und Schwäche Herr werden können. Tod, wo ist dein Stachel; Hölle, wo ist dein Sieg? Dieser König. Er war ein großer Geist, gewiß; aber doch auch ein verirrter Geist. Und je patriotischer wir fühlen, je schmerzlicher berührt uns die Frage nach dem Heil seiner Seele. Die Seelenmessen – das empfind' ich in solchem Augenblicke – sind doch eine wirklich trostspendende Seite des Katholizismus, und daß es (selbstverständlich unter Gewähr eines höchsten Willens) in die Macht Überlebender gelegt ist, eine Seele freizubeten, das ist und bleibt eine große Sache.«

»Nonne«, sagte Molchow, »machen Sie sich nicht komisch. Was haben Sie für 'ne Vorstellung vom lieben Gott? Wenn Sie kommen und den Alten Fritzen freibeten wollen, werden Sie rausgeschmissen.«

Baron Beetz – auch ein Anzweifler des Philosophen von Sanssouci – wollte seinem Freunde Nonne zu Hilfe kommen und erwog einen Augenblick ernstlich, ob er nicht seinen in der ganzen Grafschaft längst bekannten Vortrag über die ›schiefe Ebene‹ oder ›*c'est le premier pas qui coûte*‹ noch einmal zum besten geben solle. Klugerweise jedoch ließ er es wieder fallen und war einverstanden, als Dubslav sagte: »Meine Herren, ich meinerseits schlage vor, daß wir unsern Auslug von dem Wackelstege, drauf wir hier stehen (jeden Augenblick kann einer von uns ins Wasser fallen), endlich aufgeben und uns lieber in einem der hier herumliegenden Kähne über den See setzen lassen. Unterwegs, wenn noch welche da sind, können wir Teichrosen pflücken und drüben am andern Ufer den großen Prinz Heinrich-Obelisken mit seinen französischen Inschriften durchstudieren. Solche Rekapitulation stärkt einen immer historisch und patriotisch, und unser Etappenfranzösisch kommt auch wieder zu Kräften.«

Alle waren einverstanden, selbst Nonne.

Gegen vier war man von dem Ausfluge zurück und hielt wieder vor dem »Prinzregenten«, auf einem mit alten Bäumen besetzten Platz, der wegen seiner Dreiecksform schon von alter Zeit her den Namen Triangelplatz führte. Die Wahlresultate lagen noch keineswegs sicher vor; es ließ sich aber schon ziemlich deutlich erkennen, daß viele Fortschrittlerstimmen auf den sozialdemokratischen Kandidaten, Feilenhauer Torgelow, übergehen würden, der, trotzdem er nicht persönlich zugegen war, die kleinen Leute hinter sich hatte. Hunderte seiner Parteigenossen standen in Gruppen auf dem Triangelplatz umher und unterhielten sich lachend über die Wahlreden, die während der letzten Tage teils in Rheinsberg und Wutz, teils auf dem platten Lande von Rednern der gegnerischen Parteien gehalten worden waren. Einer der mit unter den Bäumen Stehenden, ein Intimus Torgelows, war der Drechslergeselle Söderkopp, der sich schon lediglich in seiner Eigenschaft als Drechslergeselle eines großen Ansehens erfreute. Jeder dachte: »Der kann auch noch mal Bebel werden. Warum nicht? Bebel is alt, und dann haben wir den.« Aber Söderkopp verstand es auch wirklich, die Leute zu packen. Am schärfsten ging er gegen Gundermann vor. »Ja, dieser Gundermann, den kenn' ich. Brettschneider und Börsenfilou; jeder Groschen is zusammengejobbert. Sieben Mühlen hat er, aber bloß zwei Redensarten, und der Fortschritt ist abwechselnd die ›Vorfrucht‹ und dann wieder der ›Vater‹ der Sozialdemokratie. Vielleicht stammen wir auch noch von Gundermann ab. So einer bringt alles fertig.«

Uncke, während Söderkopp so sprach, war von Baum zu Baum immer näher gerückt und machte seine Notizen. In weiterer Entfernung stand Pyterke, schmunzelnd und sichtlich verwundert, was Uncke wieder alles aufzuschreiben habe.

Pyterkes Verwunderung über das »Aufschreiben« war nur zu berechtigt, aber sie wäre es um ein gut Teil weniger gewesen, wenn sich Unckes aufhorchender Diensteifer statt dem Sozialdemokraten Söderkopp lieber dem Gespräch einer nebenstehenden Gruppe zugewandt hätte. Hier plauderten nämlich mehrere »Staatserhaltende« von dem mutmaßlichen Ausgange der Wahl und daß es mit dem Siege des alten Stechlin von Minute zu Minute schlechter stünde. Besonders die Rheinsberger schienen den Ausschlag zu seinen Ungunsten geben zu sollen.

»Hole der Teufel das ganze Rheinsberg!« verschwor sich ein alter Herr von Kraatz, dessen roter Kopf, während er so sprach, immer röter wurde. »Dies elende Nest! Wir bringen ihn wahr und wahrhaftig nicht durch, unsern guten alten Stechlin. Und was das sagen will, das wissen wir. Wer gegen *uns* stimmt, stimmt auch gegen den König. Das ist all eins. Das ist das, was man jetzt solidarisch nennt.«

»Ja, Kraatz«, nahm Molchow, an den sich diese Rede vorzugsweise gerichtet hatte, das Wort, »nennen Sie's, wie Sie wollen, solidarisch oder nicht; das eine sagt nichts, und das andre sagt auch nichts. Aber mit Ihrem Wort über Rheinsberg, da haben Sie's freilich getroffen. Aufmukkung war hier immer zu Hause, von Anfang an. Erst frondierte Fritz gegen seinen Vater, dann frondierte Heinrich gegen seinen Bruder, und zuletzt frondierte August, unser alter forscher Prinz August, den manche von uns ja noch gut gekannt haben, ich sage: frondierte unser alter August gegen die Moral. Und das war natürlich das Schlimmste.« (Zustimmung und Heiterkeit.) »Und bestraft sich zuletzt auch immer. Denn wissen Sie denn, meine Herren, wie's mit Augusten schließlich ging, als er durchaus in den Himmel wollte?«

»Nein. Wie war es denn, Molchow?«

»Ja, er mußte da wohl 'ne halbe Stunde warten, und als er nu mit 'nem Anschnauzer gegen Petrus rausfahren wollte, da sagte ihm der Fels der Kirche: ›Königliche Hoheit, halten zu Gnaden, aber es ging nicht anders.‹ Und warum nicht? Er hatte die elftausend Jungfrauen erst in Sicherheit bringen müssen.«

»Stimmt, stimmt«, sagte Kraatz. »So war der Alte. Der reine Deubelskerl. Aber schneidig. Und ein richtiger Prinz. Und dann, meine Herren – ja, du mein Gott, wenn man nu mal Prinz is, irgendwas muß man doch von der Sache haben ... Und so viel weiß ich, wenn ich Prinz wäre ...«

20. KAPITEL

Um sechs stand das Wahlresultat so gut wie fest; einige Meldungen fehlten noch, aber das war aus Ortschaften, die mit ihren paar Stimmen nichts mehr ändern konnten. Es lag zutage, daß die Sozialdemokraten einen beinahe glänzenden Sieg davongetragen hatten; der alte Stechlin stand weit zurück, Fortschrittler Katzenstein aus Gransee noch weiter. Im ganzen aber ließen beide besiegte Parteien dies ruhig über sich ergehen; bei den Freisinnigen war wenig, bei den Konservativen gar nichts von Verstimmung zu merken. Dubslav nahm es ganz von der heiteren Seite, seine Parteigenossen noch mehr, von denen eigentlich ein jeder dachte: »Siegen ist gut, aber zu Tische gehen ist noch besser.« Und in der Tat, gegessen mußte werden. Alles sehnte sich danach, bei Forellen und einem guten Chablis die langweilige Prozedur zu vergessen. Und war man erst mit den Forellen fertig und dämmerte der Rehrücken am Horizont herauf, so war auch der Sekt in Sicht. Im »Prinzregenten« hielt man auf eine gute Marke.

Durch den oberen Saal hin zog sich die Tafel: der Mehrzahl nach Rittergutsbesitzer und Domänenpächter, aber auch Gerichtsräte, die so glücklich waren, den »Hauptmann in der Reserve« mit auf ihre Karte setzen zu können. Zu diesem *gros d'armée* gesellten sich Forst- und Steuerbeamte, Rentmeister, Prediger und Gymnasiallehrer. An der Spitze dieser stand Rektor Thormeyer aus Rheinsberg, der große, vorstehende Augen, ein mächtiges Doppelkinn, noch mächtiger als Koseleger, und außerdem ein Renommee wegen seiner Geschichten hatte. Daß er nebenher auch ein in der Wolle gefärbter Konservativer war, versteht sich von selbst. Er hatte, was aber schon Jahrzehnte zurücklag, den großartigen Gedanken gefaßt und verwirklicht: die ostelbischen Provinzen, da, wo sie strauchelten, durch Gustav Kühnsche Bilderbogen auf den richtigen Pfad zurückzuführen, und war dafür dekoriert worden. Es hieß denn auch von ihm, »er gelte was nach oben hin«, was aber nicht recht zutraf. Man kannte ihn »oben« ganz gut.

Um halb sieben (Lichter und Kronleuchter brannten bereits) war man unter den Klängen des Tannhäusermarsches die hie und da schon ausgelaufene Treppe hinaufgestiegen. Unmittelbar vorher hatte noch ein Schwanken wegen des Präsidiums bei Tafel stattgefunden. Einige waren für Dubslav gewesen, weil man sich von ihm etwas Anregendes versprach, auch speziell mit Rücksicht auf die Situation. Aber die Majorität hatte doch schließlich Dubslavs Vorsitz als ganz undenkbar abgelehnt, da der Edle Herr von Alten-Friesack, trotz seiner hohen Jahre, mit zur Wahl gekommen war; der Edle Herr von Alten-Friesack, so hieß es, sei doch nun mal – und von einem gewissen Standpunkt aus auch mit Fug und Recht – der Stolz der Grafschaft, überhaupt ein Unikum, und ob er nun sprechen könne oder nicht, das sei, wo sich's um eine Prinzipienfrage handle, durchaus gleichgültig. Überhaupt, die ganze Geschichte mit dem »Sprechenkönnen« sei ein moderner Unsinn. Die einfache Tatsache, daß der Alte von Alten-Friesack dasäße, sei viel, viel wichtiger als eine Rede, und sein großes Präbendenkreuz ziere nicht bloß ihn, sondern den ganzen Tisch. Einige sprechen freilich immer von seinem Götzengesicht und seiner Häßlichkeit, aber auch das schade nichts. Heutzutage, wo die meisten Menschen einen Friseurkopf hätten, sei es eine ordentliche Erquickung, einem Gesicht zu begegnen, das in seiner Eigenart eigentlich gar nicht unterzubringen sei. Dieser von dem alten Zühlen, trotz seiner Vorliebe für Dubslav, eindringlich gehaltenen Rede war allgemein zugestimmt worden, und Baron Beetz hatte den götzenhaften Alten-Friesacker an seinen Ehrenplatz geführt. Natürlich gab es auch Schandmäuler. An ihrer Spitze stand Molchow, der dem neben ihm sitzenden Katzler zuflüsterte: »Wahres Glück, Katzler, daß der Alte drüben die große Blumenvase vor sich hat; sonst, so bei *veau en tortue* – vorausgesetzt, daß so was Feines überhaupt in Sicht steht–, würd' ich der Sache nicht gewachsen sein.«

Und nun schwieg der von einem Thormeyerschen Unterlehrer gespielte Tannhäusermarsch, und als eine bestimmte Zeit danach der Moment für den ersten Toast da war, erhob sich Baron

Beetz und sagte: »Meine Herren. Unser Edler Herr von Alten-Friesack ist von der Pflicht und dem Wunsch erfüllt, den Toast auf Seine Majestät den Kaiser und König auszubringen.« Und während der Alte, das Gesagte bestätigend, mit seinem Glase grüßte, setzte der in seiner *alter-ego*-Rolle verbleibende Baron Beetz hinzu: »Seine Majestät der Kaiser und König lebe hoch!« Der Alten-Friesacker gab auch hierzu durch Nicken seine Zustimmung, und während der junge Lehrer abermals auf den auf einer Rheinsberger Schloßauktion erstandenen alten Flügel zueilte, stimmte man an der ganzen Tafel hin das »Heil dir im Siegerkranz« an, dessen erster Vers stehend gesungen wurde.

Das Offizielle war hierdurch erledigt, und eine gewisse Fidelitas, an der es übrigens von Anfang an nicht gefehlt hatte, konnte jetzt nachhaltiger in ihr Recht treten. Allerdings war noch immer ein wichtiger und zugleich schwieriger Toast in Sicht, *der*, der sich mit Dubslav und dem unglücklichen Wahlausgange zu beschäftigen hatte. Wer sollte den ausbringen? Man hing dieser Frage mit einiger Sorge nach und war eigentlich froh, als es mit einem Male hieß, Gundermann werde sprechen. Zwar wußte jeder, daß der Siebenmühlener nicht ernsthaft zu nehmen sei, ja, daß Sonderbarkeiten und vielleicht sogar Scheiterungen in Sicht stünden; aber man tröstete sich, je mehr er scheitere, desto besser. Die meisten waren bereits in erheblicher Aufregung, also sehr unkritisch. Eine kleine Weile verging noch. Dann bat Baron Beetz, dem die Rolle des Festordners zugefallen war, für Herrn von Gundermann auf Siebenmühlen ums Wort. Einige sprachen ungeniert weiter. »Ruhe, Ruhe!« riefen andre dazwischen, und als Baron Beetz noch einmal an das Glas geklopft und nun, auch seinerseits um Ruhe bittend, eine leidliche Stille hergestellt hatte, trat Gundermann hinter seinen Stuhl und begann, während er mit affektierter Nonchalance seine Linke in die Hosentasche steckte:

»Meine Herren. Als ich vor so und soviel Jahren in Berlin studierte« (»na, nu«), »als ich vor Jahren in Berlin studierte, war da mal 'ne Hinrichtung ...«

»Alle Wetter, *der* setzt gut ein.«

»... war da mal 'ne Hinrichtung, weil eine dicke Klempnermadam, nachdem sie sich in ihren Lehrburschen verliebt, ihren Mann, einen würdigen Klempnermeister, vergiftet hatte. Und der Bengel war erst siebzehn. Ja, meine Herren, soviel muß ich sagen, es kamen damals auch schon dolle Geschichten vor. Und ich, weil ich den Gefängnisdirektor kannte, ich hatte Zutritt zu der Hinrichtung, und um mich rum standen lauter Assessoren und Referendare, ganz junge Herren, die meisten mit 'nem Kneifer. Kneifer gab es damals auch schon. Und nun kam die Witwe, wenn man sie so nennen darf, und sah soweit ganz behäbig und beinahe füllig aus, weil sie, was damals viel besprochen wurde, 'nen Kropf hatte, weshalb auch der Block ganz besonders hatte hergerichtet werden müssen. Sozusagen mit 'nem Ausschnitt.«

»Mit 'nem Ausschnitt ...; gut, Gundermann.«

»Und als sie nun, ich meine die Delinquentin, all die jungen Referendare sah, wobei ihr wohl ihr Lehrling einfallen mochte ...«

»Keine Verspottung unsrer Referendare ...«

»... Wobei ihr vielleicht ihr Lehrling einfallen mochte, da trat sie ganz nahe an den Schafottrand heran und nickte uns zu (ich sage ›uns‹, weil sie mich auch ansah) und sagte: ›Ja, ja, meine jungen Herrens, *dat kommt davon* ...‹ Und sehen Sie, meine Herren, *dieses* Wort, wenn auch von einer Delinquentin herrührend, bin ich seitdem nicht wieder losgeworden, und wenn ich so was erlebe wie heute, dann *muß* einem solch Wort auch immer wieder in Erinnerung kommen, und ich sage dann auch, ganz wie die Alte damals sagte: ›Ja, meine Herren, dat kommt davon.‹ Und wovon kommt es? Von den Sozialdemokraten. Und wovon kommen die Sozialdemokraten?«

»Vom Fortschritt. Alte Geschichte, kennen wir. Was Neues!«

»Es gibt da nichts Neues. Ich kann nur bestätigen, vom Fortschritt kommt es. Und wovon kommt *der?* Davon, daß wir die Abstimmungsmaschine haben und das große Haus mit den vier Ecktürmen. Und wenn es meinetwegen ohne das große Haus nicht geht, weil das Geld für den Staat am Ende bewilligt werden muß – und ohne Geld, meine Herren, geht es nicht« (Zustimmung: »ohne Geld hört die Gemütlichkeit auf«) –, »nun denn, wenn es also sein muß, was ich zugebe, was sollen wir, auch unter derlei gern gemachten Zugeständnissen, anfangen mit einem Wahlrecht, wo Herr von Stechlin gewählt werden soll und wo sein Kutscher Martin, der ihn zur Wahl gefahren, tatsächlich gewählt wird oder wenigstens gewählt werden kann. Und der Kutscher Martin unsers Herrn von Stechlin ist mir immer noch lieber als dieser Torgelow. Und all das nennt sich Freiheit. Ich nenn' es Unsinn, und viele tun desgleichen. Ich denke mir aber, gerade *diese* Wahl, in einem Kreise, drin das alte Preußen noch lebt, gerade *diese* Wahl wird dazu beitragen, die Augen oben helle zu machen. Ich sage nicht, welche Augen.«

»Schluß, Schluß!«

»Ich komme zum Schluß. Es hieß Anno siebzig, daß sich die Franzosen als die ›glorreich Besiegten‹ bezeichnet hätten. Ein stolzes und nachahmenswertes Wort. Auch für uns, meine Herren. Und wie wir, ohne uns was zu vergeben, diesen Sekt aus Frankreich nehmen, so dürfen wir, glaub' ich, auch das eben zitierte stolze Klagewort aus Frankreich herübernehmen. Wir sind besiegt, aber wir sind glorreich Besiegte. Wir haben eine Revanche. *Die* nehmen wir. Und bis dahin in alle Wege: Herr von Stechlin auf Schloß Stechlin, er lebe hoch!«

Alles erhob sich und stieß mit Dubslav an. Einige freilich lachten, und von Molchow, als er einen neuen Weinkübel heranbestellte, sagte zu dem neben ihm sitzenden Katzler: »Weiß der Himmel, dieser Gundermann ist und bleibt ein Esel. Was sollen wir mit solchen Leuten? Erst beschreibt er uns die Frau mit 'nem Kropf, und dann will er das große Haus abschaffen. Ungeheure Dämelei. Wenn wir das große Haus nicht mehr haben, haben wir gar nichts; das ist noch unsre Rettung und die beinah einzige Stelle, wo wir den Mund (ich sage Mund) einigermaßen auftun und was durchsetzen können. Wir müssen mit dem Zentrum paktieren. Dann sind wir egal raus. Und nun kommt dieser Gundermann und will uns auch das noch nehmen. Es ist doch 'ne Wahrheit, daß sich die Parteien und die Stände jedesmal selbst ruinieren. Das heißt, von ›Ständen‹ kann hier eigentlich nicht die Rede sein; denn dieser Gundermann gehört nicht mit dazu. Seine Mutter war 'ne Hebamme in Wrietzen. Drum drängt er sich auch immer vor.«

Bald nach Gundermanns Rede, die schon eine Art Nachspiel gewesen war, flüsterte Baron Beetz dem Alten-Friesacker zu, daß es Zeit sei, die Tafel aufzuheben. Der Alte wollte jedoch noch nicht recht, denn wenn er mal saß, saß er; aber als gleich danach mehrere Stühle gerückt wurden, blieb ihm nichts anderes übrig, als sich anzuschließen, und unter den Klängen des »Hohenfriedbergers« – der »Prager«, darin es heißt: »Schwerin fällt«, wäre mit Rücksicht auf die Gesamtsituation vielleicht paßlicher gewesen – kehrte man in die Parterreräume zurück, wo die Majorität dem Kaffee zusprechen wollte, während eine kleine Gruppe von Allertapfersten in die Straße hinaustrat, um da, unter den Bäumen des »Triangelplatzes«, sich bei Sekt und Kognak des weiteren *bene* zu tun. Obenan saß von Molchow, neben ihm von Kraatz und van Peerenboom; Molchow gegenüber Direktor Thormeyer und der bis dahin mit der Festmusik betraute Lehrer, der bei solchen Gelegenheiten überhaupt Thormeyers Adlatus war. Sonderbarerweise hatte sich auch Katzler hier niedergelassen (er sehnte sich wohl nach Eindrücken, die jenseits aller »Pflicht« lagen), und neben ihm, was beinahe noch mehr überraschen konnte, saß von der Nonne. Molchow und Thormeyer führten das Wort. Von Wahl und Politik – nur über Gundermann fiel gelegentlich eine spöttische Bemerkung – war längst keine Rede mehr, statt dessen befleißigte man sich, die neuesten Klatschgeschichten aus der Grafschaft heranzuziehen. »Ist es denn wahr«, sagte Kraatz, »daß die schöne Lilli nun doch ihren Vetter heiraten wird, oder richtiger, der Vetter die schöne Lilli?«

»Vetter?« fragte Peerenboom.

»Ach, Peerenboom, Sie wissen auch gar nichts; Sie sitzen immer noch zwischen Ihren Delfter Kacheln und waren doch schon 'ne ganze Weile hier, als die Lilli-Geschichte spielte.«

Peerenboom ließ sich's gesagt sein und begrub jede weitere Frage, was er, ohne sich zu schädigen, auch ganz gut konnte, da kein Zweifel war, daß der, der das Lilli-Thema heraufbeschworen, über kurz oder lang ohnehin alles klarlegen würde. Das geschah denn auch.

»Ja diese verdammten Kerle«, fuhr von Kraatz fort, »diese Lehrer! Entschuldigen Sie, Luckhardt, aber Sie sind ja beim Gymnasium, da liegt alles anders, und *der*, der hier 'ne Rolle spielt, war ja natürlich bloß ein Hauslehrer, Hauslehrer bei Lillis jüngstem Bruder. Und eines Tages waren beide weg, der Kandidat und Lilli. Selbstverständlich nach England. Es kann einer noch so dumm sein, aber von Gretna Green hat er doch mal gehört oder gelesen. Und da wollten sie denn auch beide hin. Und sind auch. Aber ich glaube, der Gretna Greensche darf nicht mehr trauen. Und so nahmen sie denn Lodgings in London, ganz ohne Trauung. Und es ging auch so, bis ihnen das kleine Geld ausging.«

»Ja, das kennt man.«

»Und da kamen sie denn also wieder. Das heißt, Lilli kam wieder. Und sie war auch schon vorher mit dem Vetter so gut wie verlobt gewesen.«

»Und der sprang nu ab?«

»Nicht so ganz. Oder eigentlich gar nicht. Denn Lilli ist sehr hübsch und nebenher auch noch sehr reich. Und da soll denn der Vetter gesagt haben, er liebe sie so sehr, und wo man liebe, da verzeihe man auch. Und er halte auch eine Entsühnung für durchaus möglich. Ja, er soll dabei von Purgatorium gesprochen haben.«

»Mißfällt mir, klingt schlecht«, sagte Molchow. »Aber was er vorher gesagt, ›Entsühnung‹, das ist ein schönes Wort und eine schöne Sache. Nur das ›Wie‹ will mir nicht recht einleuchten. Als Christ weiß ich natürlich (so schlimm steht es am Ende auch nicht mit einem), als Christ weiß ich, daß es eine Sühne gibt. Aber in solchem Falle? Thormeyer, was meinen Sie, was sagen Sie dazu? Sie sind ein Mann von Fach und haben alle Kirchenväter gelesen und noch ein paar mehr.«

Thormeyer verklärte sich. Das war so recht ein Thema nach seinem Geschmack; seine Augen wurden größer und sein glattes Gesicht noch glatter.

»Ja«, sagte er, während er sich über den Tisch zu Molchow vorbeugte, »so was gibt es. Und es ist ein Glück, daß es so was gibt. Denn die arme Menschheit braucht es. Das Wort Purgatorium will ich vermeiden, einmal, weil sich mein protestantisches Gewissen dagegen sträubt, und dann auch wegen des Anklangs; aber es gibt eine Purifikation. Und das ist doch eigentlich das, worauf es ankommt: Reinheitswiederherstellung. Ein etwas schwerfälliges Wort. Indessen die Sache, drum sich's hier handelt, gibt es doch gut wieder. Sie begegnen diesem Hange nach Restitution überall, und namentlich im Orient – aus dem doch unsre ganze Kultur stammt – finden Sie diese Lehre, dieses Dogma, diese Tatsache.«

»Ja, ist es eine Tatsache?«

»Schwer zu sagen. Aber es wird als Tatsache genommen. Und das ist ebensogut. *Blut sühnt.*«

»Blut sühnt«, wiederholte Molchow. »Gewiß. Daher haben wir ja auch unsere Duellinstitutionen. Aber wo wollen Sie hier die Blutsühne hernehmen? In diesem Spezialfalle ganz undurchführbar. Der Hauslehrer ist drüben in England geblieben, wenn er nicht gar nach Amerika gegangen ist. Und wenn er auch wiederkäme, er ist nicht satisfaktionsfähig. Wär' er Reserveoffizier, so hätt' ich das längst erfahren ...«

»Ja, Herr von Molchow, das ist die hiesige Anschauung. Etwas primitiv, naturwüchsig, das sogenannte Blutracheprinzip. Aber es braucht nicht immer das Blut des Übeltäters selbst zu sein. Bei den Orientalen ...«

»Ach, Orientalen ... dolle Gesellschaft ...«

»Nun denn meinetwegen, bei fast allen Völkern des Ostens sühnt Blut überhaupt. Ja mehr, nach orientalischer Anschauung – ich kann das Wort nicht vermeiden, Herr von Molchow, ich muß immer wieder darauf zurückkommen –, nach orientalischer Anschauung stellt Blut die Unschuld als solche wieder her.«

»Na, hören Sie, Rektor.«

»Ja, es ist so, meine Herren. Und ich darf sagen, es zählt das zu dem Feinsten und Tiefsinnigsten, was es gibt. Und ich habe da auch neulich erst eine Geschichte gelesen, die das alles nicht bloß so obenhin bestätigt, sondern beinahe *großartig* bestätigt. Und noch dazu aus Siam.«

»Aus Siam?«

»Ja, aus Siam. Und ich würde Sie damit behelligen, wenn die Sache nicht ein bißchen zu lang wäre. Die Herren vom Lande werden so leicht ungeduldig, und ich wundere mich oft, daß sie die Predigt bis zu Ende mit anhören. Daneben ist freilich meine Geschichte aus Siam ...«

»Erzählen, Direktorchen, erzählen.«

»Nun denn, auf Ihre Gefahr. Freilich auch auf meine ... Da war also, und es ist noch gar nicht lange her, ein König von Siam. Die Siamesen haben nämlich auch Könige.«

»Nu, natürlich. So tief stehen sie doch nicht.«

»Also, da war ein König von Siam, und dieser König hatte eine Tochter.«

»Klingt ja wie aus'm Märchen.«

»Ist auch, meine Herren. Eine Tochter, eine richtige Prinzessin, und ein Nachbarfürst (aber von geringerem Stande, so daß man doch auch hier wieder an den Kandidaten erinnert wird) –

dieser Nachbarfürst raubte die Prinzessin und nahm sie mit in seine Heimat und seinen Harem, trotz alles Sträubens.«

»Na, na.«

»So wenigstens wird berichtet. Aber der König von Siam war nicht der Mann, so was ruhig einzustecken. Er unternahm vielmehr einen heiligen Krieg gegen den Nachbarfürsten, schlug ihn und führte die Prinzessin im Triumphe wieder zurück. Und alles Volk war wie von Sieg und Glück berauscht. Aber die Prinzessin selbst war schwermütig.«

»Kann ich mir denken. Wollte wieder weg.«

»Nein, ihr Herren. Wollte *nicht* zurück. Denn es war eine sehr feine Dame, die gelitten hatte ...«

»Ja. Aber wie ...«

»Die gelitten hatte und fortan nur dem einen Gedanken der Entsühnung lebte, dem Gedanken, wie das Unheilige, das Berührtsein, wieder von ihr genommen werden könne.«

»Geht nicht. Berührt ist berührt.«

»Mitnichten, Herr von Molchow. Die hohe Priesterschaft wurde herangezogen und hielt, wie man hier vielleicht sagen würde, eine Synode, in der man sich mit der Frage der Entsühnung oder, was dasselbe sagen will, mit der Frage der Wiederherstellung der Virginität beschäftigte. Man kam überein (oder fand es auch vielleicht in alten Büchern), daß sie in Blut gebadet werden müsse.«

»Brrr.«

»Und zu diesem Behufe wurde sie bald danach in eine Tempelhalle geführt, drin zwei mächtige Wannen standen, eine von rotem Porphyr und eine von weißem Marmor, und zwischen diesen Wannen, auf einer Art Treppe, stand die Prinzessin selbst. Und nun wurden drei weiße Büffel in die Tempelhalle gebracht, und der Hohepriester trennte mit einem Schnitt jedem der drei das Haupt vom Rumpf und ließ das Blut in die danebenstehende Porphyrwanne fließen. Und jetzt war das Bad bereitet, und die Prinzessin, nachdem siamesische Jungfrauen sie entkleidet hatten, stieg in das Büffelblut hinab, und der Hohepriester nahm ein heiliges Gefäß und schöpfte damit und goß es aus über die Prinzessin.«

»Eine starke Geschichte; bei Tisch hätt' ich mehrere Gänge passieren lassen. Ich find' es doch entschieden zu viel.«

»Ich nicht«, sagte der alte Zühlen, der sich inzwischen eingefunden und seit ein paar Minuten mit zugehört hatte. »Was heißt zu viel oder zu stark. Stark ist es, so viel geb' ich zu; aber nicht zu stark. Daß es stark ist, das ist ja eben der Witz von der Sache. Wenn die Prinzessin bloß einen Leberfleck gehabt hätte, so fänd' ich es ohne weiteres zu stark; es muß immer ein richtiges Verhältnis da sein zwischen Mittel und Zweck. Ein Leberfleck ist gar nichts. Aber bedenken Sie, 'ne richtige Prinzessin als Sklavin in einem Harem; da muß denn doch ganz anders vorgegangen werden. Wir reden jetzt so viel von ›großen Mitteln‹. Ja meine Herren, auch *hier* war nur mit großen Mitteln was auszurichten.«

»*Igni et ferro*«, bestätigte der Rektor.

»Und«, fuhr der alte Zühlen fort, »so viel wird jedem einleuchten, um den Teufel auszutreiben (als den ich diesen Nachbarfürsten und seine Tat durchaus ansehe), dazu mußte was Besonderes geschehn, etwas Beelzebubartiges. Und das war eben das Blut dieser drei Büffel. Ich find' es *nicht* zu viel.«

Thormeyer hob sein Glas, um mit dem alten Zühlen anzustoßen. »Es ist genau so, wie Herr von Zühlen sagt. Und zuletzt geschah denn auch glücklicherweise das, was unsre mehr auf Schönheit gerichteten Wünsche – denn wir leben nun mal in einer Welt der Schönheit – zufriedenstellen konnte. Direkt aus der Porphyrwanne stieg die Prinzessin in die Marmorwanne, drin alle Wohlgerüche Arabiens ihre Heimstätte hatten, und alle Priester traten mit ihren Schöpfkellen aufs neue heran, und in Kaskaden ergoß es sich über die Prinzessin, und man sah ordentlich, wie die Schwermut von ihr abfiel und wie all das wieder aufblühte, was ihr der räuberische Nachbarfürst genommen. Und zuletzt schlugen die Dienerinnen ihre Herrin in schneeweiße Gewänder und führten sie bis an ein Lager und fächelten sie hier mit Pfauenwedeln, bis sie den Kopf still neigte und entschlief. Und ist nichts zurückgeblieben, und ist später die Gattin des Königs von Annam geworden. Er soll allerdings sehr aufgeklärt gewesen sein, weil Frankreich schon seit einiger Zeit in seinem Lande herrschte.«

»Hoffen wir, daß Lillis Vetter auch ein Einsehen hat.«

»Er wird, er wird.«

Darauf stieß man an, und alles brach auf. Die Wagen waren bereits vorgefahren und standen in langer Reihe zwischen dem »Prinzregenten« und dem Triangelplatz.

Auch der Stechliner Wagen hielt schon, und Martin, um sich die Zeit zu vertreiben, knipste mit der Peitsche. Dubslav suchte nach seinem Pastor und begann schon ungeduldig zu werden, als Lorenzen endlich an ihn herantrat und um Entschuldigung bat, daß er habe warten lassen. Aber der Oberförster sei schuld; der habe ihn in ein Gespräch verwickelt, das auch noch nicht beendet sei, weshalb er vorhabe, die Rückfahrt mit Katzler gemeinschaftlich zu machen.

Dubslav lachte. »Na, dann mit Gott. Aber lassen Sie sich nicht zu viel erzählen. Ermyntrud wird wohl die Hauptrolle spielen oder noch wahrscheinlicher der neu zu findende Name. Werde wohl recht behalten ... Und nun vorwärts, Martin.«

Damit ging es über das holprige Pflaster fort.

In der Stadt war schon alles still; aber draußen auf der Landstraße kam man an großen und kleinen Trupps von Häuslern, Teerschwelern und Glashüttenleuten vorüber, die sich einen guten Tag gemacht hatten und nun singend und johlend nach Hause zogen. Auch Frauensvolk war dazwischen und gab allem einen Beigeschmack.

So trabte Dubslav auf den als halber Weg geltenden Nehmitzsee zu. Nicht weit davon befand sich ein Kohlenmeiler, Dietrichsofen, und als Martin jetzt um die nach Süden vorgeschobene Seespitze herumbiegen wollte, sah er, daß wer am Wege lag, den Oberkörper unter Gras und Binsen versteckt, aber die Füße quer über das Fahrgeleise.

Martin hielt an. »Gnädiger Herr, da liegt wer. Ich glaub', es ist der alte Tuxen.«

»Tuxen, der alte Süffel von Dietrichsofen?«

»Ja, gnädiger Herr. Ich will mal sehen, was es mit ihm is.«

Und dabei gab er die Leinen an Dubslav und stieg ab und rüttelte und schüttelte den am Wege Liegenden. »Awer Tuxen, wat moakst du denn hier? Wenn keen Moonschien wiehr, wiehrst du nu all kaputt.«

»Joa, joa«, sagte der Alte. Aber man sah, daß er ohne rechte Besinnung war.

Und nun stieg Dubslav auch ab, um den ganz Unbehilflichen mit Martin gemeinschaftlich auf den Rücksitz zu legen. Und bei dieser Prozedur kam der Trunkene einigermaßen wieder zu sich und sagte: »Nei, nei, Martin, nich doa; pack mi lewer vörn upp'n Bock.«

Und wirklich, sie hoben ihn da hinauf, und da saß er nun auch ganz still und sagte nichts. Denn er schämte sich vor dem gnädigen Herrn.

Endlich aber nahm dieser wieder das Wort und sagte: »Nu sage mal, Tuxen, kannst du denn von dem Branntwein nich lassen? Legst dich da hin; is ja schon Nachtfrost. Noch 'ne Stunde, dann warst du dod. Waren sie denn alle so?«

»Mehrschtendeels.«

»Und da habt ihr denn für den Katzenstein gestimmt?«

»Nei, gnäd'ger Herr, vör Katzenstein nich.«

Und nun schwieg er wieder, während er vorn auf dem Bock unsicher hin und her schwankte.

»Na, man raus mit der Sprache. Du weißt ja, ich reiss' keinem den Kopp ab. Is auch alles egal. Also für Katzenstein nich. Na, für wen denn?«

»För Torgelow'n.«

Dubslav lachte. »Für Torgelow, den euch die Berliner hergeschickt haben. Hat er denn schon was für euch getan?«

»Nei, noch nich.«

»Na, warum denn?«

»Joa, se seggen joa, he *will* wat för uns duhn un is so sihr för de armen Lüd. Un denn kriegen wi joa'n Stück Tüffelland. Un se seggen ook, he is klöger, as de annern sinn.«

»Wird wohl. Aber er is doch noch lange nich so klug, wie ihr dumm seid. Habt ihr denn schon gehungert?«

»Nei, dat grad nich.«

»Na das kann auch noch kommen.«

»Ach, gnäd'ger Herr, dat wihrd joa woll nich.«

»Na, wer weiß, Tuxen. Aber hier is Dietrichsofen. Nu steigt ab und seht Euch vor, daß Ihr nicht fallt, wenn die Pferde anrucken. Und hier habt Ihr was. Aber nich mehr für heut. Für heut habt Ihr genug. Und nu macht, daß Ihr zu Bett kommt, und träumt von ›Tüffelland‹.«

IN MISSION NACH ENGLAND

21. KAPITEL

Woldemar erfuhr am andern Morgen aus Zeitungstelegrammen, daß der sozialdemokratische Kandidat, Feilenhauer Torgelow, im Wahlkreise Rheinsberg-Wutz gesiegt habe. Bald darauf traf auch ein Brief von Lorenzen ein, der zunächst die Telegramme bestätigte und am Schlusse hinzusetzte, daß Dubslav eigentlich herzlich froh über den Ausgang sei. Woldemar war es auch. Er ging davon aus, daß sein Vater wohl das Zeug habe, bei Dressel oder Borchardt mit viel gutem Menschenverstand und noch mehr Eulenspiegelei seine Meinung über allerhand politische Dinge zum besten zu geben; aber im Reichstage fach- und sachgemäß sprechen, das konnt' er nicht und wollt' er auch nicht. Woldemar war so durchdrungen davon, daß er über die Vorstellung einer Niederlage, dran er als Sohn des Alten immerhin wie beteiligt war, verhältnismäßig rasch hinwegkam, pries es aber doch, um eben diese Zeit mit einem Kommando nach Ostpreußen hin betraut zu werden, das ihn auf ein paar Wochen von Berlin fernhielt. Kam er dann zurück, so waren Anfragen in dieser Wahlangelegenheit nicht mehr zu befürchten, am wenigsten innerhalb seines Regiments, in dem man sich, von ein paar Intimsten abgesehen, eigentlich schon jetzt über den unliebsamen Zwischenfall ausschwieg.

Und in Schweigen hüllte man sich auch am Kronprinzenufer, als Woldemar hier am Abend vor seiner Abreise noch einmal vorsprach, um sich bei der gräflichen Familie zu verabschieden. Es wurde nur ganz obenhin von einem abermaligen Siege der Sozialdemokratie gesprochen, ein absichtlich flüchtiges Berühren, das nicht auffiel, weil sich das Gespräch sehr bald um Rex und Czako zu drehen begann, die, seit lange dazu aufgefordert, gerade den Tag vorher ihren ersten Besuch im Barbyschen Hause gemacht und besonders bei dem alten Grafen viel Entgegenkommen gefunden hatten. Auch Melusine hatte sich durch den Besuch der Freunde durchaus zufriedengestellt gesehen, trotzdem ihr nicht entgangen war, was, nach freilich entgegengesetzten Seiten hin, die Schwäche beider ausmachte.

»Wovon der eine zu wenig hat«, sagte sie, »davon hat der andre zu viel.«

»Und wie zeigte sich das, gnädigste Gräfin?«

»Oh, ganz unverkennbar. Es traf sich, daß im selben Augenblicke, wo die Herren Platz nahmen, drüben die Glocken der Gnadenkirche geläutet wurden, was denn – man ist bei solchen ersten Besuchen immer dankbar, an irgendwas anknüpfen zu können – unser Gespräch sofort aufs Kirchliche hinüberlenkte. Da legitimierten sich dann beide. Hauptmann Czako, weil er ahnen mochte, was sein Freund in nächster Minute sagen würde, gab vorweg deutliche Zeichen von Ungeduld, während Herr von Rex in der Tat nicht nur von dem ›Ernst der Zeiten‹ zu sprechen anfing, sondern auch von dem Bau neuer Kirchen einen allgemeinen, uns nahe bevorstehenden Umschwung erwartete. Was mich natürlich erheiterte.«

Woldemars Kommando nach Ostpreußen war bis auf Anfang November berechnet, und mehr als einmal sprachen im Verlaufe dieser Zeit Rex und Czako bei den Barbys vor. Freilich immer nur einzeln. Verabredungen zu gemeinschaftlichem Besuche waren zwar mehrfach eingeleitet worden, aber jedesmal erfolglos, und erst zwei Tage vor Woldemars Rückkehr fügte es sich, daß sich die beiden Freunde bei den Barbys trafen. Es war ein ganz besonders gelungener Abend, da neben der Baronin Berchtesgaden und Doktor Wrschowitz auch ein alter Malerprofessor (eine neue Bekanntschaft des Hauses) zugegen war, was eine sehr belebte Konversation herbeiführte. Besonders der neben seinen andern Apartheiten auch durch langes weißes Haar und große Leuchteaugen ausgezeichnete Professor hatte – gestützt auf einen unentwegten Peter-Cornelius-Enthusiasmus – alles hinzureißen gewußt.

»Ich bin glücklich, noch die Tage dieses großen und einzig dastehenden Künstlers gesehen zu haben. Sie kennen seine Kartons, die mir das Bedeutendste scheinen, was wir überhaupt hier haben. Auf dem einen Karton steht im Vordergrund ein Tubabläser und setzt das Horn an den Mund, um zu Gericht zu rufen. Diese eine Gestalt balanciert fünf Kunstausstellungen, will also sagen netto 15000 Bilder. Und eben diese Kartons, samt dem Bläser zum Gericht, die wollen sie jetzt fortschaffen und sagen dabei in naiver Effronterie, solch schwarzes Zeug mit Kohlenstrichen dürfe überhaupt nicht so viel Raum einnehmen. Ich aber sage Ihnen, meine Herrschaften, ein Kohlenstrich von Cornelius ist mehr wert als alle modernen Paletten zusammengenommen, und die Tuba, die dieser Tubabläser da an den Mund setzt – verzeihen Sie mir altem Jüngling diesen Kalauer –, diese Tuba wiegt alle Tuben auf, aus denen sie jetzt ihre Farben herausdrükken. Beiläufig auch eine miserable Neuerung. Zu meiner Zeit gab es noch Beutel, und diese Beutel aus Schweinsblase waren viel besser. Ein wahres Glück, daß König Friedrich Wilhelm IV. diese jetzt etablierte Niedergangsepoche nicht mehr erlebt hat, diese Zeit des Abfalls, so recht eigentlich eine Zeit der apokalyptischen Reiter. Bloß zu den dreien, die der große Meister uns da geschaffen hat, ist heutzutage noch ein vierter Reiter gekommen, ein Mischling von Neid und Ungeschmack. Und dieser vierte sichelt am stärksten.«

Alles nickte, selbst die, die nicht ganz so dachten, denn der Alte mit seinem Apostelkopfe hatte ganz wie ein Prophet gesprochen. Nur Melusine blieb in einer stillen Opposition und flüsterte der Baronin zu: »Tubabläser. Mir persönlich ist die Böcklinsche Meerfrau mit dem Fischleib lieber. Ich bin freilich Partei.«

Die Abende bei den Barbys schlossen immer zu früher Stunde. So war es auch heute wieder. Es schlug eben erst zehn, als Rex und Czako auf die Straße hinaustraten und drüben an dem langgestreckten Ufer Tausende von Lichtern vor sich hatten, von denen die vordersten sich im Wasser spiegelten.

»Ich möchte wohl noch einen Spaziergang machen«, sagte Czako. »Was meinen Sie, Rex? Sind Sie mit dabei? Wir gehen hier am Ufer entlang, an den Zelten vorüber bis Bellevue, und da steigen wir in die Stadtbahn und fahren zurück, Sie bis an die Friedrichstraße, ich bis an den Alexanderplatz. Da ist jeder von uns in drei Minuten zu Haus.«

Rex war einverstanden. »Ein wahres Glück«, sagte er, »daß wir uns endlich mal getroffen haben. Seit fast drei Wochen kennen wir nun das Haus und haben noch keine Aussprache darüber gehabt. Und das ist doch immer die Hauptsache. Für Sie gewiß.«

»Ja, Rex, das ›für Sie gewiß‹, das sagen Sie so spöttisch und überheblich, weil Sie glauben, Klatschen sei was Inferiores und für mich gerade gut genug. Aber da machen Sie meiner Meinung nach einen doppelten Fehler. Denn erstlich ist Klatschen überhaupt nicht inferior, und zweitens klatschen Sie gerade so gern wie ich und vielleicht noch ein bißchen lieber. Sie bleiben nur immer etwas steifer dabei, lehnen meine Frivolitäten zunächst ab, warten aber eigentlich darauf. Im übrigen denk' ich, wir lassen all das auf sich beruhn und sprechen lieber von der Hauptsache. Ich finde, wir können unserm Freunde Stechlin nicht dankbar genug dafür sein, uns mit einem so liebenswürdigen Hause bekannt gemacht zu haben. Den Wrschowitz und den alten Malerprofessor, der von dem Engel des Gerichts nicht los konnte nun, die beiden schenk' ich Ihnen (ich denke mir, der Maler wird wohl nach Ihrem Geschmacke sein), aber die andern, die man da trifft, wie reizend alle, wie natürlich. Obenan dieser Frommel, dieser Hofprediger, der mir am Teetisch fast noch besser gefällt als auf der Kanzel. Und dann diese bayrische Baronin. Es ist doch merkwürdig, daß die Süddeutschen uns im Gesellschaftlichen immer um einen guten Schritt vorauf sind, nicht von Bildung, aber von glücklicher Natur wegen. Und diese glückliche Natur, das ist doch die wahre Bildung.«

»Ach, Czako, Sie überschätzen das. Es ist ja richtig, wenn Sie da so die Würstel aus dem großen Kessel herausholen und irgendeine Loni oder Toni mit dem Maßkrug kommt, so sieht das nach was aus, und wir kommen uns wie verhungerte Schulmeister daneben vor. Aber eigentlich ist das, was wir haben, doch das Höhere.«

»Gott bewahre. Alles, was mit Grammatik und Examen zusammenhängt, ist nie das Höhere. Waren die Patriarchen examiniert, oder Moses oder Christus? Die Pharisäer waren examiniert. Und da sehen Sie, was dabei herauskommt. Aber, um mehr in der Nähe zu bleiben, nehmen Sie den alten Grafen. Er war freilich Botschaftsrat, und das klingt ein bißchen nach was; aber eigentlich ist er doch auch bloß ein unexaminierter Naturmensch, und das gerade gibt ihm seinen Charme. Beiläufig, finden Sie nicht auch, daß er dem alten Stechlin ähnlich sieht?«

»Ja, äußerlich.«

»Auch innerlich. Natürlich 'ne andre Nummer, aber doch derselbe Zwirn – Pardon für den etwas abgehaspelten Berolinismus. Und wenn Sie vielleicht an Politik gedacht haben, auch da ist wenig Unterschied. Der alte Graf ist lange nicht so liberal und der alte Dubslav lange nicht so junkerlich, wie's aussieht. Dieser Barby, dessen Familie, glaub' ich, vordem zu den Reichsunmittelbaren gehörte, dem steckt noch so was von ›Gottesgnadenschaft‹ in den Knochen, und das gibt dann die bekannte Sorte von Vornehmheit, die sich den Liberalismus glaubt gönnen zu können. Und der alte Dubslav, nun, der hat dafür das im Leibe, was die richtigen Junker alle haben: ein Stück Sozialdemokratie. Wenn sie gereizt werden, bekennen sie sich selber dazu.«

»Sie verkennen das, Czako. Das alles ist ja bloß Spielerei.«

»Ja, was heißt Spielerei? Spielen. Wir haben schöne alte Fibelverse, die vor der Gefährlichkeit des Mit-dem-Feuer-Spielens warnen. Aber lassen wir Dubslav und den alten Barby. Wichtiger sind doch zuletzt immer die Damen, die Gräfin und die Komtesse. Welche wird es? Ich glaube, wir haben schon mal darüber gesprochen, damals, als wir von Kloster Wutz her über den Cremmer Damm ritten. Viel Vertrauen zu Freund Woldemars richtigem Frauenverständnis hab' ich eigentlich nicht, aber ich sage trotzdem: Melusine.«

»Und ich sage: Armgard. Und Sie sagen es im stillen auch.«

Es war zwei Tage vor Woldemars Rückkehr aus Ostpreußen, daß Rex und Czako dies Tiergartengespräch führten. Eine halbe Stunde später fuhren sie, wie verabredet, vom Bellevuebahnhof aus wieder in die Stadt zurück. Überall war noch ein reges Leben und Treiben, und Leben war denn auch in dem aus bloß drei Zimmern verschiedener Größe sich zusammensetzenden Kasino der Gardedragoner. In dem zunächst am Flur gelegenen großen Speisesaale, von dessen Wänden die früheren Kommandeure des Regiments, Prinzen und Nichtprinzen, herniederblickten, sah man nur wenig Gäste. Daneben aber lag ein Eckzimmer, das mehr Insassen und mehr flotte Bewegung hatte. Hier über dem schräggestellten Kamin, drin ein kleines Feuer flackerte, hing seit kurzem das Bildnis des »hohen Chefs« des Regiments, der Königin von England, und in der Nähe eben dieses Bildes ein ruhmreiches Erinnerungsstück aus dem sechsundsechziger und siebziger Kriege: die Trompete, darauf derselbe Mann, Stabstrompeter Wollhaupt, erst am 3. Juli auf der Höhe von Lipa und dann am 16. August bei Mars-la-Tour das Regiment zur Attacke gerufen hatte, bis er an der Seite seines Obersten fiel; der Oberst mit ihm.

Dies Eckzimmer war, wie gewöhnlich, auch heute der bevorzugte kleine Raum, drin sich jüngere und ältere Offiziere zu Spiel und Plauderei zusammengefunden hatten, unter ihnen die Herren von Wolfshagen, von Herbstfelde, von Wohlgemuth, von Grumbach, von Raspe.

»Weiß der Himmel«, sagte Raspe, »wir kommen aus den Abordnungen auch gar nicht mehr heraus. Wir haben freilich drei Sendens im Regiment, aber es sind der Sendbotschaften doch fast zuviel. Und diesmal nun auch unser Stechlin dabei. Was wird er sagen, wenn er oben in Ostpreußen von der ihm zugedachten Ehre hört. Er wird vielleicht sehr gemischte Gefühle haben. Übermorgen ist er von Trakehnen wieder da, mutmaßlich bei dem scheußlichen Wetter schlecht adjustiert, und dann Hals über Kopf und in großem Trara nach London. Und London ginge noch. Aber auch nach Windsor. Alles, wenn es sich um Chic handelt, will doch seine Zeit haben, und gerade die Vettern drüben sehen einem sehr auf die Finger.«

»Laß sie sehn«, sagte Herbstfelde. »Wir sehen auch. Und Stechlin ist nicht der Mann, sich über derlei Dinge graue Haare wachsen zu lassen. Ich glaube, daß ihn was ganz andres geniert. Es ist doch immerhin was, daß er da mit nach England hinüber soll, und einer solchen Auszeichnung entspricht selbstverständlich eine Nichtauszeichnung andrer. Das paßt nicht jedem, und nach dem Bilde, das ich mir von unserm Stechlin mache, gehört er zu diesen. Er ficht nicht gern unter der Devise ›nur über Leichen‹, hat vielmehr umgekehrt den Zug, sich in die zweite Linie zu stellen. Und nun sieht es aus, als wär' er ein Streber.«

»Stimmt nicht«, sagte Raspe. »Für so verrannt kann ich keinen von uns halten. Stechlin sitzt da oben in Ostpreußen und kann doch unmöglich in seinen Mußestunden hierher intrigiert und einen etwaigen Rivalen aus dem Sattel geworfen haben. Und unser Oberst! Der ist doch auch nicht der Mann dazu, sich irgendwen aufreden zu lassen. Der kennt seine Pappenheimer. Und wenn er sich den Stechlin aussucht, dann weiß er, warum. Übrigens, Dienst ist Dienst; man geht nicht, weil man will, sondern weil man muß. Spricht er denn Englisch?«

»Ich glaube nicht«, sagte von Grumbach. »Soviel ich weiß, hat er vor kurzem damit angefangen, aber natürlich nicht wegen dieser Mission, die ja wie vom blauen Himmel auf ihn niederfällt, sondern der Barbys wegen, die beinah zwanzig Jahre in England waren und halb englisch sind. Im übrigen hab' ich mir sagen lassen, es geht drüben auch ohne die Sprache. Herbstfelde, Sie waren ja voriges Jahr da. Mit gutem Deutsch und schlechtem Französisch kommt man überall durch.«

»Ja«, sagte Herbstfelde. »Bloß ein bißchen Landessprache muß doch noch dazukommen. Indessen, es gibt ja kleine Vademekums, und da muß man dann eben nachschlagen, bis man's hat. Sonst sind hundert Vokabeln genug. Als ich noch zu Hause war, hatten wir da ganz in unsrer Nachbarschaft einen verdrehten alten Herrn, der – eh' ihn die Gicht unterkriegte – sich so ziemlich in der ganzen Welt herumgetrieben hatte. Pro neues Land immer neue hundert Vokabeln. Unter anderm war er auch mal in Südrußland gewesen, von welcher Zeit ab – und zwar nach vorgängiger, vor einem großen Likörkasten stattgehabter Anfreundung mit einem uralten Popen – er das Amendement zu stellen pflegte: ›Hundert Vokabeln; aber bei 'nem Popen bloß fünfzig.‹ Und das muß ich sagen, ich habe das mit den hundert in England durchaus bestätigt gefunden. ›*Mary, please, a jug of hot water*‹, so viel muß man weghaben, sonst sitzt man da. Denn der Naturengländer weiß gar nichts.«

»Wie lange waren Sie denn eigentlich drüben, Herbstfelde?«

»Drei Wochen. Aber die Reisetage mitgerechnet.«

»Und sind Sie so ziemlich auf Ihre Kosten gekommen? Einblick ins Volksleben, Parlament, Oxford, Cambridge, Gladstone?«

Herbstfelde nickte.

»Und wenn Sie nun so alles zusammennehmen, was hat da so den meisten Eindruck auf Sie gemacht? Architektur, Kunst, Leben, die Schiffe, die großen Brücken? Die Straßenjungens, wenn man in einem Cab vorüberfährt, sollen ja immer Rad neben einem her schlagen, und die Dienstmädchen, was noch wichtiger ist, sollen sehr hübsch sein, kleine Hauben und Tändelschürze.«

»Ja, Raspe, da treffen Sie's. Und ist eigentlich auch das Interessanteste. Denn sogenannte Meisterwerke gibt es ja jetzt überall, von Kirchen und dergleichen gar nicht zu reden. Und Schiffe haben wir ja jetzt auch und auch ein Parlament. Und manche sagen, unsres sei noch besser. Aber das Volk. Sehen Sie, da steckt es. Das Volk ist alles.«

»Na, natürlich Volk. Oberschicht überall ein und dasselbe. Was da los ist, das wissen wir.«

»Und eigentlich hab' ich die ganzen drei Wochen auf 'nem Omnibus gesessen und bin abends in die Matrosenkneipen an der Themse gegangen. Ein bißchen gefährlich; man hat da seinen Messerstich weg, man weiß nicht wie, ganz wie in Italien. Bloß in Italien gibt es vorher doch immer noch ein Liebesverhältnis, was in Old-Wapping – so heißt nämlich der Stadtteil an der Themse – nicht mal nötig ist. Und dann, wenn ich zu Hause war, sprach ich natürlich mit Mary. Viel war es nicht. Denn die hundert Vokabeln, die dazu nötig sind, die hatte ich damals noch nicht voll.«

»Na, 's ging aber doch?«

»So leidlich. Und dabei hatt' ich mal 'ne Szene, die war eigentlich das Hübscheste. Meine Wohnung befand sich nämlich eine Treppe hoch in einer kleinen stillen Querstraße von Oxford-Street. Und Mary war gerade bei mir. Und in dem Augenblicke, wo ich mich mit dem hübschen Kinde zu verständigen suche ...«

»Worüber?«

»In demselben Augenblicke sieht ein Chinese grinsend in mein Fenster hinein, so daß er eigentlich eine Ohrfeige verdient hätte.«

»Wie war denn das aber möglich?«

»Ja, das ist ja eben das, was ich das Londoner Volksleben nenne. Alles mögliche, wovon wir hier gar keine Vorstellung haben, vollzieht sich da mitten auf dem Straßendamm. Und so waren denn auch an jenem Tage zwei Chinesen, ihres Zeichens Akrobaten, in die Querstraße von Oxford-Street gekommen, und der eine, ein dicker starker Kerl, hatte einen Gurt um den Leib, und in der Öse dieses Gurtes steckte 'ne Stange, auf die der zweite Chinese hinaufkletterte. Und wie er da oben war, war er gerade in Höhe meiner Beletage und sah hinein, als ich mich eben bemühte, mich Mary klarzumachen.«

»Ja, Herbstfelde, das war nu freilich ein Pech, und wenn Sie wieder drüben sind, müssen Sie nach hinten hinaus wohnen oder höher hinauf. Aber interessant ist es doch. Und ich bezweifle nur, daß Stechlin in eine gleiche Lage kommen wird.«

»Gewiß nicht. Daran hindern ihn seine Moralitäten.«

»Und noch mehr die Barbys.«

22. KAPITEL

Woldemar, von der ihm bevorstehenden Auszeichnung unterrichtet, kürzte seinen Aufenthalt in Ostpreußen um vierundzwanzig Stunden ab, hatte aber trotzdem, nach seinem Wiedereintreffen in Berlin, nur noch zwei Tage zur Verfügung. Das war wenig. Denn außer allerlei zu treffenden Reisevorbereitungen lag ihm doch auch noch ob, verschiedene Besuche zu machen, so bei den Barbys, bei denen er sich für den letzten Abend schon brieflich angemeldet hatte.

Dieser Abend war nun da. Die Koffer standen gepackt um ihn her, er selber aber lehnte sich, ziemlich abgespannt, in seinen Schaukelstuhl zurück, nochmals überschlagend, ob auch nichts vergessen sei. Zuletzt sagte er sich: »Was nun noch fehlt, fehlt; ich kann nicht mehr.« Und dabei sah er nach der Uhr. Bis zu seinem am Kronprinzenufer angesagten Besuche war noch fast eine Stunde. Die wollt' er ausnutzen und sich vorher nach Möglichkeit ruhn. Aber er kam nicht dazu. Sein Bursche trat ein und meldete: »Hauptmann von Czako.«

»Ah, sehr willkommen.«

Und Woldemar, so wenig gelegen ihm Czako auch kam, sprang doch auf und reichte dem Freunde die Hand. »Sie kommen, um mir zu meiner englischen Reise zu gratulieren. Und wiewohl es soso damit steht, *Ihnen* glaub' ich's, daß Sie's ehrlich meinen. Sie gehören zu den paar Menschen, die keinen Neid kennen.«

»Na, lassen wir das Thema lieber. Ich bin dessen nicht so ganz sicher; mancher sieht besser aus, als er ist. Aber natürlich komm' ich, um Ihnen wohl oder übel meine Glückwünsche zu bringen und meinen Reisesegen dazu. Donnerwetter, Stechlin, wo will das noch mit Ihnen hinaus! Sie werden natürlich Londoner Militärattaché, sagen wir in einem halben Jahr und in ebensoviel Zeit haben Sie sich drüben sportlich eingelebt und etablieren sich als Sieger in einem Steeple Chase, vorausgesetzt, daß es so was noch gibt (ich glaube nämlich, man nennt es jetzt alles ganz anders). Und vierzehn Tage nach Ihrem ersten großen Sportsiege verloben Sie sich mit Ruth Russel oder mit Geraldine Cavendish, haben den Bedforder- oder den Devonshire-Herzog als Rückendeckung und gehen als Generalgouverneur nach Mittelafrika, links die Zwerge, rechts die Menschenfresser. Emin soll ja doch eigentlich aufgefressen sein.«

»Czako, Sie machen sich's zunutze, daß die Mittagsstunde glücklich vorüber ist, sonst könnten Sie's kaum verantworten. Aber rücken Sie sich einen Sessel ran, und hier sind Zigaretten. Oder lieber Zigarre?«

»Nein, Zigaretten ... Ja, sehen Sie, Stechlin, solche Mission oder wenn auch nur ein Bruchteil davon ...«

»Sagen wir Anhängsel.«

»... Solche Mission ist gerade das, was ich mir all mein Lebtag gewünscht habe. Bloß ›Erhörung kam nicht geschritten‹. Und doch ist gerad in unserm Regiment immer was los. Immer ist wer auf dem Wege nach Petersburg. Aber weiß der Teufel, trotz der vielen Schickerei, meine Wenigkeit ist noch nicht rangekommen. Ich denke mir, es liegt an meinem Namen. Hier hat ›Czako‹ ja auch schon einen Beigeschmack, einen Stich ins Komische, aber das Slawische drin gibt ihm in Berlin etwas Apartes, während es in Petersburg wahrscheinlich heißen würde: ›Czako, was soll das? Was soll Czako? Dergleichen haben wir hier echter und besser.‹ Ja, ich gehe noch weiter und bin nicht einmal sicher, ob man da drüben nicht Lust bezeugen könnte, in der Wahl von ›Czako‹ einen Witz oder versteckten Affront zu wittern. Aber wie dem auch sei, Winterpalais und Kreml sind mir verschlossen. Und nun gehen Sie nach London und sogar nach Windsor. Und Windsor ist doch nun mal das denkbar Feinste. Rußland, wenn Sie mir solche

Frühstücksvergleiche gestatten wollen, hat immer was von Astrachan, England immer was von Colchester. Und ich glaube, Colchester steht höher. In meinen Augen gewiß. Ach, Stechlin, Sie sind ein Glückspilz, ein Wort, das Sie meiner erregten Stimmung zugute halten müssen. Ich werde wohl an der Majorsecke scheitern, wegen verschiedener Mankos. Aber sehn Sie, daß ich das einsehe, das könnte das Schicksal doch auch wieder mit mir versöhnen.«

»Czako, Sie sind der beste Kerl von der Welt. Es ist eigentlich schade, daß wir solche Leute wie Sie nicht bei unserm Regiment haben. Oder wenigstens nicht genug. ›Fein‹ ist ja ganz gut, aber es muß doch auch mal ein Donnerwetter dazwischenfahren, ein Zynismus, eine Bosheit; sie braucht ja nicht gleich einen Giftzahn zu haben. Übrigens, was die Patentheit angeht, so fühl' ich deutlich, daß ich auch nur so gerade noch passiere. Nehmen Sie beispielsweise bloß das Sprachliche. Wer heutzutage nicht drei Sprachen spricht, gehört in die Ecke ...«

»Sag' ich mir auch. Und ich habe deshalb auch mit dem Russischen angefangen. Und wenn ich dann so dabei bin und über meine Fortschritte beinah erstaune, dann berapple ich mich momentan wieder und sage mir: ›Courage gewonnen, alles gewonnen.‹ Und dabei lass' ich dann zu meinem weitern Trost all unsre preußischen Helden zu Fuß und zu Pferde an mir vorüberziehen, immer mit dem Gefühl einer gewissen wissenschaftlichen und mitunter auch moralischen Überlegenheit. Da ist zuerst der Derfflinger. Nun, der soll ein Schneider gewesen sein. Dann kam Blücher – der war einfach ein ›*Jeu*‹er. Und dann kam Wrangel und trieb sein verwegenes Spiel mit ›mir und mich‹.«

»Bravo, Czako. Das ist die Sprache, die Sie sprechen müssen. Und Sie werden auch nicht an der Majorsecke scheitern. Eigentlich läuft doch alles bloß darauf hinaus, wie hoch man sich selber einschätzt. Das ist freilich eine Kunst, die nicht jeder versteht. Das Wort vom Alten Fritz: ›Denk Er nur immer, daß Er hunderttausend Mann hinter sich hat‹, dies Trostwort ist manchem von uns ein bißchen verlorengegangen, trotz unsrer Siege. Oder vielleicht auch eben deshalb. Siege produzieren unter Umständen auch Bescheidenheit.«

»Jedenfalls haben Sie, lieber Stechlin, zuviel davon. Aber wenn Sie erst Ihre Ruth haben ...«

»Ach, Czako, kommen Sie mir nicht immer mit Ruth. Oder eigentlich, seien Sie doch bedankt dafür. Denn dieser weibliche Name mahnt mich, daß ich mich für heut abend am Kronprinzenufer angemeldet habe, bei den Barbys, wo's, wie Sie wissen, freilich keine Ruth gibt, aber dafür eine Melusine, was fast noch mehr ist.«

»Versteht sich, Melusine ist mehr. Alles, was aus dem Wasser kommt, ist mehr. Venus kam aus dem Wasser, ebenso Hero ... Nein, nein, entschuldigen Sie, es war Leander.«

»Egal, lassen Sie's, wie's ist. Solche verwechselte Schillerstelle tut einem immer wohl. Übrigens können Sie mich in meinem Coupé begleiten; vom Kronprinzenufer aus haben Sie knapp noch halben Weg bis in Ihre Kaserne.«

Das Coupé tat seine Schuldigkeit, und es schlug eben erst acht, als Woldemar vor dem Barbyschen Hause hielt und, sich von Czako verabschiedend, die Treppe hinaufstieg. Er fand nur die Familie vor, was ihm sehr lieb war, weil er kein allgemeines Gespräch führen, sondern sich lediglich für seine Reise Rat holen wollte. Der alte Graf kannte London besser als Berlin, und auch Melusine war schon über siebzehn, als man, bald nach dem Tode der Mutter, England verlassen und sich auf die Graubündner Güter zurückgezogen hatte. Darüber waren nun wieder nah an anderthalb Jahrzehnte vergangen, aber Vater und Töchter hingen nach wie vor am Hydepark und dem schönen Hause, das sie da bewohnt hatten, und gedachten dankbar der in London verlebten Tage. Selbst Armgard sprach gern von dem wenigen, dessen sie sich noch aus ihrer frühen Kindheit her erinnerte.

»Wie glücklich bin ich«, sagte Woldemar, »Sie allein zu finden! Das klingt freilich sehr selbstisch, aber ich bin doch vielleicht entschuldigt. Wenn Besuch da wäre, nehmen wir beispielsweise Wrschowitz, und ich ließe mich hinreißen, von der Prinzessin von Wales und in natürlicher Konsequenz von ihren zwei Schwestern Dagmar und Thyra zu sprechen, so hätt' ich vielleicht wegen Dänenfreundlichkeit heut abend noch ein Duell auszufechten. Was mir doch unbequem wäre. Besser ist besser.«

Der alte Barby nickte vergnüglich.

»Ja, Herr Graf«, fuhr Woldemar fort, »ich komme, mich von Ihnen und den Damen zu verabschieden; aber ich komme vor allem auch, um mich in zwölfter Stunde noch nach Möglichkeit zu informieren. In dem Augenblick, wo der gänzlich ignorante Kandidatus in seinen Frack fährt, guckt er – so was soll vorkommen – noch einmal ins Corpus juris und liest, sagen wir zehn Zeilen, und gerad über diese wird er nachher gefragt und sieht sich gerettet. Dergleichen könnte mir doch auch vorbehalten sein. Sie waren lange drüben und die Damen ebenso. Auf was muß ich achten, was vermeiden, was tun? Vor allem, was muß ich sehn und was nicht sehn? Das letztere vielleicht das Wichtigste von allem.«

»Gewiß, lieber Stechlin. Aber ehe wir anfangen, rücken Sie hier ein und gönnen Sie sich eine Tasse Tee. Freilich, daß Sie den Tee würdigen werden, ist so gut wie ausgeschlossen; dazu sind Sie viel zu aufgeregt. Sie sind ja wie ein Wasserfall; ich erkenne Sie kaum wieder.«

Woldemar wollte sich entschuldigen.

»Nur keine Entschuldigungen. Und am wenigsten über das. Alles ist heutzutage so nüchtern, daß ich immer froh bin, mal einer Aufregung zu begegnen; Aufregung kleidet besser als Indifferenz, und jedenfalls ist sie interessanter. Was meinst du dazu, Melusine?«

»Papa schraubt mich. Ich werde mich aber hüten, zu antworten.«

»Und so denn wieder zur Sache. Ja, lieber Stechlin, was tun, was sehn? Oder wie Sie ganz richtig bemerken, was nicht sehn? Überall etwas sehr Schwieriges. In Italien vertrödelt man die Zeit mit Bildern, in England mit Hinrichtungsblöcken. Sie haben drüben ganze Kollektionen davon. Also möglichst wenig Historisches. Und dann natürlich keine Kirchen, immer mit Ausnahme von Westminster. Ich glaube, was man so mit billiger Wendung ›Land und Leute‹ nennt, das ist und bleibt das Beste. Die Themse hinauf und hinunter, Richmond-Hill (auch jetzt noch, trotzdem wir schon November haben) und Werbekneipen und Dudelsackpfeifer. Und wenn Sie bei Passierung eines stillen Squares einem sogenannten ›Straßen-Raffael‹ begegnen, dann stehenbleiben und zusehen, was das sonderbare Genie mit seiner linken und oft verkrüppelten Hand auf die breiten Straßensteine hinmalt! Denn diese Straßen-Raffaels haben immer nur eine linke Hand.«

»Und was malt er?«

»Was? Das wechselt. Er ist imstande und zaubert Ihnen in zehn Minuten eine richtige Sixtina aufs Trottoir. Aber in der Regel ist er mehr Ruysdael oder Hobbema. Landschaften sind seine Force, dazu Seestücke. Die Klippe von Dover hab' ich wohl zwanzigmal gesehn und über das Meer hin den zitternden Mondstrahl. Da haben Sie schon was zur Auswahl. Und nun fragen Sie Melusine. Die hat von London und Umgegend viel mehr gesehn als ich und weiß, glaub' ich, in Hampton-Court und Waltham-Abbey besser Bescheid als an der Oberspree, natürlich das Eierhäuschen ausgenommen. Und wenn Melusine versagen sollte, nun, so haben wir ja noch unsere Tochter Cordelia. Cordelia war damals freilich erst sechs oder doch nicht viel mehr. Aber Kindermund tut Wahrheit kund. Armgard, wie wär' es, wenn du dich unsers Freundes annähmest?«

»Ich weiß nicht, Papa, ob Herr von Stechlin damit einverstanden ist oder auch nur sein kann. Vielleicht ging es, wenn du nur nicht von meinen sechs Jahren gesprochen hättest. Aber so. Mit sechs Jahren hat man eben nichts erlebt, was, in den Augen andrer, des Erzählens wert wäre.«

»Komtesse, gestatten Sie mir ... die Dinge an sich sind gleichgültig. Alles Erlebte wird erst was durch den, der es erlebt.«

»Ei«, sagte Melusine. »So bin ich zum Erzählen noch mein Lebtag nicht aufgefordert worden. Nun wirst du sprechen müssen, Armgard.«

»Und ich will auch, selbst auf die Gefahr hin einer Niederlage.«

»Keine Vorreden, Armgard. Am wenigsten, wenn sie wie Selbstlob klingen.«

»Also wir hatten damals eine alte Person im Hause, die schon bei Melusine Kindermuhme gewesen war, und hieß Susan. Ich liebte sie sehr, denn sie hatte wie die meisten Irischen etwas ungemein Heiteres und Gütiges. Ich ging viel mit ihr im Hydepark spazieren, wohnten wir doch in der an seiner Nordseite sich hinziehenden großen Straße. Hydepark erschien mir immer sehr schön. Aber weil es tagaus, tagein dasselbe war, wollt' ich doch gern einmal was andres sehen, worauf Susan auch gleich einging, trotzdem es ihr eigentlich verboten war. ›Ei freilich, Komtesse‹, sagte sie, ›da wollen wir nach Martins le Grand.‹ ›Was ist das?‹ fragte ich; aber statt aller Antwort gab sie mir nur ein kleines Mäntelchen um, denn es war schon Spätherbst, so etwa wie jetzt, und dunkelte auch schon. Aus dem, was dann kam, muß ich annehmen, daß es um die fünfte Stunde war. Und so brachen wir denn auf, unsre Straße hinunter, und weil an dem Parkgitter entlang lauter große Röhren gelegt waren, um hier neu zu kanalisieren, so sprang ich auf die Röhren hinauf, und Susan hielt mich an meinem linken Zeigefinger. So gingen wir, ich immer auf den Röhren oben, bis wir an eine Stelle kamen, wo der Park aufhörte. Hier war gerad ein Droschkenstand, und Hafer und Häcksel lagen umher und zahllose Sperlinge dazwischen. In der Mitte von dem allem aber stand ein eiserner Brunnen. Auf den wies Susan hin und sagte: ›*Look at it, dear Armgard. There stood Tyburn-Gallows.*‹ Und wer so viel gestohlen hatte, wie gerad ein Strick kostete, der wurde da gehängt.«

»Eine merkwürdige Kindermuhme«, sagte Stechlin. »Und erschraken Sie nicht, Komtesse?«

»Nein, von Erschrecken, solange Susan bei mir war, war keine Rede. Sie hätte mich gegen eine Welt verteidigt.«

»Das söhnt wieder aus.«

»Und kurz und gut, wir blieben auf unserm Weg und stiegen alsbald in ein zweirädriges Cab, aus dem heraus wir sehr gut sehen konnten, und jagten die Oxfordstraße hinunter in die City hinein, in ein immer dichter werdendes Straßengewirr, drin ich nie vorher gekommen war und auch nachher nicht wieder gekommen bin. Bloß vor zwei Jahren, als wir auf Besuch drüben waren und ich den alten Plätzen wieder nachging.«

»Ich glaube«, sagte Melusine, »daß du bei diesem zweiten Besuch eine gute Anleihe machst. Denn von dem mit Susan Gesehenen wirst du zur Zeit nicht mehr viel zur Verfügung haben.«

»Doch, doch. Und nun hielt unser Hansom-Cab vor einem großen Hause, das halb wie ein Palast und halb wie ein griechischer Tempel aussah und unter dessen Säulengang hinweg wir in eine große, mit vielen hundert Menschen erfüllte Halle traten. Über ihren Köpfen aber lag es wie ein Strom von Licht, und ganz nach hinten zu, wo die Lichtmasse sich zu verdichten schien, standen auf einem Podium zwei in rote Röcke gekleidete Bedienstete mit ein paar großen Behältern links und rechts neben sich, die wie Futterkisten mit weit aufgeklapptem Deckel aussahen.«

»Und nun laß Stechlin raten, was es war.«

»Er braucht es nicht zu raten«, fuhr Armgard fort, »er weiß es natürlich schon. Aber er muß trotzdem aushalten. Denn er hat es selber so gewollt. Also Podium und Rotröcke samt aufgeklappter Kiste links und rechts. Und die hell erleuchtete Uhr darüber zeigte, daß es nur noch eine Minute bis sechs war. An ein Sich-heran-Drängen war nicht zu denken, und so flogen denn die Brief- und Zeitungspakete, die noch mit den letzten Postzügen fort sollten, in weitem Bogen über die Köpfe der in Front Stehenden weg; was aber dabei statt in die Behälter bloß auf das Podium fiel, das wurde von den Rotröcken mit einer geschickten Fußbewegung in die Futterkisten wie hineingeharkt. Und nun setzte der Uhrzeiger ein, und das Fliegen der Pakete steigerte sich, bis genau mit dem sechsten Schlag auch der Deckel jeder der beiden Kisten zuschlug.«

»Reizend, Komtesse. Nalürlich seh' ich mir das an, und wenn ich ein Rendezvous mit der Königin darüber versäumen müßte.«

»Nichts Antimonarchisches«, lachte der alte Graf. »Und so kommen Susans Untaten schließlich noch ans Licht.«

»Und meine eignen dazu. Glücklicherweise durch mich selbst.«

Das Gespräch setzte sich noch eine Weile fort, und allerlei Schilderungen aus dem Klein- und Alltagsleben behielten dabei die Oberhand.

Ein paarmal, weil er wohl sah, daß Woldemar gern auch andres zu hören wünschte, versuchte der alte Graf das Thema zu wechseln, aber beide Damen blieben bei »*shopping*« und »*five o'clock tea*«, bis Melusine, der Woldemars Ungeduld ebenfalls nicht entgangen war, mit einem Male fragte: »Haben Sie denn je von Traitors-Gate gehört?«

»Nein«, sagte Woldemar. »Ich kann es mir aber übersetzen und meine Schlüsse daraus ziehn.«

»Das reicht aus. Also natürlich Tower. Nun sehen Sie, Traitors-Gate, das war meine Domäne, wenn Besuch aus Deutschland kam und ich wohl oder übel den Führer machen mußte. Vieles im Tower langweilte mich, aber Traitors-Gate nie, vielleicht deshalb nicht, weil es ziemlich zu Anfang liegt, so daß ich, wenn wir's erreichten, immer noch bei Frische war, nicht abgestumpft durch all die Schrecklichkeiten, die dann weiterhin folgen.«

»Also Traitors-Gate muß ich sehn?«

»Unbedingt. Freilich, wenn ich dann wieder erwäge, daß an dieser berühmten Stelle nichts unmittelbar Wirkungsvolles zu sehn ist, so muß ich mich bei meinen Ratschlägen auf Ihre Phantasie verlassen können. Und ob das geht, weiß ich nicht. Wer aus der Mark ist, hat meist keine Phantasie.«

Der alte Graf und Armgard schwiegen, und auch Melusine sah wohl, daß sie mit ihrer Bemerkung etwas zu weit gegangen war. Irgendeine Reparierung schien also geboten. »Ich will's aber doch mit Ihnen wagen«, nahm sie das Gespräch wieder auf und lachte. »Traitors-Gate. Nun sehen Sie, Sie kommen da vom Eingange her einen schmalen Gang entlang, und mit einem Male haben Sie statt der grauen Steinwand ein eisenbeschlagenes Holztor neben sich. Hinter diesem Tor aber befindet sich ein kleiner, ganz unten in der Tiefe gelegener Wasserhof, von dem aus eine mehrstufige Treppe heraufführt und an eben der Stelle mündet, an der Sie stehn. Und nun rechnen Sie dreihundert Jahre zurück. Wem sich die Pforte damals auftat, um sich hinter ihm wieder zu schließen, der hatte vom Leben Abschied genommen ... Es sind da, verzeihen Sie das Wort, lauter glibbrige Stufen, und *wer* alles stieg diese Stufen hinauf: Essex, Sir Walter Raleigh, Thomas Morus und zuletzt noch jene Clanhäuptlinge, die für Prince Charlie gefochten hatten und deren Köpfe wenige Tage später von Temple-Bar herab auf die City niedersahen.«

»Liegt, Gott sei Dank, weit zurück.«

»Ja, weit zurück. Aber es kann wiederkommen. Und gerade *das* war es, was immer, wenn ich da so stand, den größten Eindruck auf mich machte. Diese Möglichkeit, daß es wiederkehre. Denn ich erinnere mich noch sehr wohl – ja, du warst es selbst, Papa, der es mir erzählte –, daß Lord Palmerston einmal, unwirsch über die koburgische Nebenpolitik (ich glaube während der Krimkriegtage), sich dahin geäußert hätte: ›Dieser Prince-Consort, er täte gut, sich unser Traitors-Gate bei Gelegenheit anzusehen. Es ist zwar schon lange, daß Könige da die glibbrige Treppe hinaufgestiegen sind, aber es ist doch noch nicht *so* lange, daß wir uns dessen nicht mehr entsinnen könnten. Und ein Prince-Consort ist noch lange nicht ein König.‹«

Woldemar, als Melusine dies mit überlegener Miene gesagt hatte, lächelte vor sich hin, was die Gräfin derartig verdroß, daß sie mit einer gewissen Gereiztheit hinzusetzte: »Sie lächeln. Da seh' ich doch, wie sehr ich im Rechte war, Ihnen die Phantasie abzusprechen.«

»Verzeihen Sie mir ...«

»Und nun werden Sie auch noch pathetisch. Das ist die richtige Ergänzung. Im übrigen, wie könnt' ich mit Ihnen ernsthaft zürnen! Ein berühmter deutscher Professor soll einmal irgendwo gesagt haben: ›Niemand sei verpflichtet, ein großer Mann zu sein‹. Und ebensowenig wird er ›große Phantasie‹ als etwas Pflichtmäßiges gefordert haben.«

Woldemar küßte ihr die Hand. »Wissen Sie, Gräfin, daß Sie doch eigentlich recht hochmütig sind?«

»Vielleicht. Aber mancher entwaffnet mich wieder. Und zu diesen gehören Sie.«

»Das ist nun auch wieder aus dem Ton.«

»Ich weiß es nicht. Aber lassen wir's. Und versprechen Sie mir lieber, mir von Windsor oder London aus eine Karte zu schreiben ... nein, eine Karte, das geht nicht ... also einen Brief, darin Sie mir ein Wort über die Engländerinnen sagen, und ob Sie jede taillenlose Rotblondine drüben auch so schön gefunden haben werden, wie's von den Kontinentalen, wenn sie dies Thema berühren, fast immer versichert wird.«

»Es wird davon abhängen, an wen ich gerade denke.«

»Nach dieser Bemerkung ist Ihnen alles verziehn.«

Woldemar blieb bis neun. Er hatte gleich in den Zeilen, in denen er sich anmeldete, die Damen wissen lassen, daß er seinen Besuch auf eine kurze Stunde beschränken müsse. So war er denn bei guter Zeit wieder daheim. Auf seinem Tische fand er ein Briefchen vor und erkannte Rex' Handschrift. »Lieber Stechlin«, so schrieb dieser, »ich höre eben, daß Sie nach London gehn. In der Zeitung, wo's schon gestanden haben soll, hab' ich es übersehn. Ich beglückwünsche Sie von Herzen zu dieser Auszeichnung und lege Ihnen eine Karte bei, die Sie (wenn's Ihnen paßt) bei meinem Freunde Ralph Waddington einführen soll. Er ist Advokat und einer der angesehensten Führer unter den Irvingianern. Fürchten Sie übrigens keine Bekehrungsversuche. Waddington ist ein durchaus feiner Mann, also zurückhaltend. Er kann Ihnen aber mannigfach behilflich sein, wenn Ihnen daran gelegen sein sollte, sich um das Wesen der englischen Dissenter, ihre Chapels und Tabernakels zu kümmern. Er ist ein Wissenschaftler auf diesem Gebiet. Und ich kenne ja Ihre Vorliebe für derlei Fragen.«

Stechlin legte den Brief unter den Briefbeschwerer und sagte: »Der gute Rex! Er überschätzt mich. Dissenterstudien. Es genügt mir, wenn ich einen einzigen Quäker sehe.«

23. KAPITEL

Was Rex da schrieb, hatte doch ein Gutes gehabt; Woldemar, erheitert bei dem Gedanken, sich durch Ralph Waddington in ein Tabernakel eingeführt zu sehn, sah sich mit einem Male einer gewissen Abspannung entrissen und war froh darüber, denn er brauchte durchaus Stimmung, um noch einige Briefe zu schreiben. Das ging ihm nun leichter von der Hand, und als elf Uhr kaum heran war, war alles erledigt.

Der andre Morgen sah ihn selbstverständlich früh auf. Fritz war um ihn her und half, wo noch zu helfen war. »Und nun, Fritz«, so waren Woldemars letzte Worte, »sieh nach dem Rechten. Schicke mir nichts nach; Zeitungen wirf weg. Und die drei Briefe hier, wenn ich fort bin, die tue sofort in den Kasten ... Ist die Droschke schon da?«

»Zu Befehl, Herr Rittmeister.«

»Na, dann mit Gott. Und jeden Tag lüften. Und paß auf die Pferde auf.«

Damit verabschiedete sich Woldemar.

Von den drei Briefen war einer nach Stechlin hin adressiert. Er traf, weil er noch mit dem ersten Zuge fort konnte, gleich nach Tisch bei dem Alten ein und lautete:

»Mein lieber Papa. Wenn Du diese Zeilen erhältst, sind wir schon auf dem Wege. ›Wir‹, das will sagen, unser Oberst, unser zweitältester Stabsoffizier, ich und zwei jüngere Offiziere. Aus Deinen eigenen Soldatentagen her kennst Du den Charakter solcher Abordnungen. Nachdem wir ›Regiment Königin von Großbritannien und Irland‹ geworden sind, war dies ›uns drüben vorstellen‹ nur noch eine Frage der Zeit. Dieser Mission beigesellt zu sein ist selbstverständlich eine große Ehre für mich, doppelt, wenn ich die Namen, über die wir in unserm Regiment Verfügung haben, in Erwägung ziehe. Die Zeiten, wo man das Wort ›historische Familie‹ betonte, sind vorüber. Auch an Tante Adelheid hab' ich in dieser Sache geschrieben. Was mir persönlich an Glücksgefühl vielleicht noch fehlen mag, wird sie leicht aufbringen. Und ich freue mich dessen, weil ich ihr, alles in allem, doch so viel verdanke. Daß ich mich von Berlin gerade jetzt nicht gerne trenne, sei nur angedeutet; Du wirst den Grund davon unschwer erraten. Mit besten Wünschen für Dein Wohl, unter herzlichen Grüßen an Lorenzen, wie immer Dein Woldemar.«

Dubslav saß am Kamin, als ihm Engelke den Brief brachte. Nun war der Alte mit dem Lesen durch und sagte: »Woldemar geht nach England. Was sagst du dazu, Engelke?«

»So was hab' ich mir all immer gedacht.«

»Na, dann bist du klüger gewesen als ich. Ich habe mir gar nichts gedacht. Und nu noch drei Tage, so stellt er sich mit seinem Oberst und seinem Major vor die Königin von England hin und sagt: ›Hier bin ich.‹«

»Ja, gnäd'ger Herr, warum soll er nich?«

»Is auch 'n Standpunkt. Und vielleicht sogar der richtige. Volksstimme, Gottesstimme. Na, nu geh mal zu Pastor Lorenzen und sag ihm, ich ließ' ihn bitten. Aber sage nichts von dem Brief; ich will ihn überraschen. Du bist mitunter 'ne alte Plappertasche.«

Schon nach einer halben Stunde war Lorenzen da.

»Haben befohlen ...«

»Haben befohlen. Ja, das ist gerade so das Richtige; sieht mir ähnlich ... Nun, Lorenzen, schieben Sie sich mal 'nen Stuhl ran, und wenn Engelke nicht geplaudert hat (denn er hält nicht immer dicht), so hab' ich eine richtige Neuigkeit für Sie. Woldemar ist nach England ...«

»Ah, mit der Abordnung.«

»Also wissen Sie schon davon?«

»Nein, ausgenommen das eine, daß eine Deputation oder Gesandtschaft beabsichtigt sei. Das las ich, und dabei hab' ich dann freilich auch an Woldemar gedacht.«

Dubslav lachte. »Sonderbar. Engelke hat sich so was gedacht, Lorenzen hat sich auch so was gedacht. Nur der eigne Vater hat an gar nichts gedacht.«

»Ach, Herr von Stechlin, das ist immer so. Väter sind Väter und können nie vergessen, daß die Kinder Kinder *waren.* Und doch hört es mal auf damit. Napoleon war mit zwanzig ein armer Leutnant und an Ansehn noch lange kein Stechlin. Und als er so alt war wie jetzt unser Woldemar, ja, da stand er schon zwischen Marengo und Austerlitz.«

»Hören Sie, Lorenzen, Sie greifen aber hoch. Meine Schwester Adelheid wird sich Ihnen übrigens wohl anschließen und von heut ab eine neue Zeitrechnung datieren. Ich nehm' es ruhiger, trotzdem ich einsehe, daß es nach großer Auszeichnung schmeckt. Und ist er wieder zurück, dann wird er auch allerlei Gutes davon haben. Aber solang er drüben ist! Ich trau' der Sache nicht. Von Behagen jedenfalls keine Rede. Die Vettern sind nun mal nicht zufriedenzustellen; vielleicht ärgern sie sich, daß es draußen in der Welt auch noch ein ›Regiment Königin von Großbritannien und Irland‹ gibt. Das besorgen sie sich lieber selbst und nehmen so was, wenn andre damit kommen, wie 'ne Prätention. Wie stehen denn Sie dazu? Sie haben die ›Beefeaters‹ vielleicht in Ihr Herz geschlossen wegen der vielen Dissenter. Ein Kardinal, der freilich auch noch Gourmand war, soll mal gesagt haben: ›Schreckliches Volk; hundert Sekten und bloß eine Sauce.‹«

»Ja«, lachte Lorenzen, »da bin ich freilich für die ›Beefeaters‹, wie Sie sagen, und gegen den Kardinal. Das mit den hundert Sekten lass' ich auf sich beruhn (mein Geschmack, beiläufig, ist es nicht), aber unter allen Umständen bin ich für höchstens eine Sauce. Das ist das einzig Richtige, weil Gesunde. Die Dinge müssen in sich etwas sein, und wenn das zutrifft, so ist eigentlich jede Sauce, und nun gar erst die Sauce im Plural, von vornherein schon gerichtet. Aber lassen wir den Kardinal und seine Gewagtheiten und nehmen wir den Gegenstand seiner Abneigung: England. Es hat für mich eine Zeit gegeben, wo ich bedingungslos dafür schwärmte. Nicht zu verwundern. Hieß es doch damals in dem ganzen Kreise, drin ich lebte: ›Ja, wenn wir England nicht mehr lieben sollen, was sollen wir dann überhaupt noch lieben?‹ Diese halbe Vergötterung hab' ich noch ehrlich mit durchgemacht. Aber das ist nun eine hübsche Weile her. Sie sind drüben schrecklich runtergekommen, weil der Kult vor dem Goldenen Kalbe beständig wächst; lauter Jobber und die vornehme Welt obenan. Und dabei so heuchlerisch; sie sagen ›Christus‹ und meinen Kattun.«

»Is leider so, wenigstens nach dem bißchen, was ich davon weiß. Und alles in allem, und neuerdings erst recht, bin ich deshalb immer für Rußland gewesen. Wenn ich da so an unsern Kaiser Nikolaus zurückdenke und an die Zeit, wo seine Uniform als Geschenk bei uns eintraf und dann als Kirchenstück in die Garnisonskirche kam. Natürlich in Potsdam. Wir haben zwar die Reliquien abgeschafft, aber wir haben sie doch auf unsre Art, und ganz ohne so was geht es nu mal nicht. Mit dem Alten Fritzen fing es natürlich an. Wir haben seinen Krückstock und den Dreimaster und das Taschentuch (na, das hätten sie vielleicht weglassen können), und zu den drei Stücken haben wir nu jetzt auch noch die Nikolaus-Uniform.«

Lorenzen sah verlegen vor sich hin; etwas dagegen sagen ging nicht, und zustimmen noch weniger.

Dubslav aber fuhr fort: »Und dann sind sie da forscher in Petersburg und geht alles mehr aus dem vollen, auch wenn die besten Steine mitunter schon rausgebrochen sind. So was kommt vor; is eben noch ein Naturvolk. Ich kann das ›Schenken‹ eigentlich nicht leiden, es hat so was von Bestechung und sieht aus wie'n Trinkgeld. Und Trinkgeld ist noch schlimmer als Bestechung und paßt mir eigentlich ganz und gar nicht. Aber es hat doch auch wieder was Angenehmes, solche Tabatiere. Wenn es einem gutgeht, ist es ein Familienstück, und wenn es einem schlechtgeht, ist es 'ne letzte Zuflucht. Natürlich, ein ganz reinliches Gefühl hat man nicht dabei.«

Lorenzen blieb eine volle Stunde. Der Alte war immer froh, wenn sich ihm Gelegenheit bot, sich mal ausplaudern zu können, und heute standen ja die denkbar besten Themata zur Verfügung: Woldemar, England, Kaiser Nikolaus und dazwischen Tante Adelheid, über die zwar immer nur kurze Worte fielen, aber doch so, daß sie, weil spöttisch, die gute Laune des Alten wesentlich steigerten.

Und in dieser guten Laune war er auch noch, als er um die fünfte Stunde seinen Eichenstock und seinen eingeknautschten Filzhut vom Riegel nahm, um am See hin, in der Richtung auf Globsow zu, seinen gewöhnlichen Spaziergang zu machen. Unmittelbar am Südufer, da wo die Wand steil abfiel, befand sich eine von Buchenzweigen überdachte Steinbank. Das war sein Lieblingsplatz. Die Sonne stand schon unterm Horizont, und nur das Abendrot glühte noch durch die Bäume. Da saß er nun und überdachte sein Leben, Altes und Neues, seine Kindheits-

und seine Leutnantstage, die Tage kurz vor seiner Verheiratung, wo das junge blasse Fräulein, das seine Frau werden sollte, noch Lieblingshofdame bei der alten Prinzeß Karl war. All das zog jetzt wieder an ihm vorüber, und dazwischen seine Schwester Adelheid, in jenen Tagen noch leidlich gut bei Weg, aber auch schon hart und herbe wie heute, so daß sie den reizenden Kerl, den Baron Krech, bloß weil er über ein schon halb abgestorbenes ›Verhältnis‹ und eine freilich noch fortlebende Spielschuld verfügte, durch ihre Tugend weggegrault hatte. Das waren die alten Geschichten. Und dann wurde Woldemar geboren, und die junge Frau starb, und der Junge wuchs heran und lernte bei Lorenzen all das dumme Zeug, das Neue (dran vielleicht doch was war), und nun fuhr er nach England rüber und war vielleicht schon in Köln und in ein paar Stunden in Ostende.

Dabei sah er vor sich hin und malte mit seinem Stock Figuren in den Sand. Der Wald war ganz still; auf dem See schwanden die letzten roten Lichter, und aus einiger Entfernung klangen Schläge herüber, wie wenn Leute Holz fällen. Er hörte mit halbem Ohr hin und sah eben auf die von Globsow her heraufführende schmale Straße, als er einer alten Frau von wohl siebzig gewahr wurde, die, mit einer mit Reisig bepackten Kiepe, den leis ansteigenden Weg heraufkam, etliche Schritte vor ihr ein Kind mit ein paar Enzianstauden in der Hand. Das Kind, ein Mädchen, mochte zehn Jahr sein, und das Licht fiel so, daß das blonde wirre Haar wie leuchtend um des Kindes Kopf stand. Als die Kleine bis fast an die Bank heran war, blieb sie stehn und erwartete da das Näherkommen der alten Frau. Diese, die wohl sah, daß das Kind in Furcht oder doch in Verlegenheit war, sagte: »Geih man vorupp, Agnes; he deiht di nix.«

Das Kind, sich bezwingend, ging nun auch wirklich, und während es an der Bank vorüberkam, sah es den alten Herrn mit großen klugen Augen an.

Inzwischen war auch die Alte herangekommen.

»Na, Buschen«, sagte Dubslav, »habt Ihr denn auch bloß Bruchholz in Eurer Kiepe? Sonst packt Euch der Förster.«

Die Alte griente. »Jott, jnädiger Herr, wenn Se doabi sinn, denn wird he joa woll nich.«

»Na, ich denk' auch; is immer nich so schlimm. Und wer is denn das Kind da?«

»Dat is joa Karlinens.«

»So, so, Karlinens. Is sie denn noch in Berlin? Und wird er sie denn heiraten? Ich meine den Rentsch in Globsow.«

»Ne, he will joa nich.«

»Is aber doch von ihm?«

»Joa, se seggt so. Awers he seggt, he wihr et nich.«

Der alte Dubslav lachte. »Na, hört, Buschen, ich kann's ihm eigentlich nich verdenken. Der Rentsch is ja doch ein ganz schwarzer Kerl. Und nu seht Euch mal das Kind an.«

»Dat hebb ick ehr ook all seggt. Und Karline weet et ook nich so recht un lacht man ümmer. Un se brukt em ook nich.«

»Geht es ihr denn so gut?«

»Joa; man kann et binah seggen. Se plätt't ümmer. Alle so'ne plätten ümmer. Ick wihr oak dissen Summer mit Agnessen (se heet Agnes) in Berlin, un doa wihr'n wi joa tosamen in'n Zirkus. Un Karline wihr ganz fidel.«

»Na, das freut mich. Und Agnes, sagt Ihr, heißt sie. Is ein hübsches Kind.«

»Joa, det is se. Un is ook en gaudes Kind; se weent gliks un is immer so patschlich mit ehre lütten Hänn'. Sünne sinn immer so.«

»Ja, das is richtig. Aber Ihr müßt aufpassen, sonst habt Ihr 'nen Urenkel, Ihr wißt nicht wie. Na, gu'n Abend, Buschen.«

»'n Abend, jnäd'ger Herr.«

24. KAPITEL

Der Baron Berchtesgadensche Wagen fuhr am Kronprinzenufer vor, und die Baronin, als sie gehört hatte, daß die Herrschaften oben zu Hause seien, stieg langsam die Treppe hinauf, denn sie war nicht gut zu Fuß und ein wenig asthmatisch. Armgard und Melusine begrüßten sie mit großer Freude. »Wie gut, wie hübsch, Baronin«, sagte Melusine, »daß wir Sie sehn. Und wir erwarten auch noch Besuch. Wenigstens ich. Ich habe solch Kribbeln in meinem kleinen Finger, und dann kommt immer wer. Wrschowitz gewiß (denn er war drei Tage lang nicht hier) und vielleicht auch Professor Cujacius. Und wenn nicht der, so Doktor Pusch, den Sie noch nicht kennen, trotzdem Sie ihn eigentlich kennen müßten – noch alte Bekanntschaft aus Londoner Tagen her. Möglicherweise kommt auch Frommel. Aber vor allem, Baronin, was bringen Sie für Wetter mit? Lizzi sagte mir eben, es neble so stark, man könne die Hand vor Augen nicht sehn.«

»Lizzi hat Ihnen ganz recht berichtet, der richtige *London fog*, wobei mir natürlich Ihr Freund Stechlin einfällt. Aber über den sprechen wir nachher. Jetzt sind wir noch beim Nebel. Es war draußen wirklich so, daß ich immer dachte, wir würden zusammenfahren; und am Brandenburger Tor, mit den großen Kandelabern dazwischen, sah es beinah aus wie ein Bild von Skarbina. Kennen Sie Skarbina?«

»Gewiß«, sagte Melusine, »den kenn' ich sehr gut. Aber allerdings erst von der letzten Ausstellung her. Und was, außer den Gaslaternen im Nebel, mir so eigentlich von ihm vorschwebt, das ist ein kleines Bild: langer Hotelkorridor, Tür an Tür, und vor einer der vielen Türen ein paar Damenstiefelchen. Reizend. Aber die Hauptsache war doch die Beleuchtung. Von irgendwoher fiel ein Licht ein und vergoldete das Ganze, den Flur und die Stiefelchen.«

»Richtig«, sagte die Baronin. »Das war von ihm. Und gerade das hat Ihnen so sehr gefallen?«

»Ja. Was auch natürlich ist. In meinen italienischen Tagen – wenn ich von ›italienischen Tagen‹ spreche, so meine ich übrigens nie meine Verheiratungstage; während meiner Verheiratungstage hab' ich Gott sei Dank so gut wie gar nichts gesehn, kaum meinen Mann, aber freilich immer noch zu viel –, also während meiner italienischen Tage hab' ich vor so vielen Himmelfahrten gestanden, daß ich jetzt für Stiefeletten im Sonnenschein bin.«

»Ganz mein Fall, liebe Melusine. Freilich bin ich jetzt nebenher auch noch fürs Japanische: Wasser und drei Binsen und ein Storch daneben. In meinen Jahren darf ich ja von Storch sprechen. Früher hätt' ich vielleicht Kranich gesagt.«

»Nein, Baronin, das glaub' ich Ihnen nicht. Sie waren immer für das, was sie jetzt Realismus nennen, was meistens mehr Ton und Farbe hat, und dazu gehört auch der Storch. Deshalb lieb' ich Sie ja gerade so sehr. Ach, daß doch das Natürliche wieder obenauf käme.«

»Kommt, liebe Melusine.«

Melusinens kribbelnder kleiner Finger behielt recht. Es kam wirklich Besuch, erst Wrschowitz, dann aber – statt der drei, die sie noch nebenher gemutmaßt hatte – nur Czako.

Der Empfang des einen wie des andern der beiden Herren hatte vorn im Damenzimmer stattgefunden, ohne Gegenwart des alten Grafen. Dieser erschien erst, als man zum Tee ging; er hieß seine Gäste herzlich willkommen, weil er jederzeit das Bedürfnis hatte, von dem, was draußen in der Welt vorging, etwas zu hören. Dafür sorgte denn auch jeder auf seine Weise: die Baronin durch Mitteilungen aus der oberen Gesellschaftssphäre, Czako durch Avancements und Demissionen und Wrschowitz durch »Krittikk«. Alles, was zur Sprache kam, hatte für den alten Grafen so ziemlich den gleichen Wert, aber das Liebste waren ihm doch die Hofnachrichten, die die Baronin mit glücklicher Ungeniertheit zum besten gab. Wendungen wie »ich darf mich wohl Ihrer Diskretion versichert halten« waren ihr gänzlich fremd. Sie hatte nicht bloß ganz allgemein den Mut ihrer Meinung, sondern diesen Mut auch in betreff ihrer jedesmaligen Spezialgeschichte, von der man in der Regel freilich sagen durfte, daß sie desselben auch dringend bedürftig war.

»Sagen Sie, liebe Freundin«, begann der alte Graf, »was wird das jetzt so eigentlich mit den Briefen bei Hofe?«

»Mit den Briefen? Oh, das wird immer schöner.«

»Immer schöner?«

»Nun, immer schöner«, lachte hier die Baronin, »ist vielleicht nicht gerade das rechte Wort. Aber es wird immer geheimnisvoller. Und das Geheimnisvolle hat nun mal das, worauf es ankommt, will sagen den Charme. Schon die beliebte Wendung ›rätselhafte Frau‹ spricht dafür; eine Frau, die nicht rätselhaft ist, ist eigentlich gar keine, womit ich mir persönlich freilich eine Art Todesurteil ausspreche. Denn ich bin alles, nur kein Rätsel. Aber am Ende, man ist, wie man ist, und so muß ich dies Manko zu verwinden suchen ... Es heißt immer, ›üble Nachrede, drin man sich mehr oder weniger mit Vorliebe gefalle, sei was Sündhaftes‹. Aber was heißt hier ›üble Nachrede‹? Vielleicht ist das, was uns so bruchstückweise zu Gehör kommt, nur ein schwaches Echo vom Eigentlichen und bedeutet eher ein Zuwenig als ein Zuviel. Im übrigen; wie's damit auch sei, mein Sinn ist nun mal auf das Sensationelle gerichtet. Unser Leben verläuft, offen gestanden, etwas durchschnittsmäßig, also langweilig und weil dem so ist, setz' ich getrost hinzu: ›Gott sei Dank, daß es Skandale gibt.‹ Freilich für Armgard ist so was nicht gesagt. Die darf es nicht hören.«

»Sie hört es aber doch«, lachte die Komtesse, »und denkt dabei: Was es doch für sonderbare Neigungen und Glücke gibt. Ich habe für dergleichen kein Organ. Unsre teure Baronin findet unser Leben langweilig und solche Chronik interessant. Ich, umgekehrt, finde solche Chronik langweilig und unser alltägliches Leben interessant. Wenn ich den Rudolf unsers Portiers Hartwig unten mit seinem *hoop* und seinen dünnen langen Berliner Beinen über die Straße laufen sehe, so find' ich das interessanter als diese sogenannte Pikanterie.«

Melusine stand auf und gab Armgard einen Kuß. »Du bist doch deiner Schwester Schwester oder mein Erziehungsprodukt, und zum erstenmal in meinem Leben muß ich meine teure Baronin ganz im Stiche lassen. Es ist nichts mit diesem Klatsch; es kommt nichts dabei heraus.«

»Ach, liebe Melusine, das ist durchaus nicht richtig. Es kommt umgekehrt sehr viel dabei heraus. Ihr Barbys seid alle so schrecklich diskret und ideal, aber ich für mein Teil, ich bin anders und nehme die Welt, wie sie ist; ein Bier und ein Schnaderhüpfl und mal ein Haberfeldtreiben, damit kommt man am weitesten. Was wir da jetzt hier erleben, das ist auch solch Haberfeldtreiben, ein Stück Feme.«

»Nur keine heilige.«

»Nein«, sagte die Baronin, »keine heilige. Die Feme war aber auch nicht immer heilig. Habe mir da neulich erst den Götz wieder angesehn, bloß wegen dieser Szene. Die Poppe beiläufig vorzüglich. Und der schwarze Mann von der Feme soll im Urtext noch viel schlimmer gewesen sein, so daß man es (Goethe war damals noch sehr jung) eigentlich kaum lesen kann. Ich würde mir's aber doch getrauen. Und nun wend' ich mich an unsre Herren, die dies diffizile Kampffeld, ich weiß nicht ritterlicher- oder unritterlicherweise, mir ganz allein überlassen haben. Doktor Wrschowitz, wie denken Sie darüber?«

»Ich denke darüber ganz wie gnädige Frau. Was wir da lesen wie Runenschrift ... nein, *nicht* wie Runenschrift ...« (Wrschowitz unterbrach sich hier mißmutig über sein eignes Hineingeraten ins Skandinavische) – »was wir da lesen in Briefen vom Hofe, das ist Krittikk. Und weil es Krittikk ist, ist es gutt. Mag es auch sein Mißbrauch von Krittikk. Alles hat Mißbrauch. Gerechtigkeit hat Mißbrauch, Kirche hat Mißbrauch, Krittikk hat Mißbrauch. Aber trotzdem. Auf die Feme kommt es an, und das große Messer muß wieder stecken im Baum.«

»Brrr«, sagte Czako, was ihm einen ernsten Augenaufschlag von Wrschowitz eintrug. –

Als man sich nach einer halben Stunde von Tisch erhoben hatte, wechselte man den Raum und begab sich in das Damenzimmer zurück, weil der alte Graf etwas Musik hören und sich von Armgards Fortschritten überzeugen wollte. »Doktor Wrschowitz hat vielleicht die Güte, dich zu begleiten.«

So folgte denn ein Quatremains, und als man damit aufhörte, nahm der alte Barby Veranlassung, seiner Vorliebe für solch vierhändiges Spiel Ausdruck zu geben, was Wrschowitz, dessen Künstlerüberheblichkeit keine Grenzen kannte, zu der ruhig lächelnden Gegenbemerkung veranlaßte, daß man dieser Auffassung bei Dilettanten sehr häufig begegne. Der alte Graf, wenig befriedigt von dieser »Krittikk«, war doch andrerseits viel zu vertraut mit Künstlerallüren im allgemeinen und mit den Wrschowitzschen im besonderen, um sich ernstlich über solche Worte zu verwundern. Er begnügte sich vielmehr mit einer gemessenen Verbeugung gegen den Musikdoktor und zog, auf einer nebenstehenden Causeuse Platz nehmend, die gute Frau von Berchtesgaden ins Gespräch, von der er wußte, daß ihre Munterkeiten nie den Charakter »goldener Rücksichtslosigkeiten« annahmen.

Wrschowitz seinerseits war an dem aufgeklappten Flügel stehengeblieben, ohne jede Spur von Verlegenheit, so daß ein Sichkümmern um ihn eigentlich nicht nötig gewesen wäre. Trotzdem hielt es Czako für angezeigt, sich seiner anzunehmen und dabei die herkömmliche Frage zu tun, »ob er, der Herr Doktor Wrschowitz, sich schon in Berlin eingelebt habe«.

»Hab' ich«, sagte Wrschowitz kurz.

»Und beklagen es nicht, Ihr Zelt unter uns aufgeschlagen zu haben?«

»*Au contraire.* Berlin eine schöne Stadt, eine serr gutte Stadt. Eine serr gutte Stadt *pour moi en particulier et pour les étrangers en général.* Eine serr gutte Stadt, weil es hat Musikk und weil es hat Krittikk.«

»Ich bin beglückt, Doktor Wrschowitz, speziell aus Ihrem Munde so viel Gutes über unsre Stadt zu hören. Im allgemeinen ist die slawische, besonders die tschechische Welt ...«

»Oh, die tschechische Welt. *Vanitas vanitatum.*«

»Es ist sehr selten, in nationalen Fragen einem so freien Drüberstehn zu begegnen ... Aber wenn es Ihnen recht ist, Doktor Wrschowitz, wir stehen hier wie zwei Schildhalter neben diesem aufgeklappten Klavier – vielleicht daß wir uns setzen könnten. Gräfin Melusine lugt ohnehin schon nach uns aus.« Und als Wrschowitz seine Zustimmung zu diesem Vorschlage Czakos ausgedrückt hatte, schritten beide Herren vom Klavier her auf den Kamin zu, vor dem sich die Gräfin auf einem Fauteuil niedergelassen hatte. Neben ihr stand ein Marmortischchen, drauf sie den linken Arm stützte.

»Nun endlich, Herr von Czako. Vor allem aber rücken Sie Stühle heran. Ich sah die beiden Herren in einem anscheinend intimen Gespräche. Wenn es sich um etwas handelte, dran ich teilnehmen darf, so gönnen Sie mir diesen Vorzug. Papa hat sich, wie Sie sehn, mit der Baronin engagiert, ich denke mir über berechtigte bajuwarische Eigentümlichkeiten, und Armgard denkt über ihr Spiel nach und all die falschen Griffe. Was müssen Sie gelitten haben, Wrschowitz. Und nun noch einmal, Hauptmann Czako, worüber plauderten Sie?«

»Berlin.«

»Ein unerschöpfliches Thema für die Medisance.«

»Worauf Doktor Wrschowitz zu meinem Staunen verzichtete. Denken Sie sich, gnädigste Gräfin, er schien alles loben zu wollen. Allerdings waren wir erst bei Musik und Kritik. Über die Menschen noch kein Wort.«

»Oh, Wrschowitz, das müssen Sie nachholen. Ein Fremder sieht mehr als ein Einheimischer. Also frei weg und ohne Scheu. Wie sind die Vornehmen? Wie sind die kleinen Leute?«

Wrschowitz wiegte den Kopf hin und her, als ob er überlege, wie weit er in seiner Antwort gehen könne. Dann mit einem Male schien er einen Entschluß gefaßt zu haben und sagte: »Oberklasse gutt, Unterklasse serr gutt; Mittelklasse *nicht* serr gutt.«

»Kann ich zustimmen«, lachte Melusine. »Fehlen nur noch ein paar Details. Wie wär' es damit?«

»Mittelklassberliner findet gutt, was *er* sagt, aber findet *nicht* gutt, was sagt ein andrer.«

Czako, trotzdem er sich getroffen fühlte, nickte.

»Mittelklassberliner, wenn spricht andrer, fällt in Krampf. In versteckten Krampf oder auch in nicht versteckten Krampf. In versteckte m Krampf ist er ein Bild des Jammers, in nicht verstecktem Krampf ist er ein Affront.«

»Brav, Wrschowitz. Aber mehr. Ich bitte.«

»Berliner immer an der Tete. So wenigstens glaubt er. Berliner immer Held. Berliner weiß alles, findet alles, entdeckt alles. Erst Borsig, dann Stephenson, erst Rudolf Hertzog, dann Herzog Rudolf, erst Pfefferküchler Hildebrand, dann Papst Hildebrand.«

»Nicht geschmeichelt, aber ähnlich. Und nun, Wrschowitz, noch eins, dann sind Sie wieder frei ... Wie sind die Damen?«

»Ach, gnäddigste Gräfin ...«

»Nichts, nichts. Die Damen.«

»Die Damen. Oh, die Damen serr gutt. Aber nicht speziffisch. Speziffisch in Berlin bloß die Madamm.«

»Da bin ich aber doch neugierig.«

»Speziffisch bloß die Madamm. Ich war, gnädigste Gräfin, in Pettersburg und ich war in Moscoú. Und war in Budapest. Und war auch in Saloniki. Ah, Saloniki! Schöne Damen von Helikon und schöne Damen von Libanon, hoch und schlank wie die Zeder. Aber keine Madamm. Madamm nirgendwo; Madamm bloß in Berlin.«

»Aber Wrschowitz, es müssen doch schließlich Ähnlichkeiten da sein. Eine Madamm ist doch immerhin auch eine Dame, wenigstens eine Art Dame. Schon das Wort spricht es aus.«

»Nein, gnäddigste Gräfin; *rien du tout* Dame! Dame denkt an Galan, Dame denkt an Putz oder vielleicht auch an *divorçons*. Aber Madamm denkt bloß an Rieke draußen und mitunter auch an Paul. Und wenn sie zu Paul spricht, der ihr Jüngster ist, so sagt sie: ›Jott, dein Vater.‹ Oh, die Madamm! Einige sagen, sie stürbe aus, andre sagen, sie stürbe nie.«

»Wrschowitz«, sagte Melusine, »wie schade, daß die Baronin und Papa nicht zugehört haben und daß unser Freund Stechlin, der solche Themata liebt, nicht hier ist. Übrigens hatten wir heut ein Telegramm von ihm. Haben Sie vielleicht auch Nachricht, Herr Hauptmann?«

»Heute, gnädigste Gräfin. Und auch ein Telegramm. Ich hab' es mitgebracht, weil ich an die Möglichkeit dachte ...«

»Bitte, lesen.«

Und Czako las: »London, Charing-Cross-Hotel. Alles über Erwarten groß. Sieben unvergeßliche Tage. Richmond schön. Windsor schöner. Und die Nelsonsäule vor mir. Ihr v. St.«

Melusine lachte. »Das hat er uns auch telegraphiert.«

»Ich fand es wenig«, stotterte Czako verlegen, »und als Doublette find' ich es noch weniger. Und ein Mann wie Stechlin, ein Mann in Mission! Und jetzt sogar unter den Augen Ihrer Majestät von Großbritannien und Indien.«

Alles stimmte dem, »daß es wenig sei«, zu. Nur der alte Graf wollte davon nichts wissen.

»Was verlangt ihr? Es ist umgekehrt ein sehr gutes Telegramm, weil ein richtiges Telegramm; Richmond, Windsor, Nelsonsäule. Soll er etwa telegraphieren, daß er sich sehnt, uns wiederzusehn? Und das wird er nicht einmal können, so riesig verwöhnt er jetzt ist. Ihr werdet euch alle sehr zusammennehmen müssen. Auch du, Melusine.«

»Natürlich, ich am meisten.«

VERLOBUNG
WEIHNACHTEN NACH STECHLIN

25. KAPITEL

Drei Tage später war Woldemar zurück und meldete sich für den nächsten Abend am Kronprinzenufer an. Er traf nur die beiden Damen, die, Melusine voran, kein Hehl aus ihrer Freude machten. »Papa läßt Ihnen sein Bedauern aussprechen, Sie nicht gleich heute mitbegrüßen zu können. Er ist bei den Berchtesgadens zur Spielpartie, bei der er natürlich nicht fehlen durfte. Das ist ›Dienst‹, weit strenger als der Ihrige. Wir haben Sie nun ganz allein, und das ist auch etwas Gutes. An Besuch ist kaum zu denken; Rex war erst gestern auf eine kurze Visite hier, etwas steif und formell wie gewöhnlich, und mit Ihrem Freunde Czako haben wir letzten Sonnabend eine Stunde verplaudern können. Wrschowitz war an demselben Abend auch da; beide treffen sich jetzt öfter und vertragen sich besser, als ich bei Beginn der Bekanntschaft dachte. Wer also sollte noch kommen? ... Und nun setzen Sie sich, um Ihr Reisefüllhorn über uns auszuschütten – die Füllhörner, die jetzt Mode sind, sind meist Bonbontüten, und genau so was erwart' ich auch von Ihnen. Sie sollten mir in einem Briefe von den Engländerinnen schreiben. Aber wer darüber nicht schrieb, das waren Sie, wenn wir uns auch entschließen wollen, Ihr Telegramm für voll anzusehn.« Und dabei lachte Melusine. »Vielleicht haben Sie uns in unsrer Eitelkeit nicht kränken wollen. Aber offen Spiel ist immer das beste. Wovon Sie nicht geschrieben, davon müssen Sie jetzt sprechen. Wie war es drüben? Ich meine mit der Schönheit.«

»Ich habe nichts einzelnes gesehn, was mich frappiert oder gar hingerissen hätte.«

»Nichts einzelnes. Soll das heißen, daß Sie dafür das Ganze beinah bewundert haben, will also sagen, die weibliche Totalität?«

»Fast könnt' ich dem zustimmen. Ich erinnere mich, daß mir vor Jahr und Tag schon ein Freund einmal sagte, ›in der ganzen Welt fände man, Gott sei Dank, schöne Frauen, aber nur in England seien die Frauen überhaupt schön‹.«

»Und das haben Sie geglaubt?«

»Es liegt eigentlich schlimmer, gnädigste Gräfin. Ich hab' es nicht geglaubt; aber ich hab' es, meinem Nichtglauben zum Trotz, nachträglich bestätigt gefunden.«

»Und Sie schaudern nicht vor solcher Übertreibung?«

»Ich kann es nicht, sosehr ich gerade hier eine Verpflichtung dazu fühle ...«

»Keine Bestechungen.«

»Ich soll schaudern vor einer Übertreibung«, fuhr Woldemar fort. »Aber Sie werden mir, Frau Gräfin, dies Schaudern vielleicht erlassen, wenn ich Erklärungen abgegeben haben werde. Der Englandschwärmer, den ich da vorhin zitierte, war ein Freund von zugespitzten Sätzen, und zugespitzte Sätze darf man nie wörtlich nehmen. Und am wenigsten auf diesem diffizilen Gebiete. Nirgends in der Welt blühen Schönheiten wie die gelben Butterblumen übers Feld hin; wirkliche Schönheiten sind schließlich immer Seltenheiten. Wären sie nicht selten, so wären sie nicht schön, oder wir fänden es nicht, weil wir einen andern Maßstab hätten. All das steht fest. Aber es gibt doch Durchschnittsvorzüge, die den Typus des Ganzen bestimmen, und diesem Masse nicht geradezu frappierender, aber doch immerhin noch sehr gefälliger Durchschnittsschönheit, dem bin ich drüben begegnet.«

»Ich lass' es mit dieser Einschränkung gelten, und Sie werden in Papa, mit dem wir oft darüber streiten, einen Anwalt für Ihre Meinung finden. Durchschnittsvorzüge. Zugegeben. Aber was sich darin ausspricht, das beinah Unpersönliche, das Typische ...«

Melusine schrak in diesem Augenblick leise zusammen, weil sie draußen die Klingel gehört zu haben glaubte. Wirklich, Jeserich trat ein und meldete: »Professor Cujacius«. »Um Gottes willen«, entfuhr es der Gräfin, und die kleine Pause benutzend, die ihr noch blieb, flüsterte sie Woldemar zu: »Cujacius ... Malerprofessor. Er wird über Kunst sprechen; bitte, widersprechen Sie ihm nicht, er gerät dabei so leicht in Feuer oder in mehr als das.« Und kaum, daß Melusine so weit gekommen war, erschien auch schon Cujacius und schritt unter rascher Verbeugung gegen Armgard auf die Gräfin zu, dieser die Hand zu küssen. Sie hatte sich inzwischen gesammelt und stellte vor: »Professor Cujacius ... Rittmeister von Stechlin.« Beide verneigten sich gegeneinander, Woldemar ruhig, Cujacius mit dem ihm eignen superioren Apostelausdruck, der, wenn auch ungewollt, immer was Provozierendes hatte. »Bin«, so ließ er sich mit einer gewissen Kondeszenz vernehmen, »durch Gräfin Melusine ganz auf dem laufenden. Abordnung, England, Windsor. Ich habe Sie beneidet, Herr Rittmeister. Eine so schöne Reise.«

»Ja, das war sie, nur leider zu kurz, so daß ich intimeren Dingen, beispielsweise der englischen Kunst, nicht das richtige Maß von Aufmerksamkeit widmen konnte.«

»Worüber Sie sich trösten dürfen. Was ich persönlich an solcher Reise jedem beneiden möchte, das sind ausschließlich die großen Gesamteindrücke, der Hof und die Lords, die die Geschichte des Landes bedeuten.«

»All das war auch mir die Hauptsache, mußt' es sein. Aber ich hätte mich dem ohnerachtet auch gern um Künstlerisches gekümmert, speziell um Malerisches. So zum Beispiel um die Schule der Präraffaeliten.«

»Ein überwundener Standpunkt. Einige waren da, deren Auftreten auch von uns (ich spreche von den Künstlern meiner Richtung) mit Aufmerksamkeit und selbst mit Achtung verfolgt wurde. So beispielsweise Millais ...«

»Ah, *der*. Sehr wahr. Ich erinnere mich seines bedeutendsten Bildes, das leider nach Amerika hin verkauft wurde. Wenn ich nicht irre, zu einem enormen Preise.«

Cujacius nickte. »Mutmaßlich das vielgefeierte ›Angelusbild‹, was Ihnen vorschwebt, Herr Rittmeister, eine von Händlern heraufgepuffte Marktware, für die Sie glücklicherweise den englischen Millais, will also sagen den ›*ais*‹-Millais, nicht verantwortlich machen dürfen. *Der* Millet, der für eine, wie Sie schon bemerkten, lächerlich hohe Summe nach Amerika hin verkauft wurde, war ein ›*et*‹-Millet, Vollblutpariser oder wenigstens Franzose.«

Woldemar geriet über diese Verwechslung in eine kleine Verlegenheit, die Damen mit ihm, alles sehr zur Erbauung des Professors, dessen rasch wachsendes Überlegenheitsgefühl unter dem Eindruck dieses Fauxpas immer neue Blüten übermütiger Laune trieb. »Im übrigen sei mir's verziehen«, fuhr er, immer leuchtender werdend, fort, »wenn ich mein Urteil über beide kurz dahin zusammenfasse: ›sie sind einander wert‹, und die zwei großen westlichen Kulturvölker mögen sich darüber streiten, wer von ihnen am meisten genasführt wurde. Der französische Millet ist eine Null, ein Zwerg, neben dem der englische vergleichsweise zum Riesen anwächst, wohlverstanden vergleichsweise. Trotzdem, wie mir gestattet sein mag zu wiederholen, war er zu Beginn seiner Laufbahn ein Gegenstand unsrer hiesigen Aufmerksamkeit. Und mit Recht. Denn das Präraffaelitentum, als dessen Begründer und Vertreter ich ihn ansehe, trug damals einen Zukunftskeim in sich; eine große Revolution schien sich anbahnen zu wollen, jene große Revolution, die Rückkehr heißt. Oder wenn Sie wollen ›Reaktion‹. Man hat vor solchen Wörtern nicht zu erschrecken. Wörter sind Kinderklappern.«

»Und dieser englische Millais – den mit dem französischen verwechselt zu haben ich aufrichtig bedaure –, dieser ›*ais*‹-Millais, dieser große Reformer, ist, wenn ich Sie recht verstehe, sich selber untreu geworden.«

»Man wird dies sagen dürfen. Er und seine Schule verfielen in Exzentrizitäten. Die Zucht ging verloren, und das straft sich auf jedem Gebiet. Was da neuerdings in der Welt zusammengekleckst wird, zumal in der schottischen und amerikanischen Schule, die sich jetzt auch bei uns breitzumachen sucht, das ist der Überschwang einer an sich beachtenswerten Richtung. Der Zug, der unter Mitteldampf gut und erfreulich fuhr, unter Doppeldampf (und das reicht noch nicht einmal aus) ist er entgleist; er liegt jetzt neben den Schienen und pustet und keucht. Und ein Jammer nur, daß seine Heizer nicht mit auf dem Platze geblieben sind. Das ist der Fluch der bösen Tat ... ich verzichte darauf, in Gegenwart der Damen das Zitat zu Ende zu führen.«

Eine kleine Pause trat ein, bis Woldemar, der einsah, daß irgendwas gesagt werden müsse, sich zu der Bemerkung aufraffte: »Von Neueren hab' ich eigentlich nur Seestücke kennengelernt; dazu die Phantastika des Malers William Turner, leider nur flüchtig. Er hat die ›drei Männer im feurigen Ofen‹ gemalt. Stupend. Etwas Großartiges schien mir aus seinen Schöpfungen zu sprechen, wenigstens in allem, was das Kolorit angeht.«

»Eine gewisse Großartigkeit«, nahm Cujacius mit lächelnd überlegener Miene wieder das Wort, »ist ihm nicht abzusprechen. Aber aller Wahnsinn wächst sich leicht ins Großartige hinein und düpiert dann regelmäßig die Menge. *Mundus vult decipi.* Allem vorauf in England. Es gibt nur ein Heil: Umkehr, Rückkehr zur keuschen Linie. Die Koloristen sind das Unglück in der Kunst. Einige wenige waren hervorragend, aber nicht *parce que,* sondern *quoique.* Noch heute wird es mir obliegen, in unserm Verein über eben dieses Thema zu sprechen. Gewiß unter Widerspruch, vielleicht auch unter Lärm und Gepolter; denn mit den richtigen Linien in der Kunst sind auch die richtigen Formen in der Gesellschaft verlorengegangen. Aber viel Feind', viel Ehr', und jede Stelle verlangt heutzutage ihren Mann von Worms, ihren Luther. ›Hier stehe ich.‹ Am elendesten aber sind die paktierenwollenden Halben. Zwischen schön und häßlich ist nicht zu paktieren.«

»Und schön und häßlich«, unterbrach hier Melusine (froh, überhaupt unterbrechen zu können), »war auch die große Frage, die wir, als wir Sie begrüßen durften, eben unter Diskussion stellten. Herr von Stechlin sollte beichten über die Schönheit der Engländerinnen. Und nun frag' ich *Sie*, Herr Professor, finden auch Sie sie so schön?«

»Ich spreche nicht gern über Engländerinnen«, fuhr Cujacius fort. »Etwas von Idiosynkrasie beherrscht mich da. Diese Töchter Albions, sie singen so viel und musizieren so viel und malen so viel. Und haben eigentlich kein Talent.«

»Vielleicht. Aber davon dürfen Sie jetzt nicht sprechen. Bloß das eine: schön oder nicht schön?«

»Schön? Nun denn, ›nein‹. Alles wirkt wie tot. Und was wie tot wirkt, wenn es nicht der Tod selbst ist, ist nicht schön. Im übrigen, ich sehe, daß ich nur noch zehn Minuten habe. Wie gerne wär' ich an einer Stelle geblieben, wo man so vielem Verständnis und Entgegenkommen begegnet. Herr von Stechlin, ich erlaube mir, Ihnen morgen eine Radierung nach einem Bilde des richtigen englischen Millais zu schicken. Dragonerkaserne, Hallesches Tor – ich weiß. Übermorgen lass' ich die Mappe wieder abholen. Name des Bildes: ›Sir Isumbras‹. Merkwürdige Schöpfung. Schade, daß er, der Vater des Präraffaelitentums, dabei nicht aushielt. Aber nicht zu verwundern. Nichts hält jetzt aus, und mit nächstem werden wir die Berühmtheiten nach Tagen zählen. Tizian entzückte noch mit hundert Jahren; wer jetzt fünf Jahre gemalt hat, ist altes Eisen. Gnädigste Gräfin, Komtesse Armgard ... Darf ich bitten, mich meinem Gönner, Ihrem Herrn Vater, dem Grafen, angelegentlichst empfehlen zu wollen.«

Woldemar, die Honneurs des Hauses machend, was er bei seiner intimen Stellung durfte, hatte den Professor bis auf den Korridor geleitet und ihm hier den Künstlermantel umgegeben, den er, in unverändertem Schnitt, seit seinen Romtagen trug. Es war ein Radmantel. Dazu ein Kalabreser von Seidenfilz.

»Er ist doch auf seine Weise nicht übel«, sagte Woldemar, als er bei den Damen wieder eintrat. »An einem starken Selbstbewußtsein, dran er wohl leidet, darf man heutzutage nicht Anstoß nehmen, vorausgesetzt, daß die Tatsachen es einigermaßen rechtfertigen.«

»Ein starkes Selbstbewußtsein ist nie gerechtfertigt«, sagte Armgard, »Bismarck vielleicht ausgenommen. Das heißt also in jedem Jahrhundert einer.«

»Wonach Cujacius günstigstenfalls der zweite wäre«, lachte Woldemar. »Wie steht es eigentlich mit ihm? Ich habe nie von ihm gehört, was aber nicht viel besagen will, namentlich nachdem ich Millais und Millet glücklich verwechselt habe. Nun geht alles so in einem hin. Ist er ein Mann, den ich eigentlich kennen müßte?«

»Das hängt ganz davon ab«, sagte Melusine, »wie Sie sich einschätzen. Haben Sie den Ehrgeiz, nicht bloß den eigentlichen alten Giotto von Florenz zu kennen, sondern auch all die Giottinos, die neuerdings in Ostelbien von Rittergut zu Rittergut ziehn, um für Kunst und Christentum ein übriges zu leisten, so müssen Sie Cujacius freilich kennen. Er hat da die große Lieferung; ist übrigens lange nicht der Schlimmste. Selbst seine Gegner, und er hat deren ein gerüttelt und geschüttelt Maß, gestehen ihm ein hübsches Talent zu; nur verdirbt er alles durch seinen Dünkel. Und so hat er denn keine Freunde, trotzdem er beständig von Richtungsgenossen spricht und auch heute wieder sprach. Gerade diese Richtungsgenossen aber hat er aufs entschiedenste gegen sich, was übrigens nicht bloß an ihm, sondern auch an den Genossen liegt. Gerade die, die dasselbe Ziel verfolgen, bekämpfen sich immer am heftigsten untereinander, vor allem auf christlichem Gebiet, auch wenn es sich nicht um christliche Dogmen, sondern bloß um christliche Kunst handelt. Zu des Professors Lieblingswendungen zählt die, daß er ›in der Tradition stehe‹, was ihm indessen nur Spott und Achselzucken einträgt. Einer seiner Richtungsgenossen – als ob er mich persönlich dafür hätte verantwortlich machen wollen – fragte mich erst neulich voll ironischer Teilnahme: ›Steht denn Ihr Cujacius immer noch in der Tradition?‹ Und als ich ihm antwortete: ›Sie spötteln darüber, hat er denn aber keine?‹, bemerkte dieser Spezialkollege: ›Gewiß hat er eine Tradition, und das ist seine eigne.‹ Seit fünfundvierzig Jahren malt er immer denselben Christus und bereist als Kunst-, aber fast auch schon als Kirchenfanatiker die ihm unterstellten Provinzen, so daß man betreffs seiner beinah sagen kann: ›Es predigt sein Christus allerorten, ist aber drum nicht schöner geworden.‹«

»Melusine, du darfst so nicht weitersprechen«, unterbrach hier Armgard. »Sie wissen übrigens, Herr von Stechlin, wie's hier steht und daß ich meine ältere Schwester, die mich erzogen hat (hoffentlich gut), jetzt nachträglich mitunter meinerseits erziehen muß.« Dabei reichte sie Melusine die Hand. »Eben erst ist er fort, der arme Professor, und jetzt schon so schlechte Nachrede. Welchen Trost soll sich unser Freund Stechlin daraus schöpfen? Er wird denken, heute dir, morgen mir.«

»Du sollst in allem recht haben, Armgard, nur nicht in diesem letzten. Schließlich weiß doch jeder, was er gilt, ob er geliebt wird oder nicht, vorausgesetzt, daß er ein Gentleman und nicht ein Gigerl ist. Aber Gentleman. Da hab' ich wieder die Einhakeöse für England. Das Schönheitskapitel ist erledigt, war ohnehin nur Kaprice. Von all dem andern aber, das schließlich doch wichtiger ist, wissen wir noch immer so gut wie gar nichts. Wie war es im Tower? Und hab' ich recht behalten mit Traitors-Gate?«

»Nur in einem Punkt, Gräfin, in Ihrem Mißtrauen gegen meine Phantasie. Die versagte da total, wenn es nicht doch vielleicht an der Sache selbst, also an Traitors-Gate, gelegen hat. Denn an einer anderen Stelle konnt' ich mich meiner Phantasie beinah berühmen und am meisten da, wo (wie mir übrigens nur zu begreiflich) auch Sie persönlich mit so viel Vorliebe verweilt haben.«

»Und welche Stelle war das?«

»Waltham-Abbey.«

»Waltham-Abbey? Aber davon weiß ich ja gar nichts. Waltham-Abbey kenn' ich nicht, kaum dem Namen nach.«

»Und doch weiß ich bestimmt, daß mir Ihr Herr Papa gerade am Abend vor meiner Abreise sagte: ›Das muß Melusine wissen; die weiß ja dort überall Bescheid und kennt, glaub' ich, Waltham-Abbey besser als Treptow oder Stralau.‹«

»So bilden sich Renommees«, lachte Melusine. »Der Papa hat das auf gut Glück hin gesagt, hat bloß ein beliebiges Beispiel herausgegriffen. Und nun diese Tragweite! Lassen wir das aber und sagen Sie mir lieber: Was ist Waltham-Abbey? Und wo liegt es?«

»Es liegt ganz in der Nähe von London und ist eine Nachmittagsfahrt, etwa wie wenn man das Mausoleum in Charlottenburg besucht oder das in der Potsdamer Friedenskirche.«

»Hat es denn etwas von einem Mausoleum?«

»Ja und nein. Der Denkstein fehlt, aber die ganze Kirche kann als ein Denkmal gelten.«

»Als ein Denkmal für wen?«

»Für König Harald.«

»Für den, den Editha Schwanenhals auf dem Schlachtfelde von Hastings suchte?«

»Für denselben.«

»Ich habe während meiner Londoner Tage das Bild von Horace Vernet gesehn, das den Moment darstellt, wo die schöne Col de Cygne zwischen den Toten umherirrt. Und ich erinnre mich auch, daß zwei Mönche neben ihr herschritten. Aber weiter weiß ich nichts. Und am wenigsten weiß ich, was daraus wurde.«

»Was daraus wurde – das ist eben der Schlußakt des Dramas. Und dieser Schlußakt heißt Waltham-Abbey. Die Mönche, deren Sie sich erinnern und die da neben Editha herschritten, das waren Waltham-Abbey-Mönche, und als sie schließlich gefunden hatten, was sie suchten, legten sie den König auf dichtes Baumgezweig und trugen ihn den weiten Weg bis nach Waltham-Abbey zurück. Und da begruben sie ihn.«

»Und die Stätte, wo sie ihn begruben, die haben Sie besucht?«

»Nein, nicht sein Grab; das existiert nicht. Man weiß nur, daß man ihn dort überhaupt begrub. Und als ich da, die Sonne ging eben unter, in einem uralten Lindengange stand, zwischen Grabsteinen links und rechts, und das Abendläuten von der Kirche her begann, da war es mir, als käme wieder der Zug mit den Mönchen den Lindengang herauf, und ich sah Editha und sah auch den König, trotzdem ihn die Zweige halb verdeckten. Und dabei (wenn auch eigentlich der Papa schuld ist und nicht Sie, Gräfin) gedacht' ich Ihrer in alter und neuer Dankbarkeit.«

»Und daß Sie mich besiegt haben. Aber das sage nur ich. Sie sagen es natürlich nicht, denn Sie sind nicht der Mann, sich eines Sieges zu rühmen, noch dazu über eine Frau. Waltham-Abbey kenn' ich nun, und an Ihre Phantasie glaub' ich von heut an, trotzdem Sie mich mit Traitors-Gate im Stich gelassen. Daß Sie nebenher noch, und zwar Armgard zu Ehren, in Martins le Grand waren, dessen bin ich sicher und ebenso, daß Sie Papas einzige Forderung erfüllt und der Kapelle Heinrichs VII. Ihren Besuch gemacht haben, diesem Wunderwerk der Tudors. Welchen Eindruck hatten Sie von der Kapelle?«

»Den denkbar großartigsten. Ich weiß, daß man die herabhängenden Trichter, die sie ›Tromben‹ nennen, unschön gefunden hat; aber ästhetische Vorschriften existieren für mich nicht. Was auf mich wirkt, wirkt. Ich konnte mich nicht sattsehen daran. Trotzdem, das Eigentlichste war doch noch wieder ein andres und kam erst, als ich da zwischen den Sarkophagen der beiden feindlichen Königinnen stand. Ich wüßte nicht, daß etwas je so beweglich und eindringlich zu mir gepredigt hätte wie gerade diese Stelle.«

»Und was war es, was Sie da so bewegte?«

»Das Gefühl: ›Zwischen diesen beiden Gegensätzen pendelt die Weltgeschichte‹. Zunächst freilich scheinen wir da nur den Gegensatz zwischen Katholizismus und Protestantismus zu haben, aber weit darüber hinaus (weil nicht an Ort und Zeit gebunden) haben wir bei tiefer gehender Betrachtung den Gegensatz von Leidenschaft und Berechnung, von Schönheit und Klugheit. Und das ist der Grund, warum das Interesse daran nicht ausstirbt. Es sind große Typen, diese feindlichen Königinnen.«

Beide Schwestern schwiegen. Dann sagte Melusine, der daran lag, wieder ins Heitere hinüberzulenken: »Und nun, Armgard, sage, für welche von den beiden Königinnen bist du?«

»Nicht für die eine und nicht für die andre. Nicht einmal für beide. Gewiß sind es Typen. Aber es gibt andre, die mir mehr bedeuten, und, um es kurz zu sagen, Elisabeth von Thüringen ist mir lieber als Elisabeth von England. Andern leben und der Armut das Brot geben – darin allein ruht das Glück. Ich möchte, daß ich mir *das* erringen könnte. Aber man erringt sich nichts. Alles ist Gnade.«

»Du bist ein Kind«, sagte Melusine, während sie sich mühte, ihrer Bewegung Herr zu werden. »Du wirst noch Unter den Linden für Geld gezeigt werden. Auf der einen Seite die ›Mädchen von Dahomey‹, auf der andern du.«

Stechlin ging. Armgard gab ihm das Geleit bis auf den Korridor. Es war eine Verlegenheit zwischen beiden, und Woldemar fühlte, daß er etwas sagen müsse. »Welche liebenswürdige Schwester Sie haben.«

Armgard errötete. »Sie werden mich eifersüchtig machen.«

»Wirklich, Komtesse?«

»Vielleicht ... Gute Nacht.«

Eine halbe Stunde später saß Melusine neben dem Bett der Schwester, und beide plauderten noch. Aber Armgard war einsilbig, und Melusine bemerkte wohl, daß die Schwester etwas auf dem Herzen habe.

»Was hast du, Armgard? Du bist so zerstreut, so wie abwesend.«

»Ich weiß es nicht, aber ich glaube fast ...«

»Nun was?«

»Ich glaube fast, ich bin verlobt.«

26. KAPITEL

Und was die jüngere Schwester der älteren zugeflüstert hatte, das wurde wahr, und schon wenige Tage nach diesem ersten Wiedersehn waren Armgard und Woldemar Verlobte. Der alte Graf sah einen Wunsch erfüllt, den er seit lange gehegt, und Melusine küßte die Schwester mit einer Herzlichkeit, als ob sie selber die Glückliche wäre.

»Du gönnst ihn mir doch?«

»Ach, meine liebe Armgard«, sagte Melusine, »wenn du wüßtest! Ich habe nur die Freude, du hast auch die Last.«

An demselben Abende noch, wo die Verlobung stattgefunden hatte, schrieb Woldemar nach Stechlin und nach Wutz; der eine Brief war so wichtig wie der andre, denn die Tante-Domina, deren Mißstimmung so gut wie gewiß war, mußte nach Möglichkeit versöhnlich gestimmt werden. Freilich blieb es fraglich, ob es glücken würde.

Zwei Tage später waren die Antwortbriefe da, von denen diesmal der Wutzer Brief über den Stechliner siegte, was einfach daran lag, daß Woldemar von Wutz her nur Ausstellungen, von Stechlin her nur Entzücken erwartet hatte. Das traf aber nun beides nicht zu. Was die Tante schrieb, war durchaus nicht so schlimm (sie beschränkte sich auf Wiederholung der schon mündlich von ihr ausgesprochenen Bedenken), und was der Alte schrieb, war nicht so gut oder doch wenigstens nicht so der Situation angepaßt, wie's Woldemar gewärtigte. Natürlich war es eine Beglückwünschung, aber doch mehr noch ein politischer Exkurs. Dubslav litt als Briefschreiber daran, gern bei Nebensächlichkeiten zu verweilen und gelegentlich über die Hauptsache wegzusehn. Er schrieb:

»Mein lieber Woldemar. Die Würfel sind nun also gefallen (früher hieß es *alea iacta est,* aber so altmodisch bin ich denn doch nicht mehr), und da zwei Sechsen obenauf liegen, kann ich nur sagen: ich gratuliere. Nach dem Gespräch übrigens, das ich am 3. Oktober morgens mit Dir führte, während wir um unsern Stechliner Springbrunnen herumgingen (seit drei Tagen springt er nicht mehr; wahrscheinlich werden die Mäuse das Röhrenwerk angeknabbert haben) – seit jenem Oktobermorgen hab' ich so was erwartet, nicht mehr, aber auch nicht weniger. Du wirst nun also Karriere machen, glücklicherweise zunächst durch Dich selbst und dann allerdings auch durch Deine Braut und deren Familie. Graf Barby – mit Rübenboden im Magdeburgischen und mit Mineralquellen im Graubündischen –, höher hinauf geht es kaum, Du müßtest Dich denn bis ins Katzlersche verirren. Armgard ist auch schon viel, aber Ermyntrud doch mehr und für den armen Katzler jedenfalls zu viel. Ja, mein lieber Woldemar, Du kommst nun also zu Vermögen und Einfluß und kannst die Stechlins wieder raufbringen (gestern war Baruch

Hirschfeld hier und in allem willfährig; die Juden sind nicht so schlimm, wie manche meinen), und wenn Du dann hier einziehst und statt der alten Kate so was in Châteaustil bauen läßt und vielleicht sogar eine Fasanenzucht anlegst, so daß erst der Post-Stephan und dann der Kaiser selbst bei Dir zu Besuch kommen kann, ja, da kannst Du möglicherweise selbst das erreichen, was Dein alter Vater, weil Feilenhauer Torgelow mächtiger war als er, nicht erreichen konnte: den Einzug ins Reichshaus mit dem freien Blick auf Kroll. Mehr kann ich in diesem Augenblick nicht sagen, auch meine Freude nicht höher spannen, und in diesem relativen Ruhigbleiben empfind' ich zum erstenmal eine gewisse Familienähnlichkeit mit meiner Schwester Adelheid, deren Glaubensbekenntnis im letzten darauf hinausläuft: Kleinadel über Hochadel, Junker über Graf. Ja ich fühle, Deinen Gräflichkeiten gegenüber, wie sich der Junker ein bißchen in mir regt. Die reichen und vornehmen Herren sind doch immer ganz eigene Leute, die wohl Fühlung mit uns haben, unter Umständen auch suchen, aber das Fühlunghalten nach oben ist ihnen schließlich doch viel, viel wichtiger. Es heißt wohl immer, ›wir Kleinen, wir machten alles und könnten alles‹, aber bei Lichte besehn ist bloß das alte: ›Du glaubst zu schieben, und du wirst geschoben.‹ Glaube mir, Woldemar, wir werden geschoben und sind bloß Sturmbock. Immer dieselbe Geschichte, wie mit Protz und Proletarier. Die Proletarier – wie sie noch echt waren, jetzt mag es wohl anders damit sein – waren auch bloß immer dazu da, die Kastanien aus dem Feuer zu holen; aber ging es dann schief, dann wanderte Bruder Habenichts nach Spandau, und Bruder Protz legte sich zu Bett. Und mit Hochadel und Kleinadel ist es beinah ebenso. Natürlich heiratet eine Ermyntrud mal einen Katzler, aber eigentlich äugt sie doch mehr nach einem Stuart oder Wasa, wenn es deren noch gibt. Wird aber wohl nicht. Entschuldige diesen Herzenserguß, dem Du nicht mehr Gewicht beilegen mußt, als ihm zukommt. Es kam mir das alles so von ungefähr in die Feder, weil ich grade heute wieder gelesen habe, wie man einen von uns, der durch Eintreten eines Ippe-Büchsenstein hätte gerettet werden können, schändlich im Stich gelassen hat. Ippe-Büchsenstein ist natürlich nur Begriff. Alles in allem: Ich habe zu Dir das Vertrauen, daß Du richtig gewählt hast und daß man Dich nicht im Stiche lassen wird. Außerdem, ein richtiger Märker hat Augen im Kopf und ist beinah so helle wie'n Sachse.

Wie immer Dein alter Vater Dubslav von Stechlin.«

Es war Ende November, als Woldemar diesen Brief erhielt. Er überwand ihn rasch, und am dritten Tag las er alles schon mit einer gewissen Freudigkeit. Ganz der Alte; jede Zeile voll Liebe, voll Güte, voll Schnurrigkeiten. Und eben diese Schnurren, trafen sie nicht eigentlich auch den Nagel auf den Kopf? Sicherlich. Was aber das Beste war, sosehr das alles im allgemeinen passen mochte, auf die Barbys paßte so gut wie nichts davon; die waren doch anders, die suchten nicht Fühlung nach oben und nicht nach unten, die marchandierten nicht mit links und nicht mit rechts, die waren nur Menschen, und daß sie nur *das* sein wollten, das war ihr Glück und zugleich ihr Hochgefühl. Woldemar sagte sich denn auch, daß der Alte, wenn er sie nur erst kennengelernt haben würde, mit fliegenden Fahnen ins Barbysche Lager übergehen würde. Der alte Graf, Armgard und vor allem Melusine. Die war genau das, was der Alte brauchte, wobei ihm das Herz aufging.

Den Weihnachtsabend verbrachte Woldemar am Kronprinzenufer. Auch Wrschowitz und Cujacius – von denen jener natürlich unverheiratet, dieser wegen beständiger Streiterei von seiner Frau geschieden war – waren zugegen. Cujacius hatte gebeten, ein Krippentransparent malen zu dürfen, was denn auch, als es erschien, auf einen Nebentisch gestellt und allseitig bewundert wurde. Die drei Könige waren Porträts: der alte Graf, Cujacius selbst und Wrschowitz (als Mohrenkönig), letzterer, trotz Wollhaar und aufgeworfener Lippe, von frappanter Ähnlichkeit. Auch in der Maria suchte man nach Anlehnungen und fand sie zuletzt; es war Lizzi, die, wie so viele Berliner Kammerjungfern, einen sittig verschämten Ausdruck hatte. Nach dem Tee wurde musiziert, und Wrschowitz spielte – weil er dem alten Grafen eine Aufmerksamkeit zu erweisen wünschte – die Polonaise von Oginski, bei deren erster, nunmehr um siebzig Jahre zurückliegenden Aufführung, einem alten *on dit* zufolge, der polnisch-gräfliche Komponist im Schlußmomente sich erschossen haben sollte. Natürlich aus Liebe. »Brav, brav«, sagte der alte Graf und war, während er sich beinah überschwenglich bedankte, so sehr aus dem Häuschen, daß Wrschowitz schließlich schelmisch bemerkte: »Den Piffpaffschluß muß ich mir versagen,

Herr Graff, trotzdem meine Vererrung« (Blick auf Armgard) »serr groß ist, fast so groß wie die Vererrung des Grafen vor Graff Oginski.«

So verlief der Heiligabend.

Schon vorher war man übereingekommen, am zweiten Feiertage zu dritt einen Ausflug nach Stechlin zu machen, um dort die künftige Schwiegertochter dem Schwiegervater vorzustellen. Noch am Christabend selbst, trotzdem Mitternacht schon vorüber, schrieb denn auch Woldemar einige Zeilen nach Stechlin hin, in denen er sich samt Braut und Schwägerin für den zweiten Feiertagabend anmeldete.

Rechtzeitig trafen Woldemars Zeilen in Stechlin ein. »Lieber Papa. Wir haben vor, am zweiten Feiertage mit dem Spätnachmittagszuge von hier aufzubrechen. Wir sind dann um sieben auf dem Granseer Bahnhof und um neun oder nicht viel später bei Dir. Armgard ist glücklich, Dich endlich kennenzulernen, *den* kennenzulernen, den sie seit lange verehrt. Dafür, mein lieber Papa, hab' ich Sorge getragen. Graf Barby, der nicht gut bei Wege ist, was ihn hindert mitzukommen, will Dir angelegentlich empfohlen sein. Desgleichen Gräfin Ghiberti, die uns als Dame d'honneur begleiten wird. Armgard ist in Furcht und Aufregung wie vor einem Examen. Sehr ohne Not. Kenn' ich doch meinen Papa, der die Güte und Liebe selbst ist. Wie immer Dein Woldemar.«

Engelke stand neben seines Herrn Stuhl, als dieser die Zeilen halblaut, aber doch in aller Deutlichkeit vorlas. »Nun, Engelke, was sagst du dazu?«

»Ja, gnäd'ger Herr, was soll ich dazu sagen. Es is ja doch, was man so 'ne ›gute Nachricht‹ nennt.«

»Natürlich is es 'ne gute Nachricht. Aber hast du noch nicht erlebt, daß einen gute Nachrichten auch genieren können?«

»Jott, gnäd'ger Herr, ich kriege keine.«

»Na, denn sei froh; dann weißt du nicht, was ›gemischte Gefühle‹ sind. Sieh, ich habe jetzt gemischte Gefühle. Da kommt nun mein Woldemar. Das is gut. Und da bringt er seine Braut mit, das is wieder gut. Und da bringt er seine Schwägerin mit, und das is wahrscheinlich auch gut. Aber die Schwägerin ist eine Gräfin mit einem italienischen Namen, und die Braut heißt Armgard, was doch auch schon sonderbar ist. Und beide sind in England geboren, und ihre Mutter war aus der Schweiz, von einer Stelle her, von der man nicht recht weiß, wozu sie gehört, weil da alles schon durcheinander geht. Und überall haben sie Besitzungen, und Stechlin ist doch bloß 'ne Kate. Sieh, Engelke, das is genierlich und gibt das, was ich ›gemischte Gefühle‹ nenne.«

»Nu ja, nu ja.«

»Und dann müssen wir doch auch repräsentieren. Ich muß ihnen doch irgendeinen Menschen vorsetzen. Ja, wen soll ich ihnen vorsetzen? Viel is hier nich. Da hab' ich Adelheiden. Natürlich, die muß ich einladen, und sie wird auch kommen, trotzdem Schnee gefallen ist; aber sie kann ja 'nen Schlitten nehmen. Vielleicht ist ihr Schlitten besser als ihr Wagen. Gott, wenn ich an das Verdeck denke mit der großen Lederflicke, da wird mir auch nicht besser. Und dabei denkt sie, ›sie is was‹, was am Ende auch wieder gut is, denn wenn der Mensch erst denkt, ›es is gar nichts mit ihm‹, dann is es auch nichts.«

»Und dann, gnäd'ger Herr, sie is ja doch 'ne Domina und hat 'nen Rang. Und ich hab' auch mal gelesen, sie sei eigentlich mehr als ein Major.«

»Na, jedenfalls ist sie mehr als ihr Bruder; so'n vergessener Major is ein Jammer. Aber Adelheid selbst, so auf'n ersten Anhieb, is auch bloß soso. Wir müssen jedenfalls noch wen dazu haben. Schlage was vor. Baron Beetz und der alte Zühlen, die die besten sind, die wohnen zu weit ab, und ich weiß nicht, seit wir die Eisenbahnen haben, laufen die Pferde schlechter. Oder es kommt einem auch bloß so vor. Also die guten Nummern fallen aus. Und da sind wir denn wieder bei Gundermann.«

»Ach, gnäd'ger Herr, den nich. Un er soll ja auch so zweideutig sein. Uncke hat es mir gesagt; Uncke hat freilich immer das Wort ›zweideutig‹. Aber es wird wohl stimmen. Un dann die Frau Gundermann. Das is 'ne richtige Berlinsche. Verlaß is auf ihm nich und auf ihr nich.«

»Ja, Engelke, du sollst mir helfen und machst es bloß noch schlimmer. Wir könnten es mit Katzler versuchen, aber da ist das Kind krank, und vielleicht stirbt es. Und dann haben wir natürlich noch unsern Pastor; nu, der ginge, bloß daß er immer so still dasitzt, wie wenn er auf den Heiligen Geist wartet. Und mitunter kommt er; aber noch öfter kommt er nicht. Und solche Herrschaften, die dran gewöhnt sind, daß einer in einem fort was Feines sagt, ja, was sollen die mit unserm Lorenzen? Er ist ein Schweiger.«

»Aber er schweigt doch immer noch besser, als die Gundermannsche red't.«

»Das is richtig. Also Lorenzen, und vielleicht, wenn das Kind sich wieder erholt, auch Katzler. Ein Schelm gibt mehr, als er hat. Und dann, Engelke, solche Damen, die überall rum in der Welt waren, da weiß man nie, wie der Hase läuft. Es ist möglich, daß sie sich für Krippenstapel interessieren. Oder höre, da fällt mir noch was ein. Was meinst du zu Koseleger?«

»Den hatten wir ja noch nie.«

»Nein, aber Not lehrt beten. Ich mache mir eigentlich nicht viel aus ihm, indessen is und bleibt er doch immer ein Superintendent, und das klingt nach was. Und dann war er ja mit 'ner russischen Großfürstin auf Reisen, und solche Großfürstin is eigentlich noch mehr als 'ne Prinzessin. Also sprich mal mit Kluckhuhn, der soll 'nen Boten schicken. Ich schreibe gleich 'ne Karte.«

Katzler sagte ab oder ließ es doch unbestimmt, ob er kommen könne, Koseleger dagegen, was ein Glück war, nahm an, und auch Schwester Adelheid antwortete durch den Boten, den Dubslav geschickt hatte: »daß sie den zweiten Feiertag in Stechlin eintreffen und, soweit wie dienlich und schicklich, nach dem Rechten sehen würde«. Adelheid war in ihrer Art eine gute Wirtin und stammte noch aus den alten Zeiten, wo die Damen bis zum »Schlachten« und »Aalabziehen« herunter alles lernten und alles konnten. Also nach dieser Seite hin entschlug sich Dubslav jeder Befürchtung. Aber wenn er sich dann mit einem Male vergegenwärtigte, daß es seiner Schwester vielleicht in den Sinn kommen könne, sich auf ihren Uradel oder auf die Vorzüge sechshundertjähriger märkischer »Eingesessenheit« zu besinnen, so fiel alles, was er sich in dem mit Engelke geführten Gespräch an Trost zugesprochen hatte, doch wieder von ihm ab. Ihm bangte vor der Möglichkeit einer seitens seiner Schwester »aufgesetzten hohen Miene« wie vor einem Gespenst, und desgleichen vor der Kostümfrage. Wohl war er sich, ob er nun seine rote Landstandsuniform oder seinen hochkragigen schwarzen Frack anlegte, seiner eignen altmodischen Erscheinung voll bewußt, aber nebenher, was seine Person anging, doch auch wieder einer gewissen Patriarchalität. Einen gleichen Trost konnt' er dem äußern Menschen seiner Schwester Adelheid nicht entnehmen. Er wußte genau, wie sie kommen würde: schwarzes Seidenkleid, Rüsche mit kleinen Knöpfelchen oben und die Siebenkurfürstenbrosche. Was ihn aber am meisten ängstigte, war der Moment nach Tisch, wo sie, wenn sie sich einigermaßen behaglich zu fühlen anfing, ihre Wutzer Gesamtchaussure auf das Kamingitter zu stellen und die Wärme von unten her einzusaugen pflegte.

Gleich nach sieben trafen Woldemar und die Barbyschen Damen auf dem Granseer Bahnhof ein und fanden Martin und den Stechlinschen Schlitten vor, letzterer insoweit ein Prachtstück, als er ein richtiges Bärenfell hatte, während andrerseits Geläut und Schneedecken und fast auch die Pferde mehr oder weniger zu wünschen übrig ließen. Aber Melusine sah nichts davon und Armgard noch weniger. Es war eine reizende Fahrt; die Luft stand, und am stahlblauen Himmel oben blinkten die Sterne. So ging es zwischen den eingeschneiten Feldern hin, und wenn ihre Kappen und Hüte hier und dort die herniederhängenden Zweige streiften, fielen die Flocken in ihren Schlitten. In den Dörfern war überall noch Leben, und das Anschlagen der Hunde, das vom nächsten Dorf her beantwortet wurde, klang übers Feld. Alle drei Schlitteninsassen waren glücklich, und ohne daß sie viel gesprochen hätten, bogen sie zuletzt, eine weite Kurve machend, in die Kastanienallee ein, die sie nun rasch, über Dorfplatz und Brücke fort, bis auf die Rampe von Schloß Stechlin führte. Dubslav und Engelke standen hier schon im Portal und waren den Damen beim Aussteigen behilflich. Beim Eintritt in den großen Flur war für diese das erste, was sie sahen, ein mächtiger, von der Decke herabhängender Mistelbusch; zugleich schlug die Treppenuhr, deren Hippenmann wie verwundert und beinah verdrießlich auf die fremden Gäste herniedersah. Viele Lichter brannten, aber es wirkte trotzdem alles wie dunkel. Woldemar war ein wenig befangen, Dubslav auch. Und nun wollte Armgard dem Alten die Hand küssen. Aber das gab diesem seinen Ton und seine gute Laune wieder. »Umgekehrt wird ein Schuh draus.«

»Und zuletzt ein Pantoffel«, lachte Melusine.

27. KAPITEL

»Das ist eine Dame und ein Frauenzimmer dazu«, sagte sich Dubslav still in seinem alten Herzen, als er jetzt Melusine den Arm bot, um sie vom Flur her in den Salon zu führen. »So müssen Weiber sein.«

Auch Adelheid mühte sich, Entgegenkommen zu zeigen, aber sie war wie gelähmt. Das Leichte, das Heitre, das Sprunghafte, das die junge Gräfin in jedem Wort zeigte, das alles war ihr eine fremde Welt, und daß ihr eine innere Stimme dabei beständig zuraunte: »Ja, dies Leichte, das du nicht hast, das ist das Leben, und das Schwere, das du hast, das ist eben das Gegenteil davon« – das verdroß sie. Denn trotzdem sie beständig Demut predigte, hatte sie doch nicht gelernt, sich in Demut zu überwinden. So war denn alles, was über ihre Lippen kam, mehr oder weniger verzerrt, ein Versuch zu Freundlichkeiten, die schließlich in Herbigkeiten ausliefen. Lorenzen, der erschienen war, half nach Möglichkeit aus, aber er war kein Damenmann, noch weniger ein Causeur, und so kam es denn, daß Dubslav mit einer Art Sehnsucht nach dem Oberförster ausblickte, trotzdem er doch seit Mittag wußte, daß er nicht kommen würde. Das jüngste Töchterchen war nämlich gestorben und sollte den andern Tag schon auf einem kleinen, von Weihnachtsbäumen umstellten Privatfriedhofe, den sich Katzler zwischen Garten und Wald angelegt hatte, begraben werden. Es war das vierte Töchterchen in der Reihe; jede lag in einer Art Gartenbeet und hatte, wie ein Samenkorn, dessen Aufgehen man erwartet, ein Holztäfelchen neben sich, drauf der Name stand. Als Dubslavs Einladung eingetroffen war, war Ermyntrud, wie gewöhnlich, in Katzler gedrungen, der Einladung zu folgen. »Ich wünsche nicht, daß du dich deinen gesellschaftlichen Pflichten entziehst, auch heute nicht, trotz des Ernstes der Stunde. Gesellschaftlichkeiten sind auch Pflichten. Und die Barbyschen Damen – ich erinnere mich der Familie – werden gerade wegen der Trauer, in der wir stehn, in deinem Erscheinen eine besondere Freundlichkeit sehen. Und das ist genau das, was ich wünsche. Denn die Komtesse wird über kurz oder lang unsre nächste Nachbarin sein.« Aber Katzler war festgeblieben und hatte betont, daß es Höheres gäbe als Gesellschaftlichkeiten, und daß er durchaus wünsche, daß dies gezeigt werde. Der Prinzessin Auge hatte während dieser Worte hoheitsvoll auf Katzler geruht, mit einem Ausdruck, der sagen zu wollen schien: »Ich weiß, daß ich meine Hand keinem Unwürdigen gereicht habe.«

Katzler also fehlte. Doch auch Koseleger, trotz seiner Zusage, war noch nicht da, so daß Dubslav in die sonderbare Lage kam, sich den Quaden-Hennersdorfer, aus dem er sich eigentlich nichts machte, herbeizuwünschen. Endlich aber fuhr Koseleger vor, sein etwas verspätetes Kommen mit Dienstlichkeiten entschuldigend. Unmittelbar danach ging man zu Tisch, und ein Gespräch leitete sich ein. Zunächst wurde von der Nordbahn gesprochen, die, seit der neuen Kopenhagener Linie, den ihr von früher her anhaftenden Schreckensnamen siegreich überwunden habe. Jetzt heiße sie die »Apfelsinenbahn«, was doch kaum noch übertroffen werden könne. Dann lenkte man auf den alten Grafen und seine Besitzungen im Graubündischen über, endlich aber auf den langen Aufenhalt der Familie drüben in England, wo beide Töchter geboren seien.

Dies Gespräch war noch lange nicht erledigt, als man sich von Tisch erhob, und so kam es, daß sich das Plaudern über eben dasselbe Thema beim Kaffee, der im Gartensalon, und zwar in einem Halbzirkel um den Kamin herum, eingenommen wurde, fortsetzte. Dubslav sprach sein Bedauern aus, daß ihn in seiner Jugend der Dienst und später die Verhältnisse daran gehindert hätten, England kennenzulernen; es sei nun doch mal das vorbildliche Land, eigentlich für alle Parteien, auch für die Konservativen, die dort ihr Ideal mindestens ebensogut verwirklicht fänden wie die Liberalen. Lorenzen stimmte lebhaft zu, während andrerseits die Domina ziemlich deutliche Zeichen von Ungeduld gab. England war ihr kein erfreuliches Gesprächsthema, was selbstverständlich ihren Bruder nicht hinderte, dabei zu verharren.

»Ich möchte mich«, fuhr Dubslav fort, »in dieser Angelegenheit an unsern Herrn Superintendenten wenden dürfen. Waren Sie drüben?«

»Leider nein, Herr von Stechlin, ich war nicht drüben, sehr zu meinem Bedauern. Und ich hätt' es so leicht haben können. Aber es ist immer wieder die alte Geschichte: was man in ein paar Stunden und mitunter in ein paar Minuten erreichen kann, das verschiebt man, eben weil es so nah ist, und mit einem Mal ist es zu spät. Ich war Jahr und Tag im Haag, und von da nach Dover hinüber war nicht viel mehr als nach Potsdam. Trotzdem unterblieb es, oder richtiger gerade deshalb. Daß ich den Tunnel oder den Tower nicht gesehn, das könnt' ich mir verzeihn. Aber das Leben drüben! Wenn irgendwo das vielzitierte Wort von dem ›in einem Tag mehr gewinnen, als in des Jahres Einerlei‹ hinpaßt, so da drüben. Alles modern und zugleich alles alt, eingewurzelt, stabilisiert. Es steht einzig da; mehr als irgendein andres Land ist es ein Produkt der Zivilisation, so sehr, daß die Neigungen der Menschen kaum noch dem Gesetze der Natur folgen, sondern nur noch dem einer verfeinerten Sitte.«

Die Domina fühlte sich von dem allem mehr und mehr unangenehm berührt, besonders als sie sah, daß Melusine zu dem, was Koseleger ausführte, beständig zustimmend nickte. Schließlich wurd' es ihr zuviel. »Alles, was ich da so höre«, sagte sie, »kann mich für dieses Volk nicht einnehmen, und weil sie rundum von Wasser umgeben sind, ist alles so kalt und feucht, und die Frauen, bis in die höchsten Stände hinauf, sind beinah immer in einem Zustand, den ich hier nicht bei Namen nennen mag. So wenigstens hat man mir erzählt. Und wenn es dann neblig ist, dann kriegen sie das, was sie den Spleen nennen, und fallen zu Hunderten ins Wasser, und keiner weiß, wo sie geblieben sind. Denn, wie mir unser Rentmeister Fix, der drüben war, aufs Wort versichert hat, sie stehen in keinem Buch und haben auch nicht einmal das, was wir Einwohnermeldeamt nennen, so daß man beinah sagen kann, sie sind so gut wie gar nicht da. Und wie sie kochen und braten! Alles fast noch blutig, besonders das, was wir hier ›englische Beefsteaks‹ nennen. Und kann auch nicht anders sein, weil sie so viel mit Wilden umgehn und gar keine Gelegenheit haben, sich einer feineren Gesittung anzuschließen.«

Koseleger und Melusine wechselten verständnisvoll Blicke. Die Domina aber sah nichts davon und fuhr unentwegt fort: »Fix ist ein guter Beobachter, auch von Sittenzuständen und einer ihrer Könige, worüber ich auch schon als Mädchen einen Aufsatz machen mußte, hat fünf Frauen gehabt, meist Hofdamen. Und eine hat er köpfen lassen, und eine hat er wieder nach Hause geschickt. Und war noch dazu eine Deutsche. Und sie sollen auch keinen eigentlichen Adel mehr haben, weil mal ein Krieg war, drin sie sich umschichtig enthaupteten, und als alle weg waren, haben sie gewöhnliche Leute rangezogen und ihnen die alten Namen gegeben, und wenn man denkt, es ist ein Graf, so ist es ein Bäcker oder höchstens ein Bierbrauer. Aber viel Geld sollen sie haben, und ihre Schiffe sollen gut sein und dauerhaft und auch sehr sauber, fast schon wie holländisch; aber in ihrem Glauben sind sie zersplittert und fangen auch schon wieder an, katholisch zu werden.«

Der alte Dubslav, als die Schwester mit ihrem Vortrag über England einsetzte, hatte sich mit einem »Schicksal, nimm deinen Lauf« sofort resigniert. Woldemar aber war immer wieder und wieder bemüht gewesen, einen Themawechsel eintreten zu lassen, worin er vielleicht auch reüssiert hätte, wenn nicht Koseleger gewesen wäre. Dieser – entweder weil er als ästhetischer Feinschmecker an Adelheids Auslassungen ein aufrichtiges Gefallen fand, oder aber weil er die von ihm selbst angeregte Frage hinsichtlich »Natur und Sitte« (die sein Steckenpferd war) gern weiterspinnen wollte – hielt an England fest und sagte: »Die Frau Domina scheint mir davon auszugehn, daß gerade der mitunter schon an die Wilden grenzende Naturmensch drüben in vollster Blüte steht. Und ich will das auch nicht in jedem Punkte bestreiten. Aber daneben begegnen wir einem Lebens- und Gesellschaftsraffinement, das ich, trotz manchem Anfechtbaren, als einen höchsten Kulturausdruck bezeichnen muß. Ich erinnere mich unter anderm eines gerade damals geführten Prozesses, über den ich, als ich im Haag lebte, meiner kaiserlichen Hoheit täglich Bericht erstatten mußte (High-life-Prozesse gingen ihr über alles), und der Gegenstand, um den sich's dabei handelte, war so recht der Ausdruck eines verfeinerten oder meinetwegen auch überfeinerten Kulturlebens. So recht das Gegenteil von bloßem Naturburschentum. Es ist freilich eine ziemlich lange Geschichte ...«

»Schade«, sagte Dubslav. »Aber trotzdem – wenn überhaupt erzählbar ...«

»O gewiß, gewiß; das denkbar Harmloseste ...«

»Nun denn, lieber Superintendent, wenn wirklich so harmlos, so mach' ich mich ohne weiteres zum Anwalt unsrer gewiß neugierigen Damen, meine Schwester, die Domina, mit eingeschlossen. Wie war es. Wie verlief die Geschichte, für die sich eine kaiserliche Hoheit so lebhaft interessieren konnte?«

»Nun, wenn es denn sein soll«, nahm Koseleger, langsam und bloß wie einer Pression nachgebend, das Wort. »Es lebte da zu jener Zeit eine schöne Herzogin in London, die's nicht ertragen konnte, daß die Jahre nicht spurlos an ihr vorübergehen wollten; Fältchen und Krähenfüße zeigten sich. In dieser Bedrängnis hörte sie von ungefähr von einer ›plastischen Künstlerin‹, die durch Auftrag einer Wachspaste die Jugend wiederherzustellen wisse. Diese Künstlerin wurde gerufen, und die Wiederherstellung gelang auch. Aber nun traf eines Tages die Rechnung ein, ›die Bill‹, wie sie da drüben sagen. Es war eine Summe, vor der selbst eine Herzogin erschrekken durfte. Und da die Künstlerin auf ihrer Forderung beharrte, so kam es zu dem angedeuteten Prozeß, der sich alsbald zu einer *cause célèbre* gestaltete.«

»Sehr begreiflich«, versicherte Dubslav, und Melusine stimmte zu.

»Zahlreiche Personen traten in der Verhandlung auf, und als Sachverständige wurden zuletzt auch Konkurrentinnen auf diesem Spezialgebiete der ›plastischen Kunst‹ vernommen. Alle fanden die Forderung erheblich zu hoch, und der Sieg schien sich rasch der Herzogin zuneigen zu wollen. Aber in eben diesem Augenblicke trat die sich arg bedrängt sehende Künstlerin an den Vorsitzenden des Gerichtshofes heran und bat ihn, an die erschienenen Fachgenossinnen einfach die Frage nach der Dauer der durch ihre Kunst wiederhergestellten Jugend und Schönheit richten zu wollen, eine Bitte, der der Oberrichter auch sofort nachkam. Was darauf geantwortet wurde, lautete hinsichtlich der Dauer sehr verschieden. Als aber, trotz der Verschiedenheit dieser Angaben, keine der Konkurrentinnen mehr als ein Vierteljahr zu garantieren wagte, wandte sich die Verklagte ruhig an den hohen Gerichtshof und sagte nicht ohne Würde: ›Meine Herren Richter: meine Mitkünstlerinnen, wie Sie soeben vernommen haben, helfen auf Zeit; was *ich* leiste, ist *beautifying for ever.* Und alles war von diesem Worte hingerissen, der hohe Gerichtshof mit, und die Herzogin hatte die Riesensumme zu zahlen.«

»Und wäre dergleichen hierlandes möglich?« fragte Melusine.

»Ganz unmöglich«, erwiderte der für alles Fremde schwärmende Koseleger. »Es kann hier einfach deshalb nicht vorkommen, weil uns der dazu nötige höhere Kulturzustand und die dementsprechende Anschauung fehlt. In unserm guten Preußen, und nun gar erst in unsrer Mark, sieht man in einem derartigen Hergange nur das Karikierte, günstigstenfalls das Groteske, nicht aber jenes Hochmaß gesellschaftlicher Verfeinerung, aus dem allein sich solche Dinge, die man im übrigen um ihres Raffinements willen belächeln oder verurteilen mag, entwickeln können.«

Die meisten waren einverstanden, allen voraus Dubslav, dem dergleichen immer einleuchtete, während die Domina von »Horreur« sprach und sichtlich unmutig den Kopf hin und her bewegte. Woldemar erneute natürlich seine Versuche, die der Tante so mißfällige Konversation auf andres überzulenken, bei welcher Gelegenheit er nach dem Berühren verschiedenster Themata zuletzt auch auf den Covent-Garden-Markt und den englischen Gemüsebau zu sprechen kam. Das paßte der Domina.

»Ja, Gemüsebau«, sagte sie, »das ist eine wunderbare Sache, daran hat man eine wirkliche Freude. Kloster Wutz ist eigentlich eine Gartengegend; unser Spargel ist denn auch weit und breit der beste, und meine gute Schmargendorf hat Artischocken gezogen, so groß wie 'ne Sonnenblume. Freilich, es will sie keiner so recht, und alle sagen immer: ›Es dauert so lange, wenn man so jedes Blatt nehmen muß, und eigentlich hat man nichts davon, auch wenn die Sauce noch so dick ist.‹ Viel mehr Glück hat unsre alte Schimonski mit ihren großen Erdbeeren – ich meine natürlich nicht die Schimonski selber; sie selber kann gar nichts, aber sie hat eine sehr geschickte Person –, und ein Berliner Händler kauft ihr alles ab, bloß daß die Schnecken oft die Hälfte jeder Erdbeere wegfressen. Man sollte nicht glauben, daß solche Tiere solchen feinen Geschmack haben. Aber wenn es wegen der Schnecken auch unsicher ist, Dubslav, du solltest solche Zucht doch auch versuchen. Wenn es einschlägt, ist es sehr vorteilhaft. Die Schimonski wenigstens hat mehr davon als von ihren Hühnern, trotzdem sie gut legen. Denn mal sind sie billig, die Eier, und dann wieder verderben sie, und die schlechten werden einem berechnet und abgezogen, und die Streiterei nimmt kein Ende.«

Kurz vor elf brach das Gespräch ab, und man zog sich zurück. Der alte Dubslav ließ es sich nicht nehmen, die Damen persönlich treppauf bis an ihre Zimmer zu führen und sich da unter Handkuß von ihnen zu verabschieden. Es waren dieselben zwei Räume, die vor gerad einem Vierteljahr Rex und Czako bewohnt hatten, das größere Zimmer jetzt für Melusine, das kleinere für Armgard bestimmt. Aber als nun beide vor ihren Reisetaschen standen und sich oberflächlich daran zu tun machten, sagte Melusine: »Dies Himmelbett ist also für mich. Wenn es dir gleich ist, beziehe du lieber dies Ehrenlager und lasse mir das kleine Schlafzimmer. Zusammen sind wir ja doch; die Tür steht auf.«

»Ja, Melusine, wenn du's durchaus wünschst, dann natürlich. Aber ich verstehe dich nicht recht. Man will dich auszeichnen, und wenn du das ablehnst, so kann es auffallen. Man muß doch in einem Hause, wo man noch halb fremd ist, alles so tun, wie's gewünscht wird.«

Melusine ging auf die Schwester zu, sah sie halb verlegen, halb schelmisch an und sagte: »Natürlich hast du recht. Aber ich bitte dich trotzdem darum. Und es braucht es ja auch keiner zu merken. Direkte Kontrolle wird ja wohl ausgeschlossen sein, und ich mache keine tiefere Kule wie du.«

»Gut, gut«, lachte Armgard. »Aber sage, was soll das alles? Du bist doch sonst so leichtlebig. Und wenn es dir hier in dem ersten Zimmer, weil es so nah an der scharfen Flurecke liegt, wirklich etwas ängstlich zumute sein sollte, nun, so können wir ja zuriegeln.«

»Das hilft nichts, Armgard. In solchen alten Schlössern gibt es immer Tapetentüren. Und was *das* hier angeht«, und sie wies dabei auf das Bett, »alle Spukgeschichten sind immer gerad in Himmelbetten passiert; ich habe noch nie gehört, daß Gespenster an eine Birkenmaserbettstelle herangetreten wären. Und hast du nicht unten den *mistletoe* gesehn? Mistelbusch ist auch noch so Überbleibsel aus heidnischer Zeit her, bei den alten Deutschen gewiß und bei den Wenden wohl auch, für den Fall, daß die Stechlins wirkliche Wenden sind. Wenn ich Tante Adelheid ansehe, glaub' ich es beinah. Und wie sie von den Hühnern sprach und den Eiern. Alles so wendisch. Ich glaube ja nicht eigentlich an Gespenster, wiewohl ich auch nicht ganz dagegen bin, aber wie dem auch sein möge, wenn ich mir denke, Tante Adelheid erschiene mir hier und brächte mir eine Erdbeere, die die Schnecken schon angeknabbert haben, so wäre das mein Tod.«

Armgard lachte.

»Ja, du lachst, aber hast du denn die Augen von ihr gesehn? Und hast du ihre Stimme gehört? Und die Stimme, wie du doch weißt, ist die Seele.«

»Gewiß. Aber, Seele oder nicht, sie kann dir doch nichts tun mit ihrer Stimme und dir auch nicht erscheinen. Und wenn sie trotzdem kommt, nun, so rufst du mich.«

»Am liebsten wär' es mir, du bliebst gleich bei mir.«

»Aber Melusine ...«

»Nun gut, nun gut. Ich sehe wohl ein, daß das nicht gut geht. Aber was anders! Ich habe da vorhin eine Bibel oder vielleicht auch bloß ein Gesangbuch liegen sehn, da auf dem Brettchen, wo die kleine Puppe steht. Beiläufig auch was Sonderbares, diese Puppe. Bitte, nimm die Bibel von der Etagere fort und lege sie mir hier auf den Nachttisch. Und das Licht laß brennen. Und wenn du im Bett liegst, sprich immerzu, bis ich einschlafe.«

28. KAPITEL

Am andern Morgen traf man sich beim Frühstück. Es war ziemlich spät geworden, ohne daß Dubslav, wie das sonst wohl auf dem Lande Gewohnheit ist, ungeduldig geworden wäre. Nicht dasselbe ließ sich von Tante Adelheid sagen. »Ich finde das lange Wartenlassen nicht gerade passend, am wenigsten Personen gegenüber, denen man Respekt bezeigen will. Oder geh' ich vielleicht zu weit, wenn ich hier von Respektbezeigung spreche?« So hatte sich Adelheid zu Dubslav geäußert. Als nun aber die Barbyschen Damen wirklich erschienen, bezwang sich die Domina und stellte all die Fragen, die man an solchem Begrüßungsmorgen zu stellen pflegt. In aller Unbefangenheit antworteten die Schwestern, am unbefangensten Melusine, die bei der Gelegenheit dem alten Dubslav erzählte, daß sie nicht umhin gekonnt hätte, sich die Bibel an ihr Bett zu legen.

»Und mit der Absicht, drin zu lesen?«

»Beinah. Aber es wurde nichts daraus. Armgard plauderte so viel, freilich auf meinen Wunsch. Ich hörte von der Treppe her immer die Uhr schlagen und las dabei beständig das Wort ›Museum‹. Aber das war natürlich schon im Traum. Ich schlief schon ganz fest. Und heute früh bin ich wie der Fisch im Wasser.«

Dubslav hätte dies gern bestätigt, dabei nach einem Spezialfisch suchend, der so recht zum Vergleich für Melusine gepaßt hätte. Die Blicke seiner Schwester aber, die zu fragen schienen:

»Hast du gehört?« ließen ihn wieder davon abstehn, und nachdem noch einiges über den großen Oberflur und seine Bilder und Schränke gesprochen worden war, wurde, genau wie vor einem Vierteljahr, wo Rex und Czako zu Besuch da waren, ein Programm verabredet, das dem damaligen sehr ähnlich sah: Aussichtsturm, See, Globsow; dann auf dem Rückwege die Kirche, vielleicht auch Krippenstapel. Und zuletzt das »Museum«. Aber manches davon war unsicher und hing vom Wetter ab. Nur den See wollte man unter allen Umständen sehn. Engelke wurde beauftragt, mit Plaids und Decken vorauszugehn und ein paar Leute zum Wegschaufeln des Schnees mitzunehmen, lediglich für den Fall, daß die Damen vielleicht Lust bezeigen sollten, die Sprudel- und Trichterstelle genauer zu studieren. »Und wenn wir auf unserm Hofe keine Leute haben, so geh ins Schulzenamt und bitte Rolf Krake, daß er aushilft.«

Melusine, die dieser Befehlserteilung zugehört hatte, war überrascht, in einem märkischen Dorfe dem Namen »Rolf Krake« zu begegnen, und erfuhr denn auch alsbald den Zusammenhang der Dinge. Sie war ganz enchantiert davon und sagte: »Das ist hübsch. Aller aufgesteifter Patriotismus ist mir ein Greuel; aber wenn er diese Formen annimmt und sich in Humor und selbst in Ironie kleidet, dann ist er das Beste, was man haben kann. Ein Mann, der solchen Beinamen hat, der lebt, der ist in sich eine Geschichte.« Dubslav küßte ihr die Hand, Adelheid aber wandte sich demonstrativ ab; sie wollte nicht Zeuge dieser ewigen Huldigungen sein. »Wenn man ein alter Major ist, ist man eben ein alter Major und nicht ein junger Leutnant. Dubslav ist zwanzig, aber zwanzig Jahr a. D.«

Es war gegen zehn, als man aufbrach, um zunächst auf den Aussichtsturm zu steigen, und nachdem man von der obersten Etage her die Waldlandschaft, die sich auch in ihrem Schneeschmuck wundervoll ausnahm, gebührend bewundert und dann den Abstieg glücklich bewerkstelligt hatte, passierte man den Schloßhof mit der Glaskugel, um über den Dorfplatz fort in die nach dem See hinunterführende große Straße einzubiegen. Auf dem Dorfplatze war alles winterlich still, nur vor dem Kruge standen drei Menschen: Engelke, der die Schneeschipper vorausgeschickt hatte, mit seinen Plaids über dem Arm, neben ihm Schulze Kluckhuhn und neben diesem Gendarm Uncke, das Karabinergewehr über die Schulter gehängt.

»Da treffen wir ja die ganze hohe Obrigkeit«, sagte Dubslav. »Engelke kann ich auch mitrechnen, der regiert mich, is also eigentlich die Feudalitätsspitze.«

Während dieser Worte waren die Herrschaften an die Gruppe herangetreten.

»Freut mich, daß ich Sie treffe, Kluckhuhn. Ich denke, Sie begleiten uns ... Frau Gräfin, darf ich Ihnen hier unsern Dorfherrscher vorstellen? Schulze Kluckhuhn, alter Vierundsechziger.«

Und nun ordnete sich der Zug. Dubslav und Uncke schlossen ab, Woldemar, Armgard und Tante Adelheid hielten die Mitte; Melusine schritt voran, Rolf Krake neben ihr.

»Ich bin froh«, sagte Melusine, »Sie bei dieser Partie mit dabei zu sehn. Der alte Herr von Stechlin hat mir schon von Ihnen erzählt, und daß Sie vierundsechzig mit dabei gewesen. Und ich weiß auch Ihren Namen; das heißt den zweiten. Und ich darf sagen, ich freue mich immer, wenn ich so was Hübsches höre.«

»Ach, Rolf Krake«, lachte Kluckhuhn. »Ja, Frau Gräfin, wer den Schaden hat, darf für den Spott nicht sorgen. Das heißt, von ›Schaden‹ darf ich eigentlich nicht reden, den hab' ich nicht so recht davon gehabt; ich bin nicht mal angeschossen worden. Und doch is so was billig, wenn's erst losgeht.«

»Ja, Schulze Kluckhuhn, unsereinem ist so was leider immer verschlossen oder, wie die Leute hier sagen, verpurrt. Und doch ist das das eigentliche Leben. So immer bloß einsitzen und ein bißchen Scharpie zupfen, das ist gar nichts. Mit dabei sein, das macht glücklich. Es war aber trotzdem wohl ein eigenes Gefühl, als Sie da so von Düppel nach Alsen rüberfuhren und das unheimliche Schiff, der ›Rolf Krake‹, so dicht daneben lag.«

»Ja, das war es, Frau Gräfin, ein ganz eigenes Gefühl. Und mitunter erscheint mir der ›Rolf Krake‹ noch im Traum. Und is auch nicht zu verwundern. Denn ›Rolf Krake‹ war wie ein richtiges Gespenst. Und wenn solch Gespenst einen packt, ja, da is man weg ... Und dabei bleib' ich, Frau Gräfin, sechsundsechzig war nicht viel und siebzig war auch nicht viel.«

»Aber die großen Verluste ...«

»Ja, die Verluste waren groß, das ist richtig. Aber Verluste, Frau Gräfin, das is eigentlich gar nichts. Natürlich, wen es trifft, für den is es was. Aber ich meine jetzt das, was man dabei so das Moralische nennt; und darauf kommt es an, nicht auf die Verluste, nicht auf viel oder wenig. Wenn einer eine Böschung raufklettert, und nu steht er oben und schleicht sich ran, immer mit 'nem Pulversack und 'nem Zünder in der Hand, und nu legt er an, und nu fliegt alles in die Luft und er mit. Und nu ist die Festung oder die Schanze offen. Ja, Frau Gräfin, das ist was. Und das hat unser Pionier Klinke getan. Der war moralisch. Ich weiß nicht, ob Frau Gräfin mal von ihm gehört haben, aber dafür leb' ich und sterb' ich: immer bloß das Kleine, da zeigt sich's, was einer kann. Wenn ein Bataillon ran muß un ich stecke mitten drin, ja, was will ich da machen? Da muß ich mit. Und baff, da lieg' ich. Und nu bin ich ein Held. Aber eigentlich bin ich keiner. Es ist alles bloß ›Muß‹, und solche Mußhelden gibt es viele. Das is, was ich die großen Kriege nenne. Klinke mit seinem Pulversack, ja, der war bloß was Kleines, aber er war doch groß. Und ebenso (wenn er auch unser Feind war) dieser ›Rolf Krake‹.«

So ging historisch-retrospektiv das Gespräch an der Tete, während Dubslav und Uncke, die den Zug abschlossen, mit ihrem Thema mehr in der Gegenwart standen.

»Is mir lieb, Uncke, Sie mal wieder zu treffen. Seit Rheinsberg hab' ich Sie nicht mehr gesehn. Ich denke mir, Torgelow is nu wohl schon im besten Gange. So wie Bebel. Ich kriege natürlich jeden Tag meine Zeitung, aber es is mir immer zuviel und das große Format und das dünne Papier. Da kuck ich denn nich immer ganz genau zu. Hat er denn schon gesprochen?«

»Ja, Herr Major, gesprochen hat er schon. Aber nich viel. Un war auch kein rechter Beifall. Auch nich mal bei seinen eignen Leuten.«

»Er wird wohl die Sache noch nicht recht weghaben. Ich meine das, was sie jetzt das Parlamentarische nennen. Das schad't aber nichts und ist eigentlich egal. Wichtiger is, wie sie hier in unserm Ruppiner Winkel, in unserm Rheinsberg-Wutz über ihn denken. Sind sie denn da mit ihm zufrieden?«

»Auch nicht, Herr Major. Sie sagen, er sei zweideutig.«

»Ja, Uncke, so heißt es überall. Das is nu mal so, das is nicht zu ändern. In Frankreich heißt es immer gleich ›Verrat‹, und hier sagen sie ›zweideutig‹. Da war auch einer von uns, den ich nicht nennen will, von dem hieß es auch so ...«

»Von dem hieß es auch so. Ja, Herr Major. Und Pyterke, der immer gut Bescheid weiß, der sagte mir schon damals in Rheinsberg: ›Uncke, glauben Sie mir, da hat sich der Herr Major eine Schlange an seinem Busen großgezogen.‹«

»Kann ich mir denken; klingt ganz nach Pyterke. Der spricht immer so gebildet. Aber is es auch richtig?«

»Is schon richtig, Herr Major. Herr Major denken immer das Gute von 'nem Menschen, weil Sie so viel zu Hause sitzen und selber so sind. Aber wer so rum kommt wie ich. Alle lügen sie. Was sie meinen, das sagen sie nich, und was sie sagen, das meinen sie nich. Is kein Verlaß mehr; alles zweideutig.«

»Ja, so rund raus, Uncke, das war früher, aber das geht jetzt nicht mehr. Man darf keinem so alles auf die Nase binden. Das is eben, was sie jetzt ›politisches Leben‹ nennen.«

»Ach, Herr Major, das mein' ich ja gar nicht. Das Politische ... Jott, wenn einer sich ins Politische zweideutig macht, na, dann muß ich ihn anzeigen, das is Dienst. Darum gräm' ich mich aber nich. Aber was nich Dienst is, was man so bloß noch nebenbei sieht, das kann einen mitunter leid tun. So bloß als Mensch.«

»Aber, lieber Uncke, was is denn eigentlich los? Wenn man Sie so hört, da sollte man ja wahrhaftig glauben, es ginge zu Ende ... Nu ja, in der Welt draußen, da klappt nich immer alles. Aber so im Schoß der Familie ...«

»Jott, Herr Major, das is es ja eben. In diesem Schoß der Familie, da is es ja gerad am schlimmsten. Und sogar in dem jüdischen Schoß, der doch immer noch der beste war.«

»Beispiele, Uncke, Beispiele.«

»Da haben wir nu hier, um bloß ein Beispiel zu geben, unsern guten alten Baruch Hirschfeld in Gransee. Frommer alter Jude ...«

»Kenn' ich. Kenn' ich ganz gut, beinah zu gut. Nu, der hat 'nen Sohn, und mit dem is er mitunter verschiedner Meinung. Aber dagegen is doch nicht viel zu sagen; das is in der ganzen Welt so. Der Alte hängt noch am Alten, und der Junge, nu, der is eben ein Jungscher und bramarbasiert ein bißchen. Ich weiß nicht recht, zu welcher Partei er sich hält, er wird aber wohl für Torgelow gestimmt haben. Nu, mein Gott, warum nicht? Das tun jetzt viele. Daran muß man sich gewöhnen. Das is eben das Politische.«

»Nein, Herr Major. Herr Major wollen verzeihn, aber bei diesem Isidor is es nicht das Politische. Komme ja jeden dritten Tag hin und seh' den Alten in seinem Laden und höre, was er da red't und red't. Und der Junge red't auch und red't immer ›vons Prinzip‹. Das Prinzip is ihm aber egal. Er will bloß mogeln und den Alten an die Wand drücken. Und das is das, was ich das Zweideutige nenne.«

Armgard, Woldemar und Tante Adelheid hatten die Mitte genommen. Als sie bis in die Nähe der Seespitze gekommen waren, immer unter einem verschneiten Buchen- und Eichengange hin, wurden sie durch ein Geräusch wie von brechenden kleinen Ästen aufmerksam gemacht, und ihr Auge nach oben richtend, gewahrten sie, wie zwei Eichhörnchen über ihnen spielten und in beständigem Sich-Haschen von Baum zu Baum sprangen. Die Zweige knickten, und der Schnee stäubte hernieder. Armgard mochte sich von dem Schauspiel nicht trennen, lachte, wenn die momentan verschwundenen Tierchen mit einem Male wieder zum Vorschein kamen, und gab ihre Beobachtung erst auf, als die Domina, nicht direkt unfreundlich, aber doch ziemlich ungeduldig und jedenfalls wie gelangweilt, zu ihr bemerkte: »Ja, Komtesse, die springen; es sind eben Eichhörnchen.« Einige Minuten später hatten alle die Bank erreicht, von der aus man den besten Blick auf den zugefrorenen See hatte. Das Eis zeigte sich hoch mit Schnee bedeckt, aber in seiner Mitte war doch schon eine gefegte Stelle, zu der vom Ufer her eine schmale, gleichfalls freigeschaufelte Straße hinüberführte. Engelke legte die Decken über die Bank, und die Damen, die von dem halbstündigen und zuletzt etwas ansteigenden Wege müde geworden waren, nahmen alle drei Platz, während sich Rolf Krake und Uncke wie Schildhalter zu beiden Seiten der Bank aufstellten. Dubslav dagegen plazierte sich in Front und machte, während er einen landläufigen Führerton anschlug, den Cicerone. »Hab' die Ehr', Ihnen hier die große Sehenswürdigkeit von Dorf und Schloß Stechlin zu präsentieren, unsern See, *meinen* See, wenn Sie mir das Wort gestatten wollen. Alle möglichen berühmten Naturforscher waren hier und haben sich höchst schmeichelhaft über den See geäußert. Immer hieß es: ›Es stehe wissenschaftlich fest‹. Und das ist jetzt das Höchste. Früher sagte man: ›Es steht in den Akten‹. Ich lasse dabei dahingestellt sein, wovor man sich tiefer verbeugen muß.«

»Ja«, sagte Melusine, »das ist nun also der große Moment. Orientiert bin ich. Aber wie das mit allem Großen geht, ich empfinde doch auch etwas von Enttäuschung.«

»Das ist, weil wir Winter haben, gnädigste Gräfin. Wenn Sie die offene Seefläche vor sich hätten und in der Vorstellung stünden: ›Jetzt bildet sich der Trichter, und jetzt steigt es herauf‹, so würden Sie mutmaßlich nichts von Enttäuschung empfinden. Aber jetzt! Das Eis macht still und duckt das Revolutionäre. Da kann selbst unser Uncke nichts notieren. Nicht wahr, Uncke?«

Uncke schmunzelte.

»Im übrigen seh' ich zu meiner Freude – und das verdanken wir wieder unserm guten Kluckhuhn, der an alles denkt und alles vorsieht –, daß die Schneeschipper auch ein paar ihrer Pickäxte mitgebracht haben. Ich taxiere das Eis auf nicht dicker als zwei Fuß, und wenn sich die Leute dranmachen, so haben wir in zehn Minuten eine große Lune, und der Hahn, wenn er nur sonst Lust hat, kommt aus seiner Tiefe herauf. Befehlen Frau Gräfin?«

»Um Gottes willen, nein. Ich bin sehr für solche Geschichten und bin glücklich, daß die Familie Stechlin diesen See hat. Aber ich bin zugleich auch abergläubisch und mag kein Eingreifen ins Elementare. Die Natur hat jetzt den See überdeckt; da werd' ich mich also hüten, irgendwas ändern zu wollen. Ich würde glauben, eine Hand führe heraus und packte mich.«

Adelheid war bei diesen Worten immer gerader und länger geworden und rückte mit Ostentation von Melusine weg, mehr der Banklehne zu, wo, halb wie das gute Gewissen, halb wie die göttliche Weltordnung, Uncke stand und durch seine bloße Gegenwart den Gemütszustand der Domina wieder beschwichtigte. Nur von Zeit zu Zeit sah sie fragend, forschend und vorwurfsvoll auf ihren Bruder.

Dieser wußte genau, was in seiner Schwester Seele vorging. Es erheiterte ihn ungemein, aber es beunruhigte ihn doch auch. Wenn diese Gefühle wuchsen, wohin sollte das führen? Die Möglichkeit einer schrecklichen Szene, die sein Haus mit einer nicht zu tilgenden Blame behaftet hätte, trat dabei vor seine Seele.

Der Himmel hatte aber ein Einsehn. Schon seit einer Viertelstunde lag ein grauer Ton über der Landschaft, und plötzlich fielen Flocken, erst vereinzelte, dann dicht und reichlich. Den Weg bis Globsow fortzusetzen, daran war unter diesen Umständen gar nicht mehr zu denken, und so brach man denn auf, um ins Schloß zurückzukehren. Auch auf einen Besuch in der Kirche, weil es da zu kalt sei, wurde verzichtet.

29. KAPITEL

Der Heimweg war gemeinschaftlich angetreten worden, aber doch nur bis an die Dorfstraße. Hier teilte man sich in drei Gruppen, eine jede mit verschiedenem Ziel: Dubslav, Tante Adelheid und Armgard gingen auf das Herrenhaus, Uncke und Rolf Krake auf das Schulzenamt, Woldemar und Melusine dagegen auf die Pfarre zu. Woldemar freilich nur bis an den Vorgarten, wo er sich von Melusine verabschiedete.

Lorenzen, solang er Woldemar und Melusine sich seiner Pfarre nähern sah, hatte verlegen am Fenster gestanden, kam aber, als das Paar sich draußen trennte, so ziemlich wieder zu sich. Er war nun schon so lange jeder Damenunterhaltung entwöhnt, daß ihm ein Besuch wie der der Gräfin zunächst nur Verlegenheit schaffen konnte; wenn's denn aber durchaus sein mußte, so war ihm ein Tête-à-tête mit ihr immer noch lieber als eine Plauderei zu dritt. Er ging ihr denn auch bis in den Flur entgegen, war ihr hier beim Ablegen behilflich und sprach ihr – weil er jede Scheu rasch von sich abfallen fühlte – ganz aufrichtig seine Freude aus, sie in seiner Pfarre begrüßen zu dürfen. »Und nun bitt' ich Sie, Frau Gräfin, sich's unter meinen Büchern hier nach Möglichkeit bequem machen zu wollen. Ich bin zwar auch Inhaber einer Putzstube, mit einem dezenten Teppich und einem kalten Ofen; aber ich könnte das gesundheitlich nicht verantworten. Hier haben wir wenigstens eine gute Temperatur.«

»Die immer die Hauptsache bleibt. Ach, eine gute Temperatur! Gesellschaftlich ist sie beinah alles und dabei leider doch so selten. Ich kenne Häuser, wo, wenn Sie den Widersinn verzeihen wollen, der kalte Ofen gar nicht ausgeht. Aber erlassen Sie mir gütigst den Sofaplatz hier; ich fühle mich dazu noch nicht ›alte Dame‹ genug und möcht' auch gern *en vue* der beiden Bilder bleiben, trotzdem ich das eine davon schon so gut wie kenne.«

»Die Kreuzabnahme?«

»Nein, das andre.«

»Die Lind also?«

»Ja.«

»So haben Sie das schöne Bild in der Nationalgalerie gesehn?«

»Auch das. Aber doch freilich erst seit ganz kurzem, während ich von Ihrer Aquarellkopie schon seit ein paar Monaten weiß. Das war auf einer Dampfschiffahrt, die wir nach dem sogenannten Eierhäuschen machten, und der Ausplauderer über das Bild da vor mir war niemand anders als Ihr Zögling Woldemar, auf den Sie stolz sein können. Er freilich würde den Satz umkehren, oder sage ich lieber, er tat es. Denn er sprach mit solcher Liebe von Ihnen, daß ich Sie von jenem Tag an auch herzlich liebe, was Sie sich schon gefallen lassen müssen. Ein Glück nur, daß er sich draußen verabschiedet hat und nicht hören kann, was ich hier sage ...«

Lorenzen lächelte.

»Sonst hätten sich diese Bekenntnisse verboten. Aber da sie nun mal gemacht sind und man nie weiß, wann und wie man wieder zusammenkommt, so lassen Sie mich darin fortfahren. Woldemar erzählte mir – Pardon für meine Indiskretion – von Ihrer Schwärmerei für die Lind. Und da horchten wir denn auf und beneideten Sie fast. Nichts beneidenswerter als eine Seele, die schwärmen kann. Schwärmen ist fliegen, eine himmlische Bewegung nach oben.«

Lorenzen stutzte. Das war doch mehr als eine bloß liebenswürdige Dame aus der Gesellschaft.

»Und um es kurz zu machen«, fuhr Melusine fort, »Woldemar sprach bei dieser Gelegenheit wie von Ihrer ersten Liebe« (und dabei wies sie lächelnd auf das Bildchen der Lind) »so auch von Ihrer letzten – nein, nein, nicht von Ihrer letzten; *Sie* werden immer eine neue finden –, sprach also von Ihrer Begeisterung für den herrlichen Mann da weit unten am Tajo, von Ihrer Begeisterung für den Joao de Deus. Und als er ausgesprochen hatte, da haben wir uns alle, die wir zugegen waren, um den ›*Un Santo*‹ geschart und einen geheimen Bund geschlossen. Erst um den ›*Un Santo*‹ und zum zweiten um Sie selbst. Und nun frag' ich Sie, wollen Sie mittun in diesem unserm Bunde, der ohne Sie gar nicht existierte? Mir ist manches verquer gegangen. Aber ich bin, denk' ich, dem Tage nahe, der mich ahnen läßt, daß unsre Prüfungen auch unsre Segnungen sind und daß mir alles Leid nur kam, um den Stab, der trägt und stützt, fester zu umklammern. Ich darf leider nicht hinzusetzen, daß dieser Stab (möglich, daß er sich einst dazu auswächst) das Kreuz sei. Meiner ganzen Natur nach bin ich ungläubig. Aber ich hoffe sagen zu dürfen: Ich bin wenigstens demütig.«

»Wenigstens demütig«, wiederholte Lorenzen langsam, zugleich halb verlegen vor sich hinblickend, und Melusine, die Zweifel, die sich in der Wiederholung dieser Worte ziemlich deutlich aussprachen, mit scharfem Ohre heraushörend, fuhr in plötzlich verändertem und beinah heiterem Tone fort: »Wie grausam Sie sind. Aber Sie haben recht. Demütig. Und daß ich mich dessen auch noch berühme. Wer ist demütig? Wir alle sind im letzten doch eigentlich das Gegenteil davon. Aber das darf ich sagen, ich habe den Willen dazu.«

»Und schon *der* gilt, Frau Gräfin. Nur freilich ist Demut nicht genug; sie schafft nicht, sie fördert nicht nach außen, sie belebt kaum.«

»Und ist doch mindestens der Anfang zum Bessern, weil sie mit dem Egoismus aufräumt. Wer die Staffel hinauf will, muß eben von unten an dienen. Und soviel bleibt, es birgt sich in ihr die Lösung jeder Frage, die jetzt die Welt bewegt. Demütig sein heißt christlich sein, christlich in meinem, vielleicht darf ich sagen in *unsrem* Sinne. Demut erschrickt vor dem zweierlei Maß. Wer demütig ist, der ist duldsam, weil er weiß, wie sehr er selbst der Duldsamkeit bedarf; wer demütig ist, der sieht die Scheidewände fallen und erblickt den Menschen im Menschen.«

»Ich kann Ihnen zustimmen«, lächelte Lorenzen. »Aber wenn ich, Frau Gräfin, in Ihren Mienen richtig lese, so sind diese Bekenntnisse doch nur Einleitung zu was andrem. Sie halten noch das Eigentliche zurück und verbinden mit Ihrer Aussprache, so sonderbar es klingen mag, etwas Spezielles und beinah Praktisches.«

»Und ich freue mich, daß Sie das herausgefühlt haben. Es ist so. Wir kommen da eben von Ihrem Stechlin her, von Ihrem See, dem Besten, was Sie hier haben. Ich habe mich dagegen gewehrt, als das Eis aufgeschlagen werden sollte, denn alles Eingreifen oder auch nur Einblicken in das, was sich verbirgt, erschreckt mich. Ich respektiere das Gegebene. Daneben aber freilich auch das Werdende, denn eben dies Werdende wird über kurz oder lang abermals ein Gegebenes sein. Alles Alte, soweit es Anspruch darauf hat, sollen wir lieben, aber für das Neue sollen wir recht eigentlich leben. Und vor allem sollen wir, wie der Stechlin uns lehrt, den großen Zusammenhang der Dinge nie vergessen. Sich abschließen heißt sich einmauern, und sich einmauern ist Tod. Es kommt darauf an, daß wir gerade *das* beständig gegenwärtig haben. Mein Vertrauen zu meinem Schwager ist unbegrenzt. Er hat einen edeln Charakter; aber ich weiß nicht, ob er auch einen festen Charakter hat. Er ist feinen Sinnes, und wer fein ist, ist oft bestimmbar. Er ist auch nicht geistig bedeutend genug, um sich gegen abweichende Meinungen, gegen Irrtümer und Standesvorurteile wehren zu können. Er bedarf der Stütze. Diese Stütze sind Sie meinem Schwager Woldemar von Jugend auf gewesen. Und um was ich jetzt bitte, das heißt: ›Seien Sie's ferner.‹«

»Daß ich Ihnen sagen könnte, wie freudig ich in Ihren Dienst trete, gnädigste Gräfin. Und ich kann es um so leichter, als Ihre Ideale, wie Sie wissen, auch die meinigen sind. Ich lebe darin und empfind' es als eine Gnade, da, wo das Alte versagt, ganz in einem Neuen aufzugehn. Um ein solches ›Neues‹ handelt es sich. Ob ein solches ›Neues‹ sein soll (weil es sein muß), oder ob es *nicht* sein soll, um diese Frage dreht sich alles. Es gibt hier um uns her eine große Zahl vorzüglicher Leute, die ganz ernsthaft glauben, das uns Überlieferte – das Kirchliche voran (leider nicht das Christliche) – müsse verteidigt werden wie der salomonische Tempel. In unserer Obersphäre herrscht außerdem eine naive Neigung, alles ›Preußische‹ für eine höhere Kulturform zu halten.«

»Genau wie Sie sagen. Aber ich möchte doch, um der Gerechtigkeit willen, die Frage stellen dürfen, ob dieser naive Glaube nicht eine gewisse Berechtigung hat?«

»Er hatte sie mal. Aber das liegt zurück. Und kann nicht anders sein. Der Hauptgegensatz alles Modernen gegen das Alte besteht darin, daß die Menschen nicht mehr durch ihre Geburt auf den von ihnen einzunehmenden Platz gestellt werden. Sie haben jetzt die Freiheit, ihre Fähigkeiten nach allen Seiten hin und auf jedem Gebiete zu betätigen. Früher war man dreihundert Jahre lang ein Schloßherr oder ein Leinenweber; jetzt kann jeder Leinenweber eines Tages ein Schloßherr sein.«

»Und beinah auch umgekehrt«, lachte Melusine. »Doch lassen wir dies heikle Thema. Viel,

viel lieber hör' ich ein Wort von Ihnen über den Wert unsrer Lebens- und Gesellschaftsformen, über unsre Gesamtanschauungsweise, deren besondere Zulässigkeit Sie, wie mir scheint, so nachdrücklich anzweifeln.«

»Nicht absolut. Wenn ich zweifle, so gelten diese Zweifel nicht so sehr den Dingen selbst, als dem Hochmaß des Glaubens daran. Daß man all diese Mittelmaßdinge für etwas Besonderes und Überlegenes und deshalb, wenn's sein kann, für etwas ewig zu Konservierendes ansieht, das ist das Schlimme. Was mal galt, soll weiter gelten, was mal gut war, soll weiter ein Gutes oder wohl gar ein Bestes sein. Das ist aber unmöglich, auch wenn alles, was keineswegs der Fall ist, einer gewissen Herrlichkeitsvorstellung entspräche ... Wir haben, wenn wir rückblikken, drei große Epochen gehabt. Dessen sollen wir eingedenk sein. Die vielleicht größte, zugleich die erste, war die unter dem Soldatenkönig. Das war ein nicht genug zu preisender Mann, seiner Zeit wunderbar angepaßt und ihr zugleich voraus. Er hat nicht bloß das Königtum stabiliert, er hat auch, was viel wichtiger, die Fundamente für eine neue Zeit geschaffen und an die Stelle von Zerfahrenheit, selbstischer Vielherrschaft und Willkür Ordnung und Gerechtigkeit gesetzt. Gerechtigkeit, das war sein bester *›rocher de bronce‹*.«

»Und dann?«

»Und dann kam Epoche zwei. Die ließ, nach jener ersten, nicht lange mehr auf sich warten, und das seiner Natur und seiner Geschichte nach gleich ungeniale Land sah sich mit einem Male von Genie durchblitzt.«

»Muß das ein Staunen gewesen sein.«

»Ja. Aber doch mehr draußen in der Welt als daheim. Anstaunen ist auch eine Kunst. Es gehört etwas dazu, Großes als groß zu begreifen ... Und dann kam die dritte Zeit. Nicht groß und doch auch wieder ganz groß. Da war das arme, elende, halb dem Untergange verfallene Land nicht von Genie, wohl aber von Begeisterung durchleuchtet, von dem Glauben an die höhere Macht des Geistigen, des Wissens und der Freiheit.«

»Gut, Lorenzen. Aber weiter.«

»Und all das, was ich da so hergezählt, umfaßte zeitlich ein Jahrhundert. Da waren wir den andern voraus, mitunter geistig und moralisch gewiß. Aber der *›Non-soli-cedo-Adler‹* mit seinem Blitzbündel in den Fängen, er blitzt nicht mehr, und die Begeisterung ist tot. Eine rückläufige Bewegung ist da, längst Abgestorbenes, ich muß es wiederholen, soll neu erblühn. Es tut es nicht. In gewissem Sinne freilich kehrt alles einmal wieder, aber bei dieser Wiederkehr werden Jahrtausende übersprungen; wir können die römischen Kaiserzeiten, Gutes und Schlechtes, wieder haben, aber nicht das spanische Rohr aus dem Tabakskollegium und nicht einmal den Krückstock von Sanssouci. Damit ist es vorbei. Und gut, daß es so ist. Was einmal Fortschritt war, ist längst Rückschritt geworden. Aus der modernen Geschichte, der eigentlichen, der lesenswerten, verschwinden die Bataillen und die Bataillone (trotzdem sie sich beständig vermehren), und wenn sie nicht selbst verschwinden, so schwindet doch das Interesse daran. Und mit dem Interesse das Prestige. An ihre Stelle treten Erfinder und Entdecker, und James Watt und Siemens bedeuten uns mehr als du Guesclin und Bayard. Das Heldische hat nicht direkt abgewirtschaftet und wird noch lange nicht abgewirtschaftet haben, aber sein Kurs hat nun mal seine besondere Höhe verloren, und anstatt sich in diese Tatsache zu finden, versucht es unser Regime, dem Niedersteigenden eine künstliche Hausse zu geben.«

»Es ist, wie Sie sagen. Aber gegen wen richtet sich's? Sie sprachen von ›Regime‹. Wer ist dies Regime? Mensch oder Ding? Ist es die von alter Zeit her übernommene Maschine, deren Räderwerk tot weiterklappert, oder ist es der, der an der Maschine steht? Oder endlich, ist es eine bestimmte abgegrenzte Vielheit, die die Hand des Mannes an der Maschine zu bestimmen, zu richten trachtet? In allem, was Sie sagen, klingt eine sich auflehnende Stimme. Sind Sie gegen den Adel? Stehen Sie gegen die ›alten Familien‹?«

»Zunächst: nein. Ich liebe, hab' auch Ursach' dazu, die alten Familien und möchte beinah glauben, jeder liebt sie. Die alten Familien sind immer noch populär, auch heute noch. Aber sie vertun und verschütten diese Sympathien, die doch jeder braucht, jeder Mensch und jeder Stand. Unsre alten Familien kranken durchgängig an der Vorstellung, ›daß es ohne sie nicht gehe‹, was aber weit gefehlt ist, denn es geht sicher auch ohne sie; sie sind nicht mehr die Säule, die das Ganze trägt, sie sind das alte Stein- und Moosdach, das wohl noch lastet und drückt, aber gegen Unwetter nicht mehr schützen kann. Wohl möglich, daß aristokratische Tage mal wiederkehren, vorläufig, wohin wir sehen, stehen wir im Zeichen einer demokratischen Weltanschauung. Eine neue Zeit bricht an. Ich glaube, eine bessere und eine glücklichere. Aber wenn auch nicht eine glücklichere, so doch mindestens eine Zeit mit mehr Sauerstoff in der Luft, eine Zeit, in der wir besser atmen können. Und je freier man atmet, je mehr lebt man. Was aber Woldemar angeht, *meiner* sind Sie sicher, Frau Gräfin. Bleibt freilich, als Hauptfaktor, noch die Komtesse. Für *die* müssen *Sie* die Bürgschaft übernehmen. Die Frauen bestimmen schließlich doch alles.«

»So heißt es immer. Und wir sind eitel genug, es zu glauben. Aber das führt uns auf ganz neue Gebiete. Vorläufig Ihre Hand zur Besiegelung. Und nun erlauben Sie mir, nach diesem unserm revolutionären Diskurse, zu den Hütten friedlicher Menschen zurückzukehren. Ich habe mich bei dem alten Herrn nur auf eine halbe Stunde beurlaubt und rechne darauf, daß Sie mich, wenn nicht bis ins ›Museum‹ selbst (das dem Programm nach besucht werden sollte), so doch wenigstens bis auf die Schloßrampe begleiten.«

30. KAPITEL

Lorenzen tat, wie gewünscht, und auf dem Wege zum Schloß plauderten beide weiter, wenn auch über sehr andere Dinge.

»Was ist es eigentlich mit diesem ›Museum‹?« fragte Melusine; »kann ich mir doch kaum was Rechtes darunter vorstellen. Eine alte Papptafel mit Inschrift hängt da schräg über der Saaltür, alles dicht neben meinem Schlafzimmer, und ich habe mich etwas davor geängstigt.«

»Sehr mit Unrecht, gnädigste Gräfin. Die primitive Papptafel, die freilich verwunderlich genug aussieht, sollte wohl nur andeuten, daß es sich bei der ganzen Sache mehr um einen Scherz als um etwas Ernsthaftes handelt. Etwa wie bei Sammlung von Meerschaumpfeifen und Tabaksdosen. Und Sie werden auch vorwiegend solchen Seltsamkeiten begegnen. Anderseits aber ist es auch wieder ein richtiges historisches Museum, trotzdem es nur halb das geworden ist, worauf Herr von Stechlin anfänglich aus war.«

»Und das war?«

»Das war mehr etwas Groteskes. Es mögen nun wohl schon zwanzig Jahre sein, da las er eines Tages in der Zeitung von einem Engländer, der historische Türen sammle und neuerdings sogar für eine enorme Summe, ich glaube, es waren tausend Pfund, die Gefängnistür erstanden habe, durch die Ludwig XVI. und dann später Danton und Robespierre zur Guillotinierung abgeführt worden seien. Und diese Notiz machte solchen Eindruck auf unsern liebenswürdigen Stechliner Schloßherrn, daß er auch solche historische Türensammlung anzulegen beschloß. Er ist aber nicht weit damit gekommen und hat sich mit dem Küstriner Schloßfenster begnügen müssen, an dem Kronprinz Friedrich stand, als Katte zur Enthauptung vorübergeführt wurde. Doch auch das ist unsicher, ja, die meisten wollen nichts davon wissen. Nur Krippenstapel hält noch daran fest.«

»Krippenstapel?«

»Ja. Der Name frappiert Sie. Das ist nämlich unser Lehrer hier, Liebling des alten Herrn und sein Berater in derlei Dingen. Der hat ihm denn auch das gegenwärtige ›Museum‹, das man als Abschlagszahlung auf die ›historischen Türen‹ ansehen kann, zusammengestellt. Außer dem angezweifelten Fenster werden Frau Gräfin noch ein paar phantastische Regentraufen finden und vor allem viele Wetterhähne, die von alten märkischen Kirchtürmen herabgenommen wurden. Einige sollen ganz interessant sein. Ich habe keinen Sinn dafür. Aber Krippenstapel hat einen Katalog angefertigt.«

Unter diesen Worten waren beide bis an die Rampe gekommen, auf der Engelke schon stand und auf die Gräfin wartete. Lorenzen empfahl sich. Aber auch Melusine wollte nicht gleich ins Museum hinauf, zog es vielmehr vor, erst unten in das große Gesellschaftszimmer einzutreten und sich da zu wärmen.

Engelke machte sich auch sofort am Kamin zu schaffen, was der Gräfin gut paßte, weil sie noch manches fragen wollte.

»Das ist recht, Engelke, daß Sie Kohlen aufschütten und auch Kienäpfel. Ich freue mich immer, wenn es so lustig brennt. Und oben im ›Museum‹ wird es wohl noch kalt sein.«

»Ja, kalt ist es, Frau Gräfin. Aber mit der Kälte, na, das ging' am Ende noch, und der viele Staub, der oben liegt, das ginge vielleicht auch noch; Staub wärmt. Und die Dachtraufen und Wetterhähne tun auch keinem Menschen was ...«

»Aber was ist denn sonst noch?«

»Ach, ich meine bloß die verdammten Dinger, die Spinnen ...«

»Um Gottes willen, Spinnen?« erschrak Melusine.

»Ja, Spinnen, Frau Gräfin. Aber so ganz schlimme sind nich dabei. Solche mit'm Kreuz oben hab' ich bei uns noch nicht gesehn. Bloß solche, die ›Schneider‹ heißen.«

»Ach, das sind die, die die langen Beine haben.«

»Ja, lange Beine haben sie. Aber sie tun einem nichts. Und eigentlich sind es sehr ängstliche Tiere und verkriechen sich, wenn sie hören, daß aufgeschlossen wird, und bloß wenn Krippenstapel kommt, dann kommen sie alle raus un kucken sich um. Krippenstapeln, den kennen sie ganz gut, und ich hab' auch mal gesehn, daß er ihnen Fliegen mitbringt, und machen sich dann gleich drüber her.«

»Aber das ist ja grausam. Ist es denn ein guter Mensch?«

»Oh, sehr gut, Frau Gräfin. Und als ich ihm mal so was sagte, sagte er: ›Ja, Engelke, das is nu mal so; einer frißt den andern auf.‹«

Das Gespräch setzte sich noch eine Weile fort; dann sagte Melusine: »Nun, Engelke, ist es aber wohl die höchste Zeit für das Museum, sonst komm' ich zu spät und seh' und höre gar nichts mehr. Ich bin nun auch wieder warm geworden.« Dabei erhob sie sich und stieg die Doppeltreppe hinauf und klopfte. Sie wollte nicht gleich eintreten.

Auf ihr Klopfen wurde sehr bald von innen her geöffnet, und Krippenstapel, mit der Hornbrille, stand vor ihr. Er verbeugte sich und trat zurück, um den Platz freizugeben. Aber Melusine, deren Angst vor ihm wiederkehrte, zauderte, was eine momentane Verlegenheit schuf. Inzwischen war aber auch Dubslav herangekommen. »Ich fürchtete schon, daß Lorenzen Sie nicht herausgeben würde. Seine Gelegenheiten, hier in Stechlin ein Gespräch zu führen, sind nicht groß, und nun gar ein Gespräch mit Gräfin Melusine! Nun, er hat es gnädig gemacht. Jetzt aber, Gräfin, halten Sie gefälligst Umschau; vielleicht daß Lorenzen schon geplaudert hat oder gar Engelke.«

»So ganz im Dunkeln bin ich nicht mehr; ein Küstriner Schloßfenster, ein paar Kirchendachreliquien und dazu Wetterhähne – lauter Gegenstände (denn ich bin auch ein bißchen fürs Aparte), zu deren Auswahl ich Ihnen gratuliere.«

»Wofür ich der Frau Gräfin dankbar bin, ohne sonderlich überrascht zu sein. Ich wußte, Damen wie Gräfin Ghiberti haben Sinn für derlei Dinge. Darf ich Ihnen übrigens zunächst hier diesen Lebuser Bischof zeigen und hier weiter einen Heiligen oder vielleicht Anachoreten? Beide, Bischof und Anachoret, sind sehr unähnlich untereinander, schon in bezug auf Leibesumfang – der richtige Gegensatz von Refektorium und Wüste. Wenn ich den Heiligen hier so sehe, taxier' ich ihn höchstens auf eine Dattel täglich. Und nun denk' ich, wir fahren in unsrer Besichtigung fort. Krippenstapel war nämlich eben dabei, der Komtesse Armgard unsern Derfflingerschen Dragoner mit der kleinen Standarte und der Jahreszahl 1675 zu zeigen. Bitte, Gräfin Melusine, bemerken Sie hier die Zahl, dicht unter dem brandenburgischen Adler. Es wirkt, wie wenn er die Nachricht vom Siege bei Fehrbellin überbringen wolle. Daß es ein Dragoner ist, ist klar; der Filzhut mit der breiten Krempe hebt jeden Zweifel, und ich hab' es für mein gutes Recht gehalten, ihn auch speziell als Derfflingerschen Dragoner festzusetzen. Aber mein Freund Krippenstapel will davon nichts wissen, und wir liegen darüber seit Jahr und Tag in einer ernsten Fehde. Glücklicherweise unsre einzige. Nicht wahr, Krippenstapel?«

Dieser lächelte und verbeugte sich.

»Die beiden Damen«, fuhr Dubslav fort, »mögen aber nicht etwa glauben, daß ich mich für berechtigt halte, die freie Wissenschaft hier in meinem Museum in Banden zu schlagen. Grad umgekehrt. Ich kann also nur wiederholen: ›Krippenstapel, Sie haben das Wort.‹ Und nun bitte, setzen Sie den Damen Ihrerseits auseinander, warum es nach ganz bestimmten Begleiterscheinungen ein Derfflingerscher *nicht* sein kann. Bilderbücher aus der Zeit her hat man nicht, und die großen Gobelins lassen einen im Stich und beweisen gar nichts.«

Unter diesen Worten hatte Krippenstapel die den Gegenstand des Streits bildende Wetterfahne wieder in die Hand genommen, und als er sah, daß die Gräfin – die, wie das in ihrer Natur lag, den vor zehn Minuten noch so gefürchteten ›Fliegentöter‹ längst in ihr Herz geschlossen hatte – ihm freundlich zunickte, ließ er auf Geltendmachung seines Standpunktes auch nicht lange mehr warten und sagte: »Ja Frau Gräfin, der Streit schwebt nun schon so lange, wie wir den Dragoner überhaupt haben, und Herr von Stechlin wäre wohl schon längst in das gegnerische Lager, in dem ich und Oberlehrer Tucheband stehn, übergegangen, wenn er nicht an meiner wissenschaftlichen Ereiferung seine beständige Freude hätte. Tucheband, einer unsrer Besten und ein Mann, der nicht leicht vorbeischießt, hat auch in dieser Frage gleich das Richtige getroffen. Er hat nämlich den Ort in Erwägung gezogen, von wo diese Wetterfahne stammt. Sie stammt aus dem wenigstens damals noch der alten Familie von Mörner zugehörigen Dorfe Zellin in der Neumark. Das Regiment aber, das sich bei Fehrbellin vor allen andern auszeichnete, war das Dragonerregiment Mörner. Es ist also kein Derfflingerscher, sondern ein Mörnerscher Dragoner, der, in fliegender Eile, die Nachricht von dem erfochtenen Siege nach Zellin bringt.«

»Bravo«, sagte Melusine. »Wenn ich je eine richtige Schlußfolgerung gehört habe (die meisten sind Blender), so haben wir sie hier. Herr von Stechlin, ich kann Ihnen nicht helfen, Sie sind besiegt.«

Dubslav war einverstanden und küßte Melusine die Hand, ohne sich um die mißbilligenden Blicke seiner Schwester zu kümmern, die jetzt ihrerseits auf endliche Vorführung der ›beiden Mühlen‹ drang, ihrer zwei Lieblingsstücke. Diese beiden Mühlen, so versicherte sie, seien das einzige, was hier überhaupt einen Anspruch auf ›Museum‹ erheben dürfe. Beinah war es wirklich so, wie selbst Krippenstapel zugab, trotzdem sich, bis wenigstens ganz vor kurzem, nichts von historischer Kontroverse (die doch schließlich immer die Hauptsache bleibt) daran geknüpft hatte. Neuerdings freilich hatte sich das geändert. Zwei Berliner Herren vom Gewerbemuseum waren über die Mühlen in Streit geraten, speziell über ihren Ursprungsort. Zwar hatte man sich vorläufig dahin geeinigt, daß die Wassermühle holländisch, die Windmühle dagegen (eine richtige alte Bockmühle) eine Nürnberger Arbeit sei; Krippenstapel aber hatte bei diesem Friedensschlusse nur gelächelt. Er war viel zu sehr ernster Wissenschaftsmensch, als daß er nicht hätte herausfühlen sollen, wie diese sogenannte ›Beilegung‹ nichts als eine Verkleisterung war. Der Ausbruch neuer Streitigkeiten stand nahe bevor.

Die waren aber zunächst wenigstens ausgeschlossen, da beide Schwestern, Armgard wie Melusine, wie Kinder vor einem Lieblingsspielzeug, in einem ganz ausbündigen Vergnügen aufgingen. Die Windmühle klapperte, daß es eine Lust war, und das Rad der Wassermühle, wenn es grad in der Sonne blitzte, gab einen solchen Silberschein, daß es aussah, als fiele das blinkende Wasser wirklich über die Schaufelbretter. All das wurde gesehn und bewundert, und was nicht gesehn wurde, nahm man auf Treu und Glauben mit in den Kauf. Von den Spinnen kam keine zum Vorschein; nur hier und da hingen lange graue Gewebe, was jedoch nur feierlich aussah, und als Mittag heran war, verließ man das Museum, um sich erst eine Stunde zu ruhn und dann bei Tische wiederzusehn. Die Gräfin aber, ehe sie den großen, wüsten Raum verließ, trat noch einmal an Krippenstapel heran, um ihn, unter gewinnendstem Lächeln, zu bitten, ihr, sobald ein ernsterer Streit über die beiden Mühlen entbrennen sollte, die betreffenden Schriftstücke nicht vorzuenthalten.

Krippenstapel versprach alles.

Auf drei war das Mittagsmahl angesetzt. Schon eine Viertelstunde vorher erschien Lorenzen und traf den alten Dubslav in einer gewissen stattlichen Herrichtung an oder, wie er sich selbst zu Engelke geäußert hatte, »ganz feudal«.

»Ach, das ist gut, Lorenzen, daß Sie schon kommen. Ich habe noch allerhand auf dem Herzen. Es muß doch was geschehn, eine richtige Begrüßung (denn das gestern abend war zu wenig) oder aber ein solennes Abschiedswort, kurzum irgendwas, das in das Gebiet der Toaste gehört. Und da müssen Sie helfen. Sie sind ein Mann von Fach, und wer jeden Sonntag predigen kann, kann doch schließlich auch ’ne Tischrede halten.«

»Ja, das sagen Sie so, Herr von Stechlin. Mitunter ist eine Tischrede leicht und eine Predigt schwer, aber es kann auch umgekehrt liegen. Außerdem, wenn Sie sich nur erst mit dem Gedanken vertraut gemacht haben, daß es so sein muß, dann geht es auch. Sie werden sehn, das Herz, wie immer, macht den Redner. Und dazu diese Damen, beide von so seltener Liebenswürdigkeit. Was die Gräfin angeht ...«

»Ja«, lachte der Alte, »was die Gräfin angeht ... Sie machen sich's bequem, Pastor. Die Gräfin – wenn sich's um die handelte, da könnt' ich's vielleicht auch. Aber die Komtesse, die hat so was Ernstes. Und dann ist sie zum übrigen auch noch meine Schwiegertochter oder soll es wenigstens werden, und da muß ich doch sprechen wie 'ne Respektsperson. Und das ist schwer, vielleicht, weil sich in meiner Vorstellung die Gräfin immer vor die Komtesse schiebt.«

Dubslav sprach noch so weiter. Aber es half ihm nichts; Lorenzen war in seinem Widerstande nicht zu besiegen, und so kam denn die Tisch- und endlich auch die gefürchtete Redezeit heran. Der Alte hatte sich schließlich drin gefunden. »Meine lieben Gäste«, hob er an, »geliebte Braut, hochverehrte Brautschwester! Ein andres Wort, um meine Beziehungen zu Gräfin Melusine zu bezeichnen, hat vorläufig die deutsche Sprache nicht, was ich bedaure. Denn das Wort sagt mir lange nicht genug. Wenige Stunden erst ist es, daß ich Sie, meine Damen, an dieser Stelle begrüßen durfte, noch kein voller Tag, und schon ist der Abschied da. Währenddem hab' ich kein ›Du‹ beantragt, aber es liegt doch in der Luft, mehr noch auf meiner Lippe ... Teuerste Armgard! Dies alte Haus Stechlin also soll Ihre dereinstige Heimstätte werden; Sie werden sie zu neuem Leben erheben. Unter meinem Regime war es nicht viel damit. Auch heute nicht. Ich habe nur das gute Gewissen, Ihnen während dieser kurzen Spanne Zeit alles gezeigt zu haben, was gezeigt werden konnte: mein Museum und meinen See. Die Sprudelstelle (die Winterhand lag darauf) hat geschwiegen, aber mein Derfflingerscher Dragoner – in Krippenstapels Abwesenheit darf ich ihn ja wieder so nennen – hat dafür um so deutlicher zu Ihnen gesprochen. Er hat die Zahl 1675 in seiner Standarte und trägt die Siegesnachricht von Fehrbellin ins märkische Land. Erleb' ich's noch und gibt Krippenstapel seine Zustimmung, so stell' ich, kurz oder lang, auch meinerseits einen Dragoner auf meinen Dachreiter (einen Turm hab' ich nicht), und zwar einen Dragoner vom Regiment Königin von Großbritannien und Irland, und auch er trägt eine Siegesbotschaft ins Land. Nicht die von Königgrätz und nicht die von Mars-la-Tour, aber die von einem gleich gewichtigen Siege. Das Haus Barby lebe hoch und meine liebe Schwiegertochter Armgard!«

Alle waren bewegt. Am meisten Lorenzen. Als er an den Alten herantrat, flüsterte er ihm zu: »Sehn Sie. Ich wußt' es.« Armgard küßte dem Alten die Hand, Melusine strahlte. »Ja, die alte Garde!« sagte sie. Nur Schwester Adelheid konnte sich in dieser allgemeinen Freude nicht gut zurechtfinden. Alle Feierungen mußten eben das Maß halten, das sie vorschrieb. Sie hatte den landesüblichen Zug: »Nur nicht zuviel von irgendwas, am wenigsten aber von Huldigungen oder gar von Hingebung.«

Als man wieder saß, sagte Melusine: »Krippenstapel wird übrigens verstimmt sein, wenn er von Ihrem Trinkspruche hört. Es war doch eigentlich eine erneute feierliche Proklamierung des Derfflingerschen. Und was bei solcher Gelegenheit gesagt wird, das gilt ... Interessiert sich übrigens irgendwer für dies Ihr Museum?«

»Dann und wann ein Mann von Fach. Sonst niemand.«

»Was Sie verdrießt.«

»Nein, gnädigste Gräfin. Nicht im geringsten. Ich nehme nicht vieles ernsthaft, und am wenigsten ernsthaft nehm' ich mein Museum. Es ist freilich von mir ausgegangen und interessierte mich auch eine Weile; hinterher aber hat sich eigentlich alles ohne mich gemacht. Das ist so die Regel. Ist überhaupt erst ein Anfang da, so laufen die Dinge von selber weiter, und die Leute lassen einen nicht wieder los, halten einen fest, man mag wollen oder nicht. Ich hätte vielleicht alles schon längst wieder aufgegeben; man will's aber nicht. Einigen gereicht es zur Befriedigung, mich für einen Querkopf halten zu können, und andre sprechen wenigstens von Originalitätshascherei. Man muß eben allerhand über sich ergehen lassen.«

31. KAPITEL

Um fünf Uhr brachen Woldemar und die Barbyschen Damen auf, um den Zug, der um sieben Uhr Gransee passierte, nicht zu versäumen. Es dunkelte schon, aber der Schnee sorgte für einen Lichtschimmer; so ging es über die Bohlenbrücke fort in die Kastanienallee mit ihrem kahlen und übereisten Gezweige hinein.

Lorenzen war noch im Schlosse zurückgeblieben und setzte sich, um wieder warm zu werden – auf der Rampe war's kalt und zugig gewesen –, in die Nähe des Kamins, dem alten Dubslav gegenüber. Dieser hatte seinen Meerschaum angezündet und sah behaglich in die Flamme, blieb aber ganz gegen seine Gewohnheit schweigsam, weil eben noch eine dritte Person da war, die von den liebenswürdigen Damen, über die sich auszulassen es ihn in seiner Seele drängte, ganz augenscheinlich nichts hören wollte. Diese dritte Person war natürlich Tante Adelheid. *Die* wollte nicht sprechen. Andrerseits mußte durchaus der Versuch einer Konversation gemacht werden, und so griff denn Dubslav zu den Gundermanns hinüber, um in ein paar Worten sein Bedauern darüber auszudrücken, daß er die Siebenmühlner nicht habe mit heranziehn können. »Engelke sei so sehr dagegen gewesen.« All dies Bedauern – wie's der ganzen Sachlage nach nicht anders sein konnte – kam flau genug heraus, aber die Domina war so hochgradig verstimmt, daß ihr selbst so nüchterne, das Verbindliche nur ganz leise, nur ganz obenhin streifende Worte schon zuwider waren. »Ach, laß doch diese geborne Helfrich«, sagte sie, »diese Tochter von dem alten Hauptmann, der die Schlacht bei Leipzig gewonnen haben soll. So wenigstens erzählt sie beständig. Eine schreckliche Frau, die gar nicht in unsre Gesellschaft paßt. Und dabei so laut. Ich kann es nicht leiden, wenn wir so mit Gewalt nach oben blicken sollen, aber diese Helfrich, das muß ich sagen, ist denn doch auch nicht mein Geschmack. Ich halte das Untersichbleiben für das einzig Richtige. Bescheidene Verhältnisse, aber bestimmt gezogene Grenzen.«

Lorenzen hütete sich zu widersprechen, versuchte vielmehr umgekehrt, durch ein halbes Eingehn auf Adelheid und ihren Ton, eine bessere Laune wiederherzustellen. Als er aber sah, daß er damit scheiterte, brach er auf.

Und nun waren die beiden alten Geschwister allein.

Dubslav ging im Zimmer unruhig auf und ab und trat nur dann und wann an den Tisch heran, auf dem noch vom Kaffee her die Likörflaschen standen. Er wollte was sagen, traute sich's aber nicht recht, und erst als er zu zwei Curaçaos auch noch einen Benediktiner hinzugefügt hatte, wandte er sich an die Schwester, die, schweigsam wie er selbst, ihre kleine goldene Kette hin und her zog.

»Ja«, sagte er, »jetzt sind sie nun wohl schon in Woltersdorf.«

»Ich vermute drüber raus. Woldemar wird die Pferde natürlich ausholen lassen. Es sind, glaub' ich, Damen, die nicht gerne langsam fahren.«

»Du sagst das so, Adelheid, als ob du's tadeln wolltest, überhaupt als ob dir die Damen nicht sonderlich gefallen hätten. Das sollte mir leid tun. Ich bin sehr glücklich über die Partie. Gewiß, sowohl die Gräfin wie die Komtesse sind verwöhnt; das merkt man. Aber ich möchte sagen, je verwöhnter sie sind ...«

»Desto besser gefallen sie dir. Das sieht dir ähnlich. Ich liebe mehr unsre Leute. Beide sind doch beinah wie Fremde.«

»Nun, das ist nicht schlimm.«

»Doch. Mir widersteht das Fremde. Laß dir erzählen. Da war ich vorigen Sommer mit der Schmargendorf in Berlin und ging zu Josty, weil die Schmargendorf, die so was liebt, gern eine Tasse Schokolade trinken wollte.«

»Du hoffentlich auch.«

»Allerdings. Ich auch. Aber ich kam nicht recht dazu, nippte bloß, weil ich mich über die Maßen ärgern mußte. Denn an dem Tische neben mir saß ein Herr und eine Dame, wenn es überhaupt eine Dame war. Aber Engländer waren es. Er steckte ganz in Flanell und hatte die Beinkleider umgekrempelt, und die Dame trug einen Rock und eine Bluse und einen Matrosenhut. Und der Herr hatte ein Windspiel, das immer zitterte, trotzdem fünfundzwanzig Grad Wärme waren.«

»Ja, warum nicht?«

»Und zwischen ihnen stand eine Tablette mit Wasser und Kognak, und die Dame hielt außerdem noch eine Zigarette zwischen den Fingern und sah in die Ringelwölkchen hinein, die sie blies.«

»Charmant. Das muß ja reizend ausgesehn haben.«

»Und ich verwette mich, diese Melusine raucht auch.«

»Ja, warum soll sie nicht? Du schlachtest Gänse. Warum soll Melusine nicht rauchen?«

»Weil Rauchen männlich ist.«

»Und Schlachten weiblich ... Ach, Adelheid, wir können uns über so was nicht einigen. Ich gelte schon für leidlich altmodisch, aber du, du bist ja geradezu petrefakt.«

»Ich verstehe das Wort nicht und wünsche nur, daß es etwas ist, dessen du dich nicht zu schämen hast. Es klingt sonderbar genug. Aber ich weiß, du liebst dergleichen und liebst gewiß auch (und hast so deine Vorstellungen dabei) den Namen Melusine.«

»Kann ich beinah sagen.«

»Ich dacht' es mir.«

»Ja, Schwester, du hast gut reden. So sicher wie du wohnt eben nicht jeder. Adelheid! Das ist ein Name, der paßt immer. Und im Kirchenbuche, wie mir Lorenzen erst neulich gezeigt hat, steht sogar Adelheide. Das Schluß-›e‹ ist bei der schlechten Wirtschaft in unserm Hause so mit draufgegangen. Die Stechline haben immer alles verurscht.«

»Ich bitte dich, wähle doch andere Worte.«

»Warum? Verurscht ist ein ganz gutes Wort. Und außerdem, schon der alte Kortschädel sagte mir mal, man müsse gegen Wörter nicht so streng sein und gegen Namen erst recht nicht, da sitze manch einer in einem Glashause. Hältst du Rentmeister Fix für einen schönen Namen? Und als ich noch bei den Kürassieren in Brandenburg war, in meinem letzten Dienstjahr, da hatten wir dicht bei uns einen kleinen Mann von der Feuerversicherung, der hieß Briefbeschwerer. Ja, Adelheid, wenn ich *dem* gegenüber so verfahren wäre wie du jetzt mit Gräfin Melusine, so hätt' ich mir den Mann als eine halbe Bombe vorstellen müssen oder als einen Kugelmann. Denn damals, es war Anno vierundsechzig, waren alle ›Briefbeschwerer‹ bloß ›Kugelmänner‹: 'ne Flintenkugel oben und zwei Flintenkugeln unten. Und natürlich 'ne Kartätschenkugel als Bauch in der Mitte. Das Feuerversicherungsmännchen aber, das zufällig so sonderbar hieß, das war so dünn wie 'n Strich.«

»Ja, Dubslav, was soll das nun alles wieder? Du gibst da deinem Zeisig mal wieder ein gut Stück Zucker. Ich sage Zeisig, weil ich nicht verletzlich werden will.«

»Küss' die Hand ...«

»Und was ich dir zur Sache darauf zu sagen habe, das ist das. Ich habe nichts dagegen, daß jemand Briefbeschwerer heißt, und überlass' es ihm, ob er ein Strich oder ein Kugelmann sein will. Aber ich habe sehr viel gegen Melusine. Briefbeschwerer, nu, das ist bloß ein Zufall, Melusine aber ist kein Zufall, und ich kann dir bloß sagen, diese Melusine ist eben eine richtige Melusine. Alles an dieser Person ...«

»Ich bitte dich, Adelheid ...«

»Alles an dieser Dame, wenn sie durchaus so etwas sein soll, ist verführerisch. Ich habe so was von Koketterie noch nie gesehn. Und wenn ich mir dann unsern armen Woldemar daneben denke! Der is ja solcher Eva gegenüber von Anfang an verloren. Eh' er noch weiß, was los ist, ist er schon umstrickt, trotzdem er doch bloß ihr Schwager ist. Oder vielleicht auch grade deshalb. Und dazu das ewige Sichbiegen und -wiegen in den Hüften. Alles wie zum Beweise, daß es mit der Schlange denn doch etwas auf sich hat. Und wie sie nun gar erst mit dem Lorenzen umsprang. Aber freilich, der ist womöglich noch leichter zu fangen als Woldemar. Er sah sie immer an wie 'ne Offenbarung. Und sie ist auch so was. Darüber is kein Zweifel. Aber wovon?«

HOCHZEIT

32. KAPITEL

Zu guter Zeit waren die Reisenden wieder in Berlin zurück. Woldemar hatte Braut und Schwägerin bis an das Kronprinzenufer begleitet, mußte jedoch auf Verbleib im Barbyschen Hause verzichten, weil im Kasino eine kleine Festlichkeit stattfand, der er beiwohnen wollte.

Der alte Graf ging, als unten die Droschke hielt, mühsamlich auf seinem Zimmerteppich auf und ab, weil ihn sein Fuß, wie stets, wenn das Wetter umschlug, mal wieder mit einer ziemlich heftigen Neuralgie quälte.

»Nun, da seid ihr ja wieder. Der Zug muß Verspätung gehabt haben. Und wo ist Woldemar?«

Man gab ihm Auskunft und daß Woldemar wegen seines Nichterscheinens um Entschuldigung bäte. »Gut, gut. Und nun setzt euch und erzählt. Mit dem Conte, das ließ damals allerlei zu wünschen übrig ... verzeih, Melusine. Da möcht' ich denn begreiflicherweise, daß es uns diesmal besser ginge. Woldemar macht mir natürlich kein Kopfzerbrechen, aber die Familie, der alte Stechlin. Armgard braucht selbstverständlich auf eine so delikate Frage nicht zu antworten, wenn sie nicht will, wiewohl erfahrungsmäßig ein Unterschied ist zwischen Schwiegermüttern und Schwiegervätern. Diese sind mitunter verbindlicher als der Sohn.«

Armgard lachte. »Mir, Papa, passiert so was Nettes nicht. Aber mit Melusine war es wieder das Herkömmliche. Der alte Stechlin fing an, und der Pastor folgte. Wenigstens schien es mir so.«

»Dann bin ich beruhigt, vorausgesetzt, daß Melusine über den neuen Schwiegervater ihren richtigen alten Vater nicht vergißt.«

Sie ging auf ihn zu und küßte ihm die Hand.

»Dann bin ich beruhigt«, wiederholte der Alte. »Melusine gefällt fast immer. Aber manchem gefällt sie freilich auch nicht. Es gibt so viele Menschen, die haben einen natürlichen Haß gegen alles, was liebenswürdig ist, weil sie selber unliebenswürdig sind. Alle beschränkten und aufgesteiften Individuen, alle, die eine bornierte Vorstellung vom Christentum haben – das richtige sieht ganz anders aus –, alle Pharisäer und Gernegroße, alle Selbstgerechten und Eiteln fühlen sich durch Personen wie Melusine gekränkt und verletzt, und wenn sich der alte Stechlin in Melusine verliebt hat, dann lieb' ich ihn schon darum, denn er ist dann eben ein guter Mensch. Mehr brauch' ich von ihm gar nicht zu wissen. Übrigens konnt' es kaum anders sein. Der Apfel fällt nicht weit vom Stamm. Aber auch umgekehrt: Wenn ich den Apfel kenne, kenn' ich auch den Stamm ... Und wer war denn noch da? Ich meine, von Verwandtschaft?«

»Nur noch Tante Adelheid von Kloster Wutz«, sagte Armgard.

»Das ist die Schwester des Alten?«

»Ja, Papa. Ältere Schwester. Wohl um zehn Jahr älter und auch nur Halbschwester. Und eine Domina.«

»Sehr fromm?«

»Das wohl eigentlich nicht.«

»Du bist so einsilbig. Sie scheint dir nicht recht gefallen zu haben.«

Armgard schwieg.

»Nun, Melusine, dann sprich du. Nicht fromm also; das ist gut. Aber vielleicht *hautaine?*«

»Fast könnte man's sagen«, antwortete Melusine. »Doch paßt es auch wieder nicht recht, schon deshalb nicht, weil es ein französisches Wort ist. Tante Adelheid ist eminent unfranzösisch.«

»Ah, ich versteh'. Also komische Figur.«

»Auch das nicht so recht, Papa. Sagen wir einfach, zurückgeblieben, vorweltlich.«

Der alte Graf lachte. »Ja, das ist in allen alten Familien so, vor allem bei reichen und vornehmen Juden. Kenne das noch von Wien her, wo man überhaupt solche Fragen studieren kann. Ich verkehrte da viel in einem großen Bankierhause, drin alles nicht bloß voll Glanz, sondern auch voll Orden und Uniformen war. Fast zuviel davon. Aber mit einem Male traf ich in einer Ecke, ganz einsam und doch beinah vergnüglich, einen merkwürdigen Urgreis, der wie der alte Gobbo – der in dem Stück von Shakespeare vorkommt – aussah, und als ich mich später bei einem Tischnachbar erkundigte, wer denn das sei, da hieß es: ›Ach, das ist ja Onkel Manasse.‹ Solche Onkel Manasses gibt es überall, und sie können unter Umständen auch Tante Adelheid heißen.«

Daß der alte Graf das so leicht nahm, erfreute die Töchter sichtlich, und als Jeserich bald danach das Teezeug brachte, wurde auch Armgard mitteilsamer und erzählte zunächst von Superintendent Koseleger und Pastor Lorenzen, danach vom Stechlinsee (der ganz überfroren gewesen sei, so daß sie die berühmte Stelle nicht hätten sehen können) und zuletzt von dem Museum und den Wetterfahnen.

Diese waren das, was den alten Grafen am meisten interessierte.

»Wetterfahnen, ja, die müssen gesammelt werden, nicht bloß alte Dragoner in Blech geschnitten, sondern auch allermodernste Silhouetten, sagen wir aus der Diplomatenloge. Da kommt dann schon eine ganz hübsche Galerie zusammen. Und wißt ihr, Kinder, das mit dem

Museum gibt mir erst eine richtige Vorstellung von dem Alten und eine volle Befriedigung, beinah mehr noch, als daß ihm Melusine gefallen hat. Ich bin sonst nicht für Sammler. Aber wer Wetterfahnen sammelt, das will doch was sagen, das ist nicht bloß eine gute Seele, sondern auch eine kluge Seele, denn es ist da so was drin, wie ein Fingerknips gegen die Gesellschaft. Und wer den machen kann, das ist mein Mann, mit dem kann ich leben.«

Man blieb nicht lange mehr beisammen; beide Schwestern, ziemlich ermüdet von der Tagesanstrengung, zogen sich früh zurück, aber ihr Gespräch über Schloß Stechlin und die beiden Geistlichen und vor allem über die Domina (gegen die Melusine heftig eiferte) setzte sich noch in ihrem Schlafzimmer fort.

»Ich glaube«, sagte Armgard, »du legst zuviel Gewicht auf das, was du das Ästhetische nennst. Und Woldemar tut es leider auch. Er läßt auf seine Mark Brandenburg sonst nichts kommen, aber in diesem Punkte spricht er beinah so wie du. Wohin er blickt, überall vermißt er das Schönheitliche. Das wenige, was danach aussieht, so klagt er beständig, sei bloß Nachahmung. Aus eignem Trieb heraus würde hier nichts der Art geboren.«

»Und daß er so klagt, das ist das, was ich so ziemlich am meisten an ihm schätze. Du meinst, daß ich, wenn ich von der Domina spreche, zuviel Gewicht auf diese doch bloß äußerlichen Dinge lege. Glaube mir, diese Dinge sind nicht bloß äußerlich. Wer kein feines Gefühl hat, sei's in Kunst, sei's im Leben, der existiert für mich überhaupt nicht und für meine Freundschaft und Liebe nun schon ganz gewiß nicht. Da hast du mein Programm. Unser ganzer Gesellschaftszustand, der sich wunder wie hoch dünkt, ist mehr oder weniger Barbarei; Lorenzen, von dem du doch so viel hältst, hat sich ganz in diesem Sinne gegen mich ausgesprochen. Ach, wie weit voraus war uns doch die Heidenzeit, die wir jetzt so verständnislos bemängeln! Und selbst unser ›dunkles Mittelalter‹ – schönheitlich stand es höher als wir, und seine Scheiterhaufen, wenn man nicht gleich selbst an die Reihe kam, waren gar nicht so schlimm.«

»Ich erlebe noch«, lachte Armgard, »daß du 'nen neuen Kreuzzug oder ähnliches predigst. Aber wir sind von unserm eigentlichen Thema ganz abgekommen, von der Domina. Du sagtest, ihre Gefühle widersprächen sich untereinander. Welche Gefühle?«

»Darauf ist leicht Antwort geben. Erst beglückwünscht sie sich zu sich selbst, und hinterher ärgert sie sich über sich selbst. Und daß sie das *muß*, daran sind wir schuld, und das kann sie uns nicht verzeihn.«

»Ich würde vielleicht zustimmen, wenn das, was du da sagst, nicht so sehr eitel klänge ... Sie hat übrigens einen guten Verstand.«

»Den hat sie, gewiß, den haben sie alle hier oder doch die meisten. Aber ein guter Verstand, soviel er ist, ist auch wieder recht wenig, und schließlich – ich muß leider zu diesem Berolinismus greifen – ist diese gute Domina doch nichts weiter als eine Stakete, lang und spitz. Und nicht mal grün gestrichen.«

»Und der Alte? *Der* wenigstens wird doch vor deiner Kritik bestehn.«

»Oh, der? Der ist *hors concours* und geht noch über Woldemar hinaus. Was meinst du, wenn ich den Alten heiratete?«

»Sprich nicht so, Melusine. Ich weiß ja recht gut, wie das alles von dir gemeint ist, Übermut und wieder Übermut. Aber er ist doch am Ende noch nicht so steinalt. Und *du*, so lieb ich dich habe, du bist schließlich imstande, dich in solche Kompliziertheiten von Schwiegervater und Schwager, alles in einem und womöglich noch allerhand dazu, zu verlieben.«

»Jedenfalls mehr als in *den*, der diese Kompliziertheiten darstellt oder gar erst schaffen soll ... Also sei ruhig, freundlich Element.«

33. KAPITEL

Das war in den letzten Dezembertagen; auf Ende Februar hatte man die Hochzeit des jungen Paares festgesetzt. In der Zwischenzeit war seitens des alten Grafen erwogen worden, ob die Trauung nicht doch vielleicht auf einem der Barbyschen Elbgüter stattfinden solle; die Braut selbst aber war dagegen gewesen und hatte mit einer ihr sonst nicht eignen Lebhaftigkeit versichert: sie hänge an der Armee, weshalb sie – ganz abgesehn von ihrem teuren Frommel – die

Berliner Garnisonkirche weit vorziehe. Daß diese, nach Ansicht vieler, bloß ein großer Schuppen sei, habe für sie gar keine Bedeutung; was ihr an der Garnisonkirche so viel gelte, das seien die großen Erinnerungen und ein Gotteshaus, drin die Schwerins und die Zietens ständen (und wenn sie nicht drin ständen, so doch andre, die kaum schlechter wären) – eine historisch so bevorzugte Stelle wäre ihr an ihrem Trautage viel lieber als ihre Familienkirche, trotz der Särge so vieler Barbys unterm Altar. Woldemar war sehr glücklich darüber, seine Braut so preußisch-militärisch zu finden, die denn auch, als einmal die Zukunft und mit ihr die Frage nach ›Verbleib oder Nichtverbleib‹ in der Armee durchgesprochen wurde, lachend erwidert hatte: »Nein, Woldemar, nicht jetzt schon Abschied; ich bin sehr für Freiheit, aber doch beinah mehr noch für Major.«

Auf drei Uhr war die Trauung festgesetzt. Schon eine halbe Stunde vorher erschien der Brautwagen und hielt vor dem Schickedanzschen Hause, dessen Flur auszuschmücken sich die Frau Versicherungssekretärin nicht hatte nehmen lassen. Von der Treppe bis auf das Trottoir hinaus waren zu beiden Seiten Blumenestraden aufgestellt, auf denen die Lieblinge der Frau Schickedanz in einer Schönheit und Fülle standen, als ob es sich um eine Maiblumenausstellung gehandelt hätte. Hinter den verschiedenen Estraden aber hatten alle Hausbewohner Aufstellung genommen, Lizzi, Frau Imme und sämtliche Hartwigs und natürlich auch Hedwig, die, nach ganz kurzem Dienst im Kommerzienrat Seligmannschen Hause, vor etwa acht Tagen ihre Stelle wieder aufgegeben hatte.

»Gott, Hedwig, war es denn wieder so was?«

»Nein, Frau Imme, diesmal war es mehr.«

Frommel traute. Die Kirche war dicht besetzt, auch von bloß Neugierigen, die sich, ehe die große Orgel einsetzte, die merkwürdigsten Dinge mitzuteilen hatten. Die Barbys seien eigentlich Italiener aus der Gegend von Neapel, und der alte Graf, was man ihm auch noch ansehe, sei in seinen jungen Jahren unter den Carbonaris gewesen; aber mit einem Male hab' er geschwenkt und sei zum Verräter an seiner heiligen Sache geworden. Und weil in solchem Falle jedesmal einer zur Vollstreckung der Gerechtigkeit ausgelost würde (was der Graf auch recht gut gewußt habe), hab' er vorsichtigerweise seine schöne Heimat verlassen und sei nach Berlin gekommen und sogar an den Hof. Und Friedrich Wilhelm IV., der ihn sehr gern gemocht, hab' auch immer italienisch mit ihm gesprochen. Das Hochzeitsmahl fand im Barbyschen Hause statt, notgedrungen *en petit comité,* da das große Mittelzimmer, auch bei geschicktester Anordnung, immer nur etwa zwanzig Personen aufnehmen konnte. Der weitaus größte Teil der Gesellschaft setzte sich aus uns schon bekannten Personen zusammen, obenan natürlich der alte Stechlin. Er war gern gekommen, trotzdem ihm die Weltabgewandtheit, in der er lebte, den Entschluß anfänglich erschwert hatte. Tante Adelheid fehlte. »Trösten wir uns«, sagte Melusine mit einer sie kleidenden Überheblichkeit. Selbstverständlich waren die Berchtesgadens da, desgleichen Rex und Czako sowie Cujacius und Wrschowitz. Außerdem ein behufs Abschluß seiner landwirtschaftlichen Studien erst seit kurzem in Berlin lebender junger Baron von Planta, Neffe der verstorbenen Gräfin, zu dem sich zunächst ein Premierleutnant von Szilagy (Freund und früherer Regimentskamerad von Woldemar) und des weiteren ein Doktor Pusch gesellte, den die Barbys noch von ihren Londoner Tagen her gut kannten. Dem Brautpaare gegenüber saßen die beiden Väter beziehungsweise Schwiegerväter. Da weder der eine noch der andre zu den Rednern zählte, so ließ Frommel das Brautpaar in einem Toaste leben, drin Ernst und Scherz, Christlichkeit und Humor in glücklichster Weise verteilt waren. Alles war entzückt, der alte Stechlin, Frommels Tischnachbar, am meisten. Beide Herren hatten sich schon vorher angefreundet, und als nach Erledigung des offiziellen Toastes das Tischgespräch ganz allgemein wieder in Konversation mit dem Nachbar überging, sahen sich Frommel und der alte Stechlin in Anknüpfung einer intimeren Privatunterhaltung nicht weiter behindert.

»Ihr Herr Sohn«, sagte Frommel, »wovon ich mich persönlich überzeugen konnte, wohnt sehr hübsch. Darf ich daraus schließen, daß Sie sich bei ihm einlogiert haben?«

»Nein, Herr Hofprediger. So bei Kindern wohnen ist immer mißlich. Und mein Sohn weiß das auch; er kennt den Geschmack oder meinetwegen auch bloß die Schrullenhaftigkeit seines Vaters, und so hat er mich, was immer das Beste bleibt, in einem Hotel untergebracht.«

»Und sind Sie da zufrieden?«

»Im höchsten Maße, wiewohl es ein bißchen über mich hinausgeht. Ich bin noch aus der Zeit von Hôtel de Brandebourg, an dem mich immer nur die Französierung ärgerte – sonst alles vorzüglich. Aber solche Gasthäuser sind eben, seit wir Kaiser und Reich sind, mehr oder weniger altmodisch geworden, und so bin ich denn durch meinen Sohn im Hotel Bristol untergebracht worden. Alles ersten Ranges, kein Zweifel, wozu noch kommt, daß mich der bloße Name schon erheitert, der neuerdings jeden Mitbewerb so gut wie ausschließt. Als ich noch Leutnant war, freilich lange her, mußten alle Witze von Glasbrenner oder von Beckmann sein. Beckmann war erster Komiker, und wenn man in Gesellschaft sagte: ›Da hat ja wieder der Beckmann ...‹, so war man mit seiner Geschichte so gut wie raus. Und wie damals mit den Witzen, so heute mit den Hotels. Alle müssen ›Bristol‹ heißen. Ich zerbreche mir den Kopf darüber, wie gerade Bristol dazu kommt. Bristol ist doch am Ende nur ein Ort zweiten Ranges, aber Hotel Bristol ist immer prima. Ob es hier wohl Menschen gibt, die Bristol je gesehn haben? Viele gewiß nicht, denn Schiffskapitäne, die zwischen Bristol und New York fahren, sind in unserm guten Berlin immer noch Raritäten. Übrigens darf ich bei allem Respekt vor meinem berühmten Hotel sagen, unberühmte sind meist interessanter. So zum Beispiel bayrische Wirtshäuser im Gebirge, wo man eine dicke Wirtin hat, von der es heißt, sie sei mal schön gewesen und ein Kaiser oder König habe ihr den Hof gemacht. Und dazu dann Forellen und ein Landjäger, der eben einen Wilderer oder Haberfeldtreiber über den stillen See bringt. An solchen Stellen ist es am schönsten. Und ist der See aufgeregt, so ist es noch schöner. Das alles würde mir unser Baron Berchtesgaden, der da drüben sitzt, gewiß gern bestätigen, und Sie, Herr Hofprediger, bestätigen es mir schließlich auch. Denn mir fällt eben ein, Sie waren ja mit unserm guten Kaiser Wilhelm, dem letzten Menschen, der noch ein wirklicher Mensch war, immer in Gastein zusammen und viel an seiner Seite. Jetzt hat man statt des wirklichen Menschen den sogenannten Übermenschen etabliert; eigentlich gibt es aber bloß noch Untermenschen, und mitunter sind es gerade die, die man durchaus zu einem ›Über‹ machen will. Ich habe von solchen Leuten gelesen und auch welche gesehn. Ein Glück, daß es, nach meiner Wahrnehmung, immer entschieden komische Figuren sind, sonst könnte man verzweifeln. Und daneben unser alter Wilhelm! Wie war er denn so, wenn er so still seine Sommertage verbrachte? Können Sie mir was von ihm erzählen? So was, woran man ihn so recht eigentlich erkennt.«

»Ich darf sagen ›ja‹, Herr von Stechlin. Habe so was mit ihm erlebt. Eine ganz kleine Geschichte; aber das sind gerade die besten. Da hatten wir mal einen schweren Regentag in Gastein, so daß der alte Herr nicht ins Freie kam und, statt draußen in den Bergen, in seinem großen Wohnzimmer seinen gewohnten Spaziergang machen mußte, so gut es eben ging. Unter ihm aber (was er wußte) lag ein Schwerkranker. Und nun denken Sie sich, als ich bei dem guten alten Kaiser eintrete, seh' ich ihn, wie er da lange Läufer und Teppiche zusammenschleppt und übereinanderpackt, und als er mein Erstaunen sieht, sagt er mit einem unbeschreiblichen und mir unvergeßlichen Lächeln: ›Ja, lieber Frommel, da unter mir liegt ein Kranker; ich mag nicht, daß er die Empfindung hat, ich trample ihm da so über den Kopf hin ...‹ Sehn Sie, Herr von Stechlin, da haben Sie den alten Kaiser.«

Dubslav schwieg und nickte. »Wie beneid' ich Sie, so was erlebt zu haben«, hob er nach einer Weile an. »Ich kannt' ihn auch ganz gut, das heißt in Tagen, wo er noch Prinz Wilhelm war, und dann oberflächlich auch später noch. Aber seine eigentliche Zeit ist doch seine Kaiserzeit.«

»Gewiß, Herr von Stechlin. Es wächst der Mensch mit seinen größern Zwecken.«

»Richtig, richtig«, sagte Dubslav, »das schwebte mir auch vor; ich konnt' es bloß nicht gleich finden. Ja, so war er, und so einen kriegen wir nicht wieder. Übrigens sag' ich das in aller Reverenz. Denn ich bin kein Frondeur. Fronde ist mir gräßlich und paßt nicht für uns. Bloß mitunter, da paßt sie doch vielleicht.«

Inzwischen war die siebente Stunde herangekommen, und um halb acht ging der Zug, mit dem das junge Paar noch bis Dresden wollte, dieser herkömmlich ersten Etappe für jede Hochzeitsreise nach dem Süden. Man erhob sich von der Tafel, und während die Gäste, bunte Reihe machend, untereinander zu plaudern begannen, zogen sich Woldemar und Armgard unbemerkt zurück. Ihr Reisegepäck war seit einer Stunde schon voraus, und nun hielt auch der viersitzige

Wagen vor dem Barbyschen Hause. Die Baronin und Melusine hatten sich zur Begleitung des jungen Paares miteinander verabredet und nahmen jetzt, ohne daß Woldemar und Armgard es hindern konnten, die beiden Rücksitze des Wagens ein. Das ergab aber, besonders zwischen den zwei Schwestern, eine vollkommene Rang- und Höflichkeitsstreiterei. »Ja, wenn es jetzt in die Kirche ginge«, sagte Armgard, »so hättest du recht. Aber unser Wagen ist ja schon wieder ein ganz einfacher Landauer geworden, und Woldemar und ich sind, vier Stunden nach der Trauung, schon wieder wie zwei gewöhnliche Menschen. Und sich dessen bewußt zu werden, damit kann man nicht früh genug anfangen.«

»Armgard, du wirst mir zu gescheit«, sagte Melusine.

Man einigte sich zuletzt, und als der Wagen am Anhalter Bahnhof eintraf, waren Rex und Czako bereits da – beide mit Riesensträußen –, zogen sich aber unmittelbar nach Überreichung ihrer Buketts wieder zurück. Nur die Baronin und Melusine blieben noch auf dem Bahnsteig und warteten unter lebhafter Plauderei bis zum Abgange des Zuges. In dem von dem jungen Paare gewählten Coupé befanden sich noch zwei Reisende; der eine, blond und artig und mit goldener Brille, konnte nur ein Sachse sein, der andre dagegen, mit Pelz und Juchtenkoffer, war augenscheinlich ein »Internationaler« aus dem Osten oder selbst aus dem Südosten Europas.

Nun aber hörte man das Signal, und der Zug setzte sich in Bewegung.

Die Baronin und Melusine grüßten noch mit ihren Tüchern. Dann bestiegen sie wieder den draußen haltenden Wagen. Es war ein herrliches Wetter, einer jener Vorfrühlingstage, wie sie sich gelegentlich schon im Februar einstellen.

»Es ist so schön«, sagte Melusine. »Benutzen wir's. Ich denke, liebe Baronin, wir fahren hier zunächst am Kanal hin in den Tiergarten hinein und dann an den Zelten vorbei bis in Ihre Wohnung.«

Eine Weile schwiegen beide Damen; im Augenblick aber, wo sie von dem holprigen Pflaster in den stillen Asphaltweg einbogen, sagte die Baronin: »Ich begreife Stechlin nicht, daß er nicht ein Coupé apart genommen.«

Melusine wiegte den Kopf.

»Den mit der goldenen Brille«, fuhr die Baronin fort, »den nehm' ich nicht schwer. Ein Sachse tut keinem was und ist auch kaum eine Störung. Aber der andre mit dem Juchtenkoffer. Er schien ein Russe, wenn nicht gar ein Rumäne. Die arme Armgard. Nun hat sie ihren Woldemar und hat ihn auch wieder nicht.«

»Wohl ihr.«

»Aber Gräfin ...«

»Sie sind verwundert, liebe Baronin, mich das sagen zu hören. Und doch hat's damit nur zu sehr seine Richtigkeit: gebranntes Kind scheut das Feuer.«

»Aber Gräfin ...«

»Ich verheiratete mich, wie Sie wissen, in Florenz und fuhr an demselben Abende noch bis Venedig. Venedig ist in einem Punkte ganz wie Dresden: nämlich erste Station bei Vermählungen. Auch Ghiberti – ich sage immer noch lieber ›Ghiberti‹ als ›mein Mann‹; ›mein Mann‹ ist überhaupt ein furchtbares Wort –, auch Ghiberti also hatte sich für Venedig entschieden. Und so hatten wir denn den großen Apennintunnel zu passieren.«

»Weiß, weiß. Endlos.«

»Ja, endlos. Ach, liebe Baronin, wäre doch da wer mit uns gewesen, ein Sachse, ja selbst ein Rumäne. Wir waren aber allein. Und als ich aus dem Tunnel heraus war, wußt' ich, welchem Elend ich entgegenlebte.«

»Liebste Melusine, wie beklag' ich Sie; wirklich, teuerste Freundin, und ganz aufrichtig. Aber so gleich ein Tunnel. Es ist doch auch wie ein Schicksal.«

Rex und Czako hatten sich unmittelbar nach Überreichung ihrer Buketts vom Bahnhof her in die Königgrätzer Straße zurückgezogen, und hier angekommen, sagte Czako: »Wenn es Ihnen recht ist, Rex, so gehen wir bis in das Restaurant Bellevue.«

»Tasse Kaffee?«

»Nein; ich möchte gern was Ordentliches essen. Drei Löffel Suppe, 'ne Forelle *en miniature* und ein Poulardenflügel – das ist zu wenig für meine Verhältnisse. Rund heraus, ich habe Hunger.«

»Sie werden sich zu gut unterhalten haben.«

»Nein, auch das nicht. Unterhaltung sättigt außerdem, wenigstens Menschen, die, wie ich, wenn Sie auch drüber lachen, aufs Geistige gestellt sind. Ein bißchen mag ich übrigens an meinem elenden Zustande selbst schuld sein. Ich habe nämlich immer nur die Gräfin angesehn und begreife nach wie vor unsren Stechlin nicht. Nimmt da die Schwester! Er hatte doch am Ende die Wahl. Der kleine Finger der Gräfin (und ihr kleiner Zeh nun schon ganz gewiß) ist mir lieber als die ganze Komtesse.«

»Czako, Sie werden wieder frivol.«

34. KAPITEL

Unter den Hochzeitsgästen hatte sich, wie schon kurz erwähnt, auch ein Doktor Pusch befunden, ein gewandter und durchaus weltmännisch wirkender Herr mit gepflegtem, aber schon angegrautem Backenbart. Er war vor etwa fünfundzwanzig Jahren an der Assessorecke gescheitert und hatte damals nicht Lust gehabt, sich ein zweites Mal in die Zwickmühle nehmen zu lassen. »Das Studium der Juristerei ist langweilig und die Karriere hinterher miserabel« – so war er denn als Korrespondent für eine große rheinische Zeitung nach England gegangen und hatte sich dort auf der deutschen Botschaft einzuführen gewußt. Das ging so durch Jahre. Ziemlich um dieselbe Zeit aber, wo der alte Graf seine Londoner Stellung aufgab, war auch Doktor Pusch wieder flügge geworden und hatte sich nach Amerika hinüber begeben. Er fand indessen das Freie dort freier, als ihm lieb war, und kehrte sehr bald, nachdem er es erst in New York, dann in Chikago versucht hatte, nach Europa zurück. Und zwar nach Deutschland. »Wo soll man am Ende leben?« Unter dieser Betrachtung nahm er schließlich in Berlin wieder seinen Wohnsitz. Er war ungeniert von Natur und ein klein wenig überheblich. Als wichtigstes Ereignis seiner letzten sieben Jahre galt ihm sein Übertritt vom Pilsener zum Weihenstephan. »Sehen Sie, meine Herren, vom Weihenstephan zum Pilsener, das kann jeder; aber das Umgekehrte, das ist was. Chinesen werden christlich, gut. Aber wenn ein Christ ein Chinese wird, das ist doch immer noch eine Sache von Belang.«

Pusch, als er sich in Berlin niederließ, hatte sich auch bei den Barbys wieder eingeführt; Melusine entsann sich seiner noch, und der alte Graf war froh, die zurückliegenden Zeiten wieder durchsprechen und von Sandringham und Hatfieldhouse, von Chatsworth und Pembroke-Lodge plaudern zu können. Eigentlich paßte der etwas weitgehende Ungeniertheitston, in dem der Doktor seiner Natur wie seiner New Yorker Schulung nach zu sprechen liebte, nicht sonderlich zu den Gepflogenheiten des alten Grafen; aber es lag doch auch wieder ein gewisser Reiz darin, ein Reiz, der sich noch verdoppelte durch das, was Pusch aus aller Welt Enden mitzuteilen wußte. Brillanter Korrespondent, der er war, unterhielt er Beziehungen zu den Ministerien und, was fast noch schwerer ins Gewicht fiel, auch zu den Gesandtschaften. Er hörte das Gras wachsen. Auf Titulaturen ließ er sich nicht ein; die vielen Telegramme hatten einen gewissen allgemeinen Telegrammstil in ihm gezeitigt, dessen er sich nur entschlug, wenn er ins Ausmalen kam. Es war im Zusammenhang damit, daß er gegen Worte wie: »Wirklicher Geheimer Oberregierungsrat« einen förmlichen Haß unterhielt. Herzog von Ujest oder Herzog von Ratibor waren ihm, trotz ihrer Kürze, immer noch zu lang, und so warf er denn statt ihrer einfach mit »Hohenlohes« um sich. In der Tat, er hatte mancherlei Schwächen. Aber diese waren doch auch wieder von ebenso vielen Tugenden begleitet. So beispielsweise sah er über alles, was sich an Liebesgeschichten ereignete, mit einer beinah vornehmen Gleichgültigkeit hinweg, was manchem sehr zupaß kam. Ob dies Drüberhinsehn bloß Geschäftsmaxime war oder ob er all dergleichen einfach alltäglich und deshalb mehr oder weniger langweilig fand, war nicht recht festzustellen; er kultivierte dafür mit Vorliebe das Finanzielle, vielleicht davon ausgehend, daß, wer die Finanzen hat, auch selbstverständlich alles andere hat, besonders die Liebe.

Das war Doktor Pusch. Er schloß sich, als man aufbrach, einer Gruppe von Personen an, die den »angerissenen Abend« noch in einem Lokal verbringen wollten.

»Ja, wo?«

»Natürlich ›Siechen‹.«

»Ach, ›Siechen‹. ›Siechen‹ ist für Philister.«

»Nun denn also, beim ›Schweren Wagner‹.«

»Noch philiströser. Ich bin für Weihenstephan.«

»Und ich für Pilsener.«

Man einigte sich schließlich auf ein Lokal in der Friedrichstraße, wo man beides haben könne.

Die Herren, die dahin aufbrachen, waren außer Pusch noch der junge Baron Planta, dann Cujacius und Wrschowitz und abschließend Premierleutnant von Szilagy, der, wie schon angedeutet, früher bei den Gardedragonern gestanden, aber wegen einer großen Generalbegeisterung für die Künste, das Malen und Dichten obenan, schon vor etlichen Jahren seinen Abschied genommen hatte. Mit seinen Genrebildern war er nicht recht von der Stelle gekommen, weshalb er sich neuerdings der Novellistik zugewandt und einen Sammelband unter dem bescheidenen Titel »Bellis perennis« veröffentlicht hatte. Lauter kleine Liebesgeschichten.

Alle fünf Herren, mit alleiniger Ausnahme des jungen Graubündner Barons, erwiesen sich von Anfang an als ziemlich aufgeregt, und jeder ihnen Zuhörende hätte sofort das Gefühl haben müssen, daß hier viel Explosionsstoff aufgehäuft sei. Trotzdem ging es zunächst gut; Wrschowitz hielt sich in Grenzen, und selbst Cujacius, der nicht gern andern das Wort ließ, freute sich über Puschs Schwadronage, vielleicht weil er nur das heraushörte, was ihm gerade paßte.

Leutnant von Szilagy – man kam vom Hundertsten aufs Tausendste – wurde bei den Fragen, die hin und her gingen, von ungefähr auch nach seinem Novellenbande gefragt und ob er Freude daran gehabt habe.

»Nein, meine Herren«, sagte Szilagy, »das kann ich leider nicht sagen. Ich habe ›Bellis perennis‹ auf eigne Kosten herstellen lassen und hundertzehn Rezensionsexemplare verschickt, unter Beilegung eines Zettels; der ist denn auch von einigen Zeitungen abgedruckt worden, aber nur von ganz wenigen. Im übrigen schweigt die Kritik.«

»Oh, Krittikk«, sagte Wrschowitz. »Ich liebe Krittikk. Aber gute Krittikk schweigt.«

»Und doch«, fuhr Szilagy fort, der sich in dem etwas delphischen Ausspruch des guten Wrschowitz nicht gleich zurechtfinden konnte, »doch sind diese schmerzlichen Gefühle nichts gegen das, was voraufgegangen. Ich unterhielt nämlich vor Erscheinen des Buches selbst die Hoffnung in mir, einige dieser kleinen Arbeiten in einem Parteiblatt und, als dies mißlang, in einem Familienjournal unterbringen zu können. Aber ich scheiterte ...«

»Ja, natürlich scheiterten Sie«, sagte Pusch, »das spricht für Sie. Lassen Sie sich sagen und raten, denn ich weiß in diesen Dingen einigermaßen Bescheid. War nämlich drüben, ja ich darf beinah sagen, ich war doppelt drüben, erst drüben in England und dann drüben in Amerika. Da versteht man's. Ja, du lieber Himmel, dies bedruckte Löschpapier! Man lebt davon, und es regiert eigentlich die Welt. Aber, aber ... Und dabei, wenn ich recht gehört habe, sprachen Sie von Parteiblatt – furchtbar. Und dann sprachen Sie von Familienjournal – zweimal furchtbar!«

»Haben Sie selbst Erfahrungen gemacht auf diesem schwierigen Gebiete?«

»Nein, Herr von Szilagy, so tief ließ mich die Gnade nicht sinken. Aber ich treibe mein Wesen über dem Strich, und wenn man so Wand an Wand wohnt, da weiß man doch einigermaßen, wie's bei dem Nachbar aussieht. Ach, und außerdem, wie so mancher hat mir sein Herz ausgeschüttet und mir dabei seine liebe Not geklagt! Wer's nicht leicht nimmt, der ist verloren. Roman, Erzählung, Kriminalgeschichte. Jeder, der der großen Maße genügen will, muß ein Loch zurückstecken. Und wenn er das redlich getan hat, dann immer noch eins. Es gibt eine Normalnovelle. Etwa so: Tiefverschuldeter adeliger Assessor und ›Sommerleutnant‹ liebt Gouvernante von stupender Tugend, so stupende, daß sie, wenn geprüft, selbst auf diesem schwierigsten Gebiete bestehen würde. Plötzlich aber ist ein alter Onkel da, der den halb entgleisten Neffen an eine reiche Cousine standesgemäß zu verheiraten wünscht. Höhe der Situation! Drohendster Konflikt. Aber in diesem bedrängten Moment entsagt die Cousine nicht nur, sondern vermacht ihrer Rivalin auch ihr Gesamtvermögen. Und wenn sie nicht gestorben sind, so leben sie heute noch ... Ja, Herr von Szilagy, wollen Sie damit konkurrieren?«

Alles stimmte zu; nur Baron Planta meinte: »Doktor Pusch, Pardon, aber ich glaube beinah, Sie übertreiben. Und Sie wissen es auch.«

Pusch lachte. »Wenn man etwas der Art sagt, übertreibt man immer. Wer ängstlich abwägt, sagt gar nichts. Nur die scharfe Zeichnung, die schon die Karikatur streift, macht eine Wirkung. Glauben Sie, daß Peter von Amiens den ersten Kreuzzug zusammengetrommelt hätte, wenn er so etwa beim Erdbeerpflücken einem Freunde mitgeteilt hätte, das Grab Christi sei vernachlässigt und es müsse für ein Gitter gesorgt werden?!«

»Serr gutt, serr gutt!«

»Und so auch, meine Herren, wenn ich von moderner Literatur spreche. Herr von Szilagy, den wir so glücklich sind, unter uns zu sehn, soll aufgerichtet, seine Seele soll mit neuem Vertrauen erfüllt werden. Oder aber mit Heiterkeit, was noch besser ist. Er soll wieder lachen können. Und wenn man solche Wirkung erzielen will, ja, dann muß man eben deutlich und zugleich etwas phantastisch sprechen. Indessen auch ernsthaft angesehen, wie steht es denn mit der Herstellung (ich vermeide mit Vorbedacht das Wort ›Schöpfung‹) oder gar mit dem Verschleiß der meisten dieser Dinge! Lassen Sie mich in einem Bilde sprechen. Da haben wir jetzt in unsern Blumenläden allerlei Kränze, voran den aus Eichenlaub und Lorbeer bestehenden und meist noch behufs besserer Dauerbarkeit auf eine herzhafte Weidenrute geflochtenen Urkranz. Und nun treten Sie, je nach der Situation, an die sich Ihnen mit betrübter oder auch mit lächelnder Miene nähernde Kranzbinderin heran, um zu Begräbnis oder Trauung Ihre Bestellung zu machen, zu drei Mark oder zu fünf oder zu zehn. Und genau dieser Bestellung entsprechend, werden in den vorgeschilderten Urkranz etliche Georginen oder Teichrosen eingebunden und bei stattgehabter Höchstbewilligung sogar eine Orchidee von ganz unglaublicher Form und Farbe.«

»Kenne die Orchidee«, rief Wrschowitz in höchster Ekstase, »lila mit gelb.«

Pusch nickte, zugleich in steigendem Übermut fortfahrend: »Und genauso mit der Urnovelle. Die liegt fertig da wie der Urkranz; nichts fehlt als der Aufputz, der nunmehr freundschaftlich verabredet wird. Bei Höchstbewilligung wird ein Verstoß gegen die Sittlichkeit eingeflochten. Das ist dann die große Orchidee, lila mit gelb, wie Freund Wrschowitz sehr richtig hervorgehoben hat.«

»Unter diesen Umständen«, bemerkte hier Baron Planta, »will es mir als ein wahres Glück erscheinen, daß Herr von Szilagy, wie ich höre, mehrere Eisen im Feuer hat. Was ihm die Novellistik schuldig bleibt, muß ihm die Malerei bringen.«

»Was sie leider bisher nicht tat und mutmaßlich auch nie tun wird«, lachte Szilagy halb wehmütig, »trotzdem ich vom Genrebild aus, mit dem ich anfing, eine Schwenkung gemacht und mich unter Anleitung meines Freundes Salzmann neuerdings der Marinemalerei zugewandt habe. Mitunter auch Bataillen. Und was die blauen Töne betrifft, so darf ich vielleicht behaupten, hinter keinem zurückgeblieben zu sein. Habe mich außerdem in Gudin und William Turner vergafft. Aber trotzdem ...«

»Aber trotzdem ohne rechten Erfolg«, unterbrach hier Cujacius, »was mich nicht wunder nimmt. Was wollen Sie mit Gudin oder gar mit Turner? Wer das Meer malen will, muß nach Holland gehn und die alten Niederländer studieren. Und unter den Modernen vor allem die Skandinaven: die Norweger, die Dänen.«

Wrschowitz zuckte zusammen.

»Wir haben da beispielsweise den Melby, Däne *pur sang*, der sehr gut und beinah bedeutend ist.«

»O nein, nein«, platzte jetzt Wrschowitz mit immer mehr erzitternder Stimme heraus. »Nicht serr gutt, nicht bedeutend, auch nicht einmal *beinah* bedeutend.«

»Der *sehr* bedeutend ist«, wiederholte Cujacius. »Grade darin bedeutend, daß er nicht bedeutend sein will. Er erhebt keine falschen Prätentionen; er ist schlicht, ohne Phantastereien, aber stimmungsvoll; und wenn ich Bilder von ihm sehe, besonders solche, wo das graublaue Meer an einer Klippe brandet, so berührt mich das jedesmal spezifisch skandinavisch, etwa wie der ossianische Meereszauber in den Kompositionen unsers trefflichen Niels Gade.«

»Niels Gade? Von Niels Gade spricht man nicht.«

»Ich spreche von Niels Gade. Seine Kompositionen reichen bis an Mendelssohn heran.«

»Was ihn nicht größer macht.«

»Doch, mein Herr Doktor. Wirkliche Kunstgrößen zu stürzen, dazu reichen Überheblichkeiten nicht aus.«

»Was Sie nicht abhielt, mein Herr Professor, den großen Gudin culbütieren zu wollen.«

»Über Malerei zu sprechen, steht mir zu.«

»Über Musik zu sprechen, steht mir zu.«

»Sonderbar. Immer Personen aus unkontrollierbaren Grenzbezirken führen bei uns das große Wort.«

»Ich bin Tscheche. Weiß aber, daß es ein deutsches Sprichwort gibt: ›Der Deutsche lüggt, wenn er höfflich wird.‹«

»Weshalb ich unter Umständen darauf verzichte.«

»En quoi vous réussissez à merveille.«

»Aber, meine Herren«, warf Pusch hier ein, den die ganze Streiterei natürlich entzückte, »könnten wir nicht das Kriegsbeil begraben? Proponiere: Begegnung auf halbem Wege; shaking hands. Nehmen Sie zurück, hüben und drüben.«

»Nie«, donnerte Cujacius.

»Jamais«, sagte Wrschowitz.

Und damit erhoben sich alle. Cujacius und Pusch hatten die Tête, Wrschowitz und Baron Planta folgten in einiger Entfernung. Szilagy war vorsichtigerweise abgeschwenkt.

Wrschowitz, immer noch in großer Erregung, mühte sich, dem jungen Graubündner auseinanderzusetzen, daß Cujacius ganz allgemein den Ruf eines Krakeelers habe. *»Je vous assure, Monsieur le Baron, il est un fou et plus que ça – un blagueur.«* Baron Planta schwieg und schien seinen Begleiter im Stich lassen zu wollen. Aber er bekehrte sich, als er einen Augenblick danach von der Front her die mit immer steigender Heftigkeit ausgestoßenen Worte hörte: Kaschube, Wende, Böhmake.

35. KAPITEL

Um dieselbe Stunde, wo sich die fünf Herren von der Barbyschen Hochzeitstafel entfernt hatten, waren auch Baron Berchtesgaden und Hofprediger Frommel aufgebrochen, so daß sich, außer dem Brautvater, nur noch der alte Stechlin im Hochzeitshause befand. Dieser hatte sich – Melusine war vom Bahnhofe noch nicht wieder da – vom Eßsaal her zunächst in das verwaiste Damenzimmer und von diesem aus auf die Loggia zurückgezogen, um da die Lichter im Strom sich spiegeln zu sehn und einen Zug frische Luft zu tun. An dieser Stelle fand ihn denn auch schließlich der alte Graf und sagte, nachdem er seinem Staunen über den gesundheitlich etwas gewagten Aufenthalt Ausdruck gegeben hatte: »Nun aber, mein lieber Stechlin, wollen wir endlich einen kleinen Schwatz haben und uns näher miteinander bekannt machen. Ihr Zug geht erst zehneinhalb; wir haben also noch beinah anderthalb Stunden.«

Und dabei nahm er Dubslavs Arm, um ihn in sein Wohnzimmer, das bis dahin als Estaminet gedient hatte, hinüberzuführen.

»Erlauben Sie mir«, fuhr er hier fort, »daß ich zunächst mein halb eingewickeltes und halb eingeschientes Elefantenbein auf einen Stuhl strecke; es hat mich all die Zeit über ganz gehörig gezwickt, und namentlich das Stehen vor dem Altar ist mir blutsauer geworden. Bitte, rücken Sie heran. Es ging während unsers kleinen Diners alles so rasch, und ich wette, Sie sind bei dem Kaffee ganz erheblich zu kurz gekommen. Der Moment, wo das Bier herumgereicht wird, ist in den Augen des modernen Menschen immer das wichtigste; da wird dann der Kaffeezeit manches abgeknapst.«

Und dabei drückte er auf den Knopf der Klingel.

»Jeserich, noch eine Tasse für Herrn von Stechlin und natürlich einen Kognak oder Curaçao oder lieber die ganze ›Benediktinerabtei‹ – Witz von Cujacius, für den Sie mich also nicht verantwortlich machen dürfen ... Leider werde ich Ihnen bei diesem ›zweiten Kaffee‹ nicht Gesellschaft leisten können; ich habe mich schon bei Tische mit einer lügnerisch und bloß anstandshalber in einen Champagnerkübel gestellten Apollinarisflasche begnügen müssen. Aber was hilft es, man will doch nicht auffallen mit all seinen Gebresten.«

Dubslav war der Aufforderung des alten Grafen nachgekommen und saß, eine Lampe mit grünem Schirm zwischen sich und ihm, seinem Wirte gerade gegenüber. Jeserich kam mit dem Tablett.

»Den Kognak«, fuhr der alte Barby fort, »kann ich Ihnen empfehlen; noch Beziehungen aus Zeiten her, wo man mit einem Franzosen ungeniert sprechen und nach einer guten Firma fragen konnte. Waren Sie siebzig noch mit dabei?«

»Ja, so halb. Eigentlich auch das kaum. Aus meinem Regiment war ich lange heraus. Nur als Johanniter.«

»Ganz wie ich selber.«

»Eine wundervolle Zeit, dieser Winter siebzig«, fuhr Dubslav fort, »auch rein persönlich angesehn. Ich hatte damals das, was mir zeitlebens, wenn auch nicht absolut, so doch mehr als wünschenswert gefehlt hatte: Fühlung mit der großen Welt. Es heißt immer, der Adel gehöre auf seine Scholle, und je mehr er mit der verwachse, desto besser sei es. Das ist auch richtig. Aber etwas ganz Richtiges gibt es nicht. Und so muß ich denn sagen, es war doch was Erquickliches, den alten Wilhelm so jeden Tag vor Augen zu haben. Hab' ihn freilich immer nur flüchtig gesehn, aber auch das war schon eine Herzensfreude. Sie nennen ihn jetzt den ›Großen‹ und stellen ihn neben Fridericus Rex. Nun, so einer war er sicherlich nicht, an den reicht er nicht ran. Aber als Mensch war er ihm über, und das gibt, mein' ich, in gewissem Sinne den Ausschlag, wenn auch zur ›Größe‹ noch was anders gehört. Ja, der Alte Fritz! Man kann ihn nicht hoch genug stellen; nur in einem Punkte find' ich trotzdem, daß wir eine falsche Position ihm gegenüber einnehmen, gerade wir vom Adel. Er war nicht so sehr für uns, wie wir immer glauben oder wenigstens nach außen hin versichern. Er war für sich und für das Land oder, wie er zu sagen liebte, ›für den Staat‹. Aber daß wir als Stand und Kaste so recht was von ihm gehabt hätten, das ist eine Einbildung.«

»Überrascht mich, aus Ihrem Munde zu hören.«

»Ist aber doch wohl richtig. Wie lag es denn eigentlich? Wir hatten die Ehre, für König und Vaterland hungern und dursten und sterben zu dürfen, sind aber nie gefragt worden, ob uns das auch passe. Nur dann und wann erfuhren wir, daß wir ›Edelleute‹ seien und als solche mehr ›Ehre‹ hätten. Aber damit war es auch getan. In seiner innersten Seele rief er uns eigentlich genau dasselbe zu wie den Grenadieren bei Torgau. Wir waren Rohmaterial und wurden von ihm mit meist sehr kritischem Auge betrachtet. Alles in allem, lieber Graf, find' ich unser Jahr dreizehn eigentlich um ein Erhebliches größer, weil alles, was geschah, weniger den Befehlscharakter trug und mehr Freiheit und Selbstentschließung hatte. Ich bin nicht für die patentierte Freiheit der Parteiliberalen, aber ich bin doch für ein bestimmtes Maß von Freiheit überhaupt. Und wenn mich nicht alles täuscht, so wird auch in unsern Reihen allmählich der Glaube lebendig, daß wir uns dabei – besonders auch rein praktisch-egoistisch – am besten stehn.«

Der alte Barby freute sich sichtlich dieser Worte. Dubslav aber fuhr fort: »Übrigens, *das* muß ich sagen dürfen, lieber Graf, Sie wohnen hier brillant an Ihrem Kronprinzenufer; ein entzückender Blick, und Fremde würden vielleicht kaum glauben, daß an unsrer alten Spree so was Hübsches zu finden sei. Die Niederlassungs- und speziell die Wohnungsfrage spielt doch, wo sich's um Glück und Behagen handelt, immer stark mit, und gerade Sie, der Sie so lange draußen waren, werden, ehe Sie hier dies Visavis von unsrer Jungfernheide wählten, nicht ohne Bedenken gewesen sein. In bezug auf die Landschaft gewiß und in bezug auf die Menschen vielleicht.«

»Sagen wir, auch da gewiß. Ich hatte wirklich solche Bedenken. Aber sie sind niedergekämpft. Vieles gefiel mir durchaus nicht, als ich, nach langen, langen Jahren, aus der Fremde wieder nach hier zurückkam, und vieles gefällt mir auch noch nicht. Überall ein zu langsames Tempo. Wir haben in jedem Sinne zuviel Sand um uns und in uns, und wo viel Sand ist, da will nichts recht vorwärts, immer bloß hü und hott. Aber dieser Sandboden ist doch auch wieder tragfähig, nicht glänzend, aber sicher. Er muß nur, und vor allem der moralische, die richtige Witterung haben, also zu rechter Zeit Regen und Sonnenschein. Und ich glaube, Kaiser Friedrich hätt' ihm diese Witterung gebracht.«

»Ich glaub' es nicht«, sagte Dubslav.

»Meinen Sie, daß es ihm schließlich doch nicht ein rechter Ernst mit der Sache war?«

»O nein, nein. Es war ihm Ernst, ganz und gar. Aber es würd' ihm zu schwer gemacht worden sein. Rund heraus, er wäre gescheitert.«

»Woran?«

»An seinen Freunden vielleicht, an seinen Feinden gewiß. Und das waren die Junker. Es heißt immer, das Junkertum sei keine Macht mehr, die Junker fräßen den Hohenzollern aus der Hand und die Dynastie züchte sie bloß, um sie für alle Fälle parat zu haben. Und das ist eine Zeitlang vielleicht auch richtig gewesen. Aber heut ist es nicht mehr richtig; es ist heute grundfalsch. Das Junkertum (trotzdem es vorgibt, seine Strohdächer zu flicken, und sie gelegentlich vielleicht auch wirklich flickt), dies Junkertum – und ich bin inmitten aller Loyalität und Devotion doch stolz, dies sagen zu können – hat in dem Kampf dieser Jahre kolossal an Macht gewonnen, mehr als irgendeine andre Partei, die Sozialdemokratie kaum ausgeschlossen, und mitunter ist mir's, als stiegen die seligen Quitzows wieder aus dem Grabe herauf. Und wenn das geschieht, wenn unsre Leute sich auf das besinnen, worauf sie sich seit über vierhundert Jahren nicht mehr besonnen haben, so können wir was erleben. Es heißt immer ›unmöglich‹. Ah bah, was ist unmöglich? Nichts ist unmöglich. Wer hätte vor dem 18. März den ›18. März‹ für möglich gehalten, für möglich in diesem echten und rechten Philisternest Berlin! Es kommt eben alles mal an die Reihe; das darf nicht vergessen werden. Und die Armee! Nun ja. Wer wird etwas gegen die Armee sagen? Aber jeder glückliche General ist immer eine Gefahr! Und unter Umständen auch noch andre. Sehen Sie sich den alten Sachsenwalder an, unseren Zivil-Wallenstein. Aus dem hätte schließlich doch Gott weiß was werden können.«

»Und Sie glauben«, warf der Graf hier ein, »an dieser scharfen Quitzow-Ecke wäre Kaiser Friedrich gescheitert?«

»Ich glaub' es.«

»Hm, es läßt sich hören. Und wenn so, so wär' es schließlich ein Glück, daß es nach den neunundneunzig Tagen anders kam und wir nicht vor diese Frage gestellt wurden.«

»Ich habe mit meinem Woldemar, der einen stark liberalen Zug hat (ich kann es nicht loben und mag's nicht tadeln), oft über diese Sache gesprochen. Er war natürlich für Neuzeit, also für Experimente ... Nun hat er inzwischen das bessere Teil erwählt, und während wir hier sprechen, ist er schon über Trebbin hinaus. Sonderbar, ich bin nicht allzuviel gereist, aber immer, wenn ich an diesem märkischen Neste vorbeikam, hatt' ich das Gefühl: ›Jetzt wird es besser, jetzt bist du frei.‹ Ich kann sagen, ich liebe die ganze Sandbüchse da herum, schon bloß aus diesem Grunde.«

Der alte Graf lachte behaglich. »Und Trebbin wird sich von dieser Ihrer Schwärmerei nichts träumen lassen. Übrigens haben Sie recht. Jeder lebt zu Hause mehr oder weniger wie in einem Gefängnis und will weg. Und doch bin ich eigentlich gegen das Reisen überhaupt und speziell gegen die Hochzeitsreiserei. Wenn ich so Personen in ein Coupé nach Italien einsteigen sehe, kommt mir immer ein Dankgefühl, dieses ›höchste Glück auf Erden‹ nicht mehr mitmachen zu müssen. Es ist doch eigentlich eine Qual, und die Welt wird auch wieder davon zurückkommen: über kurz oder lang wird man nur noch reisen, wie man in den Krieg zieht oder in einen Luftballon steigt, bloß von Berufs wegen. Aber nicht um des Vergnügens willen. Und wozu denn auch? Es hat keinen rechten Zweck mehr. In alten Zeiten ging der Prophet zum Berge, jetzt vollzieht sich das Wunder, und der Berg kommt zu uns. Das Beste vom Parthenon sieht man in London und das Beste von Pergamon in Berlin, und wäre man nicht so nachsichtig mit den lieben, nie zahlenden Griechen verfahren, so könnte man sich (am Kupfergraben) im Laufe des Vormittags in Mykenä und nachmittags in Olympia ergehn.«

»Ganz Ihrer Meinung, teuerster Graf. Aber doch zugleich auch ein wenig betrübt, Sie so dezidiert gegen alle Reiserei zu finden. Ich stand nämlich auf dem Punkte, Sie nach Stechlin hin einzuladen, in meine alte Kate, die meine guten Globsower unentwegt ein ›Schloß‹ nennen.«

»Ja, lieber Stechlin, Ihre ›Kate‹, das ist was andres. Und um Ihnen ganz die Wahrheit zu sagen, wenn Sie mich nicht eingeladen hätten (eigentlich ist es ja noch nicht geschehn, aber ich greife bereits vor), so hätt' ich mich bei Ihnen angemeldet. Das war schon lange mein Plan.«

In diesem Augenblicke ging draußen die Klingel. Es war Melusine.

»Bringe den Vätern, respektive Schwiegervätern, allerschönste Grüße. Die Kinder sind jetzt mutmaßlich schon über Wittenberg, die große Luther- beziehungsweise Apfelkuchenstation, hinaus, und in weniger als zwei Stunden fahren sie in den Dresdener Bahnhof ein. O diese Glücklichen! Und dabei verwett' ich mich, Armgard hat bereits Sehnsucht nach Berlin zurück. Vielleicht sogar nach mir.«

»Kein Zweifel«, sagte Dubslav. Die Gräfin selbst aber fuhr fort: »Ehe man nämlich ganz Abschied von dem alten Leben nimmt, sehnt man sich noch einmal gründlich danach zurück. Freilich, Schwester Armgard wird weniger davon empfinden als andere. Sie hat eben den liebenswürdigsten und besten Mann, und ich könnt' ihn ihr beinah beneiden, trotzdem ich noch im Abschiedsmoment einen wahren Schreck kriegte, als ich ihn sagen hörte, daß er morgen vormittag mit ihr vor die Sixtinische Madonna treten wolle. Worte, bei denen er noch dazu wie verklärt aussah. Und das find' ich einfach unerhört. Warum, werden Sie mich vielleicht fragen. Nun denn, weil es erstens eine Beleidigung ist, sich auf eine Madonna so extrem zu freuen, wenn man eine Braut oder gar eine junge Frau zur Seite hat, und zweitens, weil dieser geplante Galeriebesuch einen Mangel an Disposition und Ökonomie bedeutet, der mich für Woldemars ganze Zukunft besorgt machen kann. Diese Zukunft liegt doch am Ende nach der agrarischen Seite hin, und richtige ›Dispositionen‹ bedeuten in der Landwirtschaft so gut wie alles.«

Der alte Graf wollte widersprechen, aber Melusine ließ es nicht dazu kommen und fuhr ihrerseits fort: »Jedenfalls – das ist nicht wegzudisputieren – fährt unser Woldemar jetzt in das Land der Madonnen hinein und will da mutmaßlich mit leidlich frischen Kräften antreten; wenn er sich aber schon in Deutschland etappenweise vertut, so wird er, wenn er in Rom ist, wohl sein Programm ändern und im Café Cavour eine Berliner Zeitung lesen müssen, statt nebenan im Palazzo Borghese Kunst zu schwelgen. Ich sage mit Vorbedacht: eine *Berliner* Zeitung, denn wir werden jetzt Weltstadt und wachsen mit unserer Presse schon über Charlottenburg hinaus ... Übrigens läßt, wie das junge Paar, so auch die Baronin bestens grüßen. Eine reizende Frau, Herr von Stechlin, die grad Ihnen ganz besonders gefallen würde. Glaubt eigentlich gar nichts und geriert sich dabei streng katholisch. Das klingt widersinnig und ist doch richtig und reizend zugleich. All die Süddeutschen sind überhaupt viel netter als wir, und die nettesten, weil die natürlichsten, sind die Bayern.«

SONNENUNTERGANG

36. KAPITEL

Der alte Dubslav, als er bald nach elf auf seinem Granseer Bahnhof eintraf, fand da Martin und seinen Schlitten bereits vor. Engelke hatte zum Glück für warme Sachen gesorgt, denn es war inzwischen recht kalt geworden. Im ersten Augenblicke tat dem Alten, in dessen Coupé die herkömmliche Stickluft gebrütet hatte, der draußen wehende Ostwind überaus wohl; sehr bald aber stellte sich ein Frösteln ein. Schon tags zuvor, bei Beginn seiner Reise, war ihm nicht so recht zumute gewesen, Kopfweh, Druck auf die Schläfe; jetzt war derselbe Zustand wieder da. Trotzdem nahm er's leicht damit und sah in das Sterngeflimmer über ihm. Die wie Riesenbesen aufragenden Pappeln warfen dunkle, groteske Schatten über den Weg, während er die nach links und rechts hin liegenden toten Schneefelder mit den wechselnden Bildern alles dessen, was ihm der zurückliegende Tag gebracht hatte, belebte. Da sah er wieder die mit rotem Teppich belegte Hotel-Marmortreppe mit dem Oberkellner in Gesandtschaftsattachéhaltung, und im nächsten Augenblicke den Garnisonkirchenküster, den er anfänglich für einen zur Feier eingeladenen Konsistorialrat gehalten hatte. Daneben aber stand die blasse, schöne Braut und die reizende, bieg- und schmiegsame Melusine. »Ja, der alte Barby, wenn er auf *die* sieht, der hat's gut, der kann es aushalten. Immer einen guten und klugen Menschen um sich haben, immer was hören und sehen, was einen anlacht und erquickt, das ist was. Aber ich! Ich für meinen Teil, gleichviel ob mit oder ohne Schuld, ich war immer nur auf ein Pflichtteil gesetzt – als Kind, weil ich faul war, und als Leutnant, weil ich nicht recht was hatte. Dann kam ein Lichtblick. Aber gleich danach starb sie, die mir Stab und Stütze hätte sein können, und durch all die dreißig Jahre, die seitdem kamen und gingen, blieb mir nichts als Engelke (der noch das Beste war) und meine Schwester Adelheid. Gott verzeih mir's, aber ein Trost war die nicht; immer bloß herbe wie'n Holzapfel.«

Unter solchen Betrachtungen fuhr er in das Dorf ein und hielt gleich danach vor der Tür seines alten Hauses. Engelke war schon da, half ihm und tat sein Bestes, ihn aus der schweren Wolfsschur herauszuwickeln. Der immer noch Fröstelnde stapfte dabei mit den Füßen, warf seinen Staatshut – den er unterwegs, weil er ihn drückte, wohl hundertmal verwünscht hatte – mit ersichtlicher Befriedigung beiseite und sagte gleich danach beim Eintreten in sein Zimmer: »Ach, das is recht, Engelke. Du hast ein Feuer gemacht; du weißt, was einem alten Menschen guttut. Aber es reicht noch nicht aus. Ob wohl unten noch heißes Wasser ist? So'n fester Grog, der sollte mir jetzt passen; ich friere Stein und Bein.«

»Heiß' Wasser is nicht mehr, gnädiger Herr. Aber ich kann ja 'ne Kasseroll aufstellen. Oder noch besser, ich hole den Petroleumkocher.«

»Nein, nein, Engelke, nicht soviel Umstände. Das mag ich nicht. Und den Petroleumkocher, den erst recht nich; da kriegt man bloß Kopfweh, und ich habe schon genug davon. Aber bringe mir den Kognak und kaltes Wasser. Und wenn man dann so halb und halb nimmt, dann is es so gut, als wär' es ganz heiß gewesen.«

Engelke brachte, was gefordert, und eine Viertelstunde danach ging Dubslav zu Bett.

Er schlief auch gleich ein. Aber bald war er wieder wach und döste nur noch so hin. So kam endlich der Morgen heran.

Als Engelke zu gewohnter Stunde das Frühstück brachte, schleppte sich Dubslav mühsam von seinem Schlafzimmer bis an den Frühstückstisch. Aber es schmeckte ihm nicht. »Engelke, mir ist schlecht; der Fuß ist geschwollen, und das mit dem Kognak gestern abend war auch nicht richtig. Sage Martin, daß er nach Gransee fährt und Doktor Sponholz mitbringt. Und wenn Sponholz nicht da ist – der arme Kerl kutschiert in einem fort rum, ohne Landpraxis geht es nicht –, dann soll er warten, bis er kommt.«

Es traf sich so, wie Dubslav vermutet hatte; Sponholz war wirklich auf Landpraxis und kam erst nachmittags zurück. Er aß einen Bissen und stieg dann auf den Stechliner Wagen.

»Na, Martin, was macht denn der gnäd'ge Herr?«

»Joa, Herr Doktor, ick möt doch seggen, he seiht en beten verännert ut; em wihr schon nich so recht letzten Sünndag, un doa müßt he joa nu grad nach Berlin. Un ick weet schon, wenn ihrst een nach Berlin muß, denn is ook ümmer wat los. Ick weet nich, wat se doa mit'n ollen Minschen moaken.«

»Ja, Martin, das ist die große Stadt. Da übernehmen sie sich denn. Und dann war ja auch Hochzeit. Da werden sie wohl ein bißchen gepichelt haben. Und vorher die kalte Kirche. Und dazu so viele feine Damen. Daran ist der gnäd'ge Herr nicht mehr gewöhnt, und dann will er sich berappeln und strengt sich an, und da hat man denn gleich was weg.«

Es dämmerte schon, als der kleine Jagdwagen auf der Rampe vorfuhr. Sponholz stieg aus, und Engelke nahm ihm den grauen Mantel mit Doppelkragen ab und auch die hohe Lammfellmütze, darin er – freilich das einzige an ihm, das diese Wirkung ausübte – wie ein Perser aussah.

So trat er denn bei Dubslav ein. Der alte Herr saß an seinem Kamin und sah in die Flamme.

»Nun, Herr von Stechlin, da bin ich. War über Land. Es geht jetzt scharf. Jeder dritte hustet und hat Kopfweh. Natürlich Influenza. Ganz verdeubelte Krankheit.«

»Na, *die* wenigstens hab' ich nicht.«

»Kann man nicht wissen. Ein bißchen fliegt jedem leicht an. Nun, wo sitzt es?«

Dubslav wies auf sein rechtes Bein und sagte: »Stark geschwollen. Und das andre fängt auch an.«

»Hm. Na, wollen mal sehen. Darf ich bitten?«

Dubslav zog sein Beinkleid herauf, den Strumpf herunter und sagte: »Da is die Bescherung. Gicht ist es nicht. Ich habe keine Schmerzen ... Also was andres.«

Sponholz tippte mit dem Finger auf dem geschwollenen Fuß herum und sagte dann: »Nichts von Belang, Herr von Stechlin. Einhalten, Diät, wenig trinken, auch wenig Wasser. Das verdammte Wasser drückt gleich nach oben, und dann haben Sie Atemnot. Und von Medizin bloß ein paar Tropfen. Bitte bleiben Sie sitzen; ich weiß ja Bescheid hier.« Und dabei ging er an Dubslavs Schreibtisch heran, schnitt sich ein Stück Papier ab und schrieb ein Rezept. »Ihr Kutscher, das wird das beste sein, kann bei der Apotheke gleich mit vorfahren.«

Im Vorflur, nach Verabschiedung von Dubslav, fuhr Sponholz alsbald wieder in seinen Mantel. Engelke half ihm und sagte dabei: »Na, Herr Doktor?«

»Nichts, nichts, Engelke!«

Martin mit seinem Jagdwagen hielt noch wartend auf der Rampe draußen, und so ging es denn in rascher Fahrt wieder nach der Stadt zurück, von wo der alte Kutscher die Tropfen gleich mitbringen sollte.

Der Winterabend dämmerte schon, als Martin zurück war und die Medizin an Engelke abgab. Der brachte sie seinem Herrn.

»Sieh mal«, sagte dieser, als er das rundliche Fläschchen in Händen hielt, »die Granseer werden jetzt auch fein. Alles in rosa Seidenpapier gewickelt.« Auf einem angebundenen Zettel aber stand: »Herrn Major von Stechlin. Dreimal täglich zehn Tropfen.« Dubslav hielt die kleine Flasche gegen das Licht und tröpfelte die vorgeschriebene Zahl in einen Löffel voll Wasser. Als er sie genommen hatte, bewegte er die Lippen hin und her, etwa wie wenn ein Kenner eine neue Weinsorte probt. Dann nickte er und sagte: »Ja, Engelke, nu geht es los. Fingerhut.«

Der alte Dubslav nahm durch mehrere Tage hin seine Tropfen ganz gewissenhaft und fand auch, daß sich's etwas bessere. Die Geschwulst ging um ein geringes zurück. Aber die Tropfen nahmen ihm den Appetit, so daß er noch weniger aß, als ihm gestattet war.

Es war ein schöner Frühmärzentag, die Mittagszeit schon vorüber. Dubslav saß an der weit offenstehenden Glastür seines Gartensalons und las die Zeitung. Es schien indes, daß ihm das, was er las, nicht sonderlich gefiel. »Ach, Engelke, die Zeitung ist ja soweit ganz gut; nur so für den ganzen Tag ist sie doch zu wenig. Du könntest mir lieber ein Buch bringen.«

»Was für eines?«

»Is egal.«

»Da liegt ja noch das kleine gelbe Buch: ›Keine Lupine mehr!‹«

»Nein, nein; nicht so was. Lupine, davon hab' ich schon so viel gelesen; das wechselt in einem fort, und eins ist so dumm wie das andre. Die Landwirtschaft kommt doch nicht wieder obenauf oder wenigstens nicht durch so was. Bringe mir lieber einen Roman; früher in meiner Jugend sagte man Schmöker. Ja, damals waren alle Wörter viel besser als jetzt. Weißt du noch, wie ich mir in dem Jahre, wo ich Zivil wurde, den ersten Schniepel machen ließ? Schniepel is auch solch Wort und doch wahrhaftig besser als Frack. Schniepel hat so was Fideles: Einsegnung, Hochzeit, Kindtaufe.«

»Gott, gnädiger Herr, immer is es doch auch nicht so. Die meisten Schniepel sind doch, wenn einer begraben wird.«

»Richtig, Engelke. Wenn einer begraben wird. Das war ein guter Einfall von dir. Früher würd' ich gesagt haben ›zeitgemäß‹; jetzt sagt man ›opportun‹. Hast du schon mal davon gehört?«

»Ja, gnädiger Herr, gehört hab' ich schon mal davon.«

»Aber nich verstanden. Na, ich eigentlich auch nich. Wenigstens nicht so recht. Und du, du warst ja nich mal auf Schulen.«

»Nein, gnädiger Herr.«

»Alles in allem, sei froh drüber ... Aber, Engelke, wenn du mir nu ein Buch gebracht hast, dann will ich mich mit meinem Stuhl doch lieber gleich auf die Veranda rausrücken. Es ist wie Frühling heut. Solche guten Tage muß man mitnehmen. Und bringe mir auch 'ne Decke. Früher war ich nich so fürs Pimplige; jetzt aber heißt es: besser bewahrt als beklagt.«

In dem ganzen Dreieck zwischen Rheinsberg, Kloster Wutz und Gransee hatte sich die Nachricht von des alten Dubslav ernster Erkrankung mehr und mehr herumgesprochen, und es war wohl im Zusammenhange damit, daß ungefähr um dieselbe Stunde, wo Dubslav und Engelke sich über »Schniepel« und »opportun« unterhielten, ein Einspänner auf die Stechliner Rampe fuhr, ein etwas sonderbares Gefährt, dem der alte Baruch Hirschfeld langsam und vorsichtig entstieg. Engelke war ihm dabei behilflich und meldete gleich danach, daß der Alte da sei.

»Der alte Baruch! Um Gottes willen, Engelke, was will denn der? Es ist ja doch glücklicherweise nichts los. Und so ganz aus freien Stücken. Na, laß ihn kommen.«

Und Baruch Hirschfeld trat gleich darauf ein.

Dubslav, in seine Decke gewickelt, begrüßte den Alten. »Aber Baruch, um alles in der Welt, was gibt es? Was bringen Sie? Gleichviel übrigens, ich freue mich, Sie zu sehn. Machen Sie sich's so bequem, wie's auf den drei Latten eines Gartenstuhls überhaupt möglich ist. Und dann noch einmal: Was gibt es? Was bringen Sie?«

»Herr Major wollen entschuldigen, es gibt nichts, und ich bringe auch nichts. Ich kam da bloß so vorbei, Geschäfte mit Herrn von Gundermann, und da wollt' ich mir doch die Freiheit genommen haben, mal nach der Gesundheit zu fragen. Habe gehört, der Herr Major seien nicht ganz gut bei Wege.«

»Nein, Baruch, nicht ganz gut bei Wege, beinahe schon schlecht genug. Aber lassen wir das schlimme Neue; das Alte war doch eigentlich besser (das heißt dann und wann), und manchmal denk' ich so an alles zurück, was wir so gemeinschaftlich miteinander durchgemacht haben.«

»Und immer glatt, Herr Major, immer glatt, ohne Schwierigkeiten.«

»Ja«, lachte Dubslav, »*gemacht* hab' ich keine Schwierigkeiten, aber *gehabt* hab' ich genug. Und das weiß keiner besser als mein Freund Baruch. Und nun sagen Sie mir vor allem, was macht Ihr Isidor, der große Volksfreund? Ist er mit Torgelow noch zufrieden? Oder sieht er, daß sie da auch mit Wasser kochen? Ich wundere mich bloß, daß ein Sohn von Baruch Hirschfeld, Sohn und Firmateilhaber, so sehr für den Umsturz ist.«

»Nicht für den Umsturz, Herr Major. Isidor, wenn ich so sagen darf, ist für die alte Valuta. Aber nebenher hat er ein Herz für die Menschheit.«

« Hat er? Na, das ist recht.«

»Und das Herz für die Menschheit, das haben wir alle, Herr Major. Und kommt uns dabei was heraus, so haben wir, wenn ich so sagen darf, die Dividende. Gott der Gerechte, wir brauchen's. Und weil ich rede von Dividende, will ich auch reden von Hypothek. Wir haben da seit letzten Freitag 'n Kapital, Granseer Bürger, und will's hergeben zu dreiundeinhalb.«

»Nu, Baruch, das ist hübsch. Aber im Augenblick bin ich's nicht benötigt. Vielleicht später mal mein Woldemar. Der hat, wie Sie wissen, 'ne reiche Partie gemacht, und wer viel erheiratet, der braucht auch viel. Man denkt immer, ›dann hört es auf‹, aber das ist falsch, dann fängt es erst recht an. Unter allen Umständen seien Sie bedankt, daß Sie mal haben sehen wollen, wie's mit mir steht. Ich kann leider nur wiederholen, schlecht genug. Aber eine Weile dauert es wohl noch. Und wenn auch nicht, mit meinem Sohne wird sich, denk, ich, gerade so wie zwischen uns zwei beiden, alles glatt abwickeln, glatter noch, und vielleicht können Sie gemeinschaftlich mal was Nettes herauswirtschaften, was Ordentliches, was Großes, was sich sehen lassen kann. Das heißt dann neue Zeit. Und nun, Baruch, müssen Sie noch ein Glas Sherry nehmen. In unserm Alter ist das immer das beste. Das heißt für Sie, der Sie noch gut im Gange sind. Ich darf bloß noch mit anstoßen.«

Eine Viertelstunde später fuhr Baruch auf seinem Wägelchen wieder in den Stechliner Wald hinein und dachte wenig befriedigt über alles nach, was er da drinnen gehört hatte. Die geträumten Schloß-Stechlin-Tage schienen mit einem Male für immer vorüber. Alles, was der alte Herr da so nebenher von »gemeinschaftlich herauswirtschaften« gesagt hatte, war doch bloß ein Stich, eine Pike gewesen.

Ja, Baruch fühlte was wie Verstimmung. Aber Dubslav auch. Es war ihm zu Sinn, als hätt' er seinen alten Granseer Geld- und Geschäftsfreund (trotzdem er dessen letzte Pläne nicht einmal ahnte) zum erstenmal auf etwas Heimlichem und Verstecktem ertappt, und als Engelke kam, um die Sherryflasche wieder wegzuräumen, sagte er: »Engelke, mit Baruch is es auch nichts. Ich dachte wunder, was das für ein Heiliger wär', und nun is der Pferdefuß doch schließlich rausgekommen. Wollte mir da Geld auf Hypothek beinah aufzwingen, als ob ich nicht schon genug davon hätte ... Sonderbar, Uncke, mit seinem ewigen ›zweideutig‹, wird am Ende doch recht behalten. Überhaupt solche Polizeimenschen mit 'nem Karabiner über die Schulter, das sind, bei Lichte besehn, immer die feinsten Menschenkenner. Ich ärgere mich, daß ich's nicht eher gemerkt habe. So dumm zu sein! Aber das mit der ›Krankheit‹ heute, das war mir doch zuviel. Wenn sich die Menschen erst nach Krankheit erkundigen, dann ist es immer schlimm. Eigentlich is es jedem gleich, wie's einem geht. Und ich habe sogar welche gekannt, die sahen sich, wenn sie so fragten, immer schon die Möbel und Bilder an und dachten an nichts wie an Auktion.«

37. KAPITEL

Auch die nächsten Tage waren beinahe sommerlich, taten dem Alten wohl und erleichterten ihm das Atmen. Er begann wieder zu hoffen, sprach mit Wirtschaftsinspektor und Förster und war nicht bloß voll wiedererwachten Interesses, sondern überhaupt guter Dinge.

So kam Mitte März heran. Der Himmel war blau, Dubslav saß auf seiner Veranda, den kleinen Springbrunnen vor sich, und sah dabei das leichte weiße Gewölk ziehen. Vom Park her vernahm er den ersten Finkenschlag. Er mochte wohl schon eine Stunde so gesessen haben, als Engelke kam und den Doktor meldete.

»Das ist recht, Sponholz, daß Sie kommen. Nicht um mir zu helfen (das ist immer schlimm, wenn einem erst geholfen werden soll), nein, um zu sehen, daß Sie mir schon geholfen haben. Diese Tropfen. Es ist doch was damit. Wenn sie nur nicht so schlecht schmeckten; ich muß mir immer einen Ruck geben. Und daß sie so grün sind. Grün ist Gift, heißt es bei den Leuten. Eigentlich eine ganz dumme Vorstellung. Wald und Wiese sind auch grün und doch so ziemlich unser Bestes.«

»Ja, es ist ein Spezifikum. Und ich bin froh, daß die Digitalis hier bei Ihnen mal wieder zeigt, was sie kann. Und ich bin doppelt froh, weil ich mich auf sechs Wochen von Ihnen verabschieden muß.«

»Auf sechs Wochen. Aber Doktor, das is ja 'ne halbe Ewigkeit. Haben Sie Schulden gemacht und sollen in Prison?«

»Man könnte beinahe so was denken. Denn solange Gransee historisch beglaubigt dasteht, ist noch kein Doktor auf sechs Wochen weg gewesen, noch dazu ein Kreisphysikus. Eine Doktorexistenz gestattet solchen Luxus nicht. Wie lebt man denn hier? Und wie hat man gelebt? Immer Furunkel aufgeschnitten, immer Karbolwatte, immer in den Wagen gestiegen, immer einem alten Erdenbürger seinen Entlassungsschein ausgestellt oder einen neuen Erdenbürger geholt. Und nun sechs Wochen weg. Wie ich meinen Kreis wiederfinden werde ... nu, vielleicht hat *Gott* ein Einsehen.«

»Er ist doch wohl eigentlich der beste Assistenzarzt.«

»Und vor allem der billigste. Der andre, den ich mir aus Berlin habe verschreiben müssen (ach, und so viel Schreiberei), der ist teurer. Und meine Reise kommt mir ohnedies schon teuer genug.«

»Aber wohin denn, Doktor?«

»Nach Pfäffers.«

»Pfäffers? Kenn' ich nicht. Und was wollen Sie da? Warum? Wozu?«

»Meine Frau laboriert an einem Rheumatismus, hochgradig, schon nicht mehr schön. Und da ist denn Pfäffers der letzte Trumpf. Schweizer Bad mit allen Schikanen und wahrscheinlich auch mit allen Kosten. Ein Granseer, der allerdings für Geld gezeigt werden kann, war mal an diesem merkwürdigen Ort und hat mir denn auch 'ne Beschreibung davon gemacht. Habe natürlich auch noch im Bädeker nachgeschlagen und unter anderm einen Fluß da verzeichnet gefunden, der Tamina heißt. Erinnert ein bißchen an Zauberflöte und klingt soweit ganz gut. Aber trotzdem eine tolle Geschichte, dies Pfäffers. Soweit es nämlich als Bad in Betracht kommt, ist es nichts als ein Felsenloch, ein großer Backofen, in den man hineingeschoben wird. Und da hockt man denn, wie die Indianer hocken, und die Dämpfe steigen siedeheiß von unten herauf. Wer da nicht wieder zustande kommt, der kann überhaupt einpacken. Übrigens will ich für meine Person gleich mit hineinkriechen. Denn das darf ich wohl sagen, wer so fünfunddreißig Jahre lang durch Kreis Gransee hin und her kutschiert ist, mitunter bei Ostwind, der hat sich sein Gliederreißen ehrlich verdient. Sonderbar, daß der Hauptteil davon auf meine Frau gefallen ist.«

»Ja, Sponholz, in einer christlichen Ehe ...«

»Freilich, Herr Major, freilich. Wiewohl das mit ›christlicher Ehe‹ auch immer bloß soso ist. Da hatten wir, als ich noch Militär war, einen Kompaniechirurgus, richtige alte Schule, der sagte, wenn er von so was hörte: ›Ja, christliche Ehe, ganz gut, kenn' ich. Is wie Schinken in Burgunder. Das eine is immer da, aber das andere fehlt.‹«

»Ja«, sagte Dubslav, »diese richtigen alten Kompaniechirurgusse, die hab' ich auch noch gekannt. Blutige Zyniker, jetzt leider ausgestorben ... Und in solchem Pfäfferschen Backofen wollen Sie sechs Wochen zubringen?«

»Nein. Herr von Stechlin, nicht so lange. Bloß vier, höchstens vier. Denn es strengt sehr an. Aber wenn man nu doch mal da ist, ich meine in der Schweiz und da herum, wo sie stellenweise schon Italienisch sprechen, da will man doch schließlich auch gern in das gelobte Land Italia hineinkucken. Und da haben wir denn also, meine Frau und ich, vor, von diesem Pfäffers aus erst noch durch die Via Mala zu fahren, den Splügen hinauf oder auf irgendeinen andern Paß. Und wenn wir dann einen Blick in all die Herrlichkeit drüben hineingetan haben, dann kehren wir wieder um, und ich für meine Person ziehe mir wieder meinen grauen Mantel an (denn für die Reise hab' ich mir einen neuen Paletot bauen lassen) und kutschiere wieder durch Kreis Gransee.«

»Na, Sponholz, das freut mich aber wirklich, daß Sie mal rauskommen. Und bloß wenn Sie durch die Via Mala fahren, da müssen Sie sich in acht nehmen.«

»Waren Sie denn mal da, Herr Major?«

»Bewahre. Meine Weltfahrten, mit ganz schwachen Ausnahmen, lagen immer nur zwischen Berlin und Stechlin. Höchstens mal Dresden und ein bißchen ins Bayrische. Wenn man so gar nicht mehr weiß, wo man hin soll, fährt man natürlich nach Dresden. Also Via Mala nie gesehen. Aber ein Bild davon. Im allgemeinen ist Bilderankucken auch nicht gerade mein Fall, und wenn die Museums von mir leben sollten, dann täten sie mir leid. Indessen, wie so der Zufall spielt, mal sieht man doch so was, und war da auf dem Via-Mala-Bilde 'ne Felsenschlucht mit Figuren von einem sehr berühmten Malermenschen, der, glaub' ich, Böcking oder Böckling hieß.«

»Ah so. Einer, wenn mir recht ist, heißt Böcklin.«

»Wohl möglich, daß es der gewesen ist. Ja, sogar sehr wahrscheinlich. Nun sehen Sie, Doktor, da war denn also auf diesem Bilde diese Via Mala, mit einem kleinen Fluß unten, und über den Fluß weg lief ein Brückenbogen, und ein Zug von Menschen (es können aber auch Ritter gewesen sein) kam grade die Straße lang. Und alle wollten über die Brücke.«

»Sehr interessant.«

»Und nun denken Sie sich, was geschieht da? Grade neben dem Brückenbogen, dicht an der rechten Seite, tut sich mit einem Male der Felsen auf, etwa wie wenn morgens ein richtiger Spießbürger seine Laden aufmacht und nachsehen will, wie's Wetter ist. Der aber, der an dieser Brücke da von ungefähr rauskuckte, hören Sie, Sponholz, das war kein Spießbürger, sondern ein richtiger Lindwurm oder so was Ähnliches aus der sogenannten Zeit der Saurier, also so weit zurück, daß selbst der älteste Adel (die Stechline mit eingeschlossen) nicht dagegen ankann, und dies Biest, als der herankommende Zug eben den Fluß passieren wollte, war mit seinem aufgesperrten Rachen bis dicht an die Menschen und die Brücke heran, und ich kann Ihnen bloß sagen, Sponholz, mir stand, als ich das sah, der Atem still, weil ich deutlich fühlte, nu noch einen Augenblick, dann schnappt er zu, und die ganze Bescherung is weg.«

»Ja, Herr von Stechlin, da hat man bloß den Trost, daß die Saurier, soviel ich weiß, seitdem ausgestorben sind. Aber meiner Frau will ich diese Geschichte doch lieber nicht erzählen; die kriegt nämlich mitunter Ohnmachten. In Doktorhäusern ist immer was los.«

Dubslav nickte.

»Und nur das eine möcht' ich Ihnen noch sagen, Herr von Stechlin, mit der Digitalis immer ruhig so weiter, und wenn der Appetit nicht wiederkommt, lieber nur zweimal täglich. Und nie mehr als zehn Tropfen. Und wenn Sie sich unpaß fühlen, mein Stellvertreter ist von allem unterrichtet. Er wird Ihnen gefallen. Neue Schule, moderner Mensch; aber doch nicht zuviel davon (so wenigstens hoff' ich) und jedenfalls sehr gescheit. An seinem Namen – er heißt nämlich Moscheles – dürfen Sie nicht Anstoß nehmen. Er ist aus Brünn gebürtig, und da heißen die meisten so.«

Der Alte drückte mit allem seine Zustimmung aus, auch mit dem Namen, trotzdem dieser ihm quälende Erinnerungen weckte. Schon vor etlichen fünfzig Jahren habe er Musikstücke spielen müssen, die alle auf den Namen »Moscheles« liefen. Aber das wolle er dem In-Sicht-Stehenden nicht weiter entgelten lassen.

Und nach diesen beruhigenden Versicherungen empfahl sich Sponholz und fuhr zu weiteren Abschiedsbesuchen in die Grafschaft hinein.

Am zweitfolgenden Tage brachen die Sponholzschen Eheleute von Gransee nach Pfäffers hin auf; die Frau, sehr leidend, war schweigsam, er aber befand sich in einem hochgradigen Reisefieber, was sich, als sie draußen auf dem Bahnhof angelangt waren, in immer wachsender Gesprächigkeit äußerte.

Mehrere Freunde (meist Logenbrüder) hatten ihn bis hinaus begleitet. Sponholz kam hier sofort vom Hundertsten aufs Tausendste. »Ja, unser guter Stechlin, mit dem steht es soso ... Baruch hat ihn auch gesehn und ihn einigermaßen verändert gefunden ... Und Sie, Kirstein, Sie schreiben mir natürlich, wenn der junge Burmeister eintritt; ich weiß, er will nicht recht (bloß der Vater will) und soll sogar von ›Hokuspokus‹ gesprochen haben. Aber dergleichen muß man leichtnehmen. Unwissenheit, Verkennungen, über so was sind wir weg; viel Feind', viel Ehr' ... Nur, es noch einmal zu sagen, der Alte drüben in Stechlin macht mir Sorge. Man muß aber hoffen; bei Gott kein Ding unmöglich ist. Und zu Moscheles hab' ich Vertrauen; ihn auskultieren zu sehn, ist ein wahres Vergnügen für 'nen Fachmann.«

So klang, was Sponholz noch in letzter Minute vom Coupéfenster aus zum besten gab. Alles, am meisten aber das über den alten Stechlin Gesagte, wurde weitergetragen und drang bis auf die Dörfer hinaus, so namentlich auch bis nach Quaden-Hennersdorf zu Superintendent Koseleger, der seit kurzem mit Ermyntrud einen lebhaften Verkehr unterhielt und, angeregt durch die mit jedem Tage kirchlicher werdende Prinzessin, einen energischen Vorstoß gegen den Unglauben und die in der Grafschaft überhandnehmende Laxheit plante. Koseleger sowohl wie die Prinzessin wollten zu diesem Zwecke beim alten Dubslav als »nächstem Objekt« einsetzen und hielten sein Asthma für den geeignetsten Zeitpunkt. In einem Briefe der Prinzessin an Koseleger hieß es dementsprechend: »Ich will die gute Gesinnung des alten Herrn in nichts anzweifeln; außerdem hat er etwas ungemein Affables. Ich bin ihm menschlich durchaus zugetan. Aber sein Prinzip, das nichts Höheres kennt als ›leben und leben lassen‹, hat in unsrer Gegend alle möglichen Irrtümer und Sonderbarkeiten ins Kraut schießen lassen. Nehmen Sie beispielsweise diesen Krippenstapel. Und nun den Lorenzen selbst! Katzler, mit dem ich gestern über unsern Plan sprach, hat mich gebeten, mit Rücksicht auf die Krankheit des alten Herrn wenigstens vorläufig von allem Abstand zu nehmen, aber ich hab' ihm widersprechen müssen. Krankheit (soviel ist richtig) macht schroff und eigensinnig, aber in bedrängten Momenten auch wiederum ebenso gefügig, und es sind wohl auch hier wieder gerade die Auferlegungen und Bitternisse, daraus ein Segen für den Kranken und jedenfalls für die Gesamtheit unsres Kreises entspringen wird. Unter allen Umständen aber muß uns das Bewußtsein trösten, unsre Pflicht erfüllt zu haben.«

Es war eine Woche nach Sponholz' Abreise, daß Ermyntrud diese Zeilen schrieb, und schon am andern Vormittage fuhr Koseleger, der mit der Prinzessin im wesentlichen derselben Meinung war, auf die Stechliner Rampe. Gleich danach trat Engelke bei Dubslav ein und meldete den Herrn Superintendenten.

»Superintendent? Koseleger?«

»Ja, gnäd'ger Herr. Superintendent Koseleger. Er sieht sehr wohl aus und ganz blank.«

»Was es doch für merkwürdige Tage gibt. Heute (du sollst sehn) ist wieder so einer. Mit Moscheles fing's an. Sage dem Herrn Superintendenten, ich ließe bitten.«

»Ich komme hoffentlich zu guter Stunde, Herr von Stechlin.«

»Zur allerbesten, Herr Superintendent. Eben war der neue Doktor hier. Und eine Viertelstunde, wenn's mit dem ›*praesente medico*‹ nur ein ganz klein wenig auf sich hat, muß solche Doktorgegenwart doch wohl noch nachwirken.«

»Sicher, sicher. Und dieser Moscheles soll sehr gescheit sein. Die Wiener und Prager verstehn es; namentlich alles, was nach *der* Seite hin liegt.«

»Ja«, sagte Dubslav, »nach *der* Seite hin«, und wies auf Brust und Herz. »Aber, offen gestanden, nach mancher andern Seite hin ist mir dieser Moscheles nicht sehr sympathisch. Er faßt seinen Stock so sonderbar an.«

»Ja, so was muß man unter Umständen mit in Kauf nehmen. Und dann heißt es ja auch, der Major von Stechlin habe mehr oder weniger einen philosemitischen Zug.«

»Den hat der Major von Stechlin auch wirklich, weil er Unchristlichkeiten nicht leiden kann und Prinzipienreitereien erst recht nicht. Ich gehöre zu denen, die sich immer den Einzelfall ansehn. Aber freilich, mancher Einzelfall gefällt mir nicht. So zum Beispiel der hier mit dem neuen Doktor. Und auch mein alter Baruch Hirschfeld, den der Herr Superintendent mutmaßlich kennen werden, auch der gefällt mir nicht mehr so recht. Ich hielt große Stücke von ihm, aber – vielleicht daß sein Sohn Isidor schuld ist – mit einem Male ist der Pferdefuß rausgekommen.«

»Ja«, lachte Koseleger, »der kommt immer mal raus. Und nicht bloß bei Baruch. Ich muß aber sagen, das alles hat mit der Rasse viel, viel weniger zu schaffen als mit dem jeweiligen Beruf. Da war ich eben bei der Frau von Gundermann ...«

»Und da war auch so was?«

»In gewissem Sinne, ja. Natürlich ein bißchen anders, weil es sich um etwas Weibliches handelte. ›Stütze der Hausfrau.‹ Und da bändelt sich denn leicht was an. Eben diese ›Stütze der Hausfrau‹ war bis vor kurzem noch Erzieherin, und mit Erzieherinnen, alten und jungen, hat's immer einen Haken, wie mit den Lehrern überhaupt. Es liegt im Beruf. Und der Seminarist steht obenan.«

»Ich kann mich nicht erinnern«, sagte Dubslav, »in unserer Gegend irgendwas gröblich Verletzliches erlebt zu haben.«

»Oh, ich bin mißverstanden«, beschwichtigte Koseleger und rieb sich mit einem gewissen Behagen seine wohlgepflegten Hände. »Nichts von Vergehungen auf erotischem Gebiet, wiewohl es bei den Gundermanns (die gerad in *diesem* Punkte viel heimgesucht werden) auch diesmal wieder, ich möchte sagen diese kleine Nebenform angenommen hatte. Nein, der große Seminaristenpferdefuß, an den ich bei meiner ersten Bemerkung dachte, trägt ganz andere Signaturen: Unbotmäßigkeit, Überschätzung und infolge davon ein eigentümliches Bestreben, sich von den Heilsgütern loszulösen und die Befriedigung des inneren Menschen in einer falschen Wissenschaftlichkeit zu suchen.«

»Ich will das nicht loben; aber auch solche ›falsche Wissenschaftlichkeit‹ zählt, dächt' ich, in unserer alten Grafschaft zu den allerseltensten Ausnahmen.«

»Nicht so sehr, als Sie vermuten, Herr Major, und aus Ihrer eigenen Stechliner Schule sind mir Klagen kirchlich gerichteter Eltern über solche Dinge zugegangen. Allerdings Altlutheraner aus der Globsower Gegend. Indessen, so lästig diese Leute zuzeiten sind, so haben sie doch andrerseits den Ernst des Glaubens und finden, wie sie sich in einem Skriptum an mich ausgedrückt haben, in der Krippenstapelschen Lehrmethode diesen Ernst des Glaubens arg vernachlässigt.«

Dubslav wiegte den Kopf hin und her und hätte trotz allen Respekts vor dem Vertreter einer kirchlichen Behörde wahrscheinlich ziemlich scharf und spitz geantwortet, wenn ihm nicht alles, was er da hörte, gleichzeitig in einem heiteren Licht erschienen wäre. Krippenstapel, sein Krippenstapel, er, der den Alten Fritzen so gut wie den Katechismus, aber den Katechismus auch reichlich so gut wie den Alten Fritzen kannte – Krippenstapel, sein großartiger Bienenvater, sein korrespondierendes Mitglied märkisch-historischer Vereine, die Seele seines »Museums«, sein guter Freund, dieser Krippenstapel sollte den »Ernst des Glaubens« verkannt haben, bei ihm sollte der Seminaristenhochmut zu gemeingefährlichem Ausbruch gekommen sein. Wohl entsann er sich, in eigenster Person (was ihn in diesem Augenblick ein wenig verstimmte) gelegentlich sehr Ähnliches gesagt zu haben. Aber doch immer nur scherzhaft. Und wenn zwei dasselbe tun, so ist es nicht mehr dasselbe. Traf dieser Satz je zu, so hier. Er erhob sich also mit einiger Anstrengung von seinem Platz, ging auf Koseleger zu, schüttelte ihm die Hand und sagte: »Herr Superintendent, so wie Sie's da sagen, so kann es nicht sein. Von richtigen Altlutheranern gibt es hier überhaupt nichts, und am wenigsten in Globsow; die glauben sozusagen gar nichts. Ich wittere da was von Intrige. Da stecken andere dahinter. Bei meinem alten Baruch ist der Pferdefuß rausgekommen, aber bei meinem alten Krippenstapel ist er *nicht* rausgekommen und wird auch nicht rauskommen, weil er überhaupt nicht da ist. Meinen alten Krippenstapel, den kenn' ich.«

Koseleger, Weltmann, wie er war, lenkte rasch ein, sprach von Konventiklerbeschränktheit und gab die Möglichkeit einer Intrige zu.

»Natürlich wird es einem schwer, in diesem Erdenwinkel an derlei Dinge zu glauben, denn ›Intrige‹ zählt ganz eminent zu den höheren Kulturformen. Intrige hat hier in unserer alten Grafschaft, glaub' ich, noch keinen Boden. Aber andrerseits ist es doch freilich wahr, daß heutzutage die Verwerflichkeiten, ja selbst die Verbrechen und Laster, nicht bloß im Gefolge der Kultur auftreten, sondern umgekehrt ihr voranschreiten als beklagenswerte Herolde falscher Gesittung? Bedenken Sie, was wir neuerdings in unsern Äquatorialprovinzen erlebt haben. Die Zivilisation ist noch nicht da, und schon haben wir ihre Greuel. Man erschauert, wenn man davon liest, und freut sich der kleinen und alltäglichen Verhältnisse, drin der Wille Gottes uns gnädig stellte.«

Nach diesen Worten, die was von einem guten Abgang hatten, erhob sich Koseleger, und der Alte, seinerseits seinen Arm in den des Superintendenten einhakend, »um sich«, wie er sagte, »auf die Kirche zu stützen«, begleitete seinen Besuch bis wieder auf die Rampe hinaus und grüßte noch mit der Hand, als der Wagen schon über die Bohlenbrücke fuhr. Dann wandte er sich rasch an Engelke, der neben ihm stand, und sagte: »Engelke, schade, daß ich mit dir nicht wetten kann. Lust hätt' ich. Heute kommt noch wer, du wirst es sehn. Eine Woche lang läßt sich keine Katze blicken, aber wenn unser Schicksal erst mal 'nen Entschluß gefaßt hat, dann kann es sich auch wieder nicht genug tun. Man gewinnt dreimal das große Los, oder man stößt sich dreimal den Kopp. Und immer an derselben Stelle.«

Es schlug zwölf, als Dubslav vom Portal her wieder den Flur passierte. Dabei sah er nach dem Hippenmann hinauf und zählte die Schläge. »Zwölf«, sagte er, »und um zwölf ist alles aus, und dann fängt der neue Tag an. Es gibt freilich zwei Zwölfen, und die Zwölf, die da oben jetzt schlägt, das is die Mittagszwölf. Aber Mittag! ... Wo bist du Sonne geblieben!« All dem weiter nachhängend, wie er jetzt öfter tat, kam er an seinen Kaminplatz und nahm eine Zeitung in die Hand. Er sah jedoch kaum drauf hin und beschäftigte sich, während er zu lesen schien, eigentlich nur mit der Frage, »wer wohl heute noch kommen könne«, und dabei neben andren Personen aus seiner Umgebung auch an Lorenzen denkend, kam er zu dem Schlußresultat, daß ihm Lorenzen »mit all seinem neuen Unsinn« doch am Ende lieber sei als Koseleger mit seinen Heilsgütern, von denen er wohl zwei-, dreimal gesprochen hatte. »Ja, die Heilsgüter, die sind ganz gut. Versteht sich. Ich werde mich nicht so versündigen. Die Kirche kann was, is was, und der alte Luther, nu, der war schon ganz gewiß was, weil er ehrlich war und für seine Sache sterben wollte. Nahe dran war er. Eigentlich kommt's doch immer bloß darauf an, daß einer sagt, ›dafür sterb' ich‹. Und es dann aber auch tut. Für was, is beinah gleich. Daß man überhaupt so was kann, wie sich opfern, das ist das Große. Kirchlich mag es ja falsch sein, was ich da so sage; aber was sie jetzt ›sittlich‹ nennen (und manche sagen auch ›schönheitlich‹, aber das is ein zu dolles Wort), also was sie jetzt sittlich nennen, so bloß auf *das* hin angesehn, da is das persönliche Sicheinsetzen und Fürwas-sterben-Können und -Wollen doch das Höchste. Mehr kann der Mensch nich. Aber Koseleger. Der will leben.«

Und während er noch so vor sich hin seinen Faden spann, war sein gutes altes Faktotum eingetreten, an das er denn auch ohne weiteres und bloß zu eignem Ergötzen die Frage richtete: »Nich wahr, Engelke?«

Der aber hörte gar nichts mehr, so sehr war er in Verwirrung, und stotterte nur aus sich heraus: »Ach Gott, gnäd'ger Herr, nu is es doch so gekommen.«

»Wie? Was?«

»Die Frau Gemahlin von unserm Herrn Oberförster ...«

»Was? Die Prinzessin?«

»Ja, die Frau Katzler, Durchlaucht.«

»Alle Wetter, Engelke ... Da haben wir's. Aber ich hab' es ja gesagt, ich wußt' es. Wie so'n Tag anfängt, so bleibt er, so geht es weiter ... Und wie das hier durcheinanderliegt, alles wie Kraut und Rüben. Nimm die Zudecke weg, ach was Zudecke, die reine Pferdedecke; wir müssen eine andre haben. Und nimm auch die grünen Tropfen weg, daß es nicht gleich aussieht wie 'ne Krankenstube ... Die Prinzessin ... Aber rasch, Engelke, flink ... Ich lasse bitten, ich lasse die Frau Oberförsterin bitten.«

Dubslav rückte sich, so gut es ging, zurecht; im übrigen aber hielt er's in seinem desolaten Zustande doch für besser, in seinem Rollstuhl zu bleiben, als der Prinzessin entgegenzugehn oder sie durch ein Sicherheben von seinem Sitz mehr oder weniger feierlich zu begrüßen. Ermyntrud paßte sich seinen Intentionen denn auch an und gab durch eine gemessene Handbewegung zu verstehen, daß sie nicht zu stören wünsche. Gleich danach legte sie den rechten Arm auf die Lehne eines nebenstehenden Stuhles und sagte: »Ich komme, Herr von Stechlin, um nach Ihrem Befinden zu fragen; Katzler« (sie nannte ihn, unter geflissentlichster Vermeidung des allerdings plebejen »mein Mann«, immer nur bei seinem Familiennamen) »hat mir von Ihrem Unwohlsein erzählt und mir Empfehlungen aufgetragen. Ich hoffe, es geht besser.«

Dubslav dankte für so viel Freundlichkeit und bat, das um ihn her herrschende Übermaß von Unordnung entschuldigen zu wollen. »Wo die weibliche Hand fehlt, fehlt alles.« Er fuhr so noch eine Weile fort, in allerlei Worten und Wendungen, wie sie ihm von alter Zeit her geläufig waren; eigentlich aber war er wenig bei dem, was er sagte, sondern hing ausschließlich an dem halb Nonnen-, halb Heiligenbildartigen ihrer Erscheinung, das durch einen großen, aus mattweißen Kugeln bestehenden Halsschmuck samt Elfenbeinkreuz noch gesteigert wurde. Sie mußte jedem, auch dem Kritischsten, auffallen, und Dubslav, der – sosehr er dagegen ankämpfte – ganz unter der Vorstellung ihrer Prinzessinnenschaft stand, vergaß auf Augenblicke Krankheit und Alter und fühlte sich nur noch als Ritter seiner Dame. Daß sie stehenblieb, war ihm im ersten Augenblicke störend, bald aber war es ihm recht, weil ihm einleuchtete, daß ihr »Bild« erst dadurch zu voller Wirkung kam. Ermyntrud selbst war sich dessen auch voll bewußt.

»Ich höre, daß Doktor Sponholz, den ich als Arzt sehr schätzengelernt habe, seine Kranken, während er in Pfäffers ist, einem jungen Stellvertreter anvertraut hat. Junge Ärzte sind meist klüger als die alten, aber doch weniger Ärzte. Man bringt außerdem dem Alter mehr Vertrauen entgegen. Alte Doktoren sind wie Beichtiger, vor denen man sich gern offenbart. Freilich können sie den geistlichen Zuspruch nicht voll ersetzen, der in jeder ernstlichen Krankheit doch das eigentlich Heilsame bleibt. Ärzte selbst – ich hab' einen Teil meiner Jugend in einem Diakonissenhause verbracht –, Ärzte selbst, wenn sie ihren Beruf recht verstehn, urteilen in diesem Sinne. Sogenannte Medikamente sind und bleiben ein armer Notbehelf; alle wahre Hilfe fließt aus dem Wort. Aber freilich, das richtige Wort wird nicht überall gesprochen.«

Dubslav sah etwas unruhig um sich her. Es war ganz klar, daß die Prinzessin gekommen war, seine Seele zu retten. Aber woher kam ihr die Wissenschaft, daß seine Seele dessen bedürftig sei? Das verlohnte sich doch in Erfahrung zu bringen, und so bezwang er sich denn und sagte: »Gewiß, Durchlaucht, das Wort ist die Hauptsache. Das Wort ist das Wunder; es läßt uns lachen und weinen; es erhebt uns und demütigt uns, es macht uns krank und macht uns gesund. Ja, es gibt uns erst das wahre Leben hier und dort. Und dies letzte höchste Wort, das haben wir in der Bibel. Daher nehm' ich's. Und wenn ich manches Wort nicht verstehe, wie wir die Sterne nicht verstehn, so haben wir dafür die Deuter.«

»Gewiß. Aber es gibt der Deuter so viele.«

»Ja«, lachte Dubslav, »und wer die Wahl hat, hat die Qual. Aber ich persönlich, ich habe keine Wahl. Denn genauso wie mit dem Körper, so steht es für mich auch mit der Seele. Man behilft sich mit dem, was man hat. Nehm' ich da zunächst meinen armen, elenden Leib. Da sitzt es mir hier und steigt und drückt und quält mich und ängstigt mich, und wenn die Angst groß ist, dann nehm' ich die grünen Tropfen. Und wenn es mich immer mehr quält, dann schick' ich nach Gransee hinein, und dann kommt Sponholz. Das heißt, wenn er gerade da ist. Ja, dieser Sponholz ist auch ein Wissender und ein ›Deuter‹. Sehr wahrscheinlich, daß es klügere und bessere gibt; aber in Ermangelung dieser besseren muß er für mich ausreichen.«

Ermyntrud nickte freundlich und schien ihre Zustimmung ausdrücken zu wollen.

»Und«, fuhr Dubslav fort, »ich muß es wiederholen, genauso wie mit dem Leib, so auch mit der Seele. Wenn sich meine arme Seele ängstigt, dann nehm' ich mir Trost und Hilfe, so gut ich sie gerade finden kann. Und dabei denk' ich dann, der nächste Trost ist der beste. Den hat man am schnellsten, und wer schnell gibt, der gibt doppelt. Eigentlich muß man das lateinisch sagen. Ich rufe mir Sponholz, weil ich ihn, wenn benötigt, in ziemlicher Nähe habe; den andern aber, den Arzt für die Seele, den hab' ich glücklicherweise noch näher und brauche nicht mal nach Gransee hineinzuschicken. Alle Worte, die von Herzen kommen, sind gute Worte, und wenn sie mir helfen (und sie helfen mir), so frag' ich nicht viel danach, ob es sogenannte ›richtige‹ Worte sind oder nicht.«

Ermyntrud richtete sich höher auf; ihr bis dahin verbindliches Lächeln war sichtlich in raschem Hinschwinden.

»Überdies«, so schloß Dubslav seine Bekenntnisrede, »was sind die richtigen Worte? Wo sind sie?«

»Sie haben sie, Herr von Stechlin, wenn Sie sie haben wollen. Und Sie haben sie nah, wenn auch nicht in Ihrer unmittelbarsten Nähe. Mich persönlich haben diese Worte während schwerer Tage gestützt und aufgerichtet. Ich weiß, er hat Feinde, voran im eignen Lager. Und diese Feinde sprechen von ›schönen Worten‹. Aber soll ich mich einem Heilswort verschließen, weil es sich in Schönheit kleidet? Soll ich eine mich segnende Hand zurückweisen, weil es eine weiche Hand ist? Sie haben Sponholz genannt. Unser Superintendent liegt wohl weit über diesen hinaus, und wenn es nicht eitel und vermessen wäre, würd' ich eine gnäd'ge Fügung darin zu sehn glauben, daß er an diese sterile Küste verschlagen werden mußte, gerade *mir* eine Hilfe zu sein. Aber was er an mir tat, kann er auch an andern tun. Er hat eben das, was zum Siege führt; wer die Seele hat, hat auch den Leib.«

Unter diesen Worten war Ermyntrud von ihrem Stuhl an Dubslav herangetreten und neigte sich über ihn, um ihm, halb wie segnend, die Stirn zu küssen. Das Elfenbeinkreuz berührte dabei seine Brust. Sie ließ es eine Weile da ruhen. Dann aber trat sie wieder zurück, und sich zweimal unter hoheitsvollem Gruß verneigend, verließ sie das Zimmer. Engelke, der draußen im Flur stand, eilte vorauf, ihr beim Einsteigen in den kleinen Katzlerschen Jagdwagen behilflich zu sein.

Als Dubslav wieder allein war, nahm er das Schüreisen, das grad vor ihm auf dem Kaminstein lag, und fuhr in die halb niedergebrannten Scheite. Die Flamme schlug auf, und etliche Funken stoben. »Arme Durchlaucht. Es ist doch nicht gut, wenn Prinzessinnen in Oberförsterhäuser einziehn. Sie sind dann aus ihrem Fahrwasser heraus und greifen nach allem möglichen, um in der selbstgeschaffenen Alltäglichkeit nicht unterzugehn. Einen bessern Trostspender als Koseleger konnte sie freilich nicht finden; er gab ihr den Trost, dessen sie selber bedürftig ist. Im übrigen mag sie sich aufrichten lassen, von wem sie will. Der Alte auf Sanssouci, mit seinem ›nach der eignen Fasson selig werden‹, hat's auch darin getroffen. Gewiß. Aber wenn ich euch eure Fasson lasse, so laßt mir auch die meine. Wollt nicht alles besser wissen, kommt mir nicht mit Anzettelungen, erst gegen meinen guten Krippenstapel, der kein Wässerchen trübt, und nun gar gegen meinen klugen Lorenzen, der euch alle in die Tasche steckt. An ihn persönlich wagen sie sich nicht ran, und da kommen sie nun zu mir und wollen mich umstimmen und denken, weil ich krank bin, muß ich auch schwach sein. Aber da kennen sie den alten Stechlin schlecht, und er wird nun wohl seinen märkischen Dickkopf aufsetzen. Auch sogar gegen Ippe-Büchsenstein und die Elfenbeinkugeln, die ja schon der reine Rosenkranz sind. Und es wird auch noch so was. Eigentlich bin ich übrigens selber schuld. Ich habe mir durch den prinzeßlichen Augenaufschlag und die vier Kindergräber im Garten zu sehr imponieren lassen. Aber es fällt doch allmählich wieder ab, und ein Glück, daß ich meinen Engelke habe.«

Vor Erregung war er aus seinem Rollstuhl aufgestanden und drückte auf den Klingelknopf. »Engelke, geh zu Lorenzen und sag ihm, ich ließ' ihn bitten. Der soll dann aber heut auch der letzte sein ... Denke dir, Engelke, sie wollen mich bekehren!«

»Aber, gnäd'ger Herr, das is ja doch das Beste.«

»Gott, nu fängt der auch noch an.«

38. KAPITEL

Lorenzen kam nicht; er war nach Rheinsberg, wo die Geistlichen aus dem östlichen Teil der Grafschaft eine Konferenz hatten. Aber statt Lorenzen kam Doktor Moscheles und sprach von allem möglichen, erst ganz kurz von Dubslavs Zustand, den er nicht gut und nicht schlecht fand, dann von Koseleger, von Katzler, auch von Sponholz (von dem ein Brief eingetroffen war), am ausführlichsten aber von Rechtsanwalt Katzenstein und von Torgelow. »Ja, dieser Torgelow«, sagte Moscheles. »Es war ein Mißgriff, ihn zu wählen. Und wenn es noch nötig gewesen wäre, wenn die Partei keinen Besseren gehabt hätte! Aber da haben sie denn doch noch ganz andere Leute.« Dubslav war davon wenig angenehm berührt, weil er aus der persönlichen Niedrigstellung Torgelows die Hochstellung der Torgelowschen Partei heraushörte.

Der Besuch hatte wohl eine halbe Stunde gedauert. Als Moscheles wieder fort war, sagte Dubslav: »Engelke, wenn er wiederkommt, so sag ihm, ich sei nicht da. Das wird er natürlich nicht glauben; weiß er doch am besten, daß ich an mein Zimmer und meinen Rollstuhl gebunden bin. Aber trotzdem; ich mag ihn nicht. Es war eine Dummheit von Sponholz, sich grade diesen auszusuchen, solchen Allerneuesten, der nach Sozialdemokratie schmeckt und dabei seinen Stock so sonderbar anfaßt, immer grad in der Mitte. Und dazu auch noch 'nen roten Schlips.«

»Es sind aber schwarze Käfer drin.«

»Ja, die sind drin, aber ganz kleine. Das machen sie so, damit es nicht jeder gleich merkt, wes Geistes Kind so einer ist und wohin er eigentlich gehört. Aber ich merk' es doch, auch wenn er an Kaiser Wilhelms Geburtstag mit 'ner papiernen Kornblume kommt. Also, du sagst ihm, ich sei nicht da.«

Engelke widersprach nicht, hatte jedoch so seine Gedanken dabei. »Der alte Doktor ist weg, und den neuen will er nicht. Und den aus Wutz will er auch nich, weil der so viel mit der Domina zusammenhockt. Un dabei kommt er doch immer mehr runter. Er denkt: ›Es is noch nich so schlimm.‹ Aber es is schlimm. Is genauso wie mit Bäcker Knaack. Un Kluckhuhn sagte mir schon vorige Woche: ›Engelke, glaube mir, es wird nichts; ich weiß Bescheid.‹«

Das war am Montag. Am Freitag fuhr Moscheles wieder vor und verfärbte sich, als Engelke sagte, der gnädige Herr sei nicht da.

»So, so. Nicht da.«

Das war doch etwas stark. Moscheles stieg also wieder auf seinen Wagen und bestärkte sich, während er nach Gransee zurückfuhr, in seinen durchaus ablehnenden Anschauungen über den derzeitigen Gesellschaftszustand. »Einer ist wie der andre. Was wir brauchen, is ein Generalkladderadatsch, Krach, *tabula rasa*.« Zugleich war er entschlossen, von einem erneuten Krankenbesuch abzustehen. »Der gnäd'ge Herr auf, von und zu Stechlin kann mich ja rufen lassen, wenn er mich braucht. Hoffentlich unterläßt er's.«

Dieser Wunsch erfüllte sich denn auch. Dubslav ließ ihn nicht rufen, wiewohl guter Grund dazu gewesen wäre, denn die Beschwerden wuchsen plötzlich wieder, und wenn sie zeitweilig nachließen, waren die geschwollenen Füße sofort wieder da. Engelke sah das alles mit Sorge. Was blieb ihm noch vom Leben, wenn er seinen gnäd'gen Herrn nicht mehr hatte? Jeder im Haus mißbilligte des Alten Eigensinn, und Martin, als er eines Tages vom Stall her in die nebenan gelegene niedrige Stube trat, wo seine Frau Kartoffeln schälte, sagte zu dieser: »Ick weet nich, Mutter, worüm he den jungschen Dokter rutgrulen däd. De Jungsche is doch klöger, as de olle Sponholz is. Doa möt man blot de Globsower über Sponholzen hüren. ›Joa, oll Sponholz‹, so seggen se, ›de is joa so wiet ganz good, awers he seggt man ümmer: Kinnings, krank is he egentlich nich, he brukt man blot 'ne Supp mit en beten wat in!‹ Joa, Sponholz, de kann so wat seggen, de hett wat da to. Awers de Globsower! Wo salln de 'ne Supp herkregen mit en beten wat in?«

So verging Tag und Tag, und Dubslav, dem herzlich schlecht war, sah nun selber, daß er sich in jedem Punkt übereilt hatte. Moscheles war doch immerhin ein richtiger Stellvertreter gewesen, und wenn er jetzt einen andern nahm, so traf das Sponholzen auch mit. Und das mocht' er nicht. In dieser Notlage sann er hin und her, und eines Tages, als er mal wieder in rechter Bedrängnis und Atemnot war, rief er Engelke und sagte: »Engelke, mir is schlecht. Aber rede mir nich von dem Doktor. Ich mag unrecht haben, aber ich will ihn nicht. Sage, wie steht das eigentlich mit der Buschen? Die soll ja doch letzten Herbst uns' Kossät Rohrbeckens Frau wieder auf die Beine gebracht haben.«

»Ja, die Buschen ...«

»Na, was meinst du?«

»Ja, die Buschen, *die* weiß Bescheid. Versteht sich. Man bloß, daß sie 'ne richtige alte Hexe is, und um Walpurgis weiß keiner, wo sie is. Und die Mächens gehen sonnabends auch immer hin, wenn's schummert, und Uncke hat auch schon welche notiert und beim Landrat Anzeige gemacht. Aber sie streiten alle Stein und Bein; und ein paar haben auch schon geschworen, sie wüßten von gar nichts.«

»Kann ich mir denken, und vielleicht war's auch nich so schlimm. Und dann, Engelke, wenn du meinst, daß sie so gut Bescheid weiß, da wär's am Ende das beste, du gingst mal hin oder schicktest wen. Denn deine alten Beine wollen auch nich mehr so recht, und außerdem is Schlackerwetter. Und wenn du mir auch noch krank wirst, so hab' ich ja keine Katze mehr, die sich um mich kümmert. Woldemar is weit weg. Und wenn er auch in Berlin wäre, da hat er ja doch seinen Dienst und seine Schwadron und kann nich den ganzen Tag bei seinem alten Vater sitzen. Und außerdem, Krankenpflegen ist überhaupt was Schweres; darum haben die Katholiken auch 'nen eignen Segen dafür. Ja, die verstehn es. So was verstehn sie besser als wir.«

»Nei, gnäd'ger Herr, besser wohl doch nich.«

»Na, lassen wir's. So was is immer schwer festzustellen, und weil heutzutage so vieles schwer festzustellen ist, haben sich ja die Menschen auch das angeschafft, was sie 'ne ›Enquete‹ nennen. Keiner kann sich freilich so recht was dabei denken. Ich gewiß nicht. Weißt du, was es ist?«

»Nei, gnäd'ger Herr.«

»Siehst du! Du bist eben ein vernünftiger Mensch, das merkt man gleich, und hast auch ein Einsehn davon, daß es eigentlich am besten wäre, wenn ich zu der Buschen schicke. Was die Leute von ihr reden, geht mich nichts an. Und dann bin ich auch kein Mächen. Und Uncke wird mich ja wohl nicht aufschreiben.«

Engelke lächelte: »Na, gnäd'ger Herr, dann werd' ich man unten mit unser Mamsell Pritzbur sprechen; die kann die lütte Marie rausschicken. Marieken is letzten Michaelis erst eingesegnet, aber sie war auch schon da.«

Noch an demselben Nachmittag erschien die Buschen im Herrenhause. Sie hatte sich für den Besuch etwas zurechtgemacht und trug ihre besten Kleider, auch ein neues schwarzes Kopftuch. Aber man konnte nicht sagen, daß sie dadurch gewonnen hätte. Fast im Gegenteil. Wenn sie so mit 'nem Sack über die Schulter oder mit 'ner Kiepe voll Reisig aus dem Walde kam, sah man nichts als ein altes, armes Weib; jetzt aber, wo sie bei dem alten Herrn eintrat und nicht recht wußte, warum man sie gerufen, sah man ihr die Verschlagenheit an und daß sie für all und jedes zu haben sei.

Sie blieb an der Tür stehen.

»Na, Buschen, kommt man ran oder stellt Euch da ans Fenster, daß ich Euch besser sehn kann. Es ist ja schon ganz schummrig.«

Sie nickte.

»Ja, mit mir is nich mehr viel los, Buschen. Und nu is auch noch Sponholz weg. Und den neuen Berlinschen, den mag ich nicht. Ihr sollt ja Kossät Rohrbeckens Frau damals wieder auf die Beine gebracht haben. Mit mir is es auch so was. Habt Ihr Courage, mich in die Kur zu nehmen? Ich zeig' Euch nicht an. Wenn einem einer hilft, is das andre alles gleich. Also nichts davon. Und es soll Euer Schaden nicht sein.«

»Ick weet joa, jnäd'ger Herr ... Se wihren joa nich. Un denn de Lüd, de denken ümmer, ick kann hexen un all so wat. Ick kann awer joar nix und hebb man blot en beten Liebstöckel un Wacholder un Allermannsharnisch. Un alles blot, wie't sinn muß. Un de Gerichten können mi nix dohn.«

»Is mir lieb. Und geht mich übrigens auch nichts an. Mit so was komm' ich Euch nich. Kann ›Gerichte‹ selber nich gut leiden. Und nu sagt mir, Buschen, wollt Ihr den Fuß sehn? Einer is genug. Der andre sieht ebenso aus. Oder doch beinah.«

»Nei, jnäd'ger Herr. Loaten's man. Ick weet joa, wi dat is. Ihrst sitt et hier up de Bost, un denn sackt et sich, un denn sitt et hier unnen. Un is all een un dat sülwige. Dat möt allens rut, un wenn et rut is, denn drückt et nich mihr, un denn künnen Se wedder gapsen.«

»Gut. Leuchtet mir ein. ›Et muß rut‹, sagt Ihr. Und das sag' ich auch. Aber womit wollt Ihr's ›rut‹-bringen? Das is die Sache. Welche Mittel, welche Wege?«

»Joa, de Mittel hebb ick. Un hebben wi ihrst de Mittel, denn finnen sich ook de Weg. Ick schick' hüt noch Agnessen mit twee Tüten; Agnes, dat is Karlinen ehr lütt Deern.«

»Ich weiß, ich weiß.«

»Un Agnes, de soll denn unnen in den Küch goahn, to Mamsell Pritzbur, un de Pritzburn de sall denn den Tee moaken för'n jnäd'gen Herrn. Morgens ut de witte Tüt, un abens ut de blue Tüt. Un ümmer man 'nen gestrichnen Eßlöffel vull un nich to veel Woater; awer bullern möt et. Un wenn de Tüten all sinn, denn is et rut. Dat Woater nimmt dat Woater weg.«

»Na gut, Buschen. Wir wollen das alles so machen. Und ich bin nicht bloß ein geduldiger Kranker, ich bin auch ein gehorsamer Kranker. Nun will ich aber bloß noch wissen, was Ihr mir da in Euern Tüten schicken wollt, in der weißen und in der blauen. Is doch kein Geheimnis?«

»Nei, jnäd'ger Herr.«

»Na also.«

»In de witte Tüt is Bärlapp un in de blue Tüt is, wat de Lüd hier Katzenpoot nennen.«

»Versteh', versteh'«, lächelte Dubslav, und dann sprach er wie zu sich selbst: »Nu ja, nu ja, das kann schon helfen. Dazwischen liegt eigentlich die ganze Weltgeschichte. Mit Bärlapp zum Einstreuen fängt die süße Gewohnheit des Daseins an, und mit Katzenpfötchen hört es auf. So verläuft es. Katzenpfötchen ... die gelben Blumen, draus sie die letzten Kränze machen ... Na, wir wollen sehn.«

An demselben Abend kam Agnes und brachte die beiden Tüten, und es geschah, was beinah über alles Erwarten hinaus lag: Es wurde wirklich besser. Die Geschwulst schwand, und Dubslav atmete leichter. »Dat Woater nimmt dat Woater«, an diesem Hexenspruch – den er, wenn er mit Engelke plauderte, gern zitierte – richteten sich seine Hoffnungen und seine Lebensgeister wieder auf. Er war auch wieder für Bewegung und ließ, wenn es das Wetter irgendwie gestattete, seinen Rollstuhl nicht bloß auf die Veranda hinausschieben, sondern fuhr auch um das Rundell herum und sah dem kleinen Springbrunnen zu, der wieder sprang. Ja, es kam ihm vor, als ob er höher spränge. »Findest du nich auch, Engelke? Vor vier Wochen wollt' er nich. Aber es geht jetzt wieder. Alles geht wieder, und es ist eigentlich dumm, ohne Hoffnung zu leben; wozu hat man sie denn?«

Engelke nickte bloß und legte die Zeitungen, die gekommen waren, auf einen neben dem Frühstückstisch stehenden Gartenstuhl, zuunterst die »Kreuzzeitung« als Fundament, auf diese dann die »Post« und zuletzt die Briefe. Die meisten waren offen, Anzeigen und Anpreisungen, nur einer war geschlossen, ja sogar gesiegelt. Poststempel: Berlin. »Gib mir mal das Papiermesser, daß ich ihn manierlich aufschneiden kann. Er sieht nach was aus, und die Handschrift is wie von 'ner Dame, bloß ein bißchen zu dicke Grundstriche.«

»Is am Ende von der Gräfin.«

»Engelke«, sagte Dubslav, »du wirst mir zu klug. Natürlich is er von der Gräfin. Hier is ja die Krone.«

Wirklich, es war ein Brief von Melusine, samt einer Einlage. Melusinens Zeilen aber lauteten am Schluß: »Und nun bitt' ich, Ihnen einen Brief beilegen zu dürfen, den unsre liebe Baronin Berchtesgaden gestern aus Rom erhalten hat, und zwar von Armgard, deren volles Glück ich aus diesem Brief und allerhand kleinen, ihrem Charakter eigentlich fernliegenden Übermütigkeiten erst so recht ersehn habe.«

Dubslav nickte. Dann nahm er die Einlage und las:

»Rom, im März.

Teuerste Baronin!

An wen könnt' ich von hier aus lieber schreiben als an Sie? Vatikan und Lateran und Grabmal Pio Nonos, und wenn ich Glück habe, bin ich auch noch mit dabei, wenn am Gründonnerstag der große Segen gespendet wird. Man muß eben alles mitnehmen. Von Rom zu schwärmen ist geschmacklos und überflüssig dazu, weil man an die Schwärmerei seiner Vorgänger doch nie heranreicht. Aber von unserer Reise will ich Ihnen statt dessen erzählen. Wir nahmen den Weg über den Brenner und waren am selben Abend noch in Verona. ›Torre di Londra‹. Was mich anderntags in der Capuletti- und Montecchie-Stadt am meisten interessierte, war ein großer Parkgarten, der ›Giardino Giusti‹, mit über zweihundert Zypressen, alle fünfhundert Jahre alt und viele beinah so hoch wie das Berliner Schloß. Ich ging mit Woldemar auf und ab, und dabei berechneten wir uns, ob wohl die schöne Julia hier auch schon auf und ab gegangen sei? Nur eins störte uns. Zu solcher Prachtavenue von Trauerbäumen gehört als Abschluß notwendig ein Mausoleum. Das fehlt aber. Im ›Giardino Giusti‹ trafen wir Hauptmann von Gaza vom ersten Garderegiment, der, von Neapel kommend, bereits alle Schönheit Italiens gesehen hatte. Wir fragten ihn, ob Verona, wie einem beständig versichert wird, wirklich die ›italienischste der italienischen Städte‹ sei? Hauptmann von Gaza lachte. ›Von Potsdam‹, so meinte er, ›könne man vielleicht sagen, daß es die preußischste Stadt sei. Aber Verona die italienischste? Nie und nimmer.‹

Über das vielgefeierte Venedig an dieser Stelle nur das eine. Unser Hotel lag in Nähe einer mit Barock überladenen Kirche: San Mosé. Daß es einen Sankt Moses gibt, war mir fremd und verwunderlich zugleich. Aber gleich danach dacht' ich an unsere Gendarmentürme und war beruhigt. Moses geht doch immer noch vor Gendarm.

Florenz überspring' ich und erzähle Ihnen dafür lieber vom Trasimenischen See, den wir auf unserer Eisenbahnfahrt passierten. Woldemar, ein ganz klein wenig ›Taschen-Moltke‹, mochte nicht darauf verzichten, den großen Hannibal auf Herz und Nieren zu prüfen, und so stiegen wir denn in Nähe des Sees aus, an einer kleinen Station, die, glaub' ich, Borghetto-Tuoro heißt. Es war auch für einen Laien über Erwarten interessant, und selbst ich, die ich sonst gar keinen Sinn für derlei Dinge habe, verstand alles, und fand mich leicht in jeglichem zurecht. Ja, ich hatte das Gefühl, daß ich in diesem hochgelegenen Engpaß ebenfalls über die Römer gesiegt haben würde. Der See hat viele Zu- und Abflüsse. Einer dieser Abflüsse (mehr Kanal als Fluß) nennt sich der ›Emissarius‹, was mich sehr erheiterte. Noch interessanter aber erschien mir ein anderer Flußlauf, der, weil er am Schlachttage von Blut sich rötete, der ›Sanguinetto‹ heißt. Das Diminutiv steigert hier ganz entschieden die Wirkung. Der See ist übrigens sehr groß, zehn Meilen Umfang, und dabei flach, weshalb der erste Napoleon ihn auspumpen lassen wollte. Da hätte sich dann ein neues Herzogtum gründen lassen ...«

»Schau, schau«, sagte der alte Dubslav, »wer der blassen Komtesse das zugetraut hätte! Ja, reisen und in den Krieg ziehen, da lernt man, da wird man anders.«

Und er legte den Brief beiseite.

Zugleich aber war ein stilles Behagen über ihn gekommen, und er überdachte, wie manche Freude das Leben doch immer noch habe. Vor ihm, in den Parkbäumen, schlugen die Vögel, und ein Buchfink kam bis auf den Tisch und sah ihn an, ganz ohne Scheu. Das tat ihm ungemein wohl. »Etwas ganz besonders Schönes im Leben ist doch das Vertrauen, und wenn's auch bloß ein Piepvogel is, der's einem entgegenbringt. Einige haben eine schwarze Milz und sagen: alles sei von Anfang an auf Mord und Totschlag gestellt. Ich kann es aber nicht finden.«

Engelke kam, um abzuräumen. »Is ein schöner Tag heut«, sagte Dubslav, »und die Krokusse kommen auch schon raus. Eigentlich hab' ich nich geglaubt, daß ich so was Hübsches noch mal sehen würde. Und wenn ich dann denke, daß ich das alles der Buschen verdanke! Merkwürdige Welt! Sponholz hatte bloß immer seine grünen Tropfen, und Moscheles hatte nichts als seinen ewigen Torgelow, und nu kommt die Buschen, und mit einem Male is es besser. Ja, wirklich merkwürdig. Und nu krieg' ich auch noch, wenn auch bloß leihweise, solchen hübschen Brief von einer hübschen jungen Frau. Noch dazu Schwiegertochter. Ja, Engelke, so geht's; nich zu glauben. Und da hättest du vorhin den Buchfinken sehen sollen, wie mich der ansah. Bloß als du kamst, da flog er weg; er muß sich vor dir gegrault haben.«

»Ach, gnäd'ger Herr, vor mir grault sich keine Kreatur.«

»Will dir's glauben. Und du sollst sehn, heute haben wir 'nen guten Tag, und es kommt auch noch wer, an dem man sich freuen kann. Wie mir schlecht war, da kam Koseleger und die Prinzessin. Aber heute kam ein Buchfink. Und ich bin ganz sicher, der hat noch ein Gefolge.«

Dubslavs Ahnungen behielten recht; und als der Nachmittag da war, kam Lorenzen, der sich, seitdem der Alte seinen Katzenpfötchentee trank, nur selten und immer bloß flüchtig hatte sehen lassen. Aber das war rein zufällig und sollte nicht eine Mißbilligung darüber ausdrücken, daß sich der Alte bei der Buschen in die Kur gegeben.

»Nun endlich«, empfing ihn Dubslav, als Lorenzen eintrat. »Wo bleiben Sie? Da heißt es immer, wir Junker wären kleine Könige. Ja, wer's glaubt! Alle kleinen Könige haben ein Cortège, das sich in Huldigungen und Purzelbäumen überschlägt. Aber von solchem Gefolge habe ich noch nicht viel gesehen. Baruch ist freilich hier gewesen und dann Koseleger und dann die Prinzessin, aber der, der so halb *ex officio* kommen sollte, der kommt nicht und schickt höchstens mal die Kulicke oder die Elfriede mit 'ner Anfrage. Sterben und verderben kann man. Und das heißt dann Seelsorge.«

Lorenzen lächelte. »Herr von Stechlin, Ihre Seele macht mir, trotz dieser meiner Vernachlässigung, keine Sorge, denn sie zählt zu denen, die jeder Spezialempfehlung entbehren können. Lassen Sie mich sehr menschlich, ja für einen Pfarrer beinah lästerlich sprechen. Aber ich muß es. Ich lebe nämlich der Überzeugung, der liebe Gott, wenn es mal soweit ist, freut sich, Sie wiederzusehen. Ich sage, wenn es soweit ist. Aber es ist noch nicht soweit.«

»Ich weiß nicht, Lorenzen, ob Sie recht haben. Jedenfalls aber befind' ich mich in meinem derzeitig erträglichen Zustande nur mit Hilfe der Buschen, und ob mich das nach oben hin besonders empfehlen kann, ist mir zweifelhaft. Aber lassen wir die heikle Frage. Erzählen Sie mir lieber etwas recht Hübsches und Heiteres, auch wenn es nebenher etwas ganz Altes ist, etwa das, was man früher Miszellen nannte. Das ist mir immer das liebste gewesen und ist es noch. Was ich da so in den Zeitungen lese, voran das Politische, das weiß ich schon immer alles, und was ich von Engelke höre, das weiß ich auch. Beiläufig – natürlich nur vom alleregoistischsten Zeitungsleserstandpunkt aus – ein wahres Glück, daß es Unglücksfälle gibt, sonst hätte man von der Zeitungslektüre so gut wie gar nichts. Aber Sie, Sie lesen auch sonst noch allerlei, mitunter sogar Gutes (freilich nur selten), und haben ein wundervolles Gedächtnis für Räubergeschichten und Anekdoten aus allen fünf Weltteilen. Außerdem sind Sie Friderikus-Rex-Mann, was ich Ihnen eigentlich am höchsten anrechne, denn die Friderikus-Rex-Leute, die haben alle Herz und Verstand auf dem rechten Fleck. Also suchen Sie nach irgendwas der Art, nach einer alten Zieten- oder Blücheranekdote, kann meinetwegen auch Wrangel sein – ich bin dankbar für alles. Je schlechter es einem geht, je schöner kommt einem so was kavalleristisch Frisches und Übermütiges vor. Ich spiele mich persönlich nicht auf Heldentum aus, Renommieren ist ein elendes Handwerk; aber das darf ich sagen: Ich liebe das Heldische. Und Gott sei Dank kommt dergleichen immer noch vor.«

»Gewiß kommt so was immer noch vor. Aber ...«

»Nun aber, Lorenzen, Sie werden doch nicht gegen das Heldische sein? So weit sind Sie doch noch nicht! Und wenn es wäre, da würd' ich ernstlich böse.«

»Das läßt Ihre Güte nicht zu.«

»Sie wollen mich einfangen. Aber diesmal glückt es nicht. Was haben Sie gegen das Heldische?«

»Nichts, Herr von Stechlin, gar nichts. Im Gegenteil. Heldentum ist gut und groß. Und unter Umständen ist es das Allergrößte. Lasse mir also den Heroenkultus durchaus gefallen, das heißt, den echten und rechten. Aber was Sie da von mir hören wollen, das ist, Verzeihung für das Wort, ein Heldentum zweiter Güte. *Mein* Heldentum – soll heißen, was ich für Heldentum halte –, das ist nicht auf dem Schlachtfelde zu Hause, das hat keine Zeugen oder doch immer nur solche, die mit zugrunde gehn. Alles vollzieht sich stumm, einsam, weltabgewandt. Wenigstens als Regel. Aber freilich, *wenn* die Welt dann ausnahmsweise davon hört, dann horch' ich mit auf, und mit gespitzterem Ohr, wie ein Kavalleriepferd, das die Trompete hört.«

»Gut. Meinetwegen. Aber Beispiele.«

»Kann ich geben. Da sind zunächst die fanatischen Erfinder, die nicht ablassen von ihrem Ziel, unbekümmert darum, ob ein Blitz sie niederschlägt oder eine Explosion sie in die Luft schleudert; da sind des weiteren die großen Kletterer und Steiger, sei's in die Höh', sei's in die Tiefe, da sind zum dritten die, die den Meeresgrund absuchen wie 'ne Wiese, und da sind endlich die Weltteildurchquerer und die Nordpolfahrer.«

»Ach, der ewige Nansen. Nansen, der, weil er die diesseits verlorene Hose jenseits in Grönland wiederfand, auf den Gedanken kam: ›Was die Hose kann, kann ich auch.‹ Und daraufhin fuhr er über den Pol. Oder wollte wenigstens.«

Lorenzen nickte.

»Nun ja, das war klug gedacht. Und daß dieser Nansen sich an die Sache ranmachte, das respektier' ich, auch wenn schließlich nichts draus wurde. Bleibt immer noch ein Bravourstück. Gewiß, da sitzt nu so wer im Eise, sieht nichts, hört nichts, und wenn wer kommt, ist es höchstens ein Eisbär. Indessen, er freut sich doch, weil es wenigstens was Lebendiges ist. Ich darf sagen, ich hab' einen Sinn für dergleichen. Aber trotzdem, Lorenzen, die Garde bei St. Privat ist doch mehr.«

»Ich weiß nicht, Herr von Stechlin. Echtes Heldentum, oder um's noch einmal einzuschränken, ein solches, das mich persönlich hinreißen soll, steht immer im Dienst einer Eigenidee, eines allereigensten Entschlusses. Auch dann noch (ja mitunter dann erst recht), wenn dieser Entschluß schon das Verbrechen streift. Oder, was fast noch schlimmer, das Häßliche. Kennen Sie den Cooperschen ›Spy‹? Da haben Sie den Spion als Helden. Mit andern Worten, ein Niedrigstes als Höchstes. Die Gesinnung entscheidet. Das steht mir fest. Aber es gibt der Beispiele noch andere, noch bessere!«

»Da bin ich neugierig«, sagte Dubslav. »Also wenn's sein kann: Name.«

»Name: Greeley, Leutnant Greeley; Yankee *pur sang*. Und im übrigen auch einer aus der Nordpolfahrergruppe.«

»Will also sagen: Nansen der Zweite.«

»Nein, nicht der Zweite. Was er tat, war viele Jahre vor Nansen.«

»Und er kam höher hinauf? Weiter nach dem Pol zu? Oder waren seine Eisbär-Renkontres von noch ernsthafterer Natur?«

»All das würde mir nicht viel besagen. Das herkömmlich Heldische fehlt in seiner Geschichte völlig. Was an seine Stelle tritt, ist ein ganz andres. Aber dies andre, *das* gerade macht es.«

»Und das war?«

»Nun denn – ich erzähle nach dem Gedächtnis, und im einzelnen und Nebensächlichen irr' ich vielleicht ... Aber in der Hauptsache stimmt es ... Also zuletzt, nach langer Irrfahrt, waren's noch ihrer fünf: Greeley selbst und vier seiner Leute. Das Schiff hatten sie verlassen, und so zogen sie hin über Eis und Schnee. Sie wußten den Weg, soweit sich da von Weg sprechen läßt, und die Sorge war nur, ob das bißchen Proviant, das sie mit sich führten, Schiffszwieback und gesalzenes Fleisch, bis an die nächste menschenbewohnte Stelle reichen würde. Jedem war ein höchstes und doch zugleich auch wieder geringstes Maß als tägliche Provision zubewilligt, und wenn man dies Maß einhielt und kein Zwischenfall kam, so mußt' es reichen. Und einer, der noch am meisten bei Kräften war, schleppte den gesamten Proviant. Das ging so durch Tage. Da nahm Leutnant Greeley wahr, daß der Proviant schneller hinschmolz als berechnet, und nahm auch wahr, daß der Proviantträger selbst, wenn er sich nicht beobachtet glaubte, von den Rationen nahm. Das war eine schreckliche Wahrnehmung. Denn ging es so fort, so waren sie samt und sonders verloren. Da nahm Greeley die drei andern beiseit und beriet mit ihnen. Eine Möglichkeit gewöhnlicher Bestrafung gab es nicht, und auf einen Kampf sich einzulassen ging auch nicht. Sie hatten dazu die Kräfte nicht mehr. Und so hieß es denn zuletzt, und es war Greeley, der es sagte: ›Wir müssen ihn hinterrücks erschießen.‹ Und als sie bald nach dieser Kriegsgerichtsszene wieder aufbrachen, der heimlich Verurteilte vorn an der Tête, trat Greeley von hintenher an ihn heran und schoß ihn nieder. Und die Tat war nicht umsonst getan; ihre Rationen reichten aus, und an dem Tage, wo sie den letzten Bissen verzehrten, kamen sie bis an eine Station.«

»Und was wurde weiter?«

»Ich weiß nicht mehr, ob Greeley selbst bei seiner Rückkehr nach New York als Ankläger gegen sich auftrat; aber das weiß ich, daß es zu einer großen Verhandlung kam.«

»Und in dieser ...«

»... In dieser wurd' er freigesprochen und im Triumph nach Hause getragen.«

»Und Sie sind einverstanden damit?«

»Mehr; ich bin voll Bewunderung. Greeley, statt zu tun, was er tat, hätte zu den Gefährten sagen können: ›Unser Exempel wird falsch, und wir gehen an des einen Schuld zugrunde; töten mag ich ihn nicht – sterben wir also alle.‹ Für seine Person hätt' er so sprechen und handeln können. Aber es handelte sich nicht bloß um ihn; er hatte die Führer- und die Befehlshaberrolle, zugleich die Richterpflicht, und hatte die Majorität von drei gegen eine Minorität von einem zu schützen. Was dieser eine getan, an und für sich ein Nichts, war unter den Umständen, unter denen es geschah, ein fluchwürdiges Verbrechen. Und so nahm er denn gegen die geschehene schwere Tat die schwere Gegentat auf sich. In solchem Augenblicke richtig fühlen und in der Überzeugung des Richtigen fest und unbeirrt ein furchtbares Etwas tun, ein Etwas, das, aus seinem Zusammenhange gerissen, allem göttlichen Gebot, allem Gesetz und aller Ehre widerspricht, *das* imponiert mir ganz ungeheuer und ist in meinen Augen der wirkliche, der wahre Mut. Schmach und Schimpf, oder doch der Vorwurf des Schimpflichen, haben sich von jeher an alles Höchste geknüpft. Der Bataillonsmut, der Mut in der Masse (bei allem Respekt davor), ist nur ein Herdenmut.«

Dubslav sah vor sich hin. Er war augenscheinlich in einem Schwankezustand. Dann aber nahm er die Hand Lorenzens und sagte: »Sie sollen recht haben.«

39. KAPITEL

Dubslav hatte nach Lorenzens Besuch eine gute Nacht. »Wenn man mal so was andres hört, wird einem gleich besser.« Aber auch der Katzenpfötchentee fuhr fort, seine Wirkung zu tun, und was dem Kranken am meisten half, war, daß er die grünen Tropfen fortließ.

»Hör, Engelke, am Ende wird es noch mal was. Wie gefallen dir meine Beine? Wenn ich drükke, keine Kule mehr.«

»Gewiß, gnäd'ger Herr, es wird nu wieder, un das macht alles der Tee. Ja, die Buschen versteht es, das hab' ich immer gesagt. Und gestern abend, als Lorenzen hier war, war auch lütt Agnes hier un hat unten in der Küche gefragt, wie's denn eigentlich mit dem gnädigen Herrn stünn? Und die Mamsell hat ihr gesagt, ›es stünde gut‹.«

»Na, das is recht, daß die Alte, wie'n richtiger Doktor, sich um einen kümmert und von allem wissen will. Und daß sie nicht selber kommt, ist noch besser. So'n bißchen schlecht Gewissen hat sie doch woll. Ich glaube, daß sie viel auf'm Kerbholz hat, und daß die Karline so is, wie sie is, daran is doch auch bloß die Alte schuld. Und das Kind wird vielleicht auch noch so; sie dreht sich schon wie 'ne Puppe, und dazu das lange blonde Zoddelhaar. Ich muß dabei immer an Bellchen denken – weißt du noch, als die gnäd'ge Frau noch lebte. Bellchen hatte auch solche Haare. Und war auch der Liebling. Solche sind immer Liebling. Krippenstapel, hör' ich, soll sie auch in der Schule verwöhnen. Wenn die andern ihn noch anglotzen, dann schießt sie schon los. Es ist ein kluges Ding.«

Engelke bestätigte, was Dubslav sagte, und ging dann nach unten, um dem gnäd'gen Herrn sein zweites Frühstück zu holen: ein weiches Ei und eine Tasse Fleischbrühe. Als er aber aus dem Gartenzimmer auf den großen Hausflur hinaustrat, sah er, daß ein Wagen vorgefahren war, und statt in die Küche zu gehen, ging er doch lieber gleich zu seinem Herrn zurück, um mit verlegenem Gesicht zu melden, daß das gnäd'ge Fräulein da sei.

»Wie? Meine Schwester?«

»Ja, das gnäd'ge Frölen.«

»I, da soll doch gleich 'ne alte Wand wackeln«, sagte Dubslav, der einen ehrlichen Schreck gekriegt hatte, weil er sicher war, daß es jetzt mit Ruh' und Frieden auf Tage, vielleicht auf Wochen vorbei sei. Denn Adelheid mit ihren sechsundsiebzig setzte sich nicht gern auf eine Kleinigkeit hin in Bewegung, und wenn sie die beinahe vier Meilen von Kloster Wutz her herüberkam, so war das kein Nachmittagsbesuch, sondern Einquartierung. Er fühlte, daß sich sein ganzer Zustand mit einem Male wieder verschlechterte und daß eine halbe Atemnot im Nu wieder da war. Er hatte aber nicht lange Zeit, sich damit zu beschäftigen, denn Engelke öffnete bereits die Tür, und Adelheid kam auf ihn zu. »Tag, Dubslav. Ich muß doch mal sehn. Unser Rentmeister Fix ist vorgestern hier in Stechlin gewesen und hat dabei von deinem letzten Unwohlsein gehört. Und daher weiß ich es. Eh' du persönlich deine Schwester so was wissen läßt oder einen Boten schickst ...«

»Da muß ich schon tot sein«, ergänzte der alte Stechlin und lachte. »Nun, laß es gut sein, Adelheid, mach dir's bequem und rücke den Stuhl da heran.«

»Den Stuhl da? Aber, Dubslav, was du dir nur denkst! Das ist ja ein Großvaterstuhl oder doch beinah.« Und dabei nahm sie statt dessen einen kleinen, leichten Rohrsessel und ließ sich drauf nieder. »Ich komme doch nicht zu dir, um mich hier in einen großen Polsterstuhl mit Backen zu setzen. Ich will meinen lieben Kranken pflegen, aber ich will nicht selber eine Kranke sein. Wenn es so mit mir stünde, wär' ich zu Hause geblieben. Du rechnest immer, daß ich zehn Jahre älter bin als du. Nun ja, ich bin zehn Jahre älter. Aber was sind die Jahre? Die Wutzer Luft ist gesund, und wenn ich die Grabsteine bei uns lese, unter achtzig ist da beinah keine von uns abgegangen. Du wirst erst siebenundsechzig. Aber ich glaube, du hast dein Leben nicht richtig angelegt, ich meine deine Jugend, als du noch in Brandenburg warst. Und von Brandenburg immer rüber nach Berlin. Na, das kennt man. Ich habe neulich was Statistisches gelesen.«

»Damen dürfen nie Statistisches lesen«, sagte Dubslav, »es ist entweder zu langweilig oder zu interessant – und das ist dann noch schlimmer. Aber nun klingle (verzeih, mir wird das Aufstehn so schwer), daß uns Engelke das Frühstück bringt; du kommst *à la fortune du pot* und mußt fürliebnehmen. Mein Trost ist, daß du drei Stunden unterwegs gewesen. Hunger ist der beste Koch.«

Beim Frühstück, das bald danach aufgetragen wurde – die Jahreszeit gestattete, daß auch eine Schale mit Kiebitzeiern aufgesetzt werden konnte –, verbesserte sich die Stimmung ein wenig; Dubslav ergab sich in sein Schicksal, und Adelheid wurde weniger herbe.

»Wo hast du nur die Kiebitzeier her?« sagte sie. »Das ist was Neues. Als ich noch hier lebte, hatten wir keine.«

»Ja, die Kiebitze haben sich seit kurzem hier eingefunden, an unserm Stechlin, da, wo die Binsen stehn; aber bloß auf der Globsower Seite. Nach der andern Seite hin wollen sie nicht. Ich habe mir gedacht, es sei vielleicht ein Fingerzeig, daß ich nun auch welche nach Friedrichsruh schicken soll. Aber das geht nicht; dann gelt' ich am Ende gleich für eingeschworen, und Uncke notiert mich. Wer dreimal Kiebitzeier schickt, kommt ins schwarze Buch. Und das kann ich schon Woldemars wegen nicht.«

»Ist auch recht gut so. Was zuviel ist, ist zuviel. Er soll sich ja mit der Lucca zusammen haben photographieren lassen. Und während sie da oben in der Regierung und mitunter auch bei Hofe so was tun, fordern sie Tugend und Sitte. Das geht nicht. Bei sich selber muß man anfangen. Und dann ist er doch auch schließlich bloß ein Mensch, und alle Menschenanbetung ist Götzendienst. Menschenanbetung ist noch schlimmer als das Goldene Kalb. Aber ich weiß wohl, Götzendienst kommt jetzt wieder auf, und Hexendienst auch, und du sollst ja auch – so wenigstens hat mir Fix erzählt – nach der Buschen geschickt haben.«

»Ja, es ging mir schlecht.«

»Gerade, wenn's einem schlechtgeht, dann soll man Gott und Jesum Christum erkennen lernen, aber nicht die Buschen. Und sie soll dir Katzenpfötchentee gebracht haben und soll auch gesagt haben: ›Wasser treibt das Wasser.‹ Das mußt du doch heraushören, daß das ein unchristlicher Spruch ist. Das ist, was sie ›besprechen‹ nennen oder auch ›böten‹. Und wo das alles herstammt ... Dubslav, Dubslav ... Warum bist du nicht bei den grünen Tropfen geblieben und bei Sponholz? Seine Frau war eine Pfarrerstochter aus Kuhdorf.«

»Hat ihr auch nichts geholfen. Und nu sitzt sie mit ihm in Pfäffers, einem Schweizer Badeort, und da schmoren sie gemeinschaftlich in einem Backofen. Er hat es mir selbst erzählt, daß es ein Backofen is.«

Der erste Tag war immerhin ganz leidlich verlaufen. Adelheid erzählte von Fix, von der Schmargendorf und der Schimonski und zuletzt auch von Maurermeister Lebenius in Berlin, der in Wutz eine Ferienkolonie gründen wolle. »Gott, wir kriegen dann so viel armes Volk in unsern Ort und noch dazu lauter Berliner Bälge mit Plieraugen. Aber die grünen Wiesen sollen ja gut dafür sein und unser See soll Jod haben, freilich wenig, aber doch so, daß man's noch gerade finden kann.« Adelheid sprach in einem fort, derart, daß Dubslav kaum zu Wort kommen konnte. Gelang es ihm aber, so fuhr sie rasch dazwischen, trotzdem sie beständig versicherte, daß sie gekommen sei, ihn zu pflegen, und nur, wenn er auf Woldemar das Gespräch brachte, hörte sie mit einiger Aufmerksamkeit zu. Freilich, die italienischen Reisemitteilungen als solche waren ihr langweilig, und nur bei Nennung bestimmter Namen, unter denen »Tintoretto« und »Santa Maria Novella« obenan standen, erheiterte sie sich sichtlich. Ja, sie kicherte dabei fast so vergnügt wie die Schmargendorf. Ein wirkliches, nicht ganz flüchtiges Interesse (wenn auch freilich kein freundliches) zeigte sie nur, wenn Dubslav von der jungen Frau sprach und hinzusetzte: »Sie hat so was Unberührtes.«

»Nu ja, nu ja. Das liegt aber doch zurück.«

»Wer keusch ist, bleibt keusch.«

»Meinst du das ernsthaft?«

»Natürlich mein' ich es ernsthaft. Über solche Dinge spaß' ich überhaupt nicht.«

Und nun lachte Adelheid herzlich und sagte: »Dubslav, was hast du nur wieder für Bücher gelesen? Denn aus dir selbst kannst du doch so was nicht haben. Und von deinem Pastor Lorenzen auch nicht. Der wird ja wohl nächstens 'ne ›freie Gemeinde‹ gründen.«

So war der erste Tag dahingegangen. Alles in allem, trotz kleiner Ärgerlichkeiten, unterhaltlich genug für den Alten, der, unter seiner Einsamkeit leidend, meist froh war, irgendeinen Plauderer zu finden, auch wenn dieser im übrigen nicht gerade der richtige war. Aber das alles dauerte nicht lange. Die Schwester wurde von Tag zu Tag rechthaberischer und herrischer und griff unter der Vorgabe, »daß ihr Bruder anders verpflegt werden müsse«, in alles ein, auch in

Dinge, die mit der Verpflegung gar nichts zu tun hatten. Vor allem wollte sie ihm den Katzenpfötchentee wegdisputieren, und wenn abends die kleine Meißner Kanne kam, gab es jedesmal einen erregten Disput über die Buschen und ihre Hexenkünste.

So waren denn noch keine acht Tage um, als es für Dubslav feststand, daß Adelheid wieder fort müsse. Zugleich sann er nach, wie das wohl am besten zu machen sei. Das war aber keine ganz leichte Sache, da die »Kündigung« notwendig von ihr ausgehen mußte. Sowenig er sich aus ihr machte, so war er doch zu sehr Mann der Form und einer feineren Gastlichkeit, als daß er's zuwege gebracht hätte, seinerseits auf Abreise zu dringen.

Es war um die vierte Stunde, das Wetter schön, aber auch frisch. Adelheid hing sich ihren Pelzkragen um, ein altes Familienerbstück, und ging zu Krippenstapel, um sich seine Bienenstöcke zeigen zu lassen. Sie hoffte bei der Gelegenheit, auch was über den Pastor zu hören, weil sie davon ausging, daß ein Lehrer immer über den Prediger und der Prediger immer über den Lehrer zu klagen hat. Jedes Landfräulein denkt so. Die Bienen nahm sie so mit in Kauf.

Es begann zu dunkeln, und als die Domina schließlich aus dem Herrenhause fort war, war das eine freie Stunde für Dubslav, der nun nicht länger säumen mochte, seine Mine zu legen.

»Engelke«, sagte er, »du könntest in die Küche gehn und die Marie zur Buschen schicken. Die Marie weiß ja Bescheid da. Und da kann sie denn der alten Hexe sagen, lütt Agnes solle heute abend mit heraufkommen und hier schlafen und immer da sein, wenn ich was brauche.«

Engelke stand verlegen da.

»Nu, was hast du? Bist du dagegen?«

»Nein, gnäd'ger Herr, dagegen bin ich wohl eigentlich nicht. Aber ich schlafe doch auch nebenan, und dann is es ja, wie wenn ich für gar nichts mehr da wär' und fast so gut wie schon abgesetzt. Und das Kind kann doch auch nich all das, was nötig is; Agnes is ja doch noch 'ne lütte Krabb.«

»Ja, das is sie. Und du sollst auch in der andern Stube bleiben und alles tun wie vorher. Aber trotzdem, die Agnes soll kommen. Ich brauche das Kind. Und du wirst auch bald sehn, warum.«

Und so kam denn auch Agnes, aber erst sehr spät, als sich Adelheid schon zurückgezogen hatte, dabei nicht ahnend, welche Ränke mittlerweile gegen sie gesponnen waren. Auf diese Verheimlichung kam es aber gerade an. Dubslav hatte sich nämlich wie Franz Moor – an den er sonst wenig erinnerte – herausgeklügelt, daß Überraschung und Schreck bei seinem Plan mitwirken müßten.

Agnes schlief in einer nebenan aufgestellten eisernen Bettstelle. Dubslav, geradeso wie seine Schwester, hatte das etwas auffällig herausgeputzte Kind bei seinem Erscheinen im Herrenhause gar nicht mehr gesehen; es trug ein langes himmelblaues Wollkleid ohne Taille, dazu Knöpfstiefel und lange rote Strümpfe – lauter Dinge, die Karline schon zu letzten Weihnachten geschenkt hatte. Gleich damals, am ersten Feiertag, hatte das Kind den Staat denn auch wirklich angezogen, aber bloß so still für sich, weil sie sich genierte, sich im Dorfe damit zu zeigen; jetzt dagegen, wo sie bei dem gnäd'gen Herrn in Krankenpflege gehen sollte, jetzt war die richtige Zeit dafür da.

Die Nacht verging still; niemand war gestört worden. Um sieben erst kam Engelke und sagte: »Nu, lütt Deern, steih upp, is all seben.« Agnes war auch wirklich wie der Wind aus dem Bett, fuhr mit einem mitgebrachten Hornkamm, dem ein paar Zähne fehlten, durch ihr etwas gekraustes langes Blondhaar, putzte sich wie ein Kätzchen und zog dann den himmelblauen Hänger, die roten Strümpfe und zuletzt auch die Knöpfstiefel an. Gleich danach brachte ihr Engelke einen Topf mit Milchkaffee, und als sie damit fertig war, nahm sie ihr Strickzeug und ging in das große Zimmer nebenan, wo Dubslav bereits in seinem Lehnstuhl saß und auf seine Schwester wartete. Denn um acht nahmen sie das erste Frühstück gemeinschaftlich.

»So, Agnes, das is recht, daß du da bist. Hast du denn schon einen Kaffee gehabt?«

Agnes knickste.

»Nu setz dich da mal ans Fenster, daß du bei deiner Arbeit besser sehn kannst; du hast ja schon dein Strickzeug in der Hand. Solch junges Ding wie du muß immer was zu tun haben, sonst kommt sie auf dumme Gedanken. Nicht wahr?«

Agnes knickste wieder, und da sie sah, daß ihr der Alte weiter nichts zu sagen hatte, ging sie bis an das ihr bezeichnete Fenster, dran ein länglicher Eichentisch stand, und fing an zu strikken. Es war ein sehr langer Strumpf, brandrot und, nach seiner Schmalheit zu schließen, für sie selbst bestimmt.

Sie war noch nicht lange bei der Arbeit, als Adelheid eintrat und auf ihren im Lehnstuhl sitzenden Bruder zuschritt. Bei der geringen Helle, die herrschte, traf sich's, daß sie von dem Gast am Fenster nicht recht was wahrnahm. Erst als Engelke mit dem Frühstück kam und die plötzlich geöffnete Tür mehr Licht einfallen ließ, bemerkte sie das Kind und sagte: »Da sitzt ja wer. Wer ist denn das?«

»Das ist Agnes, das Enkelkind von der Buschen.«

Adelheid bewahrte mit Mühe Haltung. Als sie sich wieder zurechtgefunden, sagte sie: »So, Agnes. Das Kind von der Karline?«

Dubslav nickte.

»Das ist mir ja 'ne Überraschung. Und wo hast du sie denn, seit ich hier bin, versteckt gehalten? Ich habe sie ja die ganze Woche über noch nicht gesehn.«

»Konntest du auch nicht, Adelheid; sie ist erst seit gestern abend hier. Mit Engelke ging das nicht mehr, wenigstens nicht auf die Dauer. Er ist ja so alt wie ich. Und immer raus in der Nacht und rauf und runter und mich umdrehn und heben. Das konnt' ich nich mehr mitansehn.«

»Und da hast du dir die Agnes kommen lassen? Die soll dich nun rumdrehn und heben? Das Kind, das Wurm. Haha. Was du dir doch alles für Geschichten machst.«

»Agnes«, sagte hier Dubslav, »du könntest mal zu Mamsell Pritzbur in die Küche gehn und ihr sagen, ich möchte heute mittag 'ne gefüllte Taube haben. Aber nich so mager und auch nich so wenig Füllung, und daß es nich nach alter Semmel schmeckt. Und dann kannst du gleich bei der Mamsell unten bleiben und dir 'ne Geschichte von ihr erzählen lassen, vom ›Schäfer und der Prinzessin‹ oder vom ›Fischer un sine Fru‹; ›Rotkäppchen‹ wirst du wohl schon kennen.«

Agnes stand auf, trat unbefangen an den Tisch, wo Bruder und Schwester saßen, und machte wiederholt ihren Knicks. Dabei hielt sie das Strickzeug und den langen Strumpf in der Hand.

»Für wen strickst du denn den?« fragte die Domina.

»Für mich.«

Dubslav lachte. Adelheid auch. Aber es war ein Unterschied in ihrem Lachen. Agnes nahm übrigens nichts von diesem Unterschied wahr, sah vielmehr ohne Furcht um sich und ging aus dem Zimmer, um unten in der Küche die Bestellung auszurichten.

Als sie hinaus war, wiederholte sich Adelheids krampfhaftes Lachen. Dann aber sagte sie: »Dubslav, ich weiß nicht, warum du dir, solang ich hier bin, gerade diese Hilfskraft angenommen hast. Ich bin deine Schwester und eine Märkische von Adel. Und bin auch die Domina von Kloster Wutz. Und meine Mutter war eine Radegast. Und die Stechline, die drüben in der Gruft unterm Altar stehn, die haben, soviel ich weiß, auf ihren Namen gehalten und sich untereinander die Ehre gegeben, die jeder beanspruchen durfte. Du nimmst hier das Kind der Karline in dein Zimmer und setzt es ans Fenster, fast als ob's da jeder so recht sehn sollte. Wie kommst du zu dem Kind? Da kann sich Woldemar freuen und seine Frau auch, die so was ›Unberührtes‹ hat. Und Gräfin Melusine! Na, die wird sich wohl auch freun. Und die darf auch. Aber ich wiederhole meine Frage, wie kommst du zu dem Kind?«

»Ich hab' es kommen lassen.«

»Haha. Sehr gut; ›kommen lassen‹. Der Klapperstorch hat es dir wohl von der grünen Wiese gebracht und natürlich auch gleich für die roten Beine gesorgt. Aber ich kenne dich besser. Die Leute hier tun immer so, wie wenn du dem alten Kortschädel sittlich überlegen gewesen wärst. Ich für meine Person kann's nicht finden und sagte dir gern meine Meinung darüber. Aber ich nehme häßliche Worte nicht gern in den Mund.«

»Adelheid, du regst dich auf. Und ich frage mich, warum? Du bist ein bißchen gegen die Buschen – nun gut, gegen die Buschen kann man sein; und du bist ein bißchen gegen die Karline – nun gut, gegen die Karline kann man auch sein. Aber ich sehe dir's an, das Eigentliche, was dich aufregt, das ist nicht die Buschen und ist auch nicht die Karline, das sind bloß die roten Strümpfe. Warum bist du so sehr gegen die roten Strümpfe?«

»Weil sie ein Zeichen sind.«

»Das sagt gar nichts, Adelheid. Ein Zeichen ist alles. Wovon sind sie ein Zeichen? Darauf kommt es an.«

»Sie sind ein Zeichen von Ungehörigkeit und Verkehrtheit. Und ob du nun lachen magst oder nicht – denn an einem Strohhalm sieht man eben am besten, woher der Wind weht –, sie sind ein Zeichen davon, daß alle Vernunft aus der Welt ist und alle gesellschaftliche Scheidung immer mehr aufhört. Und das alles unterstützt du. Du denkst wunder, wie fest du bist; aber du bist nicht fest und kannst es auch nicht sein, denn du steckst in allerlei Schrullen und Eitelkeiten. Und wenn sie dir um den Bart gehn oder dich bei deinen Liebhabereien fassen, dann läßt du das, worauf es ankommt, ohne weiteres im Stich. Es soll jetzt viele solche geben, denen ihr Humor und ihre Rechthaberei viel wichtiger ist als Gläubigkeit und Apostolikum. Denn sie sind sich selber ihr Glaubensbekenntnis. Aber, glaube mir, dahinter steckt der Versucher, und wohin der am Ende führt, das weißt du – so viel wird dir ja wohl noch geblieben sein.«

»Ich hoffe«, sagte Dubslav.

»Und weil du bist, wie du bist, freust du dich, daß diese Zierpuppe (schon ganz wie die Karline) rote Strümpfe trägt und sich neue dazu strickt. Ich aber wiederhole dir, diese roten Strümpfe, die sind ein Zeichen, eine hochgehaltene Fahne.«

»Strümpfe werden nicht hochgehalten.«

»Noch nicht, aber das kann auch noch kommen. Und das ist dann die richtige Revolution, die Revolution in der Sitte – das, was sie jetzt das ›Letzte‹ nennen. Und ich begreife dich nicht, daß du davon kein Einsehn hast, du, ein Mann von Familie, von Zugehörigkeit zu Thron und Reich. Oder der sich's wenigstens einbildet.«

»Nun gut, nun gut.«

»Und da reist du herum, wenn sie den Torgelow oder den Katzenstein wählen wollen, und hältst deine Reden, wiewohl du eigentlich nicht reden kannst ...«

»Das is richtig. Aber ich hab' auch keine gehalten ...«

»Und hältst deine Reden für König und Vaterland und für die alten Güter und sprichst gegen die Freiheit. Ich versteh' dich nicht mit deinem ewigen ›gegen die Freiheit‹. Laß sie doch mit ihrer ganzen dummen Freiheit machen, was sie wollen. Was heißt Freiheit? Freiheit ist gar nichts; Freiheit ist, wenn sie sich versammeln und Bier trinken und ein Blatt gründen. Du hast bei den Kürassieren gestanden und mußt doch wissen, daß Torgelow und Katzenstein (was keinen Unterschied macht) uns nicht erschüttern werden, uns nicht und unsern Glauben nicht und Stechlin nicht und Wutz nicht. Die Globsower, solange sie bloß Globsower sind, können gar nichts erschüttern. Aber wenn erst der Buschen ihre Enkelkinder, denn die Karline wird doch wohl schon mehrere haben, ihre Knöpfstiefel und ihre roten Strümpfe tragen, als müßt' es nur so sein, ja, Dubslav, dann ist es vorbei. Mit der Freiheit, laß mich das wiederholen, hat es nicht viel auf sich; aber die roten Strümpfe, das ist was. Und dir trau' ich ganz und gar nicht, und der Karline natürlich erst recht nicht, wenn es auch vielleicht schon eine Weile her ist.«

»Sagen wir ›vielleicht‹.«

»Oh, ich kenne das. Du willst das wegwitzeln, das ist so deine Art. Aber unser Kloster ist nicht so aus der Welt, daß wir nicht auch Bescheid wüßten.«

»Wozu hättet ihr sonst euern Fix?«

»Kein Wort gegen den.«

Und in großer Erregung brach das Gespräch ab. Noch am selben Nachmittag aber verabschiedete sich Adelheid von ihrem Bruder und fuhr nach Wutz zurück.

VERWEILE DOCH. TOD. BEGRÄBNIS
NEUE TAGE

40. KAPITEL

Agnes, während oben die gereizte Szene zwischen Bruder und Schwester spielte, war unten in der Küche bei Mamsell Pritzbur und erzählte von Berlin, wo sie vorigen Sommer bei ihrer Mutter auf Besuch gewesen war. »Eins war da«, sagte sie, »das hieß das ›Aquarium‹. Da lag eine Schlange, die war so dick wie'n Bein.«

»Aber hast du denn schon Beine gesehn?« fragte die Pritzbur.

»Aber, Mamsell Pritzbur, ich werde doch wohl schon Beine gesehn haben ... Und dann, an einem andern Tag, da waren wir in einem ›Tiergarten‹, aber in einem richtigen, mit allerlei Tieren drin. Und den nennen sie den ›Zoologischen‹.«

»Ja, davon hab' ich auch schon gehört.«

»Und in dem ›Zoologischen‹, da war ein ganz kleiner See, noch viel kleiner als unser Stechlin, und in dem See standen allerlei Vögel. Und einer, ganz wie'n Storch, stand auf einem Bein.«

Als die Mädchen das Wort »Storch« hörten, kamen sie näher heran.

»Aber die Beine von dem Vogel, oder es waren wohl mehrere Vögel, die waren viel größer als Storchenbeine und auch viel dicker und viel röter.«

»Und taten sie dir nichts?«

»Nein, sie taten mir nichts. Bloß, wenn sie so 'ne Weile gestanden hatten, dann stellten sie sich auf das andre Bein. Und ich sagte zu Mutter: ›Mutter, komm; der eine sieht mich immer so an.‹ Und da gingen wir an eine andere Stelle, wo der Bär war.«

Das Kind erzählte noch allerlei. Die Mädchen und auch die Mamsell freuten sich über Agnes, und sie trug ihnen ein paar Lieder vor, die ihre Mutter, die Karline, immer sang, wenn sie plättete, und sie tanzte auch, während sie sang, wobei sie das himmelblaue Kleid zierlich in die Höhe nahm, ganz so, wie sie's in der Hasenheide gesehn hatte.

So kam der Nachmittag heran, und als es schon dunkelte, sagte Engelke: »Ja, gnäd'ger Herr, wie is das nu mit Agnessen? Sie is immer noch bei Mamsell Pritzbur unten, un die Mädchens, wenn sie so singt und tanzt, kucken ihr zu. Sie wird woll auch so was wie die Karline. Soll sie wieder nach Haus, oder soll sie hierbleiben?«

»Natürlich soll sie hierbleiben. Ich freue mich, wenn ich das Kind sehe. Du hast ja ein gutes Gesicht, Engelke, aber ich will doch auch mal was andres sehn als dich. Wie das lütte Balg da so saß, so steif wie 'ne Prinzeß, hab' ich immer hingekuckt und ihr wohl 'ne Viertelstunde zugesehn, wie da die Stricknadeln immer so hin und her gingen und der rote Strumpf neben ihr baumelte. So was Hübsches hab' ich nicht mehr gesehn, seit zu Weihnachten die Grafschen hier waren, die blasse Komtesse und die Gräfin. Hat sie dir auch gefallen?«

Engelke griente.

»Na, ich sehe schon. Also Agnes bleibt. Und sie kann ja auch nachts mal aufstehn und mir eine Tasse von dem Tee bringen, oder was ich sonst grade brauche, und du alte Seele kannst ausschlafen. Ach, Engelke, das Leben is doch eigentlich schwer. Das heißt, wenn's auf die Neige geht; vorher is es soweit ganz gut. Weißt du noch, wenn wir von Brandenburg nach Berlin ritten? In Brandenburg war nich viel los; aber in Berlin, da ging es.«

»Ja, gnäd'ger Herr. Aber nu kommt es.«

»Ja, nu kommt es. Nu is Katzenpfötchen dran. So was gab es damals noch gar nicht. Aber ich will nichts sagen, sonst wird die Buschen ärgerlich, und mit alten Weibern muß man gut stehn; das is noch wichtiger als mit jungen. Und, wie gesagt, die Agnes bleibt. Ich sehe so gern was Zierliches. Es is ein reizendes Kind.«

»Ja, das is sie. Aber ...«

»Ach, laß die ›Abers‹. Du sagst, sie wird wie die Karline. Möglich is es. Aber vielleicht wird sie auch 'ne Nonne. Man kann nie wissen.«

Agnes blieb also bei Dubslav. Sie saß am Fenster und strickte. Mal in der Nacht, als ihm recht schlecht war, hatte er nach dem Kinde rufen wollen. Aber er stand wieder davon ab. »Das arme Kind, was soll ich ihm den Schlaf stören? Und helfen kann es mir doch nicht.«

So verging eine Woche. Da sagte der alte Dubslav: »Engelke, das mit der Agnes, das kann ich nich mehr mit ansehn. Sie sitzt da jeden Morgen und strickt. Das arme Wurm muß ja hier umkommen. Und alles bloß, weil ich alter Sünder ein freundliches Gesicht sehn will. Das geht so nich mehr weiter. Wir müssen sehn, daß wir was für das Kind tun können. Haben wir denn nicht ein Buch mit Bildern drin oder so was?«

»Ja, gnäd'ger Herr, da sind ja noch die vier Bände, die wir letzte Weihnachten bei Buchbinder Zipfel in Gransee haben einbinden lassen. Eigentlich war es bloß 'ne ›Landwirtschaftliche Zeitung‹, und alle, die mal 'nen Preis gewonnen haben, die waren drin. Und Bismarck war auch drin, un Kaiser Wilhelm auch.«

»Ja, ja, das is gut; das gib ihr. Und brauchst ihr auch nich zu sagen, daß sie keine Eselsohren machen soll; die macht keine.«

Wirklich, die »Landwirtschaftliche Zeitung« lag am andern Morgen da, und Agnes war sehr glücklich, mal was andres zu haben als ihr Strickzeug, und die schönen Bilder ansehn zu können. Denn es waren auch Schlösser drin und kleine Teiche, drauf Schwäne fuhren, und auf einem Bilde, das eine Beilage war, waren sogar Husaren. Engelke brachte jeden Morgen einen neuen Band, und mal erschien auch Elfriede, die Lorenzen, um nach Dubslavs Befinden fragen zu lassen, von der Pfarre herübergeschickt hatte. »Die kann sich ja die Bilder mit ansehen«, sagte Dubslav; »am Ende macht es ihr selber auch Spaß, und vielleicht kann sie dem kleinen Ding, der Agnes, alles so nebenher erklären, und dann is es so gut wie 'ne Schulstunde.«

Elfriede war gleich dazu bereit. Und nun standen die beiden Kinder nebeneinander und blätterten in dem Buch, und die Kleine sog jedes Wort ein, was die Große sagte. Dubslav aber hörte zu und wußte nicht, wem von beiden er ein größeres Interesse zuwenden sollte. Zuletzt aber war es doch wohl Elfriede, weil sie den wehmütigen Zauber all derer hatte, die früh abberufen werden. Ihr zarter, beinahe körperloser Leib schien zu sagen: »Ich sterbe.« Aber ihre Seele wußte nichts davon; die leuchtete und sagte: »Ich lebe.«

Das mit den Bilderbüchern dauerte mehrere Tage. Dann sagte Dubslav: »Engelke, das Kind fängt heute schon wieder von vorn an; es ist mit allen vier Bänden, so dick sie sind, schon zweimal durch; ich sehe, wir müssen uns was Neues ausbaldowern. Das is nämlich ein Wort aus der Diebssprache; so weit sind wir nu schon. Übrigens ist mir was Gutes eingefallen: Hol ihr eine von unsern Wetterfahnen herunter. Die stehn ja da bloß so rum, un wenn ich tot bin und alles abgeschätzt wird – was sie ›ordnen‹ nennen –, dann kommt Kupperschmied Reuter aus Gransee und taxiert es auf fünfundsiebzig Pfennig.«

»Aber, gnäd'ger Herr, uns' Woldemar ...«

»Nu ja, Woldemar. Woldemar ist gut, natürlich, und die Komtesse, seine junge Frau, is auch gut. Alles is gut, und ich hab' es auch nicht so schlimm gemeint; man red't bloß so. Nur so viel is richtig: Meine Sammlung oben is für Spinnweb und weiter nichts. Alles Sammeln ist überhaupt verrückt, und wenn Woldemar sich nich mehr drum kümmert, so is es eigentlich bloß Wiederherstellung von Sinn und Verstand. Jeder hat seinen Sparren, und ich habe meinen gehabt. Bring aber nich gleich alles runter. Nur die Mühle bring und den Dragoner.«

Engelke gehorchte.

Den ersten Tag, wie sich denken läßt, war Agnes ganz für den Dragoner, der, als man ihn vor Jahr und Tag von seinem Zelliner Kirchturm heruntergeholt hatte, frisch aufgepinselt worden war: schwarzer Hut, blauer Rock, gelbe Hosen. Aber sehr bald hatte sich das Kind an der Buntheit des Dragoners sattgesehen, und nun kam statt seiner die Mühle an die Reihe. Die hielt länger vor. Meistens – wenn sie nur überhaupt erst im Gange war – brauchte das Kind bloß zu pusten, um die Mühlflügel in ziemlich rascher Bewegung zu halten, und der schnarrende Ton der etwas eingerosteten Drehvorrichtung war dann jedesmal eine Lust und ein Entzücken. Es waren glückliche Tage für Agnes. Aber fast noch glücklichere für den Alten.

Ja, der alte Dubslav freute sich des Kindes. Aber so wohltuend ihm seine Gegenwart war, so war es auf die Dauer doch nicht viel was andres, als ob ein Goldlack am Fenster gestanden oder ein Zeisig gezwitschert hätte. Sein Auge richtete sich gerne darauf; als aber eine Woche und dann eine zweite vorüber war, wurd' ihm eine gewisse Verarmung fühlbar, und das so stark, daß er fast mit Sehnsucht an die Tage zurückdachte, wo Schwester Adelheid sich ihm bedrücklich gemacht hatte. Das war sehr unbequem gewesen, aber sie besaß doch nebenher einen guten Verstand, und in allem, was sie sagte, war etwas, worüber sich streiten und ein Feuerwerk von Anzüglichkeiten und kleinen Witzen abbrennen ließ. Etwas, was ihm immer eine Hauptsache war. Dubslav zählte zu den Friedliebendsten von der Welt, aber er liebte doch andrerseits auch Friktionen, und selbst ärgerliche Vorkommnisse waren ihm immer noch lieber als gar keine.

Kein Zweifel, der alte Schloßherr auf Stechlin sehnte sich nach Menschen, und da waren es denn wahre Festtage, wenn Besucher aus nah oder fern sich einstellten.

Eines Tages – es schummerte schon – erschien Krippenstapel. Er hatte seinen besten Rock angezogen und hielt ein übermaltes Gefäß, mit einem Deckel darauf, in seinem linken Arm.

»Nun, das ist recht, Krippenstapel. Ich freue mich, daß Sie mal nachsehn, ob unser Museum oben noch seinen ›Chef‹ hat. Ich sage ›Chef‹. Der Direktor sind Sie ja selber. Und nun kommen Sie auch gleich noch mit 'ner Urne. Hat gewiß Ihr Freund Tucheband irgendwo ausgegraben. Oder is es bloß 'ne Terrine? Himmelwetter, Krippenstapel, Sie werden mir doch nicht 'ne Krankensuppe gekocht haben?«

»Nein, Herr Major, keine Krankensuppe. Gewiß nicht. Und doch is es einigermaßen so was. Es ist nämlich 'ne Wabe. Habe da heute mittag einen von meinen Stöcken ausgenommen und wollte mir erlaubt haben, Ihnen die beste Wabe zu bringen. Es ist beinah so was wie der mittelalterliche Zehnte. Der Zehnte, wenn ich mir die Bemerkung erlauben darf, war eigentlich was Feineres als Geld.«

»Find' ich auch. Aber die heutige Menschheit hat für so was Feines gar keinen Sinn mehr. Immer alles bar und noch mal bar. Ja, das mit der Wabe. Freut mich aufrichtig. Aber ich werde mich wohl nicht drüber hermachen dürfen. Immer heißt es ›*das* nicht‹. Erst hat mir Sponholz alles verboten und nu die Buschen, und so leb' ich eigentlich bloß noch von Bärlapp und Katzenpfötchen.«

»Am Ende geht es doch«, sagte Krippenstapel. »Ich weiß wohl, in eine richtige Kur darf der Laie nicht eingreifen. Aber der Honig macht vielleicht 'ne Ausnahme. Richtiger Honig ist wie gute Medizin und hat die ganze Heilkraft der Natur.«

»Is denn aber nicht auch was drin, was besser fehlte?«

»Nein, Herr Major. Ich sehe die Bienen oft schwärmen und sammeln, und seh' auch, wie sie sammeln und wo sie sammeln. Da sind voran die Linden und Akazien und das Heidekraut. Nu, die sind die reine Unschuld; davon red' ich gar nicht erst. Aber nun sollten Sie die Biene sehn, wenn sie sich auf eine giftige Blume, sagen wir zum Beispiel auf den Venuswagen, niederläßt. Und in jedem Venuswagen, besonders in dem roten (aber doch auch in dem blauen), sitzt viel Gift.«

»Venuswagen; kann ich mir denken. Und wie sammelt da die Biene?«

»Sie nimmt nie das Gift; sie nimmt immer bloß die Heilkraft.«

»Na, Sie müssen es wissen, Krippenstapel. Und auf Ihre Verantwortung hin will ich mir den Honig auch schmecken lassen, und die Buschen muß sich drin finden und sich wohl oder übel zufriedengeben. Übrigens fällt mir bei der Alten natürlich auch das Kind ein. Da sitzt es am Fenster. Na, komm mal her, Agnes, und sage, daß du hier auch was lernst. Ich hab' ihr nämlich Bücher gegeben, mit allerlei Bildern drin, und seit vorgestern auch eine Götterlehre, das heißt aber noch eine aus guter, anständiger Zeit und jeder Gott ordentlich angezogen. Und da lernt sie, glaub' ich, ganz gut. Nicht wahr, Agnes?«

Agnes knickste und ging wieder auf ihren Platz.

»Und dann hab' ich dem Kind auch unsern Dragoner und die Mühle gegeben. Also unsre besten Stücke, soviel ist richtig. Ich denke mir aber, mein Museumsdirektor wird über diesen Eingriff nicht böse sein. Eigentlich is es doch besser, das Kind hat was davon als die Spinnen. Und was macht denn Ihr Oberlehrer in Templin? Hat er wieder was gefunden?«

»Ja, Herr Major. Münzenfund.«

»Na, das is immer das beste. Vermutlich Georgstaler oder so was; Dreißigjähriger Krieg. Es war ja 'ne gräßliche Zeit. Aber daß sie damals aus Angst und Not so viel verbuddelt haben, das is doch auch wieder ein Segen. Is es denn viel?«

»Wie man's nehmen will, Herr Major; praktisch und profan angesehen ist es nicht viel, aber wissenschaftlich angesehen ist es allerdings viel. Nämlich drei römische Münzen, zwei von Diokletian und eine von Caracalla.«

»Na, die passen wenigstens. Diokletian war ja wohl der mit der Christenverfolgung. Aber ich glaube, es war am Ende nicht so schlimm. Verfolgt wird immer. Und mitunter sind die Verfolgten obenauf.«

Dabei lachte der Alte. Dann rief er Engelke, daß er den Honig herausnehme. Krippenstapel aber verabschiedete sich, seine leere Terrine vorsichtig im Arm.

41. KAPITEL

Dubslav hatte sich über Krippenstapels Besuch und sein Geschenk aufrichtig gefreut, weil es ja das Beste war, was ihm die alte treue Seele bringen konnte. Er bestand denn auch darauf (trotzdem Engelke, der ein Vorurteil gegen alles Süße hatte, dagegen war), daß ihm die Wabe jeden Morgen auf den Frühstückstisch gestellt werde.

»Siehst du, Engelke«, sagte er nach einer Woche, »daß ich mich wieder wohler fühle, das macht die Wabe. Denn man muß jedes Fisselchen mitessen, Wachs und alles, das hat er mir eigens gesagt. Das is grad so wie beim Apfel die Schale; das hat die Natur so gewollt und is ein Fingerzeig und muß respektiert werden.«

»Ich bin aber doch für abschälen«, sagte Engelke. »Wenn man so sieht, was mitunter alles dran ist ...«

»Ja, Engelke, ich weiß nicht, du bist jetzt so fein geworden. Aber ich bin noch ganz altmodisch. Und dann glaub' ich nebenher wirklich, daß in dem Wachs die richtige ›gesamte Heilkraft der Natur‹ steckt, fast noch mehr als in dem Honig. Krippenstapel übrigens is jetzt auch so furchtbar gebildet und hat so viele feine Wendungen, wie zum Beispiel die mit der ›gesamten Heilkraft‹. Aber so fein wie du is er doch noch lange nicht.«

In dieser guten Laune verblieb Dubslav eine ganze Weile, sich mehr und mehr zurechtlegend, daß er sich die Quälerei mit all dem andern Zeug eigentlich hätte sparen können; »denn wenn *alles* drin ist, so ist doch auch Bärlapp und Katzenpfötchen drin und natürlich auch Fingerhut oder, wie Sponholz sagt: ›die Digitalis‹.« Engelke freilich wollte von diesen Sophistereien nichts wissen; sein Herr aber ließ sich durch solche Zweifel nicht stören und fuhr vielmehr fort: »Und dann, Engelke, macht es doch auch einen Unterschied, von wem eine Sache kommt. Die Katzenpfötchen kommen von der Buschen, und die Wabe kommt von Krippenstapel. Das heißt also, hinter der Wabe steht ein guter Geist, und hinter den Katzenpfötchen steht ein böser Geist. Und das kannst du mir glauben, an solchen Rätselhaftigkeiten liegt sehr viel im Leben, und wenn mir Lorenzen seine Patsche gibt, so ist das ganz was anders, wie wenn mir Koseleger seine Hand gibt. Koseleger hat solche weichen Finger und auf dem vierten einen großen Ring.«

»Aber er is doch ein Superintendent.«

»Ja, Superintendent is er. Und er kommt auch noch höher. Und wenn es nach der Prinzessin geht, wird er Papst. Und dann wollen wir uns Ablaß bei ihm holen; aber viel geb' ich nicht.«

Als Dubslav und Engelke dies Gespräch führten, saß Agnes wie gewöhnlich am Fenster, mit halbem Ohre hinhörend, und so wenig sie davon verstand, so verstand sie doch gerade genug. Krippenstapel war ein guter Geist, und ihre Großmutter war ein böser Geist. Aber das alles war ihr nicht mehr, als ob ihr ein Märchen erzählt würde. Sie hatte schon so vieles in ihrem Leben gehört und war wohl dazu bestimmt, noch viel, viel andres zu hören. Ihr Gesichtsausdruck blieb denn auch derselbe. Sie träumte bloß so hin, und daß sie dies Wesen hatte, das war es recht eigentlich, was den alten Herrn so an sie fesselte.

Engelke hatte sich in die nebenan gelegene Dienststube zurückgezogen; ein heller Schein fiel von der Veranda her durch die Balkontür und gab dem etwas dunklen Zimmer mehr Licht, als es für gewöhnlich zu haben pflegte. Dubslav hielt die »Kreuzzeitung« in Händen. Da kam Engelke und fragte, ob Uncke den gnädigen Herrn sprechen dürfe.

»Uncke, unser alter Uncke?«

»Ja, gnäd'ger Herr.«

»Na, natürlich. Kriegt man doch mal wieder 'nen vernünftigen Menschen zu sehn. Was er nur bringen mag? Vielleicht Verhaftung irgendwo: Demokratennest ausgenommen.«

Agnes horchte. Verhaftung! Demokratennest ausgenommen! Das war doch noch besser als ein Märchen »vom guten und bösen Geist«.

Inzwischen war Uncke eingetreten, Backenbart und Schnurrbart, wie gewöhnlich, fest angeklebt. In der Nähe der Tür blieb er stehen und grüßte militärisch. Dubslav aber rief ihm zu: »Nein, Uncke, nicht da. So weit reicht mein Ohr nicht und meine Stimme erst recht nicht. Und ich denke doch, Sie bringen was. Was Reguläres. Also ran hier. Und wenn es nicht was ganz Dienstliches is, so nehmen Sie den Stuhl da.«

Uncke trat auch näher, nahm aber keinen Stuhl und sagte: »Herr Major wollen entschuldigen. Ich komme so bloß ... Der alte Baruch Hirschfeld hat mir erzählt, und die alte Buschen hat mir erzählt ...«

»Ach so, von wegen meiner Füße.«

»Zu Befehl, Herr Major.«

»Ja, Uncke, wollte Gott, es stünde besser. Immer denk' ich, wenn wieder ein Neuer kommt, ›nu wird es‹. Aber es will nicht mehr; es hilft immer bloß drei Tage. Die Buschen hilft nicht mehr, und Krippenstapel hilft nicht mehr, und Sponholz hilft schon lange nicht mehr; der kutschiert so in der Welt rum. Bleibt also bloß noch der liebe Gott.«

Uncke begleitete dies Wort mit einer Kopfbewegung, die seine respektvolle Stellung (aber doch auch nicht mehr) zum lieben Gott ausdrücken sollte. Dubslav sah es und erheiterte sich. Dann fuhr er in rasch wachsender guter Laune fort: »Ja, Uncke, wir haben so manchen Tag miteinander gelebt. Denke gern daran zurück – sind noch einer von den Alten. Und der Pyterke auch. Was macht er denn?«

»Ah, Herr Major, immer noch tüchtig da; schneidig«, und dabei rückte er sich selbst zurecht, wie wenn er die überlegene Stattlichkeit seines Kollegen wenigstens andeuten wolle.

Dubslav verstand es auch so und sagte: »Ja, der Pyterke; natürlich immer hoch zu Roß. Und Sie, Uncke, ja, Sie müssen laufen wie'n Landbriefträger. Es hat aber auch sein Gutes; zu Fuß macht geschmeidig, zu Pferde macht steif. Und macht auch faul. Aber jeder will heutzutage hoch raus. Das is, was sie jetzt die ›Signatur der Zeit‹ nennen. Haben Sie den Ausdruck schon gehört, Uncke?«

»Zu Befehl, Herr Major.«

»Und die Sozialdemokratie will auch hoch raus und so zu Pferde sitzen wie Pyterke, bloß noch viel höher. Aber das geht nicht gleich so. Gut Ding will Weile haben. Und Torgelow, wenn er auch vielleicht reden kann, reiten kann er noch lange nicht. Sagen Sie, was macht er denn eigentlich? Ich meine Torgelow. Sind denn unsre kleinen Leute jetzt mehr zufrieden mit ihm?«

»Nein, Herr Major, sie sind immer noch nicht zufrieden mit ihm. Er wollte da neulich in Berlin reden und hat auch wirklich was zu Graf Posadowsky gesagt. Und das is so dumm gewesen, daß es die andern geniert hat. Und da haben sie ihn bedeutet: ›Torgelow, nu bist du still; so geht das hier nich.‹«

»Ja«, lachte Dubslav, »und wo *der* nu steht, da sollte ich eigentlich stehen. Aber es is doch besser so. Nu kann Torgelow zeigen, daß er nichts kann. Und die andern auch. Und wenn sie's alle gezeigt haben, na, dann sind wir vielleicht wieder dran und kommen noch mal obenauf, und jeder kriegt Zulage. Sie auch, Uncke, und Pyterke natürlich auch.«

Uncke schmunzelte und legte seine zwei Dienstfinger an die Schläfe.

»... Vorläufig aber müssen wir abwarten und den sogenannten ›Ausbruch‹ verhüten und dafür sorgen, daß unsere Globsower zufrieden sind. Und wenn wir klug sind, glückt es vielleicht auch. Glauben Sie nicht auch, Uncke, daß es kleine Mittel gibt?«

»Zu Befehl, Herr Major, kleine Mittel gibt es. Es hat's schon.«

»Und welche meinen Sie?«

»Musik, Herr Major, und verlängerte Polizeistunde.«

»Ja«, lachte Dubslav, »so was hilft. Musik und 'nen Schottschen, dann sind die Mädchen zufrieden.«

»Und«, bestätigte Uncke, »wenn die Mädchens zufrieden sind, Herr Major, dann sind alle zufrieden.«

Uncke hatte zusagen müssen, mal wieder vorzusprechen, aber es kam nicht dazu, weil Dubslavs Zustand sich rasch verschlimmerte. Von Besuchern wurde keiner mehr angenommen, und nur Lorenzen hatte Zutritt. Aber er kam meist nur, wenn er gerufen wurde.

»Sonderbar«, sagte der Alte, während er in den Frühlingstag hinausblickte, »dieser Lorenzen is eigentlich gar kein richtiger Pastor. Er spricht nicht von Erlösung und auch nicht von Unsterblichkeit. Anfangs hab' ich mich darüber gewundert, weil ich mir immer sagte: Ja, solch Talar- und Beffchenmann, der muß es doch schließlich wissen; er hat so seine drei Jahre studiert. Is gerade wie mit den Doktors. Aber zuletzt begibt man sich und hat *die* Doktors am liebsten, die einem ehrlich sagen: ›Hören Sie, wir wissen es auch nicht, wir müssen es abwarten.‹ Der gute Sponholz, der nun wohl schon an der Brücke mit dem Ichthyosaurus vorbei ist, war beinah so einer, und Lorenzen is nu schon ganz gewiß so. Seit beinah zwanzig Jahren kenn' ich ihn, und noch hat er mich nicht ein einziges Mal bemogelt. Und daß man *das* von einem sagen kann, das ist eigentlich die Hauptsache. Auf dem Sinai hat nun schon lange keiner mehr gestanden, und wenn auch, was der liebe Gott da oben gesagt hat, das schließt eigentlich auch keine großen Rätsel auf. Es ist alles sehr diesseitig geblieben; du sollst, du sollst, und noch öfter ›du sollst *nicht*‹.«

Gleich danach kam Engelke und brachte die Mittagspost.

»Engelke, du könntest mal wieder die Marie zu Lorenzen rüberschicken – ich ließ' ihn bitten.«

Lorenzen kam denn auch und rückte seinen Stuhl an des Alten Seite.

»Das ist recht, Pastor, daß Sie gleich gekommen sind. Sie müssen nämlich wissen, daß ich mich heute schon ganz eingehend mit Ihnen beschäftigt und Ihr Charakterbild, das ja auch schwankt wie so manch andres, nach Möglichkeit festgestellt habe. Würde mir das Sprechen wegen meines Asthmas nicht einigermaßen schwer, ich wär' imstande, gegen mich selber in eine Art Indiskretion zu verfallen und Ihnen auszuplaudern, was ich über Sie gedacht habe. Habe ja, wie Sie wissen, eine natürliche Neigung zum Ausplaudern, zum Plaudern überhaupt, und Kortschädel, der sich im übrigen durch französische Vokabeln nicht auszeichnete, hat mich sogar einmal einen ›Causeur‹ genannt. Aber freilich schon lange her, und jetzt ist es damit total vorbei. Zuletzt stirbt selbst die alte Kindermuhme in einem aus.«

»Glaub' ich nicht. Wenigstens Sie, Herr von Stechlin, sorgen für den Ausnahmefall.«

»Ich will es gelten lassen und mich auch gleich legitimieren. Haben Sie denn in Ihrer Zeitung gelesen, wie sie da neulich wieder dem armen Bennigsen zugesetzt haben? Mir mißfällt es, wiewohl Bennigsen nicht gerade mein Mann ist.«

»Auch meiner nicht. Aber, er sei, wie er sei, er ist doch ein Excelsior-Mann. Und wer hierlandes für ein freudiges *›excelsior‹* ist, der ist bei den Ostelbiern (Pardon, Sie gehören ja selbst mit dazu) von vornherein verdächtig und ein Gegenstand tiefen Mißtrauens. Jedes höher gesteckte Ziel, jedes Wollen, das über den Kartoffelsack hinausgeht, findet kein Verständnis, sicherlich keinen Glauben. Und bringt einer irgendein Opfer, so heißt es bloß, daß er die Wurst nach der Speckseite werfe.«

Dubslav lachte. »Lorenzen, Sie sitzen wieder auf Ihrem Steckenpferd. Aber ich selber bin freilich schuld. Warum kam ich auf Bennigsen! Da war das Thema gegeben, und Ihr Ritt ins Bebelsche (denn weitab davon sind Sie nicht) konnte beginnen. Aber daß Sie's wissen, ich hab' auch mein Steckenpferd, und das heißt: König und Kronprinz oder alte Zeit und neue Zeit. Und darüber hab' ich seit langem mit Ihnen sprechen wollen.«

Lorenzen nahm des Alten Hand und sagte: »Gewiß kommen andre Zeiten. Aber man muß mit der Frage, was kommt und was wird, nicht zu früh anfangen. Ich seh' nicht ein, warum unser alter König von Thule hier nicht noch lange regieren sollte. Seinen letzten Trunk zu tun und den Becher dann in den Stechlin zu werfen, damit hat es noch gute Wege.«

»Nein, Lorenzen, es dauert nicht mehr lange; die Zeichen sind da, mehr als zuviel. Und damit alles klappt und paßt, geh' ich nun auch gerad ins Siebenundsechzigste, und wenn ein richtiger Stechlin ins Siebenundsechzigste geht, dann geht er auch in Tod und Grab. Das is so Familientradition. Ich wollte, wir hätten eine andre. Denn der Mensch is nu mal feige und will dies schändliche Leben gern weiterleben.«

»Schändliches Leben! Herr von Stechlin, Sie haben ein sehr gutes Leben gehabt.«

»Na, wenn es nur wahr ist! Ich weiß nicht, ob alle Globsower ebenso denken. Und *die* bringen mich wieder auf mein Hauptthema.«

»Und das lautet?«

»Das lautet: ›Teuerster Pastor, sorgen Sie dafür, daß die Globsower nicht zu sehr obenauf kommen.‹«

»Aber, Herr von Stechlin.«

»Sagen Sie das nicht. Die armen Leute! Das war mal richtig; heutzutage aber paßt es nicht mehr. Und solch unsichere Passagiere wie mein Woldemar und wie mein lieber Lorenzen (von dem der Junge, Pardon, all den Unsinn hat), solche unsichere Passagiere, statt den Riegel vorzuschieben, kommen den Torgelowschen auf halbem Wege entgegen und sagen: ›Ja, ja, Töffel, du hast auch eigentlich ganz recht‹ oder, was noch schlimmer ist: ›Ja, ja, Jochen, wir wollen mal nachschlagen.‹«

»Aber, Herr von Stechlin.«

»Ja, Lorenzen, wenn Sie auch noch solch gutes Gesicht machen, es ist doch so: Die ganze Geschichte wird auf einen andern Leisten gebracht, und wenn dann wieder eine Wahl ist, dann fährt der Woldemar rum und erzählt überall, Katzenstein sei der rechte Mann. Oder irgendein andrer. Aber das ist Mus wie Mine – verzeihen Sie den etwas fortgeschrittenen Ausdruck. Und wenn dann die junge gnädige Frau Besuch kriegt oder wohl gar einen Ball gibt, da ist in erster Reihe der Minister von Ritzenberg geladen, der, wegen Kaltstellung unter Bismarck, von langer Hand her eine wahre Wut auf den alten Sachsenwalder hat, und eröffnet die Polonaise mit Armgard. Und dann ist da ein Professor, Kathedersozialist, von dem kein Mensch weiß, ob er die Gesellschaft einrenken oder aus den Fugen bringen will, und führt eine Adelige, mit kurzgeschnittenem Haar (die natürlich schriftstellert), zur Quadrille. Und dann bewegen sich da noch ein Afrikareisender, ein Architekt und ein Porträtmaler, und wenn sie nach den ersten Tänzen eine Pause machen, dann stellen sie ein lebendes Bild, wo ein Wilddieb von einem Edelmann erschossen wird, oder sie führen ein französisches Stück auf, das die Dame mit dem kurzgeschnittenen Haar übersetzt hat, ein sogenanntes Ehebruchsdrama, drin eine Advokatenfrau gefeiert wird, weil sie ihren Mann mit einem Taschenrevolver über den Haufen geschossen hat. Und dann gibt es Musikstücke, bei denen der Klavierspieler mit seiner langen Mähne über die Tasten hinfegt, und in einer Nebenstube sitzen andere und blättern in einem Album mit lauter Berühmtheiten, obenan natürlich der alte Wilhelm und Kaiser Friedrich und Bismarck und Moltke, und ganz gemütlich dazwischen Mazzini und Garibaldi und Marx und Lassalle, die aber wenigstens tot sind, und daneben Bebel und Liebknecht. Und dann sagt Woldemar: ›Sehen Sie da den Bebel. Mein politischer Gegner, aber ein Mann von Gesinnung und Intelligenz.‹ Und wenn dann ein Adeliger aus der Residenz an ihn herantritt und ihm sagt: ›Ich bin überrascht, Herr von Stechlin – ich glaubte den Grafen Schwerin hier zu finden‹, dann sagt Woldemar: ›Ich habe die Fühlung mit diesem Herrn verloren.‹«

Der Pastor lachte. »Und *Sie* wollen sterben. Wer so lange sprechen kann, der lebt noch zehn Jahr.«

»Nichts, nichts. Ich halte Sie fest. Kommt es so, oder kommt es nicht so?«

»Nun, es kommt sicherlich *nicht* so.«

»Dann sagen Sie mir, *wie* es kommt, aber ehrlich.«

»Nun, das kann ich leicht, und Sie haben mir selber den Weg gewiesen, als Sie gleich anfangs von ›König und Kronprinz‹ sprachen. Dieser Gegensatz existiert natürlich überall und in allen Lebensverhältnissen. Es kommen eben immer Tage, wo die Leute nach irgendeinem ›Kronprinzen‹ aussehn. Aber so gewiß das richtig ist, noch richtiger ist das andre: Der Kronprinz, nach dem ausgeschaut wurde, hält nie das, was man von ihm erwartete. Manchmal kippt er gleich um und erklärt in plötzlich erwachter Pietät, im Sinne des Hochseligen weiterregieren zu wollen; in der Regel aber macht er einen leidlich ehrlichen Versuch, als Neugestalter aufzutreten, und holt ein Volksbeglückungsprogramm auch wirklich aus der Tasche. Nur nicht auf lange. ›Leicht beieinander wohnen die Gedanken, doch eng im Raume stoßen sich die Sachen.‹ Und nach einem halben Jahre lenkt der Neuerer wieder in alte Bahnen und Geleise ein.«

»Und so wird es Woldemar auch machen?«

»So wird es Woldemar auch machen. Wenigstens wird ihn die Lust sehr bald anwandeln, so halb und halb ins Alte wieder einzulenken.«

»Und diese Lust werden Sie natürlich bekämpfen. Sie haben ihm in den Kopf gesetzt, daß etwas durchaus Neues kommen müsse. Sogar ein neues Christentum.«

»Ich weiß nicht, ob ich so gesprochen habe; aber wenn ich so sprach, dies neue Christentum ist gerade das alte.«

»Nun gut, das mit dem neuen Christentum ist *Ihre* Sache; da will ich Ihnen nicht hineinreden. Aber das andre, da müssen Sie mir was versprechen. Besinnt er sich, und kommt er zu der Ansicht, daß das alte Preußen mit König und Armee, trotz all seiner Gebresten und altmodischen Geschichten, doch immer noch besser ist als das vom neuesten Datum, und daß wir Alten vom Cremmer Damm und von Fehrbellin her, auch wenn es uns selber schlechtgeht, immer noch mehr Herz für die Torgelowschen im Leibe haben als alle Torgelows zusammengenommen, kommt es zu solcher Rückbekehrung, *dann*, Lorenzen, stören Sie diesen Prozeß nicht. Sonst erschein' ich Ihnen. Pastoren glauben zwar nicht an Gespenster, aber wenn welche kommen, graulen sie sich auch.«

Lorenzen legte seine Hand auf die Hand Dubslavs und streichelte sie, wie wenn er des Alten Sohn gewesen wäre. »Das alles, Herr von Stechlin, kann ich Ihnen gern versprechen. Ich habe Woldemar erzogen, als es mir oblag, und Sie haben in Ihrer Klugheit und Güte mich gewähren lassen. Jetzt ist Ihr Sohn ein vornehmer Herr und hat die Jahre. Sprechen hat seine Zeit, und Schweigen hat seine Zeit. Aber wenn Sie ihn und mich von oben her unter Kontrolle nehmen und eventuell mir erscheinen wollen, so schieben Sie mir dabei nicht zu, was mir nicht zukommt. Nicht *ich* werde ihn führen. Dafür ist gesorgt. Die Zeit wird sprechen, und neben der Zeit das neue Haus, die blasse junge Frau und vielleicht auch die schöne Melusine.«

Der Alte lächelte. »Ja, ja.«

42. KAPITEL

So ging das Gespräch. Und als Lorenzen aufbrach, fühlte sich der Alte wie belebt und versprach sich eine gute Nacht. Aber es kam anders; die Nacht verlief schlecht, und als der Morgen da war und Engelke das Frühstück brachte, sagte Dubslav: »Engelke, schaff die Wabe weg; ich kann das süße Zeug nicht mehr sehn. Krippenstapel hat es gut gemeint. Aber es is nichts damit und überhaupt nichts mit der ganzen Heilkraft der Natur.«

»Ich glaube doch, gnäd'ger Herr. Bloß gegen die Gegenkraft kann die Wabe nich an.«

»Du meinst also: ›für'n Tod kein Kraut gewachsen ist‹. Ja, das wird es wohl sein; das mein' ich auch.«

Engelke schwieg.

Eine Stunde später kam ein Brief, der, trotzdem er aus nächster Nähe stammte, doch durch die Post befördert worden war. Er war von Ermyntrud, behandelte die durch Koseleger und sie selbst geplante Gründung eines Rettungshauses für verwahrloste Kinder und äußerte sich am Schlusse dahin, daß, »wenn sich – hoffentlich binnen kurzem – ihre Wünsche für Dubslavs fortschreitende Gesundheit erfüllt haben würden«, Agnes, das Enkelkind der alten Buschen, als erste, wie sie vertraue, sittlich zu Heilende in das Asyl aufgenommen werden möchte.

Dubslav drehte den Brief hin und her, las noch einmal und sagte dann: »Oh, diese Komödie ... ›wenn sich meine Wünsche für Ihre fortschreitende Gesundheit erfüllt haben werden‹ ... das heißt doch einfach, ›wenn Sie sich demnächst den Rasen von unten ansehn‹. Alle Menschen sind Egoisten, Prinzessinnen auch, und sind sie fromm, so haben sie noch einen ganz besonderen Jargon. Es mag so bleiben, es war immer so.«

Er steckte, während er so sprach, den Brief wieder in das Kuvert und rief Agnes. Das Kind kam auch.

»Agnes, gefällt es dir hier?«

»Ja, gnäd'ger Herr, es gefällt mir hier.«

»Und ist dir auch nicht zu still?«

»Nein, gnäd'ger Herr, es ist mir auch nicht zu still. Ich möchte immer hier sein.«

»Na, du sollst auch bleiben, Agnes, solang es geht. Und nachher. Ja, nachher ...«

Das Kind kniete vor ihm nieder und küßte ihm die Hände.

Dubslavs Zustand verschlechterte sich schnell. Engelke trat an ihn heran und sagte: »Gnäd'ger Herr, soll ich nicht in die Stadt schicken?«

»Nein.«

»Oder zu der Buschen?«

»Ja, das tu. So 'ne alte Hexe kann es immer noch am besten.«

In Engelkens Augen traten Tränen.

Dubslav, als er es sah, schlug rasch einen andern Ton an. »Nein, Engelke, graule dich nicht vor deinem alten Herrn. Ich habe es bloß so hingesagt. Die Buschen soll nich kommen. Es würde mir wohl auch nicht viel schaden, aber wenn man schon so in sein Grab sieht, dann muß man doch anders sprechen, sonst hat man schlechte Nachrede bei den Leuten. Nein, Engelke, nich die Buschen. Aber gib mir noch mal von den Tropfen. Ein bißchen besser als der Tee sind sie doch.«

Engelke ging, und Dubslav war wieder allein. Er fühlte, daß es zu Ende gehe. »Das ›Ich‹ ist nichts – damit muß man sich durchdringen. Ein ewig Gesetzliches vollzieht sich, weiter nichts, und dieser Vollzug, auch wenn er ›Tod‹ heißt, darf uns nicht schrecken. In das Gesetzliche sich ruhig schicken, das macht den sittlichen Menschen und hebt ihn.«

Er hing dem noch so nach und freute sich, alle Furcht überwunden zu haben. Aber dann kamen doch wieder Anfälle von Angst, und er seufzte: »Das Leben ist kurz, aber die Stunde ist lang.«

Es war eine schlimme Nacht. Alles blieb auf. Engelke lief hin und her, und Agnes saß in ihrem Bett und sah mit großen Augen durch die halbgeöffnete Tür in das Zimmer des Kranken. Erst als schon der Tag graute, wurde durch das ganze Haus hin alles ruhiger; der Kranke nickte matt vor sich hin, und auch Agnes schlief ein.

Es war wohl schon sieben – die Parkbäume hinter dem Vorgarten lagen bereits in einem hellen Schein –, als Engelke zu dem Kinde herantrat und es weckte. »Steih upp, Agnes.«

»Is he dod?«

»Nei. He slöppt en beten. Un ick glöw, et sitt em nich mihr so upp de Bost.«

»Ick grul mi so.«

»Dat brukst du nich. Un kann ook sinn, he slöppt sich wedder gesunn ... Und nu, steih upp un bind di ook en Doog um'n Kopp. Et is noch en beten küll drut. Un denn geih in'n Goaren un plück (wenn du wat finnst) en beten Krokus oder wat et sünsten is.«

Die Kleine trat auch leise durch die Balkontür auf die Veranda hinaus und ging auf das Rundell zu, um nach ein paar Schneeglöckchen zu pflücken. Dann trat sie wieder in das Zimmer, wo Dubslav saß. Engelke, die Hände gefaltet, stand neben seinem Herrn.

Das Kind trat heran und legte die Blumen dem Alten auf den Schoß.

»Dat sinn de ihrsten«, sagte Engelke, »un wihren ook woll de besten sinn.«

43. KAPITEL

Es war Mittwoch früh, daß Dubslav, still und schmerzlos, das Zeitliche gesegnet hatte. Lorenzen wurde gerufen; auch Kluckhuhn kam, und eine Stunde später war ein Gemeindediener unterwegs, der die Nachricht von des Alten Tode den im Kreise Zunächstwohnenden überbringen sollte, voran der Domina, dann Koseleger, dann Katzlers und zuletzt den beiden Gundermanns.

Den Tag drauf trafen zwei Briefe bei den Barbys ein, der eine von Adelheid, der andre von Armgard. Adelheid machte dem gräflichen Hause kurz und förmlich die Anzeige von dem Ableben ihres Bruders, unter gleichzeitiger Mitteilung, »daß das Begräbnis am Sonnabend mittag stattfinden werde«. Der Brief Armgards aber lautete: »Liebe Melusine! Wir bleiben noch bis morgen hier – noch einmal das Forum, noch einmal den Palatin. Ich werde heute noch aus der Fontana Trevi trinken, dann kommt man wieder, und das ist für jeden, der Rom verläßt, bekanntlich der größte Trost. Wir gehen nun nach Capri, aber in Etappen, und bleiben unter anderm einen halben Tag in Monte Cassino, wo (verzeih meine Weisheit) das ganze Ordenswesen entstanden sein soll. Ich liebe Klöster, wenn auch nicht für mich persönlich. Neapel berühren wir nur kurz und gehen gleich bis Amalfi, wenn wir nicht das höher gelegene Ravello bevorzugen. Dann erst über Sorrent nach Capri, dem eigentlichen Ziel unsrer Reise. Wir werden nicht bei Pagano wohnen, wo, bei allem Respekt vor der Kunst, zuviel Künstler sind, sondern weiter abwärts, etwa auf halber Höhe. Wir haben von hier aus eine Empfehlung. In acht Tagen sind wir sicher da. Sorge, daß wir dann einen Brief von Dir vorfinden. Vorher sind wir so gut wie unerreichbar, ein Zustand, den ich mir als Kind immer gewünscht und mir als etwas ganz besonders Poetisches vorgestellt habe. Küsse meinen alten Papa. Nach Stechlin hin tausend Grüße, vor allem aber bleibe, was Du jederzeit warst: die Schwester, die Mutter (nur nicht die Tante) Deiner glücklichen, Dich immer und immer wieder zärtlich liebenden Armgard.«

Armgards Brief kam kaum zu seinem Recht, weil sowohl der alte Graf wie Melusine ganz der Erwägung lebten, ob es nicht, trotz Armgards gegenteiliger Vorwegversicherung, vielleicht doch noch möglich sein würde, das junge Paar irgendwo telegraphisch zu erreichen; aber es ging nicht. Und so brachen denn Vater und Tochter am Sonnabend früh nach Stechlin hin auf. Jeserich wurde mitgenommen, um für alle Fälle zur Hand zu sein. Es war Prachtwetter, aber scharfe Luft, so daß man trotz Sonnenschein fröstelte.

In dem alten Herrenhause zu Stechlin sah es am Begräbnistage sehr verändert aus; sonst so still und abgeschieden, war heute alles Andrang und Bewegung. Zahllose Kutschen erschienen und stellten sich auf dem Dorfplatz auf, die meisten ganz in der Nähe der Kirche. Diese lag in prallem Sonnenschein da, so daß man deutlich die hohen, in die Feldsteinwand eingemauerten Grabsteine sah, die früher, vor der Restaurierung, im Kirchenschiff gelegen hatten. Efeu fehlte; nur Holunderbüsche, die zu grünen anfingen, und dazwischen Ebereschensträucher wuchsen um den Chor herum.

Der Tote war auf dem durch Palmen und Lorbeer in eine grüne Halle umgewandelten Hausflur aufgebahrt. Adelheid machte die Honneurs, und ihre hohen Jahre, noch mehr aber ihr Selbstbewußtsein, ließen sie die ihr zuständige Rolle mit einer gewissen Würde durchführen. Außer den Barbys, Vater und Tochter, waren, von Berlin her, noch Baron und Baronin Berchtesgaden gekommen, ebenso Rex und Hauptmann von Czako.

Aber diese Berliner Gäste verschwanden natürlich in dem Kontingent, das die Grafschaft gestellt hatte. Dieselben Herren, die sich – kaum ein halbes Jahr zurück – am Rheinsberger Wahltage zusammengefunden und sich damals, von ein paar Ausnahmen abgesehen, über Torgelows Sieg eigentlich mehr erheitert als geärgert hatten, waren auch heute wieder da: Baron Beetz, Herr von Krangen, Jongherr van dem Peerenboom, von Gnewkow, von Blechernhahn, von Storbeck, von Molchow, von der Nonne. Auch Direktor Thormeyer war gekommen, *in pontificalibus,* angetan mit so vielen Orden und Medaillen, daß er damit weit über den Landadel hinauswuchs. Einige stießen sich denn auch an, und Molchow sagte mit halblauter Stimme zu von der Nonne: »Sehn Sie, Nonne, das ist die ›Schmetterlingsschlacht‹, von der man jetzt jeden Tag in den Zeitungen liest.« Aber trotz dieser spöttischen Bemerkung wäre Thormeyer doch Hauptgegenstand aller Aufmerksamkeit geblieben, wenn nicht der jeden Ordensschmuck verschmähende, nur mit einem hochkragigen und uralten Frack angetane Edle Herr von Alten-Friesack ihm siegreiche Konkurrenz gemacht hätte. Das wendisch Götzenbildartige, das sein Kopf zeigte, gab auch heute wieder den Ausschlag zu seinen Gunsten.

Das waren so die Hauptanwesenden. Alles stand dichtgedrängt, und von Blechernhahn, der in bezug auf »Schneid« beinah an von Molchow heranreichte, sagte: »Bin neugierig, was der Lorenzen heute loslassen wird. Er gehört ja zur Richtung Göhre.«

»Ja, Göhre«, sagte von Molchow. »Merkwürdig, wie der Zufall spielt. Das Leben macht doch immer die besten Witze.«

Weiter kam es mit dieser ziemlich ungeniert geführten Unterhaltung nicht, weil sich die Gesamtaufmerksamkeit auf jene Flurstelle richtete, wo der aufgebahrte Sarg stand. Hier war nämlich in eben diesem Augenblicke der Rechtsanwalt Katzenstein erschienen und schritt, nachdem er einen Granseeschen Riesenkranz am Fußende des Sarges niedergelegt hatte, mit jener Ruhe, wie sie nur das gute Gewissen gibt, auf Adelheid zu, vor der er sich respektvoll verneigte. Diese bewahrte gute Haltung und dankte. Von verschiedenen Seiten her aber hörte man leise das Wort »Affront«, während ein in unmittelbarer Nähe des Edlen Herrn von Alten-Friesack stehender, erst seit kurzem zu Christentum und Konservatismus übergetretener Katzensteinscher Kollege lächelnd vor sich hin murmelte: »Schlauberger!«

Und nun war es Zeit.

Der Zug ordnete sich; Militärmusik aus der nächsten Garnison schritt vorauf; dann traten die Stechliner Bauern heran, die darum gebeten hatten, den Sarg tragen zu dürfen. Diener und Mädchen aus dem Hause nahmen die Kränze. Dann kam Adelheid mit Pastor Lorenzen, an die sich die Trauerversammlung (viele von ihnen in Landstandsuniform) unmittelbar anschloß. Draußen sah man, daß eine große Zahl kleiner Leute Spalier gebildet hatte. Das waren die von Globsow. Sie hatten bei der Rheinsberger Wahl alle für Torgelow oder doch wenigstens für Katzenstein gestimmt; jetzt aber, wo der Alte tot war, waren sie doch vorwiegend der Meinung: »He wihr sowiet janz good.«

Die Musik klang wundervoll; kleine Mädchen streuten Blumen, und so ging es den etwas ansteigenden Kirchhof hinauf, zwischen den Gräbern hindurch und zuletzt auf das uralte, niedrige Kirchenportal zu. Vor dem Altar stellten sie den Sarg auf einen mit einer Versenkungsvorrichtung versehenen Stein, unter dem sich die Gruft der Stechline befand. Schiff und Emporen waren überfüllt; bis auf den Kirchhof hinaus stand alles Kopf an Kopf. Und nun trat Lorenzen an den Sarg heran, um über den, den er trotz aller Verschiedenheit der Meinungen so sehr geliebt und verehrt, ein paar Worte zu sagen:

»›Wer seinen Weg richtig wandelt, kommt zu seiner Ruhe in der Kammer.‹ Diesen Weg zu wandeln war das Bestreben dessen, an dessen Sarge wir hier stehn. Ich gebe kein Bild seines Lebens, denn wie dies Leben war, es wissen's alle, die hier erschienen sind. Sein Leben lag aufgeschlagen da, nichts verbarg sich, weil sich nichts zu verbergen brauchte. Sah man ihn, so schien er ein Alter, auch in dem, wie er Zeit und Leben ansah; aber für die, die sein wahres Wesen kannten, war er kein Alter, freilich auch kein Neuer. Er hatte vielmehr das, was über alles Zeitliche hinausliegt, was immer gilt und immer gelten wird: ein Herz. Er war kein Programmedelmann, kein Edelmann nach der Schablone, wohl aber ein Edelmann nach jenem alles Beste umschließenden Etwas, das Gesinnung heißt. Er war recht eigentlich frei. Wußt' es auch, wenn er's auch oft bestritt. Das Goldene Kalb anbeten war nicht seine Sache. Daher kam es auch, daß er vor dem, was das Leben so vieler andrer verdirbt und unglücklich macht, bewahrt blieb, vor Neid und bösem Leumund. Er hatte keine Feinde, weil er selber keines Menschen Feind war. Er war die Güte selbst, die Verkörperung des alten Weisheitssatzes: ›Was du nicht willst, daß man dir tu' ...‹

Und das leitet mich denn auch hinüber auf die Frage nach seinem Bekenntnis. Er hatte davon weniger das Wort als das Tun. Er hielt es mit den guten Werken und war recht eigentlich das, was wir überhaupt einen Christen nennen sollten. Denn er hatte die Liebe. Nichts Menschliches war ihm fremd, weil er sich selbst als Mensch empfand. All das war sein: Friedfertigkeit, Barmherzigkeit und die Lauterkeit des Herzens. Er war das Beste, was wir sein können, ein Mann und ein Kind. Er ist nun eingegangen in seines Vaters Wohnungen und wird da die Himmelsruhe haben, die der Segen aller Segen ist.«

Einige der Anwesenden sahen sich bei dieser Schlußwendung an. Am meisten bemerkt wurde Gundermann, dessen der Rede halb zustimmende, halb ablehnende Haltung bei den versammelten »Alten und Echten« (die wohl *sich*, aber nicht *ihm* ein Recht der Kritik zuschrieben) auch hier wieder ein Lächeln hervorrief. Dann folgte mit erhobener Stimme Gebet und Einsegnung, und als die Orgel intonierte, senkte sich der auf dem Versenkungsstein stehende Sarg langsam in die Gruft. Einen Augenblick später, als der wiederaufsteigende Stein die Gruftöffnung mit einem eigentümlichen Klappton schloß, hörte man von der Kirchentür her erst ein krampfhaftes Schluchzen und dann die Worte: »Nu is allens ut; nu möt ick ook weg.« Es war Agnes. Man nahm das Kind von dem Schemel herunter, auf dem es stand, um es unter Zuspruch der Nächststehenden auf den Kirchhof hinauszuführen. Da schlich es noch eine Weile weinend zwischen den Gräbern hin und her und ging dann die Straße hinunter auf den Wald zu.

Die alte Buschen selbst hatte nicht gewagt, mit dabeizusein.

Unter denen, die draußen auf dem Kirchhof standen, waren auch von Molchow und von der Nonne. Jeder von ihnen wartete auf seine Kutsche, die, weil der Andrang so groß war, nicht gleich vorfahren konnte. Beide froren bitterlich bei der scharfen Luft, die vom See her wehte.

»Ich weiß nicht«, sagte von der Nonne, »warum sie die Feier nicht im Hause, wo sie doch heizen konnten, abgehalten haben; es war ja da drin gar keine menschliche Temperatur mehr. Und nun erst hier draußen.«

»Is leider so«, sagte Molchow, »und ich werde wohl auch mit 'ner Kopfkolik abschließen. Und mitunter stirbt man dran. Aber wenn man in Berlin is (und ich habe da neulich auch so was mitgemacht), is es doch noch schlimmer. Da haben sie was, was sie 'ne Leichenhalle nennen, 'ne Art Kapelle mit Bibelspruch und Lorbeerbäumen, und dahinter verstecken sich ein paar Gesangsmenschen. Wenn man sie nachher aber sieht, sehen sie sehr gefrühstückt aus.«

»Kenn' ich, kenn' ich«, sagte Nonne.

»Nu, der Gesang«, fuhr Molchow fort, »das ginge noch, den kann man schließlich aushalten. Aber der Fußboden und der Zug durch die offenstehende Tür. Und wenn man noch bloß *den* kriegte. Wer aber Pech hat, der kommt, wenn's Winter is, dicht neben einen Kanonenofen zu stehn, und wenn ich sage, ›der pustet‹, so sag' ich noch wenig. Und der Geistliche kann einem auch leid tun. Er spricht sozusagen für niemanden. Wer kann denn bei solchem Zug und solchem Ofenpusten ordentlich zuhören? Und bloß das weiß ich, daß ich immer an die drei Männer im feurigen Ofen gedacht habe. So halb Eisklumpen, halb Bratapfel is nich mein Fall.«

Bald danach hatte sich der Kirchhof geleert, und alles, was in der Grafschaft wohnte, war auf dem Heimwege. Nur die von Berlin her erschienenen Gäste waren in das Herrenhaus zurückgekehrt, wo mittlerweile für einen Imbiß Sorge getragen war. Rex und Czako, desgleichen auch die Berchtesgadens, nahmen erst ein Glas Wein und dann eine Tasse Kaffee. Zwischen dem alten Grafen und Adelheid knüpfte sich ein mäßig belebtes Gespräch an, wobei der Graf der Vorzüge des Verstorbenen gedachte. Da Schwester Adelheid jedoch, wie so viele Schwestern, allerlei Zweifel und Bedenken hinsichtlich des Tuns und Treibens ihres Bruders hegte, so ging man bald zu den Kindern über und beklagte, daß sie bei einer so schönen Feier nicht hätten zugegen sein können. Der alte Graf in seiner Güte fand alles, was Adelheid sagte, sehr verständig, während sich Adelheids Gefühle mit der Anerkennung begnügten, daß sie sich den Alten eigentlich schlimmer gedacht habe.

44. KAPITEL

Melusine war aus der Kirche mit in das Herrenhaus zurückgekehrt und widmete sich hier auf eine kurze Weile zunächst ihren Freunden, den Berchtesgadens, dann Rex und Czako. Danach ging sie in die Pfarre hinüber, um Lorenzen zu danken und noch ein kurzes Gespräch mit ihm über Woldemar und Armgard zu haben. Sie verplauderte sich dabei wider Wunsch und Willen, und als sie schließlich nach dem Herrenhause zurückkehrte, begegnete sie bereits jener Aufbruchsunruhe, die kein ernstes Eingehen auf irgendein Thema mehr zuläßt. Sie beschränkte sich deshalb auf ein paar Worte mit Tante Adelheid. Daß man sich gegenseitig nicht mochte, war der einen so gewiß wie der andern. Sie waren eben Antipoden: Stiftsdame und Weltdame, Wutz und Windsor, vor allem enge und weite Seele.

»Welch ein Mann, Ihr Pastor Lorenzen«, sagte Melusine. »Und zum Glück auch noch unverheiratet.«

»Ich möchte das nicht so betonen und noch weniger es beloben. Es widerspricht dem Beispiele, das unser Gottesmann gegeben, und widerspricht auch wohl der Natur.«

»Ja, der Durchschnittsnatur. Es gibt aber, Gott sei Dank, Ausnahmen. Und das sind die eigentlich Berufenen. Eine Frau nehmen ist alltäglich ...«

»Und keine Frau nehmen ist ein Wagnis. Und die Nachrede der Leute hat man noch obenein.«

»Diese Nachrede hat man immer. Es ist das erste, wogegen man gleichgültig werden muß. Nicht in Stolz, aber in Liebe.«

»Das will ich gelten lassen. Aber die Liebe des natürlichen Menschen bezeigt sich am besten in der Familie.«

»Ja, die des natürlichen Menschen ...«

»Was ja so klingt, Frau Gräfin, als ob Sie dem Unnatürlichen das Wort reden wollten.«

»In gewissem Sinne ›ja‹, Frau Domina. Was entscheidet, ist, ob man dabei nach oben oder nach unten rechnet.«

»Das Leben rechnet nach unten.«

»Oder nach oben; je nachdem.«

Es klang alles ziemlich gereizt. Denn so leichtlebig und heiter Melusine war, *einen* Ton konnte sie nicht ertragen, den sittlicher Überheblichkeit. Aber die Meldung, daß die Wagen vorgefahren seien, machte dem Gespräch ein Ende. Melusine brach ab und teilte nur noch in Kürze mit, daß sie vorhabe, morgen einen Brief zu schreiben, der mutmaßlich gleichzeitig mit dem jungen Paar in Capri eintreffen werde. Adelheid war damit einverstanden.

Das Verdeck des vor dem Portal haltenden Wagens war zurückgeschlagen, und alsbald hatten die Baronin und Melusine im Fond, die beiden Herren aber auf dem Rücksitz Platz genommen. So ging es eine schon in Kätzchen stehende Weidenallee hinunter, die beinahe geradlinig auf Gransee zuführte. Das Wetter war wunderschön; der Himmel war gleichmäßig grau, nur hier und da eine blaue Stelle. Die Spatzen quirilierten auf den Telegraphendrähten, und aus dem Saatengrün stiegen die Lerchen auf. »Wie schön«, sagte Baron Berchtesgaden, »und dabei spricht man immer von der Dürftigkeit und Prosa dieser Gegenden.« Alles stimmte zu, zumeist der alte Graf, der die Frühlingsluft einsog und immer wieder aussprach, wie glücklich ihn diese Stunde mache. Sein Bewegtsein fiel auf.

»Ich dachte, lieber Barby«, sagte der Baron, »in meinen Huldigungen gegen Ihre märkische Frühlingslandschaft ein Äußerstes getan zu haben. Aber ich sehe, ich bleibe doch weit zurück; Sie schlagen mich aus dem Felde.«

»Ja«, sagte der alte Graf, »und mir kommt es wohl auch zu. Denn ich bin der erste, davon Abschied nehmen zu müssen.«

Rex und Czako folgten in einem leichten Jagdwagen.

»Rex«, sagte Czako, »Sie könnten nun wieder ein ander Gesicht aufsetzen. Oder wollen Sie mich glauben machen, daß Sie wirklich betrübten Herzens sind?«

»Nein, Czako, so gröblich inszenier' ich mich nicht. Und käme mir so was in den Sinn, so jedenfalls nicht vor einem Publikum, das Czako heißt. Übrigens wollen Sie bloß etwas von sich auf mich abwälzen. Sie sind betrübt, und wenn ich mir alles überlege, so steht es so, daß Sie bei dem Château Lafitte nicht auf ihre Rechnung gekommen sind. Er wirkte, wie wenn ihn Tante Adelheid aus ihrem Kloster mitgebracht hätte.«

»Rex, Sie sind ja wie vertauscht und reden beinah in meinem Stil. Es ist doch merkwürdig, sowie die Menschen dies Nest, dies Berlin, erst hinter sich haben, fängt Vernunft wieder an zu sprechen.«

»Sehr verbunden. Aber eskamotieren Sie nicht die Hauptsache. Meine Frage bleibt, ›warum so belegt, Czako?‹ Denn daß Sie das sind, ist außer Zweifel. Wenn's also nicht von dem Lafitte stammt, so kann es nur Melusine sein.«

Czako seufzte.

»Da haben wir's. Tatsache festgestellt, obwohl ich Ihren Seufzer nicht recht verstehe. Sie haben nämlich nicht den geringsten Grund dazu. Gesamtsituation umgekehrt, überaus günstig.«

»Sie vergessen, Rex, die Gräfin ist sehr reich.«

»Das erschwert nicht, das erleichtert bloß.«

»Und außerdem ist sie grundgescheit.«

»Das sind Sie beinah auch, wenigstens mitunter.«

»Und dann ist die Gräfin eine Gräfin, ja, sogar eine Doppelgräfin, erst durch Geburt und dann durch Heirat noch mal. Und dazu diese verteufelt vornehmen Namen: Barby, Ghiberti. Was soll da Czako? Teuerster Rex, man muß den Mut haben, den Tatsachen ins Auge zu sehn. Ich mache mir kein Hehl draus, Czako hat was merkwürdig Kommißmäßiges, etwa wie Landwehrmann Schultze. Kennen Sie das reizende Ballett ›Uckermärker und Picarde‹? Da haben Sie die ganze Geschichte. Melusine ist die reine Picarde.«

»Zugegeben. Aber was schadet das? Italienisieren Sie sich und schreiben Sie sich von morgen ab Ciacco. Dann sind Sie dem Ghiberti trotz seiner Grafenschaft dicht auf den Hacken.«

»Sapristi, Rex, *c'est une idée.*«

45. KAPITEL

Das junge Paar war, nach geplantem kurzen Aufenthalt erst in Amalfi und dann in Sorrent, in Capri angekommen. Woldemar fragte nach Briefen, erfuhr aber, daß nichts eingegangen.

Armgard schien verstimmt. »Melusine läßt sonst nie warten.«

»Das hat dich verwöhnt. Sie verwöhnt dich überhaupt.«

»Vielleicht. Aber, so dir's recht ist, darüber erst später einmal, nicht heute; für solche Geständnisse sind wir doch eigentlich noch nicht lange genug verheiratet. Wir sind ja noch in den Flitterwochen.«

Woldemar beschwichtigte. »Morgen wird ein Brief da sein. Schließen wir also Frieden, und steigen wir, wenn dir's paßt, nach Anacapri hinauf. Oder wenn du nicht steigen magst, bleiben wir, wo wir sind, und suchen uns hier eine gute Aussichtsstelle.«

Es war auf dem Frontbalkon ihres am mittleren Abhang gelegenen Albergo, daß sie dies Gespräch führten, und weil die Mühen und Anstrengungen der letzten Tage ziemlich groß gewesen waren, war Armgard willens, für heute wenigstens auf Anacapri zu verzichten. Sie begnügte sich also, mit Woldemar auf das Flachdach hinaufzusteigen, und verlebte da, angesichts der vor ihnen ausgebreiteten Schönheit, eine glückliche Stunde. Von Sorrent kamen Fischerboote herüber, die Fischer sangen, und der Himmel war klar und blau; nur drüben aus dem Kegel des Vesuv stieg ein dünner Rauch auf, und von Zeit zu Zeit war es, als vernähme man ein dumpfes Rollen und Grollen.

»Hörst du's?« fragte Armgard.

»Gewiß. Und ich weiß auch, daß man einen Ausbruch erwartet. Vielleicht erleben wir's noch.«

»Das wäre herrlich.«

»Und dabei«, fuhr Woldemar fort, »komm' ich von der eitlen Vorstellung nicht los, daß, wenn's da drüben ernstlich anfängt, unser Stechlin mittut, wenn auch bescheiden. Es ist doch eine vornehme Verwandtschaft.«

Armgard nickte, und von der Uferstelle her, wo die Sorrentiner Fischer eben anlegten, klang es herauf:

Tre giorni son che Nina, che Nina,
In letto se ne sta ...

Am andern Tage, wie vorausgesagt, kam ein Brief von Melusine, diesmal aber nicht an die Schwester, sondern an Woldemar adressiert.

»Was ist?« fragte Armgard, der die Bewegung nicht entging, die Woldemar, während er las, zu bekämpfen suchte.

»Lies selbst.«

Und dabei gab er ihr den Brief mit der Todesanzeige des Alten.

An ein Eintreffen in Stechlin, um noch der Beisetzung beiwohnen zu können, war längst nicht mehr zu denken; der Begräbnistag lag zurück.

So kam man denn überein, die Rückreise langsam, in Etappen über Rom, Mailand und München zu machen, aber an jedem Orte (denn beide sehnten sich heim) nicht länger als einen Tag verweilen zu wollen. Von Capri nahm Woldemar ein einziges Andenken mit, einen Kranz von Lorbeer und Oliven. »Den hat er sich verdient.«

Die letzte Station war Dresden, und von hier aus war es denn auch, daß Woldemar ein paar kurze Zeilen an Lorenzen richtete.

»Lieber Lorenzen.

Seit einer halben Stunde sind wir in Dresden, und ich schreibe diese Zeilen angesichts des immer wieder schönen Bildes von der Terrasse aus, das auch auf den Verwöhntesten noch wirkt. Wir wollen morgen in aller Frühe von hier fort, sind um zehn in Berlin und um zwölf in Gransee. Denn ich will zunächst unser altes Stechlin wiedersehen und einen Kranz am Sarge niederlegen. Bitte sorgen Sie, daß mich ein Wagen auf der Station erwartet. Wenn ich auch Sie persönlich träfe, so wäre mir das das Erwünschteste. Es plaudert sich unterwegs so gut. Und von wem könnt' ich mehr und zugleich Zuverlässigeres erfahren als von Ihnen, der Sie die letzten Tage mit durchlebt haben werden. Meine Frau grüßt herzlichst. Wie immer Ihr alter treu und dankbar ergebenster

Woldemar v. St.«

Um zwölf hielt der Zug auf Bahnhof Gransee. Woldemar sah schon vom Coupé aus den Wagen; aber statt Lorenzen war Krippenstapel da. Das war ihm zunächst nicht angenehm, aber er nahm es bald von der guten Seite. »Krippenstapel ist am Ende noch besser, weil er unbefangener ist und mit manchem weniger zurückhält. Lorenzen, wenn er dies Wort auch belächeln würde, hat einen diplomatischen Zug.«

In diesem Augenblick erfolgte die Begrüßung mit dem inzwischen herangetretenen »Bienenvater«, und alle drei bestiegen den Wagen, dessen Verdeck zurückgeschlagen war. Krippenstapel entschuldigte Lorenzen, »der wegen einer Trauung behindert sei«. Er erzählte von dem Begräbnis und wer vom Grafschaftsadel alles dagewesen sei. Dann kam Thormeyer an die Reihe, dann Katzenstein und die Domina und zuletzt auch »lütt Agnes«.

»Des Kindes müssen wir uns annehmen«, sagte Armgard.

»Wenn du darauf dringst, gewiß. Aber es liegt schwieriger damit, als du denkst. Solche Kinder, ganz im Gegensatz zur Pädagogenschablone, muß man sich selbst überlassen. Der gefährlichere Weg, wenn überhaupt was Gutes in ihnen steckt, ist jedesmal der bessere. Dann bekehren sie sich aus sich selbst heraus. Wenn aber irgendein Zwang diese Bekehrung schaffen will, so wird meist nichts draus. Da werden nur Heuchelei und Ziererei geboren. Eigner freier Entschluß wiegt hundert Erziehungsmaximen auf.«

Armgard stimmte zu. Krippenstapel aber fuhr in seinem Berichte fort und erzählte von Kluckhuhn, von Uncke, von Elfriede; Sponholz werde in der nächsten Woche zurückerwartet, und Koseleger und die Prinzessin seien ein Herz und eine Seele, ganz besonders – und das sei das Allerneueste – seit man für ein Rettungshaus sammle. Seitens des Adels werde fleißig dazu beigesteuert; nur Molchow habe sich geweigert: »So was schaffe bloß Konfusion«.

Um zwei traf man in Schloß Stechlin ein. Woldemar durchschritt die verödeten Räume, verweilte kurze Zeit in dem Sterbezimmer und ging dann in die Kirchengruft, um da den Kranz an des Vaters Sarge niederzulegen.

Am späten Nachmittag erschien auch Lorenzen und sprach zunächst sein Bedauern aus, daß er einer Amtshandlung halber (Kossät Zschocke habe sich wieder verheiratet) nicht habe kommen können. Er blieb dann noch den Abend über und erzählte vielerlei, zuletzt auch von dem, was er dem Alten feierlich habe versprechen müssen.

Woldemar lächelte dabei. »Die Zukunft liegt also bei *dir*«

Unter diesen Worten reichte er Armgard die Hand.

46. KAPITEL

Armgard hatte sich von der im Stechliner Hause herrschenden Weltabgewandtheit angeheimelt gefühlt. Aber der Gedanke, hier ihre Tage zu verbringen, lag ihr doch vorderhand noch fern, und so kehrte sie denn kurz nach Ablauf einer Woche nach Berlin zurück, wo mittlerweile Melusine für alles gesorgt und eine ganz in der Nähe von Woldemars Kaserne gelegene Wohnung gemietet und eingerichtet hatte.

Das war am Belle-Alliance-Platz. Als das junge Paar diese Wohnung bezog, ging die Saison bereits auf die Neige. Die Frühjahrsparaden nahmen ihren Anfang und gleich danach auch die Wettrennen, an denen Armgard voller Interesse teilnahm. Aber ihre Freude daran war doch geringer, als sie geglaubt hatte, und ehe der Hochsommer heran war, sagte sie: »Laß mich's dir gestehn, Woldemar, ich sehne mich einigermaßen nach Schloß Stechlin.«

Er hätte nichts Lieberes hören können. Was Armgard da sagte, war ihm aus der eignen Seele gesprochen. Liebenswürdig und bescheiden, wie er war, stand ihm längst fest, daß er nicht berufen sei, jemals eine Generalstabsgröße zu werden, während das alte märkische Junkertum, von dem frei zu sein er sich eingebildet hatte, sich allmählich in ihm zu regen begann. Jeder neue Tag rief ihm zu: »Die Scholle daheim, die dir Freiheit gibt, ist doch das Beste.« So reichte er denn seine Demission ein. Man sah ihn ungern scheiden, denn er war nicht bloß wohlgelitten an der Stelle, wo er stand, sondern überhaupt beliebt. Man gab ihm, als sein Scheiden unmittelbar bevorstand, ein Abschiedsfest, und der ihm besonders wohlwollende Kommandeur des Regiments sprach in seiner Rede von den »schönen, gemeinschaftlich durchlebten Tagen in London und Windsor«.

All die Zeit über waren natürlich auch die von einer Übersiedlung aufs Land unzertrennlichen kleinen Mühen und Sorgen an das junge Paar herangetreten. Unter diesen Sorgen – Lizzi hatte abgelehnt, weil sie die große Stadt und die »Bildung« nicht missen mochte – war in erster Reihe das Ausfindigmachen einer geeigneten Kammerjungfer gewesen. Es traf sich aber so glücklich, daß Portier Hartwigs hübsche Nichte mal wieder außer Stellung war, und so wurde diese denn engagiert. Melusine leitete die Verhandlungen mit ihr. »Ich weiß freilich nicht, Hedwig, ob es Ihnen da draußen gefallen wird. Ich hoff' es aber. Und Sie werden jedenfalls zweierlei *nicht* haben: keinen Hängeboden und keinen ›Ankratz‹, wie die Leute hier sagen. Oder wenigstens nicht mehr davon, als Ihnen schließlich doch vielleicht lieb ist.«

»Ach, das ist nicht viel«, versicherte Hedwig halb scham-, halb schalkhaft.

Am 21. September wollte das junge Paar in Stechlin einziehen, und alle Vorbereitungen dazu waren getroffen: Schulze Kluckhuhn trommelte sämtliche Kriegervereine zusammen (die Düppelstürmer natürlich am rechten Flügel), während Krippenstapel sich mit Tucheband über ein Begrüßungsgedicht einigte, das von Rolf Krakes ältester Tochter gesprochen werden sollte. Die Globsower gingen noch einen Schritt weiter und bereiteten eine Rede vor, darin der neue junge Herr als einer der »Ihrigen« begrüßt werden sollte.

Das alles galt dem 21.

Am Tage vorher aber traf ein Brief Melusinens bei Lorenzen ein, an dessen Schluß es hieß:

»Und nun, lieber Pastor, noch einmal das eine. Morgen früh zieht das junge Paar in das alte Herrenhaus ein, meine Schwester und mein Schwager. Erinnern Sie sich bei der Gelegenheit unsres in den Weihnachtstagen geschlossenen Paktes: Es ist nicht nötig, daß die Stechline weiterleben, aber es lebe

der Stechlin.«

Anhang

THEODOR FONTANE – LEBEN UND WERK

Theodor Fontane wurde am 30. Dezember 1819 in der Brandenburgischen Kreisstadt Neuruppin geboren. In ihm mischten sich deutsches und französisches Blut; beide Großväter waren geflüchtete Hugenotten, die deutsche Frauen geheiratet hatten. Von ihnen hatte Fontane gewisse Vorzüge des französischen Charakters geerbt, so die höfliche Anmut des Sichgebens, die Beweglichkeit einer im Grunde nervösen Natur, eine große Feinfühligkeit für die Form, die Klarheit der Entwicklung der Gedanken und eine einzigartige Begabung für die Wechselrede in der dichterischen Darstellung.

Im Geburtsjahr Fontanes hatte der Vater Louis Fontane die Löwenapotheke in Neuruppin gekauft, hier verbrachte Fontane die ungetrübte Zeit seiner Kinderjahre.

Seine eigentliche Jugendzeit aber gehört nach Swinemünde, wohin die Familie im Sommer 1827 übersiedelte. Dort hatte der Vater, der eine gänzlich ungeschäftliche Natur war und sich der Pflege nobler Passionen hingab, eine neue Apotheke gekauft. Hier in dieser zwar kleinen, aber lebhaften und weltoffenen Hafenstadt konnte Fontane die Fülle der verschiedenen Volksschichten beobachten, die später in seinen Büchern Einzug hielten. Er erhielt anfangs Unterricht bei seinem Vater, später nahm er am Privatunterricht mehrerer Lehrer teil. Im April 1832 wurde Fontane zurück nach Ruppin auf das Gymnasium und in die Obhut des dortigen Pfarrers gegeben. Obwohl er hier seine außerordentliche Vorliebe für Geschichte weiterentwickeln konnte, blieb er doch ansonsten ein sehr mittelmäßiger Schüler. So nahm ihn der Vater 1833 aus Ruppin weg und schickte ihn auf die Klödensche Gewerbeschule in Berlin, wo er bei seinem Onkel August wohnen konnte. Ostern 1836 wurde Fontane Lehrling in der Berliner Rosenschen Apotheke, Weihnachten 1839 legte er sein Gehilfenexamen ab. Zu der Zeit erschien auch seine erste Erzählung »Geschwisterliebe« im »Berliner Figaro«. Er blieb noch ein Jahr bei Rose und begann dann eine neue Stellung als Apothekengehilfe in Magdeburg. Der dortigen Spießbürgeratmosphäre entfloh er aber schon nach drei Monaten wieder zurück nach Berlin und trat im März 1841 seinen Dienst in der Neubertschen Hofapotheke zum weißen Adler in Leipzig an. Hier in Leipzig lernte er die wirkliche Großstadt kennen (Berlin war damals noch klein) und schliff sich gesellschaftlich ab. Nach einer langen Typhuserkrankung wechselte er 1842 zur Struweschen Apotheke in Dresden über, wo er ein Jahr blieb. Nach einem ersten, erfolglosen Versuch, sich als Schriftsteller auf eigene Beine zu stellen, trat er 1844 in Berlin als Freiwilliger in das Kaiser-Franz-Joseph-Regiment ein. Seine Dienstzeit wurde unterbrochen durch eine Gesellschaftsreise nach England, zu der ihn sein Ruppiner Freund Scherz eingeladen hatte.

Nach der Dienstzeit arbeitet Fontane wieder als Apothekengehilfe, zunächst bei der Polnischen Apotheke, dann in der Jungschen Apotheke in Berlin. Am 8. Dezember 1845 verlobt er sich mit Emilie Rouanet, die er während der Gymnasialzeit bei seinem Onkel August kennengelernt hatte. Obwohl in Fontanes Leben Frauen keine leidenschaftliche Rolle gespielt haben, ist diese Verbindung – er heiratete am 16. 10. 1850 – eine ausgesprochene Liebesheirat gewesen, mehr als ein halbes Jahrhundert war Emilie *die* Frau seines Lebens. Zwar gab es in dieser Ehe Erschütterungen, die fast bis zum Zerbrechen führten, aber ein Zusammenleben mit Fontane, der dauernd um seines Werkes willen seine bürgerlichen Stellen aufgab, war sicher oft eine unerträgliche Belastung für die Familie mit ihren sieben Kindern.

Die Apothekerzeit Fontanes fand 1849 einen fast idyllischen Abschluß. Er bekam für mehr als ein Jahr eine auskömmliche Stellung im Mutterhaus von Bethanien, wo er die Diakonissen in Pharmazie unterrichten mußte. Erstmals hatte er Muße, sich seinen literarischen Arbeiten in Ruhe zu widmen. Vieles, was er in den nächsten Jahren herausgab, ist in Bethanien begonnen worden.

In diesen dreizehn Jahren seiner Apothekerzeit hat Fontane die Grundlagen seiner außerordentlichen Menschenkenntnis gelegt und seine Beobachtungsgabe zur Vollkommenheit entwikkelt. Hier war er gezwungen, mit ihm fremden Menschen fertig zu werden, hier konnte er sich an Charakteren mannigfacher Art reiben.

Er betrieb allerdings nicht ausgesprochen schriftstellerische Studien, er sammelte ein, was er in späterer Zeit verarbeitet hat. Er gehörte jedoch schon frühzeitig literarischen Vereinigungen an, zu erwähnen ist hier der Berliner »Tunnel über der Spree«, in dem er von 1844 bis 1865 Mitglied war. Obwohl im Tunnel ein gewisses Bildungsphilistertum herrschte, lernte Fontane hier doch viel Handwerkliches aus dem Bereich der Dichtung. Hinzu kam die Bekanntschaft mit gar manchen großen Schriftstellern wie Scherenberg, dem er später einen ganzen Roman widmete, Strachwitz, Storm, Heyse oder Geibel. Einige wenige Veröffentlichungen fallen in diese Zeit, wie z. B. »Von der schönen Rosamunde« im Cottaschen Morgenblatt.

In den folgenden Jahren lebt Fontane mehr schlecht als recht als Journalist, hauptsächlich für die Neue Preußische Zeitung. Seine ersten Gedicht- und Balladenbücher erscheinen. 1852 geht er ein halbes Jahr als Korrespondent nach England, 1854 gibt er die Beobachtungen dieser Reise in seinem ersten Prosabuch »Ein Sommer in London« heraus. Fontanes dritter Englandaufenthalt – wieder als Korrespondent und diesmal mit Familie – dauerte von 1855–1859. Wieder in Berlin, hält er sich mit Zeitungsarbeit, Englischunterricht und Literaturlesungen über Wasser. Von 1860 bis 1870 war er bei der Preußischen Zeitung fest angestellter Redakteur für England. In diesem Jahrzehnt beginnt er seine Wanderungen durch die Mark Brandenburg zu unternehmen und niederzuschreiben, und er erarbeitet erste Kapitel seines Romans »Vor dem Sturm«. Als Kriegsberichterstatter nimmt er 1864 am schleswigholsteinischen Krieg und 1866 am preußisch-österreichischen Krieg teil. Als er 1870 nach Ausbruch des deutsch-französischen Krieges dem deutschen Heer folgt, wird er gefangengenommen und auf die Insel Oléron gebracht. Aus diesen Erlebnissen entsteht 1871 das Buch »Kriegsgefangen«.

Hierauf übernahm er für die »Vossische Zeitung« das Referat über die königlichen Schauspiele, bis 1889 schrieb er die Theaterkritiken dieser Zeitung. Zwischenhinein hatte Fontane 1876 für ein paar Monate nochmals eine feste Stellung als Sekretär der Akademie der Künste angenommen.

Man kann das Schaffen Fontanes sehr grob in drei Perioden einteilen. Zuerst, um 1860 herum war er der große Balladendichter. Daran schließen sich um 1870 die Wanderungen durch die Mark Brandenburg an. Ab 1880 reift er dann zum großen Romanschriftsteller heran, der seine Stoffe teils aus der deutschen Geschichte nimmt, teils die Gesellschaftsprobleme seiner Zeit behandelt. Streng trennen lassen sich diese Schaffensperioden nicht, so fügte Fontane seinem Gedichtband mit jeder Auflage neue Gedichte hinzu; literarisch wertvollste stammen gerade aus seinem höheren Lebensalter. Er war jedoch kein spezifischer Lyriker und beklagte selbst die Einseitigkeit seines poetischen Werkes. Es ist einseitig, sofern man die Gedichtform betrachtet – aber die Formen, die Fontane verwendet, beherrscht er meisterhaft. Da sind die Gedichte und Balladen, die auf englischem und schottischem Boden angesiedelt sind, da sind die Balladen, die historische deutsche Stoffe aufgreifen, wie die Bilder der preußischen Feldherren, da sind noch die märkischen Gedichte, deren Krönung der »Herr von Ribbeck auf Ribbeck im Havelland« ist.

Bald nach der Ausgabe seiner Gedichte und Balladen begann Fontane seine Wanderungen durch die Mark Brandenburg. Sie behandeln nach und nach die Grafschaften Ruppin, das Oderland, das Havelland, das Spreeland und in »Fünf Schlösser« einige entfernter liegende Orte Preußens. Es sind Erlebnisbücher eines Wanderers, der Menschen und Landschaften darstellt und in diese Menschen und Landschaften die Quellen und historischen Ereignisse, die Berichte über Fürsten und Schlachten, Klöster und Dörfer hineinstellt.

Fontanes erster Roman »Vor dem Sturm« greift ein geschichtliches Thema auf, die französische Besetzung Preußens und den Freiheitskampf des Volkes. Locker hineingewoben ist die Geschichte zweier Geschwister, die sich jedes zwangsweise aus seinen Herzensneigungen lösen müssen. In seinem gesamten weiteren Romanwerk wendet sich Fontane dieser Beschreibung der Gesellschaft und ihrer Verhältnisse zu. Anfangs angeknüpft an historische Stoffe wie bei »Grete Minde«, »Ellernklipp« oder »Schach von Wuthenow«. Später dann zeichnet er das Leben seiner Zeit und besonders Berlin in vollendeter Lebensnähe und ohne Beschönigung. Dabei ergründet er die geheimsten seelischen Regungen seiner Figuren hinter ihrer konventionellen Maske auf eine einfühlende Art und Weise, wobei sich uns seine Figuren weniger durch Taten, als durch ihre Gespräche zeigen. Er nimmt das Geschehen als Tatsache hin, seine Aufgabe sieht er im Beobachten und Darstellen. Das aber beherrscht er auf meisterhafte Weise. Obwohl in seinen Romanen wenig »geschieht«, sind sie doch nie langweilig.

Beginnend mit »L'Adultera« steigt Fontane schnell zu seinen glänzendsten Werken auf, wie »Cecile«, »Stine«, »Irrungen, Wirrungen« und »Frau Jenny Treibel«, bis er mit »Effi Briest« den Höhepunkt der literarischen Meisterschaft erreicht. Mit diesen Romanen gehört er zur Weltliteratur.

In seinen letzten Lebensjahren wendet sich Fontane seinem eigenen Leben zu, das er uns in »Meine Kinderjahre« und in »Von Zwanzig bis Dreißig« erzählt. Sein letztes Alterswerk »Der Stechlin«, das erst nach seinem Tode erschien, ist zwar ein Roman, kann aber zu diesen Selbstbiographien gezählt werden.

Fontane war sein Leben lang anfällig und körperlich leidend, so daß sein großes Gesamtwerk – es umfaßt mehr als 20 000 Seiten – eine fast unvorstellbare Leistung darstellt. Man muß sich dabei auch vor Augen führen, daß er bei Veröffentlichung seines ersten Romans fast sechzig Jahre alt war, er sein Werk also in Lebensjahren schrieb, in denen sich die Schaffenskraft anderer Schriftsteller schon ihrem Ende zuneigt. In seinem letzten Lebensjahr meldeten sich seine Krankheiten verstärkt zurück, so daß Fontane Ende 1897 schon dunkel ahnte, daß seine Tage gezählt seien. Wohl erholt er sich wieder etwas, doch es ist nur noch eine kurze Frist, die ihm gegönnt ist. Theodor Fontane stirbt am Abend des 20. September 1898.

H. S.

ZEITTAFEL

30. 12. 1819	Theodor Fontane geboren in Neuruppin
1827	Umzug der Familie nach Swinemünde
April 1832	Eintritt ins Ruppiner Gymnasium
Herbst 1833	Übertritt auf die Klödensche Gewerbeschule in Berlin
1. 4. 1836	Beginn der Apothekerlehre bei Wilhelm Rose in Berlin
Dezember 1839	Apothekergehilfenprüfung
Oktober 1840	Eintritt in die Kannenbergsche Apotheke in Burg
April 1841	Eintritt in die Neubertsche Hofapotheke in Leipzig
Juli 1842	Eintritt in die Struwesche Apotheke in Dresden
1. 4. 1844	Dienstantritt als Einjährig-Freiwilliger im Kaiser-Franz-Regiment in Berlin
25. 5.–10. 6. 1844	erste Reise nach England
Herbst 1844	Eintritt in den »Tunnel über die Spree«
Juni 1845	Eintritt in die Polnische Apotheke in Berlin
8. 12. 1845	Verlobung mit Emilie Rouanet-Kummer
2. 3. 1847	Approbation als Apotheker
Oktober 1847	Eintritt in die Jungsche Apotheke in Berlin
Juni 1848	Beginn der Tätigkeit als Pharmazielehrer im Diakonissenmutterhaus Bethanien
Herbst 1849	Ende des Apothekerberufes
16. 10. 1850	Heirat mit Emilie Rouanet-Kummer
1850	Einige Monate angestellt im Literarischen Büro des preußischen Innenministeriums
November 1851	Eintritt bei der Pressestelle der preußischen Regierung
1852	zweite Reise nach England (5 Monate) als Korrespondent der Preußischen Zeitung
September 1855	dritte Reise nach England, Mitarbeit an einer deutsch-englischen Korrespondenz
Juli 1857	Frau und Kinder kommen nach England
Januar 1858	Rückkehr nach Berlin
1860 bis 1870	Redakteur für England bei der Neuen Preußischen Zeitung
1864	Kriegsberichterstatter im deutsch-dänischen Krieg
1866	Kriegsberichterstatter im preußisch-österreichischen Krieg
1870 bis 1889	Theaterkritiker für das königliche Schauspiel bei der Vossischen Zeitung
1870	Kriegsberichterstatter im deutsch-französischen Krieg, Gefangennahme in Domremy, kriegsgefangen auf der Insel Oléron
1871	Reise durch Elsaß-Lothringen
1874	Italienreise
1876	Anstellung als Sekretär der Akademie der Künste in Berlin (nur einige Monate)
20. 9. 1898	Tod Fontanes in Berlin

WERKE

1850	Männer und Helden. Acht Preußenlieder. Von der schönen Rosamunde. Gedicht.
1851	Gedichte.
1854	Ein Sommer in London.
	Argo, belletristisches Jahrbuch für 1854. (Hrsg. v. T. Fontane und F. Kugler.)
1860	Aus England. Studien und Briefe über Londoner Theater, Kunst und Presse.
	Jenseits des Tweed. Bilder und Briefe aus Schottland.
1861	Balladen.
1862	Wanderungen durch die Mark Brandenburg: Die Grafschaft Ruppin. Barnim-Teltow.
1863	Wanderungen durch die Mark Brandenburg: Das Oderland. Barnim. Lebus.
1866	Der Schleswig-Holsteinische Krieg im Jahre 1864.
1870	Der deutsche Krieg von 1866: Der Feldzug in Böhmen und Mähren.
	Der deutsche Krieg von 1866: Königgrätz. Bis vor Wien.
1871	Der deutsche Krieg von 1866: Der Feldzug in West- und Mitteldeutschland.
	Kriegsgefangen. Erlebtes 1870.
1872	Aus den Tagen der Okkupation. Eine Osterreise durch Nord-Frankreich und Elsaß-Lothringen.
1873	Der Krieg gegen Frankreich 1870–1871: Der Krieg gegen das Kaiserreich.
1875	Wanderungen durch die Mark Brandenburg: Ost-Havelland. Die Landschaft um Spandau, Potsdam, Brandenburg.
	Gedichte (2. vermehrte Auflage).
1875/76	Der Krieg gegen Frankreich 1870–1871: Der Krieg gegen die Republik.
1878	Vor dem Sturm. Roman aus dem Winter 1812 auf 1813.
1880	Grete Minde. Nach einer altmärkischen Chronik.
1881	Ellernklipp. Nach einem Harzer Kirchenbuch.
1882	L'Adultera. Novelle.
	Wanderungen durch die Mark Brandenburg: Spreeland. Benskow–Storkow und Barnim–Teltow.
1883	Schach von Wuthenow. Erzählung aus der Zeit des Regiments Gensdarmes.
1884	Graf Petöfy. Roman.
	Christian Friedrich Scherenberg und das literarische Berlin von 1840–1860.
	Unterm Birnbaum.
1887	Cécile. Roman.
1888	Irrungen, Wirrungen. Roman.
1889	Fünf Schlösser. Altes und Neues aus Mark Brandenburg.
	Gedichte (3. vermehrte Auflage).
1890	Stine. Roman.
1890/91	Gesammelte Romane und Novellen in 12 Bänden.
1891	Quitt. Roman.
	Gedichte (4. vermehrte Auflage).
1892	Unwiederbringlich. Roman.
	Sammlung deklamatorischer Vorträge (Hrsg. von Gustav Burchard).
	Frau Jenny Treibel. Roman.
1894	Meine Kinderjahre. Autobiographischer Roman. Von, vor und nach der Reise. Plaudereien und kleine Geschichten.
1895	Effi Briest. Roman.
1896	Die Poggenpuhls. Roman.

1898 Von Zwanzig bis Dreißig. Autobiographisches.
Gedichte (5. vermehrte Auflage).
1899 Der Stechlin. Roman.

1905 Briefe an seine Familie. (Hrsg. von K. E. O. Fritsch).
Gesammelte Werke. 1. Serie. (Romane und Novellen in 10 Bänden).
1908 Aus dem Nachlaß. (Hrsg. von J. Ettlinger).
Gesammelte Werke. 2. Serie. (Gedichte, Autobiographisches, Briefe, Kritiken, Nachlaß in 9 Bänden).
1910 Briefe an seine Freunde. (Hrsg. von O. Pniower und P. Schlenther).
1919 Das Fontane-Buch. Unveröffentlichtes aus seinem Nachlaß. Das Tagebuch aus seinen letzten Lebensjahren. (Hrsg. von E. Heilbronn).
1936 Neunundachtzig bisher ungedruckte Briefe und Handschriften von Th. Fontane. (Hrsg. von R. v. Kehler).